JN139614

国際昔話話型カタログ

FFコミュニケーション No. 284 / 285 / 286

国際昔話話型カタログ

アンティ・アールネとスティス・トムソンのシステムに基づく分類と文献目録

ハンス=イェルク・ウター　著

加藤耕義　訳

小澤俊夫　日本語版監修

原書第2版（2011年）

FF COMMUNICATIONS No. 284, 285, 286

THE TYPES OF INTERNATIONAL FOLKTALES

A Classification and Bibliography

Based on the System of Antti Aarne and Stith Thompson

BY HANS-JÖRG UTHER

EDITORIAL STAFF
Sabine Dinslage, Sigrid Fährmann, Christine Goldberg, Gudrun Schwibbe

HELSINKI 2011
SUOMALAINEN TIEDEAKATEMIA
ACADEMIA SCIENTIARUM FENNICA

First published in 2004
Second printing in 2011

凡　例

本書は"*The Types of International Folktales — A Classification and Bibliography —*"(FFC 284, 285, 286)第2版(2011年)の話型記述，注，索引の全訳である．また，「文献/類話」や「モティーフ一覧」などを原文のまま掲載し，原書にあるすべての内容を含んでいる．

原書はATU 1番から992番が第1巻(FFC 284)，1000番から2335番が第2巻(FFC 285)，文献や索引などが第3巻(FFC 286)に収められているが，日本語版ではすべてを1冊にまとめた．

1. 収載内容

本書は，次の各区分にまとめて記述している．

- 「話型番号」：必ずしも連続した番号ではないが，原書のとおりである．
- 「話型名」：原書では，アールネ/トムソンのカタログで使われていた旧話型名もカッコ内に太字で示されているが，日本語版では，太字は使用せず，「(旧，～)」で示した．
- 「(旧話型○○を含む)」：ウターによる話型の見直しによって，別の話型番号が統合された場合に示されている．
- 「コンビネーション」：原書に同じ．
- 「類話(～人の類話)」：原書では，「文献/類話(Literature/Variants)」となっており，最初に重要参考文献が記され，改行して各地の類話が記されている．日本語版では，地理的な広がりをわかりやすく示すために，「類話(～人の類話)」として地名だけを示し，"Literature/Variants"は，原文のままの形で巻末に収めた．便宜上「類話(～人の類話)」としたが，「～民族」や「～地域」も含むもので，その地域や民族，言語グループについての出版された話型カタログとモティーフカタログを，「文献/類話」で見つけることができる．
- 「訳注」：訳注はできるかぎり入れないようにしたが，必要な場合には「(訳注：)」と(　)に入れて示した．
- 「地域名称，民族名称一覧」：原書に同じ．
- 「文献/類話」：原書に同じ．
- 「廃止話型一覧」：原書に同じ．
- 「変更番号一覧」：原書に同じ．
- 「新話型一覧」：原書に同じ．
- 「モティーフ一覧」：ウターによる2015年6月現在の最新一覧に差し替えてある．
- 「文献および略形一覧」：原書に同じ．

•「補足参考文献一覧」: 原書に同じ.
•「索引」: 日本語訳. 五十音順.

2. 訳語について

• 特に必要と判断した場合には元の言語表記を( )内に示した.
• トムソンの使っている“anecdote”は, アールネのドイツ語カタログにある“Schwank”の訳語であり, ウターのドイツ語原稿でも“Schwank”が使われているので,「笑話」と訳した.
• “mouse”は「ハツカネズミ」, “rat”は「クマネズミ」とし, 訳し分けた.
• “hare”は「野ウサギ」, “rabbit”は「穴ウサギ」とし, 訳し分けた.

目　次

凡　例

ATU 日本語版への序

著者序文

動物昔話

野獣 1-99 …… 15

賢いキツネ(その他の動物) 1-69 …… 15

その他の野獣 70-99 …… 54

野獣と家畜 100-149 …… 65

野獣と人間 150-199 …… 88

家畜 200-219 …… 107

その他の動物と物 220-299 …… 118

魔法昔話

超自然の敵 300-399 …… 148

超自然の，または魔法にかけられた妻(夫)または
その他の親族 400-459 …… 193

妻 400-424 …… 193

夫 425-449 …… 206

兄弟または姉妹 450-459 …… 222

超自然の課題 460-499 …… 226

超自然の援助者 500-559 …… 240

魔法の品 560-649 …… 275

超自然の力，または知識 650-699 …… 297

その他の超自然の昔話 700-749 …… 314

宗教的昔話

神が褒美と罰を与える 750-779 …… 333

真実が明るみに出る 780-799 …… 369

天国 800-809 …… 374
悪魔 810-826 …… 380
その他の宗教的昔話 827-849 …… 392

現実的説話(ノヴェラ)

男が姫と結婚する 850-869 …… 403
女が王子と結婚する 870-879 …… 413
貞節と無実の証拠 880-899 …… 425
強情な妻が従うことを学ぶ 900-909 …… 443
いい教え 910-919 …… 447
賢い行動と言葉 920-929 …… 458
運命の説話 930-949 …… 482
強盗と人殺し 950-969 …… 499
その他の現実的説話 970-999 …… 514

愚かな鬼(巨人, 悪魔)の話

労働契約 1000-1029 …… 524
人と鬼とのパートナーシップ 1030-1059 …… 533
人と鬼の競争 1060-1114 …… 539
人が鬼を殺す(けがさせる) 1115-1144 …… 551
鬼が人におびえさせられる 1145-1154 …… 559
人が悪魔を出し抜く 1155-1169 …… 564
悪魔から救われた魂 1170-1199 …… 570

笑話と小話

愚か者に関する笑話 1200-1349 …… 581
夫婦に関する笑話 1350-1439 …… 648
愚かな妻とその夫 1380-1404 …… 674
愚かな夫とその妻 1405-1429 …… 684
愚かなカップル 1430-1439 …… 702
女に関する笑話 1440-1524 …… 706
嫁探し 1450-1474 …… 709
オールドミスに関する小話 1475-1499 …… 717

女に関するその他の笑話 1500-1524 …… 720
男に関する笑話 1525-1724 …… 725
賢い男 1525-1639 …… 725
幸運な出来事 1640-1674 …… 809
愚かな男 1675-1724 …… 825
聖職者と宗教に関わる人物に関する小話 1725-1849 …… 854
聖職者がだまされる 1725-1774 …… 854
聖職者と教会の雑用係 1775-1799 …… 865
宗教に関わる人物に関するその他の小話 1800-1849 …… 871
その他のグループの人々に関する笑話 1850-1874 …… 905
ほら話 1875-1999 …… 915

形式譚

累積譚 2000-2100 …… 950
数，物，動物，名前に基づく連鎖 2000-2020 …… 950
死を含む連鎖（動物の筋の担い手） 2021-2024 …… 955
食べることを含む連鎖 2025-2028 …… 958
その他の出来事を含む連鎖 2029-2075 …… 959
引っかけ話 2200-2299 …… 968
その他の形式譚 2300-2399 …… 971

地域名称，民族名称一覧 …… 973
文献／類話 …… 976
廃止話型一覧 …… 1801
変更番号一覧 …… 1803
新話型一覧 …… 1806
モティーフ一覧 …… 1807
文献および略形一覧 …… 1829
補足参考文献一覧 …… 1974
索　引 …… 1977

訳者あとがき …… 2261

訳者解説 …… 2263

国際昔話話型カタログ

分類と文献目録

ATU 日本語版への序

200 年以上前，グリム兄弟は『子どもと家庭のメルヒェン集』を世に送り出すと同時に，学問に新たな一分野を切り開いた．こうしてヨーロッパにおいて，また後には他の大陸においても，無限に散りばめられた説話，また入手の難しい専門文献の中にある説話を整理し，集める努力，そしてメルヒェンを楽しみメルヒェンから学び取ろうとするすべての人たちのために説話の所産を再び実り豊かなものとする努力が熱心に行われた．しかしほどなく収集活動から，多くの民間説話と神話的伝承をどのようにカタログにまとめたらいいかを考えなければならない事態が生じた．

過去 150 年のあらゆる分類の試みの中で，フィンランド人のアンティ・アールネがつくり出した民間説話の類型学の資料整備は，国際的に価値を認められてきた．アメリカの説話研究者スティス・トムソンと私がさらに発展させたこの体系は，多くの国々と民族の話型カタログの構想に影響を与えた．しかしまた民間説話をまとめるほかの体系も繰り返し示されている．それはむしろ特定地域に流布した民間説話の内容に適している．

さてここに，私が新たに改訂し 2004 年に初めて出版した国際話型カタログ ATU が日本語に翻訳されることは，小澤俊夫教授の大いなる主導によるものである．彼はこの翻訳という大仕事を同僚の加藤耕義教授に託した．ここにあるのは，何年にもわたる，身を削るような，決してたやすくはない 3 巻本の翻訳の感銘的な成果である．

この日本語版によって，3 巻の話型カタログに収集された情報が，日本の研究者や多くのメルヒェン愛好家が故郷の過去と現在の文化的な記録を補強し，異文化の多くの記録と比較し，ジャンル特有の機能と精神史の変遷を再調査するための，新たな活動に通ずることが期待される．このようにしてさまざまな説話ジャンルにおける資料とモティーフの仲介の道をたどることができ，そして文献による伝承と口承の絶え間ない相互関係が明らかにされうる．本書が広い関心の対象となり，新たなやむことのない民間説話への取り組みへと通ずることを切に願う．

ハンス=イェルク・ウター

著者序文

アンティ・アールネによって構想されたヨーロッパの話型のための体系(1910)は，スティス・トムソンによって二度改訂された(1928, 1961)．トムソンはそれをヨーロッパからインドに及ぶ地域の伝承説話まで網羅するよう範囲を広げ，そして当時利用可能であった研究成果を取り入れた．ここにある国際昔話話型カタログ(ATU＝アールネ/トムソン/ウター)は，大規模な追加と刷新を伴うまったく新しい版である．この新しい版が目指しているのは，従来の話型表示法の原則を放棄せず，アールネ/トムソンのカタログ(AaTh)に対する批評家たちのこれまでの反論を満たすことである．AaTh に対する批判はおもに以下の点に向けられてきた．

(1) 説話の類型論はそれがあたかも正確で，科学的な図式であるかのように見せかけているが，現実世界の説話の伝承には存在しない状況である．

(2) ジャンルの定義と筋の担い手による分類は，テーマの上でも構造の上でも一致していないことが多い．例えば，AaTh 850–999：ノヴェラ(伝奇的説話)は明確なジャンルを示してはいない．

(3)「フィンランド学派」が 19 世紀の口承に集中したことは，文献資料を二次的な位置に追いやり，しばしば話型のもっと古い重要な形や存在を覆い隠した．

(4) この体系は，ヨーロッパの説話伝承しか含んでおらず，あとは西アジアの関連資料とヨーロッパ人が移植したその他の地域の関連資料を含むだけであった．ヨーロッパの中ですら伝承の記録にはむらがあった．収集は地域によって著しく異なっており，いくつかの地域(例えばデンマークやロシア)の情報はまったく与えられていない．ポルトガルや，東ヨーロッパと南ヨーロッパの例は欠落していることが多い．少数民族(バスク人，ラディン人，フリース人，ソルビア人，等)の説話伝承は記録されていないか不十分であった．

(5) ごくわずかな類話しかない個々の地域に限定された話型を提示したことで，伝承の中でのそれらの位置づけの状況も不必要にわかりにくくなったし，カタログ全体としての分類体系もわかりにくくなった．

(6) 関連した研究文献への言及が欠けていることが多い．

(7) 類話への言及は，通常古い選集に基づいてなされており，新しい選集には基づいていない．

(8) 話型の記述は，多くの場合あまりにも簡潔すぎたし，曖昧なことが多すぎた．また男の筋の担い手が不当に中心に置かれることが多すぎた．

(9) いわゆる変則的な話型を包括したことには疑問が残る．

(10) 多くの話型に関し，その存在を証拠づける資料のうち，あまりにも多くのものが，保管された資料集の中にあり，こうしたテクストは利用するのが難しかった．

ATU はこれらの欠点を取り除くか，または緩和した．ATU は国際的な話型をすぐに見つけることを可能にする有効な道具であり，したがって民間伝承を扱うすべての学問分野の研究者に，昔話研究のための歴史比較の方向づけを提供する．

話型の記述は完全に書き直し，およそ 2003 年までの，利用可能なすべての研究結果に基づいて，より正確にした．それぞれの話型について挙げられている主要研究は，その話型の国際的な分布の広範な記録も含むし，その話型や話型群の個別研究も含んでいる．参照用のカタログのリストと類話のリストはかなり拡大され，まだ印刷中の話型カタログとモティーフカタログを含んでいる．250 以上の新しい話型が加えられ，それらは各項至る所にある．以前の AaTh カタログでは，他の話型との内容的性質や構造の類似性や近親関係が見落とされていることが各項にわたって散見されたが，それらのことは注にまとめられている．AaTh カタログのうち，1 つの民族だけに限定された話型で，それについての情報がもはや得られず，時代的，民族的，または地理的にも重要な分布を見せなかったものは取り除いた(それらはまだ，地域カタログには見られる)．同様に，地域カタログに記載されている話型やサブ話型を ATU に採録することは制限した．つまり多くのオイコ話型(訳注：境界分け可能な地域や民族グループに特有の変形)は，追加的な話型や番号付きのサブ話型として採録するのではなく，重要な地域的類話を含む広く流布する話型(オイコ話型の基層)に統合した．また，あまりに乏しい記述や，回りくどい記述を持つ多くの話型を取り除いた．特に，テクストが異種であると判明して，それらが構造的，機能的に合致していることを後の地域カタログが示していない場合には取り除いた．

ここに提示されているそれぞれの「話型」は，話型番号，話型名，および内容の記述からなっており，柔軟なものだということが理解されなければならない．それは，尺度の一定の単位でもないし，過去の死んだ材料を報告する方法でもない．そうではなくて，より大きな原動力の一部として適応のきくものであり，新しいテーマの作品やメディアに組み込まれうるのである．この説話モデルの変更と刷新の背景は，昔話の歴史的比較研究において，ここ数十年で起きたパラダイムの変化を見れば明白であり，その変化は当然この新しいカタログの性質にも影響を及ぼした．以前の研究は歴史的な説話資料と最近の説話資料に関する情報が欠落していたため不利だった．特にヨーロッパのすべてのジャンル(寓話，動物昔話，伝説，本格昔話，笑話，形式譚)において，歴史的な説話資料と最近の説話資料が欠落していた．そしてそのような体系の中では，世界的な分布を持つ口承の説話型式や文献の説話型式をすべて記録するのは不可能であった．AaTh カタログのジャンルに基づいた構造と，それを伴う主題という考え方が，これを不可能にした．「民間説話」と同じ意味で，「メルヒェン」という語を用いることがすでに，文芸上のジャンルの曖昧さを示している．ここでグリム兄弟を例にすると，彼らは「メルヒェン」という語に，彼らが書いた『子どもと家庭のメルヒェン集』のすべての内容を含めた．すなわち，由来譚，寓話，動物昔話，道徳的昔話，笑話，教訓譚，聖者伝，伝説，そして笑話聖者伝や，笑話魔法昔話といった混合形式などである．これらすべてのジャンルがAaThカタログに記述されたが，ヨーロッパ外の民間説話は，テーマを重視した分類には部分的にしか合わず，困難を伴うことがままあることを歴史は示している．このことは特に，神話，叙事詩，伝説，由来譚，また笑話や小話，噂話，そして最近研究されるようになった人生史，一族の歴史，または避難民の経験談といった小さなジャンルについて当てはまる．これらのジャンルには，何か別の体系が必要である．それらのいくつかは，『民間文芸のモティーフ・インデックス（*Motif-Index of Folk Literature*）』（[2]1955–58）の中に一部記録されている．これを拡大することもできたであろう．ヨハネス・ウィルバート（Johannes Wilbert）とカリン・シモノー（Karin Simoneau）のモティーフ・カタログにおいて，南米インディオの小民族の説話伝承のためになされたのがその例である．あるいはまた，独立した主題の細部の分析も利用できたであろう．例えばガーナのブルサ（Bulsa）の説話の記録（Rüdiger Schott）で，またはケニアのポコモ（Pokomo）の説話の記録（Thomas Geider）で行われたのがその例である．

1960年代まで一般に昔話研究者は，口伝えによる伝承は何世紀もの間変化せずに存在してきており，それゆえ口伝えによる伝承は，彼らの先祖の信仰体系に関する証拠の重要な原典を提供するのだと信じていた．したがって，口伝えによる伝承は，国のアイデンティティにとっては，後に書かれたものよりも重要な原典だと信じていた．このロマン主義的な評価は，19世紀から20世紀初頭にかけて，ヨーロッパにおける激しい国民形成の時代に始まったものであり，口伝えによる伝承を記録することが重要だと認識されたことに永く影響を及ぼした．アンティ・アールネは基本的にはより古い文献の原典を無視したが，スティス・トムソンは時々ボッカチオ，チョーサー，バジーレ，ヨハネス・パウリによる重要な文学テクストについて言及した．けれども伝承の普及と発展を評価したとき，こうした文学作品によって普及したという事実を認識していることは，あまりにも役割を果たしてこなかった．書かれた原典はたいてい過小評価された．しばしば最古の書かれたテクスト，特に動物昔話の最も古いテクストは，サブ話型や「不規則」な形式として退けられた．このように歴史と無関係に記録を取り扱うことの欠陥は明らかであるが，この話型番号体系の中ではこの問題を改善することはできない．現代では見解は異なっており，書かれた原典はもっと高く評価されている．

今では周知のように，いわゆる口承の物語と呼ばれるものの多くには，たくさんの文献上の歴史がある．あるものは，文学作品にさかのぼることができ，説話を語る人間（homo narrans）のファンタジーが新たに適応していることを，そこに見ることができる．それが説話の機能における変化への反応である．これは，例えばイソップの名前と結びつけられる寓話や同じような東洋の伝承の説話に特に当てはまる．口承にとって重要な文芸ジャンルのほかの例は，中世アラビアの小話，ヨーロッパの教訓譚や笑劇，中世後期のファブリオーやノヴェラである．これらはすべて近代文学にも入り込んでいる．これらの説話は文字を持たない民族の数多くの由来譚とはまったく異なっている．話型の既存の番号体系は，歴史があるので，あちらこちらで維持されており，わざわざ一からやり直す必要はなかった．話型を完結した説話とする定義や，モティーフをそうした説話の中の最小単位とする定義は，その不正確さのためにしばしば批判されてきた．しかしさまざまな民族，時代，ジャンルの，機能的にも形式的にも異なる属性を持つ多くの説話間の関係を記述するには，やはり便利な表し方である．モティーフは説話の要素の1つ(すなわち，筋の担い手，物，または出来事に関する叙述)として一般に区別されるが，この点において説話の内容と隔たっている．実際には，モティーフはこれら3つのすべての要素と結びつくことができる．例えば，1人の女が魔法の贈り物を使って，状況を変えるといった場合，1つのモティーフがすべての要素と結びつけられる．「モティーフ」はしたがって，大まかな定義であり，それゆえに文学研究や民族学研究の基礎として利用することが可能になるのである．モティーフは物語の単位であり，それ自体原動力を必要とし，その原動力がほかのどのモティーフと結びつくことができるかを決定する．したがって，モティーフは説話の基本的な構成要素なのである．実際には，モティーフと話型の明確な区別は不可能である．なぜなら境界がはっきりしていないからである．この態度があるからこそ，個別研究は，ストーリーとテーマを区別することができるのであり，なおかつ形式と機能が説話のジャンルを決定する特性であると見なすことができるのである．

当初説話の分類を支持したいくらかの人たちは，生物学の分類に類似した自然科学のような正確な体系を思い描いた．この理想像は，後には意味論と構造主義研究から影響を受けた．正確さへの期待は，当時の希望的観測の産物と見なさざるをえない．それでも，説話は勝手な分析をされてはならず，構造的な考え方に従って分析されなければならない．説話のジャンルというものが単なる理論的複合概念にすぎないのとちょうど同じように，類型学もまた理論的複合概念にすぎない．広い定義は，類似のテーマとプロットが含まれることを許す．それゆえ，伝承の起源と発展の歴史においては，そのさまざまな機能が認められうるのである．正確な分析は，説話の伝承において，類話が単純な多文化的均質へと変化することはないということを保証する．ATU 話型カタログは，書誌学の道具であり，こうした多様性が特徴である．そしてさまざまな民族と時代に出版された説話によって表されており，各話型の記述，カタログやテクストや出版された研究書への言及を伴うものである．逆説的に言えば，話型記述は，そのさまざまな変わりやすい構造上の要素を示すことはできるが，しかしその意味や機能を示すことはできない．またこうした記述は，個々のテクストに含まれるモティーフの変化を示すことはできないし，説話の古さやその伝播の過程や伝承におけるその重要性を理解するのに不可欠な変化を示すことはできない．

利用可能な資料のリストには，暦や雑誌，教育目的の読本，言葉の学習の本，娯楽本といった，人気を博したものやそうでないものなど，さまざまな歴史的価値のある出版物が含まれている．これまでの国際話型カタログでは，ヨーロッパの伝承が不当に優位をしめていた．このアンバランスがATUに引き継がれている場合には，それは決して自民族中心主義のイデオロギーによるのではなく，むしろ現在の知識の現状を反映している．多くの国と地域に関しては，説話の伝承の体系的な分類は最近始まったばかりなのである．

話型カタログの構成

多くの新旧地域カタログや国際昔話カタログに適合させなければならなかったので，ここ100年間使われている**話型番号**は変えていない．しかし，AaThカタログでは，いくつかの話型は複数箇所に示されており，無駄な重複が生じていた．トムソンは，同じ話型がすでに別の場所に割り当てられていることに気づかないまま，これらの話型を地域カタログから取り入れていた．『メルヒェン百科事典(*Enzyklopädie des Märchens*)』(EM)の多くの論文がこの誤りを指摘してきた．話型番号を元の位置からまるごと新しい位置に移さなければならないことは，ほんの数か所だけであった(例えば，AaTh 1587はATU 927Dになった)．せいぜい問題となったのは，AaThの通常の話型と変則的な話型(これらは小さな文字で印刷されていた)の区別である．いわゆる「変則的な」話型は，他の民族グループに存在が見つからない場合には不要だとわかった．それ以外の場合には，これらの話型は意外に重要だということがわかった．彼らの口伝えの伝承は広範にわたる文献を通じての伝承による二次的な発展で，それは時として古代ギリシャや古代ローマにさかのぼることもできた．ATUに記載されるに足る重要なすべての話型が，「通常の」話型であると考えられる．

それでも，一部の現行の話型番号について，それらが引き続き存在しているのは妥協の結果である．特にいくつかの話型は，その話型群全体に対して簡略な言及となった(例えば，話型425および510)．多くのカタログは，テクストを関連のサブ話型の項に載せるのではなく，これらの番号の項に載せてきた．しばしばこれらのサブ話型の冒頭や結末に見られる異なる出来事やモティーフは，それらサブ話型を一般的な話型と区別するための基準として使われてきた．その他のAaThサブ話型は，構造上の要素ゆえにＡＴＵ話型へグループとしてまとめられた．例えば425以下，910以下，1968以下，1920以下，1960以下の話型はサブ話型によって構成されている．分類が特に難しい説話を記録するには，「雑録話型(miscellaneous type)」という名称を用いた．こうした雑録話型，言い換えれば異種話型は，共通した構造を通して表れるテーマによって記述することしかできない．時として，1つのテクストの要約を例として提供することがいちばんいい解決方法であった．

以前のカタログでは，サブ話型のリストは，ふつう歴史に関係なく，年代順というよりは，ほかのなんらかの原則に従って構成されていた．トムソンの配列の原則，および地方に限られた話型やサブ話型を「A, B, C, A*, B*, C*」といった文字や，単に

「*」や「**」を使って示すやり方には問題がある．このような表記法は，このATUでは，いかなる一貫した意味も持っていない．文字やアステリスクは，必ずしも分かれた話型や，従属的なサブ話型を意味してはいない．それぞれの記述は，少なくとも3つの民族の間で記録されたか，または長期間にわたって記録された独立した話型を表している．これらの標識を使用することによってのみ，古い番号体系を崩さずに，重要な伝承の基礎を持つ新しい話型を取り入れることが可能であった．

話型名は，部分的に改訂した．そして**筋の要約**は完全に書き直し，拡大した．参照のために，旧タイトルもリストに入れた．要約の増補には多くの理由があった．最も重要なのは，主要な筋の担い手の記述における性別の偏りを正す必要があったことである．そして性的な要素やテーマについて(AaThでは一般に「卑」と記述されていたが)，それを明確にすることが必要であった．多くの場合，小さな誤りや重大な間違いは正した．新しい話型記述は次の原則を心がけて書いた．中心的な筋の担い手は，能動的な場合も受動的な場合も挙げなければならないし，その敵対者も挙げなければならない．そして説話での行動，物，また特にその状況がわかるようにしなければならない．それぞれの話型の記述は個別研究と，ゲッティンゲンの『メルヒェン百科事典』研究所の図書館に分類されているテクストに基づいている．加えて，たいていの国の話型カタログとモティーフカタログを包括している研究所の広範に及ぶコンコーダンスも利用した．それぞれの話型の記述は，基本的な要約，すなわち最小限の骨組みを提供している．それは中心的な構造と，最も重要な筋の担い手たちを伴う内容を含んでいる．話型の重要な類話の証拠は記載した．AaThで統一されずに使われていた用語(例えば，猿はapeとmonkey両方があった)は統一した．その他の語も，意味が変遷したために変えたし(例えば，ロバはassをdonkeyにした)，はっきりしない言葉は明確にした．

モティーフ番号は，追加的な位置づけを提供するものであり，該当箇所に記載した．スペースの理由から，モティーフを独立した項として繰り返して挙げることはしなかった．しかし言うまでもなく，ほとんど出典情報のない，より多くのモティーフ番号が関連しているかもしれないし，また説話の分析や記述に使うには，あまりに一般的すぎるほかのモティーフと関連しているのかもしれないが(例えば，P600習慣)，トムソンのモティーフ・インデックスにある最も重要なモティーフだけを記録した．

コンビネーションという見出しのもとには，その説話群に属する最も重要な説話や，話型のコンビネーションと混交を挙げてある．原則として，少なくとも3つの例があるものだけを挙げた．コンビネーションが非常に多い話型については(例えば，ATU 300, 1000以下，1960以下)，少なくとも8例あるものを最初に載せ，それより少ないコンビネーションが数の順で続く．

注という見出しは，重要な文献資料を示したり，説話の古さや，発生場所，伝承の広がり，その他，ある話型群におけるその説話の発生といった固有の特徴についての情報を伝えるのに用いた．説話の歴史と発展に持続的な影響がある多くの異なる版が出版されている場合には，本書および文献目録では，その説話のよく知られた資料だけを一般論として挙げている．

文献/類話の見出しのもとには，2つの異なる項目が収められている．第1に，たいていの場合最も重要な文献上の資料が年代順に配列してあり，そして類話の国際的な概観が記してある．これらの出版物は伝承(その古さ，広がり，資料)についての情報を含んでおり，またはその伝承の構造についての重要な情報を提供する．しかし，すべてのこうした参考文献が提供されているわけではない．より新しい研究に取って代わられたり，時代遅れとなっている場合には，古い文献は除外した．さらに，例えばフレデリック C. トゥーバッハ(Frederic C. Tubach)の教訓譚のカタログや，ウルリッヒ・マールツォルフ(Ulrich Marzolph)のアラビア中世の滑稽譚のカタログのように，伝承の分布域全体を考慮に入れているカタログは挙げてある．

第2に，改行して，話型の地理的な広がりの証拠が書かれている．これは主として，数多くの地域や民族，言語グループについての，出版された話型カタログとモティーフカタログで成っている(カタログは多くの場合，彼らの全体的な言語地域についての追加的な情報を提供している)．さらなるテクストの出典は，挙げてある文献に見つけることができる．こうした地域については，個々の類話は，それらがカタログより後に出た場合のみ挙げてある．カタログを記載する上での1つの基準は，当該地域について，あるカタログがより早期のカタログを参照しているときには，いちばん新しいカタログだけを挙げるということである．例えば，イタリアについては，Cirese/Serafiniのカタログで事足りる．このカタログは早期のすべてのイタリアのカタログ(D'Aronco, Lo Nigro, Rotunda)にある引用を含んでいるからである．ATU 300–451については，より新しいAprilleのカタログがCirese/Serafiniの資料を取り込んでいるのでCirese/Serafiniの代わりに，Aprilleのカタログが使われている．その他のイタリアのカタログは，ある話型がCirese/SerafiniやAprilleに採録されていない場合や認識されていない場合に，ごくまれに使われるだけである．ハンガリーについては，主なカタログはMNKと，Ákos Dömötörの教訓譚のカタログである．János Berze NagyとLajos Györgyのより古いカタログは，個々のカタログが異なる採用基準を持っていたため，MNKに資料が出ていない場合のみ挙げた．日本については，関敬吾のカタログは挙げていない．関のカタログは池田弘子のカタログに組み込まれているからである．口伝えの伝承に特化したカタログに載っていない，より古い文献資料が記録されているカタログは挙げた．これらいくつかのより古い類話は，さまざまな言語に翻訳されており，その結果説話の伝わる際に重要な媒体となっている．まだ出版されていないカタログ(例えばポルトガルのカタログ)でも少なくとも証拠としてより古い1つの類話を載せている．

特定の話型について，参考文献がほとんどない場合や，まったくない場合，または説話がきわめて制限された地方に限定されている場合には，参照のための類話のリストは特に重要である．これらのテクストの分類は直接その出版物の当該箇所から取るか，カタログから取った．しかしこれらの属性のいくつかは訂正する必要があった．多くは『メルヒェン百科事典』の研究所の図書館から得ている．そこには多くの国際的な収集があり，また読むことが難しい言語で書かれた説話の翻訳もある．共時的にも通時的にも考慮して説話引用の選択を行った．適切なカタログが利用できなかった場合は，標準的な選集を挙げた．明らかに，これらはサンプルにしかならない．特定の国や地域や言語圏のためのカタログが作られていないかぎり，その地域でこれらの説話がよく知られているかどうかを伝えることは不可能である．たった1つの版しか知られていないこともしばしばあり，またそれより多く知られていることもある．しかし(例えば，選集が比較的充実していたドイツ語圏で)たくさん知られているかどうかは，特別な努力なくしては言うことができない．ヨーロッパ内でさえも説話の選集において，標準化は当然欠けていることになる．いくつかのカタログやその他の資料は，例えば雑誌や教科書から取った大衆文学的な版を含む類話を挙げているが，他方ほかのものは，口伝えのテクストに限定している．

異なるカタログの編集者が，異なる採録基準を使ったので，個々の地域における類話の数は報告されなかった．これらのカタログの利用者は，そのような数字がいかに恣意的で疑わしいかわかっている．なぜなら，印刷された資料から最近取り入れられた類話の数が増幅することを防ぐ指針や基準が存在しないからである．こうした数値を利用してきたという歴史だけでも，それらの価値がひどく限定的であることを示している．

多くの場合，ある国や地域の最初の出版は，元の言語ではなく，ふつう英語やフランス語やドイツ語といったほかの言語に翻訳されていた．このことは，当時の研究状況を反映しており，過去において存在した植民地環境の副産物である．テクストの信頼性が翻訳によって損なわれ，編集のための基準が現地の人の基準ではなく，外国の編集者の基準を反映している場合ですら(恐らくは多くの土地固有の選集について言える事情であるが)，そのテクストは重要であり，学問的な地盤においては，この早期の証拠を見落としてはならない．

このカタログの最後を締めくくる**索引**は，説話の内容の限定した範囲だけにしぼって記録することを試みた．すなわち，最も重要な事項，筋，筋の担い手や場所を含むモティーフを記録することを試みた．

完全を目指しはしたが，多くの抽象概念(例えば，性質や能力)がテクストにはっきりと表れないというだけでも，実際にはそれは不可能である．

このカタログをたった4年で完成させることができたのは，多くの地域からの援助を得たからである．

第1に，ゲッティンゲンの『メルヒェン百科事典』の研究所にある豊かな図書館とテクストの集積資料が，国際話型の新しい記述のための信頼できる基礎を提供してくれた．

ドイツ学術振興会と，ゲッティンゲン科学アカデミー，およびヘルシンキのフィンランド科学文学アカデミーに，経済的な援助に対し感謝の意を述べたい．このおかげで，小規模ではあるが，以下の編集スタッフを集めることができた．ザビーネ・ディンスラーゲ(Sabine Dinslage)，ジークリット・フェーマン(Sigrid Fährmann)，グードルン・シュヴィッベ(Gudrun Schwibbe)，および翻訳アシスタントのクリスティーネ・ゴールトベルク(Christine Goldberg)，そして学生アシスタントのアニカ・シュミット(Annika Schmidt)，ペートラ・シュルツ(Petra Schulz)，ナディーネ・ヴァーグナー(Nadine Wagner)．

加えて，相当な援助を，多くの仲間や友人から得た．彼らはいつも私の質問に答えてくれ，個々の話型についての貴重な情報を提供してくれた．彼らが快く整理の難しい問題を話し合い，多くの話型カタログを再検討してくれたことは，この仕事が首尾よく完成するのには不可欠であった．特に助けていただいたJurjen van der Kooi(グローニンゲン)，および以下の方々に感謝する．

Anna Angelopoulou(パリ); Sue Bottigheimer(ニューヨーク); Josiane Bru(トゥールーズ); Ursula Brunold-Bigler(クール); Julio Camarena(マドリッド); Isabel Cardigos(ファロ); Linda Dégh(ブルーミントン); Enrica Delitala(カリアリ); Doroteja Dobreva(ソフィア); Ákos Dömötör(†)(ブダペスト); Hasan El-Shamy(ブルーミントン); Helmut Fischer(ヘネフ); Viera Gašparíková(ブラチスラバ); Walther Heissig(ボン); Gun Herranen(トゥルク); Lauri Honko(†)(ヘルシンキ/トゥルク); Gundula Hubrich-Messow(シュテルーブ); Heda Jason(エルサレム); Risto Järv(タルトゥー); Manouela Katrinaki(アテネ); Bronislava Kerbelyte(ビリニュス); Ulrike Kindl(ヴェニス); Ines Köhler-Zülch(ゲッティンゲン); Monika Kropej(リュブリャナ); Teimuraz Kurdovanidze(トビリシ); Reimund Kvideland(ベルゲン); Harlinda Lox(ヘント); Fumiko Mamiya(東京); Ulrich Marzolph(ゲッティンゲン); Wolfgang Mieder(バーリントン); Gorg Mifsud Chircop(バレッタ); Harold Neemann(ララミー); Wilhelm F. H. Nicolaisen(アバディーン); Carme Oriol(タラゴーナ); Toshio Ozawa(東京); Guntis Pakalns(リーガ); Gerald Porter(バーサ); Josep M. Pujol(タラゴーナ); Pirkko-Liisa Rausmaa(ヘルシンキ); Lutz Röhrich(フライブルク); Leonardas Sauka(ビリニュス); Rudolf Schenda(†)(チューリッヒ); Sigrid Schmidt(ヒルデスハイム); Ingo Schneider(インスブルック); Rüdiger Schott(ボン); Elisheva Schoenfeld(ハイファ); Christine Shojaei Kawan(ゲッティンゲン); Anna-Leena Siikala(ヘルシンキ); Dorotea Simonides(オポレ); Stefaan Top(アントウェルペン); Cătălina Velculescu(ブカレスト); Vilmos Voigt(ブダペスト); Johannes Wilbert(ロス・アンジェルス)．

動物昔話

野獣 1-99

賢いキツネ(その他の動物) 1-69

1 **魚泥棒** (旧話型 1* と 1** を含む)

キツネ(野ウサギ, 穴ウサギ, コヨーテ, ジャッカル)が死んだふりをして道に横たわっている. 漁師が, 魚(チーズ, バター, 肉, パン, お金)をいっぱいに積んだ荷車の上にキツネを放り投げる. キツネは荷車から魚を投げ落とし[K371.1], それから自分も飛びおりる[K341.2, K341.2.1].

オオカミ(熊, キツネ, コヨーテ, ハイエナ)がこれをまねしようとして, 自分も死んだふりをする. 漁師はオオカミを捕まえ, さんざん殴る[K1026]. 参照：話型 56A, 56B, 56A*.

一部の類話では, 1匹の動物(穴ウサギ, キツネ)が, 食べ物の入った籠を持っている男の注意をそらすために, 死んだふりをする. もう1匹の動物(キツネ, オオカミ)が籠を盗む. (旧話型 1*, 参照：話型 223.) または, 中身が落ちるように動物が籠に穴を開ける. (旧話型 1**.)

コンビネーション 通常この話型は, 1つまたは複数の他の話型のエピソード, 特に 2, 3, 4, 8, 15, 21, 41, 158 のエピソードと結びついている.

注 1178 年『狐物語(*Roman de Renart*)』(I, 1-151, V, 61-120)に記録されている. 動物説話群におけるエピソードふう笑話である. この説話の第2部は, 北ヨーロッパと東ヨーロッパの類話ではしばしば欠けている.

類話(～人の類話) フィンランド；フィンランド系スウェーデン；エストニア；リーヴ；ラトヴィア；リトアニア；ラップ；ヴェプス, ヴォート, リュディア, カレリア, コミ；スウェーデン；ノルウェー；アイルランド；フランス；スペイン；バスク；カタロニア；ポルトガル；オランダ；フリジア；フラマン；ドイツ；イタリア；コルシカ島；ハンガリー；スロバキア；スロベニア；ルーマニア；ブルガリア；ギリシャ；ポーランド；ソルビア；ロシア, ベラルーシ, ウクライナ；トルコ；ユダヤ；ジプシー；オセチア；チェレミス/マリ；チュヴァシ；タタール, モルドヴィア, ヴォチャーク；ネネツ；ヤクート；グルジア；モンゴル；パレスチナ；インド, スリランカ；中国；朝鮮；カンボジア；日本；フランス系アメリカ；スペイン系アメリカ；メキシコ；コスタリカ；プエルトリコ；南アメリカインディアン；マヤ；パラグアイ；アルゼンチン；西インド諸島；エジプト；リベリア, ガーナ；東アフリカ；スーダン；ナミビア；南アフリカ.

1* 話型1を見よ.

1** 話型1を見よ.

2 しっぽの釣り

熊(オオカミ)が魚をたくさん捕まえたキツネに出会う. 熊がキツネに，どこで魚を捕ったのかと尋ねると，キツネはしっぽを氷の穴に通して釣ったと答える. キツネは熊に同じようにすることを勧め，熊はそうする. (人間または犬が襲ってくるので)熊がしっぽを氷から引き抜こうとすると，しっぽは氷の穴に凍りついている. 熊は逃げるが，しっぽは切れて残る[K1021]. 参照：話型1891.

コンビネーション 通常この話型は，1つまたは複数の他の話型のエピソード，特に1, 3, 4, 5, 8, 15, 41, 158, 1910のエピソードと結びついている.

注 1178年に『狐物語(*Roman de Renart*)』(III, 377–510)に記録されている. 動物説話群におけるエピソードふう笑話. なぜ熊のしっぽは短いかを説明する由来説明譚でもある.

類話(〜人の類話) フィンランド；フィンランド系スウェーデン；エストニア；ラトヴィア；リトアニア；ラップ；リーヴ, ヴェプス, ヴォート, リュディア, カレリア, コミ；スウェーデン；ノルウェー；フェロー；アイスランド；アイルランド；フランス；スペイン, バスク, ポルトガル；オランダ；フリジア；フラマン；ワロン；ドイツ；イタリア；ハンガリー；チェコ；スロバキア；スロベニア；ルーマニア；ブルガリア；ギリシャ；ポーランド；ソルビア；ロシア, ベラルーシ, ウクライナ；トルコ；ユダヤ；ジプシー；オセチア；チェレミス/マリ；チュヴァシ；タタール, モルドヴィア, ヴォチャーク；ネネツ；シベリア；ヤクート；タジク；モンゴル；グルジア；イラン；インド；中国；朝鮮；日本；アメリカ；フランス系アメリカ；スペイン系アメリカ, メキシコ；アフリカ系アメリカ；プエルトリコ；南アフリカ.

2A ちぎれたしっぽ (旧，隠したしっぽ)(旧話型64を含む)

だまされてしっぽをなくしたキツネ(ジャッカル，オオカミ)が，仲間たちに互いのしっぽを結びつけるように頼む. 仲間たちは，急に逃げようとしたときに，互いのしっぽをちぎり落とす. しっぽのないキツネがたくさんいるので，追いかけてきた人間たち(動物たち)は，どのキツネを追いかけていたのかわからなくなる[K1021.1]. 参照：話型78.

一部の類話では，罠でしっぽをなくしたキツネが，ほかのキツネたちにも，しっぽを切り落とすよう説得する．たいていうまくいかない[J758.1，参照 J341.1]．(旧話型 64.)

注　旧話型 64 は『イソップ寓話』(Perry 1965, 424 No. 17).
類話(～人の類話)　エストニア；アイルランド；フランス；スペイン；ポルトガル；オランダ；ドイツ；イタリア；ハンガリー；セルビア；ボスニア；ルーマニア；ギリシャ；ウクライナ；トルコ；ユダヤ；オセチア；グルジア；シリア；パレスチナ；ヨルダン；イラク；サウジアラビア；カタール；イラン；インド；スリランカ；インドネシア；西インド諸島；ニュージーランド；北アフリカ, エジプト；チュニジア；アルジェリア；モロッコ；チュニジア；スーダン；南アフリカ．

2B　オオカミのしっぽに結ばれた籠

オオカミが，たくさんの魚を持っているキツネに会い，自分も魚を捕まえたがる．キツネはしっぽに籠をさげるようオオカミに教える．オオカミはそうする．籠が水でいっぱいになるか，またはキツネがこっそり籠に石をつめる．それでオオカミはしっぽを水から抜くことができなくなる[K1021.2].

コンビネーション　通常この話型は，1 つまたは複数の他の話型のエピソード，特に 1, 4, 5 のエピソードと結びついている．
類話(～人の類話)　フランス；スペイン；カタロニア；ポルトガル；オランダ；ハンガリー；ギリシャ；モルドヴィア；スペイン系アメリカ．

2C　話型 2D を見よ．

2D　新しいしっぽ (旧，オオカミ(熊)が説得されて，風の中で方向転換する)

(旧話型 2C と 40B* を含む)

オオカミ(熊)がなくしたしっぽの代わりに亜麻(麻)のしっぽをつける．キツネがオオカミをそそのかして，火を飛び越えさせる．すると新しいしっぽが燃える(オオカミ自身が燃える)．(旧話型 2C.)

オオカミは，燃えているしっぽを風に掲げるようにキツネから教えられるが，しっぽはもっと速く燃えるだけである．オオカミはけがをするか，死ぬ.

一部の類話では，キツネがオオカミを説得し，新しいしっぽをつけてもらうために鍛冶屋に行かせる．それでオオカミは大けがをする．(旧話型 40B*.)

コンビネーション　通常この話型は，1 つまたは複数の他の話型のエピソード，特に 2, 4, 5 のエピソードと結びついている．

類話(～人の類話) フランス；スペイン；カタロニア；ワロン；ドイツ；ハンガリー；スロベニア；クロアチア；ブルガリア；ユダヤ；フランス系カナダ；フランス系アメリカ.

3 **けがしたふり**（旧，にせの血と脳みそ）

キツネが，乳状の物(バターミルク，ヨーグルト，チーズ，クリーム)またはパン生地を頭に塗り，脳みそが出るほどひどくけがをしたとオオカミ(熊)に思い込ませる[K473, K522.1，参照 K1875]．参照：話型 8, 21.

コンビネーション 通常この話型は，1つまたは複数の他の話型のエピソード，特に 1, 2, 4, 5, 15, 30, 41 のエピソードと結びついている.

注 独立した説話として現れることはまれである．通常，話型 4 が続く．エストニアでは，1817 年に記録されている.

類話(～人の類話) フィンランド；フィンランド系スウェーデン；エストニア；ラトヴィア；ラップ；ヴェプス, ヴォート, カレリア；スウェーデン；アイルランド；スペイン；カタロニア；ポルトガル；ドイツ；ラディン；イタリア；ハンガリー；チェコ；スロバキア；スロベニア；セルビア；クロアチア；マケドニア；ルーマニア；ブルガリア；ギリシャ；ポーランド；ソルビア；ロシア, ベラルーシ, ウクライナ；トルコ；ユダヤ；モルドヴィア；ヤクート；タジク；モンゴル；グルジア；ラオス；日本；ポリネシア；スペイン系アメリカ, メキシコ；マヤ；アルゼンチン；カーボヴェルデ.

3* **オオカミがキツネに食べ物をやる**（旧，熊がキツネにメンドリを投げる）

キツネがオオカミ(熊)を説得して，鶏小屋(家畜小屋)に入り込ませ，鶏たち(子羊たち)を自分のほうに放り出させる．それからキツネは，犬たちにそれを告げ，犬たちはオオカミに襲いかかる．キツネは鶏たちを持って逃げる[K1022.3]．後にキツネはオオカミに会うと，自分はオオカミよりひどく攻撃されたふりをする.

類話(～人の類話) フィンランド系スウェーデン；ラトヴィア；ポルトガル；フラマン；ドイツ；ハンガリー；スペイン系アメリカ.

4 **病気の動物が健康な動物を運ぶ**（旧，仮病のトリックスターを運ぶ）

キツネがけがをしたふりをして[K1818]，けがをしているオオカミ(熊)をだまし，自分を背負わせる[K1241]．キツネは背負ってもらいながら，「病気の動物が元気な動物を運ぶ」(「叩きのめされたやつが，叩きのめされていないやつを運ぶ」)と歌う．オオカミがキツネの歌について尋ねると，キツネは言葉を入れ替える．または(犬たちが追っかけてくると言って)オオカミを脅す．参照：話型 72.

コンビネーション 通常この話型は，1つまたは複数の他の話型のエピソード，特に 1, 2, 3, 5, 15, 30, 34, 41, 47A, 47B, 100 のエピソードと結びついている．

注 16-17 世紀のハンガリーの諺として記録されている．独立した説話として現れることはまれである．

類話(〜人の類話) フィンランド；フィンランド系スウェーデン；エストニア；ラトヴィア；リトアニア；ラップ；ヴェプス, ヴォート, カレリア；スウェーデン；フランス；スペイン；バスク；カタロニア；ポルトガル；ドイツ；イタリア；サルデーニャ；ハンガリー；チェコ；スロバキア；スロベニア；セルビア；クロアチア；ブルガリア；ギリシャ；ロシア, ベラルーシ, ウクライナ；ポーランド；ソルビア；トルコ；ユダヤ；ジプシー；チェレミス/マリ；チュヴァシ；モルドヴィア；ヤクート；タジク；ブリヤート, モンゴル；グルジア；インド；ラオス；スペイン系アメリカ, グアテマラ, コスタリカ, パナマ；フランス系アメリカ；ドミニカ；南アメリカインディアン；マヤ；チリ；アルゼンチン；西インド諸島；チュニジア；アルジェリア；モロッコ；シエラレオネ；東アフリカ；スーダン, コンゴ；ナミビア；南アフリカ.

5 木の根にかみつく (旧，足にかみつく)

オオカミ(熊，犬，トラ)が，キツネ(サギ，カメ)を追いかけて，うまいこと脚(しっぽ)にかみつく．キツネは逃げるために，オオカミがくわえているのはただの木の根っこだと言う．するとオオカミはキツネを放す(そして木の根にかみつく)．キツネは逃げる[K543]．参照：話型 122L*.

コンビネーション 通常この話型は，1つまたは複数の他の話型のエピソード，特に 1, 2, 3, 4, 5, 15, 37, 41, 66A, 66B のエピソードと結びついている．

注 人間が筋の担い手として語られることもある．

類話(〜人の類話) フィンランド；フィンランド系スウェーデン；ラップ；スウェーデン；ノルウェー；スペイン, バスク；カタロニア；フランス；ドイツ；ハンガリー；ブルガリア；アルバニア；ギリシャ；ポーランド；ウクライナ；トルコ；パキスタン；インド；スリランカ；中国；マレーシア；インドネシア；フィリピン；アフリカ系アメリカ；メキシコ；ドミニカ, プエルトリコ；南アメリカインディアン；ブラジル；チリ；アルゼンチン；アルジェリア, モロッコ；ギニアビサウ；東アフリカ；スーダン；中央アフリカ；コンゴ；ナミビア；南アフリカ.

6 ほかの動物を捕まえた動物が，口をきくよう仕向けられる

キツネ(ジャッカル，オオカミ)が，鶏(カラス，鳥，ハイエナ，羊，等)を捕まえて，それを食べようとしている．鶏が質問をすると，キツネがそれに答える．その結果，キツネは獲物を放し，獲物は逃げる[K561.1]．参照：話型 20D*, 122A, 122C, 122B*, 227, 227*.

コンビネーション 56A, 61.

注 『イソップ寓話』(Perry 1965, 525f. No. 562a)．『狐物語(*Roman de Renart*)』の 1174 から 1202 番にかけても記録されている(II, 353–459, XVI, 533–637)．

類話(～人の類話) フィンランド；フィンランド系スウェーデン；エストニア；ラトヴィア；リトアニア；ラップ；アイルランド；フランス；スペイン；バスク；カタロニア；ポルトガル；オランダ；フラマン；ドイツ；イタリア；サルデーニャ；ハンガリー；セルビア；ブルガリア；ギリシャ；ウクライナ；オセチア；タジク；グルジア；ヨルダン；オマーン；イラン；インド；中国；ベトナム；日本；スペイン系アメリカ，メキシコ；プエルトリコ；南アメリカインディアン；エクアドル；チリ；アルゼンチン；アルジェリア；南アフリカ；マダガスカル．

6* ほかの動物を捕まえた動物が，獲物をくわえたまま話す (旧，オオカミがガチョウを捕まえる)

オオカミはガチョウを捕まえ，キツネは鶏を捕まえる．キツネがオオカミに何かの質問をすると，オオカミは口を開き，ガチョウは逃げることができる[K561.1]．次にオオカミはキツネに質問をするが，キツネは獲物を逃がさないように答える．参照：話型 6, 227*.

類話(～人の類話) イタリア；ハンガリー；ユダヤ．

7 3つの木の名 (旧，木の名を3つ叫ぶ)

熊(オオカミ)とキツネが，どちらが先に木の名前を3つ言うことができるか賭けをする．熊は同じ木の3つの異なった種類の名前を言うが，キツネはもっと速く発音できる3つの異なった木の名前を言うので，キツネが勝つ[N51]．

一部の類話では，悪魔と男が賭けをする．参照：話型 1093.

類話(～人の類話) フィンランド；フィンランド系スウェーデン；エストニア；スウェーデン；ノルウェー；デンマーク；ドイツ；日本；ナイジェリア．

8　にせの美容治療 (旧, 干し草の山の上での「色塗り」)(旧話型 8A を含む)

キツネが熊(オオカミ)に, 自分が鳥たちに色を塗ってやったのだと言う. キツネは色を塗られるのは痛いことだと警告するが, 熊は自分も色を塗ってもらいたがる. キツネは熊に, 穴にピッチを入れさせ, その上に木を横たえさせる. キツネは熊を木に縛りつけ, 木の下で火を焚く. 熊はやけどを負う(けがをする, または死ぬ)[K1013.2].

一部の類話では, キツネ(ジャッカル, 人間, 穴ウサギ, カメ)が別の方法で, 熊(オオカミ, ライオン, ヤギ, フクロネズミ, 鬼)を痛い目にあわせる. もっと美しくしてやるとか, 治療してやると約束し, 真っ赤に焼けた石を熊に押し当てる. または沸騰したお湯をかける. または熊の頭やしっぽの毛を剃る[A2317.12]. または焼けた火かき棒で目をえぐり出す[K1013]. (旧話型 8A.)

コンビネーション　1, 2, 5, 6, 8*.

類話(～人の類話)　フィンランド; フィンランド系スウェーデン; エストニア; ラトヴィア; ラップ; フランス; スペイン; フリジア; ドイツ; ロシア; ウクライナ; ユダヤ; ダゲスタン; チェレミス/マリ, チュヴァシ; シベリア; ウズベク; トゥヴァ; グルジア; インド; 中国; 朝鮮; ベトナム; インドネシア; ハワイ; エスキモー; 北アメリカインディアン; アメリカ; スペイン系アメリカ; アフリカ系アメリカ; メキシコ, グアテマラ; プエルトリコ; 南アメリカインディアン; マヤ; ペルー; アルゼンチン; 東アフリカ, スーダン; ナミビア, 南アフリカ; マダガスカル.

8*　キツネが焼けた熊の骨でトナカイを買う

キツネが熊の焼けた骨を集めて, それを袋に入れる. キツネはまるでお金のように骨をジャラジャラと鳴らして, その袋とトナカイ(馬)を交換する.

コンビネーション　1, 2, 8.

類話(～人の類話)　フィンランド; エストニア; ラップ; 中国.

8A　話型 8 を見よ.

9　ずるい相棒 (旧話型 9A, 9B, 9C を含む)

キツネ(ジャッカル, 猿)と熊(オオカミ, ハリネズミ, カニ, 鳥)が, いっしょに畑を耕し, 収穫を山分けすることにする. 熊が納屋で穀物を脱穀している間, キツネは, 屋根の梁が熊の頭に落ちてこないように支えていなければならないと言って休んでいる[K1251.1]. (旧話型 9A.)

収穫を分けるとき, キツネは穀物を取り, 熊にはそれよりも大きなもみ殻の山をやる[K171.1]．粉ひき場で収穫をひくと，キツネの取り分は熊の取り分と違う音がする[K171.2]．（旧話型 9B.）参照：話型 1030.

キツネの穀物を料理すると明るい色だが，熊の穀物を料理すると黒っぽくなる．穀物はどれも同じ味がすると熊に納得させるために，キツネはこっそり熊の皿からスプーン１杯取り，自分の皿から取ったふりをする[K471]．(旧話型 9C.)

一部の類話では，動物たちが収穫のどの部分を取るかを決めるために競い合う．参照：話型 275A–275C.

コンビネーション　通常この話型は，１つまたは複数の他の話型のエピソード，特に 1, 3, 4, 15, 47A のエピソードと結びついている．

注　この説話の諸部分，特に収穫を分担するエピソードは，独立して伝承されている．

類話(～人の類話)　フィンランド；フィンランド系スウェーデン；エストニア；ラップ；カレリア；スウェーデン；ノルウェー；アイルランド；フランス；スペイン；バスク；カタロニア；ポルトガル；フリジア；ドイツ；イタリア；サルデーニャ；コルシカ島；マルタ；チェコ；スロバキア；セルビア；マケドニア；ブルガリア；ギリシャ；ポーランド；トルコ；ユダヤ；オセチア；アブハズ；モルドヴィア；シベリア；ヤクート；タジク；パレスチナ；インド；ビルマ；スリランカ；日本；マレーシア；フランス系アメリカ；スペイン系アメリカ；メキシコ；プエルトリコ；マヤ；アルゼンチン；北アフリカ；アルジェリア；モロッコ；ギニア, コンゴ；スーダン, タンザニア；ナミビア；南アフリカ．

9A–9C　話型 9 を見よ．

10***　崖からの転落（旧，崖の向こう）

キツネと熊(オオカミ，人間，悪魔)が崖っぷちでいっしょに寝ている．キツネが熊をふちの向こうへ押したため，熊は落ちて死ぬ[K891.5.1, K891.5.2]．

類話(～人の類話)　ノルウェー；セルビア；ルーマニア；トゥヴァ；インド；スペイン系アメリカ；アルジェリア；モロッコ．

15　名づけ親を演じて食料を盗む（旧，名づけ親を演じてバター(ハチミツ)を盗む）

キツネ(猫，ジャッカル)とオオカミ(熊，ハツカネズミ)がいっしょに暮らす．キツネは，ある洗礼に名づけ親として招待されたと偽る(葬儀または結婚式に招待されたふりをする)．そしてキツネは洗礼には行かずに，自分とオオカミが保存しておいたバター(ハチミツ)をこっそり平らげる．このことがもう1回(3回)起きる．洗礼を受けた子どもの名前をオオカミがキツネに尋ねると，キツネは保存しておいた食物が減ったことを表す名前をでっちあげる[K372].

オオカミはバターがなくなっているのを見つけて，キツネを責めるが，キツネは食べていないと言う．キツネは，誰がバターを食べたかを判定するテストを提案する．それは2匹とも日なたに横たわっていれば，そのうちバターが溶けて出てくるだろうというものである．オオカミが眠っている間に，キツネがオオカミにバターに塗りつける．こうしてキツネはオオカミの有罪を「証明」する[K401.1].

コンビネーション　通常この話型は，1つまたは複数の他の話型のエピソード，特に1, 2, 3, 4, 5, 34, 41, 47A, 210 のエピソードと結びついている．

注　この説話のいくつかの部分は『狐物語(*Roman de Renart*)』の追補に見られる．

類話(～人の類話)　フィンランド；フィンランド系スウェーデン；エストニア；リーヴ；ラトヴィア；リトアニア；ラップ；ヴェプス, ヴォート, カレリア, コミ；スウェーデン；ノルウェー；フェロー；アイスランド；スコットランド；アイルランド；フランス；スペイン；カタロニア；ポルトガル；オランダ；フリジア；フラマン；ワロン；ドイツ；イタリア；ハンガリー；スロベニア；マケドニア；ルーマニア；ブルガリア；ギリシャ；ソルビア；ロシア, ベラルーシ, ウクライナ；トルコ；ユダヤ；オセチア；チェレミス/マリ；チュヴァシ；モルドヴィア, ヴォチャーク；ヤクート；タジク；グルジア；オマーン；インド；日本；フランス系カナダ；アメリカ；フランス系アメリカ；スペイン系アメリカ；アフリカ系アメリカ；ドミニカ；プエルトリコ；西インド諸島；カボヴェルデ；エジプト, アルジェリア；モロッコ；東アフリカ, スーダン；エリトリア；中央アフリカ；コンゴ；南アフリカ．

15*　キツネがオオカミの気を獲物からそらす (旧話型 15** を含む)

この雑録話型は，自分が獲物を食べるために，オオカミの気を獲物からそらすキツネ[K341]に関するさまざまな説話からなる．

類話(～人の類話)　フィンランド系スウェーデン；エストニア；フランス；カタロニア；フラマン；ギリシャ；シリア；南アメリカインディアン；南アフリカ．

15**　話型 15* を見よ．

20　話型 20A を見よ．

20A　穴にはまった動物たちが互いに食い合う (旧，動物たちが穴にはまる)(旧話型 20 を含む)

多数の動物(キツネ，オオカミ，熊，豚，オンドリ，メンドリ，ガチョウ，ヤギ，猫，野ウサギ，ハツカネズミ)が幸運を求めて，いっしょに旅(巡礼の旅)に出る[B296]．動物たちは穴を飛び越えようとするが，飛び越えられずに穴に落ちる．参照：話型 130, 130B, 210.

腹が減ると，キツネは彼らのうちでいちばん醜い名前の者(いちばん高い声またはいちばん大声で歌える者，いちばん長く遠吠えできる者，いちばん若い者またはいちばん小さい者)を食べようと提案する．その結果，すべての動物が次々と食べられ，とうとう 2 匹(オオカミとキツネ)しか残らないか，またはキツネしか残らない[K1024]．参照：話型 231*.

コンビネーション　20C, 21, 136A*, 154, 223.

類話(～人の類話)　フィンランド；エストニア；リーヴ；ラトヴィア；リトアニア；ラップ；ヴェプス；カレリア；アイルランド；ポルトガル；フリジア；ドイツ；ハンガリー；スロベニア；セルビア；クロアチア；ルーマニア；ブルガリア；ギリシャ；ロシア, ベラルーシ, ウクライナ；トルコ；ユダヤ；ダゲスタン；オセチア；アブハズ；チェレミス/マリ；モルドヴィア, ヴォチャーク；クルド；カザフ；カラカルパク；カルムイク, ブリヤート；グルジア；パレスチナ；アメリカ；メキシコ；西インド諸島；モロッコ；ブルキナファソ.

20C　動物たちが世界の終わりを恐れて逃げる (旧話型 2033 を含む)

鶏(猫，ハツカネズミ)が，頭(しっぽ)に落ちてきた木の実(ドングリ，葉)におびえる[Z43.3]．またはほかの動物が，物音(屁)[J1812]におびえる．鶏は，これを迫りくる戦争の(世界の終わりの，空が落ちてくる)予兆だと思い，慌てふためいてオンドリとともに逃げる(彼らはこの大惨事を王に報告しに行く)．彼らはほかの動物たち(例えば，ガチョウ，野ウサギ，犬，熊，オオカミ，キツネ)に出会い，その動物たちも恐怖を抱き，いっしょに逃げる.

誤解が解ける，または動物たちが穴に落ちる(参照：話型 20A)．一部の類話では，動物たちがキツネの巣穴にたどりつく．キツネは動物たちを中へ招き入れ，食べてしまう(参照：話型 20D*).

コンビネーション　20A, 21, 65, 130, 2010IA.

類話(～人の類話)　フィンランド；エストニア；ラトヴィア；リトアニア；ヴェプス；ノルウェー；デンマーク；スコットランド；アイルランド；イギリス；スペイン；カタロニア；ポルトガル；フリジア；フラマン；ドイツ；イタリア；ハンガリ

ー；スロベニア；ボスニア；ブルガリア；ギリシャ；ロシア；トルコ；ジプシー；オセチア；モルドヴィア；オスチャック；カザフ；タジク；モンゴル；グルジア；パレスチナ；チベット；中国；カンボジア；オーストラリア；北アメリカインディアン；アメリカ；アフリカ系アメリカ；南アメリカインディアン；メキシコ；キューバ．プエルトリコ；エジプト；ギニア，東アフリカ；スーダン；南アフリカ．

20D*　動物たちの巡礼の旅（旧，オンドリとほかの動物たちが法王になるためにローマに旅をする）（旧話型 61A を含む）

オンドリが，ローマ法王になるためにローマに行くことにする[B296.1]．オンドリの妻が同行し，ほかの動物たちも次々と加わる．彼らはキツネに出会う．キツネは，休息するようオンドリたちを巣穴に招き入れる．キツネはオンドリたちに歌うように頼み，そしてオンドリたちを次々と食べる（参照：話型 20C）．

しばしば，キツネが巡礼の旅に出るふりをする（修道院に行くふりをする）．ほかの動物（鶏，カモ，ガチョウ，カササギ，スズメ）がキツネに同行する．キツネは動物たちに，懺悔を聞かせるよう頼むか，またはそれぞれの動物に特有の罪をとがめる．そしてキツネは罰として動物たちを食べる．

一部の類話では，キツネがオンドリ（ヤマウズラ，ヒバリ）に，自分は信心深くなったのでこれまでの行いを懺悔すると言う[K2027]，または修道女の服を着る[K2285]．それから，キツネはオンドリの罪（一夫多妻）をとがめ，懺悔を聞いてやると申し出る．オンドリが近づいてくると，キツネはオンドリを捕まえ，丸呑みにする．

またはオンドリが策略によって逃げる．（旧話型 61A.）参照：話型 113B, 165.

コンビネーション　20A.

注　最初のエピソードは特にデンマーク，ドイツ，イタリアに流布している．最後のエピソードは 1195 年から 1200 年にかけて『狐物語（*Roman de Renart*）』（Branche VII）に記録されている．

類話（～人の類話）　デンマーク；スペイン；バスク；カタロニア；ポルトガル；フリジア；ドイツ；イタリア；スロベニア；セルビア；マケドニア；ブルガリア；ギリシャ；ポーランド；ロシア；ベラルーシ；ウクライナ；トルコ；ユダヤ；クルド；タジク；グルジア；シリア；パレスチナ；ヨルダン；イラン；インド；エジプト；アルジェリア；ニジェール．

21 自分のはらわたを食べる (旧話型 21* を含む)

キツネとオオカミ(熊, 豚, トラ)が, いっしょに穴に落ち, 腹が減る. キツネは前もって殺しておいた動物のはらわた(脳, 目)を体の下(毛皮の中)に隠しておき, それらをかじり始める. キツネは, 自分の腹を切り開いて自分のはらわたを食べているのだとオオカミに言う[K1025, K1025.1]. オオカミがこれをまねようとして, 死ぬ.

コンビネーション 15, 20A, 20C.

注 1847 年にフィンランドで記録されている. しばしば他の動物昔話と結びついている.

類話(～人の類話) フィンランド; エストニア; ラトヴィア; リトアニア; ヴェプス; ノルウェー; スペイン; フリジア; ドイツ; ハンガリー; ブルガリア; ギリシャ; ロシア, ベラルーシ, ウクライナ; ユダヤ; ジプシー; アブハズ; カラチャイ; チェレミス/マリ, モルドヴィア, ヴォチャーク; クルド; シベリア; オスチャック; カザフ; カラカルパク; タジク; カルムイク; ブリヤート, モンゴル; トゥヴァ; グルジア; インド; チベット; 中国; ラオス; インドネシア; エスキモー; アルジェリア, モロッコ; 南アフリカ; マダガスカル.

21* 話型 21 を見よ.

23* キツネ(男)がオオカミ(熊)をそそのかして, オオカミを串刺しにする

キツネがオオカミ(熊)に, 杭を跳び越してみろと挑発する. キツネは, オオカミが横飛びになっていると指摘し, どうやったらまっすぐ前に飛べるか示す. するとオオカミは杭に串刺しになる. キツネはオオカミにおりる努力をしろと言う. その結果オオカミはさらにしっかりと杭に刺さってしまう.

類話(～人の類話) ハンガリー; セルビア; クロアチア; チュヴァシ; シベリア; カタール, エリトリア.

30 キツネがオオカミをだまして穴に落とす

キツネ(ハリネズミ, 豚, 野ウサギ)がオオカミ(ライオン, ジャッカル)を穴(井戸, 罠)におびき寄せる. キツネは, オオカミにふちを飛び越えてみろとけしかける, または泉の中に食べ物があると言う. オオカミは中に落ちて(飛び込んで), 出られなくなる.

または, キツネは覆いをした落とし穴にオオカミを誘い込む.

コンビネーション 1, 2, 3, 4, 47D.

注 ハイ・ガオン(Haï Gaon)(939–1038)のヘブライの寓話に記録されている.
類話(～人の類話) フィンランド；フィンランド系スウェーデン；エストニア；ラトヴィア；リトアニア；アイルランド；フランス；スペイン；カタロニア；ポルトガル；ドイツ；イタリア；ハンガリー；マケドニア；ギリシャ；ロシア；ベラルーシ；ウクライナ；ユダヤ；ジプシー；アブハズ；チェレミス/マリ；クルド；ブリヤート；モンゴル；イラン；中国；ベトナム；マレーシア；モロッコ；ギニア；南アフリカ.

31 キツネがオオカミの背中に乗って，穴から出る

キツネが井戸に飛び込み(落ち)，自力で出ることができない．キツネは，ほかの動物(オオカミ，ヤギ，熊)をそそのかして自分のところにおりてこさせる．オオカミが，自分たちはどうしたら出ることができるかと尋ねると，キツネはお互いに助け合おうと言う．キツネはオオカミの背中に乗って登り，外に出る．井戸の上でキツネはオオカミをあざけり，約束を破り，助け出さない[K652].

コンビネーション 20A, 127B*.
注 『イソップ寓話』(Perry 1965, 423 No. 9)．また，1205年頃『狐物語(*Roman de Renart*)』(XVII, 1–138)にも記録されている.
類話(～人の類話) フィンランド；フィンランド系スウェーデン；エストニア；リーヴ；ラトヴィア；リトアニア；ラップ；ノルウェー；アイルランド；フランス；スペイン；カタロニア；オランダ；ドイツ；ハンガリー；スロベニア；マケドニア；ブルガリア；ギリシャ；ロシア, ウクライナ；ユダヤ；ジプシー；トルクメン；パレスチナ, イラク；インド；ベトナム；マレーシア；インドネシア；アフリカ系アメリカ；アルジェリア, モロッコ；チャド；ジンバブエ；ナミビア, 南アフリカ.

32 オオカミが片方のつるべに乗って井戸におり，もう片方のつるべに乗っているキツネを救う

キツネ(野ウサギ，ハリネズミ)が井戸に落ち，または喉が渇いて(何かから逃がれて，またはオオカミをだまして下におろそうと思って)井戸に飛び込み，つるべに座っている．キツネはオオカミ(ジャッカル)をそそのかしてもう片方のつるべに座らせる．するとキツネのつるべが上まで上がり，キツネは出ることができる[K651].

しばしば，人が井戸の中のオオカミを見つけて，さんざん殴る.

コンビネーション 34.
注 トロワのラシ(Rashi de Troyes)(1040–1105)のヘブライの寓話に記録されている.

その後12世紀にはペトルス・アルフォンシ(Petrus Alfonsus)の『知恵の教え(*Disciplina clericalis*)』(No. 23)に記録されている．1178年にも『狐物語(*Roman de Renart*)』(IV, 1-478)に記録されている．

類話(～人の類話) フィンランド；フィンランド系スウェーデン；エストニア；カレリア；スウェーデン；デンマーク；アイスランド；アイルランド；フランス；スペイン；カタロニア；ポルトガル；オランダ；フリジア；フラマン；ドイツ；イタリア；ハンガリー；チェコ；スロベニア；ブルガリア；ギリシャ；ウクライナ；ユダヤ；ジプシー；イラン；アメリカ；アフリカ系アメリカ；メキシコ；ブラジル；チリ；アルジェリア；モロッコ；南アフリカ．

33 キツネが死んだふりをして，穴から放り出され，逃げる

キツネが(しばしばもう1匹または複数のほかの動物といっしょに)，罠(穴)に捕まり出ることができない．狩人が来ると，キツネは死んだふりをする[K522]．狩人は，罠からキツネを取り出し，もう動かないと思ってキツネを横たえる．キツネは逃走する．参照：話型1, 105*, 233A, 239.

ほかの動物たちがキツネの策をまねようとして，死んだふりをするが，狩人は2度目はだまされない．

コンビネーション 41, 105.

類話(～人の類話) フィンランド；エストニア；ラトヴィア；リトアニア；カレリア；アイルランド；スペイン；ポルトガル；マケドニア；ブルガリア；アルバニア；ギリシャ；ロシア, ベラルーシ, ウクライナ；トルコ；クルド；トルクメン；インド；インドネシア；ハワイ；南アメリカインディアン；北アフリカ；エジプト；チュニジア；アルジェリア；モロッコ；チャド；東アフリカ；スーダン, コンゴ．

33* 話型41を見よ．

33** 話型41を見よ．

34 オオカミが水に映ったチーズを手に入れようと水に飛び込む (旧話型34Bを含む)

オオカミ(キツネ，ハイエナ，猿)が，水(井戸)に映っている月を見て，水の下にチーズ(羊，バター)があると思う．オオカミはそれを手に入れようと水に飛び込む[J1791.3]．しばしば，ほかの動物(キツネ)が，オオカミをそそのかし，飛び込ませる．参照：話型1335A, 1336.

一部の類話では，動物はチーズが水の下にあると思い，チーズを手に入れるために水を飲み干そうとする．動物は破裂する．または，破裂する直前に

キツネがその動物を栓で塞ぎ，宿屋(宴会)に到着すると，栓を抜く．(旧話型 34B.) 参照：話型 1141.

コンビネーション 通常この話型は，1つまたは複数の他の話型のエピソード，特に 1, 3, 4, 5, 8, 15, 32, 41, 49, 49A, 74C*, 78A, 122, 122A, 123, 154, 175, 1530 のエピソードと結びついている．

注 12 世紀のペトルス・アルフォンシ(Petrus Alfonsus)の『知恵の教え(*Disciplina clericalis*)』(No. 23)に記録されている．水を飲む動物が出てくる類話はマリー・ド・フランス(Marie de France)の『イソップ寓話(*Ésope*)』(No. 58)(参照：Perry 1965, 448 No. 135)にある．人間が登場するものは話型 1336 を見よ．

類話(～人の類話) フィンランド；エストニア；ラトヴィア；スウェーデン；ノルウェー；イギリス；フランス；スペイン；バスク；カタロニア；ポルトガル；オランダ；フリジア；フラマン；ドイツ；イタリア；ハンガリー；チェコ；スロバキア；スロベニア；セルビア；クロアチア；ルーマニア；ブルガリア；ギリシャ；ポーランド；ソルビア；ウクライナ；ユダヤ；ジプシー；インド；中国；北アメリカインディアン；スペイン系アメリカ；アフリカ系アメリカ；メキシコ, グアテマラ, コスタリカ；ドミニカ；プエルトリコ；ニカラグア；マヤ；ブラジル；チリ；西インド諸島；モロッコ；ナイジェリア；東アフリカ；中央アフリカ．

34A 犬が水に映った自分の姿を見て肉を落とす

犬が肉(骨)を口にくわえて，川を泳いで渡る(橋を渡る)．犬は水に映った自分の姿を見て，それをもっと大きな肉をくわえたほかの犬だと思う．肉を奪おうと，この犬を追いかけて潜り(水に飛び込み)，自分の肉を失う [J1791.4]．参照：話型 34, 92, 1336, 1336A.

注 『イソップ寓話』(Perry 1965, 447 No. 133)．紀元前 4 世紀にデモクリトス(Democritus)によって記録されている．

類話(～人の類話) フィンランド；エストニア；リトアニア；アイルランド；フランス；スペイン；ポルトガル；オランダ；フリジア；ドイツ；ハンガリー；チェコ；ブルガリア；ギリシャ；ウクライナ；トルコ；ユダヤ；オセチア；シベリア；グルジア；イラン；インド；モンゴル；ベトナム；フィリピン；エジプト, モロッコ；南アフリカ．

34B 話型 34 を見よ．

34C レンズ豆を持った猿

猿がレンズ豆(木の実)を 1 粒手から落とす．落としたレンズ豆を見つけようとして木からおりるとき，手に持っていたほかのレンズ豆も落としてしまう．木の下におりても，落とした豆は1つも見つからない[J344.1].

注 インドの『ジャータカ(*Jātaka*)』(No. 176)に記録されている．
類話(〜人の類話) デンマーク；インド．

35A* キツネがオオカミに肉をくれと頼む

キツネはオオカミが捕まえた肉の匂いを嗅ぎつけるが，少しも分けてもらえない．キツネはオオカミに，どうやって食い意地のはった隣人たちから肉を守ったらいいかを提案し，夜その肉を盗む[K331]．参照：話型1792.

注 1205年から1250年の間に『狐物語(*Roman de Renart*)』(XXIV, 213-314)に記録されている．
類話(〜人の類話) ラトヴィア；ウクライナ．

35B* キツネがオオカミを罠に誘い込んで，餌を手に入れる

キツネが道ばたで1かけの肉を見つける．しかしキツネはそれが罠かもしれないと思い，食べない．オオカミがやって来ると，キツネはその肉のことを話す．オオカミは肉を取りに行き，罠にかかる．そしてキツネは危険をおかさずに，肉を食べることができる[K1115.1].

多くの類話では，キツネは断食しているふりをし，それで肉を食べることができないと言う．その後肉を食べるときに，断食の期間は終わったとオオカミに言う．

類話(〜人の類話) ラトヴィア：リトアニア；ドイツ；ギリシャ；ロシア，ベラルーシ，ウクライナ；トルコ；ダゲスタン；クルド；カラカルパク；タジク；グルジア；イラン；カザフ；スーダン；南アフリカ．

36 キツネが雌熊を強姦する (旧，変装したキツネが雌熊を強姦する)

キツネ(野ウサギ)が母熊(雌オオカミ，雌ギツネ，雌ライオン)の子どもたちに母親のことを尋ね，母熊と寝たいと言う．母熊はこれを耳にして，キツネを捕まえようと待ち伏せする．キツネは2本の木の間を通り抜けるが，母熊は木の間に挟まり，そしてキツネが母熊を強姦する[K1384].

キツネは泥で自分を黒く塗り，修道士に変装して[K521.3]，母熊のところに戻る．母熊は，キツネを見なかったかと尋ねる．キツネは，そいつが母熊を強姦したキツネなのかと聞く．すると母熊は，自分の身に起きたことをもうすべての動物が知っていると気に病む．

注 12世紀には，マリー・ド・フランス(Marie de France)の『イソップ寓話(*Éso-*

pe)』(No. 60)に，また1174年には，『狐物語(*Roman de Renart*)』(II, 1024–1390)に記録されている．

類話(～人の類話) フィンランド；フィンランド系スウェーデン；エストニア；リーヴ；ラトヴィア；フランス；スペイン；ポルトガル；オランダ；フラマン；ハンガリー；ボスニア；ブルガリア；ロシア；ウクライナ；トルコ；オセチア；カザフ；タジク；モンゴル；グルジア；オマーン；インド；ビルマ；チベット；スペイン系アメリカ，メキシコ；南アメリカインディアン；マヤ；チリ；アルゼンチン．

37 母熊の代わりに子守女をするキツネ (旧話型37* を含む)

この説話には，おもに3つの異なる型がある．

(1) 母熊は，狩りに出かけている間子どもたちの世話をしてくれる子守女が必要になる．子守女に志願してきたすべての者(例えば，野ウサギ，オオカミ，牛，キツネ)の中から，母熊はキツネ(ハイエナ)を選ぶ．母熊が出かけるたびに，キツネは子どもを1匹食べるが，母熊には子どもたちがいなくなったことに気づかれないようにする．子どもたちをすべて食べてしまうと，キツネは去る[K931]．

北ヨーロッパの類話では，母熊は志願者に上手に歌うことを要求し，その結果キツネを選ぶ．

少数の類話では，キツネとガチョウが自分たちの子どもをいっしょに育て，交替で世話をする．キツネがガチョウのひなを食べる．

(2) 志願者たちは，いい泣き女となれることを証明するために歌わなければならない．嘆き悲しんでいる夫が埋葬の準備をしている間に，キツネが死体を食べる．

(3) 子守女ではなく，羊の群れのために羊飼いが必要とされる．次々と羊がキツネに食べられる[K934]．(旧話型37*.) 参照：話型123B.

類話(～人の類話) フィンランド；フィンランド系スウェーデン；エストニア；ラトヴィア；リトアニア；ヴェプス，カレリア，コミ；ノルウェー；スペイン；ドイツ；ハンガリー；ポーランド；ロシア，ベラルーシ，ウクライナ；チェチェン・イングーシ；オセチア；クルド；シベリア；ウズベク；トゥヴァ；グルジア；イラン；インド；インドネシア；北アメリカインディアン；スペイン系アメリカ；アフリカ系アメリカ；ニカラグア，コスタリカ；南アメリカインディアン；チリ；ギニア；東アフリカ；コンゴ；ナミビア；南アフリカ；マダガスカル．

37* 話型37を見よ．

38　裂けた木にかぎ爪を挟む

男(キツネ)が熊(トラ)に，木を切り倒す(薪を割る)のを手伝ってくれと頼む．熊はかぎ爪で木のある部分を支えることになる．男はその部分に打っておいたくさびを外す．すると木の両部分が勢いよく閉じ，熊は挟まれる[K1111].

一部の類話では，熊が男に手伝いを頼むと，男は最初に熊が手伝わなければならないと言う．

コンビネーション　151, 157A, 1159.

注　『ヒトーパデーシャ(*Hitopadeśa*)』(II, 1)に記録されている．また1179年に『狐物語(*Roman de Renart*)』(I, 474–728)に記録されている．

類話(～人の類話)　フィンランド；フィンランド系スウェーデン；エストニア；ラトヴィア；リトアニア；ラップ；スウェーデン；ノルウェー；アイルランド；フランス；スペイン，バスク；カタロニア；ポルトガル；オランダ；フリジア；フラマン；ドイツ；スイス；イタリア；ハンガリー；チェコ；スロバキア；スロベニア；ブルガリア；ギリシャ；ポーランド；ウクライナ；トルコ；ユダヤ；ジプシー；タジク；グルジア；イラク；中国；インド；カンボジア；インドネシア；アメリカ；スペイン系アメリカ；アフリカ系アメリカ；メキシコ；プエルトリコ；マヤ；アルゼンチン；北アフリカ，モロッコ，スーダン；アルジェリア；南アフリカ．

40　話型40A* を見よ．

40A*　オオカミと鐘(旧，オオカミがしっぽに鐘を結びつけられる)(旧話型40と160*** を含む)参照：話型110.

この説話には，おもに3つの異なる型がある．

(1)　オオカミとキツネが，自分たちのものではない食料を食べる．キツネはオオカミに鐘を取りつけ，誰かがドアを開けたら鐘が鳴るようにし，自分たちがすぐに逃げられるようにする．オオカミのしっぽが鐘のひもに絡まる(オオカミは鐘のひもに吊される)．

(2)　オオカミがキツネに，食べ物をよこすよう強要する．キツネは鐘を鳴らし，オオカミがいることをばらして仕返しをする．または，オオカミがうっかり鐘を鳴らして，自分がいることを明かしてしまう[K1114, K1022.4].(旧話型160***.)

(3)　オオカミとキツネが食べたがっている動物は鐘を体につけている．キツネはオオカミがいることをばらすために，その鐘を鳴らす．(旧話型40.)

注　1190年頃『狐物語(*Roman de Renart*)』(Branche XII)に記録されている.
類話(～人の類話)　フィンランド；リーヴ；フランス；スペイン；カタロニア；イタリア；クロアチア；モロッコ.

40B*　話型2Dを見よ.

41　オオカミが地下貯蔵室で食べすぎる (旧話型33*, 33**, 41*, 160**を含む)

キツネ(猫, ジャッカル, ハリネズミ)がオオカミ(ケナガイタチ, ハイエナ, レイヨウ)を説得して, 食料を盗むために, いっしょに地下貯蔵室(倉庫, 家畜小屋, 台所, ブドウ園)に侵入する. キツネとオオカミはそこで食べるが, その間キツネは, 自分が狭い出口を通ることができるか確かめ続ける. オオカミはたらふく食べ, 出ることができない. オオカミは捕まって, さんざん叩かれる(殺される)[K1022.1].

早期の類話では, キツネがたらふく食べて, 倉庫から出られなくなる. イタチは断食をするようキツネに助言する. (旧話型41*.)

または, キツネはたいへんに太って, 手伝いなしには地下貯蔵庫を出られなくなってしまったため, 死んだふりをする. その結果キツネは逃げることができる. (旧話型33**.)

コンビネーション　通常この話型は, 1つまたは複数の他の話型のエピソード, 特に1, 2, 4, 34, 100のエピソードと結びついている.
注　ジャック・ド・ヴィトリ(Jacques de Vitry)の『一般説教集(*Sermones vulgares*)』(Jacques de Vitry/Crane, No. 174)に記録されている. 後に1178年の『狐物語(*Roman de Renart*)』(XIV, 647–843)にも記録されている. キツネとイタチが登場する版はホラティウス(Horace)の『書簡集(*Epistolae*)』(I, 7)に記録されている. また『イソップ寓話』(Perry 1965, 425 No. 24)にも記録されている.
類話(～人の類話)　エストニア；ラトヴィア；リトアニア；ラップ；リーヴ, ヴォート；スウェーデン；ノルウェー；アイルランド；フランス；スペイン；カタロニア；ポルトガル；オランダ；フリジア；フラマン；ワロン；ドイツ；ラディン；イタリア；サルデーニャ；ハンガリー；スロベニア；ルーマニア；ブルガリア；ギリシャ；ポーランド；ロシア；ウクライナ；トルコ；ユダヤ；ジプシー；タジク；シリア；イラク；イラン；インド；中国；日本；ハワイ；フランス系アメリカ；スペイン系アメリカ；西インド諸島；エジプト；チュニジア；アルジェリア；モロッコ；カメルーン；東アフリカ, スーダン；中央アフリカ；ナミビア；南アフリカ.

41*　話型41を見よ.

43　**熊は木の家を建て，キツネは氷の家を建てる**（旧話型 1097 を含む）

冬にキツネ（オオカミ，熊）が氷の素敵な家を建てる．野ウサギ（オオカミ，キツネ，熊，羊，ヤギ）は木（石，鉄，草，羊毛）の家を建てる．夏が来ると，キツネの家はとけ，キツネは野ウサギの家に泊めてもらいに行く．キツネは徐々に野ウサギを家から追い出す［J741.1］．参照：話型 80, 81, 1238.

注　人間が筋の担い手として語られることもある．（旧話型 1097.）

類話（～人の類話）　フィンランド；エストニア；ラトヴィア；リトアニア；ヴォート，コミ；フランス；スロベニア；ブルガリア；ギリシャ；ロシア；ベラルーシ，ウクライナ；ユダヤ；モルドヴィア，ヴォチャーク；インド；ビルマ；フランス系アメリカ．

44　**鉄に手を置いて誓う**（旧話型 44* を含む）

（共有の食べ物の蓄えをめぐる）争いに決着をつけるために，（福音書と呼ばれている）鉄の罠に手を置いて，真実を述べることを誓おうと，キツネ（ハリネズミ，羊）がオオカミに提案する．この説話には，おもに 4 つの異なる型がある．

(1)　キツネはそっと罠に触れる．オオカミは罠を強く叩いて，はさみ口がパチンと閉じ，オオカミは捕まる［K1115］．

(2)　ハリネズミが，罠の仕掛けられている裁判官と呼ばれている木に手を置いて誓おうとする．裁判官が答えないので，オオカミは強く罠を押し，そのためにオオカミは罠に捕まる．

(3)　オオカミが羊の毛皮を剝ごうとする．そのとき，羊と仲のいいキツネがオオカミに，キツネには危害を加えないという忠誠の誓いを立てさせる．オオカミは罠にキスをして誓いをし，罠に捕らえられる．（旧話型 44*.）

(4)　羊が茂みに手を置いて誓うことを提案する．そこには犬が隠れている．犬がオオカミに飛びかかる．

注　12 世紀半ばに『イセングリムス（*Ysengrimus*）』（VI, 349–550）に記録されている．その後，『狐物語（*Roman de Renart*）』（XIV, 899–1088，参照 Branche X）に記録されている．

類話（～人の類話）　ラトヴィア；リトアニア；フランス；イタリア；ハンガリー；スロベニア；クロアチア；ブルガリア；ギリシャ；ロシア，ベラルーシ，ウクライナ；チェチェン・イングーシ；ウズベク；イラク；シリア，パレスチナ；イラン；中国；北アフリカ，チュニジア，アルジェリア，スーダン；エジプト；モロッコ．

44*　話型 44 を見よ．

47A　キツネが馬のしっぽにぶら下がる(旧, キツネ(熊, 等)が馬のしっぽにかみついてぶら下がる. 野ウサギの唇)(旧話型 47C を含む)

キツネ(オオカミ, 熊, 猿, 数匹の動物)が死んでいるように見える馬(ロバ, 犬)に出くわし, (ほかの動物の助言で)食料として死骸を家に持っていくことにする. キツネは自分の体に死んだ動物のしっぽを結びつけ(しっぽをかみ)[K1022.2, K1047], 家に引っ張っていこうとする. 馬は飛び上がって, 走り出し, 主人のところまでキツネを引きずっていく. 主人はキツネをさんざん殴る(殺す).

または, キツネがオオカミをそそのかして, オオカミの首にロープを結ばせ, 反対の端を自分たちが食べようとしている動物に結びつける. オオカミは絞め殺される. (旧話型 47C.) 参照：話型 1875, 1900.

しばしば, その動物はキツネを捕まえるために死んだふりをしているだけである.

時として, 野ウサギがこの出来事を目撃し, 笑いすぎ, その結果野ウサギの唇が裂ける[A2211.2, A2342.1].

コンビネーション　通常この話型は, 1つまたは複数の他の話型のエピソード, 特に 1, 2, 3, 4, 15, 47B, 122A, 154 のエピソードと結びついている.

注　1200 年頃『狐物語(*Roman de Renart*)』(IX, 1586–1903)に記録されている. ハインリヒ・シュタインヘーヴェル(Heinrich Steinhoewel)の類話『イソップ(*Esopus*)』(7. Extravagante, No. 87)は非常に影響が大きい. 野ウサギの口はなぜ裂けているかを説明する由来説明の動物説話でもある.

類話(～人の類話)　フィンランド；フィンランド系スウェーデン；エストニア；ラトヴィア；リトアニア；ラップ, カレリア；スウェーデン；ノルウェー；アイルランド；フランス；スペイン；カタロニア；バスク；ポルトガル；オランダ；フリジア；ドイツ；イタリア；ハンガリー；スロバキア；ギリシャ；ポーランド；ロシア；ベラルーシ, ウクライナ；シリア；イラン；インド；スリランカ；チベット；中国；朝鮮；日本；北アメリカインディアン；フランス系アメリカ；スペイン系アメリカ；アフリカ系アメリカ；南アメリカインディアン；マヤ；ブラジル；チリ；アルゼンチン；西インド諸島；モロッコ；東アフリカ, スーダン；ナミビア；南アフリカ.

47B　馬がオオカミをひどい目にあわせる(旧話型 47E と 122J を含む)

オオカミ(ライオン)が馬(ラバ, ロバ, 子馬)を食べようとする. 馬は食べられる前に, オオカミに頼みを聞いてくれと要求する. 例えば, 足からとげを抜く, 蹄鉄を取る, 蹄の裏に書かれている名前(系統図[J954.1], 年齢, 売値)を読み上げる. または, 後ろから前へと食べるよう頼む. オオカミが蹄に近づくと，馬はオオカミを蹴飛ばす[K566, K1121].

キツネがオオカミをそそのかして，馬の蹄の下に書かれている名前(系統図)を探させることもある．または，オオカミが，神に何か食べ物をくれるよう願って，または自分は医者だと言って，馬の蹄を調べる[K1955, K1121.1].

一部の類話では，ライオンが，オオカミとキツネ(ジャッカル)(またはどちらか)を，動物会議を欠席したロバ(馬，ラクダ)のところに行かせる．オオカミとキツネがロバに，なぜ出席しなかったのかと尋ねると，ロバは，蹄の裏に免除の証書があると言う．オオカミがその書類を読もうとすると，ロバがオオカミを蹴飛ばす[J1608, K551.18]．(旧話型 47E.)

コンビネーション 122A–122N*.
注 『イソップ寓話』(Perry 1965, 457 No. 187, 587 No. 693, 593ff. No. 699)．13 世紀に『狐物語(*Roman de Renart*)』(XIX, 1–90)に記録されている．ロバの蹄の下に証書があるモティーフは 12 世紀のジャック・ド・ヴィトリ(Jacques de Vitry)の『一般説教集(*Sermones vulgares*)』(Jacques de Vitry / Crane, No. 33)にある．
類話(～人の類話) フィンランド；エストニア；ラトヴィア；リトアニア；ラップ；デンマーク；スコットランド；アイルランド；フランス；スペイン；バスク；カタロニア；ポルトガル；オランダ；フリジア；フラマン；ワロン；ドイツ；イタリア；ハンガリー；チェコ；スロベニア；セルビア；クロアチア；ボスニア；ルーマニア；ブルガリア；アルバニア；ギリシャ；ポーランド；ソルビア；ロシア；ベラルーシ；ウクライナ；トルコ；ユダヤ；ジプシー；ダゲスタン；クルド；アルメニア；オスチャック；カラカルパク；ウズベク；タジク；グルジア；モンゴル；トゥヴァ；シリア，レバノン；パレスチナ，ヨルダン，イラク；イラン；チベット；中国；日本；スペイン系アメリカ；チリ；アルゼンチン；西インド諸島；エジプト；チュニジア；アルジェリア；モロッコ；エチオピア；南アフリカ.

47C 話型 47A を見よ.

47D **犬がオオカミのまねをしようとする** (旧，犬がオオカミのまねをして，馬を殺そうとする)(旧話型 101*, 117*, 119C* を含む)

オオカミ(熊)が，犬(ジャッカル，キツネ)に狩りを教える．馬を取って食う前に，オオカミは犬に，自分の目は血走っているか，そして(または)後半身は小刻みに震えているかを尋ねる．それからオオカミは馬に襲いかかり，馬を殺す.

犬が自分だけで狩りをしようとして，自分より弱い仲間(猫，野ウサギ)に同じ質問をする．犬は馬にけがをさせられる(殺される)．すると犬の仲間は,血に染まっているのは目だけではないので，犬が本当に恐ろしげに見えると言う．参照：話型 47B.

コンビネーション　30, 100, 101.

注　4, 5 世紀には，アプトニウス（Aphthonius）の寓話（No. 20）に記録されている．また，インドの『ジャータカ（*Jātaka*）』（nos. 143, 335）にも記録されている．

類話（～人の類話）　ラトヴィア；リトアニア；スペイン；カタロニア；ドイツ；ブルガリア；ギリシャ；ポーランド；ロシア, ベラルーシ, ウクライナ；クルド；カザフ；カルムイク；タジク；インド；スリランカ；チベット；スペイン系アメリカ, メキシコ, パナマ；マヤ；ボリビア；アルゼンチン；モロッコ.

47E　話型 47B を見よ.

48*　おべっか使いが褒美をもらい，正直者が罰せられる（旧，金の鎖をもらいに猿のところへ行った熊）（旧話型 68** を含む）

キツネが，猿（熊，ジュゴン，動物の王）におべっかを使い，猿の子どもたちはかわいいと言う．猿はキツネに褒美を与える（食べ物を与える）．オオカミ（熊）も腹がすいているが，子どもたちについて猿に本当のことを言う．すると猿はオオカミをさんざん殴る[J815.1].

一部の類話では，自称猿の皇帝が 2 人の旅人に，自分は誰かと尋ねる．1 人は猿を皇帝だと言って褒美をもらうが，もう 1 人は猿だと言って，罰せられる．参照：話型 51A.

注　『イソップ寓話』（Perry 1965, 528 No. 569）.

類話（～人の類話）　エストニア；ラトヴィア；ノルウェー；スペイン；カタロニア；ポルトガル；オランダ；フリジア；フラマン；ドイツ；ユダヤ.

49　熊とハチミツ

キツネが，熊（ハイエナ）をミツバチの巣に連れていくと約束する．しかしキツネは，ミツバチの巣ではなくスズメバチの巣に熊を連れていく．熊が巣をかじると，ひどく刺される[K1023]．参照：話型 1785C.

類話（～人の類話）　ラップ；スウェーデン；ノルウェー；アイルランド；フランス；フリジア；フラマン；スロベニア；ポーランド；中国；ベトナム；日本；北アメリカインディアン；スペイン系アメリカ, メキシコ；南アメリカインディアン；マヤ；ペルー；アルゼンチン；ケニア；ナミビア, 南アフリカ.

49A スズメバチの巣は王の太鼓

猿(野ウサギ，キツネ，鹿)とトラ(熊，ライオン，コヨーテ)がいっしょに狩りに行く．トラは，猿がスズメバチの巣(ミツバチの巣箱)の隣に座っているのに気づく．猿はご主人様の太鼓(オルガン，ごみ[K1056])を見張っているのだと言う．または，ヘビを持っていて，それをフルート(笏，ステッキ)だと言う[J1761.6]．トラは猿に太鼓を叩かせてくれと頼み，スズメバチに刺される[K1023.1, K1023.5]．

類話(～人の類話) インド；ビルマ；カンボジア；ベトナム；マレーシア；インドネシア；スペイン系アメリカ，メキシコ；ナミビア；南アフリカ．

50 病気のライオン

ライオン(熊，トラ)が病気になり，キツネ(ジャッカル)以外のすべての動物がライオンを見舞う．オオカミ(オオヤマネコ，コヨーテ，ハイエナ)はキツネがいなかったと言い立て，ライオンを怒らせる．キツネはこれを立ち聞きする．キツネは病気のライオンのところに行って，剝いだばかりのオオカミの毛皮を体に当てると(新鮮なオオカミの肉を食べると[K961.2])病気が治ると勧める．ライオンはオオカミの皮を剝がさせる[K961]．

注 『イソップ寓話』(Perry 1965, 534f. No. 585)．1180年から1190年の間に『狐物語(*Roman de Renart*)』(X, 1113–1723)に記録されている．

類話(～人の類話) フィンランド；エストニア；ラトヴィア；リトアニア；ノルウェー；アイルランド；フランス；スペイン；カタロニア；ポルトガル；オランダ；フラマン；ワロン；ドイツ；イタリア；ハンガリー；スロベニア；ギリシャ；ウクライナ；ユダヤ；タジク；グルジア；レバノン；イラン；インド；スペイン系アメリカ，メキシコ；アフリカ系アメリカ；マヤ；カボヴェルデ；アルジェリア，モロッコ；カメルーン；東アフリカ；スーダン；ナミビア；南アフリカ．

50A すべての足跡がライオンの巣穴に入っているのに，出てきた足跡がないことにキツネが気づく

もう狩りをするには体が弱った(狩りがおっくうになった)ライオンが，病気のふりをして自分の穴に引きこもる．1匹ずつ動物たちがライオンを見舞いに行くと，ライオンは動物たちを食べてしまう．キツネがやって来て，すべての足跡が入っているのに，出てきている足跡がないことに気づく．キツネは入らないことにする[J644.1]．参照：話型66A．

注 『イソップ寓話』(Perry 1965, 448 No. 142)．ホラティウス(Horace)の『書簡集

(*Epistulae*)』(I, 1, 74)とプルタルコス(Plutarch)の『倫理論集(*Moralia*)』(79A)に記録されている．諺として流布している．

類話(～人の類話)　フィンランド；エストニア；ラトヴィア；リトアニア；アイルランド；フランス；スペイン；カタロニア；ポルトガル；オランダ；フリジア；ドイツ；ハンガリー；ウクライナ；ユダヤ；トルクメン；イラン；インド；アフリカ系アメリカ；メキシコ；西インド諸島；エジプト；モロッコ；スーダン；エチオピア；エリトリア；ナミビア；南アフリカ．

50B　キツネがロバをライオンの巣穴に連れていき，自分が食べられる

キツネは自分が食べられないように，仲のいいロバをライオンのところに連れていく．しかしライオンはロバを食べる前に，いずれにせよキツネも食べてしまう[K1632]．

注　『イソップ寓話』(Perry 1965, 457f. No. 191)．

類話(～人の類話)　フランス；スペイン；オランダ；ユダヤ．

50C　ロバが病気のライオンを蹴ったことを自慢する

年老いて弱ったライオンが，かつて自分が追いまわしてきた動物たちから侮辱され攻撃される．熊，雄牛，ロバなどが，ライオンに復讐をし，それを自慢する[W121.2.1]．

注　『イソップ寓話』(Perry 1965, 520 No. 481)．

類話(～人の類話)　エストニア；ラトヴィア；スペイン；フランス；オランダ；ハンガリー；中国．

51　ライオンの分け前

ライオン(トラ)とオオカミ(ロバ，ヒョウ，犬)とキツネ(ジャッカル)がいっしょに狩りに行く．オオカミが獲物を分配しなければならず，それぞれに同じ分量を分ける．ライオンはオオカミを殺す．次にライオンは，キツネに獲物を分けさせる．キツネは獲物をすべてライオンに与える(肉をライオンにやり，自分は骨をもらう)[J811.1]．

ライオンがキツネに，どこでその分け方を学んだのかと尋ねると，キツネは「オオカミから」と答える．

一部の類話では，獲物が分配されることはない．分配するのではなく，ライオンがすべてを要求する．しかし誰もライオンに逆らおうとはしない[J811.1.1]．

注　『イソップ寓話』(Perry 1965, 484 No. 339). 1202年頃『狐物語(*Roman de Renart*)』(XVI, 721-1506)に記録されている. 諺としても流布している.

類話(～人の類話)　エストニア；ラトヴィア；リトアニア；アイルランド；フランス；スペイン；カタロニア；ポルトガル；オランダ；フリジア；フラマン；ドイツ；イタリア；サルデーニャ；ハンガリー；スロベニア；ブルガリア；ギリシャ；ウクライナ；ユダヤ；ダゲスタン；ウイグル；クルド；トルクメン；タジク；グルジア；ペルシア湾, サウジアラビア, イエメン, イラク, シリア, レバノン；イラン；アフガニスタン；インド；中国；アフリカ系アメリカ；チリ；アルゼンチン；北アフリカ, エジプト, モロッコ；アルジェリア；東アフリカ；チャド；スーダン；エチオピア；ソマリア；中央アフリカ；ナミビア, 南アフリカ.

51A　キツネが鼻かぜをひく (旧, キツネが仲介者になるのを拒む)

ライオン(オオカミ)が, おれの息は臭いか(おれの巣穴が汚いか)と動物たちに尋ねる. 臭いと答えた動物たちは殺される. 猿はお世辞の答えを言うので, ライオンは猿を殺さない. 後にライオンは病気のふりをして, 病気を治すためには猿の肉が必要だと言い, 結局猿は殺される. キツネは, 自分は鼻かぜをひいて(眼鏡を忘れて)嗅ぐことができないと言い, 殺されずにすむ[J811.2]. 参照：話型243A.

しばしば動物たちは, ライオンの息が臭いと言おうが臭くないと言おうが, いずれにせよ殺される.

注　『イソップ寓話』(Perry 1965, 522 No. 514). ユダヤ人の小話では, 筋の担い手は人間である(『メルヒェン百科事典』5, 525).

類話(～人の類話)　フィンランド；エストニア；ラトヴィア；フランス；スペイン；カタロニア；オランダ；フリジア；ドイツ；ハンガリー；クロアチア；ギリシャ；ポーランド；ユダヤ；タジク；インド；ビルマ；スペイン系アメリカ, パナマ；チュニジア.

51***　キツネがチーズを分ける仲裁役をつとめる

2匹の動物が, 獲物(チーズ, 肉)をめぐって争いになり, この問題を裁定してくれとキツネ(猿, 猫)に頼む. キツネは自分でそれを食べる(猫が2匹の動物を食べる[K815.7])[K452]. 参照：話型926D.

一部の類話では, キツネは, 同じ大きさにするために, 両方のかたまりから1口ずつ取る. 結局キツネはすべて平らげてしまう.

注　『カリラとディムナ(*Kalila and Dimna*)』(No. 50)のアラビアの版に記録されている.

類話(～人の類話)　エストニア；アイルランド；スペイン；オランダ；フリジア；ド

イツ；ハンガリー；スロベニア；クロアチア；マケドニア；ブルガリア；ギリシャ；ウクライナ；ユダヤ；ジプシー；クルド；シリア；インド；中国；日本；フィリピン；メキシコ；エジプト，アルジェリア，モロッコ．

52　心臓のないロバ

ライオン(トラ，オオカミ)がロバ(鹿，雄羊，ラクダ)を食べたがる．キツネ(ジャッカル，ハリネズミ)は，自分といっしょにライオンのところへ行くよう(動物の王に雇ってもらうよう)ロバを説得する．ロバは最初にライオンに近づいたとき逃げ出すが，キツネは再びロバを説得する．そしてライオンはロバを殺す．

キツネはこっそりロバの心臓(耳，脳)を食べる．ライオンはロバの心臓がなくなっていることに気づくが，キツネは，このロバには元から心臓はなく，もし心臓があったなら，ロバはだまされなかったはずだと言い張る[K402.3]．

中央アジアの類話では，オオカミと熊とキツネがラクダを捕まえ，ラクダは自分の身を食べさせる．

熊とオオカミが死骸をきれいにしている(肉にしている，運んでいる)間に，キツネが心臓(脳，腸)を食べる．キツネは，熊がそれを食べたとオオカミに言う．熊とオオカミが争っている間に，キツネは肉を持って逃げる．参照：話型 785, 785A.

注　『イソップ寓話』(Perry 1965, 484 No. 336)．インドの『パンチャタントラ(*Pañcatantra*)』(IV, 2)に記録されている．

類話(～人の類話)　フランス；スペイン；ドイツ；ユダヤ；ダゲスタン；クルド；カザフ；カラカルパク；キルギス；カルムイク；ドルーズ派；シリア，レバノン，イラク，カタール；アフガニスタン；パキスタン；インド；スリランカ；エジプト；チュニジア；アルジェリア；モロッコ；ニジェール；エチオピア．

53　法廷のキツネ (旧，法廷のルナールギツネ)

キツネが，犯した罪(例えば，鶏泥棒，動物会議の欠席)のために裁判にかけられ，死刑を宣告される．最後の願いを使ってキツネはまんまと逃げる[J864.2，参照 K2055]．

一部の類話では，キツネは最終的に人間に殺される．

注　1174 年から 1190 年の間に『狐物語(*Roman de Renart*)』(I, Va)に記録されている．

類話(～人の類話)　エストニア；ラトヴィア；フリジア；ドイツ；ハンガリー；南アフリカ．

53* **キツネが吠え声を調べる**（旧，キツネと野ウサギが叫びを聞く）

キツネ（ライオン）が，大きな吠え声を聞いておびえるが，何がその声を出していたのか見に行く．キツネは鳴いているカエルを見つけ，カエルを踏みつぶす（殺す）[U113]．

注　『イソップ寓話』（Perry 1965, 448 No. 141）．
類話（～人の類話）　ラトヴィア；フランス；ブルガリア；ウクライナ；グルジア；南アメリカインディアン．

55 **動物たちが道をつくる（井戸を掘る）**

動物たち（鳥たち）が，道（井戸，溜め池）をつくることにする（神に命じられる）．ある動物（モグラ，ハツカネズミ，ヘビ，カニ，ツバメ，カラス，コウライウグイス）は，道などなくても好きな所へ行ける（いつでも十分水は見つけられる）と思い，手伝いを拒む．動物たちは，その動物が井戸に行くのを妨げる[A2233.1]，または，その動物が道を渡り，殺される[A2233.1.2, A2233.1.3, Q321]．

注　13世紀に『狐物語（*Roman de Renart*）』（XXII）に記録されている．後に動物の特性（動物の名前）に関する由来譚と結びついた．
類話（～人の類話）　フィンランド；ラトヴィア；リトアニア；スロベニア；ポーランド；ベラルーシ，ウクライナ；中国；フランス系アメリカ；スペイン系アメリカ；ギニア；東アフリカ；スーダン；中央アフリカ；ナミビア；南アフリカ．

56 **キツネが策略によってカササギのひなを盗む**

この話型番号は同じ導入部を持つ同系の説話群に関連する．特に話型56Aと56B見よ．

類話（～人の類話）　リーヴ；カレリア；アイルランド；スペイン；ポルトガル；スロベニア；マケドニア；ブルガリア；ギリシャ；ベラルーシ；ネネツ；ヤクート；カザフ；ウズベク；スペイン系アメリカ；ニジェール；エチオピア．

56A **キツネが木を切り倒すと脅して，ひな鳥を手に入れる**（旧，キツネが木を切り倒すと脅す）

キツネ（ジャッカル）が母鳥（カササギ，キツツキ，ハト，ツグミ，サヨナキドリ）に，巣の中にいるひよこを１羽（卵を１つ）投げてよこさなければ，（しっぽをのこぎりのように使って）母鳥の木を切り倒すと脅す[K1788]．

こうしてキツネは毎日ひよこを１羽ずつ食べる．ひよこが最後の１羽になったとき，母鳥は近所の母鳥(カラス，カササギ)に自分の不幸を話す．近所の鳥は母鳥に，キツネには木を倒すことなどできないと答える．母鳥が最後のひよこをキツネにやることを拒むと，キツネは近所の鳥に仕返しをすることにする．キツネはその鳥を見つけると，死んだふりをする．その鳥がキツネに近寄ると，キツネはその鳥を殺して食べる[K751，参照 K827.4]．参照：話型 1.

コンビネーション　6, 56B, 56D, 225.

注　1174 年から 1190 年の間に『狐物語(*Roman de Renart*)』(V, 21–246, Va, 247–263)に記録されている.

類話(～人の類話)　フィンランド；フィンランド系スウェーデン；エストニア；ラトヴィア；リトアニア；ラップ, カレリア；スウェーデン；スペイン；バスク；カタロニア；ポルトガル；フリジア；ドイツ；ハンガリー；スロベニア；マケドニア；ブルガリア；ギリシャ；ロシア, ベラルーシ, ウクライナ；トルコ；ジプシー；ダゲスタン；オセチア；チェレミス/マリ, モルドヴィア；ウドムルト；クルド；ネネツ；シベリア；ヤクート；カザフ；トルクメン；タジク；カルムイク；ブリヤート；モンゴル；トゥヴァ；グルジア；カタール；イラン；インド；中国；ハワイ；エスキモー；スペイン系アメリカ；南アメリカインディアン；ブラジル；エジプト；アルジェリア；モロッコ；東アフリカ, スーダン；エチオピア；エリトリア；南アフリカ.

56B　キツネ(ジャッカル)が先生をする(旧，キツネがカササギを説得して，ひなを家に連れてこさせる)(旧話型 56C と 56D* を含む)

キツネ(ジャッカル)が，鳥(カササギ，キツツキ，ハト)またはワニ(オオカミ，ヒョウ，ハイエナ)を説得して，子どもたちの教育を自分にまかせさせる[K1822.2]．キツネは子どもたちを食べる[K811, K931.1]．母親が子どもたちを訪ねてくると，子どもたちはそこにはいないとキツネは言う(まだ生きている 1 匹を見せる)．しばらくして，母親は何が起きたのかを知る．母親は助けを求めて犬(オオカミ)のところに行く．犬は死んだふりをし(キツネを罠に誘い込み)，キツネを殺す[K911]．参照：話型 37.

または母親が仕返しをする前に，キツネは巣から逃げる．(旧話型 56C.)

一部の類話では，キツネはメンドリのひよこの洗礼をし，ひよこたちの先生になる．そしてひよこたちを食べる．(旧話型 56D*.)

コンビネーション　56A, 154, 223, 248.

注　1200 年頃『狐物語(*Roman de Renart*)』(XI, 716–1522)に記録されている.

類話(～人の類話)　フィンランド；エストニア；ラトヴィア；リトアニア；スウェーデン；デンマーク；アイスランド；スコットランド；フランス；スペイン；バスク；

カタロニア；ポルトガル；フリジア；ドイツ；イタリア；コルシカ島；ハンガリー；ブルガリア；ギリシャ；ロシア, ベラルーシ, ウクライナ；ユダヤ；チェチェン・イングーシ；ダゲスタン；オセチア；ヤクート；ウズベク；カルムイク, モンゴル；グルジア；シリア；インド；中国；南アメリカインディアン；ブラジル；アルゼンチン；アルジェリア；モロッコ；ギニア；東アフリカ；タンザニア；ナミビア；南アフリカ.

56C 話型56Bを見よ.

56D キツネが鳥に，風が吹いたときどうするか尋ねる

キツネ(ジャッカル)が鳥(スズメ，カモ，サギ，フラミンゴ)に，風が吹いているとき(寝ているとき)くちばしはどうしているのかと尋ねる．鳥がそれを見せるために頭を翼の下に突っ込むと，キツネは鳥を丸呑みにする[K827.1].

コンビネーション 56A.
注 『カリラとディムナ(*Kalila and Dimna*)』(No. 81)に記録されている.
類話(～人の類話) ラトヴィア；フェロー；フリジア；ドイツ；スロバキア；スロベニア；クロアチア；ギリシャ；ウクライナ；グルジア；中国；西インド諸島；アルジェリア, モロッコ；ナミビア；南アフリカ.

56A* キツネが死んだふりをして，鳥を捕まえる

キツネ(猫)が，近づいてきた鳥(カラス)を捕まえるために死んだふりをする．キツネは鳥を食べる[K827.4, K911].

一部の類話では，キツネは風船のように胃を膨らませるので，死んでむくんでいるように見える.

または，キツネがメンドリたちの止まり木の横に寝て，病気のふりをする．メンドリたちが近づいてくると，キツネはメンドリたちを殺す[K828.2]．参照：話型1.

コンビネーション 56A.
類話(～人の類話) フィンランド；エストニア；リトアニア；ノルウェー；アイスランド；スペイン；バスク；カタロニア；ポルトガル；オランダ；フラマン；ハンガリー；モルドヴィア；フィリピン；スペイン系アメリカ；南アメリカインディアン；東アフリカ.

56B* 話型223を見よ.

56C* 話型223を見よ.

56D* 話型 56B を見よ.

56E* 話型 223 を見よ.

57 チーズをくわえたカラス

キツネが, 1かけのチーズ(肉, パンの皮, ブドウ)をくわえているワタリガラス(カラス)に, 美しい歌声を褒めてお世辞を言う. カラスはキツネのために歌おうとして, チーズを落とす. キツネはそれをぱくりとくわえ, 呑み込む[K334.1, 参照 A2426.2.6].

一部の類話では, キツネが, こんなにきれいな鳥が歌えないなんて残念だと言って, カラスをそそのかす.

コンビネーション 56A, 225.

注 『イソップ寓話』(Perry 1965, 445 No. 124). 1174年から1190年の間に『狐物語(*Roman de Renart*)』(II, 844–1023), および他の中世の動物説話に記録されている.

類話(～人の類話) フィンランド; フィンランド系スウェーデン; エストニア; ラトヴィア; リトアニア; リーヴ, ラップ, コミ; スウェーデン; ノルウェー; フェロー; アイルランド; イギリス; フランス; スペイン; カタロニア; ポルトガル; オランダ; フリジア; ドイツ; イタリア; サルデーニャ; マルタ; ハンガリー; チェコ; スロバキア; スロベニア; クロアチア; ブルガリア; アルバニア; ギリシャ; ロシア, ウクライナ; ユダヤ; グルジア; アルタイ語話者; アラム語話者; オマーン; インド; 中国; 朝鮮; フィリピン; 北アメリカインディアン; スペイン系アメリカ, メキシコ; アルジェリア; ナイジェリア; エチオピア; 南アフリカ; マダガスカル.

58 ワニがジャッカルを運ぶ

穴ウサギ(ジャッカル)が, (どこかに招待されたので)食べ物を手に入れるために川を渡ろうとする. 穴ウサギはワニ(ラクダ)を説得して, 背中に乗って川を渡らせてもらう. 乗っている間, 穴ウサギは, ワニが臭いと言う(ラクダが対岸で人間に追いかけられる). 腹を立てたワニは帰りに穴ウサギを溺れさせる. 穴ウサギが逃れることもある.

一部の類話では, 猿(キツネ)がワニの数を数えるよう命じられていると宣言する. 猿はワニに川の中で隣り合って並ぶように命ずる[B555]. 猿はワニの背中を歩いて数え, 川を渡ることができる[K579.2].

類話(～人の類話) ヤクート; タジク; パキスタン; インド; スリランカ; 中国; カンボジア; ベトナム; マレーシア; インドネシア; 日本; フィリピン; アフリカ系アメリカ; チリ; 西アフリカ; スーダン; ケニア.

59 キツネと酸っぱいブドウ

キツネ(猫, 熊, ジャッカル)がブドウ(洋梨, ナナカマド, ザクロ, 肉, チーズ)に手が届かない. それらのブドウは食べるにはまだ十分に熟していない(臭い, または断食日だから食事をしてはならない)と, キツネは自分に言い聞かせる[J871].

一部の類話では, キツネが洋梨を摘もうと無駄な試みをする. キツネはロバの睾丸を洋梨だと思い, それが落ちて食べられますようにと願いながらロバについていく[J2066.1]. しかし落ちてこないので, キツネは, あの洋梨は黒くて臭いと自分に言い聞かせる. 参照：話型 115.

イベリアの類話では, キツネが夜, 果物を盗もうとして, 見えるように明かりが欲しいと祈る. キツネは危うく狩人に捕まりそうになる. キツネはこんなにたくさんの明かりは欲しくなかったと言う. 参照：話型 67.

注 『イソップ寓話』(Perry 1965, 424 No. 15). 1200 年頃『狐物語(*Roman de Renart*)』(XI, 257-333)に記録されている. 諺として流布している.

類話(～人の類話) フィンランド；エストニア；ラトヴィア；リトアニア；スウェーデン；アイルランド；フランス；スペイン；バスク；カタロニア；ポルトガル；オランダ；フリジア；ドイツ；イタリア；マルタ；ハンガリー；スロベニア；セルビア；ボスニア；ブルガリア；ギリシャ；ロシア, ウクライナ；ユダヤ；ウズベク；グルジア；サウジアラビア, イラク；インド；ビルマ；フランス系アメリカ；マヤ；アルジェリア；モロッコ, スーダン；南アフリカ.

59* ジャッカルはトラブルメーカー

ジャッカル(猫, キツネ)が, もともと仲のよかった 2 匹の動物(例えば, ライオンとトラ, ライオンと雄牛[K2131.2], ワシと豚[K2131.1])の不和を引き起こす. 2 匹の動物は戦って殺し合う(または飢え死にする). 参照：話型 131.

注 『イソップ寓話』(Perry 1965, 521 No. 488). また, 『カリラとディムナ(*Kalila and Dimna*)』(No. 18)のアラビアの版に記録されている.

類話(～人の類話) カタロニア；ドイツ；ハンガリー；ブリヤート, モンゴル；インド；ビルマ；スリランカ；中国；カンボジア；フィリピン；アフリカ系アメリカ；チュニジア, アルジェリア, モロッコ, スーダン；マダガスカル.

60 キツネとツルが互いを招待する

キツネ(ジャッカル, オオカミ, 猫)がツル(コウノトリ, キツツキ, サギ, カラス, シギ)を食事に招待する. キツネはツルに浅い皿でスープ(ミルク,粥)を出す．するとツルは食事を食べることができない．ツルはお返しにキツネを食事に招待する．そして食事を瓶(深い壺)に入れて出す，またはエンドウ豆を床にまく．今度は，キツネが食事を食べることができない[J1565.1]．

一部の類話では，コウノトリが最初にキツネを招待するので，この説話の2つの部分は逆になる．

コンビネーション 41, 225.
注 『イソップ寓話』(Perry 1965, 504 No. 426)．コウノトリとキツネが登場する早期の類話.
類話(～人の類話) フィンランド；フィンランド系スウェーデン；エストニア；ラトヴィア；リトアニア；ラップ, リュディア, カレリア；スウェーデン；ノルウェー；デンマーク；アイルランド；フランス；スペイン；バスク；カタロニア；ポルトガル；オランダ；フリジア；フラマン；ドイツ；イタリア；サルデーニャ；ハンガリー；チェコ；クロアチア；マケドニア；ブルガリア；アルバニア；ギリシャ；ロシア, ベラルーシ, ウクライナ；ユダヤ；チュヴァシ；クルド；ネネツ；ヤクート；タジク；グルジア；イラク, サウジアラビア；シリア；イラン；インド；日本；北アメリカインディアン；スペイン系アメリカ；プエルトリコ；南アメリカインディアン；マヤ；ブラジル；チリ；アルゼンチン；西インド諸島；カボヴェルデ；エジプト；モロッコ；ギニア；東アフリカ；スーダン；エリトリア；中央アフリカ；南アフリカ；マダガスカル.

61 キツネがオンドリを説得し，目を閉じたまま鳴かせる

キツネが鳥(オンドリ，ヤマウズラ)に出会い，鳥を説得して自分のために歌わせる(踊らせる)．キツネは鳥の父親がいつもしていたように，目を閉じるよう鳥に頼む(キツネは歌がわからないふりをして，鳥に近づく)．キツネは鳥を捕まえる[K721, K815.1]．参照：話型 56D.

多くの類話では，キツネにくわえられた鳥が，キツネが口をきくよう仕向ける．例えば食べる前に食前の祈りを唱えさせる，または何を捕まえたのかを誰かに向かって言わせる．キツネが口を開くと，鳥は逃げる[K561.1]．参照：話型 5, 122A, 122B*, 227, 227*.

コンビネーション 6.
注 8世紀にアルクィン(Alcuin)(804年没)の詩に記録されている．その後1174年から1190年の間に『狐物語(*Roman de Renart*)』(II, 276–468)に記録されている．
類話(～人の類話) エストニア；ラトヴィア；リトアニア；スウェーデン；ノルウェー；デンマーク；フェロー；スコットランド；アイルランド；フランス；スペイン；

カタロニア；ポルトガル；オランダ；フラマン；ワロン；ドイツ；イタリア；ハンガリー；チェコ；スロベニア；クロアチア；ブルガリア；ギリシャ；ロシア；トルコ；ダゲスタン；オセチア；ウズベク；タジク；シリア；中国；朝鮮；スペイン系アメリカ，メキシコ；エクアドル；ブラジル；南アフリカ．

61A 話型 20D* を見よ．

61B **猫とオンドリとキツネ**（旧，猫とオンドリとキツネがいっしょに暮らす）

猫とオンドリが（人間またはほかの鶏とともに）いっしょに暮らす．猫は狩りに出かけるとき，キツネが来てもドアを開けないよう（窓辺に姿を見せないよう）オンドリに警告する．（参照：話型 123.）キツネがやって来て，（しっぽに乗せてやると言って）オンドリを誘い出す．

猫が帰ってきて，オンドリがいなくなったことに気づくと，猫はキツネの巣穴に行く．猫はキツネの子どもたちを歌（詩）で誘い出し，子どもたちを食べる．そしてオンドリを救う[K815.15]．一部の類話では，オンドリはすでにキツネに食べられている．

または，猫がオンドリをキツネから，1度か2度救うが，結局キツネはあとでオンドリを捕まえる．

注 1795年にロシアで記録されている．

類話（～人の類話） フィンランド；エストニア；ラトヴィア；リトアニア；ラップ，ヴェプス，ヴォート，リュディア，カレリア；ドイツ；チェコ；スロバキア；ブルガリア；ロシア，ベラルーシ，ウクライナ；モルドヴィア；グルジア；インド．

62 **動物たちの間の平和 — キツネとオンドリ**

キツネ（ジャッカル）は，オンドリ（ハト，シジュウカラ，ツバメ，魚）を捕まえたいが，木の上（堆肥の山，鶏の止まり木，海の中）にいるので，届かない．オンドリを誘い出すために，キツネは，すべての動物が平和に団結するようお布令が出たと告げる．オンドリは怪しく思う．

オンドリはキツネに，2匹の犬がやって来ると言う．そして犬たちはおそらく平和の宣言を持ってくるのだと言う．キツネが逃げ出そうとすると，オンドリはなぜ逃げるのかと尋ねる．キツネは，犬たちが条約のことを知っているかどうかわからないと言う[J1421, K579.8, K815.1.1]．

一部の類話では，キツネは平和条約を祝うためにキスすることを鳥に申し出て，鳥が怖いなら，自分は目をつぶると約束する．鳥はキツネの口に近づき，キツネに食べられる．

または，キツネがオンドリとともに祈ることを申し出る．オンドリはイマーム(イスラムの司式僧)が到着するまで待ちたがる．イマームは犬である．キツネは祈りに備えて身を清めるのを忘れたと言って，逃げ去る．

コンビネーション 20D*.

注 『イソップ寓話』(Perry 1965, 577f. No. 671)．また，1174年から1190年の間に『狐物語(*Roman de Renart*)』(II, 469–599)，および他の中世の動物説話に記録されている．

類話(〜人の類話) フィンランド；エストニア；ラトヴィア；リトアニア；リーヴ；ノルウェー；デンマーク；スコットランド；アイルランド；フランス；スペイン；カタロニア；ポルトガル；オランダ；フリジア；フラマン；ドイツ；イタリア；サルデーニャ；ハンガリー；スロベニア；セルビア；ボスニア；マケドニア；ギリシャ；ポーランド；ロシア, ベラルーシ, ウクライナ；トルコ；ユダヤ；オセチア；クルド；カザフ；カラカルパク；タジク；カタール, レバノン, イラク；イラン；パキスタン；インド；北アメリカインディアン；スペイン系アメリカ；アフリカ系アメリカ；南アメリカインディアン；ブラジル；チリ；アルゼンチン；エジプト, チュニジア；アルジェリア；モロッコ；東アフリカ, スーダン；エチオピア；ナミビア；南アフリカ.

62A オオカミたちと羊たちの間の平和

羊とオオカミが敵対するのは犬たちのせいだと，オオカミたちが羊たち(ヤギたち，羊飼いたち)を説得する．羊たちは，平和を得る代償として(罰として)犬たちをオオカミたちに差し出すことに同意する．オオカミたちは，犬に守られていない羊たちを食べる[K2010.3]．

または，羊たちは平和を得る代償として犬たちをオオカミたちに渡し，そしてその代わりにオオカミの子どもたちを受け取る．羊たちはオオカミたちに襲われる[K191]．

注 『イソップ寓話』(Perry 1965, 450 No. 153)．

類話(〜人の類話) フランス；スペイン；カタロニア；オランダ；ハンガリー.

62* 木に止まることを禁ずるお布令

キツネが数羽のガチョウを捕まえるために，ガチョウたちが木に止まるのを禁じる新しい法ができたと言って，ガチョウたちを説得しようとする．キツネは，ガチョウたちが法を犯していると非難し，ガチョウたちを捕まえて食べる．

一部の類話では，犬たちが通りかかり，キツネを追い払う．

類話(～人の類話) エストニア；ラトヴィア；リトアニア；ユダヤ；シリア，エジプト．

63 キツネが体からノミを駆除する

キツネ(ジャッカル)が1片の羊毛(草，苔，木)を口にくわえて，ゆっくりと水の中へ後ずさりしていく．キツネの体毛にいたノミが前に跳び出し，ついにすべてのノミが羊毛の上に移る．そこでキツネは羊毛を放す，または沈める[K921]．

注 9世紀にアラビアの笑話として記録されている．ヨーロッパの早期文献資料(13世紀)はティルベリのゲルウァシウス(Gervasius of Tilbury)の『皇帝の閑暇(*Otia Imperialia*)』(ch. 68)を見よ．現代の伝説としてもある．

類話(～人の類話) フィンランド；エストニア；ラトヴィア；デンマーク；スコットランド；アイルランド；フランス；カタロニア；フリジア；フラマン；ドイツ；ハンガリー；スロベニア；ポーランド；ロシア；パキスタン；インド；スペイン系アメリカ；南アフリカ．

64 話型2Aを見よ．

65 雌ギツネの求婚者たち

この説話には，おもに3つの異なる型がある．

(1) 妻の愛情を試すため，老ギツネが死んだふりをする．やもめギツネは，最初に来た求婚者たちが誰も夫と同じ9本のしっぽを持っていないので，彼らの求婚を断る．最後に9本のしっぽのある求婚者がやって来る．やもめギツネは彼との結婚に同意する．死んだはずの老ギツネが，結婚式にやって来る[N681]．老ギツネは，妻と求婚者をさんざん殴り，家から放り出す[T211.6]．

(2) 老ギツネは本当に死んでいる．オオカミ，犬，雄鹿，野ウサギ，熊，ライオン(その他の野獣)がやもめギツネに次々と求婚しに来る．若いキツネだけが，赤い毛皮でとがった鼻をしているので，やもめギツネが結婚するのは若いキツネとなる．

(3) ハンガリーの類話では，年老いた雄やもめギツネが雌ギツネと結婚し，結婚式にほかのキツネたちを招待する．雄やもめギツネは，病気のふりをし，枕の下に斧を置くよう頼む．花婿が死んだと信じて，花嫁はますます多くの客を招待する．1匹の野ウサギが，花婿がまだ生きていることに気づくが，ほかの動物たちに警告することはできない．年老いた雄やもめギツネは，動物たちを捕まえ，殺し，皮を剝ぐ．参照：話型 1360C.

コンビネーション　20C, 2032.
注　1190 年から 1195 年の間に『狐物語(*Roman de Renart*)』(Ib, 2749–3219)に記録されている．
類話(～人の類話)　ノルウェー；デンマーク；ドイツ；ハンガリー；ポーランド；トルコ．

65*　キツネが甲虫を捕まえる (旧，キツネが川辺で甲虫を炒める)

キツネが，川辺で甲虫を見つけ，それを炒めたいと思う．しかし唯一の火は向こう岸にしかない(炊事炉は去年のものである)．キツネは甲虫を生で食べるが，それが炒めてあると想像し，少しかりかりにしすぎたと思う．参照：話型 1262.

類話(～人の類話)　エストニア；ラトヴィア；リトアニア；スペイン；カタロニア；セルビア；ギリシャ．

66A　「こんにちは，おうちさん！」

動物(ワニ)が弱い動物(ジャッカル，猿)を捕まえようと思い，その動物の巣穴に隠れて待ち伏せする．ジャッカルは帰ってきたとき危険を感じる(足跡が巣穴に入っているが，出てきていないのに気づく)．ジャッカルは何度か「こんにちは，おうちさん！」と叫ぶ．誰も返事をしないので，ジャッカルは，いつもは家が自分に返事をするのだがと大きな声で告げる．すると巣穴の中の動物が返事をし，ジャッカルは誰かが巣穴にいるとわかる．ジャッカルは逃げる(侵入者を殺す)[K607.1, K1722]．参照：話型 50A.

コンビネーション　さまざまなコンビネーションがあるが，頻出する話型はない．
注　インドの『ジャータカ(*Jātaka*)』(No. 57)に記録されている．
類話(～人の類話)　パキスタン；インド；チベット；中国；インドネシア；日本；フィリピン；スペイン系アメリカ；アフリカ系アメリカ；メキシコ；ドミニカ, プエルトリコ；南アメリカインディアン；マヤ；チリ；西インド諸島；カボヴェルデ；東アフリカ；エリトリア；ナミビア；南アフリカ．

66B　動物が死んだふりをしていた(隠れていた)ことがばれる

ジャッカル(キツネ，穴ウサギ)が，ほかの死んだふりをしている[K1860](隠れている)(危険な)動物(キツネ，ワニ)が本当に死んでいるかどうかを試す．ジャッカルは，死んだ動物は口を開けると言う，またはしっぽを振ると言う．「死んだ」動物はそうする．ジャッカルは，その動物が本当は死んでいないとわかる（そして逃げる）[K607.2.1, K607.3]．

注 インドの『パーリ・ジャータカ（Pāli-Jātaka）』（No. 142）に記録されている．
類話（～人の類話） フェロー；スペイン；ブルガリア；シリア；パキスタン；インド；ビルマ；スリランカ；中国；インドネシア；日本；スペイン系アメリカ；アフリカ系アメリカ；メキシコ；グアテマラ；コスタリカ；南アメリカインディアン；マヤ；ブラジル；西インド諸島；スーダン，タンザニア；中央アフリカ；マダガスカル．

66** 話型 67** を見よ．

66A* キツネがパイプを買う

キツネがパイプを買い，納屋に行ってパイプを吸う．干し草に火がつく．キツネはしっぽで火を消して，体を焦がす．

類話（～人の類話） エストニア；ラトヴィア．

67 増水した川の中のキツネ （旧，増水した川の中で，キツネが遠くの町まで泳いでいくところだと言い張る）

流れの速い川にはまったキツネが，思った方向に進めなくなる．キツネは遠くの町まで泳いでいくところだと言い張る[J873]．

注 『イソップ寓話』（Perry 1965, 466f. No. 232）．
類話（～人の類話） スペイン，バスク；カタロニア；ギリシャ；ユダヤ；シリア，パレスチナ；インド．

67** キツネが肉屋に捕まる （旧話型 66** を含む）

キツネが食べ物を盗むために家の中に入る．キツネは中に閉じ込められて，鍵をかけられる．出口が見つからないので，キツネは家主（肉屋，農夫，お爺さん）の新しいブーツを火の中に放り込む．男がブーツを救い出そうと部屋に飛び込んでくると，キツネは開いているドアから逃げる[K634.1]．

または，キツネがパン焼き小屋に捕らえられ，裏口を探すふりをする．キツネを捕まえようとしている男が近づいてくると，キツネは前の戸口から逃げる[K542.1]．（旧話型 66**.）

類話（～人の類話） アイルランド；フリジア；フラマン．

67A*　キツネの袋から獲物を取って，代わりにごみを入れる (旧，キツネの袋から取った獲物とごみを取り替える)

この雑録話型は，獲物(ガチョウのひよこ，ピーナッツ)の入った袋を持ったキツネ(レイヨウ)に関するさまざまな説話からなる．

ほかの動物(犬，鶏，ヒョウ)が袋の中身を盗み，代わりに石(灰，とげ)を入れる[K526]．参照：話型 327C.

類話(～人の類話)　バスク；サウジアラビア；アメリカ；メキシコ；プエルトリコ；ペルー；ボリビア；アルゼンチン；エジプト, スーダン；東アフリカ；中央アフリカ.

68　ジャッカルが獣の皮に捕らえられる

ジャッカル(地リス)が，(肛門を通って)象の中に入り込み，内側から象を食べる[参照 F929.1]．象が死ぬと，死骸がしぼみ，ジャッカルは出ることができない．ジャッカルは雨の神に雨を降らせてもらう．そして死骸が水で膨らむと，ジャッカルは這い出すことができる[K565.2, K1022.1.1]．

一部の類話では，象は自分が飲んだ水をジャッカルに分けるために中に入り込ませる．いったん中に入ると，ジャッカルは象の肉を食べ始める[K952.1.1]．また一部の類話では，ジャッカルが中に入り込もうとするとき，象はすでに死んでいる．

象の子どもたちは，なぜ象が死んだのかを調べるために死骸を開く．象の子どもたちはハイエナと地リスを体の中に見つける[J2136.6.1]．地リスは，象が死んだのはひとえにハイエナのせいだと言い張る．

コンビネーション　175.
注　インドの『ジャータカ(*Jātaka*)』(No. 148)に記録されている．
類話(～人の類話)　フィンランド；タジク；モンゴル；インド；スリランカ；ネパール；カンボジア；アフリカ系アメリカ；モロッコ；ニジェール；チャド；エリトリア；東アフリカ；中央アフリカ.

68A　水差しの罠 (旧話型 68B を含む)

キツネが，中のものを食べようとして水差しに頭を突っ込む．キツネは水差しを頭から抜くことができず，人間に捕まる(殺される)．参照：話型 1294.

水差しを抜くために，キツネは水差しを水に沈め，その結果溺れ死ぬ．または，キツネは水差しを粉々に打ち砕こうとする．(旧話型 68B.)

一部の類話では，キツネは水差しに腹を立て，水差しを溺死させようと自分の首またはしっぽに結びつける．水差しではなくキツネ自身が溺れ死ぬ．（同様に旧話型 68B.）[J2131.5.7]．参照：話型 2B.

注 14 世紀にボヘミアの寓話に記録されている．
類話（～人の類話） フィンランド；エストニア；ラトヴィア；リトアニア；リュディア；フリジア；ドイツ；チェコ；スロバキア；マケドニア；ブルガリア；ギリシャ；ポーランド；ロシア，ベラルーシ；ウクライナ；ウズベク；タジク；トゥヴァ；グルジア；イラン；インド；中国；日本；チャド；南アフリカ．

68B 話型 68A を見よ．

68* **キツネがキツネ罠をあざける**（旧話型 245* を含む）

この説話には，おもに 3 つの異なる型がある．

(1) キツネが罠を見て，それをあざける．しかし好奇心をそそられ，罠に近づく．キツネは罠に捕らえられる[J655.2]．

(2) カササギ，カラス，ワタリガラスが罠の話をする．ワタリガラスは罠に捕らえられる[J655.1]．（旧話型 245*.）

(3) ツバメがほかの鳥たちに，鳥もちが塗られた枝に気をつけるよう警告する．ほかの鳥たちは警告を無視し，捕らえられる[J652.2]．参照：話型 233C.

注 『イソップ寓話』(Perry 1965, 428 No. 39)．
類話（～人の類話） エストニア；ラップ；アイルランド；マケドニア；ウクライナ；ウズベク；パレスチナ；中国；インドネシア；日本；エジプト，アルジェリア，スーダン，タンザニア；コンゴ．

68** 話型 48* を見よ．

69** 話型 122Z を見よ．

その他の野獣 70–99

70 **野ウサギよりも臆病**

野ウサギはすべての生き物を恐れている．集会で野ウサギたちは，自分たちは出ていって入水自殺をする（よその国に行く）と告げる．野ウサギたちが池に近づくと，カエルたち（カモたち，魚たち）が野ウサギたちを恐れて逃げ出すのを目にする．自分たちよりさらに臆病な動物がいることを知って，野ウサギたちは家に帰る[J881.1].

一部の類話では，野ウサギたちはカエルたちの愚かさを大笑いしすぎ，そのせいで野ウサギの唇は裂ける[A2342.1]．参照：話型 47A, 71.

注 『イソップ寓話』(Perry 1965, 448 No. 138)．なぜ野ウサギの唇は裂けているかという由来説明の動物説話でもある.

類話(～人の類話) フィンランド；フィンランド系スウェーデン；エストニア；ラトヴィア；リトアニア；リーヴ, ラップ, ヴォート, カレリア；コミ；スウェーデン；ノルウェー；アイルランド；フランス；スペイン；ポルトガル；オランダ；フリジア；フラマン；ワロン；ドイツ；イタリア；ハンガリー；チェコ；スロベニア；セルビア；マケドニア；ルーマニア；ブルガリア；ギリシャ；ポーランド；ロシア, ベラルーシ；ウクライナ；トルコ；ユダヤ；モルドヴィア；クルド；シベリア；ヤクート；ツングース；グルジア；南アフリカ.

71 霜と野ウサギの勝負 (旧話型 1097* を含む)

霜が低木の下に寝ている野ウサギ(キツネ，スズメ)を凍えさせようとする．霜は野ウサギに寒いかと尋ねる．野ウサギは寒くないと言って，体の下でとけている雪を指す．霜はもっと凍えさせようとするが，野ウサギはなんとか起き上がり，まだ暖かいときっぱり言う．霜は自分の負けを認める[H1541.1]．参照：話型 298A, 298A*.

一部の類話では，最後に野ウサギは大笑いしすぎて，唇が裂ける[A2342.1]．参照：話型 47A, 70.

類話(～人の類話) フィンランド；エストニア；ラトヴィア；スロベニア；クロアチア；ポーランド；ロシア；チリ.

72 穴ウサギがキツネに乗って求婚する

キツネ(トラ，ジャガー，アリゲーター，オオカミ，ハイエナ，象)と穴ウサギ(野ウサギ，キツネ，ジャッカル，カメ)が両方とも，同じ女に求婚する．女はキツネのほうがいいと思う．穴ウサギは女に，キツネは自分の馬にすぎないと言って，それを証明すると約束する．穴ウサギは病気を装い，自分を運んでくれとキツネを説得する．キツネは自分の体に手綱をつけさせ，穴ウサギを乗せる(むちを打たせる)．女はこれを見て，穴ウサギと結婚することにする[K1241, K1241.1]．参照：話型 4.

類話(～人の類話) ラトヴィア；北アメリカインディアン；フランス系アメリカ；アフリカ系アメリカ；メキシコ, グアテマラ, コスタリカ, パナマ；ドミニカ, プエルトリコ；マヤ；ブラジル；アルゼンチン；西インド諸島；カボヴェルデ；ギニア；リベリア；東アフリカ；スーダン，アンゴラ；ナミビア；南アフリカ．

72*　野ウサギが自分の子どもたちを放任する（旧，野ウサギが自分の息子たちを教育する）

母ウサギは子どもたちをもう養いたくない．母ウサギは，子どもたちに母ウサギの目をよく見るように言い，「おまえたちにはもうこんなに大きな目（長い頬ひげ）があるのだから，自分の面倒は自分で見なさい」と言う．それ以来，野ウサギたちはほんの短期間しか子どもの面倒を見ない［参照 J61］．

類話（～人の類話）　フィンランド；エストニア；リトアニア；ラップ；アイルランド；ギリシャ．

72B*　なぜ野ウサギは道を飛び越えるのか（旧，キツネが野ウサギに「なぜおまえは道を飛び越えるのか」と尋ねる）

キツネ（父ウサギ）が野ウサギ（子ウサギ）に，なぜ小道を飛び越えるのか（なぜ山を走って越えるのか）と尋ねる．答えは，「わたしたちはその下を這ってくぐれないからです」．

類話（～人の類話）　フィンランド；エストニア；フリジア．

72C*　話型 72D* を見よ．

72D*　野ウサギ（穴ウサギ）に関する諸説話（旧話型 72C* と 74D* を含む）

この雑録話型は，野ウサギか穴ウサギが，ほかの動物との争いで勝つかまたは負けるさまざまな説話からなる．参照：話型 1891．

類話（～人の類話）　フィンランド；エストニア；スペイン，ポルトガル；ブルガリア；ウクライナ；イラク；メキシコ；グアテマラ，ニカラグア；コスタリカ；キューバ；ドミニカ；プエルトリコ；南アメリカインディアン；マヤ；ベネズエラ；ブラジル；アルゼンチン．

73　見張りの目をくらます

投獄された穴ウサギ（キツネ）が，泥（塩，コショウ，タバコの汁）を見張りの目に投げる．見張りが目をくらまされている間に穴ウサギは逃げる［K621］．

コンビネーション　5．

類話（～人の類話）　スペイン；スロベニア；インド；ネパール；北アメリカインディ

アン；アメリカ；スペイン系アメリカ；アフリカ系アメリカ；コスタリカ；南アメリカインディアン；ベネズエラ, コロンビア；ペルー；ボリビア；ブラジル；チリ；アルゼンチン；西インド諸島；東アフリカ；コンゴ.

74C*　穴ウサギがココナッツを投げる

穴ウサギ(猿)が，木に座って(とげの多い)果物(ココナッツ)を食べている. オオカミ(コヨーテ，カニ)が，1つ投げ落としてくれと頼む. 穴ウサギは，ココナッツを投げて，オオカミを殺す(瀕死にする)(とげの多い果物を投げ，それを食べてオオカミは窒息して死ぬ). 参照：話型 136.

コンビネーション　34, 175.
類話(～人の類話)　カタロニア；ポルトガル；日本；スペイン系アメリカ, メキシコ, グアテマラ, ニカラグア, コスタリカ；プエルトリコ；エクアドル；南アメリカインディアン；マヤ；ペルー, チリ.

74D*　話型 72D* を見よ.

75　弱者の助け

参照：話型 233B. この説話には，おもに 3 つの異なる型がある.

(1)　ライオン(トラ，熊，象)がハツカネズミ(リス，クマネズミ)を捕まえる(ハツカネズミがライオンの安眠を妨害する). ハツカネズミは，放してくれと懇願し，いつかライオンを助けに来ると約束する. ライオンは笑うが，ハツカネズミを放してやる. 後にライオンが網にかかったとき(穴にはまったとき，ロープで縛られたとき)，ハツカネズミがやって来て，かじってライオンを解き放つ(砂で穴を埋める)[B371.1, B363, B437.2].

(2)　ハツカネズミ(クマネズミ)が網の下に駆け込むと，そこには猫が捕らえられている. 危険が通り過ぎると，ハツカネズミは，猫が自分を食べなかったお礼として，猫を救い出すために網をかみ切る. ハツカネズミは，自分たちの友情が長くは続かないことを残念に思うと言う[J426，参照 B545.1].

(3)　ライオンが，網から自分を助けてくれとハツカネズミに頼む. ハツカネズミは，助ける代わりにライオンの娘との結婚を要求する. 初めライオンは，娘を結婚させることを拒むが，あとで同意する. 娘ライオンは(うっかり)ハツカネズミを踏みつぶす. 参照：話型 233B.

コンビネーション　157A.
注　『イソップ寓話』(Perry 1965, 450 No. 150).
類話(～人の類話)　フィンランド；フィンランド系スウェーデン；エストニア；リー

ヴ；ラトヴィア；アイルランド；フランス；スペイン；カタロニア；オランダ；フリジア；ドイツ；イタリア；ハンガリー；チェコ；スロベニア；セルビア；マケドニア；ブルガリア；ギリシャ；ウクライナ；ユダヤ；タタール；ヤクート；ウズベク；トルクメン；タジク；グルジア；シリア；イラク；サウジアラビア；イラン；インド；中国；チベット；日本；フランス系アメリカ；西インド諸島；エジプト；アルジェリア，モロッコ；ギニア，東アフリカ；スーダン；タンザニア；コンゴ；アンゴラ；南アフリカ；ナミビア；マダガスカル．

75A　ライオンと這い虫

木の根(枝)が成長し，ライオン(熊)の巣穴の入り口を塞ぐ．1匹の這い虫(worm)(キクイムシ)が取り除いてやると約束するが[B491.4]，ライオンは這い虫にそんなことができるとは思わない．しばらくして這い虫の働きのおかげで，木は枯れる．

類話(～人の類話)　エストニア；セルビア；ウクライナ．

75*　オオカミと子守女 (旧，子守女が子どもを捨てるのをオオカミが無駄に待つ)

子守女(母親)が子どもに，泣きやまないとおまえをオオカミにやってしまうと脅しているのを，腹をすかせたオオカミ(トラ)が聞く．オオカミは期待して，そうなるのを待つ．子どもがまた泣き始めると，子守女は，本気で言ったわけではないし，もしオオカミが子どもに近づいてきたらオオカミを殺すと言って子どもをなだめる．オオカミは腹をすかせたまま去る[J2066.5]．

または，待っているオオカミが，次の朝村人に殺される．

注　『イソップ寓話』(Perry 1965, 451 No. 158)．

類話(～人の類話)　フィンランド；フランス；スペイン；カタロニア；ポルトガル；オランダ；フラマン；ドイツ；ハンガリー；チェコ；ブルガリア；ウクライナ；カザフ；中国；日本．

76　オオカミとツル

ツル(コウノトリ，キツツキ)がオオカミ(ライオン)の喉から骨を引き抜いてやる．ツルが報酬を要求すると，オオカミは「おまえがおれの喉からくちばしを抜かせてもらえただけで，十分な報酬だろ」と答える[W154.3]．

注　『イソップ寓話』(Perry 1965, 451 No. 156)．

類話(～人の類話)　フィンランド；エストニア；ラトヴィア；リトアニア；カレリア；アイルランド；フランス；スペイン；バスク；カタロニア；オランダ；フリジ

ア；ドイツ；スイス；イタリア；ハンガリー；チェコ；マケドニア；ブルガリア；ギリシャ；ロシア，ウクライナ；ユダヤ；ジプシー；タジク；モンゴル；グルジア；インド；中国；西インド諸島；エジプト；東アフリカ；中央アフリカ；ナミビア；南アフリカ．

77　雄鹿が泉に映る自分の姿にほれぼれする

雄鹿が泉に映った自分の姿を見て，角を誇らしく思うが，細い脚を恥ずかしく思う．後に雄鹿が狩人(犬，ライオン)から逃げようとするとき，角が茂みに引っかかって，殺される[L461]．参照：話型 132.

注　『イソップ寓話』(Perry 1965, 434 No. 74).

類話(～人の類話)　エストニア；ラトヴィア；リトアニア；スウェーデン；アイルランド；フランス；スペイン；カタロニア；オランダ；フリジア；ドイツ；ハンガリー；チェコ；スロベニア；ギリシャ；ウクライナ；グルジア；中国；東アフリカ；マダガスカル．

77*　オオカミが神に罪を告白する

(死が迫った)オオカミが罪を告白する．自分は 1,000 頭の羊，500 頭の豚，100 頭の牛，50 頭の馬を食べたと．

一部の類話では，オオカミは新たな獲物を見たとたん，懺悔の気持ちは消え失せる[K2055, U125].

注　『イソップ寓話』(Perry 1965, 561 No. 641, 569 No. 655).『狐物語(*Roman de Renart*)』(I, 921-1618)にも記録されている．

類話(～人の類話)　エストニア；リーヴ；スウェーデン；イタリア；ソルビア；チリ．

77**　学校に入ったオオカミ

オオカミがアルファベットを学ぶ(オオカミが修道院に入る)．オオカミは，「子羊」「羊」(「アグネス」「牡羊座」)という単語しか読めるようにならない．参照：話型 77*．(訳注：聖アグネス(agnes)は，子羊を意味するラテン語 agnus の類推から，子羊とともに描かれる．)

注　『イソップ寓話』(Perry 1965, 538f. No. 595).

78　動物が安全のためにほかの動物にくくりつけられる (旧，動物が安全のために自分をほかの動物とくくりつけさせる)

トラ(悪魔，ヒョウ，オオカミ)が人間(ロバ，猿，雄ヤギ)にだまされて負かされる．トラがキツネ(オオカミ)に，この人間がどれほど強いか話すと，キツネはトラを嘲笑し，自分たちのほうが強いことを証明しようとする．キツネは安全のために互いをくくりつけようとトラに提案する．キツネとトラはいっしょに人間に近づく．人間はキツネに挨拶をし，キツネが自分にトラをプレゼントとして連れてきたと思っているふりをする．トラはパニックに陥って駆け出し，キツネをいっしょに引きずっていく[K713.1.2]．参照：話型 2A, 78A, 278, 1876.

コンビネーション 126.
類話(～人の類話) ハンガリー；ウイグル；クルド；キルギス；タジク；カルムイク；トゥヴァ；インド；中国；カンボジア；インドネシア；ナミビア；南アフリカ．

78A 動物が嵐のために体を縛ってもらう (旧，嵐に飛ばされないように動物が自分の体を結ばせる)

穴ウサギ(猿，キツネ)がトラ(キツネ，コヨーテ，巨人)に，大きな嵐(この世の終わり)が近づいていると話す．トラは自分の体をしっかりくくらせる[K713.1.1]．穴ウサギはトラをさんざん殴る(殺して皮を剝ぐ)．

一部の類話では，コヨーテが穴ウサギの忠告で，嵐を逃れるために木に吊るした袋(籠)の中に入り込む．穴ウサギはコヨーテに石をぶつける．参照：話型 2A, 78, 278, 1408C.

コンビネーション 175.
注 穴ウサギとコヨーテに関する動物説話群においてしばしばエピソードふう笑話として現れる．
類話(～人の類話) フィリピン；スペイン系アメリカ；アフリカ系アメリカ；メキシコ，ニカラグア；プエルトリコ；マヤ；ベネズエラ；ブラジル；ペルー；チリ；アルゼンチン；西インド諸島；カボヴェルデ；南アフリカ．

80 アナグマの巣穴に住んだハリネズミ

ハリネズミ(キツネ，ラクダ)がアナグマ(モグラ，ヘビ，野ウサギ，男)に，寒いから(雨だから，狩人が近づいてくるから)巣穴にかくまってくれと頼む．ハリネズミはアナグマの住まいを汚し，悪臭を放つ(アナグマを針で刺す)．アナグマがハリネズミを非難すると，ハリネズミはアナグマに，ここが気に入らないのなら，出口を教えてやると言う．

一部の類話では，子をはらんでいる雌犬が，子どもが生まれるまで安全な場所に避難する．生まれた子犬たちが非常に多くの場所を取るので，家主は出ていく．

コンビネーション 43, 130A.

注 16世紀の寓話集，例えば，ラウレンティウス・アプステミウス(Laurentius Abstemius)(No. 72)に記録されている．雌犬が出てくる類話は『イソップ寓話』(Phaedrus/Perry 1965, I, 19)に依拠する．

類話(～人の類話) エストニア；ラトヴィア；リーヴ；カタロニア；オランダ；フリジア；ドイツ；イタリア；スロベニア；ギリシャ；中国；モロッコ．

80A* 誰が獲物を手に入れるか (旧，誰がハチの巣を手に入れるか)

オオカミとキツネと熊(ロバ，ラクダ，ハト，アナグマ，ツル)が獲物を分けようとしている．動物たちはいちばん年上の者に獲物を渡すことに決める．動物たちのうち2匹は，自分たちの高齢を自慢する．3匹目(オオカミ，熊，ラクダ)は，自分のほうが若いことを認めるが，獲物を持って逃げる[J1451, B841.1]．参照：話型51.

注 インドの『ジャータカ(*Jātaka*)』(No. 37)に記録されている．早期の文献上の版はペルシア語で語られているジャラール・ウッディーン・ルーミー(Ǧalāloddin Rumi)の『精神的マスナヴィー(*Masnavi-ye mānavi*)』(VI, 2457)にある．

類話(～人の類話) ラトヴィア；カレリア；スペイン；ブルガリア；ギリシャ；トルコ；ダゲスタン；グルジア；アラム語話者；イラク；インド；アルジェリア；モロッコ．

81 野ウサギにとって，冬は家を建てるには寒すぎる

野ウサギ(犬，ヒバリ，ライチョウ)が冬の間凍えている．野ウサギは今度の夏，暖かくなったら家を建てようと誓う．夏になって日が照るとウサギはすっかり怠惰になり，この前の冬も家なしでしのげたと自分に言い訳をする[A2233.2.1]．

または，冬に犬が震えて縮こまっている．犬は夏になったら小さな小屋を建てようと心に決める．しかし夏になって犬は自分が大きく伸びているのに気づき，大きな家を建てなければならないと思う．これは自分にとってはあまりにたいへんな仕事なので，犬はまったく家を建てない．参照：話型43.

注 プルタルコス(Plutarch)「7賢人の饗宴(*Symposion tōn hepta sophōn*, XIV)」に記録されている．人間が登場する類話は話型1238を見よ．

類話(～人の類話) フィンランド；エストニア；リトアニア；ラップ；スウェーデン；ノルウェー；アイルランド；スペイン；ドイツ；ハンガリー；セルビア；ブルガリア；ギリシャ；ポーランド；ロシア，ウクライナ；タジク；トゥヴァ；アメリカ；スペイン系アメリカ；アフリカ系アメリカ．

85 ハツカネズミと鳥とソーセージ (旧話型 247* を含む)

ハツカネズミと鳥とソーセージ(エビ)が，家事を分担しながら，いっしょに暮らす．鳥は薪を集め，ハツカネズミは水を運んで火をおこして食卓の用意をし，ソーセージは料理をし，深鍋に飛び込んで，食べ物に風味を添える．鳥が自分の仕事がいちばんたいへんだと不平を言うので，彼らは仕事を交換する．鳥は井戸で溺れ，ソーセージは薪を集めている間に犬に食べられ，そしてハツカネズミはスープに風味をつけようと深鍋に飛び込み，やけどをして死ぬ[J512.7].

または，ハツカネズミ(鶏)とソーセージがいっしょに暮らす．ハツカネズミが日曜日に教会へ行っている間に，ソーセージは夕食をつくる．ある日曜日，彼らは役割を替え，ハツカネズミがスープに風味をつけようとして，やけどをして死ぬ．

コンビネーション 2022.

注 1650 年頃ヨハン・ミヒャエル・モシェロッシュ(J. M. Moscherosch)の『ジッテヴァルトのフィランダーの顔(*Gesichte Philanders von Sittewalt*)』(Strassburg 1655 II, 927ff.)に記録されている．

類話(〜人の類話) ラトヴィア；ラップ；デンマーク；フェロー；フランス；スペイン；カタロニア；フリジア；ドイツ；イタリア；ハンガリー；ポーランド；ロシア；ウクライナ；イラン；インドネシア；フランス系アメリカ．

87A* 熊が薪の山に立つ (旧話型 169G* を含む)

オオカミたち(イノシシたち)に追われた熊が，薪の山(干し草の山，木)に逃げる．熊はオオカミたちに薪を投げつける．

一部の類話では，熊は干し草の山(木)の上に男がいることに気づく．男は熊を棒で突く(熊の乗っている枝を折る)．熊は落ちてオオカミたちに引き裂かれる[B855].

類話(〜人の類話) エストニア；ラトヴィア；リトアニア；ハンガリー；ポーランド；ロシア, ベラルーシ, ウクライナ．

87B* 話型 122Z を見よ．

88* 熊が木に登る

熊がハチミツを手に入れるために木に登る．熊は木に吊るしてある丸太のせいでバランスを崩し，落ちる．熊はけがをする(死ぬ).

類話(〜人の類話) エストニア；ラトヴィア；リトアニア；スロベニア；ウクライ

ナ；アゼルバイジャン．

90　針と手袋とリス

針と手袋とリスがいっしょに暮らす．針は散歩に出かけると，古いやかんとナイフとマッチ(水たまり，切り株)を見つける．手袋とリスはこれらには価値がないと思い，針をさんざん殴る．針は雄牛(ヘラジカ，雄鹿)を見つけると，雄牛に登り，雄牛を殺す．手袋とリスは狩りが成功して喜ぶ[L391]．

類話(～人の類話)　フィンランド；エストニア；カレリア，チェレミス/マリ．

91　猿の心臓は薬 (旧，心臓を家に置いてきた猿(猫))

猿(キツネ，ジャッカル)とカメ(ワニ，魚)は仲がいい．カメの妻は嫉妬して，自分は病気にかかり，猿の心臓を食べないと治らないと言う．

カメは猿に会い，猿を背に乗せて海に泳ぎ出す．途中，カメは猿に妻の病気の話をする．猿は同情するが，心臓を木の上に置いてきてしまったと言う．心臓を取るためにカメが猿を陸に連れていくと，猿は逃げる[K544, K961.1]．

一部の類話では，王(姫)の病気は，穴ウサギの肝でしか治らない．穴ウサギは捕まると，肝を家に置いてきたふりをして，取りに行くと言う．そして逃げる．

注　インドの『ジャータカ(*Jātaka*)』(No. 208, 342)とインドの『パンチャタントラ(*Pañcatantra*)』(IV, 1)に記録されている．

類話(～人の類話)　スペイン；ドイツ；ハンガリー；ブルガリア；ウクライナ；ユダヤ；クルド；モンゴル；イラン；パキスタン；インド；ビルマ；チベット；中国；朝鮮；ベトナム；インドネシア；日本；フィリピン；プエルトリコ；アフリカ系アメリカ；マヤ；エジプト；チュニジア；モロッコ；東アフリカ；エチオピア；中央アフリカ；ナミビア，南アフリカ．

91A*　話型 122A を見よ．

92　ライオンが自分の映った姿に向かって飛び込む (旧話型 92A を含む)

キツネ(野ウサギ)は毎日，自分の食事をライオンに与えなければならない．ある日キツネはもっと強いライオンに会った(食事を取られた)ふりをする．最初のライオンはもう1頭のライオンと戦いたがる．キツネはライオンを井戸に連れていき，映った姿をライオンに見せる．ライオンはそれを敵だと思って，中に飛び込み(中に押され)，溺れる[K1715.1]．

一部の類話では，野ウサギが1頭の(複数の)象に，怒りで震えているように見える水に映った月を見せて，象を野ウサギの領土から追い出す[K1716]．（旧話型 92A.）参照：話型 34, 34A, 1168A, 1336.

注 5世紀にインドの『パンチャタントラ(*Pañcatantra*)』(III, 3, 参照：I, 6)に記録されている．

類話(～人の類話) ラトヴィア；アイルランド；スペイン；カタロニア；ポルトガル；フリジア；ドイツ；マルタ；ブルガリア；ギリシャ；ウクライナ；クルド；カザフ；タジク；カルムイク，ブリヤート，モンゴル；グルジア；イラン；アフガニスタン；パキスタン；インド；ビルマ；スリランカ；チベット；中国；カンボジア；マレーシア；インドネシア；アフリカ系アメリカ；マヤ；モロッコ，スーダン；ギニア；エチオピア；ナミビア；南アフリカ．

92A 話型 92 を見よ．

93 農場主が，本気に受け止められる

この説話には，おもに2つの異なる型がある．

(1) 母ギツネと子ギツネたちは，自分たちの住んでいるブドウ園の農場主が，自分たちのことをののしっているのを聞く．キツネたちは，農場主がブドウの木を切り始めるまでブドウ園を去らない．

(2) 鳥が子どもたちとともに穀物畑に巣をつくる．農夫が隣人の収穫を手伝おうかと尋ねても(農夫の息子たちが収穫を始めても)，鳥たちは巣から離れない．農夫が自分の畑の収穫を始めると，ようやく鳥たちは去っていく[J1031]．

注 『イソップ寓話』(Perry 1965, 483 No. 325)．

類話(～人の類話) エストニア；ラトヴィア；リトアニア；アイルランド；フランス；スペイン；ポルトガル；オランダ；ドイツ；イタリア；ハンガリー；スロベニア；ルーマニア；ブルガリア；ウクライナ；クルド．

野獣と家畜 100–149

100 オオカミが歌って捕まる（旧，犬の客となったオオカミが歌う）

犬（キツネ）がオオカミを宴会（食料がたくさんある地下貯蔵室）に招待する．オオカミは飲み食いしすぎる．犬がやめろと言うのにオオカミは歌い，オオカミはさんざん殴られるか，殺される．犬は逃げる［J581.1］．参照：話型 41, 163, 214A.

コンビネーション 通常この話型は，1つまたは複数の他の話型のエピソード，特に 2, 3, 4, 5, 101, 102, 103, 122A, 122M* のエピソードと結びついている．

注 『イソップ寓話』（Perry 1965, 596f. No. 701）．

類話（～人の類話） フィンランド；エストニア；ラトヴィア；リトアニア；アイルランド；フランス；スペイン；カタロニア；ドイツ；ハンガリー；チェコ；スロバキア；セルビア；クロアチア；ブルガリア；ギリシャ；ロシア，ベラルーシ，ウクライナ；オセチア；チェレミス/マリ，タタール；グルジア；トルクメン；パレスチナ；オマーン；インド；チベット；スペイン系アメリカ，メキシコ；アルゼンチン；アルジェリア；モロッコ．

101 老犬が子ども（羊）の救出者になる

忠実な老犬がもう働けなくなったので，農夫は老犬を殺すことにする．オオカミが犬を救う計画を立てる．それは犬が農夫の子どもをオオカミから救うという計画である．計画は成功し，犬の命は救われる．オオカミは見返りとして農夫の羊を盗もうとする．犬は手助けを拒み，オオカミの友情を失う［K231.1.3］．

コンビネーション 100, 102, 103.

注 グリム（Grimm）の『子どもと家庭のメルヒェン集（*Kinder- und Hausmärchen*）』に話型 103/104 と結びついて記録されている．『イソップ寓話』は話型 100 と結びついている（Perry 1965, 596f. No. 701）．

類話（～人の類話） フィンランド；エストニア；ラトヴィア；リトアニア；カレリア；スウェーデン；アイルランド；フランス；スペイン；カタロニア；オランダ；フリジア；フラマン；ドイツ；ハンガリー；チェコ；スロバキア；スロベニア；マケドニア；ブルガリア；ギリシャ；ポーランド；ソルビア；ロシア，ベラルーシ；ウクライナ；タタール；日本；メキシコ；エチオピア．

101* 話型 47D を見よ．

102 オオカミの靴屋になった犬

老犬(キツネ，ジャッカル，野ウサギ)が，オオカミ(ライオン，ハイエナ)のために靴(コート)をつくると約束する．犬は，靴をつくるために牛，豚，羊などを注文する．ところが犬は靴をつくらずに動物たちを食べてしまう．オオカミはだまされたことに気づくが，犬は策略で逃れる．例えば犬はオオカミに沼地を横切らせて，オオカミが靴を履いていると言う[K254.1]．

コンビネーション 100, 101, 103.

類話(～人の類話) フィンランド；フィンランド系スウェーデン；エストニア；ラトヴィア；リトアニア；ラップ；スペイン；ポルトガル；ドイツ；ハンガリー；チェコ；スロバキア；ポーランド；ロシア, ベラルーシ, ウクライナ；ユダヤ；ジプシー；アルメニア；カラカルパク；タジク；シリア, パレスチナ；アラム語話者；ヨルダン；イラク；サウジアラビア；カタール；イラン；カボヴェルデ；北アフリカ, エジプト；アルジェリア；モロッコ；チャド；中央アフリカ；南アフリカ.

103 野獣たちと家畜たちの戦争 (旧，野獣がなじみのない動物から隠れる)(旧話型 104 を含む)

犬とオオカミが争いとなり，同盟者を探す．猫とオンドリが犬に加勢し，キツネとイノシシがオオカミに加勢する．家畜たちが到着すると，野獣たちは逃げる．すなわち，猫が金切り声を上げ，またはしっぽを立てると，野獣たちはそれを鉄砲だと思う．熊は木から落ちて，背骨を折る[B262, K2323, K2324]．参照：話型 222.

コンビネーション 通常この話型は，1つまたは複数の他の話型のエピソード，特に 9, 41, 100, 101, 102, 103, 103A, 130, 200 のエピソードと結びついている．

注 12 世紀の中頃に『イセングリムス(*Ysengrimus*)』に記録されている(IV, 735-810).

類話(～人の類話) フィンランド；フィンランド系スウェーデン；エストニア；リーヴ；ラトヴィア；リトアニア；ラップ；スウェーデン；フランス；スペイン；フリジア；フラマン；ドイツ；イタリア；ハンガリー；スロバキア；スロベニア；セルビア；クロアチア；ルーマニア；ブルガリア；ギリシャ；ポーランド；ソルビア；ロシア；ベラルーシ, ウクライナ；トルコ；ジプシー；タジク；グルジア；マレーシア；日本；北アメリカインディアン；マダガスカル.

103A 猫が雌ギツネの夫になる

年老いた雄猫が主人に追い出され，雌ギツネと結婚する．ほかの動物たちが彼らを訪ねようとすると，雌ギツネは，夫は危険な猛獣だから捧げ物をしなければならないと言う．動物たちはキツネの穴の前に捧げ物を置いて，身を隠さなければならない．雄猫が動物たちを脅かすと，動物たちは逃げていく［B281.9.1］．参照：話型 103.

コンビネーション 103.
類話（～人の類話） エストニア；ラトヴィア；リトアニア；ラップ, カレリア, ヴェプス, コミ；ドイツ；イタリア；ハンガリー；スロバキア；スロベニア；セルビア；クロアチア；マケドニア；ルーマニア；ブルガリア；ギリシャ；ロシア, ベラルーシ, ウクライナ；ジプシー；ダゲスタン；チェレミス/マリ, チュヴァシ, タタール, モルドヴィア；ヴォチャーク；タジク；グルジア；中央アフリカ.

103A* 猫が自分は王であると主張し，ほかの動物から食べ物をもらう

猫が主人に追い出される．猫はキツネに，自分は動物たちの王であると言う．キツネは猫に泊まるよう勧め，ほかの動物たちに静かにするように警告する．ほかの動物たちは食事をつくり，いっしょに食べようと猫を招待する．カラスが猫を捕まえようとすると，猫は起き，ほかの動物たちは恐れて逃げる．

類話（～人の類話） ハンガリー；ブルガリア；ジプシー；タジク；グルジア.

103B* 猫が狩りに行く

狩人が，しとめた雄鹿を残していく．雄猫が雄鹿の血をなめる．ほかの動物たちは，雄猫が雄鹿を殺したのだと思って，雄猫に食べ物を持ってくる．

類話（～人の類話） ラトヴィア；リトアニア；トルコ.

103C* 老いたロバが熊に出会う（旧，主人に追い出されたロバが熊またはライオンに会う）

年老いたロバが，主人に追い出されて，熊（ライオン，トラ）に出会う．ロバと熊はさまざまな勝負をする．ロバは，ふんを砲弾だと言って，相手を脅かす，またはいななくことで，相手を脅かす．後に熊がこの「奇妙な」動物のことをキツネまたはオオカミに説明するか，見せる．参照：話型 118, 125B*, 1060, 1074.

コンビネーション 78, 125B*, 275, 1060.
注 12 世紀にマリー・ド・フランス（Marie de France），『イソップ（*Ésope*）』（No. 55）に記録されている．
類話（～人の類話） フランス；スペイン；カタロニア；ポルトガル；ハンガリー；ウ

クライナ；タジク；クルド；イラン；中国；スペイン系アメリカ，メキシコ

104 話型103を見よ．

105 猫の唯一の策

猫は危険が迫ると木に登って身を守る．キツネは千も策を心得ていると自慢していたが，犬に捕まる[J1662]．

注 『イソップ寓話』(Perry 1965, 542f. No. 605)．

類話（～人の類話） フィンランド；フィンランド系スウェーデン；エストニア；ラトヴィア；リトアニア；ラップ；スウェーデン；ノルウェー；デンマーク；アイルランド；フランス；スペイン；カタロニア；ポルトガル；オランダ；フリジア；フラマン；ドイツ；ラディン；イタリア；ハンガリー；スロバキア；スロベニア；セルビア；マケドニア；ブルガリア；ギリシャ；ポーランド；ウクライナ；ユダヤ；ジプシー；チェレミス/マリ，モルドヴィア；クルド；アルメニア；ヤクート；グルジア；イラク；インド；ビルマ；中国；アフリカ系アメリカ；ドミニカ；チリ；アルゼンチン；西インド諸島；アルジェリア；モロッコ；スーダン．

105* ハリネズミの唯一の策（旧話型105B*を含む）

千の策を心得ていると自慢していたキツネが，ハリネズミを説得して，いっしょにブドウを盗みに行く．キツネが罠にかかると，ハリネズミはキツネに死んだふりをするよう助言する．すると狩人はキツネを放り投げ，キツネは逃げることができる[K522]．ハリネズミが罠にかかると，キツネは助けることを拒む．ハリネズミはキツネを出し抜いて逃げる．

一部の類話では，タカ(ツル)とキツネがいっしょに暮らす．狩人が近づいてくると，タカは死んだふりをする．そのおかげで，キツネも狩人から救われる．（旧話型105B*.）参照：話型33, 239.

注 アルキロコス(Archilochos)のギリシャの寓話．

類話（～人の類話） エストニア；ドイツ；クロアチア；ルーマニア；ブルガリア；アルバニア；ギリシャ；ウクライナ；クルド；イラク；北アフリカ；アルジェリア；モロッコ．

105B* 話型105*を見よ．

106 動物たちの会話（旧話型2075を含む）

この雑録話型は，動物の鳴き声の模倣を伴うさまざまな説話からなる．参照：話型204, 211B*, 236*.

類話(～人の類話) ラトヴィア；リトアニア；ノルウェー；デンマーク；アイルランド；フランス；スペイン；カタロニア；ポルトガル；ドイツ；サルデーニャ；ハンガリー；セルビア；ブルガリア；中国；メキシコ；南アフリカ；マダガスカル．

106* オオカミと豚

夜，雌豚がゲートの外に出る．雌豚はオオカミのために子豚をたくさん産むと約束するが，オオカミは雌豚を食べる．参照：話型 122D.

類話(～人の類話) エストニア；ギリシャ；ロシア, ベラルーシ, ウクライナ.

107 犬たちとオオカミたちの戦い（旧，犬の軍隊がさまざまな品種で構成されているので，犬の指揮官が敗戦を恐れる）

犬たちの指揮官は，自分たちがさまざまな品種でさまざまな色をしているのに，オオカミたちは皆 1 品種なので，オオカミたちを恐れる．

一部の古い類話では，灰色の犬たちがオオカミたちに加わるが，戦いのあと，オオカミたちは灰色の犬たちを殺す[J1023].

コンビネーション 200.

注 『イソップ寓話』(Perry 1965, 484f. No. 342, 485 No. 343).

類話(～人の類話) エストニア；リトアニア；オランダ.

110 猫に鈴をつける

ハツカネズミたちが猫に鈴をつけようとするが，猫に鈴を結びつける者を見つけることができない[J671.1]．参照：話型 40A*, 1208*.

注 6 世紀の『カリラとディムナ(*Kalila and Dimna*)』のシリア語の翻訳に記録されている．ヨーロッパの早期文献資料はオドー・オブ・シェリトン(Odo of Cheriton)の『寓話集(*Fabulae*)』(No. 54)を見よ．諺として流布している．

類話(～人の類話) フィンランド；エストニア；リーヴ；ラトヴィア；リトアニア；スウェーデン；アイルランド；スコットランド；フランス；スペイン, バスク；カタロニア；ポルトガル；オランダ；フリジア；フラマン；ドイツ；イタリア；ハンガリー；スロベニア；ブルガリア；ギリシャ；ソルビア；ウクライナ；ユダヤ；オセチア；タジク；モンゴル；トゥヴァ；グルジア；インド；中国；スペイン系アメリカ；エジプト, アルジェリア；エリトリア；ソマリア；南アフリカ.

111 猫とハツカネズミが話す

ハツカネズミは，自分が食べられないように猫に物語を語るか，または長い会話をする．最後に猫は，どうであれ自分はハツカネズミを食べると告げる[K561.1.1].

類話(～人の類話) フィンランド；ノルウェー；デンマーク；スコットランド；アイルランド；イギリス；スペイン；フリジア；ドイツ；ギリシャ；ソルビア；ユダヤ；タジク；インド；中国；インドネシア；日本；モロッコ.

111A オオカミが子羊を不当に責め，子羊を食べる

子羊が，オオカミ(トラ，ハイエナ)よりも川下で水を飲んでいたのに，水を濁したと責められる[U31].

注 『イソップ寓話』(Perry 1965, 451 No. 155). 諺として流布している.
類話(～人の類話) エストニア；ラトヴィア；リトアニア；アイルランド；フランス；スペイン；カタロニア；ポルトガル；オランダ；フリジア；ドイツ；イタリア；サルデーニャ；ハンガリー；チェコ；スロベニア；セルビア；クロアチア；ブルガリア；アルバニア；ギリシャ；ポーランド；ソルビア；ウクライナ；ユダヤ；グルジア；シリア, レバノン, ヨルダン, イラク；イラン；インド；中国；エジプト, アルジェリア, モロッコ；南アフリカ.

111A* 酔っぱらいの約束

酔ったハツカネズミが，猫に戦いを挑む．猫がまさにハツカネズミを殺そうとすると，猫が酔っていたときに決してハツカネズミを殺さないと約束したことを，猫に思い出させる．「それは，酔っぱらいの約束だった」と言って，猫はハツカネズミを殺す．参照：話型 132.

類話(～人の類話) アイルランド；ウェールズ；イギリス；フリジア.

112 田舎のハツカネズミが町のハツカネズミを訪ねる

町のハツカネズミが田舎のハツカネズミにもてなされるが，貧しい食事にびっくりする．町のハツカネズミは田舎のハツカネズミを説得して自分を訪ねさせ，食料貯蔵室に案内する．ハツカネズミたちは家主または猫に邪魔される．田舎のハツカネズミは怖がって，自分の貧乏暮らしのほうがいいと思う[J211.2]．参照：話型 201.

注 ホラティウス(Horace)の『談話集(*Sermones*)』(II, 6, 79–117)，およびイソップ寓話(Perry 1965, 485f. No. 352)にも記録されている．諺として流布している.
類話(～人の類話) フィンランド；エストニア；ラトヴィア；リトアニア；スウェーデン；ノルウェー；アイルランド；フランス；スペイン；カタロニア；ポルトガル；オランダ；フリジア；ドイツ；イタリア；サルデーニャ；ハンガリー；チェコ；スロ

ベニア；セルビア；ルーマニア；ブルガリア；ギリシャ；ポーランド；ウクライナ；トルコ；オセチア；グルジア；イラク；インド；中国；日本；スペイン系アメリカ；エジプト，チュニジア，モロッコ；ナイジェリア；東アフリカ；スーダン；南アフリカ．

112* ハツカネズミたちが卵を運ぶ

ハツカネズミ(クマネズミ)があおむけになって，脚の間に卵を抱える．もう1匹のハツカネズミがしっぽを引っ張って，最初のハツカネズミを穴に引き入れる．

注 ラ・フォンテーヌ(La Fontaine)の『寓話(*Fables*)』(X, 1)に記録されている．
類話(～人の類話) ラトヴィア；アイルランド；フリジア；ギリシャ；チュヴァシ；中国；アメリカ．

112** ハツカネズミたちとオンドリ

母ネズミが子どもたちに，猫に気をつけるよう警告し，子どもたちが恐れているオンドリは安全だと教える[J132]．

類話(～人の類話) フィンランド；エストニア；リトアニア；スコットランド；フランス；ドイツ；イタリア；メキシコ．

113 ハツカネズミたちが猫を王に選ぶ

この雑録話型は，ハツカネズミが自分たちの王として猫を選ぶさまざまな説話からなる．

類話(～人の類話) フィンランド；ハンガリー；トルコ；モンゴル；シリア；ビルマ；プエルトリコ．

113A 牧神パンが死んだ (旧，猫の王が死んだ)

男(こびと)が，ある声(猫の声)を聞く．その声は男に，第三者(牧神パン，猫の王)が死んだことを発表するよう告げる．男は，その声にも死んだ人の名前にも聞き覚えがない．

家に帰ると，男は何があったかを話す．メイド(猫)はこれを聞くと，自分は去らなければならない(今，猫の新しい王となった)と言って，去っていき，2度と戻ってこない[B342]．

一部の類話では，男が自分についてくる猫を殺す．猫は死ぬ前に，自分が死んだことを特定の人物に知らせるよう男に言う．男が家に帰って何があったか話すと，男が飼っている猫が男を殺す．

注 プルタルコス(Plutarch)の『神託の衰微について(*De defectu oraculorum*)』(17)に記録されている．猫が登場する説話は16世紀に『ツィンメルン年代記(*Zimmerische Chronik*)』で触れられている．

類話(～人の類話) フィンランド；エストニア；リトアニア；ノルウェー；デンマーク；アイルランド；イギリス；オランダ；フラマン；ドイツ；スイス；オーストリア；ハンガリー；チェコ；ポーランド；アメリカ；スペイン系アメリカ；アフリカ系アメリカ．

113B 猫はにせ聖者

聖者(巡礼者)を装った猫(雄猫)が，ハツカネズミ(クマネズミ)たちを弟子にとる．ハツカネズミたちが行進してくるか，説法を聞きに来ると，猫は次々とハツカネズミを食べる．一部の類話では，猫はハツカネズミたちを欺くのに失敗する[K815.13，参照 K815.7]．参照：話型 20D*, 165.

注 インドの『ジャータカ(*Jātaka*)』(nos. 128, 129)に記録されている．ヨーロッパの早期文献資料はオドー・オブ・シェリトン(Odo of Cheriton)の『寓話集(*Fabulae*)』(No. 15)を見よ．

類話(～人の類話) スペイン；ドイツ；マケドニア；ブルガリア；ギリシャ；ユダヤ；アブハズ；モンゴル；トゥヴァ；パレスチナ；シリア, サウジアラビア, イラク；インド；スリランカ；チベット；中国；北アフリカ, エジプト, アルジェリア；モロッコ；スーダン．

113* 猫の葬式

猫を埋葬する準備をしているハツカネズミたちが，猫が本当は死んでいないことに気づく．猫はハツカネズミたちを殺す．

類話(～人の類話) フィンランド；ノルウェー；ギリシャ；ロシア, ウクライナ；ユダヤ；プエルトリコ．

115 腹をすかせたキツネが無駄に待つ

腹をすかせたキツネが，雄羊の陰嚢が落ちるのを無駄に待つ[J2066.1]．参照：話型 59.

注 インドの『パンチャタントラ(*Pañcatantra*)』(II, 6)に記録されている．

類話(～人の類話) フィンランド；エストニア；ラトヴィア；リトアニア；スウェーデン；アイルランド；スペイン；ギリシャ；チェレミス/マリ；インド．

116　干し草を積んだ荷馬車に乗った熊

森の中で熊が馬の引く荷車に乗り込む．馬が走り始め，熊は聖職者に間違えられる[J1762.2]．

類話(～人の類話)　フィンランド；エストニア；ラトヴィア；リトアニア；ラップ，リュディア，カレリア；スウェーデン；ノルウェー；オランダ；ロシア，ベラルーシ；チェレミス/マリ．

117　馬に乗った熊

馬に乗った熊が，馬の脇腹にかぎ爪を突き立てる．熊は木に引っかかるが馬は走り続け，熊は2つに引き裂かれる[J2187]．

類話(～人の類話)　フィンランド；エストニア；スウェーデン；スペイン；ポルトガル．

117*　話型47Dを見よ．

118　ライオンが馬におびえる

年老いた馬がライオンに出会う．ライオンは，石から水を絞り出すことができるかと馬に聞く．馬は水を出すことはできないが，(蹄を使って)石から火花を出すことはできると言う．ライオンはたいへん感心し，馬のことをオオカミ(熊)に話す．オオカミは馬をたくさん食べてきたと自慢する．ライオンは，オオカミに馬を見せようとオオカミをつまみ上げるが，過ってオオカミをつぶしてしまう．けれどもライオンは，馬の一瞥がオオカミを殺したのだと思う[J2351.4]．参照：話型103C*, 125B*．

コンビネーション　47B.

類話(～人の類話)　フィンランド；フィンランド系スウェーデン；エストニア；ラトヴィア；リトアニア；アイルランド；スペイン；ポルトガル；イタリア；ポーランド；ロシア，ベラルーシ，ウクライナ；クルド；カザフ；ウズベク；スペイン系アメリカ．

119A*　話型200C*を見よ．

119B*　馬たちがオオカミたちから身を守る

この説話には，おもに2つの異なる型がある．

(1)　1頭のライオンと雄牛たちとの戦いで，ライオンは雄牛たちを互いに反目させ，雄牛たちに打ち勝つことができる[J1022]．参照：話型201F*．

(2) 馬たちは輪になって子馬たちを輪の中央に置き，尻を敵に向けることで，オオカミたちから身を守る．

注 ライオンと雄牛が登場する類話は『イソップ寓話』(Perry 1965, 487 No. 372)に由来する．

類話(～人の類話) エストニア；ラトヴィア；スペイン；カタロニア；ハンガリー；タジク．

119C* 話型 47D を見よ．

120 最初に日の出を見た者

キツネと豚が，どちらが先に日の出を見ることができるか競い合う．キツネは丘に陣取り，東を向く．豚はそれより低い場所で西にある高い木を見る．太陽が最初に木の梢を照らし，豚が勝つ．(筋の担い手が人間であることもある．) [K52.1].

類話(～人の類話) フィンランド；エストニア；リトアニア；カレリア；スウェーデン；ノルウェー；デンマーク；フェロー；アイスランド；アイルランド；スペイン；カタロニア；ポルトガル；イタリア；スロベニア；シベリア；ヤクート；カザフ；カルムイク；グルジア；チベット；中国；日本；アフリカ系アメリカ；メキシコ；ブラジル；マダガスカル．

121 オオカミたちが積み重なって登る (旧，オオカミたちが積み重なって木に登る)

オオカミたち(トラたち)が，仲間の1頭にけがを負わせた(しっぽを切り落とした，熱湯をかけた)男(豚)を懲らしめようとする．男が木の上に逃げると，オオカミたちは男を捕まえようと次々と積み重なって登る．男が再びオオカミたちを脅かすと，いちばん下のオオカミが逃げ，オオカミはみんな下に落ちる(死ぬ) [J2133.6]．参照：話型 1250.

コンビネーション 通常この話型は，1つまたは複数の他の話型のエピソード，特に 152A*, 157, 1875 のエピソードと結びついている．

類話(～人の類話) フィンランド；フィンランド系スウェーデン；エストニア；ラトヴィア；リトアニア；カレリア；ノルウェー；フランス；スペイン；カタロニア；ポルトガル；フラマン；ワロン；ドイツ；ハンガリー；ロシア，ベラルーシ，ウクライナ；ユダヤ；ジプシー；チェレミス/マリ；モルドヴィア；モンゴル；シリア；インド；朝鮮；中国；ラオス；日本；エジプト；アルジェリア，モロッコ；スーダン．

122 嘘の言い訳で獲物が逃げることができ，動物は獲物を失う（旧，オオカミが獲物を失う）[K550]

参照：話型 6, 61, 115, 227, 227*.

122A オオカミ（キツネ）が朝食を探す（旧話型 91A* を含む）

オオカミ（キツネ）が，いろいろな動物（豚，羊，馬）たちを食べると脅すが，動物たちは次のように最後の慈悲を乞う．ある動物は子どもたちに洗礼を授けなければならないと言う[K551.8]．別の動物はオオカミに食べられる前にキーキー鳴きたがり，その結果助けが現れる[K551.3.4]（旧話型 91A*）．もう1匹の動物は食べられる前に祈りを終えたいと言う[K551.1]（参照：話型 1199）．オオカミは空腹のままである（殺される）．

コンビネーション 通常この話型は，1つまたは複数の他の話型のエピソード，特に 47B, 122C, 122K*, 1149 のエピソードと結びついている．

類話（～人の類話） フィンランド；フィンランド系スウェーデン；エストニア；ラトヴィア；リトアニア；カレリア；スウェーデン；ノルウェー；フェロー；アイルランド；フランス；スペイン；バスク；カタロニア；ポルトガル；オランダ；フリジア；ワロン；ドイツ；イタリア；サルデーニャ；ハンガリー；チェコ；スロバキア；ルーマニア；ブルガリア；ギリシャ；ポーランド；ソルビア；ロシア，ベラルーシ，ウクライナ；トルコ；ジプシー；オセチア；チェレミス/マリ，タタール；チュヴァシ；タジク；グルジア；レバノン；イラク；インド；朝鮮；中国；日本；アフリカ系アメリカ；メキシコ；プエルトリコ；南アメリカインディアン；マヤ；西インド諸島；リビア；アルジェリア；モロッコ；東アフリカ．

122B クマネズミが猫を説得して，食事の前に顔を洗わせる

猫がクマネズミ（スズメ，リス）を捕まえ，まさに食べようとする．クマネズミは猫に，口を洗わずに食事をするやつはいないと言う．猫は口を洗い，捕らわれていたネズミは逃げる．猫は食事のあとにしか口を洗うまいと心に決める[K562]．

類話（～人の類話） フィンランド；エストニア；ラトヴィア；リトアニア；スウェーデン；フェロー；フランス；ポルトガル；オランダ；フリジア；フラマン；ドイツ；スロベニア；マケドニア；ルーマニア；ギリシャ；ポーランド；オセチア；インド；中国；アメリカ；アフリカ系アメリカ；東アフリカ，コンゴ，南アフリカ．

122C 羊がオオカミを説得して，歌を歌わせる

オオカミが羊を食べる前に，羊がオオカミを説得して歌を歌わせる．オオ

カミが遠吠えを始める(笛を吹き始める)と，犬たちがやって来て，農夫たちがオオカミをさんざん殴る(追い払う)[K561.2].

コンビネーション 通常この話型は，1つまたは複数の他の話型のエピソード，特に47A, 47B, 122A, 122B*, 122K*, 123のエピソードと結びついている.

注 『イソップ寓話』(Perry 1965, 440f. No. 97).

類話(～人の類話) エストニア；アイルランド；フランス；スペイン；カタロニア；ポルトガル；オランダ；フリジア；フラマン；ドイツ；ハンガリー；チェコ；スロバキア；ルーマニア；ギリシャ；ソルビア；ベラルーシ, ウクライナ；シベリア；タジク；カルムイク；グルジア；オマーン；イラン；インド；中国；エスキモー；プエルトリコ；アルジェリア, モロッコ.

122D 捕まった動物が，捕獲者にもっといい獲物を約束する (旧,「あなたのために，もっといい獲物を捕まえてあげます」)

捕まった野ウサギ(羊，オンドリ，クロツグミ，キツネ)が，オオカミ(キツネ，ライオン)を手伝うふりをして，もっとすばらしい獲物を約束する．そうして野ウサギは逃げる[K553.1]．参照：話型106*.

類話(～人の類話) エストニア；フランス；スペイン；カタロニア；ポルトガル；フリジア；ドイツ；ブルガリア；ギリシャ；ロシア, ベラルーシ, ウクライナ；ユダヤ；タジク；シリア；インド；チベット；中国；ポリネシア；スペイン系アメリカ；アフリカ系アメリカ；メキシコ；マヤ；チリ；東アフリカ；中央アフリカ；ナミビア, 南アフリカ.

122E 太ったヤギを待つ

3匹のヤギ(雄ヤギ)が，トロルの見張っている橋を渡らなければならない．またはオオカミに出会い，オオカミはヤギを食べようとする．トロルはいちばん大きなヤギを手に入れるために，2匹の小さいヤギを通すが，いちばん大きなヤギはトロルを川に投げ込む[K553.2].

類話(～人の類話) ラップ；ノルウェー；スウェーデン；フランス；フリジア；ワロン；ドイツ；ハンガリー；ギリシャ；ソルビア；オセチア；インド.

122F 「わたしが十分太るまで待って」

捕まった動物(豚，羊，犬)が，捕獲者(オオカミ)を説得して，食べるのに十分なくらい自分が太るまで待たせる．そうして逃げる[K553].

コンビネーション 通常この話型は，1つまたは複数の他の話型のエピソード，特に

47A, 47B, 122A, 122M*, 1149 のエピソードと結びついている.
注　『イソップ寓話』(Perry 1965, 447 No. 134).
類話(～人の類話)　フィンランド；エストニア；フランス；スペイン；カタロニア；ポルトガル；オランダ；ドイツ；ハンガリー；クロアチア；マケドニア；ブルガリア；ギリシャ；ウクライナ；トルコ；ジプシー；ヤクート；タジク；グルジア；パキスタン；インド；スリランカ；ネパール；チベット；中国；アメリカ；アフリカ系アメリカ；メキシコ；西インド諸島；アルジェリア；モロッコ；南アフリカ.

122G　食べる前に「わたしを洗って」(「わたしをふやかして」)

この説話には，おもに2つの異なる型がある.

(1)　オオカミ(ジャッカル，キツネ)が子豚(カニと魚)を食べようとする. 雌豚は，まずは自分が子豚を洗わなければならないとオオカミを説得し，オオカミを水に引き込む.

(2)　カメがジャッカルに，自分の甲羅を柔らかくするために水のなかでふやかさなければならないと説明する. そうしてカメは逃げる[K553.5].

類話(～人の類話)　スペイン；カタロニア；ドイツ；ソルビア；ウズベク；モンゴル；シリア, イラク；インド；スリランカ；中国；カンボジア；日本；マヤ；ペルー；アルジェリア.

122H　「わたしが乾くまで待って」

猿を食べようとしているトラに，猿が泥から引っ張り出される. 猿は，食べられる前に日なたで体を乾かさせてくれと頼む. そうして猿は逃げる[K551.12].

注　スペイン語で書かれた早期の文献資料は，オドー・オブ・シェリトン(Odo of Cheriton)の『教訓譚集(*El libro de los gatos*)』(No. 56)に記録されている.
類話(～人の類話)　スペイン；インド；アフリカ系アメリカ.

122J　話型 47B を見よ.

122Z　食べられることを逃がれるためのその他の策略 (旧話型 69** と 87B* を含む)

この雑録話型は，オオカミ(キツネ，等)に食べられることを逃がれるための，動物たちのその他の策略に関するさまざまな説話からなる.

類話(～人の類話)　エストニア；ラトヴィア；スペイン；ポルトガル；ドイツ；ギリシャ；ブルガリア；ウクライナ；モンゴル；ヨルダン, カタール；イラン；パキスタン；インド；中国；メキシコ；プエルトリコ；マヤ；ベネズエラ；ペルー；パラグアイ；エジプト，チュニジア，タンザニア；中央アフリカ．

122B* リスがキツネを説得して，食べる前に祈らせる

リスがキツネを説得して，食べる前にキツネに祈らせる．リスは逃げる［K562.1］．

類話（～人の類話） エストニア；スウェーデン；デンマーク；アイルランド；フランス；フリジア；ワロン；ドイツ；ベラルーシ，ウクライナ；アブハズ；クルド；タジク；ウズベク；シリア，パレスチナ；アフリカ系アメリカ；アルジェリア，モロッコ；南アフリカ．

122D* 鳥をもっとおいしくする

キツネが鳥をもっとおいしくするために，車輪のハブ（中心部）に鳥を入れる．

類話（～人の類話） エストニア；ラトヴィア；カレリア；ギリシャ．

122K* オオカミが判定者を務める（旧，雄羊たちを食べる前に，オオカミが裁判官を務める）

オオカミが2匹の雄羊（ヤギ）に出会い，そのうちの1匹を食べようとする．雄羊たちはオオカミに，まず牧草地の所有権をめぐる自分たちの争いを解決するよう頼む．オオカミは負けたほうを食べることにする．雄羊たちは牧草地の両側からオオカミめがけて走り，角でオオカミを突く．オオカミは死ぬ．または，雄羊たちはオオカミが気を失っている間に逃げることができる［K579.5.1］．

コンビネーション 通常この話型は，1つまたは複数の他の話型のエピソード，特に4, 47A, 47B, 122A, 122C のエピソードと結びついている．

注 『イソップ寓話』（Perry 1965, 593ff. No. 699）．また，12世紀半ばには『イセングリムス（*Ysengrimus*）』（II, 159–688）に，その後13世紀には『狐物語（*Roman de Renart*）』（XX, 1–94）に記録されている．

類話（～人の類話） フィンランド；エストニア；フランス；スペイン；バスク；カタロニア；ポルトガル；オランダ；フリジア；フラマン；ドイツ；ハンガリー；チェコ；ボスニア；ブルガリア；ソルビア；ジプシー；インド；スペイン系アメリカ，メキシコ．

122L* 盲目のオオカミが捕らわれた雄牛を見張る

目の見えなくなったオオカミが雄牛を見張る．雄牛は脚を束ねて縛られている．雄牛は縄がきつすぎるので，ほどいてくれと頼む．それから雄牛は束ねられた脚の代わりに木の棒をオオカミに持たせ，逃げる．参照：話型 5.

類話(～人の類話)　エストニア；ラトヴィア；リトアニア.

122M* 雄羊がオオカミの胃の中にまっすぐに駆け込む (旧話型 126C* を含む)

オオカミが雄羊を食べようとする．雄羊は，自分がオオカミの口に飛び込むことができるよう大きく口を開けてくれとオオカミに頼む．雄羊はオオカミを角で突いて逃げる.

コンビネーション　通常この話型は，1 つまたは複数の他の話型のエピソード，特に 47B, 100, 122A, 122F, 122N*, 130 のエピソードと結びついている.
類話(～人の類話)　フィンランド；エストニア；ラトヴィア；リトアニア；デンマーク；フラマン；ドイツ；ハンガリー；チェコ；スロバキア；セルビア；クロアチア；ブルガリア；アルバニア；ロシア, ベラルーシ, ウクライナ；トルコ；タタール；ウズベク；中国；マレーシア；メキシコ；チリ；モロッコ.

122N* ロバがオオカミを説得し，オオカミを自分の背に乗せて村に行く

オオカミがロバを食べようとする．しかしロバはオオカミに，村人たちがオオカミを村長にしたがっていると信じ込ませる．オオカミはロバの背に乗って村へ行く．すると村人たちはオオカミを棒でさんざん殴る.

コンビネーション　47B, 122M*.
類話(～人の類話)　フランス；オランダ；フリジア；ハンガリー；ボスニア；マケドニア；ルーマニア；ブルガリア；ギリシャ；ロシア, ベラルーシ, ウクライナ；トルコ；タジク；中国.

123 オオカミと子ヤギたち

母ヤギがいない間に，子ヤギたち(1 匹の子ヤギ)を食べようとオオカミがやって来る．子ヤギたちがドアを開けないので，オオカミは声を変え [K1832, K311.3]，足に小麦粉で色をつける [K1839.1]．子ヤギたちはそれを自分たちの母親だと思ってドアを開ける．オオカミは子ヤギたちを(1 匹を除いてみんな)食べる．いちばん年下の子ヤギは時計の中に隠れる．母ヤギが帰ってきて，オオカミに復讐する．母ヤギはオオカミが眠っているのを見つけ，オオカミの腹を切り開いて子どもたちを出し [F913]，腹に石を詰め

る[Q426]．または，母ヤギはオオカミに戦いを挑み，勝つ．または，母ヤギはオオカミを自分の家に招待し，そこでオオカミは熱い炭の入った穴に落ちる．参照：話型 333, 705B, 2028.

古い類話では，子ヤギは母親の言うとおり，ドアを開けない[J144].

コンビネーション 4, 34, 122C，特に 212, 333.

注 『イソップ寓話』(Perry 1965, 529 No. 572)，その後 12 世紀にはマリー・ド・フランス(Marie de France)の『イソップ寓話(*Ésope*)』(No. 89)に，1350 年頃にはウルリヒ・ボーナー(Ulrich Boner)の『宝石(*Edelstein*)』(No. 33)に記録されている.

類話(～人の類話) フィンランド；エストニア；リーヴ；ラトヴィア；リトアニア；ラップ；スウェーデン；ノルウェー；デンマーク；スコットランド；アイルランド；フランス；スペイン；バスク；カタロニア；ポルトガル；オランダ；フリジア；フラマン；ワロン；ドイツ；イタリア；サルデーニャ；ハンガリー；チェコ；スロベニア；セルビア；ブルガリア；ギリシャ；ロシア, ベラルーシ, ウクライナ；トルコ；ユダヤ；ジプシー；オセチア；ヤクート；タジク；モンゴル；グルジア；シリア, レバノン, パレスチナ, ヨルダン；イラク；サウジアラビア；クウェート, カタール；イラン；インド；中国；朝鮮；北アメリカインディアン；スペイン系アメリカ, メキシコ；アフリカ系アメリカ；プエルトリコ；ブラジル；アルゼンチン；西インド諸島；カボヴェルデ；エジプト；チュニジア；アルジェリア；モロッコ；東アフリカ；スーダン；中央アフリカ；コンゴ；南アフリカ；マダガスカル.

123A キツネが子馬を買い，家に残す

キツネが牧夫たちをだまして子馬を巻き上げ，それを育てる．ある日キツネが家を留守にしているとき，オオカミが声色を変えてやって来る．子馬はオオカミを家に入れ，食べられる．キツネはオオカミに報復する．参照：話型 123.

類話(～人の類話) ハンガリー；セルビア；マケドニア；ブルガリア；ギリシャ；タタール；グルジア.

123B 羊の皮をかぶったオオカミが羊の群れに入り込む

この雑録話型は，オオカミ(キツネ)が羊の群れに入って羊を食べるために，羊(時として羊飼い)に変装するさまざまな説話からなる[K828.1, K934]．オオカミは成功するか，または発見されて，さんざん叩かれる(殺される)．参照：話型 37, 214B.

注 『イソップ寓話』(Perry 1965, 513 No. 451)．中世には，オドー・オブ・シェリトン(Odo of Cheriton)の『寓話の書(*Liber parabolarum*)』(No. 51)に記録されている．諺

として流布している.
類話(～人の類話) ラトヴィア；フランス；スペイン；オランダ；ドイツ；イタリア；ハンガリー；ブルガリア；ギリシャ；ウクライナ；中国；南アフリカ.

124 家を吹き飛ばす [Z81] (旧話型 124A* を含む)

ガチョウが羽根の家を建て，豚が石の家を建てる．オオカミ(熊)がガチョウの家を吹き倒し，ガチョウを食べる．オオカミは豚の家を吹き倒すことができない．オオカミは豚をおびき出そうとするが，豚は次のようにオオカミの裏をかく．例えば，オオカミはいっしょにリンゴを盗もう(市場に行こう)ともちかけるが，豚は先に行くので，オオカミは豚を食べることができない．最後にオオカミは煙突を通って家に入ろうとする．オオカミは焼け死ぬか，または煮立ったお湯でやけどをする [J2133.7，参照 K891.1.]．参照：話型 43.

または，3 匹の豚が藁の家と木の家と鉄の家を建てる．オオカミは最初の 2 つの家を破壊し，豚たちを食べるが，3 匹目の豚はオオカミの裏をかくことができる．(旧話型 124A*.)

類話(～人の類話) アイルランド；イギリス；フランス；スペイン；カタロニア；ポルトガル；フラマン；ワロン；イタリア；ハンガリー；ギリシャ；ソルビア；ウクライナ；トルコ；グルジア；パレスチナ，イラク，ペルシア湾；ラオス；日本；フランス系カナダ；アメリカ；アフリカ系アメリカ；メキシコ；キューバ；西インド諸島；エジプト，チュニジア；アルジェリア；スーダン；南アフリカ.

124A* 話型 124 を見よ.

125 オオカミがオオカミの頭を見て逃げる

家畜たち(羊，ロバ)が袋と危険な動物(オオカミ，トラ)の頭(骨)を見つける．家畜たちは，別のオオカミに出会い，自分たちが種族の 1 匹を殺したと信じさせる．オオカミは恐怖で逃げる [K1715.3]．参照：話型 126, 1149.

コンビネーション 3，特に 130.
注 12 世紀半ばに『イセングリムス(*Ysengrimus*)』(IV, V, 1–810) に記録されている.
類話(～人の類話) フィンランド；エストニア；リトアニア；ラップ，ヴォート，カレリア；スウェーデン；デンマーク；フランス；スペイン；バスク；カタロニア；ポルトガル；マケドニア；ブルガリア；アルバニア；ロシア，ウクライナ；ユダヤ；トルコ；ダゲスタン；オセチア；カザフ；トルクメン；タジク；カルムイク；モンゴル；トゥヴァ；インド；中国；スペイン系アメリカ，メキシコ，グアテマラ；プエルトリコ；マヤ；アルゼンチン；西インド諸島；エジプト，チュニジア，アルジェリア，モロッコ；ギニア；東アフリカ；スーダン, コンゴ；タンザニア；ナミビア, 南アフリカ.

125B*　ロバとライオンの勝負（旧，ロバがライオンを威圧する）（旧話型 125C* と 125D* を含む）

この説話には，おもに３つの異なる型がある.

（1）ロバがライオンに自分の能力を自慢する．するとロバは，薪から水を絞り出してみろと挑まれる（蹄で地面を蹴って水を出してみろと言われる）．ロバががんばりすぎて小便をすると，ライオンはロバが自分より強い動物だと思う．参照：話型 118.

（2）ライオンが木の梢を引っ張って下げ，ロバに同じことをしてみろと挑む．ロバは茂みに投げ飛ばされ，穴ウサギの上に落ちて，穴ウサギを殺す．その後ロバは自分の能力を自慢する（旧話型 125C*）．参照：話型 1051（人間の筋の担い手）.

（3）ロバが川で水浴びをしているとき，耳で魚を１匹捕まえ，ライオンを感心させる（旧話型 125D*）．参照：話型 103C*.

類話（～人の類話）　イタリア；ハンガリー；ジプシー；クルド；タジク；中国.

125C*　話型 125B* を見よ.

125D*　話型 125B* を見よ.

126　羊がオオカミを追い払う

オオカミ（トラ）が羊（ヤギ）を食べようとする．羊は，自分はオオカミたちを食べると偽って，そのオオカミを追い払う[K1715]．参照：話型 1149.

コンビネーション　78, 125, 126A*, 130, 1149.

類話（～人の類話）　フィンランド；エストニア；フランス；スペイン；オランダ；イタリア；ロシア；ベラルーシ；オセチア；アブハズ；チュヴァシ, ヴォチャーク；ウズベク；タジク；トゥヴァ；イラン；インド；ビルマ；中国；カンボジア；フィリピン；アフリカ系アメリカ；西インド諸島；カボヴェルデ；アルジェリア；ギニア；カメルーン；東アフリカ, スーダン；中央アフリカ；コンゴ；ナミビア；南アフリカ.

126A*　おびえさせられたオオカミ

雄ヤギと猫と雄羊が飼い主たちから逃げ出す．雄ヤギと猫と雄羊は，数匹のオオカミと１頭の熊に遭遇し，木の上に逃げる．雄ヤギと猫と雄羊が木の上にいると，オオカミたちが雄ヤギと猫と雄羊を食べると脅す．雄ヤギがおびえて１匹のオオカミの上に落ち，角でオオカミにけがを負わせる．オオカミたちは逃げる．参照：話型 130, 1154.

コンビネーション 126, 130B.
類話(～人の類話) フィンランド；エストニア；リトアニア；ヴォート；ブルガリア；ロシア, ベラルーシ, ウクライナ；オセチア；アブハズ；チェレミス/マリ, チュヴァシ, ヴォチャーク；ウズベク；グルジア；イラン；スペイン系アメリカ.

126C* 話型 122M* を見よ．

127A* オオカミがヤギに崖からおりるよう勧めて，ヤギを食う

オオカミがヤギに崖からおりるよう勧めて，ヤギを食う．一部の類話では，ヤギはおりることを拒む[K815, K2061.4]．参照：話型 242.

注 『イソップ寓話』(Perry 1965, 451 No. 157).
類話(～人の類話) イギリス；フランス；スペイン；ポルトガル；オランダ；ドイツ；イタリア；ハンガリー；スロベニア；インド.

127B* ヤギが庭で食事し，捕まる

ヤギが庭で食事し，捕まる．「おまえの分別があごひげと同じくらい長じていれば，おまえは入り口と同様に出口も探しただろうに」とキツネが言う[J2136.3].

コンビネーション 31.
類話(～人の類話) スペイン, ポルトガル；ギリシャ.

129 2匹の羊がキツネを殺す

2匹の羊が戦いで流した血を，キツネがなめる．2匹の羊はそのキツネを殺す[J624.1].

注 『カリラとディムナ(*Kalila and Dimna*)』のアラビアの版に記録されている．
類話(～人の類話) スペイン；カタロニア.

129A* 羊が生まれたばかりの子羊をなめる

羊が生まれたばかりの子羊をなめる．オオカミがこれを見ると，「それはずるい．おれが同じことをしたら，みんなはおれが子羊を食っていると言うだろうに」と言う[J1909.5]．参照：話型 1837*.

注 『イソップ寓話』(Perry 1965, 457 No. 190).
類話(～人の類話) フランス；スペイン.

130 動物たちの夜の宿（ブレーメンの町音楽師）

ロバと犬と猫とオンドリが，働くには年をとりすぎたために，飼い主からひどい扱いを受ける．動物たちは逃げ出し[B296]，森の中で1軒家を見つける[N776]．泥棒たちがやって来て，お金を数え始める．4匹の動物は互いの背中に乗って，いっせいに叫ぶ[K335.1.4]．泥棒（強盗）たちはおびえて，そこにお金を残して逃げる．泥棒たちが戻ってこようとすると，動物たちは家のいろいろな場所に隠れていて，それぞれの動物特有の力で攻撃する[K1161]．4匹の動物は泥棒を追い払い，その後幸せに暮らす．参照：話型210.

コンビネーション 通常この話型は，1つまたは複数の他の話型のエピソード，特に41, 103, 125, 126A*, 210, 2021のエピソードと結びついている．

類話（～人の類話） フィンランド；フィンランド系スウェーデン；リーヴ；リトアニア；ラップ；ヴェプス，ヴォート，カレリア；スウェーデン；ノルウェー；アイルランド；イギリス；フランス；スペイン；バスク；カタロニア；ポルトガル；オランダ；フリジア；フラマン；ワロン；ドイツ；ラディン；イタリア；サルデーニャ；コルシカ島；ハンガリー；スロバキア；スロベニア；クロアチア；マケドニア；ルーマニア；ブルガリア；ギリシャ；ポーランド；ソルビア；ロシア，ベラルーシ；ウクライナ；ユダヤ；トルコ；チェレミス/マリ，モルドヴィア；タジク；グルジア；イラン；インド；中国；朝鮮；日本；アメリカ；スペイン系アメリカ；アフリカ系アメリカ；メキシコ；ドミニカ；プエルトリコ；南アメリカインディアン；マヤ；カボヴェルデ；エジプト，チュニジア，アルジェリア，モロッコ；ガーナ；南アフリカ．

130A 動物たちが自分たちの家を建てる

家畜たち（雄牛，オンドリ，雄羊，豚）が，飼い主から逃げて，家を建てようとする．

一部の類話では，冬に備えて家を建てるのは動物たちのうち1匹だけで，ほかの動物たちは家などいらないと思う．家を建てた動物は，それでも彼らを保護してやらなければならない．参照：話型43, 80, 81.

類話（～人の類話） フィンランド；エストニア；ラトヴィア；リトアニア；ラップ；ブルガリア；ロシア；カンボジア；ブラジル；モロッコ，エリトリア．

130B 殺すと脅されて逃げる動物たち（旧，殺すと脅されたあとに逃げる動物たち）

家畜（ヤギ，雄羊，猫，ロバ，犬，オンドリ）が自分の家から逃げる．夜，オオカミの群れがその動物たちを食べようとするが，動物たちはうまく身を守る．参照：話型 130.

コンビネーション　126A*.

類話(～人の類話)　フィンランド；エストニア；リーヴ；ラトヴィア；リトアニア；ラップ；ヴェプス；セルビア；ブルガリア；ギリシャ；ユダヤ；ウクライナ；アブハズ；トルクメン.

130C　動物たちが人の仲間になる

ロバ，ヤギ，犬，猫が新しい家庭を探す．動物たちは，お婆さん(お爺さん)を見つけ，彼女のために働くと約束する．

一部の類話では，動物たちはお婆さんをだます．また一部の類話では動物たちはお婆さんを助ける．

類話(～人の類話)　フィンランド；ラトヴィア；リトアニア；ラップ；リーヴ；ギリシャ；モルドヴィア；フランス系カナダ.

130D*　動物たちが体を暖める

家畜たちがひどい扱いを受けて逃げる．猫はヤギに，火をおこすために，樺の樹皮を角のように頭に巻き，雄羊と戦うよう教える．樹皮は燃え始める．1 頭の熊が火にあたって暖まる．オオカミたちに襲われると，家畜たちはうまく身を守る．

類話(～人の類話)　ラトヴィア；ヴォート；ロシア，ベラルーシ，ウクライナ.

131　トラは雌牛の不実な友

トラと雌牛が友達になり，どちらも子を生む．トラは，雌牛の川下で水を飲み，雌牛の肉はうまいだろうと考え，殺して食べる．子牛は逃げる．トラの子は，母親のことを恥じ，子牛の冒険についていく[J427]．参照：話型 59*.

類話(～人の類話)　モンゴル；インド；ビルマ；ネパール；フィリピン；モロッコ.

132　ヤギが水に映った自分の角にほれぼれする

ヤギが水に映った自分の角にほれぼれし，オオカミなんか恐れる必要はないと独り言を言う．オオカミがヤギの後ろに立って，何て言っていたのかと尋ねる．ヤギは「なんでもない．飲みすぎると，ばかなことを言うものだ」と答える[K1775]．参照：話型 111A*.

注 『イソップ寓話』(Perry 1965, 588f. No. 695).
類話(～人の類話) フィンランド; エストニア; ラトヴィア; スウェーデン; ノルウェー; フランス; スペイン; ポルトガル; オランダ; ワロン; ドイツ; ハンガリー; ロシア; ジプシー; メキシコ; プエルトリコ.

133* ヤギがヘビを川の向こう岸に運ぶ

ヤギ(カメ, キツネ)がヘビ(サソリ, ワニ)を川の向こう岸に渡してやる. 川を渡り終えると, ヘビはヤギを殺す. 本性はいつでも顔を出すものだ[U124].

一部の類話では, ヤギがヘビを殺す[K952.1]. 参照：話型 155, 279*.

注 例えば『カリラとディムナ(*Kalila and Dimna*)』のトルコとペルシアの版やインドの『パンチャタントラ(*Pañcatantra*)』, オドー・オブ・シェリトン(Odo of Cheriton)の『寓話の書(*Liber parabolarum*)』(No. 18)に記録されている.
類話(～人の類話) スペイン; ポルトガル; ハンガリー; ルーマニア; ダゲスタン; アブハズ; タジク; シリア; インド; 北アメリカインディアン; アルジェリア, モロッコ.

135* ハツカネズミがパンの皮でボートをつくる

ハツカネズミがパンの皮でボートをつくる. ハツカネズミはほかの動物たちや鳥たちをボートに乗せる. するとボートは転覆する. 動物たちはけんかをする[B295.1].

類話(～人の類話) ラップ; コミ; ポルトガル; エジプト, チュニジア, アルジェリア.

135A* キツネがバイオリンにつまずく

キツネが犬たちに追いかけられて, バイオリンにつまずく. するとキツネは「もしも時間があったら, 踊るのには絶好の機会なのに」と言う[J864.1].

類話(～人の類話) スペイン; カタロニア; ポルトガル; アブハズ; アルゼンチン.

136 オオカミがリンゴの木の上にいる豚を驚かせる

オオカミがリンゴの木の上にいる豚を見つける. オオカミは, ハムを投げてくれれば豚を食べないと豚に約束する. 豚はハムの代わりにとげのある木の棒を投げ落とす. そのとげのある棒を食べてオオカミの喉は切れる[K1043]. 参照：話型 74C*.

類話(～人の類話) フランス; カタロニア; ワロン; パレスチナ, ペルシア湾, カタール, イラク; インド; 北アメリカインディアン; エジプト, アルジェリア, モロッコ, タンザニア.

136A* 動物たちの懺悔

猫が罪を懺悔すると言う. ほかの動物たち(野ウサギ, オオカミ, キツネ)も懺悔をしたいと思い, 猫についていく. 溝の所で猫は「無事に溝を越えられる者は, 罪を赦される」と言う[M114]. 猫だけが溝を越えることができ, ほかの動物たちは落ちる. そして猫はほかの動物たちを笑う.

コンビネーション 20A.
類話(〜人の類話) エストニア; ラトヴィア; リトアニア; トゥヴァ; シリア, パレスチナ, ヨルダン; イラク; ペルシア湾, オマーン, クウェート, カタール; ブラジル; エジプト; モロッコ, スーダン, エリトリア.

137 汚い豚ときれいな魚

豚がとても汚いので, 魚が豚のことを笑う. 豚は魚に「みんなは, おまえを食べると, ぺっと吐き出すけれど, おれを食べると, 指をなめる」と言う.
参照: 話型 283D*.

注 バブリオス(Babrios)の『イソップ寓話』(Babrius/Perry 1965, No. 217).
類話(〜人の類話) ラトヴィア; リトアニア; フリジア; ドイツ; ハンガリー; スロバキア; ルーマニア; ウクライナ.

野獣と人間 150-199

150 鳥の3つの教え (旧, キツネの忠告)

逃がしてもらう代わりに, 鳥(キツネ)が男に3つの忠告をする. 1つ目の忠告は「決して手の届かないものを望んではいけない」[J21.14], 2つ目の忠告は「決して過去のことを悔いてはいけない」[J21.12], そして3つ目の忠告は「決して信じがたいことを信じてはいけない」[J21.13]である. 鳥は男に嘘を言う. 男が鳥を逃がしてやったことを後悔すると, 鳥は男が忠告から何も学んでいないと言う[K604].

一部の(パロディーふうの)類話では, キツネが渡し守に3つの忠告を約束する. 川を渡っているとき, キツネは月並みな忠告を2つする. 岸に着くと, キツネは3つ目の忠告として,「みんなをこんなに安く渡してやると, おまえは金持ちになれない」と渡し守に言う.

コンビネーション 154.

注 『イソップ寓話』(Babrius/Perry 1965, No. 53). また, 『バルラームとヨサファトの物語(*Barlaam and Josaphat*)』にも記録されている.

類話(～人の類話) フィンランド; フィンランド系スウェーデン; エストニア; リトアニア; ヴォート; アイルランド; イギリス; フランス; スペイン; バスク; カタロニア; オランダ; フリジア; フラマン; ドイツ; イタリア; ハンガリー; チェコ; アルバニア; ギリシャ; ウクライナ; トルコ; ユダヤ; ジプシー; クルド; ダゲスタン; トルクメン; タジク; シリア, パレスチナ, ヨルダン, イラク; インド; スリランカ; インドネシア; マレーシア; スペイン系アメリカ, メキシコ; モロッコ; スーダン.

150A* カエルの忠告 (旧話型278C*を含む)

農夫が, 冬の間カエルを置いてやることにする. するとカエルはお礼に3つのありふれた忠告をする[K604].

カエルは, さんざん殴られて, そのせいでせむしになる[A2356.2.1]. (旧話型278C*.)

類話(～人の類話) フィンランド; エストニア; ラトヴィア; リトアニア; スペイン.

151 男が野獣にバイオリンを教える (旧, 男が熊にバイオリンを教える)

男が森の中でバイオリンを弾いているのを, 野獣(熊, オオカミ)が見る. または男が危険な動物(ライオン, トラ, オオカミ)とともに閉じ込められる.

男が動物にバイオリンを演奏してやると，その動物は楽器の演奏を教えてくれと頼む．男は，まずかぎ爪を切らなければならないと言い，動物の前足を裂けた木に挟む[K1111.0.1]．同じように男はほかの動物たちをだます．動物たちは自由になったあと，復讐しようとするが無駄である．参照：話型 38, 168, 1159.

コンビネーション 326, 1910.
類話(～人の類話) フィンランド；フィンランド系スウェーデン；エストニア；リーヴ；ラトヴィア；リトアニア；カレリア；アイルランド；フランス；ポルトガル；オランダ；フラマン；ドイツ；イタリア；ハンガリー；スロバキア；スロベニア；マケドニア；ギリシャ；ポーランド；ロシア, ベラルーシ, ウクライナ；ジプシー；インド；カンボジア.

151* 恋に落ちたライオン

恋に落ちたライオンが，農夫の娘に結婚を申し込む．農夫はライオンに，歯とかぎ爪をなくさなければいけないと言う．ライオンは歯とかぎ爪を切らせるが，それ以来ライオンは農夫の暴行に対し，どうすることもできなくなる[J642.1]．

注 『イソップ寓話』(Perry 1965, 448 No. 140).
類話(～人の類話) フランス；スリランカ.

152 農夫と動物たち (旧，男が熊に色を塗る)(旧話型 152B* を含む)

農夫が仕事の邪魔をする動物たちをひどい目にあわせる．農夫は真っ赤に焼けた鉄で熊(オオカミ)にやけどを負わせ[K1013.3]，カラス(カササギ)の脚を引きちぎり，アブに草の茎を刺す．参照：話型 8, 153.

そのあと動物たちは，農夫がガールフレンドといっしょにいるのを見て，農夫のふるまいを状況に応じて解説する．熊は「やつは彼女の脇に模様をつけている」と言い，カラスは「やつは彼女の足をねじっている」と言い，アブは「やつは彼女の尻に草の茎を刺している」と言う[J2211]．(旧話型 152B*.)

類話(～人の類話) フィンランド；エストニア；ラトヴィア；リトアニア；ヴェプス；スウェーデン；フランス；スペイン；マケドニア；ブルガリア；ギリシャ；ポーランド；ソルビア；ロシア, ウクライナ；チェレミス/マリ；モルドヴィア；南アメリカインディアン.

152A* 妻がオオカミに熱湯でやけどを負わす

夫の合図で，妻がオオカミに熱湯をかけてやけどを負わす．翌日，夫はオオカミに襲われる．夫は「ぶっかけろ，キャサリン！」と叫び，逃れる．オオカミは逃げていく．

コンビネーション 121.
類話（～人の類話） ラトヴィア；リトアニア；フランス；スペイン；カタロニア；ポルトガル；フリジア；ワロン；ドイツ；シリア, ヨルダン, イエメン；エジプト；モロッコ；スーダン.

152B* 話型 152 を見よ.

153 熊を去勢すること，膏薬を取ってくること

男が熊に，この馬は去勢してあるから強いのだと言う．熊は自分も強くなるように男に去勢してもらう[K1012.1].

次の日熊は男を去勢しようとする．男は，自分たちはすでに去勢されていると偽って，自分の代わりに妻を出す．熊は女の「傷」を見て驚き，膏薬を取りに行く．キツネが女を見張るが，女は屁でキツネを追い払う．参照：話型 1133.

注 インドの『カター・サリット・サーガラ(*Kathāsaritsāgara*)』に記録されている.
類話（～人の類話） フィンランド；フィンランド系スウェーデン；エストニア；リーヴ；ラトヴィア；ラップ；ヴェプス；スウェーデン；ノルウェー；デンマーク；フランス；スペイン；ドイツ；ハンガリー；チェコ；ブルガリア；ポーランド；ウクライナ；ジプシー；プエルトリコ.

154 キツネとキツネの身体部分（旧，「熊の餌食」）（旧話型 160B* を含む）

怒った男が自分の馬を「熊の餌食」と呼ぶ．熊がやって来て，馬を食うと脅す[C25]．キツネが，ガチョウたちをくれれば男を熊から助けてやると約束する．キツネは森に入り，犬たちの吠え声をまねする．熊はおびえて殺される．男はガチョウたちを取りに行くふりをして，代わりに犬たちを袋に入れて戻ってくる[K235]．犬たちはキツネを巣穴まで追いかけていく．巣穴でキツネは，自分の脚と目と耳としっぽに，逃げるときにどうやって自分のことを助けてくれたかと尋ねる．しっぽは助けなかったことを認める．罰としてキツネはしっぽを外に突き出し，しっぽは犬に襲われる[J2351.1].

一部の類話では，野ウサギが自分の身体の部分に，逃げるときに助けたかどうかを尋ねる[U242.1]．（旧話型 160B*.）

コンビネーション　通常この話型は，1つまたは複数の他の話型のエピソード，特に1, 5, 6, 20, 20A, 34, 155, 223, 1030 のエピソードと結びついている.

注　早期の版は，ペトルス・アルフォンシ(Petrus Alfonsus)の『知恵の教え(*Disciplina clericalis*)』(No. 23)に記録されている．また，1200年頃『狐物語(*Roman de Renart*)』(IX, 1-2212)に記録されている．しばしば単一のエピソードとして現れ，特に最後のエピソードが現れる.

類話(～人の類話)　フィンランド；フィンランド系スウェーデン；エストニア；リーヴ；ラトヴィア；リトアニア；ラップ；ヴェプス；スウェーデン；ノルウェー；フランス；スペイン，バスク；カタロニア；ポルトガル；オランダ；ワロン；ドイツ；ラディン；ハンガリー；スロバキア；スロベニア；ルーマニア；ブルガリア；アルバニア；ギリシャ；ポーランド；ロシア，ベラルーシ，ウクライナ；トルコ；ユダヤ；ジプシー；オセチア；チェレミス/マリ，モルドヴィア；タジク；カルムイク，モンゴル；グルジア；ドルーズ派；ラオス；日本；スペイン系アメリカ，メキシコ，グアテマラ；プエルトリコ；ブラジル；アルゼンチン，チリ；西インド諸島；チュニジア，アルジェリア；モロッコ；ギニア；ガーナ；東アフリカ；スーダン；ソマリア.

155　恩知らずなヘビが捕らわれの身に戻される

男がヘビ(オオカミ，熊，トラ)を罠から救う．それに対して，ヘビは救ってくれた男を殺そうとする[W154.2.1]．ほかの動物たちは，善行に対して悪行で報いてもよいものかと問われる．裁判官のキツネがヘビに，どんなふうに捕まっていたのかやってみるよう要求する．ヘビはだまされて，捕らわれの身となる[J1172.3]．参照：話型 331, 926A.

一部の類話では，男が冷たくなったヘビを温める．恩知らずなヘビは男にかみつく，そして男は死ぬ.

コンビネーション　特に 154, 331.

注　12世紀にペトルス・アルフォンシ(Petrus Alfonsus)の『知恵の教え(*Disciplina clericalis*)』(No. 5)に記録されている．部分的にはイソップ寓話(Perry 1965, 558ff. No. 640, 560f. 640a)に記録されている.

類話(～人の類話)　フィンランド；フィンランド系スウェーデン；エストニア；リーヴ；ラトヴィア；リトアニア；ラップ；ヴェプス；スウェーデン；ノルウェー；フェロー；アイスランド；アイルランド；フランス；スペイン；バスク；カタロニア；ポルトガル；オランダ；フリジア；フラマン；ドイツ；イタリア；サルデーニャ；ハンガリー；チェコ；スロバキア；スロベニア；クロアチア；マケドニア；ルーマニア；ブルガリア；ギリシャ；ポーランド；ロシア，ベラルーシ；ウクライナ；トルコ；ユダヤ；ジプシー；オセチア；チェレミス/マリ，チュヴァシ，タタール，モルドヴィア，ヴォチャーク；ヤクート；タジク；モンゴル；グルジア；トゥヴァ；イラン；アフガニスタン；パキスタン；インド；ビルマ；スリランカ；中国；朝鮮；カンボジア；インドネシア；フランス系アメリカ；スペイン系アメリカ；アフリカ系アメリカ；メキシコ，グアテマラ，ニカラグア，コスタリカ；ドミニカ，プエルトリコ，ペルー；南アメリカインディアン；マヤ；ブラジル；アルゼンチン，チリ；西インド諸島；エジプト；モロッコ；西アフリカ，ギニア；カメルーン；東アフリカ；スーダン；ソマリア；中央アフリカ；コンゴ；南アフリカ；マダガスカル．

156 アンドロクレスとライオン

(旧，ライオンの前足からとげが抜かれる(アンドロクレスとライオン))(旧話型156A* を含む)

羊飼いがライオンの前足からとげを抜く．羊飼いが罰としてライオンの穴に投げ込まれたとき，ライオンは羊飼いを覚えていて，ばらばらに引き裂くどころか，手をなめる．皇帝は羊飼いとライオンの両方とも解放する［B381］．

または，ある動物(オオカミ，トラ，熊)が喉から骨を抜いてもらう．そして後に，助けてくれた人にその動物が感謝を示す［B382］．(旧話型156A*.)

参照：話型76.

注 アウルス・ゲリウス(Aulus Gellius)の『アッティカの夜(*Noctes Atticae*)』(V, 14)に記録されている．

類話(～人の類話) フィンランド；フィンランド系スウェーデン；エストニア；ラトヴィア；リトアニア；スウェーデン；ノルウェー；アイルランド；フランス；スペイン；バスク；カタロニア；ポルトガル；オランダ；フリジア；ドイツ；イタリア；サルデーニャ；ハンガリー；チェコ；スロバキア；スロベニア；セルビア；マケドニア；ブルガリア；ポーランド；ウクライナ；トルコ；ユダヤ；チェレミス/マリ，タタール，モルドヴィア；カラカルパク；タジク；グルジア；パキスタン；インド；中国；カンボジア；日本；西インド諸島；チュニジア；東アフリカ，スーダン；ソマリア；南アフリカ．

156A ライオンの忠誠

男がライオンを(しばしば竜との戦いから)救う，するとライオンは感謝から男に生涯付き添い，墓にまでついていく［B301.8］．

注 中世のハインリヒ獅子公の伝説．

類話(～人の類話) フィンランド；エストニア；ラトヴィア；スペイン；オランダ；フリジア；フラマン；ドイツ；チェコ；スロバキア；グルジア．

156*

話型169* を見よ．

156A* 話型 156 を見よ.

156B* **恩に報いるヘビ**（旧，ヘビの産婆をする女）（旧話型 738* を含む）

この雑録話型は，（例えばヘビが戦ったり，子どもを産んだりするときに）ヘビを助ける人物（男，女）が登場する多くの説話を包括する．ヘビはその人物に（黄金またはお金の）お礼をする．参照：話型 285A, 476*, 476**.

類話（～人の類話） エストニア；ラトヴィア；アイルランド；ベラルーシ；トルコ；ユダヤ；レバノン；パレスチナ，ペルシア湾；中国；日本；リビア，アルジェリア．

156C* **穴に落ちた少年と熊**

少年が，穴の中の熊の上に落ちる．そして少年は熊が穴を出るのを助ける．熊は少年が穴から出るのを助け，お金がどこで見つかるか教える．参照：話型 160, 168.

類話（～人の類話） ラトヴィア；リトアニア；ベラルーシ；ウクライナ．

157 **動物たちが人間を恐れることを学ぶ**（旧，人間を恐れることを学ぶ）

オオカミ（ライオン，熊）が，自分は人間よりも強いと自慢する．キツネはオオカミに，人間は危険であることを納得させようとする．オオカミとキツネが少年を見つけると，キツネは，あれはこれから人間になるのだと説明する．オオカミとキツネがお爺さんに会うと，キツネは，これは人間だったが，もう人間ではないと言う．それから彼らは武器を持った狩人を見つける．オオカミが近づくと，狩人は撃ち，サーベルでオオカミを突く．あとでオオカミはキツネに，やつが火を吐かず，鋭いあばら骨で攻撃してこなかったら人間に勝てたのに，と言う．

コンビネーション 38, 121, 157A.

注 『イソップ寓話』（Perry 1965, 484 No. 340）．1551 年ハンス・ザックス（Hans Sachs）の「ライオンと人間（*Der leb mit dem monthier*）」に記録されている．

類話（～人の類話） フィンランド；フィンランド系スウェーデン；エストニア；ラトヴィア；リトアニア；リーヴ，ラップ，ヴェプス；スウェーデン；ノルウェー；アイルランド；フランス；スペイン；バスク；カタロニア；オランダ；フリジア；フラマン；ドイツ；イタリア；ハンガリー；チェコ；スロベニア；ブルガリア；ギリシャ；ポーランド；ソルビア；ロシア，ベラルーシ，ウクライナ；トルコ；ユダヤ；ジプシー；チュヴァシ；ヤクート；グルジア；シリア，パレスチナ，ヨルダン，イラク；インド；中国；北アメリカインディアン；アフリカ系アメリカ；スペイン系アメリカ，メキシコ；プエルトリコ；南アメリカインディアン；マヤ；ブラジル；チリ；西インド諸島；北アフリカ，エジプト，アルジェリア，モロッコ；ガーナ；スーダン；南アフリカ．

157A　ライオンが人間を探す

子ライオンが両親から，人間に近づかないよう警告される[J22.1]．子ライオンはほかの大きな動物たちに，あなたは人間ですかと尋ねる．動物たちは，自分たちは人間に虐待された召し使いにすぎないと答える．子ライオンは1人の男に出会い，男をさげすむ．だが男は子ライオンを檻に誘い込み，飢え死にさせる．

または，人がライオンをだまして，かぎ爪を木の裂け目に挟ませる．その場でライオンは捕らえられる[K1111]．参照：話型 38, 151.

注　古代エジプト(Jason/Kempinski 1981, 23)で記録されている．

類話(～人の類話)　フィンランド；フランス；スペイン；カタロニア；ポルトガル；オランダ；イタリア；ハンガリー；マケドニア；ブルガリア；ギリシャ；ユダヤ；タジク；モンゴル；イラン；インド；ビルマ；チベット；アフリカ系アメリカ；モロッコ；スーダン．

157B　スズメと息子たち

親スズメが，迷子になった子どもたちに再会し，どのように生き延びたかを尋ねる．子どもたちのうちの3羽は，自分たちがどこに住んでいたかを話し，親スズメは3羽を褒める．4羽目は教会に住んでおり，親スズメはこの子の賢明な判断を賞賛する[J13]．

注　1563年にヨハネス・マテジウス(Johannes Mathesius)の説教(Elschenbroich 1990 I, 161ff.)に記録されている．参照：詩編 84, 4–5.

類話(～人の類話)　ドイツ；イラク；アメリカ；エジプト，モロッコ．

157***　話型 169* を見よ．

157C*　人間から隠れる

動物たちが人間から隠れようとする．野獣たちは森に隠れ，鳥たちは空に隠れ，魚たちは水の中に隠れる．それでも人間は鉄砲と網と釣り竿で動物たちを皆捕まえる．

類話(～人の類話)　ラトヴィア；スペイン；カタロニア；ポルトガル．

158　そりに乗った野獣たち

ほかの動物たちが，そりに乗せてくれとキツネに頼み，そりは壊れる．そりを修理するために，動物たちは森からろくでもない材料を持ってくる[B831]．キツネがいい材料を探しに行っている間に，動物たちはそりの馬を食べ，代わりに替え玉の人形をつくる．

コンビネーション　1, 2, 1655.

類話(～人の類話)　フィンランド；エストニア；ラトヴィア；リトアニア；ヴェプス，ヴォート，カレリア，コミ；ドイツ；スロバキア；スロベニア；ルーマニア；マケドニア；ポーランド；ロシア，ベラルーシ，ウクライナ；トルコ；チェレミス/マリ，モルドヴィア，ヴォチャーク；ウドムルト；日本．

159　捕らわれた野獣が身代金を払って自らを解放する

老夫婦が藁でできた子牛にピッチを塗る．熊，オオカミ，キツネ，野ウサギが，次々と子牛に触れて，子牛にくっついてしまう．動物たちは，自分たちを殺さないでくれれば，代わりに，牛，馬，ガチョウ，キャベツを持ってくると約束する．こうして動物たちは代償を払って自らを解放し，老夫婦は金持ちになる[B278]．参照：話型 175.

類話(～人の類話)　フィンランド；エストニア；ラトヴィア；リトアニア；カレリア；ロシア，ベラルーシ，ウクライナ；トルコ；アブハズ；シベリア；タジク；スーダン．

159A　動物たちが炭焼き人の火で体を暖める

動物たちが炭焼き人の火で体を暖める．動物たちは夕食の食料を取りに行かされる．それぞれ食料を持って戻ってくるが，炭焼き人は動物たちを追い払うか，または殺す．参照：話型 130.

類話(～人の類話)　フランス；スペイン；カタロニア；ポルトガル．

159B　ライオンと男の敵対

ライオン(熊)が男の仕事を手伝う．男はライオンの美徳を褒めるが，口が臭いと批判する．ライオンは男に，斧でライオンの頭を殴るように強いる．1年後ライオンと男は再会する．ライオンは，傷は治ったが，心の痛みは治まらないと言い，男を呑み込む[W185.6]．参照：話型 285A.

一部の類話では，男の妻がライオンのことで苦情を言う．ライオンがこれをたまたま聞いて，男に自分を傷つけることを強いる．

類話(～人の類話) リトアニア；スペイン；セルビア；クロアチア；マケドニア；ルーマニア；ブルガリア；アルバニア；ギリシャ；ウクライナ；ユダヤ；タジク；グルジア；イラク；イラン；北アフリカ，エジプト，リビア，アルジェリア；チュニジア．

159C ライオンと彫像

人間のほうが動物たちよりも優れていることを示すために，打ち負かされたライオンの彫像を，男がライオンに見せる．ライオンは，ライオンが彫像をつくったなら，違ったふうになっていたと答える[J1454]．

注 『イソップ寓話』(Perry 1965, 479 No. 284)．
類話(～人の類話) フランス；スペイン；チェコ．

159* 雄鹿をめぐるけんか

ライオン，犬，猫，ワシが，死んだ雄鹿(ロバ)をめぐってけんかをしているのを木の上にいる男が聞く．動物たちは仲裁するよう男に頼む[B392]．
参照：話型554．

注 ストラパローラ(Straparola)『楽しき夜(*Piacevoli notti*)』(III, 4)に記録されている．
類話(～人の類話) ラトヴィア；リトアニア；バスク；イタリア；マルタ；ギリシャ；エジプト．

160 恩に報いる動物たち，恩知らずな男 [W154.8]

旅人がトラ(ライオン，カラス)と猿(熊)とヘビと男(宝石屋)を穴(洪水で押し流されている木の幹)から救う．動物たちは救ってくれた旅人にお礼をするか，または旅人をいつか助けることを約束する．1匹の動物が，盗んだ装身具を旅人に贈る[B361]．男も同様に救ってくれた旅人にお礼を約束するが，後に取り消す．男は救ってくれた旅人が装身具を盗んだと王の前で訴える．旅人は罰せられることになる．ヘビは王の子どもをかみ，そのあと救ってくれた旅人に解毒剤を教えることで，旅人を救う[B522.1, B522.2, B512]．(参照：話型101.) 旅人は放免され，宝石屋は罰せられる．

しばしば旅人は男を救わないよう忠告される．

注 仏教伝説として3世紀に記録されている．
類話(～人の類話) フィンランド；ラトヴィア；ノルウェー；アイルランド；イギリス；フランス；スペイン；カタロニア；ドイツ；イタリア；ハンガリー；チェコ；マケドニア；ブルガリア；ギリシャ；ポーランド；ロシア，ベラルーシ，ウクライナ；トルコ；ユダヤ；ダゲスタン；オセチア；シリア，イラク，カタール；イラン；インド；

ビルマ；スリランカ；ネパール；中国；朝鮮；ベトナム；日本；北アフリカ，エジプト，リビア，チュニジア；アルジェリア；モロッコ；ギニア；西アフリカ；エチオピア；東アフリカ；スーダン；中央アフリカ.

160A　話型 168 を見よ.

160*　女が熊を欺く（旧，女が熊たちを欺く）

女が森の中で熊に襲われる．熊は木の切り株の横に女を横たえ，穴を掘り始める．女は頭巾を切り株に結んで，そっと逃げる[K525].

類話（～人の類話）　フィンランド；エストニア；ラップ；ドイツ；スロベニア；マケドニア；ユダヤ；中国.

160**　話型 41 を見よ.

160***　話型 40A* を見よ.

160A*　話型 1897 を見よ.

160B*　話型 154 を見よ.

161　農夫が，指をさしてキツネがいることをばらす

農夫が狩人たちに追われているキツネを籠の中に隠してやり，そこにいることをばらさないと約束する．狩人たちが来ると，農夫は「キツネはたった今丘の向こうに行った」と言うが，籠を指さす．狩人たちはこれに気づかない．農夫が自由になったキツネに礼を求めると，言葉とジェスチャーが一致していたなら感謝しただろうに，とキツネは答える[K2315].

注　『イソップ寓話』(Perry 1965, 425 No. 22).
類話（～人の類話）　エストニア；リトアニア；スウェーデン；フランス；スペイン；カタロニア；オランダ；フラマン；フリジア；ドイツ；イタリア；ハンガリー；セルビア；ポーランド；ロシア；ベラルーシ；ユダヤ；クルド；日本.

161A*　木の脚の熊（旧話型 163B* を含む）

貧しいお爺さんが，眠っている熊の脚を斧で切り落とす．お爺さんの妻は脚を料理し，熊の毛で糸を紡ぐ．熊は菩提樹の木で自分の脚をつくる．夜，熊が家にやって来て，お爺さんを食べる.

または，熊が家にやって来て，自分が何をされたか歌う．「人々はみんな寝ている．小鳥たちも寝ている．お婆さんが 1 人だけ起きていて，おれの毛で糸を紡いで肉を煮る」.（旧話型 163B*.）

類話（〜人の類話） エストニア；ラトヴィア；リトアニア；カレリア；ロシア；ベラルーシ；ウクライナ；モルドヴィア.

161B* 話型 485B* を見よ.

162 農場主は作男よりよく見ている

雄鹿が狩人たちに追われて家畜小屋に身を隠す．しかし雌牛たちは，森の中のほうがもっと安全だと警告する．作男は雄鹿に気づかないが，農場主は雄鹿を見つけ，殺す［J1032，参照 J582.1］.

注 『イソップ寓話』(Perry 1965, 521 No. 492)．プリニウス（Plinius）の『博物誌（*Naturalis historia*）』(XXII, 43) にも諺が記録されている.

類話（〜人の類話） リトアニア；フランス；カタロニア；オランダ；フラマン；ドイツ；ハンガリー；チェコ.

162* 話型 169* を見よ.

162A* オオカミが羊を 1 匹盗んで食べる

オオカミが羊を 1 匹盗んで食べる．それから 2 匹盗んで食べる．最後には群れ全体と羊飼いを盗んで食べる．オオカミは殺される．参照：話型 2028.

類話（〜人の類話） ラトヴィア；リトアニア；デンマーク；ギリシャ；ロシア；シリア, エジプト.

163 歌うオオカミ

オオカミがお爺さんに，歌（脅し，または褒め言葉）で，牛，子ども，孫，そして最後に妻を引き渡すよう強いる．結局はオオカミはお爺さんを食べる［Z33.4.2］．参照：話型 100.

類話（〜人の類話） フィンランド；エストニア；ラトヴィア；リトアニア；ヴェプス, カレリア；フリジア；ロシア, ベラルーシ, ウクライナ；ダゲスタン；モルドヴィア；ヤクート；カルムイク.

163A* 話型 1586 を見よ.

163B* 話型 161A* を見よ.

164A* 話型 169* を見よ.

165　「魚だ，肉じゃない」(旧，聖者の仲間入りをするオオカミ)

オオカミが肉を食べるのをやめると約束する．オオカミは水たまりに豚がいるのを見つけると，「これは魚だ，肉じゃない」と言って豚を平らげる．

または，オオカミが動物を殺すのをやめると約束し，聖者になろうとする．砂漠へ向かう途中，オオカミはガチョウの首をひねる．オオカミは「ガチョウは聖者に向かって，シュッと音を吐きかけるべきではなかった」と言い訳する[K2055.1，参照 U236]．参照：話型 20D*, 113B.

類話(～人の類話)　エストニア；リトアニア；スペイン；ドイツ；セルビア；ブルガリア；ウクライナ；ブラジル；エリトリア．

165A*　話型 169* を見よ．

165B*　オオカミが結婚の刑に処せられる

オオカミが最も厳しい刑を言い渡される．オオカミは結婚することを強いられる[K583]．参照：話型 1516*.

一部の類話では，オオカミは2人の妻をとらなければならない．

注　16/17 世紀の笑話．例えばヨハネス・フルスブッシュ(Johannes Hulsbusch)の『楽しき話の森(*Sylva sermonum iucundissimorum*)』(1568, 290)と，ニコラ・ド・トロワ(Nicolas de Troyes)(No. 71)に記録されている．

類話(～人の類話)　スペイン；オランダ；フラマン；ドイツ；ハンガリー；ギリシャ；ポーランド；ウクライナ．

166A*　オオカミがしっぽを窓から入れる

オオカミがしっぽを家畜小屋の窓から入れて，羊を驚かす．農夫がしっぽをひっつかみ，引きちぎる．

類話(～人の類話)　エストニア；ラトヴィア；リトアニア；フランス；ロシア；ベラルーシ．

166B*　オオカミが馬たちを捕まえようとする(旧，オオカミと馬たち)(旧話型 $166B_1$*–$166B_3$* を含む)

夜，オオカミが馬たちに近づく．オオカミは川に飛び込み，それから火を消すために，火の近くで身震いをする(旧話型 $166B_2$*)．またはオオカミは馬の目に泥をはね入れるために，泥浴びをする(旧話型 $166B_3$*)．寝ていた御者が目を覚まし，オオカミのしっぽをつかみ，引きちぎる(旧話型 $166B_1$*)．

類話(～人の類話) エストニア；ラトヴィア；スペイン；カタロニア．

$166B_1$*-$166B_3$* 話型 166B* を見よ．

$166B_4$* 話型 1910 を見よ．

167A* 話型 1889ff を見よ．

168 オオカミ用の罠に落ちた音楽家 (旧話型 160A を含む)

バイオリン弾きが(時として熊といっしょに)オオカミ用の落とし穴に落ちる．そこでバイオリン弾きは，先に罠にはまっていたオオカミと鉢合わせする．バイオリン弾きは音楽を奏でて身を守り[K551.3.1]，ついには誰かが(時として熊が)穴の外へ引き上げてくれる．オオカミは殺される[B848.1]．参照：話型 151, 1652.

類話(～人の類話) フィンランド；エストニア；ラトヴィア；リトアニア；デンマーク；スペイン；バスク；カタロニア；ドイツ；イタリア；ハンガリー；チェコ；スロベニア；ギリシャ；ポーランド；ソルビア；ベラルーシ, ウクライナ．

168A お婆さんとオオカミがいっしょに穴に落ちる

お婆さんとオオカミがいっしょに穴に落ちる．お婆さんはオオカミとほかの動物たちに命じて，じっと座らせておく．お婆さんは狩人に救われ，狩人は動物たちを殺すか，または救う[K735]．

類話(～人の類話) フィンランド；ラップ；スウェーデン；ノルウェー；アイスランド．

169* オオカミと人間のさまざまな説話 (旧話型 156*, 157***, 162*, 164A*, 165A*, 169A*-169F*, 169J*, 169L* を含む)

3つの主要テーマに分類される．

(1) 出会った人々を攻撃しないオオカミたちの説話．

(2) 人間に害を加えるオオカミたち，または害を加えようとするオオカミたちの説話．

(3) 人々に罰せられるオオカミたちの説話．

類話(～人の類話) エストニア；ラトヴィア；リトアニア；ラップ；ヴォート, カレリア；スペイン；ドイツ；イタリア；ハンガリー；ポーランド；ベラルーシ；ウクライナ；ユダヤ；ジプシー；ヴォチャーク；中国；アルジェリア．

169A*–169F*　話型 169* を見よ.

169G*　話型 87A* を見よ.

169H*　話型 1229 を見よ.

169J*　話型 169* を見よ.

169K*　男が桶と子豚たちを乗せていく

男が桶と子豚たちを乗せていく. オオカミたちが男を襲う. 男は自分と子豚たちに桶をかぶせる. オオカミたちが桶の下に足を入れてくると, 男は足をナイフで裂く. 参照：話型 179B*.

類話(～人の類話)　フィンランド；エストニア；ラトヴィア；リトアニア；ドイツ.

169L*　話型 169* を見よ.

170　キツネがいっしょに泊まっている仲間を食べる

靴を片足持っているキツネが, オンドリのいる家で夜を過ごす. キツネは靴を壊し, オンドリのせいにする. キツネは賠償としてオンドリを要求する. 次の夜, キツネは別の家でオンドリを食べ, 朝になると, 羊がオンドリを食べたと罪をなすりつける. キツネは羊を要求する. 次の家でキツネは, 牛が羊を食べたと罪をなすりつける, 等々[K443.7]. 参照：話型 1655.

類話(～人の類話)　フィンランド；エストニア；ラトヴィア；リトアニア；ヴォート, カレリア；アイルランド；ドイツ；イタリア；ハンガリー；ギリシャ；ロシア, ウクライナ；トルコ；ダゲスタン；オセチア；ヴォチャーク；クルド；グルジア；シリア, パレスチナ, イラク；イラン；ラオス；西インド諸島；エジプト, モロッコ；マダガスカル.

170A　話型 2034F を見よ.

171A*　熊がイノシシの子どもと遊ぶ

熊がイノシシの子どもと遊んでいる. イノシシが熊を追いかける. 熊は木に登るが, 枝が折れ, 熊はイノシシの上に落ちる. 熊とイノシシは戦い, 熊が殺される.

類話(～人の類話)　エストニア；ラトヴィア；リトアニア；ドイツ；ウクライナ.

171B*　話型 179* を見よ.

173 人間と動物の寿命が調整される（旧，人間と動物たちが生涯の長さを調整し直す）（旧話型828を含む）

神（ゼウス）は最初すべての動物と人間に30年の寿命を与える．ロバと犬と猿は，自分たちが抱える苦しみのために，自分たちの寿命の数年を辞退する．人間はもっと長い寿命を望み，動物たちが辞退した寿命をもらう．それゆえ人間は人生半ばでロバのつらい仕事をしなければならず，そのあと老犬のように吠え，そして最後は猿のように愚かになる[A1321]．（旧話型828.）

注 『イソップ寓話』（Perry 1965, 442 No. 105）.

類話（～人の類話） エストニア；ラトヴィア；リトアニア；スペイン；カタロニア；フリジア；フラマン；ドイツ；オーストリア；ラディン；イタリア；ハンガリー；セルビア；マケドニア；ギリシャ；ブルガリア；ポーランド；ウクライナ；ユダヤ；クルド；インド；日本；スペイン系アメリカ.

175 タール人形と穴ウサギ

ずるがしこい穴ウサギ（野ウサギ，キツネ，ジャッカル）が庭（畑）から果物を盗む．泥棒を捕まえるために，タールかワックスかにかわを塗った人形が仕掛けられる．穴ウサギはこのタール人形をしゃべらせようとし，ついには怒って人形を叩く．穴ウサギは人形にくっつき，捕まる[K741]．穴ウサギは罰せられるか[K581.2]，または逃げる．参照：話型159.

コンビネーション 通常この話型は，1つまたは複数の他の話型のエピソード，特に8, 34, 49A, 72, 74C*, 78A, 1310A, 1530のエピソードと結びついている．

類話（～人の類話） ラトヴィア；ラップ；フランス；スペイン；カタロニア；ウクライナ；シベリア；クルド；タジク；シリア；アラム語話者；パレスチナ，ヨルダン；インド；ネパール；中国；マレーシア；インドネシア；フィリピン；イギリス系カナダ；北アメリカインディアン；アメリカ；フランス系アメリカ；スペイン系アメリカ；アフリカ系アメリカ；メキシコ，グアテマラ，ニカラグア，コスタリカ，パナマ；キューバ；プエルトリコ，ドミニカ；南アメリカインディアン；マヤ；ベネズエラ，コロンビア；エクアドル；ブラジル；チリ；アルゼンチン；西インド諸島；カボヴェルデ；エジプト；アルジェリア；ギニア；西アフリカ；カメルーン；東アフリカ；スーダン；中央アフリカ；コンゴ；南アフリカ；マダガスカル.

177 泥棒とトラ

ある人が「何とかはトラよりも恐ろしい」と言っているのを，トラが偶然に聞く．その言葉をトラは知らない（雨のしずく，飴，たそがれ時）．それはよほど恐ろしいものに違いないと思い，トラは（時として羊の間に）身を隠すが，酔っぱらい(泥棒)に見つかる．酔っぱらいはトラを自分の馬と勘違いする．酔っぱらいはトラに乗ってそこを出る[J2132.4，参照 N691.1.2](トラを特別大きな羊だと思って盗む[N392])．トラは酔っぱらいのことを，自分が耳にしたその恐ろしいものに違いないと思い，じっと従う．朝になると酔っぱらいは自分の間違いに気づき，逃げる．参照：話型 1692.

コンビネーション　1640.
注　インドの『パンチャタントラ(*Pañcatantra*)』(V, 10)に記録されている.
類話(～人の類話)　モンゴル；パレスチナ；インド；ビルマ；スリランカ；中国；朝鮮；ベトナム；日本.

178　忠実な動物が早まって殺される

話型 178A–178C, 916 を見よ.

178A　潔白な犬 (旧，ルウェリンと彼の犬)

犬(猫，ハツカネズミ)が主人の子どもをヘビから救う．主人は血だらけの犬の口を見て，犬が子どもを食べたと思い，犬を殺す．あとで死んだヘビを見つけ，主人は自分の間違いに気づく[B331.2, B331.2.1].

コンビネーション　916.
注　インドの『タントラ・アーキヤーイカ(*Tantrākhyāyika*)』(V)に記録されている.
類話(～人の類話)　フィンランド；リュディア；デンマーク；フェロー；アイルランド；ウェールズ；イギリス；スペイン；バスク；オランダ；フリジア；フラマン；ドイツ；ハンガリー；チェコ；マケドニア；ブルガリア；ポーランド；ロシア，ウクライナ；トルコ；ユダヤ；ジプシー；クルド；モンゴル；トゥヴァ；アラム語話者；イラク；パキスタン；インド；スリランカ；中国；ラオス；カンボジア；日本；パプア；オーストラリア；アメリカ；メキシコ；チュニジア；東アフリカ.

178B　借金の担保としての忠犬

貧しい男が大きな借金の担保として自分の犬を裕福な男に渡す[B579.6]．犬は裕福な男の盗まれた物を取り返し，泥棒を追い払って，裕福な男を助ける．感謝した男は，借金は取り消すと書いた手紙をつけて犬を飼い主に返す．飼い主は犬が逃げ出してきたのだと思い，手紙を見つける前に犬を殺す[B331.2.2].

コンビネーション　916.
類話(～人の類話)　ユダヤ；モンゴル；インド；中国.

178C 喉が渇いている王が忠実なハヤブサを殺す

狩りに出た王がカップの水を飲もうとする．王のハヤブサ(馬)が王の手からカップを叩き落とす．激怒した王はハヤブサを殺す．そのあと王は，カップがヘビの毒でいっぱいだったことに気づく[B331.1.1].

コンビネーション 916.

類話(～人の類話) ユダヤ；モンゴル；トゥヴァ；シリア，イラク；イラン；東アフリカ.

179 熊は耳元で何とささやいたか

旅人と案内人(2人の友人)が森を通り，危険な熊に出くわす．案内人は木に登り，旅人を熊のなすがままにする．旅人が死んだふりをすると，熊は旅人の匂いをクンクン嗅いでいなくなる．案内人は熊が旅人に何と言ったのか知りたがる．旅人は「おまえみたいな臆病者を決して信じるなと熊は言った」と答える[J1488].

注 『イソップ寓話』(Perry 1965, 432 No. 65).

類話(～人の類話) フィンランド；エストニア；リトアニア；ノルウェー；アイルランド；フランス；スペイン；カタロニア；ポルトガル；ドイツ；ハンガリー；チェコ；ルーマニア；ブルガリア；ギリシャ；ポーランド；ウクライナ；モンゴル；インド；スリランカ；中国；インドネシア；イギリス系カナダ.

179* 人間と熊に関する諸説話 (旧，人間と熊－雑録)(旧話型 171B* を含む)

この雑録話型は一般に，熊が傷つけられる(殺される)さまざまな説話からなる.

類話(～人の類話) エストニア；ラトヴィア；リーヴ，ラップ；ハンガリー；ブルガリア；ウクライナ.

179A* 熊が男を追いかける (旧，熊が茂みに隠れた男を追いかける)

熊が男を追いかけ，男は茂みに隠れる．熊が茂み近くに足を踏み入れると，男は熊の腹を切り開く.

類話(～人の類話) フィンランド；エストニア；ラトヴィア；リトアニア.

179A** 人と熊が木を挟んでつかみ合う

男と熊が，木を挟んで互いをつかみ合い，放そうとしない．友人が助けを呼びに急いで家に帰るが，長いこと戻ってこない．友人がようやく戻ってくると，熊の前足をつかんでいる男は，友人に交代させて，行ってしまう．友人の思いやりのなさに仕返しをするために，彼も長いこと戻ってこない．

類話(～人の類話)　フィンランド；エストニア；ラトヴィア；アフリカ系アメリカ．

179B*　こね桶を運ぶお爺さん

男が森を通っていき，休むために横になり，桶をかぶる．野ウサギ，オオカミ，キツネ，熊がやって来て，すてきな小さいテーブルを賞賛する．動物たちは皆，キャベツ，子羊，ガチョウ，ハチミツといった食べ物を持ってくる．そのときテーブルの下の男が動くと，動物たちは逃げる．そして男はすべての食べ物を手に入れる．参照：話型 169K*.

類話(～人の類話)　ラトヴィア；ドイツ；ロシア；スペイン系アメリカ．

180　跳ね返る弓

数匹の動物を殺した狩人が，ヘビにかまれ死ぬ．ジャッカルがやって来て，狩人の弓のつるをカリカリかじる．弓が跳ね返って，ジャッカルは死ぬ[J514.2].

注　『カリラとディムナ(*Kalila and Dimna*)』のアラビアの版，および 13 世紀にはカプアのジョヴァンニ(John of Capua)(IV, 5)によって記録されている．

類話(～人の類話)　デンマーク；スペイン；ドイツ；モンゴル；パキスタン；インド；チベット；日本；モロッコ；ナミビア．

181　男がヒョウの秘密を話す (旧，男がトラの秘密を話す)

トカゲとヒョウ(トラ)がかくれんぼうをする．トカゲはヒョウのしっぽにしっかりつかまる(カニにヒョウを挟ませる)．またはトカゲが自分の体に泥を塗り，そのためヒョウはトカゲを捕まえることができない．

男がトカゲとヒョウの勝負を見ている．ヒョウは恥じて[J411.10]，口外しないよう男を脅す．男が秘密をばらし，ヒョウは男を連れ去る．男は，トカゲがやって来たとヒョウに思わせるような音を立て[K1715.5]，またはもうすぐトカゲたちが生まれる卵を持っていると言って，逃げる．

類話(～人の類話)　クロアチア；トルコ；カザフ；キルギス；インド；スリランカ；中国；カンボジア；ベトナム；ポリネシア．

182　助けになる動物とヘビ

自分の主人にヘビがかみつくのを，助けになる動物が見る．助けになる動物はヘビの仲間のカラスを捕まえ，ヘビに強いて，主人から毒を吸い出させ，主人を生き返らせる［B478, B511.1.3］.

注 インドの『ジャータカ（*Jātaka*）』（No. 389）に記録されている.
類話（～人の類話） ユダヤ；タジク；インド；西アフリカ.

183* 野ウサギが踊る約束をする

野ウサギが，扉を開けてくれれば踊ると言う．野ウサギは逃げる［K571.1］.
参照：話型 226.

類話（～人の類話） リトアニア；ドイツ；スリランカ；フランス系アメリカ；スペイン系アメリカ.

184 水に投げ込まれた半分のお金

男が水を混ぜたミルク（ワイン）を売って金もうけをする．男が売ったのは水が半分でミルクが半分だとして，猿が男のお金を水の中と陸（船）に交互に投げる［J1551.9］.

注 ヨーロッパの早期の文献資料は，『100 の昔話（*Cento novelle antiche*）』（No. 97）と『創造物の対話（*Dialogus creaturarum*）』（No. 99）を見よ.
類話（～人の類話） ハンガリー；インド.

185 ナイトキャップ売りと猿

ナイトキャップ売りの男がナイトキャップをかぶって寝る．何匹かの猿が男のナイトキャップをいくつか盗んでかぶる．男が起きて，猿たちが自分のナイトキャップをかぶっているのを見ると，男は自分のかぶっているナイトキャップを取り，怒ってそれを床に投げつける．猿たちは男のまねをし，男はナイトキャップを取り戻す［B786］.

注 早期の文献上の版は，ハンス・ザックス（Hans Sachs）の「小売商人と猿たち（*Der kremer mit den affen*）」（1555）を見よ.
類話（～人の類話） イギリス；フランス；ポルトガル；フリジア；ドイツ；インド；中国；スーダン.

186 猿と木の実

猿が木の実を投げ捨てる．なぜなら木の実の殻が苦いからである．そして猿は食べられる中身を見逃す［J369.2］.

類話（～人の類話） スペイン；カタロニア.

家畜 200-219

200　犬たちの証明書（旧，犬の証明書）

犬たちが証明書を持っている．それを犬たちは1匹の猫に預けて保管してもらう．1匹のハツカネズミがこの証明書をびりびりに破く．それ以来犬たちと猫たちは敵となり[A2281.1]，猫たちとハツカネズミたちも敵となる[A2494.1.1]．

コンビネーション　102, 103, 110, 200A, 200B.

注　14世紀，15世紀にクラーレット(Klaret)の『逸話集(*Exemplarius*)』(No. 116)に記録されている．証明書の中身についてはたいてい説明されない．200, 200A, 200Bはあまり明確に区別されていない．諺として流布している．

類話(～人の類話)　フィンランド；フィンランド系スウェーデン；エストニア；ラトヴィア；リトアニア；リーヴ；スウェーデン；フランス；スペイン；カタロニア；フリジア；フラマン；ワロン；ドイツ；イタリア；ハンガリー；スロベニア；ルーマニア；ギリシャ；ソルビア；ポーランド；ロシア，ベラルーシ，ウクライナ；トルコ；ユダヤ；パレスチナ；インド；フランス系アメリカ；ブラジル；チリ；アルゼンチン；モロッコ．

200A　犬が証明書をなくす（旧，犬が特許権をなくす）

犬が証明書をしっぽの下に挟んで川を渡り，証明書をなくす．その証明書は犬たちに特権を保証していた．なくした証明書を探すために，犬たちはお互いのしっぽの下を見る(嗅ぐ)[A2275.5.5，参照 A2471.1]．参照：話型200, 200B.

コンビネーション　34, 200, 200B.

注　1530年にドイツのチラシ(Flugblatt)に記録されている．特権の内容はさまざまで，しばしば言及されない．話型200を見よ．

類話(～人の類話)　フィンランド；エストニア；リトアニア；スウェーデン；フランス；スペイン；カタロニア；ポルトガル；オランダ；フリジア；フラマン；ワロン；ドイツ；イタリア；ハンガリー；ブルガリア；マケドニア；ギリシャ；ユダヤ；アメリカ；アフリカ系アメリカ；北アメリカインディアン；アルゼンチン；ナミビア；南アフリカ．

200B　なぜ犬はお互いの匂いを嗅ぎ合うのか

この説話には，おもに2つの異なる型がある．

(1)　動物たちが宴会の準備をしていて，コショウがないのに気づく．1

匹の犬がコショウを買いに行かされるが，戻ってこない．それ以来，犬たちは，その犬を見つけるためにお互いを嗅ぐ．または，1匹の犬が薬を取りに行かされるが，戻ってこない．

(2) 数匹の犬が謁見のために天国に送られる．そして待っている間に犬たちは天国でふんをして追い出される．次のときに，犬たちはスパイスか香水をしっぽの下に結びつけていくが，再び追い出される．この犬たちはほかの犬たちのところへ戻らない．ほかの犬たちはお互いにしっぽの下を嗅いで，いなくなった犬たちを探し続けている［A2232.8, Q433.3］．参照：話型200A.

コンビネーション 200, 200A.

注 (1)19世紀に記録されている．(2)は『イソップ寓話』(Phaedrus/Perry 1965, IV, 19)から生じている．話型200を見よ．

類話(～人の類話) フィンランド；エストニア；ラトヴィア；リトアニア；スウェーデン；フランス；スペイン；カタロニア；ポルトガル；オランダ；フリジア；ドイツ；イタリア；ハンガリー；ギリシャ；ポーランド；ベラルーシ，ウクライナ；グルジア；アフリカ系アメリカ；キューバ.

200C* 野ウサギと犬の対立（旧，野ウサギと猟犬がお店をする）

この説話には，おもに2つの異なる型がある．

(1) 野ウサギ(雄鹿)が，犬(野ウサギ)の靴を借り，それを履いて逃げる．それ以来，犬は野ウサギを追いかける［参照 A2494.4.4］．

(2) 野ウサギがひそかに犬の足の裏の毛を剃り落とす．(旧話型119A*.)

コンビネーション 200.

類話(～人の類話) エストニア；カタロニア；ハンガリー；マケドニア；ルーマニア；ブルガリア；ギリシャ；フランス系アメリカ；メキシコ；ナミビア.

200D* なぜ猫は家の中にいて，犬は外の寒い中にいるのか

猫が家の中にいるのを犬がうらやむ．犬と猫は競走し，勝ったほうが家の中で暮らすことにする．犬は猫より速いが，競走の途中，物乞いに襲われ，足止めされて，負ける．参照：話型230*.

類話(～人の類話) アイルランド；ハンガリー；ルーマニア；ユダヤ.

201 痩せた犬が，ごちそうと鎖より自由を好む

痩せた犬(オオカミ，ライオン，ロバ，ゴシキヒワ，チョウ)が食事をたっぷりもらって鎖でつながれるよりは，むしろ自由になりたがる［L451.2,

L451.3, J212.1, 参照 J211]. 参照：話型 1871Z(2).

注 『イソップ寓話』(Perry 1965, 485 No. 346, 参照 484f. No. 342.)
類話(～人の類話) エストニア；リトアニア；リーヴ, ラップ, コミ；アイルランド；フランス；カタロニア；オランダ；フリジア；フラマン；ドイツ；イタリア；ハンガリー；セルビア；ブルガリア；ウクライナ；ジプシー；グルジア；クウェート；チュニジア；東アフリカ.

201D* 犬が泥棒たちに吠える

泥棒が番犬に餌をやって，吠えるのをやめさせようとする．犬はそれに気づき，泥棒を追い払うために吠え続ける．もし犬の主人が物を盗まれれば，犬は何ももらえなくなるであろう[K2062, 参照 B325.1].

注 『イソップ寓話』(Perry 1965, 496f. No. 403).
類話(～人の類話) エストニア；ラトヴィア；アイスランド；フランス；スペイン；カタロニア；ポルトガル；シリア.

201F* 敵対する犬たちが仲よくなる

敵対する犬たちが共通の敵(オオカミ)に対して団結する[J145].

注 『バビロニア・タルムード(*Babylonian Talmud*)』(*Sanhedrin* 105a)で，旧約聖書(民数記 22, 7)に言及しつつ語られている.
類話(～人の類話) フランス.

201G* 祝宴に招かれた犬

ある犬が別の犬に食事に招待されるが，コックに追い払われる．追い払われた犬は帰る途中，1匹の犬に出会い，食事はどうだったかと聞かれる．追い払われた犬は，すごく酔っぱらっていたので何も思い出すことができないと言う[J874].

注 『イソップ寓話』(Perry 1965, 483 No. 328).

202 2匹の強情なヤギ

2匹のヤギ(馬，ロバ，ライオン，キツネ)が小さい橋(石)の上で出会う．どちらも脇へ寄ろうとしない．両方とも前に進んで(戦い合い)，水に落ちる[W167.1, J133.1].

注 プリニウス(Pliny)の『博物誌(*Naturalis historia*)』(VIII, 201)に記録されている．頑固な男たちが登場する類話に関しては，話型 1563* を見よ.

類話(～人の類話) エストニア；リーヴ；ラトヴィア；リトアニア；ヴォート；フラマン；ドイツ；ハンガリー；ブルガリア；ギリシャ；ウクライナ；トルコ；ユダヤ；ウズベク；タジク；グルジア；アルジェリア；南アフリカ.

203 羊と馬が大食い競争をする

この説話には，おもに2つの異なる型がある．

(1) 羊と馬が大食い競争をする．羊は，自分が負けたのは自分の脚がか細いせいだと思う[J2228].

(2) ヤギと野ウサギの大食い競争では，ヤギが勝つ．なぜならヤギは反芻するからである.

類話(～人の類話) フィンランド；エストニア；ラトヴィア.

204 海で遭難した動物たち (旧，カモ，オンドリ，羊が海で遭難する)

何匹かの動物(例えば，カモ，オンドリ，羊，ガチョウ，豚，ヤギ，猫，ハツカネズミ，クマネズミ)が，海で危険にさらされたとき，カモは泳ぎ，オンドリはマストに飛び乗り，羊は溺れる．それぞれの動物は，その動物特有の声に対応した擬声語で何かを叫ぶ[J1711.1, A2426]．参照：話型 106, 211B*, 236*, 289.

注 動物の声の意味(翻訳では失われることもある)を説明する説話.

類話(～人の類話) エストニア；スウェーデン；ノルウェー；デンマーク；フリジア；ドイツ；アルジェリア；マダガスカル.

206 2度脱穀された藁

藁がよく脱穀されていないおかげでいい食事ができると，夜，動物たちが話す．主人がこれを聞いていて，もう1度藁を脱穀する．動物たちは空腹になる[参照 J2362].

類話(～人の類話) フィンランド；フィンランド系スウェーデン；エストニア；ラトヴィア；スウェーデン；デンマーク；ポルトガル；ハンガリー；ウクライナ.

207 労働する家畜たちの反逆

オンドリがロバと雄牛に，あまり働かなくていいように病気のふりをするよう勧める．農夫がこの話を立ち聞きしていて，オンドリをつぶす[K1633]．参照：話型 207A, 207B.

類話(～人の類話) スペイン；メキシコ；ドミニカ，プエルトリコ；マヤ；ペルー.

207A　ロバが，酷使されている雄牛に病気のふりをするよう勧める

ロバが，酷使されている雄牛に病気のふりをするよう勧める．ロバは雄牛の仕事をしなければならなくなる．そこでロバは雄牛を説得して，病気のふりをやめさせる．参照：話型 207, 207B.

コンビネーション　670.

注　『アラビアン・ナイト(*Arabian Nights*)』(Littmann 1921ff. I, 27–31)に記録されている.

類話(～人の類話)　リトアニア；アイルランド；スペイン；ワロン；ドイツ；イタリア；マルタ；ハンガリー；マケドニア；ブルガリア；ギリシャ；ウクライナ；ユダヤ；トルクメン；シリア；イラン；インド；スペイン系アメリカ；メキシコ；ドミニカ, プエルトリコ, ペルー；エジプト；アルジェリア；モロッコ；スーダン；東アフリカ.

207B　無情な馬とロバ

荷を過剰に背負わされたロバを助けるのを馬が断る．そのためロバは倒れる．そのあと馬は荷を独りで運ばなければならなくなる[W155.1]．参照：話型 207, 207A.

注　バルビウスの『イソップ寓話』(Babrius/Perry 1965, No. 7)，プルタルコス(Plutarch)の「健康のしるべ(*De tuenda sanitate praecepta*)」(ch. 25)も参照のこと.

類話(～人の類話)　エストニア；フランス；スペイン；カタロニア；ドイツ；ハンガリー；スロベニア；ブルガリア；ギリシャ；ウクライナ.

207C　動物たちが鐘を鳴らし，裁判を請求する

王(カール大帝，アヌシルワン王(Anuširwān))は鐘を持っている．申し立て人たちはその鐘を鳴らして裁判を申し立てることができる．老いた馬(ロバ)が鐘を鳴らし，自分は年老いて弱くなったために主人に追い出されたとして，主人を訴える．王は主人に老いた動物の面倒を見るよう命ずる．

または，ヒキガエルに脅されたヘビが鐘を鳴らす．王はヒキガエルを殺す．ヘビは目の見えない王を治して感謝を示す[B271.3]．

注　ヨーロッパにおける早期の文献資料は，13 世紀のヤンゼン・エニケル(Jansen Enikel)の『世界年代記(*Weltchronik*)』(25673)，および『ゲスタ・ロマノールム(*Gesta Romanorum*)』(No. 105)を見よ．東洋起源.

類話(～人の類話)　ラトヴィア；フリジア；フラマン；ドイツ；スイス；イタリア；チェコ；ユダヤ；トルコ；シリア, レバノン；アラム語話者；ヨルダン；インド；ス

リランカ；モロッコ.

207A*　怠惰な馬（旧，怠惰な馬はいつでも待っている）

怠惰な馬（荷を背負わされすぎたロバ）はいつでも次の季節を待っている．勤勉な馬はどの季節にも満足する．

注　15世紀に記録されている．寓話としても説教としても見られる．
類話（～人の類話）　ラトヴィア；フランス；ドイツ．

209　ロバたちが馬具職人を殺すことに決める

何頭かのロバたちが，仕事を免れるために馬具職人を殺すことに決める．年老いたロバが，次の馬具職人が経験不足になると言って警告すると，ロバたちは計画を断念する［参照 J215］．

類話（～人の類話）　マケドニア；ブルガリア；ギリシャ．

210　旅のオンドリ，メンドリ，カモ，留め針，縫い針［B296, F1025］

動物たちと物（卵，石臼，犬，ハツカネズミ，ザリガニ）がある家のさまざまな場所に隠れる．彼らは家主をそれぞれの特徴を生かした力で殺す［K1161］．

一部の類話では，動物たちは，家主（若い女）を危険から救うか，または殺された仲間のかたきを討つ．

コンビネーション　125，特に 130, 2021．
類話（～人の類話）　フィンランド系スウェーデン；エストニア；リーヴ；ラトヴィア；リトアニア；スウェーデン；アイルランド；カタロニア；オランダ；フリジア；ワロン；ドイツ；イタリア；サルデーニャ；ハンガリー；スロベニア；ギリシャ；ユダヤ；ジプシー；モンゴル；グルジア；イラン；インド；中国；朝鮮；インドネシア；日本；ドミニカ，プエルトリコ；西インド諸島；モロッコ．

210*　ヴェルリオカ

恐ろしいデーモン，ヴェルリオカ（Verlioka）が2人の少女と少女たちの祖母を殺す．祖父はデーモンを罰するために，デーモンの小屋に向けて出発する．途中，祖父はさまざまな物や動物（例えば，ロープ，雌牛のふん，杖，カモ，ザリガニ，どんぐり）に出会う．彼らも復讐をしたがっていたので，祖父の仲間に加わる．彼らはいっしょにデーモンを殺す．

注　おもにロシアで記録されている．

類話(～人の類話)　ロシア；ベラルーシ, ウクライナ；グルジア；インド.

211　2頭のロバと積み荷 (旧, 2頭のロバ)

塩を積んだロバが川に落ちる. このロバの積み荷は軽くなる. 2頭目のスポンジ(羽根)を積んだロバが, 同じようにして重量を軽くしようとするが, 水が積み荷を重くするので, 溺れる(溺れそうになる)[J1612].

または, 2羽の鳥が積み荷を運びながら, どちらが高く飛ぶことができるか競い合う. 1羽は木綿を運び, もう1羽は塩を運ぶ. 勝負の最中に雨が降り, 塩を運んでいる鳥が勝つ[K25.2].

注　『イソップ寓話』(Perry 1965, 455 No. 180). もっと古い類話には, 2種類の積み荷を運ぶロバが1頭だけ登場する.

類話(～人の類話)　リトアニア；スペイン；フリジア；フラマン；ドイツ；ハンガリー；ブルガリア；アルバニア；ギリシャ；ウクライナ；ユダヤ；グルジア；インド；中国；西インド諸島；エジプト.

211B*　動物たちが居酒屋に行く (旧, ガチョウ, 雄ガモ, イノシシが居酒屋に行く)

3匹の動物が居酒屋に行く. 1匹目の動物(ガチョウ, カモ)がビールを注文すると, 2匹目の動物(雄ガモ, ヤギ)は自分たちには払えないと言う. しかし3匹目の動物(イノシシ, ガチョウ)は, あとで払うと言って飲み屋の主人を安心させる.

動物の声の模倣を伴う動物同士の会話. 参照：話型 106, 204, 236*.

類話(～人の類話)　エストニア；ラトヴィア；ドイツ；ハンガリー.

212　嘘をつくヤギ

男が, 家族を順々に, ヤギの放牧に行かせる. ヤギたちは家に帰るといつも, 何も食べ物をもらわなかったと不平を言う. 男は怒って息子たち(娘たち, 妻)を追い出すか, または殺す. 男は自分でヤギを放牧しに行き, ヤギが嘘をついていることに気づく. 罰として男はヤギの毛皮を剝ぐ(頭を剃る). ヤギはキツネの巣穴に逃げ込み, キツネとオオカミと熊を追い払う. 1匹のハチ(ハリネズミ, アリ)がヤギを追い払うことに成功する[K1151, Q488.1].

コンビネーション　123, 563, 2015.

注　話型563とのコンビネーションは, グリムの『子どもと家庭のメルヒェン集(*Kinder- und Hausmärchen*)』(No. 36)から派生した類話だけに見られる. 説話の第2

部はしばしば話型 2015 として分類される.
類話(～人の類話) フィンランド; エストニア; ラトヴィア; リトアニア; ヴォート, コミ; スウェーデン; デンマーク; フランス; スペイン; カタロニア; フラマン; ドイツ; オーストリア; イタリア; ハンガリー; チェコ; スロバキア; スロベニア; クロアチア; マケドニア; ルーマニア; ブルガリア; ギリシャ; ロシア, ベラルーシ, ウクライナ; モルドヴィア, ヴォチャーク; イラン; フランス系カナダ; エジプト, スーダン; 南アフリカ.

214 ロバが主人に甘えようとする (旧, ロバが犬をまねて主人に甘えようとする)

犬がどうやってうまくかわいがってもらうのかをロバが見て, ロバも同じように主人に媚びようとする. しかしロバはその行動のために罰せられる.

注 『イソップ寓話』(Perry 1965, 438f. No. 91).
類話(～人の類話) エストニア; スペイン; カタロニア; オランダ; ドイツ; ハンガリー; チェコ; ギリシャ; ウクライナ; インド; 西インド諸島; エジプト, アルジェリア.

214A 歌うロバと踊るラクダ (旧, ロバが歌うせいでラクダとロバがいっしょに捕まる)

ロバが歌ったせいで, ロバとラクダ(キツネとラクダ, サソリとカエル)が捕まる. ロバとラクダは隊商で働かされる. ロバが隊商といっしょに川を渡ることを拒むので, ラクダはロバを運ばなければならない. ラクダは踊り始め, ロバを川に放り込む[J2137.6, J2133.1]. 参照: 話型 100.

注 12 世紀前半にアラビアの笑話として記録されている.
類話(～人の類話) イタリア; サルデーニャ; ブルガリア; ギリシャ; ユダヤ; クルド; ダゲスタン; タジク; グルジア; パレスチナ, ヨルダン, サウジアラビア; イラク; イラン; インド, スリランカ; エジプト, モロッコ; リビア; スーダン.

214B ライオンの皮をかぶったロバ (旧, ライオンの皮をかぶったロバが声を出したときに正体がばれる)

ライオンの皮を着て変装したロバ(野ウサギ)が恐怖を巻き起こす. しかし, 声またはほかの特徴で正体がばれる[J951.1, K362.5]. 参照: 話型 123B.

注 『イソップ寓話』(Perry 1965, 457 No. 188). 諺として使われることもある.
類話(～人の類話) フランス; スペイン; カタロニア; ポルトガル; オランダ; ドイツ; マルタ; チェコ; ブルガリア; ギリシャ; ウクライナ; ユダヤ; インド; 中国;

モロッコ；東アフリカ.

214* すばらしい馬具をつけている馬をロバがうらやむ

すばらしい馬具をつけている馬をロバがうらやむ．馬が戦いで死ぬ(粉ひき小屋で働かなければならない[L452.1.7])のを見て，もはやロバはうらやまなくなる[J212.1, L452.2，参照 L451.2].

注　『イソップ寓話』(Perry 1965, 486 No. 357).
類話(～人の類話)　フランス；スペイン；カタロニア；イタリア；ハンガリー；ギリシャ；ユダヤ；タジク；アフガニスタン；インド；エジプト, モロッコ.

215 コクマルガラス(カラス)がワシと同じように子羊をさらおうとする

コクマルガラス(カラス)がワシと同じように子羊をさらおうとする．子羊は重すぎるが，子羊の毛が絡まって，コクマルガラスは子羊を離すことができない[J2413.3].

注　『イソップ寓話』(Perry 1965, 422 No. 2).
類話(～人の類話)　フランス；スペイン；カタロニア.

217 ろうそくを載せた猫 (旧，猫とろうそく)(旧話型 217* を含む)

猫(猿，犬)が火のついたろうそくを頭に載せていられるように，男が猫を訓練する[参照 K264.2]．ハツカネズミが部屋を走り抜けると，猫はろうそくを落として，ハツカネズミを追いかける[J1908.1]．参照：話型 218.

コンビネーション　314, 550, 888A.
注　10 世紀にアラビアの文献に記録されている(Basset 1924ff. II, 449 No. 127)．しばしば素質と教育のどちらが最も大きな影響を及ぼすかという賭けや論争の一部．有名な人物の間の論争(例えば，ソロモン王とマルコルフ).
類話(～人の類話)　フィンランド；ラトヴィア；スウェーデン；デンマーク；フェロー；アイルランド；フランス；スペイン, バスク；カタロニア；フリジア；ドイツ；スイス；イタリア；チェコ；ハンガリー；セルビア；マケドニア；ブルガリア；ギリシャ；ポーランド；ユダヤ；アゼルバイジャン；アルメニア；タジク；シリア；パレスチナ；ペルシア湾, サウジアラビア；オマーン；イラン；パキスタン；インド；スリランカ；チベット；中国；ベトナム；エジプト；チュニジア；アルジェリア；スーダン；西インド諸島.

217* 話型 217 を見よ.

218 少女に変身した猫がハツカネズミを追いかける

猫(イタチ)が若者と結婚できるよう，女に変身させてもらうが，彼女はハツカネズミを追いかけることをやめない[J1908.2]．参照：話型 217.

注 『イソップ寓話』(Perry 1965, 429 No. 50).
類話(～人の類話) フランス；オランダ.

219E* お爺さんがオンドリを飼い，お婆さんがメンドリを飼う

お婆さんのメンドリが卵を産むので，お爺さんはお婆さんをうらやむ．お爺さんは自分にお金を持ってくるよう，オンドリを送り出す．オンドリがたくさんのお金を持って戻ってくると，お婆さんはメンドリを同じように送り出す．しかしメンドリは成果なく戻ってくる.

コンビネーション 715.
類話(～人の類話) ラトヴィア；リトアニア；フラマン；ドイツ；スロベニア；セルビア；ロシア；ウクライナ.

219E** 金の卵を産むメンドリ

メンドリ(ガチョウ)が，(貧しい女のために)毎日黄金の卵を1つ産む．女(女の夫)はメンドリには黄金がいっぱい詰まっているに違いないと考え，メンドリを殺すが，体内には何も特別なものは見つからない[D876, J514, J2129.3].

注 『イソップ寓話』(Perry 1965, 437 No. 87). 諺として流布している.
類話(～人の類話) エストニア；アイルランド；フランス；スペイン；オランダ；フリジア；ドイツ；トルコ；ユダヤ；インド；中国；タンザニア.

219F* 雌犬と雌豚が言い争う (旧，犬と豚が言い争う)

雌犬と雌豚が，自分たちのうちどちらのほうが楽に出産できるか言い争う．雌犬が，すべての動物の中で自分がいちばん楽に出産できると言うと，雌豚は，でも子犬たちは生まれたとき目が見えないではないかと指摘する[J243.1].

注 『イソップ寓話』(Perry 1965, 465 No. 223).
類話(～人の類話) フランス；ハンガリー.

219H* オンドリと真珠

オンドリは多くの真珠よりも1粒の種を好む[J1061.1].

注　『イソップ寓話』(Perry 1965, 521 No. 503).
類話(～人の類話)　フランス；スペイン；カタロニア；ポルトガル；オランダ；ブルガリア.

その他の動物と物 220–299

220 鳥たちの会議

ワシが裁判官として，各種の鳥に巣をつくる場所と仕事を割り当てる[B238.1].

注 鳥の習性に関する由来譚と結びついている．中世後期にはヨハネス・ゴビ・ジュニア(Johannes Gobi Junior)の『スカーラ・コエーリ(*Scala coeli*)』(No. 327)とチョーサー(Chaucer)の『鳥たちの議会(*The Parlement of Foules*)』に記録されている．
類話(～人の類話) フィンランド；アイルランド；フランス；カタロニア；ロシア，ウクライナ；ヤクート；モンゴル；インド；中国；フィリピン；ポリネシア．

220A ワシによるカラスの裁判

カラスがさまざまな犯罪のために裁判にかけられ，罰せられる．仕返しにカラスは，ほかの鳥たちの悪口を言う．するとその鳥たちも罰せられる．

類話(～人の類話) フィンランド；ロシア，ベラルーシ，ウクライナ；ヤクート；中国．

221 鳥たちの王を選ぶ

鳥たちは競い合いによって自分たちの王を決めることにする[B236.0.1]．ミソサザイがその賢さで勝ち，王になる[B242.1.2, B236.1]．特に話型221Aと221Bを見よ．

コンビネーション 220.
注 この話型は完全な形では221A, 221Bとモティーフ A2233.3を含む．プルタルコス(Plutarch)の『倫理論集(*Moralia*)』(V, 1)，および『政治訓(*Praecepta gerendae rei publicae*)』(XII, 806E)に記録されている．
類話(～人の類話) フィンランド；フィンランド系スウェーデン；エストニア；ラトヴィア；リトアニア；スウェーデン；アイルランド；イギリス；フランス；スペイン；カタロニア；オランダ；フリジア；フラマン；ドイツ；スイス；イタリア；ハンガリー；チェコ；スロバキア；スロベニア；ルーマニア；ブルガリア；ギリシャ；ソルビア；ポーランド；ウクライナ；ジプシー；モンゴル；グルジア；日本；インドネシア；オーストラリア；ギニア，東アフリカ，コンゴ，アンゴラ；南アフリカ；マダガスカル．

221A テスト：誰がいちばん高く飛べるか

鳥たちは，自分たちのうちでいちばん高く飛べる者が自分たちの王になることにする．ミソサザイはワシの翼の中に隠れ，ワシがいちばん高い所まで到達するのを待つ．それからミソサザイは飛び出し，ワシよりも高く飛ぶ［K25.1］．参照：話型 221.

コンビネーション　221 221B.

注　話型 221 を見よ.

類話(～人の類話)　フィンランド；ラトヴィア；スウェーデン；ノルウェー；スコットランド；ウェールズ；フランス；スペイン, バスク；フリジア；ドイツ；ハンガリー；ギリシャ；ジプシー；モンゴル；トゥヴァ.

221B　テスト：誰がいちばん地中深く潜れるか

鳥たちは，自分たちのうちでいちばん地中深く潜れる者が自分たちの王になることにする．ミソサザイはネズミの穴に潜る．ほかの鳥たちはミソサザイを飢え死にさせようとする［K17.1.1］．フクロウが穴の出口を見張ることになるが，それでもミソサザイは逃げる［A2233.3］．参照：話型 221.

コンビネーション　221, 221A.

注　個別に伝えられることはまれである．この由来説明の伝説は，ほかの鳥がなぜフクロウを追いかけるのか，またはフクロウがなぜ夜しか活動しないのかを説明するのに使われることもある.

222　鳥(虫)たちと四つ足動物たちの戦争 (旧，鳥たちと四つ足動物たちの戦争)

熊(オオカミ，ライオン)がミソサザイの子どもたちを侮辱する(虫を侮辱する)．ミソサザイは宣戦布告し，飛ぶ動物たちが四つ足動物たちと戦う．キツネが四つ足動物たちを指揮し，自分たちが進撃中であることを示すためにしっぽを上げる．蚊たちがキツネのしっぽの下を刺し，キツネはしっぽを下ろす．四つ足動物たちは，自分たちが負けたと思い，退却する［K2323.1］．飛ぶ動物たちが勝つ［B261］．参照：話型 103.

コンビネーション　313, 537.

注　12 世紀にマリー・ド・フランス(Marie de France)の『イソップ寓話(*Ésope*)』(No. 65)に記録されている．近代の伝承はグリム兄弟(J. and W. Grimm)の『子どもと家庭のメルヒェン集(*Kinder- und Hausmärchen*)』(No. 102)とともに始まる．類話は，戦争の原因に関して異なっている.

類話(～人の類話)　フィンランド；エストニア；ラトヴィア；ラップ；ヴォート, コミ；ノルウェー；アイルランド；フランス；スペイン；バスク；カタロニア；ポルトガル；フラマン；フリジア；ドイツ；イタリア；ハンガリー；ギリシャ；ソルビア；ロシア；ユダヤ；チェレミス/マリ；ヤクート；インド；中国；日本；ポリネシア；フランス系アメリカ；スペイン系アメリカ，メキシコ；ドミニカ；南アメリカインディアン；マヤ；ペルー；パラグアイ；チリ；アルゼンチン；モロッコ；ギニア，スーダン，コンゴ；ナミビア；南アフリカ．

222A　鳥たちと四つ足動物が戦争をしている間のコウモリ（旧，鳥たちと四つ足動物の戦争中のコウモリ）

どちらともとれる姿をしているので，コウモリは最初一方に，あとで他方に加勢する．しかしいつも勝っているほうにつく．鳥たちと動物たちが和解したとき，彼らはそれに気づく．その結果，コウモリはすべての動物から軽蔑される[B261.1]．

しばしば，コウモリはなぜ夜しか飛ばないかを説明するのに使われる[A2491.1]．

注　『イソップ寓話』(Perry 1965, 527 No. 566)．
類話（～人の類話）　フィンランド；エストニア；ラトヴィア；リトアニア；フランス；スペイン；ポルトガル；オランダ；ドイツ；チェコ；ハンガリー；ギリシャ；インド；ビルマ；中国；ラオス；日本；北アメリカインディアン；ナイジェリア．

222B　ハツカネズミとスズメの口論（旧，ハツカネズミとスズメの戦争）（旧話型 222B* を含む）

ハツカネズミとスズメが，冬に備えて保存しておいた食べ物を分けようとする（1粒だけ残っている穀物を分けようとする）．彼らの論争は鳥たちと四つ足動物たちの戦争に発展し，ワシがその戦争でけがをする．

コンビネーション　313, 537.
注　通常この話型は，他の話型と結びついて記録されている．
類話（～人の類話）　フィンランド；エストニア；リーヴ；ラトヴィア；リトアニア；ラップ；アイルランド；ハンガリー；ロシア，ベラルーシ，ウクライナ；モルドヴィア；ネネツ；オスチャック；ヤクート；グルジア．

222B*　話型 222B を見よ．

223　鳥とジャッカル（旧，鳥と友人としてのジャッカル）（旧話型 56B*, 56C*, 56E*, 248A* を含む）

ジャッカル（キツネ）が，食べ物を手に入れるよう鳥（しばしばヒバリ）に命令する．鳥は食べ物の籠を運んでいる人々の近くを飛ぶ．人々が鳥を捕まえようと籠を落とすと，ジャッカルは食べ物を食べる．

ジャッカルは，自分を笑わせるよう鳥に命令する．鳥が2人の男の頭に止まると，男たちは殴り合う[K1082.3].

ジャッカルは，自分を泣かせるよう鳥に命令する．鳥は男たちか犬たちをジャッカルの隠れ場所に導く．

ジャッカルは，自分の命を救うよう鳥に命令する．鳥はジャッカルをワニのところにおびき寄せ，それからジャッカルが逃げることができるように，ワニを殴る．参照：話型248.

コンビネーション　1, 6, 56, 56A, 56B, 154.

注　類話はしばしば最初の2つか3つのエピソードしか含まない．これらのエピソードは敵意(ジャッカルが幼い鳥たちを殺したこと)が動機づけになる場合と友情が動機づけになる場合がある．旧話型56B*, 56C*, 56E*は，上に挙げた2つか3つのエピソードのさまざまなコンビネーションを含む．

類話(～人の類話)　エストニア；ラトヴィア；リトアニア；ラップ；デンマーク；フランス；スペイン，バスク；カタロニア；ポルトガル；フリジア；ドイツ；イタリア；ハンガリー；スロバキア；ブルガリア；アルバニア；ギリシャ；ロシア，ベラルーシ，ウクライナ；ジプシー；チェレミス/マリ，モルドヴィア；オセチア；アブハズ；カザフ；ウズベク；タジク；グルジア；パキスタン；インド；スリランカ；中国；アルジェリア；モロッコ；タンザニア．

224　鳥(甲虫)の結婚式 (旧，七面鳥とクジャクの結婚式)

雑録話型．鳥たち(カメとクジャク，カエルとハツカネズミ，フクロウとヤツガシラ，ヒバリとサヨナキドリ，等)，または虫たち(甲虫，バッタ，アリ，等)が結婚しようとする．多くの客(鳥，虫，その他の動物)が招待される．そして(または)客たちは，結婚式の準備を割り当てられる．結婚披露宴の成り行きが(不愉快な出来事を含んで)描写される[B282ff.]．参照：話型243*.

注　16世紀に記録されている．動物の結婚の歌として流布している．

類話(～人の類話)　リーヴ；フランス；ドイツ；ブルガリア；ソルビア；ロシア，ベラルーシ，ウクライナ；イラク；アルジェリア，モロッコ，スーダン．

224*　話型244を見よ．

225 ツルがキツネに飛び方を教える

キツネ(ジャッカル，オオカミ，カメ)が，飛び方を教えてくれとツル(コウノトリ)に頼む．ひとたび空高く上がると，ツルはキツネを落とす[K1041]．

通常，キツネは地面に叩きつけられて死ぬが，助かることもある．参照：話型 225A.

コンビネーション 56, 56A, 60, 122, 122J, 226, 537.

類話(～人の類話) フィンランド；エストニア；ラトヴィア；リトアニア；デンマーク；フランス；スペイン；バスク；カタロニア；ポルトガル；ドイツ；イタリア；マルタ；ハンガリー；スロベニア；セルビア；ギリシャ；ポーランド；ロシア；ウクライナ；ジプシー；チェチェン・イングーシ；クルド；ダゲスタン；ウズベク；タジク；ブリヤート；シリア, パレスチナ；イラク, サウジアラビア；イラン；インド；中国；スペイン系アメリカ, メキシコ, ニカラグア, コスタリカ；ドミニカ, プエルトリコ；マヤ；ブラジル；チリ；アルゼンチン；西インド諸島；エジプト, モロッコ；アルジェリア；チャド；東アフリカ；ナミビア；南アフリカ.

225A カメが鳥たちに運んでもらう (旧，カメがワシに運んでもらう)

2羽の鳥(サギ，ガチョウ，白鳥)が棒を持ち，それをカメが口でくわえて，空に運んでもらう．カメはしゃべって，支えを失い，落ちて死ぬ[J2357]．

または，1羽の鳥(ワシ)がカメを空に連れていき，落とす．するとカメは粉々に割れ，ワシはカメを食べる[J657.2, A2214.5.1]．

なぜカメの甲羅にはひびがあるのかを説明するのに使われることもある．

注 最初の説話は仏教起源であり，2番目は『イソップ寓話』(Perry 1965, 466 No. 230, 521 No. 490)である．

類話(～人の類話) フランス；スペイン；カタロニア；オランダ；ドイツ；ハンガリー；チェコ；ブルガリア；ギリシャ；ロシア, ウクライナ；グルジア；シリア, パレスチナ；インド；スリランカ；中国；カンボジア；日本；フィリピン；ブラジル；アルジェリア；モロッコ；南アフリカ.

226 ガチョウがキツネに泳ぎを教える

ガチョウがキツネに泳ぎを教える．ガチョウはキツネを溺れさせる[K1042]．

一部の(ドイツの)類話では，ガチョウはキツネに踊りを教えて，飛び去る．

コンビネーション 58, 91, 122J, 225.

類話(～人の類話)　エストニア；デンマーク；ドイツ；ポーランド；インドネシア.

227　ガチョウが祈りのために刑の延期を求める

キツネ(オオカミ)がガチョウたち(カモたち, 子豚たち)を食べようとするが, ガチョウたちは, 最後の願いを聞いてくれとキツネに頼む. すなわち, 祈り[K551.1], またはダンスをさせてくれと頼む. ガチョウたちはいつまでもガアガア鳴いている. 人がガチョウたちを助けにやって来ることもある(ガチョウたちは逃げることができる). 参照：話型 6, 1199.

コンビネーション　47B, 122A, 122B.
類話(～人の類話)　エストニア；リーヴ；ラトヴィア；アイルランド；フランス；カタロニア；フリジア；ドイツ；チェコ；スロバキア；スロベニア；ブルガリア；ギリシャ；ソルビア；ベラルーシ, ウクライナ；オセチア；タジク；アラム語話者；パレスチナ；イラン；インド；プエルトリコ；チリ；アルゼンチン；西インド諸島；モロッコ.

227*　カラスとザリガニ (旧, ザリガニがカラスをそそのかしてしゃべらせる)

カラスがザリガニを捕まえる. ザリガニがカラスを褒めると, カラスは答えるためにくちばしを開く. ザリガニは水中に落ち, 逃げる. 参照：話型 6, 6*, 57, 61.

類話(～人の類話)　フィンランド；エストニア；リーヴ；ラトヴィア；リトアニア；ブルガリア；ロシア, ベラルーシ, ウクライナ；トルクメン；インド；ブラジル.

228　小さな鳥が大きくなろうとする (旧, シジュウカラが熊のように大きくなろうとする)

シジュウカラ(ミソサザイ)が羽根を逆立て, 熊のように大きくなろうとする. しかしシジュウカラの子どもたちはシジュウカラのことを笑う. 普段の姿でシジュウカラ(時として蚊, ハチ)は熊(トラ, オオカミ)の耳に飛び込み, 熊を殺す[L315.1]. 参照：話型 277A.

類話(～人の類話)　フィンランド；フィンランド系スウェーデン；エストニア；ラトヴィア；カレリア；ブルガリア；インド；朝鮮；日本；インドネシア；西インド諸島；東アフリカ；ソマリア, コンゴ, 南アフリカ.

229　動物たちが鳥の体の一部を恐れる (旧, タカがシギのくちばしに驚く)

タカがシギのくちばしを恐れるが, シギに安心させられる[J2616].

ほかの動物たちは, オンドリの頭に火が燃えていると思い, オンドリを恐れる(キツネが鐘を恐れる). ある動物がそれは危険ではないと教える. 参照：話型 112**.

注 オンドリが登場する類話は東アフリカ出自.

類話(〜人の類話) フィンランド；スペイン；東アフリカ.

230 頭が大きく, 目が大きな鳥を育てる

ワシ(タカ)がフクロウを育てる. ワシはフクロウがどれほど長生きするかを知って, フクロウを殺す[K1985].

類話(〜人の類話) フィンランド；リトアニア；スペイン；ギリシャ；ロシア, ベラルーシ, ウクライナ.

230* オンドリと雄クロライチョウと雌クロライチョウの競走

オンドリと雄クロライチョウと雌クロライチョウが, 競走に勝った者が町の中(農場)に住んでいいと決める. オンドリがほかの者たちをだまして勝つ[A2250.1]. 参照：話型 200D*.

類話(〜人の類話) フィンランド；フィンランド系スウェーデン；エストニア；スウェーデン；ノルウェー.

230B* 話型 231* を見よ.

231 サギと魚 (旧, サギ(ツル)が魚を運ぶ)

サギ(ツル)が魚たちに, おまえたちの湖は涸れると言う. サギは魚たちを1匹ずつ別の湖に運んでやると約束するが, 運ばずに食べる. カニがこのペテンをすべて見ていて, サギの首を挟み, サギを殺す[J657.3, K815.14].

注 インドの『ジャータカ(*Jātaka*)』(No. 38)に記録されている.

類話(〜人の類話) エストニア；フランス；スペイン；カタロニア；ギリシャ；ポーランド；ウクライナ；トルコ；インド；ビルマ；スリランカ；中国；カンボジア；インドネシア；日本；グアテマラ.

231* 動物たちが食べ合う (旧話型 230B* を含む)

この雑録話型は, より小さい動物がより大きい動物に食べられるさまざまな説話からなる.

時として, 食物連鎖の最後の動物(キツネ, ライオン, 熊)が, 狩人によって撃たれたり, 破裂したりすることもある. 参照：話型 20A.

類話(～人の類話) ラトヴィア；フリジア；ギリシャ；メキシコ；プエルトリコ.

231** ハヤブサとハト (旧, ワシはハトをばらばらに引き裂こうとする)

ハトたちは, 助けてくれとハヤブサに頼むが(ハヤブサを王に選出するが), ハヤブサはハトたちとその子どもたちを食べる[K815.8].

注 『イソップ寓話』(Perry 1965, 520 No. 486).
類話(～人の類話) ラトヴィア；フランス；スペイン；カタロニア；オランダ；ハンガリー；チェコ.

232 クロライチョウと渡り鳥たち

クロライチョウは, 厳しい冬にもかかわらず, 外国の土地に行くよりも, 家にとどまることを好む[J215.3].

類話(～人の類話) フィンランド；ドイツ；スロベニア；ギリシャ；ポーランド；ウクライナ；ユダヤ；ヤクート.

232C* どちらの鳥が父親か

とても小さな鳥が, 成長した息子といっしょに神のところに行き, 自分たちのうちのどちらが父親で, どちらが息子なのか当ててみて欲しいと言う. 神は「父親の鼻には斑点がある」と言う. 父親が慌てて鼻をこするので, 神は答えがわかる[参照 J1141.1].

注 エストニアの類話では, 人間が筋の担い手である.
類話(～人の類話) エストニア；ラトヴィア；アイルランド.

232D* カラスが水差しの中にいくつもの小石を落とす (旧, カラスが水差しの中に小石を落として飲めるようにする)

喉が渇いたカラスが, いくつもの小石を背の高い水差しの中に落とす. 水面が上がり, カラスは水差しから飲めるようになる[J101].

注 プルタルコス(Plutarch)の『倫理論集(*Moralia*)』(No. 967A), および『イソップ寓話』(Perry 1965, 493f. No. 390)に記録されている.
類話(～人の類話) エストニア；ラトヴィア；リトアニア；アイルランド；フランス；スペイン；カタロニア；オランダ；ドイツ；ハンガリー；ウクライナ；グルジア；インド；アメリカ；エジプト.

233A 鳥たちが死んだふりをして逃げる

鳥猟師の網(籠)にかかった鳥たちが，年老いた鳥の忠告に従い，死んだふりをする．鳥猟師が鳥たちを地面に放り出すと，鳥たちは飛び去る[K522.4]．参照：話型 1, 33, 239.

類話(～人の類話) タジク；モンゴル；アフガニスタン；インド；スリランカ；インドネシア．

233B 鳥たちが網もろとも飛び去る

鳥猟師の網にかかった鳥たちが網もろとも飛び去る[K581.4.1]．鳥たちはハツカネズミ(クマネズミ)のところへ飛んでいく．ハツカネズミが網をかじり，鳥たちを逃がす．参照：話型 75, 75A.

類話(～人の類話) フランス；ドイツ；スロベニア；クルド；ウズベク；タジク；インド；中国；カンボジア；アルジェリア．

233C ツバメと麻の実

麻の実(ヤドリギ)が蒔かれたらすぐに食べてしまえというツバメ(フクロウ，カメ)の忠告を，鳥たちは無視する．ツバメはあざけられ，人間たちの住んでいる所に巣をつくる．後にほかの鳥たちは麻でつくられた網に捕まる[J621.1]．

なぜツバメが人間の近くに住むのかを説明するのに使われることもある．

注 『イソップ寓話』(Perry 1965, 428 No. 39)．
類話(～人の類話) フランス；スペイン；カタロニア；オランダ；ハンガリー；チェコ；ギリシャ；アメリカ；カメルーン．

233D 鳥と鳥猟師

鳥たちが，狩人の(寒さで)うるんだ目を見て，自分たちのことを哀れに思って泣いているのだと思う．1羽の賢い鳥が，そうではないと鳥たちに教える[J869.1]．

注 『イソップ寓話』(Perry 1965, 531f. No. 576)．
類話(～人の類話) フランス；スペイン．

234 サヨナキドリとアシナシトカゲ

サヨナキドリとアシナシトカゲはどちらも目が1つである．サヨナキドリ(カラス，ハト，キツネ，ダニ)は，アシナシトカゲの目を借りるが，あとで返すことを拒む．それ以来，サヨナキドリには目が2つあり，アシナシトカゲには目がない．アシナシトカゲはサヨナキドリの巣がある木に住み，仕返しにサヨナキドリの卵に穴を開ける［A2241.5］．参照：話型 235, 244.

注 1612 年にポーランドの類話に記録されている．また，1812 年にグリム兄弟(J. and W. Grimm)の『子どもと家庭のメルヒェン集(*Kinder- und Hausmärchen*)』初版(No. 6)にフランスの資料から採録されている．

類話(〜人の類話) フィンランド；エストニア；アイルランド；フランス；スペイン；カタロニア；ドイツ；ポーランド；中国；朝鮮；日本；プエルトリコ；マダガスカル．

234A* 鳥たちがビールを醸造する

鳥たちが川の中で穀物 1 粒，または穀物の穂 1 本を使ってビールを醸造する．鳥たちはそのビールが上出来だと喜ぶ．

注 筋の担い手が人間である類話に関しては，話型 1260A を見よ．

類話(〜人の類話) エストニア；ラトヴィア；リトアニア；ハンガリー．

235 カケスがカッコウの皮を借りる

カケスがカッコウの皮を借りる．しかしカケスは皮を返さない［A2313.1, A2241］．

類話(〜人の類話) フィンランド；リトアニア；アイルランド；ポルトガル；中国；インドネシア；日本；アフリカ系アメリカ；南アメリカインディアン；マダガスカル；ナミビア．

235A* 話型 2021 を見よ．

235C* 鳥が新しい服をつくらせる

鳥が新しい服をつくらせる．鳥は支払いをせずに飛び立つ［K233.1］．

類話(〜人の類話) スペイン；カタロニア；ウズベク；パレスチナ；イラン；インド；メキシコ；ベネズエラ．

236 カササギがハトに巣のつくり方を教える (旧，ツグミがハト(等)に小さい巣をつくることを教える)

ハト(カササギ，スズメ)が，どうやって巣をつくるのか見せて欲しいとカササギ(ツグミ，ツバメ，カラス)に頼む．カササギがつくり始めたとたんに，ハトは「わかってる」と言い，前と同じやり方で自分の巣をつくり続ける．

その結果卵はほとんど落ちる[A2271.1].

一部の類話では，ハトはカササギに自分の雌牛をあげると約束して，あとで雌牛を失ったことを後悔する．(鳥の鳴き声の模倣.)

類話(～人の類話) フィンランド；ラトヴィア；リトアニア；スウェーデン；デンマーク；アイルランド；イギリス；フランス；オランダ；フリジア；ドイツ；ハンガリー；ブルガリア；ポーランド；パレスチナ；北アメリカインディアン.

236* **鳥の鳴き声の模倣が出てくるさまざまな説話** 参照：話型 106, 204.

一部の類話は，サンカノゴイ[A1965.2]とヤツガシラ[A1952]が出す鳴き声を説明している．2人の牛飼いが自分たちの牛を間違った牧場に連れていく．ヤツガシラとサンカノゴイは，1つの牧場が肥沃すぎ，別の牧場が痩せすぎていると牛飼いたちに言う．(鳥の鳴き声の模倣.)

類話(～人の類話) エストニア；ラトヴィア；スウェーデン；フランス；フリジア；ドイツ；ハンガリー；ブルガリア；ポーランド.

237 **話すオウム** (旧，なぜ雌豚が泥だらけなのか，カササギが教える)

オウム(早期の類話ではカササギ)が，間違った注文をするか，不適切な発言をして，主人から罰せられる(泥の中に投げ込まれるか，または頭の羽根を抜かれるか，追われてストーブの下に逃げ込む)．そこでオウムは1匹の動物(雌豚，猫)に出会う，または禿げた人に出会う．そして「おまえもご主人様とけんかしたに違いない」と言う[J2211.2].

注 16世紀に記録されている.

類話(～人の類話) デンマーク；イギリス；フランス；スペイン；ポルトガル；オランダ；フリジア；ワロン；ドイツ；オーストリア；ギリシャ；イラン；オーストラリア；イギリス系カナダ；アメリカ；スペイン系アメリカ；アフリカ系アメリカ；メキシコ；キューバ；プエルトリコ；マヤ；アルゼンチン.

238 **ハトとカエルが自慢し合う** (旧，ハトの鋭い視覚と，カエルの鋭い聴覚)

ハト(ハヤブサ，カラス)は，自分は視覚が鋭いと主張し，カエル(ハチ)は自分が何でも聞こえると思っている．ハトとカエルは互いに自分の能力を示してみせる[K85, K86].

類話(～人の類話) フィンランド；ラトヴィア；リトアニア；サルデーニャ；ウクライナ；日本.

239　鹿が罠から逃れるのをカラスが助ける

鹿がジャッカルを助ける．しかし鹿が罠に捕まると，ジャッカルは鹿を助けるのを断る．カラスの助言に従って，鹿は死んだふりをする．狩人が鹿を放すと，鹿は跳んで逃げる［K642.1］．参照：話型 1, 33, 105*, 233A.

類話（～人の類話）　ギリシャ；ウクライナ；インド；ビルマ；スリランカ；中国.

240　ハトが卵を交換する（旧，ハトの卵交換）（旧話型 240* を含む）

カササギ（カラス，メンドリ）がハトを説得して，卵を交換させる（イギリスの類話では巣を交換させる）．ハトは自分の卵 7 個と交換にカササギの卵を 2 個もらう．それ以来ハトは卵を 2 個しか産まず，残りの卵を失ったことを嘆く［A2247.4］．（鳥の鳴き声の模倣.）

一部の類話では，ハトとメンドリが卵を賭けて競走をする．メンドリがハトを欺いて勝つ．参照：話型 230*.

類話（～人の類話）　フィンランド；エストニア；ラトヴィア；スウェーデン；イギリス.

240*　話型 240 を見よ.

240A*　ハチが水に落ちる

ハチ（アリ）が溺れるのをハトが救う．狩人がハトを撃とうとすると，ハチが狩人を刺す［B362, B457.1, B481.1］．参照：話型 75.

注　『イソップ寓話』（Perry 1965, 468 No. 235）.
類話（～人の類話）　フィンランド；エストニア；ラトヴィア；リトアニア；フランス；オランダ；フリジア；ドイツ；イタリア；ハンガリー；ブルガリア；ギリシャ；ユダヤ；インド；中国；エジプト；スーダン；マダガスカル.

241　おせっかいな鳥と猿

冷たい雨が降る中，自分の巣にいる鳥が震えている猿に，猿は人間のような手を持っているのに，なぜ家を建てないのかと尋ねる．怒った猿は鳥の巣を壊す［B275.4, L462, Q295］.

注　『ヒトーパデーシャ（*Hitopadeśa*）』（III, 1）に記録されている.
類話（～人の類話）　オセチア；インド；スリランカ.

242　カラスの誓い（旧，カエルが穴からおびき出される）

カラス（ほかの鳥）がカエル（ヒキガエル）を穴から誘い出し，カエルのことを食べないと誓う．カラスは誓いを破る[K815].

注　フィンランドでは諺としても使われる．
類話（～人の類話）　フィンランド；エストニア；ラップ；スウェーデン；イギリス；フランス；フラマン；ドイツ；ポーランド；インドネシア．

243　話型 1422 を見よ．

243A　女主人の不貞を告げたオンドリが殺される

最初のオンドリは，女主人が不貞をはたらいたと鳴く．最初のオンドリはつぶされる．2 番目のオンドリは，最初のオンドリが真実を話したためにつぶされたと鳴く．2 番目のオンドリもつぶされる．3 番目のオンドリは口が堅く，生き長らえる[J551.1]．参照：話型 51A.

注　中世に，エティエンヌ・ド・ブルボン（Étienne de Bourbon）（No. 465）によって，また『ゲスタ・ロマノールム（*Gesta Romanorum*）』（No. 68）に記録されている．
類話（～人の類話）　スペイン；ポルトガル；オランダ；フリジア；チェコ；トルコ；インド．

243*　カラスが結婚する

カラス花婿がすべての穀物畑は自分のものだと言ったので，カラス花嫁はカラス花婿と結婚する．秋に穀物が収穫されるのを見て，カラス花嫁はこう叫ぶ．「イアーク（Iaak）！　あいつらが穀物を盗んでいる」[J953.7]．参照：話型 224.

類話（～人の類話）　フィンランド；エストニア；リーヴ；ラトヴィア．

244　借りた羽根をつけたワタリガラス（旧話型 224* を含む）

ワタリガラスが白鳥（クジャク）の羽根を身にまとう．ほかの鳥たちは，ワタリガラスからそれらの羽根を取り，寒い中に置き去りにして恥さらしにする．

カラスが自分の結婚式の日にほかの鳥たちから羽根を借りることもある．（旧話型 224*.）

注　『イソップ寓話』（Perry 1965, 441 No. 101）．諺として流布している．
類話（～人の類話）　エストニア；リーヴ；ラトヴィア；リトアニア；フランス；スペ

イン；カタロニア；ポルトガル；オランダ；ドイツ；ハンガリー；チェコ；スロベニア；ブルガリア；ギリシャ；ウクライナ；ユダヤ；ビルマ；中国；メキシコ；プエルトリコ；西インド諸島；スーダン．

244**　話型 1927 を見よ．

244***　話型 244C* を見よ．

244A*　ツルとサギ（旧，ツルのサギへの求愛）

ツル（コウノトリ）がサギにプロポーズする．サギはツルのプロポーズを断る．しばらく考えてから，サギはツルのところに行くが，ツルはサギを追い払う．そのあとツルは気持ちが変わり，サギのところに再び行くが断られる，等々．

類話（～人の類話）　エストニア；ラトヴィア；リトアニア；カレリア；ドイツ；ギリシャ；ロシア，ベラルーシ，ウクライナ；中国．

244B*　飢えている 2 羽のスズメ

2 羽のスズメが飢えている．1 羽が食べ物を探しに飛んでいき，サクランボを見つける．スズメはそれをたっぷり食べ，仲間のためにいくらか持って飛んで帰る．しかし仲間はすでに死んでいる．

類話（～人の類話）　ラトヴィア；スペイン；ブルガリア．

244C*　ワタリガラスの子どもたちが，ワタリガラスが老いたら助けてあげると約束すると，ワタリガラスはその子どもたちを溺れさせる（旧話型 244*** を含む）

ワタリガラスの子どもたちが，ワタリガラスが老いたら助けてあげると約束すると，ワタリガラスはその子どもたちを溺れさせる．ワタリガラスは 1 羽の子どもだけは殺さない．その 1 羽は，自分は老いたカラスを担ぐ気はない，その頃には自分の子どもたちを背負わなくてはならないからだと認めた子どもである[J267.1]．

類話（～人の類話）　フィンランド；エストニア；ラトヴィア；リトアニア；カレリア；ルーマニア；ブルガリア；ウクライナ；ユダヤ．

245　飼われている鳥と野鳥

飼われている鳥が野鳥に，周りを見るよう勧める[L451.1]．野鳥は撃たれる．参照：話型 112.

類話(～人の類話) フィンランド；エストニア；リトアニア；フランス；スペイン；カタロニア；ポルトガル；中国；エジプト.

245* 話型 68* を見よ.

246 2羽の鳥(旧，狩人が弓を引く)

狩人が弓を引くと，1羽の鳥(魚，鹿)は逃げる．もう1羽の鳥はとどまり，撃たれる[J641.1].

注 『カリラとディムナ(*Kalila and Dimna*)』のアラビアの版と，13世紀にペルシア語で語られたジャラール・ウッディーン・ルーミー(Ǧalāloddin Rumi)の『精神的マスナヴィー(*Maṡnavi-ye mānavi*)』(IV, 2202)に記録されている.
類話(～人の類話) フィンランド；フランス；プエルトリコ.

247 どの母親も自分の子どもがいちばんかわいい(旧，誰でも自分の子どもがいちばんかわいい)

この説話には，おもに2つの異なる型がある.

(1) ヤマウズラが，学校にいる自分の子どもに食べ物を持っていって欲しいと，フクロウ(ワタリガラス)に頼む．フクロウがどうやってその子を見分けたらいいか知りたがると，ヤマウズラはちばん美しいのが自分の子どもだと答える．しかしフクロウは自分の子どもがいちばん美しいと思い，食べ物を自分の子どもにやる.

(2) シギがワシ(タカ，オオカミ，狩人)に，自分の子どもたちは取らないで欲しいと頼み，自分の子どもたちは森の中でいちばんかわいいから簡単にわかると言う．そこで，ワシは見つけた最も醜いひな鳥たちだけを食べる．それこそがシギの子どもたちである[T681].

注 早期の類話では，しばしば雌猿とジュピターが登場する(『イソップ寓話』(Perry 1965, 486 No. 364))．諺として流布している.
類話(～人の類話) フィンランド；エストニア；ラトヴィア；リトアニア；スウェーデン；デンマーク；アイスランド；アイルランド；フランス；スペイン；カタロニア；ポルトガル；オランダ；イタリア；マルタ；ハンガリー；マケドニア；ブルガリア；ギリシャ；ポーランド；ロシア, ベラルーシ, ウクライナ；ユダヤ；クルド；イラン；インド；ポリネシア；メキシコ；ブラジル.

248 犬とスズメ

男がうっかり犬をひいてしまう．その犬はスズメの友達である．スズメは仕返しに，男をいら立たせる．男はスズメを殺そうとするが，そうするうちに自分の馬を殺してしまうか，積み荷を壊してしまう．男はスズメを捕まえ，生きたまま丸呑みにする．スズメが男の尻の穴，または口から覗くと，男の妻がスズメを殺そうとする．スズメを殺す代わりに，妻は夫にけがをさせるか，夫を殺す[参照 F912, N261，参照 L315.7]．参照：話型 223, 1586, 2042.

コンビネーション 56B, 61, 715.

注 19 世紀前半に記録されている．

類話（～人の類話） フィンランド；エストニア；ラトヴィア；リトアニア；スウェーデン；スコットランド；アイルランド；フランス；スペイン；オランダ；フラマン；ドイツ；イタリア；ハンガリー；チェコ；スロバキア；クロアチア；マケドニア；ルーマニア；ポーランド；ロシア，ベラルーシ，ウクライナ；オセチア；バシキール；クルド；シベリア；カザフ；カラカルパク；トゥヴァ；ドミニカ，プエルトリコ．

248A 象とヒバリ

象がヒバリの巣を踏みつぶす．ヒバリの仲間たちが仕返しをする．カエルはゲロゲロ鳴いて，象が干あがった池に落ちるよう仕向ける．カラスは象の目をつつき出す．ハチたちは象を刺して殺す．

注 インドの『ジャータカ（*Jātaka*）』（参照：No. 357）に記録されている．

類話（～人の類話） ユダヤ；トルクメン；タジク；インド；スリランカ；中国．

248A* 話型 223 を見よ．

250 魚たちの泳ぎ比べ

魚たちがレースをし，小さいほうの魚が勝つ．パーチがサケのしっぽにつかまり勝者となる[K11.2]．参照：話型 221A, 275B.

類話（～人の類話） フィンランド；フィンランド系スウェーデン；ラトヴィア；ラップ；アイルランド；スペイン；カタロニア；フリジア；フラマン；タジク；西インド諸島．

250A カレイの曲がった口

魚たちが王を選ぶためにレースをする．この説話には，おもに 2 つの異なる型がある．

(1) ニシンが勝ち，そのためにカレイは妬んで大声で叫ぶ[A2252.4]．

(2) カレイは神に失礼なことを言う[A2231.1.2]．カレイは罰として口を曲げられる．参照：話型221.

類話(～人の類話) フィンランド；エストニア；リーヴ；リトアニア；ノルウェー；アイルランド；オランダ；フリジア；ドイツ；ヤクート；中国；ブラジル．

253 網の中の魚たち (旧話型253* を含む)

小さい魚は網の目をすり抜け，大きい魚は引っかかる[L331]．

注 『イソップ寓話』(Perry 1965, 479 No. 282)．
類話(～人の類話) フィンランド；リトアニア；ラップ；ルーマニア；ウクライナ．

253* 話型253を見よ．

275 2匹の動物の競走 (旧，キツネとザリガニの競走)

話型275A–275C, 275C* を見よ．参照：話型103C*, 221, 221A, 221B, 250, 1072, 1074.

275A 野ウサギとカメの競走 (旧，野ウサギとカメが競走する：眠る野ウサギ)

足の速い動物(野ウサギ)と遅い動物(カメ，ヒキガエル)の競走で，速い動物は十分に時間があると思って，道で寝る．遅い動物は速い動物を追い抜くことができ，ねばり強さで勝つ[K11.3]．

注 『イソップ寓話』(Perry 1965, 465 No. 226)．由来説明の伝説と結びついていることもある．
類話(～人の類話) エストニア；スウェーデン；ノルウェー；フランス；スペイン；カタロニア；フリジア；フラマン；ドイツ；ラディン；イタリア；ハンガリー；マケドニア；ギリシャ；ポーランド；トルコ；中国；ラオス；日本；アフリカ系アメリカ；マヤ；西インド諸島；エジプト；ナイジェリア．

275B キツネとザリガニの競走

ザリガニ(カニ，カエル，ヒキガエル，ダニ，カメレオン)はキツネのしっぽにつかまり，勝つ[K11.2]．

一部のアジアの類話では，動物たちが跳躍を競い合う．小さい動物が大きい動物につかまり，勝つ．参照：話型221A, 250.

コンビネーション 9, 9A.
注 13世紀のドイツの写本に記録されている．
類話(～人の類話) フィンランド；エストニア；リーヴ；ラトヴィア；リトアニア；

ラップ, ヴォート；コミ；スウェーデン；ノルウェー；アイルランド；フランス；スペイン；バスク；カタロニア；フリジア；フラマン；ワロン；ドイツ；イタリア；チェコ；スロバキア；スロベニア；マケドニア；ブルガリア；ギリシャ；ポーランド；ソルビア；ロシア, ベラルーシ, ウクライナ；トルコ；ヤクート；カザフ；カラカルパク；タジク；モンゴル；アラム語話者；中国；朝鮮；カンボジア；マレーシア；インドネシア；日本；アメリカ；アフリカ系アメリカ；メキシコ；プエルトリコ；南アメリカインディアン；マヤ；チリ；アルゼンチン；西インド諸島；ギニア；ベナン；東アフリカ；スーダン, アンゴラ；南アフリカ；マダガスカル.

275C　野ウサギとハリネズミの競走 (旧話型 275A* を含む)

遅い動物が，速い動物を出し抜く．ハリネズミ(カメ，貝，カタツムリ)は，親族(妻)に競走区間の向こう端で待つよう頼む，または数匹の親族を競走区間に沿って配置する．野ウサギ(キツネ，ジャッカル)は端から端まで走り，ついには疲れ果ててしまう[K11.1]．参照：話型 1074.

注　1840 年に北ドイツで出版されている．ブクステフーデの地域と結びつけられていたが，L. ベヒシュタイン(Bechstein/Uther 1997 I, No. 60)によって広められた．由来説明の伝説に結びついていることもある．

類話(〜人の類話)　フィンランド；フィンランド系スウェーデン；エストニア；ラトヴィア；リトアニア；スウェーデン；イギリス；フランス；スペイン；ポルトガル；オランダ；フリジア；フラマン；ドイツ；イタリア；マルタ；ハンガリー；スロベニア；ギリシャ；ポーランド；ベラルーシ, ウクライナ；トルコ；ジプシー；オセチア；ブリヤート；トゥヴァ；イラク；イラン；ビルマ；カンボジア；マレーシア；ミクロネシア；北アメリカインディアン；アフリカ系アメリカ；マヤ；キューバ, プエルトリコ；南アメリカインディアン；エクアドル；ペルー, アルゼンチン；エジプト, アルジェリア, モロッコ；東アフリカ；南アフリカ；マダガスカル.

275A*　話型 275C を見よ.

275C*　カエルとカタツムリの競走

カエルは道にある門を通れず，待たなければならないので負ける．カタツムリは門を這って越える.

類話(〜人の類話)　スペイン；カタロニア；ポルトガル；オランダ；ワロン；イタリア.

276　カニが後方に歩く：それは両親から習った

カニの父親(母親)が，子どもにまっすぐ歩くことを強いようとする．子どもは，まず親がまっすぐ歩くべきだと答える[J1063.1, U121.1].

注 『イソップ寓話』(Perry 1965, 482 No. 322). ギリシャ語およびラテン語の諺でも知られている.
類話(～人の類話) ラトヴィア；リトアニア；フランス；スペイン；カタロニア；オランダ；ドイツ；ハンガリー；チェコ；ブルガリア；ポーランド；日本；マヤ；中央アフリカ.

276** 話型 282C* を見よ.

277 カエルたちの王

カエルたち(アリたち)が神(ジュピター)に王を要求すると，神は水の中に丸太を投げる．カエルたちは満足しない．神がツル(コウノトリ，ヘビ)を王にするために送り込むと，ツルはカエルたちを平らげてしまう．カエルたちは，自分たちが最初の王で満足しなかったことを後悔する[J643.1]．参照：話型 231**.

注 『イソップ寓話』(Perry 1965, 429 No. 44).
類話(～人の類話) フィンランド；エストニア；ラトヴィア；リトアニア；アイルランド；フランス；スペイン；オランダ；フラマン；ドイツ；ハンガリー；チェコ；ユダヤ；マダガスカル.

277A カエルが雄牛のように大きくなろうと無駄な努力をする

カエルは体を膨らませ，ついには破裂する[J955.1]．参照：話型 228.

注 『イソップ寓話』(Perry 1965, 488 No. 376).
類話(～人の類話) フィンランド；フィンランド系スウェーデン；エストニア；ラトヴィア；リトアニア；カレリア；フランス；スペイン；カタロニア；ポルトガル；オランダ；フリジア；ドイツ；イタリア；ハンガリー；チェコ；スロベニア；セルビア；ブルガリア；ギリシャ；ウクライナ；オセチア；シベリア；インド；中国；フィリピン；日本；フランス系アメリカ；アフリカ系アメリカ；メキシコ；マヤ；東アフリカ；エチオピア.

278 互いに結び合ったカエルとハツカネズミ (旧，クマネズミとカエルが沼を渡るために互いの足を結びつける)

カエル(ヒキガエル)が湖(沼)を渡るために，自分の両足とハツカネズミの両足を結びつける．途中でカエルはハツカネズミを溺れさせそうになる．ハヤブサが，カエルとハツカネズミを連れ去り，両方とも食べる[J681.1]．参照：話型 78, 78A.

注　『イソップ寓話』(Perry 1965, 490f. No. 384).
類話(～人の類話)　フィンランド；エストニア；ラトヴィア；フランス；スペイン；カタロニア；ポルトガル；オランダ；ドイツ；ハンガリー；チェコ；ブルガリア；ギリシャ；ウクライナ；タジク；アフガニスタン；インド；インドネシア；モロッコ.

278A　カエルが道路の水たまりで暮らすことにこだわる

あるカエルが，いっしょに湖に移り住もうという別のカエルの助言を無視する．カエルはひかれる[J652.1，参照 J1064.1].

注　『イソップ寓話』(Perry 1965, 433f. No. 69).
類話(～人の類話)　フランス；スペイン；ポルトガル；スイス；ギリシャ；グルジア；インド；日本；コスタリカ；マヤ.

278A*　カエルたちが井戸に飛び込まないことに決める

自分たちの泉が干上がると，カエルたちは井戸に飛び込むことを考える．カエルたちは，井戸も干上がっているかもしれないし，そうすると出てこられなくなると判断する[J752.1].

注　『イソップ寓話』(Perry 1965, 429 No. 43).
類話(～人の類話)　ラトヴィア；フランス；イタリア.

278C*　150A* を見よ.

279*　カニに巻きつこうとするヘビが体をまっすぐに伸ばすことを拒む

ヘビとカニがいっしょに暮らすことにする．しかしヘビはカニにあまりにもぴったりと巻きつく．カニはヘビをいやがり，殺す．するとヘビはまっすぐになり，カニはこれなら友達になれるかもしれないと思う.

注　『イソップ寓話』(Perry 1965, 458f. No. 196).
類話(～人の類話)　フランス；ギリシャ.

280　アリが自分と同じくらいの大きさの荷物を運ぶ

アリとワタリガラス(熊)が，自分と同じくらいの大きさの荷物を木の上に運び上げることができるかを競い合う．アリが勝つ[A2251.1].

しばしば由来説明と結びついている(なぜワタリガラスは3月に卵を産むか，なぜ熊はアリを食べるか).

類話(～人の類話) フィンランド；エストニア；リトアニア；ポーランド；ベラルーシ，ウクライナ．

280A アリとコオロギ (旧，アリと怠惰なコオロギ)

夏の間，アリは冬に備えて食料を集めるが，コオロギ(バッタ)は歌っている．冬になり，コオロギがアリに食料を乞うが，アリは助けることを断り，コオロギに踊るよう勧める[J711.1]．

注 『イソップ寓話』(Perry 1965, 443 No. 112)．
類話(～人の類話) フィンランド；エストニア；ラトヴィア；リトアニア；ラップ；カレリア；ノルウェー；アイルランド；フランス；スペイン；バスク；カタロニア；ポルトガル；オランダ；フラマン；ドイツ；イタリア；ハンガリー；チェコ；スロベニア；セルビア；クロアチア；ルーマニア；ブルガリア；ギリシャ；ウクライナ；ユダヤ；オセチア；タジク；グルジア；カンボジア；ニュージーランド；北アメリカインディアン；フランス系アメリカ；スペイン系アメリカ；マヤ；モロッコ；ギニア；東アフリカ；コンゴ．

281 蚊たちのさまざまな説話 (旧，蚊と馬)(旧話型 281A* を含む)

この話型には，おもに4つの異なる型がある．

(1) 蚊たちが馬を殺そうとする．馬がごろりと転がると，蚊たちは，自分たちが馬を投げたと思う[J953.6]．

(2) 何匹かの蚊が雄牛の角に止まったことを謝る．しかし雄牛は蚊の重さに気づいていなかった[J953.10]．

(3) 蚊たちはライオンを負かすが，クモの巣にかかって殺される．[L478]．

(4) 男が泥だまりから水牛を追い立てることができない．1匹の蚊が追い立てることに成功する[L315.6]．(旧話型 281A*.)

注 2番目と3番目の型は，『イソップ寓話』(Perry 1965, 448 No. 137, 473 No. 255)．
類話(～人の類話) フィンランド；エストニア；ラトヴィア；フランス；ルーマニア；ギリシャ；ロシア，ベラルーシ，ウクライナ；ユダヤ；グルジア；イラク；インド；中国；インドネシア．

281A* 話型 281 を見よ．

282A* ノミとハエ (旧話型 293F* を含む)

2匹の虫(しばしば，虫と病気，熱と痛風といった2つの病気，クモと鼻汁，鼻汁と排泄物)が出会い，自分たちの暮らしについて不平を言う．ノミは田舎暮らし(貧しい人たち)に不満であり，ハエは町の暮らし(裕福な人たち)に不満である．それでノミとハエは住む所を交換し，満足する[J612.1].

注 『イソップ寓話』(Perry 1965, 535 No. 587)．ジャック・ド・ヴィトリ(Jacques de Vitry)の『一般説教集(*Sermones vulgares*)』(Jacques de Vitry / Crane, No. 59)に記録されている．

類話(～人の類話) エストニア；ラトヴィア；リトアニア；フランス；ポルトガル；フリジア；フラマン；ドイツ；ハンガリー；チェコ；スロバキア；ルーマニア；ブルガリア；ギリシャ；ポーランド；ロシア，ベラルーシ，ウクライナ；オセチア；モルドヴィア．

282B* ハエとノミの会話

ノミとハエが自分たちの暮らしについて話す．ノミは寝ている人のぼろ切れの下を夜通し這うので，背中が曲がっている．ハエは人間が自分を捕まえようとして失敗するのを大笑いするので，腫れぼったい目をしている[A2332.1.2].

類話(～人の類話) エストニア；リトアニア；オランダ；ハンガリー；ルーマニア；ブルガリア；ロシア，ウクライナ．

282C* シラミがノミを招待する (旧話型 276** を含む)

シラミが，泊まりに来るようノミを招待する．ノミは眠っている人にかみついて跳びのく．寝ていた人は，ベッドを探してシラミを見つけ，殺す[J2137.1]．ノミと南京虫が両方とも殺されることもある．参照：話型 282A*, 282B*, 283.

注 インドとアラビア起源，例えば，『ヒトーパデーシャ(*Hitopadeśa*)』(III, No. 4b)，および『カリラとディムナ(*Kalila and Dimna*)』．ヨーロッパでは，13 世紀にカプアのジョヴァンニ(John of Capua)の『人生の規範(*Directorium humanae vitae*)』(II, 12)に記録されている．

類話(～人の類話) フィンランド；エストニア；リトアニア；ラップ；フランス；スペイン；ハンガリー；チェコ；モンゴル；シリア；インド；中国；エジプト．

282D* ノミとシラミが女の尻と膣で夜を過ごす

ノミとシラミが女の尻と膣で夜を過ごす．翌朝，ノミとシラミは自分の身に何が起きたかお互いに話す．女は性交をしていたのだった．

類話(～人の類話) エストニア；ノルウェー；フランス；オランダ；フリジア；フラマン；ドイツ；ギリシャ；ロシア；ウクライナ；マヤ.

283 クモとハエ (旧，クモがクモのカーテンで休むようハエを招待する)(旧話型283A* を含む)

この説話には，おもに2つの異なる型がある.

(1) クモが，クモの「カーテン」で休むようハエ(スズメバチ)を招待する．しかし本当はそれはクモの巣で，クモはハエを食べる[K815.2].

(2) クモがたくさんハエを捕まえ，クモは無害だとほかの虫に言うことができるように1匹を放す．しかしもっと多くの虫がクモの巣に来ると，クモは虫たちを食べる.

類話(～人の類話) スペイン；ドイツ；ギリシャ；ロシア.

283A* 話型283を見よ.

283B* ハエの家

ハエ，ハツカネズミ，野ウサギ，キツネ，オオカミが二叉手袋(頭蓋骨)に集まる．熊が手袋の上に座り，みんなつぶす.

類話(～人の類話) フィンランド；エストニア；ラトヴィア；リトアニア；スロベニア；ロシア, ベラルーシ, ウクライナ.

283D* クモがカイコを笑う

クモがカイコの仕事が遅いので笑う．カイコは，自分の仕事は価値が高いけれども，クモの仕事には価値がないと答える．参照：話型137.

類話(～人の類話) ラトヴィア；オランダ；ドイツ.

283H* 糞虫がワシの卵を壊し続ける

糞虫がワシの卵を壊し続ける．とうとうワシは，空に飛んでいって，ゼウスの膝の上に卵を産む．糞虫はゼウスが前掛けを振るように仕向け，卵を壊す[L315.7].

注 『イソップ寓話』(Perry 1965, 422 No. 3).
類話(～人の類話) スペイン；カタロニア.

285 子どもとヘビ

子どもがミルクをヘビに分ける．母親はこれを見ると，子どものことが心配になり，ヘビを殺す．まもなく子どもは病気になり，死ぬ[B391.1, B765.6].

コンビネーション　285A, 672.

注　1519/20年にゴットシャルク・ホレン(Gottschalk Hollen)の『説教集(*Sermonum opus*)』(I, 51F)に記録されている.

類話(～人の類話)　フィンランド；ラトヴィア；リトアニア；スウェーデン；イギリス；フリジア；ドイツ；スイス；オーストリア；イタリア；ハンガリー；チェコ；スロバキア；スロベニア；クロアチア；ソルビア；ユダヤ；ジプシー；ダゲスタン；スリランカ；アメリカ；アフリカ系アメリカ；西インド諸島；ナミビア, 南アフリカ.

285A　男とけがをさせられたヘビ (旧，死んだ子どもとヘビのしっぽ)(旧話型285Dを含む)

ヘビがミルクをもらい，男(家族)に幸運(お金[B103.0.4.1])をもたらす．誰かが過って(貪欲さから)ヘビ(ヘビの子)を殺し(傷つけ)，それ以来ヘビは不幸をもたらす[B335.1]．参照：話型156B*.

しばしば男はヘビ(鳥)をなだめようとする．ヘビは受けた痛みを許すことはできないので，拒否する[J15, W185.6]．参照：話型159B.

注　『イソップ寓話』(Perry 1965, 429f. No. 51)．第2部はインドの『パンチャタントラ(*Pañcatantra*)』(III, 5)に記録されている.

類話(～人の類話)　フランス；スペイン；カタロニア；オランダ；ドイツ；イタリア；ハンガリー；チェコ；セルビア；マケドニア；ブルガリア；アルバニア；ギリシャ；ポーランド；ウクライナ；トルコ；ユダヤ；ジプシー；ダゲスタン；トルクメン；タジク；シリア；レバノン；アラム語話者；イラン；インド；エジプト.

285B　落ちてきた木の実が男をヘビから救う

農夫が木の下で眠っていると，ヘビがまさに口の中に這っていこうとする．木の実が木から落ちて農夫を起こす．農夫はヘビを殺し，木の実を食べる[N652]．参照：話型285B*.

類話(～人の類話)　イタリア；スペイン；アルジェリア.

285D　話型285Aを見よ.

285E　ヘビがやすりをかもうとする

ヘビ(イタチ)が鋭い金属のやすりにかみつき，口をけがする．しかしヘビはやすりが血を流していると思う[J552.3].

注　『イソップ寓話』(Perry 1965, 431 No. 59, 439 No. 93).

類話（～人の類話） フランス；スペイン；カタロニア；ポルトガル.

285A* 毒ヘビが子どもたちの食事に毒を入れる

子どもたちの母親が毒ヘビの卵を捨てたので，毒ヘビは，子どもたちの食事に毒を入れる．子どもたちの母親は卵を戻す．毒ヘビは毒入りの食事の入った鍋をひっくり返す．

類話（～人の類話） ラトヴィア：リトアニア：ブルガリア：ポーランド：ウクライナ：ユダヤ：グルジア；レバノン, エジプト.

285B* ヘビが人の腹の中に住む（旧，ヘビが人間の腹からおびき出される）

男（女）が口を開けて木の下で寝ている．ヘビが気づかれずに体の中に入る．すると男は病気になったと感じる．

一部の類話では，ヘビは自分の子どもといっしょに体から出る．ヘビがミルク（水）で体からおびき出されることもある[B784.2.1.1，参照 B784.2.1]．参照：話型 285B.

注 インド起源.
類話（～人の類話） フィンランド；エストニア；スコットランド；アイルランド；イギリス；スペイン；カタロニア；ポルトガル；オランダ；フリジア；ドイツ；イタリア；ポーランド；アメリカ；スペイン系アメリカ；イラク, ペルシア湾, カタール；オーストラリア；エジプト, アルジェリア；モロッコ；スーダン；ナミビア.

288B* 急ぎすぎたヒキガエル（甲虫）

ヒキガエルが何年もかけて階段を登る．最後の段で落ちてしまい，自分が急いだことを呪う[X1862]．参照：話型 288B**, 2039.

注 諺（ゆっくり急げ（Festina lente），せいては事を仕損じる（haste makes waste））の例として.
類話（～人の類話） ラトヴィア；リトアニア；スペイン；ポルトガル；ドイツ；イタリア；マルタ；ブルガリア；ウクライナ；アルゼンチン；西インド諸島；エチオピア.

288B** ゆっくり急げ（Festina lente）

男が隣の町に行く道を尋ねると，急がないよう助言される．それでも男が急ぐと，車が壊れるか，馬がけがをする[L148.1]．参照：話型 2039.

注 諺として流布している.
類話（～人の類話） カタロニア；ドイツ.

288C* 慎重なカメ

神に雨を乞うために，カメが動物たちに送り出される．2か月後，動物たちはカメを探しに行く．動物たちがカメを悪く言うと，カメは岩の下から頭を上げ，動物たちを叱責する．

類話(～人の類話) スペイン；ウクライナ；プエルトリコ．

289 コウモリと水鳥とイバラの茂みが乗った船が難破する

コウモリとイバラの茂みと潜水鳥がいっしょに商売をしようと思う．コウモリはお金を貸りてきて，イバラの茂みは服を着て，潜水鳥は革を持ってくる．彼らの船は難破するが，みんな生き延びる．それ以来，潜水鳥は自分の革を捜して水の中を見るようになり，イバラの茂みは，自分の服を捜して，通りかかる人に誰それかまわずしがみつく．コウモリは借金取りから逃げるために，夜しか姿を現さない[A2275.5.3，参照 A2471.4, A2491.1]．

注 動物と物の特性を説明する『イソップ寓話』(Perry 1965, 453 No. 171)．
類話(～人の類話) エストニア；ラトヴィア；リトアニア；フランス；オランダ；ドイツ；ハンガリー；スロベニア；アブハズ；アメリカ；スペイン系アメリカ；南アメリカインディアン．

291 いんちきな綱引き

1匹の小さい動物(穴ウサギ，カメ)が2頭の大きい動物(象，カバ，クジラ)に綱引きを挑む．そして小さい動物は，大きい動物たちが知らず知らずに互いに引っ張り合うように手はずを整える(綱の一方の端は木に結ばれている)[K22]．

類話(～人の類話) インド；イギリス系カナダ；アフリカ系アメリカ；メキシコ；南アメリカインディアン；マヤ；ペルー；ブラジル；西インド諸島；ナイジェリア；中央アフリカ．

292 ロバがコオロギの声を手に入れようとする

ロバがコオロギに，何を食べるとそんな声になるのかと尋ねる．答えは「露」である．ロバは露しか食べず，飢え死にする[J512.8]．

注 『イソップ寓話』(Perry 1965, 456 No. 184)．
類話(～人の類話) ハンガリー；ギリシャ．

293 腹と体の部位の討論

手足などの体の部位が，腹がなまけもので大食いであることをとがめる．体の部位は食べ物を運ぶことを拒むが，体の部位と腹は互いに依存し合っているので，自分自身を害することになる[J461.1]．

この話型には，さまざまな対立者が登場する類話がある．例えば家と石(セルビア)や，ヘビの頭としっぽ(Babrius/Perry 1965, No. 134)．

注 『イソップ寓話』(Perry 1965, 446f. No. 130)．古代のバビロニア起源．

類話(～人の類話) エストニア；リトアニア；フェロー；フランス；スペイン；ポルトガル；オランダ；ドイツ；イタリア；ハンガリー；チェコ；スロベニア；セルビア；ロシア；ユダヤ；グルジア；パレスチナ；中国；マレーシア；インドネシア；日本；スペイン系アメリカ；エジプト；ガーナ；エチオピア；マダガスカル．

293B* キノコがオークの苗木をののしる

キノコにオークの苗木がぴったりくっついてくるので，キノコがオークの苗木をののしる．3日後にキノコは崩れ落ちる．オークの木は育ち続ける．

類話(～人の類話) エストニア；ラトヴィア；リトアニア；ラップ；ブルガリア；ベラルーシ，ウクライナ．

293C* 田舎のハエと町のハエ (旧，人と人の仲間)

集会で，町のハエたち(プロシア出身のハエたち)が，自分たちは食事の中に落ちると，銀のスプーンですくい出され，なめられると言う．田舎のハエたち(リトアニア出身のハエたち)は，自分たちはスプーンの中身といっしょに投げ出されるから，いつでも十分食べ物があると言う．

類話(～人の類話) フィンランド；リトアニア；モルドヴィア；シリア，エジプト．

293D* ホップとカブの口論

ホップ(豆)とカブ(タマネギ)が侮辱し合う．後に彼らは仲直りし，褒め合う．参照：話型 239E*．

類話(～人の類話) エストニア；ラトヴィア；ノルウェー；スペイン，バスク；ブルガリア；ウクライナ．

293E* 穀物が話し合う

大麦(トウモロコシ)は，黄金が見つかる所に行きたがる．小麦は，自分自身が黄金であると答える．

一部の類話では，穀物が侮辱し合い，称賛し合う．参照：話型 293D*.

類話(～人の類話) エストニア；ラトヴィア；スペイン，バスク；ポルトガル；ブルガリア；ギリシャ；ロシア.

293F* 282A* を見よ.

293G* ハリネズミとシリング硬貨と紳士

ハリネズミが1シリングを見つけるが，若い紳士がそれを奪う．ハリネズミは紳士に「おまえは一文無しだから，おれから取ったんだろ」と叫ぶ．紳士はシリング硬貨を投げ返す．するとハリネズミは「怖いから，おれに返したんだろ」と叫ぶ.

類話(～人の類話) ラトヴィア；リトアニア；ロシア.

294 月々と季節

この雑録話型は，由来説明や象徴的な行動を伴うさまざまな説話からなる．例えば次の説話.

(1) 暦の月同士が招待し合い，お互いを脅す.

(2) 何月がいちばんいいかという質問に関する類話もある．いちばんいい答えは，どの月にもすばらしい特徴があるというもので，この答えが，そう答えた者に幸せをもたらす．参照：話型 480.

類話(～人の類話) エストニア；ラトヴィア；フランス；スペイン；バスク；カタロニア；ポルトガル；オランダ；コルシカ島；マルタ；ハンガリー；ルーマニア；ブルガリア；ギリシャ；ロシア，ウクライナ.

295 豆(ハツカネズミ)と藁と炭 (旧話型 2034A を含む)

炭と藁がストーブの炎から逃げる．豆が火にかけられた鍋から逃げる．炭と藁と豆は旅に出る．彼らは川を渡らなければならず，藁が橋になる．炭が藁を燃やしてまっぷたつにし，炭も藁も川に落ち，溺れる．豆は炭と藁を笑い，ついにははじける．誰かが豆を縫い合わせ，それが豆に黒い線がある理由である[F1025.1, A2741.1, A2793.1, Z41.4.1]．参照：話型 130, 210.

コンビネーション 2034.

注 16 世紀に例えばブルクハルト・ヴァルディス(Burkhard Waldis)の『イソップ(*Esopus*)』(III, 97)に記録されている.

類話(～人の類話) フィンランド；エストニア；ラトヴィア；リーヴ，コミ；デンマーク；フェロー；フランス；スペイン；カタロニア；オランダ；フリジア；フラマン；ドイツ；スイス；ラディン；ハンガリー；スロバキア；スロベニア；ギリシャ；ソルビア；ロシア, ウクライナ；ジプシー；チェレミス/マリ；モルドヴィア；ネネツ；トゥヴァ；タジク；グルジア；インド；中国；日本；西インド諸島；カメルーン；ナミビア/南アフリカ.

296　川に浮かぶ陶製の鍋と真鍮の鍋

2個の鍋が川に浮かんでいる．陶製の鍋は，真鍮の鍋にぶつかって壊れることを恐れる[J425.1].

注　『イソップ寓話』(Perry 1965, 488 No. 378).
類話(～人の類話)　フランス；スペイン；カタロニア；ポルトガル；ドイツ；チェコ.

297B　キノコたちの戦争

あるキノコがすべてのキノコを戦争に招集する．1種類のキノコを除いて，すべてのキノコが拒否する.

類話(～人の類話)　ロシア, ウクライナ；中国.

298　風と太陽の競い合い

風と太陽が旅人のコートを脱がせようとする．風が激しく吹くと，旅人はコートをさらにしっかりと身に引き寄せる．太陽はその暖かさで成功する[L351].

注　『イソップ寓話』(Perry 1965, 429 No. 46).
類話(～人の類話)　フィンランド；エストニア；ラトヴィア；リトアニア；フェロー；アイルランド；フランス；スペイン；カタロニア；フリジア；ドイツ；イタリア；ハンガリー；チェコ；スロベニア；ブルガリア；ポーランド；ベラルーシ；ユダヤ；オセチア；ウズベク；インド；インドネシア；北アメリカインディアン.

298A　霜の神とその息子

2人の霜が，毛皮のコートを着た紳士と農夫を寒さで震えさせることにする．紳士は霜にたいそう苦しむ．もう一方の霜は農夫の古い毛皮のコートに忍び込む．農夫が薪を割るためにコートを脱ぐと，コートの毛皮は固く凍る．農夫がコートを叩き，霜も打ちのめされる．参照：話型71.

類話(～人の類話)　フィンランド；エストニア；ラトヴィア；リトアニア；カレリア；ポーランド；ロシア, ベラルーシ, ウクライナ；チェレミス/マリ.

298A*　男が風に挨拶する（旧話型 298B* と 1097* を含む）

この説話には，おもに3つの異なる型がある．

(1)　太陽，霜(月)，風が農夫に出会う．農夫は彼らのうちの1つに挨拶する．太陽と霜と風は，誰が挨拶されたのかわからず，農夫に尋ねる．農夫は，風は猛烈な暑さと寒さから守ってくれるから，風に挨拶したのだと答える．

(2)　寒さと風が主権争いをし，農夫に意見を求める．農夫は風に優位を認める．寒さはこの答えに仕返しをしようとするが，風が農夫を助け，農夫は収穫を失わずにすむ．（旧話型 298B*.）参照：話型 846*.

(3)　寒さと風が自分たちの強さを競い合う．風が寒さを負かす．（旧話型 1097*.）参照：話型 71.

類話(～人の類話)　フィンランド；フィンランド系スウェーデン；エストニア；ラトヴィア；リトアニア；リュディア；フランス；オランダ；ハンガリー；ルーマニア；ブルガリア；カシューブ語話者；ロシア，ベラルーシ，ウクライナ；ユダヤ．

298B*　話型 298A* を見よ．

298C*　葦が風(洪水)にしなる

葦とオークが，どちらのほうが強いか言い争う．葦は風にしなって身を守るが，オークは根こぎにされ，葦が勝つ．

一部の類話では，イバラの茂みが美しい松の木に，「いつか松の木が切り倒されるとき，松の木はイバラの茂みと代わることができればいいのにと思うことだろう」と言う．

注　最初の部分は『イソップ寓話』(Perry 1965, 434 No. 70)である．
類話(～人の類話)　ラトヴィア；フランス；スペイン；カタロニア；ポルトガル；オランダ；フリジア；ドイツ；ハンガリー；チェコ；ユダヤ；インド；中国．

299　山がハツカネズミを産む

山が産気づくが，ハツカネズミ1匹しか産まない[U114].

注　『イソップ寓話』(Perry 1965, 522 No. 520)．諺として流布している．
類話(～人の類話)　フランス；スペイン．

魔法昔話

超自然の敵 300-399

300　竜退治をする男

若者が(例えば，交換によって)3 匹の不思議な力を持った犬を手に入れる[B421, B312.2]．若者が町に来ると，町では人々が喪に服している．若者は，(頭が 7 つある)竜[B11.2.3.1]が年に 1 度乙女を生け贄として要求することを知る[B11.10, S262]．その年は王の娘が生け贄に選ばれ，王は娘を救った者に褒美として娘を与えることにしている[T68.1]．若者は指定の場所に行く．竜との戦いを待つ間に，若者は魔法の眠りに落ち[D1975]，その間に姫は指輪(リボン)を若者の髪に結びつける．姫の目からこぼれる涙の 1 粒が，若者の目を覚ます[D1978.2]．

若者は犬たちとともに，竜を打ち負かす[B11.11, B524.1.1, R111.1.3]．若者は竜の頭を切り落とし，舌を切り取る(歯を取っておく)[H105.1]．若者は，1 年(3 年)たったら戻ると姫に約束して，去る．

ペテン師(例えば，御者)が竜の頭を持って帰り，姫を救ったのは自分だと姫に無理やり言わせ[K1933]，褒美として姫を要求する[K1932]．姫は結婚式を遅らせるよう父親に頼む．まさに姫がペテン師と結婚しようとしているとき，竜を退治した男が戻る．男は犬たちに王のテーブルから食べ物を取ってこさせ，結婚祝賀会へ呼び出される[H151.2]．竜を退治した男は，そこで竜の舌(歯)を見せて自分が救済者だったことを証明する[H83, H105.1]．ペテン師は死刑を宣告され，竜を退治した男が姫と結婚する．参照：話型 301, 303, 314, 315, 502, 530, 554.

コンビネーション　通常この話型は，1 つまたは複数の他の話型のエピソード，特に 301, 302, 303, 304, 314, 314A, 315, 326, 554, 567, 590，および 327, 327A, 400, 425C, 465, 502, 505, 511A, 516, 516B, 530, 531, 550, 650A, 935, 1115, 1640, 1910 のエピソードと結びついている．

類話(～人の類話)　フィンランド；フィンランド系スウェーデン；エストニア；リーヴ；ラトヴィア；リトアニア；ラップ；リーヴ, ヴェプス, ヴォート, リュディア, カレリア, コミ；スウェーデン；ノルウェー；デンマーク；フェロー；スコットランド；アイルランド；イギリス；フランス；スペイン；バスク；カタロニア；ポルトガル；オランダ；フリジア；フラマン；ワロン；ドイツ；オーストリア；ラディン；イタリア；コルシカ島；サルデーニャ；マルタ；ハンガリー；チェコ；スロバキア；スロベニア；セルビア；ルーマニア；ブルガリア；ギリシャ；ソルビア；ポーランド；ロシア，ベラルーシ，ウクライナ；トルコ；ユダヤ；ジプシー；オセチア；アディゲア，チェレミス/マリ，チュヴァシ，タタール，モルドヴィア；ヤクート；ブリヤート，モンゴル；グルジア；シリア，レバノン，パレスチナ，ヨルダン，イラク，カタール，イエメン；アフガニスタン；パキスタン；インド；ビルマ；中国；朝鮮；インドネシア；日本；イギリス系カナダ；フランス系カナダ；北アメリカインディアン；アメリカ；スペイン系アメリカ；メキシコ；ドミニカ，プエルトリコ；ブラジル；チリ；マヤ；コロンビア；西インド諸島；カボヴェルデ；北アフリカ，エジプト，チュニジア，アルジェリア，モロッコ；東アフリカ；スーダン；コンゴ，西アフリカ，マダガスカル；ナミビア．

300A　橋の上の戦い (旧話型 300A* を含む)

魚を1匹(3匹)食べたあとに，ツァーの娘と，娘のメイドと，雌犬(雌牛，雌馬，猫)が同時に男の子を産む[T511.5.1]．(参照：話型 303.) 3人の息子はいっしょに冒険に出かける[F601]．

動物息子(しばしば愚か者)[B631]は，兄弟たちが眠っている間に，頭が3つある竜[B11.2.3.2]と橋の上で戦う．次の2晩に，頭が6つある竜[B11.2.3.3]，頭が12ある竜[B11.2.3.5]，もしくは頭がたくさんある竜[B11.2.3, B11.11]を打ち負かす(3番目の竜には馬の助けでようやく勝つことができる[B401])．(ハエの姿[D185.3]，猫の姿[D142]などになって)動物息子は，竜の妻たち(竜の娘たち)の会話を盗み聞きし[N451]，竜の妻たちの魔法の力を効かなくし，その結果次のようにして兄弟たちを救う．竜の母親は，3人兄弟を追いかけ，3人兄弟のうち2人を呑み込む[B11.10.3]．動物息子は魔法の鍛冶場に隠れる．動物息子は竜の母親を欺き，竜の母親は呑み込んだ兄弟を吐き出す．鍛冶屋たちといっしょに，動物息子は竜の母親を殺す．それから鍛冶屋たちは竜の母親を鍛造して，馬にする．参照：話型 705A．

一部の類話では，魔法を使うお爺さん(殺された竜の父親)が，勝負(馬の競走)で動物息子を破り，動物息子の馬を持ち去る．お爺さんは，花嫁をもらうために勇者を派遣する(しばしば話型 513A へ移行する)．

この標準的な型に加えて，魔法的な受胎の導入部がない次の2つの版がある．

(1)　竜を退治した男は，竜が盗んだ天の明かりを取り戻して，人間に返す．(旧話型 300A*.) 参照：328A*.

(2)　動物息子は，いちばん強い竜に勝ち，竜の馬をツァーのために取り返す．

コンビネーション　通常この話型は，1つまたは複数の他の話型のエピソード，特に

300, 303, 513A, 531，および 301, 302, 321, 408, 519, 550, 554, 571, 650A のエピソードと結びついている．

注　特に東スラブ地域で流布している．

類話（～人の類話）　フィンランド；エストニア；リーヴ；ラトヴィア；リトアニア；ヴェプス，カレリア；コミ；ドイツ；ハンガリー；チェコ；スロバキア；ルーマニア；ポーランド；ロシア，ウクライナ；ベラルーシ；ジプシー；アブハズ；オセチア；チェレミス/マリ；モルドヴィア；ヴォグル/マンシ；ウイグル；シベリア；グルジア．

300A*　話型 300A を見よ．

301　**３人のさらわれた姫**（旧話型 301A と 301B を含む）

この話型では，さまざまな導入部のエピソードが共通した主部に結びつく．

導入部のエピソード：

(1)　王が３人の娘を地下世界に追放する（王の３人の娘が怪物たちによって地下世界へと誘拐される[H1385.1]）．３人兄弟が（超自然的主人公が並外れた才能を持った仲間といっしょに）娘たちを見つけに行く．

(2)　怪物（竜，ヘビ，等）が王の庭から黄金のリンゴを盗む．３人兄弟（王子）が待ち伏せする．末の弟だけが怪物に傷を負わせることができる．兄弟たちは，怪物の血の跡をつける[F102.1, N773]．

(3)魔法的誕生の子ども（熊の息子，または馬の息子[B631]，涙から生まれた子ども）が，並外れた力を持った若者になる[T615]．若者は冒険（運）を求めて旅に出る．そして並外れた力を持った２人の道連れと仲間になる[F601]．若者たちが食事の準備をすると，小さな男（こびと，悪魔，巨人）に２度邪魔される（こびとが彼らの食事を食べ，料理した者をさんざん殴る）[F451.5.2]．主人公だけが，こびとを捕まえて罰することができる．するとこびとは彼らに地下世界への入り口を教える．

主部：

一行（兄弟たち）は，井戸（縦穴，洞窟）[F92]に来て，主人公（末の弟）を中へ下ろす[F96]．主人公は，（姫の助けで，武器を使って，自分の力だけで，魔法の手段で）怪物（竜，悪魔）を打ち負かし，（３人の）姫を救う[R111.2.1]（姫たちは主人公に贈り物をする）．不実な仲間たちは，姫たちを引き上げるが，主人公を下に残す[K1931.2]（ロープを切る[K963]，籠をひっくり返す）．彼らは，自分たちが姫たちの救済者であると姫たちに言わせる[K1933]．

精霊が主人公に飛ぶ力を授けて助けてくれて（主人公が自分の肉を与えた鳥の助けで[B322.1]，主人公は自分が植えたつるを登り，等），主人公は地上の世界に戻る．姫たちは結婚式を(1年間)遅らせる．結婚式の日に，主人公は城にやって来て投獄される．しかし真実が明るみに出て(主人公が贈り物を見せると，姫たちは主人公のことがわかり[H80])，ペテン師たちは罰せられる(追放される，殺される)[Q262]．主人公は末の姫と結婚し[L161]，王になる．参照：話型300.

一部の類話では，主人公は白い動物(雄羊，羊，雄ヤギ，馬，ライオン，ヘビ)に乗るところを，間違えて黒い動物に乗ってしまい，そのために，地上の世界に戻る前に，地下世界のずっと深い場所へ行かなければならない．最後には白い動物が再び主人公を上に連れていく．

コンビネーション 通常この話型は，1つまたは複数の他の話型のエピソード，特に300, 302, 313, 400, 550, 650A，および300A, 303, 304, 312D, 314, 327B, 400, 402, 506, 513A, 516, 530, 1060, 1088, 1115, 1910のエピソードと結びついている．

類話(～人の類話) フィンランド；フィンランド系スウェーデン；エストニア；ラトヴィア；リトアニア；リーヴ；ラップ；ヴェプス, カレリア；ヴォート；コミ；スウェーデン；ノルウェー；デンマーク；フェロー；アイスランド；スコットランド；アイルランド；イギリス；フランス；スペイン；バスク；カタロニア；ポルトガル；オランダ；フリジア；フラマン；ワロン；ドイツ；オーストリア；ラディン；イタリア；コルシカ島；サルデーニャ；マルタ；ハンガリー；チェコ；スロバキア；スロベニア；セルビア；クロアチア；ボスニア；ルーマニア；ブルガリア；ギリシャ；ソルビア；ポーランド；ロシア；ベラルーシ, ウクライナ；トルコ；ユダヤ；ジプシー；オセチア；アディゲア；チェレミス/マリ；チュヴァシ；タタール, ヴォチャーク, ヴォグル/マンシ；モルドヴィア；アルメニア；ヤクート；カルムイク, モンゴル；ブリヤート；グルジア；シリア；レバノン；パレスチナ；ヨルダン, イラク, ペルシア湾, オマーン, クウェート, イエメン；イラン；アフガニスタン；インド；スリランカ；中国；朝鮮；日本；イギリス系カナダ；フランス系カナダ；北アメリカインディアン；アメリカ；フランス系アメリカ；スペイン系アメリカ；メキシコ；グアテマラ, コスタリカ；パナマ；プエルトリコ；マヤ；チリ；アルゼンチン；西インド諸島；エジプト；リビア；チュニジア；アルジェリア；モロッコ；スーダン；ナミビア；マダガスカル．

301A 話型301を見よ．

301B 話型301を見よ．

301D* **姫の指輪** (旧，竜たちが姫たちをさらう)

姫(ツァーの娘)が散歩に行き，姿を消す．姫の父親は，姫を見つけて助けた者に姫を与えると約束する[T68.1]．ある兵隊が船に乗り，姫を捜しに出かける．人里離れた島で，兵隊は竜(巨人，悪魔)に出会い，竜をワインで酔わせて頭を切り落とし，竜の鍵を取る[B11.11]．兵隊は姫を見つけ，船に連れていく．

まさに出帆しようとしたとき，姫は忘れた指輪が欲しいと言い，兵隊は指輪を取りに戻る．その間に船は去り，そして不実な船長は，姫を救ったのは自分だと言うよう姫に強要する[K1933]．

兵隊は強盗たち(悪魔たち，魔法使い)に奉公し，その家(城)の禁じられた部屋で[C611]，魔法の道具を見つける(報酬としてもらう)．それらの道具の力で兵隊は家に戻る．姫が船長と結婚する日，姫は自分の指輪を見て兵隊のことがわかり[H94]，父親に真実を話し，兵隊と結婚する[L161]．参照：話型 301, 505.

類話(～人の類話) リトアニア；ブルガリア；ロシア, ベラルーシ, ウクライナ；チェレミス/マリ；アルメニア.

302 卵の中に隠された鬼の(悪魔の)心臓 (旧話型 302A*, 302B*, 425P を含む)

動物たちが食事を公平に分けるのを，若者が手伝ったので，若者は動物たちからお礼に，その動物の姿になる力をもらう(若者が動物たちの命を救ったので，または食べ物を与えたので，動物たちは若者に援助を約束する)[B393, B500, D1834]．参照：話型 554.

若者は鬼(巨人，竜，悪魔)にさらわれた姫を救いに行く(超自然の敵にさらわれた妻を救いに行く．参照：話型 400)[R11.1]．若者はワシの姿で鬼の城に着き，アリの姿で姫の部屋に入る[D152.2, D182.2]．若者は姫から，鬼の心臓(生命力，魂)は鬼の体の外に隠されているので[E710]，鬼を負かすことはできないと教わる．姫は鬼から隠し場所を聞き出す[K975.2]．鬼の心臓は，何重にも動物たちの体に包まれて，卵(小さな箱)の中にある[E711.1, E713]．参照：話型 590.

若者は姫の指示に従って，鬼の魂を見つける．そしてそれを破壊する(または恩に報いる動物が若者のために鬼の魂を破壊する[B571.1])．鬼は死に[K956]，若者は姫と結婚する[L161]．参照：話型 665.

コンビネーション 通常この話型は，1つまたは複数の他の話型のエピソード，特に300, 301, 303, 303A, 304, 313, 316, 400, 425, 516, 518, 552, 554, 665, および 302B, 314, 461, 465, 513, 550 のエピソードと結びついている.

類話(～人の類話) フィンランド；フィンランド系スウェーデン；エストニア；ラト

ヴィア；リトアニア；ラップ；リーヴ, ヴェプス, カレリア；スウェーデン；ノルウェー；デンマーク；アイスランド；スコットランド；アイルランド；フランス；スペイン；バスク；カタロニア；ポルトガル；フリジア；フラマン；ドイツ；オーストリア；ラディン；イタリア；コルシカ島；サルデーニャ；マルタ；ハンガリー；チェコ；スロバキア；スロベニア；セルビア；クロアチア；ルーマニア；ブルガリア；ギリシャ；ソルビア；ポーランド；ロシア；ベラルーシ, ウクライナ；トルコ；ユダヤ；ジプシー；オセチア；アディゲア；チェレミス/マリ；モルドヴィア；アルメニア；ヤクート；グルジア；シリア；レバノン；パレスチナ；イラク, クウェート；パキスタン；インド；ビルマ；中国；朝鮮；インドネシア；日本；イギリス系カナダ；フランス系カナダ；北アメリカインディアン；アメリカ；スペイン系アメリカ, メキシコ；マヤ；ドミニカ, プエルトリコ；パナマ；チリ, アルゼンチン；ブラジル；西インド諸島；カボヴェルデ；エジプト；アルジェリア, モロッコ；西アフリカ；スーダン；ナミビア.

302A　話型 462 を見よ.

302B　**剣に託された命**（旧，剣に命を託した英雄）（旧話型 516B を含む）

子どものいない夫婦が魔法的な受胎によって息子を授かる[T510]．あるお爺さん（父親，神）がその息子に剣（ナイフ）を授ける．息子はいつもその剣を身につけていなければならない（地面に置いてはならない，さやから出してはならない）．または，3 人兄弟の末の弟が，馬と服とサーベルを父親から相続し，何人かの不思議な力を持った仲間たち（血盟の兄弟分たち）に付き添われ，冒険の旅に出る[F601]．

剣の助けで，若者は王の軍隊を打ち倒し，竜（たち）を殺す．若者の仲間たちは，救出した女たちと結婚する．若者はたぐいまれな美しさの女と結婚する．王は若者の妻の絵を見ると[T11.2]，または若者の妻が海（川）でなくした巻き毛（指輪，サンダル）を見ると，若者の妻に恋し，若者の妻を捕まえるためにお婆さん（魔法使いの女）を送り込む．

お婆さんは，策略により若者の家に入り，剣の秘密を知り[E711.10]，剣を海に投げ込む．力を奪われて，若者は死に，妻は王のもとへ連れていかれる．生命のしるしによって，若者の仲間たちは何が起こったのか知り，剣を回収し，元の状態に戻し，若者を生き返らせる．若者は王の城に忍び込み，妻の部屋に隠れ，王（お婆さん）を殺し，自分が王になる．参照：話型 318.

コンビネーション　302, 303, 516.

注　紀元前 13 世紀に記録されているエジプトの 2 人兄弟の説話は，話型 302B, 318, 870C* の 3 つの異なる話型の要素を含んでいる．

類話(～人の類話) リトアニア；スウェーデン；マケドニア；ブルガリア；ギリシャ；トルコ；ユダヤ；アディゲア；クルド；アルメニア；カザフ；ウズベク；カルムイク；モンゴル；トゥヴァ；グルジア；イラク；オマーン，クウェート，カタール，イエメン；イラン；パキスタン；インド；ビルマ；スリランカ；ネパール；中国；日本；エジプト，アルジェリア；モロッコ；ソマリア；タンザニア．

302A* 話型302を見よ．

302B* 話型302を見よ．

302C* **魔法の馬**（旧話型422*を含む）

亡くなった王の遺志に従い，王の末の息子は3人の姉を，彼女たちのところへ最初に来た求婚者たちと結婚させる．王子は姉たちの夫を訪問し，彼らが3つの動物王国の支配者であることを知る．

王子は妻を得る．妻は王子に，ある特定の部屋に入ることを禁じる［C611］．しかし王子は禁令を破り，壁に釘づけにされていた(輪に閉じこめられていた)竜(デーモン)をよみがえらせてしまう．竜は自由になり，王子の妻をさらう．王子は妻を捜し，3回妻と逃げようとする．竜は魔法の馬に乗って2人を連れ戻す．しかし3回は命を取らないでやると約束したので，竜は王子を殺さない．しかし4回目には竜は王子を切り裂く．

災難にあったという合図で，義理の兄弟たちは王子が危機に陥ったことを知り，かけつけて王子を生き返らせる．王子は竜のところに戻り，妻に魔法の馬がどこから来たのか調べるよう頼み，ある魔女が魔法の馬を持っていることを知る．

魔女のところに行く途中，王子は3種の動物から感謝される．3種の動物は，王子が地面の中と雲の中と海の中にいる魔女の3頭の馬(娘)の面倒を見る手伝いをする．報酬として，王子は疥癬にかかっている子馬を選ぶ．子馬は(脚がよけいにある)魔法の馬に変身する．王子と妻はその馬に乗って逃げる．魔法の馬は，竜の馬の兄弟で，追ってくる竜の馬に強いて，乗っている竜を振り落とさせる．竜は死に，王子は妻とともに帰郷する．参照：話型552.

コンビネーション 317, 552, 554, 556F*.

類話(～人の類話) フィンランド；エストニア；リトアニア；ドイツ；ハンガリー；チェコ；スロバキア；ボスニア；ルーマニア；ポーランド；ロシア；ベラルーシ；ジプシー；オセチア．

303　双子または血を分けた兄弟 (旧話型 553 と 581 を含む)

女が魔法の魚(リンゴ，水)を食べたあとに[T511.5.1, T511.1.1, T512]，双子を生む．(参照：話型 705A.) 双子の兄弟が動物たちを殺さなかったので，そのことに感謝した動物たちが，成長した兄弟のお供をする．または動物たちが自分たちの子どものうち１匹または複数の子どもを兄弟に与える．(兄弟は珍しい動物たちをもらう．または珍しい動物たちを獲得する．または珍しい動物たちを育てる．一部の類話では，動物たちは兄弟と同時に生まれる[T589.7.1].)

兄弟の１人が，自分の動物たちを連れて出発する．兄弟は別れるとき，彼らのうち１人が死の危険に陥って助けを必要としているときに警告を発する生命のしるしを定める．そのしるしとは，水が濁る，植物か木が枯れる，木に刺したナイフが錆びる，等である[E761]．１人目の兄弟は姫(3 人の姫)を竜(トロルたち)から救い出し，姫の救済者を装ったペテン師(「赤い騎士」)の正体を暴き，姫と結婚する[R111.1.3, K1932, H83, L161]．参照：話型 300.

警告に逆らって，主人公は明かりのあとをつける[G451](主人公は動物に誘惑される)．主人公は魔女の魔力に落ちて，石に変えられる[D231]．主人公の双子の兄弟は，生命のしるしによって警告を受け，主人公を探索する旅に出る．双子がそっくりだったので，姫は主人公の兄弟を自分の夫と間違える[K1311.1]．夜，主人公の兄弟はベッドで自分と義理の姉妹の間に抜き身の剣を置く[T351]．それから彼は魔女を見つけて，主人公の魔法を解かせて，魔女を殺す．主人公は，自分の兄弟が自分の妻と寝たことを知り，嫉妬から彼を殺す[N342.3]．あとで彼は妻に，なぜベッドに剣を入れておいたのかと尋ね，自分の兄弟が潔白であったと知る．殺された兄弟は魔法の手段(命の水)によってよみがえらされる[B512].

一部の類話では，若者がカラス(ツル，ワシ)の命を救う．お礼として，彼は魔法の道具を手に入れる．若者は，海の怪物との戦いに勝ち，3 人の姫を救い出し，そのうちのいちばん若い姫と結婚する．(旧話型 553.)

コンビネーション　通常この話型は，１つまたは複数の他の話型のエピソード，特に 300, 302, 314，および 304, 313, 315, 318, 327B, 513A, 550, 554, 705A, 1000, 1003, 1006, 1051, 1052, 1072, 1088, 1120 のエピソードと結びついている．しばしば話型 567 が導入部となる.

類話(～人の類話)　フィンランド；フィンランド系スウェーデン；エストニア；ラトヴィア；リトアニア；ラップ；リーヴ, カレリア；スウェーデン；ノルウェー；デンマーク；フェロー；スコットランド；アイルランド；フランス；スペイン；カタロニア；ポルトガル；オランダ；フリジア；フラマン；ワロン；ドイツ；オーストリア；ラディン；イタリア；サルデーニャ；マルタ；ハンガリー；チェコ；スロバキア；スロベニア；ボスニア；ルーマニア；ブルガリア；ギリシャ；ポーランド；ロシア；ベラルーシ，ウクライナ；トルコ；ユダヤ；ジプシー；オセチア；アディゲア；チェレミス/マリ；チュヴァシ，モルドヴィア；ヴォグル/マンシ；アルメニア；ヤクート；トルクメン；タジク；グルジア；シリア；パレスチナ；ヨルダン；イラク；イラン；インド；中国；インドネシア；日本；フランス系カナダ；北アメリカインディアン；アメリカ；フランス系アメリカ；スペイン系アメリカ，メキシコ；ドミニカ，プエルトリコ，アルゼンチン；ブラジル；チリ；西インド諸島；カボヴェルデ；エジプト，リビア，アルジェリア，モロッコ；東アフリカ；ナミビア；マダガスカル．

303A　兄弟たちが妻になる姉妹たちを探す（旧，6 人兄弟が妻になる 7 人姉妹を探す）

大人数の兄弟（通常 6 人兄弟，12 人兄弟，100 人兄弟）が，家に残る末の弟と自分たちの妻となる大人数の姉妹を見つけるために出発する[T69.1]．途中でお爺さん（巨人，トロル）が，兄弟と彼らの花嫁を石に変えて，末の花嫁を自分のものにする[D231, R11.1]．

末の弟はいなくなった兄たちを捜しに行き，そしてお爺さんの家に着く．お爺さんの家で，末の弟は末の花嫁を見つける．花嫁は，お爺さんの心臓（生命）がある鳥の中に収められていると末の弟に教える[E715.1]．末の弟が途上で餌をあげたことに感謝した動物たちの助けで，末の弟はその鳥を捕まえて殺し，その結果お爺さんを殺す（末の弟は，さまざまな課題を成し遂げることによって，兄弟と花嫁たちを救う）．兄弟と花嫁たちは元どおり生き返る[R155.1]．参照：話型 302.

一部の類話では，兄弟たちは魔女の娘たちと結婚する．夜の間に，ベッドの中で兄弟たちは自分の場所と妻の場所を取り替える．魔女は自分の娘たちを殺す．参照：話型 1119.

コンビネーション　通常この話型は，1 つまたは複数の他の話型のエピソード，特に 300, 302, 314, 327B, 328, 513A, 531, 550, 1119 のエピソードと結びついている．

類話（～人の類話）　フィンランド系スウェーデン；エストニア；ノルウェー；デンマーク；フランス；ドイツ；ハンガリー；スロバキア；スロベニア；セルビア；クロアチア；ボスニア；ルーマニア；ギリシャ；ベラルーシ；トルコ；ユダヤ；ジプシー；オセチア；ダゲスタン；クルド；カザフ；ウズベク；タジク；モンゴル；トゥヴァ；グルジア；シリア，パレスチナ，ペルシア湾；エジプト；アルジェリア，スーダン．

304 危険な夜番（旧，狩人）

若者（3人兄弟の末の弟，狩人，王子，兵隊，等）が，兄弟たち（仲間たち）とともに，さまざまな狩りの冒険をする．または森（父親の墓）で1晩（3晩）夜番をしているときに，竜たち（野獣たち，怪物たち）を打ち負かす．若者が戦っている間に，火（明かり）が消えてしまう（若者は道に迷う，鳥に誘われて遠くへ連れていかれる）．若者は（時間を止めて）巨人たち（強盗たち，超自然の存在たち）に出会う．巨人たちは若者の射撃の腕前に[F666.1]，または並外れた体力に感心する．

巨人たちは城（町）に略奪しに行くのに，または，姫をさらいに行くのに，若者を連れていく．若者は，番犬（オンドリ）を撃って，最初に城に入り，巨人たちを呼び入れ，巨人たちが入ってくると1つずつ頭を切り落とす[K912]．しばしば若者は巨人たちの舌（頭，身体のほかの部分）を切り落とし，戦利品として持ち去る[H83]．参照：話型300.

城で若者は，姫が寝ている部屋に入る[N711.2]．若者は姫を見て（恋に落ち，キスをし，強姦し），立ち去る前に記念品（宝石，ハンカチ，靴，等）を取り，それが後に証拠となる[H81.1, H81.1.1, T475.2]．参照：話型301, 301D*．それから若者は燃えている薪を持って帰り，（時間を再び動かし）再び火をつける．

ペテン師が，自分が巨人たちを殺したと言って，（妊娠している）姫を妻として要求する．姫はペテン師と結婚することを拒む．姫は宿屋を開く（そこで暮らすことを強いられる）[Q481]．その宿屋では，物語（生涯，ニュース）を語れば，客は何も支払う必要はない．（兄弟と母親に付き添われて）若者はこの宿屋に泊まり，物語と証拠の品によって若者は自分が救済者であることを証明し，姫と結婚する[H11.1.1, H81, L161]．ペテン師は罰せられる．

コンビネーション　通常この話型は，1つまたは複数の他の話型のエピソード，特に300, 302, 303, 552のエピソードと結びついている．

注　19世紀初頭に記録されている．

類話（～人の類話）　フィンランド；リトアニア；スウェーデン；ノルウェー；デンマーク；アイルランド；フランス；スペイン；ポルトガル；フリジア；フラマン；ドイツ；オーストリア；ラディン；ハンガリー；チェコ；スロバキア；セルビア；ルーマニア；ブルガリア；アルバニア；ギリシャ；ポーランド；ロシア，ウクライナ；トルコ；ユダヤ；ジプシー；オセチア；アディゲア；アルメニア；ブリヤート，モンゴル；シリア；ビルマ；朝鮮；フランス系カナダ；アメリカ；イギリス系カナダ；フランス系アメリカ；スペイン系アメリカ；エジプト；アルジェリア；モロッコ；東アフリカ．

305　薬としての竜の心臓の血 [D1500.1.7.3.3]

この説話には，おもに4つの異なる型がある(参照：話型314, 551, 673).

(1)　王が病気になり，自分が竜の心臓のミルクと血でなければ治らないことを知る．王は薬を手に入れることができた者にはいちばん上の娘を，手伝った者にはいちばん下の娘を与えると約束する．貴族と農夫の少年が出発し，お婆さんの助けで竜の森に着く．農夫の少年が竜を殺し，ミルクと血を竜の心臓から絞り出し，それらを隠す．貴族は農夫の少年を殺すと脅して，竜の心臓を取り，王にその心臓を贈り，いちばん上の娘と王国を手に入れる[K1935]．農夫の少年と末の娘はガチョウ小屋で暮らすよう追いやられる．竜の心臓にはミルクも血もなかったので，貴族と農夫の少年とお婆さんが尋問にかけられる．真実が明るみに出て，王国は農夫の少年のものになる．

(2)　職人が旅の途中で，病気の王は竜の肝臓でなければ治らないということを知る．職人は竜の弱点を夢で見る．職人は竜を殺し，宿屋で自らの勝利を自慢する．宿屋の主人は職人の背嚢を盗むが，背嚢には石しか入っていない．職人は宿屋の主人より早く王宮に着き，王を治し，姫を妻にもらう．泥棒の宿屋の主人は絞首刑に処せられる．

(3)　父親が，自分の病気を治すために，悪魔の舌を取ってくるよう息子に命ずる．しかし息子は悪魔を見つけることができない．1人のお爺さんが，ある木の幹を杖で叩くよう助言する．1頭の馬が現れ，息子を悪魔のところへ運ぶ．馬は息子に，蹄のかけらを1つ与える．息子は危険にさらされたときはいつでも，その蹄を使って馬を呼び出すことができる．息子は悪魔に戦いを挑むが，戦っている間に，悪魔は息子を腰まで地中に押し込む．馬の助けで，息子は悪魔を負かし，悪魔の舌を父親のところへ持っていく．そして父親を治す．

(4)　王子が狩りをしているときに魔法にかけられ，声を失う．若い女が彼の夢に現れて，治療薬を告げる．それは竜の目と竜の心臓とほかの材料からつくった薬であるが，特別なやり方で調合しなければならない．お返しに若い女は，王子が自分と結婚することを要求する．王子が同意すると若者が現れて，決められた方法で薬をつくり出す．治療はうまくいき，王子は若い女と結婚する．

注　4つの版はオイコ話型(訳注：境界分け可能な地域や民族グループに特有の変形)を表している：(1)デンマーク(2)フランダース(3)ラトヴィア(4)セルビア．

類話(～人の類話)　ラトヴィア；デンマーク；フラマン；セルビア；ポーランド；イギリス系カナダ；フランス系カナダ．

306　**踊ってすり切れた靴**（旧話型 306A を含む）

姫（たち）が毎日靴を 1 足履きつぶす．姫の父親は理由を知りたくて，謎を明らかにした者に，姫（姫の 1 人）を妻として与えることにする［H508.2］．失敗した者は，首を切られることになる．

ある若者（兵隊，ジプシー，仕立屋，羊飼い，農夫，等）が，自分の姿が見えなくなる魔法の道具（例えば靴，帽子，オーバー，杖）を手に入れる［D1980］．若者は睡眠薬を飲まず，眠りに落ちない［K625.1］．自分の姿を見えなくしてから，若者は姫についていき，不思議な地下の旅をする［D2131］．地下の世界で若者は，姫が悪魔（竜，ほかの超自然の存在たち）と踊って靴を履きつぶすのを見る［F1015.1.1］．翌朝若者は王に，何が起きたかを話し，地下の世界から取ってきた証拠の品（例えば小枝，リンゴ，指輪，姫の服の一部）によって自分の話を裏づける［H80］．若者は姫と結婚し［L161］，王になる．参照：話型 507.

おもにインドの類話では，王子が妻のあとをつけて，異界に行く．そこでは妻が毎晩神の前で踊らなければならない．王子は妻を救済する［F87］．（旧話型 306A.）

コンビネーション　307, 505, 507, 518.

類話（～人の類話）　フィンランド；フィンランド系スウェーデン；エストニア；リーヴ；ラトヴィア；リトアニア；ラップ，カレリア；スウェーデン；ノルウェー；デンマーク；アイスランド；アイルランド；フランス；スペイン，バスク；ポルトガル；フラマン；ドイツ；オーストリア；ラディン；イタリア；ハンガリー；チェコ；スロバキア；スロベニア；セルビア；クロアチア；ルーマニア；ブルガリア；ギリシャ；ポーランド；ロシア，ウクライナ；トルコ；ユダヤ；ジプシー；アディゲア；サウジアラビア；イラン；パキスタン，インド；メキシコ；チリ；アルゼンチン；西インド諸島；カボヴェルデ；東アフリカ.

306A　話型 306 を見よ.

307　**棺の中の姫**（旧，死に装束を着た姫）（旧話型 307B* と 307C* を含む）

軽はずみな願いをして（悪態をついて），子どものない夫婦（王と妃）に悪魔のような（黒い，口のきけない）娘が生まれる［C758.1, S223］．娘は自分が死んだら，教会（墓地）の中の自分の棺に夜番を置くよう要求する（彼女を救うために誰かが，3 晩彼女の見張りをしなければならない）．死んだ少女は毎晩棺から起き上がり，見張りの男を呑み込む［251E］．

ある兵隊（少年）が，少女を魔法から救うには何をしなければならないかを，お爺さんから教えてもらう[N825.2]．最初の2晩，兵隊は死んだ少女から隠れる．3日目の晩，少女が棺を離れると，兵隊は棺に横たわり，少女が棺に入るのを拒み，(錆びた剣で脅し)少女に主の祈りを唱えること(祭壇で賛美歌を歌うこと)を強いる．少女が祈りを唱えた瞬間，オンドリが鳴き，少女の魔法が解ける[D791.1.7]．見張りの男たちは生き返る．そして少女は自分を救ってくれた男と結婚する[L162]．(兵隊は花嫁を2つに引き裂き，種々の爬虫類の姿をした悪い霊を振り落とす．)

姫を救うのにほかのさまざまな魔法的，または宗教的手段が使われることもある．

コンビネーション 306, 507, 518.

注 19世紀初頭に記録されている．文学翻案はゴーゴリ(Gogol')の『ヴィイ(*Vij*)』(1835)を見よ．

類話(～人の類話) フィンランド；エストニア；リーヴ；ラトヴィア；リトアニア；ノルウェー；デンマーク；フランス；スペイン；ポルトガル；オランダ；フリジア；ワロン；ドイツ；オーストリア；ラディン；イタリア；コルシカ島；サルデーニャ；ハンガリー；チェコ；スロバキア；スロベニア；クロアチア；ルーマニア；ギリシャ；ソルビア；ポーランド；ロシア，ベラルーシ，ウクライナ；ジプシー；アディゲア；モルドヴィア；インド；東アフリカ．

307B* 話型307を見よ．

307C* 話型307を見よ．

310 塔の中の乙女 (ペトロシネッラ(Petrosinella)，ラプンツェル(Rapunzel))

(妊娠した)女が，魔女(魔法使いの女)の庭からハーブ(果実)を盗み[G279.2]，これから生まれてくる子どもを魔女に与えることを無理やり約束させられる[S222.1]．女は女の子を生む．一定の期間が過ぎると，魔女が娘(しばしば盗まれた植物の名前に従って，ペトロシネッラ，ラプンツェルなどと呼ばれる)をもらいに来る[G204]．魔女は女の子を塔に閉じ込める[R41.2]．女の子を訪問したいときには，魔女は女の子の長い(金色の)髪をはしごにして登って入る[F848.1]．

女の子の髪が陽の光を浴びて輝いていたため，王子が女の子を見つけ[F555]，女の子に恋をする．女の子は眠り薬を魔女に飲ませる．王子は女の子の髪を登り，2人は愛を交わす．魔女は王子の夜の訪問に気づく．魔女は更なる訪問を防ごうとする．しかし魔女は，恋人たちが3つのオークの実の力を使って変身すれば，逃げることができるということを，うっかりもらしてしまう.

女の子は会話を立ち聞きし[N455], 魔法のオークの実のことを王子に説明する. 彼らはいっしょに逃げ, 魔女に追われる. 彼らは逃れ[D642.7], 魔女は殺される. 王子は女の子と結婚する[L162].

コンビネーション 313 327A, 402.

注 最も古い版はバジーレ(Basile)の『ペンタメローネ(*Pentamerone*)』(II, 1)にある.

類話(〜人の類話) ラトヴィア; リトアニア; アイルランド; フランス; スペイン; カタロニア; ポルトガル; フラマン; ドイツ; イタリア; コルシカ島; サルデーニャ; マルタ; ハンガリー; クロアチア; ブルガリア; ギリシャ; ポーランド; トルコ; ユダヤ; オセチア; シリア, レバノン, パレスチナ, ヨルダン, イラク, カタール; 中国; 日本; イギリス系カナダ; アメリカ; キューバ, プエルトリコ; ドミニカ; 西インド諸島; カボヴェルデ; エジプト; リビア, チュニジア, アルジェリア, モロッコ, スーダン, ソマリア.

311 妹による救出

2人の姉たちが相次いで求婚者のデーモン(人食い, 竜, 魔法使い, 悪魔)の手に落ち, デーモンの(地下の)城に連れていかれる[R11.1, T721.5]. 城で姉たちは死体でいっぱいの禁じられた部屋を開け, そのときに鍵(魔法の卵, リンゴ)が血に染まる. または, 姉たちが人肉を食べるのを拒否する[C611, C227, C913]. デーモンは姉たちが命令に背いたので, 姉たちを殺す[C920].

3番目の(末の)妹は, 策を用いて同じ運命から逃れる. 妹は姉たちを見つけ, 姉たちの骨を組み合わせて生き返らせる[R157.1]. 妹は2つの籠(袋)の中の黄金の下に姉たちを隠す. そしてデーモンを説得して, 籠の中を覗かずに2つの籠を家まで運ばせる[G561]. 参照: 話型 1132.

末の妹はデーモンと結婚するふりをする. そしてデーモンをだますために, 頭蓋骨(藁の人形)に花嫁衣装を着せて置いておく. デーモンは末の妹を3つ目の籠に入れたまま, それとは知らずに家まで運ぶ. または末の妹が自分の体にハチミツと羽根を塗り, 「奇妙な鳥」となって逃げる[K525, K521.1]. 参照: 話型 1383, 1681. デーモンは自分の家で焼かれるか, またはほかの方法で殺される[Q211]. 参照: 話型 312.

コンビネーション 通常この話型は, 1つまたは複数の他の話型のエピソード, 特に 312, 313, 403, 857, 955, 956B のエピソードと結びついている.

類話(〜人の類話) フィンランド; フィンランド系スウェーデン; エストニア; リーヴ; ラトヴィア; リトアニア; ラップ, ヴェプス, ヴォート, カレリア, コミ; スウェーデン; ノルウェー; デンマーク; フェロー; アイスランド; スコットランド; アイルランド；イギリス；フランス；スペイン；カタロニア；ポルトガル；フラマン；ドイツ；オーストリア；ラディン；イタリア；コルシカ島；サルデーニャ；ハンガリー；チェコ；スロベニア；セルビア；クロアチア；ルーマニア；ブルガリア；ギリシャ；ポーランド；ロシア，ベラルーシ，ウクライナ；トルコ；ユダヤ；ジプシー；チェレミス/マリ；モルドヴィア，ヴォグル/マンシ；アルメニア；ヤクート；パレスチナ；ヨルダン；スリランカ；中国；日本；フランス系カナダ；アメリカ；スペイン系アメリカ，メキシコ；キューバ；チリ；西インド諸島；チュニジア，モロッコ；マダガスカル．

311B* 歌う袋

ジプシー(お爺さん)が，年老いた洗濯女の姪(老夫婦の1人娘)を袋に入れて連れ去る．ジプシーは家から家へ物乞いをしてまわり，「歌う袋」を見せ物にする．ジプシーは袋をつねり，棒で叩くと脅して，歌うことを命ずる．すると袋の中の少女は自分の身の上話を次のように歌い始める．洗濯をしていたとき，わたしはロザリオを川の近くの石の上に置き忘れた．それを取りに行こうとしたら，ジプシーがわたしを袋に放り込み，わたしを連れ去った．(わたしは年寄り夫婦の1人娘．わたしが森でベリーを摘んでいたとき，お爺さんがわたしを連れ去った．)

ある日ジプシーは年老いた洗濯女の家に来る．洗濯女は自分の姪だとわかり，ジプシーを家に招き入れ，ジプシーをもてなして，酔わせる．ジプシーが眠ると，洗濯女は少女を袋から救い出し，少女の代わりに2匹の猫(馬のふん)を入れる．ジプシーが次のときに歌う袋を見せ物にすると，猫が鳴く．ジプシーは袋を開け，引っかかれる，またはかまれる[K526]．

類話(～人の類話) スペイン；カタロニア；ポルトガル；ロシア；ユダヤ；イラク；キューバ；プエルトリコ；ブラジル；エジプト；中央アフリカ．

312 乙女を殺す男(青ひげ) (旧，巨人を殺した男と彼の犬)

風変わりな金持ちの男(例えば，青いひげをはやした男[S62.1])が花嫁を自分の豪華な城に連れていく．花嫁はある部屋を開けることを禁じられる．しかし彼女は禁を破り，その部屋が前の嫁たちの死体であふれているのを見る[C611]．夫は花嫁が禁を破ったので殺そうとする[C920]．しかし彼女は罰を(3回)先延ばしにすることができる[K551]．花嫁(花嫁の妹)は兄弟(3人兄弟)を呼び，兄弟は夫を殺し(犬またはほかの動物の助けを借りることもある)，そして妹(たち)を救う[G551.1, G652]．参照：話型311.

コンビネーション 311, 313.

注 17世紀後期にシャルル・ペロー(Charles Perrault)によって記録されている．

類話(～人の類話) フィンランド系スウェーデン；リトアニア；ラップ；リーヴ；スウェーデン；ノルウェー；アイルランド；フランス；スペイン；バスク；カタロニア；ポルトガル；オランダ；フリジア；フラマン；ドイツ；オーストリア；イタリア；サルデーニャ；スロバキア；スロベニア；セルビア；ルーマニア；ギリシャ；ポーランド；ソルビア；トルコ；ユダヤ；オセチア；タタール；ヤクート；モンゴル；レバノン，イラク，カタール；イギリス系カナダ；フランス系カナダ；アメリカ；スペイン系アメリカ；アフリカ系アメリカ；ドミニカ，プエルトリコ；西インド諸島；エジプト，モロッコ；リビア；シエラレオネ；東アフリカ；スーダン；ナミビア．

312A 救われた少女（旧，兄がトラから妹を救う）

（トラの助けに対する報酬として，またはトラが男を脅したために）男が軽率な誓約をし，娘をトラ(猿，超自然の存在)と結婚させる．トラは少女を食べ，少女の妹(たち)を要求し，妹(たち)も食べる．末の妹(弟)がトラを殺す(少女は逃げ，トラは村におびき寄せられて殺される)．

類話(～人の類話) フランス；ギリシャ；ポーランド；ユダヤ；レバノン，パレスチナ，ヨルダン，イラク，ペルシア湾，サウジアラビア，クウェート，オマーン，カタール，イエメン；パキスタン；インド；中国；日本；北アフリカ，エジプト，アルジェリア，モロッコ；スーダン．

312C 救われた花嫁（旧，悪魔の花嫁が兄に救われる）（旧話型 452A* を含む）

（男が娘を悪魔にやると約束する．）少女は悪魔と結婚する．（または，若者が「悪魔に取られてしまえ」と妹をののしり，そうなる．）兄が妹を捜し，見つけ出して救う(兄の犬たちの助けで救うこともよくある)．

類話(～人の類話) スペイン；カタロニア；ポルトガル；マルタ；ハンガリー；ユダヤ；日本；スペイン系アメリカ；メキシコ；コスタリカ；キューバ；ドミニカ；プエルトリコ；マヤ；チリ．

312D 弟による救出（旧，弟が姉と兄たちを竜から救う）（エンドウ豆の息子）

竜(悪魔)が１人の(３人の)少女を連れ去る．そして兄弟たちが少女を救おうとすると，竜は兄弟たちを殺す．少女と兄弟たちの母親は(しばしばエンドウ豆を飲み込んで[T511.3])魔法的な受胎をし，強い息子を生む[F611.1]．この息子が竜を殺し，姉を救い，兄たちを生き返らせる．妬み深い兄たちは，末の弟を殺す計画を立てる．しかし弟は強さのおかげで脱出することができ，兄たちを罰する．参照：話型 550．

コンビネーション 301, 650A.

注 この話型は19世紀初頭に初めて現れるが，それより古いモティーフで構成されている．

類話(～人の類話) フィンランド；ラトヴィア；リトアニア；コミ；デンマーク；スコットランド，アイルランド；ドイツ；ハンガリー；スロバキア；スロベニア；セルビア；クロアチア；ルーマニア；ギリシャ；ロシア，ベラルーシ，ウクライナ；ユダヤ；ジプシー；ダゲスタン；オセチア；チェレミス/マリ；ヴォチャーク；グルジア；イラク；中国；日本；エジプト，アルジェリア，スーダン．

313　呪的逃走（旧話型313A, 313B, 313C, 313H* を含む）

この話型では，さまざまな導入のエピソードが，「呪的逃走(Magic Flight)」と「忘れられた婚約者(Forgotten Fiancée)」という2つの主部に結びつく．

導入のエピソード：

(1)　鳥たちと四つ足動物の戦争のあと[B261]（参照：話型222），傷ついたワシが男に保護される．ワシ(またはワシの親族)は男に箱を与える．男はその箱を家に着くまで開けてはならない．男は禁を破り，城が現れる．男が箱を閉じるのを巨人が手伝い，代わりに男は，これから生まれてくる自分の息子を巨人に与えると約束する[S222]．参照：話型537.

一部の類話では，デーモンか，巨人か，悪魔に少年を与えることが約束される[S222, S240]．または，少年が自分自身をデーモンに与えると約束する．デーモン(巨人，悪魔)は，若者を殺すと脅して，若者に(しばしば3つの)不可能な課題を課す[G465]（例えば，1晩で城を建てる[H1104]，ふるいで池の水を汲み出す[H1113]，ガラスの斧を使って森を切り倒す，魔法の馬を捕まえる[H1154.8]）．若者は，デーモンの娘の助けでその課題を成し遂げる[H335.0.1]．若者が娘と結婚するには，娘とそっくりな女たちの集団(娘の姉妹たち)の中から娘を特定しなければならない．

(2)　若者は，少女たち(少女に変身した白鳥たち)が湖で水浴びをしているのを見て，そのうちの1人から白鳥の衣を盗む[D361.1, D721]．少女は若者との結婚に同意し，若者を自分の父親の家へ連れていく．参照：話型400, 465A.

(3)　重い皮膚病(leprosy)(疥癬(scabs))にかかった王が，王子の血で自分の病気が治ると期待し，王子を捕まえて，40日間菓子の食事を与える．姫がこの異国の若者に恋をする．

主部：

呪的逃走．

デーモン(王)の娘は魔法の力を使って若者といっしょに逃げる．娘は父親を欺くために，魔法によって口をきく物(つば，血)を残す[D1611]．それでも逃亡したことが露見し，父親は2人を追いかける．逃げるために，少女は自分と恋人をさまざまな物，または人物(例えばバラとイバラのやぶ，教会と司祭，湖とカモ)に変身させる[D671]．または少女が魔法の品(櫛，ブラシ，鏡，等)を投げると，それは追跡者の途上で障害物になる[D672]．3回目の変身のあと，追跡者はあきらめざるをえない(死ぬ)．参照：話型310.

呪的逃走の一部の類話では，2人の子ども(兄と妹)が魔女(デーモン，竜，鬼，魔女，オオカミ，悪い継母)から逃げる．(旧話型313H*.)

忘れられた婚約者[D2003].

若者は故郷を訪ねていき，婚約者をあとに残す．故郷で若者は次のように禁令を破る．若者は婚約者の警告を聞かずに，誰かにキスし(何かを食べ)，その結果自分が経験したことを忘れる[D2004.2, C234, D2004.3]．若者がほかの女とまさに結婚しようとしているとき，忘れられた婚約者は魔法的な行為によって若者の記憶を呼び覚ます(3人の求婚者を恥ずかしい状況の中に立ちすくませる[D2006.1]，花嫁の婚礼の馬車を魔法で動けなくする[D2006.1.5]，つがいの鳥を連れていき，鳥が若者に，彼女が若者を助けたことを思い出させる[D2006.1.3]，夫の新しい花嫁から3晩の新婚の床を買い，3晩目に首尾よく若者の記憶を呼び覚ます[D1978.4, D2006.1.4]，等)．若者は本当の花嫁と結婚する．

コンビネーション 通常この話型は，1つまたは複数の他の話型のエピソード，特に222B, 300, 301, 302, 303, 303A, 310, 311, 312, 314, 315, 325, 327A, 327B, 329, 400, 402, 408, 425, 450, 480, 502, 511, 518, 531, 537, 552, 563, 707, 884, 1115, 1119のエピソードと結びついている．

類話(～人の類話) フィンランド；フィンランド系スウェーデン；エストニア；ラトヴィア；リトアニア；リーヴ，ラップ，ヴェプス，カレリア，コミ；スウェーデン；ノルウェー；デンマーク；フェロー；アイスランド；スコットランド；アイルランド；イギリス；フランス；スペイン；バスク；カタロニア；ポルトガル；オランダ；フリジア；フラマン；ワロン；ドイツ；オーストリア；ラディン；イタリア；コルシカ島；サルデーニャ；マルタ；ハンガリー；チェコ；スロバキア；スロベニア；セルビア；クロアチア；ルーマニア；ブルガリア；ギリシャ；ソルビア；ポーランド；ロシア；ベラルーシ；ウクライナ；トルコ；ユダヤ；ジプシー；オセチア；アディゲア；チェレミス/マリ；タタール，モルドヴィア，ヴォチャーク，ヴォグル/マンシ；クルド；アルメニア；ヤクート；ウズベク；モンゴル；グルジア；シリア，パレスチナ；イラク；インド；中国；朝鮮；日本；イギリス系カナダ；フランス系カナダ；北アメリカインディアン；アメリカ；フランス系アメリカ；スペイン系アメリカ；アフリカ系アメリカ；スペイン系アメリカ；メキシコ，パナマ；南アメリカインディアン；マヤ；ドミニカ；キューバ，プエルトリコ，ベネズエラ，ウルグアイ；ブラジル；チリ；アルゼンチン；西インド諸島；カボヴェルデ；エジプト；リビア；アルジェリア；モロッコ；スーダン；モーリシャス；南アフリカ；マダガスカル．

313A–C 話型 313 を見よ．

313E* **妹の逃走**（旧，少女が自分と結婚したがる兄から逃げる）

兄が妹と結婚したがる．（参照：話型 510B.）妹は逃げ，地下世界の魔女の家に到着する．そこで妹は自分とよく似た魔女の娘と会う．2 人の少女は呪的逃走により，自分たちの後ろに魔法の品を投げて，魔女から逃げる．（参照：話型 313.）少女たちは鳥に変身する．すると兄は少女たちを見分けることができない．兄は自ら命を絶つふりをする．妹は思わず叫んで自分の正体をばらしてしまう．兄は魔女の娘と結婚する．

類話（～人の類話） フィンランド；エストニア；ラトヴィア；リトアニア；ブルガリア；ポーランド；ロシア，ベラルーシ，ウクライナ；アディゲア；チェレミス/マリ；トルクメン；タジク；グルジア；レバノン，パレスチナ，イラク；エジプト，チュニジア，アルジェリア，モロッコ；スーダン．

313H* 話型 313 を見よ．

314 **黄金の若者**（旧，馬に変身させられた若者）（旧話型 532 を含む）

この話型では，さまざまな導入部のエピソードが，共通した主部に結びつく．参照：話型 314A, 502, 530.

導入部のエピソード：

(1) （しばしば魔法的な受胎のお礼として）デーモン（悪魔，巨人）に少年が与えられる約束がなされるか［S211］，または少年が自ら進んでデーモンの家で召し使いになる［G462］．デーモンは少年に，2 匹（2 グループ）の動物たちの世話をするよう命じ，1 匹には餌を与え，もう 1 匹はほうっておくよう命ずる．少年はこの指示に従わず，その結果虐待されていた動物（魔法の馬）と友達になる［B316］．デーモンの禁令に逆らい，少年はある部屋に入る［C611］．禁令違反のしるしとして，少年の髪は金色になる［C912］．少年と魔法の馬は呪的逃走によってデーモンから逃げる［D672］．

(2) 少年（通常は支配者の息子）と魔法の子馬は親友である．母親（継母）は少年を殺そうとする．魔法の子馬は，母親がひそかに少年を殺そうと企んでいると少年に警告する．とうとう母親は，少年または子馬を殺すよう要求する．少年は同意するふりをするが，最後に1度だけ子馬に乗らせてくれと父親に頼む．乗っている間に，馬は少年といっしょに逃げる[B184.1.6]．

(3)　魔法的な受胎のお礼に，少年がデーモンに与えられることが約束される[G461]．デーモンの家に行く途中，少年は警告を受ける(デーモンを殺す方法，またはデーモンから逃げる方法を教えられる)．デーモンの家の部屋で，少年は幽閉されている者たち，または死体を見つける(そして少年の髪は金色になる[C912])．少年はデーモンを殺し，逃げる．

主部：

若者は金色の髪を覆い，白癬頭のふりをして，庭師として王宮に仕える[K1816.1]．(若者は「わたしは知らない」という言葉以外には何も言わない[C495.1]．旧話型532.) しかし末の姫は，若者が本当の姿でいるところ(3回庭を破壊しては修復する金髪の騎士)[H75.4]を見る．姫は黄金の若者に恋をし[T91.6.4]，そして黄金のリンゴを若者に投げて若者を夫に選ぶ[T55.1]．彼らは結婚するが，怒った王は2人をみすぼらしい住まいに追放する[L132, L113.1.0.1]．

王は義理の息子たちに援助を求める．黄金の若者はみすぼらしい装備しか持っておらず，あざ笑われる．魔法の馬の助けで，若者は次のような多くの英雄的な行為を成し遂げる．若者は，目が見えなくなった王のために魔法の薬(例えば鳥のミルク，命の水)を手に入れる(参照：話型551)，竜を殺す(参照：話型300)，変装して外国の軍隊を3回負かす．若者はけがをし，王に包帯を巻いてもらう．若者は3回立ち去り，愚か者とあざ笑われる．参照：話型530．

黄金の若者の正体が(例えば傷によって，包帯によって)露見し，本当の身分が知られる[H55, H56]．馬は首をはねてくれと頼み，そして馬は王子(姫，その他の人物)になる．

コンビネーション　通常この話型は，1つまたは複数の他の話型のエピソード，特に217, 300–303A, 313, 314A, 315, 321, 325, 327, 327B, 400, 441, 475, 502, 511, 530, 530A, 531, 550, 551, 552A, 554, 590, 613, 725, 1049, 1052, 1060のエピソードと結びついている．

注　構造と内容が似ているために，話型532はここに含まれている．

類話(～人の類話)　フィンランド；フィンランド系スウェーデン；エストニア；ラトヴィア；リトアニア；リーヴ；ラップ；カレリア；スウェーデン；ノルウェー；デンマーク；フェロー；アイスランド；アイルランド；フランス；スペイン；バスク；カタロニア；ポルトガル；オランダ；フリジア；フラマン；ドイツ；オーストリア；ラディン；イタリア；コルシカ島；サルデーニャ；マルタ；ハンガリー；チェコ；スロ

バキア；スロベニア；セルビア；クロアチア；マケドニア；ルーマニア；ブルガリア；ギリシャ；ポーランド；ロシア，ベラルーシ，ウクライナ；トルコ；ユダヤ；ジプシー；オセチア；アディゲア；チェレミス/マリ；チュヴァシ，タタール；モルドヴィア，ヴォチャーク；アルメニア；ヤクート；タジク；グルジア；シリア；レバノン，パレスチナ，ヨルダン；イラク，イエメン；ペルシア湾；サウジアラビア，オマーン，クウェート，カタール；イラン；アフガニスタン；パキスタン，インド；ビルマ；スリランカ；中国；朝鮮；インドネシア；日本；フランス系カナダ；北アメリカインディアン；スペイン系アメリカ；メキシコ，コスタリカ，パナマ；ドミニカ；プエルトリコ；マヤ；チリ；西インド諸島；カボヴェルデ；エジプト，アルジェリア；チュニジア；モロッコ；東アフリカ；スーダン；ナミビア．

314A　羊飼いと３人の巨人

貧しい若者(孤児，愚か者，３人兄弟の末の弟)がたった１つの相続品(例えば，錆びたサーベル)，または若者に感謝したお爺さんたちからもらった魔法の道具(杖，フルート，等)[D817]を持って旅に出る．若者は王の羊飼いになる[L113.1.4]．参照：話型 570, 592.

若者は王の土地で家畜を放牧することは許されるが，３人の巨人が所有している隣の領地では放牧してはならない(なぜなら，誰ひとりとしてそこから帰ってきた者はいないからである)．若者は禁令を破り，魔法の道具の助けで(自分の力で)，３人の巨人を次々と(しばしば彼らの母親も)倒す[G500]．巨人の住みかで若者は魔法の馬と[B184.1]，３つの異なる金属でできた鎧(魔法の武器，計り知れない富，助けになる精霊，魔法にかけられた人物たち)を見つける．

王は(3 匹の)竜から娘を救った者に(参照：話型 300)，または馬上試合で勝った者に(参照：話型 530)，または戦争で助けてくれた者に(参照：話型 314)，娘を与えると約束する．若者は輝く鎧を着て，魔法の馬に乗り，３回成功する．若者は立ち去り身を隠すが[R222]，ついに姫は若者が本当の勝者であるとわかる．若者は姫と結婚し，王になる[L161].

コンビネーション　300, 511, 650A, 935.

類話(～人の類話)　リトアニア；ラップ；スウェーデン；デンマーク；スコットランド；アイルランド；イギリス；フランス，バスク；カタロニア；オランダ；フリジア；フラマン；ドイツ；オーストリア；ラディン；イタリア；ハンガリー；チェコ；スロバキア；スロベニア；マケドニア；ポーランド；ソルビア；ウクライナ；ジプシー；イギリス系カナダ；フランス系カナダ；スペイン系アメリカ；チリ．

314A*　逃走の援助者としての動物（旧，救済する雄牛）（旧話型 314B* を含む）

この説話には，おもに2つの異なる型がある．

(1)　子どもたち（別の人物）が追跡者（悪魔，魔女，強盗たち）から逃れるのを，雄牛（馬，ヘラジカ，去勢雄牛，熊，オオカミ，鳥たち）が助ける．

(2)　悪魔（白いオオカミ）が姫（少女）を誘拐（結婚）しようとする．ヤギが，姫の代わりに藁束を置き，本物の姫には荷馬車に乗り込むよう求め，干し草で姫を覆う．そして道で出会った悪魔に，姫は家にいると言う．悪魔は，藁束をつかんで地獄に持っていく．ヤギは姫（少女）を家に連れて帰る．（旧話型 314B*.）

コンビネーション　300, 313, 315, 327.

注　通常(1)の版は独立しては現れないが，他のさまざまな説話のエピソード，特に話型 315 のエピソードとして現れる．

類話（～人の類話）　フィンランド；ラトヴィア；リトアニア；ヴェプス；カレリア；ソルビア；ロシア；ベラルーシ；ウクライナ；ユダヤ；チェレミス/マリ；モルドヴィア；モンゴル；グルジア；マヤ．

314B*　話型 314A* を見よ．

315　不実な妹

兄と妹が家を出る（追い出される）．

兄は，多くの強盗たち（悪魔たち，巨人たち，竜たち）を殺すが，最後の1人はけがをしただけだと気づかない[F615]．妹は，けがをした強盗を助けて元気にする．そして強盗は妹の恋人になる．兄を追い払うために，妹は病気になったふりをし，兄に危険な動物たちのミルク（肝臓）を取りに行かせる[K2212.0.2]．兄は動物たちに危害を加えず，動物たちは兄についてくる（兄に笛を与える）．

最初のたくらみが失敗したあと，妹は絹糸で兄を縛るか，または兄を動物たちが閉じ込められている魔法の水車小屋に行かせる．

妹と強盗がまさに兄を殺そうとしたとき，兄は笛を吹いて動物たちを呼ぶ．動物たちは（水車小屋を破って出て）強盗をばらばらに引き裂く．不実な妹は牢に入れられる（妹は罪を悔いて涙で樽をいっぱいにしなければならない）．

兄は旅に出て，姫を竜から救い[R111.1.1]，姫と結婚する[L161]．参照：話型 300.

妹は宮廷に連れてこられる．妹は（毒を塗った）骨を兄のベッドに入れて，兄に復讐しようとする．兄は死ぬ．動物たちが兄の体からその骨をなめて出し，兄は生き返る．妹は死刑になる．

コンビネーション 通常この話型は，1つまたは複数の他の話型のエピソード，特に300, 590，および302, 303, 304, 313, 314, 314A*, 318, 327Aのエピソードと結びついている．

注 しばしば話型300の導入となる．話型590と類似の構造．

類話（～人の類話） フィンランド；フィンランド系スウェーデン；エストニア；ラトヴィア；リトアニア；ラップ；ヴェプス，カレリア，コミ；デンマーク；アイルランド；フランス；スペイン，バスク；カタロニア；ポルトガル；ルクセンブルグ；ドイツ；ラディン；イタリア；コルシカ島；ハンガリー；チェコ；スロバキア；スロベニア；セルビア；クロアチア；ルーマニア；ブルガリア；ギリシャ；ポーランド；ロシア，ベラルーシ，ウクライナ；トルコ；ユダヤ；ジプシー；アディゲア；チェレミス/マリ；チュヴァシ，タタール，モルドヴィア，ヴォチャーク，ヴォグル/マンシ；ヤクート；モンゴル；オセチア；グルジア；レバノン，パレスチナ；ヨルダン，イラク，ペルシア湾，サウジアラビア，オマーン，クウェート，カタール，イエメン；インド；中国；朝鮮；フランス系カナダ；スペイン系アメリカ；ドミニカ，プエルトリコ，チリ；マヤ；西インド諸島；エジプト；モロッコ；アルジェリア，スーダン；ナミビア．

315A 人食い妹

息子たちしかいない女（女王）が，娘を産む．少女は最初に動物たちを食い，次に兄たちと両親を食い，最後に村（町）の住民たちを食う［G30, G346］．兄が1人だけ逃げる．（または，ある王の宮殿で毎晩誰かが馬たちを食う．夜番をしていた上の王子たちは失敗するが，末の王子は怪物を撃つ．赤ん坊の妹の指が撃ち落とされていたので，末の王子は妹が人食いだとわかる．末の王子は，（嘘つきとして）追い出される，または（しばしば母親か姉とともに）逃げる．）

若者は結婚し，妻に生命のしるしを授け，犬たち（若いライオンたち，ヒョウたち）をあとに残して，故郷に帰る．若者はすべてが荒らされているのを見る．

妹は若者の馬をむさぼり食い，若者のことも食うと脅す．妹が歯を研いでいる間，若者は自分がまだそこにいることを示すために楽器を演奏しなければならない．ハツカネズミが若者の代わりをし，若者は逃げる［B521］．

若者は逃走し，続けて3本の木に登ると，妹はそれをかじり倒す［R251］．生命のしるしの警告により，若者の犬たちが若者を救いにやって来て，人食いの妹を殺す［B524.1.2］．

コンビネーション 313, 314, 315, 590.

類話(～人の類話) ラップ；クロアチア；ルーマニア；ブルガリア；アルバニア；ブルガリア；ギリシャ；ロシア；トルコ；ジプシー；オセチア；ウイグル；アルメニア；シベリア；カルムイク；タジク；トゥヴァ；グルジア；シリア；パレスチナ；ヨルダン，イラク，カタール；イエメン；イラン；インド；スリランカ；中国；朝鮮；日本；イギリス系カナダ；フランス系アメリカ；エジプト，アルジェリア；モロッコ；スーダン；中央アフリカ共和国.

316 水車池の女の水の精霊

貧しい漁師(粉屋)が，自分の息子を女の水の精霊に[F420.1.2]与えると(知らずに)約束し[S240]，女の水の精霊は漁師を裕福にする．両親は子どもを水から遠ざけておく．

約束の時が来ると，息子は父親がした約束を知り，逃げる．途中で若者は，動物の死骸をライオン，ワシ，アリ(その他の動物たち)に，その動物の特徴に配慮して分配してやる．感謝した動物たちから，お礼に動物たちの姿に変身する力をもらう．この力を使って，若者は姫を妻にする．

ある戦いに勝ったあと(狩りの間)，若者は水の近くに来て，女の水の精霊に捕まり，引きずり込まれる(呑み込まれる)[F420.5.2.2]．若者の妻は貴重な物(3つの黄金のリンゴ)を差し出して，女の水の精霊を水面へとおびき寄せる．これらの物と交換で，女の水の精霊は妻に夫を見せる．女の水の精霊は，最初は夫の頭まで，次に腰まで見せる．女の水の精霊が夫の全身を見せたとき，夫は鳥に変身して逃げる[R152, D642.2]．

コンビネーション 302, 329, 665.
注 最初の記録は，16世紀ストラパローラ(Straparola)の『楽しき夜(*Piacevoli notti*)』(III, 4)に記録されている．
類話(～人の類話) フィンランド系スウェーデン；ラトヴィア；ラップ；リュディア，カレリア；スウェーデン；ノルウェー；デンマーク；スコットランド；アイルランド；フランス；スペイン；カタロニア；オランダ；ドイツ；ラディン；ハンガリー；ブルガリア；ギリシャ；ロシア；ジプシー；チェレミス/マリ；フランス系カナダ；アメリカ；スペイン系アメリカ；メキシコ；ドミニカ；プエルトリコ；チリ；西インド諸島.

317 天まで育つ木 (旧，伸びる木)(旧話型468を含む)

王の庭で1本の木が天まで伸びる[F54.1]．木の上に棲んでいる竜(巨人)が姫を連れ去る．王は，姫を連れ戻すことができた者に，姫を妻として与えると約束する．一部の類話では，王はその木から治癒の果実を持ってきた者に娘を与えると約束する.

高貴な志願者たちが失敗したあと, 若い豚飼いが, 鉄のブーツを履き, 木に登ることに成功する[Q502.2]. 天上世界で, 若者は竜の魔法の馬の番をする. 魔法の馬は若者に, 竜の力がどこに隠されているかを教える(竜の力がどこに隠されているか見つけ出すよう, 若者が姫に頼む). 若者は竜を殺し, 姫といっしょに地上に戻り, 姫と結婚する.

一部の類話では, 若者は天上世界で, 妖精(妖精イローナ(Tündér Ilona))の魔法の馬の番をし, 妖精は若者に銅, 銀, 金の衣装を与える. 妖精は若者に恋をし, 若者と結婚する. 若者は禁じられた部屋に入り[C611], 竜を解き放ち, 竜が妖精をさらう. 話型 302C* と同様に続く.

コンビネーション 300, 302, 314, 400, 551.
注 19 世紀初頭に記録されている.
類話(〜人の類話) ラトヴィア; フランス; ドイツ; ハンガリー; スロバキア; スロベニア; ルーマニア; ポーランド; ユダヤ; ジプシー; チェレミス/マリ; モンゴル; フランス系カナダ.

318 不実な妻 (旧話型 590A を含む)

導入部:

2 人兄弟がいっしょに暮らしている. 弟は結婚している兄のために働く. 兄の妻は弟を誘惑しようとするが, 弟は彼女を拒む. 妻は夫に, 義理の弟に襲われたと訴える[K2111]. 弟は怒った兄から逃げる.

一部の類話では, この部分は以下のように続く. 逃げた弟は捕らえられ, 去勢される. そのあと, 弟は外国の町に住む. ある姫が, 彼に恋をし, 彼が去勢されているにもかかわらず, 彼と結婚する. 王が義理の息子の障害を知ると, 義理の息子は逃げなければならない. 義理の息子は超自然の存在によって治され, 妻のところに戻ることができる.

主部:

若者は救ったヘビから魔法の品々をもらう(盗むことによって, その他の手段で, 魔法の品々を手に入れる). その中には魔法の贈り物(錆びた剣, 力を授けるシャツ)がある. これらの魔法の品々を使って, 若者はある王が勝利するのに力を貸し, 見返りとして姫と結婚する.

姫には恋人がいる[T232]. 姫は夫を説得して魔法の品々をもらう(それらを交換する)[K2213]. 夫は殺される. 彼が頼んでおいたとおり, 彼のばらばらの死体は, 彼の馬に積まれて, ヘビの城へ運ばれる.

死んだ若者は(ヘビによって)生き返らされて, 変身する力を授かる. 金のたてがみのある馬になって若者は王に売られる．姫はその馬が自分の元の夫であると気づき，馬を殺すよう命ずる．(若者の忠告で)女中が馬の血のしずくを受け止めると，それが黄金のリンゴのなる木になる．姫はその木が自分の元の夫だと気づき，その木を倒すよう命ずる．(若者の忠告で)女中が木の切れ端を池に投げ込むと，それは黄金の雄ガモになる[D610].

姫の恋人は剣とシャツをあとに残して，雄ガモを捕まえようとする．雄ガモは男になり，魔法の力を使って，恋がたきと裏切り者の妻を殺す．若者は女中と結婚する．

コンビネーション 301, 302B, 303, 315, 590.

注 導入部は「ポティファルの妻」のモティーフ(創世記 39, 7–20)を含んでいる．一部の類話ではこの部分は欠落している．エジプトの「2人兄弟の説話」は紀元前13世紀に記録されている．この文学翻案は3つの異なる話型，すなわち話型 302B, 318, 870C* の要素を含んでいる．

類話(〜人の類話) フィンランド；ラトヴィア；リトアニア；リーヴ，ヴェプス；スウェーデン；デンマーク；アイスランド；フランス；スペイン，バスク；ドイツ；コルシカ島；ハンガリー；チェコ；スロバキア；クロアチア；ルーマニア；ブルガリア；ギリシャ；ポーランド；ロシア，ベラルーシ，ウクライナ；トルコ；ジプシー；アディゲア；チェレミス/マリ；モルドヴィア；モンゴル；グルジア；シリア；パレスチナ；ヨルダン，イラク；フランス系アメリカ；エジプト，アルジェリア，モロッコ；スーダン．

321 魔女から取り戻された目

1匹または複数の竜(巨人，魔女，妖精)に目を盗まれた盲人(夫婦)に，若者が牧夫として奉公する．若者はある地点より向こうの牧草地に群れを連れていかないよう警告されるが，従わない．若者は竜に遭遇し，竜を打ち負かすか，または竜をだます．若者は盗まれた目を取り返す[D2161.3.1.1]，またはその盲人を治すことができる魔法の薬をもらう．

コンビネーション 300A, 301, 314A, 317, 592, 725, 1159.

注 19世紀に初めて記録されている．

類話(〜人の類話) エストニア；ラトヴィア；リトアニア；ハンガリー；チェコ；スロバキア；セルビア；クロアチア；ルーマニア；ブルガリア；ギリシャ；ポーランド；ロシア，ベラルーシ，ウクライナ；ジプシー；アブハズ；カラチャイ；アルメニア；ヤクート；グルジア；アルタイ語話者；チャド．

322* 磁石の山がすべてを引きつける

王の船が磁石の山に引きつけられて粉々になり，王は気を失って岸に漂着する[F754]．夢のお告げで[D1814.2, F1068]，王は銅の弓[D1091]と 3 本の鉛の矢[D1092]を見つける．お告げで教えられたとおり，王は振り返らずに[C331]，または口をきかずに[C400]山を登り，銅の柱のある寺院の中にいる銅の馬から，銅の騎手を射落とす．騎手は海に落ち，王は馬を埋葬する．磁石の山は沈み始める．銅の男が銅のボートに乗って到着し，ぎりぎりのところで王を救う．

一部の類話では，王を救うのは巨大な鳥である．

注 多くの文献による伝承がある．口伝えによる伝承は，ほんの数例しかない．
類話(〜人の類話) フリジア；ドイツ；ハンガリー；トルコ；ジプシー；イラク；エジプト．

325 魔法使いと弟子

父親が息子を魔法使いに弟子入りさせる[D1711.0.1]．見習い期間の終わりに息子を解放してもらうために，父親は息子を見分けなければならない[H62.1, H161]．若者は魔法の使い方をひそかに学んでいて，逃げる．または息子(お爺さん)が父親に合図を教えておき，そのおかげで，父親はまったく同じハト(その他の鳥)の群れの中から息子を特定する．息子は解放される．

父親はグレーハウンドに変身した息子，雄牛に変身した息子，馬に変身した息子を順に売る．しかし息子は父親に，自分に結びつけられている物(手綱，くびき，馬勒)は売らないように言う．こうして父親と息子は裕福になる[D612, K252]．しかし最後に，父親は指示に反して魔法使いに馬勒を渡してしまい，馬に変身した若者は，魔法使いの支配下に戻る．そして若者は力を失い，魔法使いに痛めつけられる[C837]．

ようやく若者は馬勒を外すことに成功する．若者は魔法使いに変身の勝負(彼らは野ウサギ，魚，鳥などに変身する)で勝ち，逃げる[D722, D615.2]．最後に若者は指輪(リンゴ，等)に変身し，姫の膝に落ちる．魔法使いが指輪を要求すると，姫は指輪を遠くへ投げる．すると穀物の粒が地面に落ちる．魔法使いがオンドリになり，まさに穀物を食べようとしたとき，若者はキツネになり，オンドリの頭を食いちぎる[L142.2]．若者は姫と結婚する．

コンビネーション 313, 314, 400, 945.
注 この説話のいくつかの部分はオヴィディウス(Ovid)の『変身物語(*Metamorphoses*)』(VIII, 871–875)に見られる．最初の完全な版は，16 世紀にストラパローラ(Stra-

parola)の『楽しき夜(*Piacevoli notti*)』(III, 4)に現れる.

類話(～人の類話) フィンランド；フィンランド系スウェーデン；エストニア；リーヴ；ラトヴィア；リトアニア；ラップ；カレリア，コミ；スウェーデン；ノルウェー；デンマーク；フェロー；アイスランド；スコットランド；アイルランド；フランス；スペイン；カタロニア；ポルトガル；フリジア；フラマン；ドイツ；オーストリア；ラディン；イタリア；ハンガリー；チェコ；スロバキア；スロベニア；セルビア；クロアチア；ボスニア；ルーマニア；ブルガリア；アルバニア；ギリシャ；ソルビア；ポーランド；ロシア，ベラルーシ，ウクライナ；トルコ；ユダヤ；ジプシー；オセチア；アディゲア；チェレミス/マリ；タタール，モルドヴィア；アルメニア；ヤクート；カルムイク；グルジア；シリア，パレスチナ，ヨルダン，イラク，カタール；イラン；アフガニスタン；インド；パキスタン；中国；朝鮮；インドネシア；日本；ポリネシア；イギリス系カナダ；フランス系カナダ；アメリカ；スペイン系アメリカ；アフリカ系アメリカ；南アメリカインディアン；メキシコ；マヤ；ドミニカ，プエルトリコ，アルゼンチン；チリ；西インド諸島；カボヴェルデ；エジプト；リビア，アルジェリア；チュニジア，モロッコ；スーダン，タンザニア.

325* 魔法使いの弟子 (旧，弟子と霊)

魔法使いの弟子が，禁じられた本から詩を読み，精霊を呼び出すが，消すことができない．魔法使いが詩を逆さに読むと，精霊は姿を消す.

コンビネーション 313, 1172.

類話(～人の類話) フィンランド；ノルウェー；スコットランド；イギリス；オランダ；フリジア；フラマン；ドイツ；スイス；ラディン；チェコ；ポーランド；スペイン系アメリカ.

325** 罰せられた魔法使い

悪事をはたらいた(例えば農夫の羊を殺した)魔法使いがほかの魔法使いによって罰せられる(例えば魔法にかけられてしっぽが生える).

類話(～人の類話) ポーランド；ベラルーシ；ヨルダン.

326 怖さとは何かを知りたがった若者

怖さとは何かを知らない若者(愚か者)が，怖さを見つけに行く[H1376.2]．若者は次のようなさまざまなぞっとする体験を試みるが，怖くならない[H1400]．若者は床屋の幽霊にひげを剃ってもらう[E571]，絞首台の下で夜を過ごす[H1415]，または幽霊の出る城で夜を過ごす[E281]，死者と遊ぶ(九柱戯をする[E577.3]，トランプをする[E577.2])，等.

恐れ知らずの行動で，若者は城の呪いを解く(宝を手に入れる，救済した者がもらえると約束された姫を手に入れる)[Q82]．最後に若者は怖さとは何かを以下のときに学ぶ．若者が水をかけられたとき[H1441]，就寝中ベッドに魚を入れられたとき[H1441.1]，鳥が顔に飛んできたとき，切り落とされた頭を反対向きにつけられたとき，等．時として性的に，若者が自分のベッドで女を見たとき．

コンビネーション 通常この話型は，1つまたは複数の他の話型のエピソード，特に300，および328, 330, 400, 505, 563, 569, 650A, 1061, 1159, 1535, 1640のエピソードと結びついている．

注 16世紀にストラパローラ(Straparola)の『楽しき夜(*Piacevoli notti*)』(IV, 5)に記録されている．

類話(～人の類話) フィンランド；フィンランド系スウェーデン；エストニア；リーヴ；ラトヴィア；リトアニア；スウェーデン；ノルウェー；デンマーク；アイスランド；スコットランド；アイルランド；イギリス；フランス；スペイン；カタロニア；ポルトガル；オランダ；フリジア；フラマン；ドイツ；オーストリア；ラディン；イタリア；コルシカ島；サルデーニャ；ハンガリー；チェコ；スロバキア；スロベニア；セルビア；クロアチア；ルーマニア；ブルガリア；ギリシャ；ソルビア；ポーランド；ロシア, ウクライナ；トルコ；ユダヤ；ジプシー；チェレミス/マリ；シリア, イラク, カタール；イエメン；インド；フランス系カナダ；アメリカ；スペイン系アメリカ；アフリカ系アメリカ；メキシコ；ドミニカ；プエルトリコ；マヤ；ブラジル；チリ；西インド諸島；エジプト, アルジェリア, モロッコ；ナミビア；南アフリカ；マダガスカル．

326A* 苦痛から解放された魂

貧しい兵隊が，報酬を得るために幽霊屋敷で1晩過ごす．兵隊は，引きずられていく鎖，叫び声，落ちてくる手足などを恐れない．兵隊は恐れ知らずの行動によって(安らぎを得られない魂が不正に得ていた利益を寄付することで)，安らぎを得られない魂を罰から解放する．兵隊は宝を発見する(そして宝の一部をもらえる)．

類話(～人の類話) スコットランド；アイルランド；イギリス；フランス；スペイン, バスク；カタロニア；ポルトガル；フリジア；ドイツ；ラディン；イタリア；マルタ；ハンガリー；クロアチア；ブルガリア；ギリシャ；ベラルーシ；ジプシー；中国；日本；イギリス系カナダ；スペイン系アメリカ；メキシコ；プエルトリコ, チリ．

326B* **若者と死体**（旧，恐れ知らずの若者）

恐れ知らずの若者が1体の死体（いくつかの死体）を運ぶ．死体を食べるふりをして，強盗たちをおびえさせ[K335.1.10]，そして強盗たちの略奪品を奪う．死体を使って，若者は邪悪な霊たちに勝ち，姫を解放し，姫と結婚する．参照：話型1653.

類話（～人の類話） ラトヴィア；リトアニア；スコットランド；イギリス；スペイン；ロシア，ベラルーシ，ウクライナ；ジプシー．

327 **子どもたちと鬼**

この話型は，同系の説話群に関連する．この話型では，話型327A, 327B, 327Cのエピソードが結びついている．

コンビネーション 300, 313, 314, 314A*, 328, 700, 1875.

類話（～人の類話） フィンランド；ラトヴィア；ヴェプス，カレリア；スウェーデン；ノルウェー；フェロー；スコットランド；アイルランド；イギリス；フランス；カタロニア；フラマン；ワロン；ドイツ；オーストリア；イタリア；サルデーニャ；スロバキア；スロベニア；セルビア；ギリシャ；ポーランド；トルコ；ユダヤ；ジプシー；オセチア；チュヴァシ，モルドヴィア，ヴォグル/マンシ；アルメニア；ヤクート；タジク；パレスチナ，ヨルダン，カタール，イエメン；イラン；インド；中国；朝鮮；インドネシア；日本；フランス系カナダ；アメリカ；フランス系アメリカ；メキシコ；ブラジル；チリ；西インド諸島；エジプト，チュニジア，アルジェリア，モロッコ；東アフリカ；南アフリカ；マダガスカル．

327A **ヘンゼルとグレーテル**

（貧しい）父親が（継母に説得されて），自分の子どもたち（少年と少女）を森に捨てる[S321, S143]．2度子どもたちはまいた小石をたどって[R135]，家に戻る道を見つける．3晩目には，まいたエンドウ豆（パンくず）を鳥が食べてしまう[R135.1]．

子どもたちはジンジャークッキーの家にたどり着く．この家は魔女（鬼）のものである[G401, F771.1.10, G412.1]．魔女は子どもたちを家に連れ込む．少年は太らされ[G82]，一方少女は家事をしなければならない．魔女は少年がどれくらい太ったか調べるために，指を見せるよう求める[G82.1]．しかし少年は魔女に骨（棒）を見せる[G82.1.1]．魔女が少年を料理しようとすると，妹は無知を装って魔女を欺き，かまどに魔女を押し込む[G526, G512.3.2]．（魔女の息子は，母親が殺されたのを見つけ，子どもたちを追う．）

子どもたちは，魔女の宝を持って逃げる．鳥たちや動物たち(天使たち)が，子どもたちが水を渡るのを助ける．子どもたちは家へ帰る．参照：話型 327.

コンビネーション 通常この話型は，1つまたは複数の他の話型のエピソード，特に 327B, 327C, 328, および 300, 303, 310, 313, 315, 407, 450, 510A, 511, 1119, 1121 のエピソードと結びついている.

注 この話型が最初に現れるのは 1698 年である．オーノワ夫人(Madame d' Aulnoy)の「綿ネルのサンドロン(*Finette Cendron*)」．この話型の導入部が最初に現れるのは 16 世紀後期(モンターヌス(Montanus)の『庭の仲間(*Gartengesellschaft*)』No. 5)である.

類話(～人の類話) フィンランド；フィンランド系スウェーデン；エストニア；リーヴ；ラトヴィア；リトアニア；ラップ；ヴェプス, カレリア；スウェーデン；デンマーク；フェロー；アイスランド；アイルランド；フランス；スペイン；カタロニア；ポルトガル；オランダ；フリジア；フラマン；ワロン；ドイツ；ラディン；イタリア；コルシカ島；マルタ；ハンガリー；チェコ；スロバキア；スロベニア；セルビア；クロアチア；ルーマニア；ブルガリア；ギリシャ；ポーランド；ソルビア；ロシア, ベラルーシ, ウクライナ；ユダヤ；ジプシー；アディゲア；チュヴァシ, モルドヴィア, ヴォグル/マンシ；チェレミス/マリ；モンゴル；シリア；イラク；イエメン；インド；中国；朝鮮；インドネシア；日本；北アメリカインディアン；スペイン系アメリカ；メキシコ, コスタリカ, パナマ；キューバ, ドミニカ, プエルトリコ, コロンビア；マヤ；エクアドル；ペルー；ブラジル；チリ；西インド諸島；エジプト；チュニジア；アルジェリア；モロッコ；スーダン；ナミビア；マダガスカル.

327B 兄弟たちと鬼 (旧，こびとと巨人)

7人(3人，12人，30人)兄弟が鬼の家にやって来て，そこに泊めてもらう．鬼は兄弟たちの首を切り落とそうともくろむ．自分の娘たちを見分けるために，鬼は娘たちにナイトキャップ(ヘッドスカーフ)を与える．1人の兄弟(しばしば末の弟，親指小僧)が計画に気づき，兄弟全員が鬼の娘たちの帽子をかぶる(自分たちの帽子と娘たちのヘッドスカーフを取り替える，娘たちと寝る場所を取り替える)．夜，鬼は間違って自分の娘たちの首をはねる [K1611]．兄弟たちは逃げる．参照：話型 327, 1119.

コンビネーション 通常この話型は，1つまたは複数の他の話型のエピソード，特に 327A, 328, 531, 1119, および 301, 303A, 313, 314, 327C, 1121 のエピソードと結びついている.

注 口承はシャルル・ペロー(Charles Perrault)の「親指小僧(*Le Petit poucet*)」に強く影響を受けている.

類話(～人の類話)　フィンランド；フィンランド系スウェーデン；エストニア；ラトヴィア；リトアニア；ラップ；リーヴ, カレリア, コミ；スウェーデン；スコットランド, アイルランド；フランス；スペイン；カタロニア；ポルトガル；オランダ；フリジア；フラマン；ドイツ；オーストリア；イタリア；マルタ；ハンガリー；チェコ；スロバキア；セルビア；ルーマニア；ブルガリア；ギリシャ；ロシア, ウクライナ；ベラルーシ；トルコ；ジプシー；オセチア；アディゲア；チュヴァシ；ヤクート；グルジア；シリア, パレスチナ, ヨルダン, イラク, ペルシア湾, サウジアラビア, カタール, クウェート；インド；中国；インドネシア；日本；イギリス系カナダ；北アメリカインディアン；アメリカ, アフリカ系アメリカ；フランス系アメリカ；スペイン系アメリカ；メキシコ；ドミニカ, プエルトリコ；ブラジル；西インド諸島；エジプト, リビア, チュニジア；アルジェリア, モロッコ；カメルーン；スーダン；ナミビア；マダガスカル.

327C　悪魔(魔女)が若者を袋に入れて家へ連れていく

魔女(鬼)が，少年(魔法によって受胎した少年，親指小僧)をそそのかして袋に入れ，(少年の家から)連れ去る．少年は魔女を欺き(自分の代わりに石，とげ，泥などを詰め)，その袋から2回逃げることができる．3回目に魔女は少年を家に連れていく．

少年は魔女の娘に殺されることになる．少年は娘をだまして(どのように殺される準備をしたらいいか，自分に手本を示すよう娘を仕向け[G536])，娘を鍋の中に放り込み(娘をかまどで焼き)，娘を食事として娘の家族に出す[G61]．少年は魔女をあざけり，魔女を殺し，そして家に帰る(魔女の宝を持って帰ることもある)．

コンビネーション　通常この話型は，1つまたは複数の他の話型のエピソード，特に327A，および327B, 327F, 327G, 328, 700, 1119, 1121のエピソードと結びついている．
類話(～人の類話)　フィンランド；フィンランド系スウェーデン；ラトヴィア；リトアニア；ラップ；スウェーデン；ノルウェー；フェロー；アイスランド；アイルランド；イギリス；フランス；スペイン；カタロニア；オランダ；フリジア；フラマン；ワロン；ドイツ；スイス；イタリア；ハンガリー；スロバキア；クロアチア；ギリシャ；ポーランド；ロシア, ベラルーシ, ウクライナ；トルコ；ユダヤ；アディゲア；ヴォチャーク；グルジア；パレスチナ；イラク；イラン；インド；スリランカ；日本；アメリカ；モロッコ；東アフリカ；コンゴ；ナミビア；南アフリカ.

327D　キデルカデルカー

少年と少女が森の中で道に迷い，鬼の家に着く．鬼の妻が子どもたちをかくまうが，鬼は子どもたちを見つけ，彼らを首吊りにしようとする．少女が鬼を説得して，どうやるのかを鬼に示させる．自分の首を吊るしながら，鬼はほどいてくれと懇願し，(金の)雄鹿たちが引く魔法の車「キデルカデルカー(Kiddelelkaddelkar, Kittelkattelkarre)」と，たくさんの宝を子どもたちにあげると約束する．

子どもたちは(訳注：キデルカデルカーに乗って)逃げる．そして途中3人の男に自分たちの逃げ道を明かさないように頼む．3人目の男はひどく鬼に脅されて，子どもたちを裏切る．子どもたちは洞窟に隠れる．鬼は子どもたちがいるとは思いもせず，横になって眠り，出口を塞ぐ．子どもたちは鬼を殺すが，怪鳥が鬼の死体を食べてしまうまで，3晩洞窟を出ることができない．それから子どもたちは，鬼の宝を持って両親のもとに帰る．

類話(～人の類話)　ドイツ；セルビア；クロアチア；ポーランド；ソルビア；トルコ；ユダヤ；トゥヴァ；サウジアラビア，イエメン；インド；インドネシア；メキシコ；スーダン；西アフリカ．

327F　魔女と漁師の少年

漁師の少年のために母親は毎日食べ物を岸辺に持ってくるが，その母親の言葉と声をまねて，魔女が少年を捕まえようとする．魔女は自分の舌を鍛冶屋に薄くしてもらうとうまくいき[F556.2, K1832]，少年を家に連れていく．

魔女の娘が少年を焼こうとすると，少年は娘をかまどに押し込む[G526, G512.3.2]．少年は木の上に隠れ，魔女が自分の娘を食べたのだと魔女に告げる(魔女は娘の指輪または髪を見つける)．少年は見つかる．魔女は木を倒すが，最後の瞬間に鳥たちが少年を助け(少年は自分で翼をつくり)，家に飛んでいく(魔女は動物たちに踏みつぶされる，または水に映った少年の姿を飲み込もうとして破裂する)．

コンビネーション　327A-327C, 327G.

類話(～人の類話)　ラトヴィア；リトアニア；スロバキア；ロシア，ベラルーシ，ウクライナ；パレスチナ，ヨルダン，サウジアラビア，カタール，クウェート；エジプト；アルジェリア；スーダン．

327G　魔女の家に捕まった兄弟たち(旧，悪魔(魔女)の家の少年)

魔女(悪魔)が3人兄弟を捕まえる．兄弟のうちの1人は愚か者である．そして魔女は3人兄弟を太らせる．魔女の末の娘が，3人兄弟のうちの1人を焼こうとする．愚か者は，パン焼きべらにどうやって横たわったらいいかわからないふりをして娘を焼く．その娘を年寄りの魔女は知らずに食べる．同じことがほかの2人の娘にも起きる[G512.3.2.1]．それから愚か者は年寄りの魔女を殺し，3人兄弟は魔女の死体を運んで家に向かう．3人兄弟は木に登り，下に泥棒たちを見つける．愚か者が魔女の死体を落とすと，泥棒たちは逃げる．そして3人兄弟は泥棒たちの略奪品をすべて手に入れる[K335.1.2.1]．参照：話型1653.

コンビネーション 327A–327C, 328, 1119, 1653.

類話(～人の類話) フィンランド；フィンランド系スウェーデン；ラトヴィア；リトアニア；ノルウェー；ブルガリア；ギリシャ；ロシア.

328 少年が鬼の宝を盗む（コルヴェット(Corvetto)）

導入部(ないこともある)：

3人(12人，13人，30人，等)の兄弟が鬼(悪魔)の家に着く．その晩鬼は兄弟を殺そうとする．しかし賢い末の弟は，自分たちの帽子と鬼の娘たちの帽子を取り替えて，自分たちを救う．（参照：話型327B, 1119.）兄弟たちは王の宮殿に雇われる．

主部：

妬み深い兄たちは，末の弟は次のような鬼の宝を盗むことができると言う[H1151, H911]．魔法の馬[H1151.9]，ベッドカバー，じゅうたん，オウム(ランプ，剣[D1400.1.4.1]，銀または金の家禽，楽器[D1233]，等)．策略を使って，若者はこれらの品を手に入れる．参照：話型1525, 1525A.

最後に兄たちは，末の弟は鬼そのものをさらってくることができると言う[H1172]．変装した若者は，泥棒は死んだと鬼に言い，棺の寸法を測るために鬼を説得して棺の中に横たわらせる[G514.1]．若者は棺を釘で留め，鬼を捕まえてくる．そして姫を妻として与えられる．

一部の類話では，若者は，前に受けた冷遇に対し復讐するために[G610.1]，または親しい王を助けるために[G610.3]，鬼のものを盗みに出かける．

一部の類話，おもに北ヨーロッパと北西ヨーロッパ，およびアメリカでは，主人公は女である．

コンビネーション 通常この話型は，1つまたは複数の他の話型のエピソード，特に327A, 327B, 327C, 531, 1119, および303A, 314, 326, 327, 1121, 1122, 1137のエピソードと結びついている．

注 17世紀にバジーレ(Basile)の『ペンタメローネ(*Pentamerone*)』(III, 7)に記録されている．

類話(～人の類話) フィンランド；フィンランド系スウェーデン；エストニア；ラト

ヴィア；ラップ；ヴェプス，コミ；スウェーデン；ノルウェー；デンマーク；フェロー；アイスランド；スコットランド；アイルランド；イギリス；フランス；スペイン；カタロニア；ポルトガル；ワロン；ドイツ；ラディン；イタリア；コルシカ島；サルデーニャ；マルタ；ハンガリー；チェコ；スロバキア；スロベニア；セルビア；ルーマニア；ブルガリア；アルバニア；ギリシャ；ポーランド；ロシア，ベラルーシ，ウクライナ；トルコ；ユダヤ；ジプシー；チュヴァシ；グルジア；シリア；パレスチナ，ヨルダン，カタール；イラク；インド，スリランカ；中国；イギリス系カナダ；フランス系カナダ；アメリカ；スペイン系アメリカ；メキシコ；ドミニカ；チリ；西インド諸島；エジプト，アルジェリア，モロッコ；チュニジア；南アフリカ．

328A　ジャックと豆の木

ジャックという名の貧しい少年が，自分の雌牛をわずかな豆と取り替える(ジャックの母親が家を掃いていて豆を見つける)．豆の1粒が巨大な豆の木になる[F54.2]．ジャックはその豆の木を登って天上世界に行き，そこで巨人の家を見つける．

巨人の妻はジャックに食事を与え，夫が家に帰ってくるとジャックを隠す．巨人は人間の肉の匂いを嗅ぎつけるが[G84]，妻は巨人に勘違いだと言う[G532]．巨人は夕食を食べ，お金を数え，眠り込む．ジャックはお金を盗み，豆の木を伝って急いで家におりる．ジャックはもう2回，巨人の金の卵を産むメンドリ[B103.2.1]と自動で演奏するハープ[D1601.18]を盗みに行く．

3回目にハープが大声を上げ，巨人を起こす．巨人はジャックを追ってくる．ジャックは豆の木の下に着き，豆の木を切り倒す．巨人は落ちて死ぬ．そしてジャックと母親はたくさんのお金を手に入れる．

注　空へ登るはしごとして豆の木が現れるのは，イギリスの説話では18世紀初頭である．この話型の最初の版は1807年である．

類話(～人の類話)　ノルウェー；イギリス；ドイツ；ハンガリー；日本；オーストラリア；フランス系カナダ；アメリカ；西インド諸島；南アフリカ．

328*　1つの目を共有する3人の巨人 (旧，少年が王の庭を守る)

2人兄弟が森で道に迷う(1人息子が両親の家を出て，森を歩いていく途中休憩する)．兄弟は3人の巨人(トロル)に脅される．巨人たちはたった1つの目を共有していて，その目を代わるがわる額に入れる[G121.1]．2人兄弟は巨人たちの目を盗み[G612]，たくさんの金銀の報酬(魔法の贈り物)と引き換えに目を返す．

コンビネーション　300, 530.

類話(～人の類話)　ラップ；ノルウェー；デンマーク；スペイン；ドイツ；ジプシー.

328A*　3人兄弟が太陽と月と星を盗み返す

3人兄弟が，3匹の多頭の竜たち(悪魔たち)に盗まれた太陽と月と星々を取り返しに出かける．兄弟の1人(しばしば雌犬から生まれた息子)が竜たちを負かし，天の明かりを解き放つ．参照：話型300A.

コンビネーション　300A, 302, 513A.
類話(～人の類話)　ハンガリー；スロバキア；ルーマニア；ウクライナ；ジプシー；チュヴァシ.

329　姫から隠れる(旧，悪魔から隠れる)

姫が見つけ出すことができないようにうまく隠れることができる者がいれば，その者と結婚すると，姫が約束する[H321]．失敗した者たちは首をはねられる(首は柵に刺してさらされる)[H901.1].

(貧しい)若者(3人兄弟の末の弟)が，この課題に挑む．若者が動物たち(1人のお爺さん)を助けたので，魚は腹の中に，ワシは雲(太陽)の後ろに，キツネは地面の下に，若者を隠す[D684, H982]．姫は魔法の鏡(魔法の本)を使って，または何でも見通す目で若者を見つける.

姫は若者に4回目の試験をする．若者は魔法の鏡の後ろ(姫の椅子の下)に隠れるか，またはシラミ(バラのとげ)に変身して(変身させてもらい)姫の髪の中に止まる，等[D641]．姫は若者を見つけることができず，若者のほうが優れていることを認め，若者と結婚する.

コンビネーション　301, 302, 531.
類話(～人の類話)　フィンランド；ラトヴィア；リトアニア；ヴェプス；デンマーク；フェロー；アイスランド；アイルランド；フランス；スペイン；カタロニア；フリジア；ドイツ；ハンガリー；スロバキア；クロアチア；マケドニア；ルーマニア；ブルガリア；ギリシャ；ポーランド；ロシア, ベラルーシ, ウクライナ；トルコ；ジプシー；オセチア；アブハズ；アディゲア；チェレミス/マリ；チュヴァシ；カザフ；ブリヤート；トゥヴァ；グルジア；イラク；中国；フランス系カナダ；スペイン系アメリカ；ブラジル；チリ；エジプト, アルジェリア.

330　鍛冶屋と悪魔(旧，鍛冶屋が悪魔を出し抜く)(ミゼーレ(みじめ)おじさん(Bonhomme Misère))(旧話型330A–330D, 330* を含む)

貧困(その他の理由)のために，悪魔(死神)に魂を売り渡した鍛冶屋[M211]が，地上を訪れていたキリストと聖ペトルスを泊める[K1811]．お礼に願い事を３つかなえてもらえることになる[Q115](参照：話型 750A).聖ペトルスは，天国に居場所を求めることを促すが，鍛冶屋は，人をくっつける木とベンチ(椅子)と人を中に引き込む背嚢[J2071, D1413.1, D1413.5, D1412.1](必ず勝てるトランプ[N221]，等)を望む．参照：話型 753A.

悪魔(死神)が鍛冶屋を連れていこうとすると，悪魔はベンチと木にくっつき，鍛冶屋に生きる時間をもっと与えなければならなくなる(契約を解消しなければならなくなる)．さもないと誰も死ななくなる[Z111.2]．最後に悪魔は袋に放り込まれ，(鉄床で)さんざん叩かれる[K213].

鍛冶屋は人生に疲れるが，天国にも地獄にも行くことができない[Q565].鍛冶屋は背嚢を天国に押し込み，その中に引き込まれることで聖ペトルスを欺く[K2371.1.3](トランプを天国の門の内側に放り込み，中に入って集めることを許してもらう).

一部の類話では，主人公のトリックスターは寓意的な登場人物(例えばみじめさ，妬み，貧困)であり，悪魔を木の上に呪縛し，ついには悪魔に寓意的な登場人物の不滅を約束させる．それから悪魔を解放する．(旧話型 330D.)

コンビネーション　通常この話型は，１つまたは複数の他の話型のエピソード，特に 326, 332, 592, 753, 785, 804B, 1159 のエピソードと結びついている.

類話(～人の類話)　フィンランド；フィンランド系スウェーデン；エストニア；リーヴ；ラトヴィア；リトアニア；ラップ, ヴォート, カレリア；リュディア, コミ；スウェーデン；ノルウェー；デンマーク；アイスランド；アイルランド；ウェールズ；イギリス；フランス；スペイン；バスク；カタロニア；ポルトガル；オランダ；フリジア；フラマン；ワロン；ルクセンブルク；ドイツ；スイス；オーストリア；ラディン；イタリア；コルシカ島；サルデーニャ；ハンガリー；チェコ；スロバキア；スロベニア；セルビア；クロアチア；ルーマニア；ブルガリア；ギリシャ；ソルビア；ポーランド；ロシア, ベラルーシ；ウクライナ；ユダヤ；ジプシー；チェレミス/マリ；ヴォチャーク；グルジア；パレスチナ；インド；スリランカ；中国；朝鮮；イギリス系アメリカ；フランス系カナダ；アメリカ；スペイン系アメリカ；アフリカ系アメリカ；メキシコ；ドミニカ；プエルトリコ；マヤ；コロンビア, チリ, アルゼンチン；ブラジル；西インド諸島；南アフリカ.

330A–330D　話型 330 を見よ.

330*　話型 330 を見よ.

331 瓶の中の精霊

男(木こりの息子，鍛冶屋，漁師，兵隊)が好奇心に駆られ(精霊に頼まれて)，容器(瓶)から悪い精霊を解放する[R181]．(とてつもない大きさに伸びた)精霊は，長く閉じ込められていた仕返しをしようとし，救ってくれた男を殺すと脅す．男は次のように精霊をだます．男は，精霊が再び小さくなれることが信じられないふりをして，精霊を容器に戻す[K717]．男は瓶に栓をし，精霊は捕まる．

一部の類話では，贈り物(魔法の薬，魔法の力[D1240, D2102])と引き換えに，精霊は再び解放される．参照：話型 155, 735A.

コンビネーション 155, 330, 332.

注 東洋起源(ユダヤ，アラビア)．ヨーロッパでは中世に初めて記録されている．

類話(～人の類話) フィンランド；フィンランド系スウェーデン；エストニア；ラトヴィア；リトアニア；スウェーデン；ノルウェー；デンマーク；スコットランド；アイルランド；イギリス；フランス；スペイン；カタロニア；フリジア；ドイツ；ラディン；イタリア；ハンガリー；チェコ；スロバキア；スロベニア；セルビア；ブルガリア；ギリシャ；ポーランド；ロシア, ベラルーシ, ウクライナ；ユダヤ；ジプシー；チェレミス/マリ, モルドヴィア；ブリヤート, モンゴル；レバノン, カタール；インド, スリランカ；中国；日本；フランス系カナダ；スペイン系アメリカ；コスタリカ；プエルトリコ；エジプト；アルジェリア；モロッコ；中央アフリカ；ナミビア.

332 死神の名づけ親 (旧話型 332A* と 332B* を含む)

子だくさんの貧しい男が，新しく生まれた息子のために(ふさわしい)名づけ親を探している．男は神(聖者，悪魔)を断り，死神(死の天使，災い)を選ぶ．なぜなら死神は誰のことも平等に扱うからである[Z111, J486]．贈り物として，父親(息子)は，死神が病人のベッドの頭のほうに立っているか足もとに立っているかによって，病人が回復するか死ぬかを予想する魔法の力を授かる[D1825.3.1]．その結果，男は有名な医者になり，裕福になる．

医者は死神を(何回か)次のようにだます．富(姫)が約束されると，医者はベッドを回転させて，死ぬことになっている人の命を救う[K557](医者の臨終のとき，死神は，医者が最後の主の祈りを唱える時間を与えるが，医者は祈りを終えない[K551.1]－参照：話型 1199．死神は医者をだまして祈りを終わらせる)．

一部の類話では，死神は男に地下世界で男の命のともし火を見せる，そして突然それを消す[E765.1.3, K551.9]．または男があの手この手で自分の人生を延ばそうとする(ふつうはうまくいかない)．(旧話型 332A*.) 参照：話型

1187.

コンビネーション 通常この話型は，1つまたは複数の他の話型のエピソード，特に1199，および326, 330, 331, 334, 1164, 1187のエピソードと結びついている．

注 14世紀に記録されている．

類話（〜人の類話） フィンランド；フィンランド系スウェーデン；エストニア；ラトヴィア；リトアニア；ラップ；カレリア，コミ；スウェーデン；ノルウェー；デンマーク；アイスランド；スコットランド；アイルランド；フランス；スペイン；バスク；カタロニア；ポルトガル；オランダ；フリジア；フラマン；ドイツ；オーストリア；ラディン；イタリア；サルデーニャ；マルタ；ハンガリー；チェコ；スロバキア；スロベニア；セルビア；クロアチア；マケドニア；ルーマニア；ブルガリア；アルバニア；ギリシャ；ソルビア；ポーランド；ロシア，ベラルーシ，ウクライナ；トルコ；ユダヤ；ジプシー；グルジア；シリア，イラク，カタール，クウェート，イエメン；パレスチナ；イラン；スリランカ；日本；アメリカ；スペイン系アメリカ；メキシコ；コスタリカ；パナマ；ドミニカ；マヤ；ブラジル；西インド諸島；カボヴェルデ；エジプト；リビア，モロッコ．

332A* 話型332を見よ．

332B* 話型332を見よ．

332C* 死神をだまして不死を手に入れる

この説話には，2つの異なる型がある．

(1) 年老いた兵隊が天国の門番になる．死神は兵隊に，次に誰を連れてきたらいいか何度か尋ねる．神は死神に，老人たちを（それから中年たちを，そして若者たちを順に）連れてこさせたい．しかし門番は自分の両親（妻，子どもたち）を救いたくて，代わりにモミの木々（ブナの木々，オークの木々）を切り倒すように死神に言う．神がこのごまかしを知り，次に誰を連れてきたらいいかを死神に指示する．こうして兵隊と彼の親族は天国で再会する．（一部の類話では，兵隊は地獄に追放される．地獄で兵隊は多くの魂を煉獄から救い出し，追い出される．参照：話型475.）

(2) 王子が不死を手に入れたいと思う．王子は3つの異なる王国を旅する．それらの国では支配者が，600年（800年，1000年）のうちに終わらせなければならない課題を果たさなければならない（1本の木を引き抜く，山を平らにならす，何千本もの縫い針を使いきる）．この間，死神は力を失っている．そのたびに王子は魔法の品をもらい，とどまるよう頼まれるが，王子は旅を続ける．最後に王子は不死の王国に着く．

1000年後，王子は両親を捜しに行く．不死の王国の女王は王子に命の水を与え，王子はそれを使って3つの王国の死んだ支配者たちを生き返らせる．王子は，自分が以前住んでいた家と家族の痕跡を見つけることができずに帰る．死神に追われて，王子は不死の王国の国境に着く．不死の女王は，死神との競争で王子を勝ち取り，2人は永遠にいっしょに暮らす．

類話(～人の類話) エストニア；ドイツ；イタリア；スロバキア．

332F* 話型735Aを見よ．

333 **赤頭巾**(旧，大食い)(プチ・シャプロン・ルージュ(Petit Chaperon Rouge)，カプチェット・ロッソ(Cappuccetto rosso)，ロートケプヒェン(Rotkäppchen))(旧話型333Aを含む)

赤い帽子をかぶっているので「赤頭巾」と呼ばれている小さな少女が，森に住んでいる祖母のところへ行かされる．赤頭巾は道を外れないよう注意される[J21.5]．途中赤頭巾はオオカミに出会う．オオカミは赤頭巾がどこに行くのかを知り，急いで先回りし，祖母を呑み込む(祖母の血をグラスに入れ，祖母の肉を鍋に入れる)．オオカミは祖母の服を着て，祖母のベッドに横たわる．

赤頭巾は祖母の家に着く(赤頭巾は血を飲み，肉を食べ，ベッドに寝なければならない)．赤頭巾は，祖母がオオカミなのではないかと疑い，異常に大きな耳[Z18.1]，目，手，口について尋ねる．最後にオオカミは赤頭巾を食べる[K2011]．

狩人がオオカミを殺し，オオカミの腹を切り開く．赤頭巾と祖母は生きたまま救い出される[F913]．彼らはオオカミの腹に石を詰める[Q426]．オオカミは溺れ死ぬか落ちて死ぬ．参照：話型123, 2028.

一部の類話では，赤頭巾はオオカミよりも先に祖母の家に着く．オオカミは屋根に登り，赤頭巾が出てくるまで待つ．ソーセージをゆでた祖母は，煮汁を家の前の大きな桶に入れるよう赤頭巾に頼む．匂いに誘われて，オオカミは屋根から落ちて桶の中で溺れる．

イタリアの版では，ケーキを焼こうとしている女が，娘(カテリネッラ(Caterinella)，カテリーナ(Caterina)，カタリネッタ(Cattarinetta))に平鍋を借りに行かせる．貸してくれた鬼(魔女，オオカミ)は，ケーキとワインを持って戻ってくるように女の子に頼む．途中，女の子はケーキを食べ，ワインを飲む．そして代わりに馬のふんと小便を入れる．この悪さに怒って，鬼は少女を家まで追いかけ，少女を食う(家に入ることができない，少女の母親にだまされる).(旧話型 333A.)

コンビネーション 123.
注 17世紀後期にシャルル・ペロー(Charles Perrault)によって記録されている.
類話(〜人の類話) フィンランド系スウェーデン;エストニア;ラトヴィア;リトアニア;ヴェプス,カレリア;スウェーデン;ノルウェー;アイスランド;デンマーク;アイルランド;フランス;ポルトガル;フラマン;ワロン;ドイツ;イタリア;サルデーニャ;ハンガリー;スロベニア;ブルガリア;ギリシャ;ポーランド;ベラルーシ;トルコ;ジプシー;ユダヤ;モルドヴィア;ヨルダン,イラク;イラン;アメリカ;プエルトリコ;西インド諸島;エジプト,アルジェリア;中央アフリカ;南アフリカ.

333A 話型333を見よ.

333B 話型334を見よ.

334 魔女の家庭 (旧話型333Bを含む)

少女(女)が,仲のいい動物たち(少女の身体の一部)の警告を無視して,自分の名づけ親の女(祖母)を訪問する.名づけ親の女は人食いである.少女はぞっとする物をたくさん見る(例えば,骨の柵,血でいっぱいの樽,動物の頭をした名づけ親の女).少女が名づけ親に自分が見たことを話すと,少女は殺される(食われる).参照:話型363.

コンビネーション 332, 333.
類話(〜人の類話) ラトヴィア;リトアニア;ヴェプス,コミ;カレリア;カタロニア;フラマン;ドイツ;イタリア;ハンガリー;チェコ;スロバキア;セルビア;クロアチア;ギリシャ;ポーランド;ソルビア;ロシア;ベラルーシ,ウクライナ;ジプシー;チェレミス/マリ;パレスチナ;日本;アメリカ;チュニジア.

335 死神の使者たち

死神がある男に,その男のところに来る前には警告してやると約束する.それで男は楽しく暮らす.最後に死神が男を連れに来ると,男は死神が約束を守らなかったと非難する.死神は数々の病気や老衰で男に警告を与えたと答え,男を連れていく[J1051].

コンビネーション 332.
注 ジョン・ブロムヤード(John Bromyard)の『説教大全(*Summa predicantium*)』(M XI, 5, XI, 6)に記録されている.またこの主題は古典の資料に見られる.

類話(〜人の類話) フィンランド；エストニア；リトアニア；ラトヴィア；アイルランド；スペイン；ポルトガル；フリジア；フラマン；ドイツ；マルタ；ハンガリー；チェコ；スロベニア；マケドニア；ブルガリア；ギリシャ；ポーランド；ユダヤ；ネパール；朝鮮；オーストラリア；エチオピア.

360 3人兄弟と悪魔の契約

旅の3人の職人(兄弟，友人)が悪魔と次のような契約を結ぶ．3人の職人は，常に「おれたち3人」「金のために」「そのとおり」という言葉しか言わないと誓うという条件で[C495.2.1, M175]，莫大なお金(決して空にならない財布)を受け取る.

宿屋の主人が金持ちの商人を殺し，職人たちを告発する．職人たちは決まった答えしかしないので，罪を自白したように見える．参照：話型1697.

悪魔は絞首台から職人たちを救う[R175]．宿屋の主人は代わりに絞首刑にされる．そして悪魔は宿屋の主人の魂を取って満足し，職人たちのことはそのままにしておく[K217].

コンビネーション 361, 812, 1182, 1697.
注 18世紀後期に記録されている.
類話(〜人の類話) フィンランド系スウェーデン；エストニア；ラトヴィア；ノルウェー；デンマーク；スペイン；カタロニア；フリジア；フラマン；ドイツ；ラディン；イタリア；ハンガリー；スロバキア；スロベニア；ルーマニア；ポーランド；ベラルーシ, ウクライナ；シリア, イラク；フランス系カナダ；スペイン系アメリカ；エジプト.

361 熊皮

貧しい兵隊が大金(決して空にならない財布)と引き換えに，悪魔に自分の魂を売る[M211]．兵隊の魂は，兵隊が7年間体を洗ったり髪をとかしたりせずに暮らしたら解放される[C721.1, C723.1].

兵隊は貧しい男を助ける．貧しい男は娘の1人を兵隊に嫁がせることを約束する．上の2人の娘は汚い男をあざけるが，末の娘は彼との結婚に同意する[L54.1]．兵隊は末の娘にしるし(半分の指輪か半分のコイン)を残していく.

7年がたち，契約が完了する．悪魔は兵隊を洗って服を着せ，解放する．兵隊は金持ちの紳士として花嫁のところに戻り，しるしによって本人だと知れる．妬んだ姉たちは自ら命を絶つ．こうして悪魔は1つの魂の代わりに2つの(時としてもっと多くの)魂を手に入れる[K217]．参照：話型475.

コンビネーション 360, 475.
注 17世紀に記録されている.
類話(～人の類話) フィンランド；フィンランド系スウェーデン；エストニア；ラトヴィア；リトアニア；リーヴ；スウェーデン；ノルウェー；デンマーク；アイスランド；スコットランド；アイルランド；スペイン；カタロニア；オランダ；フリジア；ドイツ；スイス；オーストリア；ラディン；イタリア；ハンガリー；チェコ；スロバキア；スロベニア；ギリシャ；ポーランド；ソルビア；ロシア, ベラルーシ, ウクライナ；ジプシー；フィリピン；アメリカ；スペイン系アメリカ, メキシコ；エジプト.

361* **鉄の頭のオオカミ** (旧, オオカミが, 主人公を食べると脅す)
鉄の頭をしたオオカミが貧しい男(羊飼い)を苦境から助け, 男が結婚しないことを要求する(男を食べると脅し, 結婚の日まで食べるのを延期する). 結婚式の日, オオカミは再び現れ, 男は逃げる. そして数多くの冒険のあと, 最後に男は自分の犬たちの助けでオオカミを殺す.

類話(～人の類話) リトアニア；ハンガリー；セルビア；ジプシー.

362* **悪魔の親切**
悪魔が貧しい男の仕事を手伝う(貧しい男に裕福な夫婦の宝を与える). 別の男(夫婦)が嫉妬(悲痛)のあまり首を吊り, その結果悪魔は自分の報酬を得る[K217].

類話(～人の類話) ラトヴィア；リトアニア；デンマーク；ドイツ；ウクライナ.

363 **死体を食う男** (旧, 吸血鬼)
若い女が変わった容貌(緑色のあごひげ, 金色の鼻, 等)の男と結婚したいと思う. この特徴を持った魔的な花婿が現れ, 若い女は花婿について遠くの城へ行く. 途中若い女は, 花婿が3つの教会で(墓地で)死体を食べているのを見る[G20]. 参照：話型894.
花婿は若い女に何かを見たかどうか尋ねる. 若い女は見ていないと答える. 花婿が彼女の父親や兄弟の姿で現れても, 見ていないと答える[D40, D610]. 最後に花婿が彼女の母親の姿になって尋ねると, 若い女は見たことを打ち明ける. 若い女は食われる(最後の瞬間に逃げることができる). 参照：話型334.

コンビネーション 365, 407, 955.
類話(～人の類話) フィンランド；フィンランド系スウェーデン；エストニア；リー

ヴ；ラトヴィア；リトアニア；スウェーデン；ノルウェー；デンマーク；アイルランド；イギリス；フリジア；イタリア；チェコ；スロバキア；クロアチア；ギリシャ；ポーランド；ロシア，ベラルーシ，ウクライナ；トルコ；ユダヤ；ジプシー；チェレミス/マリ；パレスチナ，イラク；中国；エジプト；アルジェリア，モロッコ，スーダン；中央アフリカ．

365　死んだ花婿が花嫁を連れ去る（レオノーレ（Lenore））（旧話型365A* を含む）

若い女が戦争から戻らなかった花婿のことを嘆く（魔法で彼を生き返らせる）．ある夜，花婿が現れて，いっしょに馬に乗るよう促し，彼女を馬の後ろに乗せていく．花婿は彼女に怖いかと2回尋ねる．愛する人がいっしょなのだから怖くないと彼女は答える．3回目に彼らは墓に着く．花婿が彼女を開いている墓に誘おうとすると，彼女は花婿が死んでいることに気づく．花婿は彼女をつかみ，彼女の服を引き裂く．花嫁は逃げる（墓に引き込まれる［E215］，または踊る死者によって死ぬまで踊らされる，またはずたずたに引き裂かれる）．

コンビネーション　363, 407, 1199A.

注　古代の死者信仰に基づく時代不詳の伝説．次のようなバラードや民謡としても流布している．「サフォークの不思議な出来事（*The Suffolk Miracle*）」（1689）．ビュルガー（Bürger）の「レオノーレ（*Leonore*）」（1773）．

類話（～人の類話）　フィンランド；フィンランド系スウェーデン；エストニア；リーヴ；ラトヴィア；リトアニア；ラップ；リュディア；スウェーデン；ノルウェー；デンマーク；アイスランド；アイルランド；イギリス；フランス；オランダ；フリジア；フラマン；ドイツ；オーストリア；ラディン；イタリア；ハンガリー；チェコ；スロバキア；スロベニア；セルビア；クロアチア；ボスニア；マケドニア；ルーマニア；アルバニア；ギリシャ；ポーランド；ソルビア；ロシア，ベラルーシ，ウクライナ；ジプシー；インド；日本；アメリカ；チリ；アルゼンチン；ナミビア．

365A*　話型365を見よ．

366　絞首台から来た男

この説話には，おもに2つの異なる型がある．

（1）　男（女，子ども）が，絞首刑に処せられた死体（その他の死人）から肝臓（肺，心臓，胃，尻）を取る．家で（しばしばそれが何かを知らないまま［G6］）その肉が食べられる．夜，死人が現れて，盗まれた体の部分を求め，犯人（食べた人）を（地獄に）運び去るか，または殺して罰する［E235.4］．

(2) 脚(腕)を失った子ども(大人)が，代わりに金(ダイヤモンド)の脚をつける．子どもが死に，両親(召し使いたち，墓掘り人たち，等)が金の脚を取る．夜，死んだ子どもが現れて，脚をなくしたことに不平を言い[E235.4.1, E235.4.2]，それを取り返す．

類話(〜人の類話) フィンランド；フィンランド系スウェーデン；エストニア；ラトヴィア；リトアニア；スウェーデン；ノルウェー；デンマーク；スコットランド；イギリス；フランス；スペイン；カタロニア；ポルトガル；オランダ；フリジア；フラマン；ドイツ；オーストリア；イタリア；ハンガリー；チェコ；クロアチア；ポーランド；ロシア；ベラルーシ；チェレミス/マリ；サウジアラビア；中国；イギリス系カナダ；アメリカ；スペイン系アメリカ；アフリカ系アメリカ；ホンジュラス；プエルトリコ；ブラジル；アルゼンチン；ナミビア．

368* 話型 751G* を見よ．

368B* 話型 779J* を見よ．

368C* 冷酷な継母の死

冷酷な継母が，3月に継娘を川に行かせ，羊毛を洗わせる．2人の旅人，キリスト(神)と聖ペトルスが，継娘を助ける．そして継娘は花を持って帰る．それで悪い継母は，もう春が来たと思う．継母は羊の群れを山に追っていき，凍って石になる．

類話(〜人の類話) ハンガリー；クロアチア；ルーマニア．

369 いなくなった父親を捜す若者

少年(若者)が，自分が生まれる前に出ていった(行方不明になった)父親を捜しに出かける[H1381.2.2.1]．少年はお婆さん(魔女)の家にやって来て，お婆さんをだます(お婆さんを殺す，お婆さんの息子との競争に勝つ)．少年は(生きている，死んだ，動物に変身させられた)父親を見つける．少年(神)は父親を解放する(生き返らせる)．

類話(〜人の類話) フラマン；アルメニア；ヤクート，ツングース；インド；中国．

超自然の，または魔法にかけられた妻(夫)またはその他の親族 400–459

妻 400–424

400　いなくなった妻を捜す夫 (旧話型 400*, 401, 401A を含む)

この説話には，おもに3つの異なる型がある．

(1)　苦境に陥った男(貧困に陥った漁師，商人)が，そうとは知らずに，(生まれてくる)息子を悪魔にやると約束する[S240]．後に少年が悪魔に引き渡されるとき，少年が魔法で守られているので，悪魔は少年を意のままにできない[K218.2](参照：話型 810)．それで少年は海(川，砂漠)に出される．

彼は異国に着き，人けのない城を見つける．彼はその城で，魔法にかけられてヘビ(鹿)の姿に変えられた姫(乙女，妖精)に出会う．彼は3晩責め苦に耐え，姫を救う[D758.1]．彼らは結婚する[F302, L161]．

彼が両親を訪ねたがると，妻は彼に，彼を家へと運んでくれる指輪を与え[D1470.1.15]，そして妻を彼のもとに呼び出すことを禁じる[C31.6](妻の美しさを自慢することを禁じる[C31.5])．家で彼は(母親によって)禁令を破らされる．妻が現れ[D2074.2.3.1]，指輪を取り上げ，彼を貧困の中に残す．

男は妻を捜しに出かける[H1385.3]．途中，彼は3人の隠者(動物王国の支配者たち，または，月と太陽と風)に会い，道を尋ねる[B221, H1232, H1235]．3人目の助けで，彼は妻の王国に到着する，または魔法の品(遺産，略奪品)をめぐって争っている3匹の巨人を助けるふりをする．彼は魔法の品(魔法の剣[D1400.1.4]，魔法の外套または頭巾[D1361.14]，7マイルブーツ[D1521.1])を盗む[D831, D832](参照：話型 518)．それら魔法の品の力で，彼は妻のところへ行く途中の障害を乗り越えることができる[D2121]．

彼が妻を見つけたとき，妻はまさに別の男と結婚しようとしている[N681]．彼は自分が本当の夫であるということを明かす．

(2)　姫と出会い，魔法を解くことは(1)の版と同様であるが，しかし完全には魔法は解けない．

姫は遠く離れた自分の国に戻る旅に出たがる．姫は救ってくれた男に，決められた時に決められた場所で自分を待つように頼む．姫は3回現れるが，そのたびに召し使い(魔女)が姫の夫を深く眠らせ，夫はその眠りから目を覚ますことができない[D1364.15, D1364.4.1, D1972]．姫は，どのように，どこで(ガラス山にいる)自分を見つけることができるかを夫に(手紙で)知らせる．

彼は姫を捜しに出かける．(1)の版のように続く．

(3) 若者は，鳥(白鳥，カモ，ガチョウ，ハト)の群れが岸におりるのを見る．鳥たちは羽毛のコートを脱ぎ，美しい乙女になる[D361.1]．鳥たちが水浴びをしている間に，若者はいちばん美しい乙女の羽毛のコートを盗む．その乙女は，ほかの鳥たちとともに去ることができず，そのため若者と結婚しなければならない[D721.2, B652.1]．後に(男の母親の)不注意で，乙女が自分のコートを手に入れ[D361.1.1]，(子どもたちといっしょに)飛び去る．乙女は若者に異界の自分の行き先(例えばガラス山)を教える．(1)の版と同じように，男は妻を捜しに出発する．一部の類話は，話型313(呪的逃走)の要素を含んでいる．

コンビネーション 通常この話型は，1つまたは複数の他の話型のエピソード，特に302, 313, 402, 518, 554, 810, 936*，および300, 301, 303, 304, 314, 325, 326, 329, 402, 425, 465, 505, 516, 530, 531, 550, 552, 566, 569, 590, 707, 1159のエピソードと結びついている．

類話(～人の類話) フィンランド；フィンランド系スウェーデン；エストニア；ラトヴィア；リトアニア；ラップ，ヴェプス，ヴォート，カレリア，コミ；スウェーデン；ノルウェー；デンマーク；フェロー；アイスランド；スコットランド；アイルランド；フランス；スペイン；カタロニア；ポルトガル；オランダ；フリジア；フラマン；ドイツ；スイス；オーストリア；ラディン；イタリア；コルシカ島；ハンガリー；チェコ；スロバキア；スロベニア；セルビア；クロアチア；ルーマニア；ブルガリア；ギリシャ；ソルビア；ポーランド；ロシア，ベラルーシ；ウクライナ；トルコ；ユダヤ；ジプシー；オセチア；アディゲア；チェレミス/マリ；チュヴァシ，モルドヴィア，ヴォチャーク，ヴォグル/マンシ；クルド；ヤクート；ブリヤート；モンゴル；グルジア；シリア，パレスチナ，ヨルダン，サウジアラビア，カタール；イラク；イエメン；イラン；パキスタン；インド；中国；朝鮮；ベトナム；インドネシア；日本；フィリピン；フランス系カナダ；北アメリカインディアン；アメリカ；スペイン系アメリカ；メキシコ；ドミニカ，プエルトリコ，チリ；南アメリカインディアン；マヤ；エジプト，アルジェリア；チュニジア；モロッコ；東アフリカ；スーダン；ナミビア；マダガスカル．

400* 話型400を見よ．

401 話型400を見よ．

401A 話型400を見よ．

401A* 魔法にかけられた城の兵隊たち

雑録話型．12人(7人，3人)の兵隊(脱走兵)が(しばしば動物か人の助けで)人里離れた城(小さい家)に来る．城で兵隊たちは食事をもらい泊めてもらう．白い女(夢に現れた乙女)が兵隊たちに，城に7年間(1年と2日間)とどまり(3晩見張りをし)，ある条件(乙女のことを考えない，兵隊たちのベッドで眠っている乙女たちに触れたり見たりしない，特定のドアを開けない)を満たすように頼む．兵隊たちは禁令を破り逃げる，または(1人を除いて)みんな夜番が終わる前に城を出る．その結果，城に住む姫たちの魔法を解く彼らの努力は失敗に終わる[D759.9]．しばしば兵隊たちはあとから戻り，(さまざまな課題を成し遂げたあと)1人は褒美を与えられるが，ほかの者たちは殺される．

一部の類話では，兵隊たちは姫たちの魔法を解くことに成功し，それぞれの兵隊が姫たちの1人と結婚する(7人の7歳の少年が最終的に魔法を解く)[D759.10]．

類話(～人の類話)　リトアニア；デンマーク；ドイツ；オーストリア；ラディン；イタリア．

402　動物花嫁 (旧，ハツカネズミ(猫，カエル，等)の花嫁)

父親は，(3人の)息子たちの誰に財産(王国)を引き継ぐべきかを決められず，息子たちを皆1年間の探索の旅に出す[H1210.1]．息子たちは特別な物(紡ぎ糸，亜麻布[H1306]，すばらしい細工のチェーン[H1303]，指輪，馬，最も小さい犬[H1307]，お金)を持って帰るように言われる，または息子たちは職を身につけなければならない．いちばんうまく課題を果たした者が，跡取りとなる．

末の息子，しばしば愚か者，が森に入り，動物(猫[B422]，クマネズミ，カエル[B493.1]，ハツカネズミ[B437.2])の召し使いになる．末の息子は報酬として，父親が求めた物をもらう．それがいちばん美しい物であることが証明され，その結果末の息子を相続人としなくてはならない[H1242]．兄弟たち(両親)が妬んだために，さらに2つの課題が設定され，最後には兄弟たちは花嫁(いちばん美しい女[H1301.1])を連れてこなければならない．

末の息子は動物のところに戻り，動物は再び助けることを約束する．動物は，焼かれることで，または切断されることで，首をはねられることで[D711]，川を渡ることで[B313, D700]，魔法が解け，城を持った美しい姫になる．2人は花嫁と花婿として幸せに両親のところに戻る．時として彼らが次のように両親を欺くこともある．末の息子がぼろをまとって到着してあざ笑われ，それから花嫁が到着して自分たちの本当の身分を明かす．息子が初めから王子の服を着て到着する場合には，ほくろで彼が末の息子であるとわかる．しばしば末の息子は遺産を放棄し，妻といっしょに妻の城に帰る．

東ヨーロッパ，南東ヨーロッパ，近東の一部の類話では，末の息子は，動物(しばしばカエルかヒキガエル)を自分の家に連れていき，家族には隠しておく．父親は息子たちの妻に課題を課し，カエルがいちばん上手に成し遂げる．最後の(3番目の)課題で，花嫁は饗宴に出席しなければならない．そこでカエルはいちばん美しい女に変わる．花婿は，花嫁がカエルに戻ることができないようにカエルの皮を焼く．その結果，花嫁は花婿を置いて去り，花婿は花嫁を捜す旅に出て，最後に花嫁を取り戻すことができる．参照：話型400.

コンビネーション 通常この話型は，1つまたは複数の他の話型のエピソード，特に400, 465，および302, 310, 313, 409A, 425, 425A, 550, 1880のエピソードと結びついている．

類話(～人の類話) フィンランド；フィンランド系スウェーデン；エストニア；リーヴ；ラトヴィア；リトアニア；ラップ，ヴェプス，ヴォート，カレリア，コミ；スウェーデン；ノルウェー；デンマーク；スコットランド；アイルランド；フランス；スペイン；カタロニア；ポルトガル；フリジア；フラマン；ワロン；ドイツ；オーストリア；ラディン；イタリア；サルデーニャ；ハンガリー；チェコ；スロバキア；スロベニア；セルビア；クロアチア；ルーマニア；ブルガリア；アルバニア；ギリシャ；ソルビア；ポーランド；ロシア，ベラルーシ，ウクライナ；トルコ；ユダヤ；ジプシー；オセチア；チェレミス/マリ；アルメニア；ヤクート；グルジア；シリア；アラム語話者；パレスチナ，イラク，サウジアラビア，カタール，イエメン；インド；ビルマ；中国；朝鮮；ベトナム；フランス系カナダ；スペイン系アメリカ；メキシコ，コスタリカ，パナマ；ドミニカ；チリ；エジプト；アルジェリア，モロッコ；スーダン．

402* 好きではない求婚者をさげすんだ姫

好きではない求婚者をさげすんだ姫が，カエル(ハツカネズミ，等)に変えられる[T75.1, D661]．姫は(別の男によって)魔法を解かれ，再びカエルに戻るのを防ぐために，動物の皮が焼かれる．参照：話型400.

類話(～人の類話) マケドニア；ギリシャ；ロシア．

402A* ヒキガエルに変身させられた姫

ヒキガエル(年とった魔女など)に変身させられた姫が，若者のキス(哀れみ)によって魔法を解かれ，若者と結婚する．参照：話型440.

類話(～人の類話)　スコットランド；イギリス；フランス；ドイツ；ブルガリア；ポーランド；ウクライナ；ユダヤ.

403　黒い花嫁と白い花嫁 (旧話型 403A と 403B を含む)

継母は継子たちを嫌っている[S31]．継娘は出会った人(例えば，キリストと聖ペトルス)に親切にする(継娘は，冬にイチゴを摘みに行かされ[H1023.3]，こびとたちに出会い，こびとたちが彼女を助ける)．お礼に継娘は，たいへんな美しさ[D1860](口から黄金か宝石を出す力[D1454.2, D1454.1.2])を授かる．継母の実の娘は，同じ状況で不親切にし，醜くされる[D1870](口からヒキガエルが出るようにされる[M431.2])[Q2].

継娘の兄は王の宮殿に仕えている．兄は妹が描かれた絵を持っている．王がその少女の絵を見て，彼女に恋し，兄に妹を呼びに行かせる[T11.2](王か王子が，偶然に美しい継娘を見て，王は彼女と結婚する[N711, L162]).

兄と妹が王の宮殿に行く途中，継母または継母の実の娘が本当の花嫁を馬車から追い出す(船から落とす)[S432]．王は醜い継母の実の娘と結婚し[K1911]，兄は牢屋か，ヘビのたくさんいる穴に放り込まれる[Q465.1]．(王の妻は子どもを産む．継母は王の妻とその子どもを水に投げ入れ，実の娘を花嫁とすり替える[K1911.1.2].)

本当の花嫁は，カモ(ガチョウ)になり[D161.2]，(子どもの世話をしに[D688])3回王の宮殿にやって来る．最後の晩，王は起きていて，彼女の首をはね(黄金のベルトを切り，連続して変身する間に彼女を抱き抱え[D712.4])魔法を解く[D711].

兄はヘビの穴で傷を負うことなく[B848]救われる．本当の花嫁は結婚するか，または本来の地位に戻され，にせの花嫁と彼女の母親は罰せられる[Q261]．参照：話型 450, 480, 510B, 511.

コンビネーション　通常この話型は，1つまたは複数の他の話型のエピソード，特に 480, 510A，および 311, 313, 408, 409, 425, 450, 451, 510B, 511, 533, 707, 709 のエピソードと結びついている.

類話(～人の類話)　フィンランド；フィンランド系スウェーデン；エストニア；リーヴ；ラトヴィア；リトアニア；ラップ, ヴェプス, カレリア；スウェーデン；ノルウェー；デンマーク；フェロー；アイスランド；アイルランド；フランス；スペイン；カタロニア；ポルトガル；オランダ；フラマン；ワロン；ルクセンブルク；ドイツ；オーストリア；イタリア；サルデーニャ；ハンガリー；チェコ；スロバキア；スロベニア；セルビア；ルーマニア；ブルガリア；ギリシャ；ソルビア；ポーランド；ロシア；ベラルーシ, ウクライナ；トルコ；ユダヤ；ジプシー；オセチア；チュヴァシ, ヴォチャーク；ヤクート；カルムイク；ブリヤート；モンゴル；グルジア；シリア, ヨルダン, イラク, ペルシア湾；パレスチナ；イラク；イラン；インド；ビルマ；スリランカ；中国；朝鮮；日本；フランス系カナダ；北アメリカインディアン；アメリカ；スペイン系アメリカ；メキシコ；キューバ, ドミニカ, プエルトリコ, チリ；マヤ；西インド諸島；カボヴェルデ；エジプト；チュニジア, アルジェリア, モロッコ；東アフリカ；ナミビア；ボツワナ；南アフリカ；マダガスカル.

403A 話型 403 を見よ.

403B 話型 403 を見よ.

403C すり替えられた花嫁（旧, 魔女がひそかに実の娘にすり替える）

魔女がひそかに実の娘を花嫁とすり替える. 花婿は家に帰る途中, 花嫁がすり替えられたことに気づき, 魔女の娘を馬車から放り出す. 魔女の娘は地面（橋の下）に落ちて, 彼女のへそから葦が生え, それで魔女は自分の娘だとわかる.

コンビネーション 409.

類話（～人の類話） フィンランド；エストニア；ラトヴィア；リトアニア；ラップ, ヴェプス, カレリア；アイスランド；イタリア；チュヴァシ, ヴォチャーク；カタール；中国；モロッコ.

404 盲目にされた花嫁（旧話型 533* および話型 533 の一部を含む）

女の子が, 誕生のときに妖精たちから祝福を受け（ヘビに親切にし）, 妖精たち（ヘビ）は, 女の子の手（口[D1454.2], 足跡[D1454.7], 涙[D1454.4]）から黄金（宝石, 花）が出るようにする. 王が女の子を見て, 結婚したいと思う. 女の子の悪い継母（おば）と継母の実の娘は, 女の子が王の宮殿へ旅するのに付き添う. 途中, 継母は女の子に塩辛い食事を与える. 女の子が水を欲しがると, 継母は女の子の両目をくり抜く[S165], または体の一部を切断する. 継母たちは女の子の服を奪い, 女の子を海に突き落とす. 継母の実の娘は花嫁を装い, 王と結婚する.

親切な漁師（貧しい男）が盲目にされた女の子を見つけて家に連れていく. そして女の子の手から出てくる黄金で裕福になる. 漁師は黄金（宝石, 花）を使って女の子の目を買い戻す[E781.2]（ヘビがそう命ずる）. 女の子は再び見えるようになり, 美しい服を着て, 王の宮殿に行く. 女の子が手を洗うと, 王は女の子のことがわかる. 王は女の子と結婚し, 悪い女たちは火あぶりの刑に処せられる.（ヘビは女の子の守護天使で, 天国へ帰っていく）.

コンビネーション　412.
類話(～人の類話)　リトアニア；スウェーデン；フランス；スペイン；カタロニア；ポルトガル；イタリア；ハンガリー；セルビア；クロアチア；アルバニア；ギリシャ；ポーランド；トルコ；ジプシー；インド；スペイン系アメリカ；ドミニカ，プエルトリコ；チリ.

405　ヨリンデとヨリンゲル

恋人のヨリンデとヨリンゲルは，過って魔法使いの女(魔女)の魔法の森に行く．魔法使いの女は，それまでの多くのほかの少女たちと同じように，ヨリンデを鳥に変身させる[D683.2, D150]．そしてヨリンデを籠に入れる．

ヨリンゲルは魔法の花の夢を見て，探しに行き，魔法の花を見つける．ヨリンゲルはその花でヨリンデとすべてのほかの鳥たちに触れ，鳥たちを元の姿に戻す[D771]．参照：話型 442.

注　ハインリヒ(ユング)・シュティリングス・ユーゲント(Heinrich(Jung-)Stillings Jugend)の『本当の話(*Eine wahrhafte Geschichte*)』(1777, 104–108)からの説話．口承はほんの数例.
類話(～人の類話)　ラトヴィア；リトアニア；スウェーデン；ノルウェー；アイルランド；ポルトガル；フリジア；フラマン；ドイツ；セルビア；ギリシャ；ポーランド；ロシア；ユダヤ；ジプシー；シリア，レバノン，パレスチナ，ヨルダン，ペルシア湾，カタール；フランス系カナダ；アメリカ；エジプト，チュニジア，アルジェリア，モロッコ，スーダン，タンザニア.

406　人食い

夫婦に1人の子どもがいる．その子は人食いで[G33]，みんなを食べる．ある男が魔法を解くことに成功し[D716]，人食いは乙女に変わる[D11.1]．男と乙女は結婚する[T101]．参照：話型 307, 315A.

類話(～人の類話)　デンマーク；ルーマニア；ギリシャ；ウクライナ；アブハズ；オセチア；グルジア；日本.

407　花になった少女 (旧話型 407A, 407B, 652A, 702B* を含む)

この説話には，おもに3つの異なる型がある．

(1)　少女(女，妖精)が，花(小枝，茂み，木，果物)に変身させられている(変身する)[D212]．男(少女の運命の恋人)が茎を折り，花は少女に戻る[D711.4](男は少女を花の姿のまま旅に連れていき，あとで変身させる)．男は少女と結婚する[T101](時として，少女の野菜の服は燃やされなければならない）．参照：話型 652.

(2) 軽はずみな願いのあとに，女が小枝（茂み，果物）を生み［T513, T555］，それを鉢に植えて，子どもとして大切に世話をする．王子は，抑えられないほどその植物に惹きつけられて，恋の病にかかる［T24.1］．王子は植物を手に入れる．夜の間，少女が植物から出てきて食事をし，王子と愛し合う．

王子は戦争に行かなければならなくなり，少女は植物の中にとどまる．王子は植物に鈴をつけ，王子が少女を呼びたいときには鈴を鳴らす．

嫉妬深い女（婚約者）が，少女に出てくるよう合図する．少女は現れ，殺される．そして少女の植物は滅ぼされる．情け深い女が少女を生き返らせ［E0］，恋敵は罰せられる．（旧話型 407A と 652A．構造的な類似性から，旧話型 702B* もここに統合される．）

(3) 美しい少女が，悪魔（死んでいる男）でもかまわないからと恋人を欲しがる［C15］．悪魔が魅力的な男の姿で（動物の足をして）やって来る．少女は男についていき，男が教会で死体を食べているのを見る［G20.1］．少女は何か見たかと何度か尋ねられる．悪魔が少女の姉妹，母親，父親を殺しても，少女は繰り返しこれを否定する．ついに少女は自ら命を絶つ．少女が葬儀のために特別な手配をしておいたので，悪魔は少女を見つけることができない．参照：話型 363, 1476B.

少女の墓から美しい花（ユリ，バラ，チューリップ）が育つ［E631.1］．その花を摘むことができるのは少女の運命の夫（貴族，王子）だけである．少女は食事をしなければならないので，夜，少女は美しい女になる．（しばしば悪魔が少女を見つけられないように，夫は少女について話してはならない，または人々の目に触れさせてはならないという条件で）夫は少女を妻にする．夫婦は悪魔を欺くことに成功する，または殺すことに成功する（悪魔が女を地獄へ連れていく）．（旧話型 407B.）

コンビネーション 311, 313, 465, 510B, 652, 707.

注 「花になった少女」のモティーフは，2 世紀初頭に東洋の説話に記録されている．バラードとしても流布している．(2)の版は，バジーレ（Basile）の『ペンタメローネ（*Pentamerone*）』(I, 2)にさかのぼる．

類話（～人の類話） エストニア；ラトヴィア；リトアニア；カタロニア；フラマン；ワロン；ドイツ；イタリア；ハンガリー；チェコ；スロバキア；スロベニア；セルビア；クロアチア；ルーマニア；ギリシャ；ポーランド；ロシア，ベラルーシ，ウクライナ；トルコ；ユダヤ；ジプシー；チェレミス/マリ；ヤクート；グルジア；パレスチナ；イラク，クウェート；カタール；イラン；インド；ビルマ；スリランカ；中国；

ベトナム；アメリカ；エジプト；モロッコ．

407A　話型 407 を見よ．

407B　話型 407 を見よ．

408　3 つのオレンジ

王子が高慢にお婆さんの壺を割る(別のやり方でお婆さんを怒らせる)．お婆さんは，王子が 3 個のオレンジ(レモン，その他の果実，魔法から出た少女)と恋に落ちることになる[S375]と呪いをかける．

王子は，(時として非常に長い)探索に出かけ，その間に障害を乗り越えるための指示や，忠告，援助を受ける．

王子は庭(城)で果実を見つける．王子がそれらの果実を開くと，それぞれから，美しい，しばしば裸の，若い女が出てきて，水(櫛，鏡，タオル，服，等)を求める[D721.5]．王子は 3 番目の女にしか求める物を与えることができず，ほかの少女たちは死ぬ(消える，果実の中へ帰っていく)．

女のために服(馬車，仲間)を取りに行く間，王子は女を泉の傍らの木の上に隠す．醜い黒い女(ジプシーの女，魔女)が水を汲みに来る．黒い女は水に映ったオレンジ娘の姿を自分の姿だと思い[J1791.6.1]，自分は水を運ぶには美しすぎると考え，水がめを割る．オレンジ娘は笑い，黒い女がオレンジ娘を見つける．

黒い女はオレンジ娘と入れ替わることに成功する(以下の 2 つの異なる版がある)．王子が戻ってきて，突然の変化に驚くが(日焼けだと言い訳する，風と天気の影響だと言い訳する)，王子はにせの花嫁と結婚する．

(1)　黒い女はオレンジ娘を水の中に突き落とし[K1911.2.2]，水の中でオレンジ娘は魚[D170](鳥[D150])になる．にせの花嫁は魚を殺させるが，魚の死骸から木が育つ．にせの花嫁は木を切り倒させるが，お婆さん(お爺さん)が木の切れ端(薪)を持ち去る[D610]．木の切れ端から再びオレンジ娘が出てくる．オレンジ娘はこっそりお婆さんの家事をする．お婆さんは少女を見つけ，養女にする．王子は，(少女が王子の馬の 1 頭を世話しているとき)少女の生い立ちを聞いて，少女のことがわかる[K1911.3]．

(2)　黒い女はオレンジ娘の髪をとかし(シラミを取り)，そして頭に魔法の針を刺す．少女はハトに変わり[D150]，城へ飛んでいく．王子と王子の黒い妻のことを尋ねる鳥の歌を庭師(コック)が聞く．ハトは捕らえられる．王子はハトがたいへん気に入る．王子は魔法の針を見つけ，それを抜く．するとハトはオレンジ娘に戻る[K1911.3]．参照：話型 452B*.

王子とオレンジ娘が再会したあと，にせの花嫁は罰せられる(残酷な死刑が宣告される，しばしばにせの花嫁は自分自身の判決を述べる)．

コンビネーション 通常この話型は，1つまたは複数の他の話型のエピソード，特に310, 313, 314, 400, 403, 425, 451, 510A, 516, 709 のエピソードと結びついている．
注 17世紀にバジーレ(Basile)の『ペンタメローネ(*Pentamerone*)』(V, 9)に記録されている．
類話(～人の類話) フィンランド系スウェーデン；ラトヴィア；スウェーデン；ノルウェー；フランス；スペイン；バスク；カタロニア；ポルトガル；ドイツ；オーストリア；イタリア；コルシカ島；マルタ；ハンガリー；チェコ；スロバキア；スロベニア；セルビア；クロアチア；ボスニア；ブルガリア；アルバニア；ギリシャ；ウクライナ；トルコ；ユダヤ；ジプシー；アルメニア；ヤクート；シリア, パレスチナ, ヨルダン, イラク, カタール；レバノン；イラン；パキスタン；インド；中国；日本；フランス系カナダ；スペイン系アメリカ；メキシコ, パナマ；キューバ, ドミニカ；プエルトリコ；マヤ；ブラジル；チリ, アルゼンチン；西インド諸島；エジプト；アルジェリア；カメルーン；ケニア；タンザニア；マダガスカル．

409 オオカミに変えられた娘

悪い継母が，結婚している継娘と実の娘を取り替え，継娘をオオカミ(オオヤマネコ，キツネ)に変身させる[D113.1]．オオカミは森に隠れる．毎日オオカミはやって来て，動物の皮を脱ぎ捨て，自分の子どもに乳を与える(子どもが森林に連れていかれる)．

子どもの父親はこれを見て，自分の最愛の妻だとわかり，(魔法使いの助言で)彼女の動物の皮を焼く．すると妻は人間の姿を取り戻す[D721.3]．継母と継母の娘は死刑に処せられる[Q261]．参照：話型 403.

コンビネーション 403, 510B.
類話(～人の類話) フィンランド；エストニア；リーヴ；ラトヴィア；リトアニア；カレリア；スペイン；スイス；ハンガリー；スロベニア；ロシア, ベラルーシ, ウクライナ；カザフ；グルジア．

409A ヤギ娘 (旧話型 413A* と 413B* を含む)

子どものない女が，動物でもかまわないからと子どもを欲しがる．女は動物(ヤギ，コクマルガラス，豚，魚，等)の姿をした女の子を産む[T554]．(お婆さんが魔法のカボチャを見つけ，そのカボチャは夜美しい女になり，お婆さんの家を掃除する．) 少女が(服を洗っている間，等)動物の皮を脱いだときに，若者(王子)が少女を見る．若者は少女に結婚を申し込み，少女と結婚する[T111]．若者の母親は，結婚に賛成せず，(しばしば母親にいたずらする)動物の姿をした少女をいじめる．

少女は3回，人間の姿で饗宴に現れ，賞賛され，踊る．少女は2回逃げ，ヤギの姿に戻る．3回目に，若者はヤギの皮を処分し，少女の魔法を解く．参照：話型510A.

一部の類話では，別の若者が同じ方法で結婚すると決める．しかし彼は失敗する．すなわち彼の妻である小さい豚は，決して少女にならない．

コンビネーション　402, 403, 408.

類話(～人の類話)　ラトヴィア；リトアニア；フリジア；イタリア；ハンガリー；スロバキア；セルビア；クロアチア；ブルガリア；アルバニア；ギリシャ；ポーランド；トルコ；ユダヤ；ジプシー；グルジア；レバノン；イエメン；イラン；インド；メキシコ；キューバ；チュニジア；モロッコ；カメルーン；スーダン．

409A*　ヘビ娘 (旧，ヘビ姫が魔法を解かれる)

ヘビが火から引き出され，女になり，救ってくれた男と結婚する．夫は妻を決して「ヘビ」と呼ばないと約束する．夫がこの約束を破ると，女はヘビの姿に戻り，姿を消す(彼女の娘の夫によってもう1度救われる)．

類話(～人の類話)　ラトヴィア；リトアニア；ハンガリー；ルーマニア；ブルガリア；ポーランド；ロシア, ベラルーシ, ウクライナ；ジプシー；グルジア．

409B*　約束された超自然の妻 (旧，母親の胎内で泣く子が超自然の妻を約束される)

魔法的な受胎によって，男の子が女の胎内に宿る．このまだ生まれていない男の子が泣きだす[T575.1]．ある人が男の子に，超自然の存在(妖精)を妻として与えると約束すると，男の子は泣きやみ，進んで生まれてくる．

男の子はとても速く成長し，その少女を求めて旅に出る．超自然の存在たちの助けで男の子は少女を見つける．彼らは結婚する[T111]．

類話(～人の類話)　ハンガリー；スロバキア；ルーマニア；ギリシャ；ジプシー；チェチェン・イングーシ．

410　眠れる美女 (イバラ姫(Dornröschen)，眠れる美女(La bella addormentata))

(カエルに予告され[B211.7.1, B493.1])王夫妻に娘が生まれる．祝賀会(洗礼)に招待されなかった妖精(賢女)が，姫は(15歳の誕生日に)紡錘(針，亜麻の繊維)でけがをして死ぬことになると呪いをかける[F361.1.1, F316, G269.4, M341.2.13]. 別の妖精が死の宣告を(100年の)長い眠りに変える[F316.1].

王は，王国じゅうのすべての紡錘(針)を処分するよう命令する．しかしそのうちの1つが見落とされたために，予言は現実となる[M370]. 少女は，隠された部屋で糸を紡いでいるお婆さんに出会い，紡錘で指を刺し，王宮全体とともに魔法の眠りに落ちる[D1364.17, D1960.3, F771.4.4, F771.4.7]. 城の周りにイバラの生垣が生い茂る[D1967.1](少女は塔に閉じ込められる).

定められた期限の終わりに，若者(王子)が生垣を突き抜け[N711.2]，キスで姫の目を覚ます[D735, D1978.5]. (若者は姫を妊娠させる．姫は子どもを2人産む．子どもの1人が姫の指から繊維を吸い出し，姫の魔法を解く.)

一部の類話では，王子は妻と子どもを自分の家族のところへ連れていく．王子が留守の間に，悪い姑が料理人に，女と子どもたちを殺して焼くように頼む．料理人は従わない．すると姑は，3人を毒ガエルと毒ヘビでいっぱいの桶に放り込むように要求する．思いがけず王子が帰ってきて，姑は自ら桶に飛び込む.

注　特有のモティーフが14世紀の2つの物語，フランスの『ペルスフォレ(*Perceforest*)』とカタロニア語の『うれしい修道士と楽しい修道女(*Frayre de Joy e Sor de Plaser*)』に見られる．また，バジーレ(Basile)の『ペンタメローネ(*Pentamerone*)』(V, 5)とシャルル・ペロー(Charles Perrault)「眠れる森の美女(*La Belle au bois dormant*)」も見よ.

類話(～人の類話)　リーヴ；ラトヴィア；リトアニア；スウェーデン；ノルウェー；アイルランド；フランス；スペイン；カタロニア；ポルトガル；フラマン；ドイツ；オーストリア；イタリア；マルタ；ハンガリー；スロベニア；クロアチア；ボスニア；ブルガリア；ギリシャ；ポーランド；ロシア, ベラルーシ, ウクライナ；ユダヤ；ジプシー；パレスチナ；サウジアラビア；インド；ビルマ；フランス系カナダ；アメリカ；ドミニカ；ブラジル；チリ；エジプト.

410* 石になった王国

兵隊が，すべてが石に変えられた王国に来る．兵隊は恐怖に屈することなく，3晩続けて悪霊たち(悪魔たち)が棲む城で過ごす．王国じゅうがよみがえり，兵隊は姫と結婚する．参照：話型304, 307.

類話(～人の類話)　フィンランド；リトアニア；ヴェプス；ドイツ；オーストリア；クロアチア；アルバニア；ロシア；ベラルーシ, ウクライナ；モルドヴィア；グルジア；イラク, カタール；チリ.

411　王とラミア

王がかわいらしい少女を見る．少女は本当はヘビ女であるが[B29.1]，王は恋に落ち，その少女と結婚する．

王の健康は徐々に衰える．ある行者が王に，王の妻に塩辛い食べ物を与え，夜起きていて，妻を見ているように言う．妻はヘビの姿になり，水を求めていく．

かまどが真っ赤に燃やされ，ヘビはその中に押し込まれる．灰の中から小石が見つかり，その小石が触れた物は何でも黄金に変わる[D1469.10.1]．

類話(～人の類話)　ユダヤ；ジプシー；ウズベク；イラン；インド；中国.

412　首飾りに魂を入れている乙女(若者)

参照：話型 302, 403, 425．ある乙女の命は首飾りに託されていて[E711.4]，乙女は首飾りを安全に持っていなければならない．乙女は王子と結婚する．嫉妬深い少女(継母，見知らぬ男)が首飾りを盗むと，花嫁は仮死状態になり，嫉妬深い少女が乙女の地位につく．

仮死状態の乙女の体は教会(寺院)に安置される．乙女の恋敵が首飾りを外すたびに，乙女は生き返る．王子が妻の体を見つけ，首飾りを取り返す(息子が生まれ，息子が首飾りを取り返す)．ペテンをはたらいた女は罰せられる．

一部の類話では，首飾りの中に魂がある王子が，首飾りを(義理の母親に)盗まれ[E711.4]，王子は仮死状態になる．ある女が王子と結婚し，首飾りを取り返す．

コンビネーション　302, 400, 404.
類話(～人の類話)　ギリシャ；トルコ；ユダヤ；ジプシー；アブハズ；アルメニア；グルジア；パキスタン, インド；中国；エジプト.

412B*　話型 813A を見よ.

413　盗まれた服 (旧，服を盗むことによる結婚)

若者が森の中で聖者(お婆さん)に出会う[N825]．若者は，ある方角へは行かないように言われるが，若者はその方角へ行き[Z211]，3 人の美しい乙女が水浴びをしているのを見る．聖者は若者に手を貸すことに同意する．聖者は若者を鳥に変え，水浴びをしている乙女たちの 1 人から服を盗むよう教える[K1335]．そしてどんなことがあっても振り返らないよう警告する[C311]．1 回目に若者は振り返り，大量の灰でやけどをする．聖者が若者を回復させ[E121.5]，若者は2回目の試みで成功する．参照：話型400, 408.

類話(～人の類話) カタロニア；ハンガリー；ルーマニア；ポーランド；ユダヤ；ジプシー；アブハズ；ウズベク；パキスタン, インド；エジプト.

413A* 話型409Aを見よ.

413B* 話型409Aを見よ.

422* 話型302C*を見よ.

夫 425-449

425 いなくなった夫捜し

この話型は，同系の説話群に関連する．この話型では，話型425A-425E, 425M, 425*のエピソードが結びついている．参照：話型400, 430, 432, 441.

コンビネーション 通常この話型は，1つまたは複数の他の話型のエピソード，特に300, 302, 311, 313, 400, 402, 403, 425A, 425C, 431, 432, 433B, 440, 441, 451, 510, 706, 707, 857のエピソードと結びついている．

類話(～人の類話) フィンランド；フィンランド系スウェーデン；ラトヴィア；ラップ, カレリア, コミ；ノルウェー；デンマーク；アイスランド；スコットランド；アイルランド；イギリス；フランス；ポルトガル；フラマン；ワロン；ドイツ；オーストリア；ラディン；イタリア；スロバキア；スロベニア；セルビア；クロアチア；アルバニア；ギリシャ；ポーランド；トルコ；ユダヤ；ジプシー；アディゲア；トルクメン；タジク；グルジア；レバノン, パレスチナ；イラク；ペルシア湾, クウェート；アフガニスタン；パキスタン；インド；中国；朝鮮；インドネシア；フランス系カナダ；スペイン系アメリカ；スペイン系アメリカ, メキシコ, コスタリカ, パナマ；プエルトリコ, ドミニカ；ブラジル；西インド諸島；エジプト；リビア；チュニジア, アルジェリア；モロッコ；東アフリカ；スーダン；タンザニア.

425A 動物婿 (旧話型425Gを含む)

この話型では，さまざまな導入部のエピソードが共通した主部に結びつく．参照：話型430, 432, 441.

導入部のエピソード：

(1) 末の娘は，父親(王)に(音楽を奏でる)バラ(ヒバリ，等)を旅のみやげに頼む．父親は野獣の庭でバラを見つけるが，代わりに娘(家に着いたときに父親が最初に出会う者)を野獣に与えると約束しなければならない[L221, S228, S241]．父親は自分の娘の代わりに別の少女を行かせてみるが，無駄である[S252]．参照：話型 425C.

(2)　(両親の軽はずみな望みのせいで)動物息子(ヘビ，ザリガニ，カボチャ，等)が生まれる[C758.1]．動物息子は姫を妻に要求し，難しい(不可能な)課題を成し遂げる．姫は動物息子と結婚しなければならない[T111].

(3)　少女が，(運命で)動物婿と婚約させられるか，または動物婿と結婚することに同意する[B620.1, L54.1].

(4)　その他の理由で，少女には動物の夫がいて，いっしょに夫の城に住んでいる．動物の夫は夜の間は美しい男になる[D621.1, B640.1].

主部：

若い妻が，(しばしば親族の女性の勧めで)花婿の動物の皮を焼くと[C757.1](夜夫を見ると，またはろうそくのろうでやけどをさせると[C32.1, C916.1]，または夫の秘密を明かすと[C421]，または別のやり方で夫の魔法が解けるのを邪魔すると)，夫は去る[C932].

若い妻は(鉄の靴をはいて[Q502.2]，等)長く困難な探索の旅に出る[H1385.4]．若い妻は途中，太陽，月，風，星々[H1232](助けてくれる老人たちや動物たち[H1233.1.1, H1235])に道を教えてもらい，貴重な贈り物をもらう．若い妻は(時としてガラス山に登って[H1114])遠く離れた花婿の住まいに到着する．妻は夫に別の(超自然の)花嫁がいることを知る．

妻はメイドとして仕え[Q482.1]，自分の貴重な品々(金の紡ぎ道具，宝石，上等のドレス，等)を，いなくなった夫の傍らで3晩過ごすことと交換する[D2006.1.1]．妻は夫に自分のことを思い出させようとするが，夫は2回睡眠薬を飲まされる．3晩目に夫は睡眠薬をこぼし，起きていて，彼女が本当の花嫁だとわかる[D2006.1.4]．(にせの花嫁の死.）参照：話型 313.

コンビネーション　通常この話型は，1つまたは複数の他の話型のエピソード，特に300, 301, 313, 402, 425, 425B, 425C, 425E, 432, 433B, 441 のエピソードと結びついている．

注　話型 425A と 425B には多くの構造的な類似性がある．スワーン(Swahn)が，サブ話型 A と B を逆にしたので，いくつかの類話はどちらかの話型に明確に割り当てられていない．話型 425A に不可欠なのは「妻による探索と贈り物」および「買った夜」のモティーフである．

類話(～人の類話)　フィンランド系スウェーデン；エストニア；リーヴ；ラトヴィア；リトアニア；ラップ；ヴェプス，カレリア；スウェーデン；デンマーク；フェロー；スコットランド，アイルランド，ウェールズ；イギリス；フランス；スペイン；カタロニア；ポルトガル；フリジア；フラマン；ドイツ；イタリア；コルシカ島；サルデーニャ；ハンガリー；チェコ；スロバキア；セルビア；クロアチア；ルーマニア；ブルガリア；アルバニア；ギリシャ；ポーランド；ロシア, ウクライナ；トルコ；ジプシー；ヴォグル/マンシ；ウズベク；トルクメン；グルジア；パレスチナ；ヨルダン；レバノン, イラク, ペルシア湾, カタール, クウェート；インド；ビルマ；中国；朝鮮；インドネシア；日本；北アメリカインディアン；アメリカ；スペイン系アメリカ；メキシコ；ドミニカ, プエルトリコ, チリ；ブラジル；西インド諸島；エジプト, チュニジア, アルジェリア, モロッコ, スーダン；タンザニア；中央アフリカ；ナミビア.

425B　魔女の息子（旧，魔法を解かれた夫：魔女の課題）（クピドとプシュケ（Cupid and Psyche））（旧話型 425J, 425N, 428 を含む）

この話型では，さまざまな導入部のエピソードが共通した主部に結びつく．参照：話型 425A.

導入部のエピソード：

若い女が次のように超自然の花婿と結婚する．

(1)　父親に旅から持って帰るよう頼んだ贈り物のために，若い女が花婿と結婚させられる．

(2)　花婿は一連の難しい課題を成し遂げる．

(3)　若い女がハーブを引き抜いて，花婿の地下の城を発見する（風がそこまで彼女を運ぶ）．

(4)　若い女は別の方法で花婿を見つける．

花婿は魔女（鬼女）の息子であるか，または（昼間は）動物である［D621.1］．

主部：

若い女は花婿の禁令を破り（参照：話型 425A），花婿は去る［C932］．（去る前に，花婿は若い女に，例えば指輪や羽根といったしるしを授ける．）（鉄の靴を履いて）若い女は花婿を捜しに出かける［H1385.4, H1125］．

花嫁が花婿の母親である魔女の家にやって来ると，魔女は息子の名にかけて花嫁を食べないと誓う．魔女は，以下のような難しい課題を若い女に課し，若い女はその課題を（花婿の助けで）成し遂げる．大量の穀物を選り分ける［H1122］，すべての種類の鳥の羽根をマットレスに詰める，黒い羊毛を洗って白くし，白い羊毛を洗って黒くする［H1023.6］（参照：話型 1183），家を掃き掃除して，掃かれていないままにする［H1066］，等．一部の類話では，若い女は（3 人の）求婚者に魔法をかけ，彼らを戦わせる．（旧話型 425N の一部．）参照：話型 313, 875.

若い女は，魔女の姉妹のところから小箱を取ってくるために危険な旅に出される．若い女は(花婿の助言で)障害を乗り越え小箱を手に入れるが，小箱を開けることを禁じられる．(参照：話型 408, 480.) 花嫁が禁令を破ると，夫が花嫁を助ける．

花婿と魔女の娘の結婚式のとき，若い女は 10 本の火のついたろうそく(たいまつ)を持たなければならない．花婿は彼女がやけどをしないよう守る．

若い女は再び花婿と結婚するか，または 2 人が呪的逃走(変身による逃走)で逃げる[D671, D672]．

一部の類話では，女のデーモン(魔女)が，不可能な課題を達成することを若い女に要求する[G204, H1010, H931]．特に，若い女は自分を殺すように書いてある手紙を別のデーモンのところに持っていかなければならない[K978](参照：話型 930)．若い女が危険から逃げるのをオオカミが助ける[B435.3]．お礼にオオカミは魔法を解かれる．オオカミは王子になり[D113.1]若い女と結婚する．(旧話型 428.)

コンビネーション　425A, 425C, 425E, 433B, 857.

注　最も早期の文献版は，紀元 100 年頃『変身物語(*Metamorphoses*)』の「クピドとプシュケ(*Cupid and Psyche*)」(IV, 28–VI, 24)．話型 425A と 425B には多くの構造的な類似性があり，しばしば類話がどちらかの話型に属するか明確に特定できない．この話型の不可欠な特徴は，小箱を求めての旅であり，第 2 の魔女の家の訪問を必然的に伴う．ふつう超自然の花婿は魔女の息子で，妻が課題を成し遂げるのを手伝う．スワーン(Swahn)(1955)によれば，旧話型 428 は話型 425B の断片である．

類話(～人の類話)　フィンランド；フィンランド系スウェーデン；エストニア；ラトヴィア；ラップ；コミ；スウェーデン；デンマーク；スコットランド；アイルランド；イギリス；フランス；スペイン；カタロニア；ポルトガル；フラマン；ドイツ；イタリア；コルシカ島；サルデーニャ；ハンガリー；スロバキア；マケドニア；ルーマニア；ブルガリア；アルバニア；ギリシャ；ポーランド；ロシア, ウクライナ；ベラルーシ；トルコ；ユダヤ；ウドムルト；トルクメン；カルムイク；シリア；パレスチナ, イラク；レバノン, パレスチナ；イラン；中国；日本；アメリカ；スペイン系アメリカ；メキシコ；ドミニカ；プエルトリコ；ベネズエラ；エジプト；タンザニア．

425C　美女と野獣 (旧話型 425H を含む)

商人が旅に出かけ，3 人の娘に贈り物を持って帰ろうと思う．上の 2 人は宝石と服を欲しがり，末の娘はバラを欲しがる[L221]．父親はバラを見つけることができない．

父親は道に迷い，人の住んでいない城で夜を過ごす．そこで父親はバラを折り取る．(目に見えない)動物(野獣)が父親に，戻ってくるか，代わりの者をよこすよう要求する[S222]．末の娘は父親の義務を果たす．しかし自分に親切にしてくれる(醜い)動物と結婚することを拒む．

末の娘は魔法の鏡を見て父親が病気だと知る．娘は父親を訪ねることを許されるが，(嫉妬深い姉たちにそそのかされて)割り当てられた時間を超えて長居する[C761.2]．末の娘は戻り，動物が死にかけているのを見て，自分が動物を愛していることに気づき，抱きしめるかキスをする．こうして末の娘は王子の魔法を解き，動物の姿から解放する(D735.1)．彼らは結婚する．

コンビネーション 300, 425, 425A.

注 話型425Cは，冒頭部の「娘たちへの贈り物」が特徴であるのと，探索のモティーフがないことが特徴である．初めて現れるのは，18世紀フランスの2つの版，ヴィルヌーヴ夫人(Mme. de Villeneuve)の「美女と野獣(*La Belle et la bête*)」(1740)，およびボーモン夫人(Mme. de Beaumont)の同名の説話(1757)である．参照：オーノワ夫人(Mme. d'Aulnoy)の「羊(*Le Mouton*)」(1698)．

類話(～人の類話) フィンランド；フィンランド系スウェーデン；エストニア；ラトヴィア；リトアニア；スウェーデン；デンマーク；フェロー；イギリス；フランス；スペイン；カタロニア；ポルトガル；オランダ；フリジア；フラマン；ドイツ；オーストリア；ラディン；イタリア；サルデーニャ；マルタ；ハンガリー；チェコ；スロバキア；スロベニア；セルビア；ルーマニア；ブルガリア；ギリシャ；ポーランド；ロシア, ベラルーシ, ウクライナ；トルコ；ジプシー；チェレミス/マリ；モルドヴィア；ヤクート；モンゴル；グルジア；インド；中国；日本；フランス系カナダ；アメリカ；スペイン系アメリカ；ドミニカ；コロンビア；ブラジル；西インド諸島；エジプト, チュニジア, モロッコ．

425D 消えた夫 (旧，宿屋(浴場)を営み，いなくなった夫のことがわかる)(旧話型425Fを含む)

(子どものいない夫婦が動物か物を養子にし，それが成長し，結婚したがる．参照：話型433B.) 動物(ザリガニ，カエル，雄ヤギ，鳥，等，またはロバ頭)は，求婚者に課された課題を成し遂げ[T68]，王の末の娘と結婚する．夜の間，動物は美しく若い男に変わる[B640.1]．動物は妻に彼の秘密を口外しないよう警告するが，妻は禁令を破り，動物は妻のもとを去る[C932]．

妻は宿屋(パン屋，浴場)を営み，そこでは物語を語る者は，誰でもただでもてなしを受けられる[H11.1.1](妻は男に変装し[K1837]，会った人が物語を語ってくれれば，誰にでも金貨を与える)．その結果妻は，夫がどこに暮らしていて，どうしたら夫を救えるかを知る[C991]．妻は夫を見つけ，夫の魔法を解く．

一部の類話では，姫が，魔法にかけられて鳥になった花婿を失い[D150]，ふさぎ込む．王は姫を笑わせることができる者に褒美を出すと約束する．花婿がどこに住んでいるかを知っているお婆さんが姫に教え，笑わせる．姫は花婿を彼の城で見つける．姫は7年間断食することで(1年かそれ以上，隠れ場所もなく風雨にさらされることで)，魔法を解く．これをしたことで，彼女は醜くなり，王子は彼女のことが好きではなくなる．親切な妖精たちの助けで，彼女は美しく裕福になる．彼女の花婿は彼女に恋をする．彼女は王子に課題を課す(王子は橋を建てて棺の中に横たわらなければならない)．彼らは再びいっしょになる．(旧話型 425F.)

コンビネーション 425 425A.

類話(～人の類話) スペイン；ポルトガル；イタリア；サルデーニャ；ブルガリア；ギリシャ；トルコ；ユダヤ；クルド；レバノン；イラク，カタール；イラン；インド；日本；チリ；エジプト；リビア；チュニジア；アルジェリア，モロッコ．

425E 魔法にかけられた夫が子守歌を歌う (旧話型 425L を含む)

若い女が，魔法にかけられた男(ふつうは王子)について，地下にある男の城(洞窟)に行き，男と結婚する．夜の間は，夫は本来の人間の姿になる．夫は彼女に，ある部屋を開けることを禁じる[C611](夜，夫を見てはならない，夫を起こしてはならない，夫の心臓にかけられた南京錠を開けてはならない，鍵穴を通して夫の体を見てはならない)．若い女は禁令を破り，妊娠しているにもかかわらず，追い出される．

妊婦は，ずっと以前に息子が行方不明になった金持ちの女(女王)の家に寄宿する．ここで妊婦は子どもを産む．夜，魔法にかけられた夫が，眠っている妻のところにやって来て，子どもに子守歌を歌い，どうしたら自分の魔法が解けるかを歌で告げる(オンドリたちが鳴いてはならない，教会の鐘が鳴ってはならない，等)．女中たちがこのことをこの家の女主人に報告する．3日目の夜，歌で要求された条件が満たされる(魔法にかけられた男は，抱きしめられるか，またはつかまれる)．夫の魔法が解け，行方不明の息子であることがわかる．(旧話型 425L.) 参照：話型 434.

コンビネーション 432.

注 早期の版はバジーレ(Basile)の『ペンタメローネ(*Pentamerone*)』(II, 9)を見よ．

類話(～人の類話) スペイン；カタロニア；ポルトガル；イタリア；サルデーニャ；ハンガリー；スロバキア；クロアチア；マケドニア；ルーマニア；ブルガリア；ギリ

シャ；トルコ；ユダヤ；ジプシー；パレスチナ，サウジアラビア，カタール；イラク；日本；メキシコ；チリ；エジプト；リビア；チュニジア；アルジェリア；モロッコ．

425F 話型 425D を見よ．

425G 話型 425A を見よ．

425H 話型 425C を見よ．

425J 話型 425B を見よ．

425K 話型 884 を見よ．

425L 話型 425E を見よ．

425M ヘビ婿（旧，水浴びをする少女の服が隠される）

ヘビ（海の精霊，竜）が，水浴びをしている少女の服を盗み，ヘビと結婚すると約束しないと服を返さない[K1335]．ヘビは少女を花嫁として，（海の底の）りっぱな城に連れていく．そこで少女は子どもを 2 人産む．

ヘビは，女がある不可能な課題（鉄の靴を履きつぶす[H1125, Q502.2]，果てしない糸を紡ぐ，等）を成し遂げたら，彼女の両親を訪ねてもよいと約束する[H1010]．お婆さんの助言に従って，女は成功し[N825.3]，ようやく女と子どもたちは両親を 3 日間訪ねることを許される．しかし彼女は誰にも夫のことを話さないよう警告される[C421]．

女は約束を守る．けれども子どもたちが父親のことを親族に話し，父親を呼び出すことのできる魔法の呪文の秘密を漏らす．女の兄弟たちはヘビを呼び出し，殺す．

子どもたちといっしょに女は帰る．夫を呼ぶが，海にあるのは血だけである．それで女は子どもたちが自分を裏切ったとわかり，子どもたちを呪って木にする[D215]．

コンビネーション 857.

類話（～人の類話） フィンランド；エストニア；ラトヴィア；リトアニア；ヴェプス；ドイツ；クロアチア；ブルガリア；ポーランド；ロシア，ベラルーシ，ウクライナ；タタール；タジク；アルジェリア；ケニア．

425N 話型 425B を見よ．

425P 話型 302 を見よ．

425*　侮辱された花婿の魔法が解ける（旧，魔法にかけられた動物婿が客たちに侮辱される）

姫(3人姉妹の末の妹)が結婚したがる．父親は姫に，彼女が出会う最初の者(あるバラを拾った者)と結婚しなければならないと言う．しっぽの臭いハツカネズミ(水を運んでいる貧乏人)が通りかかり，姫はハツカネズミと結婚する[T118]．結婚の祝宴の最中，客たちがハツカネズミの花婿を侮辱すると，城とすべての城の住人は消え，姫は独りぼっちになる．

姫はいなくなった夫を捜す旅に出る[H1385.4]．2人の隠者が地下世界への道を姫に教える．地下世界で姫はハツカネズミ花婿の城を見つける．姫の愛によって魔法が解け，ハツカネズミ花婿は美しい王子になる[D700]．

一部の類話では，姫は夫とともに貧乏暮らしをする．姫は，豪華な城と富の夢を見る．2回夢は現実となり，姫は親族を城に招待する．彼女の貧しい夫が現れると，誰かが夫の名前を呼び，そして城は消える．3回目に姫は，夫の名を呼ばないよう親族に指示する．その結果，夫の魔法が解ける．

類話(～人の類話)　ラップ；スウェーデン；スコットランド；ルクセンブルク；イタリア．

426　2人の少女と熊とこびと

(「雪白」と「バラ赤」と呼ばれている)2人姉妹が，冬の間自分たちの小屋に熊を迎え入れる．姉妹は財宝を盗みに行った悪いこびとを3回救うが，こびとは感謝せず，姉妹を侮辱する[F451.2.3.1, K1111.1, F451.6.1, F451.5.2.1]．

そのあとすぐ(こびとによって魔法にかけられた)熊が，こびとを捕まえる．こびとは，熊が自分を食べる代わりに少女たちを食べたら，財宝をあげると言う．しかし熊はこびとを殺し，その結果魔法が解けて熊は王子になる[D763]．王子は姉妹の1人と結婚し，(それまで言及されていなかった)王子の兄弟がもう1人と結婚する．

注　カロリーネ・シュタール(Karoline Stahl)の物語(1818)のヴィルヘルム・グリム(Wilhelm Grimm)による再話．

類話(～人の類話)　フィンランド；ラトヴィア；スウェーデン；フランス；オランダ；フリジア；ドイツ；イタリア；サルデーニャ；チェコ；クロアチア；ポーランド；ロシア，ウクライナ；中国；メキシコ．

428　話型425Bを見よ．

430 ロバ（アシナーリウス（Asinarius））

王夫妻が長いこと子どもを欲しがったあと，ようやく妃がロバを生む．ロバは人間のように育てられ，宮廷の習慣や歌い方，竪琴（ハープ，等）の弾き方を習う[D963]．

ロバは，初めて鏡に映った自分の顔を見た日，召し使いに付き添われ，家を出る．よその国で，ロバは音楽の才能を使って王宮の人々を楽しませる．ロバは王の娘に会い，その美しさに魅せられる．

ロバが家に帰りたがると，王は娘と結婚させてやると言って[B641.4]，ロバをとどまらせようとする．結婚式のあった晩，ロバは皮を脱ぎ，美しい王子になる．これを見ていた召し使いが王に告げ，王は次の晩，皮を焼く[D721.3]．王子は再びロバになることができず，逃げ出そうとするが，王が王子を止め，王国の一部を王子に与える．参照：話型 425A.

注　1200 年頃，南ドイツの韻文のノヴェレから．宮廷社会でよく読まれた．人間の感受性を持ったロバは偽ルキアノス（Pseudo-Lucian）とアプレイウス（Apuleius）の古代のノヴェラにさかのぼる．散文の版はグリム（Grimm）のテクストによって知られるようになった．口承の版はしばしばとても簡略化されているので，話型 425A と区別するのは難しい．

類話（～人の類話）　スウェーデン；ノルウェー；アイルランド；スペイン；ポルトガル；オランダ；ドイツ；オーストリア；ロシア，ベラルーシ，ウクライナ；アルメニア；タジク；グルジア；シリア，カタール，イエメン；インド；中国；アメリカ；エジプト，リビア，チュニジア，モロッコ．

431 森の家

3 人姉妹が順に森の中の家に行く．その家にはお爺さんが 3 匹の動物といっしょに住んでいる[D1890, D166.1.1, D166.1, D133.1]．上の 2 人の少女は，お爺さんのためには料理をしてベッドを整えるが，動物たちにはしてやらず，またお爺さんがベッドに入るのを待たずに自分たちがベッドに入る[Q2]．お爺さんは少女たちを地下室に閉じ込める．

末の少女は動物の世話をして，食事を与え[L54]，自分は残りを食べる．そして夜お爺さんが休んでから自分もベッドに入る．末の少女は宮殿で目を覚ます．少女は，お爺さんではなく若い王子を見つける．王子は 3 人の召し使いとともに，魔女によって魔法にかけられていたのである．少女と王子は結婚する[L162]．そして姉たちは，自分たちが動物に対し思いやりがあると証明できるまで，メイドとして仕えなければならない．

一部の類話では，ある女が，怠惰で意地の悪い自分の娘を甘やかし，勤勉な継娘には，ほんの少しの食事しか与えず，虐待する．継娘は転がるパンのかたまりを追いかけて，森の中の(魔法のかかった)家に着く．継娘はそこに住んでいる動物たちに(いっしょに連れてきた動物たちに)自分の食べ物を分け，お爺さん，または動物男(森の精霊)に親切にする．動物たちの助言で，継娘は男をいっしょにベッドに連れていく．すると男の魔法が(動物たちの魔法とともに)解ける[D731]．継娘は男と結婚するか，または褒美をもらう．嫉妬した姉妹がいい食事を持ってその家にやって来る．しかし彼女は食事を動物たちに分けないので，動物たちは彼女に助言しない．彼女はお爺さん(精霊)に不親切で，(厳しく)罰せられる．参照：話型480.

コンビネーション　480, 510A.
注　19世紀に記録されている.
類話(～人の類話)　フィンランド系スウェーデン；ラトヴィア；コミ；アイルランド；フランス；スペイン；フラマン；ドイツ；オーストリア；イタリア；チェコ；スロバキア；セルビア；クロアチア；ギリシャ；ポーランド；ソルビア；ロシア；トルコ；チェレミス/マリ；カルムイク；シリア；パレスチナ；ヨルダン, サウジアラビア, カタール, イエメン；フランス系カナダ；スペイン系アメリカ；モロッコ；東アフリカ；タンザニア.

432　鳥王子

3人姉妹の末の妹は，父親が旅に出るとき，珍しい贈り物(羽根，植物，本，バイオリン，鏡，真珠，等)を持って帰るよう頼む[L221].

初め父親はそのような物を見つけることができないが，見知らぬ王子からそれをもらう．(参照：話型425A, 425B, 425C, 894.) 娘がその贈り物を使って，贈り物の持ち主を呼び出すと，持ち主は(鳥の姿で)窓から入ってくる[D641.1].

嫉妬深い姉たち(継母)は，こっそり見張り，その恋人を見つける．姉たちはナイフか割れたガラスを窓の周りに置く[K2212.1, S181]．王子はけがをして，もう訪ねてこない.

末の娘は(男に変装して[K1837])，恋人を捜しに行く[H1385.5]．末の娘は鳥たち(木の上か下に集まった魔的な存在たち)の会話を立ち聞きする．鳥たちは，王子がどこにいて，どうやったら薬で王子を治すことができるかを話している[N452]．女は薬を調合し，恋人を見つけ，治療する．報酬として王子は末の娘に贈り物(指輪，髪，シャツ，馬)を授ける.

王子は末の娘が自分の恋人だとわかる．または，末の娘は家に帰り，羽根(等)によって王子を呼び出す．王子はやって来るが，末の娘が自分を傷つけたと思っているので怒っている．そこで娘は，本当は何が起きたのか説明する．末の娘は王子に2つ目の贈り物(指輪，シャツ，等)を見せ，王子を治療したのは自分だったことを証明する．彼らは仲直りする[B642].

コンビネーション 425, 425A, 425B, 480, 510A, 510B, 511.
注 説話の冒頭は，マリー・ド・フランス(Marie de France)の「ヨネック(*Yonec*)」(1150年頃)に現れる．オーノワ夫人(Mme. d'Aulnoy)の「青い鳥(*L'Oiseau bleu*)」(1697)を見よ．
類話(～人の類話) フィンランド；フィンランド系スウェーデン；ラトヴィア；リトアニア；ラップ；スウェーデン；ノルウェー；デンマーク；スコットランド；アイルランド；フランス；スペイン；カタロニア；ポルトガル；ドイツ；イタリア；ハンガリー；チェコ；スロバキア；スロベニア；ブルガリア；ギリシャ；ロシア；トルコ；ユダヤ；ジプシー；グルジア；シリア，レバノン；パレスチナ；イラク；ペルシア湾，サウジアラビア，カタール，イエメン；イラン；パキスタン，インド，スリランカ；フランス系カナダ；スペイン系アメリカ，メキシコ；キューバ；プエルトリコ；マヤ；コロンビア；チリ；エジプト，アルジェリア；モロッコ；スーダン；マダガスカル．

432* 話型444*を見よ．

433 話型433Bを見よ．

433A 話型433Bを見よ．

433B リントヴルム王 (旧話型433, 433A 433Cを含む)参照：話型430.

この説話は，ヘビ(這い虫(worm)，カエルかヒキガエル，トカゲ，その他の動物)と結婚する勇敢な女を扱う．女がヘビにキスをするか，ヘビを抱きしめること，またはヘビのベッドをいっしょに使うこと[D735.1]によってヘビの魔法を解く．または女が，ヘビの皮膚の層よりも多くのシャツを着ていることでヘビの魔法を解く．(旧話型433と433A.) 参照：話型425A, 441, 480, 711.

この説話には，おもに3つの異なる型がある．

(1) 貧しい女がヘビを生む(ある夫婦がヘビかカエルを自分たちの子どもとして養子にする)．動物は成長すると，王の娘と結婚したがる．王は不可能な課題を設けるが，その課題をヘビは成し遂げる(ヘビは王を脅す)．ヘビは姫と結婚し，結婚式のあとに，美しい男(王子)になる．

(2) 子どものない女王が，(軽はずみな願い[T513]，または魔法的受胎[T510]によって)動物息子(ヘビ，竜，等)を生む．女王は動物息子のことを秘密にする．動物息子は成長すると，結婚したがる．しかし動物息子と結婚した女は皆，結婚式の夜に殺される．

1人の勇敢な若い女(虐待された継子)が(賢女，または死んだ母親の助言で)7枚のシャツを重ね着する．女は自分がシャツを脱ぐたびに，ヘビも皮を1枚脱ぐことを要求する．

ヘビが完全に裸になると，女は，ヘビをさんざんむちで打ち，それからミルクにつからせる[D766.1]．女がヘビの傍らに横たわると，ヘビは美しい若者になる．(皮は処分される[D721.3].)

(3)　若い女がヘビと結婚する．ヘビは女に宝石を与え，美しい若者になる．女はヘビの皮を焼き，夫とともに幸せに暮らす．

別の嫉妬深い女が，自分もヘビと結婚したいと父親に言う．彼女はヘビといっしょに部屋に残され，ヘビは女を殺す．(旧話型433C.)

一部の類話では，夫の魔法が解けたあと，女は(嫉妬深い女に中傷されて)追い出される．女は(鳥に変えられた)王子，または死んだ男の魔法を解き，王子と結婚し，息子を産む．最初の夫は長い探索のあと，女を見つける．女は夫たちのどちらかを選ばなければならず，最初の夫のもとにとどまることに決める．

コンビネーション　408, 425C, 510A, 720.

注　最も早期のヨーロッパの版は1200年頃の韻文のノヴェラ『ロバ(*Asinarius*)』とストラパローラ(Straparola)の『楽しき夜(*Piacevoli notti*)』(II, 1)である(参照：話型441).

類話(～人の類話)　フィンランド；エストニア；リーヴ；ラトヴィア；リトアニア；ヴェプス；スウェーデン；ノルウェー；デンマーク；アイルランド；フランス；スペイン；カタロニア；ドイツ；オーストリア；イタリア；コルシカ島；マルタ；チェコ；スロバキア；スロベニア；セルビア；ブルガリア；ギリシャ；ウクライナ；トルコ；ユダヤ；オセチア；チェレミス/マリ；ヴォグル/マンシ；アルメニア；ウズベク；モンゴル；グルジア；シリア, パレスチナ, ヨルダン, カタール, クウェート；インド；スリランカ；中国；朝鮮；カンボジア；日本；フランス系カナダ；メキシコ；ドミニカ；プエルトリコ；ペルー, チリ；ブラジル；エジプト；チュニジア, アルジェリア；モロッコ；東アフリカ, スーダン；中央アフリカ；ナミビア.

433C　話型433Bを見よ.

434　盗まれた宝石 (旧，盗まれた鏡)

(予言を回避するために，姫が塔か地下の洞窟に閉じ込められる.) 鳥の姿をした王子[D150]が3回姫を訪ね，そのたびに何かを持ち去る(宝石，櫛，鏡，ヘアバンド)．姫は，恋の病にかかり[T24.1]，鳥を捜しに行く[H1385.5]．姫は(お爺さんから)鳥がどこにいったのか教えてもらう[H1233.1]．そして姫は，鳥が美しい若者に変身できることを知る．姫は若者によって妊娠し，若者の母親の家で子どもを1人産む．姫は(若者から)どうやったら若者の魔法を解くことができるか教わる．姫は(若者の母親といっしょに)必要条件を満たし，若者の魔法が解ける．参照：話型425E.

コンビネーション 400, 425D, 432.
類話(～人の類話) カタロニア；ポルトガル；イタリア；トルコ；ブラジル；エジプト.

434* **潜水夫**（人魚コーラ(Cola Pesce)）

潜水のうまい男が，魚のように海で暮らす(時として，男は海の生き物に変身することもある)．王は男を呼び，水の底のさまざまな場所に行って，報告するよう命令する．潜水夫は，最初は応じるが，その後，ある特別危険な場所へ行くことを拒む．王は自分の王冠を海に投げ込み[H1132.1.7]潜水夫に探しに行かせると，潜水夫はその探索から戻らない.

エストニアのオイコ話型(訳注：境界分け可能な地域や民族グループに特有の変形)では，潜水夫は姫に恋をする．嫉妬した求婚者が姫に[H911]，宝石を海の中に投げて潜水夫に取ってこさせるように言う[参照 H1132.1.7]．潜水夫はカモに変身し，この課題を成し遂げる[D161, D641]．潜水夫は人間の姿に戻って[D700]，姫と結婚する[L161].

注 12世紀にプロヴァンスの詩人ライモン・ジョルダン(Raimon Jordan)の詩において最初に現れる．恋物語を伴う型は，フリードリヒ・シラー(Friedrich Schiller)のバラード「潜水夫(*der Taucher*)」によって普及した.
類話(～人の類話) エストニア；イタリア.

437 話型894を見よ.

440 **カエルの王様，または鉄のハインリヒ**

若い姫(3人姉妹の末の妹)が，金のまりを泉に落とし[C41.2]，カエルがまりを姫に返す[B211.7.1]．(一部の類話では，カエルは別の困難から姫を助ける.) カエルは姫に，自分が姫の皿から食べ，姫のコップから飲み，姫のベッドで眠ってもよいと約束させる[S215.1].

カエルはまりのお返しをしてもらいにやって来る．そして王は姫に約束を守るよう強いる．怒って姫がカエルを壁に投げつけると，カエルは美しい王子になる[D789]．

一部の類話では，カエルはキスによって，結婚によって，首を切られること等で，魔法を解かれる[D735.1, D743, D711]．

グリムの版では以下のように続く．

王子が馬車で姫を家に連れていくとき，馬車には忠実な召し使いのハインリヒがいる．王子が魔法にかけられたとき，ハインリヒの心は打ちひしがれた．ハインリヒの心臓が張り裂けないように巻かれていた鉄の帯が喜びではじける[F875]．

一部の類話では，花嫁が自分の心臓に鉄の帯を巻く．それら鉄の帯は喜びによってはじけるのではなく，苦しみによってはじける．魔法が解けたあと，2人は試験をされることもある．姫は夫を捜して世界じゅうを旅し，夫は姫が自分の本当の花嫁だとわからなくてはならない．参照：話型 313, 425A.

コンビネーション　425 433B.

注　19世紀初頭に，この形で初めて出版されている．類話はヨーロッパ中で見られるが，多くは明らかにグリム(Grimm)の版に基づいている．

類話(～人の類話)　フィンランド；フィンランド系スウェーデン；エストニア；ラトヴィア；リトアニア；リーヴ；スウェーデン；ノルウェー；デンマーク；スコットランド；アイルランド；イギリス；フランス；スペイン；ポルトガル；オランダ；フリジア；フラマン；ドイツ；ラディン；イタリア；ハンガリー；チェコ；スロバキア；スロベニア；ルーマニア；ブルガリア；ポーランド；ソルビア；ロシア, ベラルーシ, ウクライナ；トルコ；ジプシー；グルジア；パキスタン；中国；朝鮮；日本；フランス系カナダ；アメリカ；スペイン系アメリカ；アフリカ系アメリカ；メキシコ；西インド諸島.

441　ハリネズミ坊やハンス

子どものなかった夫婦に(軽はずみな望みや呪いのために)ハリネズミ息子が生まれる[C758.1, T554]．ハリネズミ息子は森で豚飼いになり，森ではハリネズミ息子の世話で豚が増える．ハリネズミ息子は道に迷った3人の(2人の)王たちに(商人に，伯爵に，王に，1人の王に3回)道を教え，彼らの3人の娘の1人を妻として与えると約束させる[S226]．

オンドリに乗って，ハリネズミ息子は3回花嫁を要求しに行く．姫のうち2人がハリネズミ息子を拒み，ハリネズミ息子は姫たちをひっかくが，3人目の姫は彼との結婚に同意する[B641.5]．結婚式のあった晩(教会への道で，いっしょに住むようになったあと)動物の皮が処分される(姫がハリネズミにキスをする，むちで叩く，頭を切り落とす，等）．ハリネズミの魔法が解け，美しい若者になる[D721.3]．（ほかの2人の姫は嫉妬と怒りで自ら命を絶つ．）参照：話型 425C, 433B.

注 最も古く整った文学テクスト版はストラパローラ(Straparola)の『楽しき夜(*Piacevoli notti*)』(II, 1)である(参照：話型 433B).

類話(～人の類話) エストニア；ラトヴィア；リトアニア；スウェーデン；フラマン；ドイツ；ラディン；ハンガリー；チェコ；スロバキア；スロベニア；クロアチア；ポーランド；ジプシー；オセチア；ヤクート；イラン；パキスタン, インド, スリランカ；ビルマ；日本；西インド諸島.

442 森のお婆さん（旧，森のお爺さん）

強盗たちが旅の一行を襲う．そして貧しい召し使いの少女が，木の後ろに隠れて生き残る．晩にハトが3本の木を開ける鍵を持ってくる．木の中には食べ物，服，ベッドがある．ハトは少女に，ある小さい家に行くように言い，その家で少女は，お婆さんを見つけるだろうと告げる．少女はお婆さんの質問に何も答えてはならず，輝いている指輪はそこに残して，飾り気のない指輪を持ってこなければならない．

少女はハトに言われたとおりにし，お婆さんに惑わされない．少女はお婆さんが鳥籠を持って逃げるのを止め，鳥がくちばしに指輪をくわえているのを見つける．ハトを待っている間，少女は指輪を指にはめる[D1076]．そのとたん，木は枝で少女を包み込み，木は美しく若い王子になる[D431.2]．王子は，自分は魔女によって魔法にかけられていたのだと説明する．ほかの木々は召し使いと馬になる．王子は少女を自分の王国へ連れていく．そこで彼らは結婚する[L162]．参照：話型 405.

コンビネーション 425B, 707.

類話(～人の類話) アイルランド；ドイツ；ポーランド；オセチア；ヤクート；フランス系カナダ.

444* 魔法にかけられた王子が魔法を解かれる（旧話型 432*, 444A*, 444B*, 444D*, 444E* を含む）

雑録話型．王子が(超自然の存在によって)動物(猿，魚，竜，鳥，猫，イノシシ，等)に変身させられる．王子に同情した女によって，または，(課題を成し遂げることで，魔法の品を手に入れることで，等)王子を助ける女によって，王子は魔法を解かれる．

類話(～人の類話)　ラトヴィア；デンマーク；アイルランド；ドイツ；イタリア；ポーランド；ユダヤ；アブハズ；フィリピン；キューバ；アルゼンチン.

444A*　話型 444* を見よ.

444B*　話型 444* を見よ.

444D*　話型 444* を見よ.

444E*　話型 444* を見よ.

445*　話型 813B を見よ.

449　**シディ・ヌーマン**(旧，ツァーの犬(シディ・ヌーマン))(旧話型 1898* を含む)

この説話には，おもに2つの異なる型がある.

(1)　ある男が，夜妻が死体を食べているのを見つける．男がこのことで妻をとがめると，妻は夫を犬に変える．別の魔法使いの女が，本当はその犬が人間であることを見抜いて，男を元の姿に戻す．魔法使いの女の助けで，夫は妻を雌馬に変え，そして男は妻を(死ぬまで)さんざん殴る.

(2)　不実な妻が夫を犬に変える[D141, K1535]．犬は羊の群れの番をし，また王の赤ん坊を救う[D682.3]．犬に変えられた夫が妻のもとに帰ると，妻は犬を鳥に変える[D151.8]．夫は魔法の杖を見つけて，再び人間に戻る．そして妻と妻の恋人をロバに変える[D682.3].

コンビネーション　313, 400, 992A.

注　(1)の版は『アラビアン・ナイト(*Arabian Nights*)』にさかのぼる．(2)の版はシリアの昔話と思われ，それが東ヨーロッパ，バルカン諸国，コーカサスに広まったと考えられる．この説話の特色は，死体を食べるモティーフがないことと，犬が鳥に変身することである.

類話(～人の類話)　フィンランド：ラトヴィア；リトアニア；リーヴ；アイルランド；フランス；フラマン；ドイツ；ハンガリー；スロバキア；セルビア；クロアチア；ブルガリア；ポーランド；ロシア, ベラルーシ, ウクライナ；トルコ：ユダヤ：ジプシー；チェチェン・イングーシ；アブハズ；アディゲア；チェレミス/マリ；ヴォグル/マンシ；オセチア；クルド；アルメニア；ヤクート；カルムイク, モンゴル；グルジア；シリア, ヨルダン；パレスチナ, イラク；サウジアラビア, カタール, イエメン；イラン；パキスタン, インド；スペイン系アメリカ；マヤ；エジプト；リビア；チュニジア, ソマリア.

兄弟または姉妹 450–459

450 小さい兄と妹

小さい兄と妹が，残酷な継母のために[S31.5, S31]，または両親が彼らを食べようとするので，家から逃げる．妹の警告にもかかわらず，兄は泉の水か動物の足跡の水を飲み[D555]，鹿に[D114.1.1]（子羊に[D135]，ヤギに）変身させられる．

子どもたちはいっしょに森に住み，やがて王子が子どもたちを見つける[P253.2, N711.1]．妹は木の上に隠れるが，王子は妹を欺いて木からおりてこさせる．妹は王子と結婚し，彼らは動物になった兄をいっしょに連れていく．

子どもが生まれるとき，王子は留守にしている．ほかの花嫁が妹と入れ替わる[K1911, K1911.1.2]．それはしばしば悪い女（継母，魔女，メイド）の娘である．妹は水に投げ込まれ[S142]，鳥[D150]（魚[D170]）に変身するか，または魚に呑み込まれる[K1911.2.2.1]．妹は，子どもに授乳して兄の世話をするために[E323.1.1, D688]，夜戻ってくる．召し使いが，妹と動物の兄の会話を立ち聞きし，王子にそれを報告する[H13]．にせの花嫁とその母親は罰せられる．参照：話型 403.

一部の類話では，にせの花嫁とその母親は，真実が露見することを恐れて，動物の兄を殺そうとする．料理人が動物の兄を救う．

コンビネーション 313, 327A, 403, 451, 480, 709.

注 いくつかの要素は 1588 年にポーランドの詩人コビリェンスキー（C. Kobyliński）のラテン語の詩に記録されている．

類話（～人の類話） フィンランド；エストニア；リーヴ；ラトヴィア；リトアニア；カレリア, コミ；スウェーデン；ノルウェー；アイルランド；フランス；スペイン；カタロニア；ポルトガル；ドイツ；イタリア；ハンガリー；チェコ；スロバキア；ルーマニア；ブルガリア；ギリシャ；ポーランド；ロシア, ベラルーシ, ウクライナ；トルコ；ユダヤ；オセチア；モルドヴィア；アルメニア；トルクメン；グルジア；パレスチナ；シリア, ヨルダン, オマーン, カタール, クウェート, イエメン；イラン；インド；ネパール；日本；フランス系カナダ；アメリカ；メキシコ；ドミニカ；プエルトリコ；チリ；西インド諸島；エジプト, リビア, アルジェリア, モロッコ；チュニジア；ガーナ；東アフリカ；スーダン．

451 兄たちを捜す乙女（旧話型 451A と 451* を含む）

女の子が，動物（鳥）に変身させられた[P253.2]12 人（7 人，3 人，6 人）の兄を救う[P253.0.5, P251.6.7, Z71.5.1]．この説話には，おもに3つの異なる型があるが，それらはしばしば互いに混ざり合っている．

(1)　継母が継息子たちを白鳥(ワタリガラス[D151.5])に変身させる[D161.1]．妹が兄たちを捜し，どうしたら兄たちを救えるかを知る．すなわち，妹は数年間口をきいてはならず[D758]，そしてワタスゲで兄たちのシャツをつくり上げなければならない[D753.1]．

王が若い女を森で見つけ，女と結婚する[N711]．王が留守の間に，女は子どもを産むが，姑が子どもを連れ去る．そして，子どもを食べた罪を若い女に着せる[K2116.1.1](動物の子どもを産んだと言う)．若い妃は，首をはねられることになっても，兄たちのために沈黙を守る．火あぶりの刑の薪の山に行く途中，沈黙の期限が終わり，兄たちの魔法が解ける．すべてが説明され，姑は罰せられる．

一部の類話では，兄弟の1人の魔法が完全には解けない(翼を1つ持ったままである)．なぜなら，子どもがさらわれたときに妹が一筋の涙を流したためである(シャツが完成しなかったためである)．

(2)　女の子が兄たちを遠く離れた場所で見つけ，兄たちのために家事をする．兄弟たちは女の子に，猫(犬)の世話をし，火の番をし，魔的な隣人(鬼，魔女)に気をつけるように言う．あるとき女の子は猫に自分の食事を分けてやるのを忘れ，そのために猫が火を消す．女の子が隣人に助けを頼むと，鬼が女の子の血を吸いに定期的にやって来るようになる．兄たちはこれを見つけると，鬼を殺す．女の子は鬼の墓から花(ハーブ)を摘む．兄弟たちはそれを食べ，雄牛(羊，鳥)になる．魔法が解けるエピソードはあまり重要ではない．

(3)　食べる物が十分にないので，母親(父親)が息子たちを呪う．兄弟たちはカラス(白鳥)になる．妹は兄たちを捜して，太陽，月，星に道を尋ねる[H1232]．妹は兄たちをガラス山(ガラスの宮殿)で見つける．ガラス山の兄たちのところに行くためには小さな骨が鍵として必要である(風に助けてもらう)．妹は兄たちを解放し，彼らは家に帰る．

一部の類話では，結婚と誹謗のエピソードが続く．

一部の類話は，娘が(弟がもう1人)生まれたら，兄たちを犠牲にするという母親の約束で始まる[S272]．母親は出産後，合図で兄弟たちに知らせようとするが[T595]，間違った合図を送り[N344.1]，兄弟たちは家をあとにする[S272.1]．

コンビネーション　403, 408, 450, 706, 707, 709.

注　早期の版はヨハンネス・デ・アルタ・シルヴァ(Johannes de Alta Silva)の『ドロパトス(*Dolopathos*)』(No. 7)を見よ.

類話(～人の類話)　フィンランド；フィンランド系スウェーデン；エストニア；ラトヴィア；リトアニア；ラップ；リーヴ, カレリア；スウェーデン；ノルウェー；デンマーク；フェロー；アイスランド；スコットランド；アイルランド；フランス；スペイン；カタロニア；ポルトガル；フリジア；フラマン；ドイツ；オーストリア；スイス；ラディン；イタリア；コルシカ島；サルデーニャ；マルタ；ハンガリー；チェコ；スロバキア；スロベニア；セルビア；ルーマニア；ブルガリア；ギリシャ；ソルビア；ポーランド；ロシア, ベラルーシ, ウクライナ；トルコ；ユダヤ；チェレミス/マリ；アルメニア；グルジア；シリア, ヨルダン, イラク；パレスチナ, カタール；イラン；インド, スリランカ；ビルマ；朝鮮；日本；フランス系カナダ；アメリカ；スペイン系アメリカ, メキシコ；ドミニカ, プエルトリコ；グアテマラ, アルゼンチン；西インド諸島；エジプト；リビア；チュニジア；アルジェリア；モロッコ；スーダン.

451A　話型 451 を見よ.

451*　話型 451 を見よ.

452B*　雄牛になった姉妹たち

魔女と魔女の娘が, 王にかわいがられている 3 人の美しい孤児の少女たちに嫉妬する. 魔女は少女たちのスープに魔法の粉をかける. 上の 2 人の少女はそれを食べ, 雄牛に変身する. 王はいちばん下の少女に結婚を申し込み, 下の少女は雄牛たちを王の宮殿で世話してもらうことを条件に同意する. 魔女は宮殿を訪れ, 妃の頭に 2 本のピンを刺す. すると妃はハトになる. 魔女の娘が妃に成り済ます. ハトが宮殿にやって来る. そして, ハトが話すのを聞いた庭師にハトはつかまる. 王がハトの頭から針を抜くと, ハトは人間の姿を取り戻す. 魔女と魔女の娘は火あぶりの刑に処せられる. 参照：話型 408.

コンビネーション　408.

類話(～人の類話)　スペイン；ポルトガル；ユダヤ；レバノン；スペイン系アメリカ, メキシコ；プエルトリコ；エジプト.

452C*　話型 511 を見よ.

459　見せかけの息子(娘)

王は, 最初の妃に子どもができないので, 妃を追い出す. その後女中が, 妃は息子(娘)を生んだが, 王はその子に会わせてもらえないと王に知らせる.

妃は家と食べ物を提供される．

数年後，王は自分の「子ども」のために縁談をまとめる．女中は若者の像をつくるか，または椅子籠に動物を入れる．神が妃を哀れみ，像に命を与えるか，または犬を美しい若者(若い女)に変える．王は妃と和解する．

一部の類話では，王子が人形を若い女だと思い，恋に落ち，結婚したがる．彼女の「両親」は王子を説得して，隣人の娘と結婚させる．

類話(～人の類話)　パレスチナ；イラン；インド．

超自然の課題 460–499

460A　神(運命の女神)のところへの旅(旧，褒美をもらいに神のところへ旅をする)(旧話型 461A と 702A* を含む)

物乞いが，自分はなぜこんなにも貧しいのか知りたがる．またはある男が，神は施し物を 1000 倍にして返してくれると聞く[J1262.5.1]．これが自分の身に起きないので，男は神に文句を言いに行く．

神(運命の女神，太陽)のところへ旅する途中，主人公は人々，動物たち，物たちに会い，彼らは神に尋ねてもらいたい(3つの)質問を主人公にする[H1291]．例えば，(1)オオカミ(ライオン)が，自分はなぜ食べても食べても腹がいっぱいにならないのか尋ねる(答え：オオカミは愚か者を食べなければならない)．(2)木が，自分はなぜこんなに枯れているのか尋ねる(答え：宝が根の下に埋められている)．(3)王が，なぜ戦争で自分の王国を大きくできないのか尋ねる(答え：それは女王なので，結婚しなくてはならない)．(4)何人かの若い女が，なぜ自分たちは結婚できないのか尋ねる(答え：彼女たちはちりを太陽にぶちまけなければならない)．(5)魚が，なぜ自分は川で独りぼっちなのか尋ねる(答え：魚は誰かを溺れさせるか，または呑み込まなければならない)．(6)川が，なぜ川の中に生き物がいないのか尋ねる(答え：川は誰かを溺れさせなければならない)．

神はこれらの質問に答え，旅人は旅の帰りに答えを伝え，報酬をもらう[H1292]．

一部の類話では，旅人は報酬を拒否する．なぜなら，旅人が家に着いたら富を与えると，神が旅人に約束したからである．オオカミは旅人を食べる．なぜなら，旅人は，オオカミが今までに会った中で最も愚かだからである．

コンビネーション　461, 1735.

注　460A と 460B は明確に区別されていない．

類話(〜人の類話)　エストニア；リトアニア；リーヴ，ヴェプス；ラップ；スウェーデン；アイスランド；ポルトガル；フラマン；ドイツ；オーストリア；ラディン；イタリア；サルデーニャ；ハンガリー；スロバキア；セルビア；ボスニア；マケドニア；ルーマニア；ブルガリア；アルバニア；ギリシャ；ウクライナ；トルコ；ユダヤ；ダゲスタン；アディゲア；チュヴァシ，ヴォチャーク；クルド；アルメニア；ヤクート；トルクメン；タジク；グルジア；ミングレル；シリア；イラク；サウジアラビア；イラン；アフガニスタン；パキスタン；インド；ネパール；中国；朝鮮；ベトナム；インドネシア；日本；スペイン系アメリカ；ニカラグア；アルゼンチン；エジプト；アルジェリア；モロッコ；東アフリカ；スーダン；中央アフリカ；マダガスカル．

460B　運命の女神を探す旅 (旧話型 947B* と 947C* を含む)

2人兄弟が農場でいっしょに暮らしているが，彼らのうち1人しか働かない．働き者は自分の分だけ管理すればいいように，農場を分けたがる．働き者は自分の兄弟よりも一生懸命に働く．しかししばらくして，なぜ怠け者の農場のほうがうまくいっているのか不思議に思う．働き者は理由を尋ねるために，運命の女神を探しに行く[H1281]．途中で働き者は，物たちや人々に会い，質問される．そして彼は運命の女神に答えを聞くと約束する．

働き者が運命の女神のところに着くと，彼は不運の日に生まれたと言われる．彼は日に日に運命の女神の食べ物が減っていくのを見る．運命の女神の召し使いが，その日に何人の人が生まれたかを報告すると，運命の女神は，その者たちは，彼女がその日に食べたのと同じだけもらえることにすると命ずる[N127.0.1]．家に帰る旅の途中，男は彼が会った物たちや人々の質問に答える．参照：話型 460A, 735.

男が幸運な女と結婚し，幸運な女が男に運をもたらすこともある．後に男は，ある人に農場の持ち主について尋ねられ，その人に嘘の答えをし，運を失う．参照：話型 737B*.

コンビネーション　460A.

注　460A と 460B は明確に区別されていない．

類話(～人の類話)　フィンランド；エストニア；ラトヴィア；リトアニア；ラップ；スウェーデン；アイルランド；フランス；ラディン；イタリア；セルビア；クロアチア；ボスニア；マケドニア；ルーマニア；アルバニア；ブルガリア；ギリシャ；ポーランド；ロシア, ベラルーシ, ウクライナ；トルコ；ユダヤ；オセチア；アディゲア；アゼルバイジャン；クルド；アルメニア；モンゴル；グルジア；シリア, レバノン, パレスチナ, イラク；アフガニスタン；パキスタン, インド；ベトナム；アルゼンチン；エジプト, チュニジア.

461　悪魔の3本のあごひげ

貧しい若者が王(金持ちの男)の娘と結婚したがる．娘の父親は，悪魔の3本のひげを若者に取りに行かせて，若者を追い払おうとする[H1273.2]．

悪魔のところに行く途中，いくつかの物や動物たちが，悪魔に質問をするよう若者に頼む[H1291]．井戸は，自分がなぜ干上がったのか知りたがり，木は，自分がなぜ枯れたのか知りたがり，若者を悪魔のところにこいで渡してくれた渡し守は，いつ自分は交代してもらえるのか知りたがる．

悪魔の母親(祖母，妻)が悪魔のシラミ取りをしているとき，または悪魔が寝ているときに，悪魔の母親が悪魔に質問し，彼女の援助によって[G530.1]，若者は3本のひげと，質問の答えを手に入れる[H1292]．渡し守はオールを誰かほかの人に渡さなければならず[Q521.5]，井戸のわき水はカエルが塞いでいて[A1111]，木の根は宝(ヘビ)によって傷つけられている．

この答えと援助に対して，若者はたくさんの報酬をもらう．そして王は若者を娘の夫として受け入れなければならない．欲張りの王は自分も悪魔のところに行って財宝を手に入れようとするが，渡し守に交代させられる[P413.1.1]．

コンビネーション 通常この話型は，1つまたは複数の他の話型のエピソード，特に930，および302, 460B, 531, 550, 563, 1000, 1002, 1003, 1008のエピソードと結びついている．

注 類話の半数以上は，導入部のエピソードとして話型930を伴って始まる．

類話(～人の類話) フィンランド；フィンランド系スウェーデン；エストニア；ラトヴィア；リトアニア；リーヴ, ラップ, ヴェプス, カレリア, コミ；スウェーデン；ノルウェー；デンマーク；フェロー；アイスランド；アイルランド；フランス；スペイン；カタロニア；ポルトガル；フリジア；フラマン；ドイツ；オーストリア；スイス；イタリア；ハンガリー；チェコ；スロバキア；スロベニア；ギリシャ；ソルビア；ポーランド；ロシア, ベラルーシ, ウクライナ；トルコ：ユダヤ：ジプシー；アディゲア；チェレミス/マリ；チュヴァシ；ヤクート；グルジア；シリア, パレスチナ, イラク；ビルマ；中国；朝鮮；インドネシア；フランス系カナダ；北アメリカインディアン；スペイン系アメリカ, メキシコ；ドミニカ, プエルトリコ；グアテマラ, エクアドル；西インド諸島；カボヴェルデ；エジプト, モロッコ；ナミビア．

461A 話型460Aを見よ．

462 **追放された妃たちと鬼女妃** (旧話型302Aを含む)

王には3人(7人，9人)の妻がいるが，子どもはいない．妻たちは洋梨を食べて妊娠する．王は狩りに行ったとき[G405]，美しい女の姿をした鬼女と出会い，王は結婚したがる[G264, G369.1.5]．鬼女は王の妻たちを殺すよう(穴に放り込むよう[S435])要求し，証拠として妻たちの目玉(と心臓)を欲しがる[S438]．目を取られ，追い出された妃たちは，森で(穴で)順に子どもを産む．しかし，空腹のために，妃たちは子どもたちを分け合って食べる[G72.2]．いちばん若い妃だけは息子を守る[L71]．

その息子は成長すると，妃たちの世話をする．鬼女はその子を見て誰なのかわかり，彼が鬼女のためにお使いをしたら，妃たちの目を取り返すことができると，その子に話す．鬼女は彼にウリヤの手紙(訳注：手紙の持参者を殺すよう書かれた手紙．参照サムエル記下 11)を持たせ，鬼女の母親のところに行かせる[K511]．援助者が手紙をすり替え，息子は目をもらい，それを妃たちに返す．王は真実を知り，鬼女妃を罰する．

注 バジーレ(Basile)の『ペンタメローネ(*Pentamerone*)』(IV, 5)の版を参照のこと．
類話(～人の類話) アイスランド；スペイン；カタロニア；ジプシー；シリア；パレスチナ；イラン；パキスタン；インド；スリランカ；ネパール；中国；ラオス；シリア, パレスチナ；フランス系カナダ；チリ；エジプト；チュニジア, アルジェリア, スーダン．

465 美しい妻のために，迫害された男 (旧話型 465A–465D を含む)

ある男が以下のようにして，超自然的素性の美しく若い女と結婚する．若い女は動物嫁(例えば白鳥乙女[B642])であるか，または神のもとからやって来る．若い女はひそかに男のために家事をする．男は若い女を見つけ，動物に戻ることを防ぐために動物の皮を盗むか，または燃やす．

嫉妬深い王がこの美しい妻を自分のものにしたがり，悪い助言者(大臣，お婆さん)[H911]の助言で，男を追い払うために，(3つの)不可能な課題を男に与える[H931.1, H1211]．例えば城か橋を1晩で建てる，(14か国語がわかる)たぐいまれな赤ん坊を連れてくる，生きているハープを見つける[H1335]，穀物畑を1晩で収穫する[H1090]，冬にブドウを取ってくる[H1023.3]，軍隊に食事を与える，片手におさまる巨大テントを持ってくる，非常に小さい(親指大の)男を連れてくる．

男は妻の助けでこの課題のうち2つを成し遂げる[H1233.2.1]．最後の課題はしばしば男を異界へと導き，妻の親族の1人によってその課題が成し遂げられ，その親族が王を打ち負かす．

一部の類話では，男が携えている肖像画で，王は美しい若い女のことを知る．参照：話型 313, 402, 471, 531．

コンビネーション 400, 569, 882.
注 7世紀に中国において，8世紀に日本において記録されている．
類話(～人の類話) フィンランド；エストニア；リーヴ；ラトヴィア；リトアニア；ラップ；ヴェプス, コミ；カレリア；ノルウェー；アイルランド；ポルトガル；ハンガリー；スロバキア；ルーマニア；ブルガリア；ギリシャ；ポーランド；ロシア, ベラルーシ, ウクライナ；トルコ；ユダヤ；ジプシー；オセチア；アディゲア；チェレミス/マリ；チュヴァシ；タタール，モルドヴィア；アルメニア；ヤクート；カルムイク；ブリヤート；モンゴル；グルジア；シリア；レバノン；パレスチナ，ヨルダン；イラク；イラン；パキスタン；インド；ビルマ；スリランカ；中国；朝鮮；ラオス；日本；フランス系カナダ；スペイン系アメリカ；パナマ；マヤ；西インド諸島；エジプト；アルジェリア；モロッコ；スーダン；エリトリア.

465A–465D 話型465を見よ.

465A* 話型612を見よ.

467 すばらしい花(宝石)の探索

若者が美しい花(宝石)を見つけ，その花を王に贈る(売る)．王はその花をもっと欲しがる．若者は，花の生えている所を探し，魔法で自分の血から花(宝石)をつくり出す姫[D457.1.1, D457.1.3]を見つける．姫は鬼にさらわれていたのであり，若者は姫を救う．参照：話型407, 465.

類話(～人の類話) スペイン；ポルトガル；マケドニア；ジプシー；アルメニア；イラン；パキスタン；インド；中国；エジプト，アルジェリア.

468 話型317を見よ.

470 この世とあの世の友 [M253]

2人の友人が，互いの結婚式で互いに招待客となることを約束する．彼らの1人が死ぬが，死んだ男は生きている友人の結婚式に見えない姿で出席する．死んだ男は生きている友人を招待し返す[E238].

生きている男も異界での友人の結婚式に出席する．彼らは異界を長く旅し，次のような奇妙な物を見る．天国へ通じる狭い道と地獄へ通じる広い道[F171.2]，痩せた牧草地の太った牛と青々とした牧草地の痩せた牛(かつて裕福だった人と貧しかった人)[F171.1]，言い争いをする人間たちと動物たち[F171.3]，等.

生きている男が帰ると，何百年(300年)も留守にしていたことに気づく[D2011]．すべてが変わっていて，男は誰のことも知らない．男は死ぬか，またはちりになる．参照：話型471.

注 15世紀に『教訓譚の鏡(*Speculum exemplorum*)』(1487)とオランダの聖者伝『死の騎士(*Een dooden ridder*)』に記録されている.

類話(～人の類話) フィンランド；フィンランド系スウェーデン；エストニア；ラトヴィア；リトアニア；ラップ；リーヴ；スウェーデン；ノルウェー；デンマーク；ア

イスランド；アイルランド；ウェールズ；イギリス；フランス；スペイン；ポルトガル；オランダ；フリジア；フラマン；ドイツ；スイス；オーストリア；ラディン；イタリア；サルデーニャ；ハンガリー；チェコ；スロバキア；スロベニア；セルビア；クロアチア；マケドニア；ルーマニア；ブルガリア；ポーランド；ソルビア；ロシア，ベラルーシ，ウクライナ；トルコ；ユダヤ；ジプシー；ヴォチャーク；イラン；中国；朝鮮；日本；フランス系カナダ；ニカラグア；マヤ；ベネズエラ；ブラジル；ボリビア；エジプト；モロッコ；南アフリカ.

470A　腹を立てた頭蓋骨（レオンティウス（Leontius），ドン・ファン（Don Juan），石像の宴（Festin de Pierre））

酔っぱらいが頭蓋骨（彫像，絞首台にかけられた死人）を見つけ，それを蹴り，それを夕食に招待する．頭蓋骨（死人）はその生きている男を訪ね，男の悪いふるまいを戒める（男を殺す）．お返しの訪問で，生きている男は異界の客となる［C13］.

一部の類話では，生きている男は異界でいろいろな物を見る．また一部の類話では，生きている人物はほんの短い間異界に滞在するが，この世では長い時間が過ぎていて，何もかもが変わっていたことに気づく［D2011］.

コンビネーション　470, 681.
注　ヨハネス・ゴビ・ジュニア（Johannes Gobi Junior）の『スカーラ・コエーリ（*Scala coeli*）』（No. 756）に記録されている.
類話（～人の類話）　フィンランド；エストニア；ラトヴィア；リトアニア；ノルウェー；デンマーク；アイスランド；スコットランド；フランス；スペイン；バスク；ポルトガル；オランダ；フリジア；フラマン；ドイツ；スイス；オーストリア；イタリア；ハンガリー；マケドニア；ルーマニア；ポーランド；ジプシー；フランス系カナダ；ドミニカ，チリ；ペルー；ブラジル.

470B　不死の国［F116］（旧話型 470* を含む）

若者が誰も死ぬことのない国を探し求める．異界へ行く途中，若者は動物や人々に出会う．彼らはたいへん長い時間がかかることをしている（例えば山を1粒ずつならす）．しかし彼らは不死ではない．最後に若者は誰も死ぬことのない国に着き，そこで若者は1人の若い女といっしょに暮らす.

若者がしきりに家に帰りたがると，女は若者にそこを離れないよう忠告する．若者が行くと言い張るので，若い女は若者に地面に触れないよう警告する．若者は来るときに出会った人々や動物たちのところを通り過ぎるが，彼らは仕事を終え，死んでいる．家に着くと若者は，馬車いっぱいにすり切れた靴を積んだ男に出会い，若者はその男を手伝うために馬をおりるが．しかしそれは若者を捜していた死神で，若者は死ぬ．

コンビネーション 400.
注 16世紀の始めにイタリアの詩「センソの高慢と死のエッセイ(*Trattato della superbia e morte di senso*)」に記録されている．
類話(〜人の類話) フィンランド；エストニア；ラップ；スウェーデン；アイルランド；フランス；ポルトガル；フラマン；イタリア；コルシカ島；サルデーニャ；ハンガリー；セルビア；ルーマニア；ポーランド；ユダヤ；ジプシー；アルメニア；グルジア；タイ；日本；エスキモー；フランス系カナダ；北アメリカインディアン；モロッコ．

470* 話型470Bを見よ．

471 異界への橋

3人兄弟が，仕事を探すためか，または異界で誰かと結婚していなくなった妹を捜すために[H1385.6]，順に出発する．兄弟たちは次のような難しい課題を与えられる．彼らは7頭の子馬(雄牛)の世話をし，1日の終わりに，動物の餌の一部を[H1251](その他の物を)持って帰らなければならない．

一部の類話では，兄弟は超自然の存在(太陽，死神)に付き添わねばならず，口をきいても気を散らしてもならない．

兄たちは次のように失敗する．兄たちは，鳥に誘われるか，またはお婆さんに説得されて休むか，または特定の橋を渡ることに失敗する．兄たちは石に変えられる[D231]．末の弟は指示に従い，橋を渡る[F152, E481.2.1]．末の弟は次のような不思議な光景を見る[F171]．痩せた牧草地の肥えた牛と青々とした牧草地の痩せた牛[F171.1]，互いにぶつかり合う石[F171.3]，教会に入ったり出たりする動物たちが人間になり，聖餐式に出る[F171.5]．

末の弟は祭壇からパンとワインを取って，それを超自然の存在のところに持っていく．不思議な光景は次のように説明される[F171.0.1]．異なる牧草地の肥えた牛と痩せた牛は，かつて金持ちと貧乏な人間であった．ぶつかり合う石は，言い争っていた人たちで，異界でも争いを続けることを強いられているのである．教会の動物たちは，天使たち，司祭たち，変身した王子たちである．末の弟は褒美をもらい，兄たちは魔法を解かれる[R155.1, H1242]．

コンビネーション 470, 750B, 750*.
注 19世紀に記録されているが，異界への旅のモティーフははるかに古く，多くの不思議な光景のモティーフを含む.
類話(～人の類話) フィンランド；ラトヴィア；リトアニア；カレリア；スウェーデン；ノルウェー；アイスランド；アイルランド；フランス；スペイン；カタロニア；ポルトガル；イタリア；マルタ；スロベニア；ブルガリア；ギリシャ；ポーランド；ロシア, ベラルーシ, ウクライナ；ジプシー；アディゲア；チェレミス/マリ；シベリア；パレスチナ；インド；中国；日本；フィリピン；フランス系カナダ；スペイン系アメリカ, メキシコ, コスタリカ；南アメリカインディアン；ペルー；ボリビア；チリ, アルゼンチン；西インド諸島；エジプト.

471A 修道士と鳥

修道院の庭で永遠の命について考えていた修道士が, 鳥の歌に聴き入る. 修道士は, それがほんの短い間だったと思うが, 修道院に戻ると, 彼は年老いていて, 誰も彼のことがわからない. なぜなら何十年(300年)もたっていたからである[D2011.1]. 参照：話型681.

注 12世紀にモーリス・ド・シュリ(Maurice de Sully)によってフランス語の説教に記録されている.
類話(～人の類話) エストニア；ラトヴィア；リトアニア；ラップ；ノルウェー；デンマーク；アイスランド；アイルランド；ウェールズ；イギリス；フランス；スペイン；バスク；カタロニア；ポルトガル；オランダ；フリジア；フラマン；ドイツ；スイス；ラディン；ハンガリー；チェコ；スロバキア；アルバニア；ギリシャ；ポーランド；ロシア, ベラルーシ, ウクライナ；ジプシー；アルメニア；中国；メキシコ.

475 地獄の釜焚き男

貧しい兵隊(召し使い)が(7年間)地獄での仕事につく[M210]. または, 両親が, 自分たちの大食いの子どもを悪魔に連れ去ってもらいたいと望む[M411.1].

兵隊は釜を焚かなければならず, 体を洗ってはならず, 髪をとかしてはならない. また鍋の中を覗いてもならない[C325]. 兵隊はこの決まりを破り, そしてかつての隊長たちや意地悪な親族たちを釜の中に見つける. 兵隊は釜をさらに熱くする. または, 兵隊は(動物の姿に変身させられた)哀れな魂を解き放つ.

報酬として兵隊は掃き寄せたごみをもらうが, それがあとで黄金に変わる[D475.1]. または, 兵隊が解き放った魂の助言で, 兵隊は何か価値のない物(古い服)を望み, それが兵隊にお金を授ける. 兵隊が泊まった宿屋の主人が, 夜の間に兵隊の黄金を盗むが[D861.1], 悪魔の助けでそれを取り返す[参照

D885]．参照：話型 332C*, 360, 361, 563.

コンビネーション 592, 650A.
注 19 世紀に記録されている．
類話(～人の類話) フィンランド；フィンランド系スウェーデン；エストニア；ラトヴィア；リトアニア；ラップ；スウェーデン；ノルウェー；デンマーク；アイルランド；フランス；カタロニア；ワロン；ドイツ；スイス；ラディン；ハンガリー；チェコ；スロバキア；スロベニア；セルビア；クロアチア；ポーランド；ロシア，ベラルーシ，ウクライナ；トルコ；ジプシー；フランス系カナダ．

476 炭が黄金に変わる

この雑録話型は，炭が黄金(銀)に変わるさまざまな説話(ほとんどが伝説)からなる．参照：話型 476*, 476**．例えば以下のような説話がある．

(1) ある人が炭を見つけ(悪魔がある人に炭を与え)，それが黄金になる[D475.1.1]．一部の類話では，炭を黄金に変えるためには，十字架(手綱)を炭の上に投げなければならない．

(2) ある人が，真っ赤に燃えている炭をかき分け，その下に宝を見つける[N532]．

(3) 黄金(に変わった炭)が，貧しい人(子ども，炭焼き，女中，羊飼い，孤児)に思いがけない幸運をもたらす．

(4) 女中が彼女の台所の火のために真っ赤に燃えた炭を手に入れる．翌朝女中は，灰の中に黄金のかけらを見つける[F342.1]．女中の主人は女中から黄金を取り上げる．

(5) ある男がパイプを吸おうとするが，ライターがない．男は炎の中から燃えている炭を取るが，3 回試しても火がつこうとしない．男がパイプを叩いて灰を落とすと，1 かけらの黄金がパイプから落ちる．

注 早期の資料(1587)は，『ヨハン・ファウスト博士の物語(*Historia von D. Johann Fausten*)』(ch. 58)を見よ．
類話(～人の類話) フィンランド；フィンランド系スウェーデン；リトアニア；デンマーク；イギリス；フランス；ポルトガル；ドイツ；スイス；オーストリア；クロアチア；インド；メキシコ；南アメリカインディアン．

476* カエルの家にて

女がカエルと友達になると約束し，カエルの妻の産婆(名づけ親)になる．女はカエルの子どもを洗礼に連れていき，カエルの家のちりを掃き，そしてごみを家に持って帰る．ごみは黄金(お金)になる．

一部の類話では，女は溺れた者たちの魂を解放するか，またはカエルの子どもを7年間育てる．するとカエルの両親を魔法から救うことができる．参照：話型 156B*, 476, 476**.

類話(～人の類話) アイルランド；ハンガリー；チェコ；スロバキア；スロベニア；ブルガリア；ポーランド；トルコ；ユダヤ；パレスチナ，ペルシア湾；エジプト，リビア，アルジェリア，スーダン．

476** 地下世界の産婆

誰か(超自然の存在に変わる動物)(訳注：産婆がある動物に出会い，後にそれは陣痛に襲われている超自然の存在だとわかる．参照 *Enzyklopädie des Märchens* Bd. 6. S. 632.)が，超自然の存在(こびと，水の精霊，妖精，森の精霊，妖精に誘われた人間の女)の出産を手伝わせるために，産婆を呼び出す[B81.6, F372, F372.1, F451.5.5, F333].

奉仕に対する報酬として，産婆は一見価値のない物をいくらかもらう(炭，葉っぱ，ごみ，たまねぎ，にんにく)．そのうちのほとんどを産婆はぞんざいに捨ててしまう．あとで，産婆は手元に残したわずかな部分が黄金に変わっているのに気づく[D475.1]．産婆は自分がなくした物を捜すが，見つからない(報酬は生命の危機をもたらす)．参照：話型 476, 476*.

類話(～人の類話) ラップ；スウェーデン；デンマーク；イギリス；フランス；オランダ；フリジア；ドイツ；オーストリア；ラディン；パレスチナ．

480 親切な少女と不親切な少女 (旧，泉のそばの糸紡ぎ女たち．親切な少女と不親切な少女)[Q2]

少女が継母からひどい扱いを受け[S31]，とてもつらい仕事をしなければならない[H934.3]．この説話には，おもに2つの異なる型がある．

(1) 少女が物をなくし，それが川に流され(風に飛ばされ)，少女はそのあと(紡錘のあと[N777.4])を追う[N777.2, N791]．少女はお婆さん(鬼女)に出会う．お婆さんは少女に，掃除をし(散らかし)，頭のシラミ取りをしてくれるよう頼む[H935, Q41.2, G466]．お婆さんは少女に報酬として箱を選ばせ，少女は質素な箱を選ぶ[L211].

(2) 少女が井戸に落ちる(押されて落ちる，落とした物を追って飛び込む[N777])，または転がるケーキ(毛糸の玉，等[H1226])を追っていく．少女は助けを求めてくるさまざまな動物，物，または人々に出会う．例えば牛は乳を搾ってもらいたがり，お爺さんかお婆さんはシラミを取ってもらうか，または食事を食べさせてもらいたがり，オーブンはパンを出してもらいたがり，リンゴの木は揺すってもらいたがり[D1658.1.5]，少女はそれらを皆助ける．

それから少女はお婆さん(ホレおばさん，またはお爺さん，巨人のような超自然の存在，12か月)の家に着き，そこで少女は課題を与えられる[G204, H935]．例えば少女は家事か畑仕事をしなけらばならない，またはデーモンに食事を与えるか，デーモンのシラミ取りをしなくてはならない[G466]，または妖精たちの髪をとかさなければならない[H1192]，またはざるで水を運ばなければならない[H1023.2]，または黒い羊毛を洗って白くしなければならない[H1023.6]．少女はとても役立ち，一生懸命働く．最後に少女は黄金，宝石，等の褒美をもらい[Q41]，いっそう美しくなるか[D1860]，または口から宝石が落ちる[D1454.2]．または，少女は褒美を選ぶことができ，とても謙虚であるが，少女が家に着くと，褒美は富に変わっている．

一部の類話では，少女はある部屋に入ることを禁じられる[C611]．少女がこの決まりを破ると，少女は黄金で覆われ，逃げる．旅の往路で少女に助けられたことに感謝した動物たち[B350]，物たち[D1658]，人々が，少女がデーモンから逃げるのを助ける．

少女が家に着くと，嫉妬深い継母は実の娘を同じ旅に出す．実の娘は同じ状況を進むが，手伝いを拒み，言うことを聞かず，不親切である．継母の実の娘は厳しく罰せられる(カエルが口から落ちてくる[M431.2]，頭から角が生えてくる，または醜くされる，叩かれるか殺される)．一部の類話では，継母も罰せられる．

しばしば最後に親切な少女は王子と結婚する．参照：話型431, 480A, 1180.

コンビネーション 通常この話型は，1つまたは複数の他の話型のエピソード，特に403, 510A，および313, 408, 428, 431, 510, 511, 511A, 709のエピソードと結びついている．

注 この説話の諸要素は，1595年にジョージ・ピーレ(G. Peele)の喜劇『お婆ちゃんの物語(*The Old Wives' Tale*)』に記録されている．

類話(～人の類話) フィンランド；フィンランド系スウェーデン；エストニア；ラトヴィア；リトアニア；ラップ；リーヴ, ヴェプス, ヴォート, リュディア, カレリア, コミ；スウェーデン；ノルウェー；デンマーク；フェロー；アイスランド；アイルランド；イギリス；フランス；スペイン；バスク；カタロニア；ポルトガル；フリジア；フラマン；ドイツ；スイス；オーストリア；イタリア；サルデーニャ；マルタ；ハンガリー；チェコ；スロバキア；クロアチア；マケドニア；ルーマニア；ブルガリア；ギリシャ；ソルビア；ポーランド；ロシア, ベラルーシ, ウクライナ；トルコ；ユダヤ；ジプシー；アディゲア；チェレミス/マリ；チュヴァシ；タタール，モルドヴィア，ヴォチャーク，ヴォグル/マンシ；アルメニア；トルクメン；グルジア；シリア；レバノン；アラム語話者；パレスチナ；ヨルダン，イラク，イエメン；イラン；インド；ビルマ；ネパール；中国；朝鮮；インドネシア；日本；フランス系カナダ；アメリカ，フランス系アメリカ；スペイン系アメリカ，メキシコ；ドミニカ；プエルトリコ；マヤ；ボリビア；ブラジル；アルゼンチン；西インド諸島；エジプト；チュニジア，アルジェリア；モロッコ；ギニアビサウ；ベナン；カメルーン；東アフリカ；スーダン；コンゴ；タンザニア；マダガスカル．

480A 見知らぬ家に泊まった少女と悪魔（旧話型 1441 を含む）

少女が冷酷な継母のために家を出る．途中少女は何匹かの動物を助け，いっしょに連れていく．夜，少女たちは奇妙な家に泊まる．デーモン（悪魔）が（少女と踊るために，少女と結婚するために）入ってこようとするが，少女は，デーモンがあるいくつかの高価な贈り物をくれないかぎり，ドアを開けないと言う．朝になり，デーモンはすべての望みをかなえることができなかったために，家に入ることはできない．デーモンは力を失い，去る．

しばしば意地悪い継姉妹の話が続く．意地の悪い継姉妹は動物たちを助けず，デーモンに殺される．参照：話型 431, 480.

コンビネーション 545A, 1180, 1199A.
類話（～人の類話） エストニア；ラトヴィア；リトアニア；フランス；ポルトガル；ブルガリア；ポーランド；ロシア，ベラルーシ，ウクライナ；グルジア．

480* 480D* を見よ．

480A* 3 人姉妹が小さい弟を救いに出かける

魔女が 3 人姉妹の小さい弟をさらう．上の 2 人の姉たちが弟を捜しに出かける．しかしリンゴの木やかまどなどの頼み事に注意を払わず，魔女に打ち負かされる．3 人目の姉は頼まれたことをすべてする．その結果，感謝した物たちが小さい弟を魔女の支配から取り戻すのを助ける．参照：話型 480.

類話（～人の類話） ラトヴィア；リトアニア；ヴォート，コミ；ロシア，ベラルーシ，ウクライナ；チェレミス/マリ．

480B* 話型 480D* を見よ．

480C* 白パンを地獄に運ぶ

貧しい弟が裕福な兄に簡素な白パン（子羊）の贈り物を持っていく．裕福な兄は「おまえのパンを持って地獄へ行け」と言う．地獄へ行く途中，貧しい弟はお爺さんに会い，お爺さんは弟に，地獄で何をしなければならないかを教える．弟はたくさんの魂を地獄から救い，お爺さんから褒美をもらう．裕福な兄も地獄にパンを持っていく．しかしお爺さんに失礼な態度をとり，助言をもらえない．裕福な兄は悪魔の犠牲となる．参照：話型 565.

類話(～人の類話) ラトヴィア；リトアニア；デンマーク；ドイツ；ブルガリア；ギリシャ；ウクライナ.

480D* **親切な少女と不親切な少女の諸説話** (旧話型 480* と 480B* を含む)

この雑録話型は，親切な少女がもらったのと同じ褒美を不親切な少女(隣人，妻)が欲しがるさまざまな説話からなる．しかし不親切な少女はあまりにもわがままで，褒美をもらうどころか罰せられる．

類話(～人の類話) ラトヴィア；ラップ；スペイン；フラマン；ハンガリー；ギリシャ；ロシア；ベラルーシ；ウクライナ；ユダヤ；ジプシー；オセチア；ヤクート；グルジア；インド；スリランカ；中国；日本.

485 **ボルマ・ヤリチュカ** (旧話型 485A* を含む)

ツァーは王冠を手に入れるために男をバビロンに行かせる．男は王冠を盗み，追ってくるヘビたちを燃やす．男は1つ眼巨人のところに来て，巨人の目を見えなくし，巨人の腹の下のほら穴から逃げ出す．(参照：話型 1137.) 男は荒女と子どもをもうけるが，男が荒女のもとを去ると，荒女は怒って赤ん坊を2つに引き裂く．男はライオンを助け，ライオンが男を家に連れていく．ライオンの警告にもかかわらず，男は酒に酔って自分の旅を自慢する．男は自分を正当化するために，ライオンを酔わせて，ライオンに酩酊の影響を示す．

注 荒女が登場するエピソードは単独でも記録されている(旧話型 485A*).
類話(～人の類話) フィンランド；ヴェプス；ブルガリア；ロシア；ベラルーシ；ウクライナ；チェレミス/マリ；ヤクート.

485A* 話型 485 を見よ.

485B* **酩酊の影響** (旧話型 161B* を含む)

男を助けた動物(熊，ライオン)が，違反したら殺すと言って，男に自慢することを禁じる．男は酔っているときに，この決まりを破る．男は自分を正当化して自分の身を救うために，動物を酔わせる．動物は酔っている間に縛られる．動物は酩酊の影響を認め，男を許す．

類話(～人の類話) フィンランド；ラトヴィア；ポルトガル；ロシア, ベラルーシ；ユダヤ；日本．

超自然の援助者 500–559

500　超自然の援助者の名前（例，トム・ティット・トット(Tom Tit Tot)，ルンペルシュティルツヒェン(Rumpelstilzchen)，トリレヴィップ(Trillevip)）

父親(母親)が，自分の娘は黄金を紡ぐことができる，または不可能な量の糸を紡ぐことができると自慢する．または，娘が怠け者なので，母親が娘を叩く．王がなぜ叩いているのかと尋ねると，母親は娘が糸紡ぎをやめないからだと答える[H914].

若い女の能力が試される．若い女は糸を紡ぐために部屋に閉じ込められる[H1021.8, H1092]．失敗したら若い女は命を失うが，成功したら王は若い女と結婚することになる．若い女は泣く．超自然の存在(こびと)が，次の条件で若い女を助けると取り決める[D2183]．それは，若い女が彼の名前を当てることができなければ[H521, S222, S222.1]，最初に生まれた子ども(女自身)を彼に与えると約束するという条件である．一部の類話では，若い女はずっとあとになって，彼の名前を思い出さなければならない．

若い女は糸紡ぎの能力テストに合格し，王は彼女と結婚する．1年後にこびとは，女が自分の名前を当てられないと確信して，子どもを連れ去りに女のところに戻ってくる．たまたまそのこびとが森の中で勝ち誇ったように歌っているときに[N475]，(召し使いに，夫に，女自身に)名前が知れる．女が正しい名前を援助者のこびとに言うと，援助者のこびとは消える，または地中に沈む[C432.1].

コンビネーション　501.

注　レリティエ・ド・ヴィランドン夫人(Madame L'Héritier de Villandon)の「リクダン・リクドンのお話(*L'Histoire de Ricdin-Ricdon*)」(1705)に記録されている．

類話(～人の類話)　フィンランド；フィンランド系スウェーデン；エストニア；ラトヴィア；リトアニア；ラップ，カレリア，コミ；スウェーデン；ノルウェー；デンマーク；フェロー；アイスランド：スコットランド；アイルランド；ウェールズ，イギリス；フランス；スペイン；カタロニア；オランダ；フリジア；フラマン；ルクセンブルク；ドイツ；オーストリア；ラディン；イタリア；ハンガリー；チェコ；スロバキア；スロベニア；ボスニア；ギリシャ；ソルビア；ポーランド；ロシア，ウクライナ；トルコ；ユダヤ；ジプシー；タタール；中国；日本；フランス系カナダ；アフリカ系アメリカ；プエルトリコ；ボリビア；西インド諸島；エジプト．

500*　怪物が謎の答えを漏らす

学生たちが山脈の頂上の数を数えなければならない．彼らは床につく．怪物が学生たちを見て，彼らのことを頭のたくさんある怪物だと思う．怪物は，山脈のすべての頂上を歩いてきたが(数を挙げる)こんな奇妙な物は見たことがないと言う．学生たちはこれを聞いていて，謎を解く．参照：話型1091.

類話(～人の類話)　スロバキア；ブルガリア；ポーランド.

501　３人の年老いた紡ぎ女 (旧，3人のお婆さんの援助者)

母親の嘘の自慢のために[H914]，または若い女自身の嘘の自慢のために[H915]，若い女は不可能な量の糸を紡ぐことを強いられる[H1092]．成功すれば王子が彼女と結婚する．

若い女は3人のお婆さんの援助を受ける．3人のお婆さんはあまりにたくさん紡ぎすぎたために，次のように醜くなっている．1人目は巨大な足をしており，2人目は垂れ下がった唇をしており，3人目は太い親指をしている[G201.1, G244, D2183].

お礼に若い女はお婆さんたちを結婚式に招待しなければならない．王子はお婆さんたちを見て，嫌悪のあまり叫ぶ．お婆さんたちは王子に，糸紡ぎのために醜くなったと告げる．王子は妻に2度と糸紡ぎをさせないと誓う.

コンビネーション　500.

注　早期の文献版は，バジーレ(Basile)の『ペンタメローネ(*Pentamerone*)』(IV, 4)とJ.プレトリウス(J. Praetorius)の「不思議な幸運の壺(*Abentheuerlicher Gluecks-Topf*)」(1669)を見よ.

類話(～人の類話)　フィンランド；フィンランド系スウェーデン；エストニア；ラトヴィア；リトアニア；ラップ；リーヴ, カレリア；スウェーデン；ノルウェー；デンマーク；フェロー；スコットランド；アイルランド；イギリス；フランス；スペイン；カタロニア；ポルトガル；フリジア；フラマン；ドイツ；スイス；ラディン；イタリア；ハンガリー；チェコ；スロバキア；クロアチア；ブルガリア；アルバニア；ギリシャ；ポーランド；ロシア, ベラルーシ, ウクライナ；トルコ；アルメニア；ウズベク；アラム語話者；フランス系カナダ；アメリカ；プエルトリコ；ボリビア；ブラジル；アルゼンチン；西インド諸島；アルジェリア, モロッコ.

502　荒男

王が荒男(鉄のハンス(ジョン))を捕まえ，檻に入れ，荒男を解き放つことをすべての者に禁じる．王の息子は，まりが檻の中に転がり込んだために，または荒男に同情して，捕らわれていた荒男を解放する．王子は父親の怒りを恐れて，召し使いといっしょに家を出る(父親は息子が命を落とすよう遠くへ追い出す，またはほかの王のところに送る)．途中，召し使いは王子を説得して服を取り替える．

王子は別の王の宮殿で召し使いとなる．馬上試合で，王子は正体を悟られずに，荒男からもらったすばらしい馬に乗って3回現れ[R222]，姫から結婚の承諾を勝ち取る．または，王子は姫の父親を戦争で助けたので[L161]，姫を得る．しばしば荒男は魔法を解かれる[G671]．

一部の類話では，王子はしばらくの間荒男の家で働く．荒男の家で王子は指示に背き(例えば，禁じられた部屋を覗き[C611]，許されていないのに馬の世話をし[B316])，髪が金になる．参照：話型314.

コンビネーション 通常この話型は，1つまたは複数の他の話型のエピソード，特に300, 314，および313, 314A, 510, 530, 531, 532, 570, 850のエピソードと結びついている．

注 話型502は，しばしば話型314の冒頭部となるので，これらの話型は明確に区別されていない．13世紀のアイスランドのサガに記録されている．スノッリ・ストゥルルソン(Snorri Sturluson)の『ヘイムスクリングラ(*Heimskringla*)』(1220/30)を見よ．

類話(～人の類話) フィンランド；フィンランド系スウェーデン；エストニア；ラトヴィア；リトアニア；ラップ；リーヴ, ヴェプス, カレリア；スウェーデン；ノルウェー；デンマーク；フェロー；アイルランド；フランス；ポルトガル；オランダ；フラマン；ドイツ；スイス；オーストリア；イタリア；ハンガリー；チェコ；スロバキア；ルーマニア；ブルガリア；ギリシャ；ソルビア；ポーランド；ロシア, ベラルーシ, ウクライナ；ユダヤ；ジプシー；オセチア；チェレミス/マリ；タタール, ヴォグル/マンシ；アルメニア；ヤクート；グルジア；イラン；スリランカ；中国；フランス系カナダ；西インド諸島．

503 こびとたちの贈り物

背中にこぶのある男が，魔女または地下の住人たち(エルフたち，妖精たち，こびとたち)の踊りに参加する[F331.1]．男は彼らの歌を歌うか，または欠けている詩を加えるか，または続きの曜日を加える[F331.3, F331.4]．お礼にこびとたちは男の背中のこぶを取るか[F344.1]，または男に黄金を与える[F342.1]．

欲張りの隣人(背中にこぶのある人物)が同じ褒美をもらおうとする．しかし彼は歌を台なしにするか，または不親切である．こびとたちは最初の男から取った背中のこぶを，欲張りな隣人の背中のこぶに加えるか，黄金ではなく炭を与える[J2415]．参照：話型480D*.

注 いくつかのモティーフは17世紀にアイルランドとイタリアにおいて現れている．

類話(～人の類話) フィンランド；フィンランド系スウェーデン；ラトヴィア；リトアニア；ラップ；スウェーデン；フェロー；スコットランド；アイルランド；イギリ

ス；フランス；スペイン；バスク；カタロニア；ポルトガル；オランダ；フリジア；フラマン；ワロン；ドイツ；オーストリア；ラディン；イタリア；ハンガリー；チェコ；スロベニア；ブルガリア；ギリシャ；ポーランド；トルコ；ユダヤ；ジプシー；モンゴル；シリア，レバノン，サウジアラビア；イラン；インド；ビルマ；中国；朝鮮；日本；フランス系カナダ；アメリカ；スペイン系アメリカ；メキシコ，コスタリカ，パナマ；マヤ；ベネズエラ；ボリビア；ブラジル；チリ；西インド諸島；アルジェリア；モロッコ；コンゴ．

505　恩に報いる死者（旧話型 506–506B, 506**, 508 を含む）

1つの導入部のエピソードが，男が姫と城を手に入れるさまざまな主部へと結びついている．結末も非常に類似している．

導入部のエピソード：

旅の途中，男は死体を目にする．お金を貸していた者たちは，その死体を埋葬することを許していない，またはその死体にひどい扱いをしている[Q271.1]．男は死者の借金の支払いと葬式のために自分の有り金すべてを使う．後に男は，そのことに感謝した死者に会う．死者は旅の道連れ（お爺さん，召し使い）の姿で，2人のもうけをすべて分けるという条件で[M241]，男を助けようとする[E341]．参照：話型 507.

主部：

(1)　男はさらわれた姫を，奴隷状態から買い戻し，姫と結婚する[R111.1.6, L161]．男がよその国に行っている間に，姫の父親は，娘の紋章が刺しゅうされた船の帆に気づき，娘が生きていることを知る．男が妻を連れに旅から戻ると，妻は父親の廷臣の1人にさらわれてしまったあとである．男は妻を捜す旅に出る．そして旅の道連れは，男が妻の父親の宮殿に戻るのを手伝う[R163]．そこで男は，自分が姫の夫であることを明かし，花嫁を連れ戻す．（旧話型 506A.）

(2)　男は強盗たちから若い女を救う．船で帰る途中，男は恋敵に船外に放り出されるが[S142]，旅の道連れに救われ[R163]，姫のところへ連れていかれる．男は指輪で，またはその他の方法で，姫を強盗たちから救った者だと認識される[H94.4, H11.1]．恋敵は正体を暴かれ，罰せられる．（旧話型 506B.）

(3)　旅の道連れはすばらしい馬を男に調達する．馬上試合が行われ，その勝者は姫と結婚することになっている[H972, H331.2]．男は姫を得る．（旧話型 508.）

結末：

旅の道連れは，自分の取り分を求め，姫(彼らの赤ん坊)を分けようとする[M241.1]．男が姫を救おうとして王国すべてを差し出すと，旅の道連れは，自分は感謝している死者であることを明かし，自分の要求は単に誠実さのテストだったと言い，姿を消す．

一部の類話では，恩に報いる死者は聖者で，ひどい扱いを受けている聖者の肖像画を主人公が買い戻したので[N848.1]，主人公を助ける．(旧話型506**.)

コンビネーション 300, 301, 306, 307, 326, 400, 531, 550, 551, 580, 857.

注 導入部は紀元前2世紀に聖書外典の「トビト記」(II, 3-7)に記録されている．主部(1)を伴う類話はマドレーヌ・アンジェリク・ド・ゴメズ(Madeleine Angélique de Gomez)の『ジャン・ド・カレーの物語(*L'Histoire de Jean de Calais*)』(1723)に記録されており，主部(3)を伴う類話は13世紀の中世のノヴェレ『騎士の忠誠(*Rittertreue*)』に記録されている．

類話(～人の類話) フィンランド；エストニア；フィンランド系スウェーデン；ラトヴィア；リトアニア；ラップ；スウェーデン；ノルウェー；デンマーク；フェロー；アイスランド；アイルランド；フランス；スペイン；バスク；カタロニア；ポルトガル；オランダ；フリジア；フラマン；ワロン；ドイツ；スイス；オーストリア；ラディン；イタリア；マルタ；ハンガリー；チェコ；スロバキア；スロベニア；セルビア；マケドニア；ブルガリア；アルバニア；ギリシャ；ポーランド；ソルビア；ロシア；ベラルーシ；ウクライナ；トルコ；ユダヤ；ジプシー；チェレミス/マリ；モルドヴィア；アルメニア；タジク；モンゴル；グルジア；シリア；レバノン；パレスチナ；イラク；インド，スリランカ；中国；インドネシア；日本；イギリス系カナダ；フランス系カナダ；北アメリカインディアン；フランス系アメリカ；スペイン系アメリカ；メキシコ；ドミニカ，プエルトリコ；マヤ；チリ；アルゼンチン；西インド諸島；カボヴェルデ；エジプト；モロッコ；エリトリア；ナミビア，南アフリカ．

506–506B 話型505を見よ．

506* 予言から逃がれる

祈りに対する答えとして，子どもが生まれる[T548.1]．その子は20歳のとき絞首刑で死ぬと予言される[M341.1.4]．その子が謙虚なので，その子を好いている1人の旅の道連れ(聖者)にその子は救われる．旅の道連れはその子の命を救い，その子のために姫を得る．しかし援助者である旅の道連れは，もうけの半分を要求するので，姫も分配されることになる[M241.1]．参照：話型934.

類話(～人の類話) アイルランド；スペイン；カタロニア；ポルトガル；チェコ；日本；チリ.

506** 話型 505 を見よ.

507 怪物の花嫁 (旧話型 507A–507C を含む)

この話型は，1つの導入部と2つの異なる主部からなる．結末はしばしば同じである．

導入部：

旅の途中，ある若者が，見知らぬ男のためにふさわしい葬儀をしてやる．その見知らぬ男の死体は，お金を貸した者たちによってひどい扱いを受けていたのである[Q271.1]．後に若者は旅の道連れ(召し使い)に会う．道連れは，自分たちのもうけをすべて分けるという条件で[M241]若者を助けようとする[E341]．参照：話型 505.

途中，旅の道連れは(3つの)魔法の品々(例えば，ブーツ，魔法の頭巾，マント，サーベル，羽根)を手に入れる．若い男は，魔法使い(鬼，悪魔)と恋をしている姫に求婚する．求婚者たちは，姫が考えていることを3回当てなければならない(隠された物を持ってこなければならない[H322.1]，さまざまな課題を果たさなければならない)．失敗すると求婚者たちは死刑に処せられる.

主部：

(1) 若者の道連れは，魔法の品々を使って，自分の姿を見えなくし，姫が魔法使いのところに行くのをつけていく．魔法使いのところで，道連れは答えを知る[H972]．道連れは魔法使いをさんざん殴ることで，または焼くことで，または殺すことで，姫を解放する[T172.2.1]．結婚式の日の夜，若者は姫を魔法から救うために，(さまざまな姿の)姫を3回風呂に沈めなければならない[D766.1]．(旧話型 507A.) 参照：話型 306.

(2) 姫の花婿たちは皆，結婚式の夜に死んだ[T172.0.1]．若者は，道連れの助言に従って姫と結婚する．ヘビ(ヘビたち)が若者を殺しに部屋に入ってくる，または姫の口から這い出てくる．しかし道連れがヘビを殺す．(旧話型 507B, 507C.) 参照：話型 840, 1145.

結末：

(1年後)道連れは，もうけの半分を要求し，姫を2つの部分に分ける．ヘビたちが姫の体から這い出てくる．道連れが半分ずつの体を合わせると，姫は永遠に魔法を解かれる.

一部の類話では，道連れは，若い男の誠実さを試すために姫を分けるふりをするだけで[M241.1]，そのあと自分は感謝している死者であることを明かす．参照：話型505.

コンビネーション 306, 307, 571, 910, 945, 1115.

注 聖書外典の「トビト記」(紀元前2世紀)でキリスト教のトビアスの聖者伝に記録されている．

類話(～人の類話) フィンランド；フィンランド系スウェーデン；ラトヴィア；リトアニア；ラップ；ヴェプス；スウェーデン；ノルウェー；デンマーク；アイルランド；イギリス；スペイン；カタロニア；ポルトガル；フリジア；ドイツ；イタリア；ハンガリー；チェコ；スロバキア；ルーマニア；ブルガリア；ギリシャ；ポーランド；ロシア；ベラルーシ，ウクライナ；トルコ；ユダヤ；ジプシー；アディゲア；モルドヴィア；グルジア；シリア；パレスチナ；イラク，サウジアラビア，カタール；イラン；パキスタン，インド，スリランカ；中国；フランス系カナダ；アメリカ；スペイン系アメリカ；マヤ；グアテマラ；アルゼンチン；エジプト；チュニジア；スーダン.

507A–507C 話型507を見よ.

508 話型505を見よ.

510 シンデレラとロバ皮

この話型番号は，同系の説話群に関連する．特に話型510Aと510Bを見よ.

類話(～人の類話) フィンランド；フィンランド系スウェーデン；コミ；アイルランド；スペイン；カタロニア；ポルトガル；フリジア；フラマン；イタリア；サルデーニャ；ユダヤ；オセチア；ヤクート；レバノン，パレスチナ，イラク，ペルシア湾，サウジアラビア，オマーン，クウェート，カタール，イエメン；インド；中国；ラオス；日本；スペイン系アメリカ，メキシコ；マヤ；ブラジル；西インド諸島；エジプト，チュニジア，アルジェリア，モロッコ，スーダン；南アフリカ；マダガスカル.

510A シンデレラ (チェネレントラ(Cenerentola)，サンドリヨン(Cendrillon)，アッシェンプッテル(Aschenputtel))

若い女が継母と継姉妹たちに虐待され[S31, L55]，召し使いとして灰の中で暮らさなければならない．継姉妹たちと継母は舞踏会(教会)に行くとき，不可能な課題(例えば，灰からエンドウ豆をえり分ける)をシンデレラに課す．シンデレラは鳥たちの助けでその課題を達成する[B450]．シンデレラは美しい服を超自然の存在から[D1050.1, N815]，または死んだ母親の墓に生えている木からもらい[D815.1, D842.1, E323.2]，知られずに舞踏会に行く．王子はシンデレラに恋をするが[N711.6, N711.4]，シンデレラは舞踏会を早く去らなければならない[C761.3]．同じことが次の晩にも起きるが，3日目の晩にシンデレラは靴の片方をなくす[R221, F823.2]．

王子はその靴が合う女としか結婚しようとしない[H36.1]．継姉妹たちは靴に合わせるために，自分の足の一部を切り落とすが[H36.1]，鳥がこの偽りに注意を促す．シンデレラは最初王子から隠されているが，靴を試すと靴は合う．王子はシンデレラと結婚する．

コンビネーション　通常この話型は，1つまたは複数の他の話型のエピソード，特に327A, 403, 480, 510B，および408, 409, 431, 450, 511, 511A, 707, 923のエピソードと結びついている．

注　17世紀にはバジーレ(Basile)の『ペンタメローネ(*Pentamerone*)』(I, 6)に記録されている．

類話(～人の類話)　フィンランド；フィンランド系スウェーデン；エストニア；ラトヴィア；リトアニア；ラップ；リーヴ, ヴェプス, ヴォート, カレリア, コミ；スウェーデン；ノルウェー；フェロー；スコットランド；アイルランド；イギリス；フランス；スペイン；バスク；カタロニア；ポルトガル；フリジア；ドイツ；スイス；オーストリア；ラディン；イタリア；コルシカ島；サルデーニャ；ハンガリー；チェコ；スロバキア；スロベニア；ルーマニア；ブルガリア；ギリシャ；ソルビア；ポーランド；ロシア, ベラルーシ, ウクライナ；トルコ；ユダヤ；ジプシー；アディゲア；モルドヴィア；アルメニア；ヤクート；ウズベク；グルジア；レバノン；パレスチナ；イラン；インド；中国；朝鮮；日本；イギリス系カナダ；フランス系カナダ；北アメリカインディアン；アメリカ；フランス系アメリカ；スペイン系アメリカ；メキシコ；キューバ, ドミニカ, プエルトリコ；マヤ；ボリビア；チリ；エジプト；アルジェリア；モロッコ；カメルーン；スーダン；ナミビア, 南アフリカ．

510B　ロバ皮 (Peau d'Âne)(旧，金，銀，星のドレス(イグサの頭巾)(イグサの頭巾(Cap o'Rushes)，ロバ皮(Donkey Skin)，千枚皮(All Kinds of Fur)，千枚皮(Allerleirauh))

王が，死の床についた妻に[M255]，彼女と同じくらい美しい女(特定の指輪が合う女)としか結婚しないと約束する．この条件に合うのは娘しかいないので，王は成長した娘と結婚しようとする．結婚式を遅らせるために，若い女は太陽のようなドレス(金のドレス)，月のようなドレス(銀のドレス)，星のようなドレス(ダイヤモンドのドレス)，それといろいろな種類の毛皮でつくられた上着(木でできた上っぱり)をくれるように王に頼む．王がこれらの物をすべて与えると，娘は父親から逃げ[T311.1]，醜い毛皮を着て変装し[K521.1, F821.1.3, F821.1.4]，台所のメイド(ガチョウ番の娘)としてほかの城で働く．参照：話型 706, 706C.

彼女が働いている城で何日間かにわたる饗宴が開かれると，若い女はひそかにすばらしいドレスを身につける．王子は若い女に恋をするが[N711.6]，台所のメイドだとは気づかない[R255]．続く数日間，王子は台所のメイドにひどい扱いをする．饗宴の間，王子はその美しい女にどこから来たのかと尋ねる．すると美しい女は，王子がどのように台所のメイドを扱ったかをほのめかす謎めいた答えをする[H151.5]．王子は彼女に指輪を与える．それから王子は恋の病にかかる．台所のメイドの身分で，彼女は指輪をスープ(パン)にそっと入れる．王子は彼女を見つけ，彼女と結婚する[H94.2, H94.4]．

しるしによって若い女が認識されるのではなく，入浴しているときや服を着るときに発見されることもある．

コンビネーション　403, 510A, 511, 706, 923.

注　(妻が死んだあとに王が娘と結婚したがる)近親相姦のモティーフを持つこの話型は，12 世紀以来しばしば独立して記録されている．

類話(〜人の類話)　フィンランド；フィンランド系スウェーデン；ラトヴィア；リトアニア；リーヴ, ヴェプス, ヴォート, カレリア；スウェーデン；ノルウェー；デンマーク；アイルランド；イギリス；フランス；スペイン, バスク；カタロニア；ポルトガル；ドイツ；ラディン；イタリア；コルシカ島；サルデーニャ；マルタ；ハンガリー；チェコ；スロバキア；ルーマニア；ブルガリア；ギリシャ；ソルビア；ポーランド；ロシア, ベラルーシ, ウクライナ；トルコ；ユダヤ；ジプシー；アディゲア；モルドヴィア；アルメニア；グルジア；シリア, パレスチナ；アラム語話者；サウジアラビア, クウェート, カタール；イラン；インド, スリランカ；中国；日本；フランス系カナダ；アメリカ, アフリカ系アメリカ；フランス系アメリカ；スペイン系アメリカ, メキシコ；キューバ, ドミニカ, プエルトリコ；マヤ；パナマ, ボリビア, チリ, アルゼンチン；ブラジル；西インド諸島；エジプト, アルジェリア；モロッコ；スーダン．

510B* 長持ちに入った姫

妻を亡くした王が自分の娘と結婚したがる．王の娘は，魔法の黄金の長持ち(黄金のランタン)を王に所望する．結婚式の日，姫は長持ちの中に隠れる．父親は長持ちを王子に売る(長持ちは海に放り込まれ，王子がその長持ちを見つけ，家に持って帰る)．姫はひそかに長持ちを出て，王子の食事を食べる．王子は姫を見つけ，姫に恋をする．

王子の婚約者が姫を見つけ，追い出す．王子は恋の病にかかる．姫は王子の指輪を隠した食事を王子に持っていく．王子は姫を見つけ，姫と結婚する．

注　1550年にストラパローラ(Straparola)の『楽しき夜(*Piacevoli notti*)』(I, 4)に記録されている．

類話(～人の類話)　フランス；ポルトガル；ブルガリア；ロシア；トルコ；ユダヤ；モロッコ．

511　　1つ眼，2つ眼，3つ眼 (旧話型452C*, 511A, 511A*を含む)

ある少女(少年)には，継母がいる．継母は少女に十分な食事を与えず，牛の群れを世話させ，大量の亜麻を紡がせる．少女は悲しみを(小さな，色のついた)雌牛(赤い雄牛，名づけ親のおばさん)に話す．すると雌牛は少女に食事をくれて[B535.0.1]，少女の仕事を手伝う．

継母は，なぜ少女がそんなに栄養がとれているのかを知りたがり，調べるために，1つ眼，2つ眼，3つ眼の娘を順に送り込む．少女は歌を歌い，1つ眼娘[F512.1]と2つ眼娘を眠らせるので，彼女たちは何も知ることはできない．しかし少女は3つ眼娘の第3の眼のために歌うことを忘れ[F512.2.1.1]，3つ眼娘は母親に雌牛のことを話す[D830.1]．

継母は，雌牛をつぶさせることに決める．少女がこれを雌牛に伝えると，雌牛は骨(腸)を植えるように(または肉を食べないように)少女に言う．少女は言われたとおりにする．すると木(リンゴの木)が育ち，その木が少女を助け続ける[B100.1, D1461, D1470.2]．

金持ちの男がその木に気づき，リンゴを1つ欲しがる．継姉妹たちがリンゴを摘もうとすると，枝が継姉妹たちをひっかく．少女だけがリンゴを摘むことができる[D590, H31.12]．そして金持ちの男は少女と結婚する[L162]．しばしば木は彼らといっしょに行く(連れていかれる)．継母と継姉妹たちは罰せられる．

時として，継姉妹が子どもと雌牛の秘密を見つけたとき，子どもと雌牛が逃げることもある．子どもと雌牛は銅の森と銀の森と金の森[F811.1]を通り抜ける．それぞれの森で，雌牛は子どもに葉を摘まないよう警告する[C513]．しかし子どもは背く．銅などの雄牛(オオカミ，ライオン)がやって来て，その子の雌牛と戦う．最後の雄牛が雌牛を打ち負かす．雌牛は死ぬ前に，あとで役に立つから，体のいくつかの部分(角，蹄，皮)を集める(植える)よう，子どもに指示する[B505, B115]．(参照：話型511A.)

または，逃亡のあと雌牛は死に，天使になって，天国に飛んでいく．(旧話型511A*.)

一部の類話では，別の女が少女の父親と結婚しようとする．その女は少女の面倒をよく見ると約束し，少女に少女の母親を殺すよう説得する．すなわち，少女が自分の母親に長持ちの中を覗かせて，ふたを母親の首に落とすことで，殺すよう説得する．参照：話型 720.

また一部の類話では，継母は，牛の秘密を発見したあと，燃えている炭をいっぱいに入れてふたをした穴で少女を殺そうとする．犬が穴の前で少女に警告する．継母は犬を殺し，次の日少女は穴に落ちる．少女は焼き尽くされる．そして牛が灰をなめると，カモが出てくる．少女の兄が帰ってくると，このカモの姿をした少女は，何が起きたかを兄に言う．兄は継母を罰する．(旧話型 452C*.)

コンビネーション 300, 313, 314, 314A, 403, 409, 480, 510A.

注 1560 年にマルティン・モンターヌス(Martin Montanus)の『庭の仲間(*Gartengesellschaft*)』(No. 5)に記録されている．

類話(～人の類話) フィンランド；フィンランド系スウェーデン；エストニア；ラトヴィア；リトアニア；リーヴ, ヴェプス；スウェーデン；ノルウェー；フェロー；アイスランド；アイルランド；フランス；スペイン；カタロニア；ポルトガル；オランダ；フリジア；ドイツ；オーストリア；イタリア；コルシカ島；サルデーニャ；マルタ；ハンガリー；スロバキア；ブルガリア；ギリシャ；ソルビア；ポーランド；ロシア, ベラルーシ；ウクライナ；ユダヤ；ジプシー；アディゲア；チュヴァシ；モルドヴィア；ヤクート；カルムイク；グルジア；レバノン, パレスチナ, ヨルダン, イラク, サウジアラビア, クウェート, カタール；インド；ビルマ；パキスタン, スリランカ；中国；日本；イギリス系カナダ；フランス系カナダ；北アメリカインディアン；アメリカ；スペイン系アメリカ；アフリカ系アメリカ；メキシコ；キューバ；ブラジル；西インド諸島；エジプト；チュニジア；アルジェリア, モロッコ；スーダン；ナミビア；南アフリカ.

511A 話型 511 を見よ.

511A* 話型 511 を見よ.

512* 話型 545A* を見よ.

513 並外れた旅の道連れ

この話型番号は，同系の説話群に関連する．特に話型 513A–513B を見よ.

類話(～人の類話) ラップ；ノルウェー；フェロー；スコットランド；ポルトガル；フリジア；フラマン；イタリア；チェコ；ポーランド；ユダヤ；ジプシー；オセチ

ア；アルメニア；モンゴル；シリア，パレスチナ，イラク，ペルシア湾，カタール；中国；日本；ブラジル；エジプト，アルジェリア，モロッコ；ガーナ；中央アフリカ；マダガスカル．

513A 6人が世界じゅうを旅する

除隊させられた兵隊(愚か者)が，次のような，並外れた能力を持った[F601]多くの(6人の)旅の道連れを得る．例えば，早く走れる者[F681.1]，たいへんな量を食べる者[F632, F633]，猛烈な寒さをつくり出せる(寒さに耐えられる)者[D2144.1.2]，遠くからハエの左目を撃ち抜くことができる者[F661.5.3]，鋭い聴覚を持っている者[F641.1, F641.2, F641.3]，自分の背を高くできる者，木の根元を裂くことができる者[F621]．自分を除隊にした王に復讐するために，兵隊は姫と結婚するためのコンテストに参加する[H331]．姫は，競走で姫を負かした者と結婚することに同意していたのである[H331.5.1]．

王は兵隊に助っ人を使うことを許す．走者は姫を追い越すが，しかし寝てしまう．しかしぎりぎりのところで，射撃の名手に目を覚まされる．結婚を阻止するために，王は次のようなほかの課題を定める．たいへんな量を食べる(飲む)課題は[H1114, H1142]，食べる男が成し遂げ，かまどの中にいる課題[H1511]は，凍らせる男が成し遂げる．ついに王は，兵隊が姫を要求することをやめるなら，兵隊と仲間が運べるだけのお金を与えると約束する[参照H1127]．仲間たちは王を破滅させ，王の軍隊を打ち破る．

同じモティーフがしばしば短くなった形で現れる．ある王子(若い男)が妻を探している．王子は召し使いの男たちを雇う．男たちは王子を助け，王子は，姫との結婚を望む求婚者たちに設けられている課題を成し遂げる[F605.2]．最後に王子は姫と結婚する[L161]．

コンビネーション 300A, 725, 857, 900.

注 1374年頃，ジョバンニ・セルカンビ(Giovanni Sercambi)の小説(No. 11)に記録されている．その後バジーレ(Basile)の『ペンタメローネ(*Pentamerone*)』(III, 8)に記録されている．

類話(～人の類話) フィンランド；フィンランド系スウェーデン；エストニア；ラトヴィア；リトアニア；リーヴ，ヴェプス，カレリア；スウェーデン；アイルランド；フランス；スペイン；バスク；カタロニア；オランダ；フリジア；フラマン；ワロン；ドイツ；オーストリア；イタリア；コルシカ島；ハンガリー；チェコ；スロバキア；スロベニア；セルビア；クロアチア；マケドニア；ルーマニア；ブルガリア；アルバニア；ギリシャ；ソルビア；ロシア，ベラルーシ，ウクライナ；トルコ；ジプシー；アディゲア；チェレミス/マリ，モルドヴィア；ヤクート；ウズベク；ブリヤート；モンゴル；トゥヴァ；グルジア；イラン；インド；ビルマ；ネパール；朝鮮；イギリス系カナダ；北アメリカインディアン；アメリカ；スペイン系アメリカ，メキシコ；アフリカ系アメリカ；ドミニカ，プエルトリコ；マヤ；チリ；アルゼンチン；西インド諸島；カボヴェルデ；スーダン，コンゴ；ナミビア，南アフリカ；マダガスカル．

513B 水陸両用船

王が，水も陸も旅することのできる船をつくることができる者を[D1533.1.1]，娘と結婚させると約束する[H335, H331]．3人兄弟がこの課題を試みる．しかし上の2人の兄は，何をしたいのかと尋ねてきたお爺さん(こびと)に対し，不親切にする．3人目の弟は正直に答え，お爺さんの助けを得て，船を(1晩で)つくることができる[N825.2]．お爺さんは3人目の弟に，出会った者たちを皆連れていくように言う．これらの男たちは並外れた能力を持った男たちであることがわかる[F601]．話型513Aを見よ．

若者が船を持ってくると，王はびっくりする．しかし若者が卑しい生まれなので，王は結婚を阻止するためにさらなる(難しい)課題を与える．若者は仲間の助けでそれらの課題をすべて成し遂げる[F601.2](話型513Aを見よ)．そして姫と結婚する[L161]．

コンビネーション 570, 571, 610.
注 魔法の船はロドスのアポロニオス(Appollonios Rhodios)の『アルゴナウティカ(*Argonautika*)』(紀元前250年頃)に記録されている．
類話(～人の類話) フィンランド；フィンランド系スウェーデン；エストニア；ラトヴィア；リトアニア；ラップ；カレリア；スウェーデン；ノルウェー；デンマーク；アイスランド；スコットランド；アイルランド；フランス；スペイン；カタロニア；フリジア；フラマン；ドイツ；オーストリア；イタリア；コルシカ島；サルデーニャ；マルタ；チェコ；セルビア；ボスニア；ブルガリア；ギリシャ；ソルビア；ロシア，ベラルーシ，ウクライナ；ユダヤ；ジプシー；アルメニア；インド；中国；フィリピン；イギリス系カナダ；フランス系カナダ；アメリカ；フランス系アメリカ；アフリカ系アメリカ；グアテマラ；パナマ；西インド諸島；カボヴェルデ．

513C 話型531を見よ．

513C* 話型653を見よ．

514 性の転換

王には(3人の)娘しかいないが，戦争に息子を出さなければならなくなる

(別の理由で息子が必要となる). 娘たちは男のふりをさせてくれと頼み, 末の娘だけが王の設けた試験に合格する. 王は末の娘に魔法の品々(馬)を与え, 末の娘は戦争に行く.

一部の類話では, 妃には娘たちしかできず, 夫の怒りを恐れて, 末の子は男の子だと偽る. または別の理由で, ある女が男に変装し世の中へ出る.

男の服を着た女は[K1837], 英雄的な行為を成し遂げる. そして(または)王に仕える. 王の娘(妹)が彼女に恋し, 彼女と結婚したがる. 男の服を着た女は拒むか, または結婚後に性交渉を持たない. この「召し使い/夫」を追い出すために, 不可能な課題が設けられる. 女は援助者(数人の援助者, 馬)の助けでこれらの課題を成し遂げることができる. 参照：話型 461, 465, 513A–513C.

一部の類話では「召し使い」の性別が疑われ, 試験はその性別に関するものである. 例えば, 食事のマナーや庭でのふるまいが試験されるか, または姫の兄弟たちといっしょに風呂に入ることが要求される.

物語の最後で, 男の服を来ている女は, 男に変わる. これはデーモンの呪いか[D11], 聖人の助けによって起きるか, またごくまれに偶然に起きることもある. その後姫は夫に満足し, かつての女は王になる. 彼女の両親は, 最後に本当の息子を持ったことを喜ぶ.

コンビネーション 884.

注 種々のエピソードにおいて多様性に富んだモティーフが見られる. 一部の類話では, 性別の変化は欠落している. いくつかのモティーフは, 古い東洋の説話に現れる. しかしこの話型が最初に文献に現れるのは 17, 18 世紀である.

類話(〜人の類話) フィンランド；ラトヴィア；リトアニア；ノルウェー；デンマーク；スコットランド；アイルランド；スペイン；ポルトガル；ワロン；ドイツ；オーストリア；イタリア；ハンガリー；セルビア；クロアチア；ボスニア；マケドニア；ルーマニア；ブルガリア；アルバニア；ギリシャ；ポーランド；ベラルーシ；トルコ；ジプシー；ダゲスタン；オセチア；アブハズ；アディゲア；アルメニア；カラカルパク；ブリヤート；モンゴル；グルジア；イラン；インド；マレーシア；フランス系カナダ；チリ；西インド諸島；カボヴェルデ；中央アフリカ.

514** 男に変装した若い女が妃に求愛される (旧, 宮廷医)(旧話型 881* と 884A を含む)

男の服を着た若い女が[K1837], 王の医者として[K1825.1.2](使者として)働く. 王の妻がこの医者に恋をするが, 拒絶される(王の妻は王の医者が, 自分を誘惑か強姦しようとしたと訴える[K2111]). 王の妻は怒って, 不可能な課題を設け，医者はそれができなければ死刑にされる．しばしばそれは口のきけない人を話せるようにするという課題である．口のきけない人が妃のもくろみを暴露し，妃は死刑に処せられる．王は医者を装っていた若い女と結婚する．参照：話型 880, 881, 881A, 884.

類話（～人の類話） スペイン，バスク；カタロニア；ポルトガル；イタリア；アルバニア；ギリシャ；ユダヤ；シリア，イエメン；スペイン系アメリカ；ブラジル；チリ；リビア，チュニジア，アルジェリア，モロッコ．

515 羊飼いの少年

動物たちの世話をする捨て子が，3つの（ガラスの）品を見つける．捨て子はそれを持ち主たちに返していく．持ち主たちは，捨て子にお礼をすると約束する[Q42]．最後の持ち主である巨人の助けで，少年は3つの課題を成し遂げる．少年は城を獲得する．その城には姫が閉じ込められている．少年は姫を救い，姫と結婚する[L161].

注 おもにスウェーデンで知られており，1844年にスウェーデンで記録されている．構成要素は他の説話でもよく知られている．
類話（～人の類話） リーヴ；スウェーデン；フラマン．

516 忠臣ヨハネス

王子が，遠く離れた国の美しい姫の名前を聞いて，または姫の肖像画を見て[T11.2, T11.2.1]，または姫を夢で見て[T11.3]，姫と結婚したがる．忠実な家来（養子縁組による義兄弟，王子が身請けした死者[P361, P311, P273.1]）が，姫を求める王子の手助けをする．家来は商人を装い，姫をだまして船に乗せるか[K1332]，または動物の影像に隠れて（魔法によって）姫の部屋に入り込む[K1341]．姫は誘拐されるか，または自らの意志で行く．参照：話型 854.

帰る途中，家来は動物たち（鳥たち[B211.3, B143]）[N451]が未来を予言するのを耳にする．動物たちは，新郎新婦をおびやかす危険を特定の行為で避けることができるが，これを漏らした者は石になると言う．危険とは，花婿を乗せて走り去る（花婿を殺す）馬（その他の動物）と，毒の入った食事[H1515]（飲み物，服[H1516]），そして結婚式の晩に花婿を殺そうとする竜[T172.2]である．

家来が危険を避ける行為をすると，彼の行為はやりすぎで分別のないものに見える．家来が竜を殺したときに，花嫁の胸に竜の血のしずくが落ちる．家来は竜の血を（口で，または花嫁が意識を失っている間に体から吸い出して)取り除く．王子はこれを性的暴行とみなし，家来に死刑を言い渡す[N342.1]．刑が執行される前に，家来は身の証を立て[C423.4]，だんだんと石になっていく[C961.2]．

王子と妻は家来のことを悲しむ．王子は(夢で)，自分の子どもたちを犠牲にすることで，友の命を取り戻せることを知る．王子は子どもたちを殺し(傷つけ)，そして子どもたちの血を石になった男にすりつける[E113, D766.2, S268]．家来は命を取り戻し，家来が子どもたちを生き返らせる．参照：話型 505, 507, 916.

コンビネーション　通常この話型は，1つまたは複数の他の話型のエピソード，特に302，および 300, 301, 302B, 303, 400, 408 のエピソードと結びついている．

注　特に 16/17 世紀のイタリアとスペインの短編小説において，類似の愚か者説話がしばしば見られる．

類話(～人の類話)　フィンランド；フィンランド系スウェーデン；エストニア；ラトヴィア；リトアニア；リーヴ, ラップ；スウェーデン；ノルウェー；アイルランド；フランス；スペイン；カタロニア；ポルトガル；フリジア；フラマン；ドイツ；ラディン；オーストリア；イタリア；コルシカ島；ハンガリー；チェコ；スロバキア；ルーマニア；ブルガリア；アルバニア；ギリシャ；ポーランド；ロシア, ベラルーシ, ウクライナ；トルコ；ユダヤ；ジプシー；アディゲア；アルメニア；ヤクート；グルジア；シリア；レバノン；ペルシア湾, サウジアラビア, クウェート, カタール；インド；中国；ラオス；フランス系カナダ；アメリカ；スペイン系アメリカ, メキシコ；ドミニカ, プエルトリコ；ブラジル；チリ；アルゼンチン；西インド諸島；カボヴェルデ；エジプト, リビア, アルジェリア.

516A　話型 861 を見よ.

516B　話型 302B を見よ.

516C　**アミクスとアメリウス**(旧，ガリシアの聖ヤコブ)

うりふたつの2人の友人が，困ったときに，お互いを助け合う．彼らの1人，古い版ではアメリウスと呼ばれている男が，剣の戦いを挑まれたとき，より剣が強いもう1人のアミクスが代わりをする．アメリウスはアミクスの妻と残り，晩には夫婦のベッドの真ん中に剣を置く[T351]．アミクスは友人に代わって戦いに勝つ．後にアミクスは重い皮膚病(leprosy)にかかる．天使が彼らに，アミクスはアメリウスの子どもたちの血で水浴すれば治ると言う．アメリウスは友人を救うために子どもたちの頭を切り落とす[S268]．子どもたちは生き返る.

または，母親が，若者の生まれる前に誓いを立てたために，若者が巡礼の旅に出る．若者はリンゴの試験によって友人を得る．リンゴの試験とは，リンゴを2つに分けたときに，小さいほうを取る者こそが[H1558.0.1.1]（リンゴが1つないことに気づくのが）真の友人であるという試験である．友人が殺され（重い病気にかかり），そして若者の子どもの血でしか助けることができないとき，若者は友人を救うために子どもを捧げる[S268]．子どもたちは，あとで再び生き返る．参照：話型303, 516.

注　1100年頃『高貴なアミクスとアメリウスの生涯（*Vita Amicii et Amelii carissimorum*）』の中で聖者伝として記録されている．中心的なモティーフ（真の友情，役割の交代，汚れのない子どもたちの血の治癒力）は，ロマンス諸語の国々における民間伝承に入り込んでいる．アミクスとアメリウスという名前は聖者伝とそれに続く再話でしか使われない．
類話（～人の類話）　フランス；スペイン；バスク；カタロニア；ポルトガル；ドイツ；ラディン；イタリア；ハンガリー；チェコ；スロバキア；ジプシー；シリア，レバノン，パレスチナ，ペルシア湾，オマーン，クウェート，カタール；スペイン系アメリカ；エジプト，アルジェリア；モロッコ．

517　鳥の言葉がわかる少年（旧，多くのことを学んだ少年）

鳥の言葉がわかる（学んだ）少年[B215.1, B216]が，何を聞いたか教えてくれと父親に頼まれる．少年は最初言いたがらないが，その後，鳥の予言を繰り返す[B143, M312.0.2]．それは，父親が息子の前でかしこまるようになる（息子に仕えることになる，息子が手を洗うのに水を持ってくるようになる）という予言である．父親は息子を海に落とす（追い出す，殺そうとする）[M373].

息子は救われ，外国の支配者に仕える．息子は鳥が言っていることを聞いて，支配者を悩ませるカラスたちから支配者を解放する．息子は名誉をたたえられ，王国の半分を与えられる．そして姫と結婚する．位が高くなった息子は両親のところに戻る．両親は息子と気づかずに息子に奉仕する[N682]．参照：話型671, 671E*, 725, 781.

コンビネーション　671, 781.
注　説話集『7賢人（*Seven Wise Men*）』に記録されている．その後ヨハネス・ゴビ・ジュニア（Johannes Gobi Junior）の『スカーラ・コエーリ（*Scala coeli*）』（No. 520）に記録されている．王への支援と姫の獲得はさまざまな形をとる．
類話（～人の類話）　フィンランド；フィンランド系スウェーデン；エストニア；スウェーデン；ノルウェー；デンマーク；アイスランド；スコットランド；アイルラン

ド；フランス；カタロニア；バスク；ドイツ；イタリア；ハンガリー；チェコ；スロバキア；クロアチア；トルコ；ユダヤ；ジプシー；トゥヴァ；アルタイ語話者；パレスチナ；朝鮮；フランス系カナダ；スペイン系アメリカ，メキシコ；ドミニカ；マヤ；エクアドル；チリ；エジプト，モロッコ．

518 男たちが魔法の品々をめぐって戦う（旧，悪魔（巨人）たちが魔法の品々をめぐって戦う）

（若い）旅の男が３人の（２人の）男（巨人，悪魔）に出会う．彼らは（相続した）３つの魔法の品（例えば，姿の見えなくなるマント，７マイルブーツ，願い事のかなう帽子，空飛ぶじゅうたん）の分配をめぐって言い争っている．旅の男は判定することを請け合う．しかし最初にそれらの品を試すことを（持ち主たちと競走することを）要求する．旅の男は魔法の品々を受け取ると，身につけたまま逃げる．旅の男は後にその品々を使って難しい課題を成し遂げる[D832]．

コンビネーション　通常この話型は，１つまたは複数の他の話型のエピソード，特に302, 306, 400, 566, 567，および313, 552, 552A, 560, 725, 810のエピソードと結びついている．

注　中国の『三蔵（*Tripitaka*）』（紀元492年）に記録されている．この話型は独立しては存在せず，他の話型のエピソードとして存在する．

類話（～人の類話）　フィンランド；フィンランド系スウェーデン；エストニア；リーヴ；ラトヴィア；リトアニア；ラップ，ヴェプス；スウェーデン；フェロー；フランス；カタロニア；ドイツ；イタリア；マルタ；ハンガリー；チェコ；スロバキア；ルーマニア；ブルガリア；ギリシャ；ポーランド；ロシア，ベラルーシ，ウクライナ；トルコ；ユダヤ；ジプシー；オセチア；アディゲア；チェレミス/マリ；モルドヴィア；アルメニア；ヤクート；モンゴル；グルジア；シリア，パレスチナ，イラク，イエメン；インド；中国；朝鮮；フランス系カナダ；ドミニカ；プエルトリコ；カボヴェルデ；エジプト，アルジェリア，モロッコ；スーダン．

518*　話型926Dを見よ．

519 強い花嫁（ブルーンヒルデ）

王子が力の強い若い女に恋をする．若い女は自分と同じくらい力の強い者としか結婚したくない．挑戦して失敗した求婚者たちは殺される．王子は警告されるが，強いお共を１人連れて若い女を妻にするために出発する[T58]．

王子とお共は到着すると，お供が女のとりでを責め，女の軍隊を打ち倒し，主人に代わって女を打ち負かす[Z3]．お供は（隠れマントを着て）１対１の勝負に勝つ．例えば，巨大な弓を使っての弓の勝負[H345.1]，女の暴れ馬を抑える勝負に勝つ[H345.2, F601.2, H345]．

結婚式の夜，強い女は王子を押しつぶそうとする[T173.1]．お供はひそかに主人と入れ替わり，女を3晩3種類の金属のむちで叩く[K1844.1]．女はこの替え玉に気づくと，お供の足を切るよう命じ[Q451.2, S162]，王子を豚小屋へと追い払う[K1816.6]．

お供は盲目の旅の道連れに出会い，いっしょにデーモンに強いて，命の水で自分たちを治させる[D1500.1.18]．お供は戻り，強い女を打ち負かし(殺し)，王子を救う[R169.4]．

コンビネーション 300A, 303, 315.

注 強い女の登場人物はしばしば叙事詩や英雄叙事詩に記録されている．例えば古代ギリシャのアマゾネスの神話やブルーンヒルデの登場する『ニーベルンゲンの詩(*Nibelungenlied*)』．

類話(～人の類話) フィンランド；エストニア；ラトヴィア；リトアニア；ヴェプス；スウェーデン；フリジア；ハンガリー；チェコ；クロアチア；ルーマニア；ポーランド；ロシア，ベラルーシ，ウクライナ；トルコ；ユダヤ；ジプシー；オセチア；アディゲア；チェレミス/マリ；タタール；アルメニア；ヤクート；ウズベク；カルムイク；ブリヤート；パレスチナ；アラム語話者；イラク，イエメン；ビルマ；中国；フランス系カナダ；エジプト，アルジェリア，モロッコ；ガーナ；スーダン．

530 ガラス山の姫 (旧話型 530B* を含む)

いくつかの異なる型とコンビネーションを持つ3つの部分からなる物語．

(1) 夜，3人の息子がいる家族の畑(干し草の山，庭)に泥棒が入る(荒らされる)．息子たちは見張りをする．上の2人は眠るが(恐ろしくて逃げ出すが)，末の息子は(ハツカネズミ，カエル，お爺さんに助けられ)起きていて，3頭の魔法の馬を捕まえる[H1471]．馬たちは，いつか末の息子を助ける約束をし，末の息子は馬たちを放す[B315, B401, B181]．または，末の息子が干し草の山の中に隠れていると，巨人が家まで運んでいく．末の息子は巨人を殺し，宝(役に立つ精霊たち)と3頭の馬を見つける[B315, B401, B181]．

一部の類話では，死を迎えようとしている父親が，息子たちに墓の見張りをするよう命ずる．無関心(恐れ)から，上の兄たちはこの仕事を末の弟に任せる[H1462]．墓で末の弟は馬と，馬たちを呼び出すのに使う笛(杖，手綱)をもらう．

(2) (ガラス，水晶，大理石でできた)山の頂上まで馬で行くことができる者に，そして(または)金のリンゴを頂上から取ってくることができる者に，王の娘が妻として与えられることが約束される[F751, H331.1.1, H331.1.2]. または，頂上で姫にキスをし，指輪かスカーフを取ってこなければならない[R111.2.2].

一部の類話では，建物の4階の窓辺に座っている姫のところまで跳ばなければならない[F1071](そして指輪を取ってこなければならない). または，墓を飛び越えなければならない[F989.1, H331.1.3, H331.1.4].

若者は変装し，魔法の馬の助けで，3回成功する. 3回目に王(姫)は若者に証拠の品を与える(しるしをつける，若者が傷をつけられる). 若者は去る.

(3) 使いの者たち(王，姫)が勝者を探す. そして(または)すべての男たちが姫の前を行進していくように命じられる(姫はすべての男たちを饗宴に呼び出す). 証拠の品(しるし，傷)によって，若者は家にいるところを(王の宮殿で)見つけられる[H80]. 若者は姫と結婚する.

一部の類話では，馬たちは，魔法を解かれて，王子たち(姫たち)になる.

参照：話型 313, 314, 314A.

コンビネーション 通常この話型は，1つまたは複数の他の話型のエピソード，特に314，および300, 301, 302, 313, 314, 314A, 400, 502, 530A, 531, 550, 551, 675のエピソードと結びついている.

注 種々のカタログで話型530として分類された説話の多くは，この話型の導入部しかなく，一部の類話では，ガラス山のモティーフは，付随的な役割しかない.

類話(～人の類話) フィンランド；フィンランド系スウェーデン；エストニア；ラトヴィア；リトアニア；リーヴ, ラップ, ヴェプス, ヴォート, カレリア, コミ；スウェーデン；ノルウェー；デンマーク；フェロー；アイルランド；フランス；スペイン；カタロニア；ポルトガル；オランダ；フリジア；フラマン；ドイツ；オーストリア；ラディン；イタリア；ハンガリー；チェコ；スロバキア；スロベニア；セルビア；クロアチア；マケドニア；ルーマニア；ブルガリア；アルバニア；ギリシャ；ソルビア；ポーランド；ロシア, ベラルーシ, ウクライナ；トルコ；ユダヤ；ジプシー；アディゲア；チェレミス/マリ, チュヴァシ, タタール, モルドヴィア；クルド；アルメニア；ヤクート；ブリヤート；グルジア；シリア；パレスチナ；イラク；ペルシア湾；イラン；パキスタン；インド；ビルマ；エスキモー；イギリス系カナダ；フランス系カナダ；アメリカ；スペイン系アメリカ, メキシコ；キューバ；マヤ；西インド諸島；エジプト；アルジェリア, モロッコ.

530A 金の剛毛の豚

王は，(3人の)娘婿たちに魔法の動物，すなわち，金の剛毛の豚，金の角の雄鹿，海から来た雄豚，等を手に入れることを命ずる. 娘婿たちのうちいちばんの愚か者(ほかの愚かな少年)が，これらの不思議な動物を手に入れる．しかし，愚か者は兄弟たちにこれらの動物を譲り，代わりに兄弟たちの切り落とした指と背中の皮をもらう．饗宴で兄たちは尊敬を集めるが，愚か者が示した証拠の品で，ペテン師であることが暴かれる．

コンビネーション 314, 530.

類話(～人の類話) フィンランド；エストニア；ラトヴィア；リトアニア；ヴェプス，カレリア，コミ；ハンガリー；チェコ；スロバキア；ロシア，ベラルーシ，ウクライナ；ジプシー；アディゲア；オセチア；チェレミス/マリ；チュヴァシ，モルドヴィア；アルメニア；グルジア．

530B* 話型 530 を見よ．

531 **賢い馬**(旧，誠実なフェルディナンドと不誠実なフェルディナンド)(旧話型 513C を含む)

この雑録話型は，賢い馬を扱うさまざまな説話を包括する．この説話には，おもに次の 3 つの異なる型がある．「王の名づけ子と不誠実な旅の道連れ」，「金の髪の乙女」，「賢い馬」．

貧しい少年が，名づけ親[H1381.2.2.1]である王(神，処女マリア，等)を捜しに行く[N811]．途中，少年は賢い魔法の馬を手に入れ，馬は少年を助けることを申し出る[B211.1.3, B133, B401]．馬の助言に逆らって[B341]，少年はきらきら光る鳥の羽根(金の髪，金の蹄鉄，その他のきらびやかな物)を拾い，それをあとで王に与える．

途中で，旅の道連れ(悪魔，ひげのない男，ジプシー，等)が少年に同行する．旅の道連れは少年に，立場を入れ替わることと，沈黙を誓うことを強いる[K1934]．王の宮殿で少年は馬番として雇われる．少年はいろいろな動物たちを助け，動物たちはお礼に少年を助けることを約束する[B350, B391, B470, B501]．

王の不実な使用人(少年の旅の道連れ)は，少年がその羽根を落とした鳥を見つけることができると自慢していたと言って，そして(または)黄金の髪の乙女(姫)を王の花嫁として連れてくることができると自慢していたと言って，王に少年のことを中傷する[T11.4.1, H75.2, H1213.1, H1381.3.1.1]．失敗したら死刑だとして，危険な課題を成し遂げることが少年に課せられる．少年は馬の助けで成功する．

誘拐されてきた姫は，特定の物(彼女の城，海に落とした鍵，命の水，等)を受け取るまで，年老いた王と結婚することを拒む．少年はこれらの物を，馬の助けや彼が道で出会った援助者(恩に報いる動物たち)の助けで持ってくる[H982, B450].

結婚の最後の条件として，姫は少年を(焼いて，首を落として，手足を切り落として，野生の雌馬の群れからとったミルクか油を沸騰させた風呂に入れて，死の水で，等)殺すことを要求する．馬が少年を救うか，または，少年は姫によって生き返らされ，若返らされ，美しくされる[E15.1, E12, D1865.1]．王は同じことを自分にもしてもらい，致命的な結果となる(姫は王を生き返らせない，王はミルクの中で死ぬ，等)[J2411.1].

魔法の馬は若い女(男)になる[B313, D131, D700]．少年はこの若い女と(姫と)結婚し，王になる．参照：話型328.

コンビネーション　通常この話型は，1つまたは複数の他の話型のエピソード，特に314, 327B, 328, 550, 554，および300, 300A, 302, 303A, 313, 400, 465, 502, 505, 513A, 513C, 516, 530, 551, 567, 590, 1119のエピソードと結びついている.

注　いくつかのモティーフは古典に起源を持つ．早期の版は，例えばバジーレ(Basile)の『ペンタメローネ(*Pentamerone*)』(III, 7)，ストラパローラ(Straparola)の『楽しき夜(*Piacevoli notti*)』(III, 2)，オーノワ夫人(Madame d' Aulnoy)の「黄金の髪の姫(*La Belle aux cheveux d'or*)」を見よ.

類話(～人の類話)　フィンランド；フィンランド系スウェーデン；エストニア；リーヴ；ラトヴィア；リトアニア；ラップ，ヴェプス，ヴォート，カレリア，コミ；スウェーデン；ノルウェー；デンマーク；フェロー；アイスランド；アイルランド；フランス；スペイン；カタロニア；ポルトガル；ドイツ；オーストリア；イタリア；コルシカ島；サルデーニャ；マルタ；ハンガリー；チェコ；スロバキア；スロベニア；セルビア；クロアチア；ボスニア；マケドニア；ルーマニア；ブルガリア；ギリシャ；ソルビア；ポーランド；ロシア，ベラルーシ，ウクライナ；トルコ；ユダヤ；ジプシー；アディゲア；チェレミス/マリ；チュヴァシ，タタール，モルドヴィア，ヴォグル/マンシ；クルド；アルメニア；ヤクート；ウズベク；タジク；モンゴル；グルジア；シリア；レバノン；パレスチナ；イラク；ペルシア湾，オマーン，カタール；クウェート，イエメン；イラン；パキスタン；インド；中国；フランス系カナダ，フランス系アメリカ；スペイン系アメリカ，メキシコ；マヤ；ドミニカ；パナマ，プエルトリコ，チリ，アルゼンチン；ベネズエラ，ボリビア；西インド諸島；エジプト；チュニジア；アルジェリア，モロッコ；スーダン；ナミビア；マダガスカル.

532　話型314を見よ.

532*　魔法の雄牛 (旧，雌牛の息子)(神の名づけ子)

1頭(2頭，数頭)の魔法の雄牛(雌牛)の助けで，少年が王の銅の(鉄の，石の)畑(庭)を鋤で耕す．少年は姫と結婚し，王国を(半分)もらう．

類話(～人の類話) コミ；ハンガリー；ルーマニア；ブルガリア；ギリシャ；ジプシー．

533 物言う馬の頭

姫が，婚約者である外国の王子のところに送り出される．姫の母親は，姫に同伴するよう女中に命ずる．そして姫を守るために母親の血を数滴垂らした小さな布きれを姫に与え，姫の面倒を見るように，話す馬をつける．

旅の途中，姫が母親のお守りをなくすと，女中は姫に対する支配力を得て[K2252, K1911.1.1]，無理やり洋服と役割を交換させ[K1934]，秘密を守る誓いを立てさせる[K1933]．

王子は知らずに女中と結婚する．そして本当の姫はガチョウ番として雇われる[K1816.5]．にせの妻が馬を殺すよう命じると[B335]，姫は農夫を説得して，馬の頭を姫が毎日通る門の壁に掛けさせる．毎日姫は馬の頭に決まり文句で挨拶し，馬の頭は姫が受けている不当な扱いを嘆きながら挨拶に答える[D1011, B133.3]．

姫がガチョウ番の少年の帽子を飛ばす呪文(邪魔をするガチョウ番の少年を自分から遠ざけておく呪文)を唱えると，ガチョウ番の少年は，王に不満を言う．そこでさっそく年とった王は，彼女を観察し，最後に彼女の身の上話をストーブに話させる[H13.2.7](彼女の犬に話させる[H13.1.2])(参照：話型 870, 894)．真実が明るみに出て，本当の花嫁は王子と結婚する．そして女中は罰せられる(女中は知らずに自分自身の判決を下す)．参照：話型 403, 425A．

コンビネーション 403．

注 花嫁が目をつぶされる説話(リウングマン(Liungman)が1961年の著作の149ページ以下で話型533として扱っている)については，話型404を参照のこと．文献上の先行例については，フランスの『ベルタの伝説(*Legend of Berte, Bertasage*)』およびバジーレ(Basile)の『ペンタメローネ(*Pentamerone*)』(IV, 7)を見よ．

類話(～人の類話) フィンランド；フィンランド系スウェーデン；ラトヴィア；リトアニア；カレリア；スウェーデン；アイルランド；イギリス；フランス；ポルトガル；オランダ；フリジア；フラマン；ドイツ；イタリア；マルタ；ハンガリー；ブルガリア；ポーランド；ロシア, ウクライナ；トルコ；ユダヤ；チェレミス/マリ；モルドヴィア；クルド；アルメニア；ヤクート；グルジア；ヨルダン；インド；中国；フランス系カナダ；アメリカ；西インド諸島；エジプト；モロッコ；東アフリカ；スーダン；ナミビア；ボツワナ；マダガスカル．

533* 話型 404 を見よ.

535 トラたち(動物たち)の養子になった少年

少年が森に捨てられ, 野獣たち(トラたち)が少年を養子にする. 少年は魔法の弓と魔法の矢(魔法の斧)をもらう.

動物たちは少年のために縁談をまとめる. 猿(床屋)が少年の立場を横取りする. 少年は年老いた未亡人と暮らすことになる. 未亡人には麗しい娘がいる. 少年は魔法の品々を使って自分が何者かを証明する. 少年は婚約していた娘と未亡人の娘の両方と結婚する.

類話(～人の類話) ボスニア; トルコ; ウズベク; インド; ビルマ; 中国; 西インド諸島.

537 恩に報いるワシに乗って飛ぶ (旧, 不思議なワシが主人公に箱をくれる)

男が 3 回鉄砲でワシを狙う. 突然そのワシが人間のように話すと[B211.3], 男はワシを撃たずにおく. ワシは翼が折れており, 男はすべての財産を使って, 治るまでワシを数年間看病する.

感謝したワシは[B380, Q45], 男を背中に乗せて, 海を越えて[B552], ワシの王国へと連れていく[B222]. 途中(狩人が 3 回狙ったのと同じく)ワシは男を 3 回海に落としかけ, 男を怖がらせる.

海の向こうで, ワシの父親(姉妹)が男に, 家に帰るまで開けてはならないと言って[C321], 箱を与える[D1174.1].

好奇心に負けて, 男は箱を途中で開ける. すると町(城)が箱から飛び出す. 町を箱に戻すために, 男は(これから生まれる)息子を悪魔(超自然の存在)に与えると約束する[S222].

この説話はふつう, 話型 313B の導入部である.

コンビネーション 222B, 222B*, 300, 313, 315.

注 この説話はバビロニアの『エタナ神話(*Etana myth*)』(紀元前 18, 17 世紀)に由来する.

類話(～人の類話) フィンランド; ラトヴィア; リトアニア; カレリア; コミ; スウェーデン; ノルウェー; デンマーク; オランダ; ドイツ; ハンガリー; スロバキア; クロアチア; マケドニア; ルーマニア; ロシア; ベラルーシ; ウクライナ; トルコ; ユダヤ; ジプシー; オセチア; アブハズ; モルドヴィア; アルメニア; シベリア; オスチャック; カラカルパク; ウズベク; トゥヴァ; グルジア; サウジアラビア; オマーン; 中国; アルジェリア.

540 犬と船乗り (旧，海の中の犬)

貧困に陥った不幸な船乗りが，身を投げようとする．しかし水の中で(岸で)，船乗りは犬(プードル)に出会い，犬は船乗りに援助を申し出る[B541.4]．犬の助言に従って，船乗りは犬を連れて海に出る．

3つの激しい嵐のあと(数年後)犬は船乗りに海に飛び込むよう命ずる．海の底で船乗りは城と美しい女を見つける．船乗りは犬から女の誘惑の力に対し警告されていたので，船乗りは女を殺す．城の中では犬が船乗りを待っている．3晩の責め苦に耐えたあと(特別な課題を成し遂げたあと)，船乗りは犬の頭を切り落とす．その結果，かつて継母(魔女，父親)に魔法にかけられて犬にされていた王子の魔法が解け[D711]，人間の姿に戻る．

注 19世紀初頭に記録されている．

類話(～人の類話) フィンランド；フィンランド系スウェーデン；デンマーク；オランダ；フリジア；ドイツ．

545 援助者としての猫

この話型は同系の説話群に関連する．この話型では，話型545Aと545Bのエピソードが結びついている．

注 多くのカタログがこの話型を参照するよう指示しているが，テクストの中身は545Aか545Bと関連している．

類話(～人の類話) フィンランド；エストニア；フェロー；アイルランド；フラマン；イタリア；サルデーニャ；スロベニア；スロバキア；ブルガリア；ギリシャ；ポーランド；ユダヤ；オセチア；ブリヤート, モンゴル；イラク；アフガニスタン；インド；中国；スペイン系アメリカ, メキシコ；ドミニカ；マヤ；リビア；エジプト, リビア, アルジェリア, モロッコ, スーダン．

545A 猫の城

貧しい少女が，(唯一の遺産である[N411.1.1])猫(犬)の助けで[B211.1.8, B422, B421, B435.1, B581.1.2]王の城に着く．猫の助言で，少女は猫の城の姫であるふりをする．王子は少女に恋をする(王夫妻が少女を受け入れる)．窓から外を眺め，少女の両親が粥のついた鍋をめぐって争っているのを見たとき，少女は笑う．なぜ笑ったのかと尋ねられ，自分の卑しい生まれを明かしたくなかったので，王の城の貧しい状況を笑っていたふりをする．

少女が高貴な生まれであるかが試される．少女が王の城よりも美しい城を持っていると言うと，それを見せるよう頼まれる．猫はトロル(巨人，女巨人)の城に行き[F771.4.1]，(トロルに太陽を見させて)トロルを殺す．少女は城の持ち主となり，王と結婚する(客たちがもてなされ，猫は少女に殺してくれと要求し，王子になる[D711]．王子は少女と結婚する)[B582.1.2]．参照：話型 505.

注　特に個々のモティーフに関して，話型 545B とたいへん似ている．話型 545A と 545B の類話はしばしば混ざり合っているか，または明確に区別されていない．たいてい北ヨーロッパに見られる．

類話(～人の類話)　フィンランド；フィンランド系スウェーデン；ラップ；カレリア；スウェーデン；ノルウェー；ギリシャ；トルコ；ユダヤ．

545B　長靴を履いた猫

ある動物(猫[B211.1.8, B422]，キツネ[B435.1]，ジャッカル[B435.2]，猿[B441.1]，等)が，(義務から)貧しい男に手を貸して，(男を姫と結婚させて)裕福にしようと思う[B580, B581, B582.1.1]．皇帝の信頼を得るため，動物は皇帝に，その貧しい男のことをたいへん裕福だと言う[K1917.3]．貧しい身なりをした未来の花婿が旅をして花嫁の宮殿にやって来ると，動物は，花婿が災難(強盗)にあって，すべての服(馬，結婚の贈り物，結婚式の客たち)を奪われたふりをする[K1952.1.1]．そこで王は貧しい男にいい服を与え，男は花婿として受け入れられる．

男が財産を見せなければならなくなると，動物は男より先に出発し，羊飼いたちや農夫たちに強要して，自分たちの群れや農地は貧しい男のものだと言わせる．動物はそれらの財産の本当の持ち主であるデーモン(竜，鬼，巨人，魔女，魔法使い)を焼き殺すか，殴り殺すか，撃ち殺すか，またはペテンにかけて殺す[F771.4.1, K722]．花嫁が従者たちとともに到着すると，花婿は財産の本当の持ち主として現れる．

動物は死んだふりをして貧しい男の感謝の気持ちを試す(動物は首を切られると人間になる[D711])．

一部の類話では，男は恩知らずなふるまいをする，または約束を守らない．

注　特に個々のモティーフに関して，話型 545A とたいへん似ている．話型 545A と 545B の類話はしばしば混ざり合っているか，または明確に区別されていない．最も早期の文献版はバジーレ(Basile)の『ペンタメローネ(*Pentamerone*)』(II, 4)とストラパローラ(Straparola)の『楽しき夜(*Piacevoli notti*)』(XI, 1)を見よ．重要な文献版はシャルル・ペロー(Charles Perrault)の「長靴を履いた猫(*Le Maître de Chat ou Le Chat botté*)」(1697)を見よ．

類話(～人の類話)　フィンランド；リーヴ；ラトヴィア；リトアニア；ラップ，カレリア, コミ；ノルウェー；デンマーク；アイルランド；フランス；スペイン, バスク；ポルトガル；フリジア；フラマン；ドイツ；イタリア；サルデーニャ；マルタ；ハンガリー；スロバキア；マケドニア；ルーマニア；ブルガリア；ギリシャ；ロシア, ベラルーシ, ウクライナ；トルコ；ユダヤ；ジプシー；クルド；アディゲア；タタール, モルドヴィア, ヴォグル/マンシ；ヤクート；ブリヤート, モンゴル；グルジア；イラン；インド；スリランカ；中国；インドネシア；フランス系カナダ, フランス系アメリカ；スペイン系アメリカ, メキシコ；ドミニカ；ベネズエラ, ボリビア, チリ, アルゼンチン；西インド諸島；エジプト, アルジェリア；リビア；ギニア, 東アフリカ, スーダン.

545A* 魔法の城 (旧話型 512* を含む)

貧しい少女が，動物(猫，犬，キツネ)または年老いた物乞い(キリスト)に自分の食べ物をすべて与える．祖母(母親，おば)に罰せられることを恐れ，少女は逃げて城にやって来る．(途中，超自然の存在が，花またはカタツムリの殻などでできた少女の飾りを高価な宝石に変える．)

少女は妃になる．祖母がやって来て，少女があげてしまった食べ物を要求する．しかし祖母はバルコニー(はしご)から突き落とされて死に，ブドウのつる(木)に変わる．ブドウのつるは，なくなった食べ物のことを妃に質問し続ける．妃がこれを笑うと，夫は，彼女がなぜ笑ったのか説明するよう求める．妃はとっさに夫のひげよりもトイレのブラシのほうがきれいだ(自分の城または衣装のほうが彼のものよりも美しい)と答える．動物(超自然の存在)は，宝石を施したトイレのブラシ(城)を妃に与えて，妃がこれを証明するのを助ける．

一部の類話では，少女が姉たちによって追い出される．お爺さんの助言で，少女は城に働きに行く．城主の息子が少女の城を見せて欲しいと言う．お爺さんは少女が城を手に入れるのを手伝う．(旧話型 512*.)

類話(〜人の類話) デンマーク；カレリア；イタリア；ギリシャ；トルコ；ユダヤ；ダゲスタン；イラク；サウジアラビア；リビア.

545C* 話型 545D* を見よ.

545D* エンドウ豆の王 (旧，豆の王)(旧話型 545C* を含む)

貧しい少年が1粒のエンドウ豆(豆)を見つけて，いくつのエンドウ豆がそれからできるか想像する．少年は王のところへ行き，これからできる作物のために，倉庫と袋を要求する．王は感動し，少年が裕福だと信じる．王はベッドの試験で少年が高貴な生まれであるか試験する(参照：話型 704)．少年はなくしたエンドウ豆が心配で，硬い寝椅子の上で寝ることができない．

少年は王の娘と結婚する．王が娘婿の財産を見たがると，若者は鬼(悪魔，恩に報いる幽霊)に出会う．鬼は少年がいくつかの謎を解くことができれば，少年に城を与えると約束する．鬼は，道にいるすべての農夫と羊飼いに命じ，彼らが貧しい少年の使用人であるふりをさせる．少年が謎を解くのを，あるお爺さんが手伝う．鬼と鬼の兄弟たちは破裂する．そして貧しい少年は，城とその領地の持ち主になる．参照：話型 859.

コンビネーション　545A, 812, 1430.

類話(～人の類話)　イタリア；ハンガリー；スロベニア；ルーマニア；ブルガリア；ギリシャ；ユダヤ；ジプシー.

546　賢いオウム

王がオウムの感謝を得る．オウムは王を姫のところに連れていく(オウムは姫を王のところに連れてくる)．旅の帰り道，王と花嫁は離ればなれになる．オウムは王と姫を再びいっしょにする．

類話(～人の類話)　イタリア；アブハズ；インド；中国.

550　鳥と馬と姫 (旧，金の鳥を探す)

この話型では，2つの異なる導入部のエピソードが共通した主部に結びつく．

導入部のエピソード：

(1)　毎晩，何者かが王の木から金のリンゴを1つ盗む[F813.1.1]．2人の年上の王子は，泥棒を見張っているときに眠ってしまうが，末の王子は成功する．末の王子は金の鳥を見つけ[B102.1]，色のついた(金の)羽根を1枚撃ち落とす[H1471].

(2)　王の病気は，金の鳥の歌でしか治すことができない．王は金の鳥を探すよう命ずる[H1210.1, H1331.1, H1213, H1331.1.2, H1331.1.3].

主部：

3人兄弟は金の鳥を探しに行く．最初の2人の兄はキツネ(オオカミ)に出会うと，キツネを撃とうとする．キツネは兄弟に村の楽しげな宿屋に行かないよう警告するが，しかし2人は宿屋に行く．2人とも父親と鳥のことを忘れてしまう．

末の王子はキツネに親切にし，キツネの助言に従い，そして金の鳥を見つける[L13, B313, B560, H1233.6]．しかし末の王子はキツネの助言に逆らって，金の鳥籠も取り，その結果見張りが目を覚ます．命を守るため，末の王子は金の(魔法の)馬を探しに行かなければならない[B184.1]．末の王子はキツネの助言に逆らって金の馬勒も取り，見張りが目を覚ます．末の王子は，金の乙女(姫)を連れてこなければ死刑だと言い渡される[D961, N711.3, H1241, H1239.3]．キツネの助けで[B435.1]末の王子は成功し，最後に金の姫と金の馬と金の鳥を連れて家に帰る[H1242]．

キツネの助言に逆らって，末の王子は兄たちを絞首台から救う．兄たちは鳥と馬と姫を盗み，末の弟を殺そうとする[W154.12.3]．兄たちは自分たちが王に大切な物を取ってきたと偽る[K1932]．キツネは(命の水を使って)末の弟の命を救う．金の鳥と馬と姫は，末の王子が自分たちを救ってくれた人だとわかる．(末の王子は姫と結婚し[L161]，兄たちは罰せられる．)

一部の類話では，王は鳥の歌で治る．参照：話型 551.

コンビネーション 通常この話型は，1 つまたは複数の他の話型のエピソード，特に 300, 301, 314, 531, 551, 780，および 302, 303, 303A, 304, 329, 400, 461, 505, 513, 516, 530, 707 のエピソードと結びついている．

注 この話型はしばしば話型 551 と結びついて現れるので，多くの類話はどちらかに分けることができない．

類話(〜人の類話) フィンランド；フィンランド系スウェーデン；エストニア；リーヴ；ラトヴィア；リトアニア；ラップ；リーヴ, ヴェプス, リュディア, カレリア, コミ；スウェーデン；ノルウェー；デンマーク；フェロー；アイルランド；フランス；スペイン；カタロニア；ポルトガル；オランダ；フリジア；フラマン；ドイツ；オーストリア；イタリア；コルシカ島；サルデーニャ；マルタ；ハンガリー；チェコ；スロバキア；スロベニア；セルビア；マケドニア；ルーマニア；ブルガリア；ギリシャ；ポーランド；ロシア, ベラルーシ, ウクライナ；トルコ；ユダヤ；ジプシー；オセチア；チェレミス/マリ；チュヴァシ, タタール；クルド；アルメニア；ヤクート；ウズベク；トゥヴァ；グルジア；シリア；パレスチナ；オマーン；イラン；サウジアラビア, クウェート；パキスタン；インド；ビルマ；中国；インドネシア；フランス系カナダ；アメリカ；フランス系アメリカ；スペイン系アメリカ；メキシコ；キューバ；ドミニカ；プエルトリコ；マヤ；グアテマラ；チリ；西インド諸島；エジプト；チュニジア；アルジェリア；モロッコ；東アフリカ；スワヒリ；スーダン；ナミビア．

550A 話型 750D を見よ．

551 命の水 (旧，息子たちが父親のために不思議な薬を探す)

病気の王は不思議な治療薬(命の水[H1321.2]，若返りのリンゴ，不死鳥[H1331.1]，等)でないと治らない[H1324, D1500.1.18]．治療薬を持ってきた者が[H1210.1]，王国を継ぐことになる．王の 3 人の息子が探しに出かける．上の 2 人の高慢な兄たちは目的からそらされる．

末の弟は目的をしっかり見据え，お爺さんたち(こびと，ワシ)に対して親切にする．お爺さんたちは末の弟に道を教え，助言を与える．お爺さんたちの助けで末の弟は魔法の城に着く．その城は 1 時間しか開いていない．末の弟は見張りの動物(竜，等)をなだめる．ほかの者たちは皆寝ている．末の弟は命の泉(金のリンゴの木)を探し出し，治療薬を手に入れる[H1242]．末の弟は美しい女(姫)と寝て[N711.3, T475.2]，自分の名前(身の証の品)を彼女のもとに残す[H81.1]．末の弟が城を出ると，城は閉じる(沈む)．帰り道，末の弟は助けてくれたお爺さんたちを若返らせ(解放し)，そしてお礼に魔法の品をもらう．

家で，失敗した兄たちがこっそり末の弟の治療薬とふつうの(毒の入った)治療薬を取り替える[K2211, W154.12.3]．兄たちはそれを王に与え[K1932]王は元気になる．兄たちは末の弟を中傷する．すると王は末の弟を殺すよう命ずる．魔法の品々の助けで，末の弟はこの刑を逃れることができる．

一方，魔法の城の美しい女は男の子を産み，侵入者の名前を発見する．女は軍隊を率いて到着し，彼女の息子の父親を出すよう要求する[H1381.2.1]．傲慢な兄たちは自分たちが父親であるふりをする．彼らは姫に付き添い，姫が広げておいた金の布(小道)の脇を馬に乗っていく．しかし道の終わりにある門は閉まっている．末の弟はぼろをまとって現れ，金の布の真ん中を馬で踏みつけながら城に行く(証拠の品で父親だとわかる)．すると門は末の弟のために開く．末の弟は女と結婚し[L161]，そしてその王国の支配者となる．年老いた王は，本当は何があったのかを知る．

コンビネーション 通常この話型は，1 つまたは複数の他の話型のエピソード，特に 314, 531, 780，および 300, 301, 313, 314, 505, 530, 550, 554, 567, 590, 968 のエピソードと結びついている．

注 この話型はしばしば話型 550 と結びついて現れるので，多くの類話はどちらかに分けることができない．

類話(～人の類話) フィンランド；フィンランド系スウェーデン；エストニア；ラトヴィア；リトアニア；ラップ；カレリア；スウェーデン；ノルウェー；デンマーク；アイスランド；アイルランド；スコットランド；ウェールズ；イギリス；フランス；スペイン；カタロニア；ポルトガル；フリジア；フラマン；ドイツ；オーストリア；ラディン；イタリア；コルシカ島；マルタ；ハンガリー；チェコ；スロバキア；スロベニア；クロアチア；ルーマニア；ブルガリア；ギリシャ；ソルビア；ポーランド；ロシア, ベラルーシ, ウクライナ；トルコ；ユダヤ；ジプシー；アディゲア；チェレミス/マリ；タタール；チュヴァシ；アルメニア；ヤクート；ウズベク；グルジア；シリア, レバノン, パレスチナ；イラク；ペルシア湾, オマーン, クウェート, カタール；イエメン；イラン；インド, スリランカ；中国；日本；イギリス系カナダ；フランス系カナダ；アメリカ；フランス系アメリカ；スペイン系アメリカ, メキシコ, パナマ；ドミニカ, プエルトリコ, ウルグアイ；マヤ；チリ；アルゼンチン；西インド諸島；カボヴェルデ；エジプト, リビア, チュニジア, アルジェリア；モロッコ；東アフリカ；スーダン.

552　動物と結婚した少女たち（旧話型 552A と 552B を含む）

この説話には，おもに 2 つの異なる型がある.

(1)　死んだ父親の希望に従い，兄たちの助言に逆らって，末の息子は 3 人の姉妹を最初に来た求婚者たちと結婚させる[S221.1]．求婚者たちは少女たちを自分たちの家に連れていく[B620.1, B640].

姉妹を捜して，末の弟は義理の兄弟たちの城に着き，彼らが 3 つの動物王国の支配者(動物に変えられた男たち[D620, D621.1]，参照：話型 302C*)であることを知る.

義理の兄弟たちは，末の弟を親切に迎え，いつでも義理の兄弟たちを呼び出せる魔法の品々(自分の体の一部，羽根，髪の毛，等)を[B501, B505.1]末の弟に与える(末の弟は危険を知らせるしるしを置いていく)．義理の兄弟たちの助けで，末の弟は難しい課題を成し遂げ，最後に女(姫)と結婚する.

(末の弟は鬼に切り刻まれ，義理の兄弟たちを呼び出し，義理の兄弟が末の弟を生き返らせる．参照：話型 302C*．彼らはまた失われた城も取り戻す．参照：話型 560.)（旧話型 552A.)

(2)　結婚を絶望視した 3 人の少女が，たとえ求婚者が動物だとしても結婚すると言う[C26]．3 匹の動物が通りかかり，3 人の少女を妻として連れていく．少女たちの父親が娘たちを訪ねると，娘の婿たちは不思議な方法で食事やその他の物を出す[D2105]．あとで(家で)父親は同じ方法を試すが，うまくいかない[J2411.3](父親の努力はほとんど悲劇的な終わり方をする).（旧話型 552B.)

コンビネーション　302, 302C*, 303A, 317, 400, 425A, 425C, 518, 554, 560.

注　重要な版はバジーレ(Basile)の『ペンタメローネ(*Pentamerone*)』(IV, 3)を見よ．この話型には 2 つの型が見られるが，多くの類話は明確に区別できない．第 2 の型はおもに北ヨーロッパで見られ，あまり広範囲に広がってはいない.

類話(〜人の類話)　フィンランド；フィンランド系スウェーデン；エストニア；ラトヴィア；リトアニア；ラップ；ヴェプス；カレリア；コミ；スウェーデン；ノルウェ

ー；デンマーク；アイルランド；フランス；スペイン；カタロニア；ポルトガル；ドイツ；オーストリア；イタリア；ハンガリー；チェコ；スロバキア；スロベニア；セルビア；クロアチア；ルーマニア；ブルガリア；ギリシャ；ポーランド；ロシア；ベラルーシ，ウクライナ；トルコ；ユダヤ；ジプシー；オセチア；アディゲア；チェレミス/マリ；タタール；チュヴァシ；クルド；アルメニア；グルジア；シリア；パレスチナ；イラク，オマーン，イエメン；イラン；インド；中国；日本；フランス系カナダ；アメリカ；スペイン系アメリカ；フィリピン；西インド諸島；カボヴェルデ；エジプト；チュニジア；モロッコ；スーダン．

552A 話型 552 を見よ．

552B 話型 552 を見よ．

553 話型 554 を見よ．

554 恩に報いる動物たち（旧話型 553, 554*, 554A*–C*, 556A*–E* を含む）

この雑録話型は，恩に報いる動物の援助の行為を扱うさまざまな説話を包括する．多くの説話でこの話型はエピソードとしてのみ現れる．類話のほとんどは以下の基本的な構造を示している．

男が旅の途中，困っている 3 匹の動物（空の動物と水の動物と地中の動物）に出会う．男が動物たちを救ったので，動物たちは必要になったら男を救うと約束する．後に男は姫に恋をするが，姫の父親は男が成し遂げなければならない 3 つの不可能な課題を設ける．恩に報いる動物たちの助けで，男は 3 日続けて成功し［B582.2, H982, B571］，姫を得る．

一部の類話では，男が兄たちに付き添われる部分が加わる．兄たちが動物たちを傷つけようとすると，男は，兄たちがそれをするのを止めるか，または兄たちの悪い行為と不注意の埋め合わせをする．兄たちがアリ塚を踏みつぶすと，男はそれをつくり直し，兄たちが傷ついた動物たちをほうっておくと，男が世話をする，等．

コンビネーション 通常この話型は，1 つまたは複数の他の話型のエピソード，特に 300, 302, 400, 531，および 303, 313, 314, 317, 329, 402, 465, 513A, 513B, 551, 552, 552A, 556F*, 560, 570, 610, 613, 667, 673 のエピソードと結びついている．

類話（～人の類話） フィンランド；フィンランド系スウェーデン；エストニア；リーヴ；ラトヴィア；リトアニア；ラップ；リーヴ，ヴェプス，カレリア，コミ；スウェーデン；ノルウェー；デンマーク；スコットランド；アイルランド；イギリス；フランス；スペイン；カタロニア；ポルトガル；フラマン；ドイツ；オーストリア；ラディン；イタリア；サルデーニャ；マルタ；ハンガリー；チェコ；スロバキア；スロベニア；クロアチア；マケドニア；ルーマニア；ブルガリア；ギリシャ；ソルビア；ポーランド；ロシア，ベラルーシ，ウクライナ；トルコ；ユダヤ；ジプシー；オセチア；アディゲア；チェレミス/マリ；クルド；アルメニア；ヤクート；タジク；カルムイク；モンゴル；グルジア；シリア；レバノン；パレスチナ；イラク；サウジアラビア；イラン；パキスタン；インド，スリランカ；ビルマ；スリランカ；中国；朝鮮；インドネシア；日本；フィリピン；フランス系カナダ，フランス系アメリカ；スペイン系アメリカ，メキシコ；キューバ；プエルトリコ；マヤ；アルゼンチン；西インド諸島；エジプト；リビア；アルジェリア；モロッコ；ギニア；東アフリカ；スーダン；中央アフリカ；アンゴラ；ナミビア；マダガスカル．

554* 話型 554 を見よ．

554A*-554C* 話型 554 を見よ．

555 漁師とその妻

貧しい年老いた漁師が超自然の存在(魔法の魚[B170]，その他の動物，神，聖者，鬼，動物の姿をした男)を苦境(死の危険，投獄，変身)から救う．または漁師が魚を水に戻してやる[B375.1]．お礼にこの魔法の力を持つ存在は漁師(と彼の妻)に，漁師の願いがすべてかなうようにする[D1761.0.1]．

最初のうち，漁師と妻は節度を持って役立てるが，しかし後に妻は極端に度を超した要求をする(例えば，彼らは貴族，王，そして最後に神にまでなりたがる)．魚(精霊)は贈り物を取り上げ，夫婦は以前の貧しい状態に戻るか，またはその上罰せられる[C773.1, J514, Q338, L420](動物に変身させられる)．

コンビネーション 303, 563, 1960G.

類話(～人の類話) フィンランド；フィンランド系スウェーデン；エストニア；リーヴ；ラトヴィア；リトアニア；ラップ；ヴェプス，ヴォート，リュディア，カレリア；スウェーデン；ノルウェー；アイスランド；アイルランド；イギリス；フランス；スペイン；カタロニア；ポルトガル；オランダ；フリジア；フラマン；ワロン；ドイツ；オーストリア；イタリア；サルデーニャ；ハンガリー；チェコ；セルビア；スロバキア；スロベニア；ルーマニア；ブルガリア；ギリシャ；ポーランド；ロシア；ベラルーシ，ウクライナ；トルコ；ユダヤ；ジプシー；オセチア；チェレミス/マリ；モルドヴィア；レバノン，イラク；クウェート；インド；中国；朝鮮；インドネシア；日本；フランス系カナダ，フランス系アメリカ；スペイン系アメリカ；キューバ，プエルトリコ；ボリビア；ブラジル；西インド諸島；エジプト；リビア；チュニジア；ナミビア．

556A*-556E* 話型 554 を見よ．

556F* 魔女に仕える羊飼い

父親が，3 人の息子のうち 1 人に，主人の牛(羊，等)を世話しに行かせる．主人は予言者(太陽の王子，魔女)である．少年が牛たちを牧草地に連れていくと，牛たちは(森の中で，小川を越えて)突然いなくなる．少年は(超自然の女の力によって)木に絡まれて，牛たちを追うことができない．しばらくして牛たちは戻ってくる．しかし少年は，牛たちがどこにいたのか，または牛たちが何を食べたかわからない．結果として，少年は自分の課題を成し遂げられなかったことになる(そして罰せられる)．

そのあとで，彼の兄弟が挑戦するが，彼もまた牛たちを見失う．末の弟が牛たちの世話をすると，動物たち(兄たちを木に引っかけた女)の助けで成功する．末の弟は牛たちをつけていき，牛たちはいなくなっている間に女(魔女の娘たち)に変身することを知る．こうして末の弟は課題を成し遂げたこととなる[H1199.12.2]．

類話(～人の類話) リトアニア；フランス；ドイツ；オーストリア；ハンガリー；スロバキア；セルビア；ルーマニア；ウクライナ；ジプシー．

559 糞虫

(愚かな，貧しい)少年(農夫の息子，鍛冶屋，兵隊，お爺さん)が，特別な性質を備えたさまざまな動物たちを(超自然の存在から)買う．それはハツカネズミ(クマネズミ)と甲虫(糞虫)とザリガニ(アリ，ハチ，コオロギ，シラミ，ノミ，トカゲ)である．または少年は道で動物たちに出会い(動物たちを見つけ)，動物たちを連れていく．

王は，ふさぎ込んだ娘を笑わせた者に娘を与えると約束する[T68, F591, H341, H1194]．少年は動物たちのおもしろい行動(踊る，音楽を奏でる)で，この課題を成し遂げる[H982, B571, B582.2]．しかし少年は花婿として受け入れられず，ライオンの穴に放り込まれる．少年は動物たちに救われ，動物たちは少年の恋敵(王子)をそれぞれの動物特有の行動で次のように追い払う．糞虫は王子の糞便を運び出し[B482.2]，ハツカネズミはくしゃみをさせる，等．または動物たちがこうした方法で 3 晩求婚者を苦しめ，その結果求婚者は姫に触れることができず，それどころかベッドを汚す．王は求婚者を追い出し[T171]，若者が姫と結婚する[L161]．参照：話型 571, 857.

コンビネーション 571.

注 重要な版はバジーレ(Basile)の『ペンタメローネ(*Pentamerone*)』(III, 5)を見よ.
類話(～人の類話) フィンランド；エストニア；ラトヴィア；リトアニア；カレリア；ノルウェー；デンマーク；スコットランド；アイルランド；フランス；スペイン；カタロニア；ポルトガル；フラマン；ドイツ；オーストリア；イタリア；ハンガリー；チェコ；クロアチア；ブルガリア；ギリシャ；ロシア, ベラルーシ, ウクライナ；ユダヤ；ジプシー；オセチア；チェレミス/マリ；モルドヴィア；ヤクート；フランス系カナダ, フランス系アメリカ；北アメリカインディアン；スペイン系アメリカ, メキシコ, パナマ；ボリビア；ブラジル；西インド諸島；エジプト；東アフリカ.

魔法の品 560–649

560 魔法の指輪

少年が，犬と猫とヘビが殺されるのを救うために，それらを買い取る(少年はヘビを火から救う)．お礼に少年は，何でも願いのかなう魔法の指輪(石)をヘビの王(救われたヘビの父親)からもらう[D810, D812, D1470.1, D1470.1.15, D817.1, B360, B505, B421, B422](少年が指輪を見つける[D840])．願い事のかなう指輪で[D1662.1]少年は魔法の城を建て[D1131.1]，不可能な課題を成し遂げる(城，ガラスの橋，ろうの教会，等を1晩で建てる)．

少年は姫と結婚するが，姫には愛人がいる．姫(姫の愛人[D861.4]，その他の人物)は，願いのかなう指輪を少年から盗み[D861.5, K2213]，自分と城を(愛人は姫もろとも城を)遠くの島に運ぶよう願う[D2136.2]．姫の夫はまた貧しくなる．恩に報いる犬と猫は城まで泳いでいき，ネズミの助けで[K431]指輪を取り返す[D882, B548.1, D882.1.1]．

帰り道，動物たちは指輪を海でなくすが，魚(ザリガニ)が返してくれる．最後に少年は自分の指輪と城と妻を取り戻す．少年は愛人を(不実な妻を)罰する．参照：話型 561, 562.

コンビネーション 561.

注 類話の中では，話型 560, 561, 562 はしばしば混ざり合っているか，または明確に区別されていない． 重要な版はバジーレ(Basile)の『ペンタメローネ(*Pentamerone*)』(IV, 1)を見よ．

類話(～人の類話) フィンランド；フィンランド系スウェーデン；ラトヴィア；リトアニア；ラップ；リーヴ, ラップ, ヴェプス, リュディア, カレリア, コミ；スウェーデン；ノルウェー；デンマーク；アイルランド；イギリス；フランス；スペイン；カタロニア；ポルトガル；フリジア；フラマン；ドイツ；イタリア；コルシカ島；ハンガリー；チェコ；スロバキア；スロベニア；セルビア；クロアチア；ルーマニア；ブルガリア；ギリシャ；ポーランド；ロシア；ベラルーシ；ウクライナ；トルコ；ユダヤ；ジプシー；オセチア；アブハズ；チェレミス/マリ；タタール, モルドヴィア；アルメニア；ヤクート；タジク；カルムイク, ブリヤート, モンゴル；グルジア；シリア；アラム語話者；パレスチナ；ヨルダン；イラク, オマーン, クウェート, カタール, イエメン；サウジアラビア；イラン；パキスタン；インド；スリランカ；ビルマ；ネパール；中国；朝鮮；インドネシア；日本；フランス系カナダ, フランス系アメリカ；スペイン系アメリカ, メキシコ, グアテマラ；ドミニカ, プエルトリコ, チリ；マヤ；ベネズエラ, エクアドル, アルゼンチン；西インド諸島；カボヴェルデ；エジプト；アルジェリア；モロッコ；ギニア, 東アフリカ；スーダン；タンザニア；マダガスカル.

560C* 話型 571C を見よ.

561 アラジン

魔法使いが(愚か者の)少年アラジン(Aladdin)に, 財宝のある洞窟からランプを取ってくるよう命ずる. 洞窟は, 魔法の指輪で[D1470.1.15]開いたり閉じたりする. アラジンはランプを見つけるが[D812.5, D840, D1470.1.16, D1421.1.5, D1662.2], 洞窟を出ようとすると, 洞窟は開かない(洞窟は魔法使いに閉じられている). アラジンが絶望して魔法の指輪(ランプ)をこすると, 助けになる魔神が現れ, アラジンを出してくれる.

アラジンは母親の家に行き, 富と城を願う[D1131.1]. どちらの願いも魔神(ランプか指輪をこすると同じように現れるその他の精霊)がかなえてくれる. アラジンは姫に求婚する. しかし姫の父親は姫をほかの男と結婚させようとする(アラジンは姫と結婚する[L161]).

魔法使いは, (姫がしまっておいた)古い魔法のランプを新しい価値のないランプと取り替える[D860, D371.1]. 魔法使いは, 城と姫とともに自分自身がアフリカに運ばれるよう願う[D2136.2]. アラジンは投獄される. アラジンは指輪をこすり[D881], 魔神はアラジンを姫のいる城へ連れていく. 姫は魔法使いに毒を盛る(アラジンは魔法使いを殺す). アラジンは再びランプを手に入れ, それを使って城と姫とともに家に帰る. 参照：話型 560, 562..

コンビネーション 560.

注 話型 560, 561, 562 の類話はしばしば混ざり合っているか, または明確に区別されていない.

類話(～人の類話) フィンランド；エストニア；ラトヴィア；リトアニア；ラップ；カレリア；スウェーデン；ノルウェー；デンマーク；アイルランド；フランス；スペイン；カタロニア；オランダ；フラマン；ドイツ；ラディン；イタリア；コルシカ島；サルデーニャ；マルタ；ハンガリー；チェコ；スロバキア；スロベニア；クロアチア；ルーマニア；アルバニア；ギリシャ；ポーランド；ロシア, ベラルーシ, ウクライナ；トルコ；ユダヤ；ジプシー；オセチア；チェレミス/マリ；アルメニア；カルムイク；グルジア；シリア；イラク；ペルシア湾, カタール；インド；スリランカ；中国；フィリピン；フランス系カナダ；チリ；西インド諸島；カボヴェルデ；エジプト；チュニジア；アルジェリア；モロッコ.

562 青い火の中の精霊

除隊になった兵隊(脱走兵)が, 犬たちが守っている地下の宝物倉(魔法の城)から火打ち金(明かり，火口箱，ろうそく)を取ってくるようお婆さん(魔女)に頼まれる[D845]．兵隊は火打ち金を自分のものにする(お婆さんを殺す)．火打ち金に火をつけると，助けになる精霊(犬たち，鉄の男，巨人)が現れることを，兵隊は発見する[D1470.1, D1421.1.2, D1421.1.4, N813]．兵隊は3晩続けて姫を連れてくるよう精霊に命ずる[D1426]．姫は兵隊に仕えなければならない(兵隊は姫にキスをする，姫を妊娠させる)．

王は，娘がどこに行くのかを，ドアにしるしをつけることで，見つけようとする[R135]．精霊は計略に気づき，同じしるしをすべての家につけることでこの計略をくつがえす．3回目に兵隊は，姫を連れてこさせて見つかり(自ら出向き)，そして投獄される．兵隊は自分の火打ち金を要求し，死刑になる前に最後に1服タバコを吸わせてくれと頼む．兵隊が火打ち金に火をつけると，精霊が現れ，兵隊を救う(そして代わりに王を投獄する)[K331, D1391]．暴力を加えると脅して，兵隊は姫との結婚に同意するよう王に強要する．参照：話型560, 561.

一部の類話では，精霊は首を落とされるか，ろうそくが燃え尽きたときに魔法が解ける[D765.1, E765.1]．

コンビネーション 566, 1626.

注 話型560, 561, 562の類話はしばしば混ざり合っているか，または明確に区別されていない．重要な文学の版はH. C. アンデルセン(H. C. Andersen)の「火打ち箱(*Fyrtøiet*)」(1835)．

類話(～人の類話) フィンランド；フィンランド系スウェーデン；エストニア；ラトヴィア；リトアニア；ヴェプス, カレリア；スウェーデン；ノルウェー；デンマーク；アイルランド；フランス；フリジア；フラマン；ドイツ；オーストリア；ラディン；イタリア；サルデーニャ；ハンガリー；チェコ；スロバキア；スロベニア；ボスニア；マケドニア；ブルガリア；ギリシャ；ポーランド；ロシア, ベラルーシ, ウクライナ；トルコ；ユダヤ；ジプシー；チュヴァシ；インド；スリランカ；日本；フランス系カナダ；アメリカ；フランス系アメリカ；スーダン．

563 テーブルとロバとこん棒

(貧しい)男が超自然の存在(神，悪魔，風)から，食事が出てきて並ぶテーブル(テーブルクロス，等)[D1030.1, D1472.1.7, D1472.1.22]をもらう．家に帰る途中，男は宿屋に泊まり，男がそのテーブルを使うのを，ほかの者たちが見る(男はほかの者たちがそのテーブルを使うことを禁ずる)[J2355.1]．宿屋の主人は魔法のテーブル(クロス)をふつうのテーブルと取り替え，男を欺く[D861.1, K2241, D861.3, D861.2]．家に着くと，そのテーブルには魔法の力がないので，男はテーブルをくれた超自然の存在のところに行って，文句を言う．超自然の存在は黄金を出す動物(ロバ[B103.1.1]，メンドリ，等)をくれる．

再び同じことが起きる．今度は男は，持ち主がやめろと叫ぶまで人を叩き続ける[D1601.5, D1401.1, D1651.2]魔法のこん棒[D1401.2](こびと)が入った袋をもらう．男自身がこん棒に叩かれる．欲張りの宿の主人がこの袋を盗もうとすると，こん棒は主人を叩き続け，ついにすべての盗んだ魔法の品を返す[D881.2]．参照：話型 564, 565, 569.

コンビネーション　通常この話型は，1つまたは複数の他の話型のエピソード，特に564, 569，および 212, 313, 326, 461, 554, 555, 566, 1541, 1960G のエピソードと結びついている．

注　重要な版はバジーレ(Basile)の『ペンタメローネ(*Pentamerone*)』(I, 1，参照：V, 2)を見よ．話型 563, 564, 565 の類話は混ざり合っているか，または明確に区別されていない．グリムの版(No. 36)だけは，嘘つきのヤギの物語で導入部が始まり，そこで3人兄弟が旅に出る(参照：話型 212)．

類話(～人の類話)　フィンランド；フィンランド系スウェーデン；エストニア；ラトヴィア；リトアニア；ラップ；リーヴ, ヴェプス, リュディア, カレリア, コミ；スウェーデン；ノルウェー；デンマーク；フェロー；アイスランド；アイルランド；イギリス；フランス；スペイン, バスク；カタロニア；ポルトガル；オランダ；フリジア；フラマン；ワロン；ドイツ；スイス；オーストリア；ラディン；イタリア；コルシカ島；ハンガリー；チェコ；スロバキア；スロベニア；クロアチア；マケドニア；ルーマニア；ブルガリア；ギリシャ；ポーランド；ロシア, ベラルーシ, ウクライナ；トルコ；ユダヤ；ジプシー；アディゲア；チェレミス/マリ；チュヴァシ, タタール, モルドヴィア, ヴォグル/マンシ；アルメニア；ヤクート；カルムイク；モンゴル；グルジア；シリア；パレスチナ；ヨルダン, イラク, カタール；イエメン；イラン；アフガニスタン；インド；パキスタン, スリランカ；ネパール；中国；タイ；インドネシア；日本；フィリピン；イギリス系カナダ；フランス系カナダ；北アメリカインディアン；アメリカ；フランス系アメリカ；スペイン系アメリカ, メキシコ；キューバ, ドミニカ, プエルトリコ, チリ；グアテマラ, ボリビア, チリ；ブラジル；西インド諸島；カボヴェルデ；エジプト, アルジェリア；チュニジア；モロッコ；ギニア；ベナン；チャド；カメルーン；東アフリカ, スーダン, コンゴ；ナミビア；南アフリカ；マダガスカル．

564　魔法で物を出す巾着 (旧，魔法で物を出す巾着と「出ろ，小僧，袋から出ろ！」)

超自然の存在(悪魔，精霊たち，運命の女神，霜，風)が，貧しい男にいくらでも食べ物が出る品(背嚢，袋，巾着，鍋，箱)を与える．男はそれを家族のところに持って帰る．

金持ち(兄弟，隣人)がこの魔法の品を買い(借り，盗み)，貧しい男はまたすぐに腹を減らす．貧しい男は超自然の存在に代わりの物をくれるよう頼み，外見の似た物をもらう．しかしこれは，食べ物の代わりにこん棒(むち)を持った男たちを出す．こん棒を持った男たちは貧しい男と男の家族を叩く．貧しい男は金持ちの隣人にこの品を与える．金持ちの隣人は，食べ物を出す品を貧しい男に返すまで，叩かれる．

一部の類話では，最後の場面は，金持ちの男が食事の用意をしたときの出来事で，彼のお客はみんな叩かれる．参照：話型 563, 565.

コンビネーション　480, 503, 563, 591, 613, 675, 735, 954.

注　文学翻案はバジーレ(Basile)の『ペンタメローネ(*Pentamerone*)』(V, 2)を見よ．話型 563, 564, 565 の類話はしばしば混ざり合っているか，または明確には区別されていない．

類話(～人の類話)　フィンランド；フィンランド系スウェーデン；エストニア；ラトヴィア；リトアニア；リーヴ, ラップ, ヴェプス, リュディア, カレリア, コミ；スウェーデン；アイルランド；フランス；カタロニア；フリジア；フラマン；ドイツ；イタリア；チェコ；スロバキア；クロアチア；マケドニア；ポーランド；ロシア, ベラルーシ, ウクライナ；ユダヤ；オセチア；チェレミス/マリ；チュヴァシ；タタール, モルドヴィア, ヴォグル/マンシ；ウドムルト；シベリア；ヤクート；カルムイク；ブリヤート, モンゴル；グルジア；イエメン；インド；ネパール；フランス系アメリカ；スペイン系アメリカ；スペイン系アメリカ, ドミニカ, プエルトリコ；エジプト, モロッコ；チュニジア.

565　魔法のひき臼

貧しい男が金持ちの兄弟(悪魔)からハムをもらう．兄弟は男に，それを持って悪魔のところへ行ってしまえと言う．お爺さんが男に悪魔のところへの行き方を教え，悪魔のところで男は，持ち主が望む物を何でも出すひき臼(粉，塩[D1601.21.1]，その他の食べ物を出すひき臼，粥でいっぱいになる鍋[D1601.10.1, D1472.1.9])とハムを交換する．持ち主だけが，ひき臼を止める命令を出すことができる[D1651, D1651.3]．貧しい男は金持ちになる．参照：話型 480C*.

男の嫉妬深い兄弟がそのひき臼を買う(盗む)が，どうやって止めていいのかわからない．ひき臼はたいへんな量の食事(小麦粉，ニシン，粥，等)を出し，兄弟はどうにもできない(家じゅうが粥でいっぱいになる[C916.3])．本当の持ち主がひき臼を止め，取り返す．しばしば以下のエピソードにつながる．

船長がひき臼を盗み(買い)，塩を出すように命ずる．船長もまたひき臼を止めることができず，ひき臼は塩をたくさんひいて出し，ついに船長の船は沈む．ひき臼は海の底でも塩を出し続け，これが海の水が塩辛い理由である[A1115.2]．参照：話型 563, 564.

コンビネーション 715.

注 話型 563, 564, 565 の類話はしばしば混ざり合っているか，または明確に区別されていない．

類話(～人の類話) フィンランド；フィンランド系スウェーデン；エストニア；リーヴ；ラトヴィア；リトアニア；ラップ，カレリア；スウェーデン；ノルウェー；デンマーク；フェロー；アイスランド；スコットランド；アイルランド；フランス；スペイン；カタロニア；ポルトガル；オランダ；フリジア；ドイツ；オーストリア；マルタ；ハンガリー；チェコ；スロバキア；スロベニア；マケドニア；ブルガリア；ギリシャ；ポーランド；ロシア；ウクライナ；ユダヤ；チェレミス/マリ；ヤクート；シリア；アラム語話者；中国；朝鮮；インドネシア；日本；フランス系カナダ；アメリカ；フランス系アメリカ；南アメリカインディアン；西インド諸島；エジプト；モロッコ；コンゴ．

566 3つの魔法の品と不思議な果物 (フォルトゥナートゥス(Fortunatus))

(旧話型 580* を含む)

3人兄弟(兵隊たち，ある若者)がそれぞれ，以下のような魔法の品を超自然の存在(こびと，魔法にかけられた姫)からもらう[D812, N821, D1470.1]．いっぱいになる財布[D1451]，身につけている人をどこへでも連れていくコートか帽子[D1520, D1520.11]，兵隊たちを出す角笛か笛，または力を授けてくれる角笛か笛[D1475.1]．王は財布の持ち主が魅力的な生活をしているのに気づく．

策略で(トランプをして[D861.6])姫は財布(魔法の品)を盗む．取られた男は兄弟たちの魔法の品々をもらうが，それらも同じように盗まれる．

男が魔法の果物(リンゴ，イチジク，木の実，野菜，魔法の飲み物)を食べると，その果物は人の外見をゆがめたり治したりする(角が頭に生え，そしてまたなくなる)．

男は姫に魔法の果物を与える(売る)．すると姫の頭に角が生えてくる[D992.1, D1375.1](姫の鼻が伸びる[D1376.1]，ロバに変身する(参照：話型 567))．姫が盗んだことを白状し，男の魔法の品々を返すと約束して初めて，男は治す果物を姫に売る[D881.1, D895, D1375.2]．参照：話型 567.

コンビネーション　通常この話型は，1つまたは複数の他の話型のエピソード，特に 518, 567, 569，および 302, 306, 400, 560, 562, 563, 567A, 735 のエピソードと結びついている．

注　話型 566, 567, 567A の類話はしばしば混ざり合っているか，または明確に区別されていない．(話型 567 は話型 556 とのコンビネーションに由来するかもしれない．) 文献上の伝承は中世に初めて記録されている(例えば『ゲスタ・ロマノールム(*Gesta Romanorum*)』(No. 120))．広く知られているドイツの小説(1509)．

類話(～人の類話)　フィンランド；フィンランド系スウェーデン；エストニア；ラトヴィア；リトアニア；ラップ，リーヴ，ヴェプス；スウェーデン；ノルウェー；デンマーク；アイスランド；アイルランド；イギリス；フランス；スペイン，バスク；カタロニア；ポルトガル；オランダ；フリジア；フラマン；ドイツ；オーストリア；イタリア；ハンガリー；チェコ；スロバキア；スロベニア；ルーマニア；ブルガリア；ギリシャ；ソルビア；ポーランド；ロシア，ベラルーシ；ウクライナ；トルコ；ユダヤ；ジプシー；チェレミス/マリ；アルメニア；ヤクート；ブリヤート，モンゴル；グルジア；パレスチナ；ヨルダン，オマーン，カタール；ペルシア湾；イエメン；インド；中国；ベトナム；インドネシア；イギリス系カナダ；フランス系カナダ；北アメリカインディアン；フランス系アメリカ；スペイン系アメリカ；メキシコ；グアテマラ，コロンビア；プエルトリコ，チリ，アルゼンチン；西インド諸島；カボヴェルデ；エジプト；アルジェリア；モロッコ．

567　魔法の鳥の心臓

男が魔法の鳥の心臓を食べ，その結果，黄金を吐き出す力を得る[B113.1](毎日枕の下にコインを見つける力を得て，王になる[D1561.1.1, M312.3])．ある女(男の妻)が(お婆さんから鳥の心臓の秘密を聞いて)男に鳥の心臓を吐き出させ，自分でそれを食べる[D861.5]．そして男を追い出す．男は人間をロバに変身させる魔法のハーブを見つける[D965, D983, D551.2, D132.1, D661]．ハーブの力で，男はその女をロバに変える(そして過酷に働かせる)．参照：話型 566.

一部の類話では，男は女を人間に戻し，女と結婚する．

コンビネーション　通常この話型は，1つまたは複数の他の話型のエピソード，特に 300, 303, 518, 531, 566, 567A のエピソードと結びついている．

注　おそらく東洋起源(トゥーティー・ナーメ(Ṭuṭi-Nāme)，およびソーマデーヴァ(Somadeva)の『カター・サリット・サーガラ(*Kathāsaritsāgara*)』を見よ)．話型 566, 567, 567A はしばしば混ざり合っているか，または明確に区別されていない．(話型

567は話型566とのコンビネーションに由来するかもしれない.）しばしば話型303の導入部となる.

類話(～人の類話) フィンランド；フィンランド系スウェーデン；エストニア；ラトヴィア；リトアニア；ラップ；リーヴ，ヴェプス，ヴォート，カレリア；スウェーデン；ノルウェー；アイルランド；フランス；スペイン；カタロニア；ポルトガル；オランダ；フラマン；ドイツ；オーストリア；ラディン；イタリア；ハンガリー；チェコ；スロバキア；スロベニア；セルビア；クロアチア；マケドニア；ルーマニア；ブルガリア；ギリシャ；ポーランド；ロシア，ベラルーシ，ウクライナ；トルコ；ユダヤ；ジプシー；アディゲア；チェレミス/マリ；タタール，モルドヴィア；クルド；アルメニア；ヤクート；ブリヤート，モンゴル；グルジア；パレスチナ；アラム語話者；ヨルダン；イラン；インド；パキスタン，スリランカ；ビルマ；中国；インドネシア；日本；フランス系カナダ；アメリカ；スペイン系アメリカ；プエルトリコ；西インド諸島；エジプト；モロッコ；東アフリカ；ナミビア.

567A 魔法の鳥の心臓と離ればなれになった兄弟

（2人兄弟の継母が2人兄弟に侮辱されたと訴え[K2111, S322.4]）2人兄弟が死刑を宣告される．しかし彼らは死刑執行を免れる[K512]．兄弟は魔法の鳥の一部(魔法の品，魔法の果物，等)を食べる．そのことで，1人は王になることになり，もう1人は，笑うと(泣くと)黄金(宝石)を出すことになる.（魔法の鳥はほかの人の食事として(彼らの母親によって)準備されるが，兄弟がうっかり食べてしまう.）

兄弟は逃げ，(水を取ってくるとき[N311])離ればなれになる．兄は[N683]（王の象の助けで[H171.1]）王に選ばれる．弟は外国の王に奴隷にされ，王は彼に黄金を出すよう強いる(弟は船長の手に落ち，船長は無風状態に陥った船を再び帆走させるために，弟を生け贄にする[S264.1]．弟は船外へ投げ出され，遠く離れた国にたどり着き，そこで1人の(複数の)花嫁を得る).

最後に兄弟は再会し，弟は解放される(兄が弟を捜して見つける).

コンビネーション 300, 303, 518, 566, 567.

注 566, 567, 567Aの類話はしばしば混ざり合っているか，または明確に区別されていない(話型567は話型566とのコンビネーションに由来するかもしれない．話型567Aはおそらくインドの版である.）

類話(～人の類話) カレリア；ドイツ；イタリア；ハンガリー；セルビア；クロアチア；マケドニア；ルーマニア；ブルガリア；ギリシャ；ユダヤ；ジプシー；アブハズ；チェレミス/マリ，タタール；アルメニア；ウズベク；カルムイク，ブリヤート，モンゴル；トゥヴァ；パレスチナ，ペルシア湾；イラク，オマーン，クウェート，カタール，イエメン；イラン；インド；ビルマ；中国；インドネシア；スペイン系アメリカ；エジプト；アルジェリア，モロッコ，スーダン．

569 背嚢と帽子と角笛

貧しい3人兄弟の末の弟が，魔法で食べ物を出す[D1472.1.22]魔法の品[D840, D1470]（テーブルクロス，ナプキン，テーブル，ひき臼）を手に入れる．旅の途中で末の弟はその品を，軍隊を出すことのできる[D1475.4]背嚢（魔法の武器，ステッキ，サーベル，こん棒）と交換する．この背嚢を使って末の弟は再び最初の品を取り返す[D831]．同じようにして，末の弟はほかにも魔法の品々を手に入れる．それらは武器となり（帽子），または壁を倒壊させ（角笛[D1222]），限りなくお金を出し，非常に離れた距離を移動させ（7リーグブーツ（7里靴），空飛ぶじゅうたん），城（等）を出し，死人を生き返らせる（バイオリン，フルート）．

家に帰ると，末の弟は魅力的な暮らしをする．魔法の品々は悪賢い客（王，姫，隣人）に盗まれる．最後の品を使って末の弟はすべての品々を取り返す．末の弟は魔法の角笛の力で，責めてくる軍隊を討ち滅ぼし，王とその娘を殺す．または，彼は殺した人々を生き返らせ，王と和解して姫と結婚し，王国（の半分）を相続する．

一部の類話では，王は敵に攻撃される．少年は魔法の品々を使って王を危険から救い，姫と結婚する．参照：話型465A.

コンビネーション 通常この話型は1つまたは複数の他の話型のエピソード，特に300, 326, 400, 465, 563, 566, 592, 936* のエピソードと結びついている．

類話（～人の類話） フィンランド；フィンランド系スウェーデン；エストニア；ラトヴィア；リトアニア；コミ；スウェーデン；ノルウェー；デンマーク；スコットランド；アイルランド；フランス；スペイン；カタロニア；ポルトガル；フラマン；ドイツ；オーストリア；ラディン；イタリア；ハンガリー；セルビア；チェコ；スロバキア；スロベニア；ブルガリア；ギリシャ；ロシア，ベラルーシ，ウクライナ；トルコ；ジプシー；ヴォグル/マンシ；カルムイク；グルジア；インド；ビルマ；インドネシア；フランス系カナダ；北アメリカインディアン；アメリカ；フランス系アメリカ；スペイン系アメリカ；ドミニカ，プエルトリコ；マヤ；西インド諸島；エジプト．

570 穴ウサギ番

王は，彼の100匹（以上，以下）の穴ウサギ（オンドリ，羊，ヤギ，ガチョウ，ヤマウズラ）を1匹も失わずに番をする（捕まえる，飼いならす，しつける)ことができる者を娘と結婚させると約束する[T68, H335, H1112].

3人兄弟の(兄たちはあるお婆さんに対し不親切だったが)末の弟はお婆さんに親切にし，ウサギたちを呼び集めることのできる魔法の笛をもらう[D1441.1.2]. 結婚させないために，王の家族たち(代理人たち)が(変装して)末の弟から穴ウサギを1匹買おうとする．若者は品位を下げる屈辱的な行為を要求する(例えば，片足で跳ぶ，笛に合わせて踊る，宙返りをする，尻を鍋にはめる，叩かれる，自分の体から肉を切り取る，自分の肌にやけどを負わせる，動物の死体を歯で食いちぎる，人間か動物の尻にキスをする[K1288]，ソドミー，ふん便を食べる，若者とキスをする，若者と寝る[K1358])．要求がかなえられたあとで，若者は笛を吹く．すると穴ウサギは戻ってくる．

負けを認めたくないので，王は次のような別の課題を設定する．若者は嘘(真実)の袋をいっぱいにしなければならない[H1045]．王は，その「嘘」が本当は王の家族の恥をさらす真実だと気づき[K1271.1.1]，袋はいっぱいになったと宣言し，結婚に同意する．

コンビネーション 通常この話型は他の話型のエピソード，特に513B, 554, 571, 850, および303, 502, 513A, 610, 851, 853, 857, 1000, 1115, 1020Cのエピソードと結びついている．

類話(～人の類話) フィンランド；フィンランド系スウェーデン；エストニア；リーヴ；ラトヴィア；リトアニア；ラップ；カレリア；スウェーデン；ノルウェー；デンマーク；アイスランド；スコットランド；アイルランド；フランス；スペイン；カタロニア；ポルトガル；フリジア；フラマン；ドイツ；スイス；オーストリア；イタリア；コルシカ島；ハンガリー；チェコ；スロバキア；スロベニア；マケドニア；ブルガリア；ギリシャ；ソルビア；ポーランド；ロシア, ベラルーシ, ウクライナ；トルコ；ユダヤ；ジプシー；オセチア；チェレミス/マリ；シベリア；グルジア；パレスチナ；中国；フランス系カナダ；アメリカ；フランス系アメリカ；スペイン系アメリカ, メキシコ；グアテマラ, キューバ, プエルトリコ, アルゼンチン；ブラジル；チリ；西インド諸島；カボヴェルデ.

570A 姫と魔法の貝

漁師が，3回目に捕まえた魚の中に金の皿(杯，貝，魚の皮)を見つける．その皿で飲むと，皿は黄金のかけらでいっぱいになる．姫(妃)がこの皿を欲しがると，漁師は，姫が自分と寝れば皿をあげると同意する．姫は妊娠し，父親(夫)から追い出される．

姫は(漁師といっしょに，または漁師が殺されたあと独りで)よその国に行き，そこで，(皿のおかげで)金持ちになる．姫は男に変装して[K1837]宮廷に戻る．父親が金の皿を欲しがる．すると姫は，王が自分と寝れば皿をあげると言う．父親は同意する．姫は自らの正体を明かし，王の偽善を暴く．王と姫は和解する．

類話(～人の類話) オーストリア；ブルガリア；ギリシャ；トルコ；ユダヤ；ジプシー；シリア；パレスチナ；イラク，イエメン；エジプト；アルジェリア；モロッコ．

570* ネズミ捕り男 (ハーメルンのまだらの服を着た笛吹き男(The Pied Piper of Hamelin))

ある町がクマネズミとハツカネズミの群れに荒らされる．風変わりな色とりどりの服を着た男が，報酬と引き換えに害獣を追い出すことを住民に約束する．男は笛を吹いて動物たちをおびき出し，川の中で溺れさせる．市民は男への支払いを(約束を守ることを)拒み，笛吹きは何も得ずに去る．

後に，笛吹きは狩人の格好で戻ってくる．そして笛を吹くと，子どもたちがみんな笛吹きについて町から出ていく．笛吹きは子どもたちを山の中へ引き連れていき，子どもたちは2度と姿を見せない[D1224, D1427.1, D1441.1.2]．

注 16世紀の中頃に記録されている．
類話(～人の類話) ノルウェー；デンマーク；イギリス；ドイツ；オーストリア；イタリア；ハンガリー；ポーランド．

571 「みんなくっつけ」

ふさぎ込んだ姫を笑わせることができる者と姫が結婚することが約束される[F591, H341, H1194, T68]．3人兄弟の末の(最も愚かな)弟(貧しい羊飼い，農夫の息子，職人の息子)が，親切にしたために(同情から，うまい取り引きで)お婆さん(お爺さん，超自然の存在)から魔法の品(黄金の動物，乗り物)をもらう．

途中(宿泊している間に)好奇心の強い人(泥棒)が魔法の品に触り，離れなくなる(若者は呪文か，または魔法の杖でその人を魔法の品にくっつける)[K422, D1413, D2171.3.1]．後にほかの(裸の)人たちや，品々，そして動物たちが魔法の品にくっつく，またはお互いにくっつく[D2171.5]．この奇妙に見える行進が城の近くを通ると，姫はこれを見て，人生で初めて笑う[H341.1]．若い男は姫と結婚する(そして王国の半分を得る)．

コンビネーション 通常この話型は，1つまたは複数の他の話型のエピソード，特に

570，および 507, 513A, 513B, 559, 853, 910, 1610, 1655, 1696 のエピソードと結びついている．

注 話型 571 と 571B はしばしば混ざり合っているか，明確に区別されていない．初期の版はバジーレ(Basile)の『ペンタメローネ(*Pentamerone*)』(V, 1)を見よ．

類話(～人の類話) フィンランド；フィンランド系スウェーデン；エストニア；ラトヴィア；リトアニア；ラップ；カレリア；スウェーデン；ノルウェー；デンマーク；フェロー；アイスランド；アイルランド；イギリス；フランス；スペイン；オランダ；フリジア；フラマン；ドイツ；オーストリア；ラディン；イタリア；コルシカ島；サルデーニャ；ハンガリー；チェコ；スロバキア；スロベニア；セルビア；クロアチア；ルーマニア；ギリシャ；ポーランド；ロシア, ベラルーシ, ウクライナ；トルコ；ユダヤ；ジプシー；チェレミス/マリ；チュヴァシ, タタール；シベリア；ヤクート；イラン；インド；ビルマ；中国；日本；フランス系カナダ；北アメリカインディアン；アメリカ；フランス系アメリカ；スペイン系アメリカ；アフリカ系アメリカ；グアテマラ, パナマ, キューバ；西インド諸島；エジプト, スーダン．

571A 話型 571B を見よ．

571B **さらし者になった愛人たち** (旧，ヒンプハンプ(Himphamp))(旧話型 571A を含む)

男が鍛冶屋(職人，農夫)の妻と恋に落ちる．夫である鍛冶屋を追い払うために，男は(城の)主人に，鍛冶屋が魔法の練習をしていると偽って，密告する．

主人はさっそく鍛冶屋に(3つの)不可能な課題を行うよう命ずる[H931, H1010]．その中で最後の課題は「ヒンプハンプ」をつくることである．「ヒンプハンプ」は意味などない架空の言葉である．鍛冶屋は課題を克服するために(悪魔[D812.3]，超自然の存在から)援助を得て，最後の課題は物をくっつける呪文で克服する．鍛冶屋はベッドで愛し合っている2人の現場を押さえ，2人を(寝室用便器に[D1413.8])くっつける．

または，ある男が，妻が不貞をはたらいていたことを知る．くっつける呪文で(魔法使いによって)，男は愛し合っている2人を(聖職者と自分の妻を)裸のまま，寝室用の便器に[D1413.8](たらいに[D1413.7])くっつける[K1217](旧話型 571A)．助けようとした召し使いたちもくっつく．次の日，男は鎖のようにつながった人たちを連れて通りを歩く．

ほかの人たち(作男，メイド)，動物たち(雌牛，雄牛)そして物(食料)が，みだらな状態でくっついたままになり，通行人にあざ笑われる．男は主人に「ヒンプハンプ」を見せる．全員が解き放され，そして罪を犯した者たちは罰せられるか，賠償金を払わされるか，赦免される．彼らは改心することを約束するか，逃げるか，身投げする．

コンビネーション　571, 940, 1358A, 1359C, 1537, 1829.

注　古典起源，ホメーロス(Homer)の『オデュッセイア(*Odyssey*)』(VIII, 272ff)．類話の中では，話型571と571Bがしばしば混ざり合っているか，または明確に区別されていない．

類話(～人の類話)　フィンランド系スウェーデン；ラトヴィア；リトアニア；デンマーク；カレリア；フェロー；イギリス；フランス；スペイン；ポルトガル；オランダ；フラマン；ドイツ；ハンガリー；チェコ；スロバキア；セルビア；ブルガリア；ギリシャ；ロシア；ウクライナ；ユダヤ；チェレミス/マリ；カルムイク；ブリヤート；インド；フランス系カナダ；プエルトリコ；中央アフリカ．

571C　かみつき人形 (旧話型560C*を含む)

親切な少女(少年)がお金のくそをする魔法の人形(ガチョウ)をもらう[D1268, D1469.2]．妬み深い隣人の女が人形を借りるが[D861.2]，人形は家を汚し，隣人の女は人形を通りに投げ出す．

用便を足すために止まった王が，尻を拭くために人形を使うと，人形は王の尻にかみつき，王にくっつく(王が通りかかると王にかみつく)．誰も王の体から人形を離すことができない．王は離すことができる者に褒美を与えるとお布令を出す[H1196]．少女だけが人形にかむのをやめさせることができる[D1651]．少女は人形を取り戻し，王と結婚する[T67.3.1]．

注　早期の版はストラパローラ(Straparola)の『楽しき夜(*Piacevoli notti*)』(V, 2)とバジーレ(Basile)の『ペンタメローネ(*Pentamerone*)』(V, 1)を見よ．

類話(～人の類話)　フィンランド；フランス；スペイン；カタロニア；ポルトガル；ドイツ；イタリア；マルタ；ユダヤ；トルコ；中国；フランス系アメリカ；チリ；西インド諸島．

572*　吠える犬の頭，打つ斧，等

ある男(3人兄弟の末の弟)が，歌う，または叫ぶ，または吠える人間の頭か動物の頭，自動で打つ斧，歌う植物，等を見つけ，それらをすべて袋に入れる．男がふさぎ込んでいる姫の前で袋を開けると(その他の行為で)，男は姫を初めて笑わせる．褒美として男は姫を妻にもらうか，または国(食事と宿)をもらう．

類話(～人の類話)　フィンランド；フィンランド系スウェーデン；エストニア；ラト

ヴィア；リトアニア；ギリシャ；グルジア.

575 王子の翼

肩を並べる職人たちが，誰が最もすばらしい物をつくることができるか競い合う．金細工師は人工の魚(何かほかの物)をつくり，指し物師は人工の空飛ぶ道具(折りたたみの翼，鳥，翼のある機械仕掛けの馬)をつくる．王子が空飛ぶ道具を買い，(王によって塔の中に閉じ込められている)姫に会うために，空飛ぶ道具でよその国に飛んでいく[K1346, F1021.1]．王子は姫の恋人になり，姫を妊娠させる(現場を押さえられる)．王は何が起きたかを知ると，王子(と自分の娘)を死刑にするよう命ずる．恋人たちはいっしょに空飛ぶ道具に乗って王子の国へと逃げ[R111.3.1, R215.1]，そこで結婚する．

一部の類話では，姫が出産できるように王子と姫は途中で着陸する．火を取りに行ったとき，空飛ぶ道具は燃える．恋人たちは離ればなれになる(そして後に再びいっしょになる)．

コンビネーション 425D, 461, 566, 881A.

注 早期の文献資料は『パンチャタントラ(*Pañcatantra*)』(I, 5)「ヴィシュヌ神としての織物師(*The weaver as viṣṇu*)」を見よ．早期のヨーロッパの文学版はボッカチオ(Boccaccio)の『デカメロン(*Decamerone*)』(IV, 2)を見よ．

類話(〜人の類話) フィンランド；フィンランド系スウェーデン；エストニア；ラトヴィア；リトアニア；ヴェプス；デンマーク；アイスランド；フリジア；フラマン；ドイツ；オーストリア；イタリア；ハンガリー；チェコ；スロバキア；セルビア；マケドニア；ブルガリア；ギリシャ；ポーランド；ロシア，ベラルーシ，ウクライナ；トルコ；ユダヤ；ジプシー；オセチア；チェレミス/マリ；ウイグル；アゼルバイジャン；アルメニア；シベリア；ヤクート；カラカルパク；トルクメン；タジク；ブリヤート，モンゴル；グルジア；パキスタン，インド，スリランカ；中国；スペイン系アメリカ，メキシコ；モロッコ．

576 魔法のナイフ (旧話型 576B* を含む)

若者が強盗の城から魔法のナイフを盗み[D838, D1083]，強盗たちをそのナイフで殺す[D1400.1.4.3, D1400.1.6]．そして聖職者の娘を得る．若者はナイフを使って恋敵を打ち負かす．

類話(〜人の類話) フィンランド系スウェーデン；ラップ；オランダ；ギリシャ；ロシア；ヤクート；カルムイク．

576B* 話型 576 を見よ．

577 王の課題

王が，ある難しい課題を成し遂げることができる者に，娘を与えると約束する[H335, T68]．2人の兄たちは超自然の存在(お婆さん)に対して不親切なのに対し，末の弟は親切である．末の弟は魔法の品々(自動で打つ斧[D1601.14]，自動で掘るシャベル[D1601.15, D1601.16]，自動で演奏するバイオリン[D1601.18.2]，等)をもらう(見つける)．それらの魔法の品々の力で，末の弟は課題を成し遂げることができ[D1581, H971.1](1日で大きなオークの木を倒し，同時に王の宮殿に井戸を掘る，等)，そして姫を得る．

コンビネーション 313, 328, 513A, 570, 650A.

類話(～人の類話) フィンランド；フィンランド系スウェーデン；ラトヴィア；ラップ；スウェーデン；ノルウェー；スコットランド；アイルランド；フランス；オランダ；フリジア；ドイツ；オーストリア；イタリア；サルデーニャ；セルビア；トルコ；オセチア；カザフ；パレスチナ, カタール；日本；ポリネシア；フランス系カナダ, フランス系アメリカ；アメリカ；メキシコ；ドミニカ；西インド諸島；エジプト, チュニジア, アルジェリア, モロッコ．

580 女にもてる

父親が死ぬときに，3人兄弟がそれぞれ願い事を許される．上の2人は富を願うが，末の弟は女たちが彼を好きになる力を望む[D1900]．3人兄弟は旅に出て，3つの違う宿屋に泊まる．末の弟はその家の妻(娘)と寝て，次の3つの魔法の品々をもらう[D856]．魔法で食べ物が現れるテーブルクロス，飲み物を出すオンドリ(類する物)，何もないところから服をつくるはさみ．

兄弟たちは町に着くが，その町に入るには去勢されなければならない．末の弟はこれを拒み，囚人として島に連れていかれる．魔法の品々の力で，末の弟とほかの囚人たちは快適な生活を島で送ることができる．姫(王の未亡人)はその品を買いたがる．末の弟は姫の部屋で，姫の傍らで，最後には姫のベッドで夜を過ごすことができなければ，それらをあげることに同意しない[T45]．最後に末の弟は姫と結婚する．

コンビネーション 505, 551, 566.

類話(～人の類話) フィンランド；フィンランド系スウェーデン；エストニア；ヴェプス；スウェーデン；ノルウェー；デンマーク；フェロー；アイスランド；アイルランド；フランス；スペイン；ポルトガル；フラマン；イタリア；スロバキア；ギリシャ；ポーランド；フランス系アメリカ；アルジェリア．

580* 話型566を見よ．

581 話型303を見よ.

585 紡錘と杼と縫い針

王子が，最も貧しく同時に最も裕福な女の子と結婚したがる[H1311.2]. 紡錘と杼と縫い針が，徳の高い女の子の勤勉さに対する恩返しとして，彼女を助ける．紡錘は王子を女の子のところへ導き[D1425.1]，杼は魔法の道をつくり[D1484.1, D1485.1]，縫い針はみすぼらしい部屋を美しい部屋に変える[D1337.1.7]．王子は女の子と結婚する．

類話(～人の類話) スコットランド；アイルランド；ドイツ；レバノン；アメリカ．

590 不実な母 (旧，王子と腕輪)

少年が母親とともに旅に出る．途中で少年は超自然の強さを与えてくれる品(腕輪，ベルト，剣，シャツ，等)を見つける[D840, D1335.5, D1335.4]. 強盗(巨人，その他の超自然の存在)たちの家で，少年は1人を残して強盗たちを皆打ち負かす(参照：話型650A)．母親はその1人と密通し始める[S12.1](母親は彼と結婚する)．

息子を追い払うために(愛人が息子の強さを恐れ)，母親は病気のふりをして，治療薬(超自然の存在たちの庭の果実(リンゴ)[H1333.3.1, H1333.3.1.1, H1333.3.1.3, D1364.4.1]，命の水，動物の母乳[H1361])を探す危険な旅に息子を出し[H931, H1211, H1212]，そのために息子は命をかけなければならない．息子は成功し，息子の護衛になった野獣に付き添われて[B315, B431.2, B520]，無傷で戻ってくる[F615, F615.2.1]．

多くの類話において，少年は若い少女(姫[R111.1.1])をある冒険の途中で救い，そして少女を父親のところに送り返す(連れていく)．そして(または)息子は女性の援助者たち(お婆さん，魔法が使える少女，彼の花嫁)に出会う．

少年の母親は，息子に強さの秘密を尋ね，息子に強さを与えている品を盗む(息子を縛る，睡眠薬を飲ませる，息子を説得して風呂に入らせる)[K975, D861]．それから母親は(または母親と愛人は，または愛人は)，少年を失明させる(殺害する)．少年が失明させられる場合には，姫が少年を見つける．姫は少年を看病し，目の見えない動物がどうやって治るかを観察し[B512]，少年の目が見えるようにする．少年が殺される場合には，女性の援助者の1人が(少年が手に入れた治療薬を使って)少年を生き返らせる．

少年は強さを与える魔法の品を取り返し[D880]，母親と母親の愛人に復讐する(殺す)．少年は姫(女性の援助者，援助者の娘)と結婚する．参照：話型315.

コンビネーション 通常この話型は，1つまたは複数の他の話型のエピソード，特に300, 315，および302, 303, 314, 315A, 318, 400, 531, 551, 613のエピソードと結びついている．

注 話型315と密接に関連している．2つの話型はしばしば混ざり合っているか，または明確に区別されていない．

類話(～人の類話) フィンランド；エストニア；ラトヴィア；ヴェプス，カレリア，コミ；ノルウェー；デンマーク；フェロー；アイルランド；フランス；スペイン；カタロニア；ポルトガル；フラマン；ドイツ；オーストリア；イタリア；サルデーニャ；マルタ；ハンガリー；チェコ；スロバキア；スロベニア；クロアチア；マケドニア；ブルガリア；アルバニア；ギリシャ；ソルビア；ポーランド；ロシア，ベラルーシ，ウクライナ；トルコ；ユダヤ；ジプシー；アディゲア；チェレミス/マリ，チュヴァシ，タタール，モルドヴィア，ヴォチャーク，ヴォグル/マンシ；クルド；アルメニア；ヤクート；タジク；カルムイク，モンゴル；シリア，パレスチナ，ヨルダン，イラク，イエメン；イラン；アフガニスタン；インド，スリランカ；フランス系カナダ；北アメリカインディアン；プエルトリコ，チリ；アルゼンチン；西インド諸島；エジプト；チュニジア，アルジェリア，モロッコ；東アフリカ；スーダン．

590A 話型318を見よ．

591 泥棒鍋

貧しい男(農夫，みなしごの少年)が(雌牛と交換して)魔法の鍋をもらう[N421, D851]．その鍋は隣人たちの家に行って，食べ物やお金などを勝手に詰め込む．それから鍋は，中身を鍋の持ち主のところに持って帰る[D1605.1]．

魔法の鍋に物を盗まれた人が，鍋を捕まえようとすると，鍋はその人を貧しい持ち主のところへ連れていく．盗まれた人は盗まれた物を買い戻さなければならない(盗みを許さなければならない)．または鍋は追ってきた男を地獄へと連れていく[D1412.2]．

コンビネーション 564, 565, 569.

類話(～人の類話) フィンランド系スウェーデン；ラップ；カレリア，コミ；スウェーデン；ノルウェー；デンマーク；フェロー；アイルランド；オランダ；フラマン；ドイツ；イタリア；スロベニア；トルコ；ユダヤ；ウズベク；パレスチナ；ヨルダン，カタール；インド；マレーシア；日本；エスキモー；エジプト，モロッコ．

592 茨の中のダンス

悪い継母に家を追い出された[S322.4](わずかな食べ物とともに奉公を解

かれた[W154.1])貧しい少年が，自分の持っているすべてのお金を物乞い(超自然の存在)[Q42.1]に施しとして与える．物乞いはお礼として少年に次の3つの願いをかなえる[D1761.0.2]．決して外れない鉄砲[D1653.1.7](石弓[D1653.1.4])，人を踊らせるバイオリン(フルート)[D1415.2.5]，その他の願いをかなえてくれる魔法の品，または魔法の力[D1761.0.1]．

少年は(賭けをして[N55, N55.1])鳥を撃ち，鳥は茨の茂みに落ちる．修道士(ユダヤ人，賭けに負けた者)が鳥を取ろうとすると，少年の魔法のバイオリンが修道士を茨の中で踊らせる．

少年は有罪の判決を下され，絞首台に連れていかれる．少年は最後にバイオリンを弾く許しを請う．裁判官と集まっていた人たちは皆，少年を解放するまで踊らなければならない[K551.3.1]．

コンビネーション 通常この話型は，1つまたは複数の他の話型のエピソード，特に300, 330, 475, 569, 650A, 725, 1000, 1009, 1045, 1062, 1072, 1159, 1653, 1910のエピソードと結びついている．

注 ヨーロッパにおける文学翻案は15世紀より(「修道士と少年(*The Frere and the Boy*)」と「ジャックと継母(*Jak and his Step Dame*)」．

類話(～人の類話) フィンランド；フィンランド系スウェーデン；エストニア；ラトヴィア；リトアニア；ラップ；リーヴ，ヴェプス，カレリア；スウェーデン；ノルウェー；デンマーク；アイルランド；ウェールズ；イギリス；フランス；スペイン；バスク；カタロニア；ポルトガル；オランダ；フリジア；フラマン；ルクセンブルク；ドイツ；スイス；オーストリア；イタリア；コルシカ島；ハンガリー；チェコ；スロバキア；スロベニア；セルビア；クロアチア；ルーマニア；ブルガリア；ギリシャ；ポーランド；ロシア，ベラルーシ，ウクライナ；トルコ；ジプシー；アブハズ；アディゲア；モルドヴィア；シベリア；グルジア；シリア；中国；インドネシア；フランス系カナダ；アメリカ；フランス系アメリカ；スペイン系アメリカ，メキシコ；ドミニカ，プエルトリコ；チリ；西インド諸島．

593 フィデヴァヴ

貧しい少年がある若い女と結婚しようとするが，彼女の父親(彼女自身)は拒否する．拒絶された求婚者は魔法の心得がある人(お婆さん[N825.3]，魔女，司祭，悪魔)から魔法の石をもらう．その石を灰の中に入れると，火をかく者は皆(農夫，農婦，作男，女中，説教者，娘，等)火かき棒にくっつき，無意味なことを言い続ける(例えば「フィデヴァヴ(Fiddevav)」)[D1413, D1413.17, D2172.1](またはドアの敷居の下にある魔法の根が屁を出させる)．求婚者だけが魔法の品を取り除き，人々の魔法を解くことができる．褒美として求婚者はその若い女と結婚する．参照：話型 330A, 571, 571B.

類話（～人の類話） フィンランド；ラトヴィア；リトアニア；ノルウェー；デンマーク；アイルランド；フランス；スペイン；ポルトガル；ドイツ；イタリア；ハンガリー；ポーランド；ベラルーシ, ウクライナ；ジプシー；チュヴァシ, モルドヴィア；フランス系カナダ；スペイン系アメリカ；アメリカ；ブラジル；西インド諸島；東アフリカ.

594* 魔法の馬勒

少年が旅に出て，あらゆる種類の馬を手なずける馬勒[D1442.1]と，あらゆる物を粉々にする針[D1562.4]と，狙った物に必ず当たる鉄砲[D1653.1.7]を手に入れる．少年は王の宮殿で召し使いとして働く．魔法の品々を使って少年は偉業を成し遂げ，姫を妻に得る.

類話（～人の類話） スウェーデン；ノルウェー；スペイン；ギリシャ.

610 病気を治す果物

病気の姫を（果物で）治療できる者に，姫が与えられることが約束される[T68.1, H346]．3 人兄弟の末の弟が成功する[Q2, L10, L13]．兄たちは小男の質問に不快そうに返事をするが，そのあと末の弟は小男（お爺さん，恩に報いる動物）に親切にし，小男は末の弟に病気を治す果物をくれる[N825.3, D1500.1.5].

結婚式が執り行われる前に，王は末の弟に不可能な課題を与える．小男は末の弟を再び助ける．末の弟は，水上よりも速く陸上を走る船をつくらなければならない（参照：話型 513B），100 匹の穴ウサギの番をしなければならない（参照：話型 570），魔法の鳥の羽根を取ってこなければならない（参照：話型 461）.

末の弟は課題を成し遂げ，金持ちになって戻り，王の高慢の鼻を折り，姫と結婚する[L161].

または，王は同じ富を得るために彼のまねをする．湖を渡るときに渡し守は王を水に落とし，王は溺れ死ぬ．若い求婚者は王国を手に入れ，姫と結婚する．参照：話型 551.

コンビネーション 461, 513B, 517, 550, 554, 570, 671, 725, 1610.

類話（～人の類話） フィンランド系スウェーデン；ラトヴィア；スウェーデン；デンマーク；フェロー；アイルランド；フランス；スペイン；カタロニア；ポルトガル；フラマン；ドイツ；ラディン；イタリア；サルデーニャ；チェコ；クロアチア；ポー

ランド；ロシア，ウクライナ；トゥヴァ；インド；フランス系カナダ；スペイン系アメリカ；エジプト，アルジェリア．

611 デーモンたちの贈り物（旧，こびとたちの贈り物）

商人の息子が別の商人の娘といいなずけになる（商人の養子が商人の娘と恋に落ちる）．少年の父親が死ぬと，少女の両親は心変わりし，少年を追い出すために海に送り出す．

船は沈むが，少年は自力で（島に）逃れる．少年は（ライオン，オオカミ，ワシ，竜，悪人から）1人の子どもを救い，お礼に魔法の薬（魔法の塗り薬[D1500.1.19]，病気を治す水）と魔法の剣（眼鏡，双眼鏡，フルート，笛，骨，武器）を女のデーモンたち（こびとたち[F451.5.1]，トロルたち，巨人たち）からもらう[D817.1]．魔法の薬を使って少年は病気の姫（王）を治療し，魔法の剣で敵の軍を打ち負かす[D1400.1.4.1]．少年は金持ちになって戻り，子どものときに約束されていた（初恋の[T102]）花嫁と結婚する．

コンビネーション 531, 882, 930, 1060, 1650, 1651.

類話（～人の類話） フィンランド；リーヴ；ラトヴィア；スウェーデン；ノルウェー；デンマーク；アイスランド；アイルランド；ドイツ；ギリシャ；ポーランド；中国；ヤクート；イギリス系カナダ．

612 3枚のヘビの葉（旧話型465A*と612Aを含む）

男が妻（花嫁）に，もし妻が自分より先に死んだら，自分は妻といっしょに埋葬してもらう（妻の墓を見張る）と約束する[M254, S123.2]．

（結婚式のあと）妻はまもなく死ぬ．墓の中で（墓の脇で）男は，1匹のヘビ（イタチ）がほかの死んだヘビをハーブ（3枚の葉，草の葉）で生き返らせるのを見る[B512, B491.1, D1500.1.4]．男は同じようにして妻を生き返らせる[E165]．妻はその後ほかの男（船長）と恋に落ち[K2213.5]，新しい恋人とともに，夫を海に投げ込む[K2213.2, S142]．

または，彼女は夫のもとを離れ，策略によって夫に（泥棒のかどで）死刑判決が下されるようにする．忠実な召し使い[P361]（友，母親）が，ヘビの葉で男を生き返らせる[E105]．罪を犯した恋人たちは悪事を暴かれ，罰せられる[Q261]．

一部のインドの類話では，自分の寿命の半分を妻に与えて，妻を生き返らせることを神が男に許す．妻は別の男と恋に落ちて，夫を殺そうとする．男は救われて，妻に与えた寿命を返すよう頼む．妻は2度目の死を迎える．（旧話型612A.）

注 早期の文献資料は，例えば，アポロドロス(Apollodorus)(III, 3, 1)，ヒュギヌス(Hyginus)の『寓話(*Fabulae*)』(136)，『パンチャタントラ(*Pañcatantra*)』(IV, 5).

類話(～人の類話) フィンランド；エストニア；ラトヴィア；リトアニア；スウェーデン；デンマーク；ヴェプス；フランス；スペイン；カタロニア；ポルトガル；フリジア；ドイツ；イタリア；ルーマニア；ハンガリー；チェコ；スロバキア；ブルガリア；ギリシャ；ポーランド；ロシア，ウクライナ；ベラルーシ；トルコ；ユダヤ；ジプシー；オセチア；アディゲア；チェレミス/マリ；チュヴァシ；シリア，パレスチナ，イラク，カタール；パキスタン；インド；ビルマ；中国；インドネシア；日本；フランス系カナダ；アメリカ；スペイン系アメリカ，メキシコ；グアテマラ，コロンビア，エクアドル，チリ；エジプト；カボヴェルデ；アルジェリア.

612A 話型 612 を見よ.

613 2人の旅人 (真実と嘘)(旧話型 613*, 613A*, 613B* を含む)

2人の男(旅人，兄弟，仕立屋と靴職人)が，真実と嘘(正義と不正，彼らの宗教)ではどちらがより力があるかについて言い争う(賭けをする)[N61].

彼らは，出会った動物たちや人々に判定を下すように頼む[K451.1, N92]. 負けた者(真実が強いと言った者)は持ち物を奪われ，目をつぶされる．または邪悪な男は，飢えている道連れが目をくり抜かせなければパンを分けてやらない[M225, N2.3.3, S165]. 盲目の男は木の上で(下で)夜を過ごし[F1045]，そこで鳥たち(ほかの動物たち，悪魔たち，鬼たち，魔女たち)の秘密を立ち聞きする[B253, G661.1, N451.1, N452]. この知識を使って[H963]，男は自分の視力を回復し[D1505.5]，(姫の，王の)病気を治し[C940.1, D2064.1, V34.2]，干ばつを終わらせる[F933.2, H1193, N452.1]，等[N552.1.1, D2101, H1181]をやってのける．男は報酬を得る(姫と結婚する[H346]).

男の旅の道連れは，同じ富を手に入れようと思い，男のまねをする．男は(時として自分も盲目となり)同じ木の所に行く．しかし鳥たち(悪魔たち)は自分たちの秘密を漏らしたのがこの男だと思い，この男をばらばらに引き裂く[N471].

コンビネーション 通常この話型は，1つまたは複数の他の話型のエピソード，特に 300, 326, 531, 554, 812, 954, 1535, 1641 のエピソードと結びついている.

類話(～人の類話) フィンランド；フィンランド系スウェーデン；エストニア；リーヴ；ラトヴィア；リトアニア；ラップ；ヴェプス，カレリア；スウェーデン；ノルウェー；デンマーク；フェロー；アイスランド；スコットランド；アイルランド；イギリス；フランス；スペイン；バスク；カタロニア；ポルトガル；オランダ；フリジア；フラマン；ドイツ；スイス；オーストリア；ラディン；イタリア；コルシカ島；

サルデーニャ；マルタ；ハンガリー；チェコ；スロバキア；スロベニア；セルビア；マケドニア；ルーマニア；ブルガリア；アルバニア；ギリシャ；ソルビア；ポーランド；ロシア，ベラルーシ，ウクライナ；トルコ；ユダヤ；ジプシー；オセチア；チェレミス/マリ；チュヴァシ，タタール，モルドヴィア，ヴォチャーク；クルド；アルメニア；ブリヤート，モンゴル；グルジア；シリア；レバノン；パレスチナ；イラク；ヨルダン，サウジアラビア，オマーン；イラン；パキスタン；インド；ビルマ；スリランカ；中国；朝鮮；日本；イギリス系カナダ；フランス系カナダ；スペイン系アメリカ，メキシコ；ドミニカ；プエルトリコ；マヤ；グアテマラ，コロンビア，エクアドル，ボリビア，チリ；ブラジル；西インド諸島；エジプト；チュニジア，アルジェリア；モロッコ；東アフリカ，コンゴ；スーダン；エリトリア，タンザニア；ナミビア；マダガスカル．

613*-613B* 話型 613 を見よ．

621 話型 857 を見よ．

超自然の力，または知識 650–699

650A 怪力ジョン（怪力ハンス）

動物から生まれてきた若者（熊の息子），または巨人（女トロル）から生まれてきた若者（鍛冶屋が鉄から鍛造した若者）[B631, F611.1.1, F611.1.11–F611.1.15, T516]が，（鍛冶屋の炉で，森で，戦争で，何年間も乳を吸って[F611.2.1, F611.2.3]，たいへんな食欲によって，強さの試験によって[F611.3.1]）たいへん力が強くなる．

とてつもない食欲のために，若者は家を出される[F612.1, F614.1]．若者は鍛冶屋のところで働くが，（しばしば）親方にけがをさせる[K1411, K1421, K1422]．親方は強さの試験を課して若者を追い出そうとする[H931, F514.2, F612.3.1, F614.6]．強い男は木々を引き抜き，オオカミや熊（ライオン，等）を捕まえ，悪魔たちを飼いならさなければならない，等[F613–F613.4]．野獣たちを捕まえるために送り出されると[F615.2.3]，若者は馬車を野獣に引かせる．井戸の中で上から石臼（鐘）を落とされると，若者はそれを首輪として身につけるか，鶏たちが自分に泥をかけやがると不平を言う[F615.3.1, F615.3.1.1]．悪魔の粉ひき小屋（地獄）へと送り込まれると，若者は悪魔を自分の親方のところへ駆り立てていく[F80, F615.1, H1272]．報酬をもらいに王のところへ行くと，王は彼を大砲で撃つ（が無駄である）．強い男はすべての課題を成し遂げ，あらゆる困難を克服する[F615]（親方を殺し，最後に結婚する）．

コンビネーション 通常この話型は 1 つまたは複数の他の話型のエピソード，特に 300, 301, 1000, 1063，および 300A, 302, 326, 592, 650B, 820, 1003, 1004, 1005, 1007, 1029, 1045, 1049, 1050, 1052, 1060, 1062, 1072, 1082, 1084, 1088, 1115, 1120, 1130, 1132, 1535, 1640, 1881, 1910 のエピソードと結びついている．

注 話型 301 への導入部．

類話（～人の類話） フィンランド；フィンランド系スウェーデン；エストニア；リーヴ；ラトヴィア；リトアニア；ラップ；リーヴ, ラップ, ヴェプス, リュディア, カレリア, コミ；スウェーデン；ノルウェー；デンマーク；アイルランド；イギリス；フランス；スペイン；カタロニア；ポルトガル；オランダ；フリジア；フラマン；ドイツ；スイス；オーストリア；ラディン；イタリア；ハンガリー；チェコ；スロバキア；スロベニア；セルビア；ルーマニア；ブルガリア；ギリシャ；ソルビア；ポーランド；ロシア, ベラルーシ, ウクライナ；トルコ；ユダヤ；ジプシー；オセチア；アブハズ；アディゲア；チェレミス/マリ；チュヴァシ, タタール, モルドヴィア, ヴォチャーク，ヴォグル/マンシ；ヤクート；ウズベク；グルジア；パレスチナ，イラク；中国；インドネシア；フィリピン；イギリス系カナダ；フランス系カナダ；スペイン系アメリカ，メキシコ；ドミニカ，プエルトリコ；マヤ；ベネズエラ，コロンビア，ペルー，ボリビア，ウルグアイ，チリ，アルゼンチン；西インド諸島；エジプト，チュニジア，モロッコ；アルジェリア；ガーナ；スーダン；マダガスカル．

650B　強い相手を探す

若者が，取っ組み合いをするために強い相手を探す．若者はある小屋に泊まる．そこには2人の強い男が住んでいる．若者は彼らを見ると，こっそり逃げ出す．

逃げる途中，若者は鋤で耕している大男と出会い，追ってくる強い男たちからかくまってくれと頼む．鋤で耕していた大男は，若者をズボン(ポケット)の中に隠し[F531.5.11]，2人の男たちと戦う[J2631]．

類話(～人の類話)　フィンランド；エストニア；ラトヴィア；リトアニア；ノルウェー；カレリア；ハンガリー；セルビア；ギリシャ；ロシア，ウクライナ；チェチェン・イングーシ；オセチア；アブハズ；カラチャイ；アディゲア；チェレミス/マリ；カザフ；カラカルパク；キルギス；グルジア；インド；中国；アメリカ；アルジェリア；ガーナ．

650C　竜の血を浴びた若者 (ニーベルンゲンの歌のジークフリート)

強い若者が，竜を殺して，竜の血を浴びる．それ以来若者は，どんな武器も刺すことのできない強い肌になる[D1846.4]．若者は身体の上の唯一の弱点，竜の血が触れなかったわきの下に受けた傷で死ぬ．

類話(～人の類話)　ラトヴィア；リトアニア；ドイツ；ソルビア；ルーマニア；ペルシア湾；日本．

652　何でも願いがかなう王子

名づけ親(神，キリスト，物乞い，兵隊，処女マリア，等)が何でも願い事がかなう力を王子に授ける[N811, D1761.0.1]．妬み深い人物(召し使い，庭師，コック，鍛冶屋，将軍，こびと，宮廷の道化，等[K2250])が王子の並外れた能力を知り，王子をさらう．王子をさらった召し使いは妃の口に[K2155.1](服に)血を塗る．それで妃は自分の息子を殺して食べたと訴えられ，投獄される[Q455]．

王子は，養い親(林務官[R131.8.5, N856.1])に保護され育てられる．人さらいは自分のために富(城)を望むよう王子に言わせ，王子の魔法の力を使う．

後に王子は養い親の娘(自分で願って出した遊び仲間[T52.1])と恋に落ちる．娘は王子の本当の身分を教える．王子は人さらいを犬に変え[D141]，恋人をカーネーション[D212.1](ユリ，バラ)に変え，それらを連れて父親の城に行き，そこで狩人として仕える．王子は父親に自らの正体を明かす．妃は解放され，悪人は罰せられる．王子は恋人を人間の姿に戻し，彼女と結婚する[D630, D711.4, H151.7, L162, S451]．

コンビネーション 313, 407.
注 文学翻案はバジーレ(Basile)の『ペンタメローネ(*Pentamerone*)』(I, 2)を見よ．
類話(～人の類話) フィンランド；エストニア；ラトヴィア；リトアニア；カレリア；デンマーク；アイルランド；フランス；ポルトガル；オランダ；ドイツ；オーストリア；イタリア；ハンガリー；チェコ；スロバキア；スロベニア；ブルガリア；ギリシャ；ポーランド；ロシア，ベラルーシ，ウクライナ；ユダヤ；ジプシー；アルメニア；ヨルダン；フランス系カナダ；アメリカ；西インド諸島；エジプト．

652A 話型 407 を見よ．

653 技を持った４人兄弟 (旧話型 513C* を含む)

3 人(4 人[P251.6.2]またはそれ以上)の兄弟が家を出て，並外れた技を身につける[F660.1]．1 人目は狩人，2 人目は船大工(天文学者)，3 人目は泥棒(4 人目は仕立屋)になる．兄弟は家に戻ると，自分たちの技を父親に披露する[F642, F642.1, F661.1.1, F661.4, F662.1, H504, H1151.12, K305.1]．

兄弟は皆，竜に捕まった姫を救うのを次のように手伝う[R166, R111.1.3]．船大工は姫が閉じ込められている島まで自分たちを運ぶ船をつくり(天文学者は姫が閉じ込められている場所を発見し)，泥棒が姫を盗み，狩人が竜を撃つ(仕立屋は竜に壊された船を縫って元どおりにする[F662.2])．後に兄弟のそれぞれが，姫と結婚するのは当然自分だと言い張る[H621.2, R111.7]．

一部の類話では，兄弟の論争は解決できないまま残るか[Z16]，または兄弟の父親が姫と結婚する．姫が自分で誰と結婚するかを決める場合もある．時として，姫を分配するべきだという提案がなされ，本当に姫を愛している者だけが反対する(ソロモンの審判，参照：話型 926)．または，誰が姫と結婚するかがくじで決められるか，または兄弟たちは代わりにお金や，国の半分をもらう[Q112]．

コンビネーション 通常この話型は，1 つまたは複数の他の話型のエピソード，特に 857, 945, 1525A のエピソードと結びついている．
注 インド起源については，『ベーターラパンチャビンシャティカー

(*Vetālapañcavimśatikā*)』(No. 5)を見よ．最古のヨーロッパの版は13/14世紀のイタリアの『ノヴェッリーノ(*Novellino*)』(No. 23)，そのほかの早期の翻案については，ストラパローラ(Straparola)の『楽しき夜(*Piacevoli notti*)』(VII, 5)，バジーレ(Basile)の『ペンタメローネ(*Pentamerone*)』(V, 7)を見よ．

類話(～人の類話) フィンランド；エストニア；ラトヴィア；リトアニア；ラップ；スウェーデン；ノルウェー；デンマーク；アイスランド；アイルランド；フランス；スペイン，バスク；カタロニア；ポルトガル；オランダ；フリジア；フラマン；ドイツ；イタリア；マルタ；ハンガリー；チェコ；スロバキア；スロベニア；セルビア；ルーマニア；ブルガリア；ギリシャ；ポーランド；ロシア，ベラルーシ，ウクライナ；トルコ；ユダヤ；ジプシー；アブハズ；アディゲア；チェレミス/マリ；ヤクート；タジク；グルジア；クウェート；イラン；パキスタン，スリランカ；インド；ネパール；中国；朝鮮；インドネシア；日本；フランス系カナダ；スペイン系アメリカ，メキシコ；ドミニカ；マヤ；ブラジル；西インド諸島；カボヴェルデ；チュニジア，アルジェリア，モロッコ；東アフリカ；タンザニア；中央アフリカ；ナミビア；マダガスカル．

653A 世界でいちばん珍しい物

3人の求婚者(友人，兄弟)のうち，世界でいちばんいい(いちばん珍しい，いちばん貴重な)物を持ってきた者に姫が与えられることになる[T68.1](並外れた能力を持った3人の男が姫に求婚する)．彼らは次のようなすばらしい(魔法の)品々を手に入れる．世界で起きていることが何でも見える鏡(望遠鏡，双眼鏡)[D1323.15]，空飛ぶ外套(空飛ぶじゅうたん)[D1520.18, D1520.19]，病気を治す(生き返らせる)果物(リンゴ，レモン，等)または塗り薬[D1500.1.5.1, E106]．

求婚者たちが出会ったとき，望遠鏡を使って，姫が病気だと(死んだと)いうことがわかる．求婚者たちはじゅうたんですぐに姫のところへ行き，果物で姫を治療する(姫を生き返らせる)．誰が姫と結婚するかという言い争いが続く[H621.2, Z16]．(姫は自分をいちばん愛している人を選ぶ．)

類話(～人の類話) フィンランド；ラトヴィア；リトアニア；アイスランド；アイルランド；フランス；スペイン；カタロニア；ポルトガル；フラマン；ドイツ；スイス；イタリア；コルシカ島；ハンガリー；チェコ；ルーマニア；ブルガリア；アルバニア；ギリシャ；ポーランド；ソルビア；ロシア，ベラルーシ；トルコ；ユダヤ；ジプシー；アブハズ；アディゲア；クルド；アルメニア；グルジア；シリア，パレスチナ，ヨルダン，イラク，サウジアラビア，カタール，イエメン；イラン；インド；中国；日本；フィリピン；スペイン系アメリカ，メキシコ；ドミニカ，プエルトリコ；グアテマラ，ドミニカ；ブラジル；カボヴェルデ；北アフリカ；エジプト；チュニジア，アルジェリア；カメルーン；東アフリカ；スーダン；エチオピア；南アフリカ．

653B 求婚者たちが乙女を生き返らせる

3人(4人)の求婚者に愛されていた女が死ぬ[T92.0.1]．1人目は彼女の葬儀の火葬用の薪を見張り，2人目は(ガンジス)川に彼女の灰を持っていき，3人目(流浪の物乞い)は彼女を生き返らせる呪文を習得する[T92.14]．誰が彼女と結婚するのかという論争が続く[H621.2, Z16]．

通常，問題は次のように哲学的な説明で解決されている．女を生き返らせた人は，彼女の父親のようなものである．女の灰を川まで運んだ人は，彼女の息子のようなものである．葬儀の火葬用の薪を見張った人は，彼女の夫のようなものであり，したがって彼女と結婚することができる．

注 インド起源，『ベーターラパンチャビンシャティカー(*Vetālapañcavimśatikā*)』(No. 2)を見よ．

類話(～人の類話) リトアニア；ポルトガル；フラマン；モンゴル；インド；スリランカ；ネパール；中国；カンボジア；カボヴェルデ．

654 素早い3人兄弟

3人の兄弟が，技を身につけるよう父親に送り出される．いちばんいい技を身につけた者が，家を相続することになる[F660.1, H504]．1人目は鍛冶屋，2人目は床屋，3人目は剣士になる．

兄弟は自分たちの技を披露するように言われ，鍛冶屋は馬が走っている間に馬に蹄鉄を打ちつけ[F663.1]，床屋は走っている野ウサギの毛を刈り[F665.1]，剣士は剣を素早く振り回し，大雨でもぬれずにいられる[F667.1]．

父親は息子たちの1人を選ぶか，または父親は彼ら3人ともに財産を残す．

注 中世に例えば『ゲスタ・ロマノールム(*Gesta Romanorum*)』(No. 196)に記録されている．早期のほら話としてはフィリップ・ル・ピカール(Philippe le Picard)(No. 1)を見よ．

類話(～人の類話) フィンランド；フィンランド系スウェーデン；エストニア；ラトヴィア；リトアニア；スウェーデン；ノルウェー；アイルランド；フランス；カタロニア；オランダ；フリジア；フラマン；ドイツ；イタリア；ハンガリー；ボスニア；ロシア；トルコ；ウズベク；中国；朝鮮；日本；アメリカ；ドミニカ；西インド諸島．

654B* 話型926A*を見よ．

655 賢い兄弟たち (旧話型 655A を含む)

父親は3人の息子に財産を残す．息子たちの3人全員に遺贈されたダイヤモンド(黄金)を1人が盗む．この件を解決するために，3人兄弟は賢人に相談する．途中彼らは動物の足跡を見つけ，次のような推論をする[J1661.1]．足跡を残した動物はラクダ(馬，荷を運ぶ動物)であり，(草が道路の片側しか食べられていないので)目が1つであり[J1661.1.1]，(足跡からして)足が不自由であり，(しずくが地面に見えるので)油かハチミツ，等を運んでおり，(ふんがしっぽでまき散らされずに，山になっているので)しっぽがない，等．

兄弟たちが，この動物を失った飼い主に会うと，飼い主は兄弟たちの言ったことを立ち聞きしていて，兄弟たちを泥棒だと思い，裁判官のところへ連れていく．3人兄弟は裁判官に自分たちの観察を説明し，放免される．3人兄弟は(裁判官に)食事に招待されると，この肉は犬の肉だと言い[F647.5.1]，ワイン(パン)は死体の匂いがすると言い[F647.1]，招待してくれた裁判官は私生児だと言う[J1661.1.2]．

調べてみると，兄弟の言ったことはすべて本当だとわかる．動物は雌犬に乳を与えられ，ブドウ(小麦)は墓地で育ったもので，(裁判官の)母親は自分の不貞を告白する．

一部の類話では，裁判官は相続争いの調停をするために，最も気高い行為についての物語を語る(参照：話型 976)．その反応に基づいて，裁判官は末の弟が泥棒だと断言する．または，兄弟たちは父親の遺体を撃つように言われ，その結果彼らの行いから，誰が本当の息子で相続人かが明らかになる(参照：話型 920C)．また一部の類話では裁判官は別の父権の試験を行う[H486.1]，またはほかのソロモンの審判を言い渡す．

コンビネーション 725, 875, 920C, 976.

注 インドの類話には，例えばクシェーメーンドラ(Kṣemendra)の『ブリハットカター(*Bṛhatkathā*)』，ソーマデーヴァ(Somadeva)の『カター・サリット・サーガラ(*Kathāsaritsāgara*)』がある．

類話(～人の類話) フィンランド；エストニア；ノルウェー；デンマーク；カタロニア；ポルトガル；ハンガリー；マケドニア；ルーマニア；ブルガリア；アルバニア；ギリシャ；ポーランド；ウクライナ；トルコ；ユダヤ；ジプシー；アブハズ；アディゲア；クルド；アルメニア；ウズベク；タジク；モンゴル；トゥヴァ；グルジア；シリア；レバノン；アラム語話者；パレスチナ；イラク；クウェート，カタール；イラン；アフガニスタン；パキスタン；インド；スリランカ；中国；朝鮮；スペイン系アメリカ；アルゼンチン；エジプト；チュニジア，モロッコ；アルジェリア；スーダン．

655A 話型 655 を見よ．

660 ３人の医者

3 人の医者が自分たちの技術を披露する[H504]．1 人目の医者は自分の片目を，2 人目の医者は自分の片手(片腕，指 1 本)を，3 人目の医者は自分の胃袋(心臓)を，あとでそれを戻すつもりで取り外す[F668.1]．夜，1 匹の猫がそれらの身体の部分を食べる．召し使いは猫の目[E781.3]，泥棒の手[E782.1.1]，豚の胃袋[787E](心臓[E786])を代わりに置き，そして医者たちは傷あとも残さずにそれらを体に戻す[E780.2, E782]．

猫の目の医者は夜にいちばんよく見えるようになり(いつもハツカネズミを目で追い)，泥棒の手の医者は盗みをし，豚の胃袋の医者はいつも腹をすかせている(地面の匂いを嗅いで掘って食べ物を探す)．

注 中世に例えば『ゲスタ・ロマノールム(*Gesta Romanorum*)』(No. 76)に記録されている．

類話(～人の類話) フィンランド；フィンランド系スウェーデン；エストニア；ラトヴィア；リトアニア；スウェーデン；ノルウェー；デンマーク；アイルランド；フランス；オランダ；フリジア；フラマン；ドイツ；オーストリア；イタリア；ハンガリー；チェコ；スロバキア；スロベニア；ギリシャ；ポーランド；ロシア, ベラルーシ, ウクライナ；ユダヤ；ジプシー；ヴォチャーク；グルジア；パレスチナ；ベトナム；日本；オーストラリア；フランス系カナダ；アメリカ；フランス系アメリカ；エジプト；中央アフリカ．

664* 兵隊が宿屋の主人に催眠術をかける (旧話型 664A* と 664B* を含む)

この説話には，おもに 2 つの異なる型がある．

(1) 宿屋に泊まった兵隊(通行人)が，いくつかの黄金のかけらで支払いをするが，それはボタン(小骨)だったことが判明する．宿屋の主人が兵隊を裁判に訴えると，兵隊は裁判官に催眠術をかける．すると裁判官は洪水が起きると思う．裁判官は，部屋から出ずに，数々の冒険を無理やり経験させられる．正気に戻った裁判官は兵隊を無罪にする．(旧話型 664A*.)

(2) ある兵隊が物語を語り，不思議な力で宿屋の主人に，宿屋の主人は熊で兵隊がオオカミで，彼らが犬に追いかけられている，等を信じさせる．宿屋の主人はベッドから落ちて正気に戻る．(旧話型 664B*.)

類話(～人の類話) フィンランド；リトアニア；ラップ；リュディア；コミ；ギリシャ；ロシア；ベラルーシ, ウクライナ；トルコ；ユダヤ；チェレミス/マリ；シベリア；ヤクート．

664A* 話型 664* を見よ.

664B* 話型 664* を見よ.

665 鳥のように飛び，魚のように泳いだ男

男(3 人の兄弟の末の弟，だまされた相続人)が，お爺さんをもてなしたお礼に(橋を建てたお礼に)[E341]お爺さんから，または，動物たちを助けてやり[Q42.1]そのことに感謝した動物たちから[B350]，陸，空，水の動物に変身する力を授かる[D630, D150, D170, D117.2].

男はある王に仕える．王は戦争に出発するが，大切な物(魔法の剣[D1081]，魔法の指輪[D1470.1.15]，望遠鏡，作戦書，手袋)を１つ(2 つ)忘れてくる．王は，忘れ物をすぐに取ってくることができる者に娘を与えると約束をする.

兵隊は助けを申し出る．兵隊は魚になって泳ぎ，鳥になって飛び，野ウサギになって走り，速く城に着く[D641]．兵隊は姫にさまざまな変身をしてみせる．姫は兵隊に忘れ物を渡し，兵隊のうろこ１枚，毛皮，少しの柔毛，羽根をもらう.

戻る途中，兵隊は妬み深い恋敵に殺される[K1931.3]．殺した男は忘れ物を持っていき，報酬を要求する．姫がもう１度変身してみせるよう頼むと，ペテン師は失敗する．姫は彼との結婚を拒み，父親は姫を死刑にすると脅す.

魔法的援助者に[B515]生き返らされた兵隊は，ぎりぎりの瞬間に到着し[N681]，自分の正体を証明し(羽根[H78.2]による本人の証明)，姫と結婚する．ペテン師は死刑を宣告される.

コンビネーション 301, 301D*, 302, 316, 318, 400, 750A.

類話(〜人の類話) フィンランド；フィンランド系スウェーデン；エストニア；ラトヴィア；リトアニア；ラップ；コミ；デンマーク；アイスランド；アイルランド；スペイン；ドイツ；ラディン；イタリア；ハンガリー；チェコ；スロバキア；スロベニア；セルビア；クロアチア；ポーランド；ソルビア；ロシア，ウクライナ；シベリア；フランス系カナダ；エジプト.

666* ヘロとレアンドロス

セストスのアドニスの祝宴のとき，レアンドロスは，アフロディテの女神官ヘロを見て，ひと目でヘロに恋し，ヘロの愛を得る．ヘロは独身と定められていたので，恋人たちは隠れて会うことしかできない．レアンドロスは毎晩ヘレスポント海峡を越えてヘロのところへ泳いでいき，ヘロはレアンドロ

スのために塔から光を照らす．しかしある嵐の晩，光が消え，レアンドロスは溺れ死ぬ．ヘロは彼の遺体を見て，死んでレアンドロスといっしょになるために，海に身を投げる［T83］．

注 古典起源，例えばムサイオス・グラマティコス（Musaios Grammatikos）の『ヘロとレアンドロス（*Ta kath' Hērō kai Leandron*）』，およびオヴィディウス（Ovid）の『名婦の書簡（*Heroides*）』（nos. 18. 19）．民間に流布したバラッド．
類話（～人の類話） フラマン；ドイツ；オーストリア；ハンガリー；スロベニア；クロアチア；ポーランド；カシューブ語話者；インド；日本．

667 木の精霊の養子

貧窮しているときに父親が，森の精霊（デーモン，ドラコス）に与えることを約束した［F440］少年が，森の精霊からさまざまな動物に変身する力を授かる［D630.1］．少年はデーモンにさらわれた姫を逃がすが，裏切り者の貴族に海に投げ込まれる［S142］．裏切り者の貴族は，自分が姫を救ったと主張する［K1932, K1935］．このペテン師は正体を暴かれ，少年が姫と結婚する．

コンビネーション 302, 316, 325, 505, 552, 554, 665.
類話（～人の類話） フィンランド系スウェーデン；スウェーデン；ノルウェー；デンマーク；フラマン；ギリシャ；ロシア，ベラルーシ；ヤクート．

670 動物の言葉がわかる男（旧，動物の言葉）

恩に報いるヘビが，動物の言葉がわかる力を男に授け［B350, B491.1, B165.1, B216］，もし男が秘密を漏らしたら，男は死ぬことになると告げる［C425］．

あるとき男は動物たちが話しているのを聞いて笑う．好奇心の強い妻はなぜ彼が笑ったのか知りたがる［N456］．妻のしつこさに疲れて，男は今にも屈して妻に話そうとする［T253.1］．するとオンドリが，自分はいかにたやすくたくさんの女たちを支配していることか，それに対しあの男は1人の妻も支配できない，と言うのを聞く［N451, B469.5, T252.2］．男は秘密を守り，妻に何も話さない．参照：話型 517, 671, 673.

コンビネーション 207A, 671.
注 おそらくインド起源，ヨーロッパの文献版は中世に初めて見られる．例えば『ゲスタ・ロマノールム（*Gesta Romanorum*）』（nos. 55, 61, 84）．そして後にイタリアのノヴェラにも見られる．ジローラモ・モリーニ（Girolamo Morlini）（No. 71）を見よ．
類話（～人の類話） フィンランド；フィンランド系スウェーデン；エストニア；リー

ヴ；ラトヴィア；リトアニア；ヴェプス，リュディア，カレリア；スウェーデン；デンマーク；フェロー；アイルランド；フランス；スペイン；カタロニア；ポルトガル；フラマン；ドイツ；イタリア；コルシカ島；サルデーニャ；マルタ；ハンガリー；チェコ；スロバキア；スロバキア；スロベニア；セルビア；マケドニア；ルーマニア；ブルガリア；アルバニア；ギリシャ；ポーランド；ロシア，ベラルーシ，ウクライナ；トルコ；ユダヤ；ジプシー；オセチア；アディゲア；チェレミス/マリ，モルドヴィア，ヴォチャーク；アルメニア；カルムイク；グルジア；シリア；パレスチナ；イラン；インド，スリランカ；ベトナム；中国；朝鮮；インドネシア；日本；フランス系カナダ；アメリカ；スペイン系アメリカ，メキシコ；ドミニカ，プエルトリコ；南アメリカインディアン；マヤ；ボリビア，アルゼンチン；西インド諸島；カボヴェルデ；エジプト，アルジェリア；モロッコ；西アフリカ；東アフリカ；スーダン；エリトリア；中央アフリカ；コンゴ；ナミビア；南アフリカ；マダガスカル．

670A　動物の言葉がわかる女

新妻は動物の言葉がわかる．新妻は，川を流れてくる死体が高価な指輪を指につけているとジャッカルたち(ほかの動物たち)が話しているのを聞く[N547]．新妻は死体を川から引き上げ，指輪を外す．(指輪を外すために新妻は指をかみ切らなければならない．夫はそれを見て，新妻が人食い鬼だと思う[N342.6]．そして新妻を家族のもとに返すことに決める．)

途上で新妻は，動物たち(鳥たち)がどこに宝が隠されているか話しているのを立ち聞きする．夫は真実を知り，彼らはよりを戻す．(夫は宝を見張るためにとどまり，そして新妻は夫の父親を呼びに行く．夫の父親は新妻が独りで戻ってきたのを見て，彼女が息子を殺して自分も殺すために戻ってきたのではないかと思い，新妻に話す機会も与えずに彼女を殺害する．) 参照：話型 178A–178C.

類話(～人の類話)　マケドニア；インド；ネパール．

671　3 種の言葉

若者が犬の言葉と[B215.2]，鳥の言葉と[B215.1]，カエルの言葉[B215.4]を学ぶ．若者の父親はこのような役に立たない知識に腹を立て，若者を追い出し，殺すよう命ずる．情け深い召し使いは若者を逃がし，若者を殺した証拠として動物の心臓を代わりにする[K512.2]．

犬の言葉の知識を使って若者は宝を発見する(若者は病気の姫を治療し，後に姫と結婚する)．カエルの言葉の知識で，自分がローマ法王に選ばれるであろうことを知る[H171.2]．若者がローマに到着すると，2 羽のハトが若者の両肩に止まり，若者はローマ法王になるのにふさわしい男だと認められる(鳥たちが，彼がローマ法王に選ばれることを告げる[H171.2])．2羽のハトは，何をしたらいいのかを若者に教え，その結果若者は法王に選ばれることになる．そしてどのようにふるまったらいいか助言を与える．参照：話型517, 725.

注　しばしば話型517および(または)725に結びついている．ボルテ/ポリフカ(Bolte/Polívka)は，話型517, 671, 725を1つの説話の「3つの型」と呼んでいる．ドラリュ/トゥネーズ(Delarue/Tenèze)は「実現された予言の説話群(cycle de la prédiction réalisée)」と呼んでいる．東洋起源(『7賢人(*Seven Wise Men*)』)．ヨーロッパでの記録は，ヨハネス・ゴビ・ジュニア(Johannes Gobi Junior)の『スカーラ・コエーリ(*Scala coeli*)』(No. 520)を見よ．

類話(～人の類話)　リーヴ；リトアニア；スウェーデン；アイスランド；アイルランド；フランス；スペイン；カタロニア；オランダ；フリジア；フラマン；ドイツ；スイス；ラディン；イタリア；マルタ；ハンガリー；チェコ；スロバキア；スロベニア；セルビア；クロアチア；マケドニア；ルーマニア；ブルガリア；ギリシャ；ポーランド；ロシア, ベラルーシ；ユダヤ；ジプシー；オセチア；アゼルバイジャン；ヤクート；モンゴル；トゥヴァ；インド；ビルマ；中国；朝鮮；日本；フランス系カナダ；スペイン系アメリカ；メキシコ；マヤ；エクアドル；東アフリカ, コンゴ．

671C*　話型673を見よ．

671D* 翌日の死

農夫が，(クリスマスか，新年か，復活祭の夜)動物たちの話している会話を立ち聞きし，翌日(すぐに)自分が死ぬことを知る(死の警告を受ける)．予言は現実となる．参照：話型930*.

類話(～人の類話)　ラトヴィア；オランダ；フリジア；ドイツ；スイス；オーストリア；ラディン；ルーマニア；クルド．

671E* 魔法の力を持った少年

ある少年が，鳥の言葉を理解し，夢を解釈することができる．商人が，商品の支払いとして少年をもらい受け，少年を殺すよう命ずる．商人は少年の賢さを得るために，少年の心臓と肝臓を食べたいのである．少年は逃げる．商人は夢を解釈するように王に呼ばれる．商人は解釈することができない．少年が到着し，夢を解釈し，商人の悪事を暴く．参照：話型517.

類話(～人の類話)　フィンランド；リトアニア；ロシア；クルド；グルジア；イン

ド；ビルマ.

672　ヘビの冠（旧話型 672A-672C を含む）

この雑録話型は，ヘビの冠[D1011.3.1, B244.1]に関するさまざまな話型を包括する.

(1)　男がヘビの冠を盗む．ヘビが男を追ってきたとき，男は自分の衣服を後ろに投げる．料理人が冠を料理し，料理人は動物たちの言葉がわかるようになる[B165.1.2]（そして(または)，富を得る[B112]）．（旧話型 672A.）参照：話型 673.

(2)　ある少女が，ヘビが脱いだ(なくした)[B765.2]ヘビの冠(石)を見つける．ヘビはそのあと死ぬ(悲しみから自ら命を絶つ)[E714.2]．（旧話型 672B.）

(3)　気立てのいい女中が(冠をかぶった)(病気の)ヘビにミルクを分けてやり[B765.6]（参照：話型 285)，農夫に追い出される．女中が(裕福な)羊飼いと結婚すると，ヘビはまだミルクのことを感謝していて，結婚式に現れ，金と銀でできた冠を脱ぐ[B112]．（旧話型 672C.）

または，ヘビはミルクを分けてくれたことのお礼に自分の冠を女中に与える．後に女中は結婚式で，ヘビに助けてくれた礼を言って，冠を返す.

類話(〜人の類話)　フィンランド；ラトヴィア；エストニア；リトアニア；リーヴ；スウェーデン；イギリス；ドイツ；スイス；オーストリア；チェコ；スロバキア；スロベニア；クロアチア；ベラルーシ，ウクライナ；ポーランド；ソルビア；アルメニア；スリランカ；ナミビア，南アフリカ.

672A-672C　話型 672 を見よ.

672D　ヘビの石

農夫がヘビたち(ヘビたちと 1 匹の竜)がいる穴に落ちる．農夫は，1 匹のヘビが(白い)石をなめているのを見て，まねをし，食事も飲み物もなしで生き長らえる．最後に(春に)農夫は大蛇によって穴から救われる.

注　中世に例えば『ゲスタ・ロマノールム(*Gesta Romanorum*)』(No. 114)に記録されている.

類話(〜人の類話)　フィンランド；ラトヴィア；エストニア；ドイツ；スイス；チェコ；スロバキア；スロベニア；ポーランド；ベラルーシ；ウクライナ；ジプシー；中国.

672B*　ヘビたちを追い出す

魔法使いが，ある地域からヘビたちを追い出すことを引き受ける．魔法使いは，ヘビの王(白い冠をかぶったヘビ)をおびき寄せることに成功するが，ヘビにかまれて死ぬ(ヘビたちに，いっしょに地中に連れ去られる)．

類話(～人の類話)　フィンランド；ノルウェー；デンマーク；フラマン；ドイツ；スイス；オーストリア；チェコ；スロベニア；ポーランド；ソルビア．

672C*　ヘビの証言 (旧話型 842B* を含む)

魔法のヘビを所有している女(ヘビと仲のいい女)が王子に強姦される．女はこの暴力行為を目撃したヘビに，王子がほかの誰とも結婚してはならないと証言してくれるよう頼む．(ある王子が，自分は農婦と結婚することになると証言させるためにヘビを呼ぶ．)

王子がある美しい姫とまさに結婚しようというとき，ヘビは王子の首に巻きつく．ヘビを所有している女がやって来て，王子が自分と結婚するという条件で，王子をヘビから解放する．(ヘビが王子の結婚式にやって来て，王子の首に巻きつき，そして王子が農婦と結婚すると言わないかぎりほどかない．)

類話(～人の類話)　スイス；イタリア；ギリシャ；ユダヤ．

672D*　話型 673 を見よ．

673　白ヘビの肉 (旧話型 671C* と 672D* を含む)

警告に逆らって，召し使い(料理人)が(王の鍋から)白ヘビの肉を食べ，その結果召し使いは動物たち(鳥たち)の言葉がわかるようになる[B217.1.1](参照：話型 670, 672(1))．

または，ある少年(御者)が，呪医(農夫)の用意した白ヘビの肉を味見して，その結果草木の言葉がわかるようになる．(旧話型 672D*.)

召し使いが指輪を盗んだ罪を着せられたとき，召し使いはこの能力で無実を証明することができる．カモたちの会話を盗み聞きして，カモの 1 羽が妃の窓から落ちた指輪を飲み込んだことを知る[N451]．(旧話型 671C*.)

召し使いはカモをつぶすよう命じ，指輪は見つかる．そして召し使いは救われる．(召し使いは，指輪が恩に報いる魚の胃の中にあることを知り，魚が指輪を返す(参照：話型 736A)．)

コンビネーション　305, 554.

注 通常この話型は話型 554 と結びついている．話型 554 はこの導入部に続く．
類話(～人の類話) フィンランド；エストニア；ラトヴィア；スウェーデン；ノルウェー；デンマーク；スコットランド；アイルランド；フランス；ドイツ；チェコ；スロバキア；スロベニア；セルビア；ポーランド；ベラルーシ，ウクライナ；トルコ；チェレミス/マリ；グルジア；サウジアラビア；中国；ブラジル．

674 会話をする動物たちによって避けられた近親相姦

夫に捨てられた姫，または夫と別れた姫が息子を産む．息子は策略によって姫から取り上げられ，本当の母親を知らずに育つ．大きくなると，息子は自分の母親を見て，母親に恋をする[N365.1.1]．そして母親の恋人となるために，夜母親のもとへ向かう．途中動物たち(子牛たち)が話しているのを聞いて[N451]，真実を知る．

類話(～人の類話) ラトヴィア；ルーマニア；ウクライナ；ユダヤ；インド；スリランカ；スーダン．

675 怠け者の少年 (旧話型 675* を含む)

怠け者で愚かな少年[L114.1]が，魚(カエル，ヘビ，超自然の存在)を逃がしてやる．魚は少年に願いが何でもかなう力を授ける[B375.1, D1761.0.1]．

すると少年は，斧に自動で木を切らせ[D1601]，水を自動で運ばせ，荷車を自動で走らせ[D1523.1]，かまどに自分を運ばせる，等をする．姫が少年のことを笑うと，少年は姫が(リンゴを食べて，等により)妊娠するように願う[T513]．姫は自分の美しい子どもの父親がわからない．王は父親の試験を命じる[H486]．すると子どもは，(リンゴ[H481.1]，まり，金のまりを怠け者の少年に渡して)怠け者の少年を父親として見分ける[H481]．

王は父親と母親(と子ども)を樽に入れて海に捨てるよう命ずる[S141](山に捨てるよう命ずる[S147])．願い事の力で彼らは陸に着く．若者は自分が美しくなるよう願いをかけ，王の城の隣に城を出現させる[D1131.1]．王が訪ねてくると，若者は王のポケットから物(金のリンゴ，金のカップ)が現れるよう願いをかける[L175]．王は盗みの罪を着せられる．その結果王は，有罪と無実(身に覚えのない妊娠，身に覚えのない盗み)はしばしば見かけによらないということを知らしめられる．

コンビネーション 530, 561, 592, 707, 1115.
注 早期の版はストラパローラ(Straparola)の『楽しき夜(*Piacevoli notti*)』(III, 1)とバジーレ(Basile)の『ペンタメローネ(*Pentamerone*)』(I, 3)を見よ．
類話(～人の類話) フィンランド；フィンランド系スウェーデン；エストニア；ラト

ヴィア；リトアニア；ラップ，ヴェプス，カレリア；スウェーデン；ノルウェー；デンマーク；フェロー；アイスランド；アイルランド；フランス；スペイン，バスク；カタロニア；ポルトガル；フリジア；ドイツ；オーストリア；ラディン；イタリア；コルシカ島；サルデーニャ；ハンガリー；チェコ；スロベニア；セルビア；クロアチア；マケドニア；ルーマニア；ブルガリア；アルバニア；ギリシャ；ポーランド；ロシア，ベラルーシ，ウクライナ；トルコ；ユダヤ；ジプシー；オセチア；チェレミス/マリ；チュヴァシ，モルドヴィア；アルメニア；タイ；フランス系カナダ；スペイン系アメリカ；プエルトリコ；グアテマラ，アルゼンチン；チリ；西インド諸島；カボヴェルデ；カメルーン．

675*　話型 675 を見よ．

676　話型 954 を見よ．

677　鉄は黄金より貴重

不幸な男が，自分はどうしたらいいのか王に助言を求める．姫は男に結婚するよう助言する．なぜなら妻の(子どもたちの)幸運が彼の不運を帳消しにしてくれるかもしれないからである．王は男に姫と結婚することを許す．

姫が彼女の刺しゅうを男に売りに行かせると，男はそれを(3つの)いい助言と取り替える．男は無一文で家に帰る勇気がなく，船上の仕事を見つける．船が進まなくなると，男は修理するために海の底に行かされ，そこで男は，黄金(ダイヤモンド，銀，銅)と鉄(鋼，銅)のどちらがより貴重か(より役立つか，硬いか)という 2 人の精霊の言い争いを仲裁する．男は(最初のいい助言に従って)(如才ない)答えをする．男はお礼に(貴重な)石の入った袋をもらい，船に戻る．

商人たちといっしょに，男は見知らぬ国に到着する．そこで男は宝石のために王に気に入られる．商人たちは嫉妬して，自分たちのうち誰がいちばん金持ちか賭けをする．2つ目の助言に従って男は賭けに勝ち，それで船と召し使いを皆手に入れる．男は旅と商売を 7 年から 30 年続ける．最後に男は家に戻り，妻が 2 人の見知らぬ男の間で寝ているのを見る．

男が 3 人をまさに殺そうとしたとき，男は行動する前に考えよという 3 つ目の助言を思い出す．男は 2 人の男が成長した自分の息子だとわかる．参照：話型 910B.

コンビネーション　910B, 986.

注　話型 677 と 986 は明確に区別されていない．

類話(～人の類話)　フィンランド；エストニア；ラトヴィア；リトアニア；ヴェプス，

リュディア, カレリア, コミ；ロシア, ベラルーシ, ウクライナ；チェレミス/マリ；アゼルバイジャン；タジク；レバノン, イラク, エジプト, アルジェリア, スーダン.

677* 海の下で

楽器の演奏がうまい少年(男)が, 気づくと海中の王国にいて, 海の王を楽しませ, 自分のための花嫁を選んで, 地上の世界に戻る.

類話(～人の類話) フィンランド；リーヴ, ラップ；ロシア；ヴォチャーク；トルクメン；モンゴル；日本.

678 王が自分の魂をオウムの中に移す

王が, 自分の魂を[E725]死体に移す方法を身につけ, それを召し使い(ほかの人)も行う. 王が自分の魂をオウムの中に移すと, 召し使いは自分の魂を王の体に移す. 妃は真実に気づく. 妃は策略によって召し使いを王の体から離れさせる. 王は自分の体に戻る.

類話(～人の類話) トルコ；タジク；グルジア；モンゴル；イラン；インド；中国.

681 時間の相対性 (旧, 風呂に入った王；一瞬における何年もの経験)

この雑録話型は, おもに中国とその他の東アジアの地域の, 時間の相対性を学ぶ支配者を扱うさまざまな説話を包括している.

中国の類話では, 支配者は夢を見ることによって(時として薬によって), 一瞬に長い時間を経験する. インドの類話では水の中に頭を突っ込むことで, その他の(しばしばアジアの)類話では魔法によって, 幻影が引き起こされる. 参照：話型 471A.

注 中国起源, 『列子の書(*The Book of Lieh-Tzu*)』を見よ. 早期のヨーロッパの版は『教訓譚の鏡大全(*Magnum Speculum Exemplorum*)』(Alsheimer1971, 125f. No. 35)を見よ.

類話(～人の類話) アイスランド；ポーランド；トルコ；ユダヤ；アブハズ；グルジア；レバノン；イラク, オマーン, クウェート；サウジアラビア；インド；中国；日本；エジプト；チュニジア, モロッコ, スーダン.

682 三位一体についての瞑想

男(哲学者, 聖アウグスティヌス)が三位一体の神秘について瞑想しながら, 子どもが浜で小さな穴に水を入れて海の水をからっぽにしようとしているのを見る[H1113.1]. 子どもは, 男が三位一体の秘密を理解するよりも, 自分が海の水を指ぬきでかい出すほうがうまくできるだろうと言う[H1113.1].

子どもは姿を消す．

注　13世紀にヤコブス・デ・ウォラギネ(Jacobus de Voragine)の「主日説教集(第3の説教)(*Sermones dominicales(3rd sermon)*)」に記録されている．その他の早期のヨーロッパの版は『教訓譚の鏡大全(*Magnum Speculum Exemplorum*)』(Alsheimer1971, 117)を見よ．

類話(～人の類話)　ポルトガル；ドイツ；ハンガリー；チェコ；ユダヤ；インド；中国；エジプト．

その他の超自然の昔話 700–749

700 親指小僧(旧，親指トム)(ドイムリング(Däumling)(ドイツ)，プティ・プセ(Petit Poucet)(フランス)，スヴェン・トムレング(Svend Tomling)(デンマーク)，プルガルシジョ(Pulgarcillo)(スペイン))

子どものいない夫婦が，どんなに小さくてもいいから子どもが欲しいと願う．夫婦は(超自然の誕生によって)親指の大きさの男の子を授かる[F535.1]．親指小僧は農場の父親のところへ食事を持っていき，馬の(牛の)耳に座って荷車(鋤)を引いていく[F535.1.1.1]．親指小僧は自分の身を見知らぬ者たちへ売り渡させ，あとでその人たちから逃げ出す．親指小僧は自分の身を泥棒たちへ売り渡させ，彼らが盗みをする間，同伴する．親指小僧は泥棒たちの手伝いをするか，叫んで泥棒たちを裏切る．親指小僧は泥棒たちの物を盗む．参照：話型 1525E.

親指小僧は雌牛に飲み込まれ[F911.3.1]，雌牛の内側から話し，(つぶされた雌牛の腸で下ごしらえされたソーセージの中に[F535.1.1.8])再び現れる．誰かが腸(ソーセージ)を手に取ると，内側の親指小僧の声に驚いて，それを投げ出す．親指小僧は腸を食べたオオカミ(キツネ)に飲み込まれる[F911.3.1]．親指小僧はオオカミの腹の中から話し，オオカミは病気になり，親指小僧は羊飼いたちを怖がらせる(警告する)．オオカミは死に(殺され)，親指小僧は救われる[F913]，または親指小僧がオオカミを説得して，自分を父親の家に連れていかせる[F535.1.1]．参照：話型 327B.

コンビネーション 通常この話型は，1つまたは複数の他の話型のエピソード，特に 210, 327, 327B, 327C, 715, 1115, 1525H4, 1573* のエピソードと結びついている．

注 イギリスで 16 世紀後期に記録されている．南ヨーロッパと南東のヨーロッパの類話では，多くの非常に小さい子どもたちが，呪いか願いのために，エンドウ豆から生まれる．大部分は殺されるが，1 人は生き残る．

類話(～人の類話) フィンランド；フィンランド系スウェーデン；エストニア；リーヴ；リトアニア；ラップ，ヴェプス，ヴォート，カレリア，コミ；スウェーデン；ノルウェー；デンマーク；アイスランド；アイルランド；イギリス；フランス；スペイン；バスク；カタロニア；ポルトガル；オランダ；フリジア；フラマン；ドイツ；オーストリア；ラディン；イタリア；サルデーニャ；マルタ；ハンガリー；チェコ；スロバキア；スロベニア；セルビア；クロアチア；マケドニア；ルーマニア；ブルガリア；アルバニア；ギリシャ；ソルビア；ポーランド；ロシア，ベラルーシ，ウクライナ；トルコ；ユダヤ；ジプシー；チェレミス/マリ；チュヴァシ；タタール；モルドヴィア；クルド；アルメニア；ヤクート；トルクメン；カザフ；タジク；カルムイク，ブリヤート，モンゴル；トゥヴァ；グルジア；パレスチナ，イラク，オマーン，カタール；イラン；インド；ビルマ；スリランカ；中国；朝鮮；ベトナム；インドネシア；日本；エスキモー；フランス系カナダ；スペイン系アメリカ，パナマ；ドミニカ，プエルトリコ，チリ；アルゼンチン；西インド諸島；カボヴェルデ；エジプト；チュニジア；アルジェリア；モロッコ；スーダン；南アフリカ；マダガスカル.

701　巨人のおもちゃ

巨人の娘が，農夫を鋤や動物たちもろとも牧草地から手に取って，それを父親に見せ，これは何の虫(worms)なのと尋ねる．巨人の父親は娘に農夫を戻すように命ずる．なぜなら農夫は巨人たちを追い払うことになろう種族に属するからである[F531.5.3].

注　早期の文学版はゲオルク・ロレンハーゲン(Georg Rollenhagen)の『カエルとネズミの合戦(*Froschmeuseler*)』(II, 83ff)を見よ.

類話(～人の類話)　フィンランド；リーヴ；リトアニア；ラップ；スウェーデン；ノルウェー；イギリス；オランダ；フリジア；フラマン；ドイツ；スイス；オーストリア；ハンガリー；スロベニア；ポーランド；ウクライナ；パレスチナ，エジプト，モロッコ.

702A*　話型 460A を見よ.

702B*　話型 407A を見よ.

703*　つくり物の子ども

年老いた，子どものない夫婦が雪から自分たちの子どもをつくる(削り出す)．子どもは森に入ると(火を跳び越えると)とける.

または，雪からつくられた美しい少女が，競技会を開く．少女は自分が走っている間に，馬に乗って自分に追いつくことができる男と結婚すると約束する．少女は魔法の行為(障害)で，うまくすべての求婚者を置き去りにする．皇帝の息子は，魔法に気づき，神の名のもとに呪文で少女を止め，自分の馬の背に彼女を拾い上げる．丘の上に彼らが着いたとき，少女の姿は消えている.

一部の類話では，少女は黄金でつくられていて，名前を呼ばれるまで黙ったままである.

類話(～人の類話)　フィンランド；ラトヴィア；リトアニア；ヴェプス，モルドヴィア；セルビア；クロアチア；ギリシャ；ロシア，ベラルーシ，ウクライナ；ジプシー；

チェレミス/マリ；パレスチナ, カタール；日本；アルジェリア.

704 エンドウ豆の上の姫

王子が本当の姫と結婚したがるが，本当の姫を見つけることができない．ある晩，自分は本当の姫だという若い女が王子の宮殿に到着する．妃は，若い女のベッドに20枚(以上または以下)のマットレスを敷き，その下にエンドウ豆を置いて若い女を試験する[H41.1].

翌朝，若い女はベッドに何か硬い物があったのでよく眠れなかったと不平を言う．若い女の敏感さは，彼女が本当の姫であるという証拠となる．王子はすぐに若い女と結婚する.

注 重要な版はアンデルセン(Andersen)の「エンドウ豆の上に寝たお姫様(*Prindsessen paa Ærten*)」(1835)を見よ.

類話(～人の類話) フィンランド；ラトヴィア；リトアニア；ノルウェー；デンマーク；アイルランド；スペイン；カタロニア；ウズベク；アフガニスタン；インド；カンボジア；インドネシア.

705 話型705A, 705Bを見よ.

705A 果物(魚)から生まれる

夫が，自分の不妊の妻のためにつくられた魔法の果物(魚)を食べて[T511.5.1]妊娠する[T578]．夫は(ひざから[T541.16])女の子を出産する．女の子は捨てられ，鳥が木の上で女の子を育てる[R13.3].

ある王子が，水に映った(口のきけない)女の子の姿に気づき，彼女に恋をする．お婆さんが木から女の子を誘い出し，女の子は捕らえられ，王子と結婚させられる[N711]．王子の母親は，王子が不在の間に王子の妻の手などを切断し，彼女を追い払う[S410]．王子の妻は超自然の援助を授かる.

王子の母親は王子の妻に成り済まし，王子と母親は性交する．母親は妊娠し，特別な果物を持ってくるように召し使いたちに頼む．果物を探している間に，召し使いたちは真実を明かす詩歌を聞いて，口がきけなくなる．王子は自分で果物を探しに行き，真実を知り，妻と再びいっしょになる．王子の母親は罰せられる．参照：話型300A, 303, 705B.

コンビネーション 123, 300A, 303, 706.

類話(～人の類話) フィンランド；ラトヴィア；カレリア；スウェーデン；ノルウェー；デンマーク；アイルランド；スペイン；ポルトガル；カタロニア；ドイツ；イタリア；スロバキア；クロアチア；ルーマニア；ギリシャ；ポーランド；ウクライナ；

ユダヤ；ジプシー；ヤクート；グルジア；シリア；アラム語話者；パレスチナ，イラク；サウジアラビア；ペルシア湾，クウェート，カタール，イエメン；ポリネシア；南アメリカインディアン；チリ；西インド諸島；エジプト，チュニジア，アルジェリア，モロッコ，スーダン，ソマリア．

705B ひざから生まれる

男がひざから[T541.16]何人かの子どもを産む[T578]．男は，子どもたちを木の上に乗せて，ロープを下ろさないよう忠告する．巨人(オオカミ，その他の存在)が説得して，子どもたちにロープを下ろさせる．巨人は木に登って，子どもを食べる．

父親が戻り，何が起こったかを知ると，父親は巨人と戦い，腹(つまさき)を切り開く．すべての子どもが出てきて，さまざまな民族グループの先祖になる．参照：話型 123.

コンビネーション 123, 327B, 327C, 327F, 327G.
類話(～人の類話) ポリネシア；エジプト；スーダン；中央アフリカ．

705A* 追い払われた妻

妻が話すことができなくなったために，王子は妻にうんざりする．王子が新しい花嫁を連れてくると，新しい花嫁は妻を侮辱する．最初の妻は再び話すようになる．王子は，新しい花嫁を退け，最初の妻とともに暮らす．

類話(～人の類話) スペイン；ポルトガル；フランス；トルコ；ユダヤ．

706 手なし娘 (旧話型 706A を含む)

少女が，父親と結婚することを拒んだために[S322.1.2](父親が娘を悪魔に売ったために[S211]，祈りを禁ずるために，義理の姉妹が少女の兄に少女の悪口を言ったために)，少女は両手を切り落とされる[Q451.1, S11.1]．少女は森に捨てられ，庭の果物を食べる．

王が少女を森で(庭で，家畜小屋で，海で)見つけ，彼女の手が切られているにもかかわらず[L162]，少女と結婚する[N711]．少女は子どもを産むが，王の両親(父親，母親，義理の姉妹，悪魔)が王から来た手紙を書き変えたために[K2117, K2110.1]，少女は子どもたちといっしょに追放される．

2 度目の追放の間に，少女の手は再び生える[E782.1]．ふつうは水(川，井戸，海の水)によって元どおりになる．しばしば超自然の援助者(天使，聖人，処女マリア，神)の助けで元どおりになる．少女は夫と再びいっしょになる[H57.5, S451]．参照：話型 706C, 712.

コンビネーション 通常この話型は，1つまたは複数の他の話型のエピソード，特に425, 510B, 707, 709, 710のエピソードと結びついている．
注 13世紀に記録されている．重要な版はバジーレ(Basile)の『ペンタメローネ(*Pentamerone*)』(III, 2)を見よ．
類話(～人の類話) フィンランド；フィンランド系スウェーデン；エストニア；リーヴ；ラトヴィア；リトアニア；ラップ，ヴォート，カレリア；スウェーデン；デンマーク；アイスランド；スコットランド；アイルランド；イギリス；フランス；スペイン；カタロニア；ポルトガル；フリジア；フラマン；ドイツ；スイス；オーストリア；ラディン；イタリア；コルシカ島；サルデーニャ；マルタ；ハンガリー；チェコ；スロバキア；スロベニア；クロアチア；ルーマニア；ブルガリア；ギリシャ；ポーランド；ロシア，ベラルーシ，ウクライナ；トルコ；ユダヤ；ジプシー；チェレミス/マリ；チュヴァシ，タタール，モルドヴィア；アルメニア；モンゴル；シリア，パレスチナ；レバノン；イラク；サウジアラビア；イラン；インド；スリランカ；朝鮮；日本；フランス系カナダ；アメリカ；フランス系アメリカ；スペイン系アメリカ，メキシコ，パナマ；キューバ，ドミニカ，プエルトリコ，チリ；西インド諸島；カボヴェルデ；エジプト；リビア，モロッコ；東アフリカ；スーダン；ナミビア，南アフリカ．

706A 話型706を見よ．

706B 純潔な修道女 (旧，恋人への贈り物)

この説話には，おもに2つの異なる型がある．

(1) 高貴な生まれの若い女(修道女)が，恋人のしつこい求めを防ぐために，(自分の両目，両手，胸，髪を切り落として)自らわが身を傷つける．彼女は好色な恋人(兄弟，貴族，司教)に，彼が賞賛した自分の両目を送る[T327.1]．

(2) 男(司祭)が悪魔に誘惑される．男は自分の貞操を守るために((養子にした)少女の美しさに誘惑されないために)[T333.3]，自分の体の一部を切り落とす．

注 早期の版は仏教の「三蔵(*Tripitaka*)」(紀元前6世紀)の中国語翻訳に記録されている．
類話(～人の類話) スペイン；ポルトガル；ドイツ；チェコ；ユダヤ；インド；エスキモー，北アメリカインディアン；エジプト．

706C　自分の娘と結婚したがった父親（旧，妃の迫害者となった好色な父親）（受難者聖ヘレナ（The Patient Helena），コンスタンチノープルの聖ヘレナ（Helena of Constantinople），マイとベアフロア（Mai and Beaflor））

父親（司祭）が自分の娘と結婚したがる．娘は逃げ，王子と結婚して子どもたちを生む．彼女の父親は子どもたち（子ども）を殺し，ナイフを彼女の枕の下に，殺人のにせの証拠として置く．

夫は彼女が子どもたちを殺したと思い，彼女を責める．彼女の子どもたちは奇跡によって生き返らされ，彼女は再び夫といっしょになる．参照：話型706, 712..

コンビネーション　510B.

注　民間に普及したチャップブックの素材．類話はしばしば中世の詩にならって受難者聖ヘレナと呼ばれる．

類話（～人の類話）　アイスランド；ポルトガル；オランダ，フラマン；イタリア；セルビア；ブルガリア；ギリシャ；ベラルーシ，ウクライナ；トルコ；ユダヤ；シベリア；グルジア；アルジェリア．

706D　聖ウィルゲフォルティスと彼女のあごひげ

異教の王が自分の国を征服したもう１人の異教の王に，自分のキリスト教徒の娘（Wilgefortis, Liberta, Ontkommer, Kümmernis）を結婚させることを約束する．しかし娘ははりつけにされたキリストの花嫁にしかなりたくない．押しつけられた結婚を避けるために，彼女は自分の姿を変えるよう神に祈る（参照：話型706B）．すると突然，彼女にあごひげが生える．

怒った父親は，彼女をいとしい人と同じになるようにと，十字架に釘づけにする．彼女は死ぬとき，苦しみや悲しみに耐えるすべての人たちのために祈る．彼女の父親の宮殿は焼け落ちる．

一部の類話（聖アントニウスの靴）では，年老いた楽士（バイオリン弾き）が，はりつけにされた女が死ぬ前に彼女のために演奏する．彼女（彼女の肖像）は感謝して，彼女の金の（銀の）靴（指輪）を楽士に与える[D1622.3]．

楽士の持ち物の中に靴が見つかり，楽士は泥棒として刑を言い渡される．絞首台に行く途中，楽士は教会の列柱の所で演奏する許しを請う．楽士が弾き始めたとたん，はりつけにされた女の聖なる肖像はもう片一方の靴を楽士に落とす．こうして楽士の無実が証明される．

注　14世紀の終わりにオランダで記録されている．楽士の奇跡が最初に現れるのは1200年頃『聖母の軽業師（*Tumbeor Nostre Dame*）』である．

類話(〜人の類話) アイルランド；ポルトガル；ドイツ；スイス；オーストリア.

707 3人の金の子ども (旧，3人の金の息子)

3人姉妹が，もし自分たちが王と結婚したら[N201]，金髪で[H71.2, H71.3]，首に鎖を巻いていて[H71.7]，額に星のある[H71.1]3つ子を産むと自慢する．王は末の妹がそう言うのを立ち聞きして，末の妹と結婚する[L162, N455.4].

妃となった末の妹が，驚くほどすばらしい3人の子どもを生むと，姉たちは子どもたちを動物たち(犬たち)と入れ替える[K2115]．妃である末の妹は投獄され(追放され)[K2110.1, S410]，彼女の子どもたちは捨てられる[S142, S301]．しかし子どもたちは粉ひき[R131.2](漁師[R131.4])に救われる.

子どもたちは成長すると，いちばん上の兄は父親を[H1381.2.2.1]，または話す鳥を[H1331.1.1]，または歌う木を[H1333.1.1]，または命の水を[H1320, H1321.1, H1321.4, H1321.5]探しに出かける．いちばん上の兄も2番目の兄も失敗し，大理石の柱に変えられる[D231.2]．3番目の妹はお婆さんの助けで[N825.3]兄たちを救い[R158]，魔法の品を持って帰ることに成功する．子どもたちと魔法の品が王の注意を引きつける[H151.1]．真実の鳥がすべての話を明らかにする[B131.2, K1911.3.1]．子どもたちとその母親である妃は元に戻される．姉たちは罰せられる[Q261, S451].

コンビネーション 通常この話型は，1つまたは複数の他の話型のエピソード，特に451, 706, 709，および303, 313, 400, 425, 510A, 550, 551, 981のエピソードと結びついている.

注 1550年に初めてストラパローラ(Straparola)の『楽しき夜(*Piacevoli notti*)』(IV, 3)，『1001夜物語(*1001 Nights*)』のアラビアの版に記録されている.

類話(〜人の類話) フィンランド；フィンランド系スウェーデン；エストニア；ラトヴィア；リトアニア；リーヴ, ラップ, ヴェプス, カレリア, コミ；スウェーデン；デンマーク；フェロー；アイルランド；フランス；スペイン；カタロニア；ポルトガル；フラマン；ドイツ；オーストリア；ラディン；イタリア；コルシカ島；サルデーニャ；マルタ；ハンガリー；チェコ；スロバキア；スロベニア；クロアチア；ルーマニア；ブルガリア；アルバニア；ギリシャ；ポーランド；ソルビア；ロシア；ベラルーシ；ウクライナ；トルコ；ユダヤ；ジプシー；オセチア；チェレミス/マリ；チュヴァシ, タタール, モルドヴィア, ヴォグル/マンシ；アルメニア；ヤクート；ウズベク；ブリヤート, モンゴル；グルジア；シリア, パレスチナ；イラク, ヨルダン, ペルシア湾, クウェート, カタール, イエメン；イラン；パキスタン；インド；ネパール；中国；日本；フランス系カナダ；スペイン系アメリカ, メキシコ, パナマ；ドミニカ, プエルトリコ, チリ；ブラジル；西インド諸島；カボヴェルデ；エジプト；チュニジア, アルジェリア；モロッコ；東アフリカ；スーダン；タンザニア；ナミビア, 南アフリカ；マダガスカル.

707A　話型 894 を見よ.

708　不思議な子

悪い継母の魔法の力によって, 姫は怪物(不思議な子)を生み, 追放される[S441]. 怪物は魔法の力で母親を助け[D1717.1], 王子に強いて母親と結婚させる. 怪物は自分の頭を切り落としてくれと王子に頼む. その結果怪物は1人の王子に変身する[D741, D741.1, L112.1]. 参照：話型 711.

注　ほとんどの類話は北ヨーロッパおよび中央ヨーロッパから来ている.
類話(～人の類話)　フィンランド；フィンランド系スウェーデン；ラトヴィア；リトアニア；スウェーデン；ノルウェー；デンマーク；フェロー；アイルランド；イギリス；フランス；ドイツ；サルデーニャ；チェコ；セルビア；ポーランド；ロシア；ジプシー；フランス系カナダ.

709　白雪姫

白雪姫は雪のように白い肌で血のように赤い唇をしている[Z65.1]. 魔法の鏡が, 白雪姫の継母に, 白雪姫のほうが継母より美しいと言う[D1323.1, D1311.2, L55, M312.4]. 嫉妬深い継母は白雪姫を殺すよう狩人に命ずるが[S322.2], 狩人は動物の心臓を証拠の代わりにして, 白雪姫を救う[K512.2].

白雪姫はこびとたち(強盗たち)の家に行き[N831.1], こびとたちは白雪姫を妹として受け入れる[F451.5.1.2]. 継母は今度は毒を仕込んだリボン[D1364.16, S111.2], 毒を仕込んだ櫛[D1364.9, S111.3], 毒を仕込んだリンゴ[D1364.4.1, S111.4]で白雪姫を殺そうと企てる. こびとたちは最初の2つの毒から白雪姫を生き返らせることに成功するが, 3回目には失敗する. こびとたちは白雪姫をガラスの棺に横たえる[F852.1].

王子が白雪姫を生き返らせ, 白雪姫と結婚する[E21.1, E21.3]. 継母は真っ赤に焼けた靴を履かされて, 死ぬまで踊らされる[Q414.4].

コンビネーション　通常この話型は, 1つまたは複数の他の話型のエピソード, 特に 451, 706, および 403, 408, 450, 480, 707, 883A のエピソードと結びついている.
類話(～人の類話)　フィンランド；フィンランド系スウェーデン；エストニア；リーヴ；ラトヴィア；リトアニア；ラップ, ヴォート, カレリア；スウェーデン；ノルウェー；デンマーク；アイスランド；アイルランド；フランス；スペイン；バスク；カタロニア；ポルトガル；オランダ；フラマン；ドイツ；ラディン；イタリア；コルシカ島；ハンガリー；スロバキア；スロベニア；クロアチア；ブルガリア；ギリシャ；ポーランド；ロシア，ベラルーシ，ウクライナ；トルコ；ユダヤ；ジプシー；チェレミス/マリ；タタール，モルドヴィア；アルメニア；ヤクート；ブリヤート，モンゴル；グルジア；シリア；パレスチナ；イラク；カタール；インド；中国；フランス系カナダ；フランス系アメリカ；スペイン系アメリカ，メキシコ；ドミニカ，プエルトリコ；ボリビア，アルゼンチン；ブラジル；チリ；西インド諸島；エジプト，チュニジア，アルジェリア，モロッコ；リビア；ギニア，東アフリカ，コンゴ．

709A 9人兄弟の妹（旧，コウノトリの娘）

少女が9人の兄弟を捜しに森に行き，兄弟たちのところに滞在する（捨てられた子どもが森で2羽のコウノトリに育てられる[S352]）．兄弟たちが妹を木の上に残していくと，妹の火が消える．火を探して，妹は最後に鬼女から火をもらう．

鬼女は，あとから少女が落とした灰をつけていき[J1146]，少女を殺そうとする．少女は，鬼女が残していった毒の仕込まれた爪（歯，骨）を踏み，死ぬ．少女の兄弟たちは（コウノトリたちは）少女をガラスの棺に横たえる．ある王子が爪（歯，骨）を取り除くと，少女は生き返り，王子と結婚する．

類話（～人の類話） ブルガリア；ユダヤ；トルコ；カタール；インド；スリランカ；アルジェリア．

710 聖母マリアの子

父親が（知らずに）自分の娘を超自然の存在に与える約束をする[S211, S240, S242]．処女マリア（キリスト，聖人）または黒い女（悪い継母，魔女，魔法使い）が，子どもを天国（教会，城）へ連れていくか，または黒い馬車に乗せて連れ去る[V271]．少女は禁じられた部屋を覗き[C611]，そこで神（キリスト，処女マリア）を見る．そして少女の髪と指は金色になる[C911]．または，少女は魔法にかけられた男たち（黒い乙女たち，骸骨たち）を見る．少女は自分が見たことを強情に否定し，口をきけなくされ[J213, Q451.3, C944]，荒れ野に追放される．少女は王と結婚して妃となり[N711.1]，3人の子どもを生む．

処女マリア（育ての親，継母，姑）は子どもを連れ去り[G261]，妃は嬰児殺しの罪を着せられる[K2116.1.1]．

妃が火刑に処せられるとき，最後に妃は禁じられた部屋を覗いた罪を認める[H13.2, D2025.1, H215]（妃は沈黙を守り，黒い女を救う）．妃は死から救われ，口がきけるようになり，子どもたちは妃のもとに返される．

コンビネーション　894.

注　ヨーロッパ全体と，アメリカの一部に流布している．重要な版はバジーレ(Basile)の『ペンタメローネ(*Pentamerone*)』(I, 8)を見よ．

類話（～人の類話）　フィンランド；フィンランド系スウェーデン；エストニア；ラトヴィア；リトアニア；ラップ，ヴェプス；スウェーデン；ノルウェー；フェロー；アイルランド；フランス；スペイン；ポルトガル；フラマン；ドイツ；スイス；オーストリア；ラディン；イタリア；ハンガリー；チェコ；スロバキア；スロベニア；ルーマニア；ギリシャ；ソルビア；ポーランド；ロシア，ベラルーシ，ウクライナ；トルコ；ジプシー；シリア；パレスチナ；ペルシア湾，クウェート；フランス系カナダ；アメリカ；フランス系カナダ；チリ；西インド諸島；アルジェリア，モロッコ．

711　美しい娘と醜い娘の双子

子どものない妃が，どうしたら子どもができるか魔女に助言されるが，彼女はその助言に関連した条件を破る[T548.2, C152].

彼女は2人の女の子を授かり，1人はたいへん美しく，もう1人は醜い(動物の頭をしている)[T551.3]．醜い女の子はいつも美しい女の子の手助けをし[L145.1]，最後に王子と結婚する．結婚式の日，彼女は変身し，姉と同じように美しくなる[D732, D1860]．参照：話型433B, 480, 708.

コンビネーション　306, 720.

類話（～人の類話）　ラトヴィア；スウェーデン；ノルウェー；アイスランド；スコットランド；アイルランド；イギリス；スペイン；ポルトガル；フラマン；トルコ；イギリス系カナダ；フランス系カナダ；スペイン系アメリカ．

712　クレセンティア

夫である皇帝が留守にしている間，クレセンティア(Crescentia)は好色な義理の兄弟によって不貞をはたらいた罪を着せられる[K2110.1, K2112](彼女は義理の兄弟が言い寄ってくるのを避けるために彼を塔に閉じ込める)．彼女は漁師に(溺れ)死ぬところを救われ，公爵の子どもの面倒を見る．クレセンティアは誘惑者を拒むと，誘惑者は仕返しに彼女が育てている子どもを殺す．彼女は人殺しの罪を着せられ，再び追放される[K2110.1, K2135.1, K2116.1.1.1]．彼女はもう1度溺れているところを(聖ペトルスに)救われる．

クレセンティアは不思議な治癒能力が発達し，高い地位につく．彼女の夫や，彼女が愛を受け入れなかった数々の男たちが，彼女に治療してもらうためにやって来る．彼女は夫に(皇帝に)妻だと認識され[H151.8, S451]，そして彼らは修道院(monastery)(修道団(convent))に入る．参照：話型 706C, 883A, 887.

コンビネーション 881, 883A.
注 伝説的な特徴のある説話．説話の起源はおそらく東洋．「クレセンティア(*Crescentia*)」という題名がついている最初の西洋の版は『皇帝年代記(*Kaiserchronik*)』(1135/50)で言及されている．その後の類似の版は，12 世紀末の(奇跡版)「コルマールのクレセンティア(*Colmarer Crescentia*)」，および 13 世紀末の「クレセンティア(*Crescentia*)」.
類話(～人の類話) スウェーデン；アイルランド；スペイン；ポルトガル；オランダ；ドイツ；イタリア；サルデーニャ；チェコ；スロバキア；ギリシャ；ポーランド；ユダヤ；シリア, イラク, カタール；インド；フランス系カナダ；フランス系アメリカ；ブラジル；西インド諸島；エジプト, モロッコ.

713 わたしを生まなかったのに育ててくれた母 (旧話型 717* を含む)

継娘の姉妹が生んだ私生児を，不当にも継娘が生んだことにされる[K2112]．そして継娘と子どもは追放される[S410]．彼女たちが行く所では，飢餓がやみ，魔法による贅沢が訪れる[D1652.1, D2081]．しかし彼女たちが去った場所には，飢餓が訪れる[D2157.1]．後に子どものふるまいによって，真実が明るみに出る[H151.11, 参照 H481.1].

コンビネーション 706, 708.
類話(～人の類話) ポルトガル；カタロニア；フランス；イタリア；ハンガリー.

715 半分オンドリ

半分オンドリ(Demi-cock)[B171.1]が，貸した(盗まれた)物(お金)を取り戻すために家を出る．途中，半分オンドリは，動物たち(キツネ，オオカミ)と川に会う．半分オンドリは，動物たちと川を呑み込んで(翼の下に抱えて)いっしょに連れていく[B435.1, F601.7, D915.2, F601.7].

半分オンドリが，お金をとった者にお金を返すよう求めると，半分オンドリは半分オンドリを殺そうとする動物たちといっしょに，閉じ込められる．攻撃してくる動物たちをキツネとオオカミが食べる．そして半分オンドリが火に投げ込まれると，川が火を消す[D1382.8]．最後に半分オンドリはお金を呑み込んで，お金を手に入れる[K481].

家で半分オンドリは飼い主(王)に叩かれ，お金を吐き出す(半分オンドリは飼い主に食べられ，飼い主の腹の中から鳴く[B171.1.1])．参照：話型 715A.

コンビネーション　130, 235C*, 565, 715A.
類話(～人の類話)　フィンランド；フィンランド系スウェーデン；エストニア；リーヴ；ラトヴィア；リトアニア；ヴェプス, カレリア, コミ；スウェーデン；フランス；スペイン；バスク；カタロニア；ポルトガル；フラマン；ワロン；ドイツ；イタリア；ハンガリー；セルビア；クロアチア；ルーマニア；ブルガリア；アルバニア；ギリシャ；ポーランド；ロシア, ベラルーシ, ウクライナ；トルコ；ユダヤ；グルジア；パレスチナ；イラン；インド；ネパール；フランス系カナダ；メキシコ；プエルトリコ, チリ, アルゼンチン；西インド諸島；チュニジア, モロッコ；スーダン；マダガスカル.

715A　すばらしいオンドリ

老夫婦(お爺さん，お婆さん)がオンドリとメンドリを飼っている．オンドリは，卵をまったく産まないので追い出される．オンドリは王をばかにして，溺死の刑を言い渡されるが，溺れるどころか，水を飲み干す．オンドリは焼かれることになるが，飲んだ水で火を消す．オンドリは宝物庫に閉じ込められ，すべてのお金を呑み込む．家に戻ると，オンドリは(お爺さんのために)布の上へお金を排便する[B103.1]．(お婆さんは同じことをさせようとメンドリを送り出すが，メンドリはお金の代わりにふんを出すだけである．)

コンビネーション　219E*, 565, 715.
類話(～人の類話)　リトアニア；ハンガリー；クロアチア；セルビア；ブルガリア；ロシア；ベラルーシ, ウクライナ；チェレミス/マリ；ヤクート；グルジア；チュニジア, アルジェリア.

716*　耐え難い満腹 (旧，胃袋の価値)

男が，自分は胃袋の奴隷にすぎないと不平を言う．神が男の胃袋を取り去ると，男は食べずに満腹を感じるようになる．しばらくして，男は人生が退屈になり，空腹を返してくれるように神に頼む．男は胃袋を元どおり取り戻す[J2072.4]．参照：話型 293.

類話(～人の類話)　ラトヴィア；リトアニア；ロシア；ベラルーシ；チェレミス/マリ；ユダヤ.

717*　話型 713 を見よ.

720　ビャクシンの木 (旧，母さんがぼくを殺し，父さんがぼくを食べた)

子どものない夫婦が子どもを欲しがる．男の子が生まれるが，母親は死ぬ．残酷な継母はリンゴの大箱のふたを男の子の上に落として閉じ，幼い男の子を殺す[S121]．継母は男の子を料理し，男の子の父親に出し，父親は知らずに男の子を食べる[G61]．

男の子の義理の姉妹は骨を拾い集め，ビャクシンの木の下に埋める[E607.1]．鳥が出てきて，何が起きたか歌う．鳥は父親と姉妹には贈り物を持ってきて，継母には石臼を落とし，継母を殺す[Q412]．男の子は生き返る[E30, E610.1.1, E613.0.1]．参照：話型 780.

コンビネーション 780.

注 19 世紀初頭に記録されている．個々の基本的なモティーフは，もっと古い(古典起源)．

類話(～人の類話) フィンランド；フィンランド系スウェーデン；エストニア；リーヴ；ラトヴィア；リトアニア；スウェーデン；ノルウェー；デンマーク；フェロー；スコットランド；アイルランド；イギリス；フランス；スペイン；バスク；カタロニア；ポルトガル；オランダ；フリジア；フラマン；ドイツ；スイス；オーストリア；ラディン；イタリア；ハンガリー；チェコ；スロバキア；スロベニア；ルーマニア；ブルガリア；ギリシャ；ソルビア；ロシア, ベラルーシ, ウクライナ；トルコ；ユダヤ；ジプシー；チェレミス/マリ；チュヴァシ, モルドヴィア；アルメニア；ウズベク；シリア, ヨルダン, イラク；パレスチナ；ペルシア湾, クウェート, カタール；イラン；インド；中国；朝鮮；日本；イギリス系カナダ；フランス系カナダ；アメリカ, アフリカ系アメリカ；スペイン系アメリカ；ドミニカ；ボリビア；西インド諸島；エジプト, アルジェリア；モロッコ；ナミビア, 南アフリカ.

725 将来の君主を予言する (旧，夢)

賢い少年が，自分が見た夢(自分が将来の君主になる夢)を[M312.0.1, D1812.3.3]，父親と王に話すことを拒む．少年は罰せられ，数々の冒険(投獄)に耐える[L425]．

姫が獄中の少年に食事を与える．王が 2 つの謎と 1 つの課題を解決できなければ，別の王によって戦争が布告されることになる．

賢い少年は，謎と課題を解決し，姫に答えを教え，牢屋から開放される．少年は戦争を回避し，姫と結婚し[H551]，最後に 2 つの王国をもらう．

コンビネーション 通常この話型は，1 つまたは複数の他の話型のエピソード，特に 314, 513A，時として 321, 517, 518, 592, 671 のエピソードと結びついている．

類話(～人の類話) フィンランド；フィンランド系スウェーデン；ラトヴィア；リトアニア；デンマーク；ヴォート, カレリア；アイルランド；フランス；スペイン；ポルトガル；カタロニア；ドイツ；ラディン；コルシカ島；ハンガリー；チェコ；スロバキア；スロベニア；セルビア；クロアチア；マケドニア；ルーマニア；ブルガリア；ギリシャ；ロシア；ベラルーシ，ウクライナ；トルコ；ユダヤ；ジプシー；チェレミス/マリ；チュヴァシ；アルメニア；ヤクート；グルジア；イラン；シリア，パレスチナ，イラク，サウジアラビア；アラム語話者；インド；朝鮮；日本；ポリネシア，ニュージーランド；フランス系カナダ；メキシコ；南アメリカインディアン；西インド諸島；エジプト，アルジェリア，モロッコ．

726　**3人のお爺さん**（旧，農場でいちばん年老いたお爺さん）（旧話型 726* を含む）

ある放浪者が1人のお爺さん（4人またはそれ以上の（親族））に出会い，もっと年をとったお爺さんのところへ行くよう言われ，最終的に3人目のたいへん年老いたお爺さんのところに行くように言われる[F571.2]．

または，3人の非常に年老いた男たちが，問題を解決するよう頼まれる．いちばん年老いた男はいちばん若そうに見えるが，男の外見というものは妻のふるまいによるのだと説明する．

また一部の類話では，あるアイルランド人がスカンディナビアに行き，そこでお爺さんとお爺さんの父親と，お爺さんの祖父に会う．（旧話型：726*.）アイルランド人はさまざまな物や食事をもらい，それによって，隠れた物が見えるようになる．アイルランド人が肉を食べると，彼の幻視は消える．参照：話型 836F*.

注　16世紀に記録されている．

類話（～人の類話）　スウェーデン；ノルウェー；スコットランド；アイルランド；イギリス；フランス；スペイン；カタロニア；オランダ；ドイツ；スイス；イタリア；ハンガリー；スロバキア；ブルガリア；アルバニア；ウクライナ；ユダヤ；オセチア；クルド；アラム語話者；イラン；アメリカ；フランス系アメリカ；アフリカ系アメリカ．

726*　話型 726 を見よ．

726**　話型 836F* を見よ．

729　**水の精霊の金の斧**（旧，斧が川に落ちる）

木こりが，斧を川（池）に落とす．超自然の存在（水の精霊（merman））が金の斧を見せ，それから銀の斧を見せる．男は自分のものではないので，どちらの斧も断る[Q3.1]．彼は自分の斧しか受け取らない．するとほかの2つの斧は贈り物として木こりに与えられる．

欲張りの模倣者が，金の斧と銀の斧の持ち主であるふりをするが，どちらも手に入れることはできず，自分の斧も失う．

注 『イソップ寓話』(Perry 1965, 453f. No. 173).
類話(～人の類話) フィンランド；ラトヴィア；リトアニア；イギリス；フランス；スペイン；カタロニア；フリジア；ドイツ；ハンガリー；チェコ；ブルガリア；ギリシャ；ロシア；ユダヤ；チェレミス/マリ；モルドヴィア；グルジア；イラク；イラン；インド；ネパール；中国；朝鮮；日本；ブラジル．

735 金持ちの運の神と貧乏人の運の神

2人兄弟(2人の農夫)のうち1人は，運の神が働いてくれるおかげで金持ちになるが，一方もう1人は貧しくなる．金持ちの兄の(人格化した)運の神は貧しい弟に，おまえの運の神は怠け者だ(眠っている)と言う．貧しい弟は運の神を叩いて(起こして)，自分の職業を変えるべきだということを知る．貧しい弟は商人として成功する[N181]．参照：話型 460B, 735A, 736, 947, 947A.

コンビネーション 564, 735A, 947A, 954.
類話(～人の類話) フィンランド；エストニア；ラトヴィア；リトアニア；ラップ；カレリア, コミ；アイルランド；イタリア；セルビア；クロアチア；マケドニア；ルーマニア；ブルガリア；アルバニア；ギリシャ；ロシア, ベラルーシ, ウクライナ；ユダヤ；チェレミス/マリ；ヴォチャーク；ヤクート；カンボジア；フランス系カナダ．

735A 閉じ込められた不運 (旧話型 332F* を含む)

貧しい弟が，よそによりいい運を求めて家を出るが，彼の人格化された不運(貧困)[N112]は彼といっしょに行きたがる．弟はもっともらしい理屈をつけて，不運を瓶(かばん，長持ち)に閉じ込めるか[N112.1]，または埋める(沈める)(そしてそれ以来幸せに暮らす)．(旧話型 332F*.)

彼の金持ちの兄が嫉妬して不運を解放すると，不運は賢く貧しい弟が怖いので，金持ちの兄に取り憑く．参照：話型 507, 735, 736, 947, 947A.

コンビネーション 735.
注 話型 735A はおもに東ヨーロッパとバルト海で見られる．
類話(～人の類話) エストニア；ラトヴィア；リトアニア；ヴェプス；カレリア；コミ；イギリス；ドイツ；オーストリア；ハンガリー；スロバキア；チェコ；セルビア；マケドニア；ルーマニア；ブルガリア；ポーランド；ロシア；ベラルーシ；ウクライナ；ユダヤ；ジプシー；チェレミス/マリ；チュヴァシ；日本．

736　運と富

友人である金持ちと貧乏人が賭けをする．富は一生懸命に働くことから来るのか，それとも運から来るのかという賭けである．自分たちの理論を試すために，金持ちはある貧しい職人にお金を与える．職人は，最初はお金を鳥に盗まれ，2回目には職人の妻がお金を使ってしまう．（訳注：職人の妻がお金の隠してある壺を知らずに売ってしまう．参照：『メルヒェン百科事典』EM 5, 1305–1312.）

貧乏人はその貧しい職人に鉛を与える．（訳注：職人はその鉛をある漁師に与え，）漁師はそれを網のおもりとして使う．貧しい職人は漁師が最初に捕まえた魚をもらい，その魚の体の中に宝石を見つける[N421]．これで，運のほうが強いことが証明される．貧しい職人は運を手に入れると，金持ちの男からもらってなくしたお金が鳥の巣で見つかるか，お金の入った壺が見つかる．参照：話型 745, 745A, 945, 945A*.

類話（～人の類話）　エストニア；リトアニア；フェロー；アイルランド；ポルトガル；ドイツ；イタリア；ハンガリー；チェコ；スロバキア；セルビア；マケドニア；ブルガリア；ポーランド；ロシア，ベラルーシ，ウクライナ；トルコ；ユダヤ；ジプシー；グルジア；アラム語話者；サウジアラビア，クウェート；パキスタン；インド；メキシコ；ブラジル．

736A　ポリュクラテスの指輪

この説話には，おもに2つの異なる型がある．

(1)　アマシス王がポリュクラテスの軍事的な成功について知ると，アマシスはポリュクラテスに，神々の嫉妬をかき立てないように助言する．ポリュクラテスの謙虚のしるしとして，いちばん好きな物を捨てるよう助言する．それでポリュクラテスは自分のいちばん大事な指輪を海の中に投げる．数日後魚がポリュクラテスに献上され，中から指輪が見つかる[N211.1]．

(2)　金持ちの女（地主，商人）が傲慢さから（物乞いにいらだって），次のように言いながら自分の指輪を海に（川に，池に）投げる．「わたしがこの指輪をまた見ることがないのと同じように，わたしが貧しくなることはない」．指輪は彼女の手もとに戻り，その後まもなく彼女は貧しくなる．参照：話型 745, 745A, 836, 930A, 933

注　(1)は古典起源，ヘロドトス（III, 40–43）．

類話（～人の類話）　フィンランド；リトアニア；スウェーデン；ノルウェー；フェロー；アイルランド；イギリス；フランス；スペイン；カタロニア；オランダ；フリジ

ア；ドイツ；イタリア；ハンガリー；チェコ；ブルガリア；ギリシャ；ユダヤ；シリア；レバノン；パレスチナ，イラク，カタール；イラン；パキスタン，インド；中国；朝鮮；日本；ブラジル；エジプト；アルジェリア；西アフリカ；東アフリカ；スーダン．

737　誰が彼女の将来の夫になるか

大みそか(クリスマス・イブ)に若い女が，(訳注：魔術によって(参照：グリムの『ドイツ伝説集』DS. 115))誰が将来の夫となるのかを見る[D1825.1]，それは1人の兵隊である．現れた兵隊の姿が去るとき，彼女は兵隊のサーベル(剣)を手もとに取っておく．兵隊が帰還すると，2人は結婚する．後に兵隊は長持ちの中に剣を見つける．兵隊はその剣で妻(と自分)を殺す(殺しかける)．なぜなら，兵隊はその剣をなくしたことでたいへんな苦しみを受けたからである．

類話(～人の類話)　フィンランド；エストニア；リーヴ；ラトヴィア；スコットランド；アイルランド；イギリス；ドイツ；アメリカ．

737A*　話型677を見よ．

737B*　幸運な妻

この雑録話型は，不運な男を扱うさまざまな説話を含んでいる．その不運な男は幸運な女と結婚し，女の幸運にあやかると[N251.5]，することなすことうまくいくようになる．参照：話型460B, 677, 986.

類話(～人の類話)　リーヴ；ラトヴィア；リトアニア；セルビア；マケドニア；ブルガリア；ギリシャ；ウクライナ；中国；日本；スペイン系アメリカ．

738*　話型156B*を見よ．

739*　幸運をもたらす動物(旧，不運な息子と魔法使いの父)

不運な家族の子どもたちが，幸運をもたらす動物(犬)を見つける．(年老いた)父親(祖父)は，その動物を殺す(滅ぼす)よう命ずるが，子どもたちはその動物の肉を食べ，幸運になる[N251.6]．

類話(～人の類話)　ラトヴィア；リトアニア；セルビア；ブルガリア；ギリシャ；ロシア．

740** 首を吊ろうとしている弟(貧しい男)が宝を見つける (旧, 首を吊る弟)

金持ちで強欲な男が, 貧しい弟に助けてくれと頼まれて, お金ではなくロープをやり, 首を吊れと勧める.

貧しい弟は1本の木を選ぶが, それは兄がお金を下に埋めた木である. 弟が首を吊ろうとすると, 地面の所で木が折れ, 弟は宝を見つける[N528]. 金持ちの兄は宝を失って, 首を吊る. 参照：話型910D.

注 重要な文学翻案はラ・フォンテーヌ(La Fontaine)の『寓話(*Fables*)』(IX, 16)を見よ. 早期には『7賢人(*Seven Wise Men*)』(Babrius/Perry 1965, No. 405)に記録されている.

類話(～人の類話) エストニア；ラトヴィア；リトアニア；ポルトガル；フリジア；ドイツ；ポーランド；ロシア, ウクライナ.

745 縁起銭

この雑録話型は, 常に持ち主のところに戻ってくるお金(宝), もしくはそれを盗んだ者に不幸をもたらすお金(宝)[D1288, D1602.11, N212]を扱うさまざまな話型を含む. 参照：話型745A.

類話(～人の類話) リーヴ；ラトヴィア；リトアニア；スウェーデン；アイルランド；フリジア；ドイツ；マケドニア；ブルガリア；ポーランド；ベラルーシ；ウクライナ；ユダヤ；グルジア；イラン；アフガニスタン；中国；日本.

745A 運命づけられた宝

欲張りがお金(宝)を見つけるが, そのお金は別の人がもらう運命にあるという声がする. 欲張りはお金をうろになった木の中に隠し, その木を海に投げ込む(洪水でその木はなくなる). 漁師がその宝を見つけ, それを鍛冶屋にやる(鍛冶屋が働いているときにその宝を見つける).

元の所有者である欲張りは, 見つけた人を訪ねて, 自分の話をする. 見つけた人は, 1つには土が入っていて, 1つには骨が入っていて, 1つには宝が入っている3つのパイ(小箱)を渡す. 欲張りは外れのパイを選ぶ. その後, 新しい持ち主は欲張りにお金を返そうとして, お金を入れたケーキを欲張りに与える. 欲張りはほかの品物を買うのにそのケーキで支払い, 結局さまざまな出来事を経て, お金は再び運命づけられた持ち主のところに届く[N212]. 参照：話型736, 736A, 745, 841, 947, 947A, 961, 961B.

コンビネーション 753*, 947A.

注 中世に例えば『ゲスタ・ロマノールム(*Gesta Romanorum*)』(No. 109)に記録され

ている.

類話(〜人の類話)　ラトヴィア；リトアニア；スウェーデン；デンマーク；アイルランド；イギリス；フリジア；ドイツ；スロバキア；マケドニア；ルーマニア；ブルガリア；チェコ；ギリシャ；ポーランド；ロシア；ベラルーシ；ウクライナ；トルコ；ユダヤ；ジプシー；カタール；イラン；インド；中国；日本；メキシコ；アルジェリア.

宗教的昔話

神が褒美と罰を与える 750–779

750A　3つの願い（旧，願い）（貧乏人と金持ち）

キリストと聖ペトルス（神，その他の超自然の存在）が地上の人間を訪問する［K1811］．貧しい農夫は彼らを手厚くもてなし，3つのいい願いをかなえてもらう．もてなしを拒んだ金持ちは，3つのろくでもない願いをかなえてもらうことになる［D1761.0.2, Q1.1］．参照：話型 330, 471.

物惜しみせずにもてなした貧乏人は，3つの願いを賢明に使う．自分のことしか考えない金持ちの男は，2つの愚かな願いをする［J2071, J2073］（自分の馬の首が折れてしまえ，妻が鞍にくっついてしまえ）．そしてそれを取り消すために3つ目の願いを使わなければならない．（1度始めたことを1日じゅうし続ける［J2072.3］という1つの同じ願い事を（訳注：親切な人とけちな人が，参照 BP II, 214f.）する．1人は上等の亜麻糸を1日じゅう取り続けるが［D2172.2］，もう1人は豚に水をかけ続ける.）

または，夫が与えられた3つの願いのうち1つを妻に譲ると，妻はその願いを無駄にしてしまう．夫は怒って，その願った品物が妻の体の中に入るように望み，あとでそれを再び取り出すために3つ目の願いを使わなければならない［J2075］.

コンビネーション　330A.

注　オヴィディウス（Ovid）の『変身物語（*Metamorphoses*）』（VIII, 616–726.「フィレモンとバウキス（*Philemon and Baucis*）」）を見よ．

類話（～人の類話）　フィンランド；フィンランド系スウェーデン；エストニア；ラトヴィア；リトアニア；ラップ；スウェーデン；ノルウェー；デンマーク；フェロー；アイスランド；スコットランド；アイルランド；イギリス；フランス；スペイン；バスク；カタロニア；ポルトガル；オランダ；フリジア；フラマン；ワロン；ルクセンブルク；ドイツ；スイス；ラディン；イタリア；マルタ；ハンガリー；チェコ；スロバキア；クロアチア；ルーマニア；ブルガリア；ギリシャ；ユダヤ；ジプシー；ヤクート；シリア, ヨルダン, イラク；イラン；スリランカ；中国；朝鮮；インドネシア；日本；アメリカ；アフリカ系アメリカ；ブラジル；ドミニカ, プエルトリコ, チリ；西インド諸島；エジプト；東アフリカ；スーダン；ナミビア, 南アフリカ.

750B　報われたもてなし

キリストと聖ペトルス[K1811](敬虔な物乞い)が，結婚式が執り行われている家でもてなしを拒まれたあと，貧しい農夫の家でもてなされる．農夫は彼らのためにたった1匹しかいない牛(羊)をつぶすが，そのあとで牛は生き返る(たくさんの新しい牛が現れる)[Q1, Q141]．参照：話型750D, 750*, 759*.

類話(～人の類話)　フィンランド；エストニア；カレリア；ノルウェー；スコットランド；アイルランド；イギリス；フランス；スペイン；カタロニア；フラマン；ドイツ；イタリア；ハンガリー；スロベニア；セルビア；クロアチア；ギリシャ；ロシア；ベラルーシ；ウクライナ；ユダヤ；ジプシー；ヤクート；パキスタン；中国；インドネシア；日本；ドミニカ, プエルトリコ；西インド諸島；エジプト, アルジェリア, モロッコ；ガーナ.

750C　神が悪い女を罰する

男が物乞い(神[K1811])に親切にするが，男の妻は不親切である[Q1, Q2]．物乞いは，自分のところに男を招待し，男の妻が牛に変えられたのを(ほかのさまざまな物とともに)見せる[D133.1].

類話(～人の類話)　フィンランド；ポルトガル；イタリア；スロバキア；セルビア；ブルガリア；ギリシャ；日本；ブラジル.

750D　神(聖ペトルス)と3人兄弟 (旧話型550Aを含む)

神(魔法使い)が3人兄弟のそれぞれに願い事を1つかなえてやる．3人兄弟は(1)たくさんのワイン，(2)羊，(3)良妻，を選ぶ．後に神(魔法使い)が物乞いとなってやって来ると[K1811.1]，2人の兄はもてなすことを拒み，神は彼らのワインと羊を取り上げる．末の弟と妻はもてなしたために褒美をもらう．参照：話型750B, 750*, 752A.

コンビネーション　516, 750A.
類話(～人の類話)　フィンランド；ポルトガル；フリジア；スイス；イタリア；サルデーニャ；ハンガリー；セルビア；クロアチア；ルーマニア；ブルガリア；アルバニア；ギリシャ；ウクライナ；トルコ；ユダヤ；ジプシー；アブハズ；クルド；インド；中国；日本；エジプト；リビア；アルジェリア.

750E　エジプトへの逃避

この雑録話型は，聖家族のエジプトへの旅[参照 R220ff.]を扱うさまざまな説話を含んでいる．通常，出来事は奇跡的である．

(1)　助ける木々や人々．木々[A2711](しだれ柳，ポプラ，ハンノキ，イチジク[A2711.7]，ヤシ)，植物(シダ，エニシダ，イバラの茂み，アザミ[A2711.4.2]，ヘーゼルナッツ[A2711.4.1]，バラ)，果物(ナツメヤシ，松の実，ルピナスの種子)，鳥(ウズラ，ヒバリ，サヨナキドリ，ヤマウズラ，ツバメ，セキレイ，タヒバリ，ヨーロッパウソ)，その他の動物(ロバ，羊，ヤギ，オオカミ)，人々(鍛冶屋，石工，農夫，目の見えない男，ジプシー)，さまざまな物(川，井戸，小川，蹄の跡)が，逃避行中の聖家族を太陽や嵐から保護し，または追っ手から隠して助ける．援助者たちは援助をしたために祝福される[A2711.3, A2711.4.3, A2221.5, Q46.1]．

(2)　穀物伝説では，ある農夫が聖家族の追っ手たちに，聖家族は今熟している穀物の種が蒔かれたときに通り過ぎたと言って，追っ手たちをだます．追っ手たちは，その穀物が1日で育ち実ったことを知らずにあきらめる[D2157.2]．

(3)　マリアはイエスのおむつを洗い，それらを茂みに干す．おむつの治癒力で，枯れていた茂みは青々とするか，または花が咲くか，または花の香りがする．

(4)　イエスを風呂に入れる場所がほかになかったので，マリアはイエスを自然の泉で洗う．すると，それ以来その泉からは暖かいお湯が出てくるようになる．

(5)　イエスがオオカミたちをなだめると，そのオオカミは聖家族の逃避行を手助けする．

(6)　聖家族の隠れている洞窟の上にクモが巣を張る．追っ手たちは，最近はこの洞窟には誰も入ったはずはないと考え，聖家族を捜して中を覗くことをしない[B523.1]．参照：話型967.

(7)　動物たち[A2231.7.1](甲虫[A2231.7.1.1])または植物[A2721.4]がエジプトへ向かう途中の聖家族を裏切り，呪われる．

(8)　ジプシーは，聖家族に隠れ家を与えることを拒否し，そのためにジプシーはそれ以来ずっと放浪する運命となる[Q292.1]．参照：話型777.

注　聖家族のエジプトへの逃避は新約聖書(マタイによる福音書II, 13-23)に載っており，そこから後に『偽マタイ福音書(*Pseudo-Matthew*)』が生じている．

類話(～人の類話)　フィンランド；エストニア；アイスランド；フランス；スペイン；ポルトガル；ドイツ；マルタ；クロアチア；ギリシャ；ポーランド；南アメリカインディアン；マヤ；ナミビア．

750F 未亡人の寄付

王が教会を建てるが，そのために献金することを誰にも許さない．教会が完成すると，王は，自分独りでこの教会を建てたと書かれた看板を立てさせる．次の日，王の名前は貧しい未亡人の名前に変わっている．王は，その女が，教会建設で使われたロバ(牛)たちのために干し草を寄付していたということを知る．王は自分の誤りを悔いて，女に褒美を与える．

注 11 世紀に記録されている(『聖ゲオルギウスの奇跡(*Miracula s. Georgii*)』).
類話(～人の類話) ドイツ；ポーランド.

750* 祝福されたもてなし

神(聖ペトルス)が，親切にもてなした農夫に褒美を与え，もてなしの悪い農夫を罰する[K1811, Q2]．参照：話型 750B, 750D.

一部の版(おもにハンガリーとチェコの版)では，貧しい女がキリストと聖ペトルスにスープを勧める[K1811]．神と聖ペトルスはスープに浮いた脂の玉を「星」だと称賛し，女に褒美を与える．隣人の女がキリストと聖ペトルスにスープを食べるように頼むが，スープは脂で覆われていて，女はまったく褒美をもらえない.

類話(～人の類話) フィンランド：フィンランド系スウェーデン：リーヴ：ラトヴィア；スコットランド：アイルランド；イギリス：フランス：ポルトガル：ドイツ：オーストリア：イタリア；ハンガリー：チェコ：セルビア：クロアチア：マケドニア：ギリシャ：ロシア, ベラルーシ；ウクライナ：ユダヤ；ジプシー：アブハズ：レバノン；インド；ベトナム：中国；エジプト, モロッコ.

750** ベリーを摘む少女たち

ベリーを摘んでいる少女たちの 1 人はお爺さん(神[K1811])に親切な態度で答え，褒美をもらう．もう 1 人は無礼な答えをして罰せられる[Q2]．参照：話型 480.

類話(～人の類話) フィンランド系スウェーデン；ラトヴィア；スペイン；カタロニア；ブルガリア；ユダヤ.

750E* もてなしと罪

(2 人の修道士に対する)1 回のもてなしの行為は，人生で重ねた罪業よりも重い．参照：話型 808.

類話(～人の類話) アイルランド；パレスチナ；アルジェリア；モロッコ.

750G* 話型 831 を見よ.

750H* 公証人が天国に入る

イエスと使徒たちが林務官(カードのばくち打ち)にもてなされる. 林務官は願い事を許される[Q451, Q142]. 林務官は, カードの勝負で常に勝てることと[N221]天国に入れてもらうことを願う. 林務官は穏やかに生きて, 穏やかに死ぬ.

天国へ行く途中林務官は, 死を間近に迎えた悪徳公証人の家に立ち寄り(地獄に入り), カードの勝負で悪魔から公証人の魂を勝ち取る[E756.2]. 聖ペトルスは公証人が入ることを許したがらないが, 林務官は自分がもてなしをしたことを再度訴え, 公証人を入れてもらう.

一部の類話では, 林務官は悪魔とのカードの勝負で 12 回勝ち, 12 の魂を地獄から連れていくことができる. 最後に彼らは皆天国に入ることを許される. 参照：話型 808, 809*.

類話(～人の類話) フィンランド；チェコ；セルビア；マケドニア.

750K* 失った性器

2 人の兵隊が性器を失う. 2 人のうち 1 人は召し使いになる. 兵隊が仕えている農夫は, 彼は娘婿として役に立たないという理由で, 彼に雄馬をやって解雇する.

兵隊は自分の持っていたパンを妖精に分ける(お爺さんを助ける). すると妖精は兵隊の願いをかなえてくれる[F341, N825.3, D1761.0.2.2, J2073]. 兵隊は自分の連れている馬のような性器を望み, 農夫の娘と結婚する.

彼は何が起きたのかをもう 1 人の兵隊に話し, 馬を手に入れて, 妖精にパンをあげるよう助言する. もう 1 人の兵隊も自分の連れている馬のような性器を望む. しかしもう 1 人の兵隊は, この馬が雌だったことに気づいていなかった.

類話(～人の類話) イギリス；フリジア；フラマン；オーストラリア；アメリカ；アフリカ系アメリカ.

750K** 猫を王子にして欲しいと願う

お婆さんが妖精(魚)から 3 つの願い事を許される[F341, D1761.0.2]. お婆さんは若くなること[D56], 自分の家が宮殿になること, 飼っている猫が若い男になること[D342]を望む. 願いはすべてかなえられる. しかし彼女は,飼っていた猫を去勢していたことに気づくのが遅すぎた[J1919.5, J2072].

類話(～人の類話) オランダ；フリジア；ドイツ；オーストリア；イタリア；ハンガリー；インド；オーストラリア.

751 話型751Aを見よ.

751A 農婦がキツツキにされる(旧話型751を含む)

キリストと聖ペトルスが農婦(パン屋の娘)にもてなしを乞う[K1811]. 農婦はほんの少しのパン生地しか使わずに, パンを焼こうとする(ほんの小さなパンしか焼こうとしない). しかし彼女のパン(生地)は魔法のように大きくなる[D1652.1.2]. それにもかかわらず, 農婦はキリストと聖ペトルスに何も与えない(1口しか与えない). 罰として[Q1.1, Q292.1], 農婦はキツツキ(フクロウ, カッコウ, カラス, タゲリ, ツバメ, ハチ, カメ)に変えられる[D153.1, Q291.1, Q551.3.1, Q551.3.2.2, Q556.7]. 参照：話型751B.

類話(～人の類話) フィンランド；フィンランド系スウェーデン；カレリア；スウェーデン；ノルウェー；スコットランド；アイルランド；イギリス；フランス；スペイン；カタロニア；ポルトガル；フラマン；ワロン；ドイツ；イタリア；サルデーニャ；ハンガリー；チェコ；スロバキア；スロベニア；クロアチア；ルーマニア；ブルガリア；ギリシャ；ベラルーシ；トルコ；ユダヤ；ジプシー；中国；日本；アメリカ；アフリカ系アメリカ；南アメリカインディアン.

751B 農婦が2匹のヘビを里子として養わなければならない[Q594]

欲張りの農婦は, 自分のパンが魔法で大きくなったのに, 物乞い(キリスト[K1811.1])にほんの小さなパンのかけらしか与えない(何も与えない). 罰として農婦は2匹のヘビを母乳で育てなければならない[Q1.1, Q292.1]. 参照：話型751A.

類話(～人の類話) フィンランド；フィンランド系スウェーデン；エストニア；ラトヴィア；イタリア；ロシア, ベラルーシ, ウクライナ.

751A* 男が神を家に招待する

男(女)が神の訪問に備えて壮大な準備をする. そして男は玄関にやって来た物乞いを追い返す(物乞いに犬をけしかける). 物乞いは神自身であった[K1811.1]. (男は罰せられる[Q1.1, Q292.1].) 参照：話型751C*, 930*.

類話(～人の類話) フィンランド；ラトヴィア；リトアニア；スペイン；フリジア；

スロバキア；ブルガリア；ポーランド；ロシア, ベラルーシ, ウクライナ；ユダヤ；グルジア；メキシコ；ガーナ.

751B* 燃えている炭を持っているお爺さん

貧しい男が自分の家の炉のために火を探す. 1人のお爺さんが男に燃えさしをくれる. 男が燃えさしを家に持って帰ると, それらは黄金になっている.

金持ちの男(妬んだ隣人)がわざと自分の家の炉の火を消して, お爺さんに炭をくれるよう頼む. お爺さんは「おまえの家には火がたくさんある」と言う. 金持ちの男は, 自分の屋敷が炎に包まれているのに気づく[Q2].

類話(～人の類話) ラトヴィア；リトアニア；イタリア；ハンガリー；ロシア, ベラルーシ, ウクライナ；ユダヤ；日本.

751C* 富が思い上がりを招く

奇跡的に裕福になった男が, 年老いた物乞いを追い払う. 物乞いは神自身であり[K1811.1], 男の恩人であった. 男は罰せられ, すべてを失う[Q292.1]. 参照：話型 751A*.

コンビネーション 750B.
類話(～人の類話) フィンランド；ラトヴィア；リトアニア；フランス；フラマン；マルタ；マケドニア；ブルガリア；ロシア, ベラルーシ, ウクライナ；ユダヤ；カタール；中国；エジプト；ガーナ；スーダン.

751D* 聖ペトルスがもてなしのいい泥棒たちを祝福する

類話(～人の類話) イタリア；シリア；パレスチナ；エジプト；アルジェリア；モロッコ.

751E* 月の男

この雑録話型は, 月の男(女, 動物, 物)[A751ff]に関するさまざまな説話を包括する.

例：

男(水運びをする男たち, バターのかくはん樽を運んでいる女, タールの入ったバケツを持っている男[A751.4])が, 罰として月に行かされる(月面に見える). 罰はふつう, 宗教的な戒律を破ったために(無情であること, 盗みをすること, 日曜に働くこと, 等)課せられる[A751.1].

一部の類話では, 野ウサギ[A751.2], カエル, ヒキガエル[A751.3], 木[A751.6]の姿が月面に見える.

注 これらの説話のほとんどは由来説明であり，月の模様を説明している．
類話(～人の類話) エストニア；リーヴ；リトアニア；スペイン；ポルトガル；オランダ；フリジア；フラマン；ドイツ；スイス；ルーマニア；ポーランド；トゥヴァ；インド；中国；カンボジア；ベトナム；ポリネシア，ニュージーランド；オーストラリア；アメリカ；フランス系アメリカ；北アメリカインディアン；南アメリカインディアン；中央アフリカ；ナミビア．

751F* ビンゲンのハツカネズミの塔 [Q415.2, Q291]

この説話には，おもに2つの異なる型がある．

(1) 聖クレメントの財産を略奪した騎士が，夜，寝室でハツカネズミの大群に襲われる．騎士はネズミたちを避けることができず，天井から吊るされた長持ちに入りたいと祈る．ハツカネズミたちはいなくなる．長持ちがおろされると，中で騎士がほかのハツカネズミたちにかじられて死んでいるのが見つかる．

または，ポーランドのポピール王がハツカネズミたちから逃げて，島にある木造の塔に行く．そこでもハツカネズミたちは王を見つけて殺す．

(2) 高位の聖職者(大司教ハットーI世かII世)が，飢饉のときに税金を取り立て，払わない者(貧しい者)は焼き殺すよう要求する．聖職者は，貧しい者たちが死ぬときに，彼らの叫び声をクマネズミ(ハツカネズミ)のキーキーという鳴き声にたとえる．神はこの残酷な行為に対して，ハツカネズミの大襲来によって司教を罰する．ネズミを避けるために，司教はライン川の(ビンゲン近くの)岩の上の塔に逃げる．ハツカネズミたちはそこでも司教を襲い，司教を食い尽くす．

注 伝説の特色を備えた説話．中世初期に記録されている．例えば，『クヴェトリンブルク年代記(*Annales Quedlinburgenses*)』や『メルゼブルク司教年代記(*Chronicon episcoporum Merseburgiensorum*)』．
類話(～人の類話) アイスランド；フランス；オランダ；ドイツ；スイス；オーストリア；ハンガリー；ポーランド；アルメニア．

751G* 石になったパン (旧話型368* を含む)

この雑録話型は，パンに関するさまざまな説話を包括する(飢饉のときに分けられず[Q272]石になったパン[D471.1, D661, M411.2]，または血を流すパン[D474]，または石になって血を流すパン)．

例：

(1) 貧しい女が姉に，自分の子どもたちのためにパンを乞う．姉はパンを隠し,「わたしがもしパンを持っているとしたら，むしろそれが石になるよう願うことでしょう」と言って断る．そのとたん姉のパンは石になる．(あとで彼女の夫が彼女の隠したパンを切ろうとすると，パンから血が流れ出る.)

(2)　助修士(パン屋)が自分のパンを貧しい者に与えずに隠す．パンは石になり，その石は教会の扉に警告としてかけられる．

類話(～人の類話)　リトアニア；フランス；オランダ；フリジア；フラマン；ドイツ；コルシカ島；マルタ；スロベニア；クロアチア；メキシコ.

752A　納屋の中のキリストと聖ペトルス

キリストと聖ペトルスが，ある農夫の納屋で夜を過ごす[K1811]．宿泊代として，農夫は彼らに脱穀することを望む．彼らは火を使って穀物を藁から分ける．農夫が同じことをしようとして，穀物も納屋も燃やしてしまう[J2411]．参照：話型 750D, 791.

コンビネーション　750B, 791, 822.
類話(～人の類話)　フィンランド；フィンランド系スウェーデン；エストニア；ラトヴィア；リトアニア；カレリア；アイルランド；フランス；スペイン；バスク；カタロニア；ポルトガル；オランダ；フラマン；ドイツ；イタリア；サルデーニャ；ハンガリー；チェコ；スロバキア；スロベニア；クロアチア；ロシア；ベラルーシ；ウクライナ；ユダヤ；チュヴァシ.

752B　忘れられた風

神は天気を管理する仕事を敬虔な男(聖ペトルス)に託す．男は雨，太陽，暑さを地上に送るが，風を忘れる．それで神は彼からその責務を取り上げる[J755.1]．参照：話型 800.

類話(～人の類話)　フィンランド；スウェーデン；ラトヴィア；イギリス；フランス；スペイン；オランダ；フリジア；フラマン；ドイツ；オーストリア；ラディン；イタリア；マルタ；チェコ；スロバキア；スロベニア；マケドニア；ブルガリア；ベラルーシ, ウクライナ；ユダヤ；フランス系アメリカ.

752C　驚異的な刈り入れ人

聖者(神，悪魔)が夕食と引き換えに畑の刈り取りをしなければならない．聖者があまりにも一生懸命刈り取るので，彼は悪魔だと思われる(ほかの草刈り人が妬んで，聖者のスープに下剤を入れる).

または，脱穀するときに聖者は金床を2つに割ってしまう．

コンビネーション 650A, 820, 820A.
類話(～人の類話) フランス；ワロン；イタリア．

752C* 話型 830B を見よ．

753 キリストと鍛冶屋

キリスト(聖ペトルス，聖エリギウス，聖者)が傲慢な鍛冶屋を[F663.0.1]訪問し[K1811]，馬に蹄鉄を打ちつけるために馬の足を外して，再びつける[E782.4]．キリストはお婆さんを火の中に入れて，お婆さんを若返らせる[D1886, E121.2]．

鍛冶屋は姑に同じことを試すが，姑は醜くなるだけである[J2411.1]．鍛冶屋の妻と娘はどちらも妊娠していたが，母親を見てショックを受け，2人とも猿を生む．これが猿の起源の説明である[A1861.2]．

一部の類話では，若返りの試みが猿を創り出す．

コンビネーション 330, 752A, 753A, 753*, 785, 791.
注 15世紀に記録されている．早期の版はハンス・ザックス(Hans Sachs)の「猿の起源(*Der affen ursprueng*)」(1556)を見よ．
類話(～人の類話) フィンランド；フィンランド系スウェーデン；エストニア；ラトヴィア；リトアニア；スウェーデン；ノルウェー；デンマーク；スコットランド；アイルランド；イギリス；フランス；スペイン；カタロニア；ポルトガル；フリジア；フラマン；ワロン；ルクセンブルク；ドイツ；ラディン；イタリア；ハンガリー；チェコ；スロベニア；ルーマニア；ブルガリア；ギリシャ；ポーランド；ロシア, ベラルーシ, ウクライナ；ジプシー；チェレミス/マリ；グルジア；アメリカ；フランス系カナダ；スペイン系アメリカ, メキシコ；ドミニカ, プエルトリコ；エジプト；スーダン．

753A 蘇生の失敗

キリスト(聖ペトルス，天使)が死んだ姫(少女)を蘇生させる．道連れが同じことをしようとして失敗し，2度とするなと警告される(キリストにとがめられ，救われる)．参照：話型 330, 785.

コンビネーション 330, 753, 753*, 785.
類話(～人の類話) ラトヴィア；ヴォート, リュディア；フランス；スペイン；カタロニア；ドイツ；スイス；イタリア；サルデーニャ；ハンガリー；チェコ；クロアチア；ブルガリア；ユダヤ；ジプシー；アルメニア；メキシコ．

753* キリスト(神)が泥棒をロバに変える

宿屋の主人が，キリスト(神)と聖ペトルス(聖者)から盗みを働こうとする[K1811]．キリストは，宿屋の主人をロバに変え[Q551.3.2.6]，そのロバをほかの人に与え，ロバはその人のために働かなければならない．後にキリストは宿屋の主人を人間の姿に戻し，ロバとして稼いだお金を宿屋の主人に与える．

コンビネーション 753, 753A, 758.
類話(～人の類話) フランス；スペイン；カタロニア；ポルトガル；ラディン；イタリア；サルデーニャ；マルタ；ハンガリー；セルビア；クロアチア；マケドニア；ルーマニア；ブルガリア；メキシコ.

754 幸せな貧困 (旧，幸せな修道士)

ある貧しい男(靴の修理屋，織工，鍛冶屋，荷物運搬人，鷹匠)は，生活は貧しいが幸せである．金持ちの男がこの表面上の矛盾を見て，貧しい男にお金を与える．貧しい男は新たに得た富を心配して，以前の幸せを失う．最終的に彼は，再び幸福になれるよう，お金を返す[J1085.1]．参照：話型 844.

注 貧しいが幸せな男の概念に基づいている(ホラティウスの『書簡集(*Epistolae*)』[I, 7, 46–98])．この話型は中世以来よく記録されている．例えばジャック・ド・ヴィトリ(Jacques de Vitry)の『一般説教集(*Sermones vulgares*)』(acques de Vitry/Crane, No. 66)に記録されている.
類話(～人の類話) ヴォート；アイルランド；スペイン；カタロニア；ポルトガル；フリジア；フラマン；ドイツ；ハンガリー；チェコ；マケドニア；ルーマニア；ブルガリア；ギリシャ；ベラルーシ；ウクライナ；ユダヤ；中国.

754** 聖ペトルスと妻

ペトルスが妻とけんかをし，雨の中家の前に立っている．神が，なぜおまえは外にいるのかと尋ねると，ペトルスは嘘をついて，家は煙だらけだと答える．神は入る．神は，ドアの後ろでペトルスの妻がほうきの柄を持って振り上げているのを見る[T251.3].

類話(～人の類話) オランダ；フリジア；フラマン；ドイツ.

755 罪と神の慈悲

女が(お婆さんの助言，悪魔の助言に従って)魔法的な行為によって堕胎し[T572.1]，彼女の私生児たちが誕生することを防ぐ(子どもたちを殺す，もう子どもを産めなくなって初めて結婚する，悪魔と契約を結ぶ）．

後に彼女の夫（司祭，牧師）は，彼女に影がないことに気づき[F1038, Q552.9]，彼女を罪人として追放する[Q251]．彼女は，バラが石のテーブルから育つまで許しを得ることはできない[F971.2, Q431.4]．ある司祭が女を夜教会へ連れていく．生まれてこなかった子どもたち（の魂）が次々と現れ，彼女をむち打ち（引き裂き），最後に彼女を許す．

女が家に着くと，バラが生えている[F971.2]．（彼女は死ぬ，または彼女の体は動物たちに引き裂かれる．）参照：話型 756A–756C, 762, 765.

類話（～人の類話） フィンランド；フィンランド系スウェーデン；エストニア；ノルウェー；デンマーク；フェロー；アイルランド；フランス；ポルトガル；カタロニア；フリジア；ラディン；ハンガリー；チェコ；ベラルーシ，ウクライナ；ジプシー．

756　3本の緑の小枝

木の棒に関する伝説．その棒から根と枝が育ちイトスギ等になる．話型 756A, 756B, 756C の中心的なモティーフ．

756A　独り善がりの隠者

隠者が神の公正さを疑う．または自分は罪を犯していないと考えている男が，死後の自分の居場所についての神の判断（罰（地獄）か褒美（天国）かの判断）に不平を言う．参照：話型 756B, 756C．この説話には，おもに次の4つの型がある．

(1)　隠者が絞首台にかけられた悪人をさげすむことを言ったために，天使は隠者のところに現れるのをやめる[Q553.2]．そのため隠者は，小さな枯れた枝を持って物乞いとして放浪するという[Q521.1]つらい苦行をしなければならない[L435.1]．隠者は強盗の一味を自分の不幸の話で回心させる．次の朝，隠者が緑の小枝が生えている枯れ枝を手にして[F971.1]死んでいるのが見つかる．

(2)　不平を抱いている隠者と，悪人と，砂で覆われた裸の男が，天国に行けるか心配する．天使ガブリエルが彼らの質問に対する神の答えを次のように告げる．隠者の場所は地獄となる．なぜなら隠者は神の公正さを疑ったからである．悪人はもてなしをしたので，天国に行くことになる．そして裸の男は，感謝の気持ちがなく，我慢が足りないので，砂も取り除かれる．

(3)　ある犯罪者が懺悔をしたあと，罪の償いをしなさいと言われる．彼はキリストの磔刑像のそばを通るたびに主の祈りを唱えなければならない．犯罪者が主の祈りを唱えているとき，彼はかつてあやめた者のうちの1人の犠牲者の親族に殺される．彼の聴罪司祭である隠者は，この犯罪者が天使たちによって天国へ連れていかれるのを見て，神に仕えるのをやめることにする．隠者が小部屋を出ると，隠者は自らの首を折り，悪魔に連れていかれる．

(4)　殺人犯が，死を目前にした隠者の懺悔を立ち聞きする．この犯罪者は絶望して，敬虔な隠者のように生きてこなかったことを後悔しながら短い祈りを唱える．隠者はその叫びを聞き，死の瞬間にその犯罪者に対して傲慢な態度をとる．そのために隠者の魂は悪魔に取られる．犯罪者はそこから走り去り，穴に落ち，天使によって天国へと連れていかれる．

注　この説話の4つの主な版をここに記述したが，明確に話型へと振り分けることは難しいことが多い．

類話(～人の類話)　フィンランド；エストニア；ラトヴィア；スウェーデン；アイルランド；フランス；スペイン；カタロニア；ポルトガル；ドイツ；オーストリア；サルデーニャ；ハンガリー；スロバキア；スロベニア；ルーマニア；ギリシャ；トルコ；ユダヤ；中国；アメリカ；メキシコ；モロッコ．

756B　強盗マーデイ（旧，悪魔の契約書）

少年が司祭になりたいと思うが，彼は生まれる前に両親によって悪魔に売られている[M211, S211, S222–S226, S240]．少年はこの契約を知って，最初に司祭，次に司教，最後にローマ法王に助言を求める．

少年は契約を取り消すために地獄へ行くことにする[F81.2]．そこでローマ法王は少年を1人の隠者のところへ行かせる[N843]．隠者は少年を隠者の兄弟の強盗のところへ行かせる．強盗は少年を地獄へ連れていく[H1235]．地獄で少年は(さまざまな努力のあとに，悪魔を説得し)契約書を取り返す[H1273.1]．そして少年は火の燃えているベッド(椅子)が強盗に用意されているのを見る[F771.1.9, J172, Q561]．

強盗は自分の罰を予期し，贖罪をする決意をし(するように言われ)[Q520.2]，ついには自分の枯れた杖に4つの新たな花と果実が生える[Q521.1.1, Q521.1.2]．許しを確信して強盗は幸せに死に，天国に行く[Q172.3](参照：話型756C)．

隠者は驚くが，神の判断を受け入れる(または神を冒瀆し，地獄に落とされる[Q312.3])．少年は地獄から戻り，司祭になる．参照：話型756A, 756C.

注　中世に記録されている．

類話(～人の類話)　フィンランド；フィンランド系スウェーデン；ラトヴィア；リトアニア；スウェーデン；ノルウェー；デンマーク；スコットランド；アイルランド；

フランス；スペイン；カタロニア；ポルトガル；ルクセンブルク；ドイツ；ラディン；イタリア；ハンガリー；チェコ；スロバキア；スロベニア；ギリシャ；ソルビア；トルコ；ロシア, ベラルーシ, ウクライナ；ジプシー；アメリカ；スペイン系アメリカ, メキシコ；アルゼンチン.

756C　２人の罪人（旧, より大きな罪を犯した人）

強盗が, 99人の男を, または自分の両親を, 殺害したことについて[Q211.1]（聖餅を撃ったことについて[C55.2, Q222.1]）懺悔をしようとする[Q520.1]. 何人かの聴罪司祭に断られたあと[V29.1], 強盗は最後にあるお爺さんから次のような苦行を課される. すなわち, 1本のたいまつ（燃えている炭, 小さな枝, 斧, 庭）を「植え」, そして緑の木に育つまで待つこと[Q521.1.1], 遠くから口に水を含んで運び, そしてたいまつにその水をやること[Q521.1.2], 石のいっぱいに入った（1つの殺人につき1つの石の入った）袋を背負い, または鉄の輪を頭に載せて, それらが落ちてくるまで運ぶこと[521.2, Q521.3], 黒い羊たちが白くなるまで世話をすること[Q521.4]. それに加え, 彼は慈悲深い態度をとらなければならず, 旅人を担いで川を渡してやらなければならず, そしてすべての人に対してもてなしの申し出をしなければならない[Q523.5].

強盗は何年も成果のないまま苦行を続ける. そして大きな犯罪を犯そうとしている男を止める. 強盗はその男を殺し, そして自分の行為をすぐに後悔する. するとたいまつに花が咲く（石または輪が落ちる, または羊が白くなる）. 聴罪司祭は, 彼の最後の殺人によって犯罪が避けられたので（100人目の殺人が神の意にかなったので）, すべての罪が許されたのだと説明する[Q545]. 参照：話型756A, 756B.

注　中世に記録されている.

類話（～人の類話）　フィンランド；ラトヴィア；アイルランド；スペイン；カタロニア；ポルトガル；ドイツ；ルーマニア；ブルガリア；ギリシャ；ロシア, ベラルーシ, ウクライナ；ユダヤ；メキシコ；シリア；レバノン, クウェート, カタール；エジプト, アルジェリア；モロッコ；ソマリア；マダガスカル.

756C*　地獄から取ってきた領収書

借地人が, 死んだ地主から地代の領収書をもらうために, （こびとの助けで）地獄へ行く. 借地人は領収書を持って帰る（そして死者と会ったしるしを授かる）.

類話（～人の類話）　エストニア；デンマーク；アイルランド；フランス；ドイツ；オ

ーストリア；スロベニア；ポーランド.

756D*　より敬虔な者は誰か (旧，もっと敬虔)

隠者(聖ペトルス)は，自分より敬虔な者がいるかどうかをキリストに尋ねる．隠者は，ある未亡人のところに行くように言われる．その未亡人は自分の1人息子を殺した殺人者をかくまって，面倒を見ている(肉屋のところへ行くように言われる．その肉屋は自分の父親を殺した人を保護している) [W15].

類話(～人の類話)　アイルランド；スペイン；ポルトガル；マケドニア；ブルガリア；ロシア；ユダヤ；クルド；シリア, パレスチナ, イラク, エジプト, スーダン.

756E*　報われた慈善行為

慈善行為は，祈りやミサへの出席よりも高く評価される[V410.1]．友人たちがキリストの墓に巡礼する．そしてもう1人の友人は家に残る(家に帰る途上である，店にいる)．彼は，貧しい男が死んだ羊(メンドリ)を自分の子どもたちに食べさせるために運んでいるのを見て，貧しい男にお金(と物)をあげる．

巡礼者たちは帰ってくると，家に残った友人を墓で見た(または，教会の机に彼の名前を見た)と言う．それで彼らは，善い行いをする人の魂はキリストの墓に行くということに気づく．参照：話型759A.

類話(～人の類話)　スペイン；アイルランド；スペイン；ブルガリア；ギリシャ；ユダヤ；パレスチナ；ヨルダン；エジプト, アルジェリア, モロッコ.

756G*　信心は山をも動かす [D1766.1, D2136.3.1]

この説話には，おもに3つの異なる型がある．

(1)　サルタンが，キリスト教徒たちが信仰の力によってある山を動かすことができなければ，彼の領地のすべてのキリスト教徒たちを殺すよう命令を出す．

貧しい(片目の，盲目の)靴職人が奇跡を成し遂げる．彼は言葉の力で，(サルタンと彼の領地もろとも)山を海の中に落とす．こうしてキリスト教徒たちは監禁を解かれる．

(2)　異教徒たちによって投獄された司教が，山を動かすことで信仰の力を示さなければならない．司教はためらうが，司教に仕えていた若者が，信仰の力によって奇跡を成し遂げる．これを見ていた者たちは感動して，キリスト教に改宗する．

(3) あるカトリック教徒の職人が，ハンマーを使って山を打つと，山は海の中に移動する．

注 この説話は中世以来広く流布している．最も古い版はミヒャエル・フォン・タニ(Michael von Tani)と，セヴェルス・イブン・ムカッファ(Severus ibn al-Muqaffa)の「聖教会の伝記(*Siyar al-bīʿa al-muqaddasaʿ*)」(10/11世紀)．マタイによる福音書(XVII, 20, 参照 XXI, 21)およびルカによる福音書(XVII, 6)を見よ．諺として流布している．

類話(～人の類話) スペイン；ハンガリー；ブルガリア；インド；エジプト．

757 皇帝の傲慢が罰せられる (旧，王の傲慢が罰せられる)(ジョビニアン(Jovinian)，ロドリーゴ(Roderigo))

皇帝ジョヴィニアンは自分が神であるかのように感じている．ジョヴィニアンが水浴をしていると，ジョヴィニアンに似た見知らぬ男(天使)が服を奪い，ジョヴィニアンの地位に君臨する[L411]．ジョヴィニアンが裸で宮廷に戻ると，誰もジョヴィニアンのことがわからず，ジョヴィニアンは追い出される．

ジョヴィニアンは絶望して，かつての傲慢を悔いる．後にジョヴィニアンが改めて君主の身分を要求すると，皇帝として認められる．彼に代わって支配していた見知らぬ男は，自らが守護天使であることを明かし，消える．このときから皇帝は謙虚に，神を畏れて暮らす．

注 早期の版は中世に記録されている．例えば『ゲスタ・ロマノールム(*Gesta Romanorum*)』(No. 59)．東洋起源．

類話(～人の類話) リーヴ；ラトヴィア；リトアニア；カレリア；アイスランド；スペイン；ドイツ；ハンガリー；マルタ；チェコ；スロバキア；マケドニア；ブルガリア；ポーランド；ロシア，ベラルーシ，ウクライナ；ユダヤ；キルギス；シリア；インド；中国；ドミニカ；ギニア．

758 イブの不ぞろいな子どもたち

イブはパラダイスを追放されたあとに，毎年子どもを産む．イブの子どもたちはそれぞれ異なっている．ある者は美しく，ある者は醜い．神がイブを訪問することになると，イブは美しい子どもたちを風呂に入れ，いい服を着せる．イブは醜い子たちを隠す．(イブは子どもが多いのを恥ずかしがり，何人かを隠す．)

神は到着すると，美しい子どもたちに祝福を与え，王，伯爵，市民，商人になるように美しい子どもたちの運命を決める．するとイブは神に，(藁，干し草，ストーブに隠していた)醜い子どもたちにも同じように祝福を与えてもらいたがる．神はこの子どもたちに，農夫，漁師，鍛冶屋，皮なめし工，靴職人，下男になるよう運命を決める．

イブの抗議に対し神は，どの階級も必要であり，社会を機能させるためには道理にかなっているのだと説明する．

イブが神の意志に同意することもある[A1650.1]．参照：話型 1416.

注　早期の版は 16 世紀半ばに記録されている．例えばハンス・ザックス(Hans Sachs)の「不ぞろいな子どもたち(*Die ungleichen Kinder*)」(1558).

類話(～人の類話)　リーヴ；ヴォート；ノルウェー；デンマーク；アイスランド；フランス；スペイン；カタロニア；フリジア；ドイツ；ラディン；イタリア；マルタ；セルビア；ブルガリア；ポーランド；シリア；パレスチナ；モロッコ．

759　天使と隠者 (旧，正しいことが証明された神の判断) [J225.0.1]

聖者(モーゼ，ラビのヨシュア・ベン・レヴィ，聖ペトルス，隠者)が神の判断を疑い，神が徳の高い人たちに苦しみを送り，悪い人たちに幸福を送っていると，神をとがめる．

または，聖者が神に判断の理由を尋ねる，または，天使が聖者(隠者)に神の隠された判断をいっしょに見にいくよう求める，または天使と隠者が出会い，いっしょに旅をすることにする．

天使(神の使い)は道連れの聖者に，話したり質問したりすることを禁ずる[C410, C411.1, C423.2, C491]．旅の途中，天使は次のような一見不公平で無慈悲なことをいろいろとする．天使は，もてなしのいい主人の子どもと召し使い(子どもか召し使い)と，道で出会った男を殺す[J225.4, J225.5]．天使は，もてなしてもらったお返しに杯を盗み[J225.3]，客あしらいの悪さに対しては杯(贈り物)をプレゼントする．不親切な主人には家を建ててやり(老朽化した塀を建て直してやり)，もてなしのいい人たちの家(収穫)を破壊する．天使は，罪人が乗っているという理由で船を壊す(沈める)[J225.0.2, U21.3]．天使は，貧しい女のたった 1 頭の雌牛を殺し，不親切な人たちには幸運を授け，もてなしのいい人には不幸を授ける．

あとから天使は，自分の奇異な行動には正当な根拠があった理由を説明する．隠者(聖人)は個々の行いの正当な理由を知ると，神の行いを非難したり疑ったりしてはならないということを認める．神の行為は常に正しいことが証明される．参照：話型 759*, 840.

注　弁神論的伝説，参照：コーラン(18, 65-82).

類話(〜人の類話) フィンランド；ラトヴィア；リトアニア；スウェーデン；ノルウェー；フェロー；アイルランド；フランス；スペイン；カタロニア；ポルトガル；フリジア；フラマン；ワロン；ドイツ；スイス；イタリア；サルデーニャ；ハンガリー；チェコ；スロバキア；スロベニア；セルビア；ボスニア；マケドニア；ブルガリア；アルバニア；ギリシャ；ポーランド；ソルビア；ロシア；ベラルーシ，ウクライナ；トルコ；ユダヤ；チェレミス/マリ；シリア，パレスチナ，イラク；スペイン系アメリカ，メキシコ；プエルトリコ，アルゼンチン；エジプト；モロッコ．

759A 罪深い司祭

男が，尊敬に値しない司祭からの聖体拝領を拒否する[V31.1]．神は男に耐え難い渇きの夢を送る．男は泉を見つけるが，そこでは1人の重い皮膚病患者(leper)が多くの人々のために飲み水を注いでいる．男もその水を飲もうとすると，皮膚病患者は手を引っ込めて，「おまえは尊敬に値しない司祭から聖体を拒否したのに，なぜ皮膚患者の水をもらおうとするのか？」と言う．聖体を与える人の徳によって聖体の力が左右されるなどと言うことは，非難されるべきことである[J157.1, V39.3]．参照：話型 756E*.

注 早期の版は中世に記録されている．例えば，ジャック・ド・ヴィトリ(Jacques de Vitry)の『一般説教集(*Sermones vulgares*)』(Jacques de Vitry/Crane, No. 155)，『ゲスタ・ロマノールム(*Gesta Romanorum*)』(No. 12)．

類話(〜人の類話) スコットランド；アイルランド；スペイン；カタロニア；フラマン；ドイツ；イタリア；サルデーニャ；ハンガリー．

759B 信心深い男が自分のミサをする

ある男が1度もミサに行ったことがない．ミサに来ないことを非難されると，男は自分のコートを日に干す．司祭は，それが敬虔な男で，彼は家にいても，司祭自身よりも(ほかの人たちよりも)神の近くにあると悟る[参照 F1011.1, V29.3, V43]．

類話(〜人の類話) ノルウェー；アイルランド；フランス；スペイン；ポルトガル；オランダ；フリジア；スイス；オーストリア；イタリア；ギリシャ；ユダヤ．

759C 未亡人の小麦粉

貧しい女がわずかしかない財産を物乞いたちに分け，自分の最後の小麦粉(パン)まで嵐でなくしてしまう．一方，何人かの商人は，船が浸水した(無風状態)にもかかわらず，無事に陸地に到着する．貧しい女は王(ソロモン)に，風は不公平だと文句を言う．商人たちは，救われたことに感謝して，ある額(のお金)を貧しい人に与えてくれるよう，王に届ける．最初，商人たちは船のどこに漏れがあるのかわからないが，小麦粉の袋が船の穴を塞いでいるのを発見する．

貧しい女は，それが自分のなくした小麦粉の袋であることがわかり，王は彼女に賠償としてそのお金を与える(風の神が賠償金を払わなければならない)[J355.1]．

類話(～人の類話)　フィンランド；ユダヤ；ベトナム．

759D　罰せられた天使(旧話型 795 を含む)

天使(死神)が神に，2人の子どものいる未亡人の魂を取りに行かされる[E722.2.10]．天使はその仕事を果たさない[A106.2, E754.2.2.1, V233.1]．そこで神は，自分がほんの小さな生き物さえ気にかけていることを示すために，小さい這い虫(worm)が隠れている石を海から取ってくるように天使に命ずる[D1810.0.1]．

天使はさらに，聴覚を奪われたり，視覚を奪われたり，感覚を奪われたり，または天国から追放されるという罰を受ける．天使は地上で[A106.2.1]人間を装い，ある男(大修道院長，隠者，監視人，農夫)に仕えて贖罪をしなければならない．

天使は召し使いとして主人のために働くが[D1811.2]，天使は謎めいた笑いを浮かべながら[N456, M304]，滑稽で奇妙な行動をする．天使は靴を買った男に対し，男はもうすぐ死ぬので，靴は長もちするとあざ笑う．天使は，悪魔が見えたという理由で，石を教会に(結婚式の列に)投げる．居酒屋では人々が祈り，神の恵みを乞うという理由で，居酒屋に好意を示す．天使は高位の人の埋葬で無礼なふるまいをし，貧しい男の埋葬では敬意を示す[J225.8, J225.0.1.1]．天使は神聖な物をあざ笑い，キリストの磔刑像(キリストの像，聖壇)をさげすむ．天使は，ある判決が間違っていると反論する．天使はある物乞いのことを，本当は金持ちだと言ってののしる．天使がある皇帝と，皇帝の兄弟である司教に会うと，天使は彼らが，自分が罰を受ける原因となった哀れな2人の子どもだとわかり，そして2人とも高位につくことができたので，天使はほほえむ．このことによって天使はようやく神の公平さについていくらか学ぶ．

類話(～人の類話)　フィンランド；エストニア；ラトヴィア；リトアニア；カレリア；ドイツ；オーストリア；ハンガリー；チェコ；スロバキア；マケドニア；ブルガリア；アルバニア；ギリシャ；セルビア；ポーランド；ロシア，ベラルーシ，ウクライナ；ユダヤ；アゼルバイジャン；インド.

759E サンスーシーの粉屋

支配者の新しい宮殿が建てられることになるが，そこにはすでに彼の家来の１人(お婆さん，粉屋)が持っている建物(家，水車小屋)がある．この家来が家を失うことに対し異議を申し立てたため，支配者はこの小さな建物を壊すのではなく，それを新しい城に組み込むことを許す[P411.1].

注 アラビア起源．10世紀にアル＝マスウーディー(al-Masʿūdī)の『黄金の牧場(*Murūǧ aḏ-ḏahab*)』(No. 620)に記録されている．最初にヨーロッパで現れるのは，1610年のジョヴァンニ・ボテーロ(G. Botero)の「記憶すべき偉人の言葉(*Detti memorabili di personnagi illustri*)」(262f.)である.

類話(～人の類話) ドイツ；アフガニスタン.

759* もてなしのいい未亡人の雌牛が殺される

貧しい未亡人(男)が，神と聖ペトルスを夜あたたかく迎える[K1811]．次の日，神がオオカミに未亡人のたった１頭しかいない雌牛を殺すよう命ずると，聖ペトルスは，神に感謝の気持ちがないことを非難する．神は「彼女には雌牛は必要ではない．今晩彼女はわたしといっしょに来るのです」と答える.

または未亡人が自分の損失を非難もせずに受け入れると，神は彼女にたくさんの褒美を与える．参照：話型750B, 759.

類話(～人の類話) フィンランド；ラトヴィア；リトアニア；フランス；ポルトガル；ドイツ；スイス；ハンガリー；ポーランド；ユダヤ.

760 安らぎを得られぬ墓

男が３人の妊娠している婚約者(妻，妻たち)を焼き殺す．後に男が死んだあと，男の死体が(繰り返し)教会に現れる[E411.1, Q211.3]．客たちが死体を見に牧師館にやって来る．聖職者の女中は，お金をもらって，死者を連れて，再び墓に戻す[E411.0.2]．しかし死体は彼女にしがみつき，彼が殺した婚約者たちが教会にやって来たら，彼女たちに許しを請うよう女中に頼む．殺された婚約者たちは３度目にようやく同意する．それで男の死体は墓に戻り，安らぎを得る.

一部の類話では，教会(聖職者，処女マリア)をあざ笑った少年が，呪われ，石になって地中深く沈む．後にその石は見つかり，部屋に運ばれると，そこで彼は笑って，自分のことを話す．特別な言葉が呪いを解き，石になっていた死体はちりになる.

類話(～人の類話) フィンランド；フィンランド系スウェーデン；エストニア；ラトヴィア；スウェーデン；ノルウェー；カタロニア；ドイツ；オーストリア；マルタ；チェコ；スロバキア；セルビア；ポーランド；ロシア,ウクライナ；ユダヤ.

760A 許された骸骨 (旧話型 882B* を含む)

男が妻(花嫁)を殺して，死に(処刑され)，生きている人たちのところに幽霊となって出る．死者の体(骸骨，頭蓋骨，骨，手，等)が(賭けのために)墓地から取り出される．死者は自分を取り出した人(勇敢な少女)にしか，自分を墓に戻させようとしない．(骸骨は少女が家に着くまで，少女にくっついて離れない．家で骸骨は，自分は生きているときにある私生児を中傷したので，安らぎを見いだすことができないと語る．骸骨は少女に，母親の許しを請うように頼む.)

骸骨は許されると，崩れて灰になり，安らぎ(救済)を見いだす.

類話(～人の類話) ラトヴィア；ドイツ；チェコ；スロバキア；ロシア,ウクライナ.

760** 強情な子ども

強情な子ども(息子)が，反抗的で，母親を殴る(酷使する)．強情な子どもは病気になって死ぬ．埋葬されたあと，子どもの手が墓から出てきて，朽ちようとしない[E411.0.1]．当局は母親に棒でその手を血が出るまで叩くよう助言する．すると手は墓に戻り，子どもは安らかに眠ることができる.

注 旧約聖書の箴言 13, 24 に見られる．16 世紀には，例えばハンス・ザックス(Hans Sachs)の「子どものしつけ(*Von der Kinderzucht*)」(1552)に記録されている.

類話(～人の類話) オランダ；ドイツ；スイス；マルタ；ソルビア；アルゼンチン.

760*** 揺り籠の救済

ある死んだ男の魂は安らぎを得ることができない(煉獄で苦しめられる)．死者の魂は通りがかりの人(助けようとしている人)に，自分の救済はある木の成長にかかっており，この木の木材でつくられた揺り籠(棺)に最初に横たわった子どもが彼の魂に安らぎを与える者となると説明する[D791.1.3].

一部の類話では，子どもは司祭にならなければならない．彼が初めてのミサを執り行うと，安らぎを得られない魂は安らぐことができる.

類話(～人の類話) スウェーデン；フランス；ドイツ；スイス；オーストリア；チェコ.

760A* 守銭奴の死

守銭奴が，死ぬ前に自分のお金を呑み込む．悪魔(息子，召し使い)が，守銭奴を振ってお金を出し，守銭奴の体を(地獄へ)運び去る[Q272.3]．

類話(～人の類話) ラトヴィア；スペイン；ポルトガル；ポーランド；ロシア；ベラルーシ；ウクライナ；ユダヤ．

761 悪魔の馬になった無慈悲な金持ち

無情な地主と対立していた農夫が救われる．農夫の魔法的援助者がすべての課題を成し遂げる(農夫に1頭の馬を与え，その馬がすべての課題を農夫の代わりに成し遂げる)．最後に農夫は，その馬が地主の先祖で[Q584.2]，地獄(悪魔のところ)からやって来たということを知る．農夫が地主に何があったのかを告げると，地主は自分も同じように変身させられることを恐れ，それ以来親切になる．

類話(～人の類話) フィンランド；エストニア；ラトヴィア；リトアニア；スウェーデン；ポルトガル；ドイツ；スイス；オーストリア；スロバキア；クロアチア；ロシア，ベラルーシ，ウクライナ；ジプシー．

762 365人の子どもを持つ女

子どものない貴族の女が，双子(3つ子)を生んだ貧しい母親を，不貞をはたらいたと非難する[T587.1]．それで貧しい女は，貴族の女が1年の日数(月数)と同じ数の子どもを産むよう呪う[T586.1]．

夫の留守中に貴族の女は7人(9人，12人，13人，それ以上)の子ども(息子)を産む[T586.1]．貴族の女は恥じて，1人を除いて全員溺れさせるよう召し使いに命ずる．召し使いは戻ってきた父親に出会い，子犬を籠に入れて運んでいるふりをする．父親は子どもたちをひそかに育て，最後に子どもたちを妻と客たちに会わせる．客たちと息子たちは母親を許すよう懇願する．それ以来この多胎児とその子孫はヴェルフ家(子犬一族 Welfen，英 Guelfs)(フント家(犬一族 Hund, Hunt，英 Dogs)，トラズニー家(13一族 Trazegnies)，ポルセレ家(子ブタ一族 Porcelets)，等)と呼ばれてきた[L435.2.1]．

参照：話型755, 765.

注 早期の版は，プリニウス(Pliny)の『博物誌(*Naturalis historia*)』(VII, 3)を引用している8世紀のパウルス・ディアコヌス(Paulus Diaconus)の『ランゴバルド史(*Historia Langobardorum*)』(I, 15)がある．

類話(～人の類話) ノルウェー；フランス；スペイン；カタロニア；オランダ；ドイ

ツ；オーストリア；ハンガリー；ロシア．

763 宝を見つけた者たちが殺し合う

3人(2人，それ以上)の男たち(狩人たち，友人たち，兄弟たち)が宝を見つける(奪う)．彼らのうちの1人が，食べ物を取りに町に行くと，ほかの2人は宝を分けなくてすむように，町に行った男を殺す計画を立てる．

町に行った男が戻ってきたときに，残っていた2人が男を殺す(刺し殺す，溺死させる)．しかし2人はあとで，殺された男が毒を仕込んでおいたパン(ワイン)を食べて死ぬ[K1685]．

一部の類話では，キリストが弟子たちと旅をする．彼らが宝を見つけると，キリストはその宝に触れずに，先に行くよう命ずる．あとで彼らのうちの2人が，宝を手に入れるためにひそかに戻り，殺し合う．

または，2人の男がその宝を見つけて，殺し合う．キリストと弟子たちが，2人が死んでいるのを見つけたとき，キリストは，これが彼らに宝を取ってはいけないと言った理由だったと説明する．

注 インド起源．『ジャータカ(*Jātaka*)』(No. 48)と『三蔵(*Tripitaka*)』(Chavannes 1910ff., No. 115)を見よ．ヨーロッパの版は，例えばチョーサー(Chaucer)の「免罪符売りの話(*Pardoner's Tale*)」と『フランタの規約(*Frantova práva*)』(No. 6)を見よ．

類話(～人の類話) リーヴ；ラトヴィア；リトアニア；アイルランド；フランス；スペイン；カタロニア；ポルトガル；フリジア；ドイツ；イタリア；マルタ；チェコ；スロバキア；スロベニア；ブルガリア；ポーランド；ロシア，ベラルーシ，ウクライナ；ユダヤ；チェレミス/マリ；ウズベク；グルジア；イラク，カタール；イラン；パキスタン；インド；中国；日本；アメリカ；メキシコ；ブラジル；エジプト．リビア，モロッコ；ナイジェリア；スーダン；エチオピア；ソマリア；マダガスカル．

765 自分の子どもたちを殺そうとする母親 [S12](旧話型765A* を含む)

女が自分の(私生の)子どもたち(双子，3番目の子ども，12番目の子ども，等)を(隠して)殺そうとする．父親が子どもたちを救い，子どもたちを隠しておく[R153.2.1]．長い年月のあと，子どもたちが現れる．母親は恐怖で死ぬ(処刑される)[Q211.8]．参照：話型755, 762.

類話(～人の類話) フィンランド；ラップ；ノルウェー；デンマーク；アイルランド；スペイン；カタロニア；コルシカ島；ドイツ；オーストリア；ハンガリー；チェコ；スロバキア；クロアチア；ロシア；ベラルーシ；ウクライナ；ユダヤ；ジプシー；チェレミス/マリ．

766　7人の眠り聖人

この雑録話型は，長年にわたる魔法の眠りについた人々を扱うさまざまな説話を包括する[D1960.1].

12人の子どもが天使によって300年の眠りにつかされる(いちばん年上の聖ペトルスだけ名前が挙げられている). 彼らはちょうどいいときに戻ってくる. イエスが生まれる夜，彼らは目覚める. そのときから，彼らは12使徒としてキリストに付き添う.

注　聖者伝の特色を備えた説話(参照：コーラン18, 9–26)，例えばトゥールのグレゴーリウス(Gregory of Tours)の『殉教者の名声の書(*Liber in gloria martyrum*)』(No. 94)を見よ.

類話(～人の類話)　フィンランド；ラップ；スウェーデン；ノルウェー；スコットランド；アイルランド；イギリス；スペイン；カタロニア；ドイツ；ラディン；マルタ；ハンガリー；ユダヤ；日本；アメリカ；エジプト；アルジェリア；マダガスカル.

767　キリストの磔刑像に出された食事

敬虔な(頭の弱い)少年が彫像(キリストの磔刑像，キリスト像，または処女マリア像)にパンを出す. その褒美として，彼は天国でもてなされる[Q172.1].

注　聖者伝の特徴を備えた説話. 中世以来記録されている. ノジャンのギベール(Guibert of Nogent)の『聖者の聖遺物(*De pignoribus sanctorum*)』(I, 2, 2).

類話(～人の類話)　リトアニア；アイルランド；フランス；スペイン；カタロニア；ポルトガル；フラマン；ドイツ；ラディン；イタリア；チェコ；スロバキア；ルーマニア；ギリシャ；ユダヤ；レバノン, パレスチナ；メキシコ；チリ.

768　聖クリストフォロスと幼子キリスト

巨人レプロブス(クリストフォロス)はいちばん強力な主人にしか仕えたくない. 最初巨人レプロブスは王に仕えるが，王は悪魔を恐れるので，巨人は王のもとを去る. 巨人は悪魔に仕えるが，悪魔が十字路を通ることを拒否すると，巨人は悪魔のもとを去る.

隠者(渡し守)が巨人に，ある子どもを抱いて川を渡してやるように言う. その子は1歩進むごとに重くなり，最後にその子はその理由を，「自分はキリストであり，世界の罪を運んでいるのだ」と説明する. 巨人は最初疑うが，しかし自分の杖が花咲くプラム(イチジク)の木に変わるのを見る. その結果巨人は確信し，それ以来巨人はクリストフォロス，すなわちキリストを担いだ男，と名乗るようになる[Q25].

注 早期の版は中世に記録されている．例えば『黄金伝説(*Legenda aurea*)』(クリストフォロス(Christophorus))．この聖者伝の冒頭は，ごく早期の類話にしか見られない．そして，ほとんどの類話はクリストフォロスが子どもを抱いて川を渡るところから始まる．

類話(～人の類話) スウェーデン；ノルウェー；フランス；スペイン；オランダ；フリジア；ドイツ；スイス；イタリア；ハンガリー；チェコ；スロベニア；セルビア；マケドニア；ポーランド．

769 子どもの墓 (旧，死んだ子どもが好意的に両親のもとに戻る)[E324, E361]

この説話には，おもに2つの異なる型がある．

(1) 母親が，死んだ子どもたちの行列の中に，自分の死んだ子どもを見つける．その子は重い水差しを運ばされている．そして子どもは，母親の涙をすべて水差しに集めなければならないので，もう涙を流すのはやめてくれと告げる．その時から母親は涙を流すのをやめる．

(2) 死んだ子どもが，涙を流すのをやめてくれと告げるために母親のところに戻ってくる．その子の死に装束は母親の涙でびしょぬれで，その子は墓で休むことができない．その時から母親は涙を流さずに悲しみに耐え，子どもは墓の中で安らぎを得る．

注 (1)の版は中世に，トーマス・カンティプラタヌス(Thomas Cantipratanus)の『ミツバチの普遍的な善(*Bonum universale de apibus*)』(II, 53, 17)に記録されている．このテーマは古典の資料にも見られる．

類話(～人の類話) リトアニア；アイルランド；イギリス；フランス；スペイン；カタロニア；オランダ；フリジア；フラマン；ドイツ；オーストリア；スロバキア；スロベニア；セルビア；ポーランド；ロシア；ユダヤ；アメリカ；フランス系アメリカ；南アフリカ．

770 世の中を見てきた修道女

(ベアトリーチェという名の)修道女が(愛か熱情から)誓いを破り，修道院を出る．彼女が留守にしている間，処女マリアは修道院の中で彼女の代わりをする[K1841.1]．修道女が修道院に帰ってくると，その奇跡が明らかになる．

注 早期の版は中世に(1197年)，ギラルドゥス・カンブレンシス(Giraldus Cambrensis)の『教会の宝石(*Gemma ecclesiastica*)』(II, 11)に記録されている．

類話(～人の類話) ラトヴィア；アイルランド；フランス；スペイン；カタロニア；フラマン；ドイツ；スイス；イタリア；チェコ；フランス系カナダ．

770A* 守護天使

この雑録話型は，目に見えない存在(天使)によって危険，けが，加害行為から守られている人々に関するさまざまな説話を含んでいる[V238]．例えば以下のとおり．

(1) 司祭が王子の新しい(2人目の)妻を怒らせる．王子は復讐しようとする．王子は司祭を撃つつもりで呼び出す．司祭が到着すると，王子は司祭を撃たずに夕食に招待する．廷臣たちは，なぜ突然気が変わったのかと王子に尋ねる．王子は，何者かが自分の隣に立っていて，何をしたらよいか自分に告げたのだと言う．誰もそのような人を見なかったので，王子はそれが天使であったに違いないと考える．

(2) 少女が森を歩いていると，少女を強姦しようとしている男がつけてくる．少女はひざまずいて，神に祈る．すると男は少女を行かせる．数日後，男は別の少女を襲い，捕まる．男はなぜ最初の少女を行かせたかと尋ねられると，誰かが少女といっしょにいたからだと答える．

(3) 信徒たちから嫌われている聖職者が，亡くなろうとしている人の家に呼ばれる．聖職者が到着すると，そこには誰もいない．聖職者はいたずらに引っかかったのだと考え，家に帰る．

何年かあとに聖職者が再び死者の床に行ったとき，嘘の呼び出しは，聖職者を殺そうとしていた者によって仕組まれたことを知る．しかしその悪人は，聖職者がほかの人(天使，白装束の男)に付き添われているのを見て，計画を断念したということであった．

類話(～人の類話) イギリス；オランダ；フリジア；フラマン；ドイツ．

772 聖十字架のための木材

この雑録話型は，聖十字架に使用される木(天国の木から採った木材がイエスのはりつけに使われる．聖十字架が聖ヘレナによって再発見され，ヘラクレイオス皇帝によって奪還される)に関するさまざまな伝説を包括する[A2221.2.2, A2721.2.1, Z352]．例えば以下のとおり．

アダムの息子セツは，死にかかっている父親アダムのために憐れみの木の油を取ってこようとする．1人の天使が憐れみの木の油の代わりに，命の木(知識の木)の枝(種)をセツに与える．セツはその枝をアダムの墓に植える．ソロモン王は寺院に使うためにこの木を切り倒させる．その木でつくった梁が寺院に使うのには合わないので，小橋として使われ，後に埋められる．この木はキリストのはりつけのための十字架をつくるのにちょうど発見され，使われる．参照：話型 772*.

注　聖十字架の木に関する聖者伝は，11 世紀と 12 世紀にほんのわずかの聖書外典のモティーフとともに始まる．

類話(～人の類話)　フィンランド；エストニア；リーヴ；スコットランド；アイルランド；イギリス；スペイン；ポルトガル；ドイツ；スイス；マルタ；ルーマニア；ポーランド；アメリカ；アフリカ系アメリカ．

772*　キリストの心臓に打たれる釘の代わりをするハエたち

ハエたちは釘のように見え，もっと多くの釘が打ち込まれることを防ぐ[A2221.2.1, B483]．参照：話型 772.

類話(～人の類話)　エストニア；セルビア；ギリシャ；ポーランド．

773　創造を競う神と悪魔

この雑録話型は，「創造主としての神と悪魔」のテーマに関するさまざまな説話を包括する[A1750ff., A2286.2ff.]．神と悪魔には，強い二元論的傾向がある．例えば以下のとおり．

(1)　対照的な動物の創造．悪魔は神と競い，被造物を創る(しばしば神が創った被造物を模倣する)[A1751].

(2)　悪魔は人間を創造しようとするが失敗し，代わりに何らかの動物を創造する[A1755, A1811, A1833.1, A1862, A1893]．例えば，神は粘土からアダムを創り，悪魔は神のまねをしようとする．悪魔は，粘土を形づくり，それに命を吹き込むが，それは猿になる．また一部の類話では，悪魔は劣った人種を創り出す．

(3)　神と悪魔がさまざまな動物を創造するとき，善い原理が悪い原理と競う．神はオオカミを創り，オオカミは「神の犬」と呼ばれる．有害な悪魔はわざとヤギを創造する[A63.4]．悪魔の動物たちは神の動物たちを呑み込む[A2286.2.1].

(4)　悪魔の動物が神に命を与えられる[A1217]．悪魔は動物の姿をつくるが，神しか(神の名のもとにしか)それに命を与えることはできない．悪魔が神の名を口に出すことを拒むと，動物たちは命のないままである[A1756].

(5)　神が悪魔の動物を連れていく．悪魔が動物たちを創造する(所有する)と，神はそれを欲しがる．神は悪魔の動物の姿(色)を変える．それで悪魔は自分の動物がわからなくなる[A1750ff., K483].

注　早期の版は 16 世紀の文献にある．例えばハンス・ザックス(Hans Sachs)の「悪魔がヤギを創造し，悪魔の目を入れた(*Der dewffel hat die gais erschaffen, hat in dewffel-augen eingesetzt*)」(1556)を見よ．

類話(～人の類話) フィンランド；エストニア；リトアニア；デンマーク；フランス；スペイン；ポルトガル；フリジア；ルクセンブルク；ドイツ；イタリア；ルーマニア；ポーランド；ユダヤ；シベリア；イラン；インド；ハワイ；南アメリカインディアン；ナミビア．

773** 神と悪魔が守銭奴の魂をめぐって言い争う

神は，悪魔が樽をお金でいっぱいにすることができるなら，守銭奴の魂を取ってもよろしいと悪魔に言う．神は樽の底を叩いて抜き，樽を峡谷の上の木にぶら下げる．悪魔は樽をいっぱいにすることができず，魂を神に置いていく．参照：話型 1130.

類話(～人の類話) スペイン；ドイツ；スイス；スペイン系アメリカ；プエルトリコ．

774 キリストと聖ペトルス

この雑録話型は，地上を訪問中のキリストと聖ペトルス[K1811]，または世界を創造しているキリストと聖ペトルスに関するさまざまな滑稽譚からなる．参 照：話 型 330, 750A, 752A, 752B, 753, 774A–774P, 785, 785A, 791, 800–802, 805, 822, 1656.

類話(～人の類話) フランス；スペイン；カタロニア；ポルトガル；イタリア；ルーマニア．

774A 聖ペトルスが男を創造しようとする

聖ペトルスが男を創造しようとする(無実の罪で，打ち首にされた人の頭を元どおりにする)．聖ペトルスは頭を後ろ向きにつけてしまう[E34, E783.1]．聖ペトルスは，生き返らせた男が，仕事中に後ろ向きに歩かなければならないロープづくりの職人になれるだろうと考えて，自らを慰める．

一部の類話では，キリストは聖ペトルスに，女と悪魔の言い争いを解決するように頼む．軽はずみに，聖ペトルスは両者の頭を切り落とす．頭を戻すとき，聖ペトルスは両者の頭を取り違える．その時以来，女たちは体の中に悪魔を持っているということである．参照：話型 1169.

類話(～人の類話) スウェーデン；ポルトガル；フリジア；ドイツ；オーストリア；イタリア；ハンガリー；チェコ；スロバキア；ギリシャ；トルコ；クルド；ジプシー．

774B　聖ペトルスは自分のロバを売ることができない

聖ペトルスは自分のロバを売ることができない．なぜなら彼はそのロバのすべての欠点を挙げるからである．

類話(～人の類話)　フランス；イタリア；ハンガリー．

774C　蹄鉄に関する聖者伝

キリストと聖ペトルスが蹄鉄を見つける．聖ペトルスはかがんでそれを拾おうとしない．キリストは蹄鉄を拾って，それを売り，売ったお金でサクランボを買う．キリストはサクランボを1つずつ道に落とす．喉の渇いている聖ペトルスは，サクランボを1個1個拾うためにかがまなければならない．

コンビネーション　774D, 774H.
類話(～人の類話)　ラトヴィア；リトアニア：ノルウェー；フランス：スペイン：カタロニア；バスク：ポルトガル：フラマン；ワロン；ドイツ：スイス：ラディン：イタリア：ハンガリー：チェコ：スロバキア：スロベニア：クロアチア：ブルガリア；ギリシャ：ポーランド：ウクライナ；ジプシー．

774D　聖ペトルスが1日神の役目を務める

少女がヤギ(雌牛，豚，ガチョウ)を放牧場に連れていき「神様が守ってくださいますように」と言って，離れる．その結果，神の代わりをしていた聖ペトルスは，ヤギたちを追ってそこらじゅう走り回らなければならない[L423]．

コンビネーション　774C.
注　早期の版は16世紀，ハンス・ザックス(Hans Sachs)の「聖ペトルスとヤギ(*Sant Petter mit der geiß*)」(1546)を見よ．
類話(～人の類話)　フランス；ドイツ；スイス；オーストリア；ラディン；イタリア；ハンガリー；チェコ；スロバキア；スロベニア；セルビア；クロアチア；ジプシー；エジプト．

774E　聖ペトルスがブドウ摘みに参加する許しを得る

聖ペトルスがブドウ摘みに参加する許しを得る．聖ペトルスは，天国に遅れて戻り，景気がよくて人々が祈ることを忘れていると言う．そこで神は物価の上昇を地上に送る．今度は，聖ペトルスは早々と天国に戻ってきて，今ではすべての人が祈り，神に助けを乞うていると言う．

注　早期の版は16世紀，ハンス・ザックス(Hans Sachs)の「聖ペトルスが地上にやって来た(*Sant Petter kam auf erden*)」(1546)を見よ．
類話(～人の類話) カレリア；デンマーク；フランス；ポルトガル；フラマン；イタリア；ドイツ；ハンガリー；チェコ；スロベニア；ギリシャ．

774F バイオリンを持った聖ペトルス

聖ペトルスはキリストの忠告に逆らって，大工たちと兵隊たちとジプシーたちが祝いをしている酒場にどうしても行くと言う．キリストは聖ペトルスの背中にバイオリンを背負わせる．聖ペトルスがバイオリンを弾けないと言うと，彼らは聖ペトルスをさんざん殴る(笑い者にする)．

注 早期の版は16世紀，ハンス・ザックス(Hans Sachs)の「祝宴の聖ペトルス(*Sant Petter auf der hochzeit*)」(1551)を見よ．
類話(～人の類話) デンマーク；フランス；ドイツ；オーストリア；ラディン；サルデーニャ；ハンガリー；チェコ；スロバキア；スロベニア；ルーマニア；ブルガリア；ジプシー．

774H キリストが木にこぶをつくる．

聖ペトルスは大工たちに腹を立て，キリストに鉄のこぶ(枝，釘)のある木材(木々)をつくってくれるよう頼む．しかしキリストは硬い木材の枝しかつくらない[参照：A2738, A2755.4]．

コンビネーション 774C.
類話(～人の類話) スペイン；カタロニア；オランダ；フリジア；ドイツ；オーストリア；ラディン；ハンガリー；チェコ；スロバキア；ジプシー．

774J なぜ聖ペトルスは禿げになったか

聖ペトルスは農婦(パン屋の女)から2個(3個)のケーキをもらう．聖ペトルスは，1個の(悪い)ケーキしかキリストに分けず，もう1個の(いい)ケーキを帽子の下に隠す．すると帽子の下でそのケーキは聖ペトルスの髪をすべて燃やす[参照 A1315.2]．参照：話型751G*, 774L.

一部の類話では，聖ペトルスは酒場でけんかをしている間に髪を掻きむしられ，それですべての髪が抜ける．

類話(～人の類話) リトアニア；スペイン；カタロニア；フラマン；ドイツ；イタリア；ハンガリー；スロベニア．

774K ハチに刺された聖ペトルス

聖ペトルスは，キリストがたった1人の罪人のために，すべての農民たちの収穫を壊滅することに怒る．しかし聖ペトルス自身も1匹のハチに刺されたために，ミツバチの巣をまるごと水に沈める．キリストが同じことだと指摘すると，聖ペトルスはしょんぼりする[J225.0.2]．

または，船に罪人が1人乗っているという理由でキリストが船を沈めると，聖ペトルスはそれに抗議する．キリストは聖ペトルスに，ミツバチの巣箱からハチミツを取りに行かせる．1匹のハチが聖ペトルスを刺すと，聖ペトルスはすべてのミツバチをつぶす．

類話(～人の類話)　リトアニア；アイルランド；フランス；スペイン；カタロニア；ポルトガル；フラマン；ドイツ；サルデーニャ；ハンガリー；スロバキア；スロベニア；クロアチア；ウクライナ；フランス系カナダ；モロッコ．

774L　聖ペトルスのつばから生えたキノコ [A2613.1]

聖ペトルスは，ある女からケーキ(パンケーキ，パン)をもらい，こっそりそれを食べる．キリストが聖ペトルスに話しかけると，聖ペトルスは食べているものを隠そうとして，それを吐き出す．あとでそのケーキからキノコが生える．参照：話型774J．

類話(～人の類話)　リトアニア；ドイツ；オーストリア；イタリア；ハンガリー；スロバキア；スロベニア；ポーランド；ベラルーシ，ウクライナ；ジプシー．

774N　聖ペトルスの大食い

キリストが大食いな聖ペトルスに質問し続けるので，彼は答えるために，ほおばった物をひっきりなしに吐き出さなければならない．

類話(～人の類話)　フランス；スペイン；カタロニア；ポルトガル；オーストリア；イタリア；サルデーニャ；チェコ；スロベニア；フランス系カナダ．

774P　聖ペトルスと木の実

聖ペトルス(ある男)が，天地創造の公正さを疑い，大きな木が小さな実をつけると不平を言う．そこでキリスト(神)はウリ(メロン)を小さな枝に育たせ，木の実(クルミ，ドングリ，洋梨，イチジク)をしっかりした木々に育たせる[A2771.9]．ドングリが聖ペトルスの上に落ちたとき，ペトルスは(訳注：もしそれがウリだったら頭を打ち砕いていたことだろうと考え，参照『メルヒェン百科事典』EM 8, 634)，自然現象の秩序について理解する．

注　重要な文学翻案は，ラ・フォンテーヌ(La Fontaine)の『寓話(*Fables*)』(IX, 4)を見よ．東洋の伝承は18世紀以来見られる．

類話(～人の類話) スペイン；カタロニア；ポルトガル；フリジア；ドイツ；イタリア；ハンガリー；マケドニア；ブルガリア；トルコ；ユダヤ；グルジア；サウジアラビア；イラン；エジプト；ソマリア.

775 ミダスの目先の願い

フリギアの農夫たちが，お爺さん(シレノス)をミダス(名もない貧乏人)のところに連れていく．ミダスはお爺さんがディオニュソスの教育係だとわかる．ミダスはお爺さんのために祝宴を催し，それからお爺さんをディオニュソスに引き渡す．感謝したディオニュソスは，ミダスの願い事を1つかなえてやる．

ミダスは触れる物すべてが黄金になることを望む[J2072.1]．食べ物も飲み物も黄金になり，ミダスは食事ができなくなる．ミダスはこの贈り物を取り消してくれるようディオニュソスに頼む．ディオニュソスは同意し，ミダスはパクトロス川で水浴しなければならない．その時からこの川は黄金を含むようになる．

一部の類話では，ミダスは飢えと渇きで死ぬ．参照：話型782.

注 ミダスの説話に関しては，オヴィディウス(Ovid)の『変身物語(*Metamorphoses*)』(XI, 85–173)を見よ.

類話(～人の類話) ラトヴィア；リトアニア；スウェーデン；アイルランド；フランス；スペイン；オランダ；フリジア；ドイツ；ハンガリー；チェコ；マケドニア；ブルガリア；ギリシャ；ポーランド；トルコ；ユダヤ；クルド；インド；スリランカ；中国；フランス系カナダ；エジプト.

777 さまよえるユダヤ人

キリストがゴルゴタまで十字架を運ぶ．キリストがほんの少し休息したがると，そこに家を持っていたユダヤ人(靴職人)はそれを許さない．それ以来そのユダヤ人は死ぬことができずに，いつまでも地上をさまよわなければならない[Q502.1，参照 A221.3]．参照：話型750E(7).

類話(～人の類話) フィンランド；エストニア；リーヴ；ラトヴィア；リトアニア；ラップ；スウェーデン；ノルウェー；デンマーク；イギリス；フランス；スペイン；カタロニア；ポルトガル；オランダ；フリジア；フラマン；ルクセンブルク；ドイツ；スイス；オーストリア；ラディン；イタリア；ハンガリー；スロバキア；セルビア；ポーランド；ベラルーシ，ウクライナ；アメリカ；フランス系アメリカ；メキシコ；チリ.

777* さまよえるオランダ人

船長(オランダ人)が強風のために岬の周りを航行できなくなる(港に着くことができなくなる). 船長はたとえ永遠に時間がかかろうとも, 目的地にたどり着いてやると口ぎたなくののしる. (船長は, 彼の罪のために永遠に航行する罰を下される.)

この船に遭遇したふつうの船乗りたちは, この船を幽霊船だと思う(彼らが見る船の形はまちまちである). しばしば, この船の乗組員は遭遇した船乗りたちに, ずっと昔に死んだ人たちに宛てた手紙を渡す.

さまよえるオランダ船に会うことは嵐, または難破, 死の前兆である[E511–E512].

類話(～人の類話) アイルランド; フリジア; ドイツ.

778 巨大なろうそくを捧げること (旧話型 1553A* を含む)

船乗り(農夫, ジプシー)が海で遭難し(難しい状況に陥り), 自分が払えるよりも高価な(マストと同じくらい高い, 馬車のながえと同じくらい長い)巨大なろうそくを捧げると約束する. 船乗りは, ろうそくをつくらないのかと尋ねられると, 捧げていたとしても, ろうそくはもう小さくなっているころだと答えるか, または小さなろうそくを捧げることで約束を済ませるか, またはまったく約束を果たさない[K231.3, K231.3.1]. 参照: 話型 1718*.

中世の版には, 次のものがある. ある農夫が雌牛と子牛をモン・サン・ミッシェルに連れていく. 農夫は海を恐れ, 聖ミカエルに子牛を捧げると約束し, 助けてくれと叫ぶ. 危険が過ぎると農夫は, 子牛をもらえると思うなんて聖ミカエルはばかだと言う. 再び海が高潮になると農夫は再び助けを求めて叫ぶ. すると聖ミカエルが現れる. 今度は, 雌牛と子牛の両方を捧げることを農夫は約束する. しかし再び農夫は約束を果たさない. 3 回目に海は動物もろとも農夫を呑み込む.

注 『イソップ寓話』(Perry 1965, 425f. No. 28, 427 No. 34).

類話(～人の類話) フィンランド; フィンランド系スウェーデン; エストニア; ノルウェー; デンマーク; アイルランド; スペイン; ポルトガル; オランダ; フリジア; フラマン; ワロン; ドイツ; イタリア; ハンガリー; スロバキア; セルビア; クロアチア; マケドニア; ルーマニア; ブルガリア; ギリシャ; ロシア; ウクライナ; トルコ; ユダヤ; ジプシー; イラン; インド; ネパール; 日本; 西インド諸島.

778* 2本のろうそく

敬虔な男(お婆さん)が神(聖者)のために(神の肖像の前に)1本のろうそくをともす．そして悪魔のために(悪魔の肖像の前に)もう1本のろうそくをともす[V55](参照：話型1645B)．司祭(教会の雑用係)がなぜそんなことをするのかと尋ねると，敬虔な男は，人が最後にどこに行くかは誰にもわからないので，どちらとも仲よくしておくことが賢明なのだと説明する．

注 早期の版は中世に記録されている．例えばジョン・ブロムヤード(John Bromyard)の『説教大全(*Summa predicantium*)』(A XX, 9)を見よ．

類話(～人の類話) スペイン；ポルトガル；フラマン；ドイツ；スイス；チェコ；ハンガリー；ルーマニア；ポーランド；ロシア，ベラルーシ，ウクライナ．

779 神のさまざまな褒美と罰(旧話型779A*-779C*を含む)

この雑録話型は，神(キリスト，聖ペトルス)からの，母親，父親，子ども，孤児，貧乏人，皇帝，王，妃，強盗，等への，敬虔，寛大さ，寛容，誕生，犯罪，冒瀆，怠惰，等に対する褒美と罰を扱うさまざまな説話を包括する．

類話(～人の類話) リトアニア；ラトヴィア；ノルウェー；アイルランド；ポルトガル；ドイツ；イタリア；サルデーニャ；ハンガリー；チェコ；スロベニア；ポーランド；クロアチア；ブルガリア；ギリシャ；ロシア；ベラルーシ；ウクライナ；トルコ；ユダヤ；ジプシー；モルドヴィア；モンゴル；シリア，パレスチナ；インド；フランス系カナダ；メキシコ；エジプト，チュニジア，アルジェリア，スーダン．

779A*-779C* 話型779を見よ．

779E* コルベックの踊る者たち[C94.1.1]

クリスマス・イブのことである．コルベックの(架空の町の)農夫がほかの15人の農夫と3人の女とともに，ミサが行われている間に教会の外でダンスを催す．司祭は教会から出てくると，神の名のもとに，踊っていた者たちを皆呪う．それ以来彼らはずっと踊り続けなければならなくなる[Q386]．彼らは踊って地面をえぐりながら地中へと入っていき，最後には死ぬ．彼らの死後，踊っていた人と同じ数の石が記念碑として置かれる．

注 ヨハネス・ゴビ・ジュニア(Johannes Gobi Junior)の『スカーラ・コエーリ(*Scala coeli*)』(No. 342)に記録されている．

類話(～人の類話) フィンランド系スウェーデン；スペイン；カタロニア；ポルトガル；ドイツ；スイス；ハンガリー．

779F* 死者たちのミサ

この説話には，おもに2つの異なる型がある．

(1) ある女(男)が(降臨節の間，またはクリスマスに，または新年に)早朝ミサに寝坊したと思い，教会へと急ぐ．教会は明るく灯がともされ，見知らぬ礼拝者たちでいっぱいである．それは死者たちのミサである．死んだ知人(隣人)が彼女に去るように言う．恐ろしくなり，彼女は逃げるが，服を置いてくる．彼女は戻るが，教会のドアが開かないので服を取ることができない．次の朝，その服はびりびりに引き裂かれて，墓地で見つかる[E492, E242]．

(2) ある人が(降臨節の間，またはクリスマスに，新年に，諸聖人の祝日に，死者の記念日に，特定の聖人の日に)偶然死者のミサを目撃する．1人の司祭が彼に，聖餐式を受ける気(侍者を務める気)があるかどうか尋ねる．男は同意し，祝福を受ける．司祭は，生きている人に正餐を執り行うまでは，安らかに眠ることができなかったのだと男に言う．ミサを訪れた男はその後まもなく死ぬ[E492, E242]．

コンビネーション 755, 760.

注 (1)のグループのテクストは，おもに中央ヨーロッパと北ヨーロッパから来ている．(2)のグループのテクストは，フランスとドイツ語圏のカトリック地域から来ている．

類話(～人の類話) フィンランド；エストニア；リーヴ；リトアニア；ラップ；ノルウェー；デンマーク；アイスランド；アイルランド；フランス；スペイン；ポルトガル；オランダ；フリジア；フラマン；ドイツ；スイス；ラディン；マルタ；ハンガリー；スロベニア；セルビア；クロアチア；ポーランド；ウクライナ；ユダヤ；アメリカ．

779G* 穀物に対する冒瀆

ある女が，子どもの汚れを落とすのにパン(穀物，穂)を使う[C851.1.2]．罰としてキリスト(神，処女マリア，聖人)は穂を短くし，今の長さにする[A2793.5]．

類話(～人の類話) リトアニア；フランス；ドイツ；ハンガリー；ポーランド；ヤクート；インド；中国；インドネシア．

779H* 星の銀貨

貧しい虐待されたみなしごの少女が，育ての親のもとを去り，暗い森に着く．みなしごの少女は持っている物をすべて，4人の子どもに与える．すると突然美しい女が天国からおりてきて，4番目の子どもを連れていく．美しい女は感謝し，すべての天の恵みをみなしごの少女に約束する．みなしごの少女が星に手を振ると，みなしごの少女が広げたシャツに銀貨が落ちてくる[F962.3].

類話(～人の類話) ラトヴィア；ドイツ；クロアチア.

779J* 安息日を破る (旧話型368B*と1705B*を含む)

この雑録話型は，日曜日に人々が家や畑で働くか，狩りに行くか，または禁じられた楽しみに参加し，日曜日(別の聖日)の安息の戒律に違反することを扱うさまざまな宗教的な伝説を含む[C631]．これらの戒律違反に対する罰はさまざまである(参照：話型751E*)．例は次のとおりである.

日曜日に刈り入れた干し草が石に変わる.

教会へ行かずにベリーを摘みに行く者が病気になる(死ぬ，いなくなる).

教会へ行かずに狩りに行く者が事故にあう(死ぬ).

日曜日に九柱戯をする者がボールに当たって死ぬ.

オルガンの後ろでトランプする聖歌隊の少年が悪魔に捕まる.

クリスマスに教会へ行かずにトランプするか，またはダンスをする人々が，彼らが会っていた家もろとも地中に沈む[C94.1.1](参照：話型779E*).

注 聖書の物語(およびその他の資料)は，すでに「創世記」の中で，安息日について，天地創造の6日後に神が休んだことにならって由来説明をしている(創世記2, 1–3)．安息日は自由民である男にも女にも，また奴隷や役畜にも，すべての者に当てはまる(出エジプト記20, 8–11，申命記5, 12–15).

類話(～人の類話) フィンランド；エストニア；ノルウェー；スコットランド；スペイン；カタロニア；ポルトガル；フリジア；ドイツ；スイス；オーストリア；ラディン；マルタ；ハンガリー；ルーマニア；ブルガリア；ポーランド；ロシア；ポリネシア；モロッコ.

真実が明るみに出る 780–799

780　歌う骨

ある兄弟(姉妹)が，自分の兄弟(姉妹)を殺して，土に埋める．1人の羊飼いが骨から楽器(ハープ，バイオリン，フルート)をつくり，その楽器が，秘密を明るみに出す[E632, D1610.34, N271]．

または，墓から育った(話す[D1610.2])木によって，殺人者が暴露される[E631, E632]．参照：話型 720.

コンビネーション　303, 408, 550, 551, 720.

類話(～人の類話)　エストニア；リトアニア；ラトヴィア；デンマーク；スコットランド；アイルランド；イギリス；フランス；スペイン；カタロニア；ポルトガル；オランダ；フリジア；フラマン；ワロン；ドイツ；スイス；オーストリア；イタリア；サルデーニャ；ハンガリー；チェコ；スロベニア；ルーマニア；ギリシャ；ポーランド；ロシア，ベラルーシ，ウクライナ；トルコ；ユダヤ；ジプシー；チェレミス/マリ，チュヴァシ，モルドヴィア，ヴォチャーク；モンゴル；イラク；イラン；インド；中国；朝鮮；日本；アメリカ；フランス系カナダ；フランス系アメリカ；スペイン系アメリカ，メキシコ；キューバ，ドミニカ，プエルトリコ，ウルグアイ，アルゼンチン；西インド諸島；カボヴェルデ；北アフリカ，アルジェリア，モロッコ；ギニア；東アフリカ；中央アフリカ；コンゴ；ナミビア．

780B　話す髪

継母が少女を木の下に生きたまま埋める(自分の娘を殺す)．少女の髪は，小麦または低木となって伸び，自分の不幸を歌う[E631, D16102.2]．その後少女は発見され救われる．継母は同じ穴に埋めらる[Q581]．

類話(～人の類話)　スペイン；カタロニア；ポルトガル；イタリア；チェコ；ルーマニア；イエメン；スペイン系アメリカ，メキシコ；キューバ，プエルトリコ；ブラジル；エジプト．

780C　物語を語る子牛の頭

人殺しが子牛の(羊の)頭を買う．家に帰る途中，子牛の頭から血がしたたる．役人たちが人殺しを見つけると，牛の頭は彼が殺した男の頭に変わっている[Q551.3.3]．参照：話型 960, 960B.

類話(～人の類話)　フランス；スペイン；カタロニア；ドイツ；ハンガリー；ブルガリア；ギリシャ；ウクライナ；シリア；スペイン系アメリカ；プエルトリコ；エジプ

ト；エジプト，リビア，アルジェリア，モロッコ；チュニジア；スーダン．

781　わが子を殺した姫

妃(姫，継母，父親)が自分の子どもを殺す．ある若者が鳥の言葉を学ぶ[B131.1, B215]．鳥(ハト)が「木の下に骨がある」と歌う[N271.4]．(死んだ子どもは発見され，人殺しは殺される[Q211.4].) 参照：話型 517, 720.

類話(～人の類話)　フィンランド；エストニア；デンマーク；イギリス；スロベニア；ロシア，ウクライナ；日本；西インド諸島；東アフリカ；ナミビア；南アフリカ．

782　ミダスとロバの耳

ミダス(無名の皇帝)は，自分の富にうんざりし，森の中に隠棲する．頼まれてもいないのにミダスはパンとアポロンの音楽の競い合いに介入し，パンを支持する．

罰としてアポロンはミダスにロバの耳[F511.2.2](馬の耳，羊の耳，ヤギの耳)を与える．ミダスは王冠の下にその耳を隠す．ミダスの床屋(コサック人，乳兄弟)はこの秘密を隠しておくことができない[N465]．彼は地面に穴を掘り，その穴に向かって秘密をささやき，再び穴を塞ぐ．しかしそこに葦が育ち(その葦から楽器がつくられ)秘密を漏らす[D1316.5, D1610.34]．参照：話型 775.

注　古典起源，オヴィディウス(Ovid)の『変身物語(*Metamorphoses*)』(XI, 174–193).
類話(～人の類話)　ラトヴィア；アイルランド；ウェールズ；フランス；ポルトガル；フリジア；フラマン；ドイツ；イタリア；ハンガリー；セルビア；クロアチア；マケドニア；ブルガリア；ギリシャ；トルコ；ロシア；ユダヤ；ジプシー；クルド；ウズベク；キルギス；タジク；モンゴル；トゥヴァ；グルジア；イラク；クウェート；パキスタン，インド；ビルマ；チベット；中国；朝鮮；タイ；フランス系カナダ；スペイン系アメリカ；チリ；アルゼンチン；ブラジル；エジプト；アルジェリア；モロッコ；東アフリカ；南アフリカ；マダガスカル．

785　子羊の心臓 (旧，誰が子羊の心臓を食べたのか)

地上を旅しているとき[K1811]，神(キリスト，聖ペトルス，ニコラウス)が道連れ(兵隊，物乞い，職人，聖職者，聖ペトルス)に，子羊(ヤギ，雌牛，鶏)を調理するように頼む．道連れはこっそり子羊の心臓(肝臓，腎臓，脳，舌)を食べるが，食べたことを否定する．道連れは，この種の動物には心臓はないと説明する[K402].

さまざまな奇跡(蘇生，治療)によって神は力を示すが，男は神にまだ本当のことを言わず，それどころか神のまねをしようとする．男は失敗し，死刑を言い渡される．神は援助を申し出るが，このペテン師は，負けを認めるくらいなら死ぬほうがましだと言う．それでも神はこの男を救う．

その後，神は宝を3つに分ける．3つ目は，心臓を食べた人のものとすることになる．すると道連れは，心臓を食べたのは自分だと白状する[J1141.1.1]．参照：話型 52, 753, 753A.

コンビネーション　通常この話型は，1つまたは複数の他の話型のエピソード，特に 330, 753, 753A，および 752A, 791, 1157 のエピソードと結びついている．

類話(～人の類話)　フィンランド；フィンランド系スウェーデン；エストニア；リーヴ；ラトヴィア；リトアニア；ヴォート, リュディア；スウェーデン；アイルランド；フランス；スペイン；カタロニア；ポルトガル；フリジア；フラマン；ワロン；ドイツ；イタリア；サルデーニャ；ハンガリー；チェコ；スロバキア；ルーマニア；ブルガリア；ギリシャ；ポーランド；ロシア, ベラルーシ, ウクライナ；ユダヤ；ジプシー；イラク；イラン；中国；フランス系カナダ；スペイン系アメリカ, メキシコ；ドミニカ；西インド諸島；ナミビア．

785A　1本脚のガチョウ

召し使い(料理人，聖ペトルス)が主人(キリスト)からガチョウ(ツル，鶏)を調理するよう頼まれる．召し使いは，脚を1本食べて，ガチョウには1本しか脚がなかった(すべてのツルには一般に脚が1本しかない)と言い張る．召し使いは1本脚で立っているガチョウたちを見せて，自分の言い分を強調する．

主人がガチョウたちから狙いを外して撃つと，ガチョウたちは両脚を使い[K402.1]，それで主人は召し使いの主張を論破する．召し使いは，もし主人が焼いたガチョウを同じように脅していたなら，ガチョウは2本目の脚を出していたことだろうと答える．

コンビネーション　759, 785.

類話(～人の類話)　ラトヴィア；リトアニア；アイルランド；スペイン；ポルトガル；フリジア；フラマン；ドイツ；イタリア；ハンガリー；チェコ；スロバキア；ルーマニア；ブルガリア；アルバニア；ポーランド；ソルビア；ウクライナ；ユダヤ；ジプシー；グルジア；インド；カンボジア；スペイン系アメリカ, メキシコ；プエルトリコ；西インド諸島；エジプト；南アフリカ．

788　焼かれて，生き返った男 (旧話型 791* を含む)

ある男(隠者，聖者，天使)が罪を犯し，焼かれる(天使に自ら焼くように言われる)．男の体の一部(心臓)がキリスト(神，12使徒，聖ペトルス，物乞い，修道士，少女，死んだ男の母親)によって運び去られ，ある女がそれに触れ，妊娠して子どもを産む．

または，狩人が隠者の心臓を灰の中に見つけ，家に持ち帰り，娘にその心臓を狩人のために調理するように言う．娘(狩人の妹，少女)は狩人の代わりに自分でそれを食べ，そのせいで妊娠する．生まれたばかりの子どもは歩くことができ，話すことができ，予言ができ，魔法が使え，そして超自然の力を持っている．それは生まれ変わった主人公(隠者)である．

類話(～人の類話) フィンランド；リトアニア；アイルランド；フランス；スペイン；ポルトガル；イタリア；サルデーニャ；ハンガリー；チェコ；スロベニア；セルビア；ギリシャ；フランス系カナダ．

790* 聖ゲオルクが貧しい男に教えをたれる

聖ゲオルクが貧しい男に「少しの盗みをして，少しの嘘をつく者が金持ちになる」と教える[J556.1]．

ロシアの類話は次のとおりである．聖ゲオルクは貧しい男(ネステルカ(Nesterka)，ジプシー)に，どうしたら金持ちになれるかを教える．すなわち，金持ちになるには盗みをして，嘘をつかなければならないと教える．すると貧しい男は聖ゲオルクから黄金のあぶみ(鞍，杯)を盗み，盗んでいないと言う．

類話(～人の類話) フィンランド；リトアニア；リーヴ；ラトヴィア；スロバキア；マケドニア；ポーランド；ロシア, ベラルーシ, ウクライナ；チュヴァシ．

791 夜の宿でのキリストと聖ペトルス(旧，夜の宿での救世主と聖ペトルス)

主人が聖ペトルスとキリストを泊めてやり，聖ペトルスとキリストは同じベッドで寝なければならない．夜(酔った)主人は聖ペトルスを(いろいろな理由で)さんざん叩く．聖ペトルスはキリストと場所を交替する．すると主人は，もう片方の泊まり客を叩きにやって来る．それで聖ペトルスは再びひどく殴られる[K1132]．参照：話型752A．

コンビネーション 822, 752, 752A.

類話(～人の類話) フィンランド；フィンランド系スウェーデン；エストニア；ラトヴィア；リトアニア；カレリア；ノルウェー；フランス；スペイン；バスク；カタロニア；ポルトガル；オランダ；フリジア；フラマン；ワロン；ルクセンブルク；ドイツ；オーストリア；ラディン；イタリア；サルデーニャ；マルタ；ハンガリー；チェ

コ；スロバキア；スロベニア；セルビア；クロアチア；ルーマニア；ブルガリア；ポーランド；ロシア，ベラルーシ，ウクライナ；ユダヤ；ジプシー；フランス系カナダ；ブラジル．

791* 話型 788 を見よ．

795 話型 759D を見よ．

798 女が猿のしっぽから創られる

神がアダムのあばら骨からイブを創ろうとすると，猿(悪魔，犬，猫，キツネ)があばら骨を盗む．神は猿を追って(猿を捕まえるために天使を送り)，猿のしっぽをつかむ．しっぽはちぎれ，神はそれを手に持って，猿のしっぽ(悪魔の，犬の，猫の，キツネのしっぽ[A1224.3])からイブを創る．

類話(～人の類話) フィンランド；エストニア；リーヴ；リトアニア；フランス；カタロニア；ポルトガル；ドイツ；メキシコ；プエルトリコ．

天国 800-809

800 天国に行った仕立屋

神が留守にしている間，聖ペトルスは天国にふさわしくない仕立屋を天国に入れる[A661.0.1.2, P441.1]．仕立屋は神の足のせ台を地上の泥棒のお婆さんに投げつける[F1037.1]．仕立屋は天国から追放される[L435.3]．参照：話型 752B, 801, 805, 1656.

コンビネーション 通常この話型は，1つまたは複数の他の話型のエピソード，特に330A, 1036, 1063, 1072, 1084, 1096 のエピソードと結びついている．

類話(～人の類話) フィンランド；エストニア；ラトヴィア；リトアニア；スウェーデン；ノルウェー；アイルランド；フランス；フラマン；ドイツ；オーストリア；ラディン；イタリア；ハンガリー；チェコ；スロバキア；ブルガリア；ポーランド；ロシア, ベラルーシ, ウクライナ；ジプシー；ブリヤート；グルジア；ドルーズ派；日本；フランス系カナダ．

801 プフリーム親方

決して満足しない独善的な靴職人(御者，金持ちの男)が，自分のところにいる職人，召し使い，妻を批判する．靴職人は自分が死んだ夢を見る．靴職人が天国に入る許しを得る前に，聖ペトルスは彼に，とがめ立てを[F13]しないよう警告する[A661.0.1.2]．

靴職人はしっかりやるつもりでいたにもかかわらず，不平を言い続ける．靴職人は梁を横にして運んでいる天使たちを非難し[F171.6.3]，ほかの天使たちが水をざるに入れて運ぶのを非難する[H1023.2](参照：話型 1180)．または2頭の馬を荷車の前と後ろにつないで引かせるのを非難する[F171.6.4]．

とうとう，この口やかましい男は天国から追放される[Q312.1]．靴職人は夢から覚めると，夢で見たことを批判し続け，性格が変わらなかったことが明らかになる．参照：話型 800, 805, 1180, 1248, 1656.

類話(～人の類話) フィンランド；エストニア；ラトヴィア；ドイツ；イタリア；チェコ；スロバキア；ギリシャ；ロシア；ユダヤ；エジプト；モロッコ．

802 天国に行った農夫

貧しい農夫(物乞い，お婆さん，貧しい少女，説教者)が金持ちの男(司祭，弁護士，町民，修道女，隠者，聖者，老夫婦)と同時に天国に到着する．金持ちの男が最初に入り，彼が歓喜とともに受け入れられるのを貧しい男は外で立ち聞きする．貧しい男が入ると同じようなことは何も起こらない．農夫は，天国でも地上と同じように物事は不公平に扱われると不平を言う．聖ペトルスは，貧乏人は毎日天国にやって来るが，金持ちが来るのは100年に1度だけだと説明する[E758, W245]．

注　この説話は，マタイによる福音書XIX, 23-24にある「金持ちが神の国に入るよりも，ラクダが針の穴を通るほうがまだ易しい」という宗教観に基づいている．

類話(～人の類話)　エストニア；ラトヴィア；リトアニア；デンマーク；アイルランド；イギリス；フランス；フリジア；フラマン；ドイツ；スイス；オーストリア；イタリア；マルタ；スロベニア；ギリシャ；ポーランド；パレスチナ．

802A* 天秤ばかりに放り込まれた信仰心

ある聖職者が，自分の善い行いと悪い行いが天秤にかけられているのを見る[E751.1，参照V4.1]．聖職者は自分のキリスト(処女マリア)への信仰をはかり皿に放り込むよう頼む．彼は救われる[V512.1]．参照：話型808.

類話(～人の類話)　ラトヴィア；リトアニア；アイルランド；カタロニア；タンザニア．

802A** 天国に用意されたいくつかの部屋

善良な男が地上でまだ生きているうちに，天国(楽園)でいくつかの豪華な部屋が彼のために用意される．死んだ欲張りがこの生きている男に，そのうちの1部屋でいいから譲ってくれと頼む[Q172.4.1]．

類話(～人の類話)　リトアニア；パレスチナ；サウジアラビア，カタール；エジプト，モロッコ．

803 鎖で縛られた悪魔 (旧，ソロモン王が地獄で悪魔を鎖で縛る)

キリストが，死んだ人々(罪人)を地獄から救う．しかしソロモン王のことは，自分で身を救うようにそこに残す．そこでソロモン王は悪魔(サタン，ルチファー)を鎖で縛りつける．すると悪魔は鎖をかじり続ける．毎年復活祭の少し前に，悪魔は鎖を食いちぎりそうになるが，鎖はすぐさま元どおりになる[A1071.1]．

コンビネーション　804B, 875.

類話(～人の類話)　フィンランド；エストニア；ラトヴィア；リトアニア；ノルウェー；ポーランド；ロシア，ベラルーシ，ウクライナ；グルジア．

804　聖ペトルスの母親が天国から落ちる

天国にいる聖ペトルス(その他の聖人)[A661.0.1.2]は，母親(罪人，魔女，父親，木こり，聖職者，泥棒)を地獄(煉獄)から救うことを許される．母親がロープ(つる)で天国に引っ張られると[F51.1.3]，ほかの地獄の住人たち(死者たち)が自分たちも救ってもらおうと彼女の足をつかむ．母親は彼らが上がってくることを望まず，蹴り落とす．ロープは切れ，母親は再び地獄に落ちる．(聖ペトルスは母親の人となりが悪いことを認め，追放する)[Q291.1]．

類話(～人の類話)　フィンランド；リトアニア；ラトヴィア；スウェーデン；フランス；スペイン；カタロニア；ポルトガル；ドイツ；イタリア；コルシカ島；サルデーニャ；ハンガリー；スロベニア；ブルガリア；ポーランド；ロシア，ベラルーシ，ウクライナ；ユダヤ；シベリア；ヤクート；中国；日本；フランス系カナダ；スペイン系アメリカ；ブラジル；チリ．

804A　天国へ伸びた豆のつる

老夫婦が(自分たちの家の屋根を突き破って伸びた)豆のつるを登って天国に行く．お爺さんは妻を袋に入れて，それを歯でくわえて運びながら登る．お婆さんは「天国はまだ遠いのか」と質問し続ける．お爺さんが答えると，お婆さんは地上に落ちる(お爺さんは天国に着く)．

もう1つの類話では，豆のつるを登って天国に行った老夫婦が，パン生地(パイ，リンゴ)を食べないことと，神の小さな馬車に乗らないことを約束する．老夫婦は約束を破り(お婆さんは小さな馬車に乗り，馬車はお婆さんを乗せて素早く走り去り)，老夫婦は天国を追い出される．

類話(～人の類話)　フィンランド；リトアニア；ラトヴィア；ブルガリア；ロシア，ベラルーシ，ウクライナ；日本；フィリピン．

804B　地獄に教会

地獄にいる人物(ソロモン，兵隊，鍛冶屋，粉屋，靴職人，ジプシー，農夫，等)が，地獄に教会(修道院)を建設すると脅す．悪魔は教会をつくらせるわけにはいかない．それでその人物は地獄から追い出される(地代として黄金をもらう，王か地主の娘と結婚できる)[K1781]．

コンビネーション　通常この話型は，1つまたは複数の他の話型のエピソード，特に1072, 1084，および330, 1062, 1071, 1525Aのエピソードと結びついている．

類話(～人の類話)　エストニア；ラトヴィア；リトアニア；コミ；ドイツ；ハンガリ

ー；チェコ；スロバキア；クロアチア；ブルガリア；ロシア, ベラルーシ, ウクライナ；ジプシー；チェレミス/マリ.

804C　地獄には不向き

聖職者があるお婆さんに，彼女は地獄に行く運命にはないと請け合う．なぜなら地獄は，泣いて歯ぎしりするためにつくられているが，お婆さんには，歯がもう1本も残っていないからである．

注　聖書の詩編を見よ(マタイによる福音書 VIII, 12「しかし，この国の子どもたちは外の闇に追い出され，そこで泣いたり歯ぎしりをしたりするであろう」).

類話(～人の類話)　ドイツ；スイス；オーストリア.

804B*　天国の門前の酒場

男(ノービス(Nobis))が飲み代の借金を支払うために，自分の身を悪魔に与えると約束する．しかし男は魂の代わりに叩かれることで支払いをする．それで男は地獄にも天国にも入ることが許されない．そこで男は(「ノービスのジョッキ(Nobiskrug)」という名の)酒場を天国と地獄の間で(天国の門の外で，地獄の門の外で)始める．

一部の類話では，たいへん多くの人たちが天国の入り口の前の酒場にとどまり，それを防ぐために，ついに酒場の主人は天国に入ることを許される．または，天国への志願者の多くは自分の飲み物を地上から持ってくる(彼らはすでに酔っている)ので，主人は店をたたまなければならない．

類話(～人の類話)　ラトヴィア；ドイツ；ハンガリー；ウクライナ.

805　ヨーゼフとマリアが天国を出ると脅す

天国の門番である聖ペトルス(神，キリスト)が自分のところにいる人たちの中に，いくつかの見知らぬ顔があることに気づく．聖ペトルスは，ヨーゼフが彼らのために裏口を開けてやったことを知る．

聖ペトルスが，なぜそのようなことをしたのかとヨーゼフに尋ねると，ヨーゼフもまた怒りだす．ヨーゼフは聖ペトルスの命令には従わないと誓い，マリアと子どもを連れて天国を出ると脅す．聖ペトルスは態度を和らげる[V254.6]．参照：話型 800, 801

類話(～人の類話)　フランス；スペイン；カタロニア；オランダ；フラマン；ドイツ；イタリア；ウクライナ；フランス系カナダ；スペイン系アメリカ.

808 悪魔と天使が魂をめぐって戦う（旧，悪魔と天使が魂を待つ）

悪魔と天使が金持ちの守銭奴の死の床で，魂をめぐって言い争う．最終的に天秤は，金持ちが以前物乞いを助けるのに恵んでやった藁の茎（その他の物）[E751.1, E756.1]のおかげで，金持ちに有利なほうに傾く．金持ちは楽園に居場所を得る．参照：話型 802A*, 808A, 809*.

類話（～人の類話） フィンランド；リーヴ；ラトヴィア；リトアニア；アイルランド；スペイン；ドイツ；ラディン；ハンガリー；チェコ；スロバキア；ギリシャ；ポーランド；ロシア，ウクライナ；ユダヤ；グルジア；エジプト．

808A 善人と悪人の死

善人が死ぬと，ハチ（彼の魂）が彼の口から飛び出す．すると白い鳥と黒い鳥がそのハチをめぐって戦い，白い鳥がハチを捕まえる．

悪人が死ぬと，黒い鳥がハチを捕まえる[E721, E734.2, E751.1, E756.1]．参照：話型 756B, 808.

あるエストニアの類話では，どのように善人は死ぬのかを見せるために，天使が金持ちの男を死の床に連れていく．2羽の白いハトがベッドの頭のほうに座っていて，2羽の黒いカラスが足のほうに座っている．男が死ぬとハトが飛び立ち，魂を連れていく．

悪人の死の床では，2羽のカラスが頭のほうに座っていて，足のほうにハトが座っている．男が死ぬとカラスが魂を連れ去り，ハトは泣く．

注 眠っている人々の口から出てくる動物たち（ヘビ，ハツカネズミ，アリ，等），または，彼らの体から魂の動物として出てくるもの[E721, E730]は，ほかの説話にも見られるが（例，話型 840, 1645A）そこでは，動物たちは異なる機能を持っている．

類話（～人の類話） エストニア；リーヴ；リトアニア；イギリス；フランス；スペイン；オランダ，フリジア；ドイツ；スロバキア；ギリシャ；ユダヤ．

809* 金持ちが天国にいることを許される

金持ちが，たった1つの慈善行為のために，天国にいることを許される．（時として金持ちはお礼をもらい，地獄に送られる．）参照：話型 750H*, 808.

類話（～人の類話） フィンランド；フランス；スペイン；ポルトガル；マケドニア；ユダヤ；シリア，パレスチナ；中国；エジプト；南アフリカ．

809** 善行のためにお礼をもらったお爺さん

お爺さんが（お金を与えて）物乞いが家を建てるのを助ける．お爺さんは家を見に行き，気づくと天国にいる．

類話（～人の類話） セルビア；クロアチア；マケドニア；ロシア，ウクライナ；ユダヤ．

悪魔 810-826

810 悪魔の罠

苦境のとき，これから生まれてくる子どもが悪魔に与えられるという約束がなされる[M211, S211, S241]．数年後，約束された子どもが悪魔に連れていかれるときが来ると，子どもは神聖な場所(教会，祭壇，墓地)に避難して，魔法の円の中で聖書を読んでいる(聖職者が子どもの周りに円を描く)[K218.1]．悪魔は子どもを円の外に誘い出すことができず[D1381.11, G303.16.19.15]，契約は無効となる．参照：話型 400, 518, 974.

コンビネーション 400, 518.

類話(～人の類話) フィンランド；エストニア；ラトヴィア；リトアニア；ラップ；ヴェプス；スウェーデン；ノルウェー；デンマーク；アイスランド；スコットランド；アイルランド；イギリス；フランス；スペイン；カタロニア；ポルトガル；フリジア；ドイツ；イタリア；サルデーニャ；マルタ；スロベニア；クロアチア；アルバニア；ギリシャ；ソルビア；ベラルーシ, ウクライナ；アゼルバイジャン；パレスチナ；フィリピン；フランス系カナダ；フランス系アメリカ；スペイン系アメリカ, メキシコ；西インド諸島.

810A 悪魔が罪ほろぼしをする

貧しい敬虔な農夫が，最後の 1 かけのパンを木の切り株に置く．若い悪魔が農夫を試すためにパンを盗む．敬虔な農夫は泥棒に神の恵みを祈る．悪魔は地獄でルチファーに叱責され，1 年間(3 年間，7 年間)その農夫に仕えるよう命じられる．悪魔は働いて自分の主人を裕福にし，悪い地主を罰して，地獄に戻る[G303.9.3.1.1].

類話(～人の類話) フィンランド；ラトヴィア；リトアニア；ポルトガル；ドイツ；ハンガリー；チェコ；スロバキア；クロアチア；ルーマニア；ポーランド；ソルビア；ロシア, ベラルーシ, ウクライナ；ジプシー.

810A* 司祭と悪魔

雑録話型．悪魔が 1 晩で[G303.16.19.4, G303.17.1.1]教会[G303.9.1.6](建物[G303.9.1.13]，城，宮殿[G303.9.1.5]，橋[G303.9.1.1]，ダム[G303.9.1.2]，通り[G303.9.1.7])を建てることができたら，自分の娘(魂)を悪魔(悪魔たち)に与えることに聖職者(司祭，商人)が同意する[S211]．聖職者(聖職者の妻)はオンドリをいつもより早く鳴かせ，悪魔は姿を消す[G303.14, E452]．参照：

話型 1099, 1191.

コンビネーション　1187*.
類話(～人の類話)　リトアニア；イギリス；フランス；スペイン；バスク；ポルトガル；オランダ；フリジア；フラマン；ドイツ；オーストリア；チェコ；ソルビア；ポーランド；ロシア；チェレミス/マリ；中国；日本；北アメリカインディアン；アメリカ；メキシコ.

810B*　悪魔に売られた若者 [S211]

悪魔(巨人)が若者を連れにやって来ると，若者の両親は3晩続けて犬の皮と雄羊の皮とヤギの皮の中に若者を入れて縫い合わせる(両親は若者を，麦にして穂の中に，綿毛にして白鳥の首に，魚の卵にしてカレイの中に隠す)．悪魔は若者を見つけることができない.

類話(～人の類話)　アイスランド；イタリア；ロシア.

811　悪魔に与えられると約束された男が聖職者になる [S211]

悪魔に与えられると約束された男が，地獄で聖水を悪魔たちにまき散らす．そして男の父親がかつて悪魔と結んだ契約書を破る．男は司祭長になる．男はある罪人に贖罪をするように言い，後に司教として，その罪人を罪から解放する[K218.3]．参照：話型 756B.

コンビネーション　756B.
類話(～人の類話)　フィンランド；エストニア；ラトヴィア；リトアニア；ラップ；ノルウェー；デンマーク；アイルランド；ドイツ；スイス；ハンガリー；チェコ；スロベニア；セルビア；クロアチア；ルーマニア；ベラルーシ, ウクライナ；ジプシー；フランス系カナダ；マダガスカル.

811A*　悪魔のところに行くことを約束された(運命づけられた)少年が善行によって身を救う

少年が(生まれる前に)両親によって，お金と引き換えに悪魔に売られる[S211]．少年は決められたとき(4歳になったとき)に引き渡されることになっている.

少年は自分の運命を知ると，自分で運命をなんとかしようと決心する．少年は家を出て，処女マリア(ほかの神聖な人物)に会う．少年の親切で助けとなるふるまいに感謝して，処女マリアは魔法の道具(水)を少年に与える．悪魔が少年を連れに来ると，少年はその魔法の道具を使って悪魔から身を守ることができる(少年は悪魔と戦い，勝つ)．参照：話型 310, 313, 315, 756B.

類話(～人の類話) フランス；ドイツ；コルシカ島；ブルガリア；フランス系カナダ.

812 悪魔の謎かけ (旧話型 812* を含む)

男(3 人の腹をすかせた兵隊)が，お金(食べ物)と引き換えに自分の身を(竜の姿をした)悪魔に与えると約束する[M211]．一定の期間(7 年間)が過ぎたとき，悪魔が出した 3 つの(7 つの)謎を解くことができたら，男は契約から解放される．悪魔は本来の形と違って見えるいくつかの物を持っていて[H523]，男はそれが本当は何かを当てなければならない．雄ヤギ＝馬，服＝ヤギの皮，黄金のカップ＝松ヤニのカップ，焼いた肉＝死んだ犬，スプーン＝クジラのあばら骨，ワイングラス＝馬の蹄.

または悪魔は次のような，一見答えられない質問をする．ハチミツよりも甘い物は何か[H671]，白鳥の綿毛より柔らかい物は何か[H672]，石よりも硬い物は何か[H673]．または，1 から 7(10, 12)までの数字の象徴的な意味について尋ねる[H602.1.1, Z22](参照：話型 2010)．または悪魔は不可能な課題を出す[H1010].

お婆さん(悪魔の祖母)が謎を解くのを手伝ってくれる．または男が木の上に隠れて，悪魔が友人と話しているのを盗み聞きし，答えを知る[N451.1, G661.1, G661.2]．または悪魔の祖母が男を隠し，悪魔から秘密を聞き出してくれるか[G530.4]，またはほかの存在(天使，聖アンドレアス，ジプシー)の援助で秘密を聞く[N810]．最後に男は自分の魂を救い，そして悪魔から逃れる[H543].

コンビネーション 360, 361, 545D*, 613.
類話(～人の類話) フィンランド；エストニア；ラトヴィア；リトアニア；リーヴ，ラップ；スウェーデン；ノルウェー；デンマーク；フェロー；スコットランド；アイルランド；スイス；フランス；スペイン；バスク；ポルトガル；オランダ；フリジア；ドイツ；ラディン；イタリア；サルデーニャ；ハンガリー；チェコ；スロバキア；スロベニア；ルーマニア；ブルガリア；ポーランド；ギリシャ；ロシア；ベラルーシ；ウクライナ；ユダヤ；ジプシー；カタール；日本；ポリネシア；アメリカ；アフリカ系アメリカ；プエルトリコ, チリ, アルゼンチン；西インド諸島.

812* 話型 812 を見よ.

813 不注意な言葉が悪魔を呼び出す [C12]

この雑録話型は，誰かが不注意に悪魔という言葉を使うか，または不注意に呪いの言葉(例えば,「悪魔に取られてしまえ」)を発する,さまざまな説話を包括する.呪いは現実となり,悪魔が(しばしば変装して,若い男の姿で,犬の姿で)現れる.そして呪いをかけた者や,呪いをかけられた者(しばしば少年,少女,娘)を連れ去る.

類話(～人の類話) フィンランド;カレリア,コミ;スコットランド;アイスランド;アイルランド;イギリス;スペイン;ポルトガル;ドイツ;ラディン;セルビア;クロアチア;ポーランド;メキシコ.

813A 呪われた娘

ある男が,悪魔のところから来た妻でもいいから結婚したいと言う.男は妻を得るが,それは母親の不注意な言葉(「悪魔のところに行ってしまえ」)のせいで悪魔に連れていかれた女である.

コンビネーション 1175.
類話(～人の類話) フィンランド;リトアニア;ヴェプス;クロアチア;ロシア,ベラルーシ,ウクライナ;ユダヤ;チェレミス/マリ.

813B 呪われた孫息子 (旧話型445* を含む)

お婆さんが若者(孫息子)の結婚式で若者に呪いの言葉を吐く.すると悪魔が若者を連れていく.若者の妻は若者を追いかけ,夫を悪魔から取り返す.

類話(～人の類話) エストニア;ラトヴィア;リトアニア;ヴォート;アイルランド;ハンガリー;ギリシャ;ポーランド;ロシア;ヴォチャーク;グルジア.

813C 偽証をした男と悪魔 (旧,悪魔に皮を剝がれてもかまわない)

男(農夫)が裁判中に偽証し,「体毛と同じ数の悪魔が来て,毛をむしってもかまわない」と言い張る.すると悪魔たちが本当にやって来て,男の毛をむしり取る.

類話(～人の類話) フィンランド;イギリス;ドイツ.

813* 3晩眠らない

自暴自棄になった貧しい男が絶望して首を吊ろうとする.そのとき,男は悪魔と次のような契約をする.男が3晩眠らなければ,悪魔は大金を男に与える.悪魔が男に眠っているかどうか尋ねると,いつも男は何か考えているふりをする.悪魔が男の考えているものについて確かめているうちに,3晩が経過し,あとで男は悪魔からお金を受け取る.

金持ちの男(隣人)が貧しい男を模倣するが，金持ちは眠ったと白状し，悪魔は金持ちの魂を取る[J2401].

類話(～人の類話) フィンランド；ラトヴィア；リトアニア；ユダヤ；イラク，エジプト，モロッコ，ソマリア.

815 死体の皮を剝ぐ悪魔 (旧，死んだ金持ちの男と教会の悪魔たち)

貧しい男が金持ちの男のために，3回墓の見張りをすると約束する．金持ちの男が死ぬと，貧しい男は墓地に行き，自分の周りに円を描く．悪魔が現れて墓を掘り起こし，棺から死体を取り出し，死体の皮を剝ぐ．悪魔が元どおり墓を埋めている間に，貧しい男は皮を自分の描いた輪の中に引き込む[D1381.11, K218.1]．悪魔はその皮を着て人々のもとに出ようと思っていたので，皮を取り返したがる．貧しい男は悪魔と交渉して，見張りの時間が過ぎ去るまで，遅らせることができる．皮は再び埋められる．参照：話型810, 1130.

コンビネーション 1130.
類話(～人の類話) フィンランド；フィンランド系スウェーデン；ラトヴィア；エストニア；スウェーデン；アイルランド；スペイン；ドイツ；スイス；ハンガリー；チェコ；スロバキア；セルビア；クロアチア；ポーランド；ヴォチャーク.

815* 悪魔のために靴をつくった靴職人

ある靴職人(仕立屋，鍛冶屋)はいつも呪いの言葉を吐いている(浅はかにも，悪魔の馬に蹄鉄を打つことができると自慢する)．靴職人は(馬に乗った，男に変装した)悪魔に出会い，悪魔は靴職人に自分のために靴をつくってくれ(馬に蹄鉄を打ってくれ)と頼む.

靴職人は悪魔を相手に商売をしていることに気づき，聖職者に助けを求める．聖職者は靴職人に，悪魔から(一切)お金を取らないように助言する．もし受け取ったなら，靴職人は魂を売ってしまったことになるからである．靴が引き渡されるとすぐに，喜んだ悪魔は靴職人に金額を支払うと申し出る．しかし靴職人はそれを拒否して，自らの魂を救う．(それ以来靴職人は2度と呪いの言葉を吐かなくなる.) [K210].

類話(～人の類話) フィンランド系スウェーデン；イギリス；チェコ.

816* 悪魔たちが法王を誘惑する

聖職者が，悪魔たち(カラスたち)の会話を立ち聞きし，悪魔(悪魔たち)が女の姿になって[G303.3.1.12]ローマで法王(司教，司祭)を誘惑する準備をしていることを知る．聖職者は，悪魔たちを何らかの聖なる物(ロザリオ，等)といっしょに縛り，教会の扉に乗せてローマへ運ばせる．ローマで聖職者はローマ法王に，女の姿をした悪魔の誘惑の犠牲にならないように警告する．(聖職者は感謝を受ける．)［T332］．

注　早期の文献資料は，例えばグレゴリウス1世の『対話(*Dialogi*)』(III, 7)．

類話(～人の類話)　ラトヴィア；リトアニア；スウェーデン；アイスランド；アイルランド；スペイン；ポルトガル；イタリア；セルビア；ポーランド．

817*　神の名が唱えられると悪魔が去る

この雑録話型は，人や動物や物の姿をした悪魔に出会う(悪魔に魂を売り渡す)人々を扱うさまざまな説話を包括する．神，キリスト，処女マリア，アラーの名前を唱えることによって，または祈りを唱えることによって，または聖水やキリストの磔刑像やほかの神聖な物を使うことで，悪魔が消される[G303.16.8]．

類話(～人の類話)　フィンランド；リトアニア；スウェーデン；イギリス；アイルランド；スペイン；ポルトガル；オランダ；フリジア；ドイツ；ブルガリア；ポーランド；ユダヤ；サウジアラビア；クウェート；スペイン系アメリカ；チュニジア，スーダン．

818*　悪魔が懺悔に行く

悪魔は厳しい苦行を成し遂げるが，謙虚にふるまったり，祭壇の前でお辞儀をすることに耐えられない[V29.8]．参照：話型1800-1809．

類話(～人の類話)　リトアニア．

819*　悪魔の肖像画

画家が悪魔の肖像を描くよう主人(王)に命じられる．画家は悪魔を1度も見たことがないので，悪魔をどのように描いたらいいのかわからない．すると悪魔が現れ，自分の姿を見せて手伝う(画家は蒸気風呂の中で絵を描く，画家は一部ずつしか描かない，悪魔は1度に一部しか見せない)．

画家は完成した肖像画を自分では見ない(見てはならない)．画家の主人が肖像画を見ると，主人は死ぬ(宮殿で肖像画を見た人たちは皆恐れて逃げるかまたは死ぬ．王は死なない)．

ドイツの類話では，裕福な農夫が貧しい画家に悪魔を描くよう命じ，報酬として農場を与えると申し出る．画家は，悪魔がどのような姿かを知らないので，気をもむ．3日目の晩に，画家の守護天使が現れ，目を閉じて，一部ずつ巻紙に描くように教える．どの部分もすぐに巻かなければならない．画家は決してそれを見てはならず，また農夫が見たあとにはそれを焼かなければならない．農夫は絵を見ると死に，画家は農場の持ち主になる．

類話（～人の類話） ドイツ；イタリア；チェコ；ソルビア；ポーランド；ロシア；ジプシー．

820 日雇い労働者の代わりに刈り入れをする悪魔

体の弱い作男が貪欲な貴族のために，日雇い労働者として刈り入れ（脱穀）をして働いている．その作男を小さいお爺さん（労働者，狩人）の姿をした悪魔が手伝う．

悪魔は次のようにすばらしい働きをする．悪魔は，これまでにないほど刈り入れをし，脱穀をする．そしてすべての収穫に加え，雄牛まで背中にしょって運ぶ．貴族がその労働者は悪魔に違いないと気づいたとき，悪魔は貴族を地獄へと連れていく．そして日雇い労働者はすべての収穫と雄牛の所有者となる．

注 話型 810A, 820, 820A, 1090 はしばしば結びついているか，または1つの説話の中にモティーフが混ざり合っている．

類話（～人の類話） フィンランド；エストニア；ラトヴィア；スウェーデン；ノルウェー；デンマーク；アイルランド；イギリス；スペイン；ドイツ；イタリア；サルデーニャ；ウクライナ；ヴォチャーク．

820A 悪魔が魔法の鎌で刈り入れをする

貧しい年老いた宿屋の主人が金持ちの地主のために作男として働いている．意地悪い現場監督は労働者たちを罵倒し，とりわけ，ほかの人たちのように早く刈り入れができない宿屋の主人を罵倒する．

悪魔が宿屋の主人のところにやって来て，宿屋の主人の代わりに，地主の農場で宿屋の主人の姿になって刈り入れをしてやると申し出る．悪魔は自分の鎌を持っていくと言う．悪魔は自分の鎌で刈り始めると，常に現場監督のあとについていく．悪魔はすべてのほかの労働者よりも早く刈り入れをし，現場監督はがむしゃらになって彼に負けまいとする．現場監督はくたくたになり，無理をしたために死ぬ（悪魔が現場監督の魂を取る，首をひねる）．悪魔は自分の鎌を年老いた宿屋の主人に与える．そのときから宿屋の主人はいちばん腕のいい刈り入れ人になる[M213].

注 話型810A, 820, 820A, 1090はしばしば結びついているか，または1つの説話の中にモティーフが混ざり合っている．

類話(～人の類話) フィンランド；デンマーク；オランダ；フリジア；スイス；スペイン．

820B 干し草づくりをする悪魔

あるお婆さん(農夫)が，決められた日までに干し草づくりを終えなければならない(悪魔と契約を結ぶ)．謎めいた見知らぬ男が現れて，助けを約束する．男はぎりぎりになってやって来て，1日ですべての作物を刈り入れる(そして女は悪魔との契約から解放される)．参照：話型820, 820A, 1090.

類話(～人の類話) スウェーデン；デンマーク；ドイツ；イタリア．

821 弁護士をする悪魔

参照：話型1186.

821A 悪魔に救われた泥棒

(悪魔と同盟を結んだ，かつて悪魔に親切にした)無実の男が窃盗で起訴される．原告は，悪魔に取られることに賭けても[C12.2]男が有罪であると言う．悪魔は法廷から原告(裁判官)を連れ去ることで被告人を助ける[G303.22.11](こうして，被告の親切に対して恩返しをする[Q45.2])．参照：話型1186.

類話(～人の類話) フィンランド；エストニア；スウェーデン；デンマーク；ノルウェー；イギリス；スペイン；ポルトガル；オランダ；フリジア；ドイツ；スイス；イタリア；チェコ；ポーランド；ロシア，ウクライナ；タジク；メキシコ；ブラジル．

821B ゆで卵から生まれたはずの鶏たち

旅人(兵隊，船乗り，商人，学生)が，宿屋で卵料理を食べて支払いをせずに去る．数年後旅人が借金を返しに戻ると，宿屋の主人はその間に卵からかえっていたであろうすべての鶏の代金を要求する．旅人はそのような大金を支払うことができないので(支払おうとしないので)，宿屋の主人はこの件を告訴する．旅人は1人の男(悪魔，農夫，羊飼い，召し使い，賢者，弁護士，ジプシー，子ども)に出会い，その男は彼のために弁護士をしてやると申し出る．

裁判の日に，弁護士は遅れてきて，豆(その他の種子)を植えるために，豆をゆでていたと説明し言い訳をする[J1191.2]．裁判官は，ゆでた豆は発芽するはずがないと述べる．すると弁護士は，ゆで卵から鶏がかえるはずがないと答える．この訴訟は棄却される(悪魔は裁判官を連れ去る)．参照：話型875, 875E, 920A.

コンビネーション 通常この話型は，1つまたは複数の他の話型のエピソード，特に875, 920A，および922のエピソードと結びついている．

注 13世紀のユダヤのテクストに記録されている．

類話(～人の類話) フィンランド；フィンランド系スウェーデン；エストニア；リーヴ；ラトヴィア；リトアニア；ヴェプス；スウェーデン；デンマーク；アイスランド；スコットランド；アイルランド；フランス；スペイン；バスク；ポルトガル；オランダ；フリジア；ドイツ；ラディン；イタリア；ハンガリー；チェコ；スロバキア；スロベニア；マケドニア；ルーマニア；ブルガリア；ギリシャ；ポーランド；ベラルーシ, ウクライナ；トルコ；ユダヤ；ジプシー；チェレミス/マリ；アゼルバイジャン；カザフ；グルジア；オマーン；イラン；中国；スペイン系アメリカ, メキシコ；チリ, キューバ；プエルトリコ；西インド諸島；カボヴェルデ；リビア．

821A* 悪魔の策略で夫婦や恋人たちが別れる

雑録話型．悪魔が男女間の争い(殺人)を起こすのをお婆さん(魔女)に手伝ってもらう．

類話(～人の類話) ポルトガル；セルビア；ルーマニア；ギリシャ；パレスチナ, エジプト, アルジェリア．

821B* 夕食のもてなしをする悪魔

天国では，人々は好きなだけ食べることができる．しかし地獄では，すべての人の手がたいへん長いので(腕の長さの柄のスプーンしかないので)自分で食べることができない．

貪欲で利己的な者は何も食べ物を得られないが，利己的でない人たちは，お互いに食事を与えあい，十分な食事を得る．

類話(～人の類話) フリジア；ルーマニア；ブルガリア；ユダヤ．

822 仲人となったキリスト (旧，怠惰な少年と勤勉な少女)

キリストと聖ペトルスは道で草に横たわっている怠惰な男に出会う．キリストと聖ペトルスが男に道を尋ねると，男は足で方向を指す．その後，キリストと聖ペトルスは道で勤勉な少女に出会う．少女はきびきびと彼らを道へ案内する．聖ペトルスが，この少女にどのように褒美を与えたらいいかと尋ねると，キリストは，2人が結婚するのがよかろう，そうすれば彼らはお互いに補い合うであろうと答える．

コンビネーション 752A, 791.
類話(～人の類話) フィンランド；フィンランド系スウェーデン；エストニア；ラトヴィア；リトアニア；カレリア；スウェーデン；ノルウェー；デンマーク；スコットランド；フランス；スペイン；カタロニア；ポルトガル；オランダ；フラマン；ドイツ；スイス；オーストリア；ラディン；イタリア；サルデーニャ；ハンガリー；チェコ；スロバキア；スロベニア；セルビア；クロアチア；マケドニア；ルーマニア；ブルガリア；アルバニア；ギリシャ；ポーランド；ソルビア；ロシア, ベラルーシ, ウクライナ；ジプシー；朝鮮；日本；ブラジル；マダガスカル．

822*　神話的な金貸し（旧，悪魔が男にお金を貸す）

超自然の存在(悪魔)が貧しい男に，1年以内に借金を返済しなければ男の魂をもらうという条件で，お金を貸す．貧しい男がこの借金を支払いにやって来ると，超自然の存在はもはやそこにはいない(死んだ，稲妻に当たって死んだ，ひそかにいなくなった)[K231.4]．

一部の類話では，農夫は言い訳をして，悪魔への借金の返済義務を避けるか，または悪魔の謎を解いて(参照：話型 812)，または書かれた契約書を破ることで，または自分の母親の代わりに卵を抱いているメンドリを悪魔に与えるか，自分の魂の代わりに「ひどい匂い」を悪魔に与えることで，支払い義務を避ける．

注 ヨハネス・プレトリウス(Johannes Praetorius)の『シュレージエンの山の精霊リューベツァール(*Daemonologia Rubinzalii silesii*)』(1662)に記録されている．
類話(～人の類話) フィンランド；エストニア；ラトヴィア；リトアニア；ラップ；リーヴ；スウェーデン；ルクセンブルク；ドイツ；ハンガリー；チェコ；スロバキア；ソルビア；ベラルーシ, ウクライナ．

823A*　実の息子との近親相姦を犯そうとしていたことを知って，母親が恐れのあまり死ぬ

ある母親(ソロモンの母親)が，若者と会う約束をする．彼女の息子(ソロモン)は母親の貞操を試すために，変装して，若い男の代わりに約束の場所へ行く[N383.3, T412.2]．(母親がソロモンを愛撫すると，ソロモンは母親を非難する．すると母親は「木に呑み込まれてしまえ」とソロモンを呪う．ソロモンは木の中に座っている間にバイオリンを彫る．) 参照：920A*.

注 哲学者セクンドゥス(Secundus)の物語の影響を受けている．彼のギリシャ語の版はすでに紀元2世紀には知られていた．
類話(～人の類話) アイスランド；カタロニア；イタリア；サルデーニャ；ブルガリア；セルビア；ウクライナ；ユダヤ；ジプシー；メキシコ；エジプト．

824 悪魔が男に妻の不誠実さを見せる

悪魔が夫をヤギに変え，夫の妻と妻の愛人のところに連れていく[K1531]．

一部の類話では，悪魔(木の精霊)が，ある男の妻のところに黄金の入った袋を持っていき，いかに妻が不誠実かを夫に見せる．妻は富を自分のものにするために，寝ている夫の頭を切り落とすことに同意する．まさに切り落とそうというときに夫は起き，妻を罰する．参照：話型921B.

コンビネーション 571.
類話(～人の類話) フィンランド；エストニア；ラトヴィア；リトアニア；スペイン；セルビア；ルーマニア；ブルガリア；ロシア，ベラルーシ，ウクライナ；チェレミス/マリ；グルジア；スペイン系アメリカ．

825 ノアの箱舟に乗った悪魔 [K485]

この雑録話型は，ノアの箱舟に乗った悪魔を扱うさまざまな物語を包括する．挙げられている種々のモティーフは必ずしも1つの説話の中で出てくるわけではない．

神はノアに，大洪水から逃れるために，ひそかに箱舟をつくるように命ずる[A1015, A1021]．秘密で仕事を続けるために，ハンマーの音を立ててはいけないし，石の薪割り台で斧をなまくらにしてはならない[H1199.13, 参照 H1116.1, F837]．

悪魔はノアの妻から箱舟建造の秘密を知る．悪魔はノアの妻を説得して，ノアに酔い薬を飲ませる[K2213.4.2]．するとノアは秘密を話し，悪魔は箱舟を破壊する[参照 G303.14.1.1, K2213.4]．ノアが泣いていると，天使が箱舟を再びつくる方法を教える．清めの儀式を行うこと(水の輪)によって，ノアは悪魔を箱舟から遠ざけておくことができる．

ドラの音が動物たちに箱舟に乗るよう呼びかける．次のようないくつかの被造物たち，すなわちヘビ[A2145.2]，虫，ハエ[A2031.2]といった生き物，および一角獣[A2214.3]，不死鳥[A2232.4]，巨人[F531.5.9]といった伝説上の生き物は，乗船を拒まれるが，最終的には彼らは皆箱舟に乗る．

悪魔は次のような策略によってうまく箱舟に乗る．悪魔はノアの妻の近くに(彼女の乳房に，縫い箱に，影に)隠れる．ノアの妻がいつまでも乗ることをためらうので，とうとうノアは悪魔を名指したののしりの言葉で妻をせきたてる[C12.5.1, K485]．船内で悪魔はハツカネズミの姿になって，かじって箱舟に穴を開け，箱舟を沈めようとする[A1853.1]．しかし猫がハツカネズミを呑み込む．助けになる動物たち(ヘビ，野ウサギ，魚，犬)が，穴を体の一部(しっぽ，鼻)で塞ごうとする．より小さな動物(カメ，サンショウウオ，穴ウサギ)が詰め物として使われる．ヘビは手伝う報酬として，毎日新鮮な(人間の)血を要求する．大洪水のあと，ノアはヘビを聖なる火に放り込む．ヘビの灰は風に乗って広がり，血を吸うノミ(シラミ，蚊)になる[A2001]．

類話(～人の類話) エストニア；ラトヴィア；リトアニア；コミ；スウェーデン；ノルウェー；アイスランド；アイルランド；フランス；スペイン；ポルトガル；フリジア；フラマン；ドイツ；イタリア；マルタ；ハンガリー；セルビア；ボスニア；ルーマニア；ブルガリア；ポーランド；ロシア, ベラルーシ；アブハズ；ヴォチャーク；インド；中国；ベトナム；ポリネシア；ニュージーランド；フランス系カナダ；南アメリカインディアン．

826 牛の革に書かれた罪のリスト (旧，悪魔が男たちの名前を教会で獣の革に書き留める) [G303.24.1.3]

敬虔な聖職者が教会で次のような光景を見る．聖職者は，悪魔が祭壇でミサの参加者のすべての罪を書き留めているのを見る．神の名において，聖職者はリストを取り上げ，それを教会の共同体の前で読む．そして皆懺悔をする．悪魔は教会を去る．

コンビネーション 827.

注 中世に記録されている．例えばジャック・ド・ヴィトリ(Jacques de Vitry)の『一般説教集(*Sermones vulgares*)』(Jacques de Vitry / Crane, No. 19)．諺として流布している．

類話(～人の類話) フィンランド；エストニア；リーヴ；ラトヴィア；リトアニア；リュディア；コミ；スウェーデン；ノルウェー；デンマーク；オランダ；フリジア；フラマン；ドイツ；スイス；オーストリア；ハンガリー；チェコ；スロバキア；スロベニア；セルビア；クロアチア；ブルガリア；ポーランド；ソルビア；ロシア, ベラルーシ, ウクライナ；ユダヤ．

その他の宗教的昔話 827-849

827 **敬虔で愚直な男が神について何も知らない**（旧，羊飼いが神について何も知らない）

敬虔な男（農夫）が，自分のやり方で神に礼拝しているが，決して教会へ行かない．旅の説教者が，正しくはどのように祈るのかを彼に教え，旅を続ける．敬虔な男は祈りの言葉を忘れたので，水の上を歩いて説教者の船を追いかける[D2125.1, V51.1]．この奇跡によって，説教者は男の神聖さに気づき，敬虔な愚直さは神に喜ばれるということを理解する．

コンビネーション 826.

類話（～人の類話） フィンランド；エストニア；ラトヴィア；リトアニア；リーヴ，リュディア，カレリア；コミ；スウェーデン；アイスランド；スペイン；バスク；カタロニア；オランダ；ドイツ；オーストリア；ハンガリー；セルビア；クロアチア；マケドニア；ブルガリア；ポーランド；ロシア，ベラルーシ，ウクライナ；ユダヤ；クルド；アルメニア；インド；南アメリカインディアン．

828 話型 173 を見よ．

830A **高慢な鹿猟師**

怠惰な男が，自分が神にほったらかしにされていると感じて，神に関して不平を言う．あるお爺さんが男に，罠を仕掛ければ，きっと神は男を助けてくれるだろうと助言する．怠惰な男は，お爺さんの助言に従って鹿を捕まえる．怠惰な男が鹿の皮を剝いでいると，お爺さんが再び現れて，神が男を助けてくれたと指摘する．しかし怠惰な男は自分の腕を強調する．お爺さんは鹿をよみがえらせ，鹿は走り去る[Q221.6, Q223.2, E161]．怠惰な男は，鹿を捕まえるのを神が手伝ってくれたことに気づくが，遅すぎる．

一部の類話では，鹿の腹の白い部分[A2412.1.1]（ナイフに似ている脚の骨，脚の灰色の毛）は，皮を剝ぐ途中の名残だと説明される．

類話（～人の類話） エストニア；ラトヴィア；スペイン系アメリカ．

830B **「わたしの作物は神の恵みがなくてもここに育つだろう」**（旧話型 752C* と 830C* を含む）参照：話型 836.

この説話には，おもに 4 つの異なる型がある．

(1) 農夫が作物を蒔く．身分を気づかれていない聖者たち（神）が，農夫のために神の恵みと豊作を願う．しかし農夫は自分の作物は神の恵みがなくても育つと答える[C454]．雑草が農夫の畑に育つと，農夫は悔い改める．

(2)　貧しい男と金持ちの男(農夫，種を蒔く人，2人兄弟)が作物の種を蒔く．聖者たち(通りがかりの人)が「神のご加護がありますように！」と挨拶する．農夫は聖者たちの挨拶に感謝し，褒美として豊作を授かる．聖者たちは同じように金持ちに挨拶するが，金持ちは「自分の作物は神の恵みがなくても育つ」と言って[C454]，聖者たちの挨拶をはねつける．金持ちの収穫は非常に貧しく，金持ちは自分の行為を悔いるが遅すぎる．

(3)　無礼な種を蒔く人．ある通りがかりの人(神)が農夫に，何を蒔いているのかと尋ねる．農夫は，石を蒔いていると不作法に答える．通りがかりの人は彼に豊作を願う．それは成長して石の植物になる．(ある農夫がトウモロコシの種を蒔いているのに，カボチャ(カブ)の種を蒔いているとキリストに言う．すると，カボチャしか採れない．)［参照 A2231.1]．

(4)　天気の予測．キリストが農夫たちに，雨が降るかと尋ねる．2人の農夫は，カエル(キツネ，その他の動物)が雨を予言すると答える．3人目の農夫は，雨を神に祈ると言う．最後の農夫だけが雨の恵みを受ける．(参照：話型 921C*.)

類話(～人の類話)　フィンランド；ラトヴィア；リトアニア；スペイン；カタロニア；ポルトガル；フリジア；ドイツ；イタリア；マルタ；ハンガリー；セルビア；ブルガリア；ギリシャ；ロシア，ベラルーシ；ウクライナ；ブラジル．

830C　「神がお望みになるなら」

この雑録話型は，「神がお望みになるなら」という言い回しが，教訓的に，または滑稽にある出来事と結びつくさまざまな説話を包括する．たいていの類話では，ある人物の努力が，繰り返し失敗に終わる．なぜなら「神がお望みになるなら」と言い忘れるからである[N385.1, U15.0.1]．参照：話型 836.

類話(～人の類話)　リトアニア；スペイン；ポルトガル；ドイツ；イタリア；セルビア；クロアチア；マケドニア；ブルガリア；ギリシャ；ユダヤ；アゼルバイジャン；パレスチナ；イラン；スペイン系アメリカ，メキシコ；ドミニカ，プエルトリコ；ブラジル；エジプト，モロッコ，スーダン．

830C*　話型 830B を見よ．

831　悪魔に変装した聖職者 (旧，不正直な司祭)(旧話型 750G* を含む)

この説話には，おもに2つの異なる型がある．

(1)　貧しく，惨めな男が，(夢の中でお告げを受け，天使のおかげで)宝を見つけ(神からお金をもらい)，そのことを聖職者(司祭，主人，金持ちの隣人)に話す．聖職者は動物の皮をかぶって変装し，悪魔のふりをする．聖職者は，貧しい男をおびえさせて宝を取る．しかし(盗んだ宝を返すまで)家で聖職者は皮を脱ぐことができない[Q551.2].

(2) 金持ちの男(粉屋，肉屋，パン屋)は宝を取ることに失敗する．なぜなら悪魔自身が旅人(黒い騎手，兵隊，狩人)に変装して，貧乏な男の家に宿泊客として滞在していて(道で金持ちの男に会い)，金持ちの男を殺す(誘拐する)からである．(旧話型 750G*.)

コンビネーション 時として 460B, 834, 910, 1590, 1730, 1740 に結びついている.

類話(～人の類話) フィンランド；フィンランド系スウェーデン；エストニア；ラトヴィア；リトアニア；ドイツ；オーストリア；イタリア；ハンガリー；チェコ；スロバキア；マケドニア；ブルガリア；ギリシャ；ポーランド；ソルビア；ロシア, ベラルーシ, ウクライナ；中国；日本.

832 がっかりした漁師

漁師が，いつも自分(自分の妻と自分の子ども(子どもたち))のために 3 匹の魚(パン)を捕まえる．貪欲な両親は，もっと多くの魚(パン)を自分たちが食べるために，子どもを殺す(子どもたちを捨てる)．しかしその時から男は，2 匹しか魚が捕れなくなる(魚は完全に姿を消す，彼らにはもうパンがなくなる)[Q553.5，参照 Q211.4]．参照：話型 781.

類話(～人の類話) フィンランド；エストニア；ラトヴィア；リトアニア；リーヴ；ドイツ；スロバキア；ポーランド；ユダヤ；イラン；日本；南アフリカ.

834 貧しい兄弟の宝 (旧話型 834A と 1645B* を含む)

この雑録話型は,「神がお決めになる」または「神はすべてを気にかけてくださる」という言い回し(参照：詩編 127, 2)を取り上げているさまざまな説話を包括する.

ある人物(配偶者，兄弟，姉妹，少女，男，親族，金持ち，怠惰な男，隣人，友人，召し使い)が，自分が見た夢を，ほかの人(配偶者，兄弟，姉妹，親族，貧乏人，隣人，友人，召し使い)に話し，ある場所に宝が埋められている(ある場所で宝が見つかる)と言う[N531].

聞いた人物が教えられた場所で宝を掘り起こそうとするか(同じ場所で宝を掘り起こそうとするか)，または第三者(泥棒，隣人)が会話を立ち聞きして，そこを掘る．しかし宝ではなく，死んだ犬(死んだ猫，数匹のヒキガエル，甲虫，アリの入った壺，ヘビの入った壺[N182]，火のついた燃えさしの壺，くその壺，骸骨)しか掘り出せない．だまされたことに腹を立て，掘った男(女)は，夢を見た人の家に(ベッドに，窓を通して，屋根を通して)その動物(壺)を投げ込む．するとすべては黄金(銀，お金)に変わる[D1454]．参照：話型 947A, 1645.

類話(～人の類話)　フィンランド；フィンランド系スウェーデン；エストニア；リーヴ；ラトヴィア；リトアニア；アイスランド；スペイン；カタロニア；ポルトガル；ドイツ；オーストリア；イタリア；セルビア；マケドニア；ブルガリア；アルバニア；ギリシャ；ロシア, ベラルーシ, ウクライナ；トルコ；ユダヤ；ヴォチャーク；グルジア；シリア；パレスチナ, ヨルダン；イラク；ペルシア湾；サウジアラビア；オマーン；クウェート；カタール；イラン；インド；ビルマ；中国；ベトナム；日本；スペイン系アメリカ, メキシコ；マヤ；ブラジル；チリ；アルゼンチン；エジプト, アルジェリア；リビア；モロッコ；チュニジア；スーダン.

834A　話型 834 を見よ.

835*　話型 1706D を見よ.

835A*　話型 1706E を見よ.

836　うぬぼれが罰せられる

金持ちの男(女)が，(しばしばミサの間に)頭の中で(会話で)，自分の富は神でさえ決して取り上げることができないほど莫大だと自慢する[C454]．男が家に帰ると，男の財産は完全に損なわれており(家は全焼しており)，男は残りの人生を貧しいまま過ごす[L412]．参照：話型 736A, 830B.

注　ほかのカタログで，話型 836 として分類されている多くの類話は，話型 736A に移動すべきである.

類話(～人の類話)　フィンランド；エストニア；リトアニア；スウェーデン；イギリス；アイルランド；ドイツ；スロベニア；セルビア；マケドニア；ブルガリア；ポーランド；ユダヤ；中国；エジプト.

836F*　欲張りと目の塗り薬

ある男が，左目に塗り薬を塗り，世界の財宝が見えると欲張りに言う．欲張りは，男のまねをして黄金の山を見る．欲張りが右目にも塗り薬を塗ろうとすると，男は，目が見えなくなるからそんなことはしないよう忠告する．欲張りは聞かずに右目に薬を塗る．そのとたん欲張りは目が見えなくなり，物乞いになる[D1323.5, D1331.3.1, D1331.3.2, J514.3].(旧話型 726**.)参照:話型 736.

注 『アラビアン・ナイト(*Arabian Nights*)』(Littmann 1921ff. VI, 246–256)に記録されている.

類話(～人の類話) ラトヴィア;アイルランド;フラマン;チェコ;スペイン;ボスニア;ポーランド;ユダヤ;アルメニア;サウジアラビア;シリア,パレスチナ,ヨルダン,イラク;イラン;スペイン系アメリカ;プエルトリコ;マヤ;エジプト;モロッコ,スーダン.

837 物乞いのパン (旧,意地悪な領主はどのように罰せられたか)

物乞い(物乞いの女)が,金持ちの男(の妻)から定期的にひとかたまりのパンをもらう.(金持ちの欲張りが物乞いに食べ物を与えることを拒む.)物乞いはパンをもらうといつも,「あなたがなさることが,あなたの身に返ってきます」と言う.金持ちの男はこれにうんざりし(物乞いの言葉に腹を立て,物乞いを厄介払いしたくて),金持ちの男(の妻)は物乞いのパンに毒を入れる.

遠く離れた道で物乞いは腹をすかせた若者(旅人)に出会い,物乞いは若者にパンをやる.すると若者は死に,若者が金持ちの息子だということが判明する.物乞いの言っていたことは正しかったのである[N332.1].

類話(～人の類話) エストニア;ラトヴィア;リトアニア;スペイン;ポルトガル;フリジア;ドイツ;イタリア;ハンガリー;スロベニア;セルビア;クロアチア;マケドニア;ブルガリア;ギリシャ;ポーランド;ロシア;ウクライナ;トルコ;ユダヤ;アゼルバイジャン;アルメニア;パレスチナ;イラク;カタール;イラン;インド;中国;西インド諸島;アフリカ系アメリカ;エジプト,モロッコ,スーダン,タンザニア.

838 絞首台の息子 (旧,悪いしつけ)

幼いときから母親(より古い類話では,父親)が息子に盗みを教える(母親は息子が盗みをするのを止めない).

息子は捕らえられ,死刑を宣告される.絞首台で息子は,最後に母親にキスをする許しを求め,母親の鼻(舌,耳)を食いちぎる.息子は,母親が自分に盗みを教えた(子どものときに母親が自分をだめにした,これは母親の怠慢に対する罰だ)と説明する[Q586].参照:話型 1417.

注 絞首台の息子の説話は,すでに古典文学に見ることができる(ボエティウス(Boethius)の『修養教程(*De disciplina scholarium*)』ch. II). 中世には例えばジャック・ド・ヴィトリ(Jacques de Vitry)の『一般説教集(*Sermones vulgares*)』(Jacques de Vitry/Crane, No. 287)に記録されている.

類話(～人の類話) エストニア; リーヴ; ラトヴィア; フェロー; アイルランド; スペイン; ポルトガル; オランダ; ドイツ; スイス; イタリア; マルタ; ハンガリー; チェコ; マケドニア; ブルガリア; ギリシャ; ポーランド; ロシア; ユダヤ; クルド; シリア, イラク; インド; 中国; アフリカ系アメリカ; エジプト, チュニジア, ソマリア.

839 1つの悪がほかの悪を連れてくる(隠者の3つの罪)

男(隠者, 修道士)が, 盗み(殺人), 欲, 飲酒という悪のうちから1つを選ばなければならない. 男は, 最後の罪が最も害が少ないと思い, 最後の罪の飲酒を選ぶ. しかし, 彼が酔っているときに, ほかのすべての悪がついてくる[J485].

類話(～人の類話) エストニア; ラトヴィア; リトアニア; アイスランド; アイルランド; フランス; スペイン; カタロニア; ドイツ; イタリア; チェコ; スロバキア; マケドニア; ブルガリア; ギリシャ; ポーランド; ロシア, ベラルーシ, ウクライナ; ユダヤ; サウジアラビア; インド; スワヒリ.

839A* 隠者と悪魔たち

隠者(司教, 修道士たち)を誘惑するために, 聖職者に変装した悪魔(悪魔たち)が隠者を若返らせようとするか, または彼を結婚させようとする.

または, ある男(司教の弟子)が, お香が焚かれて祝福が唱えられると, 十字を切らずに教会を出るので, 悪魔である疑いがある.

隠者の兄弟(お爺さん, 貧しい男, 修道士たち)は, 悪魔たちが木の下(井戸の近く, 岩)に座って計画を練っているのを立ち聞きし, 隠者に警告する. 隠者は, 教会のすべてのドア, 窓, 穴などを閉じるよう命ずる. 隠者がお香を焚いて, 天の祝福を求めると, 悪魔が破裂して, ハツカネズミたち(クモたち)が悪魔の口から飛び出してくる. 司教が両方の手袋を投げると, 手袋は猫に変わり, ハツカネズミたちを捕らえる. または, 隠者が十字を切ると, 教会(鍛冶場)のあった場所には杭が1本残るだけである.

類話(～人の類話) フィンランド; ラトヴィア; ラップ; マケドニア; ブルガリア; ギリシャ; ロシア; ウクライナ; ユダヤ; ドルーズ派.

840 人間の罰

父親と息子(旅人たち)が，ある家で夜を過ごすが，息子は眠ることができない．息子は次のような不思議なことが起きるのを見る．1匹のヘビが寝ている男の口から這い出し[E733.1]，男の妻の口へ入っていく．男の頭が斧で割られる，等．

朝，家の主人は，これらのことは人類に対する罰だと説明する[F171.6](家の主人は，その幻覚は家族の不和と争いによって引き起こされたと説明する)．参照：話型759.

注 眠っている人の口，または体から，魂の動物として出てくる動物(ヘビ，ハツカネズミ，アリ，等)は，ほかの説話にも見られる(例：話型808A, 1645A)．これらの場合には動物たちはほかの機能を持っている．

類話(～人の類話) フィンランド；エストニア；リーヴ；ラトヴィア；リトアニア；アイスランド；スロベニア；セルビア；ボスニア；ルーマニア；ロシア, ベラルーシ, ウクライナ；トルコ；ユダヤ；ジプシー；エジプト；アルジェリア．

840B* この世における審判

徳の高い男と強盗と泥棒(聖職者と農夫と宿の主人(教師))が，自分たちの運命(自分たちのうちの誰がいちばん確実に天国に行けるか)について隠者(お爺さん，神)に尋ねる．隠者は彼らに，3つの異なる道を行き，異なった状況で1晩過ごすように言う．

彼らは戻ってくると，自分たちの経験したことを話す(1人目は居心地のいい家で眠り，2人目は嵐の中を森で過ごし，3人目は水の中で過ごす)．隠者は，彼らが経験したことがあの世での暮らしの状態を予言していると説明する．

類話(～人の類話) フィンランド；ヴォート；デンマーク；アイルランド；オーストリア；クロアチア；ロシア, ベラルーシ．

841 神を信じる物乞いと，王を信じる物乞い

2人の物乞い(盲目の男たち，靴職人たち，職人たち)のうち1人は神に助けを求め(参照：話型923B)，もう1人は王(皇帝，サルタン，主人)に助けを求める．2人の物乞いは王から2つのパンのかたまり(パンケーキ，ケーキ，ローストチキン)をもらう．パンのかたまりの1つには何も入っていない(骨が入っている)が，もう1つのパンには黄金(金貨)が詰めてある．王はこの贈り物によって，自分に助けを求めてきた物乞いに褒美をやり，自分の

この世での権力を誇示するつもりだった.

しかし物乞いたちは自分たちのパンを取り替える. なぜならこの世の権力を信じている物乞いは自分のパンがとても重いので, よく焼けていないと思ったからである. 王はこの交換を知ると, 神の力が自分の力よりも勝っているということを認める[N351]. 参照：話型 745A, 842, 947.

コンビネーション　461, 736, 736A, 745A, 834, 842, 923, 954, 1535.

注　中世後期に記録されている.

類話(～人の類話)　フィンランド；フィンランド系スウェーデン；エストニア；リーヴ；ラトヴィア；リトアニア；スウェーデン；フェロー；アイスランド；スペイン；ポルトガル；オランダ；フリジア；ドイツ；スイス；イタリア；ハンガリー；マケドニア；ブルガリア；ギリシャ；ポーランド；ベラルーシ, ウクライナ；トルコ；ユダヤ；クルド；モンゴル；グルジア；シリア；パレスチナ；イラク；イラン；インド；ビルマ；中国；朝鮮；カンボジア；インドネシア；メキシコ；アルゼンチン；北アフリカ, エジプト, アルジェリア；チュニジア；モロッコ；西アフリカ；ナイジェリア.

842　話型 947A を見よ.

842A*　物乞いが宿泊所で死ぬ

死んだ物乞いの服の中から大金が見つかる(物乞いのコートの中に縫い合わされている[N524.1]). 聖職者の助言で, そのお金は豚を買って育てるのに使われる. 1頭を除いてすべての豚がつぶされる. 残った1頭は聖職者を墓に連れていき, 豚は死んだ物乞いの墓に沈んでいく(物乞いが豚のうちの1頭に乗って炎に包まれて地獄へと行くのが見られる). このことは, そのお金が不正な方法で手に入れられたものだということを示している.

類話(～人の類話)　ラトヴィア；リトアニア；オランダ；フリジア；ロシア, ベラルーシ, ウクライナ.

842B*　話型 672C* を見よ.

842C*　浮かぶコイン

苦労して働いて稼いだコインは水に浮き[J1931], 幸運をもたらす. 参照：話型 1651.

類話(～人の類話)　エストニア；ラトヴィア；ラップ；マケドニア；ギリシャ；ロシア, ベラルーシ, ウクライナ；ユダヤ；ブリヤート；イラク；インド.

843* 怠け者の紡ぎ女

怠け者の紡ぎ女が，根気強い小鳥が石をつついて穴を開けるのを見て，再び仕事に精を出し始める[J1011].

類話(～人の類話) エストニア；ラトヴィア；スロベニア；ヴォチャーク.

844 幸運をもたらすシャツ

支配者(王，市長，君主の夫婦)が病気(不幸)になる．医者(賢者，隠者)は支配者に，幸運な男のシャツを着る(探す)ように助言する．召し使いたちは幸運な男を探しに行かされるが，幸運な男は見つからない.

最後に召し使いたちは，条件にぴったり合いそうな貧しい男(羊飼い，少年)に出会う．しかし男はシャツを持っていないことがわかる[N135.3]．王は死ぬ(幸運は買えないということを悟る).

類話(～人の類話) フィンランド；エストニア；リーヴ；ラトヴィア；リトアニア；スウェーデン；デンマーク；アイルランド；フランス；スペイン；カタロニア；ポルトガル；オランダ；フリジア；フラマン；ドイツ；イタリア；ハンガリー；スロベニア；ボスニア；マケドニア；ルーマニア；ブルガリア；ギリシャ；トルコ；ユダヤ；シリア；イラン；アメリカ；北アフリカ；エジプト.

844* 去勢された男の復讐

重罪(姦通)のために去勢されて(目をつぶされて)罰せられた奴隷の男(召し使い，作男)が，自分の主人に対し，子どもたち(息子たち，妻)を殺すと脅して，主人を去勢させる(自分で去勢させる)．主人は従ったが，それでも奴隷は子どもたちを殺す[K1465].

注 中世のアラビア文献に記録されている．ヨーロッパの早期の版はギラルドゥス・カンブレンシス(Giraldus Cambrensis)の『カンブリア旅行記(*Itinerarium Kambriae*)』(I, 11)．有名な翻案については，シェークスピア(Shakespeare)の『タイタス・アンドロニカス(*Titus Andronicus*)』を見よ.

類話(～人の類話) スイス；ユダヤ；クルド；イラン.

844** 自分の十字架がいちばんいい

自分の境遇に不満な男(貧しい人々)が，(店で)自分の十字架(悲しみの詰まったかばん)をほかの人と取り替える機会を持つ．男は自分自身の運命のほうが自分に合っていると悟る.

類話(～人の類話) ノルウェー；フリジア；ドイツ；ブルガリア；ユダヤ；トルコ.

845　お爺さんと死神

お爺さんが，重い木の荷を遠くまで運ばなければならない．疲れて弱り果て，お爺さんは荷をおろして，死神を望む．

死神が現れ，なぜ自分を呼んだのかと尋ねる．するとお爺さんは「荷を運ぶのをあなたに手伝って欲しいのです」と答える[C11].

注　『イソップ寓話』(Perry 1965, 431 No. 60).

類話(～人の類話)　フィンランド；ラトヴィア；リトアニア；リュディア；アイルランド；フランス；スペイン；フリジア；フラマン；ドイツ；イタリア；ハンガリー；チェコ；スロベニア；ブルガリア；ロシア；ユダヤ；ウズベク；グルジア；インド；ネパール；アメリカ．

845*　話型 774E を見よ．

846　悪魔がいつも非難される

神と悪魔が地上を放浪する[K1811]. (悪魔は人々の挨拶に答えず，舌を出し，その不作法を神に非難され)悪魔は人々が不公平だと不平を言う．悪魔は，いつも神の失敗を自分のせいにされ，たとえ悪魔が何か善いことをしても，神がお礼を言われると言う．

悪魔は雌牛(馬，雄牛)を溝に落として，それを証明する．農夫はどのいまいましい悪魔がそんなことをしたのかと問いながら悪魔を非難する．農夫が助けを呼びに村に行っている間に，悪魔は雌牛を溝から引き上げる．農夫は戻ってくると雌牛が救われたのを見て「神様ありがとう！」と叫ぶ[N111.4.1].

注　『イソップ寓話』(Perry 1965, 431f. No. 61, 454 No. 174).

類話(～人の類話)　フィンランド；エストニア；ラトヴィア；リトアニア；スウェーデン；ドイツ；イタリア；スロベニア；マケドニア；ポーランド；エジプト, モロッコ．

846*　恨み深い聖者たち

男(農夫，羊飼い)が，(自分の洗礼名となっている聖人の祝日に)聖者たちのうち１人の聖者だけを賞賛し，別の聖者をけなす．軽視された聖者は，ひょうを降らせ不作を送り込んで仕返しをする．しかし賞賛された聖者はこの男を助け，もう１人の聖者の計画を男に教える．

別の類話では，男が自分たちの誰に「いい１日を」と言ったのかについて，聖者たちが争う[参照 J1712].

類話(～人の類話) フィンランド；エストニア；ラトヴィア；リトアニア；チェコ；スロバキア；セルビア；マケドニア；ブルガリア；ロシア；ベラルーシ；ウクライナ；グルジア；マヤ.

848* 話型 778 を見よ.

849* 担保としての十字架

商人がお金を借りて，担保として十字架(聖画像)を置いていく．嵐の間，難破を恐れて，商人はお金の入った樽を水に投げ込む．樽はお金を貸した人のところに流れて戻る．

ほかの版では，ある貧しい男が金持ちの男から小麦粉を借りて，聖ニコラウスの聖画像を担保として置いていく．金持ちの男は，期限までに小麦粉を返さなければ，聖画像を壊すと脅す．ある若者がこの取り引きを立ち聞きし，お金を調達して，聖画像を買い取り，自分の母親の家に置く．お金を稼ぐために，若者は年の市で物を売ることにする．

年の市に行く途中，若者はお爺さんを馬に乗せてやる．後に若者が死者(ツァーの娘)の見張りをするとき，お爺さんは若者が危険を乗り越えるのを助ける．最後にお爺さんはツァーの娘を生き返らせ，若者は彼女と結婚する．お爺さんは若妻となったツァーの娘を幸せで健康な人物にし，それから去る．若い夫婦は若者の母親のところに戻り，そこで彼らは，聖画像が元の場所に戻っているが，しばらくの間消えていたということを知る．

注 早期の版はタルムードの文献(『バビロニア・タルムード(*Babylonian Talmud*)』, *Beza* 15b)にある．

類話(～人の類話) ロシア；ベラルーシ, ウクライナ；ユダヤ；グルジア．

現実的説話(ノヴェラ)

男が姫と結婚する 850-869

850　姫のあざ

姫のあざの特徴を述べることができる人と姫が結婚することが約束される[H51.1, H525]. 若い豚飼い(羊飼い, 仕立屋)は, 魔法の笛に合わせて踊る豚たち(ガチョウたち)を飼っている. 姫は踊る豚と引き換えに, 豚飼いの少年に裸を見せる. その結果豚飼いの少年は姫の秘密のあざを知ることになる[K1358, K443.6].

または, 漁師が姫に色鮮やかな魚をあげると言う. 引き換えに姫は3回服を脱ぎ, 最後に漁師は答えを知る. もう1人の求婚者(金持ち)も答えを言い当てる.

2人の恋敵(豚飼いともう1人の求婚者)が謎を解くと, 王は次のようにさらなる試験を課す. 姫が夜, 寝返りを打ったほうの求婚者と姫は結婚するという試験である[H315]. 2人の恋敵が姫とともに寝ると, 姫は豚飼いのほうに向く(なぜなら, 豚飼いの恋敵は臭い食べ物を食べたか, ベッドを汚したからである). 参照：話型 851, 852, 857.

コンビネーション　通常この話型は, 1つまたは複数の他の話型のエピソード, 特に570, および 300, 502, 571, 592, 853, 900, 1061, 1159 のエピソードと結びついている.

類話(～人の類話)　フィンランド；フィンランド系スウェーデン；エストニア；ラトヴィア；リトアニア；ラップ, カレリア；スウェーデン；ノルウェー；デンマーク；アイルランド；フランス；スペイン；ポルトガル；フリジア；ドイツ；イタリア；ハンガリー；チェコ；スロバキア；スロベニア；ルーマニア；ブルガリア；ギリシャ；ポーランド；ロシア, ベラルーシ, ウクライナ；トルコ；ユダヤ；ジプシー；チェレミス/マリ, タタール；モンゴル；パレスチナ；フランス系カナダ；スペイン系アメリカ, メキシコ；ドミニカ, プエルトリコ；チリ；アルゼンチン；西インド諸島；エジプト.

851　謎を解けない姫 (旧話型 851A と 876 を含む)

姫に解けない謎を出すことができる者と姫は結婚することとなる[H342, H551]. ある男(王子, 愚か者, 羊飼い)が姫に, 自分が目撃した(経験した)変わった状況に基づいた謎を出す[H565]. (この時点で姫が男と結婚すると, 説話はここで終わる.)

答えを知るために, 姫はまず女中たちを男のところに送り込み, そのあと夜に自分で男のところへ行く．男は彼女の寝間着(おさげ髪)を証拠として取っておく[H81.2, H117]．宮殿で姫は男が出した謎に答え，ほかの質問をすることを男に許す．その質問は，姫の夜の訪問を暗示するもので，姫はそれに答えるよりも，男との結婚に同意するほうを選ぶ．

さまざまな謎が使われる．例えば以下のものがある．(1)謎：わたしは父親に乗って，母親を着ている(下げている)．— 答え：彼は両親を売り，馬と洋服(ピストル)を買った．(2)謎：わたしはまだ生まれていない子を食べた(わたしはまだ生まれていない子だった)[H792](参照：話型 927)．— 答え：動物の胎児(彼は帝王切開によって母親から取り出された)．(3)謎：わたしは天の水でもなく，地上の水でもない水を飲んだ．— 答え：馬の汗(ランプの結露した水)．(4)謎：1 つが 3 つ殺し，3 つが 12 を殺した[H802]．— 答え：彼の馬は毒を盛られており，それを鳥たちが食べ，泥棒たちがその鳥を食べ，みんな死んだ．

トゥーランドットでは，姫自身が求婚者たちに次の謎を出す[H540.2]．太陽の謎[H762]，海の謎[H734]，1 年の謎[H721.1]．求婚者たちは答えを見つけられないと，死刑になる．(旧話型 851A，東洋の文学説話．)

コンビネーション　通常この話型は，1 つまたは複数の他の話型のエピソード，特に 570，および 300, 314, 400, 507, 900, 930, 992A, 1681B のエピソードと結びついている．

類話(～人の類話)　フィンランド；フィンランド系スウェーデン；エストニア；ラトヴィア；リトアニア；スウェーデン；ノルウェー；デンマーク；アイスランド；アイルランド；フランス；スペイン；カタロニア；ポルトガル；フリジア；フラマン；ドイツ；オーストリア；ラディン；イタリア；コルシカ島；サルデーニャ；マルタ；ハンガリー；チェコ；スロバキア；スロベニア；セルビア；ルーマニア；ブルガリア；ギリシャ；ポーランド；ロシア, ベラルーシ, ウクライナ；トルコ；ユダヤ；ジプシー；シベリア；キルギス；グルジア；シリア；イラク；ペルシア湾；カタール；インド；スリランカ；中国；インドネシア；日本；フランス系カナダ；アメリカ；スペイン系アメリカ, メキシコ；ドミニカ, プエルトリコ, チリ, アルゼンチン；ブラジル；西インド諸島；カボヴェルデ；エジプト；チュニジア, アルジェリア；モロッコ；西アフリカ；東アフリカ；スーダン；タンザニア；ナミビア；南アフリカ．

851A　話型 851 を見よ．

852　嘘つき比べ (旧，主人公が姫に「それは嘘よ」と言わせる)

大きな嘘をついて，姫(姫の父親)に「それは嘘よ」と叫ばせることができる者と，姫が結婚することになる[H342.1]．ある求婚者がありえない話をする．彼の異常に大きな雄牛の話[X1237]，または，1晩で天まで伸びる木の話[F54.2]，ハチミツの川の話[X1547.2]，天からおりてきた藁くずのロープを男が登る話とおりる話[X1757]，巨大なキャベツの話[X1423.1]，巨大な家畜小屋の話[X1547.2, X1036.1]，巨大な動物たちの話[X1201]，巨大なキノコの話[X1424]，大男の話[X920]，自分の頭を切り落としてつけ直す男の話[X1726.2]．両手で氷を切る男の話[X1858]．自分の頭蓋骨で水を飲む男の話[X1739.2]．

最後に求婚者が，姫の父親は豚飼いとして自分の父親に仕えていたと話すと(姫の好色なふるまいについて(偽りの)報告をすると脅すと[K1271.1.])，姫(王)は男が言わせたがっていた「それは嘘よ」を叫んでしまう．そして姫はこの求婚者と結婚しなければならない．

コンビネーション　通常この話型は，1つまたは複数の他の話型のエピソード，特に1960D, 1960G，および853, 1882, 1889E, 1911A, 1920C, 1920F, 1960, 1960A–C, 1960E, 1960F, 2014, 2301のエピソードと結びついている．

類話(～人の類話)　フィンランド；フィンランド系スウェーデン；エストニア；ラトヴィア；リトアニア；カレリア；スウェーデン；ノルウェー；デンマーク；アイスランド；スコットランド；アイルランド；イギリス；フランス；スペイン；カタロニア；オランダ；フリジア；フラマン；ドイツ；オーストリア；ハンガリー；チェコ；スロバキア；スロベニア；クロアチア；ルーマニア；ギリシャ；ポーランド；ウクライナ；ジプシー；ヴォチャーク；イラク；イラン；パキスタン, インド；中国；インドネシア；日本；イギリス系カナダ；フランス系カナダ；スペイン系アメリカ, メキシコ；ドミニカ；西アフリカ．

853　主人公が姫の言葉尻を捕らえる (旧話型860A*を含む)

姫が，巧妙な即答で姫の裏をかくことができる男と結婚することになる[H507.1]．コンテストに行く途中，3人兄弟の末っ子(愚かな少年，求婚者)は，くだらない物，すなわち死んだカラス，卵，その他の物，を拾う．(2人の)兄は姫との会話で失敗する．末の弟は，拾った物を適宜出すことで，姫のそれぞれの質問に雄弁に(わいせつに)答えることができる[H507.1.0.1]．末の弟は姫を妻として得る．

一部の類話では，末の弟は投獄され，魔法のテーブルクロス[D1395.2]と魔法の財布[D1395.3]，魔法のバイオリン[D1415.2.5]を使って逃げる．末の弟は魔法のバイオリンを使って姫を捕まえ，姫が彼のすべての質問に対し「いいえ」と言わないかぎり逃がさない[K1331](参照：話型853A)．この方法で末の弟は望みどおり姫を得て，姫と結婚する[L161]．

コンビネーション 通常この話型は，1つまたは複数の他の話型のエピソード，特に570, 571, 850, 852のエピソードと結びついている．
類話(～人の類話) フィンランド；フィンランド系スウェーデン；エストニア；ラトヴィア；リトアニア；ラップ；カレリア；スウェーデン；ノルウェー；デンマーク；スコットランド；アイルランド；イギリス；フランス；スペイン；カタロニア；オランダ；フリジア；ポルトガル；フラマン；ドイツ；オーストリア；イタリア；ハンガリー；チェコ；ブルガリア；ギリシャ；ポーランド；ロシア, ウクライナ；ジプシー；チェレミス/マリ；パレスチナ；カタール；フランス系カナダ；アメリカ；スペイン系アメリカ；メキシコ；プエルトリコ；ブラジル；西インド諸島；チリ；エジプト, チュニジア, アルジェリア, モロッコ．

853A 「いいえ」

結婚適齢期の娘のいる王が，王の3人の役人たち(求婚者たち，若者たち，兵隊たち)の会話を知らされる．1人目は妃を愛すつもりだと言い，2人目は姫と寝たいと言い，3人目は黄金を欲しがる．

1人目は何ももらえず，3人目は黄金をもらう．そこで王は娘に，2番目の求婚者(姫と寝たがっている求婚者)の質問にすべて「いいえ」で答えなければいけないと忠告する．求婚者は巧みに質問を組み立て，姫の抵抗に打ち勝ち，姫と結婚する(姫は「いいえ」と答えることで求婚者の問いかけに同意する)[K1331]．参照：話型851, 853.

コンビネーション 851, 853.
類話(～人の類話) ポルトガル；オランダ；フリジア；フラマン；ドイツ；オーストリア；イタリア；マルタ；チェコ；ブルガリア；ギリシャ；ポーランド；ロシア；チェレミス/マリ；イラク；アメリカ；スペイン系アメリカ, メキシコ；カボヴェルデ；南アフリカ．

854 黄金の雄羊

若い男(兵隊)が「お金は全能だ」(「お金があれば姫だって手に入る」)と壁(通り)に書く(公言する)．王は挑発を受けて，王が不可能だと思う課題を課す．若い男は好きなだけお金をもらえるが，一定の期間に姫を誘惑しなければならない(見つけなければならない)[H322]．失敗すれば若い男は死刑を宣告されることになる．

姫は秘密の場所(塔，地下の部屋，島，秘密の部屋，海の底の鉄の宮殿)に隠され，見張りをつけられる．若い男は，中が空洞の黄金の(銀の，銅の)動物像(雄羊，雄ヤギ，ライオン，鹿，象，雄牛，馬，踊る熊，鳥，ワシ)をつくらせ，その中に隠れる[K1341.1]．王は(音楽を奏でることができる)その動物像を買い，なぐさみに娘の部屋に備えつける．夜になると，若い男は動物像からそっと出て，姫と楽しく過ごす．動物像が傷むと，動物像は修理に出され，若い男は動物像から出る．若い男は勝負に勝ち，(姫が妊娠したあと，または若者の子どもを産んだあと)姫を妻に得る．

一部の類話では，王が，娘を見つけることができた者に，娘を与えることにする．商人の3人の息子が旅をして，コンテストが行われる街に着く．彼らのうちの2人は姫を見つけることに失敗し，殺される．3人目は，お婆さんの助言に従って，中が空洞の黄金の動物をつくらせ，その中に入り，姫の秘密の隠れ場所まで運ばれる．動物像が傷むと，動物像は戻される．こうして求婚者は再び出てきて，姫の隠れ場所への道を王に説明することができる(証拠の品を見せることができる)．

または，求婚者は何人かの外見の似た少女たちや動物たちの中から姫を特定しなければならない．姫はしるしを示して，求婚者を助ける[H161, H161.1]．

類話(～人の類話) フィンランド；フィンランド系スウェーデン；エストニア；ラトヴィア；リーヴ；リトアニア；ラップ；ノルウェー；デンマーク；アイルランド；フランス；スペイン；ドイツ；オーストリア；イタリア；マルタ；ハンガリー；チェコ；スロバキア；ルーマニア；ブルガリア；ギリシャ；ポーランド；ロシア，ウクライナ；トルコ；ユダヤ；ジプシー；アルメニア；グルジア；オマーン；インド，スリランカ；フランス系カナダ；スペイン系アメリカ，メキシコ；ドミニカ，プエルトリコ；ブラジル；チリ；西インド諸島；エジプト；アルジェリア；モロッコ；ナイジェリア；スーダン．

855 代理の花婿

美しい若者が，1つ眼の(障害のある)王子の結婚式で，代理をするために雇われる．花嫁はこの若者に恋をして，1つ眼の王子を拒む[K19.5.3]．

一部の類話では，若者は花嫁といっしょに逃げる．または，1つ眼の王子が試験をされる．王子は花嫁と若者の前夜の会話を思い出すことができない[H17]．

しばしば花嫁は，若者を捜し，やっとのことで若者を見つける．花嫁はすべての通りがかりの人に施しを与え[H11.1.1]，ついに夫を見つける．

また一部の類話では，花嫁は物語を語ってくれる人たちに報酬を申し出る．若者が現れ，身の上話をする[H11]．または，若者が自分の名前を(詩を)花嫁のところに残す．

多くの類話では，若者は12歳(16歳)になったときに死ぬと予言される[M341.1]．しかし若者はこの運命の裏をかく．参照：話型870, 934.

類話(～人の類話) リトアニア；フランス；カタロニア；イタリア；ポーランド；ロシア；チェレミス/マリ；カルムイク；ブリヤート；モンゴル；インド；中国；アメリカ.

856 4人の妻がいる男 (旧，少女が間違った男と駆け落ちする)

若者が，4人の妻と結婚するつもりだと言い，父親に追い出される[M373]．召し使いとして働いている間，若者は字が読めないふりをする[K1816.0.3]．若者は書かれた伝言を託され，姫が裁判所の役人の息子と駆け落ちをしようとしていることを知る[K1317.9]．若者は裁判所の役人にそれを教え，役人は息子を閉じ込める．若者は役人の息子と入れ替わり，姫と駆け落ちする[K1371.1, N318.2].

夜が明けると，姫は両親のもとに帰れないことに気づく．若者はヘビにかまれるが，ある少女に生き返らされ[E0]，その少女と結婚する．オウムの姿になっているときに[D638.1, T33]，若者は別の姫に買われ，同じように結婚する．逃げることを余儀なくされ，若者はある金持ちの商人の家に隠れる．そして商人の娘と結婚する．最後に若者は4人の妻とともに，父親のところに帰る．参照：話型725.

類話(～人の類話) カレリア；アイスランド；マルタ；トルコ；ユダヤ；ウイグル；アゼルバイジャン；ウズベク；タジク；パキスタン；インド；スリランカ；中国；マレーシア.

857 シラミの皮

姫(王)の身に見つかったシラミが，巨大になるまで(羊，子牛，雄牛と同じ大きさになるまで)肥やされ[B873.1, F983.2](参照：話型1960M)，それから殺される．王(姫，妃)は，その皮を人々に公開し(その皮でドレス，靴，手袋をつくらせ，それで椅子または太鼓の皮を張らせ，またはシラミの肉を調理させ)，その皮がどんな種類の動物のものかを当てた者には[H522.1.1]，王国の半分を与え，姫と結婚させるとお布令を出す[H511].

(変装した)化け物(本当の物乞い，またはにせの物乞い，羊飼い，動物，変装した強盗，悪魔，人食い鬼)が策略を用いて秘密を知り[H573.3]，正しい答えを当てて，姫を手に入れる．(旧話型621.)

一部の類話では，姫は化け物の支配から救われる．姫は呪的逃走で(超自然の援助者または巧みな援助者の助けによって)逃げる.

コンビネーション　通常この話型は，1つまたは複数の他の話型のエピソード，特に653, 900,　および311, 425, 513A, 570のエピソードと結びついている.

注　重要な版はバジーレ(Basile)の『ペンタメローネ(*Pentamerone*)』(I, 5)を見よ.

類話(～人の類話)　フィンランド；フィンランド系スウェーデン；エストニア；リーヴ；ラトヴィア；リトアニア；ラップ；スウェーデン；ノルウェー；デンマーク；フェロー；フランス；スペイン；バスク；カタロニア；ポルトガル；フラマン；ドイツ；オーストリア；イタリア；ハンガリー；チェコ；スロバキア；スロベニア；マケドニア；ルーマニア；ブルガリア；ギリシャ；ポーランド；ロシア；ウクライナ；トルコ；ユダヤ；ジプシー；オセチア；チェレミス/マリ；タタール；グルジア；シリア, イラク；ヨルダン；イラン；インド；インドネシア；フランス系カナダ；アメリカ；スペイン系アメリカ, メキシコ；プエルトリコ；チリ；ブラジル；西インド諸島；エジプト, アルジェリア, モロッコ；スーダン.

859　無一文の花婿が裕福を装う [K1917](旧話型859A–859D, 881** を含む)

無一文の求婚者が自慢によって金持ちのふりをし，まんまと裕福な男の娘と結婚する. 参照：話型545D*, 1455, 1459**, 1590, 1688.

この説話には，おもに次の5つの異なる型がある.

(1)　金持ちの男が，自分の娘を金持ちとしか結婚させたくない.（時として2人の)貧しい求婚者が変装して少女の父親に嘘をつき，金持ちのふりをする. 父親が娘を男に嫁がせる準備を整えると，求婚者は木造の塔を燃やし，自分の富がすべて炎に消えたと言う.

しばしば花嫁は身分を隠して男の家を訪ねて，男が貧乏であることを暴露する.

(2)　結婚したあと，花婿は自分の国を見せに花嫁を連れていく. 花婿は汚れた(継ぎの当てられた)服を着ている. 花嫁がその土地を見ると，男は自分の上着(ズボン)の継ぎをさして，「この部分はわたしのものだ」と言う[K1917.1].（しばしば(3)と結びついている.）(旧話型859A.)

(3)　おじが甥に妻を迎えたいと思う. おじは甥に，結婚の取り決めをしている間コインと食料を持っているよう与える. おじは若い娘の父親に，自分の甥はお金とたくさんの食べ物を手にしていると伝える. こうして甥は若い娘を妻に得る[K1917.2].（しばしば(2)と結びついている.）(旧話型859B.)

(4)　召し使いが，自分の家には150の明かりとヤギの檻があると自慢すると，召し使いの主人は自分の娘を召し使いと結婚させる. 召し使いの主人と娘が召し使いの家に到着すると，明かりとは屋根の割れ目を通して輝く星だということがわかり，そして1頭のヤギが木につながれている[K1917.4].(旧話型 859C.)

(5) 求婚者が「これらはみんなわたしのものだ！」と言いながら頬ひげに触る．それで若い娘は彼が言っているのは，自分たちが馬に乗って見てきた牧草地と家畜のことだと思う[K1917.7].(旧話型 859D.)

類話(～人の類話) フィンランド；ラトヴィア；ノルウェー；アイルランド；スペイン；カタロニア；ポルトガル；フリジア；ドイツ；マルタ；マケドニア；ルーマニア；ロシア；トルコ；ユダヤ；クルド；シリア；パレスチナ；イラク，ペルシア湾；インド；アフリカ系アメリカ；エジプト；リビア；スーダン.

859A–859D 話型 859 を見よ.

860 「おや，おや，おや」の木の実

姫が，あらゆる種類の水が入っているグラスと，あらゆる花の花束と，「おや，おや，おや」の木の実を持ってくることができた者と結婚させられることになる．ある求婚者が，海水とミツバチの巣ととげのあるハシバミの実を持ってくると，王は「おや，おや，おや！」と叫ぶ[H1377.1, H1377.2, H1377.3].

類話(～人の類話) スペイン；カタロニア；ポルトガル；ギリシャ；ユダヤ；オセチア；スペイン系アメリカ，メキシコ；マヤ；プエルトリコ，アルゼンチン；チリ；西インド諸島.

860A* 話型 853 を見よ.

860B* 誘拐された妻 (旧，盗まれた女)

商人がほかの男の妻を誘拐する(彼女の家に地下道を掘る)．彼女の息子たちと夫は彼女を捜す．数々の冒険のあとに，彼らは彼女を見つける．誘拐した男は罰せられる(逃げる).

類話(～人の類話) ブルガリア；ロシア，ベラルーシ，ウクライナ；アルメニア；グルジア.

861 逢い引きで寝過ごす (旧話型 516A を含む)

結婚している(未婚の)男が，美しい女(姫)と恋に落ちる．美しい女は男にしるしか贈り物を与える[H607.3]．男の妻(ほかの援助者)は，そのしるし

は，美しい女がどこに住んでいるかを示すものだと男に教える．男は美しい女と会う手はずを整えるが，早く着きすぎて，眠ってしまう[D1972]．美しい女は男を起こさずに，証拠の品を置いていく．

後の逢い引きはうまくいく．不貞の恋人たちは捕らえられ，牢屋に入れられる．男は妻(妹，召し使い，お婆さん)に知らせる．妻は牢屋に男を訪ね，美しい女と(夫と)服を取り替え，美しい女(夫)は結婚している夫婦(2人の女)を残して牢屋を出る[K1814.2]．囚人たちは今や犯罪の証拠が何もないので，解放される．

注 早期の文献版はインドの『オウム70話(*Śukasaptati*)』(No. 19)．

類話(～人の類話) スペイン；ポルトガル；フランス；アルバニア；ギリシャ；トルコ；ユダヤ；アディゲア；アゼルバイジャン；モンゴル；グルジア；パレスチナ；イラク；カタール；イエメン；イラン；インド；中国；朝鮮；日本；エジプト；モロッコ；スーダン．

861A 逢い引きでの誘拐

王子(庭師，孤児)が，美しい女の肖像画に恋をし[T11.2]，彼女を捜しに行く．王子はひそかに彼女の部屋に通され，そして，2人はいっしょに駆け落ちを計画する．しかし，王子は眠りに落ち，会う約束を逃してしまう．

別の男が来て，美しい女を連れて逃げる．美しい女は誘拐者から逃げ，男に変装し[K1837]，仕事を見つける．彼女は身上話をし，それによって誘拐者は発見される．誘拐者は殺され，そして美しい女は王子と結婚する．

注 ノヴェッリーノ(Novellino)『100の昔話(*Cento novelle antiche*)』(No. 99)を参照せよ．

類話(～人の類話) インド；スリランカ；スペイン系アメリカ；プエルトリコ；チリ．

862 「求める者は与えられる」

隠者が，聖書の詩(マタイによる福音書7,7)「求めなさい，そうすれば与えられるであろう．探しなさい，そうすれば見つかるであろう．門を叩きなさい，そうすれば開かれるであろう」が真実であることを立証しようとする．

隠者は支配者の娘と結婚させて欲しいと頼む．すると隠者の要求は困難な課題を成し遂げればという条件で，認められる．

隠者は自分の小部屋に戻り，そこで(閉じ込められた)悪魔に出会う．隠者は悪魔を誘い出して水がめ(グラス，瓶)に閉じ込め，悪魔に必要な物(宝石，なくなった杯，地獄の鍵，真珠，金)をよこすよう強要し，それらの物を支配者に譲り渡す．それから隠者は悪魔をおびき寄せ，再び捕らわれた状態へと(水差し，グラス，瓶の中に)戻す．隠者は，支配者に自分の意図を話し，姫との結婚を辞退する(姫と結婚する)[V316.1]．参照：話型 331.

類話(～人の類話) エストニア；リトアニア；ロシア.

863 パンケーキを焼く

倹約家の王が，娘のためにいちばんいい求婚者を選ぶためのコンテストをするというお布令を出す．3 人の王子が志願し，パンケーキを焼くように言われる．最初の王子はパンケーキを空中に放り投げ，3 度回転させてからフライパンで受け止める．2 人目の王子は煙突からパンケーキを放り上げ，外でパンケーキを受け止める．3 人目の王子はパンケーキが茶色くなるまで焼いて，それを返して反対側も焼く．3 人目の王子がいちばんいい求婚者だと宣言される.

類話(～人の類話) フランス；フリジア；フラマン；ドイツ.

864 フェデリーゴ殿のハヤブサ

貴族フェデリーゴ・アルベリギはモナ・ジョヴァンナという女性に恋をするが，モナ・ジョヴァンナは彼の愛に応えない．彼は彼女に求愛し，すべての財を使い果たし，ついには，1 羽のハヤブサしかいなくなる．それはその種の中で最もいいハヤブサである.

モナ・ジョヴァンナの病気の息子がそのハヤブサを欲しがったので，彼女はハヤブサをもらいに行く．フェデリーゴはモナ・ジョヴァンナに好かれたくて，もうほかには何も持っていなかったので，自分の尊いハヤブサを，彼女がそれをもらいに来たとは知らずに，料理して彼女に出す．モナ・ジョヴァンナが頼んだときには，もう遅すぎる．それでもモナ・ジョヴァンナは，フェデリーゴの物惜しみをしない態度に心を打たれ，自分の心を変え，フェデリーゴを夫に選ぶ[N345].

注 重要な文学版はボッカチオ(Boccaccio)の『デカメロン(*Decamerone*)』(V, 9)と，ラ・フォンテーヌ(La Fontaine)の『小ばなし(*Contes*)』(III, 5)を見よ.

女が王子と結婚する 870-879

870 地下の洞窟に閉じ込められた姫 (旧話型 870C* と 888* を含む)

婚約者への姫の貞節を守るために(けんかか戦争で恋人同士が離ればなれになっために)，姫が(女中，姉妹とともに)父親によって地下牢(洞窟，空洞の丘，地下貯蔵室，塔)に閉じ込められる[R45].

何年もあとに(7年後に)姫は逃げ[R211]，(正体を知られずに)王(恋人の父親)の城に仕える[K1816.0.2, K1831]. 姫は，恋人である王子がほかの女(魔女，妊娠中の女)とまさに結婚しようとしていることを知る.(姫は，王子の新しい花嫁の女中として働く.)

花嫁の妊娠を隠すために[K1843.1](花嫁の醜悪さや病気のために)，主人公の姫は結婚式の日に身代わりをするよう頼まれる. 教会に行く途中，主人公の姫は馬に[H13.1]，橋に，そして教会の扉に[H13.2]話しかけ，それで王子は最初の恋を思い出す.

結婚式のあと，王子は主人公の姫にさまざまな物を与える. または，2番目の花嫁が主人公の姫に与えた品々(手袋，マフラー，ネックレス，指輪，ベルト)を主人公の姫がなくし[H151.5]，王子がすべて拾う. 夜になると，王子は教会へ行く途中の会話を繰り返すよう妻に要求し，妻が本物であるかを試験する[H15.1]. 妻は女中(＝主人公の姫)に相談しないとそれを思い出すことができない. 王子がネックレスを見せるよう要求すると[H92](王子が自分の集めた品々について尋ねると)，真実が明るみに出る. 王子は2番目の女を追い出し，貞節な姫と結婚する[K1911.3]. 参照：話型 403, 533, 870A.

類話(～人の類話) フィンランド；フィンランド系スウェーデン；エストニア；スウェーデン；ノルウェー；デンマーク；アイスランド；アイルランド；スペイン；ポルトガル；フラマン；ドイツ；イタリア；マケドニア；ギリシャ；ロシア；トルコ；ユダヤ；ヤクート；チベット；パレスチナ；中国；フランス系カナダ；スペイン系アメリカ；エジプト；チュニジア, アルジェリア, モロッコ.

870A ガチョウ番の娘(隣人の娘)が求婚する (旧，小さいガチョウ番の娘)

貧しい少女(隣人の娘)が王子と結婚すると心に決めるが[T55]，王子はこれをばかげた考えだと思う. 王子は少女に彼女の計画は無意味だとわからせようとするが無駄である.

王子が身分にふさわしい花嫁とまさに結婚しようというときに，貧しい少女は婚姻のベッドで新しい花嫁の身代わりをする[K1843.1]．王子は(彼女に与えた装身具によって[H90]，または純血を示す石によって[H411.1])この入れ替わりを知る．しかし王子は貧しくいやしい少女を妻として受け入れようとしない．参照：話型 403, 533, 870, 874, 879.

北方地域の最も古い類話では，ガチョウ番の娘が，たとえ王子が拒否しようとも王子と結婚するつもりだと王子に宣言する．王子が自分の身分にふさわしい花嫁を見つけると，ガチョウ番の娘は花嫁に，花嫁の過去の性体験を暴く石に気をつけるよう警告する．花嫁は結婚初夜に代理をしてくれとガチョウ番の娘に頼む．それにもかかわらず，石は花嫁の処女喪失の真実を暴露し，王子は最終的にガチョウ番の娘を本当の花嫁として受け入れる．

南方の類話では，オスマントルコの高官(イスラムの元首，王子)の隣人の娘が，自分はその高官と結婚することになると(予言のために)信じ込む．高官は彼女の考えを知ると，彼女をあざける．高官が自分の身分にふさわしい女性と結婚するとき，花嫁が逃げたので(醜かったので，処女ではなかったので)，身代わりをするよう隣人の娘が頼まれる．特別のしるしによって，高官は入れ替わりに気づき，最終的に隣人の娘を正式な妻として受け入れる．

類話(～人の類話) スウェーデン；ノルウェー；デンマーク；イギリス；スペイン；フランス；イタリア；コルシカ島；ギリシャ；トルコ；ユダヤ；パレスチナ，イエメン；西インド諸島；アルジェリア．

870C* 話型 870 を見よ．

871 姫と鬼女

禁じられた部屋を覗いた姫が[C611]，ある男の肖像画を見て恋をする[T11.2]．魔法使いが鳥の姿になって，姫を恋人のところへ連れていく．

あるとき彼らは長居しすぎる．太陽が彼らを見つけ，魔法使いは破裂して死ぬ[D567]．姫は独りで残され，宮殿の召し使いになる．宮殿で姫は，人食い姫におびやかされる[G11.3]．姫は狭い窓を通って逃げ，井戸をおりると，井戸は彼女を地下世界へと導く[F93.0.2.1]．地下世界で姫は悪魔の親玉に会う．悪魔の親玉は人食い姫の脳みそを煮ている[D2065.4]．姫は鍋をさかさにひっくり返して[C325]，井戸に戻る．人食い姫はもうふつうになっている．親切な行為へのお礼として，姫は恋人の家へと送り届けられる．姫は恋人が別の女とまさに結婚しようとしているときに到着する[N681.1]．恋人は姫のことがわかり，姫と結婚する．参照：話型 475.

類話(～人の類話)　ノルウェー；フランス；ポルトガル；ドイツ；ギリシャ；トルコ；ユダヤ；パレスチナ，イラク；モロッコ．

871A　不実な妃（旧話型 1511 を含む）

女が王の庭(地下世界)に行き，妃が黒い恋人(物乞い，障害者)と会っているのを見る[T232]．女は妃を告発し，最後に王と結婚する．

または，王の友人(その他の人物)が妃のあとをつけ，すべてを見る．愛人の命令で，妃は夫である王を殺す．妃が愛人のところに戻ると，妃は飽きたら自分のことも殺すだろうと言って[K2213.2]，愛人は妃を拒絶する．

類話(～人の類話)　スペイン；ポルトガル；イタリア；ギリシャ；トルコ；ベラルーシ；ユダヤ；シリア，パレスチナ，サウジアラビア，イエメン；パキスタン；インド；フランス系カナダ；エジプト，リビア；チュニジア，モロッコ．

871*　苦悩を探しに行った姫 [H1376.5]

姫が森で道に迷い，木の上に隠れる．狩人が木の下に泊まる．狩人の犬たちが姫の隠れ場所を暴き，姫はおりて来させられる．狩人は姫のおさげ髪をしっかりと握って，姫の傍らで寝る．姫は髪を切って，気づかれずに逃げる[K538]．

ロシアの類話では，狩人は病気の少女のふりをする．すべての若い女たちを集めるよう命じて，夜をいっしょに過ごした女を見つけ，その女と結婚する．

類話(～人の類話)　リトアニア；デンマーク；ギリシャ；ロシア；中国；西インド諸島．

872*　兄と妹

兄が，邪悪で嫉妬深い妻と結婚する[K2212.2]．妻は夫の妹を中傷し[K2112](姦通の罪を着せ)，森に追放する[S143]．妹は森で出会った鬼女(水の精霊，鳥，女の巨人)の助言のおかげで，生き延び，無実を証明し，王子と結婚する[L162]．

類話(～人の類話)　ノルウェー；スペイン；カタロニア；アルバニア；ギリシャ；トルコ；ユダヤ；グルジア；ヨルダン；サウジアラビア；エジプト，チュニジア，アルジェリア；モロッコ；スーダン．

873　王が会ったことのない息子を見つける

(変装した，正体を知られていない)王が，夜をともにした女(未亡人)に証拠の品(指輪を)を残していく. 女が息子を産んだ場合には, その証拠の品を息子に与えることになっている[T645].

少年は, 私生児ゆえに虐待され, 会ったことのない父を捜しに行く[H1381.2.2.1.1]. 少年はパン屋になり, ある貴族の娘と関係を持つ. 王(少年の父親)は少年の処刑を命ずる. 処刑の直前に, 証拠の品が発見され, 少年が王の息子であることがわかる[N731, H80]. 王は少年の母親と結婚する[L162].

類話(〜人の類話) フィンランド; ヴェプス; デンマーク; アイルランド; フランス; スペイン; ポルトガル; オランダ; ドイツ; サルデーニャ; ブルガリア; ギリシャ; ロシア; ユダヤ; シベリア; アルメニア; ダゲスタン; パレスチナ; インド; インドネシア; 日本; ドミニカ; チリ; 西インド諸島; エジプト, チュニジア, アルジェリア, モロッコ.

873* 話型 875A を見よ.

874 プライドの高い王が結婚する

ある女(姫, 3 人娘の末の子)が, うわさでしか知らない王(王子)に恋をする. 女は王に手紙を書く(自分の父親に手紙か伝言を送らせる). しかし王は女をあざ笑い, 拒絶する. (女が王に恋して泣いていると伝えると, 王は女にハンカチを送る. 女が首を吊るつもりであると王に伝えると, 王は女にロープを送る. 女が自ら命を絶つと脅すと, 王はナイフか短剣を女に送る.)

女は, 王に屈辱を与えて, 仕返しをする. 女は, 王の奴隷の 1 人になる手配をする. 王が女に恋したあとに, 女は王が彼女に与えた品々を見せて, 自分が何者かを示す. 2 人は仲直りをし, 結婚する. 参照: 話型 870A, 879, 891A.

類話(〜人の類話) イタリア; ギリシャ; トルコ; レバノン; パレスチナ, イラク; サウジアラビア; アルジェリア; モロッコ.

874* アリアドネの糸 (旧, アリアドネの糸が王子を手に入れる)

王が, 彼の宮殿の 1000 の部屋を通り抜けることができた女に息子を与えると約束する. 貧しいが賢い少女が, 糸巻きをほどいていくことで成功する[R121.5].

注 ギリシャ神話では, テーセウスはアリアドネが彼に与えた糸のおかげで迷宮から出る道を見つける. 中世以来, 多くの記録がある. 例えば『ゲスタ・ロマノールム(*Gesta Romanorum*)』(No. 63).

類話(～人の類話)　ドイツ；ハンガリー；ルーマニア；南アメリカインディアン.

875　賢い百姓娘 [J1111.4]

この話型では，さまざまな導入部のエピソードが共通した主部に結びつく.

導入部：

(1)　王が妻を求め，そして(または)偶然賢い少女に出会う.

(2)　賢い娘の父親は，畑で黄金のすり鉢を見つける．そして賢い娘の助言に逆らって，それを王のところに持っていく．王は同様にすりこぎも要求する[H561.1.2].

(3)　農夫と貴族との法廷での争いを解決するために，両者に謎が出される[H630-H659]．農夫の娘は正しく答える[H561.1, H583.7, H583.9, H641.1, H631.3, H632, H633, H636, H583.8].

(4)　王はある家で少女を見つける．王が彼女の親族について尋ねると，少女は機知と賢さに富んだ答えをする.

主部：

賢い少女は，王が課した次のような多くの課題を成し遂げなければならない[H373, H712, H1050-H1055, H1057, H1058, H1061-H1065, H1010, H1022.1, H1024.1, H1024.1.1, H1021.6.1, H1021.1, H1023.9, H1023.7, H1023.1, H951, J1191.2, H1152.1, H1185, H601]．少女は，裸でもなく服も着ずに，馬に乗らずに徒歩でもなく，王のところに行かなければならない．少女は王のあごひげの価値を見積もらなければならない．または，ほんの少しの糸だけで服を編まなければならない．または，ゆで卵から雛をかえさなければならない[J1191.2, H1023.1.1](参照：話型 821B)．または，七面鳥の肉を切り分け，家族全員に適切な部分を与えなければならない(参照：話型 1533).

王は少女と結婚するが[L162]，王の業務に口を出してはならないと命ずる．王が2人の農夫の争いに不公平な調停をすると，少女は不当な扱いを受けた男に助言し，同じような愚かな行動で，王の判決の不当性を王に示させる[J1191.1].

王が少女を追放するが，その際最も大切な物を1つだけ持っていくことを許す[J1545.4]．少女は寝ている夫を連れていき，夫に自分のことを許させる.

コンビネーション　通常この話型は，1つまたは複数の他の話型のエピソード，特に875A, 921, 922，および 821B, 875B, 875D, 875E, 876, 879, 920, 920A, 958, 1533 のエピソードと結びついている.

注　ゆで卵をかえすモティーフとゆでた種を蒔くモティーフは，おそらく話型 821B

から来ている．

類話（～人の類話） フィンランド；フィンランド系スウェーデン；エストニア；ラトヴィア；リトアニア；リーヴ，ヴォート，カレリア，コミ；スウェーデン；ノルウェー；デンマーク；フェロー；スコットランド；アイルランド；フランス；スペイン；カタロニア；ポルトガル；オランダ；フリジア；フラマン；ワロン；ドイツ；オーストリア；ラディン；イタリア；コルシカ島；サルデーニャ；ハンガリー；チェコ；スロバキア；スロベニア；ルーマニア；ブルガリア；ギリシャ；ソルビア；ポーランド；ロシア，ベラルーシ，ウクライナ；トルコ；ユダヤ；ジプシー；チェレミス/マリ，タタール；シベリア；ヤクート；カルムイク，ブリヤート，モンゴル；グルジア；シリア，ヨルダン；パレスチナ；イラク；サウジアラビア，カタール；イラン；パキスタン；インド；ビルマ；スリランカ；中国；インドネシア；日本；アメリカ；スペイン系アメリカ，メキシコ；ドミニカ，プエルトリコ，アルゼンチン；ブラジル；チリ；西インド諸島；エジプト；リビア；チュニジア，アルジェリア；モロッコ；西アフリカ；エチオピア；エリトリア；スーダン．

875A　少女の謎めいた答えが盗みを暴露する（旧話型 873* を含む）

王子が召し使いに，賢い少女のところへ，丸いタルト１個，ケーキ 30 個，食用のオンドリ１羽を持っていかせる．そして少女に，満月だったか，30 日だったか，オンドリは夜鳴いたかと質問する．

少女は，満月ではなく，その月の 15 日目で，オンドリは粉ひき小屋に行ったが，しかし王子はヤマウズラのためにキジを容赦してやるように，と返事をする．

こうして少女は，召し使いがタルト半分とケーキ半分と食用のオンドリを盗んだことを示す［H582.1.1］．

コンビネーション 875, 1533.

類話（～人の類話） アイルランド；スペイン；ポルトガル；イタリア；コルシカ島；マルタ；セルビア；ルーマニア；ブルガリア；アルバニア；ギリシャ；ユダヤ；トルコ；クルド；アルメニア；トルクメン；カザフ；パレスチナ，イラク，オマーン，カタール；サウジアラビア；ブラジル；エジプト，チュニジア，モロッコ；西アフリカ；スーダン．

875B　賢い少女と王（旧話型 $875B_1$–$875B_4$ を含む）

この話型の数多くの類話の中では，不可能な課題と，それに対するお返しの課題の内容やコンビネーションはさまざまである．この話型では，ある人物が不可能な課題を誰かに課し，その人物は同じく不条理なお返しの課題を課す．

(1)　王子(王)が次のような不可能な要求をする[H1010]. 3人の未婚の少女(処女)が，皆同時に(9か月以内に)，子どもを産まなければならない.

少女たちは宮殿へ呼び出され，ドレスの下にクッションを隠して妊娠している女に変装して現れる．少女たちは願い事を許される．すると末の妹は，焼いた雪を所望する[H951, J2121]．王子はそれをつくることができず，自分の要求の不条理に気づき，その少女と結婚する．

(2)　王が相談役を投獄し，黒くも白くもなく，灰色でも赤褐色でもない馬を相談役が献上しなければ釈放しないと言う．相談役は，家にそのような馬を持っているが，王はどの曜日にもそれを連れてくることができないと主張する．王は自分の要求の不条理に気づき，囚人を釈放する．

(3)　王子が，白い大理石のブロックをとても美しいと感じ，仕立屋にその石でスーツを縫うように命ずる[H1021.9]．王国のどんな仕立屋もこれができず，王は彼らを全員殺すように命ずる．最後に年配の仕立屋がスーツをつくるように頼まれる．仕立屋は孫娘の助言に従って，王子に泥の肉と雪のケーキを昼食に求める．こうして仕立屋は主人の不条理な課題を指摘する．すると王子は自分の誤りに気づき，仕立屋の孫娘と結婚する．

(4)　王が相談役(少年)に雄牛のミルクを献上するように命ずる[H1024.1]，または雄牛に子牛を産ませるよう命ずる．すると相談役の娘が，父親はたった今子どもを産んだところだと言う[H1024.1.1.1, J1533]．すると王は自分の命令の不条理に気づく．(旧話型 $875B_1$.)

(5)　イスラム教の王が相談役に，改宗してヒンズー教徒になるよう命令する．相談役はロバをこすりながら，道ばたに立っている．王が理由を尋ねると，相談役はロバを馬(牛)に変えようとしているのだと説明する．その結果，王は自分の命令の不条理に気づく[J1536.2]．(旧話型 $875B_2$.)

(6)　王が相談役に井戸を動かすよう命令する．相談役は娘の助言に従い，王が自分のところに井戸を送り届けて，手伝ってくれなければならないと王に言う．その結果，王は自分の命令の不条理に気づく[H1023.25.1]．(旧話型 875B3.)

(7)　王が農夫に，去勢雄牛として生まれついた子牛たちを貢ぎ物として要求する．農夫の息子は「わたしを父のところに行かせて，誰が畑を守っているのか質問させてください．魚を海岸からあがらせて，キビを食べさせてください」と答える．(旧話型 $875B_4$.)

(8)　一部の類話に見られるその他の不可能な課題は以下のとおりである．石からタマネギを育てる，藁くずでロープをなう[H1021.2](参照：話型1174)，砂でロープをつくる[H1021](参照：話型1174)，花々の葉の数か，または空の星を数える，空の大きさを測る，石臼を縫う，ストーブの上で雪を乾かす[J2121](参照：話型1270)，ろうそくを乾かす[J2122](参照：話型1270)．参照：話型1172, 1271A*.

類話(～人の類話) フラマン；カタロニア；オーストリア；イタリア；セルビア；クロアチア；ブルガリア；ギリシャ；ユダヤ；ジプシー；アブハズ；アディゲア；ウズベク；カルムイク；シリア, イラク；パレスチナ；パキスタン，スリランカ；インド；ビルマ；中国；ベトナム；フィリピン；スペイン系アメリカ, メキシコ；エジプト, チュニジア, モロッコ；ガーナ；東アフリカ；エリトリア；ソマリア；スーダン；ナミビア, 南アフリカ；マダガスカル.

$875B_1$–$875B_4$ 話型875Bを見よ.

875C 話型888を見よ.

875D 旅を終えた賢く若い女

若く賢い女が，旅の途中で出会った人たちのさまざまな謎めいた発言や行動を説明する[H586, H586.1–H586.7]．最後に彼女はとんち比べと不可能な課題を成し遂げる競争で成功を収める.

1匹の(乾いた)魚が宮殿で笑う[D1318.2.1]．王は大臣(ある男)に，理由を解明するよう(その他の問題を解くよう)命じ，できなければ死刑に処すると言う．大臣(の息子)は旅に出る．大臣はお爺さんに出会い，お爺さんに対しさまざまな不思議な提案をする(2人の男がいっしょに旅をし，1人が不思議な提案をする)．「お互いに運び合おう」は「道のりが短く感じられるように物語を語ろう」という意味である．「森から馬を連れてこよう」は「杖を切り出そう」という意味である.

または1人の男が一見不条理なことをする．例えば，靴を川の中で履いて，乾いた陸では靴を手で運ぶ.

お爺さんの娘は不思議な発言や一見不条理な行動を正しく解釈する[H586]．最後に娘は最初の質問に「ハーレムに女の服を着た男がいたので，魚は笑った」と答えを出す[H561.1.1.1]．それで大臣の息子はその娘と結婚する.

類話(～人の類話) アイスランド；イギリス；スペイン；カタロニア；ブルガリア；アルバニア；ギリシャ；トルコ；ユダヤ；アブハズ；アディゲア；クルド；アルメニア；グルジア；シリア, レバノン, パレスチナ, ヨルダン；アラム語話者；イラク；サウジアラビア；オマーン, カタール；イラン；パキスタン；インド；スリランカ；中国；カンボジア；エジプト, チュニジア, アルジェリア；モロッコ；スーダン.

875E　不当な判決：油搾り機が馬の子を生む

旅人が自分の雌馬を油屋の油搾り機につなぐ. 夜, 雌馬は子馬を産む. 油屋は油搾り機(荷車, 杭, 松葉杖)が子馬を産んだと言って, 子馬は自分のものだと言う.

または, 金持ちの隣人が, 自分の去勢雄牛が子牛を産んだと言って, (雌牛を持っている貧しい隣人から)子牛を要求する. 裁判官(ジャッカル)はこの問題に判決を下さなければならない. 裁判官は遅れて到着し, 海が燃えていて, 藁で消さなければならなかったと説明する(ほかの不条理な説明をする). こうして油屋の主張の不条理がはっきりする(そして旅人は子馬を自分のものにすることができる)[J1191]. 参照：話型 821B, 875, 920A, 1804B.

類話(～人の類話)　フィンランド；スペイン；イタリア；ロシア；ユダヤ；ジプシー；クルド；シベリア；グルジア；シリア；パキスタン；インド, スリランカ；ビルマ；カンボジア；メキシコ；北アフリカ, チュニジア, アルジェリア；モロッコ；エリトリア.

875*　ヴァインスベルクの女たち

ヴァインスベルクが包囲されたとき, 王は女たちに, 自分で運ぶことができるもの(最も大切なもの[J1545.4])を持って, 出ていくことを許可する. どの女も(寝ている, 酔っている)夫を街から運び出す. 兵隊たちはこの出来事を見ると, それを止めようとする. 女たちは王に懇願する. 王は女たちの賢い計画を賞賛し, 自分が女たちにした約束は守らなければならないと宣言する[J1545.4.1]. 参照：話型 875.

注　中世に, 例えば 1170 年に『ケルン年代記(*Chronica Regia Coloniensis*)』(No. 169)に記録されている.

類話(～人の類話)　オランダ；ドイツ；スイス；ハンガリー.

875B*　妻が物語を語り, 死から救われる(シェヘラザード(Sheherazade))

王が妻の不貞を知り, 妻を処刑させる. それから毎晩, 王は新しい妻をめとるが, 次の日には(子どもを産んだあとに)殺す(参照：話型 1426). 3 年後(1 年後)大臣は適当な女を見つけることができなくなり, 王は大臣に死刑を宣告する.

大臣の娘が(父親の反対を押し切って)王との結婚に志願する. 娘は王に物語を語る(妹の助けで, または廷臣が物語を語る)[J1185.1]. 王は処刑を延期する．物語を語って1年の後(妻が子どもを産んだあと)，王はこの女を殺すことは間違いだと気づく．

注　『アラビアン・ナイト(*Arabian Nights*)』の枠物語．
類話(～人の類話)　イタリア；カタール；エジプト．

875D*　王子の7人の賢い先生

王子が教育を受けに，7人の賢い先生のところへ行く．宮殿に戻ると，(先生たちの助言に従って)王子は口がきけなくなったふりをする．王子の継母である妃は王子に言い寄り，それから王子のことを父親に訴える[K2111]．父親は王子に死刑を宣告する．7人の賢い先生たちと妃は，例えの物語を7日間語って，この事件について論争する[J1185]．

一部の類話では，王子は(先生たちの助言に従って)父親に，妃の女中たちの中に女の服を着た男が1人いると証明する[K1836]．妃とその愛人は絞首刑にされる(そして王子の無実が証明される)．

注　東洋起源，『7賢人(*Seven Wise Men*)』の枠物語．
類話(～人の類話)　リトアニア；ドイツ；ハンガリー；チェコ；ジプシー；ブリヤート，モンゴル．

876　話型851を見よ．

877　皮を剥がれたお婆さん(La Vecchia Scorticata)

醜い未婚のお婆さんが，醜い年老いた妹を，若い女と結婚したがっている王(王子)と結婚させるのに成功する．花嫁の醜さを隠すために，彼女は王子に鍵穴から花嫁の指だけを見せ，声だけを聞かせる．

結婚初夜に，王は欺きに気づき，花嫁を窓から投げ出すと，花嫁は木に引っかかる．何人かの妖精がこれを見ていて，ぶら下がっているお婆さんを笑う．妖精たちは楽しませてもらったことに感謝して，お婆さんを若返らせて美しい少女に変える[D1880]．王は彼女と結婚する．

妹の幸運に嫉妬して，もう1人の未婚のお婆さんは，妹にどうやって若返ったのかを聞く．妹は姉の新たな策略を恐れ，自分は皮を剥いでもらったと説明する．妹は姉に床屋で皮を剥いでもらうよう助言する(姉は自分の皮を剥がさせ，死ぬ)．

注　重要な版はバジーレ(Basile)の『ペンタメローネ(*Pentamerone*)』(I, 10)を見よ．
類話(～人の類話)　ラトヴィア；デンマーク；フランス；スペイン；カタロニア；ポ

ルトガル；イタリア；コルシカ島；ポーランド；ギリシャ；ベラルーシ；トルコ；ユダヤ；シリア；パレスチナ；スペイン系アメリカ；エジプト．

879　バジル娘(砂糖の人形，ヴィオラ(Viola))

王子(若者)が通りがかりに，バジルに水をやっている少女に，そのバジルには葉が何枚あるかと尋ねる(からかう)．少女はお返しの質問で，空にはいくつ星があるのかと尋ねる[H702, H705.3]．王子は答えがわからず，恥じてその場をあとにする．次の日，王子は商人(漁師)に変装して戻ってきて，何か高価な物を売り，代価としてキスをしてもらう．

または王子は何度も針で寝ている少女を刺す．少女は虫にかまれたと不平を言う．次の日，王子は少女をあざけるか，または策略(キスをしたこと，または針で刺したこと)を少女に明かす．今度は，少女が医者(死神，死の天使)に変装し[K1837]，具合の悪い王子を訪問する．そして王子を虐待し(あざけり)，または死神が王子のところに来たと思わせる．

少女は商人に変装して王子に物を売るが，条件はロバのしっぽの下に(馬の脚に)王子がキスをすることである．王子は少女と結婚するが，王子は結婚初夜に少女を殺して復讐するつもりである．しかし少女は砂糖(シロップ)でつくられた等身大の人形を自分の場所に置き[K525.1]，ベッドの下に隠れる．王子が剣をひと刺しして人形を破壊すると，思いがけず甘い「血」の味がする．王子は自分の行いを悔いる．(少女は隠れている場所から出てきて，彼らは仲直りする．) 参照：話型 883B

コンビネーション　875, 883B, 891, 968.

注　からかい(質問とお返しの質問，策略とお返しの策略)は，たいてい詩の形で，それぞれの行為を誰が行ったかを示しながら，交互に提示される．重要な版はバジーレ(Basile)の『ペンタメローネ(*Pentamerone*)』(II, 3 および III, 4)を見よ．

類話(～人の類話)　アイスランド；フランス；スペイン；カタロニア；ポルトガル；ドイツ；イタリア；コルシカ島；サルデーニャ；マルタ；チェコ；ブルガリア；アルバニア；ギリシャ；トルコ；ユダヤ；ジプシー；シリア，パレスチナ，ヨルダン；アラム語話者；イラク，ペルシア湾，サウジアラビア，クウェート，カタール，イエメン；朝鮮；メキシコ；ドミニカ，プエルトリコ，チリ；ブラジル；エジプト；チュニジア，アルジェリア，モロッコ；スーダン．

879A　漁師が姫の夫になる

姫が，たいへん美しい漁師の息子と恋に落ち，結婚したいと思う．少年は，自分の社会的身分が低いことに悩み，もし姫が少年の社会的地位を責めたら，

2度と口をきかないと姫に警告する.

結婚初夜に，姫は夫のぎこちない態度をあざける．そのとたん漁師の息子は姫のもとを去り，王の宮殿に勤める．王は彼の美しさに感銘を受け，彼が口をきけないことを残念に思い，再び口をきけるようにすることができる者に褒美をやると約束する．失敗した者は死刑に処せられることになる.

姫が男(医者)に変装してやって来る．姫は3晩彼を治療しようとするが無駄である[H1194.0.1]．そして彼女は最後に絞首台に連れていかれる．死刑の見物人の1人だった少年(姫の夫)は，(ひどく姫の面目をつぶすようなやり方で)ぎりぎりの瞬間に姫に話しかけ，姫の命を救う．参照：話型434, 514, 514**, 884.

類話(～人の類話) リトアニア；ポルトガル；イタリア；マルタ；ルーマニア；ブルガリア；ギリシャ；トルコ；モロッコ.

879* 王が将来の妻に仕える

変装した王が[K1812]，3人の(2人の)(貧しい)少女たちが自分たちの希望を話しているのを立ち聞きする[N455.3, N467]．末の少女は，たとえ王であろうと自分と結婚したければ，まず自分に尽くさなければならないと明言する.

王は年上の少女たちの望みをかなえ，末の少女を罰する(投獄する．死刑を宣告する)．賢い少女は逃げる(救われる)．そして(または)，宝を見つける(そして城を建てる)．少女は新しいドレスを着て，王を恋に落とし[K1310]，自分に尽くさせる[N699.6]．彼女は自分が誰であるかを明かし，彼らは結婚する.

類話(～人の類話) ユダヤ；トルコ；イラン；インド.

貞節と無実の証拠 880-899

880　男が妻の自慢をする

男が妻の賢さを王の宮殿で自慢する．妻が男を見つけて救い出すことができるかどうか試験するために，男は(王の城で)投獄される．

妻は夫が投獄されたことを知ると，男に変装し[K1837]，宮殿で暮らすためにやって来る．姫が彼女に恋し，結婚が計画される．男であることが疑われると，妻は性別を証明する数々の試練を受けなければならないが，すべての試練に合格する．最後に策略(服を替えること)によってうまく夫を解放し，夫といっしょに逃げる[R152.1]．

コンビネーション　514, 514**, 881, 884.

類話(～人の類話)　フィンランド；ラトヴィア；リトアニア；アイルランド；ドイツ；ブルガリア；ギリシャ；ロシア；ジプシー；トルクメン；ブリヤート；グルジア；パキスタン；スペイン系アメリカ．

880*　ばくち打ちの妻

兵隊が司令官をばくちで負かし，司令官の娘と結婚する．その後，兵隊はばくちですべてのお金を失い，貧しい両親のもとに戻る．兵隊の妻は，夫が負けた分を取り返して，夫を見つける．

類話(～人の類話)　フィンランド；ラトヴィア；アイルランド；ロシア, ベラルーシ；チェレミス/マリ, タタール．

881　何度も試された貞節

商人が，高貴な家系の(たぐいまれな美しさ)の女(姫)と結婚する(恋に落ちる)．夫が(旅で)留守の間，別の男(親族，何人かの男)が，彼女を誘惑しようとするが[K2112]，拒絶される．男は夫に女のことを中傷する．夫は，自分の留守の間に妻が不貞をはたらいたという嘘の証言を信じ，妻を殺すよう命ずる．妻は，自分を箱の中に入れて海に流すよう頼んで，逃げる．

ある医者(ほかの男)が彼女を治療し，彼女と結婚したがる(彼女はほかの男たちに発見され，男たちは皆彼女と結婚したがる)[T320.1]．彼女は賢さによって，(彼女に恋し)彼女と肉体関係を持とうとするすべての男たちをかわし，逃れる．

これらの冒険のあと，彼女は男に変装し[K1837]，そして王になる．彼女は自分の肖像(画，写真，彫刻)を公共の場に飾る[H21](自身の記事が出版される，彼女の生涯の記録が丸天井の部屋に書かれる)．その肖像画について論評する者は皆投獄される．

彼女が人生で知り合った男たちは，夫を含め全員(その肖像画のところに)やって来て，彼女との出会いを物語る．男の服を着たその女は，男たちが彼女の人生で果たした役割に応じて，男たちを非難したり，許したり，褒美を与えたりする．最後に彼女は自分の正体を明らかにし，夫と仲直りをする(結婚する)[R195]．(女は夫と役割を交換し，夫が支配者となる．) 参照：話型 514, 514**, 712, 880, 884, 887.

コンビネーション 513A, 514, 514**, 571, 880, 884.

類話(～人の類話) フィンランド；ラトヴィア；リトアニア；アイルランド；スペイン；カタロニア；オランダ；イタリア；セルビア；ブルガリア；アルバニア；ギリシャ；マケドニア；ロシア, ベラルーシ, ウクライナ；トルコ；ユダヤ；ジプシー；チェレミス/マリ, タタール；ウイグル；アゼルバイジャン；アルメニア；カザフ；トルクメン；タジク；ブリヤート, モンゴル；シリア, レバノン, パレスチナ；アラム語話者；イラク；ペルシア湾, サウジアラビア, クウェート；イエメン；イラン；インド；フランス系アメリカ；プエルトリコ；チリ；エジプト；モロッコ；スーダン.

881A 置き去りにされた花嫁が男に変装する

王子と花嫁が森の中で離ればなれになる．花嫁は独り善がりの誘惑者たちから逃げる[T320.1]．(花嫁は最初に矢を持って戻ってきた者と結婚すると言って1本の矢を射り，男たちが矢を追っている間に逃げる．)

花嫁は男に変装し[K521.4.1.1, K1837]，王に選ばれる(よその国の勲位を与えられる)．または，花嫁は王の召し使いに変装し，鬼女を退治する．(花嫁は夜叫び声を聞いて，人の死体を食べようとしている鬼女を見る．彼女は鬼女の足か類似のものを切り落とし，王から褒美をもらう．) 花嫁は姫(姫たち)と「結婚」する[K1322]．

花嫁は自分の肖像画(彫刻)を公共の場に飾り[H21]，そして論評を立ち聞きするよう召し使いたちを配置する(自らそこにいる)．花嫁は来た人全員に施しをする．こうして花嫁は夫を見つける．独り善がりの誘惑者たちは罰せられる．参照：話型 514**, 881.

類話(～人の類話) フランス；ポルトガル；イタリア；ブルガリア；アルバニア；トルコ；ユダヤ；ジプシー；ダゲスタン；オセチア；チェレミス/マリ；クルド；カザフ；ウズベク；タジク；グルジア；イラク；イラン；インド；スリランカ；中国；スペイン系アメリカ；エジプト；アルジェリア；モロッコ.

881* 話型 514** を見よ.

881** 話型 859 を見よ.

882 妻の貞節を賭ける（シンベリン(Cymbeline)）

夫(船長)が自分の妻(貧しい少女)の美徳を称賛し，妻の貞操について友人(取り引き相手，商人，敵)と賭けをする[N15]．友人は女を誘惑しようとして失敗したあと，買収した召し使いの手引きで，ひそかに彼女の寝室に入る(箱に隠れる)[K1342]．そこで友人は，彼女には触れずに，彼女の胸のほくろを見つける．そして(または)，証拠の品(指輪[H94]または衣服)を手に入れ，それを使って彼女を誘惑したふりをする[K2112.1]．夫は友人の言うことを信じ，妻を追い出し(誰かに妻を殺すよう命じ)，そして家を出る．

女は死を逃れ，男の服を着て旅をする[K1837]．彼女はよその国の宮廷で高い地位を得る．そこで彼女はひどく貧しくなった夫に出会い，自分の無実を夫に証明する．

一部の類話では，彼女は夫をつけていき，気づかれずに(男の服を着て)数年間夫に仕える．最後に中傷した男の嘘が暴かれ，夫婦はよりを戻す．

コンビネーション 通常この話型は，1つまたは複数の他の話型のエピソード，特に217, 465, 881, 890, 978 のエピソードと結びついている．

注 有名な翻案に関しては，シェークスピア(Shakespeare)の『シンベリン(*Cymbeline*)』を見よ．

類話(～人の類話) フィンランド；フィンランド系スウェーデン；エストニア；リーヴ；ラトヴィア；リトアニア；ラップ；ヴェプス, ヴォート, カレリア；スウェーデン；ノルウェー；デンマーク；アイスランド；アイルランド；イギリス；フランス；スペイン；カタロニア；ポルトガル；オランダ；フラマン；ドイツ；オーストリア；ラディン；イタリア；サルデーニャ；ハンガリー；チェコ；スロベニア；ブルガリア；ギリシャ；ポーランド；ロシア, ベラルーシ, ウクライナ；トルコ；ユダヤ；ジプシー；オセチア；チェレミス/マリ；アルメニア；タジク；グルジア；シリア；パレスチナ；ヨルダン, イエメン；イラン；インド；中国；インドネシア；日本；イギリス系カナダ；フランス系カナダ；スペイン系アメリカ, メキシコ；ドミニカ；マヤ；ブラジル；西インド諸島；カボヴェルデ；エジプト, チュニジア, アルジェリア, モロッコ．

882A* 紡ぎ車に座った求婚者たち

妻が，夫(船長)の留守に，3人の求婚者に悩まされる．妻は求婚者たちをだまして1つの部屋に入れ[K1218.1.2]，糸を紡がせる(働かせる)．参照：

話型 890, 1730.

類話(～人の類話) フィンランド；ラップ；イギリス；マケドニア；ギリシャ；ロシア, ベラルーシ, ウクライナ；ユダヤ；アゼルバイジャン；アルメニア；タジク；スペイン系アメリカ.

882B* 760A を見よ.

883A 名誉を汚された無実の乙女 (旧話型 883C* を含む)

若い女の父親(両親)が留守にしている間, ある親族の男(友人, 聖職者, 保護者)が, 若い女を誘惑しようとする. 若い女が親族の男を拒むと [T320.1], 親族の男は(腹いせに)彼女がみだらなふるまいをしたと中傷する内容の手紙を彼女の父親に書く[K2110.1, K2112]. 父親は息子に妹を殺すよう命ずる[S322.1.3]. 同情から(妹の無実を信じて), 兄は妹の命を助け, 殺した証拠として動物の肝臓(心臓, 血)[K512.2]を父親に渡す. 若い女は置き去りにされる.

王(王子)が, 若い女を見つけ, 彼女と結婚する[L162]. 王は戦争に行かなければならなくなると(若い女が子どもたちを連れて父親を訪問したがると), 王は召し使い(将校, 兵隊, 高官)または親族の男(兄弟, おじ)に妻の面倒を見るよう(妻に同行するよう)言う.

2 度目の誘惑が試みられ[K2250.1], 若い女の子どもたちはしばしば殺される. 若い女は男の服を着て(兵隊, または将校, または羊飼いに変装して) [K1837]逃げ[T320], 正体を知られずに父親の家で(宿屋で, 羊飼いとして)召し使いとして働く.

妃は死んだ(さらわれた, 逃げた, 子どもたちを殺した)という中傷者の申し立てにもかかわらず, 王は妻を捜す(父親は娘を捜す). 最後に, 関係した人物が皆一堂に会し, 男の服を着た女は何があったのかを(物語の形で)語る. 家族は再びいっしょになり, 悪人たちは罰せられる. 参照：話型 712.

コンビネーション 709.

類話(～人の類話) フィンランド；フィンランド系スウェーデン；エストニア；ラトヴィア；リトアニア；ヴェプス；デンマーク；アイルランド；フランス；スペイン；カタロニア；ポルトガル；ドイツ；イタリア；コルシカ島；ハンガリー；チェコ；クロアチア；ルーマニア；ブルガリア；アルバニア；ギリシャ；ロシア, ベラルーシ, ウクライナ；トルコ；ユダヤ；チェレミス/マリ, モルドヴィア；アルメニア；タジク；グルジア；シリア；パレスチナ；サウジアラビア；イラク；イエメン；オマーン, クウェート, カタール；イラン；インド；スリランカ；中国；フランス系アメリカ；スペイン系アメリカ, メキシコ；プエルトリコ；エジプト；アルジェリア；モロッコ；東アフリカ；スーダン.

883B　罰せられた誘惑者

男(商人)が，旅に出る前に，自分の3人の娘を閉じ込め，娘たちがみだらな行いをした場合にはそれを示す魔法の道具(指輪[D1610.8]，花[D1610.3])を，それぞれの娘に与える．ある王子(騎士，3人の王子，3人の若者)が少女たちの部屋にひそかに(商人のふりをして)入り，上の2人の娘を誘惑する.

賢い末の娘は王子の誘惑のたくらみに屈することなく[L63]，王子をからかう．姉たちが子どもを産むと，妹は物乞いに変装し，生まれたばかりの子どもたちを王子の城へ(子どもの父親たちのところへ)連れていく．商人が家に戻り，何が起きたかを知ると，2人の姉を殺そうと思う．(しかし王子たちが商人の娘たちとの結婚に同意すると，商人は計画を思いとどまる.)

王子は末の娘と結婚したがり，新婚初夜に彼女を殺す計画を立てる．末の娘は砂糖の人形を自分の代わりに置く[K525.1]．王子は人形を自分の剣で切り，そして「血」を味わうと，妻の「甘さ」に気づき，自分の行いを悔いる.(少女は姿を現し，互いに仲直りする.) 参照：話型879, 884.

コンビネーション　879.

注　重要な版はバジーレ(Basile)の『ペンタメローネ(*Pentamerone*)』(III, 6)を見よ.

類話(～人の類話)　フィンランド；フィンランド系スウェーデン；ラトヴィア；リトアニア；ヴェプス, カレリア；スウェーデン；ノルウェー；デンマーク；フェロー；アイスランド；アイルランド；フランス；スペイン；ポルトガル；イタリア；ハンガリー；チェコ；スロバキア；ロシア, ウクライナ；ジプシー；トルコ；イエメン；スペイン系アメリカ；ブラジル；エジプト；モロッコ.

883C　とっぴな名前の少年たち

少女が家を追い出され[S322.1]，下層階級の男と結婚し，3人の子どもをもうけ，その子どもたちに「わたしは何者でしたか」,「わたしは何者ですか」,「わたしは何者になるのでしょう」(など)という名前をつける[N271.2]．こうして彼女は父親の注意を引きつけ，父親と和解する．参照：話型1530*, 1940.

類話(～人の類話)　ドイツ；ギリシャ；トルコ；シリア；レバノン；パレスチナ；イラク, ヨルダン；イエメン；エジプト, モロッコ, スーダン.

883C*　話型883Aを見よ.

884 見捨てられた婚約者が召し使いとして仕える (旧話型 25K, 884B, 884B* を含む)

この雑録話型は，異なる内容のさまざまな説話を包括する．類話は，以下のモティーフのさまざまなコンビネーションを含む．

男の服を着て変装した女[K1837]，ある人物の性別検査[H1578.1]，恋人同士(夫婦)の離別[T84, T165.4]，夫がまさに別の女と結婚しようとしているときに，妻が，いなくなった夫を見つける[N681.1]，召し使いに変装した少女が恋人の宮殿に仕える[K1816.0.2]，忘れられた婚約者[D2003]，肖像画を飾って恋人を識別すること[H21]，王子が最初の婚約者と結婚する[J491, T102]．参照：話型 313, 425A, 514, 514**, 879A, 880, 881, 882, 883A, 890, 891A.

注 早期の文学版はバジーレ(Basile)の『ペンタメローネ(*Pentamerone*)』(II, 3, III, 4, III, 6)を見よ．

類話(～人の類話) リーヴ；ラトヴィア；リトアニア；フェロー；アイスランド；ヴォート；スペイン；カタロニア；ポルトガル；フリジア；フランス；ドイツ；イタリア；サルデーニャ；チェコ；クロアチア；マケドニア；ルーマニア；ブルガリア；ギリシャ；ポーランド；ロシア；ベラルーシ；ウクライナ；トルコ；ユダヤ；ジプシー；クルド；タジク；グルジア；シリア；レバノン；イラク；サウジアラビア；カタール；中国；メキシコ；ブラジル；チリ；西インド諸島；エジプト；アルジェリア；モロッコ，スーダン．

884A 話型 514** を見よ．

884B 話型 884 を見よ．

884B* 話型 884 を見よ．

885 冗談の結婚式 (旧，少女と婚約した貧しい少年)

若い女が貧しい若者(兵隊)に恋していたのに，両親に聖職者との結婚を強いられる．若者が(旅から戻り)気づかれないように彼女の結婚式にやって来ると，聖職者は冗談で若者を少女と結婚させる[K1371.1]．若者は正体を明かす．

ドイツの類話では，フリードリヒ II 世が花嫁と兵隊のにせの結婚式を要請する．

類話(～人の類話) フィンランド；フィンランド系スウェーデン；エストニア；リーヴ；リトアニア；ラップ；スウェーデン；デンマーク；アイスランド；スコットランド；スペイン；カタロニア；ドイツ；イタリア；シリア，パレスチナ，オマーン，クウェート, イエメン；フランス系カナダ；スペイン系アメリカ；エジプト, チュニジア, モロッコ, スーダン.

885A　女が死んだふりをする (旧, 見た目の死者)

若い女(姫)が貧しい若者と恋していたが, 若い女の両親は彼女を別の男と結婚させる. ふられた求婚者は旅に出る. 結婚式で, 若い女はくずれ落ちて死ぬ(死んだふりをする)[T37]. 若い女の恋人が戻ってきて, 生き返らせ, 若い女と結婚する.

または, 貧しい若者はひそかに若い女と逃げ, ろう人形が彼女の墓に埋められる.

注　中国起源(『太平広記(*T'ai p'ing-kuang-chi*)』978 年完成. 参照：Ting 885A). ヨーロッパの版は中世に記録されている. 例えばトーマス・カンティプラタヌス(Thomas Cantipratanus)の『ミツバチの普遍的な善(*Bonum universale de apibus*)』(II. 57, 20)に記録されている. 別の早期の版はボッカチオ(Boccaccio)の『デカメロン(*Decamerone*)』(X, 4)を見よ.

類話(～人の類話)　フィンランド；エストニア；ラトヴィア；リトアニア；スウェーデン；アイスランド；スコットランド；スペイン；ポルトガル；オランダ；ドイツ；オーストリア；イタリア；チェコ；スロバキア；ポーランド；ロシア；ユダヤ；チュヴァシ；アルメニア；キルギス；パレスチナ；イラン；中国；マヤ；エジプト.

886　秘密を守れなかった少女

婚約中の女が秘密を守れないので, 若者は婚約者から去る. 若者は新しい婚約者を見つける. 婚約式で, 最初の婚約者はまだ彼との結婚を望んでいると言う.

新しい婚約者は, 元の婚約者は口が軽いので若者に捨てられたということを知ると, 黙っていることに関して自分が優れていると自慢し, これまでのすべての恋人のこと(自分の子どもたちを殺害したこと)を隠していたと言う[K1275].

若者は, 最初の婚約者と結婚することに決める[J491].

注　中世(13 世紀)に記録されている. 例えば『ツル(*La Grue*)』,『アオサギ(*Le Héron*)』『新百話(*Cent Nouvelles nouvelles*)』(No. 8).

類話(～人の類話)　フィンランド；エストニア；ラトヴィア；デンマーク；スコットランド；イギリス；フランス；スペイン；ポルトガル；ドイツ；イタリア；ハンガリー.

887 グリゼルダ

自由を愛する侯爵(王)が，臣民たちが求めるので，結婚する．侯爵は下層階級の(グリゼルダ(Griselda)という名の)妻を選ぶ．そして常に従順であると約束するよう妻に要求する．

妻が2人の子どもを生んだとき，侯爵は子どもたちを連れ去り，侯爵が子どもたちを殺したと妻に思わせて，妻の従順を試す．15年後に，侯爵は妻を捨て，(ほかの家族の中で育てられ)大人になった子どもたちに帰ってくるよう命ずる．侯爵はグリゼルダの娘と結婚するふりをする．そしてグリゼルダに結婚式で娘に仕えさせる．グリゼルダがこの屈辱すらも受け入れると，侯爵はすべて(すべては試験だったということ)をグリゼルダに説明し，そしてグリゼルダを再び妻にする[H461]．参照：話型712, 881, 900

注 早期の版はボッカチオ(Boccaccio)の『デカメロン(*Decamerone*)』(X, 10)を見よ．
類話(～人の類話) フィンランド；フィンランド系スウェーデン；ラトヴィア；リトアニア；カレリア；スウェーデン；ノルウェー；デンマーク；アイスランド；フェロー；アイルランド；イギリス；フランス；スペイン；ポルトガル；オランダ，フラマン；ドイツ；スイス；オーストリア；チェコ；ブルガリア；ギリシャ；ロシア，ウクライナ；トルコ；ユダヤ；イラン；プエルトリコ．

887A* レンガの中の宝石 (旧，買われた妻)

若者が，自分は頭がいいのにお金がないと不平を言う．若者は苦労して稼いだお金をすべてつぎ込んで妻を買うことに決める[T52]．妻はレンガの中に宝石を包み込む方法を若者に教える．若者は贈り物として王(ツァー)にそれらを持っていき，褒美をもらう．

類話(～人の類話) フィンランド；ブルガリア；ロシア；クルド；アルメニア；グルジア．

888 貞節な妻 (旧話型875Cを含む)

この説話には，おもに2つの異なる型がある．

(1) トルコに奴隷にとられた男が[R61]あるシャツを着る．それは家に残した妻が彼に対し誠実であるかぎり白くあり続けるシャツである[H431.1]．サルタンが男の妻を誘惑するために使者を送るが無駄である[T320.1]．

巡礼者(修道士)に変装して[K1837]男の妻はサルタンの宮殿に到着する．ハープの演奏と歌で，男の妻はサルタンの寵愛を得る．サルタンは彼女に1

人の(3人の)キリスト教徒の奴隷を贈る．実はその奴隷こそが彼女の夫である[R152.1]．解放された夫は家に戻ると，妻の身に何か起きたのか不思議に思う．妻は巡礼の服で到着し，彼を救ったのは自分だと明かす．

(2) ある王が外国へ行く．そこで王は投獄される．王の妻はグースリ奏者に変装し[K1837]，敵対する王のところへ行き，囚人を1人連れていく許可を得る．彼女は夫を選ぶ[J1545.4]．夫はそれが妻だとわからない．後に夫は妻が自分を助けようとしなかったと責める．真実が明るみに出る．(旧話型875C.)

類話(～人の類話) ラトヴィア；リトアニア；リーヴ, カレリア；アイスランド；フランス；スペイン；カタロニア；フリジア；フラマン；ドイツ；オーストリア；ラディン；イタリア；チェコ；スロバキア；スロベニア；ポーランド；ロシア；ベラルーシ；ユダヤ；ジプシー；トルクメン；タジク；レバノン, パレスチナ, オマーン；イエメン；インド；中国；日本；フィリピン；エジプト；チュニジア, アルジェリア；スーダン．

888* 話型870を見よ．

888A 叩かせない妻

王子(商人の息子)が，毎日叩かれることを受け入れる女としか結婚するつもりはないと言う[M134]．王子が結婚すると，妻は王子が彼女を養っていない(父親が養っている)と言って，彼に叩かれることを拒む．

王子は運を求めて旅に出るが，奴隷にされる(すべての富を失い，召し使いの仕事をしなければならない)．王子の妻は男に変装して[K1837]，(王子が取られた物をすべて取り返すことで)王子を解放する[J1545.6]．

妻は，ハツカネズミたちを放して，訓練された猫に追いかけさせて，チェスの試合に勝つ(参照：話型217)(彼女はペテン師たちをだまし，賭けに勝つ)．妻は証拠に夫の品々を手に入れる．夫が家で偽って自分の武勇伝を自慢すると，妻は夫に証拠の品々を見せる[H80]．夫は2度と妻を叩かなくなる．

コンビネーション 217, 978.

類話(～人の類話) アイルランド；イギリス；ポルトガル；フリジア；イタリア；マケドニア；ユダヤ；ジプシー；パキスタン；インド；スリランカ；ネパール；チベット．

888A* 籠づくり職人 (旧話型 949* を含む)

男が妻を養うために手仕事(籠づくり，絵を描くこと)を覚える．妻はある船長に連れ去られる．何年もたって，妻は夫の籠が飾られているのを見つけ，夫だとわかる．

類話(～人の類話) ラトヴィア；リトアニア；アイルランド；フリジア；スロバキア；セルビア；マケドニア；ルーマニア；ブルガリア；ギリシャ；ロシア；トルコ；ユダヤ；ダゲスタン；カバルダ；クルド；アルメニア；ウズベク；グルジア；シリア，パレスチナ；パレスチナ；イラン；インド；イギリス系カナダ；エジプト；チュニジア；アルジェリア；モロッコ．

889 召し使いの忠実さを賭ける (旧，忠実な召し使い)

男(王，支配者，農夫)が，自分の召し使い(羊飼い，作男)は決して嘘をつかないと自慢する．男の隣人(外国の王，訪問者，友人，知事)は，その召し使いの忠実さを賭けにする[N25]．召し使いを試すために，召し使いは隣人の妻(妃，娘)のところに手紙を持っていかされる．そこで隣人の妻は召し使いに酒を飲ませ誘惑する．

一部の類話では，女中(娘，妻)が羊飼いのところへ行かされ，羊飼いを説得して，よくしてあげたお礼に，子羊，または彼の主人のいちばんいい雄牛(羊，馬)の金の角(肝臓，皮，肉)をもらう．または召し使いは，酔ってばくちをして，主人の所有地を取られたと信じ込まされる．

あとから召し使いは，自分の行動を主人に正当化する練習を次のようにする．召し使いは自分の杖を地面に刺し，帽子をその上に載せ，それに向かって話す．しかし考えつくすべての嘘は不適切に思え，それで召し使いは真実を話すことにする[J751.1]．その結果主人は賭けに勝つ(召し使いは誠実さに対し褒美を与えられる)．参照：話型 930.

類話(～人の類話) ラトヴィア；リトアニア；カレリア；スウェーデン；デンマーク；アイルランド；フランス；スペイン；カタロニア；ポルトガル；ドイツ；イタリア；ハンガリー；スロバキア；マケドニア；ブルガリア；ギリシャ；ポーランド；ロシア，ベラルーシ，ウクライナ；ジプシー；カラカルパク；グルジア；フランス系カナダ；スペイン系アメリカ，メキシコ；プエルトリコ；アルゼンチン；ブラジル；西インド諸島．

890 1ポンドの肉

ある契約によって，借金が期限までに返済されない場合には[J1161.2]，(求婚するのに使われた，または女を買うのに使われた[T52.3])お金の貸し手(ユダヤ人，商人，高利貸し，貴族)は，借り手(キリスト教の商人，イスラム教の商人，金細工師，ユダヤ人，貴族)の体から１ポンドの肉(目，頭，手足の１つ)を切り取る権利を与えられる．

一部の類話では，夫はしばらくの間外国に行き，ほかの男たちが彼の妻を誘惑しようとする．彼女は男たちを皆だまし，そのことを秘密にする代金として彼らからお金を取る[K443.2](参照：話型 882A*, 1730)．

期限がやって来ると，この訴訟が裁判官(ローマ法王，王，サルタン，裁判官に変装した借り手の妻[K1825.2]，男の服を着たほかの女[K1837])のところに持ち込まれる．

一部の類話では，判決が言い渡される前に，貸し手が１ポンドの肉を切り取ることをやめれば，お金を払うという申し出があるが，貸し手は同意しない．判決は正式に貸し手の言い分を認めるが，次のようないくつかの不可能な条件をつけ加える．借り手の肉を切り取るときには，貸し手は正確な量を取らなければいけない(彼は血を流してはならない)，さもないと貸し手は厳しく罰せられることになる．それで貸し手は，借り手の体の一部を切断する要求を引き下げる(しかも罰せられる)．

コンビネーション　882, 1534.

注　中世に記録されている．例えば『ゲスタ・ロマノールム(*Gesta Romanorum*)』(No. 195)．有名な翻案については，シェークスピア(Shakespeare)の『ヴェニスの商人(*The Merchant of Venice*)』を見よ．

類話(～人の類話)　フィンランド；ラトヴィア；スウェーデン；ノルウェー；アイスランド；アイルランド；フランス；スペイン；カタロニア；ポルトガル；ドイツ；イタリア；ハンガリー；チェコ；ギリシャ；ポーランド；トルコ；ユダヤ；パレスチナ, ペルシア湾, サウジアラビア, オマーン；イラン；朝鮮；チリ；エジプト, モロッコ, スーダン．

890**　負債者のベッド

多額の負債を抱えている騎士(商人)が死ぬ．支配者(貸し主)は，騎士は借金にもかかわらずそのベッドでよく眠れたので，たいへんにいいベッドに違いないと言って，そのベッドを高い値段で買うことにする[J1081.1]．

注　古典起源，マクロビウス(Macrobius)の『サトゥルナリア(*Saturnaliae*)』(II, 4)．

類話(～人の類話)　スペイン；ドイツ；イタリア；ハンガリー．

890A*　胸のヘビ

(眠っている)少女(若者)の胸にヘビがいる．彼女の親族は皆，それを取り除く手助けを拒む．最後に彼女の恋人がヘビを見つける(取り除く)と，ヘビは黄金に変わる．参照：話型 285B.

類話(～人の類話) ハンガリー；イタリア；トルクメン．

891 **妻を捨てた男**(旧，妻を捨て，妻に自分との間に子どもをもうけるという課題を課した男)

男(王子，商人)が，侮辱に対する仕返しをするために，女と結婚する．男は女に触れることなく結婚初夜の前に女を捨てる(投獄する)．そして自分との間に息子をもうけるという一見不可能な課題(彼の雌馬の子馬を手に入れるか，または封印された箱を黄金でいっぱいにするという課題)を女に課し[H1187]，そして女のもとを去る．

女は変装して(最初に男の服を着て[K1837])男をつけて，妻だと気づかれずに(3 回)男と関係を持つ[K1814]．彼女は息子(3 人の子ども)を産む．

女の夫は戻り，別の女と結婚しようとする．夫は女の息子(子どもたち，証拠のしるし)を見て，女が課題を果たしたことに気づく．彼らは仲直りをして，夫はもう 1 人の女を追い出す．参照：話型 879.

コンビネーション 930, 1525G.

注 最も古い文献版は 11 世紀インドから来ている(ソーマデーヴァ(Somadeva)の『カター・サリット・サーガラ(*Kathāsaritsāgara*)』)．他の早期の文献版はボッカチオ(Boccaccio)の『デカメロン(*Decamerone*)』(III, 9)，ストラパローラ(Straparola)の『楽しき夜(*Piacevoli notti*)』(VII, 1)，バジーレ(Basile)の『ペンタメローネ(*Pentamerone*)』(III, 4 および V, 6)を見よ．

類話(～人の類話) スペイン；ポルトガル；イタリア；サルデーニャ；マケドニア；ギリシャ；トルコ；ユダヤ；ジプシー；シリア, パレスチナ, ヨルダン；イラク；サウジアラビア；ペルシア湾, カタール, イエメン；イラン；パキスタン；インド；ネパール；イギリス系カナダ；スペイン系アメリカ；エジプト；チュニジア, アルジェリア, モロッコ, スーダン．

891A **水晶宮殿**(旧，塔から来た姫が夫を取り戻す)

姫(1 人娘)が水晶宮殿に隔離される[M372, R41.2, T381]．王子が姫を見つけ(遠くから姫を見て)，彼らは恋に落ちるが，姫に結婚を申し込まないまま，王子はいなくなる．

姫はダイヤモンドの船で王子を追う．船長に変装して[K1837]姫は自分の船を王子に見せる．それから姫は王の宮殿の前に家を借り，彼女の男物の服をしまう．王子はこの見知らぬ女と恋に落ちるが，彼女は王子の贈り物を拒否する．最後に彼女は彼の３つ目の贈り物，コーランを受け入れる．しかしそれに加えて黄金の橋を要求する．橋の中央で，姫は顔をバラのとげでひっかかれる．姫は王子に，橋の下で(端で)死体のように棺の中に横たわるよう告げる．姫は王子を見下ろして，自分はここを去ると王子に告げる．王子は姫についていき，彼らは結婚する．参照：話型 425D.

一部の類話では，姫は男に変装して王子を追う．そして王子がまさにほかの女と結婚しようとしているときに，正体を明かす．または姫は王子を追い，女中として王子の愛を勝ち得る．

類話(～人の類話) スペイン；ポルトガル；イタリア；ギリシャ；トルコ；ユダヤ；イエメン；エジプト.

891B* 王の手袋

王は廷臣(騎士)の(眠っている)妻に見とれ(恋をし)，彼女のベッドに自分の手袋(指輪)を残す．廷臣の妻は不貞を疑われる．王は廷臣とその妻を宴会に招待する．そこでは，全員が自分たちの冒険を話さなければならない．王と廷臣の妻は韻文で自分の冒険を話す．夫は二人の(妻の)無実を知る．

コンビネーション 983.
類話(～人の類話) スペイン；カタロニア；ポルトガル；カタロニア；イタリア；トルコ；ユダヤ；カザフ；ブラジル.

891C* 「豚がお金を食べた」

妻が，お金を浪費した(恋人に与えた)罪を不当に着せられる[K2110]．夫は妻を殺すと脅すが，彼らの子どもは豚(雄牛)がお金を食べたと言う．夫が豚を殺すと，お金が見つかる．夫は妻に許しを請う．

注 早期の文献資料は『教訓集(*Libro de los e(n)xemplos*)』(No. 293).
類話(～人の類話) ポルトガル；ロシア.

892 王の子どもたち

王子が別の王に仕えている間，王子の妹が国を治めなければならない．しかし，姫はある騎士に誘惑されて，女中に身代わりをさせる．

騎士は口説きおとした(強姦した)証拠として，切り落とした指(髪，ほくろに関する知識)を兄に見せる[K2112.1]．王子は妹と縁を切るが，妹は無傷を純潔の証拠として示し，身の証を立てる．妹の無実は明らかになり，騎士は罰せられる[Q261]．参照：話型 882.

コンビネーション 882.

注 有名な翻案に関しては，シェークスピア(Shakespeare)の『シンベリン(*Cymbeline*)』を見よ．

類話(～人の類話) ノルウェー；デンマーク；フェロー；ドイツ；イタリア；ギリシャ；アルメニア；タジク；パレスチナ；インド，スリランカ；エジプト．

893 頼りにならない友人たち

若者が多くの友人を自慢する．若者の父親はその友人たちを試すことにする．つぶした動物(豚，彫像，桶)を袋(家の暗いすみ)に隠す．若者は過って人を殺したふりをする．

若者が友人たちに死体を埋めるのを手伝ってくれと頼むと，全員拒む．父親の「半ば友達」だけが，若者と危険をともにする覚悟がある(装われたやっかいごとで，彼に忠実であり続ける)[H1558.1, P315, R169.6]．

注 中世に記録されている，例えば，ジャック・ド・ヴィトリ(Jacques de Vitry)の『一般説教集(*Sermones vulgares*)』(acques de Vitry / Crane, No. 120)，『ゲスタ・ロマノールム(*Gesta Romanorum*)』(No. 129)，『創造物の対話(*Dialogus creaturarum*)』(No. 56)．

類話(～人の類話) フィンランド；エストニア；ラトヴィア；リトアニア；カレリア；フェロー；アイスランド；イギリス；フランス；スペイン；カタロニア；ドイツ；イタリア；ハンガリー；チェコ；ボスニア；マケドニア；ブルガリア；ギリシャ；ポーランド；ベラルーシ，ウクライナ；ユダヤ；アブハズ；ヴォチャーク；ウドムルト；クルド；アルメニア；グルジア；シリア；パレスチナ，レバノン，ヨルダン；イラク；サウジアラビア；イラン；パキスタン；インド；ビルマ；朝鮮；カンボジア；ベトナム；日本；スペイン系アメリカ；カボヴェルデ；エジプト，モロッコ；チュニジア；アルジェリア；西アフリカ．

894 人食い教師と哀れみの石 (旧話型 437 と 707A を含む)

姫が偶然，彼女の教師が死体(人間)を食べているのを見る[G11.9]．姫は逃げる．この説話には，おもに2つの異なる型がある．

(1) 姫が外国で王子と結婚し，数人の子どもを生む．子どもたちは人食い教師にさらわれる．教師は，母親が子どもたちを殺したことを示す血(ほかのしるし)を残す[K2155.1]．姫は投獄される．

王子が旅に出ると，投獄された妻は王子に忍耐の石(とナイフ)をみやげに持ってくるよう頼み，王子はそうする．王子は，妻が悲しみをその石に話しているのを立ち聞きする[H13.2.2]．石は膨らみ，とうとう悲しみを抱えきれずに破裂する(そして姫はナイフで自ら命を絶とうとする)．王子は中傷された無実の妻を抱きしめ，人食いの教師は姫の子どもたちを返す．

(2)　姫が眠っている王子を見つける．王子は，姫がある期間(7年，7か月，7日間[Z72.2])面倒を見ないと，目を覚ますことができない．まさに期限が終わろうとしているときに，姫は自分の課題を女奴隷にまかせ，眠りに落ちる．

王子は目を覚まして女奴隷を見ると，女奴隷が自分の命を救ってくれたと思う．王子は女奴隷と結婚する．そして姫は女奴隷の女中になる[K2251.1, K1911.1.4]．姫はナイフと忍耐の石を所望する．王の高官は，彼女が膨らむ石に身の上話を話しているのを立ち聞きする．王子は石が悲しみで破裂するのを聞く[H13.2.2]．姫がナイフで自らの命をまさに絶とうとするとき，王子が止める．2人は結婚し，奴隷の少女は罰せられる．

コンビネーション　425A, 710.

注　重要な版はバジーレ(Basile)の『ペンタメローネ(*Pentamerone*)』(II, 8，参照：V, 10)を見よ．

類話(～人の類話)　ラトヴィア；リトアニア；スコットランド；アイルランド；スペイン；カタロニア；ポルトガル；イタリア；ハンガリー；マケドニア；ブルガリア；アルバニア；ギリシャ；ロシア, ベラルーシ, ウクライナ；トルコ；ユダヤ；ダゲスタン；チェレミス/マリ；アゼルバイジャン；クルド；アルメニア；ウズベク；タジク；グルジア；シリア；パレスチナ；ヨルダン；イラク；サウジアラビア, カタール；クウェート；イエメン；イラン；パキスタン；インド；ブラジル；エジプト；チュニジア, アルジェリア；モロッコ；スーダン．

896　好色な聖者と箱の中の少女

聖者(信用ある相談役)が美しい少女に恋をするが，少女は聖者が言い寄るのをはねつける．聖者は少女の父親(夫)に，少女は身持ちが悪いので(災難を王国にもたらすので)，少女を箱に入れて川に流す(自分に渡す)べきだと言う．聖者は自分の弟子たちに，その箱を持ってきて，聖者の部屋に置き，部屋にしっかりと鍵をかけ，聖者の部屋から聞こえてくる音を無視するよう命ずる．[K1333, K1367]．

聖者の弟子たちが箱を手に入れる前に，ある王子(ほかの援助者)がその箱を見つけ，少女を出す．そして狂犬(トラ，野獣)[K1625, K1674]を箱に入れる．聖者が箱を開けると，ずたずたに引き裂かれる[Q243.6]．少女は救ってくれた王子と結婚し，家族と和解する．

類話(～人の類話) ブリヤート, モンゴル; シリア, パレスチナ, サウジアラビア, クウェート, カタール, イエメン; インド; スリランカ; 中国; 日本; エジプト, アルジェリア, モロッコ.

897 みなしごの少女と残酷な義理の姉たち

幼い少女の7人の兄が, 自分たちが旅に出ている間, 少女の7人の義理の姉たちに, 少女の面倒を見てもらう. 義理の姉たちは少女に課題を課し[H934.2], きっとできないから, それで少女を罰してやろうと思っている.

少女はさまざまな動物に助けられる. ロープを使わずに森からたくさんの枝を運ぶ課題では, 助けになるヘビが枝の束に巻きつく[H1023.19, B579.5]. 雌トラのミルクを取ってくる課題では[H1361.1], 雌トラが喜んでミルクをくれる. ふるいに水を入れて取ってくる課題では[H1023.2](参照:話型1180), カエルたちがふるいの穴を塞ぐ[H1023.2.1.2]. 蒔いた種を集める課題では, 鳥たちが助ける[H1091.2]. 少女が最後の課題を成し遂げると, 兄たちが現れる. 義理の姉たちは罰せられる.

類話(～人の類話) アルメニア; インド; スリランカ.

898 太陽の娘 (口のきけない少女. 人形花嫁)

姫は太陽に妊娠させられて子どもを生むことになるという予言を回避するために, 姫が塔に閉じ込められる. それにもかかわらず予言は現実となる[T381, T521]. 太陽の娘は庭に捨てられ[S313], 王子に救われる[R131.1.3].

一部の類話では, 子のいない夫婦が, 夢を見たあとに, 木(石灰, 練り生地)で少女(の人形)をつくる. 王子が少女と結婚したがる. 王子のところへ行く途中, 海(の女王)が自分の娘をその人形と取り替え, 王子は海の娘と結婚する.

王子は, その少女の特別な素性に気づかないので, 少女は黙ったまま王子を拒む. 王子は王家の血筋の3人の女と結婚するが, 3人とも最初の女の能力をまねようとして死ぬ(例えば, 物が彼女の命令に従う. 切った鼻がまた生える, 熱い油に入れた指が揚げた魚になる, 等). 王子が病気を装うと, 少女は王子の看病をし, 自分の素性を明かし, 結婚に同意する.

また一部の類話では, 王子は物が言い争っているのを立ち聞きし, 「太陽の娘(海の娘, 等)」という少女への呼びかけ方を知る. 王子がこの方法で少女に呼びかけると, 少女は口をきき, 王子と結婚する.

注 この話型はダナエーの神話と関連している.

類話(～人の類話) デンマーク；フランス；スペイン；カタロニア；ポルトガル；イタリア；ハンガリー；マケドニア；ブルガリア；アルバニア；ギリシャ；トルコ；ユダヤ；アブハズ；グルジア；シリア；パレスチナ；ヨルダン，サウジアラビア，クウェート，カタール；イラン；アフガニスタン；エジプト；リビア；チュニジア；アルジェリア；モロッコ；スーダン，タンザニア．

899 アルケスティス

若者(1人息子)が早い死を運命づけられる．すなわち彼は結婚式の日に死ぬ運命にある[M341.1.1]．

一部の類話では，ノルヌたち[M301.12](天使，死神)が，彼は生まれた3日後(ほかの日)に死ぬと予言する．神(聖者，聖ゲオルギオス，デメトリウス)がノルヌたち(死神)を仲裁し，ノルヌたちは，もしほかの人が若者の代わりに死ぬ覚悟があるのなら，または自分の残っている寿命の半分(一部)を若者にあげる覚悟があるのなら，若者を生かしておくと同意する．

若者の家族たち(両親)は拒むが，若者の花嫁は若者の代わりに死ぬ覚悟がある[T211.1]．神は若者とわが身を犠牲にしようとしている若い女の両方を救い，薄情な両親を罰する．参照：話型934, 1354.

注 文献資料はエウリピデス(Euripides)の『アルケスティス(*Alkēstis*)』を見よ．
類話(～人の類話) イタリア；ハンガリー；セルビア；クロアチア；ルーマニア；ブルガリア；ギリシャ；トルコ；ユダヤ；アルメニア；イラン；インド．

899A ピュラモスとティスベ

隣合った家族の子どもたち，ピュラモスとティスベは愛し合っているが，彼らの父親たちは，2人が会うのを禁じている．彼らは，2人の家の間の壁に開いているひびを使って，ひそかに連絡を取り合う[T41.1]．

ある日2人は，次の晩街の外のクワの木の下で会うことにする．ティスベは到着すると，ライオンに脅され，ほら穴に隠れる．ライオンは去る前に，ティスベが落としたスカーフをかみ，その上に血の跡を残す．

ピュラモスがやって来てスカーフ(ほかの形跡)を見ると，ティスベが死んだと思い，自ら命を絶つ[N343]．

ティスベが戻ってきて，恋人が死んでいるのを見ると，ピュラモスの剣で自ら命を絶つ[T81.6]．クワの木の血のように赤い実は，恋人たちの不幸な最後の思い出をとどめている．

注 古典起源の説話．オヴィディウス(Ovid)の『変身物語(*Metamorphoses*)』(IV, 55-166)．ヨーロッパで広く流布している．有名な翻案については，シェークスピア

(Shakespeare)の『夏の夜の夢(*A Midsummer Night's Dream*)』を見よ．チャップブックやバラッドとしても流布している.

類話(～人の類話) アイスランド；スペイン；ドイツ；イタリア；チェコ；ヨルダン，エジプト，チュニジア，アルジェリア，モロッコ.

強情な妻が従うことを学ぶ 900-909

900　ツグミのひげの王

姫が，自分のところに来たすべての求婚者を理由も言わずに拒否する[H311]．姫は彼らをあざけり，彼らにひどい名前をつける(ツグミのひげ)[T74.0.1, T76]．姫の父親はこの態度に怒り，姫は，たとえそれが物乞いであっても，次にやって来た男と結婚しなければならないと決める[T62]．

拒まれた最後の求婚者は復讐を決意する．(姫の父親の手はずで)彼は物乞いに変装して現れ[K1816.0.3, K1817.1]，そして姫は無理やり結婚させられる[T72.2.1](物乞いは3晩姫と過ごす権利を買い[T45, K1361]，姫は妊娠する)．

夫婦は逃げる(王に追放される)．変装した王子は途上で新妻に恥をかかせる．妻は市場で物乞いをし，物売りをしなければならない．妻は王子の城の調理場で働かなければならない．そして王子は新妻に盗みまで強要する[L113.1.0.1, L431, H465, Q483, H461, T251.2]．祝賀会(表向きはかつて拒まれた王子の結婚式)で彼は，本来の王子の身分で，彼女のことを泥棒として宮廷じゅうの人たちの前にさらし者にする．それから初めて，自分が物乞いに変装していた夫だと彼女に明かす[H181]．彼は彼女の高慢を許し，そして正式な結婚式が祝われる．参照：話型900C*.

コンビネーション　513A, 850, 851, 857.

注　重要な版はバジーレ(Basile)の『ペンタメローネ(*Pentamerone*)』(IV, 10)を見よ．

類話(～人の類話)　フィンランド；フィンランド系スウェーデン；エストニア；ラトヴィア；リトアニア；ラップ；ヴォート，カレリア；スウェーデン；ノルウェー；デンマーク；フェロー；アイスランド；アイルランド；イギリス；フランス；スペイン；カタロニア；ポルトガル；フリジア；フラマン；ルクセンブルク；ドイツ；オーストリア；ラディン；イタリア；ハンガリー；チェコ；スロバキア；スロベニア；ブルガリア；ポーランド；ギリシャ；ロシア，ベラルーシ，ウクライナ；トルコ；ユダヤ；ジプシー；シリア；イラク；カタール，イエメン；インド；中国；カンボジア；アメリカ；メキシコ；プエルトリコ；ブラジル；西インド諸島；エジプト；リビア；モロッコ；コンゴ．

900C*　半分洋梨

姫は馬上試合で優勝した人と結婚することになっている．姫は，皮をむかずに洋梨を半分食べた(そして残りの半分を姫に勧めなかった)騎士をばかにし，その騎士のことを「半分洋梨の騎士」と呼ぶ．

騎士は耳が聞こえず口がきけない愚かな物乞いに変装し，宮殿の前に寝転ぶ．彼は宮殿の中の暖炉の前に座るよう招かれる．彼は，ペニスが勃起すると姫に呼ばれ，姫と性交する．

次の日，彼は放り出され，元の騎士の服を着て馬上試合に戻り，そこで夜の出来事をわかるようにほのめかす．彼は恥ずかしい思いをした姫と結婚する．参照：話型 900.

類話(～人の類話) ポルトガル；ドイツ．

901 じゃじゃ馬馴らし

男が3人姉妹の末の妹と結婚する．末の妹は勝ち気でじゃじゃ馬である[L50]．男は不服従をどのように罰するかを見せるため，自分の犬と馬が男の(無意味な)命令に従わないと，撃ち殺す．こうして男は妻を服従させる[T251.2]．男は兄弟たちと，誰の妻(義理の妹)が最も従順かという賭けをして，男の妻だけが本当に従順だということが明らかになる．男は賭けに勝つ[H386, N12]．参照：話型 1370.

コンビネーション 901B*, 1370.

注 中世に記録されている．例えばフアン・マヌエル(Juan Manuel)の『ルカノール伯爵(*Conde Lucanor*)』(No. 35)．有名な戯曲はシェークスピア(Shakespeare)の『じゃじゃ馬馴らし(*Taming of the Shrew*)』を見よ．

類話(～人の類話) フィンランド；フィンランド系スウェーデン；エストニア；ラトヴィア；リトアニア；ヴェプス，ヴォート，カレリア；スウェーデン；ノルウェー；デンマーク；アイスランド；アイルランド；フランス；スペイン；カタロニア；ポルトガル；オランダ；ドイツ；オーストリア；ラディン；イタリア；サルデーニャ；マルタ；ハンガリー；スロベニア；ルーマニア；ブルガリア；ギリシャ；ロシア，ベラルーシ，ウクライナ；ユダヤ；モルドヴィア；シベリア；グルジア；パレスチナ，イラク；インド；オーストラリア；アメリカ；スペイン系アメリカ，メキシコ；アフリカ系アメリカ；エジプト，チュニジア，モロッコ；南アフリカ；マダガスカル．

901B* 働かざる者食うべからず (旧話型 1370A* を含む)

怠惰な妻(娘，息子の妻)が，夫(父親，義父)が講じた手段で働くことを学ぶ(強いられる)．妻は仕事を終えないと食べ物をもらえない．参照：話型 1370, 1453, 1560.

コンビネーション 901.

注 聖書の詩を見よ(テサロニケ人への第2の手紙，3, 10「実際，あなたがたのもとにいたとき，わたしたちは，『働きたくない者は，食べてはならない』と命じていました」). 参照：ルカによる福音書 X, 7 およびマタイによる福音書 X, 10.

類話(～人の類話) ラトヴィア；リトアニア；カレリア；アイルランド；スペイン；ポルトガル；イタリア；ハンガリー；セルビア；クロアチア；ルーマニア；ブルガリア；ギリシャ；ロシア, ベラルーシ, ウクライナ；トルコ；ユダヤ；クルド；ヴォチャーク；シベリア；グルジア；イラン；パキスタン；ブラジル；エジプト.

902* 怠惰な女が治療される (旧話型 1371** を含む)

怠惰な女が家事をしない(家事を済ませたふりをして夫をだます). 女は夫にいつも同じ糸巻きを見せ, とうとう 1 着の汚い服しか(1 着も服が)なくなる. 夫は彼女を藁束(動物の毛皮)でくるんで(裸で)結婚式(祝祭)に連れていく[Q495.1]. 藁束(動物の皮)はばらばらになり, 女は裸で公衆の面前に立つ[Q495]. その結果彼女の怠惰は治り, その時からよく働くようになる.

一部の類話では, 女は非常に汚いドレスを着ているか, または裸である. 夫が市場から戻ってくるのを見て, 女は, 夫が自分のために新しいシャツを持ってきたと思うが, 夫はシャツではなく白いガチョウを腕に抱えている[W111.3.1]. (旧話型 1371**.) 参照：話型 1370, 1405, 1453.

類話(～人の類話) フィンランド；エストニア；ラトヴィア；リトアニア；ヴォート；ポルトガル；オーストリア；イタリア；ハンガリー；チェコ；スロバキア；スロベニア；セルビア；マケドニア；ルーマニア；ブルガリア；アルバニア；ギリシャ；ポーランド；ロシア, ウクライナ；ベラルーシ；モルドヴィア；シベリア；パレスチナ；日本；エジプト.

903A* 短気な乙女

雑録話型. 短気な乙女が同じく短気な夫を見つける.

類話(～人の類話) リトアニア；スペイン；ポルトガル；イタリア；セルビア；ルーマニア；ジプシー；シリア, スーダン.

903C* 姑と嫁

息子の妻を飢えさせる悪い姑が罰せられる(聖職者が隠れて, 声色を使い, 悪魔に取られると姑を脅す[K1771]). 姑は改心する.

類話(～人の類話) イタリア；セルビア；クロアチア；ボスニア；ルーマニア；ブルガリア；ギリシャ；トルコ；ユダヤ；シリア, パレスチナ, イラク, サウジアラビア, クウェート, カタール；イラン；エジプト, チュニジア, スーダン.

905A* 意地の悪い妃が，靴職人にむちで叩かれて改心する

意地の悪い妃が，寝ている間に，(天使，魔法使い，ふつうの人によって，)(いつも夫に叩かれている)靴職人の謙虚な妻と入れ替えられる．妃は目を覚ますと，自分は地獄にいるのだと思う．靴職人は妃をむちで叩いて改心させる．それ以来妃は夫に従順になる[T251.2.4]．参照：話型 1367.

類話(～人の類話) フィンランド；リトアニア；ラトヴィア；ドイツ；イタリア；チェコ；スロバキア；ポーランド；ロシア, ベラルーシ, ウクライナ；ジプシー；シベリア；グルジア.

いい教え 910-919

910　賢明な教え（旧，買った教え，または授けられた教えが正しいと判明する）

この雑録話型は，ほかの人から（さまざまな種類の）教訓をもらう人物を扱うさまざまな説話を包括する．教訓は遵守されるか，または無視される［J163.4, J21］．

注　話型 910 は，教えに関する説話の複合体を扱い，さまざまな組み合わせで類似のモティーフを伴う．以下に示す類話の豊富なリストからわかるように，教えに関するこのような説話は世界の多くの地域に見られる．いくつかの重要な型と構造は，以下の話型に記述される．

類話（～人の類話）　ラトヴィア；カレリア；ノルウェー；アイスランド；アイルランド；イギリス；フランス；スペイン；ポルトガル；フリジア；ドイツ；スイス；イタリア；コルシカ島；ハンガリー；スロバキア；マケドニア；ルーマニア；ブルガリア；ギリシャ；ロシア；ウクライナ；トルコ；ユダヤ；ジプシー；ダゲスタン；アブハズ；チェレミス/マリ；アゼルバイジャン；クルド；ヤクート；ウズベク；タジク；カルムイク；モンゴル；グルジア；シリア, レバノン, パレスチナ, オマーン；サウジアラビア；アフガニスタン；パキスタン；インド；スリランカ；中国；タイ；カンボジア；インドネシア；日本；フランス系カナダ；スペイン系アメリカ；チリ；エジプト, アルジェリア, スーダン, タンザニア；マダガスカル．

910A　父親の教えが無視される（旧，経験を通して賢明となる）（旧話型 910J と 911* を含む）

瀕死の男が，息子（別の人）に 3 つの教えを授ける［J154］．それぞれの類話は，以下の教えのうちの 3 つを含む．

(1)　決して女に秘密を話すな［J21.22］．

(2)　警官［J21.46］（兵隊［J21.46］，支配者［J21.28］）と友達になるな（信じるな）．

(3)　（許可なく）とげのある木を自分の所有地に植えるな［J21.52］．

(4)　子ども［J21.27］（名づけ子，孤児，泥棒の子ども）を養子にするな．

(5)　友人（両親）をあまり頻繁に訪問するな［J21.9］．

(6)　赤ひげの男の家を避けろ．参照：話型 1588**．

(7)　外国の女と結婚するな［J21.4］（妻選びは慎重にせよ）．

(8)　妻に両親だけを付き添わせて結婚式に行かせるな（妻に両親を長期訪問させるな）［J21.47.1］．

(9)　自分の馬のために値段交渉をするな［J21.26］，馬に丘を駆けおりさせるな[J21.24].

(10) 馬を貸すな[J21.10].

息子(その人)は父親の教えを無視する(それらの教えが無意味だと思う).そして,不幸な目にあう(教えを試すために,息子は教えに逆らった行動をする).

(1) 特別な場所に動物(人間)を埋めた(隠した)あとに,彼はそのことを妻に話す.彼らがけんかをして,妻を叩くと,妻は彼を人殺しと呼び,彼が逮捕される.

(2) 事件の真相を聞かずに,友人は彼を逮捕する(友人は被害者を特定せずに,結論を急ぎ,彼に有罪の判決をする).

(3) 彼のターバンが木のとげに引っかかり,友人は彼にターバンなしで無理やり出頭させる.(彼が植えた木のとげが隣人とのけんかの種となり,隣人に補償金を支払わなければならなくなる.)

(4) 死刑執行人の手が空いていないとき,彼が養子にした息子が,彼を処刑したがる.

(5) 彼の頻繁な訪問で,もてなすほうはいらいらし,悪い食事を彼に出す(父親の忠告を心にとめて,息子は父親の教えの証として見本を取っておく).

(6) 彼は(赤毛の男が住んでいる)禁じられた家で夜を過ごす.近道をしたあと,気づくと彼は盗賊の隠れ家にいる.息子は(後に彼が結婚する女中の助けで)逃げる.

(7) 息子は,結婚するつもりの女に恋人がいることを発見する(息子は父親の教えの証として,その恋人のズボンを取っておく).

(8) 彼は妻を妻の家族と生まれたばかりの子どもといっしょに結婚式に行かせる.自分はトルコ人に変装して妻に会い,彼女を誘惑しようとし,彼女の息子を連れ去る.姑は,家に火をつけて,子どもは焼け死んだと言う.夫は子どもを返し,妻を許す.

(9) 価格が高すぎるので,誰も彼の馬を買おうとしない.その馬は病気になって(けがをして),死ぬ(息子は父親の教えの証として皮を取っておく).

(10) 息子が友人に貸した馬が働きすぎで死ぬ.友人が自分の失敗を謝ると,息子は友人を許す.最後に息子は,父親の教えは本当に賢明だったということに気づく.

(1) 逮捕される直前に,息子は被害者がどこで見つかるか裁判官に示す.

(2) 驚いたことに,それは動物である.

(3) 行方不明の人(動物)がまだ生きていると判明する.

(4)　息子は父親の教えを試そうとしただけだと説明する．
(5)　息子はすぐに解放されて，彼に危害を加えようとした人々を告訴する．
(6)　息子は花嫁と両親を家に招待する．
(7)　息子は自分の誤りの証の品の意味について彼らに説明する．
(8)　息子は花嫁を離縁する．

コンビネーション　通常この話型は，1つまたは複数の他の話型のエピソード，特に910B，および893, 1000, 1004, 1029, 1048, 1062のエピソードと結びついている．
注　早期の文学版は『ルーオトリープ(*Ruodlieb*)』(11世紀)を見よ．
類話(～人の類話)　フィンランド；エストニア；ラトヴィア；リトアニア；ラップ；ヴォート；スウェーデン；ノルウェー；アイスランド；スコットランド；アイルランド；イギリス；フランス；スペイン；カタロニア；フラマン；イタリア；マルタ；ハンガリー；スロバキア；スロベニア；ルーマニア；ブルガリア；ギリシャ；ポーランド；ロシア, ベラルーシ, ウクライナ；トルコ；ユダヤ；ジプシー；アブハズ；チェレミス/マリ；アルメニア；モンゴル；シリア；レバノン；イラク；サウジアラビア；ペルシア湾, カタール, イエメン；イラン；インド；中国；インドネシア；スペイン系アメリカ；西インド諸島；エジプト；チュニジア, モロッコ；西アフリカ；スーダン；ソマリア；マダガスカル．

910B　主人の教えを守る(旧，召し使いが得たいい助言)(旧話型910Hを含む)

家族を養えなくなった貧しい男が，金持ちの農夫に1年間一定額のお金で雇われる．奉公が終了したあと，農夫は約束した賃金をもらうか，それともいい教訓をもらうかを貧しい男に選ばせる．男は教えを選ぶ．教えは「いつも本道を行け」である[J21.5]．

これにがっかりし，貧しい男は2年目と3年目も雇われ，そのあとさまざまな教えをもらう．「他人事に干渉するな」[J21.6]，「若い女がお爺さんと結婚している所で眠るな」[J21.3]，「怒るのは常に次の日に延期せよ」[J21.2](その他の例に関しては，モティーフ・インデックスの多数の細目を見よ[J21以下])．

がっかりして，貧しい男は家に帰る準備をする．主人は貧しい男に，家に着くまで切ってはならないと言って[C320]，(お金を中に隠した[J1655.2])ひとかたまりのパンを与える．道の分かれ目で，貧しい男は農夫の助言に従い，新しい近道ではなく古い本道を行く[J21.5]．彼は，新しい道では泥棒たちに待ち伏せされていたであろうということを知る[N765, J865]．

夕暮れに貧しい男はある家に着き，そこで夜を過ごす．そこで貧しい男は奇妙な出来事を見るが，干渉しない[J21.6]．貧しい男が出発しようとすると，主人が貧しい男を呼び戻し，貧しい男の分別に対し大金を褒美としてくれる(無分別であれば，主人の妻は死んでいたことであろう[D758])．

若い女がお爺さんと結婚した家に泊まることを男が拒んだあと，男は殺人を目撃する[K2213.3]．女の家に泊まった無実の男が殺人で有罪となる[K2213.3]．貧しい男はその男の無実を証言する[K2155]．

貧しい男が最後に家に着くと，窓を通して，見知らぬ男が妻にキスをしているのを見る．貧しい男はその男を殺そうと思うが，最後の瞬間に，幸いにも怒りを先延ばしする[J21.2, J571]．その見知らぬ男は自分の成長した息子であった．家族がまたいっしょになれたことを祝うためにテーブルに集まったときに，貧しい男がパンを切ると，パンの中に稼いだお金が全額隠されているのを見つける[Q20.2]．

コンビネーション　通常この話型は，1つまたは複数の他の話型のエピソード，特に677, 910A，および300, 460A, 923B, 930, 986のエピソードと結びついている．

類話(～人の類話)　フィンランド；フィンランド系スウェーデン；エストニア；リーヴ；ラトヴィア；リトアニア；ヴェプス, リュディア, カレリア, コミ；スウェーデン；ノルウェー；デンマーク；フェロー；アイスランド；スコットランド；アイルランド；イギリス；フランス；イギリス；スペイン；カタロニア；ポルトガル；オランダ；フリジア；ドイツ；スイス；ラディン；イタリア；コルシカ島；サルデーニャ；ハンガリー；チェコ；スロバキア；スロベニア；セルビア；ルーマニア；ブルガリア；アルバニア；ギリシャ；ロシア, ベラルーシ, ウクライナ；トルコ；ユダヤ；チェレミス/マリ；アルメニア；シベリア；モンゴル；グルジア；シリア, ヨルダン；レバノン, パレスチナ；イラク；カタール；イラン；インド；ビルマ；スリランカ；中国；インドネシア；日本；フランス系カナダ；アメリカ；スペイン系アメリカ, メキシコ；キューバ, ドミニカ, プエルトリコ；マヤ；チリ；ブラジル；西インド諸島；エジプト；アルジェリア, モロッコ；スーダン．

910C　事を始める前に慎重に考えよ

若者(王，王子)が市場(公共の場)で，ある店の(賢い)お爺さんに出会う．その店では商品の代わりに「賢明さ」が告げられる．お爺さんは，不思議に思っている若者に，自分が売っている「賢明さ」は支配者たちにとってはたいへん役立つであろうと説明する．

若者はコイン5枚で教えを買うことにする．お爺さんは次の格言を若者に与える．「何を行うにも，賢く行い，結果を考えよ」[J21.1]．そしてこの教えに従えば，若者は王国じゅうでいちばん力のある人物になるであろうとお翁さんはつけ加える．

若者の父親が死ぬと，若者は王になり，その格言を宮殿じゅうの壁に掲げるよう命ずる．敵たちが，王の床屋を買収して，ひげを剃っているときに王の喉を切らせようとするが，最後の瞬間に床屋は格言を読む．起こりうる結果を恐れて，床屋はしようとしていたことを白状する（そして計画を思いとどまる）．教えの価値は認められる．

注　中世に記録されている．例えば『ゲスタ・ロマノールム（*Gesta Romanorum*）』（No. 103）．

類話（～人の類話）　フィンランド；リトアニア；スウェーデン；デンマーク；アイスランド；スペイン；ポルトガル；フリジア；ドイツ；チェコ；スロバキア；マケドニア；ブルガリア；ギリシャ；ロシア, ウクライナ；トルコ；ユダヤ；クルド；シリア, パレスチナ, イラク, イエメン；インド；ビルマ；ネパール；中国；インドネシア；エジプト, アルジェリア, モロッコ, スーダン．

910D　釘の後ろの宝（旧，首を吊る男の宝）

裕福な商人が死ぬとき，浪費癖の息子に，もしおまえがすべての財産を使い果たしてしまったら，ある特定の釘（梁，鉤）で首を吊れ，と言う[J21.15]．

父親が死んだあと，息子は友人たちと遺産を浪費し，とうとう何もなくなる．絶望して首を吊ろうとすると，釘が壁を裂いて抜け，父親がそこに隠しておいた宝が落ちてくる[N545.1]．このときから若者は徳の高い生き方をする（借金を払う）．参照：話型740**．

注　プラウトゥス（Plautus）の『三文銭（*Trinummus*）』（紀元前200年）を見よ．ほかの文学版は，『イソップ寓話』（Perry 1965, 497 No. 405）とバジーレ（Basile）の『ペンタメローネ（*Pentamerone*）』（IV, 2）．さらなる文学翻案はイギリスのバラッド『リンネの跡取り（*The Heir of Linne*）』を見よ．

類話（～人の類話）　フィンランド；エストニア；ラトヴィア；リトアニア；ラップ；ノルウェー；アイスランド；アイルランド；ウェールズ；イギリス；スペイン；ポルトガル；オランダ；フリジア；ドイツ；イタリア；スロバキア；ボスニア；ブルガリア；ギリシャ；ポーランド；ロシア, ベラルーシ；トルコ；ユダヤ；チェチェン・イングーシ；クルド；ヤクート；グルジア；シリア；パレスチナ；ヨルダン；サウジアラビア；イラン；インド；日本；メキシコ；エクアドル．

910E　「うちのブドウ畑の宝を見つけよ」（旧，父親の助言．どこに宝があるか）

瀕死の貧しい父親が，自分のブドウ畑（畑，土地）に宝を隠したと息子たちに伝える．父親が死んだあと，息子たちはそこらじゅうを掘り起こし，その結果ブドウ畑の土壌は軟らかくなる．息子たちは宝を見つけることはできないが，ブドウ畑はとても実り豊かになる．(それで息子たちは父親の助言を理解する．)［H588.7］.

注 古典起源，プラウトゥス(Plautus)の『三文銭(*Trinummus*)』.
類話(～人の類話) リトアニア；ラトヴィア；アイルランド；スペイン；カタロニア；フリジア；ドイツ；スイス；イタリア；ハンガリー；マルタ；スロベニア；ボスニア；ブルガリア；ロシア；ウクライナ；ユダヤ；クルド；ウズベク；インド；中国；日本；エクアドル；エジプト.

910F 仲たがいしている息子たちと小枝の束

男(王，農夫)が，(仲たがいをしている)息子たちに，小枝(棒，矢，槍)の束は折れないが，ばらばらだと簡単に折れると説明する．こうして父親は団結の価値と強さを示してみせる．息子たちはこの教えを肝に銘ずる［J1021］.

注 『イソップ寓話』(Perry 1965, 430 No. 53).
類話(～人の類話) ラトヴィア；リトアニア；アイルランド；フランス；フリジア；ドイツ；ハンガリー；ブルガリア；ギリシャ；ポーランド；ロシア，ウクライナ；ユダヤ；アゼルバイジャン；ウズベク；タジク；グルジア；インド；中国；日本；フィリピン；スペイン系アメリカ；東アフリカ.

910G 男が 1 ペニー分の賢明さを買う

ある金持ちの男は，妻を愛しているにもかかわらず，愛人がいる．妻は夫のふるまいが変わることを望み，贈り物の代わりに賢明さを自分に持ってくるよう夫に頼む(賢明さを買うように 1 ペニーを夫に渡す).

市場で夫が 1 包みの賢明さを買うと，中にぼろが入っている．売り手は彼に，そのぼろを着て物乞いとして，最初に愛人のところへ行き，それから妻のところへ行くよう助言する．愛人は明らかに 1 文無しの恋人を見て拒絶するが，妻は夫が借金を返す手助けをする覚悟がある．夫は妻の愛を確信し，真実を妻に話し，妻に対し誠実になる決意をする．妻は夫がようやく正気に戻ったことを喜ぶ［J163.1］.

類話(～人の類話) イギリス；スペイン；ポルトガル；イタリア；ギリシャ；ロシア；トルコ；ユダヤ；アルメニア；西インド諸島.

910H 話型 910B を見よ.

910J 話型 910A を見よ.

910K 製鉄所へ歩く（旧, 教えとウリヤの手紙）

長い間王の宮殿に仕えていた貴族が, 死を前にして, 息子を雇ってくれるよう王に頼む. 王が同意すると, 瀕死の男は息子に 3 つの教えを授ける. 第 1 に「決して妬み屋や中傷者とはつきあうな」(「見たことを話すな」, または「不貞で主人の家の名誉を汚すな」). 第 2 に「常に主人の運命と感情に同調せよ」. 第 3 に「教会の中に入らずに通り過ぎることを決してするな」(「決してミサに行くことをおろそかにするな」).

父親が死ぬと, 若者は王の宮殿に仕え始める. 妬み深い男が若者のことを中傷し, 若者が妃に欲望を感じているという罪を着せる. 若者が父親の助言に従って, 妃が涙を流したときに彼も涙を流すと, 情事の証拠と解釈され, 若者は殺されなければならないという決断が下される. 若者の敵(中傷者)は, 若者を製鉄所の溶鉱炉(石灰焼がま, 鉱坑, 井戸, 醸造所, パン焼きがま)に放り込むか, またはほかの方法で殺すつもりである.

若者は, 殺される場所へと連れていかれる. 若者を殺すよう依頼されている者たちは, 最初に着いた者を殺すように言われている(若者を殺すことを命ずる伝言, または手紙[K978], またはハンカチやレモンといった物を若者は持っていく). 父親の助言に従って, 若者は途中ミサに行き, 遅れる.

若者の中傷者(敵対者)は, 若者が死ぬのを見たくてたまらず, 若者よりも先にその場所に到着する. そして若者の代わりに殺される. 無実の若者はそれから中傷者の死を報告する. 若者は寵愛を取り戻し, 富と財産と名誉を得る[K1612]. 参照：話型 930.

注 3 つの教えが守られるのは, わずかな類話だけである. 多くの類話では, 話型 910K は 930 と結びついている. いくつかの類話は両方の話型に属するので, この 2 つの話型を明確に区別することは, 多くの場合不可能である. それにもかかわらず, 910K と 930 は基本的に別の話型である(『メルヒェン百科事典』EM 5, 663 を見よ).

類話(～人の類話) エストニア；リトアニア；デンマーク；アイスランド；アイルランド；ウェールズ；フランス；スペイン；フリジア；ドイツ；チェコ；セルビア；マケドニア；ルーマニア；ブルガリア；アルバニア；ギリシャ；トルコ；ユダヤ；ジプシー；アブハズ；アディゲア；カバルダ；クルド；アルメニア；カザフ；カラカルパク；ウズベク；タジク；グルジア；イラク, ペルシア湾；サウジアラビア；パキスタン, インド, スリランカ；ビルマ；中国；インドネシア；日本；モロッコ；トーゴ；エチオピア；ソマリア；中央アフリカ.

910L 虫を追い払うな

この説話には，おもに3つの異なる型がある．

(1) 川を渡っているキツネが，岩の割れ目にはまり，出ることができない．キツネにシラミ(ハエ)がたかる．通りがかりのハリネズミが，キツネが苦しんでいるのを見て，助けを申し出る．しかしキツネは，シラミたちはすでに満腹で，ハリネズミがこのシラミたちを追い払ったら，腹をすかせた新しいシラミたちがやって来るだろうと言って，断る[J215.1]．

(2) 全身ただれた病気の(けがした)男が，ハエに苦しめられる．男は，空腹なハエは満腹のハエの2倍強くかみつくと言って，助けを拒否する．

(3) 商人が強盗たちに捕まる(農夫たちが，悪徳市長または泥棒の粉屋を罰しようとする．またはある地主が，借地人の1人を罰しようとする)．強盗たちは，商人の衣服を脱がせて(ハチミツを体に塗り)，多くのハエがいる所で商人を木に縛る．ある男(騎士)が虫を追い払ってやると申し出るが，商人は，もっと悪いもっと腹をすかせたほかの虫たちが代わりにやって来るだろうと言って，断る．(農夫たちは，誰かもっと貪欲な人が彼の代わりになるといけないので，市長(粉屋)を解放し，そして，市長を職にとどまらせることにする．)

注 古典起源の例はアリストテレス(Aristoteles)の『弁論術(*Rhetorica*)』(II, 20)．『イソップ寓話』(Perry 1965, 504 No. 427)．中世以来記録されている．例えば，ヨセフス・フラウィウス(Josephus Flavius)の『ユダヤ古代史(*Judaikē archaiologia*)』(XVIII, 6, 5)，『ゲスタ・ロマノールム(*Gesta Romanorum*)』(No. 51)．諺的な言い回し，「腹をすかしたハエは強くかむ」と「満腹のハエは刺さない」．

類話(〜人の類話) ラトヴィア；フランス；スペイン；ポルトガル；ドイツ；スイス；ハンガリー；チェコ；ブルガリア．

910M 暴君のための祈り

お婆さんが毎日，嫌いな暴君の健康を祈る．なぜそんなことをするのかと尋ねられて，お婆さんは，ひどい暴君が死ぬのを2度見てきたが，もっとひどい暴君に代わっただけだったと説明する．だからお婆さんは，今の暴君が長生きすることを望んでいる[J215.2.1]．

注 古典起源，ヴァレリウス・マキシムス(Valerius Maximus)の『著名言行録(*Facta et dicta memorabilia*)』(VI, 2, ext. 2)．中世以来，文献伝承あり．例えば『ゲスタ・ロマノールム(*Gesta Romanorum*)』(No. 53)．

類話(〜人の類話) フィンランド；ノルウェー；イギリス；スペイン；カタロニア；

ポルトガル；フリジア；ドイツ；スイス；イタリア；ハンガリー；チェコ；マケドニア；メキシコ．

910N　魔法の箱

貧しい農夫(農婦)が，自分の農場がうまくいっていないと隣人(聖職者)に不平を言う．隣人は，魔法の箱だと言って農夫に箱を授け，毎日1度，その箱を持って家と納屋を歩くように農夫に言う．農夫がこれをすると，何が問題なのかに気づいて，裕福になる．

別の版では，年配の女が役立たずの主婦に，白いスズメを家と庭じゅう探しなさいと言う．主婦はこれをするとき，すべての物を整頓し，裕福になる．

注　早期の版は16世紀，ハンス・ザックス(Hans Sachs)の「聖物(*Das hailtuemb*)」(1551)を見よ．

類話(～人の類話)　ラトヴィア；フリジア；フラマン；ドイツ．

910C*　将校と床屋の見習い

将校がひげを剃りに床屋に行く．将校は床屋が彼にけがをさせなければ，たくさんの報酬を払うことを約束するが，けがをさせたら床屋を殺すと言う．

床屋は，将校のひげを剃るのを拒否する．そして，店のほかの2人の床屋も拒否する．見習いだけがこの取り決めに同意する．すべてがうまくいく．将校は去るときに，「怖くなかったのか？」と尋ねる．見習いは「いいえ，もしあなたにけがをさせたら，わたしはすぐにカミソリであなたの首を切るつもりでした」と答える．参照：話型910C.

注　ヨハン・ペーター・ヘーベル(Johann Peter Hebel)の「ゼグリンゲンの床屋の小僧(*Der Barbierjunge von Segringen*)」の版は暦物語として普及した．

類話(～人の類話)　イギリス；オランダ；フリジア；フラマン；オーストラリア．

911*　話型910Aを見よ．

912　愚者の雨と賢人

特定の雨期の間，雨水を浴びた者は皆愚か者になる(歌って踊らずにはいられない)．賢人がやって来て，大人も子どもも皆狂ってしまったのを見る．賢人は彼らの愚行に加わる．賢人がなぜこんなことをしているのかと彼らに尋ねると，彼らは雨のせいだと答える．賢人は雨水をなめてみる．すると賢人も愚か者になる[J1714.2, D1353.1]．

アラビアの類話では，支配者が，雨水に触れた者が皆気が狂ったようになったと聞いて，彼は雨水を飲まない．しかし，自分がもはや以前の力も権力も持っていないと気づくと，支配者は水を飲む．

類話(～人の類話) ユダヤ．

915 すべては受け取り方次第

賢く勤勉な娘を持つ男やもめが，愚かで怠け者の娘を持つ女やもめと結婚する．子どもたちが成長し，家を出る時期になると，母親(父親)は子どもたちが新たに独立(仕事，結婚)できるように，3つの教えを間接的な言い方で授ける．

母親(両親)が子どもたちを訪問すると，自分の娘は言葉どおり教えに従い，その結果多くの問題を抱えている．しかし義理の娘は，(しばしば父親の助けによって)教えの本当の意味に気づき，すべてがうまくいっている[J555.1]．参照：話型915A．

類話(～人の類話) フィンランド；デンマーク；アイルランド；フランス；スペイン；ポルトガル；ユダヤ；タタール；クウェート，カタール；インド．

915A 誤解された教え

死を間近に迎えた父親(母親)が，息子(娘)に(結婚の前に)間接的な言い方で次のように助言を与える．「いつもパンにハチミツを塗って食べなさい」(意味：「こつこつ働きなさい．そうすればパンはハチミツのように甘くなるであろう」)[H588.11]，「おまえの仕事に神の恵みがありますように」(意味：「ほかの人よりも早く仕事を始めなさい．そうすればおまえからほかの人たちに挨拶するのではなく，ほかの人たちがおまえに挨拶をするようになる」)[H588.12]，「いつも自分の靴を履きなさい」(意味：「畑は裸足で歩き，街に近づいたときだけ靴を履きなさい」)[H588.13]．息子はこの教えに言葉どおり従い，貧乏になる．あとになってようやく息子は教えの本当の意味を知る．

または，父親が次のように反語的な教えを授ける．「ばくちを打ちたいと思ったら，目が赤くなり頬が青ざめるまでばくちを打ちなさい」，「酒を飲みたいと思ったら，酔っぱらって眠るまで飲みなさい」，「女が欲しいときには，朝早く女のところに行って起こしなさい」．

教えに従って，息子はばくちでお金を使い果たす．浪費を忘れるために酒を飲み，ひどく気持ち悪くなり，2度と酒を飲みたくなくなる．息子は朝早く女を訪ね，女の容姿に驚き家に走って帰る．そこで息子は父親の「ひどい」教えについて深く考え，その教えは彼のばくちと，酒と，女遊びを治したのである．(ほかの教えは H588 以下を見よ．)

類話(～人の類話)　フィンランド；ラトヴィア；リトアニア；アイルランド；セルビア；ボスニア；マケドニア；ブルガリア；ギリシャ；ポーランド；ロシア，ウクライナ；ユダヤ；ヴォチャーク；ウズベク；イラン；インド；中国．

916　王の寝室を守る兄弟たちとヘビ

数人の兄弟が，王の寝室を守るために雇われる．1 人目の兄弟が寝室でヘビを見つけて殺すが，ヘビの毒が妃の上に落ちる．彼が毒を拭いていると，妃は目を覚まし，彼が自分を襲おうとしたと責める[N342.1](参照：話型 516)．ほかの兄弟たちは早まった判決に反対して物語を語る．次の朝，真実が明るみに出る．物語は以下のとおりである．

(1)　潔白な犬(参照：話型 178A)．

(2)　忠実な犬が借金の担保になる(参照：話型 178B)．

(3)　ハヤブサと毒入りの水(参照：話型 178C)．

(4)　オウムと若返りの果物．オウムが主人である王に，若返りの果物を持ってくる．ヘビはオウムに気づかれずに，果物に毒を落とす．王が果物の 1 つを犬に与えると，犬は死ぬ．すると王はオウムを殺す[B331.3]．あとから真実が明るみに出る．

コンビネーション　178A–178C．

注　この話型と結びついている話型は，ほとんどこの話型 916 の第 2 部(兄弟が語る物語)を引用している．

類話(～人の類話)　トルコ；ユダヤ；アルメニア；ウズベク；モンゴル；トゥヴァ；イラク；イラン；パキスタン；インド；ネパール；中国；日本；チュニジア．

賢い行動と言葉 920-929

920　王の息子と鍛冶屋の息子

妃は幼い息子(これから生まれてくる息子)が母である自分を売女と呼んだために[J125.2.1, T575.1]，その子(若きソロモン)を殺すように命ずる[S301]．子どもは召し使いに慈悲を乞う．子どもは殺されず[K512]，鍛冶屋に育てられる．子殺しが夫にばれないように，妃は鍛冶屋の子どもを自分の子どもとしてもらい受ける[K1921.1]．

2人の少年は子ども時代，いっしょに遊ぶ．2人の遊びでは，ソロモンが際立っており，ソロモンが王の役[J123, P35]をして，鍛冶屋の息子を裏切り者として断罪する．または，鍛冶屋の息子は農耕について話すが，ソロモンは軍事について話す．

父親である王は(自ら，または使者を使って)，できるはずのない課題を課すか，または難しい問いによって，少年の賢さを試す[H921]．または，(しばしば羊飼いに扮した[K1816.6])少年が，賢明な裁きまたは判断をし，そのことでこの少年が王家の出であることがわかる[H41.5]．少年の聡明な答えは，王の息子だということを王に示す．参照：特に話型857, 921, 922.

一部の類話では，次の付加的なエピソードが続くこともある．しかしこれは独立した説話として現れることのほうが多い．ソロモンの妻は，ソロモンと対抗する王と駆け落ちする．ソロモンは妻を取り返しに行く．ソロモンは捕らえられるが，死ぬ前に3回角笛を吹くことを許される[K551.3]．これは取り決めておいた合図で，ソロモンの軍隊がやって来て，ソロモンを救う．

コンビネーション　通常この話型は，1つまたは複数の他の話型のエピソード，特に875, 921のエピソードと結びついている．

注　この話型は少年王の古典的テーマを含んでいる．

類話(～人の類話)　フィンランド；エストニア；リーヴ；ラトヴィア；リトアニア；カレリア；アイルランド；ポルトガル；スロバキア；ブルガリア；ギリシャ；ポーランド；ロシア，ベラルーシ；ウクライナ；トルコ；ユダヤ；チェレミス/マリ；モンゴル；イラク；インド；アルジェリア，モロッコ．

920A　ゆで卵をめぐる訴訟 (旧，王の娘と農民の息子)

もし妃が男の子を産まなければ妃を殺すと王が妃を脅かしたため，妃はひそかに赤子の姫を農婦の息子と取り替える[K1921.1]．

その後，王は次のような裁判で判決を下さなければならなくなる．旅の前に40個の卵を買った商人が，旅から戻ってその支払いをしようとする．しかし商人は，その卵から生まれたであろう鶏と，その子孫の価値に見合う支払いを要求される[J1191.2]．王はこの裁判にどう判決を下してよいかわからない．すると取り替えられた子どもたちがゆで卵をめぐる裁判ごっこをしているのを偶然に立ち聞きする[H1023.1.1](参照：話型821B)．姫が王の役を演じ，鶏は決してゆで卵からは生まれないと指摘する．王は少女の判決を借りる[J123]．最後に子どもたちの素性が明らかになり，子どもたちは再び取り替えられる．参照：話型821B, 875E.

注　ゆでた卵からひながかえることをゆでた種を蒔くことにたとえるモティーフまたはエピソードは，おそらくユダヤの伝承から採られたものであろう(参照：話型821B).

類話(～人の類話)　リトアニア；ノルウェー；デンマーク；スペイン；バスク；カタロニア；フラマン；ドイツ；スロバキア；セルビア；ルーマニア；ブルガリア；アルバニア；ギリシャ；ポーランド；トルコ；ユダヤ；シベリア；カザフ；イラン；日本；エジプト.

920B　王の息子たちが選んだ鳥 (旧，何の鳥)

王が3人の息子にどんな鳥になりたいかと尋ねる．最初の息子はワシを選ぶ．なぜならワシは鳥たちの支配者だからである．2人目の息子はハヤブサを選ぶ．なぜならハヤブサは貴族たちに好まれるからである．3人目の息子は，ほかの多くの鳥たちとともに飛ぶ鳥になりたいと言う．なぜならほかの多くの鳥たちから助言をしてもらえるからである．王は3人目の息子を次の王に選ぶ．なぜなら彼は支配者として常に助言を求めるであろうからである[J412.1].

類話(～人の類話)　アイスランド；イギリス；スロベニア；セルビア；ユダヤ；シリア, パレスチナ, リビア, モロッコ.

920C　父親の遺体を撃つ相続人テスト

王の3人の息子のうち，本当の相続人(王の本当の息子)を決めるため，死が近づいた王(金持ちの男)はそれぞれに自分が死んだら遺体を撃つよう命ずる．末の弟は(心臓を)撃つことを拒否する[L13]．その結果，末の弟が死んだ父親のただ1人の本当の息子であると判断される．ほかの2人は，庶出の子と判断され，相続人を外される[H486.2].

コンビネーション　655.

注 この説話は『バビロニア・タルムード(*Babylonian Talmud*)』に由来する.(「ババ・バトラ(*Baba Batra*)」58a).
類話(～人の類話) リトアニア;ノルウェー;アイスランド;イギリス;スペイン;カタロニア;ポルトガル;オランダ;フラマン;ドイツ;イタリア;ハンガリー;チェコ;クロアチア;ブルガリア;ギリシャ;ユダヤ;中国;エジプト;モロッコ.

920D　4人の王子

王の4人の息子のうち,父親の過ちをいちばん多く挙げることができた者が王の後継者だと言われる.息子たちのうちの末の王子は,たった1つの過ちも挙げることができない[L13, P11.2.1].末の王子が王になる.

類話(～人の類話) フラマン;スロベニア;ユダヤ.

920E　3つの指輪

死を間近にした父親が,3人の(3人より多くの)息子たち(子どもたち)それぞれに指輪(石)を与える.指輪のうち本物は1つだけで,どの息子も自分の指輪が本物だと思う.どれが本物の指輪で誰が正当な息子かという問いは,宗教上の(キリスト教の,ユダヤ教の,イスラム教の,分離派教会の)根拠に基づいて判断される[J462.3.1, J80].

注 中世に記録されている.例えば,ヤンゼン・エニケル(Jansen Enikel)の『世界年代記(*Weltchronik*)』(V. 26551ff),『ゲスタ・ロマノールム(*Gesta Romanorum*)』(No. 10),ボッカチオ(Boccaccio)の『デカメロン(*Decamerone*)』(I, 3),『100の昔話(*Cento novelle antiche*)』(No. 73).1779年レッシング(Lessing)の『賢者ナータン(*Nathan der Weise*)』(第3幕)で使われている.
類話(～人の類話) ハンガリー;チェコ.

920A*　詮索好きな王

ソロモンは,すべての女は誘惑できるものであり(男より愚かであり),自分の母親だってそうだと述べる.ソロモンは,母親を誘惑させるために召し使いを送り込み,自分の発言を立証する.

母親の貞操を試すために,ソロモンは変装し,召し使いに代わって待ち合わせの場所に行く[N383.3].母親は,まさに自分の息子と近親相姦をしようとするとき,策略に気づき,「ソロモンは空の高さと海の深さを測定するまで(地球を回り海底へ行くまで)死ぬことができない」とソロモンを呪う.

ソロモンは,空の高さと海の深さを測定しようとするが無駄である[L414.1].ソロモンは鳥の背に乗り,太陽に向かって飛んでいく.しかし鳥の翼は焼け，ソロモンは落ちる(ワシたちが，ソロモンを空に連れていき，海に落とす．呪いは本当になる.)ソロモンは鎖でつないだ箱の中に座り，ある女に海の底まで箱を下ろすように言う．不運にもザリガニが鎖を切る．

一部の類話では，ソロモンの測定は成功する．ソロモンはお婆さんの背中に乗って星々のところへ行き，悪魔がソロモンを沈んだ箱から救う．参照：話型 823A*, 922.

類話(～人の類話)　スペイン；リトアニア；ドイツ；セルビア；ブルガリア；チェコ；ポーランド；ベラルーシ, ウクライナ.

920B*　王の 3 人の息子の血統

捕らわれた王が，自分を捕らえた王の 3 人の息子に，自分をどのように扱うつもりかと質問する(彼らに謎を出す)．彼らの返事から，捕らわれた王は彼らの本当の出自を知る．息子たちの 1 人は死刑執行人(パン屋)の家の出である．もう 1 人は肉屋の出，そして 3 番目だけが王家の出である．

類話(～人の類話)　イタリア；ギリシャ；アルバニア；ユダヤ；グルジア；シリア, レバノン, パレスチナ, カタール；イエメン；エジプト, モロッコ；チュニジア.

920C*　嫁選び

若者がソロモン(その他の王)に，どんな少女と結婚するべきか助言を求める．財産を持っている少女，またはお金を持っている少女，または何も持っていない貧しい少女のいずれと結婚すべきかである．ソロモンは「出ていけ．おまえは何もわかっていない．おまえの好きなようにしろ」(黙れ，わたしに託されているのだ．わたしが座れるように立て．おまえの好きなようにしろ」)と答える．

これらの答えは次のことを意味する．最初の少女は，財産が彼女のものなので，若者を追い出すであろうし，2 人目は，お金は彼女のもので，若者にはそれがわかっていないと言うであろう．しかし 3 番目は，性格が悪かったとしても，彼に干渉しないであろう．

類話(～人の類話)　ドイツ；セルビア；マケドニア；ブルガリア；ギリシャ；ユダヤ；グルジア.

921　農夫の息子と王

少年(農夫の息子，ソロモン)が賢明な答えをして，小屋の前を通りかかった王を驚かせる．その答えとは，おまえ(父親，母親，兄弟，姉妹)は何をしているのか[H583.1-H583.6]という問いに対する発言である．さらに(または)，それらの答えは，ある条件のもとで王のところに来いという[H1050-H1064]不条理な要求に対するものである．

以下の問答が最も頻繁に見られる．

(1) おまえは何をしているか？ わたしは来たり去ったりするものを煮ています(わたしはエンドウ豆，豆，レンズ豆を煮ていて，それが水の中で上がったり下がったりしている[H583.6])．

(2) おまえの父親は何をしているか？ 父は悪いものをもっと悪くしています(父は畑のあぜ道を塞いでいるので，新しい別の道が踏みならされる[H583.2.1])．または，父はワイン畑でいいことと悪いことをしています(ブドウを剪定しているが，ときどきいいブドウを切って悪いブドウを残してしまう[H583.2])．または，父はわずかの物から多くの物をつくっています(彼は穀物の種を蒔いている[H583.2.2])．

(3) おまえの母親は何をしているか？ 母は他人のために，その人が母のためにできないことをしています(母は遺体の埋葬準備をしている[H583.4])．または，母は忘れられたパンを焼いています(母は借りたパンのお返しをしている[H583.4.2])．

(4) おまえの兄弟は何をしているか？ 彼は狩りをしています．彼は捕らえたものを放り出しています．そして捕まえなかった物を家へ持って帰ります(彼は自分の体のシラミを取っている[H583.3])．

(5) おまえの姉妹は何をしているか？ 彼女は去年の笑いを嘆いている(彼女は去年の情事の実りである自分の子どものお守りをしている[H583.5])．参照：話型 875, 920.

コンビネーション 通常この話型は，1つまたは複数の他の話型のエピソード，特に875 , 922B，および 920, 921F*, 922 のエピソードと結びついている．

注 話型 921 は話型 875 と密接に関連しており，物語はしばしばお互いに結びついている．話型 921 のほうが，謎めいた答えの種類が多く，そのことが，話型 921 に含まれる類話の分類と 2 つの話型の区別をいっそう難しくしている．

類話(～人の類話) フィンランド；フィンランド系スウェーデン；エストニア；ラトヴィア；リトアニア；ラップ，リュディア，カレリア；スウェーデン；デンマーク；スコットランド；アイルランド；イギリス；フランス；スペイン；カタロニア；ポルトガル；オランダ；フリジア；フラマン；ドイツ；オーストリア；スイス；ラディン；イタリア；マルタ；ハンガリー；チェコ；スロバキア；スロベニア；セルビア；ルーマニア；ブルガリア；ギリシャ；ポーランド；ロシア，ベラルーシ，ウクライナ；ユダヤ；ジプシー；チェレミス/マリ；ヤクート；モンゴル；グルジア；シリア，パレスチナ；イラン；パキスタン；インド；ビルマ；中国；朝鮮；ベトナム；インドネシア；日本；イギリス系カナダ；アメリカ；スペイン系アメリカ，メキシコ；ドミニカ，プエルトリコ，アルゼンチン；ブラジル；西インド諸島；カボヴェルデ；エジプト；モロッコ；ニジェール；南アフリカ；マダガスカル．

921A パンまたはお金を分かち合う (旧，4つのコイン)

農夫(職人)が，なぜそんなに一生懸命働くのか，または俸給(4つのコイン，パン)をどのように使うつもりかという王の質問に，次のように謎めいた答えをする．1つ目は，自分が食べるのに使う(自分を養う)．2つ目は，利子をつけるのに使う(わたしが年をとったら面倒を見てくれるように子どもに与える)．3つ目は，借金の支払いに充てる(両親を養う)，4つ目は，投げ捨てる(妻に与える)[H585.1]．王は大臣たちに農夫の答えを解釈するよう命ずる．大臣たちが農夫に尋ねると，農夫は答え1つにつき，報酬を1つ要求する．

中世の版では，皇帝の禁令に背いて祝日に働いていたフォークスという名の鍛冶屋が，魔術師ウェルギリウスがつくった立像に密告される．鍛冶屋は毎日硬貨8枚を稼がなければならないのだと弁明する．そのうちの2枚は弁済に充てなければならず(老いた父親に払う)，2枚は貸し出さなければならず(息子に払う)，2枚は失い(妻に与え)そして2枚を使う(自分のために)．

コンビネーション 920, 921F*, 922B.

注 中世に記録されている．例えば『ゲスタ・ロマノールム(*Gesta Romanorum*)』(No. 57)．

類話(～人の類話) フィンランド；リーヴ；ラトヴィア；リトアニア；ヴォート，コミ；アイルランド；フランス；スペイン；カタロニア；ポルトガル；オランダ；フリジア；フラマン；ドイツ；イタリア；マルタ；ハンガリー；チェコ；スロバキア；スロベニア；セルビア；クロアチア；マケドニア；ブルガリア；アルバニア；ギリシャ；ポーランド；ソルビア；ロシア，ベラルーシ，ウクライナ；ユダヤ；ジプシー；チュヴァシ；コミ；クルド；シベリア；ヤクート；トルクメン；グルジア；シリア，パレスチナ，ヨルダン，イラク，ペルシア湾；アフガニスタン；インド；エジプト；アルジェリア；モロッコ；東アフリカ；スーダン，タンザニア．

921B 親友，最大の敵

この説話の主要なモティーフは次の課題である．ある男が，親友と最大の敵を連れてこなければならない[H1065]．男は，親友として飼い犬を選び，敵として妻を選んで課題を成し遂げる．この説話には，おもに3つの異なる型がある．

（1） 主人が召し使い（イソップ）に，彼のことをいちばん愛している者のところに食事を持っていくように命じる．すると，召し使いは妻のところではなく，犬のところに食事を持っていく．妻は腹を立て，夫のもとを去ると脅す．召し使いは，犬は叩かれても愛ゆえに戻ってくるのであり，したがって犬だけが本当に自分の主人を愛していると説明する．

（2） 若者が，老人はすべて殺せという命令に背く．若者は妻の助けで父親を隠す．妬み深い男たちの陰謀で，王は若者に彼の召し使いと友人（道化師）と敵を王のところに連れてくるよう命じ，連れてこなければ死刑だと言う．父親の助言に従って，若者は召し使いとしてロバを，友人として犬を（道化師として自分の子どもを），そして敵として妻を連れていく．腹を立てた妻は，夫が父親を隠すのを助けてあげたのに，こんなふうに自分を分類したと夫を非難する．このように秘密を漏らしたことで，妻は若者の敵になったのであり，若者は課題を成し遂げたことになる．参照：話型 981.

（3） 若者が悪魔（よそ者，聖人，幽霊，強盗）をオオカミ（その他の危険）から救う．すると悪魔は若者に，もし若者がいちばん忠実な友人を面会に連れてくるなら，尽力に対して代価を払う約束をする．男は妻といっしょにやって来る．

悪魔が金持ちに変装して現れて，夫が寝たら殺すようにそそのかす．悪魔は男の妻に後の結婚と富を約束する．女は同意する．女が殺害するためにナイフ（斧，石）を振り上げたとき，悪魔は夫を起こす．悪魔は命を救うことで，もう男に返済したと言って，お礼の支払いを拒否する．男は妻の代わりに飼い犬を連れてくるべきであった．（男は次の日に本当の友を連れてこなければならない．男の犬が呼ばれもしないのに男についてきて，よそ者を襲い，忠実さを証明する．）参照：話型 824.

コンビネーション 893, 920, 981, 1381C.

注 中世に記録されている．例えば『ゲスタ・ロマノールム（*Gesta Romanorum*）』（No. 124）．

類話（〜人の類話） フィンランド；ラトヴィア；リトアニア；ヴォート；ウェールズ；オランダ；フリジア；ドイツ；イタリア；ハンガリー；チェコ；スロバキア；セルビア；クロアチア；ブルガリア；ロシア，ベラルーシ，ウクライナ；ユダヤ；オセチア；アブハズ；マヤ；カボヴェルデ；エジプト，アルジェリア．

921C なぜ頭の毛はひげより先に白髪になるか

ある男（聖職者，床屋）が，なぜ彼の頭の毛はグレー（白髪）で，ひげは黒いのかという問いに,「頭の毛はひげよりも 20 歳年上だからである」[H771]と答える.

注 文献はヨーロッパの笑話集に 16 世紀以来見られる.

類話(～人の類話) フィンランド；ラトヴィア；リトアニア；デンマーク；オランダ；フリジア；ドイツ；スイス；イタリア；チェコ；ルーマニア；ブルガリア；ロシア；ユダヤ；アフガニスタン；インド；アメリカ；エジプト.

921D 死に至るベッド

町の住人が船乗りに，あなたの父親と祖父が海で亡くなったのになぜ繰り返し海に出るのかと尋ねる．すると船乗りが，あなたの先祖たちはどこで亡くなったのかと尋ねる．町の住人は「ベッドだ」と答える．すると船乗りは町の住人に，ベッドに行くのが怖くないかと尋ねる[J1474].

類話(～人の類話) フィンランド；デンマーク；アイルランド；スペイン；フリジア；フラマン；ドイツ；スイス；ハンガリー；スロベニア；セルビア；クロアチア；ウクライナ；インド；マヤ.

921E まだ 1 度も聞いたことがない

男が，王も廷臣たちも今までに聞いたことのないことを何か話すよう命じられる[H1182]．男はほかの王様から来たと思われる手紙を読む．その手紙は王が借りたお金の返済を要求するものである.

類話(～人の類話) フィンランド；カレリア；スロベニア；ルーマニア；ユダヤ；パレスチナ；エジプト.

921F 哲学者が王のひげに吐き出す

哲学者が王との食事に招待される．食事中，哲学者はどうしても口の中の物を吐き出さずにはいられなくなり，王のひげに吐き出す．召し使いたちは憤慨し，哲学者を殴ろうとする．しかし王は，哲学者がなぜそんなことをしたのか尋ねるべきだと主張する[J152]．哲学者は，王の周りにあるほかの物は，すべて絹か金であったので，王のひげが吐き出すのにいちばん適当な場所だったと答える．王はこの説明を受け入れる[J1566.1].

注 古典起源，ディオゲネス・ラエルティオス(Diogenes Laertios)(II, 75)．中世には例えば，ジャック・ド・ヴィトリ(Jacques de Vitry)の『一般説教集(*Sermones vulgares*)』(Jacques de Vitry/Crane, No. 149)や，ヨハネス・ゴビ・ジュニア(Johannes Gobi Junior)の『スカーラ・コエーリ(*Scala coeli*)』(No. 790)に記録されている.

類話(～人の類話) スペイン；ドイツ；ハンガリー.

921A* 包み隠しのない泥棒

王が囚人たちになぜ投獄されたか尋ねる．皆自分は潔白であると言うが，1人だけ自分は泥棒(にせ金づくり，等)だと白状する．ほかの者たちを堕落させないように，彼は釈放される．

類話(～人の類話) エストニア；オランダ；フリジア；フラマン；ドイツ；イタリア；アメリカ.

921B* 泥棒，物乞い，人殺し

ある貴族(皇帝，聖職者)が，年老いた農夫が畑を苦労して耕しているのに気づく．年老いた農夫は，手伝ってくれる息子はいないのかと尋ねられると，大学で訓練された息子が3人いると答える．1人目は泥棒(強盗，嘘つき，弾圧者)で，2人目は人殺し(弾圧者，ジプシー)で，3人目は物乞い(ペテン師，ならず者)である．

農夫が詳しく説明すると，貴族はようやく理解する．1人目は裁判官で，2人目は医者(肉屋)で，3人目は聖職者(修道士，教師)である．

コンビネーション 922, 922B, 1557.
類話(～人の類話) エストニア；リトアニア；ウェールズ；イギリス；スペイン；ポルトガル；ドイツ；オーストリア；ハンガリー；チェコ；ルーマニア；ブルガリア；ギリシャ；ウクライナ；アルメニア.

921C* 農夫の家に来た天文学者と医師

農夫が，飼っている動物の行動によって天気を予想する(参照：話型830B)(ハエたちが馬のしっぽの下に避難すると雨が降る)．予測は農夫の客である天文学者(哲学者)よりも正確である．その上農夫は，同様に客として来た医者よりも，体にいい食料の選び方や，病気の蔓延についてよく知っている[L144.2].

類話(～人の類話) フィンランド；リトアニア；カレリア；イギリス；オランダ；フリジア；フラマン；ドイツ；スロバキア；セルビア；マケドニア；ルーマニア；ブルガリア；アルバニア；ギリシャ；ウクライナ；ユダヤ；オセチア；クルド.

921D* 機知に富んだ答え (旧話型1702C*を含む)

この雑録話型は，ばかげた返事をして他人を怒らせる男に関するさまざまな説話を包括する[J1252].

主人(貴族，弁護士)が市場から戻ってきた農夫(労働者の親方)に，市場は大きかったかと尋ねる．農夫は「測らなかった」と答える．主人が「いや，市場は混み合っていたか聞いたのだが？」と言う．農夫は「人の数を数えなかった」と答える．

すると主人は怒って，農夫を夕食に招待して農夫に犬をけしかける計画を立てる．夕食に行く途中，農夫は2匹の野ウサギを見つける．主人が犬たちを解き放つと，農夫は野ウサギたちを放ち，犬たちはウサギたちを追う[K318]．

主人は召し使いに，農夫に地下ワイン倉でワインを飲ませ，それから農夫を叩きのめすよう命ずる．農夫はワインの樽から栓を抜き，それで召し使いは穴を抑えなければならなくなる．すると農夫は召し使いを叩きのめす．参照：話型1539A*．

そのあと農夫はベーコンひとかたまりをシャツの下に隠し，うなだれて階段を登る．もう十分かと尋ねた人たちに，「子どもたちもおれも6週間味わうくらい十分だ」と答える．農夫が召し使いをさんざん殴ったために法廷に連れていかれると，農夫はばかのふりをして，尋問されずにすむ．

コンビネーション 1567C.

類話(～人の類話) フィンランド；リトアニア；ラトヴィア；カレリア；デンマーク；イギリス；スペイン；オランダ；フリジア；フラマン；ドイツ；イタリア；マルタ；セルビア；ロシア；ベラルーシ，ウクライナ；ユダヤ.

921E* 陶工

陶工が，賢明な答えで王を驚かせる．王は配下の貴族たちに，陶工から壺を買うよう命令する．陶工は値段をつり上げる．ある貴族は支払いをしたくなくて，支払いの代わりに陶工を肩に乗せて宮殿まで運ぶことに同意する．

または，王が配下の貴族たちに次の謎を出す．「世界で最も悪い悪とは何であるか？」貴族たちは答えがわからない．陶工だけが答えを知っている．陶工は，壺を積んだ荷車に座り，(陶工に答えを尋ねてきた)1人の貴族に王宮まで荷車を引かせることで，答えを実演して見せる．王は陶工を貴族に任命する．

コンビネーション 921F*.

注 早期の版はニコラ・ド・トロワ(Nicolas de Troyes)(No. 79C)を見よ．

類話(～人の類話) フィンランド；エストニア；ヴェプス；デンマーク；フラマン；チェコ；ロシア；ウクライナ；ユダヤ；シベリア；グルジア.

921F* ガチョウからむしり取る (旧, ロシアから飛んできたガチョウ)

農夫(職人)が賢明な問答で支配者を感心させる. そのような賢明な問答は, 支配者の廷臣たちにはできたためしがなかった. 支配者は農夫が羽根をむしれるように(刈り込めるように, ミルクを絞れるように, 皮を剝げるように), 農夫にガチョウたち(その他の鳥たち, 動物たち)を送ると約束する.

「ガチョウたち」とは廷臣たちのことで, 廷臣たちは農夫が出す謎を解かなければならず, できなければ解雇する(殺す)と脅されている. (支配者は農夫に「ロシアのガチョウたち(廷臣たち)がここに飛んでくるから羽根をむしれ」と言う.)

支配者の助言に従って, 農夫は廷臣たちから(謎の答えの代わりに)たくさんの金をむしり取る.

コンビネーション 465, 921, 921A, 921E*, 922, 922B.
類話(～人の類話) フィンランド; リトアニア; スペイン; ポルトガル; オーストリア; ハンガリー; セルビア; クロアチア; マケドニア; ルーマニア; ブルガリア; アルバニア; ロシア; ベラルーシ, ウクライナ; トルコ; ユダヤ; ジプシー; ウイグル; アゼルバイジャン; クルド; シベリア; カザフ; トルクメン; グルジア; シリア, パレスチナ, ヨルダン; イラク; ペルシア湾; イラン; エジプト; チュニジア; モロッコ; スーダン, タンザニア.

922 羊飼いが聖職者の代わりに王の質問に答える (王と大修道院長) [H561.2]

社会的地位の高い人物(皇帝, 王, 公務員, 教師)が聖職者(司教, 大修道院長, 司祭, 請願者)に, 一定期間にできなければ死刑に処すとして, 3つの難問に答えることを求める[H512, H541.1].

聖職者は問いに答えることができず, そこで(変装した)代理人(召し使い, 羊飼い, 粉屋, 兄弟)を送る[K1961]. 代理人は聖職者に代わってすべての質問に正確に答える. 欺いたことが明るみに出ると, 問題を出した人物は策略を許し, 答えた者に褒美を与える[Q113.4](しばしば上役や兄弟の命は取られずにすむ).

質問の多くは, 測ることのできない物を測ること(数えられない物を数えること)を要求する. 言葉遊びによって(月はどれくらいの重さがあるか? 1ポンドである. なぜなら月にはクオーターが4つあるからである[訳注 : 月の満ち欠けの周期の4分の1をクオーター(=弦)という. クオーターは同時に1ポンドの4分の1の重量単位]), または立証できない陳述の終わりに不可能な条件を出すことによって(この木には何枚の葉があるか? これこれの数ほどあり，信じないのなら自分で数えてみよ[H705.2]，または，葉の軸と同じ数だけある[H705.1])，または立証できない対比の終わりに不可能な条件を出すことによって(空に星はいくつあるか？　砂浜の砂の数と同じだけあるから，あなたが砂粒を数えられれば，空に星がいくつあるかわかる[H702])等，回答者の答えは質問が不合理であることを示す．

質問には次のものもある．「海にはいくつ水滴があるか」[H696.1]，「天国はどれほど高いか」[H682]，「わたしの頭には毛が何本あるか」[H703]，「永遠とは何秒間か」[H701.1]，「世界の果ては反対側からどれくらい離れているか」[H681.1]，「地球の真ん中はどこか」[H681.3.1]，「王はいくらの価値があるか」[H711.1]，「いちばん甘美な歌は何か」[H634]，「いちばんいい家禽は何か」，「いちばん速く，いちばん甘く，いちばん高い物は何か」[H633, H638]，「黄金の鋤はどれほどの価値があるか」[H713.1]，「神は何をしているか」[参照 H797]，「幸福から不幸へはどれくらい距離があるか」[H685]，「わたしは何を考えているか」[H524.1]．参照：話型 875, 920A.

コンビネーション　通常この話型は，1つまたは複数の他の話型のエピソード，特に875，および 821B, 850, 851, 920A, 921, 921A, 924, 927, 950, 1367, 1590, 1826 のエピソードと結びついている．

注　この話型はおそらくユダヤ起源であり，9 世紀のアラブの資料がある．最初のヨーロッパの文献は 13 世紀である．

類話(～人の類話)　フィンランド；フィンランド系スウェーデン；エストニア；ラトヴィア；リトアニア；リーヴ, ヴェプス, ヴォート, リュディア, カレリア；スウェーデン；ノルウェー；デンマーク；アイスランド；スコットランド；アイルランド；イギリス；フランス；スペイン；バスク；カタロニア；ポルトガル；オランダ；フリジア；フラマン；ドイツ；オーストリア；ラディン；イタリア；マルタ；ハンガリー；チェコ；スロバキア；スロベニア；マケドニア；ルーマニア；ブルガリア；アルバニア；ギリシャ；ソルビア；ポーランド；ロシア, ベラルーシ, ウクライナ；トルコ；ユダヤ；チュヴァシ；シベリア；ブリヤート, モンゴル；グルジア；シリア, レバノン；パレスチナ；イラク；クウェート；イラン；インド；スリランカ；中国；朝鮮；日本；イギリス系カナダ；フランス系カナダ；アメリカ；スペイン系アメリカ, メキシコ；アルゼンチン；西インド諸島；カボヴェルデ；エジプト；モロッコ；スーダン；エチオピア．

922A　アヒカル [K2101, P111]

子どものいない大臣が甥(アヒカル(Achiqar))を養子にし，育てて教育をする．大臣が養子を王に紹介すると，王は少年の賢い答えが気に入る．大臣が年をとると，大臣は自分の後継者として養子を王に推薦する．養子は官職に任命される．ところが養子は養父である老大臣を中傷する．王は老大臣を殺すよう命ずる．老大臣は命を救われ，代わりに奴隷が殺される．

敵対する王が大臣の死を知ると，誰にも成し遂げられない課題を王に課す．王は，空中に城を建てることができて，難問に答えることができる人を探す．

王は絶望して老大臣を捜し求める．彼がまだ生きていることを知ると，王は老大臣を前の地位に復職させる．名前を変えて，老大臣は敵対する王のところへ旅をする．老大臣は子どもを籠に座らせ，ワシにその籠を空へ運ばせる．そこで少年は「石と石灰をください．そうしたら城を建て始めます」と叫ぶ．王が出したすべての謎を解いたあと，老大臣はたいへんな報酬をもらって帰る．老大臣は養子を呼び出させ，苦痛に満ちた死で養子を罰する．

コンビネーション　875, 921, 981.

類話(～人の類話)　ノルウェー；スペイン；ハンガリー；スロバキア；ルーマニア；ギリシャ；ポーランド；ロシア, ウクライナ；ユダヤ；オセチア；アルメニア；カザフ；ウズベク；キルギス；モンゴル；グルジア；ミングレル；オマーン；インド；チベット；朝鮮；インドネシア；エジプト, チュニジア；ナイジェリア.

922B　コインに彫られた王の顔

王が農夫(鍛冶屋)と出会い，王の質問に対する不思議な答えを受ける．農夫があとで答えの意味を説明すると，王は，農夫が王に100回会うまで(王の顔を100回見るまで)答えを人に漏らすことを禁ずる．そして王は農夫に(数枚の)コインを与える．

王が農夫との奇妙な会話を相談役たちに報告すると，相談役たちは誰も答えがわからない．彼らは謎を出した者の居場所を見つけるが，農夫は命令どおり彼らに話すことを拒む．しかし王の肖像が刻印された一定数のコインの支払い要求が満たされると，農夫は折れる．

王は相談役たちから答えを聞かされると，農夫が秘密を話したと感づき，農夫を責める(罰する)．しかし農夫は王の肖像をコインで100回見たので，罪を犯してはいない．王は農夫に褒美を与える(王の相談役に任命し，王の娘と結婚させる)[J1161.7].

コンビネーション　875, 921A, 921B*, 921F*, 922.

注　10世紀にイブン・アビ・アウン(Ibn abī ʿAwn)によって記録されている.

類話(～人の類話)　リトアニア；アイルランド；スペイン；ポルトガル；オランダ；フリジア；フラマン；ドイツ；オーストリア；イタリア；マルタ；ハンガリー；チェ

コ；スロバキア；スロベニア；ルーマニア；ブルガリア；ギリシャ；ポーランド；ソルビア；ロシア；ベラルーシ；ウクライナ；ユダヤ；ジプシー；シリア, レバノン；イラン；モロッコ；スーダン.

923 塩のように愛す

王(金持ちの男)が3人の娘にどれほど王のことを愛しているかを尋ねる．2人の姉は高価な(甘い)物(金，宝石，砂糖，ハチミツ，高価な衣服)に自分たちの愛をたとえるが，末の妹は塩のように王を愛していると言う[H592.1]．父親は末の娘の答えに腹を立て，末の娘を追放し(彼女を殺すよう命じ)，姉たちにはお世辞の度合いに比例して褒美を与える[M21]．

その後，末の娘は外国で女中として働き，後にその国の王と結婚する．末の娘は父親を結婚披露宴に招待し，父親に塩をまったく入れていない料理を出す．その結果父親は塩が不可欠であるということに気づく．娘は自分の身分を明かす．参照：話型510B.

コンビネーション 510B, 875, 923A, 923B.

注 中世に記録されている．例えばジェフリー・オブ・モンマス(Geoffrey of Monmouth)の『ブリタニア列王史(*Historia Regum Britanniae*)』(ch. 31)．有名な文学翻案については，シェークスピア(Shakespeare)の『リア王(*King Lear*)』(I, 1)を見よ．

類話(～人の類話) フィンランド；ラトヴィア；リトアニア；スウェーデン；アイスランド；アイルランド；イギリス；フランス；スペイン；カタロニア；ポルトガル；フリジア；フラマン；ドイツ；ラディン；イタリア；コルシカ島；サルデーニャ；マルタ；ハンガリー；チェコ；スロバキア；ルーマニア；ブルガリア；ギリシャ；ポーランド；ロシア, ベラルーシ, ウクライナ；トルコ；ユダヤ；ジプシー；アルメニア；レバノン；クウェート, カタール, イエメン；イラン；パキスタン；インド；ビルマ；中国；日本；スペイン系アメリカ；メキシコ；ブラジル；チリ；西インド諸島；エジプト；南アフリカ.

923A 熱い太陽のもとの風のように

妻が，夫を熱い太陽のもとの風のように愛していると言う．最初夫は腹を立てるが，後に熱い太陽のもとで，暑い日の風の価値を知る．夫は妻の言葉の意味を理解する(そして妻のもとに戻る)[H592.1.1]．

類話(～人の類話) スウェーデン；ノルウェー；ウクライナ；ユダヤ；グルジア；中国.

923B 姫の幸せは自身のおかげ

王が(3人の)娘たちに，おまえたちが幸せなのは誰のおかげか(王国の繁栄と，富と名誉は誰のものか)と尋ねると，上の娘たちは王のおかげであると答えるが，末の娘は彼女の幸せは自分自身(ひとえに神(参照：話型841))のおかげだと答える(彼女は夫の幸せは妻のおかげだと主張する).

父親は末の娘の発言に腹を立て，物乞い(障害者)と結婚することを末の娘に強い，末の娘は夫とともに貧しい境遇で暮らさなければならない(末の娘は追い出される).

一部の類話は，王子が障害者になる描写で始まる．ある王子が2匹のヘビの戦いを目撃する．王子は自分には危害を加えないよう頼んでから，弱いほうのヘビを助ける．それにもかかわらずヘビは王子の口から体の中に入り，王子を醜い姿に変え，病気にする．王子は父親に追い出され，物乞いになる[L419.2].

妻の才覚(能力)によって，物乞いは金持ちになるか，または王になるか，または病気が治る[N145].

また一部の類話では，夫は再び魔術によって本来の姿の王子に戻る[D1866]．父親は新しい王を訪問し，娘に気づき，娘の幸せは娘自身のおかげだということを認めさせられる．または，父親はその間に王国を失い[L419.2]，貧乏になって娘の宮殿にやって来る.

コンビネーション 910B, 923.

類話(～人の類話) ウクライナ；トルコ；ユダヤ；クルド；アルメニア；ウズベク；タジク；シリア, レバノン, パレスチナ, ヨルダン, イラク, イエメン；サウジアラビア；アフガニスタン；インド；ビルマ；スリランカ；ネパール；中国；エジプト, アルジェリア；チュニジア；スーダン, タンザニア.

924 身振り言葉での討論 (旧話型924Aと924Bを含む)[J1804]

2人の男(王と羊飼い，司祭とユダヤ人[H607.1]，ローマ人とギリシャ人，兵隊と芸術家)が，身振り言葉で会話(議論)をする．身振りを間違って解釈し，彼らは互いに誤解をする．例えば，王は「わたしだけが権力を持つ」という意味で指を1本上げる．羊飼いは，王が羊を1匹欲しがっているのだと思い，羊を2匹王に献上するつもりだという意味で指を2本上げる．王は「神はあなたと同じくらい力を持っている」という意味だと解釈する．(旧話型：924B.)

類話(～人の類話) フィンランド；ラトヴィア；リトアニア；スウェーデン；ノルウ

ェー；デンマーク；アイスランド；スコットランド；イギリス；ウェールズ；フランス；スペイン；カタロニア；ポルトガル；オランダ；フリジア；フラマン；ワロン；ドイツ；イタリア；コルシカ島；ハンガリー；チェコ；クロアチア；マケドニア；ブルガリア；ギリシャ；ポーランド；ロシア；ベラルーシ；トルコ；ユダヤ；タタール；クルド；ウズベク；カルムイク；モンゴル；グルジア；シリア；レバノン；パレスチナ；イラク，サウジアラビア；インド；中国；朝鮮；ベトナム；日本；メキシコ；アルゼンチン；エジプト．

924A 話型 924 を見よ．

924B 話型 924 を見よ．

925 **王への知らせ**（旧，王に知らせがもたらされる「あなたが言ったのであり，わたしではない」）

王は，王の馬が死んだと王に告げた者は死なねばならないと宣言する．ある召し使いが王に，ハエたちが王の馬の口に入って，しっぽの所から出てくると告げる．王が，そうならば馬は死んだに違いないと叫ぶと，召し使いは王に「それを言ったのはあなたであって，わたしではありません」と言う[J1675.2.1]．（参照：話型 2040.）

コンビネーション 754, 1000.

類話(～人の類話) フィンランド；リトアニア；スウェーデン；デンマーク；アイスランド；アイルランド；フランス；スペイン；カタロニア；ポルトガル；フリジア；フラマン；ドイツ；オーストリア；ハンガリー；チェコ；スロベニア；マケドニア；ルーマニア；ポーランド；ウクライナ；ユダヤ；ジプシー；チュヴァシ；ウズベク；パレスチナ；ヨルダン；フランス系アメリカ；エジプト．

925* **庭でいちばん美しいもの**

貧しい女が 3 人の息子を世の中に送り出す．彼らは(1 人ずつ)王宮の庭に到着し，そこで姫に出会う．姫は彼ら 1 人ひとりに，この庭の中でいちばん美しいものは何か(いちばん好きなものは何か)と尋ねる．末の息子は「あなた自身です」と答える．

こうして姫は末の息子と結婚する[J1472]．

注 19 世紀に記録されている．

類話(～人の類話) エストニア；アイルランド；フラマン；ギリシャ；ブラジル；モロッコ．

926 ソロモンの裁き

2人の女がどちらも，1人の子を自分のものだと言う．裁判官ソロモンは，子どもを半分に切ることを提案する．女の1人は拒否する(子どもがまっぷたつに切り裂かれそうになると子どもを放し，裁判官が子どもを切るのを止めようとする)，その結果彼女が本当の母親であると裁定される[J1171.1]．

注 『旧約聖書』列王記上 III, 16–28 にある．文学翻案は，例えば 13 世紀の李行道(Li Hsing-Tau)による中国喜歌劇『包待制智賺灰闌記』，ベルトルト・ブレヒト(Bertolt Brecht)の戯曲『コーカサスの白墨の輪(*Der Kaukasische Kreidekreis*)』(1948)．

類話(～人の類話) リトアニア；アイスランド；スペイン；ポルトガル；イタリア；ハンガリー；スロバキア；スロベニア；セルビア；ルーマニア；ブルガリア；ギリシャ；ウクライナ；ユダヤ；ダゲスタン；オセチア；クルド；グルジア；シリア，パレスチナ；インド；ビルマ；チベット；中国；カンボジア；インドネシア；日本；ドミニカ；カボヴェルデ；エジプト，アルジェリア；西アフリカ；東アフリカ．

926A 賢い裁判官と壺の中のデーモン

美女を手に入れるために，デーモン(魔法使い)が美女の夫の姿になり，美女は自分の妻だと主張する．夫とデーモンはどちらが本当の夫であるかを争う．多くの人が意見を求められるが，誰にも2人を区別することができない．

最後に1人の騎士((王様ごっこか裁判官ごっこをしていた)賢い男の子，羊飼い，野ウサギ，ジャッカル，オウム)が，壺の中(筒の中)に這って入ることができる者が本当の夫であると言う．夫は入れないが，デーモンはすぐさま中に這って入る．壺はふたをされ，デーモンは正体がばれ，捕らえられる．本当の夫は妻を取り戻す[J1141.1.7]．参照：話型 155, 331.

コンビネーション 330, 331, 920.

類話(～人の類話) ブルガリア；アラム語話者；トゥヴァ；レバノン，イラク；インド；ネパール；中国；カンボジア；インドネシア；日本；エジプト，モロッコ，スーダン．

926C ソロモンふうに解決された裁判

この雑録話型は，真実を裁定するための方法，奇抜でしばしば賢明なアイデアを扱うさまざまな説話を包括する[J1141ff]．参照：話型 1534, 1833J, 833K．例は以下のとおり．

(1) 貧しい男がお金の入った財布を見つけ，お礼を期待して持ち主にそれを返す．持ち主は，お金が少しなくなっていると偽り，見つけた者がすでに報酬としてお金を取ったと言い張る．裁判官は，金額が違うのだから財布は，自分のものだと言っている男のものではなく，本当の持ち主が見つかるまで，貧しい男がその財布を持っていてよろしいと判決を下す[J1172.1].

(2) 裁判官が法廷ですべての容疑者に棒を渡し，罪を犯した者の棒は夜のうちに伸びると告げる．罪を犯した男は自分の棒をほんの少し削り，その結果罪を犯したことが明らかになる．

(3) ある者が村人たちに，泥棒の帽子にはブヨがいる(泥棒の帽子は燃えている)と知らせる．1人の男が帽子に手を伸ばし，その結果自分が泥棒であることを示してしまう[J1141.1].

(4) すべての容疑者が，暗闇の中のある物に触れるよう要求される．そして罪を犯した者の手は黒くなると告げられる．実際には，その物に触れれば誰でも手は黒くなる．罪を犯した男はその物に触れず，その結果手が黒くなっていないのは1人しかいない[J1141.1.4].

(5) 2人の女のどちらが糸の紡錘の持ち主であるかを裁定するために，裁判官は紡錘が何でできているか尋ねる．持ち主だけが正しい答えを知っている[J1179.6].

(6) (訳注：ある男が自分の家族に届けるよう宝石を人に託し，託された男は宝石を着服するが，証人たちが見ている前で家族に渡したと言い張る．参照『モンゴルの昔話(*Mongolische Märchen*)』Jülg 1868, p. 63ff.)争っている者たちが，争いの元となっている物(宝石)の複製をつくるように命令される[J1154.2]．持ち主とそれを着服したペテン師は複製をつくることができる．しかしペテン師に荷担したにせの証人たちはつくれない．

(7) 銀を盗まれた男(宿屋の主人)が，客たち(使用人たち)をテーブルへ呼び出して，さまざまなおかしいジェスチャーをするよう命令する．客たちが皆このゲームをしているとき，男は彼らに頭をテーブルの下におろすよう命ずる．それから男は，泥棒も頭をテーブルの下におろしたかと尋ねる．泥棒は「はい」と答える．

注 なくした財布(1)の説話は，ペトルス・アルフォンシ(Petrus Alfonsus)の『知恵の教え(*Disciplina clericalis*)』(No. 17)に見られ，今ではヨーロッパじゅうで知られている．(2)の版は中東の知恵文学から来ている．(3)の版はイブン・アル・ジャウジ(Ibn al Ğauzī)によって記録されている．(5)の版はインドの『ジャータカ(*Jātaka*)』(No. 546)に見られる．(6)はモンゴルの「アルジ・ボルジー汗(*Ardschi Bordschi*)」に記録されている．

類話(～人の類話) フィンランド；ラトヴィア；リトアニア；リーヴ；スウェーデン；デンマーク；イギリス；スペイン；カタロニア；ポルトガル；オランダ；フリジア；ドイツ；スイス；オーストリア；マルタ；ハンガリー；セルビア；ルーマニア；

ブルガリア；ギリシャ；ポーランド；ウクライナ；ユダヤ；アゼルバイジャン；ウズベク；モンゴル；シリア, レバノン, パレスチナ；アラム語話者；イラク；ペルシア湾, サウジアラビア, カタール；イラン；ウズベク；アフガニスタン；インド；スリランカ；中国；朝鮮；カンボジア；ベトナム；中国；マレーシア；インドネシア；フィリピン；アメリカ；アフリカ系アメリカ；エジプト；アルジェリア；モロッコ；スーダン；南アフリカ.

926D 裁判官が論争の対象物を横取りする (旧話型 518* を含む)

この雑録話型は, 2人の当事者間での言い争いに関するさまざまな説話を包括する. その言い争いでは, 争いの裁定をまかされた第三者に有利となるような決定がなされる. 裁定者は, 取り合いになっている物を証拠として取るか, または破壊する[J1171, K451, K451.1, K452]. 参照：話型 926C.

例えば2匹の猫が餅をめぐって争っていると, 裁定をすることになった猿が, 餅を食べる(訳注：フィリピン. 参照：『メルヒェン百科事典』EM 11, 1092). 2人の男の訴訟で判決を下すことになった弁護士が, 男たちからとても高い報酬を請求し, それで弁護士は争いの対象物(子牛)を買うことができる(訳注：スペイン, ガリシア. 参照：『メルヒェン百科事典』EM 11, 1092). 鳥の歌は原告ではなく裁判官に向けられた(訳注：クロアチア. 参照：『メルヒェン百科事典』EM 11, 1092). 参照：話型 51***, 400, 518.

類話(～人の類話) アイルランド；スペイン；カタロニア；ポルトガル；ハンガリー；スロバキア；クロアチア；ギリシャ；ポーランド；ユダヤ；アブハズ；モンゴル；サウジアラビア；インド；中国；日本；フィリピン；中央アフリカ.

926E エギンハルトとエマ

皇帝の娘の恋人は, 彼女の部屋で夜を過ごしたあと, 雪が降ったために見つからずに帰ることができない. 皇帝の娘は, 自分の足跡ならあまり怪しまれないので, 恋人を背負って恋人の部屋まで運ぶ[K1549.3].

皇帝はこれを見ていて, この出来事を相談役たちに持ちかける. 巻き起こった議論を終わらせるために, 皇帝は娘と恋人が結婚することを許す.

注 早期の文献資料は12世紀後期にラテン語の文献に見られる『ロルシュ年代記(*Chronicon Laurishamense*)』.

類話(～人の類話) ドイツ；ハンガリー.

926A* 「あなたより優れた男を買ってはならない」(旧話型 654B* を含む)

父親(未亡人)が, 息子(3人の息子)に手に職をつけさせるために(金もうけをさせるために)息子を送り出す．しかし少年は職を身につける代わりに，楽器の演奏とトランプ遊びを覚える．少年が商人に奴隷として売られるとき(金持ちのところで職を求めるとき)，少年は「あなたより優れた者を買ってはいけない」と言うか，または「わたしを手に入れた者は後悔する．わたしを手に入れなかった者は2倍後悔する」と言う．

少年は，賢い行動によって，人々を互いに競わせることによって，奏でる音楽によって，賭け事によって，さまざまな状況において成功を収めていく．最後に少年は金持ちの男(商人，船長)の娘と結婚する．

舅が(船はもう大砲を撃ってはならないという)王の命令に背いて死刑を言い渡されると，若者は(舅にはもう価値はないということを意味する3つの空のクルミの殻で)舅を絞首台から救う．こうして若者は最後に富と名誉を手にする．

類話(～人の類話) ギリシャ；ブルガリア；ロシア，ウクライナ；ベラルーシ；エジプト．

926C* いいなずけの子どもたち

2人の商人の子どもは幼いころからいいなずけであるが[T143]，別々の町に住んでいる．少年は父親から，(もしカモがもみ殻に落ちたら，運んでやれ，等の)寓意的な命令を与えられて，送り出される．花嫁はこれらの寓意的な表現によって花婿を見分ける．

類話(～人の類話) フィンランド；カレリア；ロシア，ウクライナ；モンゴル．

927 裁判官を謎でやり込める

死刑判決を下された男(女)(有罪者の親族)が出した謎を裁判官が解けなければ，男は解放される[H542, R154.2.1]．その謎は，謎を出す人物の身に起きた奇妙なもしくは偶然の出来事に基づいていて，第三者には解くことができない．4つのおもだった謎は次のとおり．

(1) 死者の中で生きている者についてのサムソンの謎．「食らう者から食べ物が出て，強い者から甘い物が出た」― ハチの群れがライオンの死体の中にハチミツを集める[H804]．(「頭の中に7つの舌があるのは何か？」― 7羽ひながいる鳥の巣が馬の頭蓋骨の中で見つかった[H793]．「1羽の鳥が巣に持っていったこのワインを飲みなさい」― コウノトリがブドウの房を巣に持ち帰り，ある少年がそれでワインをつくる[H806]．)

(2) 授乳する娘の謎．「以前わたしは娘でした．今わたしは母親です．わたしには息子が1人います．息子はわたしの母の夫でした」― 女は投獄された父親に牢獄の壁の割れ目を通して授乳する(女性は息子に授乳し，妻はほかの男に授乳する)[H807, R81]．参照：話型 985*.

(3) (女が出した)イロ(Ilo)の謎．「愛の上にわたしは座り，愛の上にわたしは立ち，わたしは愛を素早く手に抱え，わたしは愛を見るが，愛はわたしを見ない．この謎を解いてください．さもないとわたしは吊るされます」― ある女が愛(Love)(Ilo)という名の飼い犬を殺し，その皮で靴と手袋と椅子のカバーをつくった．(「考える物でわたしは飲み，見る物をわたしは身につけ，食べるのに使う物でわたしは歩く」―ある女が恋人を殺し，その頭蓋骨でコップをつくり，片方の目で指輪をつくり，2本の歯をブーツにつけている[H805].)

(4) まだ生まれていない者の謎．「わたしはまだ生まれていない．わたしはまだ生まれていない馬に乗る(わたしはまだ生まれていない物を食べる)」― 少年は帝王切開によって生まれた．少年は，同様に自然分娩ではなく誕生した馬を持っている(少年は死んだ母親の体から取り出された動物の肉を食べる)．

コンビネーション 851, 922, 931.

注 サムソンの謎(1)は旧約聖書を見よ(士師記 XIV, 12-20).

類話(～人の類話) フィンランド；フィンランド系スウェーデン；エストニア；ラトヴィア；スウェーデン；ノルウェー；デンマーク；アイルランド；イギリス；スペイン；カタロニア；ポルトガル；オランダ；フリジア；フラマン；ドイツ；オーストリア；ラディン；イタリア；ハンガリー；チェコ；スロバキア；ボスニア；ブルガリア；ギリシャ；ユダヤ；ジプシー；チュヴァシ；モンゴル；ビルマ；スリランカ；カンボジア；イギリス系カナダ；アメリカ；スペイン系アメリカ，メキシコ；プエルトリコ；ブラジル；チリ；アルゼンチン；西インド諸島；西アフリカ.

927A 3つの願いを使って回避された処刑

王は，魚を皿の上で裏返す客(ナイフを落とす客，大声で話す客)は死刑に処すと定める．そしてまた，死刑判決を受けた者は3つの願いを許されると定める．

(若い)男が命令に違反する．そして3つの願いを述べる．願いの1つは，彼が魚を裏返すのを見た者は全員目をつぶされるというものである．そこにいた者たちは皆，何も見なかったふりをし，告発された男は解放される[J1181.1]．参照：話型 927C.

注 中世以降の文献により伝わる．例えば『ゲスタ・ロマノールム(*Gesta Romanorum*)』(No. 194)．
類話(～人の類話) ラトヴィア；アイスランド；フリジア；トルコ；エジプト．

927B 死刑を宣告された男が死に方を選ぶ

この雑録話型は，死刑を宣告され，どのように死ぬかを選ぶことを許された男に関するさまざまな説話を包括する[P511, J1181]．参照：話型 1868.
例は以下のとおり．

(1) 死刑を宣告された男は，老衰で死にたいと言う[P511.1]．

(2) 死刑を宣告された男(セネカ)は，静脈を開いての出血死を選ぶ[Q427]．

類話(～人の類話) デンマーク；イギリス；フリジア；フラマン；ドイツ；スイス；ハンガリー；ルーマニア；セルビア；ユダヤ．

927C 最後の願い

有罪の判決を受けた男が，死ぬ前に最後の望みを１つ許される[J1181]．男は冬にもかかわらずイチゴを希望する[H1023.3](サヨナキドリかカナリアの料理を希望する，死ぬ前にヘブライ語を習得することを希望する)．参照：話型 1868.

または，床屋が裁判官のひげを剃らせてくれるよう頼む．床屋はカミソリを裁判官の喉に当て，死刑判決を変えるように命ずる．

類話(～人の類話) オランダ；フリジア；オーストリア；ブルガリア．

927D 絞首刑の木を選ぶことを許された男

死刑判決を受けた男が，自分が絞首刑にされる木を選ぶことを許される．男は長いこと探すが，気に入った木が見つからない．(旧話型 1587.) 参照：話型 1868.

または，彼は膝までの高さしかない木(低木，ヒマワリ，等)を選ぶ．裁判官(死刑執行人)は男を解放する[K558]．参照：話型 1868.

注 早期の版はジャック・ド・ヴィトリ(Jacques de Vitry)の『一般説教集(*Sermones vulgares*)』(Jacques de Vitry / Crane, No. 62)を見よ．
類話(～人の類話) アイルランド；イギリス；スペイン；ポルトガル；フリジア；ドイツ；スイス；オーストリア；イタリア；ハンガリー；スロベニア；ルーマニア；ブルガリア；ポーランド；ユダヤ；ジプシー；アメリカ；スペイン系アメリカ，メキシコ；チリ.

927A* 王が譲渡した「古い鞍」

農夫が王に親切にする（兵隊が長い勤めに対して支払いを要求する）．報酬として農夫は古い鞍を求める．疑わない王は贈与の証文にサインする．あとで「古い鞍」とは大きな地所であることが判明する．それでも，だまされた王は約束を守り，農夫にその地所を与える[K193.1].

類話（～人の類話） フィンランド；ラトヴィア；リトアニア；ドイツ；ソルビア；ロシア, ベラルーシ, ウクライナ.

927C* 馬の皮（牛の皮）で測った土地 （旧話型 2400A を含む）

男（修道士，さまざまな民族グループのメンバー）が主人に牛の（馬の）皮の大きさの土地を要求する．男にそれが約束される．男は皮を切って細長くし，それを使って大きな区画を取り囲む[K185.1].

注 古代インド『シャタパタ・ブラーフマナ（*Śatapatha brāhmana*）』（I, 2, 5, 2）に見られる．ヨーロッパではヘレニズム期以来知られている．例えばウェルギリウス（Virgil）の『アエネーイス（*Aeneid*）』（I, 365–368）．このモティーフはしばしば都市の設立に関する伝説の一部として見られる．

類話（～人の類話） フィンランド；エストニア；ラトヴィア；リトアニア；アイスランド；アイルランド；イギリス；スペイン；カタロニア；ポルトガル；フリジア；フラマン；ドイツ；イタリア；ハンガリー；チェコ；スロバキア；クロアチア；ブルガリア；ロシア, ベラルーシ；ユダヤ；クルド；ウズベク；パレスチナ；チベット；中国；日本；北アメリカインディアン；アメリカ；エジプト；ナミビア；南アフリカ.

928 次世代のための植樹

ある男が，彼が生きている間にはぜったいに実をつけないと言われるにもかかわらず1本の木を植える．それでも彼が木を植えるのは，次の世代のためである[J701.1].

注 諺としてウェルギリウス（Virgil）の『選集（*Ecloga*）』（IX, 50）に記録されている．『タルムード（*Talmud*）』の早期の文献（紀元1世紀）にも見られる.

類話（～人の類話） リトアニア；スペイン；ルクセンブルク；ドイツ；イタリア；サルデーニャ；ユダヤ；クルド；アラム語話者；パレスチナ；アフガニスタン.

929 賢い抗弁 [J1130, N178, N251.1]

この雑録話型は，最終的に（思いがけず）救われる被告の賢い抗弁に関するさまざまな説話を包括する.

類話(～人の類話)　ポルトガル；セルビア；マケドニア；ポーランド；ユダヤ；インド.

929A　教育を受けていない父親

息子は，自分の父親はほかにふるまいようがなかったのだと弁護する．父親はすべてを祖父から習ったのである[J142].

類話(～人の類話)　チェコ；ギリシャ；オマーン；エジプト.

929*　施しの１ペニー

物乞いが，人は皆アダム(神)に由来するのだから，自分は王の兄弟であると主張する．王は物乞いの兄弟全員が１ペニーを与えれば，彼は王よりも金持ちになるだろうと言って，物乞いに１ペニーを与える[J1283, J1337].

類話(～人の類話)　イギリス；スペイン；フリジア；ドイツ；イタリア；ハンガリー；ブルガリア.

運命の説話 930–949

930 予言

この雑録話型は，将来偉くなること[M312]，または裕福な少女との結婚[M312.1]が予言される貧しい少年に関するさまざまな説話を包括する．

金持ちの男(王，商人，領主)は，貧しい少年が自分の娘の夫(相続人)になるという予言を知る(夢を見る)．そこで金持ちの男はさまざまな陰謀で(危険にさらして)少年を殺そうとする．最後に少年は，少年自身を殺すよう命ずる手紙を配達しなければならない[K978]．手紙は援助者によってすり替えられる(変更される)[K511]．その結果少年は敵対者である金持ちの男の娘と結婚し，金持ちの男の地位と富にあずかる[K1355]．参照：話型 461, 910K, 1525Z*.

コンビネーション しばしばこの話型は，1つまたは複数の他の話型，特に 461, 910K と結びついている．

注 多くの類話において，話型 930 は 910K と結びついており，両話型を明確に区別することは難しく，いくつかの類話は両方の話型に関連している．それでも話型 910K と 930 は別々の話型である(『メルヒェン百科事典』EM 5, 663 を見よ)．

類話(～人の類話) フィンランド；フィンランド系スウェーデン；エストニア；ラトヴィア；リトアニア；ラップ，ヴェプス，カレリア；デンマーク；アイスランド；スコットランド；アイルランド；ウェールズ；イギリス；フランス；スペイン；カタロニア；ポルトガル；フリジア；フラマン；ドイツ；スイス；オーストリア；イタリア；コルシカ島；ハンガリー；チェコ；スロバキア；スロベニア；セルビア；マケドニア；ルーマニア；ブルガリア；アルバニア；ギリシャ；ポーランド；ロシア；トルコ；ユダヤ；ジプシー；チェレミス/マリ；アルメニア；ヤクート；ウズベク；モンゴル；シリア；レバノン；パレスチナ，イラク，カタール，イエメン；イラン；インド；スリランカ；中国；朝鮮；インドネシア；日本；フランス系カナダ；アメリカ；プエルトリコ；ブラジル；西インド諸島；カボヴェルデ；エジプト，チュニジア，モロッコ．

930A 運命の妻 [T22.2](旧話型 930B–930D を含む)

尊敬されている男が予言によって，たいへん幼い(生まれたばかりの)女の子が将来妻になることを知る[M359.2, M312.1.1]．醜い子どもと結婚したくないので，男は彼女を刺して[S115]，または縫い針で額を刺して[S115.2]，またはあとで捨てるために彼女を養子にすることによって[M371, S143]，女の子を殺そうとする[M370]．女の子は生き延び[R131]，大きくなり，たいへん美しくなり[D1860], その男と結婚する.

結婚式のあと, 男は傷あと(針)を発見し[H51], 男の行動にもかかわらず予言がかなったという妻の人生譚を聞かされる[N101].

以下のように多くの地域でこの説話の異なった型が生じた. (旧話型930B-930D.)

北方の説話群(デンマークの, スウェーデンの, エストニアの, アイルランドの, アイスランドの類話)は次のとおり. ある男が自分の未来についての予言に立ち会い, 女の子を水の中に捨てるか, または女の子の両手を木に釘づけにするか, または女の子を殺すように命ずる手紙を持たせて送り出す, といったさまざまな方法で女の子を殺そうとする. 女の子は生き延び, その男と結婚する. そして最後に傷あとによって予言された妻だとわかる.

南方に広く分散した説話群(ギリシャの, スロベニアの, イギリスの, スコットランドの, アイルランドの, エストニアの, スペインの, ブラジルの類話)には次のものがある. 運命づけられた子どもの結婚はさらなる次の状況と結びつけられている. 水の中に投げ込まれた指輪が再び見つけられなければならない. 指輪は最終的に魚の腹の中で見つかる[N211.1]. 参照:話型736A.

注 早期の文献資料は9, 10世紀の李復言(Li Fu-yen)の「定婚店」(『続玄怪録』所収), および王仁裕(Wang Jen-yü)による.

類話(～人の類話) フィンランド; フィンランド系スウェーデン; ラトヴィア; リトアニア; ヴェプス, カレリア; スウェーデン; フェロー; アイスランド; スコットランド; イギリス; スペイン; カタロニア; ポルトガル; イタリア; サルデーニャ; チェコ; スロバキア; スロベニア; セルビア; ブルガリア; ギリシャ; ポーランド; ロシア, ベラルーシ, ウクライナ; トルコ; ユダヤ; ジプシー; アルメニア; グルジア; シリア, イラク; ヨルダン, イエメン; インド; 中国; 日本; フランス系カナダ; ブラジル; エジプト; チュニジア; アルジェリア; スーダン.

930B-930D 話型930Aを見よ.

930* 罰としての運命の予言

男が神を自分の家に招待する. しかし年老いた物乞いが1夜の宿を乞うと, 男はひどい扱いをする[K1811.1]. 夜, 男は鳥たちが年老いた物乞いと話すのを聞き, 罰として自分の運命を知らされる. 参照:話型671D*, 751A*.

類話(～人の類話) リトアニア; アイルランド; ギリシャ; ブリヤート.

931 オイディプス

予言(夢)が，生まれたばかりの子どもが自分の父親を殺し[M343]，自分の母親と結婚する[M344]と告げる．この運命を避けるために，子ども(オイディプス)は捨てられる[M371.2]．

少年は，羊飼いたちに救われ，育てられる[R131](少年は見知らぬ王の宮殿で成長する[S354])．そこで少年は(庭師として雇われていた)自分の父親を父親とは知らずに殺す[N323]．王の助言に基づいて，少年は死んだ男の妻と結婚し，後に彼女が自分の母親だと知る[T412]．

注 古典起源，ホメーロス(Homer)の『オデュッセイア(*Odyssey*)』(XI, 271-281)，ソフォクレス(Sophocles)の『オイディプス王(*Oedipus Rex*)』．話型931に分類されるすべての類話は，共通した運命の予言を含む．遺棄，親殺し(参照：話型931A)，母親との近親相姦に加え，兄弟や姉妹との近親相姦，幼な友達との争い，兄弟殺しがさまざまなコンビネーションで起きる．オイディプス固有の行為ではなく，むしろ運命から免れることができないことや，運命が実現することが，話型931に説話を分類する第1の基準であるということに留意する必要がある．

類話(～人の類話) フィンランド；ラトヴィア；リトアニア；ラップ；アイスランド；アイルランド；フランス；スペイン；カタロニア；ポルトガル；ラディン；サルデーニャ；ハンガリー；チェコ；スロベニア；マケドニア；ルーマニア；ブルガリア；ギリシャ；ロシア, ベラルーシ, ウクライナ；トルコ；ユダヤ；ジプシー；パレスチナ；イラク；カタール；インド；タイ；インドネシア；日本；メキシコ；プエルトリコ；西インド諸島；エジプト, アルジェリア．

931A 親殺し

この雑録話型は，自分の父親(両親)を殺す人物に関する(聖者伝の特徴を持つ)さまざまな説話を包括する．例えば次のとおり．

(1) 父親が息子のふしだらな生活をとがめる．すると息子は父親を殺す．聖者がこの罪人を絶望から守り，懺悔させ，犯した罪の償いをさせる．

(2) ある子ども(ユダ)が大きな悲しみを人類にもたらすと予言される．その子どもは捨てられるが，子どものない妃に養子にされ，育てられる．妃が出産すると，養子は妃の子どもを殺害し，エルサレムに逃げる．その子は庭でリンゴを盗み，そこで持ち主に捕まる．その子は持ち主を殺し，その妻と結婚するが，それは(その子は知らないが)自分の母親である．

(3) ある若者(ユリアヌス・ホスピタトーア(Julianus Hospitator))が両親を殺害すると予言される．若者はこれを避けるために逃れ，結婚する．若者の両親は，彼を捜して家に来る．若者の妻は彼らに，自分たち夫婦のベッドで休息するよう勧める．息子が家に着いて，自分のベッドに2人の人物がいるのを見て，妻が自分に対し不貞をはたらいたと思い，両親を殺す．自分が何をしたのかわかって，彼は後悔し，罪の償いをする．彼の罪は許される．

または，不実な相談役が若者に，彼の妻が不貞をはたらいていると嘘を言ったために，若者が自分の両親(父親のみ)を殺す．

(4) 妻が死んだあと，支配者は自分の娘と恋に落ちる．彼女は息子(アルバヌス(Albanus))を生む．息子は捨てられる．息子は子どものいない王に救われ，育てられる．少年は成長すると，彼も王になる．彼の実の父親は，この若い王のことを聞いて，自分の娘をこの若者と結婚させる．若者の養父は死ぬ前に，若者の出生について知っていることを若者に告げる．若者の妻は，自分の息子と結婚したことに気づく．若者の養父である王が死んだあとに，ほかの3人は司教のところに行って，罪を告白する．彼らは7年間罪の償いを課される．帰る途中に，彼らは森で夜を過ごす．そして，父親と娘は改めて近親相姦の関係を持つ．アルバヌスはこれに気づき，彼らを2人とも殺す．アルバヌスは，隠者になり，殺され，後に聖者になる．

(5) 酒浸りの男が最後のお金を使い果たす．悪魔は男に，彼が自分の両親を殺せば，彼を金持ちにしてやると約束するが，男は拒否する．それでも悪魔は男にお金を与え，そして酒浸りのどんちゃん騒ぎを週に1日に制限するよう告げる．彼は背き，毎日酒を飲み，両親を殺す[Q211.1, S22]．

注 中世に記録されている．例えば，ヤコブス・デ・ウォラギネ(Jacobus de Voragine)の『黄金伝説(*Legenda aurea*)』(「聖ユリアヌス(*Julianus Hospitator*)」)，『ゲスタ・ロマノールム(*Gesta Romanorum*)』(No. 18)．

類話(～人の類話) スペイン；ポルトガル；オランダ；ドイツ．

933 石の上のグレゴーリウス

近親相姦によって生まれた息子が[T415]捨てられる[S312.1]．母親は彼の誕生の事情を書いた象牙の平板を添える．少年は救われ[R131.14]，グレゴーリウス大修道院長に洗礼を施される，大修道院長は自分と同じ名前を少年に与える．そして少年は修道院で成長する．15歳のときに，子どものグレゴーリウスは，自分の謎めいた出生について知り，本当の両親を見つけるために出発する．

知らずに，グレゴーリウスは自分の生まれた国に着く．そこは自分の未婚の母が支配している．隣国の支配者の強引な侵入からグレゴーリウスが母親を救うと，彼女はグレゴーリウスとの結婚に同意する．

グレゴーリウスは彼女が自分の母親だとは思ってもみない．彼女はグレゴーリウス出生の記録が書かれた平板を見つけると，自分の正体を明かす．

知らぬうちに犯した近親相姦を償うために，彼女は敬虔な生活を送る．グレゴーリウスは罪の償いとして巡礼の旅に出る．グレゴーリウスの要求で，漁師が鎖でグレゴーリウスの足首を海の中の岩につなぎ[Q541.3]，鍵を海に投げ込む[Q544]．

17年後，グレゴーリウスは天使によって，死去したローマ法王の後継者に選ばれる．ローマからの使者たちがグレゴーリウスを探して，漁師の小屋に到着する．客たちのために準備した魚の体の中から，グレゴーリウスの鎖の鍵が見つかる(参照：話型736)．

グレゴーリウスはローマ法王に選出される．そして彼がローマに入ると，奇跡の治癒が起きる．グレゴーリウスの母親は，ローマ法王に罪を告白するためにローマへの巡礼の旅をする．彼らはお互いのことがわかる[H151.3]．母親は修道院に入る．両者は死んだあとに魂の救済を得る(グレゴーリウスは聖者として崇拝される)．

注　中世に記録されている．例えば『ゲスタ・ロマノールム(*Gesta Romanorum*)』(No. 81)．

類話(〜人の類話)　フィンランド；リトアニア；アイスランド；アイルランド；フランス；スペイン；カタロニア；ポルトガル；ドイツ；ラディン；イタリア；ハンガリー；チェコ；スロベニア；ギリシャ；ポーランド；ベラルーシ，ウクライナ；ジプシー；シリア；スペイン系アメリカ．

934　死の予言の諸説話(旧，王子と嵐)(旧話型934A, 934A[1], 934B, 934E, 934A*, 934A**, 934B*–934E*, 934E**, 937*, 937A*を含む)

この雑録話型は，ある人物の死の予言に関するさまざまな説話を包括する．例は以下のとおり．

生まれたばかりの子ども(大人)が迎える未来の死の時期と死に方が[M341.1, M341.1.4]，運命の女神ノルンたち(乳母，裁判官，等)に(夢の中で)予言される[M301.12]．子どもの両親は予言を立ち聞きする(両親は別の人物から予言を聞く)．

以下のさまざまな死に方が予言される．自然の力(嵐[M341.2.2]，雷雨，倒れてくる木)による死，動物(オオカミ[M341.2.6]，トラ，ヘビ[M341.2.21]，馬)による死，溺死[M341.2.3]，水を飲んでいるときの死，羊の毛を刈っているときの死，毒による死，結婚式の日の死[M341.1.1]，絞首刑による死[M341.2.21]．ある人物が，例えば餓死と，焼死と，溺死によって[F901.1, F901.1.1, M341.2.4]3重の死を迎えることが予言される．運命を逃れるために，さまざまな予防策が講じられる[M370](その人物は壁の中に閉じ込められ，隔離され，塔の中にかくまわれる[M372])．それにもかかわらず，予言は現実となる[M341.2, M370.1]．

一部の類話では，定められた運命は(援助者，継母，ワシ，計略によって)避けられる．参照：話型 506*, 899, 934D[1]．

類話(～人の類話)　フィンランド；フィンランド系スウェーデン；エストニア；リーヴ；ラトヴィア；リトアニア；リュディア, ヴェプス；スウェーデン；ノルウェー；アイスランド；アイルランド；イギリス；フランス；スペイン；ポルトガル；オランダ；ドイツ；スイス；イタリア；マルタ；ハンガリー；チェコ；スロバキア；スロベニア；セルビア；クロアチア；ボスニア；マケドニア；ルーマニア；ブルガリア；アルバニア；ギリシャ；ポーランド；ロシア；ベラルーシ；ウクライナ；トルコ；ユダヤ；ジプシー；オセチア；クルド；アルメニア；ヤクート；ウズベク；グルジア；ミングレル；アルメニア；パレスチナ；オマーン, イエメン；イラン；パキスタン；インド；ビルマ；朝鮮；中国；日本；フィリピン；フランス系カナダ；アメリカ；スペイン系アメリカ；メキシコ；プエルトリコ；エクアドル；エジプト；モロッコ；ガーナ；東アフリカ．

934A–934B 話型 934 を見よ．

934C　死がひどい運命を回避する

母親が，死んだ子どもたちのことを嘆く．母親が教会へ行くと，死んだ親族たちがミサを行っているのに気づく．そして母親は祭壇の所で，もし自分の子どもたちが死んでいなかったら，どんなひどい運命になっていたかを見せられる(息子の１人は絞首台にかけられていて，もう１人は車裂きにされている)[N121.2]．母親は，神が子どもたちを召されたことを神に感謝する．参照：話型 779F*．

類話(～人の類話)　アイルランド；ドイツ；イタリア；マケドニア；ギリシャ；ユダヤ；エジプト．

934D　何事も神なしには起きない

１人息子が兵役につき，自分を入隊させた上官に復讐しようとする．あるお爺さん(神)が彼の心の中に，鉄砲と制服を身につけた生まれたばかりの子どもを見せる．こうして若者は，神が１人ひとりの運命を決めていたことを理解する[N121.1.1]．

類話(～人の類話)　リーヴ；リトアニア；イギリス；サルデーニャ；セルビア；ポー

ランド；ユダヤ；ジプシー；チェレミス/マリ；ガーナ.

934D[1] 運命の裏をかく

ある男が，神(女神，占い師)が次のように運命を定めるのを立ち聞きする[K1811.0.2]．ある少年(王子)は貧困の中で生涯を過ごすが，常に雄牛を1頭所有することとし(毎日雄鹿を殺すこととし)，また少年の妹は売春婦になることとする[N121.3]．

少年が成長すると，男は少年に毎日雄牛を売るよう助言する．その結果神は絶えず若者に新しい雄牛を調達しなければならない(自分の小屋で待つよう助言する．すると神は雄鹿を若者のところに持ってこなければならない)．男は少女に，彼女が身を許すたびに常に片手いっぱいの真珠を要求するように助言する．すると誰もそんな金額は支払えないので，神は毎日変装して来なければならない．神はまもなく自分の義務にうんざりして，運命の決定をくつがえすことに同意する[K2371.2]．

類話(～人の類話) セルビア；インド；中国；日本.

934E 話型934を見よ.

934F 井戸の中の男

一角獣から逃げている男が，竜の住んでいる井戸に落ちる．井戸の横には1本の木が生えていて，男は落ちるとき，木の枝の1本につかまる．男は黒と白の2匹のハツカネズミがその枝をかじっているのを見る．そして木の根元にヘビたちがいるのを見る．これらすべてを観察していて，男は自分の危険な状況を忘れる．木の頂からハチミツがひとしずく落ちてくると，男はそれを食べようと手を伸ばす(男のそばにあるお金に手を伸ばす)．枝が折れ，男は竜の口の中に落ちる[J861.1]．

注 東洋起源.「バルラームとヨサファト(*Barlaam and Joasaph*)」の寓話．ヨーロッパの版は中世に記録されている．例えば，ジャック・ド・ヴィトリ(Jacques de Vitry)の『一般説教集(*Sermones vulgares*)』(Jacques de Vitry/Crane, No. 134)，『ゲスタ・ロマノールム(*Gesta Romanorum*)』(No. 168)．

類話(～人の類話) デンマーク；スペイン；カタロニア；ドイツ；ハンガリー；チェコ.

934G 偽りの予言

占星術師が，ある支配者は1年以内に死ぬが，自分自身はもう20年間生きると予言する．騎士が占星術師を殺し，その結果，占星術師の予言は信用に値しなくなる．

類話(～人の類話) ドイツ；スイス；インド．

934H 死の起源

この雑録話型は，死の起源[A1335]，および(または)，死の時期に関するさまざまな説話からなる．例は以下のとおり．

(1) 以前，神は人間を死なせては生き返らせていた．しかし月の死は永遠だった．人間は，このまま生き続けたいと伝えさせるために，1匹のヤギ(野ウサギ)を神のところへ行かせる[B291.2]．しかしヤギは伝言を混同し，さらに犬は[B291.2.1]その伝言を変更するのに間に合わない[A1335.1.1]．それ以来人間の死は永遠である．

(2) 神は，人間に永遠に生きるよう(死後も生き続けるよう)伝えるために，カメレオンを人間のところに行かせる．途中カメレオンは，もっと速い動物に追い越され，その動物が反対の伝言を届ける[A1335.1]．

(3) 昔は，死神は歌いながら道を歩いており[Z111]，人間の家には入らなかった．お婆さんが死神の歌を聴いて，その歌を気に入り，その歌を繰り返した．すると死神はお婆さんの家までお婆さんについて行き，寝室に入った．そしてお婆さんが(情交するために)横になると，死神はお婆さんの首を絞めた．これが初めて死神が人間の家に入った様子である．

(4) 人々が死ぬことになっている前の年，彼らは自分たちの責任を怠った(彼らは仮の材料で自分たちの柵を修理した)．それで神は，人々がいつ死ぬかを前もって知るべきでないと決めた[A1593]．

注 「誤って伝えられた死の伝達」はアフリカで広く流布している．

類話(～人の類話) エストニア；リーヴ；リトアニア；アイルランド；フランス；バスク；ドイツ；ラディン；ベラルーシ；ツングース；南アメリカインディアン；ポリネシア；オーストラリア；エジプト，モロッコ；マリ；ガーナ；トーゴ；ナイジェリア；東アフリカ；中央アフリカ；コンゴ；ナミビア；南アフリカ．

934K 「時は来た，しかし男は来ない」

水の精霊が川の中から「時は過ぎたのに，男は来なかった」と3回叫ぶ[D1311.11.1]．水の精霊の叫び声ははるか町の外まで聞こえる．ある若者が川へ走っていって溺れる．

注 トゥールのグレゴーリウス(Gregory of Tours)の『殉教者の名声の書(*Liber in*

gloria martyrum)』(No. 1)と，後にはティルベリのゲルウァシウス(Gervasius of Tilbury)の『皇帝の閑暇(*Otia Imperialia*)』(dec. III).
類話(～人の類話) フィンランド系スウェーデン；エストニア；リトアニア；スウェーデン；デンマーク；アイスランド；アイルランド；ウェールズ；イギリス；フランス；オランダ；フリジア；ドイツ；オーストリア；スイス；ハンガリー.

934A* 話型 934 を見よ.

934A** 話型 934 を見よ.

934B*-934E** 話型 934 を見よ.

935 放蕩息子の帰宅

怠惰な(愚かな)息子が家を出て，国外で財産を使い果たす．息子は兵隊になり，父親に中尉(船長)になったことを装う 1 通の(3 通の)手紙を送って，お金を乞う．嘘がばれて，父親は息子を勘当する．息子は策略(賢さ，魔法)によって金持ちになり，姫と結婚して王になる[L161].

富と権力を手にし，若者は家に帰ることにする．途中若者は強盗たちに捕まる(賭け事で持っている物をすべて失う)．若者の道連れは皆殺される．若者は逃げるが，着ていた王の服は捨てなければならない．みすぼらしい服を着て若者が両親の家に着くと[K1815]，父親は若者が嘘をついていると非難し，(豚，ヤギ，羊，ガチョウの番をさせて)恥をかかせて罰する．若者の妻が(隠者，司祭，司教に変装し[K1837])，若者のあとを追い，(強盗たちを打ち負かし)そして若者を困難な状況から救う．若者はそれから王家の服を身にまとい，家に戻る．そして自分が王家の身分であることを両親に証明する.

コンビネーション 300.
注 このテーマの原型が扱われているものに関しては，新約聖書の寓話を見よ(ルカによる福音書 15, 11- 32).
類話(～人の類話) フィンランド；フィンランド系スウェーデン；エストニア；リトアニア；コミ；デンマーク；スコットランド；アイルランド；フランス；スペイン；カタロニア；ポルトガル；オランダ, フラマン；フリジア；ドイツ；オーストリア；ラディン；スイス；ハンガリー；チェコ；スロバキア；スロベニア；ブルガリア；ポーランド；ソルビア；ロシア；ジプシー；ヤクート；トルクメン；サウジアラビア；中国；フランス系カナダ；アメリカ；フランス系アメリカ；西インド諸島.

935*　船乗りになった継息子

商人の継息子は海に送り出され，幸運をつかむ．商人の実の息子は家で保護されて暮らし，不幸になる[N171]．

類話(～人の類話)　フィンランド系スウェーデン；ギリシャ；ユダヤ；サウジアラビア；中国．

935**　話型 945A* を見よ．

936*　黄金の山（ハサン・アル・バズリ）

男が商人(地主)に雇われる．商人は何の仕事かはっきり言わず，高い報酬を約束する．商人は，登ることのできない高い(黄金の)山に男を連れていく．商人は(男を薬で眠らせて)動物の皮の中に男を縫い込む[K521.1.1]．大きな鳥たちが男を獲物として山の頂上に運ぶ[B31.1]．そこで男は皮を抜け出し，宝石(黄金)を商人に投げ落とす．そのあと商人は男を助けずに，山の上に置き去りにする．

幸運な状況(地下の抜け道，海への飛び込み)によって，男は脱出する．後に男は同じ商人に雇われる．再び山に着くと，商人はだまされて動物の皮の中に入り，山の頂上へ運び上げられる．雇われた男は自分の正体を明かしたあと，自分が前にしたのと同じように商人に宝石を投げ落とさせる．それから男は商人を山の上に置き去りにし，そこで商人は死ぬ．

コンビネーション　400.

注　この話型の最初の部分は話型 400 の導入部としてしばしば見られる．

類話(～人の類話)　フィンランド；ラトヴィア；スペイン；ポルトガル；イタリア；マルタ；ブルガリア；ギリシャ；ロシア，ベラルーシ，ウクライナ；トルコ；ユダヤ；オセチア；アブハズ；チェレミス/マリ；モルドヴィア，ヴォチャーク；ウイグル；クルド；アルメニア；トルクメン；レバノン；イラク；イエメン；カタール；イラン；エジプト，リビア；リビア，アルジェリア；チュニジア；モロッコ；スーダン．

937*　話型 934 を見よ．

937A*　話型 934 を見よ．

938　プラキダス（エウスタキウス）

皇帝トラヤヌスの大佐，プラキダス(Placidas)は，狩りで雄鹿を追っている．その雄鹿は角の間に十字架を下げており，動物の姿をしたキリストであることが明らかになる．プラキダスの妻も同じような幻覚を見る．プラキダスと妻は2人の息子とともに洗礼を受ける．プラキダスはエウスタキウス(Eustacius)という名を与えられ，妻はテオピステ(Theopiste)という名を与えられる．

エウスタキウスが再び馬に乗って幻覚を見た場所へ行くと，雄鹿が再び現れる．キリストはエウスタキウスにヨブと同じような受難の時が訪れることを告げる．エウスタキウスは今苦しみを受けるのがいいか，生涯の最後に受けるのがいいかを選ぶことができる[J214]．エウスタキウスはすぐに苦しみを受ける決心をする．

エウスタキウスの召し使いたちと動物たちが死に，すべての財産を盗まれると，彼は家族とともにエジプトへ逃れる．渡し守が渡し賃として彼の妻を要求する．エウスタキウスは2人の子どもと川を渡るが，男の子たちはライオンとオオカミに連れ去られる[N251]．農夫たちと羊飼いたちが動物たちの獲物を取り上げ，男の子たちを養う．エウスタキウスは作男として働く．

何年もたったあとに，エウスタキウスは皇帝の使節団に発見される．彼らはエウスタキウスに戻るよう説得する．大佐として仕えているとき，エウスタキウスは息子たちと妻を偶然に取り戻す[N121]．新しいローマの皇帝は偶像に生け贄を捧げることをエウスタキウスたちに求める．エウスタキウスたちが自分たちはキリスト教徒であると明かすと，新しい皇帝ハドリアヌス(Hadrian)は彼らをライオンたちのところに放り出すよう命ずる．しかし野獣たちはエウスタキウスたちに触れない．すると彼らは真っ赤に焼けた鉄の牛の中に入れられる．彼らの無傷の体はキリスト教徒たちによって埋葬される．墓には教会が建てられる．

注 中世に記録されている．例えば，『ゲスタ・ロマノールム(*Gesta Romanorum*)』(No. 110)，『黄金伝説(*Legenda aurea*)』(「聖エウスタキヌス(*Eustachius*)」)に記録されている．

類話(～人の類話) フィンランド；リトアニア；ヴェプス；デンマーク；アイルランド；スペイン；カタロニア；ポルトガル；フランス；オーストリア；イタリア；ハンガリー；チェコ；スロバキア；ブルガリア；ギリシャ；ポーランド；ロシア，ベラルーシ，ウクライナ；トルコ；ユダヤ；ジプシー；アルメニア；タジク；モンゴル；シリア，レバノン，パレスチナ，イラク，カタール；イラン；パキスタン；インド；スリランカ；インドネシア；フランス系カナダ；スペイン系アメリカ；西インド諸島；エジプト，チュニジア，アルジェリア；モロッコ；スーダン．

938A 若いうちの不幸

ある少女が，若いうちに苦しみを受けるか年老いてから苦しみを受けるかを選ばなければならない[J214]．少女は若いうちに苦しみを受けることに決め，長期にわたる不幸に耐えなければならない．最後に少女は幸せになる．

コンビネーション 706, 710.
類話(～人の類話) デンマーク；アイルランド；スペイン；ポルトガル；イタリア；ギリシャ；トルコ；ユダヤ；アルジェリア．

938B 若いうちのほうがいい

ある夫婦が，若いうちに苦しみを受けるのがいいか年老いてからがいいかを選ばなければならない[J210, J214]．夫婦は若いうちに苦しみに耐えることに決める．

夫は妻を(自発的に，強制されて)売る．お金は鳥に持ち去られる[N527]．異国で労働者として働いているときに，彼は鳥が巣をつくった倒木の中になくしたお金を見つける．彼は未亡人となった妃の前に連れていかれる．妃は彼が最初の夫であると気づく．

一部のユダヤの類話では，ある夫婦が7年のすばらしい年月を今過ごしたいか将来過ごしたいかを選ぶことができる．妻は子どもたちを教育するために，今幸せな年月を過ごすことに決める．彼らはお金をもらうが，そのほとんどを慈善のために使う．最後に彼らは，彼らの善い行いが悪い年月の分を前もって償ったことになったと告げられる．

類話(～人の類話) フィンランド；リトアニア；デンマーク；アイルランド；ドイツ；イタリア；スロバキア；セルビア；マケドニア；ルーマニア；ブルガリア；ギリシャ；ポーランド；ロシア, ベラルーシ, ウクライナ；トルコ；ユダヤ；ジプシー；アブハズ；クルド；アルメニア；シリア, パレスチナ, イラク；インド；エジプト；アルジェリア；東アフリカ；スーダン．

938* 主人が結婚しようとしている奴隷娘が近い親族であることに気づく

[T410.1]

ある男(王子，農夫の息子，主人)が，美しい少女(奴隷，召し使い)と(少女を身請けしたあとに)結婚しようとする．少女が自分の妹であることが明らかになる．

類話(～人の類話) リーヴ；ドイツ；ユダヤ；アメリカ．

939 怒った神

王が神を怒らせる[C50]．王は自分の王国と財産を失い[C930]，何年も貧困の身で放浪しなければならない．王の妻は王のもとから奪われる．王は卑しい仕事をしなければならない．捕らえられ，友人に助けられるが，彼は高価な首飾りが自分の目の前で消えるのを見る．自分が盗んだと疑われることはわかっていたので，彼は逃げる．彼は奴隷として買われ，賃金をもらって死体を大樽に放り込むよう命じられる．彼の妻が彼らの息子の遺体を持ってくる．王は最終的に元の地位に戻される．王の妻(と子ども)は王のもとに戻される．

注　この話型はインドの説話に由来するが，元のインドの説話の構造を保っているのはごくわずかの類話だけである．
類話(～人の類話)　スペイン；マケドニア；ジプシー；パキスタン；インド；ネパール；タイ．

939A　帰還兵殺し

宿屋の主人夫婦の息子が，外国で富を得て家に帰る．息子は富を見せるが，自分が何者かを明かさない．夜，彼は欲に駆られた自分の両親に殺される．この行為は第三者によって(ふつうは妹によって)，または身分を明かす持ち物によって，露見する．両親は自殺する[N321]．参照：話型 935.

注　17 世紀初頭に記録されている．
類話(～人の類話)　フィンランド；ラトヴィア；リーヴ；リトアニア；イギリス；フランス；オランダ；フリジア；フラマン；ドイツ；スイス；ハンガリー；チェコ；スロベニア；ブルガリア；ギリシャ；ポーランド；ロシア，ベラルーシ，ウクライナ；アメリカ；ブラジル；ナミビア；南アフリカ．

940　墓地の３人の求婚者 (旧，傲慢な少女)

愛と勇気の証として，求婚者の１人が夜墓地で死に装束を着て，棺の中に横たわるよう言われる．もう１人の求婚者は天使に変装し，通夜を執り行わなければならない．３人目の求婚者は悪魔に変装し，棺を運び出さなければならない．天使と悪魔が争い始めると，死んだふりをしていた男が飛び上がる．彼らは３人とも逃げ出し，その結果約束していた性交の(結婚の)機会を失う[K1218.3]．

一部の類話では，男たちがいたずらの仕返しをするエピソードが続く．

スウェーデン，フィンランド，フランダース，ドイツ，スイスの類話では，拒絶された求婚者たちが，物乞いを王子に変装させ，馬車に乗せ，お供をつけて若い女のところに送り込み，彼女に求婚させ，結婚させる．

コンビネーション　1737, 1855A.
注　早期の文学版はボッカチオ(Boccaccio)の『デカメロン(*Decamerone*)』(IX, 1)を見よ.
類話(～人の類話)　フィンランド；フィンランド系スウェーデン；ラトヴィア；エストニア；リトアニア；スウェーデン；アイルランド；フランス；スペイン；カタロニア；ポルトガル；オランダ；フリジア；フラマン；ドイツ；スイス；イタリア；コルシカ島；ハンガリー；スロバキア；ルーマニア；ポーランド；ウクライナ；トルコ；パレスチナ, カタール；スペイン系アメリカ；エジプト, アルジェリア；モロッコ；南アフリカ.

940*　免除された借金

農夫が大金を見つけるが，それは数人の紳士のものである．そのお金で，農夫は土地の借金を返済する．10年後，農夫は自分の罪を告白し，彼らのお金を返済しようとする．紳士たちはそのお金をすべて農夫のものとしてやる[Q68.2].

類話(～人の類話)　フィンランド系スウェーデン；リトアニア；ドイツ；ウクライナ；ユダヤ.

944　1年間の王

ある町には，その町の法律をよく知らないよそ者が王とされる習慣がある．その王の治世が終わると，すべての所有物は王から奪われ，王は島に追放される．

(この習慣について警告を受けていた)賢い男が，自分が追放される前に，島で必要となるであろうすべての物を送るよう手配する(そこに町をつくらせる)[J711.3].

一部の類話では，死を間近にした支配者が黄金の玉(リンゴ)を息子に渡し，息子が見つけうる中でいちばんの愚か者にその玉を与えるように言う．息子は，1年間の治世のあとに追放されてもかまわないと思っている王にそれを与えることに決める．

時としてその贈り物のおかげで，王は自分が追放される場所にお金と所有物と食料を持っていくよう手配することを思いつく．参照：話型1531.

注　東洋起源.「バルラームとヨザファト(*Barlaam and Joasaph*)」の寓話．ヨーロッパの版は中世に記録されている．例えば，ジャック・ド・ヴィトリ(Jacques de Vitry)の『一般説教集(*Sermones vulgares*)』(Jacques de Vitry/Crane, No. 9),『ゲスタ・ロマノールム(*Gesta Romanorum*)』(nos. 74, 224), ヨハネス・ゴビ・ジュニア(Johannes Gobi Junior)の『スカーラ・コエーリ(*Scala coeli*)』(No. 135). 後の文学翻案は,アラン=ルネ・ルサージュ(Alain René Lesage)の『セレンディブ島の王アルルカン(*Arlequin roi de Serendib*)』(1723)を見よ.

類話(〜人の類話) スペイン;カタロニア;ドイツ;チェコ;アラム語話者.

944* 「簡単にやって来て,簡単に去っていく」

音楽家と彼の小さな家が津波によって運び去られる. 音楽家はその間ずっとバイオリンを弾き続ける[W25].

または,簡単に手に入れた所有物が水に流されても,持ち主はがっかりせず,それどころか「簡単にやって来たのだから,今度は簡単に去っていく」と言う.

注 諺として流布している.

類話(〜人の類話) リーヴ;ドイツ;セルビア;ユダヤ.

945 幸運と知性

この雑録話型には,さまざまな型が見られる. 以下の枠物語の例では,まず(擬人化した)幸運と知性が,自分たちのどちらのほうが力があるかを争う外枠があるが,一般的にはこの外枠は伴われない. そして2つ目の枠として口をきかない姫の枠があり,そこに選択を迫る説話(ジレンマ説話)が挿入される. この選択を迫る説話(ジレンマ説話)も枠を伴わず独立して現れることがある.

外枠は,知性と幸運のどちらがより力があるかという争いである. それを決定するために,ある羊飼い(庭師,農夫)に知性が与えられる. 羊飼いは口をきかない姫の求婚者テストに参加する. 姫に話をさせた者が姫と結婚できることが約束される[H343].

賢い羊飼いは姫に質問で終わる話をする[F954.2.1, Z16.1](例えば,大工と仕立屋と聖職者がいっしょに泊まる. 大工は少女の像を彫り,仕立屋が服を着せ,聖職者が彼女に命を吹き込む[F1023, D435.1.1]. この少女は誰のものか[H621]). 参照:話型 653, 653A.

姫が沈黙を続けていると,羊飼いは物か動物たちに話しかける. 物か動物たち(羊飼い自身)は,姫が彼らを否定するように間違った答えを言う. ついに姫は沈黙を破る. 参照:話型 59, 571–574.

しかし王は羊飼いに自分の娘を与えることを拒み,羊飼いに死刑を宣告する. 羊飼いは幸運に救われ[N141],そして知性よりも幸運のほうが力があるということになる.

コンビネーション　通常この話型は，1つまたは複数の他の話型のエピソード，特に653，および325, 507, 653A, 976のエピソードと結びついている．

類話(～人の類話)　ラトヴィア；リトアニア；デンマーク；アイルランド；ポルトガル；ドイツ；チェコ；スロバキア；マケドニア；ルーマニア；ブルガリア；ギリシャ；ウクライナ；トルコ；ユダヤ；クルド；アルメニア；タジク；ブリヤート；グルジア；シリア；パレスチナ；イラク；ヨルダン，クウェート，カタール，イエメン；サウジアラビア；イラン；パキスタン；インド；中国；インドネシア；スペイン系アメリカ；ドミニカ；西インド諸島；エジプト；チュニジア；アルジェリア；モロッコ；スーダン．

945A*　**お金と幸運**（旧話型935**, 946C*, 946D*を含む）

お金と幸運(幸運と祝福)が貧しい男を使って力比べをする．貧しい男をいちばんの金持ちにすることができたほうが勝者となる．

お金はその男にお金を与える．(男がハチに刺されたときに，または男がお金を壺に隠し，男の妻がそれを見つけて使ったために)男はすぐに(3回)お金をすべて失う．幸運の助けで男は再びお金を見つける．それ以来男は幸運を信じ，金持ちになる．幸運のない所では，お金には何の価値もないので，幸運が賭けに勝ったことなる[N183]．参照：話型736.

一部の類話では，枠物語が欠落している．貧しい男(縄づくり，物乞い)が大金を3回与えられる．男は2回不運な状況でお金を失う(鳥がお金を持ち去る，男がお金を隠した壺を男の妻が知らずに売る，過ってお金を川に落とす，男は隠した場所を忘れる)．3回目に男は幸運な状況によってすべてを取り戻す．または，まったく価値がないと思われていた物の中に富を見つける(例えば，魚をもらうとその腹にダイヤモンドが隠れている)[N183, N421](参照：話型736)．(旧話型935**, 946D*.)

類話(～人の類話)　フィンランド；フィンランド系スウェーデン；ラトヴィア；リトアニア；デンマーク；フェロー；アイルランド；スペイン；ポルトガル；オランダ；フリジア；フラマン；ドイツ；ハンガリー；セルビア；ルーマニア；ブルガリア；アルバニア；ギリシャ；ロシア；ウクライナ；ユダヤ；ジプシー；グルジア；イラク；インド；フィリピン；キューバ；ドミニカ；エジプト；チュニジア；ガーナ．

946C*　話型945A*を見よ．

946D*　話型945A*を見よ．

947 不運につきまとわれた男

男がオオカミたちに襲われ，身を守るために川に飛び込む．男は危うく溺れそうになるが，漁師に救われる．漁師は男を壁ぎわに寝かせる．男が意識を取り戻し，どうやら安全だと思ったとたん，壁が崩れてきて男は死ぬ[N253]．

類話(～人の類話) デンマーク；スペイン；アイルランド；チェコ；セルビア；ブルガリア；ギリシャ；トルコ；ユダヤ；クルド；ウズベク；カルムイク；グルジア；シリア；アラム語話者；パレスチナ；イラク，カタール；イラン；インド；日本；エジプト；チュニジア，アルジェリア，スーダン．

947A 不運は止められない (旧話型 842, 947A*-947C* を含む)

貧しい男(隠者)が歩いてくる道の脇(橋)に，支援者(神，金持ちの男)がお金を置く．貧しい男はその場所に来ると，(盲人が歩くときにはどんな感じがするのかを試すために)目を閉じて，お金を見ずに通り過ぎる(お金につまずいて，石だと思い，脇に蹴飛ばす)[N351.2, Q34]．参照：話型 735, 735A, 745A, 834.

中国の類話では，貧しい男は神が道に置いてくれた黄金を見落とす．それというのも男はあまりにも怠け者で，黄金を覆っていたほこりを払わなかったからである．(旧話型 842.)

一部の類話では，男は不幸につきまとわれる．(旧話型 947A*.)

コンビネーション 841, 945A*, 947.

類話(～人の類話) フィンランド；ラトヴィア；スペイン；カタロニア；ポルトガル；ドイツ；イタリア；チェコ；セルビア；クロアチア；マケドニア；ブルガリア；アルバニア；ギリシャ；ロシア；ベラルーシ；トルコ；ユダヤ；ジプシー；クルド；アラム語話者；シリア，パレスチナ，イラク；インド；ビルマ；中国；カンボジア；インドネシア；エジプト，アルジェリア，モロッコ；チュニジア．

947A*-947C* 話型 947A を見る．

949* 話型 888A* を見よ．

強盗と人殺し 950–969

950 ランプシニトス

2人の泥棒(建築家と息子，建築家の2人の息子)が王の宝物倉から盗みをはたらく．そこは壁の石が1つ，わざと緩いままにしてあった[K315.1]．入り口の穴が策略によって発見される[J1143]．王は罠を仕掛け，泥棒の1人が罠に捕まる[K730]．捕まった泥棒がもう1人の仲間に懇願するので，彼が何者なのかがわからないように，仲間が捕まった泥棒の首を切り落とす[K407.1]．

泥棒の親族(および結果として彼)が誰なのかを反応によって突き止めるために，泥棒の体は通りを運ばれる．泥棒の母親は悲しみに耐えられず，生き残った息子に，遺体を家に持って帰るよう頼む．彼は変装し，王の護衛たちを酔わせて遺体をうまく盗む[K332]．泥棒を突き止めるために，王はすべての男に自分の娘と寝ることを許す．しかし娘には，それぞれの男の最も邪悪な行為について尋ねるよう命ずる．もしある男が宝を盗んだことを彼女に話したら，彼女が男をつかみ，素早く捕まえるのである[K425]．

泥棒が姫のところに来ると，姫は泥棒の額にしるしをつける[H58]．そのあと泥棒はすべてのほかの求婚者に同じようにしるしをつける[K415](彼は死んだ兄弟の腕を持っていき，それを姫につかませる)．泥棒の賢さに感心して，王は娘をその泥棒に与えると宣言する．泥棒は自分が何者かを明かし，すべての中で最も狡猾なエジプト人として栄誉を与えられる．

コンビネーション しばしばこの話型は，1つまたは複数の他の話型，特に954, 1525, 1525A, 1525D, 1525E, 1737と結びついている．

注 紀元前5世紀に北アフリカにキュレネのエウガモーン(Eugammon of Cyrene)によって記録されている．後にもっと複雑な型がヘロドトス(Herodotus)(II, 121–123)に見られる．

類話(～人の類話) フィンランド；フィンランド系スウェーデン；エストニア；リーヴ；ラトヴィア；リトアニア；スウェーデン；ノルウェー；デンマーク；アイスランド；アイルランド；フランス；スペイン；カタロニア；ポルトガル；フリジア；ドイツ；オーストリア；イタリア；マルタ；ハンガリー；チェコ；マケドニア；ルーマニア；ブルガリア；アルバニア；ギリシャ；ポーランド；ロシア，ベラルーシ；トルコ；ユダヤ；ジプシー；タタール；アルメニア；シベリア；ヤクート；ブリヤート，モンゴル；グルジア；シリア；パレスチナ；イラク，サウジアラビア；ペルシア湾；オマーン，クウェート，カタール，イエメン；イラン；インド；スリランカ；中国；日本；ポリネシア；スペイン系アメリカ，メキシコ；ドミニカ，チリ，アルゼンチン；西インド諸島；カボヴェルデ；北アフリカ，チュニジア；エジプト，アルジェリア，モロッコ，スーダン；南アフリカ．

951A　王と強盗（旧話型 951B, 951C, 951A* を含む）参照：話型 950, 1525.

この説話には，おもに 4 つの異なる型がある．

(1)　支配者が，(夜)お忍びで歩き回っていて，数人の強盗たちに出会う[K1812.2]．強盗たちは自分の並外れた能力と素質を次のように自慢する．1 人はどんなドアでも開けられ，1 人は犬の言葉がわかり，1 人は 1 度見たことがあれば誰のことでもわかる，等．王は，自分はどんな人でも絞首台から救うことができると述べる．彼らはいっしょに王の宝物倉の中の物を盗む．強盗たちは翌日捕まると，王は自分の言ったことを実現させる．(旧話型 951C, 951A*.)

(2)　ある男(王，司教，聖職者)が，強盗をしに行かなければ死ぬことになると警告を受ける．男は，強盗をしに行き，1 人の強盗(しばしば信義を重んじる男，以下(3)を見よ)に出会う．そして男は自分が殺されようとしていることをこの強盗から教えられる．彼らは目印(帽子，服)を交換し，後に再び会う．男を殺そうとした謀反者たちの首領は自分で毒を飲むよう強要される．共犯者たちは罰せられる．そして強盗は褒美をもらう．(旧話型 951B.)

(3)　ある泥棒(兵隊)は魔法の品でどんなドアでも開けることができるが，彼は商人たちが不当に稼いだもうけしか盗まない[K1812.2.1]．王は泥棒の財産に驚いて，変装して泥棒の仲間になる．変装した王が王の宝物倉から略奪していると，泥棒は王が盗みをするのを止める(彼の欲を批判する)．次の日王は自分の正体を明かし，泥棒の誠実さに対し褒美を与える．(旧話型 951A.)

注　類話(1)は，13 世紀にペルシア語で語られているジャラール・ウッディーン・ルーミー(Ğalāloddin Rumi)の『精神的マスナヴィー(*Maṡnavi-ye maʿnavi*)』(VI, 2816–2921)に記録されている．類話(2)は，騎士物語『カレルとエレガスト(*Karel ende Elegast*)』(12./13 世紀)にさかのぼる．類話(3)は，おそらく『カレルとエレガスト(*Karel ende Elegast*)』のエピソードが独立して流布した版であろう．

類話(～人の類話)　フィンランド；フィンランド系スウェーデン；ラトヴィア；エストニア；リトアニア；ラップ，ヴェプス；スウェーデン；デンマーク；スペイン；ドイツ；オーストリア；ハンガリー；チェコ；ポーランド；ソルビア；ロシア；ベラルーシ；ウクライナ；トルコ；ユダヤ；ジプシー；アブハズ；ウイグル；チェレミス/

マリ；クルド；シベリア；ウズベク；タジク；モンゴル；イラク；イラン；アフガニスタン；パキスタン；インド；ネパール；中国；エジプト；アルジェリア；モロッコ.

951B 話型 951A を見よ.

951C 話型 951A を見よ.

951A* 話型 951A を見よ.

952 王と兵隊

退役した兵隊(死刑執行人, 商人)が道で(森の中で)狩人(肉屋, 仕立屋)に出会う. 2人はいっしょに強盗の家で夜を過ごすが, 女主人に危険だと警告される.

夜, 強盗たちが家に帰ってきて食事をする. 食べ物の匂いに誘われて, 旅の道連れ2人は隠れ場所から出てきて, 強盗たちの仲間に加わる. 兵隊は強盗たちを酔わせて, 魔法(呪文)で強盗たちの体を麻痺させる[D2072, K422]. 兵隊は勇気と策略で強盗たちが害を及ぼさないようにするか, または熱いワイン(油, 水)を強盗たちの目に注ぐ(2人の客は隠れているところを強盗たちに見つかる. 勇敢な兵隊が戦い, 強盗たちを全員殺す)[N884.1]. 狩人のほうは, むしろ受動的で心配そうにふるまう. 町に戻ると, この見知らぬ狩人は自分が王であることを兵隊に明かす. 兵隊は王の命を救ったことに対し, たくさんの褒美をもらう[K1812.1].

コンビネーション 361, 956B, 1610, 1689A.

類話(～人の類話) フィンランド；フィンランド系スウェーデン；ラトヴィア；エストニア；リトアニア；ラップ；ヴェプス, ヴォート, リュディア, カレリア, コミ；スウェーデン；ノルウェー；デンマーク；アイルランド；フランス；スペイン；カタロニア；オランダ；フリジア；フラマン；ドイツ；イタリア；ハンガリー；チェコ；スロバキア；セルビア；クロアチア；ルーマニア；ポーランド；ロシア, ベラルーシ, ウクライナ；ジプシー；チェレミス/マリ, モルドヴィア.

952* ソーセージと拳銃

男(女)が強盗たちに襲われる. そのとき男は, ソーセージを拳銃のように構えて強盗たちを狙い, 追い払う. そのあと男はこの出来事を酒場で自慢する.

強盗たちはこれを聞いて, もう1度男を襲う計画を立てる. 酒場の主人はひそかに男に拳銃を貸す. 強盗たちが2度目の襲撃を仕掛けると, 男は強盗たちを撃つ.

類話(～人の類話) フィンランド；ラトヴィア；リトアニア；スコットランド；ドイツ；ポーランド.

953 強盗とその息子たち (旧，年老いた強盗が3つの冒険を語る)

年老いた強盗が，捕らえられた3人の息子を解放してもらうために，自分の最も危険な3つの冒険を妃(王)に話さなければならない[R153.3.3, J1185].

最初の冒険は，オデュッセウスとポリフェモスの伝説である(参照：話型1137). この中で強盗は自分を(化け物のような猫を退治した)主人公として描く.

2番目の冒険では，彼がある子どもをどのようにして救ったかが語られる. その子どもは母親に殺され，鬼女に料理され食われることになっていた. 鬼女を欺くために，彼は自らほかの遺体にまぎれて絞首台にぶら下がり，自分の体の肉の一部を切り取らせてやらなければならなかった[K527].

3つ目の冒険は，第2の冒険の続きで，彼が危うく鬼女に食われそうになった様子を話す. 最後に彼はその子ども(と子どもの母親)を父親のもとに戻す. 彼の善行により，妃は3人の息子を解放し，彼に褒美を与える[Q53].

一部の類話では，救われた子どもは，妃の子どもであることが判明する.

注 早期の版はヨハンネス・デ・アルタ・シルヴァ(Johannes de Alta Silva)の『ドロパトス(*Dolopathos*)』(No. 6)を見よ.

類話(～人の類話) スウェーデン；スコットランド；アイルランド；カタロニア；イタリア；スロバキア；ポーランド；ウクライナ；イギリス系カナダ；スペイン系アメリカ.

954 40人の盗賊 (アリ・ババ(Ali Baba))(旧話型676を含む)

この説話は，次の2部からなる.

(1) 強盗たちが「開けゴマ」といった呪文を唱えて山に入るのを，貧しい男(木こり)が目撃する[D1552.2]. そこで男は呪文を試し[N455.3]，山に入り，莫大な量の黄金を見つけ[F721.4, N512]，それを家に持って帰る.

(2) 男に計量升を貸した欲張りな兄が，升に金貨が1枚残っていたために秘密を知る[N478]. 兄は山に行くが，山を開く呪文を忘れたために強盗たちにばらばらに切り刻まれる[N478]. 兄の妻の頼みで木こりは兄の遺体を取ってくると，靴職人に縫い合わせるよう頼み，埋葬する.

強盗たちは復讐を計画する. 靴職人の助けで強盗たちはアリ・ババの家を

見つけ出し，チョークで丸いしるしをつける．すると女中(娘)がすべてのほかの家にも同じようにしるしをつける．強盗の首領は商人に変装し，自分と油の壺(樽)を積んだラバを泊めてくれるよう木こりに頼む．女中は自分のランプ用に油を取りに行ったとき，油が入っている壺はたった1つだけで，ほかの壺には強盗の仲間たちが隠れていることに気づく[K312]．女中は油を熱して，壺に注ぎ，強盗たちを殺す．

強盗の首領は逃げ，(求婚者に)変装して戻ってくる．夕食のとき彼は(主人に感謝をしなくてもいいように)塩を入れていない食事を所望する．すると女中は怪しく思い，強盗だとわかって殺す．褒美として木こりは女中を自分の息子(甥)と結婚させる．

コンビネーション 613, 735, 950, 956B, 1535.

注 諺として流布している．

類話(～人の類話) フィンランド；エストニア；リーヴ；ラトヴィア；リトアニア；ラップ，カレリア，コミ；スウェーデン；ノルウェー；デンマーク；フェロー；アイスランド；アイルランド；フランス；スペイン；バスク；カタロニア；ポルトガル；オランダ；フリジア；フラマン；ドイツ；スイス；オーストリア；ラディン；イタリア；コルシカ島；サルデーニャ；マルタ；ハンガリー；チェコ；スロバキア；スロベニア；ボスニア；ブルガリア；アルバニア；ギリシャ；ポーランド；ロシア，ベラルーシ，ウクライナ；トルコ；ユダヤ；ジプシー；チェレミス/マリ；モルドヴィア；シリア；パレスチナ；イラク；サウジアラビア；カタール；インド；中国；朝鮮；日本；フィリピン；ポリネシア；イギリス系カナダ；フランス系カナダ；アメリカ；スペイン系アメリカ，メキシコ；ドミニカ；プエルトリコ；ボリビア，チリ；ブラジル；西インド諸島；カボヴェルデ；エジプト，チュニジア，アルジェリア；モロッコ；東アフリカ，スーダン，コンゴ；ナイジェリア．

955 強盗婿 [K1916]

金持ちの男に変装した強盗(殺人者，鬼)が，粉屋の娘(姫)に求婚し，娘は結婚に同意する．花婿は森の城に自分を訪ねてくるよう花嫁に頼む．

粉屋の娘は決められた時より早く出発し，エンドウ豆か[R135]灰で道にしるしをつける(花婿がすでに道にしるしをつけてある)．粉屋の娘が家に着くと，動物たち(鳥)がここは人殺したちの家だから早く帰れと警告する(彼女は，自分がいることを番犬にばらされないように餌をやる)．粉屋の娘は家で死体を見つける．強盗たちがやって来るのを聞いて，粉屋の娘は隠れる．花婿(強盗)は，若い女を連れ込み，その女を殺し，ばらばらに切り刻む．金の指輪をはめた指が粉屋の娘が隠れている場所に落ちてくる．

花嫁は夜走って逃げ，(道につけたしるしのおかげで)無事家に帰る道を見つける．粉屋の娘は自分が見たことを家で家族に話す．花婿が粉屋の娘と結婚するためにやって来ると，娘は客たちに自分の危険な経験を夢として話す．証拠として娘は取っておいた指輪(指)を見せる[H57.2.1]．強盗たちは取り押さえられ，有罪判決を受けるか，または殺される．(強盗たちの家は壊され，彼らの宝は分配され，娘は別の男と結婚する．) 参照：話型 311.

コンビネーション 通常この話型は，1つまたは複数の他の話型のエピソード，特に 956B，および 311, 312, 954 のエピソードと結びついている．

類話(～人の類話) フィンランド；フィンランド系スウェーデン；エストニア；リーヴ；ラトヴィア；リトアニア；ラップ；ヴェプス；スウェーデン；ノルウェー；デンマーク；アイスランド；アイルランド；イギリス；フランス；スペイン；オランダ；フリジア；フラマン；ドイツ；スイス；オーストリア；ラディン；イタリア；ハンガリー；チェコ；スロベニア；ルーマニア；ブルガリア；ギリシャ；ポーランド；ロシア, ベラルーシ, ウクライナ；ユダヤ；ジプシー；チュヴァシ, タタール；シリア, パレスチナ, イラク, カタール；インド；イギリス系カナダ；アメリカ；エジプト, リビア, チュニジア；ナミビア.

955B* 強盗たちに捕まった女

子どもたちを連れて旅をしている女が，道に迷い，強盗たちの住みかに連れ込まれる．強盗たちは人間の肉を彼女に食べさせる．強盗たちは彼女の赤ん坊を釜で煮る．女は逃げ，道に隠れ，犯罪を当局に報告する．

類話(～人の類話) ラトヴィア；スコットランド；ドイツ；ロシア；ウクライナ；ユダヤ；モルドヴィア.

956 強盗たちの家の熱い部屋 (旧，強盗たちが家に入ってくるとき，強盗たちの頭を次々と切り落とす)(旧話型 956A を含む)

ある(太った)男(商人，兵隊，船乗り，警官)がたまたま強盗の家に入る．(男は熱い部屋に閉じ込められ，そこでは人間の脂肪が溶かされている．)そこにはたくさんの死体がぶら下がっている．強盗たちが家に帰ってくると，男は彼らの首を次々と切り落とし[K912]，彼らの財宝を取る．

コンビネーション 304, 311, 952, 956B.

類話(～人の類話) フィンランド；ラトヴィア；ラップ；デンマーク；スコットランド；イギリス；アイルランド；オランダ；フリジア；フラマン；ドイツ；スイス；ラディン；イタリア；サルデーニャ；マルタ；スロバキア；セルビア；ブルガリア；ギ

リシャ；ロシア, ベラルーシ, ウクライナ；トルコ；ユダヤ；ジプシー；クルド；ウズベク；シリア, パレスチナ, イラク, カタール；インド；日本；中国；エジプト；アルジェリア, モロッコ.

956A 話型 956 を見よ.

956B 家に独りでいた賢い少女が強盗たちを殺す

粉屋(農夫, 商人, 宿屋, 支配者)の娘(女中, 3 人の娘)が, 夜独りで家に(海に建てられた塔に, 父親の宝物倉に)いる. (12 人の)強盗の集団が窓から家に入ってくると, 娘は彼らの頭を次々と切っては体を中に引っ張り込む[K912]. 強盗の首領はけがをするが, 逃げることができる.

仕返しに首領は紳士に変装して戻ってきて, 少女に求婚し[Q411.1], 彼女を森の中の家に連れていく. 首領は少女に襲われて負った傷あとを見せて自分の正体を明かし, 少女に悲惨な死を覚悟するよう告げる. 少女は(強盗の母親の助けで, 女中の助けで, 少年の助けで)逃げ, 木の上に(荷車の積み荷の中に)隠れる. 強盗たちはそこを捜すが見つからない. 最後に少女は無事に家に着く. 強盗の住みかは見つけられて, 強盗たちは罰せられる.

コンビネーション 通常この話型は, 1 つまたは複数の他の話型のエピソード, 特に 955, および 311, 312, 363, 954, 1685 のエピソードと結びついている.

類話(～人の類話) フィンランド；フィンランド系スウェーデン；エストニア；ラトヴィア；リトアニア；ラップ, ヴェプス；スウェーデン；ノルウェー；デンマーク；フェロー；アイスランド；スコットランド；アイルランド；イギリス；フランス；スペイン；カタロニア；オランダ；フリジア；ドイツ；オーストリア；ラディン；イタリア；コルシカ島；サルデーニャ；マルタ；ハンガリー；チェコ；スロバキア；スロベニア；ボスニア；ブルガリア；ギリシャ；ソルビア；ポーランド；ロシア, ベラルーシ, ウクライナ；トルコ；ユダヤ；ジプシー；モルドヴィア；アルメニア；タジク；イラク；イエメン；パキスタン, スリランカ；インド；中国；カンボジア；イギリス系カナダ；アメリカ；フランス系アメリカ；西インド諸島；エジプト, チュニジア, アルジェリア, モロッコ；南アフリカ.

956C 話型 968 を見よ.

956D 若い女はベッドの下に強盗がいるのを見つけたとき, どのように身を守ったか

雑録話型. 強盗が若い女のベッドの下に横たわっている. 若い女は強盗に気づいていないふりをして, 開いている窓辺で髪をとかしながら, 「わたし

が結婚していて，夫が酔って帰ってきてわたしの髪をつかんだら，『助けて』と叫ぶわ」と大声で話す．人々が少女を助けにやって来て，強盗は捕らえられる[K551.5].

類話(～人の類話) フィンランド；エストニア；ラトヴィア；リトアニア；スペイン；カタロニア；ポルトガル；フリジア；フランス；ドイツ；マルタ；ギリシャ；セルビア；ブルガリア；ポーランド；ウクライナ；トルコ；ユダヤ；タジク；シリア，ヨルダン；パレスチナ；イラク，サウジアラビア，カタール；インド；スペイン系アメリカ；エジプト，チュニジア，アルジェリア，モロッコ；エチオピア；南アフリカ．

956A*-956D* 話型 968 を見よ．

956E* 若い女が強盗に復讐する

強盗が少女を強姦し誘拐する．少女が熱湯を強盗にかけると，強盗は後悔して死ぬ．

類話(～人の類話) ドイツ；ギリシャ；ロシア；フランス系カナダ．

957 話型 1161 を見よ．

958 強盗たちの手に落ちた羊飼いの若者

羊飼い(羊飼いの少女)が強盗たち(兵隊たち，近くの谷の住人たち)に襲われる．羊飼いは(策略によって)うまいこと笛(ミルクのじょうご，角笛)でメロディーを吹く(歌う，叫ぶ)．それを谷の村人たち(恋人，妹，兄弟，両親)が聞いて理解する．村人たちが助けにやって来て，羊飼いと家畜たちを救う[K551.3].

類話(～人の類話) フィンランド；エストニア；スウェーデン；デンマーク；スペイン；カタロニア；ドイツ；スイス；ラディン；イタリア；ハンガリー；スロバキア；スロベニア；ポーランド；ロシア；ユダヤ；ジプシー；オセチア；アゼルバイジャン；パレスチナ；インド；中国；アフリカ系アメリカ．

958A* 木に縛られた泥棒

農夫が，馬を盗もうとしている泥棒を捕まえ，泥棒を裸で木に縛り，ブヨとアリのなすがままにする[Q453.1].

後に，農夫は道に迷い，まさしくその泥棒をした男の家に避難する．農夫はたいへん心配する．しかしとても驚いたことに，農夫がひどい目にあわせた男は仕返しをするどころか気前よく彼をもてなす．その上男は自分が受けた教えに感謝を述べる．なぜならその教えが盗みぐせを治したからである．

類話（～人の類話）　フィンランド；ラトヴィア；リトアニア；オランダ；ドイツ；中国．

958C*　死に装束を着た強盗

駅長が，棺を持って旅をしている見知らぬ人を夜受け入れる．駅長は，(別の)強盗が棺に隠れているのを見つける[K311.1]．(電話で呼び出された)助けがぎりぎりのところで到着する．

注　早期の版はジローラモ・モルリーニ(Girolamo Morlini)(No. 20)とストラパローラ(Straparola)の『楽しき夜(*Piacevoli notti*)』(XIII, 5)を見よ．
類話（～人の類話）　フィンランド；ラトヴィア；リーヴ；イギリス；オランダ；フリジア；ドイツ；チェコ；アフガニスタン；アメリカ；南アメリカインディアン．

958D*　女に変装した強盗（旧，物乞いに変装した強盗）

奇妙な女が農場に1晩泊めてくれと頼む．作男が，(女を驚かそうと)女のベッドの下に隠れ，そのよそ者が女ではなく変装した強盗だと気づく．作男は強盗(とその共犯者)を殺す．参照：話型 958F*.

類話（～人の類話）　フィンランド；ラトヴィア；リトアニア；アイルランド；イギリス；スペイン；ドイツ；チェコ．

958E*　強盗に深く眠らされる

物乞いに変装した強盗が，夜農家で宿を取る．人間の脂肪(死体の手)でつくられたキャンドルを使って，強盗はその家族に魔法をかけ，家族を深い眠りにつかせようとする．眠りに落ちなかった家族の1人が，これを見て強盗を殺す．残りの家族は24時間後まで目を覚まさない[K437.2]．

類話（～人の類話）　フィンランド；ラトヴィア；リトアニア；イギリス；ポルトガル；フリジア；フラマン；ドイツ；イタリア；ポーランド；ソマリア．

958F*　リンゴを受け止める性別テスト

女に変装した強盗の正体がばれる．なぜなら，リンゴが彼の膝に投げられたとき，彼は両足を閉じたからである．彼は女がするように脚を広げ，スカートでリンゴを受け止めるべきであった[H1578.1.4.1]．参照：話型 958D*.

類話（～人の類話）　フィンランド；ラトヴィア；デンマーク；イギリス；オランダ；フリジア；フラマン；ポーランド；アメリカ．

958K* 車に乗ってきた強盗

運転手(女)が道で出会った女(男)を乗せる．走っている途中，運転手はふと客の手が毛深いのに気づく(客が強盗だと気づく)．運転手は車を止め，車の調子が悪いふりをする．運転手は客に，外に出て車を押すよう頼む．客が出ると，運転手は警察に通報するためにすぐに車を出す．客のかばんの中に殺人の武器(盗まれた物)が見つかる．

類話(～人の類話) フィンランド；ラトヴィア；スウェーデン；オランダ；フリジア；ドイツ；スイス；ポーランド；オーストラリア；アメリカ；アフリカ系アメリカ．

960 太陽がすべてを明るみに出す

ある男(ユダヤ人，家畜売買人，少女)が，別の男(仕立屋，御者，宿屋の主人)に襲われ，殴られ，そのあと死ぬ．死ぬ直前に男は「澄んだ太陽(神，月，風)がすべてを明るみに出すだろう」と言う．強盗は男のポケットにお金を探すが見つからず，男を茂みに捨てて旅を続ける．

次の町でこの人殺しは結婚し，後に家族を持つ．ある朝，彼が妻と窓辺に座っているとき，彼はコーヒーをカップに注ぎ，日の光がカップにさし，反射して壁に模様を映し出すのを見る．彼は死にかけの男の最後の言葉を口にする[D1715]．彼の妻は彼の言ったことが何なのかわからず，説明するようせっつく．彼はとうとう秘密のこととして妻に殺人のことを話す．彼の妻は誰にも話さないと約束する．しかし妻は約束を守らず，3日後には町じゅうの人たちが何があったかを知っている．男は有罪判決を下される[N271.1]．

コンビネーション 780.

注 民間に流布している諺．例えば新約聖書(マルコによる福音書4, 22，ルカによる福音書8, 17; 12, 3)を見よ．

類話(～人の類話) フィンランド；エストニア；ラトヴィア；リトアニア；スウェーデン；イギリス；フランス；スペイン；ポルトガル；オランダ；フリジア；ドイツ；スイス；イタリア；ハンガリー；チェコ；セルビア；マケドニア；ブルガリア；ギリシャ；ポーランド；トルコ；ユダヤ；チェレミス/マリ；ウズベク；モンゴル；グルジア；シリア, イラク；アラム語話者；サウジアラビア；イラン；インド；ビルマ；中国；日本；スペイン系アメリカ；ブラジル；エジプト；アルジェリア；モロッコ；南アフリカ．

960A イビュコスのツルたち

旅人が遠い場所で強盗の犠牲者となる．旅人は死ぬ直前に，通り過ぎるツルたち(カラスたち，野ガモたち，ハトたち)に向かってこの犯罪の証人になってくれと叫ぶ．ツルたちが再び通り過ぎたとき，殺人者の1人がうっかり自ら漏らしてしまう(ツルたちが人殺しについていき，人殺しを指し示す)[N271.3].

一部の類話では，人殺しはヤマウズラたち，ガチョウたち，鳥たち，犬たち，イバラ，植物，木，太陽，子牛の頭，または骨(歌う骨，血を流す骨)によって暴露される．参照：話型 720, 780, 780B, 780C, 960.

注　古典起源，プルタルコス(Plutarch)の『倫理論集(*Moralia*)』(509F-510A)，『パラティナ詞華集(*Anthologia Palatina*)』(VII, 745).

類話(～人の類話)　スウェーデン；イギリス；フランス；カタロニア；ドイツ；スイス；ハンガリー；チェコ；ブルガリア；ロシア, ウクライナ；ユダヤ；グルジア；イラン；インド；ネパール.

960B　後の復讐

貧しい男(作男，少年)が金持ちの未亡人(女主人，金持ちの商人の娘)と結婚したがっている．女は男に好意を示すが，彼が貧しいことが気に入らない．彼女に気に入ってもらい結婚するために，若者は商人を殺し，商人の財産を強奪する．若者は金持ちとなって女の前に姿を現す．すると女は，彼がどうやってこんな短い間に金持ちになったか知りたがる.

若者が(愛ゆえに)彼女に真実を告白すると，彼女は(結婚の条件として)殺された男の墓を1晩見張るよう若者に要求する．若者はそうする．夜中に死んだ男が墓から起き上がり，神に裁きを乞う．すると天の(神の)声が「今日から30(40, 50)年後におまえの復讐がなされるだろう」と言うのが聞こえる[M348]．若者は見たことを報告する．女は復讐されるのが30年もあとだと知って，若者との結婚に同意する.

定められた時が来たとき，夫婦は城の晩餐に招待され，予言は現実となる．ある楽士が(警告を受けていたために)祝いの催しを早く出るが，忘れた手袋(本，その他の物)を取りに行くために城に戻る．楽士は城が(すべての人もろとも)地中に沈んでしまい，泉しか残っていないのを目の当たりにする[Q552.2.1, Q211.0.1]．参照：話型 780C.

注　中世に記録されている．例えば『ゲスタ・ロマノールム(*Gesta Romanorum*)』(No. 277).

類話(～人の類話)　フィンランド；リトアニア；スウェーデン；ポルトガル；アイルランド；チェコ；マケドニア；ブルガリア；ポーランド；ベラルーシ, ウクライナ；ユダヤ；中国.

960C　焼けた鶏の奇跡

2人の友人が，食事をするためにテーブルにつく．彼らの前には大皿に載った鶏がある．彼らは，自分たちの前の鶏は，たとえ聖ペトルスやキリストが命じたとしても立ち上がることはないと述べる．鶏は生き返り，翼をばたつかせ，鳴く[E524.2.1]．

一部の類話では，ある人物が鶏を盗んだと訴えられ，告発から身を守ろうとする．半分焼けた鶏が，本当は誰が泥棒かを(歌で)知らせ，訴えられた者は放免される．

類話(～人の類話)　フィンランド；ポルトガル；ドイツ；スイス；ラディン；チェコ．

960D　死体の頭に乗ったヒキガエル (釘を使った殺人)

情婦に促されて，情婦の愛人が情婦の夫(鍛冶屋)が寝ているときに頭に釘を刺して殺す[S115.2.1]．傷は髪で覆われているので見つからない．(人々は嘆く未亡人を怪しむが，証拠は見つからない．)

ずっとあとになって(20年後)死んだ男の骨を移動しなくてはならなくなる．ヒキガエル(カエル)が転がり回る頭蓋骨の上に座っている．墓掘人(警察官，教会の雑用係)が釘を見つける．再婚していた妻が裁判官(聖職者)の前に呼び出され，自白する(そして死刑を宣告される)．

注　中国の資料に(ヒキガエルの代わりにハエが出てくる)早期の版(例えば紀元前4世紀)がある．

類話(～人の類話)　フィンランド；ドイツ；ポーランド；中国．

961　強盗を打ち負かした男がお金の入った杖を見つける

ある男が，強盗ともみ合って強盗を殺したと思う．男は強盗の杖(ナイフ)を自分のものにし，旅を続ける．

男は，回復して物乞いに変装した強盗に出会う．強盗は男の杖をたいへん興味深そうに見る．それで男は疑わしく思い，杖を調べる．すると思いがけず中にお金を見つける．

一部の類話では，死んだ強盗の代わりに仲間が現れ，杖に隠されたお金を取ろうとする[K437.4]．

コンビネーション　1577*．

類話(～人の類話)　ラトヴィア；リトアニア；ポルトガル；ギリシャ；ロシア，ベラルーシ，ウクライナ；ユダヤ．

961A 忘れられたステッキ

ある男が，戦いで強盗を殺したと思う．戦っている途中に，男は自分のステッキをなくす．何年もあとに，男は強盗の家で自分のステッキを見つける(強盗はその間に誠実な男になっている)[N614].

類話(～人の類話) エストニア；リトアニア；ロシア，ベラルーシ，ウクライナ.

961B 杖の中のお金

ある避難民が自分のお金を宿主に預ける．避難民がお金を返してくれと頼むと，宿主はそのお金を持っていないと言う．避難民は裁判に希望を託し，訴訟を起こす．ずる賢い宿主は杖をくり抜き，中にお金を入れる．宿主は避難民に杖を持っているよう渡し，自分は金を返したと宣誓する．

この嘘に腹を立て，避難民が杖を地面に投げつけると杖が折れる．お金がこぼれ落ち，策略が明るみに出る．避難民はお金を取り戻し，ペテン師の宿主は首を吊る[J1161.4].

注 同様のテーマは話型 1590 以下，および 1617 に現れる.
類話(～人の類話) フランス；スペイン；ドイツ；セルビア；ボスニア；ブルガリア；ポーランド；ユダヤ；ビルマ；中国.

962** パンで遊んだ少女

うぬぼれの強い少女(少年)が，教会に行く途中，女主人から少女の母親のためにパンをもらう．泥だらけの水たまり(小川)で，少女はすてきな靴が傷まないようパンを踏み台にするために，パンを水に入れる(地面に置く)．しかし少女がパンを踏み台にすると，パンはゆっくりと地面に沈み始める(パンは鳥か石に変わる)．人々が教会から帰ってくると，少女の頭の先しか見えず，少女を救うことはできない.

類話(～人の類話) フィンランド；ラップ；スウェーデン；ノルウェー；ドイツ；オーストリア.

963* 話型 968 を見よ.

964 話型 926C を見よ.

965* 強盗の警鐘

旅人が通ったらわかるように，強盗(強盗たち)が洞窟の前の道に，鐘につないだ線を張る[K413]．強盗は旅人たちを捕らえると，洞窟に引きずり込み，強奪して殺す．強盗に捕まったある少女は，洞窟にとどまり，強盗のために家事をする．

強盗と7年間暮らしたあと，少女は教会に行く許しを請う．強盗のことや，彼女がどこに住んでいるかを誰にも話さないという条件で，彼女は教会に行く許しを得る．

ミサのあと，少女は教会の扉の前に立ち，自分の身に起きた話を皆がいる所でドア(壁，聖職者のストーブ)に向かって話す[H13.2.4, H13.2.7]．彼女はさらに，洞窟への道にしるしをつけるためにエンドウ豆を買うつもりだと説明する．

聖職者と村人たちはあとについていき，洞窟を取り囲み，強盗を捕まえ，少女を助ける．そして洞窟を破壊する．

類話(～人の類話) リーヴ；ラトヴィア；スウェーデン；オランダ；フラマン；ドイツ．

967 クモの巣に救われた男

男(父親と息子，聖者，処女マリアと幼子キリスト，ソロモン王)が追っ手たちから逃れて洞窟に隠れる．1匹のクモが隠れ場所にクモの巣を張る(そして真ん中に座っている)．追っ手がクモの巣を見て，洞窟には人はいないと思い，洞窟に入らない[B523.1]参照：話型750E.

注 早期の版はトゥールのグレゴーリウス(Gregory of Tours)の『7人の眠り聖人の苦悩(*Passio septem dormientium*)』(No. 103)，『黄金伝説(*Legenda aurea*)』(「ピンキスの聖フェリックス(*Felix in pincis*)」)を見よ．

類話(～人の類話) フィンランド；ラトヴィア；ラップ；ノルウェー；スウェーデン；アイルランド；イギリス；スペイン；カタロニア；ポルトガル；オランダ；フリジア；ドイツ；マルタ；ハンガリー；チェコ；マケドニア；ブルガリア；ポーランド；ベラルーシ；ユダヤ；アラム語話者；パレスチナ；インド；中国；日本；アメリカ；ブラジル；エジプト，アルジェリア；ガーナ；エチオピア．

967** 話型968を見よ．

968 さまざまな強盗と殺人の物語 (旧話型956C, 956A*–956D*, 963*, 967**, 970*を含む)

この雑録話型は，筋の担い手として強盗と人殺しを扱うさまざまな話型を包括する．

多くの説話では，強盗が少女(ほかの人物)の賢い行為にだまされる．例えば，少女はベッドの下に隠れた強盗のあごひげをつかむ[K434.1]．強盗が覗き込んだときに(お金の入った)長持ちのふたをバタンと閉める[K434.3, S121]．魔法の品を投げて，強盗の目をくらませ，逃げる．自分の代わりに死体を強盗の住みかに置く．時として少女が強盗たちの住みかに入ると(参照：話型 130)，または少女が強盗たちをからかうと，強盗たちは少女から逃げる．

一部の類話では，強盗たちが財産を手に入れるためにある人物をだます[K343.0.1]．またはある人物がお金を手に入れるために強盗を装う．

類話(～人の類話)　エストニア；リーヴ；ラトヴィア；ラップ；リーヴ, ヴォート, リュディア, カレリア；リトアニア；スウェーデン；ノルウェー；スペイン；カタロニア；ポルトガル；スコットランド；イギリス；アイルランド；オランダ；フリジア；ドイツ；マルタ；スロベニア；クロアチア；ルーマニア；ブルガリア；ポーランド；ロシア；ベラルーシ；トルコ；チェレミス/マリ；モルドヴィア；モンゴル；グルジア；パレスチナ；スペイン系アメリカ；ドミニカ, プエルトリコ, チリ．

その他の現実的説話 970–999

970 絡み合った枝

2人の恋人がいっしょに暮らすことを許されない．彼らは深い悲しみで死に(自殺をし)，(同じ墓地に)隣り合わせに埋められる．彼らの墓から植物が育ち，その枝が絡み合う(教会の屋根で合わさる)[E631.0.1]．こうして恋人たちは死んで結ばれたのである．

類話(～人の類話) フィンランド；ラップ；アイルランド；スペイン；カタロニア；ドイツ；ハンガリー；スロベニア；ポーランド；ロシア；ユダヤ；オセチア；ウズベク；タジク；シリア，パレスチナ，ヨルダン，ペルシア湾，オマーン，イエメン；イラン；インド；チベット；中国；日本；ポリネシア；アメリカ；チュニジア；アルジェリア；モロッコ；東アフリカ；スーダン．

970* 話型968を見よ．

973 嵐に生け贄として捧げられた男 (旧，嵐をなだめる)

1隻の船が危険な嵐のただ中いる．船上の1人の男，おそらくは悪人が，海難の原因のように思われる．嵐を静めるために，その男を突き止めて海に投げ込まなければならない[S264.1]．罪人をくじ引きで(さいころを投げて)見つけ，海に投げ込むと，嵐は収まる．

一部の(キリスト教の)類話では，罪人が自ら自分の行いを告白し，それで嵐が収まる(生け贄の超自然的救済)．

注 旧約聖書における文献伝承(ヨナ書I, 1–16)古典資料，例えば，クセノフォン(Xenophon)の『キュロスの教育(*Kyrou paideia*)』(VIII, 1, 25)，ホラティウス(Horace)の『歌章(*Odes*)』(III, 2, 26)．

類話(～人の類話) ラップ；アイスランド；スコットランド；ドイツ；アイルランド；マルタ；スロベニア；ウクライナ；ユダヤ；朝鮮；日本；エジプト．

974 家に帰ってきた夫

夫(恋人)が遠く旅に出て(投獄され)留守にしている間に，女はほかの夫を選ぶことを強いられる．最初の夫が(変装して，物乞いのなりをして)，(超自然の援助によって，深く寝ている間に運ばれて，夢の警告で)結婚式の日に戻ってくる．そして(妻がよく覚えている指輪で)自分の正体を妻に明かすか，または飼っている動物(馬，犬)に気づかれるか，または(家の様子やほくろに関する)妻の質問に正確に答える．恋敵への復讐が続く[N681]．参照：話型 301, 400, 665.

コンビネーション　301, 302, 400, 480, 518.

注　古典起源，ホメーロス(Homer)の『オデュッセイア(*Odyssey*)』(XVI-XXIII)，中世によく知られていた．例えば『ゲスタ・ロマノールム(*Gesta Romanorum*)』(No. 193)．

類話(～人の類話)　フィンランド；ラトヴィア；ラップ；アイスランド；スコットランド；アイルランド；イギリス；フランス；スペイン；カタロニア；ポルトガル；フリジア；ドイツ；チェコ；スロバキア；セルビア；ボスニア；マケドニア；ルーマニア；ブルガリア；アルバニア；ロシア；ベラルーシ, ウクライナ；トルコ；ユダヤ；クルド；チェレミス/マリ；ヴォチャーク；シベリア；タジク；シリア, イラク；アフガニスタン；日本；ブラジル；エジプト；南アフリカ．

976　最も高貴な行いはどれだったか (旧話型 976A を含む)

結婚式の夜，男は，花嫁が昔の恋人(婚約者)にした約束を果たすために(婚約を解消するために)昔の恋人を訪ねることを許す．途中花嫁は強盗に出会う．花嫁が自分の身の上話をすると，強盗は花嫁を邪魔せずに行かせる．昔の恋人(婚約者)は花婿の(強盗の)度量の大きさを聞くと，花嫁に触れずに花嫁を花婿のところに返す[H1552.1]．

一部の類話では，この説話は次のように泥棒の発見に関する枠物語と結びついている．3 人(4 人)の息子が父親から宝石(お金)を相続する(商人たちが財産を埋める)．兄弟(商人)の 1 人がお金を盗む．盗まれたお金の持ち主たちは，泥棒を見つけてもらうために，賢人(裁判官，王，ソロモン)を呼ぶ．賢人(の娘)は(上記の)物語を語る．「いちばん高貴な行動をしたのは誰か」という質問に答えるとき，泥棒はうっかり自分が犯人であることを露呈してしまう．泥棒は，この物語では強盗が最も高貴だと主張する(泥棒はほかの質問に，自分が犯人であることを露呈する答え方をする)[J1177]．(旧話型 976A.)

コンビネーション　655, 945.

注　インド起源，早期の版は 3 世紀の『三蔵(*Tripitaka*)』(XIX, 7)を見よ．ヨーロッパの早期の版はボッカチオ(Boccaccio)の『デカメロン(*Decamerone*)』(X, 5)を見よ．

類話(～人の類話)　スコットランド；アイルランド；スロベニア；ボスニア；ギリシャ；ロシア；トルコ；ユダヤ；ウイグル；アルメニア；カザフ；トルクメン；タジク；カルムイク；イラン；インド；中国；メキシコ；チリ, アルゼンチン．

976A　話型 976 を見よ．

978 詐欺師の国に来た若者

若者が商売のために出発し，詐欺が横行している国にやって来る．しばらくして，彼はすべての物をなくす．片目の男(女)は，若者の父親が目を取ったと述べ，補償を要求する．同じように片脚の男は，若者の父親がかつて脚を取ったと述べ，補償を要求する．床屋は「なにがしか」でひげを剃ることに同意するが，あとで大金(その他の高価な物)を要求する．

最後に救助者(妻，その他の人物)が詐欺師たちの裏をかいて，若者が失った財産を取り戻し，若者は困難な状況から救われる．救助者は片目の男に，もう一方の目と照合できるように，残った目をよこすよう要求する[J1512.2]．同様に彼は片脚の男にも，もう一方の脚と比べられるように，残った脚を要求する．救助者は床屋をだまし，彼の奉仕に対して「なにがしか」の報酬で了承させる[参照 J1521.5.1]．

注 『アラビアンナイト(*Arabian Nights*)』の「白檀商といかさま師(*The Sandle-wood Merchant and the Sharpers*)」(IV, 357–363)に記録されている．

類話(～人の類話) スウェーデン；スペイン；ブルガリア；マケドニア；トルコ；ユダヤ；カザフ；イラク；オマーン；イエメン；インド；ネパール．

980 恩知らずな息子 (旧，恩知らずな息子が，自分の息子の無邪気な行動によって反省させられる)(旧話型 980A–980C を含む)

この雑録話型は，年老いてきた父親の恩知らずな子どもたち(息子，息子の嫁)に関するさまざまな説話を包括する．子どもたちは自分自身の息子(娘)が同じような行動をするので，自分のふるまいを省みて，ようやく自分のふるまいを変える．

(1) 年老いた父親の息子と嫁が，父親をテーブルから追い払い，木のカップで食事を与える．小さな孫は，両親が年をとったときのために，同じようなカップをつくり始める．それで夫婦は，自分たちのみっともないふるまいを反省し始める．自分たちが年老いたときのことを考え，彼らは年老いた父親を家族のテーブルに戻す[J121.1]．(旧話型 980B.)

(2) 息子が年老いた父親に暖まるための毛布(じゅうたん，肩掛け，布)を半分渡す．すると小さな孫が毛布の残りの半分を取り，父親と母親が年老いたときのためにこの半分を取っておくと説明する[J121]．(旧話型 980A.)

(3) 息子が年老いた父親を荷車(そり，籠)に乗せて原野(深い淵)に捨てる．孫は，自分の両親が年老いたときに同じように使うために荷車を取っておく(参照：話型 981)．彼らは自分たちのふるまいを反省する．

(4) 恩知らずの息子が年老いた父親の髪を引っ張って家の外に引きずり

出す．戸口で父親は「わしをこれ以上引きずり出さないでくれ．わしは自分の父親をここまでしか引きずり出さなかった」と言う[J121.2]．息子は自分のひどいふるまいを反省する．(旧話型 980C.)

コンビネーション　981.

注　(2)の版は中世に初めて見られる．例えばジャック・ド・ヴィトリ(Jacques de Vitry)の『一般説教集(*Sermones vulgares*)』(Jacques de Vitry/Crane, No. 288)．(1)の版はシエナのベルンハルディン(Bernhardin of Siena)の『オペラ(*Opera*)』(IV, 56)に記録されている．(3)の版はおそらくユダヤ起源である．

類話(～人の類話)　ラトヴィア；リトアニア；ヴォート；アイルランド；イギリス；フランス；スペイン；カタロニア；ポルトガル；オランダ；フリジア；フラマン；ドイツ；スイス；イタリア；ハンガリー；スロベニア；ブルガリア；ギリシャ；ポーランド；ロシア, ベラルーシ, ウクライナ；ユダヤ；チェレミス/マリ；モルドヴィア；グルジア；シリア；ヨルダン, クウェート；インド；ネパール；中国；朝鮮；日本；フランス系カナダ；スペイン系アメリカ；プエルトリコ；エジプト；チュニジア．

980A–980C　話型 980 を見よ．

980D　肉がヒキガエルになって恩知らずな息子の顔に跳びつく

ある夫婦(息子)が，焼いた鶏(食事)を食べようとする．夫の年老いた父親が思いがけず通りかかると，夫婦は鶏を父親に分けなくてすむように隠す．年老いた父親は飲み物を飲んで，また先へと歩いていく．夫婦が食事をするために鶏をテーブルに戻すと鶏はヒキガエル(ヘビ)になっており，息子の顔に跳びつく．それは死ぬまで顔についたままである[D444.2]．

注　この教訓譚は中世に記録されている．例えばトマス・カンティプラタヌス(Thomas Cantipratanus)の『ミツバチの普遍的な善(*Bonum universale de apibus*)』(II, 10, 12)．

類話(～人の類話)　ラトヴィア；フランス；カタロニア；フリジア；フラマン；ドイツ；スイス；ハンガリー；ギリシャ；ソルビア；クルド．

980*　画家と建築家

画家に説得されて，王(地主)はお抱えの建築家に対し，建築家(王自身)が天国に行って父親に会えるように(天国に大邸宅を建てるために)，塔を建てるよう命ずる．建築家は地下の通路を通って去る[F721.1]．建築家は画家をそそのかして天国に登らせる．しかし塔は燃えて，画家(王，地主)は命を落とす[K843]．

類話(〜人の類話) エストニア；トルコ；ユダヤ；カルムイク；モンゴル；トゥヴァ；シリア, イラク；インド；チベット；中国；エジプト, タンザニア.

981 隠されたお爺さんの知恵が王国を救う

飢饉(戦争)のとき，若者たちが集会を開き，すべての老人と役に立ちそうにない人は殺すことに決める(皇帝が命ずる). ある男は父親を隠す.

若い指導者のもとで何もかも失敗すると，賢いお爺さんが前に出て，いい助言でこの状況を救う(お爺さんは賢さで難しい課題を成し遂げるのを助ける[J151.1]). それでお爺さんは尊敬され，老人を殺す習慣はやめることになる.

一部の類話では，父親を殺そうとしている息子が，自分も年をとったら同じ目に遭うことに気づき，父親を生かしておく. 参照：話型 921B, 980.

コンビネーション 707, 921B, 922A.

注 紀元1世紀に記録されている. ユスティノス(Justin)『ピリッポス史(*Historiae Philippicae*)』(XVIII, 3, 1).

類話(〜人の類話) フィンランド；エストニア；ラトヴィア；リトアニア；スウェーデン；アイルランド；フランス；スペイン；カタロニア；フリジア；ドイツ；スイス；イタリア；サルデーニャ；マルタ；スロバキア；スロベニア；セルビア；クロアチア；マケドニア；ルーマニア；ブルガリア；アルバニア；ギリシャ；ポーランド；ロシア；ベラルーシ；ウクライナ；トルコ；ユダヤ；アルメニア；モンゴル；シリア, レバノン；インド；中国；朝鮮；日本；メキシコ；エジプト, リビア, アルジェリア；ガーナ；ナイジェリア；東アフリカ.

981A* 1本の絹糸でつながれた命

賢い王が兄弟(ダモクレス，廷臣，宮廷の道化)から，なぜ幸せな状況でさえもいつも悲しそうな顔をしているのかと尋ねられる. 賢い王は，質問者を呼びにやり，彼の処刑を計画しているふりをすることで質問に答える. 兄弟は真っ赤に燃える炭の入った穴の上の椅子に座らされ, 4本の槍で狙われ, 頭の上には剣(石，石臼)が馬の毛(糸)で吊るされている.

王は，この状況が自分の状況に似ていると，次のように説明する. 穴は地獄の炎を表し，槍は死を表し，剣は神の裁きを意味する. これが彼の悲しみと恐怖の理由である[F451.5.4.2, F833.2].

注 古典起源，例えばキケロ(Cicero)の『トゥスクルム荘対談集(*Tusculanae disputationes*)』(V, 21).「ダモクレスの剣」という諺として流布している

類話(〜人の類話) アイスランド；フランス；ドイツ；スイス；オーストリア；ハン

ガリー；チェコ；ポーランド；ロシア，ウクライナ；イラン．

982　偽りの遺産（旧，想像上の黄金の長持ちが，子どもたちに年老いた父親の面倒を見させる）

金持ちの男が，年老いたときに子どもたちが面倒を見てくれると信じて，自分の財産をすべて子どもたちに任せる．子どもたちはすぐに自分たちが面倒を見ようという気持ちを忘れ，父親をないがしろにする．

そこでお爺さんは次のように策略を計画する．お爺さんは目立つようにお金を数え始める．そして別にかなりの遺産が入っていると注意を促しながら，長持ちを指し示す．すると子どもたちは態度を変え，父親の面倒を丁寧に見る．父親が最後に死ぬと，長持ちの中には砂と石しか見つからない．

一部の類話では，子どもたちは次のような助言が書かれたこん棒を見つける．「このこん棒は，自分が死ぬ前に遺産を与えてしまうような愚か者を殺すために使うべし」[P236.2, Q281.1]．

コンビネーション　1381E.

注　中世に記録されている．例えばペトルス・アルフォンシ(Petrus Alfonsus)の『知恵の教え(*Disciplina clericalis*)』(No. 36)．

類話(～人の類話)　エストニア；ラトヴィア；リトアニア；アイルランド；イギリス；スペイン；カタロニア；ポルトガル；フランス；オランダ；フリジア；フラマン；ドイツ；イタリア；コルシカ島；マルタ；ハンガリー；チェコ；スロバキア；スロベニア；セルビア；クロアチア；ルーマニア；ブルガリア；ギリシャ；ポーランド；ロシア，ベラルーシ，ウクライナ；ユダヤ；グルジア；アラム語話者；パレスチナ；サウジアラビア，カタール；イラン；インド，スリランカ；中国；カンボジア；イギリス系カナダ；メキシコ；エジプト，リビア；モロッコ；スーダン；エチオピア．

983　同じ風味の料理

徳の高い女(処女，妻，未亡人)が権力のある男(王，支配者)の求愛から逃れようとする．彼女は，見かけは違うが味は同じ料理を男に出す(色の違う玉子，違うグラスに入った同じ飲み物)．

これはどういう意味かという男の質問に答えて，女は料理を女性になぞらえる．たとえ見かけは違っていても，それらは皆同じようなものである．これが性的なパートナーを変える価値がない理由である．男は好色なもくろみを思いとどまり，自分の妻に満足する．

注　東洋起源(『7賢人(*Seven Wise Men*)』)．早期のヨーロッパの版はボッカチオ(Boccaccio)の『デカメロン(*Decamerone*)』(I, 5)を見よ．

類話(～人の類話) フィンランド；ラトヴィア；リトアニア；スペイン；ポルトガル；ドイツ；ブルガリア；アルバニア；ギリシャ；ロシア；トルコ；ユダヤ；クルド；シリア，パレスチナ，イラク；イラン；インド；エジプト，アルジェリア，モロッコ．

984 鳥の骨でできた宮殿

妻の望みに従って，王は鳥の骨でできた宮殿を建てることを命ずる．1羽の鳥が遅れてやって来て，男と女ではどっちのほうが価値が高いか考えていたと言う．女に従う者は女より下位であるから，女のほうが価値が高いという結論に達したと鳥は言う．王は命令を撤回する．

類話(～人の類話) ブルガリア；ロシア，ウクライナ；ユダヤ．

985 夫や息子より兄弟が選ばれる

3人の男が死刑を言い渡される．ある女が3人の男は自分の兄弟と夫と息子だと説明して，支配者に慈悲を訴える．支配者は3人のうち1人だけを釈放することに同意する．女は兄弟を選ぶ．なぜなら彼女は再婚して別の息子を生むのに十分な若さであるが，兄弟だけは取り替えることができないからである．彼女の説明(計略，論理)に感心し，支配者は男を3人とも(兄弟と息子，兄弟だけ)釈放する[P253.3]．

注 早期の文献はヘロドトス(Herodotus)(III, 118f.)．
類話(～人の類話) アイスランド；アイルランド；スペイン；ドイツ；マケドニア；ブルガリア；ポーランド；ユダヤ；アラム語話者；イエメン；イラン；インド；フィリピン；アメリカ；エジプト，スーダン．

985* 授乳される囚人 (ローマの慈愛(Caritas Romana))

餓死の判決を受けた男(女)が厳重に監視される．男の娘だけは毎日彼を訪問することを許されるが，訪問の前には，彼女が食べ物を持っていけないようにいつも徹底的に検査される．しばらくたっても判決を受けた男は飢餓の兆候をまったく見せない．

ある日監視は，娘が牢獄の壁の割れ目から父親に授乳しているのを(女が息子に授乳しているのを，妻が見知らぬ男に授乳しているのを，娘が母親に授乳しているのを)見る[H807, R81]．

女の献身に心打たれ，裁判官たちは囚人を釈放する．参照：話型927．

注 古典起源．ほとんどが文献による資料である．例えばヴァレリウス・マキシムス(Valerius Maximus)(V, 4, ext. 1)．

類話(～人の類話)　スペイン；カタロニア；ポルトガル；オランダ；フリジア；フラマン；ドイツ；ハンガリー；セルビア.

985** 尺には尺を

ある女を欲している役人が，女が自分と寝るのなら，女の夫(兄弟)を牢屋から釈放することを約束する．女はそれに応じるが，彼女の夫はやはり処刑される．

妻が役人を告訴すると，支配者は彼女をその役人と結婚させることで名誉を回復する．そのあと役人は処刑され，役人の妻は役人の財産を受け取る[K1353, T455.2].

注　有名な翻案については，シェークスピア(Shakespeare)の『尺には尺を(*Measure for Measure*)』，プッチーニ(Puccini)の『トスカ(*Tosca*)』を見よ．
類話(～人の類話)　スペイン；ドイツ；ユダヤ.

986 怠惰な夫

王が娘を怠惰な男(お母さん子，物乞い)と結婚させる．妻に働くことを強いられて，男は隊商に加わる．荒野で男は水を汲みに泉へとおりていく．男は，誘拐された少女(姫)とザクロの実を見つける．男はザクロの実を自分の妻に送る．するとザクロの実から宝石が出てくる．妻は金持ちになり，宮殿を建てる．男は，誘拐された少女を少女の父親に返し，自分の妻の家に帰る．
参照：話型 677, 737B*.

コンビネーション　677, 910B, 910K, 923, 923B, 1615.
注　話型 677 と 986 は明確に区別されていない．早期の版は，13 世紀にペルシア語で語られているジャラール・ウッディーン・ルーミー(Ǧalāloddin Rumi)の『フィーヒ・マー・フィーヒ(ルーミー語録)(*Fihi mā fihi*)』(Rumi/Arberry 1961, 95f.)を見よ．
類話(～人の類話)　ギリシャ；トルコ；ユダヤ；クルド；アルメニア；キルギス；シリア；レバノン；パレスチナ；ヨルダン，イラク，イエメン；サウジアラビア；イラン；アフガニスタン；エジプト，チュニジア；モロッコ；スーダン.

987 賢い少女に暴かれたにせの魔法使い

この説話には，おもに2つの異なる型がある．

(1)　ある魔法使いが見物人たちに，オンドリが重い梁を引っ張る(運ぶ)ことができる(綱渡り師が荷車を押すことができる，梁を巧みに操って曲芸ができる)と信じさせ，見物人たちの目を惑わす．

4つ葉のクローバー(ヘビ，死んだヒキガエル，サンショウウオ)を持っている女の子がトリックに気づき，オンドリは藁を引っ張っているだけだと言う．魔法使いは，女の子に自分が深い水の中を歩いていると信じこませて仕返しをする．女の子はワンピースをできるだけ上げ，見物人は皆女の子をあざ笑う．(女の子がしゃべれないように，魔法で女の子の口に鍵をかける．)

(2) 曲芸師が，分厚い梁(石)を這って通り抜けることができるふりをする．クローバーを持っている少女が，曲芸師は梁の上か横を這っているだけだということに気づく．水のエピソードが続く．また一部の類話では，少女は魔法で脚が悪くなるか腰が曲がる．

注 中世に記録されている．例えばエティエンヌ・ド・ブルボン(Étienne de Bourbon)(No. 233)．

類話(～人の類話) フィンランド；ラップ；エストニア；デンマーク；フランス；オランダ：フリジア；ドイツ；スイス；オーストリア；ラディン；イタリア；ハンガリー；ソルビア．

990 死んだように見えた者が生き返る

流行病が蔓延しているとき，ある女が病気になって，死んだように気を失う．彼女の夫は，彼女を埋葬させ，高価な指輪(服)を彼女の棺に入れる．墓掘人の1人が夜，墓地に戻って墓を開け，死者の持ち物を奪おうとする．

それによって(彼女の指を切り落とそうとすることで)女は生き返り，墓を出て，夫のもとへ帰る．夫は女を優しく迎え入れ，いっしょに長く健やかに暮らし続ける[K426]．

注 中世後期に記録されている．早期の文学版はボッカチオ(Boccaccio)の『デカメロン(*Decamerone*)』(II, 5 および X, 4)を見よ．

類話(～人の類話) フィンランド；エストニア；ラトヴィア；リトアニア；アイルランド；イギリス；フランス；スペイン；オランダ；フリジア；フラマン；ドイツ；スイス；ラディン；チェコ；ハンガリー；スロバキア；スロベニア；セルビア；ブルガリア；ギリシャ；ポーランド；ベラルーシ, ウクライナ；トルコ；ジプシー；チュヴァシ；アルメニア；モンゴル；シリア；中国；日本；フランス系カナダ；アメリカ；スペイン系アメリカ；アフリカ系アメリカ；エジプト, モロッコ；ナミビア；南アフリカ．

992 食べられた心臓

ある騎士が人妻に求婚する．夫は妻の愛人(求婚者)を殺し，コックに彼の心臓を料理して妻に出すように命ずる．妻がその料理を褒めると，夫は妻に彼女が何を食べたのかを告げ，彼女の愛人は生きているときと同じように，死んでも彼女を喜ばせると述べる.

するとすると彼女は窓から飛びおりる(いかなる食べ物も拒絶し，苦悩のあまり死ぬ). 夫は自分の行為を後悔する(支配者に，女の親族たちに罰せられる)[Q478.1].

注 中世に記録されている. 例えば『トリスタン物語(*Tristan Romance*)』(1170年頃). その他の早期の版は，ボッカチオ(Boccaccio)の『デカメロン(*Decamerone*)』(IV, 1)を見よ. 古代ギリシャの物語は，それとは知らずに人を食べる類似のモティーフが含まれている. 例えばアイスキュロス(Aeschylus)の『アガメムノーン(*Agamemnon*)』，ソフォクレス(Sophocles)の『アイアス(*Aias*)』を見よ.

類話(～人の類話) フランス；スペイン；カタロニア；ドイツ；イタリア；ハンガリー；シリア, イエメン；カンボジア；マヤ；エジプト.

992A 姦婦の償い

ある商人が君主を称賛し，君主は商人を城に招く. 晩餐で商人は，君主の妻が頭蓋骨(彼女の愛人のひげの生えた頭)に入った食事を出されるのを見る. 商人の寝室には2つの若い男の死体がぶら下がっている. 君主は，彼の妻がある侯爵と不貞をはたらいたので，彼は侯爵を斬首したと説明する. 仕返しに侯爵の息子がその2人の若者を殺した. 償いに女は頭蓋骨から食べなければならず，2つの遺体は殺人を思い出させるということである.

コンビネーション 449, 507, 851.

注 中世に記録されている. 例えば『ゲスタ・ロマノールム(*Gesta Romanorum*)』(No. 56).

類話(～人の類話) オランダ；フリジア；ドイツ；ハンガリー；トルコ；ユダヤ；ダゲスタン；クルド；ウズベク；キルギス；グルジア；シリア, パレスチナ, カタール；イラン；エジプト, チュニジア, モロッコ；リビア；スーダン.

愚かな鬼(巨人, 悪魔)の話

労働契約 1000–1029

1000　怒らないことを競う

作男が(貧しい少年が, 強い男が, 3人の息子が次々と)主人(悪魔, 鬼, 司祭)と勝負することにする. この勝負では, 最初に(カッコウが鳴く前に)怒った者が, 背中の皮膚(肉)を切り取らせなければならない(鼻または耳を切り取られる, 殴られる)か, または大金を払わなければならない. 作男は(3番目の息子)は, 主人を侮辱するか, またはばかのふりをする. するとついには主人が怒りを爆発させる. 主人は逃げようとするが, 最終的に罰を受けなければならない[K172, F613.3]. 参照：話型 650A, 1351, 1920H.

コンビネーション　通常この話型は, 1つまたは複数の他の話型, 特に 650A, 1001–1029, 1049, 1063, 1088, 1115, 1120, 1132, 1563, 1685, および 303, 461, 592, 1036, 1045, 1050–1052, 1060, 1061, 1116, 1150, 1535, 1539, 1561, 1642, 1643, 1910, 1920C と結びついている.

類話(〜人の類話)　フィンランド；フィンランド系スウェーデン；エストニア；ラトヴィア；リトアニア；リーヴ, ラップ, ヴェプス, カレリア；スウェーデン；ノルウェー；デンマーク；アイスランド；スコットランド；アイルランド；スペイン；バスク；カタロニア；ポルトガル；オランダ；フリジア；フラマン；ワロン；ドイツ；オーストリア；ラディン；イタリア；コルシカ島；マルタ；ハンガリー；チェコ；スロバキア；スロベニア；ルーマニア；ブルガリア；ギリシャ；ソルビア；ポーランド；ロシア, ベラルーシ, ウクライナ；トルコ；ユダヤ；ジプシー；チュヴァシ, タタール, モルドヴィア；シベリア；タジク；カルムイク, モンゴル；シリア；レバノン；イラク；ペルシア湾, サウジアラビア, オマーン, カタール；イラン；パキスタン；インド；ビルマ；スリランカ；中国；インドネシア；イギリス系カナダ；北アメリカインディアン；アメリカ；スペイン系アメリカ；ドミニカ, プエルトリコ；西インド諸島, カボヴェルデ；ブラジル；チリ；アルゼンチン；エジプト, リビア, アルジェリア；スーダン.

1001　薪を割る

悪魔の下男は丸太を何本か割って薪にしなければならない. しかし斧で薪を割ることができない(木材の山は切るたびに大きくなる). 下男は猫(ヘビ)が木材の山の中にいるのを見つけて殺す. すると仕事を終えることができる[D2186].

コンビネーション 1000.
類話(〜人の類話) フィンランド；フィンランド系スウェーデン；スウェーデン；ウクライナ.

1002 主人の財産を台なしにする (旧，鬼の財産を浪費する)

作男が主人(鬼，司祭)の財産を台なしにして(売って，寄付して，交換して)，主人に損害を与える[K1400].

コンビネーション 通常この話型は，1つまたは複数の他の話型，特に1000, 1003-1012, および1029, 1120, 1685と結びついている.
類話(〜人の類話) フィンランド；フィンランド系スウェーデン；ラトヴィア；リトアニア；ラップ；スウェーデン；ノルウェー；デンマーク；アイルランド；フランス；スペイン；カタロニア；オランダ；フリジア；フラマン；ドイツ；イタリア；ハンガリー；チェコ；スロバキア；クロアチア；ギリシャ；ポーランド；ロシア；ジプシー；チュヴァシ；タジク；シリア；インド, スリランカ；中国；イギリス系カナダ；フランス系カナダ；スペイン系アメリカ.

1003 鋤で耕す (旧話型1003*を含む)

主人(鬼，悪魔)が作男に，犬のあとについていきながら鋤で耕し(犬がじっと座っている間鋤で耕し)，犬の行く所に馬たちを連れていくよう命ずる．作男は山を越え谷を越えて耕す．(作男は犬を叩く.) 犬は家に走って帰り，小さな隙間(壁に空いた穴)を通って馬屋に入る．同じように隙間を通して馬たちを馬屋へ連れていくために，作男は馬たちを4つに切る[参照K1411].
参照：話型650A.

一部の類話では，作男が牛の番をしなければならない．作男は夜，犬よりも早く家に着かないと食事にありつけない．最初の数日間，彼は夕食にありつけない．そこで作男は犬を殺す．(旧話型1003*.)

コンビネーション 通常この話型は，1つまたは複数の他の話型，特に1000-1029, および461, 650A, 1052, 1060, 1063, 1072, 1084, 1088, 1115, 1116, 1120, 1130, 1132, 1563, 1685と結びついている.
類話(〜人の類話) フィンランド；フィンランド系スウェーデン；エストニア；ラトヴィア；リトアニア；スウェーデン；ノルウェー；デンマーク；アイスランド；アイルランド；スペイン；カタロニア；ポルトガル；ドイツ；ハンガリー；チェコ；スロバキア；ルーマニア；ブルガリア；ポーランド；ロシア, ベラルーシ, ウクライナ；ユダヤ；ジプシー；チェレミス/マリ, チュヴァシ, モルドヴィア；シベリア；パキスタン；インド；パナマ；ドミニカ, プエルトリコ, チリ；アルゼンチン.

1003* 話型 1003 を見よ．

1004 泥の中に消えた豚．空に消えた羊 (旧話型 1525P を含む)

この説話には，おもに 3 つの異なる型がある．

(1) 作男が豚たち(牛たち，馬たち)の番をさせられ，豚たちを売って，切り取ったしっぽをぬかるんだ地面に刺す．作男の主人はしっぽを引き抜いて，豚たちは泥に沈んだ(地下に逃げた)と思う[K404.1]．

(2) 作男が主人の羊たちを売り，切り取ったしっぽ(鐘)を木にぶら下げる．こうして作男は主人に，羊たちは強い風にさらわれた(空に逃げた，天国へ行った)と信じさせる[K404.3]．

(3) 作男(泥棒)が 1 頭の雄牛を殺して，その牛のしっぽを別の牛の口に入れる，すると彼の主人(雄牛の持ち主)は，1 頭の雄牛がもう 1 頭の雄牛を食べたと思う[K404.2]．(旧話型 1525P.)

コンビネーション 通常この話型は，1 つまたは複数の他の話型，特に 1000–1029, 1115, 1563, 650A，および 1036, 1045, 1048, 1049, 1050, 1052, 1060, 1062, 1088, 1120, 1132, 1361, 1535, 1539, 1685, 1737 と結びついている．

類話(～人の類話) フィンランド；フィンランド系スウェーデン；エストニア；ラトヴィア；リトアニア；ラップ；スウェーデン；ノルウェー；デンマーク；アイスランド；アイルランド；フランス；スペイン；バスク；カタロニア；ポルトガル；オランダ；フリジア；フラマン；ドイツ；オーストリア；イタリア；コルシカ島；チェコ；スロバキア；スロベニア；ルーマニア；ブルガリア；ギリシャ；ソルビア；ロシア，ベラルーシ，ウクライナ；トルコ；シベリア；インド；ビルマ；中国；インドネシア；北アメリカインディアン；スペイン系アメリカ，メキシコ，グアテマラ；プエルトリコ；マヤ；ブラジル；チリ，アルゼンチン；西インド諸島，カボヴェルデ；アフリカ系アメリカ；アルジェリア；東アフリカ；スーダン．

1005 死骸でできた橋(道路) (旧，橋または道路をつくる)

鬼が男に，木でも，石でも，鉄でも，土でもない橋(道路)をつくるように命ずる．男は鬼の家畜をすべて殺し，それらの死骸で橋をつくる[K1441]．

コンビネーション 通常この話型は，1 つまたは複数の他の話型，特に 1000–1029, および 1031, 1049, 1050, 1052, 1115, 1130, 1685 と結びついている．

類話(～人の類話) フィンランド；フィンランド系スウェーデン；ラップ；スウェーデン；ノルウェー；デンマーク；アイスランド；スコットランド；アイルランド；スペイン；カタロニア；フリジア；ドイツ；ハンガリー；チェコ；スロバキア；クロアチア；ルーマニア；ウクライナ；ユダヤ；ジプシー；フランス系カナダ．

1006 目を投げる

作男が主人から，ある物(ある人)に「目をやるように(cast an eye)」と命じられる．作男はわざとこの要求を文字どおりに取り，主人の家畜を殺してその動物の目を対象物(人)に投げつける[K1442]．参照：話型1685．話型1685では誤解はわざとではない．

コンビネーション 通常この話型は，1つまたは複数の他の話型，特に1000–1029, 1052, 1115, 1685，および300A, 301, 303, 570, 1031, 1050, 1051, 1063, 1072, 1088, 1090, 1121, 1132, 1162, 1696の話型と結びついている．

注 諺として流布している．

類話(～人の類話) フィンランド；フィンランド系スウェーデン；エストニア；ラトヴィア；リーヴ；スウェーデン；ノルウェー；デンマーク；フェロー；アイスランド；スコットランド；アイルランド；イギリス；スペイン；フリジア；ドイツ；イタリア；スロバキア；ギリシャ；ウクライナ；ユダヤ；ジプシー；シベリア；インド；アメリカ；メキシコ, グアテマラ．

1006* 「おまえのことを見ている羊を殺せ」

作男が主人(悪魔)から，作男を最初に見た羊を殺すように言われる．群れがいっせいに作男を見るので，作男は羊をすべて殺す．

コンビネーション 通常この話型は，1つまたは複数の他の話型，特に1000–1029, および1116, 1132と結びついている．

類話(～人の類話) ラトヴィア；リトアニア；ドイツ；オーストリア；ハンガリー；ブルガリア；ソルビア；ロシア, ベラルーシ, ウクライナ；ジプシー；タタール；モルドヴィア；アルメニア；シベリア．

1007 家畜を殺すかまたは手足を切断するその他の方法 [K1440]

さまざまな類話のある雑録話型．例は以下のとおり．

作男が主人から，牛たちが踊って笑いながら帰ってくるように放牧することを命じられる．そこで作男は牛たちがびっこをひくようにし，唇をもぎ取る．

作男が橋の上で主人の牛たちを驚かせ，それで牛たちは溺れる．

雄牛たちが水を飲んでいる間，脚をぬらさないように，作男が雄牛たちの脚の皮を剝ぐ．

コンビネーション 通常この話型は，1つまたは複数の他の話型，特に650A, 1000–1029, 1120, 1132, 1653，および1049, 1060, 1062, 1063, 1088, 1115, 1116, 1361, 1563, 1642,

1681B, 1685, 1910 と結びついている．

類話(～人の類話) フィンランド；フィンランド系スウェーデン；エストニア；リーヴ；ラトヴィア；リトアニア；ヴェプス；スウェーデン；アイルランド；スペイン；カタロニア；ポルトガル；オランダ；フリジア；ドイツ；イタリア；マルタ；チェコ；ルーマニア；ブルガリア；ギリシャ；ロシア, ベラルーシ, ウクライナ；トルコ；ユダヤ；ジプシー；タジク；カルムイク, モンゴル；グルジア；イラク；イラン；インド；アメリカ；スペイン系アメリカ, メキシコ；プエルトリコ, アルゼンチン．

1008 道を照らす

作男が主人から，道を照らすよう(家を赤く塗るよう)命じられる．作男は家に火をつける[K1412]．

コンビネーション 通常この話型は，1つまたは複数の他の話型，特に 1001-1029, および 461, 1052, 1115, 1120, 1132, 1685 と結びついている．

類話(～人の類話) フィンランド；フィンランド系スウェーデン；エストニア；ラトヴィア；リトアニア；スウェーデン；デンマーク；フリジア；ドイツ；ハンガリー；チェコ；スロバキア；スロベニア；クロアチア；ブルガリア；ウクライナ；ジプシー；グルジア；インド；日本；スペイン系アメリカ．

1009 貯蔵室の扉の番をする (旧話型 1014 を含む)

作男(愚かな男か女)が貯蔵室(家)の扉の番をするよう命じられる．作男は蝶つがいから扉を外し，持っていく[K1413]．参照：話型 1653.

一部の類話では，作男がしっかり扉を閉めるよう頼まれる．作男は，そうするために鉄の釘を使う[K1417]．(旧話型 1014.)

コンビネーション 通常この話型は，1つまたは複数の他の話型，特に 653, 1000-1029, および 592, 650A, 1045, 1063, 1072, 1120, 1130, 1132, 1211, 1285, 1291, 1291B, 1381B, 1387, 1642, 1643, 1681B と結びついている．

類話(～人の類話) フィンランド；フィンランド系スウェーデン；エストニア；ラトヴィア；リトアニア；リーヴ, ヴェプス, カレリア；スウェーデン；デンマーク；フェロー；イギリス；スペイン；オランダ；フリジア；ドイツ；イタリア；マルタ；チェコ；スロベニア；ルーマニア；ブルガリア；ギリシャ；ロシア, ベラルーシ；トルコ；ユダヤ；ヤクート；グルジア；イラク；イラン；インド；アフリカ系アメリカ；メキシコ；キューバ, アルゼンチン；エジプト, チュニジア, アルジェリア, スーダン．

1010 家の修理

作男が家を修理するよう(部屋を整頓するよう，堆肥を積み直すよう，井戸を満たすよう)命じられる．作男はすべての物を外に出す(ストーブまたは床を引き剝がす，家具または皿をたたき壊す，すべての物を堆肥の所に運ぶ，それを井戸に投げ込む，等)．

一部の類話では，作男は隣人たちがするのと同じことをするように言われる．(訳注：隣人の古い家が取り壊されるとき)作男は屋根を引き剝がす(家を破壊する)[K1415]．

コンビネーション 通常この話型は，1つまたは複数の他の話型，特に1000–1029，および1115, 1561, 1685と結びついている．

類話(～人の類話) フィンランド；フィンランド系スウェーデン；エストニア；ラトヴィア；ラップ；スウェーデン；デンマーク；スコットランド；アイルランド；フランス；スペイン；フリジア；フラマン；ドイツ；イタリア；ハンガリー；チェコ；スロバキア；ギリシャ；ポーランド；ベラルーシ；ウクライナ；ジプシー；ウドムルト；シベリア；ウズベク．

1011 果樹園(ブドウ園)をずたずたにする

作男が薪をつくるように言われる．作男は隣人の果樹園(ブドウ園)の木々を切り倒す[K1416]．

コンビネーション 通常この話型は，1つまたは複数の他の話型，特に1000–1029，および1036, 1062, 1088, 1563と結びついている．

類話(～人の類話) ラトヴィア；フランス；スペイン；バスク；カタロニア；ポルトガル；コルシカ島；セルビア；ブルガリア；ギリシャ；トルコ；ユダヤ；インド；アメリカ；スペイン系アメリカ，パナマ；ドミニカ，プエルトリコ；ブラジル；チリ；アルゼンチン．

1012 子どもを洗う

作男が子どもを洗うよう主人から命じられる．作男は水中で子どもを抱え，とうとう子どもは溺れてしまう(子どもの外も中もきれいにする．すなわち腸を取り出して洗う)[K1461.1]．参照：話型1016．

コンビネーション 通常この話型は，1つまたは複数の他の話型，特に1000–1029，1120，および1050, 1052, 1060, 1062, 1063, 1072, 1115, 1132, 1150, 1642, 1685と結びついている．

類話(～人の類話) フィンランド；フィンランド系スウェーデン；エストニア；ラトヴィア；リトアニア；ラップ；リーヴ，リュディア；スウェーデン；ノルウェー；デンマーク；フェロー；ドイツ；イタリア；ハンガリー；チェコ；スロバキア；ルーマニア；ブルガリア；ギリシャ；ロシア，ベラルーシ，ウクライナ；トルコ；ユダヤ；ジプシー；カルムイク；インド；インドネシア.

1012A 子どもたちを座らせる(旧，子どもたちを洗う)

作男が子どもたちを座らせるよう命じられる．作男は尖った杭に子どもたちを座らせ，突き刺す[K1461.3].

コンビネーション 通常この話型は，1つまたは複数の他の話型，特に1000-1029，および1120, 1910と結びついている.

類話(～人の類話) ラトヴィア；リトアニア；ヴェプス；ロシア，ベラルーシ，ウクライナ.

1013 祖母を風呂に入れる(暖める)

作男が祖母を風呂に入れるよう(暖めるよう)命じられる．作男は，祖母に熱湯でやけどをさせるか，または祖母をストーブの上に乗せる(中に入れる)[K1462]．参照：話型1121.

コンビネーション 通常この話型は，1つまたは複数の他の話型，特に1000-1029，1653，および400, 1291B, 1537, 1643, 1681と結びついている.

類話(～人の類話) ラトヴィア；リトアニア；スウェーデン；ノルウェー；アイルランド；スペイン；ドイツ；イタリア；マルタ；ギリシャ；ロシア，ベラルーシ，ウクライナ；トルコ；ユダヤ；ジプシー；パレスチナ；イラン；インド；中国；メキシコ；ドミニカ，西インド諸島；プエルトリコ；マヤ；エジプト，スーダン.

1014 話型1009を見よ.

1015 シュッという音を鍛造する(旧，ナイフを研ぐ)

男(少年)が，どうやって金属の物を鍛造するのかを，鍛冶屋を眺めるだけで学ぼうとする(学ぶことを求められる)．しばらくして(3年後)男は「年季奉公」を終える．最初の作品として，男は農夫(おじ)のために鋤刃を鍛造しようと思う．男が力いっぱい槌で打つので，鉄は鋤刃にするには薄くなりすぎる．そこで男は，代わりに斧を鍛造することに決める．こちらもうまくいかない．鉄の残りで，男はナイフを鍛造しようとし，そのあとに千枚通しを鍛造しようとする．最終的に鉄はほんのわずかなかたまりしか残らない．男は農夫に，自分は農夫のためにシュッという音を鍛造すると言い，そのわずかな鉄を水の中に放り込む．すると鉄はシュッという音を立てて沈む[W111.5.9].

ある類話では，作男がナイフを研ぐよう命じられる．作男は刃をすべて研ぎ落としてしまう.

コンビネーション 1007, 1008, 1010–1017.
類話(～人の類話) フィンランド；エストニア；ラトヴィア；アイルランド；ハンガリー.

1016 馬を洗う

主人(悪魔)が，作男に馬(たち)をきれいにするように頼む．作男は馬のしっぽ(たてがみ，等)を切り落とす(熱湯で馬を洗う，よく切れるカミソリでブラシをかける)[K1443].

一部の類話では，作男は馬たちの外側と内側を両方ともきれいにする．すなわち作男は，馬たちの腸を取り出して洗う．参照：話型 1012.

コンビネーション 1000–1017.
類話(～人の類話) エストニア；ラトヴィア；リトアニア；リーヴ；スコットランド；アイルランド；ドイツ；イタリア；ロシア；トルコ；ユダヤ；ジプシー；イラン；アルジェリア, モロッコ.

1017 タールを荷車全体に塗りつける

主人(悪魔)が作男に，荷車にグリースを塗るように言う．作男は荷車全体に(荷車の内側に)タールを塗りつける[K1425].

コンビネーション 通常この話型は，1つまたは複数の他の話型，特に 1000–1029, および 1685, 1875 と結びついている.
注 早期の版は 16 世紀，ハンス・ザックス(Hans Sachs)の「裕福な農夫と修道士たち(*Der reich pawer mit den münichen*)」(1548)を見よ.
類話(～人の類話) フィンランド；リーヴ；ラトヴィア；リトアニア；スウェーデン；デンマーク；オランダ；フリジア；ドイツ；ハンガリー；ルーマニア；ベラルーシ, ウクライナ.

1019* 話型 1146 を見よ.

1029 木に登ってカッコウのまねをする女

主人(鬼)と作男が怒らないことを競っているが，この勝負はカッコウが鳴いたら終わることになっている．(参照：話型 1000.) この取り決めを早く終わらせるために，主人の妻は木に登り，カッコウの鳴きまねをする．作男はこのペテンに気づき，「鳥」を撃つ(に石を投げる)．主人の妻は死ぬ[K1691].

コンビネーション　通常この話型は，1つまたは複数の他の話型，特に1000–1028, 1115, 1120, および100, 650A, 1036, 1045, 1048, 1049, 1052, 1060–1063, 1085, 1088, 1116, 1132, 1150, 1361, 1563, 1600, 1642, 1653, 1681B, 1685と結びついている，

類話(～人の類話)　フィンランド；フィンランド系スウェーデン；エストニア；ラトヴィア；リトアニア；ラップ；スウェーデン；ノルウェー；デンマーク；アイルランド；フランス；スペイン；バスク；カタロニア；ポルトガル；フリジア；ドイツ；オーストリア；イタリア；コルシカ島；チェコ；スロバキア；ルーマニア；ブルガリア；ギリシャ；ロシア，ベラルーシ，ウクライナ；ジプシー；タタール；モンゴル；グルジア；イラン；プエルトリコ；カボヴェルデ.

人と鬼とのパートナーシップ 1030–1059

1030 収穫の分配

悪魔(鬼，熊)と農夫(神，聖者，ジプシー，キツネ)が作物を分けることにする．最初の年，悪魔は地面の上に育つ物を要求する．農夫はカブ(ジャガイモ)を植え，悪魔は葉っぱしかもらえない．次の年，彼らは分配を逆にすることにする．農夫は麦(その他の種類の穀物，キャベツ)を蒔き，悪魔は地面の下に育った物をもらい，再び手ぶらで去る[K171.1]．参照：話型 9, 1633.

コンビネーション 通常この話型は，1つまたは複数の他の話型，特に 1062, 1063, および 9, 41, 154, 1012, 1082A, 1090, 1091, 1095, 1096, 1130, 1535 と結びついている．

注 14 世紀初頭，フアン・マヌエル(Juan Manuel)の『ルカノール伯爵(*El Conde Lucanor*)』(No. 43)に記録されている．

類話(～人の類話) フィンランド；フィンランド系スウェーデン；エストニア；リーヴ；ラトヴィア；リトアニア；ヴェプス, ヴォート, リュディア, カレリア；スウェーデン；ノルウェー；デンマーク；フェロー；アイルランド；ウェールズ；イギリス；フランス；スペイン；カタロニア；ポルトガル；オランダ；フリジア；フラマン；ワロン；ドイツ；スイス；オーストリア；ラディン；イタリア；マルタ；ハンガリー；チェコ；スロバキア；スロベニア；セルビア；ルーマニア；ブルガリア；ギリシャ；ポーランド；ロシア, ベラルーシ, ウクライナ；ユダヤ；チェレミス/マリ, チュヴァシ, タタール, モルドヴィア, ヴォチャーク；ヤクート；イラク, サウジアラビア；インド；スリランカ；中国；日本；イギリス系カナダ, アメリカ；アフリカ系アメリカ；北アメリカインディアン；フランス系アメリカ；スペイン系アメリカ；チリ；アルゼンチン；西インド諸島；エジプト；チュニジア, アルジェリア, モロッコ, スーダン．

1030* 雌牛を選ぶ (旧，契約：古い牛小屋に行くか新しい牛小屋に行くかを牛たちが選ぶ)

賢い兄と愚かな弟が家畜を分けることにし，新しい牛小屋を建てる．愚かな弟は新しい牛小屋に入る牛をすべてもらうことにし，賢い兄は古い家畜小屋に入る牛をすべてもらうことにする．新しい牛小屋には，たった 1 匹の(ふつうは老いた，目の見えない，足の不自由な)雄牛しか入らない．

コンビネーション 1642, 1643.

類話(～人の類話) ブルガリア；セルビア；クロアチア；ギリシャ．

1031 穀物倉の屋根を唐竿として使う

巨人と彼の作男が脱穀を競い合う．巨人の鉄の唐竿は，重すぎて作男には持ち上げられない．そこで作男は納屋の屋根(梁)を唐竿として使うと偽る．巨人は降参する[K1422]．参照：話型 650A, 1049.

コンビネーション 1050, 1052, 1088, 1115.
類話(～人の類話) フィンランド；フィンランド系スウェーデン；ラップ；ヴォート；スウェーデン；ノルウェー；ドイツ；ヴォチャーク；インドネシア；フランス系カナダ；北アメリカインディアン.

1035 肥やしを片づける

鬼(悪魔)が自分の雇った作男に肥やしを片づけるよう頼む．作男は，肥やしのために穴を掘るか[K1424]，または肥やしを高く積み上げる[K1424.1]．

一部の類話では，作男は家畜小屋をきれいにしておくために，雄牛の尻ににコルクを入れるか，体を汚すので牛自体を殺す．

コンビネーション 1000, 1003, 1007, 1120, 1132.
類話(～人の類話) フィンランド；エストニア；リーヴ；ラトヴィア；スウェーデン；ギリシャ；ロシア；カラチャイ.

1036 しっぽが巻いている豚

悪魔(巨人，竜)と男(ジプシー)が，どちらのほうがより多くの豚を家畜小屋から(屋根越しに，柵越しに)投げ出すことができるかを競う．男は1匹の豚しか投げ出さず，悪魔は残りのすべてを投げる．豚を分ける段になると，男は自分が投げた豚はしっぽを巻いておいたので，そのしるしで自分が投げた豚がわかると偽る．こうして男はしっぽの巻いたすべての豚を手に入れ，悪魔はしっぽの伸びた病気の豚1匹しかもらえない[K171.4]．

コンビネーション 1000, 1004, 1029, 1060, 1062, 1072.
類話(～人の類話) フィンランド；フィンランド系スウェーデン；リトアニア；スウェーデン；アイルランド；イギリス；フランス；スペイン；バスク；カタロニア；ポルトガル；イタリア；マルタ；ハンガリー；スロバキア；スロベニア；ルーマニア；ポーランド；ベラルーシ，ウクライナ；ジプシー；アメリカ.

1037 鬼が豚の毛を刈る

羊と豚を飼育している鬼と少年が，動物たちからとれる物を分けることにする．羊については，鬼が肥育用の子羊たちをもらい，少年は羊毛とミルクをもらう．豚に関しては少年が子豚たちをもらい，鬼は豚の毛を刈って豚のミルクを搾ることを認められる[K171.5]．参照：話型 1030.

より短い版では，鬼(愚か者，悪魔)が豚の毛を刈ろうとし，この経験について「ひどくキーキー鳴くし，羊毛がとれない」とコメントする．

注 この話型の短い版は諺としても流布している．

類話(～人の類話) フィンランド系スウェーデン；エストニア；ラトヴィア；スウェーデン；スペイン；フリジア；ドイツ；ソルビア；マルタ；スペイン系アメリカ．

1045 湖の口を引いて閉じる (旧話型 1046 と 1053A を含む)

この説話には，おもに 3 つの異なる型がある．

(1) 男(労働者，羊飼いの少年)が，ロープ(鎖)で湖の口を引いて閉じる(森または山を引きちぎる)と言って悪魔(鬼)を脅す．悪魔は(湖に棲んでいるので)おびえる(悪魔は男を殺そうとするか，または男にやめさせるために黄金を与えるか，ほかの贈り物をする)[K1744]．参照：話型 1650.

(2) 男がロープで倉庫を引きちぎると言って，鬼(悪魔)を脅す．鬼は男の見せかけの力におびえる(男と鬼は倉庫の周りにロープを結ぶ．鬼が引っ張り，鬼は家の下敷きになり押しつぶされる)．(旧話型 1046.)

(3) 男(作男)が，牛の群れ全体を引っ張って家に連れ戻せるように長いロープをつくる．(旧話型 1053A.)

コンビネーション 通常この話型は，1 つまたは複数の他の話型，特に 1000–1029, 1045, および 1049, 1052, 1060, 1063, 1071, 1072, 1084, 1088, 1115, 1130, 1149, 1650 と結びついている．

類話(～人の類話) フィンランド；フィンランド系スウェーデン；エストニア；ラトヴィア；リトアニア；ラップ；リーヴ, カレリア, コミ；ヴェプス, ヴォート, リュディア；スウェーデン；アイルランド；フランス；スペイン；バスク；ポルトガル；オランダ；ドイツ；スイス；イタリア；マルタ；ハンガリー；チェコ；スロバキア；セルビア；ボスニア；マケドニア；ルーマニア；ブルガリア；ギリシャ；ロシア, ベラルーシ, ウクライナ；ユダヤ；ジプシー；アブハズ；チェレミス/マリ, チュヴァシ；タタール, モルドヴィア, ヴォチャーク；クルド；シベリア；インド；イギリス系カナダ；アメリカ；フランス系アメリカ；北アフリカ, アルジェリア；エジプト．

1046 話型 1045 を見よ．

1048 木を買う

貧しい男(しばしば 3 人兄弟の末の弟)が悪魔(主人，赤毛の男，神)の作男になる．作男は，まっすぐでもなく曲がってもいない木，または同じ部分が半分曲がっていて半分まっすぐな木を手に入れるよう(森を買うよう)命じられる．作男は森を切り倒し，主人に損害を与える．主人はすぐに男を首にする(別の命令をする)[K186]．

コンビネーション 通常この話型は，1つまたは複数の他の話型，特に1000–1029，および1036, 1062, 1085と結びついている．

注 19, 20世紀に記録されている．

類話(～人の類話) フィンランド；フィンランド系スウェーデン；エストニア；フランス；カタロニア．

1049 重い斧

主人(鬼，悪魔，熊)が自分の雇っている作男(少年，お爺さん，仕立屋)に，薪と水を取ってくるように頼む．しかし斧とバケツが非常に重いので，作男はそれらを持ち上げることができない．作男は，森全体を切れるほど重い斧と，井戸をまるごと持ってくることができるくらい大きいバケツを要求する．主人は恐ろしくなって，自分でその仕事をする[K1741.1, K1741.3]．参照：話型1031．

コンビネーション 通常この話型は，1つまたは複数の他の話型，特に1000–1029，1045–1063, 1084, 1088, 1115, 1149, 1640，および1072, 1085, 1153と結びついている．

注 19世紀に記録されている．

類話(～人の類話) フィンランド；フィンランド系スウェーデン；エストニア；ラトヴィア；リトアニア；ラップ；ヴェプス，ヴォート；スウェーデン；ノルウェー；デンマーク；フェロー；アイスランド；アイルランド；イギリス；スペイン；カタロニア；ポルトガル；オランダ；フリジア；ドイツ；オーストリア；イタリア；ハンガリー；チェコ；スロバキア；セルビア；ブルガリア；ギリシャ；ソルビア；ロシア，ベラルーシ，ウクライナ；トルコ；ユダヤ；ジプシー；チェレミス/マリ，チュヴァシ，タタール，ヴォチャーク；シベリア；カルムイク，ブリヤート，モンゴル；イラン；フランス系アメリカ；ドミニカ，プエルトリコ，チリ，アルゼンチン．

1050 木々を倒す (旧話型1065A* および1065B* を含む)

鬼(巨人，悪魔，竜，熊)と男(少年，お爺さん，ジプシー，仕立屋)が，どちらのほうがより速く，より強いかを確かめるために，それぞれ大きな木を切り倒そうとする．男は鬼の斧をなまくらの斧と取り替える．

一部の類話では，男はひそかにあらかじめ自分の木をのこぎりで切っておくか，または鬼が拳を使っているのに男は斧を使うか，または鬼をだましてすべての仕事をさせる[K44, K44.1, K178, K1421]．(旧話型 1065A* および 1065B*.) 参照：話型 650A.

コンビネーション　通常この話型は，1つまたは複数の他の話型，特に 1000–1029, 1640，および 1049, 1052, 1060, 1063, 1088, 1115 と結びついている．

類話(～人の類話)　フィンランド；フィンランド系スウェーデン；エストニア；リーヴ；ラトヴィア；リトアニア；リュディア；スウェーデン；ノルウェー；デンマーク；バスク；ポルトガル；ドイツ；マルタ；アメリカ；アブハズ；ウドムルト．

1051　木を曲げる

鬼(巨人，悪魔，竜，熊)と男(ジプシー，仕立屋)が，どちらのほうが強いか確かめるために勝負をする．男は，木を曲げて梢を下に抑えておくことができない．男は鬼をだましてこの課題をさせる．木の梢が跳ね上がると，男は空に放り上げられる．男は何かを取ってくるために(捕まえるために)高く跳んだふりをする．(鬼は，ジャンプをまねできないか，または落ちて死ぬか，または降参する．)[参照 K1112]．

コンビネーション　通常この話型は，1つまたは複数の他の話型，特に 1045–1063, 1115, 1640，および 303, 1000, 1003, 1006, 1072, 1084, 1120, 1149 と結びついている．

類話(～人の類話)　フィンランド；フィンランド系スウェーデン；リーヴ；ラトヴィア；リトアニア；ラップ；スウェーデン；ノルウェー；フランス；スペイン；カタロニア；オランダ；フリジア；フラマン；ドイツ；スイス；オーストリア；イタリア；ハンガリー；チェコ；スロバキア；スロベニア；セルビア；クロアチア；ボスニア；マケドニア；ルーマニア；ブルガリア；アルバニア；ポーランド；ソルビア；ウクライナ；トルコ；ジプシー；オセチア；ヴォチャーク；ウドムルト；中国．

1052　木を運ぶ (旧，木を運ぶいんちきな勝負)

鬼(巨人，悪魔，熊)と鬼の手伝い(男，キツネ)が，切り倒した木を家に運んでいく．手伝いは，自分のほうが強いから(道を知らないから)，自分が木の梢を持ち，鬼が根元を持つことにしようと言う．鬼は先頭を行き，根元を運んでいく．しかし手伝いは枝を持って運ぶどころか枝に座る．そして鬼は荷をまるごと独りで運ばなければならない[K71]．参照：話型 1640.

コンビネーション　通常この話型は，1つまたは複数の他の話型，特に 1000–1029, および 1031, 1045, 1049–1051, 1060–1063, 1085, 1088, 1115 と結びついている．

類話(～人の類話)　フィンランド；フィンランド系スウェーデン；エストニア；ラトヴィア；リトアニア；ラップ；リーヴ，ヴェプス，ヴォート，リュディア，カレリア，コミ；スウェーデン；ノルウェー；デンマーク；フェロー；アイルランド；フランス；スペイン；カタロニア；フリジア；フラマン；ドイツ；ハンガリー；スロバキア；セルビア；ボスニア；ギリシャ；ポーランド；ソルビア；ロシア，ベラルーシ；ジプシー；チェレミス/マリ，チュヴァシ，ヴォチャーク，タタール；ウドムルト；シベリア；ヤクート；イラク；イギリス系カナダ；フランス系カナダ；アメリカ；スペイン系アメリカ；アルジェリア；モロッコ．

1053 イノシシを撃つ

鬼(巨人)が自分の作男に，イノシシを1頭か2頭撃つように頼む．作男は「なぜ1発で1000頭ではないのか？」と尋ねる．鬼は作男の力を想像しておびえる[K1741.2]．

コンビネーション 1045, 1049, 1051, 1060, 1149.
類話(～人の類話) ドイツ；ハンガリー；チェレミス/マリ；タタール；シベリア；アルゼンチン．

1053A 話型1045を見よ．

1059* 馬鍬に乗る (旧，農夫が悪魔を裏返しにした馬鍬の上に座らせる)

農夫(少年)が悪魔を，裏返しにした馬鍬(地ならし機)に乗せる(木の刺のある先端に座らせる)[K1117]．

コンビネーション 1052.
類話(～人の類話) フィンランド；フィンランド系スウェーデン；スウェーデン；中国．

人と鬼の競争 1060–1114

1060　石(とおぼしき物)を絞る

鬼(巨人，悪魔)と(貧しい)男(仕立屋，ジプシー)が，自分たちのどちらが石から水を絞り出せるか勝負する．鬼は石を絞る．男はチーズ(玉子，カブ)を絞り，鬼をおびえさせる[K62]．(一部の類話では，筋の担い手は動物たちである．) 参照：話型 1640.

コンビネーション　通常この話型は，1つまたは複数の他の話型，特に 1000–1029, 1045–1070, 1084, 1088, 1115, 1149, 1640，および 107, 301, 531, 650A, 1031, 1121, 1130, 1133, 1147, 1150, 1535 と結びついている．

類話(～人の類話)　フィンランド；フィンランド系スウェーデン；エストニア；リーヴ；ラトヴィア；リトアニア；ラップ；ヴェプス, ヴォート, リュディア；スウェーデン；ノルウェー；デンマーク；スコットランド；アイルランド；フランス；スペイン；カタロニア；ポルトガル；オランダ；フリジア；フラマン；ドイツ；オーストリア；イタリア；サルデーニャ；マルタ；ハンガリー；チェコ；スロバキア；スロベニア；セルビア；ルーマニア；ブルガリア；ギリシャ；ポーランド；ロシア, ベラルーシ, ウクライナ；トルコ；ユダヤ；ジプシー；チェレミス/マリ, チュヴァシ, タタール；シベリア；ヤクート；タジク；ブリヤート, モンゴル；トゥヴァ；グルジア；イエメン；イラン；インド；中国；イギリス系カナダ；北アメリカインディアン；アメリカ；スペイン系アメリカ；メキシコ；ドミニカ；チリ, アルゼンチン；カボヴェルデ；リビア, アルジェリア, モロッコ.

1060A　手を握りしめる

鬼(巨人)と男(仕立屋，船乗り)が，どちらの握手が強いかを決めるために競い合う．男は鉄の手袋をつけて勝つ[K73]．

一部の類話では，男は(真っ赤に焼けた)鉄の棒(フォーク，等)を差し出す．

類話(～人の類話)　フィンランド；エストニア；スウェーデン；アイルランド；オランダ；イタリア；ロシア；グルジア；インド.

1061　石をかんで粉々にする

鬼(悪魔)と男(少年，仕立屋，兵隊)が，どちらが石をかんで(叩いて)粉々にすることができるかを競い合う．男は木の実(エンドウ豆)を取って，簡単にかみ砕く．鬼は石をかんで粉々にすることができず，男の強い歯に感心する[K63]．

一部の類話では，仕立屋が家畜小屋に1晩熊といっしょにいなければならない. 仕立屋は, 木の実を割って熊の好奇心を駆り立て, 次に石を熊に与える. 熊は石を割ることができない). 参照：話型 1640.

コンビネーション 通常この話型は, 1つまたは複数の他の話型, 特に 850, 1049, 1052, 1060, 1088, 1115, 1159, および 462, 1000, 1003, 1004, 1012, 1029, 1036, 1048, 1062, 1084, 1085, 1116, 1121, 1137, 1162, 1640, 1875 と結びついている.

類話(～人の類話) フィンランド；フィンランド系スウェーデン；エストニア；ラトヴィア；リトアニア；リーヴ, カレリア；スウェーデン；ノルウェー；アイルランド；フランス；スペイン；バスク；カタロニア；オランダ；フリジア；ドイツ；オーストリア；イタリア；ハンガリー；チェコ；スロバキア；ギリシャ；ロシア, ウクライナ；ジプシー；シベリア；イエメン；パキスタン, インド, スリランカ；中国；朝鮮；日本；ドミニカ；マヤ；西インド諸島；ローデシア.

1062 石を投げる

鬼(巨人, 悪魔, 竜)と男(少年, 仕立屋, ジプシー)が, どちらのほうがより高く石を投げることができるかを競い合う. 石が最初に地面に落ちたほうの負けである. 鬼は石を投げる. 男は鳥(スズメ, ヒバリ, コウモリ)を投げ, 鳥は2度と戻ってこない[K18.3]. 参照：話型 1640.

コンビネーション 通常この話型は, 1つまたは複数の他の話型, 特に 1000-1063, 1088, 1115, 1640, および 559, 650A, 1070-1072, 1085, 1116, 1150 と結びついている.

類話(～人の類話) フィンランド；フィンランド系スウェーデン；エストニア；ラトヴィア；リトアニア；リーヴ, ヴォート；スウェーデン；ノルウェー；フェロー；フランス；スペイン；バスク；カタロニア；ポルトガル；フリジア；フラマン；ドイツ；スイス；オーストリア；イタリア；マルタ；ハンガリー；チェコ；スロバキア；スロベニア；ルーマニア；ブルガリア；ギリシャ；ソルビア；ポーランド；ロシア, ベラルーシ；トルコ；ジプシー；タタール；シベリア；トゥヴァ；イエメン；イラン；北アメリカインディアン；アメリカ；スペイン系アメリカ, メキシコ；プエルトリコ；マヤ；チリ, アルゼンチン；カボヴェルデ；リビア, モロッコ；中央アフリカ.

1063 こん棒を投げる (旧, 黄金のこん棒の投げくらべ)

鬼(巨人, 悪魔)と男(少年)が(黄金の, 重い)こん棒(ハンマー, 斧)をより高く投げる勝負をする. 鬼はこん棒を高く投げる. 男はこん棒を投げ込む雲を待つふりをしてぐずぐずする(星にぶつからないよう気をつける, 天国にいる親族にこん棒を投げようとする). 鬼は降参する[K18.2]. 参照：話型 1640.

一部の類話では, 男は鬼に雲の中のこん棒を示すか, またはすでにこん棒を投げたが，それが戻ってこないと偽る．

コンビネーション 通常この話型は，1つまたは複数の他の話型，特に1000–1088, 1115, 1116, 1121, 1130, 1132, 1640, および650A, 800, 804B, 1091, 1096, 1149, 1150, 1159, 1650, ,1651と結びついている．
類話(～人の類話) フィンランド；フィンランド系スウェーデン；エストニア；ラトヴィア；リトアニア；ラップ；リーヴ，ヴェプス，ヴォート，カレリア；スウェーデン；ノルウェー；アイスランド；アイルランド；スペイン；ポルトガル；ドイツ；オーストリア；イタリア；ハンガリー；チェコ；スロバキア；スロベニア；ルーマニア；ブルガリア；ギリシャ；ソルビア；ポーランド；ロシア，ベラルーシ，ウクライナ；ジプシー；チェレミス/マリ，チュヴァシ，タタール，モルドヴィア，ヴォチャーク；シベリア；北アメリカインディアン；フランス系カナダ；ドミニカ，チリ，アルゼンチン；プエルトリコ．

1063A 投てきくらべ (旧話型1063Bを含む)

鬼(巨人)と男が投てきを競い合う．この説話には，おもに2つの異なる型がある．

(1) 男が，海(山)を越えて村(家)を破壊するほど遠くに石(岩)を投げると偽るか，または天使ガブリエル(聖ペトルス)に気をつけるように言う[K18.1, K18.1.1, K18.1.2].

(2) 男は，遠い場所(コンスタンチノープル)に石を投げて，鬼の親族の1人に当てると偽る．(旧話型1063B.)

コンビネーション 通常この話型は，1つまたは複数の他の話型，特に1000–1029, および1045, 1049, 1060, 1061, 1072, 1088, 1115, 1640と結びついている．
類話(～人の類話) ラトヴィア；デンマーク；アイルランド；フランス；スペイン；バスク；カタロニア；ポルトガル；ドイツ；スイス；イタリア；マルタ；ハンガリー；セルビア；クロアチア；ブルガリア；ギリシャ；トルコ；イギリス系カナダ；北アメリカインディアン；アメリカ；アフリカ系アメリカ；スペイン系アメリカ；メキシコ．

1063B 話型1063Aを見よ．

1064 地面を踏みつけて火を出す

鬼(巨人)と(臆病な，年老いた)男が勝負する．鬼と男は，地面を踏んで，火を出すことにする(水を出すことにする)．男はあらかじめ熱い灰を用意しておいたために(水を入れた管を地面に埋めておいたために)勝負に勝ち，男は鬼をおびえさせる.

コンビネーション 1049, 1060, 1088, 1115, 1640.
類話(～人の類話) ブルガリア；ギリシャ；アブハズ；カラチャイ；カザフ；ウズベク；中国.

1065A* 話型1050を見よ.

1065B* 話型1050を見よ.

1066 話型1343を見よ.

1070 レスリング

鬼(巨人，魔法使い，竜，デーモン，熊)と男(ジプシー，有名なレスラー)が，レスリングをする．鬼はとても強く男を締め上げ，男の目は膨れ出る．鬼が，なぜそんなに目を見開いて見ているのかと男に尋ねると，男は，鬼を投げる場所を探していると答える．鬼は降参する(逃げる，お金を払う約束をする，永遠の友情を誓う)[K12.1].

コンビネーション 1045, 1049, 1051, 1060, 1062, 1072, 1084, 1088, 1115, 1149, 1640.
類話(～人の類話) フィンランド；ラトヴィア；リトアニア；イギリス；マルタ；セルビア；マケドニア；ルーマニア；ブルガリア；アルバニア；ギリシャ；カシューブ語話者；ユダヤ；ジプシー；チェレミス/マリ；タジク；チリ；モロッコ.

1071 (年老いた祖父との)レスリング

鬼(巨人，悪魔)が男(少年，農夫)にレスリングの試合を挑む．男は自分の代わりに，「祖父」(「兄弟」，「おじ」)だと言って，熊を送り込む．鬼が負ける[K12.2].

コンビネーション 804B, 1000, 1045, 1060, 1063, 1072, 1082, 1084, 1130, 1650.
類話(～人の類話) フィンランド；フィンランド系スウェーデン；エストニア；リーヴ；ラトヴィア；リトアニア；ヴェプス，ヴォート，カレリア；スウェーデン；ドイツ；ハンガリー；チェコ；スロバキア；スロベニア；ルーマニア；ブルガリア；ロシア，ベラルーシ，ウクライナ；ジプシー；チェレミス/マリ，チュヴァシ，タタール，モルドヴィア，ヴォチャーク；ウドムルト；シベリア；ヤクート；カルムイク；グルジア.

1072 競走 (旧，小さな息子との競走)

鬼(巨人)が男に競走を挑む．男は鬼を説得して，自分の代わりに，小さな息子だと言って，穴ウサギと競走させる．穴ウサギが勝つ[K11.6]．参照：

話型 275, 275A, 1074.

コンビネーション　650A, 804B, 1045, 1052, 1060, 1062, 1063, 1071, 1082, 1084, 1115, 1130, 1650.
類話(～人の類話)　フィンランド；フィンランド系スウェーデン；エストニア；ラトヴィア；リトアニア；ラップ；ヴェプス, ヴォート, カレリア；コミ；スウェーデン；スペイン；ドイツ；ハンガリー；チェコ；スロバキア；スロベニア；クロアチア；ルーマニア；ブルガリア；ポーランド；ソルビア；ロシア, ベラルーシ, ウクライナ；トルコ；ユダヤ；ジプシー；チェレミス/マリ, チュヴァシ, タタール, モルドヴィア, ヴォチャーク；ウドムルト；シベリア；ヤクート；ツングース；カルムイク；グルジア.

1073　登りくらべ

鬼(巨人)が登りくらべを男に挑む. 男は鬼を説得して, 自分の代わりに, 彼の子どもだと言って, リスと競わせる. リスが勝つ[K15.1].

コンビネーション　1045, 1071, 1072, 1082, 1650, 1652.
類話(～人の類話)　フィンランド；フィンランド系スウェーデン；ラトヴィア；リトアニア；ラップ；フェロー；アイルランド；ドイツ；オーストリア；ジプシー.

1074　欺いて競走に勝つ：援助者としての親族たち

鬼(巨人, 悪魔)が男に競走を挑む(男が動物に競走を挑む). 男は親族たち(自分に似ている人たち)をコースに沿って(ゴールに)配置する. 鬼は, 男がいつも自分の前にいる(男が勝った)と思う[K11.1]. 参照：話型 1072.

コンビネーション　しばしばこの話型は, 1つまたは複数の他の話型, 特に 275A, 275C, 1063, および 1084, 1085, 1170 と結びついている.
注　筋の担い手が動物であることのほうが多い. 参照：話型 275C.
類話(～人の類話)　フィンランド；フィンランド系スウェーデン；ラトヴィア；ラップ；アイルランド；ウェールズ；イギリス；カタロニア；ハンガリー；ベラルーシ, ウクライナ；パキスタン；インド；スリランカ；日本；アメリカ；エジプト, チュニジア；アルジェリア；中央アフリカ.

1080*　笑いくらべ

鬼(巨人)と男が笑いくらべをする. 男は歯をむき出して死んでいる馬を自分の代わりに置く. 鬼は馬と同じくらい長く笑おうとして, 笑い死にする[K87.1, 参照 J1169.5].

類話(～人の類話)　リトアニア；ドイツ；ハンガリー；ルーマニア；ポーランド；ロ

シア，ベラルーシ，ウクライナ；シベリア；メキシコ．

1082 馬を運ぶ

鬼(巨人，悪魔)と男(ジプシー，靴職人)が，交替で馬を運ぶ．鬼は馬を背負い，すぐに疲れ果ててしまう．男は馬を足の間に挟む，すなわち馬に乗る．こうして苦労せずに馬を「運ぶ」[K72]．参照：話型 1640.

コンビネーション 804B, 1045, 1060, 1062, 1063, 1071, 1072, 1084, 1130, 1650, 1651.
類話(〜人の類話) フィンランド；フィンランド系スウェーデン；エストニア；ラトヴィア；リトアニア；ラップ；ヴォート，カレリア；ドイツ；ハンガリー；チェコ；スロバキア；ポーランド；ロシア，ベラルーシ，ウクライナ；ジプシー；チェレミス/マリ，チュヴァシ，タタール，モルドヴィア，ヴォチャーク；シベリア；カルムイク．

1082A 歌くらべ (旧，死神に乗った兵隊)

悪魔(死神，修道士)と男(兵隊)が次の取り決めをする．片方が歌っている間，もう片方が相手を背負って運ばなければならない．悪魔の歌は短い．しかし男は終わりのない歌を歌う(同じ歌を歌い続ける)．悪魔は降参する(破裂する)．参照：話型 1199 (2).

コンビネーション 1030.
類話(〜人の類話) リトアニア；セルビア；ルーマニア；ブルガリア；ロシア，ベラルーシ，ウクライナ；ウズベク；グルジア；中国．

1083 長い棒とこん棒での決闘

悪魔(鬼，巨人)と(貧しい)男(鍛冶屋，教師，ジプシー，神，お婆さん)が，小さい部屋(家畜小屋，羊のおり，森)の中で決闘する．男は長い棒を悪魔に与え，自分は短いこん棒(ハンマー)を選ぶ．悪魔が長い棒で何もできず，男は悪魔をさんざん殴る[K785]．(このあと，彼らは外で決闘を続けるが，武器を交換する．それで，男は再び悪魔をさんざん殴る．)

コンビネーション 1030, 1060, 1062, 1071, 1072.
類話(〜人の類話) リトアニア；フランス；ポルトガル；ドイツ；スイス；イタリア；ハンガリー；スロベニア；クロアチア；マケドニア；ブルガリア；ギリシャ；ポーランド；ロシア，ベラルーシ，ウクライナ；トルコ；ジプシー；ヴォチャーク；カザフ；カルムイク；アルゼンチン．

1083A 銃剣と干し草フォークでの決闘

悪魔と男が戦うことにする．悪魔は銃剣(剣，槍)を持ち，男は干し草フォークを持つ．男は，自分は1突きごとに5つの傷を負わせるが，悪魔は自分に対して1つの傷しか負わせないと脅す．それで悪魔が武器を交換したがる．男は柵の後ろに立ち，悪魔は男を突くことができない．

コンビネーション　1036, 1060–1063, 1072, 1083, 1084.
類話(～人の類話)　ラトヴィア；リトアニア；フランス；クロアチア；ウクライナ．

1084　金切り声くらべ，または口笛くらべ (旧，悲鳴を上げるか口笛を吹く対決)

鬼(巨人，悪魔)と男(少年)が金切り声くらべ(口笛くらべ)をする．男は，自分が金切り声を上げたときに，頭が2つに割れるのを防ぐために頭を縛る．鬼は恐ろしくなって，自分の頭も縛ってくれと男に頼む．男は鬼の頭を縛り，それから鬼の頭を殴る．鬼は男のほうが強いことを認める[K84.1]．

一部の類話では，男は鬼に目隠しをし，ハンマーで鬼の頭(額)を叩く．

コンビネーション　804B, 1045, 1051, 1052, 1060, 1063, 1071, 1072, 1085, 1115, 1116, 1149, 1525A.
類話(～人の類話)　フィンランド；フィンランド系スウェーデン；エストニア；リーヴ；ラトヴィア；リトアニア；リーヴ, ラップ, ヴェプス, リュディア, カレリア；スウェーデン；ノルウェー；カタロニア；ドイツ；オーストリア；ハンガリー；チェコ；スロバキア；スロベニア；ルーマニア；ロシア, ベラルーシ, ウクライナ；ジプシー；チェレミス/マリ, チュヴァシ, タタール；シベリア；グルジア；ビルマ；日本．

1085　木に穴を開ける

鬼(巨人)と男が，どちらのほうが木により深い穴を頭(こぶし)で開けることができるか勝負する．男はあらかじめ木に準備をしておいて勝つ．男は斧で穴を開け，樹皮を戻しておいたのである[K61]．参照：話型1086, 1640.

一部の類話では，筋の担い手は動物たちである．

コンビネーション　1000, 1003, 1012, 1029, 1045, 1050, 1052, 1060, 1062, 1063, 1088, 1115, 1116, 1640.
類話(～人の類話)　フィンランド；フィンランド系スウェーデン；リーヴ, ラップ；スウェーデン；ノルウェー；デンマーク；フランス；スペイン；カタロニア；ポルトガル；フラマン；イタリア；マルタ；ギリシャ；ロシア；ブリヤート；モンゴル；トゥヴァ；インド；スリランカ；インドネシア；イギリス系カナダ；フランス系カナダ；北アメリカインディアン；アメリカ；フランス系アメリカ；スペイン系アメリカ，メキシコ；プエルトリコ；マヤ；ブラジル；チリ；チャド；中央アフリカ．

1086 地中に跳び込む

鬼(巨人，悪魔)と男(少年，ジプシー)が，どちらのほうがより深く地中に跳び込めるかを(地球のはらわたを取り出すことができるかを)競い合う．男はあらかじめ穴を掘って，枝やござで覆いをしておいたので(地中に魚のはらわたを埋めておいたので)，男が勝つ[K17.1]．参照：話型 1085.

コンビネーション 1052, 1063.
類話(〜人の類話) フィンランド；フィンランド系スウェーデン；エストニア；ラトヴィア；アイルランド；ハンガリー；ギリシャ；ポーランド；カザフ；中国；アルゼンチン.

1087 船こぎ対決

鬼が男に，漁に行くために船をこぐよう命ずる．男はオールを折ってしまうことになると鬼に言う．それで鬼は自分で船をこぐ.

一部の類話では，船こぎ対決は次の策略によって勝利がもたらされる．すなわち船はあらかじめのこぎりで切断されている[K14].

コンビネーション 1052, 1063, 1085, 1115.
類話(〜人の類話) フィンランド；ノルウェー；ラップ.

1088 大食い競争，大酒飲み競争 (旧話型 1088* を含む)

この説話には，おもに 2 つの異なる型がある.

(1) 鬼(巨人)と男(少年)が大食い競争をする．男は，(シャツの裏に)隠した袋に食べ物(飲み物)をこっそり入れて，男のほうが大食いだと鬼に信じさせる.

多くの版では，男はさらに食べるために袋を切って開く．鬼はまねをして，自ら命を絶つ[K81.1].

(2) 悪魔(巨人)と男が大酒飲み競争をする．男は水を飲み，悪魔にはアルコール(酢，硫酸)を飲ませる．悪魔は気持ちが悪くなり，男のほうが酒に強いと認める[K82.3]．(旧話型 1088*.)

コンビネーション 通常この話型は，1 つまたは複数の他の話型，特に 1000–1029, 1045–1063, 1115, 1640，および 300, 301, 303, 650A, 1031, 1036, 1084, 1085, 1088, 1116, 1121, 1149, 1563, 1875 と結びついている.
類話(〜人の類話) フィンランド；フィンランド系スウェーデン；リーヴ；ラトヴィア；リトアニア；ラップ；スウェーデン；ノルウェー；デンマーク；フェロー；スコットランド；イギリス；アイルランド；フランス；スペイン；バスク；カタロニア；

ポルトガル；オランダ；フリジア；フラマン；ドイツ；スイス；オーストリア；ラディン；イタリア；サルデーニャ；マルタ；ハンガリー；チェコ；スロベニア；ルーマニア；ブルガリア；ギリシャ；ポーランド；ウクライナ；トルコ；ジプシー；イラン；インド；中国；北アメリカインディアン；アメリカ；スペイン系アメリカ；プエルトリコ；マヤ；ブラジル；西インド諸島；中央アフリカ．

1088* 話型 1088 を見よ．

1089 脱穀競争

悪魔(鬼，巨人)と(貧しい)男が脱穀を競い合う．男は木の唐竿を，悪魔は鉄の唐竿を持つ．年老いて弱い男は悪魔よりも少ししか脱穀できない．彼らが最後に成果を分配するとき，悪魔はもみがらの大きい山を選び，男は穀物の小さい山をもらう[K42.1]．参照：話型 1030.

コンビネーション　650A, 1052.
類話(～人の類話)　リーヴ；リトアニア；スウェーデン；デンマーク；アイルランド；ドイツ；ハンガリー；ウクライナ；ヴォチャーク；プエルトリコ．

1090 刈り入れ競争

悪魔(鬼，巨人)と男(鍛冶屋，農夫，少年)が刈り入れを競い合う．(男は畑の中心を取る．) 悪魔はなまくらな小鎌を与えられる(そして畑のへりを刈り，ついにはへとへとになる)[K42.2]．

一部の類話では，男は夜ひそかに，悪魔が翌日芝刈りしなければならない草地の部分に次のような仕掛けをする．男は草の中に馬鍬の歯を据えつける．その結果悪魔の大鎌は欠けて，男は勝負に勝つ．

コンビネーション　650A, 1030, 1640.
類話(～人の類話)　エストニア；ラトヴィア；スウェーデン；ノルウェー；デンマーク；アイルランド；イギリス；スペイン；フリジア；ドイツ；西インド諸島．

1091 未知の動物を連れてくる (旧，未知の乗用馬を連れてこられるのは誰か)

(旧話型 1092 と 1183* を含む)

この説話には，おもに2つの異なる型がある．

(1)　悪魔(竜，死神，熊)と男が，どちらのほうが(一定期間の後に)ほかのどんな馬とも違う馬を連れてくることができるか確かめることにする(勝負する)．(悪魔は羊にお面をかぶせるが，男はそれに気づく．) 男は妻を裸にし，タールを塗って羽毛をつけ(髪を櫛ですいて顔にかけ)，四つんばいにして尻を頭にして連れてくる．悪魔はこんな馬を見たことがなかったので，負ける[K216.2]．参照：話型 812.

(2) 上の(1)と類似しているが，違いは男が未知の猟獣を連れてくることになっていることである．男は，タールと羽毛で覆われた妻を連れてきて，撃つふりをする[K31.1]．(旧話型 1092, 1183*.)

コンビネーション 1030.

注 (1)の版は 16 世紀に，(2)の版は 19 世紀に記録されている．

類話(～人の類話) フィンランド；フィンランド系スウェーデン；エストニア；ラトヴィア；リトアニア；ラップ；ヴェプス, カレリア, コミ；スウェーデン；ノルウェー；アイルランド；イギリス；フランス；スペイン；バスク；カタロニア；オランダ；フリジア；フラマン；ワロン；ドイツ；イタリア；マルタ；ハンガリー；チェコ；スロバキア；スロベニア；セルビア；ブルガリア；ポーランド；ロシア；ベラルーシ；ウクライナ；シベリア；インド；南アメリカインディアン；ドミニカ, アルゼンチン；チリ；西インド諸島；ナミビア．

1091A 悪魔が植えた秘密の植物の名前を当てる

悪魔がタバコを植え，この植物を知らない男に，名前を当てるように言う．(悪魔は，言い当てられなければ男を殺すと脅す．) タールと羽毛で体を覆われた男の妻が，その植物に近づく(畑の一部を荒らす)．すると悪魔はこの見せかけの動物に，おれのタバコから離れろと命ずる．こうして植物の名前がわかる[H522, K216.2.1]．

コンビネーション 1091.

類話(～人の類話) ラトヴィア；オランダ；フリジア；ドイツ；オーストリア；ハンガリー；チェコ；クロアチア；ジプシー；フランス系カナダ；チリ．

1092 話型 1091 を見よ．

1093 おしゃべり対決 (旧，言葉で競う)

悪魔(鬼，巨人)がおしゃべり(数を数える)対決で少女(男，少年，羊飼い，神)を負かそうする．悪魔は失敗する(そして，怒りのあまり破裂する)．参照：話型 875.

注 他の類話では，熊(オオカミ)とキツネが賭けをする．話型 7 を見よ．

類話(～人の類話) フィンランド；ラトヴィア；カレリア；スウェーデン；ノルウェー；イギリス；イタリア；マケドニア；ブルガリア；アルゼンチン．

1094 ののしりくらべ

悪魔(鬼，巨人)と(貧しい)男が，どちらのほうが相手をよりののしる(侮辱する，おびえさせる)ことができるかを競い合う．悪魔は地獄の責め苦で男を脅すか，または男の服が体から落ちるまで男を侮辱する．男は亜麻用の鉄のすき櫛を悪魔の背中に投げつける(ののしりとして矢を射る)[K91].

コンビネーション 1060, 1062, 1063, 1071, 1072, 1082–1084, 1130, 1149.
類話(～人の類話) ハンガリー；マケドニア；ルーマニア；ジプシー；ヤクート．

1095 ひっかきくらべ (旧話型 1095A を含む)

この説話には，おもに2つの異なる型がある．

(1) 鬼(巨人，悪魔)と男がひっかきくらべをする．男は妻を鬼のところに行かせ，夫は爪を研いでもらいに行ったと伝えさせる．妻は自分の外陰部を鬼に見せ，この深い傷は夫が彼女の体をひっかいて負わせたものだと言う．鬼は逃げる[K83.1].

(2) 鬼(悪魔)と男(少年)がひっかきくらべをする．男は数枚の牛皮で体を覆う(鉄の手袋をする)[K83.2]．(旧話型 1095A.)

コンビネーション 804B, 1030, 1060, 1063, 1084, 1088..
類話(～人の類話) フィンランド；ラトヴィア；リトアニア；スウェーデン；デンマーク；フェロー；スペイン；ポルトガル；オランダ；フリジア；ワロン；ドイツ；イタリア；ハンガリー；チェコ；スロバキア；スロベニア；ボスニア；マケドニア；ギリシャ；ポーランド；ロシア, ウクライナ；ユダヤ；ジプシー；日本；プエルトリコ．

1095A 話型 1095 を見よ．

1096 縫い物競争 (旧，縫い物競争をする仕立屋と鬼)

悪魔(鬼，巨人)と仕立屋(靴職人，ジプシー，女)が縫い物競争をする．悪魔は非常に長い糸で縫う．最初の1針を縫うために，悪魔は家の周りを走らなければならない(窓から飛び出さなければならない)．悪魔が戻ってくると，仕立屋はもう仕事を終えており，勝負に勝つ[K47].

コンビネーション 800, 804B, 1036, 1063, 1072, 1083, 1084.
類話(～人の類話) フィンランド；フィンランド系スウェーデン；エストニア；ラトヴィア；リトアニア；スウェーデン；ノルウェー；イギリス；スペイン；フリジア；ドイツ；オーストリア；イタリア；ハンガリー；スロバキア；スロベニア；ブルガリア；ポーランド；インド；メキシコ．

1097 話型 43 を見よ．

1097* 話型 298A* を見よ．

1098* 息を吐く

（時として，どちらがより強く息を吐くことができるかという勝負の一部.）鬼(竜)が非常に激しく息を吐き(ため息を吐き，くしゃみをし)，男は空に飛ばされる．男は楽しみで(鶏を捕まえるために，父親のこん棒を探すために)飛んだふりをする．

類話(～人の類話) ブルガリア；ウクライナ；グルジア．

1099 大工の棟梁としての巨人

雑録話型．以下の版が最も一般的である．

大工の棟梁である巨人が，ある町に大聖堂を建てる[F531.6.6]．巨人の名前を誰かが当てられない場合には，報酬として，不可能な物か，または恐ろしいこと(太陽と月，この建築物を依頼した人物の両目)を要求する．巨人は名前を当てられて，報酬を失うばかりか，命まで失う(巨人は死んで石になる[Q551.3.4])．

一部の類話では，誰かが巨人の名前を呼んだときに，巨人(巨人たち)は建物を破壊する．そして(または)，カラスになって飛び去る．参照：話型 810A*, 1191.

類話(～人の類話) フィンランド；ラップ；ノルウェー；ドイツ．

人が鬼を殺す(けがさせる) 1115–1144

1115　斧による殺人の企て

鬼(巨人，悪魔，熊)が(若い，愚かな，強い)男に対決で破れ，男が眠っている間に殺そうとする．男はこの計画を知り，掛け布団の下に物(例えばバターの樽)を入れておく．鬼は武器(しばしば斧)でそれを打つ．朝，男は害虫に悩まされたと鬼に話す[K525.1]．

コンビネーション　通常この話型は，1つまたは複数の他の話型，特に1000–1063, 1084–1089, 1149, 1640，および300, 301, 303, 313, 328, 507, 650A, 1071, 1072, 1116, 1120, 1121, 1132, 1133, 1147, 1153, 1563と結びついている．

注　すでに旧約聖書(サムエル記上XIX, 13)に記録されている．

類話(～人の類話)　フィンランド；フィンランド系スウェーデン；エストニア；ラトヴィア；リトアニア；ラップ；ヴェプス，ヴォート，リュディア，カレリア；スウェーデン；ノルウェー；アイルランド；イギリス；フランス；スペイン；バスク；カタロニア；ポルトガル；フリジア；フラマン；ドイツ；イタリア；コルシカ島；ハンガリー；チェコ；スロバキア；スロベニア；セルビア；ルーマニア；ブルガリア；ギリシャ；ロシア，ベラルーシ，ウクライナ；トルコ；ユダヤ；ジプシー；オセチア；チェレミス/マリ，タタール，ヴォチャーク；シベリア；ヤクート；カルムイク，ブリヤート，モンゴル；トゥヴァ；グルジア；イラン；インド；中国；フランス系カナダ；アメリカ；フランス系アメリカ；スペイン系アメリカ；プエルトリコ；西インド諸島；リビア；モロッコ；東アフリカ，コンゴ；マダガスカル．

1116　焼き殺す企て

この説話には，おもに3つの異なる型がある．

(1)　鬼(巨人，悪魔)が，対決で男に破れ，男が寝ている間に男を焼き殺そうとする．男はこの計画を知り，別の場所に隠れる．鬼が焼け跡に戻ってくると，男は少し熱かったと言いながら，灰の中に座っている[K1733]．参照：話型1115．

(2)　悪魔は助手を焼き殺そうとする．悪魔は熱いサウナ小屋に助手を監禁するが，助手の男は逃げる方法を知っている(逃走する．床下に穴を掘る)．

(3)　悪魔と若者は，どちらがより熱さに耐えられるかを競い合う．両者ともが熱くなったとき，若者は寒いと言って，クッションを求める．悪魔は降参する．

コンビネーション　通常この話型は，1つまたは複数の他の話型，特に1000–1029,

および 1049, 1052, 1060, 1063, 1085, 1115 と結びついている.

類話(～人の類話) フィンランド；フィンランド系スウェーデン；エストニア；ラトヴィア；リトアニア；ラップ，カレリア；スウェーデン；ノルウェー；ハンガリー；セルビア；ブルガリア；ギリシャ；ロシア，ウクライナ；トルコ；アブハズ；タタール；アルメニア；日本；スペイン系アメリカ.

1117 鬼の落とし穴

鬼(鬼女，巨人，デーモン)がある男に罠を仕掛ける(鬼が切っておいた木に登るよう男に言う)．男は鬼をだまし，鬼は自分で罠に落ちる(木が倒れて死ぬ)[K1601].

一部の類話では，ある鬼(動物)がだまされて籠の中に入り，山から転がされる．またはデーモンが海を渡るときに，助けになるから石臼を首に巻くように言われる．デーモンは溺れる.

コンビネーション 1000, 1115, 1116.

類話(～人の類話) フィンランド；フィンランド系スウェーデン；スウェーデン；ノルウェー；ポルトガル；マルタ；ギリシャ；トルコ；ユダヤ；カザフ；カルムイク，モンゴル；インド；中国；プエルトリコ.

1119 鬼が自分の母親(妻)を殺す (旧，鬼が自分の子どもたちを殺す)

鬼(悪魔)が家に泊まっている(若い)男を殺そうと思う．夜，男は鬼の母親(妻，娘)と自分の場所を交換する．鬼は過って男の代わりに自分の母親を殺す[K1611]．参照：話型 327B

コンビネーション 通常この話型は，1つまたは複数の他の話型，特に 313, 327B, 328, 531, 1535 と結びついている.

注 通常このモティーフは，「裏をかかれた鬼」の他のモティーフと結びついている．またこのモティーフは話型 327B の一部である(そこでは鬼の子どもたちが死ぬ)．詳しい記述は 327B にある.

類話(～人の類話) フィンランド；エストニア；ラトヴィア；リトアニア；ラップ；スウェーデン；フェロー；アイスランド；スコットランド；アイルランド；スペイン；カタロニア；フラマン；ドイツ；オーストリア；イタリア；マルタ；チェコ；スロバキア；スロベニア；ルーマニア；ギリシャ；トルコ；ヤクート；カルムイク，モンゴル；パレスチナ，ヨルダン，イラク，ペルシア湾，サウジアラビア，カタール；イエメン；イラン；インド；スリランカ；日本；北アメリカインディアン；アメリカ；フランス系アメリカ；スペイン系アメリカ；ドミニカ，プエルトリコ；マヤ；チリ；アルゼンチン；西インド諸島；エジプト，チュニジア，アルジェリア，モロッコ；カメルーン；ギニア, 東アフリカ, コンゴ；スーダン；マダガスカル；ナミビア.

1120　鬼の妻が水に投げ込まれる

川の近くで夜を過ごしているとき，鬼(悪魔)と鬼の妻が助手を溺れさせることにする．夜のうちに助手は鬼の妻と場所を交換し，それで鬼は過って自分の妻を水の中に投げ込む.

一部の類話では，鬼はだまされて自分の妻を井戸に投げ込む[参照 G519.1.4].

コンビネーション　通常この話型は，1つまたは複数の他の話型，特に 1000–1029, および 1085, 1120, 1132 と結びついている.

類話(～人の類話)　フィンランド；エストニア；ラトヴィア；リトアニア；リーヴ, ヴェプス；スウェーデン；アイルランド；スペイン；ポルトガル；ドイツ；イタリア；マルタ；ハンガリー；セルビア；クロアチア；ルーマニア；ブルガリア；ギリシャ；ロシア, ベラルーシ, ウクライナ；トルコ；ユダヤ；ジプシー；チュヴァシ, モルドヴィア；シベリア；グルジア；シリア, イラク；スペイン系アメリカ；ドミニカ；マヤ；エジプト, アルジェリア.

1121　鬼の妻が自分のかまどで焼き殺される

男が，鬼の(巨人の，悪魔の)妻(姉妹，母親，娘)または魔女を炎(炉)に放り込むか，または彼女をだましてかまどに這って入らせる．鬼女は焼き殺される[G512.3.2.1]．参照：話型 327A.

コンビネーション　1045, 1049, 1062, 1119.

注　通常このモティーフは,「裏をかかれた鬼」の他のモティーフと結びついている．これも話型 327A の一部である．話型 327A に詳しい記述がある.

類話(～人の類話)　フィンランド；フィンランド系スウェーデン；エストニア；リトアニア；ラップ；スウェーデン；ノルウェー；デンマーク；フェロー；アイルランド；イギリス；スペイン；カタロニア；ポルトガル；ドイツ；イタリア；マルタ；ハンガリー；スロバキア；ボスニア；アルバニア；ギリシャ；ロシア；ウクライナ；トルコ；ユダヤ；ジプシー；チェレミス/マリ；シリア, パレスチナ, サウジアラビア；イエメン；インド；チベット；中国；北アメリカインディアン；アメリカ；スペイン系アメリカ；メキシコ；プエルトリコ；西インド諸島；エジプト, チュニジア, アルジェリア；モロッコ；アンゴラ.

1122　鬼の妻がその他の策略によって殺される

雑録話型．例えば，ある男が鬼の妻を彼女のナイフで突き刺すか，鬼の妻がロープを検査するように説得されて，自分で首を吊る[G519.1]．参照：話型 328.

コンビネーション　1000, 1007, 1008, 1115, 1116, 1119, 1121.
類話(～人の類話)　フィンランド；ノルウェー；アイルランド；スペイン；ラディン；マルタ；スロベニア；ボスニア；ブルガリア；ギリシャ；アルメニア；タジキスタン；パレスチナ；インド；ビルマ；中国；フランス系カナダ；メキシコ；ドミニカ；ブラジル.

1130　賃金を支払う

策略を使って，男が悪魔(まれに，その他の魔的な存在)との契約から解放される．悪魔は帽子(ブーツ，バッグ，またはその他の容器)いっぱいの黄金を男に与えなければならない．男は穴を掘り，穴を開けた帽子を穴の上に置くので(底なしの容器を家の屋根の上に固定するので)，悪魔は莫大な量の黄金を男に与えなければならない(容器をいっぱいにできない)．悪魔は姿を消す[K275]．参照：話型 773**.

コンビネーション　1000, 1045, 1063, 1071, 1072, 1084, 1152.
注　16 世紀に記録されている.
類話(～人の類話)　フィンランド；フィンランド系スウェーデン；エストニア；ラトヴィア；リトアニア；リーヴ, ラップ, ヴェプス, ヴォート, カレリア；スウェーデン；デンマーク；アイルランド；フランス；スペイン；オランダ；フリジア；ワロン；ドイツ；ハンガリー；チェコ；スロバキア；スロベニア；ソルビア；ロシア, ベラルーシ, ウクライナ；ジプシー；チェレミス/マリ, タタール, モルドヴィア, ヴォチャーク；シベリア；グルジア；アメリカ；プエルトリコ；チリ；東アフリカ.

1131　鬼の喉に熱い粥

鬼(悪魔，デーモン，強盗，トラ，アナグマ)に脅かされた男(女，動物)が，熱い粥(ジャガイモの代わりに熱い石，魚の代わりに赤く燃えている炭，等)を食べさせて鬼の喉をやけどさせる[G512.3.1, K1033].

類話(～人の類話)　フィンランド；エストニア；ラトヴィア；ラップ；スウェーデン；ノルウェー；フェロー；アイルランド；イギリス；フリジア；ポーランド；ベラルーシ；インド；中国；朝鮮；日本；ポリネシア, ニュージーランド；イギリス系カナダ；アルジェリア；コンゴ；南アフリカ.

1132　鬼が袋に持ち物を入れて逃げる

鬼(巨人，悪魔，主人)が自分の雇っている作男から逃げようとする．作男は鬼の袋(長持ち)に隠れ，それで鬼は知らずに作男をいっしょに連れていく［参照 G561］．参照：話型 311.

コンビネーション　通常この話型は，1つまたは複数の他の話型，特に 1000–1029，および 1049, 1060, 1063, 1082, 1115, 1116, 1120 と結びついている．

類話(～人の類話)　フィンランド；フィンランド系スウェーデン；エストニア；ラトヴィア；リトアニア；リーヴ，ラップ，ヴェプス，ヴォート，リュディア，カレリア，コミ；ハンガリー；スロバキア；セルビア；ブルガリア；ギリシャ；ロシア，ベラルーシ，ウクライナ；トルコ；ユダヤ；ジプシー；オセチア；アブハズ；カラチャイ；チェレミス/マリ，チュヴァシ，モルドヴィア，ヴォチャーク；タタール；ウドムルト；アルメニア；シベリア；ヤクート；カザフ；ウズベク；トルクメン；タジク；カルムイク；グルジア；シリア；インド；ビルマ；フィリピン；コンゴ．

1133　強くする (旧，去勢して鬼を強くする)(旧話型 1134 を含む)

この説話には，おもに2つの異なる型がある．

(1)　男が鬼(巨人，悪魔)に，ある牛(馬)は去勢されているので強いと言う［K1012.1］．強くなるために，鬼は男に命じて自分を去勢させる．そして次の日には鬼が男を去勢するという取り決めをする．男は妻に男物の服を着せ，自分の代わりをさせる．鬼は男の妻を見て，すでに去勢されていると思う．(参照：話型 153．鬼の代わりに熊が登場する．)

(2)　鬼(デーモン)は男と同じくらい強くなりたがる．男は鬼を強くする(治療する)ために，鬼に熱湯をかけてやけどをさせる(その他の方法で鬼を傷つける)［K1012.2］．(旧話型 1134.)

コンビネーション　1049, 1060, 1115, 1119.

類話(～人の類話)　フィンランド；フィンランド系スウェーデン；エストニア；リーヴ；ラトヴィア；リトアニア；コミ；スウェーデン；ノルウェー；デンマーク；フェロー；イギリス；フランス；ハンガリー；ブルガリア；ギリシャ；ポーランド；ロシア，ベラルーシ，ウクライナ；ユダヤ；チェレミス/マリ；ドルーズ派；パレスチナ；インド；カンボジア；ギアナ；西インド諸島．

1134　話型 1133 を見よ．

1135　目の治療法 (旧話型 1136 を含む)

(「自分自身」というばかげた名前の)男が，鬼(巨人，悪魔，コーボルト，水の精霊，妖精の子ども，ジャッカル)の目を治療する(取り替える)ふりをする［K1010］．男は灼熱のかたまり(溶けた鉛かスズ)を鬼の目に注ぎ，鬼は目が見えなくなる[K1011]．誰に痛めつけられたのかと聞かれると，鬼は「自分自身」と答える．参照：話型 1137, 1138.

コンビネーション 1000, 1051, 1052, 1060, 1088.
類話(～人の類話) フィンランド；フィンランド系スウェーデン；エストニア；リーヴ；ラトヴィア；リトアニア；ラップ，ヴォート，カレリア；コミ；スウェーデン；ノルウェー；アイスランド；スコットランド，イギリス；アイルランド；ポルトガル；ドイツ；イタリア；スロバキア；スロベニア；アルバニア；ギリシャ；ポーランド；ロシア；ベラルーシ；ウクライナ；ユダヤ；アブハズ；タタール，ヴォチャーク；ウドムルト；ブリヤート；インド；中国.

1136 話型 1135 を見よ.

1137 盲目にされた鬼(ポリュペーモス(Polyphemus)，テペゲツ(Tepegöz))

男が(ほかの者たちといっしょに)(森の中を，荒野を)旅していて，偶然に(1つ眼の[F512.1.1, F531.1.1.1])鬼の洞窟(小屋)にやって来る[G100]．鬼は洞窟に独りで(母親と)棲んでいて，羊たちを育てている．鬼は男を捕まえ，男を食うと脅す．

男は医者のふりをして[K1010]，鬼の目(両目)を治療してやると約束する(鬼は眠りにつく)．男は金属の槍を熱して，鬼の目に突き刺し[K1011]，羊の皮をかぶって[K521.1]，または洞窟を出ていく子羊の腹の下に隠れて，目が見えなくなった鬼から逃げる[K603]．参照：話型 953, 1135.

一部の類話では，鬼は後に魔法の指輪を使って，男を再び捕まえようとする．その指輪は逃亡者に「おれはここだ」と叫び続けさせる[D1612.2.1]．男は次のようにして鬼からもう1度逃げることに成功する．男は指輪のはまっている自分の指を切り落とし，海に投げ込む．鬼は指輪のあとを追って溺れ死ぬ．

コンビネーション しばしばこの話型は，1つまたは複数の他の話型，特に 300, 953, 1115, 1135, 1199A と結びついている.
注 最も有名な文学版はホメーロス(Homer)の『オデュッセイア(*Odyssey*)』の一部である(IX, 106–545).
類話(～人の類話) フィンランド；フィンランド系スウェーデン；エストニア；ラトヴィア；リトアニア；ラップ；リーヴ，コミ；スウェーデン；ノルウェー；フェロー；アイスランド；スコットランド；アイルランド；イギリス；フランス；スペイン；バスク；カタロニア；ポルトガル；フリジア；フラマン；ドイツ；イタリア；ハンガリー；チェコ；スロバキア；スロベニア；セルビア；クロアチア；ルーマニア；

ブルガリア；ギリシャ；ロシア, ベラルーシ, ウクライナ；トルコ；ユダヤ；ジプシー；ヴォチャーク；グルジア；シリア, パレスチナ；ヨルダン；イラン；インド；朝鮮；イギリス系カナダ；アメリカ；スペイン系アメリカ；チリ；エジプト, アルジェリア, モロッコ.

1138　あごひげに金メッキをする

自分のことを「こんなやつ」と名乗る(若い)男が，鬼(悪魔，司祭)を説得してあごひげに金メッキをさせる．男はあごひげにタールを塗り，鬼をタール釜に張りつかせておく．鬼は釜をつけたまま歩き回り，皆に「こんなやつを見たか？」と尋ねる[K1013.1].

一部の類話では，自分のことを「こんなもの」と名乗るトリックスターが，女を治療するふりをする．彼は女に糖蜜を塗る．女が隣人たちに「こんなものを見た？」と尋ねると，1度も見たことがないと答える．参照：話型1135, 1137.

コンビネーション　1135.

類話(～人の類話)　フィンランド；エストニア；ラトヴィア；リトアニア；ラップ, ヴォート, リュディア；デンマーク；バスク；ポルトガル；ドイツ；スイス；イタリア；ブルガリア；ギリシャ；ポーランド；ロシア；ベラルーシ；ウクライナ；タタール；シベリア；グルジア；シリア, イエメン；イラン；中国；メキシコ；プエルトリコ；チリ；エチオピア.

1139　死んだふりをしている人を運ぶ (旧，鬼が死んだふりをしている男を運ぶ)

鬼(巨人，悪魔)が，死んでいるように見える男を運び，男はすでに臭いと言う[K522.2].

類話(～人の類話)　フィンランド；アイルランド；ロシア.

1140　目を開けたまま眠る

男が，自分は目を開けたまま眠ると主張する．こうして男は，鬼(悪魔)をだまして眠らせ，鬼のものを略奪することができる[K331.1].

類話(～人の類話)　フィンランド；ラップ, ヴォート；スロベニア；ヴォチャーク；インドネシア；スペイン系アメリカ.

1141　水に映った姿を飲む (旧，水に映った少女の姿を飲む)

鬼(巨人，悪魔)が水に映った美しい少女(逃亡者[R351])の姿を見る．鬼は湖(川)を飲み干そうとする(そして破裂する)[J1791.6.2]. 参照：話型 34, 92, 408, 1335–1336A.

類話(～人の類話) フィンランド; エストニア; インド; 中国; 日本.

1142 怠惰な馬の治療のしかた (旧, 鬼の馬のしっぽの下に熱いスズ)(旧話型 1682* を含む)

鬼(巨人, 農夫)が怠惰な馬(ロバ)を飼っている. ある男(鍛冶屋, 薬剤師)が何か熱い物(例えば, コショウ, トウガラシ, 熱いスズ)を馬の肛門に入れるよう助言する. 飼い主はそのとおりにし, 馬は走り去る[K1181]. (馬を捕まえるために, 飼い主は自分にもその療法を試みて, 馬より早く走る.)

類話(～人の類話) フィンランド; エストニア; ラップ; スウェーデン; フラマン; ワロン; ドイツ; オーストリア; ハンガリー; スロバキア; クロアチア; マケドニア; ルーマニア; ブルガリア; ポーランド; ロシア; ウクライナ; ユダヤ; イラク; フランス系カナダ; メキシコ; エジプト.

1143 その他の方法でけがをさせられた鬼 (旧話型 1143A–1143C を含む)

雑録話型. 鬼(巨人, 悪魔, 魔女, お爺さん)がだまされて, 材木の割れ目(ドアの穴)に舌(鼻, あごひげ)を挟まれる. 参照：話型 38, 151, 1159, 1160. 鬼は舌を切り落とされたあと, はっきりと話すことができなくなり, 困ったことになる. (旧話型 1143A.) または鬼は鼻を屋根の通気口に挟まれる. (旧話型 1143B.)

一部の類話では, 鬼は説得されて棒の上に座り, 刺さって死ぬ. (旧話型 1143C.)

類話(～人の類話) ラップ; スウェーデン; ノルウェー; マルタ; ハンガリー; ギリシャ; ウクライナ; モロッコ.

1143A–1143C 話型 1143 を見よ.

鬼が人におびえさせられる 1145–1154

1145　聞き慣れない音が怖い（旧，カサカサまたはガタガタと音を立てるものが怖い鬼）

ある鬼（巨人，悪魔）は，カサカサという音かガタガタという音を立てるもの（未知の動物の声）が怖い．男がビャクシンを燃やす[K2345]（動物のまねをする）．（鬼は逃げるか，または男の望みをかなえる．）

一部の類話では，悪魔と神がお互いを怖がらせる．悪魔は大きな嵐を起こし，木の皮をこん棒で叩くが，神は怖がらない．悪魔は雷におびえる．

類話（～人の類話）　フィンランド；リーヴ；ラトヴィア；ラップ；ハンガリー；ギリシャ；ヤクート；トルクメン；モンゴル；日本.

1146　石臼（旧話型 1019* を含む）

男と鬼（巨人）が自分たちの強さを自慢する．男は石臼を母親の真珠だと言うか，または馬鍬を妹の（祖母の）櫛だと言う．鬼はおびえる[K1718.2].

一部の類話では，鬼が馬鍬をヘアブラシとして使い，頭にけがをする．（旧話型 1019*.）

コンビネーション　1045, 1063, 1071, 1072, 1082, 1130, 1151.

類話（～人の類話）　フィンランド；フィンランド系スウェーデン；エストニア；ラトヴィア；カレリア, コミ；スウェーデン；ロシア；チェレミス/マリ, ヴォチャーク；ウドムルト；タタール.

1147　雷（旧，雷は兄弟の荷車の音）（旧話型 1148 と 1148A を含む）

この説話には，おもに 3 つの異なる型がある．

（1）　鬼が雷の轟音に驚くが，ただ荷車が通った音だと言われる[K1718.1].

（2）　鬼（悪魔）が雷雨におびえる．鬼は逃げ，木（岩）の下に隠れる．稲妻が打ちつけ，鬼の隠れ場所を破壊する．（旧話型 1148.）

（3）　鬼（悪魔）が男に，雷が鳴ったら起こしてくれと言う．男は従わず（鬼をだまし），稲妻が鬼に当たる[K1177]．一部の類話では，男は鬼を起こし，鬼は男のために草を刈る．（旧話型 1148A.）

注　19, 20 世紀に記録されている.

類話（～人の類話）　フィンランド；フィンランド系スウェーデン；エストニア；ラトヴィア；リトアニア；ラップ；リーヴ；スウェーデン；ポーランド；ベラルーシ.

1147* **雷神** (旧，男(大工)と雷神と悪魔の友情)

大工が悪魔と雷神ペルクナス(Perkunas)の仲間に加わる．彼らはいっしょに家を建て，カブ(ジャガイモ)を育てる．何者かが彼らのカブを盗む．悪魔とペルクナスはカブの見張りをできないが，恐れ知らずの大工は「ラウメ(Laume)」(女のデーモン)が泥棒だと暴いて，彼女の指を握り，捕まえることに成功する．悪魔とペルクナスは感心する．

家をめぐって争いになる．3人は，恐れずに1晩家の中にいることができた者が家をもらうことに決める．大工はやはり恐れ知らずである．大工は，ラウメの魔法の道具である鉄の荷車とむちを使って，鬼とペルクナスを家から追い出す．大工は家を自分のものにし，悪魔が大量に残していった悪魔のくそ(アサフェティダ(asa foetida)，薬)を売って暮らす．

注 19, 20 世紀に記録されている．
類話(～人の類話) リトアニア；チェレミス/マリ，チュヴァシ，モルドヴィア．

1148 話型 1147 を見よ．

1148A 話型 1147 を見よ．

1148B **雷の楽器** (旧，鬼が雷の楽器(笛，袋，等)を盗む)

悪魔(悪魔の息子，鬼)が，雷神の楽器(バグパイプ，笛，ハンマー，等)を盗む．雷神は道具を取り返しに行く．雷神は泥棒の悪魔を捕まえ，悪魔の娘の結婚式に招待してもらうことと引き換えに悪魔を解放する．結婚式の部屋にはたくさんの楽器があるが，誰もいちばん大きな楽器であるバグパイプを演奏することができない．雷神と雷神の息子は許しを得てバグパイプを演奏する．すると雷と稲妻が楽器から出てくる．結婚式の招待客の多くがその場で死に，死ななかった者たちも永遠にいなくなる．

注 このモティーフはギリシャ神話と『古エッダ(Edda)』(「スリュムの歌(Prymsqviða)」)の巨人のハンマーの窃盗に類似している．スウェーデン，ノルウェー，デンマークでは，民謡として流布している．
類話(～人の類話) フィンランド；エストニア；リトアニア；ラップ；スウェーデン．

1149 **はったり：子どもたちがトラの肉を欲しがる** (旧，子どもたちが鬼の肉を欲しがる)

この説話には，おもに2つの異なる型がある．

(1) 女(男)がトラ(その他の動物)に気づく．女はトラをおびえさせるために，自分の子どもたちを泣かせ，次に，ここにトラがいるから，その肉を食べなさいと子どもたちに言う．トラはおびえて逃げ去る[K1715.4].

ジャッカルは，トラがだまされたことをトラに示したいと思い，いっしょに女のところに戻ろうと迫る．トラは，ジャッカルが自分を見捨てることを恐れて，自分とジャッカルを結びつけるようせがむ．女は2匹を見ると，ジャッカルがトラを2匹(3匹，10匹)連れてこずに，たった1匹しか連れてこなかったと言って責める．トラはジャッカルが自分を裏切ったと思う．トラはジャッカルを引きずりながら逃げる．

(2) (弱い，年老いた)男(ジプシー)が，自分の力を巧妙に誇示することによって，鬼(竜，悪魔，トラ)をおびえさせる．鬼は夜，男を殺そうとして失敗し，男をやっかい払いするために宝を男の家まで運ぶ．鬼は，鬼の仲間のものだといって肉を勧められると，逃げる[K1715]．鬼は助っ人を1人連れて戻ってくるが，再び脅されて逃げる．

一部の類話では，1匹の弱い動物が，強い動物に，自分(自分の子どもたち)が食べているのは強い動物の仲間の肉だと信じさせる．参照：話型125, 126.

コンビネーション 通常この話型は，1つまたは複数の他の話型，特に1045, 1049, 1060, 1084, 1115, 1640，および78, 125, 126, 177, 1045, 1051, 1063, 1071, 1072, 1082, 1088, 1130と結びついている．

注 (1)の版はインドの『パンチャタントラ(*Pañcatantra*)』(『オウム70話(*Śukasaptati*)』)に記録されている．

類話(～人の類話) フィンランド；フィンランド系スウェーデン；ラトヴィア；リトアニア；ヴェプス, ヴォート, リュディア；アイルランド；スペイン；イタリア；ハンガリー；スロバキア；セルビア；クロアチア；ルーマニア；ブルガリア；ロシア, ベラルーシ；ウクライナ；ジプシー；チェレミス/マリ, チュヴァシ, タタール, ヴォチャーク；シベリア；タジク；カルムイク；モンゴル；イラン；アフガニスタン；パキスタン；インド；ビルマ；スリランカ；中国；プエルトリコ；西インド諸島；カボヴェルデ；エジプト；アルジェリア；南アフリカ．

1150 「聖ゲオルギウスの犬たち」(オオカミたち)

悪魔(鬼)に脅された男が，「聖ゲオルギウスの犬たち」に大声で助けてくれと叫ぶ．すぐさまたくさんのオオカミが現れる．悪魔はオオカミたちに追われ，隠れるか逃げる[K1725].

一部の類話では，オオカミたちは悪魔(聖ブラシウス(Blasios))の犬と記述されており，ほかの動物たち(男)に危害を加える．

コンビネーション 1051, 1060, 1062, 1640.
類話(～人の類話) エストニア；ラトヴィア；ノルウェー；ドイツ；チェコ；ギリシャ；ユダヤ；インド；アメリカ.

1151 大きい靴 (旧，納屋の前の大きい靴)(旧話型 1151* を含む)

男が巨大な靴をつくり，巨人が男のことを自分と同じくらい大きいと思うように，その靴を置く[K1717].

一部の類話では，男が悪魔に，ボートは少女(男の祖父)の靴で，サウナ小屋は少女の帽子だと信じさせる．(旧話型 1151*.)

コンビネーション 1146.
類話(～人の類話) フィンランド；ラトヴィア；ヴェプス；スウェーデン；ロシア；ビルマ.

1151* 話型 1151 を見よ.

1152 いろいろな物を見せて脅す (旧，物を見せられて威圧された鬼)

男(男たち，少年，弱い動物たち)が，鬼(巨人，悪魔，強い動物)の家(巣穴)で夜を過ごし(隠れ)，自分のほうがずっと大きい(ずっと強い)と主張して，鬼を脅そうとする．鬼は証拠を要求する.

男はドア越しか窓越しに，偶然旅の途中で拾った物を突き出す．例えば，1 本のロープ(ヤマアラシの針毛)を自分の髪の毛の 1 本だと言う[K1711.1, K1715.12]，または穀物シャベルを自分の耳だと言う[K1715.12]，カッテージチーズ(石灰，等)を自分のつばだと言う[K1715.12]，カメは自分の体にいたシラミで，剣(ナイフ)は自分の舌[G572.2]か歯で，木の幹は自分の脚で，桶か壺は自分の腹(頭)である．鬼に，胸を叩いてみろと言われて，男は太鼓を叩く(叫んでみろと言われて，男はロバのしっぽをねじり，ロバがいななく[K2324.1])．鬼はおびえる.

コンビネーション 1045, 1072, 1130.
類話(～人の類話) ヴェプス, カレリア；コミ；スウェーデン；フェロー；ポルトガル；スロバキア；ルーマニア；ブルガリア；ジプシー；チェレミス/マリ, ヴォチャーク；タタール；トゥヴァ；イラン；インド；ビルマ；スリランカ；ネパール；中国；カンボジア；日本；東アフリカ.

1153 賭け：運べるだけの賃金

鬼(巨人，悪魔，トロル)が自分の雇っている作男をやっかい払いするために，作男が自分で運べるだけの賃金をやると申し出る．作男は，それでは多くなりすぎるから，鬼が運べるだけの賃金で満足だと言う[K1732]．参照：話型 650A.

コンビネーション 通常この話型は，1つまたは複数の他の話型，特に 1000–1029, および 1045, 1049, 1060, 1088, 1115, 1640 と結びついている．
類話(～人の類話) リトアニア；スウェーデン；ノルウェー；デンマーク；アイルランド；ドイツ；ラディン；イタリア；スロバキア；ブルガリア；ロシア, ウクライナ；ユダヤ；クルド；ウズベク．

1154 木から落ちた男とデーモンたち

この説話には，おもに2つの異なる型がある．

(1) 2人(3人またはそれ以上)の男(家畜)が木の上に避難する．彼らの下に，デーモンたち(捕食者たち)が集まる．1人の男が，偶然に，または恐怖に襲われて，木からデーモンたちの真ん中に落ちる．木の上にいる男は落ちた仲間に向かって，おまえはいちばん大きいデーモンを捕まえろ，おれはほかのデーモンたちをやっつけにおりていくから，と命令する．デーモンたちは逃げる．参照：話型 126, 1149, 1653.

(2) ある男(男たち)が，デーモンたちの皮を集めるために送り出されたなどのことを言って，デーモンをおびえさせる．

コンビネーション 1152.
類話(～人の類話) アブハズ；イラン；インド；スリランカ；中国．

人が悪魔を出し抜く 1155–1169

1157　鬼と鉄砲(旧，喫煙パイプとしての鉄砲)(旧話型 1158 を含む)

この説話には，おもに 2 つの異なる型がある．

(1)　鬼(悪魔)が鉄砲を 1 度も見たことがない．狩人が，それは喫煙パイプであると鬼に言う．鬼は鉄砲の先を口にくわえ，狩人が引き金を引く．鬼はつばを吐き，このタバコはとても強いと驚く[K1057]．

(2)　鬼は銃身を通して鍛冶屋の仕事場を覗こうとする．鍛冶屋が鉄砲を撃つ[J2131.4.1]．(旧話型 1158.) 参照：1228.

コンビネーション　330, 785, 1071, 1072.

注　諺として流布している．

類話(～人の類話)　フィンランド；エストニア；リーヴ；ラトヴィア；リトアニア；ラップ；スウェーデン；ノルウェー；デンマーク；ウェールズ；フランス；スペイン；オランダ；フリジア；ドイツ；オーストリア；イタリア；ハンガリー；チェコ；ロシア；ベラルーシ；ジプシー；クルド；ネパール；中国；アメリカ；エチオピア；南アフリカ．

1158　話型 1157 を見よ．

1159　割れ目に挟まれた鬼(旧，鬼が演奏を習おうとする)(旧話型 1160 を含む)

この説話には，おもに 2 つの異なる型がある．

(1)　鬼(巨人，悪魔，竜)が，フルート(バイオリン，バグパイプ)の演奏を習いたがる．男(少年，羊飼い)が，鬼の指は曲がりすぎている(爪が長すぎる)から最初に伸ばさなければならない(爪を切らなければならない)と言う．男は木の割れ目に鬼の指を挟んで，鬼をさんざん殴る[K1111.0.1]．鬼は逃がれ，男に復讐すると脅す．

次に男と鬼が会ったとき，男は鬼に妻のむき出しの性器を見せる．割れ目を見ると，鬼は逃げる[K1755]．参照：話型 38, 151, 1095.

(2)　男が，取り憑かれた城から鬼(悪魔)を追放することにする．男は鬼のあごひげ(指)を割れ目(万力)に挟む[K1111.1]．時として(1)の版のように終わる．(旧話型 1160.) 参照：話型 326, 1162.

コンビネーション　通常この話型は，1 つまたは複数の他の話型，特に 1045, 1049, 1061, 1178，および 38, 151, 326, 330, 400, 850, 1052, 1063, 1640 と結びついている．

類話(～人の類話)　フィンランド；フィンランド系スウェーデン；エストニア；ラトヴィア；リトアニア；ラップ；ヴェプス，ヴォート，リュディア，カレリア；スウェーデン；ノルウェー；フェロー；アイルランド；スペイン；バスク；オランダ；フリジア；フラマン；ドイツ；オーストリア；ラディン；イタリア；ハンガリー；チェコ；スロバキア；スロベニア；クロアチア；ブルガリア；ギリシャ；ポーランド；ロシア，ベラルーシ，ウクライナ；ジプシー；チェレミス/マリ，チュヴァシ，モルドヴィア；日本；イギリス系カナダ；アメリカ．

1160 話型 1159 を見よ．

1161 熊使いと熊（旧話型 957 を含む）

熊（北極熊）を連れた熊使いが水車小屋（農家）に来て，泊めてくれと言う．粉屋（農夫）は熊使いに部屋を与え，この家は鬼（巨人，悪魔，デーモン，幽霊，ゴブリン，トロル）に取り憑かれていると言う．夜，鬼が現れて熊使いたちを攻撃し始めるが，熊は鬼を傷つけ，追い出す．この夜以来，この建物は鬼が出なくなる．

いなくなってだいぶたったあとに，鬼が戻ってきて，まだ大きい（白い）猫を飼っているかと農夫に聞く．農夫は，この間に猫が 4 匹（7 匹）子猫を生んだと答える．鬼は 2 度と来ないと誓う [K1728]．

類話（～人の類話） フィンランド；フィンランド系スウェーデン；エストニア；ラトヴィア；リトアニア；ラップ；スウェーデン；ノルウェー；スコットランド；イギリス；フリジア；ドイツ；オーストリア；チェコ；ソルビア；ポーランド；ロシア；ベラルーシ；ウクライナ；チェレミス/マリ；ヴォチャーク；日本．

1161A 肥えた雌牛

悪魔が貧しい男に，期限を定めずに雌牛を飼育させる．男はミルクを売り，徐々に裕福になる．いくら待っても悪魔が雌牛を取りに来ないので，男は雌牛を売る．

ようやく悪魔が自分の雌牛を取りに来ると，男は自分の富を悪魔に見せ，次のような奇妙な贈り物を悪魔に与える．頬ひげをとかすための男の父親の櫛（それは馬鍬である），むち（唐竿），砂糖の鉢（大きい木製のすり鉢），タバコケース（罠）．雌牛の代わりに男は悪魔に熊を見せる．悪魔は熊に乗り，雌牛を太らせてくれたことに礼を言う．

類話（～人の類話） ラトヴィア；リトアニア；ロシア；ユダヤ．

1162 鉄の男と鬼

男（少年）が鬼（悪魔）に，自分と戦う代わりに，（訳注：男がつくった機械じかけの(参照:『メルヒェン百科事典』13, 428f.))鉄の男と戦うように要求する. 鬼は破れる[K1756]. 参照:話型 1071.

一部の類話では, 悪魔は鉄の男の喉に手を入れさせられる. 参照:話型 1159.

コンビネーション 1061.

類話(～人の類話) フィンランド; エストニア; ラトヴィア; リトアニア; リーヴ; スウェーデン; ドイツ; ロシア; 中央アフリカ.

1163 悪魔がだまされて秘密を明かす (旧, 鬼が鍛冶屋に鉄を鍛造するときの砂の使い方を教える)

鍛冶屋が鉄を鍛造しようとして(容器にスズでメッキをしようとして)失敗するのを, 悪魔(鬼, 巨人)が意地悪く見ている. 鍛冶屋が偽って, 成功したと言うと, 悪魔は, 誰が砂(塩化アンモニウム)を使うことを鍛冶屋に教えたのかと尋ねる[G651].

一部の類話では, 粉屋が悪魔から, 振動ふるいを粉ひき小屋に設置することを学ぶ.

類話(～人の類話) フィンランド; フィンランド系スウェーデン; エストニア; ラトヴィア; リトアニア; スウェーデン; スペイン; ポルトガル; ドイツ; ブルガリア; ギリシャ; ウクライナ.

1164 悪魔と悪い女 (旧, 悪い女が穴に投げ込まれる)(旧話型 1164A, 1164B, 1164D, 1862B を含む)

導入部は, おもに3つに分けられる.

(1) 男がけんか好きな妻を穴(井戸, 峡谷)に投げ込む. あとになって男は悪かったと思い(同情し), 妻を出そうとする. しかし男が引き上げたのは妻ではなく, 悪魔(デーモン)である. 悪魔は穴に棲んでいたが, やはり悪い女に耐えられなかったのである.

(2) 悪魔が若い女と結婚し(結婚しようとし), 姑にだまされて, 瓶(箱)の中に入れられる. 狩人が悪魔を逃がす. (旧話型 1164A.)

(3) (ベルファゴール(Belfagor).) 地獄の魂たちが, 地上の悪い女たちのことで不平を言う. 悪魔(たち)は, 妻と暮らすことがどんなことなのか試すことにする. 一部の類話では, 男が悪い妻といっしょに暮らすより, 地獄の責め苦に耐えるほうを選ぶ[T251.1.2.1]. 悪魔は男と次のような取り決めをする. もし悪魔が男の妻と一定期間いっしょに暮らすことができなければ,男は地獄を去ることができる[T251.1.2.2]．または，悪魔はある悪い女(未亡人)と結婚するが(いっしょに暮らすが)，悪魔はすぐに女をやっかい払いしたくなる．悪魔はある男(農夫，作男)に助けてもらう．(旧話型 1164B.)

通常この説話では，感謝した悪魔と悪魔を助けた男との契約が次のように続く．ある(金持ちの)人物(姫)に悪魔が取り憑く．悪魔を助けた男は，取り憑かれた男から悪魔を追い払うが，悪魔はこれを 2 度許す．悪魔を助けた男は多額の報酬をもらう[K1955.6]．3 回目に悪魔は，取り憑いた男から離れることを拒む．悪魔を助けた男は，悪い女(自分の妻，妻の母親)で悪魔を脅す．悪魔は逃げる[K2325]．(旧話型 1164D, 1862B.) 参照：話型 332.

コンビネーション　しばしばこの話型は，1 つまたは複数の他の話型，特に 332, 1365B と結びついている．

注　インドの『パンチャタントラ(*Pañcatantra*)』(『オウム 70 話(*Śukasaptati*)』)に記録されている．マキアヴェルリ(Machiavelli)の風刺的翻案『魔王ベルファゴール(*Belfagor arcidiavolo*)』によって普及した．おもに，北ヨーロッパ，東ヨーロッパ，南ヨーロッパに見られる．

類話(～人の類話)　フィンランド；フィンランド系スウェーデン；エストニア；ラトヴィア；リトアニア；ラップ, ヴェプス, リュディア, カレリア；スウェーデン；ノルウェー；スペイン；カタロニア；ポルトガル；オランダ；フリジア；フラマン；ドイツ；イタリア；ハンガリー；チェコ；スロバキア；セルビア；クロアチア；マケドニア；ルーマニア；ブルガリア；ギリシャ；トルコ；ユダヤ；ポーランド；ロシア, ベラルーシ, ウクライナ；トルコ；ユダヤ；チェレミス/マリ；クルド；シベリア；レバノン, イラク；パレスチナ；イラク, サウジアラビア；イラン；パキスタン；インド；スリランカ；中国；スペイン系アメリカ；メキシコ；ブラジル；チリ；アルゼンチン；カボヴェルデ；エジプト．

1164A　話型 1164 を見よ．

1164B　話型 1164 を見よ．

1164D　話型 1164 を見よ．

1165　トロルと洗礼

農夫はトロルと親しくしているが，トロルの食欲を知っているので，自分の子どもの洗礼にトロルを呼びたくない．トロルを傷つけたくないので，農夫はトロルを招待する．しかし客たちの中には，処女マリアや雷神トールなども来る予定だと伝える．トロルは欠席するほうがよいと考える．しかしトロルは最もすばらしい贈り物を受洗者に贈る[K1736]．

ラトヴィアの版では，悪魔は，若者が望んでいる少女を若者に与える約束をする．しかし若者は初夜に少女を悪魔と過ごさせなければならない．悪魔は結婚式に来る．しかし雷と稲妻も招待されていると聞いて，悪魔は逃げ出す．

類話(～人の類話) フィンランド；ラトヴィア；リトアニア；ラップ；スウェーデン；ノルウェー；デンマーク；フェロー；オーストリア．

1166* 悪魔と兵隊 (旧，悪魔が兵隊の代わりに見張りをする)

悪魔が兵隊の代わりに見張りをする(魂を悪魔にやると約束した若者の代わりに，兵役につく)．悪魔は自分の背嚢のひもが十字に交差しているのに耐えられず[G303.16.3.2]罰せられる．

類話(～人の類話) エストニア；ラトヴィア；リトアニア；コミ；ドイツ；ポーランド；ロシア, ウクライナ；ヴォチャーク．

1166** 話型 1168 を見よ．

1168 悪魔たちを追い払うさまざまな方法 [D2176](旧話型 1166** を含む)

雑録話型．悪魔が靴職人におびえて，黄金を靴職人に与える[K335]．(旧話型 1166**.) 悪魔がキリストの磔刑像を使う兵隊に脅される(殴られる)か，魔法円を描く向こう見ずな男によって追い払われる，等．

類話(～人の類話) ラップ；スペイン；ハンガリー；ポーランド；ロシア；トルコ；ユダヤ；シベリア；ウズベク；シリア；マヤ；エジプト, モロッコ, スーダン．

1168A デーモンと鏡

男がかばんの中に鏡を入れておく．男はあるデーモン(トラ)に，ほかのデーモンたちを捕まえたと言って，かばんを見せる．デーモンは自分の映った姿を見て，ほかのデーモンだと勘違いし，逃げる[J1795.1, K1715.1, K1883.7]．

参照：話型 92, 1336A.

類話(～人の類話) フィンランド；カタロニア；イラク；インド；ネパール；アメリカ；アフリカ系アメリカ；モロッコ．

1168B 木のデーモンが，男が木を切らないように男にお金を支払う

男が木を切り倒そうとしている．その木に棲んでいるデーモンは，男が木を切るのをやめれば，男に毎月(毎年)大量の米を，または黄金の宝を１つ持

ってくると約束する[N699.5]．後にデーモンはこの契約にうんざりして，男を殺すために男の家に入る(ほかのデーモンを送り込む)．たまたま男はデーモンを見つける．男はデーモンを殺すと脅して，もっとたくさんの米を持ってくるよう強いる．

類話(～人の類話)　パレスチナ，イラク；インド，スリランカ；ビルマ；カンボジア；エジプト．

1168C　処女マリアが悪魔に売られた女を救う

男が自分の妻を悪魔に売る．女は引き渡される前に，教会に行って処女マリアに助けてくれるよう祈る．女と入れ替わって，処女マリアが悪魔のところに行くと，悪魔は逃げる[K1841.3]．

類話(～人の類話)　リトアニア；イギリス；フランス；スペイン；カタロニア；ポルトガル；フラマン；スイス；クロアチア；ルーマニア；ジプシー．

1169　頭を取り替える (旧，悪魔と頭を取り替える)

地上を歩き回っている間，キリストと聖ペトルス(聖ニコラウス)はある女(お爺さん)に出会う．女は悪魔(ヘビ)と言い争いをしている．キリストが聖ペトルスに，口論にけりをつけるよう命ずると，聖ペトルスは悪魔と女の頭を両方とも切り落とす．キリストはこの被害を元に戻そうと，頭を元どおりにするよう聖ペトルスに命ずる．しかしあいにく，聖ペトルスは頭を間違った体の上に載せる[A1371.1, E34]．参照：話型774A.

注　17世紀に記録されている．

類話(～人の類話)　リトアニア；スウェーデン；フランス；スペイン；ポルトガル；フラマン；ワロン；ドイツ；ラディン；イタリア；チェコ；スロベニア；セルビア；クロアチア；ギリシャ；ベラルーシ，ウクライナ；ユダヤ；クルド；イラン．

悪魔から救われた魂 1170–1199

1170　売れ残った女(旧，売れ残りとなったガラスケースの中の悪い女)(旧話型1170Aを含む)

男(商人)が悪魔(鬼)と次の契約を結ぶ．男の商品がすべて売れたら，男は悪魔に取られる．何か売れずに残ったら，男は自由の身となる．男は悪いお婆さんをガラスケースに入れる．誰も悪いお婆さんのことは買わないと，悪魔でさえも納得する．それで男は自由の身となる[K216.1]．

一部の類話では，悪魔は3人の女を売ることに成功せず，勝負に負ける[H1153]．(旧話型1170A.)

類話(〜人の類話)　フィンランド；フィンランド系スウェーデン；ラップ；スウェーデン；アイルランド；イタリア；ポーランド；ロシア；イラク．

1170A　話型1170を見よ．

1171　それぞれの網に1匹ずつの穴ウサギを捕まえる

男が自分の魂を悪魔から救うことができる．なぜなら悪魔が，高い木にぶら下げられている100の網にそれぞれ1匹ずつ穴ウサギを捕まえることができないからである[H1024.3]．

類話(〜人の類話)　フィンランド；コミ；スウェーデン；ドイツ．

1172　川または野原のすべての石(旧話型1172*を含む)

男(女)が自分の魂を悪魔から救うことができる．なぜなら悪魔が，川(野原)の石をすべて集めることができないからである[H1124]．または，星や草や海の砂や水滴といった数えることのできない物を数えられないからである．(旧話型1172*.)

コンビネーション　325*, 1074, 1183.
類話(〜人の類話)　フィンランド；スウェーデン；デンマーク；ワロン；ドイツ；ラディン；スイス；イタリア．

1172*　話型1172を見よ．

1173　話型1176を見よ．

1173A　悪魔が3つの願いをかなえなければならない

農夫が悪魔に，世界じゅうのすべてのタバコと，世界じゅうのすべてのブランデーと，そして最後に追加でもう少しのブランデーを要求する．悪魔は最初の2つの望みをかなえることができるが，最後の1つはかなえられない[K175]．参照：話型1925.

類話(～人の類話)　フィンランド；フィンランド系スウェーデン；スウェーデン；ハンガリー；フランス系アメリカ.

1174　砂で縄をなう

男が自分の魂を悪魔から救うことができる．なぜなら悪魔が砂(もみがら)で縄をなえないからである[H1021.1].

一部の類話では，支配者が家臣の1人(男，女)に砂(灰)で縄をなうことを要求する．家臣は(しばしばいい助言に助けられて)この課題を成し遂げる．

参照：話型1889E.

コンビネーション　1175, 1176, 1180, 1882, 1900.

注　古代ギリシャの時代には砂で縄をなう課題は伝統的なレトリック「アデュナトン(adynaton)」，または不可能なことであった．次の諺として流布している．「おまえは(彼は)砂で縄をなっている」.

類話(～人の類話)　フィンランド；エストニア；ラトヴィア；リトアニア；ラップ；ヴェプス；スウェーデン；ノルウェー；アイスランド；スコットランド；アイルランド；イギリス；フランス；フラマン；ドイツ；ハンガリー；チェコ；マケドニア；ルーマニア；ブルガリア；ギリシャ；ポーランド；トゥヴァ；イラク；イラン；中国；朝鮮；インドネシア；日本；フィリピン；エジプト，チュニジア；モロッコ；スーダン，ソマリア.

1175　縮れ毛をまっすぐにする

男が，不可能なことを望んで，悪魔から自分の魂を救う．男の妻は悪魔に彼女の縮れた髪の毛を1本渡し，それをまっすぐにするよう(まっすぐに鍛造するよう)命ずる．悪魔はこれができず，男は解放される[H1023.4].

コンビネーション　813A, 1180, 1183.

類話(～人の類話)　フィンランド；フィンランド系スウェーデン；エストニア；リーヴ；ラトヴィア；リトアニア；コミ；スウェーデン；デンマーク；イギリス；スペイン；カタロニア；ポルトガル；オランダ；フラマン；ワロン；ドイツ；スイス；オーストリア；イタリア；ハンガリー；チェコ；スロバキア；セルビア；クロアチア；ル

ーマニア；ブルガリア；ギリシャ；ポーランド；ロシア, ベラルーシ, ウクライナ；ユダヤ；インド；アメリカ；メキシコ；プエルトリコ；南アメリカインディアン.

1176 男の屁を捕まえる (旧話型 1173 と 1177* を含む)

男(女)が自分の魂を悪魔から救うことができる. なぜなら次のことが悪魔にはできないからである.

(1) 男の屁(息)を捕まえる(の結び目をつくる)[H1023.13].

(2) こぼしたブランデーのしずくで結び目をつくる[H1021.4](旧話型 1173).

(3) 音を捕まえる[H1023.12](旧話型 1177*).

コンビネーション 1174, 1175.

類話(～人の類話) フィンランド；フィンランド系スウェーデン；エストニア；ラトヴィア；リトアニア；スウェーデン；デンマーク；アイルランド；スペイン；オランダ；フリジア；フラマン；ドイツ；イタリア；ハンガリー；チェコ；クロアチア；ギリシャ；ポーランド；ロシア, ベラルーシ, ウクライナ；アディゲア；日本；フランス系カナダ；ブラジル；チリ；エジプト.

1177 悪魔とハチたち

貧しい織工(粉屋の下男)がお金と引き換えに悪魔に魂を売り渡す[M211]. 約束どおり, 7 年後に悪魔は織工を袋に入れて連れ去る. 悪魔は宿屋に泊まったとき, 袋を外に置く.

ある養蜂家が織工を解放し, ハチの巣箱を袋に入れる[K526]. 悪魔が地獄に着いて袋を開けるとハチたちが飛び出し, 悪魔を刺す. このことがあってからは, 悪魔はどんな織工も地獄に連れていきたがらない[参照 X213].

類話(～人の類話) オランダ；フリジア；フラマン；ドイツ.

1177* 話型 1176 を見よ.

1177** 女の砥石を取ってくる

男が自分の魂を悪魔から救うことができる. なぜなら悪魔は, ある女の回転砥石を取ってくることができないからである. 女はその砥石を自分の舌を鋭くするのに必要としているのである[H1014].

類話(～人の類話) エストニア；フラマン；ドイツ.

1178　出し抜かれた悪魔 (旧話型 1178* を含む)

雑録話型．悪魔に取られることになっている男(少年)が，次のように悪魔が解けない謎や解決できない課題を出して，自分の身を救う[G303.16.19.3]．男は，自分がハンマーを握っているつもりか，それとも落とすつもりか，等の質問を悪魔にする．男は悪魔に，カエルたちを捕まえて，それを高い木に置くよう命ずる．または先端のない干し草フォークで穀物をすくうことを命ずる．参照：話型 1229*．

一部の類話では，悪魔は短い時間で網を解かなければならないか[H1094.1]，または悪魔は女の「傷」をなめて治さなければならない．(旧話型 1178*.)

類話(～人の類話)　フィンランド；リーヴ；デンマーク；スウェーデン；ノルウェー；アイスランド；イギリス；スペイン；カタロニア；ポルトガル；フリジア；ドイツ；オーストリア；イタリア；チェコ；ブルガリア；ポーランド；ソルビア；ロシア；ベラルーシ；ユダヤ；インド；フランス系カナダ；アメリカ；メキシコ．

1178*　話型 1178 を見よ．

1178**　回転砥石を回す悪魔

悪魔が，疲れるまで回転砥石を回すよう命じられる．

コンビネーション　1071, 1072.

類話(～人の類話)　フィンランド；フィンランド系スウェーデン；スウェーデン；チェコ；スペイン系アメリカ．

1179　船上の悪魔 (旧，船上の鬼)(旧話型 1179* を含む)

男(船乗り)が自分の魂(自分の身)を悪魔(鬼)から救うことができる．なぜなら悪魔は，難しい課題を成し遂げられないからである．この説話には，おもに2つの異なる型がある．

(1)　悪魔は漏れ穴のある船から海すべてを汲み出すことができない[H1023.5]．

(2)　悪魔は船をしっかりといかりの鎖につなぐことができない．(旧話型 1179*.)

類話(～人の類話)　フィンランド；フィンランド系スウェーデン；エストニア；リーヴ；ラトヴィア；ラップ；スウェーデン；ノルウェー；アイルランド；フリジア；ドイツ；ポーランド；イギリス系カナダ．

1179* 話型1179を見よ．

1180 ふるいで水を汲む

男(女，少女)が自分の魂(自分の身)を悪魔(鬼)から救うことができる．なぜなら悪魔が，ふるいで水を汲むことができないからである[H1023.2]．参照：話型480, 1130.

コンビネーション 1175, 1183, 1248.

注 このモティーフは，伝説の中だけで独立して現れる．例えば，話型313, 327B, 327C, 425, 440, 480, 720, 801, 1130の重要な構造的モティーフであり，ダナイスたちの神話に関連している．また諺としても流布している．

類話(〜人の類話) フィンランド；フィンランド系スウェーデン；エストニア；リーヴ；ラトヴィア；リトアニア；コミ；スウェーデン；ノルウェー；デンマーク；アイスランド；スコットランド；アイルランド；ウェールズ；イギリス；フランス；スペイン；カタロニア；ドイツ；オーストリア；イタリア；チェコ；クロアチア；ルーマニア；ギリシャ；ポーランド；ロシア，ウクライナ；トルコ；ジプシー；タジク；トゥヴァ；グルジア；イラン；インド；中国；日本；フィリピン；アメリカ；メキシコ；プエルトリコ；チリ；アルゼンチン；エジプト，スーダン；マダガスカル．

1182 すり切り1杯のブッシェル容器

貧しい男(農夫，学生)が悪魔から黄金が山盛り入ったブッシェル容器(大きな計量容器)をもらい，もし1年たって(10年後に)，黄金が山盛り入ったブッシェル容器(大きな計量容器)の代わりに，黄金がすりきり1杯入ったブッシェル容器を返すことができなければ，悪魔の手に落ちることになる．男はすぐに，すりきり1杯入ったブッシェル容器を返して，残りをもらう[K223]．

コンビネーション 360, 361, 812, 821A, 822*.

類話(〜人の類話) フィンランド；フィンランド系スウェーデン；ラトヴィア；スウェーデン；デンマーク；フランス；オランダ；フリジア；ドイツ；オーストリア；ラディン．

1182A 銅貨

悪魔がある男と次の契約を結ぶ．悪魔は銅貨を1枚男に与えることにする．それは，使うたびに，同様の銅貨がポケットに現れる銅貨である．代わりに男は60歳になったとき，悪魔の手に落ちることになる．男は，高価な土地を買い，銅貨で支払う．すると地獄のすべての悪魔が銅貨を鋳造するためにかり出される．男がほかの土地も買うと脅すと，悪魔は契約を解除する［K183］．参照：話型 745.

類話（～人の類話） フィンランド；フィンランド系スウェーデン；スウェーデン.

1183　黒い羊毛を洗って白くする（旧，黒い布を洗って白くする：悪魔の課題）

男（女）が自分の魂を悪魔から救うことができる．なぜなら悪魔が，黒い羊毛（布，牛）を白くすることに成功しないからである［H1023.6］．参照：話型 480.

コンビネーション 1175, 1180.
類話（～人の類話） リトアニア；コミ；フランス；スペイン；カタロニア；ドイツ；スイス；オーストリア；ラディン；イタリア；スロベニア；クロアチア；メキシコ；マヤ；チリ；アルゼンチン.

1183* 話型 1091 を見よ.

1184　最後の葉

この説話には，おもに 3 つの異なる型がある.

（1）悪魔がヤギたちを創造する．ヤギたちはひどく被害を与えるので，神はついにオオカミたちにヤギを殺すよう命ずる．悪魔は賠償を要求する．すると神は，すべてのオークの葉がなくなったら賠償を払うと約束する．オークの葉が落ちると，悪魔は再び賠償を要求するが，神は，コンスタンチノープルに大きなオークの木があり，その木にはまだ葉が残っていると言う．悪魔はこの木を何か月も探す．戻ってくると，悪魔はすべてのオークの木が再び葉に包まれているのを見る．怒りで煮えくりかえって，悪魔はヤギの目を取り出し，自分の目をそこに入れる.

（2）神と悪魔が権力の分配について言い争う．神は木々が葉に包まれている時期に支配することにし，悪魔はその他の時期に支配することにする．この契約に立ち会ったミソサザイは，春が来るまでいくつかの木々に枯れた葉がついたままにする．すると悪魔はあきらめる.

（3）男が課題を成し遂げるのを，悪魔が（お金を男に与えて）助ける．そのかわりに，（オークの）木から最後の葉が落ちたら，男は悪魔の手に落ちることになる．葉は決して落ちない［K222］．（悪魔は怒って葉を切り取る.）参照：話型 1188.

コンビネーション 1030, 1036.

注　(1)の版は16世紀に記録されている．(3)の版は19, 20世紀に，おもに中央ヨーロッパと北ヨーロッパで記録されている．

類話(〜人の類話)　エストニア；ラトヴィア；リトアニア；スウェーデン；デンマーク；フランス；スペイン；カタロニア；オランダ；フリジア；フラマン；ドイツ；オーストリア；ハンガリー；チェコ；スロベニア；ポーランド；ロシア, ウクライナ.

1185　最初の収穫

男が最初の作物を収穫したとき，悪魔に支払いをしなければならない．男はドングリを植える[K221].

一部の類話では，修道士たちが土地に関して貴族と争う．貴族たちは裁判で負けるが，最後の種蒔きとその収穫を要求する．貴族たちはドングリを植える[K170]．(訳注：ドングリが実をつけるまでには長い期間を要するので，土地は貴族たちのものであり続ける．参照：『メルヒェン百科事典』EM 3, 118.)

類話(〜人の類話)　スウェーデン；デンマーク；イギリス；フリジア；ドイツ；ルーマニア.

1185*　豚たちが歩くとき

豚たちが歩いて家に帰るときに，悪魔に借金を返さなければならない．しかし豚たちはいつも走る[K226].

類話(〜人の類話)　リトアニア；ロシア, ベラルーシ, ウクライナ.

1186　悪魔と弁護士 (旧，心の底から)

悪魔と弁護士(裁判官，執行吏，検査官，等)が散歩に行く．彼らは3回(2回)次のようなさまざまな人々に会う．例えば，悪魔が豚を連れ去ればいいと願う肉屋，次に悪魔が馬(雄牛)を連れ去ればいいと願う農夫，それから自分の子どもが地獄送りになれと願う女.

そのたびに，弁護士は，チャンスをつかむよう悪魔に勧める．しかし悪魔はそれらの願いが本気でなかったので，拒否する．最後に彼らは貧しい未亡人(農夫，作男)に会う．未亡人は弁護士を詐欺行為のために激しく呪っているので，悪魔は弁護士を地獄へ連れていく[M215].

注　最も早期の例は，シュトリッカー(Stricker)の「司祭アーミス(*Der Pfaffe Amîs*)」，およびラテン語で書かれたハイスターバッハのカエザリウス(Caesarius von Heisterbach)の「8つの奇跡の書(*Libri miraculorum VIII*)」(II, 17).

類話(～人の類話) フィンランド；エストニア；ラトヴィア；リトアニア；スウェーデン；ノルウェー；デンマーク；アイルランド；フランス；ポルトガル；オランダ；フリジア；フラマン；ドイツ；スイス；ラディン；ハンガリー；スロベニア；ルーマニア；ポーランド；スペイン系アメリカ.

1187 メレアグロス

男(騎士，船長，女)が悪魔に助けられ，お返しに自分の魂を悪魔に譲る．悪魔が約束の時に魂を取りに来ると，男は短いろうそくが燃え尽きるまで待ってくれと頼む[E765.1.1, K551.9]．悪魔は同意する．そこで男はろうそくを吹き消し(ろうそくを食べ)，自由の身となる．参照：話型 332.

注 この話型は，ホメーロス(Homer)の『イーリアス(*Iliad*)』のメレアグロスの神話と強いつながりがあり，オヴィディウス(Ovid)の『変身物語(*Metamorphoses*)』(VIII, 385–414)にも見られる.

類話(～人の類話) フィンランド；スコットランド，ウェールズ；アイルランド；イギリス；フランス；スペイン；ポルトガル；フリジア；フラマン；ドイツ；ラディン；イタリア；ギリシャ；ジプシー；日本；イギリス系カナダ；フランス系カナダ；アメリカ.

1187* 終わらない仕事

男がある作業を終えたとき，男は悪魔のものとなる取り決めになっている．例えば，ブーツを両足に履く，3つ数える，悪魔を3回殴るといった作業である．男はこの作業を決して終えず，その結果自分の身を救う．一部の類話では，男はさまざまな手を使うが，うまくいかない．参照：話型 1199.

コンビネーション 810A*.

類話(～人の類話) スウェーデン；スペイン；ポルトガル；オランダ；フリジア；ドイツ；スイス；イタリア；ベラルーシ.

1188 明日来い

お婆さん(男，鍛冶屋，農夫)が悪魔(死神，借金取り)と契約する．最後にお婆さんは，明日来るよう悪魔を説得する．悪魔は確認のために，お婆さんの家のドアに「明日」という言葉を書く．悪魔がお婆さんのところに来るたびに，お婆さんは悪魔に書き付けを見せる．すると悪魔は立ち去る．

数日後に，悪魔は，書き付けを消して，翌日には女を連れていくと脅す．おびえた女は最初にハチミツがいっぱいに入った樽に隠れ，そのあと羽根布団に隠れる．悪魔がやって来るが，羽根で覆われた奇妙な生物におびえて逃げる．参照：話型 1091.

ロシアの版では，ある日悪魔は出かけるが，「きのう来い」という書き付けにだまされる．一部の類話では，書き付けがある門が腐るまで，悪魔は毎日来る．それから悪魔は魂を要求する[K231.12.1].

注 19, 20 世紀に記録されている.

類話(～人の類話) フィンランド；リトアニア；フランス；ハンガリー；ブルガリア；ウクライナ；ジプシー；グルジア.

1190* 首を吊ったと思われた男

男がお金と引き換えに自分の身を悪魔にやる約束をする．自分の魂を救うために男は自分の服に藁を詰め込んで，その服をぶら下げる．悪魔は男が自ら首を吊ったと思い，満足する[K215].

類話(～人の類話) エストニア；ドイツ；セルビア；ブルガリア；ギリシャ.

1191 橋の上の生け贄を捧げる (旧，橋の上の犬)

棟梁が，橋または教会を(期限までに)完成することができず，悪魔(鬼)に助けを求める．悪魔は助ける代わりに，最初に橋を渡る者(教会に入る者)を要求する．棟梁は橋の向こう側に(教会の中に)動物(例えば，犬，オオカミ，猫，オンドリ，豚，ヤギ)を追い立てる．それで悪魔はだまされて，人間の魂を取り損なう[S241.1].

次の版は，主要な要素が話型 1191 と一致しているので，話型 1191 に含まれる．王が，最初に出会ったものを生け贄に捧げると誓う．王はロバを追い立てている粉屋に出会う．粉屋がまさに殺されようとするとき，粉屋はロバが自分の前にいたと申し立てる．ロバの首が切られる[J1169.4].

注 旧約聖書のエフタのモティーフ(士師記 XI, 30-40)参照.

類話(～人の類話) フィンランド；エストニア；リトアニア；スウェーデン；ノルウェー；アイルランド；ウェールズ；イギリス；フランス；スペイン；カタロニア；オランダ；フラマン；ドイツ；スイス；オーストリア；イタリア；ハンガリー；スロベニア；ポーランド；ソルビア；日本；アメリカ.

1192 最初に結んだもの

若い女が，たとえ悪魔でもいいから結婚したいと思う．男[G303.3.1](こびと[G303.3.1.6])が現れ，女との結婚に(女を助けることに)同意する．しかし男は，女が朝最初に結ぶ物を男に支払うことを要求する．女は洋服ではなく，(助言に従って)藁束を結ぶ．

類話(～人の類話)　オランダ；フラマン；フリジア；ドイツ；アメリカ．

1193*　話型 1199 を見よ．

1199　終わりのない祈り (旧，主の祈り)(旧話型 1193* と 1199B を含む)

この説話には，おもに 2 つの異なる型がある．

(1)　死神(死の天使，悪魔)がある男をとりに行く．男は，最後の祈りを捧げるために，十分な時間が欲しいと頼む．男は祈りを終えないので，死神は男を連れていくことができない．しばらくして，死神は男に祈りをやめさせる(男は，非常に年老いて，祈りを終えて死ぬことにする)[K551.1]．参照：話型 122A, 227, 332, 955, 1187, 1187*.

(2)　死神(悪魔)は，男(女)が賛美歌を歌っているかぎり，男(女)を連れていくことができない(旧話型 1193*)．または終わりのない歌を歌っているかぎり，連れていくことができない(旧話型 1199B)［K555.2, K555.2.2］．参照：話型 1082A.

コンビネーション　332, 1030.

類話(～人の類話)　フィンランド；リトアニア；スウェーデン；アイスランド；アイルランド；スペイン；ポルトガル；フリジア；ドイツ；イタリア；ハンガリー；スロバキア；ブルガリア；ギリシャ；ポーランド；ロシア；ウクライナ；ユダヤ；ダゲスタン；アルメニア；カザフ；パレスチナ, イラク；イラン；インド；アメリカ；ブラジル；アルゼンチン；インドネシア．

1199A　パンの下ごしらえ

女(女たち，男)が，パン(麻)の下ごしらえをどうやってするか(パンがどんな苦難に耐えなければならないか)を長々と事細かく説明して，悪魔(デーモン，死者たち，熊)から自分の身を救う．ついにはオンドリが鳴き(日が昇り)，悪魔は姿を消さなければならない(木の幹か石になる)[G303.17.1.1]．

一部の類話では，パン(麻)が自ら，自分たちの受難について語り，悪魔に自分たちと同じことに耐えるよう迫る．悪魔は逃げる[K555.1.1, K555.1.2]．

注　17 世紀後期に記録されている．

類話(～人の類話)　フィンランド；エストニア；ラトヴィア；リトアニア；スウェーデン；ノルウェー；バスク；カタロニア；ドイツ；オーストリア；ハンガリー；マケドニア；ルーマニア；ブルガリア；ソルビア；ウクライナ；ジプシー；モルドヴィア；ヴォチャーク．

1199B 話型 1199 を見よ.

笑話と小話

愚か者に関する笑話 1200–1349

1200 塩の種を蒔く

愚か者たち(あほうたち)が，畑に塩を蒔き，塩が育つことを楽しみにし，収穫を高い値段で売ろうと思う[J1932.3]．塩の代わりにイラクサが育つが，愚か者たちは「塩」がなんとよく育っているかと誇りに思う．

一部の類話では，塩の代わりに，煮た穀物[J1932.1]，針[J1932.5]，金粉，小さな貨幣[J2348]，刻んだベーコン，豚[J1932.4]などのさまざまな物が蒔かれるか，植えられる．

コンビネーション 1201, 1245, 1285, 1288, 1382, 1383, 1384, 1540.

注 16世紀後期に『ラーレブーフ(*Lalebuch*)』(No. 14)に記録されている．

類話(～人の類話) フィンランド；フィンランド系スウェーデン；エストニア；ラトヴィア；リトアニア；リーヴ，ラップ，カレリア；スウェーデン；ノルウェー；デンマーク；フェロー；イギリス；フランス；スペイン；ポルトガル；フラマン；ワロン；ドイツ；スイス；オーストリア；イタリア；マルタ；ハンガリー；スロバキア；スロベニア；セルビア；クロアチア；ボスニア；マケドニア；ルーマニア；ブルガリア；ギリシャ；ポーランド；ロシア，ベラルーシ，ウクライナ；トルコ；ユダヤ；ジプシー；アゼルバイジャン；ウズベク；タジク；グルジア；イラク；パキスタン；インド；アメリカ；スペイン系アメリカ，メキシコ；エチオピア；エリトリア；東アフリカ；南アフリカ．

1200A 1か所に種を蒔く

愚か者(たち)がすべての種を1つの鋤跡に蒔く．

類話(～人の類話) バスク；イタリア；ブルガリア；ギリシャ．

1201 馬を運ぶ (旧，鋤で耕す)

鋤をかける馬が(発芽する)種を踏みつぶさないように，4人の男(あほうたち)が馬を運ぶ[J2163]．

一部の類話では，馬の背(荷車，ボート，台，はしご)に乗った畑の見張りが，動物(例えば，コウノトリ，牛，豚，馬)を追い払おうとする．このとき馬に乗った見張りが，育ち始めている種を踏みつぶさないように，4人の男たちが見張りを馬に乗せたまま運ぶ．

コンビネーション 1200.
注 16世紀初頭に記録されている.
類話(〜人の類話) フィンランド；フィンランド系スウェーデン；エストニア；リーヴ；ラトヴィア；リトアニア；スウェーデン；ノルウェー；デンマーク；イギリス；ワロン；ドイツ；スイス；オーストリア；ハンガリー；スロバキア；スロベニア；ポーランド；ユダヤ；ヴォチャーク；タジク；中国；アメリカ；スペイン系アメリカ.

1202 危険な鎌 (旧, 穀物の収穫)

ある国では, 鎌を使うことが知られておらず, 穀物は摘みとられるか, ピストルで撃ち落とされていた[J2196]. 人々は鎌を使おうとして, 男たちの1人が鎌で切り傷を負う. 人々は鎌を危険な動物だと思い, 罰として鎌を溺れさせる[J1865]. 参照：話型1650.

コンビネーション 1245, 1384, 1535, 1650, 1651.
類話(〜人の類話) フィンランド；フィンランド系スウェーデン；エストニア；ラトヴィア；リーヴ, カレリア；コミ；スウェーデン；フランス；スペイン；カタロニア；ポルトガル；オランダ；フリジア；ドイツ；オーストリア；イタリア；サルデーニャ；ハンガリー；スロバキア；マケドニア；ブルガリア；ポーランド；ロシア, ベラルーシ, ウクライナ；チェレミス/マリ, チュヴァシ, モルドヴィア；ヴォチャーク；シベリア；フランス系カナダ；プエルトリコ；チリ.

1203 大鎌が男の首を切り落とす

愚か者が首に大鎌(鎌)をかけて運ぶ. 愚か者は大鎌をおろそうとして, 自分の首を切り落とす[J2422].

コンビネーション 1202, 1535, 1650.
類話(〜人の類話) フィンランド；フィンランド系スウェーデン；エストニア；ラトヴィア；リトアニア；ラップ；スウェーデン；ドイツ；ラディン；ロシア；チュヴァシ.

1203A ヘビだと思われた鎌(大鎌)

愚か者たちが鎌を見つけ, ヘビ(這い虫(worm), 竜, 怪物)と間違える. 彼らがそれを叩くと, それは跳ね上がり, 愚か者たちの1人の首に落ちる. 愚か者たちが「ヘビ」を引っ張ったとき, 愚か者たちは男の首を切り落とす. 参照：話型1314, 1650.

コンビネーション 1202.
類話(〜人の類話) フィンランド系スウェーデン；リトアニア；スペイン；カタロニ

ア；ポルトガル；ドイツ；イタリア；ハンガリー；スロバキア；ルーマニア；ブルガリア；ポーランド；ヴォチャーク．

1204 愚か者が与えられた指示を繰り返す

愚か者が，与えられた指示を忘れないように繰り返す．通常，愚か者はそれを忘れる[J2671.2]．参照：話型 1687.

注 早期の版は 16 世紀，ハンス・ザックス(Hans Sachs)の「農夫とサフラン(*Der pawer mit dem saffran*)」(1548)を見よ．

類話(～人の類話) スウェーデン；デンマーク；フェロー；アイルランド；フランス；フリジア；ドイツ；オーストリア；ハンガリー；チェコ；スロバキア；ブルガリア；ポーランド；中国；朝鮮；カンボジア；アメリカ；スペイン系アメリカ；西インド諸島；南アフリカ．

1204** メンドリの乳を搾る

この雑録話型は，愚か者が家畜の性質を誤解する説話を包括する．例えば，(年老いた)女がメンドリの乳を搾ろうとするか，またはメンドリが自分のひよこたちに乳を与えないので，お婆さんがメンドリをののしる(殺す)．

一部の類話では，愚か者が雄牛の乳を搾ろうとする，または雌牛(子豚)を鶏の止まり木に止まらせようとする，または子ヤギに木の切り株を餌として与えようとする，または猫を洗って絞り，殺してしまう[J1900]．参照：話型 1284*.

コンビネーション 1210, 1245, 1384, 1540, 1541.

類話(～人の類話) リトアニア；ドイツ；オーストリア；ハンガリー；チェコ；スロバキア；ルーマニア；ブルガリア；ポーランド；ロシア；ベラルーシ；ウクライナ；ユダヤ；シベリア；エジプト．

1208* 鈴をつけられたサケ

あとで見つけることができるように，サケ(ウナギ，カワカマス)に鈴がつけられる．参照：話型 110, 1310.

類話(～人の類話) オランダ；フリジア；フラマン；ワロン；ドイツ；オーストリア；ハンガリー．

1210 草をはませるために雌牛(その他の家畜)を屋根に連れていく (旧話型 1210* を含む)

草をはませるために雌牛(その他の家畜)が屋根に連れていかれる

[J1904.1].

一部の類話では，雌牛はスロープを伝って屋根へと追い立てられる．また一部の類話では，雌牛は屋根または(教会の)塔に吊り上げられ，そのとき窒息死する．

コンビネーション 通常この話型は，1つまたは複数の他の話型，特に1245, 1248, 1384, 1386, 1387, 1408, 1450，および1154, 1204**, 1229*, 1263, 1286, 1326, 1535, 1540, 1540A*と結びついている．

注 16世紀後期に記録されている．たいていの類話は19世紀の中頃までさかのぼる．広く流布した笑話．しばしば話型1384か1408の一部．

類話(～人の類話) フィンランド；エストニア；ラトヴィア；リトアニア；ラップ，ヴォート，カレリア，コミ；スウェーデン；デンマーク；アイルランド；ウェールズ；イギリス；フランス；スペイン；カタロニア；ポルトガル；オランダ；フリジア；フラマン；ワロン；ドイツ；スイス；オーストリア；ラディン；イタリア；マルタ；ハンガリー；スロバキア；スロベニア；セルビア；クロアチア；マケドニア；ルーマニア；ブルガリア；ギリシャ；ポーランド；ロシア；ベラルーシ，ウクライナ；トルコ；ジプシー；チェレミス/マリ，チュヴァシ，タタール，モルドヴィア；シベリア；ヤクート；ブリヤート，モンゴル；ビルマ；中国；フランス系カナダ；アメリカ；スペイン系アメリカ，メキシコ；アフリカ系アメリカ；プエルトリコ；エチオピア；南アフリカ．

1210* 話型1210を見よ．

1211 **雌牛が反芻する**(旧，雌牛が反芻しているのを農婦が見て，自分をばかにしていると思う)(旧話型1213*を含む)

農婦(愚か者)が，雌牛(ヤギ，雄牛)が自分をばかにしていると思い[J1835](チューインガムを自分にくれないので)，雌牛を殺す．

一部の類話では，ある動物のモー(メー，等)という鳴き声が，笑い声やあざけりだと誤解されて，その動物は殺される．

また一部の類話では，ある村人が，ロバの耳が動くので，自分がロバに言ったことをロバが聞いていると信じ込む．(旧話型1213*.)

コンビネーション 1384, 1386.

類話(～人の類話) フィンランド；フィンランド系スウェーデン；エストニア；ラトヴィア；リトアニア；リーヴ，ラップ；スウェーデン；アイルランド；オランダ；フリジア；ドイツ；オーストリア；イタリア；ハンガリー；チェコ；スロベニア；セルビア；ルーマニア；ブルガリア；ギリシャ；トルコ；ジプシー；グルジア；パレスチナ；イラン；パキスタン，インド；日本；アルジェリア，モロッコ；ナミビア．

1213 閉じ込められたカッコウ

愚か者たちが，カッコウを飼うために生垣の囲いを立てる．カッコウは生垣の1つを飛び越える．彼らは，自分たちがつくった壁は十分な高さがなかったと言う[J1904.2].

一部の類話では，飛び立った鳥(例えば，ハヤブサ，ハト)が逃げられないように，愚か者が町の門を閉じることにする．

注 9世紀後期以来アラビアの笑話として記録されている．ヨーロッパでは，17世紀に記録されている．

類話(～人の類話) アイルランド；イギリス；オランダ；フリジア；フラマン；ワロン；ドイツ；オーストリア；ルーマニア；ジプシー；エジプト．

1213* 話型1211を見よ．

1214 説得力のある競売人

競売人(販売員)がある男の価値のない雌牛をたいへんに称賛するので，男はその雌牛を自分で買い戻す[J2087].

類話(～人の類話) ラトヴィア；デンマーク；イタリア；マケドニア；ルーマニア；ブルガリア；ユダヤ；パレスチナ；イラク；中国；アメリカ；エジプト．

1214* 首輪(馬勒)に馬を入れる

馬に首輪(馬勒)をつけるのではなく，首輪(馬勒)に馬を入れる．

類話(～人の類話) ラトヴィア；リトアニア；カレリア；ロシア；モルドヴィア．

1215 粉屋と粉屋の息子とロバ (万人を喜ばせるロバ(Asinus vulgi))

粉屋と息子が1頭のロバ(馬)を連れて旅をする．最初に息子がロバに乗り，通りがかりの人に父親を歩かせていることを非難される．次に父親がロバに乗っていると，息子を歩かせていると批判される．2人とも乗っても，2人とも歩いても，非難される[J1041.2]．教訓として，父親は息子に，万人を喜ばせるのは難しい(不可能だ)ということを教える[J1041].

一部の類話では，最後に父親と息子はロバ(馬)を運んでいき，水の中に投げ込むか殺す．

注 文献伝承が豊富にある教訓譚．13世紀初頭に記録されている．例えばヨハネス・ゴビ・ジュニア(Johannes Gobi Junior)の『スカーラ・コエーリ(*Scala coeli*)』(No. 752). 話型 1242A の要素を持つ特別な型は, 北アメリカで生じた.

類話(～人の類話) フィンランド; ラトヴィア; リトアニア; ノルウェー; アイルランド; イギリス; フランス; スペイン; カタロニア; ポルトガル; オランダ; フリジア; フラマン; ドイツ; スイス; オーストリア; イタリア; マルタ; ハンガリー; スロバキア; セルビア; ルーマニア; ブルガリア; ギリシャ; ロシア, ウクライナ; トルコ; ユダヤ; レバノン, イラク; パレスチナ, サウジアラビア; インド; 中国; アメリカ; スペイン系アメリカ; プエルトリコ; エジプト, アルジェリア, モロッコ; 西アフリカ; 東アフリカ.

1216* なくなった処方箋 (旧, 雨で流された処方箋)

処方箋はドアにチョークで書かれていたので, 雨で流された.

類話(～人の類話) ラトヴィア; ワロン; ハンガリー; 中国.

1218 愚か者が卵をかえし終えるために卵の上に座る (旧話型 1677 を含む)

この説話には, おもに 3 つの異なる型がある.

(1) 愚かな息子(愚かな夫)が独りで家にいる. 彼は, 数ある仕事のうち, 卵を抱いている 1 羽のメンドリ(ガチョウ)の世話をしなければならないが, この仕事を次のようにしくじる. メンドリは邪魔されて逃げ出す(愚か者はメンドリを殺す). 愚かな息子(愚かな夫)は母親(妻)を恐れて, 卵をかえす仕上げをしようと卵の上に座る(しばしば彼は卵の上に座る前に, 自分の体にハチミツかタールを塗って羽根で体を覆う)[J1902.1]. 参照: 話型 1319, 1408, 1681B, 1685.

(2) いたずら者が, 卵をかえすという骨の折れる仕事を引き受け, 十分な支払いが約束される. 雇い主(例えば, 大農場のおかみさん)が成果を求めると, いたずら者は, かえった鶏がいるはずの納屋を全焼させ, 鶏は皆死んだと言う.

(3) いたずら者が, ある人に恥をかかせるために, その人を説得して卵の上に座らせる[K1253]. (旧話型 1677.)

コンビネーション 1387, 1408C, 1681, 1681B, 1685, 1696.

注 16 世紀に記録されている. (1)の版が「愚かな花婿」(話型 1685)の一部として, または「妻の仕事をする夫」(話型 1408)の一部として現れるときには, ほかのさまざまなエピソードと結びついている.

類話(～人の類話) フィンランド; エストニア; ラトヴィア; リトアニア; ヴェプス; ノルウェー; フェロー; アイルランド; フランス; スペイン; カタロニア; ポル

トガル；ドイツ；スイス；イタリア；マルタ；ハンガリー；ルーマニア；ブルガリア；ギリシャ；ポーランド；ロシア；ベラルーシ；ウクライナ；ユダヤ；ウドムルト；シベリア；グルジア；シリア；メキシコ；イギリス系カナダ；フランス系カナダ；フランス系アメリカ；スペイン系アメリカ，メキシコ；南アフリカ．

1221A* 平鍋に入れるには大きすぎる魚(ケーキ) (旧話型 1221B* を含む)

魚(ケーキ)が大きすぎて平鍋に入らないので，愚か者たち(あほうたち)は魚(ケーキ)を捨てる．または，はしごが長すぎて木の間を運べないので，愚か者たちははしごを短くする．

類話(～人の類話) ワロン；ハンガリー；ウクライナ；カンボジア．

1221B* 話型 1221A* を見よ．

1225 頭のない男 (旧，熊の巣穴に入った頭のない男)

いたずら者(あほう)の頭が事故で切り落とされる(狩りをしているときに，熊，オオカミ，クロコダイル，等に食いちぎられる，ひき臼でちぎれる，岩で打ち砕かれる，木の枝に引っかかる)．いたずら者の仲間たちが頭のない死体を見つけ，もともと彼には頭があったかどうか考え込む[J2381]．彼らはいたずら者のあごひげしか思い出せない．いたずら者の妻は，彼のためにかつて帽子を編んだことを覚えている(床屋がときどき彼のところにひげを剃りにやって来たことを覚えている)．だからいたずら者には頭があったに違いない．

コンビネーション 1241, 1287.

注 この笑話は中世後期に東洋からヨーロッパに伝えられたものと思われる．16 世紀半ば以来しばしば，文献資料に見られる．

類話(～人の類話) フィンランド；ラトヴィア；ラップ，カレリア；スウェーデン；ノルウェー；デンマーク；フランス；オランダ；ドイツ；イタリア；ハンガリー；チェコ；スロベニア；セルビア；クロアチア；マケドニア；ルーマニア；ブルガリア；ギリシャ；ポーランド；ロシア，ベラルーシ，ウクライナ；トルコ；ユダヤ；チェチェン・イングーシ；ヴォチャーク；シベリア；グルジア；アラム語話者；パレスチナ；イラク；ペルシア湾，カタール；イラン；インド；エジプト；モロッコ．

1225A 雌牛はどうやって棒に乗ったのか

この説話には，おもに 2 つの異なる型がある．

(1) 学生(しばしば農夫の息子)が大学から帰省する．ベッドに寝そべりながら，どうやって牛のふんが屋根に登ったのか考える．学生の父親は，梁が設置されたときに，もともと汚れていたと教える．参照：話型 1832B*.

(2) 愚か者(たち)が，(ならず者の助言で)棒の先(高い木の巣の中)に財布を隠す．ならず者は乾いた牛のふんをお金と入れ替える．愚か者は，牛がどうやって棒に登ることができたのかということにしか興味を持たない[J2382].

注 (1)の版の早期の型は 14 世紀半ばに見られる．(2)の版は 19 世紀以前にトルコの写本に記録されている．

類話(〜人の類話) リトアニア；フランス；ワロン；ドイツ；イタリア；セルビア；マケドニア；ルーマニア；ブルガリア；ギリシャ；ポーランド；フランス系カナダ；モロッコ.

1227 リスを捕まえる (旧，1 人の女がリスを捕まえ，もう 1 人の女が鍋を取ってくる)

2 人の愚か者(男たち，または，女たち)が 1 匹のリスを捕まえる計画を立てる．1 人がリスを追っている間，もう 1 人は平鍋(壺)を取りに家に走って帰る．リスを追っていた最初の愚か者が，木から落ちる(そして死ぬ)．最初の愚か者の顔は落ちて血だらけになる．そして 2 人目の愚か者は，自分の仲間が生のリスを食べて窒息したと思う．怒りで彼は壺を(自分の頭で)割る[J2661.3].

注 17 世紀後期に記録されている.

類話(〜人の類話) フィンランド；フィンランド系スウェーデン；エストニア；ラトヴィア；リトアニア；ラップ；ヴェプス, ヴォート；スウェーデン；ノルウェー；ドイツ；オーストリア；ハンガリー；スロベニア；ブルガリア；ギリシャ；ポーランド；ベラルーシ, ウクライナ；グルジア；アメリカ.

1228 鉄砲を撃つ (旧話型 1228A を含む)

この説話には，おもに 3 つの異なる型がある.

(1) 鉄砲が発射されるとき，愚か者が銃身を覗き込む[J2131.4.1]．参照：話型 1157.

(2) 2 人の愚か者が鉄砲を笛と間違える．愚か者たちは，1 人が吹いて，もう 1 人が「キー」を抑えることにする．鉄砲が発射され，「笛吹き」の頭を打ち抜く[J1772.10]．参照：話型 1157.

(3) 愚か者たちが木製の鉄砲を撃つ．鉄砲は爆発して愚か者たちの何人かが死ぬ．愚か者たちは，敵はさらに大きな損失を受けたと喜ぶ．(旧話型

1228A.)

類話(～人の類話) フィンランド；フィンランド系スウェーデン；エストニア；ラトヴィア；リトアニア；リーヴ，ヴェプス，カレリア；アイルランド；ドイツ；ハンガリー；クロアチア；ギリシャ；ポーランド；ロシア，ベラルーシ，ウクライナ；ユダヤ；モルドヴィア；シベリア．

1228A 話型 1228 を見よ．

1229 オオカミのしっぽがちぎれたら (旧話型 169H* を含む)

トリックスターと仲間がオオカミ(熊)狩りに行く．1人がオオカミの巣穴に入り込む．オオカミが帰ってくると，外にいる男がオオカミのしっぽをつかむ．オオカミが地面をひっかくので，ちりが穴の中の男の目に入る．「なんてひどいちりなんだ」―「もしオオカミのしっぽがちぎれたら，おまえはまったく別の種類のちり(訳注：＝遺体)を見ることになるぞ」[X1133.3.2]．

一部の類話では，穴の中のトリックスターは「ここはどうしてこんなに暗いのか？」と聞く．―「もししっぽがちぎれたら，わかるだろうよ」．参照：話型 1875, 1896.

類話(～人の類話) ラトヴィア；スウェーデン；スコットランド；アイルランド；ドイツ；ポーランド；グルジア；オーストラリア；イギリス系カナダ；アメリカ；フランス系アメリカ；スペイン系アメリカ；アフリカ系アメリカ．

1229* 干し草フォークで木の実をすくう

愚か者たちが干し草フォークで木の実をすくおうとする．よそ者が，シャベル(籠)を使ってもっと楽にこの仕事をするやり方を見せる．(よそ者は多額の報酬を得る．) 参照：話型 1178.

コンビネーション 1210, 1244, 1245, 1286, 1384, 1450.
類話(～人の類話) スコットランド；フランス；ドイツ；オーストリア；スイス；イタリア；マルタ；ハンガリー；チェコ；スロバキア；セルビア；ボスニア；ルーマニア；ブルガリア．

1230* 巡礼の誓いの行為

巡礼の旅をしている女が，たまたまスカート(とシャツ)を乱して，むき出しの尻をさらけ出す．彼女の夫は，このことについて彼女に何も言わない．なぜならば夫は，これが彼女の巡礼の誓いの行為の一部であると思ったからである．

類話(～人の類話) ワロン；ドイツ；オーストリア；マルタ；ポーランド；ギリシャ.

1230** 頭をまる出しで歩くことを非難する

女が，頭を覆わずに通りを歩いていることを非難されて，スカートで頭を覆い，その結果尻がまる出しになる[J2521.2].

類話(～人の類話) イギリス；ドイツ.

1231 野ウサギ(ザリガニ，ヒキガエル，カエル)への攻撃

7人(9人)の男が，猛獣を攻撃する計画を立てる．彼らの1人が恐怖から絶叫する．すると動物は逃げる[J2612]．参照：話型103.

コンビネーション 1290, 1297*, 1321C.
注 16世紀の中頃に記録されている．中央ヨーロッパで広く知られている.
類話(～人の類話) デンマーク；スコットランド；スペイン；オランダ；ドイツ；ハンガリー；スロバキア；セルビア；ユダヤ；チュニジア.

1238 天気がいいときと悪いときの屋根

男が自分の家に屋根をつくらない(屋根の修理をしない)．天気がいいときには，男は屋根を必要としない．天気が悪いときには，屋根をつくることができない[J2171.2.1]．参照：話型43, 81.

類話(～人の類話) フィンランド；ラトヴィア；リトアニア；デンマーク；アイルランド；カタロニア；ポルトガル；ドイツ；イタリア；ハンガリー；ルーマニア；ウクライナ；アメリカ；スペイン系アメリカ.

1240 枝を切り落とす (旧，男が枝に座って，その枝を切り落とす)(旧話型1240Aを含む)

愚か者が木の枝に座って，その枝を切り落とす[J2133.4].

ギリシャの版では，愚か者が苦労して木の枯れ枝に登り，その枝が折れる.(旧話型1240A.)

コンビネーション 1313, 1313A, 1539, 1675.
注 自分が死んだと思う男の笑話の伝統的な導入のエピソード.(参照：話型1313A.) もとはインド・アラビア地域から来ており，この広く流布したコンビネーションには，豊富な文献伝承がある．諺として流布している.
類話(～人の類話) フィンランド；エストニア；ラトヴィア；リトアニア；リーヴ，ヴェプス，カレリア；ノルウェー；アイルランド；フランス；バスク；ポルトガル；

フリジア；フラマン；ワロン；ドイツ；スイス；オーストリア；ラディン；イタリア；ハンガリー；チェコ；スロバキア；スロベニア；セルビア；クロアチア；マケドニア；ルーマニア；ブルガリア；ギリシャ；ポーランド；ロシア，ベラルーシ，ウクライナ；ユダヤ；シベリア；タジク；モンゴル；シリア；パレスチナ；イラン；パキスタン；インド；スリランカ；中国；アメリカ；メキシコ；プエルトリコ；西インド諸島；エジプト，アルジェリア，モロッコ；エチオピア；南アフリカ．

1240A 話型 1240 を見よ．

1241 木が引っ張りおろされる

1本の木(通常は柳の木)が池の近くに立っていて，枝がまるで水を飲みたがっているかのように垂れ下がっている．愚か者たち(あほうたち)がその木を哀れむ．愚か者たちは枝に水を飲ませるために引っ張る[J1973]．1人の男が自分の頭を枝の間に挟み，ほかの男たちが彼の足を引っ張る．一部の類話では，彼らは男の首を引っこ抜く．また一部の類話では，全員倒れる．

コンビネーション 1225, 1246, 1250.

注 インドの『パーリ・ジャータカ(*Pāli-Jātaka*)』(nos. 44, 46，参照 No. 45)に記録されている．

類話(～人の類話) フィンランド；フィンランド系スウェーデン；ラップ；スウェーデン；ノルウェー；デンマーク；フランス；オランダ；ドイツ；スイス；ハンガリー；セルビア；マケドニア；ルーマニア；ブルガリア；ギリシャ；ロシア；インド；プエルトリコ．

1241A 木を引き抜く(木を倒す)(旧話型 1242* を含む)

あほうたち(愚か者とロバ)が，崖に立っている木を引き抜こうとする．木は倒れ，愚か者たちをいっしょに引きずって落ちていく．

一部の類話では，愚か者たちが，荷車の上に直接木が倒れるように木を切り倒す．木は荷車を壊し，馬(牛)を殺す．(旧話型 1242*.)

類話(～人の類話) ラトヴィア；イギリス；オランダ；ハンガリー；セルビア；ルーマニア；ブルガリア；ギリシャ；ベラルーシ；アメリカ．

1242 木を積み込む

愚か者が，「馬たち(雄牛たち)がこの木材を引くことができるなら，もう1本よけいに引くことができるだろう」と言いながら，木材を1本ずつ荷車に積む[J2213.4]．最後に愚か者は，馬たちが積み荷を引けないのを見て，「馬たち(雄牛たち)がこいつを引くことができないなら，もう1本少なくても引くことができないだろう」と推測しながら，木材を１本ずつ投げおろす．愚か者は空の荷車に乗って帰る．（一部のフィンランドの類話では，愚か者は女である．）

注 諺として流布している．

類話（～人の類話） フィンランド；フィンランド系スウェーデン；エストニア；スウェーデン；ノルウェー；デンマーク；ドイツ；ハンガリー；アフリカ系アメリカ．

1242A ロバの荷を軽くしてやる（旧，積み荷の一部を運ぶ）（旧話型 1242B を含む）

ロバの負担を軽くしてやろうと，ロバの（雄牛の）背中に小麦（別の積み荷）の袋を載せる代わりに，乗り手が自分の肩に小麦の袋を担ぐ［J1874.1］．参照：話型 1215.

一部の類話では，男が鞍の片方に荷を載せ，反対側に岩を積んでバランスをとる［J1874.2］．（旧話型 1242B.）

注 基本的な着想は，古代ギリシャの喜劇アリストファネス（Aristophanes）の『カエル（*Ranae*）』（The Frogs, 24–32）（紀元前 405 年）に見られる．早期の文献版（13 世紀）は，ペルシア語で語られているジャラール・ウッディーン・ルーミー（Ǧalāloddin Rumi）の『精神的マスナヴィー（*Maṡnavi-ye maʿnavi*）』（II, 3176）に記録されている．多くの版がある，広く流布した笑話．

類話（～人の類話） フィンランド；ラトヴィア；リトアニア；ノルウェー；デンマーク；スコットランド；アイルランド；イギリス；フランス；スペイン；カタロニア；オランダ；フリジア；ワロン；ドイツ；オーストリア；イタリア；ハンガリー；セルビア；クロアチア；ルーマニア；ブルガリア；ギリシャ；ロシア，ウクライナ；ユダヤ；クルド；グルジア；パレスチナ；イラン；ネパール；中国；インドネシア；オーストラリア；アメリカ；プエルトリコ；エジプト；チュニジア；モロッコ；マダガスカル．

1242B 話型 1242A を見よ．

1242* 話型 1241A を見よ．

1243 木材が山から運びおろされる

愚か者たちが重い木の幹（石臼）を山から運んでおろしている．途中，愚か者たちは幹を落とし，幹は残りの道のりを転がり落ちる．愚か者たちはこのやり方のほうがずっと楽だと気づき，もう１度幹を転がしておろすために，幹を山の上に戻す［J2165］．

コンビネーション 1245, 1248, 1287.
注 早期の版は16世紀，ハンス・ザックス(Hans Sachs)の「ラッペンハウスの人々(*Die Lappenhauser*)」(1552)を見よ.
類話(～人の類話) フィンランド；ラトヴィア；リトアニア；ラップ；スウェーデン；ノルウェー；スペイン；カタロニア；フリジア；ドイツ；スイス；オーストリア；サルデーニャ；ハンガリー；クロアチア；ギリシャ；ソルビア；ユダヤ.

1244 梁を伸ばそうとする

愚か者たちが梁(棒，丸木橋，ベンチ)をもらうが，短すぎる．愚か者たちはいろいろな方法で梁を伸ばそうとする[J1964.1]．もちろん彼らは成功しないが，あるドイツの類話では，彼らは成功したと思い込む.

コンビネーション 1210, 1229*, 1245, 1384.
類話(～人の類話) フィンランド；ラトヴィア；リトアニア；ラップ；カレリア；スペイン；カタロニア；ドイツ；ハンガリー；スロバキア；セルビア；ボスニア；ルーマニア；ブルガリア；ギリシャ；ポーランド；ロシア, ベラルーシ, ウクライナ；ジプシー；シベリア；ブリヤート, モンゴル；メキシコ；マダガスカル.

1245 日光を袋(籠，ふるい)に入れて窓のない家に運ぶ (旧話型1245*, 1245**, 1245A*を含む)

愚か者たちが，袋(籠，ふるい)に日光を集めて，窓のない家に日光を運ぼうとする．この計画がうまくいかないと，愚か者たちは，光を入れるために，家を少しずつ取り壊していく[J2123]．(力の強い男がどうやって窓をつくるか，男たちに示す.)

一部の類話では，愚か者たちが光源として白い羊皮を使う[J1961]．(旧話型1245*)またはネズミ取りで光を捕まえようとする[J1961.1]．(旧話型1245**.)

同様に，愚か者はふるいで煙を運び出そうとする．(旧話型1245A*.)

コンビネーション 1210, 1286, 1384, 1450, 1540, 1687.
類話(～人の類話) フィンランド；フィンランド系スウェーデン；エストニア；リーヴ；ラトヴィア；リトアニア；リーヴ, ラップ, ヴェプス, ヴォート, カレリア；スウェーデン；ノルウェー；デンマーク；フェロー；アイスランド；アイルランド；イギリス；スペイン；バスク；カタロニア；ポルトガル；オランダ；フリジア；フラマン；ワロン；ドイツ；スイス；オーストリア；イタリア；ハンガリー；チェコ；スロバキア；スロベニア；ルーマニア；ブルガリア；アルバニア；ギリシャ；ポーランド；ロシア, ベラルーシ；ウクライナ；トルコ；ユダヤ；ジプシー；チェレミス/マリ, タタール；シベリア；ブリヤート，モンゴル；グルジア；イギリス系カナダ；アメリカ，アフリカ系アメリカ；アフリカ系アメリカ；メキシコ；チリ．

1245* 話型1245を見よ．

1245** 話型1245を見よ．

1245A* 話型1245を見よ．

1246 投げ捨てられた斧

愚か者が自分の斧を落とす．ほかの人たちは，これをわざとやったのだと思い，同じ場所に自分たちの斧を投げ込む[J2171.4]．参照：話型1694, 1825D*, 1832M*．

通常，この短いエピソードに2つ目のエピソードが続く．2つ目のエピソードでは，愚か者たちは次のような風変わりな方法で木々を切り倒そうとする．

(1) 木々を燃やして倒す．火をつけるために，1人の愚か者がもう1人の愚か者の頭を叩く．すると叩かれた愚か者は火花を見る．参照：話型1344．

(2) 木々を引き抜いて倒す．1人の愚か者が枝の間に頭を突っ込み，ほかの者たちが引っ張り，彼の頭を引っこ抜く．参照：話型1241．

コンビネーション 1241, 1344.

注 おもに北ヨーロッパで見られる．

類話(～人の類話) フィンランド；フィンランド系スウェーデン；ラップ；スウェーデン；デンマーク；アイルランド；フラマン；イタリア；ギリシャ．

1247 男が石臼の穴に頭を入れる

愚か者たちが石臼を転がして山からおろそうとする．石臼を導くために(石臼がどこに転がっていくか見るために)，彼らの1人が石臼の穴に頭を入れる．石臼は転がって湖に落ちる[J2131.5.4]．愚か者の頭はもぎ取れる．参照：話型1241．

コンビネーション 1225, 1243.

注 早期の版は16世紀，ハンス・ザックス(Hans Sachs)の「ラッペンハウスの人々(*Die Lappenhauser*)」(1552)を見よ．

類話(～人の類話) フィンランド；リーヴ；ラトヴィア；アイスランド；フリジア；ドイツ；スイス；オーストリア；イタリア；ハンガリー；ルーマニア；ポーランド；

クルド.

1248　そりに横向きに積まれた木の幹[J1964]

愚か者たちが木(長い木の幹)の積み荷を運ぼうとする．彼らは，そり(荷車)に木を横に置き，森を出ることができない(門を通ることができない)．愚か者たちは，鳥が藁をはすにくわえて運んでいくのを見て，ようやく自分たちの問題の答えを見つける．参照：話型 801.

コンビネーション　1243.
注　800 年頃に聖アルセニウス(St. Arsenius)の生涯の一部として記録されている．
類話(～人の類話)　フィンランド；フィンランド系スウェーデン；リトアニア；ラップ；スウェーデン；デンマーク；イギリス；オランダ；フリジア；フラマン；ドイツ；ハンガリー；チェコ；スロバキア；クロアチア；ギリシャ；ポーランド；パレスチナ；中国.

1250　人間の鎖(旧，井戸から水を汲んでくる)(旧話型 1250B を含む)

愚か者たちが，井戸の深さを測ろうとする(水から何かを引き上げようとする)．愚か者たちは井戸の口に丸太を渡す．1 人の男が両手で丸太をつかみ，次の男が伝っておりて足につかまり，次々とそれをつなげていく．いちばん上の男は疲れてきて，自分の手につばをつけようとする[J2133.5]．全員井戸に落ちる．

一部の類話では，木の梢に届くよう，人が数珠つなぎに組み立ちする．参照：話型 121, 1241.

インド，スリランカの版では，数珠つなぎの人々(数珠つなぎの猿)が，飛ぶ象のしっぽにぶら下がる．(旧話型 1250B.)参照：話型 225A.

コンビネーション　通常この話型は，1 つまたは複数の他の話型，特に 1241, 1245, 1248, 1287, 1288, 1319, 1335A, 1336 と結びついている．
注　この話型の諸要素は，西暦 1 世紀にインドと中国に見られる．ヨーロッパでは 14 世紀初頭に記録されている．
類話(～人の類話)　フィンランド系スウェーデン；ラトヴィア；ラップ；スウェーデン；デンマーク；アイルランド；イギリス；フランス；スペイン；カタロニア；ポルトガル；オランダ；フリジア；フラマン；ワロン；ドイツ；スイス；オーストリア；ハンガリー；チェコ；スロバキア；スロベニア；マケドニア；ルーマニア；ブルガリア；ギリシャ；ポーランド；ロシア；ベラルーシ，ウクライナ；ユダヤ；ジプシー；タタール；クルド；グルジア；アラム語話者；イラク；イラン；インド；ビルマ；スリランカ；中国；フランス系カナダ；イギリス系カナダ，アメリカ，アフリカ系アメリカ；メキシコ；キューバ, プエルトリコ；西アフリカ；ナミビア；南アフリカ.

1250A　塔の高さを測るために籠を積み上げる

愚か者たちが，塔の高さを測るために次々と籠を積み上げる．いちばん底の籠を外すと，すべてが落ちる[J2133.6.1].

一部の類話では，愚か者たちが高い木の鳥の巣(動物の巣穴)のところまで行きたいと思う．彼らは次々と肩に乗る．いちばん下の愚か者が倒れると，ほかの者も全員落ちる．参照：話型 121.

コンビネーション　1241, 1288, 1384.
類話(～人の類話)　フランス；スペイン；カタロニア；ポルトガル；フラマン；ドイツ；オーストリア；サルデーニャ；ハンガリー；ギリシャ；インド；ドミニカ；西アフリカ.

1250B　話型 1250 を見よ.

1255　土を放り込むための穴

愚か者(たち)が，穴掘りをして出た土を放り込む場所をつくるために，穴を掘る計画を立てる[J1934].

注　16 世紀に記録されている.
類話(～人の類話)　ラトヴィア；ノルウェー；デンマーク；イギリス；フランス；カタロニア；オランダ；フリジア；フラマン；ドイツ；オーストリア；ハンガリー；ルーマニア；ブルガリア；ソルビア；ユダヤ；ジプシー；カタール；アメリカ；メキシコ.

1260　氷の穴の粥 (旧話型 1260A* を含む)

この説話には，おもに 3 つの異なる型がある.

(1)　愚か者たちが，氷の穴の中を泡を立てながら流れる水に小麦粉(オート麦のフレーク)を入れ，それから粥を味わうために次々と中に飛び込む[J1938]．彼らは死ぬ.

(2)　愚か者たちが，自動で沸くというやかんを買う．やかんが湯を沸かさないので，彼らはやかんを水の中に放り込む．やかんは沈むときに泡を出す．ようやくやかんが湯を沸かすようになったと思い，愚か者たちはやかんを取りに水に飛び込む．参照：話型 1535.

(3)　女が，パンの生地(レモネード)をつくるために川に小麦粉(井戸に砂糖)を入れる．女は小麦粉(砂糖)をすべて失う(そして女の夫は女を放り出す）．（旧話型 1260A*.）

注　この笑話の中心的な要素は，愚か者が溺れること．参照：話型 1535.
類話（～人の類話）　フィンランド；フィンランド系スウェーデン；エストニア；ラトヴィア；リトアニア；ラップ；コミ；スウェーデン；ノルウェー；デンマーク；フェロー；イギリス；フリジア；イタリア；ハンガリー；チェコ；セルビア；クロアチア；マケドニア；ブルガリア；ロシア，ベラルーシ；トルコ；ジプシー；モルドヴィア，ヴォチャーク；ブリヤート；グルジア；イラク；カタール；イラン；インド；フランス系カナダ；アフリカ系アメリカ；エジプト；エチオピア．

1260A　野ウサギのスープ

愚か者たちが，スープをつくるために，野ウサギ（カニ，バッタ，スズメ）を熱湯の中に投げ込む．野ウサギは逃げる．あとで愚か者たちはその湯を飲んで，いいスープがとれたと言う．

一部の類話では，「スープ」は(1)水の入ったやかんに動物（オンドリ，鶏）の影がかかり，その影からとる，(2)水たまりを走った（川で溺れた）野ウサギ，または池で泳いでいるカモからとる，(3)肉か魚を触った手を洗った水からとる．参照：話型 234A*.

コンビネーション　1310.
類話（～人の類話）　フィンランド；リトアニア；フランス；フラマン；ドイツ；ハンガリー；ブルガリア；ユダヤ；中国；朝鮮．

1260**　魚を捕るために海に飛び込む

愚か者が魚を捕まえるために海に（湖に）飛び込む．

類話（～人の類話）　ラップ；スウェーデン；ノルウェー；ブルガリア；ギリシャ．

1260A*　話型 1260 を見よ．

1260B*　愚か者がマッチを試すためにすべてする［J1849.3］

作男が上等なマッチを買いに行かされる．マッチが燃えることを確かめるために，作男はマッチをすべて試して燃やしてしまう．

類話（～人の類話）　フィンランド；ラトヴィア；ノルウェー；デンマーク；フランス；フリジア；ドイツ；ルーマニア；中国．

1262　炎の効果（旧，肉をあぶる）

この話型のうち詳細な型は，以下のいくつかの出来事からなる．

金持ちの男(支配者)が，寒い夜に宮殿の屋根に乗って裸で生き延びることができた者に報酬を約束する．貧しい(外国の)男が，この申し出に同意し，凍るような寒さの夜を生き延びる．朝になって支配者は，貧乏な男が暖まるために遠方の炎(月光)を使ったと主張して，貧しい男に報酬を与えることを拒む．

賢人の助言に従って，貧しい男は支配者を食事に招待する．貧しい男は，食物が料理できないくらい火から遠くに鍋を置く．客が説明を求めると，貧しい男は，自分が遠くの火で暖まったのと同じように，鍋は熱くなるだろうと説明する．支配者は報酬を支払う[J1191.7]．参照：話型 1804B.

また，この説話には短い型もある．愚か者が，肉をあぶるふりをする(肉をあぶっていると信じている)．火は湖の一方の岸で燃えていて，肉は対岸にある[J1945]．参照：話型 65*.

注 詳細な版は，アラブからアフリカにかけての地域で発生し，18 世紀後期に記録されている．短い版はおもにヨーロッパで見られる．

類話(～人の類話) フィンランド；エストニア；ラトヴィア；デンマーク；フランス；スペイン；カタロニア；フラマン；ワロン；ドイツ；スイス；イタリア；マルタ；チェコ；スロベニア；ルーマニア；ブルガリア；ギリシャ；ウクライナ；トルコ；ユダヤ；オセチア；クルド；ウズベク；タジク；レバノン, パレスチナ, イラク；アラム語話者；ペルシア湾, カタール, イエメン；イラン；パキスタン；インド；ビルマ；カンボジア；日本；スペイン系アメリカ；西インド諸島；北アフリカ；リビア；モロッコ；エチオピア；エリトリア；マダガスカル．

1262* 粥の中につばを吐く (旧，愚か者が熱い粥の中につばを吐く)

蹄鉄が熱いかどうか見分けるために，鍛冶屋は蹄鉄につばを吐く．鍛冶屋を見ていた愚か者が，粥の温度を見るために粥(スープ)の中につばを吐く[J2421]．

類話(～人の類話) フィンランド；エストニア；ラトヴィア；デンマーク；ポルトガル；フラマン；ドイツ；ロシア, ウクライナ；日本．

1263 別々の部屋で粥を食べる

愚か者たちが，いっしょに部屋に座って粥を食べる．粥に入れるミルク(生クリーム，ハチミツ)が 1 さじ欲しくなるたびに，愚か者たちはミルクの置いてある部屋(地下貯蔵室)に行く．よそ者が，ミルクのポットをテーブルに置くよう教える[J2167]．

コンビネーション 1245, 1384, ,1450.
類話(～人の類話) フィンランド；エストニア；ラトヴィア；リトアニア；カレリア；イタリア；ポーランド；ロシア，ベラルーシ；チュヴァシ，モルドヴィア；スーダン.

1264* 粥の鍋の沸騰

粥を料理している女が，沸騰している音を誤解して，粥が自分にぶつぶつと不平を言っていると思う(愚か者が，粥が自分を呼んでいると思う)[J1875.2]．参照：話型 1318, 1322A*.

類話(～人の類話) エストニア；ラトヴィア；リトアニア；イギリス；ヤクート；中国；日本.

1265* 2つで1つ分の値段

愚か者が2枚のキツネの毛皮をいっしょに巻いて，1枚分の値段で売る[J2083.2].

一部の類話では，女のナイフ売りが，ナイフを半額で売ることによって，有名な客を「だまそう」とする．参照：話型 1382, 1385.

類話(～人の類話) フィンランド；フィンランド系スウェーデン；エストニア；ラトヴィア；リトアニア；ハンガリー；ブルガリア.

1266* 3分の1の物を4分の1で

愚か者が樽3分の1の穀物を4分の1の値段で売る[J2083.1].

一部の類話では，買い手たちが「自分たちは売り手が要求したよりも高い金額を払った」と言って，自分たちの「賢さ」を自慢する.

類話(～人の類話) フィンランド；エストニア；ラトヴィア；ルーマニア；ブルガリア.

1268* 市長を選出する (旧，市長を選出する：後ろから検査する)(旧話型 1675* を含む)

この説話には，おもに4つの異なる型がある.

愚か者たちが市長を選出しようとする.

(1) 短い詩をつくることができた候補者が選出されることになる．豚飼いを除いて全員が失敗する.

(2) すべての候補者がテーブルを囲んで座り，自分たちのあごひげをテーブルに置く．中央にシラミを入れる．シラミが這っていったあごひげの持ち主が選ばれることになる.

(3) 候補者たちの妻は, 服を脱いで干し草の山に頭を入れなければならない. 彼女たちの尻を見て自分の妻がわかった者が, 市長になることになる. 事前に取り決めたか, または偶然によるさまざまな合図が, 結果に影響する. (最近の類話では, 役割が入れ替わっており, 女たちが自分の夫を裸の尻で見分けなければならない.)

(4) 徒競走の勝者が市長になることになる. 1頭の子牛が最初にゴールを駆け抜け, 競走に勝つ. (旧話型 1675*.)

注 (1)と(2)の版は16世紀に記録されている.

類話(～人の類話) アイルランド; フランス; カタロニア; フリジア; ワロン; ドイツ; オーストリア; ハンガリー; スロバキア; ブルガリア; ギリシャ; ポーランド; ウクライナ; ユダヤ; メキシコ.

1270 ろうそくを乾かす

愚か者が, ぬれた(できたての)ろうそくをストーブの上で(中で)乾かそうとする. ろうそくは溶ける[J2122].

日本の版では, 愚か者たちがろうそくを食べ物と間違えて, 料理しようとする. ろうそくは溶ける.

類話(～人の類話) フィンランド; イギリス; スペイン; カタロニア; ドイツ; イタリア; インド; カンボジア; 日本; アメリカ.

1271A* 羊毛でストーブを暖める [J1873.3](旧話型 1271B* を含む)

愚かな(年老いた)女(女中)が羊毛で自分の家を暖めようとする. 女はストーブで羊毛を燃やす.

一部の類話では, 女は燃えているろうそくをストーブに入れて, ストーブを暖めようとする.

リヴォニアの版では, 熱が逃げないように, ストーブに毛糸を巻く[J1942]. (旧話型 1271B*.)

注 17世紀後期に記録されている.

類話(～人の類話) リーヴ; スウェーデン; ドイツ.

1271B* 話型 1271A* を見よ.

1271C* 石に外套を着せる

愚か者が, 石を暖めておくために, 石に外套を着せる[J1873.2].

一部の類話では，震えている木が布で覆われる，または切り株に帽子がかぶせられる，または石仏たちが藁のかぶり笠で雪と雨から保護される．（善行は報われる.）

コンビネーション 1291B.
類話(～人の類話) ノルウェー；アイルランド；ポーランド；ユダヤ；中国；日本；アフリカ系アメリカ.

1272* ストーブの上で雪を乾かす

愚か者がストーブで雪を(ひなたで水を)乾かす[J2121].

メキシコの版では，愚か者がアイスクリームをポケットに入れて運ぶ．アイスクリームはポケットで溶ける．愚か者はだまされたと思う.

類話(～人の類話) リーヴ；オランダ；フラマン；スイス；ギリシャ；ポーランド；メキシコ.

1273A* 川をかい出す (旧，愚か者が川をかい出す)

愚か者が川にやって来て，足がぬれないように，川が流れ去るのを座って待つ．とうとう愚か者は，ハシバミの実の殻で川の水をかい出そうとして，何か月も働き続ける[J1967].

カンボジアの版では，ある夫婦が沈没船の財宝を手に入れるために海水をかい出そうとする．水をかい出すのをやめさせるために，魚たちが夫婦に金銀を届ける.

注 早期の版は16世紀の終わりにロドヴィコ・グイッチャルディーニ(Lodovico Guicciardini)の『気晴らしの時間(*L'hore di ricreatione*)』(I, 48d)に記録されている.
類話(～人の類話) フィンランド；ラトヴィア；ドイツ；イタリア；ハンガリー；ギリシャ；カンボジア；アメリカ.

1275 向きを変えられたそり

愚か者たちが彼らの旅の目的地にそり(荷車，靴)を向ける．夜いたずら者がそりの向きを反対にする[J2333]．愚か者たちはこのいたずらに気づかず，家に戻る．彼らは自分の町だとわからない.

類話(～人の類話) フィンランド；ラトヴィア；リトアニア；カレリア，コミ；フランス；フラマン；ハンガリー；スロベニア；ポーランド；ロシア；ヴォチャーク；シベリア.

1275* 旅人たちが道に迷う (旧, 旅人たちが道に迷い, 反対に進む)

愚か者(たち)が道に迷い, 反対に進む. 気づくと彼らは再び家に戻っている. (彼らは自分が再び家に着いたことに気づかず, 自分たちの妻に, あなたの夫はどこにいるのかと尋ねる.) 参照：話型 1284.

類話(～人の類話) フラマン；ワロン；ドイツ；イタリア；セルビア；クロアチア；ルーマニア；ブルガリア；ユダヤ.

1276 船をこいでも進まない

2人の女(男)がそれぞれ反対の方向に船をこぐ. 2人はまったく進まない. (問題を解決するために, 2人は船底の栓を抜く. その結果, 1人が水をかい出さなければならない.)

一部の類話では, 愚か者たちが係留されている船をこぐ[J2164.1, J2164.2].

類話(～人の類話) フィンランド；フィンランド系スウェーデン；リトアニア；ラップ；スウェーデン；ノルウェー；デンマーク；アイルランド；オランダ；フリジア；マルタ；クロアチア；ルーマニア；ロシア；カンボジア；インドネシア；ポリネシア.

1276* 風向きを変える祈り

風に向かって歩いて(船をこいで)いるお婆さんが, 風向きが変わるよう祈る. 風向きは変わるが, お婆さんは帰りに風に向かって歩かなければならない.

類話(～人の類話) フィンランド；イギリス；ドイツ.

1278 ボートに場所を示すしるしをつける (旧話型 1278* を含む)

ボートから物が海に落ちる. 愚か者(たち)は, どこでそれが落ちたかを指し示すために, 船べりにしるしをつける(水上にしるしを置く)[J1922.1].

いくつかの類話では, 愚か者(たち)が, 船底にしるしをつけることによって, いい漁場にしるしをする, または彼らが穀物の種を蒔いた場所で目印にした雲の方向に穀物の穂を探す[J1922.2.1], または自分たちの真上にある月(雲)を目印にして, 地中にお金を隠す. (旧話型 1278*.)

注 この笑話の起源は, 仏教説話に見られる. 中国では紀元前3世紀に, アラビア地域では11世紀に記録されている. この説話はヨーロッパでは16世紀後期以来流布している.

類話(～人の類話) フィンランド；フィンランド系スウェーデン；ラトヴィア；リーヴ, ラップ；スウェーデン；ノルウェー；デンマーク；アイルランド；イギリス；フランス；オランダ；フリジア；ドイツ；オーストリア；ハンガリー；ルーマニア；シリア, カタール；インド；ビルマ；中国；インドネシア；日本；オーストラリア；イギリス系カナダ；アメリカ；フランス系アメリカ；エジプト, モロッコ.

1278* 話型1278を見よ.

1281 未知の動物を追い払う

猫(フクロウ)を1度も見たことがない人たちが，ハツカネズミの疫病から逃れるために，猫(フクロウ)を1匹買う．猫はたくさんのハツカネズミを食べるが，人々は猫が自分たちのことも食べるかもしれないと恐れる．そこで彼らは猫を殺すことにするが，捕まえることができない．彼らはとうとう家に火をつける[J2101]．参照：話型1282, 1651.

コンビネーション 1384, 1650, 1651.

注 たいていの版では，話型1281と1651のモティーフが結びついている．16世紀に例えば『フランタの規約(*Frantova práva*)』(No. 7)に記録されている.

類話(～人の類話) フィンランド；エストニア；ラトヴィア；リーヴ；スウェーデン；デンマーク；アイスランド；スペイン；カタロニア；ポルトガル；オランダ；フラマン；フリジア；ドイツ；オーストリア；イタリア；ハンガリー；チェコ；スロバキア；スロベニア；セルビア；ルーマニア；ブルガリア；ギリシャ；ポーランド；ロシア；ベラルーシ, ウクライナ；トルコ；ユダヤ；アラム語話者；インド.

1281A 人食い子牛を処分する

ある男が，絞首台にぶら下がっている男の履いている靴が気に入って，靴を盗むために男のむくんだ両足を切り落とす．その晩彼が泊まった部屋には生まれたばかりの子牛がいる．次の朝，宿泊した男は靴を持っていくが，切り取った両足は残していく(男は切り取った足に靴を履かせたまま置いていく)．その家の人たちは，子牛が泊まった男を食べてしまい，足だけ残したと思う．彼らは子牛を殺す(子牛を殺すために家を燃やす)[J1815].

一部の類話では，猫(雄猫)が人食いだと思われる．参照：話型1281.

コンビネーション 1739.

注 16世紀に記録されている．しばしば話型1739が導入部となる.

類話(～人の類話) フィンランド；フィンランド系スウェーデン；エストニア；ラトヴィア；リトアニア；スウェーデン；ノルウェー；デンマーク；アイスランド；スコットランド；アイルランド；イギリス；フランス；スペイン；フリジア；フラマン；ドイツ；スイス；ハンガリー；スロバキア；スロベニア；ルーマニア；ポーランド；

ロシア；ウクライナ；アメリカ；スペイン系アメリカ；アフリカ系アメリカ.

1282　虫を駆除するために家が燃やされる（旧話型 1282* を含む）

愚か者たちが，虫たち（クマネズミたち，カラスたち，フクロウ）を駆除するために，家（木）を焼き払う[J2102.4].

一部の類話では，モグラが入らないように庭（草地）が舗装される.

注　16 世紀初頭に記録されている.

類話（～人の類話）　フィンランド；ラトヴィア；リトアニア；スウェーデン；デンマーク；スコットランド；スペイン；ワロン；ドイツ；オーストリア；ハンガリー；セルビア；ルーマニア；ブルガリア；ギリシャ；ポーランド；トルコ；ユダヤ；インド；スリランカ；中国；インドネシア；エチオピア.

1282*　話型 1282 を見よ.

1284　自分がわからない（旧話型 1531A を含む）

愚かな男（農夫，愚か者たち）が眠っている間に，誰かが愚か者の外見を変える（愚か者の頭に帽子をかぶせる，愚か者のあごひげか髪を切り落とす，愚か者に新しい服を着せる，愚か者の重要な物を持ち去る，等）．目を覚ますと，愚か者は自分のことがわからないか，または自分をほかの誰かと間違える[J2012]．参照：話型 1383.

注　3 世紀から 5 世紀の間にギリシャの『フィロゲロス（*Philogelos*）』（No. 56）に記録されている.

類話（～人の類話）　リーヴ；ノルウェー；デンマーク；アイルランド；イギリス；フランス；スペイン；カタロニア；ポルトガル；フラマン；フリジア；ドイツ；イタリア；サルデーニャ；マルタ；ハンガリー；チェコ；スロバキア；セルビア；ルーマニア；ブルガリア；ギリシャ；ユダヤ；ジプシー；クルド；タジク；シリア；アラム語話者；パレスチナ；ヨルダン；イラン；インド；中国；朝鮮；日本；オーストラリア；アメリカ；アフリカ系アメリカ；エジプト；アルジェリア.

1284A　白人の男が自分は黒人だと思い込まされる[K2013.1]

ある宿屋に泊まろうとしている男が，1 人の黒人とベッドを共同で使わなければならない．白人の客が寝ている間に，宿の主人が男の顔を黒く塗る．白人の男が朝起きて，自分の黒い顔を鏡で見ると，白人の男は，宿の主人が自分を起こす代わりに黒人の男を起こしたのだと思う.

注　この笑話は構造的に話型 1284 と類似しているが，19, 20 世紀に成立したため，別の話型として扱われる．この笑話は西ヨーロッパと北アメリカに見られる．
類話(～人の類話) スコットランド；アイルランド；フランス；オランダ；フリジア；ワロン；ドイツ；ハンガリー；クロアチア；イラン；イギリス系カナダ；アメリカ；スペイン系アメリカ，メキシコ．

1284B 男はズボンのつぎがないと自分のことがわからない

ある男(愚か者)は，何らかの独特のしるし(ズボンのつぎ，手か足に巻いたリボン，ベルトにつけた瓶，等)で自分を見分ける．このしるしがないと，男は自分をほかの人たちと見分けることができない(彼は同じしるしをつけている誰かほかの人と会うと，混乱する)[J2012.5]．(旧話型 1531B.)

類話(～人の類話) スペイン；ブルガリア；ユダヤ；クルド．

1284C 「あなたはあなたですか，それともあなたの兄弟ですか？」

愚か者が 2 人の人に会う．そして 2 人のうちの 1 人に「あなたはあなたですか，それともあなたの兄弟ですか？」と尋ねる[J2234]．

一部の版では，愚か者は，どちらが男でどちらが女かを尋ねる．または，愚か者はある男に会って，「最近亡くなったのはあなたですか，それともあなたの兄弟ですか？」と尋ねる．

注 3 世紀から 5 世紀にギリシャの『フィロゲロス(*Philogelos*)』(No. 29)に記録されている．
類話(～人の類話) デンマーク；スコットランド，イギリス；ドイツ；ルーマニア．

1284* メンドリにひよこを抱くことを強いる

愚かな女が，タカにひよこをさらわれないように，メンドリが常に体の下にひよこを抱いているようにメンドリに強いる．参照：話型 1204**．

類話(～人の類話) エストニア；カレリア；ハンガリー；ギリシャ．

1285 シャツを着る

愚かな女が夫(息子)のためにシャツを縫ったが，頭を通す穴がない．愚かな女は，夫の頭の上のシャツを叩いて穴を開けようとするか，またはシャツが夫に合うように夫の頭を切る[J2161.2]．(よそ者がはさみを使って穴を開ける方法を彼女に見せる．)

コンビネーション 1245, 1286, 1382, 1384, 1540.
注 おもに北ヨーロッパで 19 世紀に記録されている．

類話（〜人の類話） フィンランド；フィンランド系スウェーデン；ラトヴィア；リトアニア；ラップ；スウェーデン；ノルウェー；デンマーク；アイスランド；アイルランド；オランダ；フリジア；ドイツ；スロバキア；ポーランド.

1286 半ズボンに飛び込む

愚か者が，どうやって半ズボンをはくのか知らない．愚か者は，妻（ほかの愚か者）に半ズボンを開いてもらい（フックに半ズボンを掛けておき），高い所から（例えば，天井の梁から，木から）飛びおりる[J2162]．（よそ者が半ズボンのはき方を説明し，通常は報酬をもらう．）

一部の類話では，子どもが片足だけのズボンを履く（赤ん坊が１枚の布に包まれる）．その結果子どもは立つことができず，障害者のように見える．

コンビネーション 通常この話型は，１つまたは複数の他の話型，特に 1210, 1245, 1384, 1450, および 1211, 1229*, 1244, 1285, 1288, 1385, 1386, 1653 と結びついている．

類話（〜人の類話） フィンランド；フィンランド系スウェーデン；エストニア；ラトヴィア；リトアニア；カレリア；スウェーデン；アイルランド；イギリス；フランス；スペイン；カタロニア；オランダ；フリジア；ワロン；ドイツ；イタリア；スロベニア；セルビア；ルーマニア；ブルガリア；アルバニア；ロシア, ウクライナ；トルコ；チュヴァシ；シベリア；中国；フランス系カナダ；アメリカ；スペイン系アメリカ；アフリカ系アメリカ；プエルトリコ；ブラジル；南アフリカ.

1287 愚か者たちが自分たちの人数を数えることができない

愚か者たちが泳ぎに行き，あとで全員戻っているかどうか確認しようとする．数える人が自分を数え忘れるので，正しい結果が得られない．愚か者たちは，自分たちの１人が溺れたという結論を下す[J2031]．愚か者たちが困っているのを見たよそ者が，愚か者たちの鼻を砂（粘土質の土）に突っ込んでその穴を数えるよう，愚か者たちに教える[J2031.1]．それで，彼らは全員まだ生きていると確認する．

コンビネーション 通常この話型は，１つまたは複数の他の話型，特に 1250, 1290, および 1200, 1201, 1225, 1288 と結びついている．

類話（〜人の類話） フィンランド；フィンランド系スウェーデン；ラトヴィア；リトアニア；カレリア；スウェーデン；ノルウェー；デンマーク；アイルランド；イギリス；フランス；スペイン；カタロニア；オランダ；フリジア；フラマン；ワロン；ドイツ；スイス；オーストリア；ラディン；イタリア；ハンガリー；チェコ；スロバキア；スロベニア；クロアチア；ルーマニア；ギリシャ；ポーランド；ロシア, ベラルーシ, ウクライナ；ユダヤ；ジプシー；イラク；イエメン；パキスタン；インド；インドネシア；日本；アメリカ, アフリカ系アメリカ.

1288 愚か者たちが自分たちの脚を見つけられない (旧話型 1288* を含む)

(同じ色のズボンまたは長靴下をはいている，酔っぱらっている)愚か者たちが，大勢で倒れる(脚をぶらぶらしながら，並んで座っている)．彼らは立ち上がろうとして，自分の脚が見つからない．よそ者が愚か者たちの脚をむちで打って(叩いて)助ける[J2021].

一部の類話では，愚か者のブーツが酔っぱらっている間に盗まれる．愚か者はブーツがないので自分の脚だとわからない．(旧話型 1288*.) 参照：話型 1284.

コンビネーション 通常この話型は，1つまたは複数の他の話型，特に 1200, 1210, 1245, 1247, 1250, 1286, 1287, 1319, 1326, 1384 と結びついている.

注 15 世紀に記録されている.

類話(～人の類話) フィンランド；エストニア；ラトヴィア；リトアニア；カレリア；スウェーデン；ノルウェー；デンマーク；アイスランド；アイルランド；フランス；スペイン；カタロニア；ポルトガル；オランダ；フリジア；フラマン；ドイツ；イタリア；ハンガリー；スロベニア；ルーマニア；ブルガリア；ギリシャ；ポーランド；ロシア；ベラルーシ；ウクライナ；トルコ；ユダヤ；ジプシー；グルジア；イラク；中国；日本；アメリカ；メキシコ；エジプト, リビア.

1288A 愚か者が自分の座っているロバを見つけられない

自分の飼っているロバ(馬，ラクダ)を数えている愚か者が，自分の乗っているロバを数え忘れる．愚か者がロバからおりると，ロバに座っているときよりもロバはいつも1頭多い[J2022]. (愚か者はロバを1頭失うよりは歩いていくことにする.) 参照：話型 1287.

類話(～人の類話) ラトヴィア；リトアニア；デンマーク；アイルランド；イギリス；フランス；スペイン；カタロニア；オランダ；フリジア；ドイツ；イタリア；ハンガリー；セルビア；マケドニア；ルーマニア；ブルガリア；ギリシャ；ポーランド；ユダヤ；クルド；シリア；パレスチナ；イラン；インド；中国；プエルトリコ；エジプト, チュニジア；アルジェリア；ソマリア；南アフリカ.

1288B 盗まれたロバ

愚か者が，ロバが盗まれたときに自分がロバの上に乗っていなかったことを神に感謝する[J2561].

類話(～人の類話) トルコ；アフガニスタン；イラン.

1288* 話型 1288 を見よ.

1288** 長い鼻

男が両腕を自分の前に伸ばしながら暗闇を走る. 男ははしご(開いたドアのへり)に鼻をぶつける. 男は, 自分の鼻が腕より長いと思い, 驚く.

類話(～人の類話) イギリス; オランダ; フリジア; アメリカ.

1289 誰もが真ん中で寝たがる

3人(2人)の愚か者の誰もが, 真ん中で寝たがる[J2213.1]. 彼らは, これをどのようにしたらいいのかわからず, 最終的に頭と頭(足と足)を寄せて横になる.

類話(～人の類話) フィンランド; ラトヴィア; アイルランド; ポルトガル; ハンガリー; ギリシャ; ポーランド; ロシア, ベラルーシ, ウクライナ; ユダヤ; カンボジア; 南アフリカ.

1290 麻畑を泳ぐ

愚か者たち(1人の愚かな男か女)が, 揺れている麻の青い畑を海(湖, 川)と間違える. 愚か者たちは服を脱いで, 泳ぐために飛び込む[J1821].

コンビネーション 1231, 1287, 1321C.
注 8世紀にパウルス・ディアコヌス(Paulus Diaconus)の『ランゴバルド史(*Historia Langobardorum*)』(I, 20)に記録されている.
類話(～人の類話) フィンランド; フィンランド系スウェーデン; ラトヴィア; リトアニア; スウェーデン; フランス; ワロン; ドイツ; オーストリア; イタリア; コルシカ島; ハンガリー; スロバキア; スロベニア; クロアチア; ギリシャ; ポーランド; ベラルーシ; インド; 中国; フランス系カナダ; アメリカ; スペイン系アメリカ.

1290B* 1本の羽根の上で眠る

愚か者が, 夜1本の羽根(1本の藁)の上で寝てみるが, 翌朝になって体がひどく凝って痛む. 愚か者は, どうしてみんなは羽毛のベッドで(藁のマットレスで)寝ることに耐えられるのか不思議に思う[J2213.9]. 参照: 話型704.

注 3世紀から5世紀にギリシャの『フィロゲロス(*Philogelos*)』(No. 21)に記録されている.
類話(～人の類話) リトアニア; アイルランド; ドイツ; ルーマニア; ポーランド;

ユダヤ；イギリス系カナダ；アメリカ；南アフリカ.

1291　1個のチーズに，別のチーズを連れ戻しに行かせる

愚かな女がチーズを落とし，チーズは山を転がり落ちて，女はチーズを失う．愚かな女は1つ目のチーズを連れ戻すよう，2つ目のチーズ（ほかのチーズたち）を送り出す[J1881.1.2].

コンビネーション　1291B, 1387, 1653.
注　17世紀にイギリスで記録されている.
類話（～人の類話）　フィンランド；リーヴ；アイスランド；スコットランド；アイルランド；イギリス；オランダ；ワロン；ドイツ；ハンガリー；ブルガリア；ソルビア；ロシア；チュヴァシ；フランス系アメリカ；プエルトリコ.

1291A　3本脚の鍋が家に送り出される（旧話型1291Cを含む）

愚か者たちが市場で3本脚の鍋（糸車，三脚台）を買う．彼らは，鍋には3本の脚があるのだから，2本足の人間よりも楽に速く家に歩いていけると考えて，鍋を家まで歩かせようとする[J1881.1.3].

一部の類話では，4本脚のテーブルが家に送り出される．（旧話型1291C.）

コンビネーション　1696.
注　16世紀に記録されている.
類話（～人の類話）　スコットランド；イギリス；フランス；ドイツ；スロバキア；ユダヤ；チュヴァシ；中国；フランス系アメリカ；北アメリカインディアン；プエルトリコ.

1291B　バターでひびを埋める

愚かな女（男）が，地面（家の壁）のひびを見て，それをかわいそうだと思う．女は，家に持って帰る（市場に持っていく）バターをひびに塗る[J1871].

コンビネーション　1386, 1653, 1696.
類話（～人の類話）　フィンランド；ラトヴィア；リトアニア；デンマーク；フランス；スペイン；オランダ；フリジア；フラマン；ワロン；ドイツ；スイス；オーストリア；ハンガリー；チェコ；ブルガリア；ウクライナ；トルコ；ユダヤ；チュヴァシ；タジク；シリア；パレスチナ；イラン；中国；フランス系カナダ；フランス系アメリカ；アフリカ系アメリカ；エチオピア.

1291C　話型1291Aを見よ.

1291D その他の物や動物たちが愚か者たちに送り出される

例えば，食物(エンドウ豆，小麦粉)，または動物(ロバ，雌牛，豚，雄ヤギ，野ウサギ)が愚か者たちに送り出される[J1881.1, J1881.2]．(旧話型 1291** を含む)

最も流布した版では，借金を返すために野ウサギが送り出される．愚かな農夫たちは，お金の入った財布を野ウサギにぶら下げ，しかも野ウサギにチップまでやる．参照：話型 1535, 1539, 1710.

類話(～人の類話) アイスランド；スコットランド；イギリス；フランス；スペイン；フリジア；スイス；イタリア；コルシカ島；ギリシャ；ウクライナ；ユダヤ；レバノン, パレスチナ；イラク；イラン；インド；スリランカ；インドネシア；フランス系アメリカ；スペイン系アメリカ；エジプト；アルジェリア；モロッコ.

1291** 話型 1291D を見よ.

1292* 客のエチケット

結婚した娘が自分の母親を訪ねるが，この家では自分は客であるからと，娘は豚が庭を掘るのをやめさせようとしない.

一部の類話では，若い妻が「礼儀正しい」ふるまい方を教えられ，犬に対しても祖父と同様「サー」と呼びかける.

類話(～人の類話) リトアニア；デンマーク；クロアチア；ウクライナ.

1293 長い小便 (旧，愚か者が終わるまで立っている)

外で小便をしている愚か者(酔っぱらい)が，川の流れる音(泉の音，雨が降る音)を勘違いして，自分がまだ終わっていないと思う．愚か者はそこに何時間も(1 日以上)立ち続ける[J1814].

注 16 世紀初頭に記録されている.
類話(～人の類話) オランダ；フリジア；フラマン；ドイツ；ハンガリー；ブルガリア；ウクライナ；イラン；中国；アメリカ；エジプト.

1293* 泳ぎを習う

愚か者が泳いでいて危うく溺れそうになる．愚か者は泳ぎ方を身につけてしまうまでは，2 度と水に入らないと誓う[J2226].

注 例えばギリシャの『フィロゲロス(*Philogelos*)』(No. 2)に記録されている.
類話(～人の類話) エストニア；フランス；ドイツ；ハンガリー；ルーマニア；ギリ

シャ.

1293A* 女が自分の皿をすべて割る

愚かな女が陶器の壺(皿)をいくつか買う. 彼女は柵の上に壺を並べていく. 壺たちが最後の壺のための場所を空けようとしないので, 女は壺を皆壊す. (台所に十分な場所がないと, 女は陶磁器を壁に釘で打ちつける.)

コンビネーション 1381.
類話(～人の類話) ノルウェー; フェロー; イタリア; ハンガリー; スロバキア; セルビア; ボスニア; ブルガリア; トルコ; ジプシー.

1293B* 水に潜った頭

浮いている丸太にくくりつけられた男がひっくり返り, 頭が水の中に沈み, 溺れかかっている. 岸にいる仲間たちは,「あいつはまだ水を渡り終わっていないのに, もう脚を乾かしている」と言う.

類話(～人の類話) フィンランド; ラトヴィア; リトアニア; ギリシャ; ベラルーシ; シベリア.

1293C* 間違った扉

夜, 男が扉から外に向かって小便をする(どんな天気か知りたがる). 部屋の中にいる人が, 天気はどうかと男に聞く. 男は「空は雲に覆われていて, パンのような匂いがする(星は出ていない)」と答える. 男は間違って食料貯蔵室(地下貯蔵室)の扉を開けたのだった. 参照:話型 1337C.

類話(～人の類話) フリジア; ドイツ; ルーマニア; アメリカ.

1294 子牛の頭を壺から外す

子牛(ラクダ, 雄牛, 羊, 犬)の頭が壺(かめ)にはまる. 愚か者の助言で, 子牛の頭が切り落とされ, それから頭を外すために壺が割られる[J2113]. 参照:話型 68A.

注 5 世紀に中国で『百喩経(*Po-Yu-King*)』(No. 75)に記録されている.
類話(～人の類話) デンマーク; イギリス; ハンガリー; スロバキア; ルーマニア; ブルガリア; ギリシャ; ユダヤ; シリア, レバノン; イラク; パキスタン, インド; スリランカ; 中国; エジプト, モロッコ, ソマリア.

1294A* 頭が壺にはまった子ども

子ども(女)の頭が壺にはまってしまう．愚か者が子どもの頭を切り落とすように助言するが，皆は壺を壊すことにする．

一部の類話では，愚かな(貪欲な)女(少女，子ども)が，壺の狭い口から手を出すことができず，壺を壊さなければならなくなる．女は壺の中身をつかんで，握りこぶしをつくっていた[W151.9]．

類話(～人の類話) エストニア；イタリア；ハンガリー；セルビア；ルーマニア；ブルガリア；ギリシャ；トルコ；アブハズ；トゥヴァ；シリア；アラム語話者；イラク；イラン；インド；中国；カンボジア；日本；エジプト；リビア；チュニジア；モロッコ．

1295 7つ目のケーキに満足する

愚か者が，7つ目のケーキ(その他のさまざまな種類の食べ物か飲み物)を最初に食べなかったことを(飲まなかったことを)残念に思う．というのも，7つ目のケーキで満腹になったからである[J2213.3]．

一部の類話では，食べることは競争の一部である．

注 5世紀に中国で『百喩経(*Po-Yu-King*)』(No. 44)に記録されている．
類話(～人の類話) リトアニア；ドイツ；ルーマニア；ロシア，ウクライナ；ユダヤ；インド；中国；インドネシア．

1295A* 背の高い花婿が教会に入れない (旧話型1295B*を含む)

非常に背の高い花婿(花嫁)が教会(彼女の家)の扉を通れない．愚かな付き添い人たちは花婿の頭を切るか，ドアを取り壊すか言い争う．よそ者が花婿の背中を殴ると，花婿は倒れる．こうして花婿は教会に入ることができ，よそ者は報酬をもらう．

一部の類話では，ラクダ(馬)に乗っている男(女)が，門を通れない．出入り口が取り壊される．(よそ者は男にラクダから下りるよう助言する．)[J2171.6，参照J2199.3]．(旧話型1295B*.)

類話(～人の類話) イギリス；フランス；スペイン；ポルトガル；イタリア；ハンガリー；ルーマニア；ブルガリア；ギリシャ；ユダヤ；レバノン，パレスチナ；イラン；インド；アメリカ；エジプト，チュニジア，モロッコ；リビア．

1295B* 話型1295A*を見よ．

1296 愚か者のお使い

愚か者(徒弟)が，想像上の物を取りに行かされる．例えば，左利き用の自在スパナ，嘘袋[J2346]．

注 ヨーロッパ諸国で習慣として流布している．
類話(～人の類話) フィンランド；デンマーク；アイルランド；イギリス；ドイツ；マルタ；チェコ；セルビア；クロアチア；ユダヤ；日本；イギリス系カナダ，アメリカ；フランス系アメリカ．

1296A 愚か者たちがいい天気(嵐，春)を買いに行く

愚か者たちがいい天気(嵐，春)を買いに行く．愚か者たちは箱(袋)に入ったマルハナバチ(スズメバチ，チョウ，ハチの群れ)を持って帰る[J2327]．愚か者たちは好奇心に駆られ，家に着く前に箱を開ける．いい天気は飛び立つ．参照：話型 910G．

注 19 世紀に記録されている．
類話(～人の類話) カタロニア；オランダ；フラマン；ドイツ；スイス；オーストリア；イタリア；ハンガリー；セルビア；クロアチア；ギリシャ；インド．

1296B 手紙の中のハトたち

愚か者が，籠に入った 2 羽のハト(ザリガニ，ウナギ，ブドウの房，ショウガ入り菓子パン)を説明の手紙といっしょに農夫のところに持っていかされる．途中でハトは逃げる(愚か者が食べ物を食べる)．農夫は手紙を読み，「手紙の中にある 2 羽のハトはどこだね？」と尋ねる．愚か者は「ハトは籠から逃げました．でもまだ手紙の中にいてよかったです」と答える．

一部の類話では，召し使い(少女)が果物の入った籠を手紙といっしょに持っていかされる．途中，召し使いは果物を 1 つ食べる．手紙には果物がいくつあったか書かれているので，受け取った人は召し使いに，果物の 1 つはどうしたのかと尋ねる．召し使いは，それは籠に入っていなかったと答える．次の日，召し使いは同じ使いに出される．召し使いは，手紙が自分のことを見ていると思って，果物を食べる前に手紙を隠す．

コンビネーション 1313．
類話(～人の類話) フィンランド；ラトヴィア；デンマーク；フリジア；フラマン；ドイツ；イタリア；ハンガリー；チェコ；ルーマニア；イラン；日本；キューバ．

1297*　仲間に続いて川に飛び込む

愚か者(愚か者たち)が，川を渡るために(想像上の羊を底から連れてくるために，自殺するために)，川(海，泉)に飛び込む．愚か者の仲間たちは，彼が自分たちについてきて欲しがっていると考え，皆飛び込み，溺れる[J1832]．

一部の類話では，ほかの誰かが愚か者たちを飛び込ませる．参照：話型1246, 1535.

コンビネーション　1231, 1250, 1287, 1321C.

注　16世紀に記録されている．

類話(～人の類話)　イギリス；スペイン；ドイツ；オーストリア；ハンガリー；チェコ；ポーランド；日本.

1305　守銭奴と彼の黄金 [W153](旧話型1305A–1305Cを含む)

この説話には，おもに5つの異なる型がある．

(1)　ある労働者が，自分の賃金を守銭奴に要求する代わりに，守銭奴の宝を見せてくれと要求する．理由を尋ねられると，労働者は，宝を見ればあなたが満足するのと同じように自分も満足できるだろうと説明する．守銭奴は悔いて，自分の富を貧しい人たちに分ける．(旧話型1305A.)

(2)　宝を盗まれた守銭奴が，それがまだ盗まれていないと想像するように助言される．そうすれば，守銭奴は前と同じようにその宝で喜びを得られるであろうから[J1061.4]．(旧話型1305B.)

(3)　守銭奴が自分の黄金を墓場まで持っていきたいと思い，黄金を飲むことができるように溶かすよう命ずる．溶けたバターが代わりに用意され，守銭奴はだまされる．(旧話型1305C.) 参照：話型760A*.

(4)　命に関わる危険や死の床でさえも，守銭奴はどうやってお金を稼ぐか，または貯めるかを考える．

(5)　守銭奴が病気で寝ている間に，すべてを盗まれるか，または守銭奴の蓄えが彼の死後に見つかる．

類話(～人の類話)　アイルランド；スペイン；ドイツ；ルーマニア；インド；中国；チュニジア.

1305A–1305C　話型1305を見よ.

1306　欲張りな男が手を伸ばすことを拒否する

欲張りな男(聖職者，酔っぱらい)が井戸に落ちる．男たちが，(ロープで)

彼を救うために駆け寄り，手を伸ばすように欲張りな男に言う．欲張りな男は拒否する．1人の賢人が男たちに，彼らが欲張りな男の手を求めるのではなく，欲張りな男が男たちの手を取るよう彼に提案することを助言する．欲張りな男は男たちの手をつかみ，救われる[W153.5]．

注 13世紀に記録されている．早期のイタリアの版は16世紀の終わりにロドヴィコ・グイッチャルディーニ(Lodovico Guicciardini)の『気晴らしの時間(*L'hore di ricreatione*)』(No. 10a)に記録されている，

類話(～人の類話) ドイツ；オーストリア；マケドニア；ルーマニア；ブルガリア；トルコ；パキスタン．

1309 きれいなイチジクを選ぶ

愚か者が，小便のかかったイチジク(メロン)から，きれいなものだけを選ぼうとする．愚か者は味見をしながらイチジクをすべて食べる．

類話(～人の類話) スペイン；ポルトガル；イタリア；ハンガリー；チェコ；スロバキア；クロアチア；ルーマニア；ギリシャ；ポーランド．

1310 罰としてザリガニを溺れさせる

この説話には，おもに3つの異なる型がある．

(1) 1匹の小さい水の生き物(例えば，カメ，ザリガニ，ヒキガエル)が1匹の大きい陸の動物(例えば，猿，キツネ，ライオン，象)，または1人の男を敵にする．小さい生き物は死刑を宣告され，溺死させないでくれと頼む．すると小さい生き物は水の中に投げ込まれ，逃げる[K581.1]．

(2) 愚か者たちがザリガニを見つける．はさみのために，愚か者たちはこの未知の生き物を仕立屋と間違えて，裁断させようと布の上にザリガニを置く[J1762.1.2]．ザリガニは布を台なしにする．ザリガニは溺死の刑を宣告され，水の中に放り込まれる．ザリガニが苦労して泳ぐと，愚か者の1人が「見ろよ，苦しんでいるぞ」と言う．

(3) 愚か者たちが酢漬けのニシンを池に放し，ニシンたちが繁殖することを期待する．愚か者たちが池の水を排水すると，大きなウナギを見つける．愚か者たちはウナギがニシンを食べてしまったと疑う．罰としてウナギは溺れさせられる．(2)版のように続く．参照：話型1208*．

コンビネーション 1260A, 1310*, 1326.

注 (1)の版は5世紀に中国で『百喩経(*Po-Yu-King*)』(No. 98)に記録されている．おもにヨーロッパ圏外に流布している． おそらく(2)と(3)の版は16世紀にドイツで成

立した.

類話(～人の類話) フィンランド；フィンランド系スウェーデン；エストニア；リーヴ；ラトヴィア；リトアニア；ラップ；スウェーデン；ノルウェー；デンマーク；アイルランド；イギリス；オランダ；フリジア；ドイツ；オーストリア；ハンガリー；スロバキア；スロベニア；ギリシャ；ポーランド；ロシア, ベラルーシ；ジプシー；インド；スリランカ；中国；インドネシア；フィリピン；北アメリカインディアン；アフリカ系アメリカ；キューバ, ドミニカ, プエルトリコ；南アメリカインディアン；ブラジル；アルゼンチン；西インド諸島；チュニジア, モロッコ；西アフリカ, ギニア；アンゴラ；南アフリカ；マダガスカル.

1310A 穴ウサギに対するイバラの茂みの刑

食べ物を盗んだ穴ウサギ(キツネ，ジャッカル)が捕まり，罰を受けることになる．穴ウサギはイバラの茂みに放り込まれることを恐れているふりをして，捕まえた者が穴ウサギをまさにイバラの茂みに投げ込むよう仕向ける．穴ウサギは逃げる[K581.2].

コンビネーション 175.

類話(～人の類話) フリジア；スロバキア；シリア；アラム語話者；ネパール；インドネシア；アメリカ；フランス系アメリカ；アフリカ系アメリカ；メキシコ；西インド諸島；モロッコ；ナミビア.

1310B 罰としてモグラを埋める[K581.3]

愚か者たちが草地(畑，庭)を荒らしたモグラを捕まえる．彼らは，どうやってこの未知の動物を罰するか熟考し，生き埋めにすることに決める．モグラは逃げる.

類話(～人の類話) フランス；オランダ；フリジア；フラマン；ワロン；ドイツ；スイス；オーストリア；イタリア；マダガスカル.

1310C 罰として崖から鳥を投げる

捕まった鳥(虫)が，何らかの不作法(例えば，穀物を盗む，刺す)のために罰せられることになる．鳥は崖下深く投げられるのを恐れているふりをする．鳥を捕らえた男(動物)は，崖(塔)から鳥を投げ落とす．すると鳥は飛んで逃げる[K581.4].

類話(～人の類話) フィンランド；イギリス；オーストリア；スロバキア；ルーマニア；トルコ；エジプト, スーダン；ナイジェリア；エチオピア.

1310* カニを悪魔だと思う

愚か者たちがカニ(カタツムリ)を見つける．愚か者たちはこの未知の生き物を悪魔(陸の怪物)と間違える[J1781]．

類話(～人の類話) フィンランド；フェロー；イギリス；オランダ；スイス；ルーマニア；ギリシャ；ロシア；西インド諸島.

1311 子馬だと思われたオオカミ

オオカミが子馬(牧羊犬，幸運)と間違われる．男がいない間に，オオカミは1頭の雌馬(群れの一部，雄馬)を食べる[J1752]．

類話(～人の類話) フィンランド；エストニア；リーヴ；ラトヴィア；フランス；ドイツ；ハンガリー；ポーランド；ベラルーシ, ウクライナ；ジプシー；オセチア；チェレミス/マリ.

1312 犬だと思われた熊

熊が犬と間違えられる[J1753]．

一部の類話では，犬が熊(オオカミ)と間違えられる(そして，殺される)．

類話(～人の類話) フィンランド；ドイツ；ハンガリー；ギリシャ；ドミニカ.

1312* 黒い動物を洗って白くしようとする[J1909.6]

客が白いメンドリを買いたがっているので，愚か者は黒いメンドリを洗って白くしようとする．

一部の類話では，愚か者たちが，白い雌牛たちと釣り合うように，黒い雄牛を洗って白くしようとする．(愚か者たちは，自分たちが2頭以上の雄牛を持っているふりをするために，自分たちの唯一の雄牛を洗うか，色を塗る．) 参照：話型1183.

類話(～人の類話) ドイツ；オーストリア；ギリシャ；ユダヤ.

1313 自殺しようとした男 (旧，自分が死んだと思った男)

この説話には，おもに2つの異なる型がある．

(1) 愚か者が母親(妻)からさまざまな仕事をするよう言われる．愚か者は失敗し，自殺することにする．母親が毒だと言っていた鍋いっぱいの食べ物(飲み物)のことを思い出し，愚か者はそれをすべて平らげ(飲み)，まるで死んだように横たわる[J2311.2]．参照：話型1408, 1681B.

(2) 親方(司祭)が徒弟(修練士)に，鍋いっぱいに入っている食べ物(飲み物）は毒だから食べない（飲まない）ように言う．徒弟はこの警告を無視して，このごちそうを少しずつ食べる．徒弟は，自殺しようとしたのだと言って，弁解する．

コンビネーション 1240, 1296B, 1387, 1408, 1408C, 1696.
注 (1)の版はヨーロッパで流布しており，16世紀に記録されている．(2)の版は13世紀後期に初めて記録されている．
類話（～人の類話） フィンランド；エストニア；ラトヴィア；アイルランド；カタロニア；ポルトガル；フラマン；ワロン；ドイツ；イタリア；ハンガリー；スロベニア；ルーマニア；ブルガリア；トルコ；ユダヤ；イラン；中国；日本；プエルトリコ；西インド諸島．

1313A 男が死の予言を本気にする（旧話型1313Bと1313Cを含む）

愚か者が，自分の座っている木の大枝をのこぎりで切っていると，通りがかりの人が，落ちるぞと言う．参照：話型1240.

実際に落ちると，愚か者は通行人が予言者だと信じて，自分がいつ死ぬか教えてくれと頼む．「予言者」は愚か者に，次のようなときに愚か者が死ぬと言う．

(1) 愚か者のロバ（馬）が3回屁をしたとき[J2311.1].
(2) 愚か者の手足が冷たくなったとき．（旧話型1313B.）
(3) 赤い糸か，それと似たような物が体から出てきたとき[J2311.1.4].
(4) その他の兆候.

予言された出来事が起き，愚か者は自分が死んだと思う．棺の付き添い人または通行人が，どの道を行ったらいいか言い争っていると，愚か者が体を起こし，「おれが生きているときは，いつもあの道を通った」と彼らに助言する[J2311.4]．（旧話型1313C.）

注 16世紀に記録されている．死者が話すモティーフは[J2311.4]，現代の伝説にも見られる．
類話（～人の類話） フィンランド；ラトヴィア；リトアニア；リーヴ，カレリア；ノルウェー；アイルランド；フランス；スペイン；バスク；カタロニア；ポルトガル；オランダ；フラマン；ワロン；ドイツ；オーストリア；ラディン；イタリア；サルデーニャ；ハンガリー；チェコ；スロバキア；スロベニア；クロアチア；ルーマニア；ブルガリア；ギリシャ；ポーランド；ロシア，ベラルーシ，ウクライナ；ユダヤ；ジプシー；シベリア；シリア；レバノン；パレスチナ；イラン；パキスタン；インド；スリランカ；中国；日本；スペイン系アメリカ，メキシコ，パナマ；南アメリカインディアン；エジプト；チュニジア；モロッコ；スーダン．

1313B 話型 1313A を見よ．

1313C 話型 1313A を見よ．

1313A* 開いている墓に入る

酔っぱらった男が，開いている墓に落ち，横になって眠る．目覚めると，男は自分が死んだと思う[J2311]．参照：話型 1531, 1706D.

一部の類話では，愚か者が開いている墓に入り，兵隊(強盗)たちから隠れる．兵隊たちが愚か者に，そこで何をしているかと尋ねると，愚か者は，死んでいると彼らに答える．(「死んだ男」は兵隊たちにさんざん殴られると，家に帰り，友人たちにあの世の兵隊たちを避けるよう忠告する．)

類話(～人の類話)　フィンランド；ドイツ；ルーマニア；グルジア；ヨルダン；アメリカ；スペイン系アメリカ．

1313B* 寒い墓

酔った男が，夜墓地を歩いていて，開いている墓に落ちる．彼が墓の中にいるのを，ある人が見つける(ほかの酔っぱらいが同じ墓に落ちる)．すると最初の男は，なんて寒いのかと文句を言う．すると 2 人目の男が，「あたりまえだ．おまえがふた(土)を押しのけてしまったからだ」，または「おまえは死に装束を着ていないからだ」と言う．

類話(～人の類話)　フリジア；ドイツ；アメリカ．

1313C* まだ死んでいない

患者の枕元にいる医師が，彼は事実上死んでいると言う．患者は，自分はまだ死んでいないと主張する．患者の妻(誰かほかの人)は，医者がいちばんよくわかっているのだから黙りなさいと患者に言う．

類話(～人の類話)　フィンランド；スウェーデン；フリジア；フラマン；ドイツ；オーストリア；ユダヤ；オーストラリア；アメリカ．

1314 害のない物を危険な物と間違える (旧，バターのかくはん樽を死者と間違える)(旧話型 1315 を含む)

愚か者たちがバターのかくはん樽を死んだ男(悪魔)と間違える．彼らはかくはん樽をまっぷたつに壊す[J1783.1]．

一部の類話では，愚か者たちが大木をヘビと間違える(木の幹を悪魔か熊と間違える，大きなソーセージを竜と間違える，ぼろきれのつまった袋を熊と間違える，等）．愚か者たちは危険な物体を鉄砲か槍で殺そうとする［J1771.1］．（旧話型 1315.）参照：話型 1203A, 1231.

類話（～人の類話） フィンランド；ラトヴィア；スペイン；オランダ；ドイツ；オーストリア；イタリア；スロバキア；ギリシャ；ロシア；イラン；インド；スリランカ．

1315 話型 1314 を見よ．

1315* 悪魔だと思われた汽船

愚か者たちが汽船を悪魔と間違える［J1781.1］．

一部の類話では，酔った男が列車（自転車）を悪魔と間違えて，列車の通り道をよけることを拒み，けがをする．

類話（～人の類話） フィンランド；フィンランド系スウェーデン；デンマーク；フリジア；スロベニア；ギリシャ；スペイン系アメリカ．

1315** 教会だと思われた雌馬

近視の男（愚かな女，教会を 1 度も見たことがないが，教会は大きくて白いと教わった愚か者たち）が白い雌馬を教会と間違える［J1761.2］．

類話（～人の類話） フィンランド；フィンランド系スウェーデン；スウェーデン；デンマーク；スイス；オーストリア；ハンガリー．

1316 ある動物を別の動物と間違える（旧，雌牛だと思われた穴ウサギ）（旧話型 1316***, 1316****, 1317*, 1319M* を含む）

この説話には，おもに 5 つの異なる型がある．

（1） 牛（羊）たちを連れてくるよう送り出された愚かな作男が，牛たちの間を走っている穴ウサギたちも群れの一部だと思う［J1757］．参照：話型 570.

（2） 愚か者たちがミミズをヘビ（怪物）と間違える［J1755］，またはカエルをヒバリ（キジバト）と間違える．（旧話型 1316***.）

（3） 愚か者たち（狩人）が，ロバの耳が長いのでロバを穴ウサギと間違えて［J1754］，ロバを殺す．（旧話型 1316****.）

（4） 愚か者たちが糞虫をハチと間違える［J1751］．（旧話型 1317*.）

（5） コウノトリたちが雌牛と間違えられる．（旧話型 1319M*.）

類話（～人の類話） フィンランド；ラトヴィア；スウェーデン；デンマーク；アイルランド；オランダ；フリジア；フラマン；ワロン；ドイツ；イタリア；ハンガリー；

ルーマニア；ブルガリア；ギリシャ；ジプシー；グルジア；パキスタン；インド；中国；フランス系カナダ；アメリカ．

1316***　話型 1316 を見よ．

1316****　話型 1316 を見よ．

1317　盲目の男たちと象

4 人の盲目の男がそれぞれ，象の脚，しっぽ，耳，体に触れて，象は丸太のようだ，ロープのようだ，うちわのようだ，何か始まりも終わりもない物のようだと結論づける[J1761.10]．

注　2 世紀に仏教の文献に記録されている．イスラム－ペルシアの民間伝承を通じて西に広がった(11 世紀)．ヨーロッパではほんのわずかしか記録がなく，いずれも最近のものである．

類話(～人の類話)　ラトヴィア；デンマーク；イギリス；ブルガリア；ウクライナ；インド；中国；エジプト；東アフリカ；中央アフリカ．

1317*　話型 1316 を見よ．

1318　ある人物(動物，物)を超自然の存在と間違える (旧，幽霊だと思われた物)(旧話型 1318A–1318C を含む)

この一般的な話型[J1782](参照：話型 1321)のほかに，次の 3 つの特殊な版に分類される．

(1)　ある人物(動物)が教会(墓地，霊柩車)に隠れていて，幽霊(死神)と間違われる[J1782.1]．(旧話型 1318A.)

(2)　愚か者が，膨らんであふれてくるパン生地を幽霊と間違える[J1782.2]．(旧話型 1318B.)参照：話型 1264*．

(3)　幽霊の出る家に行った人物が，自分の足の指を幽霊と間違えてすべて撃ち落とす[J1782.8，参照 J1838]．(旧話型 1318C.)

類話(～人の類話)　フィンランド；エストニア；ラトヴィア；リトアニア；スウェーデン；デンマーク；スコットランド；アイルランド；オランダ；フリジア；フラマン；ドイツ；イタリア；ハンガリー；スロバキア；クロアチア；ブルガリア；ギリシャ；ポーランド；ロシア，ベラルーシ，ウクライナ；ユダヤ；イラク；クウェート；オーストラリア；アメリカ．

1318A–1318C　話型 1318 を見よ．

1319 ロバの卵として売られたカボチャ[J1772.1A]

愚か者(愚か者たち)が，未知の果物(カボチャ，メロン，等)を見つける(買う)．愚か者はそれをロバ(雌馬，ラクダ，等)の卵と間違える．愚か者がその「卵」を家に持って帰ろうとすると，「卵」が落ちて，隠れていた野ウサギ(穴ウサギ，キツネ，ハツカネズミ)を怖がらせる．愚か者は，逃げたウサギは卵からかえった生まれたばかりの動物だと思う．愚か者は野ウサギを追いかけるか，またはおびき寄せようとする．参照：話型 1218, 1739, 1750.

コンビネーション しばしばこの話型は，1つまたは複数の他の話型，特に 1241, 1250, 1281, 1288 と結びついている．

類話(～人の類話) フィンランド；フィンランド系スウェーデン；エストニア；ラトヴィア；リトアニア；ヴェプス, カレリア；スウェーデン；デンマーク；アイルランド；イギリス；フランス；スペイン；カタロニア；ポルトガル；オランダ；フリジア；フラマン；ワロン；ドイツ；スイス；イタリア；サルデーニャ；ハンガリー；チェコ；スロバキア；スロベニア；ルーマニア；ブルガリア；ギリシャ；ポーランド；ロシア, ベラルーシ, ウクライナ；ユダヤ；ジプシー；チュヴァシ；シベリア；グルジア；シリア；イラン；パキスタン；インド；中国；朝鮮；オーストラリア；イギリス系カナダ, アメリカ；フランス系アメリカ；スペイン系アメリカ；アフリカ系アメリカ；南アメリカインディアン；チリ, アルゼンチン；西インド諸島；アルジェリア, モロッコ；南アフリカ.

1319* その他の誤解された本質

雑録話型．旧カタログで 1319D* に加えられた類話を含む．ある人物(動物，物，プロセス)が何か別の物と間違われる[J1750, J1759–J1763, J1765, J1766, J1770–J1772]．

コンビネーション 1241, 1250, 1586.

類話(～人の類話) ラトヴィア；スウェーデン；ノルウェー；デンマーク；フェロー；アイルランド；イギリス；フランス；ポルトガル；フリジア；ドイツ；スイス；イタリア；マルタ；ハンガリー；クロアチア；ブルガリア；ギリシャ；ユダヤ；インド；中国；日本；スペイン系アメリカ；西インド諸島；エジプト；チュニジア, モロッコ.

1319A* 時計を悪魔の目と間違える

愚か者たちが，カチカチと音を立てる時計が通りにあるのを見つける．彼らはそれを悪魔の(竜の)目，または動物だと思い，時計を粉々に壊す[J1781.2]．参照：話型 1321D*.

類話(～人の類話)　フィンランド；エストニア；ラトヴィア；リトアニア；デンマーク；アイルランド；イギリス；フランス；オランダ；フリジア；ドイツ；ハンガリー；チェコ；スロバキア；ルーマニア；ブルガリア；ギリシャ；ジプシー；アメリカ；アフリカ系アメリカ；メキシコ．

1319B* 話型 1319J* を見よ．

1319D* 話型 1319* を見よ．

1319G* ブーツを斧のさやと間違える

愚か者たちがブーツを片方見つけて，何だろうと不思議に思う．彼らの中で最も賢い者が，それは斧のさやだと断言する．

類話(～人の類話)　リトアニア；ルーマニア；ブルガリア．

1319H* ボートが子持ちだったと思われる (旧，ボートに子馬がいたのだと思う)

愚か者が，大きなボートにつながれた小さな手こぎボートを見て，それが大きなボートの子どもだと思う[J2212.7]．

類話(～人の類話)　フィンランド；スウェーデン；ノルウェー；デンマーク；オランダ；フリジア；アメリカ．

1319J* 愚か者が甲虫を翼のあるブルーベリーだと思って食べる [J1761.11] (旧話型 1319B* を含む)

愚か者が甲虫を翼のあるブルーベリーだと思って食べる．

一部の類話では，カエル(ヒキガエル)がイチジク(プラム，洋梨)に間違えられる．(旧話型 1319B*.) 参照：話型 1339F.

類話(～人の類話)　フィンランド；ラトヴィア；リトアニア；スウェーデン；デンマーク；イギリス；フリジア；ドイツ；スイス；オーストリア；ラディン；ハンガリー；チェコ；ギリシャ；タタール；クルド；イラク；スペイン系アメリカ；メキシコ．

1319M*　話型 1316 を見よ．

1319P* 悪魔のくそ

愚か者が，黒人の男(煙突掃除夫)を悪魔だと思い，彼の糞便は悪魔のくそ(アサフェティダ(asa foetida)，薬)に違いないと思う．

類話(～人の類話) フィンランド；デンマーク；オランダ；フリジア；ドイツ.

1320* 魚を食べる聖画像

愚か者が破れた袋から魚をなくす．愚か者は，魚といっしょに入れておいた聖画像が魚を食べたと思う．愚か者は聖画像を壊す．

類話(～人の類話) アイルランド；ブルガリア；ギリシャ.

1321 愚か者たちがおびえる

さまざまな類話がある雑録話型.

類話(～人の類話) ラトヴィア；ノルウェー；デンマーク；アイルランド；フリジア；ドイツ；イタリア；ハンガリー；セルビア；ルーマニア；ジプシー；ペルシア湾，カタール.

1321A 手押し車(ひき臼)のきしむ音におびえる

男が手押し車(ひき臼)のきしむ音におびえる[J2615]，または客が屋根の梁のきしむ音におびえる．

類話(～人の類話) オランダ；フリジア；フラマン；ドイツ；ハンガリー；アメリカ.

1321B 愚か者たちが自分たちの影を恐れる

愚か者たちが自分たちの影を恐れる．

類話(～人の類話) ラトヴィア；ラップ；デンマーク；アイスランド；アイルランド；フランス；オランダ；フリジア；ドイツ；オーストリア；マルタ；チェコ；クロアチア；ルーマニア；ギリシャ；ポーランド；クルド；中国；エジプト.

1321C 愚か者たちがミツバチ(マルハナバチ，スズメバチ)のブンブンいう音におびえる

愚か者たちがミツバチ(マルハナバチ，スズメバチ)のブンブンいう音におびえる．愚か者たちは，敵を攻撃する合図の太鼓の音だと思う．

コンビネーション 1231, 1297*.

注 16世紀に例えばハンス・ザックス(Hans Sachs)の「シュヴァーベン人と熊手(*Der schwab mit dem rechen*)」(1545)に記録されている．

類話(～人の類話) デンマーク；フリジア；ドイツ；ハンガリー；チェコ；ギリシャ.

1321D 祖母を塩漬けにする

農夫といっしょに住んでいた祖母(姑)が死ぬ．農夫が作男に袋半分の塩を取りに行かせると，作男は逃げ出す．その理由とは，その農場で死んだすべての動物は食べられるように塩漬けにしなければならなかったからである．

類話(～人の類話) アイルランド；イギリス；オランダ；フリジア；ドイツ；ルーマニア．

1321D* 時計がカチカチいう音をハツカネズミのかじる音だと思う

田舎の若い男(女)が，時計がカチカチ鳴っているのを聞いて，ハツカネズミがかじっている音と間違える[J1789.2]．

類話(～人の類話) ラトヴィア；スウェーデン；デンマーク；アイルランド；フラマン；ドイツ；ハンガリー；アメリカ；メキシコ．

1322 外国語の単語を侮辱だと思う

無知な男(女)が外国語の丁寧な単語(例えば，すみません(pardon)，ありがとう(merci))を侮辱と間違える[J1802](冗談好きな人が無知な男に，これらの単語の間違った翻訳を教える)．

一部の類話では，外国語の侮辱が丁寧な言葉と誤解される．参照：話型1699．

類話(～人の類話) ラトヴィア；デンマーク；アイルランド；フランス；カタロニア；オランダ；フラマン；イタリア；ハンガリー；マルタ；チェコ；セルビア；ルーマニア；ブルガリア；ポーランド；レバノン；スペイン系アメリカ；アフリカ系アメリカ；南アフリカ．

1322A* ブーブー鳴く豚

愚か者が，ブーブー鳴いている豚が自分の名前を呼んでいるのだと思う．参照：話型1264*．

一部の類話では，カエルのケロケロという鳴き声(鳥の鳴き声)が誤解される．

類話(～人の類話) イギリス；オランダ；フリジア；フラマン；ドイツ；ハンガリー．

1323 風車が聖十字架だと思われる

愚か者たち(無知な男)が風車を見て，それが何だかわからない．愚か者たちは風車を聖十字架(教会)だと思い[J1789.1]，粉屋を司祭と思い，酒場の客を聖者だと思う.

一部の類話では，愚か者たちは祈りのためにひざまずき，動いている風車でけがをする.

類話(～人の類話) フィンランド；フィンランド系スウェーデン；ラトヴィア；デンマーク；アイルランド；イギリス；スペイン；ギリシャ；ポーランド；ロシア，ベラルーシ，ウクライナ；シベリア；パキスタン，インド.

1324* キリストの磔刑像の後ろにいる男

キリストの磔刑像の後ろにいる男が，酔った通りがかりの男に「こんばんは」と言う．酔った男はそれを，キリストが自分に話しかけていると思う［K1971.7］．参照：話型 1380, 1575*.

類話(～人の類話) アイルランド；フランス；フラマン；ドイツ；ギリシャ；スペイン系アメリカ；中央アフリカ.

1324A* 罰せられたキリストの磔刑像

村人たちが彫刻家に，キリストの磔刑像をつくってくれと頼む．そして，はりつけにされた男を死体ではなく，生きている男の肖像にしてくれと頼む．キリストの磔刑像が取りつけられた晩，ひょうを伴った激しい嵐が畑を荒らす．村人が理由を尋ねると，聖職者は彼らに，はりつけにされた男は目が見えるので，村人たちの罪を知り，罰としてひょうの嵐を送り込んだのだと告げる．そこで村人たちはキリストの磔刑像の両目を突き出し，顔を台なしにする．参照：話型 1347, 1476A.

注 19 世紀初頭に記録されている.
類話(～人の類話) フィンランド；ラトヴィア；ドイツ；ハンガリー；ギリシャ；メキシコ.

1325 間違った物を動かす (旧，問題を置き換える)(旧話型 1325C と 1325D を含む)

愚か者たちが，間違った物(例えば，山，島，家)を動かして，問題を解決しようとする．参照：話型 1326B.

コンビネーション 1386.
類話(～人の類話) アイルランド；オランダ；サルデーニャ；ポーランド；ユダヤ；アフガニスタン；エスキモー.

1325A 暖炉が熱くなりすぎる

冬に，何人かの農夫が(宿屋の)ストーブの周りに座る．まもなくたいへん熱くなり，農夫たちは汗をかき，服まで燃える．解決策を求め，農夫たちは最終的にストーブを動かすことにする(火に冷たい泥炭を投げることにする)［J2104］.

(農夫たちは，ストーブを動かすように宿屋の主人に頼む．主人は農夫たちを外に出し，その間に農夫たちの椅子を動かす．農夫たちが部屋に戻ってくると，農夫たちは主人がストーブを力いっぱい動かしたのだと納得する.)

類話(～人の類話) デンマーク；アイルランド；オランダ；フリジア；フラマン；ドイツ；ギリシャ.

1325B 教会をくそから遠ざける

聖職者が教会へ行く途中，信徒の１人(牛，犬)が教会の壁ぎわで用便を足しているのに気づく．聖職者は怒り，教会近くでのこのような悪臭は神に対する冒瀆だと叫ぶ．聖職者はミサを忘れて，市長のところに走り，何があったか告げる.

市議会が招集され，教会の雑用係の助言に従い，ロープを使って教会を排泄物から遠ざけることに決める．男たちが引っ張ると，教会の雑用係は，先導役として教会の後ろで指揮をするふりをする．男たちが引っ張るたびに，教会の雑用係はひそかにシャベルで排泄物をすくい，教会から遠ざける．聖職者は結果を見て，教会が動かされて排泄物から遠ざけられたと思う．満足して気が安まり，聖職者は礼拝を行うことができる．参照：話型 1326B.

類話(～人の類話) アイルランド；フランス；オランダ；フリジア；ドイツ；スイス；ロシア；シベリア；フランス系カナダ.

1325C 話型 1325 を見よ.

1325D 話型 1325 を見よ.

1325* 鳥のふんが議事録に落ちる

ある町で大量の鳥のふんが木々から落ちてきて問題となる．とうとう町の議会は鳥たちを町から追放することに決める.

町長が町役場の前で追放の命令を読んでいると，１羽の鳥が町長の頭の上を飛び，議事録の上にふんを落とす．怒った町長は見上げて「そしておまえは決してこの場所に戻ってきてはならん！」と叫ぶ.

類話(～人の類話) フリジア；ギリシャ.

1326 教会を移転させる

愚か者たちが教会(町役場)を移転しようとする(広げようとする). 目印として, 彼らはコート(ジャケット)を下に置く. 愚か者たちが力を合わせて強く壁を押している間に, コートがよそ者に盗まれる. 愚か者たちは, コートが見えなくなったことに気づき, 自分たちが教会をなんと遠くまで動かしたことかと喜ぶ[J2328]. 参照：話型 1325, 1325B.

コンビネーション 1210, 1245, 1288, 1384, 1450.

注 16世紀に記録されている.

類話(～人の類話) ノルウェー；デンマーク；アイルランド；イギリス；フランス；スペイン；ポルトガル；オランダ；フリジア；フラマン；ワロン；ドイツ；スイス；オーストリア；スイス；イタリア；サルデーニャ；ハンガリー；チェコ；スロバキア；スロベニア；クロアチア；ルーマニア；ポーランド；ユダヤ；シベリア；ウズベク；アメリカ；メキシコ；グアテマラ.

1326B 大きい石を動かす

愚か者たちが大きい石(岩, 島)を動かそうとする. 愚か者たちはロープを石に結び, 引っ張る(船で引っ張ろうとする). ロープが切れ, 愚か者たちは皆倒れる(水の中に落ちる). 参照：話型 1325B.

類話(～人の類話) イギリス；カタロニア；ポルトガル；フランス；ワロン；ドイツ；セルビア；クロアチア.

1327 小麦粉の大袋を空にする

2人の愚か者が言い争いをしている. 彼らの争いが無意味であることを納得させるために, 3人目の愚か者が「おまえたち2人の頭の中の分別は, おれの袋の中の小麦粉と同じ量だ」と言いながら, 自分の小麦粉の袋(壺の油)をからっぽにする. [J2062.1]

類話(～人の類話) イギリス；カタロニア；クロアチア；ギリシャ；レバノン, エジプト, モロッコ.

1327A 愚か者が法廷で事件を再現する

愚か者が, 豚がどうやって蹴り殺されたかを説明し, 裁判官に豚の役を演じさせる.

一部の類話では, 愚かな女が, 壺がどのように過って壊されたかを, 2つ目の壺を壊して示す.

注 17世紀に記録されている.
類話(～人の類話) フィンランド；ラトヴィア；デンマーク；ポルトガル；フリジア；ドイツ；イタリア；ハンガリー；セルビア；ユダヤ.

1328* ミルクをふきこぼれさせる

愚か者がミルクを沸かす番をさせられる. ミルクが沸きたち始めると, 愚か者はミルクが増えたと思い, 喜ぶ. しかしミルクがふきこぼれると, 最後には愚か者はミルクをすべてなくしてしまう[J1813.2].

一部の類話では, 沸騰しているミルクが膨らんでいるとき, 愚か者がもっとくださいと神に祈る. ミルクがふきこぼれてしまうと, 愚か者は神に不満を言う.

類話(～人の類話) フィンランド；オランダ；フラマン；ドイツ；ハンガリー；ルーマニア；ブルガリア；ユダヤ；インド.

1328A* スープに塩を入れすぎる

すでにスープに塩が入っていることを知らずに, 家族のそれぞれがスープに塩を加える.

類話(～人の類話) フィンランド；ラトヴィア；リトアニア；アイルランド；フランス；フリジア；マルタ；セルビア；クロアチア；マケドニア；ブルガリア；ポーランド；ウクライナ.

1328B* 新しいズボン

男が, 新しいズボンの丈が長すぎると不平を言う. 男の家にいる女たちは, ほかの人たちが何をしたかを知らずに, それぞれ少しずつ切り取るので, 男のズボンは最終的に短くなりすぎる.

類話(～人の類話) アイルランド；フリジア；ドイツ.

1330 燃えているボートの火を消す

人々がボートを陸までこいで, 燃えているボートの火を消すために井戸から水を汲んでくる[J2162.3].

ペルシアの版では, 愚かな少女が火のついたろうそくを手に持って火を取りに行く.

類話(～人の類話) フィンランド；フィンランド系スウェーデン；イラン；日本.

1331 欲張りな男と嫉妬深い男

神(天使，聖者，支配者)が，欲張りな男と嫉妬深い男(2人の仲の悪い隣人)を和解させようとする．1人が何かを望めば，もう1人はそれを2倍もらえることにする．欲張りな男は2倍もらおうと思って，嫉妬深い男に最初に願う機会を与える．嫉妬深い男は自分の片目をくり抜かれることを望む[J2074]．参照：話型750A．

一部の類話では，筋の担い手は2匹の動物(3人の男)である．

注 アヴィアヌス(Avianus)の寓話(Babrius/Perry 1965, No. 580)に記録されている．

類話(～人の類話) ラトヴィア；リトアニア；フランス；スペイン；カタロニア；ポルトガル；フリジア；フラマン；ドイツ；イタリア；マルタ；ハンガリー；チェコ；マケドニア；ブルガリア；ギリシャ；ユダヤ；アルメニア；イラン；パキスタン，インド；ビルマ；オーストラリア；アメリカ．

1331* 読み書きのできない人たち (旧，読むことを学ぶ)(旧話型1331B*と1331C*を含む)

この話型は，(ほとんど)読むこと(書くこと)ができない人々に関するさまざまな笑話を包括する[J1746]．参照：話型1832R*．この雑録話型は，2つの版に分けることできる．

(1) ある少年は本が読めない．なぜなら少年の持っている教科書より字が小さいからである[J2258]．(旧話型1331B*.)

(2) 愚か者が，字を非常にゆっくりと書く．なぜなら受け取り人が速く読めないからである[J2242.2]．(旧話型1331C*.)

類話(～人の類話) ラトヴィア；デンマーク；オランダ；フリジア；ドイツ；オーストリア；ハンガリー；クロアチア；ルーマニア；ギリシャ；ポーランド；ユダヤ；イラク；インド；オーストラリア；アメリカ；エジプト．

1331A* 眼鏡を買う

読み書きのできない人が，眼鏡(ペン)を買えばすぐに読める(書ける)ようになると思う[J1748]．

一部の類話では，男が外国語(トルコ語)で書かれた手紙をもらう．男は，いい服を着たよそ者(大きいターバンを巻いたよそ者)がそれを読めるに違いないと思う．よそ者は，手紙の持ち主が自分で手紙を読むことができるように，服を取り替えることを提案する(ターバンをくれる)．

注 17世紀に記録されている．

類話(～人の類話) フィンランド；リトアニア；デンマーク；スペイン；フランス；オランダ；フリジア；ワロン；ドイツ；オーストリア；ハンガリー；セルビア；クロアチア；ルーマニア；ブルガリア；ギリシャ；ユダヤ；中国；メキシコ；エジプト；南アフリカ.

1331B* 話型 1331* を見よ.

1331C* 話型 1331* を見よ.

1331D* ラテン語を教える

ある人(ならず者，強盗，ユダヤ人，愚か者)がラテン語(フランス語，歌)を習いたがる.「先生」は舌(の先)を切るか，または冷たい鉄をなめるよう命じ，その結果生徒はけがをする[K1068.2].

類話(～人の類話) フィンランド；リトアニア；ドイツ；アメリカ.

1332 最高の愚か者は誰か

参照：話型 1384. 通りがかりの人が，2 人(3 人，4 人)の男に挨拶をするか，またはコインを投げる. 男たちは，それは誰に向けたものかと尋ねる. 通りがかりの男は，最も愚かな者に向けたものだと答える[J1712]. それぞれが，自分が最も愚かであることを証明するために，自分の愚かさの話を次のように語る.

(a) 誰が先に口をきくか. 参照：話型 1351.

(b) 義理の両親を訪ねた腹をすかせた愚か者が，両頬を切る.

愚か者は義理の両親を訪ね，遠慮がちにふるまい，食べることを拒む. あとで愚か者は卵などをほおばる. しかし義理の母親がこれを見て，外科医を呼ぶ. 外科医は，愚か者の両頬に膿瘍があると思い，両頬を切り開く[X372.4.1, 参照 J1842.2, J2317].

(c) 義理の両親を訪ねた腹をすかせた愚か者が，井戸に落ちる.

内気な愚か者が物乞いの格好をして，義理の両親を訪ねる. 義理の母親が彼に食べ物をあげようと家から出てくると，彼は後ずさりして，井戸に落ちる，等.

(d) 義理の両親を訪ねた腹をすかせた愚か者. 司祭が殴られる. 参照：話型 1685.

(e) 愚か者に関するその他の説話.

通りがかりの人(王，裁判官)が勝者を選ぶ(または全員等しく愚かだと判断される).

注　11世紀のインドの民間伝承に記録されている．エピソードの数と順番はさまざまである．

類話（～人の類話）　フィンランド；デンマーク；イギリス；イタリア；ユダヤ；クルド；シベリア；ウズベク；イラク；イラン；パキスタン；インド；スリランカ；ネパール；中国；西インド諸島；エジプト，チュニジア；モロッコ．

1332*　忘れっぽさ（目的のなさ）のせいで無駄な旅をする（旧話型1332A*–1332C*を含む）

この雑録話型は，次の4つの版に分けられる．

（1）　愚か者たちが，自分たちの旅がほとんど終わるまで馬を借りるのを忘れている．愚か者たちは馬ために戻る．（旧話型1332A*.）

（2）　愚か者たちが，宿屋の女主人に挨拶するのを忘れる．愚か者たちは戻る．（旧話型1332B*.）

（3）　愚か者が医者を呼びに行こうとすると，愚か者の妻は，自分はもう病気ではないと愚か者に言う．それでも愚か者は，医者にもう来る必要はないと言いに行こうとする［J2241］．（旧話型1332C*.）

（4）　いつも家にいない愚か者が，妻に手紙を書くが，配達人を見つけることができない．愚か者は手紙を自分で配達し，それからまた元いた所へ戻る［J2242］．

類話（～人の類話）　フィンランド；デンマーク；アイスランド；フリジア；フラマン；ハンガリー；セルビア；ギリシャ；シリア；イラン；中国；スペイン系アメリカ；オーストラリア；エジプト，モロッコ．

1332A*–1332C*　話型1332*を見よ．

1333　頻繁に「オオカミだ！」と叫びすぎた羊飼い

羊飼い（ジプシー，木こり）が，オオカミ（トラ，ライオン，ヒョウ，強盗）が自分の群れを攻撃していると繰り返し叫んで，おもしろがる．農夫たちが助けに飛んでくると，羊飼いは笑う．オオカミが本当に来たとき，誰も羊飼いの叫びを信じず，羊飼いは羊たちを失う［J2172.1］．

注　『イソップ寓話』（Perry 1965, 462 No. 210）．おもにヨーロッパとインド亜大陸で見られる．諺としても流布している．

類話（～人の類話）　フィンランド；ラトヴィア；リトアニア；アイルランド；スペイン；カタロニア；ポルトガル；オランダ；フリジア；フラマン；ドイツ；イタリア；ハンガリー；ルーマニア；ブルガリア；ギリシャ；ウクライナ；ユダヤ；シリア；ア

ラム語話者；イラク；イラン；インド；朝鮮；オーストラリア；アフリカ系アメリカ；メキシコ；マヤ；西インド諸島；エジプト；ソマリア.

1334 御当地の月

この説話には，おもに2つの異なる型がある.

(1) 旅をしている男(女)が，ほかの場所でも月が自分のふるさとと同じであることに驚く(半月を見て，自分のふるさとでは満月だと自慢する．自分のふるさとの月を見ているのだと思い，ふるさとは近いに違いないと思う)[参照 J2271.1].

(2) ある見知らぬ場所に来た旅人(ふるさとを離れ，昼か夜かわからない住人)が，通りがかりの人に，空の天体は太陽かそれとも月かと尋ねる．通りがかりの人は「知らない．わたしはここの町の者ではないので」と答える.

注 (1)の版はプルタルコス(Plutarch)の『倫理論集(*Moralia*)』(601C)に記録されている.

類話(～人の類話) ラトヴィア；リトアニア；イギリス；フランス；スペイン；オランダ；フリジア；ワロン；ドイツ；スイス；イタリア；マルタ；ハンガリー；スロバキア；セルビア；ルーマニア；ギリシャ；ロシア, ウクライナ；ユダヤ；クルド；インド；アメリカ；エジプト, モロッコ；東アフリカ.

1334* 古い月と星々

学者が無知な男(羊飼い)に，新月が来たら古い月はどうなるのかと聞かれる．学者は彼に，古い月たちは，細かく砕かれて星(稲妻)にされると答える[J2271.2.2].

一部の類話では，人々は，古い月は，星々から一部を切り取り，新月として戻ってくると思っている.

類話(～人の類話) イギリス；フラマン；セルビア；ルーマニア；イラク；スーダン.

1334** 2つの太陽

作男(2人の作男たち)が豚の番に出され，太陽が沈んだら帰ってくるように言われる．太陽が沈むと，月が昇る．作男は「悪魔に豚の番をさせたらいい．太陽が1つ沈むと，別の太陽が昇ってくる」と言いながら帰ってくる.

または，太陽が2つあると思い，働き続ける.

類話(～人の類話) オランダ；フリジア；ドイツ；ハンガリー；ルーマニア；アメリカ.

1335 飲み込まれた月（旧，食べられた月）

愚か者が，自分の雌牛(ロバ，雌馬)が貯水池から水を飲んでいるのを見ている．水には月が映っている．月が雲に隠れると，愚か者は雌牛が月を飲んだと思う．愚か者は妻(ほかの愚か者たち)に何があったかを話す．そして愚か者と妻は，月を取り戻すために雌牛をつぶすことにする[J1791.1]．

しかし，雌牛の腹に月は見つからず，彼らは哀れな雌牛を無駄に殺したことを後悔する．

類話(～人の類話) デンマーク；アイルランド；イギリス；フランス；スペイン；カタロニア；フラマン；ワロン；ドイツ；イタリア；コルシカ島；ハンガリー；スロベニア；ギリシャ；ポーランド．

1335A 月を捕まえる（旧，月を救う）

この説話には，おもに2つの異なる型がある．

(1) 愚か者が，池(井戸)に映った月を見て，月が池に落ちたのだと思う．愚か者は月を救うために仲間たちを呼ぶ．彼らの1人がロープ(網)を池に投げ，引っ張るが，自分も落ちてしまう(彼らはいっしょに月を引き上げようとする)．愚か者はあおむけに横たわり，空の月を見ると，自分たちが月を救ったのだと思う[J1791.2]．

(2) 愚か者たちが，常に明かりがあるように，月を捕まえようとする(暗い建物に明かりを持っていこうとする)．または，隣村の住人たちが月を盗んだと思い，月を取り返そうとする．彼らは丘(はしご)に登り，袋の中に月を捕らえようとする(月が映っているのを見て，井戸またはバケツに締め金を渡して固定し，月を捕まえておこうとする)．参照：話型1336．

コンビネーション 1250.

類話(～人の類話) デンマーク；アイルランド；イギリス；フランス；スペイン；カタロニア；ワロン；フリジア；ドイツ；オーストリア；イタリア；ハンガリー；チェコ；スロバキア；ルーマニア；ブルガリア；ギリシャ；ユダヤ；中国；タタール；アフリカ系アメリカ；エジプト．

1335* 沈む太陽(昇る月)を火事と間違える

消防(夜番)が火災警報を鳴らす．村人が集まると，日の光(月の光，オーロラ)を火事と間違えたことが判明する[J1806]．

類話(～人の類話) フィンランド；デンマーク；フェロー；オランダ；フリジア；フラマン；ドイツ；ハンガリー；アフリカ系アメリカ；エジプト，モロッコ．

1336　チーズめがけて水に飛び込む

愚か者が，水に月が映っているのを見て，月をチーズ(金塊)と間違える．愚か者はそれをめがけて水に飛び込む(仲間に告げ，いっしょに「チーズ」を引き上げようとする)[J1791.3]．参照：話型 34，動物の筋の担い手．

コンビネーション　1250.

類話(～人の類話)　デンマーク；イギリス；スペイン；カタロニア；ポルトガル；オランダ；フリジア；フラマン；ドイツ；イタリア；スロベニア；ギリシャ；ジプシー；シリア；インド；ベトナム；北アメリカインディアン；アメリカ；プエルトリコ；南アメリカインディアン；スーダン；南アフリカ．

1336A　自分が映っているとわからない (旧，男は自分が水(鏡)に映っているとわからない)[J1791.7]　参照：話型 92, 1168A.

この説話には，おもに2つの異なる型がある．

(1)　ある村人が町に行き，初めて鏡を見る．鏡に映った自分の姿を見ると，鏡の中に見えるのは死んだ父親の顔だと思う．村人は鏡を買い，家にそれを隠し，ときどきそれを覗き込み，「父親」に会う．彼の妻がその鏡を見つけ，手に取ると，自分の映った姿を見る．妻はほかの若い女がそこにいると思い，嫉妬して夫とけんかを始める．通りかかった修道女が鏡を手に取り，鏡に映っていた女は修道女になったと言う(彼らの祖母が鏡に映った自分の姿を見て，お婆さんしかいないと言う)．(さらに多くの人々が鏡を見て，驚く．最後に鏡は壊される．または鏡の本当の性質に気づく．)

(2)　愚かな息子が井戸の水に映った自分の姿を見て，泥棒だと思う．息子は母親を呼んで見せる．母親は息子の意見に同意し，「しかも泥棒にはあんな醜いお婆さんがついているよ」とつけ加える．

類話(～人の類話)　フィンランド；ヴェプス，カレリア；デンマーク；アイルランド；イギリス；スペイン；ポルトガル；オランダ；フリジア；フラマン；ドイツ；ハンガリー；セルビア；ルーマニア；ポーランド；トルコ；ユダヤ；ペルシア湾，カタール；アフガニスタン；パキスタン；インド；ネパール；朝鮮；中国；インドネシア；日本；ポリネシア；アメリカ；スペイン系アメリカ；アフリカ系アメリカ；エジプト；チュニジア；スーダン．

1337　農夫が町を訪れる[J1742]

雑録話型．あらゆる種類の本質の誤解ととっぴな行為を伴うさまざまな類話がある．参照：話型 1339D, 1699.

類話(～人の類話) ラトヴィア；デンマーク；フェロー；フランス；ワロン；ドイツ；イタリア；ハンガリー；スロバキア；セルビア；クロアチア；マケドニア；ルーマニア；ブルガリア；ギリシャ；ポーランド；ユダヤ；タジク；イラク；インド；中国；フランス系アメリカ；エジプト，リビア.

1337C 長い夜 (旧話型 1684A* を含む)

この説話には，おもに2つの異なる型がある.

(1) 2人の農夫(農婦)(商人たち，農場の主人と下男)が宿屋(列車のコンパートメント)に泊まる．朝になり，彼らの1人が窓を開けようとして，窓ではなく食器棚の扉を開ける(窓を開けるが，シャッターがまだ閉まっていることに気づかない)．彼は，外はまだ暗いと言う(そしてチーズの匂いのする天気だと言う)．そして1日じゅう(3日間)寝続ける．参照：話型 1293C*.

一部の類話では，旅人はアルコーブで眠り，ドアを見つけることができない.

(2) 愚かな男(数人の男)が暗い部屋に数日間閉じ込められる．男は夜が続いているのだと信じさせられる[J2332]．だます理由は，次のようにさまざまである．ある男の兄弟があまりに長く男を訪問しているか，または兄弟の流行遅れの服が男に恥ずかしい思いをさせ，男は兄弟をやっかい払いしたい．2人の息子がパーティーに行ってお金を無駄遣いするのを，父親が妨げようとする．農夫たちが家畜を市場に売りに行くのを，町の人々が止めようとする．ホテルの下働きが客たちの1人を楽しませようとする．しばしばだまされるのは田舎者で，町の夜は田舎の夜よりも長いに違いないと思う．(旧話型 1684A*.)

注 (1)の版は16世紀初頭に中世の資料への言及を伴い記録されている．おもにヨーロッパで見られる.

類話(～人の類話) フィンランド；ラトヴィア；アイルランド；フランス；スペイン；カタロニア；ポルトガル；ワロン；ドイツ；スイス；オーストリア；サルデーニャ；ハンガリー；ブルガリア；ギリシャ；ポリネシア；南アフリカ.

1338 町の人たちが田舎を訪ねる (旧話型 1338A を含む)

あらゆる種類の本質の誤解ととっぴな行為を持つ雑録話型．この雑録話型のうち，次の特別な版は区別される.

町に住んでいる少女が，カブ(ジャガイモ)が土に育つのか，または木に育つのか知らない[J1731.1]．(旧話型 1338A.)

類話(～人の類話) フィンランド；エストニア；ラトヴィア；デンマーク；ドイツ；

マルタ；ブルガリア；アメリカ；エジプト.

1338A 話型 1338 を見よ.

1339 奇妙な食べ物

さまざまな類話がある雑録話型. 無知な男(女)がある食べ物を知らない[J1732].

類話(～人の類話) ラトヴィア；リトアニア；デンマーク；フランス；フラマン；イタリア, サルデーニャ；ハンガリー；ルーマニア；ブルガリア；ユダヤ；ヴォチャーク；イラク；イラン；中国；カンボジア；日本；エジプト；モロッコ.

1339A 愚か者がソーセージを知らない

雑録話型. 愚か者がソーセージを知らない. 愚か者は中身を絞り出し, 皮を袋と間違える[J1732.1].

類話(～人の類話) エストニア；ラトヴィア；デンマーク；アイルランド；イギリス；ドイツ；ハンガリー；フランス系アメリカ；エジプト.

1339B 愚か者がバナナ(スイカ, プラム)を知らない

雑録話型. 愚か者がバナナ(スイカ, プラム)を知らない. 愚か者は果実を捨て, 残りを苦いと思う[J1732.2].

ハンガリーの版では, 無知な女がアスパラガスの先端はまだ熟していないと考え, 茎だけ煮る.

類話(～人の類話) スコットランド, イギリス；ハンガリー；タジク；フランス系カナダ, アメリカ.

1339C 女がお茶(コーヒー)を知らない

女がお茶(コーヒー)を知らない. 女は茶の葉をバターで炒めて食卓に出す(挽いてないコーヒー豆を煮る)[J1732.3].

類話(～人の類話) フィンランド；ラトヴィア；リトアニア；スコットランド；アイルランド；ドイツ；スイス；オーストリア；イタリア；ハンガリー；スロバキア；セルビア；ボスニア；ブルガリア；ポーランド；ウクライナ；エジプト, モロッコ.

1339D 農夫たちがマスタードを知らない (旧, 町に来た農民たちが大盛りのマスタードを注文する)

2人(3人, 4人)の男が粥(スープ)を食べている. 最初の男がスプーン1

杯食べる．粥はたいへん熱く，目から涙が出てくる．2人目の男が，なぜ泣いているのか尋ねると，粥を食べた男は，1年前に死んだ(溺れた，絞首刑にされた)父親(兄弟，祖母)のことを考えているのだと答える．今度は2人目がスプーン1杯食べると，やはり目に涙があふれる．なぜ泣いているのか尋ねられると，おまえが1年前に同じように死ななかったからだと答える．

一部の版では，食べ物はマスタード(辛いソース)である．町に来た農夫たち(インド人)がマスタードをあまりにたくさん盛って食べる[J1742.3]．一部の類話では，マスタードがハチミツとして(酢がワインとして)無知な人に売りつけられる．参照：話型1337.

注 15世紀に記録されている(イタリア).

類話(〜人の類話) フィンランド；リーヴ；ラトヴィア；リトアニア；スウェーデン；デンマーク；アイルランド；フランス；オランダ；フリジア；ドイツ；マルタ；ハンガリー；セルビア；クロアチア；ジプシー；ユダヤ；インド；アメリカ；南アフリカ.

1339E 1食のために全部料理する

農夫(愚かな男，愚かな女)が1食のためにさまざまな食料(例えば紅茶，砂糖，ベーコン)をいっしょに煮る[J1813.7]．または，農夫は使える豆(米，穀物)すべてを料理し，すべての器(部屋じゅう)が食事であふれる[J1813.9, J1813.9.1].

類話(〜人の類話) ラトヴィア；リトアニア；ドイツ；イタリア；ハンガリー；ロシア；シベリア；アメリカ.

1339F ニシンとして食べられたカエル

愚か者がニシンを買い，食べる前に頭を切り落とすように言われる．愚か者は草むらでニシンをなくす(ニシンが手から落ちる)．愚か者はニシンではなく生きたカエルを拾い，「ガーガー鳴きたければ鳴いたらいいさ．でもいずれにしろおれはおまえを食べるよ」と言って，カエルを食べる[J1761.7]．参照：話型1319J*.

ブルガリアの類話では，愚か者はチーズ(ハム)の代わりに石鹸(カエル)を買う．石鹸が泡を出しても，愚か者は「おまえが泡を吹こうが吹かなかろうが，おれはおまえのために金を払ったんだから，おまえを食うよ」と言って，石鹸を食べる.

注 コメントは諺として流布している.

類話(～人の類話) デンマーク；オランダ；フリジア；フラマン；ワロン；ドイツ；ルーマニア；ブルガリア；南アフリカ.

1339G 壺の中の親族

(第2次世界大戦後，数年して)ある家族がアメリカ(その他の西洋国，オーストラリア)から小包を受け取る．中にはほかの食料に混ざって，見たことのない粉の入った箱が入っている．家族はその粉を小麦粉の一種(特別なスパイス，インスタント飲料)と間違え，ケーキを焼くのに使い(食べ物に振りかけ，ミルクに溶かし)，そしておいしく食べる(飲む)．数日後，家族は1通の手紙を受け取る．手紙には，この箱には親族の遺骨が入っているので，埋葬してやって欲しいと書かれている[参照 X21].

注 偶然の人食いのモティーフを取り上げている現代の伝説.
類話(～人の類話) ラトヴィア；スウェーデン；イギリス；フリジア；ドイツ；イタリア；クロアチア；ポーランド；アメリカ；オーストラリア；南アフリカ.

1341 愚か者たちが泥棒に何を盗んではならないか警告する

愚か者(愚か者たち)が，あるよそ者(よそ者たち)に，家のどこに貴重品(例えば，食物，お金)をしまってあるか，そしてどこに鍵があるかを説明する．愚か者はよそ者に，盗まないよう警告する．よそ者は鍵を使って貴重品を盗む[J2091].

一部の類話では，愚か者が泥棒に，家の住民がまだ起きているので，あとでまた来るように告げる[J1392.2.1]．参照：話型 1577*.

コンビネーション 1586.
注 17世紀に記録されている.
類話(～人の類話) ラトヴィア；アイスランド；ポルトガル；ハンガリー；ルーマニア；ブルガリア；ユダヤ；ジプシー；オセチア；タジク；イラン；インド；チュニジア，モロッコ.

1341A 愚か者と強盗たち (旧話型 1341B* を含む)

この説話には，おもに3つの異なる型がある.

(1) 強盗たちが，地面に寝ている愚か者につまずき，「なんだこれは，丸太か？」と言う．愚か者は「丸太が5アンナものお金をポケットに持っているかい？」と答える．強盗たちが愚か者のお金を取り上げると，愚か者は「木の上にいる商人に，おれのお金がいい物かどうか聞いてみろ」と言う．その結果強盗たちは商人からも強奪する[J2356]．参照：話型 1577*.

(2) 3人の愚か者が，泥棒たちがやって来るのを見て隠れる．泥棒たちは愚か者の1人を見つけて殺し，なぜ彼の血はこんなにどす黒い(赤い)のかと不思議がる．これを聞いて，2人目の愚か者が隠れ場所から，彼はブラックベリー(ウチワサボテン)を食べたからだと説明する．2人目の愚か者が殺されると，泥棒たちは「話さなければ，こいつを見つけることはできなかったな」と言う．3人目の愚か者が「だからおれは何も言わないのだ」と声に出して言う．泥棒たちは3人目も殺す[J581, J2136].

(3) 2人の愚かな奴隷が，おしゃべりのために再び捕まる．[J581, J2136].
(旧話型 1341B*.)

注 (2)の版はギリシャの『フィロゲロス(*Philogelos*)』(No. 96)に記録されている．
類話(～人の類話) スペイン；ポルトガル；ハンガリー；ルーマニア；ギリシャ；オマーン；インド；スペイン系アメリカ；キューバ；プエルトリコ；エジプト, モロッコ.

1341B 主が復活した

聖職者が祭壇の下に(聖体顕示台の中に)自分のお金を隠し，目印として「主はこの場所におられる」と書き残す．泥棒(教会の雑用係)がお金を取り，「主は復活し，もうここにはいない」と声明を残す[J1399.1].

一部の類話では，愚か者が自分のお金を，「ここにある」という碑文を彫った石の下に隠す．ほかの人がお金を見つけ，それを取り，「ここにない」というメッセージを残す[J2091.1].

注 13世紀初頭に記録されている(エティエンヌ・ド・ブルボン(Étienne de Bourbon) No. 407).
類話(～人の類話) オランダ；フリジア；フラマン；ドイツ；イタリア；ハンガリー；ルーマニア；ギリシャ；ポーランド；ウクライナ；中国.

1341C 同情した強盗たち

泥棒(泥棒たち)が，夜ある男の家に入るが，盗む価値のある物を何も見つけることができない．家の主人はベッドの中で目を覚まし，泥棒に「あんたが暗闇の中，この家で探している物を，おれは昼間だって見つけられないよ」と言う[J1392.2].

類話(～人の類話) フィンランド；イギリス；スペイン；オランダ；フリジア；フラマン；ドイツ；ハンガリー；ブルガリア；ルーマニア；ギリシャ；ポーランド；ウクライナ；ユダヤ；イラン；中国.

1341D 泥棒と月光

泥棒が何か盗もうと思って，ある家の屋根に登る．家主は泥棒の音を聞いて，泥棒が聞こえるくらいの大声で，妻に次の話をする．かつて，彼自身も窓から屋根に登って盗みをしようとしたことがあった．彼は住人たちが眠るように呪文(祈り)を唱えた．それから彼は月の光を伝って家の中に滑りおりて，欲しい物を盗んだ．

屋根の上の泥棒はこれをまねて，呪文を唱える．家主と妻は寝たふりをして大いびきをかく．泥棒が月の光を伝って家の中に入ろうとすると，落っこちて足の骨を折る．泥棒はさんざん叩かれる(絞首刑に処せられる)[K1054]．

注 影響力のある版に，『カリラとディムナ(*Kalila and Dimna*)』(8 世紀)の選集のアラビアの版，ペトルス・アルフォンシ(Petrus Alfonsus)の『知恵の教え(*Disciplina clericalis*)』(No. 24)，『ゲスタ・ロマノールム(*Gesta Romanorum*)』(No. 136)がある．

類話(～人の類話) スペイン；チェコ；イラク；イラン；エジプト，モロッコ．

1341A* 犬のふりをする泥棒 (旧話型 1363* を含む)

泥棒がある家に盗みに入るが，物につまずく．夫は何の音だろうと言う．妻はたぶん犬だろうと言う．それで泥棒は犬のように身をかがめ，「わたしです．犬ですよ」と言う．参照：話型 1419F.

一部の類話では，2 人の少年が悪天候のために少女の家で夜を過ごす．父親は 1 人の少年が少女といっしょにベッドにいる音を聞いて，「そこにいるのは誰だ？」と尋ねる．少年は猫の鳴きまねをし，父親は納得する．2 人目の少年が同じ経験をする．父親が再び「そこにいるのは誰だ？」と尋ねると，少年は「わたしです，2 匹目の猫ですよ」と答える．(旧話型 1363*.)

類話(～人の類話) ラトヴィア；リトアニア；スペイン；ルーマニア；ギリシャ；ユダヤ；日本；アメリカ；フランス系アメリカ；オーストラリア；アフリカ系アメリカ；モロッコ．

1341B* 話型 1341A を見よ．

1342 同じ息で手を暖めてスープを冷ます

寒い冬のこと，サテュロス(木の精霊)が凍えている男(少年)に出会い，男を自分の洞窟に泊める．男が手に息を吹きかけているのをサテュロスが見ていると，男は，こうしてかじかんだ指を温めようとしているのだと言う．サテュロスが食事を出すと，男は食事に息をかけ，食事を冷まそうとしているのだと説明する．サテュロスは，同じ方法で息を吹きかけて暖めたり冷ましたりするこの人間の奇妙な行動を恐れ，男を追い払う．

注 『イソップ寓話』(Perry 1965, 427 No. 35)．おもにヨーロッパとインド亜大陸で見られる．諺としても流布している．

類話(～人の類話) フィンランド；フランス；スペイン；カタロニア；ドイツ；オーストリア；ハンガリー；スロバキア；マケドニア；ルーマニア；ブルガリア；ポーランド；ウクライナ；インド．

1343 首吊りごっこ (旧話型 1066 を含む)

(2人の)愚か者たち(子どもたち)が，首を吊られるというのがどんなものか試してみることにする．愚か者たちの1人が(藁茎かより糸を首の周りに巻き，そして)引っ張ってもらい，その間，仲間たちがちょうどいいときに(首を吊られている男が口笛を吹くと)下ろすように気をつけている．

試している途中，1匹のオオカミ(野ウサギの姿をした悪魔)が通りかかり，愚か者たちはオオカミを追っかけて走っていく．そして首を吊られている仲間のことを忘れる．首を吊られている男は死ぬ．(首を吊られている男は口笛を吹こうとするが，音が出ない．ほかの者たちは，唇をすぼめるだけでは不十分だと，首を吊られた男に教える．)[N334.2]．

注 文献伝承が豊富な伝説で，6世紀にプロコピオス(Prokopius)の『ユスチニアヌス帝戦史(*Bella*)』(I, 20)に記録されている．現代の伝説や諺としても流布している．

類話(～人の類話) フィンランド；フィンランド系スウェーデン；エストニア；ラトヴィア；リトアニア；スウェーデン；デンマーク；アイスランド；フリジア；ドイツ；スイス；オーストリア；ブルガリア；ポーランド；ソルビア；パレスチナ；イギリス系カナダ．

1343* 子どもたちが豚の屠殺ごっこをする (旧話型 2401.)

この説話では，共通の導入部が2つの主部のどちらかに結びつく．

導入部：

豚が屠殺されるのを見て，子どもたちが屠殺ごっこをする．肉屋の役をしている子が，ナイフで豚の役をしている子を殺す[N334.1]．

主部：

(1) このあと，子どもたちはストーブの中に隠れる．子どもたちの母親が部屋を暖めるためにストーブに火をつけ，子どもたちは焼け死ぬ．(または，怒った母親が犯人の首を絞めて殺す．その間に，赤ん坊は浴槽で溺れ，そして母親は自ら首を吊る．父親が帰ってきて，深い悲しみで死ぬ．)

(2) 殺した子どもが法廷に連れていかれる．有罪か無罪かを決めるために，リンゴと金貨を差し出してどちらかをその子に選ばせるよう，賢人が言う．その子どもはリンゴを選び，無罪の判決を受ける．

注　紀元3世紀にアエリアヌス(Aelian)の『さまざまな歴史(*Variae historiae*)』(XIII, 2)に記録されている．また，現代の伝説として流布している．
類話(～人の類話)　フィンランド；エストニア；イギリス；オランダ；フリジア；ドイツ；スイス；オーストリア；ポーランド．

1344　びんたの火花で火をつける

愚か者がびんたの火花で火をつけようとする．参照：話型1246, 1372.

注　早期の版は16世紀，ハンス・ザックス(Hans Sachs)の「目から火花(*awgen-fewr*)」(1543)を見よ．
類話(～人の類話)　フィンランド；スウェーデン；ドイツ；ルーマニア．

1345　裁判官の手のひらに油をすり込む

訴訟に巻き込まれた愚かな女(愚かな農夫)が，裁判官の手のひらに油をすり込むよう(訳注：＝賄賂を握らせるよう)助言される．愚かな女はそれを文字どおりに取って，裁判官の手のひらにいい香りの油(溶けたバター)をすり込む[J2475].

裁判官は女の愚かさに気づいて，手をぬぐうのに亜麻布が数ヤード必要だと言う．女が亜麻布を取ってくると，裁判官は，すり込むよりぬぐうほうが役に立ったと言う．参照：話型1861A.

注　中世以来知られている．例えばジョン・ブロムヤード(John Bromyard)の『説教大全(*Summa predicantium*)』(J IX, 21).
類話(～人の類話)　スペイン；ドイツ；ハンガリー．

1346　食べ物も飲み物もない家

道で女が，死んだ夫を悼んで「夫は真っ暗で食べ物も飲み物もない所へ行くのだ」と言っているのを，少年(愚か者と愚か者の息子)が聞く．おびえた少年は家に飛んで帰り，主人に，彼らが死体をこの家に連れてくると言う(息子は「彼らはわたしたちの家に来るに違いない」と言う)[J2483].

類話(～人の類話)　スペイン；ポルトガル；イラン；インド．

1346A*「おれが卵をいくつ持っているか当てたら，7つとも全部あげる！」

愚か者(農夫)が仲間に「おれが袋の中に卵をいくつ持っているか(おれの

雌豚が子豚を何匹産んだか)当てることができたら，おまえに7つ(4つ，10個)とも全部やる」と言う[J2712.2].

類話(～人の類話) フィンランド；ラトヴィア；リトアニア；イギリス；オランダ；フリジア；ドイツ；オーストリア；マルタ；ハンガリー；ギリシャ；ポーランド；イラン；オーストラリア；イギリス系カナダ；スペイン系アメリカ；エジプト，チュニジア.

1347 生きているキリストの磔刑像を選ぶ

愚かな人たちが新しいキリストの磔刑像を注文する．芸術家は，生きているキリストの磔刑像がいいか死んでいるキリストの磔刑像がいいか，と彼らに尋ねる．愚かな人たちは「死んだキリストの磔刑像が欲しくなったら，あとで殺せばいい」と言って，生きたキリストの磔刑像を選ぶ[J1738.2].

注 15世紀にポッジョ(Poggio)の『笑話集(*Liber facetiarum*)』(No. 12)に記録されている.

類話(～人の類話) デンマーク；イギリス；フランス；スペイン；カタロニア；オランダ；フリジア；フラマン；ワロン；ドイツ；イタリア；マルタ；ハンガリー；ギリシャ.

1347* 彫像の父親

スペイン人(農夫)が，キリスト(聖アントニウス)が病気の息子を治してくれなければ(裁判でスペイン人を勝たせてくれなければ)，キリスト(聖アントニウス)の像を壊すと脅す．教会の雑用係がこの脅しを立ち聞きし，司祭に伝えると，司祭は教会の雑用係に，像が傷つけられても損害が大きくならないように，小さな像を教会に置くよう雑用係に命ずる．病気の息子は死に，スペイン人は戻ってくる．スペイン人は小さな像を見て，「おれはここにいるとおまえの親父に伝えておけ．おまえに用はない」と言う．参照：話型1476A.

類話(～人の類話) スペイン；ポルトガル；ワロン；イタリア；ハンガリー；メキシコ.

1348 想像力豊かな少年

自慢屋(通常は大げさな少年)が仲間たち(父親)に，ものすごくたくさんのオオカミ(熊，野ウサギ，泥棒)を見たと言う．数を問いただされると，自慢屋はだんだんと数を減らし，とうとうオオカミの数はゼロになってしまう.

自慢屋は単に茂みのざわつく音を聞いただけであった[W211.2]．参照：話型 1920J.

コンビネーション　1920D, 1920J.
注　17, 18 世紀に記録されている.
類話(～人の類話)　フィンランド；エストニア；ラトヴィア；リトアニア；デンマーク；フランス；フラマン；フリジア；ドイツ；イタリア；セルビア；マケドニア；ルーマニア；ブルガリア；ロシア, ベラルーシ, ウクライナ；ユダヤ；ジプシー；ツングース；イラン；インド；エチオピア.

1348*　想像力たくましい少年 (旧話型 2411.)

少年(男，作男)が魚を捕まえようとする(捕まえるように言われる)(迷子の雌牛を連れ戻そうとする(連れ戻すように言われる))．少年の父親(農夫，ほかの誰か)が少年に，何か捕まえたか(雌牛を見つけたか)と聞く．少年は次のように答える(雌牛は探さなかったが，代わりに鳥を 3 羽見つけた)．「もし 1 匹捕まえて，それからもう 2 匹を捕まえていれば，3 匹になっているのだが」[W211.1]．(「1 匹は見て，1 匹は聞いて，1 匹は捕まえようとしている.」)

類話(～人の類話)　フィンランド；エストニア；ラトヴィア；デンマーク；フランス；フリジア；ドイツ；セルビア；ルーマニア；イラク；日本；スペイン系アメリカ；南アフリカ.

1348**　自分のついた嘘を信じる男

男が隣人たち(客たち，子どもたち)に，クジラが岸に打ち上げられた(王が来ているから，食料，またはほかの物を皆もらえる)と言う．皆がこの機会に利益を得ようと急いでいくと，男は自分の嘘を信じて皆のあとを追って走っていく[X902]．参照：話型 1860C.

類話(～人の類話)　エストニア；デンマーク；イギリス；オランダ；フリジア；フラマン；ドイツ；オーストリア；ユダヤ；ダゲスタン；オーストラリア.

1349*　さまざまな愚か者話

さまざまな類話のある雑録話型．(旧話型 1349A*–1349C*, 1349E*, 1349F*, 1349H*–1349K* を含む)

類話(～人の類話)　フィンランド；ラトヴィア；スウェーデン；フェロー；アイスランド；アイルランド；イギリス；フランス；オランダ；フリジア；ドイツ；マルタ；

ハンガリー；チェコ；マケドニア；ルーマニア；パレスチナ；イラク；エジプト，チュニジア；アルジェリア，モロッコ；スーダン．

1349A*–1349C* 話型 1349* を見よ．

1349D* 知性とは何か（旧，ジョークとは何か）

溝を掘っている 2 人の男が，自分たちの班長はなぜ冷たい飲み物を持って日陰に座っていることができるのか不思議に思う．彼らの 1 人が理由を聞くと「おれには知性があるからだ」という答えが返ってくる．その労働者には「知性」の意味がわからない．班長は知性について説明するために，自分の手を木の正面に掲げ，その手を打つように労働者に言う．労働者が班長の手を殴る直前に班長は手を引き下げ，労働者は手を木にしたたか打ちつける．「これが知性だよ」と説明される．

この労働者が戻ると，もう 1 人の労働者に尋ねられ，班長には「知性があるからだ」と説明する．仲間の労働者も知性という言葉を知らない．そこで最初の労働者は手を自分の顔の前に掲げ，仲間の労働者にその手を叩くよう促す．最初の労働者は手を下げ，顔に一撃を食らう．

一部の類話では，貴族が愚か者の農夫に，冗談とは何かを説明する（アイルランド人が仲間に相手を欺くトリック（yankee trick）を見せる）．

類話（～人の類話） ラトヴィア；リトアニア；フリジア；ハンガリー；チェコ；ルーマニア；ポーランド；ジプシー；オーストラリア；イギリス系カナダ；アメリカ；フランス系アメリカ；南アフリカ．

1349E* 話型 1349* を見よ．

1349F* 話型 1349* を見よ．

1349G* 寒い時期が終わった

とても寒い冬の日，女が凍えて家に戻ってくる．女は寒い中外にいる息子のことを心配し，息子を家の中に呼び戻すべきか考える．女はしばらくストーブのそばに座って暖かくなると，寒い時期は終わったのだから息子は外にいてもいいと思う．

類話（～人の類話） フリジア；ルーマニア．

1349H*–1349K* 話型 1349* を見よ．

1349L* 井戸につからせて熱を下げる

愚か者が，母親(妻，等)が病気で熱を出すと母親を井戸につからせる．なぜなら真っ赤に焼けた鉄の鎌をそうやって冷やすのを，愚か者は見て覚えていたからである[J2214.9, J2412.6]．

一部の類話では，ある愚か者が目の病気で苦しんでいる人に，目をくり抜くよう助言する[K1011.1]．なぜなら彼は歯痛のときに歯を抜いて治してもらったことがあったからである．

注　5世紀に中国で『百喩経(*Po-Yu-King*)』(No. 85)に記録されている．

類話(～人の類話)　イタリア；マケドニア；ルーマニア；トルコ；インド，スリランカ．

1349M* かなえられた祈り

食べ物のない男が神に祈る．男は偶然食べ物を手に入れ，神が祈りをかなえてくれたと思う．

類話(～人の類話)　ドイツ；ユダヤ；スペイン系アメリカ．

1349N* 誤解された処方箋 (旧，医者が処方したヒルを患者が食べる) [J1803.2]

この説話には，おもに4つの異なる型がある．

(1)　医者が患者にヒルを処方する．患者はそれらをどうやって使うか知らない．患者はヒルを何匹か生で食べ，残りはあぶるように妻に頼む．

(2)　病気の愚か者が医者の書いた処方箋を水で飲み，よくなる[J2469.2]．

(3)　愚かな女が「使用前に振ること」という指示を読み，薬を振る代わりに，病気の夫を振る．

(4)　愚かな農夫が薬剤師のところにドアを持ってくる．薬剤師は驚いて，大工は道路の向こうに住んでいると農夫に言う．農夫は，妻が病気なのだが，家に鉛筆と紙がなかったので，医者にチョークでドアに処方箋を書いてもらわなければならなかったのだと答える．

注　(4)の版は，ヨハン・ペーター・ヘーベルの『ライン地方の家の友の小さな宝箱(*Schatzkaestlein des rheinischen Hausfreunds*)』に収められた「奇妙な処方箋(*Das seltsame Rezept*)」(1811)でよく知られるようになった．

類話(～人の類話)　ラトヴィア；デンマーク；フランス；ポルトガル；オランダ；フリジア；フラマン；ドイツ；オーストリア；スイス；イタリア；ハンガリー；セルビア；ルーマニア；ギリシャ；ユダヤ；オーストラリア．

夫婦に関する笑話 1350–1439

1350 立ち直りの早い未亡人(旧, 惚れっぽい妻)

妻の貞節を試すために, 男が死んだふりをする[H466]. 妻は, 夫が死んだという知らせを持ってきた男を新しい夫(恋人)にしたがる[T231.3, 参照 K2052.4.3]. 参照：話型 1510.

類話(～人の類話) フィンランド；ラトヴィア；スウェーデン；ノルウェー；デンマーク；アイルランド；イギリス；スペイン；カタロニア；ポルトガル；フリジア；フラマン；ドイツ；スイス；イタリア；ハンガリー；チェコ；スロバキア；ルーマニア；ブルガリア；ポーランド；ロシア, ベラルーシ, ウクライナ；ユダヤ；シベリア；カタール, イラク, イエメン；イラン；インド；中国；イギリス系カナダ；メキシコ；アルゼンチン；西インド諸島；エジプト, モロッコ；コンゴ.

1351 沈黙の賭け

男と妻が次のように賭けをする. 最初に話したほうが, ある仕事をしなければならない(ドアを閉めなければならない, 皿を洗わなければならない, 動物に餌をやらなければならない, 等). よそ者たち(強盗たち)が家に入ってきて, 所有物を取るか, 虐待する(夫婦が死んでいると思い, 財産を分ける). ある男が妻を強姦する(ある女が夫を強姦しようとする). 夫(妻)は抗議し(嫉妬し), 大声で叫び[H1194.0.1], その結果賭けに負ける[J2511].

類話(～人の類話) フィンランド；ラトヴィア；リトアニア；スウェーデン；ノルウェー；デンマーク；アイルランド；イギリス；フランス；スペイン；カタロニア；ポルトガル；フリジア；フラマン；ドイツ；スイス；オーストリア；イタリア；ハンガリー；チェコ；セルビア；スロベニア；ルーマニア；ブルガリア；アルバニア；ギリシャ；ポーランド；ロシア, ウクライナ；ギリシャ；トルコ；ユダヤ；ジプシー；アブハズ；クルド；シベリア；カザフ；ウズベク；シリア, イラク；イラン；パレスチナ；パキスタン；インド；スリランカ；中国；朝鮮；日本；フランス系カナダ；アメリカ；プエルトリコ, アルゼンチン；ブラジル；西インド諸島；北アフリカ, エジプト；アルジェリア, モロッコ.

1351A 「神のご加護がありますように！」

夫と妻がけんかをし, 1日じゅう互いに口をきかない. 彼らが寝る前に, 夫は板(枕)をベッド中央の自分たちの間に置く. 夜, 夫はくしゃみをする. 「神のご加護がありますように」と妻がベッドの反対側から言う. 「おまえは本当にそう思うのか」と夫が尋ねる.「そうよ」と妻が答える.「それじゃあ板を取ろう」と夫が言う. 参照：話型 1443*.

類話(～人の類話)　フィンランド；ノルウェー；デンマーク；フランス；スペイン；ポルトガル；フリジア；ドイツ；スイス；イタリア；ロシア, ウクライナ；クルド；インド.

1351A* なくなった舌

男が, 口かずが多いと妻を批判したため, 妻は一切話すのをやめる. 2日後に, 夫はそこらじゅう捜し始める. 妻が何を捜しているのかと尋ねる. 夫は「おまえの舌だよ」と答える.

類話(～人の類話)　フィンランド；ラトヴィア；オランダ；フリジア；フラマン；ドイツ；スイス；イタリア；ハンガリー；ポーランド.

1351B* けんかをしている夫婦のさまざまな説話 (旧, 先に話したほうが有罪)

この雑録話型は, けんかをしている夫婦, または互いにだまし合う夫婦に関するさまざまな説話を包括する.

類話(～人の類話)　フィンランド；フリジア；ワロン；ドイツ；ウクライナ；ユダヤ；イラク；イラン；スペイン系アメリカ.

1351C* 話型 1351B* を見よ.

1351F* 失敗した殺人

女が夫を毒殺しようとする. 薬剤師は, 女が所望した毒の代わりにハーブを与える. 薬剤師は, 女が毒を所望したことを夫に伝える.

妻はハーブをスープの器にまき, 夫にそれを出す. 夫は死んだふりをする. 妻は穴を通して上の階にロープを上げ, ロープを夫の首に巻く. 妻は上の階に上がり, 夫を引っ張り上げようとする. しかし夫は自分でロープをほどき, ロープを仕事台に結びつける. 妻はロープを使ってそれを引き上げ, ロープを結ぶ. それから妻は, 夫が首を吊ったと言って窓から助けを呼ぶ. 妻は裁判にかけられ, 有罪判決を受ける.

類話(～人の類話)　フィンランド；オランダ；フリジア；ドイツ；スイス.

1351G* 自分の十字架を背負う

男(農夫, パン屋, 床屋)が, 頑固な妻のせいで苦しむ. 男が聖職者(彼の主人)に不平を言うと，聖職者は，誰もが自分の十字架を背負わなければならない(運ばなければならない)と言う．男は家に帰り，妻を背負い運ぶ．このあと，妻は扱いやすくなる[J2495, J1823]．

類話(～人の類話) フィンランド；オランダ；フリジア；ドイツ；ポーランド；アメリカ．

1352 悪魔が人妻の貞操を守る

男がけんか好きな妻に怒って「悪魔に取られてしまえ！」と叫ぶ[C12.4]．悪魔がこの命令を本気にして，彼女の貞操を守り，彼女の恋人志願者たちを追い払う(地獄でさえも彼女は手に余る)．最後に悪魔は降参して，「野生の馬(野生の豚)の群れを番するほうが楽だろう」と言って，彼女を夫に返す．

注 中世後期に記録されている．例えば『哲学者の宴(*Mensa philosophica*)』(IV, 23)．
類話(～人の類話) ポルトガル；イタリア；ギリシャ；ポーランド．

1352A 物語を語るオウム (旧，オウムの語る70の物語が妻の不貞を防ぐ)

裕福な男(商人)が自分の留守の間，妻の話し相手となるように，1羽の(2羽の)オウムを妻に与える．

妻は夫の留守に恋に落ちる(そして彼女が愛人を訪ねるのをオウムが邪魔しようとするので，オウム(オウムのうちの1羽)を殺す[J551.1])．妻が愛人のところに行こうとするたびに，そのオウム(もう一方のオウム)が長い物語を語って彼女を引き止め[K1591](オウムは7日間で7つの物語を語り)，とうとう彼女の夫が帰ってくる．参照：話型1422．

コンビネーション 1422.
注 早期の文献出典はインドの『オウム70話(*Śukasaptati*)』．
類話(～人の類話) ポルトガル；イタリア；トルコ；ユダヤ；クルド；モンゴル；イラン；インド；メキシコ；ブラジル．

1352* 話型1510を見よ．

1353 もめごとを起こすお婆さん

悪魔が(男と妻の幸せに嫉妬して)男と妻を引き離そうとする．悪魔はあるお婆さんに手伝ってくれと頼む[G303.10.5](お婆さんに靴を1足あげる約束をする)．

お婆さんは妻に，あなたの夫は不貞をはたらいているので，夫が再びあなたを愛するようにするために，夫が寝ている間に彼のあごひげの毛を3本切りなさいと言う．お婆さんは夫には，あなたの妻はあなたを殺そうとしていると告げる．夜，妻がひげを切るためにナイフを持ってくると，夫は彼女をさんざん殴る(殺す)[K1085]．参照：話型 1170, 1573*.

注　中世の早期の版は，例えばヨハネス・ゴビ・ジュニア(Johannes Gobi Junior)の『スカーラ・コエーリ(*Scala coeli*)』(No. 615)を見よ．

類話(～人の類話)　フィンランド；フィンランド系スウェーデン；エストニア；リトアニア；ヴォート；スウェーデン；ノルウェー；デンマーク；フェロー；アイスランド；アイルランド；スペイン；カタロニア；ポルトガル；オランダ；フリジア；ワロン；ドイツ；ハンガリー；チェコ；スロバキア；マケドニア；ブルガリア；ギリシャ；ポーランド；ロシア, ベラルーシ, ウクライナ；ユダヤ；ジプシー；チェレミス/マリ, チュヴァシ；ブリヤート；シベリア；グルジア；シリア, イラク, パレスチナ；サウジアラビア；インド；スリランカ；エジプト；チュニジア, アルジェリア；モロッコ．

1354　老夫婦のところに来た死神

ある女の夫が病気になり，女は死神が(夫の代わりに)自分を連れていってくれることを願う．死神(死神の格好をした隣人，鳥(フクロウ，カラス，ガチョウ，鶏)の姿をした死神)が，妻を連れに来ると(妻を試すために夫に送り込まれると)，妻は自分の代わりに夫を指さす[J217.0.1, J217.0.1.1, K2065.1]．参照：話型 845.

類話(～人の類話)　フィンランド；ラトヴィア；リトアニア；デンマーク；アイルランド；スペイン；ポルトガル；ドイツ；スイス；イタリア；サルデーニャ；スロバキア；セルビア；クロアチア；ボスニア；ルーマニア；ブルガリア；ポーランド；ロシア, ベラルーシ, ウクライナ；トルコ；ユダヤ；インド；アメリカ；スペイン系アメリカ；エジプト；南アフリカ．

1354A*　男やもめの安堵

お爺さんが妻の死によって安堵を得る．お爺さんは死者に「おまえはわしにたくさん苦労をかけたが，もうそういうことはない」と言う．

類話(～人の類話)　フィンランド；デンマーク；ドイツ；マルタ；ポーランド．

1354C*　死んだと思った女が生き返る

死んだ女(男)が墓まで運ばれる．棺の担い手の1人が壁にドンとぶつかり，その衝撃で死んだ女が生き返る．

女は翌年また死ぬ．女の夫は，同じ失敗が起きないように，棺の担い手に気をつけて歩くよう告げる.

類話(～人の類話) デンマーク；アイルランド；オランダ；フリジア；ドイツ；イタリア；ハンガリー；ルーマニア；ポーランド；アメリカ.

1354D* 豊作をもたらす天気

2人の農夫が天気について話し合っている．1人が「この天気は育つのにいい．今晩みんな土から出てくるだろう」と言う．もう1人が「そうなって欲しくないな．おれの(3人のうち2人の)妻が埋葬されているんだ」と言う.

類話(～人の類話) フランス；オランダ；フリジア；ドイツ；スイス；オーストリア；ルーマニア.

1355 ベッドの下に隠れた男

この雑録話型は，不貞に関するさまざまな笑話を包括する．そのうちのいくつかは，それぞれの地域話型カタログには明確に記述されていない.

夫が帰ってくると，情夫はベッドの下に隠れる．たいていの場合，情夫は，夫が言ったことを誤解して，とっさに返事をし，隠れていることがばれてしまう.

類話(～人の類話) コミ；アイルランド；ポルトガル；イタリア；ハンガリー；ギリシャ；ユダヤ；インド；チリ.

1355A 上のだんな，下のだんな

夫が遠くに行っている間，妻は2人の情夫の訪問を受ける．夫が突然帰ってくると，1人は屋根裏に隠れ，2人目はベッドの下に隠れる.

妻はばかげたことを言って夫の気をそらし，夫が酒を飲むのにお金をみんな使ってしまったと責める．夫は弁解し，「上のだんな(天の神)がすべて払ってくださるだろう」と言う．屋根に隠れた男は，おれは半分払うが，ベッドの下の男が(下のだんなが)残りの半分を払わなければならないと言う[K1525]．参照：話型1355C.

イタリアの類話では，不貞の妻と情夫との逢い引きが，犬を追って家の中まで入ってきた愚か者に邪魔される．愚か者はその妻に抱きつき，帰ってきた夫に見つからないように暖炉に隠れる．夫が火をつけようとすると，愚か者は「おれはあんたの奥さんと1回しかやっていないが，ベッドの下の男は1000回もやったぞ」と自分を弁護する．夫は情夫を殺し，愚か者に黙っているようお金をやる.

注　中世に記録されている．例えば，ファブリオーの「宝石箱の後ろで腹いっぱいになった神学生の話(*Du Clerc qui fu repus deriere l'escrin*)」や，『新百話(*Cent Nouvelles nouvelles*)』(No. 34)．

類話(～人の類話)　リトアニア；フランス；ドイツ；イタリア；スロバキア；ルーマニア；ブルガリア；ギリシャ；ウクライナ；アメリカ；ブラジル；エジプト．

1355B 「世界じゅうが見える！」(旧，姦婦が愛人に「わたしには世界じゅうが見える」と言う)

農夫(家畜番)が動物(馬，ロバ，雌牛)を1頭見失い，それを捜すために木に登る(ベッドの下を捜す)．農夫はたまたまカップルが抱き合っているのを目撃する．カップルの性交のあと(女の裸を見て)愛人(男または女)は比喩的に「世界じゅうが見えた！」と言う(類似のことを言う)．

農夫はその男に，いなくなった動物を見なかったかと尋ねる[K1271.4]．カップルはぎょっとして，大慌てで走って逃げ，いくつかの物を残していく．農夫はそれを拾う．(姦通者は農夫に黙っているようにお金をやる．カップルが夫婦者の場合には，夫婦は農夫をさんざん叩く．)

注　早期の文献資料はポッジョ(Poggio)の『笑話集(*Liber facetiarum*)』(No. 237)と『新百話(*Cent Nouvelles nouvelles*)』(No. 12)を見よ．

類話(～人の類話)　フィンランド；ラトヴィア；リトアニア；エストニア；アイルランド；イギリス；フランス；スペイン；カタロニア；ポルトガル；フリジア；ドイツ；イタリア；ハンガリー；セルビア；ルーマニア；ギリシャ；ロシア；ウクライナ；ユダヤ；イラク；インド；中国；ベトナム；アメリカ；エジプト．

1355C 上のだんなが養ってくださるだろう

恋人同士が木の下で(納屋の中で)楽しんでいる．女は結果を心配し，「誰が子どもを養ってくれるのかしら？」と恋人に尋ねる．恋人は「上のだんな(天の神)が面倒を見てくださる」と答える．木の上に隠れていた男(屋根裏に隠れていた男)が「とんでもない！」と言う[K1271.5]．

類話(～人の類話)　フィンランド；ラトヴィア；リトアニア；エストニア；リーヴ，リュディア；ヴォート；デンマーク；フランス；ポルトガル；オランダ；フリジア；フラマン；ドイツ；オーストリア；イタリア；ハンガリー；セルビア；ルーマニア；ギリシャ；ロシア；ベラルーシ，ウクライナ；ポーランド；ジプシー；シベリア；カタール；イギリス系カナダ；メキシコ．

1355A* 不貞の妻が裁判官をする

隣人(粉屋)が，夫に彼の妻の不貞を告げる．夫と隣人は，妻が情夫といっしょにいる現場を押さえる．妻が裁判官役を引き受け，3人の男全員に罰を与える判決を下す．

類話(～人の類話) フィンランド；ヴォート；ハンガリー；ルーマニア；ギリシャ；ロシア, ベラルーシ, ウクライナ.

1357* 愛人を持つのは妻の務め

夫が妻に鎌をかける．夫は妻に，「妻たちは皆愛人を持つべきだ．そうすればよその男たちが彼女の夫を尊敬するだろう(そうしなければ夫は妻を尊敬しないだろう)」と言う．妻は，自分には愛人がいると認める．

類話(～人の類話) フィンランド；ポルトガル；マケドニア；ブルガリア；ギリシャ；ロシア, ベラルーシ；ユダヤ.

1357A* 瓶の中のエンドウ豆

夫婦が頻繁に不貞をはたらく．妻は1回ごとに瓶にエンドウ豆を1粒入れ，夫はビー玉を袋に入れる．

しばらくして彼らが数を比べると，夫は妻のエンドウ豆が自分のビー玉より少ないことに気づく．妻は，スープをつくるのにエンドウ豆を少し(3回)使ったと説明する．

一部の類話では，夫婦のうち1人だけが，このような方法で数える．

類話(～人の類話) フリジア；ドイツ；ギリシャ；オーストラリア；アメリカ.

1358 トリックスターが姦婦と情夫の現場を見つける

この雑録話型は，同系の不貞に関する笑話群に関連する．通常，妻と情夫がいっしょにいる現場を夫が押さえて，彼らの情事を暴露する．この話型では，話型 1358A, 1358B, 1358C のエピソードが結びついている．

コンビネーション 1358A, 1358B, 1358C, 1725.

注 巻末「文献/類話」の話型 1358 の欄にあるカタログや選集が話型 1358 に言及している．

類話(～人の類話) ラトヴィア；リトアニア；デンマーク；イギリス；スペイン；ポルトガル；フラマン；ドイツ；イタリア；セルビア；ブルガリア；ロシア；サウジアラビア, カタール；中国；エジプト；ソマリア.

1358A 隠れた求愛者が発見者から自由を買う

司祭が人妻に言い寄る．人妻は司祭に会うことに同意するふりをし，夫に告げる．

逢い引きのとき，夫が戸をトントン叩くと，すでに服を脱いでいた司祭は，タール(シロップ)の入った大桶に隠れる．司祭はもっといい隠れ場所を探し，鳥の羽根の入った大桶に隠れる．夫と妻はタールと羽根に覆われた司祭を見て，悪魔として見せ物にする(夫は司祭を籠に入れ，歩き回る)[K1555.2, K1554.1]．

要人たち(市場に来た人たち)が，お金を払ってこの「悪魔」を見る．(参照：話型 1358B.) しばしば司祭は，自らの身代金のために全財産を払わなければならない[K443.1]．

コンビネーション 1358B, 1358C, 1525, 1535, 1725.

注 話型 1358A, 1358B, 1358C には多くの構造的な類似性がある．いくつかの類話は明確に１つの話型に振り分けることができない．

類話(～人の類話) フィンランド；ラトヴィア；リトアニア；エストニア；ヴェプス；デンマーク；フェロー；イギリス；スペイン；ポルトガル；ドイツ；ハンガリー；スロバキア；セルビア；ブルガリア；ギリシャ；ロシア, ベラルーシ, ウクライナ；ユダヤ；ジプシー；チェレミス/マリ, モルドヴィア；シベリア；イラク；日本；アメリカ；スペイン系アメリカ；エジプト．

1358B 情夫が隠れている箱を夫が運び出す[K443.1, K1555, K1574]

姦夫(司祭)が，情婦の夫に現場を押さえられ，(生ごみや腐った食料などが入っている)長持ちに隠れる．

夫(もう１人の情夫，ほかの誰か)は中身の入った長持ちを運び，(料金を取って，参照：話型 1358A)見せ物にする．捕らわれていた男は(長持ちの中から叫び)，罰金か身代金を払って(友人か親族が罰金か身代金を払って)解放される．

コンビネーション 1358A, 1358C, 1725.

注 話型 1358A を見よ．ヨーロッパの早期の版は『新百話(*Cent Nouvelles nouvelles*)』(No. 73)を見よ．

類話(～人の類話) フィンランド；エストニア；ラトヴィア；デンマーク；イギリス；ポルトガル；オランダ；フリジア；ドイツ；イタリア；スロバキア；マケドニア；ルーマニア；ブルガリア；ギリシャ；ロシア；ウクライナ；ユダヤ；チェレミス/マリ；イラク；インド；ネパール；カンボジア；日本；フランス系カナダ；アメリカ；パナマ；チリ；エジプト；ナイジェリア；カメルーン；エチオピア；スーダン；

ソマリア.

1358C　トリックスターが不貞を見つける：食べ物が情夫ではなく夫のものとなる［K1571］

旅人(学生，兵隊，等)が食べ物と宿を求めてきたので，主婦は旅人に簡単な食事を出して，干し草の山で眠るように言う．旅人は(窓越しに)，主婦が情夫といっしょにごちそうを食べているのを見る．

思いがけず夫が家に帰ってくると，夫は旅人に，ちゃんとした食事を出すことができるなら，旅人を招き入れるのだがと言う．妻が家には食べ物がないと言うと，旅人は(鳥か魔法の道具で)魔法を使うふりをして，(隠してあった)ごちそうの残りを出す．

旅人はもう1度魔法を使うふりをして，悪魔を(実際には隠れている情夫)を立ち上がらせ，悪魔を追い出す．情夫と妻，または主人は気前よくお礼をする．しばしば夫は旅人から魔法の品を買う．参照：話型1535, 1725.

コンビネーション　1358A, 1358B, 1725.

注　話型1358Aを見よ．重要な版はバジーレ(Basile)の『ペンタメローネ(*Pentamerone*)』(II, 10)を見よ．

類話(～人の類話)　フィンランド；ラトヴィア；リトアニア；デンマーク；アイルランド；イギリス；カタロニア；ポルトガル；オランダ；フリジア；ドイツ；イタリア；ハンガリー；スロバキア；クロアチア；ルーマニア；ブルガリア；ギリシャ；ポーランド；ロシア, ベラルーシ, ウクライナ；トルコ；ユダヤ；ジプシー；チェレミス/マリ；カラカルパク；グルジア；シリア, パレスチナ, イラク, サウジアラビア, カタール；イラン；インド；中国；イギリス系カナダ；フランス系カナダ；ブラジル；エジプト, アルジェリア, スーダン.

1358*　子どもがそれと知らずに母親の不貞を暴露する

夫の留守中に，妻が夫の使用人の1人に言い寄る．使用人は床にチョークで円を描き，この線を越えたら彼女に「仕返しする」と言う．欲情に燃えた妻は線を越え，使用人は彼女と性交する．

夫が戻ると，何が起きたか見ていた子どもが，この線を越えないように警告する．なぜならこの線を越えると，使用人が母親にしたこと，すなわち横に寝て「戦う」ことを，使用人が父親にもするからである．

注　15世紀以来，文学版を通して広まった．ヨーロッパの早期の版は『新百話(*Cent Nouvelles nouvelles*)』(No. 23)を見よ．

類話(～人の類話)　フィンランド；フランス；ドイツ；ルーマニア；ブルガリア；ギ

リシャ；ユダヤ；エジプト.

1359 夫が姦婦と情夫を出し抜く

この話型は，不貞に関する同系の笑話群に関連する．通常，妻と情夫がいっしょにいる現場を夫が押さえ，彼らの情事を暴露する．この話型では，話型 1359A–1359C のエピソードが結びついている．

コンビネーション 1359A, 1359B, 1359C.

類話(～人の類話) ラトヴィア；イギリス；スペイン；ポルトガル；ドイツ；イタリア；ハンガリー；スロバキア；ブルガリア；ギリシャ；ポーランド；ロシア；ベラルーシ；ユダヤ；パレスチナ；エジプト，チュニジア；東アフリカ.

1359A 情夫を隠す

男が 2 度，妻が不貞をはたらく現場を押さえようとするが，妻はそのたびになんとか情夫を隠す.

3 度目に，夫は家を焼き払う．妻は(夫の無意識の助けによって)なんとか情夫を救う[K1554]．参照：話型 1730.

類話(～人の類話) フィンランド；フィンランド系スウェーデン；ラトヴィア；エストニア；リトアニア；カレリア，コミ；デンマーク；ポルトガル；ドイツ；イタリア；ルーマニア；ブルガリア；ウクライナ；タタール；チェレミス/マリ；シリア，パレスチナ，イラク，サウジアラビア；アフリカ系アメリカ；エジプト，アルジェリア.

1359B 夫が妻のベッドで情夫に出会う

商人は，自分が市に行っている間に，妻が子どもたちの家庭教師と情事を重ねていることに感づく．商人はこれが本当か見きわめることにする．ある日，妻が出かけて，商人が家庭教師といっしょに家にいるとき，商人は若い家庭教師にぜいたくなごちそうをふるまい，口を軽くするためにワインをたくさん勧める．若い家庭教師は商人の疑いを認め，関係を終わらせるという条件で許してもらう.

しかしすぐあとに，商人は情事がまだ続いていることに気づく．関係を終わらせるために，ある朝商人は妻に，自分の代わりに市に行くよう命ずる．妻は出発するとき，出かけたのは夫ではなく自分だと若い家庭教師に合図をするために，扉をバタンと強く閉める．若者は遅く起き，出かけているのは商人だと信じ込んで，商人の妻のベッドに行く．そこで若い家庭教師は商人に出くわす．商人は若い家庭教師を罵倒し，さんざん殴る(去勢する)[K1561].

注 早期の文献資料は，ボナヴァンチュール・デ・ペリエ(Bonaventure Des Périers)の『笑話集(*Nouvelles Recreations*)』(No. 60)を見よ．

類話(～人の類話) ラトヴィア；リトアニア；ヴェプス；イギリス；ポルトガル；フラマン；ドイツ；イタリア；スロバキア；ルーマニア；ブルガリア；シリア, パレスチナ, イエメン；マヤ；エジプト；中央アフリカ．

1359C 夫がキリストの磔刑像を去勢する準備をする

司祭が彫刻家(聖像画家)の妻に対して迷惑な求愛をしてきたので，彫刻家(聖像画家)とその妻は，それをやめさせようと思う．妻はアトリエ(教会)で司祭と会うことにし，司祭を説得して服を脱がせる(そして体に色を塗る)．

彫刻家(聖像画家)が突然現れたのに驚いて，司祭は彫像(聖像)の間の十字架の前に立っているイエスのふりをする．彫像の依頼人(司教)がおそらくこういう写実的な描写は好きではないという理由で，彫刻家である夫は像を去勢しようとする(彫刻を直そうとする)．司祭は裸で逃げ出す[K1558]．参照：話型 1730, 1829.

注 中世に記録されている．例えばファブリオーの「はりつけにされた司祭(*Le prestre crucifié*)」を見よ．

類話(～人の類話) ラトヴィア；エストニア；リトアニア；カレリア；アイルランド；イギリス；フランス；スペイン；フリジア；ドイツ；オーストリア；イタリア；チェコ；ボスニア；ブルガリア；ポーランド；ロシア, ベラルーシ, ウクライナ；シベリア；パレスチナ；インド；中国；スペイン系アメリカ；エジプト, スーダン．

1359A* 毛を引き抜く

商人(聖職者，修道士，ユダヤ人)が農家で夜を過ごし，農夫と農夫の妻といっしょのベッドを使う．旅の商人は妻と性交しようとして，夫が寝ているかどうか調べるために夫の尻から毛を1本抜く．このことが何度か起きると，とうとう夫は振り返って「あんたがおれの妻に何をしてもかまわんが，おれの尻をスコアボードにするのはやめてくれ！」と言う．

一部の類話では，2人(司祭と修道女)が昨夜交わした喜びについて，交互歌唱で対話しているときに，浮気をされた人(教師)が彼らの合唱に加わって，自分がいたことを明かす．

注 早期の版は16世紀，ハンス・ザックス(Hans Sachs)の「鍛冶屋と十字軍(*Der schmid mit der crewzfart*)」(1550)を見よ．

類話(～人の類話) フラマン；フリジア；ドイツ；オーストリア；アメリカ；アフリカ系アメリカ．

1360 屋根裏に隠れた男

この雑録話型は，不貞に関するさまざまな説話を包括する．その大部分は地域話型カタログには明確には記述されていない．参照：話型 1776.

類話(～人の類話) フィンランド系スウェーデン；ラトヴィア；カレリア；デンマーク；イギリス；フリジア；イタリア；ハンガリー；ロシア，ベラルーシ；ユダヤ；フランス系カナダ；南アフリカ.

1360B 女と情夫が馬屋から逃げる

下男(客，夫自身)が，主人の妻(自分の妻)が夫の留守中に情夫(男，司祭)といっしょにいるのを，偶然に(屋根裏から)見る．下男は，なぜ少ししか仕事をしなかったのかと尋ねられる．すると下男は詩を朗唱し，自分が見たことを描写する(下男は物語の形で出来事を描き，夕食のときに語る)．妻は下男にお金をやって，物語を語るのをやめさせる[K1271.1.4.1]．下男は，これはただの夢だったと言って話を締めくくる[J1155].

一部のエストニアの類話では，物語は次のように続く．家に客が多すぎるために，主人の妻は情夫を迎え入れることができない．客の 1 人が妻に成り済まし，情夫が入るのを拒み，代わりに窓越しに去勢する.

類話(～人の類話) フィンランド；フィンランド系スウェーデン；ラトヴィア；エストニア；リーヴ，ヴォート，カレリア；ノルウェー；アイルランド；オランダ；クロアチア；ギリシャ；ベラルーシ，ウクライナ；トルコ；アブハズ；チェレミス/マリ，ヴォチャーク；シベリア；シリア；パレスチナ；日本；アフリカ系アメリカ；西インド諸島；エジプト.

1360C ヒルデブラントのおっさん

不貞の妻が仮病を使い，夫に薬を取りに行かせる．途中で夫は，別の男に出会い，自分を籠(袋，藁の束)に入れて家に運んでもらう．家では妻が情夫(司祭)と楽しんでいる.

妻と情夫は籠を持った男を自分たちの食事に招く．3 人が詩を朗唱する．最初に妻が，次に情夫が，そしてお客が朗唱する．しばしば籠の中の夫が最後の詩句を朗唱する．夫は出てきて，けんかになる[K1556].

注 15, 16 世紀に記録されている.

類話(～人の類話) エストニア；リーヴ；ラトヴィア；リトアニア；カレリア；スウェーデン；ノルウェー；デンマーク；フェロー；アイルランド；フランス；スペイン；ポルトガル；オランダ；フリジア；フラマン；ドイツ；イタリア；マルタ；ハン

ガリー；チェコ；セルビア；ルーマニア；ブルガリア；ギリシャ；ポーランド；ロシア，ベラルーシ，ウクライナ；トルコ；ユダヤ；ジプシー；シベリア；モンゴル；グルジア；イラク；パレスチナ，サウジアラビア，カタール，イエメン；イラン；インド，スリランカ；中国；日本；イギリス系カナダ；アメリカ；スペイン系アメリカ，パナマ；キューバ；西インド諸島；エジプト，チュニジア，スーダン．

1361 洪水

聖職者(学生)がある女と2人きりで会いたいと思い，洪水が来ると告知する．女の夫(大工，商人，粉屋，農夫)は桶に入って，それを屋根の下に結びつけ，洪水を逃れようとする[K1522].

不貞のカップルが楽しんでいる間，別の情夫がやって来て，混ぜてくれるか，少なくともキスをさせて欲しいと言う．妻(聖職者)は，窓から尻を出し，そこにキスをするようその情夫に求める[K1225]．情夫はからかわれたとわかって，2回目のキスをするふりをして，熱した鉄で聖職者の尻に焼き印を押す[K1577]．聖職者が水を求めて叫ぶと，桶の中にいた夫は洪水が来たと思う．夫はロープを切り，地面に落ちてけがをする(死ぬ)．

コンビネーション 1000, 1004, 1007, 1029, 1120.

注 中世に記録されている．例えばチョーサー(Chaucer)の「粉屋の話(*The Miller's Tale*)」.

類話(～人の類話) フィンランド；リーヴ；ラトヴィア；リトアニア；ヴェプス；スウェーデン；ノルウェー；デンマーク；アイルランド；スペイン；オランダ；フリジア；フラマン；ドイツ；オーストリア；ハンガリー；ルーマニア；ギリシャ；ロシア，ベラルーシ，ウクライナ；トルコ；ジプシー；中国；アメリカ；スペイン系アメリカ；西インド諸島.

1362 雪の子ども (Modus Liebinc)

商人の妻が夫の留守中に子どもを生む．夫が帰ってくると妻は，雪(つらら)を食べたら妊娠したと説明する．夫はその子を息子として受け入れるふりをする．

男の子が大きくなると，父親は男の子を旅に連れていき，売る．あとで夫は妻に，男の子はとけて，しずくとなって海に落ちたと説明する[J1532.1].

注 この話型は中世以来流布しており，最も古い版は「リエボのメロディー(*Modus Liebinc*)」(10, 11世紀)である．また『新百話(*Cent Nouvelles nouvelles*)』(No. 12)を見よ.

類話(～人の類話) カレリア；ノルウェー；アイスランド；イギリス；フランス；ドイツ；イタリア；ハンガリー；チェコ；ロシア.

1362A* 結婚3か月で生まれた子

結婚式の3か月後，若い女が子どもを産む．夫はだまされたと思うが，女(司祭)は夫にこう説明する．夫は結婚して3か月になり，自分も結婚して3か月になり，彼ら2人ともに結婚していたのが3か月である．全部合わせると9か月になるから，この子どもは夫自身の子どもだと認めなければならない[J2342, J2342.2]．

一部の類話では，早産の息子はほかの子どもたちより秀でて，いい配達人になるだろう，と父親は言われる[J1276.1]．

類話(～人の類話) フィンランド；イギリス；スペイン；カタロニア；ポルトガル；ドイツ；スイス；イタリア；ハンガリー；マケドニア；ルーマニア；ギリシャ；ポーランド；ウクライナ；パレスチナ；アメリカ；アフリカ系アメリカ；エジプト．

1362B* 40歳の男と結婚する

死を迎えようとしている夫が，妻に40歳の男と結婚するように勧める．妻は20歳の男2人と結婚するほうを望む[J2212.1.1]．

注 ギリシャの『フィロゲロス(*Philogelos*)』(No. 12)に記録されている．
類話(～人の類話) ラトヴィア；スペイン；ルーマニア；ブルガリア；ギリシャ．

1363 揺り籠の話

2人の旅の学生が，美しい妻と娘のいる家族の家で夜を過ごす．皆は同じ部屋で眠り，夫婦のベッドの前には子どもが揺り籠に入れられている．

夜，学生の1人は娘のベッドに潜り込む．母親が部屋を離れると，2人目の学生は揺り籠を移動する．そのせいで母親は戻ってきたとき，学生のベッドを自分のベッドと間違え，2人目の学生を夫と間違える．

娘のベッドにいた学生が自分のベッドに戻ろうとしたとき，彼も揺り籠の場所のせいで混乱する．彼は父親のいるベッドに潜り込み，父親を自分の友人だと思い，父親に向かって自分がしたことを話す．父親は怒ってこの学生を殴り始める．母親が明かりをつけると，母親と寝ていた学生が揺り籠を戻し，友人を元のベッドに運ぶ．母親は何が起こったのか気づくと，自分たちのところに来たのはデーモンだと夫に言う．学生たちは次の朝旅立つ[K1345]．

コンビネーション 1544.
注 早期のヨーロッパの版はボッカチオ(Boccaccio)の『デカメロン(*Decamerone*)』(IX, 6)とチョーサー(Chaucer)の「親分の話(*Reeve's Tale*)」を見よ．

類話(～人の類話) ラップ；デンマーク；アイルランド；イギリス；スペイン；オランダ；ハンガリー；セルビア；ギリシャ；アメリカ；メキシコ；ドミニカ，プエルトリコ．

1363* 話型 1341A* を見よ．

1364 血盟の友の妻

間男が，自分は危機一髪で情婦の夫から逃げたと親友に自慢する．間男は，この友人が本当は情婦の夫だと気づかず，自分のこれからの計画を事細かに(次の約束の時間，等を)話す．夫はこの情報を利用して，間男に気づかれずに，罪を犯している2人の現場を押さえようとする．

2人は夫に3回不意を突かれるが，間男はカーテンの後ろ，ベッドの下，食器棚の中，貯水槽の中，等に隠れて逃れる．あとで(宴会のとき)間男は自分の密通とアバンチュールを自慢する．間男は姦通の罪で訴えられ，罪を認めるよう求められる．間男はすべて夢だったと言って逃れる[J1155]．参照：話型 1790.

注 ラテン語の詩「ほらふき兵士(*Miles gloriosus*)」(1175)に記録されている．
類話(～人の類話) ラップ；アイスランド；アイルランド；フランス；スペイン；ポルトガル；ドイツ；マルタ；ハンガリー；ギリシャ；ウクライナ；トルコ；ユダヤ；クルド；チェレミス/マリ；タタール；タジク；シリア；アラム語話者；パレスチナ；サウジアラビア；イエメン；イラン；インド；チリ，アルゼンチン；エジプト；アルジェリア；スーダン．

1365 頑固な妻

この雑録話型は，それぞれが正しいと主張する夫婦に関する同系の笑話群に関連する．特に妻は頑固であることを非難される．この話型では，話型1365A, 1365B, 1365C のエピソードが結びついている．

コンビネーション 1164, 1380.
類話(～人の類話) フィンランド；ラトヴィア；リュディア；スウェーデン；ノルウェー；アイルランド；フランス；ポルトガル；フリジア；ドイツ；イタリア；ハンガリー；セルビア；スロベニア；マケドニア；ブルガリア；ロシア；ウクライナ；アゼルバイジャン；クルド；チェレミス/マリ；インド；日本；西インド諸島．

1365A 妻が川に落ちる

生涯逆らってばかりいた女が川に落ちる．夫は，妻があまりに頑固で流れに乗っていくとは思えないので，川上を捜す．参照：話型 1365B, 1365C.

コンビネーション 1365B, 1380.
注 中世に記録されている．例えばジャック・ド・ヴィトリ（Jacques de Vitry）の『一般説教集（*Sermones vulgares*）』（Jacques de Vitry/Crane, No. 227）.
類話（～人の類話） フィンランド；フィンランド系スウェーデン；エストニア；ラトヴィア；リトアニア；ヴェプス，カレリア；スウェーデン；ノルウェー；アイルランド；イギリス；スペイン；カタロニア；ポルトガル；オランダ；フリジア；ドイツ；イタリア；ハンガリー；スロバキア；マケドニア；ルーマニア；ブルガリア；ギリシャ；ポーランド；ロシア；チェレミス/マリ；シベリア；グルジア；パキスタン；インド；イギリス系カナダ；アメリカ；スペイン系アメリカ；チリ；南アフリカ.

1365B ナイフで切るか，はさみで切るか

草地は鎌で刈られたのではなく，はさみで切られたのだ（夫はひげを剃ったというよりはむしろ，ひげを切ったのだ）と妻が言い張って，夫と言い争う．けんかは続き，とうとう怒った夫が妻を川に突き落とす．

妻は溺れながら，指ではさみの動きをして主張し続ける［T255.1］．参照：話型 1365A, 1365C.

コンビネーション 1164, 1365A.
注 中世に記録されている．例えばジャック・ド・ヴィトリ（Jacques de Vitry）の『一般説教集（*Sermones vulgares*）』（Jacques de Vitry/Crane, No. 222）.
類話（～人の類話） フィンランド；フィンランド系スウェーデン；ラトヴィア；リトアニア；スウェーデン；ノルウェー；デンマーク；アイスランド；アイルランド；イギリス；スペイン；ポルトガル；オランダ；フリジア；フラマン；ドイツ；イタリア；コルシカ島；ハンガリー；チェコ；セルビア；クロアチア；マケドニア；ルーマニア；ブルガリア；ギリシャ；ポーランド；ロシア，ベラルーシ，ウクライナ；ユダヤ；シベリア；トルクメン；グルジア；イギリス系カナダ，アメリカ；アフリカ系アメリカ；エジプト；モロッコ；南アフリカ.

1365C 妻が夫をシラミだらけの頭だと侮辱する

妻が，夫の頭がシラミだらけだ（すなわち，欲張りだ）と責める．夫は妻を川に投げ込む．妻は沈みながらさえも，両手を上げて，シラミを叩きつぶしているみたいに指をパチンパチンと鳴らし，夫を非難し続ける［T255.3］．参照：話型 1365A, 1365B.

コンビネーション 1164.
注 中世に記録されている．例えばジャック・ド・ヴィトリ（Jacques de Vitry）の

『一般説教集(*Sermones vulgares*)』(Jacques de Vitry/Crane, No. 221). さらに古い文献資料についてはポッジョ(Poggio)の『笑話集(*Liber facetiarum*)』(No. 59)を見よ.

類話(～人の類話) フィンランド；ラトヴィア；スウェーデン；デンマーク；アイルランド；フランス；スペイン；カタロニア；ポルトガル；オランダ；フリジア；フラマン；ドイツ；イタリア；ハンガリー；ルーマニア；ギリシャ；ポーランド；ロシア；ベラルーシ；ジプシー；インド；フランス系カナダ；アフリカ系アメリカ；プエルトリコ；ブラジル.

1365D 籠ができたことを神に感謝します

籠づくりが籠を完成させるたびに，妻に「籠ができたことを神に感謝します」と言わせようとする．妻が言うことを聞かないので，籠作りは妻を叩く．この出来事を見たほかの男たち(裁判官，弁護士，監督官，作男)はこの話を自分たちの妻にする．妻たちもやはり感謝を述べることを拒んだであろうと言うので，彼女たちも自分の夫に同じように叩かれる

注 早期の版は16世紀，ハンス・ザックス(Hans Sachs)の「商人の籠(*Der kramerskorb*)」(1553, 1554)および「籠づくり職人(*Der korbleinmacher*)」(1550)を見よ.

類話(～人の類話) ドイツ；ハンガリー.

1365E けんか好きな夫婦 (旧話型 1365D*-1365K* を含む)

この雑録話型は，何かささいな問題でけんかをする夫婦に関するさまざまな説話を包括する．例えば，3つの卵のうち3つ目はどちらが食べるか(旧話型 365D*)，スープの中に入っている髪の毛はどちらのものか(旧話型 1365E*)，床の穴はクマネズミが開けたものかミンクが開けたものか(旧話型 1365G*).

または，夫はいつもして欲しいことと反対のことを妻に頼む(旧話型 1365J*)．時として夫婦が鳥の種類と大きさ，またはその他のささいなことについて言い争い(旧話型 1365H*)，妻は屈するよりも生き埋めにされるほうを選ぶ(旧話型 1365F*).

一部の類話では，夫はたいへん頑固で，妻に屈するよりも生き埋めにされるほうを選ぶ.

類話(～人の類話) フィンランド；ラトヴィア；リトアニア；スペイン；カタロニア；ポルトガル；フリジア；ドイツ；サルデーニャ；ハンガリー；セルビア；クロアチア；ルーマニア；ブルガリア；ギリシャ；ポーランド；ロシア；ウクライナ；トルコ；ユダヤ；クルド；シベリア；アラム語話者；グルジア；サウジアラビア；中国；日本；アメリカ；フランス系アメリカ；スペイン系アメリカ；キューバ，ドミニカ；

プエルトリコ.

1365D*-1365K* 話型 1365E を見よ.

1366*　縮こまっている夫 (旧, スリッパで叩かれた夫)

妻がいつも決まって夫をひどく叩く. 妻の殴打から逃げるために, 夫はテーブル(ベッド)の下に縮こまる. 妻が夫に出てこいと命ずると, 夫は自分の家では自分の好きなようにさせてもらうと答える[T251.6].

類話(～人の類話) フィンランド; ラトヴィア; エストニア; スペイン; カタロニア; オランダ; フラマン; ドイツ; オーストリア; ルーマニア; ブルガリア; ポーランド; 中国; エジプト, チュニジア.

1366A* 話型 1375 を見よ.

1367　トリックスターが寝ている 2 組の夫婦を移動させる

経済的な理由で, 若い女がお爺さんと結婚し, 若い男がお婆さんと結婚する. 若い女と若い男は配偶者に不満である.

魔法使いが自分の力をある貴族に見せるために, この夫婦たちが寝ている間に, 夫婦を組み替える. 朝になると, 若い 2 人は喜び, いっしょにいたがる. しかし年老いた 2 人は腹を立て, ある貴族にこの問題を裁定するよう頼む. 貴族は, 彼らはもともと結婚していた配偶者のもとに戻るよう裁定する[K1318]. 参照：話型 905A*.

コンビネーション 922.
注 中世以来記録されている. 例えば『100 の昔話(*Cento novelle antiche*)』(No. 53).
類話(～人の類話) リーヴ; フランス; ドイツ; イタリア; ハンガリー; セルビア.

1367*　いやな女と結婚するより絞首刑のほうがまし (旧, いやな女と暮らす)

巡礼者が罪を犯して有罪判決を受け, 罰金を払うか, さもなければ両目をくり抜かれる判決(死刑判決)を言い渡される. 巡礼者はお金を持っていなかったので, 目隠しされ, 刑執行の場所に連れていかれる.

金持ちだけれど醜い女が, 自分と結婚するなら彼の代わりに罰金を払うと申し出る. 目隠しが取られ, 巡礼者がその女を見ると,「あんないやなものをいつも見なければならないくらいなら, 何も見えないほうがましだ」と言って, 元の場所に戻してくれと頼む. 裁判官は男を釈放する. 参照：話型 1164, 1170.

注 中世以来記録されている．例えば『100の昔話(*Cento novelle antiche*)』(No. 115)．
類話(～人の類話) オランダ；フリジア；ドイツ；ハンガリー；ルーマニア．

1367** 治療代を倍払う

農夫は，自分の主人が死ぬと，主人から警告されていたにもかかわらず(主人の妻はお金の管理ができない，家事のしかたを知らないと警告されていたにもかかわらず)，主人の未亡人と結婚する．家事をしているときに彼女は腕にけがをする．新しい夫は医者に「妻のもう一方の腕もすぐに治療が必要になりますから」と言って料金の倍のお金を払う．この時以来，妻はきちんと働くようになる．

類話(～人の類話) スペイン；オランダ；ドイツ．

1368 小さい女との結婚は害も小さい

ある男が，なんでそんなに小さな女と結婚したのかと尋ねられる．男は，害も小さいからだと説明する[J1442.13, J229.10]．

注 古典起源，プルタルコス(Plutarch)の『倫理論集(*Moralia*)』(I, 548)．
類話(～人の類話) スペイン；ドイツ；イタリア；ハンガリー；ユダヤ．

1368** 女の9枚の皮

2人の男が，女の動物的な(悪い)特性について議論する．彼らは，こうした特性は女が持っている何枚かの(9枚の，4枚の，3枚の)動物の皮のせいだという結論に達する．その皮を1枚ずつ打ちのめさなければならない．9枚目の皮だけは本当の人間の皮で，この皮だけなら女はいい態度をとり，敬虔で従順である[A1371.2]．

注 5世紀にストバイオス(Stobaios)の『詩華集(*Florilegium*)』に記録されている．
類話(～人の類話) デンマーク；ドイツ；ハンガリー；ユダヤ；レバノン；パレスチナ．

1369 女のなる木

女(数人の女)が夫のイチジクの木で首を吊る．夫が隣人にこの不幸を話すと，隣人はその木の枝を1本くれないかと頼む．隣人は「同じような実がなりますように(妻がどうするか見たい)」と言って，その枝を自分の庭に植えたがる[J1442.11, J1442.11.1]．

注 古典起源，キケロ(Cicero)の『弁論家について(*De oratore*)』(II, 69, 278)，クイン

ティリアヌス(Quintilian)の『弁論家の教育(*Institutionis oratoriae*)』(VI, 3, 88), プルタルコス(Plutarch)の『アントニウス(*Antonius*)』(70), ディオゲネス・ラエルティオス(Diogenes Laertios)(VI, 2, 52). 中世には例えば, ジャック・ド・ヴィトリ(Jacques de Vitry)の『一般説教集(*Sermones vulgares*)』(Jacques de Vitry / Frenken, No. 68), 『ゲスタ・ロマノールム(*Gesta Romanorum*)』(No. 33)に記録されている. 16-18世紀の資料に豊富な文献伝承がある.

類話(～人の類話) ドイツ；オーストリア；イタリア；ハンガリー；ルーマニア；ユダヤ；アゼルバイジャン.

1370 怠惰な妻が改心させられる (旧, 怠惰な妻)

若者が金持ちの(美しい)女と結婚する. 若者は彼女が怠惰であることを知っていたが, 彼女を叩かないと約束する(若者は, 彼女がどれほど怠惰かを結婚後初めて知る). 若者は出かける前に, 猫(犬, ロバ, 財布, 動物の皮)に家事をするように命ずる.

若者は帰ってきて, 仕事が片づいていないのを見ると, 妻に動物(物)を抱えていてもらい, 言うことを聞かなかったので動物(物)を叩く. 動物だけでなく妻も殴られる. このことが1度(2度, 3度)あって以来, 妻は文句を言わずに働くようになる[W111.3.2]. 参照：話型 901, 901B*.

コンビネーション 901.

注 15世紀に記録されている. 例えばイェルク・ツォーベル(Jörg Zobel)の「怠け者の妻と猫の笑い話(*Der Schwank von der faulen Frau und der Katze*)」.

類話(～人の類話) フィンランド；フィンランド系スウェーデン；エストニア；ラトヴィア；リトアニア；ヴェプス；スウェーデン；デンマーク；スペイン；カタロニア；ポルトガル；ドイツ；イタリア；ハンガリー；セルビア；マケドニア；ルーマニア；ブルガリア；ギリシャ；ポーランド；ロシア, ウクライナ；ジプシー；シベリア；インド；チリ.

1370A* 話型 901B* を見よ.

1370B* あまりに怠惰で糸紡ぎをしない妻

怠惰な女が糸紡ぎを拒む. 夫が死んだふりをすると, 妻は夫の体を亜麻(羊毛)でくるむ. 夫は起き上がり, 死んでも自分にシャツを着せてくれない妻をさんざん叩く[W111.3.5].

類話(～人の類話) ラトヴィア；リトアニア；カレリア；ポルトガル；ドイツ；ハンガリー；チェコ；クロアチア；ブルガリア；ロシア, ウクライナ；シベリア；パレスチナ.

1370C* 怠惰な女のさまざまな説話（旧，ミルク桶を止める）

この雑録話型は，怠惰な女たちと怠惰の結果に関するさまざまな説話を包括する.

類話(〜人の類話) ラトヴィア；ハンガリー；ブルガリア；ロシア；ベラルーシ；ウクライナ；ジプシー；シベリア；グルジア.

1371* 話型 1384 を見よ.

1371** 話型 902* を見よ.

1371A* 小麦粉を黒ずませる

客のために妻がケーキを焼けるようにと，男が白い小麦粉を盗む．家に帰ると，男は盗みがばれるのではないかと不安に駆られる．しかし妻は，ライ麦粉でつくったように見えるケーキを焼くからと言って，男を安心させる.

類話(〜人の類話) ラトヴィア；チェコ；ロシア.

1372 びんた

農夫が病気の妻のために薬を取りに行く．しかし薬屋(医者)は薬ではなく，びんたを農夫に与える(なぜなら，農夫が薬屋を侮辱したから，または汚いまま店に入ったから，または夜間用ベルをうるさく鳴らしすぎたから，または妻の病気を侮辱的な身振りで示したからである).

農夫は家に帰り，これが薬だと思って，妻にびんたを食らわす．これが奇跡的に妻の病気を治す．あまったびんたはいらないので，農夫は薬屋にびんたを「返す」[J2494]．参照：話型 1344.

コンビネーション 1641, 1696.

類話(〜人の類話) フィンランド；フィンランド系スウェーデン；リーヴ；スウェーデン；デンマーク；オランダ；フリジア；フラマン；ドイツ；スイス；ハンガリー；チェコ；ルーマニア；ブルガリア；ポーランド；アメリカ.

1372* 妻の病気

女が，すべての望みがかなわないと治らない病気(誰かが彼女のために高級食品を持ってきてくれないと治らない病気)に苦しんでいるふりをする．彼女の夫が似たような(同じ)病気にかかったふりをすると，女は夫の面倒を見る．そして彼女の「病」は治る[J1511.3].

類話(～人の類話)　ラトヴィア；デンマーク；オランダ；フラマン；マルタ；ブルガリア；ユダヤ；西インド諸島.

1373　重さを量られた猫

男が肉を家に持ち帰るが，男の妻がこっそりそれを食べる．男が肉はどうしたのかと尋ねると，妻は猫が食べたと言う．夫は猫の体重を量り，自分が買った肉と猫が同じ重さであることがわかると，「肉はここにあるが，猫はどこだ？」と言う[J1611].

注　基本的な着想は，アル・ジャーヒズ(al-Ǧāhiz)の『けちんぼども(*The Misers*)』を見よ．ペルシャの翻案は13世紀から，ヨーロッパの翻案は17世紀からある.

類話(～人の類話)　ラトヴィア；デンマーク；アイルランド；オランダ；フリジア；ドイツ；イタリア；ユダヤ；ハンガリー；マケドニア；ブルガリア；モルドヴィア；タジク；イラク；中国；マヤ；エジプト, チュニジア, アルジェリア, モロッコ, ソマリア.

1373A　妻はほとんど食べない

(新婚の)女が夫のいる前ではほんのわずかしか食べない(病気で食べられないふりをする)．夫がいなくなると，女はよく食べる．夫は女の嘘を見つけ，女を罰する(夫は女の偽りを暴露し，女を嘲笑し，女を叩く)[K1984.2, S411.4]．参照：話型1407, 1458.

注　早期の版は16世紀，ハンス・ザックス(Hans Sachs)の「尻のでかい農婦(*Die pawrin mit dem grosen gses*)」(1556)を見よ.

類話(～人の類話)　リトアニア；デンマーク；アイルランド；スペイン；カタロニア；ポルトガル；フリジア；ドイツ；イタリア；マルタ；ハンガリー；クロアチア；ブルガリア；ポーランド；アラム語話者；ヨルダン, イラク；インド；スリランカ；日本；スペイン系アメリカ；プエルトリコ；アルジェリア.

1373A*　妻は，猫が肉を食べたと言う

男が肉を家に持ち帰るが，妻は，こっそりそれを食べて，猫が食べたと言う．男が魔女に不平を言うと，魔女はいくつかの魔法の豆(木の実，石)をくれる．男はその豆を家の中に置く．すると，豆は妻に向かって話しかけ，そのようなわがままをしないよう妻に警告する[D1619.1].

類話(～人の類話)　スペイン；ポルトガル；イタリア；イラン；アルジェリア.

1373B* 娘が父親に自分の肉を勧める（旧，少女が鶏肉を食べる）[K492]

家族の食事のための鶏肉を娘がこっそり食べてしまう．代わりに娘は父親に自分の胸の(尻の)肉を出す．父親がこのおいしい肉をもっと欲しいと言うと，娘の策略はばれる．(男が何を食べたのかを，オウム，または鶏，またはシチメンチョウが男に告げる．)

類話(～人の類話) スペイン；インド；日本；メキシコ；プエルトリコ．

1374* パンの焼き方を知らない女（旧話型 1445* を含む）

若い妻がパンのこね方(焼き方)を知らない．舅(母親)は，パンをこねるときに，尻と額に汗をかくようでないとうまくいかないと言う(妻はオーブンの正面(自分の額)が汗をかくまでこね続けなければならない)．

妻は舅の助言に従い，自分が汗をかいているか確かめるために，こねている間に自分の額と尻を何度もさわる．(隣人が手にいっぱいの汚物を加えるよう助言し，妻はそうする．)[J2499.1]．

類話(～人の類話) エストニア；ラトヴィア；リトアニア；デンマーク；スペイン；ドイツ；チェコ；マケドニア；ルーマニア；ブルガリア；ロシア，ウクライナ；タジク；イラン．

1375 妻を支配できる男はいるか（旧話型 1366A* を含む）

この話型には，おもに4つの異なる型がある．

(1) 男が，夫たちと妻たちではどちらがより力を持っているのかを知るために旅に出る．男は2頭の(2頭より多くの)馬(男らしさの象徴)とたくさんの卵(木の実，メンドリ，その他の女らしさの象徴，女の仕事の領域に属する農作物)を持っていく．夫が支配している家では，旅人は馬を夫に与え，妻が主導権を握っているところでは，卵を妻に与える．卵はたいへん需要がある[T252.1]．

最後に旅人は，自分があるじだと主張する男を見つける．この男は馬を選び，妻は反対する．すると夫は卵で我慢しなければならない．

(2) 結婚して1年(と1日)の間，結婚の誓いを後悔しない男，または妻が怖くないと証明できる男は，賞品としてハムを1つもらえることになる．

(3) ベーコン1かたまりが町の門にぶら下がっていて，次のようにメッセージが書かれている．「このベーコンは，妻が自分を支配していないと誓える夫のものである」．農夫はそのベーコンは自分のものだと主張するが，仕事着の下にベーコンを隠すことを拒む．なぜなら，農夫は自分の日曜の上着に脂でシミをつけたら妻に何と言われるか怖かったからである．

(4)　司祭が，自分の家では自分があるじだと思う人は皆「キリストは復活した」という歌を歌うように言う．男たちは皆黙ったままだが，女たちは全員歌う（男が１人だけ歌う）[T252.5]．

または，司祭が１人だけ歌う．翌年，司祭も黙っている．なぜなら今彼には家政婦がいるからである．

注　中世に記録されている．例えばジャック・ド・ヴィトリ（Jacques de Vitry）の『一般説教集（*Sermones vulgares*）』（Jacques de Vitry / Frenken, No. 61）．諺として知られている．「女房に頭が上がらない（*To stand Upon one's pantoufles*）」．

類話（～人の類話）　フィンランド；リーヴ；ラトヴィア；リトアニア；スウェーデン；デンマーク；アイルランド；イギリス；スペイン；カタロニア；ポルトガル；オランダ；フリジア；フラマン；ドイツ；イタリア；ルーマニア；ブルガリア；ギリシャ；ロシア；シリア，パレスチナ，イラク；ビルマ；中国；アメリカ．

1376A* 夫は妻の昔話好きをどうやって直したか（旧，物語の語り手が女に止められる）

宿屋の主人の妻は，物語を聞くのが大好きで，物語を語ってくれる旅人はただで宿屋に泊まらせるほどだった（物語を語る人しか泊めなかった）．宿屋の主人はこのせいで貧しくなり，妻の癖を直したいと思う．

ある旅人がやって来て，宿屋の妻が自分をさえぎらないという条件で，１晩じゅう物語を語ると申し出る．しかし旅人が同じ話を何度も何度も繰り返すと，彼女はとうとう旅人の話を止める．彼女の夫は，彼女が約束を破ったので，さんざん叩く．すると彼女は物語への興味を失う．

類話（～人の類話）　ラトヴィア；リトアニア；アイルランド；ギリシャ；ロシア；日本．

1377 閉め出された夫（井戸（Puteus））

姦婦が夜遅く夫のいる家に帰ってくる．夫は妻を家に入れることを拒む．妻は井戸に身投げすると脅す．夫がこれを止めようと走って外に出ると，妻は家に入り，夫を閉め出す[K1511]．

注　インドの起源．『オウム70話（*Śukasaptati*）』を見よ．中世のヨーロッパ資料に多く記録されている．例えば，ペトルス・アルフォンシ（Petrus Alfonsus）の『知恵の教え（*Disciplina clericalis*）』（No. 14）とボッカチオ（Boccaccio）の『デカメロン（*Decamerone*）』（VII, 4）．

類話(～人の類話) スウェーデン；フランス；スペイン；カタロニア；ポルトガル；オランダ；フリジア；ドイツ；スイス；イタリア；マルタ；ハンガリー；チェコ；スロバキア；ルーマニア；ブルガリア；ギリシャ；ポーランド；ロシア，ウクライナ；ジプシー；シリア，パレスチナ，イエメン；インド；スペイン系アメリカ；エジプト，モロッコ；ソマリア．

1378 妻の部屋にあったしるしのついたコート

仲人の女が，次のようにして依頼人の男のために妻を見つける．仲人の女は男物のコートを女の部屋に残し，そのコートにしるしをつけておく．女の夫はコートを見つけ，妻が不貞をはたらいていると思い，妻を追い出す．追い出された妻は，依頼人の男のところへ行く．

仲人の女は夫と妻を和解させるために，夫のところに行き，特定のしるしのあるコートを見なかったかと夫に尋ねる．夫は，コートを置いていったのは仲人の女だったのだと気づく．夫は妻を疑ったことを後悔し，妻を連れ戻す[K1543]．

注 東洋起源(『7 賢人(*Seven Wise Men*)』)．
類話(～人の類話) ポルトガル；スペイン；イタリア；ハンガリー；シリア，イラク；パレスチナ，サウジアラビア，クウェート；インド；中国；エジプト，アルジェリア；モロッコ；ニジェール；スーダン．

1378A* 居酒屋の夫

妻が夫を捜しに居酒屋へ行く．夫がいつも酒にいくら使っているのかを知って，妻はその倍額の酒を要求する．

類話(～人の類話) ラトヴィア；ブルガリア；ポーランド；ロシア．

1378B* 妻のつかの間の成功

妻が夫より勝っていると言い張る．しばらくの間夫は妻の好きにさせる．その後，(妻が税金を払わなかったので)夫は妻を叩く(すると彼女は従順になる)．

類話(～人の類話) フィンランド；ブルガリア；ロシア，ベラルーシ，ウクライナ．

1379 妻が情婦とすり替わり夫をだます

男が不貞をはたらこうと，女中とのデートを計画する．女中は男の妻にそのことを話し，妻は自分でそこに行くことにする．土壇場で男はためらい，下男をそこに行かせる．

そのあと男は女中と出会い，女中は，男の妻が自分の代わりをしたと告げる．男は，妻と下男を止めに大急ぎで行くが，時すでに遅い[K1843, K1843.2]．参照：話型 1441*.

コンビネーション 1441*.

注 早期の文献資料はボッカチオ(Boccaccio)の『デカメロン(*Decamerone*)』(III, 9)とポッジョ(Poggio)の『笑話集(*Liber facetiarum*)』(nos. 238, 270)を見よ．

類話(～人の類話) フィンランド；アイスランド；イギリス；フリジア；ドイツ；ハンガリー；ギリシャ；ユダヤ；パレスチナ，ペルシア湾，カタール，イエメン；イラン；インド；マヤ；エジプト，スーダン．

1379* つくり物の体の一部

結婚初夜に花婿は，新妻が義肢(にせの胸，木の義足)と，かつらと，義歯と，ガラスの義眼を取り外すのを見る．最後に花婿は「枕代わりにおまえの尻をこっちに投げておくれ」と言う．

類話(～人の類話) イギリス；フリジア；オーストリア；スイス；イギリス系カナダ；アメリカ；フランス系アメリカ；アフリカ系アメリカ；キューバ；チュニジア，モロッコ．

1379** 船乗りとオール

船乗り(オデュッセウス，聖ニコラウス，聖エリアス)が，多くの冒険のあとで海にうんざりしている．船乗りは，誰も海を見たことのない場所，または誰も海の塩(塩のかかった食べ物)を味わったことのない場所を見つけたいと思いながら，オールを持って内陸を歩く[F111.7]．

ついに船乗りは，オールを穀物あおぎ分け用シャベル(パン焼きべら，ひしゃく，木の断片)だと思う男(女)に出会い，男が無知だとわかる[J1772]．

船乗りは神に捧げ物をし[V11.9]，そして山の頂上に祭壇を建てる．または船乗りはその女と結婚する．結婚初夜に，女が言っていたよりは女に知識があることが判明する．

注 古典起源，ホメーロス(Homer)の『オデュッセイア(*Odyssey*)』(XI, 119–139 および XXIII, 266–283)．

類話(～人の類話) スペイン；カタロニア；ギリシャ；アメリカ．

1379*** 片目の男が結婚する

貧しい騎士の美しい娘が金持ちの盲目の男と結婚する．結婚初夜に盲目の男は，彼女がすでに処女でないことに気づく．男が彼女を責めると，彼女は，男が目をなくしたことのほうがより重大な欠陥だと答える．盲目の夫は，この傷は敵たちに負わされたのだと説明する．すると若い女は，わたしの欠けている部分は友人たちによって負わされたので，わたしを責めないでくれと盲目の男に言う．

注　ペトラルカ(Petrarch)の『友人への手紙(*Epistulae familiares*)』(VII, 14*, 2)，およびハインリヒ・ベーベル(Heinrich Bebel)の『笑い話(*Facetiae*)』(II, 6)に記録されている．ホラティウス(Horace)の『書簡集(*Satirae*)』(I, 3, 40)では言及が見られる．
類話(～人の類話)　ノルウェー；オランダ；ドイツ；イタリア；ウクライナ．

愚かな妻とその夫 1380–1404

1380　不貞な妻

妻が，自分に愛人がいることが夫にばれるのではないかと恐れている．ばれるのを避けるために，妻は何人かの助言者に，自分はどうしたらいいのか尋ねる．助言者たちは夫の体の機能を奪うさまざまな食べ物を教える．妻は，助言者の1人が自分の夫(夫の友人)であることを知らない．

妻が食べ物を夫に出したあと，夫は目が見えなくなったふりをする．これで安心だと思い，妻は愛人を家に招く．夫は妻と愛人を2人とも罰する(殺す)[K1553]．

コンビネーション　1365A, 1536C, 1537, 1537*, 1725.
注　早期のインドの版は『パンチャタントラ(*Pañcatantra*)』(III, 17)にある．
類話(～人の類話)　フィンランド；フィンランド系スウェーデン；エストニア；ラトヴィア；リトアニア；ヴェプス，リュディア，カレリア，コミ；デンマーク；スウェーデン；ノルウェー；アイスランド；アイルランド；イギリス；スペイン；カタロニア；ポルトガル；オランダ；フリジア；フラマン；ドイツ；スイス；オーストリア；イタリア；マルタ；ハンガリー；チェコ；セルビア；ルーマニア；ブルガリア；ギリシャ；ポーランド；ロシア；ベラルーシ，ウクライナ；トルコ；ユダヤ；ジプシー；タタール；シベリア；タジク；グルジア；イラク；サウジアラビア；イラン；パキスタン；インド；スリランカ；カンボジア；インドネシア；アメリカ；スペイン系アメリカ；アフリカ系アメリカ；メキシコ；西インド諸島；エジプト，アルジェリア；エチオピア．

1380*　話型 1380A* を見よ．

1380** 話型 1380A* を見よ.

1380A* だまされた祈願者（旧，妻に糸を紡がせる）（旧話型 1380*, 1380**, 1388, 1575**, 1761* を含む）

この雑録話型は，ある人物（妻，若い女，女中，等）が，木の精霊（聖人像）に，いくつかの願い事をかなえてくれるよう，そしてその願い事がかなえられたことのしるしをくれるよう頼む，さまざまな説話を包括する.

木または絵の後ろ（上）にいるトリックスター（願い事に心動かされた人，夫，雇い主，求婚者など）が，声色を使って答え，思いがけない情報を与えるか，または自分の利益を促進することを言う．祈願した人は，この返事を神の命令だと思う[K1971.3.1, K1971.4, K1971.5]．参照：話型 1476, 1476A.

コンビネーション 1380, 1383.
注 早期のインドの版は『パンチャタントラ（*Pañcatantra*）』（III, 16）を見よ.
類話（～人の類話） フィンランド；エストニア；ラトヴィア；デンマーク；アイルランド；イギリス；スペイン；オランダ；フリジア；フラマン；ドイツ；サルデーニャ；ボスニア；ギリシャ；ベラルーシ, ウクライナ；サウジアラビア, クウェート, カタール；インド；日本；中国；アメリカ；スペイン系アメリカ；メキシコ；アルジェリア；モロッコ；スーダン.

1381 おしゃべりな妻と発見された宝

男（女，少年）が宝を見つける．彼の愚かな（おしゃべりな）連れ合いが何かをしゃべって，自分が宝を失うことになるのではないかと恐れ，男は連れ合いに，次のような何か奇跡的なことが起こったと偽る．食べ物の雨が降った，畑（動物の罠）で魚が見つかった，動物が魚の罠にかかった，世界が終わる，鳥の戦争，等.

愚かな連れ合いは，ソーセージの雨が降った日に宝を見つけたなどと皆に話すが，誰も言うことを信じない．この策略はうまくいき，賢い男は宝を失わずにすむ[J1151.1.1]．参照：話型 1381A.

コンビネーション 通常この話型は，1つまたは複数の他の話型，特に 1009, 1211, 1218, 1293A*, 1381B, 1381E, 1383, 1384, 1386, 1387, 1541, 1600, 1642, 1643, 1653, 1685 と結びついている.
注 魔法の雨のモティーフが出てくる早期のヨーロッパの版は，バジーレ（Basile）の『ペンタメローネ（*Pentamerone*）』（I, 4）を見よ.
類話（～人の類話） フィンランド；フィンランド系スウェーデン；エストニア；リーヴ；ラトヴィア；リトアニア；ラップ；カレリア；コミ；スウェーデン；ノルウェ

ー；デンマーク；アイスランド；フランス；スペイン；ポルトガル；オランダ；フリジア；フラマン；ドイツ；イタリア；ハンガリー；チェコ；スロバキア；セルビア；ルーマニア；ブルガリア；アルバニア；ギリシャ；ポーランド；ロシア，ベラルーシ，ウクライナ；トルコ；ジプシー；チュヴァシ；チェレミス/マリ，モルドヴィア；シベリア；ヤクート；シリア，パレスチナ；サウジアラビア；イラン；パキスタン；インド；スペイン系アメリカ，メキシコ，パナマ；エジプト，モロッコ；南アフリカ．

1381A 不合理な事実のために信用をなくした夫

ある女が，夫が鋤で耕すであろう畑に魚をまく．夫は魚を見つけ，妻にそれを料理するように与える．夜，客たちの前で，妻は夫に(隣人にも聞こえるほどの大声で)，あなたが言っていたのは何の魚の話かと尋ねる．

畑でとれた魚の話だと男が言うと，これを聞いた客たちは，この男は気が触れていると思う．彼は取り押さえられ，刑務所(精神病院)に連れていかれる．男は妻が助けてくれるまでそこにいなければならない[J1151.1.2]．参照：話型 1381, 1696.

コンビネーション　1381B, 1406, 1417, 1419B.

類話(～人の類話)　ラトヴィア；リトアニア；カタロニア；ポルトガル；ルデーニャ；ハンガリー；セルビア；クロアチア；ルーマニア；ブルガリア；アルバニア；ギリシャ；トルコ；ロシア；ユダヤ；アブハズ；クルド；チュヴァシ；シリア；パレスチナ，イラク，カタール，イエメン；インド；ビルマ；エジプト，チュニジア：エジプト；モロッコ；スーダン．

1381B ソーセージの雨

愚かな少年が殺人を犯す．彼の母親は，少年が死体を井戸に隠すのを手伝う．息子の証言が疑われるように，母親は死体を動物の死体と取り替え，ソーセージ(イチジク，魚，ミルク)の雨を降らせる．

息子のおしゃべりのせいで，捜査官たちがやって来て，死んだ動物を発見する．息子は殺人があったのは，ソーセージの雨が降った日だと主張する．捜査官たちは，彼は気が触れていると思い，彼を釈放する[J1151.1.3]．参照：話型 1381, 1600, 1696.

コンビネーション　1381, 1381A, 1600.

注　重要な版はバジーレ(Basile)の『ペンタメローネ(*Pentamerone*)』(I, 4)を見よ．話型 1600 にたいへん類似している．いくつかの類話はどちらかの話型に明確に振り分けることはできない．

類話(～人の類話)　ラトヴィア；スコットランド；スペイン；カタロニア；ポルトガ

ル；フランス；ドイツ；イタリア；マルタ；ハンガリー；スロバキア；ルーマニア；ベラルーシ；トルコ；ユダヤ；シリア，パレスチナ；ヨルダン；イラク，カタール，イエメン；イラン；インド；中国；スペイン系アメリカ，メキシコ，パナマ；エジプト，アルジェリア；チュニジア；モロッコ；南アフリカ．

1381C 埋められた羊の頭

妻が秘密を守れるかを試すために，夫は，自分が男を殺して死体を隠したと妻に打ち明ける．妻は，夫が代わりに動物を殺して死体を隠したことを知らない．

後に2人がけんかをして，夫が妻を殴ると，妻は秘密をばらす(1人の友人に告げ，友人がほかの人たちに告げる)．夫は殺人の罪で告訴されるが，死体があるはずの場所には死んだ動物しか見つからないので，夫の無罪が立証される[H472.1]．参照：話型 1381, 1600.

コンビネーション 910, 910A, 921B.

注 中世に記録されている．例えば『ゲスタ・ロマノールム(*Gesta Romanorum*)』(No. 124)．話型 1600 にたいへん類似している．いくつかの類話はどちらかの話型に明確に振り分けることはできない．

類話(～人の類話) フィンランド；エストニア；ラトヴィア；リトアニア；フランス；スペイン；ポルトガル；オランダ；フリジア；フラマン；ドイツ；スイス；イタリア；マルタ；ハンガリー；セルビア；ボスニア；ルーマニア；ブルガリア；ギリシャ；ユダヤ；カザフ；シリア，イラク，ペルシア湾，サウジアラビア，カタール，イエメン；インド；カンボジア；カボヴェルデ；エジプト，リビア，アルジェリア；チュニジア；モロッコ；スーダン；中央アフリカ．

1381D 妻が秘密を誇張する

妻が秘密を守れるかを試すために，夫は，自分が卵を産んだと(カラスが自分の腹から飛び出したと)妻に話し，このことを誰にも話さないと妻に誓わせる．

この恥ずかしいことを漏らさないという約束を破って，妻は友人たちに(隣人たちに)話を膨らませて伝える．みんなが卵の数(カラスの数)をつけ加える．最後に専門家たちが，本当に 100 個の卵を産んだのかと夫に尋ねる[J2353]．参照：話型 1381, 1381D*.

コンビネーション 763.

注 中世に記録されている．例えば『ゲスタ・ロマノールム(*Gesta Romanorum*)』(No. 125)．

類話(～人の類話) フィンランド；ラトヴィア；リトアニア；デンマーク；アイルランド；イギリス；スペイン；カタロニア；ポルトガル；フリジア；ドイツ；スイス；イタリア；ハンガリー；セルビア；ルーマニア；ブルガリア；ギリシャ；ポーランド；ロシア；ベラルーシ，ウクライナ；トルコ；ユダヤ；ジプシー；シベリア；グルジア；サウジアラビア，カタール；イラン；インド；カンボジア；モロッコ；マダガスカル．

1381E お爺さんが学校に行かされる

お爺さん(農夫，労働者，父親)が，(金持ちになるのに役立つと思って)年老いてから学校へ行くことにする(学校へ行くよう説得される)．

学校へ行く途中，お爺さんはお金のたくさん入った箱(財布，かばん)を見つける．その箱をなくした男がお爺さんに，そのような箱を見なかったかと尋ねると，お爺さんは学校に行く(最初の)日に見つけたと答える．箱の持ち主は，それは別の箱に違いないと思う．なぜなら彼がなくしたのはつい最近だったからである．参照：話型 1644.

コンビネーション 982, 1381, 1600, 1641, 1644, 1831.
注 話型 1381E と 1644 は非常に類似しているので，いくつかの類話はどちらかの話型に明確に振り分けることはできない．16 世紀に記録されている．
類話(～人の類話) フィンランド；ラトヴィア；デンマーク；アイルランド；イギリス；フランス；カタロニア；ドイツ；ハンガリー；スロバキア；セルビア；クロアチア；ルーマニア；ポーランド；ロシア，ベラルーシ，ウクライナ；ジプシー；イギリス系カナダ；スペイン系アメリカ；ブラジル．

1381D* 秘密の議会

夫(息子)が詮索好きな妻(母)に，男は妻を 2 人持ってもよろしいという新しい法案が，町議会で通ったと嘘を伝える．妻はほかの人たちにも伝え，うわさが広まる[J1546]．(最後に町のすべての女たちは法案を逆にして欲しいと望む．)

コンビネーション 1381, 1381D.
注 中世に記録されている．例えば，ジャック・ド・ヴィトリ(Jacques de Vitry)の『一般説教集(*Sermones vulgares*)』(Jacques de Vitry/Crane, No. 235)，『ゲスタ・ロマノールム(*Gesta Romanorum*)』(No. 126)．
類話(～人の類話) スペイン；ドイツ；ハンガリー；チェコ．

1381F* 雌豚に乗る

農夫が，作男とともに旅に出るために家をあとにするが，ある男を家に入れてはいけないと妻に伝えさせるために，作男を送り返す．

この命令が裏目に出るとわかっていたので，作男は代わりに，雌豚に乗ってはいけないと農夫が命じていると農夫の妻に伝える．好奇心に駆られ，農夫の妻は従わず，つま先を雌豚にかまれる(落ちてけがをする)．

あとで旅の途中，農夫と作男は，自分たちの村のある女が豚に食べられたと聞く[T254.2]．

類話(～人の類話)　フリジア；ハンガリー．

1382 市場に行った農婦

女(男)が雌牛(雄牛，雄羊，バター，穀物)と鶏(オンドリ，卵)を市場に売りに行く．夫の指示を誤解したために，女は鶏の値段で雌牛を売り，雌牛の値段で鶏を売ろうとするが，売れない．

最後に女は自分の持っている商品を，「市場が提供してくれる物」と引き換えに，ある客(ユダヤ人)に売る．客は自らを「市場」と称し(参照：話型1541)，そしてお金を払う代わりに彼女の手につばを吐く．または，女はお金をもらわずに売り，しかも担保(スカート，銀のベルト，宝石)または保証金(銀のスプーン)をつける．(参照：話型1385.) または，女は出かけていって自分でお金を集めてこなければならない．その際女はタールを塗られ，羽根をつけられる．女は混乱して家に帰るが，自分が誰かもわからない．(参照：話型1383.) そして夫に何があったか話す．

夫は釣り竿を持って町に行き，溝(井戸)で釣りをするふりをしていると，ついに妻をだました男が通りかかり，妻と同じくらいばかだとあざける．この結果，詐欺師は正体を暴かれ，取り引きは取り消される(改められる)．

コンビネーション　1200, 1210, 1245, 1285, 1383-1385, 1539, ,1540.
類話(～人の類話)　フィンランド；フィンランド系スウェーデン；エストニア；ラップ, カレリア；フェロー；アイスランド；スウェーデン；ノルウェー；デンマーク；イギリス；スペイン；コルシカ島；チェコ；スロバキア；ポーランド．

1383 自分が誰だかわからない女

妻の愚かさ(無知，酩酊)を罰するために，夫は妻をタールと羽根で覆う(酔った妻に別の服を着せる，妻の髪を切る)．誰も彼女のことがわからず，彼女自身も自分が誰なのかわからない(彼女は自分を動物か悪魔だと思い，自分の子どもたちに，おまえたちの母親は誰かと尋ねる）[J2012.2, J2012.3]．参照：話型 1284, 1336A, 1382, 1681.

コンビネーション 1380A*, 1381, 1382, 1385, 1540.
類話（～人の類話） フィンランド；フィンランド系スウェーデン；エストニア；ラトヴィア；リトアニア；ラップ，ヴォート；スウェーデン；ノルウェー；デンマーク；フェロー；アイルランド；イギリス；フランス；オランダ；フラマン；ドイツ；イタリア；ハンガリー；チェコ；スロバキア；セルビア；マケドニア；ブルガリア；ギリシャ；ポーランド；ロシア，ベラルーシ，ウクライナ；モルドヴィア；シベリア；インド；中国；アメリカ．

1384　夫が妻と同じくらいの愚か者を 3 人探す（旧話型 1371* を含む）

これは枠物語の枠に当たり，枠の中には愚かな人々に関するほかの笑話が入る．

妻（花嫁，妹，娘）の愚かさに激怒した男が，同じくらい愚かな人（もっと愚かな人）を 3 人探すために旅立つ[H1312.1]．男は，もし見つからなければ，妻と別れる（妻を叩く，妻を殺す）と誓う．男は何の問題もなく，そうした人たちを 3 人すぐに見つける．参照：話型 1332, 1385, 1450.

コンビネーション 通常この話型は，1 つまたは複数の他の話型，特に 1204**, 1210, 1229*, 1245, 1285, 1286, 1383, 1385–1387, 1450, 1528, 1540, 1541，および 1009, 1180, 1200, 1202, 1211, 1242A, 1244, 1245, 1263, 1288, 1295A*, 1326, 1381, 1382, 1408, 1430A, 1530, 1540A*, 1653, 1685, 1696 と結びついている．
類話（～人の類話） フィンランド；フィンランド系スウェーデン；エストニア；リーヴ；ラトヴィア；リトアニア；ラップ，ヴェプス，カレリア，コミ；スウェーデン；ノルウェー；デンマーク；アイスランド；スコットランド；アイルランド；イギリス；フランス；カタロニア；ポルトガル；オランダ；フリジア；フラマン；ワロン；ドイツ；スイス；オーストリア；イタリア；サルデーニャ；マルタ；ハンガリー；チェコ；スロバキア；スロベニア；セルビア；クロアチア；ルーマニア；ブルガリア；ギリシャ；ポーランド；ロシア，ベラルーシ，ウクライナ；トルコ；ユダヤ；ジプシー；アブハズ；チェレミス/マリ，チュヴァシ，タタール；シベリア；ヤクート；ブリヤート，モンゴル；グルジア；シリア；レバノン；アラム語話者；パレスチナ，イラク，カタール；ペルシア湾；イラン；サウジアラビア；ビルマ；中国；イギリス系カナダ；フランス系カナダ；アメリカ；アフリカ系アメリカ；プエルトリコ；西インド諸島；エジプト；リビア；チュニジア，アルジェリア，モロッコ；東アフリカ；南アフリカ；マダガスカル．

1385 愚かな妻の担保（旧，愚かな妻の抵当物）

通常，愚かな人々に関するほかの笑話の導入部．

農夫が，牛（鶏，穀物）を売りに妻を市場に行かせる．買い手は彼女をだまし，ただで牛を何頭かもらい，残りの牛は彼の借金の形に取っておくように彼女に言う（買い手は半分を信用貸しにしてもらい，残りの半分を彼女からの借金にする）[J2086]．参照：話型 1265*, 1382, 1384.

コンビネーション 1200, 1242A, 1245, 1285, 1286, 1288, 1382–1384, 1387, 1540.

注 16 世紀初頭に記録されている．例えばマクロペディウス（Macropedius）のラテン語の喜劇『アルータ（*Aluta*）』を見よ．

類話（～人の類話） フィンランド；フィンランド系スウェーデン；エストニア；ラトヴィア；スウェーデン；デンマーク；アイルランド；オランダ；フリジア；ドイツ；イタリア；ハンガリー；セルビア；クロアチア；チェコ；ギリシャ；ポーランド；ウクライナ；ユダヤ；ジプシー；アブハズ；クルド；シリア；イラン；フランス系カナダ．

1385* お金について学ぶ

愚かな女がお金について何も知らない．彼女の夫はお金がいっぱいにつまった財布を持って帰ってくる．すると彼女は財布には何が入っているのかと夫に尋ねる．夫はレンズ豆（エンドウ豆，カボチャの種子，シラミ，木の実，穀物，疫病）だと答える．その後夫が出かけているとき，妻はお金の入った財布を価値のない物と交換する．参照：話型 1384, 1386, 1387, 1541.

コンビネーション 1384, 1386, 1387*, 1643, 1653..

類話（～人の類話） デンマーク；ドイツ；スロバキア；クロアチア；ボスニア；ルーマニア；ブルガリア；ギリシャ；ポーランド；ウクライナ；ジプシー；フランス系カナダ．

1386 肉はキャベツの餌

男が家を出る前に妻に「肉はキャベツのためにある」（肉とキャベツをいっしょに料理しなさいという意味）と言う．妻はこの助言に文字どおり従い，庭のキャベツ１つひとつに肉の切れ端を入れていく．男は自分の妻がどれほど愚かかを知って，妻のもとを去る．通常男はほかの愚か者を探しに行き，妻がしたことよりももっと愚かなことをする人たちに出会う [J1856.1]．参照：話型 1383, 1385, 1387, 1387*, 1450, 1642.

コンビネーション 1210, 1245, 1285, 1325, 1326, 1332, 1384, 1387, 1387*, 1450.

類話(～人の類話) フィンランド；フィンランド系スウェーデン；エストニア；ラトヴィア；リトアニア；リーヴ，カレリア；スウェーデン；ノルウェー；デンマーク；スコットランド；アイルランド；フランス；カタロニア；ポルトガル；オランダ；フラマン；ドイツ；オーストリア；イタリア；マルタ；ハンガリー；チェコ；スロバキア；スロベニア；セルビア；クロアチア；ボスニア；ルーマニア；ブルガリア；アルバニア；ポーランド；ラルーシ，ウクライナ；ジプシー；中国；インドネシア；イギリス系カナダ；フランス系カナダ；アメリカ；アフリカ系アメリカ．

1387 女がビールを汲みに行く (旧話型 1387A を含む)

女がビール(ワイン)を汲みに行かされる．女が地下室にいるとき，肉が焦げるか，または犬が肉をとって逃げる．女は犬を追っていくが，ビール樽の栓を閉めるのを忘れる．そしてビールは地下室中に流れ出る．女は小麦粉を地下室の床にまいて，自分の失敗を隠そうとする[J2176, J2176.1]．

または，女はパンをかまどに戻さずに，窓から放り出し[W111.3.3]，それで草刈り人たちは腹をすかせたまま家に帰ることになる．(旧話型 1387A.)

コンビネーション 通常この話型は，1つまたは複数の他の話型，特に 1210, 1218, 1291, 1384, 1386, 1408, 1653, および 1009, 1245, 1291B, 1313, 1381, 1383, 1384, 1385*, 1540, 1541, 1642, 1643, 1685, 1696, 1791, 1910 と結びついている．

注 話型 1387 と 1450 は互いに類似しており，しばしば諸話型カタログにおいて明確に区別されてはいない．重要な版はバジーレ(Basile)の『ペンタメローネ(*Pentamerone*)』(I, 4)を見よ．

類話(～人の類話) フィンランド；エストニア；ラトヴィア；リトアニア；リーヴ；カレリア；スウェーデン；デンマーク；アイルランド；イギリス；フランス；カタロニア；ポルトガル；フリジア；ドイツ；イタリア；サルデーニャ；マルタ；ハンガリー；チェコ；スロバキア；セルビア；ルーマニア；ブルガリア；アルバニア；ギリシャ；ポーランド；ロシア，ベラルーシ；ユダヤ；ウドムルト；中国；アルゼンチン．

1387A 話型 1387 を見よ．

1387* 女がすべてを隣人と同じようにしなければならない

男がある女と結婚するが，女は家事のしかたを知らない．男は女に隣人のところへ行って，どうやっているか見てこいと言う．

妻は，隣人が小麦をあおぎ分け，衣服を煮沸し，パンを焼くのを見る．彼女は家に帰り，小麦粉をあおぎ，夫の毛皮のコートとブーツを煮沸し，子牛をかまどに入れる，等．夫はほかのことを教えるが，彼女は文字どおりに従い，悲惨な結果となる．参照：話型 1696.

コンビネーション　1385*, 1386, ,1387.
類話(～人の類話)　ドイツ；マルタ；セルビア；ルーマニア；ブルガリア；ギリシャ；ポーランド.

1388　話型 1380A* を見よ.

1389*　けちな農婦が召し使いに小さな砂糖のかたまりか大きな砂糖のかたまりをあげる

けちな農婦が召し使いの少女(少年)に，小さい砂糖のほうが甘いと言いながら，小さい砂糖がいいか大きい砂糖がいいかと勧める．召し使いの少女は，甘いものは好きではないと言って，大きいほうを取る[J1341.8].

類話(～人の類話)　ラトヴィア；アイルランド；フラマン；ドイツ；イタリア；アメリカ.

1390*　彼の嫌いな料理（旧，夫が嫌いな料理を妻が夫に出し続ける）

女が，夫の好きではない料理を夫のために何度もつくる．とうとう夫はその料理が大好きだと妻に言う．すると妻はその料理を夫に出すのをやめる[T255.5].

類話(～人の類話)　ラトヴィア；フラマン；ドイツ；イタリア；インド；エジプト.

1391　どの穴も本当のことを言う（おしゃべりな宝石(Les bijoux indiscrets)）

男が，物乞い(ダルヴィーシュ(イスラムの修行僧)，兵隊)を助けて，お礼に3つの魔法の品をもらう．そのうちの1つは，すべての穴を話せるようにする棒である.

男は結婚しようと思っている女に対し，女が寝ている間にこの棒で女の貞操をテストする[D1610.6.1, H451, K1569.7]．3人の女(商人の娘，役人の娘，貴族の娘)がこのテストで失格し，男は最終的に「純潔な」羊飼いの女と結婚する.

拒絶された女たちの父親は，娘を中傷したとして男を告訴する．娘たちは再びその棒でテストされる．最初の娘のワギナは，その娘はみだらだったと認める．2人目の女はワギナに麻を詰めるが，肛門が話す．3人目の娘はワギナと肛門を黙らせるが，耳の穴が結婚前に性交をしていたことを認める.

注　ノヴェラふうの伝承では，笑話としてよく知られている．例えば，セルカンビ(Sercambi)(No. 102)，ギャリン(Garin)のファブリオー「膣と尻に口をきかせた騎士(*Le Chevalier qui faisait parler les cons et les culs*)」，デニス・ディドロの『おしゃべりな宝石(*Les Bijoux indiscrets*)』(1748)を見よ.

類話(～人の類話) リトアニア；スウェーデン；ノルウェー；デンマーク；ポルトガル；ドイツ；イタリア；ハンガリー；クロアチア；ブルガリア；ポーランド；ベラルーシ，ウクライナ；トルコ；シリア；サウジアラビア；インド；ポリネシア；マヤ.

1393 1 枚の毛布

けんかをしている 2 人の女の夫たちが，彼女たちをたった 1 枚の毛布とともに寒い場所に置き去りにする．彼女たちは毛布をいっしょに使わなければならないので，仲直りする.

類話(～人の類話) ドイツ；ポーランド.

1394 一夫多妻の男がひげを失う

男には 2 人の妻がいる．1 人は若い妻でもう 1 人は年老いた妻である．若い妻は男の白い毛を抜き，年老いた妻は夫の黒い毛を抜く．妻たちは男のひげと頭が禿げるまで毛を抜く[J2112.1].

注 『イソップ寓話』(Phaedrus/Perry 1965, II, 2)．例えば，ジャック・ド・ヴィトリ(Jacques de Vitry)の『一般説教集(*Sermones vulgares*)』，ラ・フォンテーヌの『寓話(*Fables*)』(I, 17)，『カリラとディムナ(*Kalila and Dimna*)』の 16 世紀から 18 世紀のペルシャとトルコの版(No. 134)に記録されている.

類話(～人の類話) カタロニア；ルーマニア；ユダヤ；シリア，イラク；インド；朝鮮.

愚かな夫とその妻 1405–1429

1405 怠惰な紡ぎ女

この説話には，おもに 3 つの異なる型があり，それらは単独で現れる場合も結びついて現れる場合もある.

(1) 怠け者の妻が夫に，たくさんの紡錘に糸を紡いだと嘘をつく．しかし彼女が夫に見せるのはいつも同じ紡錘である.

(2) 妻は糸を紡がない言い訳として，糸車がないと言う．夫は木を切って糸車をつくるために，森に行く．たくさん働かなくてはならなくなることを恐れて，妻は夫のあとをそっとつけていき，隠れる．妻は「糸巻きのために木を切る者があれば，その者(その者の妻)は死ぬ」と叫ぶ[K1971.4.1]．男は怖くなり，木を切らずに家に帰る.

(3) 妻が夫に，自分の紡いだ糸が麻くずになった(燃えた，なくなった)のは夫の怠慢のせいだと言う[J2325]．夫は，彼女が糸を巻き上げている間，鳥が家の上を飛ばないか見ているべきだった．鳥が飛んだら，糸は糸くずになる(燃えてしまう)．または，糸を袋に運ぶと，紡錘は消える(糸は糸くずになる)．参照：話型 1370B*.

コンビネーション 902*, 1405*.
類話(～人の類話) フィンランド；フィンランド系スウェーデン；エストニア；ラトヴィア；リトアニア；スウェーデン；アイルランド；ポルトガル；フリジア；ドイツ；ハンガリー；ルーマニア；チェコ；セルビア；クロアチア；ボスニア；スロバキア；スロベニア；ブルガリア；アルバニア；ソルビア；ロシア，ウクライナ；アゼルバイジャン；シベリア.

1405* ぜったいに働こうとしない女 (旧，女が毎日休日にしたがる)

(糸紡ぎをしたがらない)ある怠け者の女が，自分が働くことのできる日がまったくないと夫に不平を言う．月曜日は休息日，火曜日は仕事を免除されている日，水曜日は睡眠のための日，木曜日は一切努力をしない日，金曜日は聖金曜日，土曜日は入浴のための日，日曜日は教会に行く日.

コンビネーション 1405.
類話(～人の類話) スペイン；ポルトガル；ルーマニア；ブルガリア；ギリシャ；ロシア.

1406 3人の賢い妻の賭け (旧，陽気な妻たちの賭け)

3人の妻が自分たちのうち，誰がいちばんうまく夫をからかうことができるか賭けをする[J2301, K1545]．妻たちは自分の夫にばかげたことをさせて，いろいろと夫をからかう.

例えば，ある妻は夫に，彼は病気であると思い込ませる[J2317]，死んでいると思い込ませる[J2311.0.1]，犬だと思い込ませる[J2013.2]，修道士だと思い込ませる[J2314](夫は修道院に入る)，聖職者だと思い込ませる(夫は教会で説教をする)，健康な歯を抜かなければならないと思い込ませる[J2324].

もう1人の妻は，1週間出かけておいて，それがほんの少しの時間だったと思わせる[J2315]，夫が留守の間に家がよそに行ってしまったと思わせる[J2316]，服を着ていないのに着ていると思わせる[J2312]，等．参照：話型 1313, 1620.

コンビネーション 1423.

注 中世に記録されている．例えばファブリオー「伯爵の指輪を見つけた3人の女の話（*Des trois dames qui trouverent l'anel*）」（2つの版）を見よ．

類話（～人の類話） フィンランド；エストニア；リトアニア；スウェーデン；ノルウェー；デンマーク；アイスランド；スコットランド；アイルランド；フランス；スペイン；カタロニア；ポルトガル；フラマン；ドイツ；イタリア；ハンガリー；チェコ；セルビア；マケドニア；ルーマニア；ブルガリア；ギリシャ；ポーランド；ロシア，ベラルーシ，ウクライナ；トルコ；ユダヤ；ジプシー；クルド；シベリア；モンゴル；シリア；パレスチナ；イラン；アメリカ；エジプト；アルジェリア；スーダン．

1406A* 女の策略は男の策略よりも勝っている

ある男が，女の策略はすべてわかると主張する．賢い女が，彼の間違いを立証することにする．（男が女についてさげすむ発言をし，それを聞いていた賢い少女が仕返しをすることにする．）賢い女は横柄な男を自分に惚れさせて，自分は王の娘だと言う．

男が王に娘をもらいたいと言うと，王は自分の娘は醜くて病気だと言う．しかし男はそれでも彼女に求婚し，彼女と結婚する．そして自分がだまされて違う女と結婚させられたことに気づく．男が口外しないという条件で，賢い女は男をこの困難から次のように救う．男は，自分がジプシーだと王に言うことになる．王は娘との結婚を取り消す．そして男は賢い女と結婚する．

類話（～人の類話） ギリシャ；トルコ；ユダヤ；シリア，パレスチナ，イラク；イラン．

1407 けちな男

ある女が，何も食べていないようだが，痩せない．これがけちな男の好みに合い，男は彼女と結婚することにする．

しばらくすると，男は疑わしく思い，妻をひそかに見張る．仕事に行く代わりに，男は樽（煙突）に隠れる．妻の母親が到着すると，男がどこに隠れているか気づき，娘に熱いお湯を樽に注ぎなさい（暖炉に火を入れなさい）と言う．このやけどが治ると，夫はまだ疑っていて，ベッドの下に隠れて妻を見張る．妻と妻の母親は再び男がどこにいるか見つけ，男をさんざん叩く[W153.2.1]．参照：話型 1373A, 1458

コンビネーション 1373A.

類話（～人の類話） フィンランド；フィンランド系スウェーデン；ラトヴィア；デンマーク；スウェーデン；アイルランド；ドイツ；イタリア；トルコ；シリア，レバノン，パレスチナ，イラク；インド；プエルトリコ；西インド諸島；エジプト，リビア，チュニジア，アルジェリア，モロッコ．

1407A 「すべて！」

けちな男が，何も食べないふりをしている女と結婚する．夫が出かけているとき，女は3羽の鶏(2羽のカモ，莫大な量の食事)を食べる．夫は帰ってきて，妻がどれほどたくさん食べたか聞くと，怒りのあまり病気になる．

死の床で，夫は「わたしの妻，3つすべて(2つ，何もかも)…」としか言えない．妻(ほかの親族たち)は「3つ」(「2つ」，「何もかも」)しか聞こえず，夫が妻に3つの物(土地，彼が持っているすべての財産)を遺贈しているのだと思う[参照 J1521.2, K1155]．

スウェーデンの類話では，けちな男(女)が病気になり，女中が食べすぎるのを見る．病人は，女中が自分からすべてを奪ってしまったと言おうとするが，「すべて」という言葉しか出せない．それでこれがこの男の最後の遺言だと理解される．

コンビネーション　1458.

類話(～人の類話)　フィンランド；エストニア；ラトヴィア；スウェーデン；アイルランド；フランス；カタロニア；ポルトガル；オランダ；ドイツ；イタリア；マルタ；ハンガリー；ルーマニア；チェコ；ポーランド；トルコ；ウクライナ；アルメニア．

1407B 大食漢

夕食に招待された男が，たいへんな量の食事を食べる．男は，今日はあまり調子がよくなかったが，次のときはもっと食べられると思うと言って，少ししか食べなかったことを詫びる[J1468]．

注　早期の記録はボナヴァンチュール・デ・ペリエ(Bonaventure Des Périers)の『笑話集(*Nouvelles Recreations*)』(nos. 57, 73)を見よ．

類話(～人の類話)　アフガニスタン．

1407A* 夢と現実

男が，洞窟の中にいて，そこで裸の女とセックスをする夢を見る．そのあと男は2つのモグラ塚の間にある場所に来ると，そこで排便をしようとする．妻が男を起こし，叱りつける．「あたしとセックスをしたってかまわないけれど，おっぱいのあいだにうんこをさせるわけにはいかないわ！」参照：話型1645B.

類話(～人の類話)　オランダ；フリジア；ドイツ；ユダヤ；アメリカ；アフリカ系アメリカ．

1408 妻の仕事をする男（旧話型 1408A を含む）

通常この話型は，枠物語の枠に当たり，そこに愚かな人々に関するほかの笑話が挿入される．基本的な型は次のとおりである．

夫が，自分は一生懸命働いているのに，妻は家でのんびりしていると文句を言ってけんかをし，夫婦は仕事を交換することにする．

または，夫（息子）は外で働くことができない．妻（母親）は夫（息子）の代わりに外での仕事をしなければならず，夫（息子）は家事をする．

しばしば妻は，どんな仕事をしなければいけないのか夫に指示する．夫は注意を怠り，半日休んで無駄にする．

夫はいくつかの家事をいっぺんにやろうとし，すべて失敗し，次々と災難をこうむる．例えば夫は，バターのかくはん樽を背負って運んでいるときに井戸の上にかがみ，クリームを水に流してしまう（旧話型 1408A），夫は樽のワインかビールを流してしまい，床を乾かすために小麦粉をその上にまく［J2176.1］（参照：話型 1387），雌牛に屋根で草を食べさせる［J2132.2］（参照：話型 1210），赤ん坊を煮立っているお湯の風呂に入れる［J2465.4］（参照：話型 1013），壺に自分で家に歩いて帰れと要求する［J1881.1.3］（参照：話型 1291A），等．

妻が家に帰ってくると，彼女は，夫が取り散らかして，何もかもめちゃくちゃになっているのを目の当たりにする．男は妻の仕事を過小評価していたことを認め，2 人とも自分の慣れた仕事に戻ることにする［J2431］．

または，夫婦は和解せず，妻は夫を叩き，追い出す．

コンビネーション 通常この話型は，1 つまたは複数の他の話型，特に 1210, 1387, 1643, 1653, 1685, 1696，および 1218, 1313, 1384, 1642 と結びついている．

注 早期の版はバジーレ（Basile）の『ペンタメローネ（*Pentamerone*）』（I, 4）を見よ．

類話（～人の類話） フィンランド；フィンランド系スウェーデン；エストニア；リーヴ；ラトヴィア；リトアニア；ラップ，ヴェプス，ヴォート，リュディア，カレリア；スウェーデン；ノルウェー；デンマーク；アイスランド；アイルランド；イギリス；フランス；カタロニア；ポルトガル；フリジア；フラマン；ドイツ；スイス；オーストリア；ラディン；イタリア；ハンガリー；チェコ；スロバキア；セルビア；クロアチア；ルーマニア；ブルガリア；ギリシャ；ポーランド；ロシア；ベラルーシ，ウクライナ；チェレミス/マリ，チュヴァシ，ヴォチャーク；シベリア；カルムイク，モンゴル；シリア；アラム語話者；アメリカ；南アフリカ．

1408A 話型 1408 を見よ．

1408B 口やかましい夫が窮地に立たされる

夫はけちばかりつけていて，妻のすることがすべて気に入らない．夫に文句を言われないように，妻は夕食にいくつかの料理をつくる．妻が出すものに夫が文句を言うたびに，妻は代わりの料理を出すことができる．

夫がどんどん不機嫌になると，妻は何が食べたかったのかと夫に聞く．夫は「おれが食いたいのは…くそっ！」と言う．

その少し前に，彼らの子どもがテーブルクロスの上に漏らしてしまっていたので，妻は2つ返事で夫が欲しがった物を出す[J1545.3]．参照：話型1739A*.

類話(～人の類話) スウェーデン；ノルウェー；デンマーク；イギリス；スペイン；カタロニア；ポルトガル；ドイツ；イタリア；ポーランド；ユダヤ；シリア；イラン；チリ；エジプト.

1408C 数珠つなぎの鶏 (旧話型 1876 を含む)

妻が出かけている間，愚かな夫は家畜と家の面倒を見るように言われる．タカが鶏を1羽盗む．すると妻は，帰ってきて夫をさんざん叩く．

妻が再び出かけるとき，今度はもっとうまくやると夫は誓う．夫は鶏(とひよこ)をタカから守るために，すべてひもで結びつける．このおかげでタカは群れをいっぺんにさらうことができる．

コンビネーション 通常この話型は，1つまたは複数の他の話型，特に 1218, 1313, および 78A, 1408, 1681B, 1875, 1881 と結びついている．

注 早期の版は，16 世紀初頭のラウレンティウス・アブステミウス(Laurentius Abstemius)の『続・100 物語(*Hecatomythium secundum*)』(1505)に記録されている．

類話(～人の類話) フィンランド；エストニア；ドイツ；イタリア；ハンガリー；チェコ；スロベニア；クロアチア；ボスニア；ブルガリア；ロシア, ウクライナ.

1409 従順な夫 (旧話型 1409A–1409C を含む)

この雑録話型は，妻の指示に文字どおり従い，考えようとしない夫に関するさまざまな説話(3つのサブ話型)を包括する．例は以下のとおり．

(1) 夫は非常に従順である．そのため妻は，夫が自分の命令に快く従うかをただ試したかっただけなのに，夫は妻の首を吊る[J2523.1]．(旧話型 1409A.)

(2) (清潔を強要する)妻が，(家の中に泥の足跡をつけた)夫にしばらく外に出ていてくれと言う．夫はこれを文字どおりに取り，何日も外出している．(旧話型 1409B.)

または，しばらくして夫は友人を送り，妻にもう外出は十分か聞いてもらう．

(3) 夫が妻の要求でゆっくり歩く．それで夫は妻の愛人が確実に帰ったあと，夜明けにようやく家に帰ってくる[J2523.2]．(旧話型 1409C.)

類話(～人の類話) ラトヴィア；リトアニア；ドイツ；セルビア；ユダヤ；インド．

1409A–1409C 話型 1409 を見よ．

1409* 女が夕食のために犬を料理する

妻は自分1人で豚を食べてしまったので，料理した犬を豚の代わりに夫に出す．

疑ってもみない夫が，食べ終えたあとに，いつものように骨をやろうと犬を捜す．妻は夫をあざける(犬はオオカミに食べられたと夫に言う)．

類話(～人の類話) スコットランド；セルビア；ルーマニア；ブルガリア；ギリシャ．

1410 男4人の情婦

焼きもち焼きの夫が，妻が不貞をはたらいていると責める．そして自分の疑念を確かめるために，司祭に変装して妻の懺悔を聞く．妻は，司祭が夫だと気づいて，召し使いと騎士と愚か者と聖職者と寝たと懺悔する．

怒った夫が自分の正体を明かすと，彼女は全員とも夫のことだと説明する．最初の頃は，彼は妻に奉仕してくれた．それから戦争に行った．それから嫉妬が彼を愚かにした．今司祭として彼女の懺悔を聞いた[J1545.2]．

注 早期の版は中世に記録されている．例えば，ヨハネス・ゴビ・ジュニア(Johannes Gobi Junior)の『スカーラ・コエーリ(*Scala coeli*)』(No. 277)，ファブリオー「妻に告解をさせた騎士の話(*Du chevalier qui fit sa femme confesse*)」，ボッカチオ(Boccaccio)の『デカメロン(*Decamerone*)』(VII, 5)，『新百話(*Cent Nouvelles nouvelles*)』(No. 78)．

類話(～人の類話) イギリス；スペイン；ポルトガル；オランダ；ドイツ；イタリア；ハンガリー；ロシア．

1415 運のいいハンス

ハンスは7年間奉公し，報酬として人の頭と同じくらいの大きさの金塊をもらい，家に帰る．黄金は運ぶのには重すぎると思って，ハンスは黄金を馬と取り替える．ハンスは馬の乗り方を知らなかったので，馬から振り落とされる．ハンスは馬を雌牛と取り替え，雌牛を豚と取り替え，豚をガチョウと取り替え，ガチョウを砥石と取り替え，砥石を不手際で井戸に落とす[J2081.1]．邪魔な物がなくなり，満足して，ハンスは家に着く．参照：話型 2034C.

コンビネーション 1335, 1387, 1539, 1653.

類話(～人の類話) フィンランド；フィンランド系スウェーデン；エストニア；リーヴ；ラトヴィア；リトアニア；カレリア, コミ；スウェーデン；ノルウェー；デンマーク；アイスランド；アイルランド；イギリス；フランス；スペイン；カタロニア；オランダ；フリジア；フラマン；ワロン；ドイツ；スイス；オーストリア；イタリア；コルシカ島；マルタ；ハンガリー；チェコ；スロベニア；セルビア；ルーマニア；ブルガリア；ギリシャ；ポーランド；ロシア, ベラルーシ, ウクライナ；トルコ；ユダヤ；ジプシー；アブハズ；チェレミス/マリ, モルドヴィア；クルド；シベリア；ヤクート；グルジア；パキスタン, インド；ビルマ；中国；インドネシア；日本；アメリカ；スペイン系アメリカ, メキシコ；ドミニカ, プエルトリコ；西インド諸島；モロッコ；南アフリカ.

1416 銀の壺の中のハツカネズミ

貧しい夫婦が人生の過酷さを嘆き，不服従と好奇心によって罪をこの世にもたらしたアダムとイブを非難する．王(金持ちの男)が貧しい夫婦の不平を聞いて，自分の家に彼らを招いて贅沢な暮らしをさせる．王はただ１つ条件をつける．それは，覆いがしてある容器を夫婦が開けてはいけないという条件である[C324]．夫婦はこの誘惑に逆らえず，鉢の覆いを取る．ハツカネズミが飛び出す[H1554.1](鳥が飛び立つ)．王は取り決めに背いた夫婦をたしなめ，前の暮らしに夫婦を戻す.

注 中世に記録されている．例えば，マリー・ド・フランス(Marie de France)の『イソップ寓話(*Ésope*)』(No. 28)，ジャック・ド・ヴィトリ(Jacques de Vitry)の『一般説教集(*Sermones vulgares*)』(Jacques de Vitry / Crane, No. 13).

類話(～人の類話) フィンランド；フィンランド系スウェーデン；エストニア；ラトヴィア；リトアニア；ラップ, ヴェプス；スウェーデン；ノルウェー；アイルランド；イギリス；フランス；スペイン；カタロニア；フリジア；フラマン；ドイツ；スイス；ハンガリー；チェコ；スロバキア；ボスニア；マケドニア；ルーマニア；ブルガリア；アルバニア；ポーランド；ソルビア；ロシア, ベラルーシ, ウクライナ；ユダヤ；レバノン；パレスチナ；アメリカ, スペイン系アメリカ；アフリカ系アメリカ；モロッコ.

1417 切り取られた鼻(髪)

妻が，ほかの女を夫のいるベッドに送り込む．夫は彼女に話しかけるが，返事をしてもらえないので，女の鼻(髪，おさげ髪)を切り落とす．朝，彼の妻にはまだ鼻がある．それで夫は奇跡によって元どおり鼻が生えたと思う(夫は妻の鼻を切断する夢を見ただけだと思う)[K1512, J2315.2]．参照：話型 838.

注 インド起源．例えば，『パンチャタントラ(*Pañcatantra*)』(I, 4)，『オウム 70 話(*Śukasaptati*)』(No. 27)．ヨーロッパの早期の文献版はボッカチオ(Boccaccio)の『デカメロン(*Decamerone*)』(VIII, 8)，『新百話(*Cent Nouvelles nouvelles*)』(No. 38，参照 No. 35)を見よ．

類話(～人の類話) イギリス；スペイン；ドイツ；イタリア；マルタ；ハンガリー；チェコ；アルバニア；ポーランド；ロシア，ウクライナ；パレスチナ；パキスタン；インド；中国．

1418 紛らわしい誓い(イゾルデの神明裁判)

(罪を犯した)女が，姦通で夫に告発される．女は誓いを立て，神明裁判によって(やけどを負うことなく真っ赤に焼けた鉄を身につけて)身の証を立てなければならず，次のような策略を使う．女は愛人を呼び出す．愛人は巡礼者(ロバ追い)に変装して現れ，女を船着き場から法廷へと連れていく．女は2人とも地面に倒れるよう手はずを整える(女はロバから落ちる)．そして愛人が彼女の上になる(スカートの中を見る)．

裁判で女は，夫と巡礼者(ロバ追い)を除いて，自分の上に乗った者はいない(裸を見た者はいない)と嘘偽りなく誓う．女が誓って述べたことが本当だったので，女は神明裁判に使われた真っ赤に焼けた鉄でやけどを負わない[K1513].

注 ウェルギリウスの伝説的な伝記，またローマの真実の口の描写，および『トリスタンとイゾルデ(*Tristan and Isolde*)』の恋物語と結びついて，中世中期より流布している．

類話(～人の類話) スペイン；フランス；ドイツ；イタリア；セルビア；ギリシャ；ユダヤ；イラン；モンゴル；イラク，カタール，イエメン；パキスタン；インド；スリランカ；中国；スペイン系アメリカ；ブラジル；ナイジェリア；ソマリア．

1418* 告白(旧，父親が立ち聞きする)

若い花嫁(妻)が花婿に(夫に)，自分はほかの男と性的な関係があったと告白する(花婿が自分に私生児がいることを告白したあとで，彼女も私生児がいることを告白する)．花婿は花嫁の父親に不平を言う(そして花嫁と別れる)．

花嫁の父親と花婿は，母親を花嫁のところに行かせ，この問題を話し合わせる．そして隠れて花嫁と母親の会話を聞く．花嫁は母親に，自分の性的な経験について(私生児について)話す．母親は花嫁に，自分にも結婚する前恋人たちがいたが(3人の私生児がいたが)，夫には彼らのことを1度も話したことがないと告げる．(これを聞いていた彼女の夫も義理の息子にならって，妻と別れることにする．)

類話(～人の類話)　デンマーク；ポルトガル；オランダ；ドイツ；ボスニア；ギリシャ；アメリカ；西アフリカ．

1419　帰ってきた夫がだまされる (旧話型1419K* を含む)

この雑録話型は，不貞をはたらいている妻のいる家に帰り，さらに妻にだまされる夫に関するさまざまな説話を包括する．例は以下のとおり．

(1)　夫の留守に，妻が下男(書記，作男，料理人，漁師)と不貞をはたらく．妻と下男は夫の突然の帰宅に不意を突かれる．妻は愛人に心配しないで庭で待っているように言い，そして急いで夫のところに行く．夫は何か変だと気づき，下男はどこかと尋ねる．妻は，夫に女の服を着て下男を捜しに行くように言う．夫がそのとおりにして，庭で下男を見つける．下男は彼にびんたをして「女は夫を欺いてはならない」と言う．夫は安心し，下男の善い道徳に対し褒美をやる[K1510]．

(2)　夫が突然帰ってくると，妻は素早く愛人を長持ちの中に[K1521.2](羽根ぶとんの中に，食器棚の中に，トランクの中に)隠す．彼の体(衣服)の一部が出て，ばれそうになる．妻は愛人に遠回しな言い方でそれを引っ込めるよううまく警告する．あとで愛人は逃げる．(旧話型1419K*.) 参照：話型1419A–1419H, 1419J*.

類話(～人の類話)　アイスランド；アイルランド；スペイン；ポルトガル；ドイツ；イタリア；ハンガリー；セルビア；ブルガリア；ギリシャ；ロシア；ユダヤ；クルド；アラム語話者；イラク, サウジアラビア, カタール；イエメン；パキスタン；インド；スリランカ；中国；アメリカ；キューバ, プエルトリコ；チリ；西インド諸島；エジプト；チュニジア, モロッコ；ギニア, スーダン；中央アフリカ．

1419A　鶏小屋に隠れた夫

妻が愛人といるところを見つけるために，夫が不意に家に帰る．妻は誰かが夫のあとをつけてくると言って，夫に鳥小屋(ハト小屋)に隠れるよう説得する．妻は夫を閉じ込めて，夜の残りを愛人と過ごす．夫は，追ってくると思った追跡者から妻が自分を救ってくれたことを感謝する[K1514.1].

注 中世に記録されている．例えば『新百話(*Cent Nouvelles nouvelles*)』(No. 88)．その他の早期の文献版に関しては，ボッカチオ(Boccaccio)の『デカメロン(*Decamerone*)』(VII, 7)とポッジョ(Poggio)の『笑話集(*Liber facetiarum*)』(No. 10)を見よ.

類話(～人の類話) フィンランド系スウェーデン；スペイン；カタロニア；ドイツ；イタリア；ルーマニア；ギリシャ；ポーランド；ロシア；パキスタン；中国.

1419B 長持ちの中の動物

夫は，妻が不貞をはたらいているのに気づく．愛人が着くと，夫は彼を捕まえ，長持ち(食器棚，部屋)に閉じ込める．夫は鍵を持って，証拠を見せるために妻の親族(友人)たちを連れてくる．その間に妻は愛人を逃がし，雄羊(ロバ，犬，ヤギ)を代わりに入れる.

夫が帰ってきて長持ちを開けると，動物が飛び出す．(夫は妻が愛人を変身させたと思う.) 夫は恥じて，妻と親族たちに許しを乞う[K1515].

コンビネーション 1364, 1381A, 1419H.

注 インドの早期の文献出典は『オウム70話(*Śukasaptati*)』にある．中世に記録されている．例えば，『新百話(*Cent Nouvelles nouvelles*)』(No. 61)，およびファブリオー「お下げ髪(*Les Tresses*)」.

類話(～人の類話) フィンランド；イギリス；アイルランド；フランス；オランダ；フリジア；フラマン；ドイツ；ギリシャ；ウクライナ；シリア；パレスチナ, カタール；エジプト；チュニジア.

1419C 片目の夫 (旧，夫のいいほうの目が隠される(治療される))

夫が不意に帰ってくると，妻は愛人を食器棚(ベッドの下，等)に素早く隠す.

(1) (Linteus(亜麻布)型.) 妻と彼女の母親は夫の視線を一瞬妨げるよう，シーツ(毛布，袋，かいば桶)を広げ，愛人は逃げることができる[K1516].

(2) (Oculus(目)型.) 夫は目が片方しかよく見えない．妻は何かの口実(キス，その目かもう一方の目を治療する)でその目を覆う．しばしば妻は夫の見えないほうの目が治った夢を見たと言う[K1516.1]．参照：話型1423.

注 東洋起源．中世のヨーロッパの資料に多く記録されている．例えばペトルス・アルフォンシ(Petrus Alfonsus)の『知恵の教え(*Disciplina clericalis*)』(nos. 9, 10)，『ゲスタ・ロマノールム(*Gesta Romanorum*)』(No. 122, 参照 Nos. 112, 113), ヨハネス・ゴビ・ジュニア(Johannes Gobi Junior)の『スカーラ・コエーリ(*Scala coeli*)』(No. 509),『新百話(*Cent Nouvelles nouvelles*)』(No. 16).

類話(～人の類話) イギリス;スペイン;カタロニア;ポルトガル;ドイツ;イタリア;ハンガリー;ルーマニア;インド;カンボジア;エジプト;チュニジア;エチオピア.

1419D 愛人たちは追っ手と逃亡者

ある女には, 2人(それ以上)の愛人がいる. 夫が家に突然帰ってくると, 女は愛人の1人に抜き身の剣を持たせて外に出し, もう1人を家の中に隠す(女はけんかを演出する). 女は, 迫害された逃亡者をかくまったと夫を納得させる(夫は仲裁役をする)[K1517.1, 参照 K1517–K1517.12].

注 インド起源.『オウム70話(*Śukasaptati*)』(No. 26)を見よ. 中世に記録されている. 例えば, ペトルス・アルフォンシ(Petrus Alfonsus)の『知恵の教え(*Disciplina clericalis*)』(nos. 11, 12), ボッカチオ(Boccaccio)の『デカメロン(*Decamerone*)』(VII, 6), ポッジョ(Poggio)の『笑話集(*Liber facetiarum*)』(No. 267).

類話(～人の類話) スウェーデン;スペイン;フリジア;イタリア;ギリシャ;ポーランド;オセチア;インド;中国;ブラジル;エジプト;中央アフリカ.

1419E 恋人の家への地下通路 (幽閉された女(Inclusa))(旧話型 1419E* を含む)

騎士と婦人がお互いの夢を見て, 恋に落ちる[T11.3]. 騎士は, 婦人が鍵のかかった10個の扉の向こうにいることを知る. 鍵は婦人の夫がいつも持っている. 騎士は彼に雇われ, 信望を得て, 塔の隣に家を建てることを許される.

騎士は自分の家と塔の間にトンネルをつくる. そして秘密を守るために, 建築家を殺す. 騎士は愛する婦人を容易に訪ねることができ, 彼女から指輪をもらう. 夫は, 騎士がこの指輪を持っているのを見ると, 疑う.

夫は急いで妻のところへ行くが, トンネルのおかげで, 彼女は指輪をしている. そのあと, 騎士は彼女を自分の妻として彼女の夫に紹介する. 夫は再び疑う. しかしトンネルのおかげで, 彼女はいるべき所に戻っている. とうとう夫は混乱し, 自分のことがわからなくなる. (旧話型 1419E*.) 夫はだまされて, 自分の妻だということがわからずに妻を騎士と結婚させる. 騎士と婦人は無事に船で逃げる[K1344, K1523].

コンビネーション 1364, 1406, 1423.

注 東洋起源(『7賢人(*Seven Wise Men*)』). 中世に記録されている. 例えば『新百話

(*Cent Nouvelles nouvelles*)』(No. 1).
類話(～人の類話) アイスランド；ドイツ；イタリア；マルタ；ハンガリー；ルガリア；アルバニア；ギリシャ；ウクライナ；ジプシー；トルコ；ダヤ；クルド；タジク；モンゴル；グルジア；シリア，パレスチナ，カタール；イラン；インド；スペイン系アメリカ；メキシコ；南アメリカインディアン；エジプト；アルジェリア；東アフリカ.

1419F 豚小屋にいる妻の愛人におびえた夫

妻と愛人が，妻の夫の突然の帰宅に不意を突かれ，妻は愛人を慌てて豚小屋に入れる．夫が怪しい物音を聞いて，「おまえは誰だ」と叫ぶ．愛人は「ただの哀れな豚です」とうなるように言う．夫は豚が悪魔に憑かれたと思う(そして逃げる)[K1542]．参照：話型 1341A*.

類話(～人の類話) イギリス；スペイン；ハンガリー；ルーマニア；ロシア；メキシコ.

1419G 聖職者のズボン

男が，暖かいズボンを取りに突然家に帰ってくる．妻は間違えて愛人のズボンを夫に渡す．愛人は聖職者(羊飼い，少佐，隣人，肉屋)である．あとで妻は夫に，自分は修道会に属していて，そこではそのようなズボンをはかなければならないと説明する．参照：話型 1419.

コンビネーション 1419J*.
注 早期の版は16世紀，ハンス・ザックス(Hans Sachs)の「商人とズボン(*Der kauffman mit der pruech*)」(1551)を見よ.
類話(～人の類話) イギリス；スペイン；ドイツ；オーストリア；イタリア；ハンガリー；ギリシャ；ウクライナ；ユダヤ；オーストラリア.

1419H 女が歌を歌って，夫がいることを愛人に警告する

妻には愛人がいる．愛人は，夫が出かけると，決まって妻を訪ねる．あるとき思いがけず夫が家にいる．ドアをノックすると，妻は窮地に追い込まれて子守歌を歌い，その歌の中で愛人に警告し，去るように伝える.

または，夜中ドアをノックする音がすると，妻は夫にそれはお化けに違いないと言う．そして2人で祈りを唱える．愛人は警告の意味を理解し，去る[K1546, K1546.1].

注 早期の文献版はボッカチオ(Boccaccio)の『デカメロン(*Decamerone*)』(VII, 1)とポッジョ(Poggio)の『笑話集(*Liber facetiarum*)』(nos. 231, 232)を見よ.

類話(～人の類話) フィンランド；デンマーク；イギリス；スペイン；ポルトガル；フランス；ドイツ；イタリア；ルーマニア；ギリシャ；アメリカ；スペイン系アメリカ；サウジアラビア.

1419E* 話型 1419E を見よ.

1419J* 夫に水を汲みに行かせる

妻が愛人といっしょにいるときに，夫が不意に家に帰ってくる．愛人は隠れ，妻は病気のふりをする．妻は夫に水(薬，ジン，リンゴ，等)がないと治らないので，取ってきてくれと言う．夫が水を汲みに外に行くと，愛人はこっそり逃げる.

コンビネーション 1419G.
類話(～人の類話) イギリス；ルーマニア；ギリシャ；ロシア.

1419K* 話型 1419 を見よ.

1420 回収された愛人の贈り物[K1581]

この雑録話型は，情婦に贈り物をし，策略を使って贈り物を取り返す愛人に関するさまざまな説話を包括する．参照：話型 1420A–1420D, 1731.

類話(～人の類話) イギリス；オランダ；ドイツ；サウジアラビア.

1420A 壊された(持ち去られた)物 (旧話型 1420E と 1420F を含む)

男が贈り物の品(宝石，指輪，コート，ドレス，絹，毛皮，魚，等)で女を誘惑する．帰るとき，男は(わざと)グラス(水差し)を壊す．夫が帰ってくると，男は，グラスを壊した代償として妻がその品を取ったと言う．夫は訪問者に贈り物の品を返す[K1581.1].

コンビネーション 1420G.
注 おそらくインド起源.『オウム 70 話(*Śukasaptati*)』(No. 44)．中世のアラビアの資料に記録されている．例えば，『教養人の楽しみ(*Nuzhat al-anfus*)』や『匂える園(*ar-Raud al-ʿāṭir*)』．早期のヨーロッパの文献版はボッカチオ(Boccaccio)の『デカメロン(*Decamerone*)』(VIII, 2)を見よ.
類話(～人の類話) イギリス；スペイン；ドイツ；ウクライナ；イラン；エジプト；チュニジア.

1420B 贈り物としての荷馬車

農夫が，木の積み荷を貴族のところに持っていき，貴族の妻が性的に身を許すことと引き換えに，馬と荷車を与える．農夫は彼女の夫に，彼女が積み荷に質の悪い木を見つけたので，彼女が馬と荷車を取ったと伝える．夫は農夫に馬と荷車を返す[K1581.2]．

類話（～人の類話） フィンランド；リトアニア；デンマーク；オランダ；フリジア；フラマン；ワロン；ドイツ．

1420C 夫から借りて，妻に返す

間男が夫からお金を借りて，その夫の妻を誘惑するのにそのお金を使う．あとで間男は夫に，夫が出かけている間に借金は返したと言う．間男は夫に証拠を見せるか，お金がどこにあるか夫に教える．妻はお金を夫に返さなければならない[K1581.3]．

注 早期のヨーロッパの文献版はボッカチオ(Boccaccio)の『デカメロン(*Decamerone*)』(VIII, 1)を見よ．
類話（～人の類話） ドイツ；イタリア；クロアチア；ユダヤ．

1420D うっかり正体がばれる

男が女を誘惑するためにお金を与える．後に男は，彼女の夫にこのことをうっかり話す．夫は妻にお金を返すことを強いる[K1581.4]．

注 早期の中世の版はマスッチオ・サレルニターノ(Masuccio Salernitano)(No. 45)を見よ．
類話（～人の類話） フィンランド；フランス；ドイツ；ブルガリア；サウジアラビア；イラン．

1420E 話型 1420A を見よ．

1420F 話型 1420A を見よ．

1420G ガチョウを買う（旧，贈り物のガチョウ(Anser Venalis)）

ガチョウ売りの農夫が，ガチョウの代金を取ることを拒否する．代わりに，農夫はそれを買おうとしている女と寝たがる．女は同意し，彼らはいっしょに寝る．農夫は，女が上の体位だったので，女のほうが自分よりも楽しんだと言って，ガチョウを与えることを拒否する．

別の体位で2度目の性交をしたあと，農夫は，これであいこだと言い張る．彼らがこのことでけんかをしていると，女の夫がやって来て，ガチョウの値段のことでけんかをしているのだと聞かされる．夫はガチョウの支払いをし

てけんかを仲裁し，その結果二重にだまされる．

コンビネーション　1420A.

注　早期の文献資料は『ハイタカ(*Der Sperber*)』(13 世紀初頭)とポッジョ(Poggio)の『笑話集(*Liber facetiarum*)』(No. 69)を見よ．

類話(〜人の類話)　フィンランド；ドイツ；ギリシャ；ロシア；ウクライナ．

1422　オウムが妻の不貞を報告する (旧，オウムは主人に妻の不貞の細部を告げることができない)(旧話型 243 を含む)

1 羽のオウム(別の鳥)が男に，男の妻は姦婦だと告げる．夫は旅に行かなければならなくなり，帰ってきたら妻の行動を報告するようオウムに命ずる．

妻と女中は，次のような策略を計画する．夜，妻たちは屋根の穴から水をオウムに注ぎ，物をオウムに投げ，鏡で目くらましをし，雷のような音を立てる．夫が帰ってくると，天気はよかったのに，オウムは雷雨だったと不平を言う．夫は聞いたことを明らかに嘘だと思い込み，怒った夫はオウムの言うことをすべて信じず，オウムを殺す[J1154.1]．

一部の類話では，夫は屋根に登り，策略の証拠を見つける．夫は妻を許す，または殺す，または絶望する．参照：話型 243A.

注　東洋起源，(『シンドバッド物語(*Sindbād-Nāme*)』，『オウム物語(*Ṭūṭī-Nāme*)』)．

類話(〜人の類話)　イギリス；スペイン；オランダ；フリジア；ドイツ；イタリア；チェコ；ポーランド；トルコ；インド；スリランカ；アメリカ；南アフリカ．

1423　魔法をかけられた梨の木

夫が近くにいるときに，妻が果物を摘むふりをして木に登るが，本当は愛人に会うためである．

この笑話には，次の 2 つのパターンのうち 1 つが続く．

(1)　夫は，妻が愛人といっしょにいるのを見るが，妻は，これは木(窓，その他の物)の魔法の力によって引き起こされた幻覚だと納得させる．

(2)　夫は年老いて目が見えず，それゆえたいへん疑り深く嫉妬深い．夫は愛の妄想の中で，通りがかりの人たちの目から妻の徳を守るために，この木の幹を抱きしめる．決定的瞬間に，神(イエス，ジュピター，聖ペトルス)が夫の視力を回復する．夫は驚いて叫び，妻は何が起きたか気づく．妻は，木の上での不貞は夫の視力を回復するための方法だったと言って，夫の怒りを和らげる．

コンビネーション　1406.

注 東洋に多く記録されている．ヨーロッパでは中世に記録されている．例えば，ジャック・ド・ヴィトリ（Jacques de Vitry）の『一般説教集（*Sermones vulgares*）』（Jacques de Vitry/Crane, No. 251）とペトルス・アルフォンシ（Petrus Alfonsus）の『知恵の教え（*Disciplina clericalis*）』（No. 35）．別の早期の文献版についてはボッカチオ（Boccaccio）の『デカメロン（*Decamerone*）』（VII, 9）を見よ．

類話（～人の類話） フィンランド；デンマーク；イギリス；スペイン；カタロニア；ポルトガル；オランダ；フリジア；ドイツ；イタリア；ハンガリー；チェコ；スロバキア；クロアチア；ルーマニア；ブルガリア；ギリシャ；ポーランド；ロシア，ベラルーシ，ウクライナ；トルコ；クルド；シリア；イラク；イラン；アメリカ；スペイン系アメリカ；プエルトリコ；ナイジェリア；東アフリカ．

1424 修道士が足りない鼻（指）をこれから生まれてくる子どもにつけ足す

（旧話型 1726* を含む）

聖職者（隣人，友人）が妊娠している女に，彼女の夫は胎児をきちんと組み立てていないと言って，女を誘惑する．聖職者は，足りない部品（鼻，耳，頭，手足）を彼女のためにつけ加えてあげると申し出る[K1363.2]．

一部の類話では，物語は次のように続く．夫は家に帰ると，聖職者に助けてくれたことを感謝する．

または，夫は聖職者と聖職者の娘を夕食に招待して，仕返しをする．夫は聖職者の娘の指輪を盗み，指輪が彼女の体の中に入ってしまったと信じさせる．夫は彼女とセックスをして指輪を取り戻すと申し出る．彼女は同意する[K1315.2.2]．

コンビネーション 1541, 1563.

注 早期の文献資料はポッジョ（Poggio）の『笑話集（*Liber facetiarum*）』（No. 223）とボナバンチュレール・デ・ペリエ（Bonaventure Des Périers）の『笑話集（*Nouvelles Récréations*）』（No. 9）を見よ．

類話（～人の類話） フィンランド；エストニア；リュディア，カレリア；コミ；スウェーデン；イギリス；スペイン；ポルトガル；オランダ；ドイツ；オーストリア；イタリア；セルビア；クロアチア；マケドニア；ブルガリア；ギリシャ；ウクライナ；ユダヤ；イラク，イエメン；サウジアラビア；アメリカ；パナマ；西インド諸島；スーダン．

1424* 夫が見つけてその後失った物を，妻が取り返す

男がお金を見つけ，それを物乞いに与える．（男の妻がお金を使う．夫が家に帰ると，妻の愚かさに夫は絶望し，離婚したがる．）

男の妻は，お金を取り戻すために息子を連れて，物乞いを追っていく．彼

女は未亡人を装い，物乞いと夜をともにし，自分と子どもの名前として下品な名前を名乗る．夜，彼女はお金を取って家に帰る．物乞いは下品な名前を叫びながら彼女を追ってくる．通行人たちは，物乞いは気が触れていると思う．

類話(～人の類話)　フィンランド；リトアニア；フランス；イタリア；ブルガリア；ギリシャ；ロシア；トルコ；ユダヤ；イラン；アルジェリア．

1425　地獄に悪魔を入れる

純潔の若い女が，自分はどのように神に仕えるべきかを尋ねると，地上の喜びを避けるように言われる．彼女は荒野に入り，そこで隠者を見つけ，敬虔な人生を送るには何をしなければならないかを隠者に尋ねる．

隠者は彼女に，神の最大の敵である悪魔について話す．そして神を愛している人々が悪魔を地獄に送り返さなければならないと話す．隠者は彼女に，自分のペニスを悪魔だと教え，彼女はこのような悪魔を持っていないが，その代わり地獄を持っていると教える．こうして彼女はそそのかされ，それが神に仕えることだと信じて，隠者が悪魔を地獄に送るのを手伝う[K1363.1]．

注　13 世紀からの文献伝承がある．ボッカチオ(Boccaccio)の『デカメロン(*Decamerone*)』(III, 10)を見よ．

類話(～人の類話)　フィンランド；ヴェプス；ポルトガル；フランス；フリジア；フラマン；ドイツ；イタリア；クロアチア；ロシア；トルコ；ユダヤ；シベリア；中国；アメリカ；アフリカ系アメリカ；チリ；エジプト．

1425B*　7 番目の子はなぜ赤毛なのか

死を迎えようとしている夫が妻に，自分たちの 6 人の子どもは同じような髪なのに，なぜ 7 番目だけが赤毛なのか，もしかして 7 番目の子の父親は誰かほかの男なのか，と尋ねる．「いいえ，7 番目だけがあなたの子よ」と妻が説明する．

類話(～人の類話)　ドイツ；アメリカ．

1426　箱にしまわれている妻 (旧話型 1426* を含む)

2 人の兄弟(王たち，騎士と王，友人たち)が，自分たちの妻に愛人がいることを知る．この問題から離れたいと思い，兄弟は旅に出る．

兄弟はある男(イスラム托鉢僧，デーモン，等)に出会う．その男は小さなケース(聖遺物箱)を携えている．男が休憩するときに，そのケースを開けると美しい女が出てくる．男と美しい女は楽しみ，そして男は寝に行く．

そのあと女は2人の旅人を誘惑する．（または，彼女もまた携えていた同じようなケースから愛人を放つ．）それで兄弟は(その男自身は(旧話型1426*))，注意深く監視されている女ですら夫を欺くということに気づき，女の裏切りを防ぐ方法はないと知って家に戻る［T382, F1034.2.1, J882.2］．

注 3, 4世紀の仏教の伝承に記録されている．ヨーロッパでは13世紀後期に記録されている．ハインリヒ・フラウエンロープ(Heinrich Frauenlob)の「箱の中の女(*Das wîp in der kiste*)」を見よ．

類話(～人の類話) フィンランド；イタリア；ハンガリー；マケドニア；ロシア, ベラルーシ；トルコ；ユダヤ；クルド；シベリア；カルムイク, モンゴル；シリア, パレスチナ；イラク；イエメン；インド；スリランカ；中国；日本；チリ；スーダン；東アフリカ．

1426* 話型1426を見よ．

1429* けんか好きを治す薬(旧，悪口の水)

妻がいつも夫に口論をふっかけてくるので，夫は妻を叩く．通りがかりの人(治療者，お婆さん，魔法使い，隠者)が彼女に「魔法の水」を与える．彼女はその水を口に含んでいるかぎり，口論をしなくなる．

類話(～人の類話) フィンランド；ラトヴィア；デンマーク；スペイン；ドイツ；スイス；イタリア；マルタ；クロアチア；マケドニア；ルーマニア；ブルガリア；ロシア, ベラルーシ, ウクライナ．

愚かなカップル 1430–1439

1430 夫と妻が空想にふける(旧話型1681*を含む)

この説話には，おもに3つの異なる型がある．

(1) 貧しい夫婦(父親と息子，2人兄弟，牧夫たち，女中たち，その他の人々)が，自分たちの持ち物(ガラス器，ミルク，ハチミツ，卵，お金)を豊かな富(動物の群れ，家々)に換えようと計画する．この富を想像して，彼らは自分たちがすでに持っている物を破壊する［J2060, J2060.1, J2061, J2061.1.1, J2061.2, J2061.1, J2061.1.2］．

(2) ある人(貧しい男，狩人，ジプシー，夫婦)が価値のある物を手に入れる夢(狩りで捕まえる夢，等)を見て，それからその物を手に入れようとする．彼は自分の成功を想像したために(例えば，狩人が興奮しすぎて獲物を驚かせたために)，彼の努力は失敗に終わる．

(3) ある夫婦(その他の人々)が，将来富を得る元手となる財産を手に入れることを想像するが，夫婦はそれをどう管理するかで意見が分かれる．1人は利益が出たらそれを再投資し続けたがるが，もう1人は富の一部を楽しみたがる．

コンビネーション　545D*, 1430A.

注　インドの起源，『ヒトーパデーシャ(*Hitopadeśa*)』(IV, 7)および『カリラとディムナ(*Kalila and Dimna*)』(No. 60，アラブ版)を見よ．ヨーロッパでは中世以来知られている．例えばジャック・ド・ヴィトリ(Jacques de Vitry)の『一般説教集(*Sermones vulgares*)』(Jacques de Vitry / Crane, No. 51)．

類話(～人の類話)　フィンランド；エストニア；ラトヴィア；リトアニア；ヴェプス，ヴォート，リュディア，カレリア；スウェーデン；ノルウェー；デンマーク；アイスランド；アイルランド；イギリス；スペイン；ポルトガル；オランダ；フリジア；フラマン；ドイツ；イタリア；マルタ；ハンガリー；スロバキア；スロベニア；セルビア；クロアチア；マケドニア；ルーマニア；ブルガリア；ギリシャ；ポーランド；ロシア，ベラルーシ，ウクライナ；ユダヤ；ジプシー；チェレミス/マリ，タタール，モルドヴィア，ヴォチャーク；モンゴル；グルジア；シリア，イラク；オマーン；カタール；イラン；インド；中国；朝鮮；インドネシア；日本；スペイン系アメリカ，メキシコ；ドミニカ，プエルトリコ；北アフリカ，チュニジア；エジプト；アルジェリア；モロッコ；南アフリカ；マダガスカル．

1430A　これから生まれてくる子どものための愚かな計画

夫婦が，将来の子どものために計画を立てる．この子どものために何をしたいか，そして誕生に誰を招くか，子どもをどのように育てるべきか，子どもをロバに乗せるかどうか，等を議論する間に，夫婦は大げんかになる[J2060.1]．参照：話型 1430, 1450.

コンビネーション　1430, 1450.

類話(～人の類話)　フィンランド；スペイン；ドイツ；イタリア；セルビア；ルーマニア；ブルガリア；マケドニア；ギリシャ；ロシア；ユダヤ；イラク；サウジアラビア；カタール；パキスタン，インド，スリランカ；チベット；スペイン系アメリカ；ナミビア．

1431　伝染するあくび

男が，自分の妻と作男が交互にあくびするのに気づき，これを密通の証拠だと思う．おそらくは不貞をはたらいている妻を首吊りにする計画を立てて，男はロープを持って妻といっしょに森に入る．自分の目的に合った木を見つけようと，男は木から木へと走る．妻は男のあとについていき，彼がそこらじゅうを飛び回る穴ウサギ(リス，鳥)のように動くと言い，彼の行動はまるで人から人へとうつるあくびのようだと言う．これが夫の疑念を晴らし，夫婦はいっしょに家に帰る[J1448]．

類話(～人の類話) フィンランド；エストニア；リーヴ；ラトヴィア；スウェーデン；ノルウェー；デンマーク；アイルランド；イギリス；スペイン；カタロニア；ポルトガル；ドイツ；セルビア；ブルガリア；アルバニア；ギリシャ．

1433* 話型 1586 を見よ．

1435* カッコウが樽の中から呼ぶ

貴族が農夫の娘に言い寄る．貴族が農夫の娘を連れに来たとき，農夫の娘は貴族から隠れているので，彼女を見つけることができない．貴族が彼女を捜しても見つからないでいると，樽の中から「カッコー」と叫ぶのが聞こえる．貴族は農夫の娘を見つけ，連れていく[W136.1]．

より古い類話では，女子修道院長が騎士から修道女を隠す．騎士はその修道女を捜すが，まもなく捜すのをあきらめる．修道女は「カッコー」と叫んで自分がどこにいるか騎士に教える．密会のあと，騎士は修道女を捨てる[V465.1.2.1]．

注 13 世紀初頭に記録されている(エティエンヌ・ド・ブルボン(Étienne de Bourbon) No. 501)．
類話(～人の類話) ドイツ．

1437 甘い言葉 (旧話型 1696B* を含む)

死を迎えようとしている女が，夫(息子)に何か甘いことを言ってくれと頼む．夫は「ハチミツ」と答える[J2497]．

または，男が妻に，いい言葉だけで叱られたいと言われ，男は妻の頭を祈禱書で殴る．

一部の類話(旧話型 1696B*)では，単純な男(夫)が丸く話すように，つまりいい言葉で話すように(大きく深いことを話すように，つまり賢明なことを話すように)言われる．男は丸い(大きくて深い)物の名を挙げるだけである[J2461.1, J2489]．

注 16 世紀初頭以来『オイレンシュピーゲルの本(*Eulenspiegelbuch*)』(No. 90)を通し

て普及している.
類話(～人の類話)　フィンランド；ラトヴィア；デンマーク；ポルトガル；フリジア；フラマン；ドイツ；イタリア；セルビア；ブルガリア；ギリシャ；ロシア，ウクライナ；ユダヤ；グルジア；メキシコ.

女に関する笑話 1440–1524

1440 身代わりにされた動物（旧，小作人が娘の意志に反して自分の娘を主人と結婚させる約束をする）

小作人（隣人，粉屋）が自分の美しい娘を娘の意志に反して，農場主と結婚させる約束をする．

結婚式の日，農場主は下男に「約束のもの」を取りに行かせる．父親は娘が働いている畑に農場主の下男を行かせる．すると娘は下男に雌馬を与える．農場主は下男に，連れてきたものを寝室に連れていくように言う（雌馬は花嫁衣装を着せられ，寝室に入れられる）[J1615]．

一部の類話では，策略で娘は自分のことを（父親は娘のことを）「ロバさん（Mrs. Donkey）（お馬さん（Mrs. Horse））」と呼ぶ．主人が「ロバさん」を要求すると，使いは本当のロバを連れてくる．

類話（～人の類話） フィンランド；エストニア；ラトヴィア；ノルウェー；スウェーデン；イギリス；スペイン；ポルトガル；ドイツ；ハンガリー；ロシア；日本；フランス系カナダ；チリ．

1441 話型 480A を見よ．

1441* お婆さんが代理をする

男（司祭）がお金を払って，若い女の傍らで夜を過ごす許しを得る．女が恥ずかしがり屋で不安なふりをするので，男は暗がりに行くことに同意する．次の朝，男は自分が醜いお婆さん（木の人形，くその山）の横にいることに気づく[K1223, K1843.3]．参照：話型 1379.

コンビネーション 1379.

注 早期の文献資料はボッカチオ（Boccaccio）の『デカメロン（*Decamerone*）』（VIII, 4）を見よ．

類話（～人の類話） フィンランド；エストニア；ラトヴィア；リーヴ；スウェーデン；アイルランド；イギリス；スペイン；オランダ；フリジア；ドイツ；ハンガリー；ウクライナ；ユダヤ；モルドヴィア；ヴォチャーク；南アフリカ．

1441A* インクを塗った少女

若い女が，お爺さんと夜を過ごすように，お爺さんのところに連れていかれる．夜，女は黒いインクを自分に塗る．翌朝，お爺さんは自分の横の黒い顔を見ると，自分が悪魔と寝たと思う．

類話(～人の類話)　フィンランド；ラップ；イギリス；ロシア.

1441B* 代父と代母

代父(Godfather)が代母(Godmother)と関係を持ちたがっている. 代母は, 代父と納屋で会うことに同意するが, 夫を代父に会いに行かせる. 代父は, 藁が少し欲しいだけだと言う. 同じことが豚小屋(羊小屋, 牛小屋)でも起き, 代父は, 子豚が売り出されたと聞いたのだと夫に言う. 代母は代父を家に呼び, 代父はかまどに隠れる. 夫がそこで代父を見つけると, 代父は, かまどの大きさを測っていただけだと言う. 最後に代父は彼らのベッドの中で見つかる. すると代父は, 夫に睾丸が2つあるかどうか(割礼されているかどうか)賭けをしたので, そこにいたのだと言う.

類話(～人の類話)　フィンランド；カレリア；イタリア；ハンガリー；ロシア；トルコ；ユダヤ；イエメン, エジプト.

1443* 高すぎる枕

未婚の男と女が旅で出会い, ベッドが1つの部屋で夜を過ごす. 彼らは同じベッドで枕を間に置いて寝る.

次の日, 女の帽子が風で壁の(生垣の)向こうに吹き飛ばされる. 男が彼女のためにそれを取りに行くとき, 彼女は「けっこうよ, あなたはきのう枕を越えられなかったのだから, 壁が越えられるはずはないわ」と文句を言う.

参照：話型1351A.

類話(～人の類話)　フィンランド；ラトヴィア；ポルトガル；フリジア；ドイツ；ユダヤ；レバノン；アメリカ；アフリカ系アメリカ；エジプト；南アフリカ.

1445*　話型1374*を見よ.

1446 「彼らにケーキを食べさせなさい！」

王女が, 貧しい人々にはパンがないと言われて, 「彼らにケーキを食べさせなさい！」と答える[J2227].

類話(～人の類話)　フィンランド；エストニア；ラトヴィア；リトアニア；アイルランド；スイス；ハンガリー；ウクライナ；インド；中国；チュニジア.

1447 契約を結んだあとにしか飲まない

男と女が, 市の日以外には一切ワインを飲まないことをお互いに誓う. それから彼らは自分たちで市を開いて, お互いに自分たちのロバを売り合う.

または，ある女が契約を結んだあとにしか飲まないと誓う．彼女は1日に何度も同じ物を売ったり買ったりする[K236.2]．参照：話型1447A*.

コンビネーション 1447A*.

注 中世に記録されている．例えばジャック・ド・ヴィトリ(Jacques de Vitry)の『一般説教集(*Sermones vulgares*)』(Jacques de Vitry / Crane, No. 277)．話型1447と1447A*は互いに類似しており，諸カタログにおいて明確に区別されていないことがしばしばある．

類話(～人の類話) デンマーク；ドイツ；ハンガリー；ルーマニア；ブルガリア；ポーランド；スペイン系アメリカ.

1447A* お互いにワインを売り合う

2人の男(夫婦)がお互いに少量のシュナップス(ワイン)を常に同じコインで売る．そのつど買い手はグラス1杯のシュナップスを飲む．とうとう彼らは樽全部のシュナップスをコイン1枚の支払いで飲み干してしまう(そして彼らは，自分たちが盗みにあったと思う).

注 話型1447と1447A*は互いに類似しており，諸カタログにおいて明確に区別されていないことがしばしばある．

類話(～人の類話) デンマーク；オランダ；フリジア；ドイツ；ハンガリー；スロベニア；ルーマニア；ブルガリア；ポーランド；ソルビア；ユダヤ；サウジアラビア；朝鮮；日本；アメリカ.

1448* 焦げたパンと焼き足りないパン

女が，年老いた舅をやっかい払いするために，舅に硬い焦げたパンを食べさせる．舅は痩せこけるどころか，ますます元気になる．それで彼女は舅に柔らかい，焼き足りないパンを食べさせると，舅はすぐに死ぬ.

類話(～人の類話) ラトヴィア；リトアニア；スロベニア；ベラルーシ，ウクライナ；ユダヤ.

1449* 宿屋のけちな女主人

けちな女(宿屋の主人，主婦，農婦)が，客が食べたいものは何でも食べていいが，残念なことにスプーンがないと言う．賢い男が自分のスプーン(必要な数のスプーン)を持ってくる[J1561.4.1].

類話(～人の類話) リーヴ；ラトヴィア；アイルランド；ハンガリー；セルビア；ブルガリア；ギリシャ；ポーランド；フランス系アメリカ.

嫁探し 1450–1474

1450　賢いエルゼ

求婚者(求婚しようとしている男)が適齢期の若い女の家族を訪問する．女の両親は，客のために飲み物を取ってくるように女を地下貯蔵室に行かせる．飲み物を注いでいるときに，女は，自分が結婚したあとに生まれるであろう子どもの運命を悲観する気持ちが募る．女は，揺り籠か子どもの名前のことで悩むか，または子どもが道具(ハンマー，ナイフ，鍬，石)で死ぬかもしれない，または病気で死ぬかもしれないと心配して泣く．

女の両親は，娘がどうしたのか見に来る．女は自分の心配を話し，両親も泣き始める．その間に飲み物はすべて樽から流れ出る．そして求婚者はその家をあとにする[J2063]．参照：話型 1384, 1387, 1430A, 2022B.

コンビネーション　通常この話型は，1つまたは複数の他の話型，特に 1210, 1229*, 1245, 1286, 1383, 1384, 1540, 1541，および 1180, 1202, 1244, 1263, 1326, 1430A, 1528, 1540A* と結びついている．

類話(～人の類話)　フィンランド；フィンランド系スウェーデン；エストニア；ラトヴィア；リトアニア；ラップ，カレリア；スウェーデン；ノルウェー；デンマーク；アイルランド；イギリス；フランス；スペイン；カタロニア；ポルトガル；オランダ；フリジア；ドイツ；オーストリア；イタリア；サルデーニャ；ハンガリー；チェコ；スロバキア；スロベニア；セルビア；ルーマニア；ブルガリア；ギリシャ；ポーランド；ロシア，ベラルーシ，ウクライナ；トルコ；ユダヤ；ジプシー；アブハズ；クルド；タタール；シベリア；グルジア；イラク；イラン；パキスタン，インド；フランス系カナダ；アメリカ；アフリカ系アメリカ；スペイン系アメリカ；プエルトリコ；ブラジル；西インド諸島；南アフリカ．

1451　つましい少女

つましい若い女が，姉がぞんざいに床に落とした麻で服をつくる．姉の求婚者はこのことを知ると，怠け者の姉と別れ，つましい妹と結婚する[H381.1]．

類話(～人の類話)　ラトヴィア；リトアニア；アイルランド；イギリス；ドイツ；ルーマニア；ギリシャ；ウクライナ；インド；エクアドル．

1452　つましいチーズの切り方

求婚者が確実にいい妻と結婚したいと思う．求婚者は3人の若い女(姉妹)

がチーズ(リンゴ)を食べるのを観察する．最初の女はチーズを皮ごと食べる．2人目の女は皮を切り落として食べるが，チーズのいい部分まで捨てる．求婚者は3人目の女を選ぶ(彼の母親が3人目と結婚するよう助言する)．なぜなら彼女は丁寧でつましく，皮だけを切り落としたからである[H381.2]．

類話(～人の類話) フィンランド；ラトヴィア；スウェーデン；ノルウェー；スコットランド；アイルランド；フランス；フラマン；ドイツ；ワロン；オーストリア；ハンガリー；スロバキア；ギリシャ；ユダヤ；インド；アメリカ．

1453 麻の中の鍵で怠惰がばれる

(母親または本人の言うところでは)一見勤勉そうな若い女が麻を紡いで糸にしようとしている．その麻の中に，求婚者が鍵を入れる．次の日，求婚者は鍵がまだそこにあるのを見る．それでその女は怠け者だとわかる[H382.1]．

または，求婚者が若い女たちを試験する．末の娘だけが，麻の中に隠されていた鍵を見つけ，求婚者は彼女と結婚する．

類話(～人の類話) フィンランド；フィンランド系スウェーデン；エストニア；ラトヴィア；リーヴ；リトアニア；ラップ，ヴォート；スウェーデン；ノルウェー；デンマーク；フェロー；スペイン；フラマン；ドイツ；イタリア；ハンガリー；スロバキア；セルビア；ポーランド；ロシア；モルドヴィア；インド．

1453A 素早い機織女

若い女が，とても速く機を織ることができると求婚者に自慢する．求婚者が見ていると，彼女は非常に素早く機を織り，織機の杼を落とす．

類話(～人の類話) フィンランド；スウェーデン；ノルウェー；ブルガリア；ポーランド；インド．

1453* 話型 1470 を見よ．

1453** だらしない婚約者

花嫁を選ぼうとしている求婚者が，若い女がパンを焼いているときに(料理をしているときに)鼻水を垂らしているのを見る．求婚者は鼻水が落ちなければ彼女と結婚しようと決める．鼻水が生地(鉢)の中に落ちると，求婚者は去る．

または，求婚者がやって来たのは，若い女が家事をきちんとできるかどうかを見るためである[W115.1]．

注 ティル・オイレンシュピーゲルについて語られている『オイレンシュピーゲルの本(*Eulenspiegelbuch*)』(No. 75).

類話(～人の類話) ラトヴィア；スウェーデン；スペイン；カタロニア；オランダ；フリジア；フラマン；ドイツ；オーストリア；ハンガリー；スロバキア；ユダヤ；アメリカ；ナミビア；南アフリカ.

1453*** 3週間前のパン生地 (旧話型 1462* を含む)

婚約者が前回パンを焼いてから3週間たつのに，婚約者の爪の間に生地がまだついているのに求婚者が気づく．求婚者は結婚しないことにする．(求婚者は爪のきれいな若い女を選ぶ．) [H383.1.1].

一部の類話(旧話型 1462*)では，求婚者は，7年物の粥を自分用の薬として処方されたが見つけることができないと述べる．婚約者の母親は求婚者に，古い粥なら家の鍋やフライパンにこびりついていると言う．求婚者は去る.

類話(～人の類話) フィンランド；フィンランド系スウェーデン；エストニア；ラトヴィア；リトアニア；リーヴ；ノルウェー；スウェーデン；デンマーク；フランス；ハンガリー；スロバキア；セルビア；ルーマニア；ブルガリア；ロシア, ベラルーシ；ウクライナ；ユダヤ；アフリカ系アメリカ；南アフリカ.

1453**** 屁こき娘 (旧，不作法な娘(Puella pedens))

若い女(妻)が，なにかと屁をしてしまい，恥ずかしい状況に陥る．婚約者は女をひそかに観察し，女の屁を数える.

または，若い女は消防の笛で尻に栓をして，自分の問題を治そうと思う．ダンスをしているときに笛が鳴り，ほかの人たちは火事が起きたと思う.

一部の類話では，靴職人の妻がひどく屁をするので，靴職人は妻の尻をタールと革で塞ごうとする．破裂しないように，靴職人は革に小さな穴をきりで開ける．これがパイプオルガンのパイプ(管楽器)の始まりである.

類話(～人の類話) フィンランド；フィンランド系スウェーデン；エストニア；スウェーデン；ノルウェー；スペイン；カタロニア；ポルトガル；フリジア；ドイツ；オーストリア；イタリア；ハンガリー；セルビア；クロアチア；ルーマニア；ブルガリア；ギリシャ；ユダヤ；キューバ, ドミニカ.

1453A* 話型 1470 を見よ.

1453B* 執り行われなかった結婚式

結婚式に行く途中，花婿は水たまりを踏んで，花嫁のドレスを汚す．花嫁は怒って，彼と結婚することを拒否する．その後，彼らは再び結婚式を開こうとするが，今度は花婿がためらう．3回目には，市長(聖職者)が式を執り行うのを拒否する．

類話(～人の類話) オランダ；フリジア；アメリカ；南アフリカ．

1454* 大食いの婚約中の女

若い女が求婚者(たち)の訪問を受ける．彼女の母親は，娘は1日に3人分片づけることができると自慢する．求婚者は，これを糸紡ぎの腕前のことだと思う(思わされる)．しかし彼は，若い女がいくつもの料理をいっぺんに食べているのを見る．求婚者はこんな食欲の妻を欲しいとは思わず，去る[H385].

類話(～人の類話) フィンランド；ノルウェー；デンマーク；スペイン；ポルトガル；ドイツ；イタリア；ユダヤ．

1455 薄情な婚約中の女

息子の父親が物乞いに変装して，息子の妻となる予定の女の家を訪問する．息子の父親は，女の家が汚らしく，女が自分にひどいあしらいをするのを目の当たりにする．(彼は息子に彼女と結婚しないよう助言する．)[H384.1].

類話(～人の類話) フィンランド；エストニア；リトアニア；ラトヴィア；スウェーデン；アイルランド；イタリア；マケドニア；ポーランド；ユダヤ；ヨルダン，サウジアラビア，エジプト．

1455* 話型1470を見よ．

1456 盲目の婚約中の女

ある結婚適齢期の若い女は盲目(半分盲目，近眼)である．求婚者が彼女を訪ねてくると，彼女と母親は求婚者をだまして，娘の障害を見過ごさせようとする．母親は，娘が釘を見つけるふりができる所に(干し草の中に，床の上に)釘を隠す．そのあと，娘はバター(コーヒーポット)を猫と間違えテーブルから追い払い，目がよく見えないことがばれる．求婚者は去る[K1984.5].

一部の類話では，求婚者はキスして欲しいと彼女に頼み，キスさせるためにむき出しの尻を差し出す．

類話(～人の類話) フィンランド；フィンランド系スウェーデン；エストニア；ラト

ヴィア；リトアニア；スウェーデン；ノルウェー；デンマーク；アイルランド；ポルトガル；フリジア；ドイツ；ハンガリー；チェコ；スロベニア；ルーマニア；ブルガリア；ポーランド；ロシア，ベラルーシ，ウクライナ；ジプシー；ヤクート；インド；アメリカ；アフリカ系アメリカ；南アフリカ．

1456* 盲目の少女と婚約中の男

求婚者の男が，盲目の婚約中の女を連れて彼女の家の周り（森の中，湿地）を歩き，彼女の所有物をすべて盗む．

または，ほとんど目の見えない女を治療している医者が，彼女の所有物をすべて盗む．医者が帰ろうとすると，女は治療代を払うことを拒否する．女は，治療前のほうがよく見えたと主張する．なぜなら，治療前は家の中でまだ物が見えたからである［J1169.1］．

注　中世後期に記録されている．例えば『哲学者の宴（*Mensa philosophica*）』（IV, 44）．

類話（～人の類話）　フィンランド；フランス；ドイツ；イタリア；ポーランド；ロシア，ベラルーシ；シベリア．

1457 舌たらずな少女

娘たちの言語障害がばれないように，娘たちは，訪ねてきた求婚者に話すことを母親から禁じられる．娘たちは忘れて話し，その結果，娘たちの言語障害がばれる［K1984.1］．

類話（～人の類話）　フィンランド；エストニア；リーヴ；ラトヴィア；リトアニア；ラップ；スウェーデン；ノルウェー；デンマーク；フランス；スペイン；カタロニア；ポルトガル；オランダ；フリジア；ドイツ；オーストリア；スイス；イタリア；ハンガリー；スロバキア；セルビア；クロアチア；ボスニア；ルーマニア；ブルガリア；ギリシャ；ポーランド；ロシア，ベラルーシ，ウクライナ；トルコ；ユダヤ；チェレミス/マリ；シベリア；ヤクート；ウズベク；サウジアラビア，クウェート，カタール；イラン；インド；中国；日本；スペイン系アメリカ；ブラジル；プエルトリコ，チリ；エクアドル．

1457* どもりの男が仲人をしに行く

どもりの男が結婚することになる（どもりの男が仲人をする）．彼が若い女の家に行くとき，できるだけ話さないように助言される．食卓で，彼はジャガイモが焦げそうだと気づく（自分にスプーンがないのに気づく）．彼は話し始め，どもりがばれる．結婚は取り消される．

類話（～人の類話）　アイルランド；イタリア；ハンガリー；ルーマニア；インド；中

国.

1458 少食の少女

母親が，自分の娘はほんの少ししか食べないと自慢する．求婚者は，娘が料理をしたりパンを焼いたりしているのを観察し，それが本当ではないとわかる[K1984.2].

または，ほとんどパンを食べないと言っている婚約中の女が，その分たくさんワインを飲む．参照：話型 1373, 1373A, 1407, 1407A.

コンビネーション 1453, 1459**, 1453***.

類話(～人の類話) フィンランド；ラップ；スウェーデン；ノルウェー；フェロー；アイルランド；スペイン；フラマン；ドイツ；イタリア；ハンガリー；スロベニア；マケドニア；ポーランド；トルコ；ユダヤ；サウジアラビア；ヨルダン, イラク, イエメン；インド；アフリカ系アメリカ；ブラジル；南アフリカ；チュニジア；マダガスカル.

1458* 不注意な料理人 (旧，花嫁がかたまりだらけの粥をつくる)

若い妻が料理をつくるが，いつもかたまり(生ごみ)がたくさん入っている．妻は夫に(姑に，客に)，夫が料理の中に見つけた物はかたまりではなく，子どもの靴下だと説明する．

類話(～人の類話) フィンランド；エストニア；ブルガリア.

1459* 求婚者が少女の言った言葉に腹を立てる

求婚者が，自分が求婚した女に腹を立てる(女が言ったことに腹を立てる)が，それから考え直す．

類話(～人の類話) ラップ；スウェーデン；デンマーク；イタリア；ハンガリー；ルーマニア；ギリシャ.

1459** 外見をつくろう

求婚者が貧しい農場を訪ねる．その家族(花嫁か花婿候補)は，必死になって自分たちが金持ちであるふりをしようとする(自分たちの1頭の牛を牛たちと言う，その他の言葉遊び)．求婚者は真実に気づく[K1984].

類話(～人の類話) フィンランド；ノルウェー；スウェーデン；アイルランド；イタリア；ブルガリア；ポーランド.

1460　大きな跳躍

姫が，とても高い干し草の山を飛び越えることができる若者と結婚したがる．その高さとは，姫が放尿した小便が越えられないほどの高さである．若者は姫と性交し，簡単にこの芸当を成し遂げる．なぜなら姫が処女を失ったのに伴って，並外れた放尿の力を失ったからである．

類話(～人の類話)　ノルウェー；ドイツ；ハンガリー；ロシア．

1461　嫌な名前の少女

若い女が自分の嫌な名前を恥ずかしがる．彼女の母親はもっとかわいい名前を彼女に与える．母親が娘に新しい名前で話しかけると，娘は返事をしない．それで，母親はまた古い名前を使うよう戻さなければならない[K1984.3]．

類話(～人の類話)　リトアニア；ノルウェー；ポルトガル．

1462　いやいやながらの求婚者が木から助言される

若い女は，求婚者が彼女にプロポーズするのをためらっているので，さっさと早くさせたい．彼女は木の後ろに隠れ，天使のふりをして，求婚者に結婚するよう助言する．男は神の命令に従い，彼女と結婚する[K1971.6]．参照：話型 1380A*, 1476.

コンビネーション　1750.

類話(～人の類話)　フィンランド；ラトヴィア；ノルウェー；デンマーク；フリジア；ドイツ；ギリシャ；ポーランド；トルコ；スリランカ；中国；日本；アメリカ；アフリカ系アメリカ．

1462*　話型 1453*** を見よ．

1463　指を乾かす競争にずるをして勝つ

3 人の若い女が両手を水に浸す．彼女たちのうち，最初に手が乾いた者が最初に結婚することになる．いちばん若い賢い女は，結婚したくないと言い張り，これを強調するために手を空中で振り回す．その結果彼女の両手がいちばん早く乾き，競争に勝つ[K95]．

類話(～人の類話)　フィンランド；フランス；ポルトガル；ドイツ；イタリア；アメリカ．

1463A* 愚かな花嫁が持参金を与える

求婚者と仲人が愚かな若い女を訪ねる．彼女の両親は家にいない．若い女は母親の忠告に文字どおり従い，結婚持参金を訪問者たちに与える［J2463.1］．

類話（～人の類話） ラトヴィア；リトアニア；ハンガリー．

1464C* 家事上手

求婚者が3人姉妹を訪問するが，彼女たちの家は掃除がされていない．最初の2人の姉は乱雑になっていることをわびるが，3人目の妹は彼のために部屋を片づける．求婚者は3人目の妹と結婚する．

類話（～人の類話） フィンランド；ラトヴィア；ノルウェー；スウェーデン；デンマーク；フェロー；イギリス；西アフリカ．

1464D* 料理する物は何もない

若い女が，自分は料理ができないと求婚者に言う．求婚者は「それは問題ない．いずれにしろ料理する物は何もないから」と言う．

類話（～人の類話） フィンランド；ノルウェー．

1465A* 集中力のある洗濯女

母親が息子のために似合いの妻を探す．母親は，洗濯をしているときにほかに何もしない若い女に決める．

類話（～人の類話） フィンランド；スウェーデン；ポーランド．

1468 聖書に挟まれたお金

王がある男（親族）の家を訪ねる．男は自分の貧困について不平を言う．王は男にいつも聖書を読んでいるかと尋ねる．すると男は読んでいると答え，自分は大の聖書読みだと言う．王はそっと彼の聖書の間にお金を挟んでおく．次に王が男を訪ねると，お金はまだそこにある［H261］．

類話（～人の類話） フィンランド；エストニア；フリジア；スイス；イタリア；アメリカ；南アフリカ．

1468* 知らない人と結婚する

若い女が，結婚が近づいてきて不安になる．母親が娘を安心させようとすると，娘は「お母さんはお父さんと結婚したから楽だったけれど，わたしは知らない人と結婚しなければならないのよ」と言う[J2463.2].

類話(～人の類話)　フィンランド；ラトヴィア；リトアニア；ヴォート；ノルウェー；デンマーク；フランス；オランダ；フリジア；ドイツ；オーストリア；クロアチア；ルーマニア；ロシア, ウクライナ；ユダヤ；ウズベク；メキシコ.

1470　さまざまな花嫁試験

さまざまな類話のある雑録話型. (旧話型 1453*, 1453A*, 1455* を含む)

類話(～人の類話)　リーヴ；ラトヴィア；ラップ；ポルトガル；オランダ；フリジア；マルタ；ハンガリー；ブルガリア；ベラルーシ；スペイン系アメリカ.

1470*　話型 1488 を見よ.

オールドミスに関する小話 1475–1499

1475　禁じられた教区外の結婚

教会で布告が読み上げられる. その布告は「いかなる若い男もほかの教区の若い女と結婚することを禁ずる(男は当地のオールドミスと結婚することを義務づける)」というものである[X751].

類話(～人の類話)　フィンランド；フィンランド系スウェーデン；エストニア；リーヴ；ラトヴィア；アイルランド；ブラジル.

1476　夫を望む祈り

オールドミスが, 夫をくださいと神(聖者)に祈る[X761]. 教会の雑用係(夫になって欲しいと望まれた男)が祭壇(聖像)の後ろに隠れて, (神のふりをして)脚を首にかけるように(裸になるよう)彼女に告げるか, または彼女が恥ずかしい状況になる何か別のことをするよう告げる[K1971.9]. 参照：話型 1380A*, 1462.

類話(～人の類話)　フィンランド；エストニア；リーヴ；ラトヴィア；ヴォート；デンマーク；アイルランド；イギリス；スペイン；ポルトガル；フリジア；フラマン；ワロン；ドイツ；イタリア；ギリシャ；ポーランド；ベラルーシ, ウクライナ；ユダヤ；ベトナム；アメリカ；フランス系アメリカ；キューバ.

1476A　幼子キリストの母親への祈り (旧話型 1479** を含む)

オールドミスが処女マリア像に, 夫をくださいと祈る. 像の後ろに隠れていた男（教会の雑用係）が，この願いはかなわないと答える．オールドミスは幼子キリストに「だまっていてちょうだい．わたしはあなたのお母さんに話していたのであり，お母さんはわたしの頼み事にもっと同情してくれるのです」と言う．

一部の類話では，聖人がある女の祈りに答えない．女は聖人をののしるか，または聖人の絵（像）に暴力的な仕返しをする［V123］．（旧話型 1479**.）参照：話型 1324A*, 1347*, 1380A*.

類話（～人の類話） ラトヴィア；リトアニア；アイルランド；イギリス；フランス；スペイン；カタロニア；ポルトガル；オランダ；フリジア；フラマン；ドイツ；イタリア；ハンガリー；スロバキア；セルビア；ボスニア；ギリシャ；ポーランド；アメリカ；メキシコ．

1476B 悪魔と結婚したオールドミス（旧，悪魔と結婚した少女）（旧話型 1476C を含む）

オールドミスが，独りで生きることにうんざりして，「わたしと結婚してくれるなら，悪魔とだって結婚するわ」と叫ぶ．悪魔がやって来て，彼女を連れ去る（彼女と結婚する）［G303.12.5］.

または，オールドミスが，死にたいと思いながら横になっている．（旧話型 1476C.）トリックスターが彼女のベッドに入り込み，彼女は「甘い死」の感覚を楽しむ．

類話（～人の類話） フィンランド；ラトヴィア；リトアニア；ヴォート；アイスランド；ポルトガル；ドイツ；マルタ；チェコ；スロバキア；クロアチア；ポーランド；メキシコ；ブラジル．

1476C 話型 1476B を見よ．

1477 オオカミ夫（旧，オオカミがオールドミスをさらう）（旧話型 1477* を含む）

オールドミスが，誰が夫であろうとかまわないから結婚したいと思う．1 匹のオオカミ（熊）が通りかかる（連れてこられる）．彼女はオオカミを夫にする（そしてオオカミは彼女を食べる）［X755］.

類話（～人の類話） フィンランド；エストニア；ラトヴィア；ノルウェー；フランス；ポルトガル；ブルガリア；マケドニア；ギリシャ；ポーランド；トルコ；パレスチナ．

1477* 話型 1477 を見よ．

1478 釘をかじって食べる (旧, 豆の食事)

オールドミスが結婚したがっている. ある男が, (3本の)釘(豆, 木の実)を彼女がかじって食べることができたら, 彼女と結婚すると約束する[H360]. しばらくして, 男が彼女にもう釘はかじり終わったかと尋ねる.「わたしたちはもう結婚できるわ. 口の中にある1本が終われば, あとは2本だけよ」と答える.

類話(～人の類話) フィンランド; エストニア; ポルトガル; フリジア; ドイツ; ギリシャ.

1479* 屋根の上のオールドミス (旧, 若者がオールドミスと結婚する約束をする)

オールドミスが若者に言い寄る. 若者は, 彼女が家の屋根の上で(別の場所で)裸で(薄着で)1晩じゅう過ごすなら, 結婚すると約束する. 待っている間, 彼女は何度も何度も同じ言葉を繰り返し(訳注:「今日は震えていても明日には笑っている」,「今日寒くても明日は若者に抱かれて温かい」等. 参照:『メルヒェン百科事典』EM 1, 353), 凍死して屋根から落ちる[X753].

コンビネーション 1475–1477, 1737.
類話(～人の類話) フィンランド; エストニア; ラトヴィア; リトアニア; スペイン; ポルトガル; イタリア; ブルガリア; マケドニア; ロシア, ベラルーシ, ウクライナ; シベリア; スペイン系アメリカ; アフリカ系アメリカ; ブラジル.

1479** 話型1476Aを見よ.

1480* 話型1488を見よ.

1485* かわいい唇

母親が, オールドミスになった娘に, 唇をかわいらしく保つために,「ティルリップ」と繰り返して言うように教える[X756].

類話(～人の類話) フィンランド; エストニア; ラトヴィア; ポルトガル; ドイツ.

1485A* オールドミスが注意を引こうとする

オールドミスが, 自分が教会に行っても誰も自分に注目してくれたことがないと不平を言う. 父親は彼女に, 犬の首輪をつけるか, または小枝を編んだ輪を首に巻くよう助言する. 彼女はこの助言に従う. そして教会じゅうのみんなが彼女を見つめて, その上笑ってくれたと報告する.

類話(～人の類話) フィンランド；ラトヴィア；リトアニア；ドイツ.

1486* 娘があまりに大声で話す

母親が未婚の娘に，求婚者たちの前では口を半分閉ざしているように忠告する．娘はそうするが，その分もっと大声で話す[X756].

類話(～人の類話) フィンランド；リーヴ；デンマーク；ブルガリア.

1487* 話型1488を見よ.

1488 オールドミスのさまざまな説話

さまざまな類話がある雑録話型.（旧話型1470*, 1480*, 1487*, 1490*を含む）[X752].

類話(～人の類話) フィンランド；エストニア；リーヴ；アイルランド；フランス；スペイン；ポルトガル；フラマン；ハンガリー；スロバキア；ブルガリア；ポーランド；シリア；パレスチナ；イラク，オマーン；クウェート；イラン；エジプト.

1490* 話型1488を見よ.

女に関するその他の笑話 1500–1524

1501 アリストテレスとフィリス

老いた哲学者(アリストテレス)は，自分の弟子(アレクサンダー大王)が妻のいいなりになっていることに対し，弟子に警告をする．アレクサンダーは妻(フィリス，ロクサネ，カンダシス，カンパスペ)から身を引く．ないがしろにされた妃は仕返しに，哲学者が自分に恋するように仕向け，哲学者は彼女に求婚し続ける．

妃は哲学者に言い寄るふりをして，哲学者に4つんばいになるよう要求し，自分を背中に乗せさせる．アレクサンダーはこのみっともない格好のアリストテレスに出くわす[K1215]．哲学者は恥じて，このような愚かなことをしないようアレクサンダーに警告しようとしたのだととっさに答える．アレクサンダーはアリストテレスを許し，彼の教えに従い続ける(アリストテレスはたいへん恥じて，この国を去らなければならない).

注 (ほかの筋の担い手が登場する)最も古い版は紀元516年の中国の仏教説話である．ヨーロッパでは13世紀初頭以来記録されている.

類話（～人の類話） ポルトガル；ドイツ；イタリア；チェコ；ポーランド；インドネシア；中国.

1503* 義理の娘と実の娘

母親が実の娘をえこひいきし，実の娘のほうが義理の娘よりも勤勉だと思うが，実際は逆である．例えば，母親は，娘が1週間に大きな糸巻き棒1つ糸を紡ぐと褒め，義理の娘は1日に小さな糸巻き棒1つしか紡がないと非難する．母親は，大きな糸巻き棒1つよりも小さな糸巻き棒7つのほうが糸が多いことに気づかない．

類話（～人の類話） フィンランド；ノルウェー；ブルガリア；ユダヤ.

1510 エフェソスの未亡人（寡婦（Vidua）（旧話型1352*を含む））

女が墓のそばで（墓の中で，近くの家の中で）夫の死を悼み，ひどく悲しみに沈んでいる．1人の兵隊（騎士）が墓地の近くで，ある男が絞首刑にされた絞首台を警備している．ある寒い夜，兵隊は持ち場を離れ，未亡人を訪ねる（未亡人と夜を過ごす）．

兵隊が戻ると，警備していなければいけなかった死体が盗まれている．兵隊が罰せられないように，未亡人は夫の遺体を掘り出して絞首台の遺体の代わりにすることを申し出る（兵隊がこれを提案する）[K2213.1]．（兵隊は彼女と結婚することを約束する．未亡人は夫の遺体を盗まれた遺体に似せるために，夫の歯を殴って折る．兵隊は彼女と結婚することを拒否し，彼女の冷淡さを罰する[T231.4].）参照：話型1350.

注 仏教の伝承に記録されている．早期のヨーロッパの版はペトロニウス（Petron）の『サテュリコン（*Satyricon*）』（ch. 111f.）を見よ．

類話（～人の類話） エストニア；ラトヴィア；リトアニア；スウェーデン；アイスランド；アイルランド；イギリス；フランス；スペイン；オランダ；フリジア；ドイツ；スイス；イタリア；ハンガリー；チェコ；スロバキア；スロベニア；ポーランド；ロシア，ベラルーシ；トルコ；ユダヤ；シリア，パレスチナ，イラク；インド；ネパール；中国；アメリカ；エジプト，アルジェリア；チュニジア；モロッコ.

1511 話型871Aを見よ.

1511* 鐘の音の助言

女（未亡人）が，自分の雇っている作男と結婚したがっており，この考えをどう思うか司祭に尋ねる．司祭は鐘の音を聞くよう女に助言する．女は鐘の音が結婚を勧めていると思う．結婚すると，女の夫は大酒飲みだということが判明する．それで女は司祭に文句を言う．司祭は女にもう１度鐘の音を聞くよう助言する．今度は鐘の音は女に，作男と結婚するなと告げているが，遅すぎる．

一部の類話では，鐘の音の助言を聞くのは若者である．若者の妻は強情な性格で，彼の人生はつらいものになる．最後に若者はなんとか彼女の性格を和らげる．

類話（～人の類話） ラトヴィア；ポルトガル；オランダ；フリジア；フラマン；ワロン；ドイツ；スロバキア；ポーランド．

1512* 慰め

聖職者が，最近夫を亡くした女を訪問する．聖職者は，彼女の深い悲しみのための慰めを聖書の中に探すよう助言する．彼女は壁に掛かっている夫のズボンを指さし，「あそこに夫のズボンがあります．でもそのズボンの中にあった慰めはもうなくなってしまったのです」（または，「あのズボンの中にあったような慰めはどんな本にもありません」）と言う．

類話（～人の類話） フリジア；ドイツ；ポーランド．

1515 涙を流している雌犬（カタラ（Catala））

商人（騎士）が旅（巡礼の旅）に出る．商人は貞節な妻に監視をつけず，妻を独り残していく．若い男が彼女に恋をするが，彼女は若い男が言い寄るのを拒絶する．若い男は恋の病にかかり，あるお婆さん（修道女）のところへ行くと，お婆さんは助けることを約束する．

お婆さんは自分の雌犬に２日間何も食べ物をやらない．そして３日目にマスタード（コショウ）を入れて料理した食べ物を犬に与える．すると犬の目から涙が出る．お婆さんは（しばしば修道女かダルヴィーシュ（イスラムの修行僧）に変装し[K1837]），この泣いている犬を連れて，若い男が惚れている女を訪ねる．女がその犬はどうしたのかと尋ねると，お婆さんは最初答えない．それからお婆さんは女に，この犬は本当は自分の娘（妹）で，ある男の愛に報いなかったので犬になったのだと言う．若い妻はこの嘘の話を信じ，自分のために若い男との逢い引きを手配してくれるようお婆さんに頼む[K1351]．

仲介のお婆さんは，恋の病にかかった若者を見つけることができないが，それでも逢い引きの手配の報酬を失いたくない．お婆さんはある男に会い（それはたまたま家に帰ってきた夫である），そして密会を勧める．妻は自分の夫だと気づくと，夫をきびしく非難し，不貞をはたらこうとしたと夫を責める．彼女は夫を試すためにその状況を手配したと言う．こうして彼女は自分が非難されることを免れ，夫は姦通者に仕立て上げられ，お婆さんは報酬を失う．

注　インド起源，(『オウム70話(*Śukasaptati*)』，『カター・サリット・サーガラ(*Kathāsaritsāgara*)』)．アラブとユダヤの伝承によってヨーロッパに伝えられる．ペトルス・アルフォンシ(Petrus Alfonsus)の『知恵の教え(*Disciplina clericalis*)』(No. 13)は重要．

類話(～人の類話)　スウェーデン；アイスランド；スペイン；カタロニア；チェコ；ポーランド；ペルシア湾；エジプト；アルジェリア；モロッコ．

1516*　**煉獄としての結婚**(旧，快い煉獄)(旧話型1516A*-1516D*を含む)参照：話型165B*.

雑録話型．次の4つの重要な型に区別できる．

(1)　死んだ男が，地上のけんか好きの妻のところに戻るよりはむしろ煉獄にとどまりたがる(妻といっしょにいたくないので，天国には行きたくない)．

(2)　羊飼いが自分の惨めな立場をキリストのはりつけと比べる．キリストはほんの数時間十字架で苦しんだだけである．もしキリストが結婚していたら[T251.0.2]，特に，もし子どもが生まれて，復活祭に子どもたちにプレゼントを買ってやるお金がなかったら，そのほうが本当の罰になったであろう．(旧話型516A*.)

(3)　お爺さんが天国の扉にやって来る．するとペトルスはお爺さんに，地上で何をしたかと尋ねる．お爺さんは，自分は結婚していたと答える．ペトルスは，お爺さんがすでに煉獄の時間を過ごしたので，お爺さんを天国に入れる．2人目の男は，このやりとりを立ち聞きして，自分も天国に入りたいと思う．彼はペトルスに，自分は2回結婚したと伝える．ペトルスは彼に，そんなばかを入れる場所は天国にはないと告げる[T251.0.1]．(旧話型1516B*, 1516C*.)

(4)　司祭が，結婚式を執り行った支払いを男に要求する．男は支払いをする代わりに「離婚させてくれ」と提案する．(旧話型1516D*.)

類話(～人の類話)　フィンランド；イギリス；フランス；スペイン；カタロニア；ポルトガル；フリジア；ワロン；ドイツ；コルシカ島；マケドニア；ルーマニア；ブルガリア；ポーランド；中国；エジプト；南アフリカ．

1516A*–1516D* 話型 1516* を見よ.

男に関する笑話 1525–1724

賢い男 1525–1639

1525　泥棒の名人[K301]

雑録話型．この話型は，同系の説話群に関連し，明確に特定できない．この話型では，特に1525A–1525Dのエピソードが結びついている．参照：話型950.

コンビネーション　しばしばこの話型は，1つまたは複数の他の話型，特に950, 1737と結びついている．

類話(～人の類話)　フィンランド系スウェーデン；ラトヴィア；ラップ, リュディア；スウェーデン；ノルウェー；スコットランド；アイルランド；イギリス；スペイン；ワロン；ドイツ；オーストリア；イタリア, サルデーニャ；ハンガリー；スロベニア；セルビア；クロアチア；ルーマニア；ブルガリア；ポーランド；ユダヤ；ジプシー；チェレミス/マリ, モルドヴィア；チュヴァシ；ヤクート；カルムイク, ブリヤート, モンゴル；ペルシア湾, イエメン；パレスチナ, オマーン；インド；中国；日本；フランス系カナダ；フランス系アメリカ；スペイン系アメリカ；ドミニカ, プエルトリコ；マヤ；西インド諸島；北アフリカ；エジプト；アルジェリア, モロッコ；チュニジア；コンゴ；南アフリカ；マダガスカル.

1525A　泥棒の課題(旧，犬，馬，シーツ，指輪を盗む)

貧しい家の役立たずの若者が，盗みの技を学び，泥棒の名人として帰ってくる．彼(彼の父親)は伯爵(名づけ親)の前で自分の腕前を自慢する[K301.1, F660.1, H915]．伯爵は(通常)3つのテストを要求する[H1151].

(1)　泥棒の名人は，しっかりと守られた馬小屋から馬(犬)を盗む[H1151.2]．彼はお婆さん(物乞い)に変装し，作男たち(見張りたち，兵隊たち)にリキュール(薬)を飲ませて眠らせる[K332].

(2)　泥棒の名人は伯爵の妻のベッドカバー(シャツ)と結婚指輪を盗む[H1151.3, H1151.4]．泥棒の名人は，伯爵が死体(藁の人形)を撃って，その死体を埋めに行くよう画策する．泥棒は伯爵の妻に，伯爵がベッドカバーと指輪を死体のために必要としていると伝える[K362.2].

(3)　泥棒の名人は司祭と教会の雑用係を袋に閉じ込める．(参照：話型1737.) そして，カニたちの背中にろうそくを乗せる．司祭と教会の雑用係は泥棒を天使だと思い，光をさまよえる魂だと思う．(参照：話型1740.) 泥棒は袋をガチョウ小屋に運ぶ(鐘の塔か煙突に吊るす)．参照：話型1737.

これらのテストのあと，泥棒の名人は国から追放される(許される．報酬を与えられる)．参照：話型 328.

コンビネーション　通常この話型は，1つまたは複数の他の話型，特に 950, 1525D, 1535, 1737，および 653, 804B, 1004, 1071, 1072, 1084, 1525B, 1525E, 1539, 1735, 1740 と結びついている．

注　この説話の完全な型はルネッサンスにストラパローラ(Straparola)の『楽しき夜(*Piacevoli notti*)』(I, 2)に記録されている．

類話(～人の類話)　フィンランド；エストニア；リーヴ；ラトヴィア；リトアニア；ラップ；ヴェプス，ヴォート，カレリア；スウェーデン；ノルウェー；デンマーク；フェロー；アイスランド；スコットランド；アイルランド；イギリス；フランス；スペイン；バスク；カタロニア；ポルトガル；オランダ；フリジア；フラマン；ドイツ；オーストリア；ラディン；イタリア；コルシカ島；マルタ；ハンガリー；チェコ；スロバキア；セルビア；クロアチア；ルーマニア；ブルガリア；ギリシャ；ポーランド；ロシア，ベラルーシ，ウクライナ；トルコ；ユダヤ；ジプシー；チェレミス/マリ，チュヴァシ，モルドヴィア；シベリア；ヤクート；モンゴル；グルジア；ペルシア湾，イエメン；シリア，サウジアラビア，カタール；パキスタン；インド；中国；インドネシア；日本；アメリカ；フランス系アメリカ；スペイン系アメリカ，メキシコ；キューバ；ドミニカ，チリ，アルゼンチン；北アフリカ；チュニジア；ソマリア；南アフリカ．

1525B　盗まれた馬

この説話には，おもに2つの異なる型がある．

(1)　泥棒が，どうやったら馬を盗むことができるか見せるふりをする．そして実際に馬を盗む．

一部の類話では，何かほかの物が盗まれる(靴，服，腕時計，皿，財布，肉，等)[K341.8]．参照：話型 1540, 1542.

(2)　ドイツの版では，馬は別の方法で盗まれる．馬に乗っている人が哀れな物乞いに出会う．物乞いは，いたずらっ子(悪い少年)が松葉杖を木の上に引っかけてしまったので，松葉杖を取ってくれと馬に乗っている人に頼む．馬に乗っていた人が木に登ると，障害者のふりをしていた男が馬に飛び乗り，走り去る．

コンビネーション　1525A, 1542.

注　(2)の版は17世紀に記録されている．さまざまな地域で，シンダーハネス(Schinderhannes)やリナルド・リナルディ(Rinaldo Rinaldi)のような高貴で有名な盗賊，またはオイレンシュピーゲル(Eulenspiegel)といった筋の担い手を中心に明確な形をとった.

類話(～人の類話)　フィンランド；ラトヴィア；リトアニア；スウェーデン；アイルランド；イギリス；フランス；スペイン；フリジア；ドイツ；ハンガリー；チェコ；スロバキア；セルビア；クロアチア；ルーマニア；ギリシャ；ポーランド；ロシア；ベラルーシ, ウクライナ；ユダヤ；ジプシー；ヴォチャーク；ヤクート；アフガニスタン；インド；中国；日本；北アメリカインディアン；アメリカ；ドミニカ, プエルトリコ；カボヴェルデ；ソマリア.

1525C　通りで釣りをする (旧, 旅人が通りで釣りをする男を見ている)

旅人(旅人たち)が, 男が通りで釣りをしているのを見ている. その間に, 釣りをしている男の仲間たちが旅人たちの荷車をまるごと略奪する [K341.11]. 参照：話型 1382, 1525N*.

注　16 世紀(マルティン・モンターヌス(Martin Montanus) No. 44)に, 記録されている.

類話(～人の類話)　フィンランド；エストニア；ラトヴィア；スウェーデン；デンマーク；ワロン；ドイツ；ロシア, ベラルーシ, ウクライナ；チュヴァシ.

1525D　注意をそらして盗む

泥棒の名人(見習い)が, 市場へ向かっている農夫(作男)の雄牛(雄羊)を盗む. 泥棒は 1 対の物(靴, ブーツ, 剣とさや, ナイフとフォーク)の片方を最初に, もう片方を次に道に落とす [K341.6]. 農夫は最初の物を通り過ぎるが, 2 つ目の物を見ると, 雄牛を残したまま最初の物を拾いに戻る. 泥棒は雄牛を盗む.

次のようなほかの策略も, 農夫の注意をそらすのに使われる. 泥棒の名人は森で首を吊っているふりをする [K341.3] (死んだふりをする). または, 農夫の連れている動物の鳴きまねをする [K341.7]. または穴ウサギ(鶏)を放つ.

また一部の類話では, 泥棒たちの 1 人が, ロバについてきた羊からベルを外す. 彼はベルをロバのしっぽに結び, そして羊を盗む. 2 人目の泥棒は, 飼い主がいなくなった羊を捜している間, ロバを見ていてやると言って, ロバを盗む.

コンビネーション　通常この話型は, 1 つまたは複数の他の話型, 特に 950, 1525A, 1737, および 1004, 1071, 1072, 1525E, 1525J, 1535, 1540, 1654 と結びついている.

類話(～人の類話)　フィンランド；エストニア；ラトヴィア；リトアニア；ラップ；ヴェプス, ヴォート, カレリア；スウェーデン；デンマーク；スコットランド；アイルランド；イギリス；フランス；スペイン；カタロニア；ポルトガル；オランダ；フリジア；フラマン；ドイツ；イタリア；コルシカ島；ハンガリー；チェコ；スロバキア；セルビア；クロアチア；ルーマニア；ブルガリア；アルバニア；ギリシャ；ポーランド；ロシア，ベラルーシ，ウクライナ；トルコ；ユダヤ；ジプシー；チェレミス/マリ，モルドヴィア，ヴォチャーク；シベリア；カルムイク；グルジア；シリア，カタール；イラン；パキスタン；インド；中国；アメリカ；スペイン系アメリカ；アフリカ系アメリカ；メキシコ，グアテマラ，ニカラグア；ドミニカ，プエルトリコ，チリ，アルゼンチン；マヤ；エジプト，アルジェリア；東アフリカ；スーダン，ソマリア，タンザニア；中央アフリカ；ナミビア；南アフリカ．

1525E　泥棒たちがお互いの物を盗み合う（旧，泥棒たちと弟子）（旧話型 1525H, $1525H_1$-$1525H_3$, 1525N を含む）

泥棒たち（強盗たち）がお互いの物を盗んで競争をし，熟練の技を試す[K306]．または，強盗の一味の新入りが自分の技を披露し，師匠をしのがなくてはならない[L142.1]．参照：話型 700.

この説話には，おもに3つの異なる型がある．

(1)　1人の泥棒が鳥の邪魔をせずに鳥の巣から卵を盗む．2人目の泥棒は1人目の泥棒の胸（ズボンのポケット）からその卵を盗むか，または1人目の泥棒が卵を盗むためによじ登っている間に，彼のズボン（靴底）を盗む．または，最初の泥棒が卵を取るために服を脱ぐと，2人目の泥棒がその服を盗む．（旧話型 $1525H_1$.）参照：話型 653.

(2)　2人の泥棒が自分たち盗賊団のかつての仲間の妻からハム（つぶした豚，ヤギ）を盗む．かつての仲間は2人の泥棒からそのハムを盗み返す．すると最後に彼らはまたハムを盗み返す[K306.1]．（旧話型 $1525H_2$, $1525H_3$.）

(3)　2人の泥棒がお互いをだます．最初に彼らは，価値のあると思われる袋を交換するが，価値のない物（砂，干し草，等）しか入っていないことが明らかになる[J1516]．次に彼らは，相手の仕事のほうが楽だと思い，仕事（言うことを聞かない牛の世話，漏れている壺で水を運ぶ，等）を交換するが，2人ともひどい目にあう[J2431.1, K1687]．彼らはいっしょに宝を見つけ（盗み），お互いに相手をだまして分け前を奪おうとする．1人が箱の中に隠れ，もう1人がその箱には黄金が詰まっていると思って家に運ぶ[K307.1]．（旧話型 1525N.）

コンビネーション　950, 1525A, 1525D, 1641, 1654, 1737.

注　(1)と(2)の版は，13-14世紀に初めて見られる（ジャン・ド・ボーヴ(Jean de Boves)の『バラとエメについて，あるいは3人の盗賊について（*De Barat et de Haimet ou des trois larrons*）』）．それよりあとの(1)の版はおもに東南ヨーロッパと東ヨーロッパに流布しており，(2)の版はおもに北ヨーロッパと東ヨーロッパに流布している．(3)の版はおもにインド，近東，東ヨーロッパと南ヨーロッパ，北アフリカと東アフリカで知られている．

類話(～人の類話) ラトヴィア；リトアニア；ヴェプス；カレリア；デンマーク；アイスランド；スコットランド；アイルランド；イギリス；スペイン；カタロニア；ポルトガル；オランダ；フリジア；フラマン；ドイツ；イタリア；コルシカ島；サルデーニャ；ハンガリー；チェコ；スロバキア；セルビア；ボスニア；マケドニア；ルーマニア；ブルガリア；アルバニア；ギリシャ；ポーランド；ロシア；ベラルーシ，ウクライナ；トルコ；ユダヤ；ジプシー；アブハズ；チェレミス/マリ，ヴォチャーク；ウドムルト；クルド；アルメニア；ヤクート；カザフ；カルムイク；グルジア；アラム語話者；パレスチナ；サウジアラビア；イラク；オマーン；イエメン；イラン；パキスタン；インド；ビルマ；スリランカ；中国；マレーシア；アメリカ；スペイン系アメリカ；メキシコ；パナマ；マヤ；ドミニカ，アルゼンチン；チリ；カボヴェルデ；北アフリカ；エジプト；アルジェリア；モロッコ；西アフリカ；マリ；東アフリカ；スーダン；ソマリア．

1525F 話型 1791 を見よ．

1525G 変装した泥棒 (旧，泥棒が変装する)

泥棒の名人が，自分と死んだ母親の身の潔白を王(父親)に対し証明するために，(シバ神に，イスラムの托鉢僧に，女に，等)変装し，繰り返し王の物を盗む[K311]．

注 しばしば話型 1525A が導入部となる．

類話(～人の類話) ラトヴィア；スペイン；ポルトガル；ドイツ；イタリア；セルビア；クロアチア；ユダヤ；イラク；パキスタン；インド；スリランカ；中国；南アメリカインディアン；アルジェリア．

1525H 話型 1525E を見よ．

1525H$_1$–1525H$_3$ 話型 1525E を見よ．

1525H$_4$ ミツバチの巣箱に入った若者

少年(泥棒，ほら吹き，愚か者，オイレンシュピーゲル，夫婦)が，空のハチの巣箱の中に隠れる(酔っぱらってハチの巣箱の中で眠る)．夜 2 人の泥棒がハチを盗みにやって来て，すべての巣箱の重さを量る．いちばん重いのがいちばんいいと思って，泥棒たちは少年が入っている巣箱を運び出す．少年は 1 人の泥棒の髪を引っ張る．髪を引っ張られた泥棒は，仲間が嫌がらせをしたと怒る．それから少年はもう１人の泥棒の髪を引っ張る．もう１人の泥棒も仲間を非難する．少年はこれを続け，とうとう泥棒たちは巣箱をおろして，けんかをする．

一部の類話では，少年(男)は泥棒に嫌がらせをしない．泥棒たちは巣箱を持っていき，巣箱の下で火をおこす．少年が叫ぶと，泥棒たちは驚いて逃げ去る[K335.1.6.3].

コンビネーション 1829, 1875.

注 16 世紀初頭以来，『オイレンシュピーゲルの本(*Eulenspiegelbuch*)』(No. 9)を通して流布している．異なる版は 19, 20 世紀に現れ始める．

類話(～人の類話) フィンランド；ラトヴィア；リトアニア；スコットランド；フランス；ポルトガル；フリジア；フラマン；ドイツ；スイス；オーストリア；ハンガリー；スロバキア；ブルガリア；アルバニア；ロシア, ウクライナ；ヴォチャーク；シベリア；グルジア；中国；アメリカ；モロッコ；南アフリカ．

1525J　獲物をだまし取られた泥棒たち (旧話型 $1525J_1$ と $1525J_2$ を含む)参照：話型 1525D, 1525E, 1653, 1654, 1875.

この説話には，おもに２つの異なる型がある．

(1)　おじと甥(祖父と孫息子，泥棒の一味)が雄牛(羊)を盗んで，焼く．甥(泥棒の見習い)は肉をすべて自分のものにしたいと思う．甥は雄牛の皮を水場に持っていく．茂みに隠れて，甥はまるで自分が叩かれているかのように牛の皮を叩く．甥は，雄牛を盗んだのは自分ではなくおじだと泣き叫ぶ．おじは，甥が捕まったと思い，逃げる[K335.1.3].

一部の類話では，泥棒たちは，雄牛(羊)のしっぽ(頭)を切り落とし，１頭の雄牛がもう１頭を食べたように見えるように，そのしっぽを別の牛の口(尻)に突っ込む．または，泥棒たちは切り取った部分を沼地に置く[K404.1]．飼い主が溺れた牛を引き出そうと泳いでいくと，泥棒たちは飼い主の衣服を盗む．参照：話型 1004.

(2)　少年(女)が，銀の杯(バケツ，等)を井戸(川)に落としたので取ってきて欲しいと，通りがかりの泥棒(兵隊)に頼む．泥棒は服を脱いで，井戸におりるが何も見つからない．泥棒が登って戻ると，服が盗まれている[K345.2].

コンビネーション 1535, 1740.

注 (2)の版は 13 世紀に初めてペルシアの文学に現れる．

類話(～人の類話) フィンランド；ラトヴィア；スコットランド；イギリス；フラン

ス；スペイン；カタロニア；ポルトガル；オランダ；フリジア；フラマン；ドイツ；スイス；イタリア；マルタ；ハンガリー；チェコ；スロバキア；セルビア；クロアチア；ブルガリア；ギリシャ；ウクライナ；トルコ；ユダヤ；チェレミス/マリ，モルドヴィア；カザフ；シリア；ペルシア湾；サウジアラビア，クウェート，カタール，イエメン；イラン；インド；中国；ベトナム；日本；スペイン系アメリカ；エジプト，アルジェリア，スーダン；ソマリア．

1525J₁ 話型 1525J を見よ．

1525J₂ 話型 1525J を見よ．

1525K どこにでも現れる物乞い

物乞いがさまざまな変装をして，同じ人からまんまと 3 回(21 回)施しを得る[K1982]．

類話(～人の類話) スペイン；フリジア；ルーマニア；イラン；北アメリカインディアン；南アメリカインディアン；シリア．

1525L 借金取りがお金を要求すると，気が狂っていると嘘の通報をされる

無慈悲な商人が，(不当に)集金するために借り主のところへ何度も手伝いの男を行かせる．借り主は，手伝いの男が精神的におかしくなっていると通報する．手伝いの男は大修道院に閉じ込められ，そこで祈禱と聖遺物で治療される．彼はこの処置に抵抗し，さんざん叩かれる．商人は，同じことをするぞと脅されて，借金を免除する[K242]．

類話(～人の類話) フィンランド；スペイン；カタロニア；ポルトガル；イタリア；クロアチア；パレスチナ；イラン；スペイン系アメリカ；エジプト．

1525M 揺り籠の羊 (旧，盗賊マックと羊)(旧話型 1525H* を含む)

男(農夫)が羊(豚)を盗む(ひそかに殺す)．男は隣人(所有者)に訴えられ，動物を隠さなければならない．男は，服(布)に羊をくるみ，まるでそれが(病気の)赤ん坊であるかのように揺り籠に寝かせる(まるで自分の弟のように，ベッドに寝かせる，トイレに座らせる)．警察(当局)は盗まれた羊を捜しにやって来るが，それに気づかない[K406.2]．

一部の類話では，生きている豚が揺り籠に隠されて，豚がキーキー鳴いて発見される．

また一部の類話では，農夫が，つぶされた豚に妻の服を着せて見張りのいる門からそっと持ち出す(盗まれた羊は服を着せられ，ボートの舵のところ

に座らされる[K406.1]).（旧話型 1525H*.）

コンビネーション 1525D, 1654.

注 およそ紀元400年頃の最も早期の版はマクロビウス(Macrobius)の『サトゥルナリア(*Saturnalia*)』(I, 6, 30)に記録されている．この説話は15世紀初頭にイギリスで演じられた聖史劇『第2牧人劇(*Secunda Pastorum*)』の基である．

類話(～人の類話) フィンランド；ラトヴィア；スペイン；カタロニア；ポルトガル；オランダ；フリジア；ドイツ；スイス；イタリア；ハンガリー；スロバキア；ギリシャ；ポーランド；ロシア；ミングレル；パレスチナ；パキスタン, インド, スリランカ；ビルマ；アメリカ；スペイン系アメリカ；アフリカ系アメリカ；モロッコ；ナイジェリア．

1525N 話型1525Eを見よ．

1525P 話型1004を見よ．

1525Q 同じ女と結婚した2人の泥棒

2人の泥棒(昼の泥棒と夜の泥棒，強盗とすり)が同じ女と結婚している．2人はこのことを知ると，女をめぐって争う．彼らは，裁判官または女のところに行く．すると裁判官(女)は，どちらがよりすぐれた泥棒かを見るために勝負をさせ，勝ったほうが女を妻にしておくことができることにする．参照：話型1525E.

一部の類話では，1人の(能力の低いほうの)泥棒が支配者の寝室に忍び込み，身の上話を聞かせる．支配者は，女がこの泥棒といっしょになるよう決める．参照：話型1525K*.

類話(～人の類話) マケドニア；ブルガリア；アルバニア；ギリシャ；トルコ；ユダヤ；アルメニア；インド；北アフリカ；エジプト；チュニジア；モロッコ．

1525R 強盗兄弟

2人の兄が，愚かな末の弟を泥棒の旅に連れていくのを拒む．末の弟は兄たちより先に出発し，兄たちが狙いをつけている人たちの財産を泥棒から守る代わりに報酬をもらう約束をする．兄たちが押し入ると，末の弟は自分だと気づかれずに，兄たちを叩く．そして兄たちは何も手に入れないまま家に帰る[K308]．この出来事が2回起きる．3回目に兄たちは弟を連れていく．弟は，価値のある物の代わりに持ち主のドアを運ぶ．話型1653へと続く．

コンビネーション 1653.

類話(～人の類話)　フィンランド；フィンランド系スウェーデン；スウェーデン；ノルウェー；フェロー；ドイツ；オーストリア；アメリカ.

1525H* 話型 1525M を見よ.

1525J* 話型 1525Z* を見よ.

1525K* 盗まれた財産を与える（旧，審判者が自分の盗まれたコートを泥棒に与える）

2 人の泥棒が，何か価値のある物(毛皮のコート，王冠，杯)を盗み，それをどうやって分けるか争う．夜，泥棒の 1 人は，所有者(裁判官，領主)の寝室に忍び込み，夢を見ている所有者に何が起きたかを語る．所有者は寝ながら，その泥棒が品物を所有するという決定をする[K419.3]．その間に 2 人目の泥棒は所有者の宝物倉(食料貯蔵室)から盗む．参照：話型 1525Q.

コンビネーション　1740.
類話(～人の類話)　ラトヴィア；リトアニア；ロシア, ウクライナ；ユダヤ；モルドヴィア, ヴォチャーク；シベリア.

1525L* 物語が語られている間に盗みが行われる（旧話型 1525Q* を含む）

2 人(3 人)の泥棒がある男(女)から物を盗む．泥棒の 1 人が盗みをはたらいている間，もう 1 人の泥棒は，今実際に何が起きているかを物語にして語る．そのため，被害者は気をそらされて，泥棒は気づかれずに仕事をすることができる[K341.20].

別の版では，1 人の泥棒が歌を歌い(踊りを踊り)，その歌(踊り)で，どこに獲物があるかを仲間に伝える[K341.21]．(旧話型 1525Q*.)

類話(～人の類話)　フィンランド；ラトヴィア；リトアニア；スペイン；ドイツ；イタリア；ハンガリー；チェコ；スロバキア；ルーマニア；ブルガリア；ギリシャ；ポーランド；ロシア, ベラルーシ, ウクライナ；ユダヤ；タタール；シベリア；ブリヤート；インド；アルジェリア, エリトリア.

1525M* 話型 1624B を見よ.

1525N* 仲間がバターを盗む

兵隊がけちな農夫の体重を量る(のみ(chisel)で釣りをする方法を農夫に教える)．その間，兵隊の仲間が農夫のバター(魚)を盗む[K365]．参照：話型 1525C.

類話(～人の類話) ポルトガル；ハンガリー；ロシア；ベラルーシ；ウクライナ.

1525P* 話型 1341 を見よ.

1525Q* 話型 1525L* を見よ.

1525R* 話型 1525Z* を見よ.

1525Z* その他の窃盗の諸説話 (旧話型 1525J* と 1525R* を含む)

さまざまな類話がある雑録話型.

類話(～人の類話) ラトヴィア；スペイン；ポルトガル；フリジア；イタリア；マルタ；チェコ；ギリシャ；ポーランド；ロシア；ベラルーシ；ウクライナ；トルコ；ユダヤ；モンゴル；グルジア；シリア；パレスチナ；ペルシア湾；サウジアラビア；イラク；オマーン；クウェート；カタール；イエメン；イラン；インド；中国；日本；スペイン系アメリカ；アフリカ系アメリカ；マヤ；西インド諸島；エジプト；チュニジア；アルジェリア，モロッコ；スーダン；エリトリア；南アフリカ.

1526 年老いた物乞いと強盗

詐欺師たち(泥棒たち，ジプシーたち，女のトリックスター)が，物乞い(愚かな農夫)に高貴な支配者の服を着せる.(詐欺師たちは，彼を宿屋に連れていき，自分たちが彼の召し使いであるふりをする.)詐欺師たちは，主人が支払いをする(彼らは主人からお金をもらう)と言って，1 人または複数の商人から物を盗む.

詐欺師たちは，支配者の服を着せた男を借金の形として宿屋に，または商人といっしょに残し，略奪品を持っていなくなる.「高貴な」支配者は物乞いだということがわかる.物乞いは罰せられるか，または去ることを許される[K455.3].参照：話型 1531.

コンビネーション 1737, 1829.

注 13 世紀初頭にシュトリッカー(Stricker)のドイツの韻文の説話(司祭アーミス(*Der Pfaffe Amîs*))に記録されている. 18, 19 世紀には，有名な演劇作品を通して，特定の有名な強盗(Schinderhannes, Cartouche, Antrašek, Juratšek)と結びつけて広められた.東洋の伝承ではトリックスターは常に女である(Dalīla, Fatma, Aicha).

類話(～人の類話) フィンランド；エストニア；ラトヴィア；リトアニア；ヴェプス；イギリス；スペイン；ドイツ；マルタ；ハンガリー；スロバキア；マケドニア；ルーマニア；ブルガリア；ギリシャ；ポーランド；ロシア，ベラルーシ，ウクライナ；トルコ；ユダヤ；クルド；ヤクート；シリア，イラク；イラン；フィリピン；フランス系カナダ；アルジェリア，モロッコ；ソマリア．

1526A 策略で手に入れた夕食

3人(4人)のトリックスター(泥棒，学生，兵隊)が夕食を食べたいと思う．お金がないので，彼らは(3つの)連続した策略で食料を手に入れる．通常，ほかの誰かが彼らの食事代を支払わなければならない．

一部の類話では，1人のトリックスターがさまざまな策略でただで食事にありつく．例えば，彼が招待客のふりをすることによって，ただで食事にありつく[K455.1, K455.2, K455.4]．参照：話型1920E.

コンビネーション 1555B.

類話(～人の類話) フィンランド；ラトヴィア；リトアニア；アイルランド；フランス；スペイン；カタロニア；ポルトガル；オランダ；フリジア；フラマン；ドイツ；マルタ；ハンガリー；チェコ；スロバキア；クロアチア；マケドニア；ブルガリア；アルバニア；ギリシャ；ポーランド；ユダヤ；アメリカ；メキシコ；エジプト．

1526A 塔が倒れるまで待つ**

酒場にいる2人の男(学生，作男)が窓の外を見て，教会の塔が傾いているのに気づく．彼らは，塔が東か西のどちら側に倒れるか賭けをする．彼らは食事を楽しむ．あとで酒場の主人が支払いを要求すると，彼らは主人に，塔が倒れるまで待たなければならないと言う．

類話(～人の類話) オランダ；フリジア；フラマン；ドイツ．

1527 強盗たちがだまされて逃げる (旧，強盗たちがだまされる)

主人が自分の雇っている作男(労働者)をタールと羽根(ハチミツと羊毛)で覆い，強盗の家へ連れていく．強盗たちはおびえて，宝を残したまま逃げる[K335.1, K335.1.8]．参照：話型130, 1653.

類話(～人の類話) フィンランド；リーヴ；リトアニア；アイルランド；ドイツ；チェコ；ギリシャ；ベラルーシ；ユダヤ；チュヴァシ；タタール；中国；イギリス系カナダ．

1527A 武器を取り上げられた強盗 (旧，強盗が説得されて弾を無駄にする)

この説話には，おもに2つの異なる型がある．

(1) 少年が森の中で1人の強盗に出くわす．強盗は少年の剣を取り上げ，少年の物を強奪する．少年は強盗に，少年が自分を守るために戦ったように見えるよう片手を切り落としてくれと頼む．強盗が剣を振ると，少年は手を引っ込め，剣は木の幹に刺さる．少年は剣を引き抜き，強盗を殺す[K630].

(2) 強盗が農夫(商人)を襲い，お金を取る．襲われた農夫は，強盗がかなりの力を使わなければならなかったと見えるように，農夫の帽子(服)を撃つよう頼む．強盗が弾をすべて使い果たすと，農夫は持っていた棒で強盗を追い払う[K724].

注 14世紀初頭にヨハネス・ゴビ・ジュニア(Johannes Gobi Junior)の『スカーラ・コエーリ(*Scala coeli*)』(No. 542)に記録されている．

類話(～人の類話) リトアニア；ヴェプス；スウェーデン；スコットランド；アイルランド；イギリス；オランダ；フリジア；フラマン；ドイツ；スイス；マルタ；スロバキア；ポーランド；ユダヤ；モルドヴィア；朝鮮；アメリカ；スペイン系アメリカ．

1527* 夜の宿に無理やり泊まる (旧，3人の旅人が夜の宿を探す)

3人の旅人が夜を過ごす場所を必要としている．彼らは宿屋の主人に追い払われる．すると，1人が屋根に登って，コートで煙突を塞ぎ，宿屋を煙だらけにする．(ほかの客はいなくなり)宿屋の主人は旅人たちをそこに(ただで)泊める．

類話(～人の類話) フィンランド；フィンランド系スウェーデン；スウェーデン；アイルランド；オセチア．

1528 帽子を押さえる

この説話には，おもに2つの異なる型がある．

(1) 商人が自分の物を盗んだ泥棒を追いかけている．泥棒は農夫に変装して道ばたに立ち，価値のあるハヤブサを帽子の下に隠して見張っているふりをしている．商人がやって来ると，「農夫」は，商人がハヤブサを見張っていてくれて馬を貸してくれるなら，泥棒を追いかけてやると申し出る．商人は「農夫」に援助のお礼を払い，泥棒はお礼のお金に加えて馬も手に入れる．参照：話型1540.

(2) 男が，道ばたで排便し，くその山に帽子をかぶせる．司祭が通りかかると，男は美しい鳥を捕まえたと説明する．男は自分の姿が見えなくなるまで帽子を上げないという条件で「鳥」を司祭に売る．男がいなくなると，司祭は鳥を捕まえるために帽子の下に手を伸ばす．するとそこにはひと握りのくそしかない[K1252].

コンビネーション 通常この話型は，1つまたは複数の他の話型，特に1085, 1384, 1530, 1535, 1539, 1540, 1540A*, 1541と結びついている．

注　ドイツでは14世紀初頭に記録されている(「ナイトハルトとスミレ(*Neidhart mit dem Veilchen*)」). 19, 20世紀には，この説話は純然たる滑稽譚となった．いくつかの古いモティーフは姿を消し，代わりにほかの笑話のモティーフが入ってきた．

類話(～人の類話)　フィンランド；ラトヴィア；リトアニア；ヴォート, カレリア；スウェーデン；アイルランド；フランス；ポルトガル；オランダ；フリジア；フラマン；ワロン；ドイツ；イタリア；ハンガリー；チェコ；スロバキア；スロベニア；セルビア；ルーマニア；ブルガリア；ギリシャ；ポーランド；ロシア, ベラルーシ, ウクライナ；ジプシー；チェレミス/マリ, モルドヴィア；シベリア；ブリヤート, モンゴル；グルジア；サウジアラビア；ビルマ；中国；朝鮮；インドネシア；北アメリカインディアン；アメリカ；スペイン系アメリカ, メキシコ；ドミニカ, プエルトリコ；マヤ；ブラジル；チリ, アルゼンチン；カボヴェルデ；エジプト；ナミビア；南アフリカ．

1529　ロバになった泥棒 (旧，泥棒が馬に変えられたと言い張る)

賢い泥棒(学生，物乞い，旅の修道士)が，(木に，または生垣に，または荷車の後ろに)つながれた，または鞍を載せられた，またはくびきをつけられたロバ(馬，ラバ，雄牛，雌牛)を盗む．泥棒は盗んだロバの代わりに仲間を残していく．仲間はロバの所有者(農夫，大臣，巡礼者)に，自分は罪のために(父親または母親に呪いの言葉を吐いたために)罰として動物に変えられていたのだと説明し納得させる．彼の罰の期間はたった今終わり，再び人間になったと言う[K403]．ロバの所有者はこれを信じ，彼を解放する(そして，しばしば叩いたり侮辱したりしたことをわび，彼を親切にもてなすか，またはお金を与える)．

ロバの所有者は新しいロバを市場に買いに行き，そこで自分の飼っていたロバを見つける．彼はこのロバを，この間知り合った男だと思い，彼がまた罪を犯したことを責める．そしてこのロバを買うことを拒む．

類話(～人の類話)　エストニア；ラトヴィア；リトアニア；フランス；カタロニア；ポルトガル；オランダ；フリジア；フラマン；ルクセンブルク；ドイツ；イタリア；マルタ；ハンガリー；チェコ；スロバキア；スロベニア；セルビア；クロアチア；ルーマニア；ブルガリア；アルバニア；ポーランド；ロシア, ベラルーシ, ウクライナ；トルコ；ユダヤ；ジプシー；レバノン；パレスチナ；イラン；フィリピン；アメリカ；メキシコ, グアテマラ, パナマ；チリ；チュニジア；モロッコ；南アフリカ．

1529A* 馬の交換

この説話には，おもに2つの異なる型がある．

(1) 農夫が馬のふんを食べるという条件で，紳士が，自分のりっぱな馬を農夫の貧弱な馬と交換することに同意する．農夫は馬のふんを食べ，ふんの中に貴重品を発見する．

(2) 農夫(ロシア人)がカエルを食べるなら，紳士(イギリス人)が，牛(彼の財産)を農夫に与えることに同意する．農夫は，カエルを半分食べることに成功し，紳士に，牛を自分のものにしておきたいなら，残りの半分を食べるよう言う(ロシア人は条件を満たすが，イギリス人は条件を満たせない．それでイギリス人は財産を取り戻せない)．

類話(～人の類話) フィンランド；リトアニア；デンマーク；スコットランド；スロバキア；ブルガリア；ロシア, ウクライナ．

1529B* オオカミを狩る羊

農夫が，オオカミたちを狩るという1匹の羊(ヤギ)を紳士(ローマ法王)に売る．オオカミたちは羊をむさぼり食う．

類話(～人の類話) ロシア, ベラルーシ, ウクライナ；シベリア；ビルマ．

1530 岩を支える

トリックスターが，巨大な岩(木，動かない動物)の下に肩を置いて，岩を支えているふりをする．彼は通りがかりの人(愚か者，羊飼い)を説得して(水を飲みに行けるように)交代してもらい，通りがかりの人の馬で(通りがかりの人の持ち物を持って，動物たちを連れて)走り去る[K1251]．参照：話型 9, 1528, 1731.

コンビネーション 通常この話型は，1つまたは複数の他の話型，特に 34, 49A, 175, 1384, 1528, 1535, 1542 と結びついている．

注 アフリカとアメリカ大陸では，通常，筋の担い手は動物である．

類話(～人の類話) ラトヴィア；アイルランド；ドイツ；マルタ；セルビア；ルーマニア；ブルガリア；ウクライナ；トルコ；ユダヤ；アブハズ；カバルダ；チェレミス/マリ, ヴォチャーク；タタール；シベリア；ウズベク；タジク；グルジア；カタール；イラン；インド；中国；アメリカ；スペイン系アメリカ, メキシコ, グアテマラ；アフリカ系アメリカ；ドミニカ, プエルトリコ；南アメリカインディアン；マヤ；ギアナ；ブラジル；チリ, アルゼンチン；カボヴェルデ；チュニジア；モロッコ；東アフリカ；アンゴラ, ナミビア, ボツワナ, 南アフリカ；マダガスカル．

1530*　**男と彼の犬たち**

男が，2匹(3匹)の変な名前の犬，例えば「羊飼い」と「棒を取ってこい」という名の犬を飼っている．男が犬の名を呼ぶと，泥棒(泥棒たち)は自分が見つかったと思い，叩かれる(捕まる)と思う[J2493]．泥棒は逃げる．参照：話型 883C, 1641.

コンビネーション　1383, 1791.
類話(～人の類話)　フィンランド；エストニア；ラトヴィア；アイルランド；スペイン；オランダ；フリジア；ハンガリー；スロバキア；スロベニア；ギリシャ；ユダヤ；ジプシー；日本；フランス系アメリカ；スペイン系アメリカ，メキシコ；アルゼンチン；チュニジア；アルジェリア，モロッコ.

1531　**1日だけの支配者**(旧，男が天国にいたと思う)

金持ちの男(支配者)が，酔っている農夫(睡眠薬を飲まされた商人)を家に連れてくるよう命ずる．金持ちは農夫にいい服を着せ，いい食事を与える(そして金持ちの男の仕事を農夫にさせる).

1日後(1時間後，3年後)農夫は寝ている間に元の家に戻される．農夫は天国にいたのだと思う(すべては夢だったのだと思う．これまでの地位にもはや満足できなくなる)[J2322]．参照：話型 944, 1313A*, 1526.

注　『アラビアン・ナイト(*Arabian Nights*)』の「眠りから覚めた男(*The Sleeper Awakened*)」(III, 454-456)に記録されている．文学翻案はシェークスピア(Shakespeare)の『じゃじゃ馬馴らし(*The Taming of the Shrew*)』(1595)，ゲルハルト・ハウプトマン(Gerhart Hauptmann)の『シュルックとヤウ(*Schluck und Jau*)』(1900)を参照せよ.
類話(～人の類話)　フィンランド；エストニア；ラトヴィア；リトアニア；イギリス；スペイン；オランダ；ワロン；フラマン；ドイツ；イタリア；ハンガリー；ポーランド；ロシア，ベラルーシ，ウクライナ；トルコ；ユダヤ；チェレミス/マリ；アラム語話者；ヨルダン.

1531A　話型 1284 を見よ.

1531B　話型 1284B を見よ.

1532　**墓からの声**

2人のペテン師が最近死んだ資産家のことを聞く．彼らの1人が死んだ男と入れ替わり，埋められる(墓の近くに隠れる)．もう1人は死んだ男の親族を見つけ，自分は死んだ男に巨額のお金を貸していたと告げる．ペテン師は親族たちに，お金を返してくれと要求しつつ，死んだ男に聞いて借金を確かめてみるよう勧める.

親族たちがそうすると，共謀者が隠れ場所から，借金を支払わなければならないと答える[K451.5, K1974]. お金を受け取ったペテン師は，共謀者を地中に埋めたままにして，立ち去る. 参照：話型 1676.

コンビネーション 1654.

類話(〜人の類話) ポルトガル；ギリシャ；ユダヤ；イラン；パキスタン；インド；チベット；アメリカ；スペイン系アメリカ；エジプト, チュニジア, ソマリア；中央アフリカ；マダガスカル.

1533 鶏を賢明に切り分ける [H601]

この説話には，おもに 2 つの異なる型がある.

(1) 貧しい男(農夫，賢い男)が，主人(支配者)に鶏(ハト，ガチョウ，等)を贈り物として持っていく. 主人は，家族に適切に鳥を分けるように貧しい男に頼む. 貧しい男は，頭を主人に与えて，主人の妻に首を与える. なぜなら頭と首はいっしょの物だからである(妻は家で座っているので尻の肉を与える，または心臓を与える). 貧しい男は，2 人の息子には脚を与える. なぜなら息子たちは家族を支えるために家の外で働いているからである. そして 2 人の娘には翼を与える. なぜなら娘たちは飛んでいってしまうからである. 貧しい男は胴体を自分の分にする. 主人は貧しい男の賢さに，十分に褒美を与える. 参照：話型 875.

時として，物語が次のように続くこともある. 1 人の隣人がこの貧しい男の幸運を聞きつける. 隣人は 5 羽の鶏の贈り物を米といっしょに持っていく. 隣人はこれらの物を適切に分けるよう頼まれると，うまくできず，さんざん叩かれる.

(2) 時として，上の版への結末として次のように続く. 主人が貧しい男に，(この)5 羽の鶏(別の鳥たち)を家族のメンバーに分けるよう要求する. 貧しい男は，主人と妻に 1 羽の鶏を与え，これで(主人，妻，鶏の)3 になる. 同様に 2 人の息子にも 1 羽与え(2 人の息子と鶏 1 羽で 3 になり)，2 人の娘たちにも 1 羽与える(2 人の娘と鶏 1 羽で 3 になる). 最後に残った 2 羽を自分のものにして，このセットも(自分と鶏 2 羽で)3 にする. 参照：話型 1663.

コンビネーション 875, 875A.

注 7 世紀に『ミドラシュ 悲歌ラバ(*Midrasch Echa rabbati*)』に記録されている.

類話(〜人の類話) フィンランド；エストニア；ラトヴィア；リトアニア；リーヴ, ヴォート, カレリア；スウェーデン；ノルウェー；アイルランド；カタロニア；ポルトガル；ドイツ；イタリア；ハンガリー；チェコ；スロバキア；ルーマニア；ブルガリア；ギリシャ；ポーランド；ロシア，ベラルーシ，ウクライナ；ユダヤ；チュヴァシ；シベリア；ヤクート；シリア；レバノン，イラク；クウェート；イラン；インド；中国；フィリピン；アメリカ；エジプト，チュニジア，アルジェリア；南アフリカ．

1533A 聖書に従って豚の頭を分ける

聖職者，教会の雑用係，学校教師(3人の学生)が，焼いた豚(豚の頭)を3人で分けようとする．分配の基準は聖書の引用能力である．聖職者は耳を片方切り落とし，「このようにペテロは大祭司のしもべの耳を切り落とした」と言う．教会の雑用係は豚の頭を(もう片方の耳を)切り落とし，「このようにバプティスマのヨハネの首は切り落とされた」(「そして彼らは彼の耳に一撃を与えた」)と言う．学校教師は長いこと考える．最後に彼は布を広げ，豚の残りを(頭を)布に載せ，「そして彼らは聖なる体を持ち去った」と言う[J1242.1]．

一部の類話では，3人の修道士が卵を1つ見つけ，聖書から最も適切な引用をした者がその卵をもらうことに決める．最初の修道士は「偽りの殻から浄化されよ」と言い，2人目は「真実の塩がまかれんことを」と言い，3人目めは，それにつけ加えて，「主の称賛の中に来なさい」と言って卵を食べる．参照：話型1626．

コンビネーション 1626, 1741, 1847*.

注 この笑話は聖書外典の「ナザレのイエス(*Historia Jeschuae Nazareni*)」にさかのぼる．

類話(～人の類話) フィンランド；エストニア；ラトヴィア；デンマーク；オランダ；フリジア；ドイツ；オーストリア；スロバキア；セルビア；クロアチア；ルーマニア；ブルガリア；ギリシャ；ポーランド；ベラルーシ；ウクライナ；イエメン；日本；エジプト．

1533B 3つ目の卵

哲学(薬学)を研究している農夫の息子が家に帰る．ある日，2つの卵(鶏肉，パンケーキ)が夕食に出される．農夫の息子は自分の教育の高さをひけらかすために，これは2つではなく，3つであると，次のように説明する．「これは1つで，これらが2つであり，合わせると3つになる」．彼の父親は息子を否定することはしない．父親は卵を1つ自分で取り，2つ目を妻に与え，そして息子には3つ目の卵を勧める[J1539.2]．

類話(～人の類話) イギリス；フリジア；ドイツ；ハンガリー；ポーランド；アメリ

カ；アフリカ系アメリカ；南アフリカ.

1533C 群れを賢く分ける

男(農夫，トルコ人，アラブ人)が3人の息子(甥，作男)に，合計17頭の雌牛(馬，ラクダ，コイン)を次のように分配するように遺産として残す．長男が半分取り，2番目の息子が3分の1取り，そして末の息子が9分の1取る．彼らはこの問題を解決できず，とうとう見物人が自分の雌牛を1頭群れに加えてやる．18頭の雌牛から，それぞれの息子が妥当な相続分をもらうことができる．そして見物人は自分の雌牛を返してもらう[J1249].

類話(～人の類話) オランダ；フリジア；ドイツ；オーストリア；マルタ；ユダヤ；イラン；アメリカ.

1534 賢くも不当な一連の判決 (シェムヤカ(Shemjaka)の判決)

貧しい男(商人，パン屋)が次の一連の事故を引き起こす．

貧しい男は(借りた)馬のしっぽを引っこ抜く(彼が借りた2頭の雄牛の1頭が死ぬ)．馬の所有者は貧しい男を告訴する．

貧しい男はある家に逃げ込み，妊娠した女を驚かせ(女にぶつかり)，女は流産する．または，雨が降っているので女が貧しい男を招き入れる．そして貧しい男は彼女のソファーに座り，うっかり子どもを殺してしまう．女の夫(女)も同様に貧しい男を告訴する．

絶望して，貧しい男は高い塔(橋)から飛びおり，通行人を殺す[N320, N330]．通行人の兄弟(その他の親族)が貧しい男を訴える．

被害者たちは貧しい男を裁判官の前に連れていく．裁判官は以下のとおり判決を下す[J1173].

貧しい男は，馬のしっぽが再び生えてくるまで借りた馬を飼うべし．

貧しい男は，母親に別の子どもを妊娠させるべし(そして夫はもう1度彼女にぶつかって，再度彼女を流産させるべし)．彼女の夫はこの解決を拒否し，告訴を引き下げる．(一部の類話では，夫は貧しい男に罰金を払わなければならない.)

殺された通行人の兄弟(その他の親族)は，貧しい男を殺すために塔の上から貧しい男の上に飛びおりるべし．彼もまた告訴を引き下げる．(一部の類話では，彼もまた貧しい男に罰金を払わなければならない.)

(貧しい男は馬と和解金を持って去る.)

一部の類話には，枠物語の枠として次のような説話がつく．裁判官がパン屋(商人)に，ほかの誰かのガチョウ(カモ)を自分のために持ってくるよう説得する．裁判官は，ガチョウの持ち主がパン屋を窃盗で告訴したら，パン屋を守ってやると約束する．そして，上の話が続く．参照：話型 926C.

コンビネーション　1660, 1861A.

注　この話型のエピソードは個々に現れることもあるし，別の並びで現れることもある．話型 926 以下のソロモンの裁判も参照せよ．

類話(～人の類話)　フィンランド；リーヴ；ラトヴィア；デンマーク；スペイン；カタロニア；ポルトガル；オランダ；フリジア；ドイツ；イタリア；イタリア；コルシカ島；サルデーニャ；マルタ；ハンガリー；セルビア；クロアチア；マケドニア；ルーマニア；ブルガリア；ギリシャ；ポーランド；ロシア, ベラルーシ, ウクライナ；トルコ；ユダヤ；ジプシー；アブハズ；クルド；シベリア；トルクメン；タジク；シリア；アラム語話者；パレスチナ；イラク, ペルシア湾, サウジアラビア, カタール；イラン；パキスタン；インド；チベット；カンボジア；フィリピン；チリ；ドミニカ；アルゼンチン；北アフリカ；エジプト；チュニジア；アルジェリア；モロッコ；スーダン.

1534A　死刑を宣告された無実の男（旧，火あぶりの杭(輪縄)に合うからと選ばれた無実の男）

聖人と弟子がある町にやって来る．その町は王とすべての大臣が愚か者であり，すべての種類の食べ物が同じ値段で売られている[J342.1.1, X1503.3]．聖人はすぐにこの町を去り，弟子にも去るように警告するが，弟子は警告にもかかわらずとどまる[N347.7].

泥棒が，夜ある家に忍び込もうとするが，壁が崩れ，死ぬ(彼は突き出た棒が刺さって片目がとれる)．家の持ち主が王に召喚され，死刑を宣告される(目をえぐり出す刑を宣告される)．しかし家の持ち主は壁をつくった石工のせいにし，石工はまたモルタルを供給した者のせいにする．こうして続くが，最後にあまりに愚かで，誰かほかの者のせいにできない１人の男に行き着く．その男は死刑を宣告される[J2233].

家の持ち主は，自分は仕事のために両目が必要だが，隣人の狩人は片目しかいらないと説明する．狩人は，たしかに自分は両目はなくてもいいが，隣人の音楽家は演奏するときいつも目を閉じていると言う，等．王は音楽家の片目をえぐり出すよう判決を下す．参照：話型 978.

宣告を受けた男は痩せすぎていて杭(輪縄)に合わない．聖人の弟子が彼の代わりに処刑される者に選ばれる[N178.2]．聖人が戻ってきて，次に処刑される者はすぐに天国へ行けることがわかったと告知する[K841.1, J1189.3]．王は自ら杭に飛びつく[K842.4, K843]．参照：話型 980*.

類話(～人の類話) スペイン；ユダヤ；ウズベク；レバノン；イラク；オマーン；パキスタン，スリランカ；インド；エジプト，タンザニア．

1534A* 鍛冶屋の身代わりに処刑される床屋

鍛冶屋が罪を犯し，死刑を宣告される．村人たちは，鍛冶屋なしではやっていけないと裁判官(市長)に文句を言う．村人たちは，床屋なら2人いるので，鍛冶屋の代わりに床屋の1人を処刑するよう裁判官に頼む[J2233.1.1]．

類話(～人の類話) イギリス；スペイン；オランダ；フリジア；ドイツ；オーストリア；ハンガリー；クロアチア；ポーランド；ユダヤ；アメリカ．

1534B* 話型1534Z*を見よ．

1534C* 話型1534Z*を見よ．

1534D* 口のきけないふりをした男が訴訟に勝つ

トリックスター(農夫)が(長い木を運んでいて)，(金持ちの)男に道を空けるよう叫ぶ．男が拒否すると，トリックスターは男の荷車をひっくり返す(男の服を破る)．金持ちの男は彼を軽罪裁判官のところに連れていく．トリックスターは口がきけないふりをする(おびえて話せないふりをする)．怒った原告は，この男が口がきけないはずはない，この男は自分にやかましく警告した，と反論する．その結果，原告はこの裁判で敗訴する．なぜなら原告は男の警告に注意を払わなかったからである[K1656]．

類話(～人の類話) カタロニア；ドイツ；マルタ；ハンガリー；スロバキア；ルーマニア；ブルガリア；ポーランド；ウクライナ；ユダヤ；ウズベク．

1534E* いい判決

2人の男が裁判官の前で議論をする．裁判官は一方の言い分を聞いて，それは正しいと判決する．次に裁判官はもう一方の言い分を聞いて，それも正しいと判決する．ある人が両方とも正しいということはありえないと文句を言うと，裁判官は「あなたの言うことも正しい」と言う．

類話(～人の類話) フリジア；ドイツ；ルーマニア；ブルガリア；ユダヤ；ウズベク；アメリカ．

1534Z* その他の不条理な決定 (旧話型1534B*と1534C*を含む)

さまざまな類話のある雑録話型．

類話(〜人の類話)　アイルランド；スペイン；マルタ；ブルガリア；ロシア；ユダヤ；シリア；パレスチナ，イラク；中国；エジプト．

1535　金持ちの農夫と貧しい農夫（ウニボス(Unibos)）

この説話は，しばしば以下のエピソードの１つで始まる．

(1)　貧しい男(農夫)の家族は，１頭しかいない自分たちの雌牛(2頭の雄牛)をつぶし，持っているすべての小麦粉を使ってパンを焼く．彼らはすべての村人たちをたいへんなご馳走に招待する．家族は客たちからお返しの招待を期待するが，無駄である．

(2)　金持ちの男が貧しい弟のたった１頭の馬を殺し，弟にその皮をやる．

主部：

貧しい男は雌牛の皮(雄牛の皮，馬の皮)を売りに町に行く．夜，貧しい男は，宿屋の主人の妻が愛人といるのを見つけ，ばらすと彼らを脅す．彼らはばらさないように貧しい男を買収する．または商人が，貧しい男のごみ袋に価値のある物が入っていると信じ込む．商人はその袋をもらい，代わりに自分の売り物を貧しい男に置いていく．

家に帰って，貧しい男は金持ちの兄に(村人たちに)，すべてのお金は動物の皮(ごみ)の代わりにもらったと言う．金持ちの兄弟(村人たち)は牛の皮を売るために自分の持っているすべての牛をつぶし，貧乏になる(ごみを売ろうとしてさんざん叩かれる)．

一部の類話では，金持ちの男は腹を立て，弟を殺そうとする．しかし彼は貧しい弟のベッドに寝ていた年老いた親族(死者)を殺す．貧しい弟は死体を運び出し，そしてある無実の男に，彼がその人物を殺したと信じ込ませる．この無実の男は口外しないよう貧しい男を買収する．それから貧しい男は死体を売ったと主張する．参照：話型 1536C, 1537．金持ちの男は死体が売れることを期待して，親族を全員殺す．金持ちの男は牢屋に入れられ，刑期を終えてから釈放される．

怒りがおさまらず，彼は弟を溺れさせようとする．貧しい弟は袋(長持ち)に閉じ込められるが，通りがかりの人(羊飼い，金持ちの領主)を見つけ，彼は貧しい弟と入れ替わることに同意する．この人物が水の中に投げ込まれたあと，貧しい弟は羊たち(馬，財宝)とともに村に戻ってきて，羊たちを水の底で見つけたと主張する．妬んだ金持ちの兄(村人たち)は水の中に飛び込み，溺れる．参照：話型 1539, 1737.

コンビネーション　通常この話型は，１つまたは複数の他の話型，特に 1539, 1653,

および326, 613, 650A, 841, 954, 1000, 1004, 1030, 1060, 1119, 1120, 1202, 1203, 1210, 1358A–1358C, 1525–1542, 1590, 1642, 1650, 1651, 1681–1696, 1725, 1737, 1875, 1920, 1960Dと結びついている．

注 10, 11世紀の「ウニボスの詩(*Versus de Unibove*)」にさかのぼる．15世紀以来流布している(セルカンビ(Sercambi)の「うまい対処(*De bono fatto*)」)．

類話(〜人の類話) フィンランド；フィンランド系スウェーデン；エストニア；ラトヴィア；リトアニア；リーヴ, ラップ, ヴェプス, リュディア, カレリア, コミ；スウェーデン；ノルウェー；デンマーク；フェロー；アイスランド；スコットランド；アイルランド；イギリス；フランス；スペイン；カタロニア；ポルトガル；オランダ；フリジア；フラマン；ワロン；ルクセンブルク；ドイツ；ラディン；イタリア；コルシカ島；サルデーニャ；マルタ；ハンガリー；チェコ；スロバキア；スロベニア；セルビア；クロアチア；ルーマニア；ブルガリア；ギリシャ；ポーランド；ロシア, ベラルーシ, ウクライナ；トルコ；ユダヤ；ジプシー；チェレミス/マリ, チュヴァシ, タタール, モルドヴィア, ヴォチャーク, ヴォグル/マンシ；シベリア；ヤクート；ブリヤート；モンゴル；グルジア；レバノン；パレスチナ；イラク, ペルシア湾, サウジアラビア, カタール；イラン；インド；ビルマ；スリランカ；中国；朝鮮；マレーシア；インドネシア；日本；イギリス系カナダ；北アメリカインディアン；アメリカ；フランス系アメリカ；スペイン系アメリカ；メキシコ, パナマ；ドミニカ, プエルトリコ；マヤ；ブラジル；チリ, アルゼンチン；西インド諸島；エジプト, アルジェリア, モロッコ；チュニジア；東アフリカ；スーダン；南アフリカ；マダガスカル．

1536 死体を処分する

死体を処分しなければならないモティーフ[K2151]は，一連のさまざまな説話で見られる．そのモティーフは，説話中の状況に応じて，さまざまな結果となる．この話型では，特に話型1536Aと1537のエピソードか結びついている．

類話(〜人の類話) フィンランド；ラトヴィア；デンマーク；アイスランド；ドイツ；イタリア；チェコ；スロバキア；ブルガリア；アルメニア；パレスチナ；フランス系カナダ；スーダン．

1536A 長持ちの中の女

貧しい弟(隣人，教会の雑用係)が金持ちの兄(隣人，聖職者)から豚(牛，食物)を盗む．金持ちの兄は弟を疑うが，確かめようと思い，ひそかに調べるために弟の家の長持ち(食器棚)の中に姑(母親，妻，料理人)を隠す．参照：話型1360C．

姑は金持ちの兄の疑いが本当だと確認し，叫んでしまう(呪いの言葉を吐いてしまう，音を立ててしまう）．貧しい男は長持ちを開け，姑の首を絞め（何か別の方法で殺し），食べ物（チーズ，肉，ソーセージ，パン）を彼女の口に突っ込む．

金持ちの兄は長持ちを開け，姑が死んでいるのを見て，窒息したのだと思う．金持ちの兄は彼女が死んだことを秘密にしようとし，貧しい弟を買収して，誰にも言わずに彼女を埋めさせる．あとから貧しい弟は，夜，彼女を掘り出し（何か価値のある物を自分のものにし），そして彼女の遺体を金持ちの兄の家のドアに立てかける．朝ドアが開くと遺体は倒れる．金持ちの兄は，死体が自分につきまとうために戻ってきたと思う[K2151, K2321]．参照：話型1537.

金持ちの兄は弟にもっとたくさんのお金を払い，彼女の遺体を再び（しばしば3回か4回）埋めさせる．しかし遺体は納屋に戻ってきたり，井戸の近くに戻ってきたり，馬の背に乗って金持ちの男のあとについてきたりする，等．貧しい弟は遺体を埋めるために大金（牛，食料）をもらい，兄と同じくらい（兄よりも）金持ちになる．

コンビネーション　1535, 1537, 1735A, 1792.

注　19世紀から20世紀に記録されている．第2部には，多くのフランスの古いファブリオーとの類似点がある．

類話（～人の類話）　フィンランド；フィンランド系スウェーデン；エストニア；ラトヴィア；リトアニア；ラップ；カレリア；スウェーデン；ノルウェー；デンマーク；フェロー；アイスランド；スコットランド；アイルランド；スペイン；カタロニア；ポルトガル；フリジア；フラマン；ドイツ；オーストリア；ラディン；ハンガリー；チェコ；スロバキア；クロアチア；ルーマニア；ポーランド；ロシア，ベラルーシ，ウクライナ；ユダヤ；ジプシー；シベリア；イエメン；インド；中国；日本；イギリス系カナダ；アフリカ系アメリカ；スペイン系アメリカ，メキシコ；プエルトリコ；チリ；アルゼンチン；カボヴェルデ.

1536B　川に沈められた3人のせむしの兄弟

この説話は，2つの部分からなる．第1部には2つの型があるが，第2部はおおむね同じである．

(1)　3人のせむしの楽士が，ほかのせむし男の妻に，何か音楽を奏でてくれと頼まれる．（3人のせむしの兄弟の1人が，金持ちの未亡人と結婚する．そして貧しい兄弟たちは呼ばれもしないのに，未亡人を訪ねる．）夫が思いがけず家に帰ってくる．せむしの楽士たちは長持ち（かまど，地下貯蔵室）に隠れ，そこで死ぬ[N320]（互いに殺し合う）．

(2) 3人の修道士(聖職者，騎士，学生)が美しい女に言い寄る．夫の助言に従って，美しい女は，自分を訪ねてくるよう修道士たちを招待する．最初の求愛者の訪問は，2人目の求愛者の訪問によってさえぎられる，等．そして彼らは長持ち(かまど，地下貯蔵室)に隠れる．3人目の求愛者は，夫が帰ってくると隠れる．夫は修道士たちが隠れている場所で修道士たちを殺す[K1551.1]．参照：話型 1730.

酔っぱらい(愚かな作男，農夫，運搬人，葬儀屋，物乞い，兵隊，悪魔)が雇われ，遺体の1つを川に投げ落とす(埋める)．酔っぱらいが戻ってくると，2つ目の遺体が，まるで死からよみがえったかのように，同じ場所にある．そのあと3つ目の遺体も同様である．酔っぱらいは3つの遺体を捨てたあと，せむしの夫(別の修道士，聖職者，騎士)に出会う．酔っぱらいは別の幽霊だと思って，彼のことも殺し，川に投げ込む(埋める)．参照：話型 1537.

コンビネーション 1535, 1539, 1730.

注 13 世紀初頭に記録されている(『シンドバッドの寓話(*Mishlé Sendebar*)』，およびファブリオー「3人のせむしの宮廷楽人，悪魔使いエストルミーの話(*Les trois bossus ménestrels, Estormi*)」と「4人の司祭(*Les quatre prestres*)」).

類話(～人の類話) フィンランド；フィンランド系スウェーデン；エストニア；リーヴ；ラトヴィア；リトアニア；ヴェプス；スウェーデン；アイスランド；アイルランド；スペイン；カタロニア；ポルトガル；フリジア；フラマン；ワロン；ドイツ；イタリア；マルタ；ハンガリー；チェコ；スロバキア；スロベニア；クロアチア；ルーマニア；ブルガリア；ギリシャ；ポーランド；ロシア, ベラルーシ, ウクライナ；トルコ；ユダヤ；ジプシー；チェレミス/マリ, ヴォチャーク；シベリア；グルジア；シリア；パレスチナ；サウジアラビア；イラン；インド；中国；フランス系カナダ；スペイン系アメリカ, メキシコ；プエルトリコ；マヤ；チリ；西インド諸島；エジプト；アルジェリア.

1536C 殺された情夫

女が夫に知られずに愛人と会いたいと思う．女が隣人(神，聖者)に助言を求めると，女は，夫の目が見えなくなる(そして耳が聞こえなくなる)特定の食べ物を夫に与えるよう，(教会に隠れていた夫に，または聖人の絵の後ろに隠れていた夫に)助言される．女はその食べ物を夫に与え，夫は目が見えなくなったふりをする．妻が愛人を迎えると，夫は機会をうかがってその愛人を殺す(そして食べ物を愛人の口に突っ込み，それで窒息したかのように見せる)．参照：話型 1380.

夫は妻の愛人の死体を彼の家に(店に，酒場に)戻しに行き，声色を使って入れてくれと頼む．彼の妻(女店主)は，自分の夫(酔っぱらい)がドアの前にいると思い，情婦のところに泊まりなさい(家に帰りなさい)と答える．男が死ぬ(首を吊る)と言っても，女はドアを開けることを拒む．夫は死体をドアに立てかける(ドアにぶら下げる)．

一部の類話では，女は(何度も)死体をほかの場所に運ばせる．そこで死体は誰かほかの人(泥棒，等)によってもう一度「殺される」．参照：話型 1535, 1537.

注 この話型は話型 1380 と 1537 のコンビネーションである．

類話(～人の類話) フィンランド；リトアニア；ラップ；ヴェプス；カレリア，リュディア；コミ；イタリア；ルーマニア；ブルガリア；ギリシャ；ポーランド；ロシア；チェレミス/マリ；チュヴァシ；タタール；ヴォチャーク，ヴォグル/マンシ；グルジア；インド，スリランカ；中国；朝鮮；カンボジア；西インド諸島；マダガスカル．

1537 5回殺された死体

ある女の愛人(しばしば聖職者，または修道士)が怒った夫に殺される．または，ある男(聖職者，時として女)が事故で死ぬ(偶然に死ぬ，殺される)．妻(夫婦，たまたま居合わせた人たち，殺人者)はそっと遺体を隣人の家のドアのところに置いていく．隣人はそれを強盗(姦夫)だと思い，再び「殺す」．

殺人を隠すために，隣人は遺体を修道院に持っていく(そして遺体を大修道院長の部屋に入れるか，またはトイレに置く)．遺体は口をきこうとしないので，修道院でまた「殺される」[K2152]．この「殺人者」は死体を袋に入れ川に投げ込む．漁師がそれを見つけ，店にぶら下げる(ボートかそりに乗せる．または馬に乗せて結びつけ，野原か陶器店に走り込ませる)．すると店の主人は再びそれを「殺す」[K2151]．参照：話型 1536C.

しばしばトリックスター(最初の殺人者)は，あとの「殺人者たち」の「殺人」を黙っていてやると言ってゆする．参照：話型 1536A.

コンビネーション 通常この話型は，1つまたは複数の他の話型，特に 1000, 1013, 1380, 1525D, 1535, 1536A, 1536B, 1537*, 1539, 1643, 1653, 1792, 1875 と結びついている．

注 13 世紀に記録されている．15 世紀以来，文献版においても口承版においても流布している．また 20 世紀には現代の伝説として知られている．

類話(～人の類話) フィンランド；フィンランド系スウェーデン；エストニア；ラトヴィア；ラップ，リュディア，カレリア，コミ；スウェーデン；ノルウェー；デンマーク；アイスランド；フランス；スペイン；カタロニア；ポルトガル；オランダ；フリジア；フラマン；ワロン；ドイツ；イタリア；ハンガリー；スロバキア；スロベニア；ルーマニア；ブルガリア；アルバニア；ギリシャ；ポーランド；ロシア，ベラルーシ，ウクライナ；トルコ；ユダヤ；ジプシー；チェレミス/マリ，チュヴァシ，タタール，ヴォチャーク，ヴォグル/マンシ；シベリア；ヤクート；ブリヤート，モンゴル；グルジア；シリア；イラン；パキスタン，スリランカ；インド；朝鮮；インドネシア；日本；イギリス系カナダ；北アメリカインディアン；アメリカ；スペイン系アメリカ，メキシコ，パナマ；キューバ；ドミニカ；プエルトリコ；ブラジル；カボヴェルデ；ガーナ；カメルーン；マダガスカル．

1537*　残された死体の両足

兵隊が死体を見つけ，両足を切り落とす．兵隊は金持ちの農夫といっしょに泊まり，翌朝早く，両足を残して出発する．兵隊の仲間が農夫に殺人の罪を着せ，農夫をゆする[K2152.2]．

コンビネーション　1537.
類話（～人の類話）　リトアニア；リュディア；フリジア；ロシア，ベラルーシ，ウクライナ；シベリア．

1538　だまされた男の報復（旧，若者が雄牛を売るときにだまされる）

若者（農夫，愚か者）が牛たち（鶏たち，卵）を売りに市場に行く．途中で若者は詐欺師（修道士，強盗，領主，裁判官）に出会い，若者の牛にはあまり価値がないと言いくるめられる．若者は牛たちをたいへん安い値段で売る（無理に売らされる）[K132]．参照：話型 1551.

若者は詐欺師に復讐すると心に決める．若者は物乞いの女（花嫁，大工，木こり，建築家）に変装し，詐欺師をだまし，まんまと詐欺師を木に縛りつけ[K713.1]，詐欺師をさんざん叩くことができる．詐欺師は医者に治療してもらいに行く．若者は医者に変装し，（修道院で，浴場で，強盗の隠れ家で）詐欺師を再び叩く[K1825.1.3]．最後に若者は牛を取り戻し，お金も手に入れる．

一部の類話では，1 人の詐欺師ではなく，多くの（7 人の，12 人の，40 人の）詐欺師に若者は復讐する．

コンビネーション　1525A, 1535, 1539, 1551.
注　紀元前 711 年アッカドの版に記録されている．『ニップールの貧しい男（*The Poor Man of Nippur*）』．
類話（～人の類話）　フィンランド；フィンランド系スウェーデン；エストニア；ラトヴィア；リトアニア；コミ；ノルウェー；デンマーク；フェロー；フランス；スペイン；カタロニア；ポルトガル；フラマン；ラディン；イタリア；コルシカ島；ドイ

ツ；ハンガリー；チェコ；セルビア；ルーマニア；ブルガリア；アルバニア；ギリシャ；ポーランド；ロシア，ベラルーシ，ウクライナ；ユダヤ；ジプシー；クルド；アルメニア；シベリア；カザフ；グルジア；シリア；アラム語話者；パレスチナ，ペルシア湾，クウェート；パキスタン；フランス系カナダ；アメリカ；スペイン系アメリカ，メキシコ；ドミニカ，プエルトリコ，チリ；ブラジル；カボヴェルデ；エジプト，チュニジア，アルジェリア；モロッコ；スーダン．

1538*　花嫁は冗談好きな男

とんちの利いた男(トリックスター)が，妹の服を着て，女中として聖職者(主人)のところで働く．彼だけが女らしさの試験に合格するので(彼が少女たちの中でいちばん賢いので)，金持ちの男(市長)の息子は司祭の娘たちよりも彼を花嫁に選ぶ．

新婚初夜に，「花嫁」の足にロープが結ばれる．彼はロープをほどき，雄ヤギ(雄羊)をロープの端に結び，逃げる．それから彼は自分の服に着替え，妹が雄ヤギに変身させられたことの賠償を要求する．

一部の類話では，花婿は自分の花嫁が男だと知って，町をあとにする．花婿の両親は何が起きたか口外しないよう「女中」を買収する．参照：話型1542.

コンビネーション　1535, 1539.

類話(～人の類話)　フィンランド；エストニア；ラトヴィア；リトアニア；カレリア；コミ；マケドニア；ブルガリア；ロシア，ベラルーシ，ウクライナ；チェレミス/マリ，チュヴァシ，モルドヴィア，ヴォチャーク，ヴォグル/マンシ；シベリア；エジプト．

1539　賢さとだまされやすさ

3人の学生(肉屋，ならず者)が，農夫(愚か者，トリックスター)を言いくるめ，農夫の雌牛(ロバ，ラバ，雄牛)はヤギ(メンドリ，ロバ)であると信じさせる．それで農夫は雌牛を安く売る[K132]．(南ヨーロッパと東ヨーロッパの諸類話では，農夫は説得されて，よりいい値段で売るために，動物の角と耳としっぽを切り落とす．)

だまされた農夫はあらかじめ3軒の酒場で支払いをしておいて，学生たちを食事に招待する．支払いをする代わりに，農夫は帽子を3回まわす(帽子でテーブルを叩く，帽子を床に投げる，ベルを鳴らす)．すると酒場の主人は，支払いは済んでいると言う．学生たちは帽子を高い値段で買う．学生たちは帽子を使ってみようとして，ペテンに気づく[K111.2]．(中央ヨーロッパの諸類話はここで終わる.)

学生たちが仕返しに戻ってくると，農夫は死んだふりをする．農夫の妻(時として学生たち)が，杖で農夫を生き返らせる[K113.4]．または，農夫は腸詰め用の腸に血を詰めて，それを妻の服の下に結びつけ，彼女を殺すふりをする．農夫は妻を「魔法の棒」(笛，バイオリン，ナイフ)で生き返らせ，その棒を学生たちに売る．

学生たちは自分の妻(母親)を殺すが，生き返らない．学生たちは農夫を溺れさせるために袋(樽)に詰めるが，農夫は通りかかった牧夫と場所を交換する．海の底で牛の群れを見つけたふりをして，農夫は欲張りの学生たちをそそのかし，海に飛び込ませる．参照：話型 1535.

南ヨーロッパと東ヨーロッパの諸類話では，冒頭で動物の角や耳やしっぽが切られたあと，農夫はコインをロバ(馬，雌牛)の肛門に突っ込むか，またはコインをロバのふんに混ぜる．農夫は，黄金を産む動物だと言って，そのロバを売る[K111.1](そしてそのロバは 2 週間か 40 日間小屋に放置しておかなければならないと言う．ロバは死ぬ).

一部の類話では，農夫は不思議とされる品々，例えば，伝令をする穴ウサギ[K131.1]，または自動で料理をつくる鍋[K112.1]，黄金を掘り当てるつるはし，必ず標的に当たるライフル，自動で進むそり，を敵対者に売る．または，農夫はラテン語の話し方を教えてやると彼らに約束し，彼らの舌を切り落とす[K1068.2].

一部の類話では，最後に農夫は生き埋めにされる．敵対者たちが墓に物を盗みに来ると，農夫は彼らに焼き印を押す[K911.1]，または彼らの性器(鼻)を切り落とす.

コンビネーション　通常この話型は，1 つまたは複数の他の話型，特に 1535, 1551, および 1000, 1004, 1240, 1382, 1525A, 1525D, 1528, 1542, 1685, 1696 と結びついている.

注　このエピソードふう笑話は，さまざまなよく知られた，交換可能な場面で構成される(それらの場面はしばしば話型 1535 に属する)．したがって，この話型には明確な境界がない.

類話(～人の類話)　フィンランド；フィンランド系スウェーデン；エストニア；ラトヴィア；リトアニア；リーヴ, ラップ, ヴェプス, リュディア, カレリア；スウェーデン；ノルウェー；デンマーク；スコットランド；アイルランド；イギリス；スペイン；バスク；カタロニア；ポルトガル；オランダ；フリジア；フラマン；ルクセンブルク；ドイツ；ラディン；イタリア；コルシカ島；サルデーニャ；マルタ；ハンガリー；チェコ；スロバキア；スロベニア；セルビア；クロアチア；ルーマニア；ブルガリア；ギリシャ；ポーランド；ロシア, ベラルーシ, ウクライナ；トルコ；ユダヤ；ジプシー；オセチア；チュヴァシ；チェレミス/マリ，タタール，モルドヴィア，ヴォチャーク，ヴォグル/マンシ；シベリア；ヤクート；ブリヤート；モンゴル；グルジア；シリア，イラク，サウジアラビア；イラン；パキスタン，インド，スリランカ；ネパール；中国；インドネシア；朝鮮；ベトナム；日本；北アメリカインディアン；イギリス系カナダ；アメリカ；スペイン系アメリカ，メキシコ，グアテマラ，パナマ；南アメリカインディアン；マヤ；キューバ，プエルトリコ，チリ，アルゼンチン；ブラジル；西インド諸島；エジプト，リビア；チュニジア；アルジェリア；東アフリカ，スーダン；エリトリア；ナミビア；南アフリカ．

1539A* ワイン樽を塞ぐ

主人(農場主)が，腹の立つことをした少年(農夫)を，口実を使ってワインの地下貯蔵室に行かせる．地下貯蔵室では下男が少年をさんざん叩くことになっている．下男を見ると，少年はワイン樽の栓を抜く．すると下男は，親指で栓の穴を塞がなければならない．少年は下男をさんざん叩いてから，ベーコン(ソーセージ)とパンと水差し1杯のワインを持って逃げる．参照：話型 921D*.

一部の類話では，ある客が，まだ1度もだまされたことがないと自慢した宿屋の女主人をだまそうとする(宿泊代を払わずに去ろうとする)．客は女主人に，自分は1つの樽から白ワインも赤ワインも(どんな種類でも好きなワインを)つぐことができると言う．客は1つの樽に穴を2つ開け，上に行ってグラスを1個(グラスをいくつか)取ってくるから，両方の親指で穴をを塞いでいるように言う．客は出ていったまま，2度と戻ってこない．それで女主人は，夫が助けてくれるまで待っていなければならない．

類話(～人の類話)　ラトヴィア；イギリス；オランダ；フリジア；フラマン；ドイツ；ギリシャ；ユダヤ；アメリカ．

1540 パラダイス(パリ)から来た学生

学生(物乞い，旅人，聖職者)が(愚かな)女に，自分はパリから来たと言う．女はパリというのはパラダイスのことだと思う(または学生は「わたしは天国から来た」と歌う，あの世から来たと言う，地獄の使いだと告げる)．女は学生に，自分の夫(息子)が最近死んだと言う．学生は，パラダイス(地獄)で彼に会ったと言い，彼女の夫はあるいくつかの物を必要としていると告げる．女は夫に届けてもらおうと学生にお金(服，食べ物，馬，等)を渡す[J2326].

女の長男(義理の兄弟，夫)がお金を取り戻すためにトリックスターを追いかける．トリックスターは女の長男の馬を盗む（息子は自分の馬を走らせすぎて死なせる）[K341.9.1]．参照：話型 1540A*.

コンビネーション 通常この話型は，1つまたは複数の他の話型，特に 1245, 1285, 1382, 1384, 1385, 1541，および 1200, 1210, 1383, 1386, 1387, 1408, 1450, 1528, 1535, 1539, 1540A*, 1653 と結びついている.

注 15 世紀の終わりにラテン語で記録されている.

類話（～人の類話） フィンランド；フィンランド系スウェーデン；エストニア；リーヴ；ラトヴィア；リトアニア；ラップ，ヴェプス，カレリア，コミ；スウェーデン；ノルウェー；デンマーク；アイスランド；アイルランド；イギリス；フランス；ポルトガル；バスク；オランダ；フリジア；フラマン；ルクセンブルク；ドイツ；オーストリア；ラディン；イタリア；コルシカ島；マルタ；ハンガリー；チェコ；スロバキア；スロベニア；セルビア；クロアチア；ルーマニア；ブルガリア；ギリシャ；ポーランド；ロシア，ベラルーシ，ウクライナ；トルコ；ユダヤ；ジプシー；チェレミス/マリ，モルドヴィア；グルジア；アラム語話者；パレスチナ；イラク，ペルシア湾；イラン；インド；スリランカ；中国；インドネシア；日本；イギリス系カナダ；メキシコ；ブラジル；アルゼンチン；西インド諸島；エジプト，リビア，チュニジア，アルジェリア；モロッコ；東アフリカ；南アフリカ.

1540A* 貴婦人が豚を結婚式の接待役として送る

トリックスター（農夫）が愚かな女（貴婦人）に，自分は彼女の豚を結婚式に招待するためにやって来たと言う．彼女は金のネックレスを豚につけて，彼に持たせる．（彼女は豚を運ぶために，馬と馬車も与える．）

一部の類話では，彼女の夫が豚を取り戻そうと思い，男のあとを追って出発する．トリックスターはまんまと夫の馬を盗む[K341.9.1]．参照：話型 1540.

コンビネーション 1384, 1540, 1653.

注 ロシアで 18 世紀に記録されている.

類話（～人の類話） フィンランド；ラトヴィア；リトアニア；ヴェプス，カレリア；ポルトガル；ドイツ；マルタ；ルーマニア；ブルガリア；ギリシャ；ロシア，ベラルーシ，ウクライナ；チュヴァシ；シベリア；ブリヤート，モンゴル.

1541 長い冬のために

男（農夫）が，食料を蓄える（いくらかのお金，またはいい服，または1本のソーセージを取っておく）．男の愚かな妻がこのことで男を責めると，男は，長い冬のための（春のための，非常時のための，いい日（good day）のための)物だと言う.

後に，男が留守にしているとき，トリックスター(物乞い)が男の妻のところにやって来て，(彼女の質問に答えて)自分は長い冬だと言う.（トリックスターは彼女に「こんにちは(Good day)」とあいさつし，彼女はこれが彼の名前だと思う.）妻は蓄えを彼に与える[K362.1, J2460.1]. 参照：話型1385*, 1463A*, 1700.

コンビネーション　通常この話型は，1つまたは複数の他の話型，特に1384, 1386, 1387, 1540, 1653，および563, 1204**, 1210, 1245, 1291, 1381B, 1383, 1450, 1528, 1539, 1540A*, 1653と結びついている.

注　1400年頃にジョバンニ・セルカンビ(Giovanni Sercambi)のイタリアのノヴェラ(No. 63)に記録されている.

類話(～人の類話)　フィンランド；フィンランド系スウェーデン；エストニア；ラトヴィア；リトアニア；ラップ, カレリア；スウェーデン；ノルウェー；デンマーク；アイスランド；スコットランド；アイルランド；イギリス；フランス；スペイン；カタロニア；ポルトガル；オランダ；フリジア；フラマン；ワロン；ルクセンブルク；ドイツ；オーストリア；イタリア, サルデーニャ；マルタ；ハンガリー；チェコ；スロバキア；スロベニア；ルーマニア；ブルガリア；アルバニア；ギリシャ；ポーランド；ロシア, ベラルーシ, ウクライナ；トルコ；ユダヤ；ジプシー；シベリア；パレスチナ；イラク；ペルシア湾, カタール；イラン；インド；ビルマ；スリランカ；ネパール；日本；北アメリカインディアン；アメリカ；スペイン系アメリカ；アフリカ系アメリカ；南アメリカインディアン；ブラジル；西インド諸島；エジプト；リビア, モロッコ；南アフリカ.

1541** 学生が靴職人たちをだます

学生(ジプシー)が2人の靴職人に，同じ種類の新しい靴(ブーツ)を注文する. 学生は1人目の靴屋の靴を試して，左足の靴は調製してもらわなければならないと言って，右足の靴をもらっていく. 彼は2人目の靴屋に行って，右足の靴は調製してもらわなければならないと言って，左足の靴をもらっていく. 学生は支払いをせずに両方の靴屋の片方ずつの靴をもって，町を出る.

注　早期の記録はボナバンチュレール・デ・ペリエ(Bonaventure Des Périers)の『笑話集(*Nouvelles Récréations*)』(No. 23)を見よ.

類話(～人の類話)　フィンランド系スウェーデン；カレリア；スペイン；フリジア；ハンガリー；ルーマニア；ギリシャ；ポーランド；西インド諸島.

1541* 「今日お金，あすは無し」**（旧，「今日はお金のため，明日はお金のため」）

床屋（宿屋の主人）がつぶれそうだという意味で，「今日お金，あすは無し」という看板を出す．客たちは明日は支払いをしなくていいと思って1日待つ．店主は彼らを放り出す．

類話（～人の類話） フィンランド；フィンランド系スウェーデン；フリジア．

1542 利口な少年（旧話型1542Aを含む）

王がトリックスターのペイク（Peik）（オイレンシュピーゲル（Eulenspiegel），アブー・ヌワース（Abū Nuwās），アルダー・イワン（Aldar Iwan），ナスレッディン・ホッジャ（Nasreddin Hodja），トーバ（Toba），等）に挑み，彼をペテンにかけようとする．

ペイクは家に帰って道化の棒（嘘の本，トリックスターの秘密）を取ってくるために王の馬を借りる．ペイクは戻らずに，馬を売る［K341.8.1］．（旧話型1542A.）参照：話型1525B.

次にペイクは王に会うと，火を使わずに料理ができるという鍋を王に売る［K112.1］．後にペイクは自分の妹を刺すふりをする．妹は服の下に血を詰めた袋をつけている．ペイクは見せかけの魔法の笛で妹を「生き返らせ」，その笛を王に売る［K113］．参照：話型1539.

王は娘の1人を殺すが，笛で生き返らせることができない［J2401］．ペイクは妹の服を着て侍女として王の宮殿に雇われる．1人の王子が彼と結婚したがるが，新婚初夜にペイクは逃げる．（姫の妊娠はペイクのせいだとわかる［K1321.1］．）参照：話型1538*.

ペイクは死刑を宣告され，袋（樽）に入れられて沈められることになる．ペイクは誰かほかの人をだまして自分の代わりにする［K842］．王はペイクを許し，娘婿にする［L161］．参照：話型1535, 1539.

コンビネーション 1530, 1535, 1539.

注 このエピソードふう笑話は，さまざまな有名な，交換可能な場面で構成される（それらの場面はしばしば話型1535に属する）．したがって，この話型には明確な境界がない．説話はしばしば有名で，名前のあるトリックスターと結びついている．盗まれた馬のエピソードは単独で現れることもある．

類話（～人の類話） フィンランド；エストニア；ラトヴィア；リトアニア；ラップ；スウェーデン；ノルウェー；デンマーク；フェロー；アイスランド；アイルランド；フランス；スペイン；ポルトガル；ワロン；ドイツ；イタリア；スロバキア；セルビア；クロアチア；ルーマニア；ブルガリア；ギリシャ；ポーランド；ロシア，ベラルーシ, ウクライナ；トルコ；ユダヤ；ジプシー；オセチア；アブハズ；タタール；ヴォチャーク；ヴォグル/マンシ；ウドムルト；ヤクート；カザフ；グルジア；シリア, パレスチナ, イラク, イエメン；インド；ビルマ；チベット；中国；朝鮮；日本；マレーシア；フランス系カナダ；北アメリカインディアン；アメリカ；西インド諸島；エジプト, アルジェリア, スーダン, エリトリア；ナミビア；南アフリカ.

1542A 話型 1542 を見よ.

1542* 船員の代わりをする

女がある船員を愛しているが, 女は暗闇でしか船員とキスをしようとしない. 船長がこのことを聞いて, その船員に変装し, その女と寝る. 女は船員と結婚する. 船員は妻が6か月後に子どもを生んで驚く. 参照：話型 1362A*.

類話(～人の類話) フィンランド系スウェーデン；イギリス；ハンガリー；ギリシャ；ウクライナ.

1542** 娘の貞操

母親が娘に貞操(処女)を失わないように注意しなさいと言う. 仕立屋が娘の貞操を「縫い合わせてあげる」と申し出る.

一部の類話では, 仕立屋はその娘と(何度も)寝る. それから仕立屋は, 十分に糸を持っていないから縫い合わせられないと言う. 彼女は仕立屋に, あなたの針(ペニス)の後ろについている糸玉を使ってはどうなのと聞く [K1363].

類話(～人の類話) フィンランド；フィンランド系スウェーデン；エストニア；リーヴ；ラトヴィア；ノルウェー；フランス；ポルトガル；オランダ；フリジア；フラマン；ドイツ；イタリア；スロベニア；セルビア；マケドニア；ギリシャ；ロシア, ベラルーシ, ウクライナ；ユダヤ；シリア；エジプト.

1543 1ペニーも欠けてはいけない

この説話には, おもに2つの異なる型がある.

(1) 貧しい男(兵隊, 若者)が聖者の絵に, 月末には倍にして返すから, ある額のお金をくださいと祈る. 教会の雑用係がこれを立ち聞きして, 多額の返済を期待して, 貧しい男が望んだ額を与える. 教会の雑用係は, 自分は聖者の使いだと主張するが, 貧しい男はお金を彼に返済することを拒む [K464].

(2) 貧しい男(職人，作男，教会の雑用係，トリックスター)が神(聖者)に，ある額のお金を求め，それより多くても少なくてもいけないと言う．金持ちの男(主人，紳士，司祭，ユダヤ人)が，(冗談で)100個(1000個)の(金の)コインの代わりに99個(999個)のコインを与えて，貧しい男をテストする．貧しい男は「これをくれた人はきっと残りの1個のコインもくれるに違いない」と言って，それらを受け取る(彼は財布のお金を数えて，足りない分を自分の財布から足す)．貧しい男はお金を返すことを拒み，冒瀆的な言い訳をする(神は年老いて忘れっぽい，または神は数を数えられない)[J1473.1]．

しばしば，次のように説話は続く．貧しい男に彼のお金を返済させるために，貸し手は裁判官のところに行く．裁判が行われる前に，貧しい男は貸し手をだまして，オーバーコートと靴と，しばしば馬まで取る．裁判官まで貧しい男にだまされる．貧しい男は，貸し手が不審人物であるかのように仕立て，裁判官は，貸し手は気が触れていると思う．(参照：話型1525L, 1642A.)

貧しい男は帰る途中，自分は神の息子だと主張する人に会う．貧しい男は，その男の父親が忘れた足りないコインをくれと要求する．

コンビネーション 1642, 1642A.

注 (2)の版は15, 16世紀のイタリア，スペイン，イギリスの好色本と，バロック期ドイツの笑話集，そして18世紀のフランスの文学にさかのぼる．

類話(～人の類話) フィンランド；ラトヴィア；リトアニア；スペイン；オランダ；フラマン；ドイツ；オーストリア；イタリア；マルタ；ハンガリー；チェコ；スロバキア；マケドニア；ルーマニア；ブルガリア；ギリシャ；ポーランド；ロシア，ベラルーシ，ウクライナ；ユダヤ；ジプシー；グルジア；イラク；オーストラリア；イギリス系カナダ；スペイン系アメリカ；プエルトリコ；エジプト，リビア，アルジェリア．

1543A 夢を見た貪欲な男

男が9枚のコイン(紙幣)をもらう夢を見る．男は10枚要求する(男は紙幣を黄金に換えたがる)．男は目覚め，夢を見ていたのだとわかる．男は9枚のコイン(紙幣)を受け入れなかったことを後悔する[J1473]．

アラビアの類話では，欲の皮の張った男が，自分の羊(豚)たちを1匹8ディルハム(100デナリウス)で売ろうとしている夢を見る．ある客がその半額を払うと言う．男が目を覚ますとお金はない．男は目を閉じて「4ディルハムでもいいからくれ」と言う．

注 早期の版はギリシャの『フィロゲロス(*Philogelos*)』(No. 124)を見よ.
類話(～人の類話) スペイン；ポルトガル；ドイツ；ハンガリー；ルーマニア；ユダヤ；エジプト，チュニジア.

1543* ペニスのない男 (旧話型 1543A* を含む)

父親(農夫)には年頃の娘がいるが，娘はセックスについて無知である(セックスを恐れている). 父親は娘のために，ペニスがないと称する男を見つける. この男は彼女と寝て，彼の「毛櫛」(「櫛」またはその他のペニスを表す語)でとても上手に彼女を楽しませたために，彼女が度を超して彼を求めるようになる. 彼はもう毛櫛はない(毛櫛は借りていただけで，もう返した，等)と彼女に告げる. 彼女は彼に，市場に行って新しい毛櫛を買ってくるよう，お金を与える(買いに行くために彼が彼女にお金を借りる)[J1919.8].

彼が彼女のもとを去ると(彼女が妊娠したために，父親に追い出されると)，彼女は彼を追いかけて，毛櫛を置いていってくれと彼に頼む. 彼は自分のペニスを切り落とすふりをして，代わりに水に石を落とし，あれが自分の櫛だと言う. 彼女は通りがかりの人(修道士，自分の父親)に水からそれを取ってくれと頼む. 通行人が服を脱ぐと，彼女は「自分の」毛櫛が彼の脚の間にぶら下がっているのを見つけ，わしづかみにする(引き抜く).

コンビネーション 1281A, 1739.
注 14 世紀に韻文で記録されている(「馬櫛(*Der Striegel*)」).
類話(～人の類話) フィンランド；エストニア；リーヴ；リトアニア；ヴォート；コミ；ノルウェー；イギリス；フランス；ポルトガル；オランダ；フリジア；ドイツ；オーストリア；チェコ；マケドニア；ロシア；ユダヤ；シリア；アメリカ；西インド諸島；カボヴェルデ.

1543A* 話型 1543* を見よ.

1543B* 話型 1544 を見よ.

1543C* 賢い医者

男が，自分にはまったく味覚がなく，決して本当のことを言うことができず，忘れっぽい，と医者に不平を言う. 医者は排泄物を詰めたカプセル 3 つで(口に肥やしを突っ込んで)彼を治療する. 最初のカプセルは彼の味覚を治療し，次に 2 つ目のカプセルで本当のことが言えるようになり，3 つ目のカプセルを服用すると，彼の記憶がいいことがわかる.

一部の類話では，賢い医者が，患者の注意を紛らわすことによって，患者を治療する．例えばユダヤの類話では，王はいつも目を触っているので，目が充血している．医者は王に，あなたは妊娠していて9か月後に出産すると言う．王はお腹をたいへん気にし始めて，お腹を触る．その結果目は治る．子どもが生まれないと，医者はこの策を説明し，宮廷医として召し抱えられる．

類話(～人の類話)　フィンランド；ラトヴィア；リトアニア；ポルトガル；オランダ；フリジア；ポーランド；ユダヤ；アメリカ．

1543D* 石が証人

農夫が作男と契約を結び，石に証人となるよう求める．作男が賃金を要求すると，農夫は支払いを拒否する．農夫と作男は法廷に行く．裁判官は証人として石を法廷に持ってくるよう命ずる．農夫は，その石は持ってくるには重すぎる(遠すぎる)と弁明し，石が証人だというのが本当だったことを露呈する[J1141.1.3.1]．

注　東洋起源．10世紀にアラビアの笑話として記録されている．中世に多く記録されている．

類話(～人の類話)　ラトヴィア；リトアニア；ドイツ；ブルガリア；ベラルーシ；ユダヤ；クルド；インド．

1543E* 木が証人

自分の性格を表す名前の2人の友人(例えば，愚か，利口)が，異国で金持ちになる(宝を見つける)．彼らはあとで分けるために，木の下にお金を埋めることにする．

利口な男はお金を盗み，愚かな男に盗みの罪を着せ，彼を裁判にかける．利口な男は木(の精霊)が証人だと言う．次の日，裁判官は木に審問しようとする．

利口な男は父親に，木のうろにかくれて，愚かな男がお金を盗んだと言うように頼む．驚いた裁判官(愚かな男)は，木を燃やすよう命ずる[K1971.12]．父親は叫び声を上げ，息子は悪事がばれて罰せられる．愚かな男がお金をすべてもらう[K451.3]．

注　早期のインドの版は『パンチャタントラ(*Pañcatantra*)』(I, 19)を見よ．

類話(～人の類話)　デンマーク；ドイツ；イタリア；ユダヤ；アヴァール；シベリア；ウズベク；インド；インドネシア；モロッコ．

1544　泊めてもらった男（旧話型 1543B* を含む）

ならず者（トリックスター）が耳の遠いふりをし，家主の挨拶を招待だと受け取り，テーブルについて，いちばん上等の食べ物を勝手に取って食べる［K1981.1］．（彼は家主の当てこすりを知らんぷりして，よく食べる．旧話型 1543B*.）

ならず者は自分の馬を家主の馬と取り替える．そしてヤギの皮で食事代を払うよう求められると，家主のヤギを殺す［K258］．

夜，ならず者は家主の妻と娘（妻か娘）と寝る．家主の妻がお腹をすかせた夫のためにパンケーキを焼くと，ならず者はこっそり食べる．ならず者は，家主の妻（娘）との性的な関係について家主に話す［K1572］．

家主は怒り，客の馬を殺しに行くが，客の馬ではなく自分の馬を殺してしまう［K942］．毎回ならず者は家主を出し抜く．

類話（～人の類話）　フィンランド；ラトヴィア；ラップ；カレリア；スウェーデン；ノルウェー；デンマーク；スコットランド；アイルランド；フリジア；ドイツ；イタリア；ハンガリー；セルビア；ギリシャ；ポーランド；ロシア；ベラルーシ；トルコ；ユダヤ；ジプシー；ダゲスタン；チュヴァシ；カザフ；カルムイク；インド；中国；フランス系カナダ；ブラジル；西インド諸島；エジプト．

1544A*　兵隊の謎かけ

兵隊（職人の見習い，物乞い）がお婆さん（農婦，司祭，等）にもてなされる．兵隊は，お婆さんが台所を離れるように仕向け，彼女が焼いているガチョウ（鶏）を自分の袋に詰め込み，代わりに自分の靴を置く．お婆さんが兵隊に，最新のニュースは何かと尋ねる（戦争はどんな具合か尋ねる，兵隊が何を懺悔したいのかを司祭が尋ねる）．兵隊は言葉遊びで「ガチョウの王様がかまどの家から袋の家に引っ越した」と答える．お婆さんは何のことかわからず，ガチョウを持った兵隊を送り出す．

類話（～人の類話）　フィンランド；ラトヴィア；カレリア；フランス；ドイツ；オーストリア；ハンガリー；チェコ；スロバキア；ブルガリア；ギリシャ；ポーランド；ロシア；ベラルーシ，ウクライナ；トルコ；ジプシー；シベリア；日本．

1544B*　迷惑な客

雑録話型．この話型は，ならず者（親族）が，けちな主人（親族）からうまいことをもてなしを受けるようにするさまざまな説話，または主人の意志に反して，客があまりに長い期間のもてなしを要求するさまざまな説話を包括する．

類話(～人の類話) ブルガリア；ロシア, ウクライナ；ポーランド；ユダヤ；インド.

1545 多くの名前を持つ少年

男が，作男として主人(王，金持ちの男，聖職者)に雇われるが，自分の本当の名前を使うことを拒否する．いろいろな人たちが彼をばかげた名前で呼ぶ．例えば，鳥，髪，蒸し暑い(おれ自身，猫，けいれん)[K602]と呼ぶ．

いろいろな名前が誤解を生み，それが作男に有利に働く．作男は主人の娘と妻と寝る．妻と娘は彼を非難するが，主人には妻と娘の言っていることがわからない．そして作男はこの行為を続ける．主人は，作男がお金(その他の高価な物)を盗んだことを知るが，作男の奇妙な名前のために，彼は盗みの罪で有罪とはならない．作男が去ったあと，彼の策略がわかる．しかし作男を捜す人たちが彼の名前を呼ぶとあざ笑われるために，作男は捕らえられない．

コンビネーション 1562A, 1833A.

注 例えば「ヘーア＝パウカー(*Heer-Paucker*)」選集(1660年171-176(『メルヒェン百科事典』資料室))に記録されている．作男の役割は時としてその地方で有名なトリックスター(例，中南米のペドロ・アーディメールス(Pedro Urdemales))が担う．

類話(～人の類話) フィンランド；フィンランド系スウェーデン；エストニア；ラトヴィア；ヴェプス；スウェーデン；ノルウェー；デンマーク；アイルランド；フランス；スペイン；カタロニア；ポルトガル；オランダ；フリジア；フラマン；ドイツ；イタリア；コルシカ島；サルデーニャ；ハンガリー；チェコ；セルビア；ブルガリア；ギリシャ；ポーランド；ロシア；ベラルーシ；ウクライナ；トルコ；ユダヤ；ジプシー；ヤクート；イラク；オマーン；イラン；インド；ネパール；中国；イギリス系カナダ；フランス系カナダ；アメリカ；アフリカ系アメリカ；メキシコ；チリ；アルジェリア；ソマリア.

1545A ベッドで寝ることを教わる

男が，ベッドへの入り方がわからないふりをして女をたぶらかす．女は彼に教えなければならない[K1349].

類話(～人の類話) ポルトガル；ギリシャ；ロシア；トルコ；ユダヤ；イラク；イラン.

1545B 女について何も知らない少年

金持ちの聖職者(農夫)が，自分の娘(たち)を誘惑することのない作男を雇おうとする．そして志願者たちに馬(その他の動物)の生殖器について，または交尾の手順について，または男と女の違いについて尋ねる．正しい答えを知っている少年たちは雇われない．

しばらくして，ある若者が変装して再びやって来て，質問に答えられないふりをする．それで聖職者はこの若者を雇う．聖職者は妻と娘のワギナを牢屋と呼ぶ．そして若者は無知なふりをして，何のための牢屋かわからないふりをする．ほかのいくつかの策略によって(例えば，紛らわしい名前によって，参照：話型 1545)，彼は性的にうぶな妻と娘を，聖職者のいるところで誘惑する[K1327]．

例えば，あるロシアの類話では，ある晩，作男は，泥棒(彼のペニス)を捕まえたので牢屋に送らねばならないと雇い主に言う．疑いもしない聖職者の目の前で，彼は妻と娘の牢屋に「泥棒」を送り込む．聖職者は何が起きたか気づいて，怒って作男をののしる．その結果高額な賭けに負ける．(参照：話型 1000.) そして作男を自由の身にしなければならない．

コンビネーション　1000, 1545.

類話(～人の類話)　フィンランド；エストニア；ラトヴィア；リトアニア；スウェーデン；スペイン；ポルトガル；フリジア；フラマン；ドイツ；イタリア；ハンガリー；チェコ；ブルガリア；ギリシャ；ポーランド；ロシア；トルコ；ユダヤ；チェレミス/マリ；ドミニカ；チリ．

1545*　ベッドの中で暖まる

若者(学生)が主人(聖職者，宿屋の主人)の娘に，ベッドで彼のことを暖める方法を教える．父親が寒がると，娘は父親のことも暖めてあげると言う．

類話(～人の類話)　フィンランド；エストニア；リーヴ；ラトヴィア；ロシア；ユダヤ；チェレミス/マリ．

1545A*「男よ！」

男が妊婦に変装し，美しい娘(妻)が住んでいる家に入れてもらう．娘は男の正体に気づき(妻は出産の手助けをしようとして男に強姦され)，「男よ！」と叫ぶ．彼女の父親(夫)は，妊婦が男の子を産んだと思い，子どもの幸福を祈る．(若者は追い出されるが，最後には娘と結婚する．)

類話(～人の類話)　イタリア；セルビア；ブルガリア；ギリシャ；トルコ．

1546　金塊

農夫(作男，ならず者)が金細工職人(主人，金持ちの男)に，レンガ(猫，馬の頭，等)の大きさの金塊にいくら支払うか尋ねる．金細工職人は，黄金が安く手に入ると思って，農夫にかなりの額のお金を支払う(彼をもてなすと言う)．

金塊を出すよう要求されると，トリックスター(農夫)は，「もしそんな金塊を見つけたら，どれくらい期待していいものか知りたくて，聞いただけだ」と言い訳する．農夫はお金を持って町を出る(金細工職人に食事のお礼を言う)[K261, K476.2]．

注 16世紀に記録されている．

類話(〜人の類話) フィンランド；フィンランド系スウェーデン；ラトヴィア；リトアニア；スウェーデン；アイルランド；フランス；スペイン；オランダ；フリジア；フラマン；ドイツ；マルタ；チェコ；スロバキア；ブルガリア；ロシア，ウクライナ；ユダヤ；マレーシア；アメリカ；スペイン系アメリカ；キューバ；プエルトリコ；チリ；アルゼンチン．

1547* ペニスに色を塗ったトリックスター

兵隊(学生)が農夫(宿屋の主人)のところに泊まる．兵隊は農夫の妻(と娘)を誘惑したいが，彼女は決して独りでいることがない．兵隊は自分のペニスに3つの色の輪を描き，(夜，またはまるで偶然のように)ペニスを服の間から出す．妻は好奇心をそそられ，なぜ彼のペニスは夫のペニスとそんなに違うのかと尋ねる．兵隊はどの輪を入れるかによって，兵隊か，軍曹か，将軍(大臣か，主席司祭か，司教)をこしらえることができると言う．

夫婦は軍曹をこしらえてくれと兵隊に頼み，彼の仕事にお金を払う．兵隊と妻が性交している間，農夫は，妻が同じ値段で軍曹の代わりに将軍を授かるように，兵隊を後ろから押す[K1398]．参照：話型1855A．

一部の類話では，妻を妊娠させることのできない農夫が，この契約を率先して結ぶ．

注 15世紀にポッジョ(Poggio)の『笑話集(*Liber facetiarum*)』(No. 161)に記録されている．

類話(〜人の類話) リーヴ；リトアニア；ノルウェー；オーストリア；イタリア；ルーマニア；ポーランド；ウクライナ；トルコ．

1548 スープ石

兵隊(旅人，修道士)がお婆さんに，食事と1晩の宿を乞う．お婆さんは，泊めることに同意するが，食事をまったく出そうとしない．兵隊はお婆さんに，石(釘，斧，蹄鉄)でスープをつくる方法を教えると申し出る(しばしば導入の状況は欠落している）．お婆さんは同意する．石を「料理」する間，お婆さんは兵隊の要求する物をすべて，小麦粉，脂，肉（ベーコン），野菜，等，次々と持ってくる．彼らはスープを食べたあと，兵隊はもうお腹がいっぱいで石は食べられないと言う（兵隊はお婆さんにこのすばらしい石を売る）[K112.2]．

注 14-15世紀に記録されている（セルカンビ（Sercambi），No. 1）．
類話（～人の類話） フィンランド；エストニア；ラトヴィア；リトアニア；リュディア；コミ；スウェーデン；アイルランド；イギリス；フランス；スペイン；ポルトガル；オランダ；フリジア；ドイツ；スイス；ハンガリー；スロバキア；スロベニア；セルビア；マケドニア；ルーマニア；ブルガリア；ポーランド；ロシア，ベラルーシ；ウクライナ；ジプシー；ヤクート；シベリア；トルクメン；グルジア；アメリカ；メキシコ；ブラジル；南アフリカ．

1548* 愚か者の才能（旧，愚か者の贈り物）

3人兄弟には，異なる才能がある．いちばん上の兄は，妃の靴と姫の靴をつくり，2番目の兄は，妃の服と姫の服をつくり，3番目の（愚かな）弟は，妃の子どもと姫の子どもをつくる[J1272]．

類話（～人の類話） フィンランド；リーヴ；リトアニア；ポルトガル；ルーマニア．

1551 その羊たちは豚だと請け合う

農夫（貧しい男）が，自分の羊たち（雌牛，馬）を市場に追い立てていく．トリックスター（兵隊，学生）がその羊を安く買いたいと思い，それらは子豚（ヤギ，ロバ）だと農夫に信じ込ませようとする．農夫は，それらは羊だと主張する．トリックスターの共犯がやって来て，言い合いに決着をつけてやると申し出る．彼は，この動物たちは豚であると請け合う．やはり共犯の，ほかの通行人もこれに同意する．農夫は羊を豚の値段で売る[K451.2]．参照：話型1538．

一部の類話では，子羊を市場に連れてきた農夫に，5人のトリックスターが次々とそれは犬であると思い込ませる．農夫はその動物を投げ捨て，5人のトリックスターはただで子羊のローストを手に入れる．

コンビネーション 1538, 1539.
注 インドの『パンチャタントラ（*Pañcatantra*）』に記録されている．ヨーロッパでは13世紀初頭以来記録されている．例えばジャック・ド・ヴィトリ（Jacques de Vitry）の『一般説教集（*Sermones vulgares*）』（Jacques de Vitry/Crane, No. 20, 1）．

類話(〜人の類話) カレリア；アイルランド；イギリス；フランス；スペイン；カタロニア；ポルトガル；オランダ；フリジア；フラマン；ルクセンブルク；ドイツ；イタリア；ハンガリー；クロアチア；マケドニア；ルーマニア；アルバニア；ギリシャ；ポーランド；ロシア；ウクライナ；トルコ；ユダヤ；ジプシー；アブハズ；グルジア；パキスタン, スリランカ；インド；カンボジア；インドネシア；フランス系カナダ；アメリカ；フランス系アメリカ；スペイン系アメリカ；ブラジル；エジプト；アルジェリア.

1551* ロバはいくらしたか

ロバを買った男が，ロバにいくら払ったのか村人から次々と聞かれる．質問が繰り返されるのにいらいらして，男は教会の鐘を鳴らして村人全員を集める．人々は聖者(天使)が告知をしようとしているのだと思う(最後の審判の日だと思う)．男はいくら払ったか告知する[J1601].

類話(〜人の類話) スペイン；カタロニア；ポルトガル；ブルガリア；中国；エジプト.

1552* 野ウサギのスープからとったスープ (旧，3搾り目の野ウサギ)

男(農夫，ナスレッディン・ホッジャ(Nasreddin Hodja))が野ウサギ(鶏肉)を贈り物としてもらう．そしてお礼に，野ウサギをくれた男を食事でもてなす．まもなくほかの男(男たち)がやって来て，自分は野ウサギを贈った男の隣人だと主張する．野ウサギをもらった男は，彼にも食事を出す．そのあと，さらに別の男(男たち)がやって来て，自分は野ウサギを贈った男の隣人の隣人だと言う．野ウサギをもらった男は「野ウサギのスープからとったスープ」だと言ってお湯だけを出す[J1551.6].

類話(〜人の類話) ワロン；クロアチア；ルーマニア；ギリシャ；トルコ；ユダヤ；エジプト.

1553 ペニー銅貨5枚で雄牛を買う

危機のとき(道に迷ったとき，または死の床で)男(トリックスター，金持ち，農夫，騎士)が高価な動物(ラクダ，馬，ロバ，雌牛，雄牛)を，もうけなしで売る約束をする(彼はばかばかしいくらい安く売ろうとする，または売り上げを慈善団体に寄付しようとする)．後に(男が死んだあと)，男は(男の妻は)約束したとおりに動物を売ると申し出る．しかし，その動物は小さな動物(猫，オンドリ，犬，時として雄ヤギ)といっしょに購入しなければならない．その小さな動物のために高い値段が要求される[K182].

コンビネーション　1200, 1540.

注　10世紀にアラビアの笑話として記録されている．ヨーロッパの文献では12世紀以来記録されている．

類話(～人の類話)　ラトヴィア；リトアニア；デンマーク；スペイン；ポルトガル；オランダ；フリジア；ドイツ；スイス；チェコ；スロバキア；スロベニア；ルーマニア；ブルガリア；ウクライナ；ユダヤ；レバノン；インド；ネパール；エジプト；チュニジア；モロッコ；南アフリカ．

1553A* 話型778を見よ．

1553B* 船長を喜ばせる

ある船の船長(宿屋の主人)が，ガリシア人(客)が船長(宿の主人)を喜ばせる歌を歌うなら，解放してやる(ただで泊めて食べさせる)と約束する．ガリシア人は「船長に支払いをするつもりだ」と歌う．これに船長は喜び，船長はガリシア人を解放する(宿屋の主人は客にただで食事と宿を提供する)．

注　早期の版はイタリア人の詩人のロレンツォ・リッピ(Lorenzo Lippi)の『マルマンティーレの町の奪還(*Il malmantile racquistato*)』(16世紀)に記録されている．

類話(～人の類話)　ラトヴィア；ドイツ；イタリア；ブルガリア．

1555 樽の中のミルク

たくさんの人たちが，それぞれ少量のミルク(ワイン)を寄付して樽をいっぱいにするよう命じられる．彼らはそれぞれ，すべてのミルクの中にわずかな水が混ざっていても誰にもわからないだろうと思って，樽にただの水を入れる．最後に樽の中は真水で満たされる[K231.6.1.1]．

類話(～人の類話)　デンマーク；スペイン；オランダ；フリジア；ドイツ；ブルガリア；ユダヤ；インド；中国；マヤ．

1555A ビールでパンの代金を支払う

男がビールを1杯注文し，まったく飲まずにそれを返し，ひとかたまりのパンを注文する．男はパンの支払いを拒否する．なぜなら彼はパンをビールと交換したからである．そして彼はビールの支払いを拒む．なぜなら彼はビールを飲まなかったからである[K233.4]．

類話(～人の類話)　リトアニア；アイルランド；フランス；フリジア；ワロン；ドイツ；ルーマニア；ユダヤ；ネパール；中国；アメリカ；チュニジア．

1555B ワインと水の取り引き（旧，ラムと水を取り引きする）

トリックスターが水差しに半分水を入れ，それから酒屋で水差しをワイン（ラム）でいっぱいにしてもらう．売り手が信用貸しにすることを拒むと，彼は半分のお金を払い，半分を注ぎ返す．これでワインと水半々になる．

時として，トリックスターはこの取り引きを繰り返し，取り引きごとにだんだんと濃いワインを手に入れる[K231.6.2.2]．

類話（～人の類話） スペイン；カタロニア；ポルトガル；ブルガリア；ポーランド；ネパール；アメリカ；スペイン系アメリカ．

1555C おいしい食事

立派な身なりの男が，レストランで「自分のお金でスープ」を注文する．スープのあとに，彼は自分のお金でいくつかのほかの料理を注文する．男はレストランの主人に勧められて，自分のお金でワインも1杯もらう．

食事のあと，男のお金は勘定の支払いに足りないことがわかる．男は怒った主人に，自分は「自分のお金に見合った食事」を注文しただけだと説明する．主人は，男が隣のレストランに行って同じことをするという条件で，男を許してもかまわないと言う．男は，隣のレストランの助言に従って，このレストランに来たのだと白状する．

類話（～人の類話） フリジア；ドイツ；ルーマニア．

1556 二重年金（埋葬金）

国のために働いてきた貧しい男（詩人，愚か者）とその妻が，2人とも死亡給付金の権利を与えられる．彼らはそれぞれ相手が死んだと報告し，埋葬のためのお金を受け取る[K482.1]．王がこのことを知ると，みんなはこの策略をおもしろがる（男は再び雇われて働く）．

コンビネーション 1531.
注 10世紀の前半にアラビアの笑話として記録されている．
類話（～人の類話） アイルランド；ハンガリー；ポーランド；ロシア；ユダヤ；レバノン，イラク；イエメン；インド；フィリピン；エジプト，アルジェリア；チュニジア；エチオピア；スワヒリ；ソマリア．

1557 びんたが戻る

農夫（兵隊，愚か者，時として船員，大使，外国の大臣）が王に歓待され，食卓で王の隣に座る．廷臣の1人が農夫を困らせようと，それぞれ隣の人

(の頭)を叩かなければならないと提案する．農夫が王を叩く番になると，農夫は「鋤が溝の端に来たら，馬の向きを変えなければならない」と言う．農夫は王を叩く代わりに，自分のことを叩いた男を叩き返す[K2376].

コンビネーション　921B*, 922.

類話(～人の類話)　フィンランド；ラトヴィア；リトアニア；スウェーデン；イギリス；ドイツ；チェコ；スロバキア；ルーマニア；ブルガリア；ポーランド；ソルビア；ロシア, ベラルーシ, ウクライナ；ユダヤ；日本.

1558　服を歓迎する

賢い男(相談役)が王の(市長の)祝宴に招待されるが，みすぼらしい服のために，入場を拒まれる．賢い男が新しい服に着替えて戻ってくると，歓迎される．食事が出されると，賢い男は食事を服の上に注ぐ．賢い男は，歓迎されたのはこの服たちだと説明する[J1561.3].

注　12 世紀にアラビアの笑話として記録されている．諺として流布している.

類話(～人の類話)　フィンランド；ラトヴィア；スペイン；ポルトガル；フリジア；ドイツ；イタリア；マルタ；ハンガリー；マケドニア；ルーマニア；ブルガリア；ギリシャ；ポーランド；ウクライナ；ユダヤ；クルド；グルジア；シリア, イラク, ペルシア湾, サウジアラビア, オマーン；アフガニスタン；インド；ネパール；中国；スペイン系アメリカ；メキシコ；エジプト, チュニジア；エチオピア.

1559A*　いつも空腹 (旧，人を欺く賭け：人間と動物ではどちらが空腹か)

農場主が，動物の空腹は人間の空腹よりも静まりにくいと主張する．彼に雇われている羊飼いは反対の主張をする．客たちが食事を終えると，羊飼いは木の実をいくつかテーブルに置く．客たちは木の実を割って食べる．それで羊飼いがこの議論に勝つ[N73]．参照：話型 1621A*.

類話(～人の類話)　ラトヴィア；リトアニア；ユダヤ.

1559C*　売っていない物

農夫が，何でも買えることになっている店に入る．農夫は，自分が欲しい物でこの店で売っていない物があることを，店主と賭ける．店主は賭けに応じる．農夫は何か珍しい物(例えば，雌牛用のサングラス)を求め，賭けに勝つ.

店主は農夫を別の店に行かせる．そしてそこの店の主人に警告をする．農夫は同じ賭けをする．農夫は，今回は何か違う物(例えば，彼のオンドリのための靴)を求め，再び賭けに勝つ．(時として，もっと高い掛け金の３つ目のエピソードがあり，それもまた農夫が勝つ．)

類話(～人の類話) フィンランド；アイルランド；フリジア；ドイツ；ハンガリー；ルーマニア；ロシア；ユダヤ．

1560 食べているふり，働いているふり

男(農夫)と彼の雇っている作男が畑で働いている．昼に，近くで働いていた人たちは仕事をやめて，休憩して食事をする．農夫は仕事をやめるが，「おれたちは，食べているふりをするだけだ」と作男に言う．

彼らが再び仕事を始めると，作男は大鎌を前後に振るだけで何も切らない．農夫が振り返って，おまえは何をしているつもりだと尋ねる．作男は，働いているふりをしているのだと言う[J1511.1]．

コンビネーション 1567G.
類話(～人の類話) フィンランド；フィンランド系スウェーデン；エストニア；リーヴ；ラトヴィア；リトアニア；リュディア；スウェーデン；ノルウェー；アイルランド；イギリス；フランス；カタロニア；ポルトガル；フラマン；ドイツ；スイス；イタリア；ハンガリー；スロベニア；クロアチア；ルーマニア；ギリシャ；ポーランド；ロシア；ウクライナ；プエルトリコ．

1560** 「まだ雨は降っているか？」(旧，小作人と下男が雨で干し草の小屋に逃げる)

農夫と作男が雨宿りをするために，干し草の山の下に入る．農夫は「まだ雨は降っているか？」と尋ね続ける．作男は，本当はもう雨はやんでいるのに，降っていると答える[W111.2.7]．

類話(～人の類話) フィンランド；フィンランド系スウェーデン；アイルランド；ポーランド；スペイン系アメリカ．

1561 連続した３度の食事 (旧，怠惰な少年が朝食，昼食，夕食を次々と食べる)

愚かな作男(召し使い)が，腹が減っている間は働くことを拒む．作男は，1日3回分の食事を次々と平らげる．それから作男は寝に行く[W111.2.6]．

一部の類話では，農夫(農場主，聖職者)は，作男があまりたくさん食べないように(食事にあまり時間を使わないように)，3度の食事を次々とすべて食べることを強いる．賢い作男は，「夕食」のあとすぐに寝に行く．

コンビネーション　1567E, 1572*, 1725.
類話(～人の類話)　フィンランド；フィンランド系スウェーデン；エストニア；ラトヴィア；リトアニア；ラップ, ヴォート；カレリア；スウェーデン；デンマーク；スコットランド；アイルランド；イギリス；フランス；スペイン；オランダ；フリジア；フラマン；ワロン；ドイツ；ハンガリー；スロベニア；ルーマニア；ロシア, ベラルーシ, ウクライナ；トルコ；ユダヤ；ジプシー；ダゲスタン；オセット；チュヴァシ；シベリア；グルジア；中国；アメリカ；スペイン系アメリカ.

1561*　近眼の治療（旧，少年が「視力を失う」）

作男が農場主(農夫，船長，靴職人)に，サンドイッチの中身が見えないので，自分は近眼が進んできたに違いない(目が見えなくなってきたに違いない)と言う[J1561.4.2]．(食事に何が出たのか見るために眼鏡を所望する.) 農場主の妻はこの不平を心にとめ，次の食事では作男にもっとたくさんのチーズをあげる．作男は，今度はチーズの穴を通して新聞が読めるからずっといいと言う.

コンビネーション　1567A.
類話(～人の類話)　フィンランド；フィンランド系スウェーデン；ラトヴィア；スウェーデン；ノルウェー；デンマーク；アイルランド；スペイン；フリジア；フラマン；ドイツ.

1561　食事と仕事**（旧，作男が重労働を他人に押しつける）

農場主が 2 人の労働者(ジプシーたち，自分の息子たち)を食事に招待し，食事のあと，労働者たちに少し働いてもらいたいと思っている．農場主が労働者たちに，食べたいかと尋ねると，2 人のうちの 1 人が，はいと答える．それから主人は，彼らのうちのどちらが働きたいかと尋ねる．同じ男が仲間に，今度はおまえが志願する番だと言う.

類話(～人の類話)　フィンランド系スウェーデン；ラトヴィア；ヴォート；アイルランド；ハンガリー；チェコ；セルビア；ブルガリア；ギリシャ.

1562　「話す前に 3 回考えなさい」

主人(先生)が少年に，話す前に 3 回考えなさいと注意する．少年は主人の服(ターバン)に火がついているのに気づいても，これに従う[J2516.1，参照 J571.1].

コンビネーション　1562A, 1562B.
注　早期の版(14 世紀)はジョン・ブロムヤード(John Bromyard)の『説教大全(*Sum-*

ma predicantium)』(A XXVI, 34)に記録されている．諺として流布している．

類話(～人の類話)　フィンランド；フィンランド系スウェーデン；スウェーデン；スコットランド；アイルランド；イギリス；フラマン；ドイツ；イタリア；ハンガリー；マケドニア；ルーマニア；ウクライナ；ユダヤ；ジプシー；タジク；シリア；インド；中国；日本；フランス系カナダ；アメリカ；南アフリカ．

1562A 「納屋が燃えている！」

農場主が作男(旅人)に，何にでも奇妙な名前を使うよう指示する．例えば，猫のことは清潔と呼び，火のことは美，屋根のことは高いと呼ぶ(そしてそう呼ばないと作男を罰する)．

作男は仕返しを計画し，藁束に火をつけて，それを猫のしっぽに結ぶ．火のついた猫が，納屋の屋根に乗ると，作男は特別の言葉を使って主人に伝える．農場主が複雑な伝言を理解する前に，火は消し止められないほど燃え広がる．

コンビネーション　1562, 1562B, 1696, 1699, 1940.

注　15 世紀後期に記録されている．

類話(～人の類話)　フィンランド；ラトヴィア；デンマーク；スコットランド，アイルランド，ウェールズ，イギリス；フランス；スペイン；カタロニア；ポルトガル；オランダ；フリジア；フラマン；ドイツ；スイス；イタリア；サルデーニャ；チェコ；スロバキア；ルーマニア；ギリシャ；ポーランド；シベリア；ロシア，ベラルーシ，ウクライナ；イギリス系カナダ；アメリカ；スペイン系アメリカ；アフリカ系アメリカ；メキシコ；キューバ，ドミニカ，プエルトリコ，チリ；ブラジル；アルゼンチン；南アフリカ．

1562B 妻が書かれた指示に従う

親方(夫)が徒弟(召し使い，妻)のために指示のリストを書く(徒弟がそのようなリストを求める)．ある日彼らがいっしょに旅をしていると，(酔った)主人がぬかるみ(溝，川)に落ち，徒弟に助けを求める．徒弟は，これが自分の仕事の 1 つなのかどうかわからないと答え，指示書でこの状況を見るために家に走って帰る．(親方はなんとか自分で這い上がり，リストを破る．)[J2516.3.1]．

注　14 世紀にジョン・ブロムヤード(John Bromyard)の『説教大全(*Summa predicantium*)』(H I, 16)に記録されている．筋の担い手は，もともとは夫婦であったが，17–18 世紀にほとんど親方と徒弟になった．

類話(～人の類話)　フィンランド；ノルウェー；デンマーク；スペイン；フリジア；

ドイツ；イタリア；ハンガリー；ロシア；ユダヤ；中国.

1562A* 欺きの取り決め：いっしょに断食をする

けちな主人と彼の召し使いが断食の競争をする．召し使いはこっそり食べる．主人は，負けを認めたくなくて，死ぬ[K177].

類話(～人の類話)　リトアニア；デンマーク；マルタ；イギリス系カナダ；東アフリカ；中央アフリカ.

1562B* 犬のパンが盗まれる

けちな主人が作男に，その日の分としてひとかたまりのパンを与え，好きなだけ食べて，犬にもやり，かたまり全体を残すように指示をする．作男はかたまりの中身だけを取って，パンの皮をまるごと残す.

類話(～人の類話)　ハンガリー；ブルガリア；ギリシャ；ロシア，ウクライナ；ユダヤ；ジプシー.

1562C* けちが夜中に食べる

けちなお爺さん(聖職者と彼の妻)が息子の妻に食べ物を何も与えない．けちなお爺さんは自分では(食べ物を隠しておいて)こっそり夜中に食べる．息子の妻は自分の家族に不平を言う．彼女の父親(末の弟)がやって来て，夜けちなお爺さんが食べるのをさまざまな方法で妨げ，彼のけちを治す.

類話(～人の類話)　ポルトガル；ルーマニア；ブルガリア；ギリシャ；ロシア；グルジア；サウジアラビア，エジプト.

1562D* 少年が仕事中に眠る

若者が仕事中に眠ってしまうが，主人は彼を起こして罰することをあえてしない.

類話(～人の類話)　ラトヴィア；デンマーク；スペイン.

1562F* エンドウ豆をあさる (旧，少年がスープの深鉢に両手を入れる)

けちな農夫が作男たちに栄養のない食べ物を与える．または，聖職者(何人かの兵隊)がけちな友人(主婦)から夕食に招待される．スープは，ほとんどエンドウ豆(大麦，米)が入っておらず，ほとんど水である．作男の１人(聖職者，兵隊の１人)がジャケットとシャツを脱ぐ．なぜ脱いだのかと尋ねられ，これから豆を探しに皿に潜るところだと説明する.

類話(〜人の類話) フィンランド；フィンランド系スウェーデン；スウェーデン；ポルトガル；ドイツ；ハンガリー；ポーランド；ソルビア；アメリカ.

1562J* 「それを歌え！」

薬剤師(農夫)の下男はどもりである．彼は製剤所が燃えていること(彼が馬と荷車もろとも運河に落ちたこと)を主人に伝えようとする．下男が単語を発音できないので，薬剤師は下男に，伝えたいことを歌うように言う．下男は童謡の調べにのせて次のように歌う．「製剤所が燃えている，フラー！」(「馬と荷車が水に落ちた．農夫は行ってみなきゃならない」)．参照：話型1702.

注 早期の版は1558年にボナバンチュレール・デ・ペリエ(Bonaventure Des Périers)の『笑話集(*Nouvelles Récréations*)』(No. 45)に記録されている.
類話(〜人の類話) イギリス；オランダ；フリジア；ドイツ；アメリカ.

1563 「どっちも？」

作男(しばしばひどい扱いを受けている作男)が，農夫に命じられ家に物を取りに行く．作男は農夫の妻に，彼女と娘(たち)，または彼女か娘(たち)と寝るように言われたと告げる．彼女たちはびっくりして，農夫に「彼にあげてもいいの？」—「どっちも？」—「3つ(3人)ともみんな？」と大声で尋ねる．農夫はそうだと答え，妻と娘たちは作男とベッドに入る[K1354.1，参照K1354.2.1].

北イタリアの類話では，トリックスターは荒男(巨人，手品師)で，セックスをするのではなくお金か黄金を取る．コーカサスと中央アジアから西アジアの類話では，トリックスターは娘たちを連れ去り，結婚しようとする.

コンビネーション しばしばこの話型は，1つまたは複数の他の話型，特に1001-1029，および1049, 1062, 1088, 1115, 1424, 1640と結びついている.
類話(〜人の類話) フィンランド；フィンランド系スウェーデン；エストニア；ラトヴィア；リトアニア；リュディア；スウェーデン；ノルウェー；アイスランド；アイルランド；イギリス；フランス；バスク；カタロニア；ポルトガル；オランダ；フリジア；フラマン；ワロン；ドイツ；オーストリア；イタリア；コルシカ島；ハンガリー；スロバキア；セルビア；クロアチア；ルーマニア；ブルガリア；ギリシャ；ポーランド；ロシア, ベラルーシ；ユダヤ；ジプシー；チェレミス/マリ；シベリア；グルジア；オマーン, カタール；ビルマ；中国；北アメリカインディアン；アメリカ；メキシコ；プエルトリコ；マヤ；ブラジル；チリ；カボヴェルデ；エジプト；スーダン；南アフリカ；マダガスカル.

1563* 恐ろしい脅し(旧，ほら吹きの脅し：さもないと)

この説話には，おもに4つの異なる型がある．

(1) ある男の馬(鞍，馬勒，等)が盗まれる．馬がすぐに返されなければ，こういう状況で彼の父親がしたであろうことと同じことをするぞと脅す．見物人たちはぞっとして，新しい馬を彼に与える(泥棒は彼の馬を返す)．見物人たちは，彼の父親だったら何をしたのかを尋ねる．男は「おれの親父だったら歩いただろう」(新しい鞍を買っただろう)と答える．

東洋の類話では，男の靴が盗まれ，男は，自分の父親なら新しい靴を買ったであろうと言う．

(2) 2人の旅人(騎手，御者)が路上で出会うが，どちらも相手に道を譲ろうとしない．彼らの1人は，もし相手が自分を通さないのなら，前日に道で会った別の男にしたのと同じことをすると脅す．もう1人の男は彼を通し，前日に彼が何をしたのかと尋ねる．彼は，その男を通したと答える[K1771.2]．参照：話型202.

(3) 物乞い(ダルヴィーシュ(イスラムの修行僧)，ジプシー)が，村人たちがある特別な物をくれなければ，ほかの村の人たちにしたのと同じことをする(同じ状況で父親がしたことと同じことをする，自分ではしたくないことをしなければならない)と村人たち(1人)を脅す．村人たちは物乞いが欲しがっていた物を与え，脅しはどういう意味だったのかと尋ねる．物乞いは，その物をもらわずに出ていかなければならなかった(働かなければならなかった)と説明する．

(4) 怠惰な学生(夜警)が父親にお金を求める(もっと高い賃金を求める)．要求が承諾されないなら，彼がしたくないことをするつもりだと脅す．謎の答えは，彼は勉強をするつもりだ(同じ賃金で働くつもりだ)ということである[K1771.3]．

注 (1)の版は8世紀にオルレアンのテオデュルフ司教(Theodulf of Orléans)の『カルミナ(*Carmina*)』に記録されている．(2)の版は17世紀初頭にオトー・メランダー(Otho Melander)の『冗談とまじめ…第一巻(*Jocorum atque seriorum [...] Liber primus*)』にある．(3)の版は14世紀にペルシアのオベイダラー・ザカーニ(ʿObeidallāh Zākāni)の『陽気な物語(*Resāle-ye delgošā*)』に見られる．(4)の版はナスレッディン・ホッジャ(Nasreddin Hodja)伝承の1つである．

類話(〜人の類話) フィンランド；ラトヴィア；リトアニア；フランス；カタロニア；オランダ；フリジア；ドイツ；イタリア；ハンガリー；クロアチア；ルーマニア；ブルガリア；ポーランド；ベラルーシ, ウクライナ；ユダヤ；クルド；カンボジア；スペイン系アメリカ；オーストラリア；チュニジア；アルジェリア．

1564* 賢い穀物倉の見張り（旧話型 1564** を含む）

農夫の穀物倉を見張っていると思われていた男が，穀物を盗む．男が穀物を運ぶのに使っている荷車が溝に落ちる．農夫が通りかかると，泥棒はこの穀物は自分のものだと言う．農夫はほかの作男たちに，この泥棒を助けるように命ずる[K405.1]．

一部の類話では，盗みをはたらいている見張り番が，穀物を農夫の納屋に持っていくところだと言う．農夫はそれがもともと自分の穀物であることに気づく[K439.2]．（旧話型 1564**.）

類話（～人の類話） フィンランド；エストニア；ラトヴィア；フランス．

1564** 話型 1564* を見よ．

1565 掻かない取り決め

この説話には，おもに 4 つの異なる型がある．

(1) 男（トリックスター）が（病気のために）頭か体をいつも掻いている（ずっとくしゃみをしている）．男は，もし一定時間掻かずに（くしゃみをせずに）いられたら報酬をもらえることになる．もはやかゆみに耐えられなくなると，男はジェスチャーをしたり音を立てたりできるような物語を語り（叫び声を上げ），掻くことができる（くしゃみをすることができる）[K263]．時として聞き手たちは男が何をしたか気づくが，それでも男の賢さに感心して，男に報酬を与える．

(2) 禿げている男（頭にシラミのいる不潔な男）と，自分の体を掻く男と，鼻水を垂らしている男が，それぞれ自分の体を触らないことに取り決める（しばしば王によって，命じられる）．彼らは皆，禁じられた動きで説明しながら物語を語って，うまく禁止を破る．例えば，禿げている男は，父親が彼に毛皮の帽子を持ってきたと言って，帽子をかぶったり取ったりする動きをまねる．掻く男は，父親が洋服を持ってきたと言って，その服が合わない場所を見せながら自分の体に触れる．鼻水を垂らしている男は，彼ら 2 人を嘘つきと呼んで，指で 2 回自分の鼻をこすりながら彼らを指さす．

(3) 自分の体を掻かずに，畑からイラクサを取り除くことができる動物に，神が褒美（神の娘，雄牛，両方）を与えることを約束する．ほかの動物たちは試してもうまくいかないが，ある動物（クモ，ウサギどん）は雄牛を生き生きと描写することで掻いているのを隠して，褒美を得る．

(4) 2 人の男（ユダヤ人とロシア人）が，掻かない取り決めをする．それぞれが相手に取り決めを破らせようとする．例えば，ユダヤ人はロシア人のシャツにコショウを振りかけ，ロシア人はユダヤ人のズボンにシラミを入れる．ロシア人はもはやどうにも我慢ができなくなって，自分のおじはツァーからメダルをもらって，「ここと，ここと，ここに」つけていると言って，その場所を掻く．ユダヤ人は，自分のおじはあまりにもたくさんのメダルをもらったので，それらをズボンのポケットに入れていて，そのあたりを触っていると言って，それをやってみせる．

コンビネーション　5, 73（(3)の版だけ）.

注　この説話は中世のアラビアの文学に始まる．口承は広く流布しており，さまざまに変化している．(3)の版は最も安定した型であり，アフリカと，アフリカ系アメリカ人の説話にサブ話型がある．

類話(～人の類話)　フィンランド；ラトヴィア；リトアニア；デンマーク；スペイン；カタロニア；ポルトガル；オランダ；フリジア；ドイツ；スロバキア；マケドニア；ルーマニア；ブルガリア；ポーランド；トルコ；ユダヤ；オセット；シリア；インド；中国；朝鮮；マレーシア；日本；アメリカ；メキシコ；アフリカ系アメリカ；ブラジル；西インド諸島；チュニジア；モロッコ；コートジボワール；ナイジェリア；中央アフリカ．

1565* 大きいケーキ

断食の期間，農夫たちはケーキを１つだけ食べることしか許されていない．農夫たちは荷馬車の車輪ほどの大きさのケーキを焼く［K2311］．

一部の類話では，農夫たちはスプーン１杯の粥しか食べることが許されていないので，巨大なスプーンをつくる．

ユダヤ(セファルディ)の版では，男が健康上の理由でアルコールを控えなければならない．しかし，安息日には１杯のワインが許されている．男はワインのボトル１本分が入る大きいグラスをつくらせる．

類話(～人の類話)　フリジア；フラマン；ドイツ；セルビア；ユダヤ．

1565** カブはベーコン

農夫は作男に冬の間ずっとカブしか食べさせないが，作男にカブはベーコンだと(豆は魚だと，ニシンはコイだと，等)認めさせる．認めなければ農夫はその作男を解雇しようとする．収穫の繁忙期の間，作男は農夫に，猫をウサギ(熊，コウノトリ)と呼ばなければ，ここで働くのをやめると脅す［J1511.2］．

類話(～人の類話)　フィンランド；デンマーク；アイルランド；フランス；オラン

ダ；フリジア；フラマン；ドイツ；クロアチア；ルーマニア；ブルガリア；ウクライナ；日本.

1566** **バター対パン**

パン屋が農夫に4ポンドのバターを注文する．その後，パン屋は，重さが足りなかったと文句を言う．農夫は，自分がパン屋から買った4ポンドのパンのかたまりでバターの重さを量ったと説明する[K478].

類話(～人の類話) アイルランド；オランダ；フリジア；フラマン；ルーマニア.

1566A* **女中たちはもっと早起きしなければならなくなる**

オンドリがあまりにも早く自分たちを起こすので，女中たちはオンドリを殺す．すると女主人はもっと早く彼女たちを起こす[K1636].

類話(～人の類話) フィンランド系スウェーデン；ラトヴィア；ドイツ；ポーランド；ロシア, ベラルーシ.

1567 **けちな家**（旧，腹をすかせた召し使いたちがけちな主人を責める）（旧話型1567B, 1567D, 1567* を含む）

雑録話型．参照：話型1389*．けちな農場主が，作男にパンの皮を食事として出す．作男は，柔らかいパンのほうが早く満腹になると言うので，農場主は両方作男に与える[J1341.1]．（旧話型1567B.）

スペインの版では，女主人が仕立屋に卵1つしか出さない．すると仕立屋はそれについて短い歌を歌う．次の食事のとき，女主人は仕立屋に2つの卵を出す．仕立屋は，もっとたくさんの卵とソーセージ等も出させる歌を作曲する[J1341.4]．（旧話型1567D.）

ある農場主は，食事に出す分のバターを売ろうと思って，作男たちにバターを出さない．作男たちは魚で「バター売り」の人形をつくる．農場主がそれは何かと尋ね，作男たちが説明すると，農場主は哀れに思い，彼らにバターを出す．（旧話型1567*.）

類話(～人の類話) フィンランド；エストニア；ラトヴィア；リトアニア；スウェーデン；デンマーク；イギリス；フランス；スペイン；ポルトガル；ドイツ；イタリア；ハンガリー；スロバキア；セルビア；クロアチア；マケドニア；ブルガリア；ウクライナ；ユダヤ；ヤクート；モンゴル；インド；中国；日本；スペイン系アメリカ.

1567A けちな宿屋の主人が薄いビールを出すのを直される

家主(宿屋の主人)が，自分の作男たちの腹を満たすために，食事の前に水で薄めたビール(ただの水)を出す．作男たちは，その飲み物が体の中をきれいにするのに役立ち，実際そのおかげで食べ物を入れる場所がもっとできると家主に言う[J1341.7].

類話(～人の類話) フィンランド；エストニア；リーヴ；ラトヴィア；リトアニア；デンマーク；ドイツ；スロバキア；ポーランド；日本.

1567B 話型 1567 を見よ.

1567C 大きい魚に尋ねる

身分の低い客(物乞い，手品師，利己的な両親の息子)に，小さい魚が出される．一方主人(両親)は自分たちのために大きい魚を取る(ベッドの下に隠す)．客は耳のそばに小さな魚を持ち上げる．主人がなぜかと尋ねると，客は答えて，最近溺れたおまえの父親(ヨナとクジラ)はどこにいるのかと魚に尋ねたのだと言う．すると魚は，自分は小さすぎてそういうことはわからないので，(ベッドの下にいる)もっと年上の魚に聞いてくれと答えたと言う.

一部の類話では，臭い魚が，自分は 8 日前に捕まったので，最近何が起こったか知らないと言ったと答える．皆は笑い，客はもっと大きい(もっと新鮮な)魚を出される.

コンビネーション 1610.

注 この説話の最も古い版はエレソスのファイニアス(Phainias of Eresos)に由来し，ナウクラティスのアテナイオス(Athenaios of Naukratis)の『食卓の賢人たち(*Deipnosophistai*)』(紀元 200 年頃)によって伝えられた.

類話(～人の類話) フィンランド；ラトヴィア；リトアニア；アイルランド；フランス；スペイン；ポルトガル；オランダ；フリジア；フラマン；ドイツ；イタリア；マルタ；ハンガリー；ルーマニア；ギリシャ；ユダヤ；日本；南アフリカ.

1567D 話型 1567 を見よ.

1567E 腹をすかせた男の嘘 (旧，腹をすかせた徒弟の嘘が親方の注意を引く)

徒弟が(しばしばほかの人たちの前で)けちな親方について嘘の話をする．親方は徒弟を黙らせるために，徒弟にもっと多くの食べ物(米，豆，卵)を出す．そのせいで親方は自分の蓄えを失う[J1341.5].

類話(～人の類話) スペイン；カタロニア；ポルトガル；中国；パナマ.

1567F 腹をすかせた牧人（旧，腹をすかせた牧人が注意を引く）

腹をすかせた牧人が主人から食事に招待してもらえない．牧人は，5頭の子牛（子ヤギ）を産んだ乳首が4つの雌牛（ヤギ）の話をする．人々が，4頭の子牛が乳を吸っている間，5頭目はどうしているのかと尋ねる．すると牧人は「おれが今こうしているように，ただ眺めているのさ」と言う．それで牧人はいっしょに食事をするよう招かれる[J1341.6]．

類話（～人の類話） デンマーク；アイルランド；フランス；スペイン；バスク；ポルトガル；オランダ；フリジア；フラマン；ワロン；ドイツ；スイス；イタリア；ルーマニア；フランス系アメリカ；スペイン系アメリカ．

1567G いい食事が歌を変える

臨時の仕事（脱穀，刈り入れ，木工）で雇われた労働者たちが，歌の中で自分たちの食事について不平を言い（例えば，スープ，スープ，スープ（SO-O-OUP, SO-O-OUP, SO-O-OUP）），仕事のスピードを落とす．次の日，主人はもっといい食事を出す．労働者たちはこれを反映させて歌を変え（パンと肉にプリンまである，パンと肉にプリンまである（BREAD-MEAT-AND-PUDDING-TOO, BREAD-MEAT-AND-PUDDING-TOO）），仕事のスピードを上げる[J1341.11]．

類話（～人の類話） フィンランド；ラトヴィア；デンマーク；スコットランド；イギリス；ポルトガル；フランス；フリジア；ポルトガル；ドイツ；ハンガリー；アメリカ；アフリカ系アメリカ．

1567H 大きい魚と小さい魚

2人の男が魚屋から魚を買うが，魚屋は大きい魚1匹と，小さい魚1匹しか持っていない．食事のとき，男の1人は，「いいもてなし役は当然小さいほうを取るものだ」と相手に説明しながら，自分は大きな魚を取る．

類話（～人の類話） オランダ；フリジア；ドイツ；ユダヤ．

1567* 話型1567を見よ．

1568* テーブルについた農夫と作男

農夫と作男が同じ皿から食べ物を取って食べる．農夫の妻はいつも，いちばんいい肉のかたまりが農夫の近くに来るように皿を置く．あるとき，作男が食卓に早くやって来る．誰も部屋にいないので，作男は自分の場所にいちばんいい肉が来るように皿を動かす．農夫は作男のしたことに気づいて，

「この皿はむかし１ターラーしたんだ」と言って，皿を持ち上げる．そしていつもの位置に動かして戻す．農夫が肉を刺す前に，作男は「この皿は今でもその価値はありますね」と言って皿を持ち上げ，皿を自分の都合のいい向きに戻す．

一部の類話では，農夫(聖職者)は，食事をしているほかの人たちに，太陽(月)はどう動いているか知っているかと聞きながら，いちばんいい(例えば，パリパリの，またはバターのかかっている)肉のかたまりを共通の皿から取る．その際農夫は皿を右か左に回して，いちばんいいところが自分の近くに来るように動かす．皿の位置が決まると，作男は「それから嵐が起きる」と言って，こぶしを皿の中に叩きつける(農夫の頭に皿を叩きつける)［参照J1562.1］.

類話(～人の類話)　フィンランド；エストニア；リーヴ；ラトヴィア；リトアニア；ノルウェー；フランス；ポルトガル；フリジア；ドイツ；スロベニア；ルーマニア；ブルガリア；ソルビア；ポーランド；ロシア，ベラルーシ，ウクライナ；ユダヤ；ジプシー；タタール；キューバ；アルジェリア.

1568** 親方と徒弟がけんかをする

けちな仕立屋が肉のかけらをすべて縫い合わせる．食事が出されると，仕立屋は最初のひとかたまりを取る．すると肉はすべて彼の皿に入る．仕立屋は，「神が１つになさった物を人間が分けてはならない」と言う．

腹をすかせた徒弟たちは復讐を企て，ある客に，親方はいい仕事をするが，気まぐれだと言う．そして親方が拳で机を叩くときが，激怒しているときだと言う．仕立屋は布を裁断する前に，机を叩いてはさみを弾ませ，はさみがどこにあるか音で聞いて，はさみを見つける．客は，仕立屋が自分に襲いかかってくると思い，仕立屋の首をつかんで身を守り，戦う．仕立屋は助けてくれと徒弟を呼ぶが，徒弟は「神が１つになさった物を人間が分けてはならない」と言う．

注　新約聖書(マタイによる福音書 19,6)に出てくる有名な諺.

類話(～人の類話)　フィンランド；エストニア；デンマーク；イギリス；ドイツ；ハンガリー；ユダヤ.

1569** 召し使いに服を着せる

親方は，費用を親方が支払って召し使いに服を着せる(すなわち，服を提供する)ことに同意する．召し使いは，親方が彼に服を着せることで，文字どおり条件が満たされると主張する[J2491].

類話(〜人の類話) フラマン；セルビア；ウクライナ.

1570* 「黙って食いな」

泊まりの兵隊(客)が料理の皿を平らげる．兵隊は女主人(主婦)にこのおいしい食べ物は何という名前かと尋ねる．女主人は「黙って食いな」と答える．兵隊は「この黙って食いなをもう少しください」と言う.

類話(〜人の類話) リトアニア；ブルガリア；ロシア, ウクライナ.

1571* 召し使いたちが主人を罰する

作男たちが仕事をしているのを監視するために，主人が隠れる．作男たちは，主人がこっそり覗いているのに気づき，泥棒だと思ったふりをして，主人を叩く．主人は，おれは主人だと言って身を守ろうとする．作男たちは，彼がほかのことを言ったかのようなふりをして，主人を叩き続ける.

類話(〜人の類話) エストニア；ラトヴィア；デンマーク；中国.

1571** 自慢する召し使い

召し使いが，自分は主人を叱ったと自慢する．しかし，召し使いは主人には聞こえないようにこっそりと叱るだけである[K1776].

類話(〜人の類話) フィンランド；エストニア；ラトヴィア；リトアニア；デンマーク；スペイン系アメリカ.

1572* 主人の特権

農夫が作男に，おまえには何か人格的な欠点があるかと尋ねる．すると作男は，自分はときどき激怒する(その他の描写)と答える．農夫は，自分の欠点は，ときどき逆上することだ(等)と言う.

作男が初めて激怒したとき，ベッドから出ようとしない(仕事場を離れる)．すると農夫は逆上し，作男を叩く．すると作男の激怒は直り，農夫ももはや逆上しなくなる[J1511.4].

注 早期の版は16世紀，ハンス・ザックス(Hans Sachs)の「汗をかいた怠惰な農夫の下男(*Der faul paurnknecht mit dem schwais*)」(1552)を見よ.

類話(〜人の類話) フィンランド；エストニア；リーヴ；ラトヴィア；リトアニア；スウェーデン；デンマーク；オランダ；フリジア；ドイツ；ギリシャ；ポーランド；ベラルーシ, ウクライナ；ユダヤ；インド.

1572A* 聖人たちがクリームを食べた（旧話型 1829A* を含む）

聖職者がサワークリーム（クリーム，ミルク，ハム，ハチミツ）の入った壺を聖人の絵の近く（食料貯蔵室）に置く．聖職者が行ってしまうと，教会の雑用係（作男）がその壺を盗み（空にし），クリームを少し聖人の絵（聖人像）に塗りつける．聖職者は，聖像がクリームを盗んだと思う．聖職者は聖像を侮辱し，教会から片づける．（教会の雑用係が聖像をひそかに隠し，聖職者は聖像が逃げたと思う．参照：話型 1826A*.）

次の聖日（その聖人の祝日）に，聖職者は教会の雑用係に新しい聖像を調達するよう頼む（お金を出すと言う）．教会の雑用係は古い聖像を磨いて，聖人が戻ってきたと言う．聖職者は聖像にいつもいい食事を出すと約束する．その結果教会の雑用係はそれから先はいいものを食べることができる．

コンビネーション　1829.

類話（～人の類話）　フィンランド；エストニア；ラトヴィア；リトアニア；コミ；フランス；ポルトガル；フラマン；ドイツ；スイス；オーストリア；ハンガリー；チェコ；スロバキア；セルビア；ルーマニア；ブルガリア；ポーランド；ロシア；ウクライナ；ベラルーシ；ジプシー；シベリア；オマーン；日本；エジプト.

1572B* 神が彼に与えた物

客がすべての肉をスープからすくい上げ，「わたしがつかんだものは，神がわたしにくださったものである」と言う．食事のあと，主人は客の髪をつかんで，同じことを言う．

注　早期の版は 16 世紀，ハンス・ザックス（Hans Sachs）の「司祭とスープの祝福（*Der pfarrer mit dem sueppensegnen*）」（1553）を見よ.

類話（～人の類話）　デンマーク；ブルガリア；ロシア，ベラルーシ；インド.

1572C*「わたしに逆らうな！」（旧，押しつけの贈り物はいらない）（旧話型 1572D* を含む）

主人が出した食べ物を客が拒む．「わたしに逆らうな！」と言いながら，主人は客を叩く．客は「おれに指図するな」と言いながら叩き返す．

一部の類話では，客が逆らったために主人が客を叩く．別の客は勧められた物をすべて食べ，自分の貧しい服を主人のいい服と取り替え，主人の馬に乗って去る．（旧話型 1572D*.）

コンビネーション　1829.

類話（～人の類話）　リトアニア；ポルトガル；ブルガリア；ロシア；ウクライナ.

1572D* 話型 1572C* を見よ．

1572E* 賢い御者と腹をすかせた主人

旅の途中，主人は御者のために食事を持っていくことを(注文することを)怠る．御者はわざと主人を森に置き去りにする．

類話(～人の類話) エストニア；ラトヴィア；リトアニア；ウクライナ．

1572F* シャベルを裏返しにする

作男は大きなエンドウ豆(豆)が嫌いである．そのため彼はスプーンを裏返しにして，「乗っていられれば，食べてやる」と言いながらエンドウ豆を食べる．作男は結婚し(主人が彼を解雇し)，自活しなければならなくなる．生活に困って，作男は以前の主人にシャベル1杯の料理していないエンドウ豆を乞う．主人と作男は貯蔵室に行き，主人はシャベルを裏返しにする．主人は「乗っていられれば，量ってやる」と言いながら乾燥エンドウ豆をシャベルですくう．

類話(～人の類話) フィンランド；リトアニア；オランダ；フリジア；ドイツ；ソルビア．

1572K* 口かずが少ない

主人(女)が新しい作男に，自分は口かずが多いのが好きではないと説明する．主人がウインクをしたら，作男は来なければならないと言う．作男は，自分も無駄口をたたくのは嫌いだから，それは自分にとってもありがたいと答える．自分が首を振ったら，行かないという意味であると言う．

類話(～人の類話) フリジア；ドイツ；ルーマニア；イラク．

1572L* ひなたぼっこに値しない

怠惰な作男が，働かずに外で横になって眠る．作男の主人は，作男は彼に射している日光に値しないと言う．作男は，おれは日陰に寝そべっている(これからは日陰に寝そべる)と答える．

類話(～人の類話) フリジア；ドイツ；スロバキア；ルーマニア；南アフリカ．

1572M* 徒弟の夢

見習いが親方に，自分が肥だめの桶に落ちて親方がハチミツの桶に落ちる夢を見たと話す．親方は，これがもし逆だったら見習いに罰を与えていたことだろうと言う．見習いは親方に夢の終わりをこう話す．桶から這い上がってきて，親方と見習いは互いをなめてきれいにしなければならなかった．

類話(～人の類話)　フィンランド；フリジア；ドイツ．

1572N* 便秘の治療

主人(王)が召し使い(御者)に，自分は便秘していると不平をもらす．主人の治療をするために，召し使いは主人を馬車に乗せる．しばらくして，主人は便意を催し，召し使いに止まるように頼む．しかし召し使いは馬車を走らせ続け，とうとう主人が我慢できなくなる．すると召し使いは馬車を止め，主人をおろす．このとき，主人はすぐに通じがつく．

類話(～人の類話)　ラトヴィア；フリジア；ドイツ．

1573* トラブルメーカーとしての賢い召し使い

召し使いが主人の家で，次のように，たいへんないざこざを引き起こす．召し使いは主人のベッドにパン生地を入れる．生まれたばかりの子羊を主人の娘たちのベッドに入れる．犬たちを結び合わせる．ロバの肛門に笛を差し込む，等[参照 K2134]．翌朝，主人と妻のどちらがベッドで大便をしたかでけんかが始まり，娘たちのどちらが子羊を産んだかでけんかが始まる，等．

コンビネーション　700.

類話(～人の類話)　エストニア；ラトヴィア；リトアニア；カレリア；ハンガリー；ロシア，ベラルーシ，ウクライナ；ユダヤ；ジプシー；オセチア；シベリア；カザフ；トルクメン；カルムイク，モンゴル；シリア，カタール；インド；モロッコ．

1574 仕立屋の夢

何年間も，仕立屋は客から布を盗んできた．仕立屋は，最後の審判の日に，盗んだ布の切れ端すべてで作った旗を持って神に答えなければならない夢を見る．この夢のあと，仕立屋はもう盗みをしないと誓う．そして徒弟たちの1人に，もし仕立屋が過ちを犯したら，夢を思い出させてくれと頼む．長いこと仕立屋は何も盗まない．ある日，仕立屋は特別きれいな素材をもらい，それを盗もうと思う．徒弟が仕立屋に決意を思い出させると，この特別な素材の切れ端は，旗の一部ではないと答える[J1401]．

類話(～人の類話)　デンマーク；フランス；オランダ；フリジア；フラマン；ドイツ；ハンガリー；マケドニア；ブルガリア；ギリシャ；ユダヤ；グルジア；イラン；メキシコ；エジプト．

1574A 盗まれた布の切れ端（旧，泥棒の仕立屋の見落とし）（旧話型 1574B と 1574C を含む）

この説話には，おもに3つの異なる型がある．

(1) 仕立屋が，盗んだ布をうっかり自分のコートの内側ではなく，外側に縫ってしまう．

(2) 仕立屋が布の大きな部分を切り取るチャンスを得て，切り取る．それから仕立屋は，自分のコートから切り取ったことに気づく[X221.1].

または，仕立屋は，決まって客の布の一部を自分のものにしていたが，自分のための服を裁断しているときにまで布の一部を取りのける．何でこんなことをするのかという妻の問いに，仕立屋は，習慣をおろそかにしたくなかったのだと答える（旧話型 1574B.）

(3) けちな女が仕立屋を自分の家に呼んで，仕立屋が布を盗めないようにする．仕立屋は切れ端を切って「これは悪魔の分だ」と言いながら窓から捨てる．女がそれを取りに外へ駆け出すと，仕立屋は別の大きな切れ端を切って自分のものにする[K341.13]．（旧話型 1574C.）

類話（～人の類話） フィンランド；エストニア；ラトヴィア；スウェーデン；フラマン；ドイツ；チェコ；ユダヤ；インド．

1574B 話型 1574A を見よ．

1574C 話型 1574A を見よ．

1574* 先見の明がある作男（旧，おだて屋の親方）

主人が，次の日に何の仕事をしなければいけないかを作男に告げると，作男はいつも，「そう思っていたところだ」と答える．ついには，主人が「明日は塩の種を蒔かなければならない」と言って作男をかつぐ．作男は，そう思っていたところだと答える[K1637]．参照：話型 1200.

類話（～人の類話） フィンランド；エストニア；ラトヴィア；ヴォート；ノルウェー；アイルランド；フリジア；ドイツ；マルタ；アフリカ系アメリカ．

1575* 賢い羊飼い

主人が，羊飼いから借りたお金を返すことを拒む（主人は作男にあまりにきつい仕事をさせるか，または粗末な食事しか与えない）．羊飼いは木の上に隠れる．主人が通りかかると，羊飼いは声色を使って主人の名を叫び，主人に支払いをするよう（ほかの仕事を割り当てるよう，もっといい食事を与えるよう)要求する．主人は，神が自分に話しているのだと思い，羊飼いが要求したとおりにする[K1971.2]．参照：話型 1380A*.

類話(～人の類話) フィンランド；エストニア；ラトヴィア；イギリス；ハンガリー；ギリシャ；ポーランド；ロシア，ベラルーシ，ウクライナ；ユダヤ；イラン；中国；インドネシア；モロッコ.

1575A* 神が話す

男(聖職者)が，道路に沿って立っている木々の近くを自転車で走る(歩く)．男の隣人の1人(何人か)が木の後ろに隠れていて，男の名前を呼ぶ(「振り返れ！」と叫ぶ)．3回このことがあって，男は，神が自分に話しかけているのだと思う．そして「はい，主よ．聞こえています」と答える.

類話(～人の類話) フィンランド；エストニア；フリジア.

1575** 話型 1380A* を見よ.

1577 盲目の男たちがだまされて取っ組み合いをする

トリックスター(オイレンシュピーゲル)が，何人かの盲目の男たちの1人にお金をあげるので，みんなで分けるようにと言う．しかし，トリックスターは誰にもお金をあげない．それぞれが，ほかの者が盗んだと疑い，取っ組み合いになる．トリックスターは安全な所に離れて，それを見物する[K1081.1].

一部の類話では，トリックスターは彼らを酒場に連れていって酒を飲ませるが，誰にもお金をあげない．参照：話型 1526A.

類話(～人の類話) フィンランド；ラトヴィア；リトアニア；スペイン；カタロニア；オランダ；フラマン；ドイツ；イタリア；ギリシャ；ポーランド；ロシア；ベラルーシ；ユダヤ；イラク；インド；中国；日本；スペイン系アメリカ；ブラジル；アルジェリア.

1577* 盲目の強盗から取り返す

盲目のトリックスターが罪のない男からお金を盗む(お金を返さない)．損害を受けた男は，盲人の家までつけていって，彼のすべての貯金を盗む[参照 N455.1]．しばしば，彼はさらに数人の盲目の男から略奪する(ペテンにかける).

類話(～人の類話) エストニア；ラトヴィア；イタリア；スロバキア；スロベニア；

ブルガリア；ルーマニア；ギリシャ；ポーランド；ロシア，ウクライナ；トルコ；ユダヤ；グルジア；パレスチナ，イラク，カタール；イラン；インド；エジプト，チュニジア，アルジェリア，モロッコ．

1577** だまされた盲人

けちな盲人の案内役兼召し使いとして働いている少年が，たいへん腹をすかせていて，盲人からソーセージ(パイ)を盗む．盲人は，少年が食べ物を食べたのが匂いでわかり，少年を叩く．少年は，盲人が穴を渡るのを助けるふりをして，仕返しをする．少年は柱(木)の前に盲人を導いて，助走をつけて穴を飛び越えるふりをする．盲人も少年をまねて，柱にぶつかる．盲人は倒れてけがをする．少年は「彼は，おれがソーセージを食べた匂いを嗅げるのだから，柱がそこにあるのも嗅げばよかったのだ」と言う．

注 16 世紀の中頃に作者不詳の悪漢小説『ラサリージョ・デ・トルメス(*Lazarillo de Tormes*)』(I, 90b)に記録されている．

類話(～人の類話) フィンランド；スペイン；ポルトガル；ドイツ；マルタ；ポーランド．

1578* 創意に富んだ物乞い

物乞いが，女に自分のナイフを渡し，自分のためにパンを 1 切れ切ってもらう．そして，さっき犬の手足を落とすのにそのナイフを使ったと言う．(または，ジプシーが司教に，司教の皿から味見をしたと言う．）女(司教)はぞっとして，パン(料理)を物乞いに全部やる[K344.1]．

類話(～人の類話) エストニア；ラトヴィア；スペイン；ドイツ；ブルガリア；ポーランド．

1578A* 水飲み用コップ

少年(少女，女中)が，コップ(鉢)1 杯の水(ミルク，ジュース，ワイン)を喉が乾いている客に勧める．客が飲んだあと，少年は客に，それはネズミが溺れた水だとか，ぼくがおまるに使っていた鉢(犬の皿に使っていた鉢)だと言う．

類話(～人の類話) フィンランド；ポルトガル；ブルガリア；キューバ，ドミニカ，プエルトリコ．

1578B* 女はどうして牛の胃袋を嫌いになったか

女が臓物(牛の胃袋)の下ごしらえの食欲が失せるようなやり方を見て，モツ(牛の臓物)が嫌いになる.

類話(～人の類話) ラトヴィア；リトアニア；ブルガリア；ポーランド；ユダヤ.

1578C* リンゴ

農夫(少年)が2個のリンゴ(洋梨)を主人のところに持っていく．主人はリンゴの1つをかじって，もう1つを農夫に返す．農夫はナイフを取り出して，リンゴの皮をむく．主人が農夫に，なぜ皮を食べないのかと尋ねる．農夫は主人に，リンゴの1つを牛ふん(肥やし)に落としたが，どっちだったかわからなくなったのだと言う.

類話(～人の類話) オランダ；フリジア；フラマン；ドイツ.

1579 オオカミとヤギとキャベツを川の向こうに渡す

男がボートで川を渡らなくてはならないが，ボートには自分とほかの物1つしか乗らない．男はオオカミ(ライオン，ジャッカル)とヤギ(羊)とキャベツ(藁束，カボチャ)を運ばなければならない．男は自分がボートに乗って出ているときに，オオカミがヤギを，ヤギがキャベツを食べないように気をつけなければならない.

2つの解決がある．(1)男はヤギを渡す．それからオオカミを渡し，ヤギを連れて帰る．そしてキャベツを渡し，戻ってからヤギを渡す．(2)男はヤギを渡す．それからキャベツを渡し，ヤギを連れて帰る．男はオオカミを渡し，そして最後にヤギを渡す[H506.3].

類話(～人の類話) ラトヴィア；アイルランド；フランス；カタロニア；ポルトガル；オランダ；フリジア；フラマン；ドイツ；イタリア；マルタ；ハンガリー；セルビア；ルーマニア；ポーランド；ロシア，ウクライナ；グルジア；オマーン；中国；マヤ；エジプト；モロッコ；シエラレオネ；東アフリカ；エチオピア；エリトリア；ナミビア；南アフリカ.

1579** 100匹の動物

男(農夫)が豚(羊)の群れを追っている．ある人が男に，100匹もの動物を連れてどこに行くのかと尋ねる．男は「もしこいつらと同じ数だけの豚と半分の豚と4分の1の豚と1匹の豚がいたら，100匹になるんだが」と答える．答え：男は36匹連れている.

類話(～人の類話) アイルランド；オランダ；フリジア；ドイツ；スペイン系アメリカ.

1580A* 馬にまたがる

酔った旅人(聖職者)が，馬にまたがれない．旅人は，神，さまざまな聖者，40 人の聖なる殉教者に助けてくれと呼びかける．それから旅人はなんとか鞍に乗るが，反対側に落ちる．旅人は助けが多すぎたと自分を慰める．

類話(～人の類話) ラトヴィア；デンマーク；フランス；ドイツ；イタリア；マケドニア；ルーマニア；ブルガリア；ポーランド；南アフリカ．

1585 弁護士の気の触れた客

(お金に困っている)農夫が，同じ動物(豚，牛，子牛，野ウサギ)を何人かの違う人たちに売り(その他の軽罪を犯し)，出廷することになる．農夫の弁護士は彼に，精神異常を主張するよう助言し，動物の鳴き声(吠え声，メーメーという声)だけで話すか，または常に同じ言葉(はい，あー，まったくありません，無意味な言葉)で答えるよう助言する．農夫は有罪判決を受けず，弁護士は料金を要求する．農夫は同じ策略を使って，支払いをしない[K1655]．参照：話型 1534D*．

コンビネーション 1735.

注 9 世紀にアラビアの笑話として記録されている．15 世紀のフランスの笑劇『パトラン先生(*Maistre Pathelin*)』によって普及する．

類話(～人の類話) フィンランド；ラトヴィア；リトアニア；ヴェプス；カレリア；デンマーク；スコットランド；アイルランド；イギリス；フランス；カタロニア；ポルトガル；オランダ；フリジア；フラマン；ドイツ；オーストリア；イタリア；マルタ；ハンガリー；チェコ；スロベニア；ルーマニア；ブルガリア；アルバニア；ギリシャ；ポーランド；ロシア，ベラルーシ，ウクライナ；ユダヤ；チュヴァシ；シベリア；ウズベク；パレスチナ；イラク，サウジアラビア；イエメン；インド；フランス系カナダ；アメリカ；スペイン系アメリカ，メキシコ；ドミニカ，プエルトリコ；アルゼンチン；西インド諸島；エジプト；アルジェリア；西アフリカ；ナイジェリア；東アフリカ．

1585* 農夫の約束

農夫が弁護士に相談し，支払いとして弁護士に野ウサギを送ると約束する(農夫は主人に野ウサギを送ったと主張し，その料金を受け取る)．弁護士(主人)が後に野ウサギはどこだと尋ねると，農夫は，もう弁護士のところに送ったが，おそらく野ウサギは住所を知らなかった(忘れた)のだろうと答える．

類話(～人の類話)　ラトヴィア；リトアニア；ワロン；クロアチア．

1586　ハエを殺すために法廷に行った男 (旧話型 163A*, 1433*, 1586A を含む)

この説話には，おもに2つの異なる型がある．

(1)　男(農夫，パン屋，愚か者)がハエを窃盗で訴えて法廷に行く．(旧話型 1433*.) 裁判官(市長，ツァー)は，好きなだけハエを殺してよろしいと判決を下す．1匹のハエが裁判官の鼻(頬)に止まり，原告は判決を実行する．裁判官はけがをするか，死ぬ．しかし誰もこの愚かなハエ殺しを告訴することができない[J1193.1]．

(2)　愚か者(数人の愚か者)が1匹のハエ(数匹のハエ，ハチ，等)を，ふさわしくない道具(斧，大砲，剣，鉄砲，等)を使って殺そうとする(追い払おうとする)．愚か者は，ハエにわずらわされていた人を過って殺す[J1833, J1833.1]．(旧話型 1586A.) 参照：話型 248.

一部の類話では，殺人者は(飼いならされた)動物(例えば，熊，猿)である[N333.2]．(旧話型 163A*.)

コンビネーション　通常この話型は，1つまたは複数の他の話型，特に 1319*, 1341, 1642, 1643, 1681B と結びついている．

注　(2)の版は，古典古代の資料(Phaedrus/Perry 1965, V, 3)と，インドの資料(『ジャータカ(*Makasa-Jātaka, Rohini-Jātaka*)』)にある．ヨーロッパでは 15-16 世紀にジローラモ・モルリーニ(Girolamo Morlini)の短編物語(No. 21)によって普及した．

類話(～人の類話)　フィンランド；エストニア；ラトヴィア；リトアニア；リュディア, カレリア；デンマーク；アイスランド；スコットランド；アイルランド；フランス；スペイン；カタロニア；ポルトガル；フリジア；ドイツ；スイス；イタリア；サルデーニャ；マルタ；ハンガリー；スロベニア；セルビア；クロアチア；マケドニア；ルーマニア；ブルガリア；アルバニア；ギリシャ；ポーランド；ロシア；ベラルーシ；ウクライナ；トルコ；ユダヤ；ジプシー；ダゲスタン；タタール；アゼルバイジャン；シベリア；ヤクート；カラカルパク；タジク；シリア；イラク；カタール；イラン；パキスタン, スリランカ；インド；中国；カンボジア；インドネシア；日本；フィリピン；北アメリカインディアン；スペイン系アメリカ, メキシコ；プエルトリコ；ブラジル；西インド諸島；カボヴェルデ；エジプト；スーダン；チュニジア；アルジェリア；エチオピア；中央アフリカ；南アフリカ．

1586A　話型 1586 を見よ．

1586B　暴行の罰金

市長(裁判官)を嫌っている男が，もし誰かを殴ったら罰金はいくらかと

(他人を殴ってしまったので罰金はいくら要求されるかと)市長に尋ねる．男はその額を(倍額を)支払い，市長を殴る[J1193.2]．参照：話型 1804E.

類話(～人の類話) オランダ；フリジア；ドイツ；ハンガリー；ルーマニア；ギリシャ；ウズベク；インド；エジプト，モロッコ.

1587 話型 927D を見よ.

1587** 話型 1642A を見よ.

1588* 見えない物

裁判官が，証人としてある男を召喚し，何か見たかと尋ねる．男は聞いただけだと答える．裁判官は，彼が聞いたことなど何の効力もないと言って，彼を退廷させる．証人は去り際に大きな屁をする．裁判官は彼を叱責するが，男は裁判官に屁を見たのかと聞く．彼が聞いたことなど何の効力もないと言う.

類話(～人の類話) フィンランド；ラトヴィア；リトアニア；アイルランド；フリジア；フラマン；ドイツ；ルーマニア；ギリシャ；ベラルーシ；ユダヤ；アフリカ系アメリカ；南アフリカ.

1588** 詐欺師が言葉尻を捕らえられだまされる

父親が息子たちに，赤毛と赤い顔の男たちには気をつけるよう警告する．息子たちは赤毛の酒場の主人のところに立ち寄る．息子たちは酒場の主人の食事がたいへん気に入って，スプーン1杯で10フランの価値があると言う．酒場の主人は，彼らがスプーン何杯食べるかひそかに数えている．彼らが支払いをしようとすると，酒場の主人は巨額のお金を要求する.

さらに進むと，息子たちは赤い顔の男に会い，逃げ出そうとする．赤い顔の男が息子たちを止めて，なぜかと尋ねると，彼らは父親の警告と，酒場の主人の詐欺について話す．赤い顔の男は彼らといっしょに酒場に戻る．酒場の主人はちょうど動物をつぶそうとしていたところで，赤い顔の男は4分の1を(肩肉を)買う取り決めをする．赤い顔の男は剣を抜き，まるで酒場の主人を殺そうとして主人の体の4分1を取ろうとしているかのようなふりをする[K2310]．酒場の主人は，息子たちが食事代に払ったのと同じ額のお金を払って自らの身を守る．赤い顔の男は息子たちにお金をあげる.

類話(～人の類話) フィンランド；ラトヴィア；リトアニア；ポルトガル；ドイツ；チェコ；ロシア，ベラルーシ，ウクライナ；ユダヤ；グルジア.

1588*** 不正な遺言

(死んだ男の親族の1人から情報を得た，または親族の1人から協力を得た)トリックスターが，死んだ男に成り済まし，彼が死んだことを知らない公証人に彼の遺言を口述筆記させる．前もって打ち合わせされていた計画とは逆に，新しい遺言は，トリックスターに利益を与える(彼にすべての地所を与える)．

類話(～人の類話) オランダ；フリジア；ドイツ；ポーランド；キューバ．

1589 弁護士の犬が肉を盗む

犬が肉を盗んでいるところを肉屋が見つける．肉屋は犬を追って，それが弁護士の犬であることを突き止める．肉屋は弁護士に，これこれの犯罪はどのように罰せられるか尋ね，賠償がいくらになるか教えてもらう．

肉屋は弁護士に，それはその弁護士の犬のことだと告げる．弁護士は賠償金を支払うが，肉屋を呼び戻し，自分の助言に対してもっと高い(2倍の)お金を支払いとして請求する[K488]．参照：話型1734*．

類話(～人の類話) ラトヴィア；アイルランド；イギリス；スペイン；フリジア；フラマン；ワロン；ドイツ；ポーランド；トルコ；中国；アメリカ．

1590 不法侵害者の抗弁

この説話には，おもに2つの異なる型がある

(1) 2人の男が1つの土地を争い，それぞれが自分の土地だと主張する．訴訟が法廷に持ち込まれる．にせの所有者(1人または複数の証人)は次のように偽証をする[K475]．偽証者は自分の土地から土を取ってそれを靴の中に入れる(帽子の中にひしゃくか櫛を入れる)．偽証者は争いとなっている土地に行って(裁判官の前で)，自分の土の上に立っていると誓う．または，創造主(Schöpfer はドイツ語で「創造主」と「ひしゃく」の意味がある)または裁判官(Richter はドイツ語で「裁判官」であるが，土地言葉で「櫛」という意味もある)が証人だと言う[K2310, M105]．裁判ではトリックスターに有利となるよう判決が言い渡される(トリックスターは神の裁きによって，または人間か超自然の存在たちによって，直ちにまたは死後に罰せられる[Q270, Q272])．この説話は，その土地の土地所有権についての説明で(偽証に対する警告で)締めくくられる．

(2) 怠惰(犯罪行為，等)のために，男(オイレンシュピーゲル)が王(主人)に愛想をつかされる．罰として(男をやっかい払いするために)，男は追

放される．男は，外国の土を積んだ荷馬車に乗って（外国の土を靴に入れて）帰ってくる．こうして巧妙に罰を免れる［J1161.3］．男は王と和解する（再び追放される．捕らえられ，見せかけの処刑を受けさせられ，恐怖で死ぬ）．

コンビネーション 922, 1535.

注 (1)の版の最も古く知られている型は，聖エグウィヌス（St. Egwinus）（717年没）の生涯についての12世紀の短い版に見られる．(2)の版は14世紀後期に記録されており（サケッティ（Sacchetti），No. 27），以来多くの有名なトリックスターと結びつけられている．

類話（～人の類話） フィンランド；ラトヴィア；リトアニア；スウェーデン；アイスランド；アイルランド；イギリス；オランダ；フリジア；フラマン；ドイツ；スイス；オーストリア；ラディン；イタリア；ハンガリー；スロバキア；スロベニア；ブルガリア；ポーランド；ロシア，ベラルーシ；シベリア；カラカルパク；インドネシア；フィリピン；北アメリカインディアン；フランス系アメリカ；スペイン系アメリカ；西インド諸島；エチオピア；南アフリカ．

1591 3人の共同貯金者

この説話には，おもに2つの異なる型がある．

(1) 2人の男が1人の女にお金を預け，彼らの2人ともがお金を要求したときのみ返金するよう女に指示する．あとで，男の1人がお金を要求し，もう1人は前に死んだと説明する．女は彼にお金を渡す．2人目の男がやって来て，お金を要求する．女は彼にお金を渡そうとしないので，彼は女を訴える．女の弁護士（デモステネス（Demosthenes））は女に，彼女は裁判官に取り決めについて説明すべきであり，男たちが2人とも来て要求したときにのみお金を払うべきなのだと助言する．訴訟は棄却される．

(2) 3人の男が，(1)の版と同じ指示で，銀行員にお金を預ける．3人のうち1人は，ほかの人たちといくらかのお金を引き出す取り決めをする．彼は，仲間には少額引き出すだけだと話すが，銀行員には全額引き出すと話す．銀行員がほかの2人に尋ねると，2人とも少額だと思って同意する．詐欺師は姿を消し，この説話は(1)の版と同じように，賢い助言者の指示が続いて終わる［J1161.1］．

注 (1)の版はヴァレリウス・マキシムス（Valerius Maximus）の『著名言行録（*Facta et dicta memorabilia*）』（VII, 3, ext. 5）に初めて記録されている．(2)の版はアンジェロ・ポリツィアーノ（Angelo Poliziano）（No. 215）にさかのぼる．

類話（～人の類話） スウェーデン；スコットランド；イギリス；スペイン；カタロニア；ポルトガル；オランダ；フリジア；ドイツ；ラディン；ハンガリー；チェコ；ス

ロベニア；ブルガリア；ギリシャ；ポーランド；トルコ；ユダヤ；カザフ；インド；ビルマ；エジプト；モロッコ.

1592　鉄を食べるハツカネズミ

旅に出ようとしている商人が，ある人(別の商人，宿屋の主人，友人，ユダヤ人)を信用して，いくらかの鉄(鉄の品，鉛，黄金)を預ける．商人が後に鉄を取りに戻ると，保管人は，ハツカネズミたち(クマネズミたち)が鉄を食べたと主張する．商人は保管人の息子を誘拐し，ハヤブサ(その他の猛きん類)が息子を連れ去ったと言う．裁判官は，2人が交換をするよう判決を下す[J1531.2]．

中東の版では，だまし取られた男はトリックスター(ナスレッディン・ホッジャ(Nasreddin Hodja)，ボホルール(Bohlul))を呼び出し，助けを求める．援助者は，盗みをはたらくハツカネズミを罰するために家を破壊する(焼く)と脅す．保管人は態度を軟化させる．

注　インドの文献(『タントラ・アーキヤーイカ(*Tantrākhyāyika*)』，『ジャータカ(*Jātaka*)』，『カター・サリット・サーガラ(*Kathāsaritsāgara*)』)に記録されている．ヨーロッパでは，『パンチャタントラ(*Pañcatantra*)』(『カリラとディムナ(*Kalila and Dimna*)』No. 37)からのアラビア語の翻訳によって普及した．鉄を食べるネズミのモティーフは，すでに古典文学に見られる．プリニウス(Pliny)の『博物誌(*Naturalis historia*)』(VIII, 221f.)．

類話(～人の類話)　ラトヴィア；リトアニア；スペイン；イタリア；マケドニア；ブルガリア；ギリシャ；ウクライナ；トルコ；ユダヤ；グルジア；シリア；イラン；パキスタン；インド；マレーシア；インドネシア；日本；北アフリカ，チュニジア，アルジェリア；モロッコ；スーダン．

1592A　別の物質に変わった黄金 (旧，変化した金のカボチャ)

商人(大工，巡礼者)が隣人(友人，カーディ(イスラム教国の裁判官)，ユダヤ人)に黄金(の入った器)を預ける．後に商人がそれを返してくれと頼むと，保管者は銅(真鍮，獣脂)(の入った似たような器)を渡し，黄金が卑金属に変わったと主張する．

商人は，不実な保管者の息子(子どもたち)を誘拐する．商人は1匹の動物(猿，熊)をしつけて保管者を歓迎するようにし，少年が動物に変わったと主張する．保管者は態度を軟化させる．

類話(～人の類話)　トルコ；ユダヤ；ダゲスタン；インド；ネパール；チベット；中国；カンボジア；チュニジア．

1592B 鍋が子どもを生み，死ぬ

鍋を借りた人が，この鍋が子どもを生んだと言って，小さな鍋といっしょに返す．彼はもう1度鍋を借りるが，鍋は死んだと言って今度は鍋を返さない[J1531.3]．

類話(～人の類話) マルタ；セルビア；クロアチア；マケドニア；ルーマニア；ブルガリア；アルバニア；ギリシャ；ユダヤ；レバノン；パレスチナ；イラク；インド；中国；インドネシア；北アフリカ，エジプト，チュニジア，アルジェリア，モロッコ，スーダン．

1592B* だます商人

100個の卵を数えている間，卵売りは女に，いろいろな人たち(家族)の年齢を尋ね，その数をそれまで彼が数えていた数に加えて女をだます[J2035]．

類話(～人の類話) ラトヴィア；スウェーデン；オランダ；フリジア；フラマン；ルーマニア．

1593 物干しロープ

男が，小麦粉(穀物)を乾かすのに必要だからと言って，隣人に物干しロープを貸すことを拒む．隣人がこのことに疑問を唱えると，男は，物干しロープを貸さないためならロープを何にでも使うと答える[J1531]．

類話(～人の類話) ブルガリア；トルコ；ユダヤ；モロッコ．

1594 ロバは家にいない

農夫が隣人のロバを借りようとする．しかし隣人はすでにほかの人に貸した(牧草地に送り出した，仕事に送り出した，等)と言う．農夫はロバが小屋でいななくのを聞き(つながれているのを見て)，隣人は嘘をついているに違いないと言う．隣人は，なぜ自分と同じ人間のことよりロバのほうを信じるんだと尋ねる[J1552.1.1]．

類話(～人の類話) スペイン；ドイツ；イタリア；ハンガリー；ブルガリア；アルバニア；トルコ；ユダヤ；ヨルダン，イラク；ブラジル；エジプト；モロッコ；スーダン．

1595 穴ウサギの密猟者

庭で野ウサギを捕らえるために，男(靴職人)がひもを鈴に結んだ罠を仕掛け，野ウサギが捕まると鈴が鳴るようにする．猟区監視官がこのことを知り，

密猟者と思われる男と話をしに行く．ちょうどそのとき鈴が鳴る．2人がいっしょに庭に行くと，野ウサギが罠に掛かっている．密猟者は野ウサギを取り出し，棒で叩いて，「これでここに戻ってきてはいけないとわかっただろう！」と言いながら野ウサギを逃がす．

注　早期の版はギリシャの『フィロゲロス(*Philogelos*)』(No. 146)．
類話(～人の類話)　フリジア；ドイツ；スロバキア．

1600　殺人を犯した愚か者

愚か者が男を殺し(死体を見つけ)，井戸に投げ込む．愚か者の兄弟たち(父親)は気づかれないように死体を取り出し，ヤギの死体をその場所に置く．

愚か者は殺人を白状し，死んだ男の頭を証拠として見せなければならないと言われる．愚か者は死んだヤギしか見つけることができず，殺した男に角があったことに驚く．この証拠のために，誰も彼が殺人を犯したとは信じず，愚か者は釈放される．参照：話型 1381B, 1381C, 1381E.

コンビネーション　1029, 1381, 1586, 1642, 1643, 1644, 1653, 1696.
注　話型 1381B, 1381C, 1600 は非常に類似しており，区別がつかない場合もある．
類話(～人の類話)　フィンランド；フィンランド系スウェーデン；エストニア；ラトヴィア；リトアニア；ヴェプス, ヴォート, カレリア；スウェーデン；ノルウェー；フェロー；アイルランド；スコットランド；スペイン；ドイツ；イタリア；サルデーニャ；ハンガリー；ルーマニア；ブルガリア；マケドニア；アルバニア；ギリシャ；ロシア, ベラルーシ, ウクライナ；トルコ；ユダヤ；ジプシー；アブハズ；モルドヴィア, ヴォチャーク；シベリア；ヤクート；タジク；サウジアラビア；イラン；パキスタン；インド；インドネシア；チュニジア；アルジェリア．

1605*　税金免除

農夫が，税金の支払いを逃れるために種馬を買う．収税吏が来ると，種馬は収税吏の雌馬と交尾する．収税吏はびっくりして逃げる．

または，兵隊がロバに乗って村にやって来る．兵隊は，彼のロバは村人全員の税金の面倒を見ることができると言う．収税吏がやって来ると，ロバは収税吏の馬を攻撃する．収税吏は支払い義務のあるすべての税金を免除する．

類話(～人の類話)　フィンランド；ハンガリー；ウクライナ．

1610　報酬を分ける (旧，贈り物と叩かれることを分け合う)

狩りの途中でいなくなった王のタカを農夫が見つけ，王に返そうと思う．

農夫は兵隊(見張り，ユダヤ人，大臣，将軍)に出会う．兵隊は，報酬の半分をよこすなら農夫を王のところに案内すると申し出る．農夫は同意する．

彼らがタカを連れて到着すると，王は農夫に，どんな褒美が欲しいかと聞く．農夫は叩かれることを望み，そのうちの半分を兵隊にやって欲しいと望む．農夫が自分たちの取り決めについて説明すると，王は農夫に特別に多額のお金を与える[K187]．参照：話型 1642, 1689.

コンビネーション 571, 1567C, 1642.

注 東洋起源．10 世紀にアラビアの笑話として記録されている．

類話(〜人の類話) フィンランド；フィンランド系スウェーデン；エストニア；ラトヴィア；リトアニア；スウェーデン；デンマーク；フェロー；アイルランド；スペイン；オランダ；フリジア；フラマン；ドイツ；スイス；オーストリア；イタリア；ハンガリー；チェコ；スロバキア；スロベニア；セルビア；ブルガリア；ギリシャ；ポーランド；ロシア, ベラルーシ, ウクライナ；トルコ；ユダヤ；ジプシー；シベリア；ヤクート；ウズベク；グルジア；シリア；パレスチナ；イラン；インド；中国；日本；スペイン系アメリカ；エジプト, アルジェリア, モロッコ；東アフリカ；スーダン.

1611 マストを登る競争

若者が船のマストに登って落ちるが，索具に引っかかる．若者は船乗りたちに「おまえたちにもできるかい？」と叫ぶ．船乗りたちは，若者がわざと落ちたと思い，若者のことを経験豊富な船乗りだと思う[K1762].

類話(〜人の類話) フィンランド；フィンランド系スウェーデン；スウェーデン；イギリス, スコットランド；北アメリカインディアン；カボヴェルデ.

1612 泳ぎ比べ

2 人の泳ぎ手が競うことになる．彼らの 1 人が食料の入った背嚢を持ってくる．すると競争相手は競争をやめる[K1761].

類話(〜人の類話) フィンランド；フィンランド系スウェーデン；ラトヴィア；スウェーデン；スコットランド；アイルランド；フラマン；インド, スリランカ；北アメリカインディアン；アフリカ系アメリカ；メキシコ；西インド諸島；カボヴェルデ.

1613 トランプはおれのカレンダーと祈禱書 (旧話型 2340 を含む)

兵隊(召し使い)が礼拝中にトランプをしているところを見つかる．軍曹は兵隊にトランプを片づけるよう要求するが，兵隊は拒否する．

兵隊が罰のために少佐のところに連れていかれると，兵隊は，それぞれのカードに宗教的な意味があると，次のように説明する．エースは父なる神,

2はキリストの2つの性質，3は父と子と精霊の三位，4は4人の福音書記者，5はキリストの5つの傷，等，10まで数え上げる．

それから絵札の番になると，4枚のクイーンは処女マリアとキリストの墓の3人の乙女，4枚のキングは東方3賢人とその間にいるのが，彼らが崇拝しに行った最も偉大な方である，等．

それから兵隊は，トランプの裏側も365の点と52のページと12の絵があるカレンダーであると説明する．兵隊はクラブのジャックを脇に置いて，このカードは尊敬に値しないと言う．少佐がそのカードには何が描かれているのかと尋ねると，兵隊は，このカードは，兵隊が神を冒瀆したと責めた軍曹ですと答える．少佐は，兵隊に褒美としてお金を与える(そしてそれに加えて罰する)[H603]．参照：話型1827A, 1839B.

類話(～人の類話)　フィンランド；フィンランド系スウェーデン；ラトヴィア；スウェーデン；デンマーク；アイスランド；アイルランド；イギリス；フランス；カタロニア；オランダ；フリジア；フラマン；ワロン；ドイツ；スイス；ハンガリー；チェコ；ロシア，ベラルーシ；フランス系カナダ；アメリカ；アルゼンチン；エジプト．

1613A* 政治的信条

18世紀に，ある男が男たちのグループの前に連れてこられて，君主制主義者なのかそれとも共和主義者なのかと尋ねられる．男は「共和主義者だ」と答え，叩かれる．なぜなら男たちは君主制主義者のグループだったからである．

しばらくたって，男は再び尋ねられる．今度は「君主制主義者だ」と答える．今回のグループは共和主義者だったので，男は再び叩かれる．3回目に尋ねられると，男は「おれは悪魔信奉者だ」と答える．今度は誰も男を叩かない．

類話(～人の類話)　イギリス；オランダ；フリジア；ドイツ．

1614* 井戸の修理 (旧，賢いたくらみ)

農夫が井戸を掘るが，井戸は崩れ落ちる．農夫は上着と帽子を穴のすぐ横に置き，隠れる．通行人たちが井戸に誰かが落ちたと思い，救うために井戸を掘り起こす．穴が修復されると，農夫は隠れ場所から出てきて，彼らにお礼を言う[K474]．

類話(～人の類話)　エストニア；ラトヴィア；アイルランド；オランダ；フリジア；ドイツ；ブルガリア；アメリカ．

1615　しるしのあるコイン（旧，他人のお金の中に放り込まれたヘラー銅貨）

泥棒たちが略奪品を分けているところを，トリックスターが見ている．トリックスターは，自分が持っているたった1枚のコインの穴に赤い糸を結び，それを泥棒たちのお金の中に入れる．それからトリックスターは，しるしをしたコインがそこに入っているのだから，お金はすべて自分のものだと主張する．泥棒たちはトリックスターに略奪品の分け前を与える[K446]．

注　14世紀にジョン・ブロムヤード(John Bromyard)の『説教大全(*Summa predicantium*)』(A XII, 4)に記録されている．

類話（～人の類話）　ギリシャ；ユダヤ；レバノン；インド；リビア；チュニジア；アルジェリア；モロッコ．

1617　不誠実な金融業者がだまされて預金を返す

男(女)が旅(巡礼の旅)に出る．そして(または)，自分のお金(宝石，その他の価値のある物)を知人(役人，信心深い人，裁判官)に預ける．男がお金を返してくれと頼むと，知人は嘘をついて，男のお金など何も持っていないと言う．男の友人(妻，支配者)がペテン師に，お金を返せばもっとたくさんお金がもらえると信じさせて，男がお金を取り戻すのを助ける[K455.9, K476.2, K1667]．

このヨーロッパの型のほかにも，この話型には多くの類話がある．

注　中世に記録されている．例えば，『ゲスタ・ロマノールム(*Gesta Romanorum*)』(No. 118)とペトルス・アルフォンシ(Petrus Alfonsus)の『知恵の教え(*Disciplina clericalis*)』(No. 15)，ヨハネス・ゴビ・ジュニア(Johannes Gobi Junior)の『スカーラ・コエーリ(*Scala coeli*)』(No. 421)とボッカチオ(Boccaccio)の『デカメロン(*Decamerone*)』(VII, 10)に記録されている．

類話（～人の類話）　アイスランド；スペイン；ポルトガル；ドイツ；イタリア；セルビア；ブルガリア；トルコ；ユダヤ；アディゲア；クルド；アルメニア；ウズベク；グルジア；アラム語話者；パレスチナ；イラク；サウジアラビア；パキスタン；インド；ネパール；メキシコ；北アフリカ；エジプト；アルジェリア, モロッコ．

1617*　盲目の男の宝

ある(盲目の)男が宝を埋めるが，別の男(隣人)にそれを目撃される．または盲目の男が名づけ親に，宝がどこに隠してあるかを話す．お金は盗まれる．盲目の男は，同じ額の(さらに多くの額の)お金を同じ場所に埋める計画だったと言って容疑者をだます．泥棒は倍の金額を盗めると思い，盗んだお金を戻す．結局泥棒は一文も手に入らない[J1141.6, K421.1, K1667.1, K1667.1.1,

K1667.1.2].

注　11世紀初頭にアラビアの笑話として記録されている．その他の中世の版は，ラモン・リュイ(Ramón Llul)の『不思議の書(*Libre de maravellas*)』1289年頃(VI, 34)，『哲学者の宴(*Mensa philosophica*)』(IV, 21)．重要な文学翻案は，ラ・フォンテーヌ(La Fontaine)の『寓話(*Fables*)』(X, 5)を見よ．

類話(～人の類話)　スペイン；ポルトガル；オランダ；フリジア；ドイツ；イタリア；ハンガリー；ユダヤ；ジプシー；パレスチナ；イラン；インド；スペイン系アメリカ；エジプト；エチオピア．

1620　皇帝の新しい服

この話型には，おもに2つの異なる型がある．

(1)　トリックスターが画家のふりをして，裕福な男の家の壁に装飾を描くために雇われる．トリックスターが(助手たちといっしょに)働いている間，雇い主は必要経費を払う(そして前払いする)．トリックスターはまったく描かずに，自分の絵は貴族の生まれの者にしか(純血の女性にしか)見えないと主張する．誰もが，非難される危険を冒したくなく，絵を褒める．ある愚か者(愚かな女，兵隊)が，自分は妾の子でかまわないが，絵など見えないと言う．

(2)　1人の(2人の，2人より多くの)男が，素敵な布(服，コート，帽子)を織れると言って，支配者に雇われる．仕立屋が，仕事はどれくらい進んでいるかと聞かれて，この服は貴族の生まれの人たち(純血の女性)にしか見えないと言う．支配者は試着にやって来る．支配者も廷臣も服が見えないと認めようとしない．支配者が裸で外に行くと，子どもだけが真実を言う[J2312, K445]．参照：話型987, 1406.

注　中世に記録されている．例えば，シュトリッカー(Stricker)の「司祭アーミス(*Der Pfaffe Amîs*)」(Stricker/Kamihara 1978, V. 491–804)，およびドン・フアン・マヌエル(Don Juan Manuel)の『ルカノール伯爵(*El Conde Lucanor*)』．アンデルセン(Andersen)の説話「皇帝の新しい服(*Keiserens nye Klæder*)」(1837)でもよく知られている．

類話(～人の類話)　フィンランド；リトアニア；スウェーデン；デンマーク；アイルランド；イギリス；スペイン；フリジア；ドイツ；イタリア，サルデーニャ；ハンガリー；ギリシャ；ウクライナ；アゼルバイジャン；イラク；インド；ビルマ；中国；ブラジル；エジプト；南アフリカ．

1620*　2人の障害者の会話 (旧，片目の男とせむしの男の会話)

この説話には，おもに3つの異なる型がある．

(1) 片目の男がせむしの男に，あんたは荷物を背負うのが早すぎたと言う．せむしの男は「いや，早すぎたのではない，あんたの窓が1つしか開いていないからそう見えるだけだ」と答える．

(2) 若い女がせむしの男に，すごい背中だと言ってからかう．せむしの男は「あんたも最後にすごいお腹にならないように気をつけな」と答える．

(3) 背の低い男が片目の男に，あんたには目がもう1つ必要だと言う．片目の男は「あんたみたいな大男を見るためには，おれには目がもう2つ必要だろうな」と答える．

類話(～人の類話) フィンランド；エストニア；ラトヴィア；リュディア；ノルウェー；アイルランド；フランス；スペイン；バスク；オランダ；フリジア；フラマン；ドイツ；ハンガリー；ルーマニア；ギリシャ；ポーランド；アメリカ．

1621* 馬は司祭よりも賢い

農夫が，「おれの馬は司祭よりも賢い．なぜなら，この馬は1度道で穴に踏み入れたら，その穴は避ける．ところが司祭は同じ女に2人の子を産ませた」と言う．

注 早期の文献版(1601)はオイヒャリウス・アイアリング(Eucharius Eyering)の『箴言集(*Proverbiorum Copia*)』(II, 578f.)を見よ．

類話(～人の類話) フィンランド；エストニア；ラトヴィア；ノルウェー；デンマーク；イタリア；ハンガリー；ブルガリア；ポーランド．

1621A* ロバは満足したら飲むのを拒む

農夫が，「おれのロバはおれよりも賢い．ロバ(牛，馬)は満足すると，飲むのをやめるが，おれはいつまでも(仲間を喜ばせるために)飲み続ける」と言う[J133.2]．

類話(～人の類話) ドイツ；スイス；ブルガリア；ギリシャ．

1623* 若い女の代わりに年老いた女

主人は召し使いに，若い女を連れてくるよう頼むが，召し使いは若い女の代わりに年老いた女を連れてくる．主人は召し使いを解雇する．召し使いは主人の妻に，なぜ自分が職を失ったかを話す．すると主人の妻は召し使いを雇い直す．

類話(～人の類話) リトアニア；デンマーク；ハンガリー；ウクライナ；モルドヴィア；イギリス系カナダ．

1624　泥棒の言い訳：強い風

男(ジプシー)が庭から野菜を盗んで捕まる．男は，風が自分を柵の向こうへ吹き飛ばし，また風が野菜も根こぎにしたと主張する．野菜はどうやって男の袋に入ったのかと問われると，泥棒は，「自分もそれが不思議でしかたがなかった」と言う[J1391.1].

類話(～人の類話)　ラトヴィア；スペイン；フラマン；ドイツ；スイス；ハンガリー；セルビア；ルーマニア；ブルガリア；ギリシャ；ベラルーシ；ユダヤ；ジプシー；クルド；アルメニア；イラン.

1624A* いちばんの近道

ジプシーがある家に泥棒に入ろうとして，天上の穴を突き抜けて落ちる．ジプシーは，いちばん近道をしようとしただけだと説明する.

類話(～人の類話)　ラトヴィア；ドイツ；スイス；ハンガリー；チェコ；セルビア；クロアチア；ルーマニア；ギリシャ；ソマリア.

1624B* ベーコン泥棒 (旧話型1525M*を含む)

この説話には，おもに2つの異なる型がある.

(1)　泥棒(ジプシー)が，盗んだベーコンを持ったまま，過って煙突を通り抜けて居間に出る．すすでまっ黒なので，自分は悪魔だと，その家の住人たちを説得する(泥棒は，悪魔が自分にベーコンを持たせて送り込んだと言い，家の人たちは，それを地獄に持って帰れと答える)[K316]．参照：話型1807A.

(2)　泥棒(兵隊，ジプシー)が，ベーコン(スーツ)を盗むために家に進入する．物音を聞いて，家主がやって来ると，ベーコンを持った泥棒がいる．泥棒は，少し買わないかと尋ねる.

注　早期の版は16世紀，ハンス・ザックス(Hans Sachs)の「司祭とベーコン泥棒(*Der pfarrer mit dem pachendieb*)」(1553)を見よ.

類話(～人の類話)　フィンランド；ラトヴィア；リトアニア；アイルランド；オランダ；フリジア；フラマン；ドイツ；スイス；ハンガリー；チェコ；クロアチア；セルビア；ルーマニア；ソルビア；ロシア；ウクライナ；ベラルーシ.

1624C* 馬のせい

裁判官の前に連れてこられた馬泥棒が，「馬が道路に立ちはだかっていた．自分は馬を飛び越えようとしたが，飛び越えられずに馬の背に落ち，すると馬が自分を乗せて走り去ったのだ」と説明する.

類話(～人の類話) ラトヴィア；リトアニア；フリジア；ハンガリー；チェコ；スロバキア；スロベニア；ボスニア；ルーマニア；ブルガリア；ポーランド；ウクライナ；ジプシー.

1626 夢を見てパンを手に入れる

旅の道連れたち(巡礼者たち，友人たち，兄弟，主人と召し使い，聖職者とジプシー)が，彼らのうちでいちばんすばらしい夢を見た者が最後のパンのかたまりを食べられることに決める．1人の男が起きていてパンを食べる.

次の朝，ほかの者たちは自分たちの夢について，次のように語る．ある男は，自分は天国(パラダイス)にいたと語り，2人目は，地獄にいたと語る．3人目の男は，自分は彼ら2人が天国と地獄にいる夢を見て(彼らが死んだ夢を見て)，彼らにはパンは必要ないと思ったので(戻ってこないだろうと思ったので)パンを食べたと語る[K444].

コンビネーション 329, 562, 1533A.

注 中世に記録されている．例えば，ペトルス・アルフォンシ(Petrus Alfonsus)の『知恵の教え(*Disciplina clericalis*)』(No. 19)，『ゲスタ・ロマノールム(*Gesta Romanorum*)』(No. 106).

類話(～人の類話) フィンランド；エストニア；ラトヴィア；リトアニア；アイスランド；アイルランド；イギリス；スペイン；カタロニア；ポルトガル；オランダ；フラマン；ドイツ；スイス；イタリア；サルデーニャ；ハンガリー；チェコ；スロバキア；スロベニア；セルビア；マケドニア；ルーマニア；ブルガリア；アルバニア；ギリシャ；ポーランド；ロシア, ベラルーシ, ウクライナ；ユダヤ；ジプシー；シベリア；ウズベク；イエメン；インド；イギリス系カナダ；フランス系カナダ；アメリカ；スペイン系アメリカ；アフリカ系アメリカ；メキシコ；プエルトリコ；チリ；ブラジル；エジプト, モロッコ, ソマリア；南アフリカ；マダガスカル.

1628 博学な息子と忘れた言語

農夫の息子が大学から家に帰ってきて，自分の母国語を忘れたふりをするか，またはラテン語しか話せないふりをする．しかし彼がうっかり熊手を踏み，柄が彼の額に当たると，「いまいましい熊手め！」と母国語で叫ぶ．参照：話型1641C.

類話(～人の類話) ラトヴィア；リトアニア；スウェーデン；ノルウェー；デンマーク；フランス；ポルトガル；オランダ；フリジア；フラマン；ワロン；ドイツ；オー

ストリア；イタリア；ハンガリー；チェコ；スロベニア；クロアチア；ルーマニア；ポーロンド；ソルビア；ロシア、ベラルーシ、ウクライナ；フランス系アメリカ.

1628* こんなふうにラテン語は話すものだ

父親が怠惰な息子を大学に行かせる．息子は家に戻ってくると，すべての言葉にラテン語の語尾をつけて(片言のラテン語を使って)，どれほど学業を積んだかを示す．とうとう父親は我慢できなくなって同じような表現を使って，息子に働くことを命ずる(ついには息子を試すために呼ばれた司祭が息子を追い出す)[J1511.11]．参照：話型 1825B.

類話(～人の類話) フィンランド系スウェーデン；ラトヴィア；スウェーデン；デンマーク；イギリス；フランス；カタロニア；ポルトガル；フリジア；フラマン；ワロン；ドイツ；ブルガリア；ポーランド；中国；メキシコ.

1629* 見せかけの魔法の呪文

泥棒が農夫に，(農夫に子どもができないのを治療するため)桶に潜り込んで，自分が呪文を唱えている間は外を見ないように言う．農夫が従っている間に，泥棒はすべての財産を盗む[K341.22].

類話(～人の類話) リトアニア；デンマーク；フランス；イタリア；ハンガリー；ユダヤ；インド；エジプト, モロッコ.

1630A* 息子は父親の帽子を叩いただけ

父親と息子(母親と息子，夫婦)が言い合いになり，息子は父親を叩く(父親を階段から突き落とす)．そのあと息子は，父親の帽子(上着，コート，靴下)を叩いただけで(投げ落としただけで)，父親がその中にいたことは不運だったのだと主張する．参照：話型 1800.

類話(～人の類話) フランス；ドイツ；ハンガリー；クロアチア；ルーマニア；ブルガリア；ユダヤ；レバノン.

1630B* 熊を丸太と間違える

男が，川の中に木の幹があると思って，それを取りに泳いでいく．それが熊だとわかるが，熊は男を捕まえる．川岸にいる男の友人が「そいつを放せ！」と叫ぶ．泳いでいた男は「やつがおれを放そうとしないんだ！」と叫ぶ[J1761.9].

類話(～人の類話) セルビア；ルーマニア；ブルガリア；パキスタン, インド.

1631　木を越えようとしない馬

商人が，この馬はあまりにたくさん食うし，木を越えようとしないと言って馬を売っている．何も疑わずに買った男は，その馬が届くかぎりの人にかみつき，木の橋を渡ろうとしないということに気づく[K134.1].

注　中世後期に記録されている．例えば，ヨハネス・ゴビ・ジュニア(Johannes Gobi Junior)の『スカーラ・コエーリ(*Scala coeli*)』(No. 697)，『哲学者の宴(*Mensa philosophica*)』(IV, 12).

類話(～人の類話)　フィンランド；ラトヴィア；リトアニア；アイルランド；イギリス；スペイン；オランダ；フリジア；ドイツ；スイス；イタリア；ハンガリー；ルーマニア；ブルガリア；ユダヤ；ジプシー.

1631A　ラバに色を塗って元の所有者に売りつける

ロバ(ラバ，馬，牛，ヤギ)が盗まれるか，または売られる．新しい所有者(泥棒，商人，農夫，ジプシー，召し使い)は，そのロバに色を塗る(若々しく元気がいいように見せる)．元の所有者(主人，司祭，炭屋，農夫)は，そのロバが前のロバに似ていて気に入る．新しい所有者は高い値段で元の所有者にそのロバを売る．(元の所有者は警告されたにもかかわらず，このペテンに気づかない.)

買った男がロバを家に連れて帰ったあと，雨で(川で，水で洗って)塗った色が落ち，所有者は自分の古いロバだと気づく[K134.3].

注　早期の文献資料はボナバンチュレール・デ・ペリエ(Bonaventure Des Périers)の『笑話集(*Nouvelles Récréations*)』(No. 25)を見よ．

類話(～人の類話)　リトアニア；アイルランド；スペイン；カタロニア；フリジア；ドイツ；マルタ；スロバキア；ルーマニア；チェコ；セルビア；ギリシャ；ポーランド；ユダヤ；中国；北アメリカインディアン，メキシコ；ドミニカ，プエルトリコ，チリ；マヤ；モロッコ.

1631*　仕立屋と鍛冶屋が求婚する (旧，恋敵の仕立屋と鍛冶屋)

仕立屋と鍛冶屋(と靴職人)が同じ女に求婚する．仕立屋は彼女に，鍛冶屋は盲目だという．彼が働いているところを見れば，彼が2度鉄を打って，次に金床を打つのが見られると言う．女はこれを確認する．

仕返しに鍛冶屋は女に，仕立屋は気が触れていると言う．鍛冶屋は真っ赤に燃えた鉄のかけらを仕立屋のブーツに入れる．仕立屋がブーツを履くと，仕立屋は苦痛のあまり倒れ込み「燃えている！」と叫ぶ．誰もが仕立屋は気が触れているに違いないと認める．女は鍛冶屋と結婚する(どちらとも結婚しない)[T92.12.1].

コンビネーション　1361.
類話(～人の類話)　フィンランド；エストニア；ラトヴィア；リトアニア；ドイツ；チェコ；ルーマニア；ブルガリア；ロシア.

1633　牛の共同所有

父親が，2人の息子に分与する財産を残して死ぬ．上の息子は牛の後ろ半分をもらい，下の息子は前半分をもらう．そのため，上の息子はミルクをとれるが，下の息子は餌をやらなければならない．同じような不公平な財産分与が続く．友人(親族)が下の息子に，どうやったら公平な分け前を手に入れることができるか助言する[J242.8, J1241].

類話(～人の類話)　ラトヴィア；ポルトガル；イタリア；セルビア；サウジアラビア；インド；スリランカ；中国；イギリス系カナダ；エジプト.

1634*　ジプシーの仕掛けたさまざまなペテン (旧話型 1634B*-1634D* を含む)

多様な内容の雑録話型.

類話(～人の類話)　ラトヴィア；リトアニア；ハンガリー；スロバキア；セルビア；クロアチア；マケドニア；ブルガリア；ロシア；ウクライナ；ジプシー；グルジア.

1634A*　食べ物とお金のお返しに魚を約束する (旧，ベーコンのお返しに魚を約束する)

ジプシーが漁師たちから，魚がなかなか捕れないと聞かされる．食事やお金と引き換えに，ジプシーは漁師たちに，いつなら魚をすべて捕まえることができるか，その時を教えると約束する.

ジプシーは漁師たちに5日間世話になったあと，お金をもらって，今がちょうどいい時だと言って湖に行く．ジプシーは漁師たちに，湖の水をすべて飲み干せば，魚をすべて捕まえることができるから，そうしたら手伝ってやると言う[K231.11].

類話(～人の類話)　フィンランド；ラトヴィア；リトアニア；ロシア.

1634B*-1634D*　話型 1634* を見よ.

1634E*　泥棒を柵の向こうに放り出す

泥棒が，盗みに入った家の家主に取り押さえられる．泥棒は「おれのことは好きなようにしてかまわないが，柵の向こうに放り出すのだけは勘弁してくれ！」と叫ぶ．怒った家主は柵の向こうに泥棒を投げ飛ばし，泥棒は逃げる［K584］．参照：話型 1310.

類話（～人の類話） リトアニア；ラトヴィア；スロバキア；ポーランド；ベラルーシ，ウクライナ．

1635* オイレンシュピーゲルのいたずら ［K300］

さまざまな類話のある雑録話型．特にドイツ語圏，オランダ語圏，ポーランド語圏の国々でよく知られる．

参照：話型 821, 921, 922, 927A, 1017, 1186, 1385, 1525H_4, 1526, 1542, 1551, 1577, 1590, 1620, 1631, 1641D, 1675, 1685, 1691B*, 1695, 1736, 1750B, 1804B, 1823, 1857.

注 オイレンシュピーゲルのいたずらは，他の地域で人気のあるペテン師とも結びつけて語られている．例えば，ナスレッディン・ホッジャ（Nasreddin Hodja），バチャン（Buchan），ジュハー（Juha）．

類話（～人の類話） フィンランド；ラトヴィア；リトアニア；リーヴ；スウェーデン；ノルウェー；デンマーク；フェロー；フランス；オランダ；フリジア；フラマン；ドイツ；チェコ；ルーマニア；ブルガリア；ポーランド；ユダヤ；ウズベク；ナミビア；南アフリカ．

1636 後悔した泥棒

後悔した泥棒が，自分が盗んだ雌牛を，まるで見つけたかのように装って，持ち主に返す．泥棒は持ち主に，これからはもっと気をつけるように注意する［K408, K416］．

注 中世後期に記録されている．例えば『哲学者の宴（*Mensa philosophica*）』（IV, 15）．

類話（～人の類話） ラトヴィア；リトアニア；ブルガリア；ポーランド；モルドヴィア．

1638* なぜジプシーにとって盗みは罪ではないか

ジプシーが釘を１本盗んだ．その釘はキリストのはりつけに使われる予定だった．このために，ジプシーにとって盗みは罪ではないのである［A1674.1.］

類話（～人の類話） ラトヴィア；リトアニア；ドイツ；スイス；ハンガリー；セルビア；ブルガリア；ポーランド．

1639*　服に関する王の命令（旧，王が洋服屋を金持ちにする）

洋服屋が，ある型の服（毛皮の服）をつくりすぎて，財産を失いそうになる．親切な王が，自分の前に現れるときにはこの型の服を着なければならないと命ずる．その洋服屋は金持ちになる．

類話（～人の類話）　フィンランド；ユダヤ；イラン；日本．

幸運な出来事 1640–1674

1640　勇敢な仕立屋（1打ちで7匹）

仕立屋が一撃で7匹のハエを殺し，「1打ちで7匹」という言葉を書いた帯を身につける[J115.4, K1951.1]．

仕立屋は世の中に出て，何か（チーズ，鳥）を見つけ，それをポケットに入れる．仕立屋は巨人に会い，巨人は力試しを仕立屋に挑む．巨人は石から水を絞り出す．仕立屋はチーズを絞って巨人と互角の力を示す[K62]．（参照：話型1060.）巨人は石を空高く投げ，仕立屋は鳥を投げる[K18.3]．（参照：話型1062.）巨人は仕立屋に，木を森から運び出すのを手伝うように言う．すると仕立屋は木の先端を取り，枝に乗る[K71]．（参照：話型1052）．

さまざまな策略を使って，仕立屋はほかの離れ業をやってのける（[K1112]参照：話型1051，[K63]参照：話型1061，[K18.2]参照：話型1063；[K72]参照：話型1082，[K61]参照：話型1085，[K525.1]参照：話型1115）．

仕立屋は王の宮殿に行く．王は仕立屋に，もしいくつかの課題を成し遂げたら，娘と結婚させ，王国の半分を与えると約束する．その課題とは，2匹の巨人を負かすこと[K1082]，ユニコーンを捕まえること（ユニコーンは角で木に突撃し抜けなくなる）[K771]，そしてイノシシを捕まえること（仕立屋はイノシシを教会に追い込む）である[K731]．仕立屋は策略を使って課題を成し遂げる．

仕立屋は姫と結婚したあと，うっかり（縫い針と糸の会話によって，または寝ている間に）自分が卑しい生まれであることを明かしてしまう[H38.2.1]．王は仕立屋の王国を取り戻すために兵隊たちを送り込む．仕立屋は寝ているふりをして，自分の英雄的な手柄を自慢する[K1951.3]．兵隊たちは恐れをなして逃げ[K1951.2]，仕立屋は自分の王国を守る．

コンビネーション　通常この話型は，1つまたは複数の他の話型，特に1045–1088,

1115, 1149, および 151, 177, 300, 326, 650A, 854, 1116, 1159, 1563, 1641 と結びついている.

注 諺として知られている.「一撃で多くのハエを殺す」.

類話(～人の類話) フィンランド；フィンランド系スウェーデン；エストニア；リーヴ；ラトヴィア；リトアニア；ラップ；ヴォート, カレリア, コミ；スウェーデン；ノルウェー；デンマーク；アイスランド；スコットランド；アイルランド；イギリス；フランス；スペイン；カタロニア；ポルトガル；オランダ；フリジア；フラマン；ワロン；ドイツ；スイス；オーストリア；ラディン；イタリア；サルデーニャ；マルタ；ハンガリー；チェコ；スロバキア；スロベニア；ボスニア；マケドニア；ルーマニア；ブルガリア；アルバニア；ギリシャ；ソルビア；ポーランド；ロシア, ベラルーシ, ウクライナ；トルコ；ユダヤ；ジプシー；クルド；チェレミス/マリ, タタール；シベリア；ヤクート；モンゴル；グルジア；シリア, パレスチナ, イラク, イエメン；イラン；パキスタン, スリランカ；インド；中国；朝鮮；カンボジア；日本；イギリス系カナダ；フランス系カナダ；アメリカ；スペイン系アメリカ, メキシコ, グアテマラ；ドミニカ, プエルトリコ；マヤ；チリ；西インド諸島；カボヴェルデ；リビア, モロッコ；アルジェリア；東アフリカ；スーダン, タンザニア；ナミビア.

1641 物知り博士

カニ(コオロギ, クマネズミ)という名の農夫が, 博士の服を着て物知り博士と名乗る[K1956].

3日間の食事と宿と引き換えに, 農夫は, 金持ちの男(王)の盗まれた指輪を見つけると申し出る. 彼は失敗すれば絞首刑にされることになる. (3日間の終わりに)召し使いたちが部屋に入ってくると, 農夫は「これが最初のやつだ(2番目のやつだ, 3番目のやつだ)」と言う. 召し使いたちは自分たちの盗みがばれたと思い, 指輪を盗んだことを認める[N611.1].

力を証明するために, 農夫はふたで覆われた皿(握った拳)の中身を言わなければならない. 農夫には見当もつかず, 「哀れなカニ(コオロギ, クマネズミ)よ！」と自分の名前を言って嘆く. 幸運なことにこれが正解である[N688].

農夫は馬を盗まれた人に下剤を与える. その人が我慢できなくなって外に出たとき, いなくなった馬を見つける[K1956.1]. または, 物知り博士が自分で馬を隠し, それから馬を発見する[K1956.2].

北ヨーロッパのいくつかの類話では, 彼は聖職者になる. 彼は短くて不可解な説教で(彼の説教壇が, あらかじめ切られていたために突然崩れ), 地元の農夫たちを感動させる. (参照：話型 1825C[K1961.1.3].)

コンビネーション 通常この話型は，1つまたは複数の他の話型，特に613, 1284, 1640, 1646, 1654, 1825, 1825Cと結びついている．

注 インド起源．11世紀にソーマデーヴァ(Somadeva)の『カター・サリット・サーガラ(*Kathāsaritsāgara*)』(No. 30)，およびクセメンドラ(Ksemendra)の『偉大な物語の賛辞(*Bṛhatkathā-Mañjarī*)』(VII, 313)に記録されている．

類話(～人の類話) フィンランド；フィンランド系スウェーデン；エストニア；リーヴ；ラトヴィア；リトアニア；ラップ；ヴェプス，カレリア；スウェーデン；ノルウェー；デンマーク；アイスランド；アイルランド；イギリス；フランス；スペイン；カタロニア；ポルトガル；オランダ；フリジア；フラマン；ドイツ；オーストリア；イタリア；マルタ；ハンガリー；チェコ；スロバキア；スロベニア；セルビア；クロアチア；マケドニア；ルーマニア；ブルガリア；アルバニア；ギリシャ；ポーランド；ロシア，ベラルーシ，ウクライナ；トルコ；ユダヤ；ジプシー；チェレミス/マリ；シベリア；カルムイク，モンゴル；トゥヴァ；グルジア；シリア；レバノン，イラク；カタール，イエメン；イラン；インド；ビルマ；スリランカ；中国；朝鮮；インドネシア；日本；フランス系カナダ；アメリカ；アフリカ系アメリカ；スペイン系アメリカ，メキシコ，パナマ；ドミニカ，プエルトリコ，アルゼンチン；ブラジル；チリ；西インド諸島；エジプト，モロッコ；チュニジア，アルジェリア；東アフリカ；スーダン；ナミビア；南アフリカ．

1641A にせ医者がもっぱら尿検査から診断するふりをする

男が医者を装い，患者の尿を検査して診断できると主張する．男は実際には自らの観察を当てにして，ささいな事柄から推論する[K1955.2]．

注 早期の文献資料は，『新百物語(*Cent Nouvelles nouvelles*)』(nos. 20, 21)，およびボナバンチュレール・デ・ペリエ(Bonaventure Des Périers)の『笑話集(*Nouvelles Récréations*)』(No. 59)を見よ．

類話(～人の類話) イギリス；スペイン；オランダ；フリジア；ドイツ；ハンガリー；ユダヤ；レバノン；エジプト．

1641B いやいやながら医者にされ

夫に叩かれた妻が，わたしの夫は有名な医者で，殴られないと処方箋を書くことができないと公言して，夫に仕返しをする[H916.1.1, J1545.1]．

にせ医者は，愚かなふるまいによって病気の姫を激しく笑わせ，その結果姫の喉の腫れ物が開いて回復し，姫はよくなる[N641](彼女の喉から魚の骨が取れる)．

コンビネーション 1641, 1641C.

注　中世に記録されている．例えば，ジャック・ド・ヴィトリ(Jacques de Vitry)の『一般説教集(*Sermones vulgares*)』(Jacques de Vitry/Crane, No. 237, 254)，ファブリオー「百姓医者(*Du vilain mire*)」．モリエール(Molière)のコメディー『いやいやながら医者にされ(*Le médecin malgré lui*)』(1666–67)によって普及した．

類話(～人の類話)　ラトヴィア；リトアニア；アイルランド；イギリス；フランス；カタロニア；ポルトガル；オランダ；フリジア；フラマン；ドイツ；オーストリア；イタリア；マルタ；チェコ；ブルガリア；ベラルーシ，ウクライナ；ユダヤ；シベリア；カザフ；ウズベク；シリア，パレスチナ，イラク，カタール；日本．

1641C　ラテン語だと思われたちんぷんかんぷんの言葉 (旧，炭焼きのラテン語)

農夫(炭焼き，無教育な男)が，(たまたま)ラテン語に似た音の単語を話し，聖職者か教育を受けた人物だと思われる(そして姫と結婚する)[K1961.1.2]．参照：話型 1628, 1628*, 1825B.

類話(～人の類話)　スウェーデン；ポルトガル；フラマン；ドイツ；ラディン；イタリア；ブルガリア；ビルマ；中国．

1641D　にせ医者

にせ医者が，よくならなければ殺すと病人たち(仮病の人たち)を脅して，治す[K1955.1]．

にせ医者は入院患者たちに，いちばん病気が重い者を焼いて灰にすると言って脅し，治療する[K1785, K1955.1.2]．またはいちばん病気の重い者の体から軟膏をつくると言って脅し，治療する．

報酬を受け取ったあと，にせ医者はいなくなる．数日後(1 週間後)，本当の病人たちは戻ってくる．参照：話型 1641B.

コンビネーション　1641, 1641B.

注　中世に記録されている．例えば，ジャック・ド・ヴィトリ(Jacques de Vitry)の『一般説教集(*Sermones vulgares*)』(Jacques de Vitry/Crane, 254)，およびファブリオー「悪い医者(*Du vilain mire*)」．さらなる早期の文献資料については，ポッジョ(Poggio)の『笑話集(*Liber facetiarum*)』(No. 190)を見よ．話型 1641B と 1641D はしばしば結びついていて，区別がつかない場合もある．ティル・オイレンシュピーゲルについて『オイレンシュピーゲルの本(*Eulenspiegelbuch*)』(No. 17)で言及されている．

類話(～人の類話)　イギリス；フランス；フリジア；ドイツ；イタリア；マルタ；ハンガリー；クロアチア；ポーランド；アフガニスタン；ナミビア．

1641A* 話型 1641D* を見よ.

1641B* 教会から盗んだのは誰か

男が，ごちそうと引き換えに，教会から物を盗んだのが誰かを教えると約束する．ごちそうを食べたあと，「盗んだのは泥棒たちだ」と断言する．

類話(～人の類話) スペイン；ルーマニア；アルゼンチン．

1641C*「今日できることは明日に延ばすな」

農夫が賢そうな弁護士に，何か「いい助言」(「知性」)を売ってくれと頼む．弁護士は紙に何かを書いてそれを封筒に入れ，農夫に渡す．農夫はこれにお金を払う．

次の日，農夫と労働者たちは，干し草(穀物)を刈り入れるべきかどうか決めかねている．農夫は手紙を開く．手紙には，「今日できることは明日に延ばすな」と書いてある．彼らは干し草を刈って，納屋に入れる．突然雨が降り始め，彼らは弁護士の助言の賢明さを知る．

注 諺として知られている．
類話(～人の類話) アイルランド；フリジア；ワロン；ドイツ；セルビア；ユダヤ．

1641D* ペテン師に関するさまざまな説話 (旧話型 1641A* を含む)

この雑録話型は，人々を治療できるふりをするペテン師，にせ医者，またはにせの賢人に関するさまざまな説話を包括する．

類話(～人の類話) ドイツ；ロシア；ポーランド；ユダヤ；カルムイク，モンゴル；インド；キューバ．

1642 うまい取り引き

この笑話は，その他の滑稽な説話のさまざまなモティーフとエピソードからなる．

愚かな農夫が，さまざまな無意味な行動をするが，それが結局は彼にとって有利に働く．

カエルの鳴き声を誤解して，農夫はお金をカエルに数えさせるために池に投げ込む[J1851.1.1]．農夫は犬が肉屋に肉を運んでくれると思って，犬に肉を売る[J1852]．または，農夫は売り物の品を道しるべの所に置く[J1853, J1853.1]．

農夫は自分のお金を取りに戻ってくるが，お金を受け取ることはできない．

農夫は王に訴える(犬を裁判所に連れていく)．するとふさぎ込んだ姫が笑う[H341]．(参照：話型 559.) 農夫は姫との結婚を断り，別の褒美をもらうことになる．その褒美を農夫は見張り(兵隊)とユダヤ人に与える約束をする．王は褒美としてお金ではなく，叩くことを命ずる．そしてユダヤ人が叩かれる[K187]．(参照：話型 1610, 1689A.)

ユダヤ人は農夫を法廷に連れていき，途中農夫に自分のコート(ブーツ)を貸す．裁判で農夫はコートを借りたことを否定し，その結果ユダヤ人の証言は信用されなくなる(そのユダヤ人は気が触れていると思われるように仕向ける)[J1151.2]．(参照：話型 1642A.)

コンビネーション 通常この話型は，1つまたは複数の他の話型，特に 1586, 1600, 1610, 1643, 1653, 1685, および 1000, 1009, 1012, 1029, 1030*, 1211, 1218, 1291B, 1381, 1381B, 1387, 1408, 1535, 1543, 1675, 1681B, 1691, 1696 と結びついている．

注 早期の文献版はバジーレ(Basile)の『ペンタメローネ(*Pentamerone*)』(I, 4)を見よ．

類話(～人の類話) フィンランド；フィンランド系スウェーデン；エストニア；ラトヴィア；リトアニア；リーヴ, カレリア；スウェーデン；デンマーク；アイルランド；スペイン；カタロニア；オランダ；フリジア；フラマン；ドイツ；スイス；イタリア；ハンガリー；チェコ；スロバキア；スロベニア；マケドニア；ルーマニア；ブルガリア；ギリシャ；ポーランド；ロシア, ベラルーシ, ウクライナ；トルコ；ユダヤ；シベリア；グルジア；シリア, レバノン；イラク；イラン；インド；スリランカ；中国；フランス系カナダ；スペイン系アメリカ；アフリカ系アメリカ；メキシコ；プエルトリコ；ブラジル；西インド諸島；カボヴェルデ；オーストラリア；エジプト．

1642A 借りたコート (旧話型 1587** と 1789* を含む)

農夫(ジプシー，ユダヤ人，教会の雑用係)がユダヤ人(農夫，聖職者)に訴えられて法廷に呼び出される．農夫は新しいコートがなければ行かないと言うので，ユダヤ人はコートを農夫に貸す．法廷で農夫は，ユダヤ人は嘘つきだと言う．「ユダヤ人は，わたしが着ているコートを自分のものだとさえ言うだろう」と農夫は言う．ユダヤ人はコートは自分のものだと証言し，彼のすべての証言が疑われる[J1151.2]．参照：話型 1642.

コンビネーション 1543, 1642, 1735A.

類話(～人の類話) フィンランド；エストニア；ラトヴィア；リトアニア；リーヴ；オランダ；フリジア；フラマン；ドイツ；オーストリア；イタリア；マルタ；ハンガリー；スロバキア；セルビア；ボスニア；ルーマニア；ブルガリア；アルバニア；ギリシャ；ポーランド；ロシア, ウクライナ；ベラルーシ；ユダヤ；チュヴァシ；ウズベク；グルジア；イラク；イラン；インド；ネパール；中国；スペイン系アメリカ；エジプト，リビア，アルジェリア；東アフリカ．

1643 像の中のお金（旧，壊れた彫像）

女が愚かな息子に亜麻布（牛，その他の商品）を売りに行かせ，口かずが多い人たちとは商売しないように言う．息子はこれを文字どおりに取り，布の値段を尋ねた人には売ることを拒む．像（キリストの磔刑像）は何も言わないので，息子は布（牛，その他の物）を像（キリストの磔刑像）に売り，明日お金をもらいに戻ってくると言う．彼の母親は息子の愚かな取り引きを聞かされて，愕然とする．

息子がお金を取りに行くと，布は盗まれていて，像は何も言おうとしない．怒って息子は像に石を投げる．像は壊れ，中からお金（宝）の入った壺が出てくる．息子はそれを豆と勘違いする［J1853.1.1, N510］．参照：話型 1696．

コンビネーション 通常この話型は，1つまたは複数の他の話型，特に 1381, 1408, 1600, 1642, 1653, 1685，および 1000, 1009, 1029, 1030*, 1211, 1218, 1291A, 1381C, 1385*, 1386, 1387, 1537, 1586, 1681B, 1691, 1696 と結びついている．

注 早期の版は 16 世紀，ハンス・ザックス（Hans Sachs）の「口の軽い農家の娘（*Die vnferschwigen pawrenmaid*）」（1556）を見よ．別の版はバジーレ（Basile）の『ペンタメローネ（*Pentamerone*）』（I, 4）を見よ．

類話（～人の類話） エストニア；リーヴ；ラトヴィア；リトアニア；ラップ，ヴェプス；スウェーデン；アイルランド；フランス；スペイン；バスク；カタロニア；オランダ；フラマン；ワロン；ドイツ；オーストリア；イタリア；コルシカ島；サルデーニャ；マルタ；ハンガリー；チェコ；スロバキア；スロベニア；セルビア；クロアチア；ボスニア；ルーマニア；ブルガリア；ポーランド；ロシア，ベラルーシ，ウクライナ；トルコ；ユダヤ；ジプシー；モルドヴィア；シベリア；ヤクート；タジク；グルジア；シリア，パレスチナ，レバノン，イエメン；サウジアラビア；イラン；インド；中国；スペイン系アメリカ，メキシコ；プエルトリコ；エジプト，チュニジア，モロッコ；アルジェリア；南アフリカ．

1644 早い生徒

お爺さん（農夫，労働者，父親）が，（金持ちになれると思って）学校に通うことに決める（学校に行くよう助言される）．先生はお爺さんに，年をとりすぎているという意味で，来るのが遅すぎると言う．毎日お爺さんは早く来る．ある日の明け方，お爺さんはお金のつまった長持ち（財布）を見つける［N633］．参照：話型 1381E．

コンビネーション 982, 1381, 1381E, 1600, 1641.

注 話型1381Eと1644は非常に類似しており，必ずしも分けることができず，類話はしばしば混ざり合っている．

類話（～人の類話） リーヴ；ラトヴィア；リトアニア；ドイツ；スロバキア；スロベニア；クロアチア；ポーランド；ロシア，ベラルーシ，ウクライナ；インド；アルゼンチン．

1645 宝は自分の家にあり

男が，遠く離れた町の橋の上で宝を見つける夢を見る．男はそれを見つけに行くが，見つからない．そこにいる間に，彼は，ある男（物乞い）に自分が見た夢を話す．するとその男は，似たような夢を見て，その夢の中で最初の男の家で宝を見つけたと話す．最初の男が家に帰ると，彼はそこで宝を見つける[N531.1]．参照：話型834.

注 早期の文献版は，ペルシア語で語られた，ジャラール・ウッディーン・ルーミー（Ğalāloddin Rumi）の『精神的マスナヴィー（*Masnavi-ye masnavi*）』（13世紀）と『カールマイネット集（*Karlmeinet-Compilation*）』（14世紀初頭）に記録されている．

類話（～人の類話） フィンランド；エストニア；ラトヴィア；リトアニア；スウェーデン；アイスランド；スコットランド；アイルランド；イギリス；フランス；スペイン；ポルトガル；オランダ；フリジア；フラマン；ドイツ；スイス；オーストリア；ラディン；イタリア，サルデーニャ；マルタ；ハンガリー；チェコ；スロバキア；セルビア；ブルガリア；マケドニア；ポーランド；トルコ；ユダヤ；ジプシー；サウジアラビア；日本；フィリピン；メキシコ；アルゼンチン；エジプト．

1645A 宝の夢を買う（グントラム（Guntram））

王が木の下で寝入る．召し使いが，王の口から動物が這い出て[E721, E730]，川に行き，川を渡ろうとするのを見る．召し使いは剣を川に渡してやる．すると動物はそれを渡り，山の入り口に入っていく．あとで動物は戻ってきて，寝ている王の口に入る．

王は目を覚まし，自分は川を越えて鉄の橋を渡り，山に入り，そこでたいへんな宝を見つける夢を見たと話す．召し使いは自分が見たことを王に話す．王は山の中を調べ，たいへんな宝を見つける．王はその宝を教会に寄付する．

多くの類話では，誰かほかの人が夢を買い，それから宝を見つける[N531.3]．

注 ヨーロッパでは，中世早期にパウルス・ディアコヌス（Paulus Diaconus）の『ランゴバルド史（*Historia Langobardorum*）』（III, 34）に記録されている．さらにペトルス・

デ・ナタリブス(Petrus de Natalibus)の『聖人とその行いの目録(*Catalogus sanctorum et gestorum eorum*)』(IV, 8)，および『ゲスタ・ロマノールム(*Gesta Romanorum*)』(No. 172)を見よ．

類話(～人の類話)　エストニア；ノルウェー；アイスランド；アイルランド；フランス；ドイツ；ラディン；ハンガリー；ギリシャ；ポーランド；サウジアラビア；イラン；中国；朝鮮；日本；チリ．

1645B　宝にしるしをつける夢

男が，宝を見つける夢を見る(宝がどこに埋まっているか教えられる夢を見る)．宝は重すぎて運べないので，彼は自分のくそでその場所にしるしをする．朝になって，男は夢の終わりの部分だけが本当だったとわかる．つまり，彼はベッドの中でくそをしていたのである[X31]．参照：話型 1407A*．

後のヨーロッパの類話では，男(農夫，ばくち打ち，金持ちの男，貧しい男，守銭奴，聖職者，愚か者，夫婦)が悪魔(聖者)のためにろうそくに火をともす．(参照：話型 778*.) その晩男は，悪魔が自分を宝の埋められている場所に連れていく夢を見る．悪魔はその場所にくそでしるしをつけるように男に言う．ここでも，夢の終わりだけが本当である．

注　アラビア起源．イブン・クタイバ(Ibn Qutaiba)(9 世紀)を見よ．中世のヨーロッパの資料に多く記録されている．例えば，ペトルス・アルフォンシ(Petrus Alfonsus)の『知恵の教え(*Disciplina clericalis*)』(No. 31)，ポッジョ(Poggio)の『笑話集(*Liber facetiarum*)』(No. 130)，『新百話(*Cent Nouvelles nouvelles*)』(No. 11)．

類話(～人の類話)　フィンランド；リトアニア；デンマーク；イギリス；スペイン；ポルトガル；オランダ；フリジア；ドイツ；イタリア；マルタ；ハンガリー；チェコ；スロバキア；セルビア；マケドニア；ルーマニア；ブルガリア；ギリシャ；ポーランド；ウクライナ；ユダヤ；パレスチナ；イラク；中国；アメリカ；ブラジル；スーダン．

1645B*　話型 834 を見よ．

1646　幸運な一撃

この説話には，おもに 2 つの異なる型がある．

(1)　男が王の頭の王冠(ターバン)を取って，地面に投げる．ヘビがそこから出てきて，王は，その男が自分の命を救ってくれたと思う[N656]．

(2)　男が王に対し怒っている．男は(王を殴るために)宮殿から王を引きずり出し中庭に連れていく．王座のある謁見の間の床が崩れる．それで王は，男が自分の命を救ってくれたと思う[N688.1]．

コンビネーション 1641.
類話(～人の類話) デンマーク；トルコ；ユダヤ；オマーン；イラン；インド；エジプト，チュニジア，アルジェリア，ソマリア.

1650 3人の幸運な兄弟

貧しい男が，3人の息子にオンドリと猫[N411.1.1]（参照：話型545B）とほかの何か(楽器，大鎌[N411.2.1]，熊手，唐竿，唐箕，槌，石臼，斧，等)だけを残して死ぬ．この説話には，おもに2つの異なる型がある．

(1) それぞれの息子は，自分がもらった遺産の品が知られていない外国にそれを持っていき，そこで大金と引き換えにその品を売る[N411]．王はオンドリが日を昇らせると思い，オンドリを買う．穀物の収穫にきりを使っていた愚か者たちは大鎌に惜しみなくお金を払う．（参照：話型1202, 1203, 1203A.）[N411.2]．クマネズミに悩まされていた国では猫が知られてなく，猫が高い値段で売れる．（参照：話型1281, 1651.）または，猫がクマネズミだけではなく，何でも食べてしまうと恐れたために，住人たちが逃げる．

(2) 兄弟たちはほかの手段で彼らの遺産を富に変える．例えば，石臼が宝を数えている強盗たちの上に落ちる．強盗たちはお金を残して逃げる．（参照：話型1653.）

または，ロープを相続した兄弟の1人は，岸でロープを使って草履をつくっている．悪魔が水から出てきて，何をしているかと尋ねる．そこで彼は，悪魔を捕まえるための罠をつくっている(湖を結わく)と答える．悪魔はロープと引き換えに黄金を彼に差し出す．（参照：話型1045.）

または，兄弟の1人がオオカミを踊らせることのできる楽器(バイオリン)を相続する．彼は魔法にかけたオオカミたちを放つ(呼び戻す)と言って脅し，お金をもらう．（参照：話型1652.）

コンビネーション 通常この話型は，1つまたは複数の他の話型，特に1045, 1063, 1071–1073, 1202, 1651，および1082, 1130, 1281, 1535, 1653と結びついている.
注 諺として知られている.「猫を袋から出す」および「袋の中の猫を買う」.
類話(～人の類話) フィンランド；フィンランド系スウェーデン；エストニア；リーヴ；ラトヴィア；リトアニア；ヴェプス，カレリア；アイルランド；フランス；スペイン；カタロニア；ポルトガル；フラマン；ドイツ；イタリア，サルデーニャ；ハンガリー；チェコ；スロバキア；スロベニア；クロアチア；ブルガリア；ギリシャ；ポーランド；ロシア，ベラルーシ，ウクライナ；ユダヤ；チュヴァシ，タタール，モルドヴィア；カザフ；イラン；インド；朝鮮；フィリピン；フランス系カナダ；ドミニカ；プエルトリコ；ブラジル；チリ；西インド諸島.

1651　ウィッティントン卿の猫

若者(男，商人，貧しい女)が1匹の猫を買い，それを商人(紳士)に渡し，船(幌馬車)で連れていって売らせる(若者自ら猫を旅に連れていく)．猫は猫のいない国(島，アフリカ，インド)に連れていかれる．この国はハツカネズミ(クマネズミ，ヘビ)が大発生し，住民たちがかまれることを恐れて眠れないほどである．または，食事中，住民たちはこん棒かハンマーでハツカネズミたちの攻撃から身を守らなければならない．

商人は猫の狩猟能力を見せて，猫を高い値段で売る．(猫は2度商人のところに帰ってきて，商人は3回猫を売ることができる．)商人は猫の持ち主にお金を渡さないつもりでいたが，嵐(奇跡)が商人を誠実にさせる．猫のもともとの持ち主であった若者は商人の娘と(外国の姫と)結婚する[N411.1]．

参照：話型 1281, 1650.

コンビネーション　通常この話型は，1つまたは複数の他の話型，特に 1063, 1202, 1281, 1535, 1650 と結びついている．

注　13世紀後期に東洋(ペルシア)とヨーロッパ(アルベルト・フォン・シュターデ(Albert von Stade)の『年代記(*Annales*)』)に記録されている．『リチャード・ウィッティントン卿の有名で驚くべき歴史(*The famous and remarkable History of Sir Richard Whittington*)』(1605年)という芝居とバラードとして流布している．チャップブックとしては1656年以来見られる．

類話(～人の類話)　フィンランド；フィンランド系スウェーデン；エストニア；ラトヴィア；リトアニア；ラップ；リーヴ，ヴェプス，カレリア；スウェーデン；ノルウェー；アイスランド；スコットランド；アイルランド；イギリス；スペイン；カタロニア；オランダ；フラマン；ドイツ；スイス；イタリア；ハンガリー；スロバキア；スロベニア；セルビア；クロアチア；ボスニア；マケドニア；ルーマニア；ブルガリア；ギリシャ；ロシア，ベラルーシ，ウクライナ；トルコ；ユダヤ；ジプシー；モルドヴィア；カラカルパク；トルクメン；グルジア；アラム語話者；イラク；サウジアラビア；イラン；インド；中国；インドネシア；フランス系カナダ；ドミニカ；ブラジル；チリ；西インド諸島；エジプト．

1651A　塩で築いた富

男(商人，若者)が，塩を知らない国を見つける．男は塩の貨物を高い値段で売り，金持ちになる[N411.4]．

類話(～人の類話)　フィンランド；エストニア；ラトヴィア；カレリア；イタリア；セルビア；ブルガリア；ギリシャ；ロシア，ベラルーシ；ユダヤ；グルジア；イラク；インド；エジプト，スーダン．

1651A* 偶然の女相続人

女が金持ちの男の全財産を相続する．なぜなら彼女は，男が死んだとき弔問者名簿にサインした唯一の人物だったからである．しかも彼女はたまたまサインをしただけである．

類話(～人の類話) オランダ；イタリア；アメリカ．

1652 家畜小屋のオオカミたち

若者が楽器を演奏すると，彼の音楽がオオカミたちを踊らせる．若者は何匹かのオオカミに魔法をかけて，閉じ込める．オオカミを見張らなければいけなかったのに外に出してしまった男が，オオカミを小屋に戻すために若者に多額のお金を払う．なぜならオオカミたちは支配者のものだったからである[K443.5]．参照：話型 1650.

類話(～人の類話) フィンランド；エストニア；スウェーデン；ブルガリア；ギリシャ；ポーランド；ベラルーシ，ウクライナ；イラン．

1653 木の下の強盗たち (旧話型 1653A–1653F を含む)

この説話には，おもに 5 つの異なる型がある．

(1) 旅人たち(1 人の旅人)が夜を過ごす場所を探して木に登る．旅人たちが枝に隠れていると，強盗たち(金持ちたち)が強奪品を数えるために(祝宴をするために)木の下に集まる．木に隠れている旅人たちは，下でしていることを盗み聞き，何かを(例えばドアを，参照：話型 1009)(うっかり)落とす．それが強盗たちの上に落ちて，強盗たちをおびえさせ，強盗たちは逃げ，価値のある物を残していく．旅人たちは強奪品を自分のものにして，金持ちになる[K335.1.1]．参照：話型 1009, 1650, 1875.

(2) 夫婦が家を出るときに，夫が妻に(妻が夫に，母親が息子に)，ドアを頼む(ドアを閉めるように，ドアに鍵をかけるように)と言うが，妻は鍵をかけるのではなく，ドアを持っていく[K1413]．夜，夫婦は木に登る．ドアが落ちて，強盗たちを驚かせ，強盗たちは逃げ，略奪品を置いていく[K335.1.1.1]．

(3) 2 人(それより多くの)兄たちが，末の弟はばかだと思っているので，末の弟を泥棒の旅に連れていかない．末の弟は自分で富を得るために，ドア(死体，石臼)を持って木に登る．彼は，木の下に集まった強盗たちの上にドアを落とす．強盗たちは略奪品を残して，走り去る[K335.1.1.1, K335.1.2.1]．(旧話型 1653B, 1653C.) 参照：話型 326B*, 1525R.

(4) 木の上にいる人が，死んだ動物の一部(頭，腸，皮)を，木の下で饗宴を楽しんでいる金持ちたち(強盗たち)の上に落とす[K335.1.1.2]．(旧話型1653D, 1653E.)

(5) 強盗たちは，愚かな男(女)が独り言を言っているのを耳にする．強盗たちは言葉を誤解して，自分たちが見つかったと思い，略奪品を残して逃げる[K335.1, N611, N611.2, N612]．(旧話型 1653F.)

コンビネーション 通常この話型は，1つまたは複数の他の話型，特に 592, 1000, 1007, 1009, 1045, 1291B, 1386, 1387, 1408, 1525R, 1535, 1541, 1642, 1650, 1685, 1696, 1775 と結びついている．

注 東洋起源，『三蔵(*Tripitaka*)』．

類話(～人の類話) フィンランド；フィンランド系スウェーデン；エストニア；ラトヴィア；リトアニア；ラップ；リーヴ；ヴェプス；リュディア；カレリア；ヴォート，コミ；スウェーデン；ノルウェー；デンマーク；スコットランド；アイルランド；イギリス；フランス；スペイン；カタロニア；ポルトガル；オランダ；フリジア；フラマン；ワロン；ドイツ；スイス；ラディン；イタリア；マルタ；ハンガリー；チェコ；スロバキア；スロベニア；クロアチア；マケドニア；ルーマニア；ブルガリア；ギリシャ；ポーランド；ソルビア；ロシア，ベラルーシ，ウクライナ；トルコ；ユダヤ；ジプシー；モルドヴィア；チュヴァシ，ヴォチャーク；タタール；シベリア；ヤクート；モンゴル；グルジア；シリア，パレスチナ；イラク；ペルシア湾；カタール；イラン；パキスタン；インド；スリランカ；中国；インドネシア；日本；フィリピン；フランス系カナダ；北アメリカインディアン；アメリカ；スペイン系アメリカ；アフリカ系アメリカ；メキシコ；キューバ，ドミニカ，プエルトリコ；南アメリカインディアン；マヤ；ブラジル；西インド諸島；エジプト；モロッコ；エリトリア；ナミビア；南アフリカ．

1653A–1653F 話型 1653 を見よ．

1654 死体置き場に来た強盗たち

2人の農夫(友人，貧民)が取り引きについて(お金を見つけて)意見がまとまらない．1人がだまされたと感じて，足りない分を取り戻そうとしているか，または2人がお互いに相手をだまそうとしている．

貸し手が支払い(約束した仕事の履行)を要求すると，借り手は死んだふりをする．借り手は教会(寺院，墓)に連れていかれ(墓に埋められ)，貸し手は寝ずの番をする．

夜，強盗たちがやって来て，略奪品を分ける．死んだふりをしている男は突然体を起こし，「死者たちよ，皆起き上がれ！」と叫ぶ．貸し手は「おれたちはここだ！」と返事をする．強盗たちは，死者どもが自分たちを追って出てきたと思い，逃げる．貸し手と借り手は富を分ける[K335.1.2.2]．

コンビネーション 1525D, 1525E, 1641, 1920A.
類話(～人の類話) フィンランド；フィンランド系スウェーデン；エストニア；ラトヴィア；リトアニア；ヴェプス；スペイン；カタロニア；ポルトガル；ドイツ；オーストリア；イタリア；マルタ；ハンガリー；チェコ；スロバキア；スロベニア；セルビア；クロアチア；マケドニア；ルーマニア；ブルガリア；アルバニア；ギリシャ；ポーランド；ロシア；ベラルーシ, ウクライナ；トルコ；ユダヤ；ジプシー；アブハズ；モルドヴィア；アゼルバイジャン；シベリア；グルジア；シリア；アラム語話者；パレスチナ；イラク, オマーン；イラン；パキスタン；インド；スペイン系アメリカ, メキシコ, パナマ；チリ；西インド諸島；エジプト；アルジェリア；モロッコ；スーダン．

1655 有利な交換

貧しい男が1粒の豆(エンドウ豆，雑穀の粒)を見つけるが，オンドリに食べられてしまう．そのオンドリを飼っているお婆さんがオンドリを男にやる．オンドリが豚に食べられると，男は豚をもらう．雄牛(雌牛)が豚を殺すと，男は雄牛を賠償としてもらう．同じく，男は馬を牛の賠償としてもらう[K251.1]．参照：話型170．

ついには，男は女(姫)を賠償として要求し，女を袋に入れる．男の運は逃げる．よそ者が女を救い，女の代わりに犬を入れる．犬が飛び出し，男を襲う[K526]．

コンビネーション 158, 170, 571, 1696, 1910, 2034F.
注 中世に記録されている．例えばドゥワン・ド・ラヴェーヌ(Douin de Lavesne)のファブリオー「百姓トリュベール(*Trubert*)」(13世紀)を見よ．
類話(～人の類話) フィンランド；ラトヴィア；リトアニア；ヴェプス, カレリア, コミ；ノルウェー；フェロー；スコットランド；アイルランド；フランス；スペイン；カタロニア；ポルトガル；フリジア；ワロン；ドイツ；イタリア；サルデーニャ；マルタ；ハンガリー；スロバキア；セルビア；ブルガリア；アルバニア；ウクライナ；トルコ；ユダヤ；ジプシー；ダゲスタン；チェレミス/マリ, ヴォチャーク；カルムイク；モンゴル；パレスチナ, イラク, ペルシア湾, オマーン；サウジアラビア；イラン；パキスタン；インド；中国；朝鮮；インドネシア；日本；北アメリカインディアン；アメリカ；スペイン系アメリカ；アフリカ系アメリカ；キューバ；マヤ；ブラジル；チリ；西インド諸島；エジプト；リビア；アルジェリア；ギニア；トーゴ, ベナン；東アフリカ；スーダン；コンゴ；マダガスカル．

1656 ユダヤ人はどのように天国から誘い出されたか [X611]

この説話には，おもに2つの異なる型がある．

(1) 天国で聖ペトルスが，あるグループのメンバーの好きな食べ物(飲み物)がよその場所で手に入ると発表する．するとグループ(市議会，はさみ研ぎ屋たち，牛飼いたち，強盗たち，等)のメンバー全員が，それを求めて天国から走り出す．

一部の類話では，ユダヤ人が「地獄で服が競売にかけられている！」という叫び声で，天国から立ち退かされる．

(2) 兵隊の一団が不法に天国に入る．聖ペトルスは点呼をまねて兵隊たちを外に誘い出す．または，海岸の住民たち(やかましいバイオリン弾きたち)が天国から追放される．参照：話型 800, 801.

コンビネーション 330.

注 シェークスピア(Shakespeare)の『空騒ぎ(*Much Ado about Nothing*)』(II, 1)によって普及した．

類話(～人の類話) フィンランド；エストニア；リーヴ；ラトヴィア；リトアニア；ヴォート；スウェーデン；イギリス；フランス；オランダ；フリジア；フラマン；ドイツ；ハンガリー；スロバキア；スロベニア；クロアチア；ルーマニア；ポーランド；ウクライナ；ユダヤ；アメリカ；オーストラリア；南アフリカ．

1659 あとからの満足

男がホテルのポーター(教会の雑用係，映画館のチケット売り)の仕事に申し込むが，読み書きができないので，雇ってもらえない．男は外国に移住して，一連の幸運な出来事を通して裕福になる．故郷を訪ねて帰ったとき，男はホテルに泊まる．そこで男は書類に記入するよう頼まれ，文盲であることが明らかになる．ポーターは「もし読むことができていたなら，あなたはいったい何をなさっていたでしょう？」と言う．男は「このホテルのポーターをしていたことだろうよ」と答える．

類話(～人の類話) オランダ；フリジア；ドイツ；ユダヤ；オーストラリア．

1660 法廷に呼ばれた貧しい男

裁判官に召喚された貧しい男が，敗訴の判決を下されたら裁判官に投げるつもりで，ポケットに石を入れてくる．裁判官は，男のポケットには賄賂が入っていると思う．裁判官は男を支持する判決を下す[K1765]．

コンビネーション 1534, 1861A.

類話(～人の類話) フィンランド；エストニア；リーヴ；ラトヴィア；リトアニア；デンマーク；スイス；チェコ；スロバキア；クロアチア；ボスニア；マケドニア；ルーマニア；ブルガリア；ポーランド；ロシア；ベラルーシ；トルコ；ユダヤ；カザフ；タジク；サウジアラビア；イラン；インド；ビルマ；中国；モロッコ；エチオピア．

1661 3重の税金

詩人(農夫)が，最初に出会う障害のある人(せむし，重い皮膚病患者(leper)，片目の男，等)と，ある特定の名前の人全員と，ある町の出身の人全員から税金を取る権利をもらう．

詩人は最初のせむしの男に出会い，状況を説明する．するとその男はその特定の名前で，その町の出身だ(別の障害を負っている)ということがわかる．詩人は，これらの事情がそれぞれ明らかになるたびにお金を要求する．しかしせむしの男は支払いを拒む[N635, J2225]．

注 中世に記録されている．例えば，ジャック・ド・ヴィトリ(Jacques de Vitry)の『一般説教集(*Sermones vulgares*)』(Jacques de Vitry/Frenken, No. 80)，『ゲスタ・ロマノールム(*Gesta Romanorum*)』(No. 157)．

類話(～人の類話) フィンランド；アイスランド；スペイン；カタロニア；トルコ；ユダヤ；ジプシー；シリア；サウジアラビア；エジプト；リビア．

1663 2人の男と1人の女が5つの卵を公平に分ける

王が次のような課題を出す．「5つの卵を1人の女と2人の男に分け，それぞれが3つずつになるようにせよ」．賢い女がこの問題を次のように解決する．それぞれの男が1つずつ卵をもらう．なぜなら男にはすでに2つの卵(睾丸)があるからである．そして女が残りの3つをもらう[J1249.1]．

一部の類話では，父親が3人の娘に卵を3つずつ与える．自分の卵をいちばん多く増やした娘が最初に結婚することになる．いちばん上の姉が父親に「お父さんはすでに2つ持っているから，これで3つになるわ」と言いながら，1つ渡す．彼女は母親に1つ卵を渡して，こう言う．「夜，お父さんが自分の2つの卵をお母さんに与えれば，これで3つになるわ．わたしは1つ自分でもらって，そしたら結婚したときに卵が3つになるわ」．2人の妹はこのような賢い返事ができず，いちばん上の姉が最初に結婚する．参照：話型1533B．

類話(～人の類話) カレリア；ポルトガル；ドイツ；イタリア；ハンガリー；セルビア；ボスニア；ルーマニア；ブルガリア；ギリシャ；ポーランド；ウクライナ；ユダ

ヤ；レバノン；アラム語話者；パレスチナ；イラク；イラン；エジプト；チュニジア，モロッコ．

1670* **裸の兵隊はどのようにして将軍になったか**

兵隊が，ひと風呂浴びるために服を脱ぐ．不意に王がやって来たので，兵隊は急いで裸で自分の持ち場につく．王は兵隊を裸のまま家に連れて帰り，そこにいる女たちに，この兵隊と結婚したい者は誰かと尋ねる．将軍の娘が申し出る．そして兵隊は将軍に昇進される[N684]．

類話(～人の類話)　フィンランド；エストニア；ラトヴィア；カレリア；デンマーク；ドイツ；チェコ．

1673*　話型 1698 を見よ．

1674* **先を見越したむち打ち**

生徒たちが間違ったことをしないよう覚え込ませるために，先生が，生徒たちが間違ったことをする前に生徒たちをむちで叩く[J2175.1]．

類話(～人の類話)　ラトヴィア；スペイン；ドイツ；ハンガリー；セルビア；ルーマニア；ブルガリア；ポーランド；ユダヤ；イラク，エジプト．

愚かな男 1675-1724

1675 **市長になった雄牛(ロバ)**

トリックスターたち(学生たち，ある肉屋)が農夫をだまし，農夫の雄牛(子牛，ロバ)は非常に賢いので学校に行かせるべきだと思い込ませる．農夫は彼らに授業料としてお金を渡す[K491]．彼らは雄牛を連れていき，売る(つぶす)．後に農夫が雄牛を訪ねようとすると，彼らは，雄牛はもう卒業して今は別の町で市長(裁判官，弁護士)をしていると言う[J1882.2]．

農夫は雄牛の恩知らずに腹を立て，雄牛を捜しに行く．農夫は(雄牛(Ox)という名の，またはその雄牛と同じ名前の)市長に会わせろと要求する．市長は助けを呼んで，怒った農夫をつまみ出させる．または，農夫は市長が授業料を返すまで，市長を叩き続ける．参照：話型 1750A．

コンビネーション　1240, 1313A, 1642.

類話(～人の類話)　フィンランド；フィンランド系スウェーデン；エストニア；ラトヴィア；リトアニア；リーヴ；スウェーデン；ノルウェー；デンマーク；アイルラン

ド；スペイン；オランダ；フラマン；ワロン；ドイツ；ハンガリー；セルビア；ブルガリア；ギリシャ；ポーランド；ロシア, ベラルーシ, ウクライナ；ユダヤ；ジプシー；シベリア；アラム語話者；レバノン, パレスチナ；イラク, オマーン；パキスタン；インド；フランス系カナダ；メキシコ；エジプト；モロッコ；スワヒリ.

1675* 話型 1268* を見よ.

1676 にせの幽霊（旧，幽霊のふりをした冗談好きの男がだまされた男に罰せられる）（旧話型 1676A を含む）

男（少女）が墓地（幽霊の出る場所）で夜を過ごす（見張りをする）．トリックスター（数人の男）が幽霊（死者）のふりをして，男を驚かすことにする．男はにせの幽霊を叩く（けがを負わす）（にせの幽霊を追い払う）[N384.10, N384.11]．参照：話型 1532, 1711*.

一部の類話では，だまされた男が自らを守るのではなく，未知の存在（悪魔，アフリカ系アメリカ人の類話では，例えば変装した猿）がにせの幽霊をおびえさせる（けがを負わす，追い払う）[K1682.1]．（旧話型 1676A.）

類話（～人の類話） フィンランド系スウェーデン；エストニア；ラトヴィア；デンマーク；アイルランド；ウェールズ；イギリス；スペイン；フリジア；フラマン；ワロン；ドイツ；スイス；クロアチア；ギリシャ；ポーランド；ユダヤ；ネパール；中国；日本；アメリカ；スペイン系アメリカ；アフリカ系アメリカ；プエルトリコ.

1676A 話型 1676 を見よ.

1676B 恐怖のあまり死ぬ（旧，服が墓地で引っかかる）

怖い物など何もないと言い張る男（兵隊，メイド）が，夜中に墓地に行くことができるくらい勇気があるか，賭けをする．自分が墓に行った証拠として，男はナイフ（フォーク，紡錘）を墓の１つに刺すことになる．男はそれをするが，ナイフを墓に刺すときに，ナイフが服もくわえ込んでしまう．男が墓をあとにしようとすると，つかまれていると感じ，男は死者（悪魔）が自分を引き戻そうとしていると思う．男は恐怖で死ぬ．次の朝，男が墓に横たわっているのが見つかる[N384, N384.2].

類話（～人の類話） フィンランド；ラトヴィア；アイルランド；イギリス；スペイン；カタロニア；ポルトガル；オランダ；フリジア；ドイツ；スイス；オーストリア；ラディン；イタリア；マルタ；ハンガリー；スロベニア；セルビア；クロアチア；ブルガリア；ギリシャ；ユダヤ；日本；アメリカ；スペイン系アメリカ；アフリカ系アメリカ；メキシコ, パナマ；プエルトリコ；モロッコ；南アフリカ.

1676C 墓地から聞こえる声

トリックスターが，墓地で棺を運んでいる男たち(兵隊たち，その他の人々)に(声色を使って)話しかける．彼らはそれを幽霊(死んだ男)だと思い，慌てふためいて逃げる．参照：話型1532.

類話(～人の類話)　フィンランド；ラトヴィア；カタロニア；ポルトガル；セルビア；クロアチア；アメリカ；日本.

1676D 「それはおれの頭だ！」

(酒場にいる)数人の若者が，1人ずつ墓地から頭蓋骨を盗んでくることに挑戦する．彼らのうちの1人(酒場の主人の娘)は怖がらず，頭蓋骨を盗みに墓地に行く．するとほかの者たちは墓の間に隠れる．恐れ知らずの男が頭蓋骨を見つけると，「それを置いていけ，それはおれの頭だ」という声がする．男はそれを投げ返し，別のを見つける．また「それを置いていけ，それはおれの頭だ！」という声がする．恐れ知らずの男は「頭が2つあるやつはいない」と答え，それを持っていく．

一部の類話では，同じ状況が，祖父の頭(骨)，父の頭(骨)，おじの(その他の親族の)頭(骨)で繰り返される．

類話(～人の類話)　フィンランド；エストニア；アイルランド；イギリス；オランダ；フリジア；フラマン；ドイツ；オーストリア.

1676* 愚かな農夫が医学を学ぶ

愚かな農夫の少年(ジプシーの少年)が，医者のもとで医学を勉強したがる．医者はある患者のところに行くときに少年を連れていき，寝室用便器の中身を味見させる．

類話(～人の類話)　デンマーク；オランダ；フラマン；ハンガリー；ルーマニア；ジプシー；キューバ.

1676H* 悪魔の妹

男(農夫，商人)が毎晩酒場に飲みに行く(とても小心である)．男の妻(ある船乗り)はこれをやめさせたいと思う(男を怖がらせようと思う)．妻は(白いシーツで)変装し，男が家に帰る途中に男を待ち伏せする．男は「あんたは誰だい？」と聞く．妻は「悪魔だよ」と答える．男は「ああ，それじゃあ，おれはあんたの妹と(姪と)結婚したんだ」と答える．

類話(～人の類話)　アイルランド；イギリス；オランダ；フリジア；フラマン；ドイ

ツ；ルーマニア；アメリカ．

1677 話型1218を見よ．

1678 1度も女を見たことのない少年

ある少年は，母親が死んだあと人里離れた所で育てられ，1度も女を見たことがない．少年が14(18)歳になったとき，父親は少年を近くの町に連れていく．そこで少年は初めて少女たちを見て，父親に，あいつらは何の種類の生き物か(動物か)と尋ねる．父親は，あいつらは小さな悪魔(ガチョウ)だと答える．少年は父親に，家に連れて帰るためにいくつか買ってくれと頼む．または，少年は，何がいちばん気に入ったかと人に聞かれ，「悪魔たち」と答える[T371]．参照：話型1545B．

注 インドの「バルラームとヨザファト(*Barlaam and Joasaph*)」(ch. 29)に記録されている．早期のヨーロッパの版はジャック・ド・ヴィトリ(Jacques de Vitry)の『一般説教集(*Sermones vulgares*)』(Jacques de Vitry/Crane, No. 82)に見られる．
類話(～人の類話) フィンランド；リーヴ；ラトヴィア；リトアニア；スウェーデン；ノルウェー；デンマーク；アイルランド；イギリス；フランス；スペイン；カタロニア；ポルトガル；オランダ；フリジア；フラマン；ドイツ；スイス；マルタ；ハンガリー；チェコ；スロベニア；セルビア；マケドニア；ルーマニア；ブルガリア；ギリシャ；ポーランド；ユダヤ；ジプシー；チェレミス/マリ，ヴォチャーク；中国；日本；アメリカ；アフリカ系アメリカ；メキシコ；ブラジル；南アフリカ．

1678** 初めての教会

愚かな少年が生まれて初めて教会へ行く．彼は見たことを母親に次のように話す．「ずっと叫んでいる男がいた，お金のたくさんついたナイトキャップをかぶって歩き回っている人がいた，奇妙な仕掛けの機械が轟音を立てていた(オルガンが演奏されていた)，等」[参照J1823]．参照：話型1831A*．

類話(～人の類話) フィンランド；デンマーク；フリジア；ドイツ；ブルガリア；アメリカ；メキシコ．

1679* 徴集兵が右と左を区別できない

新兵が，右と左を区別できない．彼を訓練する手助けとして，指導教官は新兵の片腕に藁を結び，もう片腕に干し草を結ぶ(脚を「パン」と「肉」と呼ぶ)．そして命令を与えるときには，「藁」と「干し草」という語を使う．

類話(～人の類話) デンマーク；ワロン；スイス；ユダヤ．

1680　産婆を呼びに行った男

男(愚か者)が，妊婦のために産婆を連れてこなければならない．次々と不運な出来事が起き，男は犬を殺し，産婆を溺れさせる．男は，妊婦が子どもを産むのを手伝うが，赤ん坊に熱湯の産湯を使わせ，赤ん坊を殺す[J2661.2]．参照：話型1681．

類話(～人の類話)　フィンランド；エストニア；ラトヴィア；リトアニア；オランダ；ブルガリア；ギリシャ；ロシア, ベラルーシ, ウクライナ；チェレミス/マリ, チュヴァシ；シベリア．

1681　少年の災難

雑録話型．愚かな男(少年)が，過って自分の馬(犬)を殺してしまう．男はカワカマス(カモ)を殺そうとして川(湖)に斧を投げ込む．斧を拾うために裸になって川に入ると，服を盗まれる．男はタールの入った大桶と羽根の入った大桶に落ち，鳥の羽根に覆われて家に帰る．男の飼っている犬は男のことがわからず，男にかみつく．家に入ると，男は赤ん坊を蹴飛ばして殺してしまう．男は食器棚から落ちてきたナイフに当たり，ペニスを切り落としてしまう．このあと，男の妻は男を追い出す[J2661.4]．

一部の版では，次のようにほかの災難が続く．男は裸で地下貯蔵室に隠れ，酔って，樽のワインを流してしまう．床を乾かすために小麦粉を使い，メンドリの頭で樽に栓をする．男はメンドリの卵をかえそうとするが，かえすどころか卵を割ってしまい，卵ともみ殻(ハチミツまたはタールと羽根)まみれになる．男は悪魔と間違えられる．参照：話型1387, 1408．

コンビネーション　1218, 1387, 1408, 1535, 1685, 1696.
類話(～人の類話)　フィンランド；エストニア；リーヴ；ラトヴィア；リトアニア；アイルランド；イギリス；スペイン；ポルトガル；オランダ；フリジア；ドイツ；イタリア；ハンガリー；スロバキア；クロアチア；マケドニア；ルーマニア；ブルガリア；ギリシャ；ポーランド；ロシア, ベラルーシ, ウクライナ；ジプシー；ヤクート；カルムイク；シリア, ペルシア湾；イラク；イラン；アフガニスタン；インド；朝鮮；北アメリカインディアン；プエルトリコ；アルゼンチン；南アフリカ；エジプト, アルジェリア, モロッコ, スーダン．

1681A　結婚式の準備 (旧，愚か者が結婚式(葬式)の準備をする)

愚かな若者(花婿)が市場で壺を買う．自分の影におびえて，若者は壺を影めがけて投げる．森で薪を集めているときに，葉の落ちた木々が寒いに違いないと思い，自分の服で木々を覆ってやる．(参照：話型1271C*.) 若者は死んだ犬におびえて，かまれないように，自分の食べ物を死んだ犬にやる．若者は馬が荷を引くのを楽にするために，道にバターを塗る．（参照：話型1291B.）そして川の水がもっとおいしくなるように，川に塩を投げ込む．アブたちが馬を悩ますので，若者はアブを叩いて馬を殺してしまう．若者は雌牛をつぶし，その肉を犬たち（カエルたち）に「売る」[J1852]．（参照：話型1642.）若者はテーブルに載せるまともな物が何もないのに客を食事に招待し，ひどいマナーで客たちをびっくりさせる．

一部の類話では，結婚した自分たちの娘を訪ねようとしているおろかな夫婦に災難が起こる．

コンビネーション 1291B, 1685, 1696.

類話（～人の類話） フィンランド；ラトヴィア；リトアニア；ヴェプス，コミ；フランス；スペイン；ドイツ；スイス；イタリア；チェコ；スロバキア；ブルガリア；ロシア，ベラルーシ；トルコ；ユダヤ；ジプシー；チュヴァシ，タタール，モルドヴィア；タジク；イラン；インド；中国；エジプト，チュニジア，アルジェリア．

1681B 愚か者が家と動物の管理をする

雑録話型．愚かな男が家事を切り盛りして，動物の世話をしなければならなくなり，次のような一連の災難を引き起こす．男は母親（祖母）を熱湯の風呂に入れてやけどをさせる[K1462]．（参照：話型1013.）男は母親に食事を与えようとして窒息させる．そして（赤ん坊に熱い粥を食べさせて）赤ん坊を殺す[K1461]．男は動物を殺し，それをカラスたちに食べられる．すると男はカラスたちに支払いをしろと要求する．（参照：話型1642.）男は卵をかえそうとする．（参照：話型1218.）そして男の失敗について文句を言ったお婆さんを殺す，等．参照：話型1218, 1408, 1681, 1681A.

コンビネーション 通常この話型は，1つまたは複数の他の話型，特に1000, 1007, 1009, 1013, 1029, 1218, 1291A, 1408, 1586, 1642, 1653, 1685, 1696と結びついている．

類話（～人の類話） フィンランド；ラトヴィア；リーヴ，ヴェプス；コミ；スペイン；バスク；カタロニア；ポルトガル；スイス；イタリア；コルシカ島；ハンガリー；スロバキア；スロベニア；ルーマニア；ブルガリア；ギリシャ；トルコ；ヴォチャーク；クルド；グルジア；アラム語話者；パレスチナ；イラク；サウジアラビア；インド；フランス系カナダ；北アメリカインディアン，スペイン系アメリカ，メキシコ，グアテマラ；アフリカ系アメリカ；キューバ；ドミニカ；プエルトリコ；マヤ；チリ，アルゼンチン；エジプト，アルジェリア，スーダン；エチオピア；スーダン；中央アフリカ．

1681* 話型 1430 を見よ.

1681A* 栓を頼んだぞ

男が愚かな少年に，樽に栓を戻せという意味で，栓を頼んだぞと言う．少年はこの命令を文字どおり取って，栓を自分のポケットに入れる．樽の中身(タール，ワイン)は流れ出る[K1414]．参照：話型 1387, 1653, 1696.

類話(～人の類話) フィンランド；リトアニア；日本.

1682 馬が食べないことを学ぶ (旧，馬の飼育係が馬に食べ物なしで生きることを教える)

(ある人の助言に従って)愚かな(けちな)学者(農夫，ジプシー，ユダヤ人)が，自分の馬(ロバ，雌牛，ヤギ)に食べ物なしで生きることを教えようとする．学者は与える餌をだんだんと減らしていく(まったく与えない)．数日後に馬が死ぬと，馬は何も食べない方法を覚え終わるほんの少し前に死んでしまったと悔しがる[J1914].

注 ギリシャの『フィロゲロス(*Philogelos*)』(No. 9)に記録されている.
類話(～人の類話) フィンランド；リーヴ；ラトヴィア；リトアニア；スウェーデン；ノルウェー；デンマーク；イギリス；フランス；カタロニア；オランダ；フリジア；ワロン；ドイツ；オーストリア；イタリア；ハンガリー；チェコ；スロベニア；セルビア；クロアチア；ルーマニア；ブルガリア；ギリシャ；ポーランド；ベラルーシ；ウクライナ；ユダヤ；カタール；フィリピン；アメリカ；スペイン系アメリカ，メキシコ；アフリカ系アメリカ；南アフリカ.

1682* 話型 1142 を見よ.

1682** 共有のラバ

3 人兄弟がラバを共有して使う．兄弟はそれぞれ誰かほかの兄弟がラバに餌をやっているに違いないと思い，誰もラバに食べ物をやらない．ラバは死ぬ[J1914.2].

東洋の伝承では，2 人の男が奴隷を共有して使う．1 人が奴隷を叩くと，もう 1 人がそのことに文句を言う．最初の男は，持ち分である半分を叩いただけだと説明する.

または，最初の男は，これからは持ち分である半分しか叩かないと約束する.

類話(～人の類話) カタロニア；ドイツ.

1683*　鳥の数を数える（旧，小作人が小石を数える）

愚かな農夫が鳥を数える．兵隊が，農夫の数えた数だけ罰金を取り立てる．農夫は実際に数えたよりも少ない数を言い，兵隊をまんまとだましたと思う．

類話（～人の類話）　ラトヴィア；ロシア，ウクライナ；ユダヤ；シベリア；グルジア．

1684A*　話型 1337C を見よ．

1684B*　話型 1820 を見よ．

1685　愚かな花婿

雑録話型．（旧話型 1685A を含む．）若い独身の男（花婿，しばしばトリックスター）が一連のばかげた誤りで自分の愚かさを証明する（主人に損害を与えるために，主人の助言に言葉どおり従う）．次のエピソードが最も一般的である．

(1)　愚か者が家に独り残され，彼が調理している料理に，ある材料（例えばパセリ）を入れるよう指示される．男はパセリという名の犬（猫）をスープに入れる[J2462.1]．

(2)　愚か者が，ある一定の場所をきれいにするように言われる．愚か者は，この命令を文字どおりに取り，そこにあるすべての物を外に放り出す[J2465.5]．

(3)　愚か者が嫁探しに行くとき，少女に目を投げかけるように（cast eyes）アドバイスされる．愚か者は動物（しばしば羊）の目をくり抜き，少女にそれらを投げる[J2462.2]．このしぐさの隠喩的な意味が理解されることもある．また，若い女が愚かな求婚者を拒絶することもある[J2462.2]．参照：話型 1006．

追加のエピソードは，以下の話型のグループから来る．1000–1029, 1200–1349, 1350–1439, 1525–1539, 1640–1674，および 1675–1724．一部の版では，主人公は愚かな義理の息子である．（旧話型 1685A.）

コンビネーション　通常この話型は，1つまたは複数の他の話型，特に 1001–1029, 1408, 1642, 1643, 1653, 1696，および 1120, 1210, 1218, 1384, 1386, 1387, 1539, 1681A, 1681B, 1691 と結びついている．

注　16 世紀初期に記録されている．

類話（～人の類話）　フィンランド；フィンランド系スウェーデン；エストニア；リーヴ；ラトヴィア；リトアニア；ラップ，ヴェプス，リュディア，カレリア，コミ；スウェーデン；ノルウェー；フェロー；アイルランド；フランス；スペイン；バスク；カタロニア；ポルトガル；オランダ；フリジア；フラマン；ドイツ；イタリア；マルタ；ハンガリー；チェコ；スロバキア；スロベニア；クロアチア；ルーマニア；ギリシャ；ポーランド；ソルビア；ロシア；ベラルーシ, ウクライナ；ユダヤ；ジプシー；チュヴァシ, モルドヴィア；シベリア；ヤクート；シリア；パキスタン；インド；スリランカ；中国；日本；フランス系カナダ；フランス系アメリカ；メキシコ；ドミニカ；プエルトリコ；アルゼンチン；チュニジア；南アフリカ.

1685A 話型 1685 を見よ.

1685A* 愚か者が自分の家の脇に落とし穴を仕掛ける

愚か者が自分の家の脇に落とし穴を仕掛ける．愚か者の母親が落とし穴に落ちる(そして死ぬ).

類話(～人の類話) フィンランド；カレリア, コミ；ロシア, ウクライナ；ヴォチャーク；シベリア；日本.

1686 初夜

雑録話型．(旧話型 1686** を含む.) 愚かな花婿は新婚初夜に何をしたらよいかわからない[J1744.1]．花婿の母親(両親，花嫁)が花婿に助言をするが，花婿はそれを誤解してけがをするか，またはほかの災いを引き起こす.

一部の類話では，花婿はベッドに男がいるのを見て，花嫁が男になったのだと思う．(旧話型 1686**.)

新婚初夜に，花嫁は，夫が愚かなので，夫から去ろうとする．花嫁は，出かけなければならないと言う．夫は花嫁の言うことを信じず，花嫁にロープを結びつける．花嫁は外に出て，ロープをほどき，そのロープをヤギに結びつける．暗闇の中，初め花婿は入れ替わったことに気づかない．花婿が動物の体(あごひげ，睾丸，角)に触れ，それらに関して自分の母親に尋ねる．母親は，入れ替わったことを知らないので，それらは花嫁の体の正常な部位であると説明する[K1223.1].

類話(～人の類話) ラトヴィア；スウェーデン；ノルウェー；デンマーク；フランス；ポルトガル；ドイツ；ロシア；ユダヤ；シリア, エジプト.

1686A 犬のように

新婚の男が，セックスについて知らず[J1744.4]，彼の婚姻を完成させようとまったくしない．しばらく後に，若い妻は姑に不平を言う．姑は息子に，犬たちがするようにしなさいと教える．次の朝，妻は夫と離婚したがる．姑が，何があったのかと妻に尋ねる．妻は，夫が彼女の尻の匂いをかいで，ベッドの柱に小便をしたと答える[J2462]．

別の版では，若者は聖職者に助言を求める．聖職者はカーテンを閉めて，ろうそくに火をともしてから，何をしたらよいか若者に教える．若者は理解したが，あとで若者は，あまりにもたくさんのろうそくを使ってしまうと不平を言う．

類話(～人の類話) フィンランド；ノルウェー；フリジア；アフリカ系アメリカ．

1686* 木の値段

愚かな若者が女に，薪の積み荷を与えるお返しに，自分と寝るよう要求する．彼女は若者にコーヒーを出す．すると若者は，女がこの取り引きにおいて彼女の責務を果たしたと思い込む[J1745]．

類話(～人の類話) フィンランド；エストニア；スウェーデン；トルコ．

1686** 話型 1686 を見よ．

1686A* カワカマスの口 (歯の生えた膣(Vagina dentata))

熱烈な求婚者(兵隊，聖職者，召し使い，労働者)にうんざりした少女(若い女，少年)が，求婚者のペニスをカワカマスの口で挟む[K1222]．少女の母親(農夫)が少女に，魚の口を膣(ズボン)の中に隠しておくように教えておいたのである．または，男が小便をしに行く塀(垣根，テント)の割れ目に魚の口を隠しておくように教えておいたのである．(アルヴァ侯爵はこの出来事を目撃したとき，彼の人生において最初で最後に笑った．)

類話(～人の類話) フィンランド；オランダ；フリジア；ドイツ；オーストリア；ロシア．

1687 忘れた言葉

愚かな少年が商人のところからある物を取ってくるように言われる(愚か者たちがあることに決着をつけようとする)．使いの目的を忘れないように，少年はその言葉を何度も何度も繰り返す．少年は途中でつまずいて転び，その言葉を忘れてしまう[D2004.5]．彼は忘れた言葉を見つけるために，地中を捜す(愚か者たちは大地がその言葉を飲み込んだと思い，掘り出そうとする)．通りがかりの人が少年に何をしているのかと尋ね，たまたまその言葉を口にする．少年はその言葉がまた見つかったと喜ぶ．

コンビネーション 1245, 1696.
類話(～人の類話) フィンランド；エストニア；ラトヴィア；リトアニア；リーヴ，リュディア；スウェーデン；ノルウェー；デンマーク；フェロー；イギリス；フランス；ポルトガル；オランダ；フリジア；フラマン；ドイツ；イタリア；ハンガリー；スロバキア；セルビア；マケドニア；ルーマニア；ブルガリア；ポーランド；ロシア，ベラルーシ；ウクライナ；トルコ；ユダヤ；タタール；シベリア；ヤクート；イラン；インド；ビルマ；スリランカ；中国；朝鮮；日本；フィリピン；イギリス系カナダ；アメリカ；スペイン系アメリカ；キューバ；プエルトリコ；チリ；エチオピア；南アフリカ.

1688 召し使いが主人の発言を大げさにする

裕福な求婚者が，求婚相手の若い女にいい印象を与えたいと思っている．求婚者は友人(召し使い)を雇って，彼の富を証明するだけではなく，求婚者が言ったすべての物の価値を倍にして言わせる．求婚者が自分には体に弱いところがある(目が悪い，せきが出る)ことを認めると，友人は大げさにして，彼はまったく目が見えない，または夜はもっとひどいせきをすると言う[J2464]．花嫁はこれに驚いて，結婚を辞退する．参照：話型 859, 1920E.

注 ヨハネス・ゴビ・ジュニア(Johannes Gobi Junior)の『スカーラ・コエーリ(*Scala coeli*)』(No. 694)に記録されている．
類話(～人の類話) フィンランド；フィンランド系スウェーデン；エストニア；ラトヴィア；リトアニア；カレリア；スウェーデン；アイルランド；フランス；スペイン；カタロニア；ポルトガル；オランダ；ドイツ；セルビア；クロアチア；ルーマニア；ブルガリア；ギリシャ；ポーランド；ウクライナ；ユダヤ；シベリア；フランス系カナダ；スペイン系アメリカ，メキシコ；キューバ；ドミニカ；スーダン．

1688A* 嫉妬深い求婚者たち (旧話型 1688B* を含む)

2 人の男が同じ女に求婚する．それぞれが，相手を出し抜いて，女を自分のものにしようとたくらむ．例えば，1 人が相手の 4 頭の馬の脚の皮を剝いで，膝まで皮を巻き上げる．もう 1 人は相手の 4 頭の馬の上唇を切り落とし，こいつらはストッキングをはいている馬たちを見て笑っていると言って仕返しをする．

ほかの版では，貧しい求婚者がさまざまなたくらみによって，金持ちの恋敵に勝ち，女を自分の妻にする．(旧話型 1688B*.)

類話(～人の類話) フィンランド；リトアニア；ノルウェー；ハンガリー；ロシア；チェレミス/マリ；アメリカ．

1688B* 話型 1688A* を見よ.

1689 「それが桃ではなかったことを神に感謝する」

貧しい男(愚か者)が王(その他の高位の人物)のところへ桃(ビート)を贈り物として持っていく計画を立てる. 男の妻は男を説得して, 桃ではなくイチジク(プラム, たまねぎ)を持っていかせる. (イチジクが熟していないので)王はそれらのイチジクを男の頭に投げつける. 男はそれが桃ではなかったことをありがたく思う(神に感謝する)[J2563].

類話(～人の類話) フランス; スペイン; カタロニア; イタリア; ハンガリー; セルビア; ルーマニア; ブルガリア; ギリシャ; ウクライナ; トルコ; ユダヤ; クルド; タジク; シリア, レバノン, イラク; パレスチナ; イラン; アメリカ; メキシコ; ブラジル; 西インド諸島; エジプト, モロッコ.

1689A 王への 2 つの贈り物

男(農夫, 庭師)が巨大なカブをつくり(参照:話型 1960), それを贈り物として王のところへ持っていく. 王は男にたくさん褒美を与える. 男の隣人(紳士, 貴族, 金持ちの男)が, このことを聞いて, さらにいい褒美を期待して, はるかに上等な贈り物を王にする(娘を王と結婚させる)ことにする[J2415.1]. 王は褒美として巨大なカブを隣人に与える.

文学版を含む一部の類話では, 次のように続く. 一杯食わされた金持ちの男は仕返しをしようと思い, 農夫を殺すために森に誘い出す. 金持ちの男と手下たちは, 農夫を袋に詰めて, それを木に吊るし上げる. しかし旅の学者が通りかかり, 彼らは逃げる. 農夫は学者を呼んで, 袋の中からは世界じゅうが見えると言う. 学者は農夫と交代し, 農夫は学者の馬に乗って走り去る. 参照:話型 1535. 一部の類話では, 農夫は学者を救うために人をやる.

注 1200 年頃, おそらく南ドイツの, 作者不詳のラテン語の写本に記録されている. そこでは 2 つの別々のエピソードが 1 つの説話にまとめられている.

類話(～人の類話) フィンランド; ラトヴィア; リトアニア; イギリス; フランス; スペイン; カタロニア; オランダ; フリジア; フラマン; ドイツ; スイス; イタリア; マルタ; ハンガリー; チェコ; スロバキア; セルビア; ブルガリア; ロシア; ベラルーシ; ウクライナ; ユダヤ; アブハズ; アルメニア; シベリア; シリア; インド; 中国; プエルトリコ; 西インド諸島; エジプト, モロッコ, スーダン.

1689B 食べられない肉

愚か者(女)が肉を持って帰るが(肉を料理しているが), それを動物(タカ,犬，猫)に盗まれる．愚か者は，その動物は肉をちゃんと料理するための調味料(レシピ)を持っていないと喜ぶ[J2562]．

注　中世のアラビアの文学に記録されている．

類話(～人の類話)　フランス；スペイン；オランダ；フリジア；フラマン；ワロン；ドイツ；スイス；オーストリア；ハンガリー；クロアチア；ブルガリア；ギリシャ；ポーランド；ユダヤ；中国；アメリカ；エジプト．

1689*　架空の職に任命された愚か者がそれを自慢する

愚か者を主人(支配者)が冗談で架空の職に任命する．愚か者はそれを自慢し，村人たちは彼を笑い者にする[J2331.2]．

類話(～人の類話)　ラトヴィア；デンマーク；ギリシャ；日本；エジプト．

1691　腹をすかせた聖職者 (旧，「がつがつ食べるな」)

聖職者と教会の雑用係(夫婦，2 人兄弟)が食事に招待される．聖職者(夫，愚かな弟)は連れの教会の雑用係から，いつもみたいにたくさん食べないように言われる．教会の雑用係(妻，賢い兄)は，それを思い出させるためにそっと足をつつくことにする．聖職者がほんの少し食べたとき，テーブルの下の犬(猫)が聖職者にぶつかる．聖職者は，教会の雑用係が自分に注意しているのだと思い，食べるのをやめる[J2541]．参照：話型 1775.

コンビネーション　1642, 1643, 1685, 1696, 1775.

類話(～人の類話)　フィンランド；ラトヴィア；リトアニア；ノルウェー；デンマーク；フェロー；フランス；バスク；カタロニア；ポルトガル；オランダ；フリジア；フラマン；ワロン；ドイツ；イタリア；ハンガリー；チェコ；セルビア；ルーマニア；ブルガリア；ギリシャ；ロシア, ベラルーシ, ウクライナ；トルコ；ユダヤ；ジプシー；シベリア；インド；中国；日本；スペイン系アメリカ；ドミニカ, プエルトリコ；南アフリカ．

1691A　腹をすかせた求婚者が家から食べ物を持ってくる

仲人が花婿に，妻となる人の両親を訪ねるときに，食べすぎないように注意する．花婿は食事のとき自制し，あとで母親に用意してもらった食べ物を外に出て食べる．激しい吹雪になる．彼の妻となる人の母親は，天気について何か言うが，花婿は，彼女が自分の食欲についてほのめかしたのだと思う(言葉遊び)．花婿は，彼女の食べ物を食べているのではないと答える．

類話(～人の類話)　フィンランド；リトアニア；マケドニア；ブルガリア；ギリシャ．

1691B 悪いテーブルマナー（旧，食卓でのふるまい方を知らない求婚者）

花婿が花嫁候補の家族のところへ食事に行く．花婿はあとから母親に，自分が何をしたか話す（例えば，卵しか出されず，卵を次から次へと手で食べた）．母親は彼のテーブルマナーが悪いのを戒め，どうするべきだったかを教える（ナイフとフォークを使うことを教える）．

次に彼が求婚しに出かけたとき，彼は母親の助言どおりにする．しかし状況は違っている（彼は豆か木の実をナイフとフォークで食べようとする）．物語はこのように続き，彼は決して結婚することができない．参照：話型1685, 1696.

類話（～人の類話） フィンランド；ラトヴィア；リトアニア；コミ；フェロー；ポルトガル；フラマン；ドイツ；チェコ；スロバキア；ポーランド；ロシア；ユダヤ；カンボジア．

1691B* 正直すぎる

若い職人（旅人，オイレンシュピーゲル）が１晩泊まる場所を探している．彼は，宿屋をしている女（聖職者，農夫）に，本当のことを言う者というのは泊めてもらえないものだと不平を言う．彼女は１晩彼を泊めてやると言う．職人は，彼女の夫と彼女と猫と合わせて３つしか目がないと言う．彼は歓迎されない正直さのために追い出される[J551.4]．

注 早期の版はジョン・ブロムヤード（John Bromyard）の『説教大全（*Summa predicantium*）』（V I, 12）を見よ．

類話（～人の類話） フィンランド；デンマーク；ドイツ；ルーマニア；ブルガリア；ポーランド；ウクライナ；ユダヤ；インド；南アフリカ．

1691C* 誤解された許し

１晩の宿を求めてきた放浪者に，農夫と妻が夕食（パンケーキ，エンドウ豆，プリン）を出す．食べ物が少し残る．就寝するとき，放浪者は夫婦の間に寝る．真夜中に，農夫は出かけなければならない．放浪者は農夫の妻に「いいかい？」と尋ねる．妻は「いいわよ」（「今がチャンスよ」）と答える．放浪者は起き上がって，台所に行き，パンケーキの残りを食べる．

類話（～人の類話） アイルランド；フリジア；ユダヤ；アメリカ；フランス系アメリカ．

1691D* 赤ん坊と寝る

泊めてもらっている男(スコットランド人)が，赤ん坊(Baby)と寝たいかと主人に聞かれる．男は遠慮したいと答える．次の日，ベイビー(Baby)はメイド(魅力的な若い女)の名前だということがわかる．彼女は男に名を尋ねる．男は彼女に，自分の名は「とんま(Jackass)」(愚か者(Stupid))だと答える．

類話(～人の類話) フリジア；ドイツ；イギリス系カナダ；アメリカ．

1692 愚かな泥棒

愚か者が強盗の一味に加わる．強盗たちは外で待っていて，愚か者を家に送り込んで盗みをさせる．愚か者は次のいずれかの方法の1つで失敗する[J2136]．

愚か者は強盗たちの指示を言葉どおりに取る．強盗たちがずっしりした物(つまり，価値のある物)を持ってこいと言うと，愚か者は重い物(例えばモルタル)を持ってくる[J2461.1.7]．強盗たちが光る物(つまり黄金)を持ってこいと言うと，愚か者は鏡を持ってくる[J2461.1.7.1]．

愚か者は家の主人を起こす．愚か者は自分で運べる以上の物を持っていこうとし，主人を起こして，手伝ってくれと頼む[J2136.5.6]．愚か者は楽器を見つけ，それを大きな音で演奏する[J2136.5.7]．愚か者は何か食べ物を料理することにする．家主が寝ながらため息をつくのを聞いて，愚か者は家主が腹をすかせているに違いないと思い，熱い食べ物を家主の口に入れる(手に持たせる)[J2136.5.5]．参照：話型 177, 1693.

類話(～人の類話) ギリシャ；トルコ；ユダヤ；シリア, イラク；パキスタン；インド；スリランカ；ネパール；チベット；中国；エジプト, チュニジア, モロッコ．

1693 文字どおりに取る愚か者

雑録話型．愚か者が，売り手(聖職者，医者，彼の妻，等)の指示(質問)を文字どおりに取り，その結果，損害かけがをもたらす(に苦しむ)．参照：話型 1007, 1008, 1010–1017, 1692, 1696.

類話(～人の類話) ラトヴィア；ポルトガル；フリジア；フラマン；イタリア；マルタ；スロバキア；ユダヤ；ジプシー；パキスタン, インド；ビルマ；スリランカ；日本；スペイン系アメリカ；メキシコ；モロッコ．

1694　仲間たちは音頭取りと同じように歌うこと

大市(結婚式)から帰る途中の2人の(酔っている)男(夫婦，グループの人たち)がいっしょに歌うことにする．音頭取りの足が車輪に挟まれる．彼(彼女)は助けを求めて叫ぶが，誰にもわからない．叫び声は歌の一部だと思われて，仲間がそれを繰り返す[J2417.1]．しばしば音頭取りの足は荷馬車が止まる前に折れる．

ベルベル人の類話では，町から来た教師が山岳地帯の人たちに，コーランの祈りを教えることになる．人々は外に立って教師に続いて祈りの言葉を繰り返す．教師は地面にかがみ，ふだん泥を避けるのに使っている板に額を当てる．教師の鼻が板に挟まる．教師は助けてくれと叫ぶ．しかし人々はそれを祈りの一部だと思い，熱心にその言葉を繰り返す．教師は鼻の先が引きちぎれる．教師は人々に，最初にアラビア語を学ばなければいけないと告げ，去っていく．参照：話型 1246, 1825D*, 1832M*.

類話(～人の類話)　ラトヴィア；リトアニア；ドイツ；ハンガリー；ポーランド；日本；スペイン系アメリカ；エジプト；モロッコ．

1694A　愚かな歓迎 (旧，農奴たちが主人に祝いを述べる)(旧話型 1698C* を含む)

村人たち(農奴たち)が，訪ねてきた貴族を歓迎しようとする(祝いを述べようとする，礼遇しようとする)．市長が代表団を率いて，ほかの者たちはすべて市長がすることをまねるよう言われる．

(それぞれの人が1皿の料理をその貴族に贈る．) 先頭の市長がつまずいて料理を落とす(料理をテーブルの上か床にぶちまける)．するとほかの者たちも同じようにする[J2417.2]．市長はこのアクシデントに腹を立てて，例えば「悪魔に取られてしまえ」とののしる．ほかの者たちは練習したとおりに，「あなたの奥さんと子どもたちもいっしょに」「それとあなたのおばとおじもいっしょに」「そして貴婦人も，そしてお仲間たち全員！」とつけ加える[J1845]．(旧話型 1698C*.)

ドイツとオーストリアの類話では，住民たちは何を着たらよいのか決められない．訪ねてきた高官が到着したとき，彼らは急いで，裸のままで高官に挨拶しに行く．市長が尻をアブにかまれ，手でアブを追い払うと，ほかの者たちも皆このしぐさをまねる．

また一部の類話では，歓迎はほかの理由で失敗する．参照：話型 1246, 1297*, 1821, 1832M*

類話(～人の類話)　ラトヴィア；リトアニア；フラマン；ドイツ；オーストリア；ハ

ンガリー；スロバキア；ルーマニア；ポーランド；ロシア，ベラルーシ，ウクライナ；インド；中国.

1695　動物たちの靴（旧，愚か者が靴職人，仕立屋，鍛冶屋の仕事を台なしにする）

靴職人に仕えて働いている男（愚か者，オイレンシュピーゲル）が，靴用に革を切るように言われる．男は親方に「どのように（どれくらい大きく）切ったらいいですか？」と聞く．すると「ちょうど家畜番がそれらをゲートに追い立てるように，大きいのと小さいの」と言われる．男は豚たち（羊たち）の靴をつくる．親方はこれを見て男を放り出す．

または，彼らは市場に靴を持っていき，客たちに，この冬はすごく寒くなるぞ，動物でも靴が必要になるだろう，と言う[J1873.1]．客たちは靴にたくさんお金を払う．

注　『オイレンシュピーゲルの本（*Eulenspiegelbuch*）』（No. 43）の中でティル・オイレンシュピーゲルについて語られている．

類話（～人の類話）　フィンランド；フィンランド系スウェーデン；エストニア；リーヴ；ラトヴィア；リトアニア；ドイツ；スイス；ギリシャ；ソルビア；南アフリカ．

1696　「何て言うべきだったの（何をすべきだったの）？」

雑録話型．（旧話型1696A* を含む．）母親が愚かな息子に（夫が妻に），ある状況で何を言うべきだったか（何をすべきだったか）教える．息子は次の機会にその助言に従うが，そこではそれが不適当だということが明らかになる．息子は罰せられる（再び，何をするべきだったかを，または何を言うべきだったかを教えられ，ふさわしくない状況でその助言に従う，等）．例えば，愚か者は会葬者たちにお祝いの言葉を言い，新郎新婦にお悔やみを言う[J2461, J2461.2]．参照：話型1681A, 1681B, 1691B.

コンビネーション　通常この話型は，1つまたは複数の他の話型，特に1408, 1642, 1653, 1681B, 1685，および571, 574, 1006, 1218, 1240, 1291A, 1291B, 1313, 1384, 1387, 1535, 1539, 1600, 1643, 1655, 1685, 1687, 1691, 1691B, 1693, 1775と結びついている．

類話（～人の類話）　フィンランド；フィンランド系スウェーデン；エストニア；リーヴ；ラトヴィア；リトアニア；ラップ；カレリア；スウェーデン；ノルウェー；デンマーク；フェロー；アイスランド；スコットランド；アイルランド；イギリス；フランス；スペイン；カタロニア；ポルトガル；フリジア；フラマン；ワロン；ドイツ；ラディン；イタリア；コルシカ島；サルデーニャ；マルタ；ハンガリー；チェコ；スロバキア；スロベニア；セルビア；クロアチア；ボスニア；ルーマニア；ブルガリ

ア；ギリシャ；ポーランド；ロシア，ベラルーシ，ウクライナ；トルコ；ユダヤ；ジプシー；チェレミス/マリ，モルドヴィア，ヴォチャーク；タタール；シベリア；グルジア；アラム語話者；シリア，パレスチナ，イラク，ペルシア湾，クウェート，カタール；イラン；インド；ビルマ；中国；インドネシア；日本；北アメリカインディアン；アメリカ，フランス系アメリカ，アフリカ系アメリカ；メキシコ；ドミニカ；プエルトリコ；チリ；アルゼンチン；西インド諸島；エジプト，リビア，チュニジア，アルジェリア，モロッコ；アルジェリア；東アフリカ；スーダン；ナミビア；南アフリカ.

1696A* 話型 1696 を見よ.

1696B* 話型 1437 を見よ.

1697 「おれたち３人，お金のために」

３人のウェールズ人(その他の国の男たち)がイギリス(その他の外国)に行こうとして，あらかじめいくつかの重要な英語のフレーズを覚える.（参照：話型 1699, 1699B.）最初の１人は，自分たちが何者かを明言するために「おれたち３人ウェールズ人」という言葉を覚える．２人目は，食事と宿を与えてくれそうな主人を納得させる方法として「お金のために」という言葉を覚える．３人目は，要求された値段に同意するために「了解した」という言葉を覚える.

旅の途中，彼らは過って殺人の罪を着せられる．裁判官が，誰がこの殺人を犯したのかと尋ねると，最初の男が「おれたち３人ウェールズ人」と答える．裁判官が，なぜ殺人を犯したのかと尋ねると，２人目の男が「お金のために」と答える．裁判官が絞首刑の判決を下すと，３人目の男が「了解した」と答える．３人の男は絞首刑に処せられる(または，本当の犯人が見つかり，３人は釈放される)．参照：話型 360.

コンビネーション 360.

注 14 世紀にジョン・ブロムヤード(John Bromyard)の『説教大全(*Summa predicantium*)』(S IV, 18)に記録されている．もともとは話型 360 とは別の説話であり，後に話型 360 に組み入れられた.

類話(～人の類話) フィンランド；フィンランド系スウェーデン；エストニア；ラトヴィア；リトアニア；ヴォート；アイルランド；イギリス；フランス；スペイン；カタロニア；ポルトガル；オランダ；フリジア；フラマン；ワロン；ドイツ；スイス；オーストリア；イタリア，サルデーニャ；ハンガリー；チェコ；スロベニア；セルビア；クロアチア；ルーマニア；ブルガリア；ギリシャ；ポーランド；ロシア，ベラルーシ，ウクライナ；ジプシー；タタール；インド；中国；フランス系カナダ；アメリカ；アフリカ系アメリカ；スペイン系アメリカ；ドミニカ，プエルトリコ，チリ；西インド諸島；ソマリア；南アフリカ．

1698 耳の遠い人たちと彼らの愚かな返答（旧話型 1673* を含む）

雑録話型．2人の（それより多くの）人たちが，難聴のためにお互い相手の言っていることがわからない．誤解が起きる［X111］．参照：話型 1965.

類話（～人の類話） フィンランド；フィンランド系スウェーデン；エストニア；リーヴ；ラトヴィア；スウェーデン；ノルウェー；デンマーク；フェロー；アイスランド；スコットランド；アイルランド；フランス；スペイン；カタロニア；ポルトガル；フリジア；フラマン；ドイツ；スイス；ラディン；イタリア；ハンガリー；スロバキア；スロベニア；セルビア；マケドニア；ルーマニア；ブルガリア；ギリシャ；ポーランド；ロシア，ベラルーシ，ウクライナ；ユダヤ；ウイグル；クルド；シベリア；グルジア；パレスチナ；パキスタン；インド；ビルマ；中国；カンボジア；日本；アメリカ；スペイン系アメリカ；チリ；チュニジア；東アフリカ；エチオピア；南アフリカ．

1698A いなくなった動物を捜す

1人の耳の遠い人が羊たち（ほかの動物たち）を見失い，捜している間に，別の耳の遠い人に会う．どちらも相手の障害に気づかない．AはBに，羊たちを見なかったかと尋ねる．Bは誤解するが，何か別のことについて答えて，ある方向を身振りで指し示す．Aはその方向に行き，羊たちを見つける．彼はBに感謝し，助けてくれたお礼に障害のある（脚の悪い，等）羊をあげると申し出る．Bは，Aがその羊の障害を彼のせいにしていると思う．彼らは取っ組み合いのけんかをする．彼らは自分の言い分を裁判官に訴える．2人とも知らないが，裁判官も耳が遠い．裁判官はとんでもない判決を下す［X111.1］．

注 早期の版（17-18 世紀）はジョルジアン・スルカン＝サバ・オルベリアニ（Georgian Sulxan-Saba Orbeliani）の『嘘の知恵（*Sibrzne sicruisa*）』（No. 17）に記録されている．

類話（～人の類話） フィンランド；ラップ；スウェーデン；スペイン；ドイツ；ハンガリー；ルーマニア；ギリシャ；ポーランド；トルコ；ユダヤ；オセチア；アブハズ；ウイグル；カラカルパク；トゥヴァ；グルジア；パレスチナ；インド；チュニジア；モロッコ；エチオピア．

1698B 旅人たちが道を尋ねる

旅人が道を尋ねるが，耳の遠い男は誤解して，旅人が雄牛をある値段で売ってくれと言っているのだと思う．旅人は質問を繰り返すが，耳の遠い男は雄牛を売ることを拒む．耳の遠い母親が耳の遠い男に食事を持ってくる．耳の遠い男が母親に，旅人の申し出について話すと，母親は耳の遠い男が自分に，食事が塩辛すぎると言っているのだと思う．嫁は，姑が塩辛い食事について話していることを誤解する，等．家族じゅう，耳が聞こえず，全員お互いに誤解する［X111.2］．

類話（～人の類話） フィンランド；ラトヴィア；アイルランド；イギリス；スペイン；オランダ；フラマン；ドイツ；ルーマニア；ギリシャ；ポーランド；インド；スリランカ；中国；アメリカ；スペイン系アメリカ；マダガスカル．

1698C 2人の人が互いに相手は耳が遠いと信じ込む

トリックスターが，2人の人（しばしば女）それぞれに，2人が会う前に，相手は耳がよく聞こえないから，どならなければならないと言う．2人ともそのとおりにする．そしてお互いに相手は気が触れていると思う．しばらくして，トリックスターは自分のいたずらを明かす［X111.3］．

注 早期の文献資料はボナバンチュレール・デ・ペリエ（Bonaventure Des Périers）の『笑話集（*Nouvelles Récréations*）』（No. 10）を見よ．

類話（～人の類話） フィンランド；ラトヴィア；リトアニア；スウェーデン；デンマーク；イギリス；スペイン；オランダ；フリジア；ドイツ；イタリア；ハンガリー；ルーマニア；ギリシャ；ポーランド；ロシア，ウクライナ；シベリア；インド；スリランカ；南アフリカ．

1698D 結婚式の招待

農場主が耳の遠い農夫に会い，農夫が連れている家畜はいくらかと尋ねる．農夫は娘の結婚式について聞かれたのだと思い，それについて話す．農場主は行ってもいいかと尋ねる．すると農夫は家畜の値段について答える．農場主は農夫が狂っていると言う．しかし農夫は，農場主が自分の幸せを祈っているのだと思い，祝福の言葉を返す［X111.4］．

類話（～人の類話） ハンガリー；ルーマニア；インドネシア；アメリカ．

1698E 話型 1698J を見よ．

1698F 話型 1698G を見よ．

1698G 誤解された言葉がおかしな結果につながる

雑録話型.（旧話型 1698F と 1698L を含む.）耳の遠い人が，似た音の言葉を誤解し，それが予期しない(おかしな)結果，または会話へとつながる.
参照：話型 1698N.

一部の類話では，ある人が義務を避けるため，またはほかのいやな状況を避けるために，耳が聞こえないふりをする.

また一部の類話では，耳の聞こえる人が耳の遠い人をからかおうとするが，結局は耳の遠い人の答えに恥ずかしい思いをさせられる［X111.6］.

コンビネーション　1805.
注　質問と答えはしばしば韻をふんでいる.
類話(～人の類話)　フィンランド；リトアニア；ノルウェー；デンマーク；アイルランド；イギリス；フランス；スペイン；ポルトガル；フリジア；フラマン；ドイツ；オーストリア；イタリア；セルビア；ギリシャ；ポーランド；ロシア；ユダヤ；中国；シベリア；アメリカ；メキシコ；キューバ；チリ；南アフリカ：.

1698H 木の上の耳の遠い男（旧，木の上にいる鳥を捕まえた男）

旅人が木の上にいる男に道を尋ねるが，たまたまその男は耳が遠い．木の上の男は，自分が捕まえた鳥(自分が積んだリンゴ)について話し続ける［X111.8］.

注　質問と答えはしばしば韻をふんでいる.
類話(～人の類話)　スウェーデン；ドイツ；オーストリア；ポーランド；アメリカ.

1698I 病人を見舞う

耳の聞こえない(耳の遠い)男が，病気の友人の見舞いに行く．自分の障害を隠したいと思い，彼は質問と答えの会話を練る．結果として起こる会話は次のようにとんでもないものとなる．A「お元気ですか？」—B「もうだめだよ」—A「それはよかった．何を食べたんですか？」—B「毒だと思うよ」—A「それはあなたに合っているのだと思います」［X111.9］.

類話(～人の類話)　ルーマニア；ユダヤ；クルド；シリア；イラン；インド；ビルマ；中国；日本；スペイン系アメリカ；エジプト.

1698J 誤解された挨拶（旧，A「こんにちは」，B「木こりです」）（旧話型 1698E を含む）

旅人(貴族)が耳の遠い労働者(農夫，漁師)に挨拶する(質問する，侮辱する）．しかし労働者は，まるで旅人が労働者の仕事についてコメントしたかのような受け答えをする［X111.5, C111.10］．

しばしば労働者は，対話相手が何を自分に言うかを想像して，答えについて練習しておく．または，労働者は，自分がしたくないことをしてくれ（例えば，何かを貸してくれ）と旅人に頼まれることを恐れて，耳が聞こえないふりをする．参照：話型 1698N, 1699B.

類話（～人の類話） フィンランド；ラトヴィア；リトアニア；スウェーデン；ノルウェー；デンマーク；スペイン；ポルトガル；フリジア；ドイツ；ルーマニア；ブルガリア；ギリシャ；ポーランド；ユダヤ；アメリカ；アルゼンチン；イラン；中国；日本；キューバ.

1698K 買い手と耳の遠い売り手

耳の遠い売り手が，客が何を尋ねているのかわからず，不適当な答えをする．客は男の障害について知らず，男は気が触れているのだと思う［X111.11］．

しばしば売り手は，客が何を尋ねるかを想像して，自分の答えを練習しておく（何を言ったらいいか指示を出されている）．参照：話型 1699B.

類話（～人の類話） フィンランド；スウェーデン；ノルウェー；デンマーク；イギリス；フリジア；フラマン；ドイツ；ハンガリー；ブルガリア；ポーランド；ユダヤ；日本；スペイン系アメリカ.

1698L 話型 1698G を見よ.

1698M 耳の遠い司教

大臣（司祭）が飲みすぎで訴えられ，司教の前に呼ばれる．司教は年老いていて耳が遠い．大臣は教会で次のように公然と罪を告白する．「朝わたしは 1 杯飲みました」（大声で話す），「そしてそのあと，5, 6 杯小さいやつを飲みました」（小声で話す）．「昼にわたしはもう 1 杯飲みました」（大声で），「そしてそれから 5, 6 杯小さいやつを飲みました」（小声で）．司教は，大きい声で言った言葉しか聞こえず，信徒たちに，大臣には食事といっしょに飲む権利があると告げ，とがめ立てには当たらないと判決を下す［X111.13］．

類話（～人の類話） フィンランド；エストニア；ラップ；デンマーク；ドイツ.

1698N 耳の聞こえないふり

男（農夫，作男，お爺さん，女）が何かをするように頼まれるか，または聞きたくないことを言われる．男は耳が聞こえないふりをする．しかし男は聞きたいことを言われると，それが聞こえる[参照 K231.15]．参照：話型 1698G, 1698J.

類話(～人の類話) デンマーク；スペイン；ポルトガル；イタリア；スロバキア；ポーランド；アフガニスタン．

1698A* 汚物を焼き落とす (旧，指を叩く)

主人(司祭)がうっかり指にくそをつけてしまう．主人は召し使いに，くそを払いのけてくれ(汚れを焼き落としてくれ)と頼む．主人は指を穴に通し，召し使いは燃えている木の切れ端でその指を叩く．主人はひどく痛がり，指を引き抜いて，痛みを和らげるために指を自分の口に入れる．

注 早期の版(16 世紀)はフィリップ・ド・ヴィニュール(Philippe de Vigneulles)の『新百話(*Cent Nouvelles nouvelles*)』(No. 80)に記録されている．
類話(～人の類話) フィンランド；エストニア；リーヴ；ラトヴィア；リトアニア；スウェーデン．

1698B* 食べることを拒む

召し使いが，食べることを拒否することによって自分の主人を罰してやろうと思う[J2064]．

類話(～人の類話) ラトヴィア；スウェーデン；ドイツ．

1698C* 話型 1694A を見よ．

1699 外国語を知らないための誤解 (旧話型 1699A を含む)

雑録話型．異なる言語を話す 2 人の人が，お互い相手の言っていることを理解できない．彼らの 1 人が，違った意味だと思えるように言葉を発音する．または，それらの言葉は，もう 1 人の人の言語では別の言葉と似た音である．しばしば，ばかげた会話は予期しない出来事につながっていく[J2496.2, X111.7]．参照：話型 1322, 1700.

一部の類話では，ある人が外国の言葉(専門用語)がわからないために誤解が起こる．または，あいまいな知らせ(声明)が犯人(計画された犯罪)の発見につながる[N275.2]．(旧話型 1699A.) 参照：話型 1697.

コンビネーション 1833.
類話(～人の類話) リーヴ；ラトヴィア；リトアニア；デンマーク；スコットラン

ド；アイルランド；スペイン；ポルトガル；オランダ；フリジア；フラマン；ドイツ；スイス；イタリア；サルデーニャ；ハンガリー；チェコ；スロバキア；スロベニア；セルビア；ルーマニア；ブルガリア；ギリシャ；ポーランド；ロシア；ウクライナ；ユダヤ；ジプシー；タタール；クルド；ウズベク；シリア，レバノン，イラク；イラン；インド；ネパール；中国；スペイン系アメリカ；アフリカ系アメリカ；メキシコ；プエルトリコ，チリ；エジプト；チュニジア；西アフリカ；南アフリカ．

1699A 話型 1699 を見よ．

1699B 変えられた順番

新兵たちが外国語で質問への答えを覚える．質問の順番が変わると，混乱が続く［J2496.2, X111.7, 参照 J1741.3.1］．参照：話型 1697, 1698J, 1698K.

類話（～人の類話） リトアニア；デンマーク；イギリス；ドイツ；ハンガリー；ユダヤ；タジク；エジプト．

1700 「あなたの言っていることがわかりません」（旧，「知りません」）

旅人（通行人）が外国のある町（ふつうは，アムステルダムであるが，パリ，ハンブルク，ウィーン，モスクワ，等のこともある）にやって来る．そこで旅人は美しい建物（邸宅，宮殿，工場）を見る．好奇心で旅人は「これは誰のものですか？」と通りがかりの人に尋ねる．通りがかりの人は「あなたの言っていることがわかりません」と答える．それを旅人は誤解して，所有者の名前だと思う．

同じように，旅人は美しい女の夫の名前，宝くじを当てた人の名前，船の持ち主の名前を順に尋ねる．旅人は「あなたの言っていることがわかりません」氏の財産に驚く．旅人は葬列についていって「あなたの言っていることがわかりません」氏が死んだということを知ったときに，自分の控えめな境遇に満足する［J2496］．参照：話型 314, 1545, 1699.

注 18 世紀後期に記録されている．ヨハン・ペーター・ヘーベル（Johann Peter Hebel）の『わかんねーさん（*Kannitverstan*）』（1809）によって普及した．

類話（～人の類話） フィンランド；エストニア；リーヴ；ラトヴィア；リトアニア；フリジア；ワロン；ドイツ；イタリア；マルタ；ハンガリー；スロベニア；セルビア；ルーマニア；ギリシャ；ポーランド；ロシア，ベラルーシ，ウクライナ；ユダヤ；ジプシー；シリア；アメリカ；アフリカ系アメリカ；プエルトリコ；エジプト；西アフリカ．

1701　山びこが答える

女(男)が山びこに質問をする．山びこは最後のフレーズを繰り返す．それが(しばしば歓迎されない)答えとなる[K1887.1]．

類話(～人の類話)　フィンランド；スウェーデン；ノルウェー；カタロニア；ポルトガル；中国；インドネシア．

1702　どもりに関する笑話

雑録話型．(旧話型 1702B* を含む．) さまざまな単独の類話とならんで，この説話は，2つの主な類話に区別できる．

(1)　どもりの人(床屋)が，やはりどもりの見知らぬ人(学生)に話しかけられる．どもりの人はその見知らぬ男が自分をからかっていると思い，取っ組み合いのけんかになる．参照：話型 1562J*．

(2)　新郎新婦はお互いに話そうとしない．なぜなら2人とも相手に自分のどもりを知られたくないからである．(旧話型 1702B*.)

類話(～人の類話)　ラトヴィア；アイルランド；スペイン；ポルトガル；ドイツ；スイス；イタリア；サルデーニャ；ハンガリー；ブルガリア；ポーランド；ロシア；トルコ；ユダヤ；中国；スペイン系アメリカ；エジプト；エチオピア；南アフリカ．

1702A*　簡潔な会話

2人の無口な農夫が半分の言葉でお互いを理解する．

類話(～人の類話)　イタリア；ハンガリー；ロシア；ウクライナ．

1702B*　話型 1702 を見よ．

1702C*　話型 921D* を見よ．

1703　近眼の男に関する笑話

さまざまな類話のある雑録話型．

類話(～人の類話)　チェコ；中国；マヤ．

1704　ばからしいほどけちな人々に関する笑話

さまざまな類話のある雑録話型．

類話(～人の類話)　フィンランド；スウェーデン；デンマーク；アイルランド；スペイン；オランダ；フリジア；ドイツ；イタリア；スロバキア；セルビア；ルーマニ

ア；ブルガリア；ギリシャ；ユダヤ；シリア；レバノン；パレスチナ；イラク；ペルシア湾；カタール；インド；中国；日本；エジプト；モロッコ；スーダン；ソマリア．

1704* サーベルと熊手（旧，兵隊がサーベルで食べる）

農夫の家に泊まっている兵隊が，食べ物を要求して，強い調子で命じるためにサーベルをテーブルに置く．農夫は干し草フォークを持ってきて，サーベルの横に置く．兵隊が，何のつもりかと尋ねると，農夫は，こんなに大きなナイフには同じくらい大きなフォークがつきものだと説明する．

類話（～人の類話） オランダ；ドイツ；ルーマニア．

1705 話す馬と犬

男が口をきく動物におびえる．例えば，男が犬に出会うと，犬は男に挨拶する．または，男が雄牛をののしると，雄牛が男に返事をする．

北米の類話では，男は馬に穴を跳び越えさせようとする．馬は「いやだよ」と言う．男は犬のほうへ振り返って「馬が話すなんて変じゃないか」と言う．犬は「そうだな」と答える．しばしば男は走って逃げ，別の動物たちに出会うと，その動物たちも男に答える．

一部の類話では，物も動物と同じように話す[B210.1, B211.1.1.1]．

類話（～人の類話） デンマーク；ウェールズ；イギリス；日本；アメリカ；フランス系アメリカ；アフリカ系アメリカ；スペイン系アメリカ；マヤ．

1706 酔っぱらいに関する笑話

さまざまな類話のある雑録話型．

類話（～人の類話） フィンランド；エストニア；ノルウェー；ドイツ；マルタ；ルーマニア；ブルガリア；ギリシャ；ユダヤ；メキシコ．

1706A 揺るぎない酒飲み

大酒飲みの男が，酒場に入らずに通り過ぎることができるかどうか，自分1人で（誰かほかの人と，自分の馬と）1杯の酒（1切れのパン）を賭ける．大酒飲みは（酒場の扉の近くで自分の財布を放り投げて），成功する．大酒飲みは（財布を拾い），意志の力に対し，約束の1杯の褒美を自分に与えるために酒場に戻る．

類話（～人の類話） オランダ；フリジア；ドイツ；ルーマニア；ブルガリア．

1706B　従順な酒飲みたち

妻の要求することが何でもできるかどうか，3人の(5人の)飲んべえが，(酒場の主人と)一定量の酒を賭ける[N13]．最初の飲んべえは洗い桶(椅子)につまずく．彼の妻は「そうよ，桶に落ちてしまいな(椅子をぶち壊しちまいな)！」と言う．飲んべえは従う．2人目の飲んべえは平鍋をひっくり返してしまう(子どもを起こしてしまう)．彼の妻は「全部ぶちまけちまいな(子どもたちをみんな起こしな)！」と叫ぶ．彼は従う．3人目の飲んべえはつまずく．彼の妻は「さあ，あんたの足を折っちまいな！」と叫ぶ．彼は従わずに賭けに負ける．(彼がソースを少しこぼすと，妻が「テーブルをきれいになめな！」と言う．彼は従う.）4人目の飲んべえの妻は「空の樽に入って1日じゅう寝てな！」と言い，彼は従う．5人目の飲んべえの妻は「水道管の中の水を飲み干しな！」と言う．彼にはできず，賭けに負ける．

類話(～人の類話)　イギリス；フランス；フラマン；フリジア．

1706C　36個のボタンがある上着

酔っぱらった農夫が家に帰るが，自分のベッドを見つけることができない．農夫は豚小屋で寝る．農夫は豚の腹を触り，それが妻の腹だと思う．農夫は「おまえ36個のボタンがある上着を着ているのか？」と尋ねる．

類話(～人の類話)　エストニア；オランダ；フリジア；ドイツ；アメリカ．

1706D　酔っぱらいをどう治したか (旧話型835* を含む)

妻が策略で夫のアルコール中毒を治す．夫が酔っぱらっているとき，彼女は，葬列を準備し，棺に夫を寝かせて，死に装束(道化の衣装)を着せる[J2311]．酔った夫が目を覚まし，自分は死んでいると思う．後に夫は，妻が自分を生き返らせてくれたと思い，もう2度と酒を飲まないと誓う．

または，酔っぱらった男がベッドの下に横たわり，自分は死に装束を着て寝ていると思う．このことが男のアルコール中毒を治す[X811]．参照：話型1313A*, 1531.

一部の類話では，酒飲みは，治しようがない．妻が幽霊に変装して夫に食べ物を持っていくと，夫は「おれのことがもっとよくわかっていれば，あんたは酒を持ってきてくれただろうに」と言う．妻はあきらめる[J1323].

注　バブリオス(Babrios)の『イソップ寓話』(Babrius/Perry 1965, No. 246)．ラ・フォンテーヌ(La Fontaine)の『寓話(*Fables*)』(III, 7)によって普及した．

類話(～人の類話)　エストニア；スウェーデン；フラマン；ドイツ；スロバキア；ポ

ーランド；ユダヤ；日本；フランス系カナダ；アメリカ；スペイン系アメリカ；アフリカ系アメリカ.

1706E 鉱山に連れていかれた酔っぱらい (旧話型 835A* を含む)

坑夫たち(貴族)が，酔っぱらい(大酒飲み，収税吏，守銭奴，ほうき職人)を鉱山(貴族の城)に連れていく．目が覚めると，酔っぱらいは自分が地獄にいると思う．坑夫たちは，悪魔のふりをする．酔っぱらいが改心すると約束して初めて，坑夫たちは酔っぱらいを家に帰らせる．

類話(～人の類話) デンマーク；スコットランド；アイルランド；イギリス；フリジア；フラマン；ワロン；ドイツ；ユダヤ；スペイン系アメリカ；エジプト.

1708* 射撃の名手 (旧，男爵がユダヤ人の口からパイプを撃ち落とす)

貴族が平民(ユダヤ人)の口からパイプを撃ち落とす[F661.2].

類話(～人の類話) リーヴ；スウェーデン；スイス.

1710 電信で送られたブーツ

若者(学生)が父親に，新しいブーツを1足送ってくれと頼む．父親は電信でブーツを送ろうとし，ブーツを電信線に投げる．放浪者がそのブーツを取り，自分の古いブーツをそこに残す．父親は，自分の息子が新しいブーツを受け取って古いブーツを返したのだと思う[J1935.1]．参照：話型 1291D.

一部の類話では，愚か者(愚かな女)が小包と手紙を電信で送ろうとする．愚か者は小包を電線にぶら下げて，手紙を大声で読む.

類話(～人の類話) フィンランド；リーヴ；ラトヴィア；スウェーデン；ノルウェー；デンマーク；アイルランド；フランス；フリジア；ドイツ；オーストリア；イタリア；スロベニア；ルーマニア；ブルガリア；ギリシャ；ウクライナ；中国；日本；アメリカ；スペイン系アメリカ；メキシコ；キューバ，プエルトリコ；エジプト；南アフリカ.

1711* 勇敢な靴職人 (旧，死を恐れない木こり)

靴職人(徒弟)が何も恐れない．彼の友人たちがこれを試してみようと思い，死んだ男を見張るように靴職人に依頼する．友人たちの1人が(本当の死体の代わりに)死んだふりをして，棺に横たわる．見張っている間，靴職人は靴をいくつか修理する．突然「死んだ」男が動き出す(呼吸を始める)．靴職人は彼に静かに寝ているように命ずる．「死んだ」男が再び動くと，「死んだやつは死んだままいなきゃだめだ」と言う．靴職人は，死んだふりをしていた男の頭をハンマーで殴って殺す．参照：話型 326, 1676.

類話(～人の類話) フィンランド；ラトヴィア；リトアニア；ノルウェー；フランス；スペイン；オランダ；フラマン；フリジア；ワロン；ドイツ；スイス；イタリア；ギリシャ；ユダヤ；フランス系カナダ；スペイン系アメリカ；マヤ.

1716* 話型 1965 を見よ.

1717* 風変わりな病気

美しい淑女が医者に向かって，自分の病気を複雑に詩的に言い換えて説明する．医者は彼女の言っていることがわからない．彼女の召し使いが手短に下品な言葉で説明する.

類話(～人の類話) ラトヴィア；フランス；スペイン；ポルトガル；チェコ；プエルトリコ.

1718* 神はジョークがわからない

死の危険にさらされた男が神に助けてくれと祈る(もし助けてくれたら神のために何かをすると誓う)．男は危険を逃れるが，神が自分を助けてくれたことを否定する(約束を果たさない)．男は再び危険な状態に陥ると，男は神に「あなたはジョークがわからないのか？」と尋ねる.

類話(～人の類話) フィンランド；ラトヴィア；リトアニア；スウェーデン；ノルウェー；ポルトガル；フリジア；ドイツ；ハンガリー；スロバキア；セルビア；ルーマニア；ギリシャ；ユダヤ；ウズベク；イラク；アメリカ；エジプト；チュニジア，モロッコ.

聖職者と宗教に関わる人物に関する小話 1725-1849

聖職者がだまされる 1725-1774

1725 見つかった情夫（旧，トランクの中の愚かな牧師）

農夫と下男が鋤で耕している．下男は，農夫の妻と情夫(しばしば聖職者)の話を盗み聞きするために家に帰る．情夫は隠れる．下男は何かの仕事を言いつかったふりをして，情夫の隠れている場所を次のようにおびやかす．かまどに火をつける，煙突を掃除する，羊毛を洗う．下男は情夫が隠れている長持ちを水の中に放り込もうとする，または階段から投げ落とそうとする(下男はお金と交換に情夫を逃がしてやる)．情夫は子牛の小屋に隠れ，下男はむちで情夫を追い立てる．

農夫の妻は外にいる情夫のところへ食べ物を持っていこうとする．彼女は情夫の居場所を，道沿いの特定のしるしを追跡して見つけることができると思っている．下男は，うまくしるしを変える(例えば，馬に布を着せて馬の色を変える)．それで農夫の妻は，食べ物を情夫ではなく下男と農夫のところに持ってくる[K1571]．

農夫の妻は下男に，食べ物を情夫のところに持っていかせる(情夫を食事に招待しに行かせる)．下男は食べ物を道にまき，農夫が不貞に気づいたと情夫に告げる．戻ってから，下男は農夫に，情夫が来ることを拒んだと告げる．または，情夫は壊れた鋤を修理する農夫の手伝いをしたがっていると告げる[K1573]．

情夫は，農夫が道沿いにばらまかれている食べ物を集めているのを見る．すると情夫は，農夫が武器を持ってやって来たのだと思うか，または自分を攻撃しに来たのだと思い，逃げる．

その間に，下男は妻に，夫が彼女の不貞を知ったと告げる．すると彼女は逃げ出す．下男は農夫に，彼女は，自分の村(家)が焼け落ちたので，去ったと告げる．または，農夫が彼女に追いつくことができれば，妻は今日つくったのと同じくらいおいしい食事をいつもつくると約束したと告げる．農夫はすぐに妻を追っていく．(参照：話型 1741.) 最後に妻は白状し，妻(と情夫)は罰せられることもある[K1572]．

参照：話型 1358, 1358A-1358C.

コンビネーション 1358, 1358A-1358C, 1380, 1535.

注　16世紀に記録されている.
類話(～人の類話)　フィンランド；フィンランド系スウェーデン；エストニア；リーヴ；ラトヴィア；リトアニア；ヴェプス, カレリア；コミ；スウェーデン；ノルウェー；デンマーク；アイルランド；フランス；スペイン；ポルトガル；オランダ；フラマン；ドイツ；イタリア, サルデーニャ；ハンガリー；チェコ；スロバキア；クロアチア；ルーマニア；ブルガリア；ギリシャ；ロシア, ベラルーシ, ウクライナ；トルコ；ユダヤ；ジプシー；オセチア；チェレミス/マリ, タタール；シベリア；ヤクート；インド, スリランカ；中国；カンボジア；日本；フランス系カナダ；メキシコ；エジプト；モロッコ；スーダン.

1726*　話型1424を見よ.

1730　罠にかけられた求愛者たち

雑録話型.（旧話型1730A*と1730B*を含む.）きれいで誠実な妻が3人の男(通常は聖職者)に言い寄られる. 夫と申し合わせて, 彼女は3人の男を逢い引きに誘う. 最初の男の願いが満たされる前に, 2番目の男が到着し, 最初の男は居心地の悪い所に隠れなければならない. こうして3人の求愛者たちは皆つかまり, 殺されるか, または別の方法で罰せられるか, または笑い者にされるか, 身代金を払わされる[K1218.1, 参照K1218.2]. 参照：話型882A*, 1359A, 1359C.

コンビネーション　882A*, 1536B.
注　東洋起源.『7賢人(*Seven Wise Men*)』と『アラビアン・ナイト(*Arabian Nights*)』, そして後にはフランスのファブリオーとイタリアのノヴェラにも記録されている. 笑話バラードとしても流布している.
類話(～人の類話)　フィンランド；フィンランド系スウェーデン；エストニア；ラトヴィア；ラップ, ヴェプス, リュディア, カレリア, コミ；スウェーデン；ノルウェー；アイスランド；スコットランド；アイルランド；イギリス；フランス；スペイン；ポルトガル；オランダ；フリジア；フラマン；ドイツ；イタリア；サルデーニャ；マルタ；ハンガリー；チェコ；ルーマニア；ブルガリア；ギリシャ；ポーランド；ロシア；ベラルーシ；ウクライナ；トルコ；ユダヤ；ジプシー；チェレミス/マリ, タタール；シベリア；グルジア；シリア；イラク；パレスチナ, サウジアラビア, オマーン, カタール；イラン；パキスタン；インド；中国；イギリス系カナダ；フランス系カナダ；スペイン系アメリカ；メキシコ；キューバ；マヤ；ブラジル；エジプト；アルジェリア, モロッコ；東アフリカ；スーダン.

1730A*　話型1730を見よ.

1730B* 話型 1730 を見よ．

1731 若者ときれいな靴

若者が聖職者の家に行き，女中と娘と妻を誘惑する．若者は，彼女たちそれぞれに，盗んだ美しい靴をあげると約束する[T455.3.1]．しかし靴をあげるどころか，若者は彼女たちのことを聖職者にばらすと脅し，若者は彼女たちそれぞれに口止め料を払わせる．参照：話型 1420A–1420D．

一部の類話では，彼は聖職者もだます．若者は聖職者に，禿げ頭(疥癬にかかった頭)の治療薬を与え，聖職者が「わたしは知っていることは知っているが，それを言うまい」と言うよう命ずる．聖職者はそのとおりにし，女たちは自分たちの性的な密通を聖職者に白状する．

類話(～人の類話) フィンランド；エストニア；リーヴ；ラトヴィア；リトアニア；アイルランド；イギリス；イタリア, サルデーニャ；ハンガリー；クロアチア；マケドニア；ロシア, ベラルーシ；チェレミス/マリ；シベリア；ヤクート；アメリカ．

1734* 誰の雌牛が突き刺されたのか (目には目を)

説教者が聖書の 1 節「目には目を」について説教するのを，教会の雑用係が聞く．説教者の雌牛が教会の雑用係の雌牛を角で突いて殺すと，雑用係は新しい雌牛をもらいたいと説教者に言う．説教者は拒否する．雑用係の雌牛が説教者の雌牛を殺していたとしたら，違っていたことだろう．参照：話型 1589.

注 ロッテルダムのエラスムス(Erasmus von Rotterdam)『全著作(*Opera Omnia*)』(V, 927) 参照.

類話(～人の類話) フィンランド；エストニア；ラトヴィア；スウェーデン；ノルウェー；セルビア；ルーマニア；ブルガリア；ユダヤ；インド；エジプト．

1735 「自分のものを施す者は 10 倍になって返ってくる」

説教者が，施しをする者には 10 倍になって返ってくると言って説教をする[J1262.5.1]．農夫が説教者のところへたった 1 頭しかいない雌牛を持っていく．夜，雌牛は農夫の家に帰ってくる．そして説教者の雌牛がみんな農夫の雌牛についてくる．農夫は，神がそれらの雌牛を自分に与えてくれたのだから，すべてを自分のものにしようとする[K366.1.1]．

農夫と説教者は，2 人のうち最初に相手に「おはよう」と挨拶したほうが雌牛たちをもらえると取り決める[K176]．農夫はひそかに説教者の家に泊まり，説教者が女中と夜を過ごしているのを見る．朝，農夫は説教者に挨拶をし，自分が説教者の密通について知っていると説教者に言う．説教者は雌牛たちを農夫に与える．

コンビネーション　1525A, 1585.
注　早期の版はジョン・ブロムヤード（John Bromyard）の『説教大全（*Summa predicantium*）』（E III, 47）に記録されている．
類話（～人の類話）　フィンランド；フィンランド系スウェーデン；エストニア；ラトヴィア；リトアニア；ラップ，ヴェプス，ヴォート，カレリア，コミ；スウェーデン；ノルウェー；デンマーク；アイスランド；アイルランド；フランス；カタロニア；ポルトガル；オランダ；フリジア；フラマン；ドイツ；イタリア；マルタ；ハンガリー；チェコ；スロバキア；スロベニア；セルビア；クロアチア；ブルガリア；ギリシャ；ポーランド；ロシア，ベラルーシ，ウクライナ；ユダヤ；ジプシー；クルド；シベリア；ヤクート；シリア；フランス系カナダ；スペイン系アメリカ；メキシコ；エジプト．

1735A　間違った歌（旧，買収された少年が間違った歌を歌う）

聖職者はたいへんにけちで，彼がつぶした豚のほんの少しも農夫たちに与えない．（参照：話型1792.）教会の雑用係（教師，貧しい農民たち）は聖職者の豚（雌牛，羊，ハム）のうち1頭を盗む．聖職者は，教会の雑用係の若い息子（娘）が「父さんは聖職者の豚を盗んだ」と歌っているのを耳にする．聖職者はその子の歌を褒め，日曜日に教会でその歌を歌ったらお金と服（靴，絵）をあげると約束する．

子どもはこれを父親に話し（父親は疑い深くなり），子どもに別の歌を教える．日曜日に，聖職者は説教壇から，「この子が歌うことは真実です」と発表する．子どもは「聖職者はぼくの母さんと寝た（村の女全員と寝た）」と歌う［K1631］（または，「赤毛の子どもたちはみんな聖職者の子どもだ」参照：話型1805*）．聖職者はこれを否定しようとするが，農夫たちは聖職者をあざけり，聖職者は教会を去る（地位を失う，恥ずかしさのあまり死ぬ）．

コンビネーション　1536A, 1642A, 1792.
注　18世紀にデヴィッド・ハード（David Herd）の原稿（Hecht 1904, 176）中のイギリスの歌の中に記録されている．
類話（～人の類話）　フィンランド；エストニア；ラトヴィア；デンマーク；スコットランド；アイルランド；イギリス；フランス；スペイン；カタロニア；ポルトガル；フリジア；フラマン；ドイツ；スイス；オーストリア；イタリア；マルタ；スロバキア；ブルガリア；ポーランド；ウクライナ；イギリス系カナダ；アメリカ；スペイン系アメリカ；アフリカ系アメリカ；ドミニカ；ブラジル；チリ．

1735B 取り返されたコイン

男がコインを献金箱に入れる．そして糸を使ってそのコインを取り戻す．聖職者は「神の報いがあらんことを！」と言う．男は「神はもう報いをくれたよ」と答える．

類話（～人の類話） フランス；ワロン；ユダヤ．

1736 けちな聖職者

けちな聖職者の召し使い（召し使いたち，オイレンシュピーゲル）が草地の草刈りをせずに寝ている．召し使いは，箱（袋）の中にスズメバチの巣（アリ塚，甲虫）を入れ，黄金がたくさん詰まった箱を草地で見つけたと聖職者に言う．聖職者は，それはわたしのものだと言う．召し使いは抗議するが，最後には同意しつつ，黄金はスズメバチに変わって草地の草は元どおりに育つだろうと脅す［K1975, K1975.1］．

類話（～人の類話） フィンランド；フィンランド系スウェーデン；エストニア；ラトヴィア；リトアニア；ラップ，リュディア，カレリア；スウェーデン；ノルウェー；デンマーク；カタロニア；オランダ；フリジア；フラマン；ドイツ；スイス；オーストリア；ハンガリー；ルーマニア；ポーランド；ロシア，ベラルーシ，ウクライナ；ユダヤ；ジプシー；チェレミス/マリ；シベリア；ウズベク；インド；スリランカ；日本．

1736A 剣が木に変わる

王が変装して酒場を訪れる．そこで王は，サーベルを売って酒を買った兵隊に出会う．王は兵隊に，どうやって敬礼をするつもりかと尋ねる．すると兵隊は，そんなことよりももっと重要な問題があったのだと答える．あとで兵隊はサーベルの代わりに木の剣を入れる．

次の日，王はその兵隊に彼の友人（その他の男）の首をはねるよう命ずる．兵隊は神に，友人を殺さなくてもすむように（その男が無罪ならば），自分の軍刀が木になりますようにと祈る．王は兵隊を許す．

類話（～人の類話） フィンランド；ラトヴィア；リトアニア；ノルウェー；フリジア；オランダ；フラマン；ドイツ；イタリア；ハンガリー；チェコ；ルーマニア；ギリシャ；ポーランド；ロシア；トルコ；ユダヤ；ジプシー；アゼルバイジャン；クルド；シベリア；ウズベク；グルジア；イラン；オーストラリア；モロッコ．

1736B 揺るぎない信仰

プロイセンのフリードリヒII世王が，ある兵隊に何を信じているか尋ねる．兵隊は，靴職人が信じていることを信じていると言う．王がそれは何かと尋ねると，兵隊は，自分は靴職人に1足のブーツの支払いをしなくてはならないが，靴職人はブーツの支払いがなされないだろうと信じている，と説明する．兵隊もこれを信じている．王は靴職人に支払いをするように，兵隊にお金を与える．後に王は，兵隊がブーツの支払いをしたかと尋ねる．兵隊は，自分と靴職人は，こんな少額のお金で自分たちの信仰を変えたくなかったと答える．

類話(～人の類話)　フィンランド；フリジア；ドイツ．

1737　天国行きの袋に入った聖職者

男(泥棒の名人)が，説教者を捕らえて袋に入れるよう命じられる．男は天使(ガブリエル，ミヒャエル，死の天使)または聖人(ペトルス)に変装し，夜教会(牧師館，墓地，聖壇)の近くで待ち，説教者に，生きたまま天国へ連れていってやると告げる．

だまされやすい説教者は喜んで袋(長持ち，トランク)に入る．そして男は説教者をガチョウ小屋(鐘塔，煙突)に連れていく(門にぶら下げる)．次の日，説教者は，女中がガチョウに餌をやっているときに(鐘の係が鐘を鳴らしたときに)発見される．女中は袋から説教者を出す．参照：話型1525A, 1535.

コンビネーション　通常この話型は，1つまたは複数の他の話型，特に940, 950, 1004, 1479*, 1525, 1525A, 1525D, 1525E, 1526, 1535と結びついている．

注　通常，話型1525Aと結びついている．中世アラビアの文学に記録されている．ルネッサンス期のヨーロッパの最も古い類話(マラボッティーノ・マネッティ(Marabottino Manetti)，ストラパローラ(Straparola)の『楽しき夜(*Piacevoli notti*)』(I, 2))では，聖職者が最初に泥棒によってだまされる．

類話(～人の類話)　フィンランド；エストニア；リーヴ；ラトヴィア；リトアニア；ラップ；ヴェプス, ヴォート；スウェーデン；フェロー；スコットランド；アイルランド；イギリス；フランス；スペイン；カタロニア；オランダ；フラマン；ドイツ；オーストリア；イタリア；コルシカ島；マルタ；ハンガリー；チェコ；スロバキア；スロベニア；クロアチア；マケドニア；ルーマニア；ブルガリア；ギリシャ；ポーランド；ロシア, ベラルーシ, ウクライナ；トルコ；ユダヤ；ジプシー；チェレミス/マリ；ヴォチャーク；シベリア；カタール；アフガニスタン；日本；フィリピン；イギリス系カナダ；北アメリカインディアン；アメリカ；スペイン系アメリカ；メキシコ, グアテマラ；マヤ；チュニジア, アルジェリア, モロッコ；カメルーン；東アフリカ；マダガスカル．

1738　夢：聖職者はみんな地獄にいる（旧話型 1738A* と 1738C* を含む）

この物語は，おもに 3 つの版に分けられる．

(1)　司祭が，ある教会区民の臨終に立ち会うことを拒否する．なぜならこの男は教会に来なかったからである（ほかの理由のために臨終に立ち会うことを拒否する）．病気の男は回復し，司祭に会う．男は夢に見たこと（実際にあったこと）を次のように司祭に話す．男は死んで天国の門に行った．聖ペトルスは，男が臨終の儀式を受けていないので，入れてくれなかった．病気の男は，死後に天国で臨終の儀式を受けさせてもらえないかと頼んだ．ペトルスは，天国に司祭はいない，司祭たちはみんな地獄にいると説明した［X438］．しばしば話型 1860A が続く．ほかの職業（例えば，弁護士たち，警察本部長たち），民族グループ（例えば，スコットランド人，ユダヤ人），および金持ち（貴族）について語られることもある．

(2)　愚か者が丘を下ってくる．聖職者は，どこから来たのかと愚か者に尋ねる．愚か者は「上から」と答える．聖職者は，神は上で何をしているかと愚か者に尋ねる［H797.2］．愚か者は「神はなんで天国にはこんなに聖職者が少ないのか不思議がっている」と答える．参照：話型 922, 1833C．（旧話型 1738A*.）

(3)　天国に入るために，聖職者と教会の雑用係は，天国への階段に自分たちの罪を 1 つずつチョークでマークしていかなければならない．聖職者は戻って，もっとチョークを持ってこなければならない．参照：話型 1848．（旧話型 1738C*.）

コンビネーション　1860A, 1889E, 1920C, 1960A, 1960G.

類話（～人の類話）　フィンランド；フィンランド系スウェーデン；エストニア；ラトヴィア；スウェーデン；ノルウェー；デンマーク；アイルランド；イギリス；ポルトガル；オランダ；フリジア；フラマン；ドイツ；オーストリア；イタリア；ハンガリー；セルビア；マケドニア；ルーマニア；ブルガリア；ギリシャ；ポーランド；ユダヤ；パレスチナ；イギリス系カナダ；アメリカ；スペイン系アメリカ；アフリカ系アメリカ；メキシコ；南アフリカ．

1738A* 話型 1738 を見よ．

1738B*　聖職者の夢

日曜日の朝，説教者は説教壇から教会区民に，彼らの寄付が未払いであると注意する．説教者は夢で見た話をこう話す．彼は死んで天国に行った．そこで彼は急に便意を催し，聖ペトルスにトイレに行かせてくれと頼んだ．彼が穴を見下ろすと，下には自分の村が見えた．彼は聖ペトルスに，自分の教会区民たちを汚すことになるので，あの穴は使えないと言った．それに対し，聖ペトルスは説教者に，彼らは寄付をしていないのだから，これは彼らには当然の報いではないかと問うた．

類話(～人の類話)　ラトヴィア；リトアニア；フランス；フリジア；フラマン；ワロン；ドイツ；ギリシャ．

1738C*　話型 1738 を見よ．

1738D* 天国にいるのは自分たちだけ

男(カトリック教徒)が天国にやって来る．すると聖ペトルスは男を彼用の場所に案内する．男と聖ペトルスがある部屋(高い塀)の前を通り過ぎるとき，聖ペトルスは，ここは改革派のプロテスタントたち(キリスト再臨派の信者たち，メソジスト派)のいる所だから，静かにするようにと彼に言う．「彼らの宗派のメンバーだけが天国にいると信じさせているのです」．

類話(～人の類話)　イギリス；フリジア；ドイツ；オーストラリア；南アフリカ．

1739　聖職者と子牛

男(通常は聖職者)が胃痛になり，召し使い(メイド)に自分の尿を検査用に持たせて医者のところにやる．途中で瓶が割れ，召し使いは新しい瓶に妊娠中の雌牛(雌馬)の尿を入れる．医者は，男が子牛を生むと診断する．(参照：話型 1862C.) 男は医者の言うことを信じる(そして気恥ずかしくて去る)．しばらくして，(家畜小屋で，酔っぱらったときに，下剤を飲んだあと)男は大便をする．男はたまたまそこで子牛を見て，それが自分の子どもだと信じる[J2321.1]．参照：話型 1319.

コンビネーション　1281A, 1848A.

注　中心的なモティーフ「入れ替えられた尿の検査」が初めて見られるのは『イソップ寓話』(Babrius/Perry, No. 684)．

類話(～人の類話)　フィンランド；エストニア；リーヴ；ラトヴィア；リトアニア；ヴェプス, コミ；スウェーデン；ノルウェー；デンマーク；フェロー；アイスランド；アイルランド；イギリス；フランス；スペイン；ポルトガル；オランダ；フリジア；フラマン；ワロン；ドイツ；イタリア；マルタ；ハンガリー；チェコ；スロバキア；ポーランド；ロシア, ベラルーシ, ウクライナ；トルコ；チェレミス/マリ；シベリア；アラム語話者；イラン；フランス系カナダ；アメリカ；スペイン系アメリカ, メキシコ；キューバ；中央アフリカ；南アフリカ．

1739A* けちな男が子どもを生む（旧，男が屁をして子どもを生んだと思う）

何度も結婚をしたけちな男が，料理をつくるための物を妻に一切与えようとしない．妻が料理をしない罰として，男は妻の鼻と耳を塞いで，妻と別れる．別の若い女が次のように復讐をする．（参照：話型 1408B.）若い女は，このけちな男と結婚し，ひそかにお金をいくらか取り，夫にたくさん食べ物を与える．それで夫は腹が痛くなる．それから若い女は夫に，あなたは妊娠していると言う．夫が(寝ている間に)屁をすると，彼女は新生児を彼の手に抱かせる．恥ずかしさから男は家を出る[J2321.2].

類話(～人の類話)　デンマーク；サルデーニャ；トルコ；シリア；イラン；スーダン；中央アフリカ.

1740 ザリガニの背中につけたろうそく

夜(ハロウィーンに)，男(ならず者，泥棒，トリックスター，聖職者)が，生きているザリガニたち(カニたち，甲虫たち)の背中に明かり(ろうそく)を張りつけて，部屋(墓地)に放す．だまされやすい人たちは，ザリガニたちを精霊(悪魔，煉獄からきた魂)だと思い，おびえる(逃げる，ミサのためにお金を払う，「天国」へ入れてもらえるように袋に入れてもらう)[K335.0.5.1].

コンビネーション　1525A, 1737.

注　14 世紀後期にフランコ・サケッティ(Franco Sacchetti)の『300 の短編(*Trecento novelle*)』(No. 191)に記録されている.

類話(～人の類話)　エストニア；リーヴ；ラトヴィア；リトアニア；ラップ；スウェーデン；イギリス；フランス；オランダ；ドイツ；スイス；オーストリア；マルタ；ハンガリー；スロバキア；セルビア；マケドニア；ルーマニア；ブルガリア；ギリシャ；ロシア，ベラルーシ，ウクライナ；ジプシー；モルドヴィア；シベリア.

1740B 幽霊に変装した泥棒たち

雑録話型．泥棒たち(ペテン師たち)がさまざまな意図から，さまざまな方法で超自然の存在に変装する．彼らの策略が成功することも露見することもある．参照：話型 1676.

類話(～人の類話)　スペイン；ポルトガル；イタリア；ブルガリア；スペイン系アメリカ；アルゼンチン；エジプト；アルジェリア.

1741 司祭の客と盗み食いされた鶏

男(司祭)が客(聖職者)を食事に招いたので，妻(コック，メイド)に鶏(ガチョウ，ウサギ，魚)を2羽，調理するよう指示する．妻と妻の愛人はこっそり鶏肉を食べる(かじる)．食事の前に(最中に)，夫が切り分け用の大きなナイフを研いでいると，妻は客に，夫はあなたの耳(睾丸)を切り落とすつもりだと言う．客は逃げる．妻は夫に，客が鶏を持っていったと告げる．夫は「1つだけでもくれ！」と叫びながら客のあとを追いかける[K2137]．参照：話型1725.

一部の類話では，妻は客に，夫は客の尻にすりこぎを(口に火かき棒を)入れるつもりだと言う．夫は「少しだけでいいから，入れさせてくれ」と叫びながら追いかける．

コンビネーション　1533A.

注　12, 13世紀に記録されている．

類話(～人の類話)　フィンランド；スウェーデン；デンマーク；アイスランド；アイルランド；フランス；スペイン；カタロニア；ポルトガル；オランダ；フリジア；フラマン；ドイツ；イタリア；ハンガリー；チェコ；スロバキア；セルビア；ルーマニア；ブルガリア；ギリシャ；ポーランド；トルコ；ユダヤ；モルドヴィア；シリア；アラム語話者；サウジアラビア；イラン；パキスタン；インド；スペイン系アメリカ；アフリカ系アメリカ；キューバ；ドミニカ；マヤ；西インド諸島；エジプト；リビア；チュニジア；アルジェリア；モロッコ；スーダン；ナミビア；南アフリカ．

1741*　ソーセージ税 (旧，教区牧師は取り分に不満である)

クリスマスに，農夫たちは皆ソーセージを聖職者に持っていかなければならない．ある貧しい男の馬が死んだので，彼にはソーセージ用の巨大な腸が手に入る．男はマッシュ・ポテトやカラス麦やほかの(変わった)物を詰める．聖職者は大きなソーセージのことで男を褒める．後に聖職者は，ソーセージ税は撤廃されたと教会で発表する．

類話(～人の類話)　フィンランド；エストニア；ラトヴィア；ラップ；スウェーデン；フェロー；ドイツ；ギリシャ．

1743*　約束の贈り物

女(男)が司祭に罪を告白する．司祭は自分も同様の罪を犯したことがあると女に言う．罪のゆるしのお返しに，女は七面鳥(魚)を司祭に与えると約束する．礼拝の説教の中で，司祭は彼女に，約束した物を持ってくるよう思い出させる．女は，司祭もそのような罪を犯したことがあると言ったと答える．

類話(～人の類話)　リトアニア；デンマーク；ドイツ；ギリシャ；ロシア．

1744 煉獄で (旧話型 1833G を含む)

この説話には，おもに2つの異なる型がある．

(1) 死を間近にした男が煉獄から逃れる道を買いたがっており，聖職者は男(男の親族たち)に繰り返し支払いを要求する．男は天国に自分の居場所が保証されているかどうか尋ねる．聖職者は「ほとんど」と答える(男は天国への入り口のドアノブを手にしており，煉獄の火は男のひざまでしか来ていない)．死にかけている男(彼の親族たち)は，そこからならば自分で行けると言う．

(2) お婆さんが聖職者に，死んだ夫は天国にいるか地獄にいるかと尋ねる．聖職者は寄付を要求し，お婆さんは少しのお金を渡す．しばらくして聖職者はお婆さんに，彼女の夫はまだ地獄で(ひざのところまで)焼かれており，彼を救うためにはもっとお金を払わなければならないと告げる．お婆さんは，夫はいつも足が冷たかったと言って断る．

または，お婆さんが聖職者に，天国は十分に暖かいかどうか尋ねる，または，地獄のほうが暮らしやすいかと尋ねる．(旧話型 1833G.)

注 (1)の早期の版は16世紀，ハンス・ザックス(Hans Sachs)の「息子と父親の魂(*Der sun mit des vaters sel*)」(1550)を見よ．

類話(～人の類話) フィンランド；エストニア；デンマーク；コルシカ島；ワロン；フリジア；ドイツ；ポーランド；ルーマニア；アメリカ；アフリカ系アメリカ．

1750 メンドリが話すことを覚える (旧，教区牧師の愚かな妻)

聖職者の愚かな妻の金銭目当ての愛人が(密通を見つけた隣の女が)，聖職者の妻にメンドリ(ひよこたち)も言葉を(歌を)覚えることができると信じ込ませる[J1882.1]．聖職者の愚かな妻は愛人にメンドリ(かえすための卵)とその餌を渡す．(男はメンドリ，または卵を食べる．)

聖職者の愚かな妻が，メンドリ(鶏)はどんな言葉を話すようになったかと聞くと，男は「聖職者の奥さんが農夫と寝た」と話すことができると答える．彼女はメンドリと餌を男のところに置いておかせる(誰にも言わないように男にお金を払う)[K1271.1.3]．

類話(～人の類話) フィンランド；エストニア；ラトヴィア；リトアニア；スウェーデン；デンマーク；スペイン；ポルトガル；フリジア；ドイツ；ギリシャ；ポーランド；ウクライナ；トルコ；ジプシー；ウズベク；シリア；レバノン；パレスチナ；フランス系カナダ；アメリカ；エジプト，チュニジア．

1750A　教育を受けさせるために犬を送る

聖職者(農夫)が，犬に，話すことを覚えさせたいと思う．召し使いは，教師のところに犬を連れていくと(自分で犬に教えると)申し出る．聖職者は犬の教育のために召し使いにお金を与える．参照：話型 1675.

しばらくして聖職者は召し使いに犬を連れ戻しに行かせる．召し使いは犬を連れずに帰ってきて，あの犬は，自分の主人がメイドと寝たと言ったので水に沈めた(その他の方法で殺した)と言う．(聖職者は告げ口をする犬は罰せられるべきだと同意する.)

類話(～人の類話)　ラトヴィア；リトアニア；スウェーデン；カタロニア；オランダ；フリジア；フラマン；ドイツ；スイス；イタリア；ハンガリー；チェコ；スロバキア；クロアチア；アルバニア；ギリシャ；ポーランド；ロシア, ウクライナ；クルド；フランス系カナダ；フランス系アメリカ.

1750B　ロバに話すことを教える

支配者(主人)が，自分のロバ(ラクダ，犬，子牛)に，話すこと(読むこと，祈ること)を教えたいと思う．しかしロバに教えてくれる人が見つからない [H1024.4]．支配者は 10 年以内(25 年以内，等)にこれができる者に多額の報酬を申し出る．失敗したら，その教師は罰せられる(殺される).

ある貧しい男(オイレンシュピーゲル)が，期限の終わりには，自分かロバか主人が死んでいるだろうと思って，この仕事を引き受ける.

類話(～人の類話)　イギリス；ドイツ；ハンガリー；ルーマニア；ポーランド；ユダヤ；パレスチナ；インド；エジプト.

聖職者と教会の雑用係 1775-1799

1775　腹をすかせた聖職者

この話型では，2 つの導入部のエピソードの 1 つが共通した主部に結びつく.

導入部のエピソード：

(1)　参照：話型 1691.

(2)　主人と召し使い(聖職者と教会の雑用係)が(森に)狩りに行く．召し使いは食べ物を持っていくが，主人は持っていかない．腹が減ると，召し使いは自分の食べ物をこっそり食べ，干し草(馬のふん)を食べていると主人に言う．夜になって農場に着いたときには 2 人は疲れている．召し使いは主人に，食事を勧められたら最初は断るように注意する．召し使いは農夫に，1回よりも多く主人に食事を勧めないよう，さもないと主人は怒ると言う．主人は，最初の勧めを断る．そして食事は2度と勧められない．夜，主人は食べ物を探しに行く．そして，召し使いにロープの端を持っているように渡す．召し使いはロープの端を宿の主人のベッドに結ぶ．これが説話の次の部分の動機になる．

主部：

腹をすかせた主人は，たっぷり食べ，いくらかの食べ物を仲間に持っていこうとする．彼はロープを巻き上げて家主のベッドへたどり着き，家主の妻の尻を仲間の顔だと思い込む．彼女が屁をすると，主人は，仲間が食べ物をさまそうと息を吹きかけているのだと思う．「男」が食べようとしないのに腹を立て，主人は粥を「顔」に叩きつける．女は目を覚まし，自分がベッドにくそをもらしたと思う[X431]．

一部の類話では，物語は次のように続く．客は汚れた手を水差しで洗うが，手を抜くことができなくなる．水差しを石の上で割ろうとして，客は石ではなく，家主の禿げ頭で割るか，または体を洗いに起きてきた家主の妻の尻で割る．

コンビネーション 通常この話型は，1つまたは複数の他の話型，特に1653, 1691, 1696と結びついている．

注 13世紀後期に古フランス語のファブリオー，ゴーチエ・ル・ルー(Gautier Le Leu)の『2人の百姓(*De deus vilains*)』に記録されている．

類話(～人の類話) フィンランド；フィンランド系スウェーデン；エストニア；リーヴ；ラトヴィア；ラップ，ヴォート，カレリア；スウェーデン；ノルウェー；デンマーク；フェロー；アイスランド；アイルランド；フランス；スペイン；ポルトガル；オランダ；フリジア；フラマン；ドイツ；オーストリア；イタリア；マルタ；ハンガリー；チェコ；スロバキア；セルビア；クロアチア；ギリシャ；ロシア，ベラルーシ，ウクライナ；トルコ；オセット；チェレミス/マリ，チュヴァシ；ウドムルト；シベリア；ヤクート；モンゴル；中国；日本；アメリカ；フランス系アメリカ；スペイン系アメリカ，メキシコ；エクアドル；ブラジル；アルゼンチン．

1776 教会の雑用係が醸造用大樽に落ちる

教会の雑用係が聖職者のビールを盗みに行く．彼は隠れて，聖職者がメイド(聖職者の妻)と性的な関係を持っているところを見る．教会の雑用係は隠れ場所から醸造用の大樽に落ちる．聖職者とメイドは，悪魔だと思い，逃げる[K1271.1.4]．教会の雑用係はビールを手に入れる[K335]．参照：話型

1360.

類話(～人の類話)　フィンランド；フィンランド系スウェーデン；ラトヴィア；スウェーデン；ノルウェー；デンマーク；オランダ；イタリア.

1777A* 「聞こえません」

教会の雑用係が司祭に懺悔する．司祭は，自分が留守にしているときに司祭のワイン貯蔵庫から(ミサ用のワインから，畑から)盗みをはたらいたことを，教会の雑用係に認めさせようとする．教会の雑用係は，司祭が何を言っているのかわからないふりをする．実演するために，(懺悔室の中で，教会の中で)司祭は教会の雑用係と立場を交代する．司祭の役をしながら，教会の雑用係は，わたしがいないときに，わたしの妻を訪問した(妻にキスをした，妻と寝た)のは誰かと尋ねる．司祭は，その質問が聞こえないふりをする[X441.1].

類話(～人の類話)　エストニア；ラトヴィア；リトアニア；フランス；スペイン；ドイツ；イタリア；ハンガリー；スロバキア；クロアチア；マケドニア；ルーマニア；ブルガリア；アメリカ；メキシコ.

1781　教会の雑用係の妻が献金を持ってくる

聖職者と教会の雑用係が，聖職者と寝た女たちからの献金は，すべて教会の雑用係がもらえると取り決める．聖職者と寝た女が献金を持ってやって来ると，聖職者は「取っておきなさい」と教会の雑用係に言う．教会の雑用係の妻がやって来たときにも，聖職者は「取っておきなさい」と言う[K1541].

類話(～人の類話)　フィンランド；フランス；スペイン；イタリア；アフリカ系アメリカ；チリ.

1785　聖職者が説教の途中で逃げ出す

雑録話型．何かの理由で，聖職者は礼拝の途中に走り出す．例えば，聖職者は自分の食事を犬が食べているのを見る，またはある男が彼の帽子を盗むのを見る，またはある男が聖像の後ろに隠れて聖職者に悪態をつく，等[X411].

類話(～人の類話)　ラトヴィア；デンマーク；アイルランド；ドイツ；イタリア；カルムイク；サウジアラビア；イエメン；フランス系カナダ；西インド諸島.

1785A ポケットの中のソーセージ(旧，教会の雑用係の犬が教区牧師のポケットからソーセージを盗む)

説教者が教会区民の1人からソーセージをもらい，それをコートの後ろのポケットに入れたまま直接教会に行く．1匹の犬がソーセージの匂いを嗅ぎつけ，説教者についてくる．説教者が説教壇につくと，教会の雑用係は説教者が忘れた本を説教者のところへ持っていく．教会の雑用係は，見つからないように身をかがめて，説教壇への階段を這って上がり，説教者のコートを引っ張る．説教者は例の犬だと思い，教会の雑用係を蹴る．

類話(～人の類話) フィンランド；フィンランド系スウェーデン；ラトヴィア；スウェーデン；デンマーク；フリジア；ドイツ．

1785B 説教壇の針(旧，教会の雑用係が正餐式のパンに針を入れる)(旧話型1836* を含む)

説教者には，説教壇(聖書，正餐式のパン)を手で叩く癖がある．何人かの少年(堅信のための教義学習を受ける少年たち，ミサの侍者の少年たち，学生たち)が説教者にいたずらをしようとする．少年たちは説教壇のへりに針を刺す(牛ふんの肥やしかバターを塗る)．

説教者は，「誰がこの世界を創造したのか？」(「我々のこの世の命とは何か？」)と修辞学的な問いを立て，説教壇を叩き，針(牛ふんの肥やし)に当たる．説教者は「この悪ガキども！」(「くそ！」)と自分の問いに答える．

コンビネーション 1785C, 1837.

注 19世紀後期以来，記録されている．

類話(～人の類話) フィンランド；フィンランド系スウェーデン；エストニア；リーヴ；ラトヴィア；リトアニア；スウェーデン；デンマーク；フランス；ポルトガル；オランダ；フラマン；フリジア；ドイツ；イタリア；ロシア；南アフリカ．

1785C 教会の雑用係のスズメバチの巣

少年たち(教会の雑用係)が説教壇にスズメバチの巣を隠す．説教の途中，スズメバチたちが説教者を刺す．とうとう説教者は耐えられなくなり，「わたしの口には神の言葉があるが，わたしのズボンには悪魔がいる」と言って，去る[X411.3]．参照：話型49.

コンビネーション 1785B.

類話(～人の類話) フィンランド；フィンランド系スウェーデン；エストニア；ラトヴィア；デンマーク；アイルランド；スペイン；フラマン；ドイツ；イタリア；ギリ

シャ；パレスチナ；スペイン系アメリカ；プエルトリコ；西インド諸島.

1786　聖職者が雄牛に乗って教会に入る (旧，教会の中の雄牛に乗った教区牧師)

枝の主日に，説教者が礼拝の会衆に，イエスがエルサレムにやって来た様子をそのとおりに見せようとし，雄牛(馬)に乗って教会に入る．教会の雑用係は雄牛に針を刺し，雄牛は暴れて走り回る[X414].

類話(～人の類話)　フィンランド；フィンランド系スウェーデン；スウェーデン；イギリス；ドイツ.

1789*　話型 1642A を見よ.

1790　聖職者と教会の雑用係が牛を盗む

聖職者と教会の雑用係が，雌牛(その他の動物)を盗み，窃盗を疑われる．教会の雑用係には解決策を見つける準備がある(彼は良心の呵責にさいなまれていると言う，彼は皆の前で窃盗を認めたいと言う，彼は聖職者が彼に口止め料を払うよう仕向ける).

聖職者の恐れていたことに，法廷で(集まった人たちの前で)教会の雑用係は，自分たちの窃盗と，その後の結果を事細かに述べる．最後に教会の雑用係は「そこで目が覚めました」(「恐怖でベッドから落ちました」)と述べる[J1155]．裁判官(聴衆)はこの話が夢だったと思い，窃盗容疑の聖職者と教会の雑用係を解放する．参照：話型 1364.

類話(～人の類話)　フィンランド；フィンランド系スウェーデン；エストニア；ラトヴィア；リトアニア；スウェーデン；デンマーク；フラマン；ドイツ；オーストリア；ハンガリー；スロバキア；セルビア；クロアチア；ルーマニア；ポーランド；ロシア, ベラルーシ, ウクライナ；ユダヤ；ジプシー；シベリア.

1791　教会の雑用係が聖職者を背負う (旧話型 1525F を含む)

2人の泥棒(作男たち，徒弟たち)のうち，1人がキャベツ(木の実)を盗み，その間にもう1人が羊を1頭盗むことにする．2人の泥棒は，略奪品を分けるために，夜，墓地(墓)で会う計画を立てる．キャベツを盗んだ男は先に着いて，「おれに1つ，おまえに1つ」と言って分け始める．教会の雑用係はこれを聞いて，幽霊(悪魔，最後の審判)だと思う.

聖職者が自分で行ってこれを聞くように，教会の雑用係は聖職者を連れていく．聖職者は足が不自由なので(リュウマチに苦しんでいるので)，教会の雑用係が聖職者を背負って運ばなければならない．キャベツ泥棒は，これを羊を背負った共謀者だと思い，「そいつをこっちに投げな．殺してしまおうぜ」と叫ぶ．教会の雑用係は驚いて，背負っていた聖職者を落とし，走って逃げる．聖職者は恐ろしさのあまり，自分のけがを忘れて，教会の雑用係に追いつく[X424]．

注 1300年頃『説教目録(*Alphabetum narrationum*)』(No. 333)に記録されている．

類話(～人の類話) フィンランド；フィンランド系スウェーデン；エストニア；ラトヴィア；リトアニア；スウェーデン；ノルウェー；デンマーク；スコットランド；アイルランド；イギリス；フランス；カタロニア；ポルトガル；オランダ；フリジア；フラマン；ドイツ；イタリア，サルデーニャ；ハンガリー；チェコ；スロベニア；クロアチア；ルーマニア；ロシア；ジプシー；インド；イギリス系カナダ；フランス系カナダ；アメリカ；スペイン系アメリカ；アフリカ系アメリカ；西インド諸島；ナミビア；南アフリカ．

1791* 人殺しの家

秋の夜，2人の若者が道に迷い，人里離れた家に泊まる．若者たちの1人は，家主が(ナイフを手に取るのを見)，「いかに若くても関係ない，やつらは死ななければならない」(「やつがとても太っていて，ついている」)と言うのを聞く．若者は，自分と友人が殺されようとしていると思う．家主は2頭の羊(1羽のオンドリ)を殺そうとしていたということが判明する．

類話(～人の類話) ノルウェー；フリジア；ドイツ．

1792 けちな聖職者とつぶされた豚

聖職者(市民，農夫)は，ほかの人たちが共同で豚をつぶしたあとの宴会では相伴にあずかるが，自分の豚は一切分けたくない．教会の雑用係(隣人)は聖職者に，つぶした豚を1晩じゅう外にぶら下げておき，翌朝早く，こっそり中に入れるように助言する．そうすれば，聖職者は豚を盗まれたと隣人たちに言うことができる．

聖職者はこの助言に従うが，夜中に教会の雑用係がやって来て，豚を盗む．朝，聖職者がやって来て，豚が本当に盗まれたと文句を言う．教会の雑用係はこれを信じていないふりをして，聖職者の演技はいかにも本当らしいから，誰も聖職者が肉を分けないことを気にしないだろうと言う[K343.2.1]．参照：話型1831．

コンビネーション 1536A, 1537, 1735A.

注 早期の版はボッカチオ(Boccaccio)の『デカメロン(*Decamerone*)』(VIII, 6)を見よ. 独立した説話としても見られるし, 話型 1536A, 1537, 1735A への導入部としても現れる. 時として他の滑稽な笑話と連鎖して見られる.
類話(〜人の類話) フィンランド; スウェーデン; ノルウェー; アイルランド; フランス; スペイン; バスク; カタロニア; ポルトガル; オランダ; フリジア; フラマン; ドイツ; スイス; オーストリア; イタリア; ハンガリー; セルビア; クロアチア; ブルガリア; ギリシャ; ルーマニア; ポーランド; ロシア; フランス系カナダ; アメリカ; スペイン系アメリカ; 南アフリカ.

1792B 聖職者と教会の雑用係が豚を盗む

聖職者が豚を盗み, それを殺して自分のボートに隠し, 船をこいでいく. 追っ手たちが, 豚泥棒を見なかったかと聖職者に尋ねると, 聖職者は見なかったと答える. 聖職者は豚を家に持って帰り, 教会の雑用係に見せる. すると教会の雑用係も同じように豚を盗みたがる.

夜, 彼らは豚を殺すために, 火口を豚の頭に載せてしるしをする計画を立てる. しかし暗闇の中で聖職者は一瞬自分のひざに火のついた火口を置く. 教会の雑用係はそれを豚の頭だと思い, 聖職者の膝を斧で切り落とす. 苦痛の叫びがその家の住人たちを起こし, 2 人の泥棒は捕らえられる.

類話(〜人の類話) フィンランド; エストニア; ラトヴィア; ラップ; ウクライナ.

宗教に関わる人物に関するその他の小話 1800–1849

1800 何か小さい物を盗む (旧, 少ししか盗んでいない)

懺悔のとき, 男が何か小さな物を盗んだことを認める. 盗んだのはロープである. しかしロープの端には, 雌牛(羊, 雄牛, ロバ)がついていた [K188]. 参照: 話型 1630A*.

コンビネーション 1807A.
注 早期のヨーロッパの文献資料は 1558 年のボナバンチュレール・デ・ペリエ(Bonaventure Des Périers)の『笑話集(*Nouvelles Récréations*)』(No. 40)を見よ.
類話(〜人の類話) フィンランド; ラトヴィア; リトアニア; アイルランド; イギリス; フランス; スペイン; フリジア; フラマン; ドイツ; スイス; イタリア; マルタ; ルーマニア; ウクライナ; ユダヤ; インド; 中国; オーストラリア; アメリカ; スペイン系アメリカ; プエルトリコ; 西インド諸島.

1804 想像した罪に対する想像した償い

この説話には，おもに2つの異なる型がある．

(1) 懺悔者(若い女)が，懺悔にやって来て，自分は罪深いことをする計画をしていたと言う．聖職者は，考えたことは行ったも同然だと答え，罪の許しのためにある額のお金を支払うよう懺悔者に命ずる．懺悔者は，罪は想像上のことだったので，聖職者は想像上の支払いを受け入れなければいけないと言う[J1551.2]．

(2) 罪を犯す想像をしたことを懺悔したあと，懺悔者は聖職者のために働くように言われる．しかし懺悔者は働かずに，木の下に寝そべっている．聖職者がなぜ何もしないのかと尋ねる．すると懺悔者は，働こうと思ったのだから，行ったも同然だと答える．

注 11世紀にアラビアの笑話として記録されている．早期のヨーロッパの文献資料(13世紀)は『100の昔話(*Cento novelle antiche*)』(No. 91)を見よ．

類話(～人の類話) ノルウェー；デンマーク；フランス；スペイン；バスク；カタロニア；ポルトガル；オランダ；フリジア；ドイツ；イタリア；マルタ；ハンガリー；チェコ；スロバキア；マケドニア；ルーマニア；ブルガリア；インド；イラク；アメリカ；スペイン系アメリカ；キューバ．

1804A 話型1804Bを見よ．

1804B お金のチャリンという音での支払い (旧話型1804Aを含む)

ある男の食事が調理されるときに，ほかの人たちが匂いを嗅いだので(男の食事が調理されるときの蒸気でほかの人たちのパンを柔らかくしたので)，男はほかの人たちに支払いを要求する．裁判官はほかの人たちに，コインのチャリンという音で支払いをするように命ずる[J1172.2]．

リトアニアの版では，聖職者が聖餅を窓越しに病人に見せ，それをもらったと想像するように言う．病人は窓越しにお金を見せ，それをもらったと想像するようにと返答する[J1551.10]．(旧話型1804A.)

注 11世紀にアラビアの笑話として記録されている．早期のヨーロッパの文献資料(13世紀)は『100の昔話(*Cento novelle antiche*)』(No. 9)を見よ．

類話(～人の類話) フィンランド；ラトヴィア；リトアニア；アイルランド；スペイン；カタロニア；ポルトガル；フラマン；ドイツ；イタリア；マルタ；ハンガリー；ルーマニア；ブルガリア；ギリシャ；ポーランド；ウクライナ；トルコ；ユダヤ；ウズベク；パレスチナ；イラン；インド；ビルマ；中国；ベトナム；マレーシア；インドネシア；日本；イギリス系カナダ；アメリカ；アフリカ系アメリカ；エジプト，モロッコ；南アフリカ.

1804C　詩には詩を

詩人が支配者にごまをする詩を送り，気前のいい報酬を期待する．報酬の代わりに，支配者は詩人に詩を送る．詩人は支配者に，これがわたしの持っている全額ですと言って，少しのお金を送る．支配者はこのたくらみに気づき，詩人と仲よくなる[J1551.3, J1581.1，参照 K231.7].

注　9世紀にアラビアの笑話として記録されている.

類話(～人の類話)　スペイン.

1804D　ロバの影

ロバ追いが，農夫にロバを賃貸しする．熱い日だったので，農夫はロバの影に立つ(座る)．ロバ追いは，農夫がお金を払って借りているのはロバだけであり，ロバの影までではないと抗議する[J1169.7].

注　『イソップ寓話』(Perry 1965, 516 No. 460)．この説話の諸部分はプルタルコス(Plutarch)の『倫理論集(*Moralia*)』(848A)に記録されている.

類話(～人の類話)　ドイツ；ハンガリー.

1804E　事前の懺悔

懺悔者が小さな罪を犯し，その罪のために少額のお金を課せられる．懺悔者はとがめられずに別の罪を犯せるように(同じ罪をまた犯せるように，聴罪司祭の馬を盗めるように[J1635])倍額を支払う．参照：話型 1586B.

注　14, 15世紀に『哲学者の宴(*Mensa philosophica*)』(IV, 53)に記録されている.

類話(～人の類話)　ラトヴィア；イギリス；フリジア；フラマン；ドイツ；ルーマニア；アメリカ.

1804*　砂を詰めたウナギ

聖職者が，大きいウナギと引き換えに罪のゆるしを懺悔者に約束する．懺悔者は砂を詰めたウナギの皮(たくさんのウナギでできた皮)を聖職者に送り届ける．聖職者は男の罪は決して許されないだろうと言う.

類話(～人の類話)　フィンランド；フィンランド系スウェーデン；エストニア；スウェーデン；ノルウェー.

1804** 罪のゆるしのための支払いに関する諸説話

この雑録話型は，罪のゆるしと引き換えに要求された支払いをしなくてすむように，懺悔者が聖職者をだます，さまざまな笑話からなる．参照：話型1806*.

類話(～人の類話) ラトヴィア；ポルトガル；ロシア；ウクライナ；グルジア.

1805 敬虔な女の懺悔

お婆さんが自分の肉体的な罪について聖職者に懺悔する．聖職者は，それらの罪は何年も前のことだったに違いないと答える．女は同意し，それらの罪を思い出して今も楽しんでいるとつけ加える．

コンビネーション 1698G, 1831A*.
類話(～人の類話) リトアニア；フランス；カタロニア；ポルトガル；オランダ；フリジア；フラマン；ドイツ.

1805* 聖職者の子どもたち

赤毛の聖職者が泥棒(牛泥棒)に，説教壇から皆の前で罪を告白するよう要求する．聖職者は礼拝の会衆に，この男が話すことはすべて真実であると言う．泥棒は，この村のすべての赤毛の子どもたちの父親は聖職者であると発表する．参照：話型1735A.

類話(～人の類話) ポルトガル；イタリア；マルタ；ハンガリー；ルーマニア；ブルガリア；ロシア，ウクライナ；ジプシー；シベリア.

1806 天国での正餐 (旧，キリストとともに昼食をとる)

聖職者が，安らぎを与えるために死刑囚を訪ね，今晩あなたは神と晩餐をすることになるだろうと告げる．死刑囚は聖職者に自分と代わるよう勧める．しかし聖職者はこの誘いを断る(自分は断食中だと言う)[J1261.3].

一部の類話では，高位の聖職者が，戦場に向かう兵隊たちに，勇敢に戦うよう励まし，死ぬ者たちは，まさしくその日に神と晩餐をすることになるのだと言って聞かせる．兵隊たちは，なぜ聖職者は自分たちに加わらないかと尋ねる．聖職者は，腹が空いていないと答える．

注 死刑を宣告された男の話型は，1508年にハインリヒ・ベーベル(Heinrich Bebel)の『しゃれ(*Facetiae*)』(Bebel/Wesselski 1907 I 2, No. 42)に記録されている．兵隊たちに関する話型は，15世紀にポッジョ(Poggio)の『笑話集(*Liber facetiarum*)』(No. 19)に記録されている．

類話(～人の類話)　ドイツ；ハンガリー；キューバ.

1806*　懺悔に関する諸説話 (旧話型 1806B* を含む)

この雑録話型は，懺悔に関するさまざまな笑話を含んでいる．例えば，懺悔者が自分の運命(未来)を聖職者の運命(未来)と取り替えることを申し出るか，またはその他の機転の利いた答えをする．参照：話型 1804**.

類話(～人の類話)　リトアニア；スペイン；ポルトガル；セルビア；クロアチア；ポーランド；ロシア；ベラルーシ；スペイン系アメリカ；メキシコ；キューバ；プエルトリコ.

1806A*　告発者としての聖職者

2人の農夫(祖父と孫)が懺悔に行く．聖職者は最初の農夫(孫)に，神はどこにいるかと尋ねるが，この農夫は答えることができない．聖職者はもう1人の農夫に同じことを尋ねるが，彼も答えることができない．2人は，神の姿が見当たらないことを聖職者が自分たちのせいにしていると思い，逃げ出す.

類話(～人の類話)　スペイン；ポルトガル；スペイン系アメリカ；メキシコ；プエルトリコ.

1806B*　話型 1806* を見よ.

1807　紛らわしい懺悔

聖職者のスープからベーコンを1かけ盗んだ(聖職者の毛皮のコートか帽子を盗んだ)泥棒(ジプシー)が，懺悔のときに聖職者に，自分は野菜から豚を追い立てた(ある人を熊から救った，または挨拶のために帽子を取った)と話す．聖職者は彼の善い行い(礼儀)を褒めるが，あとになって本当は何があったのかを知る.

コンビネーション　1807A.
類話(～人の類話)　ラトヴィア；リトアニア；スペイン；ポルトガル；ドイツ；イタリア；ハンガリー；チェコ；スロバキア；スロベニア；ポーランド；ロシア, ベラルーシ, ウクライナ；ジプシー.

1807A　「持ち主がそれを受け取ることを拒否しました」

泥棒が，聖職者の金の腕時計(嗅ぎタバコ入れ)を盗む．泥棒は，自分が腕時計を盗んだことを懺悔し，それを聖職者にあげると申し出る．聖職者は，その腕時計は泥棒が持ち主に返すべきだと言って断る．泥棒は事実どおりに，持ち主は腕時計を受け取ることを拒否したと言う．聖職者は泥棒に，それならば腕時計は泥棒がもらっておいたらよいと言い，そして罪のゆるしを与える．後に，聖職者が自分の失敗に気づいたときには，時計を取り戻すには遅すぎる[K373]．

一部の類話では，聖職者は，泥棒に皆の前で拾得物について発表させようとするが，泥棒は，懺悔で話されたことは秘密だということを聖職者に思い出させる．

コンビネーション　1800, 1807.

注　17 世紀にドイツの笑話集に記録されている．

類話（～人の類話）　フィンランド；ラトヴィア；リトアニア；デンマーク；アイルランド；ポルトガル；オランダ；フリジア；フラマン；ドイツ；オーストリア；イタリア；コルシカ島；サルデーニャ；マルタ；ハンガリー；チェコ；スロバキア；スロベニア；ボスニア；ルーマニア；ギリシャ；ポーランド；ロシア；ユダヤ；ジプシー；シベリア；インド；ビルマ；スペイン系アメリカ；エジプト．

1807B　神の娘たちと寝る

男が，自分の犯した罪の償いのために，4 週間，肉を食べることと，酒を飲むことと，羽毛の布団で寝ることと，女と性的な関係を持つことを慎まなければならない．

男は女子修道会に行き，そこで肉とワインを出され，羽毛のベッドで修道女たちと寝る．男がこのことを聴罪司祭に話すと，聴罪司祭は，男が神の娘たちと寝ていることに腹を立てる．懺悔者は，自分はいまやイエスの義兄弟だから，聴罪司祭はもう必要ないと答える[J1161.5]．

注　17 世紀にドイツの笑話集に記録されている．

類話（～人の類話）　ラトヴィア；デンマーク；ポルトガル；ドイツ；イタリア；ハンガリー；ルーマニア；ギリシャ；ユダヤ．

1807A*「これは誰のなくし物ですか？」

男が，お金の入った財布を見つけ，それを持って懺悔に来る（聖職者自身がそのような財布を見つける）．それを持ち主に返すために，男は拾得物について町で発表するように言われる．しかし男はとても小さな声で言うので（財布を隠したので），誰にもわからない．誰も財布が自分のものだと言わないので，男は財布を自分のものにすることを許される．

類話(～人の類話)　エストニア；ラトヴィア；ポルトガル；イタリア；ポーランド；イラク；プエルトリコ；エジプト，アルジェリア．

1810　教理問答に関する笑話

この雑録話型は，宗教上の事柄に関する問答の構造を持つさまざまな笑話を含む．聖職者が1人もしくは複数の教会区民の知識を試す．質問を受けた人物の無知や，間違えた答え，答えからわかる誤解の根拠に，ユーモアが表れる．しばしば質問者(聖職者)は，質問を受けた人からばかだと思われる．

参照：話型 1832*.

類話(～人の類話)　フィンランド；エストニア；スウェーデン；ノルウェー；デンマーク；アイルランド；フランス；フリジア；ドイツ；スイス；イタリア；マルタ；ハンガリー；スロバキア；セルビア；ルーマニア；ポーランド；ロシア；アメリカ；エジプト．

1810A* 話型 1832D* を見よ．

1810C* 話型 1832P* を見よ．

1811　宗教的な誓いに関する小話

この雑録話型は，宗教的な誓いの紛らわしい解釈を伴うさまざまな笑話を含む．これらの笑話では，誓いを立てた人が誤解から利益を得る．

類話(～人の類話)　アイルランド；イタリア；ハンガリー；スロベニア；セルビア；ブルガリア；ギリシャ；ユダヤ．

1811A　聖ゲオルク(4月23日)から聖デメトリウス(10月26日)まで飲まないと誓う

男が聖ゲオルクから聖デメトリウスの間は飲まないと誓う．男はこれを，2つの聖人の祝日の間ではなく，この名前のついている2つの教会の間では飲むことができないと説明する．

類話(～人の類話)　ルーマニア；ブルガリア；ウクライナ．

1811B　ヨブの忍耐

聖職者が，ヨブの模範的な忍耐について説教をする．聖職者の妻は，台所のメイドがワインの蓄えを無駄にしたと言って，聖職者を試す(聖職者は，台所のメイドがチーズを腐らせたか，またはビールを流しっぱなしにしたのを見つける)．聖職者は怒って，忍耐強いヨブの手本にならうことを拒否する．参照：話型 1847*.

類話(～人の類話) フィンランド；ノルウェー；デンマーク；イギリス；オランダ；フリジア；イタリア，サルデーニャ；アメリカ.

1820 結婚式の新郎新婦 (旧話型 1684B* を含む)

この雑録話型は，結婚式に関するさまざまな笑話からなる．結婚式で新郎新婦が聖職者にばかげた答えをするか，またはその他のおかしなふるまいをする.

一部の類話では，ある男があまりにやかましく歌うので，愚か者がその男の頭を殴る．(旧話型 1684B*.)

類話(～人の類話) フィンランド；ラトヴィア；デンマーク；ドイツ；ハンガリー；スロバキア；スロベニア；クロアチア；ルーマニア；ポーランド.

1821 子どもに命名する(洗礼をする) (旧話型 1821A を含む)

この雑録話型は，子どもに名前を授けることになっている名づ付け親が，何を言ったらよいかがわからない，そうしたさまざまな笑話からなる．参照：話型 1823.

(1) 名づけ親が，「何か名づけよう」(=「何か」と名づけよう)と言う．(旧話型 1821A.)

(2) 聖職者は，子どもに父親(名づけ親)から名前を取って名づけることを提案する．父親は，そうしたら残りの人生を自分は名前なしで過ごさなければならないのではないかと心配する(名前なしで生きていけるかわからない).

(3) 名づけ親は，聖職者が言うことを繰り返すように言われる．聖職者は式典の一部でないことを言い，それを名づけ親が繰り返す[J2498.2]．参照：話型 1694A, 1832M*.

類話(～人の類話) フィンランド；デンマーク；イギリス；フリジア；ドイツ；ハンガリー；ブルガリア；ギリシャ；ポーランド；スペイン系アメリカ.

1821A 話型 1821 を見よ.

1822 紛らわしい祝福 (旧話型 1822A を含む)

この雑録話型は，紛らわしい祝福を含むさまざまな笑話からなる.

一部の類話では，聖職者は，自分が手にしている木の実のように，豊かな実りとなりますようにと言って，春の畑への神の恵みを祈る．木の実を開くと，中は空である．それで聖職者は慌てて祝福の言葉を変更しなければならない．(旧話型 1822A.)

類話(～人の類話)　ラトヴィア；デンマーク；フランス；スペイン；ポルトガル；ハンガリー；クロアチア；ルーマニア；ブルガリア；ギリシャ；ユダヤ．

1822A　話型 1822 を見よ．

1823　洗礼に関する小話

この雑録話型は，子どもの(まれに大人の)洗礼における滑稽な出来事に関するさまざまな笑話からなる．例えば，聖職者はラテン語の指示を誤解して，跳ね回る．

または，聖職者は，産婆の(母親の)屁を，悪魔が祓い出されたしるしと勘違いする．しかし皆が子どもの屁だと聖職者に言うと，聖職者は子どもの悪いふるまいをののしる．参照：話型 1821.

類話(～人の類話)　フィンランド；エストニア；ラトヴィア；デンマーク；ドイツ；スロバキア；セルビア；クロアチア；ポーランド；アフリカ系アメリカ．

1824　説教のパロディー

この雑録話型は，説教のさまざまなパロディーからなる．これらのパロディーは，ばかばかしい内容の韻文から，(聖職者か聖職者に変装した誰かが行う)即興の説教にまで及ぶ．それらのいくつかは支配者への批判か，聴衆への批判である．

コンビネーション　1825.
類話(～人の類話)　フィンランド；エストニア；ラトヴィア；リトアニア；ノルウェー；デンマーク；フランス；スペイン；ポルトガル；フリジア；ドイツ；イタリア；ハンガリー；クロアチア；マケドニア；ブルガリア；ポーランド；ユダヤ；シリア，サウジアラビア；フランス系カナダ；メキシコ；ドミニカ．

1825　聖職者を務める農夫

この話型は，3つの導入のエピソードを含む．それらのエピソードでは，資格のない人が聖職者の職務を引き継ぐが，務めを果たすことができない [K1961.1]．

(1)　信徒たちは，聖職者にもはや支払いができなくなり，自分たちの中から1人(よそ者，字の読める人)を聖職者の代わりに選ぶ．ある妻が夫を説得し聖職者に志願させるか，または借金のある農夫が聖職者のところへ教わりに行く．

(2) 妻(ある通りがかりの人)が酔った農夫の服を聖職者の服と取り替える．農夫は聖職者の務めを果たそうとする．

(3) 農夫は，聖職者が安楽な暮らしをしていて，日曜日だけ働けばいいと思い，聖職者と役割を交換したがる．

コンビネーション 1641, 1824, 1825, 1825B, 1825C, 1833, 2012.

注 明確に分類されていないことがしばしばある．通常この話型は別の説話への導入部である．

類話(～人の類話) ラトヴィア；カレリア；スウェーデン；デンマーク；アイルランド；イギリス；フランス；スペイン；フリジア；フラマン；ドイツ；イタリア；チェコ；スロバキア；セルビア；マケドニア；ルーマニア；ブルガリア；ギリシャ；ポーランド；ウドムルト；シベリア；パレスチナ；フランス系カナダ；プエルトリコ．

1825A 真実を説く (旧，酔っぱらった教区牧師)

信徒たちが聖職者について司教に不平を言う．司教は不意の訪問をする．礼拝が始まる前に，聖職者は寝たふりをしていて，司教が聖職者の妻に性交渉を誘いかけるのを目撃する．聖職者はこのことを説教の中でほのめかす．すると司教は，不平の件は却下することにする[参照 J1211.1, K1961.1.1]．

一部の類話では，司教はすべての聖職者に，説教の中では常に真実を話すように指示する．司教がやって来て，聖職者が司教の姦通について説教をしているのを聴く．司教は聖職者をその職から解く．

注 16世紀にマッテーオ・バンデッロ(Matteo Bandello)の『短編小説集(*Le novelle*)』(II, 45)に記録されている．

類話(～人の類話) フィンランド；フィンランド系スウェーデン；ヴェプス；カレリア；スウェーデン；ノルウェー；デンマーク；スペイン；イタリア；クロアチア；ブルガリア；ギリシャ；ロシア, ウクライナ；ユダヤ．

1825B 信徒たちが求めるように説教をする (旧，「わたしは神の言葉を説きます」)

この説話には，おもに3つの異なる型がある．

(1) 信徒たち(領主)が聖職者に，説教壇に置かれた文章について，即興で説教するよう要求する．ページには何も書かれていない．聖職者は「無から，神は天と地を創造した」という言葉で説教を始める．時として，聖職者はそれだけで終わらせる．たいていは，それに続く説教がとりわけいい説教と見なされる．

(2)　信徒たちが，自分たちの聖職者(しばしば平信徒)はラテン語を知らないと不平を言う．聖職者は助言を求めて教会の雑用係のところに行く．散歩をしながら，教会の雑用係は，ふつうの言葉に語尾を足してラテン語ふうの単語を聖職者に教える．聖職者は次の説教でこのやり方をまねて，信徒たちの不満は鎮まる[K1961.1.2]．参照：話型 1628*.

(3)　無知な聖職者が同じフレーズを何度も繰り返す．例えば「わたしは神の言葉を説きます」，または「わたしは善き羊飼いです」，または「礼拝と説教」[K1961.1.2]．

コンビネーション　1825.

注　17 世紀にスウェーデンとドイツの笑話集に記録されている．

類話(～人の類話)　フィンランド；フィンランド系スウェーデン；エストニア；ヴェプス；スウェーデン；ノルウェー；デンマーク；アイルランド；スペイン；カタロニア；ポルトガル；オランダ；フリジア；フラマン；ドイツ；スイス；ハンガリー；ギリシャ；ロシア, ベラルーシ, ウクライナ；ジプシー；ウズベク；パレスチナ, サウジアラビア；スペイン系アメリカ, メキシコ；プエルトリコ．

1825C　のこぎりで切られた説教壇

この説話には，おもに 3 つの異なる型がある．

(1)　聖職者(しばしば平信徒)が礼拝の会衆に，あなたたちは奇跡を目撃することになると約束する．ひそかに聖職者は説教壇をほとんどのこぎりで切っておく．次の説教のときに聖職者が奇跡について言及すると，説教壇は落ちる[K1961.1.3]．

(2)　聖職者(修道士)は説教の間，むやみやたらと身ぶりで話す．信徒の 1 人が，説教壇をほとんど切り込んでおく．次の説教で聖職者がヨハネによる福音書 XVI, 16「しばらくすると，あなたがたはもうわたしを見なくなる」を引用しているときに，説教壇は落ちる．参照：話型 1827.

(3)　聖職者は樽の上に立って説教をし，樽は説教の途中で抜け落ちる．

コンビネーション　1641, 1825.

注　1601 年にハンス・ヴィルヘルム・キルヒホーフ(Hans Wilhelm Kirchhof)の『ヴェンドゥンムート(*Wendunmuth*)』に記録されている．

類話(～人の類話)　フィンランド；フィンランド系スウェーデン；エストニア；リトアニア；ラップ；スウェーデン；ノルウェー；アイスランド；デンマーク；アイルランド；オランダ；フリジア；フラマン；ドイツ；イタリア；チェコ；スロバキア；ポーランド；ドミニカ；南アフリカ．

1825D* ブーツの中の火

ミサをしている聖職者(しばしば平信徒)が礼拝の会衆に，自分のするとおりにしなさいと言う．たまたま吊り香炉から炭が飛び出して聖職者のブーツの中に入る．聖職者は足をばたつかせ，床に横たわり，蹴る．礼拝の会衆は聖職者のまねをする．参照：話型 1694.

類話(～人の類話)　フィンランド；ラトヴィア；ルーマニア；ブルガリア；ロシア，ベラルーシ，ウクライナ；シベリア；日本；エジプト；モロッコ．

1826　聖職者は説教をする必要がない

聖職者(しばしば平信徒，ナスレッディン・ホッジャ(Nasreddin Hodja))が礼拝の会衆に，これから自分が何について説教をするか知っているかと尋ねる．礼拝の会衆は知らないので，聖職者は，会衆が愚かだと叱りつける．聖職者は次の週に同じ質問を繰り返す．今回は礼拝の会衆は知っていると答える．すると聖職者はもう説教をする必要はないと言う．3 週目には，礼拝の会衆は質問に対する答えを分け，会衆の半分は知っていると答え，会衆の半分は知らないと答える．聖職者は，知っている人たちが知らない人たちに教えるように言う[X452].

一部の類話では，聖職者がある聖者の日に，その聖者について説教をしなければならない．この説教を説くことを避けるために，その聖人はその年奇跡を行わなかったので，彼について説教をする必要はないと発表する．

注　10 世紀以来アラビアの笑話集に記録されている．聖者に関する説教の出てくる型は 15 世紀にポッジョ(Poggio)の『笑話集(*Liber facetiarum*)』(No. 38)に現れる．
類話(～人の類話)　フィンランド；エストニア；ラトヴィア；リトアニア；スペイン；カタロニア；ドイツ；イタリア；ハンガリー；チェコ；ルーマニア；ブルガリア；ギリシャ；ポーランド；ロシア，ベラルーシ，ウクライナ；ユダヤ；シベリア；タジク；イラク；中国；エジプト．

1826A* 逃げ出した聖人 (旧，逃げた聖人)

聖人の絵が教会から盗まれる．聖職者は，自分が悪い聖職者だから聖人が逃げたのだと思う．参照：話型 1572A*.

一部の類話では，聖職者と教会の雑用係が聖人の像を取り除く．聖人像は豆の畑で見つかる．聖職者は信徒たちに，あなたたちが聖人にあまりにもわずかしかお金を出さないから，聖人が自分で何か食べ物を探しに行ったのだと言う．

類話(～人の類話)　フィンランド；ラトヴィア；スペイン；ポルトガル；ウクライナ.

1827 「しばらくすると，あなたがたはわたしを見るようになる」

聖職者が，説教の最中に礼拝の会衆の誰にも見つからずにワインの入った水差しを空にできるかを，会衆の1人と賭ける(アルコール依存症の聖職者が説教をするのに酒を必要とする).

説教壇の後ろで飲めるように，聖職者はヨハネによる福音書 16.16「しばらくすると，あなたがたはもうわたしを見なくなるが，またしばらくすると，わたしを見るようになる」についての説教をする．説教のあと，聖職者は空の水差しを見せ，誰かこれを落とした人はいないかと尋ねる．参照：話型 1825C.

一部の類話では，聖職者は説教の途中に酒を飲むために説教壇の後ろに行く[X445.1]．参照：話型 1533A, 1839B.

注　17 世紀の笑話集に記録されている.

類話(～人の類話)　フィンランド；フィンランド系スウェーデン；エストニア；ラトヴィア；ラップ；スウェーデン；ノルウェー；デンマーク；アイルランド；ドイツ；ポーランド；アフリカ系アメリカ；メキシコ；南アフリカ.

1827A カード(酒瓶)が聖職者の袖から落ちる

説教をしている間に，聖職者は袖(ポケット)からカード(酒瓶)を落とす．聖職者は礼拝の会衆(子どもたち)に，これが何のカードか知っているかと尋ねる．会衆はそれらのカードをよく知っていることを示す．聖職者は，礼拝の会衆が，神のことよりカードのことのほうが詳しい(だから最後の審判の日には，信徒たちは，このカードが落ちたように，落ちるであろう)と言う．参照：話型 1613, 1839B.

類話(～人の類話)　フィンランド；エストニア；ラトヴィア；リトアニア；スウェーデン；ノルウェー；デンマーク；イギリス；フラマン；ドイツ；マルタ；ロシア, ウクライナ；シベリア；南アフリカ.

1827B 羊ではなく雄ヤギ

聖職者が信徒たちに説教をし，最後の審判の日にわたしが神の前に立ったら(天国の門で聖ペトルスの前に立ったら)，わたしの教区には，誠実な羊たちではなく，雄ヤギ(豚，牛)たちしかいなかったと(天国に住める者は誰もいないと)言わなくてはならないだろうと言う.

類話(～人の類話) フランス；ドイツ；クロアチア.

1828 教会でオンドリが鳴く

礼拝の途中，1羽のオンドリが開いていた窓から飛んで入ってくる．オンドリは鳴いて，教会の雑用係を起こす．教会の雑用係はそれを，礼拝式で自分が答える部分の合図だと思う(ある歌を歌う合図だと思う)[X451].

注 17世紀に笑話集に記録されている.
類話(～人の類話) フィンランド；フィンランド系スウェーデン；エストニア；スウェーデン；デンマーク；イギリス；ドイツ；イタリア；ハンガリー.

1828* 泣くこと，笑うこと

聖職者は，礼拝の会衆の半分を笑わせて半分を泣かせる説教をすることができるか賭けをする．または，聖職者が司教(その地域の支配者)に，礼拝の会衆のふるまいがいかにひどいかを見せようとする.

聖職者は感動的な説教をして，会衆の半分を泣かせる．しかしガウンの下にズボンをはいておらず(ズボンの尻のところに動物のしっぽを結びつけておき)，それで，聖職者の後ろにいた半分の会衆は笑い出す(司教はなぜ皆が笑っているのかが見えない場所に座っている)[X416].

注 早期の版はジローラモ・モルリーニ(Girolamo Morlini)(No. 44)を見よ.
類話(～人の類話) フィンランド；エストニア；ラトヴィア；リトアニア；デンマーク；スペイン；オランダ；フリジア；ドイツ；イタリア；ハンガリー；チェコ；セルビア；ブルガリア；ギリシャ；ポーランド；ウクライナ；アフリカ系アメリカ；キューバ；南アフリカ.

1829 生きている人が聖像の役をする [K1842]

この説話には，おもに2つの異なる型がある.

(1) ある聖人の日にその聖人像がなくなっている(きれいにしているときに壊れた，売られた，盗まれた)．教会の雑用係は，たまたまその像に似ている靴職人(仕立屋，物乞い)を代わりに立たせておくことを聖職者に提案する．靴職人は同意する．しかし礼拝が終わる前に，靴職人は動かずにはいられなくなる(くしゃみをするか，または小便をしたくなる，または虫に悩まされる，またはろうそくで足をやけどする)．しばしば靴職人は悪態をつく．像に命が宿ったことは奇跡だと言われる.

(2) 木彫師が聖像を彫るように頼まれるが，期限までに終えることができない．木彫師は像に似ている人を見つけ，像の代わりにする．教会から代表がやって来て，木彫師にナイフで像を手直しするように頼む．像の身代わりをしていた人は怖くなって逃げ出す．参照：話型 1347, 1359C, 1572A*, 1730.

コンビネーション　1572A*, 1572C*, 1875.
類話(～人の類話)　ラトヴィア；リトアニア；スウェーデン；デンマーク；アイルランド；フランス；スペイン；ポルトガル；オランダ；フリジア；フラマン；ワロン；ドイツ；オーストリア；イタリア；サルデーニャ；マルタ；ハンガリー；スロバキア；スロベニア；クロアチア；ブルガリア；ギリシャ；ポーランド；ロシア, ベラルーシ, ウクライナ；シベリア；グルジア；スリランカ；中国；ラオス；西インド諸島.

1829A* 話型 1572A* を見よ.

1830　**希望の天気にする**(旧，選考試験の説教で，教区牧師が信者たちに，望みどおりの天気にすることを約束する)

信徒たちは，新しい聖職者(教会の雑用係)を任命しなければならない．信徒たちは，彼らが望むどんな天気にでもできると言っている男を選ぶ．しかし信徒たちは，どんな天気にするかで意見がまとまらない．あるグループは雨を望み，別のグループは晴天を望むからである．新しい聖職者は，どんな天気がいいかは神に決めてもらったらいいのではないかと提案する(これまでどおりの天気にすべきだろうと提案する)[J1041.1]．参照：話型 752B.

注　『イソップ寓話』(Perry 1965, 439f. No. 94).
類話(～人の類話)　フィンランド；ラトヴィア；スウェーデン；ノルウェー；スコットランド；アイルランド；イギリス；フランス；スペイン；カタロニア；フリジア；フラマン；ドイツ；イタリア；ハンガリー；スロバキア；スロベニア；セルビア；ルーマニア；ブルガリア；アルバニア；ギリシャ；ジプシー；クルド.

1831　**ミサの聖職者と教会の雑用係**

聖職者が教会の雑用係(助祭)に，礼拝の間に羊(豚)を盗むように言う．教会の雑用係が戻ってくると，まだ礼拝は続いている．聖職者は，まるで典礼式文の一部のように，盗みがうまくいったかどうか教会の雑用係に尋ねる．教会の雑用係も，礼拝の一部であるかのように，自分は羊を手に入れた(盗みが見つかった)が，聖職者の馬を失ったと答える．

または，ほかのことについての会話が，典礼式文に組み込まれる．例えば，聖職者と料理人，もしくは聖職者と教会の雑用係の間の会話が組み込まれる[X441].

注 聖職者と教会の雑用係の会話は，礼拝の途中で使われる言葉のような音にされる．例えばラテン語の語尾がカトリックのミサで使われるか，または東方正教会の礼拝式の語尾が使われる，等．

類話（～人の類話） フィンランド；フィンランド系スウェーデン；エストニア；ラトヴィア；リトアニア；ラップ；デンマーク；フランス；スペイン；カタロニア；ポルトガル；オランダ；フリジア；フラマン；ドイツ；オーストリア；イタリア，サルデーニャ；ハンガリー；スロバキア；スロベニア；セルビア；マケドニア；ルーマニア；ブルガリア；アルバニア；ギリシャ；ポーランド；ロシア，ベラルーシ，ウクライナ；ジプシー；モルドヴィア；シベリア；グルジア；スペイン系アメリカ；アフリカ系アメリカ；メキシコ；キューバ．

1831A 話型 1831A* を見よ．

1831B 聖職者の取り分と教会の雑用係の取り分

説教の途中に，聖職者が教会の雑用係に，誰か来るのかと尋ねる．教会の雑用係は，車輪（荷馬車）を肩に担いだ男がやって来ると答える．聖職者は，車輪は教会の雑用係のものにしてもよいと言う．続いて教会の雑用係は，男が豚半分を担いでやって来るのを（バターの樽を持っているお婆さんを）見る．聖職者は，それは自分のものにすると言う[J1269.1]．

類話（～人の類話） エストニア；ドイツ；イタリア；ロシア，ベラルーシ，ウクライナ．

1831C 聖職者が賄賂を受け取る

セクラ（Secula）という男が，金持ちの隣人ミクラ（Micula（Matila, Picula））に，教会の礼拝で聖職者が「セクラ　セクロルム（saecula saeculorum（いつの世までも永遠に））」と歌うとき自分の名前が呼ばれると自慢する．金持ちの隣人は，聖職者が次のときは「イン　ミクラ　ミコロルム（in micula micolorum）」と歌うなら，9頭の羊を聖職者にあげると申し出る．オルガン奏者（教会の雑用係）が間違いを指摘すると，聖職者はオルガン奏者に羊のうちの1頭を与える．

類話（～人の類話） フランス；ドイツ；マルタ；ハンガリー；チェコ；スロバキア；ポーランド．

1831A* 教会での不適切な行為（旧話型 1831A を含む）

この雑録話型は，人々が無知のために教会で不適切な行動をするさまざまな笑話からなる．または，聖職者（聖職者と教会の雑用係）が不適切な行動をする．例えば，けんかをする，（料理用の）アルコールを注文する，ラテン語の言い回しを誤解する．参照：話型 1678**.

コンビネーション　1805.

類話（～人の類話）　フィンランド；ラトヴィア；デンマーク；アイルランド；イギリス；フランス；イタリア；サルデーニャ；ギリシャ；ポーランド；ロシア；ユダヤ；フランス系カナダ；スペイン系アメリカ，メキシコ.

1832　金持ちの男に関する説教

金持ちの男が教会まで少年を自分の馬車に乗せてやる．少年はうっかり自分のコート（木靴）を馬車の中に忘れる．聖職者は，地獄に向かった金持ちの男についての説教をする．少年はうろたえて，「その人がぼくのコートを持っていっちゃった！」と叫ぶ[X435.5].

類話（～人の類話）　フィンランド；フィンランド系スウェーデン；カレリア；スウェーデン；ノルウェー；デンマーク；アイルランド；フランス；スペイン；ドイツ.

1832*　少年が聖職者に答える（旧話型 1832A*, 1832C*, 1832G**, 1832H*, 1832J*, 1832K*, 1835C* を含む）

この雑録話型は，聖職者が礼拝で（通りで）少年に質問するさまざまな笑話からなる．少年は機転の利いた答えをする（その答えに聖職者は言葉を失う）．参照：話型 1810.

注　これらのいくつかの説話は以下に見るとおり独立した話型として現れる.

類話（～人の類話）　フィンランド；ラトヴィア；デンマーク；イギリス；ポルトガル；オランダ；フリジア；フラマン；ドイツ；スイス；マルタ；セルビア；クロアチア；ポーランド；ユダヤ；フランス系カナダ；南アフリカ.

1832A*　話型 1832* を見よ.

1832B*　何のふん？

聖職者（男）が，何かを見ている少年に道で会う．少年は，これが何だかわからないと言う．聖職者は，それは馬のふん（蹄鉄）だと教える．少年は，これが雄馬のふんだろうか雌馬のふんだろうかと考えていたのだと答える.

類話（～人の類話）　アイルランド；ギリシャ；アメリカ；ニカラグア.

1832C*　話型 1832* を見よ.

1832D* 「秘跡はいくつあるか？」(旧話型 1810A* を含む)

聖職者が少年(召し使いの少女)に，秘跡はいくつあるか(神々は何人いるか)と尋ねる．少年は知らないので，お返しに，熊手にはいくつ歯があるか(ある量の亜麻からどれだけの布がつくれるか，麦藁帽子はどうやって編むか)知っているかと聖職者に尋ねる．聖職者は答えを知らない．少年は聖職者に，1人の人間がすべてを知りうるわけではないと言う．

神々の数について，信徒の1人(農夫，子ども)があまりにもたくさんの数を言う．聖職者はその人の堅信礼を続けることを拒む(その人を家に帰す)．堅信礼を受けていた人がその質問をほかの人にすると，その人は，神は1人だけだと答える．堅信礼を受けていた人は，聖職者が答えとしてこんな小さな数を望んでいたとは信じることができない．(旧話型 1810A*.)

注　1709年にU. ドルフガスト(U. Dorffgast)の『奇妙な農夫の物語(*Curiöse Bauer-Historien*)』(Tomkowiak 1987, 76)に記録されている．

類話(～人の類話)　フィンランド；エストニア；ラトヴィア；リトアニア；ノルウェー；デンマーク；アイルランド；イギリス；ポルトガル；オランダ；フリジア；フラマン；ドイツ；イタリア；マルタ；チェコ；スロバキア；クロアチア；ルーマニア；ポーランド；ウクライナ；日本；アフリカ系アメリカ．

1832E* 礼儀

少年がチーズ(その他の物)を聖職者(商人，弁護士)のところに持っていく．聖職者は，少年のふるまいが礼儀正しくなかったと考え，ふるまい方を少年に教えるために，役割を交換する．聖職者はチーズを少年に渡すとき，丁寧な言葉で話しかける．少年は聖職者に礼を言い，ポケットに手を入れてお金を取り，気前よく小遣いを聖職者に与える．

類話(～人の類話)　ラトヴィア；リトアニア；デンマーク；アイルランド；フリジア；ドイツ；ルーマニア；フランス系カナダ；アメリカ．

1832F* 夕食への招待(旧，司祭から夕食に招待された少年)

少年(農夫)が(何人かの学生か聖職者から)食事に招待される．七面鳥(子豚)がまるまる出される．招いた人は少年に，少年が七面鳥にすることを，自分も少年に対してすると警告する．少年はしばらく考えて，七面鳥の尻に指を突っ込み，詰め物を掻き出す(そして指をなめる)．

注　ドイツの類話ではしばしば老フリッツの食卓が舞台となる．聖職者について語られることはまれである．

類話(～人の類話) スウェーデン；デンマーク；フランス；カタロニア；ポルトガル；ドイツ；イタリア；ハンガリー；スロバキア；ウクライナ；南アフリカ.

1832G* 話型 1833D を見よ.

1832G** 話型 1832* を見よ.

1832H*-1832K* 話型 1832* を見よ.

1832M* 聖職者の言葉が繰り返される

聖職者(教会の雑用係)の眼鏡が汚れているため(聖職者は眼鏡を持ってくるのを忘れたため)，ミサの間，典礼式文を読むことができない．聖職者はうっかり眼鏡が汚れていると歌い，礼拝に集まった人たちはいつもどおり聖職者の言葉を繰り返す．聖職者は礼拝の会衆の間違った唱和を正そうとするが，礼拝の会衆はそれも繰り返す．

または，聖職者は礼拝を手伝ってくれる人を選ぶ．選ばれた男は聖職者が言ったことをすべて繰り返さなければならないと思う．それで男は，あなたの名前は何か，あなたはどこから来たのか，という聖職者の質問についても繰り返す[J2498.2]．参照：話型 1246, 1694, 1694A, 1821.

類話(～人の類話) フィンランド；エストニア；ラトヴィア；デンマーク；イギリス；オランダ；フリジア；ドイツ；マルタ；ポーランド；インド；日本；オーストラリア；アメリカ；アフリカ系アメリカ；エジプト.

1832N* 神の子羊が神の羊になる

男(少年，農夫，羊飼い)が懺悔をしに来るが，祈りを何も知らない．聖職者は男に，「神の子羊」という言葉で始まる短い祈りを教える．

後に聖職者はその男に，祈りをまだ覚えているかと尋ねる．男は「神の羊」という言葉で始める．聖職者は，なぜ言葉を変えたのかと男に尋ねる．すると男は，その間に子羊は育ったに違いないからだと答える．

アラビアの類話では，男は星座の宮について尋ねられ，「やぎ座」(「雄羊座」)と答える．説明を求められると，生まれは子ヤギの宮であったが，きっと今は大きくなっているに違いないと言う[J2212.6].

注 1526 年に笑話集『100 の愉快な物語(*A Hundred Mery Tales*)』に記録されている．星座の宮が出てくる型は，1200 年頃にイブン・アル・ジャウジ(Ibn al Ǧauzī)の『愚か者の話(*Aḫbār al-Ḥamqā*)』に見られる.

類話(～人の類話) フィンランド；エストニア；ラトヴィア；アイルランド；イギリ

ス；フランス；スペイン；ドイツ；イタリア；マルタ；ルーマニア.

1832P* 「悪魔め！」(旧話型 1810C* を含む).

聖職者が賢信礼のための授業で,「人間の最も悪い敵は誰か」とある少年に尋ねる. 少年は答えがわからない. 何か別の理由で, ほかの少年が「悪魔め！」と悪態をつく. 聖職者はこれを正しい答えと認める.

または, 聖職者が愚かな人物にある問題を尋ねる(何かを読むように頼む). その人はある魚に関して何かをつぶやく. これが正しい答えであり, その人はその知性を称賛される. (旧話型 1810C*.)

類話(～人の類話) フィンランド；エストニア；デンマーク；イタリア.

1832Q* 聖職者が道を尋ねる

聖職者は隣の村への道を少年に尋ねる. 加えて聖職者は少年に, 煙草をやめないと天国へ行けないよと警告する. 少年は, 聖職者が天国への道を知っているなら, きっと隣の村への道も知っているはずだと答える.

類話(～人の類話) ラトヴィア；オランダ；フリジア；ドイツ；ハンガリー；アメリカ；ヨルダン.

1832R* 賛美歌集が上下逆

字の読めない人が, 教会で彼の(彼女の)賛美歌集を上下逆さに持っている. 隣の人が彼の間違いを直してやろうとすると, 本を持っている男は, 自分は左利きだと説明する[J1746]. 参照：話型 1331*.

類話(～人の類話) フリジア；ドイツ；ルーマニア；アメリカ.

1832S* 肥やしの教会

少年たちが肥やしの中で(泥で)遊んでいる. 聖職者が何をつくっているのかと尋ねる. 1人の少年が「教会」と答える. 聖職者は教会といっしょに聖職者もつくるつもりかと尋ねる. 少年は「泥がたくさんあまったら」(「あなたは太っているから, ぼくらには泥が足りない」)と答える.

類話(～人の類話) エストニア；ラトヴィア；オランダ；フリジア；フラマン；ドイツ；オーストリア；スイス；ウクライナ.

1832T* 「ノアの息子たちの父親は誰だったか？」

愚かな農夫(若者)が教会の雑用係(教師)になりたがる. いろいろな質問の

間に，聖職者(地主)は農夫に「ノアの息子たちの父親は誰だったか？」と尋ねる．農夫はこの質問に答えることができず，そのことを妻に話す．妻は農夫を助けようとして，「わたしたちの粉屋の息子たちの父親は誰？」と質問する．「おれたちの粉屋だ」．これで農夫は正しい答えがわかったと信じ込む．農夫は聖職者のところに戻り，「ノアの息子たちの父親は，おれたちの粉屋だ」と言う[J2713].

類話(～人の類話)　デンマーク；イギリス；フラマン；フリジア；ドイツ.

1833　聖職者の修辞学的な問いが誤解される (旧，説教の妥当性)(旧話型1833** を含む)

この雑録話型は，聖職者が説教の途中に出した修辞学的質問に，(教会に遅れてきた)ある人物が答えなければならないと思う，さまざまな笑話からなる[X435].

例えば，一部の(ドイツの)類話では，復活祭の礼拝の間，エマオへ向かう弟子(ルカによる福音書 24, 13)について次のように尋ねる．「そこに行ったこの 2 人は誰でしょうか」．礼拝の会衆の 1 人は，聖職者が村の通りにいる 2 人の男について尋ねているのだと思い，「2 人の肉屋です」と答える．

または，聖職者は，酔っているときに死ぬことに対し警告をする．なぜならこういう人は酔って埋葬され，最後の審判の日まで酔ったままだからである．聴いていた人の 1 人は，1 回飲んだのがそんなに続くのだから，よほどよく効くワインに違いないと述べる[参照 J1321.1].

コンビネーション　1699, 1825.

注　酔った状態で死ぬことに対する警告のある型は，12 世紀の終わりにアラビアの笑話として記録されている．

類話(～人の類話)　フィンランド；フィンランド系スウェーデン；エストニア；リーヴ；ラトヴィア；スウェーデン；ノルウェー；デンマーク；フェロー；アイルランド；イギリス；フランス；スペイン；ポルトガル；オランダ；フリジア；フラマン；ドイツ；イタリア；ハンガリー；スロバキア；セルビア；ルーマニア；ギリシャ；ユダヤ；パレスチナ；イギリス系カナダ；アメリカ；スペイン系アメリカ；アフリカ系アメリカ；メキシコ；キューバ；西インド諸島.

1833A 「ダビデは何と言うか？」

聖職者が召し使いを肉屋のダビデ(デイビッド(David))(パウル(Paul)，モーゼ(Moses))のところに買い物に行かせる．聖職者がちょうど説教で「ダビデは何と言うか」と尋ねたときに，召し使いが教会に戻ってくる．召し使いはその質問が自分に向けられていると思い，「彼は，あなたがまず以前のつけを払わなければいけない言っています」と答える[X435.1].

類話(〜人の類話) フィンランド；フィンランド系スウェーデン；エストニア；ラトヴィア；スウェーデン；デンマーク；フェロー；アイルランド；イギリス；スペイン；オランダ；フリジア；フラマン；ワロン；ドイツ；イタリア；ハンガリー；チェコ；スロバキア；クロアチア；ルーマニア；ポーランド；ロシア，ベラルーシ，ウクライナ；イギリス系カナダ；アメリカ；スペイン系アメリカ；アフリカ系アメリカ.

1833B 「父はどこか？」(旧，「我らの父はどこにいたか？」)

聖職者が少年(男)に，三位一体における人物は誰かと尋ねる(ある人に，あなたはどのように十字を切るかと尋ねるか，またはあなたはどのように子どもに洗礼を授けたかと尋ねる)．少年は「神と子(父)と精霊」(「父と精霊の名において」)と答える.

聖職者が，父(子)はどこにいってしまったのかと尋ねる．すると少年は，自分の父親がどこにいるか答える．例えば，牛(子牛)の面倒を見ているとか，家のストーブの近くで服を直していると答える[X435.2].

注 洗礼の出てくる型は，1522年にヨハネス・パウリ(Johannes Pauli)の『冗談とまじめ(*Schimpf und Ernst*)』(No. 155)に記録されている.

類話(〜人の類話) フィンランド；ラトヴィア；リトアニア；スウェーデン；デンマーク；アイルランド；イギリス；スペイン；バスク；ポルトガル；フラマン；フリジア；ドイツ；イタリア；ハンガリー；チェコ；スロバキア；ボスニア；ルーマニア；ブルガリア.

1833C 「キリストは天国にも地上にもいなかったときどこにいたのか？」

聖職者は，キリストが天国にも地上にもいなかったときにはどこにいたのかと尋ねる(聖職者は，神は何をするのかと尋ねる)．キリストはこんな質問をする人を叩くために，棒を探していた(むちの準備をしていた)という答えが返ってくる[X435.3]．参照：話型1738.

類話(〜人の類話) フィンランド；ラトヴィア；フラマン；ドイツ；ロシア；ユダヤ；日本.

1833D 三位一体の人物の名前 (旧話型1832G* を含む)

聖職者が三位一体の人物の名(祈り)を少年(羊飼い，牛飼い)に覚えさせようとする．手助けとして，少年は3つの(4つの)動物(上着のボタン)とその名前を関連づけて覚えさせられる．後に，聖職者が少年に会ったときに名前を尋ねると，少年は名前をすべては思い出せない．なぜなら動物たちの1匹が死んだ(売られた)からである(ぼたんの1つが落ちたからである)[X435.4].

または，農夫が三位一体の名前を，家族成員，すなわち父と息子と妻と関連づけるよう勧められる．農夫は，精霊がこんな浪費家なはずはないと言って，それを断る．

三位一体は何人で構成されているか，それは誰かと聞かれ，ある少年は「4人」と答える．少年は，父なる神，その息子，精霊，そしてアーメンを数え上げる．(旧話型1832G*.)

類話(～人の類話)　フィンランド；ラトヴィア；スウェーデン；アイルランド；フランス；ポルトガル；オランダ；フリジア；フラマン；ドイツ；イタリア；ハンガリー；ルーマニア；ロシア；ユダヤ；アメリカ；西インド諸島.

1833E　神は死んだ (旧，神はあなたたちのために死んだ)

お婆さん(信徒のほかの1人，子ども)が聖職者(その他の人)から，わたしたちの罪のためにキリストは死んだ(神は死んだ)と聞かされる．彼女は，キリストの死を遺憾に思うと述べ，自分は何のニュースも届かないほど遠くの田舎に住んでいるので，それを知らなかったと言う．

それからお婆さんは，誰が神の後継者になるのだろうかと思う．

注　15世紀にポッジョ(Poggio)の『笑話集(*Liber facetiarum*)』(No. 82)に記録されている．

類話(～人の類話)　フィンランド；エストニア；ラトヴィア；リトアニア；ノルウェー；デンマーク；アイルランド；フランス；ポルトガル；フリジア；フラマン；ドイツ；オーストリア；スイス；チェコ；アメリカ；スペイン系アメリカ；アフリカ系アメリカ；オーストラリア.

1833F　同じ古い話

この説話には，おもに2つの異なる型がある．

(1)　男が，聖金曜日(クリスマス・イブ)に教会へ行き，説教を聞く．翌年，彼は再び聖金曜日に教会に行き(彼の息子が40年後に行き)，同じ説教を聞く．男は，彼らが同じ古い話を繰り返して話していると不平を言う．

(2)　ユダヤの類話では，お婆さんがヨーゼフとその兄弟たちの話にたいへん影響を受け，それでお婆さんは食べるのをやめ，病気になる．1年後にお婆さんは回復する．お婆さんはユダヤ教会堂に行き，同じ話を聞く．彼女はもう2度と病気になるまいと決意する．

類話(～人の類話)　フィンランド；スウェーデン；デンマーク；フラマン；ドイツ；イタリア；マルタ；ハンガリー；ルーマニア；ギリシャ；ユダヤ；メキシコ；プエルトリコ.

1833G　話型 1744 を見よ.

1833H　大きいパンのかたまり

この雑録話型には，おもに 4 つの異なる型がある.

(1)　聖職者が，5000 人の人が 7 つのパンのかたまりと 2 匹の魚でまかなわれたときの，パンのかたまりと魚の奇跡について説教をする．礼拝の会衆は，これが可能なのかどうか疑う．聖職者は，パンのかたまりは山(家)のように大きかったと説明する．人々はパン焼きがまはどれくらい大きかったのか尋ねる[X434.1]．参照：話型 1960K.

(2)　聖職者は間違って，パンのかたまりの数と人々の数を逆にする．聴衆の中の誰かが，それなら自分にもできると言う．翌年，聖職者は間違いを正し，礼拝の会衆に，それができるかと尋ねる．誰かができると答える．なぜなら去年の残りがあるだろうからと言う.

(3)　聖職者は，神が 6 か月で世界を創ったと言う．聖職者は礼拝の会衆に訂正されるが，自分の言ったことに固執する.

(4)　東ヨーロッパの類話では，神は粘土でアダムを創り，乾かすために塀の上に置いたと，聖職者が言う．礼拝の会衆の誰かが，塀をつくった人は誰もいないのに，塀はどこから来たのかと尋ねる.

類話(～人の類話)　フィンランド；フィンランド系スウェーデン；エストニア；リーヴ；ラトヴィア；スウェーデン；デンマーク；スペイン；フラマン；ドイツ；イタリア；スロバキア；セルビア；ルーマニア；ギリシャ；ポーランド；ベラルーシ，ウクライナ；日本；メキシコ.

1833J　「アブラハムよ，おまえは胸に何を抱えているのか？」

アブラハム(ヨーゼフ)という名の男が，教会に行く途中に，ひとかたまりのハム(つがいのカモ)を盗み，それを上着の下に隠す．聖職者は説教の中で，アブラハムは胸に何を抱えているかと修辞学的に尋ねる(「わたしにはおまえが見える」と修辞学的に繰り返す)．男は見つかったと思い，盗みを認める．参照：話型 926C.

類話(～人の類話)　エストニア；アイルランド；フリジア；イギリス系カナダ；アフリカ系アメリカ.

1833K 泥棒が正体を現す

泥棒(姦通者)を暴くために，聖職者は説教の途中で，何か(石，果物，聖書)を罪人の頭めがけて投げると脅す．聖職者は投げるために腕を振りかぶる．礼拝の会衆の誰かほかの人が泥棒に向かって「よけろ！」と叫ぶ．

または，聖職者が説教壇から礼拝の会衆を観察し，会衆のうちの何人かが(多くが)頭をさっと下げるのを見る．参照：話型 926C.

類話(～人の類話) イギリス；フリジア；ドイツ；スイス；ハンガリー；アメリカ；アフリカ系アメリカ；南アフリカ.

1833L 聖職者が寝ている礼拝の会衆を起こす

聖職者が，「火事だ！」と叫んで，寝ている礼拝の会衆を起こす．誰かが興奮して，火はどこかと尋ねると，聖職者は「地獄の中」と答える.

類話(～人の類話) エストニア；フリジア；ドイツ；ユダヤ；アメリカ.

1833M 長い説教

聖職者が長い説教にたいへん夢中になっていて，礼拝の会衆が落ち着かなくなっていることに気づかない．少しずつ去り，全員がいなくなる．最後には教会の雑用係が，聖職者に鍵を渡し，終わったら鍵をかけるように言う.

類話(～人の類話) オランダ；フリジア；ドイツ；ルーマニア；ユダヤ.

1833** 話型 1833 を見よ.

1834 美声の聖職者

聖職者は，自分が歌うと(説教すると)，あるお婆さんが泣き始めるのに気づく．聖職者は，自分の歌がお婆さんの心に深く響いていると思い，もっと力強く歌う．礼拝のあと，聖職者はお婆さんになぜ泣いていたのかと尋ねる．お婆さんは，聖職者の声(あごひげ，顔)が最近死んだ彼女のヤギ(ロバ)を思い出させたのだと答える[X436].

一部の類話では，女は，聖職者が神学を勉強している息子のことを思い出させると答える．女は，それがお金の無駄遣いであるので泣いているのである[参照 X426].

注 ジャック・ド・ヴィトリ(Jacques de Vitry)の『一般説教集(*Sermones vulgares*)』(Jacques de Vitry/Crane, No. 56)，および 15 世紀にポッジョ(Poggio)の『笑話集(*Liber facetiarum*)』(No. 230)に記録されている.

類話(～人の類話) フィンランド；スウェーデン；ノルウェー；デンマーク；イギリス；フランス；カタロニア；オランダ；フリジア；フラマン；ワロン；ドイツ；スイス；イタリア；ハンガリー；スロバキア；マケドニア；ルーマニア；ブルガリア；ポーランド；ロシア，ベラルーシ，ウクライナ；ユダヤ；タジク；サウジアラビア；アフガニスタン；パキスタン，インド；日本；アメリカ；スペイン系アメリカ；ドミニカ，西インド諸島；アルジェリア，モロッコ．

1834* 別の教区の人

説教の間，1人の来訪者を除いて，礼拝の会衆全員が涙を流す．礼拝のあとに，聖職者は彼に，なぜ泣かなかったか尋ねる．彼は，この教会の信者ではないと返答する．

類話(～人の類話) デンマーク；イギリス；オランダ；フリジア；ドイツ；スイス；ルーマニア；ポーランド；ロシア；アメリカ；アフリカ系アメリカ．

1834A* 愚か者の天職

男(宿屋の主人，靴職人)が，自分の息子を聖職者にさせたいと思う．なぜなら，息子は父親の仕事を継ぐには愚かすぎるからである[X426]．

類話(～人の類話) フィンランド；エストニア；リーヴ；ラトヴィア；ドイツ；ルーマニア；ポーランド．

1835* 振り向かないように

聖職者が，礼拝(説教)の間，後ろを振り返ることを会衆に禁じる．その代わりに，聖職者は遅れてきた人たちの名前を呼ぶことにする．

類話(～人の類話) リーヴ；ノルウェー；ドイツ；ギリシャ；ポーランド．

1835A* 教会で鉄砲が暴発する

聖職者が，狩りから(鉄砲を手に入れてから)直接礼拝に来る．説教の途中，聖職者が身振りで話しているときに鉄砲が暴発する．聖職者は，最後の審判ではもっと大きな音がするであろうと言う．礼拝の会衆は，教会の座席の下に身をすくめるか，または聖職者が彼らを鉄砲で脅す．

注 早期の版は『さまざまな歴史や物語，または楽しみ(*Mancherley artige Historien und Geschichten oder Zeit-Verkürzer*)』(1675)の「ふさわしくないときの発砲(*Der unzeitige Schütz*)」を見よ．
類話(～人の類話) フィンランド；ラトヴィア；デンマーク；フリジア；ドイツ；ポ

ーランド.

1835B* 貼りついた聖書のページ

礼拝の間，聖職者は聖書を直接読む．2つのページが貼りついて(過って2ページをめくってしまい)，別の話の真ん中に突然飛び，筋の通らない文を読む．

または，聖職者の賛美歌集が説教壇から落ちる．聖職者は「ラララ」としか歌うことができない．

類話(～人の類話) フィンランド；エストニア；ラトヴィア；デンマーク；オランダ；フリジア；ドイツ；ハンガリー；ユダヤ；スペイン系アメリカ；南アフリカ．

1835C* 話型 1832* を見よ．

1835D* 賭け：聖職者はほかに何も考えず祈りを読むことができるか

男(聖ベルナール)が聖職者(おしゃべりをしている女，隠者，男)に，もし彼がほかに何も考えずに祈り(主の祈り)を唱えることができたら，1頭の馬(豚)を与える約束をする．祈っている途中，聖職者は祈りを止めて，その馬には馬具もついているのかと尋ねる．

注 ジャック・ド・ヴィトリ(Jacques de Vitry)の『日常説教集(*Sermones feriales*)』(No. 49)に見られる．
類話(～人の類話) フィンランド；ラトヴィア；デンマーク；イギリス；フランス；ポルトガル；オランダ；フラマン；ドイツ；オーストリア；ブルガリア；ポーランド．

1836 酔った聖職者

この雑録話型は，酔った聖職者が不適切なことを言うか，または行うさまざまな笑話からなる．

類話(～人の類話) フィンランド；エストニア；ラトヴィア；デンマーク；マルタ．

1836A 酔った聖職者：「わたしが言うとおりにしなさい．わたしがするとおりにしてはいけない」(旧，酔っている教区牧師：「わたしのように生きてはいけない」)

多くの悪癖を持っている聖職者が信徒たちに，聖職者の行いをまねるのではなく，言葉に従いなさいと注意する[J82]．時として，聖職者は自分のたくさんの悪癖を少ない収入のせいにする．

類話（～人の類話） フィンランド；エストニア；ラトヴィア；リトアニア；スウェーデン；ノルウェー；デンマーク；フリジア；ドイツ．

1836* 話型 1785B を見よ．

1837 教会の精霊（旧，教区牧師が教会の中にハトを飛ばさせる）（旧話型 1839* を含む）

聖職者が，礼拝の会衆のために奇跡を行いたいと思い，教会の雑用係（料理人，召し使いの少女）が天井の穴からハト（何か燃えている物）を，まるで精霊（天国からの炎）のように放つよう手はずを整える．聖職者が合図すると，ハトを失ってしまった教会の雑用係が，「精霊は猫に食べられてしまいました」（「首が折れました」または「火を燃やす材料が尽きました」）と答える［X418］．

女の料理人が，天井を破ってむき出しの尻をさらす．聖職者が，見上げる者は目が見えなくなると警告するが，1 人が片目を危険にさらして，何が起こったのか見上げる．（旧話型 1839*.）

コンビネーション 1785B.

類話（～人の類話） フィンランド；フィンランド系スウェーデン；エストニア；ラトヴィア；リトアニア；スウェーデン；デンマーク；アイルランド；フランス；スペイン；カタロニア；ポルトガル；オランダ；フリジア；フラマン；ワロン；ドイツ；オーストリア；イタリア；ハンガリー；チェコ；スロベニア；ルーマニア；ブルガリア；ギリシャ；ポーランド；ロシア；ベラルーシ，ウクライナ；ジプシー；シベリア；グルジア；オーストラリア；フランス系カナダ；アメリカ；スペイン系アメリカ；アフリカ系アメリカ；南アフリカ．

1837* ペットのハトが聖職者のスープにふんをする

聖職者（靴職人）が人になれた鳥を飼っている．聖職者の料理人（妻）がスープを持ってくると，鳥はスープ鉢の縁に座り，スープの中にふんを落とす．みんな笑うか，または料理人がスプーンでふんをすくう．聖職者は「もしそれをしたのがわたしだったなら，わたしは罰せられたことであろう」と不平を言う．参照：話型 129A*.

類話（～人の類話） デンマーク；オランダ；フリジア；フラマン；ワロン；ドイツ．

1838 教会の豚

教会の雑用係がうっかり教会に豚を閉じ込めてしまう．彼は，騒音を聞いて聖職者に急報する．聖職者は祭服を着て，聖書を持ち，教会の雑用係に教会のドアを開けるように頼む．豚が聖職者の脚の間に突進し，背中に聖職者を乗せたまま走り去る．聖職者は，自分が悪魔に連れ去られていくのだと思う［X415］．参照：話型 1849*.

類話（～人の類話） フィンランド；フィンランド系スウェーデン；エストニア；ラトヴィア；スウェーデン；ノルウェー；デンマーク；イギリス；フランス；スペイン；ポルトガル；フリジア；フラマン；ドイツ；イタリア；ハンガリー；セルビア；クロアチア；ルーマニア；ロシア；ジプシー；フランス系カナダ；南アフリカ.

1838* 教会であまり見かけなかった

教会の職員が，何人かの農夫（女）にもっと頻繁に教会に来てもらいたいと思う．教会の職員はキビを教会の外に蒔き，芽が出るとそれを踏みつける．それから彼は，農夫たちがキビを落としたと責める．農夫たちは，自分たちはもう長いこと教会には行っていないので，それをしたのは自分たちのはずはないと答える.

類話（～人の類話） ブルガリア；ロシア.

1839 話型 1839A を見よ.

1839A 聖職者が切り札を叫ぶ（旧話型 1839 を含む）

この雑録話型は，教会で酩酊することと，カードをすることに関するさまざまな笑話からなる.

多くの類話では，聖職者が教会で寝てしまう．目を覚ますと（教会の雑用係に起こされると），聖職者は自分が酒場にいると思う．聖職者は，どのカードが切り札かを叫ぶか，または酒をもう 1 杯注文する［N5］.

類話（～人の類話） フィンランド；エストニア；リーヴ；ラトヴィア；リトアニア；スウェーデン；デンマーク；アイルランド；イギリス；カタロニア；オランダ；フリジア；フラマン；ドイツ；イタリア；ハンガリー；ギリシャ；スペイン系アメリカ；アフリカ系アメリカ；西インド諸島.

1839B 実例で説明した説教

カードをしている聖職者が，説教の間に切り札の組み札を叫ぶことができるかを賭ける．説教の中で，聖職者はあるカードが切り札であると明言するが，神がどんなカードよりもいい切り札であると言い足す［N71］．参照：話型 1613, 1827A.

類話(～人の類話) フィンランド；エストニア；リーヴ；ラトヴィア；スウェーデン；デンマーク；オランダ；フリジア；フラマン；ドイツ；イタリア；ハンガリー；クロアチア；南アフリカ.

1839* 話型1837を見よ.

1840 墓で神への祈りをしているときに，聖職者の雄牛のロープが解ける
(旧話型1745を含む)

埋葬を執り行っている間(教会の礼拝中に)，聖職者は自分の雄牛がロープをちぎったのを見る．聖職者は牛をののしる(悪魔に取られてしまえと言う)．礼拝の会衆は，聖職者が死んだ男を呪っているのだと思う[X421].

類話(～人の類話) フィンランド；フィンランド系スウェーデン；エストニア；スウェーデン；ノルウェー；デンマーク；アイルランド；スペイン；スイス；イタリア；ユダヤ；スペイン系アメリカ.

1840B 盗まれたハム(ヤギ)

聖職者が何かを盗む．そして盗まれた男のために祈ると誓う．しかし祈りの中で聖職者は盗まれた男を非難し，盗んだ男に罪のゆるしを与える.

類話(～人の類話) フィンランド；フィンランド系スウェーデン；スウェーデン；デンマーク；イギリス.

1841 食前の祈り (旧，食事の前の祈り)

聖職者が少年に，少年の家族はどのように祈りを唱えるかと尋ねる．少年が質問を理解しないので，聖職者は，みんなが食べる前に父親は何て言うかと尋ねる．少年は「こっちにおいで，子どもたち！」(「来て，食べなさい，ライオンたち！」)と答える.

類話(～人の類話) フィンランド；エストニア；リーヴ；ノルウェー；デンマーク；アイルランド；フランス；ワロン；ドイツ；イタリア；チェコ；アメリカ；南アフリカ.

1842 犬の遺産 (旧，犬の遺言)

忠実な犬(ロバ，ヤギ，豚)の飼い主が，その犬を正式な埋葬の礼拝で教会の墓地に埋葬してもらいたがる．聖職者は拒否する．飼い主が，その犬は教会に多大な遺産を残したと説明すると，聖職者は気が変わる.

聖職者(犬の飼い主)は犬を埋葬したために，司教に申し開きをしなければ

ならない．聖職者は，推定される遺産のうちのいくらかのお金を司教に渡すことを申し出る．すると司教は埋葬への異論を引っ込める[J1607].

注　13世紀にフランスでリュトブフ(Rutebeuf)のファブリオー(Gier 1985, No. 14)に記録されている．15世紀には，ポッジョ(Poggio)の『笑話集(*Liber facetiarum*)』(No. 36)に記録されている．

類話(～人の類話)　リトアニア；スウェーデン；デンマーク；フランス；スペイン；カタロニア；フリジア；ドイツ；イタリア；チェコ；スロバキア；ルーマニア；アルバニア；ブルガリア；ギリシャ；ポーランド；ソルビア；ロシア；ベラルーシ，ウクライナ；トルコ；ユダヤ；ダゲスタン；アゼルバイジャン；シベリア；カザフ；パレスチナ；イラク；イラン；リビア；チュニジア.

1842A* 貪欲な聖職者

この雑録話型は，貪欲な聖職者がお金を得ようとして裏をかかれるさまざまな笑話からなる.

類話(～人の類話)　ラトヴィア；リトアニア；デンマーク；ルーマニア.

1842C* 聖職者の夜々

聖職者(教区牧師)が知人を夕食に招待し，自分の家を知人に見せる．知人は銀のスプーンを取って，聖職者の(料理人の)ベッドの中に隠す．しばらくして，聖職者は知人に，彼が訪問して以来スプーンが見つからないと，スプーンのことを尋ねる．知人は，聖職者がここしばらくの間に自分のベッドで寝ていれば，スプーンを見つけたはずだと答える.

類話(～人の類話)　ラトヴィア；リトアニア；フランス；オランダ；フリジア；フラマン；ドイツ；オーストリア；イタリア.

1843　聖職者が臨終の訪問をする

この雑録話型は，聖職者が誰かの死の床に行き，とんでもない結果となるさまざまな笑話からなる.

類話(～人の類話)　フィンランド；エストニア；ラトヴィア；スウェーデン；ノルウェー；デンマーク；アイルランド；イギリス；フランス；ドイツ；セルビア；ギリシャ；アルメニア.

1843A　盗まれた自転車

聖職者が，最近妻を亡くした男を訪問するつもりで，間違った家に行く.

その家には自転車を盗まれた男が住んでいる．聖職者がお悔やみを述べると，男は「あれは，あまり価値がなかった．おれが上に乗ると，いつもキーキーいってうなり続けた(田舎者が乗るのにしか向かない)」と答える．

類話(～人の類話) フィンランド；エストニア；イギリス；フリジア；ドイツ．

1844 聖職者が病人を訪ねる

この雑録話型は，以下のようなさまざまな笑話からなる．例えば，聖職者が誰かの病床(死の床)の横で食事をする．病人は聖職者が食べている音を聞き，「なんともつらい」と訴える．聖職者は，「そう，病気とはそういうものだ」と答える．(訳注：「なんともつらい」の原文は How he gnaws away !「なんというかじり方だ」「なんというむしばみ方だ」の掛けことば．)

類話(～人の類話) フィンランド；エストニア；ラトヴィア；デンマーク．

1845 治療者としての学生

学生が村にやって来て，お婆さんの飼っている子牛(ロバ)を治療すると約束する(お婆さん自身を治療すると約束する)．学生は「もし生きないなら，死なせよ」と１枚の紙に書いて，それを袋に入れ，それを子牛の首にぶら下げるようお婆さんに言う[K115.1]．子牛は回復する．

しばらくして，学生は再び聖職者(教師)としてその村にやって来る．彼は病気になる．村人たちは，病気を治す力があることで知られるお婆さんを薦める．お婆さんは，首に下げるよう小さな袋を彼にくれる．袋の中には自分の書いたメッセージがある．彼は大笑いして，病気が回復する[N641][J1513.1]．

注 14, 15 世紀に『哲学者の宴(*Mensa philosophica*)』(IV, 44)に記録されている．
類話(～人の類話) フィンランド；リーヴ；ラトヴィア；スウェーデン；ノルウェー；デンマーク；フェロー；スコットランド；イギリス；オランダ；フリジア；ドイツ；スイス；マルタ；チェコ；マケドニア；ギリシャ；ポーランド；ロシア, ベラルーシ, ウクライナ；アラム語話者．

1847* 聖書の巧妙な引用

ある男(ユダヤ人，強盗，農夫)が，「誰かがあなたの右の頬を打つなら，左の頬をも向けなさい」というテーマ(マタイによる福音書 5, 39)についての説教を褒め称える．男は，聖職者が聖書の忠告どおりにするかどうか見るために，聖職者にびんたをする．聖職者は左の頬を出さずに，「あなたがたの量るそのはかりで，自分も量られるであろう．しかもさらに多く」と引用しながら，男を叩き返す[J1262.3]．

一部の類話では，けんかを見ている人たちがいて，2人は聖書の解釈をしているのだと言う．

または，けんかは紳士と聖職者の間で起きる．紳士は「これが，モーゼが岩から水を出した杖だ」と言って，杖で聖職者を叩く．聖職者は「これがアロンの聖なる香炉だ」と言って，ピストルを抜く[J1446]．参照：話型1811B.

コンビネーション 1533A.

類話(～人の類話) フィンランド；エストニア；ラトヴィア；デンマーク；イギリス；オランダ；フリジア；ドイツ；ハンガリー；セルビア；ブルガリア；ルーマニア；スペイン系アメリカ.

1848 罪ごとに小石１つ

懺悔に来た農夫(少年)が，何回罪を犯したかを思い出すことができない．聖職者は，農夫が罪を犯すたびに，小石(ジャガイモ)をためておくように言う．次に農夫が懺悔をしにやって来ると，農夫は小石の入った大きな袋を2つ(ジャガイモを積んだ荷車１台)持ってくる[J2466.1]．参照：話型1738.

類話(～人の類話) フィンランド；アイルランド；イギリス；スペイン；フラマン；ワロン；ドイツ；ハンガリー；クロアチア；ダゲスタン；アメリカ.

1848A 聖職者のカレンダー (旧話型1848Bを含む)

聖職者(ナスレッディン・ホッジャ(Nasreddin Hodja))は，カレンダーを読むことができず，四旬節(ラマダン)の間の日数を数えるために，豆(エンドウ豆，穀物の粒，カボチャの種)を上着のポケットに入れておく．毎日聖職者は豆を１粒取り除く(食べる，壺に放り込む)．

聖職者の妻(娘)が豆を見つけ，夫は豆を食べるのが好きだと思い，豆をひと握り加える．聖職者が，断食の日数はあとどれくらいあるのかと聞かれ，ポケットの中の豆を数え，途方もなく大きな数を言う(今年は復活祭は来ないと言う，または，色が塗られた卵の殻を見つけ，復活祭はここではもう終わったと言う)[J2466.2]．

または，いつ日曜日が来るかわかるように，聖職者が毎日ほうきを１本つくる(車輪を１つつくる，卵を１つ集める)．ほうきが6本になると，聖職者は教会の雑用係に次の日に鐘を鳴らすように言う．ある隣人(教会の雑用係)

がこの仕組みに気づき，ほうきを1本隠す．すると聖職者は間違えて，日曜に礼拝をし損なう．

コンビネーション 1739.

注 16世紀にゲオルク・ヴィクラム(Georg Wickram)の『道中よもやま話(*Rollwagenbüchlein*)』(No. 47)に記録されている．

類話(～人の類話) フィンランド；イギリス；フランス；ポルトガル；オランダ；ドイツ；イタリア；ハンガリー；セルビア；マケドニア；ルーマニア；ブルガリア；ギリシャ；ポーランド；ユダヤ；クルド；グルジア；パレスチナ；エジプト．

1848B 話型1848Aを見よ．

1848D 聖職者が復活祭を忘れる (旧，司祭が復活祭とクリスマスを間違える)

字の読めない聖職者が，礼拝の会衆に聖日を告知するのを忘れる．聖職者は，もう枝の主日だと聞く．聖職者は礼拝の会衆のところに戻ると，四旬節は厳冬のために今年は1週間に縮められ，復活祭が来週来ると言う．

または，文盲の聖職者が，教会カレンダーのほかの聖日を忘れるか，混同する．

注 15世紀にポッジョ(Poggio)の『笑話集(*Liber facetiarum*)』(No. 11)に記録されている．

類話(～人の類話) スペイン；イタリア；ロシア，ベラルーシ，ウクライナ．

1849* 雌牛のしっぽに引きずられた聖職者

聖職者(オルガン奏者)が雌牛を1頭飼っている．雌牛はミルクを搾られているとき，ハエを追い払うために，しっぽを強く打つ．これをやめさせるために，聖職者はしっぽを自分の上着に結びつける(首に巻きつける)．スズメバチが雌牛を刺すと，雌牛は聖職者を後ろに引きずったまま，駆けていく．

南ヨーロッパのいくつかの類話では，妻(農場の召し使い)がミルクを搾っている間，聖職者は言うことを聞かない雌牛に乗る．雌牛は聖職者を乗せたまま駆け出す．聖職者はどこに行くのかと尋ねられ，「神と，このいまいましい雌牛のみぞ知る」と答える[J2132.3]．参照：話型1838.

類話(～人の類話) エストニア；ラトヴィア；ハンガリー；チェコ；スロバキア；セルビア；クロアチア；ルーマニア；アメリカ．

その他のグループの人々に関する笑話 1850-1874

1851 敬虔な女たちに関する笑話

この雑録話型は，敬虔なお婆さんの極端な信じやすさを物笑いの種にするさまざまな笑話からなる．

類話(～人の類話) ラトヴィア；リトアニア；フランス；フリジア；イタリア；マケドニア；ブルガリア；ギリシャ；スペイン系アメリカ．

1853 粉屋に関する笑話 (旧話型 1853A* と 1853B* を含む)

この雑録話型は，粉屋たちに関するさまざまな笑話，特に粉屋たちが客たちから盗みをはたらくさまざまな笑話からなる[例 K341.11.1, K486]．

類話(～人の類話) フランス；スペイン；フラマン；ドイツ；ハンガリー；セルビア；ブルガリア．

1853A* 話型 1853 を見よ．

1853B* 話型 1853 を見よ．

1855 ユダヤ人に関する笑話

この雑録話型は，ユダヤ人に関するさまざまな笑話からなる．大部分は反ユダヤ主義である[X610]．参照：話型 1656.

類話(～人の類話) フィンランド；ラトヴィア；リトアニア；アイルランド；イタリア；スロバキア；クロアチア；マケドニア；ブルガリア；ギリシャ；ポーランド；イギリス系カナダ；スペイン系アメリカ；南アフリカ．

1855A ユダヤ人の女が救世主を産むと両親に信じさせる

若いユダヤ人の女(修道女)が，ある学生(聖職者)に妊娠させられる．彼女の父親を恐れて，学生は自分を天使だと偽り，父親にあなたの娘は救世主を産むと告げる．多くの人々が誕生に立ち会おうとやって来る．女は娘を産む(生まれた娘を怒った父親が殺す)[J2336, K1962]．参照：話型 1547*.

注 13 世紀にエジプトのヘレニズムの資料に基づいた，ハイスターバッハのカエサリウス(Caesarius of Heisterbach)の『奇跡に関する対話(*Dialogus miraculorum*)』(I, 2, 24)に記録されている．

類話(～人の類話) フィンランド；リトアニア；フランス；カタロニア；スイス；イ

タリア；チェコ；ルーマニア；ポーランド；ロシア, ベラルーシ, ウクライナ.

1855B 棺に入れた小切手

死の床で，ユダヤ人(農夫)が息子たちに，自分が埋葬される棺にどれだけのお金を入れてくれるかと尋ねる．ユダヤ人が死んだあと，息子たちのうち2人は約束どおりのお金を棺に入れる．3人目の息子は全額分の小切手を切る．彼はそれを棺に入れて，兄弟たちがそこに入れたお金を自分のものにする[K231.13].

類話(～人の類話) イギリス；フリジア；ドイツ；ルーマニア；ユダヤ；オーストラリア；アメリカ；アフリカ系アメリカ；南アフリカ.

1855C 救助者の安息日

ユダヤ人が井戸(運河)に落ちるが，安息日なので，引き上げてもらうのを拒む．次の日(日曜日)ユダヤ人は助けを求める．しかし今度は救助者がキリスト教徒で，自身の安息日のため，引き上げることを拒む[J1613].

類話(～人の類話) フランス；ドイツ.

1855D 「あなたは自分が逃しているものに気づいていない」

司祭が，電車に乗ってハムサンドを食べている．司祭は自分の向かいに座っているラビ(ユダヤ人)にサンドイッチを1つ勧める．ラビは，豚肉を食べることは禁じられていると説明する．聖職者は「あなたは自分が逃しているものに気づいていない．豚肉はすばらしいですよ」と言う．

聖職者が電車をおりるとき，ラビは「奥様によろしく」と言う．聖職者は，結婚は禁じられているのですと答える．ラビは「あなたは自分が逃しているものに気づいていない．女はすばらしいですよ」と返す．

類話(～人の類話) フリジア；ドイツ；オーストリア；ユダヤ；オーストラリア；アメリカ.

1855E ラビと献金

ラビが，違う宗教の2人の聖職者に，献金のうちどれだけを自分のものにするかと尋ねる．1人は5パーセントで，もう1人は10パーセントをもらっている．2人の聖職者が同じ質問をラビにすると，ラビは「わたしは宙に献金を投げて，上で取らなかったのを自分のものにしている」と答える．

類話(～人の類話) イギリス；フリジア；ドイツ；オーストリア；ユダヤ；アフリカ

系アメリカ；ナイジェリア.

1856 昼間の子どもたちと夜の子どもたち

画家が美しい子どもたちを描く．しかし彼自身の子どもたちは醜い．ある人がその理由を尋ねると，絵の子どもたちは昼間つくり，彼自身の子どもたちは夜つくったからだと答える[J1273].

注 5世紀にマクロビウス(Macrobius)の『サトゥルナリア(*Saturnalia*)』(II, 2, 10)に記録されている.

類話(～人の類話) イギリス；スペイン；ドイツ；ハンガリー.

1857 紅海を描く

罪の償いをするために，または誰かに頼まれて，男(貴族，オイレンシュピーゲル，女)が，紅海を渡るイスラエルの人々の絵を描くことを引き受ける．男はキャンバス(壁)全体を真っ赤に塗る．イスラエルの人々とエジプト人たちはどこだと尋ねられ，画家は，イスラエルの人々はもう渡ってしまい，エジプト人たちは溺れたと答える.

注 早期の版は16世紀，ハンス・ザックス(Hans Sachs)の「絵描きになったオイレンシュピーゲル(*Ewlenspiegel wart ein maler*)」(1556)を見よ.

類話(～人の類話) フリジア；フラマン；ドイツ；イタリア；マルタ；ユダヤ；アメリカ；南アフリカ.

1860 弁護士に関する笑話

この雑録話型は，(たいていは)賢い弁護士に関するさまざまな笑話からなる[例 K441.2.1].

類話(～人の類話) リーヴ；ラトヴィア；デンマーク；アイルランド；イギリス；スペイン；ポルトガル；マケドニア；ユダヤ；スペイン系アメリカ.

1860A 地獄に行った弁護士

この説話には，おもに2つの異なる型がある.

(1) 男が軽罪裁判官(市長，弁護士，警察官)に，地獄の夢を見た(地獄へ行った)と言う．地獄の炎の中で，男は空いている椅子に座ろうとしたが，悪魔の1人が，その席は軽罪裁判官のために取ってあると言って，彼を止めた[X312].

(2) 男(聖ペトルス，数人の聖者)が天国で，自分の権利を認めてもらうために裁判を受けようとするが，裁判を行う弁護士は天国には1人もいない.

コンビネーション 1738.
類話(～人の類話) フィンランド；フィンランド系スウェーデン；エストニア；デンマーク；フェロー；アイルランド；イギリス；スペイン；バスク；フリジア；フラマン；ドイツ；ブルガリア；ソルビア；オーストラリア；アメリカ；スペイン系アメリカ；エジプト.

1860B キリストのように死んでいく ― 2人の泥棒の間で

死を間近に迎えた男が弁護士と公証人(聖職者と教会の雑用係)を呼ぶよう妻に頼む．弁護士と公証人が死の床の両脇に立つと，男は2人の泥棒の間で死にゆくキリストの気分だと言う[X313].

類話(～人の類話) フィンランド；アイルランド；オランダ；ドイツ；スイス；アメリカ.

1860C 自分が罪を犯したことを疑う

被告の弁護士がたいへん雄弁に語るため，すでに自分の罪を認めた被告人が，自分が罪を犯したことを疑い，申し立てを変える[X319.1].

類話(～人の類話) ラトヴィア；フリジア；イギリス系カナダ，アメリカ.

1860D 開けられた弁護士の手紙

2人の農夫(隣人)が，(彼らの境界線について)言い争いになり，口論に決着をつけるために法廷に行く．彼らは順に同じ弁護士のところに行く．弁護士は2人目の農夫に，同僚の弁護士のところに手紙を持っていかせる．2人目の農夫がその手紙を開けると，弁護士が同僚と自分に大もうけを約束することが書かれている．2人目の農夫はその手紙をもう1人の農夫に見せ，彼らは法的な助けなしで自分たちの論争に決着をつける.

注 1566年にアンリ・エチエンヌ(Henri Estienne)の『ヘロドトス弁護(*Apologie pour Hérodote*)』に記録されている.
類話(～人の類話) フィンランド；スコットランド；イギリス；ポーランド；フリジア；ドイツ；イギリス系カナダ；アメリカ.

1860E 書類形式の脱穀

農夫が弁護士から法的な陳述書を受け取る．農夫はその書類に対し1ページごとに支払いをしなければならないが，書類を確認すると，弁護士が行間を空けてその書類を書いたことがわかる(しかも最後のページには何も書かれていない)．弁護士は，書類とはそのように書かなければいけないのだと説明する.

農夫はこの請求を支払うことができないので，仕事で支払うことを弁護士に申し出る．農夫は弁護士の穀物を，列の間隔を空けて，脱穀されない部分を広く残しながら脱穀して(畑を耕して)仕返しをする．農夫は，これは「書類形式脱穀」と呼ばれていると説明する.

注　17 世紀に記録されている.
類話(～人の類話)　ドイツ；スイス；ポーランド.

1861　裁判官に関する笑話

この雑録話型は，裁判官に関するさまざまな笑話を包括する．そのほとんどは，裁判官が下した判決が裁判官自身に不利に働く.

類話(～人の類話)　フィンランド；ラトヴィア；デンマーク；アイルランド；スペイン；スイス；セルビア；マケドニア；ポーランド；ウズベク；スペイン系アメリカ.

1861A　より大きな賄賂

2 人の男が，自分たちの言い争いを解決するために，裁判官のところに行く．裁判官が判決を下す前に，男の 1 人は荷車(雄牛，斧，油の入った瓶，ミルク，真鍮のランプ)を裁判官のところに持っていく．もう片方の男は馬(毛皮，雌牛かバター，雌豚，子豚，ラバ)を裁判官のところに持っていく．裁判官は 2 人目の男を支持した判決を下す.

最初の男が，自分の荷車は間違ったところに行ったと不平を言うと，裁判官は，荷車は馬が引いていったところに行ったのだ[K441.2](毛皮が雄牛の喉に詰まった，雌豚が油の入った瓶をひっくり返した，子豚がミルクを飲んだ，等)と説明する[J1192.1]．参照：話型 1345.

注　9 世紀にアラビアの笑話として記録されている．早期のヨーロッパの文献資料は 15 世紀のポッジョ(Poggio)の『笑話集(*Liber facetiarum*)』(No. 256)を見よ.
類話(～人の類話)　フィンランド；ラトヴィア；リトアニア；イギリス；カタロニア；ポルトガル；オランダ；ドイツ；イタリア；ハンガリー；ルーマニア；ブルガリア；トルコ；ユダヤ；イラク；インド；中国；日本；エジプト，アルジェリア；モロッコ；エチオピア.

1861*　「皆さん座ってください」

礼拝の会衆(聴衆)が祈りのために立ち上がるちょうどそのときに，高慢な女(市長の妻，男子学生)が教会に遅れて到着する(大学の会議にやって来る).

女は，皆が自分のために立ち上がったと思い，「おかけなさい，わたしもかつては貧しかったのです」と皆に言う(学生はドアの近くに座るつもりだと言う).

類話(～人の類話) フィンランド；ドイツ；ハンガリー；ルーマニア；ウクライナ.

1862 医者(医師)に関する笑話

この雑録話型は，医者に関するさまざまな笑話からなる．多くの場合，医者は患者を治療する方法を知らない(そして患者は死ぬ).

また一部の類話では，患者が医者の指示を言葉どおりに取るか，または医者の指示に間違って従う[K1955, X372]．参照：話型 1349N*.

類話(～人の類話) ラトヴィア；デンマーク；アイルランド；カタロニア；ポルトガル；フリジア；イタリア；マルタ；セルビア；マケドニア；ユダヤ；クルド；中国；アメリカ；メキシコ；チュニジア.

1862A にせ医者：ノミ取り粉を使う

行商人が，ノミを殺せること間違いなしと保証する粉を売る．誰かがその粉の使い方を尋ねると，行商人は，ノミを捕まえて，ノミの口を開けておいて，そこに粉を1粒入れると答える[K1955.4].

注 15世紀後期にイタリアのノヴェラ作家ロドヴィーコ・カルボーネ(Lodovico Carbone)の『冗談(*Facezie*)』に記録されている．にせ医者の役割はさまざまな地域のトリックスター(例，ピエール・フェフー(Pierre Faifeu)，オイレンシュピーゲル(Eulenspiegel)，ナスレッディン・ホッジャ(Nasreddin Hodja))にあてがわれている.
類話(～人の類話) フィンランド；ラトヴィア；リトアニア；デンマーク；アイルランド；ドイツ；イタリア；ハンガリー；スロバキア；ルーマニア；ユダヤ；アゼルバイジャン；カザフ；ウズベク；中国；スペイン系アメリカ.

1862B 話型 1164 を見よ.

1862C 観察による診断 (旧，観察による診断のまね：ロバの肉)

医者が，病人は鶏肉(果物)の食べすぎだと診断する．医者の息子は，どうしてわかったのかと尋ねる．医者は，その男の生ごみを見て鶏の骨(果物の皮)に気づいたと答える.

医者の息子は別の病床に呼ばれる．息子はベッドの下(ドアの近く)のロバの鞍に気づき，男はロバの肉(馬と荷車と枕)の食べすぎだと診断する．医者の息子はあざ笑われる[J2412.4]．参照：話型 1739.

または，医者の息子は，病気の女は教会の仕事(政治)に精を出しすぎたと診断する．なぜなら彼女のベッドの下に聖職者(政治家)を見つけたからである．

注　12世紀の終わりにアラビアの笑話として記録されている．早期のヨーロッパの文献資料は15世紀のポッジョ(Poggio)の『笑話集(*Liber facetiarum*)』(No. 109)を見よ．
類話(～人の類話)　フィンランド；アイルランド；ウェールズ；イギリス；スペイン；ポルトガル；フリジア；ドイツ；イタリア；ハンガリー；チェコ；マケドニア；ギリシャ；ユダヤ；イラン；インド；アメリカ；南アフリカ．

1862D　便秘の雌牛

獣医(にせ医者)が，病気の雌牛を治療するために呼ばれる．彼は農夫(作男)に雌牛の口を開かせて，中を覗かせる．獣医は雌牛のしっぽを持ち上げて，その下にランタンをかざす．口を覗き込んでいる農夫には光が見えない．すると獣医は，雌牛は便秘を患っていると言う．

類話(～人の類話)　オランダ；フリジア；フラマン；ドイツ．

1862E　最もありふれた職業

宮廷の道化師が，王国で最もありふれた職業は医者だということを王に示そうとする．道化師は頭の周りに布を結び，歯痛のふりをする．彼のところに来た人は誰でも，歯痛の治療について助言をする．その結果，王はどれほど多くの医者がいるか見ることができる[N63]．

注　中世後期より記録されている．例えばジョバンニ・ポンターノ(Giovanni Pontano)の『説教集(*De sermone*)』(VI, 2, 29)．
類話(～人の類話)　オランダ；フリジア；フラマン；ドイツ；ハンガリー．

1862F　ある人にとっていいことが万人にとっていいわけではない

病気の鍛冶屋がにせ医者のところにやって来る．にせ医者は，鍛冶屋は1日3回ベーコン入りパンケーキ(ベーコンとカリフラワー)を食べるよう処方する．3日後に，医者は，鍛冶屋が熱心に働いているのを見て，自分の処方で彼が治ったと思う．

後に，病気の仕立屋が同じ医者のところにやって来る．すると医者は仕立屋に同じ処方をする．仕立屋が死ぬと，医者は，自分の処方は鍛冶屋には効いたが，仕立屋には効かなかったと判断する．

類話(～人の類話)　フリジア；フラマン；ドイツ；ルーマニア．

1864 気の触れた人たちに関する笑話

この雑録話型は，気の触れた人々に関するさまざまな笑話からなる．

類話(～人の類話) ドイツ；ユダヤ；シリア．

1865 外国人に関する笑話

この雑録話型は，外国人(隣国か隣町から来た人々)に関するさまざまな笑話からなる．

しばしば外国人はステレオタイプ化されている，例えば，泥棒，または怠け者，または悪意がある者．

一部の笑話では，彼らの先祖について言及され，彼らはある種の動物の子孫だと言われる．

類話(～人の類話) リトアニア；アイルランド；スペイン；ポルトガル；ハンガリー；スロベニア；セルビア；マケドニア；ブルガリア；ポーランド；ユダヤ．

1867 貴族に関する笑話

この雑録話型は，貴族に関するさまざまな笑話からなる．

類話(～人の類話) ラトヴィア；リトアニア；ハンガリー；セルビア；マケドニア；ポーランド；ロシア，ウクライナ；シベリア．

1868 絞首刑に関する笑話(絞首台のユーモア)

この雑録話型は，犯罪者と絞首刑執行人の間の滑稽な会話からなるさまざまな笑話，または，絞首台がばらばらにくずれて死刑が執行できないさまざまな笑話からなる．参照：話型 927B-927D.

類話(～人の類話) オランダ；フリジア；フラマン；ドイツ；ハンガリー；ルーマニア；アメリカ．

1870 さまざまな宗教と宗派に関する笑話

この雑録話型は，特定の宗教の人々に関するさまざまな笑話からなる．

類話(～人の類話) ラトヴィア；リトアニア；アイルランド；スロベニア；セルビア；マケドニア；ユダヤ．

1871 哲学者に関する笑話

1871A　星を眺めている人が井戸に落ちる

哲学者(タレス(Thales))が，星を観察するためにいつも上を見ている．哲学者は井戸に落ちる．お婆さんが哲学者に，あなたは地上をつまずかずに歩くこともできないのに，なぜ星について知りたがるのかと尋ねる[J2133.8]．

注　プラトン(Plato)の『テアイテトス(*Theaitetos*)』(174a)に記録されている．『イソップ寓話』(Perry 1965, 428 No. 40)にもある．ラ・フォンテーヌ(La Fontaine)の『寓話(*Fables*)』(II, 13)によって普及した．

類話(～人の類話)　イギリス；スペイン；ドイツ；スイス；イタリア；ハンガリー；ギリシャ．

1871B　王は町を破壊できない

王が町を破壊しようとする．その町の哲学者がやって来て，慈悲を求める．王は，自分はいつも人々が自分にしてくれと頼むことと逆のことをするのだと言う．哲学者は王に町を破壊するように頼み，その結果町を救う[J1289.10]．

注　古典起源．大部分の資料は文献資料である．例えばヴァレリウス・マキシムス(Valerius Maximus)(VII, 3, ext. 4)．

類話(～人の類話)　イギリス；カタロニア；ハンガリー．

1871C　キニク学派の哲学者が日光を望む

王がキニク学派の哲学者(ディオゲネス(Diogenes))に，「わたしはあなたのために何ができるのか」と尋ねる．哲学者は王に，王の影を動かして，哲学者に当たっている日光の所から出るよう頼む．哲学者は「あなたがわたしに与えることのできないものをわたしから奪うな」と言う[J1442.1]．

注　古典起源．キケロ(Cicero)(紀元前106年～)の『トゥスクルム荘対談集(*Tusculanae disputationes*)』(V, 92)．中世には，例えばペトルス・アルフォンシ(Petrus Alfonsus)の『知恵の教え(*Disciplina clericalis*)』(No. 28)に記録されている．

類話(～人の類話)　スペイン；ドイツ．

1871D　キニク学派の哲学者と禿げ頭の男

禿げた男が哲学者を侮辱する．哲学者は「わたしはあなたの髪がうらやましい(あなたの髪を称賛する)．あなたの髪はずっと前にあなたから離れていったのだから」と答える[J1442.9]．

注　『イソップ寓話』(Perry 1965, 488 No. 375)．

類話(～人の類話) ドイツ.

1871E キニク学派の哲学者と石を投げる少年

私生児の少年が石を投げており，キニク学派の哲学者が注意をする．「気をつけなさい．おまえの父親に当たるかもしれないよ」[J1442.7].

注 11世紀にアラビアの笑話として記録されている．
類話(～人の類話) スペイン；ドイツ.

1871F ディオゲネスとランタン

ディオゲネスが真っ昼間にランタンを持って市場を歩いていく．何をしているのかと尋ねられると，ディオゲネスは「正直者を探しているのだ」と答える[J1303].

注 『イソップ寓話』(Phaedrus/Perry 1965, III, 19).
類話(～人の類話) ドイツ

1871Z ディオゲネスに関するその他の笑話

この雑録話型は，哲学者ディオゲネスに関するさまざまな笑話からなる[J1442.1.1, J1442.2, J1442.3, J1442.4, J1442.4.1, J1442.5, J1442.6, J1442.8, J1442.10].

例は以下のとおり．

(1)ディオゲネスは，子どもたちが手ですくって水を飲んでいるのを見て，自分のコップを捨てる．

(2)ディオゲネスがキャベツを食べているところ(レタスを洗っているところ)を王の召し使いが見て，「もしあなたがわたしの主人に仕えていたなら，もっといい物を食べられただろうに」と言う．ディオゲネスは「もしあなたがキャベツを食べていたら，あなたの主人にごまをする必要はなかっただろうに」と答える[J211.1]．参照：話型 201.

類話(～人の類話) スペイン；ドイツ；ハンガリー；チェコ.

ほら話 1875–1999

1875 熊の(オオカミの)しっぽにつかまった少年

少年(男，少女，女)が道に迷う(家から，または主人から逃げ出す，等)．(森で)少年は強盗たち(泥棒たち，ジプシーたち，インディアンたち)に出くわす．強盗たちは少年を樽に入れる．オオカミ(キツネ，犬，熊)が強盗たちの食べ残しを食べに来る(樽の匂いを嗅ぐ)．少年は穴から手を伸ばして，オオカミのしっぽをつかむ(するとオオカミは叫び声を上げる)．オオカミは樽を引きずって逃げ，ついには樽が壊れる．しばしば少年は家に連れ戻されたことに気づく．(オオカミはしっぽをなくすか，殺される.)[X1133.3]．参照：話型 1229, 1653, 1900.

北方グループの類話では，見習い船員が，たちの悪いいたずらで(ひどい仕事ぶりで，愚かな会話で)船員たちをいらだたせるか，または危険な嵐が見習い船員のせいにされる．船員たちは見習い船員を(ハチミツを含む)いくらかの食料と道具といっしょに樽に入れて，水に投げ込む．岸に着くと，見習い船員は穴を開け，ハチミツの匂いをさせる．そして熊(キツネ，雌牛)をおびき寄せ，熊のしっぽをつかむ．

コンビネーション　通常この話型は，1つまたは複数の他の話型，特に 121, 327, 1061, 1088, 1408C, 1525H_4, 1535, 1537, 1829, 1875, 1880, 1881, 1889, 1889E, 1890, 1895, 1910 と結びついている．

注　仏教起源の資料は，インドの『ジャータカ(*Jātaka*)』(No. 51)を見よ．ヨーロッパでは 14 世紀にフランコ・サケッティ(Franco Sacchetti)(No. 17)に記録されている．文学翻案はジョン・フレイザー(J. Fraser)の『海の物語と他の詩(*A Tale of the Sea and other Poems*)』(1870)を見よ．

類話(～人の類話)　フィンランド；フィンランド系スウェーデン；エストニア；ラトヴィア；リトアニア；ラップ；ヴェプス，カレリア；スウェーデン；デンマーク；アイルランド；フランス；スペイン；オランダ；フリジア；フラマン；ワロン；ドイツ；イタリア；マルタ；ハンガリー；チェコ；スロバキア；スロベニア；セルビア；クロアチア；ルーマニア；ブルガリア；ポーランド；ロシア，ベラルーシ，ウクライナ；ジプシー；チェレミス/マリ，チュヴァシ；シベリア；ブリヤート，モンゴル；イギリス系カナダ；フランス系カナダ；アメリカ．

1876 話型 1408C を見よ．

1876* 上出来の狩人（旧，穴ウサギを逃がす）

狩人が，杭につながれて捕らわれている穴ウサギを狙って撃つ．狩人はひもを撃って切る．穴ウサギは逃げる．

類話（～人の類話） イタリア；オランダ；フリジア．

1877* 木のうろの中の少年

若者が木のうろに飛び込む（隠れる）．木こりたちが木を切りにやって来る．若者は木の中から話しかける．これに驚いて，木こりたちは道具（パン，馬）を残したまま逃げていく［X1854.1］．

コンビネーション 1881.
類話（～人の類話） フィンランド；エストニア；ラトヴィア；リトアニア；ハンガリー；ルーマニア；ブルガリア；ロシア，ベラルーシ；チェレミス/マリ；シベリア．

1880 砲弾に乗る（旧，バターの帽子をかぶった少年）

男（兵隊）が，とりでに入ろうとして，大砲から撃たれた砲弾に飛び乗る．半分まで来たところで，男は計画を考え直し，結局行くのをやめることにする．男は，反対方向に向かって撃たれた別の砲弾に飛び乗り，戻る［X1852，X1853］．参照：話型 1889J．

コンビネーション 707，1875.
注 有名なミュンヒハウゼンの説話（Münchhausen/Bürger, ch. 4）．
類話（～人の類話） フィンランド；リーヴ；ラトヴィア；リトアニア；カレリア；スウェーデン；デンマーク；オランダ；フリジア；ドイツ；ハンガリー；ロシア，ベラルーシ，ウクライナ．

1881 ガチョウに引かれて空に連れていかれた男

男（農夫，狩人）が，ひもにパン（ベーコン，這い虫（worms））を結んでガチョウたちを捕まえる．ガチョウたちがやって来てパンを食べ，次々とひもにつながれる．（男がガチョウたちに酒を飲ませてガチョウたちを捕まえ，それらをすべてひもにつなぐ．）

狩人はガチョウたちを家に連れて帰ろうとする．しかし途中ガチョウたちは突然いっぺんに飛び立ち，男を空に引き上げる．ガチョウたちは男を男の家まで連れていき，そこにおろす．男は煙突を伝って，家におりる［X1258.1］．参照：話型 1408C，1894．

コンビネーション 1408C，1877*，1875，1882，1889，1894，1895，1900，1910.

注　有名なミュンヒハウゼンの説話(Münchhausen/Bürger, ch. 2)．ヨーロッパにおける早期の文献版はフィリップ・ル・ピカール(Philippe le Picard)(nos. 34, 36，参照 nos. 37, 59, 62)を見よ．

類話(～人の類話)　フィンランド；エストニア；ラトヴィア；リトアニア；ラップ；ヴェプス, コミ；デンマーク；アイルランド；フランス；オランダ；フリジア；フラマン；ドイツ；スイス；オーストリア；ハンガリー；スロバキア；クロアチア；ポーランド；ロシア, ベラルーシ, ウクライナ；チェレミス/マリ, タタール, ヴォチャーク；シベリア；日本；フランス系カナダ；北アメリカインディアン；アメリカ．

1881*　オウムたちが木もろとも飛び去る

男が，木に止まっているやかましい鳥たち(オウムたち，カラスたち)にいらいらしている．男は木に登り，枝にシロップを塗りつける．鳥たちがまたそこにおりて止まると，男は鳥たちを(花火で)脅かす．鳥たちは飛び立ち，男を乗せたまま木もろとも(町まで)運んでいく[X1252]．

類話(～人の類話)　イギリス；オーストラリア；アメリカ；ニカラグア；アルゼンチン．

1882　気球から落ちた男

男が気球に乗って(1 羽の鳥によって[X1258.1](参照：話型 1881)，飛行機に乗って)天国へ運ばれていく．男は(砂の，亜麻の，切り藁の[X1757](参照：話型 1889E))ロープを伝っておりようとするが，ロープは短すぎる(ちぎれる)．男は落ちて，首のところまで地面に突き刺さる．男は自分のことを掘り出すために，斧(鋤)を取りに家に走る[X1731.2.1，参照 X1733.1]．参照：話型 1882A, 1962.

コンビネーション　通常この話型は，1 つまたは複数の他の話型，特に 852, 1174, 1881, 1889, 1889E, 1889F, 1890, 1900, 1920C, 1960A, 1960G と結びついている．

注　有名なミュンヒハウゼンの説話(Münchhausen, ch. 6)．

類話(～人の類話)　フィンランド；フィンランド系スウェーデン；ラトヴィア；リトアニア；スウェーデン；デンマーク；アイルランド；フランス；オランダ；フリジア；フラマン；ドイツ；オーストリア；ハンガリー；チェコ；スロバキア；スロベニア；セルビア；クロアチア；ブルガリア；ギリシャ；ポーランド；ロシア；ベラルーシ；ウクライナ；ジプシー；イギリス系カナダ；アメリカ．

1882A　木の幹(裂けた木)に捕らわれた男が斧を取りに家に帰る

男が木の幹(木のうろ)に捕らわれる．男は，木を切って身をふりほどくために，家に帰って，斧を取ってくる．参照：話型 1882.

コンビネーション 1889ff., 1920C, 1930.
類話（～人の類話） フィンランド；ラトヴィア；リトアニア；スウェーデン；デンマーク；フリジア；ドイツ；オーストリア；ハンガリー；チェコ；スロバキア；セルビア；ギリシャ；ポーランド；ロシア，ベラルーシ，ウクライナ；ジプシー；シベリア；アメリカ．

1886 男が自分の頭蓋骨を使って飲む

男が自分の頭蓋骨を取り外し，頭蓋骨から水を飲む（水を頭蓋骨に入れて運ぶ，頭蓋骨を使って氷を割る）．頭蓋骨は水に落ち，カモがその中に巣をつくる．

コンビネーション 1920H.
類話（～人の類話） リトアニア；ラトヴィア；ドイツ；ハンガリー；セルビア；クロアチア；ブルガリア；ロシア；ベラルーシ，ウクライナ；ユダヤ；アブハズ；カザフ；モンゴル；イギリス系カナダ．

1887* 牛商人の海を渡る旅

男がいかだに乗って海を渡る．男は次々と牛の群れを向こう岸に渡す．男は最後の牛といっしょに，牛のしっぽにつかまって，自分も海を渡る．

類話（～人の類話） ロシア，ベラルーシ，ウクライナ；シベリア．

1889 ミュンヒハウゼンの冒険

この雑録話型は，誇張と嘘を扱うさまざまな説話を包括する［X900ff］．参照：話型 513A, 654, 1880, 1881, 1889A–1889P, 1890, 1894, 1896, 1910, 1930.

コンビネーション 1875, 1889ff., 1895, 1920.
注 ミュンヒハウゼンの説話（Münchhausen, Münchhausen/Bürger）は特に北ヨーロッパ，中央ヨーロッパと北アメリカで流布している．
類話（～人の類話） フィンランド；フィンランド系スウェーデン；リトアニア；ラトヴィア；スウェーデン；フェロー；アイスランド；アイルランド；イギリス；フランス；スペイン；オランダ；フリジア；フラマン；ドイツ；イタリア；ハンガリー；チェコ；スロバキア；スロベニア；クロアチア；ベラルーシ；ユダヤ；ジプシー；オセチア；ツングース；カタール；インド；日本；アメリカ；アルゼンチン；西インド諸島；エジプト，アルジェリア．

1889A 先導者のしっぽを撃ち落とす

目の見えない熊(雌イノシシ)が，若い熊(若いイノシシ)のしっぽを口にくわえてあとについていく．狩人が若い熊のしっぽを弾丸で撃ち，2頭を離す．狩人は切り離された若い熊のしっぽを持って，目の見えない熊を狩人の家に連れて帰る[X1124.1].

コンビネーション 1882A, 1890.
注 ヨーロッパにおける早期の文献版はフィリップ・ル・ピカール(Philippe le Picard)(No. 52)を見よ．有名なミュンヒハウゼンの説話(Münchhausen, ch. 3, Münchhausen/Bürger, ch. 2).
類話(～人の類話) フィンランド；リトアニア；オランダ；ドイツ；スロベニア；アメリカ.

1889B 狩人が動物の内側を外へと裏返しにする

狩人が，動物(オオカミ，熊)の口にこぶしを押し入れて，自分の腕をぐっと肩まで突っ込み，動物のしっぽ(腸)をつかんで内側を外へと裏返す[X1124.2].

コンビネーション 1890F, 1894, 1895.
注 ヨーロッパの早期の文献版はフィリップ・ル・ピカール(Philippe le Picard)(No. 31)を見よ．有名なミュンヒハウゼンの説話(Münchhausen, ch. 4, Münchhausen/Bürger, ch. 2).
類話(～人の類話) フィンランド；ラップ；ノルウェー；デンマーク；アイルランド；スペイン；カタロニア；オランダ；フリジア；フラマン；ドイツ；ハンガリー；ベラルーシ；アメリカ；アフリカ系アメリカ；メキシコ, グアテマラ；南アフリカ.

1889C 果物の木がシカの頭から生える

狩人がサクランボの種でシカを撃つ．1, 2年後に，狩人は，枝角の間に生えた桜の木でその鹿だとわかる．今回は，狩人はその鹿を殺す[X1130.2].

コンビネーション 1889D, 1890, 1895, 1900, 1920, 1960D, 1960M.
注 有名なミュンヒハウゼンの説話(Münchhausen, ch. 4, Münchhausen/Bürger, ch. 2).
類話(～人の類話) ラトヴィア；アイルランド；フランス；カタロニア；フリジア；ドイツ；スイス；ブルガリア；ダゲスタン；アブハズ；クルド；インド；日本；アメリカ；スペイン系アメリカ, メキシコ；アルゼンチン；エジプト；南アフリカ.

1889D 馬から木が生え，乗り手に日陰を与える

馬の折れた背骨を鍛冶屋が修理する．鍛冶屋は月桂樹の若木で背骨をつなぎ合わせる．若木は育って木になり，乗り手に日陰を与える[X1130.2.1]．参照：話型 1911A, 1961.

コンビネーション 通常 1889E と 1889P と結びついている．
類話(～人の類話) フランス；フリジア；ドイツ；オーストリア；ハンガリー；セルビア；クロアチア；ジプシー；モンゴル；アメリカ．

1889E 砂(切り藁)のロープを伝って空からおりる (旧話型 1889K を含む)

空(月，別の高い場所)にいる男が地上に戻りたいと思う．男は亜麻(革，砂[H1021.1]，切り藁，パン生地，石鹸，腸)でロープをつくるが，短かすぎる．男はロープの上の部分を切り取っては，ロープの下の部分に結ぶ．ついにロープは切れ，男は地上に落ちる[X1757]．参照：話型 852, 1174, 1882.

コンビネーション 852, 1174, 1738, 1875, 1882, 1882A, 1889D, 1889L, 1889P, 1900, 1920, 1930, 1960D, 1960G.
注 有名なミュンヒハウゼンの説話(Münchhausen, ch. 6, Münchhausen/Bürger, ch. 5)．
類話(～人の類話) フィンランド；フィンランド系スウェーデン；エストニア；ラトヴィア；リトアニア；ヴェプス；ラップ；カレリア，コミ；スウェーデン；アイスランド；デンマーク；フランス；オランダ；フリジア；フラマン；ドイツ；オーストリア；ハンガリー；チェコ；スロバキア；セルビア；クロアチア；ルーマニア；ブルガリア；ギリシャ；ポーランド；ロシア；ベラルーシ，ウクライナ；ユダヤ；ジプシー；シベリア；イラン；アメリカ．

1889F 凍った言葉(音楽)がとける

男が(冗談で)ある場所(町)について話す．その場所は非常に寒かったので，すべての言葉(歌)は，口に出したとたん，カチコチに凍った．春が来ると，それらの言葉はとけて，また聞くことができた[X1623.2.1]．参照：話型 1967.

コンビネーション 1882, 1960D.
注 プルタルコス(Plutarch)の「人は徳性に於ける自分の進歩を意識するか(*De profectibus in virtute*)」(ch. 15)に記録されている．有名なミュンヒハウゼンの説話(Münchhausen, ch. 6, Münchhausen/Bürger, ch. 5)．
類話(～人の類話) フィンランド；デンマーク；スペイン；カタロニア；フリジア；ドイツ；ハンガリー；スロバキア；ルーマニア；ポーランド；イラン；日本；イギリ

ス系カナダ；アメリカ；フランス系アメリカ；アフリカ系アメリカ.

1889G 魚に飲み込まれた男

巨大な魚(クジラ，数匹の魚)が船を転覆させて，乗組員たち(ある船乗り)を飲み込む．あとで魚が捕まり，胃が開かれると，すべての男たちはまだ中に座っていて，救われる[F911.6, F913, X1723.1]．参照：話型 1960B.

注 旧約聖書でヨナの聖書説話を見よ(Jonah I, 1–16)．ヨーロッパの早期の文献版はフィリップ・ル・ピカール(Philippe le Picard)(No. 180)を見よ．有名なミュンヒハウゼンの説話(Münchhausen, ch. 8, Münchhausen/Bürger, ch. 8).
類話(～人の類話) フィンランド；リトアニア；ノルウェー；デンマーク；アイルランド；イギリス；オランダ；フリジア；フラマン；ドイツ；ハンガリー；ロシア；アブハズ；中国；アメリカ.

1889H 海底の世界

船乗りが，大洋の果てはどこにあるのか，潮はどこからやって来るのか，干潮の時には潮はどこへ流れていくのかを見るために，大洋を渡っていく．旅の途中で船乗りはさまざまな冒険を(海中で)経験する.

類話(～人の類話) スコットランド；アイルランド；フランス；フリジア；日本.

1889J 跳んでる途中に方向転換し，元の場所に戻る (旧，水を跳び越えている人が，跳躍の途中で方向転換し，戻る)

男が水を跳び越えようとする．横切っている途中で男は気が変わり，元の場所に戻る[X1741.2]．参照：話型 1880.

注 有名なミュンヒハウゼンの説話(Münchhausen/Bürger, ch. 4).
類話(～人の類話) ラトヴィア；フリジア；ドイツ；アメリカ.

1889K 話型 1889E を見よ.

1889L 体が分かれた犬

野ウサギを追いかけている間，猟犬が柵を駆け抜けて，自分の体を 2 つに割ってしまう．狩人が 2 つの部分をつなぎ合わせるが，1 対の脚が上を向いてしまう．犬は回復し，2 本脚で走ることを覚える．犬は疲れると，ひっくり返り，ほかの 2 本脚で走る[X1215.11].

コンビネーション 1889E.
注 有名なミュンヒハウゼンの説話(Münchhausen/Bürger, ch. 2).

類話(～人の類話)　デンマーク；スコットランド；イギリス；オランダ；フリジア；フラマン；ジプシー；アメリカ；スペイン系アメリカ；アルゼンチン；オーストラリア.

1889M　ヘビがかむと物が腫れる

ヘビ(ハチ，スズメバチ，犬)がある物(木，くびき，ステッキ，荷車の車軸，あぶみ)をかむと(刺すと)，その物は巨大な大きさに腫れる[X1205, X1205.1].

類話(～人の類話)　ドイツ；イギリス系カナダ；アメリカ；メキシコ, ニカラグア.

1889N　長い狩り

匂いを追っている猟犬が，戻ることを拒む．1年後(数か月後)，狩人は追っていた動物の骸骨をくわえている犬の骸骨を見つける[X1215.9]．参照：話型 1920F*.

類話(～人の類話)　デンマーク；フリジア；アメリカ；アルゼンチン.

1889P　修復された馬

馬が2つに割れる．(飼い主は，柳の枝で応急処置をする．) 飼い主は馬の前の部分に乗って目的地に行く．戻ってきたとき，飼い主は2つの部分を元どおりつなぎ合わせる.

コンビネーション　通常，1889D と 1889E に結びついている.

注　ヨーロッパの早期の文献版はフィリップ・ル・ピカール(Philippe le Picard)(No. 10)を見よ．有名なミュンヒハウゼンの説話(Münchhausen, ch. 5, Münchhausen/Bürger, ch. 4).

類話(～人の類話)　ラトヴィア；カレリア；デンマーク；スペイン；オランダ；フリジア；ドイツ；オーストリア；ハンガリー；ルーマニア；ロシア；ベラルーシ, ウクライナ；ジプシー；シベリア；スペイン系アメリカ, グアテマラ.

1889L**　手袋が鹿を追いかける (旧話型 1920G* を含む)

狩人のいちばんいい犬が死ぬ．狩人は犬の皮で手袋(衣服，水筒)をつくり，それを狩りのときに身につける．狩人は獲物(野ウサギ)を見て「おれの犬がいたらなあ」と言う．手袋が外れて，獲物を追う.

類話(～人の類話)　アイルランド；イギリス；フランス；フラマン；フリジア；ドイツ；ロシア；アメリカ.

1890　幸運な発砲

鉄砲が暴発する．銃弾はライチョウを殺し，ライチョウは落ちて野ウサギを殺す(木の枝に落ちて，熊を殺す，等)[X1124.3]．参照：話型 1890F.

コンビネーション　1875, 1882, 1889, 1889A, 1889C, 1890F, 1894, 1895, 1900.
注　ヨーロッパにおける早期の文献版はフィリップ・ル・ピカール(Philippe le Picard)(No. 19)を見よ．有名なミュンヒハウゼンの説話(Münchhausen, ch. 2, Münchhausen/Bürger, ch. 2).
類話(～人の類話)　フィンランド；フィンランド系スウェーデン；エストニア；ラトヴィア；スウェーデン；ノルウェー；デンマーク；アイルランド；イギリス；フランス；カタロニア；オランダ；フラマン；ドイツ；スイス；ロシア；チェレミス/マリ；ヤクート；インドネシア；日本；イギリス系カナダ；アメリカ；フランス系アメリカ；アフリカ系アメリカ；ナミビア.

1890A–1890E　話型 1890F を見よ.

1890F　発砲が一連の幸運なまたは不運な偶然の出来事を引き起こす (旧，幸運な発砲：雑録話型)(旧話型 1890A–1890E を含む)

この雑録話型は，一連の幸運なまたは不運な偶然の出来事を引き起こす驚くべき発砲(暴発する鉄砲)に関するさまざまなほら話を包括する[X1122.3, X1122.3.1, X1124.3.1]．参照：話型 1890, 1920A.

コンビネーション　1889, 1889B, 1890, 1894, 1895.
注　ヨーロッパにおける早期の文献版はフィリップ・ル・ピカール(Philippe le Picard)(No. 43)を見よ.
類話(～人の類話)　フィンランド；ラトヴィア；ノルウェー；デンマーク；フランス；スペイン；ポルトガル；オランダ；フリジア；フラマン；ドイツ；セルビア；ブルガリア；インド；日本；イギリス系カナダ；フランス系カナダ；北アメリカインディアン；アメリカ；スペイン系アメリカ；アフリカ系アメリカ；オーストラリア；エジプト；南アフリカ.

1890B* 死をもたらすパン

少年が木から1切れのパンを落とす．それが熊の鼻に落ち，熊を殺す[N331.2].

類話(～人の類話)　フィンランド；リトアニア；チェコ.

1891　穴ウサギを捕まえる（旧，穴ウサギ大捕獲）（旧話型 1891A*, 1891B*, 1893, 1893A* を含む）

この雑録話型は，以下の例に見るように，穴ウサギ（野ウサギ）を狩ることに関するさまざまなほら話を包括する．

（1）　寒い夜に，穴ウサギが氷に固く凍りついたために捕まる[X1115.1]．参照：話型 2.

（2）　穴ウサギは明るい光で目をくらまされる．穴ウサギは泣き始め，涙が穴ウサギを地面に凍りつかせる．（旧話型 1891A*.）

（3）　穴ウサギがコショウ（嗅ぎタバコ）の匂いを嗅いで，くしゃみする．穴ウサギは頭を石にぶつけて，死ぬ（石が穴ウサギの頭に落ちてくる）．（旧話型 1891B*.）

（4）　穴ウサギがキャベツを盗もうとしているときに，滑って，凍った穴に落ちる．

（5）　穴ウサギが枝に引っかかって動けなくなり，方向感覚を失う．

（6）　穴ウサギがキャベツで庭に誘い込まれ，そこで袋に追い込まれる[X1114]．（旧話型 1893.）

（7）　穴ウサギの鼻にワックスが塗られる．穴ウサギは怖がって逃げ出し，別の穴ウサギに衝突する．そして2匹とも捕まる[X1114.1]．（旧話型 1893A*.）

注　ヨーロッパにおける早期の文学版はフィリップ・ル・ピカール（Philippe le Picard）（No. 7）を見よ．

類話（～人の類話）　フィンランド；エストニア；ラトヴィア；アイルランド；イギリス；フランス；ポルトガル；フラマン；フリジア；ドイツ；スイス；マルタ；ハンガリー；ヤクート；イギリス系カナダ；アメリカ；西インド諸島．

1891A* 話型 1891 を見よ．

1891B* 話型 1891 を見よ．

1892　訓練された馬が畑で転がる

馬が畑にやって来る．馬のわき腹から1本の木（柳，オーク，そば，カラスムギ）が生える．農夫は鎌を馬のしっぽに固定する（鎌を投げると，馬の尻の穴にはまる）．馬は転げ回って，ほかの動物たちを殺すか，または畑の収穫をする[X1241.2.2]．

コンビネーション　1889C, 1889D.

類話(〜人の類話) フィンランド；フィンランド系スウェーデン；エストニア；リトアニア；ヴェプス；スペイン；オーストリア；ブルガリア；ポーランド；ロシア，ベラルーシ，ウクライナ；シベリア；アルゼンチン．

1892* チーズの中に閉じ込められたオオカミ

オオカミが，チーズをつくるミルクの大桶の中に落ちる．収穫時に，作男たちがチーズを切ると，チーズからオオカミが飛び出す．オオカミのしっぽが大鎌に絡まり，オオカミが逃げるとき，牧草地を刈る．

類話(〜人の類話) アイルランド；ハンガリー；ブルガリア；アブハズ．

1893 話型 1891 を見よ．

1893A* 話型 1891 を見よ．

1894 男が装塡棒でたくさんの野ガモを撃つ (旧話型 1896* を含む)

男が池の野ガモ(オオカミ)の群れを見つける．男は野ガモたちを撃とうとするが，男の鉄砲にはまだ装塡棒が刺さっている．野ガモの群れすべてが，装塡棒に(1 発で)突き刺さる．

コンビネーション 1881, 1889B, 1890, 1890F, 1895.

注 有名なミュンヒハウゼンの説話(Münchhausen, ch. 3, Münchhausen/Bürger, ch. 2)．

類話(〜人の類話) フィンランド；ラトヴィア；ノルウェー；スウェーデン；デンマーク；アイルランド；イギリス；オランダ；フリジア；フラマン；ドイツ；オーストリア；ヤクート；日本；イギリス系カナダ；アメリカ；ニカラグア；南アフリカ．

1895 浅瀬を歩いている男がブーツの中にたくさんの魚を捕まえる

男(商人，狩人)が浅瀬を歩いていく．男が岸に上がると，男のブーツには魚がいっぱい入っている[X1112]．

コンビネーション 1875, 1881, 1889, 1889B, 1889C, 1890, 1890F, 1894.

注 ヨーロッパの早期の文献版はフィリップ・ル・ピカール(Philippe le Picard)(No. 43)を見よ．

類話(〜人の類話) フィンランド；ノルウェー；デンマーク；アイルランド；フランス；オランダ；フリジア；フラマン；ドイツ；中国；日本；イギリス系カナダ；フランス系アメリカ；アメリカ．

1896 男がオオカミのしっぽを釘で木に打ちつける

男がオオカミ(熊，キツネ，クロテン)のしっぽを釘で木に打ちつけ(釘でキツネを撃って木に釘づけにし)，オオカミをさんざん叩く．するとオオカミは皮から飛び出し，逃げる[X1132.1]．参照：話型 169*, 1229

注 有名なミュンヒハウゼンの説話(Münchhausen, ch. 3, Münchhausen/Bürger, ch. 2)．

類話(～人の類話) フィンランド；エストニア；ラトヴィア；ラップ；スウェーデン；デンマーク；フランス；フラマン；フリジア；ドイツ；ハンガリー；ロシア, ベラルーシ, ウクライナ；シベリア；アメリカ；西インド諸島；南アフリカ．

1896* 話型 1894 を見よ．

1897 キツネに捕まったカワカマス (旧話型 160A*)

キツネがカワカマスのしっぽをくわえ，カワカマスはキツネのしっぽをくわえる．農夫が両方とも捕まえる．

注 早期のヨーロッパの文献資料はフィリップ・ル・ピカール(Philippe le Picard)(No. 78)を見よ．

類話(～人の類話) デンマーク；ハンガリー；中国．

1898* 話型 449 を見よ．

1900 男は木のうろ(沼地)からどうやって出たか [X1133.4]．参照：話型 1875.

この説話には，おもに2つの異なる型がある．

(1) 男が空洞になっている木の中に落ち，そこでハチミツ(熊の子たち)を見つけるが，外に出ることができない．熊がやって来たとき，男は熊のしっぽ(脚，等)をつかみ，熊が男を引っ張り出す．

(2) 男が沼地に落ちて動けなくなる．カモ(コウノトリ，ガチョウ，スズメ，等)が男の頭の上に巣をつくる．オオカミ(キツネ，熊)が巣を襲いにやって来ると，男はオオカミのしっぽをつかみ，引っ張り出される．

コンビネーション 1174, 1881, 1882, 1889C, 1889E, 1890, 1891, 1920H, 1960G.

注 ヨーロッパにおける早期の文献版はフィリップ・ル・ピカール(Philippe le Picard)(No. 91)を見よ．

類話(～人の類話) フィンランド；エストニア；ラトヴィア；リトアニア；ラップ, ヴェプス；デンマーク；フリジア；ドイツ；スロベニア；ブルガリア；ポーランド；

ロシア；ベラルーシ，ウクライナ；チェレミス/マリ，チュヴァシ，ヴォチャーク；シベリア；ブリヤート，モンゴル；シリア；アメリカ；アフリカ系アメリカ；アルジェリア．

1910 引き具につながれた熊(オオカミ)(旧話型 $166B_4$ を含む)

野獣(熊，オオカミ，ライオン，ヘビ)か，または架空の動物(竜，ディブ(div)，悪魔)が，飼われている動物(雄牛，雌牛，馬，ロバ，ラバ，鹿)を殺す(むさぼり食う，ばらばらにする)．死んだ動物の飼い主は，死んだ動物が彼のためにしていた仕事(乗せること，鋤で耕すこと，引っ張ること)はまだ必要だと抗議する．野獣は死んだ動物の代わりになり，その仕事をしなければならない(荷車を引かなければならない，荷物か人を運ばなければならない)．野獣は男にこれをすることを強いられるか，または自らくびきをつける[X1216.1]．

コンビネーション　通常この話型は，1つまたは複数の他の話型，特に650A，および2, 151, 300, 301, 592, 1000, 1007, 1012, 1120, 1132, 1387, 1655, 1875, 1881と結びついている．

注　ヨーロッパにおける早期の文献版はフィリップ・ル・ピカール(Philippe le Picard)(No. 89)を見よ．有名なミュンヒハウゼンの説話(Münchhausen, ch. 2, Münchhausen/Bürger, ch. 1)．

類話(～人の類話)　フィンランド；エストニア；ラトヴィア；リトアニア；ラップ，ヴェプス；アイルランド；フランス；ドイツ；ハンガリー；クロアチア；マケドニア；アルバニア；ポーランド；ロシア，ベラルーシ；チュヴァシ；ウドムルト；パレスチナ；イギリス系カナダ；アメリカ；スペイン系アメリカ；エジプト；アルジェリア，モロッコ；南アフリカ．

1911A 馬の新しい背骨

馬(その他の荷を運ぶ動物)の背骨が折れる．男が棒でそれを修理する．そこから木が生える[X1721.1]．参照：話型1889D, 1961.

一部の類話では，皮を剥がれて死んだものとあきらめていた馬に，羊の皮がかけられる．あとでそこからすばらしい羊毛が生える．

注　早期の版は16世紀，ハンス・ザックス(Hans Sachs)の「ユダヤ人と酷使された馬(*Der Jud mit dem geschunden grama*)」(1548)を見よ．

類話(～人の類話)　フィンランド；ラトヴィア；ヴェプス；スウェーデン；デンマーク；アイルランド；フランス；フリジア；チェコ；ジプシー；イギリス系カナダ；アメリカ．

1916 息をする木

ある木に動物がたくさん入っていて，動物たちが息を吸うと裂け目が開き，息を吐くと裂け目が閉じる．その木を狩人が切り倒す[X1116]．

類話(～人の類話) オーストラリア；アメリカ；スペイン系アメリカ．

1917 伸びて縮む引き具

男が雨の中，重い荷馬車を馬に引かせて，丘にやって来る．馬は丘を登るが，荷馬車がたいへんに重いので，引き具が伸びて，斜面のふもとに荷馬車が残ったままになる．男は馬から引き具を外し，引き具を乾かすために切り株に掛ける．太陽が出ると(雨がやむと)，ひもが縮み，それで積み荷は丘を引き上げられる[X1785.1]．

類話(～人の類話) フィンランド；デンマーク；イギリス系カナダ；アメリカ；スペイン系アメリカ；アフリカ系アメリカ．

1920 嘘つき比べ

この雑録話型は，2人以上の人が，誰がいちばん大きな(信じられる)嘘をつくことができるかを競うさまざまな説話を包括する．しばしば嘘を話す者は誰かに「それは嘘だ」と最後に言わせる．嘘の中で描かれる動物，植物，物，等は話型1960以下に挙げられている．参照：話型852．

コンビネーション しばしばこの説話は，1つまたは複数の他の嘘をつく説話，特に1535, 1889C, 1889E, 1920A–1920H, 1930, 1931と結びついている．

類話(～人の類話) フィンランド；フィンランド系スウェーデン；エストニア；ラトヴィア；リトアニア；スウェーデン；ノルウェー；デンマーク；アイルランド；イギリス；スペイン；カタロニア；ポルトガル；フリジア；フラマン；ドイツ；オーストリア；マルタ；ハンガリー；チェコ；スロベニア；セルビア；クロアチア；ボスニア；マケドニア；ルーマニア；ブルガリア；アルバニア；ギリシャ；ポーランド；トルコ；ユダヤ；ジプシー；オセチア；アブハズ；カルムイク；クルド；ヤクート；カザフ；グルジア；アラム語話者；パレスチナ；イラク；サウジアラビア；イエメン；アフガニスタン；ビルマ；スリランカ；ネパール；中国；タイ；カンボジア；インドネシア；日本；フランス系カナダ；アメリカ；メキシコ；アルゼンチン；西インド諸島；エジプト；モロッコ；東アフリカ；スーダン；南アフリカ．

1920A 「海が燃えている」

さまざまな内容の雑録話型．3つの主なテーマに区別できる．

(1) 男が，1本の矢で鹿の蹄と耳を射抜いたので蹄が耳に張りついたまま残ったと自慢する[N621]．聞いていた人たちがこの話を疑うと，ほかの男(召し使い)が，鹿は自分で頬と耳を蹄で掻いていたので，矢が最初に蹄を射抜いて，それから耳を射抜いたのだと言って，嘘を補強する．

(2)　1人の男が，海が燃えていると言う．もう1人の男が「それじゃあ，たくさん焼き魚ができるだろう」と言う[X908]．

(3)　1人の男が，巨大なカブについて話す．もう片方の男が，そのカブを料理する巨大な鍋について話す．参照：話型 1920E, 1931, 1960D, 1960F.

コンビネーション　1920, 1920C, 1920E, 1960A, 1960D–1960G, 1960L.

注　中世に記録されている．例えば，ペルシア語の早期の資料や，ジャック・ド・ヴィトリ(Jacques de Vitry)の『一般説教集(*Sermones vulgares*)』(Jacques de Vitry/Frenken, No. 79a).

類話(～人の類話)　フィンランド；フィンランド系スウェーデン；ラトヴィア；リトアニア；ラップ；スウェーデン；デンマーク；アイルランド；イギリス；フランス；スペイン；カタロニア；ポルトガル；オランダ；フリジア；フラマン；ドイツ；オーストリア；スロベニア；ルーマニア；ハンガリー；セルビア；クロアチア；ブルガリア；ロシア, ベラルーシ, ウクライナ；トルコ；ジプシー；オセチア；シベリア；トルクメン；タジク；グルジア；イラン；インド；中国；ベトナム；インドネシア；イギリス系カナダ；アメリカ；スペイン系アメリカ, メキシコ；アフリカ系アメリカ；チリ；南アフリカ.

1920B 「嘘をついている暇がない」

いつも嘘をついている人が，嘘をつくように頼まれる．嘘つきは，「隣町では魚が大漁で[1150.1](参照：話型 1960C)，安く魚を買いに隣町に行かなければならないから(隣町で子どもたちが橋から水に落ちたから，または，彼の隣人が病気で医者を呼びに行かなければならないから)，今は嘘をついている暇がない」と言う．こうして嘘つきは，聞いていた人たちを自分といっしょに町に連れていく．町で彼らは，この話が全部嘘だったとわかる[X905.4].

コンビネーション　1920, 1960C.

類話(～人の類話)　フィンランド；エストニア；ラトヴィア；リトアニア；スウェーデン；デンマーク；ドイツ；ルーマニア；ブルガリア；モルドヴィア；ヴォチャーク；シベリア；中国；日本；アメリカ；スペイン系アメリカ；南アフリカ.

1920C 「それは嘘だ！」(旧，主人と農夫)

主人が，自分が話をさえぎって，それは嘘だと責めるような嘘をつくことができる者に，報酬を与えると申し出る．

主人の雇っている作男がある話をする．その話の中で，主人は作男に多額の借金があると言う．主人は話をさえぎって，「それは嘘だ」と叫ぶ．作男が勝つ[X905.1]．参照：話型 1920F.

コンビネーション 570, 852, 1000, 1738, 1882, 1882A, 1920, 1920A, 1920H, 1960D, 1960G.

類話(～人の類話) フィンランド；エストニア；ラトヴィア；リーヴ；リトアニア；カレリア；スウェーデン；ポルトガル；フリジア；フラマン；ドイツ；ハンガリー；スロバキア；クロアチア；ギリシャ；ポーランド；ソルビア；ロシア, ベラルーシ, ウクライナ；トルコ；ジプシー；オセチア；タタール；シベリア；ブリヤート；グルジア；パレスチナ；中国；ビルマ；チリ；エジプト.

1920D 嘘つきが嘘のサイズを縮める

嘘つきが，もし自分が過大な嘘をつき始めたら，自分のつま先を踏むよう友人と取り決める．足を踏まれると，嘘つきは自分の話を大きく誇張するのではなく，小さく誇張して話を終える．例えば，嘘つきは，自分がある納屋を見たと言う．その納屋は 300 フィートの長さがあり，幅は 3 フィートである[X904.1, X904.2]．参照：話型 1348, 1920J.

コンビネーション 1348, 1920F.

類話(～人の類話) フィンランド；リトアニア；デンマーク；スペイン；ポルトガル；フリジア；ドイツ；マルタ；チェコ；スロベニア；ルーマニア；アルバニア；ギリシャ；ロシア；ユダヤ；ウズベク；レバノン, イラク；中国；アメリカ；フランス系アメリカ；スペイン系アメリカ；エジプト.

1920E いちばんの嘘つきがただで食事をもらう

6 人の若者(学生)が嘘つき比べをする．懸賞は酒場でのただの食事である．ある嘘つきの(皆の)友人が遅れてやって来て，よそ者のふりをする．その友人は嘘つきの話を裏づけ，さらに大げさにする．それでその嘘は本当に思える[K455.7]．参照：話型 1526A, 1688, 1920A.

コンビネーション 1920A, 1930.

類話(～人の類話) フィンランド；リトアニア；ノルウェー；デンマーク；アイルランド；スペイン；ポルトガル；ドイツ；ハンガリー；マケドニア；ルーマニア；ポーランド；グルジア；ヨルダン, カタール, イエメン；アメリカ；スペイン系アメリカ；メキシコ；チリ.

1920F 「それは嘘だ」と言った者は罰金を払わなければならない

2人の嘘つきが，先に「それは嘘だ」と言ったほうが，罰金を払わなければいけないという取り決めをする．1人がある話をし，その話の中で相手は罰金と同じ額のお金を自分に借りていると主張する．反論をしようがしまいが，もう1人はお金を払わなければならない．参照：話型 852, 1920C.

コンビネーション 1920D, 1960D, 1960F, 1960G.

類話(～人の類話) エストニア；ラトヴィア；ラップ；ヴェプス, コミ；カレリア；スペイン；ポルトガル；ドイツ；オーストリア；スロベニア；セルビア；ルーマニア；ブルガリア；ギリシャ；ロシア；ウクライナ；ベラルーシ；トルコ；ユダヤ；チェレミス/マリ；ウズベク；シリア, イラク, イエメン；中国；パキスタン, インド；日本；モロッコ.

1920G 大きなミツバチと小さい巣

嘘つきが，ある場所について話す．そこではミツバチが羊くらいの大きさである．しかしミツバチの巣はふつうの大きさである．1人の聞き手が，ハチたちはどうやって巣に入ることができるのかと尋ねる[X1282.1].

コンビネーション 1920H.

注 14, 15 世紀に記録されている.

類話(～人の類話) ラトヴィア；デンマーク；スペイン；フリジア；ドイツ；ハンガリー；チェコ；スロベニア；クロアチア；ルーマニア；ジプシー.

1920H 物語を語って炎を買う

これは枠物語の枠に当たる説話で，その枠の中にはさまざまなほら話が挿入されうる.

3人兄弟が野営のたき火の脇に座っているお爺さん(森の精霊，風の精霊，悪魔，巨人)に出会い，火を貸してくれと頼む．お爺さんは代わりに兄弟たちに物語を要求する．3人目の弟が，お爺さんが途中で自分の話をさえぎらないという条件で同意する.

しかし，お爺さんは物語の途中で「嘘だ」と叫ぶ．約束に従って，お爺さんは尻の皮を兄弟たちに切り取らせなければならない．参照：話型 1000.

コンビネーション 1886, 1900, 1920, 1920C, 1920G, 1960G.

類話(～人の類話) フィンランド；ラトヴィア；リトアニア；ラップ；ヴェプス, カレリア, コミ；スペイン；イタリア；サルデーニャ；ハンガリー；チェコ；スロベニア；セルビア；クロアチア；ルーマニア；ブルガリア；ポーランド；ロシア, ベラルーシ，ウクライナ；トルコ；ジプシー；ダゲスタン；アブハズ；ヴォグル/マンシ；シベリア；モンゴル；エジプト．

1920J 橋が嘘を縮める

旅から戻ったばかりの少年(召し使い)が，父親(騎士)といっしょに田舎を歩いていく．少年は馬(雄牛)よりも大きい(と同じくらい大きい)犬(キツネ，猫，野ウサギ)の話をする．

少年が嘘をついていることを責める代わりに，父親は少年に次のように告げる．(1)もうすぐ川を渡らなければならないが，その川はその日に嘘をついた者を呑み込んでしまう．または，(2)自分たちは橋を渡るが，嘘つきはその橋の上に来ると足が折れる．または，(3)その橋は嘘つきが渡ると，ばらばらになって落ちる．

少年は恐ろしくなって，だんだんと犬のサイズを縮めていき[X904]，彼らが川(橋)の近くに来たときには，犬はふつうのサイズになっている．(参照：話型 1348, 1920D.)

コンビネーション 1348.

注 16世紀に記録されている．ハンス・ザックス(Hans Sachs)の「嘘をついた下僕と大きなキツネ(*Der verlogene Knecht mit dem großen Fuchs*)」(1563)を見よ．

類話(～人の類話) デンマーク；フランス；フラマン；フリジア；ドイツ；ブルガリア；ルーマニア；ウクライナ；プエルトリコ；南アフリカ．

1920A* 高く育った穀物

男が，10フィートの高さに成長した自分の穀物を自慢する．別の男は，自分の穀物は2階建ての家と同じくらいの高さだと主張する．1人目の男が，どうやって収穫することができるのかと聞くと，2人目の男は「2階の窓から」と答える．

類話(～人の類話) リトアニア；デンマーク；フランス；アメリカ．

1920B* 大きいイチゴ

男が，自分のイチゴはたいへんに大きく，イチゴ4つで半リットルの計量器がいっぱいになると自慢する．別の男は，自分のイチゴのいずれも半リットルの計量器の口を通らないと主張する．

注 ヨーロッパにおける早期の文献版はフィリップ・ル・ピカール(Philippe le Picard)(No. 98)を見よ．

類話(～人の類話)　ハンガリー；ブルガリア；アメリカ.

1920C* 技能の速さ

2人の嘘つきが，自分たちのどちらのほうが驚くほど素早く何かをする非凡な技術があるかを競う[F660ff].

注　ヨーロッパにおける早期の文献版はフィリップ・ル・ピカール(Philippe le Picard)(No. 1)を見よ.

類話(～人の類話)　デンマーク；ポルトガル；ブルガリア；アメリカ；スペイン系アメリカ.

1920D* 天に登る

3人兄弟が，自分たちの誰がいちばん大きな遺産を受け取るかを決めるために，嘘つき比べをする．1人目は，天まで育つ大きな植物について話す．(参照：話型 1960G.) 2人目も，天まで届くひもについて話す．3人目は，自分はタバコを月で消したと言う．兄弟たちが，どうやって月に行ったのかと聞くと，彼は，「ひもを伝って登っていって，植物を伝っておりてきた」と答える．彼がいちばんいい遺産を得る.

類話(～人の類話)　ブルガリア；ギリシャ；スペイン系アメリカ；チリ.

1920E* 途方もなく遠くの物が見える(音が聞こえる)

嘘つきたちが，遠くにある小さな物が見える(聞こえる)と自慢する．例えば，ある人は，教会の塔の上のハエ(ブヨ，アリ)が見えると言い，もう1人は，羽音(動きまわっている音)が聞こえると言う，等.

類話(～人の類話)　フィンランド；ラトヴィア；スウェーデン；ノルウェー；デンマーク；フランス；オランダ；フリジア；フラマン；ワロン；ドイツ；スイス；ギリシャ；ルーマニア；クルド；イギリス系カナダ；アメリカ；スペイン系アメリカ, メキシコ, ニカラグア；キューバ；プエルトリコ.

1920F* 優れた猟犬

男が，ある猟犬について話す．その猟犬は，ついには自分が死ぬまで，ずっとアライグマを木に追いつめ続けた．もう1人の男も猟犬について話す．その猟犬は，獲物が生まれた所までその獲物のあとをつけていった，等[X1215.9]．参照：話型 1889N.

類話(～人の類話)　イギリス；フリジア；イタリア；ハンガリー；ユダヤ；スペイン

系アメリカ；アフリカ系アメリカ.

1920G* 話型 1889L** を見よ.

1920H* ランタンを吹き消す

ある漁師が，大きい魚たちを釣ったと自慢する．もう 1 人の漁師は，まだ燃えているランタンを釣ったと自慢する．最初に話した男は異議を唱える．2 人目の男は，最初の男が魚の目方を 20 ポンド減らすなら，ランタンの火を吹き消すと承諾する.

類話（～人の類話） オランダ；フリジア；ドイツ；ユダヤ；アメリカ；オーストラリア.

1920J* 嘘をつくことに関するさまざまな説話（旧話型 1930A*, 1930B*, 1930C* を含む）

さまざまな内容の雑録話型.

類話（～人の類話） ラトヴィア；スペイン；サルデーニャ；マルタ；ハンガリー；ブルガリア；ギリシャ；ロシア；ベラルーシ；ウクライナ；ジプシー；カルムイク；シベリア；グルジア；パレスチナ；ヨルダン；イラク；インド；中国；エジプト；チュニジア；アルジェリア, モロッコ；スーダン.

1924 誰もが知っている男

3 人の友人が数年後に集まり，自分たちの旅と経験について話す．最初の人は，パリの祝典のとき，ド・ゴール将軍が名指しで自分に挨拶したと言う．2 人目は，ワシントンに行って，そこでジョンソン大統領に握手をされたと言う．3 人目はミラーという名で，ローマでの経験について次のように語る．「10 万人の人たちがサン・ピエトロ広場に集まった．法王が到着すると，担ぎ椅子で運ばれている法王がわたしを見て，椅子に上がって隣に座るよう手招きしたので，わたしはそうした．皆がわたしたちをいっしょにサン・ピエトロ広場へと運んでいくとき，人々が『ミラーさんの隣に座っているのは誰だ？』と話しているのが聞こえた」[X905].

類話（～人の類話） オランダ；フリジア；フラマン；ドイツ；チェコ；ユダヤ；アメリカ；オーストラリア.

1925 願い事を競う（旧話型 1925* を含む）

この雑録話型は，何人かの男たち（兄弟たち，異なる国籍の男たち，召し使いたち，聖職者たち)が願い事を競うさまざまな説話を包括する．

男たちはそれぞれ，不可能な願い事をする(願い事は，彼らの主人，妖精，等がかなえてくれるかもしれない[F341])．例えば，最初の男は巨万の富(針でいっぱいの教会，たくさんの食べ物と飲み物，等)を望む．そして2人目の男は最初の男よりまさった願い事をしようとする．3人目の男はほかの2人の相続人になりたがる(主人の娘と結婚したがる，等)．または，最後の男は何も望むことが残っていない．なぜならほかの男たちがすべてを望み，彼に何も残さなかったからである[H507.3]．参照：話型1173A．

類話(～人の類話)　フィンランド；フィンランド系スウェーデン；ノルウェー；イギリス；オランダ；フリジア；スイス；スロベニア；ユダヤ；ジプシー；日本；アメリカ．

1925*　話型1925を見よ．

1927　5月の寒い夜

5月の非常に寒い夜，昔もっと寒い夜があったと，誰かがある男に言う．男は，そのことについてもっと知るために旅に出る．

男は1匹のカワウソに会う．それは，自分の体が岩をすり減らすほど長い間，ほら穴の岩の上に横たわっていたカワウソである．カワウソは寒い夜について聞いたことはあるが，それはカワウソが生まれる前のことである．カワウソは男をワシのところへ行かせる．それは，くちばしを研いで，かなとこがすり減ってなくなるほど長い間，かなとこの上に座っていたワシである．ワシは男を1つ眼のシャケのところに行かせる．そのシャケは寒い夜を覚えている．シャケが水から飛び出したとき，水がシャケの下で凍り，シャケは氷の上に落ちた．1羽の鳥がやって来て，シャケの片目をつつき出し，シャケの血が氷をとかし，シャケはまた泳ぐことができたのである[B841, B124.1, X1620]．

類話(～人の類話)　デンマーク；アイルランド；イラン；南アメリカインディアン；リビア．

1930　シュラララッフェンラント (Schlaraffenland) (逸楽の国) [X1503, X1712]

ある世界についての物語で，その世界では，ありえない，理想郷的なことが起き，すべてはあべこべである．

例えば，ハトたちがオオカミの毛をむしり取り，カエルたちが穀物を脱穀し，ハツカネズミたちが司教を任命する，等．たいてい豊富な食べ物と飲み物がある．ハチミツの川，木になる食べ物，食べられる家や山，人々の口に飛び込んでくるローストされた鶏やパン生地，等[F771.1.10, X1156.1, X1208.2, X1211.1, X1215.12, X1226.1, X1235.4, X1235.5, X1241.2.3, X1242.0.1.1, X1244.1, X1244.2, X1252.1, X1855, X1256.1, X1267.2, X1294.1, X1342.3, X1344.1, X1345.1, X1472.1, X1528.1, X1547.2.1, X1561, X1611, X1653, X1727.1, X1741.4, X1791, X1796.1, X1817.1, X1856, X1856.1, X1856.2, X1857]．参照：話型 1935, 1965.

コンビネーション 通常この話型は，1つまたは複数の他の話型，特に 1882A, 1889E, 1920, 1920A–1920H, 1935, 1960 と結びついている．

注 早期の文献版は，例えば，ヘロドトス(Herodotus)(III, 17–18)，および後のボッカチオ(Boccaccio)の『デカメロン(*Decamerone*)』(VIII, 3)，フィリップ・ル・ピカール(Philippe le Picard)(nos. 12, 49, 85)を見よ．有名なミュンヒハウゼンの説話(Münchhausen, ch. 20, Münchhausen/Bürger, ch. 17)．諺として知られている(「焼いたハトが口に飛び込んでくる」)．

類話(〜人の類話) フィンランド；エストニア；ラトヴィア；リトアニア；ラップ，コミ；スウェーデン；デンマーク；スコットランド；アイルランド；イギリス；スペイン；オランダ；フリジア；フラマン；ドイツ；ラディン；イタリア；ハンガリー；チェコ；スロバキア；スロベニア；クロアチア；ギリシャ；ポーランド；ロシア，ベラルーシ，ウクライナ；ユダヤ；ジプシー；チュヴァシ；シリア，パレスチナ，ヨルダン，オマーン；中国；アメリカ；プエルトリコ；エジプト；チュニジア；東アフリカ；スーダン；中央アフリカ．

1930A*–1930C* 話型 1920J* を見よ．

1931 故郷の知らせを尋ねる女

女が自分の故郷(家，村)の近況を客に尋ねる．客は以下のようなありえない，荒唐無稽なことを言う．あのオンドリはまだあそこにいるか？― いない，あのオンドリは教会の雑用係になった．猫はまだあそこにいるか？― いない，猫は監督官に選ばれた．池はまだ家の前にあるか？― ない，この間の夏に焼き尽くされた[X908]，等．

女はこれらの答えを信じる．女は相づちを打ち，これらのことが起きたことをすでに知っていたふりをする[J2349.4]．参照：話型 1920A, 2040.

コンビネーション 1920, 2014.

類話(〜人の類話) フィンランド；フィンランド系スウェーデン；エストニア；ラトヴィア；リトアニア；スウェーデン；ノルウェー；デンマーク；スペイン；イタリ

ア；スロバキア；ロシア；ベラルーシ；ユダヤ；アルメニア；イラク；フランス系カナダ；アメリカ；北アフリカ, エジプト；チュニジア, アルジェリア.

1932　チーズで建てられた教会

ジプシーたちの教会はチーズとハムとケーキとソーセージ，等でできている(ジプシーたちは自分たちの石の教会と引き換えにこの教会をもらった). あるとき腹が減って，彼らはこれを食べてしまった. それで今彼らには教会がない[F771.1.10, X1863].

類話(～人の類話)　リトアニア；セルビア；クロアチア；ルーマニア；ロシア, ベラルーシ, ウクライナ；ハンガリー；ジプシー.

1935　あべこべの国

しばしば説教や，詩や，歌や，旅行談の形をとるさまざまなほら話. そこではすべてがごちゃごちゃであべこべである.

例えば，弱者が強者を打ち負かし，障害を持つ者がウサギを捕まえることができ，嘘をつくことが「最もすばらしい芸術形式」で，最も怠惰な人が王である，等[X1505]. 参照：話型 1930, 1965.

コンビネーション　852, 1930, 1960.
類話(～人の類話)　フィンランド；デンマーク；イギリス；フランス；ドイツ；ハンガリー；アルバニア；ギリシャ；ポーランド；ロシア；ユダヤ；カザフ；ウズベク；朝鮮；日本；エジプト.

1940　風変わりな名前

この雑録話型は，動物，人々，物が珍しい名前で呼ばれ，それが混乱または災難を招くさまざまな説話を包括する. ふつうの名前が変えられるか(笑話メルヒェン)，または奇妙な名前が，象徴的な意味，擬音，ナンセンスな価値を持つがゆえにつけられる(連鎖メルヒェン，諺，歌，韻文)ことが誤解の元となっている[F703, X1506]. 参照：話型 1562A, 2010 I A.

コンビネーション　1562A.
注　しばしば明確に分類されていない.
類話(～人の類話)　フィンランド；エストニア；ラトヴィア；デンマーク；アイルランド；イギリス；フランス；スペイン；ポルトガル；ドイツ；イタリア；ロシア；ウクライナ；パレスチナ；スペイン系アメリカ, メキシコ；ドミニカ；キューバ；プエルトリコ；チリ；アルゼンチン；西インド諸島；モロッコ.

1948 話がうるさい

3人の寡黙な男(トロルたち，兄弟たち，船長たち，農夫たち)が，世俗を離れて，隠れ家(峡谷，修道院，島)に引きこもる．7年後，彼らの1人が「雌牛がモーというのを聞いた気がする」と言う．ほかの2人はいらいらするが，黙っている．7年後，2人目の男が「それは雄牛だったかもしれない」と言う．3人目はいらいらするが，黙っている．7年後，3人目は「ここは話がうるさいから(雑音がうるさいから)，わたしはここを出ていく」と言う．

類話(～人の類話) フィンランド；ノルウェー；アイルランド；カタロニア；オランダ；フリジア；ドイツ；イタリア；クロアチア；ギリシャ；日本；スペイン系アメリカ；スワヒリ；南アフリカ．

1950 3人の怠け者

王が3人の息子のうちいちばん怠惰な者に王国を譲ろうと思う．それぞれが自分の怠惰を自慢する[W111.1]．1人目の息子は，横になっているときに水が目に落ちてきても，目を閉じないほど怠け者だと言う[W111.1.3]．2人目の息子は，火の近くに座っていて，足が燃え始めても，足を引っ込めないほど怠け者だと言う[W111.1.1]．3人目の息子は，絞首刑になって，手にナイフを持っていたとしても，ナイフを使ってロープを切らないほど怠け者だと言う[W111.1.2]．王は3人目がいちばん怠け者だと判定し，彼に王国を与える．

この説話のほかの型では，5人の息子たちが自分たちの怠惰を自慢する[W111.1]．1人目の息子は，何かを食べるときに口を閉じないほど怠け者で，それで鳥たちがパンを持ち去る．2人目の息子は，火から足を引っ込めようとしない[W111.1.1]．3人目の息子は，ハツカネズミに耳をかじられてもほうっておく．4人目の息子は，絞首刑のロープを切ろうとしない[W111.1.2]．5人目の息子は，雨のしずくに自分の目を打たせておく[W111.1.3]．

注 中世に記録されている．例えば，『ゲスタ・ロマノールム(*Gesta Romanorum*)』(No. 91)，ヨハネス・ゴビ・ジュニア(Johannes Gobi Junior)の『スカーラ・コエーリ(*Scala coeli*)』(No. 25)，ジャラール・ウッディーン・ルーミー(Ğalāloddin Rumi)の『精神的マスナヴィー(*Maṡnavi-ye ma'navi*)』(VI, 4877)．

類話(～人の類話) フィンランド；フィンランド系スウェーデン；エストニア；ラトヴィア；リトアニア；ラップ，コミ；スウェーデン；ノルウェー；アイスランド；アイルランド；イギリス；フランス；スペイン；カタロニア；ポルトガル；オランダ；

フリジア；フラマン；ドイツ；イタリア；ハンガリー；チェコ；スロバキア；スロベニア；セルビア；クロアチア；ルーマニア；ブルガリア；ギリシャ；ポーランド；ロシア；トルコ；ユダヤ；ジプシー；ウイグル；タタール；シベリア；ツングース；カザフ；ウズベク；レバノン, イラク, オマーン；アフガニスタン；インド；中国；朝鮮；日本；オーストラリア；イギリス系カナダ；アメリカ；アフリカ系アメリカ；プエルトリコ, ドミニカ；エジプト；チュニジア.

1950A　何もしないでいることの手伝い

主人(監督者)が2人の労働者に，何をしているのかと尋ねる．1人目が「おれは何もしていない」と言う．2人目は「おれは彼の手伝いをしている」と言う.

類話(～人の類話)　ラトヴィア；イギリス；フリジア；ワロン；ドイツ；ギリシャ；ブルガリア；ポーランド；アメリカ.

1951　「そのたきぎはもう割ってあるか？」

怠け者の男が，たきぎの積み荷を贈り物としてあげると言われる．もらう前に，男は「それはもう割ってあるか？」と尋ねる[W111.5.10].

時として，ほかの贈り物をあげると言われる.「その米は炊いてあるか？」―「小麦はパンにしてあるか？」―「木の実はあぶって殻を取ってあるか？」

類話(～人の類話)　ポルトガル；ブルガリア；ギリシャ；ウクライナ；ユダヤ；アメリカ；メキシコ；ドミニカ；南アフリカ.

1960　大きな動物，または大きな物 (旧話型 1960Z を含む)

この雑録話型は，不自然に大きい物や動物や植物に関するさまざまな説話を包括する．特に参照：話型 852, 857, 1689A, 1920ff., 1930, 1962A.

類話(～人の類話)　フィンランド；フィンランド系スウェーデン；エストニア；ラトヴィア；リトアニア；ラップ；スウェーデン；デンマーク；イギリス；アイルランド；スペイン；フラマン；ドイツ；オーストリア；イタリア；ハンガリー；チェコ；クロアチア；ルーマニア；ブルガリア；ギリシャ；ポーランド；ロシア；トルコ；ユダヤ；オセチア；アブハズ；カザフ；ウズベク；タジク；ブリヤート；モンゴル；シリア, パレスチナ, イラク；インドネシア；日本；フランス系カナダ；アメリカ；アフリカ系アメリカ；プエルトリコ；エジプト, アルジェリア, モロッコ, スーダン.

1960A 大きな雄牛

この雑録話型は，巨大な家畜(雄牛，雌牛，馬，羊，ヤギ，豚，犬，猫，等)か，巨大な野獣(キツネ，熊，野ウサギ，雄豚，フクロネズミ，カエル，カメ，ヘビ，等)に関するさまざまな説話を包括する[B871.1.1.1, B875.1, X1201, X1224.1, X1233.1.1, X1235.1, X1241.1, X1244.3, X1342.1, X1321.1].

例えば，ある雄牛は，鳥がその牛の片方の角の先からもう片方に飛ぶには丸1日(1週，1年)かかるほど大きい．または，角の1つは粉ひき小屋で漏斗として使われていて，1樽の穀物がまるごと入る．

ある豚は非常に大きいので，かどから出てきて3日たっているが，まだ目が現れない．

ある羊は手押し車で運ばなければならないほど重いしっぽをしている．そしてしっぽを刈り込むと，100キロのウールがとれる．

コンビネーション 1738, 1882, 1920A.

類話(～人の類話) フィンランド；フィンランド系スウェーデン；ラトヴィア；エストニア；リトアニア；スウェーデン；ノルウェー；デンマーク；アイルランド；スペイン；フランス；フリジア；フラマン；ドイツ；オーストリア；チェコ；スロバキア；ルーマニア；ハンガリー；スロベニア；ギリシャ；ロシア；シベリア；カザフ；グルジア；ベトナム；インドネシア；日本；アメリカ；フランス系アメリカ；スペイン系アメリカ；メキシコ；西インド諸島；オーストラリア；エジプト．

1960B 大きな魚

この雑録話型は，巨大な魚に関するさまざまな説話を包括する[B874, X1301]．以下のものが最も一般的な類話である．

大きな魚(カワカマス，パーチ，カワミンタイ，シャケ，ウナギ，クジラ，等)が，島に3周巻きついた．3日間，人々はその巨大な魚を陸に引き揚げようとしているが，まだその目までは見えない．

大きな魚の体の中から17頭の羊のベルが見つかった．その魚の肉は300ポンドの塩に漬けられ，病院全体の1年分の食事をまかなう．

その魚の両目だけで5ポンドの重さがある．その魚のうろこは鋤で剝がされて，納屋の屋根にされる．その魚の骨は畑の柵に使われ，頭蓋骨はかまどにされる．参照：話型1889G.

注 ヨーロッパにおける早期の文献版はフィリップ・ル・ピカール(Philippe le Picard)(No. 25)を見よ．

類話(～人の類話) フィンランド；フィンランド系スウェーデン；ラトヴィア；コ

ミ；スウェーデン；ノルウェー；デンマーク；アイルランド；イギリス；オランダ；フリジア；フラマン；ドイツ；スイス；ハンガリー；ギリシャ；ロシア；ジプシー；スリランカ；中国；朝鮮；インドネシア；イギリス系カナダ；アメリカ；フランス系アメリカ；西インド諸島.

1960C 大漁

この雑録話型は，たいへんな量の魚を捕まえることに関するさまざまな説話を包括する[X1150.1].

漁獲がたいへんな量なので，魚を納屋で漬けなければならない．多くの建物の屋根にするのに十分な量のうろこがある．海にはたくさんの魚がいるので，魚たちの上を歩いて，足をぬらさずにいられるほどである．漁師たちは，魚たちが釣り餌の這い虫を漁師たちの手からむしり取るのを避けるために，岩の後ろで這い虫を釣り針につけなければならない．参照：話型 1920B.

類話(～人の類話) フィンランド；スウェーデン；ノルウェー；デンマーク；アイルランド；フリジア；ドイツ；イタリア；トルコ；ベラルーシ；インドネシア；アメリカ；エジプト.

1960D 大きな野菜

この雑録話型は，巨大な野菜(カブ，キャベツ，キノコ，ジャガイモ，メロン，カボチャ，キュウリ，穀物，タバコ，等)に関するさまざまな説話を包括する[X1401-X1455]．参照：話型 2044．以下に見るものが最も一般的な類話である.

カブがとても大きく，とても速く育つので，夏の間に柵を 3 回動かさなければならない．そのカブを抜くのに丸 1 日かかる．そしてツバメがその周りを飛ぶのに 7 日かかる．雌豚(野ウサギ)がカブの中へと食べ進んでいき，カブは豚の後ろで成長する．カブが割られると，豚が 7 匹の子豚とともに見つかる(荷車 7 台分の野ウサギが中に見つかる)．15 人の男たちがてこを使ってカブを引き抜く．カブを動かすのに 2 頭の馬が必要である．カブの皮でボートがつくられる.

キャベツ(キノコ)が非常に大きいので，兵隊の連隊全体が葉(キノコの笠)の下に入る．その一部が大隊用のスープをつくるのに使われるが，野菜の残りはまだ大きすぎて，運河の水門を通り抜けることができない.

6 人の男がジャガイモを掘り起こすために 6 週間働いているが，彼らは上半分しか掘り出せていない.

ライ麦の茎が非常に太いので，豚がその中を通り抜けられるほどである.

または，ある男が馬と荷馬車で茎の中に入り，中で方向転換ができるほどである．5人の男が切り株の上に立つことができる．1粒のライ麦が非常に大きいので，2つに切るだけでバケツがおがくずでいっぱいになるほどである．

タバコがとても背が高いので，葉を切り取るために，9本のはしごを次々と積み上げげなければならない．2人の男が茎の両側から切っていき，丸1日かかる．切り株の上に立って，彼らは2日間タバコをめぐって争う．参照：話型 1920A.

コンビネーション　1889C, 1889E, 1889F, 1920A, 1920C, 1920F, 1960F, 1960G, 1960J, 1960K.

類話(～人の類話)　フィンランド；フィンランド系スウェーデン；エストニア；ラトヴィア；リトアニア；ヴォート，カレリア；スウェーデン；ノルウェー；デンマーク；アイルランド；イギリス；フランス；スペイン；カタロニア；ポルトガル；オランダ；フリジア；フラマン；ドイツ；オーストリア；サルデーニャ；マルタ；ハンガリー；スロバキア；スロベニア；セルビア；マケドニア；ルーマニア；ブルガリア；ギリシャ；ロシア，ベラルーシ，ウクライナ；トルコ；ジプシー；アブハズ；モルドヴィア；ヴォチャーク；クルド；シベリア；タジク；グルジア；イラク；パキスタン，インド；スリランカ；中国；ベトナム；日本；イギリス系カナダ；アメリカ；フランス系アメリカ；スペイン系アメリカ；アフリカ系アメリカ；メキシコ；ブラジル；チリ；アルゼンチン；西インド諸島；オーストラリア；南アフリカ.

1960E　大きな農家

この雑録話型は，巨大な農家や，個々の建物(家，納屋，乾燥がま，穀物倉，粉ひき小屋，教会，等)や，そこでの運営に関するさまざまな説話を包括する[X1030–1036]．以下に見るものが最も一般的な類話である．

ある建物が非常に高く，斧が屋根の先端から落ちて地面に着く前に，1羽のツバメが，斧の柄穴に巣をつくり，卵を産み，ひなを育てることができるほどである．

納屋が非常に長く，雌牛が反対の端にいる雄牛のところへ連れていかれて，雌牛が自分の小屋に戻る前に子牛を産むほどである．

教会が非常に大きく，赤ん坊が洗礼を受けると，出てくる前に初聖体に充分な年になっているほどである．

部屋が非常に大きく，父親と母親は部屋の中で3年間お互いを捜すほどである．農夫は朝のコーヒーを飲みに行く途中で，2回休憩して食事をしなければならないほどである．部屋の中央からは壁が見えないので，人々は自分たちの方向を知るために，床板の向きを見なければならない．

農場のすべてが巨大である．すなわち建物，動物，畑，道具，植物，漁獲，かまど，容器，料理道具，パイプ，人々，牛，すべてが巨大である．雌牛がとてもたくさんのミルクを出すので，海のように家畜小屋から流れる，そして，誰かがクリームをすくうために，ボートに乗って浮かばなければならない，等．

コンビネーション 1960F, 1960J, 1960K.
類話(～人の類話) フィンランド；フィンランド系スウェーデン；エストニア；ラトヴィア；リトアニア；ラップ；スウェーデン；ノルウェー；デンマーク；アイルランド；フラマン；ドイツ；オーストリア；ハンガリー；スロバキア；ルーマニア；ロシア, ベラルーシ, ウクライナ；トルコ；オセチア；グルジア；ベトナム；日本；インドネシア；アメリカ；アフリカ系アメリカ；オーストラリア．

1960F 大きな釜 [X1030.1.1]

釜を鍛造するのに10人(50人，100人，等)の鍛冶屋を要した．彼らは働いていたとき，たいへん離れていたので，誰もほかの鍛冶屋の声を聞くことができなかった．

または，巨大な釜は巨大な農場か[X1031](参照：話型1960E)，巨大な船(参照：話型1960H)に属する．船の場合には，しばしば料理人か船自体が，嵐で漂っている間に粥の釜に落ちて，粥の中に混ぜられる．参照：話型1920A.

コンビネーション 1920A, 1920F, 1960D, 1960E, 1960H.
類話(～人の類話) フィンランド；フィンランド系スウェーデン；ラトヴィア；リトアニア；ラップ；スウェーデン；アイルランド；スペイン；カタロニア；ポルトガル；オランダ；フリジア；フラマン；ドイツ；オーストリア；サルデーニャ；ハンガリー；スロベニア；セルビア；ルーマニア；ギリシャ；トルコ；ユダヤ；クルド；タジク；イギリス系カナダ；アメリカ；フランス系アメリカ；スペイン系アメリカ；メキシコ；チリ；南アフリカ．

1960G 大きな木

この雑録話型は，巨大な木(空まで伸びる草花か豆の茎，等)に関するさまざまな説話を包括する[F54]．参照：話型317, 555, 804A, 852, 1889, 1889E, 1920C, 1920F, 1960D．以下に見るものが最も一般的な類話である．

オークの木が非常に大きいので，80人の人が切り株の上で踊ることができる．

教会が松の木の切り株に建てられる．木のうろは納屋に使われ，300頭の熊が木の根の下で冬眠する．道が木を通り抜ける．ある男が，荷馬車に乗ってうろに入り，出口を見つけるまでに，3日間そこで道に迷う．

木が運ばれるとき，ある場所を復活祭の日に根が通り過ぎるが，木の梢はクリスマスのあとまでやって来ない．

コンビネーション 1738, 1882, 1900, 1920A, 1920H.

類話（～人の類話） フィンランド；フィンランド系スウェーデン；エストニア；ラトヴィア；ラップ，ヴェプス，カレリア，コミ；スウェーデン；ノルウェー；デンマーク；カタロニア；アイルランド；オランダ；フリジア；フラマン；ドイツ；オーストリア；イタリア；ハンガリー；チェコ；スロバキア；スロベニア；セルビア；クロアチア；ルーマニア；ブルガリア；ギリシャ；ロシア，ベラルーシ，ウクライナ；トルコ；オセチア；モルドヴィア，ヴォチャーク；シベリア；カザフ；グルジア；シリア，パレスチナ，ヨルダン，カタール，オマーン；中国；イギリス系カナダ；アメリカ；オーストラリア；エジプト，モロッコ，スーダン．

1960H 大きな船

この雑録話型は，巨大な船に関するさまざまな説話を包括する[X1061.1]．以下に見るものが最も一般的な類話である．

ある船はとても長く，船首から船尾まで行くのに電車で3日間かかる．その船は長すぎて，方向転換できない．そして600万人の船員を運ぶ．船がバルト海で方向転換したとき，船首の三角帆がすべての羊を水の中に掃き落とした．カテガット海峡を通り抜けるために，船べりに石鹼をこすりつけなければならなかった．マストに登る若い見習い船員が，おりてくるときには白髪のお爺さんになっている．舵取りは馬の背（飛行機かヘリコプター）から命令を出す．料理人は，粥をかき回すために鍋の中でモーターボートに乗る．

参照：話型1960F.

類話（～人の類話） フィンランド；フィンランド系スウェーデン；ラップ；スウェーデン；ノルウェー；デンマーク；アイルランド；オランダ；フリジア；ドイツ；イギリス系カナダ；アメリカ；オーストラリア．

1960J 大きな鳥

この雑録話型は，巨大な鳥（ワシ，ライチョウ，タカ，ツル，等．時としてガチョウ，カモ，鶏）に関するさまざまな説話を包括する[B31.1]．以下に見るものが最も一般的な類話である．

鳥が非常に大きいので，鳥を運ぶときに人々は2日かかってその首しか見ることができない．そして3日目に，鳥の体が見える．その鳥の巣は，荷馬車3台分の小枝でできており，中には羊のベルと引き具などがいくつかある．その巣を燃やそうとすると，鳥がボートで運んだたくさんの水で火を消す．

鳥1羽が空全体を暗くするほど大きい．

コンビネーション 1960D, 1960E, 1960L.

類話(～人の類話) フィンランド；ラトヴィア；リトアニア；コミ；スウェーデン；デンマーク；アイルランド；イギリス；フランス；オランダ；フリジア；ドイツ；ハンガリー；クロアチア；ルーマニア；ブルガリア；ロシア；カザフ；グルジア；中国；西インド諸島；ポリネシア，ニュージーランド；エスキモー；イギリス系カナダ；アメリカ；メキシコ．

1960K 大きなパンのかたまり

この雑録話型は，巨大なかたまりのパン(ケーキ，プリン，詰め物をした半円形のパイ，チーズ，等)に関するさまざまな説話を包括する[X1811.1]．参照：話型1833H．以下に見るものが最も一般的な類話である．

パンのかたまりが非常に大きいので，決してなくならない．それはもともと，その家族の曾曾祖父の結婚式のためにつくられたものである．

詰め物をした半円形のパイには，7袋のカブと2頭の豚肉が詰められ，2樽のライ麦粉が生地に使われた．ある農夫は，それを切って家族に出すのに，熊手を使う．パイに穴を開けたときにそこから出た蒸気で300人の人たちが死んだ．パイの皮でボートがつくられる．

コンビネーション 1960D, 1960E.

類話(～人の類話) フィンランド；ラトヴィア；リトアニア；スウェーデン；ノルウェー；アイルランド；イギリス；フランス；フラマン；スイス；ハンガリー；クロアチア；ブルガリア；ギリシャ；カザフ；中国．

1960L 大きな卵

この雑録話型は，巨大な卵に関するさまざまな説話を包括する．以下に見るものが最も一般的な類話である．

卵がとても大きいので，戸口を通すために切らなければならない[X1813]．卵が割られると，40の町が浸水する．

コンビネーション 1920A, 1960J.

注 早期の版は16世紀，ハンス・ザックス(Hans Sachs)の「6つの大きな嘘(*Die sechs grosen luegen*)」(1546)を見よ．

類話(～人の類話) デンマーク；フリジア；フランス；オランダ；フラマン；ドイ

ツ；ハンガリー；ルーマニア；ブルガリア；ジプシー；インド；イギリス系カナダ；アメリカ；メキシコ；プエルトリコ．

1960M 大きな虫（旧話型 $1960M_1$–$1960M_3$ を含む）

この雑録話型は，巨大な虫（ハチ，ハエ，ブヨ，シラミ，ノミ，バッタ，等）に関するさまざまな説話を包括する[X1280–X1299]．以下に見るものが最も一般的な類話である．

巨大なシラミたちが3匹の子犬を食べる．あるシラミは，足でパンのかたまりをまるごと抱えて食べる．羊の足の骨が歯の間に挟まったシラミが，誰かのベッドに潜り込む．参照：話型857.

巨大なブヨの骨は，柵をつくるのに使用される．巨大な蚊たちが鍋の両側に（まるで釘を使ったように）穴を開け，飛んで鍋を運んでいく[X1286.1.4]．（旧話型 $1960M_1$.）ハエが人々または動物たちを運び去る[X1286.1.5, X1286.1.6]．（旧話型 $1960M_2$.）

巨大なマルハナバチが熊と戦う．（旧話型 $1960M_3$.）

コンビネーション 1889, 1889C.

類話（～人の類話） フィンランド；ラトヴィア；スウェーデン；ノルウェー；デンマーク；スペイン；ドイツ；スイス；チェコ；スロバキア；マケドニア；ギリシャ；ロシア, ベラルーシ, ウクライナ；トルコ；アブハズ；モルドヴィア；クルド；中国；イギリス系カナダ；アメリカ；スペイン系アメリカ；アフリカ系アメリカ；メキシコ；オーストラリア．

$1960M_1$–$1960M_3$ 話型1960Mを見よ．

1960Z 話型1960を見よ．

1961 大きな結婚式

この雑録話型は，珍しい結婚式に関するさまざまな説話を包括する（大部分は終わりのない説話である）．以下の例はノルウェーで一般的なものである．

ある巨人には，60人の娘（息子）がいる[X1071]．彼女たち全員，1頭の同じ馬に乗って結婚式に行く．馬の背骨が折れ，1本の樹木を添え木として使って，修理する．巨人はその馬を目の中に入れ，キツネをあごひげの中に入れる，等．参照：話型1889D, 1911A.

類話（～人の類話） ノルウェー；ハンガリー；イギリス系カナダ．

1962 わたしの父の洗礼(結婚式)

少年が嘘をつく．例えば，自分は父親が生まれる前に，または洗礼を受ける前に，または結婚する前に，生まれたと主張する．人々が少年に小麦粉を取りに水車小屋へ行かせる(両親の結婚式のための証人を見つけるために，または天国で名前か名づけ親を見つけるために，天まで伸びている木に登らせる)．

少年は小麦粉の袋 6 つを荷車の前につなぎ，荷車の上に 6 頭の雄牛を積む．彼が到着すると，水車小屋はそこにはなく，水車小屋は外にイチゴを摘みに行っている．少年は水車小屋を見つけ，それを駆り立てて家に帰る．少年が水車小屋を駆り立てている間に，少年が地面に刺しておいたむちの柄が天まで伸びて，鳥が枝に巣をつくる．少年が登ると，巣立ちしたばかりのひな鳥たちが少年を捕まえ，運び去り，落とす．

少年は両親に小麦粉を届け，母親の結婚式で母親と踊る．そして 2 年後に生まれる．参照：話型 1882.

類話(～人の類話)　ラトヴィア；ハンガリー；スロバキア；セルビア；クロアチア；マケドニア；ブルガリア；ポーランド；ベラルーシ；ウクライナ；ユダヤ；ジプシー；アブハズ；カザフ；ウズベク；インド.

1962A 大きなレスラー

この雑録話型は，2 人(以上)の巨大で強いレスラー(大食い)と，彼らのレスリングの(大食いの)試合に関するさまざまな説話を包括する[F531.3.4.1, F531.6.8.3.3, H1225, X941.3, X941.2, X941.4]．参照：話型 650A, 650B, 1960.

類話(～人の類話)　フラマン；ハンガリー；アブハズ；パキスタン；インド；ネパール；中国；日本；アメリカ.

1963 底なしの船が海を渡る

ある人が，積み荷を載せた 3 隻の船について語る．それらの船は水のない川を渡っていく．1 番目の船には底がなく，2 番目の船には船べりがなく，3 番目の船には何もない.

コンビネーション　1965.

注　有名なほら話．16 世紀(「フィンケンリッター，4 度目の旅(*Finckenritter, 4th journey*)」)に記録されている.

類話(～人の類話)　フィンランド；デンマーク；ドイツ；ウズベク.

1965 障害のある仲間(旧，クノイストと3人の息子)(旧話型1716*を含む)

3人(1〜6人)の障害のある(盲目の，足の不自由な，口のきけない，耳の聞こえない，裸の)仲間(兄弟)が，彼らの体の障害と相容れない離れ業を成し遂げる(ふりをする)[X1791].

彼らはありえない場所に狩りに行く．つまり，まだ育っていない茂みに行き，壊れた武器しか使わない．または，彼らは乾いた砂や涸れた川床へ釣りに行く．彼らは存在しない獲物(魚)を捕まえる．

彼らは奇妙な(荒廃した)場所(家)にやって来る．そこで彼らは死んだ人たちに会う．死んだ人たちは彼らの召し使いになり，彼らの獲物(魚)を料理するために，ありえないような容器をくれる．獲物は変わったやり方で下ごしらえされ，料理される．そして彼らは変わった食事を食べる．死んだ召し使いの1人が食事中に死に，彼は遺産を相続する．食事のあと，仲間たちは井戸(海洋，川)に行く．彼らは風変わりな教会(聖職者)を見つける．参照：話型1698, 1930, 1935.

コンビネーション 1963.

類話(〜人の類話) フィンランド；ラトヴィア；リトアニア；デンマーク；イギリス；フランス；ポルトガル；フリジア；ワロン；ドイツ；オーストリア；イタリア；コルシカ島；マルタ；ハンガリー；スロバキア；ルーマニア；ブルガリア；ギリシャ；ロシア，ウクライナ；ベラルーシ；トルコ；ジプシー；シベリア；ウズベク；モンゴル；アラム語話者；イラン；イギリス系カナダ；プエルトリコ；アフリカ系アメリカ；エジプト，スーダン，タンザニア；モロッコ；南アフリカ.

1966 寒さより速く

ある男は，自転車(馬，荷車)に非常に速く乗ることができる(走ることができる)ので，近づいてくる雷雨の雨粒より先にいることができる．馬のしっぽだけがぬれる[X1606.1].

類話(〜人の類話) フリジア；ドイツ；ハンガリー；オーストラリア；イギリス系カナダ；アメリカ；スペイン系アメリカ，メキシコ.

1967 大寒波

この雑録話型は，大寒波に関するさまざまなほら話を包括する．

例は以下のとおり．

(1) 熱湯でいっぱいの鍋が凍るほど非常に寒い天気の中，ある女が小便をしに外に出る．放尿しているとき，女は地面に凍りつく．夫は女を切り離すために鍛冶屋の大ばさみを取ってこなければならない.

(2) とても寒いので，男は鞍に凍りつく．男はストーブの横でとかしてもらわなければならない[X1606.2.1]．

(3) とても寒いので，放尿しに外に行った男の小便が弧を描いて凍る．

(4) 男が熱いミルク(ココア)の入った鍋を氷の上に置く．ミルクはとても速く凍るので，ミルクの氷はまだ暖かい[X1623, X1115.1]．参照：話型 1889F, 1891, 1927, 1968.

注 有名なミュンヒハウゼンの説話(Münchhausen/Bürger, ch. 2)．ヨーロッパにおける早期の文献版(1, 3)はフィリップ・ル・ピカール(Philippe le Picard)(nos. 18, 24)を見よ．

類話(～人の類話) フィンランド；フランス；オランダ；フリジア；フラマン；ドイツ；イタリア；イギリス系カナダ；アメリカ；フランス系アメリカ．

1968 切断された首が体に凍りつく

非常に寒い日に，斬首された男の頭が地面に落ちる前に，体に凍りつく．酒場(家)の火の前で，男はくしゃみをする(鼻をかむ)．すると頭が火の中に落ちる(頭がとける)[X1623]．

注 早期の文献版はハンス・ザックス(Hans Sachs)の「3人の死刑執行人(*Die drey hencker*)」(1552)，およびフィリップ・ル・ピカール(Philippe le Picard)(No. 94)を見よ．

類話(～人の類話) スコットランド；イギリス；スペイン；オランダ；フリジア；フラマン；ドイツ；アメリカ．

形式譚

累積譚 2000-2100

数，物，動物，名前に基づく連鎖 2000-2020

2009　チェスの起源

チェスの発明者は，チェス板のそれぞれのます目に穀物の粒を要求する．すなわち1つ目のます目には1つ，2つ目のます目には2つ，3つ目のます目には4つ，4つ目のます目には8つ，等，つまり，ます目ごとに前のます目の倍の数の穀物の粒を要求する．王はそれほど多くの穀物を提供できない[Z21.1]．

類話(～人の類話)　フィンランド；ラトヴィア；カレリア；アイルランド；フリジア；スロバキア；インド；エジプト．

2010　誰が 1 を知っているか (Ehod mi yodea)

宗教的な(ユダヤ教の)歌で，その中で1から12までの連続した数が，宗教的な(神学的な)意味を持つ出来事，または(および)存在，人物と結びつけられる．

例えば，西ヨーロッパのカトリックの国々では(16世紀のボヘミアのユダヤ人の間で)，歌の問いへの答えは次のようになっている．

1つの神，2つの法の銘板，3人の開祖，4人の福音史家(女の祖先)，5人の賢い乙女(モーゼ5書)，カナンの6つの壺(ミシュナの書)，7秘跡(曜日)，8つの至福(割礼までの日にち)，9人の天使の聖歌隊(妊娠の月)，十戒，1万1千人の乙女(星)，12使徒(イスラエルの支族)，(神の13の特性)[Z22]．
参照：話型812[H602.1.1]．

注　セム，および(または)，インド起源，『リグ・ヴェーダ(*Rigveda*)』(I, 164)．ユダヤ礼拝の歌「誰が知っているか(*Ehod*)」はゆっくりとした音楽として歌われている．

類話(～人の類話)　フィンランド；リトアニア；スウェーデン；デンマーク；イギリス；スペイン；カタロニア；ポルトガル；オランダ；フリジア；フラマン；オーストリア；イタリア, サルデーニャ；ハンガリー；チェコ；ギリシャ；ロシア, ベラルーシ, ウクライナ；ユダヤ；ジプシー；アメリカ；チリ；プエルトリコ, アルゼンチン；西インド諸島．

2010A クリスマスの12日間(12の贈り物)(旧話型2010Bを含む)

連鎖話(歌)で，その中で毎日贈り物がもたらされるか，または王が娘に与えるたくさんの持参金の描写がなされる．

1羽のヤマウズラ，2羽のキジバト，3羽のフランスのメンドリ(森のハト)，4羽のクロウタドリ(カモ)，5つの金の指輪(穴ウサギ)，6羽のガチョウ(野ウサギ)，7羽の白鳥(犬)，8人の女中(羊)，9人の太鼓叩き(雄牛)，10人の笛吹き(七面鳥)，11人の貴婦人(ハム)，12人の貴族(チーズ)[Z22.1, Z22.2]．

類話(～人の類話) スウェーデン；デンマーク；アイルランド；イギリス；フラマン；サルデーニャ；チェコ．

2010B 話型2010Aを見よ．

2010I 金持ちの男はどのように召し使いにお金を払ったか

紳士のために働いている男が，最初の6か月に対し1羽のひよこで支払いを受け，次の6か月に対しては，1羽のメンドリ，等，さらに1羽のガチョウ，1匹のヤギ，1頭の雌牛，1頭の馬…1人の少女，1つの農場と続く[Z23]．

動物は，しばしば奇妙な名前(声)をしている．

類話(～人の類話) リトアニア；スウェーデン；ノルウェー；デンマーク．

2010IA 奇妙な名前の動物(旧，風変わりな名前の動物)

民謡で，詩句ごとに男が1匹の動物を買う．動物たちは何と呼ばれているかという問いに対する答えで，すべての動物が奇妙な名前である[Z23]．参照：話型20C, 1940.

類話(～人の類話) スウェーデン；デンマーク；ヴェプス；イギリス；オランダ；フリジア；フラマン；ドイツ；イタリア；ハンガリー；キューバ；西インド諸島；南アフリカ．

2011 「ガチョウよ，どこに行っていたんだい？」

ある動物の体の構造に基づいて組み立てられる滑稽な問答．例は以下のとおり．

「ガチョウよ(子羊よ)，どこに行っていたんだい？」―「野原に行っていた」．「くちばしには何が入っているんだい？」―「ナイフ(レンガ，水，雄牛，棒，お婆さん，修道士，ミサ，コート)等」[Z39.4]．

類話(～人の類話) ラトヴィア；スペイン；チェレミス/マリ；オスチャック；プエルトリコ，アルゼンチン．

2012 1週間の各曜日（旧，忘れっぽい男が1週間の曜日を数える）（旧話型2012A–2012Dを含む）

この雑録話型は，1年の月，1週の日，または1日の時間が，行動や出来事に結びつくさまざまな連鎖話を包括する．

(1) 忘れっぽい男が，週の各曜日にした雑用を数え上げ，今日は日曜日に違いないという結論に達する[Z24].

(2) 男やもめが，1週間のうちに，どうやって妻となる人に求愛し，妻と結婚し，妻を埋葬したかを語る．（旧話型2012A.）

(3) 誕生から死までの人の生涯の重要な出来事が，1日の時間(1時から10時まで)に割り当てられる[Z24.1.1]．（旧話型2012B.）

(4) 誕生から死までの人の生涯の重要な出来事が，わらべうたの中で，1週間の各曜日に割り当てられる[Z24.1.3]．（旧話型2012D.）

(5) 鳥がある父親に，怠け者の子どもたちを教育するための指示を与える．鳥は3月から8月までの毎月，子どもたちが飛ぶ準備をしているとき，自分がひなたちのために何をするかを男に教える[Z24.1.2]．（旧話型2012C.）

コンビネーション 1825.

類話(～人の類話) フィンランド；ラトヴィア；エストニア；スウェーデン；デンマーク；イギリス；スペイン；フリジア；フラマン；ドイツ；イタリア；マルタ；ハンガリー；ロシア，ベラルーシ，ウクライナ；ユダヤ．

2012A–2012D 話型2012を見よ．

2013 「昔々ある女がいた．女には息子が1人いた」（旧話型2320を含む）

この雑録話型は，さまざまな循環メルヒェンを含む．その中で語り手は，終わりのない循環で物語を繰り返す．

例えば次のように，衣類(身体の部分)が列挙されるか，または説明される．「昔々ある女がいた．彼女には息子が1人いた．息子は赤いズボンをはいていた．ズボンには黒いボタンがついていた，等．もう1回語りましょうか？」[Z49.4].

類話(～人の類話) フィンランド；エストニア；ラトヴィア；リトアニア；ノルウェー；アイルランド；イギリス；フランス；スペイン；カタロニア；オランダ；フリジ

ア；フラマン；ドイツ；イタリア；サルデーニャ；ハンガリー；チェコ；ブルガリア；ロシア；ウクライナ；インド；アメリカ；スペイン系アメリカ；メキシコ；アルゼンチン；エジプト．

2014　矛盾または極端を含む連鎖話（旧話型 2014A を含む）

この雑録話型は，矛盾または極端を描くさまざまな連鎖話を包括する［Z51］．参照：話型 1931, 2335．以下に見るものは，最も一般的な類話である．

(1)　最近結婚した男が，ある友人（隣人，見知らぬ人）に会う．その友人は，結婚した男が留守にしている間に家で何があったかを結婚した男に話す．友人はその出来事を楽観的に話す．しかし結婚した男がもっと詳しく尋ねると，状況は悲惨であることが明らかになる．（旧話型 2014A.）

会話の途中で，彼らはほかの知らせを交換する．例えば，1 人が，ヤギ（豚）が巨大なキャベツを食べ，つぶすのに十分なくらい肥えたと言う．質問と答えが以下のようなコメントとともに続く．「それはいい」─「いや，そんなによくはないよ」─「それはひどい」─「いや，そんなに悪くはない」．1 人がもう片方に，自分の家が焼け落ちたと言う．もう片方は「それはお気の毒に」と言う．最初の男は「そんなに悪くない，なぜならわたしの妻もその火事で死んだから」と答える［Z51.1］．参照：話型 2040.

(2)　2 人の名づけ親（見知らぬ人）が，彼らの 1 人が見つけた（なくした）コイン（のこぎり，エンドウ豆）について話し合う．会話は，交互に出来事または論評を伝える．最後に 1 人がもう片方に，自分はイノシシを食べたオオカミを殺したと言う．もう片方は「それはよかった」と言う．最初の男は「そう，それはいいのだが，特別にいいことでもない．なぜなら地主がオオカミの毛皮を要求したからだ」と答える．

注　15 世紀のラテン語の写本に記録されている．早期の文献資料，ボナバンチュレール・デ・ペリエ（Bonaventure Des Périers）の『笑話集（*Nouvelles Récréations*）』（No. 75）を見よ．

類話（～人の類話）　フィンランド；フィンランド系スウェーデン；エストニア；ラトヴィア；リトアニア；ラップ；スウェーデン；ノルウェー；デンマーク；アイスランド；スコットランド；アイルランド；フランス；スペイン；ポルトガル；オランダ；フリジア；フラマン；ドイツ；ハンガリー；チェコ；スロベニア；セルビア；クロアチア；マケドニア；ルーマニア；ポーランド；ソルビア；ロシア，ベラルーシ，ウクライナ；ユダヤ；シベリア；アメリカ．

2014A 話型 2014 を見よ.

2015 家へ帰ろうとしないヤギ

少年が，彼のいたずらなヤギを家に連れて帰ることができない．少年は，人々(狩人，羊飼い，聖ニコラウス)，および(または)動物(熊，野ウサギ，犬，猫，ハツカネズミ，豚)，および(または)物(ロープ，水，火)に助けを求める．彼らの誰もヤギを家に帰らせることができない(帰らせようとしない)．1匹のオオカミ(ミツバチ，スズメバチ，ハエ)がヤギをかむ(刺す)．するとヤギは大急ぎで家に走っていく[Z39.1]．参照：話型 212.

コンビネーション 212, 2030.

類話(～人の類話) フィンランド；ラトヴィア；リトアニア；ヴェプス，ヴォート；コミ；スウェーデン；ノルウェー；デンマーク；スコットランド；アイルランド；イギリス；フランス；スペイン；ポルトガル；フラマン；ワロン；ドイツ；スイス；ラディン；イタリア；サルデーニャ；ハンガリー；チェコ；スロベニア；セルビア；クロアチア；マケドニア；ブルガリア；アルバニア；ポーランド；ロシア，ベラルーシ，ウクライナ；トルコ；ユダヤ；オセチア；ウドムルト；シベリア；カザフ；タジク；カルムイク；モンゴル；パレスチナ，ヨルダン，ペルシア湾，カタール；イラン；フランス系アメリカ；スペイン系アメリカ，メキシコ；プエルトリコ；エジプト，アルジェリア，モロッコ．

2015* 話型 2030 を見よ.

2016 ちっちゃなちっちゃな女 (旧，ちっちゃなちっちゃな女がいた)

むかし，ちっちゃなちっちゃな女がいた．女はちっちゃなちっちゃな雌牛を飼っていた．女は雌牛のミルクをちっちゃなちっちゃなバケツに搾った．ちっちゃなちっちゃな猫がそのミルクを全部飲んだ．女はその猫を殺し(その猫は死に)，ミルクはすべてバケツに戻された，等[Z39.2].

類話(～人の類話) フィンランド；スウェーデン；デンマーク；スコットランド；イギリス；フリジア；ドイツ；イタリア；ハンガリー；ベラルーシ；チェコ.

2017 話型 2302 を見よ.

2018 話型 2043 を見よ.

2019 ピフ・パフ・ポルトリー

奇妙な名前(例えば，ピフ・パフ・ポルトリー(Pif Paf Poltrie))の求婚者

(求婚者たち)が，ある父親に彼の娘と結婚したいと求める．父親は同意し，求婚者をほかの親族のところに行かせる．その親族も同意する．求婚者は花嫁に彼女の持参金について尋ねる．持参金はわずかである．花嫁は求婚者に，仕事は何かと尋ねる．求婚者は仕立屋ではなく，靴職人ではなく，農夫ではなく，大工ではなく，鍛冶屋ではなく，ほうきづくりである[Z31.1].

類話(～人の類話)　カタロニア；ドイツ.

2019*　シラミとノミが結婚を望む

シラミとノミ(その他の動物)の結婚式に関する連鎖話または連鎖歌である．ほかの動物たち(ハエ，カエル，アリ，甲虫，イモリ，ヘビ，クマネズミ，等)が，準備の手伝いをする(客，花嫁の付き添い，楽士，パン屋，コック，等として，やって来る)．さまざまな混乱が結果として起こる[Z31.2].

類話(～人の類話)　スペイン；カタロニア；ポルトガル；ハンガリー；ロシア；グルジア；スペイン系アメリカ；チリ, アルゼンチン.

死を含む連鎖(動物の筋の担い手) 2021-2024

2021　オンドリとメンドリ (旧話型 235A* と 2021A を含む)

1羽のメンドリ(オンドリ，猫，その他の動物，若い女)が木の実(サクランボの種，穀粒，等)を喉に詰まらせる(その他のしかたで死ぬ)．オンドリはメンドリのために飲み水を取りに行く．しかし水はオンドリに，まずはある花嫁のところへ赤い絹を取りに行かせる．花嫁はオンドリに花輪を取りに行かせる，等.

または，オンドリはいろいろな動物(豚，牛，等)，および(または)人々(粉屋，パン屋，靴職人，等)，および(または)物(川，木，等)に助けを求める[Z32.1.1]．オンドリが水を持って戻ると，メンドリはすでに死んでいる.

すべての動物が葬列に参加する[Z32.1]．最後にノミ(ハエ，ハツカネズミ)が葬儀の荷車に乗り，荷車はその重さでつぶれる．(旧話型 2021A.)

オンドリはメンドリを埋葬し[B257]，そのあと，深い悲しみで死ぬ．(窒息していたメンドリは，ドンとぶつけられ，木の実が喉から取れる.)

コンビネーション　2032.

類話(～人の類話)　フィンランド；ラトヴィア；リトアニア；スウェーデン；ノルウェー；デンマーク；フランス；アイルランド；イギリス；フリジア；ルクセンブル

ク；ドイツ；コルシカ島；ハンガリー；チェコ；スロバキア；ブルガリア；ソルビア；ロシア，ベラルーシ；ウクライナ；トルコ；チェレミス/マリ；グルジア；サウジアラビア；インド；南アフリカ．

2021A 話型 2021 を見よ．

2021B オンドリが木の実でメンドリの目を打ち出す

オンドリが木の実を投げると，それがメンドリの目に当たって目を打ち出す．オンドリは，ヘーゼルナッツの茂みがズボンを破いたと非難する．茂みは，ヤギが葉を食べたと非難する．ヤギは，牧人がいい牧草をくれないと非難する．牧人は，主人が十分な食べ物をくれないと非難する，等[Z43.2]．

参照：話型 2032．

類話(～人の類話) リーヴ；ラトヴィア；リトアニア；デンマーク；フランス；ドイツ；スロベニア；マケドニア；ブルガリア；ロシア，ベラルーシ，ウクライナ；トルコ；モルドヴィア；グルジア；パレスチナ，イラク，イエメン；イラン；ビルマ；インドネシア；エジプト．

2021* 話型 2022 を見よ．

2022 小さなメンドリの死 (旧話型 2021* と 2022A を含む)

連鎖話，連鎖遊び，連鎖歌，連鎖詩である．小動物(鶏，ノミ，シラミ，その他の虫，小さい子ども，等)が死ぬ(料理鍋に落ちてやけどをする，火でやけどをする，溺れる)．さまざまな人物(少女，女，父親，等)，動物，物(ドア，窓，荷車，ほうき，木，水，井戸，等)が死を悲しむ．彼らは自分たちの独特のやり方で死を知らせる[Z32.2, Z32.2.1]．

例えば，ノミは泣き，木は葉を落とし，ドアはギーギーときしみ，ほうきは掃き，テーブルは食器を片づける，等．(旧話型 2022A.)

コンビネーション 85.

注 1179 年に『狐物語(*Roman de Renart*)』(I, 398–473)に記録されている．

類話(～人の類話) ラトヴィア；スウェーデン；ノルウェー；デンマーク；フェロー；スコットランド；アイルランド；イギリス；フランス；スペイン；カタロニア；フリジア；フラマン；ワロン；ドイツ；イタリア；サルデーニャ；マルタ；ハンガリー；チェコ；ルーマニア；アルバニア；ギリシャ；トルコ；グルジア；シリア；パレスチナ；ヨルダン；クウェート；イラン；パキスタン；インド；スリランカ；メキシコ；カボヴェルデ；エジプト；アルジェリア；チュニジア；モロッコ，スーダン．

2022A 話型 2022 を見よ.

2022B **割れた卵**(旧, メンドリが卵を産み, ハツカネズミがそれを割る)

1 羽のメンドリが卵を産み, それが割れる(ハツカネズミがそれを割る). すべての目撃者がこの不運に深い悲しみを示す. 例えば, メンドリは羽根を逆立て, ごみは燃え始め, 階段はきしみ, オークの木は倒れ, カササギは脚をねんざし, 雄牛は角を折り, 川は血を流し, 女中は水差しを壊し, 主婦はパン生地を壁に塗りつける, 等. 主人は妻を閉じ込め, 女中は同じくらい愚かな人たちを探しに行く, 等[Z39.5]. 参照：話型 1384, 1450.

コンビネーション 1384.

類話(～人の類話) ラトヴィア；リトアニア；ヴェプス, ヴォート, カレリア, コミ；サルデーニャ；ハンガリー；スロバキア；ポーランド；ロシア, ベラルーシ, ウクライナ；トルコ；アブハズ；モルドヴィア；シベリア；タジク；カルムイク.

2023 **小さいアリが結婚する**(旧, 小さいアリがペニー銅貨を見つけ, それで新しい服を買い, 出入り口に座る)

1 匹のアリ(甲虫, ゴキブリ, バッタ, カタツムリ, 猫, 等)が, お金を見つけ, 新しい服を買い, 自分の出入り口に座る. 多くの動物が通りかかり, 彼らの独特の声で, 自分と結婚してくれと頼む. ハツカネズミが静かなので, アリはハツカネズミを選ぶ.

ハツカネズミがシチュー(結婚式のスープ)をかき回しているとき, ハツカネズミは鍋の中に落ちて溺れる. アリはこれを見つけると, 涙を流して泣く. 鳥は自分のくちばしを引き剝がし, カモメは自分のしっぽを引きちぎる, 等[Z32.3].

類話(～人の類話) スペイン；カタロニア；ポルトガル；イタリア；サルデーニャ；アルバニア；トルコ；ユダヤ；ウズベク；タジク；パレスチナ；イラク；ペルシア湾, クウェート；サウジアラビア；カタール；イラン；インド；スペイン系アメリカ, メキシコ；キューバ, プエルトリコ；マヤ；エクアドル；ブラジル；チリ；エジプト, アルジェリア；チュニジア；モロッコ.

2024* **穴ウサギがお金を借りる**

1 匹の穴ウサギが, 甲虫と, メンドリ, キツネ, 犬, トラ, 狩人からお金を借りる. 甲虫がお金を返してくれと求めると, 穴ウサギは, お金を数えるのを後ろで待つように甲虫に言う. お金を数えずに, 穴ウサギはメンドリを連れてきて，メンドリが甲虫を食べる．そのあと，キツネがメンドリを食べる，等[Z32.4]．

類話(〜人の類話) ギリシャ；スペイン系アメリカ，メキシコ；マヤ；ベネズエラ．

食べることを含む連鎖 2025–2028

2025 逃げるパンケーキ

パンケーキ(プリン，ケーキ，クッキー，キャベツ，シュトゥルーデル，丸いパン)が，フライパン(皿)から飛び出て，それを食べようとしている料理人(母親)から逃げる．パンケーキは，外にかけ出し，次々と動物(メンドリ，オンドリ，カモ，ガチョウ，キツネ，豚)か，または人間に出会う．彼らもやはりパンケーキを食べようとする．パンケーキは彼ら全員から逃げ，自分がほかの者たちから逃げてきたことを次に出会った者に自慢する．キツネ(豚)は，耳が聞こえないふりをしてパンケーキが近くに来るようそそのかし，パンケーキを丸呑みにする[Z33.1]．

豚はパンケーキの一部を落としたため，今でもすべての豚はパンケーキを探して泥の中を探し回っている．

類話(〜人の類話) ラトヴィア；リトアニア；ラップ；カレリア；スウェーデン；ノルウェー；デンマーク；スコットランド；アイルランド；イギリス；カタロニア；ポルトガル；オランダ；フリジア；フラマン；ドイツ；ハンガリー；チェコ；スロベニア；マケドニア；ブルガリア；ロシア，ベラルーシ，ウクライナ；ジプシー；チュヴァシ，ヴォグル/マンシ；シベリア；ウズベク；タジク；イラン；アメリカ；スペイン系アメリカ；チリ；エジプト；南アフリカ．

2027 話型 2028 を見よ．

2027A 話型 2028 を見よ．

2028 すべてを呑み込む動物が腹を切り開かれる (旧，腹を切り開かれたトロル(オオカミ))(旧話型 2027, 2027A, 2028A* を含む)

たいへんな食欲の猫(オオカミ，トロル，ハツカネズミ，巨人，熊，ひよこ，カボチャ，女，シラミ)が，大量のミルクを飲み，それから大量の食べ物を食べ，いっしょに暮らしている家族を呑み込む．猫は出かけ，路上で会った人々(動物)から，なぜそんなに太っているかと(どこに行くのか，そして，なぜそんなに早く出かけるのかと)尋ねられる．猫は，自分が食べたすべてのものを挙げ，その人のことも食べると告げる．猫は出会ったものを何でも呑み込む．例えば，何らかの動物たち，牛の群れ，鳥の群れ，馬追いと馬追いの連れている馬たち，等[Z33.2, Z33.3, Z33.4]．

最後に，猫は破裂するか，または雄牛(別の者)に出会い，雄牛を食べようとすると，雄牛が角で(ナイフで)猫の腹を裂いて開く．猫が食べたものが皆生きたまま出てくる．参照：話型 123, 333.

一部の類話では，子どものいない夫婦が粘土で子どもをつくり，その子どもが出会うものをすべて食べる．

類話(〜人の類話)　エストニア；ラトヴィア；ラップ，ヴェプス，カレリア，コミ；スウェーデン；ノルウェー；デンマーク；アイスランド；アイルランド；イギリス；スペイン；カタロニア；ドイツ；イタリア；ハンガリー；チェコ；スロバキア；ギリシャ；ロシア；ジプシー；アブハズ；モルドヴィア；シベリア；ウズベク；グルジア；パレスチナ；カタール；イラン；インド；中国；スペイン系アメリカ；アメリカ；アフリカ系アメリカ；ナイジェリア．

2028A* 話型 2028 を見よ．

その他の出来事を含む連鎖 2029–2075

2030　**お婆さんと彼女の豚**(旧話型 2030A–2030H, 2030J, 2030A*–2030E*, 2034B, 2034E を含む)

この雑録話型は，ある人物(動物)がある動物(人物，物)に何かをさせようとする(家に帰そうとする，洋梨を拾わせようとする，育てようとする，ビールを取ってこさせようとする，食事をさせようとする，穀物を刈り取らせようとする)さまざまな連鎖話からなる．動物は拒否する．

その人物は誰か別の者(人物，動物，物，物質の基本要素：例えば犬，棒，火，水，肉屋)に手伝いを頼んで，動物を脅す．頼みは聞き入れられない(手伝いの頼みはいくつかの要求が満たされるまで先延ばしにされる)．最後にある人(絞首刑執行人，死の天使，動物)が強制し，ほかの者たちも次々と，最初の人物が彼らにさせたがっていたことをする[Z41, Z41.3, Z41.4, Z41.4.1, Z41.4.2, Z41.7, Z41.7.1, Z41.8, Z41.9]．

ごく一部の類話では，ハツカネズミがチーズ(小麦，永遠の炎の芯)を食べる．猫がハツカネズミを非難し，罰としてハツカネズミを食べる．犬は，猫がハツカネズミを食べたので，猫を食べる．それぞれの動物，物，または物質の基本要素が，自分の前の者を傷つけたことを非難され，そして罰せられる[Z41.1]．(旧話型 2030C.)

コンビネーション 2015.

注 1768 年に J. S. ウルリヒ(J. S. Ulrich)の『ユダヤの物語集(*Sammlung judischer Geschichten*)』(p. 131)に記録されている．子どもの遊びとしても知られている(ヨハン・フィッシャルト(Johann Fischart)の『遊び一覧(*Spieleverzeichnis*)』1575)．

類話(～人の類話) ラトヴィア；リトアニア；ラップ；スウェーデン；スコットランド；アイルランド；イギリス；フランス；スペイン；カタロニア；ポルトガル；オランダ；フリジア；フラマン；ドイツ；イタリア；サルデーニャ；ハンガリー；スロベニア；ブルガリア；ルーマニア；アルバニア；ギリシャ；ポーランド；トルコ；ユダヤ；シベリア；タジク；シリア，パレスチナ；レバノン；イラク；クウェート，カタール；イエメン；イラン；パキスタン；インド；スリランカ；中国；インドネシア；イギリス系カナダ；アメリカ；フランス系アメリカ；スペイン系アメリカ；メキシコ；キューバ；ドミニカ；プエルトリコ；マヤ；チリ；アルゼンチン；西インド諸島；エジプト，アルジェリア；西アフリカ；東アフリカ；ジンバブエ；南アフリカ．

2030A–2030J 話型 2030 を見よ．

2030A*–2030E* 話型 2030 を見よ．

2031 より強いものといちばん強いもの

1 匹のアリ(スズメ，野ウサギ)が，氷の上でけがをする．アリは氷が世界でいちばん強いものに違いないと考える．氷はそうではないと言う．なぜなら太陽は氷をとかすことができるからである．太陽は自分が最強ではないと言う．なぜなら雲は太陽を覆い隠すことができるからである．雲は山のほうが強いと考える．山は草やハツカネズミのほうが強いと考える．ネズミは猫のほうが強いと考える，等(火，水，子牛，ナイフ，肉屋が登場するものもある)[L392, Z42]．

猫(クマネズミ，神，人間)が最終的にいちばん強い，または問題は未解決のままである．

注 8 世紀にアラビアの『カリラとディムナ(*Kalila and Dimna*)』に記録されている．

類話(～人の類話) アイルランド；フランス；スペイン；カタロニア；ポルトガル；オランダ；フラマン；フリジア；マルタ；ハンガリー；マケドニア；ギリシャ；トルコ；ユダヤ；オセチア；チェレミス/マリ，タタール；ヴォチャーク；ヴォグル/マンシ；ウドムルト；シベリア；オスチャック；カザフ；ウズベク；タジク；カルムイク；ブリヤート，モンゴル；トゥヴァ；パレスチナ；レバノン，ヨルダン，ペルシア湾，カタール；イラク；イエメン；イラン；アフガニスタン；インド；中国；ベトナム；インドネシア；日本；北アメリカインディアン；フランス系アメリカ；スペイン系アメリカ，メキシコ，グアテマラ，ニカラグア，パナマ；プエルトリコ；ブラジル；チリ；アルゼンチン；エジプト；アルジェリア；モロッコ；エチオピア；スーダン；マダガスカル．

2031A エズラの連鎖：より強いものといちばん強いもの

ペルシアのダリウス王に仕えるユダヤ人の護衛たちが，世界でいちばん強いものは何かという問いについて話し合う．1人目は王だと考える．2人目はワインだと考え，3人目は女だと考える．しかし，真実こそがすべての中で最も強い[Z42.1, H631.4, H631.5, H631.8, H631.9]．

注 聖書外典エズラ記(IV, 25–63)に記録されている．
類話(～人の類話) フラマン；チェコ；ユダヤ；レバノン，サウジアラビア，クウェート，カタール；ビルマ；エジプト，スーダン．

2031B アブラハムが神を崇拝することを学ぶ

夕暮れどき，アブラハムは1つの星を崇拝し，そのあと星より輝く月を崇拝し，そして朝，太陽を崇拝する．最後にアブラハムは，神だけに祈ることを覚える[Z42.2]．

注 コーラン(VI, 75–78)に記録されている．
類話(～人の類話) フランス；ユダヤ；パレスチナ．

2031C 娘の夫になる最強の存在 (旧，男が自分の娘の夫として最も偉大な存在を探す)

魔法使いが，ハツカネズミ(クマネズミ)を救い，少女に変える．または，子どものいない夫婦が子どもを望むが，代わりにハツカネズミを授かる．魔法使い(両親)は，その少女が世界でいちばん美しい被造物だと思い，最も強い夫と結婚させたいと思う．

彼らが月に尋ねると，月は断り，太陽のほうが自分よりも明るいと言う．太陽は，自分は雲に覆い隠されるので断る．雲は風に吹き飛ばされると言う．風は山(城)に止められると言う．山はハツカネズミに中を掘られると言う．それでハツカネズミがいちばん強いことになり，娘の夫になる[L392]．

注 『イソップ寓話』(Perry 1965, 547 No. 619)．
類話(～人の類話) カタロニア；ポルトガル；ドイツ；ハンガリー；ボスニア；ブル

ガリア；ギリシャ；ユダヤ；ダゲスタン；オセチア；ウズベク；イラン；インド；ビルマ；スリランカ；ネパール；朝鮮；ベトナム；日本；スペイン系アメリカ；エジプト；エチオピア．

2032　傷ついた動物の治療（旧，オンドリのひげ）（旧話型 2032A を含む）

動物（ハツカネズミ）がけがをして（別の動物に傷つけられて）助けを求める．けがをしている動物は，特定の物を持ってきたら（何かほかの要求を満たしたら），助けてやると言われる．けがをしている動物は，誰か別の者にこの品物を頼まなければならない．これが要求とお返しの要求の連鎖に発展していき，最後に誰か（何か）がお返しの要求なしに同意するまで続く．けがをしている動物は，けがの治療をしてもらうか，またはすべての要求が聞き入れられる前に死ぬ[Z43]．

スペインとポルトガルの類話では，ヒキガエルがカササギに，木から何か（木の実）を投げ落としてくれと頼む．カササギはくちばしが折れるのを恐れるが，ヒキガエルはカササギのくちばしを修理すると約束する．くちばしは折れ，ヒキガエルはそれを直すために馬の毛を手に入れようとする．ヒキガエルは，誰かがお返しの要求をしなくなるまで，ほかの要求を満たすよう次の所へ送られる．連鎖の中でそれぞれが，自分が望んだ物を手に入れ，最後にヒキガエルは馬の毛をカササギのところへ持っていく[Z43.1]．（旧話型 2032A.）

コンビネーション　2021.

類話（～人の類話）　リーヴ；ノルウェー；デンマーク；フランス；カタロニア；ポルトガル；ワロン；ドイツ；イタリア；コルシカ島；ハンガリー；クロアチア；ポーランド；ロシア；トルコ；オセチア；クルド；アルメニア；タジク；グルジア；モンゴル；パレスチナ；イラン；ビルマ；中国；インドネシア；北アメリカインディアン；西インド諸島．

2032A　話型 2032 を見よ．

2033　話型 20C を見よ．

2034　ハツカネズミがしっぽを取り返す

ハツカネズミを追っている猫がハツカネズミのしっぽを食いちぎる．または，ハツカネズミがミルクを盗んだので，女がハツカネズミ（猫，クマネズミ）のしっぽを切り取る（腹を切り開く）．ハツカネズミはしっぽを取り戻したがる．

ハツカネズミは，猫にしっぽを要求するが(靴職人に腹を縫ってくれと要求するが)，ハツカネズミは何かをしなければいけないと言われる(例えばヤギか雌牛のミルクを持ってこなければならないと言われる)．ヤギはネズミに，牧草を持ってくるよう要求する．牧草は水を欲しがる．泉は卵を欲しがる．鶏は穀物を欲しがる，等．最後に誰かが応じ，残りの皆が，自分たちの望みの物を手に入れる．または，ハツカネズミが食べられる[Z41.4]．

コンビネーション　295.

類話(～人の類話)　ラトヴィア；アイルランド；イギリス；スペイン；カタロニア；ポルトガル；フラマン；ドイツ；スイス；オーストリア；イタリア；ハンガリー；アルバニア；トルコ；ユダヤ；アブハズ；クルド；タジク；カルムイク；パレスチナ；ヨルダン, オマーン；イラン；インド；インドネシア；フランス系カナダ；アメリカ；スペイン系アメリカ；ブラジル；エジプト, チュニジア, アルジェリア；モロッコ；東アフリカ；南アフリカ.

2034A　話型 295 を見よ.

2034B　話型 2030 を見よ.

2034C　貸すこと返してもらうこと：損をしていく(よくなる)交換 (旧話型 2037A* を含む)

この雑録話型は，さまざまな連鎖話からなる．その連鎖話においては，ある人物(動物)が何かを別の物と取り換え，それをまた何か別の物と取り換える，等．最後には，その人物は利益を上げるか，またはすべてを失ってしまう[J2081.1, Z41.5]．参照：話型 1415.

類話(～人の類話)　リトアニア；スウェーデン；カタロニア；ポルトガル；スロバキア；セルビア；ブルガリア；タジク；レバノン；インド；ビルマ；日本；ブラジル；ギニア, スーダン, コンゴ；東アフリカ；中央アフリカ；ナミビア；南アフリカ；マダガスカル.

2034E　話型 2030 を見よ.

2034F　賢い動物と幸運な交換

鳥(キツネ，穴ウサギ)が，足からとげを抜いてくれと誰かに頼む．とげは，火を焚くのに使われる．すると鳥は，その火で焼かれたパンを要求する．パンは別のもの(羊，花嫁)と交換され，それもさらに交換される[Z39.9, Z47.1]．(旧話型 170A.) 参照：話型 1655.

類話(～人の類話) スペイン；スロバキア；アルメニア；グルジア；シリア，パレスチナ，ヨルダン，イラク，クウェート；イラン；パキスタン；インド；ネパール；エジプト；リビア，アルジェリア．

2034A* ニガヨモギはスズメを揺すりたがらない

鳥が枝(草の細長い葉)に止まり，枝に揺すってもらいたがる．植物は拒む(風がないと言う)．鳥はヤギたち(穴ウサギたち)を連れてきて，植物を食べさせると脅す．それから鳥は，キツネを連れてくると言ってヤギたちを脅し，狩人を連れてくると言ってキツネを脅す，等．連鎖の最後の者が応じ，そしてすべての脅しが実行される．枝はあまりに揺すったために，鳥が落ちる(落ちそうになる)[Z41.7]．

類話(～人の類話) ラトヴィア；リトアニア；ハンガリー；ベラルーシ，ウクライナ；グルジア．

2035 ジャックが建てた家

この連鎖話は，一歩一歩次の結論につながっていく．

これがその農夫です．その農夫は穀物を刈り入れた農夫です．その穀物はオンドリを育てた穀物です．そのオンドリは朝鳴いて，司祭を起こしたオンドリです．その司祭はきれいにひげを剃り毛を刈って，男を結婚させた司祭です．その男はみすぼらしくぼろぼろの服を着て，孤独な若い女にキスをした男です．その孤独な若い女はねじれた角の雌牛のミルクを搾った女です．その雌牛は犬をほうり投げた雌牛です．その犬は猫をくわえて振り回した犬です．その猫はクマネズミを捕また猫です．そのクマネズミは麦芽を食べたクマネズミです．その麦芽は家に貯蔵されていた麦芽です．その家はジャックが建てた家です[Z44]．

注 イギリスで，18世紀に記録されている．必ずしも韻を踏んではいない．
類話(～人の類話) ノルウェー；デンマーク；アイルランド；イギリス；インド；マヤ；ギニア，東アフリカ．

2036 1滴のハチミツが災難の連鎖を引き起こす

狩人がハチミツを買おうとするが，狩人はハチミツを落とす．イタチがハチミツを食べ，猫に追いかけられる．狩人の犬が猫を殺す．そして食料雑貨商人が犬を叩き殺す．このことが2つの村の間の血なまぐさい戦争を引き起こす[N381]．参照：話型2039．

類話(～人の類話) オランダ；フリジア；インド；ビルマ；北アフリカ，エジプト，アルジェリア；モロッコ.

2037A* 話型 2034C を見よ.

2039 蹄鉄の釘

商人が家に帰る途中，食堂に寄る．ある人が商人に，商人の馬の蹄鉄から釘が 1 本外れていると言う．次の食堂で，蹄鉄が落ちる．それにもかかわらず商人は馬に乗る．馬はびっこになり，つまずき，脚が折れる．商人は荷を自分で担いで，歩いて帰らなければならない[Z45].

一部の類話では，ある兵隊の馬が蹄鉄をなくす，そして結局，戦いに破れ王国を失う．参照：話型 288B*, 288B**.

注 諺として流布している(「急がば回れ(Haste makes waste)」.
類話(～人の類話) アイルランド；イギリス；ドイツ；ウクライナ；ユダヤ.

2040 惨事のクライマックス

長い間遠くにいた男が，家の近況を知人に尋ねる．知人は，男の犬(カラス)が死んだと告げる．男が理由を尋ねると，犬は馬(ラクダ)の肉を食べすぎたのだと聞かされる．その馬は馬小屋の中で焼け死んだ(火事のときにがんばりすぎて死んだ)ということだった．その馬小屋は家から火が移ったということだった．その火事は家のろうそくによって起きたということだった．そのろうそくは，男の母親(妻)が死んだときにともされたということだった[Z46]．参照：話型 1931, 2014.

注 11 世紀にアラビアの笑話として記録されている．早期のヨーロッパの文献資料は，ペトルス・アルフォンシ(Petrus Alfonsus)の『知恵の教え(*Disciplina clericalis*)』(No. 27)を見よ．紀元 1 世紀のプルタルコスの説話の一部(Vitae, 816f).
類話(～人の類話) ラトヴィア；リトアニア；スウェーデン；アイルランド；イギリス；フランス；カタロニア；ポルトガル；フリジア；ドイツ；スイス；ハンガリー；セルビア；ボスニア；マケドニア；ルーマニア；ブルガリア；ポーランド；ロシア，ベラルーシ，ウクライナ；ユダヤ；アルメニア；グルジア；インド；アメリカ；フランス系アメリカ；スペイン系アメリカ；エチオピア.

2041 苦痛が平気な鳥

男が，マンゴーを食べている鳥を捕まえて，その鳥をマンゴーの木の根元に叩きつける．鳥は，痛くなかったと言う．男は続いて鳥を水の中に入れる.

そして再び叩きつけ，羽根をむしり，料理し，食べる．鳥は常に，それは痛くなかったと言う．最後に鳥は男の鼻から飛んで出ていく（そして男は死ぬ）［Z49.3］．

類話（～人の類話） タジク；インド；スリランカ；スーダン．

2042 災難の連鎖（旧，災難の連鎖：アリ（カニ）がかんで，その結果）

この雑録話型は，さまざまな連鎖話からなる．それらの連鎖話では，小さい出来事（虫刺され，ヘビにかまれること）が次々と別の出来事を引き起こし，誰かの死（高価な財産の損失）に至る［Z49.6.1, Z49.6.2, Z49.6.3］．参照：話型248, 2036, 2039.

類話（～人の類話） インド；ビルマ；ラオス；日本；ガーナ；中央アフリカ；南アフリカ．

2042A* 動物たちの裁判（旧話型 2042B*-2042D* を含む）

この雑録話型は，さまざまな連鎖話を含む．その中では，ある動物がほかの動物に（偶然に，わざと）けがをさせられる．そのけがが次々と災難を引き起こし，その災難で，ほかの動物たちがけがをする．最後には高位の動物（人物）がこの件を取り調べ，起きたことすべてが判明する［Z49.6］．

類話（～人の類話） ブルガリア；トルコ；インド；中国；フィリピン；ナイジェリア．

2042B*-2042D* 話型 2042A* を見よ．

2043 「倉庫はどこか？」

質問と答えで構成される遊び，歌，詩で，その答えが次の質問へとつながる．

例えば，「倉庫はどこか（神の家はどこか）？」―「火事で燃えた」―「火事はどこか？」―「水が消した」―「水はどこか？」，等［Z49.5］．（旧話型2018.）

類話（～人の類話） フィンランド；エストニア；リトアニア；ヴォート，コミ；カレリア；フランス；イギリス；スペイン；カタロニア；イタリア；ハンガリー；アルバニア；ロシア；ツングース；アメリカ；プエルトリコ，アルゼンチン．

2044 カブを引き抜く

男がカブを引き抜こうとする．男は独りでは引き抜けないので，妻を呼んで手伝ってもらう．妻は男を引っ張り，男がカブを引っ張る．しかしまだカブは地面から出てこようとしない．もっと多くの人や動物が連れてこられて手伝う．最後に，手伝いの長い列がカブを引っ張り，カブは地面から抜ける［Z49.9］．参照：話型 1960D.

類話(～人の類話)　フィンランド；ラトヴィア；リトアニア；リュディア，カレリア；スウェーデン；ノルウェー；アイルランド；カタロニア；ドイツ；ハンガリー；チェコ；ブルガリア；ロシア，ウクライナ

2075　話型 106 を見よ．

引っかけ話 2200–2299

2200 引っかけ話

雑録話型．聞き手が特定の質問をするように(足りない物を加えて完全にするように)強いる語り方．それに対し語り手は，聞き手に滑稽な(わいせつな)答えをする[Z13]．

類話(～人の類話) フィンランド；ラトヴィア；リトアニア；ノルウェー；デンマーク；アイルランド；フランス；スペイン；カタロニア；ポルトガル；オランダ；フリジア；フラマン；ドイツ；イタリア；ハンガリー；セルビア；ユダヤ；チュヴァシ；日本；アメリカ；スペイン系アメリカ；チリ；エジプト；南アフリカ．

2202 語り手が自分の物語の中で殺される

語り手は，語り手自身の身の上に起こったと思われる劇的な出来事を語る．聞き手は，さらに何が起きたのかを質問するよう誘導される．それに対して語り手は，彼は殺されたと答える[Z13.2]．

類話(～人の類話) フリジア；ドイツ；イギリス系カナダ，アメリカ；スペイン系アメリカ；アルゼンチン；エジプト．

2204 犬の葉巻

男が列車に乗っていて，葉巻(パイプ)を吸っている．その葉巻が列車から外に落ちる．男の犬がそれを追いかけて飛び出す．そして列車が次の駅に着くと，そこで犬は待っている．「犬は何をくわえていたと思う？」―「葉巻かい？」―「いや，自分の舌だよ」．

類話(～人の類話) ラトヴィア；アイルランド；スペイン；フリジア；ドイツ；ジプシー；アメリカ．

2205 「こっちにおいで，やせっぽち！」

3人の少女が3つのコインを見つけ，そのコインを使って，「やせっぽち」「ふとっちょ」「しっぽ」という名前の3匹の豚を買う．少女たちは豚たちにこう呼びかける．「こっちにおいで，やせっぽち！」すると豚は「わたしは痩せすぎていて行けません」と答える．「こっちにおいで，ふとっちょ」と呼びかけると，「わたしは太りすぎていて行けません」と答える．次に語り手が「こっちにおいで…」と言いかけたところで，聞き手に向かって，「3匹目は何だったっけ？」と尋ねる．すると聞き手は「しっぽ」と答える．そこで語り手は「しっぽを立てな」と言う(その他の2重の意味を持つ答え).
(訳注:「しっぽを立てな」は「ペニスを立てな」という意味も持つ.)

類話(～人の類話) フィンランド;リトアニア;イタリア;ハンガリー.

2250 尻切れ話

雑録話型. 語り手は, 何かを見つけた人について語るが, ちょうどおもしろくなってきたところで話をやめる.「見つけた物がもっと長かったなら, わたしの話ももっと長かっただろう」[Z12].

類話(～人の類話) ラトヴィア;スウェーデン;ノルウェー;アイルランド;フランス;フラマン;ドイツ;イタリア;ハンガリー;スロバキア;クロアチア;ブルガリア;ロシア;朝鮮;日本;イギリス系カナダ;メキシコ.

2251 穴ウサギのしっぽ

王は死ぬと, 3人の息子に大きな山を1つ残す. 息子たちは山を掘り, 大きな鉄の箱を見つける. 中にはフライパンが入っていて, その下には小さな穴ウサギがいる. 穴ウサギにはしっぽの付け根しかない. 穴ウサギのしっぽがもっと長かったなら, この話ももっと長かっただろう.

類話(～人の類話) フィンランド;ラトヴィア;リトアニア;スコットランド;オランダ;フリジア;ドイツ;ハンガリー;スロベニア;ジプシー.

2260 黄金の鍵

少年が小さな箱を見つけ, それを取っておく. あとで少年は小さな鍵を見つける. 少年はその鍵が箱の鍵穴に合うことに気づく. 箱を開けると, 中には子牛のしっぽ(ハツカネズミのしっぽ, 柔毛)が入っている. そのしっぽがもっと長かったら, この話ももっと長かったであろう.(または, 少年は箱を開けるが, 彼が何を見つけたかは, 別のときに話しましょう.)

類話(～人の類話) ラトヴィア;ドイツ;チェコ.

2271 子どものためのからかい話

雑録話型. 子どもたちがしつこく物語を聞かせてくれと親を困らせると, 親は短い「からかい話」で応酬する. 例えば, 親は人々(動物たち)の話をする. 彼らの3番目の人の名前は「じゅうぶん(やめろ)」である. 親たちは子どもに, 3番目の人の名前は何だったかと尋ねる. 子どもが「じゅうぶん」と答えると, 親は物語を終わらせる.

類話(～人の類話) フィンランド；ラトヴィア；リトアニア；ノルウェー；デンマーク；フランス；スペイン；カタロニア；ポルトガル；フラマン；ドイツ；イタリア；ハンガリー；チェコ；日本；エジプト.

2275　トリック話 (旧，あなたに緑の豚の話をします)

雑録話型．語り手は聞き手たちに質問し，特定の答えを待ち受ける．対話はその答えが出されるまで続く．例えば，「緑の豚についてあなたに話そうと思います．話しましょうか？」―「話して」―「わたしは話してとは言いませんでした．緑の豚についてあなたに話そうと思います」等.

類話(～人の類話) リトアニア；コミ；スペイン；カタロニア；ハンガリー.

2280　話型 2300 を見よ.

その他の形式譚 2300–2399

2300 果てなし話 (旧話型 2280 と 2301B を含む)

雑録話型．語り手は，あることについて報告し，それは長くかかる．そして，そのことが完結したら，物語を続けるつもりだと言う．

以下のものが，最も一般的な類話である．羊飼いが，たくさんの羊を橋の向こうへ連れていかなければならない．その橋はとても細く，1度に1匹ずつ渡らなければならない．聞き手は，それぞれの羊が橋の反対へ渡っている間，待っていなければならない[Z11]．参照：話型 2302.

注 例えば，ペトルス・アルフォンシ(Petrus Alfonsus)の『知恵の教え(*Disciplina clericalis*)』(No. 12)とハンス・ザックス(Hans Sachs)の「王とお抱えの詩人(*Der künig mit seim dichter*)」(1547)に記録されている．

類話(～人の類話) フィンランド；ラトヴィア；リトアニア；アイスランド；アイルランド；イギリス；フランス；スペイン；カタロニア；ポルトガル；オランダ；フラマン；ドイツ；スイス；イタリア；コルシカ島；サルデーニャ；ハンガリー；チェコ；ブルガリア；ロシア, ベラルーシ, ウクライナ；ジプシー；アルメニア；レバノン；インド；中国；朝鮮；日本；フランス系カナダ；アメリカ；スペイン系アメリカ；プエルトリコ；ブラジル；アルゼンチン；エジプト；エチオピア．

2301 穀物が 1 度に 1 粒ずつ運び出される (旧話型 2301A を含む)

主人(金持ちの農夫)が，終わりのない物語を語ることができる者と，娘を結婚させる約束をする．多くの求婚者が挑戦し失敗する(そして殺される)．

若者がこう語る「ある農夫が大量の穀物を収穫する．農夫が自分の成功を喜んでいる間，1匹のハツカネズミ(鳥，コオロギ,)がやって来て，小麦を1粒取る．次の日，そのハツカネズミ(別のハツカネズミ)がやって来て，小麦を1粒取る．その次の日…」等[Z11.1]．主人は，我慢できなくなり，語り手を娘と結婚させる[参照 J1185]．

コンビネーション 852.

類話(～人の類話) フィンランド；ラトヴィア；アイルランド；ウェールズ；イギリス；ポルトガル；フリジア；ドイツ；ハンガリー；ユダヤ；レバノン；インド；中国；日本；イギリス系カナダ；アメリカ；スペイン系アメリカ；エジプト；アルジェリア；エチオピア；南アフリカ．

2301A 話型 2301 を見よ．

2301B 話型 2300 を見よ.

2302 タールを塗られた橋の上のカラス

橋に塗られたタールにくちばしとしっぽが交互にくっついてしまうカラスに関する終わりのない物語[Z39.3]. (旧話型 2017.) 参照：話型 2300.

類話(～人の類話) フィンランド；ラトヴィア；リトアニア；ヴォート，コミ；フランス；ハンガリー.

2320 話型 2013 を見よ.

2335 矛盾だらけの話

さまざまな類話のある雑録話型[Z19.2]. 参照：話型 2014.

類話(～人の類話) デンマーク；オランダ；フリジア；ドイツ；イタリア；チェコ；ロシア；モンゴル；日本；西インド諸島；アメリカ；フランス系アメリカ；エジプト.

2340 話型 1613 を見よ.

2400 話型 927C* を見よ.

2401 話型 1343* を見よ.

2404 話型 1571** を見よ.

2411 話型 1348* を見よ.

地域名称，民族名称一覧

ヨーロッパ(Europe)

フィンランド(Finnish)／フィンランド系スウェーデン(Finnish-Swedish)／エストニア(Estonian)／リヴォニア(Livonian)／ラトヴィア(Latvian)／リトアニア(Lithuanian)／ラップ(Lappish)／ヴェプス(-Wepsian)／ヴォート(Wotian)／リュディア(Lydian)／カレリア(Karelian)／コミ(Syrjanian)／スウェーデン(Swedish)／ノルウェー(Norwegian)／デンマーク(Danish)／フェロー(Faeroese)／アイスランド(Icelandic)／スコットランド(Scottish)／アイルランド(Irish)／ウェールズ(Welsh)／イギリス(English)／フランス(French)／スペイン(Spanish)／バスク(Basque)／カタロニア(Catalan)／ポルトガル(Portuguese)／オランダ(Dutch)／フリジア(Frisian)／フラマン(Flemish)／ワロン(Walloon)／ルクセンブルク(Luxembourg)／ドイツ(German)／スイス(Swiss)／オーストリア(Austrian)／ラディン(Ladinian)／イタリア(Italian)／サルデーニャ(Sardinian)／マルタ(Maltese)／ハンガリー(Hungarian)／チェコ(Czech)／スロバキア(Slovakian)／スロベニア(Slovene)／セルビア(Serbian)／クロアチア(Croatian)／モンテネグロ(Montenegrin)／ボスニア(Bosnian)／マケドニア(Macedonian)／ルーマニア(Rumanian)／ブルガリア(Bulgarian)／アルバニア(Albanian)／ギリシャ(Greek)／ポーランド(Polish)／ソルビア(Sorbian)／カシューブ(Kashubian)／ロシア(Russian)／ベラルーシ(Byelorussian)／ウクライナ(Ukrainian)／トルコ(Turkish)／ユダヤ(Jewish)／ジプシー(Gypsy)

アジア(Asia)

チェチェン・イングーシ(Chechen-Ingush)／ダゲスタン(Dagestan)／オセチア(Ossetian)／アブハズ(Abkhaz)／カラチャイ(Karachay)／アディゲ(Adygea)／カバルダ(Kabardin)／チェレミス/マリ(Cheremis/Mari)／チュヴァシ(Chuvash)／タタール(Tatar)／モルドヴィア(Mordvinian)／ヴォチャーク(Votyak)／ヴォグル/マンシ(Vogul/Mansi)／ウイグル(Uighur)／ウドムルト(Udmurt)／バキシール(Bashkir)／アゼルバイジャン(Azerbaijan)／クルド(Kurdish)／アルメニア(Armenian)／ネネツ(Nenets)／シベリア(Siberian)／チュクチ(Chukchi)／オスチャック(Ostyak)／ヤクート(Yakut)／ツングース(Tungus)／カザフ(Kazakh)／カラカルパク(Kara-Kalpak)／ウズベク(Uzbek)／トルクメン(Turkmen)／キルギス(Kirghiz)／タジク(Tadzhik)／カルムイク(Kalmyk)／ブリヤート(Buryat)／モンゴル(Mongolian)／トゥヴァ(Tuva)／グルジア(Georgian)／ミングレル(Mingril)／アルタイ語話者(Altaic)／ドルーズ派(Druze)／シリア(Syrian)／レバノン(Lebanese）／アラム語話者（Aramaic）／パレスチナ（Palestinian）／ヨルダン（Jordanian）／イラク（Iraqi）／ペルシア湾（Persian Gulf）／サウジアラビア（Saudi Arabian）／オマーン（Oman）／クウェート（Kuwaiti）／カタール（Qatar）／イエメン（Yemenite）／イラン（Iranian）／アフガニスタン（Afghan）／パキスタン（Pakistani）／インド（Indian）／ビルマ（Burmese）／スリランカ（Sri Lankan）／ネパール（Nepalese）／チベット（Tibetian）／中国（Chinese）／朝鮮（Korean）／タイ（Thai）／ラオス（Laotian）／カンボジア（Cambodian）／ベトナム（Vietnamese）／マレーシア（Malaysian）／インドネシア（Indonesian）／日本（Japanese）／フィリピン（Filipino）／ポリネシア（Polynesian）／メラネシア（Melanesian）／ミクロネシア（Micronesian）／パプア（Papuan）／オーストラリア（Australian）／ニュージーランド（New Zealand）／ハワイ（Hawaiian）

アメリカ（America）

エスキモー（Eskimo）／イギリス系カナダ（English-Canadian）／フランス系カナダ（French-Canadian）／北アメリカインディアン（North American Indian）／アメリカ（US-American）／フランス系アメリカ（French-American）／スペイン系アメリカ（Spanish-American）／アフリカ系アメリカ（African American）／メキシコ（Mexican）／グアテマラ（Guatemalan）／ベリーズ（Belizian）／ホンジュラス（Honduran）／エルサルバドル（Salvadoran）／ニカラグア（Nicaraguan）／コスタリカ（Costa Rican）／パナマ（Panamanian）／キューバ（Cuban）／ドミニカ（Dominican）／プエルトリコ（Puerto Rican）／南アメリカインディアン（South American Indian）／マヤ（Mayan）／ベネズエラ（Venezuelan）／ギアナ（Guianese）／コロンビア（Colombian）／エクアドル（Ecuadorian）／ペルー（Peruvian）／ボリビア（Bolivian）／ブラジル（Brazilian）／パラグアイ（Paraguayan）／ウルグアイ（Uruguayan）／チリ（Chilean）／アルゼンチン（Argentine）／西インド諸島（West Indies）／カボヴェルデ（Cape Verdian）

アフリカ（Africa）

北アフリカ（North African）／エジプト（Egyptian）／リビア（Libyan）／チュニジア（Tunisian）／アルジェリア（Algerian）／モロッコ（Moroccan）／西アフリカ（West African）／モーリタニア（Mauritanian）／セネガル（Senegalese）／ガンビア（Gambian）／ギニア（Guinean）／ギニアビサウ（Guinea Bissau）／シエラレオネ（Sierra Leone）／リベリア（Liberian）／コートジボワール（Ivory Coast）／マリ（Mali）／ブルキナファソ（Burkina Faso）／ガーナ（Ghanaian）／トーゴ（Togolese）／ベナン（Benin）／ナイジェリア（Nigerian）／ニジェール（Niger）／チャド（Chad）／カメルーン（Cameroon）／東アフリカ（East African）／スワヒリ（Swahili）／スーダン（Sudanese）／エチオピア（Ethiopian）／エリトリア（Eritrean）／ソマリア（Somalian）／ケ

ニア(Kenyan)／タンザニア(Tanzanian)／モーリシャス(Mauritian)／レユニオン(Réunion)／中央アフリカ(Central African)／中央アフリカ共和国(Central African Republic)／ガボン(Gabonese)／コンゴ(Congolese)／ウガンダ(Ugandan)／ルワンダ(Rwandan)／ブルンジ(Burundian)／マラウイ(Malawian)／ローデシア(Rhodesian)／ジンバブエ(Zimbabwen)／ザンビア(Zambian)／アンゴラ(Angolan)／ナミビア(Namibian)／ボツワナ(Botswana)／モザンビーク(Mozambique)／レソト(Lesotho)／スワジランド(Swaziland)／南アフリカ(South African)／マダガスカル(Malagasy)

文献／類話

ANIMAL TALES

WILD ANIMALS 1-99

The Clever Fox (Other Animal) 1-69

1 *The Theft of Fish.*

Krohn 1889, 46-54; Dähnhardt 1907ff. IV, 225-230, 304; BP II, 116; Schwarzbaum 1979, 480-484; EM 4(1984)1227-1230(P.-L. Rausmaa); Dicke/Grubmüller 1987, No. 226, cf. No. 319; Dekker et al. 1997, 55f.; Schmidt 1999.

Finnish: Rausmaa 1982ff. V, Nos. 1-6; Finnish-Swedish: Hackman 1917f. I, No. 1; Estonian: Kippar 1986, Nos. 1, 1*; Livonian: Loorits 1926; Latvian: Arājs/Medne 1977, Nos. 1, 1*; Lithuanian: Kerbelytė 1999ff. I; Lappish: Kecskeméti/Paunonen 1974, Bartens 2003, No. 1; Wepsian, Wotian, Lydian, Karelian, Syrjanian: Kecskeméti/Paunonen 1974; Swedish: Liungman 1961; Norwegian: Hodne 1984; Irish: Ó Súilleabháin/Christiansen 1963; French: Delarue/Tenèze 1964ff. III; Spanish: Camarena/Chevalier 1995ff. I, González Sanz 1996; Basque: Camarena/Chevalier 1995ff. I; Catalan: Neugaard 1993, No. K371.1, Oriol/Pujol 2003; Portuguese: Vasconcellos/Soromenho et al. 1963f. I, Nos. 7, 8, 20, Cardigos(forthcoming), Nos. 1, 1*; Dutch: Schippers 1995, No. 435; Frisian: Kooi 1984a; Flemish: Meyer 1968, Nos. 1, 1*; German: Moser-Rath 1964, No. 188, Tomkowiak 1993, 216, 236, Kooi/Schuster 1994, No. 239, Hubrich-Messow 2000, Berger 2001; Italian: Cirese/Serafini 1975; Corsican: Massignon 1963, No. 90; Hungarian: MNK I; Slovakian: Gašparíková 1991f. I, No. 122; Slovene: Brinar 1904, 49ff.; Rumanian: Schullerus 1928; Bulgarian: BFP; Greek: Megas 1978, Nos. 1, *1A; Polish: Krzyżanowski 1962f. I; Sorbian: Nedo 1956, No. 1; Russian, Byelorussian, Ukrainian: SUS; Turkish: Eberhard/Boratav 1953, No. 5, p. 415f., Alptekin 1994, No. IV.64; Jewish: Jason 1965, Noy 1976; Gypsy: MNK X 1; Ossetian: Bjazyrov 1958, No. 1; Cheremis/Mari: Kecskeméti/Paunonen 1974; Chuvash: Mészáros 1912, No. 42, Kecskeméti/Paunonen 1974; Tatar, Mordvinian, Votyak: Kecskeméti/Paunonen 1974; Nenets: Puškareva 1983, 67; Yakut: Ėrgis 1967, Nos. 2, 4, 10, 11, 15, cf. No. 16; Georgian: Kurdovanidze 2000; Mongolian: Lőrincz 1979; Palestinian: Hanauer 1907, 273f.; Indian, Sri Lankan: Thompson/Roberts 1960, No. 1*; Chinese: Ting 1978, Nos. 1*, 1A*; Korean: Choi 1979, No. 1*; Cambodian: Sacher 1979, 91ff.; Japanese: Ikeda 1971, Nos. 1, 1*, 1*A; French-American: Delarue/Tenèze 1964ff. III; Spanish-American: TFSP 18(1943)177ff., 25(1953)233ff.;

Mexican: Robe 1973, No. 1*; Costa Rican: Robe 1973; Puerto Rican: Hansen 1957, Nos. 1**A, 1**B; South American Indian: Hissink/Hahn 1961, No. 337, Wilbert/Simoneau 1992, Nos. K341.2, K341.2.1; Mayan: Peñalosa 1992; Paraguayan: Carvalho-Neto 1966, 189f.; Argentine: Chertudi 1960f. I, No. 11; West Indies: Flowers 1953; Egyptian: El-Shamy 2004; Liberian, Ghanaian: MacDonald 1982, No. K341.2; East African: Arewa 1966, No. 2930, Klipple 1992; Sudanese: Klipple 1992; Namibian: Schmidt 1989 II, No. 400; South African: Coetzee et al. 1967, Grobbelaar 1981, Schmidt 1989 II, No. 400, Klipple 1992.

2 *The Tail-Fisher.*

Krohn 1889, 46; Dähnhardt 1907ff. IV, 219–228, 304; BP II, 111–117; Thaarup-Andersen 1954; Tubach 1969, No. 2074; Schwarzbaum 1979, 430, 480–484; Dicke/Grubmüller 1987, No. 224; Dekker et al. 1997, 55f.; Schmidt 1999; EM: Schwanzfischer (forthcoming).

Finnish: Rausmaa 1982ff. I, Nos. 2–9; Finnish-Swedish: Hackman 1917f. I, No. 2; Estonian: Kippar 1986; Latvian: Arājs/Medne 1977, No. 2, cf. No. *1896A; Lithuanian: Kerbelytė 1999ff. I; Lappish: Kecskeméti/Paunonen 1974, Bartens 2003, No. 1; Livonian, Wepsian, Wotian, Lydian, Karelian, Syrjanian: Kecskeméti/Paunonen 1974; Swedish: Liungman 1961; Norwegian: Hodne 1984; Faeroese: Nyman 1984; Icelandic: Sveinsson 1929; Irish: Ó Súilleabháin/Christiansen 1963; French: Delarue/Tenèze 1964ff. III, Cifarelli 1993, No. 338; Spanish, Basque, Portuguese: Camarena/Chevalier 1995ff. I; Dutch: Sinninghe 1943, Schippers 1995, No. 462; Frisian: Kooi 1984a; Flemish: Meyer 1968; Walloon: Laport 1932; German: Moser-Rath 1964, No. 188, Tomkowiak 1993, 216, Kooi/Schuster 1994, No. 239, Hubrich-Messow 2000, Berger 2001; Italian: Cirese/Serafini 1975; Hungarian: MNK I; Czech: Dvořák 1978, No. 2074; Slovakian: Gašparíková 1991f. I, No. 122; Slovene: Brinar 1904, 39ff.; Rumanian: Schullerus 1928; Bulgarian: BFP; Greek: Megas 1978; Polish: Kapełus/Krzyżanowski 1957, No. 1; Sorbian: Nedo 1956, No. 1; Russian, Byelorussian, Ukrainian: SUS; Turkish: Eberhard/Boratav 1953, No. 5, Alptekin 1994, Nos. IV.64, V.86; Jewish: Noy 1976; Gypsy: MNK X 1; Ossetian: Bjazyrov 1958, Nos. 2, 3, 6; Cheremis/Mari: Kecskeméti/Paunonen 1974; Chuvash: Mészáros 1912, No. 42, Kecskeméti/Paunonen 1974; Tatar, Mordvinian, Votyak: Kecskeméti/Paunonen 1974; Nenets: Puškareva 1983, 67; Siberian: Doerfer 1983, Nos. 32, 55; Yakut: Ėrgis 1967, Nos. 2, 3, 4, 5, 15; Tadzhik: STF, No. 217; Mongolian: Lőrincz 1979; Georgian: Kurdovanidze 2000; Iranian: Marzolph 1984; Indian: Bødker 1957a, No. 187, Thompson/Roberts 1960; Chinese: Ting 1978; Korean: Choi 1979, No. 25; Japanese: Ikeda 1971, Nos. 2, 2K, Inada/Ozawa 1977ff.; US-American: Baughman 1966; French-

American: Delarue/Tenèze 1964ff. III; Spanish-American, Mexican: Robe 1973; African American: Dance 1978, No. 8; African American: Dorson 1967, Nos. 11,12; Puerto Rican: Hansen 1957; South African: Coetzee et al. 1967, Grobbelaar 1981.

2A ***Torn-Off Tails*** (previously ***The Buried Tail***).

Cf. Tubach 1969, No. 297; cf. Schwarzbaum 1979, 393 not. 4f.; Dicke/Grubmüller 1987, No. 211, cf. No. 174; Schmidt 1999; EM: Schwanzlose Tiere (forthcoming).

Estonian: Kippar 1986, No. 64; Irish: Ó Súilleabháin/Christiansen 1963, No. 64; French: Cifarelli 1993, No. 432; Spanish: Camarena/Chevalier 1995ff. I, No. 64; Portuguese: Fontinha 1997, 89ff., Cardigos (forthcoming), No. 64; Dutch: Schippers 1995, No. 450; German: Tomkowiak 1993, 214; Italian: Todorović-Strähl/Lurati 1984, Nos. 2, 6; Hungarian: Dömötör 1992, No. 419; Serbian: Đjorđjevič/Milošević-Đjorđjevič 1988, 9ff.; Bosnian: Krauss 1914, No. 99; Rumanian: Schullerus 1928, No. 16*; Greek: Megas 1978, No. 64; Ukrainian: SUS, No. 64; Turkish: Eberhard/Boratav 1953, Nos. 3, 29 IV; Jewish: Jason 1965, No. 64*A, Noy 1976, Nos. 2A, 64; Ossetian: Bjazyrov 1960, No. 41; Georgian: Kurdovanidze 2000, No. 64; Syrian: El-Shamy 2004; Palestinian: Hanauer 1907, 275ff., El-Shamy 2004, No. 64A§; Jordanian: El-Shamy 2004, No. 64A§; Iraqi: Nowak 1969, Nos. 4, 21, 30, El-Shamy 2004; Saudi Arabian: Nowak 1969, No. 4; Qatar: El-Shamy 2004, No. 64A§; Iranian: Marzolph 1984; Indian: Thompson/Roberts 1960, Nos. 2A, 64; Sri Lankan: Thompson/Roberts 1960; Indonesian: Vries 1925f. II, 403, No. 88; West Indies: Flowers 1953; New Zealand: Kirtley 1971, No. K1021.1; North, African, Egyptian: El-Shamy 2004, No. 64A§; Tunisian: Nowak 1969, No. 31, El-Shamy 2004, No. 64A§; Algerian: Frobenius 1921ff. III, Nos. 2, 11, Nowak 1969, Nos. 9, 21, 31, El-Shamy 2004, No. 64A§; Moroccan: Laoust 1949, Nos. 12D, 22, Nowak, Nos. 21, 30, El-Shamy 2004, No. 64A§; Tunisian: Stumme 1900, No. 21; Sudanese: Kronenberg/Kronenberg 1978, No. 54, El-Shamy 2004, No. 64A§; South African: Coetzee et al. 1967, No. 64, cf. Schmidt 1989 II, No. 494.

2B ***Basket Tied to Wolf's Tail.***

Thaarup-Andersen 1954; Pedersen/Holbek 1961f. II, No. 122; Schwarzbaum 1979, 482; Dicke/Grubmüller 1987, No. 224.

French: Delarue/Tenèze 1964ff. III, Cifarelli 1993, No. 338; Spanish: Camarena/Chevalier 1995ff. I, González Sanz 1996; Catalan: Oriol/Pujol 2003; Portuguese: Vasconcellos/Soromenho et al. 1963f. I, No. 22, Cardigos (forthcoming); Dutch: Schippers 1995, No. 460; Hungarian: MNK I; Greek: Megas 1978; Mordvinian: Paasonen/Ravila 1938ff. IV, 836ff., 839ff.; Spanish-American: TFSP 25 (1953) 241f.

2D ***The New Tail*** (previously ***Wolf [Bear] Persuaded to Turn in Wind***).
French: Delarue/Tenèze 1964ff. III, Nos. 2C, 2D, 2E; Spanish: Camarena/Chevalier 1995ff. I, No. 2E; Catalan: cf. Oriol/Pujol 2003, No. 2E; Walloon: Laport 1932, *2A; German: Haltrich 1885, 40f., Fox 1942, No. 48; Hungarian: MNK I, No. 2D, cf. No. 2C*; Slovene: Matičetov 1973, No. 32; Croatian: Bošković-Stulli 1963, No. 3; Bulgarian: BFP; Jewish: Jason 1965, No. 40B*, Noy 1976, No. 40B*; French-Canadian: Delarue/Tenèze 1964ff. III, No. 2E; French-American: Delarue/Tenèze 1964ff. III.

3 ***Simulated Injury*** (previously ***Sham Blood and Brains***).
Krohn 1889, 54–58; Dähnhardt 1907ff. IV, 243; EM: Scheinverletzungen (forthcoming) (C. Goldberg).
Finnish: Rausmaa 1982ff. V, Nos. 4, 8, 10, 11, 27, VI, 292; Finnish-Swedish: Hackman 1917f. I, No. 3; Estonian: Kippar 1986, No. 3/4; Latvian: Arājs/Medne 1977; Lappish: Qvigstad 1927ff. III, 3ff., 11; Wepsian, Wotian, Karelian: Kecskeméti/Paunonen 1974; Swedish: Liungman 1961; Irish: Ó Súilleabháin/Christiansen 1963; Spanish: Camarena/Chevalier 1995ff. I, González Sanz 1996; Catalan: Oriol/Pujol 2003; Portuguese: Oliveira 1900ff. II, No. 312, Cardigos (forthcoming); German: Lemke 1884ff. II, No. 44, Behrend 1912, No. 4; Ladinian: Danuser Richardson 1976, No. K1875; Italian: Anderson 1927ff. III, No. 64, Cirese/Serafini 1975, De Simone 1994 I, No. 42a; Hungarian: MNK I; Czech: Nedo 1972, 274ff., Sirovátka 1980, No. 39; Slovakian: Polívka 1923ff. V, 132, 138f., Gašparíková 1991f. I, No. 122, II, No. 572; Slovene: Kosi 1894, 58ff.; Serbian: Đjorđjevič/Milošević-Đjorđjevič 1988, Nos. 1, 2; Croatian: Plohl Herdvigov 1868, No. 115f.; Macedonian: Vražinovski 1977, Nos. 1, 2, 3, Čepenkov/Penušliski 1989 I, No. 11; Rumanian: Karlinger 1982, No. 19; Bulgarian: BFP; Greek: Megas 1978; Polish: Krzyżanowski 1962f. I; Sorbian: Nedo 1956, No. 2a; Russian, Byelorussian, Ukrainian: SUS; Turkish: Eberhard/Boratav 1953, No. 5, Alptekin 1994, No. IV.64; Jewish: Noy 1976; Mordvinian: Kecskeméti/Paunonen 1974; Yakut: Ėrgis 1967, No. 4; Tadzhik: STF, No. 11; Mongolian: Lőrincz 1979; Georgian: Kurdovanidze 2000; Laotian: cf. Lindell et al. 1977ff. II, 67ff.; Japanese: Ikeda 1971; Polynesian: Kirtley 1971, Nos. K522.1, K1875; Spanish-American, Mexican: cf. Robe 1973; Mayan: Peñalosa 1992; Argentine: Vidal de Battini 1980ff., No. 439; Cape Verdian: Parsons 1923b I, Nos. 21, 24.

3* ***The Wolf Supplies Food for the Fox*** (previously ***The Bear Throws Hens to the Fox***).
Finnish-Swedish: Hackman 1917f. I, No. 3,3; Latvian: Arājs/Medne 1977; Portuguese: Cardigos (forthcoming); Flemish: Meyer 1968; German: Grimm KHM/Uther

1996 II, No. 74; Hungarian: MNK I; Spanish-American: Rael 1957 II, No. 379.

4 ***Sick Animal Carries the Healthy One*** (previously ***Carrying the Sham-Sick Trickster***).

Krohn 1889, 59-62; Dähnhardt 1907ff. IV, 244f.; BP II, 117-119; HDM 2(1934-40) 297(H. Diewerge); EM 8(1996)334-338(P.-L. Rausmaa); Schmidt 1999.

Finnish: Rausmaa 1982ff. V, Nos. 4, 12, 13; Finnish-Swedish: Hackman 1917f. I, No. 3; Estonian: Kippar 1986, No. 3/4; Latvian: Arājs/Medne 1977; Lithuanian: Kerbelytė 1999ff. I; Lappish: Qvigstad 1925; Wepsian, Wotian, Karelian: Kecskeméti/Paunonen 1974; Swedish: Liungman 1961; French: Delarue/Tenèze 1964ff. III; Spanish: Camarena/Chevalier 1995ff. I, González Sanz 1996; Basque: Camarena/Chevalier 1995ff. I; Catalan: Oriol/Pujol 2003; Portuguese: Oliveira 1900ff. II, No. 312, Cardigos(forthcoming); German: Grimm KHM/Uther 1996 II, No. 74, Hubrich-Messow 2000, Berger 2001; Italian: Cirese/Serafini 1975; Sardinian: Rapallo 1982f.; Hungarian: MNK I, Dömötör 1992, No. 437; Czech: Sirovátka 1980, No. 39; Slovakian: Gašparíková 1991f. I, No. 122, II, No. 572; Slovene: Brinar 1904, 17ff.; Serbian: Eschker 1992, Nos. 50, 59; Croatian: Bošković-Stulli 1975b, No. 62; Bulgarian: BFP; Greek: Megas 1978; Russian, Byelorussian, Ukrainian: SUS; Polish: Krzyżanowski 1962f. I; Sorbian: Nedo 1956, Nos. 2a, 2b; Turkish: Eberhard/Boratav 1953, Nos. 3, 5; Jewish: Noy 1976; Gypsy: MNK X 1; Cheremis/Mari: Kecskeméti/Paunonen 1974; Chuvash: Mészáros 1912, No. 42, Kecskeméti/Paunonen 1974; Mordvinian: Kecskeméti/Paunonen 1974; Yakut: Ėrgis 1967, No. 4; Tadzhik: STF, Nos. 11, 365; Buryat, Mongolian: Lőrincz 1979; Georgian: Kurdovanidze 2000; Indian: Thompson/Roberts 1960; Laotian: cf. Lindell et al. 1977ff. II, 89ff.; Spanish-American, Guatemalan, Costa Rican, Panamanian: Robe 1973; French-American: Carrière 1937, No. 7; Dominican: Flowers 1953, Hansen 1957; South American Indian: Wilbert/Simoneau 1992, No. K1818; Mayan: Peñalosa 1992; Chilean: Hansen 1957, Pino Saavedra 1960ff. II, No. 92, III, No. 227; Argentine: Chertudi 1960f. II, No. 2; West Indies: Flowers 1953; Tunisian: cf. Nowak 1969, No. 31; Algerian: El-Shamy 2004; Moroccan: El-Shamy 2004; Sierra Leone: Klipple 1992; East African: Arewa 1966, No. 1631, Klipple 1992; Sudanese, Congolese: Klipple 1992; Namibian: Schmidt 1989 II, No. 434; South African: Coetzee et al. 1967, Nos. 4, 35B, Grobbelaar 1981, Schmidt 1989 II, No. 434.

5 ***Biting the Tree Root*** (previously ***Biting the Foot***).

Krohn 1889, 62-65; BP II, 117 not. 2; HDM 1(1930-33)260(L. Mackensen); EM 2 (1979)425-428(M.-L. Tenèze); Schmidt 1999.

Finnish: Rausmaa 1982ff. V, Nos. 13, 22, 23, 29, 38; Finnish-Swedish: Hackman 1917f. I, No. 4; Lappish: Kecskeméti/Paunonen 1974; Swedish: Liungman 1961; Norwegian: Hodne 1984; Spanish, Basque: Camarena/Chevalier 1995ff. I; Catalan: Oriol/Pujol 2003; French: Delarue/Tenèze 1964ff. III; German: Berger 2001, No. 41; Hungarian: MNK I; Bulgarian: BFP; Albanian: Camaj/Schier-Oberdorffer 1974, No. 48; Greek: Megas 1978; Polish: Krzyżanowski 1962f. I; Ukrainian: SUS; Turkish: Eberhard/Boratav 1953, No. 6, Alptekin 1994, No. II.4; Pakistani: Thompson/Roberts 1960; Indian: Bødker 1957a, No. 675, Thompson/Roberts 1960, Jason 1989; Sri Lankan: Thompson/Roberts 1960; Chinese: Ting 1979; Malaysian: Overbeck 1975, 237; Indonesian: Vries 1925f. II, 399 No. 1; Filipino: Wrigglesworth 1993, Nos. 35, 39; African American: Baer 1980, 39f., 154; Mexican: cf. Robe 1973, No. 92*B; Dominican, Puerto Rican: Hansen 1957; South American Indian: Hissink/Hahn 1961, No. 339; Brazilian: Alcoforado/Albán 2001, No. 1; Chilean: Hansen 1957; Argentine: Hansen 1957, Chertudi 1960f. I, Nos. 1, 2, II, Nos. 2, 3, 9; Algerian, Moroccan: El-Shamy 2004; Guinea Bissau: Klipple 1992; East African: Arewa 1966, No. 2251,1–4, Klipple 1992; Sudanese: Klipple 1992, El-Shamy 2004; Central African: Lambrecht 1967, Nos. 1250, 2251,5; Congolese: Klipple 1992; Namibian: Schmidt 1989 II, No. 522; South African: Coetzee et al. 1967, Nos. 5, 41c, Grobbelaar 1981, Schmidt 1989 II, No. 522.

6 *Animal Captor Persuaded to Talk.*

Chauvin 1892ff. II, 200 No. 39; BP II, 207f.; Pauli/Bolte 1924 II, No. 743; Pedersen/Holbek 1961f. II, No. 116; Schwarzbaum 1969, 127 No. 1; Schwarzbaum 1979, 80 not. 10; Dicke/Grubmüller 1987, No. 187, cf. No. 179; Marzolph 1992 II, No. 1120; Adrados 1999ff. III, Nos. M. 175, M. 348, M. 495, not-H. 260; Schmidt 1999; EM: Überreden zum Sprechen, Singen etc.(in prep.).

Finnish: Rausmaa 1982ff. V, Nos. 13–17, 39; Finnish-Swedish: Hackman 1917f. I, No. 5; Estonian: Kippar 1986; Latvian: Arājs/Medne 1977; Lithuanian: Kerbelytė 1999ff. I; Lappish: Kecskeméti/Paunonen 1974; Irish: Ó Súilleabháin/Christiansen 1963; French: Delarue/Tenèze 1964ff. III, Cifarelli 1993, No. 449; Spanish: Camarena/Chevalier 1995ff. I, Goldberg 1998, No. K561.1; Basque: Camarena/Chevalier 1995ff. I; Catalan: Neugaard 1993, No. K561.1, Oriol/Pujol 2003; Portuguese: Oliveira 1900ff. I, No. 120, Cardigos(forthcoming); Dutch: Schippers 1995, No. 434; Flemish: Meyer 1968; German: Tomkowiak 1993, 212, Berger 2001; Italian: Cirese/Serafini 1975; Sardinian: Rapallo 1982f.; Hungarian: MNK I; Serbian: Eschker 1992, No. 53; Bulgarian: BFP, No. 61; Greek: Megas 1978; Ukrainian: SUS; Ossetian: Bjazyrov 1958, No. 9; Tadzhik: STF, Nos. 16, 34, cf. No. 211; Georgian: Kurdovanidze 2000, No. 6**; Jordanian: El-Shamy 2004; Oman: Nowak 1969, No. 29, El-Shamy

2004; Iranian: Marzolph 1984; Indian: Bødker 1957a, No. 601, Thompson/Roberts 1960; Chinese: Ting 1978; Vietnamese: Karow 1972, No. 141; Japanese: Ikeda 1971; Spanish-American, Mexican: Robe 1973; Puerto Rican: Hansen 1957, No. 6**A; South American Indian: Wilbert/Simoneau 1992, No. K561.1; Ecuadorian: Carvalho-Neto 1966, No. 1; Chilean: Pino Saavedra 1987, No. 1; Argentine: Hansen 1957, Vidal de Battini 1980ff., Nos. 15–23, 26–48, 50; Algerian: Nowak 1969, No. 29, El-Shamy 2004; South African: Schmidt 1989 II, No. 562; Malagasy: Haring 1982, Nos. 2.3.6, 3.2.6.

6* ***Animal Captor Talks with Booty in his Mouth*** (previously ***The Wolf Catches a Goose***).
Italian: Cirese/Serafini 1975; Hungarian: MNK I; Jewish: Noy 1976.

7 ***The Three Tree Names*** (previously ***The Calling of Three Tree Names***).
Krohn 1889, 65–67; Dähnhardt 1907ff. I, 193 not. 1; EM 9(1999)1175–1177(V. Amilien).
Finnish: Rausmaa 1982ff. V, Nos. 18–20, VI, No. 292; Finnish-Swedish: Hackman 1917f. I, No. 6, II, No. 208; Estonian: Kippar 1986; Swedish: Liungman 1961; Norwegian: Hodne 1984, Kvideland/Sehmsdorf 1999, No. 2; Danish: Kristensen 1900, Nos. 68–82, 324, 633, 634; German: Kuhn 1859 II, 224 No. 4; Japanese: cf. Ikeda 1971, No. 9M; Nigerian: Klipple 1992.

8 ***False Beauty Treatment*** (previously ***"Painting" on the Haycock***).
Krohn 1889, 67–70; Dähnhardt 1907ff. IV, 239–241; Cosquin 1922b, 385–390; Schmidt 1999; EM: Schönheitskur(forthcoming).
Finnish: Rausmaa 1982ff. V, Nos. 21–23, VI, Nos. 292, 293; Finnish-Swedish: Hackman 1917f. I, No. 7; Estonian: Kippar 1986; Latvian: Arājs/Medne 1977, No. *45*; Lappish: Kecskeméti/Paunonen 1974, Bartens 2003, No. 1; French: Dardy 1891, 337ff.; Spanish: cf. Camarena Laucirica 1991 I, No. 7; Frisian: Kooi 1984a; German: Preuß 1912, 17f.; Russian: SUS; Ukrainian: Hnatjuk 1909f. I, No. 318, Lintur 1972, No. 30; Jewish: Noy 1976, No. 8A; Dagestan: Chalilov 1965, No. 11; Cheremis/Mari, Chuvash: Kecskeméti/Paunonen 1974; Siberian: Doerfer 1983, No. 30, cf. Kontelov 1956, 235f.; Uzbek: Afzalov et al. 1963 I, 26ff.; Tuva: Taube 1978, No. 7; Georgian: Kurdovanidze 2000, No. 8B*; Indian: Bødker 1957a, No. 174, cf. Nos. 175, 180, 210, Jason 1989, No. 8A; Chinese: Ting 1978, Nos. 8, 8B; Korean: Zaborowski 1975, No. 79, cf. Zŏng 1952, No. 69; Vietnamese: Landes 1886, No. 44, cf. Karow 1972, No. 141; Indonesian: Vries 1925f. II, 402 nos. 72–74; Hawaiian: Kirtley 1971, No. K1013;

Eskimo: Barüske 1991, No. 70, cf. No. 69; North American Indian: Thompson 1929, 352 not. 271; US-American: Burrison 1989, 86f.; Spanish-American: Robe 1973; African American: Harris 1955, 507ff.; Mexican, Guatemalan: Robe 1973; Puerto Rican: Hansen 1957; South American Indian: cf. Karlinger/Freitas 1977, No. 41; Mayan: Peñalosa 1992; Peruvian: cf. Hansen 1957, No. **67F; Argentine: Chertudi 1960f. I, No. 17, Karlinger/Pögl 1987, No. 37; East African, Sudanese: Klipple 1992; Namibian, South African: Schmidt 1989 II, No. 713; Malagasy: Haring 1982, Nos. 2.3.8, 2.3.8.A, Klipple 1992.

8* *The Fox Trades the Burned Bones of the Bear for Reindeer.*
Finnish: Rausmaa 1982ff. V, No. 8; Estonian: Kippar 1986; Lappish: Kecskeméti/Paunonen 1974, Bartens 2003, No. 1; Chinese: cf. Ting 1978.

9 *The Unjust Partner.*
Krohn 1889, 97-109; Dähnhardt 1907ff. IV, 249-252; cf. Schmidt 1999; EM 10(2002) 599-603(P.-L. Rausmaa); EM: Tausch von Pseudotätigkeiten(in prep.).
Finnish: Rausmaa 1982ff. V, Nos. 9, 24-26; Finnish-Swedish: Hackman 1917f. I, Nos.3,8; Estonian: Kippar 1986, Nos. 9, 9A-9C; Lappish: Qvigstad 1927ff. III, 13ff., cf. II, 259f., 261ff.; Karelian: Kecskeméti/Paunonen 1974, Nos. 9, 9A-9C; Swedish: Liungman 1961, No. 9AB; Norwegian: Hodne 1984, No. 9, 9C; Irish: Ó Súilleabháin/Christiansen 1963; French: Delarue/Tenèze 1964ff. III, Nos. 9, 9B; Spanish: Camarena/Chevalier 1995ff. I, Nos. 9, 9B, González Sanz 1996, No. 9B; Basque: Camarena/Chevalier 1995ff. I; Catalan: Neugaard 1993, No. K171.1, Oriol/Pujol 2003; Portuguese: Soromenho/Soromenho 1984f. I, Nos. 64, 65, 93, 95, Cardigos(forthcoming); Frisian: Kooi 1984a, Nos. 9, 9B; German: Henßen 1955, No. 437a, Ranke 1966, No. 2; Italian: Cirese/Serafini 1975, Nos. 9, 9B, De Simone 1994, 564ff.; Sardinian: Rapallo 1982f., No. 9, 9B; Corsican: Massignon 1963, No. 5; Maltese: Mifsud-Chircop 1978; Czech: Jech 1984, 26f.; Slovakian: Polívka 1923ff. IV, 164ff.; Serbian: cf. Eschker 1992, Nos. 48, 49; Macedonian: Vražinovski 1977, Nos. 4, 5; Bulgarian: BFP, Nos. 9A, 9B; Greek: Megas 1978, Nos. 9A, 9B; Polish: Simonides 1979, No. 291; Turkish: Eberhard/Boratav 1953, No. 4, Alptekin 1994, No. II.17; Jewish: Jason 1975, Noy 1976, Nos. 9, 9A; Ossetian: Bjazyrov 1958, No. 4; Abkhaz: Bgažba 1959, 81ff.; Mordvinian: Kecskeméti/Paunonen 1974, Nos. 9, 9B, 9C; Siberian: Doerfer 1983, Nos. 59, 81; Yakut: Ėrgis 1967, No. 3, cf. No. 255; Tadzhik: STF, Nos. 15, 31, 52, 352, cf. No. 237; Palestinian: El-Shamy 2004, Nos. 9A, 9B; Indian: cf. Bødker 1957a, Nos. 330, 336, Jason 1989, Nos. 9, 9C; Burmese: Htin Aung 1954, 29ff., Kasevič/Osipov 1976, Nos. 38, 39; Sri Lankan: Thompson/Roberts 1960; Japanese: Ikeda 1971, Nos.

9, 1030; Malaysian: Overbeck 1975, 229; French-American: Ancelet 1994, No. 5; Spanish-American: TFSP 9(1931)153ff., 12(1935)16f., 14(1938)32ff., 25(1953)220ff.; Mexican: Aiken 1935, 16f.; Puerto Rican: cf. Hansen 1957, No. **74F; Mayan: Peñalosa 1992, No. 9B; Argentine: Chertudi 1960f. II, No. 4; North African: El-Shamy 2004; Algerian: Basset 1897, No. 79, El-Shamy 2004, Nos. 9, 9B; Moroccan: El-Shamy 2004, Nos. 9, 9A, 9B; Guinean, Congolese: Klipple 1992; Sudanese, Tanzanian: El-Shamy 2004; Namibian: Schmidt 1980, No. 50; South African: Coetzee et al. 1967, No. 9A, Grobbelaar 1981, Nos. 9, 9A, cf. Schmidt 1989 II, No. 468, Klipple 1992.

10*** ***The Fall over the Edge*** (previously ***Over the Edge***).
Norwegian: Hodne 1984; Serbian: Filipović 1949, 226; Rumanian: Karlinger 1982, No. 19; Tuva: Taube 1978, Nos. 3, 7, 58; Indian: Bødker 1957a, No. 72; Spanish-American: Robe 1973; Algerian: El-Shamy 2004; Moroccan: Laoust 1949, No. 6, El-Shamy 2004.

15 ***The Theft of Food by Playing Godfather*** (previously ***The Theft of Butter [Honey] by Playing Godfather***).
Krohn 1889, 74–81; Dähnhardt 1907ff. IV, 241–243; BP I, 9–13; Roberts 1964, 15–18; EM 5(1987)1217–1224(C. Lindahl); Schmidt 1999.
Finnish: Rausmaa 1982ff. V, Nos. 27, 28; Finnish-Swedish: Hackman 1917f. I, No. 9; Estonian: Kippar 1986; Livonian: Loorits 1926; Latvian: Arājs/Medne 1977; Lithuanian: Kerbelytė 1999ff. I; Lappish: Kecskeméti/Paunonen 1974, Bartens 2003, No. 1; Wepsian, Wotian, Karelian, Syrjanian: Kecskeméti/Paunonen 1974; Swedish: Liungman 1961; Norwegian: Hodne 1984; Faeroese: Nyman 1984; Icelandic: Sveinsson 1929; Scottish: Bruford/MacDonald 1994, Nos. 3a, 3b; Irish: Ó Súilleabháin/Christiansen 1963; French: Delarue/Tenèze 1964ff. III; Spanish: Camarena/Chevalier 1995ff. I, González Sanz 1996; Catalan: Oriol/Pujol 2003; Portuguese: Oliveira 1900ff. II, No. 263, Cardigos(forthcoming); Dutch: Sinninghe 1943; Frisian: Kooi 1984a; Flemish: Meyer 1968; Walloon: Laport 1932; German: Tomkowiak 1993, 235, Kooi/Schuster 1994, No. 204, Grimm KHM/Uther 1996 I, No. 2, Hubrich-Messow 2000, Berger 2001; Italian: Cirese/Serafini 1975; Hungarian: MNK I; Slovene: Brinar 1904, 20ff., Bolhar 1974, 107ff., 117f.; Macedonian: Eschker 1972, No. 10; Rumanian: Schullerus 1928; Bulgarian: BFP; Greek: Megas 1978; Sorbian: Nedo 1956, No. 3; Russian, Byelorussian, Ukrainian: SUS; Turkish: Eberhard/Boratav 1953, No. 6; Jewish: Jason 1965, 1988a, Haboucha 1992; Ossetian: Bjazyrov 1958, Nos. 5, 6; Cheremis/Mari: Kecskeméti/Paunonen 1974; Chuvash: Mészáros 1912, No. 40, Kecskeméti/Paunonen 1974; Mordvinian, Votyak: Kecskeméti/Paunonen 1974; Yakut:

Ėrgis 1967, No. 7, cf. No. 5; Tadzhik: STF, Nos. 18, 327; Georgian: Kurdovanidze 2000; Oman: El-Shamy 2004; Indian: Thompson/Roberts 1960; Japanese: Ikeda 1971; French-Canadian: Delarue/Tenèze 1964ff. III; US-American: Burrison 1989, 94, 155; French-American: Ancelet 1994, No. 1; Spanish-American: Robe 1973; African American: Dorson 1967, Nos. 1–4, MacDonald 1982, No. K401.1; Dominican: Flowers 1953; Puerto Rican: Hansen 1957; West Indies: Flowers 1953; Cape Verdian: Parsons 1923b I, 66 not. 1, 359 not. 1; Egyptian, Algerian: El-Shamy 2004; Moroccan: Laoust 1949, No. 12, El-Shamy 2004; East African, Sudanese: Kronenberg/Kronenberg 1978, No. 24, Klipple 1992, El-Shamy 2004; Eritrean: El-Shamy 2004; Central African: cf. Lambrecht 1967, No. 550,6–9, Klipple 1992; Congolese: Klipple 1992; South African: Coetzee et al. 1967, Grobbelaar 1981, Schmidt 1989 II, Nos. 402, 404, Klipple 1992.

15* ***The Fox Entices the Wolf Away from his Booty.***
Finnish-Swedish: Hackman 1917f. I, No. 9; Estonian: Kippar 1986; French: Joisten 1971 II, No. 85.1; Catalan: Neugaard 1993, No. K341; Flemish: Meyer 1968, No. 15**; Greek: Megas 1978; Syrian: El-Shamy 2004; South American Indian: Wilbert/Simoneau 1992, No. K341; South African: Grobbelaar 1981.

20A ***Animals Caught in a Pit Eat One Another Up*** (previously ***The Animals are Caught in a Pit***).
Krohn 1889, 81–84; EM: Tiere fressen einander (in prep.).
Finnish: Rausmaa 1982ff. V, Nos. 29, 30; Estonian: Kippar 1986; Livonian: Loorits 1926; Latvian: Arājs/Medne 1977; Lithuanian: Kerbelytė 1999ff. I, Nos. 20, 20A; Lappish: Kecskeméti/Paunonen 1974, No. 20; Wepsian: Kecskeméti/Paunonen 1974, Nos. 20, 20A; Karelian: Kecskeméti/Paunonen 1974, No. 20; Irish: Ó Súilleabháin/Christiansen 1963, No. 20; Portuguese: Custódio/Galhoz 1996f. II, 81f., Cardigos (forthcoming), No. 20; Frisian: Kooi 1984a; German: Grannas 1957, No. 40; Hungarian: MNK I, Nos. 20, 20A; Slovene: Gabršček 1910, 171ff.; Serbian: Čajkanović 1929, No. 2; Croatian: Bošković-Stulli 1963, 38f.; Rumanian: Bîrlea 1966 I, 173f.; Bulgarian: BFP; Greek: Megas 1978, Nos. 20, 20A; Russian, Byelorussian, Ukrainian: SUS; Turkish: Eberhard/Boratav 1953, 415f.; Jewish: Jason 1975, Noy 1976, No. 20; Dagestan: Chalilov 1965, No. 10; Ossetian: Bjazyrov 1958, Nos. 5, 7; Abkhaz: Šakryl 1975, No. 12; Cheremis/Mari: Kecskeméti/Paunonen 1974, Nos. 20, 20A; Mordvinian, Votyak: Kecskeméti/Paunonen 1974; Kurdish: Džalila et al. 1989, No. 158; Kazakh: Sidel'nikov 1952, 30ff.; Kara-Kalpak: Volkov 1959, No. 11; Kalmyk, Buryat: Lőrincz 1979, No. 20; Georgian: Kurdovanidze 2000; Palestinian: El-Shamy 2004,

No. 20; US-American: Roberts 1954, 43ff.; Mexican: cf. Robe, No. 20*F; West Indies: Flowers 1953, No. 20; Moroccan: Basset 1897, No. 83; Burkina Faso: cf. Schild 1975, No. 64.

20C ***The Animals Flee in Fear of the End of the World.***
Dähnhardt 1907ff. III, 19; BP I, 237; Wesselski 1933, 19; HDM 2(1934–40)185; Schwarzbaum 1980, 274; EM 6(1990)701f.; EM: Tiere fressen einander(in prep.).
Finnish: Rausmaa 1982ff. V, No. 23; Estonian: Kippar 1986; Latvian: Arājs/Medne 1977; Lithuanian: Kerbelytė 1999ff. II, No. 2033; Wepsian: Kecskeméti/Paunonen 1974, Nos. 20C, 2033; Norwegian: Hodne 1984; Danish: Grundtvig 1876ff. III, 21ff., Kristensen 1896, Nos. 177–182, Kuhre 1938, No. 13; Scottish: Campbell 1890ff. IV, No. 4; Irish: Ó Súilleabháin/Christiansen 1963, No. 2033; English: Briggs 1970f. A II, 515f., 516f., 531, 532f.; Spanish: Camarena/Chevalier 1995ff. I, González Sanz 1996; Catalan: Oriol/Pujol 2003; Portuguese: Braga 1987 I, 236f., Cardigos(forthcoming), No. 2033; Frisian: Kooi 1984a; Flemish: Meyer 1968, Nos. 20C, 2033; German: Hubrich-Messow 2000; Italian: Cirese/Serafini 1975; Hungarian: MNK I, No. 20C, MNK IX, No. 2033; Slovene: Matičetov 1973, No. 24; Bosnian: Preindlsberger-Mrazović 1905, 51ff.; Bulgarian: BFP, Nos. 20C, 2033; Greek: Megas 1978; Russian: SUS; Turkish: Eberhard/Boratav 1953, No. 20; Gypsy: MNK X 1; Ossetian: Britaev/Kaloev 1959, 19f.; Mordvinian: Kecskeméti/Paunonen 1974; Ostyak: Steinitz 1939, 133ff.; Kazakh: Sidel'nikov 1958ff. I, 181ff.; Tadzhik: STF, No. 365; Mongolian: Lőrincz 1979; Georgian: Kurdovanidze 2000; Palestinian: El-Shamy 2004; Tibetian: Kassis 1962, 86f.; Chinese: Ting 1978; Cambodian: Gaudes 1987, No. 3; Australian: Baughman 1966, Briggs 1970f. A II, 532f.; North American Indian: Konitzky 1963, No. 36; US-American: JAFL 46(1933)78; African American: Harris 1955, 194ff.; South American Indian: Hissink/Hahn 1961, No. 348; Mexican: Robe 1973; Cuban, Puerto Rican: Hansen 1957, No. 2033; Egyptian: El-Shamy 2004, Nos. 20C, 2033; Guinean, East African: Klipple 1992, No. 2033; Sudanese: El-Shamy 2004, Nos. 20C, 2033; South African: Coetzee et al. 1967.

20D* ***Pilgrimage of the Animals*** (previously ***Cock and Other Animals Journey to Rome to Become Pope***).
Kirchhof/Oesterley 1869 I 1, No. 66; Knapp 1933; Schwarzbaum 1964, 186 No. 61A; cf. Tubach 1969, No. 4046; Schwarzbaum 1979, 46f.; cf. Dicke/Grubmüller 1987, No. 225; EM 5(1987)480–484(R. Bebermeyer).
Danish: Grundtvig 1854ff. I, 223f.; Spanish: Camarena/Chevalier 1995ff. I; Basque: Karlinger/Laserer 1980, No. 56; Catalan: Oriol/Pujol 2003; Portuguese: Camarena/

Chevalier 1995ff. I; Frisian: Kooi 1984a; German: Plenzat 1922, 19ff., Tomkowiak 1993, 212, Berger 2001; Italian: Crane 1885, Nos. 87, 88, Toschi/Fabi 1960, No. 3b, Karlinger 1973b, Nos. 15, 21; Slovene: Matičetov 1973, 81f.; Serbian: Eschker 1992, No. 53; Macedonian: Tošev 1954, 152ff., Eschker 1972, No. 7, Čepenkov/Penušliski 1989 I, Nos. 8, 9; Bulgarian: BFP, No. 20D*, cf. Nos. *20*, *20D**; Greek: Megas 1978, Nos. 20D*, 61A; Polish: Krzyżanowski 1962f. I, No. 84; Russian: SUS, Nos. 20D*, 61A; Byelorussian: SUS; Ukrainian: SUS, Nos. 20D*, 61A; Turkish: cf. Eberhard/Boratav 1953, 415f.; Jewish: Jason 1965, No. 61A, Noy 1976, No. 61A; Kurdish: Hadank 1926, 169ff., Wentzel 1978, No. 38; Tadzhik: STF, Nos. 14, 363, 395, cf. No. 354; Georgian: Kurdovanidze 2000; Syrian: El-Shamy 2004; Palestinian: Fadel 1978, No. 2, El-Shamy 2004; Jordanian: El-Shamy 2004, No. 61A; Iranian: Marzolph 1984; Indian: Tauscher 1959, No. 50, p. 184; Egyptian: El-Shamy 2004, Nos. 20D*, 61A; Algerian: El-Shamy 2004; Niger: Petites Sœurs de Jésus 1974, No. 12.

21 ***Eating his own Entrails.***
Krohn 1889, 84–89; EM 3(1981)1244–1246(Á. Dömötör).
Finnish: Rausmaa 1982ff. V, Nos. 30, 31, VI, Nos. 292, 293; Estonian: Kippar 1986; Latvian: Arājs/Medne 1977, Nos. 21, 21*; Lithuanian: Kerbelytė 1999ff. I, Nos. 21, 21*; Wepsian: Kecskeméti/Paunonen 1974; Norwegian: Hodne 1984; Spanish: Camarena/Chevalier 1995ff. I; Frisian: Kooi 1984a; German: Grannas 1957, Nos. 18, 40; Hungarian: MNK I; Bulgarian: BFP, Nos. 21, *21**; Greek: Megas 1978, Nos. 21, 21*; Russian, Byelorussian, Ukrainian: SUS; Jewish: Jason 1975, Noy 1976; Gypsy: MNK X 1; Abkhaz: Bgažba 1959, 93f., Šakryl 1975, No. 12; Karachay: Lajpanov 1957, 53ff.; Cheremis/Mari, Mordvinian, Votyak: Kecskeméti/Paunonen 1974; Kurdish: Džalila et al. 1989, No. 157, cf. No. 158; Siberian: Doerfer 1983, No. 31; Ostyak: Gulya 1968, No. 12; Kazakh: Sidel'nikov 1958ff. I, 181ff.; Kara-Kalpak: Volkov 1959, 59ff.; Tadzhik: STF, No. 369; Kalmyk: Džimbinov 1959, 85ff.; Buryat, Mongolian: Lőrincz 1979; Tuva: Taube 1978, Nos. 7, 15; Georgian: Kurdovanidze 2000; Indian: Tauscher 1959, No. 57, Thompson/Roberts 1960, Jason 1989; Tibetian: O'Connor 1906, 1ff.; Chinese: cf. Ting 1978; Laotian: cf. Lindell et al. 1977ff. I, 39ff., II, 50ff.; Indonesian: Vries 1925f. II, 400 No. 16; Eskimo: Menovščikov 1958, 26f.; Algerian, Moroccan: El-Shamy 2004; South African: Schmidt 1989 II, No. 408; Malagasy: Haring 1982, No. 2.3.104, Klipple 1992.

23* ***The Fox (Man) Induces the Wolf (Bear) to Impale Himself.***
Hungarian: MNK I; Serbian: Karadžić 1937, No. 50; Croatian: cf. Bošković-Stulli 1963, No. 2; Chuvash: Kecskeméti/Paunonen 1974; Siberian: cf. Doerffer 1983, No.

55； Qatar, Eritrean: El-Shamy 2004.

30 ***The Fox Tricks the Wolf into Falling into a Pit.***
Schwarzbaum 1979, 552f.； EM 11,2（2004）608–618（L. Lieb）； cf. Marzolph/Van Leeuwen 2004, No. 47.
Finnish: Rausmaa 1982ff. V, No. 32, VI, No. 295； Finnish-Swedish: Hackman 1917f. I, No. 11； Estonian: Kippar 1986； Latvian: Arājs/Medne 1977； Lithuanian: Kerbelytė 1999ff. I； Irish: Ó Súilleabháin/Christiansen 1963； French: Delarue/Tenèze 1964ff. III； Spanish: Camarena/Chevalier 1995ff. I, González Sanz 1996； Catalan: Oriol/Pujol 2003； Portuguese: Vasconcellos/Soromenho et al. 1963f. I, No. 20, Cardigos（forthcoming）； German: Haltrich 1885, 31 No. 2； Italian: Cirese/Serafini 1975； Hungarian: cf. MNK I, Nos. 30A*, 30B*； Macedonian: Piličkova 1992, 65ff.； Greek: Megas 1978, No. 30, cf. No. *30B； Russian: SUS； Byelorussian: Barag 1966, No. 100； Ukrainian: SUS； Jewish: Noy 1976； Gypsy: cf. MNK X 1, No. 30A*； Abkhaz: Bgažba 1959, 95f.； Cheremis/Mari: Kecskeméti/Paunonen 1974； Kurdish: Družinina 1959, 9f.； Buryat: Lőrincz 1979； Mongolian: Lőrincz 1979, No. 30, cf. Nos. 30A*, 30B*； Iranian: cf. Marzolph 1984, No. *30A； Chinese: Ting 1978； Vietnamese: Karow 1972, No. 141； Malaysian: Hambruch 1922, 52ff.； Moroccan: cf. Basset 1897, No. 82, cf. Laoust 1949, No. 2, El-Shamy 2004； Guinean: Klipple 1992； South African: Grobbelaar 1981.

31 ***The Fox Climbs from the Pit on the Wolf's Back.***
Pedersen/Holbek 1961f. II, No. 139； Schwarzbaum 1964, 184； Schwarzbaum 1979, 555, 558 not. 24； Dicke/Grubmüller 1987, No. 176； Schmidt 1999； EM 11,2（2004）608–618（L. Lieb）； cf. Marzolph/Van Leeuwen 2004, No. 47.
Finnish: Rausmaa 1982ff. V, No. 33； Finnish-Swedish: Hackman 1917f. I, No. 12； Estonian: Kippar 1986； Livonian: Loorits 1926； Latvian: Arājs/Medne 1977； Lithuanian: Kerbelytė 1999ff. I； Lappish: Qvigstad 1925； Norwegian: Hodne 1984； Irish: Ó Súilleabháin/Christiansen 1963； French: Cifarelli 1993, No. 435； Spanish: Goldberg 1998, No. K652； Catalan: Neugaard 1993, No. K652； Dutch: Schippers 1995, No. 429； German: Neumann 1968a, No. 199, Tomkowiak 1993, 211； Hungarian: MNK I, Nos. 31, 31A*； Slovene: Vrtec 1（1873）12； Macedonian: Vražinovski 1977, No. 10； Bulgarian: BFP； Greek: Megas 1978； Russian, Ukrainian: SUS； Jewish: Noy 1976； Gypsy: Mode 1983ff. I, No. 56； Turkmen: Reichl 1982, 57f.； Palestinian, Iraqi: El-Shamy 2004； Indian: Bødker 1957a, No. 778, Thompson/Roberts 1960； Vietnamese: Landes 1886, No. 44； Malaysian: Hambruch 1922, 48f., 59f., Overbeck 1975, 243； Indonesian: Vries 1925f. I, No. 14； African American: Parsons 1923a, No. 155II； Algerian, Moroccan: El-Shamy 2004； Chad: Jungraithmayr 1981, No. 38； Zimbabwen:

Klipple 1992; Namibian, South African: Schmidt 1989 II, No. 510.

32 ***The Wolf Descends into the Well in One Bucket and Rescues the Fox in the Other.***

Chauvin 1892ff. III, 78 No. 57; BP III, 192f., IV, 320; Jauss 1959, 128-132; Pedersen/Holbek 1961f. II, No. 191; Shukry 1965; Bercovitch 1966; Tubach 1969, No. 5247; Schwarzbaum 1979, 550-553, 556 not. 9; Dicke/Grubmüller 1987, No. 223; Dekker et al. 1997, 210-212; Adrados 1999ff. III, No. M. 500; Schmidt 1999; EM 11,2(2004) 608-618(L. Lieb).

Finnish: Rausmaa 1982ff. V, No. 34; Finnish-Swedish: Hackman 1917f. I, No. 13; Estonian: Kippar 1986; Karelian: Kecskeméti/Paunonen 1974; Swedish: Liungman 1961; Danish: Kristensen 1896, No. 52; Icelandic: Boberg 1966, No. K651; Irish: Ó Súilleabháin/Christiansen 1963; French: Delarue/Tenèze 1964ff. III, Cifarelli 1993, No. 342; Spanish: Camarena/Chevalier 1995ff. I, Goldberg 1998, No. K651; Catalan: Neugaard 1993, No. K651, Oriol/Pujol 2003; Portuguese: Coelho 1985, No. 8, Cardigos(forthcoming); Dutch: Schippers 1995, No. 464; Frisian: Kooi 1984a, Kooi/Schuster 1993, No. 207; Flemish: Meyer 1968; German: Tomkowiak 1993, 215f.; Italian: Cirese/Serafini 1975; Hungarian: MNK I, Dömötör 1992, No. 420; Czech: Dvořák 1978, No. 5247; Slovene: Brinar 1904, 42ff.; Bulgarian: BFP; Greek: Megas 1978; Ukrainian: SUS; Jewish: Jason 1975, Noy 1976; Gypsy: MNK X 1; Iranian: Marzolph 1984; US-American: Burrison 1989, 94f., 155; African American: Dorson 1958, 167f.; Mexican: Robe 1973; Brazilian: Karlinger/Freitas 1977, No. 55; Chilean: Hansen 1957; Algerian: El-Shamy 2004; Moroccan: Laoust 1949, 3 No. 1, Topper 1986, No. 45, El-Shamy 2004; South African: Coetzee et al. 1967, Schmidt 1989 II, No. 544.

33 ***The Fox Plays Dead and is Thrown out of the Pit and Escapes.***

Schwarzbaum 1979, 213, 367; EM 11,2(2004)608-618(L. Lieb).

Finnish: Rausmaa 1982ff. V, Nos. 30, 35; Estonian: Kippar 1986; Latvian: Arājs/Medne 1977; Lithuanian: Kerbelytė 1999ff. I; Karelian: Kecskeméti/Paunonen 1974; Irish: Ó Súilleabháin/Christiansen 1963; Spanish: Camarena/Chevalier 1995ff. I; Portuguese: Vasconcellos/Soromenho et al. 1963f. I, No. 21, Cardigos(forthcoming); Macedonian: Miliopoulos 1955, 77f.; Bulgarian: BFP; Albanian: Mazon 1936, No. 48; Greek: Megas 1978, Nos. 33, *33A; Russian, Byelorussian, Ukrainian: SUS; Turkish: Eberhard/Boratav 1953, No. 5 V; Kurdish: Džalila et al. 1989, Nos. 159, 160; Turkmen: cf. Stebleva 1969, No. 1; Indian: Sheikh-Dilthey 1976, No. 45, cf. Bødker 1957a, No. 996; Indonesian: Vries 1925f. II, No. 177; Hawaiian: Kirtley 1971, No.

K522; South American Indian: cf. Wilbert/Simoneau 1992, No. K 522; North African: Basset 1897, No. 69, El-Shamy 2004; Egyptian: El-Shamy 2004; Tunisian: Nowak 1969, No. 31, El-Shamy 2004; Algerian: Basset 1887, No. 8, Nowak 1969, Nos. 9, 31, El-Shamy 2004; Moroccan: Topper 1986, No. 44, El-Shamy 2004; Chad: Jungraithmayr 1981, No. 44; East African: Arewa 1966, No. 1735, Klipple 1992; Sudanese, Congolese: Klipple 1992.

34 ***The Wolf Dives into the Water for Reflected Cheese.***
Dähnhardt 1907ff. IV, 230f.; Pedersen/Holbek 1961f. II, No. 191; Wesselski 1935b; cf. Schwarzbaum 1964, 184 No. 34B; Shukry 1965; Schwarzbaum 1979, 22 not. 11, 550–558; Dicke/Grubmüller 1987, Nos. 203, 580; Dekker et al. 1997, 210–212; cf. Adrados 1999ff. III, No. M. 503; EM: Spiegelbild im Wasser (forthcoming).
Finnish: Rausmaa 1982ff. V, 194; Estonian: Kippar 1986, No. 34B; Latvian: Arājs/Medne 1977, Nos. 34, 34B; Swedish: Liungman 1961; Norwegian: Hodne 1984, No. 34B; English: Baughman 1966; French: Delarue/Tenèze 1964ff. III, Nos. 34, 34B, Cifarelli 1993, No. 342; Spanish: Camarena/Chevalier 1995ff. I, Nos. 34, 34B, González Sanz 1996; Basque: Camarena/Chevalier 1995ff. I, Nos. 34, 34B; Catalan: Neugaard 1993, No. J1791.3, Oriol/Pujol 2003, González Sanz 1996, No. 34B; Portuguese: Martha/Pinto 1912, No. 38, Cardigos (forthcoming), Nos. 34, 34B, 34*C; Dutch: Schippers 1995, No. 56; Frisian: Kooi 1984a; Flemish: Meyer 1968; German: Wossidlo/Henßen 1957, No. 7, Peuckert 1959, No. 244III; Italian: Cirese/Serafini 1975; Hungarian: MNK I, Nos. 34, 34B; Czech: Sirovátka 1980, No. 39; Slovakian: Gašparíková 1991f. I, No. 122, II, No. 572; Slovene: Matičetov 1973, 115f.; Serbian: Karadžić 1937, No. 50, Eschker 1992, No. 50; Croatian: Bošković-Stulli 1963, Nos. 1, 2; Rumanian: Karlinger 1982, No. 19; Bulgarian: Ognjanowa 1987, No. 60; Greek: Megas 1978; Polish: Krzyżanowski 1962f. I, No. 11; Sorbian: Nedo 1956, Nos. 2a, 2b, Nedo 1972, 174ff.; Ukrainian: SUS, No. 34*; Jewish: Jason 1975, Noy 1976, Nos. 34, 34B; Gypsy: MNK X 1; Indian: Bødker 1957a, Nos. 951, 955; Chinese: Ting 1978; North American Indian: Thompson 1919, 295 No. 81; Spanish-American: Robe 1973; African American: Dorson 1958, 167f., Dance 1978, No. 396; Mexican, Guatemalan, Costa Rican: Robe 1973, Nos. 34, 34B; Dominican: cf. Hansen 1957, No. 34**A; Puerto Rican: Hansen 1957; Nicaraguan: Robe 1973, No. 34B; Mayan: Peñalosa 1992, Nos. 34, 34B; Brazilian: Karlinger/Freitas 1977, No. 55; Chilean: Pino Saavedra 1960ff. III, Nos. 228, 229; West Indies: Flowers 1953; Moroccan: El-Shamy 2004; Nigerian: Walker/Walker 1961, 39f.; East African: Klipple 1992; Central African: Lambrecht 1967, No. 1629.

34A ***The Dog Drops His Meat for the Reflection.***

Chauvin 1892ff. II, 85 nos. 14, 15, III, 37 No. 41; Pauli/Bolte 1924 I, No. 426; Pedersen/Holbek 1961f. II, No. 37; Schwarzbaum 1964, 184 No. 34; Tubach 1969, No. 1699; Hatami 1977, No. 28; Schwarzbaum 1979, 17–25; Bodemann 1983; Dicke/Grubmüller 1987, No. 307; Adrados 1999ff. III, Nos. H. 136, M. 88; EM 6 (1990) 1343–1347 (A. Gier); Lieb 1996, 43–45.

Finnish: Rausmaa 1982ff. V, No. 36; Estonian: Kippar 1986; Lithuanian: Scheu/Kurschat 1913, 259 No. 14, Kerbelytė 1999ff. IV (forthcoming); Irish: Ó Súilleabháin/Christiansen 1963; French: Cifarelli 1993, No. 133; Spanish: Camarena/Chevalier 1995ff. I, Goldberg 1998, No. J1791.4; Portuguese: Oliveira 1900ff. II, No. 390, Cardigos (forthcoming); Dutch: Schippers 1995, No. 151; Frisian: Kooi 1984a; German: Moser-Rath 1964, No. 236, Neumann 1971, No. 37, Brunner/Wachinger 1986ff. IV, No. [1]Kel/3/5, Tomkowiak 1993, 220; Hungarian: MNK I, Dömötör 1992, No. 403, Dömötör 2001, 277, 292; Czech: Dvořák 1978, No. 1699; Bulgarian: BFP; Greek: Megas 1978; Ukrainian: SUS; Turkish: cf. Eberhard/Boratav 1953, No. 237 (3); Jewish: Noy 1976; Ossetian: Christensen 1921, No. 7; Siberian: Radloff 1866ff. I, 216f.; Georgian: Kurdovanidze 2000; Iranian: Marzolph 1984; Indian: Bødker 1957a, Nos. 950, 1265, Jason 1989; Mongolian: Lőrincz 1979, No. 34A*; Vietnamese: Karow 1972, No. 143; Filipino: cf. Fansler 1921, No. 61; Egyptian, Moroccan: El-Shamy 2004; South African: Coetzee et al. 1967.

34C ***The Monkey with the Lentils.***

Kirchhof/Oesterley 1869 VII, No. 139; Chauvin 1892ff. II, 104 No. 67; Schwarzbaum 1979, 23 not. 14; Dicke/Grubmüller 1987, No. 20.

Danish: Nielssen/Bødker 1951f. II, No. 70; Indian: Bødker 1957a, No. 1269, cf. No. 1271.

35A* ***The Fox Asks the Wolf for Meat.***

Schwarzbaum 1979, 475–477; cf. Dicke/Grubmüller 1987, No. 399; cf. Adrados 1999ff. III, No. S.179.

Latvian: Arājs/Medne 1977; Ukrainian: cf. SUS.

35B* ***The Fox Gets Bait from Trap by Luring Wolf into It.***

Latvian: Arājs/Medne 1977; Lithuanian: Kerbelytė 1999ff. I; German: Plenzat 1927, 6, cf. Wossidlo/Henßen 1957, No. 6; Greek: Megas 1978, No. *44A; Russian, Byelorussian, Ukrainian: SUS; Turkish: Eberhard/Boratav 1953, No. 3 (1–2); Dagestan: Levin 1978, No. 44; Kurdish: Džalila et al. 1989, No. 159; Kara-Kalpak: Reichl 1985,

15, 53, 107f.; Tadzhik: STF, Nos. 32, 92; Georgian: Kurdovanidze 2000; Iranian: Marzolph 1984; Kazakh: cf. Reichl 1986, No. 28; Sudanese: Klipple 1992, No. 44*; South African: Grobbelaar 1981.

36 ***The Fox Rapes the She-Bear*** (previously ***The Fox in Disguise Violates the She-Bear***).

Krohn 1889, 89–93; cf. Tubach 1969, No. 3014; Dicke/Grubmüller 1987, No. 219; EM 5(1987)478–480(U. Huse).

Finnish: Rausmaa 1982ff. V, No. 37; Finnish-Swedish: Hackman 1917f. I, No. 14; Estonian: Kippar 1986; Livonian: Loorits 1926, No. 2015; Latvian: Arājs/Medne 1977; French: cf. Delarue/Tenèze 1964ff. III; Spanish: Camarena/Chevalier 1995ff. I; Portuguese: Coelho 1985, No. 7, Cardigos(forthcoming); Dutch: Schippers 1995, No. 462; Flemish: Meyer 1968; Hungarian: MNK I; Bosnian: Krauss 1914, No. 99; Bulgarian: BFP; Russian: SUS, Nos. 36, 36*; Ukrainian: SUS; Turkish: Eberhard/Boratav 1953, No. 1 V; Ossetian: Bjazyrov 1958, No. 8; Kazakh: Makeev 1952, 165ff., Sidel'nikov 1958ff. I, 190ff.; Tadzhik: STF, Nos. 18, 27, 394; Mongolian: Lőrincz 1979; Georgian: Virsaladze 1961; Oman: Müller 1902ff. III, No. 35; Indian: Thompson/Roberts 1960, cf. Bødker 1957a, No. 888; Burmese: Kasevič/Osipov 1976, No. 182; Tibetian: O'Connor 1906, No. 9; Spanish-American, Mexican: Robe 1973; South American Indian: Wilbert/Simoneau 1992, No. K521.3; Mayan: Peñalosa 1992; Chilean: Pino Saavedra 1960ff. III, Nos. 230, 231; Argentine: cf. Chertudi 1960f., No. 2.

37 ***The Fox as Nursemaid for the Mother Bear.***

Krohn 1889, 93–97; Chauvin 1892ff. II, 88, No. 24; Dähnhardt 1907ff. IV, 247–249; EM 5(1987)498–503(D. D. Rusch-Feja); Schmidt 1999.

Finnish: Rausmaa 1982ff. V, Nos. 38–40; Finnish-Swedish: Hackman 1917f. I, Nos. 4, 15; Estonian: Kippar 1986, Nos. 37, 37*; Latvian: Arājs/Medne 1977, No. 37*; Lithuanian: Kerbelytė 1999ff. I, Nos. 37, 37*; Wepsian, Karelian, Syrjanian: Kecskeméti/Paunonen 1974; Norwegian: Hodne 1984, No. 37*; Spanish: Camarena/Chevalier 1995ff. I, No. 37*; German: Birlinger 1871, 222f.; Hungarian: MNK I, No. 37*; Polish: Krzyżanowski 1962f. I; Russian, Byelorussian, Ukrainian: SUS; Chechen-Ingush: Levin 1978, No. 41; Ossetian: Bjazyrov 1958, No. 3; Kurdish: cf. Džalila et al. 1989, No. 171; Siberian: Doerffer 1983, No. 32; Uzbek: Reichl 1978, 11, 59, 116; Tuva: Taube 1978, No. 2; Georgian: Kurdovanidze 2000; Iranian: Marzolph 1984, No. 37*; Indian: Bødker 1957a, No. 443, cf. No. 80; Indonesian: Vries 1925f. II, No. 92; North American Indian: Thompson 1929, No. 31; Spanish-American: Robe 1973; African American: Harris 1955, 365ff.; Nicaraguan, Costa Rican: Robe 1973; South American

Indian: Wilbert/Simoneau 1992, No. K931; Chilean: Pino Saavedra 1987, Nos. 3, 4; Guinean: Klipple 1992; East African: Arewa 1966, No. 855, Klipple 1992; Congolese: Klipple 1992; Namibian: Schmidt 1989 II, No. 432; South African: Coetzee et al. 1967, Nos. 37, 41c, Grobbelaar 1981, Nos. 37, 37*, Schmidt 1989 II, No. 432A; Malagasy: Haring 1982, Nos. 2.1.37, 2.2.37.

38 ***Claw in Split Tree.***
Chauvin 1892ff. II, 86 No. 20, III, 77 No. 53; Dähnhardt 1907ff. IV, 231f.; BP I, 68f., II, 99; Pauli/Bolte 1924 I, Nos. 18, 250; cf. Schwarzbaum 1979, 511–518; EM 3(1981) 1261–1271(H. Breitkreuz).
Finnish: Rausmaa 1982ff. V, Nos. 41–43; Finnish-Swedish: Hackman 1917f. I, 20 nos. 30, 34; Estonian: Kippar 1986; Latvian: Arājs/Medne 1977; Lithuanian: Kerbelytė 1999ff. I; Lappish: Qvigstad 1925; Swedish: Liungman 1961; Norwegian: Hodne 1984; Irish: Ó Súilleabháin/Christiansen 1963; French: Delarue/Tenèze 1964ff. III; Spanish, Basque: Camarena/Chevalier 1995ff. I; Catalan: Oriol/Pujol 2003; Portuguese: Soromenho/Soromenho 1984f. I, No. 58, Cardigos(forthcoming); Dutch: cf. Meder/Bakker 2001, No. 479; Frisian: Kooi 1984a; Flemish: Meyer 1968; German: Tomkowiak 1993, 235f., Grimm KHM/Uther 1996 I, No. 8, Hubrich-Messow 2000; Swiss: cf. Büchli/Brunold-Bigler 1989ff. I, 358; Italian: Cirese/Serafini 1975; Hungarian: MNK I; Czech: Satke 1958, No. 36, Sirovátka 1980, No. 41; Slovakian: cf. Gašparíková 1979, No. 92; Slovene: Brinar 1904, 60ff.; Bulgarian: Karlinger/Mykytiuk 1967, No. 36; Greek: Megas 1978, No. 151; Polish: Krzyżanowski 1962f. I; Ukrainian: SUS; Turkish: Eberhard/Boratav 1953, No. 13(4), Alptekin 1994, Nos. V.92, V.93; Jewish: Noy 1976; Gypsy: MNK X 1; Tadzhik: STF, No. 377; Georgian: Kurdovanidze 2000; Iraqi: El-Shamy 2004; Chinese: Ting 1978; Indian: Thompson/Roberts 1960; Cambodian: cf. Gaudes 1987, No. 75; Indonesian: Vries 1925f. II, 400 No. 9; US-American: Barden 1991, No. 78; Spanish-American: Robe 1973; African American: Harris 1955, 141ff.; Mexican: Robe 1973; Puerto Rican: Hansen 1957; Mayan: Peñalosa 1992; Argentine: Karlinger/Pögl 1987, No. 35; North African, Moroccan, Sudanese: El-Shamy 2004; Algerian: Frobenius 1921ff. III, No. 14, El-Shamy 2004; South African: Coetzee et al. 1967, Grobbelaar 1981.

40A* ***The Wolf and the Bell*** (previously ***Wolf Has Tail Attached to Bell***).
Finnish: Rausmaa 1982ff. V, No. 41; Livonian: Kecskeméti/Paunonen 1974, No. 160***; French: Delarue/Tenèze 1964ff. III; Spanish: Camarena/Chevalier 1995ff. I, González Sanz 1996; Catalan: Oriol/Pujol 2003; Italian: Cirese/Serafini 1975, No. 160***; Croatian: Bošković-Stulli 1975b, No. 62; Moroccan: El-Shamy 2004.

41 *The Wolf Overeats in the Cellar.*

BP II, 108–117; Dähnhardt 1907ff. IV, 232f.; Schwarzbaum 1964, 184; Tubach 1969, Nos. 4092, 5346; Schwarzbaum 1979, 210–218, 456; Dicke/Grubmüller 1987, Nos. 216, 222; Adrados 1999ff. III, No. M. 400; Schmidt 1999; EM: Wolf im Keller (in prep.).

Estonian: Kippar 1986; Latvian: Arājs/Medne 1977; Lithuanian: Kerbelytė 1999ff. I; Lappish: Qvigstad 1925, No. 160*; Livonian, Wotian: Kecskeméti/Paunonen 1974; Swedish: Liungman 1961; Norwegian: Hodne 1984; Irish: Ó Súilleabháin/Christiansen 1963, Nos. 33**, 41, O'Sullivan 1966, No. 3; French: Delarue/Tenèze 1964ff. III, Cifarelli 1993, No. 433; Spanish: Camarena/Chevalier 1995ff. I; Catalan: Neugaard 1993, No. K1022.1; Portuguese: Vasconcellos/Soromenho et al. 1963f. II, No. 3, Cardigos (forthcoming), Nos. 33**, 41, 160**; Dutch: Schippers 1995, No. 453; Frisian: Kooi 1984a; Flemish: Meyer 1968; Walloon: Legros 1962; German: Moser-Rath 1964, No. 226, Tomkowiak 1993, 215, Grimm KHM/Uther 1996 II, No. 73, Hubrich-Messow 2000, Berger 2001; Ladinian: Decurtins 1896ff. II, No. 90; Italian: Cirese/Serafini 1975; Sardinian: Rapallo 1982f.; Hungarian: MNK I; Slovene: Brinar 1904, 17ff.; Rumanian: Schullerus 1928, No. 35 I*; Bulgarian: BFP; Greek: Megas 1978; Polish: Krzyżanowski 1962f. I, No. 3; Russian: SUS; Ukrainian: SUS, No. 41, cf. No. 160*****; Turkish: Eberhard/Boratav 1953, No. 1, Alptekin 1994, Nos. II.2, IV.63; Jewish: Noy 1963a, No. 1, Jason 1965, Nos. 33**, 41*, Noy 1976, Nos. 33**, 41, 41*; Gypsy: MNK X 1; Tadzhik: STF, No. 188; Syrian: El-Shamy 2004, Nos. 33*, 41; Iraqi: El-Shamy 2004; Iranian: Marzolph 1984, Nos. 41, 160**; Indian: Thompson/Roberts 1960, Jason 1989; Chinese: cf. Ting 1978; Japanese: Inada/Ozawa 1977ff.; Hawaiian: Kirtley 1971, No. K1022.1; French-American: Ancelet 1994, No. 4; Spanish-American: Robe 1973; West Indies: Flowers 1953; Egyptian: El-Shamy 2004; Tunisian: Nowak 1969, No. 31, El-Shamy 2004; Algerian: Nowak 1969, No. 31, El-Shamy 2004, No. 41*; Moroccan: El-Shamy 2004, Nos. 33*, 41*; Cameroon: Kosack 2001, 365, 588; East African, Sudanese: Klipple 1992; Central African: Lambrecht 1967, Nos. 1052, 1548; Namibian: Schmidt 1989 II, No. 410; South African: Coetzee et al. 1967, Grobbelaar 1981, Schmidt 1989 II, No. 410.

43 *The Bear Builds a House of Wood; the Fox, of Ice.*

Krohn 1889, 109f.; EM 6 (1990) 604–607 (P.-L. Rausmaa).

Finnish: Rausmaa 1982ff. V, 196; Estonian: Kippar 1986; Latvian: Arājs/Medne 1977; Lithuanian: Kerbelytė 1999ff. I; Wotian, Syrjanian: Kecskeméti/Paunonen 1974; French: Tegethoff 1923 II, No. 38; Slovene: Vrtec 44 (1914) 150f.; Bulgarian: BFP; Greek: Kretschmer 1917, No. 18; Russian: SUS, Nos. 43, 43*; Byelorussian,

Ukrainian: SUS; Jewish: Jason 1965, Noy 1976; Mordvinian, Votyak: Kecskeméti/Paunonen 1974; Indian: Thompson/Roberts 1960; Burmese: Kasevič/Osipov 1976, No. 39; French-American: Carrière 1937, 279 No. 62.

44 ***The Oath on the Iron.***

Chauvin 1892ff. II, 191 No. 6; Köhler/Bolte 1898ff. I, 408f.; EM 3(1981)1140f.(H.-J. Uther); Dicke/Grubmüller 1987, No. 322.

Latvian: Arājs/Medne 1977, No. 44*; Lithuanian: Kerbelytė 1999ff. I, No. 44*; French: Delarue/Tenèze 1964ff. III; Italian: Cirese/Serafini 1975; Hungarian: MNK I, No. 44**; Slovene: Vrtec 21(1891)118; Croatian: Valjavec 1890, No. 72, Ardalić 1906b, 131f., Bošković-Stulli 1963, No. 63; Bulgarian: BFP; Greek: Megas 1978; Russian, Byelorussian, Ukrainian: SUS, No. 44*; Chechen-Ingush: Levin 1978, No. 42; Uzbek: Afzalov et al. 1963 I, 30ff.; Iraqi: Jahn 1970, No. 2, El-Shamy 2004; Syrian, Palestinian: El-Shamy 2004, No. 44A§; Iranian: Marzolph 1984, No. *44A; Chinese: cf. Ting 1978, No. 44*; North African, Tunisian, Algerian, Sudanese: El-Shamy 2004, No. 44A§; Egyptian: El-Shamy 1980, No. 51, El-Shamy 2004, No. 44A§; Moroccan: cf. Nowak 1969, No. 35, El-Shamy 2004, No. 44A§.

47A ***The Fox Hangs Onto the Horse's Tail*** (previously ***The Fox [Bear, etc.] Hangs by His Teeth to the Horse's Tail, Hare's Lip***).

Krohn 1889, 70–74; Dähnhardt 1907ff. IV, 235–239; BP III, 74–77; Pedersen/Holbek 1961f. II, No. 120; Schwarzbaum 1979, 232, 233 not. 9; cf. Dicke/Grubmüller 1987, No. 124; EM 5(1987)511–522(C. Shojaei Kawan); Schmidt 1999.

Finnish: Rausmaa 1982ff. V, Nos. 44–49; Finnish-Swedish: Hackman 1917f. I, Nos. 17, 31; Estonian: Kippar 1986; Latvian: Arājs/Medne 1977, No. 47C; Lithuanian: Kerbelytė 1999ff. I; Lappish, Karelian: Kecskeméti/Paunonen 1974; Swedish: Liungman 1961; Norwegian: Hodne 1984, No. 47A, p. 49f.; Irish: Ó Súilleabháin/Christiansen 1963, Nos. 47A, 47C; French: Delarue/Tenèze 1964ff. III, Cifarelli 1993, No. 325; Spanish: Camarena/Chevalier 1995ff. I, No. 47C; Catalan: Oriol/Pujol 2003; Basque: Karlinger/Laserer 1980, No. 53; Portuguese: Vasconcellos/Soromenho et al. 1963f. I, Nos. 32, 33, 35, Cardigos(forthcoming), No. 47C; Dutch: Sinninghe 1943; Frisian: Kooi 1984a, Kooi/Schuster 1993, No. 206, Kooi/Schuster 1994, No. 241; German: Tomkowiak 1993, 236, Kooi/Schuster 1994, No. 240, Grimm KHM/Uther 1996 II, No. 132, Hubrich-Messow 2000; Italian: Cirese/Serafini 1975; Hungarian: MNK I, Dömötör 2001, 287; Slovakian: Polívka 1923ff. V, 138f., Gašparíková 1991f. I, No. 122; Greek: Megas 1978; Polish: Krzyżanowski 1962f. I, No. 47A; Russian: SUS, Nos. 47A, 47C*; Byelorussian, Ukrainian: SUS; Syrian: El-Shamy 2004; Iranian: Marzolph 1984, No. *78; Indian: Bødker 1957a, No. 156, Thompson/Roberts 1960; Sri Lankan: Thompson/Roberts 1960; Tibetian: O'Connor 1906, No. 7; Chinese: cf. Ting 1978; Korean: Choi 1979, No. 12; Japanese: Ikeda 1971, No. 47A, cf. No. 47C; North American Indian: Knight 1913, 92; French-American: Ancelet 1994, No. 6; Spanish-American: Espinosa 1937, No. 110; African American: Harris 1955, 123, Dorson 1958, No. 5; South American Indian: Hissink/Hahn 1961, No. 325; Mayan: Laughlin 1977, 323ff.; Brazilian: Cascudo 1955b, 131ff.; Chilean: Hansen 1957, No. 47*C, Pino Saavedra 1987, No. 6; Argentine: Karlinger/Pögl 1987, No. 36; West Indies: Flowers 1953; Moroccan: Laoust 1949, No. 14, El-Shamy 2004; East African, Sudanese: Klipple 1992; Namibian: Schmidt 1989 II, No. 420A; South African: Coetzee et al. 1967, Grobbelaar 1981, Nos. 47A, 47C.

47B ***The Horse Kicks the Wolf in the Teeth.***
Kirchhof/Oesterley 1869 IV, No. 138, VII, No. 43; Chauvin 1892ff. III, 71 No. 40, IX, 17 No. 3; BP III, 77; Wesselski 1925, No. 58; Pedersen/Holbek 1961f. II, Nos. 75, 114, 125, 214; Schwarzbaum 1964, 184; Tubach 1969, Nos. 371, 2605, 3432; Schwarzbaum 1979, 156, 157 not. 4, 362 not. 22, cf. 339; EM 4(1984)440–442(E. Moser-Rath); Dicke/Grubmüller 1987, Nos. 393, 412; cf. Marzolph 1992 II, No. 523; Adrados 1999ff. III, Nos. H. 198, M. 56, M. 221, M. 245, M. 273, cf. No. H. 257; Schmidt 1999; EM: Wolf und Pferd(in prep.).
Finnish: Rausmaa 1982ff. V, No. 116, p. 198; Estonian: Kippar 1986; Latvian: Arājs/Medne 1977; Lithuanian: Danner 1961, 168ff.; Lappish: Kecskeméti/Paunonen 1974; Danish: Berntsen 1883, No. 11, Kristensen 1898, No. 12, Holbek 1990, No. 3; Scottish: Campbell 1890ff. I, 286 No. 19, Shaw 1955, 59; Irish: Ó Súilleabháin/Christiansen 1963, Nos. 47B, 47E; French: Delarue/Tenèze 1964ff. III, Cifarelli 1993, Nos. 28, 115, 378; Spanish: Camarena/Chevalier 1995ff. I, Nos. 47B, 122J, González Sanz 1996, Nos. 47B, 122J; Basque: Camarena/Chevalier 1995ff. I, No. 122J; Catalan: Neugaard 1993, No. K1121, Oriol/Pujol 2003, Nos. 47B, 122J; Portuguese: Vasconcellos/Soromenho et al. 1963f. I, Nos. 34, 37, Cardigos(forthcoming), No. 122J; Dutch: Schippers 1995, Nos. 213, 509, cf. Nos. 258, 459; Frisian: Kooi 1984a, Nos. 47B, 47E, 122J, Kooi/Schuster 1994, No. 205; Flemish: Meyer 1968; Walloon: Laport 1932; German: Tomkowiak 1993, 224, Berger 2001, No. 122J; Italian: Cirese/Serafini 1975; Hungarian: MNK I, Nos. 47B, 47F*, 122J; Czech: Dvořák 1978, No. 2605; Slovene: Vrtec 7(1877)172; Serbian: Čajkanović 1929, No. 2, Eschker 1992, No. 65; Croatian: Valjavec 1890, No. 61; Bosnian: Schütz 1960, No. 3; Rumanian: Schullerus 1928, No. 122D*, Bîrlea 1966 I, 137, 374; Bulgarian: BFP, No. 122J, cf. No. *122K**; Albanian: Jarník 1890ff., 422; Greek: Megas 1978, No. 122J; Polish: Krzyżanowski 1962f. I;

Sorbian: Nedo 1956, 77ff.; Russian: Nikiforov/Propp 1961, No. 34; Byelorussian: Kabašnikau 1960, 38f.; Ukrainian: Sonnenrose 1970, 143ff., Lintur 1972, No. 10; Turkish: Eberhard/Boratav 1953, No. 11 V, p. 414 No. 4, Alptekin 1994, No. III.58; Jewish: Jason 1965, No. 47E, Noy 1976, Nos. 47B, 47E, Jason 1988a, No. 47E; Gypsy: MNK X 1, No. 122J; Dagestan: Wunderblume 1958, 337ff.; Kurdish: Hadank 1926, 166ff., Družinina 1959, 20f.; Armenian: Wendt 1961, 34ff.; Ostyak: Rédei 1968, No. 38; Kara-Kalpak: Volkov 1959, No. 13, Reichl 1985, 19f., 58f., 109f.; Uzbek: Afzalov et al. 1963 I, 55f., Laude-Cirtautas 1984, No. 4; Tadzhik: STF, Nos. 76, 142; Georgian: Dirr 1920, No. 33, Orbeliani/Awalischwili et al. 1933, 112 No. 36; Mongolian: Lőrincz 1979, No. 47E; Tuva: Taube 1978, No. 8; Syrian, Lebanese: El-Shamy 2004, Nos. 47B, 47E; Palestinian, Jordanian, Iraqi: El-Shamy 2004, Nos. 47E, 48§; Iranian: Marzolph 1984, No. 122J; Tibetian: O'Connor 1906, No. 8; Chinese: Ting 1978; Japanese: Ikeda 1971, No. 6; Spanish-American: Robe 1973; Chilean: Pino Saavedra 1960ff. III, No. 234; Argentine: Chertudi 1960f. I, Nos. 1, 24; West Indies: Flowers 1953; Egyptian: El-Shamy 2004, Nos. 47B, 47E, 48§; Tunisian: Brandt 1954, 21; Algerian: Rivière 1882, 141f., Basset 1897, Nos. 73, 83, Laoust 1949, No. 20, Nowak 1969, No. 32, El-Shamy 2004, Nos. 47B, 47E, 48§; Moroccan: El-Shamy 2004, No. 47E, 48§, 122J; Ethiopian: Müller 1992, No. 70; South African: Grobbelaar 1981, No. 47E, Schmidt 1989 II, No. 420B.

47D ***The Dog Wants to Imitate the Wolf*** (previously ***The Dog Imitating a Wolf Wants to Slay a Horse***).

Pedersen/Holbek 1961f. II, No. 133; Schwarzbaum 1979, 456, 457 not. 14; EM 6 (1990) 1358–1360 (L. G. Barag); Barag 1995.

Latvian: Arājs/Medne 1977, No. 119C*; Lithuanian: Kerbelytė 1999ff. I; Spanish: Camarena/Chevalier 1995ff. I; Catalan: Oriol/Pujol 2003; German: Henßen 1951, Nos. 2, 2a; Bulgarian: BFP; Greek: Megas 1978, No. 119C*; Polish: Krzyżanowski 1962f. I, No. 107; Russian, Byelorussian, Ukrainian: SUS, No. 117*; Kurdish: Džalila et al. 1989, Nos. 163, 170; Kazakh: Sidel'nikov 1958ff I., 199f.; Kalmyk: Lőrincz 1979, No. 119C*; Tadzhik: STF, No. 371; Indian: Bødker 1957a, No. 939, Thompson/Roberts 1960; Sri Lankan: Thompson/Roberts 1960; Tibetian: Hoffmann 1965, No. 19; Spanish-American, Mexican, Panamanian: Robe 1973; Mayan: Peñalosa 1992; Bolivian: Aníbarro de Halushka 1976, No. 2; Argentine: Vidal de Battini 1980ff., Nos. 144, 190, 220; Moroccan: Laoust 1949, No. 17.

48* ***Flatterer Rewarded, Honest One Punished*** (previously ***The Bear who Went to the Monkey for the Gold Chain***).

BP II, 473; Pauli/Bolte 1924 I, No. 381; Pedersen/Holbek 1961f. II, No. 101; Schwarzbaum 1964, 184f.; Schwarzbaum 1968, 363f., 594; Tubach 1969, No. 304; EM 1(1977)144 not. 48; Schwarzbaum 1979, 389, 391 not. 4; Dicke/Grubmüller 1987, Nos. 11, 28; EM 7(1993)1258–1264(C. Schmitt); Adrados 1999ff. III, Nos. M. 200, not-H. 247, not-H. 283.

Estonian: Kippar 1986, No. 68**; Latvian: Arājs/Medne 1977, No. 68**; Norwegian: Hodne 1984; Spanish: Goldberg 1998, No. J815.1; Catalan: Neugaard 1993, No. J815.1; Portuguese: Martinez 1955, No. J815.1; Dutch: Schippers 1995, Nos. 18, 454; Frisian: Kooi 1984a, No. 68**; Flemish: Meyer 1968, No. 68**; German: Hubrich-Messow 2000; Jewish: Noy 1976.

49 ***The Bear and the Honey.***

Schmidt 1999.

Lappish: Qvigstad 1927ff. IV, 471ff.; Swedish: Liungman 1961; Norwegian: Hodne 1984; Irish: Ó Súilleabháin/Christiansen 1963; French: Delarue/Tenèze 1964ff. III; Frisian: Kooi 1984a; Flemish: Meyer 1968; Slovene: Kosi 1890, 98f.; Polish: Krzyżanowski 1962f. I; Chinese: Ting 1978; Vietnamese: Landes 1886, No. 44; Japanese: Ikeda 1971; North American Indian: JAFL 26(1913)75; Spanish-American, Mexican: Robe 1973; South American Indian: Hissink/Hahn 1961, Nos. 121, 338; Mayan: Peñalosa 1992; Peruvian: Hansen 1957; Argentine: Chertudi 1960f. I, No. 18; Kenyan: Mbiti 1966, No. 5; Namibian, South African: Schmidt 1989 II, No. 424, Schmidt 1996, No. 3.

49A ***The Wasp Nest as King's Drum.***

Schmidt 1999.

Indian: Bødker 1957a, Nos. 160, 163, cf. Nos. 161, 162, 170, Thompson/Roberts 1960, Jason 1989; Burmese: Kasevič/Osipov 1976, No. 141; Cambodian: Gaudes 1987, No. 4; Vietnamese: Karow 1972, No. 141; Malaysian: Overbeck 1975, 231; Indonesian: Vries 1925f. I, Nos. 33, 51, 61; Spanish-American, Mexican: Robe 1973; Namibian: Schmidt 1989 II, No. 426; South African: Grobbelaar 1981, Schmidt 1989 II, No. 426.

50 ***The Sick Lion.***

Chauvin 1892ff. III, 78 No. 56; Pauli/Bolte 1924 I, No. 494; Pedersen/Holbek 1961f. II, No. 123; Schwarzbaum 1964, 185; Schwarzbaum 1979, 428–436; Kaczynski/Westra 1982; Dicke/Grubmüller 1987, No. 599; Marzolph 1992 II, No. 472; Lieb

1996, 199–204; EM 8(1996)1216–1224(C. Shojaei Kawan); Adrados 1999ff. III, Nos. H. 269, M. 233; Schmidt 1999.
Finnish: Rausmaa 1982ff. V, No. 50; Estonian: Kippar 1986; Latvian: Arājs/Medne 1977; Lithuanian: Kerbelytė 1999ff. I; Norwegian: Hodne 1984; Irish: Ó Súilleabháin/Christiansen 1963; French: Delarue/Tenèze 1964ff. III, Cifarelli 1993, No. 306; Spanish: Camarena/Chevalier 1995ff. I; Catalan: Oriol/Pujol 2003; Portuguese: Soromenho/Soromenho 1984f. I, No. 82, Cardigos(forthcoming); Dutch: Schippers 1995, No. 455, Hogenelst 1997 II, No. 15; Flemish: Meyer 1968; Walloon: Laport 1932; German: Moser-Rath 1964, No. 235, Tomkowiak 1993, 222; Italian: Cirese/Serafini 1975; Hungarian: MNK I; Slovene: Kosi 1890, 19f.; Greek: Megas 1978; Ukrainian: SUS; Jewish: Noy 1976; Tadzhik: STF, No. 372; Georgian: Kurdovanidze 2000; Lebanese: El-Shamy 2004; Iranian: Marzolph 1984; Indian: Bødker 1957a, No. 95, Jason 1989; Spanish-American, Mexican: Robe 1973; African American: Baer 1980, 153f.; Mayan: Peñalosa 1992; Cape Verdian: Parsons 1923b I, 57; Algerian, Moroccan: El-Shamy 2004; Cameroon: Kosack 2001, 648; East African: Klipple 1992; Sudanese: Baer 1980, 153f., Klipple 1992, El-Shamy 2004; Namibian: Schmidt 1989 II, No. 512; South African: Grobbelaar 1981, Schmidt 1989 II, No. 512, Klipple 1992.

50A ***The Fox Sees All Tracks Going into Lion's Den but None Coming Out.***
Chauvin 1892ff. III, 27 No. 6; Pedersen/Holbek 1961f. II, No. 105; Schwarzbaum 1964, 185; Tiemann 1973; Schwarzbaum 1979, 137–141; Dicke/Grubmüller 1987, No. 201; EM 8(1996)1228–1232(B. Steinbauer); Adrados 1999ff. III, Nos. H. 147, M. 231; Schmidt 1999.
Finnish: Rausmaa 1982ff. V, No. 51; Estonian: Kippar 1986; Latvian: Arājs/Medne 1977; Lithuanian: Kerbelytė 1999ff. I; Irish: Ó Súilleabháin/Christiansen 1963; French: Cifarelli 1993, No. 312; Spanish: Camarena/Chevalier 1995ff. I, Goldberg 1998, No. J644.1; Catalan: Neugaard 1993, No. J644.1, Oriol/Pujol 2003; Portuguese: Soromenho/Soromenho 1984f. I, No. 66, Cardigos(forthcoming); Dutch: Schippers 1995, No. 442; Frisian: Kooi 1984a; German: Moser-Rath 1964, No. 266; Hungarian: MNK I; Ukrainian: SUS; Jewish: Haboucha 1992; Turkmen: Reichl 1982, 55f.; Iranian: Marzolph 1984, No. *50A; Indian: Thompson/Roberts 1960; African American: Dance 1978, No. 352; Mexican: Robe 1973; West Indies: Flowers 1953; Egyptian: Nowak 1969, No. 42, El-Shamy 2004; Moroccan: El-Shamy 2004; Sudanese: Reinisch 1879, 202ff., El-Shamy 2004; Ethiopian: Müller 1992, No. 68; Eritrean: El-Shamy 2004; Namibian: Schmidt 1989 II, No. 500; South African: Coetzee et al. 1967, Grobbelaar 1981, Schmidt 1989 II, No. 500.

50B ***The Fox Leads the Donkey to Lion's Den but is Himself Eaten.***
Schwarzbaum 1964, 185; Schwarzbaum 1979, 44 not. 4; Dicke/Grubmüller 1987, No. 180; Adrados 1999ff. III, No. H. 203.
French: Cifarelli 1993, No. 35; Spanish: Camarena/Chevalier 1995ff. I; Dutch: Schippers 1995, No. 215; Jewish: Noy 1976.

50C ***The Donkey Boasts of Having Kicked the Sick Lion***
Tubach 1969, No. 3065; Schütze 1973, 90f.; Schwarzbaum 1979, 1-4; Timm 1981; Dicke/Grubmüller 1987, No. 377; Adrados 1999ff. III, Nos. M. 217, not-H. 201.
Estonian: Kippar 1986; Latvian: Arājs/Medne 1977; Spanish: Goldberg 1998, No. W121.2.1; French: Cifarelli 1993, No. 315; Dutch: Schippers 1995, No. 199; Hungarian: MNK I, No. 50D*, Dömötör 1992, No. 412; Chinese: cf. Ting 1978.

51 ***The Lion's Share.***
Górski 1888; Chauvin 1892ff. III, 67 No. 33; Pedersen/Holbek 1961f. II, No. 39; Tubach 1969, No. 3069; Schütze 1973, 41-46; Schwarzbaum 1979, 73-76, 286-289; Dicke/Grubmüller 1987, No. 402; Marzolph 1992 II, No. 932; EM 8(1996)1224-1228 (K. Pöge-Alder); Adrados 1999ff. III, Nos. H. 154, M. 218b, M. 225, M. 232b, M. 464; Schmidt 1999.
Estonian: Kippar 1986; Latvian: Arājs/Medne 1977; Lithuanian: Kerbelytė 1999ff. I; Irish: Ó Súilleabháin/Christiansen 1963; French: Delarue/Tenèze 1964ff. III, Cifarelli 1993, Nos. 301, 320; Spanish: Camarena/Chevalier 1995ff. I, Goldberg 1998, No. J811.1.1; Catalan: Neugaard 1993, No. J811.1.1; Portuguese: Camarena/Chevalier 1995ff. I; Dutch: Schippers 1995, Nos. 203, 219; Frisian: Kooi 1984a; Flemish: Meyer 1968; German: Moser-Rath 1964, No. 163, Tomkowiak 1993, 224f.; Italian: Cirese/Serafini 1975; Sardinian: Rapallo 1982f.; Hungarian: MNK I, No. 51, cf. No. $51*_1$; Slovene: Brinar 1904, 36ff.; Bulgarian: BFP; Greek: Megas 1978; Ukrainian: cf. SUS; Jewish: Jason 1965, Noy 1976, Jason 1988a; Dagestan: Chalilov 1965, No. 13; Uighur: Makeev 1952, 187f.; Kurdish: Džalila et al. 1989, No. 164; Turkmen: Stebleva 1969, No. 13; Tadzhik: STF, No. 187; Georgian: Dolidze 1956, 411f., Kurdovanidze 2000, No. 51B*; Persian Gulf, Saudi Arabian, Yemenite, Iraqi, Syrian, Lebanese: El-Shamy 2004; Iranian: Marzolph 1984; Afghan: Lebedev 1986, 215f.; Indian: Jason 1989; Chinese: Ting 1978; African American: Harris 1955, 358ff.; Chilean: Pino Saavedra 1987, Nos. 4, 5; Argentine: Hansen 1957, No. 51**A; North African, Egyptian, Moroccan: Nowak 1969, No. 27, El-Shamy 2004; Algerian: Basset 1887, No. 75, Laoust 1949, No. 15, El-Shamy 2004; East African: Arewa 1966, No. 781, Klipple 1992; Chad: cf. Jungraithmayr 1981, No. 47; Sudanese: Klipple 1992, El-Shamy 2004; Ethiopian:

Gankin et al. 1960, 141, cf. 111, 111f.; Somalian: Klipple 1992; Central African: Lambrecht 1967, No. 1036; Namibian, South African: Schmidt 1989 II, No. 510.

51A ***The Fox Has the Sniffles*** (previously ***Fox Refuses to be Mediator***).
Pedersen/Holbek 1961f. II, No. 93; Schwarzbaum 1964, 185; Schwarzbaum 1968, 298 No. 319, 364 No. 511, 480 No. 511; Schwarzbaum 1979, 223 not. 13; Dicke/Grubmüller 1987, No. 400; EM 5(1987)522–527(E. Moser-Rath); Adrados 1999ff. III, Nos. M. 229, not-H. 200.
Finnish: Rausmaa 1982ff. V, No. 52; Estonian: Kippar 1986; Latvian: Arājs/Medne 1977; French: Cifarelli 1993, No. 317; Spanish: Camarena/Chevalier 1995ff. I, Goldberg 1998, No. J811.2.1; Catalan: Oriol/Pujol 2003; Dutch: Schippers 1995, Nos. 23, 456; Frisian: Kooi 1984a; German: Moser-Rath 1964, No. 74, Neumann 1971, No. 19, Rehermann 1977, 272 No. 26, 324f. No. 19; Hungarian: MNK I; Croatian: Valjavec 1890, No. 68; Greek: Megas 1978; Polish: Simonides 1979, No. 292; Jewish: Noy 1976; Tadzhik: STF, No. 378; Indian: Jason 1989; Burmese: Htin Aung 1954, 10f.; Spanish-American, Panamanian: Robe 1973; Tunisian: El-Shamy 2004.

51*** ***The Fox as Umpire to Divide Cheese.***
Chauvin 1892ff. II, 223 No. 152(21); Schwarzbaum 1979, iii, cf. Dicke/Grubmüller 1987, No. 344.
Estonian: Kippar 1986; Irish: Ó Súilleabháin/Christiansen 1963; Spanish: Goldberg 1998, No. K815.7; Dutch: Kooi 2003, No. 107; Frisian: Kooi 1984a; German: Neumann 1971, No. 40; Hungarian: MNK I; Slovene: Zupanc 1932, 127f.; Croatian: cf. Stojanović 1867, No. 21; Macedonian: cf. Čepenkov/Penušliski 1989 I, Nos. 1, 10; Bulgarian: BFP, Nos. *51*****, *243D*, cf. No. *51****; Greek: Megas 1978; Ukrainian: SUS; Jewish: Noy 1976; Gypsy: MNK X 1; Kurdish: Džalila et al. 1989, No. 178; Syrian: El-Shamy 2004; Indian: Jason 1989, Nos. 51***, 51*B; Chinese: Ting 1978; Japanese: Ikeda 1971, No. 98; Filipino: Wrigglesworth 1993, No. 18; Mexican: Robe 1973; Egyptian, Algerian, Moroccan: El-Shamy 2004.

52 ***The Donkey without a Heart.***
Rochholz 1869; Krohn 1889, 13–20; Chauvin 1892ff. II, 99 No. 58; Keidel 1894; Hertel 1906; BP II, 153; Schwarzbaum 1968, 22, 358; cf. Tubach 1969, No. 717; Schwarzbaum 1979, 504–511; Barag 1984; EM 4(1984)442–445(L. G. Barag); Dicke/Grubmüller 1987, No. 281; Lieb 1996, 65–69; Adrados 1999ff. III, Nos. M. 220, M. 443, not-H. 289, not-H. 95.
French: Cifarelli 1993, Nos. 285, 314; Spanish: Goldberg 1998, No. K402.3; German:

Moser-Rath 1964, No. 189, Grimm DS/Uther 1993 II, No. 497; Jewish: Jason 1965, No. 52*A, Noy 1976, Nos. 52, 52*A, Jason 1988a, No. 52*A; Dagestan: Chalilov 1965, Nos. 12, 16; Kurdish: Džalila et al. 1989, No. 177; Kazakh: Sidel'nikov 1958ff. I, 143; Kara-Kalpak: Ševerdin 1960, 135ff.; Kirghiz: Brudnyj/Ešmambetov 1962, 28ff.; Kalmyk: Vatagin 1964, 256ff.; Druze: Falah/Shenhar 1978, No. 22; Syrian, Lebanese, Iraqi, Qatar: El-Shamy 2004; Afghan: Lebedev 1972, No. 36, Lebedev 1986, 219ff.; Pakistani: Thompson/Roberts 1960; Indian: Bødker 1957a, No. 347, Thompson/Roberts 1960, Jason 1989, No. *52; Sri Lankan: Thompson/Roberts 1960; Egyptian: El-Shamy 2004; Tunisian: cf. Nowak 1969, No. 18, El-Shamy 2004; Algerian: El-Shamy 2004; Moroccan: Socin/Stumme 1894f., No. 18, Laoust 1949 I, No. 29, El-Shamy 2004; Niger: Petites Sœurs de Jésus 1974, No. 8; Ethiopian: Müller 1992, No. 33.

53 ***The Fox at Court*** (previously ***Reynard the Fox at Court***).
Kirchhof/Oesterley 1869 I 1, No. 66, VII, No. 32; Pauli/Bolte 1924 I, No. 29; cf. Tubach 1969, No. 2171; Powell 1983, 152-166; cf. Dicke/Grubmüller 1987, Nos. 192, 215; Adrados 1999ff. III, No. M. 497.
Estonian: Kippar 1986; Latvian: Arājs/Medne 1977; Frisian: Kooi 1984a; German: Moser-Rath 1964, Nos. 86, 207; Hungarian: MNK I; South African: Coetzee et al. 1967.

53* ***The Fox Investigates a Roar*** (previously ***The Fox and the Hare Hear Screaming***).
Dicke/Grubmüller 1987, No. 384.
Latvian: Arājs/Medne 1977; French: Cifarelli 1993, No. 305; Bulgarian: BFP, No. *70C*; Ukrainian: SUS, No. 70C*; Georgian: Kurdovanidze 2000, No. 70C*; South American Indian: Wilbert/Simoneau 1992, No. U113.

55 ***The Animals Build a Road (Dig Well).***
Dähnhardt 1907ff. III, 312-324; Schmidt 1999; EM: Tiere bauen einen Weg (in prep.).
Finnish: Rausmaa 1982ff. V, Nos. 53-55; Latvian: Arājs/Medne 1977; Lithuanian: Scheu/Kurschat 1913, Nos. 73, 74, cf. Danner 1961, 159; Slovene: Matičetov 1973, 54, 55; Polish: cf. Krzyżanowski 1962f. II, No. 2537; Byelorussian, Ukrainian: SUS; Chinese: Ting 1978; French-American: Saucier 1962, No. 33a; Spanish-American: TFSP 18 (1943) 172-177; Guinean: Klipple 1992; East African: Arewa 1966, No. 1981, Klipple 1992; Sudanese: Klipple 1992; Central African: Lambrecht 1967, No. 736; Namibian: cf. Schmidt 1980, No. 49; South African: Klipple 1992.

56 ***The Fox through Sleight Steals the Young Magpies.***
EM 5(1987)534–537(M. Belgrader).
Livonian: Loorits 1926; Karelian: cf. Konkka 1959, 123ff.; Irish: Ó Súilleabháin/Christiansen 1963; Spanish: RE 6(1966)464f., 465ff.; Portuguese: Cardigos(forthcoming); Slovene: Kosi 1890, 124f.; Macedonian: Vražinovski 1977, No. 15; Bulgarian: BFP; Greek: Megas 1978; Byelorussian: Barag 1966, No. 99; Nenets: Puškareva 1983, 67; Yakut: Ėrgis 1967, No. 12; Kazakh: Sidel'nikov 1958 I, 181ff.; Uzbek: Afzalov et al. 1963 I, 47ff.; Spanish-American: Robe 1973; Niger: Petites Sœurs de Jésus 1974, No. 4; Ethiopian: Gankin et al. 1960, 229ff.

56A ***The Fox Threatens to Cut Down the Tree and Gets Young Birds*** (previously ***The Fox Threatens to Push Down the Tree***).
Chauvin 1892ff. II, 112 No. 81; Dähnhardt 1907ff. IV, 279–283; cf. Dicke/Grubmüller 1987, No. 536; EM 5(1987)534–537(M. Belgrader); Schmidt 1999.
Finnish: Rausmaa 1982ff. V, Nos. 17, 56; Finnish-Swedish: Hackman 1917f. I, Nos. 18, 19,1–3; Estonian: Kippar 1986; Latvian: Arājs/Medne 1977; Lithuanian: Kerbelytė 1999ff. I; Lappish, Karelian: Kecskeméti/Paunonen 1974; Swedish: Liungman 1961; Spanish: Camarena/Chevalier 1995ff. I, González Sanz 1996; Basque: Camarena/Chevalier 1995ff. I; Catalan: Oriol/Pujol 2003; Portuguese: Oliveira 1900ff. I, No. 20, Cardigos(forthcoming); Frisian: Kooi 1984a; German: Lemke 1884ff. II, No. 38, Ranke 1966, No. 5, Henßen 1963a, No. 33; Hungarian: MNK I; Slovene: Kosi 1890, 44f.; Macedonian: Miliopoulos 1955, 72ff.; Bulgarian: BFP; Greek: Megas 1978; Russian, Byelorussian, Ukrainian: SUS; Turkish: Eberhard/Boratav 1953, No. 9(1–3); Gypsy: MNK X 1; Dagestan: Kapieva 1951, 17ff., Chalilov 1965, No. 7; Ossetian: cf. Britaev/Kaloev 1959, 17f., Levin 1978, No. 40; Cheremis/Mari, Mordvinian: Kecskeméti/Paunonen 1974; Udmurt: Kralina 1961, 69ff.; Kurdish: Družinina 1959, 17ff.; Nenets: Puškareva 1983, 67; Siberian: Kontelov 1956, 230f., Doerfer 1983 II, No. 82; Yakut: cf. Ėrgis 1967, No. 9; Kazak: cf. Sidel'nikov 1958ff. I, 201ff.; Turkmen: Stebleva 1969, No. 14; Tadzhik: STF, Nos. 34, 300, 320, 362; Kalmyk: Vatagin 1964, 258f.; Buryat: cf. Ėliasov 1959 I, 267ff.; Mongolian: Michajlov 1962, 182f., Heissig 1963, No. 13; Tuva: Taube 1978, No. 4; Georgian: Kurdovanidze 2000; Qatar: El-Shamy 2004; Iranian: Marzolph 1984; Indian: Jason 1989; Chinese: Ting 1978; Hawaiian: Kirtley 1971, No. K751; Eskimo: cf. Barüske 1991, No. 53; Spanish-American: Robe 1973; South American Indian: Wilbert/Simoneau 1992, No. K751; Brazilian: Cascudo 1955a, 281ff., Alcoforado/Albán 2001, No. 2; Egyptian: El-Shamy 2004; Algerian: Rivière 1882, No. 6, Lacoste/Mouliéras 1965 I, No. 17, El-Shamy 2004; Moroccan: Laoust 1949, No. 26, El-Shamy 2004; East African, Sudanese: Klipple 1992, No. 56, El-

Shamy 2004; Ethiopian: Reinisch 1881ff. II, No. 22, Gankin et al. 1960, 219f.; Eritrean: Littmann 1910, No. 11, El-Shamy 2004; South African: Coetzee et al. 1967, Grobbelaar 1981, Schmidt 1989 II, No. 550.

56B ***The Fox (Jackal) as Schoolmaster*** (previously ***The Fox Persuades the Magpies into Bringing their Young into his House***).

EM 5(1987)534-537(M. Belgrader); Schmidt 1999, No. 56C.

Finnish: Rausmaa 1982ff. V, No. 57; Estonian: Aarne 1918; Latvian: Arājs/Medne 1977; Lithuanian: Kerbelytė 1999ff. I; Swedish: Liungman 1961, No. 56B, 354 No. 56AB; Danish: Kristensen 1896, Nos. 60-63; Icelandic: Boberg 1966, Nos. K811, K911; Scottish: cf. Campbell 1890ff. I, 279 No. 7; French: Delarue/Tenèze 1964ff. III; Spanish: Camarena/Chevalier 1995ff. I, González Sanz 1996; Basque: Camarena/Chevalier 1995ff. I; Catalan: Oriol/Pujol 2003; Portuguese: Pires de Lima 1948, 535f., Cardigos(forthcoming), No. 56; Frisian: Kooi 1984a, No. 56D*; German: Neumann 1971, No. 51, cf. Moser-Rath 1964, No. 87; Italian: Cirese/Serafini 1975; Corsican: Massignon 1963, No. 6; Hungarian: MNK I, No. 56F*, cf. Dömötör 1992, No. 382, Dömötör 2001, 287; Bulgarian: BFP; Greek: Megas 1978, No. 56D*; Russian, Byelorussian, Ukrainian: SUS; Jewish: Noy 1976; Chechen-Ingush: Levin 1978, No. 41; Dagestan: Chalilov 1965, No. 4; Ossetian: Bjazyrov 1958, No. 9; Yakut: Ėrgis 1967, No. 8; Uzbek: cf. Schewerdin 1959, 102ff.; Kalmyk, Mongolian: Lőrincz 1979; Georgian: Kurdovanidze 2000; Syrian: El-Shamy 2004; Indian: Bødker 1957a, No. 448, Thompson/Roberts 1960, No. 56C; Chinese: Ting 1978; South American Indian: Wilbert/Simoneau 1992, No. K811; Brazilian: Alcoforado/Albán 2001, No. 3; Argentine: Hansen 1957, No. 56**C; Algerian: Laoust 1949, No. 26, Lacoste/Moliéras 1965 I, No. 17, El-Shamy 2004; Moroccan: El-Shamy 2004; Guinean: Klipple 1992, No. 56; East African: Arewa 1966; Tanzanian: El-Shamy 2004, No. 56B; Namibian: Schmidt 1989 II, No. 432B; South African: Coetzee et al. 1967, Nos. 56B, 56C, Grobbelaar 1981, No. 56C, Schmidt 1989 II, No. 432B.

56D ***Fox Asks Bird What She Does When Wind Blows.***

Chauvin 1892ff. II, 112 No. 81, 151 No. 13; Dähnhardt 1907ff. IV, 283f.; cf. Dicke/Grubmüller 1987, No. 536; Schmidt 1999.

Latvian: Arājs/Medne 1977; Faeroese: Nyman 1984; Frisian: Kooi 1984a; German: Neumann 1971, No. 11, Tomkowiak 1993, 236; Slovakian: Gašparíková 1991f. II, No. 458; Slovene: Kosi 1890, 44f.; Croatian: Gaál/Neweklowsky 1983, No. 52; Greek: Megas 1978; Ukrainian: SUS, No. 56D*; Georgian: Dirr 1920, No. 34; Chinese: Ting 1978; West Indies: Flowers 1953; Algerian, Moroccan: El-Shamy 2004; Namibian:

Schmidt 1989 II, No. 428; South African: Coetzee et al. 1967, Grobbelaar 1981, Schmidt 1989 II, No. 428.

56A* ***Fox Plays Dead and Catches Bird.***
Tubach 1969, Nos. 2173, 2176; Henkel 1976, 188f.; cf. Dicke/Grubmüller 1987, No. 206; Marzolph 1992 II, No. 109.
Finnish: Rausmaa 1982ff. V, No. 58; Estonian: Kippar 1986; Lithuanian: Kerbelytė 1999ff. I; Norwegian: Hodne 1984; Icelandic: Boberg 1966, No. K911; Spanish: Camarena/Chevalier 1995ff. I, Goldberg 1998, No. K828.2; Basque: Camarena/Chevalier 1995ff. I; Catalan: Neugaard 1993, Nos. K827.4, K828.2; Portuguese: Camarena/Chevalier 1995ff. I; Dutch: Schippers 1995, No. 447; Flemish: Meyer 1968; Hungarian: MNK I; Mordvinian: Kecskeméti/Paunonen 1974; Filipino: Wrigglesworth 1981, 242ff.; Spanish-American: TFSP 17(1941)115f.; South American Indian: Wilbert/Simoneau 1992, No. K911; East African: Klipple 1992, No. 56.

57 ***Raven with Cheese in His Mouth.***
Ewert 1892; Chauvin 1892ff. III, 76 No. 49, V, 288 No. 172; Bronkowski 1943; Pedersen/Holbek 1961f. II, No. 48; Bihler 1963; Schwarzbaum 1964, 185; Tubach 1969, No. 2177; Dithmar 1970; Schwarzbaum 1979, 76–81; Kvideland 1987, 235; Dicke/Grubmüller 1987, No. 205; Adrados 1999ff. III, Nos. H. 126, M. 138; EM 11,1(2003) 135–139(L. Lieb).
Finnish: Rausmaa 1982ff. V, Nos. 59, 60; Finnish-Swedish: Hackman 1917f. I, No. 20; Estonian: Kippar 1986; Latvian: Arājs/Medne 1977; Lithuanian: Kerbelytė 1999ff. I; Livonian, Lappish, Syrjanian: Kecskeméti/Paunonen 1977; Swedish: Liungman 1961; Norwegian: Hodne 1984; Faeroese: Nyman 1984; Irish: Ó Súilleabháin/Christiansen 1963; English: Wehse 1979, No. 483; French: Cifarelli 1993, No. 163; Spanish: Camarena/Chevalier 1995ff. I, González Sanz 1996, Goldberg 1998, No. K334.1; Catalan: Neugaard 1993, No. K334.1, Oriol/Pujol 2003; Portuguese: Soromenho/Soromenho 1984f. I, Nos. 63, 72, Cardigos(forthcoming); Dutch: Sinninghe 1943, Schippers 1995, No. 448; Frisian: Kooi 1984a; German: Moser-Rath 1964, No. 267, Tomkowiak 1993, 213f., Hubrich-Messow 2000; Italian: Cirese/Serafini 1975; Sardinian: Rapallo 1982f.; Maltese: Mifsud-Chircop 1978; Hungarian: MNK I, Dömötör 1992, No. 398, Dömötör 2001, 277; Czech: Dvořák 1978, No. 2177; Slovakian: Gašparíková 1991f. II, No. 461; Slovene: Kosi 1890, 57; Croatian: Gaál/Neweklowsky 1983, No. 51; Bulgarian: BFP; Albanian: Camaj/Schier-Oberdorffer 1974, No. 52; Greek: Megas 1978; Russian, Ukrainian: SUS; Jewish: Noy 1976; Georgian: Kurdovanidze 2000; Altaic: Radloff 1866ff. I, 217; Aramaic: Lidzbarski 1896, 135;

Oman: El-Shamy 2004; Indian: Bødker 1957a, No. 360, Thompson/Roberts 1960, Jason 1989; Chinese: Ting 1978; Korean: Zŏng 1952, No. 12; Filipino: Fansler 1921, 395ff.; North American Indian: Thompson 1919, 451; Spanish-American, Mexican: Robe 1973; Algerian: El-Shamy 2004; Nigerian: Walker/Walker 1961, 48f.; Ethiopian: Müller 1992, No. 67; South African: Coetzee et al. 1967; Malagasy: Haring 1982, No. 2.3.57, Klipple 1992.

58 ***The Crocodile Carries the Jackal.***
Dähnhardt 1907ff. IV, 282f.; EM 8(1996)489; Antoni 1982; Schmidt 1999.
Yakut: Ėrgis 1967, No. 14; Tadzhik: Sandelholztruhe 1960, 205ff.; Pakistani: Thompson/Roberts 1960; Indian: Bødker 1957a, Nos. 356, 357, Thompson/Roberts 1960, Jason 1989, Nos. 58, 60*A; Sri Lankan: Thompson/Roberts 1960; Chinese: Ting 1978; Cambodian: Sacher 1979, 91ff.; Vietnamese: Karow 1972, No. 141; Malaysian: Overbeck 1975, 224ff.; Indonesian: Vries 1925f. II, 399 No. 7; Japanese: Ikeda 1971; Filipino: Wrigglesworth 1981, No. 16; African American: Parsons 1923a, Nos. 40, 41; Chilean: Pino Saavedra 1987, Nos. 5, 7; West African: Zwernemann 1985, 105ff.; Sudanese: El-Shamy 2004, No. 58A§; Kenyan: Geider 1990 I, 244.

59 ***The Fox and the Sour Grapes.***
Chauvin 1892ff. III, 79 No. 59; Pedersen/Holbek 1961f. II, No. 94; Dicke/Grubmüller 1987, No. 214; EM 5(1987)527–534(I. Köhler); Dolby-Stahl 1988; Marzolph 1992 II, No. 1119; Dekker et al. 1997, 122; Adrados 1999ff. III, Nos. H. 15ab, M. 505.
Finnish: Rausmaa 1982ff. V, No. 61; Estonian: Kippar 1986; Latvian: Arājs/Medne 1977; Lithuanian: Kerbelytė 1999ff. I; Swedish: Liungman 1961, No. GS59; Irish: Ó Súilleabháin/Christiansen 1963; French: Delarue/Tenèze 1964ff. III, Cifarelli 1993, No. 450; Spanish: Camarena/Chevalier 1995ff. I, Nos. 59, 59A, González Sanz 1996, No. 59A, Goldberg 1998, No. J871; Basque: Camarena/Chevalier 1995ff. I, No. 59A; Catalan: Neugaard 1993, No. J871, Oriol/Pujol 2003; Portuguese: Oliveira 1900ff. II, No. 353, Cardigos(forthcoming); Dutch: Schippers 1995, No. 431; Frisian: Kooi 1984a; German: Tomkowiak 1993, 214f., Hubrich-Messow 2000, Berger 2001; Italian: Cirese/Serafini 1975, De Simone 1994, 154ff.; Maltese: Mifsud-Chircop 1978; Hungarian: MNK I, Nos. 59, 59A*1, Dömötör 1992, No. 423; Slovene: Kosi 1894, 72f.; Serbian: Vrčević 1868f. I, No. 390, cf. No. 419; Bosnian: Krauss/Burr et al. 2002, No. 6; Bulgarian: BFP; Greek: Megas 1978; Russian, Ukrainian: SUS; Jewish: Noy 1976; Uzbek: Schewerdin 1959, 59; Georgian: Kurdovanidze 2000; Saudi Arabian, Iraqi: El-Shamy 2004; Indian: Bødker 1957a, No. 269, Thompson/Roberts 1960, No. 64; Burmese: cf. Kasevič/Osipov 1976, No. 87; French-American: Ancelet 1994, No.

13; Mayan: Peñalosa 1992; Algerian: Scelles-Millie 1970, 17ff.; Moroccan, Sudanese: El-Shamy 2004; South African: Coetzee et al. 1967.

59* ***The Jackal as Trouble Maker.***

Schwarzbaum 1964, 186; Schwarzbaum 1979, 67, 71 not. 13, 282f., 285 not. 16.
Catalan: Camarena/Chevalier 1995ff. I, Goldberg 1998, No. K2131.2; German: Moser-Rath 1964, No. 75, Tomkowiak 1993, 288; Hungarian: Dömötör 1992, No. 428; Buryat, Mongolian: Lőrincz 1979; Indian: Bødker 1957a, Nos. 18, 19, Thompson/Roberts 1960; Burmese: Kasevič/Osipov 1976, No. 182; Sri Lankan: Thompson/Roberts 1960; Chinese: Ting 1978; Cambodian: Gaudes 1987, No. 22; Filipino: Ramos 1953, 70ff.; African American: cf. Parsons 1923a, No. 48; Tunisian, Algerian, Moroccan, Sudanese: El-Shamy 2004; Malagasy: Haring 1982, No. 2.3.59*.

60 ***Fox and Crane Invite Each Other.***

Chauvin 1892ff. III. 75 No. 48; Pedersen/Holbek 1961f. II, No. 66; Schwarzbaum 1964, 186; Tubach 1969, No. 2170, cf. No. 1824; Smith 1971; Schwarzbaum 1979, 269–272; Peterson 1981; Dicke/Grubmüller 1987, No. 212; EM 5(1987)503–511(W. Maaz); Adrados 1999ff. III, Nos. M. 493, not-H. 17.
Finnish: Rausmaa 1982ff. V, Nos. 62, 63; Finnish-Swedish: Hackman 1917f. I, No. 21; Estonian: Kippar 1986; Latvian: Arājs/Medne 1977; Lithuanian: Kerbelytė 1999ff. I; Lappish, Lydian, Karelian: Kecskeméti/Paunonen 1974; Swedish: Liungman 1961; Norwegian: Hodne 1984; Danish: Kristensen 1898, Nos. 56–59; Irish: Ó Súilleabháin/Christiansen 1963; French: Delarue/Tenèze 1964ff. III, Cifarelli 1993, No. 438; Spanish: Camarena/Chevalier 1995ff. I, González Sanz 1996, Goldberg 1998, No. J1565.1; Basque: Camarena/Chevalier 1995ff. I; Catalan: Neugaard 1993, No. J1565.1, Oriol/Pujol 2003; Portuguese: Oliveira 1900ff. I, No. 199, Cardigos(forthcoming); Dutch: Schippers 1995, No. 441; Frisian: Kooi 1984a; Flemish: Meyer 1968; German: Moser-Rath 1964, No. 88, Tomkowiak 1993, 214, Hubrich-Messow 2000; Italian: Cirese/Serafini 1975; Sardinian: Rapallo 1982f.; Hungarian: MNK I, Dömötör 1992, No. 421; Czech: Dvořák 1978, No. 2170; Croatian: Bošković-Stulli 1963, 39f.; Macedonian: Vražinovski 1977, No. 16, cf. Čepenkov/Penušliski 1989 IV, No. 563; Bulgarian: BFP; Albanian: Camaj/Schier-Oberdorffer 1974, No. 55; Greek: Megas 1978; Russian, Byelorussian, Ukrainian: SUS; Jewish: Noy 1976; Chuvash: Kecskeméti/Paunonen 1974; Kurdish: Džalila et al. 1989, No. 165; Nenets: Puškareva 1983, 68; Yakut: Ėrgis 1967, No. 6; Tadzhik: STF, No. 380; Georgian: Kurdovanidze 2000; Iraqi, Saudi Arabian: Nowak 1969, No. 4, El-Shamy 2004; Syrian: El-Shamy 2004; Iranian: Marzolph 1984; Indian: Jason 1989; Japanese: Inada/Oza-

wa 1977ff.; North American Indian: Thompson 1919, 450; Spanish-American: Robe 1973; Puerto Rican: Hansen 1957; South American Indian: Karlinger/Freitas 1977, No. 23; Mayan: Peñalosa 1992; Brazilian: Romero/Cascudo 1954 II, 288f., 343ff.; Chilean: Mihara 1988, Nos. 9, 27; Argentine: Chertudi 1960f. I, No. 19; West Indies: Flowers 1953; Cape Verdian: Parsons 1923b I, 373; Egyptian: El-Shamy 2004; Moroccan: Laoust 1949, No. 16, El-Shamy 2004; Guinean: Klipple 1992; East African: Arewa 1966, No. 1001, Klipple 1992; Sudanese: Klipple 1992; Eritrean: El-Shamy 2004; Central African: Lambrecht 1967, No. 1001; South African: Coetzee et al. 1967; Malagasy: Haring 1982, No. 2.2.60, Klipple 1992.

61 ***The Fox Persuades the Rooster to Crow with Closed Eyes.***
BP II, 207f.; Pauli/Bolte 1924 II, No. 743; Pedersen/Holbek 1961f. II, No. 116; Schwarzbaum 1964, 186; Schwarzbaum 1969, 127; Yates 1969; Powell 1983, 139–146; Dicke/Grubmüller 1987, No. 187; EM 5(1987)494–498(K. Reichl); Adrados 1999ff. III, Nos. M. 348, not-H. 260, M. 495.
Estonian: cf. Kippar 1986; Latvian: Arājs/Medne 1977; Lithuanian: Kerbelytė 1999ff. I; Swedish: Liungman 1961; Norwegian: Hodne 1984; Danish: Kristensen 1896, Nos. 75, 76; Faeroese: Nyman 1984; Scottish: Campbell 1890ff. I, 279f.; Irish: Ó Súilleabháin/Christiansen 1963; French: Delarue/Tenèze 1964ff. III, Cifarelli 1993, No. 449; Spanish: Camarena/Chevalier 1995ff. I; Catalan: Neugaard 1993, No. K721, Oriol/Pujol 2003; Portuguese: Vasconcellos/Soromenho et al. 1963f. I, Nos. 2, 13, Cardigos(forthcoming); Dutch: cf. Schippers 1995, No. 434; Flemish: Meyer 1968; Walloon: Legros 1962; German: Tomkowiak 1993, 212, Hubrich-Messow 2000; Italian: Cirese/Serafini 1975; Hungarian: MNK I; Czech: Jech 1984, No. 1; Slovene: Brinar 1904, 9ff.; Croatian: Valjavec 1890, No. 67; Bulgarian: BFP; Greek: Megas 1978; Russian: Moldavskij 1955, 165f.; Turkish: Eberhard/Boratav 1953, No. 2, Alptekin 1994, Nos. III.42, III.43; Dagestan: Chalilov 1965, No. 7; Ossetian: Bjazyrov 1958, No. 10; Uzbek: Laude-Cirtautas 1984, No. 1; Tadzhik: STF, No. 284; Syrian: El-Shamy 2004; Chinese: Ting 1978; Korean: Zaborowski 1975, No. 79; Spanish-American, Mexican: Robe 1973; Ecuadorian: Carvalho-Neto 1966, 33ff.; Brazilian: Alcoforado/Albán 2001, No. 4; South African: Coetzee et al. 1967.

61B ***Cat, Rooster and Fox*** (previously ***Cat, Cock, and Fox live together***).
Schwarzbaum 1964, 186; Schwarzbaum 1979, 67; MacDonald 1982, No. K815.15; EM 7(1993)1112f.(U. Marzolph).
Finnish: Rausmaa 1982ff. V, No. 64; Estonian: Kippar 1986; Latvian: Arājs/Medne 1977; Lithuanian: Kerbelytė 1999ff. I; Lappish, Wepsian, Wotian, Lydian, Karelian:

Kecskeméti/Paunonen 1974; German: Zenker-Starzacher 1956, 261ff.; Czech: Jech 1984, No. 1; Slovakian: Nedo 1972, 288ff.; Bulgarian: BFP; Russian, Byelorussian, Ukrainian: SUS; Mordvinian: Kecskeméti/Paunonen 1974; Georgian: Kurdovanidze 2000; Indian: cf. Swynnerton 1908, No. 51.

62 ***Peace among the Animals – the Fox and the Rooster.***
Chauvin 1892ff. II, 173, No. 12, V, 240f. No. 141; Lancaster 1907; Schwarzbaum 1964, 186; Tubach 1969, No. 3629, cf. No. 4311; Schwarzbaum 1969; Lumpkin 1970; Schwarzbaum 1979, 29–41; Powell 1983, 139–146; Dicke/Grubmüller 1987, No. 183, cf. No. 299; EM 5(1987)341–346(H. Schwarzbaum); Adrados 1999ff. III, No. M. 494, cf. No. H. 268; Schmidt 1999; Marzolph/Van Leeuwen 2004, No. 413.
Finnish: Rausmaa 1982ff. V, No. 65; Estonian: Kippar 1986; Latvian: Arājs/Medne 1977; Lithuanian: Kerbelytė 1999ff. I; Livonian: Loorits 1926; Norwegian: Hodne 1984; Danish: Kristensen 1896, 52 No. 15; Scottish: Campbell 1890ff. I, 227 No. 4; Irish: Ó Súilleabháin/Christiansen 1963; French: Delarue/Tenèze 1964ff. III, Cifarelli 1993, No. 160, cf. No. 157; Spanish: Camarena/Chevalier 1995ff. I, González Sanz 1996; Catalan: Neugaard 1993, No. J1421, Oriol/Pujol 2003; Portuguese: Oliveira 1900ff. I, No. 6, Cardigos(forthcoming); Dutch: Schippers 1995, No. 451; Frisian: Kooi 1984a; Flemish: Meyer 1968; German: Moser-Rath 1964, Nos. 85, 161, 206, Tomkowiak 1993, 211f., Berger 2001; Italian: Cirese/Serafini 1975; Sardinian: Rapallo 1982f.; Hungarian: MNK I, Dömötör 1992, No. 370; Slovene: Matičetov 1973, 143; Serbian: Vrčević 1868f. I, No. 413, cf. No. 425, Karadžić 1937, 285 No. 24; Bosnian: Krauss/Burr et al. 2002, No. 7; Macedonian: Vražinovski 1977, No. 17; Greek: Megas 1978, Nos. *61*, 62, *62A, *62B; Polish: Krzyżanowski 1962f. I; Russian, Byelorussian, Ukrainian: SUS; Turkish: cf. Eberhard/Boratav 1953, No. 2; Jewish: Noy 1976, Keren/Schnitzler 1981, No. 20; Ossetian: Bjazyrov 1958, No. 11; Kurdish: Družinina 1959, 11f.; Kazakh: Sidel'nikov 1952, 30ff., Reichl 1986, No. 26; Kara-Kalpak: Volkov 1959, No. 49; Tadzhik: STF, No. 54; Qatar, Lebanese, Iraqi: El-Shamy 2004; Iranian: Marzolph 1984, Nos. 62, *62; Pakistani: Thompson/Roberts 1960; Indian: Bødker 1957a, Nos. 390, 391, cf. Nos. 392, 571, 628, Thompson/Roberts 1960, Jason 1989; North American Indian: Thompson 1919, 450; Spanish-American: Robe 1973; African American: Parsons 1923a, No. 69, Dorson 1958, 165f.; South American Indian: Hissink/Hahn 1961, No. 365; Brazilian: Cascudo 1955a, 268ff., Alcoforado/Albán 2001, No. 5; Chilean: Pino Saavedra 1987, Nos. 1, 9; Argentine: Chertudi 1960f. I, No. 20, II, No. 9; Egyptian, Tunisian: El-Shamy 2004; Algerian: Basset 1887, No. 9, Basset 1897, No. 71, El-Shamy 2004; Moroccan: El-Shamy 2004; East African, Sudanese: Klipple 1992; Ethiopian: Gankin et al. 1960, 212f.; Namibian: Schmidt

1989 II, No. 560; South African: Coetzee et al. 1967, Grobbelaar 1981, Schmidt 1989 II, No. 560.

62A ***Peace between Wolves and Sheep.***
Arlotto/Wesselski 1910 II, No. 198; Pauli/Bolte 1924 I, No. 447; Pedersen/Holbek 1961f. II, No. 86; Tubach 1969, No. 5357, cf. No. 5358; Schütze 1973, 87–89; Schwarzbaum 1979, 325–329; Dicke/Grubmüller 1987, No. 504.
French: Cifarelli 1993, No. 54; Spanish: Goldberg 1998, Nos. K191, K2010.3; Catalan: Neugaard 1995, No. K191; Dutch: Schippers 1995, No. 349; Hungarian: Dömötör 2001, 277.

62* ***Forbidden to Sit in Trees.***
Estonian: Kippar 1986; Latvian: Arājs/Medne 1977; Lithuanian: Kerbelytė 1999ff. I; Jewish: Noy 1963a, No. 2, Jason 1965, Noy 1976; Syrian, Egyptian: El-Shamy 2004.

63 ***The Fox Rids Himself of Fleas.***
EM 5(1987)484–486(H.-J. Uther); Marzolph 1992 II, No. 110.
Finnish: Rausmaa 1982ff. V, No. 66; Estonian: Kippar 1986; Latvian: Arājs/Medne 1977; Danish: Kristensen 1896, Nos. 71, 72; Scottish: Campbell 1890ff. I, 276 No. 2; Irish: Ó Súilleabháin/Christiansen 1963; French: Delarue/Tenèze 1964ff. III, 30–32; Catalan: Oriol/Pujol 2003; Frisian: Kooi 1984a; Flemish: Meyer 1968; German: Zender 1984, 35; Hungarian: MNK I; Slovene: Finžgar 1953, 49ff.; Polish: Krzyżanowski 1962f. I; Russian: Moldavskij 1955, 150f.; Pakistani: Thompson/Roberts 1960; Indian: Bødker 1957a, No. 46, Thompson/Roberts 1960; Spanish-American: TFSP 27(1957)109; South African: Coetzee et al. 1967.

65 ***The She-Fox's Suitors.***
BP I, 362–364; Wesselski 1931, 97; Taylor 1933, 78; HDM 2(1934–40)229f.(H. Diewerge), 176f.; EM 5(1987)236–240(M. Belgrader).
Norwegian: Hodne 1984; Danish: cf. Grundtvig 1854ff. III, No. 403; German: Grimm KHM/Uther 1996 I, No. 38, Hubrich-Messow 2000, Berger 2001; Hungarian: MNK I, No. 65**; Polish: Krzyżanowski 1962f. II, No. 1350A; Turkish: Eberhard/Boratav 1953, 413f.

65* ***The Fox Catches a Beetle*** (previously ***The Fox Fries a Beetle by the River***).
Estonian: Kippar 1986; Latvian: Arājs/Medne 1977; Lithuanian: Aleksynas 1974, 414 No. 20; Spanish: Camarena/Chevalier 1995ff. I; Catalan: cf. Oriol/Pujol 2003; Ser-

bian: Krauss/Burr et al. 2002, No. 8; Greek: Megas 1978, No. *69.

66A ***"Hello, House!"***
Hatami 1977, No. 48; EM 6(1990)407–410(H. Mode); Schmidt 1999.
Pakistani: Thompson/Roberts 1960; Indian: Bødker 1957a, No. 533, Thompson/Roberts 1960, Jason 1989; Tibetian: O'Connor 1906, No. 20; Chinese: Ting 1978; Indonesian: Vries 1925f. I, No. 84, II, Nos. 92, 111; Japanese: cf. Ikeda 1971; Filipino: Wrigglesworth 1993, No. 35; Spanish-American: Robe 1973; African American: Harris 1955, 551ff.; Mexican: Robe 1973; Dominican, Puerto Rican: Hansen 1957, No. **74B; South American Indian: Hissink/Hahn 1961, No. 115; Mayan: Peñalosa 1992; Chilean: Hansen 1957, No. **74B, Pino Saavedra 1987, No. 10; West Indies: Flowers 1953; Cape Verdian: Parsons 1923b I, Nos. 24, 108; East African: Arewa 1966, No. 2086; Eritrean: Littmann 1910, No. 10, El-Shamy 2004; Namibian: Schmidt 1989 II, No. 503; South African: Grobbelaar 1981, Schmidt 1989 II, No. 503.

66B ***Sham-Dead (Hidden) Animal Betrays Self.***
Faeroese: Nyman 1984; Spanish: Camarena/Chevalier 1995ff. I; Bulgarian: BFP; Syrian: El-Shamy 2004; Pakistani: Thompson/Roberts 1960; Indian: Bødker 1957a, Nos. 515, 517, 526–529, 531, Thompson/Roberts 1960, Jason 1989; Burmese: Esche 1976, 148ff.; Sri Lankan: Thompson/Roberts 1960; Chinese: Ting 1978; Indonesian: Vries 1925f. I, No. 33, II, No. 111; Japanese: Ikeda 1971; Baughman 1966, No. K607.3; Spanish-American: Robe 1973; African American: Parsons 1923a, No. 167, Harris 1955, 36ff.; Mexican: Robe 1973; Guatemalan: Robe 1973, No. 66*C; Costa Rican: Robe 1973; South American Indian: Hissink/Hahn 1961, No. 337; Mayan: Peñalosa 1992; Brazilian: Alcoforado/Albán 2001, No. 6; West Indies: Flowers 1953, No. K607.3; Sudanese, Tanzanian: El-Shamy 2004; Central African: Lambrecht 1967, Nos. 1233, 1250; Malagasy: Haring 1982, No. 2.3.66B.

66A* ***The Fox Buys Himself a Pipe.***
Schwarzbaum 1979, 45 No. 7.
Estonian: Kippar 1986; Latvian: Arājs/Medne 1977.

67 ***The Fox in a Swollen River*** (previously ***Fox in Swollen River Claims to be Swimming to Distant Town***).
Schwarzbaum 1964, 186; Schwarzbaum 1979, 452 not. 3.
Spanish, Basque: Camarena/Chevalier 1995ff. I; Catalan: Oriol/Pujol 2003; Greek: Megas 1978; Jewish: Noy 1976; Syrian, Palestinian: El-Shamy 2004; Indian: Thomp-

son/Roberts 1960, No. 64 IIb, cf. No. 64*.

67** ***The Fox Caught by Butcher.***
Irish: Ó Súilleabháin/Christiansen 1963; Frisian: Kooi 1984a, No. 66**; Flemish: Meyer 1968, Nos. 66**, 67**.

67A* ***Trash Substituted for Booty Taken from Fox's Bag*** (previously ***Game Taken from Fox's Bag and Trash Substituted***).
Basque: Camarena/Chevalier 1995ff. I; Saudi Arabian: El-Shamy 2004; US-American: Baughman 1966, No. K526.4*; Mexican: Robe 1972, No. 8, Robe 1973, No. 122*Q; Puerto Rican: Hansen 1957, No. **67C; Peruvian: Hansen 1957, Nos. **67C, **67E, MacDonald 1982, No. K526.2; Bolivian: MacDonald 1982, No. K526.2*; Argentine: Hansen 1957, No. **67E; Egyptian, Sudanese: El-Shamy 2004; East African: MacDonald 1982, No. K526.3*; Central African: Lambrecht 1967, No. 553.

68 ***The Jackal Trapped in the Animal Hide.***
Schwarzbaum 1979, 215, 217 not. 29.
Finnish: Rausmaa 1982ff. VI, No. 293; Tadzhik: cf. STF, No. 92; Mongolian: Lőrincz 1979; Indian: Bødker 1957a, Nos. 710–714, 787, 788, Thompson/Roberts 1960; Sri Lankan: Thompson/Roberts 1960; Nepalese: Jason 1989; Cambodian: Sacher 1979, 91ff.; African American: Bascom 1992, 83ff.; Moroccan: El-Shamy 2004; Niger: Petites Sœurs de Jésus 1974, No. 3; Chad: Jungraithmayr 1981, No. 32; Eritrean: El-Shamy 2004; East African: cf. Arewa 1966, No. 2220; Central African: Fuchs 1961, 214ff.

68A ***The Jug as Trap.***
EM 8(1996)257–260(U. Marzolph).
Finnish: Rausmaa 1982ff. V, No. 67; Estonian: Kippar 1986, Nos. 68A, 68B; Latvian: Arājs/Medne 1986, No. 68B; Lithuanian: Kerbelytė 1999ff. I, Nos. 68A, 68B; Lydian: Kecskeméti/Paunonen 1974, No. 68B; Frisian: cf. Kooi/Schuster 1993, No. 2; German: Grannas 1957, No. 19; Czech: Dvořák 1978, No. 2169*; Slovakian: Gašparíková 1991f. I, No. 140; Macedonian: Vražinovski 1977, No. 19; Bulgarian: BFP, Nos. 68A, 68B; Greek: Megas 1978; Polish: Krzyżanowski 1962f. I, No. 163; Russian, Byelorussian: SUS, No. 68B; Ukrainian: SUS, Nos. 68A, 68B; Uzbek: Afzalov et al. 1963 I, 45f.; Tadzhik: STF, Nos. 49, 394; Tuva: Taube 1978, No. 72; Georgian: Kurdovanidze 2000, No. 68B; Iranian: Marzolph 1984, No. *68B; Indian: Hertel 1953, No. 69; Chinese: Ting 1978; Japanese: Ikeda 1971, No. 1294; Chad: cf. Jungraithmayr 1981, No.

43; South African: cf. Schmidt 1989 II, No. 1270(with human actors).

68* ***The Fox Jeers at the Fox Trap.***
Chauvin 1892ff. III, 59 No. 21; Dähnhardt 1907ff. IV, 274f.; Schwarzbaum 1979, 45 No. 9; cf. Marzolph/Van Leeuwen 2004, No. 414.
Estonian: Kippar 1986; Lappish: Qvigstad 1925, Nos. 68*, 245*, Bartens 2003, No. 12; Irish: Ó Súilleabháin/Christiansen 1963; Macedonian: Eschker 1972, No. 5; Ukrainian: SUS; Uzbek: Afzalov et al. 1963 I, 47ff.; Palestinian: El-Shamy 2004, No. 68C§; Chinese: Ting 1978; Indonesian: Vries 1925f. II, 404 No. 110; Japanese: Ikeda 1971; Egyptian, Algerian, Sudanese, Tanzanian: El-Shamy 2004, No. 68C§; Congolese: Klipple 1992.

Other Wild Animals 70–99

70 ***More Cowardly than the Hare.***
Dähnhardt 1907ff. IV, 97–103; Pedersen/Holbek 1961f. II, No. 61; Tubach 1969, No. 2434; Schwarzbaum 1979, 231–234; Dicke/Grubmüller 1987, No. 260; EM 6(1990) 555–558(R. W. Brednich); Adrados 1999ff. III, Nos. H. 143, M. 238.
Finnish: Rausmaa 1982ff. V, Nos. 68–73; Finnish-Swedish: Hackman 1917f. I, No. 22; Estonian: Kippar 1986; Latvian: Arājs/Medne 1977; Lithuanian: Kerbelytė 2001, 49; Livonian, Lappish, Wotian, Karelian: Kecskeméti/Paunonen 1974; Syrjanian: Fokos-Fuchs 1951, 45 No. 5; Swedish: Liungman 1961; Norwegian: Hodne 1984; Irish: Ó Súilleabháin/Christiansen 1963; French: Delarue/Tenèze 1964ff. III, Cifarelli 1993, No. 297; Spanish: Chevalier 1983, No. 11, Goldberg 1998, No. J881.1; Portuguese: Vasconcellos 1984, No. 84, Cardigos(forthcoming); Dutch: Schippers 1995, No. 128; Frisian: Kooi 1984a, Kooi/Schuster 1994, No. 256; Flemish: Meyer 1968; Walloon: Laport 1932, No. *70A; German: Tomkowiak 1993, 218, Hubrich-Messow 2000, Berger 2001; Italian: Cirese/Serafini 1975; Hungarian: MNK I; Czech: Dvořák 1978, No. 2221*; Slovene: Vrtec 21(1891)176; Serbian: Eschker 1992, No. 57; Macedonian: Vražinovski 1977, No. 20; Rumanian: Schullerus 1928, No. 92*; Bulgarian: BFP; Greek: Megas 1978; Polish: Krzyżanowski 1962f. I; Russian, Byelorussian: SUS; Ukrainian: SUS, Nos. 70, 70B*; Turkish: Eberhard/Boratav 1953, No. 18; Jewish: Jason 1975; Mordvinian: Kecskeméti/Paunonen 1974; Kurdish: Džalila et al. 1989, No. 176; Siberian: Kontelov 1956, 80; Yakut: Ėrgis 1967, No. 26; Tungus: Suvorov 1960, 40f.; Georgian: Kurdovanidze 2000; South African: Grobbelaar 1981.

71 *Contest of Frost and the Hare.*

Dähnhardt 1907ff. III, 23; EM 5(1987)430-433(U. Masing).

Finnish: Rausmaa 1982ff. V, No. 74; Estonian: Kippar 1986; Latvian: Arājs/Medne 1977; Slovene: Matičetov 1973, 43ff.; Croatian: Bošković-Stulli 1963, No. 8; Polish: cf. Krzyżanowski 1962f. I, No. 278; Russian: Novikov 1941, No. 36; Chilean: Pino Saavedra 1987, Nos. 11, 12.

72 *Rabbit Rides Fox A-courting.*

Hadel 1970; cf. Schwarzbaum 1979, 43; EM 8(1996)334-338(P.-L. Rausmaa); Schmidt 1999.

Latvian: Arājs/Medne 1977; North American Indian: Thompson 1919, 440, 447; French-American: Delarue/Tenèze 1964ff. III; African American: Parsons 1923a, Nos. 38, 39, Dorson 1958, Nos. 3, 7; Mexican, Guatemalan, Costa Rican, Panamanian: Robe 1973; Dominican, Puerto Rican: Hansen 1957; Mayan: Peñalosa 1992; Brazilian: Cascudo 1955a, 271f., Alcoforado/Albán 2001, No. 7; Argentine: Chertudi 1960f. I, No. 16; West Indies: Flowers 1953; Cape Verdian: Parsons 1923b I, No. 24; Guinean: Klipple 1992; Liberian: Dorson 1972, 389ff.; East African: Arewa 1966, No. 1631, Klipple 1992; Sudanese, Angolan: Serauky 1988, 174, Klipple 1992; Namibian: Schmidt 1989 II, No. 435; South African: Coetzee et al. 1967, Grobbelaar 1981, Schmidt 1989 II, No. 435.

72* *The Hare Emancipates Her Children* (previously ***The Hare Instructs his Sons***).

Finnish: Rausmaa 1982ff. V, No. 75; Estonian: Kippar 1986; Lithuanian: Kerbelytė 1999ff. IV(forthcoming); Lappish: cf. Qvigstad 1927ff. III, No. 7, Bartens 2003, No. 6; Irish: Ó Súilleabháin/Christiansen 1963, O'Sullivan 1966, No. 5; Greek: Megas 1978.

72B* *Why the Hare Jumps over the Path* (previously ***Fox to Hare: Why do you Jump over the Path?***).

Finnish: Rausmaa 1982ff. V, No. 76; Estonian: Kippar 1986; Frisian: Kooi 1984a.

72D* *Tales about Hares (Rabbits).*

Dicke/Grubmüller 1987, Nos. 255, 257, 261, 262; EM 6(1990)542-555(R. Schenda).

Finnish: Rausmaa 1982ff. V, Nos. 35, 77; Estonian: Kippar 1986, Nos. 72C*, 72D, 73B; Spanish, Portuguese: Camarena/Chevalier 1995ff. I, No. 74F; Bulgarian: BFP, Nos. *72D*, *72E*; Ukrainian: SUS, Nos. 73*, 73A*, 73B*; Iraqi: El-Shamy 2004; Mexican: Robe 1973, Nos. 72*D-*F, 74*F; Guatemalan, Nicaraguan: Robe 1973, No. 74*F; Costa

Rican: Robe 1973, No. 73*A; Cuban: Hansen 1957, No. **74X; Dominican: Hansen 1957, Nos. **74C, **74BB, **74DD; Puerto Rican: Hansen 1957, Nos. **74C-74L, **74N-74Q, **74S-U, **74Y, **74Z, **74AA, **74CC; South American Indian: Hissink/Hahn 1961, Nos. 115, 337; Mayan: Peñalosa 1992, Nos. 73A, 73B*, 74C-74E, 74J, 74K; Venezuelan: Hansen 1957, Nos. **74D, **74V, **74W, **74X; Brazilian: Hansen 1957, No. **74R; Argentine: Hansen 1957, No. **74C.

73 ***Blinding the Guard.***
Dähnhardt 1907ff. IV, 184; Uther 1981, 35; EM: Wache blenden (in prep.).
Spanish: Camarena/Chevalier 1995ff. I; Slovene: Brinar 1904, 12f.; Indian: Bødker 1957a, No. 70, Thompson/Roberts 1960; Nepalese: Heunemann 1980, 139ff.; North American Indian: Thompson 1919, 440ff.; US-American: Barden 1991, No. 78; Spanish-American: cf. TFSP 25 (1953) 235–238; African American: Harris 1955, 32ff.; Costa Rican: Robe 1973; South American Indian: Hissink/Hahn 1961, Nos. 115, 337; Venezuelan, Colombian: Hansen 1957; Peruvian: Jiménez Borja 1940, 9f.; Bolivian: Aníbarro de Halushka 1976, No. 3; Brazilian: Romero/Cascudo 1954, 376ff., Alcoforado/Albán 2001, Nos. 1, 3; Chilean: Hansen 1957, Pino Saavedra 1960ff. III, No. 228; Argentine: Hansen 1957, Chertudi 1960f. I, Nos. 2, 17, 21; West Indies: Flowers 1953; East African: Arewa 1966, No. 2057, Klipple 1992; Congolese: Klipple 1992.

74C* ***Rabbit Throws a Coconut***
Catalan: cf. Oriol/Pujol 2003; Portuguese: Pedroso 1985, No. 34, Cardigos (forthcoming); Japanese: Ikeda 1971, No. 210, cf. No. 111; Spanish-American, Mexican, Guatemalan, Nicaraguan, Costa Rican: Robe 1973; Puerto Rican: Hansen 1957, No. **74M; Ecuadorian: cf. Carvalho-Neto 1966, Nos. 17, 61; South American Indian: Hissink/Hahn 1961, Nos. 115, 117, 118, 337, 340; Mayan: Laughlin 1977, 159ff.; Peruvian, Chilean: Hansen 1957, No. **74M.

75 ***The Help of the Weak.***
Chauvin 1892ff. II, 93 No. 42A, 192, No. 10; Ahrens 1921; Pedersen/Holbek 1961f. II, No. 51; Schwarzbaum 1964, 186f.; Tubach 1969, No. 3052; Schwarzbaum 1979, 87–95; Dicke/Grubmüller 1987, Nos. 340, 391, 426; EM 6 (1990) 1023–1029 (J. van der Kooi); Dekker et al. 1997, 253–255; Adrados 1999ff. III, Nos. H. 155, M. 226; Schmidt 1999.
Finnish: Rausmaa 1982ff. V, No. 78; Finnish-Swedish: Hackman 1917f. I, 16 No. 24; Estonian: Kippar 1986; Livonian: Loorits 1926, No. 75*; Latvian: Arājs/Medne 1977; Irish: Ó Súilleabháin/Christiansen 1963; French: Cifarelli 1993, No. 310; Spanish:

Chevalier 1983, No. 12, Goldberg 1998, No. B371.1; Catalan: Neugaard 1993, Nos. B363, B437.2, Oriol/Pujol 2003; Dutch: Schippers 1995, No. 211; Frisian: Kooi 1984a; German: Moser-Rath 1964, No. 54, Tomkowiak 1993, 224, Bechstein/Uther 1997 I, Nos. 56, 59; Italian: Cirese/Serafini 1975; Hungarian: MNK I; Czech: Dvořák 1978, No. 3052; Slovene: Bolhar 1975, 84; Serbian: Čajkanović 1929, No. 16; Macedonian: Eschker 1972, No. 13, Vražinovski 1977, No. 21; Bulgarian: BFP; Greek: Megas 1978; Ukrainian: SUS; Jewish: Jason 1965, Noy 1976, Jason 1988a; Tatar: Kecskeméti/Paunonen 1974; Yakut: cf. Ėrgis 1967, No. 9; Uzbek: Afzalov et al. 1963 I, 9ff.; Turkmen: Reichl 1982, 55; Tadzhik: STF, No. 230; Georgian: Kurdovanidze 2000; Syrian: El-Shamy 2004; Iraqi: Nowak 1969, No. 50; Saudi Arabian: Nowak 1969, No. 23; Iranian: Marzolph 1984; Indian: Bødker 1957a, Nos. 741, 760–763, Thompson/Roberts 1960, Jason 1989; Chinese: Ting 1978; Tibetian: Kassis 1962, 81f., cf. O'Connor 1906, No. 19; Japanese: Inada/Ozawa 1977ff.; French-American: Ancelet 1994, No. 82; West Indies: Flowers 1953; Egyptian: cf. El-Shamy 1980, No. 48, El-Shamy 2004; Algerian, Moroccan: El-Shamy 2004; Guinean, East African: Klipple 1992; Sudanese: Nowak 1969, Nos. 48, 50, Klipple 1992, El-Shamy 2004; Tanzanian: El-Shamy 2004; Congolese: Klipple 1992; Angolan: Serauky 1988, 210f.; South African: Coetzee et al. 1967; Namibian: Schmidt 1989 II, No. 670; Malagasy: cf. Haring 1982, No. 2.1.75, Klipple 1992.

75A ***The Lion and the Worm.***

Estonian: Kippar 1986, No. 75A; Serbian: Vrčević 1868f. I, No. 423; Ukrainian: SUS, No. 75B*.

75* ***The Wolf and the Nurse*** (previously ***Wolf Waits in Vain for the Nurse to Throw away the Child***).

Chauvin 1892ff. III, 69; Pauli/Bolte 1924 I, No. 90; Pedersen/Holbek 1961f. II, No. 154; Schwarzbaum 1979, 122 not. 17; Dicke/Grubmüller 1987, No. 647; Adrados 1999ff. III, Nos. H. 163, M. 323; EM: Wolf und Amme (in prep.).

Finnish: Rausmaa 1982ff. V, No. 79; French: Joisten 1971 II, No. 94,1; Spanish: Camarena/Chevalier 1995ff. I, Goldberg 1998, No. J2066.5; Catalan: Neugaard 1993, No. J2066.5; Portuguese: Vasconcellos/Soromenho et al. 1963f. I, No. 47, Cardigos (forthcoming); Dutch: Schippers 1995, No. 508; Flemish: Meyer 1968; German: Moser-Rath 1964, No. 188; Hungarian: MNK I; Czech: Dvořák 1978, No. 5338*; Bulgarian: BFP; Ukrainian: SUS; Kazakh: Reichl 1986, No. 27; Chinese: Ting 1978; Japanese: Ikeda 1971.

76 ***The Wolf and the Crane.***

Chauvin 1892ff. III, 69 No. 38; Pedersen/Holbek 1961f. II, No. 41; Schwarzbaum 1964, 187; Tubach 1969, No. 5332; Schütze 1973, 38–41; Schwarzbaum 1979, 51–56; Curletto 1984; Dicke/Grubmüller 1987, No. 631; Marzolph 1992 II, No. 283; Adrados 1999ff. III, Nos. H. 161, M. 254; Schmidt 1999; EM: Wolf und Kranich (in prep.).
Finnish: Rausmaa 1982ff. V, No. 80; Estonian: Kippar 1986; Latvian: Arājs/Medne 1977; Lithuanian: Kerbelytė 1999ff. I; Karelian: Kecskeméti/Paunonen 1974; Irish: Ó Súilleabháin/Christiansen 1963; French: Cifarelli 1993, No. 335; Spanish: Goldberg 1998, No. W154.3; Basque: Camarena/Chevalier 1995ff. I; Catalan: Neugaard 1993, No. W154.3, Oriol/Pujol 2003; Dutch: Schippers 1995, No. 496; Frisian: Kooi 1984a; German: Moser-Rath 1964, No. 89, Tomkowiak 1993, 231; Swiss: EM 7 (1993) 874; Italian: Cirese/Serafini 1975; Hungarian: MNK I; Czech: Dvořák 1978, No. 5332; Macedonian: Eschker 1972, No. 11; Bulgarian: BFP; Greek: Megas 1978; Russian, Ukrainian: SUS; Jewish: Haboucha 1992; Gypsy: MNK X 1; Tadzhik: Sandelholztruhe 1960, 58f.; Mongolian: Lőrincz 1979; Georgian: Kurdovanidze 2000; Indian: Bødker 1957a, No. 1245, Jason 1989; Chinese: Ting 1978; West Indies: Flowers 1953; Egyptian: El-Shamy 2004; East African: Klipple 1992; Central African: Lambrecht 1967, No. 2751C; Namibian: Schmidt 1989 II, No. 637; South African: Coetzee et al. 1967, Schmidt 1989 II, No. 637.

77 ***The Stag Admires Himself in a Spring.***

Pedersen/Holbek 1961f. II, No. 80; Schwarzbaum 1964, 187; Tubach 1969, No. 4589; Schwarzbaum 1979, 375–378; Dicke/Grubmüller 1987, No. 272; Adrados 1999ff. III, Nos. H. 76, M. 112; EM: Tiere: Die eitlen T. (in prep.).
Estonian: Kippar 1986; Latvian: Arājs/Medne 1977; Lithuanian: Kerbelytė 1999ff. I; Swedish: Liungman 1961; Irish: Ó Súilleabháin/Christiansen 1963; French: Cifarelli 1993, No. 83; Spanish: Camarena/Chevalier 1995ff. I, González Sanz 1996, Goldberg 1998, No. L461; Catalan: Neugaard 1993, No. L461; Dutch: Schippers 1995, No. 135; Frisian: Kooi 1984a; German: Kobolt, Scherz und Ernst (1747) 269ff., 550ff. (EM archive), Tomkowiak 1993, 218; Hungarian: MNK I; Czech: Dvořák 1978, No. 4589; Slovene: Vrtec 14 (1884) 150; Greek: Megas 1978; Ukrainian: SUS; Georgian: Kurdovanidze 2000; Chinese: Ting 1978; East African: Klipple 1992; Malagasy: Haring 1982, No. 2.1.77, Klipple 1992.

77* ***The Wolf Confesses his Sins to God.***

Chauvin 1892ff. II, 125 No. 123; cf. Pauli/Bolte 1924 I, No. 29; Schwarzbaum 1964, 187; Dicke/Grubmüller 1987, No. 637; Marzolph 1992 II, No. 1044; cf. Adrados

1999ff. III, No. M. 264.
Estonian: Kippar 1986; Livonian: Loorits 1926; Swedish: Liungman 1961; Italian: Cirese/Serafini 1975; Sorbian: Nedo 1956, No. 13a; Chilean: Pino Saavedra 1987, No. 230.

77** ***Wolf at School.***
Schwarzbaum 1964, 187; Tubach 1969, No. 5338; Schwarzbaum 1979, 533-536; Schreiber 1985, 299-302; Dicke/Grubmüller 1987, No. 644, cf. No. 634; Verfasserlexikon 10(1999)1305-1307(G. Dicke).

78 ***Animal Tied to Another for Safety*** (previously ***Animal Allows himself to be Tied to Another for Safety***).
Schwarzbaum 1964, 187; Schmidt 1999; EM: Tiere aneinandergebunden(in prep.).
Hungarian: MNK I; Uighur: Reichl 1986, No. 5; Kurdish: Džalila et al. 1989, No. 180; Kirghiz: Reichl 1986, No. 40; Tadzhik: Rozenfel'd/Ryčkovoj 1990, Nos. 19, 34; Kalmyk: Džimbinov 1962, No. 10; Tuva: Taube 1978, Nos. 10, 58; Indian: Jason 1989; Chinese: Ting 1978; Cambodian: Gaudes 1987, No. 11; Indonesian: Vries 1925f. II, 403 No. 87; Namibian: Schmidt 1989 II, No. 645; South African: Grobbelaar 1981, Schmidt 1989 II, No. 645.

78A ***Animal Tied Up Because of a Storm*** (previously ***Animal Allows Himself to be Tied so as to Avoid Being Carried off by Storm***).
EM: Tiere aneinandergebunden(in prep.).
Filipino: Wrigglesworth 1993, No. 42; Spanish-American: Robe 1973; African American: Harris 1955, 351ff., 481ff.; Mexican, Nicaraguan: Robe 1973; Puerto Rican: Hansen 1957, No. **74A; Mayan: Peñalosa 1992; Venezuelan: Hansen 1957, No. **74A; Brazilian: Alcoforado/Albán 2001, Nos. 8, 11, 12; Peruvian: Hansen 1957, No. **74A; Chilean: Pino Saavedra 1960ff. III, No. 229; Argentine: Hansen 1957, No. **74A; West Indies: Flowers 1953; Cape Verdian: Parsons 1923b I, 324 No. 2; South African: Coetzee et al. 1967, No. 126.

80 ***The Hedgehog in the Badger's Den.***
Kirchhof/Oesterley 1869 VII, No. 74; BP III, 345f.; Bowra 1940; Tubach 1969, No. 2168; Schwarzbaum 1979, 56-60; Dicke/Grubmüller 1987, Nos. 289, 321; EM 7 (1993)37-39(R. Goerge).
Estonian: Kippar 1986; Latvian: Arājs/Medne 1977; Livonian: Kecskeméti/Paunonen 1974; Catalan: Oriol/Pujol 2003; Dutch: Schippers 1995, No. 140; Frisian:

Kooi 1984a, No. 105*; German: Henßen 1955, No. 442, Moser-Rath 1964, No. 250; Italian: Cirese/Serafini 1975; Slovene: Kosi 1894, 72; Greek: cf. Megas 1978; Chinese: Ting 1978, No. 43A; Moroccan: El-Shamy 2004.

80A* ***Who Gets the Booty?*** (previously ***Who Gets the Beehive***).
Schwarzbaum 1979, 355-363; Dicke/Grubmüller 1987, No. 614; Marzolph 1992 II, No. 933.
Latvian: Arājs/Medne 1977; Karelian: Kecskeméti/Paunonen 1974; Spanish: Camarena/Chevalier 1995ff. I; Bulgarian: Leskien 1915, No. 8; Greek: Megas 1978; Turkish: Eberhard/Boratav 1953, No. 6 V; Dagestan: Chalilov 1965, No. 15; Georgian: Dirr 1920, No. 45; Aramaic: Arnold 1994, No. 16; Iraqi: El-Shamy 2004; Indian: cf. Bødker 1957a, No. 304; Algerian: cf. Basset 1897, No. 76, El-Shamy 2004; Moroccan: El-Shamy 2004.

81 ***Too Cold for Hare to Build House in Winter.***
Dähnhardt 1907ff. III, 202f.; EM 6(1990)604-607(P.-L. Rausmaa).
Finnish: Rausmaa 1982ff. V, Nos. 81, 82; Estonian: Kippar 1986; Lithuanian: Scheu/Kurschat 1913, 324f., Aleksynas 1974, No. 18, Kerbelytė 1999ff. IV(forthcoming); Lappish: Qvigstad 1927ff. I, 269 No. 61, III, No. 7; Swedish: Liungman 1961, No. 72; Norwegian: Hodne 1984; Irish: Ó Súilleabháin/Christiansen 1963; Spanish: Camarena/Chevalier 1995ff. I; German: Grannas 1957, No. 20; Hungarian: MNK I, No. 81^*_1; Serbian: Vrčević 1868f. I, No. 400, Karadžić 1937, 274 No. 3; Bulgarian: BFP; Greek: Megas 1978; Polish: Krzyżanowski 1962f. I; Russian, Ukrainian: SUS; Tadzhik: STF, No. 62; Tuva: cf. Taube 1978, No. 22; US-American: Baughman 1966; Spanish-American: TFSP 18(1943)48f.; African American: Dorson 1956, 44f., 207 No. 13, Dance 1978, No. 439.

85 ***The Mouse, the Bird, and the Sausage.***
BP I, 204-207, 293-295, III, 558f.; EM 9(1999)440-442(B. Steinbauer).
Latvian: Arājs/Medne 1977; Lappish: Qvigstad 1927ff. III, 45 No. 18,1, cf. II, 27 No. 11, Bartens 2003, No. 13; Danish: Kristensen 1896, No. 149; Faeroese: cf. Nyman 1984; French: Delarue/Tenèze 1964ff. III; Spanish: cf. Espinosa 1946, No. 71; Catalan: cf. Karlinger/Pögl 1989, No. 25; Frisian: Kooi/Schuster 1994, No. 257; German: Ranke 1966, No. 6, Grimm KHM/Uther 1996 I, No. 23, cf. No. 30, Hubrich-Messow 2000; Italian: Cirese/Serafini 1975; Hungarian: MNK I; Polish: Krzyżanowski 1962f. I; Russian: Wunderblume 1958, 470ff.; Ukrainian: Mykytiuk 1979, No. 58; Iranian: Osmanov 1958, 452ff., 456ff.; Indonesian: Vries 1925f. I, No. 30; French-

American: Dorson 1964, 258ff.

87A* ***The Bear Stands on a Heap of Wood.***
Estonian: Kippar 1986, Nos. 87A*, 169G*; Latvian: Arājs/Medne 1977; Lithuanian: Kerbelytė 1999ff. IV (forthcoming); Hungarian: MNK I, No. 169G*; Polish: Krzyżanowski 1962f. I, No. 187; Russian, Byelorussian, Ukrainian: SUS.

88* ***The Bear Climbs a Tree.***
Estonian: Kippar 1986; Latvian: Arājs/Medne 1977; Lithuanian: Cappeller 1924, No. 8; Slovene: Kosi 1894, 98f.; Ukrainian: SUS; Azerbaijan: Seidov 1977, 197f.

90 ***The Needle, the Glove, and the Squirrel.***
Finnish: Rausmaa 1982ff. V, No. 83; Estonian: Kippar 1986; Karelian, Cheremis/Mari: Kecskeméti/Paunonen 1974.

91 ***Heart of Monkey as Medicine*** (previously ***Monkey [Cat] who Left his Heart at Home***).
Chauvin 1892ff. II, 99 No. 57, 191 No. 6, 193 No. 14; Dähnhardt 1907ff. IV, 1–26; EM 1 (1977) 150–154 (W. Eberhard); cf. Hatami 1977, No. 8; Schwarzbaum 1979, 436 not. 31, 511 not. 30; cf. Dicke/Grubmüller 1987, No. 24; Schmidt 1999; Grayson 2004.
Spanish: Camarena/Chevalier 1995ff. I, Goldberg 1998, No. K961.1; German: Tomkowiak 1993, 201f.; Hungarian: MNK I, Dömötör 1992, No. 406; Bulgarian: BFP; Ukrainian: SUS; Jewish: Jason 1975, Noy 1976; Kurdish: Džalila et al. 1989, No. 177; Mongolian: Lőrincz 1979, No. 86A*; Iranian: Marzolph 1984; Pakistani: Thompson/Roberts 1960; Indian: Bødker 1957a, Nos. 678, 679, Thompson/Roberts 1960, Jason 1989; Burmese: Kasevič/Osipov 1976, Nos. 50, 84; Tibetian: O'Connor 1906, No. 20; Chinese: Ting 1978; Korean: Choi 1979; Vietnamese: cf. Landes 1886, No. 43; Indonesian: Vries 1925f. II, No. 159; Japanese: Ikeda 1971, Inada/Ozawa 1977ff.; Filipino: Fansler 1921, No. 56b, Ramos 1953, 66ff.; Puerto Rican: Hansen 1957, No. **283; African American: Baer 1980, 145f.; Peñalosa 1992; Egyptian: El-Shamy 2004; Tunisian: Brandt 1954, 30; Moroccan: Nowak 1969, No. 47, El-Shamy 2004; East African: Arewa 1966, No. 1821, Dorson 1972, 165f.; Ethiopian: cf. Gankin et al. 1960, 84f.; Central African: Lambrecht 1967, No. 1821,4; Namibian, South African: Schmidt 1989 II, No. 542.

92 ***The Lion Dives for His own Reflection.***
Chauvin 1892ff. II, 88 No. 25, 96 No. 49; Dicke/Grubmüller 1987, Nos. 84, 385;

Schmidt 1999; EM: Spiegelbild im Wasser(forthcoming).
Latvian: Arājs/Medne 1977; Irish: Ó Súilleabháin/Christiansen 1963; Spanish: Goldberg 1998, No. K1716; Catalan: Neugaard 1993, No. K1715.1; Portuguese: Soromenho/Soromenho 1984f. I, No. 40, Cardigos(forthcoming); Frisian: Kooi 1984a; German: Bechstein/Uther 1997 II, No. 38, Tomkowiak 1993, 223, Berger 2001; Maltese: Ilg 1906 I, No. 6, Mifsud-Chircop 1978; Bulgarian: BFP; Greek: Megas 1978, No. 34; Ukrainian: SUS; Kurdish: Družinina 1959, 9f., Džalila et al. 1989, No. 175; Kazakh: Sidel'nikov 1952, 27f., 30ff.; Tadzhik: STF, Nos. 79, 179, 187, cf. No. 365; Kalmyk, Buryat, Mongolian: Lőrincz 1979; Georgian: Kurdovanidze 2000; Iranian: Marzolph 1984; Afghan: Lebedev 1955, 121f.; Pakistani: Thompson/Roberts 1960; Indian: Bødker 1957a, No. 28, cf. No. 546, Thompson/Balys 1958, No. K1716, Thompson/Roberts 1960, Jason 1989; Burmese: Htin Aung 1954, 12f.; Sri Lankan: Thompson/Roberts 1960; Tibetian: O'Connor 1906, No. 9, Kassis 1962, 80f., Hoffmann 1965, 89; Chinese: Ting 1978; Cambodian: cf. Gaudes 1987, No. 20; Malaysian: Hambruch 1922, 36 No. 5; Indonesian: Vries 1925f. II, No. 92; African American: Harris 1955, 547ff.; Mayan: Peñalosa 1992; Moroccan, Sudanese: El-Shamy 2004; Guinean: Klipple 1992, 409; Ethiopian: Müller 1992, No. 40; Namibian: Schmidt 1996, No. 15; South African: Grobbelaar 1981.

93 ***The Master Taken Seriously.***
Pauli/Bolte 1924 II, No. 867; Müller 1976; Schwarzbaum 1979, 331–333; Dicke/Grubmüller 1987, No. 569; Adrados 1999ff. III, Nos. M. 11, not-H. 141; EM: Worte des Herrn sind ernstzunehmen(in prep.).
Estonian: Kippar 1986, No. *244; Latvian: Arājs/Medne 1977; Lithuanian: Aleksynas 1974, No. 9; Irish: Ó Súilleabháin/Christiansen 1963; French: Cifarelli 1993, No. 279; Spanish: Camarena/Chevalier 1995ff. I; Portuguese: Oliveira 1900ff. II, No. 363, Cardigos(forthcoming); Dutch: Schippers 1993, No. 427; German: Plener, Acerra philologica(1687)191ff.(EM archive), Sobel 1958, No. 16, Tomkowiak 1993, 230; Italian: Cirese/Serafini 1975; Hungarian: MNK I, Nos. 93, 93^{*}_{1}, 93^{*}_{2}; Slovene: Kosi 1894, 117f.; Rumanian: Schullerus 1928, No. 93*; Bulgarian: BFP; Ukrainian: SUS; Kurdish: cf. Džalila et al. 1989, No. 150.

WILD ANIMALS AND DOMESTIC ANIMALS 100–149

100 ***The Wolf is Caught Because of His Singing*** (previously ***The Wolf as the Dog's Guest Sings***).
Dähnhardt 1907ff. IV, 233f.; BP II, 111; Pedersen/Holbek 1961f. II, No. 131; Schwarzbaum 1979, 216; Dicke/Grubmüller 1987, No. 627; Adrados 1999ff. III, No. M. 98; EM: Wolf: Der singende W. (in prep.).
Finnish: Rausmaa 1982ff. V, Nos. 84, 85; Estonian: Kippar 1986; Latvian: Arājs/Medne 1977; Lithuanian: Kerbelytė 1999ff. I; Irish: Ó Súilleabháin/Christiansen 1963; French: Cifarelli 1993, No. 332; Spanish: Camarena/Chevalier 1995ff. I; Catalan: Neugaard 1993, No. J581.1, Oriol/Pujol 2003; German: Jahn 1889, No. 558, Knoop 1925, No. 104, Oberfeld 1962, No. 5; Hungarian: MNK I; Czech: Horák 1971, 38ff.; Slovakian: Polívka 1923ff. V, 138–140; Serbian: Čajkanović 1929, No. 2, Eschker 1992, No. 65; Croatian: Gaál/Neweklowsky 1983, No. 49; Bulgarian: BFP; Greek: Megas 1978; Russian, Byelorussian, Ukrainian: SUS; Ossetian: Bjazyrov 1958, No. 13; Cheremis/Mari, Tatar: Kecskeméti/Paunonen 1974; Georgian: Kurdovanidze 2000, Nos. 12*, 100; Turkmen: Stebleva 1969, No. 9; Palestinian: El-Shamy 2004; Oman: cf. Nowak 1969, No. 29; Indian: Bødker 1957a, No. 995, cf. Nos. 992, 993, 1040; Tibetian: O'Connor 1906, No. 11; Spanish-American, Mexican: Robe 1973; Argentine: Chertudi 1960f. I, No. 22; Algerian: cf. Nowak 1969, No. 29, El-Shamy 2004; Moroccan: El-Shamy 2004.

101 ***The Old Dog as Rescuer of the Child (Sheep).***
BP I, 424–427; Leach 1961, 384; Pedersen/Holbek 1961f. II, No. 130; cf. Dicke/Grubmüller 1987, Nos. 290, 627; EM 6 (1990) 1340–1343 (I. Köhler-Zülch); cf. Adrados 1999ff. III, Nos. M. 94, M. 98.
Finnish: Rausmaa 1982ff. V, No. 85; Estonian: Kippar 1986; Latvian: Arājs/Medne 1977; Lithuanian: Kerbelytė 1999ff. I; Karelian: Konkka 1959, 66f.; Swedish: Liungman 1961; Irish: Ó Súilleabháin/Christiansen 1963; French: Delarue/Tenèze 1964ff. III, Cifarelli 1993, Nos. 136, 332; Spanish: Camarena/Chevalier 1995ff. I; Catalan: cf. Oriol/Pujol 2003; Dutch: Schippers 1995, No. 494; Frisian: Kooi 1984a; Flemish: Meyer 1968; German: Tomkowiak 1993, 237f., Kooi/Schuster 1994, No. 240, Grimm KHM/Uther 1996 I, No. 48, Berger 2001; Hungarian: MNK I; Czech: Horák 1971, 38ff.; Slovakian: Polivka 1923ff. V, 129, 132f., 143f., Gašparíková 1991f. I, Nos. 158, 271; Slovene: Kres 5 (1885) 505, Bolhar 1974, 114ff.; Macedonian: Vražinovski 1977; Bulgarian: BFP; Greek: Megas 1968a; Polish: Krzyżanowski 1962f. I; Sorbian: Nedo

1956, No. 4; Russian, Byelorussian: SUS; Ukrainian: SUS, No. 101, cf. No. 101***; Tatar: Kecskeméti/Paunonen 1974; Japanese: Ikeda 1971; Mexican: Robe 1973; Ethiopian: Gankin et al. 1960, 75ff.

102 ***The Dog as Wolf's Shoemaker.***

Schwarzbaum 1979, 271 not. 6; EM 6(1990)1350–1354(I. Köhler-Zülch).

Finnish: Rausmaa 1982ff. V, No. 86, 93; Finnish-Swedish: Hackman 1917f. I, No. 25; Estonian: Kippar 1986; Latvian: Arājs/Medne 1977; Lithuanian: Kerbelytė 1999ff. I; Lappish: Kecskeméti/Paunonen 1974; Spanish: Camarena/Chevalier 1995ff. I, No. 24; Portuguese: Cardigos(forthcoming); German: Peuckert 1932, No. 8, Benzel 1962, No. 146; Hungarian: MNK I; Czech: Sirovátka 1980, No. 38, Jech 1984, No. 2; Slovakian: Polívka 1923ff. V, 141f., Gašparíková 1991f. I, Nos. 113, 140, 158, 271, II, No. 460; Polish: Krzyżanowski 1962f. I; Russian, Byelorussian, Ukrainian: SUS; Jewish: Jason 1965, Noy 1976; Gypsy: MNK X 1; Armenian: Hermann/Schwind 1951, 130f.; Kara-Kalpak: Reichl 1985, 15f.; Tadzhik: STF, Nos. 92, 394; Syrian, Palestinian: El-Shamy 2004; Aramaic: Arnold 1994, No. 17; Jordanian: El-Shamy 2004, No. 102A§; Iraqi: Nowak 1969, Nos. 4, 30, El-Shamy 2004, No. 102A§; Saudi Arabian: Nowak 1969, No. 4; Qatar: El-Shamy 2004, No. 102A§; Iranian: Marzolph 1984; Cape Verdian: Parsons 1923b I, 10f.; North African, Egyptian: El-Shamy 2004, No. 102A§; Algerian: Nowak 1969, No. 9, El-Shamy 2004; Moroccan: Nowak 1969, No. 30, El-Shamy 2004, No. 102A§; Chad: Jungraithmayr 1981, No. 33; Central African: Fuchs 1961, 42ff.; South African: Coetzee et al. 1967.

103 ***War between Wild Animals and Domestic Animals*** (previously ***The Wild Animals Hide from the Unfamiliar Animal***).

Dähnhardt 1907ff. IV, 209–217; BP I, 424–427; Schwarzbaum 1979, 196; EM 8(1996)430–436(R. W. Brednich); Adrados 1999ff. III, No. not-H. 302.

Finnish: Rausmaa 1982ff. V, Nos. 85–97; Finnish-Swedish: Hackman 1917f. I, Nos. 26, 118; Estonian: Kippar 1986, Nos. 103, 104; Livonian: Loorits 1926; Latvian: Arājs/Medne 1977, Nos. 103, 104; Lithuanian: Kerbelytė 1999ff. I, Nos. 103, 104; Lappish: Qvigstad 1927ff. III, No. 8; Swedish: Liungman 1961, No. 103–104; French: Delarue/Tenèze 1964ff. III; Spanish: Espinosa 1946f., Nos. 246–248; Frisian: Kooi 1984a; Flemish: Meyer 1968, No. 104; German: Grimm KHM/Uther 1996 I, No. 48, Hubrich-Messow 2000, Berger 2001, No. 104; Italian: Cirese/Serafini 1975; Hungarian: MNK I; Slovakian: Polívka 1923ff. V, 132f., 135, Gašparíková 1991f. I, Nos. 113, 140, 158, 271, II, Nos. 460, 519; Slovene: Kres 5(1885)505, Bolhar 1974, 114ff.; Serbian: Karadžić 1937, No. 49, Eschker 1992, Nos. 48, 49; Croatian: Valjavec 1890, No. 62,

Bošković-Stulli 1959, 37f.; Rumanian: Schullerus 1928; Bulgarian: BFP, Nos. 103, 104; Greek: Megas 1978, Nos. 103, 104; Polish: Krzyżanowski 1962f. I, No. 104; Sorbian: Nedo 1956, No. 4; Russian: SUS, No. 103; Byelorussian, Ukrainian: SUS, Nos. 103, 104; Turkish: Eberhard/Boratav 1953, Nos. 15(5), 45 III 2, 413 No. 2; Gypsy: MNK X 1, No. 104; Tadzhik: cf. STF, No. 100; Georgian: Kurdovanidze 2000; Malaysian: Hambruch 1922, No. 5; Japanese: Markova/Bejko 1958, 145; North American Indian: Thompson 1919, 439ff.; Malagasy: Haring 1982, No. 2.1.104.

103A ***The Cat as She-Fox's Husband.***
Dähnhardt 1907ff. IV, 216f.
Estonian: Kippar 1986; Latvian: Arājs/Medne 1977; Lithuanian: Range 1981, No. 4; Lappish, Karelian, Wepsian, Syrjanian: Kecskeméti/Paunonen 1974; German: Henßen 1963b, 17ff.; Italian: Cirese/Serafini 1975; Hungarian: MNK I; Slovakian: Gašparíková 1981a, 207f.; Slovene: Matičetov 1973, No. 19; Serbian: Vrčević 1868f. I, No. 405, Čajkanović 1927, No. 3, Čajkanović 1929, No. 9; Croatian: Bošković-Stulli 1975b, No. 60; Macedonian: Vražinovski 1977, Nos. 23, 24; Rumanian: Bîrlea 1966 I, 126ff.; Bulgarian: BFP; Greek: Megas 1978, No. 103*A; Russian, Byelorussian, Ukrainian: SUS, No. 103; Gypsy: MNK X 1; Dagestan: Chalilov 1965, No. 9; Cheremis/Mari, Chuvash, Tatar, Mordvinian: Kecskeméti/Paunonen 1974; Votyak: Buch 1882, 115f.; Tadzhik: STF, No. 39; Georgian: cf. Kurdovanidze 2000; Central African: cf. Fuchs 1961, 140ff.

103A* ***The Cat Claims to be King and Receives Food from Other Animals.***
Hungarian: MNK I, Dömötör 2001, 287, 292; Bulgarian: BFP; Gypsy: MNK X 1; Tadzhik: cf. STF, No. 362; Georgian: cf. Kurdovanidze 2000.

103B* ***The Cat Goes Hunting.***
Latvian: Arājs/Medne 1977; Lithuanian: Kerbelytė 1999ff. I; Turkish: Eberhard/Boratav 1953, No. 15(1-4).

103C* ***An Old Donkey Meets the Bear*** (previously ***Old Ass Turned out by Master Meets Bear or Lion***).
Chauvin 1892ff. VIII, 67 No. 32.
French: Delarue/Tenèze 1964ff. III; Spanish: Camarena/Chevalier 1995ff. I; Catalan: Oriol/Pujol 2003; Portuguese: Soromenho/Soromenho 1984f. I, No. 35, 36, 58, Cardigos(forthcoming); Hungarian: MNK I; Ukrainian: SUS; Tadzhik: STF, No. 157; Kurdish: Džalila et al. 1989, No. 180; Iranian: cf. Marzolph 1984; Chinese: Reichl

1986, No. 2, cf. No. 4; Spanish-American, Mexican: Robe 1973.

105 ***The Cat's Only Trick.***
Krohn 1892; Dähnhardt 1907ff. IV, 258f.; BP II, 119–121; Pedersen/Holbek 1961f. II, No. 118; Schwarzbaum 1964, 188; cf. Tubach 1969, No. 2180; Schwarzbaum 1979, 45 No. 10, 461–468; Dicke/Grubmüller 1987, No. 196; EM 8(1996)1108–1113(M. Fenske); Adrados 1999ff. III, No. M. 489.
Finnish: Rausmaa 1982ff. V, Nos. 94–96; Finnish-Swedish: Hackman 1917f. I, No. 27; Estonian: Kippar 1986; Latvian: Arājs/Medne 1977; Lithuanian: Kerbelytė 1999ff. I; Lappish: Qvigstad 1925; Swedish: Liungman 1961; Norwegian: Hodne 1984; Danish: Grundtvig 1854ff. III, 220, Kristensen 1896, No. 64; Irish: Ó Súilleabháin/Christiansen 1963; French: Delarue/Tenèze 1964ff. III, Cifarelli 1993, No. 437; Spanish: Camarena/Chevalier 1995ff. I, Goldberg 1998, No. J1662; Catalan: Neugaard 1993, No. J1662, Oriol/Pujol 2003; Portuguese: Cardigos(forthcoming); Dutch: Schippers 1995, No. 440; Frisian: Kooi 1984a; Flemish: Meyer 1968; German: Tomkowiak 1993, 212, Grimm KHM/Uther 1996 II, No. 75, Hubrich-Messow 2000; Ladinian: Decurtins 1896ff. II, No. 90; Italian: Cirese/Serafini 1975; Hungarian: MNK I; Slovakian: Polívka 1923ff. V, 140; Slovene: Brinar 1904, 13ff.; Serbian: Eschker 1992, No. 54; Macedonian: Eschker 1972, No. 6, Vražinovski 1977, Nos. 25ff., Čepenkov/Penušliski 1989 I, No. 4; Bulgarian: BFP; Greek: Megas 1978; Polish: Krzyżanowski 1962f. I; Ukrainian: SUS; Jewish: Jason 1965, Noy 1976, Jason 1988a; Gypsy: MNK X 1; Cheremis/Mari, Mordvinian: Kecskeméti/Paunonen 1974; Kurdish: Džalila et al. 1989, No. 159; Armenian: Wunderblume 1958, 457f.; Yakut: cf. Doerfer 1983, No. 82; Georgian: Kurdovanidze 2000; Iraqi: Nowak 1969, No. 21, El-Shamy 2004; Indian: Bødker 1957a, Nos. 498, 775, Thompson/Roberts 1960, Jason 1989; Burmese: Kasevič/Osipov 1976, No. 107; Chinese: Ting 1978; African American: Dance 1978, No. 384; Dominican: Hansen 1957; Chilean: Pino Saavedra 1960ff. III, No. 233; Argentine: Hansen 1957; West-Indian: Beckwith 1940, 239; Algerian: Nowak 1969, No. 21; Moroccan: Basset 1887, Nos. 1, 2, Nowak 1969, No. 21, El-Shamy 2004; Sudanese: Klipple 1992, El-Shamy 2004.

105* ***The Hedgehog's Only Trick.***
Krohn 1892; Schwarzbaum 1979, 462; cf. EM 8(1996)1111f.
Estonian: Kippar 1986, No. 105B*; German: Tomkowiak 1993, 238; Croatian: cf. Plohl Herdvigov 1868 I, No. 13, Krauss/Burr et al. 2002, No. 9; Rumanian: Schullerus 1928, No. 33I*, Bîrlea 1966 I, 123ff.; Bulgarian: BFP; Albanian: Mazon 1936, No. 48; Greek: Megas 1978; Ukrainian: SUS, Nos. 80*, 105B*; Kurdish: Džalila et al. 1989,

No. 160; Iraqi: El-Shamy 2004; North African: El-Shamy 2004; Algerian: Nowak 1969, No. 9, El-Shamy 2004; Moroccan: Basset 1897, Nos. 69, 87, El-Shamy 2004.

106 ***Animals' Conversation.***
Aarne 1912b; EM: Unterhaltung der Tiere (in prep.).
Latvian: Arājs/Medne 1977; Lithuanian: Kerbelytė 1978, No. 4; Norwegian: Hodne 1984, Nos. 106, 2075; Danish: Kristensen 1900, No. 562, Christensen/Bødker 1963ff., No. 11; Irish: Ó Súilleabháin/Christiansen 1963, O'Sullivan 1966, No. 9; French: Delarue/Tenèze 1964ff. III; Spanish: Camarena/Chevalier 1995ff. I; Catalan: Oriol/Pujol 2003; Portuguese: Coelho 1985, No. 12, Cardigos (forthcoming), No. 106*A; German: Grimm KHM/Uther 1996 III, No. 190, Hubrich-Messow 2000; Sardinian: Cirese/Serafini 1975, No. 2075; Hungarian: MNK IX, Nos. 2075–2077B*; Serbian: cf. Đjorđjevič/Milošević-Đjorđjevič 1988, Nos. 303, 305; Bulgarian: BFP, Nos. *206*, *284*; Chinese: Ting 1978; Mexican: Paredes 1970, No. 79; South African: Coetzee et al. 1967, Grobbelaar 1981; Malagasy: Haring 1982, No. 2.1.106.

106* ***The Wolf and the Hog.***
Estonian: cf. Kippar 1986, No. 106A; Greek: Laográphia 2 (1910) 692,1; Russian, Byelorussian, Ukrainian: SUS.

107 ***Struggle between Dogs and Wolves*** (previously ***Dog Leader Fears Defeat Because his Forces are of Different Breeds***).
Dähnhardt 1907ff. IV, 104f., 290–292; BP III, 545f.; cf. Pauli/Bolte 1924 I, No. 431; Dicke/Grubmüller 1987, No. 594.
Estonian: Kippar 1986; Lithuanian: Kerbelytė 1999ff. I; Dutch: Schippers 1995, No. 512.

110 ***Belling the Cat.***
Chauvin 1892ff. II, 109f. No. 74, III, 79 No. 58; Dähnhardt 1907ff. IV, 145–147, 301f.; Arlotto/Wesselski 1910, No. 93; Wesselski 1911 I, No. 213; Baum 1919; Pauli/Bolte 1924 I, No. 634; Poliziano/Wesselski 1929, No. 196; Schwarzbaum 1964, 188; Tubach 1969, No. 566; Dicke/Grubmüller 1987, No. 483; Röhrich 1991f. II, 821–823; EM 7 (1993) 1117–1121 (U. Marzolph); Dekker et al. 1997, 179f.; Adrados 1999ff. III, No. M. 308.
Finnish: Rausmaa 1982ff. V, No. 97; Estonian: Kippar 1986, No. 110, cf. No. 179D; Livonian: Loorits 1926; Latvian: Arājs/Medne 1977; Lithuanian: Range 1981, No. 7, Kerbelytė 1999ff. IV (forthcoming); Swedish: Liungman 1961; Irish: Ó Súilleabháin/

Christiansen 1963; Scottish: Briggs 1970f. A I, 104; French: Cifarelli 1993, No. 156; Spanish, Basque: Camarena/Chevalier 1995ff. I; Catalan: Oriol/Pujol 2003; Portuguese: Camarena/Chevalier 1995ff. I; Dutch: Schippers 1995, No. 264; Frisian: Kooi 1984a; Flemish: cf. Meyer 1968, No. 110**; German: Tomkowiak 1993, 227, Grimm KHM/Uther 1996 I, No. 12; Italian: Cirese/Serafini 1975, De Simone 1994, No. 42d; Hungarian: MNK I, Dömötör 1992, No. 379, Dömötör 2001, 277, 292; Slovene: Kres 6 (1886) 146; Bulgarian: BFP; Greek: Megas 1978; Sorbian: Nedo 1956, 70 No. 5; Ukrainian: SUS, No. 113E*; Jewish: Noy 1963a, No. 3, Jason 1965, 1975, Noy 1976; Ossetian: Bjazyrov 1958, No. 14; Tadzhik: STF, No. 384; Mongolian: Heissig 1963, No. 33; Tuva: Taube 1978, No. 17; Georgian: Kurdovanidze 2000, No. 113E*; Indian: Jason 1989; Chinese: cf. Ting 1978; Spanish-American: Robe 1973; Egyptian, Algerian: El-Shamy 2004; Eritrean: Littmann 1910, No. 5, El-Shamy 2004; Somalian: Klipple 1992; South African: Coetzee et al. 1967.

111 ***The Cat and the Mouse Converse.***

Schwarzbaum 1979, 152f., 157 not. 5, 262; cf. Dicke/Grubmüller 1987, No. 342.

Finnish: Rausmaa 1982ff. V, No. 98; Norwegian: Hodne 1984; Danish: Kristensen 1896, Nos. 105–109, Kuhre 1938, No. 16, Holbek 1990, No. 1; Scottish: Briggs 1970f. A II, 513f.; Irish: Ó Súilleabhaín/Christiansen 1963; English: Briggs 1970f. A II, 549f.; Spanish: Goldberg 1998, No. K561.1.1; Frisian: Kooi 1984a; German: Bechstein/Uther 1997 I, No. 78; Greek: Loukatos 1957, 25 No. 2, cf. No. 3, cf. Megas 1956f. I, 34f.; Sorbian: Nedo 1956, No. 6; Jewish: cf. Noy 1963a, No. 4; Tadzhik: cf. STF, No. 141; Indian: Jason 1989; Chinese: Ting 1978; Indonesian: Vries 1925f. II, No. 122; Japanese: Ikeda 1971, No. 15,3; Moroccan: ZDMG 48 (1894) 403 No. 5.

111A ***The Wolf Unjustly Accuses the Lamb and Eats Him.***

Chauvin 1892ff. III, 56 No. 14, 68 No. 35; Pedersen/Holbek 1961f. II, No. 34; Schwarzbaum 1964, 188f.; Schwarzbaum 1968, 466; Tubach 1969, No. 5334; Schwarzbaum 1979, 9–14; Nøjgaard 1979; Elschenbroich 1981; Grubmüller 1981; Dicke/Grubmüller 1987, No. 632, cf. Nos. 277, 305; Adrados 1999ff. III, Nos. H. 160, M. 247; Schmidt 1999; EM: Wolf und Lamm (in prep.).

Estonian: Kippar 1986; Latvian: Arājs/Medne 1977; Lithuanian: Kerbelytė 1999ff. I; Irish: Ó Súilleabháin/Christiansen 1963; French: Cifarelli 1993, No. 323; Spanish: Goldberg 1998, No. U31; Catalan: Neugaard 1993, No. U31; Portuguese: Graça 2000, 194, Cardigos (forthcoming); Dutch: Schippers 1995, No. 497; Frisian: Kooi 1984a; German: Moser-Rath 1964, No. 225, Tomkowiak 1993, 231f.; Italian: Cirese/Serafini 1975; Sardinian: Rapallo 1982f.; Hungarian: MNK I, Dömötör 1992, No. 384; Czech:

Dvořák 1978, No. 5334; Slovene: Vrtec 1(1871)154; Serbian: Vrčević 1868f. I, Nos. 385, 414; Croatian: Stojanović 1879, 35; Bulgarian: BFP; Albanian: Camaj/Schier-Oberdorffer 1974, No. 54; Greek: Megas 1978; Polish: Krzyżanowski 1962f. I, No. 109; Sorbian: Schulenburg 1880, 295 No. 9; Ukrainian: SUS; Jewish: Noy 1963a, No. 4, Jason 1965; Georgian: Kurdovanidze 2000; Syrian, Lebanese, Jordanian, Iraqi: El-Shamy 2004; Iranian: Marzolph 1984; Indian: Bødker 1957a, Nos. 1255, 1256., Thompson/Roberts 1960, Jason 1989; Chinese: Ting 1978; Egyptian, Algerian, Moroccan: El-Shamy 2004; South African: Coetzee et al. 1967, Schmidt 1989 II, No. 638.

111A* ***A Drunkard's Promise.***

Schwarzbaum 1979, 261–264; cf. Dicke/Grubmüller 1987, No. 341; cf. Adrados 1999ff. III, No. M. 307.

Irish: Ó Súilleabháin/Christiansen 1963; Welsh: cf. Jones 1930, 221; English: Briggs 1970f. A II, 194f.; Frisian: Kooi 1984a.

112 ***Country Mouse Visits Town Mouse.***

Chauvin 1892ff. II, 114 No. 85, 185 No. 32, III, 57 No. 17; Jacob 1935; Pedersen/Holbek 1961f. II, No. 45; Schwarzbaum 1964, 189; Tubach 1969, No. 3281; Schwarzbaum 1979, 61–64; EM 4(1984)1005–1010(J. Kühn); Dicke/Grubmüller 1987, No. 541; Holzberg 1991; Marzolph 1992 II, No. 1144; Adrados 1999ff. III, Nos. M. 311, not-H. 210.

Finnish: Rausmaa 1982ff. V, 207; Estonian: Kippar 1986; Latvian: Arājs/Medne 1977; Lithuanian: Kerbelytė 1999ff. I; Swedish: Liungman 1961; Norwegian: Hodne 1984; Irish: Ó Súilleabháin/Christiansen 1963; French: Delarue/Tenèze 1964ff. III, Cifarelli 1993, No. 431; Spanish: Camarena/Chevalier 1995ff. I, Nos. 112, 215, Goldberg 1998, No. J211.2; Catalan: Neugaard 1993, No. J211.2, Oriol/Pujol 2003; Portuguese: Clementina 1946, No. 1, Cardigos(forthcoming); Dutch: Schippers 1995, No. 373; Frisian: Kooi 1984a; German: Moser-Rath 1964, No. 251, Tomkowiak 1993, 229, Hubrich-Messow 2000, Berger 2001; Italian: Cirese/Serafini 1975, De Simone 1994, No. 42c; Sardinian: Rapallo 1982f.; Hungarian: MNK I, Dömötör 2001, 277; Czech: Dvořák 1978, No. 3281; Slovene: Matičetov 1973, 189f.; Serbian: Eschker 1992, No. 63; Rumanian: Schullerus 1928; Bulgarian: BFP; Greek: Megas 1978; Polish: Krzyżanowski 1962f. I; Ukrainian: SUS; Turkish: Eberhard/Boratav 1953, No. 14; Ossetian: Bjazyrov 1958, Nos. 15, 17; Georgian: Kurdovanidze 2000; Iraqi: El-Shamy 2004; Indian: Thompson/Roberts 1960, Jason 1989; Chinese: Ting 1978; Japanese: Ikeda 1971, Inada/Ozawa 1977ff.; Spanish-American: Robe 1973; Egyptian, Tunisian, Moroccan: El-Shamy 2004; Nigerian: MacDonald 1982, No.

J211.2; East African: Arewa 1966, No. 1031, Klipple 1992; Sudanese: Klipple 1992; South African: Coetzee et al. 1967.

112* ***The Mice Carry the Egg.***

Latvian: Arājs/Medne 1977; Irish: Ó Súilleabháin/Christiansen 1963; Frisian: Kooi 1984a; Greek: Megas 1978; Chuvash: Kecskeméti/Paunonen 1974; Chinese: Ting 1978; US-American: Dodge 1987, 44f.

112** ***The Mice and the Rooster.***

Pauli/Bolte 1924 I, No. 530; Schwarzbaum 1979, 161 not. 4, 515 not. 1; Dicke/Grubmüller 1987, No. 423; Adrados 1999ff. III, No. M. 309.

Finnish: Rausmaa 1982ff. V, No. 99; Estonian: Kippar 1986; Lithuanian: Aleksynas 1974, No. 30, Range 1981, No. 7; Scottish: cf. Aitken/Michaelis-Jena 1965, No. 58; French: Cifarelli 1993, No. 484; German: Tomkowiak 1993, 225; Italian: Cirese/Serafini 1975; Mexican: Robe 1973.

113 ***The Mice Choose Cat as King.***

Finnish: Rausmaa 1982ff. V, No. 100; Hungarian: MNK I; Turkish: Alptekin 1994, No. IV.68; Mongolian: Heissig 1963, No. 33; Syrian: El-Shamy 2004; Burmese: Kasevič/Osipov 1976, No. 66; Puerto Rican: Hansen 1957 **113A.

113A ***Pan is Dead*** (previously ***King of the Cats Is Dead***).

Taylor 1922b; Ranke 1934a, 52–90; Kahlén 1936; Haavio 1938; Ó Néill 1991; Hansen 2002, 131–136; EM 10(2002)492–497(P. Lysaght); Wessmann 2003.

Finnish: Simonsuuri/Rausmaa 1968, No. 367, Jauhiainen 1998, No. G1201; Estonian: Aarne 1918, 123 No. 45; Lithuanian: Balys 1936, No. 3908; Norwegian: Christiansen 1958, No. 6070A, Kvideland/Sehmsdorff 1988, No. 47,9; Danish: Kristensen 1892ff. I, Nos. 315, 347, 357, 368; Irish: Ó Súilleabháin/Christiansen 1963; English: Baughman 1966; Dutch: Sinninghe 1943, 58 No. 101; Flemish: Berg 1981, No. 133; German: Merkelbach-Pinck 1943 I, 271, Hubrich-Messow 2000, Berger 2001, No. 113A*; Swiss: Kuoni 1903, No. 292, Büchli/Brunold-Bigler 1989ff. II, 613f.; Austrian: Vernaleken 1859, No. 39, Depiny 1932, 35, 39, 40 nos. 37, 58, 65, 67, Haiding 1965, No. 328; Hungarian: MNK I; Czech: Tille 1929ff. II 2, 435f.; Polish: Krzyżanowski 1962f. I, No. 504C: US-American: Baughman 1966; Spanish-American: TFSP 11(1933)99f.; African American: Dance 1978, No. 48.

113B ***The Cat as Sham Holy Man.***
Dähnhardt 1907ff. IV, 145, Tubach 1969, No. 888; cf. Dicke/Grubmüller 1987, No. 343; EM: Scheinbüßende Tiere (forthcoming).
Spanish: Goldberg 1998, Nos. K815.7, K815.13; German: Bechstein/Uther 1997 II, No. 39, cf. Moser-Rath 1964, No. 268; Macedonian: Eschker 1972, No. 3, Čepenkov/Penušliski 1989 I, Nos. 23, 24; Bulgarian: BFP; Greek: Megas 1978; Jewish: Haboucha 1992; Abkhaz: Bgažba 1959, 109f.; Mongolian: Lőrincz 1979, No. 56F; Tuva: Taube 1978, Nos. 2, 17; Palestinian: Hanauer 1907, 267ff., Schmidt/Kahle 1918f., No. 83, El-Shamy 2004; Syrian, Saudi Arabian, Iraqi: El-Shamy 2004; Indian: Bødker 1957a, Nos. 407, 409, 410, cf. No. 135, Tauscher 1959, No. 50, Thompson/Roberts 1960, No. 113, Jason 1989; Sri Lankan: Thompson/Roberts 1960, No. 113; Tibetian: O'Connor 1906, No. 5; Chinese: Ting 1978; North African, Egyptian, Algerian: El-Shamy 2004; Moroccan: Nowak 1969, No. 10, El-Shamy 2004; Sudanese: Reinisch 1879, 218ff., Kronenberg/Kronenberg 1978, No. 55, El-Shamy 2004.

113* ***The Cat's Funeral.***
Finnish: Rausmaa 1982ff. V, No. 101; Norwegian: Hodne 1984; Greek: Megas 1978, No. 113A; Russian, Ukrainian: SUS; Jewish: Jason 1965, No. **113C, Noy 1976, No. *113C; Puerto Rican: Hansen 1957, Nos. **113A, **113B, **113C.

115 ***The Hungry Fox Waits in Vain.***
Schwarzbaum 1979, 45 No. 11.
Finnish: Rausmaa 1982ff. V, Nos. 102, 103; Estonian: Kippar 1986; Latvian: Arājs/Medne 1977; Lithuanian: Kerbelytė 1999ff. IV (forthcoming), No. 1.2.1.25; Swedish: Liungman 1961; Irish: Ó Súilleabháin/Christiansen 1963; Spanish: Camarena/Chevalier 1995ff. I; Greek: Megas 1978; Cheremis/Mari: Kecskeméti/Paunonen 1974; Indian: Bødker 1957a, No. 1068.

116 ***The Bear on the Hay-Wagon.***
Finnish: Rausmaa 1982ff. V, Nos. 104–106; Estonian: Kippar 1986; Latvian: Arājs/Medne 1977; Lithuanian: Kerbelytė 1999ff. IV (forthcoming); Lappish, Lydian, Karelian: Kecskeméti/Paunonen 1974; Swedish: Liungman 1961; Norwegian: Hodne 1984; Dutch: Veldeke 26 (1951) 15f.; Russian, Byelorussian: SUS; Cheremis/Mari: Kecskeméti/Paunonen 1974.

117 ***The Bear Riding the Horse.***
Finnish: Rausmaa 1982ff. V, Nos. 48, 106–108; Estonian: Kippar 1986, No. 117, cf.

Nos. 117A, 117B; Swedish: Liungman 1961; Spanish: Camarena/Chevalier 1995ff. I, Río Cabrera/Pérez Bautista 1998, Nos. 27, 28; Portuguese: Soromenho/Soromenho 1984f. I, No. 37, Cardigos (forthcoming).

118 ***The Lion Frightened by the Horse.***
EM 10 (2002) 936–937 (M. Lüdicke).
Finnish: Rausmaa 1982ff. V, No. 118; Finnish-Swedish: Hackman 1917f. I, No. 29; Estonian: Kippar 1986; Latvian: Arājs/Medne 1977; Lithuanian: Kerbelytė 1999ff. I; Irish: Ó Súilleabháin/Christiansen 1963; Spanish: Camarena/Chevalier 1995ff. I, No. 103C*; Portuguese: Soromenho/Soromenho 1984f. I, No. 36, Cardigos (forthcoming); Italian: Cirese/Serafini 1975; Polish: Krzyżanowski 1962f. I; Russian, Byelorussian, Ukrainian: SUS; Kurdish: Družinina 1959, 20f., 73ff.; Kazakh: Sidel'nikov 1958ff. I, 179f.; Uzbek: Afzalov et al. 1963 I, 62ff.; Spanish-American: cf. Robe 1973.

119B* ***Horse's Defense against Wolves.***
Pedersen/Holbek 1961f. II, No. 167; Schwarzbaum 1979, 281–286; Grubmüller 1987, No. 450; Marzolph 1992 II, No. 1126.
Estonian: Kippar 1986; Latvian: Arājs/Medne 1977; Spanish: Camarena/Chevalier 1995ff. I; Catalan: Neugaard 1993, No. J1022, Goldberg 1998, No. J1022; Hungarian: Dömötör 1992, No. 413; Tadzhik: STF, No. 347.

120 ***The First to See the Sunrise.***
Dähnhardt 1907ff. III, 150f.; Pauli/Bolte 1924 I, No. 269; Schwarzbaum 1979, 45 No. 12; EM: Sonnenaufgang zuerst sehen (forthcoming).
Finnish: Rausmaa 1982ff. V, No. 130; Estonian: Kippar 1986; Lithuanian: Dowojna-Sylwestrowicz 1894, 343f.; Karelian: Konkka 1959, 126f.; Swedish: Liungman 1961; Norwegian: Hodne 1984; Danish: Kristensen 1881ff. IV, 256 No. 47; Faeroese: Nyman 1984; Icelandic: Naumann/Naumann 1923, No. 76; Irish: Ó Súilleabháin/Christiansen 1963; Spanish: Camarena/Chevalier 1995ff. I; Catalan: Oriol/Pujol 2003; Portuguese: Oliveira 1900f. II, No. 321, Cardigos (forthcoming), No. 1245*B; Italian: Cirese/Serafini 1975; Slovene: Bolhar 1959, 160ff.; Siberian: Kontelov 1956, 92f.; Yakut: Ėrgis 1967, No. 29; Kazakh: Sidel'nikov 1958ff. I, 187ff.; Kalmyk: Lőrincz 1979; Georgian: Virsaladze 1961, No. 120.1; Tibetian: Kassis 1962, 75ff.; Chinese: Ting 1978; Japanese: Ikeda 1971, Inada/Ozawa 1977ff.; African American: Harris 1955, 477ff.; Mexican: Robe 1973; Brazilian: Cascudo 1955a, 329f.; Malagasy: Haring 1982, No. 2.2.120.

121 ***Wolves Climb on Top of One Another*** (previously ***Wolves Climb on Top of One Another to Tree***).

Dähnhardt 1907ff. III, 43f., 304f., 494f.; BP II, 530 not. 3; Schwarzbaum 1979, 518 not. 16; EM: Wolfsturm (in prep.).

Finnish: Rausmaa 1982ff. V, Nos. 42, 113; Finnish-Swedish: Hackman 1917f. I, Nos. 30, 34; Estonian: Kippar 1986; Latvian: Arājs/Medne 1977; Lithuanian: Kerbelytė 1999ff. I; Karelian: Kecskeméti/Paunonen 1974; Norwegian: Prinsessene 1967, No. 27; French: Delarue/Tenèze 1964ff. III; Spanish: Camarena/Chevalier 1995ff. I; Catalan: Oriol/Pujol 2003; Portuguese: Coelho 1985, No. 9, Cardigos (forthcoming); Flemish: Meyer 1968, Lox 1999a, No. 6; Walloon: Legros 1962; German: Preuß 1912, 17f., Peuckert 1959, No. 241; Hungarian: MNK I, Dömötör 2001, 287; Russian, Byelorussian, Ukrainian: SUS; Jewish: Jason 1965, Noy 1976; Gypsy: MNK X 1; Cheremis/Mari: Beke 1938, No. 73; Mordvinian: Kecskeméti/Paunonen 1974; Mongolian: Lőrincz 1979; Syrian: El-Shamy 2004; Indian: Bødker 1957a, No. 567, Tauscher 1959, No. 45, Thompson/Roberts 1960, Jason 1989; Korean: Choi 1979; Chinese: cf. Ting 1978; Laotian: cf. Lindell et al. 1977ff. III, 64; Japanese: Ikeda 1971, Inada/Ozawa 1977ff.; Egyptian: El-Shamy 1980, No. 48, El-Shamy 2004; Algerian, Moroccan: El-Shamy 2004; Sudanese: Kronenberg/Kronenberg 1978, No. 57, El-Shamy 2004.

122 ***Animal Loses His Prey because His Victim Can Escape by False Plea*** (previously ***The Wolf loses his Prey***).

122A ***The Wolf (Fox) Seeks Breakfast.***

BP II, 206–209; Pauli/Bolte 1924 I, No. 87; Wesselski 1925, No. 58; Pedersen/Holbek 1961f. II, Nos. 124–128; Tubach 1969, No. 5354; Schwarzbaum 1979, 21 not. 4, 157 not. 4; Dicke/Grubmüller 1987, No. 598; EM: Wolf verliert seine Beute (in prep.).

Finnish: Rausmaa 1982ff. V, Nos. 56, 58, 114; Finnish-Swedish: Hackman 1917f. I, No. 31; Estonian: Kippar 1986; Latvian: Arājs/Medne 1977; Lithuanian: Kerbelytė 1999ff. I; Karelian: Kecskeméti/Paunonen 1974, Nos. 122, 122A; Swedish: Liungman 1961; Norwegian: Hodne 1984, Nos. 122, 122A; Faeroese: Nyman 1984, No. 122; Irish: Ó Súilleabháin/Christiansen 1963, No. 122; French: Delarue/Tenèze 1964ff. III, No. 122, Cifarelli 1993, No. 322; Spanish: Camarena/Chevalier 1995ff. I, González Sanz 1996, Nos. 122, 122A; Basque: Camarena/Chevalier 1995ff. I; Catalan: Neugaard 1993, No. K551, Oriol/Pujol 2003; Portuguese: Soromenho/Soromenho 1984f. I, Nos. 42, 44–46, 75, Cardigos (forthcoming), Nos. 122, 122A; Dutch: Schippers 1995, No. 509; Frisian: Kooi 1984a; Walloon: Legros 1962; German: cf. Grimm

KHM/Uther 1996 II, No. 86, Hubrich-Messow 2000; Italian: Cirese/Serafini 1975, Nos. 122, 122A; Sardinian: Rapallo 1982f., No. 122; Hungarian: MNK I, Nos. 122, 122A, 122A*; Czech: Dvořák, No. 5354; Slovakian: Gašparíková 1991f. I, No. 140, cf. No. 270; Rumanian: Schullerus 1928, No. 91A*; Bulgarian: cf. BFP, No. *122A1; Greek: Megas 1978; Polish: Krzyżanowski 1962f. I, No. 122; Sorbian: Nedo 1956, No. 7; Russian, Byelorussian, Ukrainian: SUS; Turkish: Eberhard/Boratav 1953, Nos. 11 V, 13 V, Alptekin 1994, Nos. III 30ff., V 92f.; Gypsy: MNK X 1; Ossetian: Bjazyrov 1958, No. 16; Cheremis/Mari, Tatar: Kecskeméti/Paunonen 1974, Nos. 122, 122A; Chuvash: Kecskeméti/Paunonen 1974, No. 122A; Tadzhik: STF, No. 31; Georgian: cf. Virsaladze 1961; Lebanese: Nowak 1969, No. 179,6; Iraqi: Nowak 1969, No. 21,3–5, El-Shamy 2004; Indian: Bødker 1957a, No. 674, Thompson/Roberts 1960, No. 91A*, Jason 1989, No. 122; Korean: Choi 1979, No. 29; Chinese: Ting 1978, Nos. 122, 122A; Japanese: Ikeda 1971, No. 122; African American: Dorson 1956, No. 3; Mexican: Robe 1973, Nos. 122, 122A; Puerto Rican: Flowers 1953, No. 122, Hansen 1957; South American Indian: Wilbert/Simoneau 1992, No. K550; Mayan: Peñalosa 1992, No. 122; West Indies: Flowers 1953, No. 122; Libyan: Nowak 1969, No. 179,6; Algerian: Nowak 1969, No. 21,3–5, El-Shamy 2004; Moroccan: Nowak 1969, Nos. 21,3–5, 179,6, El-Shamy 2004; East African: Klipple 1992.

122B *The Rat Persuades the Cat to Wash Her Face Before Eating.*
Dähnhardt 1907ff. III, 237f.; Schwarzbaum 1979, 262.
Finnish: Rausmaa 1982ff. V, No. 115; Estonian: Kippar 1986; Latvian: Arājs/Medne 1977; Lithuanian: Kerbelytė 1999ff. I, No. 6; Swedish: Säve/Gustavson 1952f. II, No. 219; Faeroese: Nyman 1984; French: Delarue/Tenèze 1964ff. III; Portuguese: Freitas 1996, 59, Cardigos(forthcoming); Dutch: Kooi 2003, No. 100; Frisian: Kooi 1984a; Flemish: Meyer 1968; German: Schemke 1924, 65f., Plenzat 1930, 111; Slovene: Slovenski gospodar 63(1929)9; Macedonian: Vražinovski 1977, No. 29; Rumanian: Schullerus 1928, No. 58*; Greek: Megas 1978; Polish: Kapełuć 1964, 257; Ossetian: Levin 1978, No. 38; Indian: Bødker 1957a, No. 610, Thompson/Roberts 1960, Jason 1989; Chinese: Ting 1978; US-American: MacDonald 1982, No. K562; African American: Dance 1978, No. 424; East African, Congolese, South African: Klipple 1992.

122C *The Sheep Persuades the Wolf to Sing.*
Chauvin 1892ff. II, 191 No. 5; cf. Pauli/Bolte 1924 I, No. 173; Wesselski 1925, No. 58; Pedersen/Holbek 1961f. II, No. 128; Schwarzbaum 1964, 189; Schwarzbaum 1968, 360; Schwarzbaum 1979, 157 not. 4; Dicke/Grubmüller 1987, Nos. 598, 652, cf.

No. 651; Adrados 1999ff. III, Nos. M. 104, M. 245, M. 253, M. 266, cf. No. H. 99; EM: Überreden zum Sprechen, Singen etc.(in prep.).

Estonian: Kippar 1986; Irish: Ó Súilleabháin/Christiansen 1963; French: Delarue/Tenèze 1964ff. III, No. 122; Spanish: Camarena/Chevalier 1995ff. I, González Sanz 1996, Goldberg 1998, No. K561.2; Catalan: Neugaard 1993, No. K561.2, cf. Oriol/Pujol 2003; Portuguese: Soromenho/Soromenho 1984f. I, No. 46, Cardigos(forthcoming); Dutch: Schippers 1995, Nos. 484, 509; Frisian: Kooi 1984a; Flemish: Meyer 1968; German: Haltrich/Wolff 1885, 45f., Fox 1943, 97ff., 144ff., cf. Berger 2001, No. 122C*; Hungarian: MNK I; Czech: Sirovátka 1980, No. 39; Slovakian: Gašparíková 1991f. I, No. 140; Rumanian: ZfVk. 9(1899)87 No. 32; Greek: Megas 1978; Sorbian: Nedo 1956, No. 7; Byelorussian, Ukrainian: SUS; Siberian: Kontelov 1956, 87f.; Tadzhik: STF, Nos. 140, 142, 228; Kalmyk: Vatagin 1964, 258f.; Georgian: Virsaladze 1961; Oman: El-Shamy 2004; Iranian: cf. Marzolph 1984, No. *62; Indian: Bødker 1957a, Nos. 626, 627, Thompson/Roberts 1960; Chinese: Ting 1978; Eskimo: Barüske 1991, Nos. 51, 55; Puerto Rican: Hansen 1957; Algerian, Moroccan: El-Shamy 2004.

122D ***Caught Animal Promises Captor Better Prey*** (previously ***"Let me Catch you Better Game"***).

Chauvin 1892ff. II, 116 No. 94, 199 No. 39; Schwarzbaum 1979, 92 not. 2, 153, 556 not. 12.

Estonian: Kippar 1986; French: Delarue/Tenèze 1964ff. III; Spanish: Camarena/Chevalier 1995ff. I; Catalan: cf. Oriol/Pujol 2003; Portuguese: Pedroso 1985, No. 34, Cardigos(forthcoming); Frisian: Kooi 1984a; German: Tomkowiak 1993, 238, Berger 2001; Bulgarian: BFP; Greek: Megas 1978; Russian, Byelorussian, Ukrainian: SUS; Jewish: Haboucha 1992; Tadzhik: STF, Nos. 76, 141, 225; Syrian: El-Shamy 2004; Indian: Thompson/Roberts 1960, Jason 1989; Tibetian: O'Connor 1906, No. 1; Chinese: Ting 1978; Polynesian: Kirtley 1971, No. K553.1; Spanish-American: Robe 1973; African American: Harris 1955, 324ff.; Mexican: Robe 1973; Mayan: Peñalosa 1992; Chilean: Pino Saavedra 1987, No. 5; East African: Arewa 1966, No. 975; Central African: Fuchs 1961, 16ff.; Namibian, South African: Schmidt 1989 II, No. 493B.

122E ***Wait for the Fat Goat.***

Scherf 1995 I, 107f., 187ff., II, 1412f.; Schmidt 1999.

Lappish: Kohl-Larsen 1975, 21ff.; Norwegian: Hodne 1984; Swedish: Liungman 1961, No. 123*; French: Delarue/Tenèze 1964ff. III; Frisian: Kooi 1984a; Walloon: Legros 1962; German: Kuhn 1859, 250f., Nimtz-Wendlandt 1961, No. 33, Oberfeld 1962, No. 3; Hungarian: MNK I; Greek: Megas 1978; Sorbian: Nedo 1956, No. 8;

Ossetian: Levin 1978, No. 38; Indian: Thompson/Roberts 1960.

122F ***"Wait till I am Fat Enough."***

Wesselski 1925, No. 58; Schwarzbaum 1979, 261–263; EM 3(1981)613; Dicke/Grubmüller 1987, Nos. 143, 311, cf. No. 341; Adrados 1999ff. III, Nos. H. 18, M. 307, M. 358.

Finnish: Rausmaa 1982ff. V, No. 49; Estonian: Kippar 1986; French: Delarue/Tenèze 1964ff. III, Cifarelli 1993, Nos. 129, 400; Spanish: Camarena/Chevalier 1995ff. I, González Sanz 1996; Catalan: Oriol/Pujol 2003; Portuguese: Vasconcellos/Soromenho et al. 1963f. I, Nos. 33, 35, Cardigos(forthcoming); Dutch: Schippers 1993, No. 407; German: Tomkowiak 1993, 208, 220; Hungarian: MNK I; Croatian: Valjavec 1890, No. 61, Schütz 1960, No. 6; Macedonian: Mazon 1923, 84f., Vražinovski 1977, Nos. 30, 31; Bulgarian: BFP; Greek: Megas 1978; Ukrainian: Lintur 1972, No. 10; Turkish: Eberhard/Boratav 1953, 414 No. 4; Gypsy: MNK X 1; Yakut: Doerfer 1983, No. 61; Tadzhik: STF, No. 291; Georgian: Fähnrich 1995, No. 34; Pakistani: Thompson/Roberts 1960; Indian: Bødker 1957a, Nos. 454, 659, Thompson/Roberts 1960, Jason 1989; Sri Lankan: Thompson/Roberts 1960; Nepalese: Heunemann 1980, 139ff.; Tibetian: O'Connor 1906, Nos. 7, 10; Chinese: Ting 1978; US-American: MacDonald 1982, No. K553; African American: Harris 1955, 381ff.; Mexican: Robe 1973; West Indies: Flowers 1953, 516; Algerian: El-Shamy 2004; Moroccan: Basset 1897, No. 84, Laoust 1949, No. 10, El-Shamy 2004; South African: Callaway 1868, 164.

122G ***"Wash Me" ("Soak Me") before Eating.***

Spanish: González Sanz 1996; Catalan: cf. Oriol/Pujol 2003; German: Merkelbach-Pinck 1940, 312, 334ff., Benzel 1962, No. 151; Sorbian: Nedo 1956, No. 7; Uzbek: Afzalov et al. 1963 I, 55f.; Mongolian: Lőrincz 1979, No. 122G*; Syrian, Iraqi: El-Shamy 2004; Indian: Bødker 1957a, Nos. 609, 613, 638, 639, Thompson/Roberts 1960; Sri Lankan: Thompson/Roberts 1960; Chinese: Ting 1978; Cambodian: Sacher 1979, 117ff., Gaudes 1987, No. 20; Japanese: Ikeda 1971, No. 6; Mayan: Peñalosa 1992; Peruvian: Hansen 1957, No. 122**L; Algerian: El-Shamy 2004.

122H ***"Wait Until I Get Dry."***

Spanish: Camarena/Chevalier 1995ff. I, Río Cabrera/Pérez Bautista 1998, Nos. 33, 34; Indian: Bødker 1957a, No. 611, Thompson/Roberts 1960, Jason 1989; African American: Dorson 1967, No. 19.

122Z ***Other Tricks to Escape being Eaten.***
Chauvin 1892ff. V, 288 No. 172.
Estonian: Kippar 1986; Latvian: Arājs/Medne 1977, No. 87B*; Spanish: Camarena/Chevalier 1995ff. I, Nos. 69**, 122R, 168B; Portuguese: Oliveira 1900ff. II, No. 92, Vasconcellos/Soromenho et al. 1963f. I, Nos. 40–44, 46, Cardigos(forthcoming), Nos. *122F, 122R; German: Berger 2001; Greek: Megas 1978; Bulgarian: BFP; Ukrainian: SUS, No. 87B*; Mongolian: Lőrincz 1979; Jordanian, Qatar: El-Shamy 2004; Iranian: Marzolph 1984, No. *122F; Pakistani: Thompson/Roberts 1960; Indian: Bødker 1957a, Nos. 608, 612, 629, 690, 697, Thompson/Roberts 1960, Jason 1989; Chinese: Ting 1978; Mexican: Robe 1973; Puerto Rican: Hansen 1957, Nos. 122**F, 122**G, 122**I; Mayan: Peñalosa 1992; Venezuelan: Hansen 1957, No. 122**E; Peruvian: Hansen 1957, No. 122**K; Paraguayan: Hansen 1957, No. 122**M; Egyptian, Tunisian, Tanzanian: El-Shamy 2004; Central African: Lambrecht 1967, Nos. 660, 660A, 2260.

122B* ***The Squirrel Persuades the Fox to Pray before Eating.***
Cf. BP II, 208; Dicke/Grubmüller 1987, No. 179.
Estonian: Kippar 1986; Swedish: Säve/Gustavson 1952f. II, No. 218; Danish: Skattegraveren 8(1887)158 No. 675; Irish: Ó Súilleabháin/Christiansen 1963; French: Delarue/Tenèze 1964ff. III; Frisian: Kooi 1984a; Walloon: Laport 1932, No. *61B; German: Tomkowiak 1993, 211, Berger 2001; Byelorussian, Ukrainian: SUS; Abkhaz: Bgažba 1959, 106ff.; Kurdish: Družinina 1959, 17ff.; Tadzhik: STF, Nos. 142, 211, 284; Uzbek: Afzalov et al. 1963 I, 43f.; Syrian, Palestinian: El-Shamy 2004; African American: Dorson 1967, No. 6; Algerian, Moroccan: El-Shamy 2004; South African: Schmidt 1989 II, No. 562.

122D* ***To Make a Bird Tastier.***
Estonian: Kippar 1986; Latvian: Arājs/Medne 1977; Karelian: Kecskeméti/Paunonen 1974; Greek: Laográphia 6(1917/20)102,1, Laográphia 17(1957/58)143,2.

122K* ***The Wolf as Judge*** (previously ***Wolf Acts as Judge before Eating the Rams***).
Wesselski 1925, No. 58; Pedersen/Holbek 1961f. II, No. 126; Dicke/Grubmüller 1987, Nos. 598, 648; Adrados 1999ff. III, No. M. 245.
Finnish: Rausmaa 1982ff. V, No. 117; Estonian: Kippar 1986; French: Delarue/Tenèze 1964ff. III, No. 122; Spanish: Camarena/Chevalier 1995ff. I, González Sanz 1996; Basque: Camarena/Chevalier 1995ff. I; Catalan: Neugaard 1993, No.

K579.5.1; Portuguese: Vasconcellos/Soromenho et al. 1963f. I, Nos. 32, 34, Cardigos (forthcoming); Dutch: Schippers 1995, No. 509; Frisian: Kooi 1984a; Flemish: Meyer 1968; German: Henßen 1951, 45ff., Wossidlo/Henßen 1957, No. 16, Benzel 1962, No. 151; Hungarian: MNK I; Czech: Sirovátka 1969, No. 39; Bosnian: Schütz 1960, No. 3; Bulgarian: BFP; Sorbian: Nedo 1956, 71ff.; Gypsy: MNK X 1; Indian: cf. Bødker 1957a, No. 990; Spanish-American, Mexican: Robe 1973.

122L* ***Blind Wolf Keeps Guard over a Captive Ox.***
Estonian: Kippar 1986; Latvian: Arājs/Medne 1977; Lithuanian: Kerbelytė 1999ff. I.

122M* ***The Ram Runs Straight into the Wolf's Stomach.***
Schwarzbaum 1979, 161.
Finnish: Rausmaa 1982ff. V, No. 126C*; Estonian: Baer 1970, 149ff., Viidalepp 1980, No. 20; Latvian: Arājs/Medne 1977; Lithuanian: Kerbelytė 1999ff. I, No. 126C*; Danish: Christensen/Bødker 1963ff., No. 3; Flemish: Meyer 1968; German: Behrend 1912, No. 14, Grannas 1957, No. 26, Berger 2001, 50 No. 125K*; Hungarian: MNK I; Czech: Horák 1971, 38ff.; Slovakian: Gašparíková 1981a, 207; Serbian: Čajkanović 1929, No. 2, Eschker 1992, No. 65; Croatian: Bošković-Stulli 1975b, No. 61; Bulgarian: BFP; Albanian: Lambertz 1922, No. 60, Camaj/Schier-Oberdorffer 1974, No. 54; Russian, Byelorussian, Ukrainian: SUS; Turkish: Eberhard/Boratav 1953, 414 No. 4; Tatar: Kecskeméti/Paunonen 1974, No. 126C*; Uzbek: Afzalov et al. 1963 I, 25; Chinese: Ting 1978; Malaysian: Overbeck 1975, 224ff.; Mexican: Robe 1973; Chilean: Hansen 1957, No. 122**H; Moroccan: Laoust 1949, No. 28.

122N* ***The Donkey Persuades the Wolf to Ride on his Back to the Village.***
Chauvin 1892ff. II, 191 No. 6; Pedersen/Holbek 1961f. II, No. 120; Schwarzbaum 1968, 28; cf. Dicke/Grubmüller 1987, No. 124; Adrados 1999ff. III, No. M. 249.
French: Cifarelli 1993, No. 325; Dutch: Schippers 1995, No. 485; Frisian: Kooi 1984a; Hungarian: MNK I; Bosnian: Schütz 1960, No. 3; Macedonian: Vražinovski 1977, No. 32; Rumanian: Dima 1944, No. 1; Bulgarian: BFP; Greek: Megas 1978; Russian, Byelorussian, Ukrainian: SUS; Turkish: Eberhard/Boratav 1953, 414 No. 4; Tadzhik: STF, No. 115, cf. Nos. 354, 362; Chinese: Ting 1978.

123 ***The Wolf and the Kids***
Dähnhardt 1907ff. IV, 277f.; BP I, 37–42; Pedersen/Holbek 1961f. II, No. 62; Schwarzbaum 1964, 189; Tubach 1969, No. 2309; Soriano 1970; Belmont 1973, 70–78, 82f.; Schwarzbaum 1979, xxxiv No. 36, 119–122; Dicke/Grubmüller 1987, No.

650; Eberhard 1989; Scherf 1995 II, 928-930, 1073-1075, 1413-1416; Tomkowiak/Marzolph 1996 II, 27-30; Dekker et al. 1997, 421-424; cf. Adrados 1999ff. III, Nos. M. 184, not-H. 121; Schmidt 1999; EM: Wolf und Geißlein (in prep.).
Finnish: Rausmaa 1982ff. V, No. 118; Estonian: Kippar 1986; Livonian: Loorits 1926; Latvian: Arājs/Medne 1977; Lithuanian: Kerbelytė 1999ff. I; Lappish: Qvigstad 1925; Swedish: Liungman 1961; Norwegian: Hodne 1984; Danish: Grundtvig 1854ff. II, 322; Scottish: Bruford/MacDonald 1994, No. 2; Irish: Ó Súilleabháin/Christiansen 1963; French: Delarue/Tenèze 1964ff. III, Cifarelli 1993, No. 330; Spanish: Camarena/Chevalier 1995ff. I, Goldberg 1998, No. J144; Basque: Camarena/Chevalier 1995ff.; Catalan: Neugaard 1993, No. J144, Oriol/Pujol 2003; Portuguese: Fontinha 1997, 27f., Cardigos (forthcoming); Dutch: Sinninghe 1943, Schippers 1995, No. 488; Frisian: Kooi 1984a; Flemish: Meyer 1968; Walloon: Legros 1962; German: Tomkowiak 1993, 239, Grimm KHM/Uther 1996 I, No. 5, Hubrich-Messow 2000; Italian: Cirese/Serafini 1975; Sardinian: Rapallo 1982f.; Hungarian: MNK I; Czech: Dvořák 1978, No. 2888*, Sirovátka 1980, No. 39; Slovene: Vedež 2 (1849) 198; Serbian: Eschker 1992, No. 50; Bulgarian: BFP; Greek: Megas 1978, No. 123,2; Russian, Byelorussian, Ukrainian: SUS; Turkish: Eberhard/Boratav 1953, No. 8; Jewish: Haboucha 1992; Gypsy: MNK X 1; Ossetian: Bjazyrov 1960, No. 18; Yakut: Ėrgis 1967, No. 82; Tadzhik: STF, Nos. 47, 212, 412; Mongolian: Lőrincz 1979; Georgian: Kurdovanidze 2000; Syrian, Lebanese, Palestinian, Jordanian: El-Shamy 2004; Iraqi: Nowak 1969, No. 22, El-Shamy 2004; Saudi Arabian: Fadel 1979, No. 3, El-Shamy 2004; Kuwaiti, Qatar: El-Shamy 2004; Iranian: Marzolph 1984; Indian: Bødker 1957a, No. 148, Thompson/Roberts 1960, Jason 1989; Chinese: Ting 1978; Korean: cf. Choi 1979, No. 100; North American Indian: Thompson 1919, 439; Spanish-American, Mexican: Robe 1973; African American: Baer 1980, 90ff.; Puerto Rican: Hansen 1957; Brazilian: Alcoforado/Albán 2001, No. 9; Argentine: Hansen 1957; West-Indian: Flowers 1953; Cape Verdian: Parsons 1923b I, 197 No. 1; Egyptian: Nowak 1969, No. 16, El-Shamy 2004; Tunisian: Nowak 1969, No. 16; Algerian: El-Shamy 2004; Moroccan: Nowak 1969, No. 25, El-Shamy 2004; East African: Arewa 1966, No. 4024, Klipple 1992; Sudanese: Klipple 1992, El-Shamy 2004; Central African: Lambrecht 1967, Nos. 3858, 3952; Congolese: Klipple 1992; South African: Coetzee et al. 1967; Malagasy: Klipple 1992.

123A ***The Fox Buys a Foal and Leaves It at Home.***
Hungarian: MNK I; Serbian: Karadžić 1937, No. 50; Macedonian: Vroclavski 1979f. II, No. 2; Bulgarian: BFP; Greek: Megas 1978; Tatar: Kecskeméti/Paunonen 1974; Georgian: Virsaladze 1961.

123B ***Wolf in Sheep's Clothing Gains Admission to the Fold.***
Schwarzbaum 1964, 189; Tubach 1969, No. 2174; Schwarzbaum 1979, 223 not. 13; Dicke/Grubmüller 1987, No. 642; Lieb 1996, 61–65; Adrados 1999ff. III, Nos. M. 361, not-H. 188; EM: Wolf im Schafspelz(in prep.).
Latvian: Arājs/Medne 1977; French: Cifarelli 1993, Nos. 321, 375; Spanish: Camarena/Chevalier 1995ff. I; Dutch: Schippers 1995, No. 503; German: Moser-Rath 1964, No. 234, Tomkowiak 1993, 232; Italian: Cirese/Serafini 1975; Hungarian: Dömötör 1992, No. 383; Bulgarian: Ognjanowa 1987, No. 40; Greek: Megas 1978; Ukrainian: cf. SUS, No. 123C*; Chinese: Ting 1978; South African: Coetzee et al. 1967.

124 ***Blowing the House In.***
BP I, 40f.; HDM 2(1934–40)188; JAFL 46(1933)78; Scherf 1995 I, 221f., 476–480; EM: Wolf im Schornstein(in prep.).
Irish: Ó Súilleabháin/Christiansen 1963; English: Baughman 1966; French: Delarue/Tenèze 1964ff. III, Tenèze/Delarue 2000; Spanish: Camarena/Chevalier 1995ff. I; Catalan: Oriol/Pujol 2003; Portuguese: Cardigos(forthcoming); Flemish: Lox 1999a, No. 5; Walloon: Legros 1962, No. 124; Italian: Cirese/Serafini 1975, Nos. 124, 124A*; Hungarian: MNK I, No. 124B*; Greek: Megas 1978; Sorbian: Nedo 1956, No. 9; Ukrainian: SUS, No. 124A*; Turkish: Eberhard/Boratav 1953, No. 8 III; Georgian: cf. Virsaladze 1961; Palestinian, Iraqi, Persian Gulf: El-Shamy 2004; Laotian: cf. Lindell et al. 1977ff. III, 15ff.; Japanese: cf. Ikeda 1971; French-Canadian: Delarue/Tenèze 1964ff. III; US-American: Baughman 1966; African American: Harris 1955, 145ff., JAFL 34(1921)17f., 35(1922)267ff.; Mexican: Robe 1973; Cuban: Hansen 1957; West-Indian: Flowers 1953; Egyptian, Tunisian: cf. Nowak 1969, No. 16, El-Shamy 2004; Algerian: El-Shamy 2004; Sudanese: Jahn 1970, No. 7, El-Shamy 2004; South African: Coetzee et al. 1967.

125 ***The Wolf Flees from the Wolf-Head.***
BP I, 254f.; Schwarzbaum 1964, 189; Schwarzbaum 1979, 199 not. 8; Dicke/Grubmüller 1987, No. 503; EM 7(1993)1253–1258(G. Dicke); Scherf 1995 I, 333–336.
Finnish: Rausmaa 1982ff. V, No. 119; Estonian: Kippar 1986; Lithuanian: Kerbelytė 1999ff. I; Lappish, Wotian, Karelian: Kecskeméti/Paunonen 1974; Swedish: Liungman 1961; Danish: Skattegraveren 12(1889)219f. No. 803; French: Delarue/Tenèze 1964ff. III, Cifarelli 1993, No. 58; Spanish: Camarena/Chevalier 1995ff. I, González Sanz 1996; Basque: Camarena/Chevalier 1995ff. I; Catalan: Oriol/Pujol 2003; Portuguese: Cardigos(forthcoming); Macedonian: Tošev 1954, 161ff.; Bulgarian: BFP; Albanian: Lambertz 1922, No. 60, Camaj/Schier-Oberdorfer 1974, No. 54; Russian,

Ukrainian: SUS; Jewish: Jason 1965; Turkish: Eberhard/Boratav 1953, No. 11(3-4); Dagestan: Chalilov 1965, No. 18; Ossetian: Bjazyrov 1960, No. 46; Kazakh: Sidel'nikov 1952, 21; Turkmen: Stebleva 1969, No. 4, cf. No. 9; Tadzhik: STF, No. 74, cf. No. 108; Kalmyk: Vatagin 1964, 261f.; Mongolian: Michajlov 1962, 203, Heissig 1963, No. 17,1, cf. No. 17,2; Tuva: Taube 1978, No. 16; Indian: cf. Tauscher 1959, No. 3; Chinese: Reichl 1986, No. 41; Spanish-American, Mexican, Guatemalan: Robe 1973; Puerto Rican: Hansen 1957; Mayan: Peñalosa 1992; Argentine: Chertudi 1960f. I, No. 28; West Indies: Flowers 1953; Egyptian, Tunisian, Algerian, Moroccan: El-Shamy 2004; Guinean: Klipple 1992; East African: Arewa 1966, No. 387, Klipple 1992; Sudanese, Congolese: Klipple 1992; Tanzanian: El-Shamy 2004; Namibian, South African: Schmidt 1989 II, No. 438.

125B* ***Contest between Donkey and Lion*** (previously ***Ass Overawes Lion***).
Schwarzbaum 1979, 335f.
Italian: Cirese/Serafini 1975, Nos. 125B*-125D*; MNK I, No. 118A*, Dömötör 2001, 289; Gypsy: Aichele/Block 1962, No. 46; Kurdish: Wentzel 1978, No. 41, cf. Džalila et al. 1989, No. 183; Tadzhik: STF, No. 157; Chinese: Ting 1978.

126 ***The Sheep Chases the Wolf.***
Cf. BP I, 160 not.1; Krappe 1930; cf. Pedersen/Holbek 1961f. II, No. 134; Schwarzbaum 1964, 189; Jamieson 1969; cf. Dicke/Grubmüller 1987, Nos. 503, 585; cf. Adrados 1999ff. III, No. M. 97; Schmidt 1999; EM: Schaf verjagt den Wolf (forthcoming).
Finnish: Rausmaa 1982ff. V, No. 120; Estonian: Kippar 1986; French: cf. Cifarelli 1993, Nos. 58, 130; Spanish: Espinosa 1946f., Nos. 249, 250; Dutch: Schippers 1995, No. 348; Italian: Cirese/Serafini 1975; Russian: Afanas'ev/Barag et al. 1984f. I, No. 45; Byelorussian: SUS; Ossetian: Dirr 1920, No. 44, Christensen 1921, No. 12; Abkhaz: Dirr 1920, No. 42, Šakryl 1975, No. 1; Chuvash, Votyak: Kecskeméti/Paunonen 1974; Uzbek: Afzalov et al. 1963 I, 17ff.; Tadzhik: STF, No. 174, cf. Nos. 100, 108; Tuva: Taube 1978, Nos. 10, 58, cf. No. 53; Iranian: Marzolph 1984; Indian: Jason 1989; Burmese: cf. Kasevič/Osipov 1976, No. 181; Chinese: Ting 1978; Cambodian: Gaudes 1987, Nos. 11, 54; Filipino: Wrigglesworth 1981, No. 1; African American: Harris 1955, 149ff., 328ff.; West Indies: Flowers 1953, No. K1715; Cape Verdian: Parsons 1923b I, 317, 320, 322; Algerian: Nowak 1969, No. 6, El-Shamy 2004; Guinean: Klipple 1992; Cameroon: Kosack 2001, 557, 559; East African, Sudanese: Klipple 1992; Central African: Lambrecht 1967, No. 1785; Congolese: Klipple 1992; Namibian: Schmidt 1980, No. 51; South African: Schmidt 1989 II, No. 515, Klipple 1992.

126A* ***The Frightened Wolves.***
Schwarzbaum 1979, 160f.
Finnish: Rausmaa 1982ff. V, No. 119; Estonian: Kippar 1986; Lithuanian: Kerbelytė 1999ff. I; Wotian: Kecskeméti/Paunonen 1974; Bulgarian: cf. Haralampieff/Frolec 1971, No. 2; Russian, Byelorussian, Ukrainian: SUS; Ossetian: Dirr 1920, No. 44, Christensen 1921, No. 12; Abkhaz: Dirr 1920, No. 42; Cheremis/Mari, Chuvash, Votyak: Kecskeméti/Paunonen 1974; Uzbek: Reichl 1978, 16ff.; Georgian: Kurdovanidze 2000; Iranian: Marzolph 1984; Spanish-American: Robe 1973.

127A* ***The Wolf Induces the Goat to Come down from a Cliff and Devours it.***
Pedersen/Holbek 1961f. II, No. 172; Schwarzbaum 1964, 189f.; Schwarzbaum 1979, 306-308; Dicke/Grubmüller 1987, No. 386; Adrados 1999ff. III, Nos. H. 162, M. 219.
English: Emerson 1894, 51; French: Delarue/Tenèze 1964ff. III, Cifarelli 1993, No. 303; Spanish: Camarena/Chevalier 1995ff. I, Goldberg 1998, No. K2061.4; Portuguese: Vasconcellos/Soromenho et al. 1963f. I, No. 53, Cardigos(forthcoming); Dutch: Schippers 1995, No. 206; German: Tomkowiak 1993, 223; Italian: Cirese/Serafini 1975; Hungarian: MNK I, Dömötör 2001, 292; Slovene: Kosi 1894, 85f.; Indian: cf. Bødker 1957a, Nos. 444, 921.

127B* ***The Goat Eats in the Garden and is Caught.***
Schwarzbaum 1964, 190.
Spanish, Portuguese: Camarena/Chevalier 1995ff. I; Greek: Megas 1978.

129 ***Two Sheep Kill a Fox.***
Chauvin 1892ff. II, 87 No. 22; Dicke/Grubmüller 1987, No. 194.
Spanish: Goldberg 1998, No. J624.1; Catalan: Neugaard 1993, No. J624.1.

129A* ***Sheep Licks Her New-Born Lamb.***
Pauli/Bolte 1924 I, No. 587; Schwarzbaum 1979, 108; Dicke/Grubmüller 1987, No. 596, cf. Nos. 182, 603; cf. Adrados 1999ff. III, No. not.-H. 194.
French: Cifarelli 1993, No. 441; Spanish: Camarena/Chevalier 1995ff. I

130 ***The Animals in Night Quarters.*** (Bremen Town Musicians.)
Aarne 1913; BP I, 237-259; Krohn 1931a, 31-37; Schwarzbaum 1964, 190; Schwarzbaum 1968, 460; Cammann 1975; Schwarzbaum 1979, 197; cf. Dicke/Grubmüller 1987, No. 336; Richter 1990; Uther 1993b; Uther 1993c; Scherf 1995 I, 121-125; Tomkowiak/Marzolph 1996, 44-47; Dekker et al. 1997, 69-74; Schmidt 1999; EM:

Tiere auf Wanderschaft (in prep.).

Finnish: Rausmaa 1982ff. V, 211ff.; Finnish-Swedish: Hackman 1917f. I, Nos. 32, 124 (5); Livonian: Loorits 1926; Lithuanian: Kerbelytė 1999ff. I; Lappish: Qvigstad 1925; Wepsian, Wotian, Karelian: Kecskeméti/Paunonen 1974; Swedish: Liungman 1961; Norwegian: Hodne 1984; Irish: Ó Súilleabháin/Christiansen 1963; English: Baughman 1966; French: Delarue/Tenèze 1964ff. III; Spanish: Camarena/Chevalier 1995ff. I, González Sanz 1996; Basque: Camarena/Chevalier 1995ff. I; Catalan: Oriol/Pujol 2003; Portuguese: Cardigos (forthcoming); Dutch: Sinninghe 1943, Kooi 2003, No. 104; Frisian: Kooi 1984a; Flemish: Meyer 1968, Meyer/Sinninghe 1973f., Lox 1999a, No. 1; Walloon: Legros 1962; German: Brunner/Wachinger 1986ff. XI, No. ²S3581, Tomkowiak 1993, 239f., Grimm KHM/Uther 1996 I, No. 27, Hubrich-Messow 2000, Berger 2001; Ladinian: Decurtins 1896ff. II, No. 51; Italian: Cirese/Serafini 1975; Sardinian: Rapallo 1982f.; Corsican: Massignon 1963, No. 60; Hungarian: MNK I; Slovakian: Gašparíková 1981a, 208; Slovene: Kuret 1954, 19, Bolhar 1974, 111ff.; Croatian: Bošković-Stulli 1959, No. 2; Macedonian: Eschker 1972, No. 16; Rumanian: Schullerus 1928; Bulgarian: BFP; Greek: Megas 1978; Polish: Krzyżanowski 1962f. I; Sorbian: Nedo 1956, No. 10; Russian, Byelorussian: SUS; Ukraininan: SUS, Nos. 130, 130***; Jewish: Jason 1965, 1988a; Turkish: Eberhard/Boratav 1953, No. 11, Alptekin 1994, Nos. III 58, V 90; Cheremis/Mari, Mordvinian: Kecskeméti/Paunonen 1974; Tadzhik: STF, Nos. 24, 74, 108, 174, 399, cf. No. 354; Georgian: Kurdovanidze 2000; Iranian: Marzolph 1984; Indian: Bødker 1957a, No. 34, Thompson/Roberts 1960, Jason 1989; Chinese: Eberhard 1937, No. 3, Eberhard 1941, Nos. 2, 7; Korean: cf. Choi 1979, No. 144; Japanese: Ikeda 1971, Inada/Ozawa 1977ff.; US-American: Baughman 1966; Spanish-American: Robe 1973; African American: Dorson 1956, No. 152; Mexican: Robe 1973; Dominican: cf. Flowers 1953; Puerto Rican: Hansen 1957; South American Indian: Hissink/Hahn 1961, No. 141; Mayan: Peñalosa 1992; Cape Verdian: Parsons 1923b I, 187 No. 1; Egyptian, Tunisian, Algerian, Moroccan: El-Shamy 2004; Ghanaian: Schott 1993 II/III, 200ff.; South African: Coetzee et al. 1967, Klipple 1992.

130A ***Animals Build Themselves a House.***

EM 6 (1990) 604–607 (P.-L. Rausmaa); Scherf 1995 I, 333–336.

Finnish: Rausmaa 1982ff. V, Nos. 120–122; Estonian: Kippar 1986, No. 130A, cf. No. 130E; Latvian: Arājs/Medne 1977; Lithuanian: Kerbelytė 1999ff. I; Lappish: Qvigstad 1927ff. III, No. 11; Bulgarian: Nicoloff 1979, No. 6; Russian: SUS, Nos. 130*, 130**; Cambodian: Gaudes 1987, No. 4; Brazilian: Alcoforado/Albán 2001, No. 10; Moroccan, Eritrean: El-Shamy 2004.

130B ***Fleeing Animals Threatened with Death*** (previously ***Animals in Flight after Threatened Death***).

Finnish: Rausmaa 1982ff. V, Nos. 123, 124; Estonian: Kippar 1986; Livonian: Loorits 1926; Latvian: Arājs/Medne 1977; Lithuanian: Kerbelytė 1999ff. I; Lappish: Qvigstad 1927ff. II, No. 7, III, No. 12; Wepsian: Kecskeméti/Paunonen 1974; Serbian: cf. Čajkanović 1929, No. 10; Bulgarian: Nicoloff 1979, No. 6; Greek: Megas 1978; Jewish: Jason 1965; Ukrainian: Veršinin 1962, 252ff.; Abkhaz: Šakryl 1975, No. 13; Turkmen: Stebleva 1969, No. 10.

130C ***Animals in Company of a Man.***

Finnish: Rausmaa 1982ff. V, Nos. 125–127; Latvian: Arājs/Medne 1977; Lithuanian: Kerbelytė 1999ff. I; Lappish: Qvigstad 1927ff. I, No. 4; Livonian: Kecskeméti/Paunonen 1974; Greek: Megas 1978; Mordvinian: Kecskeméti/Paunonen 1974; French-Canadian: Barbeau/Lanctot 1931, No. 150.

130D* ***Animals Warm Themselves.***

Latvian: Arājs/Medne 1977; Wotian: Kecskeméti/Paunonen 1974; Russian, Byelorussian, Ukrainian: SUS.

131 ***The Tiger as False Friend to the Cow.***

Schwarzbaum 1964, 190.

Mongolian: Lőrincz 1979, Nos. 131A*, 131B*; Indian: Thompson/Roberts 1960, Jason 1989; Burmese: Kasevič/Osipov 1976, No. 67; Nepalese: Unbescheid 1987, No. 29; Filipino: Wrigglesworth 1981, No. 1; Moroccan: El-Shamy 2004.

132 ***The Goat Admires his Horns in the Water.***

Pedersen/Holbek 1961f. II, No. 119; Schwarzbaum 1964, 190; Schwarzbaum 1979, 307 not. 3, 378 not. 12; Dicke/Grubmüller 1987, No. 605, cf. No. 64; Adrados 1999ff. III, No. M. 190, cf. S. 146; EM: Tiere: Die eitlen T. (in prep.).

Finnish: Rausmaa 1982ff. V, No. 128; Estonian: Kippar 1986; Latvian: Arājs/Medne 1977; Swedish: Liungman 1961; Norwegian: Hodne 1984; French: Cifarelli 1993, No. 327; Spanish: Camarena/Chevalier 1995ff. I; Portuguese: Soromenho/Soromenho 1984f. I, No. 75, Cardigos (forthcoming); Dutch: Schippers 1995, No. 483; Walloon: Legros 1962; German: Hubrich-Messow 2000, Berger 2001; Hungarian: MNK I, No. 132, cf. No. 79**; Russian: MacDonald 1982, No. K1775; Gypsy: cf. MNK X 1, No. 79**; Mexican: Robe 1973; Puerto Rican: Hansen 1957, No. 246**A.

133* ***The Goat Carries the Snake over a Stream***
Liebrecht 1879, 123; Chauvin 1892ff. II, 117 No. 95; Basset 1924ff. III, 327 No. 197; Tubach 1969, No. 1326; Schwarzbaum 1979, 8f. not. 15.
Spanish: Goldberg 1998, No. K952.1; Portuguese: Cardigos (forthcoming), No. 275*F; Hungarian: MNK I; Rumanian: Schullerus 1928; Dagestan: Chalilov 1965, No. 5; Abkhaz: Bgažba 1959, 109f.; Tadzhik: STF, No. 43; Syrian: El-Shamy 2004; Indian: cf. Bødker 1957a, No. 1140; North American Indian: MacDonald 1982, No. K952.1: Algerian, Moroccan: El-Shamy 2004.

135* ***The Mouse Makes a Boat of a Bread-Crust.***
Lappish: Qvigstad 1925, Bartens 2003, No. 7; Syrjanian: Kecskeméti/Paunonen 1974; Portuguese: Vasconcellos/Soromenho et al. 1963f. I, No. 80, Cardigos (forthcoming); Egyptian, Tunisian, Algerian: El-Shamy 2004.

135A* ***The Fox Stumbles over a Violin.***
Spanish: Camarena/Chevalier 1995ff. I, Río Cabrera/Pérez Bautista 1998, No. 41; Catalan: Oriol/Pujol 2003; Portuguese: Soromenho/Soromenho 1984f. I, No. 95, Cardigos (forthcoming); Abkhaz: Bgažba 1959, 88; Argentine: Hansen 1957, No. *135A, Chertudi 1960f. II, No. 19.

136 ***The Wolf Surprises the Pig in an Apple Tree.***
French: Delarue/Tenèze 1964ff. III; Catalan: Oriol/Pujol 2003; Walloon: Legros 1962; Palestinian, Persian Gulf, Qatar, Iraqi: El-Shamy 2004; Indian: Bødker 1957a, No. 162; North American Indian: JAFL 15 (1902) 63ff.; Egyptian, Algerian, Moroccan, Tanzanian: El-Shamy 2004.

136A* ***Confession of Animals.***
Estonian: Kippar 1986; Latvian: Ambainis 1979, Nos. 10, 15; Lithuanian: Kerbelytė 1999ff. I; Tuva: Taube 1978, No. 14; Syrian, Palestinian, Jordanian: El-Shamy 2004; Iraqi: Fadel 1979, No. 1, El-Shamy 2004; Persian Gulf, Oman, Kuwaiti, Qatar: El-Shamy 2004; Brazilian: Alcoforado/Albán 2001, No. 8; Egyptian: El-Shamy 1980, No. 51, El-Shamy 2004; Moroccan, Sudanese, Eritrean: El-Shamy 2004.

137 ***The Filthy Hog and the Clean Fish.***
Schwarzbaum 1964, 190; Schwarzbaum 1979, 273.
Latvian: Arājs/Medne 1977; Lithuanian: Kerbelytė 1999ff. I; Frisian: Kooi 1984a; German: Berger 2001; Hungarian: MNK I; Slovakian: Gašparíková 1981a, 222; Ru-

manian: Schullerus 1928, No. 255*; Ukrainian: SUS.

WILD ANIMALS AND HUMANS 150–199

150 ***The Three Teachings of the Bird*** (previously ***Advice of the Fox***).
Paris 1903b, 225–291; Tyroller 1912; BP III, 230–233; Cock 1919, 51–75; Basset 1924ff. II, 269 No. 39; Pauli/Bolte 1924 I, No. 380; HDM 1(1930–33)95; Pedersen/Holbek 1961f. II, No. 187; Schwarzbaum 1964, 190; Tubach 1969, No. 322, cf. No. 2233; Schwarzbaum 1979, 47, 457 not. 10, 548 not. 15; Schwarzbaum 1980, 274; Dicke/Grubmüller 1987, Nos. 570, 643; Wolfgang 1990; Marzolph 1992 II, No. 369; EM 8(1996)883–889(U. Marzolph); Marzolph/Van Leeuwen 2004, No. 414.
Finnish: Rausmaa 1982ff. V, Nos. 129, 131; Finnish-Swedish: Hackman 1917f. I, No. 33; Estonian: Aarne 1918; Lithuanian: Kerbelytė 1999ff. I; Wotian: cf. Mägiste 1959, No. 193; Irish: Ó Súilleabháin/Christiansen 1963; English: Briggs 1970f. A I, 119f.; French: Delarue/Tenèze 1964ff. III, Nos. 150, 150*, Cifarelli 1993, No. 284; Spanish: Camarena/Chevalier 1995ff. I, Goldberg 1998, Nos. J21.12, J21.13, J21.14; Basque: Camarena/Chevalier 1995ff. I; Catalan: Neugaard 1993, Nos. J21.12, J21.13, J21.14, K604, cf. Oriol/Pujol 2003; Dutch: Schippers 1995, No. 426; Frisian: Kooi 1984a; Flemish: Meyer 1968; German: Knoop 1909, No. 72; Italian: Cirese/Serafini 1975; Hungarian: MNK I; Czech: Tille 1929 ff. II 2, 424, Dvořák 1978, No. 322; Albanian: Camaj/Schier-Oberdorffer 1974, No. 57; Greek: Megas 1978; Ukrainian: SUS; Turkish: Eberhard/Boratav 1953, No. 55; Jewish: Jason 1965, 1975, 1988a; Gypsy: cf. Mode 1983ff. III, No. 162; Kurdish: Džalila et al. 1989, No. 152; Dagestan: Chalilov 1965, No. 76; Turkmen: Stebleva 1969, No. 17; Tadzhik: STF, No. 122; Syrian, Palestinian, Jordanian, Iraqi: El-Shamy 2004; Indian: Bødker 1957a, No. 720, cf. No. 721, Thompson/Roberts 1960, Jason 1989; Sri Lankan: Schleberger 1985, No. 45; Indonesian: Vries 1925f. II, 409 No. 231; Malaysian: Hambruch 1922, No. 58; Spanish-American, Mexican: Robe 1973; Moroccan: Nowak 1969, No. 38, El-Shamy 2004; Sudanese: El-Shamy 2004.

150A* ***The Frog's Counsels.***
Dähnhardt 1907ff. III, 49, 493f.; Kippar 1973f.
Finnish: Rausmaa 1982ff. V, No. 130; Estonian: Kippar 1986; Latvian: Arājs/Medne 1977, No. 278C*; Lithuanian: Kerbelytė 1999ff. I, No. 150; Spanish: Goldberg 1998, No. K604.

151 ***A Man Teaches a Wild Animal to Play the Fiddle*** (previously ***The Man Teaches Bears to Play the Fiddle***).

BP I, 68f.; Schwarzbaum 1964, 190; Schwarzbaum 1968, 90; EM 3(1981)1261–1271 (H. Breitkreuz).

Finnish: Rausmaa 1982ff. V, No. 132; Finnish-Swedish: Hackman 1917f. I, Nos. 61, 128a(1), II, No. 285(1); Estonian: Kippar 1986; Livonian: Loorits 1926; Latvian: Arājs/Medne 1977; Lithuanian: Kerbelytė 1999ff. I; Karelian: Wunderblume 1958, 94ff.; Irish: Ó Súilleabháin/Christiansen 1963; French: Delarue/Tenèze 1964ff. III, Cifarelli 1993, No. 246; Portuguese: Soromenho/Soromenho 1984f. I, No. 58, Cardigos(forthcoming); Dutch: Meder/Bakker 2001, No. 479; Flemish: Meyer 1968; German: Grimm KHM/Uther 1996 I, No. 8, Hubrich-Messow 2000; Italian: cf. Keller 1963, 215ff.; Hungarian: MNK I; Slovakian: Gašparíková 1981a, 209; Slovene: Slovenski gospodar 16(1882)14f.; Macedonian: cf. Čepenkov/Penušliski 1989 I, No. 19; Greek: Megas 1978; Polish: Krzyżanowski 1962f. I; Russian, Byelorussian, Ukrainian: SUS; Gypsy: MNK X 1; Indian: Thompson/Roberts 1960; Cambodian: Gaudes 1987, No. 4.

151* ***The Lion in Love.***

Schwarzbaum 1968, 59, 454; Schwarzbaum 1979, ix; Dicke/Grubmüller 1987, No. 378.

French: Cifarelli 1993, No. 309; Sri Lankan: Schleberger 1985, No. 44.

152 ***The Plowman and the Animals*** (previously ***The Man Paints the Bear***).

Anderson 1963, 93; EM: Schönheitskur(forthcoming).

Finnish: Rausmaa 1982ff. V, No. 133; Estonian: Kippar 1986; Latvian: Arājs/Medne 1977; Lithuanian: Kerbelytė 1999ff. I, No. 152B*; Wepsian: Kecskeméti/Paunonen 1974; Swedish: Djurklou 1883, 129ff.; French: Cifarelli 1993, No. 490; Spanish: Camarena/Chevalier 1995ff. I; Macedonian: cf. Čepenkov/Penušliski 1989 III, No. 322; Bulgarian: BFP, No. 152B*; Greek: Loukatos 1957, 13f.; Polish: Krzyżanowski 1962f. I; Sorbian: cf. Nedo 1956, 87f.; Russian, Ukrainian: SUS; Cheremis/Mari: Kecskeméti/Paunonen 1974; Mordvinian: Kecskeméti/Paunonen 1974, No. 152B*; South American Indian: Karlinger/Freitas 1977, No. 41.

152A* ***The Wife Scalds the Wolf.***

Latvian: Arājs/Medne 1977; Lithuanian: Kerbelytė 1999ff. I; French: Delarue/Tenèze 1964ff. III, No. 121; Spanish: Camarena/Chevalier 1995ff. I; Catalan: Oriol/Pujol 2003; Portuguese: Coelho 1985, No. 9, Cardigos(forthcoming); Frisian: Kooi

1984a; Walloon: Legros 1962, 95; German: Peuckert 1932, No. 21, Grannas 1957, No. 24; Syrian, Jordanian, Yemenite: El-Shamy 2004; Egyptian: El-Shamy 1980, No. 48, El-Shamy 2004; Moroccan: El-Shamy 2004; Sudanese: Nowak 1969, No. 48, El-Shamy 2004.

153 ***The Gelding of the Bear and the Fetching of Salve.***

Wehse 1979, 148f. No. 409; Dicke/Grubmüller 1987, No. 41; EM: Starkmachen (forthcoming).

Finnish: Rausmaa 1982ff. V, Nos. 134–136; Finnish-Swedish: Hackman 1917f. I, Nos. 35, 36; Estonian: Kippar 1986, No. 153, cf. No. 162B; Livonian: Loorits 1926; Latvian: Arājs/Medne 1977; Lappish: Qvigstad 1927ff. II, No. 11; Wepsian: Kecskeméti/Paunonen 1974; Swedish: Liungman 1961; Norwegian: Hodne 1984; Danish: Kristensen 1892ff. I, 441; French: Delarue/Tenèze 1964ff. III; Spanish: Camarena/Chevalier 1995ff. I; German: Hubrich-Messow 2000; Hungarian: MNK I; Czech: Satke 1958, No. 35; Bulgarian: cf. BFP, No. 152C**; Polish: Hoffmann 1973; Ukrainian: Hoffmann 1973, SUS; Gypsy: MNK X 1; Puerto Rican: cf. Hansen 1957, No. **169.

154 ***The Fox and His Members*** (previously ***"Bear-food"***).

Krohn 1891, 11f.; BP I, 518 not. 1; Pedersen/Holbek 1961f. II, No. 190; Schwarzbaum 1968, 360; Schwarzbaum 1979, 45 not. 14, 456, 551; EM 5(1987)489–494(I. Tomkowiak); Schmidt 1999.

Finnish: Rausmaa 1982ff. V, Nos. 131, 137–139; Finnish-Swedish: Hackman 1917f. I, No. 36; Estonian: Kippar 1986; Livonian: Loorits 1926; Latvian: Arājs/Medne 1977; Lithuanian: Kerbelytė 1999ff. I; Lappish: Qvigstad 1925, Bartens 2003, No. 1; Wepsian: Kecskeméti/Paunonen 1974; Swedish: Liungman 1961; Norwegian: Hodne 1984; French: Delarue/Tenèze 1964ff. III, Cifarelli 1993, No. 342; Spanish, Basque: Camarena/Chevalier 1995ff. I; Catalan: Oriol/Pujol 2003; Portuguese: Soromenho/Soromenho 1984f. I, No. 99, Cardigos(forthcoming); Dutch: Schippers 1995, No. 56; Walloon: Laport 1932, No. 79*; German: Moser-Rath 1964, No. 30, Berger 2001, 49f.; Ladinian: cf. Decurtins 1896ff. X, No. 8; Hungarian: MNK I, Nos. 54*, 154, Dömötör 2001, 287; Slovakian: Gašparíková 1991f. I, No. 272, II, Nos. 481, 547; Slovene: Brinar 1904, 15f.; Rumanian: Schullerus 1928; Bulgarian: BFP; Albanian: Camaj/Schier-Oberdorffer 1974, Nos. 47, 53; Greek: Megas 1978; Polish: Krzyżanowski 1962f. I; Russian, Byelorussian, Ukrainian: SUS; Turkish: Eberhard/Boratav 1953, Nos. 5, 39, 40, 48; Jewish: Jason 1965, Noy 1976, Jason 1988a; Gypsy: MNK X 1; Ossetian: Bjazyrov 1958, No. 21; Cheremis/Mari, Mordvinian: Kecskeméti/Paunonen 1974; Tadzhik: STF, Nos. 17, 44, 320; Kalmyk, Mongolian: Lőrincz

1979; Georgian: Kurdovanidze 2000; Druze: Falah/Shenhar 1978, No. 24; Laotian: Lindell et al. 1977ff. I, 39ff., II, 50ff., cf. III, 23ff.; Japanese: Ikeda 1971; Spanish-American, Mexican, Guatemalan: Robe 1973; Puerto Rican: Hansen 1957; Brazilian: Cascudo 1955b, 129, Alcoforado/Albán 2001, No. 5; Argentine, Chilean: Hansen 1957; West-Indian: Flowers 1953; Tunisian, Algerian: El-Shamy 2004, Nos. 154, 154A§; Moroccan: El-Shamy 2004, No. 154A§; Guinean: Klipple 1992; Ghanaian: Schott 1993f. I, 58ff.; East African: Arewa 1966, No. 2751B, Klipple 1992; Sudanese: Klipple 1992, El-Shamy 2004, Nos. 154, 154A§; Somalian: Klipple 1992.

155 ***The Ungrateful Snake Returned to Captivity.***
Krohn 1891, 38–60; Chauvin 1892ff. II, 119 No. 5, 120 No. 109, VI, 197f. No. 370, VIII, 120 No. 104, IX, 18 No. 4; BP II, 240; McKenzie 1904; Basset 1924ff. III, 556 No. 340; Pauli/Bolte 1924 II, No. 745; Draak 1946; Pedersen/Holbek 1961f. II, Nos. 43, 117; Schwarzbaum 1968, 113 not. 35; Tubach 1969, Nos. 4254, 4256, 4262; Spies 1973b, 177–180; Brémond 1975; Schwarzbaum 1979, 517 not. 15; Schwarzbaum 1980, 274; MacDonald 1982, J1172.3; Dicke/Grubmüller 1987, No. 512, cf. No. 431; Goldberg 1996a; Lieb 1996, 49–53, 198–204; Dekker et al. 1997, 266–272; Adrados 1999ff. III, Nos. M. 199, M. 289; Schmidt 1999; Marzolph/Van Leeuwen 2004, No. 47; EM: Undank ist der Welt Lohn (in prep.).
Finnish: Rausmaa 1982ff. V, Nos. 140, 141; Finnish-Swedish: Hackman 1917f. I, No. 37; Estonian: Kippar 1986; Livonian: Loorits 1926; Latvian: Arājs/Medne 1977; Lithuanian: Kerbelytė 1999ff. I; Lappish: Qvigstad 1925; Wepsian: Kecskeméti/Paunonen 1974; Swedish: Liungman 1961; Norwegian: Hodne 1984; Faeroese: Nyman 1984; Iclandic: Boberg 1966, No. J1172.3; Irish: Ó Súilleabháin/Christiansen 1963; French: Delarue/Tenèze 1964ff. III, Cifarelli 1993, No. 180, cf. No. 249; Spanish: Camarena/Chevalier 1995ff. I, Goldberg 1998, Nos. J1172.3, W154.2.1; Basque: Camarena/Chevalier 1995ff. I; Catalan: Neugaard 1993, Nos. J1172.3, W154.2.1, Oriol/Pujol 2003; Portuguese: Vasconcellos/Soromenho et al. 1963f. I, Nos. 65–67, Cardigos (forthcoming); Dutch: Schippers 1995, Nos. 79, 239; Frisian: Kooi 1984a, Kooi/Schuster 1993, No. 208; Flemish: Meyer 1968; German: Moser-Rath 1964, No. 126, Tomkowiak 1993, 228, cf. 226, Kooi/Schuster 1994, No. 239, Hubrich-Messow 2000; Italian: Cirese/Serafini 1975; Sardinian: Rapallo 1982f.; Hungarian: MNK I; Czech: Dvořák 1978, No. 4254; Slovakian: Gašparíková 1991f. I, Nos. 272, 284, II, Nos. 481, 547; Slovene: Matičetov 1973, 194ff.; Croatian: Bošković-Stulli 1975b, No. 58; Macedonian: Eschker 1972, No. 4; Rumanian: Schullerus 1928; Bulgarian: BFP, No. 155, cf. No. *155*; Greek: Megas 1978; Polish: Krzyżanowski 1962f. I; Russian, Byelorussian: SUS; Ukrainian: SUS, No. 155, cf. No. 155*; Turkish: Eberhard/Boratav 1953,

No. 48; Jewish: Haboucha 1992; Gypsy: MNK X 1; Ossetian: Bjazyrov 1958, No. 22; Cheremis/Mari, Chuvash, Tatar, Mordvinian, Votyak: Kecskeméti/Paunonen 1974; Yakut: Ėrgis 1967, Nos. 18, 68; Tadzhik: STF, No. 376; Mongolian: Lőrincz 1979, No. 155, cf. No. 155A; Georgian: Kurdovanidze 2000; Tuva: Taube 1978, No. 12; Iranian: Marzolph 1984; Afghan: Lebedev 1986, 209ff.; Pakistani: Thompson/Roberts 1960; Indian: Bødker 1957a, Nos. 1150, 1153, 2255, cf. Nos. 303, 1151, Tauscher 1959, No. 170, Thompson/Roberts 1960, Jason 1989; Burmese: Kasevič/Osipov 1976, Nos. 10, 91; Sri Lankan: Thompson/Roberts 1960; Chinese: Ting 1978; Korean: Choi 1979, No. 109; Cambodian: Sacher 1979, 106ff., 127ff.; Indonesian: Vries 1925f. I, No. 5; French-American: Ancelet 1994, No. 11; Spanish-American: Robe 1973; African American: Harris 1955, 315ff., Dorson 1956, No. 161; Mexican, Guatemalan, Nicaraguan, Costa Rican: Robe 1973; Dominican, Puerto Rican, Peruvian: Hansen 1957; South American Indian: Hissink/Hahn 1961, No. 345; Mayan: Peñalosa 1992; Brazilian: Cascudo 1955b, 193; Argentine, Chilean: Hansen 1957; West Indies: Flowers 1953; Egyptian: Nowak 1969, No. 246, El-Shamy 1995 I, No. J1172.3.2; Moroccan: Nowak 1969, No. 43, El-Shamy 1995 I, No. J1172.3.2; West African, Guinean: Klipple 1992; Cameroon: Kosack 2001, 634; East African: Arewa 1966, No. 2751B, Klipple 1992; Sudanese: Nowak 1969, No. 43; Somalian: Klipple 1992; Central African: cf. Lambrecht 1967, No. 2751C; Congolese: Klipple 1992; South African: Coetzee et al. 1967, Schmidt 1989 II, No. 590, Klipple 1992; Malagasy: Haring 1982, Nos. 2.3.01, 4.155.

156 ***Androcles and the Lion*** (previously ***Thorn Removed from Lion's Paw [Androcles and the Lion]***).

Barst 1911; BP III, 1 not. 2; Brodeur 1922; Pedersen/Holbek 1961f. II, No. 74; Schwarzbaum 1964, 190f.; Tubach 1969, No. 215, cf. No. 2771; Schneider 1970; EM 1(1977)501–508(K. Ranke); Schwarzbaum 1979, 53, 56 not. 8; Dicke/Grubmüller 1987, No. 387; Dekker et al. 1997, 43–45; Adrados 1999ff. III, Nos. M. 227, not-H. 199; Schmidt 1999.

Finnish: Rausmaa 1982ff. V, Nos. 142, 143; Finnish-Swedish: Hackman 1917f. I, No. 38; Estonian: Kippar 1986, Nos. 156, 156A*; Latvian: Arājs/Medne 1977, Nos. 156, 156A*; Lithuanian: Kerbelytė 1999ff. IV(forthcoming), No. 1.1.2.9; Swedish: Liungman 1961; Norwegian: cf. Hodne 1984, 52; Irish: Ó Súilleabháin/Christiansen 1963; French: Cifarelli 1993, No. 302; Spanish: Camarena/Chevalier 1995ff. I, Goldberg 1998, No. B183; Basque: Camarena/Chevalier 1995ff. I; Catalan: Neugaard 1993, No. B381; Portuguese: Camarena/Chevalier 1995ff. I; Dutch: Schippers 1995, No. 207, Meder/Bakker 2001, No. 479; Frisian: Kooi 1984a; German: Tomkowiak 1993,

223f., Hubrich-Messow 2000, Berger 2001; Italian: Cirese/Serafini 1975; Sardinian: Rapallo 1982f.; Hungarian: MNK I; Czech: Dvořák 1978, No. 215; Slovakian: Polívka 1923ff. V, 128f., Gašparíková 1991f. II, No. 504; Slovene: Kotnik 1924f. I, 85; Serbian: Đjorđjevič/Milošević-Đjorđjevič 1988, No. 6; Macedonian: Tošev 1954, 173f., Vražinovski 1977, No. 40; Bulgarian: BFP; Polish: Krzyżanowski 1962f. I; Ukrainian: SUS; Turkish: Eberhard/Boratav 1953, No. 37; Jewish: Jason 1965, 1975, Noy 1976, Jason 1988a; Cheremis/Mari, Tatar, Mordvinian: Kecskeméti/Paunonen 1974; Kara-Kalpak: Volkov 1959, 3ff., cf. 177ff.; Tadzhik: Amonov 1961, 266ff.; Georgian: Kurdovanidze 2000; Pakistani: Thompson/Roberts 1960; Indian: Bødker 1957a, No. 1107; Chinese: Ting 1978, Bäcker 1988, No. 28; Cambodian: Sacher 1979, 170ff., Gaudes 1987, No. 35; Japanese: Ikeda 1971; West Indies: Flowers 1953; Tunisian: Stumme 1900, No. 15; East African, Sudanese: Klipple 1992, No. 74*; Somalian: Klipple 1992; South African: Coetzee et al. 1967, Schmidt 1989 II, No. 1690.

156A ***The Faith of the Lion***

Cf. Pauli/Bolte 1924 I, No. 649; Tubach 1969, No. 3957; Graus 1975, 354–367; Gerndt 1980; EM 8(1996)1234–1239(H. Gerndt); Dekker et al. 1997, 43–45.

Finnish: Rausmaa 1982ff. V, No. 144; Estonian: Kippar 1986; Latvian: Arājs/Medne 1977; Spanish: Goldberg 1998, No. B301.8; Dutch: Sinninghe 1943, 17 No. 74, Schippers 1995, No. 208, Kooi 2003, No. 28; Frisian: Kooi 1984a; Flemish: Meyer 1968; German: Grimm DS/Uther 1993 II, No. 526; Czech: Tille 1929ff. I, 109ff.; Slovakian: Gašparíková 1991f. I, No. 5, II, No. 370; Georgian: Kurdovanidze 2000.

156B* ***The Grateful Snake*** (previously ***Woman as Snake's Midwife***).

Tubach, No. 4264.

Estonian: Aarne 1918, No. 738*, Loorits 1959, No. 140, Kippar 1986, No. 156B*; Latvian: Arājs/Medne 1977, Nos. 156B*, 738*, Kerbelytė 2001; Irish: Ó Súilleabháin/Christiansen 1963; Byelorussian: Dobrovol'skij 1891ff. I, No. 86; Turkish: cf. Eberhard/Boratav 1953, Nos. 56–58, 66, 80, 132, 169, 175, 215; Jewish: Jason 1965, No. 738*, Jason 1975, No. 738*, Noy 1976, Jason 1988a, No. 738*; Lebanese: cf. Nowak 1969, No. 57; Palestinian, Persian Gulf: El-Shamy 2004; Chinese: Ting 1978; Japanese: Ikeda 1971; Libyan, Algerian: El-Shamy 2004.

156C* ***The Boy and the Bear in Pit.***

EM 11,2(2004)608–618(L. Lieb).

Latvian: Arājs/Medne 1977; Lithuanian: Kerbelytė 1999ff. IV(forthcoming); Byelorussian: Barag 1966, No. 95; Ukrainian: Lintur 1972, No. 29.

157 ***Animals Learn to Fear Men*** (previously ***Learning to Fear Men***).
BP II, 96–100, cf. IV, 341 No. 93; Dorson 1954; Pedersen/Holbek 1961f. II, No. 166; Schwarzbaum 1968, 361; Schwarzbaum 1979, 93 not. 18, 460f.; Dicke/Grubmüller 1987, Nos. 323, 380, cf. No. 396; EM 5(1987)576–584(C. Lindahl); Schmidt 1999.
Finnish: Rausmaa 1982ff. V, Nos. 43, 146–148, 153; Finnish-Swedish: Hackman 1917f. I, No. 39, II, No. 214; Estonian: Kippar 1986; Latvian: Arājs/Medne 1977; Lithuanian: Kerbelytė 1999ff. I; Livonian, Lappish, Wepsian: Kecskeméti/Paunonen 1974; Swedish: Liungman 1961; Norwegian: Hodne 1984; Irish: Ó Súilleabháin/Christiansen 1963; French: Delarue/Tenèze 1964ff. III; Spanish: Camarena/Chevalier 1995ff. I, González Sanz 1996, Goldberg 1998, No. J17; Basque: Camarena/Chevalier 1995ff. I; Catalan: Oriol/Pujol 2003; Dutch: Sinninghe 1943; Frisian: Kooi 1984a; Flemish: Meyer 1968, Lox 1999a, No. 3; German: Tomkowiak 1993, 223, Grimm KHM/Uther 1996 II, No. 72, Hubrich-Messow 2000; Italian: Cirese/Serafini 1975; Hungarian: MNK I, Dömötör 2001, 287; Czech: Dvořák 1978, No. 4865*; Slovene: Matičetov 1973, 203ff.; Bulgarian: BFP, No. *157*; Greek: Megas 1978; Polish: cf. Krzyżanowski 1962f. I; Sorbian: Nedo 1956, No. 12; Russian, Byelorussian, Ukrainian: SUS; Turkish: cf. Eberhard/Boratav 1953, No. 13; Jewish: Jason 1965, 1975, Noy 1976, Jason 1988a; Gypsy: MNK X 1; Chuvash: Mészáros 1912, No. 48, Kecskeméti/Paunonen 1974; Yakut: Ėrgis 1967, No. 31, cf. No. 1; Georgian: Levin 1978, No. 39; Syrian, Palestinian, Jordanian, Iraqi: El-Shamy 2004; Indian: Bødker 1957a, No. 152, Thompson/Roberts 1960; Chinese: Ting 1978; North American Indian: Thompson 1919, 439; African American: Dorson 1956, No. 7, Harris 1955, 141ff., 355ff.; Spanish-American, Mexican: Robe 1973; Puerto Rican: Hansen 1957; South American Indian: cf. Hissink/Hahn 1961, No. 362; Mayan: Peñalosa 1992; Brazilian: Karlinger/Freitas 1977, No. 69; Chilean: Hansen 1957; West Indies: Flowers 1953; North African, Egyptian, Algerian, Moroccan: El-Shamy 2004; Ghanaian: Schott 1993 II/III, 76ff.; Sudanese: Klipple 1992, El-Shamy 2004; South African: Coetzee et al. 1967, Schmidt 1989 II, No. 646.

157A ***The Lion Searches for Man.***
BP II, 99f., cf. IV, 343 No. 106; Pauli/Bolte 1924 I, No. 18, cf. No. 20; Pedersen/Holbek 1961f. II, No. 135; Schwarzbaum 1964, 191 nos. 157, 157A; Schwarzbaum 1979, 460, 514f.; Dicke/Grubmüller 1987, No. 396, cf. 380; EM 5(1987)576–584(C. Lindahl); Adrados 1999ff. III, Nos. M. 202, S. 169; Marzolph/Van Leeuwen 2004, No. 44.
Finnish: Rausmaa 1982ff. V, No. 149; French: Cifarelli 1993, No. 246; Spanish: Camarena/Chevalier 1995ff. I, Goldberg 1998, No. J22.1*; Catalan: Oriol/Pujol 2003;

Portuguese: Soromenho/Soromenho 1984f. I, Nos. 33, 58, Cardigos(forthcoming); Dutch: Schippers 1995, No. 218; Italian: Cirese/Serafini 1975; Hungarian: MNK I; Macedonian: Vražinovski 1977, Nos. 42, 43; Bulgarian: Nicoloff 1979, Nos. 4, 5, Parpulova/Dobreva 1982, 44f., cf. BFP, No. *157B; Greek: Megas 1978; Jewish: Haboucha 1992; Tadzhik: STF, Nos. 190, 393; Mongolian: Lőrincz 1979; Iranian: cf. Marzolph 1984, No. *157A; Indian: Bødker 1957a, Nos. 151, 152, Thompson/Roberts 1960; Burmese: cf. Esche 1976, 224ff., 327f.; Tibetian: O'Connor 1906, No. 11; African American: Baer 1980, 64f.; Moroccan: Laoust 1949, No. 34; Sudanese: El-Shamy 2004.

157B ***The Sparrow and His Sons.***
BP III, 239–241; Dicke/Grubmüller 1987, No. 535; EM 5(1987)576–584(C. Lindahl); Elschenbroich 1990 II, 220f.
German: Grimm KHM/Uther 1996 III, No. 157; Iraqi: cf. El-Shamy 2004, No. 72D§; US-American: MacDonald 1982, No. J13; Egyptian, Moroccan: cf. El-Shamy 2004, No. 72D§.

157C* ***Hiding from Men.***
Latvian: Arājs/Medne 1977; Spanish: Camarena/Chevalier 1995ff. I; Catalan: cf. Oriol/Pujol 2003; Portuguese: Vasconcellos/Soromenho et al. 1963f. I, No. 39, Soromenho/Soromenho 1984f. I, No. 73, Cardigos(forthcoming).

158 ***The Wild Animals on the Sleigh.***
EM: Tiere auf dem Schlitten(in prep.).
Finnish: Rausmaa 1982ff. V, No. 150; Estonian: Kippar 1986; Latvian: Arājs/Medne 1977; Lithuanian; Kerbelytė 1999ff. I; Wepsian, Wotian, Karelian, Syrjanian: Kecskeméti/Paunonen 1974; German: Cammann 1973, 300ff.; Slovakian: Gašparíková 1991f. II, No. 572; Slovene: Matičetov 1973, 95ff.; Rumanian: Schullerus 1928; Macedonian: Tošev 1954, 157ff.; Polish: Krzyżanowski 1962f. I; Russian, Byelorussian, Ukrainian: SUS; Turkish: Eberhard/Boratav 1953, No. 35; Cheremis/Mari, Mordvinian, Votyak: Kecskeméti/Paunonen 1974; Udmurt: Kralina 1961, No. 30; Japanese: Ikeda 1971.

159 ***Captured Wild Animals Ransom Themselves.***
Chauvin 1892ff. VI, 147 No. 304, VIII 148 No. 146, not. 1; Dähnhardt 1907ff. IV, 26–43; EM 8(1996)1202–1205(K. Pöge-Alder).
Finnish: Rausmaa 1982ff. V, No. 151; Estonian: Kippar 1986; Latvian: Arājs/Medne

1977; Lithuanian: Kerbelytė 1999ff. I; Karelian: Kecskeméti/Paunonen 1974; Russian, Byelorussian, Ukrainian: SUS; Turkish: Eberhard/Boratav 1953, No. 40; Abkhaz: Bgažba 1959, 95f.; Siberian: Kontelov 1956, 123ff.; Tadzhik: STF, No. 27; Sudanese: cf. Jahn 1970, No. 6, El-Shamy 2004.

159A ***Animals Warm Selves at Charcoal Burner's Fire.***
EM 8(1996)1202–1205(K. Pöge-Alder).
French: Delarue/Tenèze 1964ff. III; Spanish: Camarena/Chevalier 1995ff. I; Catalan: Oriol/Pujol 2003; Portuguese: Coelho 1985, Nos. 7, 9, Soromenho/Soromenho 1984f. I, No. 81, Cardigos(forthcoming).

159B ***Enmity of Lion and Man.***
Chauvin 1892ff. II, 205 No. 62, III, 66 No. 32; Schwarzbaum 1979, 135 not. 30; Armistead et al. 1982; EM 4(1984)982–991(C. Lindahl).
Lithuanian: Kerbelytė 1999ff. I; Spanish: Camarena/Chevalier 1995ff. I, Goldberg 1998, No. W185.6; Serbian: Đjorđjevič/Milošević-Đjorđjevič 1988, No. 7, Eschker 1992, No. 64; Croatian: Bošković-Stulli 1963, No. 12; Macedonian: Vražinovski 1977, Nos. 40, 48, Čepenkov/Penušliski 1989 I, No. 18; Rumanian: Schullerus 1928, No. 159 IV*; Bulgarian: BFP; Albanian: Mazon 1936, No. 85; Greek: Megas 1978; Ukrainian: SUS; Jewish: Haboucha 1992; Tadzhik: STF, Nos. 227, 255; Georgian: Kurdovanidze 2000; Iraqi: El-Shamy 2004; Iranian: Marzolph 1984; North African, Egyptian, Libyan, Algerian: El-Shamy 2004; Tunisian: Brandt 1954, 19f., El-Shamy 2004.

159C ***The Lion and the Statue.***
Kirchhof/Oesterley 1869 I 1, No. 80; Pedersen/Holbek 1961f. II, No. 107; Schwarzbaum 1979, 303–306; Moretti 1984; Dicke/Grubmüller 1987, No. 390.
French: Cifarelli 1993, No. 245; Spanish: Goldberg 1998, No. J1454; Czech: Dvořák 1978, No. 3051*.

159* ***Quarrel over the Stag.***
Latvian: Arājs/Medne 1977; Lithuanian: Kerbelytė 1999ff. I; Basque: Webster 1877, 81; Italian: Visentini 1879, No. 37, Calvino 1956, No. 6; Maltese: Mifsud-Chircop 1978; Greek: Megas 1978; Egyptian: Spitta-Bey 1883, 143.

160 ***Grateful Animals, Ungrateful Man.***
Chauvin 1892ff. II, 106 No. 71, 193 No. 13; Hilka 1915; BP IV, 139f.; Wesselski 1925,

246f.; Wesselski 1931, 83; Schwarzbaum 1964, 191; Tubach 1969, No. 256; Bascom 1975, No. 50; Schwarzbaum 1979, 518 not. 15; Chesnutt 1980b; EM 3(1981)299–305 (M. Chesnutt).
Finnish: Rausmaa 1982ff. V, 218; Latvian: Arājs/Medne 1977; Norwegian: Asbjørnsen/Moe 1866, No. 60, Kvideland 1977, 29; Irish: Ó Súilleabháin/Christiansen 1963; English: Briggs 1970f. A I, 111f.; French: Delarue/Tenèze 1964ff. III; Spanish: Childers 1977, No. B361, Goldberg 1998, Nos. B361, W154.8; Catalan: Karlinger/Pögl 1989, No. 44, Neugaard 1993, No. W154.8; German: Bechstein/Uther 1997 I, No. 72, Meier 1852, No. 14, Peuckert 1932, No. 22, Moser-Rath 1964, No. 125; Italian: Cirese/Serafini 1975; Hungarian: MNK I; Czech: Dvořák 1978, No. 256; Macedonian: Vroclavski 1979f. II, No. 3, Čepenkov/Penušliski 1989 I, No. 41, cf. No. 44; Bulgarian: BFP; Greek: Megas 1978; Polish: Krzyżanowski 1962f. I; Russian, Byelorussian, Ukrainian: SUS; Turkish: Eberhard/Boratav 1953, No. 65; Jewish: Noy 1963a, No. 7, Jason 1965, 1975, Noy 1976, Jason 1988a; Dagestan: Kapieva 1951, 89ff., Sorokine 1965, 181ff.; Ossetian: Bjazyrov 1958, No. 23; Syrian, Iraqi, Qatar: El-Shamy 2004; Iranian: Marzolph 1984; Indian: Bødker 1957a, Nos. 1120, 1122, 1123, 1125, Thompson/Roberts 1960, Blackburn 2001, Nos. 27, 60; Burmese: Kasevič/Osipov 1976, Nos. 176, 189, Esche 1976, 31ff.; Sri Lankan: Thompson/Roberts 1960; Nepalese: Sakya/Griffith 1980, 80ff.; Chinese: Ting 1978; Korean: Choi 1979, No. 118; Vietnamese: Landes 1886, No. 67; Japanese: Ikeda 1971, Inada/Ozawa 1977ff.; North African, Egyptian, Libyan, Tunisian: El-Shamy 2004; Algerian: Nowak 1969, No. 304, El-Shamy 2004; Moroccan: ZDMG 48(1894)394ff., El-Shamy 2004; Guinean: Klipple 1992; West African: ZfVk. 4(1894)65ff., Barker/Sinclair 1917, No. 32, Bascom 1975, No. 50; Ethiopian: Gankin et al. 1960, 213ff.; East African: Kohl-Larsen 1969, 24ff., Klipple 1992; Sudanese: Klipple 1992, El-Shamy 1995 I, No. B361; Central African: Lambrecht 1967, No. 2601.

160* ***A Woman Betrays a Bear*** (previously ***The Woman Betrays the Bears***).
Finnish: Rausmaa 1982ff. V, No. 152; Estonian: Kippar 1986; Lappish: cf. Lagercrantz 1957ff. III, Nos. 18, 19, 397; German: Berger 2001, No. 160A; Slovene: Šašel/Ramovš 1936, 27f.; Macedonian: Vražinovski 1977, No. 49; Jewish: Noy 1976; Chinese: Ting 1978.

161 ***The Farmer Betrays the Fox by Pointing.***
Krohn 1891, 61–65; Köhler/Bolte 1898f. I, 1–3; BP IV, 340 No. 75; cf. Pauli/Bolte 1924 I, No. 645; Pedersen/Holbek 1961f. II, No. 96; Schwarzbaum 1964, 191; Palmeos 1968; EM 1(1977)1010–1014(E. H. Rehermann); Schwarzbaum 1979, 379–

382; Dicke/Grubmüller 1987, No. 621; Adrados 1999ff. III, Nos. H. 22, M. 262.
Estonian: Kippar 1986; Lithuanian: Scheu/Kurschat 1913, No. 25; Swedish: Liungman 1961, No. 132; French: Delarue/Tenèze III; Spanish: Camarena/Chevalier 1995ff. I, Goldberg 1998, No. K2315; Catalan: Oriol/Pujol 2003; Dutch: Sinninghe 1943, Schippers 1995, No. 489; Flemish: Meyer 1968; Frisian: Kooi/Schuster 1994, No. 242; German: Moser-Rath 1964, No. 162, Berger 2001; Italian: Cirese/Serafini 1975; Hungarian: MNK I; Serbian: Karadžić 1937, 281 No. 15, cf. Vrčević 1868f. I, No. 373, cf. Eschker 1992, No. 62; Polish: Krzyżanowski 1962f. I, No. 154A; Russian: Nikiforov/Propp 1961, No. 38; Byelorussian: Kabašnikau 1960, 215; Jewish: Noy 1976, Jason 1988a; Kurdish: Džalila et al. 1989, No. 154; Japanese: cf. Ikeda 1971, No. 161B*.

161A* ***The Bear with the Wooden Leg.***
Estonian: Kippar 1986; Latvian: Arājs/Medne 1977; Lithuanian: Kerbelytė 1999ff. I, No. 163B*; Karelian: Kecskeméti/Paunonen 1974; Russian: SUS; Byelorussian: SUS, Nos. 161A*, 161A**; Ukrainian: SUS; Mordvinian: Kecskeméti/Paunonen 1974.

162 ***The Master Looks More Closely than the Farmhand.***
Pauli/Bolte 1924 I, No. 645; Pedersen/Holbek 1961f. II, No. 92; Schwarzbaum 1964, 191; Tubach 1969, No. 4596; Schwarzbaum 1979, 190f., 192 not. 9; Dicke/Grubmüller 1987, No. 276; EM 6(1990)863–866(G. Petschel); Adrados 1999ff. III, Nos. M. 113, not-H. 169.
Lithuanian: Scheu/Kurschat 1913, No. 4; French: Cifarelli 1993, No. 84; Catalan: Neugaard 1993, No. J1032; Dutch: Schippers 1995, No. 136; Flemish: Meyer 1968; German: Moser-Rath 1964, No. 123; Hungarian: MNK I; Czech: Dvořák 1978, No. 4596.

162A* ***The Wolf Steals and Eats One Sheep.***
Latvian: Arājs/Medne 1977; Lithuanian: Range 1981, No. 14; Danish: Karup 1914, 18f.; Greek: Megas 1978; Russian: SUS; Syrian, Egyptian: El-Shamy 2004.

163 ***The Singing Wolf.***
Vėlius 1990; EM: Wolf: Der singende W.(in prep.).
Finnish: Rausmaa 1982ff. V, 218f.; Estonian: Kippar 1986; Latvian: Arājs/Medne 1977; Lithuanian: Kerbelytė 1999ff. I; Wepsian, Karelian: Kecskeméti/Paunonen 1974; Frisian: Kooi 1984a; Russian, Byelorussian, Ukrainian: SUS; Dagestan: Chal-

ilov 1965, No. 10; Mordvinian: Kecskeméti/Paunonen 1974; Yakut: Ėrgis 1967, Nos. 10, 13; Kalmyk: Lőrincz 1979.

165 ***"Fish, not Flesh"*** (previously ***The Wolf in the Company of Saints***).
Cf. Pauli/Bolte 1924 I, No. 307; Schwarzbaum 1979, 219–223; Dicke/Grubmüller 1987, No. 600; cf. Adrados 1999ff. III, No. M. 248.
Estonian: Kippar 1986, No. 165C; Lithuanian: Kerbelytė 1999ff. IV (forthcoming); Spanish: Camarena/Chevalier 1995ff. I, No. 165C; German: Tomkowiak 1993, 230; Serbian: Karadžić 1937, 275 No. 1, Eschker 1992, No. 60; Bulgarian: BFP, No. *165B**, cf. No. *20D**; Ukrainian: SUS, No. 165B**; Brazilian: Cascudo 1955a, 275f.; Eritrean: El-Shamy 2004.

165B* ***The Wolf Punished by being Married.***
Kasprzyk 1963, No. 71.
Spanish: Camarena/Chevalier 1995ff. I; Dutch: Overbeke/Dekker et al. 1991, No. 1472, Hogenelst 1997 II, No. 270; Flemish: Meulemans 1982, No. 1259; German: Zender 1935, No. 109, Moser-Rath 1964, No. 172; Hungarian: Béres 1967, No. 97, Kovács 1988, 39f.; Greek: cf. Orso 1979, No. 118; Polish: cf. Krzyżanowski 1962f. II, No. 1368; Ukrainian: SUS.

166A* ***The Wolf Puts his Tail through the Window.***
Estonian: Kippar 1986, No. 166A*1, cf. No. 166B*1; Latvian: Arājs/Medne 1977; Lithuanian: Kerbelytė 1999ff. IV (forthcoming); French: Delarue/Tenèze 1964ff. III; Russian: Hoffmann 1973, SUS; Byelorussian: SUS.

166B* ***The Wolf Tries to Get Horses*** (previously ***Wolf and Horses***).
Estonian: Kippar 1986, Nos. $166B_1$*–$166B_3$*; Latvian: Arājs/Medne 1977, Nos. $166B_1$*–$166B_3$*; Spanish: Camarena/Chevalier 1995ff. I, No. $166B_3$*; Catalan: Oriol/Pujol 2003.

168 ***The Musician in the Wolf Trap.***
EM 9 (1999) 1038–1041 (G. Just).
Finnish: Rausmaa 1982ff. V, No. 154; Estonian: Kippar 1986; Latvian: Arājs/Medne 1977; Lithuanian: Kerbelytė 1999ff. IV (forthcoming), No. 1.1.1.20; Danish: Børnenes Blad 5 (1880) 33ff.; Spanish: Camarena/Chevalier 1995ff. I, González Sanz 1996; Basque: Camarena/Chevalier 1995ff. I; Catalan: Oriol/Pujol 2003; German: Brunner/Wachinger 1986ff. IX, No. ^{2}S75b; Kooi/Schuster 1994, No. 244, Berger 2001, No.

168; Italian: Cirese/Serafini 1975, Nos. 160A, 168; Hungarian: MNK I, Dömötör 1992, No. 394; Czech: Jech 1984, No. 4; Slovene: Vrtec 30(1900)77f.; Greek: Megas 1978; Polish: Krzyżanowski 1962f. I; Sorbian: Nedo 1956, No. 11; Byelorussian, Ukrainian: SUS.

168A ***The Old Woman and the Wolf Fall into the Pit Together.***
Finnish: Rausmaa 1982ff. V, Nos. 155–157; Lappish: cf. Kohl-Larsen 1975, 184ff.; Swedish: Liungman 1961, No. GS169; Norwegian: Hodne 1984; Icelandic: Boberg 1966, No. K735.

169* ***Miscellaneous Tales of Wolves and Men.***
Chauvin 1892ff. II, 205 No. 64, VIII, 89 No. 59.
Estonian: Kippar 1986, Nos. 156*, 162*, 169A*1), 169A*5), 169B*(1–2), 169B*3), 169C*, 169D*2), 169J*, 169L*; Latvian: Arājs/Medne 1977, Nos. 156*, 164A*, 165A*, 169*, 169A*–169F*, 169J*, 169L*, 169M*; Lithuanian: Kerbelytė 1999ff. I, No. 164A*, Kerbelytė 1999ff. IV(forthcoming); Lappish: Qvigstad 1925, No. 162*; Wotian, Karelian: Kecskeméti/Paunonen 1974, No. 169B*; Spanish: Camarena/Chevalier 1995ff. I, Nos. 169A_6*, 169C*; German: Berger 2001, Nos. 157***, 169B*; Italian: Cirese/Serafini 1975, No. 169*, De Simone 1994, No. 42e; Hungarian: MNK I, No. 169B_2*; Polish: Krzyżanowski 1962f. I, No. 162; Byelorussian: SUS, No. 169F*; Ukrainian: SUS, No. 156A*; Jewish: Noy 1976, No. 157***; Gypsy: MNK X 1; Votyak: Kecskeméti/Paunonen 1974, No. 169B*; Chinese: Ting 1978, No. 162*; Algerian: El-Shamy 2004, No. 157***.

169K* ***The Man Drives with a Tub and Little Pigs.***
Finnish: Rausmaa 1982ff. V, No. 158; Estonian: Kippar 1986; Latvian: Arājs/Medne 1977; Lithuanian: Kerbelytė 1999ff. IV(forthcoming); German: cf. Plenzat 1930, 125ff.

170 ***The Fox Eats His Fellow-Lodgers.***
EM: Tausch: Der vorteilhafte T.(in prep.).
Finnish: Rausmaa 1982ff. V, 219; Estonian: Kippar 1986; Latvian: Arājs/Medne 1977; Lithuanian: Kerbelytė 1999ff. I; Wotian, Karelian: Kecskeméti/Paunonen 1974; Irish: Ó Súilleabháin/Christiansen 1963; German: Cammann 1967, No. 133; Italian: Cirese/Serafini 1975; Hungarian: MNK I; Greek: Megas 1978; Russian, Ukrainian: SUS; Turkish: cf. Eberhard/Boratav 1953, No. 35; Dagestan: Chalilov 1965, No. 2; Ossetian: Bjazyrov 1958, No. 4; Votyak: Kecskeméti/Paunonen 1974;

Kurdish: Džalila et al. 1989, No. 188, cf. No. 168; Georgian: Kurdovanidze 2000; Syrian, Palestinian, Iraqi: El-Shamy 2004; Iranian: Marzolph 1984; Laotian: cf. Lindell et al. 1977ff. I, 26ff.; West Indies: Flowers 1953; Egyptian, Moroccan: El-Shamy 2004; Malagasy: Razafindramiandra 1988, No. 32.

171A* ***The Bear Plays with the Boar's Young.***
Estonian: Kippar 1986; Latvian: Arājs/Medne 1977; Lithuanian: Kerbelytė 1999ff. IV (forthcoming); German: Berger 2001; Ukrainian: SUS.

173 ***Human and Animal Life Spans are Readjusted*** (previously ***Men and Animals Readjust Span of Life***).
Köhler/Bolte 1898ff. I, 42–45; BP III, 290–293; Wesselski 1938a; Schwarzbaum 1964, 191; Schwarzbaum 1989b; EM 8(1996)842–846(A. Schöne); Adrados 1999ff. III, No. H. 107.
Estonian: Kippar 1986; Latvian: Arājs/Medne 1977; Lithuanian: Scheu/Kurschat 1913, No. 61; Spanish: Childers 1977, No. A1321, González Sanz 1996; Catalan: Camarena/Chevalier 1995ff. I, Camarena/Chevalier 1995ff. III, No. 828; Frisian: Kooi 1984a, No. 828; Flemish: Stalpaert/Joos 1971, 162, 188ff.; German: Jahn 1890, 42ff., Neumann 1968b, 184f., Uther 1990a, No. 62, Grimm KHM/Uther 1996 III, No. 176; Austrian: Depiny 1932, No. 11; Ladinian: Kindl 1992, No. 55; Italian: Cirese/Serafini 1975, No. 828; Hungarian: MNK I; Serbian: Panić-Surep 1964, No. 26, Eschker 1992, No. 71; Macedonian: Tošev 1954, 118ff.; Greek: Megas 1978; Bulgarian: BFP, No. 828; Polish: cf. Krzyżanowski 1962f. II, No. 2462; Ukrainian: SUS, No. 828; Jewish: Jason 1975, No. 828, Noy 1976; Kurdish: Džalila et al. 1989, Nos. 45, 90; Indian: cf. Mayeda/Brown 1974, No. 7; Japanese: Inada/Ozawa 1977ff., No. 828; Spanish-American: Robe 1973, No. 828.

175 ***The Tarbaby and the Rabbit.***
Werner 1899; Dähnhardt 1907ff. IV, 26–45; Espinosa 1930; Brown 1937; Espinosa 1938; Taylor 1944; Schmidt 1999; EM: Teerpuppe(in prep.).
Latvian: Arājs/Medne 1977; Lappish: Szabó 1967, No. 23; French: Delarue/Tenèze 1964ff. III; Spanish: Camarena/Chevalier 1995ff. I; Catalan: Oriol/Pujol 2003; Ukrainian: Lintur 1972, No. 21; Siberian: Sergeev 1957, 34ff.; Kurdish: cf. Džalila et al. 1989, No. 169; Tadzhik: STF, No. 338; Syrian: Prym-Socin 1881, No. 42, El-Shamy 2004; Aramaic: Lidzbarski 1896, 181ff.; Palestinian, Jordanian: El-Shamy 2004; Indian: Bødker 1957a, No. 154, Thompson/Roberts 1960; Nepalese: Heunemann 1980, No. 24; Chinese: Ting 1978; Malaysian: Overbeck 1975, 224ff.; Indonesian: Vries

1925f. I, No. 42; Filipino: Fansler 1965, No. 48; English-Canadian: Fauset 1931, No. 21; North American Indian: Thompson 1919, 440, 444ff.; US-American: Dorson 1964, 246ff., Burrison 1989, 153f.; French-American: Fortier 1895, 98ff., Saucier 1962, Nos. 31, 33a, Ancelet 1994, Nos. 2, 3; Spanish-American: Robe 1973; African American: Folklore 30(1919)227–234, Harris 1955, 6ff., Dorson 1958, No. 3; Mexican, Guatemalan, Nicaraguan, Costa Rican, Panamanian: Robe 1973; Cuban: Hansen 1957; Puerto Rican, Dominican: Flowers 1953, Hansen 1957; South American Indian: Hissink/Hahn 1961, Nos. 149, 340, Wilbert/Simoneau 1992, No. K741; Mayan: Peñalosa 1992; Venezuelan, Colombian: Hansen 1957; Ecuadorian: Carvalho-Neto 1966, 123ff.; Brazilian: Cascudo 1955a, 290ff., Karlinger/Freitas 1977, No. 56, Alcoforado/Albán 2001, No. 12; Chilean: Hansen 1957, Pino Saavedra 1960ff. II, No. 92, III, Nos. 241, 299; Argentine: Hansen 1957, Chertudi 1960f. I, No. 27; West Indies: Flowers 1953, Crowley 1966, 61f.; Cape Verdian: Parsons 1923b I, Nos. 30, 31, 33; Egyptian: El-Shamy 2004; Algerian: Frobenius 1921ff. III, No. 3, El-Shamy 2004; Guinean: Klipple 1992; West African: Barker/Sinclair 1917, No. 10, Klipple 1992; Cameroon: Kosack 2001, 362; East African: Arewa 1966, No. 736, Klipple 1992; Sudanese: Klipple 1992; Central African: Lambrecht 1967, No. 736(8), 737, 932, 2260; Congolese: Klipple 1992; South African: Coetzee et al. 1967, Schmidt 1989 II, No. 517, Klipple 1992; Malagasy: Haring 1982, Nos. 2.3.103, 3.2.175, Klipple 1992.

177 ***The Thief and the Tiger.***
Chauvin 1892ff. VIII, 67 No. 32; BP I, 160 not. 1; EM 3(1981)643–646(W. E. Roberts).
Mongolian: Lőrincz 1979; Palestinian: Hanauer 1907, 278ff.; Indian: Bødker 1957a, No. 965, Thompson/Roberts 1960, Jason 1989, Blackburn 2001, No. 45; Burmese: Kasevič/Osipov 1976, No. 199; Sri Lankan: Thompson/Roberts 1960; Chinese: Ting 1978; Korean: Choi 1979, No. 50; Vietnamese: Landes 1886, No. 78; Japanese: Ikeda 1971, Inada/Ozawa 1977ff.

178 ***The Faithful Animal Rashly Killed.***

178A ***The Innocent Dog*** (previously ***Llewellyn and His Dog***).
Clouston 1887 II, 166–186; Chauvin 1892ff. II, 100 No. 59, VIII, 66f. No. 31; BP I, 425; Basset 1924ff. II, 422 No. 140; Pauli/Bolte 1924 I, No. 257; Leach 1961, 245–247; Tubach 1969, No. 1695; Schmitt 1979; Schwarzbaum 1979, 131f.; EM 6(1990)1362–1368(J.-C. Schmitt); Blackburn 1996; Schneider 1999a, 167; Marzolph/Van Leeuwen 2004, No. 10.
Finnish: Rausmaa 1982ff. V, No. 159; Lydian: Kecskeméti/Paunonen 1974; Danish:

Nielssen/Bødker 1951f. II, No. 64; Faeroese: Nyman 1984; Irish: Ó Súilleabháin/Christiansen 1963; Welsh: MacDonald 1982, No. B331.2; English: Ehrentreich 1938, 182f.; Spanish: Camarena/Chevalier 1995 I, Goldberg 1998, No. B331.2; Basque: Camarena/Chevalier 1995ff. I; Dutch: Burger 1995, 24ff.; Frisian: Kooi 1984a; Flemish: Berg 1981, No. 244; German: Tomkowiak 1993, 240; Hungarian: MNK I; Czech: Dvořák 1978, No. 1695; Macedonian: Čepenkov/Penušliski 1989 I, No. 17; Bulgarian: BFP, Nos. 178A, *178C, *178D; Polish: Krzyżanowski 1962f. I, No. 520; Russian, Ukrainian: SUS; Turkish: Eberhard/Boratav 1953, No. 44 V; Jewish: Jason 1965, 1975; Gypsy: MNK X 1; Kurdish: Džalila et al. 1989, No. 25; Mongolian: Heissig 1963, No. 4, cf. Lőrincz 1979, Nos. 178B*; Tuva: Taube 1978, No. 51; Aramaic: Lidzbarski 1896, 140ff.; Iraqi: El-Shamy 2004; Pakistani: Thompson/Roberts 1960; Indian: Bødker 1957a, No. 100, Tauscher 1959, No. 42, Thompson/Roberts 1960; Sri Lankan: Thompson/Roberts 1960; Chinese: Ting 1978; Laotian: Lindell et al. 1977ff. IV, 94ff.; Cambodian: cf. Gaudes 1987, No. 43; Japanese: Ikeda 1971, No. 178C, cf. No. 178D, Inada/Ozawa 1977ff.; Papuan: Slone 2001 II, No. 436; Australian: Seal 1995, 151ff.; US-American: Burrison 1989, 62f.; Mexican: cf. Aiken 1935, 26f.; Tunisian: El-Shamy 2004; East African: Arewa 1966, No. 3506.

178B ***The Faithful Dog as Security for a Debt.***

Emeneau 1941.

Jewish: cf. Noy 1976, No. 178*C; Mongolian: Heissig 1963, No. 4, cf. Lőrincz 1979, No. 178C*; Indian: Bødker 1957a, Nos. 101, 102, Thompson/Roberts 1960, Jason 1989; Chinese: Ting 1978.

178C ***The Thirsty King Kills his Faithful Falcon.***

Chauvin 1892ff. II, 122 No. 115, V, 289 No. 173; Marzolph/Van Leeuwen 2004, No. 10.

Jewish: Noy 1976, No. 178(a); Mongolian: Lőrincz 1979, No. 178D*; Tuva: Taube 1978, No. 51; Syrian, Iraqi: El-Shamy 2004, No. 178C§; Iranian: Marzolph 1984, No. *178C; East African: Arewa 1966, No. 3506.

179 ***What the Bear Whispered in His Ear.***

Pauli/Bolte 1924 I, No. 422; Pedersen/Holbek 1961f. II, No. 161; Tubach 1969, No. 522; EM 1(1977)1207–1209(E. Moser-Rath).

Finnish: Rausmaa 1982ff. V, No. 160; Estonian: Kippar 1986; Lithuanian: Kerbelytė 1999ff. II, Kerbelytė 1999ff. IV(forthcoming); Norwegian: Hodne 1984; Irish: Ó Súilleabháin/Christiansen 1975; French: Cifarelli 1993, No. 13; Spanish: Camarena/

Chevalier 1995ff. I, González Sanz 1996, Goldberg 1998, No. J1488; Catalan: Oriol/Pujol 2003; Portuguese: Oliveira 1900ff. I, No. 201, Cardigos (forthcoming); German: Moser-Rath 1964, No. 147, Tomkowiak 1993, 240; Hungarian: MNK I; Czech: Dvořák 1978, No. 522; Rumanian: Stroescu 1969 II, Nos. 5692, 5842; Bulgarian: BFP; Greek: Megas 1978; Polish: cf. Krzyżanowski 1962f. I, No. 169; Ukrainian: SUS; Mongolian: cf. Lőrincz 1979, No. 179C*; Indian: Tauscher 1959, No. 21, Thompson/Roberts 1960; Sri Lankan: Schleberger 1985, No. 27; Chinese: Ting 1978; Indonesian: Vries 1925f. II, No. 173; English-Canadian: Fauset 1931, No. 24.

179* ***Tales about Men and Bears*** (previously ***Men and Bear – miscellaneous***).
Dicke/Grubmüller 1987, Nos. 42–45.
Estonian: Kippar 1986, Nos. 169D*1), 171B*1), 171B*3), 171B*6), 171C*; Latvian: Arājs/Medne 1977, Nos. 171B*, 179*; Livonian, Lappish: Kecskeméti/Paunonen 1974; Hungarian: MNK I, Nos. 169M*, $171B^*_6$; Bulgarian: BFP, Nos. $*171B_1^*$, $*171B_2^*$, $*171B_3^*$, $*171B_4^*$; Ukrainian: SUS.

179A* ***The Bear Pursues the Man*** (previously ***The Bear Pursues the Man who Hides in a Bush***).
Finnish: Rausmaa 1982ff. V, No. 161; Estonian: Kippar 1986; Latvian: Arājs/Medne 1977, No. 179A*; Lithuanian: Kerbelytė 1999ff. IV (forthcoming).

179A** ***Man and Bear Hold Each Other Around a Tree.***
Finnish: Rausmaa 1982ff. V, No. 161; Estonian: Kippar 1986; Latvian: Arājs/Medne 1977; African American: Dorson 1967, No. 25.

179B* ***An Old Man Carrying a Kneading Trough.***
Latvian: Arājs/Medne 1977; German: Cammann 1973, 141ff.; Russian: SUS; Spanish-American: TFSP 17 (1941) 108, 30 (1961) 191f.

180 ***The Rebounding Bow.***
Chauvin 1892ff. II, 95 No. 47; Dicke/Grubmüller 1987, No. 602; Schmidt 1999; Marzolph/Van Leeuwen 2004, No. 241.
Danish: Nielssen/Bødker 1951f. II, No. 51; Spanish: Goldberg 1998, No. J514.2; German: Bechstein/Uther 1997 I, No. 59; Mongolian: Lőrincz 1979; Pakistani: Thompson/Roberts 1960; Indian: Bødker 1957a, No. 1260, Thompson/Roberts 1960; Tibetian: Hoffmann 1965, No. 24; Japanese: cf. Inada/Ozawa 1977ff.; Moroccan: Laoust 1949, No. 19; Namibian: Schmidt 1989 II, No. 568.

181 ***The Man Tells the Leopard's Secret*** (previously ***The Man Tells the Tiger's Secret***).

Croatian: Bošković-Stulli 1963, No. 10; Turkish: Eberhard/Boratav 1953, No. 1 V; Kazakh: Sidel'nikov 1952, 37ff.; Kirghiz: Potanin 1917, No. 44; Indian: Bødker 1957a, Nos. 590–593, cf. Nos. 491–493, Thompson/Roberts 1960; Sri Lankan: Thompson/Roberts 1960; Chinese: cf. Ting 1978; Cambodian: Gaudes 1987, No. 11; Vietnamese: Landes 1887, No. 7; Polynesian: Beckwith 1940, 442.

182 ***The Helpful Animal and the Snake.***

Jewish: Jason 1965; Tadzhik: cf. STF, No. 360; Indian: Bødker 1957a, Nos. 128, 129, Thompson/Roberts 1960; West African: Nassau 1914, No. 6.

183* ***The Hare Promises to Dance.***

Lithuanian: Kerbelytė 1999ff. I; German: cf. Pröhle 1854, No. 4; Sri Lankan: Thompson/Balys 1958, No. K571.1; French-American: Ancelet 1994, No. 7; Spanish-American: TFSP 18(1943)172–177, 25(1953)224–233.

184 ***Half of the Money Thrown into Water.***

Wesselski 1909, No. 89; Pauli/Bolte 1924 I, No. 375; Wesselski 1936b, 180–184; Tubach 1969, No. 3400; Brückner 1974, 245; EM 1(1977)141, 146 not. 70; Marzolph 1992 II, No. 141.

Hungarian: Dömötör 2001, 274; Indian: Bødker 1957a, No. 323.

185 ***The Nightcap Dealer and the Monkeys.***

Anderson 1960, 63f.; EM 1(1977)140, 144 not. 50.

English: Briggs 1970f. A II, 85f.; French: Blümml 1906, No. 36; Portuguese: Oliveira 1900ff. II, No. 433, Cardigos 122*R*(forthcoming); Frisian: Kooi 1984a, No. 190*; German: Brunner/Wachinger 1986ff. III, No. [1]Beh/28; Indian: Jason 1989, No. 122*R*; Chinese: cf. Ting 1978, No. 176A*; Sudanese: Nowak 1969, No. 41.

186 ***The Monkey and the Nut.***

Kirchhof/Oesterley 1869 I 1, No. 129, VII, No. 145; Wesselski 1911 I, No. 230; Tubach 1969, No. 3510; EM 1(1977)141f., 146 not. 56; Beyerle 1984; Dicke/Grubmüller 1987, No. 22.

Spanish: Goldberg 1998, No. J369.2; Catalan: Neugaard 1993, No. J369.2.

DOMESTIC ANIMALS 200-219

200 ***The Dogs' Certificate*** (previously ***The Dog's Certificate***).
Dähnhardt 1907ff. IV, 103-127, 290-300; Bolte 1911b; BP III, 542-555; Leach 1961, 203; Dvořák 1978, No. 1902*; Dicke/Grubmüller 1987, No. 317; EM 10(2002)1370-1376(L. Lieb).
Finnish: Rausmaa 1982ff. V, Nos. 86, 93, 162-164; Finnish-Swedish: Hackman 1917f. I, No. 40; Estonian: Kippar 1986; Latvian: Arājs/Medne 1977; Lithuanian: Kerbelytė 1999ff. I; Livonian: Kecskeméti/Paunonen 1974; Swedish: Liungman 1961; French: Delarue/Tenèze 1964ff. III, Cifarelli 1993, No. 231; Spanish: Camarena/Chevalier 1995ff. I; Catalan: Oriol/Pujol 2003; Frisian: Kooi 1984a; Flemish: Meyer 1968; Walloon: Laport 1932; German: Kooi/Schuster 1994, No. 246, Hubrich-Messow 2000, Berger 2001; Italian: Cirese/Serafini 1975; Hungarian: MNK I, No. 200, cf. No. 200_1*, Dömötör 2001, 287; Slovene: Kosi 1894, 82f.; Rumanian: Schullerus 1928, Bîrlea 1966, 149; Greek: Megas 1978; Sorbian: Nedo 1956, No. 14; Polish: Krzyżanowski 1962f. I; Russian, Byelorussian, Ukrainian: SUS; Turkish: Eberhard/Boratav 1953, No. 7; Jewish: Jason 1988a; Palestinian: Hanauer 1907, 261, El-Shamy 2004; Indian: Bødker 1957a, No. 34; French-American: Ancelet 1994, No. 10; Brazilian: Cascudo 1955a, 380f.; Chilean: Hansen 1957; Argentine: Chertudi 1960f. II, No. 22, Vidal de Battini 1980ff., Nos. 788-796; Moroccan: El-Shamy 2004.

200A ***The Dog Loses a Certificate*** (previously ***Dog Loses His Patent Right***).
Dähnhardt 1907ff. IV, 129-142, 300f.; BP III, 549-555; Leach 1961, 217-220, 269; EM 10(2002)1370-1376(L. Lieb).
Finnish: Rausmaa 1982ff. V, Nos. 86, 93, 162-164; Estonian: Kippar 1986; Lithuanian: Kerbelytė 1999ff. III, 29 No. 2.2.2.2; Swedish: Liungman 1961, No. 200; French: Delarue/Tenèze 1964ff. III; Spanish: Camarena/Chevalier 1995ff. I; Catalan: Oriol/Pujol 2003; Portuguese: Oliveira 1900ff. I, No. 25, Cardigos(forthcoming); Dutch: Overbeke/Dekker et al. 1991, No. 258; Frisian: Kooi 1984a; Flemish: Meyer 1968, Meyer/Sinninghe 1973; Walloon: Laport 1932; German: Ranke 1966, No. 8, Kooi/Schuster 1994, No. 246b, cf. No. 247, Hubrich-Messow 2000, No. 200, Berger 2001; Italian: Toschi/Fabi 1960, No. 27; Hungarian: MNK I; Bulgarian: BFP; Macedonian: Čepenkov/Penušliski 1989 I, No. 25; Greek: Megas 1978; Jewish: Jason 1965, 1975, Noy 1976; US-American: Baughman 1966; African American: Dance 1978, No. 10; North American Indian: Bierhorst 1995, Nos. 159, 168, 179; Argentine: Camarena/Chevalier 1995ff. I; Namibian: Schmidt 1989 II, No. 619; South African: Coetzee et

al. 1967, No. 200B.

200B ***Why Dogs Sniff at One Another.***
Dähnhardt 1907ff. IV, 135-142; BP III, 543, 551, 553-555; Leach 1961, 217-220, 269; EM 6(1990)1360-1362(H.-J. Uther).
Finnish: Rausmaa 1982ff. V, Nos. 86, 93, 162-164; Estonian: Kippar 1986; Latvian: Arājs/Medne 1977; Lithuanian: Kerbelytė 1999ff. III, 29 No. 2.2.2.2; Swedish: Liungman 1961, No. 200; French: Delarue/Tenèze 1964ff. III; Spanish: Camarena/Chevalier 1995ff. I; Catalan: Oriol/Pujol 2003; Portuguese: Camarena/Chevalier 1995ff. I, No. 200; Dutch: Vries 1971, 130; Frisian: Kooi 1984a; German: Kooi/Schuster 1994, No. 246a, Hubrich-Messow 2000, No. 200, Berger 2001; Italian: Toschi/Fabi 1960, No. 20; Hungarian: MNK I; Greek: Megas 1978; Polish: Krzyżanowski 1962f. I; Byelorussian, Ukrainian: SUS; Georgian: cf. Kurdovanidze 2000; African American: Baer 1980, 142; Cuban: Camarena/Chevalier 1995ff. I.

200C* ***Enmity between the Hare and the Dog*** (previously ***Hare and Hunting Dog Conduct a Store***).
Dähnhardt 1907ff. III, 129, 324f.
Estonian: Kippar 1986; Catalan: Camarena/Chevalier 1995ff. I, No. 119A*; Hungarian: MNK I, No. 119A*; Macedonian: Čepenkov 1958ff., No. 3, Eschker 1972, No. 14; Rumanian: Schullerus 1928, No. 131*; Bulgarian: BFP, No. 119A*; Greek: Megas 1978, Nos. 119A*, 200C*; French-American: Ancelet 1994, No. 10; Mexican: Robe 1973, No. *97; Namibian: Schmidt 1980, No. 66.

200D* ***Why Cat is Indoors and Dog Outside in Cold.***
EM 7(1993)1104.
Irish: Ó Súilleabháin/Christiansen 1963, O'Sullivan 1966, No. 8; Hungarian: MNK I, cf. 200_1*; Rumanian: Schullerus 1928, No. 202*; Jewish: Jason 1988a.

201 ***The Lean Dog Prefers Liberty to Abundant Food and a Chain.***
Chauvin 1892ff. VI, 28 No. 200; Pauli/Bolte 1924 I, No. 433; Pedersen/Holbek 1961f. II, No. 88; Leach 1961, 268; Tubach 1969, No. 5337; Danner 1977; Dvořák 1978, No. 5337; Schwarzbaum 1979, 318, 321-325; Dicke/Grubmüller 1987, Nos. 348, 625, cf. Nos. 112, 291, 309, 310, 578; Adrados 1999ff. III, Nos. H. 294, M. 96; EM: Wolf: Der freie W.(Hund) (in prep.).
Estonian: Kippar 1986; Lithuanian: Kerbelytė 1999ff. I; Livonian, Lappish, Syrjanian: Kecskeméti/Paunonen 1974; Irish: Ó Súilleabháin/Christiansen 1963; French:

Cifarelli 1993, No. 331, cf. No. 184; Catalan: Neugaard 1993, No. L451.3, cf. Oriol/Pujol 2003; Dutch: Schippers 1995, No. 495; Frisian: Kooi 1984a; Flemish: Meyer 1968; German: Joco-Seria(1631)No. 138, Gerlach, Eutrapeliarum I(1656)16 No. 87, Vademecum III(1786)108ff.(EM archive), Tomkowiak 1993, 231; Italian: Cirese/Serafini 1975; Hungarian: MNK I; Serbian: Vrčević 1868f. I, No. 396; Bulgarian: BFP, No. 201, cf. No. 245C*; Ukrainian: SUS, No. 201, cf. No. *245C*; Gypsy: MNK X 1; Georgian: Kurdovanidze 2000; Kuwaiti: El-Shamy 1995 I, No. J211; Tunisian: cf. El-Shamy 2004, No. 201A§; East African: Klipple 1992, No. 112.

201D* ***The Dog Barks at the Thieves.***

Kirchhof/Oesterley 1869 VII, No. 110; Pedersen/Holbek 1961f. II, No. 56; Leach 1961, 266, 281f.; Schwarzbaum 1979, 251-254; Dicke/Grubmüller 1987, No. 295.

Estonian: Kippar 1986; Latvian: Arājs/Medne; Icelandic: Boberg 1966, No. B325.1; French: Cifarelli 1993, No. 288; Spanish: Goldberg 1998, Nos. B325.1, K2062; Catalan: Neugaard 1993, No. K2062; Portuguese: Martinez 1955, No. K2062; Syrian: cf. El-Shamy 2004.

201F* ***Hostile Dogs are Made Friendly.***

Pauli/Bolte 1924 I, No. 400; Leach 1961, 268; Tubach 1969, No. 5342; Schwarzbaum 1979, xv, 281f., 284 not. 8; Dicke/Grubmüller 1987, No. 623; Marzolph 1992 II, No. 88.

French: Cifarelli 1993, No. 334.

201G* ***The Dog at the Banquet.***

Leach 1961, 267f.; Dicke/Grubmüller 1987, No. 298.

202 ***The Two Stubborn Goats.***

Kirchhof/Oesterley 1869 VII, No. 54; Thiele 1912, 166-172; Pauli/Bolte 1924 I, No. 403; Schwarzbaum 1964, 191; cf. Fielhauer 1968; EM 2(1979)570-572(E. Moser-Rath).

Estonian: Kippar 1986; Livonian: Loorits 1926; Latvian: Carpenter 1980, 208ff.; Lithuanian: Kerbelytė 1999ff. I; Wotian: Mägiste 1959, No. 121; Flemish: Meyer 1968; German: Neumann 1971, No. 39, Tomkowiak 1993, 241; Hungarian: MNK I; Bulgarian: BFP; Greek: Megas 1978; Ukrainian: SUS; Turkish: Eberhard/Boratav 1953, No. 1 IV; Jewish: Jason 1975; Uzbek: Schewerdin 1959, 177; Tadzhik: cf. STF, No. 245; Georgian: Kurdovanidze 2000; Algerian: El-Shamy 2004; South African: Coetzee et al. 1967.

203 ***Sheep and Horse Have Eating Contest.***
Finnish: Rausmaa 1982ff. V, No. 165; Estonian: Kippar 1986; Latvian: Arājs/Medne 1977.

204 ***Animals in Peril at Sea*** (previously ***Duck, Rooster, and Sheep in Peril at Sea***).
EM: Tiere auf Seereise (in prep.).
Estonian: Kippar 1986, Nos. 204, 204A; Swedish: Bondeson 1882, 225, Sahlgren/Djurklou 1943, 164; Norwegian: Hodne 1984; Danish: Kristensen 1896, Nos. 30–34, Christensen/Bødker 1963ff., No. 10; Frisian: Kooi 1984a; German: Hubrich-Messow 2000, Berger 2001, No. 204*; Algerian: Nowak 1969, No. 14; Malagasy: Haring 1982, No. 7.204,I.

206 ***Straw Threshed a Second Time.***
Finnish: Rausmaa 1982ff. V, No. 166; Finnish-Swedish: Hackman 1917f. I, No. 41; Estonian: Kippar 1986; Latvian: Arājs/Medne 1977; Swedish: Liungman 1961; Danish: Kristensen 1890, No. 201; Portuguese: Soromenho/Soromenho 1984f. I, No. 26, Cardigos (forthcoming); Hungarian: MNK I; Ukrainian: SUS.

207 ***Rebellion of the Work Animals.***
EM 1 (1977) 989–994 (H.-W. Nörtersheuser).
Spanish: Camarena/Chevalier 1995ff. I; Mexican: Robe 1973; Dominican, Puerto Rican: Hansen 1957, Nos. *207, 670; Mayan: Peñalosa 1992; Peruvian: Hansen 1957, Nos. *207, 670.

207A ***A Donkey Induces Overworked Ox to Feign Sickness.***
Chauvin 1892ff. V, 179f. No. 104; EM 1 (1977) 989–994 (H.-W. Nörtersheuser); Schwarzbaum 1979, 317f., 320 not. 20, 545; Marzolph/Van Leeuwen 2004, Nos. 2, 3.
Lithuanian: Kerbelytė 1999ff. I; Irish: Ó Súilleabháin/Christiansen 1963; Spanish: Camarena/Chevalier 1995ff. I; Walloon: Laport 1932, No. *218; German: Dittmaier 1950, 133f., Henßen 1961, No. 26, Berger 2001, No. 207A**; Italian: Cirese/Serafini 1975; Maltese: Mifsud-Chircop 1978; Hungarian: MNK I; Macedonian: Vražinovski 1977, No. 53; Bulgarian: BFP; Greek: Megas 1978; Ukrainian: SUS; Jewish: Jason 1965, 1975, Noy 1976, Jason 1988a; Turkmen: Reichl 1982, 56f.; Syrian: El-Shamy 2004; Iranian: Marzolph 1984; Indian: Sheikh-Dilthey 1976, No. 37, Jason 1989; Spanish-American: TFSP 25 (1953) 240f.; Mexican: Robe 1973, No. 207; Dominican, Puerto Rican, Peruvian: Hansen 1957, No. *207; Egyptian: Nowak 1969, No. 44; Al-

gerian: El-Shamy 2004; Moroccan: Nowak 1969, No. 44, El-Shamy 2004; Sudanese: Jahn 1970, No. 28, El-Shamy 2004; East African: Kohl-Larsen 1976, 108ff.

207B ***Hard-hearted Horse and Donkey.***
EM 1(1977)989–994(H.-W. Nörtersheuser); Schwarzbaum 1979, xlviii not. 83; Dicke/Grubmüller 1987, No. 118; Adrados 1999ff. III, No. H. 192.
Estonian: Kippar 1986; French: Cifarelli 1993, Nos. 110, 326; Spanish: Camarena/Chevalier 1995ff. I; Catalan: Oriol/Pujol 2003; German: Sobel 1958, No. 34, Tomkowiak 1993, 207; Hungarian: MNK I; Slovene: Kosi 1894, 16; Bulgarian: BFP; Greek: Megas 1978; Ukrainian: SUS.

207C ***Animals Ring Bell and Demand Justice.***
Chauvin 1892ff. II, 201f.; Basset 1924ff. II, 268 No. 38; Pauli/Bolte 1924 I, No. 648; Heller 1931, 12–16; Wesselski 1931, 20–22; HDM 2(1934–40)636–638(B. Heller); Tubach 1969, No. 4255; Özdemir 1975, 329–363; EM 5(1987)1295–1299(H.-J. Uther).
Latvian: Arājs/Medne 1977; Frisian: Kooi 1984a; Flemish: Lox 1999b, No. 72; German: Tomkowiak 1993, 241, Grimm DS/Uther 1993 II, No. 459; Swiss: EM 7(1993) 870; Italian: Cirese/Serafini 1975; Czech: Dvořák 1978, No. 4255; Jewish: Jason 1965, Noy 1976; Turkish: Hammer-Purgstall 1813 II, No. 29; Syrian, Lebanese: El-Shamy 2004; Aramaic: Lidzbarski 1896, 153f.; Jordanian: El-Shamy 2004; Indian: Bødker 1957a, No. 275; Sri Lankan: Schleberger 1985, No. 54; Moroccan: El-Shamy 1995 I, No. B271.3.

207A* ***The Lazy Horse*** (previously ***Lazy Horse is Always Waiting***).
Kirchhof/Oesterley 1969 VII, 148; Dicke/Grubmüller 1987, No. 95.
Latvian: Arājs/Medne 1977; French: Cifarelli 1993, No. 17; German: Moser-Rath 1964, No. 146.

209 ***The Donkeys Decide to Kill the Saddler.***
Macedonian: Tošev 1954, 167f.; Bulgarian: BFP, No. *207***; Greek: Megas 1978, No. *209.

210 ***Rooster, Hen, Duck, Pin, and Needle on a Journey.***
Aarne 1913; BP I, 75–79, 375; Scherf 1995 I, 592–594; Dekker et al. 1997, 72f.; EM: Tiere auf Wanderschaft(in prep.).
Finnish-Swedish: Hackman 1917f. I, No. 45; Estonian: Kippar 1986; Livonian: Loorits 1926; Latvian: Arājs/Medne 1977; Lithuanian: Kerbelytė 1999ff. I; Swedish:

Liungman 1961; Irish: Ó Súilleabháin/Christiansen 1963; Catalan: cf. Oriol/Pujol 2003; Dutch: Sinninghe 1943; Frisian: Kooi 1984a; Walloon: Laport 1932; German: Tomkowiak 1993, 242, Grimm KHM/Uther 1996 I, Nos. 10, 41, Hubrich-Messow 2000, Berger 2001; Italian: Cirese/Serafini 1975; Sardinian: Rapallo 1982f.; Hungarian: MNK I, Dömötör 2001, 287; Slovene: cf. Bolhar 1974, 114 ff.; Greek: Megas 1978; Jewish: Noy 1976; Gypsy: MNK X 1; Mongolian: Lőrincz 1979; Georgian: Kurdovanidze 2000, No. 210**; Iranian: cf. Marzolph 1984, No. *210A; Indian: Bødker 1957a, No. 34, Thompson/Roberts 1960, Jason 1989, Blackburn 2001, No. 29; Chinese: Ting 1978; Korean: Choi 1979, No. 53; Indonesian: Vries 1925f. I, No. 24; Japanese: Ikeda 1971, cf. Inada/Ozawa 1977ff.; Dominican, Puerto Rican: Hansen 1957; West Indies: Flowers 1953; Moroccan: El-Shamy 2004.

210* ***Verlioka.***

Scherf 1995 II, 1261-1263.

Russian: SUS 210*B, Afanas'ev/Barag et al. 1984f. III, No. 301; Byelorussian, Ukrainian: SUS, No. 210*B; Georgian: Kurdovanidze 2000; Indian: Jason 1989.

211 ***The Two Donkeys and Their Loads*** (previously ***The Two Asses***).

Schwarzbaum 1964, 192; EM 4(1984)423-425(C. Schmidt); Dicke/Grubmüller 1987, No. 94; Adrados 1999ff. III, Nos. H. 191, M. 47.

Lithuanian: Kerbelytė 1999ff. I; Spanish: Camarena/Chevalier 1995ff. I; Frisian: Kooi 1984a; Flemish: Meyer 1968; German: Moser-Rath 1964, No. 227, Tomkowiak 1993, 205; Hungarian: MNK I; Bulgarian: BFP; Albanian: Camaj/Schier-Oberdorffer 1974, No. 51; Greek: Megas 1978; Ukrainian: SUS; Jewish: Jason 1975, Noy 1976; Georgian: Kurdovanidze 2000; Indian: Jason 1989; Chinese: Ting 1978; West Indies: Flowers 1953, No. 211***; Egyptian: El-Shamy 2004.

211B* ***Animals Go into a Tavern*** (previously ***The Gander, the Drake, and the Boar Go into the Tavern***).

Estonian: Kippar 1986; Latvian: Arājs/Medne 1977; German: cf. Kubitschek 1920, 78; Hungarian: cf. MNK I, No. 211C*.

212 ***The Lying Goat.***

BP I, 346-349; Scherf 1995 II, 1198-1201; Schmidt 1999; EM: Ziege: Die boshafte Z.(in prep.).

Finnish: Rausmaa 1982ff. V, No. 168; Estonian: Kippar 1986; Latvian: Arājs/Medne 1977; Lithuanian: Kerbelytė 1999ff. I; Wotian, Syrjanian: Kecskeméti/Paunonen

1974; Swedish: Liungman 1961; Danish: Kristensen 1896, No. 30; French: Delarue/Tenèze 1964ff. III; Spanish: Camarena/Chevalier 1995ff. I; Catalan: Oriol/Pujol 2003; Flemish: Meyer 1968; German: Ranke 1966, No. 9, Tomkowiak 1993, 242, Grimm KHM/Uther 1996 I, No. 36, Hubrich-Messow 2000; Austrian: Vernaleken 1892, No. 22; Italian: Cirese/Serafini 1975; Hungarian: MNK I, Nos. 212, 212A*; Czech: Jech 1984, No. 6; Slovakian: Polívka 1923ff. V, 133f.; Slovene: Matičetov 1973, 151f.; Croatian: Bošković-Stulli 1975b, No. 63; Macedonian: Eschker 1972, No. 9; Rumanian: cf. Schullerus 1928, No. 103I*; Bulgarian: BFP; Greek: Megas 1978; Russian, Byelorussian, Ukrainian: SUS; Mordvinian, Votyak: Kecskeméti/Paunonen 1974; Iranian: Marzolph 1984; French-Canadian: Barbeau/Lanctot 1926, 425ff.; Egyptian, Sudanese: El-Shamy 2004; South African: Coetzee et al. 1967.

214 ***The Donkey Tries to Caress His Master*** (previously ***Ass Tries to Caress his Master like a Dog***).

Chauvin 1892ff. II, 196 No. 23, III, 49 No. 1; Pedersen/Holbek 1961f. II, No. 50; Tubach 1969, No. 372; Schwarzbaum 1979, 81–87; EM 4(1984)419–423(C. Schmidt); Dicke/Grubmüller 1987, No. 96; Adrados 1999ff. III, Nos. H. 93, M. 45, S. 220.
Estonian: Kippar 1986; Spanish: Childers 1977, No. J2413.1, Chevalier 1983, No. 21, Goldberg 1998, No. J2413.1; Catalan: Neugaard 1993, No. J2413.1; Dutch: Schippers 1995, No. 99; German: Moser-Rath 1964, No. 73, Tomkowiak 1993, 206; Hungarian: MNK I; Czech: Dvořák, No. 372; Greek: Megas 1978; Ukrainian: SUS; Indian: Bødker 1957a, Nos. 925–927, Thompson/Roberts 1960; West Indies: Flowers 1953, No. J2413.1; Egyptian, Algerian: El-Shamy 2004.

214A ***Singing Donkey and Dancing Camel*** (previously ***Camel and Ass Together Captured because of Ass's Singing***).

Chauvin 1892ff. III, 49 No. 1; cf. Tubach 1969, No. 4387; cf. Dicke/Grubmüller 1987, No. 121; Marzolph 1992 II, No. 1122; Adrados 1999ff. III, No. S. 40, cf. No. M. 218.
Italian: Cirese/Serafini 1975; Sardinian: Rapallo 1982f.; Bulgarian: BFP; Greek: Megas 1978; Jewish: Jason 1975, Noy 1976; Kurdish: Džalila et al. 1989, No. 174; Dagestan: Dirr 1920, No. 35; Tadzhik: Rozenfel'd/Ryčkovoj 1990, No. 34; Georgian: Kurdovanidze 2000, No. 207B; Palestinian, Jordanian, Saudi Arabian: El-Shamy 2004; Iraqi: Nowak 1969, No. 20, El-Shamy 2004; Iranian: Marzolph 1984, No. 214; Indian, Sri Lankan: Thompson/Balys 1958, No. J2137.6; Egyptian, Moroccan: El-Shamy 2004; Libyan: Jahn 1970, No. 4, El-Shamy 2004; Sudanese: El-Shamy 2004.

214B ***The Donkey in Lion's Skin*** (previously ***Ass in Lion's Skin Unmasked when he Raises his Voice***).
Chauvin 1892ff. II, 224 No. 22, III, 66; Cock 1918, 184–194; Pedersen/Holbek 1961f. II, No. 157; Tubach 1969, No. 386; Schwarzbaum 1979, 264–269; EM(1984)428–435 (C. Schmidt); Dicke/Grubmüller 1987, No. 117; Adrados 1999ff. III, Nos. H. 199, M. 52.
French: Cifarelli 1993, No. 18; Spanish: Chevalier 1983, No. 22, Goldberg 1998, No. J951.1; Catalan: Camarena/Chevalier 1995ff; Portuguese: Cardigos(forthcoming); Dutch: Schippers 1995, No. 104; German: Sobel 1958, No. 34, Tomkowiak 1993, 207; Maltese: Mifsud-Chircop 1978; Czech: Dvořák 1978, No. 386; Bulgarian: BFP; Greek: Megas 1978; Ukrainian: SUS; Jewish: Jason 1975, Noy 1976; Indian: Bødker 1957a, No. 991; Chinese: cf. Ting 1978, No. 214B*; Moroccan: El-Shamy 2004; East African: Klipple 1992, No. J951.1.

214* ***The Donkey Envies the Horse in Its Fine Trappings.***
Pedersen/Holbek 1961f. II, No. 76; Schwarzbaum 1964, 192; cf. Tubach 1969, No. 2615; EM 4(1984)435–440(I. Köhler); Dicke/Grubmüller 1987, No. 112, cf. Nos. 461, 578; Adrados 1999ff. III, Nos. H. 272, H. 286, M. 151, not-H. 109.
French: Cifarelli 1993, Nos. 112, 116, 376; Spanish: Goldberg 1998, Nos. J212.1, L452.2; Catalan: cf. Oriol/Pujol 2003; Italian: Cirese/Serafini 1975; Hungarian: MNK I; Greek: Megas 1978; Jewish: Noy 1976; Tadzhik: cf. STF, No. 288; Afghan: Lebedev 1986, 219ff.; Indian: Bødker 1957a, No. 267; Egyptian, Moroccan: El-Shamy 2004.

215 ***A Jackdaw (Crow) Tries to Carry Off a Lamb as an Eagle Does.***
Pedersen/Holbek 1961f. II, No. 137; Schwarzbaum 1979, 478, 480 not. 16; Dicke/Grubmüller 1987, No. 6.
French: Cifarelli 1993, No. 4; Spanish: Goldberg 1998, No. J2413.3; Catalan: Neugaard 1993, No. J2413.3.

217 ***The Cat with the Candle*** (previously ***The Cat and the Candle***).
Köhler/Bolte 1898ff. II, 639–641; Chauvin 1892ff. 1892 II, 200 No. 42; Cosquin 1922, 401–495; Tubach 1969, No. 885; Schwarzbaum 1979, 439f. not. 11; Marzolph 1992 II, No. 365; EM 7(1993)1113–1117(U. Marzolph).
Finnish: Rausmaa 1982ff. V, No. 169; Latvian: Arājs/Medne 1977; Swedish: Liungman 1961; Danish: Kristensen 1903, Nos. 518, 519; Faeroese: Nyman 1984; Irish: Ó Súilleabháin/Christiansen 1963, No. 217, cf. No. 217*; French: Delarue/Tenèze

1964ff. III; Spanish, Basque: Camarena/Chevalier 1995ff. I; Catalan: Oriol/Pujol 2003; Frisian: Kooi 1984a, Kooi/Schuster 1994, No. 255; German: Hubrich-Messow 2000; Swiss: Jegerlehner 1913, 127ff. No. 146; Italian: Cirese/Serafini 1975; Czech: Dvořák 1978, No. 885; Hungarian: MNK I, Dömötör 1992, No. 407; Serbian: Vrčević 1868f. I, No. 1; Macedonian: Čepenkov/Penušliski 1989 III, No. 242; Bulgarian: BFP; Greek: Megas 1978; Polish: Coleman 1965, 119ff.; Jewish: Jason 1965, 1975, Noy 1976, Jason 1988a; Azerbaijan: Achundov 1955, 306f.; Armenian: Levin 1982, No. 2; Tadzhik: Amonov 1961, 416ff.; Rozenfel'd/Ryčkovoj 1990, No. 13; Syrian: El-Shamy 2004; Palestinian: Hanauer 1907, 142f., El-Shamy 2004; Persian Gulf, Saudi Arabian: El-Shamy 2004; Oman: Campbell 1954, 109ff., El-Shamy 2004; Iranian: Marzolph 1984; Pakistani: Thompson/Roberts 1960; Indian: Bødker 1957a, No. 1223, Thompson/Roberts 1960, Jason 1989; Sri Lankan: Thompson/Roberts 1960; Tibetian: O'Conner 1906, No. 6; Chinese: Ting 1978; Vietnamese: Karow 1972, No. 173; Egyptian: Weisweiler 1978f. II, No. 8, El-Shamy 2004; Tunisian: Nowak 1969, No. 165; Algerian: Frobenius 1921ff. III, No. 50, Nowak 1969, No. 165, El-Shamy 2004; Sudanese: Kronenberg/Kronenberg 1978, No. 48; West Indies: Flowers 1953.

218 ***A Cat Transformed to a Maiden Runs after a Mouse.***
BP IV, 121; Schwarzbaum 1964, 192; Schwarzbaum 1979, 439f. not. 11; Dicke/Grubmüller 1987, No. 335; EM 7(1993)1114, 1116 not. 13.
French: Cifarelli 1993, No. 102; Dutch: Schippers 1995, No. 158.

219E* ***The Old Man Has a Rooster, the Old Woman a Hen.***
EM 6(1990)398f. not. 33.
Latvian: Arājs/Medne 1977; Lithuanian: Kerbelytė 1999ff. I; Flemish: Goyert 1925, 40f.; German: Zaunert 1926, 313f.; Slovene: Vrtec 19(1889)149f.; Serbian: Stojanović 1867, No. 39, Filipović 1949, 258; Russian: SUS, Nos. 219E*, 219E**; Ukrainian: SUS.

219E** ***The Hen that Laid the Golden Eggs.***
Cf. Pauli/Bolte 1924 I, No. 53; Pedersen/Holbek 1961f. II, No. 177; Dicke/Grubmüller 1987, No. 229; EM 5(1987)677, 681 not. 17; cf. EM 6(1990)374.
Estonian: Kippar 1986, No. 241A; Irish: Ó Súilleabháin/Christiansen 1963, No. 555*; French: Cifarelli 1993, No. 420; Spanish: Goldberg 1998, Nos. D876, J2129.3; Dutch: Schippers 1995, Nos. 112, 236; Frisian: Kooi 1984a, No. 555*; German: Sobel 1958, 25f., Rehermann 1977, 324 No. 18, Brunner/Wachinger 1986ff. IX, No. ²S/785, XIII, No. ²Wat/233; Berger 2001, No. 852**; Turkish: cf. Eberhard/Boratav 1953, No. 178V; Jewish: Jason 1965, No. 555*; Indian: Thompson/Balys 1958, No. D876; Chi-

nese: Ting 1978, No. 1305F; Tanzanian: Kohl-Larsen 1966, 211f.

219F* ***The Dog and the Sow Argue*** (previously ***Dog and Hog Dispute***).
Schwarzbaum 1979, 274 not. 6; Dicke/Grubmüller 1987, No. 497; EM 7(1993)1258-1264(C. Schmitt); Adrados 1999ff. III, Nos. not-H. 247, H. 251, M. 101.
French: Cifarelli 1993, No. 494; Hungarian: MNK I.

219H* ***The Rooster and the Pearl.***
Pedersen/Holbek 1961f. II, No. 33; Tubach 1969, No. 3635; Schütze 1973, 129-132; Speckenbach 1978; Schwarzbaum 1979, 14-17; Dicke/Grubmüller 1987, No. 249.
French: Cifarelli 1993, No. 159; Spanish: Goldberg 1998, No. J1061.1; Catalan: Neugaard 1993, No. J1061.1; Portuguese: Martinez 1955, No. J1061.1; Dutch: Schippers 1995, No. 125; Bulgarian: BFP, No. *245B*.

OTHER ANIMALS AND OBJECTS 220-299

220 ***The Council of Birds.***
Verfasserlexikon 7(1989)1007-1012(N. Henkel); Uther 2001; EM 10(2002)573-576 (S. Schmitt).
Finnish: Rausmaa 1982ff. V, 221; Irish: Ó Súilleabháin/Christiansen 1963; French: cf. Cifarelli 1993, No. 382; Catalan: Neugaard 1993, No. B232; Russian, Ukrainian: SUS; Yakut: Ėrgis 1967, Nos. 34, 35; Mongolian: Lőrincz 1979, No. 220A*; Indian: Thompson/Balys 1958, No. B238.2; Chinese: Ting 1978; Filipino: Wrigglesworth 1993, No. 45; Polynesian: Kirtley 1971, No. B232.

220A ***The Trial of the Crow by the Eagle.***
Finnish: Rausmaa 1982ff. V, 211; Russian, Byelorussian, Ukrainian: SUS; Yakut: cf. Ėrgis 1967, No. 36; Chinese: Ting 1978.

221 ***The Election of King of Birds.***
Chauvin 1892ff. II, 220, No. 152(8); Dähnhardt 1907ff. IV, 160-184; BP III, 278-283; Schwarzbaum 1979, 234-239; EM 8(1996)181-186(M. Eickelmann); Dekker et al. 1997, 189f.; Adrados 1999ff. III, Nos. H. 244, M. 142, not-H. 57, cf. No. M. 344; Uther 2001.
Finnish: Rausmaa 1982ff. V, No. 170; Finnish-Swedish: Hackman 1917f. I, No. 42; Estonian: cf. Kippar 1986; Latvian: Arājs/Medne 1977; Lithuanian: Kerbelytė 1999ff.

I; Swedish: Liungman 1961; Irish: Ó Súilleabháin/Christiansen 1963; English: Briggs 1970f. A I, 117f.; French: Delarue/Tenèze 1964ff. III, Cifarelli 1993, No. 390; Spanish: Camarena/Chevalier 1995ff. I; Catalan: Oriol/Pujol 2003; Dutch: Sinninghe 1943, Kooi 2003, No. 101; Frisian: Kooi 1984a; Flemish: Meyer 1968; German: Grimm KHM/Uther 1996 III, No. 171, Hubrich-Messow 2000; Swiss: EM 7(1993) 871; Italian: Cirese/Serafini 1975; Hungarian: MNK I; Czech: Dvořák 1978, No. 5396; Slovakian: Gašparíková 1981a, 211; Slovene: Brezovnik 1894, 35f.; Rumanian: Gaster 1915, No. 98; Bulgarian: cf. BFP, No. *221C; Greek: Megas 1978; Sorbian: Nedo 1956, No. 15; Polish: Krzyżanowski 1962f. I; Ukrainian: SUS; Gypsy: MNK X 1; Mongolian: cf. Lőrincz 1979, No. 220A*; Georgian: Kurdovanidze 2000; Japanese: cf. Ikeda 1971, No. 228, Inada/Ozawa 1977ff.; Indonesian: Vries 1925f. I, No. 75; Australian: Waterman 1987, No. 4590; Guinean, East African, Congolese, Angolan: Klipple 1992; South African: Coetzee et al. 1967, Klipple 1992; Malagasy: cf. Haring 1982, No. 1.5.221, Klipple 1992.

221A ***Test: Who Can Fly Highest?***
Dähnhardt 1907ff. IV, 160-169; BP III, 278-283; Schwarzbaum 1979, 234-239; Dicke/Grubmüller 1987, No. 655; EM 8(1996)181-186(M. Eickelmann); Dekker et al. 1997, 189f.; Uther 2001.
Finnish: Rausmaa 1982ff. V, No. 170; Latvian: Arājs/Medne 1977; Swedish: Johnsson 1920, 161; Norwegian: Hodne 1984; Scottish: Aitken/Michaelis-Jena 1965, No. 57; Welsh: MacDonald 1982, No. K25.1; French: Delarue/Tenèze 1964ff. III; Spanish, Basque: Camarena/Chevalier 1995ff. I; Frisian: Kooi 1984a; German: Tomkowiak 1993, 232f., Grimm KHM/Uther 1996 III, No. 171, Berger 2001; Hungarian: MNK I; Greek: Megas 1978; Gypsy: MNK X 1; Mongolian: Lőrincz 1979, No. 221; Tuva: Taube 1978, No. 20.

221B ***Test: Who Can Go Deepest in Earth?***
Dähnhardt 1907ff. IV, 169-172; BP III, 278-283; Schwarzbaum 1979, 234-239; EM 8 (1996)181-186(M. Eickelmann); Dekker et al. 1997, 189f.; Uther 2001.

222 ***War between Birds (Insects) and Quadrupeds*** (previously ***War of Birds and Quadrupeds***).
Dähnhardt 1907ff. IV, 199-208; BP II, 435-438; cf. Schwarzbaum 1979, 158f., 224-231; cf. Dicke/Grubmüller 1987, No. 630; EM 8(1996)430-436(R. W. Brednich); Adrados 1999ff. III, Nos. H. 150, not-H. 302, cf. No. M. 265; Schmidt 1999.
Finnish: Rausmaa 1982ff. V, 222; Estonian: Kippar 1986; Latvian: Arājs/Medne

1977; Lappish: Qvigstad 1921; Wotian, Syrjanian: Kecskeméti/Paunonen 1974; Norwegian: Hodne 1984; Irish: Ó Súilleabháin/Christiansen 1963; French: Delarue/Tenèze 1964ff. III, Cifarelli 1993, No. 64; Spanish: Camarena/Chevalier 1995ff. I, González Sanz 1996, No. 222C; Basque: Camarena/Chevalier 1995ff. I; Catalan: Oriol/Pujol 2003; Portuguese: Soromenho/Soromenho 1984f. I, Nos. 34, 58, 75, Cardigos (forthcoming), No. 222C; Flemish: Meyer 1968; Frisian: Kooi 1984a; German: Tomkowiak 1993, 242f., Grimm KHM/Uther 1996 II, No. 102, Hubrich-Messow 2000, Berger 2001; Italian: Cirese/Serafini 1975; Hungarian: MNK I; Greek: Megas 1978; Sorbian: Nedo 1956, No. 16; Russian: Pomeranzewa 1964, No. 34; Jewish: Noy 1963a, No. 3; Jason 1965; Cheremis/Mari: Kecskeméti/Paunonen 1974; Yakut: Ėrgis 1967, No. 59; Indian: Thompson/Roberts 1960; Chinese: cf. Dejun/Xueliang 1982, 56ff.; Japanese: Ikeda 1971, Inada/Ozawa 1977ff.; Polynesian: Kirtley 1971, No. B261; French-American: Saucier 1962, No. 32; Spanish-American, Mexican: Robe 1973; Dominican: Hansen 1957; South American Indian: Hissink/Hahn 1961, Nos. 291, 293, cf. 290, 292; Mayan: Peñalosa 1992; Peruvian: Hansen 1957; Paraguayan: Karlinger/Pögl 1987, No. 40; Chilean: Pino Saavedra 1987, Nos. 16, 17; Argentine: Hansen 1957, Chertudi 1960f. I, No. 29; Moroccan: Nowak 1969, No. 2, El-Shamy 2004; Guinean, Sudanese, Congolese: Klipple 1992; Namibian: Schmidt 1989 II, No. 660; South African: Coetzee et al. 1967.

222A ***The Bat in War between Birds and Quadrupeds*** (previously ***Bat in War of Birds and Quadrupeds***).

Dähnhardt 1907ff. IV, 197–199; BP II, 237; Pedersen/Holbek 1961f. II, No. 77; Tubach 1969, No. 501; Schwarzbaum 1979, 224–231; Dicke/Grubmüller 1987, No. 147; EM 8(1996)430–436(R. W. Brednich); Adrados 1999ff. III, No. M. 476.

Finnish: Rausmaa 1982ff. V, 222; Estonian: Kippar 1986; Latvian: Arājs/Medne 1977; Lithuanian: Veckenstedt 1883, No. 120,2; French: Cifarelli 1993, No. 104; Spanish: Goldberg 1998, Nos. A2491.1, B261.1; Portuguese: Martinez 1955, No. B261.1; Dutch: Schippers 1995, No. 410, Kooi 2003, No. 102; German: Sobel 1958, No. 42, Tomkowiak 1993, 209; Czech: Dvořák 1978, No. 501; Hungarian: MNK I; Greek: Megas 1978; Indian: Thompson/Roberts 1960, Jason 1989; Burmese: Esche 1976, 266ff.; Chinese: Ting 1978; Laotian: cf. Lindell et al. 1977ff. III, 114f.; Japanese: Ikeda 1971, No. 222,IV; North American Indian: Konitzky 1963, No. 47; Nigerian: Walker/Walker 1961, 26, Klipple 1992, 346, 348f.

222B ***Quarrel between Mouse and Sparrow*** (previously ***War between Mouse and Sparrow***).
Levin 1994, 2f.; EM: Sperling und Maus (forthcoming).
Finnish: Rausmaa 1982ff. V, 222; Estonian: Kippar 1986, No. 222B*; Livonian: Loorits 1926, No. 99; Latvian: Arājs/Medne 1977, No. 222B*; Lithuanian: Kerbelytė 1999ff. I, No. 222B*; Lappish: Kecskeméti/Paunonen 1974; Irish: Béaloideas 35–36 (1967–1968) 24–36, 351; Hungarian: MNK I; Russian, Byelorussian, Ukrainian: SUS, No. 222B*; Mordvinian: Paasonen/Ravila 1938ff. IV, 874ff.; Nenets: Puškareva 1983, 69; Ostyak: Gulya 1968, No. 23; Yakut: Ėrgis 1967, Nos. 57, 107, 108; Georgian: Kurdovanidze 2000.

223 ***The Bird and the Jackal*** (previously ***The Bird and the Jackal as Friends***).
Dicke/Grubmüller 1987, No. 319; EM 6 (1990) 1355; Schmidt 1999.
Estonian: Kippar 1986, Nos. 56B*, 56C*, 248A*; Latvian: Arājs/Medne 1977, Nos. 56B*, 56C*; Lithuanian: Kerbelytė 1999ff. I, Nos. 56C*, 248A*; Lappish: Kecskeméti/Paunonen 1974, No. 56C*; Danish: Kamp 1879f. II, No. 7; French: Delarue/Tenèze 1964ff., No. 56B*; Spanish, Basque: Camarena/Chevalier 1995ff. I, No. 248A*; Catalan: Karlinger/Pögl 1989, No. 20, cf. Oriol/Pujol 2003; Portuguese: Oliveira 1900ff. II, No. 252, Cardigos (forthcoming); Frisian: Kooi 1984a, Nos. 56C*, 56E*; German: Bechstein/Uther 1997 I, No. 48, Neumann 1971, No. 51, cf. Grimm KHM/Uther 1996 I, No. 58; Italian: Cirese/Serafini 1975, No. 56B*; Hungarian: MNK I; Slovakian: Gašparíková 1991f. I, Nos. 140, 271; Bulgarian: BFP, No. 248A*; Albanian: Camaj/Schier-Oberdorffer 1974, No. 50; Greek: Megas 1978, No. 56E*; Russian, Byelorussian, Ukrainian: SUS, No. 248A*; Gypsy: Aichele 1926, No. 1; Cheremis/Mari, Mordvinian: Kecskeméti/Paunonen 1974, Nos. 56B*, 248A*; Ossetian: Levin 1978, No. 40; Abkhaz: Bgažba 1959, 106ff., Šakryl 1975, No. 6; Kazakh: Sidel'nikov 1952, 23f.; Uzbek: Afzalov et al. 1963 I, 47ff.; Tadzhik: STF, Nos. 16, 320; Georgian: Kurdovanidze 2000, No. 248A*; Pakistani: Thompson/Roberts 1960; Indian: Bødker 1957a, Nos. 208f., Thompson/Roberts 1960; Sri Lankan: cf. Schleberger 1985, No. 43; Chinese: Ting 1978; Algerian: El-Shamy 2004; Moroccan: Frobenius 1921ff. III, Nos. 5, 9, El-Shamy 2004; Tanzanian: El-Shamy 2004, No. 56E*.

224 ***Bird (Beetle) Wedding*** (previously ***Wedding of the Turkey and the Peacock***).
Böckel 1885, XCIVf.; Erk/Böhme 1893f. I, Nos. 163–165; Bolte 1902; HDA 8 (1936/37) 1679–1681 (H. Kunstmann); Opie/Opie 1950, No. 175; cf. Scherf 1995 I, 573f.; EM: Vogelhochzeit (in prep.)
Livonian: Loorits 1926, No. 224; French: RTP 5 (1890) 15–19; German: Wackernagel

1843, 37ff., Wossidlo 1897ff. II,1, 426–430, Röhrich/Brednich 1965f. II, No. 73, Brednich 1979, 41f.; Bulgarian: BFP; Sorbian: Nedo 1931, 24ff.; Russian, Byelorussian, Ukrainian: SUS, No. 243*; Iraqi: El-Shamy 2004, No. 103A1§; Algerian, Moroccan, Sudanese: cf. El-Shamy 2004, 103A1§.

225 ***The Crane Teaches the Fox to Fly.***
Dähnhardt 1907ff. IV, 269–271; cf. Tubach 1969, No. 1832; Lüthi 1980a; EM 4(1984) 1290–1295(J. Kühn); Schmidt 1999.
Finnish: Rausmaa 1982ff. V, No. 171; Estonian: Kippar 1986; Latvian: Arājs/Medne 1977; Lithuanian: Kerbelytė 1999ff. IV(forthcoming); Danish: Holbek 1990, No. 3; French: Delarue/Tenèze 1964ff. III; Spanish: Camarena/Chevalier 1995ff. I, González Sanz 1996; Basque: Camarena/Chevalier 1995ff. I; Catalan: Oriol/Pujol 2003; Portuguese: Vasconcellos/Soromenho et al. 1963f. I, Nos. 6, 9, 11, 15, Cardigos(forthcoming); German: Hubrich-Messow 2000, Berger 2001; Italian: Cirese/Serafini 1975; Maltese: Mifsud-Chircop 1978; Hungarian: MNK I; Slovene: Matičetov 1973, No. 34; Serbian: Filipović 1949, 255f.; Greek: Megas 1978; Polish: Krzyżanowski 1962f. I; Russian: Nikiforov/Propp 1961, No. 117; Ukrainian: Lintur 1972, 19ff.; Gypsy: MNK X 1; Chechen-Ingush: Levin 1978, No. 41; Kurdish: Džalila et al. 1989, No. 165; Dagestan: Chalilov 1965, No. 15; Uzbek: Schewerdin 1959, 102ff.; Tadzhik: STF, No. 396; Buryat: Ėliasov 1959 I, 267ff.; Syrian, Palestinian: El-Shamy 2004; Iraqi, Saudi Arabian: Nowak 1969, No. 4, El-Shamy 2004; Iranian: Marzolph 1984; Indian: Thompson/Roberts 1960, Jason 1989; Chinese: Ting 1978; Spanish-American, Mexican, Nicaraguan, Costa Rican: Robe 1973; Dominican, Puerto Rican: Hansen 1957; Mayan: Peñalosa 1992; Brazilian: Cascudo 1955a, 375ff., Alcoforado/Albán 2001, No. 13; Chilean: Pino Saavedra 1987, Nos. 18, 19; Argentine: Hansen 1957, Chertudi 1960f. I, No. 30; West-Indian: Flowers 1953; Egyptian, Moroccan: El-Shamy 2004; Algerian: Scelles-Millie 1970, 17ff., El-Shamy 2004; Chad: Jungraithmayr 1981, No. 38; East African: cf. Kohl-Larsen 1976, 43ff., 147ff.; Namibian: Schmidt 1989; South African: Coetzee et al. 1967, No. 225, cf. No. J 2357.1.

225A ***The Tortoise Lets Itself be Carried by Birds*** (previously ***Tortoise Lets self be Carried by Eagle***).
Dähnhardt 1907ff. IV, 269–271; Puntoni 1912; Pedersen/Holbek 1961f. II, No. 155; Hunger 1966; Tubach 1969, Nos. 625, 1832; Schwarzbaum 1979, 116–119; EM 4 (1984) 1290–1295(J. Kühn); Dicke/Grubmüller 1987, Nos. 7, 8, 567; Adrados 1999ff. III, Nos. H. 259, M. 25.
French: Cifarelli 1993, Nos. 6, 491; Spanish: Camarena/Chevalier 1995ff. I; Catalan:

Neugaard 1993, No. J567.2; Dutch: Schippers 1995, No. 30; German: Moser-Rath 1964, No. 122; Hungarian: MNK I, Nos. 225A, 225B*; Czech: Dvořák 1978, No. 1832; Bulgarian: BFP; Greek: Megas 1978, Nos. 225A, *225B*; Russian, Ukrainian: SUS; Georgian: Kurdovanidze 2000; Syrian, Palestinian: El-Shamy 2004; Indian: Bødker 1957a, No. 1001, Thompson/Roberts 1960; Sri Lankan: Thompson/Roberts 1960; Chinese: Ting 1978; Cambodian: Sacher 1979, 89f.; Japanese: Ikeda 1971, Inada/Ozawa 1977ff.; Filipino: Wrigglesworth 1993, Nos. 19, 45; Brazilian: Romero/Cascudo 1954, No. 45; Algerian: El-Shamy 2004; Moroccan: Topper 1986, No. 47, El-Shamy 2004; South African: Coetzee et al. 1967, Nos. J2357, J 2357.1.

226 ***The Goose Teaches the Fox to Swim.***
EM 4(1984)1290–1295(J. Kühn).
Estonian: Kippar 1986; Danish: Holbek 1990, No. 3; German: Asmus/Knoop 1898, 69, 99, Wossidlo/Henßen 1957, No. 24; Polish: Krzyżanowski 1962f. I; Indonesian: Vries 1925f. I, No. 18, II, 405 No. 159.

227 ***Geese Ask for Respite for Prayer.***
Chauvin 1892ff. VI, 187f. No. 354; BP II, 206–210; HDM 2(1934–40)297f.(H. Diewerge); cf. Dicke/Grubmüller 1987, Nos. 616, 652; EM 5(1987)486–489(D. D. Rusch-Feja).
Estonian: Kippar 1986; Livonian: cf. Loorits 1926, No. 227A; Latvian: Arājs/Medne 1977; Irish: Ó Súilleabháin/Christiansen 1963; French: Delarue/Tenèze 1964ff. III; Catalan: cf. Karlinger/Pögl 1989, No. 26; Frisian: Kooi 1984a; German: Haltrich 1956, No. 114, Uther 1990a, No. 38, Tomkowiak 1993, 243, Grimm KHM/Uther 1996 II, No. 86; Czech: Dvořák 1978, No. 5332***; Slovakian: Polívka 1923ff. V, 147; Slovene: Valjavec/Levec 1900, 112; Bulgarian: BFP; Greek: Megas 1978; Sorbian: Nedo 1956, No. 18; Byelorussian, Ukrainian: SUS; Ossetian: Bjazyrov 1958, No. 16; Tadzhik: Amonov 1961, 56; Aramaic: Lidzbarski 1896, No. 18a; Palestinian: El-Shamy 2004; Iranian: cf. Marzolph 1984, No. *62; Indian: Bødker 1957a, Nos. 626–628, Thompson/Roberts 1960; Puerto Rican: Hansen 1957, No. 122**D; Chilean: Pino Saavedra 1960ff. III, No. 234; Argentine: Chertudi 1960f. I, No. 24; West-Indian: Flowers 1953; Moroccan: El-Shamy 2004.

227* ***The Crow and the Crayfish*** (previously ***The Crayfish Entices the Crow into Talking***).
EM: Überreden zum Sprechen, Singen etc.(in prep.).
Finnish: Rausmaa 1982ff. V, No. 172; Estonian: Kippar 1986; Livonian: cf. Loorits

1926, No. 227B; Latvian: Arājs/Medne 1977; Lithuanian: Kerbelytė 1999ff. I; Bulgarian: BFP; Russian, Byelorussian, Ukrainian: SUS; Turkmen: Stebleva 1969, No. 14; Indian: Bødker 1957a, Nos. 629, 630; Brazilian: Alcoforado/Albán 2001, No. 2.

228 ***A Little Bird Tries to be Bigger*** (previously ***The Titmouse Tries to be as Big as a Bear***).
Schwarzbaum 1979, 160, 162, No. 15; EM 5(1987)401–404(I. Tomkowiak); Adrados 1999ff. III, Nos. M. 374, not-H. 273.
Finnish: Rausmaa 1982ff. V, No. 173; Finnish-Swedish: Hackman 1917f. I, No. 43; Estonian: Kippar 1986, No. 228, cf. No. 281B; Latvian: Arājs/Medne 1977; Karelian: Kecskeméti/Paunonen 1974; Bulgarian: BFP; Indian: Bødker 1957a, No. 849; Korean: Choi 1979; Japanese: Ikeda 1971, Inada/Ozawa 1977ff.; Indonesian: Vries 1925f. II, 404 No. 115; West-Indian: Flowers 1953; East African: Arewa 1966, No. 348, Klipple 1992; Somalian, Congolese, South African: Klipple 1992.

229 ***Animals Fear a Bird's Body Part*** (previously ***The Hawk Frightened at the Snipe's Bill***).
Cf. Kirchhof/Oesterley 1869 VII, No. 100.
Finnish: Rausmaa 1982ff. V, No. 174; Spanish: Espinosa 1988, No. 231; East African: Arewa 1966, No. 1571.

230 ***The Rearing of the Large-headed and Large-eyed Bird.***
Finnish: Rausmaa 1982ff. V, Nos. 175, 176; Lithuanian: Kerbelytė 1999ff. I; Spanish: cf. Río Cabrera/Pérez Bautista 1998, Nos. 54, 55; Greek: Megas 1978; Russian, Byelorussian, Ukrainian: SUS.

230* ***The Race of the Rooster, the Birch-Cock and the Birch-Hen.***
Finnish: Rausmaa 1982ff. V, Nos. 177, 178; Finnish-Swedish: Hackman 1917f. I, No. 44; Estonian: Kippar 1986; Swedish: Liungman 1961; Norwegian: Hodne 1984.

231 ***The Heron and the Fish*** (previously ***The Heron [Crane] Transports the Fish***).
Schwarzbaum 1979, 33, 41 not. 52; Dicke/Grubmüller 1987, No. 572; EM 8(1996) 329–331(B. Steinbauer); cf. Marzolph/Van Leeuwen 2004, No. 239.
Estonian: Kippar 1986; French: Cifarelli 1993, No. 182; Spanish: Goldberg 1998, No. K815.14; Catalan: Karlinger/Pögl 1989, No. 18; Greek: Megas 1978; Polish: Krzyżanowski 1962f. I; Ukrainian: SUS; Turkish: Giese 1925, No. 44; Indian: Bødker 1957a, No. 446, Thompson/Roberts 1960; Burmese: MacDonald 1982, No.

K815.14; Sri Lankan: Thompson/Roberts 1960; Chinese: Ting 1978; Cambodian: Gaudes 1987, No. 20; Indonesian: Vries 1925f. II, No. 102; Japanese: Inada/Ozawa 1977ff.; Guatemalan: Karlinger/Pögl 1983, No. 63.

231* ***Animals Eat Each Other.***
Marzolph 1992 II, No. 111; EM: Tiere fressen einander (in prep.).
Latvian: Arājs/Medne 1977, Nos. 231*, 230B*; Frisian: Kooi 1984a; Greek: Megas 1978, No. 230B*; Mexican: Wheeler 1943, No. 194; Puerto Rican: Hansen 1957, No. **231.

231** ***The Falcon and the Doves*** (previously ***The Eagle Wants to Tear the Dove to Pieces***).
Pedersen/Holbek 1961f. II, No. 55; cf. Tubach 1969, No. 3778; Schwarzbaum 1979, 254–257; Dicke/Grubmüller 1987, No. 555; Adrados 1999ff. III, Nos. M. 322, not-H. 172, cf. No. M. 126.
Latvian: Arājs/Medne 1977; French: Cifarelli 1993, No. 150; Spanish: Goldberg 1998, No. K815.8; Catalan: Neugaard 1993, No. K815.8; Dutch: Schippers 1995, No. 85; Hungarian: MNK I; Czech: Dvořak, No. 3776.

232 ***The Birch-Cock and the Birds of Passage.***
Finnish: Rausmaa 1982ff. V, No. 179; German: Jahn 1889, No. 586; Slovene: Vrtec 26 (1896) 76; Greek: Megas 1978; Polish: Krzyżanowski 1962f. I; Ukrainian: SUS; Jewish: Haboucha 1992; Yakut: Ėrgis 1967, No. 34, cf. No. 37.

232C* ***Which Bird is Father?***
Estonian: Kippar 1986; Latvian: Arājs/Medne 1977; Irish: Ó Súilleabháin/Christiansen 1963, O'Sullivan 1966, No. 1.

232D* ***A Crow Drops Pebbles into a Water Jug*** (previously ***Crow Drops Pebbles into Water Jug so as to be Able to Drink***).
Pedersen/Holbek 1961f. II, No. 173; Schwarzbaum 1979, 443f.; Dicke/Grubmüller 1987, No. 360; Adrados 1999ff. III, Nos. M. 130, not-H. 143.
Estonian: Kippar 1986; Latvian: Arājs/Medne 1977; Lithuanian: Kerbelytė 1999ff. IV (forthcoming); Irish: Ó Súilleabháin/Christiansen 1963; French: Cifarelli 1993, No. 165; Spanish: Goldberg 1998, No. J101; Catalan: Neugaard 1993, No. J101; Dutch: Schippers 1995, No. 315; German: Rehermann 1977, 349, Tomkowiak 1993, 221; Hungarian: MNK I; Ukrainian: SUS; Georgian: Kurdovanidze 2000; Indian: Jason

1989; US-American: Burrison 1989, 196; Egyptian: El-Shamy 2004.

233A ***The Birds Escape by Shamming Death.***
Schwarzbaum 1979, 366f.; Dicke/Grubmüller 1987, No. 453; Marzolph 1992 I, 99f.; cf. Adrados 1999ff. III, No. S. 302; EM: Vögel und Netz (in prep.).
Tadzhik: cf. STF, No. 153; Mongolian: Jülg 1868, 106ff., Mostaert 1947, 276ff.; Afghan: Lebedev 1986, 191; Indian: Bødker 1957a, Nos. 500–502, 508, Thompson/Roberts 1960, Jason 1989; Sri Lankan: Thompson/Roberts 1960; Indonesian: Vries 1925f. II, No. 130.

233B ***The Birds Fly Off with the Net.***
Dicke/Grubmüller 1987, No. 556; EM: Vögel und Netz (in prep.).
French: Cifarelli 1993, No. 429; German: Bechstein/Uther 1997 I, No. 56; Slovene: Vrtec 1 (1871) 9f.; Kurdish: Hadank 1930, 314f.; Uzbek: Afzalov et al. 1963 I, 9ff.; Tadzhik: STF, No. 386; Indian: Bødker 1957a, No. 735, cf. Nos. 700, 1056, Thompson/Roberts 1960, Jason 1989; Chinese: Ting 1978; Cambodian: Sacher 1979, 80f., Gaudes 1987, No. 21; Algerian: El-Shamy 2004.

233C ***The Swallow and the Hemp-Seeds.***
Dähnhardt 1907ff. IV, 274f.; Pedersen/Holbek 1961f. II, No. 53; Schwarzbaum 1964, 193; Tubach 1969, No. 4686; Schwarzbaum 1979, 95–101; Dicke/Grubmüller 1987, Nos. 131, 522; Adrados 1999ff. III, Nos. H. 39, M. 61; EM: Vögel und Netz (in prep.).
French: Cifarelli 1993, Nos. 107, 234; Spanish: Goldberg 1998, No. J621.1; Catalan: Neugaard 1993, No. J621.1; Dutch: Schippers 1995, No. 403; Hungarian: MNK I; Czech: Dvořák 1978, No. 4686; Greek: cf. Megas, No. **245; US-American: MacDonald 1981, No. J621.1; Cameroon: Tessmann 1921, 27ff.

233D ***The Birds and the Fowler.***
Chauvin 1892ff. II, 151 No. 13; Poliziano/Wesselski 1929, No. 409; Pedersen/Holbek 1961f. II, No. 100; Tubach 1969, Nos. 1773, 3606; Schwarzbaum 1979, 98f.; Dicke/Grubmüller 1987, No. 568.
French: Cifarelli 1993, No. 199; Spanish: Goldberg 1998, No. J869.1.

234 ***The Nightingale and the Blindworm.***
Köhler/Bolte 1898ff. I, 72–76; Dähnhardt 1907ff. III, 136–140; BP I, 57f.; EM 2 (1979) 474–476 (J. T. Bratcher).
Finnish: Rausmaa 1982ff. V, Nos. 180, 181; Estonian: Kippar 1986; Irish: Ó Súilleab-

háin/Christiansen 1963; French: Delarue/Tenèze 1964ff. III; Spanish: Camarena/Chevalier 1995ff. I; Catalan: Oriol/Pujol 2003; German: Neumann 1971, No. 47, Tomkowiak 1993, 243; Polish: Krzyżanowski 1962f. I; Chinese: Ting 1978; Korean: Choi 1979, No. 6; Japanese: Ikeda 1971, Inada/Ozawa 1977ff.; Puerto Rican: cf. Hansen 1957, No. 234**A; Malagasy: Haring 1982, Nos. 1.6.234, 2.1.234A, 2.1.234B.

234A* ***The Birds Brew Beer.***
Estonian: Kippar 1986; Latvian: Arājs/Medne 1977; Lithuanian: Kerbelytė 1999ff. I; Hungarian: MNK I.

235 ***The Jay Borrows the Cuckoo's Skin.***
Dähnhardt 1907ff. III, 131–140; Smith 1927; Schmidt 1999; EM: Tiere borgen voneinander (in prep.).
Finnish: Rausmaa 1982ff. V, No. 182; Lithuanian: Kerbelytė 1999ff. III, 36 No. 1.1.2.11; Irish: Ó Súilleabháin/Christiansen 1963; Portuguese: Coelho 1965, 70ff.; Chinese: Ting 1978; Indonesian: Vries 1925f. II, No. 172; Japanese: Inada/Ozawa 1977ff.; African American: Baer 1980, 158f.; South American Indian: Wilbert/Simoneau 1992, No. A2241; Malagasy: Haring 1982, No. 2.1.235; Namibian: cf. Schmidt 1989 II, No. 606.

235C* ***A Bird has New Clothes Made.***
Spanish: Camarena/Chevalier 1995ff. I; Catalan: Oriol/Pujol 2003; Uzbek: Afzalov et al. 1963 I, 57f.; Palestinian: Muhawi/Kanaana 1989, No. 11; Iranian: Marzolph 1984; Indian: Bødker 1957a, No. 7; Mexican: TFSP 12(1935)19f.; Venezuelan: Camarena/Chevalier 1995ff. I

236 ***The Magpie Teaches the Dove to Build a Nest*** (previously ***The Thrush Teaches the Doves (etc.) to Build Small Nests***).
Dähnhardt 1907ff. III, 191–202; EM 9(1999)1370–1373(A. Schmitt).
Finnish: Rausmaa 1982ff. V, No. 183; Latvian: Arājs/Medne 1977; Lithuanian: Kerbelytė 1999ff. III, 40 No. 1.2.1.26; Swedish: Liungman 1961; Danish: Kristensen 1896, 54 No. 26; Irish: Ó Súilleabháin/Christiansen 1963; English: Briggs 1970f. A I, 123, 126f.; French: Seignolle 1946, No. 55; Dutch: Sinninghe 1943; Frisian: Kooi 1984a; German: Hubrich-Messow 2000, Berger 2001; Hungarian: MNK I; Bulgarian: BFP; Polish: Krzyżanowski 1962f. I; Palestinian: El-Shamy 2004; North American Indian: Bierhorst 1995, No. 218.

236* ***Miscellaneous Tales with Imitation of Bird Sounds.***
Dähnhardt 1907ff. III, 392-398; BP III, 285f.
Estonian: Kippar 1986; Latvian: Arājs/Medne 1977; Swedish: Djurklou 1883, 78f., 188f.; French: Meyrac 1890, 412f.; Frisian: Kooi 1984a, No. 1322B*, Kooi/Schuster 1993, No. 60; German: Bechstein/Uther 1997 II, No. 23, Kooi/Schuster 1994, No. 254, cf. No. 253, Grimm KHM/Uther 1996 III, No. 173, Hubrich-Messow 2000, 215; Hungarian: MNK I; Bulgarian: BFP, Nos. 236*, *236A*-236C*; Polish: Krzyżanowski 1962f. I, No. 233.

237 ***The Talking Parrot*** (previously ***Magpie Tells why Sow is Muddy***).
Pauli/Bolte 1924 I, Nos. 6, 665; EM 3(1981)1367-1371(H. Lixfeld).
Danish: Kristensen 1900, 152, No. 299; English: Briggs 1970f. A II, 225f.; French: Delarue/Tenèze 1964ff. III; Spanish: Camarena/Chevalier 1995ff. I; Portuguese: Fontes 1975, No. 2, Cardigos(forthcoming); Dutch: Sinninghe 1943, Nos. 218*, 237, Meder/Bakker 2001, No. 255, Kooi 2003, Nos. 108a, 108b; Frisian: Kooi 1984a, No. 237, cf. Nos. 237*, 237A*-237G*; Walloon: Märchen der europäischen Völker 1968 VIII, 6f.; German: ZfVk. 13(1903)94, Neumann 1968b, No. 175, Kooi/Schuster 1994, Nos. 251f.; Austrian: cf. Haiding 1969, No. 41; Greek: Orso 1979, Nos. 298, 299; Iranian: Marzolph 1984, No. *237; Australian: Adams/Newell 1999 I, 183f., cf. I, 57ff., 107, III, 164f.; English-Canadian: Fauset 1931, No. 32; US-American: Baughman 1966; Spanish-American: Robe 1973, No. 237, cf. Nos. 237*A-237*J; African American: Dorson 1967, Nos. 34a, 34b; Mexican: Robe 1973, No. 237, cf. Nos. 237*A-237*J; Cuban: Hansen 1957, No. **237C; Puerto Rican: Hansen 1957, No. **237B; Mayan: Peñalosa 1992, No. 237*; Argentine: Hansen 1957, No. **237B.

238 ***The Dove and the Frog Boast to Each Other*** (previously ***The Keen Sight of the Dove and the Keen Hearing of the Frog***).
Schwarzbaum 1979, 236; EM: Taube und Frosch streiten(in prep.).
Finnish: Rausmaa 1982ff. V, No. 184; Latvian: Arājs/Medne 1977; Lithuanian: Kerbelytė 1999ff. I; Sardinian: Rapallo 1982f.; Ukrainian: SUS; Japanese: Inada/Ozawa 1977ff.

239 ***The Crow Helps the Deer Escape from the Snare.***
Cf. Dicke/Grubmüller 1987, No. 424.
Greek: cf. Megas 1978, No. *239A; Ukrainian: cf. SUS, Nos. 239*, 239**; Indian: Bødker 1957a, Nos. 503, 504, Thompson/Roberts 1960; Burmese: Kasevič/Osipov 1976, No. 9; Sri Lankan: Thompson/Roberts 1960; Chinese: Ting 1978.

240 *The Dove Trades her Eggs* (previously *The Dove's Egg-substitution*).
Dähnhardt 1907ff. III, 127–129; EM 3(1981)1169f.(M. Belgrader).
Finnish: Rausmaa 1982ff. V, Nos. 185–188; Estonian: Kippar 1986, Nos. 240, 240*; Latvian: Arājs/Medne 1977, No. 240*; Swedish: Liungman 1961; English: Briggs 1970f. A I, 121.

240A* *The Bee Falls into the Water.*
Chauvin 1892ff. III, 62 No. 27; Pedersen/Holbek 1961f. II, No. 147; Dicke/Grubmüller 1987, No. 37; cf. Adrados 1999ff. III, No. H. 176.
Finnish: Rausmaa 1982ff. V, No. 189; Estonian: Kippar 1986; Latvian: Arājs/Medne 1977; Lithuanian: Kerbelytė 1999ff. I; French: Cifarelli 1993, No. 215; Dutch: Schippers 1995, No. 250; Frisian: Kooi 1984a; German: Tomkowiak 1993, 203; Italian: Cirese/Serafini 1975; Hungarian: MNK I; Bulgarian: BFP; Greek: Megas 1978; Jewish: Jason 1975, Noy 1976; Indian: Jason 1989; Chinese: Eberhard 1937, No. 16; Egyptian: El-Shamy 2004; Sudanese: Klipple 1992, 60; Malagasy: Haring 1982, No. 1.2.75.

241 *The Officious Bird and the Monkey.*
Ossetian: Bjazyrov 1958, Nos. 28, 29; Indian: Bødker 1957a, No. 1020, Thompson/Roberts 1960, Jason 1989; Sri Lankan: Thompson/Roberts 1960.

242 *The Crow's Oath* (previously *The Frog Enticed out of his Hole*).
Schwarzbaum 1979, 26, 524 not. 6; EM 5(1987)404–406(P.-L. Rausmaa).
Finnish: Rausmaa 1982ff. V, Nos. 190, 191; Estonian: Aarne 1918; Lappish: Kecskeméti/Paunonen 1974; Swedish: Liungman 1961; English: Briggs 1970f. A I, 110; French: Dardy 1891, No. 3; Flemish: Meyer 1968, Lox 1999a, No. 4; German: Hubrich-Messow 2000; Polish: Krzyżanowski 1962f. I; Indonesian: Vries 1925f. II, No. 96.

243A *The Rooster who Crows about Mistress's Adultery Killed.*
Pauli/Bolte 1924 I, No. 9; Taylor 1957, 28f.; Tubach 1969, No. 1134; EM 3(1981) 1065–1068(R. Wehse); Dicke/Grubmüller 1987, No. 245; Adrados 1999ff. III, No. S. 201.
Spanish: Camarena/Chevalier 1995ff. I, Lorenzo Vélez 1997, No. 1; Portuguese: Pires de Lima 1948, 539, Cardigos(forthcoming); Dutch: Schippers 1995, No. 299; Frisian: Kooi 1984a; Czech: Dvořák 1978, No. 1143; Turkish: Eberhard/Boratav 1953, No. 52 (1–3); Indian: Lüders 1921, No. 58.

243* ***The Crow Marries.***
Finnish: Rausmaa 1982ff. V, No. 192; Estonian: Kippar 1986; Livonian: Loorits 1926; Latvian: Arājs/Medne 1977.

244 ***The Raven in Borrowed Feathers.***
Fuchs 1886; Austin 1911; Smith 1927; Pedersen/Holbek 1961f. II, No. 68; Schwarzbaum 1964, 193; Tubach 1969, No. 1360; Schwarzbaum 1979, 178–188; Dicke/Grubmüller 1987, No. 470; Rumpf 1990, 107f.; Adrados 1999ff. III, Nos. H. 103, M. 180, not-H. 77; EM: Tiere borgen voneinander (in prep.).
Estonian: Kippar 1986; Livonian: Loorits 1926, No. 249; Latvian: Arājs/Medne 1977, Nos. 224*, 244; Lithuanian: Kerbelytė 1999ff. I; French: Cifarelli 1993, No. 224; Spanish: Goldberg 1998, No. J951.2; Catalan: Neugaard 1993, No. J951.2; Portuguese: Vasconcellos/Soromenho et al. 1963f. I, No. 74, Cardigos (forthcoming); Dutch: Schippers 1995, No. 93; German: Zincgref/Weidner IV (1655) 485f., Kobolt, Scherz und Ernst (1747) 572f., Vademecum III (1786) No. 140 (EM archive), Tomkowiak 1993, 266f.; Hungarian: MNK I, Dömötör 1992, No. 435; Czech: Dvořák 1978, No. 1360; Slovene: Kosi 1894, 123; Bulgarian: BFP; Greek: Megas 1978; Ukrainian: SUS; Jewish: Noy 1976; Burmese: Htin Aung 1954, 54f.; Chinese: Ting 1978, Nos. 224*, 244; Mexican: Robe 1973; Puerto Rican: Hansen 1957, No. *244**A; West Indies: Flowers 1953, No. 244*; Sudanese: Klipple 1992.

244A* ***The Crane and the Heron*** (previously ***Crane's Courtship of Heron***).
Estonian: Kippar 1986; Latvian: Arājs/Medne 1977; Lithuanian: Kerbelytė 1999ff. I; Karelian: Kecskeméti/Paunonen 1974; German: Nimtz-Wendlandt 1961, No. 37; Greek: Megas 1978; Russian, Byelorussian, Ukrainian: SUS; Chinese: Ting 1978.

244B* ***The Two Starving Sparrows.***
Latvian: Arājs/Medne 1977; Spanish: Camarena/Chevalier 1995ff. I; Bulgarian: BFP.

244C* ***The Raven Drowns His Young who Promise to Aid Him When He Becomes Old.***
Schwarzbaum 1979, xxxix not. 10; EM 11,1 (2003) 132–135 (P. Kippar).
Finnish: Rausmaa 1982ff. V, No. 193; Estonian: Kippar 1986; Latvian: Arājs/Medne 1977; Lithuanian: Kerbelytė 1999ff. I; Karelian: Kecskeméti/Paunonen 1974; Rumanian: Gaster 1915, 294f.; Bulgarian: BFP; Ukrainian: SUS; Jewish: Jason 1975, Noy 1976.

245 ***The Tame Bird and the Wild Bird.***

Finnish: Rausmaa 1982ff. V, Nos. 194, 195; Estonian: Kippar 1986; Lithuanian: Kerbelytė 1999ff. I; French: Cifarelli 1993, No. 19; Spanish: Camarena/Chevalier 1995ff. I, González Sanz 1996; Catalan: Oriol/Pujol 2003; Portuguese: Soromenho/Soromenho 1984f. I, Nos. 12, 14, Cardigos (forthcoming); Chinese: Ting 1978; Egyptian: El-Shamy 2004.

246 ***Two Birds*** (previously ***The Hunter Bends the Bow***).

Chauvin 1892ff. II, 88 No. 26, III, 59 No. 21; Dicke/Grubmüller 1987, Nos. 140, 279; cf. Marzolph/Van Leeuwen 2004, No. 239.

Finnish: Rausmaa 1982ff. V, No. 196; French: Cifarelli 1993, Nos. 140, 415; Puerto Rican: Hansen 1957, No. 246**A.

247 ***Each Mother Likes her Own Children Best*** (previously ***Each Likes his Own Children Best***).

Dähnhardt 1907ff. II, 242–250; Pedersen/Holbek 1961f. II, No. 164; Tubach 1969, No. 4873; Schwarzbaum 1979, 275–280; Görög-Karady 1983; Dicke/Grubmüller 1987, Nos. 12, 134; Kvideland 1987, 235; EM 7 (1993) 1258–1264 (C. Schmitt); Adrados 1999ff. III, Nos. M. 431, not-H. 247.

Finnish: Rausmaa 1982ff. V, No. 197; Estonian: Kippar 1986; Latvian: Arājs/Medne 1977; Lithuanian: Kerbelytė 1999ff. I; Swedish: Liungman 1961; Danish: Kristensen 1896, No. 93; Icelandic: Kvideland/Eiríksson 1988, No. 4; Irish: Ó Súilleabháin/Christiansen 1963; French: Cifarelli 1993, No. 276; Spanish: Camarena/Chevalier 1995ff. I; Catalan: Neugaard 1993, No. T681.2*; Portuguese: Braga 1987 II, 247f., 248, Cardigos (forthcoming); Dutch: Schippers 1995, No. 4; Italian: Cirese/Serafini 1975; Maltese: Ilg 1906 I, No. 69, Mifsud-Chircop 1978; Hungarian: MNK I; Macedonian: Miliopoulos 1955, 76; Bulgarian: BFP, No. 247, cf. Nos. *247A, *247B; Greek: Megas 1978; Polish: Krzyżanowski 1962f. I; Russian, Byelorussian, Ukrainian: SUS; Jewish: Haboucha 1992; Kurdish: cf. Džalila et al. 1989, No. 187; Iranian: Marzolph 1994, 290ff.; Indian: Thompson/Roberts 1960; Polynesian: Wilbert/Simoneau 1992, No. T681; Mexican: Robe 1973; Brazilian: Alcoforado/Albán 2001, No. 14.

248 ***The Dog and the Sparrow.***

Chauvin 1892ff. II, 204 No. 58; BP I, 515–519; Legros 1962, 95; Schwarzbaum 1964, 193; Schwarzbaum 1979, 527; Röhrich 1990, 14–16; EM 6 (1990) 1354–1358 (V. I. Sanarov).

Finnish: Rausmaa 1982ff. V, No. 198; Estonian: Kippar 1986; Latvian: Arājs/Medne

1977; Lithuanian: Kerbelytė 1999ff. I; Swedish: Liungman 1961; Scottish: Bruford/MacDonald 1994, No. 29; Irish: Ó Súilleabháin/Christiansen 1963; French: Delarue/Tenèze 1964ff. III; Spanish: Espinosa 1946f., No. 61; Dutch: Kooi 2003, No. 106; Flemish: Meyer 1968; German: Findeisen 1925, No. 28, Neumann 1971, No. 51, Grimm KHM/Uther 1996 I, No. 58; Italian: Cirese/Serafini 1975, De Simone 1994, No. 42b; Hungarian: MNK I; Czech: Sirovátka 1969, No. 37; Slovakian: Polívka 1923ff. V, cf. 132f., 141ff., Gašparíková 1991f. I, No. 140; Croatian: Vujkov 1953, 232ff.; Macedonian: Tošev 1954, 152ff.; Rumanian: Schullerus 1928; Polish: Krzyżanowski 1962f. I; Russian, Byelorussian, Ukrainian: SUS; Ossetian: Britaev/Kaloev 1959, 13f.; Bashkir: Kralina 1961, No. 40; Kurdish: cf. Džalila et al. 1989, No. 158; Siberian: Kontelov 1956, 28ff.; Kazakh: Sidel'nikov 1952, 173f.; Kara-Kalpak: Volkov 1959, 62ff.; Tuva: cf. Taube 1978, No. 46; Dominican, Puerto Rican: Hansen 1957.

248A ***The Elephant and the Lark.***
Schwarzbaum 1979, 529 not. 4.
Jewish: Jason 1965; Turkmen: Stebleva 1969, No. 5; Tadzhik: STF, No. 83; Indian: Bødker 1957a, No. 32, Thompson/Roberts 1960; Sri Lankan: Thompson/Roberts 1960; Chinese: Ting 1978.

250 ***Swimming Match of the Fish.***
Dähnhardt 1907ff. IV, 91-93, 192; BP III, 354f.; Dekker et al. 1997, 155-158; EM: Wettschwimmen der Fische (in prep.).
Finnish: Rausmaa 1982ff. V, Nos. 199-201; Finnish-Swedish: Hackman 1917f. I, Nos. 45, 46(8); Latvian: Arājs/Medne 1977; Lappish: Poestion 1886, No. 4, Qvigstad 1927ff. III, 51; Irish: Ó Súilleabháin/Christiansen 1963; Spanish: Camarena/Chevalier 1995ff. I; Catalan: Oriol/Pujol 2003; Frisian: Kooi 1984a; Flemish: Mont/Cock 1927, No. 33; Tadzhik: cf. STF, Nos. 15, 53; West Indies: Flowers 1953.

250A ***The Flounder's Crooked Mouth.***
Dähnhardt 1907ff. II, 252f., III, 24f., IV, 192-197; BP III, 284f.; EM 4(1984)1373f. (H. Lixfeld); Dekker et al. 1997, 189-191; Uther 2001.
Finnish: Aarne 1912a, No. 117; Estonian: Kippar 1986; Livonian: Loorits 1926; Lithuanian: Basanavičius/Aleksynas 1993f., Nos. 1, 28, 200; Norwegian: Hodne 1984, 182 No. 117; Irish: Ó Súilleabháin/Christiansen 1963; Dutch: Kooi 2003, No. 103; Frisian: Kooi 1984a, Kooi/Schuster 1993, No. 211; German: Tomkowiak 1993, 243, Grimm KHM/Uther 1996 III, No. 172, Hubrich-Messow 2000, Berger 2001; Yakut: Ėrgis 1967, No. 63; Chinese: Ting 1978; Brazilian: Cascudo 1955a, 375ff.

253 ***The Fish in the Net.***
Schwarzbaum 1979, 166 not. 6.
Finnish: Rausmaa 1982ff. V, No. 203; Lithuanian: Kerbelytė 1999ff. I; Lappish: Bartens 2003, No. 17; Rumanian: cf. Schullerus 1928, No. 254*; Ukrainian: SUS.

275 ***The Race between Two Animals*** (previously ***The Race of the Fox and the Crayfish***).

275A ***The Race between Hare and Tortoise*** (previously ***Hare and Tortoise Race: Sleeping Hare***).
Dähnhardt 1907ff. IV, 46–48, 96f.; Dähnhardt 1908, 10–46; BP III, 339–343; Takehara 1978; Schwarzbaum 1979, 236f.; Dicke/Grubmüller 1987, No. 256; Dekker et al. 1997, 155–158; Adrados 1999ff. III, No. H. 254; Ghosh 1999; EM: Wettlauf der Tiere (in prep.).
Estonian: Kippar 1986, No. 205; Swedish: Liungman 1961, Nos. 275, 1074; Norwegian: Hodne 1984; French: Cifarelli 1993, No. 295; Spanish: RE 6(1966)467f., Camarena/Chevalier 1995ff. I; Catalan: Oriol/Pujol 2003, Nos. 275A, cf. 275C*; Frisian: Kooi 1984a; Flemish: Meyer 1968, Lox 1999a, No. 2; German: Tomkowiak 1993, 217, cf. Uther 1990a, No. 66; Ladinian: Decurtins 1896ff. II, No. 96; Italian: Cirese/Serafini 1975; Hungarian: Dömötör 1992, No. 429; Macedonian: Piličkova 1992, 75 No. 8; Greek: Megas 1978; Polish: Krzyżanowski 1962f. I, No. 275; Turkish: Spies 1967, No. 8; Chinese: Ting 1978; Laotian: Lindell et al. 1977ff. III, 122f.; Japanese: Ikeda 1971, Inada/Ozawa 1977ff.; African American: Dance 1978, No. 438; Mayan: Peñalosa 1992; West Indies: Flowers 1953, 494; Egyptian: El-Shamy 2004; Nigerian: Walker/Walker 1961, 45f.

275B ***The Race of the Fox and the Crayfish.***
Dähnhardt 1907ff. IV, 72–91; Dähnhardt 1908, 10–46; BP III, 339–341, 350–354; Anderson 1927ff. II, No. 42; Schwarzbaum 1968, 364; Takehara 1978; Schwarzbaum 1979, 45 No. 12, 236, 238 not. 12; Dicke/Grubmüller 1987, No. 197; Dekker et al. 1997, 155–158; EM: Wettlauf der Tiere (in prep.).
Finnish: Rausmaa 1982ff. V, No. 204; Estonian: Kippar 1986, No. 275; Livonian: Loorits 1926, No. 275A; Latvian: Arājs/Medne 1977, No. 275; Lithuanian: Kerbelytė 1999ff. I, No. 275; Lappish, Wotian: Kecskeméti/Paunonen 1974, No. 275; Syrjanian: Rédei 1978, No. 220; Swedish: Liungman 1961, Nos. 275, 1074; Norwegian: Hodne 1984, No. 275; Irish: Ó Súilleabháin/Christiansen 1963, No. 275; French: Delarue/Tenèze 1964ff. III, No. 275, Cifarelli 1993, No. 295; Spanish: RE 6(1966)468f., Camare-

na/Chevalier 1995ff. I, No. 275, González Sanz 1996, No. 275; Basque: Camarena/Chevalier 1995ff. I, No. 275; Catalan: Oriol/Pujol 2003, No. 275; Frisian: Kooi 1984a, No. 275; Flemish: Meyere 1925ff., No. 396, Lox 1999a, No. 2; Walloon: Laport 1932, No. 275A; German: Tomkowiak 1993, 212f., Hubrich-Messow 2000, Nos. 275, 275A, Berger 2001, No. 275; Italian: Cirese/Serafini 1975, No. 275; Czech: Sirovátka 1969, No. 40; Slovakian: Gašparíková 1991f. II, No. 459; Slovene: Matičetov 1973, 175f.; Macedonian: Vražinovski 1977, No. 54; Bulgarian: BFP, No. 275; Greek: Megas 1978, No. 275; Polish: Krzyżanowski 1962f. I, No. 275; Sorbian: Nedo 1956, 102 No. 19; Russian, Byelorussian, Ukrainian: SUS, No. 275; Turkish: Eberhard/Boratav 1953, No. 4(3); Yakut: Doerfer 1983, No. 57; Kazakh: Sidel'nikov 1958ff. I, 195f.; Kara-Kalpak: Reichl 1985, 16ff.; Tadzhik: STF, Nos. 15, 53; Mongolian: Lőrincz 1979, No. 275; Aramaic: Lidzbarski 1896, No. 9; Chinese: Ting 1978, No. 275; Korean: Choi 1979, No. 35; Cambodian: Gaudes 1987, Nos. 15, 19; Malaysian: Hambruch 1922, No. 5; Indonesian: Kratz 1973, No. 43; Japanese: Ikeda 1971, Nos. 275, 275B, cf. No. 275C; US-American: Thompson 1919, 441; African American: Baer 1980, 155; Mexican: Robe 1973, No. 275; Puerto Rican: Hansen 1957, No. 275*A; South American Indian: Koch-Grünberg/Huppertz 1956, 170ff.; Mayan: Peñalosa 1992, No. 275; Chilean: Pino Saavedra 1987, Nos. 17, 20; Argentine: cf. Hansen 1957, No. **67B; West-Indian: Flowers 1953, No. 275; Guinean: Klipple 1992, No. 275; Benin: Wekenon Tokponto 2003, 138ff.; East African: Arewa 1966, No. 1180, Klipple 1992, No. 275; Sudanese, Angolan: Klipple 1992, No. 275; South African: Coetzee et al. 1967, No. 285; Malagasy: Haring 1982, Nos. 2.3.275, 7.275, Klipple 1992, No. 275.

275C ***The Race between Hare and Hedgehog.***
Dähnhardt 1907ff. IV, 48–72; Dähnhardt 1908, 10–46; BP III, 339–341, 343–350; Perry 1965, 465 No. 226; Takehara 1978; Schwarzbaum 1979, 237; Dicke/Grubmüller 1987, No. 256; Schindler 1993, 26–29; Dekker et al. 1997, 155–158; Ghosh 1999; EM: Wettlauf der Tiere(in prep.).
Finnish: Rausmaa 1982ff. V, No. 205; Finnish-Swedish: Hackman 1917f. I, No. 23; Estonian: Kippar 1986, No. 275A*; Latvian: Arājs/Medne 1977, No. 275A*; Lithuanian: Kerbelytė 1999ff. I, No. 275A*; Swedish: Liungman 1961, Nos. 275, 1074; English: Briggs 1970f. A I, 108f.; French: Cifarelli 1993, No. 295; Spanish: Camarena/Chevalier 1995 ff. I, No. 275D; Portuguese: Soromenho/Soromenho 1984f. I, Nos. 38, 93, 94, 96, Cardigos(forthcoming), No. 275D; Dutch: Kooi 2003, No. 105; Frisian: Kooi 1984a, No. 275A*; Flemish: Meyer 1968, No. 1074; German: Ranke 1966, No. 10, Tomkowiak 1993, 217, Grimm KHM/Uther 1996 III, No. 187, Hubrich-Messow 2000, Nos. 275, 275A; Italian: Cirese/Serafini 1975, No. 275A*; Maltese: Mifsud-

Chircop 1978, No. 1074; Hungarian: MNK I, No. 275A*; Slovene: Flere 1931, 152ff.; Greek: Megas 1978, No. 275A*; Polish: Krzyżanowski 1962f. I, No. 275; Byelorussian, Ukrainian: SUS, No. 275A*; Turkish: Spies 1967, No. 38; Gypsy: MNK X 1, No. 275A*; Ossetian: Bjazyrov 1958, No. 31; Buryat: Lőrincz 1979, No. 275E*; Tuva: Taube 1978, No. 7; Iraqi: Nowak 1969, No. 19; Iranian: Lorimer/Lorimer 1919, No. 46; Burmese: Htin Aung 1954, 3f., Esche 1976, 436ff.; Cambodian: Sacher 1979, 91ff.; Malaysian: Hambruch 1922, Nos. 6, 18; Micronesian: Mitchell 1973, No. 11; North American Indian: Bierhorst 1995, No. 193; African American: Baer 1980, 44f.; Mayan: Laughlin 1977, 44ff., 340f., 377f.; Cuban, Puerto Rican: Hansen 1957, No. 275*A; South American Indian: Koch-Grünberg/Huppertz 1956, 170ff., Hissink/Hahn 1961, Nos. 278, 279; Ecuadorian: Carvalho-Neto 1966, No. 43; Peruvian, Argentine: Hansen 1957, No. 275*A; Egyptian, Algerian, Moroccan: El-Shamy 2004; East African: Kohl-Larsen 1976, 35ff.; South African: Coetzee et al. 1967, No. 1074, Schmidt 1989 II, No. 480; Malagasy: Haring 1982, No. 2.3.1074.

275C* ***The Race of Frog and Snail.***

Dekker et al. 1997, 155–158.

Spanish: González Sanz 1996; Catalan: cf. Oriol/Pujol 2003; Portuguese: Soromenho/Soromenho 1984f. I, No. 22, Cardigos (forthcoming); Dutch: Sinninghe 1943, No. 275*, Cox-Leick/Cox 1977, No. 65; Walloon: Laport 1932, No. *275D; Italian: Cirese/Serafini 1975.

276 ***The Crab Walks Backward: Learned from His Parents.***

Pedersen/Holbek 1961f. II, No. 156; Tubach 1969, No. 1311; Schwarzbaum 1979, L not. 107; Röhrich 1991ff. II, 885f.; Almqvist 1982f.; Dicke/Grubmüller 1987, No. 364; EM 8 (1996) 373f. (J. van der Kooi); Adrados 1999ff. III, Nos. H. 211, M. 80.

Latvian: Arājs/Medne 1977; Lithuanian: Kerbelytė 1999ff. I; French: Cifarelli 1993, No. 183; Spanish: Chevalier 1983, No. 26, Goldberg 1998, No. J1063.1; Catalan: Neugaard 1993, No. J1063.1; Dutch: Schippers 1995, No. 186; German: Zincgref/Weidner III (1653) 219a, (1655) V, 58b, Gerlach, Eutrapeliarum I (1656) No. 634, II, No. 594, Vademecum II (1786) No. 380 (EM archive), Tomkowiak 1993, 222; Hungarian: MNK I; Czech: Dvořák 1978, No. 1311; Bulgarian: BFP; Polish: Krzyżanowski 1962f. I, No. 275A; Japanese: Inada/Ozawa 1977ff.; Mayan: Peñalosa 1992; Central African: Lambrecht 1967, No. 1040.

277 ***The King of the Frogs.***

Dähnhardt 1907ff. IV, 271f.; Jacobsen 1952; Pedersen/Holbek 1961f. II, No. 54; Tu-

bach 1969, Nos. 292, 2221; Schütze 1973, 81-87; Schwarzbaum 1979, 141-152, 523; Dicke/Grubmüller 1987, No. 162; EM 5(1987)408-410(R. W. Brednich); Adrados 1999ff. III, Nos. H. 44, M. 375, S. 260; cf. Marzolph/Van Leeuwen 2004, No. 243.
Finnish: Rausmaa 1982ff. V, No. 206; Estonian: Kippar 1986; Latvian: Arājs/Medne 1977; Lithuanian: Kerbelytė 1999ff. I; Irish: Ó Súilleabháin/Christiansen 1963, No. 277*; French: Cifarelli 1993, No. 228; Spanish: Chevalier 1983, No. 27, Goldberg 1998, No. J643.1; Dutch: Schippers 1995, No. 171; Flemish: Meyere 1925ff. V, No. 320; German: Rehermann 1977, 134f., 272 No. 27, Tomkowiak 1993, 210; Hungarian: MNK I, Dömötör 1992, No. 374; Czech: Dvořák 1978, No. 2221; Jewish: Noy 1976; Malagasy: Haring 1982, No. 2.4.277.

277A ***The Frog Tries in Vain to be as Big as the Ox.***
Pedersen/Holbek 1961f. II, No. 73; Tubach 1969, No. 2219; Schwarzbaum 1979, 162 not. 15; Hall 1979; Dicke/Grubmüller 1987, No. 168; EM 5(1987)401-404(I. Tomkowiak); Adrados 1999ff. III, Nos. M. 374, not-H. 273, not-H. 308.
Finnish: Rausmaa 1982ff. V, No. 206; Finnish-Swedish: Hackman 1917f. I, No. 43; Estonian: Kippar 1986; Latvian: Arājs/Medne 1977; Lithuanian: Kerbelytė 1999ff. I; Karelian: Kecskeméti/Paunonen 1974; French: Cifarelli 1993, No. 221; Spanish: Chevalier 1983, No. 28, Goldberg 1998, No. J955.1; Catalan: Neugaard 1993, No. J955.1; Portuguese: Martinez 1955, No. J955.1; Dutch: Schippers 1995, No. 175; Frisian: Kooi 1984a; German: Moser-Rath 1964, No. 53, Tomkowiak 1993, 211; Italian: Cirese/Serafini 1975; Hungarian: MNK I, Dömötör 1992, No. 373; Czech: Dvořák 1978, No. 2219; Slovene: Kosi 1894, 107f.; Serbian: Čajkanović 1929, No. 17; Bulgarian: BFP; Greek: Megas 1978; Ukrainian: SUS; Ossetian: Christensen 1921, No. 2; Siberian: Radloff 1866ff. I, 215f.; Indian: Bødker 1957a, No. 848; Chinese: Ting 1978, No. 277A, cf. No. 277*; Filipino: Wrigglesworth 1993, No. 46; Japanese: Ikeda 1971, Inada/Ozawa 1977ff.; French-American: Ancelet 1994, No. 14; African American: Dorson 1967, No. 212; Mexican: Robe 1973; Mayan: Peñalosa 1992; East African: Klipple 1992, 380; Ethiopian: Müller 1992, No. 38.

278 ***The Frog and the Mouse Tied Together*** (previously ***Rat and Frog Tie Paws Together to Cross Marsh***).
Chauvin 1892ff. II, 123 No. 117; Clark 1912; Pedersen/Holbek 1961f. II, Nos. 29, 35; Tubach 1969, No. 3425; Schwarzbaum 1979, iv, 6-9; Pope 1979; Dicke/Grubmüller 1987, No. 167; Adrados 1999ff. III, Nos. H. 302, M. 312; EM: Tiere aneinandergebunden(in prep.).
Finnish: Rausmaa 1982ff. V, No. 207; Estonian: Kippar 1986; Latvian: Arājs/Medne

1977; French: Cifarelli 1993, No. 221; Spanish: Goldberg 1998, No. J681.1; Catalan: Neugaard 1993, No. J681.1; Portuguese: Martinez 1955, No. J681.1; Dutch: Schippers 1995, No. 173; German: Moser-Rath 1964, No. 224, Neumann 1971, No. 54, Tomkowiak 1993, 210; Hungarian: MNK I; Czech: Dvořák 1978, No. 3425; Bulgarian: BFP; Greek: Megas 1978; Ukrainian: SUS; Tadzhik: STF, Nos. 229, 280; Afghan: Lebedev 1986, 212ff.; Indian: Bødker 1957a, No. 1004, Jason 1989; Indonesian: Vries 1925f. I, No. 48; Moroccan: El-Shamy 2004.

278A ***The Frog Persists in Living in Puddle on Road.***
Dicke/Grubmüller 1987, No. 169; EM 5(1987)407(I. Tomkowiak).
French: cf. Cifarelli 1993, No. 227; Spanish: Camarena/Chevalier 1995ff. I, Goldberg 1998, No. J1064; Portuguese: Cardigos(forthcoming); Swiss: EM 7(1993)869; Greek: Megas 1978; Georgian: cf. Kurdovanidze 2000, No. 232; Indian: Bødker 1957a, No. 1025; Japanese: Ikeda 1971; Costa Rican: Robe 1973; Mayan: Peñalosa 1992.

278A* ***Frogs Decide Not to Jump into the Well.***
Dicke/Grubmüller 1987, No. 161.
Latvian: Arājs/Medne 1977; French: Cifarelli 1993, No. 226; Italian: Cirese/Serafini 1975.

279* ***The Snake Trying to Surround the Crab Refuses to Straighten Himself Out.***
Megas 1960; Schwarzbaum 1979, 35 not. 3; Dicke/Grubmüller 1987, No. 365; Adrados 1999ff. III, Nos. H. 211, M. 80.
French: Cifarelli 1993, No. 469; Greek: Megas 1978.

280 ***The Ant Carries a Load as Large as Himself.***
Dähnhardt 1907ff. III, 143f.
Finnish: Rausmaa 1982ff. V, Nos. 208, 209; Estonian: Kippar 1986; Lithuanian: Aleksynas 1974, No. 21; Polish: Krzyżanowski 1962f. I; Byelorussian, Ukrainian: SUS.

280A ***The Ant and the Cricket*** (previously ***The Ant and the Lazy Cricket***).
Chauvin 1892ff. III, 58 No. 19; Seemann 1923, 103–122; Pauli/Bolte 1924 II, No. 845; Wesselski 1936b, 180–182; Anhegger 1949; Pedersen/Holbek 1961f. II, No. 110; Schwarzbaum 1968, 463; Périvier 1969; Schwarzbaum 1979, 101–106; Dicke/Grubmüller 1987, No. 35, cf. No. 60; Kruse 1990; EM 6(1990)161f.(S. Vida); Adrados

1999ff. III, Nos. H. 114, M. 463.
Finnish: Rausmaa 1982ff. V, No. 210; Estonian: Kippar 1986; Latvian: Arājs/Medne 1977; Lithuanian: Kerbelytė 1999ff. I; Lappish: Kohl-Larsen 1975, 180f.; Karelian: Kecskeméti/Paunonen 1974; Norwegian: Hodne 1984; Irish: Ó Súilleabháin/Christiansen 1963, No. 249; French: Cifarelli 1993, No. 214, cf. No. 43; Spanish: Camarena/Chevalier 1995ff. I, González Sanz 1996, Goldberg 1998, No. J711.1; Basque: Camarena/Chevalier 1995ff. I; Catalan: Oriol/Pujol 2003; Portuguese: Soromenho/Soromenho 1984f. I, Nos. 4, 5, Cardigos (forthcoming); Dutch: Tinneveld 1976, No. 208, Schippers 1995, Nos. 187, 372; Flemish: Meyer 1968; German: Rehermann 1977, 135, 269 No. 20, Tomkowiak 1993, 202f.; Italian: Cirese/Serafini 1975; Hungarian: MNK I, Dömötör 1992, No. 431; Czech: Dvořák 1978, No. 261*; Slovene: Matičetov 1973, No. 47; Serbian: Karadžić 1959, No. 153; Croatian: Bošković-Stulli 1959, No. 4; Rumanian: Stroescu 1969 II, No. 5080; Bulgarian: BFP; Greek: Megas 1978; Ukrainian: SUS; Jewish: Jason 1975, Noy 1976; Ossetian: Christensen 1921, No. 11; Tadzhik: STF, No. 240; Georgian: Kurdovanidze 2000; Cambodian: Nevermann 1956, 160; New Zealand: Kirtley 1971, No. J711.1; North American Indian: Thompson 1919, 451; French-American: Ancelet 1994, No. 15; Spanish-American: Robe 1973; Mayan: Peñalosa 1992; Moroccan: El-Shamy 2004; Guinean: Klipple 1992, No. 249; East African: Klipple 1992; Congolese: Klipple 1992, No. 249.

281 ***Miscellaneous Tales of Gnats*** (previously ***The Gnats and the Horse***).
Schwarzbaum 1964, 194; Schwarzbaum 1979, 314 not. 9, 371–375; Dicke/Grubmüller, Nos. 154, 157; Marzolph 1992 II, No. 53.
Finnish: Rausmaa 1982ff. V, No. 211; Estonian: Kippar 1986, Nos. 281, 281C; Latvian: Arājs/Medne 1977; French: Cifarelli 1993, Nos. 91, 485; Goldberg 1998, No. J953.10.1.1*; Rumanian: Schullerus 1928, No. 212*; Greek: Megas 1978, No. 281A*; Russian, Byelorussian, Ukrainian: SUS, No. 281A*; Jewish: Noy 1976; Georgian: cf. Kurdovanidze 2000, No. 281A*; Iraqi: Jason 1988a, No. 281A*; Indian: Bødker 1957a, Nos. 859, 861; Chinese: Ting 1978, No. 281A*; Indonesian: Vries 1925f. II, 405 No. 136.

282A* ***The Flea and the Fly.***
ZfVk. 15 (1905) 105; Wesselski 1909, No. 75; Tubach 1969, No. 2080; Schwarzbaum 1979, 527f.; EM 4 (1984) 1281–1284 (H.-J. Uther); Dicke/Grubmüller 1987, No. 137.
Estonian: Kippar 1986, Nos. 282A*, 293F*; Latvian: Arājs/Medne 1977, No. 293F*; Lithuanian: Kerbelytė 1999ff. IV (forthcoming); French: Cifarelli 1993, No. 220; Portuguese: Soromenho/Soromenho 1984f. I, No. 1, Cardigos (forthcoming), No. 293F*;

Frisian: Kooi 1984a, No. 283C*; Flemish: Meyer 1968, No. 286; German: Wossidlo/Henßen 1957, No. 23, Moser-Rath 1964, No. 205, Benzel 1965, No. 122; Hungarian: MNK I, Nos. 287A*, 287B*, 293F*; Czech: cf. Dvořák 1978, No. 2088*, Jech 1984, No. 8; Slovakian: Gašparíková 1981a, 212f.; Rumanian: Schullerus 1928, No. 287*; Bulgarian: BFP, Nos. 282A*, *282A**; Greek: Megas 1978; Polish: Krzyżanowski 1962f. I, No. 299; Russian, Byelorussian, Ukrainian: SUS; Ossetian: Benzel 1963, 31ff.; Mordvinian: Paasonen/Ravila 1938ff. IV, 835f.

282B* ***Conversation of Fly and Flea.***
Dähnhardt 1907ff. III, 19.
Estonian: Kippar 1986; Lithuanian: Kerbelytė 1999ff. IV(forthcoming); Dutch: Burger 1993, 146; Hungarian: MNK I; Rumanian: Schullerus 1928, No. 288*; Bulgarian: BFP; Russian, Ukrainian: SUS.

282C* ***The Louse Invites the Flea.***
Chauvin 1892ff. II, 89 No. 27, 197, No. 29; Schwarzbaum 1964, 194; Kooi 1979a, 76f.; Dicke/Grubmüller 1987, No. 371; EM 8(1996)793–795(H.-J. Uther); cf. Marzolph/Van Leeuwen 2004, No. 52.
Finnish: Rausmaa 1982ff. V, No. 212; Estonian: Kippar 1986; Lithuanian: Kerbelytė 1999ff. I; Lappish: Qvigstad 1925, No. 276**; French: Cifarelli 1993, No. 419; Spanish: Goldberg 1998, No. J2137.1; Hungarian: MNK I; Czech: Dvořák 1978, No. 2088*; Mongolian: Lőrincz 1979, No. 282D*; Syrian: El-Shamy 2004, Nos. 276**, 282C*; Indian: Bødker 1957a, No. 895, Thompson/Balys 1958, No. J2137.1; Chinese: Ting 1978; Egyptian: El-Shamy 2004, No. 276**.

282D* ***The Louse and the Flea Spend Night in Woman's Backside and Vagina.***
Legman 1968f. I, 584f., II, 320; Gaignebet 1974, 174–176.
Estonian: Kippar 1986, No. 276B; Norwegian: Hodne 1984, 346f.; French: Hoffmann 1973; Dutch: Meder/Bakker 2001, No. 123; Frisian: Kooi 1984a; Flemish: Loots 1985, 41ff.; German: Heckscher/Simon 1980ff. II,1, 289f.; Greek: Nicolaïdès 1906, No. 25, Orso 1979, No. 277; Russian: Hoffmann 1973; Ukrainian: SUS, No. 113C**; Mayan: Laughlin 1977, 76.

283 ***The Spider and the Fly*** (previously ***Spider Invites Fly to Rest on her Curtain***).
Tubach 1969, Nos. 4569, 4571; Schwarzbaum 1979, 529f.
Spanish: Goldberg 1998, No. K815.2; German: Nimtz-Wendlandt 1961, No. 41;

Greek: Megas 1978； Russian: Afanas'ev/Barag et al. 1984f. I, No. 85.

283B* ***The House of the Fly.***
Finnish: Rausmaa 1982ff. V, 228； Estonian: Kippar 1986； Latvian: Arājs/Medne 1977； Lithuanian: Kerbelytė 1999ff. I； Slovene: Möderndorfer 1946, 306ff.； Russian, Byelorussian, Ukrainian: SUS.

283D* ***The Spider Laughs at the Silkworm.***
Schwarzbaum 1979, 529； Dicke/Grubmüller 1987, No. 540； cf. Adrados 1999ff. III, No. S. 330.
Latvian: Arājs/Medne 1977； Dutch: Schippers 1995, No. 370； German: Abraham a. St. Clara, Huy und Pfuy (1707) 134, Kobolt, Scherz und Ernst (1747) 75ff. (EM archive), Tomkowiak 1993, 229.

283H* ***The Dungbeetle Keeps Destroying Eagle's Eggs.***
Pedersen/Holbek 1961f. II, No. 138； Baker 1969； Thiel 1971； Dicke/Grubmüller 1987, No. 4.
Spanish: Goldberg 1998, No. L315.7； Catalan: Neugaard 1993, No. L315.7.

285 ***The Child and the Snake.***
BP II, 459–461； Waugh 1960； EM 7 (1993) 1240–1243 (W. Scherf)； Schmidt 1999.
Finnish: Rausmaa 1982ff. V, Nos. 213–215； Latvian: Arājs/Medne 1977； Lithuanian: Kerbelytė 1999ff. IV (forthcoming), No. 1.2.1.16； Swedish: Liungman 1961； English: Baughman 1966； Frisian: Kooi 1984a； German: Merkelbach-Pinck 1943 II, 305, Tomkowiak 1993, 244, Linhart 1995, 305ff., 580, Grimm KHM/Uther 1996 II, No. 105, Hubrich-Messow 2000, Berger 2001； Swiss: Kuoni 1903, No. 47, Jegerlehner 1913, 268 No. 19, Büchli/Brunold-Bigler 1989ff. I, 195, 486, 757, 777f, 785f.； Austrian: Depiny 1932, 56 nos. 28, 29, Haiding 1965, Nos. 64, 123； Italian: Cirese/Serafini 1975； Hungarian: MNK I； Czech: Tille 1929ff. II 2, 385f.； Slovakian: Gašparíková 1991f. II, Nos. 392, 437； Slovene: Krek 1885, 82f.； Croatian: Treimer 1945, 56f.； Sorbian: Nedo 1956, No. 20； Jewish: Jason 1975； Gypsy: MNK X 1； Dagestan: Chalilov 1965, No. 55； Sri Lankan: Thompson/Roberts 1960； US-American: Baughman 1966； African American: Dorson 1967, No. 145a-c； West-Indian: Flowers 1953； Namibian, South African: Schmidt 1989 II, No. 1780.

285A ***The Man and the Wounded Snake*** (previously ***The Dead Child and the Snake's Tail***).
Chauvin 1892ff. II, 94 No. 43, 102 No. 62, 192 No. 8, III, 66 No. 22; BP II, 461f.; Waugh 1960; Pedersen/Holbek 1961f. II, No. 63; Tubach 1969, No. 4251; Schwarzbaum 1979, 123–137; EM 4(1984)982–991(C. Lindahl); Stohlmann 1985, 139–142; Dicke/Grubmüller 1987, No. 410; Marzolph 1992 II, No. 418; cf. Scherf 1995 II, 1398–1401; Adrados 1999ff. III, Nos. H. 51, M. 426.
French: Cifarelli 1993, Nos. 257, 470; Spanish: Goldberg 1998, Nos. J15, W185.6; Catalan: Neugaard 1995, No. B335.1; Dutch: Schippers 1995, No. 238; German: Uther 1990a, No. 44; Italian: Cirese/Serafini 1975; Hungarian: MNK I, No. 285D, Bihari 1980, No. M I.1; Czech: Klímová 1966, No. 1, Dvořák 1978, No. 4251; Serbian: Karadžić 1937, 281 No. 16, Eschker 1992, No. 66; Macedonian: Eschker 1972, No. 19; Bulgarian: BFP, No. 285D; Albanian: Dozon 1881, No. 17; Greek: Megas 1978, No. 285D; Polish: Coleman 1965, 65; Ukrainian: SUS, Nos. 285, 285A; Turkish: Eberhard/Boratav 1953, No. 49; Jewish: Noy 1963a, No. 37, Haboucha 1992, No. 285*D; Gypsy: MNK X 1; Dagestan: Chalilov 1965, No. 85; Turkmen: Stebleva 1969, No. 18; Tadzhik: STF, No. 106; Syrian: Nowak 1969, No. 203, El-Shamy 2004, No. 285D; Lebanese: El-Shamy 2004, No. 285D; Aramaic: Lidzbarski 1896, No. 6; Iranian: Marzolph 1984, No. 285D; Indian: Bødker 1957a, Nos. 220–222, 226; Egyptian: Fadel 1979, No. 16, El-Shamy 2004, No. 285D.

285B ***Falling Nut Saves Man from Snake.***
Italian: Cirese/Serafini 1975; Spanish: Camarena/Chevalier 1995ff. I; Algerian: Basset 1887, No. 18, El-Shamy 2004.

285E ***The Snake Tries to Bite on a File.***
Pedersen/Holbek 1961f. II, No. 85; Dicke/Grubmüller 1987, Nos. 436, 589; Powell 1990.
French: Cifarelli 1993, No. 472; Spanish: Goldberg 1998, No. J552.3; Catalan: Neugaard 1993, No. J552.3; Portuguese: Martinez 1955, No. J552.3.

285A* ***The Adder Poisons the Children's Food***
Schwarzbaum 1979, 131, 527.
Latvian: Arājs/Medne 1977; Lithuanian: Kerbelytė 1999ff. IV(forthcoming); Bulgarian: BFP; Polish: Krzyżanowski 1962f. I, No. 168; Ukrainian: SUS; Jewish: Jason 1965, Noy 1976, Jason 1988a; Georgian: Kurdovanidze 2000; Lebanese, Egyptian: El-Shamy 2004.

285B* ***The Snake Stays in the Man's Stomach*** (previously ***Snake Enticed out of Man's Stomach***).
Schwarzbaum 1968, 457; Schechter 1988, 19–24; Scherf 1995 II, 1389–1391; Schmidt 1999.
Finnish: Jauhiainen 1998, No. Q601; Estonian: Kippar 1986; Scottish: Bruford/MacDonald 1994, No. 85; Irish: Ó Súilleabháin/Christiansen 1963, Baughman 1966, O' Sullivan 1966, No. 7; English: Baughman 1966; Spanish: Camarena/Chevalier 1995ff. I; Catalan: Oriol/Pujol 2003; Portuguese: Oliveira 1900ff. II, No. 329, Cardigos (forthcoming); Dutch: Burger 1993, 146; Frisian: Poortinga 1976, 131, Kooi 1994, No. 152; German: Hubrich-Messow 2000, No. 285,2–4, Berger 2001, Nos. 285B*, 285B**; Italian: Cirese/Serafini 1975; Polish: Krzyżanowski 1962f. I, No. 286; US-American: Baughman 1966; Spanish-American: TFSP 5 (1926) 62; Iraqi, Persian Gulf, Qatar: El-Shamy 2004; Australian: Seal 1995, 60ff.; Egyptian, Algerian: El-Shamy 2004, Lacoste/Mouliéras 1965 I, No. 11; Moroccan: El-Shamy 2004; Sudanese: El-Shamy 2004; Namibian: Schmidt 1989.

288B* ***The Over-hasty Toad (Beetle).***
EM 3 (1981) 1182f. (E. Moser-Rath).
Latvian: Arājs/Medne 1977; Lithuanian: Kerbelytė 1999ff. IV (forthcoming); Spanish: Camarena/Chevalier 1995ff. I, González Sanz 1996; Portuguese: Oliveira 1900ff. II, No. 329, Vasconcellos/Soromenho et al. 1963f. I, Nos. 88, 92, Cardigos (forthcoming); German: Tomkowiak 1993, 288f., Grimm KHM/Uther 1996 III, No. 184, cf. No. 164; Italian: Cirese/Serafini 1975; Maltese: Mifsud-Chircop 1978; Bulgarian: BFP; Ukrainian: SUS; Argentine: Chertudi 1960f. I, No. 32; West Indies: Flowers 1953, 585; Ethiopian: Müller 1992, No. 60.

288B** ***Festina lente (Haste Makes Waste).***
Pauli/Bolte 1924 I, No. 255; cf. Tubach 1969, No. 877; EM 3 (1981) 1182f. (E. Moser-Rath).
Catalan: Neugaard 1993, No. L148.1; German: Selk 1949, No. 109, Debus 1951, 260ff., Henßen 1957, No. 108.

288C* ***The Deliberate Turtle.***
Spanish: Camarena/Chevalier 1995ff. I, Río Cabrera/Pérez Bautista 1998, Nos. 64, 65; Ukrainian: SUS; Puerto Rican: Hansen 1957, No. *288**D.

289 ***A Bat, a Diver, and a Thornbush Shipwrecked.***
Dähnhardt 1907ff. IV, 273f.; Schwarzbaum 1964, 194; Schwarzbaum 1979, 148 not. 18, 228f.; Dicke/Grubmüller 1987, Nos. 145, 146; Adrados 1999ff. III, No. H.181.
Estonian: Kippar 1986; Latvian: Arājs/Medne 1977; Lithuanian: Kerbelytė 1978, No. 13; French: Cifarelli 1993, No. 106; Dutch: Schippers 1995, No. 409; German: Tomkowiak 1993, 208; Hungarian: MNK I; Slovene: Matičetov 1973, 46ff.; Abkhaz: Bgažba 1959, 177 No. 33; US-American: MacDonald 1982, No. A2275.5.3; Spanish-American: TFSP 12(1935)19f.; South American Indian: Wilbert/Simoneau 1992, No. A2491.1

291 ***Deceptive Tug-of-War.***
Schmidt 1999.
Indian: Bødker 1957a, Nos. 404, 405; English-Canadian: Fauset 1931, No. 43; African American: Harris 1955, 83ff.; Mexican: Robe 1973; South American Indian: Karlinger/Freitas 1977, No. 28; Mayan: Peñalosa 1992; Peruvian: Hansen 1957, No. **284; Brazilian: Romero/Cascudo 1954, 357ff.; West Indies: Flowers 1953; Nigerian: Schild 1975, No. 53; Central African: Lambrecht 1967, No. 1550.

292 ***The Donkey Tries to Get a Cricket's Voice.***
Schwarzbaum 1964, 194.
Hungarian: MNK I; Greek: Megas 1978.

293 ***The Debate of the Belly and the Members.***
Cf. Chauvin 1892ff. VI, 151 No. 313; Pauli/Bolte 1924 I, No. 399; Nestle 1927; Gombel 1934; Pedersen/Holbek 1961f. II, No. 89; Hale 1968; Schwarzbaum 1968, 356f.; Tubach 1969, No. 570; Hale 1971; Hudde 1974; Schwarzbaum 1979, x, xliv not. 53; Peil 1985; Dicke/Grubmüller 1987, No. 408; EM 8(1996)1418–1422(D. Peil); Adrados 1999ff. III, Nos. H. 132, M. 336.
Estonian: Kippar 1986; Lithuanian: Scheu/Kurschat 1913, 318f.; Faeroese: Nyman 1984; French: Cifarelli 1993, No. 359; Spanish: Goldberg 1998, No. J461.1, *J2135.1.1; Neugaard 1993, Nos. J461.1, *J2135.1.1; Portuguese: Martinez 1955, No. J2135.1.1*; Dutch: Schippers 1995, No. 67; German: Rehermann 1977, 153, 331 No. 32, Tomkowiak 1993, 225; Italian: Cirese/Serafini 1975; Hungarian: MNK I, Dömötör 1992, No. 391; Czech: Dvořák 1978, No. 570; Slovene: Kosi 1894, 9f.; Serbian: Čajkanović 1929, No. 22; Russian: SUS, No. 299**; Jewish: Jason 1965, 1975; Georgian: Kurdovanidze 2000, No. 299*; Palestinian: cf. El-Shamy 2004; Chinese: Ting 1978, Nos. 293, 293A, 293B; Malaysian: Hambruch 1922, No. 35; Indonesian: Vries 1925f. II, 405

No. 139; Japanese: Inada/Ozawa 1977ff.; Spanish-American: TFSP 22(1949)108; Egyptian: El-Shamy 2004; Ghanaese: Dorson 1972, 411f.; Ethiopian: Müller 1992, No. 108; Malagasy: Haring 1982, No. 1.2.293.

293B* ***The Mushroom Reviles the Young Oak***
Estonian: Kippar 1986; Latvian: Arājs/Medne 1977; Lithuanian: Danner 1961, 179f., Kerbelytė 1999ff. IV(forthcoming); Lappish: Szabó 1967, No. 32; Bulgarian: cf. BFP, No. *297B*; Byelorussian, Ukrainian: cf. SUS, No. 297B*.

293C* ***The Flies in the Country and in Town*** (previously ***Man and his Associates***).
Finnish: Rausmaa 1982ff. V, No. 216; Lithuanian: Cappeller 1924, No. 5, Basanavičius/Aleksynas 1993f. II, No. 87, Kerbelytė 1999ff. IV(forthcoming); Mordvinian: Kecskeméti/Paunonen 1974; Syrian, Egyptian: El-Shamy 2004.

293D* ***The Hops and the Turnips Quarrel.***
Estonian: Kippar 1986; Latvian: Arājs/Medne 1977; Norwegian: Hodne 1984; Spanish, Basque: Camarena/Chevalier 1995ff. I; Bulgarian: BFP; Ukrainian: SUS.

293E* ***The Grains Talk with One Another.***
Estonian: Kippar 1986; Latvian: Arājs/Medne 1977; Spanish, Basque: Camarena/Chevalier 1995ff. I; Portuguese: Cardigos(forthcoming); Bulgarian: BFP; Greek: Megas 1978; Russian: SUS.

293G* ***The Hedgehog, the Shilling, and the Gentleman.***
Latvian: Arājs/Medne 1977; Lithuanian: Kerbelytė 1999ff. I; Russian: SUS.

294 ***The Months and the Seasons.***
Scherf 1995 I, 499f., II, 881f.; cf. EM 9(1999)772–775(K. Pöge-Alder).
Estonian: Kippar 1986, Nos. 294, 294A; Latvian: Arājs/Medne 1977; French: Fabre/Lacroix 1973f. II, No. 73; Spanish: Camarena/Chevalier 1995ff. I, Río Cabrera/Pérez Bautista 1998, No. 69; Basque: Camarena/Chevalier 1995ff. I; Catalan: Oriol/Pujol 2003; Portuguese: Soromenho/Soromenho 1984f. II, No. 495, Cardigos(forthcoming); Dutch: Sinninghe 1943, 48 No. 9c, ge*; Corsican: Ortoli 1883, 3ff., Massignon 1963, No. 56; Maltese: Mifsud-Chircop 1978; Hungarian: Géczi 1989, No. 55; Rumanian: Bîrlea 1966 III, 458f.; Bulgarian: BFP, Nos. 294, *294A, *294B, *294B*; Greek: Hüllen 1967, 28ff.; Russian, Ukrainian: SUS.

295 ***The Bean (Mouse), the Straw, and the Coal.***
Dähnhardt 1907, 129–133; BP I, 135–137, cf. II, 107; Wesselski 1931,110–114; Dicke/Grubmüller 1987, No. 66; Dekker et al. 1997, 69–74; Schmidt 1999; EM: Strohhalm, Kohle und Bohne (forthcoming).
Finnish: Rausmaa 1982ff. V, No. 217; Estonian: Kippar 1986; Latvian: Arājs/Medne 1977; Livonian, Syrjanian: Kecskeméti/Paunonen 1974; Danish: Kristensen 1896, No. 27; Faeroese: Nyman 1984; French: Delarue/Tenèze 1964ff. III; Spanish: Camarena/Chevalier 1995ff. I; Catalan: Oriol/Pujol 2003; Dutch: Sinninghe 1943, No. 295, cf. No. 2041*; Frisian: Kooi 1984a, Kooi/Schuster 1993, No. 210; Flemish: Meyer 1968, Lox 1999a, No. 9; German: Tomkowiak 1993, 204f., Kooi/Schuster 1994, No. 258, Grimm KHM/Uther 1996 I, No. 18, Hubrich-Messow 2000; Swiss: Sutermeister 1869, No. 6, Jegerlehner 1913, 142 No. 163; Ladinian: Decurtins 1896ff. II, No. 50, XIV, 40; Hungarian: MNK I, MNK IX, No. 2034A, Dömötör 2001, 287; Slovakian: Polívka 1923ff. V, 149; Slovene: Brezovnik 1894, 62, Slovenski gospodar 63(1929)9; Greek: Megas 1978; Sorbian: Nedo 1956, No. 21; Russian, Ukrainian: SUS; Gypsy: MNK X 1; Chemis/Mari: Kecskeméti/Paunonen 1974; Mordvinian: cf. Paasonen/Ravila 1938ff. III, 306; Nenets: Puškareva 1983, 71; Tuva: cf. Taube 1978, No. 47; Tadzhik: STF, No. 262; Georgian: Kurdovanidze 2000; Indian: Thompson/Roberts 1960; Chinese: Eberhard/Eberhard 1976, No. 15; Japanese: Ikeda 1971, Inada/Ozawa 1977ff.; West Indies: Flowers 1953; Cameroon: Kosack 2001, 466; Namibian/South African: Schmidt 1989 II, No. 1000.

296 ***The Clay Pot and the Brass Pot in the River.***
Pedersen/Holbek 1961f. II, No. 162; EM 1(1977)720; Schwarzbaum 1979, 200–204; Dicke/Grubmüller 1987, No. 559; EM: Töpfe, Irdene und eherne T. (in prep.).
French: Cifarelli 1993, No. 418; Spanish: Goldberg 1998, No. J425.1; Catalan: Neugaard 1993, No. 425.1; Portuguese: Martinez 1955, No. J425.1; German: Sobel 1958, No. 11; Czech: Dvořák 1978, No. 3866*.

297B ***The War of the Mushrooms.***
Russian, Ukrainian: SUS; Chinese: Ting 1978.

298 ***The Contest of Wind and Sun.***
Schwarzbaum 1964, 194; Schwarzbaum 1979, 290–295; Dicke/Grubmüller 1987, No. 532; Adrados 1999ff. III, No. M. 63; EM: Streit zwischen Sonne und Wind (forthcoming).
Finnish: Rausmaa 1982ff. V, 229; Estonian: Kippar 1986; Latvian: Arājs/Medne

1977; Lithuanian: Kerbelytė 1999ff. I; Faeroese: Nyman 1984; Irish: Ó Súilleabháin/ Christiansen 1963; French: Cifarelli 1993, No. 480; Spanish: Chevalier 1983, No. 30, Río Cabrera/Pérez Bautista 1998, No. 70; Catalan: Oriol/Pujol 2003; Frisian: Kooi 1984a; German: Moser-Rath 1964, No. 76, Tomkowiak 1993, 228f.; Italian: Cirese/ Serafini 1975; Hungarian: MNK I, Dömötör 2001, 291; Czech: Dvořák 1978, No. 4672*; Slovene: Kosi 1894, 62; Bulgarian: BFP, Nos. 298, *298F*; Polish: Krzyżanowski 1962f. I; Byelorussian: Barag 1966, 481 No. 94; Jewish: Haboucha 1992; Ossetian: Bjazyrov 1958, No. 33; Uzbek: Afzalov et al. 1963 II, 168; Indian: cf. Bødker 1957a, No. 301, Jason 1989; Indonesian: Vries 1925f. II, 403 No. 95, 405 No. 140; North American Indian: Bierhorst 1995, 79.

298A ***The Frostgod and His Son.***
Schwarzbaum 1979, 294; EM 5(1987)433–437(U. Masing).
Finnish: Rausmaa 1982ff. V, Nos. 218, 219; Estonian: Kippar 1986; Latvian: Arājs/ Medne 1977; Lithuanian: Kerbelytė 1999ff. I; Karelian: Kecskeméti/Paunonen 1974; Polish: Krzyżanowski 1962f. I, No. 278; Russian, Byelorussian, Ukrainian: SUS; Cheremis/Mari: Kecskeméti/Paunonen 1974.

298A* ***The Man Greets the Wind.***
Schwarzbaum 1979, 293–295; EM 6(1990)276–279(L. G. Barag).
Finnish: Rausmaa 1982ff. III, No. 25, p. 156, V, No. 220; Finnish-Swedish: Hackman 1917f. II, No. 210; Estonian: Kippar 1986; Latvian: Arājs/Medne 1977, Nos. 298A*, 298B*; Lithuanian: Kerbelytė 1999ff. I; Lydian: Kecskeméti/Paunonen 1974; French: RTP 1(1887)327; Dutch: cf. Schippers 1995, No. 72; Hungarian: MNK I; Rumanian: Bîrlea 1966 III, 506, Schott/Schott 1971, No. 40; Bulgarian: BFP; Kashubian: Seefried-Gulgowski 1911, 172; Russian, Byelorussian, Ukrainian: SUS; Jewish: Jason 1965, No. 298B*, Noy 1976, No. 298B*.

298C* ***The Reeds Bend before Wind (Flood).***
Grawi 1911; Pauli/Bolte 1924 I, No. 174; Paepre 1951; Pedersen/Holbek 1961f. II, No. 113; Schwarzbaum 1964, 194; EM 1(1977)1386–1389(H. Stein); Schwarzbaum 1979, 163–169; Dicke/Grubmüller 1987, No. 81; Adrados 1999ff. III, Nos. H. 239, M. 373.
Latvian: Arājs/Medne 1977; French: Cifarelli 1993, No. 458; Spanish: Goldberg 1998, No. J832; Catalan: Neugaard 1993, No. J832; Portuguese: Martinez 1955, No. J832; Dutch: Schippers 1995, No. 64; Frisian: Kooi 1984a; German: Moser-Rath 1964, No. 145, Tomkowiak 1993, 205; Hungarian: MNK I; Czech: Dvořák 1978, No. 511*; Jew-

ish: Neuman 1954, No. J832; Indian: Thompson/Balys 1958, No. J832; Chinese: Ting 1978, Nos. 298C*, $298C_1$.

299 ***The Mountain Gives Birth to a Mouse.***
Schwarzbaum 1979, 530–533; EM 2(1979)141; Dicke/Grubmüller 1987, No. 56; Röhrich 1991f. I, 174f.
French: Cifarelli 1993, Nos. 81, 190; Spanish: Goldberg 1998, No. U114.

TALES OF MAGIC
SUPERNATURAL ADVERSARIES 300–399

300 ***The Dragon-Slayer.***
Köhler/Bolte 1898ff. I, 57; BP I, 528–556, II, 22; Basset 1924ff. II, 333 No. 80; Ranke 1934b, 113–130; Christiansen 1959, 240, 242; Levy 1968; Schwarzbaum 1968, 90; Schwarzbaum 1980, 282; EM 3(1981)787–820(L. Röhrich); Scherf 1995 I, 57–62, 177–182, 201–204, 261–265, 413–417, 751–755, 765–768, II, 1142–1145; Dekker et al. 1997, 105–110; Röth 1998; Schmidt 1999; Hansen 2002, 119–130; Marzolph/Van Leeuwen 2004, No. 379.
Finnish: Rausmaa 1982ff. I, Nos. 1, 91; Finnish-Swedish: Hackman 1917f. I, Nos. 48a, 53(3), 103(12); Estonian: Aarne 1918; Livonian: Loorits 1926; Latvian: Arājs/Medne 1977; Lithuanian: Kerbelytė 1999ff. I; Lappish: Qvigstad 1925; Livonian, Wepsian, Wotian, Lydian, Karelian, Syrjanian: Kecskeméti/Paunonen 1974; Swedish: Liungman 1961; Norwegian: Hodne 1984; Danish: Grundtvig 1854ff. III, No. 83, Grundtvig 1876ff. I, No. 8, Holbek 1990, No. 4; Faeroese: Nyman 1984; Scottish: Aitken/Michaelis-Jena 1965, Nos. 2, 10, Briggs 1970f. A I, 144ff., 569ff.; Irish: Ó Súilleabháin/Christiansen 1963, Baughman 1966; English: Baughman 1966, Briggs 1970f. A I, 329ff., 331ff., 474ff., B II, 442, Bruford/MacDonald 1994, No. 16; French: Delarue 1957; Spanish: Camarena/Chevalier 1995ff. II, González Sanz 1996; Basque: Camarena/Chevalier 1995ff. II; Catalan: Oriol/Pujol 2003; Portuguese: Oliveira 1900ff. I, Nos. 53, 57, Cardigos(forthcoming); Dutch: Sinninghe 1943; Frisian: Kooi 1984a, Kooi/Schuster 1994, No. 1a; Flemish: Meyer 1968; Walloon: Legros 1962; German: Ranke 1955ff. I, Grimm KHM/Uther 1996 I, No. 60, Bechstein/Uther 1997 I, No. 49, Berger 2001; Austrian: Haiding 1953, Nos. 59, 70; Ladinian: Decurtins 1896ff. II, Nos. 1, 11, 24, 29, X, 635 No. 18; Italian: Aprile 2000 I; Corsican: Ortoli 1883, No. 18, Massignon 1963, Nos. 10, 26, 47, 85; Sardinian: Aprile 2000 I; Maltese: Mifsud-Chircop 1978; Hungarian: MNK II; Czech: Tille 1929ff. I, 110f., 321ff.; Slovakian:

Gašparíková 1991f. I, Nos. 18, 81, 97, 103, 214, 216, 220, 234, 256, 261, 267, 292, 299, 311, 330, 333, II, Nos. 378, 381, 407, 408, 410, 412, 437, 486, 525, 570; Slovene: Drekonja 1932, 44f.; Serbian: Đjorđjevič/Milošević-Đjorđjevič 1988, No. 236, Eschker 1992, No. 27; Rumanian: Schullerus 1928, Bîrlea 1966 I, 159ff., III, 381f.; Bulgarian: BFP, Koceva 2002; Greek: Angelopoulos/Brouskou 1999; Sorbian: Nedo 1956, No. 22; Polish: Krzyżanowski 1962f. I; Russian, Byelorussian, Ukrainian: SUS, Nos. 300_1, 300_2; Turkish: Eberhard/Boratav 1953, Nos. 72 V, 72(10-12), 213 III 2(var. r), 215 III 2(var. 6), 215 IV 1(var. r), 220, 284(7-8); Jewish: Noy 1965, No. 15, Jason 1965, 1975, 1988a; Gypsy: Baughman 1966, Briggs 1970f. A I, 280ff., 333, 382ff., MNK X 1; Ossetian: Bjazyrov 1958, No. 38; Adygea: Alieva 1986; Cheremis/Mari, Chuvash, Tatar, Mordvinian: Kecskeméti/Paunonen 1974; Yakut: cf. Ėrgis 1967, Nos. 214, 268, 271; Buryat, Mongolian: Lőrincz 1979; Georgian: Kurdovanidze 2000; Syrian, Lebanese, Palestinian, Jordanian, Iraqi, Qatar,Yemenite: El-Shamy 2004; Afghan: Grjunberg/Steblin-Kamenskov 1976, cf. Nos. 1, 10; Pakistani: Thompson/Roberts 1960; Indian: Thompson/Roberts 1960, Jason 1989, Blackburn 2001, Nos. 55, 96; Burmese: Kasevič/Osipov 1976, Nos. 15, 32, 170; Chinese: Ting 1978, Bäcker 1988, No. 7; Korean: cf. Choi 1979, Nos. 117, 143, 385; Indonesian: Vries 1925f. II, 405 No. 141; Japanese: Ikeda 1971, Inada/Ozawa 1977ff.; English-Canadian: Halpert/Widdowson 1996 I, No. 2; French-Canadian: Barbeau/Lanctot 1923, No. 115, Lemieux 1974ff. IV, No. 16, V, No. 11, VI, Nos. 11, 20, 27, VIII, No. 11, XI, No. 10, XII, No. 3, XIV, No. 35, XV, No. 31, XVI, No. 4; North American Indian: Thompson 1919, 323ff.; US-American: Baughman 1966; Spanish-American: TFSP 31(1962)135ff., Robe 1973, Camarena/Chevalier 1995II; Mexican: Robe 1973; Dominican, Puerto Rican: Hansen 1957; Brazilian: Alcoforado/Albán 2001, No. 20; Chilean: Hansen 1957; Mayan: Peñalosa 1992; Colombian: Hansen 1957; West Indies: Flowers 1953; Cape Verdian: Parsons 1923b I, No. 86; North African, Egyptian, Tunisian, Algerian, Moroccan: El-Shamy 2004; East African: Arewa 1966, No. 4073(1, 2), Klipple 1992, 116ff.; Sudanese: El-Shamy 2004; Congolese, West African, Malagasy: Klipple 1992, 116ff.; Namibian: Schmidt 1989 II, No. 1010, cf. Klipple 1992, 116ff.

300A ***The Fight on the Bridge.***

Köhler/Bolte 1898ff. I, 467f.; Ranke 1934b, 113-130; Barag 1981; EM 3(1981)825-834(L. G. Barag); Scherf 1995 I, 177-182, 614f., 726-729, II, 1162-1167, 1463-1465; Röth 1998.

Finnish: Rausmaa 1982ff. I, Nos. 2, 76; Estonian: Kallas 1900, No. 5; Livonian: Loorits 1926, No. 300B; Latvian: Arājs/Medne 1977, No. 300A, cf. No. 300A*; Lithuanian: Kerbelytė 1999ff. I; Wepsian, Karelian: Kecskeméti/Paunonen 1974; Syrjanian: Belinovič/Plesovskij 1958, 25ff.; German: Lemke 1884ff. II, 147ff., Plenzat 1922, 58ff.; Hungarian: MNK II; Czech: Tille 1929ff. I, 283ff.; Slovakian: Gašparíková 1991f. I, Nos. 105, 230, 256, 290, II, Nos. 379, 544; Rumanian: Schullerus 1928, No. 300A*, Bîrlea 1966 I, 209ff., III, 384ff.; Polish: Krzyżanowski 1962f. I, No. 303; Russian, Ukrainian: SUS, Nos. 300A*, 300A**; Byelorussian: SUS, No. 300A*; Gypsy: cf. Ámi 1996, No. 2, Mode 1983ff. III, No. 189, MNK X 1, Nos. 300A, 300A*; Abkhaz: cf. Šakryl 1975, Nos. 26, 46; Ossetian: Bjazyrov 1958, No. 11; Cheremis/Mari: Sabitov 1989; Mordvinian: Kecskeméti/Paunonen 1974; Vogul/Mansi: Kannisto/Liimola 1951ff. III, No. 18; Uighur: Alieva 1986; Siberian: Vasilenko 1955, No. 5; Georgian: Kurdovanidze 2000.

301 *The Three Stolen Princesses.*

Chauvin 1892ff. VII, 64ff. No. 348; Köhler/Bolte 1898ff. I, 292–296, 326, 543–546; BP II, 297–318, III, 274; Sydow 1915; Polívka 1916; Szövérffy 1956; Boratav 1968; Kiss 1968; Lőrincz 1969; Fabre 1969; Ting 1970; Ting 1971; EM 1(1977)1232–1235 (D. Ward); Chircop 1979; Alexiadēs 1982; Alexiadēs 1983; Holbek 1987, 510–514; Scherf 1995 I, 113–116, 177–182, 273–278, 530–534, II, 844–847, 1192–1195, 1244–1247; Toporov 1995; Dekker et al. 1997, 289–292; Röth 1998; Schmidt 1999; Hansen 2002, 352–357; EM 10(2002)1363–1369(W. Puchner); Marzolph/Van Leeuwen 2004, No. 417.

Finnish: Rausmaa 1982ff. I, Nos. 3, 4, Jauhiainen 1998, No. M66; Finnish-Swedish: Hackman 1917f. I, Nos. 48a(3), 50a, 50b; Estonian: Aarne 1918, Nos. 301A, 301B; Latvian: Arājs/Medne 1977, Nos. 301A, 301B; Lithuanian: Kerbelytė 1999ff. I, Nos. 301A, 301B; Livonian: Loorits 1926, No. 301B, cf. No. 300B, Kecskeméti/Paunonen 1974, Nos. 301, 301A; Lappish: Qvigstad 1925, Nos. 301, 301B, Kecskeméti/Paunonen 1974, No. 301A; Wepsian, Karelian: Kecskeméti/Paunonen 1974, Nos. 301, 301A, 301B; Wotian: Kecskeméti/Paunonen 1974; Syrjanian: Kecskeméti/Paunonen 1974, Nos. 301A, 301B; Swedish: Liungman 1961, No. 301AB; Norwegian: Hodne 1984; Danish: Kamp 1879f. III, No. 3, Kristensen 1881ff. III, Nos. 2, 19, 58, IV, No. 31, Kristensen 1896f. I, No. 11; Faeroese: Nyman 1984, No. 301A; Icelandic: Sveinsson 1929, Nos. 301, 301B; Scottish: Campbell 1890ff. I, No. 16, III, No. 57; Irish: Ó Súilleabháin/Christiansen 1963, Nos. 301A, 301B; English: Baughman 1966, No. 301A, Briggs 1970f. A I, 391ff.; French: Delarue 1957, Nos. 301, 301A, 301B; Spanish: Camarena/Chevalier 1995ff. II, Nos. 301A, 301B, González Sanz 1996, No. 301B; Basque: Camarena/Chevalier 1995ff. II, Nos. 301A, 301B; Catalan: Oriol/Pujol 2003, No. 301A, 301B; Portuguese: Soromenho/Soromenho 1984f. I, Nos. 154, 300, 306, Cardigos (forthcoming), Nos. 301, 301A, 301B; Dutch: Sinninghe 1943, Kooi 2003, Nos. 1, 110,

111; Frisian: Kooi 1984a, No. 301A, Kooi/Meerburg 1990, No. 4; Flemish: Meyer 1968, Nos. 301, 301A, 301B; Walloon: Laport 1932; German: Meyer 1932, Nos. 301A, 301B, Ranke 1955ff. I, Grimm KHM/Uther 1996 II, No. 91, III, No. 166, Bechstein/Uther 1997 II, No. 13, Berger 2001; Austrian: Haiding 1953, Nos. 10, 24, 38, Haiding 1977a, No. 1; Ladinian: Kindl 1992, No. 1; Italian: Cirese/Serafini 1975, Nos. 301A, 301B, De Simone 1994, Nos. 10, 46, Aprile 2000 I; Corsican: Massignon 1963, Nos. 7, 41, 71, 100; Sardinian: Aprile 2000 I; Maltese: Mifsud-Chircop 1978; Hungarian: MNK II, Nos. 301, 301A, 301B, cf. No. *301A; Czech: Tille 1929ff. II 1, 387ff.; Slovakian: Gašparíková 1991f. I, Nos. 103, II, Nos. 475, 486; Slovene: Gabršček 1910, 374ff., Bolhar 1974, 56ff., 134ff.; Serbian: cf. Đjorđjevič/Milošević-Đjorđjevič 1988, Nos. 17, 18, 23, 24, Eschker 1992, Nos. 11, 27; Croatian: Plohl Herdvigov 1868, No. 12, Bošković-Stulli 1963, No. 14; Bosnian: Krauss/Burr et al. 2002, No. 21; Rumanian: Schullerus 1928, No. 301A, Bîrlea 1966 I, 209ff., 240ff., III, 384ff., 387f.; Bulgarian: BFP, Nos. 301, 301A, 301B, Koceva 2002, Nos. 301, 301A, 301B; Greek: Angelopoulos/Brouskou 1999, Nos. 301A, 301B; Sorbian: Nedo 1956, No. 23; Polish: Krzyżanowski 1962f. I, Nos. 301, 301A; Russian: SUS, No. 301AB, Nikiforov/Propp 1961, 82ff., Pomeranzewa 1964, No. 24; Byelorussian, Ukrainian: SUS, No. 301AB; Turkish: Eberhard/Boratav 1953, Nos. 72, 146 V(p. 160, b), 72 III(1); Jewish: Jason 1965, 1975, 1988a; Gypsy: MNK X 1, Nos. 301, 301A, 301B; Ossetian: Bjazyrov 1958, Nos. 39–45, 52, 88, 95, 99; Adygea: Alieva 1986, No. 301AB; Cheremis/Mari: Kecskeméti/Paunonen 1974, Nos. 301, 301A, Sabitov 1989, Nos. 301A, 301B; Chuvash: Mészáros 1912; Tatar, Votyak, Vogul/Mansi: Kecskeméti/Paunonen 1974, Nos. 301, 301A; Mordvinian: Kecskeméti/Paunonen 1974, No. 301A; Armenian: Gullakjan 1990; Yakut: Ėrgis 1967, Nos. 92–94, 96, 97, 105, 126, 127, 182, 194, 225; Kalmyk, Mongolian: Lőrincz 1979, Nos. 301, 301B; Buryat: Lőrincz 1979, No. 301B; Georgian: Kurdovanidze 2000, Nos. 301, 301A, 301B; Syrian: Nowak 1969, Nos. 175, 195, El-Shamy 2004, Nos. 301, 301A, 301B; Lebanese: Nowak 1969, No. 179; Palestinian: Nowak 1969, No. 136, El-Shamy 2004, Nos. 301, 301A; Jordanian, Iraqi, Persian Gulf, Oman, Kuwaiti, Yemenite: El-Shamy 2004; Iranian: Marzolph 1984; Afghan: Grjunberg/Steblin-Kamenskov 1976, Nos. 3, 8, 10, 12; Indian: Thompson/Roberts 1960, Nos. 301A, 301B, Jason 1989, Blackburn 2001, No. 46; Sri Lankan: Thompson/Roberts 1960, Nos. 301, 301B; Chinese: Riftin et al. 1977, Nos. 7, 8, Ting 1978, Nos. 301, 301A, 301B, Bäcker 1988, No. 25; Korean: Choi 1979, No. 284; Japanese: Ikeda 1971, Nos. 301A, 301B, Inada/Ozawa 1977ff., No. 301, 301B; English-Canadian: Halpert/Widdowson 1996 I, No. 3; French-Canadian: Lemieux 1974ff. III, Nos. 16, 24, 31, IV, Nos. 6, 29, VI, Nos. 34, 47, VII, No. 4, XI, No. 21, XII, No. 2, XIII, No. 14, XIV, No. 31, XV, No. 9, XVII, No. 6, XXI, No. 22; North American Indian: Thompson 1919, 409ff.; US-

American: Flowers 1953, Baughman 1966, No. 301A; French-American: Ancelet 1994, No. 26; Spanish-American: TFSP 12(1935)77–79, Robe 1973, Nos. 301, 301A, 301B, Camarena/Chevalier 1995II, Nos. 301, 301B; Mexican: Robe 1973, Nos. 301, 301A, 301B; Guatemalan, Costa Rican: Hansen 1957, No. 301A; Panamanian: Hansen 1957, No. 301B; Puerto Rican: Flowers 1953, Hansen 1957, No. 301A; Mayan: Peñalosa 1992, Nos. 301, 301A; Chilean: Hansen 1957, Nos. 301A, 301B, Pino Saavedra 1960ff. I, Nos. 2–4; Argentine: Chertudi 1960f. I, No. 35; West Indies: Flowers 1953; Egyptian: Nowak 1969, No. 116, El-Shamy 2004; Libyan: Nowak 1969, No. 179; Tunisian: Nowak 1969, Nos. 116, 136, El-Shamy 2004, Nos. 301, 301A; Algerian: Nowak 1969, Nos. 175, 195, El-Shamy 2004, Nos. 301, 301A, 301B; Moroccan: Nowak 1969, Nos. 179, 300, El-Shamy 2004, Nos. 301, 301A; Sudanese: Nowak 1969, No. 195, El-Shamy 2004, Nos. 301, 301A; Namibian: Schmidt 1989 II, No. 1012; Malagasy: Haring 1982, No. 4.301.

301D* ***The Princess's Ring*** (previously ***Dragons Ravish Princesses***).
Scherf 1995 II, 1244–1247.
Lithuanian: Kerbelytė 1999ff. I; Bulgarian: BFP; Russian, Byelorussian, Ukrainian: SUS; Cheremis/Mari: cf. Sabitov 1989, No. 301A*; Armenian: cf. Gullakjan 1990, No. 301A*.

302 ***The Ogre's (Devil's) Heart in the Egg.***
Chauvin 1892ff. VII, 64ff. No. 348; Köhler/Bolte 1898ff. I, 158–161; BP II, 190–199, III, 424–443; Sydow 1915, 123ff., 135ff.; Christiansen 1959, 241, 242; Horálek 1967a; Schwarzbaum 1979, 387, 388 not. 5; Tuczay 1982; Nazirov 1989; EM 6(1990)929–933(C. Tuczay); Scherf 1995 I, 146–150, 167–170, 218–220, 480–483, 759–761, II, 1240–1243, 1301–1304, 1325–1328, 1364–1368, 1406–1409, 1421–1423; Dekker et al. 1997, 304–308; Röth 1998; Schmidt 1999.
Finnish: Rausmaa 1982ff. I, Nos. 5, 52; Finnish-Swedish: Hackman 1917f. I, Nos. 51, 74(11); Estonian: Aarne 1918; Latvian: Arājs/Medne 1977; Lithuanian: Kerbelytė 1999ff. I; Lappish: Qvigstad 1925; Livonian, Wepsian, Karelian: Kecskeméti/Paunonen 1974; Swedish: Liungman 1961; Norwegian: Hodne 1984; Danish: Skattegraveren 1(1884)98–106, 12(1889)87–96, Kristensen 1896f. I, No. 4; Icelandic: Sveinsson 1929, No. 302, cf. No. 302I*; Scottish: Briggs 1970f. A I, 573f.; Irish: Ó Súilleabháin/Christiansen 1963; French: Delarue 1957; Spanish: Camarena/Chevalier 1995ff. II, Nos. 302, 425P, González Sanz 1996; Basque: Camarena/Chevalier 1995ff. II; Catalan: Oriol/Pujol 2003; Portuguese: Oliveira 1900ff. I, Nos. 131, 181, 191, Oliveira 1900ff. II, Nos. 223, 244, 289, 313, 372, 379, Cardigos(forthcoming), Nos.

302, 425P; Frisian: Kooi 1984a; Flemish: Meyer 1968, Nos. 302; German: Ranke 1955ff. I, Kooi/Schuster 1994, No. 18, Grimm KHM/Uther 1996 III, No. 197, Bechstein/Uther 1997 I, No. 17; Austrian: Haiding 1953, Nos. 30, 38; Ladinian: Decurtins 1896ff. II, No. 95, X, No. 6; Italian: Aprile 2000 I, Nos. 302, 425P; Corsican: Massignon 1963, Nos. 7, 73; Sardinian: Aprile 2000 I, No. 425P; Maltese: Mifsud-Chircop 1978, Nos. 302, 425P; Hungarian: MNK II, No. 302A*, cf. No. 302IIa; Czech: Tille 1921, 114ff., 1929ff. II 1, 119ff.; Slovakian: Gašparíková 1991f. I, Nos. 83, 95, 214, 230, 256, 266, II, Nos. 377, 379; Slovene: Gabršček 1910, 339ff.; Serbian: Čajkanović 1927, No. 13; Croatian: Vujkov 1953, 167ff.; Rumanian: Schullerus 1928, Bîrlea 1966 I, 314ff., III, 393ff.; Bulgarian: BFP, Nos. 302, 302A*, Koceva 2002, Nos. 301D*, 302A*; Greek: Angelopoulos/Brouskou 1999, Nos. 302, 302A*; Sorbian: Nedo 1956, No. 24; Polish: Krzyżanowski 1962f. I; Russian: SUS; Byelorussian, Ukrainian: SUS, Nos. 302_1, 302_2; Turkish: Eberhard/Boratav 1953, Nos. 66(9), 163(5–7), 213(6–9), 214 V, 215 IV 3–4, 216(13), 217(5–6), 256 V; Jewish: Jason 1965, 1988a, Haboucha 1992; Gypsy: MNK X 1; Ossetian: Bjazyrov 1958, Nos. 45, 105; Adygea: Alieva 1986; Cheremis/Mari: Kecskeméti/Paunonen 1974, Sabitov 1989; Mordvinian: Kecskeméti/Paunonen 1974; Armenian: Gullakjan 1990; Yakut: Ėrgis 1967, No. 229; Georgian: Kurdovanidze 2000; Syrian: Nowak 1969, No. 135, El-Shamy 2004; Lebanese: Nowak 1969, No. 247, El-Shamy 2004; Palestinian: Nowak 1969, No. 110, El-Shamy 2004; Iraqi, Kuwaiti: El-Shamy 2004; Pakistani: Thompson/Roberts 1960; Indian: Thompson/Roberts 1960, Jason 1989, Blackburn 2001, Nos. 49, 96; Burmese: Kasevič/Osipov 1976, No. 71, cf. No. 168; Chinese: Ting 1978, Bäcker 1988, Nos. 25, 26; Korean: Choi 1979, No. 467; Indonesian: Vries 1925f. II, 405 No. 142; Japanese: Ikeda 1971; English-Canadian: Halpert/Widdowson 1996 II, No. 2; French-Canadian: Barbeau 1916, No. 2; North American Indian: Thompson 1919, 409ff.; US-American: Baughman 1966; Spanish-American, Mexican: Robe 1973, Camarena/Chevalier 1995II; Mayan: Peñalosa 1992; Dominican, Puerto Rican: Hansen 1957; Panamanian: Robe 1973; Chilean, Argentine: Hansen 1957; Brazilian: Alcoforado/Albán 2001, No. 15; West Indies: Flowers 1953; Cape Verdian: Parsons 1923b I, Nos. 72–74; Egyptian: Nowak 1969, Nos. 82, 177, El-Shamy 2004; Algerian, Moroccan: Nowak 1969, No. 115, El-Shamy 2004; West African: Klipple 1992; Sudanese: El-Shamy 2004; Namibian: Schmidt 1989 II, No. 1014.

302B ***Life Dependent on a Sword*** (previously ***Hero with Life Dependent on his Sword***).

Ranke 1934b, 113–130; EM 2(1979)925–940(K. Horálek); EM 3(1981)1353–1356(P. N. Boratav); Hollis 1990; Scherf 1995 I, 132–138, II, 1192–1195, 1244–1247; Röth

1998, No. 516B*.
Lithuanian: Kerbelytė 1999ff. I, No. 516B; Swedish: Liungman 1961, No. GS367; Macedonian: Eschker 1972, No. 37; Bulgarian: BFP, Nos. 302B, 516B, Koceva 2002; Greek: Megas/Puchner 1998, Nos. 302B, 516B; Turkish: cf. Eberhard/Boratav 1953, No. 77 V, Walker/Uysal 1966, 34ff.; Jewish: Noy 1963a, No. 13, Baharav/Noy 1965, No. 39, Jason 1965, No. 516B, Jason 1975, No. 516B; Adygea: Alieva 1986, No. 516B; Kurdish: Džalila et al. 1989, No. 3; Armenian: Gullakjan 1990, Nos. 302B, 516B; Kazakh: Sidel'nikov 1952, 213ff., 233ff.; Uzbek: Afzalov et al. 1963 I, 161ff., 203ff., 222ff., II, 437ff.; Kalmyk: Jülg 1866, No. 1; Mongolian: Jülg 1868, No. 23; Tuva: Taube 1978, No. 38; Georgian: Kurdovanidze 2000, No. 516B; Iraqi: Campbell 1952, 58ff., El-Shamy 2004, No. 516B; Oman, Kuwaiti, Qatar, Yemenite: El-Shamy 2004, No. 516B; Iranian: Marzolph 1984, No. 516B; Pakistani: Thompson/Roberts 1960, Nos. 302B, 516B; Indian: Thompson/Roberts 1960, Nos. 302B, 516B, Jason 1989, No. 516B; Burmese: Kasevič/Osipov 1976, Nos. 14, 15, 167; Sri Lankan: Thompson/Roberts 1960, No. 516B; Nepalese: Heunemann 1980, 53ff., cf. Unbescheid 1987, No. 21; Chinese: Ting 1978, Nos. 302B, 516B; Japanese: Ikeda 1971, No. 516B, Inada/Ozawa 1977ff., No. 516B; Egyptian, Algerian: El-Shamy 2004, No. 516B; Moroccan: cf. Nowak 1969, Nos. 104, 144, El-Shamy 2004, No. 516B; Somalian: Reinisch 1900, 259ff.; Tanzanian: El-Shamy 2004, No. 516B

302C* ***The Magic Horse.***
Horálek 1967a; EM 1(1977)1381–1383; Scherf 1995 I, 597–601, 731–736, II, 853–856; Röth 1998, 17f.
Finnish: cf. Löwis of Menar 1922, No. 31; Estonian: Viidalepp 1980, No. 72; Lithuanian: Kerbelytė 1978, No. 65; German: Jahn 1889, No. 3; Hungarian: Ortutay 1957, No. 8, cf. Kovács 1986, No. 8; Czech: Jech 1984, No. 22; Slovakian: Gašparíková 1991f. I, No. 255, cf. No. 247, II, No. 408, cf. No. 448; Bosnian: Schütz 1960, No. 4; Rumanian: cf. Karlinger/Bîrlea 1969, No. 11; Polish: Krzyżanowski 1962f. I, No. 422; Russian: Levin 1984, No. 11; Byelorussian: Barag 1966, No. 27; Gypsy: Aichele/Block 1962, No. 8, Csenki/Vekerdi 1980, No. 1; Ossetian: Bjazyrov 1958, No. 70.

303 ***The Twins or Blood-Brothers.***
Chauvin 1892ff. VII, 64ff. No. 348; Köhler/Bolte 1898ff. I, 175–181, 303–305; BP I, 528–556, II, 204f.; HDM 1(1930–33)338–340(A. Taylor); Sydow 1930; Ranke 1934b, 113–130; Christiansen 1959, 241f.; Schwarzbaum 1968, 90; Horálek 1969a; Horálek 1972; EM 2(1979)912–919(K. Ranke); Rubow 1984; Brockington 1995; Scherf 1995 I, 83–85, 517f., 658–660, 671–674, II, 1364–1368, 1454–1461; Dekker et al. 1997, 380–

384; Röth 1998; Schmidt 1999; Gobrecht 2002; Hansen 2002, 246-251, 450-453; EM 11,1(2003)131f.(H.-J. Uther).

Finnish: Rausmaa 1982ff. I, Nos. 6, 91; Finnish-Swedish: Hackman 1917f. I, No. 49 (10); Estonian: Aarne 1918; Latvian: Arājs/Medne 1977; Lithuanian: Kerbelytė 1999ff. I; Lappish: Qvigstad 1925; Livonian, Karelian: Kecskeméti/Paunonen 1974; Swedish: Liungman 1961; Norwegian: Hodne 1984, Nos. 303, 553; Danish: Grundtvig 1876ff. I, No. 8, Kristensen 1881ff. II, No. 16, III, Nos. 21, 37, IV, No. 30, Kristensen 1890, No. 99; Faeroese: Nyman 1984; Scottish: Baughman 1966, Briggs 1970f. A I, 135, 216f., 351ff., 463ff., Bruford/MacDonald 1994, No. 16; Irish: Ó Súilleabháin/ Christiansen 1963, Nos. 303, 553; French: Delarue 1957, Delarue/Tenèze 1964ff. II (app.), No. 553; Spanish: Camarena/Chevalier 1995ff. II, González Sanz 1996; Catalan: Oriol/Pujol 2003; Portuguese: Oliveira 1900ff. I, No. 57, Cardigos(forthcoming); Dutch: Sinninghe 1943; Frisian: Kooi 1984a; Flemish: Meyer 1968, Meyer/Sinninghe 1976; Walloon: Laport 1932; German: Ranke 1955ff. I, No. 303, II, No. 581, Grimm KHM/Uther 1996 I, No. 60, II, No. 85; Austrian: Haiding 1953, Nos. 32, 54; Ladinian: Decurtins 1896ff. II, Nos. 22, 40, XIV, 78; Italian: Aprile 2000 I; Sardinian: Aprile 2000 I; Maltese: Mifsud-Chircop 1978; Hungarian: MNK II; Czech: Tille 1921, 22ff., Tille 1929ff. I, 335ff., II 2, 243ff.; Slovakian: Gašparíková 1991f. II, Nos. 376, 412, 486, 529, 556; Slovene: Gabrščček 1910, 374ff.; Bosnian: Krauss/Burr et al. 2002, No. 22; Rumanian: Schullerus 1928, Bîrlea 1966 I, 258ff., III, 388f.; Bulgarian: BFP, Koceva 2002; Greek: Angelopoulos/Brouskou 1999; Polish: Krzyżanowski 1962f. I; Russian: SUS, Nos. 303, 553; Byelorussian, Ukrainian: SUS; Turkish: Eberhard/Boratav 1953, Nos. 108 IV(var. f), 220; Jewish: Gaster 1924, No. 373, Noy 1963a, No. 13; Gypsy: Briggs 1970f. A I, 234f., 520f., MNK X 1; Ossetian: Bjazyrov 1958, Nos. 46-48, 59, 101; Adygea: Alieva 1986, Nos. 303, 303-I; Cheremis/Mari: Kecskeméti/Paunonen 1974, Sabitov 1989; Chuvash, Mordvinian: Kecskeméti/Paunonen 1974; Vogul/Mansi: Kecskeméti/Paunonen 1974, Nos. 303, 553; Armenian: Gullakjan 1990; Yakut: cf. Ėrgis 1967, Nos. 186-191, 193, 196, cf. Nos. 108-110, 122, 169, 220; Turkmen: Reichl 1982, 63ff.; Tadzhik: Grjunberg/Steblin-Kamenskov 1976, No. 25; Georgian: Kurdovanidze 2000; Syrian: Nowak 1969, No. 142, El-Shamy 2004; Palestinian: El-Shamy 2004; Jordanian: Nowak 1969, No. 130; Iraqi: Nowak 1969, No. 142; Iranian: Marzolph 1984; Indian: Thompson/Roberts 1960; Chinese: cf. Grjunberg/Steblin-Kamenskov 1976, No. 27, Riftin et al. 1977, Ting 1978; Indonesian: Vries 1925f. II, 405 No. 143; Japanese: Ikeda 1971; French Canadian: Lemieux 1974ff. III, No. 10, X, No. 19, XV, No. 31, XVIII, No. 26; North American Indian: Thompson 1919, 323ff.; US-American: Baughman 1966; French-American: Ancelet 1994, No. 19(not.); Spanish-American, Mexican: Robe 1973, Camarena/Chevalier 1995II; Dominican,

Puerto Rican, Argentine: Hansen 1957; Brazilian: Alcoforado/Albán 2001, No. 16; Chilean: Hansen 1957, Pino Saavedra 1960ff. II, No. 84, III, Nos. 160, 245; West Indies: Flowers 1953; Cape Verdian: Parsons 1923b I, Nos. 88, 88a; Egyptian, Libyan, Algerian, Moroccan: El-Shamy 2004; East African: Arewa 1966, No. 4141; Namibian: Schmidt 1989 II, No. 1016; Malagasy: Haring 1982, No. 7.303.

303A ***Brothers Seek Sisters as Wives*** (previously ***Six Brothers Seek Seven Sisters as Wives***).

Chauvin 1892ff. VI, 171f. No. 329; BP III, 431–443; EM 2(1979)887–902(U. Masing); Scherf 1995 II, 1301–1304, 1325–1328; Röth 1998.

Finnish-Swedish: Allardt/Perklén 1896, No. 129; Estonian: Aarne 1918; Norwegian: Stroebe 1915 II, No. 23; Danish: Skattegraveren 6(1886)No. 837, 9(1889)No. 548, Kristensen 1890, No. 97, Sadolin 1941, 40ff.; French: Tenèze/Hüllen 1961, No. 27; German: Peuckert 1932, No. 50, Neumann 1971, No. 59, Bechstein/Uther 1997 I, No. 17; Hungarian: MNK II; Slovakian: Gašparíková 1991f. I, Nos. 215, 317, 333, II, Nos. 485, 544; Slovene: Bolhar 1974, 89ff.; Serbian: Čajkanović 1927, No. 20; Croatian: Bošković-Stulli 1963, No. 38; Bosnian: Šuljić 1968, 7ff.; Rumanian: Schullerus 1928, No. 303I*, Bîrlea 1966 I, 340ff., 355ff., III, 395ff., 397ff.; Greek: Megas/Puchner 1998; Byelorussian: Ramanaŭ 1962, No. 38; Turkish: Eberhard/Boratav 1953, No. 96(1); Jewish: cf. Noy 1963a, No. 22, Jason 1965; Gypsy: MNK X 1; Ossetian: Munkácsi 1927, No. 3, cf. Britaev/Kaloev 1959, 159ff.; Dagestan: Kapieva 1951, 79ff.; Kurdish: Družinina 1959, 84ff.; Kazakh: Potanin 1917, No. 13, Sidel'nikov 1958ff. I, 3ff.; Uzbek: Afzalov et al. 1963 I, 320ff., 375ff.; Tadzhik: Sandelholztruhe 1960, 229ff.; Mongolian: Heissig 1963, No. 45; Tuva: Taube 1978, No. 37; Georgian: cf. Dolidze 1960, 104ff., 139ff.; Syrian, Palestinian, Persian Gulf: El-Shamy 2004; Egyptian: El-Shamy 1980, No. 1, Lebedev 1990, No. 26, El-Shamy 2004; Algerian, Sudanese: El-Shamy 2004.

304 ***The Dangerous Night-Watch*** (previously ***The Hunter***).

BP II, 503–506; Polívka 1916; EM 7(1993)411–420(C. Shojaei Kawan); Scherf 1995 I, 409–413, 607–609, II, 1175–1178; Röth 1998; Schmidt 1999.

Finnish: Rausmaa 1982ff. I, No. 7; Lithuanian: Kerbelytė 1999ff. I; Swedish: Liungman 1961; Norwegian: Hodne 1984; Danish: Kristensen 1881ff. II, No. 18, III, No. 27; Irish: Ó Súilleabháin/Christiansen 1963; French: Delarue 1957; Spanish: Camarena/Chevalier 1995ff. II; Portuguese: Vasconcellos/Soromenho et al. 1963f. I, No. 316, Cardigos(forthcoming); Frisian: Kooi 1984a; Flemish: Meyer 1968; German: Ranke 1955ff. I, Grimm KHM/Uther 1996 II, No. 111; Austrian: Haiding 1953, No.

69; Ladinian: Decurtins 1896ff. II, No. 61, X, No. 10; Hungarian: MNK II; Czech: Tille 1921, 56, Tille 1929ff. II 1, 264ff.; Slovakian: Gašparíková 1991f. I, No. 197, II, Nos. 407, 417; Serbian: Karadžić 1937, No. 51, Đjorđjevič/Milošević-Đjorđjevič 1988, No. 27, cf. No. 153; Rumanian: Schullerus 1928; Bulgarian: BFP, Koceva 2002; Albanian: Mazon 1936, No. 81, Lambertz 1952, 21f.; Greek: Angelopoulos/Brouskou 1999; Polish: Krzyżanowski 1962f. I; Russian, Ukrainian: SUS; Turkish: Eberhard/Boratav 1953, Nos. 204 III 1, 213 III 2(var. h x); Jewish: Jason 1965, 1975, 1988a; Gypsy: MNK X 1; Ossetian: Bjazyrov 1958, No. 49; Adygea: Alieva 1986; Armenian: Gullakjan 1990; Buryat, Mongolian: Lőrincz 1979; Syrian: Nowak 1969, Nos. 81, 135; Burmese: Kasevič/Osipov 1976, No. 161; Korean: cf. Choi 1979, No. 289; French-Canadian: Barbeau 1916, No. 12, Lemieux 1974ff. II, No. 26, XVIII, No. 21; US-American: Baughman 1966; English-Canadian: Halpert/Widdowson 1996 I, Nos. 4–6; French-American: Carrière 1937, Nos. 13, 14; Spanish-American: Camarena/Chevalier 1995II; Egyptian: Nowak 1969, No. 81, cf. No. 177; Algerian: Frobenius 1921ff. II, 90ff., El-Shamy 2004; Moroccan: Laoust 1949, No. 120; East African: Klipple 1992.

305 ***The Dragon's Heart-Blood as Remedy.***
EM 3(1981)820–825.
Latvian: Arājs/Medne 1977; Danish: Grundtvig 1854ff. II, 198f.; Flemish: Meyer 1968; Serbian: Karadžić 1937, No. 17; Polish: cf. Krzyżanowski 1962f. I; English-Canadian: Dorson 1952, 93ff.; French-Canadian: Lemieux 1974ff. XXII, No. 10.

306 ***The Danced-out Shoes.***
Köhler/Bolte 1898ff. I, 412, 437; BP III, 78–84; Ressel 1981, 144–149; Scherf 1995 I, 667–670, II, 1204–1207, 1332–1335, 1434–1436, 1441–1444; Röth 1998; Schmidt 1999; Anderson 2000, 119–121; EM: Schuhe: Die zertanzten S.(forthcoming).
Finnish: Rausmaa 1982ff. I, No. 8; Finnish-Swedish: Hackman 1917f. I, No. 105; Estonian: Aarne 1918; Livonian: Loorits 1926; Latvian: Arājs/Medne 1977; Lithuanian: Kerbelytė 1999ff. I; Lappish, Karelian: Kecskeméti/Paunonen 1974; Swedish: Liungman 1961; Norwegian: Hodne 1984; Danish: Grundtvig 1854ff. III, No. 3, Holbek 1990, No. 33; Icelandic: Sveinsson 1929; Irish: Ó Súilleabháin/Christiansen 1963; French: Delarue 1957; Spanish, Basque: Camarena/Chevalier 1995ff. II; Portuguese: Oliveira 1900ff. I, No. 35, Vasconcellos/Soromenho et al. 1963f. I, Nos. 322–324, Cardigos(forthcoming); Flemish: Meyer 1968; German: Ranke 1955ff. I, Grimm KHM/Uther 1996 II, No. 133; Austrian: Haiding 1953, No. 53; Ladinian: Decurtins 1896ff. II, No. 2; Italian: Cirese/Serafini 1975, De Simone 1994, No. 94; Hungarian:

MNK II; Czech: Tille 1921, 311ff., Tille 1929ff. II 1, 337ff.; Slovakian: Gašparíková 1991f. I, Nos. 74, 137, 199, 219, 227, 295, II, Nos. 372, 556; Slovene: Kontler/Kompoljski 1923f. II, 44ff.; Serbian: Đjorđjevič/Milošević-Đjorđjevič 1988, No. 28, Eschker 1992, No. 10; Croatian: Bošković-Stulli 1963, No. 15; Rumanian: Schullerus 1928, Bîrlea 1966 I, 452ff., III, 403f.; Bulgarian: BFP, Koceva 2002; Greek: Angelopoulos/Brouskou 1999; Polish: Krzyżanowski 1962f. I; Russian, Ukrainian: SUS; Turkish: Eberhard/Boratav 1953, Nos. 102 IV 4 C, 183; Jewish: Jason 1965; Gypsy: MNK X 1; Adygea: Alieva 1986; Saudi Arabian: Fadel 1979, No. 37, El-Shamy 2004; Iranian: Marzolph 1984; Pakistani, Indian: Thompson/Roberts 1960, No. 306A; Mexican: Robe 1973; Chilean: Pino Saavedra 1960ff. I, 373ff.; Argentine: Chertudi 1960f., I, No. 37; West Indies: Flowers 1953; Cape Verdian: Parsons 1923b I, Nos. 95, 96; East African: Klipple 1992, 132f.

307 ***The Princess in the Coffin*** (previously ***The Princess in the Shroud***).
Köhler/Bolte 1898ff. I, 320; BP III, 531–537; Christiansen 1949; cf. Tubach 1969, No. 3477b; Scherf 1995 I, 560–563, II, 906–909, 1337–1339, 1403–1406; Röth 1998; Anderson 2000, 117f.; EM 10(2002)1355–1363(C. Shojaei Kawan).
Finnish: Rausmaa 1982ff. I, No. 9; Estonian: Aarne 1918; Livonian: Loorits 1926; Latvian: Arājs/Medne 1977; Lithuanian: Kerbelytė 1999ff. I; Norwegian: Hodne 1984; Danish: Grundtvig 1876ff. I, No. 13, Kristensen 1881ff. III, No. 50; French: Delarue 1957; Spanish: Camarena/Chevalier 1995ff. II; Portuguese: Oliveira 1900ff. II, Nos. 234, 270, 311, Cardigos(forthcoming); Dutch: Kooi 2003, No. 24; Frisian: Kooi 1984a; Walloon: Laport 1932, No. *307A; German: Ranke 1955ff. I, Berger 2001; Austrian: Haiding 1953, No. 53; Ladinian: Decurtins 1896ff. II, No. 3; Italian: Aprile 2000 I; Corsican: Massignon 1963, No. 101; Sardinian: Aprile 2000 I; Hungarian: MNK II; Czech: Tille 1929ff. II 1, 326ff., Klímová 1966, No. 2; Slovakian: Gašparíková 1991f. I, Nos. 199, 227, 332, cf. No. 30, II, No. 532; Slovene: Drekonza 1932, 49ff.; Croatian: Bošković-Stulli 1975b, No. 36; Rumanian: Schullerus 1928; Greek: Angelopoulos/Brouskou 1999; Sorbian: Nedo 1956, No. 26; Polish: Krzyżanowski 1962f. I, Nos. 307, 307C*; Russian, Byelorussian, Ukrainian: SUS; Gypsy: MNK X 1; Adygea: Alieva 1986; Mordvinian: Kecskeméti/Paunonen 1974; Indian: Thompson/Roberts 1960; East African: Klipple 1992, 133f.

310 ***The Maiden in the Tower.*** (Petrosinella, Rapunzel.)
BP I, 97–99; Lüthi 1960; Meraklis 1963f.; Schwarzbaum 1968, 273; EM 7(1993)791–797(H.-J. Uther); Lauer 1993; Scherf 1995 II, 937–940, 940–942, 969–973, 1378–1380; Dekker et al. 1997, 293; Röth 1998.

Latvian: Arājs/Medne 1977; Lithuanian: Kerbelytė 1999ff. I; Irish: Ó Súilleabháin/Christiansen 1963; French: Delarue 1957; Spanish: cf. Camarena/Chevalier 1995ff. II, No. 310B; Catalan: Oriol/Pujol 2003; Portuguese: Oliveira 1900ff. I, No. 58, Cardigos(forthcoming), No. 310, cf. No. 310B; Flemish: Meyer 1968; German: Ranke 1955ff. I, Grimm KHM/Uther 1996 I, No. 12; Italian: Aprile 2000 I; Corsican: Massignon 1963, No. 20; Sardinian: Aprile 2000 I; Maltese: Mifsud-Chircop 1978; Hungarian: MNK II; Croatian: Bošković-Stulli 1963, No. 17, Bošković-Stulli 1975b, No. 11; Bulgarian: BFP, Koceva 2002; Greek: Angelopoulos/Brouskou 1999; Polish: Krzyżanowski 1962f. I; Turkish: Eberhard/Boratav 1953, No. 200 V, p. 418 No. 12; Jewish: cf. Haboucha 1992, Nos. **310A, **313D; Ossetian: Bjazyrov 1958, Nos. 50, 51; Syrian, Lebanese, Palestinian, Jordanian, Iraqi, Qatar: El-Shamy 2004, No. 310A§; Chinese: Ting 1978; Japanese: Ikeda 1971, cf. No. 408C; English-Canadian: Fauset 1931, No. 3; US-American: Baughman 1966; Cuban, Puerto Rican: Hansen 1957; Dominican: Hansen 1957, No. 310**A; West Indies: Flowers 1953; Cape Verdian: Parsons 1923b I, No. 76; Egyptian: El-Shamy 1980, No. 8, El-Shamy 2004, No. 310A§; Libyan, Tunisian, Algerian, Moroccan, Sudanese, Somalian: El-Shamy 2004, No. 310A§.

311 ***Rescue by the Sister.***

BP I, 370–375, 398–412, II, 56; Herzog 1937; Uther 1988a; Scherf 1995 I, 80–83, 141–144, 167–170, 317–321, 480–483, 573f., II, 1050–1052, 1108–1111; EM 8(1996)1407–1413 (W. Puchner); Dekker et al. 1997, 63–66; Röth 1998; Anderson 2000, 97–100.

Finnish: Rausmaa 1982ff. I, No. 10; Finnish-Swedish: Hackman 1917f. I, No. 55; Estonian: Aarne 1918; Livonian: Loorits 1926; Latvian: Arājs/Medne 1977; Lithuanian: Kerbelytė 1999ff. I; Lappish, Wepsian, Wotian, Karelian, Syrjanian: Kecskeméti/Paunonen 1974; Swedish: Liungman 1961; Norwegian: Hodne 1984; Danish: e.g. Kristensen 1881ff. I, No. 37, Kristensen 1884ff. III, No. 7, Kristensen 1896f. I, No. 27; Faeroese: Nyman 1984; Icelandic: Sveinsson 1929; Scottish: Campbell 1890ff. II, No. 41, Aitken/Michaelis-Jena 1965, No. 20, Briggs 1970f. A I, 446f.; Irish: Ó Súilleabháin/Christiansen 1963; English: Briggs 1970f. A I, 175ff.; French: Delarue 1957; Spanish: Camarena/Chevalier 1995ff. II, González Sanz 1996; Catalan: Oriol/Pujol 2003; Portuguese: Coelho 1985, No. 26, Cardigos(forthcoming); Flemish: Meyer 1968; German: Ranke 1955ff. I, Grimm KHM/Uther 1996 I, No. 46, cf. No. 66, Berger 2001; Austrian: Haiding 1953, No. 22; Ladinian: Decurtins 1896ff. II, Nos. 23, 28; Italian: Aprile 2000 I; Corsican: Massignon 1963, Nos. 19, 25; Sardinian: Aprile 2000 I, No. 311–312; Hungarian: MNK II; Czech: Tille 1929ff. II 1, 80ff.; Slovene: Bolhar 1974, 52ff.; Serbian: Čajkanović 1929, No. 83; Croatian: Bošković-Stulli 1975b, No.

46, Krauss/Burr et al. 2002, No. 24; Rumanian: Schullerus 1928, No. 365*; Bulgarian: Koceva 2002; Greek: Angelopoulos/Brouskou 1999; Polish: Krzyżanowski 1962f. I; Russian, Byelorussian, Ukrainian: SUS; Turkish: Eberhard/Boratav 1953, Nos. 152 III 2-4, 157; Jewish: Jason 1988a, Haboucha 1992; Gypsy: MNK X 1; Cheremis/Mari: Sabitov 1989; Mordvinian, Vogul/Mansi: Kecskeméti/Paunonen 1974; Armenian: Gullakjan 1990; Yakut: Ėrgis 1967, No. 213; Palestinian: Hanauer 1907, 221ff., El-Shamy 2004, No. 311-312; Jordanian: El-Shamy 2004, No. 311-312; Sri Lankan: Parker 1910ff. I, No. 52; Chinese: Ting 1978; Japanese: Ikeda 1971, Inada/Ozawa 1977ff.; French-Canadian: Barbeau 1916, No. 28, Barbeau/Lanctot 1923, No. 99; US-American: Baughman 1966; Spanish-American, Mexican: Robe 1973; Cuban: Hansen 1957; Chilean: Pino Saavedra 1960ff. I, Nos. 45, 70; West Indies: Flowers 1953; Tunisian, Moroccan: El-Shamy 2004, No. 311-312; Malagasy: Haring 1982, Nos. 2.1.311, 3.1.311.

311B* ***The Singing Bag.***
Oriol 2002, 33ff.
Spanish: Camarena/Chevalier 1995ff. II, González Sanz 1996; Catalan: Oriol/Pujol 2003; Portuguese: Braga 1987 I. 89f., Cardigos (forthcoming); Russian: Nikiforov/Propp 1961, No. 84; Jewish: Noy 1965, No. 13; Iraqi: El-Shamy 2004; Cuban: Hansen 1957, No. 311*B; Puerto Rican: Hansen 1957, No. 311*B, cf. No. 311**C; Brazilian: Alcoforado/Albán 2001, No. 17; Egyptian: El-Shamy 2004; Central African: cf. Lambrecht 1967, Nos. 3852 (1), 3852 (2).

312 ***Maiden-Killer (Bluebeard)*** (previously ***The Giant-killer and his Dog***).
BP I, 398-412, II, 56; HDM 1 (1930-33) 266-270 (C. Voretzsch); Heckmann 1930; DVldr 1935ff. II, No. 41; Herzog 1937; Belmont 1973, 51-55, 81; Karlinger 1973a; Suhrbier 1984; Uther 1988a; Kindl 1989; Scherf 1995 I, 94-98; EM 8 (1996) 1407-1413 (W. Puchner); Röth 1998; Schmidt 1999; Anderson 2000, 97-100; Davies 2001.
Finnish-Swedish: Hackman 1917f. I, No. 67b; Lithuanian: Kerbelytė 1999ff. I; Lappish: Qvigstad 1925, No. 55*; Livonian: Kecskeméti/Paunonen 1974; Swedish: Liungman 1961; Norwegian: Hodne 1984; Irish: Ó Súilleabháin/Christiansen 1963; French: Delarue 1957; Spanish: Camarena/Chevalier 1995ff. II, González Sanz 1996; Basque: Webster 1877, 173ff.; Catalan: Oriol/Pujol 2003; Portuguese: Vasconcellos/Soromenho et al. 1963f. II, Nos. 612, 614, Cardigos (forthcoming); Dutch: Sinninghe 1943, Volkskundig Bulletin 24 (1998) 305; Frisian: Kooi 1984a; Flemish: Meyer 1968; German: Ranke 1955ff. I, Grimm KHM/Rölleke 1986 I, No. 66, Bechstein/Uther 1997

I, No. 70; Austrian: Haiding 1953, No. 55; Italian: Pitrè/Schenda et al. 1991, No. 15, Aprile 2000 I; Sardinian: Aprile 2000 I, No. 311-312; Slovakian: cf. Gašparíková 1991f. I, No. 270; Slovene: Kres 3(1883)610ff.; Serbian: Panić-Surep 1964, No. 6; Rumanian: cf. Bîrlea 1966 I, 460ff., III, 404ff.; Greek: Angelopoulos/Brouskou 1999; Polish: Krzyżanowski 1962f. I; Sorbian: Nedo 1956, No. 27; Turkish: Eberhard/Boratav 1953, No. 157 III; Jewish: Jason 1965; Ossetian: Bjazyrov 1958, No. 52; Tatar: Kecskeméti/Paunonen 1974; Yakut: Ėrgis 1967, No. 103; Mongolian: Lőrincz 1979; Lebanese, Iraqi, Qatar: El-Shamy 2004; English-Canadian: Fauset 1931, No. 6; French-Canadian: Lemieux 1974ff. VIII, No. 12, IX, No. 24, XXI, No. 14; US-American: Baughman 1966; Spanish-American: TFSP 6(1927)55, Camarena/Chevalier 1995 II; African American: Baughman 1966; Dominican, Puerto Rican: Hansen 1957; West Indies: Flowers 1953; Egyptian, Moroccan: El-Shamy 2004; Libyan: Nowak 1969, No. 103; Sierra Leone: Finnegan 1967, 117ff.; East African: Arewa 1966, No. 3890; Sudanese: El-Shamy 2004; Namibian: Schmidt 1989 II, No. 1020.

312A ***The Rescued Girl*** (previously ***The Brother Rescues His Sister from the Tiger***).
French: Delarue 1957; Greek: Megas/Puchner 1998; Polish: Krzyżanowski 1962f. I; Jewish: Noy 1963a, No. 17; Lebanese, Palestinian, Jordanian, Iraqi, Persian Gulf, Saudi Arabian, Kuwaiti, Oman, Qatar, Yemenite: El-Shamy 2004; Pakistani: Thompson/Roberts 1960; Indian: Thompson/Roberts 1960, Blackburn 2001, No. 28; Chinese: Ting 1978; Japanese: Ikeda 1971, Inada/Ozawa 1977ff.; North African, Egyptian, Algerian, Moroccan: El-Shamy 2004; Sudanese: cf. Jahn 1970, No. 9, El-Shamy 1999, No. 1-2, El-Shamy 2004.

312C ***The Rescued Bride*** (previously ***Devil's Bride Rescued by Brother***).
Spanish: Camarena/Chevalier 1995ff. II; Catalan: cf. Oriol/Pujol 2003; Portuguese: Coelho 1879, No. 48, Camarena/Chevalier 1995II; Maltese: Mifsud-Chircop 1978; Hungarian: MNK II, No. 452A*; Jewish: Jason 1965, No. *340A, Haboucha 1992, *340A; Japanese: Ikeda 1971, Inada/Ozawa 1977ff.; Spanish-American: Robe 1973; Mexican: Robe 1973, No. 312C, cf. No. 312*E; Costa Rican: Robe 1973; Cuban: cf. Hansen 1957, Nos. *340**G, *340**H; Dominican: Hansen 1957, Nos. *340*A, *340**C, *340**E, cf. No. *340**F; Puerto Rican: Hansen 1957, Nos. *340*A, *340**B, cf. No. *340**D; Mayan: Peñalosa 1992; Chilean: Pino Saavedra 1960ff. II, Nos. 106, 107.

312D ***Rescue by the Brother*** (previously ***Brother Saves his Sister and Brothers from the Dragon***). (Pea's Son.)

BP III, 429–431; Novikov 1974; EM 4(1984)127–130(Á. Dömötör); Dömötör 1993; Scherf 1995 I, 112–116, 268–271, 653–656, II, 778–781; Röth 1998.

Finnish: Rausmaa 1982ff. I, No. 11; Latvian: Arājs/Medne 1977; Lithuanian: Kerbelytė 1999ff. I; Syrjanian: Fokos 1917f., No. 2; Danish: Berntsen 1873f. I, No. 13, II, No. 4; Scottish, Irish: Briggs 1970f. A I, 180ff.; German: cf. Kooi/Schuster 1994, No. 3; Hungarian: MNK II; Slovakian: Polívka 1923ff. II, 1ff., 69ff., Kosová-Kolečányi 1988, 68ff., Gašparíková 1984, 76ff.; Slovene: Bolhar 1974, 142ff.; Serbian: Čajkanović 1927, No. 12, Đjorđjevič/Milošević-Đjorđjevič 1988, No. 18; Croatian: Plohl Herdvigov 1868, No. 19, Smičiklas 1910ff. 17, No. 41, Bošković-Stulli 1963, No. 14, Bošković-Stulli 1975b, No. 5; Rumanian: Schullerus 1928, No. 327D*; Megas/Puchner 1998; Russian, Byelorussian, Ukrainian: SUS; Jewish: Jason 1975; Gypsy: Briggs 1970f. A I, 190, Mode 1983ff. I, No. 7, MNK X 1; Dagestan: Chalilov 1965, No. 62; Ossetian: Britaev/Kaloev 1959, 118ff.; Cheremis/Mari: Beke 1938, No. 35; Votyak: Munkácsi 1952, No. 88; Georgian: Kurdovanidze 2000; Iraqi: El-Shamy 2004; Chinese: Ting 1978; Japanese: Ikeda 1971, Inada/Ozawa 1977ff.; Egyptian, Algerian, Sudanese: El-Shamy 2004.

313 ***The Magic Flight.***

Chauvin 1892ff. V, 197ff. No. 116; Köhler/Bolte 1898ff. I, 161–175; BP I, 442f., 498–503, II, 77–79, 140–146, 516–527, III, 338f., 406–417; Aarne 1930; Knapp 1933; Christiansen 1959, 242f.; Schwarzbaum 1968, 86, 459; Rausmaa 1973c, 132–134; Manusakas/Puchner 1984; Brix 1992; Goldberg 1992; Scherf 1995 I, 62–66, 261–265, 326–330, 372–374, 375–378, 378–380, 536–540, II, 784–786, 883–885, 946–949, 991–993, 1217–1220, 1234–1237, 1351–1352, 1363–1364; Dekker et al. 1997, 213–218; Röth 1998; EM 9(1999)13–19(W. Puchner); Schmidt 1999, No. 313C; Anderson 2000, 72–78; Hansen 2002, 151–166.

Finnish: Rausmaa 1982ff. I, 478; Finnish-Swedish: Hackman 1917f. I, Nos. 56a, 57a (1), 56c(25), 77; Estonian: Aarne 1918, Nos. 313A, 313B, 313C; Latvian: Arājs/Medne 1977, Nos. 313A, 313B, 313C, 313H*; Lithuanian: Kerbelytė 1999ff. I, Nos. 313A,B,C, 313H*; Livonian, Lappish, Wepsian, Karelian, Syrjanian: Kecskeméti/Paunonen 1974; Swedish: Liungman 1961, Nos. 313A, 313C; Norwegian: Hodne 1984; Danish: Grundtvig 1876ff. I, No. 3, Holbek 1990, No. 5; Faeroese: Nyman 1984, Nos. 313A, 313C; Icelandic: Sveinsson 1929, No. 313C; Scottish: Campbell 1890ff. I, No. 17, Briggs 1970f. A I, 160, 290ff., 296f., 424ff., 565f., B II, 4, Baughman 1966, No. 313C; Irish: Ó Súilleabháin/Christiansen 1963, Baughman 1966, No. 313C; English: Briggs

1970f. A I, 202f., 579f.; French: Delarue 1957, Nos. 313, 313B; Spanish: Camarena/Chevalier 1995ff. II, Nos. 313A, 313C, González Sanz 1996, No. 313A; Basque: Camarena/Chevalier 1995ff. II, Nos. 313A, 313C; Catalan: Oriol/Pujol 2003, Nos. 313, 313A, 313C; Portuguese: Oliveira 1900ff. I, Nos. 2, 13, 48, Vasconcellos/Soromenho et al. 1963f. I, Nos. 218, 268, Cardigos (forthcoming), Nos. 313A, 313C; Dutch: Volkskunde 1 (1888) 121–137, 14 (1901/02) 119–125, 16 (1904) 244–249, Sinninghe 1943, Kooi 2003, Nos. 5, 6; Frisian: Kooi 1984a, No. 313A; Flemish: Meyer 1968, Nos. 313, 313A, 313C, Meyer/Sinninghe 1976, No. 313C; Walloon: Laport 1932, Nos. 313, *313D; German: Meyer 1932, Nos. 313A, 313C, Ranke 1955ff. I, Grimm KHM/Uther 1996 I, Nos. 51, 56, II, Nos. 79, 113, III, Nos. 181, 186, 193, Berger 2001, Nos. 313, 313A*; Austrian: Haiding 1953, No. 11, Haiding 1977a, No. 9; Ladinian: Decurtins 1896ff. II, No. 40, XI, Nos. 2, 3; Italian: Cirese/Serafini 1975, Nos. 313, 313B, Aprile 2000 I, Nos. 313A, 313C; Corsican: Ortoli 1883, No. 5, Massignon 1963, Nos. 20, 25, 44, 102; Sardinian: Aprile 2000 I, No. 313–408; Maltese: Mifsud-Chircop 1978, Nos. 313A, 313C; Hungarian: MNK II, Nos. 313A, 313C; Czech: Tille 1921, 143ff., Tille 1929ff. I, 219ff., 224ff., 231ff., 239ff., 246ff.; Slovakian: Gašparíková 1991f. I, Nos. 100, 168, 198, 273, II, Nos. 376, 529, 555; Slovene: Bolhar 1974, 147ff.; Serbian: Čajkanović 1927, No. 18, Eschker 1992, Nos. 9, 18, 34; Croatian: Bošković-Stulli 1963, No. 18, Bošković-Stulli 1975b, Nos. 11, 32, Gaál/Neweklowsky 1983, No. 17; Rumanian: Schullerus 1928, No. 313A; Bulgarian: BFP, Nos. 313A, 313C, 313H*, Koceva 2002, No. 313H*; Greek: Angelopoulos/Brouskou 1999; Sorbian: Nedo 1956, Nos. 27, 28; Polish: Krzyżanowski 1962f. I, Nos. 313A, 313C; Russian: Löwis of Menar 1914, Nos. 31, 44, Nikiforov/Propp 1961, 97ff., 150ff., SUS, Nos. 313A, 313H*, Afanas'ev/Barag et al. 1984f. II, Nos. 219–226; Byelorussian: Barag 1966, 278ff., SUS, Nos. 313A, 313H*; Ukrainian: Popov 1957, 69ff., SUS, Nos. 313A, 313H*; Turkish: Eberhard/Boratav 1953, Nos. 82, 84, 87, 98, 102 III, 104 IV, 105 IV, 152 IV e, 161 III 3–6, 168 (2), 168 III 2, 170, 212 III 4, 212 IV 4, 249, 374 III 3–7; Jewish: Jason 1988a, Haboucha 1992, No. 313, cf. No. **313D; Gypsy: Briggs 1970f. A I, 161, 191ff., 202f., 376f., MNK X 1, Nos. 313, 313A, 313C; Ossetian: Bjazyrov 1958, Nos. 53–56, 69; Adygea: Alieva 1986, Nos. 313A, 313B, 313H*; Cheremis/Mari: Kecskeméti/Paunonen 1974, No. 313, Sabitov 1989, Nos. 313 A, B, C, 313H*; Tatar, Mordvinian, Votyak, Vogul/Mansi: Kecskeméti/Paunonen 1974, No. 313; Kurdish: Džalila et al. 1989, Nos. 4, 9; Armenian: Gullakjan 1990; Yakut: Ėrgis 1967, No. 101, 102, 107–109, 112, 126, 127, 213, 215, 235; Uzbek: Keller/Rachimov 2001, Nos. 4, 5; Mongolian: Lőrincz 1979, No. 313A; Georgian: Kurdovanidze 2000, Nos. 313, 313A, B, C, 313H*; Syrian, Palestinian: El-Shamy 2004; Iraqi: Nowak 1969, No. 221; Indian: Thompson/Roberts 1960, Jason 1989; Chinese: Eberhard 1937, 80f., Ting 1978, Nos. 313A, 313C, 313H*; Korean: Choi 1979, Nos. 101,

123, 205; Japanese: Ikeda 1971, Inada/Ozawa 1977ff., Nos. 313D*, 313H*; English-Canadian: Halpert/Widdowson 1996 I, Nos. 7-13; French-Canadian: Barbeau/Lanctot 1923, No. 106, Lemieux 1974ff. II, No. 11, III, No. 2; North American Indian: cf. Thompson 1919, 347ff., Robe 1973; US-American: Baughman 1966, Nos. 313, 313A, 313C, Perdue 1987, Nos. 3A-E; French-American: Baughman 1966; Spanish-American: TFSP 7(1928)128-130, 12(1935)61-66, Baughman 1966, Robe 1973; African American: Baughman 1966, Nos. 313, 313A; Spanish-American: Camarena/Chevalier 1995ff. II, No. 313C; Mexican, Panamanian: Robe 1973; South American Indian: Hissink/Hahn 1961, Nos. 25, 336, 392, 394; Mayan: Peñalosa 1992; Dominican: Hansen 1957, Nos. 313A, 313C; Cuban, Puerto Rican, Venezuelan, Uruguayan: Hansen 1957, No. 313A; Brazilian: Alcoforado/Albán 2001, No. 18; Chilean: Hansen 1957, No. 313C, Pino Saavedra 1960ff. I, Nos. 16-19, 36, 37, II, Nos. 106, 107, III, No. 244; Argentine: Hansen 1957, No. 313C; West Indies: Flowers 1953; Cape Verdian: Parsons 1923b I, Nos. 52, 52a, 52b; Egyptian: Nowak 1969, Nos. 169, 227, El-Shamy 2004, No. 313, 313H*; Libyan: Nowak 1969, No. 103, El-Shamy 2004; Algerian: El-Shamy 2004, Nos. 313, 313C, 313H*; Moroccan: El-Shamy 2004; Sudanese: Jahn 1970, No. 21, El-Shamy 2004, No. 313, 313H*; Mauritian: Delarue 1957; South African: Schmidt 1989 II, No. 1022; Malagasy: Haring 1982, No. 7.313.

313E* ***The Sister's Flight*** (previously ***Girl Flees from Brother who Wants to Marry her***).

Finnish: Rausmaa 1982ff. I, No. 14; Estonian: Loorits 1959, No. 137; Latvian: Arājs/Medne 1977; Lithuanian: Kerbelytė 1999ff. I; Bulgarian: Koceva 2002; Polish: cf. Krzyżanowski 1962f. I, No. 317; Russian, Byelorussian, Ukrainian: SUS; Adygea: Alieva 1986; Cheremis/Mari: Sabitov 1989; Turkmen: Stebleva 1969, No. 21; Tadzhik: Rozenfel'd/Ryčkovoj 1990, No. 8; Georgian: Kurdovanidze 2000; Lebanese, Palestinian, Iraqi: El-Shamy 2004; Egyptian, Tunisian, Algerian, Moroccan: El-Shamy 2004; Sudanese: El-Shamy 1999, No. 46, El-Shamy 2004.

314 ***Goldener*** (previously ***The Youth Transformed to a Horse***).

Köhler/Bolte 1898ff. I, 330-334; BP III, 94-114; Wesselski 1925, No. 52; HDM 2 (1934-40)648-651(E. Tegethoff); Verfasserlexikon 3(1981)92f.(H. Tervooren); EM 5 (1987)1372-1383(G. Dammann); Scherf 1995 I, 251-256, 350-353, II, 1105-1108; Röth 1998, Nos. 314, 532; Schmidt 1999, Nos. 314, 532; EM 10(2002)932-936(C. Goldberg); Marzolph/Van Leeuwen 2004, Nos. 462, 463, 478.

Finnish: Rausmaa 1982ff. I, Nos. 15, 81; Finnish-Swedish: Hackman 1917f. I, Nos. 53 (2), 56; Estonian: Aarne 1918; Latvian: Arājs/Medne 1977, Nos. 314, 532; Lithuanian: Kerbelytė 1999ff. I, Nos. 314, 532; Livonian: Kecskeméti/Paunonen 1974, Nos. 314, 532; Lappish: Kecskeméti/Paunonen 1974, Bartens 2003, No. 60; Karelian: Kecskeméti/Paunonen 1974, No. 532; Swedish: Liungman 1961; Norwegian: Hodne 1984, No. 314, p. 356; Danish: Grundtvig 1876ff. I, No. 15, Kristensen 1881ff. III, Nos. 30, 36, IV, Nos. 26, 29, 50; Faeroese: Nyman 1984; Icelandic: Sveinsson 1929; Irish: Ó Súilleabháin/Christiansen 1963, Nos. 314, 532; French: Delarue 1957; Spanish: Camarena/Chevalier 1995ff. II, Nos. 314, 532; Basque: Webster 1877, 111ff.; Catalan: Oriol/Pujol 2003, Nos. 314, 532; Portuguese: Oliveira 1900ff. II, No. 341, Braga 1987 I, 104ff., Cardigos(forthcoming); Dutch: Kooi 2003, No. 11; Frisian: Kooi 1984a; Flemish: Meyer 1968; German: Ranke 1955ff. I, Grimm KHM/Uther 1996 III, No. 136, cf. Berger 2001; Austrian: Haiding 1953, No. 23; Ladinian: Decurtins 1896ff. II, Nos. 29, 65; Italian: Aprile 2000 I; Corsican: Ortoli 1883, No. 15, Massignon 1963, No. 7; Sardinian: Aprile 2000 I; Maltese: Mifsud-Chircop 1978; Hungarian: MNK II, Nos. 314, 532; Czech: Tille 1929ff. II 2, 261; Slovakian: Gašparíková 1991f. I, Nos. 302, 311, II, Nos. 528, 555; Slovene: Drekonja 1932, 45ff.; Serbian: Đjorđjevič/Milošević-Đjorđjevič 1988, No. 34; Croatian: Bošković-Stulli 1963, No. 38, Bošković-Stulli 1975b, No. 2; Macedonian: Čepenkov/Penušliski 1989 I, Nos. 49, 50; Rumanian: cf. Bîrlea 1966 I, 380ff., III, 400f.; Bulgarian: BFP, Nos. 314, 532, Koceva 2002, Nos. 314, 532; Greek: Karlinger 1979, Nos. 13, 63, Megas/Puchner 1998, No. 532, Angelopoulos/Brouskou 1999; Polish: Krzyżanowski 1962f. I; Russian, Byelorussian, Ukrainian: SUS, Nos. 314, 532; Turkish: Eberhard/Boratav 1953, Nos. 98 V, 158, 175 III 6, 257, 258; Jewish: Noy 1963a, No. 42, Jason 1965, Nos. 314, 532, Jason 1975, 1988a; Gypsy: MNK X 1, Nos. 314, 532; Ossetian: Bjazyrov 1958, Nos. 82, 91-93; Adygea: Alieva 1986, Nos. 314, 532; Cheremis/Mari: Kecskeméti/Paunonen 1974, Nos. 314, 532, Sabitov 1989, No. 532; Chuvash, Tatar: Kecskeméti/Paunonen 1974, No. 532; Mordvinian, Votyak: Kecskeméti/Paunonen 1974; Armenian: Gullakjan 1990, No. 532; Yakut: Ėrgis 1967, Nos. 112, 118, 193, 220; Tadzhik: Grjunberg/Steblin-Kamenskov 1976, No. 19; Georgian: Kurdovanidze 2000, Nos. 314, 532; Syrian: El-Shamy 2004, Nos. 314, 532; Lebanese, Plestinian, Jordanian: El-Shamy 2004; Iraqi, Yemenite: Nowak 1969, No. 94, El-Shamy 2004; Persian Gulf: El-Shamy 2004, Nos. 314, 532; Saudi Arabian, Oman, Kuwaiti, Qatar: El-Shamy 2004; Iranian: Marzolph 1984, No. *314; Afghan: Grjunberg/Steblin-Kamenskov 1976, No. 18; Pakistani, Indian: Thompson/Roberts 1960, Jason 1989; Burmese: Kasevič/Osipov 1976, No. 163; Sri Lankan: Thompson/Roberts 1960; Chinese: Riftin et al. 1977. No. 9, Ting 1978; Korean: Choi 1979, No. 101.1; Indonesian: Vries 1925f. II, 405 No. 145; Japanese: Ikeda 1971; French-Canadian: Lemieux 1974ff. IV, No. 18, V, No. 12, VIII, No. 10, XIV, No. 25, XV, No. 44, Delarue/Tenèze 1964ff. II(app.), No. 532; North American Indian: Thompson 1919,

347ff.; Spanish-American: Camarena/Chevalier 1995ff. II, Nos. 314, 532; Mexican, Costa Rican, Panamanian: Robe 1973; Dominican: Hansen 1957, Nos. 314, 532; Puerto Rican: Hansen 1957; Mayan: Peñalosa 1992; Chilean: Hansen 1957, Pino Saavedra 1960ff. I, Nos. 59, 65, 73; West Indies: Flowers 1953; Cape Verdian: Parsons 1923b I, No. 55; Egyptian, Algerian: El-Shamy 2004, Nos. 314, 532; Tunisian: El-Shamy 2004, No. 532; Moroccan: El-Shamy 2004; East African: Klipple 1992, 140f.; Sudanese: El-Shamy 2004, Nos. 314, 532; Namibian: Schmidt 1989 II, No. 1024.

314A ***The Shepherd and the Three Giants.***
BP III, 112–114; EM 6(1990)1079–1083(G. Dammann); Scherf 1995 I, 631–633, 765–768, II, 1067–1071, 1447–1449; Dekker et al. 1997, 162–165; Röth 1998; Schmidt 1999. Lithuanian: Kerbelytė 1999ff. I; Lappish: Qvigstad 1927ff. I, Nos. 5, 6, cf. III, No. 40; Swedish: Segerstedt 1884, 81ff.; Danish: Kristensen 1883ff. III, No. 57, Kristensen 1896f. I, No. 9, Holbek 1990, No. 6; Scottish: Aitken/Michaelis-Jena 1965, Nos. 2, 10; Irish: Béaloideas 1(1928)290–297, 388–394, 2(1929)148–156, 268–272; English: cf. Briggs/Michaelis-Jena 1970, No. 15; French, Basque: Delarue 1957, No. 317; Catalan: Oriol/Pujol 2003; Dutch: Kooi 2003, No. 2; Frisian: Kooi 1984a, Kooi/Schuster 1994, No. 4; Flemish: Meyer 1968; German: Ranke 1955ff. I, 175ff., Kooi/Schuster 1994, No. 4; Austrian: Haiding 1953, No. 1, Haiding 1969, No. 4, Haiding 1977a, No. 27; Ladinian: Decurtins 1896ff. II, Nos. 42, 86; Italian: Visentini 1879, No. 5, Keller/Rüdiger 1959, No. 38; Hungarian: MNK II; Czech: Jech 1984, No. 21; Slovakian: Gašparíková 1991f. I, Nos. 103, 197, 216, 260, 333, II, Nos. 392, 410, 437, 570; Slovene: Byhan 1958, 71ff.; Macedonian: Tošev 1954, 48ff.; Polish: Piprek 1918, 103ff.; Sorbian: Nedo 1956, No. 55; Ukrainian: Lintur 1972, No. 55; Gypsy: MNK X 1; English-Canadian: Fauset 1931, No. 18; French-Canadian: JAFL 29(1916)31–37, 30(1917)79–81, Delarue 1957, No. 317; Spanish-American: Rael 1957 I, Nos. 211, 237; Chilean: Pino Saavedra 1960ff. II, Nos. 76–80.

314A* ***Animal as Helper in the Flight*** (previously ***The Bullock-savior***).
Finnish: Rausmaa 1982ff. I, No. 16; Latvian: Arājs/Medne 1977, Nos. 314A*, 314B*; Lithuanian: Kerbelytė 1999ff. I, Nos. 314A*, 314B*; Wepsian: Kecskeméti/Paunonen 1974; Karelian: Kecskeméti/Paunonen 1974, No. 314B*; Sorbian: Veckenstedt 1880, No. 10; Russian: SUS; Byelorussian: SUS, Nos. 314A*, 314B*; Ukrainian: SUS, Nos. 314A*, 314B*, 314A**; Jewish: Noy 1963a, No. 17, Jason 1965; Cheremis/Mari: Sabitov 1989; Mordvinian: Kecskeméti/Paunonen 1974; Mongolian: Lőrincz 1979; Georgian: Kurdovanidze 2000; Mayan: Peñalosa 1992.

315 ***The Faithless Sister.***

Chauvin 1892ff. V, 168 No. 92; Köhler/Bolte 1898ff. I, 303-305; BP I, 551-553, III, 2; Thompson 1951, 113-117; Matičetov 1956; Schwarzbaum 1968, 90; Scherf 1995 I, 57-62, 261-265, 375-378, 413-417; Röth 1998; Schmidt 1999; EM: Schwester: Die treulose S.(forthcoming).

Finnish: Rausmaa 1982ff. I, No. 17; Finnish-Swedish: Hackman 1917f. I, No. 53; Estonian: Aarne 1918; Latvian: Arājs/Medne 1977; Lithuanian: Kerbelytė 1999ff. I; Lappish: Qvigstad 1925; Wepsian, Karelian, Syrjanian: Kecskeméti/Paunonen 1974; Danish: Kristensen 1881ff. III, No. 17, Skattegraveren 8(1887)6-9; Irish: Ó Súilleabháin/Christiansen 1963; French: Delarue 1957; Spanish, Basque: Camarena/Chevalier 1995ff. II; Catalan: Oriol/Pujol 2003; Portuguese: Custódio/Galhoz 1996f. I, 101ff., Cardigos(forthcoming); Luxembourg: Gredt 1883, No. 912; German: Ranke 1955ff. I, Neumann 1971, No. 67; Ladinian: Decurtins 1896ff. II, No. 1; Italian: Aprile 2000 I; Corsican: Massignon 1963, No. 81; Hungarian: MNK II; Czech: Tille 1921, 17ff., 62ff., Tille 1929ff. I, 320ff., II 1, 252ff.; Slovakian: Gašparíková 1991f. I, Nos. 81, 234, 292, 299; Slovene: Bolhar 1974, 124ff.; Serbian: Čajkanović 1927, Nos. 23, 24, cf. Nos. 22, 54, Eschker 1992, No. 18; Croatian: Gaál/Neweklowsky 1983, No. 26; Rumanian: Schullerus 1928; Bulgarian: BFP, Koceva 2002; Greek: Hahn 1918 I, Nos. 4, 24, Megas/Puchner 1998; Polish: Krzyżanowski 1962f. I; Russian, Byelorussian, Ukrainian: SUS; Turkish: Eberhard/Boratav 1953, No. 149, cf. No. 148; Jewish: Noy 1963a, No. 15; Gypsy: MNK X 1; Adygea: Alieva 1986; Cheremis/Mari: Kecskeméti/Paunonen 1974, Sabitov 1989; Chuvash, Tatar, Mordvinian, Votyak, Vogul/Mansi: Kecskeméti/Paunonen 1974; Yakut: Ėrgis 1967, Nos. 118, 214, 215, 219; Mongolian: Lőrincz 1979; Ossetian: Levin 1978, No. 5; Georgian: Kurdovanidze 2000; Lebanese, Palestinian: Nowak 1969, No. 137, El-Shamy 2004; Jordanian, Iraqi, Persian Gulf, Saudi Arabian, Oman, Kuwaiti, Qatar, Yemenite: El-Shamy 2004; Indian: Thompson/Roberts 1960; Chinese: Ting 1978, Bäcker 1988, No. 23; Korean: Choi 1979, No. 101.1; French-Canadian: Lemieux 1974ff. III, No. 9; Spanish-American: Robe 1973, Camarena/Chevalier 1995ff. II; Dominican, Puerto Rican, Chilean: Hansen 1957; Mayan: Peñalosa 1992; West Indies: Flowers 1953; Egyptian: Nowak 1969, No. 137, El-Shamy 2004; Moroccan: Topper 1986, No. 14, El-Shamy 2004; Algerian, Sudanese: El-Shamy 2004; Namibian: Schmidt 1989 II, No. 870.

315A ***The Cannibal Sister.***

Faragó 1968; Bascom 1992, 155-200; Scherf 1995 II, 883-885, 1067-1071; Röth 1998; EM: Schwester: Die menschenfressende S.(forthcoming).

Lappish: Szabó 1967, No. 41; Croatian: Krauss/Burr et al. 2002, No. 135; Rumanian:

Schullerus/Brednich et al. 1977, No. 48; Bulgarian: BFP; Albanian: Lambertz 1952, 49ff.; Bulgarian: Koceva 2002; Greek: Angelopoulos/Brouskou 1999; Russian: Afanas'ev/Barag et al. 1984f. I, No. 93, II, No. 287; Turkish: Eberhard/Boratav 1953, Nos. 108 III 3–7, 147, 148, 149, 212 IV 4; Gypsy: Yates 1948, No. 18, Mode 1983ff. I, No. 68, II, No. 84, IV, No. 203; Ossetian: Levin 1978, No. 5; Uighur: Kabirov/Schachmatov 1959, 123ff.; Armenian: Gullakjan 1990; Siberian: cf. Doerfer 1983, No. 87; Kalmyk: Ostroumov 1892, No. 3; Tadzhik: Rozenfel'd/Ryčkovoj 1990, No. 11; Tuva: Taube 1978, No. 54; Georgian: Kurdovanidze 2000; Syrian: El-Shamy 2004; Palestinian: Muhawi/Kanaana 1989, No. 8, El-Shamy 2004; Jordanian, Iraqi, Qatar: El-Shamy 2004; Yemenite: Daum 1983, No. 4, El-Shamy 2004; Iranian: Marzolph 1984; Indian: Thompson/Roberts 1960; Sri Lankan: Thompson/Roberts 1960; Chinese: Ting 1978; Korean: Choi 1979, Nos. 101.1, 101.2; Japanese: Ikeda 1971, 80, Inada/Ozawa 1977ff.; English-Canadian: Halpert/Widdowson 1996 I, No. 14; French-American: Ancelet 1994, No. 19; Egyptian, Algerian: El-Shamy 2004; Moroccan: Nowak 1969, No. 256, El-Shamy 2004; Sudanese: El-Shamy 2004; Central African Republic: cf. Fuchs 1961, 159ff.

316 ***The Nix of the Mill-Pond.***

Köhler/Bolte 1898ff. I, 175–178; BP III, 322–324; Scherf 1995 I, 339–342, II, 889–890, 912–914; Röth 1998; Schmidt 1999; EM 10(2002)42–48(I. Köhler-Zülch).

Finnish-Swedish: Hackman 1917f. I, No. 65; Latvian: Arājs/Medne 1977; Lappish: Qvigstad 1925, Bartens 2003, No. 22; Lydian, Karelian: Kecskeméti/Paunonen 1974; Swedish: Liungman 1961; Norwegian: Hodne 1984; Danish: Skattegraveren 6(1886) 113–121; Scottish: Campbell 1890ff. I, No. 4; Irish: Ó Súilleabháin/Christiansen 1963; French: Tegethoff 1923 II, No. 10, Delarue 1957; Spanish: Camarena/Chevalier 1995ff. II; Catalan: Oriol/Pujol 2003; Dutch: Sinninghe 1943; German: Ranke 1955ff. I, Grimm KHM/Uther 1996 III, No. 181, Bechstein/Uther 1997 I, No. 41; Ladinian: Uffer 1973, 128ff.; Hungarian: MNK II; Bulgarian: BFP, No. *316*; Greek: Angelopoulos/Brouskou 1999; Russian: cf. Afanas'ev/Barag et al. 1984f. II, No. 259; Gypsy: Mode 1983ff. I, No. 68; Cheremis/Mari: Kecskeméti/Paunonen 1974; French-Canadian: Barbeau 1917, No. 52; US-American: Baughman 1966; Spanish-American: Robe 1973, Camarena/Chevalier 1995ff. II; Mexican: Wheeler 1943, Nos. 112, 115; Dominican: Hansen 1957; Puerto Rican: Flowers 1953; Chilean: Pino Saavedra 1967, No. 4; West Indies: Flowers 1953.

317 ***The Tree that Grows up to the Sky*** (previously ***The Stretching Tree***).

Köhler/Bolte 1898ff. I, 437f.; Solymossy 1930; Dömötör 1964; EM 1(1977)1381–

1386(Á. Kovács); Dégh 1978; Kovács 1984; Scherf 1995 I, 597–601, 731–736; Röth 1998, No. 468.
Latvian: Arājs/Medne 1977; French: Delarue 1957; German: Henßen 1959, No. 96; Hungarian: MNK II, Nos. 317, 468; Slovakian: Gašparíková 1991f. I, Nos. 247, 255, II, No. 448; Slovene: Möderndorfer 1946, 152ff., Bolhar 1974, 70ff.; Rumanian: Bîrlea 1966 I, 411ff.; Polish: Bukowska-Grosse/Koschmieder 1967, No. 15; Jewish: Stephani 1998, No. 15; Gypsy: Erdész/Futaky 1996, No. 8, MNK X 1; Cheremis/Mari: Sabitov 1989; Mongolian: Lőrincz 1979, No. 468; French-Canadian: Lemieux 1974ff. II, No. 2, IV, No. 13, XI, No. 10, XII, No. 9, XIII, No. 1.

318 ***The Faithless Wife.***
BP IV, 96–98; Sydow 1930; Ranke 1934b, 113–130; Liungman 1946; Horálek 1964; Tubach 1969, No. 2840; EM 2(1979)925–940(K. Horálek); Schwarzbaum 1982, 122; Hollis 1990; EM 7(1993)640–648(C. Reents/I. Köhler-Zülch); Scherf 1995 I, 132–138, II, 1244–1247, 1393–1396; Röth 1998, No. 590A(318); Hansen 2002, 332–352.
Finnish: Rausmaa 1982ff. I, No. 18; Latvian: Arājs/Medne 1977; Lithuanian: Kerbelytė 1999ff. I; Livonian, Wepsian: Kecskeméti/Paunonen 1974, Nos. 318, 590A; Swedish: Liungman 1949ff., 73f., Liungman 1961, No. GS367; Danish: Kristensen 1871ff. XII, No. 3, Kristensen 1898, No. 1; Icelandic: Boberg 1966, No. K2111; French: Luzel 1887 III, No. 6; Spanish, Basque: Camarena/Chevalier 1995ff. II, No. 590A; German: Plenzat 1927, 25, Henßen 1955, No. 449, Henßen 1963b, Nos. 12, 13, Berger 2001; Corsican: Massignon 1963, No. 101; Hungarian: MNK II, No. 318, Dömötör 1992, No. 41, Dömötör 2001, 276; Czech: Tille 1921, 293ff., Tille 1929ff. I, 212ff.; Slovakian: Gašparíková 1991f. I, No. 200; Croatian: Bošković-Stulli 1963, No. 44; Rumanian: Schullerus 1928, No. 315B*; Bulgarian: BFP, Nos. 318, 590A, Koceva 2002, No. 590A; Greek: Megas/Puchner 1998, No. 590A; Polish: Krzyżanowski 1962f. I, No. 568; Russian, Byelorussian, Ukrainian: SUS; Turkish: Eberhard/Boratav 1953, No. 221; Gypsy: Mode 1983ff. IV, Nos. 199, 211, 240, MNK X 1; Adygea: Alieva 1986; Cheremis/Mari: Kecskeméti/Paunonen 1974, Nos. 318, 590A, Sabitov 1989; Mordvinian: Kecskeméti/Paunonen 1974, Nos. 318, 590A; Mongolian: cf. Lőrincz 1979; Georgian: Kurdovanidze 2000; Syrian: El-Shamy 2004; Palestinian: El-Shamy 2004, No. 590A; Jordanian, Iraqi: El-Shamy 2004, Nos. 318, 590A; French-American: Carrière 1937, No. 36; Egyptian, Algerian, Moroccan: El-Shamy 2004, Nos. 318, 590A; Sudanese: El-Shamy 2004, No. 590A.

321 ***Eyes Recovered from Witch.***
Köhler/Bolte 1898ff. I, 432–436; EM 1(1977)998–1002(Á. Dömötör/Á. Kovács);

Röth 1998.
Estonian: Kallas 1900, No. 8; Latvian: Arājs/Medne 1977; Lithuanian: Kerbelytė 1999ff. I; Hungarian: MNK II; Czech: Tille 1929ff. I, 83ff.; Slovakian: Michel 1944, 174ff., Gašparíková 1984, 70ff.; Serbian: Čajkanović 1927, No. 18, Čajkanović 1934, No. 11, Panić-Surep 1964, No. 21; Croatian: Smičiklas 1910ff. 15, No. 1, Vujkov 1953, 152ff., Bošković-Stulli 1975b, No. 2; Rumanian: Schullerus 1928, Schullerus/Brednich et al. 1977, 564ff.; Bulgarian: BFP, Koceva 2002; Greek: Angelopoulos/Brouskou 1999; Polish: Malinowski 1900, 70ff.; Russian, Byelorussian, Ukrainian: SUS; Gypsy: Aichele/Block 1962, No. 45, Mode 1983ff. I, No. 15, MNK X 1; Abkhaz: Levin 1978, No. 7; Karachay: Levin 1978, No. 4; Armenian: Gullakjan 1990; Yakut: cf. Ėrgis 1967, No. 158; Georgian: Kurdovanidze 2000; Altaic: Radloff 1866ff. I, No. 5; Chadian: cf. Jungraithmayr 1981, No. 17.

322* ***Magnetic Mountain Draws Everything to It.***
Chauvin 1892ff. V, 200f. No. 117; Lecouteux 1984; EM 9(1999)24–27(C. Lecouteux).
Frisian: Kooi 1984a; German: Brunner/Wachinger 1986ff. IV, No. [1]HeiMü/513; Hungarian: MNK II, Benedek 1989, 293ff.; Turkish: Lacroix 1848, 217ff.; Gypsy: MNK X 1; Iraqi, El-Shamy 1995 I, No. F754; Egyptian: El-Shamy 2004.

325 ***The Magician and His Pupil.***
Chauvin 1892ff. VI, 84ff. No. 252, VIII, 148 No. 147; Polívka 1898b; Köhler/Bolte 1898ff. I, 388, 556–558; BP II, 60–69; Cosquin 1922a, 469–612; Polívka 1929f. II, 1–108; Christiansen 1959, 246f.; Schwarzbaum 1968, 5–6, 90, 442; Scherf 1995 I, 110–113, 748–751, II, 868–871, 1096–1098, 1436–1441; Dekker et al. 1997, 368–371; Röth 1998; Schmidt 1999; Anderson 2000, 110f.; Marzolph/Van Leeuwen 2004, Nos. 118, 479; EM: Zauberer und Schüler(in prep.).
Finnish: Rausmaa 1982ff. I, No. 19, Jauhiainen 1998, No. D 271; Finnish-Swedish: Hackman 1917f. I, No. 59; Estonian: Aarne 1918; Livonian: Loorits 1926; Latvian: Arājs/Medne 1977; Lithuanian: Kerbelytė 1999ff. I; Lappish: Kecskeméti/Paunonen 1974, Bartens 2003, No. 23; Karelian, Syrjanian: Kecskeméti/Paunonen 1974; Swedish: Liungman 1961; Norwegian: Christiansen 1958, No. 3000, Hodne 1984; Danish: Grundtvig 1854ff. I, Nos. 255, 256, Kristensen 1890, No. 105, Kristensen 1896f. I, No. 3; Faeroese: Nyman 1984; Icelandic: Sveinsson 1929; Scottish: McKay 1940, No. 16, Briggs 1970f. A I, 162f., 347ff., B II, 614f.; Irish: Ó Súilleabháin/Christiansen 1963; French: Delarue 1957; Spanish: Camarena/Chevalier 1995ff. II; Catalan: Neugaard 1993, No. D1719.1, Oriol/Pujol 2003; Portuguese: Braga 1987 I, 102f., 103f., Cardigos (forthcoming); Frisian: Kooi 1984a, Kooi/Schuster 1994, No. 19; Flemish: Meyer

1968; German: Ranke 1955ff. I, Grimm KHM/Uther 1996 II, No. 68, Bechstein/Uther 1997 I, No. 35; Austrian: Haiding 1977a, No. 11; Ladinian: Decurtins 1896ff. II, No. 101, X, No. 4, XIV, 92; Italian: Aprile 2000 I; Hungarian: MNK II; Czech: Tille 1921, 299, Tille 1929ff. I, 30; Slovakian: Gašparíková 1991f. I, Nos. 163, 214, 233, 304, II, No. 555; Slovene: Flere 1931, 132ff.; Serbian: Eschker 1992, No. 8, Đjorđjevič/Milošević-Đjorđjevič 1988, No. 30; Croatian: Bošković-Stulli 1963, No. 19, Bošković-Stulli 1975b, No. 6; Bosnian: Krauss/Burr et al. 2002, No. 27; Rumanian: Schullerus 1928, Bîrlea 1966 I, 493ff., III, 407f.; Bulgarian: BFP, Koceva 2002; Albanian: Lambertz 1952, 9ff.; Greek: Karlinger 1979, No. 16, Megas/Puchner 1998; Sorbian: Nedo 1956, Nos. 28, 29; Polish: Krzyżanowski 1962f. I; Russian, Byelorussian, Ukrainian: SUS; Turkish: Eberhard/Boratav 1953, No. 169; Jewish: Jason 1988a, Haboucha 1992; Gypsy: MNK X 1; Ossetian: Bjazyrov 1958, No. 58; Adygea: Alieva 1986; Cheremis/Mari: Sabitov 1989; Tatar, Mordvinian: Kecskeméti/Paunonen 1974; Armenian: Gullakjan 1990; Yakut: Ėrgis 1967, Nos. 106, 235; Kalmyk: Lőrincz 1979; Georgian: Kurdovanidze 2000; Syrian, Palestinian, Jordanian, Iraqi, Qatar: El-Shamy 2004; Iranian: Marzolph 1984; Afghan: Grjunberg/Steblin-Kamenskov 1976, Nos. 11, 39; Indian: Thompson/Roberts 1960, Blackburn 2001, No. 4; Pakistani: Thompson/Roberts 1960; Chinese: Ting 1978, No. 325, cf. No. 325A; Korean: Choi 1979, Nos. 122.1., 371, 374; Indonesian: Vries 1925f. II, 404 No. 132; Japanese: Ikeda 1971, No. 325, cf. Nos. 325B, 325C, Inada/Ozawa 1977ff.; Polynesian: Kirtley 1971, No. D1719.1; English-Canadian: Halpert/Widdowson 1996 I, No. 15; French-Canadian: Barbeau 1916, No. 17; US-American: Baughman 1966; Spanish-American: TFSP 12(1935)61–66, Robe 1973, Camarena/Chevalier 1995ff. II; African American: Dorson 1956, No. 29; South American Indian: Wilbert/Simoneau 1992, No. D1719.1; Mexican: Robe 1973; Mayan: Peñalosa 1992; Dominican, Puerto Rican, Argentine: Hansen 1957; Chilean: Pino Saavedra 1960ff., I, No. 25; West Indies: Flowers 1953; Cape Verdian: Parsons 1923b I, No. 114; Egyptian: Nowak 1969, No. 224, El-Shamy 2004; Libyan, Algerian: El-Shamy 2004; Tunisian, Moroccan: Nowak 1969, No. 224, El-Shamy 2004; Sudanese, Tanzanian: El-Shamy 2004.

325* ***The Sorcerer's Apprentice*** (previously ***Apprentice and Ghost***).

BP II, 60–66; Cock 1919, 224–271; HDS(1961–63)701–707; Dekker et al. 1997, 368–371; Hansen 2002, 35–38.

Finnish: Rausmaa 1982ff. I, 479, Jauhiainen 1998, No. D81; Norwegian: Christiansen 1958, No. 3020; Scottish: Briggs 1970f. B I, 534f.; English: Ehrentreich 1938, No. 20, Briggs 1970f. A I, 411f., B I, 135f., B II, 622; Dutch: Sinninghe 1943, 101 No. 751; Frisian: Kooi 1984a, Kooi/Schuster 2003, No. 202; Flemish: Linden 1979, 42f., Berg 1981,

No. 180; German: Peuckert 1964ff. II, Nos. 725, 935-938, 940-942, Petschel 1975ff. IVa, No. 3324, Berger 2001; Swiss: Büchli/Brunold-Bigler 1989ff. I, 60f., 99, 200, 209f., 571, II, 115, 159, 611, 635, 733, 836f., 862, 871, III, 20f., 623; Ladinian: Büchli/Brunold-Bigler 1989ff. II, 434f., 525f.; Czech: Tille 1929ff. I, 518; Polish: Krzyżanowski 1962f. II, No. 3020; Spanish-American: TFSP 30(1961)255f.

325** ***Sorcerer Punished.***
Polish: Krzyżanowski 1962f. I, No. 342; Byelorussian: SUS; Jordanian: Jahn 1970, No. 26.

326 ***The Youth Who Wanted to Learn What Fear is.***
BP I, 22-37, III, 537f.; HDM 2(1934-40)300-302(S. Singer); Christiansen 1959, 247f.; EM 5(1987)584-593(H. Rölleke); Horning Marshall 1995; Scherf 1995 I, 321f., II, 821-825; Dekker et al. 1997, 46f.; Röth 1998; Schmidt 1999; Anderson 2000, 112-114.

Finnish: Rausmaa 1982ff. I, No. 20; Finnish-Swedish: Hackman 1917f. I, No. 60a; Estonian: Aarne 1918; Livonian: Loorits 1926; Latvian: Arājs/Medne 1977; Lithuanian: Kerbelytė 1999ff. I; Swedish: Liungman 1961; Norwegian: Hodne 1984; Danish: Kristensen 1881ff. III, No. 61, Kristensen 1890, Nos. 101, 103, Kristensen 1896f. II, No. 22; Icelandic: Sveinsson 1929; Scottish: Baughman 1966; Irish: Ó Súilleabháin/Christiansen 1963; English: Baughman 1966, Briggs 1970f. A I, 204ff.; French: Delarue 1957; Spanish: Camarena/Chevalier 1995ff. II, González Sanz 1996; Catalan: Oriol/Pujol 2003; Portuguese: Vasconcellos/Soromenho et al. 1963f. I, Nos. 171, 251, 252, 256, Cardigos(forthcoming); Dutch: Sinninghe 1943, Kooi 2003, Nos. 7, 25, 112, 113; Frisian: Kooi 1984a; Flemish: Meyer 1968, Meyer/Sinninghe 1973; German: Ranke 1955ff. I, Grimm KHM/Uther 1996 I, No. 4, Bechstein/Uther 1997 I, Nos. 30, 80, cf. Berger 2001, No. 326E*; Austrian: Haiding 1953, No. 59, Haiding 1969, No. 174; Ladinian: Decurtins 1896ff. X, 627 No. 15; Italian: Aprile 2000 I; Corsican: Massignon 1963, No. 48; Sardinian: Aprile 2000 I; Hungarian: MNK II; Czech: Tille 1929ff. I, 193ff., 460ff., II 1, 103ff.; Slovakian: Gašparíková 1991f. I, Nos. 30, 188, 220, 303, 324, II, Nos. 381, 532; Slovene: Byhan 1958, 129ff.; Serbian: Čajkanović 1929, No. 54, Đorđevič/Milošević-Đorđevič 1988, Nos. 32, 33, 136, Eschker 1992, No. 30; Croatian: Bošković-Stulli 1975b, No. 20; Rumanian: Schullerus 1928; Bulgarian: BFP, No. 326, cf. Nos. *326_1, *326_2, Koceva 2002, No. 326, cf. Nos. *326_1, *326_2; Greek: Angelopoulos/Brouskou 1999; Sorbian: Nedo 1956, No. 30; Polish: Krzyżanowski 1962f. I; Russian, Ukrainian: SUS; Turkish: Eberhard/Boratav 1953, No. 284; Jewish: Jason 1965; Gypsy: Briggs 1970f. A I, 140f., 350, 395f., 404, MNK X 1; Cheremis/Mari:

Sabitov 1989; Syrian, Iraqi, Qatar: El-Shamy 2004; Yemenite: Nowak 1969, No. 162, El-Shamy 2004; Indian: Thompson/Roberts 1960; French-Canadian: Barbeau/Daviault 1940, No. 16, Lemieux 1974ff. III, No. 28, IV, No. 13, VI, Nos. 28, 35, IX, No. 3, XI, No. 1, XVII, No. 1; US-American: Baughman 1966; Spanish-American: TFSP 25 (1953) 247–249, 33 (1966) 107, 34 (1967) 109f., Robe 1973, Camarena/Chevalier 1995ff. II; African American: Dorson 1958, Nos. 40, 101; Mexican: Robe 1973; Dominican: Hansen 1957; Puerto Rican: Hansen 1957, No. 326*A; Mayan: Peñalosa 1992; Brazilian: Alcoforado/Albán 2001, No. 19; Chilean: Hansen 1957, Nos. 326, 326*A; West Indies: Flowers 1953; Egyptian, Algerian, Moroccan: El-Shamy 2004; Namibian: Schmidt 1989 II, Nos. 1028, 2190; South African: Coetzee et al. 1967, Grobbelaar 1981; Malagasy: Haring 1982, No. 1.7.326.

326A* ***Soul Released from Torment.***
Scottish: Briggs 1970f. A I, 159, 200f., 308ff., B I, 434ff., 597f.; Irish: Ó Súilleabháin/Christiansen 1963; English: Briggs 1970f. A I, 280ff., 545ff.; French: Tegethoff 1923 II, No. 14; Spanish, Basque: Camarena/Chevalier 1995ff. II; Catalan: Oriol/Pujol 2003; Portuguese: Soromenho/Soromenho 1984f. I, Nos. 147, 149–152, Cardigos (forthcoming); Frisian: Kooi 1984a, No. 326, Kooi/Schuster 1994, No. 5a; German: Tomkowiak 1993, 245, Bechstein/Uther 1997 I, No. 30; Ladinian: cf. Büchli/Brunold-Bigler 1989ff. II, 407f.; Italian: Cirese/Serafini 1975; Maltese: Mifsud-Chircop 1978; Hungarian: MNK II; Croatian: Stojanović 1867, No. 10; Bulgarian: cf. BFP, No. *326A**; Greek: Angelopoulos/Brouskou 1999; Byelorussian: cf. SUS, Nos. 326E*, 326J*; Gypsy: MNK X 1; Chinese: cf. Ting 1978, No. 326E*; Japanese: cf. Ikeda 1971, Nos. 326A, 326B, 326C, Inada/Ozawa 1977ff.; English-Canadian: Halpert/Widdowson 1996 I, Nos. 16, 88, 89, 97; Spanish-American: Camarena/Chevalier 1995ff. II; Mexican: Robe 1973; Puerto Rican, Chilean: Hansen 1957, No. 326*A.

326B* ***The Youth and the Corpse*** (previously ***The Fearless Youth***).
Latvian: Arājs/Medne 1977; Lithuanian: Kerbelytė 1999ff. II; Scottish: Briggs 1970f. A II, 380; English: Briggs 1970f. A II, 48, 63, 249; Spanish: González Sanz 1996; Russian, Byelorussian, Ukrainian: SUS; Gypsy: Briggs 1970f. A II, 48.

327 ***The Children and the Ogre.***
Chauvin 1892ff. VI, 26 No. 197, VIII, 39f. No. 8A; Belmont 1973, 55–69, 81f.; Galley 1977; Goldberg 2000.
Finnish: Rausmaa 1982ff. I, 480; Latvian: Arājs/Medne 1977; Wepsian, Karelian: Kecskeméti/Paunonen 1974; Swedish: Liungman 1961, No. 327ABC; Norwegian:

Hodne 1984; Faeroese: Nyman 1984; Scottish: Briggs 1970f. A I, 154f., 400ff., Bruford/MacDonald 1994, No. 4; Irish: Ó Súilleabháin/Christiansen 1963; English: Briggs 1970f. A I, 400ff., 522f., A II, 546f.; French: cf. Delarue 1956, 322ff., Massignon 1968, No. 50; Catalan: cf. Oriol/Pujol 2003; Flemish: Meyer 1968, Meyer/Sinninghe 1973, No. 327C; Walloon: Laport 1932; German: Meyer 1932, Neumann 1971, No. 70; Austrian: Haiding 1953, No. 68; Italian: Cirese/Serafini 1975, Appari 1992, No. 42; Sardinian: Aprile 2000 I; Slovakian: Gašparíková 1991f. I, Nos. 215, 255, 317, II, Nos. 485, 555; Slovene: Zupanc 1956, 68f.; Serbian: Đjorđjevič/Milošević-Đjorđjevič 1988, No. 34; Greek: Thrakika 17(1942)128f.; Polish: cf. Krzyżanowski 1962f. I, No. 327E; Turkish: Eberhard/Boratav 1953, No. 288 III 3(var. e); Jewish: Jason 1965, 1975, 1988a; Gypsy: Briggs 1970f. A I, 314, MNK X 1; Ossetian: Bjazyrov 1958, Nos. 59, 60; Chuvash, Mordvinian, Vogul/Mansi: Kecskeméti/Paunonen 1974; Armenian: Gullakjan 1990; Yakut: Ėrgis 1967, Nos. 83, 84, 213, 215; Tadzhik: cf. Grjunberg/Steblin-Kamenskov 1976, No. 25; Palestinian, Jordanian, Qatar, Yemenite: El-Shamy 2004; Iranian: Marzolph 1984; Indian: Jason 1989; Chinese: cf. Riftin et al. 1977, No. 21, Ting 1978; Korean: Choi 1979, No. 285; Indonesian: cf. Vries 1925f. I, No. 3; Japanese: Ikeda 1971; French-Canadian: Barbeau 1916, No. 14, Lemieux 1974ff. XV, No. 11; US-American: Baughman 1966; French-American: Carrière 1937, No. 20; Mexican: Wheeler 1943, No. 64; Brazilian: Alcoforado/Albán 2001, No. 20; Chilean: Pino Saavedra 1960ff. I, Nos. 14, 24; West Indies: Flowers 1953; Egyptian, Tunisian, Algerian, Moroccan: El-Shamy 2004; East African: Arewa 1966, No. 4087; South African: Grobbelaar 1981; Malagasy: Haring 1982, Nos. 3.2.327, 3.2.327A, 3.2.327B.

327A ***Hansel and Gretel.***

Cosquin 1910; BP I, 115–126; EM 6(1990)498–509(W. Scherf); Böhm-Korff 1991; Scherf 1995 I, 271f., 306–309, 372–374, 548–554, 719–721, II, 774f., 856–860, 902f., 909–912, 1168–1171; Dekker et al. 1997, 158–161; Röth 1998; Schmidt 1999; Goldberg 2000.

Finnish: Rausmaa 1982ff. I, No. 21; Finnish-Swedish: Hackman 1917f. I, Nos. 56c (2,9), 57a; Estonian: Aarne 1918; Livonian: Loorits 1926; Latvian: Arājs/Medne 1977; Lithuanian: Kerbelytė 1999ff. I; Lappish: Qvigstad 1925; Wepsian, Karelian: Kecskeméti/Paunonen 1974; Swedish: Liungman 1961, No. 327ABC; Danish: Kristensen 1881ff. I, No. 20, Christensen/Bødker 1963ff., No. 38; Faeroese: Nyman 1984; Icelandic: Sveinsson 1929; Irish: Ó Súilleabháin/Christiansen 1963; French: Delarue 1957; Spanish: Camarena/Chevalier 1995ff. II, González Sanz 1996; Catalan: Oriol/Pujol 2003; Portuguese: Vasconcellos/Soromenho et al. 1963f. I, Nos. 194, 195, 203,

267, 269, 270, 277, Cardigos (forthcoming); Dutch: Sinninghe 1943, Kooi 2003, No. 20; Frisian: Kooi 1984a; Flemish: Meyer 1968; Walloon: Laport 1932; German: Ranke 1955ff. I, Grimm KHM/Uther 1996 I, No. 15, Bechstein/Uther 1997 I, No. 8, Berger 2001; Ladinian: Decurtins 1896ff. II, No. 25; Italian: Aprile 2000 I; Corsican: Massignon 1963, Nos. 69, 81; Maltese: Mifsud-Chircop 1978; Hungarian: MNK II; Czech: Tille 1929ff. I, 381ff., II 1, 213ff., Klímová 1966, No. 3; Slovakian: Gašparíková 1991f. I, No. 169, II, Nos. 395, 414; Slovene: Krek 1885, 53; Serbian: Karadžić 1937, No. 35, Đjorđjevič/Milošević-Đjorđjevič 1988, No. 383; Croatian: Bošković-Stulli 1963, No. 20; Rumanian: Bîrlea 1966 I, 485ff., III, 406f.; Bulgarian: BFP, Koceva 2002; Greek: Angelopoulos/Brouskou 1999; Polish: Krzyżanowski 1962f. I; Sorbian: Nedo 1956, No. 31; Russian, Byelorussian, Ukrainian: SUS; Jewish: Noy 1963a, No. 17; Gypsy: MNK X 1; Adygea: Alieva 1986; Chuvash, Mordvinian, Vogul/Mansi: Kecskeméti/Paunonen 1974; Cheremis/Mari: Sabitov 1989; Mongolian: Lőrincz 1979; Syrian: Nowak 1969, No. 184; Iraqi: Nowak 1969, No. 184, El-Shamy 2004; Yemenite: El-Shamy 2004; Indian: Thompson/Roberts 1960; Chinese: Ting 1978; Korean: Choi 1979, No. 133; Indonesian: Vries 1925f. I, No. 16; Japanese: Ikeda 1971; North American Indian: Thompson 1919, 357ff.; Spanish-American: Camarena/Chevalier 1995ff. II; Mexican, Costa Rican, Panamanian: Robe 1973; Cuban, Dominican, Puerto Rican, Colombian: Hansen 1957; Mayan: Peñalosa 1992; Ecuadorian: Carvalho-Neto 1966, Nos. 5–7, 19; Peruvian: Hansen 1957; Brazilian: Cascudo 1955a, 232ff., Alcoforado/Albán 2001, No. 21; Chilean: Hansen 1957; West Indies: Flowers 1953; Egyptian: Nowak 1969, No. 184, El-Shamy 2004; Tunisian: El-Shamy 2004; Algerian: Nowak 1969, No. 184; Moroccan: Nowak 1969, Nos. 167, 184, El-Shamy 2004; Sudanese: El-Shamy 2004; Namibian: Schmidt 1989 II, No. 1030; Malagasy: Haring 1982.

327B ***The Brothers and the Ogre*** (previously ***The Dwarf and the Giant***).
Köhler/Bolte 1898ff. I, 195f., 467–469, 546–551; BP I, 124–126, 499–501, II, 77–79; Hagen 1954; Schwarzbaum 1968, 90; Soriano 1968, 180–189; EM 2 (1979) 268–270 (H. Lixfeld), 3 (1981) 360–365 (M. Meraklis); Scherf 1995 I, 237–240, 682–685; EM 8 (1996) 268–270 (B. Kerbelytė); Dekker et al. 1997, 185–187; Röth 1998; Schmidt 1999; Anderson 2000, 21f.; Goldberg 2003a.
Finnish: Rausmaa 1982ff. I, Nos. 22, 25; Finnish-Swedish: Hackman 1917f. I, Nos. 57e, 58 (5); Estonian: Aarne 1918; Latvian: Arājs/Medne 1977; Lithuanian: Kerbelytė 1999ff. I; Lappish: Kecskeméti/Paunonen 1974, Bartens 2003, No. 62; Livonian, Karelian, Syrjanian: Kecskeméti/Paunonen 1974; Swedish: Liungman 1961, No. 327ABC; Scottish, Irish: Baughman 1966; French: Delarue 1957; Spanish: Camarena/Chevalier 1995ff. II, González Sanz 1996; Catalan: Oriol/Pujol 2003; Portu-

guese: Vasconcellos/Soromenho et al. 1963f. I, Nos. 260, 270, 278, II, No. 565, Cardigos (forthcoming); Dutch: Tinneveld 1976, No. 200; Frisian: Kooi 1984a; Flemish: Meyer 1968; German: Ranke 1955ff. I, Bechstein/Uther 1997 I, No. 34; Austrian: Haiding 1977a, No. 15; Italian: Aprile 2000 I; Maltese: Mifsud-Chircop 1978; Hungarian: MNK II; Czech: Tille 1921, 162ff., 172ff., 224, Tille 1929ff. II 1, 170ff., II 2, 195ff.; Slovakian: Gašparíková 1991f. I, No. 317; Serbian: Đjorđjevič/Milošević-Đjorđjevič 1988, Nos. 35, 36; Rumanian: Schullerus 1928; Bulgarian: BFP, Koceva 2002; Greek: Angelopoulos/Brouskou 1999; Russian, Ukrainian: SUS; Byelorussian: SUS, No. 327B, cf. No. 327B*; Turkish: Eberhard/Boratav 1953, Nos. 160, 161 III, 288 IV; Gypsy: MNK X 1; Ossetian: Bjazyrov 1958, No. 61; Adygea: Alieva 1986; Chuvash: Mészáros 1912, No. 6; Yakut: Ėrgis 1967, No. 79; Georgian: Kurdovanidze 2000; Syrian, Palestinian, Jordanian, Iraqi, Persian Gulf, Saudi Arabian, Qatar, Kuwaiti: El-Shamy 2004; Indian: Thompson/Roberts 1960; Chinese: Ting 1978; Indonesian: cf. Vries 1925f. II, 405 No. 149; Japanese: Ikeda 1971; English-Canadian: Halpert/Widdowson 1996 I, Nos. 17, 18; North American Indian: Thompson 1919, 357ff.; US-American, African American: Baughman 1966; French-American: Ancelet 1994, No. 18; Spanish-American: TFSP 25(1953)217–219, Robe 1973, Camarena/Chevalier 1995ff. II; Mexican: Robe 1973; Dominican, Puerto Rican: Hansen 1957; Brazilian: Cascudo 1955a, 237ff.; West Indies: Flowers 1953; Egyptian, Libyan, Tunisian: El-Shamy 2004; Algerian, Moroccan: Nowak 1969, No. 197, El-Shamy 2004; Cameroon: Kosack 2001, 47; Sudanese: El-Shamy 2004; Namibian: Schmidt 1989 II, No. 1031; Malagasy: Haring 1982.

327C ***The Devil (Witch) Carries the Hero Home in a Sack.***
Toporkov 1903; BP I, 115–126; Henßen 1953, 93–95; EM 7(1993)777–780(B. Kerbelytė); Scherf 1995 I, 611–614, II, 856–860, 1036–1039; Dekker et al. 1997, 168f.; Röth 1998; Schmidt 1999; Gliwa 2003; Goldberg 2003b.
Finnish: Rausmaa 1982ff. I, No. 23; Finnish-Swedish: Hackman 1917f. I, No. 57b, II, No. 202b(19); Latvian: Arājs/Medne 1977; Lithuanian: Kerbelytė 1999ff. I; Lappish: Kohl-Larsen 1975, No. 8; Swedish: Liungman 1961, No. 327ABC; Norwegian: Hodne 1984; Faeroese: Nyman 1984; Icelandic: Sveinsson 1929; Irish: Ó Súilleabháin/Christiansen 1963; English: Jacobs 1898, 164ff., Briggs 1970f. A I, 228f., 322f.; French: Delarue 1957; Spanish: Camarena/Chevalier 1995ff. II; Catalan: Oriol/Pujol 2003; Dutch: Sinninghe 1943, Kooi 2003, Nos. 17, 18; Frisian: Kooi 1984a, Kooi/Schuster 1993, Nos. 1a-d; Flemish: Meyer 1968, Meyer/Sinninghe 1973, 1976; Walloon: Legros 1962; German: Ranke 1955ff. I; Swiss: Gerstner-Hirzel 1979, No. 246; Italian: Aprile 2000 I; Hungarian: MNK II; Slovakian: Gašparíková 1984, 77f.; Croa-

tian: Bošković-Stulli 1975b, No. 10; Greek: Laográphia 11(1934-37)465ff., 468ff.; Polish: Krzyżanowski 1962f. I; Russian, Byelorussian, Ukrainian: SUS, No. 327C,F; Turkish: Eberhard/Boratav 1953, Nos. 160 IV 6, 161(3-6); Jewish: Jason 1975; Adygea: Alieva 1986; Votyak: Kecskeméti/Paunonen 1974; Georgian: Kurdovanidze 2000; Palestinian: Hanauer 1907, 217ff., El-Shamy 2004; Iraqi: El-Shamy 2004; Iranian: cf. Marzolph 1984, No. *311; Indian: Jason 1989; Sri Lankan: Thompson/Roberts 1960; Japanese: Ikeda 1971, 89f.; US-American: Baughman 1966; Moroccan: El-Shamy 2004; East African: Klipple 1992, 396-399; Congolese: Klipple 1992, 144f.; Namibian: Schmidt 1989 II, No. 856; South African: Schmidt 1989 II, No. 857.

327D ***The Kiddelkaddelkar.***
Scherf 1995 I, 20-22.
German: Müllenhoff 1845, No. 18, Meyer 1925a, 19ff., 21ff., Ranke 1955ff. I; Serbian: Čajkanović 1927, Nos. 27, 28; Croatian: Bošković-Stulli 1963, No. 20, Bošković-Stulli 1975b, No. 9; Polish: Krzyżanowski 1962f. I; Sorbian: Nedo 1956, 164f.; Turkish: Spies 1967, No. 32; Jewish: Jason 1965; Tuva: cf. Taube 1978, No. 2; Saudi Arabian, Yemenite: El-Shamy 2004; Indian: Thompson/Balys 1958, No. G526; Indonesian: Vries 1925f. II, 409 No. 244; Mexican: Robe 1973; Sudanese: El-Shamy 2004; West African: Nassau 1914, No. 12.

327F ***The Witch and the Fisher Boy.***
BP I, 42; Henßen 1953, 93-95; EM 6(1990)992-994(B. Kerbelytė); Scherf 1995 I, 388-391; Gliwa 2003.
Latvian: Arājs/Medne 1977; Lithuanian: Dowojna-Sylwestrowicz 1894 I, 32ff., 111f., Kerbelytė 1978, No. 33, Dovydaitis 1987, Nos. 32, 33, 35; Slovakian: Nedo 1972, No. 17; Russian, Byelorussian, Ukrainian: SUS, No. 327C,F; Palestinian, Jordanian, Saudi Arabian, Qatar, Kuwaiti: El-Shamy 2004; Egyptian: El-Shamy 1999, No. 1, El-Shamy 2004; Algerian: El-Shamy 2004; Sudanese: Jahn 1970, No. 16, El-Shamy 2004.

327G ***The Brothers at the Witch's House*** (previously ***The Boy at the Devil's [Witch's] House***).
Finnish: Rausmaa 1982ff. I, No. 24; Finnish-Swedish: Hackman 1917f. I, No. 57c; Latvian: Arājs/Medne 1977; Lithuanian: Kerbelytė 1999ff. I; Norwegian: Opedal 1965, No. 29; Bulgarian: cf. BFP; Greek: Angelopoulos/Brouskou 1999; Russian: Zelenin 1914, No. 86.

328 ***The Boy Steals the Ogre's Treasure.*** (Corvetto).
Köhler/Bolte 1898ff. I, 305–308, 383, 546–551; BP III, 33–37; HDM 1(1930–33)366–368(C. Voretzsch); Hartmann 1936, 178f.; Haiding 1966; EM 3(1981)149–156(K. Ranke); Scherf 1995 I, 237–240, 454–458, 458–462, 519–521, 528–530, 856–860, II, 1028–1030, 1065–1067, 1290–1294, 1328–1330; Röth 1998; Schmidt 1999.
Finnish: Rausmaa 1982ff. I, No. 25; Finnish-Swedish: Hackman 1917f. I, No. 58; Estonian: Aarne 1918; Latvian: Arājs/Medne 1977; Lappish: Qvigstad 1925; Wepsian, Syrjanian: Kecskeméti/Paunonen 1974; Swedish: Liungman 1961; Norwegian: Hodne 1984; Danish: Grundtvig 1854ff. I, No. 248, Kristensen 1881ff. I, Nos. 18, 19, IV, No. 43; Faeroese: Nyman 1984; Icelandic: Sveinsson 1929; Scottish: Aitken/Michaelis-Jena 1965, No. 9, Briggs 1970f. A I, 400ff.; Irish: Ó Súilleabháin/Christiansen 1963; English: Baughman 1966, No. 328A, Briggs 1970f. A I, 224f., 321, 329ff., 400ff.; French: Delarue 1957; Spanish: Camarena/Chevalier 1995ff. II; Catalan: Oriol/Pujol 2003; Portuguese: Coelho 1985, Nos. 21, 51, Cardigos(forthcoming); Walloon: cf. Laport 1932, No. 569A; German: Ranke 1955ff. I; Ladinian: cf. Decurtins 1896ff. II, No. 42; Italian: Aprile 2000 II; Corsican: Massignon 1963, Nos. 58, 69; Sardinian: Aprile 2000 II; Maltese: Mifsud-Chircop 1978; Hungarian: MNK II; Czech: Tille 1921, 224, Tille 1929ff. II 1, 206ff.; Slovakian: Gašparíková 1991f. I, No. 105, II, No. 476; Slovene: Kocbek 1926, 37ff.; Serbian: Panić-Surep 1964, No. 10; Rumanian: Schullerus 1928, No. 461A*; Bulgarian: BFP, Koceva 2002; Albanian: Lambertz 1922, 9ff.; Greek: Angelopoulos/Brouskou 1999; Polish: Krzyżanowski 1962f. I; Russian, Byelorussian, Ukrainian: SUS; Turkish: Eberhard/Boratav 1953, No. 160; Jewish: Haboucha 1992; Gypsy: Briggs 1970f. A I, 322, 324f., Mode 1983ff. II, No. 141, MNK X 1; Chuvash: Mészáros 1912, No. 6; Georgian: Kurdovanidze 2000; Syrian: Nowak 1969, No. 184, El-Shamy 2004; Palestinian, Jordanian, Qatar: El-Shamy 2004; Iraqi: Nowak 1969, No. 184; Indian, Sri Lankan: Thompson/Roberts 1960; Chinese: Ting 1978; English-Canadian: Halpert/Widdowson 1996 I, Nos. 17, 18; French-Canadian: Barbeau/Lanctot 1926, 427ff., Lemieux 1974ff. IV, No. 2, XI, No. 4, XII, No. 8, XIII, No. 11, XX, No. 9; US-American: Baughman 1966, Nos. 328A, 328C, Burrison 1989, 148f.; Spanish-American: TFSP 34(1967)201, Robe 1973, Camarena/Chevalier 1995ff. II; Mexican: Robe 1973; Dominican: Hansen 1957, Nos. 328, 328**B; Chilean: Hansen 1957, No. 328*A; West Indies: Flowers 1953; Egyptian, Algerian, Moroccan: Nowak 1969, No. 184, El-Shamy 2004; Tunisian: El-Shamy 2004; South African: Grobbelaar 1981.

328A ***Jack and the Beanstalk.***
BP II, 511–513; Desmonde 1965; Humphreys 1965; Wolfenstein 1965; EM 2(1979)

587; Opie/Opie 1980, 211-226; MacDonald 1982, No. F54.2.1.1*; Scherf 1995 I, 620-627; Goldberg 2001.

Norwegian: Hodne 1984, No. 328; English: Baughman 1966, No. 328B; German: Benzel 1962, No. 165; Hungarian: Kovács 1943 II, No. 74; Japanese: Ikeda 1971, No. 328; Australian: Jacobs 1898, 59ff., Baughman 1966, No. 328B, Briggs 1970f. A I, 316ff.; French-Canadian: Barbeau/Lanctot 1926, 427ff.; US-American: Baughman 1966, No. 328B; West Indies: Beckwith 1924, No. 114; South African: cf. Grobbelaar 1981, No. 328.

328* ***Three Giants with One Eye*** (previously ***A Boy Guards the King's Garden***).
EM 6(1990)84.

Lappish: Qvigstad 1925, Bartens 2003, No. 24; Norwegian: Kvideland 1977, No. 58; Danish: Kamp 1877, 1ff.; Spanish: Childers 1977, No. G121.1.2*; German: Meyer 1921, 26ff.; Gypsy: MNK X 1.

328A* ***Three Brothers Steal Back the Sun, Moon, and Star.***
Hungarian: MNK II; Slovakian: Gašparíková 1984, 78ff.; Rumanian: Bîrlea 1966 I, 384ff.; Ukrainian: Mykytiuk 1979, No. 6; Gypsy: MNK X 1; Chuvash: Kecskeméti/Paunonen 1974.

329 ***Hiding from the Princess*** (previously ***Hiding from the Devil***).
BP III, 365-369; Hartmann 1953; Propp 1987, 408-411; Scherf 1995 I, 530-534, 627-629, 637-642, 656-658, II, 860-863, 1145-1147; Röth 1998; Schmidt 1999; EM: Versteckwette(forthcoming).

Finnish: Rausmaa 1982ff. I, No. 26; Latvian: Arājs/Medne 1977; Lithuanian: Kerbelytė 1999ff. I; Wepsian: Kecskeméti/Paunonen 1974; Danish: Grundtvig 1954ff. I, No. 2; Faeroese: Nyman 1984; Icelandic: Sveinsson 1929; Irish: Ó Súilleabháin/Christiansen 1963; French: Delarue 1957; Spanish: Camarena/Chevalier 1995ff. II; Catalan: Oriol/Pujol 2003; Frisian: Kooi 1984a; German: Grimm KHM/Uther 1996 III, No. 191; Hungarian: MNK II; Slovakian: Gašparíková 1991f. I, No. 120, II, No. 453; Croatian: Bošković-Stulli 1963, No. 21; Macedonian: Vroclavski 1979f. II, No. 10, Vražinovski 1986, No. 8, Čepenkov/Penušliski 1989 I, No. 55; Rumanian: Schullerus 1928; Bulgarian: BFP, Koceva 2002; Greek: Angelopoulos/Brouskou 1999; Polish: Krzyżanowski 1962f. I, Nos. 329, 329A; Russian, Byelorussian, Ukrainian: SUS; Turkish: Eberhard/Boratav 1953, No. 64; Gypsy: MNK X 1; Ossetian: Bjazyrov 1958, Nos. 62, 63; Abkhaz: Šakryl 1975, No. 8; Adygea: Alieva 1986; Cheremis/Mari: Sabitov 1989; Chuvash: Paasonen et al. 1949, 175ff.; Kazakh:

Sidel'nikov 1952, 64ff.; Buryat: Ėliasov 1959 I, 105f., 123f., 397f.; Tuva: Taube 1978, No. 25; Georgian: Kurdovanidze 2000; Iraqi: El-Shamy 2004; Chinese: Ting 1978; French-Canadian: Lemieux 1974ff. II, No. 21, XII, No. 10; Spanish-American: Robe 1973, Camarena/Chevalier 1995ff. II; Brazilian: Cascudo 1955a, 108ff.; Chilean: Pino Saavedra 1960ff. I, Nos. 30, 31, Pino Saavedra 1967, No. 10, Egyptian, Algerian: El-Shamy 2004.

330 ***The Smith and the Devil*** (previously ***The Smith Outwits the Devil***). (Bonhomme Misère.)

Krauss 1891; Köhler/Bolte 1898ff. I, 103-105, 303; Wünsche 1905b; BP I, 342-346, II, 149-163, 163-189, III, 303-305; Wesselski 1938; Meyer 1942, 51-75; Schwarzbaum 1968, 95; Lox 1990; Coto 1992; Scherf 1995 II, 1033-1036; Dekker et al. 1997, 330-334; Röth 1998; Palleiro 2000; Hansen 2002, 405-408; EM: Schmied und Teufel (forthcoming).

Finnish: Rausmaa 1982ff. I, 481, Jauhiainen 1998, Nos. E6, Q1; Finnish-Swedish: Hackman 1917f. I, Nos. 62, 163(1); Estonian: Aarne 1918; Livonian: Loorits 1926, Nos. 330A, 330B; Latvian: Arājs/Medne 1977, Nos. 330A, 330B; Lithuanian: Kerbelytė 1999ff. I, Nos. 330A, 330B, II, No. 330; Lappish, Wotian, Karelian: Kecskeméti/Paunonen 1974, No. 330B; Lydian, Syrjanian: Kecskeméti/Paunonen 1974; Swedish: Liungman 1961, No. 330AB; Norwegian: Hodne 1984, Nos. 330, 330B; Danish: Kristensen 1881ff. I, Nos. 29, 32, III, No. 39, Kristensen 1896f. I, No. 14; Icelandic: Sveinsson 1929, No. 330A; Irish: Ó Súilleabháin/Christiansen 1963; Welsh: Baughman 1966, No. 330A; English: Briggs 1970f. A I, 221, 407, 493f., 574f., B I, 92f., B II, 439; French: Seignolle 1946, Nos. 61-63, Delarue 1957; Spanish: Camarena/Chevalier 1995ff. II, Nos. 330A-330C, 330*, González Sanz 1996, Nos. 330A, 330B, 330D; Basque: Camarena/Chevalier 1995ff. II, Nos. 330A, 330B, 330D; Catalan: Oriol/Pujol 2003, Nos. 330, 330A-330D; Portuguese: Pedroso 1985, No. 48, Cardigos (forthcoming), Nos. 330, 330A, 330B, 330D; Dutch: Sinninghe 1943; Frisian: Kooi 1984a, Nos. 330, 330A, 330B, 330D, 330*, Kooi/Schuster 1993, No. 118; Flemish: Meyer 1968, Nos. 330, 330A-330C, 330*, Meyer/Sinninghe 1973; Walloon: Laport 1932, Nos. 330, 330CD; Luxembourg: Gredt 1883, No. 918; German: Ranke 1955ff. I, Grimm KHM/Uther 1996 II, Nos. 81, 82, Bechstein/Uther 1997 I, No. 7, Kooi/Schuster 1994, Nos. 221a, 221b, 222, Berger 2001, Nos. 330, 330B, 330*; Swiss: Sutermeister 1869, No. 42; Austrian: Haiding 1969, No. 20; Ladinian: Decurtins 1896ff. II, Nos. 20, 48, X, No. 20; Italian: Cirese/Serafini 1975, No. 330*, Aprile 2000 II, Nos. 330, 330A, 330B; Corsican: Ortoli 1883, No. 27, cf. No. 22, Massignon 1963, Nos. 1, 37, 57; Sardinian: Aprile 2000 II; Hungarian: MNK II, Nos. 330, 330A, 330B, 330D; Czech: Tille 1929ff. I, 504f., 512,

590ff., 599f.; Slovakian: Gašparíková 1991f. I, Nos. 20, 33, 167, 197, 212, 222, 223, 240, 270, 274, II, Nos. 488, 517, 522, 531; Slovene: Gabrščček 1910, 143ff.; Serbian: Čajkanović 1927, Nos. 30, 31, Eschker 1992, No. 28; Croatian: Bošković-Stulli 1963, No. 22, Bošković-Stulli 1975b, Nos. 19, 21, Gaál/Neweklowsky 1983, Nos. 22, 33, 42; Rumanian: Schullerus 1928, Nos. 330A, 330B, Bîrlea 1966 I, 505ff., III, 408f., Stroescu 1969 II, Nos. 4736, 4842; Bulgarian: BFP, Nos. 330, 330D, cf. No. *330B*, Koceva 2002, No. 330, cf. No. *330B*; Greek: Angelopoulos/Brouskou 1999; Sorbian: Nedo 1956, No. 33; Polish: Krzyżanowski 1962f. I, Nos. 330A, 330B; Russian, Byelorussian: SUS, Nos. 330A, 330B; Ukrainian: SUS, Nos. 330A, 330B, 330D*; Jewish: Jason 1975; Gypsy: Briggs 1970f. A I, 428ff., MNK X 1, Nos. 330, 330A, 330B, 330D; Cheremis/Mari: Kecskeméti/Paunonen 1974, No. 330B, Sabitov 1989, No. 330D*; Votyak: Kecskeméti/Paunonen 1974, No. 330B; Georgian: Kurdovanidze 2000, No. 330A; Palestinian: Hanauer 1907, 176ff.; Indian: Jason 1989, No. 330A; Sri Lankan: Thompson/Roberts 1960, No. 330A; Chinese: Ting 1978, No. 330A; Korean: Choi 1979, No. 100; English-American: Fauset 1931, No. 109, Halpert/Widdowson 1996 I, No. 19; French-Canadian: Barbeau 1916, Nos. 22, 23, Barbeau 1917, No. 69, Lemieux 1974ff. III, No. 20, X, No. 9, XIV, No. 7; US-American: Baughman 1966, Nos. 330A, 330B; Spanish-American: TFSP 12(1935)10-13, 27(1957)87f., 30(1961)241f., Robe 1973, Nos. 330, 330*, Camarena/Chevalier 1995ff. II, Nos. 330A-330C, 330*; African American: Dorson 1967, No. 75; Mexican: Robe 1973; Dominican: Hansen 1957, No. 330A; Puerto Rican: Hansen 1957, Nos. 330A, 330B; Mayan: Peñalosa 1992, Nos. 330, 330A, 330D; Colombian, Chilean, Argentine: Hansen 1957, No. 330A; Brazilian: Alcoforado/Albán 2001, No. 22; West Indies: Flowers 1953; South African: Coetzee et al. 1967, No. 800.0.1, Grobbelaar 1981.

331 *The Spirit in the Bottle.*

Chauvin 1892ff. VI, 23ff. No. 195; Köhler/Bolte 1898ff. I, 140, 417, 585; BP II, 414-422; HDA 2(1929/30)1573-1577(C. Mengis); HDM 2(1934-40)449-451(K. Schulte-Kemminghausen); Horálek 1967b; Schwarzbaum 1968, 95, 113, 261f., 264f.; EM 5 (1987)922-928(K. Horálek); Uther 1987; Scherf 1995 I, 407-409, 462-465; Röth 1998; Schmidt 1999; Marzolph/Van Leeuwen 2004, No. 8.

Finnish: Rausmaa 1982ff. I, No. 29; Finnish-Swedish: Hackman 1917f. I, No. 63; Estonian: Aarne 1918; Latvian: Arājs/Medne 1977; Lithuanian: Kerbelytė 1999ff. I; Swedish: Liungman 1961; Norwegian: Hodne 1984; Danish: Kristensen 1881ff. III, No. 61; Scottish: Baughman 1966; Irish: Ó Súilleabháin/Christiansen 1963; English: Baughman 1966, Briggs 1970f. A I, 577ff.; French: Delarue 1957; Spanish: Camarena/Chevalier 1995ff. II; Catalan: cf. Oriol/Pujol 2003; Frisian: Kooi 1984a; German:

Ranke 1955ff. I, Grimm KHM/Uther 1996 II, No. 99, Bechstein/Uther 1997 I, No. 6; Ladinian: Decurtins 1896ff. II, No. 87; Italian: Aprile 2000 II; Hungarian: MNK II; Czech: Tille 1929ff. II 2, 30ff.; Slovakian: Gašparíková 1991f. II, No. 490; Slovene: Möderndorfer 1946, 334ff.; Serbian: Čajkanović 1934, No. 10; Bulgarian: BFP; Greek: Angelopoulos/Brouskou 1999, Nos. 331, 331*A; Polish: Krzyżanowski 1962f. I; Russian, Byelorussian, Ukrainian: SUS; Jewish: Noy 1963a, No. 6, Jason 1965, 1975; Gypsy: MNK X 1; Cheremis/Mari, Mordvinian: Kecskeméti/Paunonen 1974; Buryat, Mongolian: Lőrincz 1979; Lebanese, Qatar: El-Shamy 2004; Indian, Sri Lankan: Thompson/Roberts 1960; Chinese: Ting 1978(Addenda); Japanese: Ikeda 1971, Inada/Ozawa 1977ff.; French-Canadian: Barbeau 1919, No. 82, Lemieux 1974ff. XXI, No. 17; Spanish-American: TFSP 12(1935)68-72, Camarena/Chevalier 1995ff. II; Costa Rican: Robe 1973; Puerto Rican: Hansen 1957; Egyptian: Nowak 1969, No. 362, El-Shamy 2004; Algerian: El-Shamy 2004; Moroccan: Nowak 1969, No. 362; Central African: Lambrecht 1967, No. 2455; Namibian: Schmidt 1989 II, No. 1035.

332 ***Godfather Death.***
Chauvin 1892ff. V, 37ff. No. 365, VI, 183f. No. 349; Bolte 1894; Köhler/Bolte 1898ff. I, 291f.; BP I, 377-388; Basset 1924ff. III, 558 No. 341; HDM 2(1934-40)615-620(R. T. Christiansen); Christiansen 1959, 249; Schwarzbaum 1968, 30, 108-111, 320, 462; Tubach 1969, Nos. 628, 1470; EM 5(1987)1224-1233(E. Moser-Rath); Šmahelová 1987; Scherf 1995 I, 495-499, 729-731, II, 1207f.; Richter 1997; Dekker et al. 1997, 101-103; Röth 1998; Anderson 2000, 115f.
Finnish: Rausmaa 1982ff. I, No. 30; Finnish-Swedish: Hackman 1917f. I, No. 64; Estonian: Aarne 1918; Latvian: Arājs/Medne 1977; Lithuanian: Kerbelytė 1999ff. I, No. 332, II, No. 332A*; Lappish: Qvigstad 1925; Karelian, Syrjanian: Kecskeméti/Paunonen 1974; Swedish: Liungman 1961; Norwegian: Hodne 1984; Danish: Grundtvig 1884, 3ff., Kristensen 1896f. I, No. 17, Kristensen 1900, No. 43, cf. No. 42; Icelandic: Sveinsson 1929; Scottish: Aitken/Michaelis-Jena 1965, No. 60; Irish: Ó Súilleabháin/Christiansen 1963; French: Delarue 1957; Spanish: Camarena/Chevalier 1995ff. II, Nos. 332, 332A*, González Sanz 1996, No. 332A*; Basque: Camarena/Chevalier 1995ff. II; Catalan: Oriol/Pujol 2003, Nos. 332, 332A*, 332B*, Camarena/Chevalier 1995ff. II, Nos. 332, 332A*; Portuguese: Coelho 1985, No. 23, Pedroso 1985, No. 46, Cardigos(forthcoming), Nos. 332, 332B*; Dutch: Sinninghe 1943; Frisian: Kooi 1984a; Flemish: Meyer 1968; German: Ranke 1955ff. I, Moser-Rath 1964, No. 121, Grimm KHM/Uther 1996 I, Nos. 42, 44, Bechstein/Uther 1997 I, No. 12, Berger 2001, Nos. 332, 332A*, 332A**; Austrian: Haiding 1977, No. 248; Ladinian: Decurtins 1896ff. II, No. 79; Italian: Aprile 2000 II; Sardinian: Aprile 2000 II; Maltese: Mifsud-

Chircop 1978; Hungarian: MNK II, Dömötör 2001, 287; Czech: Tille 1929ff. II 2, 95ff.; Slovakian: Gašparíková 1991f. I, Nos. 93, 164, 253, 270; Slovene: Trinkov koledar(1968)111ff.; Serbian: Čajkanović 1927, Nos. 32, 194, cf. No. 115, Čajkanović 1934, No. 14, Đjorđjevič/Milošević-Đjorđjevič 1988, Nos. 37, 38; Croatian: Bošković-Stulli 1963, No. 23, Bošković-Stulli 1975b, No. 7, Gaál/Neweklowsky 1983, No. 46; Macedonian: Čepenkov/Penušliski 1989 II, No. 188; Rumanian: Schullerus 1928, Nos. 332, 332A*, Bîrlea 1966 I, 527ff.; Bulgarian: BFP, No. 332, cf. Nos. 332A, *332B, *332C, Koceva 2002, No. 332, cf. Nos. 332A, *332B; Albanian: Jarník 1890ff., 264f.; Greek: Laográphia 4(1912/13)713f., 15(1953)418f., 17(1957)110-112, 137f., 146f., Angelopoulos/Brouskou 1999; Sorbian: Nedo 1956, No. 34; Polish: Krzyżanowski 1962f. I; Russian, Byelorussian, Ukrainian: SUS; Turkish: Eberhard/Boratav 1953, No. 112; Jewish: Noy 1963a, Nos. 18, 112; Jason 1988a, Haboucha 1992; Gypsy: MNK X 1; Georgian: Kurdovanidze 2000; Syrian, Iraqi, Qatar, Kuwaiti, Yemenite: El-Shamy 2004; Palestinian: Hanauer 1907, 176ff., El-Shamy 2004; Iranian: Marzolph 1984; Sri Lankan: Thompson/Roberts 1960; Japanese: Ikeda 1971; US-American: Baughman 1966, Perdue 1987, No. 17; Spanish-American: TSFP 9(1931)70f., Baughman 1966, Robe 1973, Nos. 332, 332*I, Camarena/Chevalier 1995ff. II, Nos. 332, 332A*; Mexican: Robe 1973, Nos. 332, 332*I, Costa Rican: Robe 1973, Nos. 332, 332*I; Panamanian: Robe 1973; Dominican: Hansen 1957; Mayan: Peñalosa 1992; Brazilian: Cascudo 1955a, 437ff., Alcoforado/Albán 2001, No. 23; West Indies: Flowers 1953; Cape Verdian: Parsons 1923b I, Nos. 59, 59a; Egyptian: El-Shamy 1980, No. 17, El-Shamy 2004; Libyan, Moroccan: El-Shamy 2004.

332C* ***Immortality Won through Betrayal of Death.***
Estonian: cf. Loorits 1959, No. 82; German: Preuß 1912, 23ff.; Italian: Cirese/Serafini 1975, De Simone 1994, No. 63c; Slovakian: cf. Gašparíková 1984, 84.

333 ***Little Red Riding Hood*** (previously ***The Glutton***). (Petit Chaperon Rouge, Cappuccetto rosso, Rotkäppchen.)
BP I, 37-42, 234-237; Taylor 1953; Hagen 1954; Rumpf 1958; Schwarzbaum 1968, 90; Belmont 1973, 35-51, 80f.; EM 2(1979)1179-1182(M. Rumpf); Mieder 1982; Zipes 1982; Jones 1987; Dundes 1989; Rumpf 1989; Zipes 1989; Jacopin 1993; Scherf 1995 I, 289-291, 348-350, 687-689, II, 928-930, 996-999, 1147-1149,1237-1240; Dekker et al. 1997, 308-312; Röth 1998; Mamiya 1999; Schmidt 1999; Anderson 2000, 92-97; Ritz 2000; Uther 2002a; EM 11,2(2004)854-868(C. Shojaei Kawan).
Finnish-Swedish: Hackman 1917f. II, No. 404; Estonian: Aarne 1918; Latvian: Arājs/Medne 1977; Lithuanian: Kerbelytė 1999ff. I; Wepsian, Karelian: Kecskeméti/Pau-

nonen 1974; Swedish: Liungman 1961; Norwegian: Christiansen 1921; Icelandic: Sveinsson 1929; Danish: Grundtvig 1854ff. II, No. 322, Christensen/Bødker 1963ff., No. 119; Irish: Ó Súilleabháin/Christiansen 1963, Briggs 1970f. A I, 234; French: Delarue 1957; Portuguese: Cardigos(forthcoming); Flemish: Meyer 1968; Walloon: Legros 1962; German: Ranke 1955ff. I, Tomkowiak 1993, 313, Grimm KHM/Uther 1996 I, No. 26, Bechstein/Uther 1997 I, No. 9; Italian: Aprile 2000 II, Nos. 333, 333A; Sardinian: Aprile 2000 II; Hungarian: MNK II; Slovene: Vrtec 5(1875)17ff.; Bulgarian: BFP, Nos. 333, *480$_2$, Koceva 2002, Nos. 333, *4802; Greek: Angelopoulos/Brouskou 1999; Polish: Krzyżanowski 1962f. I; Byelorussian: SUS, No. 333A; Turkish: Eberhard/Boratav 1953, 411; Gypsy: MNK X 1; Jewish: Jason 1965, 1988a; Mordvinian: Kecskeméti/Paunonen 1974; Jordanian, Iraqi: El-Shamy 2004; Iranian: Marzolph 1984; US-American: Baughman 1966, WF 40(1981)238f.; Puerto Rican: Hansen 1957; West Indies: Flowers 1953; Egyptian, Algerian: El-Shamy 2004; Central African: Lambrecht 1967, No. 3952(6); South African: Grobbelaar 1981.

334 ***Household of the Witch.***
BP I, 42, 375–377; HDM 2(1934–40)224f.(A. Semrau); Henßen 1953, 93–95; Scherf 1987, esp. 25–69, 135–139, 269–290; EM 6(1990)617–620(B. Kerbelytė); Röth 1998; Zitzlsperger 2001.
Latvian: Arājs/Medne 1977, No. 333B; Lithuanian: Kerbelytė 1999ff. I, Nos. 333B, 334; Wepsian, Syrjanian: Kecskeméti/Paunonen 1974; Karelian: Kecskeméti/Paunonen 1974, No. 333B; Catalan: Meier/Karlinger 1961, No. 63; Flemish: Meyer 1968; German: Ranke 1955ff. I, 272f., Grimm KHM/Uther 1996 I, Nos. 42, 43, Berger 2001, No. 333B*; Italian: Cirese/Serafini 1975, No. 333B; Hungarian: MNK II; Czech: Tille 1929ff. II 2, 159ff., Klímová 1966, No. 4; Slovakian: Gašparíková 1981a, 174ff., Gašparíková 1991f. I, No. 49; Serbian: cf. Čajkanović 1927, No. 115; Croatian: Smičiklas 1910ff. 17, 159f., Bošković-Stulli 1963, No. 24, Bošković-Stulli 1975b, No. 8; Greek: Laográphia 21(1963/64)163ff.; Polish: Krzyżanowski 1962f. I, No. 327D; Sorbian: cf. Nedo 1956, No. 32; Russian: SUS, Nos. 333B, 334; Byelorussian, Ukrainian: SUS, No. 333B; Gypsy: MNK X 1; Cheremis/Mari: Sabitov 1989, No. 333B; Palestinian: Muhawi/Kanaana 1989, No. 29, El-Shamy 2004; Japanese: cf. Ikeda 1971, Nos. 333B, 334, Inada/Ozawa 1977ff.; US-American: cf. Burrison 1989, 145ff.; Tunisian: cf. Stumme 1900, No. 1.

335 ***Death's Messengers.***
Kirchhof/Oesterley 1869 I 2, No. 124; Morris 1889; BP III, 293–297; Pauli/Bolte 1924 I, Nos. 267, 268; Wesselski 1929b; HDM 1(1930–33)301f.(K. Heckscher);

Röhrich 1962f. I, 80–92, 258–262; Tubach 1969, No. 3277; Schwarzbaum 1968, 94; EM 2(1979)636–639(D.-R. Moser); Hansen 2002, 95–97.
Finnish: Rausmaa 1982ff. I, 482; Estonian: Aarne 1918, No. 332*; Lithuanian: Kerbelytė 1999ff. II; Latvian: Arājs/Medne 1977; Irish: Ó Súilleabháin/Christiansen 1963; Spanish: Camarena/Chevalier 1995ff. II; Portuguese: Meier/Woll 1975, No. 108, Cardigos(forthcoming); Frisian: Kooi 1984a; Flemish: Meyer 1968, Stalpaert/Joos 1971, 93f.; German: Tomkowiak 1993, 313, Grimm KHM/Uther 1996 III, No. 177; Maltese: Ilg 1906 I, No. 54, Mifsud-Chircop 1978; Hungarian: MNK II; Czech: Dvořák 1978, No. 3277; Slovene: Slovenski gospodar 63(1929)No. 27,11; Macedonian: cf. Čepenkov/Penušliski 1989 II, No. 152; Bulgarian: BFP, Koceva 2002; Greek: Megas/Puchner 1998; Polish: Krzyżanowski 1962f. I; Jewish: Jason 1965; Nepalese: Sakya/Griffith 1980, 108ff.; Korean: Zaborowski 1975, No. 15; Australian: Adams/Newell 1999 I, 94f., III, cf. 120; Ethiopian: Gankin et al. 1960, 181.

360 ***Bargain of the Three Brothers with the Devil.***
BP II, 561–566; EM 6(1990)453–459(I. Tomkowiak); Röth 1998.
Finnish-Swedish: Hackman 1917f. I, No. 94; Estonian: Aarne 1918; Latvian: Arājs/Medne 1977; Norwegian: Hodne 1984; Danish: Berntsen 1873f. I, No. 2, Grundtvig 1876ff. II, No. 10, Kristensen 1881ff. I, Nos. 28, 29; Spanish: Camarena/Chevalier 1995ff. II; Catalan: Oriol/Pujol 2003; Frisian: Kooi 1984a; Flemish: Meyer 1968; German: Ranke 1955ff. I, Grimm KHM/Uther 1996 II, No. 120, Berger 2001; Ladinian: Büchli/Brunold-Bigler 1989ff. II, 150; Italian: Aprile 2000 II; Hungarian: MNK II; Slovakian: Polívka 1923ff. IV, 129ff., Gašparíková 1981a, 171; Slovene: Krek 1885, 26ff.; Rumanian: Schullerus 1928; Polish: Krzyżanowski 1962f. I; Byelorussian, Ukrainian: SUS; Syrian, Iraqi: El-Shamy 2004; French-Canadian: Lemieux 1974ff. X, No. 11; Spanish-American: Rael 1957 I, No. 69; Egyptian: El-Shamy 2004.

361 ***Bear-Skin.***
BP II, 427–435; HDM 1(1930–33)169–172(W. Golther); EM 1(1977)1225–1232(H. Rölleke); Lacourcière 1972; Weydt 1979; Scherf 1995 I, 46–49, II, 1136f., 1360f.; Dekker et al. 1997, 218–221; Röth 1998.
Finnish: Rausmaa 1982ff. I, Nos. 33, 58; Finnish-Swedish: Hackman 1917f. I, No. 93; Estonian: Aarne 1918; Latvian: Arājs/Medne 1977; Lithuanian: Kerbelytė 1999ff. I; Livonian: Kecskeméti/Paunonen 1974; Swedish: Liungman 1961; Norwegian: Hodne 1984; Danish: Kamp 1879f. II, No. 21, Kristensen 1896f. I, No. 8, Grundtvig 1976ff. II, No. 19; Icelandic: Sveinsson 1929; Scottish: Briggs 1970f. A I, 194f.; Irish: Ó Súilleabháin/Christiansen 1963; Spanish: Camarena/Chevalier 1995ff. II,

González Sanz 1996; Catalan: Oriol/Pujol 2003; Dutch: Dinnissen 1993, No. 191; Frisian: Kooi 1984a; German: Ranke 1955ff. I, Grimm KHM/Uther 1996 II, No. 101, Bechstein/Uther 1997 II, No. 29, Berger 2001; Swiss: Jegerlehner 1913, No. 116; Austrian: Zingerle/Zingerle 1870, No. 7, Pramberger 1946, 35ff., Haiding 1953, Nos. 60, 61; Ladinian: Decurtins 1896ff. II, No. 41, X, No. 5, XIV, 83, Büchli/Brunold-Bigler 1989ff. II, 537f.; Italian: Aprile 2000 II; Hungarian: MNK II; Czech: Tille 1929ff. I, 201ff.; Slovakian: Polívka 1923ff. IV, 121ff., 151f.; Slovene: Zupanc 1944b, 63ff.; Greek: Megas/Puchner 1998; Polish: Krzyżanowski 1962f. I; Sorbian: Veckenstedt 1880, No. 8, Nedo 1956, No. 35; Russian, Byelorussian, Ukrainian: SUS; Gypsy: MNK X 1; Filipino: Fansler 1921, No. 22; US-American: Baughman 1966; Spanish-American, Mexican: Robe 1973; Egyptian: El-Shamy 2004.

361* ***The Wolf with an Iron Head*** (previously ***Wolf Threatens to Eat Hero***).
Lithuanian: Kerbelytė 1999ff. I; Hungarian: MNK II; Serbian: Leskien 1915, No. 63; Gypsy: MNK X 1.

362* ***The Devil's Kindness.***
Latvian: Arājs/Medne 1977, No. *362A*; Lithuanian: Kerbelytė 1999ff. I; Danish: Grundtvig 1854ff. II, No. 11; German: Henßen 1959, No. 45, cf. Berger 2001, No. 362**; Ukrainian: SUS.

363 ***The Corpse-Eater*** (previously ***The Vampire***).
Hoch 1900; BP III, 534–537; HDA 6(1934/35)812–823(P. Geiger); Naumann 1971; Schwarzbaum 1980, 278 No. 207; Scherf 1995 II, 837f., 1247–1252; Röth 1998; EM: Vampir(in prep.).
Finnish: Rausmaa 1982ff. I, 482, Jauhiainen 1998, No. E256; Finnish-Swedish: Hackman 1917f. I, No. 67; Estonian: Aarne 1918; Livonian: Loorits 1926; Latvian: Arājs/Medne 1977; Lithuanian: Kerbelytė 1999ff. I; Swedish: Liungman 1961; Norwegian: Hodne 1984; Danish: Christensen/Bødker 1963ff., No. 41; Irish: Ó Súilleabháin/Christiansen 1963; English: Briggs 1970f. A I, 553; Frisian: Kooi 1984a; Italian: Aprile 2000 II; Czech: Tille 1929ff. II 2, 336ff.; Slovakian: Polívka 1923ff. III, 348ff., cf. 373ff., cf. Gašparíková 1991f. I, No. 206; Croatian: cf. Smičiklas 1910ff. 16, No. 17; Greek: Megas/Puchner 1998; Polish: Krzyżanowski 1962f. I; Russian, Byelorussian, Ukrainian: SUS; Turkish: Eberhard/Boratav 1953, Nos. 152, 153 III 3; Jewish: Noy 1963a, No. 43, Jason 1965; Gypsy: Yates 1948, Nos. 12, 32, Briggs 1970f. A I, 553; Cheremis/Mari: Sabitov 1989; Palestinian, Iraqi: El-Shamy 2004; Chinese: Riftin et al. 1977, 18; Egyptian: Nowak 1969, No. 193, El-Shamy 2004; Algerian, Moroccan,

Sudanese: El-Shamy 2004; Central African: Fuchs 1961, 27ff.

365 ***The Dead Bridegroom Carries Off his Bride.*** (Lenore.)
Child 1882ff. V, No. 272; Erk/Böhme 1893f. I, No. 197; Böhm 1918; HDA 5 (1932/33)1209–1211(C. Mengis); Peuckert 1955; Jolles 1974; Lindow 1978; Ward 1980; Schelstraete 1990; Scherf 1995 II, 1211–1214, 1288f.; EM 8(1996)909–918(I. Schneider); Röth 1998.
Finnish: Rausmaa 1982ff. I, 482, Jauhiainen 1998, No. C501; Finnish-Swedish: Hackman 1917f. I, No. 68; Estonian: Aarne 1918; Livonian: Loorits 1926; Latvian: Arājs/Medne 1977; Lithuanian: Kerbelytė 1999ff. I; Lappish: Qvigstad 1925; Lydian: Kecskeméti/Paunonen 1974; Swedish: Liungman 1961; Norwegian: Hodne 1984; Danish: Skattegraveren 1(1884)42f. No. 128; Icelandic: Sveinsson 1929; Irish: Ó Súilleabháin/Christiansen 1963; English: Ehrentreich 1938, 148ff., Briggs 1970f. B I, 526f., 577f., 586f., 603f.; French: Delarue 1957; Dutch: Sinninghe 1943; Frisian: Kooi 1984a, Kooi/Schuster 2003, Nos. 11, 12; Flemish: Meyer 1968; German: Ranke 1955ff. I, Müller/Röhrich 1967, No. F39, Berger 2001; Austrian: Hauser 1894, Nos. 73, 74, Depiny 1932, No. 9, Haiding 1965, No. 211; Ladinian: Decurtins 1896ff. II, 646 No. 115; Italian: Aprile 2000 II; Hungarian: MNK II; Czech: Tille 1929ff. II 2, 330ff., Klímová 1966, No. 5; Slovakian: Gašparíková 1991f. I, Nos. 126, 136, 161, II, Nos. 382, 462, 498; Slovene: Schlosser 1956, No. 13; Serbian: Čajkanović 1929, No. 82, Čajkanović 1934, No. 47, cf. No. 24; Croatian: Bošković-Stulli 1959, No. 10, Bošković-Stulli 1963, No. 25, Bošković-Stulli 1967f., No. 14; Bosnian: Preindlsberger-Mrazović 1905, 127ff.; Macedonian: Vroclavski 1979f. II, No. 11; Rumanian: Schullerus 1928, Nos. 365, 365A*, Amzulescu 1974, No. 26; Albanian: cf. Camaj/Schier-Oberdorffer 1974, No. 44; Greek: Megas/Puchner 1998; Polish: Krzyżanowski 1962f. I; Sorbian: Schulenburg 1880, 137f., Slizinski 1964, No. 16; Russian, Byelorussian, Ukrainian: SUS; Gypsy: Yates 1948, No. 12, MNK X 1; Indian: Jason 1989; Japanese: Ikeda 1971; US-American: cf. Randolph 1955, No. 79, Musick 1965, No. 96; Chilean: Pino Saavedra 1987, Nos. 39, 40; Argentine: Karlinger/Pögl 1987, No. 31; Namibian: cf. Schmidt 1989 II, No. 2201.

366 ***The Man from the Gallows.***
BP III, 478–583; HDM 2(1934–40)304(M. Lambertz); Burrison 1968; Grider 1980; Scherf 1987, 208ff.; Scherf 1995 I, 170–172, 504–506; Dekker et al. 1997, 147–149; Röth 1998; EM 9(1999)175–179(D. Drascek); Anderson 2000, 114f.
Finnish: Rausmaa 1972, No. 45; Finnish-Swedish: Hackman 1917f. I, No. 69; Estonian: Aarne 1918; Latvian: Arājs/Medne 1977, Nos. 366, *366**; Lithuanian:

Kerbelytė 1999ff. III, 103 No. 1.2.1.16; Swedish: Liungman 1961; Norwegian: Hodne 1984; Danish: Skattegraveren 2(1884)75, 142, 11(1889)8–11, Kristensen 1900, No. 118; Scottish: Briggs 1970f. A II, 512, 541, 560f., Bruford/MacDonald 1994, No. 6; English: Baughman 1966, Briggs 1970f. A II, 512, 530f., 539, 542, 550f., 555f., 562; French: Delarue 1957; Spanish: Camarena/Chevalier 1995ff. II, González Sanz 1996, Nos. 366, 366A; Catalan: Oriol/Pujol 2003; Portuguese: Oliveira 1900ff. I, No. 79, Cardigos(forthcoming); Dutch: Sinninghe 1943, Kooi 2003, No. 26; Frisian: Kooi 1984a; Flemish: Meyer 1968; German: Ranke 1955ff. I, Müller/Röhrich 1967, No. L49, Kooi/Schuster 1994, No. 40, Berger 2001; Austrian: Depiny 1932, 119 No. 12; Italian: Aprile 2000 II; Hungarian: MNK II; Czech: Tille 1929ff. II 2, 401, Klímová 1966, No. 6; Croatian: Bošković-Stulli 1975a, No. 15; Polish: Krzyżanowski 1962f. I; Russian: SUS, No. 366, cf. No. 366A*; Byelorussian: SUS; Cheremis/Mari: Sabitov 1989; Saudi Aranian: El-Shamy 2004; Chinese: Ting 1978; English-Canada: Fowke 1967, 267f.; US-American: Baughman 1966, Roberts 1974, Nos. 111, 133; Spanish-American: TFSP 6(1927)41f., 54, 24(1951)77f., 25(1953)183–194, 31(1962)12f., 15f., 163f., Robe 1973, Camarena/Chevalier 1995ff. II; African American: Baughman 1966; Honduran: Robe 1973; Puerto Rican: Hansen 1957; Brazilian: Alcoforado/Albán 2001, No. 24; Argentine: Chertudi 1960f. I, No. 43; Namibian: cf. Schmidt 1989 II, No. 2210.

368C* ***The Death of the Cruel Stepmother.***
Hungarian: MNK II; Croatian: Bošković-Stulli 1963, No. 123; Rumanian: Schullerus 1928, Dima 1944, No. 10.

369 ***The Youth on a Quest for His Lost Father.***
Flemish: Meyer 1968; Armenian: Gullakjan 1990; Yakut, Tungus: cf. Doerfer 1983, No. 85; Indian: Thompson/Roberts 1960; Chinese: Ting 1978.

SUPERNATURAL OR ENCHANTED WIFE (HUSBAND) OR OTHER RELATIVE 400–459

Wife 400–424

400 ***The Man on a Quest for His Lost Wife.***
Chauvin 1892ff. VII, 29ff. No. 212A, 35ff. No. 212B; Köhler/Bolte 1898ff. I, 308–312; BP II, 318–348, III, 406–417; Christiansen 1959, 245f.; Hatto 1961; Kleivan 1962; Schwarzbaum 1968, 86, 459; Rieber 1980; Matveeva 1981; Grange 1983; Scherf

1995 I, 92f., 217f., 418–420, 466–470, 523–526, 536–540, 586–589, 710–717, 722–726, II, 811–816, 957–960, 1234–1237, 1421–1423; Dekker et al. 1997, 225–229; EM 9(1999) 195–210(C. Schmitt); Röth 1998, Nos. 400A-C; Schmidt 1999; EM 10(2002)1351–1355(S. Rühle); Marzolph/Van Leeuwen 2004, Nos. 178, 230, 549.
Finnish: Rausmaa 1982ff. I, No. 34; Finnish-Swedish: Hackman 1917f. I, Nos. 74(11), 75, 76; Estonian: Aarne 1918; Latvian: Arājs/Medne 1977, Nos. 400, 401, 401A; Lithuanian: Kerbelytė 1999ff. I, No. 400*, 401A; Lappish, Wepsian, Wotian, Karelian, Syrjanian: Kecskeméti/Paunonen 1974; Swedish: Liungman 1961; Norwegian: Christiansen 1958, No. 4080, Hodne 1984; Danish: Grundtvig 1876ff. II, No. 2, III, 163ff., Kristensen 1881ff. I, Nos. 1–3, III, XI-XXVIII, IV, No. 42; Faeroese: Nyman 1984; Icelandic: Sveinsson 1929, Nos. 400, 401; Scottish: Campbell 1890ff. II, No. 44, Aitken/Michaelis-Jena 1965, No. 37, Briggs 1970f. A I, 284ff., 448ff.; Irish: Ó Súilleabháin/Christiansen 1963, Nos. 400, 401; French: Delarue/Tenèze 1964ff. II, Nos. 400, 401; Spanish: Camarena/Chevalier 1995ff. II, Nos. 400, 401; Catalan: Oriol/Pujol 2003, Nos. 400, 401, 401A; Portuguese: Oliveira 1900ff. I, Nos. 159, 162, Cardigos (forthcoming); Dutch: Meder/Bakker 2001, Nos. 248, 299; Kooi 2003, No. 28; Frisian: Kooi 1984a; Flemish: Meyer 1968, Nos. 400, 401, 401A; German: Meyer 1932, No. 401, Ranke 1955ff. I, Nos. 400, 401, Grimm KHM/Uther 1996 II, Nos. 92, 93, 137, III, No. 193, Berger 2001; Swiss: Wildhaber/Uffer 1971, 49ff.; Austrian: Haiding 1953, Nos. 2, 5, 19, 21, Haiding 1969, No. 102; Ladinian: Decurtins 1896ff. II, Nos. 26, 52, 98, XI, No. 2, XIV, 90, Kindl 1992, Nos. 2, 4, 17; Italian: Aprile 2000 II, Nos. 400, 401; Corsican: Massignon 1963, No. 21; Hungarian: MNK II, Nos. 400, 401, 401A; Czech: Tille 1921, 124ff., 127ff., Tille 1929ff. I, 72ff., 232ff., 363ff., II 1, 347ff., 367ff., II 2, 209ff.; Slovakian: Gašparíková 1991f. I, Nos. 198, 303, II, Nos. 507, 528, 529; Slovene: cf. Bolhar 1974, 190ff.; Serbian: Čajkanović 1929, No. 68, cf. No. 81, Karadžić 1937, No. 4, Đjorđjevič/Milošević-Đjorđjevič 1988, Nos. 25, 26; Croatian: Bošković-Stulli 1963, No. 26; Rumanian: Schullerus 1928, Nos. 308*, 400, Bîrlea 1966 I, 314ff., II, 168ff., 393ff., III, 431ff.; Bulgarian: BFP, Nos. 400, 400*, cf. No. *400**, Koceva 2002, Nos. 400, 400*; Greek: Angelopoulos/Brouskou 1999; Sorbian: Nedo 1956, Nos. 36, 37, 67; Polish: Krzyżanowski 1962f. I; Russian, Byelorussian: SUS, Nos. 400_1, 400_2, 401; Ukrainian: SUS, Nos. 400_1, 400_2; Turkish: Eberhard/Boratav 1953, Nos. 83, 84, 198(5–7), 205, cf. No. 260; Jewish: Jason 1965, 1975, 1988a; Gypsy: Yates 1948, No. 26, cf. No. 11, Briggs 1970f. A I, 298ff., MNK X 1, Nos. 400, 401, 401A, cf. No. 400A*, Dömötör 2001, 287; Ossetian: Bjazyrov 1958, Nos. 64, 100; Adygea: Alieva 1986; Cheremis/Mari: Kecskeméti/Paunonen 1974, Nos. 400, 400*, 401, Sabitov 1989, Nos. 400_1, 400_2, 401; Chuvash, Mordvinian, Votyak, Vogul/Mansi: Kecskeméti/Paunonen 1974; Kurdish: Wentzel 1978, Nos. 7, 10; Yakut: Ėrgis 1967, Nos. 174, 230; Buryat:

Lőrincz 1979, No. 400, cf. No. 400**; Mongolian: Lőrincz 1979, No. 400, cf. Nos. 400**, 400A*; Georgian: Kurdovanidze 2000, Nos. 400_1, 400_2; Syrian, Palestinian, Jordanian, Saudi Arabian, Qatar: El-Shamy 2004; Iraqi: Nowak 1969, No. 194, El-Shamy 2004, Nos. 400, 401; Yemenite: Daum 1983, Nos. 11, 13, El-Shamy 2004; Iranian: Marzolph 1984, No. *832A; Pakistani: Thompson/Roberts 1960; Indian: Thompson/Roberts 1960, Jason 1989, Blackburn 2001, No. 35; Chinese: Ting 1978, No. 400, cf. Nos. 400A-400D; Korean: Choi 1979, No. 205; Vietnamese: Karow 1972, No. 7; Indonesian: Vries 1925f. II, 405 No. 151; Japanese: Ikeda 1971; Filipino: Wrigglesworth 1993, Nos. 7, 36; French-Canadian: Delarue/Tenèze 1964ff. II, Lemieux 1974ff. IV, Nos. 9, 10, V, No. 9, VII, No. 1, VIII, No. 5, XI, No. 21, XII, No. 1, XIII, Nos. 1, 2, XIV, No. 3, XIX, No. 5; North American Indian: Thompson 1929, No. 54; US-American: Baughman 1966, Nos. 400, 401; Spanish-American: TFSP 12(1935)61–66, 79–85, 123–129, 14(1938)241–249, 32(1964)44–49, Rael 1957 I, Nos. 189, 190, Robe 1973, Nos. 400, 401, Camarena/Chevalier 1995ff. II; Mexican: Robe 1973; Dominican, Puerto Rican, Chilean: Hansen 1957; South American Indian: Hissink/Hahn 1961, No. 353; Mayan: Peñalosa 1992, Nos. 400, 401A; Egyptian, Algerian: Nowak 1969, No. 194, El-Shamy 2004, Nos. 400, 400*; Tunisian: El-Shamy 2004; Moroccan: Basset 1887, No. 30, Nowak 1969, No. 194, El-Shamy 2004; East African: Klipple 1992, Nos. 400, 401; Sudanese: El-Shamy 2004; Namibian: Schmidt 1989 II, No. 1040; Malagasy: Haring 1982, No. 4.400, Klipple 1992.

401A* ***The Soldiers in the Enchanted Castle.***
Lithuanian: Kerbelytė 1999ff. I; Danish: Kristensen 1881ff. I, No. 41; German: Schambach/Müller 1855, No. 13, Kuhn 1859 II, No. 26, Plenzat 1930, 112ff.; Austrian: Vernaleken 1859, No. 26; Ladinian: Uffer 1973, No. 10; Italian: De Nino 1883f. III, No. 32.

402 ***The Animal Bride*** (previously ***The Mouse [Cat, Frog, etc.] as Bride***).
BP II, 30–38, 466–468; HDM 2(1934–40)72–74(C. W. von Sydow); Christiansen 1959, 243f.; Rausmaa 1973c, 127–131; Schwarzbaum 1979, 170; Köhler-Zülch 1991; Scherf 1995 I, 30f., 146–150, 189–193, 466–470, 509f., II, 1348–1351, 1378–1380; Dekker et al. 1997, 92–96; Röth 1998; EM 9(1999)433–437(S. Fährmann).
Finnish: Rausmaa 1982ff. I, Nos. 35, 36; Finnish-Swedish: Hackman 1917f. I, Nos. 74, 76(9); Estonian: Aarne 1918; Livonian: Loorits 1926; Latvian: Arājs/Medne 1977; Lithuanian: Kerbelytė 1999ff. I; Lappish, Wepsian, Wotian, Karelian, Syrjanian: Kecskeméti/Paunonen 1974; Swedish: Liungman 1961; Norwegian: Hodne 1984; Danish: Kamp 1877, No. 765, Kristensen 1881ff. II, No. 5, IV, Nos. 29, 41, Holbek 1990, No.

10; Scottish: Briggs 1970f. A I, 486f., 515f., Bruford/MacDonald 1994, No. 9; Irish: Ó Súilleabháin/Christiansen 1963; French: Delarue/Tenèze 1964ff. II; Spanish: Camarena/Chevalier 1995ff. II; Catalan: Oriol/Pujol 2003; Portuguese: Oliveira 1900ff. I, Nos. 9, 62, 207, II, No. 251, Cardigos(forthcoming); Frisian: Kooi 1984a, Kooi/Meerburg 1990, No. 8; Flemish: Meyer 1968; Walloon: Legros 1962; German: Ranke 1955ff. I, Grimm KHM/Uther 1996 II, Nos. 63, 106, Berger 2001; Austrian: Geramb/Haiding 1980, No. 19, Haiding 1977a, No. 22; Ladinian: Decurtins 1896ff. II, Nos. 14, 71; Italian: Aprile 2000 II; Sardinian: Aprile 2000 II; Hungarian: MNK II; Czech: Tille 1921, 248ff., Tille 1929ff. II 1, 181ff.; Slovakian: Gašparíková 1991f. I, Nos. 111, 229, II, Nos. 416, 447; Slovene: Bolhar 1974, 186ff.; Serbian: Karadžić 1937, No. 11, Đjorđjevič/Milošević-Đjorđjevič 1988, No. 40; Croatian: cf. Bošković-Stulli 1963, No. 27; Rumanian: Schullerus 1928, Amzulescu 1974, No. 32; Bulgarian: BFP, Koceva 2002; Albanian: Camaj/Schier-Oberdorffer 1974, No. 6; Greek: Angelopoulos/Brouskou 1999; Sorbian: Nedo 1956, No. 38; Polish: Krzyżanowski 1962f. I; Russian, Byelorussian, Ukrainian: SUS; Turkish: Eberhard/Boratav 1953, Nos. 86(1-4), 87, 88; Jewish: Jason 1965, 1988a; Gypsy: Briggs 1970f. A I, 369, MNK X 1; Ossetian: Bjazyrov 1958, Nos. 65, 98; Cheremis/Mari: Kecskeméti/Paunonen 1974, Sabitov 1989; Armenian: Gullakjan 1990; Yakut: Ėrgis 1967, Nos. 176, 177, 213, 225; Georgian: Kurdovanidze 2000; Syrian: El-Shamy 2004; Aramaic: Arnold 1994, No. 42; Palestinian, Iraqi, Saudi Arabian, Qatar, Yemenite: El-Shamy 2004; Indian: Thompson/Roberts 1960, Nos. 402, 402A, Blackburn 2001, No. 39; Burmese: Kasevič/Osipov 1976, Nos. 30, 72, 146; Chinese: Ting 1978, No. 400C; Korean: Choi 1979, No. 206; Vietnamese: Karow 1972, No. 10; French-Canadian: Barbeau 1916, No. 6, Delarue/Tenèze 1964ff. II(app.), Lemieux 1974ff. IX, No. 21, X, No. 18, XIV, No. 8; Spanish-American: Camarena/Chevalier 1995ff. II; Mexican, Costa Rican, Panamanian: Robe 1973; Dominican: Hansen 1957, No. 402, cf. No. 402**A; Chilean: Hansen 1957, Pino Saavedra 1967, No. 14; Egyptian: Nowak 1969, Nos. 249, 252, El-Shamy 2004; Algerian, Moroccan: El-Shamy 2004; Sudanese: Nowak 1969, No. 252, El-Shamy 2004.

402* ***The Princess Who Scorned an Unloved Suitor.***
Macedonian: Vroclavski 1979f. II, No. 13; Greek: Laográphia 16(1955/56)168-170, 19 (1961)569-575; Russian: SUS.

402A* ***The Princess Transformed into a Toad.***
Scottish: Briggs 1970f. A I, 371; English: Briggs 1970f. A I, 371, 409f.; French: Sébillot 1880ff. I, No. 2, Carnoy 1885, No. 17, Soupault 1963, 114ff.; German: Lemke 1884ff. II,

264ff., Berger 2001, No. 402A**; Bulgarian: cf. BFP, No. *402A**, cf. Koceva 2002, No. *402A**; Polish: Woycicki 1920, 58ff., Krzyżanowski 1962f. I; Ukrainian: cf. SUS, No. 402A**; Jewish: Haboucha 1992.

403 ***The Black and the White Bride.***

Arfert 1897; Köhler/Bolte 1898ff. I, 125-128; BP I, 99-109, III, 85-94, 240f., cf. 230-232; HDM 1(1930-33)307-311(W. Golther); Roberts 1966; Lüthi 1969a, 117-130; EM 2(1979)730-738(M. Rumpf); Schwarzbaum 1980, 282f.; Vedernikova 1980; Scherf 1995 I, 6-8, 67-70, 85-89, 144-146, 193-195, 213-216, 689-692, 944-946, II, 1321-1325, 1371-1373, 1383-1387, 1449-1450; Röth 1998, No. 403; Schmidt 1999.

Finnish: Rausmaa 1982ff. I, 483; Finnish-Swedish: Hackman 1917f. I, Nos. 79(5), 80a, 80b, 82(1); Estonian: Aarne 1918, Nos. 403A, 403B; Livonian: Loorits 1926; Latvian: Arājs/Medne 1977, Nos. 403A, 403B; Lithuanian: Kerbelytė 1999ff. I, Nos. 403A, 403B; Lappish, Wepsian, Karelian: Kecskeméti/Paunonen 1974, Nos. 403, 403A; Swedish: Liungman 1961, Nos. 403A, 403B; Norwegian: Hodne 1984, Nos. 403, 403B; Danish: Grundtvig 1854ff. III, No. 81, Kristensen 1881ff. I, Nos. 15, 16, IV, Nos. 52, 79, Kristensen 1884ff. III, No. 12; Faeroese: Nyman 1984; Icelandic: Sveinsson 1929, No. 403A; Irish: Ó Súilleabháin/Christiansen 1963; French: Delarue/Tenèze 1964ff. II; Spanish: Camarena/Chevalier 1995ff. II, Nos. 403A, 403B; Catalan: Oriol/Pujol 2003, Nos. 403; Portuguese: Oliveira 1900ff. I, No. 139, Cardigos(forthcoming), Nos. 403, 403A, cf. No. 707*C; Dutch: Sinninghe 1943; Flemish: Meyer 1968; Walloon: Legros 1962; Luxembourg: Gredt 1883, No. 911; German: Ranke 1955ff. II, Grimm KHM/Uther 1996 I, No. 13, II, No. 135, Bechstein/Uther 1997 I, No. 61; Austrian: Haiding 1953, No. 18, Haiding 1977a, No. 33; Italian: Cirese/Serafini 1975, No. 403A, Pitrè/Schenda et al. 1991, No. 30, Aprile 2000 II, No. 403; Sardinian: Aprile 2000 II; Hungarian: MNK II, Nos. 403A, 403B; Czech: Tille 1929ff. II 1, 225ff., Dvořák 1978, No. 4653*; Slovakian: Gašparíková 1991f. I, Nos. 43, 151, 283, II, No. 499; Slovene: Bolhar 1974, 13ff.; Serbian: Đjorđjevič/Milošević-Đjorđjevič 1988, Nos. 59, 63, 106; Rumanian: Schullerus 1928, No. 403A; Bulgarian: BFP, Nos. 403, 403A, Koceva 2002, Nos. 403, 403A; Greek: Angelopoulos/Brouskou 1999, Nos. 403A, 403B; Sorbian: Nedo 1956, Nos. 39, 52a; Polish: Krzyżanowski 1962f. I; Russian: SUS, No. 403, cf. No. 403A*; Byelorussian, Ukrainian: SUS; Turkish: Eberhard/Boratav 1953, Nos. 60 IV 5, 90(3-6), 167 IV 7, 240; Jewish: Noy 1963a, No. 24, Jason 1965, 1975, 1988a, Haboucha 1992, No. 403, cf. No. **403D; Gypsy: MNK X 1, Nos. 403, 403A, 403B; Ossetian: Bjazyrov 1958, Nos. 66, 67; Chuvash, Votyak: Kecskeméti/Paunonen 1974, Nos. 403, 403A; Yakut: Ėrgis 1967, Nos. 162, 218; Kalmyk: cf. Lőrincz 1979, No. 403A*; Buryat: Lőrincz 1979; Mongolian: Lőrincz 1979, No. 403, cf. No. 403A*; Georgian: cf.

Kurdovanidze 2000, No. 403A*; Syrian, Jordanian, Iraqi, Persian Gulf: El-Shamy 2004; Palestinian: El-Shamy 2004, No. 403A; Iraqi: Nowak 1969, No. 91, El-Shamy 2004; Iranian: Marzolph 1984; Indian: Thompson/Roberts 1960, Jason 1989, Blackburn 2001, Nos. 43, 51; Burmese: Kasevič/Osipov 1976, Nos. 16, 17, 165, 170; Sri Lankan: Thompson/Roberts 1960; Chinese: Riftin et al. 1977, Nos. 10, 11, Ting 1978; Korean: Choi 1979, No. 451; Japanese: Ikeda 1971, Nos. 403A, 403B, Inada/Ozawa 1977ff.; French-Canadian: Barbeau 1916, Nos. 8, 11, Barbeau/Lanctot 1931, No. 146, Delarue/Tenèze 1964ff. II, Lemieux 1974ff. VIII, No. 5, IX, No. 22; North American Indian: Thompson 1919, 385ff.; US-American: Baughman 1966; Spanish-American: TFSP 14(1938)106f., 27(1957)89–91, Robe 1973; Mexican: Robe 1973; Cuban, Dominican, Puerto Rican, Chilean: Hansen 1957, No. 403A; Mayan: Peñalosa 1992; West Indies: Flowers 1953; Cape Verdian: Parsons 1923b I, No. 78; Egyptian: Nowak 1969, No. 91, El-Shamy 2004; Tunisian, Algerian, Moroccan: El-Shamy 2004; East African: Arewa 1966, Klipple 1992; Namibian: Schmidt 1989 II, Nos. 972, 1042; Botswanian: Schmidt 1989 II, No. 972; South African: Schmidt 1989 II, Nos. 973, 974, Klipple 1992; Malagasy: Haring 1982, No. 6.403.

403C ***The Substituted Bride*** (previously ***The Witch Secretly Substitutes her own Daughter***).

Finnish: Klein 1966, 162ff., Rausmaa 1972, No. 409; Estonian: Aarne 1918, No. 403C*; Latvian: Arājs/Medne 1977; Lithuanian: Kerbelytė 1999ff. I, No. 403A; Lappish, Wepsian, Karelian: Kecskeméti/Paunonen 1974; Icelandic: Kvideland/Eiríksson 1988, No. 2; Italian: Cirese/Serafini 1975; Chuvash, Votyak: Kecskeméti/Paunonen 1974; Qatar: El-Shamy 2004; Chinese: Ting 1978, No. $403C_1$; Moroccan: El-Shamy 2004.

404 ***The Blinded Bride.***

Köhler/Bolte 1898ff. I, 347, 463; BP II, 278–285, III, 89–91; Liungman 1925b; HDM 1 (1930–33)271f.; Anderson 1963, 93; EM 2(1979)447, 734; Scherf 1995 I, 674–677, II, 1321–1325; Goldberg 1996b; Röth 1998, No. 403*.

Lithuanian: Kerbelytė 1999ff. I; Swedish: Liungman 1961, No. 533; French: Delarue/Tenèze 1964ff. II, No. 403; Spanish: Meier/Karlinger 1961, No. 45, Camarena/Chevalier 1995ff. II, No. 533*; Catalan: Oriol/Pujol 2003, No. 533*; Portuguese: Jiménez Romero et al. 1990, Nos. 30, 31; Cardigos(forthcoming), Nos. 404, 533*; Italian: Keller/Rüdiger 1959, No. 39; Toschi/Fabi 1960, No. 17; Hungarian: MNK II; Serbian: Eschker 1992, No. 26; Croatian: Schütz 1960, No. 21; Albanian: Leskien 1915, No. 55; Greek: Klaar 1963, 155ff., Klaar 1970, No. 6; Polish: Kapełuś/Krzyżanowski

1957, No. 23; Turkish: Eberhard/Boratav 1953, No. 240; Gypsy: Aichele/Block 1962, No. 12, Csenki/Vekerdi 1980, No. 7; Indian: Mayeda/Brown 1974, No. 69; Spanish-American: Robe 1973, No. 533*B; Dominican, Puerto Rican: Hansen 1957, 403**D; Chilean: FLJ 1(1883)221ff., Hansen 1957, 403**D.

405 ***Jorinde and Joringel.***
BP II, 69; Fink 1966, 411–425; Grätz 1988, 179–181; EM 7(1993)632–635(H.-J. Uther); Scherf 1995 I, 634f.; Röth 1998; Uther 2004.
Latvian: Arājs/Medne 1977; Lithuanian: Kerbelytė 1999ff. I; Swedish: Liungman 1961; Norwegian: Hodne 1984; Irish: Ó Súilleabháin/Christiansen 1963; Portuguese: Trancoso/Ferreira 1974, 227ff., Cardigos(forthcoming), No. 405A*; Frisian: Kooi 1984a; Flemish: Meyer 1968, No. 302A*, Lox 1999a, No. 17; German: Ranke 1955ff. II, Uther 1990a, No. 29, Grimm KHM/Uther 1996 II, No. 69; Serbian: Karadžić 1937, Nos. 57, 67; Greek: Megas/Puchner 1998; Polish: Krzyżanowski 1962f. I, Nos. 405, 416; Russian: SUS; Jewish: Jason 1975; Gypsy: Aichele 1926, No. 27; Syrian, Lebanese, Palestinian, Jordanian, Persian Gulf, Qatar: El-Shamy 2004; French Canadian: Barbeau/Daviault 1940, No. 8, Delarue/Tenèze 1964ff. II(app.); US-American: Baughman 1966; Egyptian, Tunisian, Algerian, Moroccan, Sudanese, Tanzanian: El-Shamy 2004.

406 ***The Cannibal.***
Danish: Grundtvig 1976ff. 1, No. 13; Rumanian: Karlinger/Bîrlea 1969, No. 23; Greek: Hahn 1918 II, No. 65; Ukrainian: SUS; Abkhaz: Šakryl 1975, Nos. 16, 17; Ossetian: Bjazyrov 1958, Nos. 68, 69; Georgian: cf. Kurdovanidze 2000, Nos. 406*, 406**; Japanese: Ikeda 1971, No. 315A, Inada/Ozawa 1977ff.

407 ***The Girl as Flower.***
BP I, 498–503, II, 121–128, III, 259; EM 2(1979)495–506(G. Meinel/J. R. Klíma); Scherf 1995 I, 156–159, 784–786, II, 1014–1017, 1178–1181, 1247– 1252; Röth 1998, Nos. 407A, 407B; EM 9(1999)1064–1066(A. Soons); Todorović-Redaelli 2003, 72–80.
Estonian: Aarne 1918; Latvian: Arājs/Medne 1977, Nos. 407, 407B, 702B*; Lithuanian: Kerbelytė 1999ff. I, Nos. 407, 407B, 702B*; Catalan: Hüllen 1965, 100ff.; Flemish: Meyer 1968; Walloon: cf. Märchen der europäischen Völker 1968, 11ff.; German: Ranke 1955ff. II, Grimm KHM/Uther 1996 I, No. 56, II, No. 76, III, No. 160; Italian: Lombardi Satriani 1953f. I, No. 39, Cirese/Serafini 1975, Nos. 407B, 652A; Hungarian: MNK II, No. 407B; Czech: Tille 1929ff. II 2, 336ff.; Slovakian: Polívka 1923ff. III, 348ff., 378, Gašparíková 1991f. I, No. 206, II, No. 510; Slovene: Milčinski 1917, 122ff.;

Serbian: Karadžić 1937, No. 16; Croatian: Bošković-Stulli 1963, No. 48; Rumanian: Schullerus 1928, Bîrlea 1966 I, 591ff., III, 415f., Karlinger 1982, Nos. 7, 8; Greek: Hahn 1918 I, No. 21, Megas/Puchner 1998, No. 652, Angelopoulos/Brouskou 1999, No. 407A; Polish: Krzyżanowski 1962f. I; Russian, Byelorussian, Ukrainian: SUS; Turkish: Eberhard/Boratav 1953, No. 215 III; Jewish: Jason 1965, No. 407A; Gypsy: Mode 1983ff. I, Nos. 10, 32, II, Nos. 80, 84, MNK X 1, Nos. 407, 407B; Cheremis/Mari: Sabitov 1989; Yakut: cf. Ėrgis 1967, Nos. 185, 195; Georgian: Kurdovanidze 2000; Palestinian: El-Shamy 2004, Nos. 407A, 652A; Iraqi, Kuwaiti: El-Shamy 2004, No. 652A; Qatar: El-Shamy 2004, No. 407A; Iranian: cf. Marzolph 1984, Nos. *407, *652A; Indian: Thompson/Roberts 1960; Burmese: Kasevič/Osipov 1976, Nos. 47, 137; Sri Lankan: Thompson/Roberts 1960; Chinese: Ting 1978; Vietnamese: cf. Karpov 1958, 134ff.; US-American: Baughman 1966; Egyptian: El-Shamy 2004, Nos. 407A, 652A; Moroccan: cf. Nowak 1969, No. *652A.

408 ***The Three Oranges.***

BP II, 125f., IV, 257ff.; Delarue 1947; Scherf 1995 I, 233–237, II, 782–784; Goldberg 1997a; Dömötör 1998; Röth 1998; Shojaei Kawan 2000; EM 10(2002)346–355(C. Shojaei Kawan); Shojaei Kawan 2002b; Shojaei Kawan 2003a, 230–236.

Finnish-Swedish: Hackman 1917f. I, No. 78; Latvian: Arājs/Medne 1977; Swedish: Liungman 1961; Norwegian: Hodne 1984; French: Delarue/Tenèze 1964ff. II; Spanish: Camarena/Chevalier 1995ff. II, González Sanz 1996; Basque: Camarena/Chevalier 1995ff. II; Catalan: Oriol/Pujol 2003; Portuguese: Oliveira 1900ff. II, Nos. 222, 287, Cardigos(forthcoming); German: Ranke 1955ff. II; Austrian: Haiding 1953, No. 26; Italian: Pitrè/Schenda et al. 1991, No. 11, Aprile 2000 II; Corsican: Ortoli 1883, No. 12; Maltese: Mifsud-Chircop 1978; Hungarian: MNK II; Czech: Tille 1929ff. II 1, 222ff.; Slovakian: Gašparíková 1991f. I, cf. No. 261, II, No. 568; Slovene: Kontler/Kompoljski 1923f. II, 51ff.; Serbian: Čajkanović 1927, No. 33, Đjorđjevič/Milošević-Đjorđjevič 1988, Nos. 42, 43; Croatian: Bošković-Stulli 1975b, Nos. 29, 30; Bosnian: Krauss/Burr et al. 2002, Nos. 31, 32; Bulgarian: BFP, Koceva 2002; Albanian: Camaj/Schier-Oberdorffer 1974, No. 11; Greek: Angelopoulos/Brouskou 1999; Ukrainian: SUS; Turkish: Eberhard/Boratav 1953, Nos. 89, 167 IV 7; Jewish: Haboucha 1992; Gypsy: MNK X 1; Armenian: Gullakjan 1990; Yakut: cf. Ėrgis 1967, Nos. 183, 219; Syrian, Palestinian, Jordanian, Iraqi, Qatar: El-Shamy 2004; Lebanese: Nowak 1969, No. 188, El-Shamy 2004; Iranian: Marzolph 1984; Pakistani: Thompson/Roberts 1960; Indian: Thompson/Roberts 1960, Jason 1989, Blackburn 2001, No. 95; Chinese: Riftin et al. 1977, 10, Ting 1978; Japanese: cf. Ikeda, Nos. 408A, 408B, Inada/Ozawa 1977ff.; French-Canadian: cf. Delarue/Tenèze 1964ff. II(app.); Spanish-

American: Camarena/Chevalier 1995ff. II; Mexican, Panamanian: Robe 1973; Cuban, Dominican: Hansen 1957; Puerto Rican: Flowers 1953, Hansen 1957; Mayan: Peñalosa 1992; Brazilian: Romero/Cascudo 1954, 110ff., Cascudo 1955a, 163ff., 168ff., Alcoforado/Albán 2001, No. 25; Chilean, Argentine: Hansen 1957; West Indies: Flowers 1953; Egyptian: cf. Nowak 1969, No. 188, El-Shamy 2004; Algerian: El-Shamy 2004; Cameroon: Kosack 2001, 110, 236; Kenyan: Mbiti 1966, No. 61; Tanzanian: El-Shamy 2004; Malagasy: cf. Haring 1982, No. 7.408.

409 ***The Girl as Wolf.***
Vedernikova 1980; EM: Wolfsmädchen(in prep.).
Finnish: Rausmaa 1982ff. I, No. 39; Estonian: Aarne 1918, No. 408*; Livonian: Loorits 1926, No. 408*; Latvian: Arājs/Medne 1977; Lithuanian: Kerbelytė 1999ff. I; Karelian: Kecskeméti/Paunonen 1974; Spanish: Camarena/Chevalier 1995ff. II; Swiss: cf. Wildhaber/Uffer 1971, No. 31; Hungarian: cf. Dömötör 1992, No. 108; Slovene: Šašelj 1906f. II, 238f.; Russian, Byelorussian, Ukrainian: SUS; Kazakh: Sidel' nikov 1952, 42ff., Bálázs 1956, 172ff.; Georgian: Kurdovanidze 2000.

409A ***The Girl as Goat.***
Röth 1998.
Latvian: Arājs/Medne 1977; Lithuanian: Kerbelytė 1999ff. I, No. 413A*; Frisian: Kooi 1984a, No. 413A*; Italian: Cirese/Serafini, No. 413A*, Aprile 2000 II; Hungarian: MNK II, Nos. 409A, 413A*; Slovakian: Gašparíková 1991f. I, No. 166, II, No. 472; Serbian: Đjorđjevič/Milošević-Đjorđjevič 1988, No. 44, Eschker 1992, No. 37; Croatian: Leskien 1915, No. 31, Bošković-Stulli 1963, Nos. 27, 28, Bošković-Stulli 1975b, No. 1; Bulgarian: BFP; Albanian: Mazon 1936, No. 35, Camaj/Schier-Oberdorffer 1974, No. 22; Greek: Angelopoulos/Brouskou 1999; Polish: Krzyżanowski 1962f. I, Nos. 409A, 413*; Turkish: Eberhard/Boratav 1953, No. 85; Jewish: Jason 1988a, Haboucha 1992, Nos. 409A, 413B*; Gypsy: MNK X 1, Nos. 409A, 413A*; Georgian: cf. Kurdovanidze 2000, No. 409A**; Lebanese: cf. Nowak 1969, No. 247; Yemenite: Daum 1983, No. 19; Iranian: cf. Marzolph 1984, No. *409A; Indian: Jason 1989; Mexican: Wheeler 1943, No. 56; Cuban: Hansen 1957, No. **416; Tunisian: Brandt 1954, 62f.; Moroccan: Nowak 1969, No. 243; Cameroon: Kosack 2001, 148, 150, 468, 577; Sudanese: Kronenberg/Kronenberg 1978, Nos. 30, 31.

409A* ***The Girl as Snake*** (previously ***Snake Princess is Disenchanted***).
Latvian: Arājs/Medne 1977, No. 409A*, cf. No. *409B; Lithuanian: Kerbelytė 1999ff. I; Hungarian: MNK II; Rumanian: Bîrlea 1966 II, 418ff.; Bulgarian: BFP, No. 409A*,

cf. No. *409**, Koceva 2002; Polish: Krzyżanowski 1962f. I, No. 421; Russian, Byelorussian, Ukrainian: SUS; Gypsy: MNK X 1; Georgian: cf. Kurdovanidze 2000, No. 409A***.

409B* ***The Promised Supernatural Wife*** (previously ***Child Weeping in his Mother's Womb is Promised Supernatural Wife***).
EM 7(1993)1243–1247(D. D. Rusch-Feja).
Hungarian: MNK II; Slovakian: Gašparíková 1984, 99ff., Kosová-Kolečányi 1988, 100ff.; Rumanian: Zs. f. Balkanologie 17(1981)157, 160; Greek: Megas/Puchner 1998; Gypsy: MNK X 1; Chechen-Ingush: Levin 1978, No. 9.

410 ***Sleeping Beauty.*** (Dornröschen, La bella addormentata.)
BP I, 434–442, III, 488; HDM 1(1930–33)408–411(W. Golther); Romain 1933; Vries 1958; Lüthi 1962, 5–18; Travers 1977; Zago 1983; Franci/Zago 1984; Rölleke 1984; Camarena 1985; Barchilon 1990; Scherf 1995 I, 172–177, II, 1017–1019, 1139–1142, 1227–1231; Dekker et al. 1997, 103–105; Röth 1998; Marzolph/Van Leeuwen 2004, No. 476; EM: Schlafende Schönheit(forthcoming).
Livonian: Loorits 1926; Latvian: Arājs/Medne 1977; Lithuanian: Kerbelytė 1999ff. I; Swedish: Liungman 1961; Norwegian: Hodne 1984; Irish: Ó Súilleabháin/Christiansen 1963; French: Delarue/Tenèze 1964ff. II; Spanish: Camarena/Chevalier 1995ff. II; Catalan: Oriol/Pujol 2003; Portuguese: Braga 1987 I, 90ff., Cardigos(forthcoming); Flemish: Meyer 1968; German: Ranke 1955ff. II, Tomkowiak 1993, 313, Grimm KHM/Uther 1996 I, No. 50, III, No. 163, Bechstein/Uther 1997 I, No. 52; Austrian: Pramberger 1946, 40ff., Haiding 1953, No. 31; Italian: Aprile 2000 II; Maltese: Mifsud-Chircop 1978; Hungarian: MNK II; Slovene: Flere 1931, 8ff.; Croatian: Valjavec 1890, No. 18; Bosnian: Krauss/Burr et al. 2002, No. 33; Bulgarian: Koceva 2002; Greek: Angelopoulos/Brouskou 1999; Polish: Krzyżanowski 1962f. I; Russian, Byelorussian, Ukrainian: SUS; Jewish: Haboucha 1992; Gypsy: MNK X 1; Palestinian: El-Shamy 2004; Saudi Arabian: Fadel 1979, No. 39; Indian: Thompson/Roberts 1960, Jason 1989; Burmese: Kasevič/Osipov 1976, Nos. 71, 163; French-Canadian: Delarue/Tenèze 1964ff. II(app.); US-American: WF 40(1981)236f.; Dominican: Hansen 1957; Brazilian: Cascudo 1955b, 144ff.; Chilean: Pino Saavedra 1967, No. 16; Egyptian: El-Shamy 2004.

410* ***The Petrified Kingdom.***
BP III, 67–71.
Finnish: Rausmaa 1982ff. I, No. 40; Lithuanian: Kerbelytė 1999ff. I; Wepsian: Kec-

skeméti/Paunonen 1974; German: Grimm KHM/Rölleke 1986 II, No. 44; Austrian: cf. Geramb/Haiding 1980, Nos. 10, 17; Croatian: Stojanović 1897, 107ff., cf. Smičiklas 1910ff. 16, No. 41; Albanian: Leskien 1915, No. 48; Russian: SUS, No. 410*, cf. No. 410**; Byelorussian, Ukrainian: SUS; Mordvinian: Kecskeméti/Paunonen 1974; Georgian: Kurdovanidze 2000; Iraqi, Qatar: El-Shamy 2004; Chilean: Foresti Serrano 1982, 91ff.

411 ***The King and the Lamia.***
Schwarzbaum 1968, 457.
Jewish: Jason 1965; Gypsy: cf. Mode 1983ff. I, No. 68; Uzbek: Afzalov et al. 1963 I, 236ff.; Iranian: Marzolph 1984; Indian: Thompson/Roberts 1960, Jason 1989; Chinese: Ting 1978.

412 ***The Maiden (Youth) with a Separable Soul in a Necklace.***
Cosquin 1922a, 27–29.
Greek: Klaar 1970, 49ff.; Turkish: Eberhard/Boratav 1953, No. 240(8–9); Jewish: Jason 1975; Gypsy: Mode 1983ff. II, Nos. 118, 119; Abkhaz: cf. Šakryl 1975, No. 9; Armenian: Hoogasian-Villa 1966, No. 3; Georgian: Kurdovanidze 2000; Pakistani, Indian: Thompson/Roberts 1960; Chinese: Ting 1978; Egyptian: El-Shamy 2004.

413 ***The Stolen Clothing*** (previously ***Marriage by Stealing Clothing***).
Catalan: Oriol/Pujol 2003; Hungarian: MNK II; Rumanian: cf. Bîrlea 1966 I, 460ff.; Polish: cf. Krzyżanowski 1962f. I, Nos. 415, 431A; Jewish: Jason 1965, 1975; Gypsy: MNK X 1; Abkhaz: Bgažba 1959, 17ff.; Uzbek: Afzalov et al. 1963 II, 149ff.; Pakistani, Indian: Thompson/Roberts 1960; Egyptian: Lebedev 1990, No. 27.

Husband 425–449

425 ***The Search for the Lost Husband.***
BP II, 205, 560f.; Swahn 1955; Schwarzbaum 1968, 94, 460; EM 1(1977)464–472(G. A. Megas); Nicolaisen 1989; Scherf 1995 II, 922f.
Finnish: Rausmaa 1982ff. I, 483f.; Finnish-Swedish: Hackman 1917f. I, No. 70(6–9) Latvian: Arājs/Medne 1977; Lappish, Karelian, Syrjanian: Kecskeméti/Paunonen 1974; Norwegian: Hodne 1984; Danish: Grundtvig 1854ff. III, Nos. 37, 38, 84, Kristensen 1898, No. 8; Icelandic: Sveinsson 1929; Scottish: Aitken/Michaelis-Jena 1965, No. 11, Briggs 1970f. A I, 155ff., 458ff., 501f.; Irish: Ó Súilleabháin/Christiansen 1963;

English: Briggs 1970f. A I, 271ff.; French: Delarue/Tenèze 1964ff. II; Portuguese: Cardigos (forthcoming); Flemish: Meyer 1968; Walloon: Legros 1962; German: Ranke 1955ff. II, Grimm KHM/Uther 1996 II, No. 127, Bechstein/Uther 1997 I, Nos. 16, 36, 67, Berger 2001; Austrian: Geramb/Haiding 1980, No. 8, Haiding 1953, No. 42; Ladinian: Decurtins 1896ff. II, No. 12, 17, 45; Italian: Cirese/Serafini 1975; Slovakian: Gašparíková 1991f. I, Nos. 137, 298, II, Nos. 490, 556; Slovene: Gabrščček 1910, 215ff.; Serbian: Čajkanović 1927, No. 35, Đjorđjevič/Milošević-Đjorđjevič 1988, No. 45; Croatian: Bošković-Stulli 1963, No. 29, Bošković-Stulli 1967f., No. 2; Albanian: Hahn 1918 II, Nos. 100, 102; Greek: Hahn 1918 II, No. 73, Megas/Puchner 1998; Polish: Krzyżanowski 1962f. I; Turkish: Eberhard/Boratav 1953, Nos. 90 (1–3), 93 (5–7), 93 (8–9), 95, 103, 105, 134 V; Jewish: Jason 1975, 1988a; Gypsy: Briggs 1970f. A I, 495, MNK X 1; Adygea: Alieva 1986; Turkmen: Reichl 1982, 87–102; Tadzhik: Grjunberg/Steblin-Kamenskov 1976, cf. Nos. 20, 22; Georgian: Kurdovanidze 2000; Lebanese, Palestinian: Nowak 1969, No. 251, El-Shamy 2004; Iraqi: Nowak 1969, No. 254, El-Shamy 2004; Persian Gulf, Kuwaiti: El-Shamy 2004; Afghan: Grjunberg/Steblin-Kamenskov 1976, cf. Nos. 1, 21; Pakistani: Thompson/Roberts 1960, No. 425A; Indian: Jason 1989; Chinese: Riftin et al. 1977, No. 5, Bäcker 1988, Nos. 6, 9; Korean: Choi 1979, No. 200; Indonesian: Vries 1925f. II, 405 No. 154; French-Canadian: Delarue/Tenèze 1964ff. II (app.); Spanish-American: TFSP 8 (1930) 99–101, 35 (1971) 127f., Robe 1973; Spanish-American, Mexican, Costa Rican, Panamanian: Robe 1973; Puerto Rican, Dominican: Flowers 1953; Brazilian: Alcoforado/Albán 2001, Nos. 26, 27; West Indies: Flowers 1953; Egyptian: Nowak 1969, Nos. 250, 251, El-Shamy 2004; Libyan: Nowak 1969, No. 245; Tunisian, Algerian: El-Shamy 2004; Moroccan: Nowak 1969, No. 244, El-Shamy 2004; East African: Klipple 1992; Sudanese: Klipple 1992, El-Shamy 2004; Tanzanian: El-Shamy 2004.

425A ***The Animal as Bridegroom.***

Köhler/Bolte 1898ff. I, 109, 315–319; BP II, 229–273, III, 37–43; Tegethoff 1922; Boberg 1938; Swahn 1955, 251–277; Kagan 1965; Megas 1971; EM 1 (1977) 464–472 (G. A. Megas); Fehling 1977; Sike 1993; Scherf 1995 I, 257–261, 434–437, II, 1122–1127; Dekker et al. 1997, 56–61; Röth 1998; Schmidt 1999.

Finnish-Swedish: Hackman 1917f. I, No. 88 (6–8); Estonian: Aarne 1918; Livonian: Loorits 1926; Latvian: Arājs/Medne 1977; Lithuanian: Kerbelytė 1999ff. I; Lappish: Qvigstad 1925; Wepsian, Karelian: Kecskeméti/Paunonen 1974; Swedish: Liungman 1961, No. 425ABC; Danish: Grundtvig 1854ff. II, No. 8, Kamp 1877, No. 914, Kristensen 1881ff. IV, No. 75; Faeroese: Nyman 1984; Scottish, Irish, Welsh: Baughman 1966; English: Baughman 1966, Briggs 1970f. A I, 274ff.; French: Delarue/Tenèze 1964ff. II; Spanish: Camarena/Chevalier 1995ff. II, Nos. 425A, 425G, González Sanz 1996; Catalan: Oriol/Pujol 2003; Portuguese: Oliveira 1900ff. I, No. 72, II, Nos. 221, 418, Cardigos (forthcoming), Nos. 425A, 425G; Frisian: Kooi 1984a; Flemish: Meyer 1968; German: Meyer 1932, Grimm KHM/Uther 1996 II, Nos. 88, 127, Bechstein/Uther 1997 I, No. 67; Italian: Aprile 2000 II, Nos. 425A, 425G, cf. No. 425A*; Corsican: Massignon 1963, Nos. 42, 86; Sardinian: Aprile 2000 II, Nos. 425A, 425G; Hungarian: MNK II; Czech: Tille 1929ff. II 2, 347ff.; Slovakian: Gašparíková 1991f. I, Nos. 39, 49, 66, 313, 315, II, Nos. 515, 584; Serbian: Karadžić 1937, No. 10, Eschker 1992, No. 5; Croatian: Bošković-Stulli 1975b, No. 12; Rumanian: Schullerus 1928; Bulgarian: BFP, Nos. 425A, 425G, Koceva 2002; Albanian: Lambertz 1952, No. 16; Greek: Laográphia 10 (1929) 402–405, 16 (1856) 409–412, 20 (1962) 385–394, 438–445, 21 (1963/64) 569–575; Polish: cf. Krzyżanowski 1962f. I, No. 458; Russian, Ukrainian: SUS; Turkish: Eberhard/Boratav 1953, Nos. 95 IV, 98; Gypsy: MNK X 1; Vogul/Mansi: Kecskeméti/Paunonen 1974; Uzbek: Laude-Cirtautas 1984, No. 7; Turkmen: Reichl 1982, 87ff.; Georgian: Kurdovanidze 2000; Palestinian: El-Shamy 2004, Nos. 425A, 425G; Jordanian: El-Shamy 2004, No. 425G; Lebanese, Iraqi, Persian Gulf, Qatar, Kuwaiti: El-Shamy 2004; Indian: Thompson/Roberts 1960; Burmese: Kasevič/Osipov 1976, No. 137; Chinese: Bäcker 1988, No. 9; Korean: Choi 1979, No. 201; Indonesian: Kratz 1978, No. 50; Japanese: Ikeda 1971; North American Indian: JAFL 35 (1922) 66–73; US-American: Baughman 1966; Spanish-America: Camarena/Chevalier 1995ff. II; Mexican: Robe 1973; Dominican, Puerto Rican, Chilean: Hansen 1957; Brazilian: Alcoforado/Albán 2001, Nos. 28, 30; West Indies: Beckwith 1924, 130; Egyptian, Tunisian, Algerian, Moroccan, Sudanese: El-Shamy 2004, Nos. 425A, 425G; Tanzanian: El-Shamy 2004; Central African: Lambrecht 1967, No. 3865; Namibian: Schmidt 1989 II, No. 1048.

425B ***Son of the Witch*** (previously ***The Disenchanted Husband: the Witch's Tasks***). (Cupid and Psyche.)

BP II, 229–273, III, 37–43; Weinreich 1921; Swahn 1955, 278–295; Megas 1971; EM 1 (1977) 464–472 (G. A. Megas); Scherf 1995 I, 116–121, 289–291, II, 923–925, 1025–1028, 1214–1216; Dekker et al. 1997, 56–61; Röth 1998; EM 10 (2002) 1324–1327 (T. A. Tangherlini); Hansen 2002, 100–114, 392–397.

Finnish: Rausmaa 1982ff. I, Nos. 42, 45; Finnish-Swedish: Åberg 1887, Nos. 228, 230, Finnish-Swedish: Hackman 1917f. I, No. 71; Estonian: Kallas 1900, Nos. 19, 20; Latvian: Arājs/Medne 1977; Lappish: Qvigstad 1927ff. II, No. 31, Kecskeméti/Paunonen 1974; Syrjanian: Wichmann 1916, No. 36; Swedish: Liungman 1961, Nos. 425ABC, 428; Danish: Grundtvig 1854ff. I, No. 107, Grundtvig 1876ff. I, No. 16, Kristensen

1881ff. II, No. 52, III, No. 53, Bødker/Hüllen 1966, 7ff.; Scottish: Chambers 1870, 95ff., Campbell 1890ff. I, No. 12; Irish: FL 4(1893)190-194, 322-327, Béaloideas 2(1929) 157ff., 7(1937)59-62, O'Faolain 1965, 299ff.; English: Jacobs 1894b, 20ff., 34ff.; French: Delarue/Tenèze 1964ff. II, Nos. 425B, 425N, 428; Spanish: Camarena/Chevalier 1995ff. II, Nos. 425B, 425N, González Sanz 1996; Catalan: Oriol/Pujol 2003; Portuguese: Oliveira 1900ff. I, No. 160, Cardigos(forthcoming); Flemish: Volkskunde 8 (1895/96)141-147; German: Peuckert 1932, Nos. 81, 82, 90, Henßen 1944, 5ff., Wossidlo/Henßen 1957, No. 57; Italian: Todorović-Strähl/Lurati 1984, No. 16, Aprile 2000 II, Nos. 425B, 425N, 428; Corsican: Massignon 1963, No. 27, cf. No. 79; Sardinian: Aprile 2000 II, Nos. 425B, 425N; Hungarian: György 1934, No. 73, MNK II; Slovakian: Polívka 1923ff. II, 168ff., V, 197ff., cf. Gašparíková 1991f. I, No. 49; Macedonian: Popvasileva 1983, No. 12; Rumanian: Kremnitz 1882, No. 5; Bulgarian: BFP, No. 425B, cf. No. *425N*, Koceva 2002; Albanian: Camaj/Schier-Oberdorffer 1974, No. 7; Greek: Laográphia 15(1941)341ff., 21(1963/64)151ff., Klaar 1977, 56ff.; Polish: Nedo 1972, 156ff.; Russian, Ukrainian: SUS, No. 428, cf. No. 621; Bylorussian: SUS, No. 428; Turkish: Eberhard/Boratav 1953, No. 98; Jewish: cf. Larrea Palacín 1952f. II, No. 137; Udmurt: Kralina 1961, No. 45; Turkmen: Reichl 1982, 87ff.; Kalmyk: cf. Lőrincz 1979, No. 425N*; Syrian: El-Shamy 2004, Nos. 425B, 428; Palestinian, Iraqi: El-Shamy 2004; Lebanese, Palestinian: Nowak 1969, No. 251; Iranian: Marzolph 1984; Chinese: Ting 1978, No. 425N; Japanese: Ikeda 1971, Nos. 425B, 428; US-American: Baughman 1966; Spanish-American: Espinosa 1937, No. 16, Camarena/Chevalier 1995ff. II; Mexican: Robe 1973; Dominican: Hansen 1957, No. 425**E; Puerto Rican: Hansen 1957, No. **429; Venezuelan: Hansen 1957, No. 425*D; Egyptian: Nowak 1969, No. 251, El-Shamy 2004; Tanzanian: El-Shamy 2004, No. 428.

425C ***Beauty and the Beast.***

BP II, 231-234, 241-245; HDM 1(1930-33)237-239(P. Groth); Pires de Lima 1952; Swahn 1955, 296-312; Megas 1971; EM 1(1977)464-472(G. A. Megas); Bottigheimer 1989; Hearne 1989; Kaltz 1989; Scherf 1995 I, 609-611, II, 1056-1059; Dekker et al. 1997, 56-61; Röth 1998.

Finnish: Rausmaa 1982ff. I, No. 43; Finnish-Swedish: Hackman 1917f. I, No. cf. Nos. 76, 128b; Estonian: Aarne 1918; Latvian: Arājs/Medne 1977; Lithuanian: Kerbelytė 1999ff. I; Swedish: Liungman 1961, No. 425ABC; Danish: Berntsen 1873f. II, No. 22, Kristensen 1881ff. II, No. 51, Kristensen 1884ff. III, No. 51; Faeroese: Nyman 1984; English: Briggs 1970f. A I, 487ff.; French: Delarue/Tenèze 1964ff. II; Spanish: Camarena/Chevalier 1995ff. II; Catalan: Oriol/Pujol 2003, Nos. 425C, 425H; Portuguese: Vasconcellos/Soromenho et al. 1963f. I, Nos. 110, 111, Cardigos(forthcoming);

Dutch: Sinninghe 1943, Kooi 2003, No. 15; Frisian: Kooi/Schuster 1993, No. 9; Flemish: Meyer 1968; German: Grimm KHM/Uther 1996 II, No. 88; Austrian: Haiding 1969, No. 168; Ladinian: Decurtins 1896ff. XIV, 93; Italian: Aprile 2000 II; Sardinian: Aprile 2000 II; Maltese: Mifsud-Chircop 1978; Hungarian: MNK II, No. 425C, cf. No. 425X*; Czech: Tille 1929ff. I, 555ff.; Slovakian: Polívka 1923ff. III, 189ff., Gašparíková 1991f. I, Nos. 196, 339; Slovene: Gabršček 1910, 123ff.; Serbian: Čajkanović 1927, No. 15; Rumanian: Schullerus 1928; Bulgarian: BFP, Koceva 2002; Greek: Laográphia 10(1929)433–435, 16(1956)402–404, 19(1961)569–575; Polish: Krzyżanowski 1962f. I; Russian, Byelorussian, Ukrainian: SUS; Turkish: Eberhard/Boratav 1953, Nos. 99, 104; Gypsy: MNK X 1, No. 425C, cf. No. 425X*; Cheremis/Mari: Sabitov 1989; Mordvinian: Kecskeméti/Paunonen 1974; Yakut: Ėrgis 1967, No. 179; Mongolian: Lőrincz 1979; Georgian: Kurdovanidze 2000; Indian: Thompson/Roberts 1960; Chinese: Ting 1978; Japanese: Ikeda 1971, Nos. 411A, 411B, 411C; French-Canadian: Delarue/Tenèze 1964ff. II(app.); US-American: Baughman 1966, WF 40(1981)242f.; Spanish-American: Robe 1973, Camarena/Chevalier 1995ff. II; Dominican: Hansen 1957; Colombian: Camarena/Chevalier 1995ff. II; Brazilian: Alcoforado/Albán 2001, No. 29; West Indies: Flowers 1953; Egyptian, Tunisian, Moroccan: El-Shamy 2004.

425D ***The Vanished Husband*** (previously ***Vanished Husband Learned of by Keeping Inn [Bath-house]***).
Swahn 1955, 313–317.
Spanish: Camarena Laucirica 1984, No. 85; Portuguese: Oliveira 1900ff. I, Nos. 8, 175, Cardigos(forthcoming); Italian: Aprile 2000 II, Nos. 425D, 425F; Sardinian: Aprile 2000 II, No. 425F; Bulgarian: BFP, Koceva 2002; Greek: Laográphia 15(1953)319–323, 16(1956)178–182, 185–188, 17(1957)619–625, 21(1963/64)130–135, 469, 569–575; Turkish: Eberhard/Boratav 1953, Nos. 92(3–8), 93(1–4), 98 III 4(var. b, c), 102 III 5 (var. d, o, y); Jewish: cf. Haboucha 1992, No. 425*Q; Kurdish: Družinina 1959, 23ff.; Lebanese: Jahn 1970, No. 12; Iraqi, Qatar: El-Shamy 2004, No. 425F; Iranian: cf. Marzolph 1984, No. *425D; Indian: Knowles 1888, 491ff., Chilli 1920, 113ff.; Japanese: Ikeda 1971, Nos. 312B, 413E; Chilean: Foresti Serrano 1982, 115ff.; Egyptian: Artin Pacha 1895, 87ff., Nowak 1969, No. 250, El-Shamy 2004, No. 425F; Libyan: cf. Nowak 1969, No. 245; Tunisian: El-Shamy 2004, No. 425F; Algerian, Moroccan: Nowak 1969, No. 120.

425E ***The Enchanted Husband Sings Lullaby.***
Swahn 1955, 318–320; Bradūnaitė 1975.

Spanish: Camarena/Chevalier 1995ff. II, Nos. 425E, 425L; Catalan: Oriol/Pujol 2003, Nos. 425E, cf. 425L; Portuguese: Oliveira 1900ff. II, Nos. 229, 286, 334, Cardigos (forthcoming); Italian: Cirese/Serafini 1975, No. 425L, Aprile 2000 II; Sardinian: Aprile 2000 II, No. 425; Hungarian: MNK II, No. 425L; Slovakian: cf. Gašparíková 1984, 174ff., cf. Filová/Gašparíková 1993, 130ff.; Croatian: Bošković-Stulli 1963, No. 30; Macedonian: Popvasileva 1983, No. 90; Rumanian: Schullerus 1928, No. 425A; Bulgarian: cf. Parpulova/Dobreva 1982, 156ff., BFP, No. 425L; Greek: Laográphia 17 (1957/58) 619–622, 19 (1961) 569–575, Megas 1970, Nos. 26, 29; Turkish: Eberhard/Boratav 1953, Nos. 95 V, 102 III 4 (var. h), 104, Boratav 1967, No. 6; Jewish: Haboucha 1992, No. 425L; Gypsy: MNK X 1, No. 425L; Palestinian, Saudi Arabian, Qatar: El-Shamy 2004, No. 425L; Iraqi: El-Shamy 2004, Nos. 425E, 425L; Japanese: Ikeda 1971, No. 312A; Mexican: cf. Robe 1973, No. 425A; Chilean: cf. Hansen 1957, No. 425; Egyptian: El-Shamy 1999, No. 23, El-Shamy 2004, Nos. 425E, 425L; Libyan: Nowak 1969, No. 97; Tunisian: El-Shamy 2004; Algerian: El-Shamy 2004, Nos. 425E, 425L; Moroccan: El-Shamy 2004, No. 425L.

425M ***The Snake as Bridegroom*** (previously ***Bathing Girl's Garments Kept***).
Köhler/Bolte 1898ff. I, 573f.; Swahn 1955, 340–342; Röth 1998.
Finnish: Rausmaa 1982ff. I, No. 44; Estonian: Kallas 1900, No. 21, Baer 1970, 129ff., Viidalepp 1980, No. 55; Latvian: Arājs/Medne 1977; Lithuanian: Kerbelytė 1999ff. I; Wepsian: Kecskeméti/Paunonen 1974; German: Plenzat 1927, 24; Croatian: Krauss/Burr et al. 2002, No. 35; Bulgarian: BFP, Koceva 2002; Polish: Nedo 1972, 178ff.; Russian, Byelorussian, Ukrainian: SUS; Tatar: Kakuk/Kœnos 1989, No. 5; Tadzhik: Rozenfel'd/Ryčkovoj 1990, No. 4; Algerian: El-Shamy 2004; Kenyan: Mbiti 1966, No. 8.

425* ***The Insulted Bridegroom Disenchanted*** (previously ***Enchanted Animal Husband Insulted by Guests***).
Lappish: Qvigstad 1927ff. III, No. 49; Swedish: Hyltén-Cavallius/Stephens 1844, 381ff.; Scottish: Campbell 1890ff. I, No. 3; Luxembourg: Gredt 1883, No. 920; Italian: Gonzenbach 1870 II, No. 77, Cirese/Serafini 1975.

426 ***The Two Girls, the Bear, and the Dwarf.***
BP III, 259f.; Karlinger 1963; Bausinger 1990; Scherf 1995 II, 1041–1043; EM 8 (1996) 1350–1353 (H. Rölleke); Röth 1998.
Finnish: Rausmaa 1972, No. 59; Latvian: Arājs/Medne 1977; Swedish: cf. Sahlgren/Liljeblad 1937ff. III, No. 83; French: Delarue/Tenèze 1964ff. II; Dutch: Meder 2000,

No. 9; Frisian: Kooi 1984a; German: Stahl 1821, 206ff., Ranke 1955ff. II, Uther 1990a, No. 61, Grimm KHM/Uther 1996 III, No. 161; Italian: Aprile 2000 II; Sardinian: Karlinger 1973b, 17ff.; Czech: Jech 1959, No. 40; Croatian: Stojanović 1879, 92ff.; Polish: Krzyżanowski 1962f. I; Russian, Ukrainian: SUS; Chinese: Ting 1978; Mexican: Robe 1970, No. 64.

430 ***The Donkey.*** (Asinarius.)

BP II, 234–273, III, 152–166; Anderson 1954; Anderson 1958; EM 1(1977)865–867(F. Wagner); Verfasserlexikon 1(1978)509f.(K. Langosch); cf. EM 4(1984)426; Scherf 1995 I, 106f., 283–286; cf. Adrados 1999ff. III, No. not-H. 49.

Swedish: Liungman 1961; Norwegian: cf. Hodne 1984; Irish: Ó Súilleabháin/Christiansen 1963; Spanish: González Sanz 1996; Portuguese: Fontinha 1997, 50f., Cardigos(forthcoming); Dutch: Kooi 2003, No. 16; German: Grimm KHM/Uther 1996 II, No. 144; Austrian: Zingerle/Zingerle 1916, 223ff.; Russian, Byelorussian, Ukrainian: SUS; Armenian: Gullakjan 1990; Tadzhik: Rozenfel'd/Ryčkovoj 1990, No. 7; Georgian: Kurdovanidze 2000; Syrian, Qatar, Yemenite: El-Shamy 2004; Indian: cf. Bodding 1925ff. I, No. 23; Chinese: cf. Riftin et al. 1977, No. 5; US-American: Baughman 1966; Egyptian, Libyan, Tunisian, Moroccan: El-Shamy 2004.

431 ***The House in the Forest.***

BP III, 276f.; EM 6(1990)594–599(I. Tomkowiak); Scherf 1995 I, 309f., 521–523, 581–583, 747f., II, 809–811, 1354–1357; Röth 1998.

Finnish-Swedish: Åberg 1887, Nos. 159, 251, 252; Latvian: Arājs/Medne 1977; Syrjanian: Rédei 1978, No. 187; Irish: Ó Súilleabháin/Christiansen 1963; French: Delarue/Tenèze 1964ff. II; Spanish: Rey-Henningsen 1996, No. 12; Flemish: Meyer 1968; German: Ranke 1955ff. II, Grimm KHM/Uther 1996 III, No. 169, Bechstein/Uther 1997 I, No. 11; Austrian: Zingerle/Zingerle 1916, 287ff., Geramb/Haiding 1980, No. 1; Italian: Aprile 2000 II; Czech: Tille 1929ff. I, 455ff., cf. 449ff.; Slovakian: Gašparíková 1991f. I, cf. Nos. 137, 169, II, No. 562, cf. Nos. 345, 395, 414, 545, 556, 557; Serbian: Karadžić 1937, No. 34; Croatian: Bošković-Stulli 1963, No. 31, Bošković-Stulli 1975b, No. 25; Greek: cf. Dawkins 1953, No. 11; Polish: Krzyżanowski 1962f. I, No. 431A; Sorbian: Nedo 1956, No. 41; Russian: SUS; Turkish: Eberhard/Boratav 1953, No. 46; Cheremis/Mari: Beke 1938, No. 30, Četkarev 1956, No. 26; Kalmyk: cf. Lőrincz 1979; Syrian: El-Shamy 2004; Palestinian: cf. Nowak 1969, No. 292, El-Shamy 2004; Jordanian, Saudi Arabian, Qatar, Yemenite: El-Shamy 2004; French-Canadian: Delarue/Tenèze 1964ff. II(app.); Spanish-American: Rael 1957 I, No. 107; Moroccan: El-Shamy 2004; East African: cf. Klipple 1992; Tanzanian: El-Shamy 2004.

432 ***The Prince as Bird.***

BP II, 261–273; Scherf 1995 I, 34–36, 101–106, 291–295, II, 1019–1021, 1084–1088, 1259–1261; Röth 1998; EM 10(2002)1319–1324(C. Goldberg).

Finnish: Rausmaa 1982ff. I, No. 46; Finnish-Swedish: Hackman 1917f. I, No. 72; Latvian: Arājs/Medne 1977; Lithuanian: Kerbelytė 1999ff. I; Lappish: Qvigstad 1925; Swedish: Liungman 1961; Norwegian: Hodne 1984; Danish: Grundtvig 1854ff. II, No. 314, Kristensen 1881ff. III, Nos. 9, 10, IV, Nos. 24, 25; Scottish: Briggs 1970f. A I, 221f.; Irish: Ó Súilleabháin/Christiansen 1963; French: Delarue/Tenèze 1964ff. II, Guerreau-Jalabert 1992, No. D641.1; Spanish: Camarena/Chevalier 1995ff. II; Catalan: Oriol/Pujol 2003; Portuguese: Oliveira 1900ff. I, No. 64, II, No. 358, Cardigos (forthcoming); German: Meyer 1932; Italian: Aprile 2000 II; Hungarian: MNK II; Czech: Tille 1929ff. II 2, 356f.; Slovakian: Gašparíková 1991f. I, No. 105, II, No. 584; Slovene: Drekonja 1932, 21ff.; Bulgarian: BFP, Koceva 2002; Greek: Hahn 1918 I, No. 7, Megas/Puchner 1998; Russian: SUS; Turkish: Eberhard/Boratav 1953, No. 102; Jewish: Haboucha 1992; Gypsy: MNK X 1; Georgian: Kurdovanidze 2000; Syrian, Lebanese: El-Shamy 2004; Palestinian: Muhawi/Kanaana 1989, No. 12, El-Shamy 2004; Iraqi: cf. Nowak 1969, No. 254, El-Shamy 2004; Persian Gulf, Saudi Arabian, Qatar, Yemenite: El-Shamy 2004; Iranian: Marzolph 1984, No. *432; Pakistani, Indian, Sri Lankan: Thompson/Roberts 1960; French-Canadian: Delarue/Tenèze 1964ff. II(app.); Spanish-American, Mexican: Robe 1973; Cuban: Hansen 1957; Puerto Rican: Hansen 1957, No. 432**A; Mayan: Peñalosa 1992; Colombian: Camarena/Chevalier 1995ff. II; Chilean: Hansen 1957; Egyptian, Algerian: El-Shamy 2004; Moroccan: cf. Nowak 1969, No. 84, El-Shamy 2004; Sudanese: Klipple 1992, El-Shamy 2004; Malagasy: Haring 1982, No. 4.432.

433B ***King Lindorm.***

Olrik 1904; Waldemarsohn-Rooth 1942; Holbek 1987, 457–498; Scherf 1991; Lindow 1993; EM 8(1996)160–165(B. Holbek, J. Lindow); Scherf 1995 I, 702–708, II, 1019–1021, cf. 1021–1025, 1025–1028, 1214–1216, 1227–1231; Röth 1998; Schmidt 1999, Nos. 433B, 433C.

Finnish: Rausmaa 1982ff. I, No. 47; Estonian: Aarne 1918, No. 433A; Livonian: Loorits 1926, No. 433; Latvian: Arājs/Medne 1977, Nos. 433A, 433B; Lithuanian: Kerbelytė 1999ff. I, No. 409A*; Wepsian: Kecskeméti/Paunonen 1974; Swedish: Liungman 1961, No. 433AB; Norwegian: Hodne 1984, No. 433A; Danish: Grundtvig 1854ff. I, No. 216, II, No. 314, Kristensen 1881ff. IV, No. 11; Irish: Ó Súilleabháin/Christiansen 1963, No. 433; French: Delarue/Tenèze 1964ff. II, No. 433; Spanish Camarena/Chevalier 1995ff. II; Catalan: Oriol/Pujol 2003; German: Ranke 1955ff. II,

No. 433; Austrian: Zingerle/Zingerle 1916, 351ff., Haiding 1953, No. 3; Italian: Cirese/Serafini 1975, Nos. 433A, 433C, Aprile 2000 II, No. 433; Corsican: Massignon 1963, No. 86; Maltese: Mifsud-Chircop 1978; Czech: cf. Tille 1929ff. II 2, 346f.; Slovakian: Polívka 1923ff. III, 173ff., Gašparíková 1991f. I, cf. Nos. 39, 313, II, No. 558; Slovene: Kelemina 1930, 119; Serbian: Karadžić 1937, No. 9, Đjorđjevič/Milošević-Đjorđjevič 1988, No. 46, Eschker 1992, No. 4; Bulgarian: BFP, No. 433B, cf. No. *433B*, Koceva 2002; Greek: Angelopoulos/Brouskou 1999, No. 433B*; Ukrainian: SUS; Turkish: Eberhard/Boratav 1953, Nos. 101, 106(1-7); Jewish: Haboucha 1992; Ossetian: Bjazyrov 1958, No. 71; Cheremis/Mari: Sabitov 1989; Vogul/Mansi: Kecskeméti/Paunonen 1974; Armenian: Gullakjan 1990, No. 433; Uzbek: Keller/Rachimov 2001, No. 1; Mongolian: Lőrincz 1979, Nos. 433, 433B; Georgian: Kurdovanidze 2000; Syrian, Palestinian, Jordanian, Qatar, Kuwaiti: El-Shamy 2004, No. 433A; Indian: Thompson/Roberts 1960, Nos. 433B, 433C; Sri Lankan: Thompson/Roberts 1960, No. 433C; Chinese: Ting 1978, No. 433C, cf. No. 433D; Korean: Choi 1979, Nos. 200, 202; Cambodian: Sacher 1979, 40ff.; Japanese: Ikeda 1971, Inada/Ozawa 1977ff., No. 433C; French-Canadian: Delarue/Tenèze 1964ff. II(app.), No. 433; Mexican: Robe 1973; Dominican: Hansen 1957, No. 425**E; Puerto Rican: Flowers 1953, No. 433A, Hansen 1957, No. **447F; Peruvian, Chilean: Camarena/Chevalier 1995 II; Brazilian: Alcoforado/Albán 2001, No. 30; Egyptian: El-Shamy 2004, Nos. 433A, 433C; Tunisian, Algerian: El-Shamy 2004, Nos. 433, 433A; Moroccan: El-Shamy 2004, No. 433A; East African, Sudanese: Klipple 1992, No. 433; Central African: Lambrecht 1967, No. 3130; Namibian: Schmidt 1989 II, No. 1051.

434 ***The Stolen Jewelry*** (previously ***The Stolen Mirror***).

Köhler/Bolte 1898ff. I, 335; EM: Spiegel: Der gestohlene S.(forthcoming).

Catalan: Oriol/Pujol 2003; Portuguese: Vasconcellos/Soromenho et al. 1963f. I, Nos. 81, 122, 313, 314, Cardigos(forthcoming); Italian: Pitrè/Schenda et al. 1991, No. 13, Appari 1992, No. 58, Aprile 2000 II; Turkish: Kúnos 1905, 282ff., Eberhard/Boratav 1953, No. 93, Boratav 1958, No. 11, Walker/Uysal 1966, 104ff.; Brazilian: Cascudo 1955a, 205ff.; Egyptian: El-Shamy 2004.

434* ***The Diver.*** (Cola Pesce.)

Ullrich 1884; Pitrè 1904; Heinisch 1981; Breymayer 1983f.; Järv 2002, 158-168; EM: Taucher(in prep.).

Estonian: Aarne 1918; Italian: Calvino 1956, No. 147.

440 ***The Frog King Or Iron Henry.***

BP I, 1–9; HDM 2(1934–40)267–275(M. Grunwald); Röhrich 1979; Röhrich 1987; EM 5(1987)410–424(L. Röhrich); Kotaka 1992; Sutton 1993; Scherf 1995 I, 139–141, 336–361, II, 893f., 922f., 1052–1054, 1388f.; Dekker et al. 1997; Röth 1998; Hansen 2002, 145.

Finnish: Rausmaa 1972, 221ff.; Finnish-Swedish: Hackman 1917f. I, No. 73; Estonian: Aarne 1918; Latvian: Arājs/Medne 1977; Lithuanian: Kerbelytė 1999ff. I, No. 425C; Livonian: Kecskeméti/Paunonen 1974; Swedish: Liungman 1961; Norwegian: Hodne 1984, 157f.; Danish: Kristensen 1881ff. III, No. 45, IV, No. 83, Holbek 1990, No. 12; Scottish: Baughman 1966, Briggs 1970f. A I, 397ff., 443ff.; Irish: Ó Súilleabháin/Christiansen 1963; English: Briggs 1970f. A I, 258f., 259f., 563f.; French: Seignolle 1946, No. 97, Delarue/Tenèze 1964ff. II; Spanish: Camarena/Chevalier 1995ff. II; Portuguese: Oliveira 1900ff. II, No. 375, Cardigos(forthcoming); Dutch: Sinninghe 1943; Frisian: Kooi 1984a; Flemish: Meyer 1968; German: Ranke 1955ff. II, Grimm KHM/Uther 1996 I, No. 1, Bechstein/Uther 1997 I, No. 36, Berger 2001, No. 440, cf. No. 440*; Ladinian: Decurtins 1896ff. II, No. 94; Italian: Aprile 2000 II; Hungarian: MNK II; Czech: Tille 1929ff. II 2, 344–346; Slovakian: Polívka 1923ff. III, 187ff., Gašparíková 1991f. II, No. 569; Slovene: Slovenski gospodar 66(1932)14; Rumanian: Schullerus 1928; Bulgarian: Nicoloff 1979, No. 17; Polish: Krzyżanowski 1962f. I; Sorbian: Veckenstedt 1880, No. 21, Nedo 1956, No. 42; Russian, Byelorussian, Ukrainian: SUS; Turkish: Eberhard/Boratav 1953, 411; Gypsy: MNK X 1; Georgian: Kurdovanidze 2000; Pakistani: Rassool 1964, 77ff.; Chinese: cf. Riftin et al. 1977, No. 5, Ting 1978; Korean: Choi 1979, Nos. 200, 202; Japanese: Ikeda 1971; French-Canadian: Delarue/Tenèze 1964ff. II(app.); US-American: Baughman 1966; Spanish-American: TFSP 5(1965)5–48; African American: Burrison 1989, 150f.; Mexican: Robe 1973; West Indies: Flowers 1953.

441 ***Hans My Hedgehog.***

BP II, 234–273, 482–485; EM 6(1990)494–498(I. Köhler); Scherf 1995 I, 116–121, 353–356, 565–568, 708–710, II, 1136f., 1270–1272, 1339–1342; Röth 1998.

Estonian: Aarne 1918; Latvian: Arājs/Medne 1977, No. 441, cf. No. *441*; Lithuanian: Kerbelytė 1999ff. I; Swedish: Liungman 1961; Flemish: Meyer 1968; German: Pröhle 1854, No. 13, Neumann 1971, No. 85, Grimm KHM/Uther 1996 II, No. 108; Ladinian: Decurtins 1896ff. II, No. 67; Hungarian: MNK II; Czech: Tille 1929ff. II 2, 299ff.; Slovakian: Gašparíková 1991f. I, No. 298; Slovene: Byhan 1958, 94ff., Bolhar 1974, 101ff.; Croatian: Leskien 1915, No. 33; Polish: Krzyżanowski 1962f. I; Gypsy: Mode 1983ff. III, No. 188, MNK X 1; Ossetian: Bjazyrov 1958, No. 72; Yakut: cf. Ėrgis

1967, Nos. 173, 180, 181; Iranian: Christensen 1958, No. 10; Pakistani, Indian, Sri Lankan: Thompson/Roberts 1960; Burmese: Kasevič/Osipov 1976, Nos. 32, 170; Japanese: cf. Ikeda 1971, No. 425A; West Indies: Flowers 1953.

442 ***The Old Woman in the Forest*** (previously ***The Old Man in the Forest***).
BP III, 9f.; HDM 1(1930–33)49f.(L. Mackensen); Scherf 1995 I, 18–20.
Irish: Ó Súilleabháin/Christiansen 1963; German: Grimm KHM/Uther 1996 II, No. 123; Polish: Krzyżanowski 1962f. I; Ossetian: Bjazyrov 1958, No. 73; Yakut: cf. Ėrgis 1967, Nos. 115, 179, 181; French-Canadian: Lemieux 1974ff. XI, No. 15.

444* ***Enchanted Prince Disenchanted.***
Latvian: Arājs/Medne 1977, No. *444F*; Danish: Berntsen 1873f. II, No. 2, Grundtvig 1876ff. III, 128ff.; Irish: Ó Súilleabháin/Christiansen 1963, No. 444D*; German: Kölm/Gutowski 1937, 93ff.; Italian: Aprile 2000 II, No. 444A*; Polish: Krzyżanowski 1962f. I, Nedo 1972, 170ff.; Jewish: Haboucha 1992, Nos. 444*, **444, **444F*; Abkhaz: Šakryl 1975, No. 88; Filipino: Fansler 1921, No. 41; Cuban: Hansen 1957, No. **444; Argentine: Hansen 1957, No. **446.

449 ***Sidi Numan*** (previously ***The Tsar's Dog [Sidi Numan]***).
Chauvin 1892ff. V, 315f., VI, 22f. No. 194, 44f. No. 209, 56ff. No. 222, 198f. No. 371, VII, 130, No. 398, VIII, 161f. No. 170; BP III, 7–9; Anderson 1914; Basset 1924ff. II, 221 No. 9; Anderson 1935, 17–19; Dégh 1960; Ruxàndoiu 1963; Schwarzbaum 1968, 34; Horálek 1969b, 169–178; Ting 1987; Marzolph 1992 II, No. 231; Scherf 1995 I, 423f., 429–434, 717–719, II, 1416f.; Röth 1998, No. 449AB; Marzolph/Van Leeuwen 2004, Nos. 7, 351, 468; EM: Sidi Numan(forthcoming).
Finnish: Rausmaa 1982ff. I, No. 48; Latvian: Arājs/Medne 1977; Lithuanian: Kerbelytė 1999ff. I; Livonian: Kecskeméti/Paunonen 1974; Irish: Ó Súilleabháin/Christiansen 1963; French: Delarue/Tenèze 1964ff. II; Flemish: Witteryck 1946, 253ff.; German: cf. Pröhle 1853, No. 35, Kooi/Schuster 1994, No. 38; Hungarian: MNK II, No. 449, VIII, No. 1898*; Slovakian: Gašparíková 1984, 182ff.; Serbian: cf. Čajkanović 1934, No. 16; Croatian: Bošković-Stulli 1963, No. 45; Bulgarian: BFP, Nos. 449, *449A; Polish: Krzyżanowski 1962f. I; Russian, Byelorussian, Ukrainian: SUS; Turkish: Eberhard/Boratav 1953, No. 204(3); Jewish: Jason 1965, 1975; Gypsy: Mode 1983ff. II, No. 92, III, cf. No. 145, MNK X 1, Nos. 449, 1898*; Chechen-Ingush: Levin 1978, No. 10; Abkhaz: Bgažba 1959, 202ff., cf. Šakryl 1975, Nos. 23, 43; Adygea: Alieva 1986; Cheremis/Mari: Kecskeméti/Paunonen 1974, Sabitov 1989; Vogul/Mansi: Kecskeméti/Paunonen 1974; Ossetian: Bjazyrov 1958, No. 74; Kurd-

ish: Wentzel 1978, No. 16, Džalila et al. 1989, Nos. 8, 28; Armenian: Gullakjan 1990; Yakut: cf. Ėrgis 1967, No. 128; Kalmyk, Mongolian: cf. Lőrincz 1979, No. 449A*; Georgian: Kurdovanidze 2000; Syrian, Jordanian: El-Shamy 2004, No. 1511; Palestinian, Iraqi: El-Shamy 2004, Nos. 449, 1511; Saudi Arabian, Qatar, Yemenite: El-Shamy 2004; Iranian: Marzolph 1984; Pakistani, Indian: Thompson/Roberts 1960, Jason 1989; Spanish-American: Espinosa 1937, No. 82; Mayan: Laughlin 1977, 73ff.; Egyptian: Nowak 1969, No. 169, El-Shamy 2004, Nos. 449, 1511; Libyan: El-Shamy 2004, Nos. 449, 1511; Tunisian, Somalian: El-Shamy 2004.

Brother or Sister 450-459

450 ***Little Brother and Little Sister.***
BP I, 79-96, III, 137; HDM 1(1930-33)308; Krzyżanowski 1959; EM 2(1979)919-925(I. Köhler); Vedernikova 1980; Schneider 1990, 154-156; Scherf 1995 I, 128-132, II, 773f., 902f., 908-912, 946-949, 978-980, 1071-1073, 1101-1105, 1149-1152; Röth 1998; Schmidt 1999, No. 450 IV, VI.
Finnish: Rausmaa 1982ff. I, 484f.; Estonian: Aarne 1918; Livonian: Loorits 1926; Latvian: Arājs/Medne 1977; Lithuanian: Kerbelytė 1999ff. I; Karelian, Syrjanian: Kecskeméti/Paunonen 1974; Swedish: Liungman 1961; Norwegian: Hodne 1984; Irish: Ó Súilleabháin/Christiansen 1963; French: Delarue/Tenèze 1964ff. II; Spanish: Camarena/Chevalier 1995ff. II, González Sanz 1996; Catalan: Oriol/Pujol 2003; Portuguese: Oliveira 1900ff. I, No. 282, Cardigos(forthcoming), Nos. 450, 707*; German: Ranke 1955ff. II; Grimm KHM/Uther 1996 I, No. 11, cf. II, No. 141; Italian: Cirese/Serafini 1975, Appari 1992, No. 12, Aprile 2000 II; Hungarian: MNK II; Czech: Tille 1929ff. I, 106ff.; Slovakian: Gašparíková 1991f. I, No. 94, II, No. 478; Rumanian: Schullerus 1928; Bulgarian: BFP, Koceva 2002; Greek: Hahn 1918 I, No. 1, Loukatos 1957, 94ff., Angelopoulos/Brouskou 1999; Polish: Krzyżanowski 1962f. I; Russian, Byelorussian, Ukrainian: SUS; Turkish: Eberhard/Boratav 1953, No. 168; Jewish: Noy 1963a, No. 39, Haboucha 1992; Ossetian: Bjazyrov 1958, No. 75; Mordvinian: Kecskeméti/Paunonen 1974; Armenian: Gullakjan 1990; Turkmen: Reichl 1982, 71ff.; Georgian: Kurdovanidze 2000; Palestinian: Patai 1998, No. 23, El-Shamy 2004; Syrian, Jordanian, Oman, Qatar, Kuwaiti, Yemenite: El-Shamy 2004; Iranian: Marzolph 1984; Indian: Jason 1989; Nepalese: Kretschmar 1985; Japanese: Ikeda 1971, No. 403A; French-Canadian: Delarue/Tenèze 1964ff. II; US-American: Baughman 1966; Mexican: Robe 1973; Dominican: Flowers 1953; Puerto Rican: Hansen 1957; Chilean: Hansen 1957, No. **452A, Pino-Saavedra 1964, No. 37; West Indies: Flowers

1953; Egyptian, Libyan, Algerian, Moroccan: El-Shamy 2004; Tunisian: cf. Nowak 1969, No. 138, El-Shamy 2004; Ghanaian: Schott 1993f. I, 134ff.; East African: cf. Klipple 1992; Sudanese: El-Shamy 2004.

451 ***The Maiden Who Seeks Her Brothers.***

Chauvin 1892ff. VIII, 206ff. No. 248; BP I, 70–75, 227–234, 427–434, II, 560f.; Wesselski 1925, 173–178, 254f.; Tallqvist 1947; Krzyżanowski 1965, 374f.; Lüthi 1969a, 39–55; Scherf 1995 I, 197–201, II, 1077–1081, 1088f., 1091–1096, 1156–1159, 1427–1431, 1465–1470, 1472–1477; EM 8(1996)1354–1366(C. Shojaei Kawan); Dekker et al. 1997, 238–242; Röth 1998; Schmidt 1999; Shojaei Kawan 2003a, 218–224, 236.

Finnish: Rausmaa 1982ff. I, No. 50; Finnish-Swedish: Hackman 1917f. I, No. 83; Estonian: Aarne 1918; Latvian: Arājs/Medne 1977, Nos. 451, 451A; Lithuanian: Kerbelytė 1999ff. I, Nos. 451, 451A; Lappish: Qvigstad 1925; Livonian, Karelian: Kecskeméti/Paunonen 1974; Swedish: Liungman 1961; Norwegian: Hodne 1984; Danish: Andersen/Perlet 1996 I, No. 10; Faeroese: Nyman 1984; Icelandic: Sveinsson 1929; Scottish: McKay 1940, No. 22; Irish: Ó Súilleabháin/Christiansen 1963; French: Delarue/Tenèze 1964ff. II; Spanish: Camarena/Chevalier 1995ff. II, Nos. 451, 451B, González Sanz 1996; Catalan: Oriol/Pujol 2003; Portuguese: Oliveira 1900ff. I, No. 267, Cardigos(forthcoming); Frisian: Kooi 1984a, Kooi/Schuster 1994, No. 7b; Flemish: Meyer 1968; German: Meyer 1932, Tomkowiak 1993, 247, Grimm KHM/Uther 1996 I, Nos. 9, 25, 49; Austrian: Haiding 1969, No. 175; Swiss: Sutermeister 1869, No. 7; Ladinian: Decurtins 1896ff. II, No. 64; Italian: Cirese/Serafini 1975, Nos. 451, 451*, Aprile 2000 II; Corsican: Ortoli 1883, 31ff.; Sardinian: Aprile 2000 II; Maltese: Mifsud-Chircop 1978; Hungarian: MNK II; Czech: Tille 1929ff. II 2, 45ff.; Slovakian: Gašparíková 1991f. I, Nos. 110, 243, 286, 296, II, Nos. 350, 380, 409, 523, 559; Slovene: Flere 1931, 67ff.; Serbian: Eschker 1992, No. 23; Rumanian: Schullerus 1928; Bulgarian: BFP, Koceva 2002; Greek: Megas 1956f. II, Nos. 16, 17, Angelopoulos/Brouskou 1999; Sorbian: Nedo 1956, No. 43; Polish: Krzyżanowski 1962f. I; Russian, Byelorussian, Ukrainian: SUS; Turkish: Eberhard/Boratav 1953, Nos. 165, 166; Jewish: Haboucha 1992; Cheremis/Mari: Kecskeméti/Paunonen 1974; Armenian: Gullakjan 1990; Georgian: Kurdovanidze 2000, Nos. 451, 451B*; Syrian, Jordanian, Iraqi: El-Shamy 2004; Palestinian, Qatar: El-Shamy 2004, Nos. 451, 451A; Iranian: Marzolph 1984, No. *451; Indian, Sri Lankan: Thompson/Roberts 1960; Burmese: Kasevič/Osipov 1976, No. 194; Korean: cf. Choi 1979, No. 1; Japanese: Ikeda 1971, Inada/Ozawa 1977ff.; French-Canadian: Delarue/Tenèze 1964ff. II; US-American: Baughman 1966; Spanish-American, Mexican: Robe 1973; Dominican, Puerto Rican: Hansen 1957; Guatemalan, Argentine: Camarena/Chevalier 1995ff. II;

West Indies: Flowers 1953; Egyptian: El-Shamy 2004, Nos. 451, 451A; Libyan: Nowak 1969, No. 139, El-Shamy 2004, No. 451A; Tunisian: El-Shamy 2004, No. 451A; Algerian: cf. Nowak 1969, No. 163, El-Shamy 2004, Nos. 451, 451A; Moroccan: Kossmann 2000, 110ff., El-Shamy 2004, Nos. 451, 451A; Sudanese: El-Shamy 2004, Nos. 451, 451A.

452B* ***The Sisters as Oxen.***
Spanish: Jiménez Romero et al. 1990, No. 25, Camarena Laucirica 1991 I, No. 98; Portuguese: Braga 1987 I, 144, Cardigos (forthcoming); Jewish: Jason 1965; Lebanese: Nowak 1969, No. 188; Spanish-American, Mexican: Robe 1973; Puerto Rican: Hansen 1957, No. **452B; Egyptian: Nowak 1969, No. 188.

459 ***The Make-Believe Son (Daughter).***
Palestinian: El-Shamy 2004; Iranian: Marzolph 1984; Indian: Thompson/Roberts 1960, Jason 1989.

SUPERNATURAL TASKS 460–499

460A ***The Journey to God (Fortune)*** (previously ***The Journey to God to Receive Reward***).
Aarne 1916, 122–180; BP I, 292f.; Scherf 1995 I, 370–372, II, 1091–1096, 1398–1401; Röth 1998, 80; EM 11,2 (2004) 514–521 (S. Schott).
Estonian: cf. Loorits 1959, No. 151; Lithuanian: Kerbelytė 1999ff. I; Livonian, Wepsian: Kecskeméti/Paunonen 1974; Lappish: Kecskeméti/Paunonen 1974, No. 461A, Bartens 2003, No. 27; Swedish: Liungman 1961, 110ff.; Icelandic: Schier 1983, No. 10; Portuguese: Soromenho/Soromenho 1984f. II, No. 705, Cardigos (forthcoming); Flemish: cf. Meyer 1968, No. 702A*, Lox 1999a, No. 31; German: Birlinger 1871, 261ff., cf. Jahn 1889, No. 54; Austrian: Zingerle 1870, No. 40; Ladinian: Uffer 1973, No. 55; Italian: Cirese/Serafini 1975; Sardinian: Cirese/Serafini; Hungarian: Sklarek 1901, No. 2; Slovakian: Polívka 1923ff. III, 1ff., 20, Gašparíková 1991f. II, No. 524; Serbian: Đjorđjevič/Miloševič-Đjorđjevič 1988, No. 89; Bosnian: Popvasileva 1983, 16, 28f., 42; Macedonian: Čepenkov/Penušliski 1989 III, No. 303; Rumanian: Schullerus 1928; Bulgarian: BFP, Nos. 460B, *460D, *461A*, cf. Nos. *460C, *461*; Albanian: Mazon 1936, No. 71, cf. Lambertz 1952, 138ff., Camaj/Schier-Oberdorffer 1974, No. 35; Greek: Loukatos 1957, 220ff., Angelopoulos/Brouskou 1999, No. 460A, cf. No. *460B; Ukrainian: SUS; Turkish: Eberhard/Boratav 1953, Nos. 126, 127; Jew-

ish: Jason 1965, No. 460*C, Jason 1975, No. 460*C, Jason 1988a, Nos. 460A, 460*C, Haboucha 1992, No. 461A; Dagestan: Chalilov 1965, No. 83, Levin 1978, No. 8; Adygea: Alieva 1986; Chuvash, Votyak: Kecskeméti/Paunonen 1974, No. 461A; Kurdish: Mann 1909, No. 12, Wentzel 1978, No. 30; Armenian: Hermann/Schwind 1951, 127ff., Hoogasian-Villa 1966, No. 25; Yakut: Ėrgis 1967, No. 192, cf. Nos. 139, 210; Turkmen: Stebleva 1969, No. 39; Tadzhik: Amonov 1961, 212ff.; Georgian: Kurdovanidze 2000, No. 460B; Mingril: Bleichsteiner 1919, 182ff.; Syrian: El-Shamy 2004; Iraqi: Nowak 1969, No. 427, El-Shamy 2004, No. 461A; Saudi Arabian: El-Shamy 2004; Iranian: Marzolph 1984, No. *461; Afghan: Levin 1986, No. 23; Pakistani: Schimmel 1980, No. 1; Indian: Tauscher 1959, No. 47, Thompson/Roberts 1960, No. 461A, Jason 1989, No. 461A, Blackburn 2001, No. 84; Nepalese: Sakya/Griffith 1980, 102ff.; Chinese: Ting 1978, No. 461A, Bäcker 1988, Nos. 5, 10; Korean: cf. Choi 1979, No. 242; Vietnamese: Karow 1972, Nos. 9, 15, 60, cf. No. 62; Indonesian: Vries 1925f. I, No. 55, II, 406 No. 166, Kratz 1978, No. 9; Japanese: Ikeda 1971, No. 460B, Inada/Ozawa 1977ff., No. 461A; Spanish-American: TFSP 32(1964)33–37; Nicaraguan: cf. Karlinger/Pögl 1983, No. 60; Argentine: Hansen 1957; Egyptian: El-Shamy 2004, Nos. 460A, 461A; Algerian: Frobenius 1921ff. I, No. 53, El-Shamy 2004, Nos. 460A, 461A; Moroccan: Dermenghem 1945, 95ff., Laoust 1949, No. 126, Topper 1986, No. 55, El-Shamy 2004, Nos. 460A, 461A; East African: Meinhof 1991, No. 9; Sudanese: cf. El-Shamy 1999, No. 42, El-Shamy 2004, No. 461A; Central African: Lambrecht 1967, No. 4175; Malagasy: Hambruch 1922, No. 30.

460B ***The Journey in Search of Fortune.***

Aarne 1916, 122–180; Schwarzbaum 1968, 260; EM 11,2(2004)514–521(S. Schott).

Finnish: Rausmaa 1982ff. I, No. 51; Estonian: Loorits 1959, No. 100; Latvian: Arājs/Medne 1977; Lithuanian: Kerbelytė 1999ff. I, No. 947B*; Lappish: Bartens 2003, No. 27; Swedish: Liungman 1961, 110ff.; Irish: Ó Súilleabháin/Christiansen 1963, Nos. 460B, 947B*; French: Delarue/Tenèze 1964ff. II; Ladinian: Decurtins 1896ff. II, No. 7; Italian: Cirese/Serafini 1975; Serbian: Karadžić 1937, No. 13, Panić-Surep 1964, No. 29, Eschker 1992, No. 17; Croatian: Krauss/Burr et al. 2002, No. 38; Bosnian: Dizdar 1955, 216ff., Popvasileva 1983, 16, 28, 42; Macedonian: Čepenkov/Penušliski 1989 II, Nos. 111–113; Rumanian: Bîrlea 1966 II, 107ff., 116ff., 425f.; Albanian: Lambertz 1952, 83ff., Camaj/Schier-Oberdorffer 1974, No. 41; Bulgarian: BFP, No. 947B*, cf. No. *947B**, Koceva 2002; Greek: Dawkins 1950, No. 35, Dawkins 1953, No. 79, Klaar 1970, 71ff. 77ff., Megas/Puchner 1998, No. 947B*, Angelopoulos/Brouskou 1999, No. 460B; Polish: Piprek 1918, 118ff.; Russian, Byelorussian, Ukrainian: SUS; Turkish: Eberhard/Boratav 1953, No. 130; Jewish: Jason 1965, 1975, No. 947B*, Jason

1988b, No. 947B*, Haboucha 1992, No. 947C*; Ossetian: Bjazyrov 1958, No. 76; Adygea: Alieva 1986; Azerbaijan: Sorokine 1965, 13ff.; Kurdish: Družinina 1959, 95ff.; Armenian: Macler 1928f. I, 93ff.; Mongolian: Michajlov 1962, 50ff., 60ff.; Georgian: Dolidze 1960, 214ff.; Syrian, Lebanese, Palestinian, Iraqi: El-Shamy 2004; Afghan: Lebedev 1955, No. 21; Pakistani, Indian: Thompson/Roberts 1960; Vietnamese: Landes 1886, Nos. 59, 62; Argentine: Hansen 1957; Egyptian, Tunisian: El-Shamy 2004.

461 ***Three Hairs from the Devil's Beard.***

Aarne 1916; BP I, 276–293; Tille 1919; Lüthi 1969a, 70–84; MacDonald 1982, No. H1273.2; EM 6(1990)343–348(U. Marzolph); Scherf 1995 I, 629–631, II, 1181–1186, 1277–1280, 1357–1360; Dekker et al. 1997, 112–115; Röth 1998; Schmidt 1999; Röhrich 2002, 298–309.

Finnish: Rausmaa 1982ff. I, No. 52; Finnish-Swedish: Hackman 1917f. I, No. 89, II, No. 286(7); Estonian: Aarne 1918; Latvian: Arājs/Medne 1977; Lithuanian: Kerbelytė 1999ff. I; Livonian, Lappish, Wepsian, Karelian, Syrjanian: Kecskeméti/Paunonen 1974; Swedish: Liungman 1961; Norwegian: Hodne 1984; Danish: Grundtvig 1876ff. I, No. 12; Faeroese: Nyman 1984; Icelandic: Sveinsson 1929; Irish: Ó Súilleabháin/Christiansen 1963; French: Delarue/Tenèze 1964ff. II; Spanish: Camarena/Chevalier 1995ff. II; Catalan: Oriol/Pujol 2003; Portuguese: Braga 1987 I, 181ff., Cardigos(forthcoming); Frisian: Kooi 1984a; Flemish: Meyer 1968, Lox 1999a, No. 46; German: Ranke 1955ff. II, Grimm KHM/Uther 1996 I, No. 29, III, No. 165; Austrian: Haiding 1953, 179ff.; Swiss: Wildhaber/Uffer 1971, No. 21; Italian: Cirese/Serafini 1975; Hungarian: MNK II; Czech: Tille 1929ff. 1, 141; Slovakian: Gašparíková 1991f. I, Nos. 83, 343, cf. No. 95, II, No. 373, cf. No. 524; Slovene: Nedeljko 1889, 27ff.; Greek: Kretschmer 1917, No. 27, Angelopoulos/Brouskou 1999; Sorbian: Nedo 1956, Nos. 44, 57; Polish: Krzyżanowski 1962f. I; Russian, Byelorussian, Ukrainian: SUS; Turkish: Eberhard/Boratav 1953, No. 125 IV b; Jewish: Noy 1963a, Nos. 63, 71, 97, Jason 1965; Gypsy: MNK X 1; Adygea: Alieva 1986; Cheremis/Mari: Kecskeméti/Paunonen 1974, Sabitov 1989; Chuvash: Kecskeméti/Paunonen 1974; Yakut: Ėrgis 1967, No. 171, cf. Nos. 139, 210; Georgian: Kurdovanidze 2000; Syrian, Palestinian, Iraqi: El-Shamy 2004; Burmese: Kasevič/Osipov 1976, No. 31; Chinese: Ting 1978; Korean: Choi 1979, No. 242; Indonesian: Vries 1925f. II, 406 No. 167; French-Canadian: Delarue/Tenèze 1964ff. II; North American Indian: Thompson 1919, 387f.; Spanish-American, Mexican: Robe 1973; Dominican, Puerto Rican: Hansen 1957; Guatemalan, Ecuadorian: Camarena/Chevalier 1995ff. II; West Indies: Flowers 1953; Cape Verdian: Parsons 1923b I, 304; Egyptian, Moroccan: El-

Shamy 2004； Namibian: Schmidt 1989 II, No. 1055.

462 ***The Outcast Queens and the Ogress Queen.***
Icelandic: cf. Rittershaus 1902, No. 44； Spanish: Camarena/Chevalier 1995ff. II； Catalan: Oriol/Pujol 2003； Gypsy: cf. Mode 1983ff. II, No. 118； Syrian: El-Shamy 1999, No. 30； Palestinian: Nowak 1969, No. 189, Muhawi/Kanaana 1989, No. 30； Iranian: Marzolph 1984； Pakistani: Thompson/Roberts 1960； Indian: Thompson/Roberts 1960, Nos. 302A, 462, Jason 1989, Blackburn 2001, No. 94； Sri Lankan: Thompson/Roberts 1960； Nepalese: cf. Sakya/Griffith 1980, 28ff., Unbescheid 1987, No. 18； Chinese: cf. Ting 1978； Laotian: cf. Lindell et al. 1977ff. IV, 103ff.； Syrian, Palestinian: El-Shamy 2004； French-Canadian: Barbeau et al. 1919, 90ff.； Chilean: cf. Hansen 1957, No. *455**A； Egyptian: Nowak 1969, No. 177, El-Shamy 2004； Tunisian, Algerian, Sudanese: El-Shamy 2004.

465 ***The Man Persecuted Because of His Beautiful Wife.***
Cosquin 1922b, 246–316； Megas 1958； Scherf 1995 I, 22–25, 397–403, II, 1014–1017； Röth 1998, No. 465*； EM 9(1999)162–171(K. Pöge-Alder)； Marzolph/Van Leeuwen 2004, No. 355.
Finnish: Rausmaa 1982ff. I, 485f.； Estonian: Aarne 1918, No. 465A； Livonian: Loorits 1926, No. 465C； Latvian: Arājs/Medne 1977, Nos. 465A-465C； Lithuanian: Kerbelytė 1999ff. I, Nos. 465A, 465C； Lappish: Kecskeméti/Paunonen 1974, No. 465C, Bartens 2003, No. 28； Wepsian, Syrjanian: Kecskeméti/Paunonen 1974, No. 465A； Karelian: Kecskeméti/Paunonen 1974, Nos. 465A-465C； Norwegian: cf. Hodne 1984； Irish: Ó Súilleabháin/Christiansen 1963； Portuguese: Oliveira 1900ff. I, Nos. 161, 178, Cardigos(forthcoming)； Hungarian: MNK II, Nos. 465A, 465C； Slovakian: Gašparíková 1991f. I, No. 92； Rumanian: Amzulescu 1974, No. 12.2.1； Bulgarian: BFP, Koceva 2002； Greek: Dawkins 1953, No. 18, Diller 1982, No. 42, Angelopoulos/Brouskou 1999, No. 465A； Polish: Krzyżanowski 1962f. I, No. 465A； Russian, Byelorussian, Ukrainian: SUS, Nos. 465A-465C； Turkish: Eberhard/Boratav 1953, Nos. 83 IV f, 86 (5–6), 217, 248 III b, 256 V, 280； Jewish: Noy 1963a, No. 22, Noy 1965, No. 1, Haboucha 1992； Gypsy: MNK X 1, Nos. 465A, 465C； Ossetian: Bjazyrov 1958, Nos. 65, 77, 79, 80； Adygea: Alieva 1986, Nos. 465A, 465C； Cheremis/Mari: Kecskeméti/Paunonen 1974, No. 465A, Sabitov 1989, Nos. 465A-465C； Chuvash: Kecskeméti/Paunonen 1974, No. 465B； Tatar, Mordvinian: Kecskeméti/Paunonen 1974, Nos. 465, 465A； Armenian: Gullakjan 1990, Nos. 465, 465A； Yakut: Ėrgis 1967, Nos. 111, 122, 125, 175, cf. Nos. 170, 181； Kalmyk: Lőrincz 1979, No. 465A； Buryat: Lőrincz 1979； Mongolian: Lőrincz 1979, Nos. 465, 465A, 465C, 465C*； Georgian: Kurdovanidze

2000, Nos. 465A-465C; Syrian: Nowak 1969, No. 171, El-Shamy 2004, Nos. 465, 465A; Lebanese: cf. Nowak 1969, Nos. 117, 176; Palestinian, Jordanian: El-Shamy 2004; Iraqi: Nowak 1969, No. 171, cf. No. 176, El-Shamy 2004, Nos. 465, 465A; Iranian: Marzolph 1984, No. *465A; Pakistani: Thompson/Roberts 1960, No. 465A; Indian: Thompson/Roberts 1960, Nos. 465A, 465D, Jason 1989, Blackburn 2001, Nos. 31, 78; Burmese: Kasevič/Osipov 1976, Nos. 147, 161; Sri Lankan: Thompson/Roberts 1960, No. 465A; Chinese: Ting 1978, Nos. 465A, 465A$_1$, 465D; Korean: Choi 1979, No. 205, cf. No. 206; Laotian: Lindell et al. 1977ff. V, 92ff.; Japanese: Ikeda 1971, Nos. 465, 465B, cf. No. 465E, Inada/Ozawa 1977ff.; French-Canadian: Delarue/Tenèze 1964ff. II, No. 465A; Spanish-American: Robe 1973; Panamanian: Robe 1973; Mayan: Peñalosa 1992; West Indies: Flowers 1953; Egyptian: Nowak 1969, Nos. 227, 252, El-Shamy 2004; Algerian: Nowak 1969, No. 115, cf. No. 197, El-Shamy 2004; Moroccan: Nowak 1969, No. 115, cf. Nos. 117, 197, El-Shamy 2004, No. 465A; Sudanese: Nowak 1969, No. 252, El-Shamy 2004; Eritrean: El-Shamy 2004.

467 ***The Quest for the Wonderful Flower (Jewel).***
Spanish: González Sanz 1996; Portuguese: Cardigos(forthcoming), No. 465; Macedonian: Piličkova 1992, No. 10; Gypsy: Mode 1983ff. I, No. 67; Armenian: Gullakjan 1990; Iranian: Marzolph 1984; Pakistani: Thompson/Roberts 1960; Indian: Tauscher 1959, No. 68, Thompson/Roberts 1960; Chinese: Ting 1978; Egyptian, Algerian: El-Shamy 2004.

470 ***Friends in Life and Death.***
Köhler/Bolte 1898ff. II, 224-241; Pauli/Bolte 1924 I, No. 561; Petzoldt 1968; Petzoldt 1969; Tubach 1969, No. 780; Petschel 1971; EM 5(1987)282-287(G. Petschel); Dekker et al. 1997, 346-349; Röth 1998; Bošković-Stulli 2000.
Finnish: Rausmaa 1982ff. I, 486, Jauhiainen 1998, Nos. C500, C1171, C1176; Finnish-Swedish: Hackman 1917f. I, No. 90; Estonian: Aarne 1918; Latvian: Arājs/Medne 1977; Lithuanian: Kerbelytė 1999ff. II; Lappish: Qvigstad 1925; Livonian: Kecskeméti/Paunonen 1974; Swedish: Liungman 1961; Norwegian: Hodne 1984; Danish: Grundtvig 1854ff. I, Nos. 1, 109; Icelandic: Sveinsson 1929; Irish: Ó Súilleabháin/Christiansen 1963; Welsh: Owen 1896, 41; English: Briggs 1970f. A I, 431f.; French: Delarue/Tenèze 1964ff. II; Spanish: Camarena/Chevalier 1995ff. II; Portuguese: Coelho 1985, No. 75, Cardigos(forthcoming); Dutch: cf. Teenstra 1843, 145f.; Frisian: Kooi 1984a; Flemish: Berg 1981, No. 74; German: Ranke 1955ff. II, Moser-Rath 1964, No. 23, Grimm DS/Uther 1993 I, Nos. 336, 337, Kooi/Schuster 1994, No. 39; Swiss: Büchli/Brunold-Bigler 1989ff. I, 293f., III, 235, 855, IV, 18; Austrian: Haiding

1965, Nos. 299, 312; Ladinian: Kindl 1992, No. 16; Italian: Cirese/Serafini 1975, Appari 1992, No. 47; Sardinian: Cirese/Serafini; Hungarian: MNK II; Czech: Tille 1929ff. II 2, 127ff.; Slovakian: Polívka 1923ff. IV, 395f.; Slovene: Kocbek 1926, 27; Serbian: Dolenec 1972, Nos. 44, 45; Croatian: Dolenec 1972, No. 10, Bošković-Stulli 1975b, No. 37; Macedonian: Mazon 1923, No. 16, cf. Čepenkov/Penušliski 1989 II, No. 162; Rumanian: Dima 1944, 43f.; Bulgarian: Koceva 2002; Polish: Krzyżanowski 1962f. I, Nos. 470, 470A; Sorbian: Nedo 1956, No. 45; Russian, Byelorussian, Ukrainian: SUS; Turkish: cf. Eberhard/Boratav 1953, No. 62 IV 7; Jewish: Jason 1975, 1988a; Gypsy: MNK X 1; Votyak: Kecskeméti/Paunonen 1974; Iranian: Marzolph 1984; Chinese: Ting 1978; Korean: Choi 1979, No. 300, cf. Nos. 302, 303; Japanese: cf. Ikeda 1971, Inada/Ozawa 1977ff.; French-Canadian: Delarue/Tenèze 1964ff. II; Nicaraguan: cf. Karlinger/Pögl 1983, No. 60; Mayan: Peñalosa 1992; Venezuelan: cf. Karlinger/Pögl 1983, No. 33; Brazilian: cf. Karlinger/Freitas 1977, No. 83; Bolivian: Aníbarro de Halushka 1976, No. 25; Egyptian: cf. El-Shamy 1980, No. 12; Moroccan: Basset 1887, Nos. 31, 47; South African: Coetzee et al. 1967, No. E374.1.

470A ***The Offended Skull.*** (Leontius, Don Juan, Festin de Pierre.)
BP III, 478–483; Cock 1919, 108–152, 308–309; MacKay 1943; Röhrich 1962f. II, 53–85, Petzoldt 1968; Wittmann 1976; Tau 1976; EM 3(1981)755–759(G. Petschel); Scherf 1995 II, 825–828; Dekker et al. 1997, 346–349; López de Abiada/Studer 2001.
Finnish: Rausmaa 1982ff. I, 486, Jauhiainen 1998, No. C1161; Estonian: Aarne 1918, No. 472*; Latvian: Arājs/Medne 1977; Lithuanian: Kerbelytė 1999ff. II; Norwegian: Olsen 1912, 170f.; Danish: Kamp 1879f. I, No. 16, Skattegraveren 5(1886)No. 682; Icelandic: cf. Naumann/Naumann 1923, No. 29; Scottish: cf. Briggs 1970f. B I, 393f.; French: Delarue/Tenèze 1964ff. II; Spanish: Camarena/Chevalier 1995ff. II, González Sanz 1996; Basque: Camarena/Chevalier 1995ff. II; Portuguese: Braga 1987 I, 196f., 244f., Cardigos(forthcoming); Dutch: Volkskundig Bulletin 24(1998)308f.; Frisian: Kooi 1984a, Kooi/Schuster 2003, No. 49; Flemish: Meyer 1968, Meyer/Sinninghe 1973, Boone 1999ff. II, 1450ff.; German: Moser-Rath 1964, Nos. 3, 38, Müller/Röhrich 1967, Nos. L13, L14, Berger 2001; Swiss: Jegerlehner 1907, 125ff., Büchli/Brunold-Bigler 1989ff. II, 449f.; Austrian: Haiding 1965, No. 312; Italian: Cirese/Serafini 1975; Hungarian: MNK II; Macedonian: cf. Čepenkov/Penušliski 1989 II, Nos. 120, 124; Rumanian: Bîrlea 1966 III, 232, 235ff.; Polish: Krzyżanowski 1962f. I, No. 470*; Gypsy: MNK X 1; French-Canadian: Delarue/Tenèze 1964ff. II; Dominican, Chilean: Hansen 1957; Peruvian: Camarena/Chevalier 1995ff. II; Brazilian: Karlinger/Freitas 1977, No. 83.

470B ***The Land Where No One Dies.***

Köhler/Bolte 1898ff. II, 406, 413, 434; BP IV, 269 not. 1; EM 8(1996)760–763(G. Petschel); Röth 1998.

Finnish: Rausmaa 1982ff. I, No. 56, Jauhiainen 1998, No. C1176; Estonian: Aarne 1918, No. 471*; Lappish: Kohl-Larsen 1982, 35ff., Bartens 2003, No. 29; Swedish: Säve/Gustavson 1952f. I, No. 62, II, No. 138; Irish: Ó Súilleabháin/Christiansen 1963, No. 470*; French: Delarue/Tenèze 1964ff. II; Portuguese: Cardigos(forthcoming), No. 470*; Flemish: Meyer 1968, No. 470*; Italian: Cirese/Serafini 1975; Corsican: Ortoli 1883, 224ff.; Sardinian: Cirese/Serafini; Hungarian: MNK II; Serbian: Čajkanović 1929, No. 65, Karadžić 1937, No. 6; Rumanian: Kremnitz 1882, No. 11, Dima 1944, No. 4; Polish: Krzyżanowski 1962f. I, No. 469; Jewish: Jason 1965, No. 470*; Gypsy: Aichele/Block 1962, No. 20, MNK X 1; Armenian: Gullakjan 1990; Georgian: Kurdovanidze 2000, No. 471B*; Thai: Velder 1968, No. 57; Japanese: cf. Ikeda 1971, Nos. 470B, 470*; Eskimo: Barüske 1991, No. 8; French-Canadian: Delarue/Tenèze 1964ff. II; North American Indian: Konitzky 1963, No. 13; Moroccan: Topper 1986, No. 53.

471 ***The Bridge to the Otherworld.***

Chauvin 1892ff. VIII, 160 No. 168; cf. Dinzelbacher 1973; Richard et al. 1973; EM 2 (1979)835–838(G. Petschel); Scherf 1995 I, 22–25, 394–396, 444–447; Röth 1998.

Finnish: Rausmaa 1982ff. I, No. 57; Latvian: Arājs/Medne 1977; Lithuanian: Kerbelytė 1999ff. II; Karelian: Kecskeméti/Paunonen 1974; Swedish: Liungman 1961; Norwegian: Hodne 1984; Icelandic: Sveinsson 1929; Irish: Ó Súilleabháin/ Christiansen 1963; French: Delarue/Tenèze 1964ff. II; Spanish: Camarena/Chevalier 1995ff. II; Catalan: Neugaard 1993, No. F152, Oriol/Pujol 2003; Portuguese: Oliveira 1900ff. I, No. 50, Cardigos(forthcoming); Italian: Cirese/Serafini 1975; Maltese: Mifsud-Chircop 1978; Slovene: Vrtec 12(1882)114ff.; Bulgarian: BFP; Greek: Megas/Puchner 1998; Polish: Krzyżanowski 1962f. I; Russian, Byelorussian, Ukrainian: SUS; Gypsy: MNK X 1; Adygea: Alieva 1986; Cheremis/Mari: Sabitov 1989; Siberian: Holmberg 1927, 488ff.; Palestinian: El-Shamy 2004; Indian: Thompson/Roberts 1960; Chinese: cf. Ting 1978; Japanese: Ikeda 1971, No. 551; Filipino: JAFL 20 (1907)110ff.; French-Canadian: Delarue/Tenèze 1964ff. II; Spanish-American, Mexican, Costa Rican: Robe 1973; South American Indian: Wilbert/Simoneau 1992, No. F152; Peruvian: Lira 1990, 26ff.; Bolivian: Aníbarro de Halushka 1976, No. 26; Chilean, Argentine: Hansen 1957; West Indies: Flowers 1953; Egyptian: El-Shamy 2004.

471A ***The Monk and the Bird.***
Chauvin 1892ff. VIII, 102–105; Köhler/Bolte 1898ff. II, 239f.; Müller 1912; Pauli/Bolte 1924 I, No. 562; Hammerich 1933; Röhrich 1962f. I, 124–145, 274–280; Tubach 1969, No. 3378, cf. No. 3216; Röth 1998; Verfasserlexikon 10(1999)1621f.(N. F. Palmer); EM 9(1999)788–793(F. Wagner).
Estonian: Loorits 1959, No. 108; Latvian: Arājs/Medne 1977; Lithuanian: Kerbelytė 1999ff. II; Lappish: Qvigstad 1927ff. III, No. 54; Norwegian: Hodne 1984; Danish: Aakjaer/Holbek 1966, No. 139; Icelandic: Gering 1882f. II, No. 43; Irish: Ó Súilleabháin/Christiansen 1963; Welsh: Baughman 1966; English: Briggs 1970f. A I, 498; French: Delarue/Tenèze 1964ff. IV 1; Spanish: Camarena/Chevalier 1995ff. II, González Sanz 1996; Basque: Camarena/Chevalier 1995ff. II; Catalan: cf. Karlinger/Pögl 1989, No. 32, cf. Oriol/Pujol 2003; Portuguese: Buescu 1984, 154, Cardigos (forthcoming); Dutch: Blécourt 1981, No. 6.2; Frisian: Kooi 1984a; Flemish: Meyer 1968; German: Wesselski 1909, No. 154, Moser-Rath 1964, No. 134, Bechstein/Uther 1997 I, No. 46, cf. Berger 2001, No. 471A**; Swiss: Jegerlehner 1913, 276f., cf. Büchli/Brunold-Bigler 1989ff. II, 144f.; Ladinian: cf. Decurtins 1896ff. II, No. 105; Hungarian: György 1934, No. 17, MNK II, Dömötör 1992, No. 381; Czech: Dvořák 1978, No. 3378; Slovakian: Polívka 1923ff. IV, 56ff.; Albanian: cf. Lambertz 1922, No. 47; Greek: Klaar 1963, 179ff., Megas/Puchner 1998; Polish: Krzyżanowski 1962f. I, No. 470B; Russian, Byelorussian, Ukrainian: SUS; Gypsy: MNK X 1; Armenian: Tchéraz 1912, No. 8; Chinese: Ting 1978; Mexican: Robe 1973.

475 ***The Man as Heater of Hell's Kettle.***
BP II, 423–426, III, 487; Tenèze 1984; EM 6(1990)1191–1196(H.-J. Uther); Scherf 1995 II, 1189–1191; Röth 1998.
Finnish: Rausmaa 1982ff. I, No. 58; Finnish-Swedish: Hackman 1917f. I, No. 92; Estonian: Loorits 1959, No. 82, Viidalepp 1980, No. 60; Latvian: Arājs/Medne 1977; Lithuanian: Kerbelytė 1999ff. I; Lappish: Kecskeméti/Paunonen 1974; Swedish: Liungman 1961; Norwegian: Hodne 1984; Danish: Kristensen 1881ff. I, 214ff., Kristensen 1896f. I, No. 8; Irish: Ó Súilleabháin/Christiansen 1963; French: Delarue/Tenèze 1964ff. II; Catalan: Oriol/Pujol 2003; Walloon: Legros 1962; German: Ranke 1955ff. II, Kooi/Schuster 1994, No. 42, Grimm KHM/Uther 1996 II, No. 100; Swiss: Wildhaber/Uffer 1971, No. 6; Ladinian: cf. Decurtins 1896ff. II, No. 70, Büchli/Brunold-Bigler 1989ff. II, 537f.; Hungarian: MNK II; Czech: Tille 1929ff. I, 201ff., Horák 1971, 162ff., Jech 1984, No. 21; Slovakian: Polívka 1923ff. IV, 124f.; Slovene: Gabršček 1910, 55ff.; Serbian: Čajkanović 1927, No. 43, cf. No. 42; Croatian: Bošković-Stulli 1959, No. 16; Polish: Krzyżanowski 1962f. I; Russian, Byelorussian,

Ukrainian: SUS; Turkish: cf. Eberhard/Boratav 1953, No. 113; Gypsy: MNK X 1; French-Canadian: Delarue/Tenèze 1964ff. II.

476 ***Coal Turns into Gold.***
BP I, 104f., cf. 366; HDA 5(1932/33)80–83(K. Olbrich); Schwarzbaum 1980, 279; MacDonald 1982, No. F342.1; EM 8(1996)42f.
Finnish: Jauhiainen 1998, No. P561; Finnish-Swedish: Wessman 1931, No. 388; Lithuanian: Balys 1936, Nos. 3648, 3632, Balys 1940, No. 434; Danish: Kristensen 1892ff. III, 419ff.; English: Briggs/Tongue 1965, No. 7; French: Karlinger/Übleis 1974, No. 8; Portuguese: Martinez 1955, No. F342.1; German: Henßen 1927, 150, Lohmeier 1935, Nos. 133, 609, Henßen 1935, Nos. 17, 43a, 43b, Henßen 1955, No. 313b, Schneidewind 1960, No. 6a, Peuckert 1963, No. 363, Zender 1966, 399ff., Müller/Orend 1972, No. 119, Haller 1983, No. 157, Wolfersdorf 1987, No. 223, Grimm DS/Uther 1993 I, No. 163, Berger 2001, Nos. IX B 1, XV A 1, XV A 2, XV A 3, XV C 1–3; Swiss: Jegerlehner 1913, Nos. 2, 80; Austrian: Heyl 1897, No. 620, Graber 1944, 136f., Haiding 1972, 121f.; Croatian: Bošković-Stulli 1967f., No. 73; Indian: Thompson/Balys 1958, No. F342.1; Mexican: Robe 1971, No. 60; South American Indian: Hissink/Hahn 1961, No. 351.

476* ***In the Frog's House.***
Irish: cf. O'Sullivan 1966, No. 26; Hungarian: MNK II; Czech: Jech 1984, No. 50; Slovakian: Gašparíková 1991f. I, Nos. 48, 259, cf. No. 208, II, No. 366; Slovene: cf. Bolhar 1974, 104ff.; Bulgarian: BFP, Koceva 2002; Polish: Simonides/Simonides 1994, No. 53; Turkish: cf. Eberhard/Boratav 1953, No. 120; Jewish: Jason 1965, 1988a, Haboucha 1992, No. 476*–*A; Palestinian, Persian Gulf: El-Shamy 2004; Egyptian, Libyan, Algerian, Sudanese: El-Shamy 2004.

476** ***Midwife in the Underworld.***
Child 1882ff. I, No. 40, II, 505ff., IV, 459a, V, 215b, 290b; BP I, 367; Christiansen 1974; Röhrich 1998, 5f.; EM 6(1990)631–634; Würzbach/Salz 1995, 90f.
Lappish: Qvigstad 1925, No. 41; Swedish: Sahlgren/Liljeblad 1937ff. II, Nos. 8, 17; Danish: Kristensen 1892ff. I, 330ff.; English: Briggs/Michaelis-Jena 1970, No. 60; French: Sébillot 1904ff. II, 113ff.; Dutch: Sinninghe 1977, No. 77a; Frisian: Kooi 1994, Nos. 163, 164, Kooi/Schuster 2003, No. 92; German: Wolf 1845, No. 80, Grimm DS/Uther 1993 I, Nos. 41, 49, 58, 65–70, 305, Grimm KHM/Uther 1996 I, No. 39(2), Berger 2001, No. 503A; Austrian: Vernaleken 1858, 215; Ladinian: Kindl 1992, No. 36; Palestinian: Hanauer 1907, 209ff.

480 ***The Kind and the Unkind Girls*** (previously ***The Spinning-Women by the Spring. The Kind and the Unkind Girls***).

BP I, 207–227, III, 457–459; HDM 2(1934–40)215–221(W. Lincke); Roberts 1958b; Troger 1966; Calame-Griaule 1984; cf. EM 5(1987)159–168(M. Rumpf); Wienker-Piepho 1992; Scherf 1995 I, 67–70, 70–72, 72–74, 193–195, 295f., 309f., 342–346; Dekker et al. 1997, 393–395; Röth 1998; EM 8(1996)1366–1375(B. Gobrecht); Schmidt 1999; Grayson 2002; Thomas 2003.

Finnish: Rausmaa 1973c, 122ff., Rausmaa 1982ff. I, Nos. 59, 60; Finnish-Swedish: Hackman 1917f. I, Nos. 79, 81(3,6,19), 87(3); Estonian: Aarne 1918; Latvian: Arājs/Medne 1977; Lithuanian: Kerbelytė 1999ff. I; Lappish: Qvigstad 1925; Livonian, Wepsian, Wotian, Lydian, Karelian, Syrjanian: Kecskeméti/Paunonen 1974; Swedish: Liungman 1961; Norwegian: Hodne 1984; Danish: Kristensen 1871ff. V, No. 17; Faeroese: Nyman 1984; Icelandic: Sveinsson 1929; Irish: Ó Súilleabháin/Christiansen 1963; English: Baughman 1966; French: Delarue/Tenèze 1964ff. II; Spanish: Camarena/Chevalier 1995ff. II, Nos. 480A-D; Basque: Camarena/Chevalier 1995ff. II, No. 480A; Catalan: Oriol/Pujol 2003; Portuguese: Oliveira 1900ff. II, Nos. 233, 242, Cardigos(forthcoming); Frisian: Kooi 1984a, Nos. 480A, 480B, Kooi/Meerburg 1990, No. 16; Flemish: Meyer 1968, Lox 1999a, No. 22; German: Ranke 1955ff. II, 90ff., Tomkowiak 1993, 248, Grimm KHM/Uther 1996 I, No. 24, Bechstein/Uther 1997 I, No. 11; Swiss: Sutermeister 1869, No. 3; Austrian: Haiding 1953, Nos. 56, 72; Italian: Cirese/Serafini 1975, Pitrè/Schenda et al. 1991, No. 4, Appari 1992, No. 26; Sardinian: Cirese/Serafini; Maltese: Mifsud-Chircop 1978; Hungarian: MNK II; Czech: Tille 1929ff. I, 436ff., 458f., cf. II 2, 415f.; Slovakian: Gašparíková 1991f. I, Nos. 155, 169, 283, II, Nos. 345, 411, 428, 557; Croatian: Krauss/Burr et al. 2002, No. 38; Macedonian: Eschker 1972, Nos. 22, 25, 29; Rumanian: Schullerus 1928, Nos. 480, 480A; Bulgarian: BFP, Nos. 480, *480, *480$_3$,*480$_5$–*480$_8$, Koceva 2002, Nos. *480$_1$–*480$_9$; Greek: Dawkins 1950, No. 25, Loukatos 1957, 100f., 236ff., Angelopoulos/Brouskou 1999; Sorbian: Nedo 1956, No. 46; Polish: cf. Krzyżanowski 1962f. I, No. 480A; Russian, Byelorussian, Ukrainian: SUS, Nos. 480, 480A; Turkish: Eberhard/Boratav 1953, Nos. 59, 68, cf. No. 78; Jewish: Haboucha 1992; Gypsy: MNK X 1; Adygea: Alieva 1986; Cheremis/Mari: Kecskeméti/Paunonen 1974, Sabitov 1989; Chuvash: Mészáros 1912, No. 19, Kecskeméti/Paunonen 1974; Tatar, Mordvinian, Votyak, Vogul/Mansi: Kecskeméti/Paunonen 1974; Armenian: Gullakjan 1990; Turkmen: Reichl 1982, 87ff.; Georgian: Kurdovanidze 2000; Syrian: El-Shamy 2004; Lebanese: Nowak 1969, No. 196, El-Shamy 2004; Aramaic: Arnold 1994, No. 34; Palestinian: Hanauer 1907, 203ff., El-Shamy 2004; Jordanian, Iraqi, Yemenite: El-Shamy 2004; Iranian: Marzolph 1984; Indian: Thompson/Roberts 1960, Nos. 480A, 480B,

Jason 1989; Burmese: Kasevič/Osipov 1976, Nos. 73, 175, 196; Nepalese: Unbescheid 1987, No. 28; Chinese: cf. Ting 1978; Korean: Choi 1979, No. 457, cf. Nos. 220, 460; Indonesian: Vries 1925f. I, No. 23; Japanese: Blacker 1990, 165, 168 not. 7; French-Canadian: Delarue/Tenèze 1964ff. II; US-American, French-American: Baughman 1966; Spanish-American, Mexican: Robe 1973; Dominican: Hansen 1957, Nos. **447, **597, 806**A; Puerto Rican: Hansen 1957; Mayan: Peñalosa 1992; Bolivian: Aníbarro de Halushka 1976, Nos. 27, 28; Brazilian: Karlinger/Freitas 1977, No. 58; Argentine: Chertudi 1960f. II, Nos. 51, 52; West Indies: Flowers 1953; Egyptian: Nowak 1969, Nos. 63, 196, El-Shamy 2004; Tunisian, Algerian: El-Shamy 2004; Moroccan: Nowak 1969, No. 196, El-Shamy 2004; Guinea Bissau: Klipple 1992; Benin: Wekenon Tokponto 2003, 98ff.; Cameroon: Kosack 2001, 50, 53, 228, 529; East African: Arewa 1966, No. 3198, Klipple 1992; Sudanese: Klipple 1992, El-Shamy 2004; Congolese: Seiler-Dietrich 1980, No. 26, Klipple 1992; Tanzanian: El-Shamy 2004; Malagasy: Haring 1982, No. 5.480.

480A *Girl and Devil in a Strange House.*
BP 1, 221–225; Roberts 1958b, 143–149; EM 8(1996)1400–1402(B. Kerbelytė).
Estonian: Aarne 1918, 119f. No. 31, Viidalepp 1980, 442; Latvian: Arājs/Medne 1977, No. 480III; Lithuanian: Kerbelytė 1999ff. I, No. 480B*; French: Delarue/Tenèze 1964ff. II, No. 480B; Portuguese: Vasconcellos/Soromenho et al. 1963f. II, Nos. 537, 541, Cardigos(forthcoming), No. 480B, cf. No. 480*E; Bulgarian: BFP, No. 480_1; Polish: Krzyżanowski 1962f. I, No. 480C; Russian, Byelorussian, Ukrainian: SUS, No. 480C**; Georgian: cf. Kurdovanidze 2000, 480C.

480A* *Three Sisters Set Out to Save their Little Brother.*
Latvian: Arājs/Medne 1977; Lithuanian: Kerbelytė 1999ff. I; Wotian, Syrjanian: Kecskeméti/Paunonen 1974; Russian, Byelorussian, Ukrainian: SUS; Cheremis/Mari: Sabitov 1989.

480C* *Transporting White Bread to Hell.*
Latvian: Arājs/Medne 1977; Lithuanian: Kerbelytė 1999ff. I; Danish: Grønborg/Nielsen 1884, 89ff.; German: Plenzat 1927, 45; Bulgarian: BFP, No. *480C**; Greek: Angelopoulos/Brouskou 1999; Ukrainian: SUS.

480D* *Tales of Kind and Unkind Girls.*
Latvian: Arājs/Medne 1977, No. *480D*; Lappish: Bartens 2003, No. 30; Spanish: Camarena/Chevalier 1995ff. II, Nos. 480C, 480D; Flemish: Meyer 1968, Nos. 480A,

480B; Hungarian: MNK II, No. 481*; Greek: Angelopoulos/Brouskou 1999, Nos. *480, 480B, *480D, 480E; Russian: SUS, Nos. 480*, 480*B, 480B*; Byelorussian: SUS, Nos. 480*, 480*B; Ukrainian: SUS, Nos. 480*, 480*B, 480B*; Jewish: Jason 1975, No. 480*D, Haboucha 1992, Nos. **504, 947C*; Gypsy: MNK X 1, No. 481*; Ossetian: Bjazyrov 1958, No. 81; Yakut: Ėrgis 1967, No. 120; Georgian: Kurdovanidze 2000, No. 480C; Indian: Thompson/Roberts 1960, No. 480B, Jason 1989, No. 947C*; Sri Lankan: Thompson/Roberts 1960, No. 480B; Chinese: Ting 1978, Nos. 480F, 503M; Japanese: Ikeda 1971, Nos. 179B*, 480A-480D, 480F, 503C, 503D, 503G, 503H, cf. No. 503F.

485 ***Borma Jarizhka.***
Finnish: Rausmaa 1982ff. I, No. 61; Wepsian: Kecskeméti/Paunonen 1974; Bulgarian: BFP, No. 485A*; Russian: SUS, Nos. 485, 485A*; Byelorussian: SUS; Ukrainian: SUS, Nos. 485, 485A*; Cheremis/Mari: Kecskeméti/Paunonen 1974, Sabitov 1989; Yakut: Ėrgis 1967, No. 114.

485B* ***The Power of Drunkenness.***
Finnish: Rausmaa 1982ff. V, No. 153; Latvian: Arājs/Medne 1977, No. 161B*; Portuguese: Soromenho/Soromenho 1984f. II, No. 427, Cardigos (forthcoming); Russian, Byelorussian: SUS; Jewish: Jason 1965; Japanese: cf. Ikeda 1971, No. 161B*.

SUPERNATURAL HELPERS 500–559

500 ***The Name of the Supernatural Helper.*** (E.g. Tom Tit Tot, Rumpelstilzchen, Trillevip.)
Clodd 1898; Polívka 1900b; Polívka 1907; Sydow 1909; BP I, 490–498; Lüthi 1971; Röhrich 1972f.; Röhrich 1976, 272–291, 329–331; Scherf 1995 I, 25–27, 154–156, II, 1000–1005, 1090f., 1133–1135, 1208–1211, 1231–1233, cf. 1257–1259; Dekker et al. 1997, 297–301; Röth 1998; EM 9 (1999) 1164–1175 (L. Röhrich); Schmidt 1999.
Finnish: Rausmaa 1982ff. I, No. 62; Finnish-Swedish: Hackman 1917f. I, No. 83 (3), 95; Estonian: Aarne 1918; Latvian: Arājs/Medne 1977; Lithuanian: Kerbelytė 1999ff. I; Lappish, Karelian, Syrjanian: Kecskeméti/Paunonen 1974; Swedish: Liungman 1961; Norwegian: Hodne 1984; Danish: Grundtvig 1854ff. II, No. 309; Faeroese: Nyman 1984; Icelandic: Scottish: Bruford/MacDonald 1994, No. 13; Sveinsson 1929; Irish: Ó Súilleabháin/Christiansen 1963; Welsh, English: Baughman 1966; French: Delarue/Tenèze 1964ff. II; Spanish: Camarena/Chevalier 1995ff. II, González Sanz 1996; Catalan: Oriol/Pujol 2003; Dutch: Geldof 1979, No. 38; Fri-

sian: Kooi 1984a; Flemish: Meyer 1968, Lox 1999a, No. 16; Luxembourg: Gredt 1883, No. 919; German: Ranke 1955ff. II, Tomkowiak 1993, 248, Kooi/Schuster 1994, No. 33, Grimm KHM/Uther 1996 I, No. 55, Berger 2001; Austrian: Haiding 1953, No. 46; Ladinian: cf. Decurtins 1896ff. II, No. 35; Italian: Cirese/Serafini 1975; Hungarian: MNK II; Czech: Tille 1929ff. II 2, 129ff.; Slovakian: Gašparíková 1991f. I, Nos. 76, 160, 316; Slovene: Schlosser 1956, No. 95; Bosnian: Krauss/Burr et al. 2002, No. 39; Greek: Klaar 1963, 79ff., Megas/Puchner 1998; Sorbian: Nedo 1956, No. 47; Polish: Krzyżanowski 1962f. I; Russian, Ukrainian: SUS; Turkish: Eberhard/Boratav 1953, 411; Jewish: Haboucha 1992; Gypsy: MNK X 1; Tatar: Kecskeméti/Paunonen 1974; Chinese: cf. Ting 1978; Japanese: Ikeda 1971, No. 812; French-Canadian: Delarue/Tenèze 1964ff. II; African American: Baughman 1966; Puerto Rican: Hansen 1957; Bolivian: Aníbarro de Halushka 1976, No. 29; West Indies: Flowers 1953; Egyptian: El-Shamy 2004.

500* ***The Monster Reveals the Riddle.***
Slovakian: Gašparíková 2000, No. 11; Bulgarian: BFP, Koceva 2002; Polish: Krzyżanowski 1962f. I, No. 377*.

501 ***The Three Old Spinning Women*** (previously ***The Three Old Women Helpers***).
Sydow 1909; BP I, 109–115; HDM 2(1934–40)132–155(A. Taylor); Bottigheimer 1987, 112–122; Tatar 1990, 164–190; Scherf 1995 I, 25–27, 222–224, II, 1231–1233, cf. 1090f.; Röth 1998; EM: Spinnfrauen: Die drei S.(forthcoming).
Finnish: Rausmaa 1982ff. I, No. 63; Finnish-Swedish: Hackman 1917f. I, Nos. 83(3), 96; Estonian: Aarne 1918; Latvian: Arājs/Medne 1977; Lithuanian: Kerbelytė 1999ff. I; Lappish: Qvigstad 1925; Livonian, Karelian: Kecskeméti/Paunonen 1974; Swedish: Liungman 1961; Norwegian: Hodne 1984; Danish: Grundtvig 1854ff. II, No. 309, Kristensen 1896f. II, No. 6; Faeroese: Nyman 1984; Scottish: Baughman 1966, Briggs 1970f. A I, 568f.; Irish: Ó Súilleabháin/Christiansen 1963; English: Baughman 1966, Briggs 1970f. A I, 303ff., 435f.; French: Delarue/Tenèze 1964ff. II; Spanish: Camarena/Chevalier 1995ff. II; Catalan: Oriol/Pujol 2003; Portuguese: Braga 1987 I, 97f., Cardigos(forthcoming); Frisian: Kooi 1984a; Flemish: Meyer 1968, Lox 1999a, No. 16; German: e.g. Ranke 1955ff. II, Uther 1990a, No. 6, Grimm KHM/Uther 1996 I, No. 14, Berger 2001; Swiss: cf. Büchli/Brunold-Bigler 1989ff. II, 556f.; Ladinian: Decurtins 1896ff. II, No. 53; Italian: Cirese/Serafini 1975; Hungarian: MNK II; Czech: Tille 1929ff. II 2, 131ff.; Slovakian: Gašparíková 1991f. I, Nos. 125, 160, II, No. 463; Croatian: Bošković-Stulli 1975b, No. 35; Bulgarian: BFP; Alba-

nian: Lambertz 1952, 160ff.; Greek: Schmidt 1877, 65f., Megas/Puchner 1998; Polish: Krzyżanowski 1962f. I; Russian, Byelorussian, Ukrainian: SUS; Turkish: cf. Eberhard/Boratav 1953, No. 371; Armenian: Tchéraz 1912, 117ff., Hoogasian-Villa 1966, 296ff.; Uzbek: Afzalov et al. 1963 I, 260ff.; Aramaic: Arnold 1994, No. 33; French-Canadian: Lemieux 1974ff. XVI, No. 6; US-American: Baughman 1966; Puerto Rican: Hansen 1957; Bolivian: Aníbarro de Halushka 1976, No. 30; Brazilian: Cascudo 1955a, 223ff.; Argentine: Chertudi 1960f. I, No. 47; West Indies: Flowers 1953; Algerian, Moroccan: El-Shamy 2004.

502 ***The Wild Man.***

BP III, 94–114; Hartmann 1936, 173f.; Scherf 1995 I, 251–256, 541–544, 738f., II, 993–995; Röth 1998; EM 9(1999)218–222(G. Dammann).

Finnish: Rausmaa 1982ff. I, No. 64; Finnish-Swedish: Hackman 1917f. I, No. 97; Estonian: Aarne 1918; Latvian: Arājs/Medne 1977; Lithuanian: Kerbelytė 1999ff. I; Lappish: Qvigstad 1925; Livonian, Wepsian, Karelian: Kecskeméti/Paunonen 1974; Swedish: Liungman 1961; Norwegian: Hodne 1984; Danish: Grundtvig 1876ff. I, No. 15; Faroese: Nyman 1984; Irish: Ó Súilleabháin/Christiansen 1963; French: Delarue/Tenèze 1964ff. II; Portuguese: Oliveira 1900ff. II, No. 220, Cardigos(forthcoming); Dutch: Sinninghe 1943, Kooi 2003, No. 11; Flemish: Meyer 1968; German: cf. Ranke 1955ff. I, No. 314, Uther 1990a, No. 54, Grimm KHM/Uther 1996 II, No. 136; Swiss: Uffer 1972, 186ff.; Austrian: Haiding 1969, Nos. 3, 13; Italian: Cirese/Serafini 1975; Hungarian: MNK II; Czech: Tille 1929ff. I, 290ff., II 2, 278ff.; Slovakian: Gašparíková 1991f. I, Nos. 231, 311, II, cf. Nos. 374, 487, 528; Rumanian: Schullerus 1928; Bulgarian: BFP; Greek: Megas/Puchner 1998; Sorbian: Nedo 1956, No. 48; Polish: Krzyżanowski 1962f. I; Russian, Byelorussian, Ukrainian: SUS; Jewish: Jason 1975; Gypsy: MNK X 1; Ossetian: Bjazyrov 1958, No. 82; Cheremis/Mari: Kecskeméti/Paunonen 1974, Sabitov 1989; Tatar, Vogul/Mansi: Kecskeméti/Paunonen 1974; Armenian: Gullakjan 1990; Yakut: Ėrgis 1967, Nos. 130, 132–134, 208, cf. No. 201; Georgian: Kurdovanidze 2000; Iranian: Marzolph 1984, No. *314; Sri Lankan: Thompson/Roberts 1960; Chinese: cf. Ting 1978; French-Canadian: Delarue/Tenèze 1964ff. II; West Indies: Flowers 1953.

503 ***The Gifts of the Little People.***

BP III, 324–329; Greverus 1956; EM 5(1987)637–642(H.-J. Uther); Bruford 1994f.; Dekker et al. 1997, 375–377; Röth 1998; Hansen 2002, 147–151.

Finnish: Rausmaa 1982ff. I, 488; Finnish-Swedish: Hackman 1917f. I, Nos. 26b(5), 118; Latvian: Arājs/Medne 1977; Lithuanian: Kerbelytė 1999ff. I; Lappish: Qvigstad 1925, No. 502*; Swedish: Liungman 1961; Faeroese: Nyman 1984; Scottish: Baughman 1966, Bruford/MacDonald 1994, No. 56; Irish: Ó Súilleabháin/Christiansen 1963; English: Baughman 1966; French: Delarue/Tenèze 1964ff. II; Spanish: Camarena/Chevalier 1995ff. II, González Sanz 1996; Basque: Camarena/Chevalier 1995ff. II; Catalan: Oriol/Pujol 2003; Portuguese: Braga 1987 I, 224f., Cardigos (forthcoming); Dutch: Sinninghe 1943, Kooi 2003, No. 27; Frisian: Kooi 1984a; Flemish: Meyer 1968, Meyer/Sinninghe 1973; Walloon: Legros 1962; German: Ranke 1955ff. II, Tomkowiak 1993, 248, Kooi/Schuster 1994, No. 8, Grimm KHM/Uther 1996 III, No. 182, Berger 2001, Nos. 503, IX B 2, IX B 3; Austrian: Haiding 1965, No. 107; Ladinian: cf. Decurtins 1896ff. II, No. 49; Italian: Cirese/Serafini 1975, Appari 1992, No. 8; Hungarian: MNK II; Czech: Tille 1929ff. II 2, 126f.; Slovene: Bolhar 1959, 29; Bulgarian: BFP, Koceva 2002; Greek: Dawkins 1950, No. 25, Megas/Puchner 1998; Polish: Krzyżanowski 1962f. I; Turkish: Eberhard/Boratav 1953, No. 118; Jewish: Jason 1965, 1988a, Haboucha 1992; Gypsy: MNK X 1; Mongolian: Lőrincz 1979; Syrian, Lebanese, Saudi Arabian: El-Shamy 2004; Iranian: Marzolph 1984; Indian: Thompson/Roberts 1960, Jason 1989; Burmese: Kasevič/Osipov 1976, No. 171; Chinese: Ting 1978; Korean: Choi 1979, No. 476; Japanese: Ikeda 1971, No. 503A, Inada/Ozawa 1977ff.; French-Canadian: Delarue/Tenèze 1964ff.; US-American: Baughman 1966; Spanish-American: Baughman 1966, Robe 1973; Mexican, Costa Rican, Panamanian: Robe 1973; Mayan: Peñalosa 1992; Venezuelan: Camarena/Chevalier 1995ff. II; Bolivian: Aníbarro de Halushka 1976, No. 31; Brazilian: Alcoforado/Albán 2001, No. 31; Chilean: Hansen 1957, Pino Saavedra 1960ff. III, No. 252; West Indies: Flowers 1953; Algerian: El-Shamy 2004; Moroccan: Nowak 1969, No. 297; Congolese: cf. Klipple 1992.

505 ***The Grateful Dead.***

BP III, 490–517; Liljeblad 1927; Röhrich 1962f. II, 156–212; Tubach 1969, Nos. 1499, 2622, cf. No. 2749; EM 3(1981)306–322(L. Röhrich); Hansen 1995; Scherf 1995 I, 304f., II, 915–917, 993–995, 1009–1014; Dekker et al. 1997, 77–80; Röth 1998, No. 506; Schmidt 1999, No. 506; Hansen 2002, 56–62.

Finnish: Rausmaa 1982ff. I, No. 65; Estonian: Aarne 1918; Finnish-Swedish: Hackman 1917f. I, No. 103; Latvian: Arājs/Medne 1977, No. 506; Lithuanian: Kerbelytė 1999ff. I, Nos. 506, 506**, 508; Lappish: Qvigstad 1925, Nos. 505, 506; Swedish: Liungman 1961, Nos. 506A, 506B, 508; Norwegian: Hodne 1984, No. 506; Danish: Grundtvig 1854ff. I, Nos. 81, 108; Kamp 1879f. II, No. 15; Faeroese: Nyman 1984, No. 506B; Icelandic: Sveinsson 1929, No. 506; Irish: Ó Súilleabháin/Christiansen 1963, Nos. 505, 506A+B, 508; French: Delarue/Tenèze 1964ff. II, Nos. 506A, 506B;

Spanish: Camarena/Chevalier 1995ff. II, Nos. 506, 506A, González Sanz 1996, No. 506; Basque: Camarena/Chevalier 1995ff. II, No. 506; Catalan: Oriol/Pujol 2003, Nos. 505, 506, 506A; Portuguese: Oliveira 1900ff. I, No. 44, Cardigos (forthcoming), No. 506; Dutch: Meder/Bakker 2001, No. 28; Kooi 2003, No. 8; Frisian: Kooi 1984a, Nos. 506, 508, Kooi/Schuster 1993, No. 8; Flemish: Meyer 1968, No. 506; Walloon: Legros 1962, No. 506; German: Ranke 1955ff. II, Berger 2001, No. 506A; Swiss: Jegerlehner 1913, No. 142; Austrian: Haiding 1969, Nos. 89, 172; Ladinian: Decurtins 1896ff. II, No. 66, X, No. 16, XIV, 96; Italian: Cirese/Serafini 1975, Nos. 505, 506, 506A, 508; Maltese: Mifsud-Chircop 1978, No. 506; Hungarian: MNK II, Nos. 506A, 506B, Dömötör 1992, No. 506**; Czech: Tille 1929ff. I, 468ff.; Slovakian: cf. Polívka 1923ff. IV, 356; Slovene: Kres 5(1885)613, Möderndorfer 1957, 104ff.; Serbian: Karadžić 1937, No. 14, Đorđevič/Milošević-Đorđevič 1988, No. 72; Macedonian: Piličkova 1992, No. 11; Bulgarian: BFP, Nos. 505, 506B, cf. No. *506B***; Albanian: Lambertz 1922, No. 46; Greek: Dawkins 1950, No. 41, Klaar 1977, 86ff., Megas/Puchner 1998, Nos. 505, 506; Polish: Krzyżanowski 1962f. I, No. 506, Krzyżanowski 1965, 429f.; Sorbian: Nedo 1956, No. 49; Russian: SUS, Nos. 506B, 508; Byelorussian: SUS, No. 508; Ukrainian: SUS, Nos. 506B, 508; Turkish: cf. Eberhard/Boratav 1953, Nos. 62, 63, 215; Jewish: Jason 1965, Nos. 505, 506, 506*C, 508, Jason 1975, Nos. 505, 506, Jason 1988a, Nos. 505, 506, 506*C, 508; Gypsy: MNK X 1, Nos. 506, 506B; Cheremis/Mari: Sabitov 1989, No. 508; Mordvinian: Kecskeméti/Paunonen 1974, No. 508; Armenian: Gullakjan 1990; Tadzhik: Amonov 1961, 215ff.; Mongolian: Lőrincz 1979; Georgian: Kurdovanidze 2000, No. 508*; Syrian: El-Shamy 2004; Lebanese: Nowak 1969, No. 53; Palestinian: Nowak 1969, No. 288, El-Shamy 2004, Nos. 505, 506; Iraqi: Nowak 1969, No. 53; Indian, Sri Lankan: Thompson/Roberts 1960, Nos. 505A, 506A; Chinese: Ting 1978, No. 506, Lőrincz 1979, No. 508; Indonesian: Vries 1925f. II, 406 No. 173; Japanese: cf. Ikeda 1971, No. 780, Inada/Ozawa 1977ff., No. 506B; English-Canadian: Halpert/Widdowson 1996 I, Nos. 21, 22, 96; French-Canadian: Delarue/Tenèze 1964ff. II, Nos. 505, 506A, 506B; North American Indian: Thompson 1919, 404ff.; French-American: Delarue/Tenèze 1964ff. II, No. 506A; Spanish-American: Robe 1973; Mexican: Robe 1973, No. 506, cf. No. 506*C; Dominican, Puerto Rican: Hansen 1957, No. 506; Mayan: cf. Peñalosa 1992, No. 506C; Chilean: Hansen 1957, No. 506; Argentine: Chertudi 1960f. I, Nos. 48, 50; West Indies: Flowers 1953, Nos. 505, 506; Cape Verdian: Parsons 1923b I, 344; Egyptian: Nowak 1969, No. 53, El-Shamy 2004, Nos. 505, 506; Morocan: El-Shamy 2004; Eritrean: El-Shamy 2004; Namibian, South African: Schmidt 1989 II, No. 1061.

506* ***Prophecy Escaped.***

Irish: Ó Súilleabháin/Christiansen 1963; Spanish: Camarena/Chevalier 1995ff. II, González Sanz 1996; Catalan: Oriol/Pujol 2003; Portuguese: Oliveira 1900ff. I, Nos. 65, 181, II, No. 288, Cardigos(forthcoming); Czech: Tille 1929ff. I, 58ff.; Japanese: Inada/Ozawa 1977ff.; Chilean: Camarena/Chevalier 1995ff. II.

507 ***The Monster's Bride.***

Hertz 1893; BP III, 83f.; Basset 1924ff. III, 355 No. 210; Liljeblad 1927; cf. Tubach 1969, No. 3830; EM 3(1981)306–322(L. Röhrich); EM 5(1987)1240–1243(A. Gier); Scherf 1995 II, 906–909, 981f., 1227–1231, 1266–1270, 1403–1406; Röth 1998, Nos. 507A, 507C; cf. Marzolph/Van Leeuwen 2004, No. 405.

Finnish: Rausmaa 1982ff. I, No. 66; Finnish-Swedish: Hackman 1917f. I, No. 104; Latvian: Arājs/Medne 1977, Nos. 507A-507C, cf. No. *507D; Lithuanian: Kerbelytė 1999ff. I, Nos. 507A, 507B; Lappish: Qvigstad 1925, No. 507A; Wepsian: Kecskeméti/Paunonen 1974, No. 507A; Swedish: Liungman 1961, No. 507A; Norwegian: Hodne 1984, No. 507A; Danish: Bødker 1964, No. 50, Andersen/Perlet 1996 I, No. 5; Irish: Ó Súilleabháin/Christiansen 1963, Nos. 507A-507C; English: Baughman 1966, No. 507A; Spanish: Camarena/Chevalier 1995ff. II, Nos. 507A, 507C; Catalan: Oriol/Pujol 2003, No. 507B, 507C; Portuguese: Buescu 1984, 128f., Cardigos(forthcoming), No. 507A; Frisian: Kooi 1984a, No. 507A; German: Ranke 1955ff. II; Italian: Cirese/Serafini 1975, No. 507B; Hungarian: MNK II, Nos. 507, 507A-507C; Czech: Tille 1929ff. I, 483f., Dvořák 1978, No. 4891*; Slovakian: Gašparíková 1991f. I, Nos. 219, 295, cf. Nos. 74, 199, II, No. 372; Rumanian: Schullerus 1928, No. 306A*; Bulgarian: BFP, Nos. 507, *507C*, Koceva 2002, Nos. 507C, *507C*; Greek: Hahn 1918 II, No. 114, Dawkins 1953, Nos. 36, 48, Diller 1982, No. 31, Megas/Puchner 1998, No. 507C; Polish: Krzyżanowski 1962f. I, No. 507A; Russian: SUS, No. 507, cf. No. 507C*, Byelorussian, Ukrainian: SUS; Turkish: Eberhard/Boratav 1953, Nos. 62(4f., 6f.), 63 IV 5; Jewish: Jason 1965, Nos. 507B, 507C, Jason 1975, No. 507C; Gypsy: MNK X 1, Nos. 507A, 507B; Adygea: Alieva 1986, No. 507A; Mordvinian: Kecskeméti/Paunonen 1974, No. 507A; Georgian: Kurdovanidze 2000, Nos. 506, 507C; Syrian: El-Shamy 2004, Nos. 507B, 507C; Palestinian: Nowak 1969, No. 288, El-Shamy 2004, No. 507C; Iraqi, Saudi Arabian, Qatar: El-Shamy 2004, No. 507C; Iranian: Marzolph 1984, No. 507C; Pakistani, Indian, Sri Lankan: cf. Thompson/Roberts 1960, Nos. 507B, 507C; Chinese: Ting 1978, No. 507C, cf. No. 507A; French-Canadian: Delarue/Tenèze 1964ff. II, Nos. 507A, 507C; US-American: Baughman 1966, No. 507A; Spanish-American: Robe 1973, No. 507C; Mayan: Laughlin 1977, 32ff., 370ff.; Guatemalan: Camarena/Chevalier 1995ff. II; Argentine: Hansen 1957, No. 507C; Egyptian: El-

Shamy 2004, No. 507C; Tunisian: El-Shamy 2004, No. 597A; Sudanese: El-Shamy 2004, No. 507C.

510 ***Cinderella and Peau d'Âne.***
Basset 1924ff. III, 330 No. 199; Dekker et al. 1997, 50–55.
Finnish: Rausmaa 1982ff. I, 488f.; Finnish-Swedish: Hackman 1917f. I, No. 81; Syrjanian: cf. Kecskeméti/Paunonen 1974; Irish: Ó Súilleabháin/Christiansen 1963; Spanish: González Sanz 1996; Catalan: cf. Oriol/Pujol 2003; Portuguese: Cardigos (forthcoming); Frisian: Kooi 1984a; Flemish: Meyer 1968; Italian: Cirese/Serafini 1975; Sardinian: Cirese/Serafini; Jewish: Noy 1963a, No. 24, Haboucha 1992; Ossetian: Bjazyrov 1958, No. 83; Yakut: cf. Ėrgis 1967, No. 222; Lebanese, Palestinian, Iraqi, Persian Gulf, Saudi Arabian, Oman, Kuwaiti, Qatar, Yemenite: El-Shamy 2004; Indian: Jason 1989; Chinese: Ting 1978; Laotian: cf. Lindell et al. 1977ff. I, 31ff., 63ff.; Japanese: Inada/Ozawa 1977ff.; Spanish-American, Mexican: Robe 1973; Mayan: Peñalosa 1992; Brazilian: Alcoforado/Albán 2001, No. 32; West Indies: Flowers 1953; Egyptian, Tunisian, Algerian, Moroccan, Sudanese: El-Shamy 2004; South African: Grobbelaar 1981; Malagasy: Haring 1982, No. 1.6.510.

510A ***Cinderella.*** (Cenerentola, Cendrillon, Aschenputtel.)
Cox 1893; Singer 1903f. II, 1–31; BP I, 165–188; Morosoli 1930; HDM 1(1930–1933) 125f.(S. Singer); Rooth 1951; Ting 1974; Lüthi 1980b; EM 3(1981)39–57(R. Wehse); Dundes 1982; Philip 1989; Belmont 1990; Belmont 1993; Scherf 1995 I, 36–39, 46, 109f., 151–154, 306–309, 660–664, II, 953–955, 1351f.; Tomkowiak/Marzolph 1996, 39–43; Dekker et al. 1997, 50–55; Belmont 1998; Röth 1998; Schmidt 1999; Muhawi 2001; Hansen 2002, 85–89; Uther 2002b; Thomas 2003; Marzolph/Van Leeuwen 2004, No. 461.
Finnish: Rausmaa 1982ff. I, No. 67; Finnish-Swedish: Hackman 1917f. I, No. 81; Estonian: Aarne 1918; Latvian: Arājs/Medne 1977; Lithuanian: Kerbelytė 1999ff. I; Lappish: Qvigstad 1925; Livonian, Wepsian, Wotian, Karelian, Syrjanian: Kecskeméti/Paunonen 1974; Swedish: Liungman 1961, No. 510AB, p. 132; Norwegian: Hodne 1984, No. 510AB; Faeroese: Nyman 1984; Scottish: Baughman 1966; Irish: Ó Súilleabháin/Christiansen 1963; English: Baughman 1966; French: Delarue/Tenèze 1964ff. II; Spanish: Camarena/Chevalier 1995ff. II, González Sanz 1996; Basque: Camarena/Chevalier 1995ff. II; Catalan: Oriol/Pujol 2003; Portuguese: Oliveira 1900ff. I, No. 214, Cardigos(forthcoming); Frisian: Kooi/Schuster 1994, No. 10; German: Ranke 1955ff. II, Tomkowiak 1993, 248f., Grimm KHM/Uther 1996 I, No. 21; Swiss: Sutermeister 1869, No. 34; Austrian: Haiding 1953, No. 52; Ladinian: Decurtins

1896ff. II, No. 100, Kindl 1992, No. 3, Decurtins/Brunold-Bigler 2002, No. 127; Italian: Cirese/Serafini 1975, Pitrè/Schenda et al. 1991, No. 1; Corsican: Massignon 1963, No. 13; Sardinian: Cirese/Serafini; Hungarian: MNK II; Czech: Tille 1929ff. I, 381ff., II 1, 242ff.; Klímová 1966, No. 13; Slovakian: Gašparíková 1991f. I, Nos. 36, 82, 283, 310, cf. No. 154, II, No. 564, cf. No. 581; Slovene: Nedeljko 1889, 13ff.; Rumanian: Schullerus 1928; Bulgarian: BFP, Koceva 2002; Greek: Hahn 1918 I, No. 2, Dawkins 1953, No. 21, Megas/Puchner 1998; Sorbian: Nedo 1956, No. 50; Polish: Krzyżanowski 1962f. I; Russian, Byelorussian, Ukrainian: SUS; Turkish: Eberhard/Boratav 1953, No. 60; Jewish: Jason 1965; Gypsy: MNK X 1; Adygea: Alieva 1986; Mordvinian: Kecskeméti/Paunonen 1974; Armenian: Gullakjan 1990; Yakut: Ėrgis 1967, Nos. 119, 216; Uzbek: Keller/Rachimov 2001, No. 19; Georgian: Kurdovanidze 2000; Lebanese: Nowak 1969, No. 196, cf. No. 188, El-Shamy 2004; Palestinian: El-Shamy 2004; Iranian: Marzolph 1984, No. *510A; Indian: Thompson/Roberts 1960, Blackburn 2001, No. 26; Chinese: Ting 1978, Bäcker 1988, No. 21; Korean: Choi 1979, No. 450; Japanese: Ikeda 1971; English-Canadian: Fauset 1931, No. 2; French-Canadian: Delarue/Tenèze 1964ff. II; North American Indian: Thompson 1919, 382ff.; US-American: Baughman 1966; French-American: Delarue/Tenèze 1964ff. II; Spanish-American: TFSP 14(1938)106f., 27(1957)89–91; Mexican: Robe 1973; Cuban, Dominican, Puerto Rican: Hansen 1957; Mayan: Laughlin 1977, 204ff., Peñalosa 1992, No. 510; Bolivian: Camarena/Chevalier 1995ff. II; Chilean: Hansen 1957; Egyptian: Nowak 1969, Nos. 63, 196, cf. No. 188, El-Shamy 2004; Algerian: El-Shamy 2004; Moroccan: Nowak 1969, No. 196, El-Shamy 2004; Cameroon: Kosack 2001, 57; Sudanese: El-Shamy 2004; Namibian, South African: Schmidt 1989 II, No. 1068.

510B ***Peau d'Asne*** (previously ***The Dress of Gold, of Silver, and of Stars [Cap o' Rushes]***). (Cap o'Rushes, Donkey Skin, All Kinds of Fur, Allerleirauh.)

Cox 1893; BP II, 45–56; HDM 1(1930–1933)47–49(K. Voretzsch); Rooth 1951; Hagen 1954 I, 139–171, II, 111–141; Soriano 1968, 113–124; Lüthi 1980b; Karlinger 1981; Mifsud-Chircop 1981; EM 3(1981)39–57(R. Wehse); Ikeda 1991; Tangherlini 1994; Scherf 1995 I, 14–18, 39–41, 49–51, 154–156, 286–289, 660–664, II, 918–922, 1178–1181; Dekker et al. 1997, 50–55; Goldberg 1997b; Röth 1998; Schmidt 1999; Muhawi 2001.

Finnish: Rausmaa 1982ff. I, No. 68; Finnish-Swedish: Hackman 1917f. I, No. 81(23); Latvian: Arājs/Medne 1977; Lithuanian: Kerbelytė 1999ff. I; Livonian, Wepsian, Wotian, Karelian: Kecskeméti/Paunonen 1974; Swedish: Liungman 1961, No. 510AB, p. 133f.; Norwegian: Hodne 1984, No. 510AB; Danish: Grundtvig 1854ff. II, No. 7, Holbek 1990, No. 14; Irish: Ó Súilleabháin/Christiansen 1963; English: Baughman

1966; French: Delarue/Tenèze 1964ff. II; Spanish, Basque: Camarena/Chevalier 1995ff. II; Catalan: Oriol/Pujol 2003; Portuguese: Oliveira 1900ff. I, No. 14, II, Nos. 226, 292, Cardigos(forthcoming); German: Ranke 1955ff. II, Tomkowiak 1993, 249, Grimm KHM/Uther 1996 II, No. 65, Berger 2001, No. 510; Ladinian: Decurtins 1896ff. XIV, 99; Italian: Cirese/Serafini 1975, Appari 1992, No. 53; Corsican: Ortoli 1883, 88ff., Massignon 1963, Nos. 22, 72; Sardinian: Cirese/Serafini; Maltese: Mifsud-Chircop 1978; Hungarian: MNK II; Czech: Tille 1929ff. II 1, 91ff., Klímová 1966, No. 14; Slovakian: Gašparíková 1991f. I, No. 165, II, No. 554; Rumanian: Schullerus 1928, No. 871*; Bulgarian: BFP, Koceva 2002; Greek: Hahn 1918 I, No. 27, Dawkins 1953, No. 40, Megas/Puchner 1998; Sorbian: Nedo 1956, No. 51; Polish: Krzyżanowski 1962f. I; Russian, Byelorussian, Ukrainian: SUS; Turkish: Eberhard/Boratav 1953, No. 189, cf. No. 155 V; Jewish: Noy 1963a, Nos. 38, 39, Jason 1965, 1988a; Gypsy: MNK X 1; Adygea: Alieva 1986; Mordvinian: Kecskeméti/Paunonen 1974; Armenian: Gullakjan 1990; Georgian: Kurdovanidze 2000; Syrian, Palestinian: El-Shamy 2004; Aramaic: Arnold 1994, No. 6; Saudi Arabian, Kuwaiti, Qatar: El-Shamy 2004; Iranian: Marzolph 1984; Indian, Sri Lankan: Thompson/Roberts 1960, Blackburn 2001, Nos. 40, 51; Chinese: Ting 1978; Japanese: Ikeda 1971; French-Canadian: Delarue/Tenèze 1964ff. II; US-American, African American: Baughman 1966; French-American: Delarue/Tenèze 1964ff. II; Spanish-American, Mexican: Robe 1973; Cuban, Dominican, Puerto Rican: Hansen 1957; Mayan: Peñalosa 1992, No. 510; Panamanian, Bolivian, Chilean, Argentine: Camarena/Chevalier 1995ff. II; Brazilian: Alcoforado/Albán 2001, No. 33; West Indies: Flowers 1953; Egyptian, Algerian: El-Shamy 2004; Moroccan: Nowak 1969, Nos. 85, 104, El-Shamy 2004; Sudanese: El-Shamy 2004.

510B* ***The Princess in the Chest.***

BP IV, 180.

French: Cosquin 1886f. I, No. 28; Portuguese: Oliveira 1900ff. II, Nos. 322, 429, Cardigos(forthcoming), No. *510B*; Bulgarian: BFP, No. *510B*, Koceva 2002, No. *510B*; Russian: SUS; Turkish: Eberhard/Boratav 1953, No. 244; Jewish: Jason 1965, No. 510*C, Jason 1975, No. 510*C; Moroccan: cf. Nowak 1969, No. 104.

511 ***One-Eye, Two-Eyes, Three-Eyes.***

Cox 1893; Montanus/Bolte 1899, No. 5; BP III, 60–66; HDM 1(1930–33)482–484; Rooth 1951; Lüthi 1962, 42–53; Lüthi 1980b; EM 3(1981)40–42, 1197–1203(S. Schmidt); Scherf 1995 I, 248–251, 271f., 660–664, 680–682, 689–692, II, 1039–1041, 1101–1105, 1149–1152; Dekker et al. 1997, 50–55, 122–125; Röth 1998, Nos. 511, 511A;

Schmidt 1999, No. 511A; EM 10(2002)196–199(H. Lox).

Finnish: Rausmaa 1982ff. I, No. 69; Finnish-Swedish: Hackman 1917f. I, No. 82; Estonian: Aarne 1918; Latvian: Arājs/Medne 1977, Nos. 511, 511A; Lithuanian: Kerbelytė 1999ff. I, Nos. 452C*, 511; Livonian, Wepsian: Kecskeméti/Paunonen 1974; Swedish: Liungman 1961; Norwegian: Hodne 1984, No. 511A; Faeroese: Nyman 1984; Icelandic: Sveinsson 1929, No. 302I*; Irish: Ó Súilleabháin/Christiansen 1963; French: Delarue/Tenèze 1964ff. II, Nos. 511, 511A; Spanish: Camarena/Chevalier 1995ff. II, No. 511A, González Sanz 1996, Nos. 511, 511A; Catalan: cf. Oriol/Pujol 2003, Nos. 511, 511A; Portuguese: Oliveira 1900ff. II, No. 226, Cardigos(forthcoming), Nos. 511A, 511A*; Dutch: Sinninghe 1943; Frisian: Kooi 1984a; German: Ranke 1955ff. II, Grimm KHM/Uther 1996 II, No. 130; Austrian: Haiding 1953, No. 50; Italian: Cirese/Serafini 1975, Nos. 511, 511A, 511A*; Corsican: Ortoli 1883, 81ff.; Sardinian: Cirese/Serafini. No. 511A*; Maltese: Mifsud-Chircop 1978, No. *511A; Hungarian: MNK II, Nos. 511, 511A; Slovakian: Gašparíková 1991f. II, No. 584; Bulgarian: BFP, No. 511A, cf. Nos. *511A**, *511A***, Koceva 2002, No. 511, cf. No. *511A**; Greek: Megas/Puchner 1998; Sorbian: Nedo 1956, No. 52; Polish: Krzyżanowski 1962f. I; Russian, Byelorussian: SUS; Ukrainian: SUS, Nos. 511, 511A; Jewish: Noy 1963a, Nos. 17, 25, Jason 1965, No. 511, Jason 1975, No. 511A; Gypsy: MNK X 1, No. 511A; Adygea: Alieva 1986; Chuvash: Kecskeméti/Paunonen 1974; Mordvinian: Kecskeméti/Paunonen 1974, Nos. 511, 511A; Yakut: cf. Ėrgis 1967, Nos. 164, 218, 219; Kalmyk: Lőrincz 1979, No. 511A*; Georgian: Kurdovanidze 2000; Lebanese, Palestinian, Jordanian, Iraqi, Saudi Arabian, Kuwaiti, Qatar: El-Shamy 2004, No. 511A; Indian: Thompson/Roberts 1960, Nos. 511, 511A, Jason 1989, Blackburn 2001, No. 37; Burmese: cf. Kasevič/Osipov 1976, No. 161; Pakistani, Sri Lankan: Thompson/Roberts 1960; Chinese: Ting 1978, Nos. 511, 511A; Japanese: Ikeda 1971; English-Canadian: Halpert/Widdowson 1996 I, Nos. 23, 24; French-Canadian: Delarue/Tenèze 1964ff. II, Nos. 511, 511A; North American Indian: Thompson 1919, 415; US-American: Baughman 1966, Nos. 511, 511A, Perdue 1987, Nos. 3A-E; Spanish-American: Baughman 1966, Robe 1973; African American: Baughman 1966; Mexican: Robe 1973; Cuban: Hansen 1957, No. **542; Brazilian: Alcoforado/Albán 2001, No. 32; West Indies: Flowers 1953; Egyptian: Nowak 1969, No. 63, El-Shamy 2004, Nos. 511, 511A; Tunisian: El-Shamy 2004; Algerian, Moroccan: El-Shamy 2004, Nos. 511, 511A; Sudanese: El-Shamy 2004, No. 511A; Namibian: Schmidt 1989 II, Nos. 1070, 1071; South African: Grobbelaar 1981, Schmidt 1989 II, No. 1070, 1071.

513 ***The Extraordinary Companions.***
Lappish: Qvigstad 1925; Norwegian: Hodne 1984; Faeroese: Nyman 1984; Scottish: McKay 1940, No. 3; Portuguese: Oliveira 1900ff. I, No. 162, II, No. 317, Cardigos (forthcoming); Frisian: Kooi 1984a; Flemish: Meyer 1968; Italian: Cirese/Serafini 1975; Czech: Tille 1929ff. I, 253ff., II 1, 303ff., 373f.; Polish: Krzyżanowski 1962f. I; Jewish: Jason 1965, 1975, 1988a; Gypsy: MNK X 1; Ossetian: Bjazyrov 1958, No. 84; Armenian: Gullakjan 1990; Mongolian: Lőrincz 1979; Syrian, Palestinian. Iraqi, Persian Gulf, Qatar: El-Shamy 2004; Chinese: Ting 1978; Japanese: Inada/Ozawa 1977ff.; Brazilian: Alcoforado/Albán 2001, No. 39; Egyptian, Algerian, Moroccan: El-Shamy 2004; Ghanaian: Schott 1993f. I, 50ff.; Central African: Lambrecht 1967, No. 3590; Malagasy: Haring 1982, No. 1.6.513.

513A ***Six Go through the Whole World.***
Chauvin 1892ff. VII, 124 No. 392; BP II, 79–96, III, 84f., 272f., 556–558; Tubach 1969, No. 632; Scherf 1995 I, 113–116, 177–183, 243f., 326–330, 614f., 615–620, 637–642, II, 844–847, 1076f., 1081–1084, 1192–1195; Dekker et al. 1997, 426–430; Röth 1998; Schmidt 1999; EM: Sechse kommen durch die Welt (forthcoming).
Finnish: Rausmaa 1982ff. I, No. 70; Finnish-Swedish: Hackman 1917f. I, No. 109; Estonian: Aarne 1918; Latvian: Arājs/Medne 1977; Lithuanian: Kerbelytė 1999ff. I; Livonian, Wepsian, Karelian: Kecskeméti/Paunonen 1974; Swedish: Liungman 1961, No. 513AB; Irish: Ó Súilleabháin/Christiansen 1963; French: Delarue/Tenèze 1964ff. II, No. 513; Spanish: Camarena/Chevalier 1995ff. II, González Sanz 1996; Basque: Camarena/Chevalier 1995ff. II; Catalan: Oriol/Pujol 2003; Dutch: Kooi 2003, Nos. 9, 10, 114; Frisian: Kooi 1984a; Flemish: Meyer 1968; Walloon: Laport 1932, No. *513C; German: Ranke 1955ff. II, Tomkowiak 1993, 249, Grimm KHM/Uther 1996 II, Nos. 71, 134; Austrian: Polsterer 1908, No. 55; Italian: Cirese/Serafini 1975; Corsican: Massignon 1963, No. 35; Hungarian: MNK II; Czech: Tille 1929f. I, 248, 253, II 1, 303ff.; Slovakian: Gašparíková 1991f. I, No. 80, II, Nos. 453, 516, cf. No. 378; Slovene: Flere 1931, 42ff.; Serbian: Eschker 1992, Nos. 24, 38; Croatian: Bošković-Stulli 1975b, No. 33; Macedonian: Eschker 1972, No. 27; Rumanian: Schullerus 1928; Bulgarian: BFP, Koceva 2002; Albanian: Camaj/Schier-Oberdorffer 1974, No. 1; Greek: Hahn 1918 II, No. 63, Diller 1982, No. 33, Megas/Puchner 1998; Sorbian: Nedo 1956, No. 54; Russian, Byelorussian, Ukrainian: SUS; Turkish: Eberhard/Boratav 1953, Nos. 77, 86 IV, 197 III (5–6); Gypsy: MNK X 1; Adygea: Alieva 1986; Cheremis/Mari, Mordvinian: Kecskeméti/Paunonen 1974; Yakut: cf. Ėrgis 1967, Nos. 96, 154; Uzbek: Laude-Cirtautas 1978, No. 23; Buryat: Lőrincz 1979; Mongolian: Lőrincz 1979, Nos. 513A, 670C*; Tuva: Taube 1978, Nos. 37, 38; Georgian: Kur-

dovanidze 2000; Iranian: Marzolph 1984; Indian: Thompson/Roberts 1960; Burmese: Kasevič/Osipov 1976, No. 173; Nepalese: Unbescheid 1987, No. 20; Korean: Choi 1979, No. 287; English-Canadian: Halpert/Widdowson 1996 I, Nos. 25–28; North American Indian: Thompson 1919, 345ff.; US-American: Baughman 1966; Spanish-American, Mexican: Robe 1973; African American: Burrison 1989, 35f.; Dominican, Puerto Rican: Hansen 1957; Mayan: Peñalosa 1992; Chilean: Hansen 1957, Nos. 513A, 513**C; Argentine: Chertudi 1960f. I, No. 50; West Indies: Flowers 1953; Cape Verdian: Flowers 1923b I, 244 not. 4; Sudanese, Congolese: Klipple 1992; Namibian, South African: Schmidt 1989 II, No. 1073; Malagasy: Klipple 1992.

513B ***The Land and Water Ship.***
Köhler/Bolte 1898ff. I, 191–195; BP II, 39–44, III, 272f.; Roberts 1964, 36–39; Scherf 1995 II, 1277–1280, 1342f.; Dekker et al. 1997, 426–430; Röth 1998; EM: Schiff zu Wasser und zu Lande (forthcoming).
Finnish: Rausmaa 1982ff. I, No. 71; Finnish-Swedish: Hackman 1917f. I, No. 109b; Estonian: Aarne 1918; Latvian: Arājs/Medne 1977; Lithuanian: Kerbelytė 1999ff. I; Lappish: Poestion 1886, No. 24, Qvigstad 1927ff. II, No. 26, III, No. 57; Karelian: Kecskeméti/Paunonen 1974; Swedish: Liungman 1961, No. 513AB; Norwegian: Roberts 1964, 36ff., Hodne 1984, No. 513; Danish: Kristensen 1881ff. IV, No. 63; Icelandic: Sveinsson 1929; Scottish: Campbell 1890ff. I, No. 16; Irish: Ó Súilleabháin/Christiansen 1963; French: Delarue/Tenèze 1964ff. II, No. 513, Coulomb/Castell 1986, No. 17; Spanish: Camarena/Chevalier 1995ff. II; Catalan: Oriol/Pujol 2003; Frisian: Kooi 1984a; Flemish: Meyer 1968; German: Ranke 1955ff. II, Grimm KHM/Uther 1996 II, No. 64, III, No. 165, cf. No. 159; Austrian: Vernaleken 1892, No. 39, Polsterer 1908, No. 55; Italian: Keller 1963, 104ff., Cirese/Serafini 1975; Corsican: Massignon 1963, No. 45; Sardinian: Cirese/Serafini; Maltese: Ilg 1906 I, No. 33, Mifsud-Chircop 1978; Czech: Tille 1929ff. II 1, 308ff., 318f., 373f.; Serbian: Đjorđjevič/Milošević-Đjorđjevič 1988, Nos. 77, 78; Bosnian: Preindlsberger-Mrazović 1905, 117ff.; Bulgarian: BFP, Koceva 2002; Greek: Megas/Puchner 1998; Sorbian: Nedo 1956, No. 53; Russian, Byelorussian, Ukrainian: SUS; Jewish: Jason 1975, 1988a; Gypsy: MNK X 1; Armenian: Levin 1982, No. 11; Indian: Mode/Ray 1967, 309ff., cf. Lüders 1921, No. 7; Chinese: Ting 1978; Filipino: Fansler 1921, No. 3; English-Canadian: Halpert/Widdowson 1996 I, No. 25; French-Canadian: Delarue/Tenèze 1964ff. II; US-American: Baughman 1966, Perdue 1987, No. 14; French-American: Delarue/Tenèze 1964ff. II; African American: Baughman 1966; Guatemalan: Lara 1982, No. 8; Panamanian: Robe 1973; West Indies: Flowers 1953; Cape Verdian: Parsons 1923b I, No. 82.

514 *The Shift of Sex.*

Chauvin 1892ff. VIII, 43f. No. 11; BP II, 58, 85-87, 93, III, 24, 84f.; HDM 2(1934-40) 570-580; cf. Tubach 1969, No. 1915; EM 5(1987)168-186(R. Wehse); EM 5(1987) 1134-1138, 1140f.; Köhler-Zülch/Shojaei Kawan 1991, 118f.; Röth 1998.

Finnish: Rausmaa 1982ff. I, No. 72; Latvian: Arājs/Medne 1977; Lithuanian: Kerbelytė 1999ff. I; Norwegian: Hodne 1984; Danish: Kristensen 1881ff. IV, No. 71; Scottish: Campbell 1890ff. IV, No. 3; Irish: Ó Súilleabháin/Christiansen 1963; Spanish: Camarena/Chevalier 1995ff. II; Portuguese: Oliveira 1900ff. II, No. 300, Cardigos (forthcoming); Walloon: Legros 1962; German: Lemke 1884ff. II, No. 3; Austrian: Haiding 1953, 471; Italian: Cirese/Serafini 1975, De Simone 1994 I, No. 64; Hungarian: MNK II, Dömötör 1992, No. 411; Serbian: Čajkanović 1927, No. 48; Croatian: Bošković-Stulli 1963, No. 62; Bosnian: Dizdar 1955, 155ff.; Macedonian: Eschker 1972, No. 38, Vroclavski 1979f., No. 15, Popvasileva 1983, Nos. 37, 69, Vražinovski 1986, Nos. 27, 28; Rumanian: Schullerus 1928, Bîrlea 1966 II, 149ff., 158ff., 429ff.; Bulgarian: BFP; Albanian: Dozon 1881, No. 14; Greek: Hahn 1918 I, No. 58, Dawkins 1953, No. 46, Laográphia 10(1962)438ff.; Polish: Krzyżanowski 1962f. I, Krzyżanowski 1965, 93ff.; Byelorussian: Löwis of Menar 1914, No. 31; Turkish: Eberhard/Boratav 1953, No. 97; Gypsy: MNK X 1; Dagestan: Chalilov 1965, No. 47; Ossetian: Britaev/Kaloev 1959, 245ff., Bjazyrov 1960, No. 10; Abkhaz: Bgažba 1959, 174ff., Šakryl 1975, No. 37; Adygea: Alieva 1986; Armenian: Gullakjan 1990; Kara-Kalpak: Volkov 1959, 25ff.; Buryat: cf. Ėliasov 1959 I, 83ff., 113ff.; Mongolian: Lőrincz 1979; Georgian: Kurdovanidze 2000; Iranian: Marzolph 1984; Indian: Hertel 1953, No. 76, cf. No. 14, Tauscher 1959, No. 12; Malaysian: Hambruch 1922, No. 41; French-Canadian: Delarue/Tenèze 1964ff. II; Chilean: Pino Saavedra 1960ff. I, No. 57, III, No. 255; West Indies: Flowers 1953; Cape Verdian: Parsons 1923b I, 281; Central African: Lambrecht 1967, No. 3590(3).

514** ***A Young Woman Disguised as a Man is Wooed by the Queen*** (previously ***The Court Physician***).

Chauvin 1892ff. II, 187 No. 38, V, 204ff. No. 120; EM 5(1987)141-144(I. Köhler); Scherf 1995 I, 210-213.

Spanish, Basque: Camarena/Chevalier 1995ff. II; Catalan: cf. Oriol/Pujol 2003, cf. Nos. 514**, 881*, 884A; Portuguese: Oliveira 1900ff. I, No. 100, 128, II, No. 279, Cardigos(forthcoming), No. 884A; Italian: Cirese/Serafini 1975, Appari 1992, No. 1, De Simone 1994 II, No. 80; Albanian: cf. Camaj/Schier-Oberdorffer 1974, No. 40; Greek: Dawkins 1953, No. 47; Jewish: Jason 1965, No. 884A, Jason 1975, No. 884A; Syrian, Yemenite: El-Shamy 2004, No. 884A; Spanish-American: Robe 1973, No. 512*C, cf.

No. 884A; Brazilian: Romero/Cascudo, No. 6, Alcoforado/Albán 2001, No. 60; Chilean: Camarena/Chevalier 1995ff. II; Libyan, Tunisian, Algrian, Moroccan: El-Shamy 2004, No. 884A.

515 *The Shepherd Boy.*

Liljeblad 1927, 99 not. 10; EM 6(1990)1086–1088(J.-Ö. Swahn).

Livonian: cf. Loorits 1926; Swedish: Liungman 1961, No. 515**; Flemish: Meyer 1968, No. 515**.

516 *Faithful John.*

Köhler et al. 1894, 24–35; BP I, 42–57; Rösch 1928; Krohn 1931a, 82–89; Thompson 1951, 111–113; EM 7(1993)601–610(C. Shojaei Kawan); EM 7(1993)1267f.; Scherf 1995 II, 955–957, 973–977, 1240–1243; Cardigos 1996, 91–120, 223–230; Baumann 1998b; Röth 1998; Shojaei Kawan 2003a, 224–230, 236.

Finnish: Rausmaa 1982ff I, No. 73; Finnish-Swedish: Hackman 1917f. I, No. 106; Estonian: Aarne 1918; Latvian: Arājs/Medne 1977; Lithuanian: Kerbelytė 1999ff. I; Livonian, Lappish: Kecskeméti/Paunonen 1974; Swedish: Liungman 1961; Norwegian: Hodne 1984, 206; Irish: Ó Súilleabháin/Christiansen 1963; French: Delarue/Tenèze 1964ff. II; Spanish: Camarena/Chevalier 1995ff. II; Catalan: Oriol/Pujol 2003; Portuguese: Oliveira 1900ff. I, Nos. 24, 224, II, No. 439, Cardigos(forthcoming); Frisian: Kooi 1984a; Flemish: Stalpaert 1977, 206ff.; German: Ranke 1955ff. II, Grimm KHM/Uther 1996 I, No. 6, Berger 2001; Ladinian: Decurtins 1896ff. II, No. 10; Austrian: Haiding 1953, No. 67; Italian: Cirese/Serafini 1975; Corsican: Massignon 1963, No. 14; Hungarian: MNK II; Czech: Tille 1921, 201ff., Tille 1929ff. II 2, 173ff.; Slovakian: Gašparíková 1991f. I, No. 261, cf. II, Nos. 377, 529; Rumanian: Schullerus 1928; Bulgarian: BFP, Koceva 2002; Albanian: Lambertz 1952, 24ff.; Greek: Hahn 1918 I, No. 29, Dawkins 1950, No. 2, Megas/Puchner 1998; Polish: Krzyżanowski 1962f. I; Russian, Byelorussian, Ukrainian: SUS; Turkish: Eberhard/Boratav 1953, No. 214; Jewish: Jason 1965, 1988a; Gypsy: MNK X 1; Adygea: Alieva 1986; Armenian: Gullakjan 1990; Yakut: cf. Ėrgis 1967, Nos. 154, 212, 232; Georgian: Kurdovanidze 2000; Syrian: Nowak 1969, No. 133, El-Shamy 2004; Lebanese: Nowak 1969, No. 133; Persian Gulf, Saudi Arabian, Kuwaiti, Qatar: El-Shamy 2004; Indian: Thompson/Roberts 1960; Chinese: Ting 1978; Laotian: Lindell et al. 1977ff. II, 108ff.; French-Canadian: Delarue/Tenèze 1964ff. II; US-American: Baughman 1966; Spanish-American, Mexican: Robe 1973; Dominican, Puerto Rican: Hansen 1957; Brazilian: Cascudo 1955b, 148ff.; Chilean: Pino Saavedra 1960ff. II, No. 81; Argentine: Hansen 1957, Chertudi 1960f. I, 94ff.; West Indies: Flowers 1953; Cape

Verdian: Parsons 1923b I, 223, 229; Egyptian, Libyan, Algerian: El-Shamy 2004.

516C ***Amicus and Amelius*** (previously ***St. James of Galicia***).
Chauvin 1892ff. VIII, 194ff. No. 235; Köhler/Bolte 1898ff. II, 163–173; Wesselski 1909, No. 119; Ranke 1934a, 56–60; Tubach 1969, No. 198; EM 1(1977)454–463(L. Denecke); Verfasserlexikon 1(1978)329f.(H. Rosenfeld); Feistner 1989; EM 7 (1993)1267f.; Verfasserlexikon 11(2000)85–87(E. Feistner).
French: Tegethoff 1923 I, 124ff.; Spanish: Camarena/Chevalier 1995ff. II; Basque: Webster 1877, 202ff.; Catalan: Oriol/Pujol 2003; Portuguese: Oliveira 1900ff. II, No. 276, Cardigos(forthcoming); German: Peuckert 1932, No. 163; Ladinian: Decurtins 1896ff. II, No. 93; Uffer 1973, No. 12; Italian: Cirese/Serafini 1975; Hungarian: MNK II, No. 516D*; Czech: Tille 1929ff. I, 30ff., II 1, 260ff., Dvořák 1978, No. 198; Slovakian: Polívka 1923ff. III, 71; Gypsy: MNK X 1, No. 516D*; Sarian, Lebanese, Palestinian, Persian Gulf, Oman, Kuwaiti, Qatar: El-Shamy 2004; Spanish-American: cf. Espinosa 1937, No. 46; Egyptian, Algerian: El-Shamy 2004; Moroccan: cf. Nowak 1969, No. 309, El-Shamy 2004.

517 ***The Boy Who Understands the Language of Birds*** (previously ***The Boy who Learned Many Things***).
Chauvin 1892ff. VIII, 193; BP I, 322–324; cf. Tubach 1969, No. 636; Röth 1998; EM 10(2002)1413–1419(A. Schmitt).
Finnish: Rausmaa 1982ff. I, No. 74; Finnish-Swedish: Hackman 1917f. I, No. 107; Estonian: Aarne 1918, Viidalepp 1980, No. 100; Swedish: Liungman 1961; Norwegian: Hodne 1984, 160; Danish: Hjemmets Almanak 1889, 31ff.; Icelandic: Kvideland/Eiríksson 1988, No. 17; Scottish: McKay 1940, No. 14; Irish: Ó Súilleabháin/Christiansen 1963; French: Delarue/Tenèze 1964ff. II; Catalan: Camarena/Chevalier 1995ff. II; Basque: Karlinger/Laserer 1980, No. 48; German: Behrend 1912, No. 13, Ranke 1955ff. II, Grimm KHM/Uther 1996 I, No. 33; Italian: Cirese/Serafini 1975; Hungarian: MNK II; Czech: Tille 1929ff. I, 30ff.; Slovakian: Polívka 1929f. II, 173ff.; Croatian: Smičiklas 1910ff. 15, 285ff.; Turkish: Eberhard/Boratav 1953, No. 214 IV; Jewish: Jason 1975, Nos. 517, 517*; Gypsy: Mode 1983ff. II, No. 74; Tuva: cf. Taube 1978, No. 30; Altaic: Radloff 1866ff. I, 208ff.; Palestinian: El-Shamy 2004; Korean: Choi 1978, No. 123; French-Canadian: Delarue/Tenèze 1964ff. II; Spanish-American, Mexican: Robe 1973; Dominican: Hansen 1957; Mayan: Peñalosa 1992; Ecuadorian: Carvalho-Neto 1966, 17ff.; Chilean: Hansen 1957; Egyptian, Moroccan: El-Shamy 2004.

518 ***Men Fight over Magic Objects*** (previously ***Devils [Giants] Fight over Magic Objects***).

BP II, 318–335; BP III, 406–417, 424–443; HDM 1(1930–33)574f.(W. Aly); Scherf 1995 I, 586–589, 710–717, 722–726, 759–761, II, 957–960, 1204–1207, 1234–1237, 1434–1436; Röth 1998; EM: Streit um Zaubergegenstände(forthcoming).

Finnish: Rausmaa 1982ff. I, No. 75; Finnish-Swedish: Hackman 1917f. I, No. 108; Estonian: Aarne 1918; Livonian: Loorits 1926; Latvian: Arājs/Medne 1977; Lithuanian: Kerbelytė 1999ff. I; Lappish, Wepsian: Kecskeméti/Paunonen 1974; Swedish: Liungman 1961; Faeroese: Nyman 1984; French: Delarue/Tenèze 1964ff. II; Catalan: cf. Oriol/Pujol 2003; German: Grimm KHM/Uther 1996 II, Nos. 92, 93, III, Nos. 193, 197; Italian: Cirese/Serafini 1975, Pitrè/Schenda et al. 1991, No. 20; Maltese: Mifsud-Chircop 1978; Hungarian: MNK II; Czech: Tille 1929ff. I, 219f., II 1, 416f., II 2, 209f.; Slovakian: Gašparíková 1991f. I, Nos. 198, 199; Rumanian: Schullerus 1928, Amzulescu 1974, No. 30; Bulgarian: BFP, Koceva 2002; Greek: Megas/Puchner 1998; Polish: Krzyżanowski 1962f. I; Russian, Byelorussian, Ukrainian: SUS; Turkish: Eberhard/Boratav 1953, Nos. 84 IV, 97 III, 174 IV, 205, 212 III, 213 III; Jewish: Jason 1965, 1975, 1988a; Gypsy: MNK X 1; Ossetian: Bjazyrov 1958, Nos. 60, 65, 86; Adygea: Alieva 1986; Cheremis/Mari: Kecskeméti/Paunonen 1974, Sabitov 1986; Mordvinian: Kecskeméti/Paunonen 1974; Armenian: Gullakjan 1990; Yakut: cf. Ėrgis 1967, Nos. 154, 156; Mongolian: Lőrincz 1979; Georgian: Kurdovanidze 2000; Syrian, Palestinian, Iraqi, Yemenite: El-Shamy 2004; Indian: Thompson/Roberts 1960, Jason 1989; Chinese: Ting 1978; Korean: cf. Choi 1979, No. 270; French-Canadian: Delarue/Tenèze 1964ff. II; Dominican: Hansen 1957; Puerto Rican: Flowers 1953; Cape Verdian: Parsons 1923b I, 293; Egyptian, Algerian, Moroccan: El-Shamy 2004; Sudanese: Klipple 1992, El-Shamy 2004.

519 ***The Strong Woman as Bride (Brunhilde).***

Chauvin 1892ff. VIII, 54ff. No. 22; Löwis of Menar 1923; Beyschlag 1963; EM 6(1990)745–753(D. Burkhart); Scherf 1995 II, 973–977, 1162–1167, 1240–1243; Röth 1998; Marzolph/Van Leeuwen 2004, No. 39.

Finnish: Rausmaa 1982ff. I, No. 76; Estonian: Aarne 1918, No. 519*; Latvian: Arājs/Medne 1977; Lithuanian: Kerbelytė 1999ff. I; Wepsian: Kecskeméti/Paunonen 1974; Swedish: Liungman 1961; Frisian: Kooi 1984a; Hungarian: MNK II; Czech: Tille 1929ff. I, 101ff.; Croatian: Krauss/Burr et al. 2002, No. 40; Rumanian: Amzulescu 1974, Nos. 13, 21, 22; Polish: Krzyżanowski 1962f. I; Russian, Byelorussian, Ukrainian: SUS; Turkish: Eberhard/Boratav 1953, No. 215 III(2); Jewish: Jason 1965; Gypsy: MNK X 1; Ossetian: Bjazyrov 1958, Nos. 44, 87, 88; Adygea: Alieva 1986; Cheremis/Mari: Sabitov 1986; Tatar: Jarmuchametov 1957, 39ff.; Armenian: Hoogasian-Villa 1966, 124ff.; Yakut: Ėrgis 1967, Nos. 154, 156, cf. Nos. 133, 201; Uzbek: Afzalov et al. 1963 I, 265ff., 486ff.; Kalmyk: Lőrincz 1979; Buryat: Ėliasov 1959 I, 36ff.; Palestinian: El-Shamy 2004; Aramaic: cf. Bergsträsser 1915, 38ff.; Iraqi, Yemenite: El-Shamy 2004; Burmese: Esche 1976, 209ff.; Chinese: Ting 1978; French-Canadian: Delarue/Tenèze 1964ff. II; Egyptian, Algerian, Moroccan: El-Shamy 2004; Ghanaian: Schott 1993f. II/III, 14ff.; Sudanese: El-Shamy 2004.

530 ***The Princess on the Glass Mountain.***
Tille 1892; Köhler/Bolte 1898ff. I, 55, 67; BP III, 111–114; Boberg 1928; HDM 1 (1930–33) 207–216 (K. Spieß); Krohn 1931a, 96–99; HDM 2 (1934–40) 627–630 (I. M. Boberg); Vries 1954, 60–63; Rieber 1980; Scherf 1995 I, 251–256, 530–534, 601f., 631–633, 736–738, 738f., II, 986–988, 1105–1108, 1113–1118; Dekker et al. 1997, 285–289; Röth 1998; Schmidt 1999, No. 36; EM 10 (2002) 1343–1351 (I. Köhler-Zülch).
Finnish: Rausmaa 1982ff. I, Nos. 77, 78; Finnish-Swedish: Hackman 1917f. I, Nos. 48b (3), 97 (1), 98; Estonian: Aarne 1918; Latvian: Arājs/Medne 1977, Nos. 530, 530B*; Lithuanian: Kerbelytė 1999ff. I, Nos. 530, 530B*; Livonian, Lappish, Wepsian, Wotian, Karelian, Syrjanian: Kecskeméti/Paunonen 1974, Nos. 530, 530B*; Swedish: Liungman 1961; Norwegian: Hodne 1984; Danish: Kristensen 1881ff. II, No. 17; Faeroese: Nyman 1984; Irish: Ó Súilleabháin/Christiansen 1963; French: Delarue/Tenèze 1964ff. II; Spanish: Camarena/Chevalier 1995ff. II; Catalan: Oriol/Pujol 2003; Portuguese: Oliveira 1900ff. I, No. 1, Cardigos (forthcoming); Dutch: Kooi 2003, Nos. 3, 7, 112; Frisian: Kooi 1984a, No. 328, Kooi/Meerburg 1990, No. 22, Kooi/Schuster 1993, No. 3; Flemish: Meyer 1968; German: Ranke 1955ff. II, Kooi/Schuster 1994, No. 11, cf. No. 12, Grimm KHM/Uther 1996 III, No. 196, Berger 2001; Austrian: Haiding 1969, Nos. 2, 139; Ladinian: Uffer 1973, No. 109ff.; Italian: Cirese/Serafini 1975; Hungarian: MNK II; Czech: Tille 1929ff. I, 15f., 24ff., II 1, 148ff.; Slovakian: Gašparíková 1991f. I, Nos. 154, 195, 302, 311, II, Nos. 374, 487, 570, 581; Slovene: Byhan 1958, 48ff.; Serbian: Đjorđjevič/Milošević-Đjorđjevič 1988, Nos. 79–81; Croatian: Valjavec 1890, Nos. 7, 10, Bošković-Stulli 1963, Nos. 36, 50; Macedonian: Eschker 1972, No. 36, Popvasileva 1983, Nos. 37, 48; Rumanian: Bîrlea 1966 II, 231ff., III, 437f., Amzulescu 1974, No. 251; Bulgarian: BFP, Nos. 530, 530B*, Koceva 2002, Nos. 530, 530B*; Albanian: Camaj/Schier-Oberdorffer 1974, No. 13; Greek: Laográphia 21 (1963–64) 491ff.; Sorbian: Nedo 1956, No. 54; Polish: Krzyżanowski 1962f. I, Nos. 530, 530A, 530B; Russian, Byelorussian, Ukrainian: SUS; Turkish: Eberhard/Boratav 1953, No. 73; Jewish: Jason 1965, 1975; Gypsy: MNK X 1; Adygea: Alieva 1986; Cheremis/Mari, Chuvash, Tatar, Mordvinian: Kecskeméti/Paunonen 1974, Nos. 530,

530B*; Kurdish: Džalila et al. 1989, No. 2; Armenian: Hoogasian-Villa 1966, No. 1, Gullakjan 1990; Yakut: Ėrgis 1967, Nos. 151, 180, 201, 206; Buryat: Lőrincz 1979; Georgian: Kurdovanidze 2000; Syrian: El-Shamy 2004; Palestinian: Littmann 1957, 179ff., El-Shamy 2004; Iraqi: Nowak 1969, No. 122, El-Shamy 2004; Persian Gulf: El-Shamy 2004; Iranian: Marzolph 1984; Pakistani: Thompson/Roberts 1960; Indian: Thompson/Roberts 1960, Jason 1989; Burmese: Kasevič/Osipov 1976, 61; Eskimo: Barüske 1969, No. 78; English-Canadian: Halpert/Widdowson 1996 II, No. F4; French-Canadian: Delarue/Tenèze 1964ff. II; US-American: Baughman 1966; Spanish-American, Mexican: Robe 1973; Cuban: Camarena/Chevalier 1995ff. II; Mayan: Peñalosa 1992; West Indies: Flowers 1953; Egyptian: Nowak 1969, No. 122, El-Shamy 2004; Algerian, Moroccan: El-Shamy 2004.

530A ***The Pig with the Golden Bristles.***
Finnish: Simonsuuri/Rausmaa 1968, No. 52; Estonian: Viidalepp 1980, No. 68; Latvian: Arājs/Medne 1977; Lithuanian: Kerbelytė 1999ff. I; Wepsian, Karelian, Syrjanian: Kecskeméti/Paunonen 1974; Hungarian: MNK II; Czech: Jech 1984, No. 32; Slovakian: Gašparíková 1991f. II, No. 525; Russian, Byelorussian, Ukrainian: SUS; Gypsy: MNK X 1; Adygea: Alieva 1986; Ossetian: Bjazyrov 1958, No. 124; Cheremis/Mari: Kecskeméti/Paunonen 1974, Sabitov 1989; Chuvash, Mordvinian: Kecskeméti/Paunonen 1974; Armenian: Gullakjan 1990; Georgian: Kurdovanidze 2000.

531 ***The Clever Horse*** (previously ***Ferdinand the True and Ferdinand the False***).
Chauvin 1892ff. VI, 133ff. No. 286; Köhler/Bolte 1898ff. I, 394-398, 467-469, II, 328-346; BP III, 18-37; Megas 1955; Schwarzbaum 1968, 90; EM 3(1981)152-154, 4(1984)1011-1021(W. Pape); Bottigheimer 1987; Gobyn 1989; Scherf 1995 I, 297-301, 454-458, 458-462, 528-530, 530-534, 541-544, 606f., 614f., 615-620, 637-642, 643-646, 790-793, II, 864-868, 1054f., 1291-1294; Röth 1998; Schmidt 1999; Marzolph/Van Leeuwen 2004, Nos. 471, 472.
Finnish: Rausmaa 1982ff. I, Nos. 79, 80; Finnish-Swedish: Hackman 1917f. I, No. 99; Estonian: Aarne 1918; Livonian: Loorits 1926; Latvian: Arājs/Medne 1977; Lithuanian: Kerbelytė 1999ff. I; Lappish, Wepsian, Wotian, Karelian, Syrjanian: Kecskeméti/Paunonen 1974; Swedish: Liungman 1961; Norwegian: Hodne 1984; Danish: Grundtvig 1876ff. II, No. 1, Kristensen 1881ff. I, No. 21, III, No. 56, IV, No. 21; Faeroese: Nyman 1984; Icelandic: Sveinsson 1929, Schier 1983, No. 25; Irish: Ó Súilleabháin/Christiansen 1963; French: Delarue/Tenèze 1964ff. II; Spanish: Camarena/Chevalier 1995ff. II, González Sanz 1996; Catalan: Oriol/Pujol 2003; Portuguese: Meier/Woll 1975, No. 10, Cardigos(forthcoming); German: Ranke 1955ff. II, KHM/

Uther 1996 II, No. 126, Berger 2001, No. 611A； Austrian: Haiding 1953, Nos. 9, 39, 58； Italian: Cirese/Serafini 1975, Appari 1992, No. 17, De Simone 1994, No. 81； Corsican: Massignon 1963, Nos. 36, 69, 84, cf. No. 49； Sardinian: Cirese/Serafini； Maltese: Mifsud-Chircop 1978, Nos. 531, 531C； Hungarian: MNK II, Dömötör 2001, 287； Czech: Tille 1929ff. II 2, 188ff.； Slovakian: Gašparíková 1991f. I, Nos. 75, 105, 170, 215, 230, 256, 317, 333, II, Nos. 379, 485, 555； Slovene: Križnik 1874, 15f.； Serbian: Čajkanović 1929, No. 59, Panić-Surep 1964, No. 13, Đjorđjevič/Milošević-Đjorđjevič 1988, Nos. 73–76； Croatian: Bošković-Stulli 1963, Nos. 37, 38； Bosnian: Krauss/Burr et al. 2002, No. 41； Macedonian: Čepenkov/Penušliski 1989 I, Nos. 51, 65, 66, Eschker 1972, No. 28； Rumanian: Schullerus 1928； Bulgarian: BFP, Koceva 2002, Nos. 513C, 531； Greek: Hahn 1918 I, No. 37, Dawkins 1955, No. 10, Laográphia 21 (1963–64) 491ff., Megas/Puchner 1998, No. 513C； Sorbian: Nedo 1956, No. 56； Polish: Krzyżanowski 1962f. I, cf. No. 509； Russian, Byelorussian, Ukrainian: SUS； Turkish: Eberhard/Boratav 1953, Nos. 77 IV (var. c, g), 81 (3–6), 207, 248； Jewish: Noy 1963a, No. 54, Jason 1964f., No. 513C, Jason 1975, No. 513C, Haboucha 1992； Gypsy: Mode 1983ff. III, No. 195, MNK X 1； Adygea: Alieva 1986； Cheremis/Mari: Kecskeméti/Paunonen 1974, Sabitov 1989； Chuvash, Tatar, Mordvinian, Vogul/Mansi: Kecskeméti/Paunonen 1974； Kurdisch: Lescot 1940, No. 2； Armenian: Gullakjan 1990, Nos. 513C, 531； Yakut: Ėrgis 1967, Nos. 117, 169, 192, 198–200, 202, 206； Uzbek: Afzalov et al. 1963 II, 37ff.； Tadzik: Rozenfel'd/Ryčkovoj 1990, No. 7； Mongolian: Lőrincz 1979； Georgian: Kurdovanidze 2000； Syrian: Nowak 1969, No. 171, El-Shamy 2004, Nos. 513C, 531； Lebanese: Nowak 1969, No. 176, El-Shamy 2004； Palestinian: Campbell 1854, 48ff., El-Shamy 2004, Nos. 513C, 531； Iraqi: Nowak 1969, Nos. 171, 176, El-Shamy 2004, No. 513C； Persian Gulf, Oman, Qatar: El-Shamy 2004, No. 513C； Kuwaiti, Yemenite: El-Shamy 2004, Nos. 513C, 531； Iranian: Marzolph 1984, No. 513C； Pakistani: Thompson/Roberts 1960； Indian: cf. Cosquin 1922a, 395, Thompson/Roberts 1960, Jason 1989； Chinese: Riftin er al. 1977, cf. No. 61, Ting 1978, Nos. 513C, 531； French-Canadian, French-American: Delarue/Tenèze 1964ff. II； Spanish-American, Mexican: Robe 1973； Mayan: Peñalosa 1992； Dominican: Hansen 1957, Nos. 531, 531**A； Panamanian, Puerto Rican, Chilean, Argentine: Hansen 1957； Venezuelan, Bolivian: Camarena/Chevalier 1995ff. II； West Indies: Flowers 1953； Egyptian: Littmann 1955, 37ff., El-Shamy 2004, Nos. 513C, 531； Tunisian: El-Shamy 2004, No. 513C； Algerian, Moroccan: Nowak 1969, No. 197, El-Shamy 2004, Nos. 513C, 531； Sudanese: El-Shamy 2004, Nos. 513C, 531； Namibian: Schmidt 1989 II, No. 1076； Malagasy: Haring 1982, No. 4.533.

532* ***The Magic Ox*** (previously ***Son of the Cow***). (God's Godson.)
Syrjanian: Rédei 1978, No. 31; Hungarian: MNK II; Rumanian: Schullerus 1928, Schullerus/Brednich et al. 1977, No. 102; Bulgarian: BFP; Greek: Klaar 1977, 49ff., Megas/Puchner 1998; Gypsy: MNK X 1.

533 ***The Speaking Horsehead.***
Arfert 1897, 8–11; BP II, 273–285; HDM 1(1930–33)307–311(W. Golther); Memmer 1935, 1–118; Rausmaa 1967; Lüthi 1969a, 117–130; cf. EM 2(1979)155–162(M. Rumpf); Scherf 1995 I, 67–70, 384–388, 699–701, II, 993–995; Dekker et al. 1997, 130–133; Röth 1998; Schmidt 1999; EM 10(2002)937–941(R. B. Bottigheimer).
Finnish: Rausmaa 1982ff. I, No. 82; Finnish-Swedish: Hackman 1917f. I, No. 110; Latvian: Arājs/Medne 1977; Lithuanian: Kerbelytė 1999ff. I; Karelian: Kecskeméti/Paunonen 1974; Swedish: Liungman 1961; Irish: Ó Súilleabháin/Christiansen 1963; English: Briggs 1970f. A II, 475ff.; French: Delarue/Tenèze 1964ff. II; Portuguese: Soromenho/Soromenho 1984f. I, No. 254, Cardigos(forthcoming); Dutch: Stalpaert/Joos 1971, 194ff.; Frisian: Kooi 1984a; Flemish: Meyer 1968; German: Ranke 1955ff. II, Tomkowiak 1993, 249, Grimm KHM/Uther 1996 II, No. 89; Italian: Cirese/Serafini 1975; Maltese: Mifsud-Chircop 1978; Hungarian: MNK II; Bulgarian: BFP, Koceva 2002; Polish: Krzyżanowski 1962f. I; Russian, Ukrainian: SUS; Turkish: Eberhard/Boratav 1953, Nos. 75, 240; Jewish: Jason 1975; Cheremis/Mari: Kecskeméti/Paunonen 1974, No. 676, Sabitov 1989; Mordvinian: Kecskeméti/Paunonen 1974; Kurdish: Džalila et al. 1989, No. 18; Armenian: Gullakjan 1990; Yakut: Ėrgis 1967, Nos. 111, 228; Georgian: Kurdovanidze 2000; Jordanian: El-Shamy 2004; Indian: Thompson/Roberts 1960, Blackburn 2001, Nos. 19, 41; Chinese: Ting 1978; French-Canadian: Delarue/Tenèze 1964ff. II; US-American: Baughman 1966; West Indies: Flowers 1953; Egyptian: El-Shamy 2004; Moroccan: Topper 1986, No. 13; East African: Arewa 1966; Sudanese: Klipple 1992; Namibian: Schmidt 1989 II, No. 972; Botswana: Schmidt 1989 II, No. 972; Malagasy: Haring 1982, Nos. 1.3.533, 3.2.533, 7.408, Klipple 1992.

535 ***The Boy Adopted by Tigers (Animals).***
Bosnian: cf. Leskien 1915, No. 37; Turkish: Eberhard/Boratav 1953, No. 36; Uzbek: Afzalov et al. 1963 I, 59ff., 474ff.; Indian: Tauscher 1959, No. 69, Thompson/Roberts 1960; Burmese: Kasevič/Osipov 1976, No. 148; Chinese: Ting 1978; West Indies: Karlinger/Pögl 1983, Nos. 6, 59, cf. No. 62.

537 ***The Flight on the Grateful Eagle*** (previously ***The Marvelous Eagle Gives the Hero a Box***).

BP IV, 103; cf. Anderson 1923, 165; Haavio 1955; Komoróczy 1964; Levin 1966; Kinnier Wilson 1969; Freydank 1971; Kinnier Wilson 1974; Schwarzbaum 1979, 66–69; EM 4(1984)494–499(W. Röllig); Levin 1994; Scherf 1995 I, 78–80, 125–128, II, 1142–1145; Röth 1998; Haul 2000.

Finnish: Rausmaa 1982ff. I, No. 83; Latvian: Svabe 1923f. III, 96ff. No. 40, 101ff. No. 4p, 108f. No. 4r, 111f. No. 4t, 112f. No. 4u, 114ff. No. 4v, 119 No. 4z; Lithuanian: Kerbelytė 1999ff. I; Karelian: Kecskeméti/Paunonen 1974; Syrjanian: Belinovič/Plesovskij 1958, 70ff.; Swedish: Schier 1974, No. 32; Norwegian: Hodne 1984, 160; Danish: Kristensen 1881ff. III, No. 31; Dutch: Meder/Bakker 2001, No. 245; German: Henßen 1963b, No. 15; Hungarian: MNK II; Slovakian: Polívka 1923ff. III, 450ff.; Croatian: Smičiklas 1910ff. 18, No. 48; Macedonian: Miliopoulos 1955, 35ff.; Rumanian: Bîrlea 1966 II, 118ff., 138ff., III, 426ff., 428ff.; Russian: Veršinin 1962, 59ff.; Byelorussian: Dobrovol'skij 1891ff. I, No. 28; Ukrainian: Popov 1957, 69ff., Lintur 1972, No. 36; Turkish: Eberhard/Boratav 1953, No. 34 IV; Jewish: Noy 1963a, No. 26, Jason 1965; Gypsy: Mode 1983ff. III, No. 189; Ossetian: Britaev/Kaloev 1959, 88ff.; Abkhaz: Šakryl 1975, Nos. 24, 28; Mordvinian: Kecskeméti/Paunonen 1974; Armenian: Gullakjan 1990; Siberian: Vasilenko 1955, No. 4; Ostjakian: Gulya 1968, No. 24; Kara-Kalpak: Volkov 1959, 35ff.; Uzbek: Afzalov et al. 1963 I, 35f.; Tuva: Taube 1978, Nos. 34, 49; Georgian: Kurdovanidze 2000; Saudi Arabian: cf. Müller 1902ff. II, No. 6, El-Shamy 2004; Oman: El-Shamy 2004; Chinese: cf. Levin 1986, No. 17; Algerian: Frobenius 1921ff. III, No. 1.

540 ***The Dog and the Sailor*** (previously ***The Dog in the Sea***).

EM 6(1990)1347f.(S. Ude-Koeller).

Finnish: Rausmaa 1982ff. I, No. 84; Finnish-Swedish: Hackman 1917f. I, No. 54; Danish: Kamp 1879f. I, No. 8, Christensen/Bødker 1963ff., No. 84; Dutch: Kooi 2003, No. 14; Frisian: Kooi 1984a, No. 443*; German: Kooi/Schuster 1994, No. 13.

545 ***The Cat as Helper.***

Rausmaa 1973c, 125–127; EM 7(1993)1069–1083, 1126–1131(I. Köhler-Zülch).

Finnish: Rausmaa 1982ff. I, 492; Estonian: Aarne 1918; Faeroese: Nyman 1984; Irish: Ó Súilleabháin/Christiansen 1963; Flemish: Meyer 1968, No. 545C*; Italian: Cirese/Serafini 1975, De Simone 1994, No. 19; Sardinian: Cirese/Serafini; Slovene: Bolhar 1959, 59ff.; Slovakian: Polívka 1923ff. V, No. 115ff.; Bulgarian: BFP; Greek: Laográphia 19(1961)569ff.; Polish: Krzyżanowski 1962f. I; Jewish: Jason 1965, 1975;

Ossetian: Bjazyrov 1958, No. 94; Buryat, Mongolian: Lőrincz 1979; Iraqi: Nowak 1969, No. 58; Afghan: Grjunberg/Steblin-Kamenskov 1976, No. 63; Indian: Jason 1989; Chinese: Grjunberg/Steblin-Kamenskov 1976, No. 64, Ting 1978; Spanish-American, Mexican: Robe 1973; Dominican: Hansen 1957; Mayan: Peñalosa 1992; Libyan: Nowak 1969, No. 58; Egyptian, Libyan, Algerian, Moroccan, Sudanese: El-Shamy 2004.

545A ***The Cat Castle.***

BP I, 331; EM 7(1993)1126 -1131(I. Köhler-Zülch); Scherf 1995 II, 949-953, 1133-1135; Dekker et al. 1997, 137f.

Finnish: Rausmaa 1982ff. I, No. 85; Finnish-Swedish: Hackman 1917f. I, No. 111; Lappish: Qvigstad 1927ff. III, No. 60; Karelian: Kecskeméti/Paunonen 1974; Swedish: Liungman 1961, No. 545AB; Norwegian: Hodne 1984; Greek: Laográphia 21 (1963/64)491ff.; Turkish: Eberhard/Boratav 1953, No. 34 III 1; Jewish: Jason 1975, 1988.

545B ***Puss in Boots.***

Köhler/Bolte 1898ff. I, 371f., 416, 558f.; Polívka 1900c; BP I, 325-334, III, 487; Wesselski 1931, 80-82; Roberts 1964, 39-44; Soriano 1968, esp. 171-179; Barchilon 1975, 13-36; Wolfzettel 1975; Escarpit 1986; Uther 1991; Uther 1992; EM 7(1993)1069-1083(I. Köhler-Zülch); Köhler-Zülch 1994; Scherf 1995 I, 313-317, 491-495, II, 871f.; Dekker et al. 1997, 137-139; Röth 1998.

Finnish: Rausmaa 1982ff. I, No. 86; Livonian: Loorits 1926; Latvian: Arājs/Medne 1977; Lithuanian: Kerbelytė 1999ff. I; Lappish, Karelian, Syrjanian: Kecskeméti/Paunonen 1974; Norwegian: Hodne 1984; Danish: Kristensen 1881ff. IV, No. 13; Irish: Ó Súilleabháin/Christiansen 1963; French: Delarue/Tenèze 1964ff. II, No. 545; Spanish, Basque: Camarena/Chevalier 1995ff. II; Portuguese: Soromenho/Soromenho 1984f. I, Nos. 28, 652, Cardigos(forthcoming); Frisian: Kooi 1984a; Flemish: Meyer 1968; German: Ranke 1955ff. II, No. 545, Grimm KHM/Rölleke 1986 I, No. 33, Tomkowiak 1993, 249f.; Italian: Cirese/Serafini 1975, Pitrè/Schenda et al. 1991, No. 37; Sardinian: Cirese/Serafini; Maltese: Mifsud-Chircop 1978; Hungarian: MNK II; Slovakian: Polívka 1929f. II, 109ff., Gašparíková 1991f. I, Nos. 85, 102, 194, 282, 287, 290; Macedonian: Čepenkov/Penušliski 1989 I, No. 53; Rumanian: Schullerus 1928; Bulgarian: BFP, Koceva 2002; Greek: Laográphia 19(1921)569ff., Loukatos 1957, No. 15, Laográphia 21(1963/64)491ff.; Russian, Byelorussian, Ukrainian: SUS; Turkish: Eberhard/Boratav 1953, No. 34(1-5); Jewish: Jason 1975; Gypsy: MNK X 1; Kurdish: Džalila et al. 1989, No. 155; Adygea: Alieva 1986; Tatar, Mordvinian,

Vogul/Mansi: Kecskeméti/Paunonen 1974; Yakut: Ėrgis 1967, No. 121; Buryat, Mongolian: Lőrincz 1979; Georgian: Kurdovanidze 2000; Iranian: Marzolph 1984, No. *545; Indian: Thompson/Roberts 1960; Sri Lankan: Schleberger 1985, No. 25; Chinese: Ting 1978; Indonesian: Vries 1925f. II, 406 No. 179; French-Canadian, French-American: Delarue/Tenèze 1964ff. II, No. 545; Spanish-American, Mexican: Robe 1973; Dominican: Hansen 1957; Venezuelan, Bolivian, Chilean, Argentine: Camarena/Chevalier 1995ff. II; West Indies: Flowers 1953; Egyptian, Algerian: Frobenius 1921ff. III, No. 26, El-Shamy 2004; Libyan: Nowak 1969, No. 52; Guinean, East African, Sudanese: Klipple 1992.

545A* ***The Magic Castle.***
EM 7(1993)1129f.
Danish: Kristensen 1881ff. II, No. 41, Holbek 1990, No. 16; Karelian: Kecskeméti/Paunonen 1974, No. 512*; Italian: Cirese/Serafini 1975, No. 545A; Greek: cf. Klaar 1963, 58ff., 67ff., Megas 1965, No. 51; Turkish: Eberhard/Boratav 1953, No. 34 IV 4, cf. Nos. 164, 132 IV 4; Jewish: cf. Noy 1963a, No. 19, Jason 1988a; Dagestan: Chalilov 1965, 211; Iraqi: Nowak 1969, No. 58; Saudi Arabian: Lebedev 1990, No. 33; Libyan: Nowak 1969, No. 58.

545D* ***The Pea King*** (previously ***The Bean King***).
BP III, 332; EM 7(1993)1076f., 1083 not. 61; Scherf 1995 II, 838–840; cf. El-Shamy 1999, No. 7.
Italian: Pitrè 1875, No. 87, Cirese/Serafini 1975, No. 545C*; Hungarian: MNK II; Slovene: Byhan 1958, 124ff., Bolhar 1974, 76ff.; Rumanian: Schullerus 1928, No. 545C*; Bulgarian: BFP, Nos. 545C*, *545D**, Koceva 2002, No. 545C*; Greek: Hahn 1918 /, No. 17, Dawkins 1953, No. 63, Megas 1965, No. 33; Jewish: Larrea Palacín 1952f. I, No. 58, Haboucha 1989, No. **859E; Gypsy: MNK X 1.

546 ***The Clever Parrot.***
Italian: Cirese/Serafini 1975; Abkhaz: Šakryl 1975, No. 9; Indian: Thompson/Roberts 1960, Mayeda/Brown 1974, No. 75; Chinese: Ting 1978.

550 ***Bird, Horse and Princess*** (previously ***Search for the Golden Bird***).
Chauvin 1892ff. VI, 5f. No. 182, 8f. No. 273; Köhler/Bolte 1898ff. I, 264f., 537–545; BP I, 503–515; Wesselski 1925, No. 28; HDM 2(1934–40)6–8(S. Liljeblad); Draak 1936; Wesselski 1938f.; Tubach 1969, No. 5214; Schwarzbaum 1980, 282; Uther 1981, 106–108; Grätz 1988, 202–205, 315, 368; Evetts-Secker 1989; Sorlin 1989;

Bausinger 1990, 246f.; Sorlin 1993; Haug 1995; Bluhm 1995, 108; Scherf 1995 I, 510–514; EM 8(1996)838–841; Dekker et al. 1997, 149–153; Röth 1998; Schmidt 1999; Marzolph/Van Leeuwen 2004, No. 375; EM: Vogel, Pferd und Königstochter (in prep.).

Finnish: Rausmaa 1982ff. I, No. 87; Finnish-Swedish: Hackman 1917f. I, No. 113; Estonian: Aarne 1918; Livonian: Loorits 1926, Nos. 550, 531B*; Latvian: Arājs/Medne 1977; Lithuanian: Basanavičius 1993f. I, Nos. 132, 137, II, Nos. 83, 148, Kerbelytė 1999ff. I; Lappish: Qvigstad 1925, Bartens 2003, No. 32; Livonian, Wepsian, Lydian, Karelian, Syrjanian: Kecskeméti/Paunonen 1974; Swedish: Liungman 1961; Norwegian: Hodne 1984; Danish: Christensen/Bødker 1963ff., No. 48; Faeroese: Nyman 1984; Irish: Ó Súilleabháin/Christiansen 1963; French: Delarue/Tenèze 1964ff. II; Spanish: Camarena/Chevalier 1995ff. II; Catalan: Oriol/Pujol 2003; Portuguese: Vasconcellos/Soromenho et al. 1963f. I, No. 312, Cardigos(forthcoming); Dutch: Tinneveld 1976, No. 210; Frisian: Kooi 1984a; Flemish: Meyer 1968; German: Ranke 1955ff. II, Uther 1990a, No. 26, Grimm KHM/Uther 1996 I, No. 57; Austrian: Haiding 1953, No. 71, Haiding 1969, No. 70; Italian: Cirese/Serafini 1975; Corsican: Massignon 1963, Nos. 4, 103; Sardinian: Cirese/Serafini; Maltese: Mifsud-Chircop 1978; Hungarian: MNK II; Czech: Tille 1929ff. II 1, 2ff.; Slovakian: Gašparíková 1991f., Nos. 25, 214, 230, 256, 287, 290, II, Nos. 379, 394, 555; Slovene: Bolhar 1974, 5ff., 22ff.; Serbian: Čajkanović 1934, No. 13, Panić-Surep 1964, No. 9; Macedonian: Piličkova 1992, No. 9; Rumanian: Schullerus 1928, Amzulescu 1974, No. 30; Bulgarian: BFP, Nos. 550, *550*, *550**, Koceva 2002, Nos. 550, *550**; Greek: Hahn 1918 I, No. 51, II, No. 72, Mousaios-Bougioukos 1976, 114ff., Megas/Puchner 1998; Polish: Krzyżanowski 1962f. I, Nos. 550, cf. 400B; Russian, Byelorussian, Ukrainian: SUS; Turkish: Eberhard/Boratav 1953, Nos. 76, 206; Jewish: Haboucha 1992; Gypsy: Briggs 1970f. A I, 365ff., MNK X 1; Ossetian: Bjazyrov 1958, Nos. 95–97; Cheremis/Mari: Kecskeméti/Paunonen 1974, Sabitov 1989; Chuvash, Tatar: Kecskeméti/Paunonen 1974; Kurdish: Džalila et al. 1989, No. 1; Armenian: Gullakjan 1990; Yakut: Ėrgis 1967, Nos. 123, 124; Uzbek: Reichl 1978, 78ff., Keller/Rachimov 2001, No. 2; Tuva: Taube 1978, Nos. 27, 33; Georgian: Kurdovanidze 2000; Syrian: Nowak 1969, Nos. 173, 175, El-Shamy 2004; Palestinian: Nowak 1969, Nos. 110, 173, El-Shamy 2004; Oman: El-Shamy 2004; Iranian: Marzolph 1984; Saudi Arabian, Kuwaiti: El-Shamy 1995 I, No. B102.1; Pakistani: Thompson/Roberts 1960; Indian: Thompson/Roberts 1960, Jason 1989; Burmese: Kasevič/Osipov 1976, Nos. 163, 190; Chinese: Riftin et al. 1977, No. 36, Ting 1978, Bäcker 1988, No. 29; Indonesian: Vries 1925f. I, No. 85; French-Canadian: Delarue/Tenèze 1964ff. II; US-American: Baughman 1966; French-American: Delarue/Tenèze 1964ff. II; Spanish-American: Baughman

1966, Robe 1973, Nos. 550, 560A*; Mexican: Robe 1973; Cuban: Hansen 1957, No. 550**B; Dominican: Hansen 1957, Nos. 550, 550**A; Puerto Rican: Hansen 1957, Nos. 307**A, 550; Mayan: Peñalosa 1992; Guatemalan: Camarena/Chevalier 1995ff. II; Chilean: Hansen 1957; West Indies: Flowers 1953; Egyptian: Nowak 1969, Nos. 116, 173, 240, El-Shamy 2004; Tunisian: Nowak 1969, No. 116; Algerian: Nowak 1969, No. 175, El-Shamy 2004; Moroccan: El-Shamy 2004; East African: Klipple 1992; Swahili: Velten 1898, 98ff., 119ff.; Sudanese: El-Shamy 2004; Namibian: Schmidt 1989 II, No. 1080.

551 ***Water of Life*** (previously ***The Sons on a Quest for a Wonderful Remedy for their Father***).

Schöll 1890; Chauvin 1892ff. VI, 7f. No. 183, 72ff. No. 239; Köhler/Bolte 1898ff. I, 562f.; Wünsche 1899; Wünsche 1905a; Wesselski 1925, No. 28; BP II, 394-401; HDM 2(1934-40)6-8(S. Liljeblad); Draak 1936; Dawkins 1937; Wesselski 1938f., 182f.; Tubach 1969, No. 5214; Uther 1981, 105-108; Bendix 1983; Jech 1989, 182-186; Sorlin 1993; Scherf 1995 I, 184-187, II, 816-819, 864-868, 1280-1285, 1305-1307, 1361-1363; EM 8(1996)838-841; Dekker et al. 1997, 408-411; Röth 1998; EM: Wasser des Lebens(in prep.).

Finnish: Rausmaa 1982ff. I, No. 88; Finnish-Swedish: Hackman 1917f. I, No. 114; Estonian: Aarne 1918; Latvian: Arājs/Medne 1977; Lithuanian: Basanavičius 1993f. I, Nos. 13, 106, Kerbelytė 1999ff. I; Lappish: Qvigstad 1925, Bartens 2003, No. 33; Karelian: Kecskeméti/Paunonen 1974; Swedish: Liungman 1961; Norwegian: Hodne 1984; Danish: Kristensen 1884ff. III, No. 41, Holbek 1990, No. 17; Icelandic: Sveinsson 1929; Irish: Ó Súilleabháin/Christiansen 1963; Scottish: Briggs 1970f. A I, 560f.; Welsh: Baughman 1966; English: Briggs 1970f. A I, 355ff., French: Delarue/Tenèze 1964ff. II; Spanish: Camarena/Chevalier 1995ff. II; Catalan: Oriol/Pujol 2003; Portuguese: Oliveira 1900ff. I, No. 166, II, No. 371, Cardigos(forthcoming); Frisian: Kooi 1984a; Flemish: Meyer 1968; German: Ranke 1955ff. II, Tomkowiak 1993, 250, Grimm KHM/Uther 1996 II, No. 97; Austrian: Haiding 1953, Nos. 6, 31, Haiding 1969, No. 70, Haiding 1977a, No. 17; Ladinian: Decurtins 1896ff. II, Nos. 27, 66, XIV, 90; Italian: Cirese/Serafini 1975; Corsican: Massignon 1963, Nos. 8, 103; Maltese: Mifsud-Chircop 1978; Hungarian: MNK II; Czech: Tille 1929ff. II 1, 18ff.; Slovakian: Gašparíková 1991f., Nos. 25, 214, 230, 247, 255, 256, 290, II, Nos. 379, 393, 394, 448, 555; Slovene: Bolhar 1974, 18ff.; Croatian: Valjavec 1890, No. 15; Rumanian: Schullerus 1928; Bulgarian: BFP, Koceva 2002; Greek: Laográphia 21(1963/64)491ff., Megas 1965, No. 53; Sorbian: Nedo 1956, No. 57; Polish: Krzyżanowski 1962f. I; Russian, Byelorussian, Ukrainian: SUS; Turkish: Eberhard/Boratav 1953, Nos. 72 V, 81,

206 III 1(var. g, l), 215 III(var. p), 215 IV 2, 220 III(var. c), 374 III 1(var. h); Jewish: Noy 1963a, No. 29, Jason 1965, 1975, 1988a; Gypsy: MNK X 1; Adygea: Alieva 1986; Cheremis/Mari: Kecskeméti/Paunonen 1974, Sabitov 1989; Tatar: Kecskeméti/Paunonen 1974; Chuvash: Mészáros 1912, No. 10; Armenian: Gullakjan 1990; Yakut: Ėrgis 1967, Nos. 135, 159, 169; Uzbek: Keller/Rachimov 2001, No. 4; Georgian: Kurdovanidze 2000; Syrian, Lebanese, Palestinian: El-Shamy 2004; Iraqi: Nowak 1969, No. 94, El-Shamy 2004; Persian Gulf, Oman, Kuwaiti, Qatar: El-Shamy 2004; Yemenite: Nowak 1969, No. 94, Daum 1983, No. 20, El-Shamy 2004; Iranian: Lorimer/Lorimer 1919, No. 7; Indian, Sri Lankan: Thompson/Roberts 1960; Chinese: Ting 1978, Bäcker 1988, Nos. 8, 16, 29; Japanese: Ikeda 1971, Inada/Ozawa 1977ff.; English-Canadian: Halpert/Widdowson 1996 I, Nos. 29–33; French-Canadian: Delarue/Tenèze 1964ff. II; US-American: Baughman 1966; French-American: Delarue/Tenèze 1964ff. II; Spanish-American, Mexican, Panamanian: Robe 1973; Dominican, Puerto Rican, Uruguayan: Hansen 1957; Mayan: Peñalosa 1992; Chilean: Hansen 1957, Nos. 551, 551**A; Argentine: Hansen 1957; West Indies: Flowers 1953; Cape Verdian: Parsons 1923b I, No. 43; Egyptian, Libyan, Tunisian, Algerian: El-Shamy 2004; Moroccan: Basset 1887, No. 109, El-Shamy 2004; East African: Klipple 1992; Sudanese: El-Shamy 2004.

552 ***The Girls Who Married Animals.***

Köhler/Bolte 1898ff. I, 419, 551–556; BP II, 190–199, III, 424–429; Horálek 1965; Paunonen 1967; Scherf 1995 I, 218–220, 226–228, 759–761, II, 853–856; Röth 1998; Anderson 2000, 150–152; EM: Tierschwäger(in prep.).

Finnish: Rausmaa 1982ff. I, Nos. 89, 90; Finnish-Swedish: Hackman 1917f. I, No. 112; Estonian: Aarne 1918, No. 552A, Loorits 1959, No. 115, Viidalepp 1980, No. 72; Latvian: Šmits 1962ff. IV, 266f., VII, 294ff., Arājs/Medne 1977, Nos. 552A, 552B; Lithuanian: Kerbelytė 1999ff. I, Nos. 552A, 552B; Lappish: Qvigstad 1925, No. 552A, Kecskeméti/Paunonen 1974, Bartens 2003, No. 35; Wepsian: Kecskeméti/Paunonen 1974, No. 552A; Karelian: Kecskeméti/Paunonen 1974, Nos. 552, 552A; Syrjanian: Kecskeméti/Paunonen 1974, No. 552B; Swedish: Liungman 1961, No. 552AB; Norwegian: Hodne 1984, Nos. 552A, 552B; Danish: Grundtvig 1854ff. I, No. 246, Grundtvig 1876ff. II, No. 3, Kristensen 1898, No. 11; Irish: Ó Súilleabháin/Christiansen 1963, Nos. 552A, 552B; French: Delarue/Tenèze 1964ff. II; Spanish: Camarena/Chevalier 1995ff. II, No. 552A; Catalan: Oriol/Pujol 2003, No. 552A; Portuguese: Oliveira 1900ff. II, Nos. 223, 244, Cardigos(forthcoming), No. 552A; German: Ranke 1955ff. II, Tomkowiak 1993, 250, Grimm KHM/Uther 1996 III, Nos. 163, 197; Austrian: Haiding 1953, No. 30; Italian: Cirese/Serafini 1975, Nos. 552, 552A, De Simone 1994, No. 66;

Hungarian: MNK II, No. 552A; Czech: Tille 1929ff. II 2, 3ff., 72ff.; Slovakian: Polívka 1923ff. II, 14ff., 27, 28ff., Michel 1944, 152ff., Gašparíková 1991f. I, Nos. 75, 210, 232, 266, 247, 255, 333, II, Nos. 408, 413, 448, 485, 582; Slovene: Ljubljanski zvon 11(1891) 557ff.; Serbian: Eschker 1992, No. 3; Croatian: Valjavec 1890, No. 1; Rumanian: Schullerus 1928, Bîrlea 1966 I, 401ff., III, 401ff.; Bulgarian: BFP, No. 552A, Koceva 2002, No. 552A; Greek: Dawkins 1950, No. 12, Megas 1956f. I, No. 27, Megas/Puchner 1998; Polish: Krzyżanowski 1962f. I; Russian: SUS, Nos. 552A, 552B, Byelorussian, Ukrainian: SUS, No. 552A; Turkish: Eberhard/Boratav 1953, Nos. 213 III, 213 IV, 218; Jewish: Jason 1975, Nos. 552, 552A; Gypsy: MNK X 1, No. 552A; Ossetian: Bjazyrov 1958, Nos. 98–100; Adygea: Alieva 1986, No. 552A; Cheremis/Mari: Kecskeméti/Paunonen 1974, Nos. 552, 552A, 552B, Sabitov 1989, No. 552A; Tatar: Kecskeméti/Paunonen 1974; Chuvash: Mészáros 1912, No. 7, Kecskeméti/Paunonen 1974; Kurdish: Džalila et al. 1989, No. 13; Armenian: Gullakjan 1990; Georgian: Kurdovanidze 2000, Nos. 552, 552A; Syrian: Nowak 1969, No. 135, El-Shamy 2004, Nos. 552, 552A; Palestinian: Nowak 1969, No. 190, El-Shamy 2004, No. 552A; Iraqi, Oman, Yemenite: El-Shamy 2004, No. 552A; Iranian: Marzolph 1984; Indian: Thompson/Roberts 1960, No. 552B; Chinese: Ting 1978, Nos. 552A, 552B; Japanese: Inada/Ozawa 1977ff., Nos. 552, 552A; French-Canadian: Delarue/Tenèze 1964ff. II, No. 552A; US-American: Baughman 1966; Spanish-American: Robe 1973, No. 552A; Filipino: Fansler 1921, No. 18; West Indies: Flowers 1953; Cape Verdian: Parsons 1923b I, No. 72; Egyptian: Nowak 1969, No. 190, El-Shamy 2004, Nos. 552, 552A; Tunisian: Nowak 1969, No. 190; Moroccan: El-Shamy 2004, Nos. 552, 552A; Sudanese: El-Shamy 2004, No. 552A.

554 ***The Grateful Animals.***

BP I, 131–134, II, 19–29, III, 426–429; Basset 1924ff. I, 165 No. 40; HDM 1(1930–33) 82–84, 90(L. Mackensen); HDM 1(1930–33)253–255(K. Heckscher); Wesselski 1931, 70–73, 124, 165f.; Besthorn 1935, 134; Wesselski 1942, No. 14; EM 3(1981)287–299(C. Lindahl); Scherf 1995 I, 89–92, 146–150, 541–544, 597–601, II, 853–856, 1240–1243, 1301–1304, 1325–1328, 1380–1383, 1406–1409; Röth 1998; El-Shamy 1999, No. 5; Schmidt 1999; Muktupavela 2001; Röhrich 2001, 81–83, 202; EM 11,1(2003)131f.(H.-J. Uther); Marzolph/Van Leeuwen 2004, Nos. 380, 383.

Finnish: Rausmaa 1982ff. I, No. 92; Finnish-Swedish: Hackman 1917f. I, Nos. 100, 101; Estonian: Aarne 1918; Livonian: Loorits 1926; Latvian: Arājs/Medne 1977, Nos. 554, *554**, *554D*–F*; Lithuanian: Kerbelytė 1999ff. I; Lappish: Qvigstad 1925, Nos. 554, 554*, Bartens 2003, No. 36; Livonian, Wepsian, Karelian, Syrjanian: Kecskeméti/Paunonen 1974; Swedish: Liungman 1961, Nos. GS553A, 554; Norwegian:

Hodne 1984; Danish: Kamp 1877, No. 96; Scottish: Briggs 1970f. A I, 470f.; Irish: Ó Súilleabháin/Christiansen 1963, Nos. 554, 556B*; English: Briggs 1970f. A I, 369; French: Delarue/Tenèze 1964ff. II; Spanish: Camarena/Chevalier 1995ff. II, González Sanz 1996; Catalan: Oriol/Pujol 2003; Portuguese: Pedroso 1985, No. 32, Cardigos (forthcoming); Flemish: Meyer 1968, Nos. 554, 554D*; German: Meier 1852, No. 75, Ranke 1955ff. II, Tomkowiak 1993, 250, Grimm KHM/Uther 1996 I, No. 17, II, Nos. 62, 107; Austrian: Haiding 1953, No. 38; Ladinian: Decurtins 1896ff. II, Nos. 2, 60, 646 No. 116; Italian: Visentini 1879, No. 21, Cirese/Serafini 1975, Nos. 554, 554B*; Sardinian: Cirese/Serafini, No. 554B*; Maltese: Mifsud-Chircop 1978; Hungarian: MNK II, Dömötör 2001, 287; Czech: Tille 1929ff. II 1, 317f., 374ff., II, 2, 171ff.; Slovakian: Gašparíková 1991f. I, Nos. 168, 170, 210, 273, II, Nos. 373, 376; Slovene: Kontler/Kompoljski 1923f. II, 37ff., Bolhar 1959, 23; Croatian: Valjavec 1890, Nos. 9, 13–15, Krauss/Burr et al. 2002, Nos. 42, 43; Macedonian: Čepenkov/Penušliski 1989 I, Nos. 52, 90; Rumanian: Bîrlea 1966 I, 197ff., III, 383; Bulgarian: BFP, Koceva 2002; Greek: Laográphia 5(1915/16)452–457, 21(1963–64)491ff., Klaar 1987, 18ff.; Sorbian: Nedo 1956, No. 58; Polish: Krzyżanowski 1965, Nos. 554, 666A; Russian, Byelorussian, Ukrainian: SUS; Turkish: Eberhard/Boratav 1953, No. 61; Jewish: Jason 1965, 1975; Gypsy: Briggs 1970f. A I, 369, MNK X 1; Ossetian: Bjazyrov 1958, Nos. 102, 103; Adygea: Alieva 1986; Cheremis/Mari: Kecskeméti/Paunonen 1974, Sabitov 1989; Kurdish: Džalila et al. 1989, No. 20; Armenian: Gullakjan 1990; Yakut: Ėrgis 1967, Nos. 122, 124, 168; Tadzhik: cf. Grjunberg/Steblin-Kamenskov 1976, No. 15; Kalmyk: Lőrincz 1979, No. 554G*; Mongolian: Lőrincz 1979, Nos. 554, 554D*–F*; Georgian: Kurdovanidze 2000; Syrian: El-Shamy 2004; Lebanese: Nowak 1969, No. 117; Palestinian: El-Shamy 2004, Nos. 554, 554B*; Iraqi: Nowak 1969, No. 220, El-Shamy 2004; Saudi Arabian: Fadel 1979, No. 14; Iranian: Marzolph 1984; Pakistani: Thompson/Roberts 1960; Indian, Sri Lankan: Bødker 1957a, No. 1101, Thompson/Roberts 1960, Jason 1989; Burmese: Kasevič/Osipov 1976, Nos. 17, 61, 163; Sri Lankan: Thompson/Roberts 1960; Chinese: Eberhard 1965, No. 67, cf. Grjunberg/Steblin-Kamenskov 1976, No. 27, Ting 1978, Nos. 554, 554D*; Korean: Choi 1979, Nos. 123, 205, 220; Indonesian: Vries 1925f. II, No. 154, 407 No. 184; Japanese: Ikeda 1971, Inada/Ozawa 1977ff.; Filipino: Wrigglesworth 1993, No. 28; French-Canadian, French-American: Delarue/Tenèze 1964ff. II; Spanish-American, Mexican: Robe 1973; Cuban: Hansen 1957, 554**C; Puerto Rican: Hansen 1957, Nos. 554, 554**A, 554**B; Mayan: Peñalosa 1992; Argentine: Hansen 1957; West Indies: Flowers 1953; Egyptian: Nowak 1969, No. 222, El-Shamy 2004, Nos. 554, 556E*; Libyan: Nowak 1969, No. 220; Algerian: El-Shamy 2004; Moroccan: Nowak 1969, No. 117, El-Shamy 2004, No. 554B*; Guinean: Klipple 1992; East African: Arewa 1966, Klipple 1992; Sudanese: Klipple 1992; Central African: Lambrecht 1967, Nos. 2410, 4278; Angolan: cf. Serauky 1988, 206f.; Namibian: Schmidt 1989 II, No. 1084; Malagasy: Haring 1982, Nos. 4.554, 7.554.1-7.554.3, Klipple 1992.

555 ***The Fisherman and His Wife.***
Chauvin 1892ff. VIII, 51f. No. 19; BP I, 138-148; Basset 1924ff. II, 18 No. 8; Wesselski 1925, No. 45; HDM 2(1934-40)129-131(R. Hünnerkopf); Rommel 1935; Wesselski 1942, No. 5; Meyer 1942, 103-111; Schwarzbaum 1968, 9, 442; Tubach 1969, No. 3650; Rölleke 1978; Kallenberger 1980; EM 4(1984)1232-1240(H. Rölleke); Runge/Neumann 1984, 41-46; Scherf 1995 II, 842-844, 1307-1312; Dekker et al. 1997, 277-279; Röth 1998; Schmidt 1999.
Finnish: Rausmaa 1982ff. I, No. 93; Finnish-Swedish: Hackman 1917f. I, No. 119; Estonian: Aarne 1918; Livonian: Loorits 1926; Latvian: Arājs/Medne 1977; Lithuanian: Kerbelytė 1999ff. I; Lappish: Kecskeméti/Paunonen 1974, Bartens 2003, No. 37; Wepsian, Wotian, Lydian, Karelian: Kecskeméti/Paunonen 1974; Swedish: Liungman 1961; Norwegian: Hodne 1984; Icelandic: Sveinsson 1929; Irish: Ó Súilleabháin/Christiansen 1963; English: Briggs 1970f. A I, 436ff.; French: Delarue/Tenèze 1964ff. II, Guerreau-Jalabert 1992, No. Q338; Spanish: Camarena/Chevalier 1995ff. II, González Sanz 1996; Catalan: Oriol/Pujol 2003; Portuguese: Vasconcellos/Soromenho et al. 1963f. I, No. 301, Cardigos(forthcoming); Dutch: Sinninghe 1943, Kooi 2003, No. 32; Frisian: Kooi 1984a; Flemish: Meyer 1968; Walloon: Legros 1962; German: Ranke 1955ff. II, Tomkowiak 1993, 250f., Grimm KHM/Uther 1996 I, No. 19, Bechstein/Uther 1997 I, No. 55; Austrian: Haiding 1953, 471; Italian: Cirese/Serafini 1975; Sardinian: Cirese/Serafini; Hungarian: MNK II; Czech: Tille 1929ff. II 2, 455; Serbian: Eschker 1992, No. 78; Slovakian: Polívka 1929f. II, 1ff.; Slovene: Tomažč 1942, 209ff.; Rumanian: Schullerus 1928; Bulgarian: BFP, Koceva 2002; Greek: Megas 1956 I, No. 21; Polish: Krzyżanowski 1962f. I; Russian: SUS, Nos. 555, cf. 555*; Byelorussian, Ukrainian: SUS; Turkish: Eberhard/Boratav 1953, Nos. 70, cf. 178(V); Jewish: Jason 1965, 1988a; Gypsy: MNK X 1; Ossetian: Bjazyrov 1958, No. 104; Cheremis/Mari: Kecskeméti/Paunonen 1974, Sabitov 1989; Mordvinian: Kecskeméti/Paunonen 1974; Lebanese, Iraqi: Nowak 1969, No. 53; Kuwaiti: El-Shamy 2004; Indian: Jason 1989; Chinese: Ting 1978, Nos. 555, cf. 555*, Bäcker 1988, No. 15; Korean: Choi 1979, No. 125; Indonesian: Vries 1925ff. II, No. 100, 407 No. 185; Japanese: Ikeda 1971; French-Canadian, French-American: Delarue/Tenèze 1964ff. II; Spanish-American: Robe 1973; Cuban, Puerto Rican: Hansen 1957; Bolivian: Camarena/Chevalier 1995ff. II; Brazilian: Alcoforado/Albán 2001, No. 34; West Indies: Flowers 1953; Egyptian: Nowak 1969, No. 53, El-Shamy 2004; Libyan: Nowak 1969, No. 53;

Tunisian: El-Shamy 2004; Namibian: Schmidt 1989 II, No. 1086.

556F* ***The Shepherd in the Service of a Witch.***
Lithuanian: Kerbelytė 1999ff. I; French: Tenèze/Hüllen 1961, No. 25; German: Henßen 1963, 37ff.; Austrian: Zaunert 1926, 269ff.; Hungarian: MNK II; Slovakian: Polívka 1923ff. II, 28ff., 39ff., 63ff., Michel 1944, 48ff., Kosová-Kolečányi 1988, 45ff.; Serbian: Leskien 1915, No. 23; Rumanian: Karlinger/Bîrlea 1969, Nos. 8, 11; Ukrainian: Javorskij 1915, No. 42; Gypsy: MNK X 1.

559 ***Dungbeetle.***
Köhler/Bolte 1898ff. I, 93-95; BP II, 454f.; Propp 1939; Schwarzbaum 1968, 297; Tubach 1969, No. 1824; Scherf 1995 I, 244-247, II, 873-878, 1030-1032, 1423-1425; EM 8(1996)700-707(C. Shojaei Kawan); Röth 1998; EM 9(1999)717-722(K. Pöge-Alder); Levin 2000.
Finnish: Rausmaa 1982ff. I, No. 94, II, Nos. 89, 91; Estonian: Aarne 1918; Latvian: Arājs/Medne 1977; Lithuanian: Kerbelytė 1999ff. I; Karelian: Kecskeméti/Paunonen 1974; Norwegian: Hodne 1984; Danish: Christensen/Bødker 1963ff., No. 118; Scottish: Baughman 1966; Irish: Ó Súilleabháin/Christiansen 1963; French: Delarue/Tenèze 1964ff. II; Spanish: Camarena/Chevalier 1995ff. II, González Sanz 1996; Catalan: Oriol/Pujol 2003; Portuguese: Oliveira 1900ff. II, No. 412, Cardigos (forthcoming); Flemish: Meyer 1968; German: Ranke 1955ff. II; Austrian: Haiding 1953, No. 25, Haiding 1969, No. 15; Italian: Cirese/Serafini 1975; Hungarian: MNK II; Czech: Tille 1921, 231; Croatian: Vujkov 1953, 378ff.; Bulgarian: BFP, Koceva 2002; Greek: Megas/Puchner 1998; Russian, Byelorussian, Ukrainian: SUS; Jewish: Jason 1975; Gypsy: Briggs 1970f. A I, 314ff., MNK X 1; Ossetian: Bjazyrov 1958, Nos. 105, 106; Cheremis/Mari: Kecskeméti/Paunonen 1974, Sabitov 1989; Mordvinian: Kecskeméti/Paunonen 1974; Yakut: Ėrgis 1967, No. 170; French-Canadian, French-American: Delarue/Tenèze 1964ff. II; North American Indian: Thompson 1919, 411ff.; Spanish-American, Mexican, Panamanian: Robe 1973; Bolivian: Camarena/Chevalier 1995ff. II; Brazilian: Cascudo 1955a, 139ff., Alcoforado/Albán 2001, No. 35; West Indies: Flowers 1953; Egyptian: El-Shamy 2004; East African: Reinisch 1879, No. 9, Arewa 1966, No. 4203, Klipple 1992.

MAGIC OBJECTS 560–649

560 *The Magic Ring.*
Chauvin 1892ff. II, 196 No. 24, V, 68ff. No. 20; Aarne 1908, 1-82; BP II, 451-458, III, 426-429; Krohn 1931a, 48-53; Leach 1961, 203-208; Schwarzbaum 1968, 90; Bascom 1975, No. 48,1-8; EM 1(1977)esp. 245f.; Uther 1987; Scherf 1995 I, 1-3, 211-214, 558f., 602-605; Röth 1998; Schmidt 1999; Marzolph/Van Leeuwen 2004, No. 380; EM: Zauberring(in prep.).
Finnish: Rausmaa 1982ff. I, No. 95; Finnish-Swedish: Hackman 1917f. I, No. 120; Latvian: Arājs/Medne 1977; Lithuanian: Basanavičius 1993f. I, No. 125, II, No. 14, Kerbelytė 1999ff. I; Lappish: Kecskeméti/Paunonen 1974, Bartens 2003, No. 38; Livonian, Lappish, Wepsian, Lydian, Karelian, Syrjanian: Kecskeméti/Paunonen 1974; Swedish: Liungman 1961; Norwegian: Hodne 1984; Danish: Grundtvig 1876ff. II, No. 3; Irish: Ó Súilleabháin/Christiansen 1963; English: Baughman 1966, Briggs 1970f. A I, 334ff.; French: Delarue/Tenèze 1964ff. II; Spanish: Camarena/Chevalier 1995ff. II; Catalan: Oriol/Pujol 2003; Portuguese: Oliveira 1900ff. II, Nos. 230, 438, Cardigos(forthcoming); Frisian: Kooi 1984a; Flemish: Meyer 1968; German: Ranke 1955ff. II, Berger 2001; Italian: Cirese/Serafini 1975; Corsican: Massignon 1963, Nos. 73, 91; Hungarian: MNK II; Czech: Tille 1929ff. I, 208ff.; Slovakian: Gašparíková 1991f. I, Nos. 92, 130, 152, 280, 292, II, Nos. 392, 437; Slovene: Bolhar 1974, 26ff.; Serbian: Đjorđjevič/Milošević-Đjorđjevič 1988, No. 85; Croatian: Bošković-Stulli 1975b, No. 16; Rumanian: Schullerus 1928; Bulgarian: BFP, Koceva 2002; Greek: Hahn 1918 I, No. 9, Dawkins 1950, No. 4, Laográphia 21(1963-64)491ff.; Polish: Krzyżanowski 1962f. I; Russian: SUS, Nos. 560, 560*; Byelorussian: SUS, Nos. 560, 560*, 560**; Ukrainian: SUS; Turkish: Eberhard/Boratav 1953, Nos. 58, 173 V; Jewish: Jason 1965, 1975; Gypsy: Briggs 1970f. A I, 334ff., MNK X 1; Ossetian: Bjazyrov 1958, Nos. 107, 108; Abkhaz: Šakryl 1975, Nos. 28, 46; Cheremis/Mari: Kecskeméti/Paunonen 1974, Sabitov 1989; Tatar, Mordvinian: Kecskeméti/Paunonen 1974; Armenian: Gullakjan 1990; Yakut: Ėrgis 1967, Nos. 122, 138, 150, 211; Tadzhik: Grjunberg/Steblin-Kamenskov 1976, 28; Kalmyk, Buryat, Mongolian: Lőrincz 1979; Georgian: Kurdovanidze 2000; Syrian: Nowak 1969, 148, El-Shamy 2004; Aramaic: Arnold 1994, No. 5; Palestinian: Nowak 1969, No. 55, El-Shamy 2004; Jordanian: Nowak 1969, No. 128, El-Shamy 2004; Iraqi, Oman, Kuwaiti, Qatar, Yemenite: El-Shamy 2004; Saudi Arabian: Nowak 1969, No. 128; Iranian: Marzolph 1984; Pakistani: Thompson/Roberts 1960; Indian: Thompson/Roberts 1960, Jason 1989; Sri Lankan: Thompson/Roberts 1960; Burmese: Kasevič/Osipov 1976, No. 149; Nepal-

ese: Sakya/Griffith 1980, 80ff.; Chinese: Ting 1978; Korean: Choi 1979, Nos. 265, 266; Indonesian: Vries 1925f. I, Nos. 67, 88; Japanese: Ikeda 1971, Inada/Ozawa 1977ff.; French-Canadian, French-American: Delarue/Tenèze 1964ff. II; Spanish-American, Mexican, Guatemalan: Robe 1973; Dominican, Puerto Rican, Chilean: Hansen 1957; Mayan: Peñalosa 1992; Venezuelan, Ecuadorian, Argentine: Camarena/Chevalier 1995ff. II; West Indies: Flowers 1953; Cape Verdian: Parsons 1923b I, No. 86; Egyptian: Nowak 1969, Nos. 55, 168, El-Shamy 2004; Algerian: El-Shamy 2004; Moroccan: Basset 1897, No. 111, Nowak 1969, No. 148, El-Shamy 2004; Guinean, East African: Klipple 1992; Sudanese: Klipple 1992, El-Shamy 2004; Zanzanian: El-Shamy 2004; Malagasy: Haring 1982, No. 7.560, Klipple 1992.

561 *Aladdin.*

Zotenberg 1888; Chauvin 1892ff. V, 37ff. No. 365, 55ff. No. 19, 221ff. No. 130; Aarne 1908, 1–82; Littmann 1921ff. II, 659–791, VI, 650, 685f.; BP II, 547–549; Basset 1924ff. I, No. 23; Gerhardt 1963, 313, 322–328; Horálek 1969b, 162–169; Mylius 1974; EM 1(1977)240–247(K. Ranke); Uther 1987; Walther 1987, 113–123; Marzolph 1995a; Scherf 1995 I, 8–13; Dekker et al. 1997, 39–41; Röth 1998; Fambrini 1999; Marzolph/Van Leeuwen 2004, No. 346.

Finnish: Rausmaa 1982ff. I, No. 96; Estonian: Aarne 1918; Latvian: Arājs/Medne 1977; Lithuanian: Basanavičius/Aleksynas 1993f. I, No. 133, Kerbelytė 1999ff. I; Lappish: Qvigstad 1925, Bartens 2003, No. 39; Karelian: Kecskeméti/Paunonen 1974; Swedish: Liungman 1961; Norwegian: Hodne 1984; Danish: Kristensen 1896f. II, No. 20; Irish: Ó Súilleabháin/Christiansen 1963; French: Delarue/Tenèze 1964ff. II; Spanish: Camarena/Chevalier 1995ff. II; Catalan: Oriol/Pujol 2003; Dutch: Tinneveld 1976, No. 4; Flemish: Meyer 1968; German: Ranke 1955ff. II, cf. Grimm KHM/Rölleke 1986 I, No. 85d, Berger 2001, No. 561*; Ladinian: Decurtins 1896ff. II, No. 57, XIV, 87; Italian: Cirese/Serafini 1975, De Simone 1994, No. 74; Corsican: Massignon 1963, No. 7; Sardinian: Cirese/Serafini; Maltese: Mifsud-Chircop 1978; Hungarian: MNK II; Czech: Tille 1929ff. I, 6ff.; Slovakian: Gašparíková 1991f. I, Nos. 92, 130, 152, 216, 288, 292, II, No. 528; Slovene: Slovenski gospodar 21(1888)21f., 29f.; Croatian: Valjavec 1890, No. 11, Bošković-Stulli 1963, No. 40; Rumanian: Schullerus 1928, Bîrlea 1966 II, 320ff., III, 442ff.; Albanian: Camaj/Schier-Oberdorffer 1974, Nos. 16, 38; Greek: Dawkins 1953, No. 8, Laográphia 21(1963–64)491ff.; Polish: Krzyżanowski 1962f. I; Russian, Byelorussian, Ukrainian: SUS; Turkish: Eberhard/Boratav 1953, Nos. 97, 180; Jewish: Noy 1963a, No. 30, Jason 1965, 1975; Gypsy: MNK X 1; Ossetian: Bjazyrov 1958, No. 109; Cheremis/Mari: Kecskeméti/Paunonen 1974, Sabitov 1989; Armenian: Gullakjan 1990; Kalmyk: Vatagin 1964, 61ff.;

Georgian: Kurdovanidze 2000; Syrian: Nowak 1969, No. 148; Iraqi: Nowak 1969, No. 217, El-Shamy 2004; Persian Gulf, Qatar: El-Shamy 2004; Indian: Thompson/Roberts 1960, Jason 1989; Sri Lankan: Thompson/Roberts 1960; Chinese: Ting 1978; Filipino: Fansler 1921, No. 10; French-Canadian: Delarue/Tenèze 1964ff. II; Chilean: Pino-Saavedra 1964, No. 15; West Indies: Flowers 1953; Cape Verdian: Parsons 1923b I, No. 127; Egyptian: Nowak 1969, No. 222, El-Shamy 2004; Tunisian: Nowak 1969, Nos. 215, 217, El-Shamy 2004; Algerian: El-Shamy 2004; Moroccan: Nowak 1969, Nos. 148, 222, El-Shamy 2004.

562 ***The Spirit in the Blue Light.***
Aarne 1908, 3-83; Wesselski 1925, 244f.; BP II, 535-549; Horálek 1969b, 162-164; Röhrich 2001, 214f.; Uther 1987; EM 5(1987)928-933(E. Tucker); Scherf 1995 I, 98-101, 301-303, II, 775-778; Dekker et al. 1997, 364-368; Röth 1998 ; Marzolph/Van Leeuwen 2004, Nos. 412, 545.
Finnish: Rausmaa 1982ff. I, No. 97; Finnish-Swedish: Hackman 1917f. I, No. 121; Estonian: Aarne 1918, Viidalepp 1980, No. 75; Latvian: Arājs/Medne 1977; Lithuanian: Kerbelytė 1999ff. I; Wepsian, Karelian: Kecskeméti/Paunonen 1974; Swedish: Liungman 1961; Norwegian: Hodne 1984; Danish: Holbek 1990, No. 18, Andersen/Perlet 1996 I, No. 1; Irish: Ó Súilleabháin/Christiansen 1963; French: Delarue/Tenèze 1964ff. II; Frisian: Kooi 1984a; Flemish: Meyer 1968; German: Ranke 1955ff. II, Grimm KHM/Uther 1996 II, No. 116; Austrian: Haiding 1953, 469; Ladinian: Uffer 1973, No. 16; Italian: Cirese/Serafini 1975; Sardinian: Cirese/Serafini; Hungarian: MNK II; Czech: Tille 1929ff. I, 606ff.; Slovakian: Gašparíková 1991f. I, No. 130; Slovene: Šašelj 1906f. II, 219ff.; Bosnian: Krauss/Burr et al. 2002, No. 44; Macedonian: Čepenkov/Penušliski 1989 III, 235; Bulgarian: BFP, Koceva 2002; Greek: Megas/Puchner 1998; Polish: Krzyżanowski 1962f. I; Russian, Byelorussian, Ukrainian: SUS; Turkish: Eberhard/Boratav 1953, No. 219; Jewish: Jason 1965, 1975; Gypsy: MNK X 1; Chuvash: Mészáros 1912, No. 4; Indian: Thompson/Roberts 1960, Jason 1989; Sri Lankan: Thompson/Roberts 1960; Japanese: Ikeda 1971; French-Canadian: Delarue/Tenèze 1964ff. II; US-American: Baughman 1966; French-American: Delarue/Tenèze 1964ff. II; Sudanese: El-Shamy 2004.

563 ***The Table, the Donkey and the Stick.***
Chauvin 1892ff. V, 257ff. No. 154, 261ff. No. 154; Aarne 1909b; Krohn 1931a, 48-53; BP I, 346-361, II 104-106; Liungman 1961, 167-172; Scherf 1995 I, 229-233, 286-289, 368-370, II, 1198-1201, 1202-1204; Dekker et al. 1997, 360-364; Röth 1998; Schmidt 1999; EM: Tischleindeckdich(in prep.).

Finnish: Rausmaa 1982ff. I, No. 98; Finnish-Swedish: Hackman 1917f. I, No. 122; Estonian: Aarne 1918; Latvian: Arājs/Medne 1977; Lithuanian: Basanavičius/Aleksynas 1993f. I, Nos. 29, 107, II, Nos. 161, 161a, Kerbelytė 1999ff. I; Lappish: Kecskeméti/Paunonen 1974, Bartens 2003, Nos. 39, 46; Livonian, Wepsian, Lydian, Karelian, Syrjanian: Kecskeméti/Paunonen 1974; Swedish: Liungman 1961; Norwegian: Hodne 1984; Danish: Kristensen 1881ff. III, No. 34; Faeroese: Nyman 1984; Icelandic: Sveinsson 1929; Irish: Ó Súilleabháin/Christiansen 1963; English: Baughman 1966, Briggs 1970f. A I, 478ff.; French: Delarue/Tenèze 1964ff. II; Spanish, Basque: Camarena/Chevalier 1995ff. II; Catalan: Oriol/Pujol 2003; Portuguese: Oliveira 1900ff. I, No. 11, Cardigos(forthcoming), Nos. 563, 563*A; Dutch: Sinninghe 1943; Frisian: Kooi 1984a, Kooi/Schuster 1994, No. 14; Flemish: Meyer 1968; Walloon: Legros 1962; German: Ranke 1955ff. II, Tomkowiak 1993, 251, Grimm KHM/Uther 1996 I, No. 36; Swiss: Büchli/Brunold-Bigler 1989ff. III, 156ff.; Austrian: Haiding 1953, No. 40; Ladinian: Decurtins 1896ff. II, No. 18; Italian: Cirese/Serafini 1975, Pitrè/Schenda et al. 1991, No. 19, Appari 1992, No. 34, De Simone 1994, No. 38; Corsican: Ortoli 1883, 171 No. 23, Massignon 1963, Nos. 28, 31, 50, 74; Hungarian: MNK II; Czech: Tille 1929ff. I, 516ff., 525ff.; Slovakian: Gašparíková 1991f. I, Nos. 156, 217, 222, 291, 319, II, Nos. 451, 582, Gašparíková 2000, No. 14; Slovene: Kres 4(1884)451, Krauss/Burr et al. 2002, No. 45; Croatian: Valjavec 1890, No. 19, Bošković-Stulli 1975b, No. 3; Macedonian: Popvasileva 1983, Nos. 95, 116, 118, 126, Čepenkov/Penušliski 1989 I, No. 61; Rumanian: Schullerus 1928; Bulgarian: BFP, Koceva 2002; Greek: Hallgarten 1929, 160ff., Loukatos 1957, 121ff., Megas/Puchner 1998; Polish: Krzyżanowski 1962f. I; Russian, Byelorussian, Ukrainian: SUS; Turkish: Eberhard/Boratav 1953, No. 176; Jewish: Noy 1965, No. 3, Haboucha 1992; Gypsy: Briggs 1970f. A I, 478ff., MNK X 1; Adygea: Alieva 1986; Cheremis/Mari: Kecskeméti/Paunonen 1974, Sabitov 1989; Chuvash, Tatar, Mordvinian, Vogul/Mansi: Kecskeméti/Paunonen 1974; Armenian: Gullakjan 1990; Yakut: Ėrgis 1967, Nos. 108, 111, 131, 149, 153, 154, 227, 235; Kalmyk, Mongolian: Lőrincz 1979; Georgian: Kurdovanidze 2000; Syrian: El-Shamy 2004; Palestinian: Nowak 1969, No. 303, El-Shamy 2004; Jordanian, Iraqi, Qatar: El-Shamy 2004; Yemenite: Nowak 1969, No. 216, El-Shamy 2004; Iranian: Marzolph 1984; Afghan: cf. Grjunberg/Steblin-Kamenskov 1976, No. 39; Indian: Thompson/Roberts 1960, Jason 1989; Pakistani, Sri Lankan: Thompson/Roberts 1960; Nepalese: Unbescheid 1987, No. 22; Chinese: Grjunberg/Steblin-Kamenskov 1976, No. 61, Ting 1978; Thai: Velder 1968, No. 3; Indonesian: Vries 1925f. II, No. 91, 407 No. 187; Japanese: Ikeda 1971; Filipino: Fansler 1921, Nos. 231, 237; English-Canadian: Halpert/Widdowson 1996 I, No. 34; French-Canadian: Delarue/Tenèze 1964ff. II; North American Indian: Thompson 1919, 413f.; US-American:

Baughman 1966; French-American: Delarue/Tenèze 1964ff. II; Spanish-American, Mexican: Robe 1973; Cuban, Dominican, Puerto Rican, Chilean: Hansen 1957; Guatemalan, Bolivian, Chilean: Camarena/Chevalier 1995ff. II; Brazilian: Romero/Cascudo, 263ff.; West Indies: Flowers 1953; Cape Verdian: Parsons 1923b I, Nos. 35, 35a, 35b; Egyptian, Algerian: El-Shamy 2004; Tunisian: Nowak 1969, No. 216, El-Shamy 2004; Moroccan: Basset 1897, No. 102, Laoust 1949 I, 114ff., II, 192ff., El-Shamy 2004; Guinean: Klipple 1992; Benin: Wekenon Tokponto 2003, 93ff.; Chadian: Jungraithmayr 1981, Nos. 12, 13, 21; Cameroon: Kosack 2001, 245; East African, Sudanese, Congolese: Seiler-Dietrich 1980, No. 16, Klipple 1992; Namibian: Schmidt 1989 II, No. 1089; South African: Coetzee et al. 1967, Klipple 1992; Malagasy: Haring 1982, No. 4.563.

564 ***The Magic Providing Purse*** (previously ***The Magic Providing Purse and "Out, Boy, out of the Sack!"***).

Aarne 1909b; Krohn 1931a, 48–53; Asmussen 1965; Jason 1988b, 114–136; Scherf 1995 I, 420–423, II, 1202–1204; Röth 1998; EM 10(2002)1450–1454(C. Goldberg).

Finnish: Rausmaa 1982ff. I, No. 99; Finnish-Swedish: Hackman 1917f. I, No. 122; Estonian: Aarne 1918, Loorits 1959, No. 118, Viidalepp 1980, No. 77; Latvian: Arājs/Medne 1977; Lithuanian: Kerbelytė 1999ff. I; Livonian, Lappish, Wepsian, Lydian, Karelian, Syrjanian: Kecskeméti/Paunonen 1974; Swedish: Liungman 1961; Irish: Ó Súilleabháin/Christiansen 1963; French: Delarue/Tenèze 1964ff. II; Catalan: Oriol/Pujol 2003; Frisian: Kooi 1984a, Kooi/Schuster 1994, No. 14; Flemish: Meyer 1968; German: Meyer 1932, Woeller 1959, No. 40, Berger 2001, No. 563*; Italian: Cirese/Serafini 1975; Czech: Tille 1929ff. I, 523f., 525ff.; Slovakian: Gašparíková 1991f. I, Nos. 217, 222, 291, II, No. 582; Croatian: cf. Bošković-Stulli 1963, No. 40; Macedonian: Popvasileva 1983, No. 65; Polish: Krzyżanowski 1962f. I; Russian, Byelorussian, Ukrainian: SUS; Jewish: Jason 1965, 1988a; Ossetian: Bjazyrov 1958, Nos. 110, 111; Cheremis/Mari: Kecskeméti/Paunonen 1974, Sabitov 1989; Chuvash: Paasonen et al. 1949, No. 13, Kecskeméti/Paunonen 1974; Tatar, Mordvinian, Vogul/Mansi: Kecskeméti/Paunonen 1974; Udmurt: Kralina 1961, No. 62; Siberian: Doerfer 1983, Nos. 20, 39; Yakut: Ėrgis 1967, No. 152; Kalmyk: Ostroumov 1892, No. 6; Buryat, Mongolian: Lőrincz 1979; Georgian: Kurdovanidze 2000; Yemenite: El-Shamy 2004; Indian: Thompson/Roberts 1960; Nepalese: cf. Unbescheid 1987, No. 22; French-American: Delarue/Tenèze 1964ff. II; Spanish-American: TFSP 6(1927)45ff., 27(1957)87f.; Spanish-American, Dominican, Puerto Rican: Hansen 1957; Egyptian, Moroccan: El-Shamy 2004; Tunisian: Nowak 1969, No. 216, El-Shamy 2004.

565 ***The Magic Mill.***

Aarne 1909b, 67, 80; Krohn 1931a, 48–53; BP II, 438–440; HDM 1(1930–1933)320–323(W. Heiligendorff); Christiansen 1959, 154–187; Liungman 1961, 167–172; Schwarzbaum 1968, 245; Fabula 22(1981)37, 50; Jason 1988b; Scherf 1995 II, 885–889, 1167f.; Dekker et al. 1997, 424–426; Röth 1998; Schmidt 1999; EM: Wundermühle(in prep.).

Finnish: Rausmaa 1982ff. I, No. 100; Finnish-Swedish: Hackman 1917f. I, Nos. 32b (9), 124; Estonian: Aarne 1918; Livonian: Loorits 1926; Latvian: Arājs/Medne 1977; Lithuanian: Kerbelytė 1999ff. I; Lappish, Karelian: Kecskeméti/Paunonen 1974; Swedish: Liungman 1961; Norwegian: Hodne 1984; Danish: Kristensen 1881ff. I, No. 27, Christensen/Bødker 1963ff., No. 45; Faeroese: Nyman 1984; Icelandic: Sveinsson 1929; Scottish: Briggs 1970f. A I, 427f.; Irish: Ó Súilleabháin/Christiansen 1963; French: Delarue/Tenèze 1964ff. II; Spanish: Camarena/Chevalier 1995ff. II; Catalan: Oriol/Pujol 2003; Portuguese: Oliveira 1900ff. II, No. 277, Cardigos(forthcoming); Dutch: Meder/Bakker 2001, No. 154, Kooi 2003, No. 29; Frisian: Kooi 1984a, Kooi/Schuster 1993, No. 10; German: Ranke 1955ff. II, Tomkowiak 1993, 251, Grimm KHM/Uther 1996 II, No. 103; Austrian: Haiding 1953, No. 4; Maltese: Mifsud-Chircop 1978; Hungarian: MNK II; Czech: Tille 1929ff. I, 530f.; Slovakian: Gašparíková 1991f. I, No. 156, II, No. 451; Slovene: Brezovnik 1894, 97ff.; Macedonian: Popvasileva 1983, No. 54; Bulgarian: BFP, No. 565, cf. No. *480C**, Koceva 2002; Greek: Kretschmer 1917, No. 50, Megas/Puchner 1998; Polish: Krzyżanowski 1962f. I, No. 565, cf. No. 738; Russian: SUS, Nos. 565, 565*, 565A*; Ukrainian: SUS; Jewish: Noy 1963a, No. 31, Jason 1965, 1975; Cheremis/Mari: Sabitov 1989; Yakut: Ėrgis 1967, Nos. 146, 147; Syrian: El-Shamy 2004; Aramaic: Arnold 1994, No. 1; Chinese: Ting 1978; Korean: Choi 1979, No. 264; Indonesian: Vries 1925f. II, No. 155, 407 No. 189; Japanese: Ikeda 1971, Inada/Ozawa 1977ff.; French-Canadian: Delarue/Tenèze 1964ff. II; US-American: Roberts 1974, No. 137; French-American: Ancelet 1994, No. 24; South American Indian: Wilbert/Simoneau 1992, No. D1472.19; West Indies: Flowers 1953; Egyptian: El-Shamy 1995 I, No. A1115.2; Moroccan: Stumme 1895, No. 32; Congolese: Klipple 1992.

566 ***The Three Magic Objects and the Wonderful Fruits.*** (Fortunatus.)

Chauvin 1892ff. VI, 166ff. No. 371E; Köhler/Bolte 1898ff. I, 479–481; Aarne 1908, 83–142; Wesselski 1925, No. 44; BP I, 464–485, III, 3–9; HDM 2(1934–40)200–207(H. Diewerge); Liungman 1961, 172–174; Schwarzbaum 1968, 256; Tubach 1969, No. 2153; Valckx 1975; Hoffmeister 1985; EM 5(1987)7–14(H.-J. Uther); Mühlherr 1993; Ohno 1993; Scherf 1995 I, 458–462, 755–758, II, 989–990; Dekker et al. 1997,

133–136; Röth 1998; Verfasserlexikon 11,1(2000)450f.(A. Mühlherr); Rubini 2003. Finnish: Rausmaa 1982ff. I, No. 101; Finnish-Swedish: Hackman 1917f. I, Nos. 125, 137; Estonian: Aarne 1918; Latvian: Arājs/Medne 1977; Lithuanian: Kerbelytė 1999ff. I; Lappish, Livonian, Wepsian: Kecskeméti/Paunonen 1974; Swedish: Liungman 1961; Norwegian: Hodne 1984; Danish: Kristensen 1881ff. I, Nos. 42, 46, II, No. 44, III, Nos. 21, 55; Icelandic: Sveinsson 1929; Irish: Ó Súilleabháin/Christiansen 1963, No. 566, cf. No. 580*, O'Sullivan 1966, No. 28; English: Briggs 1970f. A I, 245ff.; French: Delarue/Tenèze 1964ff. II; Spanish, Basque: Camarena/Chevalier 1995ff. II; Catalan: Oriol/Pujol 2003; Portuguese: Oliveira 1900ff. I, No. 49, II, No. 304, Cardigos(forthcoming); Dutch: Sinninghe 1943; Frisian: Kooi 1984a; Flemish: Meyer 1968, Meyer/Sinninghe 1976; German: Ranke 1955ff. II, Tomkowiak 1993, 251f., Grimm KHM/Uther 1996 II, No. 122; Austrian: Haiding 1953, No. 12; Italian: Cirese/Serafini 1975, Pitrè/Schenda et al. 1991, Nos. 17, 18; Hungarian: MNK II; Czech: Tille 1929ff. I, 514f., Dvořák 1978, No. 2153; Slovakian: Gašparíková 1991f. I, Nos. 216, II, Nos. 453, 488, 526, 567; Slovene: Krek 1885, 109ff.; Rumanian: Schullerus 1928; Bulgarian: BFP, Koceva 2002; Greek: Hahn 1918 I, No. 44, Megas/Puchner 1998; Sorbian: Nedo 1956, No. 60; Polish: Krzyżanowski 1962f. I; Russian, Byelorussian: SUS; Ukrainian: SUS, No. 566, cf. No. 580*; Turkish: Eberhard/Boratav 1953, Nos. 174(6–9), 174 IV 7, 175; Jewish: Noy 1963a, No. 32, Haboucha 1992, No. **566A; Gypsy: MNK X 1; Cheremis/Mari: Kecskeméti/Paunonen 1974, Sabitov 1989; Armenian: Gullakjan 1990; Yakut: Ėrgis 1967, No. 154; Buryat, Mongolian: Lőrincz 1979; Georgian: Kurdovanidze 2000; Palestinian: Nowak 1969, No. 131, El-Shamy 2004; Jordanian, Oman, Qatar: El-Shamy 2004; Persian Gulf: Nowak 1969, No. 131; Yemenite: Nowak 1969, No. 131, El-Shamy 2004; Indian: Thompson/Roberts 1960; Chinese: Ting 1978; Vietnamese: Karow 1978, No. 14; Indonesian: Vries 1925f. II, 407 No. 189; English-Canadian: Halpert/Widowsen 1996 I, No. 35; French-Canadian: Delarue/Tenèze 1964ff. II; North American Indian: Thompson 1919, 399ff.; French-American: Delarue/Tenèze 1964ff. II; Spanish-American: Robe 1973, Nos. 566, 566*A; Mexican: Robe 1973; Guatemalan, Colombian: Camarena/Chevalier 1995ff. II; Puerto Rican, Chilean, Argentine: Hansen 1957; West Indies: Flowers 1953; Cape Verdian: Parsons 1923b I, No. 80; Egyptian: Nowak 1969, No. 131, El-Shamy 2004; Algerian: El-Shamy 2004; Moroccan: El-Shamy 2004, Nos. 566, 580*.

567 ***The Magic Bird-Heart.***

Polívka 1900a; Aarne 1908, 53–200; Krohn 1931a, 45–48; BP I, 528–556, III, 3–9; Ranke 1934b, 113–130; Schwarzbaum 1968, 90; Dammann 1978; Schwarzbaum 1980, 281; EM 4(1984)450; Pritchett 1983; Ohno 1993; Scherf 1995 I, 265–268, 514–

517, 577-581, 755-758, II, 1454-1461; Röth 1998; Schmidt 1999; Marzolph/Van Leeuwen 2004, Nos. 61, 380, 475; EM: Vogelherz: Das wunderbare V. (in prep.).
Finnish: Rausmaa 1982ff. I, No. 102; Finnish-Swedish: Hackman 1917f. I, No. 126; Estonian: Aarne 1918; Latvian: Arājs/Medne 1977; Lithuanian: Kerbelytė 1999ff. I; Lappish: Qvigstad 1925; Livonian, Wepsian, Wotian, Karelian: Kecskeméti/Paunonen 1974; Swedish: Liungman 1961; Norwegian: Hodne 1984, 160f. No. 567; Irish: Ó Súilleabháin/Christiansen 1963; French: Delarue/Tenèze 1964ff. II; Spanish: Camarena/Chevalier 1995ff. II; Catalan: Oriol/Pujol 2003; Portuguese: Oliveira 1900ff. I, No. 49, II, No. 304, Cardigos (forthcoming); Dutch: Meder/Bakker 2001, No. 247; Flemish: Meyer 1968; German: Ranke 1955ff. II, Grimm KHM/Uther 1996 I, No. 60, II, No. 122, Bechstein/Uther 1997 I, No. 69, Berger 2001, No. 567*; Austrian: Haiding 1969, No. 169; Ladinian: Decurtins 1896ff. II, No. 21, X, No. 2; Italian: Cirese/Serafini 1975; Hungarian: MNK II; Czech: Tille 1929ff. I, 257, 346f., 548ff; Slovakian: Polívka 1929f. II, 87ff., Gašparíková 1991f. II, Nos. 526, 567; Slovene: Kres 5 (1888) 249; Serbian: Đjorđjevič/Milošević-Đjorđjevič 1988, No. 20; Croatian: Bošković-Stulli 1963, No. 43; Macedonian: Vroclavski 1979f. II, No. 18, Popvasileva 1983, Nos. 44, 92, Čepenkov/Penušliski 1989 I, Nos. 66, 71, II, Nos. 186, 190; Rumanian: Schullerus 1928; Bulgarian: BFP, Koceva 2002; Greek: Hahn 1918 I, No. 36, Megas/Puchner 1998; Polish: Krzyżanowski 1962f. I; Russian, Byelorussian, Ukrainian: SUS; Turkish: Eberhard/Boratav 1953, No. 174; Jewish: Haboucha 1992; Gypsy: MNK X 1; Adygea: Alieva 1986; Cheremis/Mari: Sabitov 1989; Tatar, Mordvinian: Kecskeméti/Paunonen 1974; Kurdish: Džalila et al. 1989, No. 19; Armenian: Gullakjan 1990; Yakut: Ėrgis 1967, No. 113; Buryat, Mongolian: Lőrincz 1979; Georgian: Kurdovanidze 2000; Palestinian: El-Shamy 2004; Aramaic: Arnold 1994, No. 41; Jordanian: Nowak 1969, No. 130; Iranian: Marzolph 1984; Indian: cf. Thompson/Roberts 1960, No. 567A, Jason 1989; Pakistani, Sri Lankan: Thompson/Roberts 1960; Burmese: Kasevič/Osipov 1976, Nos. 75, 192, cf. 195; Chinese: Ting 1978; Indonesian: Vries 1925ff. I, No. 86, II, 407 No. 190; Japanese: Ikeda 1971; French-Canadian: Delarue/Tenèze 1964ff. II; US-American: Baughman 1966; Spanish-American: Robe 1973; Puerto Rican: Hansen 1957; West Indies: Flowers 1953; Egyptian: El-Shamy 2004; Moroccan: Basset 1887, No. 36, El-Shamy 2004; East African: Klipple 1992; Namibian: Schmidt 1989 II, No. 1092.

567A ***The Magic Bird-Heart and the Separated Brothers.***
Chauvin 1892ff. V, 208ff. No. 120; Aarne 1908, 53-200; Pritchett 1983; Ohno 1993; EM: Vogelherz: Das wunderbare V. (in prep.)
Karelian: Kecskeméti/Paunonen 1974; German: Lemke 1884ff. II, 221 No. 45, Beh-

rend 1908, No. 11, Merkelbach-Pinck 1967, 113ff.; Italian: Cirese/Serafini 1975; Hungarian: Gaál 1970, No. 5; Serbian: Karadžić 1937, No. 26, Đjorđjevič/Milošević-Đjorđjevič 1988, Nos. 20, 21; Croatian: Ardalić 1908a, No. 4, cf. Bošković-Stulli 1963, No. 43; Macedonian: Popvasileva 1983, Nos. 44, 92, 114; Rumanian: Bîrlea 1966 II, 354ff., III, 445f.; Bulgarian: BFP, Koceva 2002; Greek: Laográphia 21(1963/64)491ff.; Jewish: Noy 1963a, Nos. 12, 20, Jason 1965, 1975, 1988a; Gypsy: Mode 1983ff. III, No. 142; Abkhaz: Šakryl 1975, No. 29; Cheremis/Mari, Tatar: Kecskeméti/Paunonen 1974; Armenian: Hoogasian-Villa 1966, No. 12; Uzbek: Afzalov et al. 1963 I, 104ff., II, 152ff.; Kalmyk, Buryat, Mongolian: Lőrincz 1979; Tuva: Taube 1978, No. 49; Palestinian, Persian Gulf: Nowak 1969, No. 131, El-Shamy 2004; Iraqi, Oman, Kuwaiti, Qatar, Yemenite: El-Shamy 2004; Iranian: Marzolph 1979, 33ff., 94ff.; Indian: Thompson/Roberts 1960, Jason 1989; Burmese: Kasevič/Osipov 1976, No. 112; Chinese: Ting 1978; Indonesian: Vries 1925f. II, No. 133; Spanish-American: Robe 1973; Egyptian: Nowak 1969, No. 131, El-Shamy 2004; Algerian, Moroccan, Sudanese: El-Shamy 2004.

569 ***The Knapsack, the Hat and the Horn.***
BP I, 464–485; Stolleis 1980; Just 1991, 46–57; Scherf 1995 I, 397–403, II, 966–969, 1393–1396, 1396–1398; Röth 1998; EM 11,1(2003)213–219(J. van der Kooi).
Finnish: Rausmaa 1982ff. I, No. 103; Finnish-Swedish: Hackman 1917f. I, No. 123; Estonian: Aarne 1918; Latvian: Arājs/Medne 1977; Lithuanian: Kerbelytė 1999ff. I; Syrjanian: Kecskeméti/Paunonen 1974; Swedish: Liungman 1961; Norwegian: Hodne 1984; Danish: Kristensen 1881ff. IV, No. 53; Scottish: Briggs 1970f. A I, 306; Irish: Ó Súilleabháin/Christiansen 1963; French: Delarue/Tenèze 1964ff. II; Spanish: Camarena/Chevalier 1995ff. II; Catalan: Oriol/Pujol 2003; Portuguese: Oliveira 1900ff. I, No. 32, Cardigos(forthcoming); Flemish: Meyer 1968; German: Ranke 1955ff. II, Uther 1990a, No. 24, Grimm KHM/Uther 1996 I, No. 54, Bechstein/Uther 1997 II, No. 33; Austrian: Haiding 1969, Nos. 64, 97, 140; Ladinian: Wildhaber/Uffer 1971, 147ff.; Italian: Appari 1992, No. 204; Hungarian: MNK II; Serbian: Eschker 1992, No. 31; Czech: Tille 1929ff. I, 524f., 532ff., II 1, 294ff.; Slovakian: Gašparíková 1991f. I, Nos. 156, 222, 291, II, Nos. 451, 487, 567, 582; Slovene: GabrščЕk 1910, 345ff., Bolhar 1974, 84ff.; Bulgarian: BFP; Greek: Loukatos 1957, 121ff., Diller 1982, Nos. 37, 40, Megas/Puchner 1998; Russian, Byelorussian, Ukrainian: SUS; Turkish: Eberhard/Boratav 1953, No. 169 III(4–13); Gypsy: Briggs 1970f. A I, 350, 396, MNK X 1; Vogul/Mansi: Kecskeméti/Paunonen 1974; Kalmyk: Lőrincz 1979; Georgian: Kurdovanidze 2000; Indian: Thompson/Roberts 1960, Blackburn 2001, No. 89; Burmese: Kasevič/Osipov 1976, No. 147; Indonesian: Vries 1925f. I, No. 3, II, 407 No. 191;

French-Canadian: Delarue/Tenèze 1964ff. II; North American Indian: Thompson 1919, 404, 406, 408; US-American: Baughman 1966; French-American: Delarue/Tenèze 1964ff. II; Spanish-American: TFSP 6(1927)45–47, Robe 1973; Dominican, Puerto Rican: Hansen 1957; Mayan: Peñalosa 1992; West Indies: Flowers 1953; Egyptian: El-Shamy 2004.

570 ***The Rabbit-Herd.***

Köhler/Bolte 1898ff. I, 428f., 464f.; BP III, 267–274; Dégh 1989; EM 6(1990)558–563 (L. Dégh); McCarthy 1993; Scherf 1995 I, 574–577, II, 1277–1280; Dekker et al. 1997, 188f.; Röth 1998; Schmidt 1999; EM: Sack voll Lügen oder Wahrheiten(forthcoming).

Finnish: Rausmaa 1982ff. I, No. 104; Finnish-Swedish: Hackman 1917f. I, Nos. 109b (8), 127; Estonian: Aarne 1918; Livonian: Loorits 1926; Latvian: Arājs/Medne 1977; Lithuanian: Kerbelytė 1999ff. I; Lappish: Qvigstad 1925; Karelian: Kecskeméti/Paunonen 1974; Swedish: Liungman 1961; Norwegian: Hodne 1984; Danish: Skattegraveren 9(1888)161–164, No. 497, Andersen/Perlet 1996 I, No. 13; Icelandic: Sveinsson 1929; Scottish: Briggs 1970f. A I, 336ff.; Irish: Ó Súilleabháin/Christiansen 1963; French: Delarue/Tenèze 1964ff. II, Hoffmann 1973, No. 570B; Spanish: Camarena/Chevalier 1995ff. II; Catalan: Oriol/Pujol 2003; Portuguese: Coelho 1985, No. 45, Cardigos(forthcoming); Frisian: Kooi 1984a, Kooi/Schuster 1994, No. 19; Flemish: Meyer 1968; German: Ranke 1955ff. II, III, 188f., Tomkowiak 1993, 252, Grimm KHM/Uther 1996 III, No. 165, Bechstein/Uther 1997 I, No. 31; Swiss: Uffer 1972, 186ff.; Austrian: Haiding 1953, No. 29, Haiding 1969, Nos. 3, 98; Italian: Cirese/Serafini 1975; Corsican: Massignon 1963, No. 33; Hungarian: MNK II; Czech: Tille 1929ff. II 1, 279ff., 303ff., 307ff., 319ff.; Slovakian: Gašparíková 1991f. I, Nos. 26, 44, 244; Slovene: Milčinski 1917, 113ff.; Macedonian: Čepenkov/Penušliski 1989 III, No. 237; Bulgarian: BFP, Koceva 2002; Greek: Kretschmer 1917, No. 34, Megas/Puchner 1998; Sorbian: Nedo 1956, No. 61; Polish: Krzyżanowski 1962f. I, No. 515; Russian, Byelorussian, Ukrainian: SUS; Turkish: Eberhard/Boratav 1953, Nos. 58 III (var. h), 182 III 1(var. a), 182 V, 232 IV 3a; Jewish: Cahan 1931, No. 31; Gypsy: MNK X 1; Ossetian: Bjazyrov 1958, Nos. 112, 113; Cheremis/Mari: Sabitov 1989; Siberian: Soboleva 1984; Georgian: Kurdovanidze 2000; Palestinian: El-Shamy 2004; Chinese: Ting 1978; French-Canadian: Delarue/Tenèze 1964ff. II; US-American: Baughman 1966, Randolph 1976, 47ff.; French-American: Delarue/Tenèze 1964ff. II; Spanish-American, Mexican: Robe 1973; Guatemalan, Cuban, Puerto Rican, Argentine: Camarena/Chevalier 1995ff. II; Brazilian: Cascudo 1955b, 139; Chilean: Hansen 1957; West Indies: Flowers 1953; Cape Verdian: Parsons 1923b I, Nos. 83, 84.

570A ***The Princess and the Magic Shell.***
EM 10(2002)1341–1343(S. Fährmann).
Austrian: Zingerle/Zingerle 1870, No. 16; Bulgarian: BFP; Greek: Hahn 1918 II, No. 109; Megas/Puchner 1998; Turkish: Eberhard/Boratav 1953, Nos. 71, 192 V, 193 (6–8); Jewish: Jason 1965, Noy 1968, No. 41; Gypsy: MNK X 1; Syrian: Nowak 1969, No. 218; Palestinian: Littmann 1957, 331ff., El-Shamy 2004; Iraqi, Yemenite: El-Shamy 2004; Egyptian: Nowak 1968, No. 225, El-Shamy 2004; Algerian: RTP 29 (1914)205–211, 212–215, Lacoste/Mouliéras 1965 II, No. 77, El-Shamy 2004; Moroccan: Grim 1983, 82ff., El-Shamy 2004

570* ***The Rat-Catcher.*** (The Pied Piper of Hamelin.)
Chauvin 1892ff. VII, 155 No. 157; Krogmann 1934; Frenzel/Rumpf 1962f.; Dobbertin 1970; MacDonald 1982, No. D1427.1; Wann 1984; Humburg 1985; Mieder 1985; Spanuth 1985; EM 11,1(2003)300–307(H.-J. Uther).
Norwegian: Hodne 1984, 204f.; Danish: Bødker/Hüllen 1966, 120ff.; English: Jacobs 1894b, 1ff.; German: Kuhn/Schwartz 1848, No. 99, Moser-Rath 1964, No. 15, Merkelbach-Pinck 1967, 171ff., Rehermann 1977, 160, Grimm DS/Uther 1993 I, No. 245; Austrian: Haiding 1965, No. 156; Italian: Cirese/Serafini 1975, No. D1427.1; Hungarian: Bihari 1980, No. L II.2.2; Polish: Krzyżanowski 1962f. II, No. 7099.

571 ***"All Stick Together".***
BP II, 39–44; HDM 2(1934–40)314f.(H. Honti); Schwarzbaum 1979, 388 not. 7; EM 7(1993)1417–1425(C. Shojaei Kawan); Scherf 1995 I, 506–509, 546–548; EM 8(1996) 700–707(C. Shojaei Kawan); Dekker et al. 1997, 433–437; Röth 1998.
Finnish: Rausmaa 1982ff. I, No. 105, II, No. 67; Finnish-Swedish: Hackman 1917f. I, No. 128; Estonian: Aarne 1918; Latvian: Arājs/Medne 1977; Lithuanian: Kerbelytė 1999ff. I; Lappish: Kecskeméti/Paunonen 1974, Bartens 2003, No. 40; Karelian: Kecskeméti/Paunonen 1974; Swedish: Liungman 1961; Norwegian: Hodne 1984; Danish: Grundtvig 1854ff. II, Nos. 316, 317, Grundtvig 1876ff. III, 31ff.; Faeroese: Nyman 1984; Icelandic: Sveinsson 1929; Irish: Ó Súilleabháin/Christiansen 1963, Nos. 571–574; English: Baughman 1966, Briggs 1970f. A II, 150f.; French: Delarue/Tenèze 1964ff. II; Spanish: Camarena/Chevalier 1995ff. II; Dutch: Kooi 2003, No. 12; Frisian: Kooi 1984a; Flemish: Meyer 1968; German: Ranke 1955ff. II, No. 571A, Grimm KHM/Uther 1996 II, No. 64; Austrian: Haiding 1953, No. 25, Haiding 1969, No. 15; Ladinian: Decurtins 1896ff. II, No. 9; Italian: Cirese/Serafini 1975, Nos. 571, 571–574; Corsican: Massignon 1963, No. 83; Sardinian: Cirese/Serafini; Hungarian: MNK II, Dömötör 2001, 287; Czech: Tille 1929ff. I, 375ff., II 1, 278f., 303ff., 312ff., Jech 1984,

No. 39; Slovakian: Gašparíková 1991f. I, No. 244; Slovene: Gabrščеk 1910, 241ff.; Serbian: Čajkanović 1927, No. 57, Eschker 1992, No. 44; Croatian: Bošković-Stulli 1975b, No. 15; Rumanian: Schullerus 1928; Greek: Diller 1982, No. 82, Megas/Puchner 1998; Polish: Krzyżanowski 1962f. I; Russian, Byelorussian, Ukrainian: SUS; Turkish: Eberhard/Boratav 1953, No. 182 III 2(e, f); Jewish: Jason 1988a; Gypsy: MNK X 1; Cheremis/Mari: Kecskeméti/Paunonen 1974, Sabitov 1989; Chuvash, Tatar: Kecskeméti/Paunonen 1974; Siberian: Soboleva 1984; Yakut: Ėrgis 1967, Nos. 83, 84, 165; Iranian: Rozenfel'd 1956, 197ff.; Indian: Thompson/Roberts 1960, Jason 1989; Burmese: Kasevič/Osipov 1976, Nos. 46, 62; Chinese: Ting 1978; Japanese: Ikeda 1971; French-Canadian: Delarue/Tenèze 1964ff. II; North American Indian: Thompson 1919 II, 411ff.; US-American: Baughman 1966, Perdue 1987, No. 15A; French-American: Delarue/Tenèze 1964ff. II; Spanish-American: Robe 1973; African American: Baughman 1966; Guatemalan, Panamanian, Cuban: Camarena/Chevalier 1995ff. II; West Indies: Flowers 1953; Egyptian, Sudanese: El-Shamy 2004.

571B ***Lover Exposed*** (previously ***The Himphamp***).

BP II, 40–44; Wesselski 1925, No. 27; EM 8(1996)1056–1063(R. Wehse); Legman 1968f. I, 269; Dekker et al. 1997, 387f.

Finnish-Swedish: Hackman 1917 I, No. 128b; Latvian: Arājs/Medne 1977; Lithuanian: Dowojna-Sylwestrowicz 1894, 371ff.; Danish: Kristensen 1890, No. 25, Holbek 1990, No. 20; Karelian: Kecskeméti/Paunonen 1974; Faeroese: Nyman 1984; English: Roth 1977, No. E23, Wehse 1979, 417; French: Delarue/Tenèze 1964ff. II, Hoffmann 1973; Spanish: Espinosa 1946f., Nos. 126–132; Portuguese: Soromenho/Soromenho 1984f. II, No. 682, Cardigos(forthcoming), No. 571A; Dutch: Cox-Leick/Cox 1977, No. 46; Flemish: Lox 1999a, No. 35; German: Knoop 1893, No. 7, Busch 1910, No. 29, Ranke 1955ff. II; Hungarian: MNK II; Czech: Tille 1929ff. I, 375ff.; Slovakian: Polívka 1923ff. IV, 434, Gašparíková 1991f. II, Nos. 496, 557; Serbian: Anthropophyteia 2(1905)164ff.; Bulgarian: Nicoloff 1979, No. 21, BFP, Koceva 2002; Greek: Nicolaïdès 1906, No. 69, Megas/Puchner 1998; Russian: Zelenin 1915, No. 22, Nikiforov/Propp 1961, No. 13, Afanas'ev/Barag et al. 1984f. II, No. 256; Ukrainian: Hnatjuk 1909f. II, Nos. 276–278; Jewish: Haboucha 1992; Cheremis/Mari: Beke 1938, No. 62; Kalmyk: Veršinin 1962, 85ff.; Buryat: Ėliasov 1959 I, 379ff.; Indian: McCulloch 1912, No. 22, Thompson-Balys 1958, No. K1217; French-Canadian: Lemieux 1974ff. VIII, No. 9; Puerto Rican: Mason/Espinosa 1924, No. 35; Central African: Fuchs 1961, 108ff.

571C ***The Biting Doll.***
Schlosser 1912; BP IV, 74, 181, 248f.; Legman 1968f. II, 457f.; Scherf 1995 I, 3-6, 240-243, 392; EM 11,1(2003)43-45(J. Camarena Laucirica).
Finnish: Rausmaa 1972, No. 427; French: Delarue/Tenèze 1964ff. II; Spanish: Camarena/Chevalier 1995ff. II, González Sanz 1996; Catalan: Oriol/Pujol 2003; Portuguese: Soromenho/Soromenho 1984f. I, No. 298, Cardigos(forthcoming); German: Bechstein/Uther 1997 II, No. 50; Italian: Cirese/Serafini 1975, Nos. 560C*, 571C, De Simone 1994, No. 17; Maltese: Mifsud-Chircop 1978; Jewish: Jason 1965, No. 560C*, Noy 1968, No. 52, Jason 1975, No. 560C*; Turkish: Eberhard/Boratav 1953, No. 172; Chinese: Ting 1978, No. 560C*; French-Amercian: Delarue/Tenèze 1964ff. II; Chilean: Hansen 1957, No. **568; West Indies: Parsons 1933ff. II, 559f.

572* ***The Barking Dog's Head, the Striking Axe, etc.***
EM 8(1996)703.
Finnish: Rausmaa 1982ff. I, No. 106; Finnish-Swedish: Hackman 1917f. I, Nos. 109b (2), 129; Estonian: Aarne 1918, Loorits 1959, Nos. 121, 122, Viidalepp 1980, No. 80; Latvian: Arājs/Medne 1977; Lithuanian: Danner 1961, 77ff., Kerbelytė 1999ff. I; Greek: Megas/Puchner 1998; Georgian: Kurdovanidze 2000.

575 ***The Prince's Wings.***
Chauvin 1892ff. V, No. 130; Weinreich 1911, 147-154; BP II, 131-135; EM 4(1984) 1358-1365(K. Horálek); Cox 1990; Scherf 1995 I, 323-325, 437-440, 440-444, II, 841f., 1298-1301, 1312-1316, 1369-1371; Röth 1998; Marzolph/Van Leeuwen 2004, No. 103.
Finnish: Rausmaa 1982ff. I, No. 107; Finnish-Swedish: Hackman 1917f. I, No. 130; Estonian: Aarne 1918, Viidalepp 1980, No. 81; Latvian: Arājs/Medne 1977; Lithuanian: Kerbelytė 1999ff. I; Wepsian: Kecskeméti/Paunonen 1974; Danish: Kristensen 1881ff. III, No. 22; Icelandic: Sveinsson 1929; Frisian: Kooi/Schuster 1994, No. 15; Flemish: Meyer 1968; German: Ranke 1955ff. II, Grimm KHM/Rölleke 1986 I, No. 77; Austrian: Haiding 1953, No. 15; Italian: Cirese/Serafini 1975; Hungarian: MNK II, Dömötör 1992, No. 402; Czech: Tille 1929ff. II 1, 36ff.; Slovakian: Gašparíková 1991f. II, No. 375; Serbian: Karadžić 1937, No. 9; Macedonian: Čepenkov/Penušliski 1989 I, No. 67; Bulgarian: BFP, Koceva 2002; Greek: Megas/Puchner 1998; Polish: Krzyżanowski 1962f. I; Russian, Byelorussian, Ukrainian: SUS; Turkish: Eberhard/Boratav 1953, Nos. 136 III(1-4), 175 IV, 291 V; Jewish: Jason 1965; Gypsy: Mode 1983ff. III, No. 152, MNK X 1; Ossetian: Bjazyrov 1958, No. 114; Cheremis/Mari: Kecskeméti/Paunonen 1974, Sabitov 1989; Uighur: Reichl 1986, No. 11; Azerbaijan: cf.

Seidov 1977, 147ff.; Armenian: Gullakjan 1990; Siberian: Vasilenko 1955, No. 22; Yakut: Ėrgis 1983, No. 205; Kara-Kalpak: Volkov 1959, No. 23; Turkmen: Stebleva 1969, No. 30; Tadzhik: Sandelholztruhe 1960, 208ff.; Buryat, Mongolian: Lőrincz 1979; Georgian: Kurdovanidze 2000; Pakistani, Indian, Sri Lankan: Thompson/Roberts 1960; Chinese. Ting 1978; Spanish-American, Mexican: Robe 1973; Moroccan: Basset 1897, No. 105.

576 ***The Magic Knife.***

Finnish-Swedish: Hackman 1917f. I, No. 133; Lappish: Qvigstad 1925, No. 576*; Dutch: cf. Tinneveld 1976, No. 180; Greek: Megas/Puchner 1998; Russian: SUS; Yakut: Ėrgis 1983, Nos. 137, 313; Kalmyk: Džimbinov 1962, 113ff.

577 ***The King's Tasks.***

Christiansen 1960; Roberts 1964, 45f.; EM 1(1977)972(K. Ranke).

Finnish: Rausmaa 1982ff. I, No. 108; Finnish-Swedish: Hackman 1917f. I, No. 133; Latvian: Arājs/Medne 1977; Lappish: Qvigstad 1925, No. 577*; Swedish: Liungman 1961; Norwegian: Hodne 1984, 158f., No. 577; Scottish: Briggs 1970f. A I, 507ff., Bruford/MacDonald 1994, No. 7; Irish: Ó Súilleabháin/Christiansen 1963; French: Delarue/Tenèze 1964ff. II; Dutch: Kooi 2003, No. 12; Frisian: Kooi 1984a; German: Ranke 1955ff. II; Austrian: Haiding 1953, No. 67; Italian: Cirese/Serafini 1975; Sardinian: Cirese/Serafini; Serbian: Karadžić 1937, No. 59; Turkish: Eberhard/Boratav 1953, No. 191 III; Ossetian: Levin 1978, No. 17; Kazakhian: Sidel'nikov 1952, 19f.; Palestinian, Qatar: El-Shamy 2004; Japanese: Ikeda 1971; Polynesian: Kirtley 1971, No. D1601.14; French-Canadian, French-American: Delarue/Tenèze 1964ff. II; US-American: Baughman 1966; Mexican: Robe 1973; Dominican: Hansen 1957; West Indies: Flowers 1953; Egyptian, Tunisian, Algerian, Moroccan: El-Shamy 2004.

580 ***Beloved of Women.***

Paunonen 1967; EM 2(1979)86–88(P.-R. Rausmaa); Scherf 1995 I, 280–283; EM 9(1999)1118.

Finnish: Rausmaa 1982ff. I, No. 109; Finnish-Swedish: Hackman 1917f. I, No. 136; Estonian: Aarne 1918, cf. Loorits 1959, No. 119, Viidalepp 1980, No. 79; Wepsian: Kecskeméti/Paunonen 1974; Swedish: Liungman 1961; Norwegian: Hodne 1984; Danish: Bødker et al. 1957, No. 6; Faeroese: Nyman 1984; Icelandic: Rittershaus 1902, No. 48, Sveinsson 1929; Irish: Ó Súilleabháin/Christiansen 1963; French: Perbosc/Bru 1987, 102ff., 183ff.; Spanish: Camarena/Chevalier 1995ff. II; Portuguese: Oliveira 1900ff. II, No. 298, Cardigos(forthcoming); Flemish: Meyer 1968; Italian:

Cirese/Serafini 1975; Slovakian: Gašparíková 1991f. II, No. 393; Greek: Kretschmer 1917, No. 49, Megas/Puchner 1998; Polish: Krzyżanowski 1962f. I; French-American: Delarue/Tenèze 1964ff. II; Algerian: Frobenius 1921ff. I, Nos. 32, 33.

585 ***Spindle, Shuttle, and Needle.***
BP III, 355.
Scottish: cf. Briggs 1970f. A 1, 323f.; Irish: Ó Súilleabháin/Christiansen 1963; German: Grimm KHM/Uther 1996 III, No. 188; Lebanese: Jahn 1970, No. 19, El-Shamy 2004; US-American: Baughman 1966.

590 ***The Faithless Mother*** (previously ***The Prince and the Arm Bands***).
BP I, 551–553, III, 1f.; Thompson 1951, 113–117; Schwarzbaum 1968, 90; cf. Tubach 1969, No. 4474; Schwarzbaum 1979, xliv not. 53; Uther 1981, 114f.; Scherf 1995 I, 751–755, II, 1373–1377; Röth 1998; EM 8(1996)1233; EM 9(1999)1057–1064(C. Shojaei Kawan).
Finnish: Rausmaa 1982ff. I, No. 110; Estonian: Aarne 1918, Loorits 1959, No. 116; Latvian: Arājs/Medne 1977; Wepsian, Karelian, Syrjanian: Kecskeméti/Paunonen 1974; Norwegian: Hodne 1984; Danish: Kristensen 1881ff. III, Nos. 1, 16; Faeroese: Nyman 1984; Irish: Ó Súilleabháin/Christiansen 1963; French: Delarue/Tenèze 1964ff. II; Spanish: Camarena/Chevalier 1995ff. II; Catalan: Oriol/Pujol 2003; Portuguese: Oliveira 1900ff. I, No. 7, Cardigos(forthcoming); Flemish: Meyer 1968; German: Ranke 1955ff. II, Tomkowiak 1993, 252, cf. Grimm KHM/Uther 1996 II, No. 121; Austrian: Haiding 1969, Nos. 21, 63; Italian: Cirese/Serafini 1975; Sardinian: Cirese/Serafini; Maltese: Mifsud-Chircop 1978; Hungarian: MNK II; Czech: Karlinger/Mykytiuk 1967, No. 51; Slovakian: Gašparíková 1991f. I, Nos. 71, 97, 299, II, No. 408; Slovene: Šašelj 1906f. I, 28f.; Croatian: Valjavec 1890, No. 3, Bošković-Stulli 1975b, No. 31; Macedonian: Čepenkov/Penušliski 1989 I, No. 65; Bulgarian: BFP, Koceva 2002; Albanian: Camaj/Schier-Oberdorffer 1974, No. 18; Greek: Dawkins 1955, No. 6, Mousaios-Bougioukos 1976, 54ff., 92ff., Megas/Puchner 1998; Sorbian: Nedo 1956, No. 62; Polish: Krzyżanowski 1962f. I; Russian, Byelorussian, Ukrainian: SUS; Turkish: Eberhard/Boratav 1953, No. 108; Jewish: Noy 1965, No. 17, Haboucha 1992; Gypsy: MNK X 1; Adygea: Alieva 1986; Cheremis/Mari, Chuvash, Tatar, Mordvinian, Votyak, Vogul/Mansi: Kecskeméti/Paunonen 1974; Kurdish: Wentzel 1978, No. 4, Džalila et al. 1989, Nos. 14, 15; Armenian: Gullakjan 1990; Yakut: Ėrgis 1967, Nos. 108, 110; Tadzhik: Grjunberg/Steblin-Kamenskov 1976, No. 24; Kalmyk, Mongolian: Lőrincz 1979; Syrian, Palestinian, Jordanian, Iraqi, Yemenite: El-Shamy 2004; Iranian: Marzolph 1984, No. *590; Afghan: Grjunberg/Steblin-Kamenskov

1976, No. 25; Indian, Sri Lankan: Thompson/Roberts 1960; French-Canadian: Delarue/Tenèze 1964ff. II; North American Indian: Thompson 1919 II, 391ff.; Puerto Rican, Chilean: Hansen 1957; Argentine: Chertudi 1960f. II, Nos. 53, 54; West Indies: Flowers 1953; Egyptian: Spitta-Bey 1883, No. 11, El-Shamy 2004; Tunisian, Algerian, Moroccan: El-Shamy 2004; East African: Arewa 1966, No. 3228; Sudanese: El-Shamy 2004.

591 ***The Thieving Pot.***
Scherf 1995 II, 1133–1135; Röth 1998; El-Shamy 1999, No. 6; Schmidt 1999; EM: Topf: Der stehlende T.(in prep.).
Finnish-Swedish: Hackman 1917f. I, No. 138; Lappish: Qvigstad 1927ff. II, No. 43, Bartens 2003, No. 42; Karelian, Syrjanian: Kecskeméti/Paunonen 1974; Swedish: Liungman 1961; Norwegian: Hodne 1984; Danish: Kristensen 1881ff. I, No. 26, IV, No. 61; Faeroese: Nyman 1984; Irish: Ó Súilleabháin/Christiansen 1963; Dutch: Sinninghe 1943; Flemish: Joos 1889ff. III, No. 88; German: Meyer 1932, Henßen 1935, No. 134; Italian: Cirese/Serafini 1975; Slovene: Slovenski gospodar 65(1931)11f.; Turkish: Eberhard/Boratav 1953, No. 173; Jewish: Elbaz 1982, No. 35; Uzbek: Afzalov et al. 1963 I, 47f.; Palestinian: Schmidt/Kahle 1918f. I, No. 32, Muhawi/Kanaana 1989, No. 1, El-Shamy 2004; Jordanian, Qatar: El-Shamy 2004; Indian: Jason 1989; Malaysian: Hambruch 1922, No. 52; Japanese: Ikeda 1971, Inada/Ozawa 1977ff.; Eskimo: Barüske 1969, No. 15; Egyptian, Moroccan: El-Shamy 2004.

592 ***The Dance Among Thorns.***
Bolte 1892; Köhler/Bolte 1898ff. I, 88f.; BP II, 490–503; Weinreich 1951, 461–467; Schwarzbaum 1968, 65, 456; Cammann 1985; Bottigheimer 1987, 17, 82, 123–142; Uther 1989, 448; Korn 1990; Just 1991, 11–45; Scherf 1995 I, 635–637, 784–786, II, 878–881, 1168–1171; Dekker et al. 1997, 81–83; Röth 1998; EM: Tanz in der Dornhecke(in prep.).
Finnish: Rausmaa 1982ff. I, No. 111; Finnish-Swedish: Hackman 1917f. I, Nos. 48a (9), 105, 139; Estonian: Aarne 1918, Loorits 1959, No. 119, Viidalepp 1980, No. 82; Latvian: Arājs/Medne 1977; Lithuanian: Kerbelytė 1999ff. I; Lappish: Qvigstad 1925; Livonian, Wepsian, Karelian: Kecskeméti/Paunonen 1974; Swedish: Liungman 1961; Norwegian: Hodne 1984; Danish: Bødker et al. 1957, No. 21; Irish: Ó Súilleabháin/Christiansen 1963; Welsh: Baughman 1966; English: Briggs 1970f. A I, 250ff.; French: Delarue/Tenèze 1964ff. II; Spanish: Camarena/Chevalier 1995ff. II, González Sanz 1996; Basque: Camarena/Chevalier 1995ff. II; Catalan: Oriol/Pujol 2003; Portuguese: Oliveira 1900ff. II, No. 331, Cardigos(forthcoming); Dutch:

Tinneveld 1976, No. 179, Blécourt 1980, No. 3.6; Frisian: Kooi 1984a; Flemish: Meyer 1968; Luxembourg: Gredt 1883, No. 918; German: Ranke 1955ff. II, Moser-Rath 1984, 18f., 288f., Grimm KHM/Uther 1996 II, No. 110; Swiss: Büchli/Brunold-Bigler 1989ff. II, 818ff.; Austrian: Haiding 1969, Nos. 136, 162; Italian: Cirese/Serafini 1975, De Simone 1994, No. 83; Corsican: Massignon 1963, Nos. 23, 38; Hungarian: MNK II; Czech: Tille 1929ff. I, 502ff.; Slovakian: Gašparíková 1991f. I, Nos. 33, 103, 222, 223, 240, 324, II, Nos. 392, 410, 420, 437, 488, 518, 577; Slovene: Kontler/Kompoljski 1923f. II, 15ff.; Serbian: Čajkanović 1927, Nos. 42, 112, Đjorđjevič/Milošević-Đjorđjevič 1988, Nos. 82, 179, 180; Croatian: Smičiklas 1910ff. 18, 57, Bošković-Stulli 1975b, No. 2; Rumanian: Schullerus 1928; Bulgarian: BFP, Koceva 2002; Greek: Megas 1965, No. 67, Megas/Puchner 1998; Polish: Krzyżanowski 1962f. I; Russian, Byelorussian, Ukrainian: SUS; Turkish: Eberhard/Boratav 1953, No. 176 V; Gypsy: MNK X 1; Abkhaz: Šakryl 1975, No. 50; Adygea: Alieva 1986; Mordvinian: Kecskeméti/Paunonen 1974; Siberian: Soboleva 1984; Georgian: Kurdovanidze 2000; Syrian: El-Shamy 2004; Chinese: Ting 1978; Indonesian: Vries 1925f. I, No. 29; French-Canadian: Delarue/Tenèze 1964ff. II; US-American: Baughman 1966, French-American: Delarue/Tenèze 1964ff. II; Spanish-American, Mexican: Robe 1973; Dominican, Puerto Rican: Hansen 1957; Chilean: Pino-Saavedra 1964, No. 17; West Indies: Flowers 1953.

593 *Fiddevav.*

EM 4(1994)1099f.(E. Moser-Rath).

Finnish: Rausmaa 1982ff. I, No. 112; Latvian: Arājs/Medne 1977; Lithuanian: Kerbelytė 1999ff. I; Norwegian: Hodne 1984; Danish: Grundtvig 1876ff. I, 8ff.; Irish: Ó Súilleabháin/Christiansen 1963; French: Delarue/Tenèze 1964ff. II; Spanish: Camarena/Chevalier 1995ff. II; Portuguese: Soromenho/Soromenho 1984f. II, Nos. 568, 569, Cardigos(forthcoming); German: Henßen 1935, No. 136, Bodens 1937, No. 1082; Italian: Toschi/Fabi 1960, No. 116; Hungarian: MNK II; Polish: Krzyżanowski 1962f. I; Byelorussian, Ukrainian: SUS; Gypsy: MNK X 1, Erdész/Futaky 1996, No. 16; Chuvash, Mordvinian: Kecskeméti/Paunonen 1974; French-Canadian: Baughman 1966; Spanish-American: Robe 1973; US-American: Baughman 1966; Brazilian: Alcoforado/Albán 2001, No. 37; West Indies: Flowers 1953, East African: Kohl-Larsen 1969, 90ff.

594* ***The Magic Bridle.***

Swedish: Liungman 1961; Norwegian: Hodne 1984; Spanish: Espinosa 1946f., No. 153; Greek: Megas 1998.

610 ***The Healing Fruits.***

BP III, 267–274; Wesselski 1931, 162f.; Heule 1984; EM 5(1987)443–447(J. L. Sutherland); EM 6(1990)343–348(U. Marzolph); EM 6(1990)558–563(L. Dégh); Scherf 1995 I, 458–462, 574–577, 583f., II, 1277–1280; Röth 1998.

Finnish-Swedish: Hackman 1917f. I, Nos. 115, 116; Latvian: Arājs/Medne 1977; Swedish: Liungman 1961, No. 554; Danish: Grundtvig 1854ff. II, 20ff., Kristensen 1881ff. I, No. 11, Kristensen 1984ff. III, No. 17; Faeroese: Nyman 1984; Irish: Ó Súilleabháin/Christiansen 1963; French: cf. Tegethoff 1923 II, No. 24, Fabre/Lacroix 1973f. II, No. 17, Lambert 1985; Spanish: Camarena/Chevalier 1995ff. II, González Sanz 1996; Catalan: Oriol/Pujol 2003; Portuguese: Camarena/Chevalier 1995ff. II; Flemish: Meyer 1968; German: cf. Ranke 1955ff. II, Nos. 461, 570, Grimm KHM/Uther 1996 III, No. 165; Ladinian: Uffer 1973, No. 18; Italian: Cirese/Serafini 1975; Sardinian: Karlinger 1973b, No. 2; Czech: cf. Tille 1921, 236; Croatian: Smičiklas 1910ff. 16, No. 19; Polish: Krzyżanowski 1962f. I; Russian, Ukrainian: SUS; Tuva: Taube 1978, Nos. 30, 57; Indian: Mode/Ray 1967, 309ff.; French-Canadian: Delarue/Tenèze 1964ff. II; Spanish-American: Robe 1973; Egyptian, Algerian: El-Shamy 2004.

611 ***The Gifts of the Demons*** (previously ***The Gifts of the Dwarfs***).

EM 5(1987)1125–1128(Á. Dömötör).

Finnish: Rausmaa 1982ff. I, No. 113; Livonian: Loorits 1926; Latvian: Šmits 1962ff. IX, 109ff.; Swedish: Liungman 1961; Norwegian: Hodne 1984; Danish: Grundtvig 1854ff. II, No. 1, Kristensen 1881ff. II, No. 19, Christensen/Bødker 1963ff., No. 23; Icelandic: cf. Kvideland/Eiríksson 1988, No. 24; Irish: Ó Súilleabháin/Christiansen 1963; German: Behrend 1912, No. 13, Benzel 1962, No. 171; Greek: Laográphia 20(1962)372ff., Diller 1982, No. 46, Megas/Puchner 1998; Polish: Krzyżanowski 1962f. I; Chinese: Ting 1978; Yakut: Ėrgis 1967, No. 108; English-Canadian: Halpert/Widdowson 1996 II, Nos. 36–43.

612 ***The Three Snake-Leaves.***

Chauvin 1892ff. VIII, 119f. No. 104; Paris 1903c; BP I, 126–131; Basset 1924ff. II, 95; Wesselski 1925, 188–192; Besthorn 1935, 120f.; Wesselski 1938a, 92–95; HDM 2(1934–40)317f.(M. Lambertz); Tubach 1969, No. 2706, cf. No. 4272; Schwarzbaum 1978, 403, 406; EM 8(1996)833–835(R. W. Brednich); Röth 1998; Verfasserlexikon 10(2000)71f.(G. Dicke); Anderson 2000, 89–91; Marzolph/Van Leeuwen 2004, No. 432; EM: Schlangenblätter: Die drei S.(forthcoming).

Finnish: Rausmaa 1972, No. 138; Estonian: Viidalepp 1980, No. 83; Latvian: Arājs/Medne 1977; Lithuanian: Kerbelytė 1999ff. II, No. 465A*; Swedish: Liungman 1961;

Danish: Holbek 1987, 167f.; Wepsian: Kecskeméti/Paunonen 1974, Nos. 465A*, 612; French: Delarue/Tenèze 1964ff. II, Guerreau-Jalabert 1992, No. E105; Spanish: Camarena/Chevalier 1995ff. II, cf. Goldberg 1998, No. E105; Catalan: Neugaard 1993, No. B491.1, Oriol/Pujol 2003; Portuguese: Oliveira 1900ff. I, Nos. 19, 138, Cardigos (forthcoming); Frisian: Kooi 1984a; German: Ranke 1955ff. II, Grimm KHM/Uther 1996 I, No. 16; Italian: Cirese/Serafini 1975; Rumanian: Bîrlea 1966 I, 564ff., III, 414; Hungarian: MNK II; Czech: Tille 1929ff. II 2, 212ff.; Slovakian: Gašparíková 1991f. I, Nos. 165, 312, II, No. 412; Bulgarian: BFP, No. 612, cf. Nos. *612B, *934B_2, Koceva 2002; Greek: Klaar 1977, 94ff., Megas/Puchner 1998, Nos. 612, 612A; Polish: Krzyżanowski 1962f. I; Russian, Ukrainian: SUS, Nos. 465A*, 612; Byelorussian: SUS; Turkish: Eberhard/Boratav 1953, No. 120; Jewish: Gaster 1924, No. 328, Jason 1965; Gypsy: Mode 1983ff. III, No. 175; Ossetian: Bjazyrov 1958, No. 325; Adygea: Alieva 1986; Cheremis/Mari: Kecskeméti/Paunonen 1974, No. 465A*, Sabitov 1989, No. 465A*; Chuvash: Kecskeméti/Paunonen 1974, Nos. 465A*, 612; Syrian, Palestinian, Iraqi, Qatar: El-Shamy 2004; Pakistani: Thompson/Roberts 1960, No. 612A; Indian: Thompson/Roberts 1960, Nos. 612, 612A, Jason 1989; Burmese: Kasevič/Osipov 1976, No. 136; Chinese: Ting 1978; Indonesian: Vries 1925f. I, No. 57; Japanese: Ikeda 1971, Nos. 612, 612A; French-Canadian: Delarue/Tenèze 1964ff. II; US-American: Baughman 1966; Spanish-American, Mexican: Robe 1973, No. 85; Guatemalan, Colombian, Ecuadorian, Chilean: Camarena/Chevalier 1995ff. II; Cap Verdian: Parsons 1923b I, No. 67; Egyptian: Nowak 1969, No. 79, El-Shamy 2004; Algerian: Frobenius 1921ff. II, No. 17, El-Shamy 2004.

613 ***The Two Travelers.*** (Truth and Falsehood).

Chauvin 1892ff. II, 193 No. 12, V, 11ff. No. 8, 14f. No. 158; Köhler/Bolte 1898ff. I, 281–290, 465; BP II, 468–482; Christiansen 1916; Pauli/Bolte 1924 I, No. 489; Wesselski 1925, No. 14; Bolte 1931a; Krohn 1931b; Pieper 1935, 29–33; Schwarzbaum 1968, 37f., 105f., 379, 443, 446, 461f., 481; Tubach 1969, Nos. 695, 4283; EM 1(1977)195–197; Schwarzbaum 1979, 391 not. 2, 461 not. 7; Uther 1981, 116f., 183f.; Jason 1988b, 53–113; Scherf 1995 I, 74–78; Dekker et al. 1997, 377–379; Röth 1998; Schmidt 1999; Verfasserlexikon 10(2000)970–972(S. Ringler); Marzolph/Van Leeuwen 2004, Nos. 255, 382, 400; EM: Wanderer: Die beiden W.(in prep.).

Finnish: Rausmaa 1982ff. I, No. 114; Finnish-Swedish: Hackman 1917f. I, No. 117; Estonian: Aarne 1918; Livonian: Loorits 1926; Latvian: Arājs/Medne 1977; Lithuanian: Kerbelytė 1999ff. I; Lappish: Kecskeméti/Paunonen 1974, Nos. 613, 613*; Wepsian, Karelian: Kecskeméti/Paunonen 1974; Swedish: Liungman 1961; Norwegian: Hodne 1984; Danish: Kristensen 1881ff. III, Nos. 1, 38, IV, Nos. 16–18; Faeroese: Nyman 1984; Icelandic: Sveinsson 1929; Scottish: Bruford/MacDonald 1994, No. 12; Irish: Ó Súilleabháin/Christiansen 1963; English: Briggs 1970f. A I, 122; French: Soupault 1963, 295ff., Delarue/Tenèze 1964ff. II; Spanish: Camarena/Chevalier 1995ff. II, González Sanz 1996; Basque: Camarena/Chevalier 1995ff. II; Catalan: Oriol/Pujol 2003; Portuguese: Oliveira 1900ff. I, No. 55, II, No. 259, Cardigos (forthcoming); Dutch: Sinninghe 1943; Frisian: Kooi 1984a; Flemish: Meyer 1968, Meyer/Sinninghe 1976; German: Ranke 1955ff. II, Grimm KHM/Uther 1996 II, No. 107; Swiss: Sooder 1929, 23f., cf. Wildhaber/Uffer 1971, No. 30; Austrian: Haiding 1953, Nos. 34, 66; Ladinian: Uffer 1945, No. 3; Italian: Cirese/Serafini 1975, Nos. 613, De Simone 1994, No. 85; Corsican: Massignon 1963, Nos. 5, 43, 51, 82, 88; Sardinian: Cirese/Serafini, No. 613, 613A*; Maltese: Mifsud-Chircop 1978; Hungarian: György 1934, No. 98, MNK II, Dömötör 2001, 287; Czech: Tille 1929ff. II 2, 164ff., 171ff., Dvořák 1978, No. 695; Slovakian: Gašparíková 1991f. I, Nos. 170, 218; Slovene: Šašelj 1906f. II, 226f., Bolhar 1974, 50ff.; Serbian: Eschker 1992, No. 7; Macedonian: Eschker 1972, No. 26; Rumanian: Bîrlea 1966 II, 396ff., III, 450; Bulgarian: BFP, Koceva 2002, Nos. 613, 613*; Albanian: Jarník 1890ff., 264f.; Greek: Klaar 1963, 159ff., Megas/Puchner 1998; Sorbian: Nedo 1956, No. 63; Polish: Krzyżanowski 1962f. I; Russian, Byelorussian, Ukrainian: SUS; Turkish: Eberhard/Boratav 1953, Nos. 67, 253; Jewish: Noy 1963a, No. 11, Noy 1965, No. 18, Jason 1965, 1975, 1988a, Nos. 613, 613*, *613**; Gypsy: MNK X 1; Ossetian: Bjazyrov 1958, Nos. 43, 116; Cheremis/Mari: Kecskeméti/Paunonen 1974, Sabitov 1989, Nos. 613, 613A*; Chuvash, Tatar, Mordvinian, Votyak: Kecskeméti/Paunonen 1974; Kurdish: Nebez 1972, 88ff.; Armenian: Gullakjan 1990; Buryat, Mongolian: Lőrincz 1979; Georgian: Kurdovanidze 2000; Syrian: El-Shamy 2004; Lebanese: El-Shamy 2004, No. 613A§; Palestinian: Nowak 1969, Nos. 189, 301, El-Shamy 2004; Iraqi: Nowak 1969, No. 301, El-Shamy 2004; Jordanian, Saudi Arabian, Oman: El-Shamy 2004; Iranian: Marzolph 1984; Pakistani: Thompson/Roberts 1960; Indian: Thompson/Roberts 1960, Jason 1989; Burmese: Kasevič/Osipov 1976, No. 172; Sri Lankan: Thompson/Roberts 1960; Chinese: Riftin et al. 1977, No. 13, Ting 1978; Korean: Choi 1979, Nos. 460, 465, 467; Japanese: Ikeda 1971; English-Canadian: Fauset 1931, No. 1; French-Canadian: Delarue/Tenèze 1964ff. II; Spanish-American, Mexican: Robe 1973; Dominican: Hansen 1957, Nos. 613, 613**A; Puerto Rican: Hansen 1957, No. 613; Mayan: Peñalosa 1992; Guatemalan, Colombian, Ecuadorian, Bolivian, Chilean: Camarena/Chevalier 1995ff. II; Brazilian: Alcoforado/Albán 2001, No. 38; West Indies: Flowers 1953; Egyptian: El-Shamy 2004, Nos. 613, 613A§; Tunisian, Algerian: El-Shamy 2004; Moroccan: Nowak 1969, No. 300, El-Shamy 2004; East African, Congolese: Klipple 1992; Sudanese: Klipple 1992, El-Shamy 2004; Eritrean, Tanzanian: El-Shamy 2004; Namibian:

Schmidt 1989 II, No. 1101; Malagasy: Haring 1982, No. 5.613.

SUPERNATURAL POWER OR KNOWLEDGE 650-699

650A *Strong John.*

Singer 1903f. I, 63-77; BP II, 285-297, III, 274; Kruse 1922; Vries 1924; Loorits 1927; HDM 1(1930-33)172-174(W. Golther); Scherb 1930; Merkel 1977; EM 1 (1977)1232; Scherf 1995 I, 113-116, 268-271, 647-649, II, 894-896; EM 8(1996)318-321(S. Becker); Dekker et al. 1997, 352-354; Röth 1998; Schmidt 1999; EM: Starker Hans(forthcoming).

Finnish: Rausmaa 1982ff. I, Nos. 4, 12, 116, III, No. 2, Jauhiainen 1998, Nos. H55, K105, L61; Finnish-Swedish: Hackman 1917f. I, Nos. 141, 142(16,17); Estonian: Aarne 1918; Livonian: Loorits 1926; Latvian: Arājs/Medne 1977; Lithuanian: Kerbelytė 1999ff. I; Lappish: Kecskeméti/Paunonen 1974, Bartens 2003, No. 43; Livonian, Lappish, Wepsian, Lydian, Karelian, Syrjanian: Kecskeméti/Paunonen 1974; Swedish: Liungman 1961; Norwegian: Hodne 1984; Danish: Grundtvig 1876ff. II, No. 4; Irish: Ó Súilleabháin/Christiansen 1963; English: Briggs 1970f. A I, 499ff., 524f., 529f.; French: Delarue/Tenèze 1964ff. II, No. 650; Spanish: Camarena/Chevalier 1995ff. II; Catalan: Oriol/Pujol 2003; Portuguese: Oliveira 1900ff. I, No. 132, Cardigos(forthcoming), Nos. 650A, 650D; Dutch: Kooi 2003, No. 30; Frisian: Kooi 1984a, Kooi/Schuster 1993, No. 6; Flemish: Meyer 1968, Lox 1999a, No. 20; German: Ranke 1955ff. II, No. 650, Grimm KHM/Uther 1996 II, No. 90, III, No. 166, Bechstein/Uther 1997 II, No. 6, Berger 2001, Nos. 650A, 650A*, 650A**; Swiss: Sutermeister 1869, No. 8, Uffer 1972, 191ff.; Austrian: Haiding 1953, Nos. 41, 48, 65, Haiding 1969, Nos. 38, 103, 150; Ladinian: Decurtins 1896ff. II, No. 15, X, No. 21; Italian: Cirese/Serafini 1975; Hungarian: MNK II, Dömötör 2001, 287; Czech: Tille 1929ff. I, 171, II 2, 56ff., 87ff; Slovakian: Gašparíková 1991f. I, Nos. 13, 51, 96, 216, 277, 289, 315, 322, II, Nos. 378, 408, 475, 486, 551; Slovene: Nedeljko 1884ff. I, 65ff., Bolhar 1974, 34ff.; Serbian: Čajkanović 1929, No. 175; Rumanian: Schullerus 1928, Bîrlea 1966 II, 421ff., III, 7ff., 58ff., 452, 475f., 479ff.; Bulgarian: BFP, Koceva 2002; Greek: Hahn 1918 II, No. 75, Megas/Puchner 1998, Nos. 650, 650A; Sorbian: Nedo 1956, Nos. 64a-c; Polish: Krzyżanowski 1965 I, No. 650; Russian, Byelorussian, Ukrainian: SUS; Turkish: Eberhard/Boratav 1953, Nos. 146 V, 281, p. 414 No. 3; Jewish: Noy 1963a, No. 15, Jason 1965, No. 650, Jason 1975, 1988a; Gypsy: Briggs 1970f. A I, 499ff., cf. 541f., MNK X 1; Ossetian: Bjazyrov 1958, Nos. 118-120; Abkhaz: Šakryl 1975, Nos. 78, 94; Adygea: Alieva 1986; Cheremis/Mari: Kecskeméti/Paunonen 1974, Sabitov 1989; Chuvash,

Tatar, Mordvinian, Votyak, Vogul/Mansi: Kecskeméti/Paunonen 1974; Yakut: Ėrgis 1967, Nos. 181, 182, 274; Uzbek: Keller/Rachimov 2001, No. 16; Georgian: Kurdovanidze 2000; Palestinian, Iraqi: El-Shamy 2004; Chinese: Ting 1978, No. $650A_1$, Bäcker 1988, No. 24; Indonesian: Vries 1925f. I, No. 7, II, 407 No. 197; Filipino: Fansler 1921, No. 3; English-Canadian: Halpert/Widdowson 1996 I, Nos. 23, 24; French-Canadian: Delarue/Tenèze 1964ff. II; Spanish-American, Mexican: Robe 1973; Dominican, Puerto Rican: Hansen 1957, No. 650; Mayan: Peñalosa 1992; Venezuelan, Colombian, Peruvian, Bolivian, Uruguayan, Chilean, Argentine: Camarena/Chevalier 1995ff. II; West Indies: Flowers 1953, No. 650; Egyptian, Tunisian, Moroccan: El-Shamy 2004; Algerian: Nowak 1969, No. 178, El-Shamy 2004; Ghanaian: Schott 1993f. I, No. 438; Sudanese: Klipple 1992, El-Shamy 2004; Malagasy: Klipple 1992.

650B ***The Quest for a Strong Companion.***

Legman 1968f. II, 449; Masing 1981.

Finnish: Rausmaa 1982ff. I, No. 117; Estonian: Aarne 1918, Viidalepp 1980, Nos. 87, 88; Latvian: Šmits 1962ff. VIII, 454ff., Arājs/Medne 1977; Lithuanian: Kerbelytė 1999ff. I, No. $650B_1$; Norwegian: cf. Stroebe 1915 II, No. 28; Karelian: Kecskeméti/Paunonen 1974; Hungarian: Dömötör 1992, No. 22; Serbian: Karadžić 1937, No. 1, Eschker 1992, No. 2; Greek: Megas/Puchner 1998; Russian, Ukrainian: SUS; Chechen-Ingush: Levin 1978, No. 22; Ossetian: Bjazyrov 1958, No. 121; Abkhaz: Šakryl 1975, Nos. 46, 61; Karachay: Lajpanov 1957, 22ff.; Adygea: Alieva 1986; Cheremis/Mari: Sabitov 1989; Kazakh: Sidel'nikov 1958ff. I, 420; Kara-Kalpak: Volkov 1959, 53ff.; Kirghiz: Potanin 1917, No. 36; Georgian: Dolidze 1956, No. 96; Indian: Tauscher 1959, No. 73, Jason 1989; Chinese: Ting 1978, No. $650B_1$; US-American: Baughman 1966; Algerian: Frobenius 1921ff. II, No. 6, El-Shamy 2004; Ghanaian: Schott 1993f. I, No. 438.

650C ***The Youth who Bathed Himself in the Blood of a Dragon.*** (Siegfried of the Nibelungenlied).

Cock 1919, 153–157, 309–312; EM 1(1977)59–61(K. Ranke).

Latvian: Šmits 1962ff. VIII, 457ff.; Lithuanian: Kerbelytė 1999ff. I; German: Plenzat 1930, 46; Sorbian: Nedo 1956, No. 64b; Rumanian: cf. Bîrlea 1966 III, 268ff., 509f.; Persian Gulf: Nowak 1969, No. 160; Japanese: Inada/Ozawa 1977ff.

652 ***The Prince whose Wishes Always Come True.***

BP II, 121–128; EM 2(1979)499; Schwarzbaum 1980, 276; Meder 1996; Röth 1998;

EM 9(1999)1352; EM 10(2002)1327–1331(T. Meder); Marzolph/Van Leeuwen 2004, No. 534.

Finnish: Rausmaa 1982ff. II, No. 118; Estonian: Aarne 1918; Latvian: Arājs/Medne 1977; Lithuanian: Kerbelytė 1999ff. I; Karelian: Kecskeméti/Paunonen 1974; Danish: Berntsen 1873f. II, No. 20; Irish: Ó Súilleabháin/Christiansen 1963; French: Delarue/Tenèze 1964ff. II; Portuguese: Soromenho/Soromenho 1984f. I, No. 320, Cardigos(forthcoming); Dutch: Sinninghe 1943, Bødker et al. 1963, 108ff.; German: Ranke 1955ff. II, Grimm KHM/Uther 1996 II, No. 76; Austrian: Geramb/Haiding 1980, No. 23; Italian: Cirese/Serafini 1975; Hungarian: MNK II; Czech: Tille 1929ff. II 2, 118ff.; Slovakian: Polívka 1923ff. III, 130, Gašparíková 1991f. I, Nos. 24, 91; Slovene: Nedeljko 1884ff. I, 48ff.; Bulgarian: BFP, Koceva 2002; Greek: Megas/Puchner 1998; Polish: Krzyżanowski 1962f. I; Russian, Byelorussian, Ukrainian: SUS; Jewish: Jason 1965, Noy 1968, No. 15, Jason 1975, 1988a; Gypsy: MNK X 1; Armenian: Gullakjan 1990; Jordanian: El-Shamy 2004; French-Canadian: Delarue/Tenèze 1964ff. II; US-American: Baughman 1966; West Indies: Flowers 1953; Egyptian: El-Shamy 2004.

653 ***The Four Skillful Brothers.***

Chauvin 1892ff. VIII, 76 No. 45; Köhler/Bolte 1898ff. I, 298–303, 438–440; Farnham 1920; Wesselski 1925, No. 80; BP III, 45–58; Kretschmer 1930; HDM 2(1934–40) 567–569(B. Heller); EM 2(1979)903–912(K. Ranke); Scherf 1995 I, 182–184, 195–197, 466–470, II, 1273–1276, 1330–1332; Tomkowiak/Marzolph 1996, 56–58; Goldberg 1997c; Röth 1998; Schmidt 1999; cf. Marzolph/Van Leeuwen 2004, No. 355.

Finnish: Rausmaa 1982ff. I, No. 119; Estonian: Aarne 1918; Latvian: Arājs/Medne 1977; Lithuanian: Kerbelytė 1999ff. I; Lappish: Qvigstad 1925, No. 653*, Bartens 2003, No. 44; Swedish: Liungman 1961; Norwegian: Hodne 1984; Danish: Grundtvig 1854ff. II, No. 6, Grundtvig 1876ff. I, No. 17; Icelandic: Sveinsson 1929; Irish: Ó Súilleabháin/Christiansen 1963; French: Delarue/Tenèze 1964ff. II; Spanish, Basque: Camarena/Chevalier 1995ff. II; Catalan: Oriol/Pujol 2003; Portuguese: Oliveira 1900ff. II, No. 414, Cardigos(forthcoming), Nos. 513C*, 653; BFP; Dutch: Sinninghe 1943, Kooi 2003, No. 4; Frisian: Kooi 1984a; Flemish: Meyer 1968; German: Ranke 1955ff. II, Tomkowiak 1993, 252, Grimm KHM/Uther 1996 II, No. 129; Italian: Cirese/Serafini 1975; Maltese: Mifsud-Chircop 1978; Hungarian: MNK II; Czech: Tille 1929ff. II 1, 162; Slovakian: Gašparíková 1991f. II, No. 417; Slovene: Drekonja 1932, 48f.; Serbian: Đorđevič/Milošević-Đorđevič 1988, No. 247; Rumanian: Bîrlea 1966 I, 274ff., II, 405ff., III, 389ff., 451f.; Bulgarian: BFP, Nos. 513C*, 653, Koceva 2002, Nos. 513C*, 653; Greek: Dawkins 1950, No. 6, Megas/Puchner 1998; Polish: Krzyżanowski 1962f. I; Russian, Byelorussian, Ukrainian: SUS; Turkish: Eberhard/Boratav 1953, No. 291; Jewish: Jason 1965, 1975, 1988a; Gypsy: Briggs 1970f. A I, 521f., MNK X 1; Abkhaz: Šakryl 1975, No. 97; Adygea: Alieva 1986; Cheremis/Mari: Kecskeméti/Paunonen 1974, Sabitov 1989; Yakut: Ėrgis 1967, Nos. 160, 163; Tadzhik: Grjunberg/Steblin-Kamenskov 1976, Nos. 34, 43, 44; Georgian: Fähnrich 1995, No. 48; Kuwaiti: El-Shamy 2004; Iranian: Marzolph 1984; Pakistani, Sri Lankan: Thompson/Roberts 1960; Indian: Tauscher 1959, Nos. 24, 43, Thompson/Roberts 1960, Blackburn 2001, No. 66; Nepalese: Unbescheid 1987, Nos. 17, 19; Chinese: Ting 1978; Korean: Choi 1979, Nos. 203, 461, 467, 469; Indonesian: Vries 1925f. II, 497 No. 198; Japanese: Ikeda 1971, Inada/Ozawa 1977ff.; French-Canadian: Delarue/Tenèze 1964ff. II; Spanish-American, Mexican: Robe 1973; Dominican: Hansen 1957; Mayan: Peñalosa 1992; Brazilian: Cascudo 1955a, 112; West Indies: Flowers 1953; Cape Verdian: Parsons 1923b I, Nos. 37, 37a, 37b, 39; Tunisian, Algerian, Moroccan: El-Shamy 2004; East African: Arewa 1966, No. 4291; Tanzanian: El-Shamy 2004; Central African: Lambrecht 1967, No. 4491(4); Namibian: Schmidt 1989 II, No. 1111; Malagasy: Haring 1982, Nos. 1.4.653, 1.6.653.

653A *The Rarest Thing in the World.*

Chauvin 1892ff. VI, 133ff. No. 286; Farnham 1920; BP III, 47–53; Bascom 1975, No. 36,1–37; Jones 1976; Crowley 1976; EM 2(1979)908–910; Scherf 1995 II, 1330–1332; Goldberg 1997c; Röth 1998; Schmidt 1999; Reuster-Jahn 2003; Marzolph/Van Leeuwen 2004, No. 355.

Finnish: Rausmaa 1982ff. I, No. 120; Latvian: Arājs/Medne 1977; Lithuanian: Kerbelytė 1999ff. II; Icelandic: Sveinsson 1929, No. 575; Irish: Béaloideas 35/36 (1967–68) 156ff. No. 23; French: Delarue/Tenèze 1964ff. II; Spanish: Espinosa 1946f., No. 150, Camarena/Chevalier 1995ff. II; Catalan: Oriol/Pujol 2003; Portuguese: Oliveira 1900ff. I, No. 156, Cardigos (forthcoming); Flemish: Meyer 1968; German: Peuckert 1932, No. 103; Swiss: Büchli/Brunold-Bigler 1989ff. III, 482f.; Italian: Schneller 1867, No. 14; Corsican: Massignon 1963, No. 61; Hungarian: MNK II; Czech: Horák 1971, 113ff.; Rumanian: Bîrlea 1966 II, 420; Bulgarian: BFP, Koceva 2002; Albanian: Leskien 1915, No. 66; Greek: Klaar 1970, 148ff., Megas/Puchner 1998; Polish: Krzyżanowski 1962f. I, No. 463; Sorbian: Nedo 1972, 205ff.; Russian, Byelorussian: SUS; Turkish: Eberhard/Boratav 1953, No. 291; Jewish: Haboucha 1992; Gypsy: Aichele/Block 1962, No. 19; Abkhaz: Šakryl 1975, No. 21; Adygea: Alieva 1986; Kurdish: Mann 1909, 105ff., Džalila et al. 1989, Nos. 26, 27; Armenian: Gullakjan 1990; Georgian: Fähnrich 1995, No. 48; Syrian, Palestinian, Jordanian, Iraqi, Saudi Arabian, Qatar, Yemenite: El-Shamy 2004; Iranian: Marzolph 1984; Indian: Tauscher 1959, No. 24; Chinese: Ting 1978; Japanese: Inada/Ozawa 1977ff.; Filipino: Fansler 1921, No. 12; Spanish-American, Mexican: Robe 1973; Dominican, Puerto Rican: Hansen 1957; Guatemalan, Dominican: Camarena/Chevalier 1995ff. II; Brazilian: Romero/Cascudo, 284ff.; Cape Verdian: Parsons 1923b I, No. 13; North African: El-Shamy 2004; Egyptian: El-Shamy 1980, No. 7, El-Shamy 2004; Tunisian, Algerian: El-Shamy 2004; Cameroon: Kosack 2001, 173; East African: Velten 1898, 71ff.; Sudanese: El-Shamy 2004; Ethiopian: Reinisch 1889, Nos. 3, 11; South African: Grobbelaar 1981.

653B ***The Suitors Restore the Maiden to Life.***
Penzer 1924ff. VI, 261-266; Ruben 1944; EM 2(1979)910; Scherf 1995 II, 1330-1332, Goldberg 1997c.
Lithuanian: Kerbelytė 1999ff. II; Portuguese: Oliveira 1900ff. I, No. 156, Cardigos (forthcoming), No. 653A; Flemish: Meyer 1968, Top 1982, No. 8; Mongolian: Lőrincz 1979; Indian: Thompson/Roberts 1960, Beck et al. 1987, No. 8; Sri Lankan: Thompson/Roberts 1960; Nepalese: Sakya/Griffith 1980, 98ff.; Chinese: Ting 1978; Cambodian: Sacher 1979, 353f., Gaudes 1987, Nos. 29, 46; Cape Verdian: Parsons 1923b I, No. 13.

654 ***The Three Agile Brothers.***
BP III, 10-12; Wesselski 1925, No. 20; HDM 2(1934-40)567-569(B. Heller); Tubach 1969, No. 3638; Bascom 1975, Nos. 3,1-7; EM 2(1979)868-871(K. Ranke); Hansen 2002, 426f.
Finnish: Rausmaa 1982ff. I, No. 121; Finnish-Swedish: Hackman 1917f. I, No. 143; Estonian: Aarne 1918, Viidalepp 1980, No. 89; Latvian: Arājs/Medne 1977; Lithuanian: Kerbelytė 1999ff. II, No. 654A*; Swedish: Liungman 1961; Norwegian: Hodne 1984; Irish: Ó Súilleabháin/Christiansen 1963; French: Delarue/Tenèze 1964ff. II; Catalan: Oriol/Pujol 2003; Dutch: Overbeke/Dekker et al. 1991, Nos. 512, 2407, Kooi 1986, 114; Frisian: Kooi 1984a; Flemish: Meyer 1968; German: Ranke 1955ff. II, Moser-Rath 1984, 291, Tomkowiak 1993, 252, Grimm KHM/Uther 1996 II, No. 124; Italian: Cirese/Serafini 1975; Hungarian: cf. György 1932, 47, 51, No. 16, Dömötör 2001, 287; Bosnian: Krauss/Burr et al. 2002, No. 48; Russian: SUS; Turkish: Eberhard/Boratav 1953, 411f.; Uzbek: Reichl 1978, 40ff.; Chinese: Ting 1978; Korean: Choi 1979, Nos. 203, 461, 467, 469; Japanese: Inada/Ozawa 1977ff.; US-American: Baughman 1966; Dominican: Hansen 1957; West Indies: Flowers 1953.

655 ***The Wise Brothers.***
Fraenkel 1890; Chauvin 1892ff. VII, 158ff. No. 438, VIII, No. 63; Fraenkel 1893; Pra-

to 1894; Fischer/Bolte 1895, 198-202; Penzer 1924ff. VI, 286; Wesselski 1925, 222-225; Schick 1934f. I, 5-17, 236-252; ZfVk. 44(1936)79; Dawkins 1950, 324-326; Megas 1956; Schwarzbaum 1968, 204-221, 474; Tubach 1969, Nos. 500, 2611, 4964, 5391; Fabula 16(1975)80-88; EM 2(1979)874-887(K. Ranke); Marzolph 1992 II, No. 416; Röth 1998; Hasan-Rokem 2000, 47f., 50, 58f., 60f., 63f.; Grayson 2002, 57-59; Marzolph/Van Leeuwen 2004, Nos. 289, 357, 358.

Finnish: Rausmaa 1982ff. I, 498; Estonian: Aarne 1918, No. 925*; Norwegian: Hodne 1984, No. 655, cf. p. 159; Danish: Kristensen 1881ff. II, No. 20; Catalan: Oriol/Pujol 2003, Nos. 655, 655A; Portuguese: Oliveira 1900ff. I, No. 142, II, No. 314, Cardigos (forthcoming), Nos. 655, 655A; Hungarian: MNK II; Macedonian: Čepenkov/Penušliski 1989 II, No. 165, IV, No. 486; Rumanian: Stroescu 1969 II, No. 4650A; Bulgarian. BFP, Nos. 655, 655A, Koceva 2002, Nos. 655, 655A; Albanian: Camaj/Schier-Oberdorffer 1974, No. 36; Greek: Dawkins 1950, No. 31, Loukatos 1957, 264ff., Megas/Puchner 1998, Nos. 655, 655A; Polish: Krzyżanowski 1962f. I; Ukrainian: SUS; Turkish: Eberhard/Boratav 1953, Nos. 347 III, 348; Jewish: Noy 1963a, No. 114, Jason 1965, No. 655*C, Jason 1975, Nos. 655, 655A, Jason 1988a, Nos. 655, 655A; Gypsy: MNK X 1; Abkhaz: Šakryl 1975, No. 66; Adygea: Alieva 1986; Kurdish: Džalila et al. 1989, Nos. 27, 97; Armenian: Gullakjan 1990, Nos. 655, 655A; Uzbek: Reichl 1978, 91ff.; Tadzhik: Grjunberg/Steblin-Kamenskov 1976, 34f.; Mongolian: Lőrincz 1979; Tuva: Taube 1978, No. 63; Georgian: Kurdovanidze 2000; Syrian: El-Shamy 2004; Lebanese: Nowak 1969, No. 469, El-Shamy 2004, Nos. 655, 655A; Aramaic: Arnold 1994, No. 45; Palestinian: El-Shamy 2004, Nos. 655, 655A; Iraqi: Nowak 1969, No. 479; Kuwaiti, Qatar: El-Shamy 2004; Iranian: Marzolph 1984, Nos. 655, 655A; Afghan: Lebedev 1986, 130ff.; Pakistani: Thompson/Roberts 1960, Schimmel 1980, No. 12; Indian: Tauscher 1959, 178, Thompson/Roberts 1960, Nos. 655, 655A, Jason 1989, Nos. 655, 655A; Sri Lankan: Thompson/Roberts 1960, Nos. 655, 655A, Schleberger 1985, No. 64; Chinese: Ting 1978; Korean: Choi 1979, No. 461; Spanish-American: Robe 1973, No. 655A; Argentine: Hansen 1957, Nos. 655, **656A; Egyptian: El-Shamy 1980, No. 16, El-Shamy 2004, Nos. 655, 655A; Tunisian, Moroccan: El-Shamy 2004, Nos. 655, 655A; Algerian: El-Shamy 2004; Sudanese: Klipple 1992, El-Shamy 2004, Nos. 655, 655A.

660 ***The Three Doctors.***

BP II, 552-555; HDM 2(1934-40)85f.(W. Heiligendorff); Schwarzbaum 1968, 317; Legman 1968f. II, 640f.; Tubach 1969, No. 2310; Lacourcière 1970a; Thompson 1980; EM 3(1981)742-747(L. S. Thompson); Dekker et al. 1997, 110-112.

Finnish: Rausmaa 1982ff. I, No. 122; Finnish-Swedish: Hackman 1917f. I, No. 144;

Estonian: Aarne 1918; Latvian: Arājs/Medne 1977; Lithuanian: Kerbelytė 1999ff. I; Swedish: Liungman 1961; Norwegian: Hodne 1984, No. 660, p. 328; Danish: Skattegraveren 5(1886)3f. No. 3; Irish: Ó Súilleabháin/Christiansen 1963; French: Delarue/Tenèze 1964ff. II; Dutch: Meder/Bakker 2001, No. 84; Frisian: Kooi 1984a, Kooi/Schuster 1993, No. 81; Flemish: Meyer 1968; German: Ranke 1955ff. II, Kooi/Schuster 1994, Nos. 169, 170, Grimm KHM/Uther 1996 II, No. 118, Berger 2001, No. 660*; Austrian: Haiding 1969, Nos. 153, 178; Italian: Ranke 1972, No. 10; Hungarian: MNK II; Czech: Tille 1929ff. II 2, 446f., Dvořák 1978, No. 2310; Slovakian: Polívka 1923ff. IV, 521; Slovene: Kocbek 1926, 39ff.; Greek: Orso 1979, No. 72; Polish: Krzyżanowski 1962f. I; Russian, Byelorussian, Ukrainian: SUS; Jewish: Jason 1975; Gypsy: Briggs 1970f. A II, 293f.; Votyak: Kecskeméti/Paunonen 1974; Georgian: Kurdovanidze 2000; Palestinian: Hanauer 1907, 19-32; Vietnamese: cf. Landes 1886, No. 45; Japanese: Ikeda 1970, Nos. 660A, 660B, Inada/Ozawa 1977ff.; Australian: Adams/Newell 1999 I, 103f.; French-Canadian: Delarue/Tenèze 1964ff. II; US-American: Baughman 1966, Baker 1986, No. 221; French-American: Ancelet 1994, No. 85; Egyptian: cf. El-Shamy 2004, No. 1862D§; Central African: cf. Fuchs 1961, 18f.

664* ***The Soldier Hypnotizes the Innkeeper.***
Finnish: Rausmaa 1982ff. I, Nos. 123, 124; Lithuanian: Boehm/Specht 1924, No. 41; Lappish: Kecskeméti/Paunonen 1974, No. 664B*, Bartens 2003, No. 45; Lydian: Kecskeméti/Paunonen 1974, No. 664B*; Syrjanian: Belinovič/Plesovskij 1958, 145ff.; Greek: cf. Klaar 1987, 129ff.; Russian: SUS, Nos. 664A*, 664B*, cf. Nos. 664C*, 664C**; Byelorussian, Ukrainian: SUS, No. 664B*; Turkish: cf. Eberhard/Boratav 1953, No. 219 IV 5; Jewish: Jason 1965, No. 664*; Cheremis/Mari: Kecskeméti/Paunonen 1974, No. 664*, Sabitov 1989, No. 664A*; Siberian: Vasilenko 1955, No. 20, Soboleva 1984, Nos. 664A*, 664B*; Yakut: Ėrgis 1967, No. 386.

665 ***The Man Who Flew like a Bird and Swam like a Fish.***
HDM 1(1930-33)240-248(F. M. Goebel); Thompson 1951, 57f.; Mudrak 1961; EM 6(1990)871f.; Scherf 1995 I, 51-54, 339-342, II, 834-837, 1043-1047, 1047-1050, 1244-1247; Röth 1998; Schmidt 1999; EM 9(1999)215-218(C. Habiger-Tuczay).
Finnish: Rausmaa 1982ff. I, No. 125; Finnish-Swedish: Hackman 1917f. I, No. 131; Estonian: Aarne 1918, Loorits 1959, No. 119; Latvian: Arājs/Medne 1977; Lithuanian: Basanavičius 1993f. I, No. 28, Kerbelytė 1999ff. I; Lappish: Qvigstad 1927ff. III, No. 41; Syrjanian: Kecskeméti/Paunonen 1974; Danish: Kristensen 1896f. I, No. 19; Icelandic: Sveinsson 1929, cf. Boberg 1966, Nos. D630, D641, E341, Q42.1; Irish: Ó Súilleabháin/Christiansen 1963; Spanish: Espinosa 1946, No. 42; German: Ranke

1955ff. II; Ladinian: Decurtins 1896ff. II, No. 72; Italian: Cirese/Serafini 1975; Hungarian: MNK II; Czech: Tille 1921, 303ff.; Slovakian: Polívka 1923ff. II, 161ff.; Slovene: Nedeljlo 1889, 60f.; Serbian: Čajkanovič 1927, No. 60; Croatian: Valjavec 1890, No. 27; Polish: Krzyżanowski 1962f. I; Sorbian: Nedo 1956, No. 65; Russian, Ukrainian: SUS; Siberian: Radloff 1866ff. I, No. 5; French-Canadian: Delarue/Tenèze 1964ff. II; Egyptian: El-Shamy 1980, No. 16.

666* ***Hero and Leander.***
Erk/Böhme 1893f. I, No. 83; Köhler/Bolte 1898ff. III, 240–243; Haavio 1955; Färber 1961; Tubach 1969, No. 2580; Verfasserlexikon 3(1981)1122f.(W. Fechter); Frenzel 1988, 312–315; EM 6(1990)845–851(J. Jech); Kern/Ebenbauer 2003, 558–560(M. Kern).
Flemish: Duyse 1903ff. I, No. 43; Meyer 1968; German: Bechstein 1853, No. 978, Berger 2001, No. XIX H2; Austrian: Depiny 1932, No. 14, Haiding 1965, No. 39; Hungarian: MNK II; Slovene: Möderndorfer 1946, 234f.; Croatian: Bošković-Stulli 1978, 196ff.; Polish: Krzyżanowski 1962f. I, No. 667; Kashubian: Lorentz 1924, No. 62; Indian: Jason 1989; Japanese: Ikeda 1971, No. 666.

667 ***The Wood Spirit's Foster-Son.***
Megas 1968b; EM 10(2002)947f.(P.-L. Rausmaa).
Finnish-Swedish: Hackman 1917f. I, No. 52; Swedish. Liungman 1961; Norwegian: Haukenæs 1885, 306ff.; Danish: Grundtvig 1876ff. I, No. 1, Levinsen/Bødker 1958, No. 4, Christensen/Bødker 1963ff., No. 115; Flemish: Meyer 1968; Greek: Konomis 1962, No. 2, Megas 1965, 300f.; Russian, Byelorussian: SUS; Yakut: Ėrgis 1983, No. 110.

670 ***The Man Who Understands Animal Languages*** (previously ***The Animal Languages***).
Benfey 1864; Chauvin 1892ff. V, 179f. No. 104, VIII, No. 49; Köhler/Bolte 1898ff. II, 610f.; Aarne 1909a; Aarne 1914a; Littmann 1921ff. III, 762–823, IV, 7–97, VI, 689–690; BP I, 132f.; Basset 1924ff. III, No. 112; Wesselski 1931, 83; Schwarzbaum 1968, 90, 405, 483; Noy 1971; Hatami 1977, No. 71; Schwarzbaum 1979, 406, 542f., 546 not. 2, 548 not. 7, 12, 20, 549f. not. 26; Scherf 1995 I, 403–407; Dekker et al. 1997, 357f.; Röth 1998; Schmidt 1999; Marzolph/Van Leeuwen 2004, Nos. 2, 3; EM: Tiersprachenkundiger Mensch(in prep.).
Finnish: Rausmaa 1982ff. I, No. 126; Finnish-Swedish: Hackman 1917f. I, No. 145; Estonian: Loorits 1959, No. 128; Livonian: Loorits 1926; Latvian: Arājs/Medne

1977; Lithuanian: Kerbelytė 1999ff. I; Wepsian, Lydian, Karelian: Kecskeméti/Paunonen 1974; Swedish: Liungman 1961; Danish: Grundtvig 1854ff. II, No. 113, Skattegraveren 8(1887)157f. No. 674; Faeroese: Nyman 1984; Irish: Ó Súilleabháin/Christiansen 1963; French: Delarue/Tenèze 1964ff. II; Spanish: Camarena/Chevalier 1995ff. II; Catalan: Neugaard 1993, No. T252.2, Oriol/Pujol 2003; Portuguese: Sarmento 1998, No. 1086, Cardigos(forthcoming); Flemish: Meyer 1968; German: Ranke 1955ff. II; Italian: Cirese/Serafini 1975; Corsican: Massignon 1963, No. 2; Sardinian: Cirese/Serafini; Maltese: Mifsud-Chircop 1978; Hungarian: MNK II; Czech: Tille 1929ff. II 2, 426f.; Slovakian: Gašparíková 1991f. I, Nos. 203, 209, 252, 285, II, Nos. 373, 421; Slovakian: Polívka 1923ff. IV, 276ff.; Slovene: Šašelj 1906f. I, 230ff.; Serbian: Eschker 1992, No. 19; Macedonian: Čepenkov/Penušliski 1989 I, Nos. 84, 85; Rumanian: Schullerus 1928, Bîrlea 1966 II, 426ff., III, 454; Bulgarian: BFP, Koceva 2002; Albanian: Karlinger/Mykytiuk 1967, No. 39; Greek: Loukatos 1957, 48f., Megas/Puchner 1998; Polish: Krzyżanowski 1962f. I; Russian, Byelorussian, Ukrainian: SUS; Turkish: Eberhard/Boratav 1953, No. 56; Jewish: Noy 1963a, No. 34, Jason 1965, 1975, 1988a; Gypsy: MNK X 1; Ossetian: Bjazyrov 1958, No. 122; Adygea: Alieva 1986; Cheremis/Mari, Mordvinian, Votyak: Kecskeméti/Paunonen 1974; Armenian: Gullakjan 1990; Kalmyk: Lőrincz 1979; Georgian: Kurdovanidze 2000; Syrian: El-Shamy 2004; Palestinian: Hanauer 1907, 258ff., El-Shamy 2004; Iranian: Marzolph 1984; Indian, Sri Lankan: Thompson/Roberts 1960; Vietnamese: Karow 1972, No. 22; Chinese: Ting 1978; Korean: Choi 1979, Nos. 268, 471; Indonesian: Vries 1925f. II, No. 186; Japanese: Ikeda 1971, Inada/Ozawa 1977ff.; French-Canadian: Delarue/Tenèze 1964ff. II; US-American: Baughman 1966; Spanish-American, Mexican: Robe 1973; Dominican, Puerto Rican: Hansen 1957; South American Indian: Hissink/Hahn 1961, No. 346; Mayan: Peñalosa 1992; Bolivian, Argentine: Camarena/Chevalier 1995ff. II; West Indies: Flowers 1953; Cape Verdian: Parsons 1923b I, Nos. 42, 42a; Egyptian, Algerian: El-Shamy 2004; Moroccan: Basset 1897, No. 108, El-Shamy 2004; West African: Klipple 1992; East African: Arewa 1966, No. 3372(1-3), Klipple 1992; Sudanese: Klipple 1992; Eritrean: El-Shamy 2004; Central African: Lambrecht 1967, No. 3372(4, 5, 6); Congolese: Klipple 1992; Namibian: Schmidt 1989 II, No. 1115; South African: Coetzee et al. 1967; Malagasy: Haring 1982, No. 4.670.

670A ***The Woman Who Understands Animal Languages.***
Schwarzbaum 1979, 542f., 545; EM: Tiersprachenkundiger Mensch(in prep.).
Macedonian: Čepenkov/Penušliski 1989 I, No. 85; Indian: Thompson/Roberts 1960; Nepalese: Sakya/Griffith 1980, 118ff.

671 *The Three Languages.*

Aarne 1909a; Aarne 1914a; BP I, 322–325; Wesselski 1925, 221f.; Craig 1947; Mudrak 1958; Delarue/Tenèze 1964ff. II, 581; cf. Tubach 1969, No. 636; Schwarzbaum 1979, 542, 548 not. 12; Fabula 22(1981)210; Scherf 1995 I, 224–226, II, 1285–1287; Dekker et al. 1997, 357–360; Röth 1998; EM: Tiersprachenkundiger Mensch (in prep.).

Livonian: Loorits 1926; Lithuanian: Basanavičius 1993f. I, Nos. 77, 84, Kerbelytė 1999ff. I, No. 670; Swedish: cf. Liungman 1961, No. 517; Icelandic: Sveinsson 1929, Kvideland/Eiríksson 1988, No. 17; Irish: Ó Súilleabháin/Christiansen 1963; French: Delarue/Tenèze 1964ff. II; Spanish: Camarena/Chevalier 1995ff. II; Catalan: Neugaard 1993, No. B580; Dutch: Tinneveld 1976, No. 7; Frisian: Kooi 1984a; Flemish: Meyer 1968; German: Spiegel 1914, No. 4, Grimm KHM/Uther 1996 I, No. 33; Swiss: Jegerlehner 1913, No. 78; Ladinian: Uffer 1973, No. 6; Italian: Cirese/Serafini 1975; Maltese: Mifsud-Chircop 1978; Hungarian: Dégh 1955f. II, No. 98; Czech: Tille 1929ff. I, 30; Slovakian: Polívka 1923ff. III, 70f.; Slovene: Gabrščček 1910, 13ff.; Serbian: Čajkanović 1927 I, No. 17; Croatian: Bošković-Stulli 1959, No. 43; Macedonian: Eschker 1972, No. 34; Rumanian: Schott/Schott 1971, No. 64; Bulgarian: BFP; Greek: Hahn 1918 I, No. 33, Megas/Puchner 1998; Polish: Krzyżanowski 1962f. I, Nos. 668, 671; Russian, Byelorussian: SUS; Jewish: Stephani 1998, No. 49; Gypsy: Mode 1983ff. I, No. 15, III, No. 177; Ossetian: Bjazyrov 1958, No. 123; Azerbaijan: Achundov 1955, 217ff.; Yakut: Ėrgis 1983, No. 253; Mongolian: Michajlov 1962, 171f.; Tuva: Taube 1978, No. 30; Indian: cf. Lüders 1921, No. 22; Burmese: Kasevič/Osipov 1976, No. 149; Chinese: Ting 1978; Korean: Choi 1979, Nos. 268, 471; Japanese: Ikeda 1971; French-Canadian: Delarue/Tenèze 1964ff. II; Spanish-American: TFSP 15(1939)122ff., 22(1949)76; Mexican: Robe 1973; Mayan: Peñalosa 1992; Ecuadorian: Camarena/Chevalier 1995ff. II; East African, Congolese: Klipple 1992.

671D* *To Die Next Day.*

HDA 8(1936/37)943; HDS(1961–63)478–480.

Latvian: Arājs/Medne 1977; Dutch: Dinnissen 1993, No. 34, cf. No. 79, Bloemhoff-de Bruijn/Kooi 1984, No. 9; Frisian: Kooi 2000, 285; German: Böck 1977, No. 22, Cammann/Karasek 1981 I, 270b; Swiss: Büchli/Brunold-Bigler 1989ff. I, 32, 299, 386, 515, 878, II, 38f., III, 334, 577f., 619; Austrian: Moser 1974a, 136; Ladinian: Büchli/Brunold-Bigler 1989ff. II, 19f., 273f., 426ff., 438f., 631, 755; Rumanian: Fabula 23(1982)305; Kurdish: Džalila et al. 1989, No. 23.

671E* *A Magic Boy.*
Finnish: Rausmaa 1982ff. I, No. 127; Lithuanian: Kerbelytė 1978; Russian: SUS; Kurdish: Džalila et al. 1989, Nos. 24, 25; Georgian: Kurdovanidze 2000, No. 671E**; Indian: Mode/Ray 1967, 327ff.; Burmese: Kasevič/Osipov 1976, No. 50.

672 *The Serpent's Crown.*
Magnesius/Magnesius 1926; BP II, 459–465; HDA 7(1935/36)1199–1201(K. Olbrich); Waugh 1960; cf. EM 7(1993)1240–1243(W. Scherf); Scherf 1995 II, 1398–1401; EM 8(1996)491f.; Schmidt 1999, Nos. 672A, 672B; EM: Schlangenkrone, -stein(forthcoming).
Finnish: Simonsuuri/Rausmaa 1968, No. 431, Rausmaa 1972, 470f., Jauhiainen 1998, No. R21; Latvian: Arājs/Medne 1977, No. 672A; Estonian: Aarne 1918, No. 672*, Loorits 1959, No. 129, Viidalepp 1980, No. 92; Lithuanian: Basanavičius 1993f. I, Nos. 86, 87, Kerbelytė 1999ff. III, 193 No. 1.2.1.16; Livonian: Loorits 1926, No. 672A; Swedish: Liungman 1961, No. 672B; English: Baughman 1966, No. 672A; German: Bartsch 1879f. I, Nos. 366, 367, Grimm DS/Uther 1993 I, No. 221, Grimm KHM/Uther 1996 II, No. 105, Bechstein/Uther 1997 II, Nos. 2, 46; Swiss: Wildhaber/Uffer 1971, No. 7, Büchli/Brunold-Bigler 1989ff. III, 243; Austrian: Haiding 1965, Nos. 64, 123, 313; Czech: Tille 1929ff. II 2, 386f., Jech 1984, No. 42; Slovakian: Polívka 1923ff. V, 126f., Gašparíková 1991f. I, Nos. 80, 88, II, No. 348, Filová/Gašparíková 1993, No. 88; Slovene: Schlosser 1956, No. 42, Bolhar 1974, 176f.; Croatian: Valjavec 1890, No. 31, Treimer 1945, 56f.; Byelorussian, Ukrainian: SUS; Polish: Krzyżanowski 1962f. I, Nos. 672, 672A, Vildomec 1979, Nos. 189, 190; Sorbian: Nedo 1956, No. 20; Armenian: Hoogasian-Villa 1966, No. 98; Sri Lankan: Parker 1910ff. II, No. 131; Namibian, South African: Schmidt 1989 II, No. 1731A.

672D *The Stone of the Snake.*
Tubach 1969, No. 3813.
Finnish: Simonsuuri/Rausmaa 1968, No. 432, Rausmaa 1972, 471f., Jauhiainen 1998, No. R31; Latvian: Arājs/Medne 1977; Estonian: Aarne 1918, No. 674*; German: Tietz 1956, 75ff., Grimm DS/Uther 1993 I, No. 217; Swiss: Jegerlehner 1907, 181ff.; Czech: Tille 1929ff. II 2, 378ff., 387ff., Dvořák 1978, No. 3813; Slovakian: Kosová-Kolečányi 1988, 269ff.; Slovene: Bolhar 1974, 177f.; Polish: Krzyżanowski 1962f. I, No. 674, Vildomec 1979, No. 62; Byelorussian: Dobrovol'skij 1891ff. I, No. 33, cf. SUS, No. 674*; Ukrainian: cf. SUS, No. 674*; Gypsy: Mode 1983ff. I, No. 53; Chinese: Ting 1978.

672B* ***Expelling Snakes.***

Röhrich 1976, 195–209, 321f.; Jech/Gašparíková 1985, 79; Holbek 1985, 132.

Finnish: Rausmaa 1972, 473f., Jauhiainen 1998, No. D741; Norwegian: Christiansen 1958, No. 3060; Danish: Kristensen 1871ff. III, 83ff.; Flemish: Eigen Volk 3(1931) 13f.; German: Peuckert 1924, 240, Wossidlo 1939 I, Nos. 399–406; Swiss: Jegerlehner 1913, Nos. 33, 74, Büchli/Brunold-Bigler 1989ff. I, 231f., 246, 384, 430, 433, 469, 560f., III, 229f., 243, 279, 289, 290, 298, 302ff., 670; Austrian: Depiny 1932, 57 nos. 29, 30; Czech: Tille 1929ff. I, 113; Slovene: Bolhar 1974, 175ff., 178ff.; Polish: Krzyżanowski 1962f. I, No. 672D; Sorbian: Schulenburg 1880, 98.

672C* ***Testimony of the Serpent.***

Anderson 1963, 93.

Swiss: cf. Wildhaber/Uffer 1971, No. 31; Italian: Cirese/Serafini 1975; Greek: Laográphia 21(1963–64)491ff. No. 842B*, Megas/Puchner 1998, No. *672C; Jewish: cf. Bin Gorion 1990, No. 87, EM 8(1996)1332.

673 ***The White Serpent's Flesh.***

Benfey 1864; Aarne 1909a; Aarne 1914a; BP I, 131–134; EM 3(1981)288, 291, 297; EM 3(1981)823; Scherf 1995 II, 1380–1383; Dekker et al. 1997, 357f.; Röhrich 2001, 81f., 86; Hansen 2002, 462–469; EM: Tiersprachenkundiger Mensch(in prep.).

Finnish: Rausmaa 1972, 474f., Jauhiainen 1998, No. D79; Estonian: Loorits 1959, Nos. 130, 131; Latvian: Arājs/Medne 1977; Swedish: Liungman 1961; Norwegian: Christiansen 1958, No. 3030; Danish: Aakjaer/Holbek 1966, No. 143; Scottish: cf. Campbell 1890ff. II, No. 47, Briggs 1970f. B II, 578ff., Bruford/MacDonald 1994, No. 51; Irish: Ó Súilleabháin/Christiansen 1963; French: Delarue/Tenèze 1964ff. II; German: Tomkowiak 1993, 253, Grimm DS/Uther 1993 I, No. 132, Grimm KHM/Uther 1996 I, No. 17; Czech: Jech 1961, No. 25; Slovakian: Gašparíková 1991f. I, No. 203, II, No. 373, Slovene: Vrtec 12(1882)129ff.; Serbian: cf. Čajkanovič 1927, No. 61; Polish: Krzyżanowski 1962f. I, Nos. 668, 673; Byelorussian, Ukrainian: SUS, No. 673; Turkish: Eberhard/Boratav 1953, No. 57; Cheremis/Mari: Sabitov 1989; Georgian: cf. Kurdovanidze 2000; Saudi Arabian: Lebedev 1990, No. 12; Chinese: Ting 1978; Brazilian: cf. Cascudo 1955b, 117ff.

674 ***Incest Averted by Talking Animals.***

Schwarzbaum 1968, 184, 217, 445; cf. El-Shamy 1999, No. 39.

Latvian: Šmits 1962ff. IX, 77ff.; Rumanian: Bîrlea 1966 II, 441ff., III, 454; Ukrainian: Čendej 1959, 261ff.; Jewish: Jason 1965, EM 8(1996)1332; Indian: Thompson/Roberts 1960, Blackburn 2001, No. 32; Sri Lankan: Thompson/Roberts 1960; Sudanese: El-Shamy 2004.

675 ***The Lazy Boy.***
Wesselski 1911 II, No. 439; BP I, 485–489; Roberts 1964; Schwarzbaum 1968, 90; Uther 1981, 53; Scherf 1995 I, 163–166, 544–546, 564f., II, 896–900, 935f., 1137–1139; Röth 1998; Schmidt 1999; EM 7(1993)763–769(R. B. Bottigheimer).
Finnish: Rausmaa 1982ff. I, No. 128; Finnish-Swedish: Hackman 1917f. I, No. 142; Estonian: Loorits 1959, No. 132, Viidalepp 1980, No. 93; Latvian: Arājs/Medne 1977; Lithuanian: Kerbelytė 1999ff. I; Lappish, Wepsian, Karelian: Kecskeméti/Paunonen 1974; Swedish: Liungman 1961; Norwegian: Hodne 1984; Danish: Grundtvig 1876ff. I, No. 9; Faeroese: Nyman 1984; Icelandic: Sveinsson 1929, Nos. 574*, 675; Irish: Ó Súilleabháin/Christiansen 1963; French: Delarue/Tenèze 1964ff. II; Spanish, Basque: Camarena/Chevalier 1995ff. II; Catalan: Oriol/Pujol 2003; Portuguese: Oliveira 1900f. I, No. 60, Cardigos(forthcoming); Frisian: Kooi 1984a; German: Ranke 1955ff. III, Grimm KHM/Rölleke 1986 I, No. 54, Kooi/Schuster 1994, No. 16; Austrian: Haiding 1969, Nos. 33, 171, 180; Ladinian: Decurtins 1896ff. II, No. 54; Italian: Cirese/Serafini 1975, De Simone 1994, No. 3; Corsican: Massignon 1963, No. 66; Sardinian: Cirese/Serafini; Hungarian: MNK II; Czech: Tille 1929ff. II 1, 303ff.; Slovene: Bolhar 1974, 63ff.; Serbian: Eschker 1992, No. 15; Croatian: Bošković-Stulli 1959, No. 21; Macedonian: Eschker 1972, No. 39, Čepenkov/Penušliski 1989 I, No. 54; Rumanian: Schullerus 1928, Bîrlea 1966 II, 381ff., III, 448; Bulgarian: BFP, Koceva 2002; Albanian: Camaj/Schier-Oberdorffer 1974, No. 14; Greek: Loukatos 1957, 125ff., Diller 1982, No. 30, Megas/Puchner 1998; Polish: Krzyżanowski 1962f. I; Russian, Byelorussian, Ukrainian: SUS; Turkish: Eberhard/Boratav 1953, No. 69; Jewish: Jason 1965, 1975; Gypsy: Mode 1983ff. IV, Nos. 247, 262, MNK X 1, Nos. 675, 675*; Ossetian: Bjazyrov 1958, No. 124; Cheremis/Mari: Sabitov 1989; Chuvash, Mordvinian: Kecskeméti/Paunonen 1974; Armenian: Gullakjan 1990; Thai: Velder 1968, No. 37; French-Canadian: Delarue/Tenèze 1964ff. II; Spanish-American: Robe 1973; Puerto Rican: Hansen; Guatemalan, Argentine: Camarena/Chevalier 1995ff. II; Chilean: Pino Saavedra 1967, Nos. 21, 38; West Indies: Flowers 1953; Cape Verdian: Parsons 1923b I, No. 36; Cameroon: Kosack 2001, 74.

677 ***Iron Is More Precious than Gold.***
Trautmann 1935, 230f.; EM 3(1981)1084–1093(U. Masing).
Finnish: Rausmaa 1982ff. I, No. 130; Estonian: Aarne 1918, Viidalepp 1980, No. 95; Latvian: Arājs/Medne 1977; Lithuanian: Kerbelytė 1999ff. II, No. 737A*; Wepsian,

Lydian, Karelian, Syrjanian: Kecskeméti/Paunonen 1974; Russian, Byelorussian, Ukrainian: SUS; Cheremis/Mari: Kecskeméti/Paunonen 1974; Azerbaijan: Hermann/Schwind 1951, No. 9; Tadzhik: cf. Amonov 1961, 240ff.; Lebanese, Iraqi, Egyptian, Algerian, Sudanese: cf. El-Shamy 2004, No. 737A*.

677* ***Below the Sea.***
Finnish: Rausmaa 1982ff. I, 500; Livonian, Lappish: Kecskeméti/Paunonen 1974; Russian: SUS; Votyak: Kecskeméti/Paunonen 1974; Turkmen: Reichl 1986, No. 50; Mongolian: Lőrincz 1979; Japanese: Inada/Ozawa 1977ff.

678 ***The King Transfers His Soul to a Parrot.***
Chauvin 1892ff. V, 286ff. No. 171, VIII, 157f. No. 162; Benfey et al. 1932, 72–82; Brunner Ungricht 1998, 149–158; Marzolph/Van Leeuwen 2004, No. 441; EM: Seelentier (forthcoming).
Turkish: Eberhard/Boratav 1953, No. 171; Tadzhik: Rozenfel'd/Ryčkovoj 1990, No. 22; Turkish: Eberhard/Boratav 1953, No. 171; Georgian: Kurdovanidze 2000; Mongolian: Mostaert 1947, No. 60; Iranian: Marzolph 1984; Indian: Thompson/Roberts 1960, Jason 1989; Chinese: Ting 1978.

681 ***Relativity of Time*** (previously ***King in the Bath; Years of Experience in a Moment***).
Germania 2(1857)431–434; Chauvin 1892ff. VII, 100ff. No. 376, 102f. No. 377, 104 No. 378; Köhler/Bolte 1898ff. II, 210–212; Basset 1924ff. III, 552 No. 337; Penzer 1924ff. VII, 244–249; Wesselski 1925, No. 65; Ting 1981; Marzolph/Van Leeuwen 2004, Nos. 412, 435, 443, 456; EM 11,2(2004)532–537(S. Naithani).
Icelandic: Gering 1882f. II, No. 81(3); Polish: Bukowska-Große/Koschmieder 1967, No. 69; Turkish: Eberhard/Boratav 1953, No. 134; Jewish: Noy 1963a, No. 64, Jason 1965, No. 681*A, Jason 1975, No. 681*A, Jason 1976, No. 25; Abkhaz: Šakryl 1975, No. 35; Georgian: Levin 1978, No. 23; Lebanese: El-Shamy 2004; Iraqi, Oman, Kuwaiti: El-Shamy 2004; Saudi Arabian: Jahn 1970, No. 24; Indian: Jason 1989; Chinese: Ting 1978; Japanese: Ikeda 1971; Egyptian: El-Shamy 1980, No. 5, El-Shamy 2004; Tunisian, Moroccan, Sudanese: El-Shamy 2004.

682 ***Meditation on the Trinity.***
Bolte 1906; ZfVk. 21(1911)338; Brechenmacher 1916; Wesselski 1936a, 66–70; Odenius 1969; Tubach 1969, No. 4986; EM 1(1977)1017–1019(H.-W. Nörterheuser); EM 3(1981)966.

Portuguese: Cardigos (forthcoming), No. 4986 (Tubach); German: Pröhle 1853, No. 43, Moser-Rath 1964, No. 257; Hungarian: György 1934, No. 221, Dömötör 1992, No. 327, Dömötör 2001, 292; Czech: Dvořák 1978, No. 4986; Jewish: Bin Gorion 1990, 92; Indian: Thompson/Balys 1958, No. H1113.1; Chinese: Chavannes 1910ff. I, 36, II, 310; Egyptian: Roeder 1927, 313.

OTHER TALES OF THE SUPERNATURAL 700–749

700 ***Thumbling*** (previously ***Tom Thumb***). (Däumling, Petit Poucet, Svend Tomling, Pulgarcillo.)

BP I, 361, 389–398; HDM 1 (1930–33) 375–380 (K. Voretzsch); Joisten 1956; Schwarzbaum 1968, 90; cf. Tubach 1969, No. 572; EM 3 (1981) 349–360 (W. Pape); Scherf 1995 I, 159–163; Tomkowiak/Marzolph 1996, 48–51; Dekker et al. 1997, 184f.; Oriol 1997; Röth 1998; Schmidt 1999; Abry/Joisten 2003, 229–231.

Finnish: Rausmaa 1982ff. I, No. 131; Finnish-Swedish: Hackman 1917f. I, No. 146; Estonian: Aarne 1918; Livonian: Loorits 1926; Lithuanian: Kerbelytė 1999ff. I; Lappish, Wepsian, Wotian, Karelian, Syrjanian: Kecskeméti/Paunonen 1974; Swedish: Liungman 1961; Norwegian: Hodne 1984; Danish: Kristensen 1881ff. II, No. 56; Icelandic: Sveinsson 1929; Irish: Ó Súilleabháin/Christiansen 1963; English: Baughman 1966, Briggs 1970f. A I, 531ff., B I, 205; French: Delarue/Tenèze 1964ff. II; Spanish: Camarena/Chevalier 1995ff. II, González Sanz 1996; Basque: Camarena/Chevalier 1995ff. II; Catalan: cf. Neugaard 1993, No. F915, Oriol/Pujol 2003; Portuguese: Oliveira 1900f. I, No. 94, Cardigos (forthcoming); Dutch: Sinninghe 1943, Kooi 2003, Nos. 19, 21, 116; Frisian: Kooi 1984a; Flemish: Meyer 1968; German: Ranke 1955ff. III, Moser-Rath 1966, No. 23, Tomkowiak 1993, 253, 315, Kooi/Schuster 1994, No. 17, Grimm KHM/Uther 1996 I, Nos. 37, 45; Austrian: Haiding 1953, No. 68; Ladinian: Decurtins 1896ff. II, No. 43; Italian: Cirese/Serafini 1975; Sardinian: Cirese/Serafini; Maltese: Mifsud-Chircop 1978; Hungarian: MNK II, Dömötör 2001, 287; Czech: Tille 1929ff. II 1, 167ff.; Slovakian: Gašparíková 1991f. II, No. 475; Slovene: Bolhar 1974, 99ff.; Serbian: Čajkanovič 1927, No. 62, Karadžić 1937, Eschker 1992, No. 6; Croatian: Bošković-Stulli 1963, No. 47; Macedonian: Miliopoulos 1955, 53ff.; Rumanian: Schullerus 1928; Bulgarian: BFP, No. 700, cf. Nos. *700A, *700B, Koceva 2002, Nos. 700, *700A, *700B; Albanian: Hahn 1864 II, No. 99; Greek: Angelopoulos/Brouskou 1994; Sorbian: Nedo 1956, No. 66; Polish: Krzyżanowski 1962f. I; Russian, Byelorussian, Ukrainian: SUS; Turkish: Eberhard/Boratav 1953, No. 288; Jewish: Bin Gorion 1990, No. 174; Gypsy: Mode 1983ff. I, No. 23, MNK X 1; Cheremis/

Mari: Sabitov 1989; Chuvash: Kecskeméti/Paunonen 1974; Tatar: Jarmuchametov 1957; Mordvinian: Kecskeméti/Paunonen 1974; Kurdish: Džalila et al. 1989, No. 29; Armenian: Hoogasian-Villa 1966, No. 29; Yakut: Ėrgis 1967, No. 195; Turkmen: Stebleva 1969, No. 44; Kazakh: Sidel'nikov 1958ff. I, 139ff.; Tadzhik: Amonov 1961, 411f.; Kalmyk, Buryat, Mongolian: Lőrincz 1979; Tuva: Taube 1978, No. 45; Georgian: Kurdovanidze 2000; Palestinian, Iraqi, Oman, Qatar: El-Shamy 2004; Iranian: Rozenfel'd 1956, 66ff., Lorimer/Lorimer 1918, No. 9; Indian: Jason 1989; Burmese: Htin Aung 1954, 93ff., 236ff.; Sri Lankan: Thompson/Roberts 1960; Chinese: Ting 1978; Korean: Choi 1979, No. 214; Vietnamese: Landes 1886, No. 70; Indonesian: Vries 1925f. II, No. 187; Japanese: Ikeda 1971, Inada/Ozawa 1977ff.; Eskimo: Barüske 1991, No. 121; French-Canadian: Delarue/Tenèze 1964ff. II; Spanish-American, Panamanian: Robe 1973; Dominican, Puerto Rican, Chilean: Hansen 1957; Argentine: Chertudi 1960f. II, Nos. 58, 59; West Indies: Flowers 1953, Delarue/Tenèze 1964ff. II; Cape Verdian: Parsons 1923b I, No. 6; Egyptian: El-Shamy 2004; Tunisian: Nowak 1969, No. 448, El-Shamy 2004; Algerian: Lacoste et al. 1965, No. 29, , Savignac 1978, No. 15, El-Shamy 2004; Moroccan: Laoust 1949, No. 111, Nowak 1969, No. 448, El-Shamy 2004; Sudanese: El-Shamy 2004; South African: Coetzee et al.1967; Malagasy: Klipple 1992.

701 ***The Giant's Toy.***

Dähnhardt 1907ff. I, 243ff.; Basset 1924ff. I, 165 No. 40; Höttges 1931; Ranke 1934a, 39–51; Höttges 1937, 172–184; Schwarzbaum 1968, 163; EM 11,2(2004)682–685(S. Neumann).

Finnish: Rausmaa 1982ff. I, 500, Jauhiainen 1998, No. N701; Livonian: Loorits 1926, No. 225; Lithuanian: Kerbelytė 1973, No. 23, Kerbelytė 2001, 536; Lappish: Qvigstad 1925, No. 73; Swedish: Liungman 1961, No. 701*, Kvideland/Sehmsdorf 1999, No. 55.1; Norwegian: Christiansen 1958, No. 5015; English: Briggs 1970f. A I, 262ff.; Dutch: Sinninghe 1943; Frisian: Kooi 1984a; Flemish: Meyer 1968; German: Ranke 1966, No. 20, Tomkowiak 1993, 254, Grimm DS/Uther 1993 I, Nos. 5, 17, Kooi/Schuster 1994, No. 41, Berger 2001, No. XI B6; Swiss: EM 7(1993)872; Austrian: Haiding 1965, No. 6; Hungarian: MNK II, Dömötör 2001, 291; Slovene: Kelemina 1930, 239; Polish: Krzyżanowski 1962f. I; Ukrainian: Javorskij 1915, No. 2; Palestinian, Egyptian, Moroccan: El-Shamy 2004.

703* ***The Artificial Child.***

Finnish: Rausmaa 1982ff. I, 500; Latvian: Arājs/Medne 1977; Lithuanian: Kerbelytė 1999ff. I; Wepsian, Mordvin: Kecskeméti/Paunonen 1974; Serbian: Karadžić 1937,

No. 24, Đjorđjevič/Milošević-Đjorđjevič 1988, No. 68; Croatian: Bošković-Stulli 1959, No. 24; Greek: Angelopoulos/Brouskou 1994; Russian, Byelorussian, Ukrainian: SUS; Gypsy: Mode 1983ff. II, No. 128; Cheremis/Mari: Sabitov 1989; Palestinian, Qatar: El-Shamy 2004; Japanese: Inada/Ozawa 1977ff.; Algerian: El-Shamy 2004.

704 ***Princess on the Pea.***

Penzer 1924ff. VI, 290; BP III, 330-332; Christensen 1936; Scherf 1995 II, 838-840, 942-944; Dekker et al.1997, 282-285; Lundt 1999; Adam 2001; EM 10(2002)1334-1336(C. Shojaei Kawan); Shojaei Kawan 2002a.

Finnish: Rausmaa 1982ff. I, No. 85; Latvian: Arājs/Medne 1977; Lithuanian: Kerbelytė 1999ff. I; Swedish: Liungman 1949ff.; Norwegian: Hodne 1984; Danish: Andersen/Perlet 1996 I, No. 13; Irish: Ó Súilleabháin/Christiansen 1963; Spanish: González Sanz 1996; Catalan: cf. Oriol/Pujol 2003; Uzbek: Afzalov et al. 1963 II, 389ff.; Afghan: Jason 1988a; Indian: Thompson/Balys 1958, No. H41.1; Cambodian: Gaudes 1987, No. 34; Indonesian: Vries 1925f. II, No. 121.

705-712 The Banished Wife or Maiden

705A ***Born from Fruit (Fish).***

Zapperi 1984; EM 4(1984)1211-1218(H. M. El-Shamy); El-Shamy 1988, 161f.; Röth 1998; El-Shamy 1999, No. 5, cf. No. 12.

Finnish: Rausmaa 1982ff. I, No. 132; Latvian: Arājs/Medne 1977; Karelian: Kecskeméti/Paunonen 1974; Swedish: Liungman 1961, No. 705; Norwegian: Hodne 1984; Danish: Grundtvig 1876ff. II, No. 9; Irish: Ó Súilleabháin/Christiansen 1963; Spanish: Meier 1940, No. 56; Portuguese: Oliveira 1900f. I, No. 66, Cardigos(forthcoming), No. 705*; Catalan: Neugaard 1993, No. T578; German: Ranke 1955ff. III; Italian: Keller 1963, 219ff., Cirese/Serafini 1975; Slovakian: Gašparíková 1991f. II, No. 513; Croatian: Bošković-Stulli 1975b, No. 27; Rumanian: cf. Kremnitz 1882, No. 10; Greek: Konomis 1962, No. 10, Angelopoulos/Brouskou 1994; Polish: Krzyżanowski 1962f. I; Ukrainian: SUS; Jewish: Jason 1975, 1976, No. 28, Jason 1988a; Gypsy: cf. Mode 1983ff. II, No. 128; Yakut: Ėrgis 1967, Nos. 186, 192, 196; Georgian: Kurdovanidze 2000; Syrian: El-Shamy 2004, No. 705A§; Aramaic: Bergsträsser 1915, No. 2; Palestinian, Iraqi: El-Shamy 2004, No. 705A§; Saudi Arabian: Fadel 1979, No. 45, El-Shamy 2004, No. 705A§; Persian Gulf, Kuwaiti, Qatar, Yemenite: El-Shamy 2004, No. 705A§; Polynesian: Kirtley 1971, Nos. R13.3, T578; South American Indian: Wilbert/Simoneau 1992, No. T578; Chilean: Pino Saavedra 1961, II, No. 93; West Indies: Flowers 1953; Egyptian, Tunisian, Algerian, Moroccan, Sudanese, Somalian: El-Shamy 2004, No. 705A§.

705B *Born from Knee.*

Zapperi 1984; EM 4(1984)1211–1218(H. M. El-Shamy); El-Shamy 1988, 161f.; Röth 1998.

Polynesian: Kirtley 1971, No. T541.16; Egyptian: Littmann 1955, 66ff.; Sudanese: Kronenberg/Kronenberg 1978, No. 35; Central African: Fuchs 1961, 124–127.

705A* *The Banished Wife.*

Spanish: Espinosa 1946f., No. 11; Portuguese: Oliveira 1900ff. II, No. 299, Cardigos (forthcoming), No. 705*A; French: Guerreau-Jalabert 1992, No. C400; Turkish: Eberhard/Boratav 1953, No. 168; Jewish: Jason 1988a, Haboucha 1992.

706 *The Maiden without Hands.*

Chauvin 1892ff. V, 138f. No. 67, 139ff. No. 136, VI, 166ff. No. 327E; Däumling 1912; BP I, 18–21, 295–311; Basset 1924ff. II, 244 No. 24, III, 220 No. 127; Tubach 1969, No. 3035, cf. No. 3421; Bernier 1971; Ruelland 1973; Frenzel 1976, 239–254; Bârbulescu 1978; Suard 1985; Herranen 1990; Velay-Vallantin 1992, 97–134; Scherf 1995 II, 793–797, 797–799, 800–807, 926–928, 1178–1181, 1335f., 1472–1477; EM 8(1996)1375–1387(I. Köhler-Zülch); Bennewitz 1996; Dekker et al. 1997, 242–245; Röth 1998; Schmidt 1999; Marzolph/Van Leeuwen 2004, No. 95.

Finnish: Rausmaa 1982ff. I, No. 133; Finnish-Swedish: Hackman 1917f. I, No. 84; Estonian: Aarne 1918; Livonian: Loorits 1926; Latvian: Arājs/Medne 1977; Lithuanian: Kerbelytė 1999ff. I; Lappish, Wotian, Karelian: Kecskeméti/Paunonen 1974; Swedish: Liungman 1961; Danish: Christensen/Bødker 1963ff., No. 43; Icelandic: Sveinsson 1929, Kvideland/Eiríksson 1988, No. 4; Scottish: Briggs 1970f. A I, 197ff., Bruford/MacDonald 1994, No. 11; Irish: Ó Súilleabháin/Christiansen 1963; English: Briggs 1970f. A I, 197ff.; French: Delarue/Tenèze 1964ff. II; Spanish: Camarena/Chevalier 1995ff. II, González Sanz 1996; Catalan: Oriol/Pujol 2003; Portuguese: Oliveira 1900f. I, No. 145, Cardigos(forthcoming); Frisian: Kooi 1984a; Flemish: Meyer 1968; German: Ranke 1955ff. III, Grimm KHM/Uther 1996 I, No. 31; Swiss: Uffer 1972, 196ff.; Austrian: Haiding 1953, No. 47; Ladinian: Uffer 1973, Nos. 22, 32; Italian: Cirese/Serafini 1975; Corsican: Massignon 1963, Nos. 59, 75, 87, 104; Sardinian: Cirese/Serafini; Maltese: Mifsud-Chircop 1978; Hungarian: MNK II; Czech: Tille 1929ff. I, 490ff., 499ff.; Slovakian: Gašparíková 1991f. I, Nos. 24, 91, 162, 165, 239, 312, II, Nos. 415, 529, 558; Slovene: Šašelj 1906f. II, 211ff.; Croatian: Bošković-Stulli 1975b, No. 26; Rumanian: Bîrlea 1966 II, 445ff., III, 454f.; Bulgarian: BFP, Koceva 2002; Greek: Angelopoulos/Brouskou 1994; Polish: Krzyżanowski 1962f. I; Russian, Byelorussian, Ukrainian: SUS; Turkish: Eberhard/Boratav 1953, Nos. 74 III(1–3,

5), 106(8–15), 246; Jewish: Noy 1963a, No. 22, Jason 1975, No. *706, Jason 1988a, Haboucha 1992; Gypsy: MNK X 1; Cheremis/Mari: Kecskeméti/Paunonen 1974, Sabitov 1989; Chuvash, Tatar, Mordvinian: Kecskeméti/Paunonen 1974; Armenian: Gullakjan 1990; Mongolian: Lőrincz 1979; Syrian, Palestinian: El-Shamy 2004; Lebanese: Nowak 1969, No. 199, Assaf/Assaf 1978, No. 12, El-Shamy 2004; Iraqi: Nowak 1969, No. 182, El-Shamy 2004; Saudi Arabian: Fadel 1979, No. 28; Iranian: Marzolph 1984; Indian: Thompson/Roberts 1960, Jason 1989, Blackburn 2001, Nos. 14, 65; Sri Lankan: Schleberger 1985, No. 59; Korean: Choi 1979, No. 452; Japanese: Ikeda 1971, Inada/Ozawa 1977ff.; French-Canadian: Delarue/Tenèze 1964ff. II; US-American: Baughman 1966; French-American: Delarue/Tenèze 1964ff. II, Ancelet 1994, No. 21; Spanish-American, Mexican, Panamanian: Robe 1973; Cuban, Dominican, Puerto Rican, Chilean: Hansen 1957; West Indies: Flowers 1953; Cape Verdian: Parsons 1923b I, No. 58; Egyptian: Brunner-Traut 1989, No. 12, El-Shamy 2004; Libyan, Moroccan: Nowak 1969, No. 182, El-Shamy 2004; East African: Arewa 1966, No. 3497, Klipple 1992; Sudanese: Klipple 1992; Namibian, South African: Schmidt 1989 II, No. 1123.

706B ***The Chaste Nun*** (previously ***Present to the Lover***).
Wesselski 1909, No. 66; BP I, 303; Pauli/Bolte 1924 I, No. 11; Rosenfeld 1953; Tubach 1969, No. 4744; Uther 1981, 37f., 119; Marzolph 1992 II, No. 213; EM 10(2002) 72–78(M. J. Lacarra Ducay).
Spanish: Camarena/Chevalier 1995ff. II, Goldberg 1998, Nos. T327.1, T333.3; Portuguese: Camarena/Chevalier 1995ff. II; German: Moser-Rath 1964, No. 201, Grubmüller 1996, No. 7; Czech: Dvořák 1978, No. 4744; Jewish: cf. Stephani 1998, No. 33; Indian: Thompson/Roberts 1960; Eskimo, North American Indian: Konitzky 1963, No. 57; Egyptian: El-Shamy 2004.

706C ***The Father Who Wanted to Marry His Daughter*** (previously ***Lecherous Father as Queen's Persecutor***). (The Patient Helena, Helena of Constantinople, Mai and Beaflor.)
Ruths 1897; Krappe 1937; Brattö 1959; Verfasserlexikon 5(1985)1163–1166(W. Fechter); EM 6(1990)767–772(M. Heintze); EM 9(1999)53–55(K. Düwel).
Icelandic: cf. Kvideland/Eiríksson 1988, No. 4; Portuguese: Jiménez Romero et al. 1990, No. 41; Dutch, Flemish: Volkskundig Bulletin 24(1998)310f.; Italian: Cirese/Serafini 1975; Serbian: Bogdanovič 1930, No. 48; Bulgarian: BFP; Greek: Angelopoulos/Brouskou 1994; Byelorussian, Ukrainian: SUS; Turkish: Eberhard/Boratav 1953, Nos. 156(5–8), 244 III(5, 6–7); Jewish: Noy 1963a, No. 38, Jason 1988a; Siberian: Puškareva 1983; Georgian: Kurdovanidze 2000; Algerian: El-Shamy 2004.

706D ***St. Wilgefortis and Her Beard.***
Kaufmann 1862, 117f.; ZfVk. 30-32(1920-22)75f.; BP III, 241-244; Wesselski 1928a, 64-70; Wesselski 1928c; HDA 5(1932/33)807-810(A. Wrede); HDM 2(1934-40) 579-581; Schnürer/Ritz 1934; Dörrer 1962; Gorissen 1968; Spranger 1980; Williams-Krapp 1986, 430; Schroubek 1988; Just 1991, 75-79; EM 7(1993)1174; EM 8 (1996)604-607(P. Spranger); Schweizer-Vüllers 1997; Verfasserlexikon 10(2000) 1081-1083(K. Kunze).
Irish: Szövérffy 1957, 137ff.; Portuguese: Oliveira 1900ff. I, No. 187, Cardigos(forthcoming), No. *784; German: Birlinger 1874 I, 498, EM 4(1984)1349f., Grimm KHM/ Rölleke 1986 II, No. 66, Grimm DS/Uther 1993 I, No. 330; Swiss: Niderberger 1978, 779f., Müller/Walker 1987, No. 227; Austrian: Graber 1944, 282, Kretzenbacher 1953, Fielhauer/Fielhauer 1975, No. 766.

707 ***The Three Golden Children*** (previously ***The Three Golden Sons***).
Chauvin 1892ff. V, 11ff. No. 8, VII, 95ff. No. 375; Cosquin 1908; Hertel 1909; Huet 1910f.; BP II, 380-394; Anderson 1927 I, No. 9, II, No. 50; Amshof 1929; Wesselski 1938f., 167-169; Horálek 1968; Rapallo 1975ff.; Scherf 1995 I, 27-29, 204-209, 228f., 470-476, II, 811-816, 1137-1139; Schmidt 1999; Marzolph/Van Leeuwen 2004, Nos. 356, 382; EM: Söhne: Die drei goldenen S.(forthcoming)
Finnish: Rausmaa 1982ff. I, No. 134; Finnish-Swedish: Hackman 1917f. I, No. 85; Estonian: Aarne 1918; Latvian: Arājs/Medne 1977; Lithuanian: Kerbelytė 1999ff. I; Livonian, Lappish, Wepsian, Karelian, Syrjanian: Kecskeméti/Paunonen 1974; Swedish: Liungman 1961; Danish: Kristensen 1881ff. I, No. 23, Holbek 1990, No. 22; Faeroese: Nyman 1984; Irish: Ó Súilleabháin/Christiansen 1963; French: Delarue/ Tenèze 1964ff. II; Spanish: Camarena/Chevalier 1995ff. II, González Sanz 1996; Catalan: Oriol/Pujol 2003; Portuguese: Oliveira 1900f. II, No. 235, Cardigos(forthcoming); Flemish: Meyer 1968; German: Ranke 1955ff. III, Tomkowiak 1993, 254, Grimm KHM/Uther 1996 II, No. 96, Bechstein/Uther 1997 I, Nos. 54, 65; Austrian: Haiding 1953, No. 23; Ladinian: Uffer 1973, No. 7; Italian: Cirese/Serafini 1975, Pitrè/Schenda et al. 1991, No. 2, De Simone 1994, No. 34; Corsican: Massignon 1963, No. 52; Sardinian: Cirese/Serafini; Maltese: Mifsud-Chircop 1978; Hungarian: MNK II, Nos. 707, 707*; Czech: Tille 1929ff. I, 499ff., II 1, 192ff.; Slovakian: Gašparíková 1991f. I, Nos. 25, 119, 121, 254, 266, II, Nos. 371, 471, 524, 565; Slovene: Tomažč 1943, 189f.; Croatian: Bošković-Stulli 1963, No. 49; Rumanian: Bîrlea 1966 I, 591ff., II, 454, III, 415f, 455f.; Bulgarian: BFP, Nos. 707, *707C, *707D, Koceva 2002, Nos. 707, *707C, *707D; Albanian: Camaj/Schier-Oberdorffer 1974, No. 2; Greek: Angelopoulos/ Brouskou 1994, Megas/Puchner 1998; Polish: Simonides/Simonides 1994, No. 59;

Sorbian: Nedo 1956, No. 67; Russian: SUS, Nos. 707, 707*; Byelorussian: SUS; Ukrainian: SUS, Nos. 707, 707*; Turkish: Eberhard/Boratav 1953, No. 239; Jewish: Jason 1988a, Haboucha 1992, Nos. 707, **707B; Gypsy: Briggs 1970f. A I, 383ff., MNK X 1; Ossetian: Bjazyrov 1960, No. 18; Cheremis/Mari: Sabitov 1989; Chuvash, Tatar, Mordvinian, Vogul/Mansi: Kecskeméti/Paunonen 1974; Armenian: Gullakjan 1990; Yakut: Ėrgis 1967, Nos. 181, 214, 220–224; Uzbek: Keller/Rachimov 2001, No. 7; Buryat, Mongolian: Lőrincz 1979; Georgian: Kurdovanidze 2000; Syrian, Palestinian: Nowak 1969, Nos. 173, 174, El-Shamy 2004; Iraqi, Jordanian, Persian Gulf, Kuwaiti, Qatar, Yemenite: El-Shamy 2004; Iranian: Marzolph 1984; Pakistani: Thompson/Roberts 1960; Indian: Thompson/Roberts 1960, Jason 1989, Blackburn 2001, Nos. 34, 99; Nepalese: Unbescheid 1987, No. 14; Chinese: Ting 1978; Japanese: Ikeda 1971; French-Canadian: Delarue/Tenèze 1964ff. II; Spanish-American, Mexican, Panamanian: Robe 1973; Dominican, Puerto Rican, Chilean: Hansen 1957; Brazilian: Alcoforado/Albán 2001, Nos. 41, 42; West Indies: Flowers 1953; Cape Verdian: Parsons 1923b I, Nos. 97, 97a; Egyptian: Nowak 1969, Nos. 173, 174, El-Shamy 1980, No. 9, El-Shamy 2004; Tunisian, Algerian: El-Shamy 2004; Moroccan: Kossmann 2000, 116ff.; East African: Arewa 1966, No. 3743, Klipple 1992; Sudanese: Nowak 1969, No. 174, Klipple 1992, El-Shamy 2004; Tanzanian: El-Shamy 2004; Namibian, South African: Schmidt 1989 II, No. 1125; Malagasy: Haring 1982, Nos. 3.2.533, 4.707.

708 ***The Wonder Child.***

BP II, 236f., 286f.; Wesselski 1925, No. 53; Scherf 1995 I, 569–572, II, 1196–1198; Röth 1998; EM: Wunderkind (in prep.).

Finnish: Rausmaa 1982ff. I, No. 135; Finnish-Swedish: Hackman 1917f. I, No. 86; Latvian: Arājs/Medne 1977; Lithuanian: Kerbelytė 1999ff. I; Swedish: Liungman 1961; Norwegian: Hodne 1984; Danish: Grundtvig 1876ff. I, No. 7, Christensen/Bødker 1963ff., No. 85; Faeroese: Nyman 1984; Irish: Ó Súilleabháin/Christiansen 1963; English: cf. Briggs 1970f. A I, 388ff.; French: Delarue/Tenèze 1964ff. II; German: Ranke 1955ff. III; Sardinian: Cirese/Serafini 1975; Czech: Tille 1929ff. II 1, 173ff., Jech 1984, No. 46; Serbian: Đjorđjevič/Milošević-Đjorđjevič 1988, No. 69; Polish: Krzyżanowski 1962f. I; Russian: SUS; Gypsy: Briggs 1970f. A I, 388ff., 394, MNK X 1; French-Canadian: Delarue/Tenèze 1964ff. II.

709 ***Snow White.***

Böklen 1910f.; BP I, 450–464; Lüthi 1969a, 56–69, 117–130; Bausinger 1980; Jones 1983; Jones 1990; Ruf 1995; Scherf 1995 I, 197–201, II, 819–821, 982–986, 1127–1133,

1427–1433; Uther 1995a; Dekker et al. 1997, 334–339; Röth 1998; Schmidt 1999; Anderson 2000, 43–57; EM: Schneewittchen (forthcoming).
Finnish: Rausmaa 1982ff. I, No. 136; Finnish-Swedish: Hackman 1917f. I, No. 87; Estonian: Aarne 1918; Livonian: Loorits 1926; Latvian: Arājs / Medne 1977; Lithuanian: Kerbelytė 1999ff. I; Lappish, Wotian, Karelian: Kecskeméti / Paunonen 1974; Swedish: Liungman 1961; Norwegian: Kvideland / Eiríksson 1988, No. 28; Danish: Kristensen 1881ff. III, No. 51; Icelandic: Sveinsson 1929; Irish: Ó Súilleabháin / Christiansen 1963; French: Delarue / Tenèze 1964ff. II; Spanish: Camarena / Chevalier 1995ff. II, González Sanz 1996; Basque: Camarena / Chevalier 1995ff. II; Catalan: Oriol / Pujol 2003; Portuguese: Oliveira 1900f. I, No. 145, Cardigos (forthcoming); Dutch: Sinninghe 1943; Flemish: Meyer 1968; German: Ranke 1955ff. III, Bechstein / Uther 1997 I, No. 51, Tomkowiak 1993, 254f., Grimm KHM / Uther 1996 I, No. 53; Ladinian: Decurtins 1896ff. II, No. 85, X, No. 9; Italian: Cirese / Serafini 1975, Appari 1992, No. 56, De Simone 1994, No. 40; Corsican: Massignon 1963, No. 76; Hungarian: MNK II; Slovakian: Gašparíková 1991f. I, No. 24, II, No. 369; Slovene: Nedeljko 1889, 62ff.; Croatian: Bošković-Stulli 1959, No. 22; Bulgarian: BFP, Nos. 709, $*709_1$, $*709_2$, Koceva 2002, Nos. 709, $*709_1$, $*709_2$; Greek: Angelopoulos / Brouskou 1994; Polish: Krzyżanowski 1962f. I; Russian, Byelorussian, Ukrainian: SUS; Turkish: Eberhard / Boratav 1953, Nos. 60 IV, 152 IV, 167; Jewish: Jason 1965, 1975, Haboucha 1992; Gypsy: Briggs 1970f. A I, 494, MNK X 1; Cheremis / Mari: Kecskeméti / Paunonen 1974, Sabitov 1989; Tatar, Mordvinian: Kecskeméti / Paunonen 1974; Armenian: Gullakjan 1990; Yakut: Ėrgis 1967, No. 161; Buryat, Mongolian: Lőrincz 1979; Georgian: Kurdovanidze 2000; Syrian: Nowak 1969, No. 187; Palestinian: El-Shamy 2004; Iraqi: Nowak 1969, No. 187. El-Shamy 2004; Qatar: El-Shamy 2004; Indian: Jason 1989; Chinese: Ting 1978; French-Canadian: Delarue / Tenèze 1964ff. II; French-American: Lacourcière 1976; Spanish-American, Mexican: Robe 1973; Dominican, Puerto Rican: Hansen 1957; Bolivian, Argentine: Camarena / Chevalier 1995ff. II; Brazilian: Alcoforado / Albán 2001, No. 43; Chilean: Pino Saavedra 1967, No. 28; West Indies: Flowers 1953; Egyptian, Tunisian, Algerian, Moroccan: El-Shamy 2004; Libyan: Nowak 1969, No. 139, El-Shamy 2004; Guinean, East African, Congolese: Klipple 1992.

709A ***The Sister of Nine Brothers*** (previously ***The Stork's Daughter***).
Bulgarian: BFP; Jewish: Jason 1965, Gamlieli 1978, 402ff.; Turkish: cf. Eberhard / Boratav 1953, No. 166; Qatar: El-Shamy 2004; Indian: Thompson / Roberts 1960, Blackburn 2001, No. 17; Sri Lankan: Thompson / Roberts 1960; Algerian: Savignac 1978, No. 6.

710 ***Our Lady's Child.***

BP II, 13–21; Schweickert 1924; Seifert 1952; Schwarzbaum 1968, 224f.; Tubach 1969, Nos. 4697, 5277; Schmitz 1972; Moser 1977, 76–82; Moser 1982, 99–103; Bottigheimer 1987; Bottigheimer 1990; Tatar 1990, 27f.; EM 7(1993)1247–1253(L. Röhrich); Scherf 1995 I, 210–213, 534–536, II, 847–853, 918–922, 931–933, 1444f.; Schmidt 1999; EM 9(1999)336–342(D. Drascek); Hansen 2002, 316–327.

Finnish: Rausmaa 1982ff. I, No. 137; Finnish-Swedish: Hackman 1917f. I, No. 88; Estonian: Aarne 1918; Latvian: Arājs/Medne 1977; Lithuanian: Kerbelytė 1999ff. I; Lappish, Wepsian: Kecskeméti/Paunonen 1974; Swedish: Liungman 1961; Norwegian: Hodne 1984; Faeroese: Nyman 1984; Irish: Ó Súilleabháin/Christiansen 1963; French: Delarue/Tenèze 1964ff. II; Spanish: Camarena/Chevalier 1995ff. II, González Sanz 1996; Portuguese: Camarena/Chevalier 1995ff. II; Flemish: Meyer 1968; German: Ranke 1955ff. III, Tomkowiak 1993, 255, Grimm KHM/Uther 1996 I, No. 3; Swiss: EM 7(1993)871; Austrian: Haiding 1953, No. 7; Ladinian: Uffer 1973, No. 11; Italian: Cirese/Serafini 1975; Hungarian: MNK II; Czech: Tille 1929ff. II 1, 55ff., Klímová 1966, No. 16; Slovakian: Gašparíková 1991f. I, Nos. 47, 297, 314, II, Nos. 449, 479, 550, 565, 566; Slovene: Gabršček 1910, 28ff.; Rumanian: Schullerus 1928; Greek: Angelopoulos/Brouskou 1994; Sorbian: Nedo 1956, No. 69; Polish: Krzyżanowski 1962f. I; Russian, Byelorussian, Ukrainian: SUS; Turkish: Eberhard/Boratav 1953, No. 154 V; Gypsy: MNK X 1; Syrian: El-Shamy 2004; Palestinian: Hanauer 1907, 221ff., El-Shamy 2004; Persian Gulf, Kuwaiti: El-Shamy 2004; French-Canadian: Delarue/Tenèze 1964ff. II; US-American: Baughman 1966; French-Canadian: Delarue/Tenèze 1964ff. II; Chilean: Pino Saavedra 1967, No. 29; West Indies: Flowers 1953; Algerian, Moroccan: El-Shamy 2004.

711 ***The Beautiful and the Ugly Twinsisters.***

Sehmsdorf 1989; Scherf 1995 I, 667–670, II, 1409–1411, 1451–1454.

Latvian: Šmits 1962ff. XII, No. 19; Swedish: Liungman 1961; Norwegian: Hodne 1984; Icelandic: Sveinsson 1929, Kvideland/Eiríksson 1988, No. 18; Scottish: Baughman 1966; Irish: Ó Súilleabháin/Christiansen 1963; English: Briggs 1970f. A II, 344ff.; Spanish: Meier 1940, No. 49; Portuguese: Martinez 1955, No. D732; Flemish: Lox 1999a, No. 26; Italian: Cirese/Serafini 1975; Turkish: Eberhard-Boratav 1953, No. 85; English-Canadian: Baughman 1966, Halpert/Widdowson 1996 I, No. 17; French-Canadian: Delarue/Tenèze 1964ff. II, Lemieux 1974ff. XI, No. 13; Spanish-American: Baughman 1966.

712 ***Crescentia.***

Chauvin 1892ff. VI, 154f. No. 321, 159f. No. 323, 166ff. No. 327E; Köhler/Bolte 1898ff. I, 392, 582; Wallensköld 1907; BP I, 18 not. 1; Ohly 1968; Schwarzbaum 1968, 34, 445; Baasch 1968; cf. Tubach 1969, No. 1898; Frenzel 1976, 246ff.; Hatami 1977, No. 52; EM 3(1981)167–173(H.-J. Uther); EM 5(1987)1003–1009(K. Vanja); cf. EM 6(1990)767–772(M. Heintze); Schmidt 1999; EM 9(1999)53–55(K. Düwel); Davis 2002, 105–109; Ritter 2003, 366–369; Marzolph/Van Leeuwen 2004, Nos. 163, 306, 512.

Swedish: Liungman 1961; Irish: Ó Súilleabháin/Christiansen 1963; Spanish: Camarena/Chevalier 1995ff. II; Portuguese: Soromenho/Soromenho 1984f. I, Nos. 243, 260, Cardigos(forthcoming); Dutch: Sinninghe 1943; German: Grimm DS/Uther 1993 II, No. 538; Italian: Cirese/Serafini 1975; Sardinian: Cirese/Serafini; Czech: cf. Dvořák 1978, No. 1898; Slovakian: cf. Gašparíková 1991f. I, No. 239, II, Nos. 415, 479, 565; Greek: Angelopoulos/Brouskou 1994; Polish: Krzyżanowski 1962f. I, No. 714; Jewish: Noy 1963a, No. 40, Jason 1965, No. 712*A, Jason 1975; Syrian, Iraqi, Qatar: El-Shamy 2004; Indian: Jason 1989; French-Canadian: Delarue/Tenèze 1964ff. II, Lacourcière 1976; French-American: Ancelet 1994, No. 21; Brazilian: Alcoforado/Albán 2001, No. 44; West Indies: Flowers 1953; Egyptian, Moroccan: El-Shamy 2004.

713 ***The Mother who Did not Bear Me but Nourished Me.***

Delarue 1959; Belmont 1984; Grimalt 1986, 46–53; EM 2(1979)792–794(M.-L. Tenèze).

Portuguese: Oliveira 1900f. I, No. 209, Cardigos(forthcoming), No. 717*; Catalan: Oriol/Pujol 2003, No. 717*; France: Delarue/Tenèze 1964ff. II, Nos. 713, 717, Arnaudin 1966, No. 64; Italian: Cirese/Serafini 1975; Hungarian: MNK II, No. 717*.

715 ***Demi-cock.***

Chauvin 1892ff. VIII, 164 No. 176; BP I, 258f.; Boggs 1933; EM 6(1990)396–401(U. Marzolph); Scherf 1995 I, 554f.; Röth 1998; Anderson 2000, 107–109.

Finnish: Rausmaa 1982ff. I, No. 138; Finnish-Swedish: Hackman 1917f. I, Nos. 122a, 124(4,5), 147; Estonian: Aarne 1918; Livonian: Loorits 1926; Latvian: Arājs/Medne 1977; Lithuanian: Kerbelytė 1999ff. I; Wepsian, Karelian, Syrjanian: Kecskeméti/Paunonen 1974; Swedish: Liungman 1961; French: Delarue/Tenèze 1964ff. II; Spanish: Camarena/Chevalier 1995ff. II, González Sanz 1996; Basque: Camarena/Chevalier 1995ff. II; Catalan: Oriol/Pujol 2003; Portuguese: Oliveira 1900f. I, No. 17, Cardigos(forthcoming); Flemish: Meyer 1968; Walloon: Legros 1962; German: Ranke 1955ff. III; Italian: Cirese/Serafini 1975; Hungarian: MNK II; Serbian: Eschker 1992, No. 51; Croatian: Bošković-Stulli 1959, No. 23; Rumanian: Bîrlea 1966 I, 151ff., III, 377f.; Bulgarian: BFP, Koceva 2002; Albanian: Lambertz 1922; Greek: Angelopoulos/Brouskou 1994; Polish: Krzyżanowski 1962f. I; Russian, Byelorussian, Ukrainian: SUS; Turkish: Eberhard/Boratav 1953, Nos. 33, 54, Alptekin 1994, Nos. 40, 42; Jewish: Haboucha 1992; Georgian: Kurdovanidze 2000; Palestinian: El-Shamy 2004; Iranian: Marzolph 1984; Indian: Bødker 1957a, Nos. 1111, B241.2.5, Jason 1989; Nepalese: Heunemann 1980, No. 20; French-Canadian: Delarue/Tenèze 1964ff. II; Mexican: Robe 1973; Puerto Rican, Chilean, Argentine: Hansen 1957; West Indies: Flowers 1953; Tunisian, Moroccan: El-Shamy 2004; Sudanese: Klipple 1992; Malagasy: Longchamps 1955, No. 3.

715A ***The Wonderful Rooster.***
BP I, 258 f.; Boggs 1933; EM 6(1990)396–401(U. Marzolph); Scherf 1995 I, 554f.; Röth 1998.
Lithuanian: Kerbelytė 1999ff. I; Hungarian: MNK II, Nos. 715, 715A, 715(A)*, 715B*, Dömötör 2001, 292; Croatian: Bošković-Stulli 1975b, No. 59; Serbian: Đjorđjevič/Milošević-Đjorđjevič 1988, No. 9, Eschker 1992, No. 52; Bulgarian: BFP, Koceva 2002; Russian: SUS, Nos. 715, 715A, 715A*; Byelorussian, Ukrainian: SUS; Cheremis/Mari: Sabitov 1989; Yakut: Ėrgis 1967, Nos. 146, 147; Georgian: Kurdovanidze 2000; Tunisian, Algerian: El-Shamy 2004.

716* ***The Unbearable Satiety*** (previously ***The Value of a Stomach***).
Latvian: Arājs/Medne 1977; Lithuanian: Kerbelytė 1999ff. II; Russian: SUS, No. 716**; Byelorussian: SUS; Cheremis/Mari: Sabitov 1989; Jewish: Haboucha 1992.

720 ***The Juniper Tree*** (previously ***My Mother Slew Me; My Father Ate Me***).
BP I, 412–423; Schwarzbaum 1968, 90; cf. EM 1(1977)125–127(K. Ranke); Nagy 1979; Belgrader 1980a; Scherf 1987, 90–103; Tatar 1990, 193–216; Belmont 1993; Scherf 1995 II, 1152–1156, 1316–1320, 1347f., 1352f.; Dekker et al. 1997; Röth 1998; Schmidt 1999; EM: Totenvogel(in prep.).
Finnish: Rausmaa 1982ff. I, No. 139; Finnish-Swedish: Hackman 1917f. I, No. 148; Estonian: Aarne 1918; Livonian: Loorits 1926; Latvian: Arājs/Medne 1977; Lithuanian: Kerbelytė 1999ff. I; Swedish: Liungman 1961; Norwegian: Hodne 1984; Danish: Kristensen 1881ff. II, No. 59; Faeroese: Nyman 1984; Scottish: Baughman 1966, Briggs 1970f. A I, 378f., 414, Bruford/MacDonald 1994, No. 5; Irish: Ó Súilleabháin/Christiansen 1963; English: Baughman 1966, Briggs 1970f. A I, 283, 441f., 472f., 473, 476f.; French: Delarue/Tenèze 1964ff. II; Spanish: Camarena/Chevalier 1995ff. II,

González Sanz 1996; Basque: Camarena/Chevalier 1995ff. II; Catalan: Oriol/Pujol 2003; Portuguese: Clementina 1946, 33; Dutch: Sinninghe 1943, Kooi 2003, No. 21; Frisian: Kooi 1984a; Flemish: Meyer 1968; German: Ranke 1955ff. III, Müller/Röhrich 1967, No. D4, Grimm KHM/Uther 1996 I, No. 47, Bechstein/Uther 1997 I, No. 66; Swiss: Müller et al. 1926ff. I, Nos. 98, 99; Austrian: Vernaleken 1858, 325f., Haiding 1953, 470; Ladinian: Decurtins 1896ff. II, No. 36; Italian: Cirese/Serafini 1975; Hungarian: MNK II; Czech: Tille 1929ff. I, 105f.; Slovakian: Gašparíková 1991f. I, No. 38, II, Nos. 480, 527; Slovene: Nedeljko 1889, 51f.; Rumanian: Bîrlea 1966 II, 460ff., III, 456f.; Bulgarian: Koceva 2002; Greek: Angelopoulos/Brouskou 1994; Sorbian: Nedo 1956, No. 70; Russian, Byelorussian, Ukrainian: SUS; Turkish: Eberhard/Boratav 1953, No. 24; Jewish: Jason 1988a, Haboucha 1992; Gypsy: MNK X 1; Cheremis/Mari: Sabitov 1989; Kecskeméti/Paunonen 1974; Chuvash, Mordvinian: Kecskeméti/Paunonen 1974; Armenian: Gullakjan 1990; Uzbek: Keller/Rachimov 2001, No. 14; Syrian, Jordanian, Iraqi: El-Shamy 2004; Palestinian: El-Shamy 2004, Nos. 720, 720A§; Persian Gulf, Kuwaiti, Qatar: cf. El-Shamy 2004, No. 720A§; Iranian: Marzolph 1984; Indian: Bødker 1957a, No. 329, Jason 1989; Chinese: Ting 1978; Korean: Choi 1979; Japanese: Inada/Ozawa 1977ff.; English-Canadian: Baughman 1966; French-Canadian: Delarue/Tenèze 1964ff. II; US-American, African American: Baughman 1966; Spanish-American: Robe 1973; Dominican: Hansen 1957; Bolivian: Camarena/Chevalier 1995ff. II; West Indies: Flowers 1953; Egyptian, Algerian: El-Shamy 2004; Moroccan: Zoulim 1992, 116ff., El-Shamy 2004; Namibian, South African: Schmidt 1989 II, No. 1128.

725 ***Prophecy of Future Sovereignty*** (previously ***The Dream***).

Köhler/Bolte 1898ff. I, 430f.; BP I, 324f.; Wesselski 1925, No. 35; Vries 1928; Krohn 1931a, 95; Tubach 1969, No. 293(D1812.3.3.); Scherf 1995 I, 224-226, II, 1217-1220; Röth 1998; EM 10(2002)1413-1419(A. Schmitt).

Finnish: Rausmaa 1982ff. I, No. 140; Finnish-Swedish: Hackman 1917f. I, No. 149; Latvian: Arājs/Medne 1977; Lithuanian: Kerbelytė 1999ff. I; Danish: Kristensen 1881ff. III, No. 35; Wotian, Karelian: Kecskeméti/Paunonen 1974; Irish: Ó Súilleabháin/Christiansen 1963; French: Delarue/Tenèze 1964ff. II; Spanish: Camarena/Chevalier 1995ff. II; Portuguese: Oliveira 1900f. I, No. 96, II, Nos. 301, 335, Cardigos (forthcoming); Catalan: Neugaard 1993, No. D1812.3.3, cf. Oriol/Pujol 2003; German: Ranke 1955ff. III, Bechstein/Uther 1997 I, No. 43; Ladinian: Danuser Richardson 1976, No. D1812.3.3; Corsican: Massignon 1963, No. 46; Hungarian: MNK II, Nos. 725, 725A*, Dömötör 1992, No. 109, Dömötör 2001, 287; Czech: Tille 1929ff. II 2, 364; Slovakian: Polívka 1929f. II, 173ff.; Slovene: Gabršček 1910, 266ff.; Serbian:

Eschker 1992, No. 38; Croatian: Bošković-Stulli 1963, No. 50; Macedonian: Popvasileva 1983, No. 32; Rumanian: Schullerus 1928; Bulgarian: BFP, Nos. 725, 725A*, Koceva 2002, Nos. 725, *725A; Greek: Angelopoulos/Brouskou 1994; Russian: SUS, Nos. 725, 725A*; Byelorussian, Ukrainian: SUS; Turkish: Eberhard/Boratav 1953, Nos. 197, 214 IV, 257 IV; Jewish: Jason 1965, 1975, Haboucha 1992, No. **725A; Gypsy: MNK X 1; Cheremis/Mari: Sabitov 1989, No. 725A*; Chuvash: Kecskeméti/Paunonen 1974; Armenian: Gullakjan 1990, Nos. 725, 725A*; Yakut: Ėrgis 1967, No. 231; Georgian: Kurdovanidze 2000; Iranian: Marzolph 1984; Syrian, Palestinian, Iraqi, Saudi Arabian: El-Shamy 2004; Aramaic: Bergsträsser 1915, No. 15; Indian: Thompson/Roberts 1960; Korean: Choi 1979, No. 123; Japanese: Ikeda 1971, Inada/Ozawa 1977ff.; Polynesian, New Zealand: Kirtley 1971, No. D1812.3.3; French-Canadian: Delarue/Tenèze 1964ff. II; Mexican: Robe 1973; South American Indian: Wilbert/Simoneau 1992, No. D1812.3.3; West Indies: Flowers 1953; Egyptian, Algerian, Moroccan: El-Shamy 2004.

726 ***The Three Old Men*** (previously ***The Oldest on the Farm***).
Bolte 1897b, 205–207; BP II, 400; Hartmann 1936, 55; EM 1(1977)383–387(H. Lixfeld); Schwarzbaum 1979, 361.
Swedish: Liungman 1961; Norwegian: Hodne 1984; Scottish: Briggs 1970f. A I, 212f., 346f., B II, 102f.; Irish: Ó Súilleabháin/Christiansen 1963, No. 726*, O'Sullivan 1966, No. 36; English: Briggs 1970f. A II, 216ff., B II, 102f.; French: Joisten 1971 II, No. 285; Spanish: RE 5(1965)No. 65, Camarena/Chevalier 1995ff. II; Catalan: Oriol/Pujol 2003; Dutch: Overbeke/Dekker et al. 1991, No. 739; German: Ranke 1955ff. III, Tomkowiak 1993, 255, Grimm DS/Uther 1993 I, Nos. 362, 363, Kooi/Schuster 1994, No. 236; Swiss: Sooder 1929, 102; Italian: Cirese/Serafini 1975; Hungarian: MNK II; Slovakian: Polívka 1923ff. IV, 47; Bulgarian: BFP; Albanian: Mazon 1936, No. 59; Ukrainian: Lintur 1972, Nos. 90, 98; Jewish: Noy 1968, No. 3, Bin Gorion 1990, Nos. 27, 46; Ossetian: Bjazyrov 1960, No. 37; Kurdish: Wentzel 1978, No. 11; Aramaic: Arnold 1994, No. 11; Iranian: Marzolph 1984, No. *726; US-American: Baughman 1966; French-American: Ancelet 1994, No. 23; African American: Dorson 1956, 181, Baughman 1966.

729 ***The Merman's Golden Axe*** (previously ***The Axe Falls into the Stream***).
Kirchhof/Oesterley 1869 V, 156, VII, 249f.; BP II, 227, III, 192; Pedersen/Holbek 1961f. II, No. 149; EM 1(1977)1109f.(W. Eberhard); Schwarzbaum 1979, xlv; cf. Grayson 2002; Hansen 2002, 42–44.
Finnish: Rausmaa 1982ff. I, 502; Latvian: Arājs/Medne 1977; Lithuanian:

Basanavičius/Aleksynas 1993f. I, Nos. 39a, 39b, Kerbelytė 1999ff. I; English: Addy 1895, No. 32; French: Seignolle 1946, No. 101; Spanish: Camarena/Chevalier 1995ff. II; Catalan: Neugaard 1993, No. Q3.1; Frisian: Kooi 1984a; German: Taubmann 1887, No. 3, Tomkowiak 1993, 256; Hungarian: Dömötör 2001, 295; Czech: Klímová 1966, No. 17, Jech 1984, No. 48; Bulgarian: BFP, Koceva 2002; Greek: Angelopoulos/Brouskou 1994; Russian: SUS; Jewish: Haboucha 1992; Cheremis/Mari: Sabitov 1989; Mordvinian: Kecskeméti/Paunonen 1974; Georgian: Kurdovanidze 2000; Iraqi: El-Shamy 2004; Iranian: Marzolph 1984; Indian: Jason 1989; Nepalese: Sakya/Griffith 1980, 105ff.; Chinese: Eberhard 1937, No. 20, Korean: Choi 1979, No. 475; Japanese: Ikeda 1971, Inada/Ozawa 1977ff.; Brazilian: Alcoforado/Albán 2001, No. 45; El-Shamy 2004.

735 ***The Rich Man's and the Poor Man's Fortune.***
Schwarzbaum 1968, 90, 261, 264, 272; EM 5(1987)1305–1312(E. Blum); Anderson 2000, 80–82.
Finnish: Rausmaa 1982ff. I, Nos. 99, 141; Estonian: Aarne 1918, Loorits 1959, No. 138; Latvian: Arājs/Medne 1977; Lithuanian: Kerbelytė 1999ff. I; Lappish: Kecskeméti/Paunonen 1974, Bartens 2003, No. 46; Karelian, Syrjanian: Kecskeméti/Paunonen 1974; Irish: Ó Súilleabháin/Christiansen 1963; Italian: Cirese/Serafini 1975, De Simone 1994, No. 90; Serbian: Karadžić 1937, No. 13, Đjorđjevič/Milošević-Đjorđjevič 1988, No. 93, Eschker 1992, No. 17; Croatian: Bošković-Stulli 1963, No. 54, Bošković-Stulli 1975b, No. 24; Macedonian: Čepenkov/Penušliski 1989 II, Nos. 183, 185, 186, 196, 221, Piličkova 1992, No. 14; Rumanian: Bîrlea 1966, II, 463ff., 466ff., III, 457f.; Bulgarian: BFP, Koceva 2002; Albanian: Lambertz 1922, No. 28; Greek: Angelopoulos/Brouskou 1994; Russian, Byelorussian, Ukrainian: SUS; Jewish: cf. Larrea Palacín 1952f. I, Nos. 46, 73, 102; Cheremis/Mari: Sabitov 1989; Votyak: Kecskeméti/Paunonen 1974; Yakut: Ėrgis 1967, No. 314; Cambodian: Gaudes 1987, No. 31; French-Canadian: Delarue/Tenèze 1964ff. II.

735A ***Bad Luck Imprisoned.***
BP II, 420–422; Schwarzbaum 1968, 261f., 264–266; EM 5(1987)1305–1312(E. Blum).
Estonian: Jannsen 1888, No. 55; Latvian: Arājs/Medne 1977; Lithuanian: Kerbelytė 1999ff. I; Wepsian: Kecskeméti/Paunonen 1974; Karelian: Konkka 1959, 174; Syrjanian: Rédei 1978, No. 5; English: Briggs/Michaelis-Jena 1970, No. 53; German: Behrend 1912, No. 15; Austrian: Haller 1912, 21ff.; Hungarian: MNK II, No. 332F*; Slovakian: Gašparíková 1991f. I, No. 101; Czech: Tille 1929ff. I, 105, Sirovátka 1980, No. 21; Serbian: Čajkanović 1929, No. 66, Đjorđjevič/Milošević-Đjorđjevič 1988, No. 92;

Macedonian: Piličkova 1992, No. 14; Rumanian: Dima 1944, No. 26, Bîrlea 1966 II, 466ff., III, 458; Bulgarian: BFP, Koceva 2002; Polish: cf. Krzyżanowski 1962f. I, Nos. 331A, 331B, Bukowska-Grosse/Koschmieder 1967, No. 19, Simonides/Simonides 1994, No. 43; Russian: SUS, Nos. 735A, 735A*, 735A**; Byelorussian: SUS, Nos. 735A, 735A***; Ukrainian: SUS, Nos. 735A, 735A****; Jewish: Jason 1965; Gypsy: MNK X 1, Nos. 332F*, 735A; Cheremis/Mari: Sabitov 1989; Chuvash: Kecskeméti/Paunonen 1974; Japanese: Ikeda 1971, No. 332F*, Inada/Ozawa 1977ff., No. 332F*.

736 ***Luck and Wealth.***
Chauvin 1892ff. VI, 32 No. 202; Schwarzbaum 1968, 90, 261–263, 270; EM 5(1987) 1305–1312(E. Blum); Marzolph/Van Leeuwen 2004, No. 96, 352.
Estonian: Aarne 1918, No. 736*; Lithuanian: Boehm/Specht 1924, No. 18; Faeroese: Nyman 1984; Irish: Ó Súilleabháin/Christiansen 1963; Portuguese: Cascudo 1944, 122ff., Cardigos(forthcoming); German: Bechstein/Uther 1997 I, No. 63; Italian: Cirese/Serafini 1975; Hungarian: MNK II; Czech: Tille 1929ff. I, 402ff.; Slovakian: Gašparíková 1991f. II, No. 552; Serbian: Đjorđjevič/Milošević-Đjorđjevič 1988, No. 97; Macedonian: Popvasileva 1983, No. 119; Bulgarian: BFP, Nos. 736, *736, *7361; Polish: Krzyżanowski 1962f. I; Russian, Byelorussian, Ukrainian: SUS; Turkish: Eberhard/Boratav 1953, No. 139; Jewish: Jason 1965, Bin Gorion 1990, No. 91; Gypsy: Mode 1983ff. I, No. 64, MNK X 1; Georgian: Fähnrich 1995, No. 31; Aramaic: Arnold 1994, No. 2; Saudi Arabian, Kuwaiti: El-Shamy 2004; Pakistani: Rassool 1964, 125ff.; Indian: Hertel 1953, No. 34; Mexican: Rael 1957 I, No. 93; Brazilian: Cascudo 1955a, 351ff.

736A ***The Ring of Polycrates.***
Chauvin 1892ff. V, 15ff. No. 10, 141 No. 68, VI, 32 No. 202; Köhler/Bolte 1898ff. II, 209; Wesselski 1909, No. 146; Saintyves 1912, 1–32; Basset 1924ff. III, 508 No. 308; Pauli/Bolte 1924 I, No. 635; BP IV, 332f., 392; Künzig 1934; Schwarzbaum 1965, 261, 270, 477; Tubach 1969, Nos. 3835, 4102; Schwarzbaum 1979, 546; Geer 1984; Dekker et al. 1997, 396–400; EM 10(2002)1164–1168(R. W. Brednich); Marzolph/Van Leeuwen 2004, Nos. 255, 352.
Finnish: Jauhiainen 1998, No. F261; Lithuanian: Kerbelytė 1999ff. II; Swedish: Liungman 1961, No. 836; Norwegian: Liestøl 1922, 65, 106, Christiansen 1958, No. 7050; Faeroese: Nyman 1984; Irish: Ó Súilleabháin/Christiansen 1963; English: Baughman 1966, Briggs 1970f. B II, 440; French: Delarue/Tenèze 1964ff. II; Spanish: Goldberg 1998, No. N211.1; Catalan: Oriol/Pujol 2003; Dutch: Kooi 1986, 107f.; Frisian: Kooi 1984a, Kooi 1998, 123f.; German: Ranke 1955ff. III, Moser-Rath 1984, 8,

287, Grimm DS/Uther 1993 I, No. 240; Italian: Rotunda 1942, No. N211.1; Hungarian: György 1934, No. 182, Dömötör 1992, No. 416; Czech: Dvořák 1978, Nos. 3835, 4102; Bulgarian: BFP; Greek: Megas 1978; Jewish: Jason 1988a; Syrian: El-Shamy 2004; Lebanese: Nowak 1969, No. 257; Palestinian, Iraqi, Qatar: El-Shamy 2004; Iranian: Marzolph 1984, No. *930D; Pakistani, Indian: Thompson/Roberts 1960, No. 948; Chinese: Ting 1978; Korean: Choi 1979, No. 265; Japanese: Ikeda 1971, Nos. 842A, 842B, Inada/Ozawa 1977ff.; Brazilian: Cascudo 1955a, 164, Alcoforado/Albán 2001, No. 86; Egyptian: El-Shamy 2004; Algerian: Nowak 1969, No. 219, El-Shamy 2004; West African: Barker/Sinclair 1917, 133, Klipple 1992, No. 841; East African: Arewa 1966, No. 119; Sudanese: El-Shamy 2004.

737 ***Who Will be Her Future Husband?***
HDS 1(1961-63)521-523; EM 9(1999)593; EM 10(2002)309-312(R. Alsheimer).
Finnish: Jauhiainen 1998, No. C611; Estonian: Aarne 1918; Livonian: Loorits 1926; Latvian: Arājs/Medne 1977; Scottish: Bruford/MacDonald 1994, No. 42; Irish: Ó Súilleabháin/Christiansen 1963; English: Baughman 1966; German: Rehermann 1977, 155 No. 23, Grimm DS/Uther 1993 I, No. 115, Neumann 1991, No. 121; US-American: Baughman 1966.

737B* ***The Lucky Wife.***
Schwarzbaum 1968, 260f.
Livonian: Loorits 1926; Latvian: Arājs/Medne 1977; Lithuanian: Basanavičius 1993f. II, No. 41, Kerbelytė 1999ff. III, 71 No. 1.1.2.12; Serbian: Đjorđjevič/Milošević-Đjorđjevič 1988, No. 95, Eschker 1992, No. 17; Macedonian: Čepenkov/Penušliski 1989 II, Nos. 182, 192; Bulgarian: BFP, Koceva 2002; Greek: Angelopoulos/Brouskou 1994, 241f.; Ukrainian: SUS; Chinese: Ting 1978; Japanese: Inada/Ozawa 1977ff.; Spanish-American: TFSP 32(1964)33ff.

739* ***The Luck-Bringing Animal*** (previously ***The Luckless Son and His Wizard Father***).
Latvian: Arājs/Medne 1977; Lithuanian: Kerbelytė 1999ff. III, 70 No. 1.1.2.7; Serbian: Đjorđjevič/Milošević-Đjorđjevič 1988, Nos. 96, 97; Bulgarian: BFP, No. 739**, Koceva 2002; Greek: Angelopoulos/Brouskou 1994, 246f.; Russian: cf. SUS, No. 739**.

740** ***The Brother (the Poor Man) about to Hang Himself Finds a Treasure*** (previously ***The Brother to Hang Himself***).
Kirchhof/Oesterley 1869 I 1, No. 187; Montanus/Bolte 1899, 584-586; Pauli/Bolte

1924 II, No. 709; Weinreich 1951; Granger 1977, No. a.4.1.
Estonian: Aarne 1918, No. 910D*; Latvian: Arājs/Medne 1977; Lithuanian: Kerbelytė 1999ff. II; Portuguese: Braga 1914f. I, 88, 172; Frisian: Kooi 1984a; German: Moser-Rath 1964, No. 11; Polish: Krzyżanowski 1962f. I; Russian, Ukrainian: SUS.

745 *Hatch-Penny.*
Ward 1883 II, 234, 447; Chauvin 1892ff. II, 128 No. 137; Schwarzbaum 1968, 77; EM 6(1990)640–645(J. van der Kooi); Hansen 2002, 188–190.
Livonian: Loorits 1926, No. 745; Latvian: Arājs/Medne 1977; Lithuanian: Jurkschat 1898, No. 48, Balys 1936, No. 3650; Swedish: Liungman 1961; Irish: Ó Súilleabháin/Christiansen 1963; Frisian: Kooi 2000b, 96; German: Kuhn/Schwartz 1848, No. 24, Berger 2001, No. XII G 6; Macedonian: Čepenkov/Penušliski 1989 II, No. 191; Bulgarian: BFP, No. *745*; Polish: Krzyżanowski 1962f. II, No. 3151; Byelorussian: SUS; Ukrainian: cf. SUS, No. 745*; Jewish: Noy 1963b, No. 19, Jason 1988a; Georgian: Kurdovanidze 2000; Iranian: Marzolph 1984, No. *745*; Afghan: Lebedev 1986, 154ff.; Chinese: cf.Ting 1978, No. 745*; Japanese: Inada/Ozawa 1977ff.

745A *The Predestined Treasure.*
Ward 1883 II, 234, 447; Chauvin 1892ff. II, No. 137; Herbert 1910 III, No. 61; Schwarzbaum 1968, 77, 261, 269f.; Tubach 1969, Nos. 3613, 4954; EM 6(1990)640–645(J. van der Kooi).
Latvian: Arājs/Medne 1977; Lithuanian: Kerbelytė 1999ff. II; Swedish: cf. Liungman 1961, No. 745; Danish: Kristensen 1897, No. 4; Irish: Ó Súilleabháin/Christiansen 1963; English: Briggs 1970f. B II, 268; Frisian: Kooi 1984a; German: Moser-Rath 1964, No. 154, Rehermann 1977, 137; Slovakian: Polívka 1923ff. IV, 72f.; Macedonian: Čepenkov/Penušliski 1989 II, No. 193, IV, No. 376; Rumanian: Bîrlea 1966 II, 472ff., 480ff., III, 459f.; Bulgarian: BFP, Koceva 2002; Czech: Dvořák 1978, No. 3613; Greek: Hallgarten 1929, 125, Megas/Puchner 1998; Polish: Krzyżanowski 1962f. II, No. 3151; Russian: SUS, No. 8342; Byelorussian: SUS; Ukrainian: SUS, No. 8342; Turkish: cf. Eberhard/Boratav 1953, No. 131; Jewish: Gaster 1924, Nos. 377, 423, Jason 1965, 1988a; Gypsy: Mode 1983ff. I, No. 64; Qatar: El-Shamy 2004; Iranian: Marzolph 1984; Indian: cf. Thompson/Balys 1958, No. N351; Chinese: cf. Ting 1978, No. 745A, 745A1; Japanese: cf. Ikeda 1971, Nos. 930C, 930D, Inada/Ozawa 1977ff.; Mexican: cf. Robe 1973, No. 841; Algerian: El-Shamy 2004.

RELIGIOUS TALES
GOD REWARDS AND PUNISHES 750–779

750A ***The Three Wishes*** (previously ***The Wishes***). (The Poor and the Rich.)
Kirchhof/Oesterley 1869 I 1, No. 180; BP II, 210–229; Saintyves 1923, 559–608; HDM 2(1934–40)652–655(W. Lincke); Künzig 1934; Schwarzbaum 1968, 241–244, 405, 483; Legman 1968f. II, 619–622; Tubach 1969, Nos. 983, 3653, 5326; Top 1975f. I, 207–216, II, 19; EM 1(1977)789–794(H.-W. Nörtersheuser); Ranelagh 1979, 222–225; Schwarzbaum 1979, 343, 345; EM 5(1987)718–727(E. Moser-Rath); Chesnutt 1989, 318–338; Marzolph 1992 II, No. 221; Scherf 1995 I, 32f., 51–54, 445–447; Wieringa 1997, 302–304; Dekker et al. 1997, 411- 415; Tuczay 1999, 85–109; EM 10(2002) 984–986(A. Lozar); Hansen 2002, 211–223; Marzolph/Van Leeuwen 2004, No. 199; EM: Wünsche: Die drei W.(in prep.).
Finnish: Rausmaa 1982ff. II, Nos. 1–5; Finnish-Swedish: Hackman 1917f. I, No. 150; Estonian: Aarne 1918; Latvian: Arājs/Medne 1977; Lithuanian: Kerbelytė 1999ff. II; Lappish: Kecskeméti/Paunonen 1974; Swedish: Liungman 1961; Norwegian: Hodne 1984; Danish: Grundtvig 1876ff. II, No. 18; Faeroese: Nyman 1984; Icelandic: Kvideland/Eiríksson 1988, No. 21; Scottish: Briggs 1970f. A I, 522; Irish: Ó Súilleabháin/Christiansen 1963; English: Baughman 1966, Briggs 1970f. A II, 309f., B II, 349; French: Delarue/Tenèze 1964ff. IV 1; Spanish: Camarena/Chevalier 1995ff. III, González Sanz 1996, Goldberg 1998, No. J2071; Basque: Irigaray 1957, 186ff.; Catalan: Oriol/Pujol 2003; Portuguese: Oliveira 1900f. II, No. 238, Cardigos(forthcoming); Dutch: Sinninghe 1943, Kooi 2003, Nos. 33, 34; Frisian: Kooi 1984a; Flemish: Meyer 1968, No. 750; Walloon: Laport 1932; Luxembourg: Gredt 1883, No. 854(3); German: Ranke 1955ff. III, Moser-Rath 1984, 289, Tomkowiak 1993, 256, Grimm KHM/Uther 1996 II, No. 87, Grubmüller 1996, No. 4, Berger 2001; Swiss: Lachmereis 1944, 227ff., EM 7(1993)874; Ladinian: cf. Decurtins 1896ff. II, 645 No. 114; Italian: Cirese/Serafini 1975, De Simone 1994, Nos. 33, 34; Maltese: Mifsud-Chircop 1978; Hungarian: MNK III, Nos. 750A, 750A I*, 750A II*, Dömötör 1992, No. 120, Dömötör 2001, 287; Czech: Tille 1929ff. I, 567ff., 583f.; Slovakian: Gašparíková 1991f. I, No. 84; Croatian: Bošković-Stulli 1959; Rumanian: Schullerus 1928; Bulgarian: BFP; Greek: Loukatos 1957, 246f., Megas/Puchner 1998; Jewish: Haboucha 1992; Gypsy: MNK X 1; Yakut: cf. Ėrgis 1967, No. 266; Syrian, Jordanian, Iraqi: El-Shamy 2004; Iranian: Marzolph 1984; Sri Lankan: Thompson/Roberts 1960; Chinese: Ting 1978, Bäcker 1988, No. 28; Korean: cf. Choi 1979, No. 132; Indonesian: Vries 1925f. II, 408 No. 213; Japanese: Ikeda 1971, No. 244, Inada/Ozawa 1977ff.; US-American: Baugh-

man 1966；African American: Dorson 1956, 191f., Baughman 1966；Brazilian: Alcoforado/Albán 2001, Nos. 45, 46；Dominican, Puerto Rican, Chilean: Hansen 1957；West Indies: Flowers 1953；Egyptian: El-Shamy 2004；East African: Kohl-Larsen 1966, 11ff.；Sudanese: El-Shamy 2004；Namibian, South African: Schmidt 1989 II, No. 1132.

750B ***Hospitality Rewarded.***
BP I, 422f.；Anderson 1927ff. III, No. 63；EM 1（1977）789–794（H.-W. Nörtersheuser）；EM 5（1987）718–727（E. Moser-Rath）；cf. Hansen 2002, 211–223；EM: Wünsche: Die drei W.（in prep.）.
Finnish: Rausmaa 1982ff. II, Nos. 6, 14；Estonian: Aarne 1918；Karelian: Kecskeméti/Paunonen 1974；Norwegian: Hodne 1984；Scottish: Baughman 1966；Irish: Ó Súilleabháin/Christiansen 1963；English: Baughman 1966, Briggs 1970f. A I, 107；French: Delarue/Tenèze 1964ff. IV 1；Spanish: Espinosa 1946f., No. 86, Camarena/Chevalier 1995ff. III；Catalan: Oriol/Pujol 2003；Flemish: Meyer 1968；German: Henßen 1935, No. 171；Italian: Cirese/Serafini 1975；Hungarian: MNK III, Nos. 750B I*–750B III*；Slovene: Tomažič 1943, 185ff.；Serbian: Đjorđjevič/Milošević-Đjorđjevič 1988, Nos. 103–105；Croatian: Bošković-Stulli 1959；Greek: Megas/Puchner 1998；Russian: SUS, Nos. 750B, 750B****；Byelorussian: SUS, Nos. 750B, 750B*, 750B**, 750B***；Ukrainian: SUS, Nos. 750B, 750B*, 750B****；Jewish: Jason 1975；Gypsy: MNK X 1；Yakut: Ėrgis 1967, No. 263；Pakistani: Thompson/Roberts 1960；Chinese: Ting 1978；Indonesian: Vries 1925f. II, 408 No. 213；Japanese: Ikeda 1971；Dominican, Puerto Rican: Hansen 1957；West Indies: Flowers 1953；Egyptian, Algerian, Moroccan: El-Shamy 2004；Ghanaian: Schott 1993f. II/III, No. 135.

750C ***God Punishes a Bad Woman.***
Finnish: Rausmaa 1982ff. II, No. 7；Portuguese: Oliveira 1900f. I, No. 116, Cardigos（forthcoming）；Italian: Cirese/Serafini 1975, Appari 1992, Nos. 18, 31；Slovakian: Gašparíková 1991f. I, No. 337, II, No. 418；Serbian: Bogdanovič 1930, No. 25；Bulgarian: BFP, No. *750C*；Greek: Megas/Puchner 1998, No. $750C_1$；Japanese: Inada/Ozawa 1977ff.；Brazilian: Alcoforado/Albán 2001, No. 47.

750D ***God (St. Peter) and the Three Brothers.***
Basset 1924ff. III, 302；Schwarzbaum 1968, 83；Top 1975f. I, 207–216, II, 19；EM 1（1977）789–794（H.-W. Nörtersheuser）；Schwarzbaum 1980, 280；Top 1982, Nos. 115–117；EM 5（1987）718–727（E. Moser-Rath）；EM 7（1993）92–100（I. Köhler-Zülch）；EM: Wünsche: Die drei W.（in prep.）.

Finnish: Rausmaa 1982ff. II, No. 9; Portuguese: Oliveira 1900f. I, No. 110, Cardigos (forthcoming); Frisian: Kooi 1984a; Swiss: EM 7(1993)874; Italian: Cirese/Serafini 1975, Nos. 550A, 750D; Sardinian: Cirese/Serafini, No. 550A; Hungarian: MNK III; Serbian: Karadžić 1937, No. 14; Croatian: Bošković-Stulli 1959, Bošković-Stulli 1967f., No. 5, Bošković-Stulli 1975b, No. 38; Rumanian: Schullerus 1928, No. 750, Bîrlea 1966, II, 477ff., 480ff., III, 459f.; Bulgarian: BFP; Albanian: Camaj/Schier-Oberdorffer 1974, No. 43; Greek: Dawkins 1953, No. 70, Megas/Puchner 1998; Ukrainian: Lintur 1972, No. 76, SUS, No. 750D*; Turkish: Eberhard/Boratav 1953, Nos. 110, 135; Jewish: Jason 1988a, Bin Gorion 1990, No. 222, Haboucha 1992, EM 8(1996)1332; Gypsy: Mode 1983ff. II, No. 97, III, No. 143; Abkhaz: Šakryl 1975, No. 15; Kurdish: Džalila et al. 1989, No. 30; Indian: Jason 1989; Chinese: Ting 1978; Japanese: Ikeda 1971, No. 550A; Egyptian: El-Shamy 1980, No. 21, El-Shamy 2004, Nos. 550A, 750D; Libyan: Campbell 1954, 151ff., El-Shamy 2004; Algerian: El-Shamy 2004, Nos. 550A, 750D.

750E ***Flight to Egypt.***
Erk/Böhme 1893f. III, No. 1950; Dähnhardt 1907ff. II, 22-68; Schmeïng 1911; Schmidt 1963, 259-264; Masser 1969, 249-269; Cardoso 1971; Moser 1973; Moser 1974b; EM 1(1977)653; EM 4(1984)1328; Köhler-Zülch 1992, 46-52; EM 7(1993) 1355-1361(D. Petkanova); EM 8(1996)295-300(C. Daxelmüller).
Finnish: Rokala 1973, 113; Estonian: Aarne 1918, 152, Nos. 77, 80; Icelandic: Boberg 1966, No. D2157.2; French: Delarue/Tenèze 1964ff. IV 1, 93ff.; Spanish: Camarena/Chevalier 1995ff. III, No. 752C*; Portuguese: Oliveira 1900ff. I, Nos. 95, 172, Meier/Woll 1975, Nos. 29, 97, Cardigos(forthcoming), Nos. 750I, 750J, 752C*; German: Moser 1972b, Moser 1981, 97ff., 133ff., 138, 175f., 178f., 380, 383, 398, 495f., 524ff., 576; Maltese: Mifsud-Chircop 1978, Nos. *772B, *779E, *779E$_1$, *779F, *779J; Croatian: Gaal/Neweklowski 1983, No. 2; Greek: Karlinger 1987, 30ff.; Polish: cf. Krzyżanowski 1962f. II, Nos. 2442, 2443, 2651; South American Indian: Hissink/Hahn 1961, No. 377; Mayan: Laughlin 1977, 334ff., 384ff.; Namibian: Schmidt 1989 II, 259ff.

750F ***The Widow's Donation.***
Günter 1949, 204; Tubach 1969, No. 1058.
German: Bechstein/Uther 1997 I, No. 44; Polish: Krzyżanowski 1962f. I, No. 750E.

750* ***Hospitality Blessed.***
Schwarzbaum 1968, 244; EM 5(1987)718-727(E. Moser-Rath); EM 7(1993)92-100

(I. Köhler-Zülch); cf. Hansen 2002, 211–223.
Finnish: Rausmaa 1973b, 115ff.; Finnish-Swedish: Hackman 1917f. I, No. 151; Livonian: cf. Loorits 1926; Latvian: Arājs/Medne 1977; Scottish: Briggs 1970f. A I, 104f., 448, B II, 419f.; Irish: Ó Súilleabháin/Christiansen 1963; English: Briggs 1970f. B II, 419f.; French: Delarue/Tenèze 1964ff. IV 1; Portuguese: Vasconcellos/Soromenho et al. 1963f. I, No. 147, Cardigos(forthcoming), Nos. 750*, 750F*; German: Peuckert 1932, No. 179, Benzel 1991, 58ff.; Austrian: Zaunert 1926, 305ff.; Italian: Cirese/Serafini 1975; Hungarian: MNK III, Nos. 750*, 750*I; Czech: Tille 1929ff. I, 581f.; Serbian: Čajkanović 1934, No. 21; Croatian: Stojanović 1867, No. 24; Macedonian: Čepenkov/Penušliski 1989 II, Nos. 197, 199; Greek: Diller 1982, No. 55, Megas/Puchner 1998; Russian, Byelorussian: SUS; Ukrainian: Lintur 1972, No. 72; Jewish: Jason 1988a; Gypsy: Briggs 1970f. A I, 448; Abkhaz: Bgažba 1959, 259ff.; Lebanese: El-Shamy 2004; Indian: Jason 1989; Vietnamese: Karow 1972, No. 5; Chinese: Ting 1978; Egyptian, Moroccan: El-Shamy 2004.

750** ***Girls Plucking Berries.***
Finnish-Swedish: Hackman 1917f. I, No. 152; Latvian: Arājs/Medne 1977; Spanish: Espinosa 1946f., No. 51; Catalan: cf. Oriol/Pujol 2003; Bulgarian: BFP; Jewish: Haboucha 1992.

750E* ***Hospitality and Sin.***
Irish: Ó Súilleabháin/Christiansen 1963; Palestinian: Schmidt/Kahle 1918f. I, No. 61, El-Shamy 2004; Algerian: Frobenius 1921ff. I, No. 53, El-Shamy 2004; Moroccan: El-Shamy 2004.

750H* ***The Notary Enters Heaven.***
Finnish: Rausmaa 1982ff. II, No. 47; Czech: Šrámková/Sirovátka 1990, No. 16; Serbian: cf. Krauss/Burr et al. 2002, No. 55; Macedonian: cf. Čepenkov/Penušliski 1989 II, No. 159; Greek: Megas 1970, No. 43, Megas/Puchner 1998; Mexican: Robe 1973.

750K* ***The Lost Genitalia.***
Legman 1968f. II, 619; Hoffmann 1973, 272.
English: McCosh 1979, 265; Frisian: Kooi 1984a; Flemish: Loots 1985, 32ff.; Australian: Adams/Newell 1999 II, 447f.; US-American: Randolph 1976, 63, Baker 1986, No. 163; African American: Dorson 1967, No. 206.

750K** ***Wishing the Cat to be a Prince.***
Dutch: Geldof 1979, 198f.; Frisian: Kooi 1984a; German: Röhrich 1967, 153f., Röhrich 1977, 72; Austrian: Kunz 1995, 130; Italian: Rotunda 1942, No. D342; Hungarian: Ranke 1972, No. 11; Indian: Thompson/Balys 1958, No. D342; Australian: Adams/Newell 1999 II, 103.

751A ***The Farmwife is Changed into a Woodpecker.***
Dähnhardt 1907ff. II, 123–132, 284–286; Schwarzbaum 1968, 9, 83, 242, 458; Tubach 1969, No. 174; EM 1(1977)1346–1350(E. H. Rehermann); EM 2(1979)816–821(D.-R. Moser); Blacker 1980.
Finnish: Rausmaa 1982ff. II, Nos. 10, 11; Finnish-Swedish: Hackman 1917f. I, No. 153; Karelian: Kecskeméti/Paunonen 1974; Swedish: Liungman 1961; Norwegian: Hodne 1984; Scottish: Baughman 1966, Nos. 751, 751A; Irish: Ó Súilleabháin/Christiansen 1963, No. 751; English: Baughman 1966, Nos. 751, 751A, Briggs 1970f. A I, 107f., 112f., 124, 443; French: Delarue/Tenèze 1964ff. IV 1, No. 751; Spanish: cf. Karlinger 1960, No. 71, Camarena/Chevalier 1995ff. III; Catalan: Oriol/Pujol 2003, No. 751; Portuguese: Vasconcellos/Soromenho et al. 1963f. I, No. 148, Cardigos(forthcoming), No. 751; Flemish: de Meyere 1925ff. IV, No. 334; Walloon: Laport 1932, 74; German: Ranke 1955ff. III; Italian: Cirese/Serafini 1975, Nos. 751, 751A; Sardinian: Cirese/Serafini; No. 751; Hungarian: MNK III, No. 7511, Dömötör 1992, No. 120; Czech: Tille 1929ff. I, 573f.; Slovakian: Gašparíková 1991f. I, No. 257; Slovene: Zupanc 1944a, 72ff.; Croatian: Bošković-Stulli 1963, No. 58; Rumanian: Schullerus 1928, No. 751; Bulgarian: BFP, No. 751; Greek: Laográphia 2(1910)469f., 4(1913/14) 57f., Klaar 1963, 53f., 218; Byelorussian: SUS, No. 751; Turkish: cf. Eberhard/Boratav 1953, 412(a,b); Jewish: Noy 1963a, No. 48, Jason 1965, No. 751; Gypsy: MNK X 1, No. 751; Chinese: Ting 1978, Nos. 751, 751A; Japanese: Ikeda 1971; US-American: Baughman 1966, Nos. 751, 751A; African American: Dorson 1956, 159f., Baughman 1966, Nos. 751, 751A; South American Indian: cf. Wilbert/Simoneau 1992, No. D153.1.

751B ***The Farmwife Must Take Two Snakes as Foster-Children.***
Dähnhardt 1907ff. II, 123–132, 284–286; Schwarzbaum 1968, 9, 83, 242, 458; EM 1 (1977)1346–1350(E. H. Rehermann); Blacker 1980, 162–168.
Finnish: Rausmaa 1982ff. II, No. 12; Finnish-Swedish: Hackman 1917f. I, No. 154; Estonian: Aarne 1918; Latvian: Arājs/Medne 1977; Italian: Cirese/Serafini 1975; Russian, Byelorussian, Ukrainian: SUS.

751A* ***A Man Invites God to His House.***

Schwarzbaum 1968, 12, 83.

Finnish: Rausmaa 1982ff. II, No. 13; Latvian: Arājs/Medne 1977; Lithuanian: Kerbelytė 1999ff. II; Spanish: Camarena/Chevalier 1995ff. III; Frisian: Kooi 1984a, No. 979*; Slovakian: Gašparíková 1991f. I, No. 84; Bulgarian: BFP; Polish: Krzyżanowski 1962f. I; Russian, Byelorussian, Ukrainian: SUS; Jewish: Jason 1965, 1988a; Georgian: Kurdovanidze 2000; Mexican: Robe 1973; Ghanaian: Schott 1993f. II/III, No. 135.

751B* ***The Old Man with the Live Coals.***

Latvian: Arājs/Medne 1977; Lithuanian: Kerbelytė 1999ff. II; Italian: Cirese/Serafini 1975; Hungarian: MNK III; Russian, Byelorussian, Ukrainian: SUS; Jewish: Haboucha 1992; Japanese: Inada/Ozawa 1977ff.

751C* ***Wealth Leads to Pride.***

Schwarzbaum 1968, 83.

Finnish: Rausmaa 1982ff. II, No. 14; Latvian: Arājs/Medne 1977; Lithuanian: Kerbelytė 1999ff. II; French: Sébillot 1880 I, No. 53; Flemish: Meyer 1968; Maltese: Mifsud-Chircop 1978; Macedonian: Čepenkov/Penušliski 1989 II, No. 97; Bulgarian: BFP; Russian, Byelorussian, Ukrainian: SUS; Jewish: Noy 1963a, No. 20, Jason 1965, 1988a; Qatar: El-Shamy 2004; Chinese: Ting 1978; Egyptian: El-Shamy 2004; Ghanaian: Schott 1993f. II/III, No. 135; Sudanese: El-Shamy 2004.

751D* ***St. Peter Blesses Hospitable Thieves.***

Italian: Pitrè 1875 III, No. 121, Lo Nigro 1957, No. *751; Syrian: El-Shamy 2004; Palestinian: Schmidt/Kahle 1918f. I, No. 61; Egyptian: El-Shamy 2004; Algerian: Basset 1897, No. 90, El-Shamy 2004; Moroccan: Basset 1897, No. 91, Laoust 1949, Nos. 126, 129, El-Shamy 2004.

751E* ***Man in the Moon.***

Baring-Gould 1894, 194; Köhler/Bolte 1898ff. III, 597–600; Dähnhardt 1907ff. I, 134; RTP 23(1908)220; Kunike 1916; Kunike 1925; Kunike 1927; Krappe 1940; Menner 1949; Borges/Guerrero 1964, 94f.; Lille 1973; EM 1(1977)13; EM 2(1979) 193; EM 3(1981)777; Ó Giolláin 1984; Bascom 1992, 145–154; Dekker et al. 1997, 221–225; EM 9(1999)183–188(C. Goldberg).

Estonian: Aarne 1918, 140 nos. 6, 7, Loorits 1959, No. 71; Livonian: Loorits 1926, No. 8; Lithuanian: Balys 1936, No. 3907; Spanish: Camarena/Chevalier 1995ff. III, No.

760F; Portuguese: Vasconcellos/Soromenho et al. 1963f. I, Nos. 140, 207, 208, Cardigos(forthcoming), No. 760F; Dutch: Sinninghe 1943, 47 No. 8, Kooi 2003, No. 36; Frisian: Kooi 1984a, No. 777A*, Kooi/Meerburg 1990, No. 82; Flemish: Top 1982, No. 45; German: Moser 1974a, No. 17, Tomkowiak 1993, 279, Kooi/Schuster 1994, No. 50, Bechstein/Uther 1997 I, No. 32, Berger 2001, 123 No. H28; Swiss: EM 7(1993)871; Rumanian: Schullerus 1928, No. 4; Polish: Krzyżanowski 1962f. II, Nos. 1150*, 1150A; Tuva: Taube 1978, No. 65; Indian: Lüders 1961, No. 53; Chinese: Eberhard 1937, No. 25, cf. No. 163, Wilhelm 1958, No. 19, Eberhard 1965, No. 54; Cambodian: Nevermann 1956, 30f.; Vietnamese: Karpov 1958, 270; Polynesian, New Zealand: Kirtley 1971, Nos. A751ff.; Australian: Löffler 1981, Nos. 13, 39, 48, 53, Waterman 1987, Nos. 60, 62, 64, 66, 68, 70–120; US-American: Halpert 1993; French-American: Ancelet 1994, No. 93; North American Indian: Boas 1917, Nos. 9, 16, Lowie 1918, 52, Thompson 1929, No. 17, cf. No. 69; South American Indian: Wilbert/Simoneau 1992, Nos. A751.1, A751.5, A751.11; Central African: Werner 1968, 76, Klipple 1992, 340; Namibian: Schmidt 1989 II, Nos. 13, 197.

751F* ***The Mouse Tower of Bingen.***
Kirchhof/Oesterley 1869 I 2, No. 31; Beheim-Schwarzbach 1888; Liebknecht 1897, 1–9; Tubach 1968, No. 3280; Brückner 1974, 679 not. 113; Beckman 1974; EM 9(1999)445–450(H.-J. Uther).
Icelandic: cf. Boberg 1966, No. Q415.2; French: EM 2(1979)538; Dutch: Sinninghe 1943, 115 No. 1132; German: Melander(1607)No. 21, Schau-Platz der Betrieger(1687) No. 147, Hilarius Salustius(1717)112(EM archive), Panzer 1848 II, No. 325, Schneidewind 1960, No. 126a-f, Rehermann 1977, 154f., Schneidewind 1977, No. 79, 81–83, Grimm DS/Uther 1993 I, No. 242; Swiss: Kohlrusch 1854, 314f., EM 7(1993)871; Austrian: Vernaleken 1858, No. 240, Haiding 1965, No. 15; Hungarian: cf. György 1934, No. 92, Dömötör 1992, No. 339; Polish: Krzyżanowski 1962f. II, No. 747A; Armenian: Wlislocki 1891, No. 19.

751G* ***Bread Turned to Stone.***
Erk/Böhme 1893f. I, No. 209a-f; HDA 1(1927)1599, cf. 1602f.; BP III, 461f.; Tubach 1969, Nos. 174, 3085, cf. No. 758; EM 1(1977)74; EM 2(1979)805–813(D.-R. Moser).
Lithuanian: Balys 1936, No. 3728; French: Sébillot 1904ff. I, 308; Dutch: Kooi 1979a, 78ff.; Frisian: Kooi 1984a, No. 751E*, Kooi/Schuster 1993, No. 15a-b; Flemish: Meyer 1968, No. 368*, Top 1982, Nos. 90, 91, 110; German: Peuckert 1964ff. I, Nos. 421, 422, Petschel 1975ff. V, Nos. 3361, 3508, VI, No. 3867, Rehermann 1977, 151f., 558f., Tomkowiak 1993, 289, Grimm DS/Uther 1993 I, No. 241, Grimm KHM/Uther 1996 III, No.

KL 5; Corsican: Karlinger 1960, No. 65; Maltese: Mifsud-Chircop 1978, No. *751E; Slovene: Krainz 1880, 7f.; Croatian: Gaál/Neweklowsky 1983, No. 3; Mexican: Robe 1973, No. 752*D.

752A ***Christ and St. Peter in the Barn.***
BP III, 450–455; EM 2(1979)1437–1440(H. Lixfeld); EM 7(1993)92–100(I. Köhler-Zülch); Dekker et al. 1997, 411–415; EM 10(2002)814–824(S. Neumann).
Finnish: Rausmaa 1982ff. II, No. 15; Finnish-Swedish: Hackman 1917f. I, No. 156(3); Estonian: Aarne 1918; Latvian: Arājs/Medne 1977; Lithuanian: Kerbelytė 1999ff. II; Karelian: Kecskeméti/Paunonen 1974; Irish: Ó Súilleabháin/Christiansen 1963; French: Delarue/Tenèze 1964ff. IV 1; Spanish: Camarena/Chevalier 1995ff. III, González Sanz 1996; Basque: Frey/Brettschneider 1982, 100ff.; Catalan: Oriol/Pujol 2003; Portuguese: Soromenho/Soromenho 1984f. I, No. 141, Cardigos(forthcoming); Dutch: Bødker et al. 1963, 112f., Tinneveld 1976, No. 111; Flemish: Meyer 1968; German: Meyer 1932, No. 752, Ranke 1955ff. III, No. 791, Ranke 1966, No. 59; Italian: Cirese/Serafini 1975; Sardinian: Cirese/Serafini; Hungarian: MNK III; Czech: Tille 1929ff. I, 577ff., II 2, 459ff.; Slovakian: Polívka 1923ff. IV, 18; Slovene: Nedeljko 1889, 6f.; Croatian: Bošković-Stulli 1959, No. 25; Russian: SUS; Byelorussian: SUS, Nos. 752A, 752A*; Ukrainian: SUS; Jewish: Jason 1976, No. 46; Chuvash: Kecskeméti/Paunonen 1974.

752B ***The Forgotten Wind.***
EM 10(2002)814–824(S. Neumann); EM: Wind: Der vergessene W.(in prep.).
Finnish: Rausmaa 1982ff. II, No. 16; Swedish: Liungman 1961; Latvian: Arājs/Medne 1977; English: Briggs 1970f. A II, 7; French: Dardy 1891, No. 4; Spanish: Camarena/Chevalier 1995ff. III; Dutch: Sinninghe 1943; Frisian: Kooi 1984a; Flemish: Meyer 1968; German: Peuckert 1932, No. 275, Ranke 1955ff. III, Moser-Rath 1964, No. 150, Rehermann 1977, 137, 274f. No. 31, 295f. No. 31, 540f. No. 4, Tomkowiak 1993, 257; Austrian: Depiny 1932, No. 2.1(*202), Haiding 1965, No. 54, Haiding 1969, No. 159; Ladinian: Uffer 1945, No. 17; Italian: Cirese/Serafini 1975; Maltese: Mifsud-Chircop 1978; Czech: Dvořák 1978, No. 3154***; Slovakian: Gašparíková 1991f. II, No. 546; Slovene: Kres 4(1884)451; Macedonian: Čepenkov/Penušliski 1989 II, No. 206; Bulgarian: Nicoloff 1979, No. 43; Byelorussian, Ukrainian: SUS; Jewish: Jason 1976, No. 46; French-American: Ancelet 1994, No. 92.

752C ***The Prodigious Mower.***
Gennep 1937ff. V, 2191–2203; Gennep 1950 II(1), 99–108.

French: Delarue/Tenèze 1964ff. IV 1; Walloon: Legros 1962, 100; Italian: Cirese/Serafini 1975.

753 *Christ and the Smith.*

Dähnhardt 1907ff. II, 154–171; BP III, 193–199; HDM 2(1934–40)117–120(K. Spieß); Fehrle 1940; Edsman 1949, 82–131; Marold 1967; Lixfeld 1971, 100f.; Moser 1977; EM 2(1979)1440–1444(H. Lixfeld); Schwarzbaum 1979, 487 not. 11; Gobyn 1989; Schneider 1991, 151–165; cf. EM 7(1993)92–100(I. Köhler-Zülch); EM 10(2002)814–824(S. Neumann); Moser 2003, 76–79.

Finnish: Rausmaa 1982ff. II, Nos. 18, 19; Finnish-Swedish: Hackman 1917f. I, Nos. 62(5), 156(2), 157; Estonian: Aarne 1918; Latvian: Arājs/Medne 1977; Lithuanian: Kerbelytė 1999ff. II; Swedish: Liungman 1961; Norwegian: Hodne 1984; Danish: Bødker 1964, No. 36; Scottish: Briggs 1970f. A I, 165f.; Irish: Ó Súilleabháin/Christiansen 1963; English: Briggs 1970f. A I, 490ff.; French: Delarue/Tenèze 1964ff. IV 1; Spanish: Camarena/Chevalier 1995ff. III; Catalan: Oriol/Pujol 2003; Portuguese: Vasconcellos/Soromenho et al. 1963f. I, Nos. 158, 159, Cardigos(forthcoming); Frisian: Kooi 1984a; Flemish: Meyer 1968; Walloon: Legros 1962; Luxembourg: Gredt 1883, No. 854(1); German: Ranke 1955ff. III, Grimm KHM/Uther 1996 III, No. 147, Berger 2001; Ladinian: Decurtins 1896ff. XI, No. 1, Kindl 1992, No. 12; Italian: Cirese/Serafini 1975, De Simone 1994, No. 33g; Hungarian: MNK III, Dömötör 2001, 287; Czech: Tille 1929ff. I, 579f.; Slovene: Kelemina 1930, 66; Rumanian: Stroescu 1969 I, No. 4256; Bulgarian: BFP; Greek: Megas/Puchner 1998; Polish: cf. Krzyżanowski 1962f. I, No. 764; Russian, Byelorussian, Ukrainian: SUS; Gypsy: Briggs 1970f. A I, 428ff., MNK X 1; Cheremis/Mari: Kecskeméti/Paunonen 1974; Georgian: cf. Kurdovanidze 2000; US-American: Baughman 1966; French-Canadian: Delarue/Tenèze 1964ff. IV 1; Spanish-American, Mexican: Robe 1973; Dominican, Puerto Rican: Hansen 1957; Egyptian: cf. Nowak 1969, No. 431; Sudanese: El-Shamy 2004.

753A *Unsuccessful Resuscitation.*

Chauvin 892ff. VIII, 101 No. 73; BP II, 149–163; HDM 2(1934–40)612–614(H. Honti); EM 7(1993)92–100(I. Köhler-Zülch); EM 8(1996)743–747(C. Schmitt); EM 10(2002)814–824(S. Neumann).

Latvian: Svabe 1923f. II, No. 9h; Wotian, Lydian: Kecskeméti/Paunonen 1974; French: Delarue/Tenèze 1964ff. IV 1; Spanish: Camarena Laucirica 1991, No. 127, Camarena/Chevalier 1995ff. III; Catalan: Oriol/Pujol 2003; German: cf. Ranke 1955ff. I, No. 330, III, No. 785, Neumann 1971, No. 135, Grimm KHM/Uther 1996 II, No. 81;

Swiss: Wildhaber/Uffer 1971, No. 65; Italian: Cirese/Serafini 1975; Sardinian: Cirese/Serafini; Hungarian: MNK III, Dömötör 1992, No. 49, Dömötör 2001, 276; Czech: Tille 1929ff. I, 601ff.; Croatian: Bošković-Stulli 1963, No. 59, Bošković-Stulli 1975b, No. 39; Bulgarian: BFP; Jewish: Jason 1965, 1975; Gypsy: MNK X 1; Armenian: Hoogasian-Villa 1966, No. 98; Mexican: Robe 1973.

753* ***Christ (God) Turns a Thief into an Ass.***

Cf. BP III, 3–9.

French: Delarue/Tenèze 1964ff. IV 1; Spanish: Camarena/Chevalier 1995ff. III; Catalan: Oriol/Pujol 2003; Portuguese: Oliveira 1900f. I, No. 217, Cardigos (forthcoming); Ladinian: Karlinger/Mykytiuk 1967, No. 20; Italian: Cirese/Serafini 1975, De Simone 1994, No. 33e; Sardinian: Cirese/Serafini; Maltese: Mifsud-Chircop 1978; Hungarian: cf. MNK III, No. 753**; Serbian: Čajkanović 1927, No. 68, cf. Đjorđjevič/Milošević-Đjorđjevič 1988, Nos. 99–101; Croatian: Bošković-Stulli 1975b, No. 40; Macedonian: Popvasileva 1983, No. 67; Rumanian: Bîrlea 1966 II, 480ff., III, 460; Bulgarian: cf. BFP, No. *753A*; Mexican: Robe 1973.

754 ***Lucky Poverty (previously The Happy Friar).***

Kirchhof/Oesterley 1869 II, No. 137, V, 82; Tobler 1906, 328–344; Wesselski 1936, 91f.; Schwarzbaum 1968, 95, 163f., 167, 470f.; cf. EM 4 (1984) 1264; EM 5 (1987) 1318–1324 (H.-W. Nörtersheuser); Tubach 1969, Nos. 3845, 4390; Alsheimer 1971, 167; Uther 1990b, 124f.

Wotian: Kecskeméti/Paunonen 1974; Irish: Ó Súilleabháin/Christiansen 1963; Spanish: Espinosa 1946f., No. 90, Chevalier 1983, No. 40, Camarena/Chevalier 1995ff. III; Catalan: Oriol/Pujol 2003; Portuguese: Braga 1987 I, 243f., Cardigos (forthcoming); Frisian: Kooi 1984a; Flemish: Meyer 1968; German: Wolf 1845, No. 8, Moser-Rath 1964, No. 1, Moser-Rath 1984, Nos. 38, 95; Hungarian: Dömötör 1992, No. 387; Czech: Tille 1929ff. I, 78ff., Dvořák 1978, No. 3845; Macedonian: Čepenkov/Penušliski 1989 III, No. 357; Rumanian: Schullerus 1928, No. 8; Bulgarian: BFP; Greek: Megas 1956 II, 180f., Megas/Puchner 1998; Byelorussian: SUS; Ukrainian: Čendej 1959, 27; Jewish: Jason 1965, 1975; Chinese: Ting 1978.

754** ***St. Peter and His Wife.***

Dutch: Janssen 1979, 138f.; Frisian: Kooi 1984a; Flemish: Meyer 1968; German: Brunner/Wachinger 1986ff. III, No. [1]Folz/83, XI, No. [2]S/4283.

755 ***Sin and Grace.***

Hauffen 1900, 436–438; Bolte 1904, 114–117; Kahle 1906, 311–314; HDS (1961–63) 546–554; Klintberg 1986, 237–264; Klintberg 1990, 35–46; Klintberg 1993, 75–87; Shojaei Kawan 2003b, 64–67.

Finnish: Rausmaa 1982ff. II, Nos. 20, 21; Finnish-Swedish: Hackman 1917f. I, No. 158; Estonian: Aarne 1918; Norwegian: Hodne 1984; Danish: Grundtvig 1854ff. III, No. 6, Grundtvig 1876ff. II, No. 17, Holbek 1990, No. 23; Faeroese: Nyman 1984; Irish: cf. O'Sullivan 1966, No. 47; French: Delarue/Tenèze 1964ff. IV 1; Portuguese: Vasconcellos/Soromenho et al. 1963f. I, No. 213, Cardigos (forthcoming); Catalan: Neugaard 1993, No. T572.1; Frisian: Kooi 1984a; Ladinian: cf. Decurtins 1896ff. II, 643 No. 112; Hungarian: cf. MNK III, No. 755*; Czech: Tille 1929ff. II 2, 365f.; Byelorussian, Ukrainian: SUS; Gypsy: MNK X 1.

756 ***The Three Green Twigs.***

756A ***The Self-Righteous Hermit.***

Köhler/Bolte 1898ff. I, 147f., 578, 581; BP III, 463–471; Andrejev 1927; Wesselski 1930, 39–53; Goebel 1932, 34–38; HDM 2 (1934–40) 550; Childers 1966, 729–731; Schwarzbaum 1968, 34–36, 128; Tubach 1969, Nos. 870, 4605, 4777; Alsheimer 1971, 125; Moser 1977, 33–54; Long 1980; EM 4 (1984) 389–394 (D.-R. Moser); Scheiber 1985, 270–272, 283f.; EM: Zweig: Der grünende Z. (in prep.).

Finnish: Rausmaa 1982ff. II, No. 22; Estonian: Aarne 1918; Latvian: Arājs/Medne 1977; Swedish: Liungman 1961; Irish: Ó Súilleabháin/Christiansen 1963, Nos. 756, 756A; French: Delarue/Tenèze 1964ff. IV 1, Nos. 756, 756A, 756A*; Spanish: Camarena/Chevalier 1995ff. III; Catalan: Neugaard 1993, No. L435.1, Oriol/Pujol 2003; Portuguese: Oliveira 1900ff. II, No. 332, Cardigos (forthcoming), Nos. 756, 756A*; German: Henßen 1935, No. 178, Ranke 1955ff. III, No. 756, Tomkowiak 1993, 257, Grimm DS/Uther 1993 I, No. 171, Grimm KHM/Uther 1996 III, No. KL 6; Austrian: Haiding 1965, Nos. 257, 304; Sardinian: Cirese/Serafini; Hungarian: Dömötör 1992, No. 16; Slovakian: Gašparíková 1991f. II, No. 489; Slovene: Möderndörfer 1946, 106ff.; Rumanian: Schullerus 1928; Greek: Thrakika 17 (1942) 183f.; Turkish: cf. Eberhard/Boratav 1953, No. 126 IV, V; Jewish: Jason 1965, No. 756, Jason 1988a, No. 756; Chinese: Ting 1978, No. 756; US-American: Baughman 1966, No. 756; Mexican: Robe 1973; Moroccan: Laoust 1949, No. 126, Nowak 1969, No. 336.

756B ***Robber Madej*** (previously ***The Devil's Contract***).

BP III, 463–471; Andrejev 1927; HDM 1 (1930–33) 356–358 (W. Anderson); Krohn

1931a, 112–114; Matičetov 1965; Moser 1977, 67–82; Moser 1981, 481; EM 11,1 (2003) 335–342 (C. Hauschild); Moser 2003.
Finnish: Rausmaa 1982ff. II, No. 23; Finnish-Swedish: Hackman 1917f. I, No. 159; Latvian: Arājs/Medne 1977; Lithuanian: Kerbelytė 1999ff. II; Swedish: Liungman 1961; Norwegian: Hodne 1984; Danish: Grundtvig 1854ff. I, No. 34, II, No. 10; Scottish: Bruford/MacDonald 1994, No. 50; Irish: Ó Súilleabháin/Christiansen 1963; French: Delarue/Tenèze 1964ff. IV 1; Spanish: Chevalier 1983, No. 41, Camarena/Chevalier 1995ff. III; Catalan: cf. Neugaard 1993, Nos. J172, Q520.2; Portuguese: Soromenho/Soromenho 1984f. I, Nos. 279, 283, Cardigos (forthcoming); Luxembourg: Gredt 1883, No. 910; German: Grimm DS/Uther 1993 I, No. 171, Grimm KHM/Uther 1996 I, No. KL 6; Ladinian: Karlinger/Mykytiuk 1967, No. 24, Uffer 1973, No. 17, Danuser Richardson 1976, No. V43; Italian: Cirese/Serafini 1975; Hungarian: MNK III, Dömötör 1992, Nos. 29, 270; Czech: Tille 1929ff. II 2, 230ff.; Slovakian: Gašparíková 1991f. I, No. 254, II, No. 558; Slovene: Krek 1885, 60, Byhan 1958, 143ff.; Greek: Megas/Puchner 1998; Sorbian: Nedo 1956, Nos. 72a, 72b; Turkish: cf. Eberhard/Boratav 1953, No. 126 IV, V; Russian, Byelorussian, Ukrainian: SUS; Gypsy: MNK X 1; US-American: Baughman 1966; Spanish-American, Mexican: Robe 1973; Argentine: Hansen 1957.

756C ***The Two Sinners*** (previously ***The Greater Sinner***).
Andrejev 1924; Basset 1924ff. III, 247 No. 146, 537 No. 327; Wesselski 1930, 39–53; HDM 1 (1930–33) 356–358 (W. Anderson); Krohn 1931a, 107–111; Schwarzbaum 1968, 34f., 159, 470; Tubach 1969, No. 4119; Karlinger 1969, 45–49; Megas 1975, 113–120; Moser 1977, 55–67; Imellos 1979; Moser 1980, 139–160; EM 4 (1984) 389–394 (D.-R. Moser); Scherf 1995 II, 831–834; EM 11,1 (2003) 335–342 (C. Hauschild); Moser 2003; EM: Zweig: Der grünende Z. (in prep.).
Finnish: Rausmaa 1982ff. II, No. 24; Latvian: Arājs/Medne 1977; Irish: Ó Súilleabháin/Christiansen 1963; Spanish: Camarena/Chevalier 1995ff. III; Catalan: Neugaard 1993, Nos. Q520.1, Q521.1.1; V29.1; Portuguese: Oliveira 1900f. II, No. 247, Cardigos (forthcoming); German: Henßen 1935, 244f., Zender 1984, No. 32, Berger 2001; Rumanian: Bîrlea 1966 II, 441ff., III, 454; Bulgarian: BFP; Greek: Dawkins 1953, No. 82, Klaar 1963, 184f., Megas/Puchner 1998; Russian, Byelorussian, Ukrainian: SUS; Jewish: Noy 1963a, No. 49, Jason 1965, 1975; Mexican: Robe 1973, No. Q520.1; Syrian: Nowak 1969, No. 335, El-Shamy 2004; Lebanese, Kuwaiti, Qatar: El-Shamy 2004; Egyptian, Algerian: El-Shamy 2004; Moroccan: Nowak 1969, Nos. 335, 336, El-Shamy 2004; Somalian: El-Shamy 2004; Malagasy: Haring 1982, No. 1.5.92.

756C* ***Receipt from Hell.***

Kretzenbacher 1959, 33–78; Kretzenbacher 1962, 18–33; Kretzenbacher 1977a, 65–88.
Estonian: Aarne 1918; Danish: cf. Bødker/Hüllen 1966, 47ff.; Irish: Ó Súilleabháin/Christiansen 1963; French: Delarue/Tenèze 1964ff. IV 1; German: Bartsch 1879, Nos. 632, 633, Henßen 1935, No. 179, Wossidlo/Henßen 1957, No. 88, Müller/Röhrich 1967, No. H61, Rölleke 1983, No. 34, Berger 2001, No. III H 61; Austrian: Haiding 1965, No. 304; Slovene: Šašelj 1906f. II, 27f.; Polish: cf. Krzyżanowski 1962f. I, No. 756B*.

756D* ***Who is the More Devout?*** (previously ***More Devout.***)

Basset 1924ff. III, 504 No. 305.
Irish: Ó Súilleabháin/Christiansen 1963; Spanish: Chevalier 1983, No. 42; Portuguese: Oliveira 1900f. II, No. 340, Cardigos (forthcoming); Macedonian: Čepenkov/Penušliski 1989 II, Nos. 167, 169, 170, 201; Bulgarian: cf. BFP, Nos. *756D**, *756***; Russian: cf. SUS, Nos. 827***, 845A*; Jewish: cf. Gaster 1924, Nos. 413a, 413b; Kurdish: Družinina 1959, 172f.; Syrian, Palestinian, Iraqi, Egyptian, Sudanese: El-Shamy 2004.

756E* ***Charity Rewarded.***

Basset 1924ff. III, 36 No. 27, 100 No. 70; Schwarzbaum 1980, 282.
Spanish: Camarena/Chevalier 1995ff. III; Irish: Ó Súilleabháin/Christiansen 1963; Spanish: cf. Meier 1940, No. 46; Bulgarian: BFP; Greek: Megas/Puchner 1998; Jewish: Jason 1975; Palestinian: El-Shamy 2004; Jordanian: Jahn 1970, No. 32; Egyptian, Algerian, Moroccan: El-Shamy 2004.

756G* ***Faith Moves Mountains.***

Chauvin 1892ff. VI, 186f. No. 353; Chauvin 1904; cf. Meyer 1914; Pauli/Bolte 1924 I, Nos. 683, 684; Wesselski 1925, No. 66; Tubach 1969, No. 3424; Uther 1981, 39–46; EM 5 (1987) 1270–1274 (H.-J. Uther).
Spanish: Goldberg 1998, No. *D1766.1.14; Hungarian: Dömötör 1992, No. 306; Bulgarian: BFP, No. *756K*; Indian: Thompson/Balys 1958, No. D1766.1; Egyptian: El-Shamy 2004, No. 776A§.

757 ***The Emperor's Haughtiness Punished*** (previously ***The King's Haughtiness Punished***). (Jovinian, Roderigo).

Varnhagen 1882; Varnhagen 1884a, 18–60; Chauvin 1892ff. II, 161 No. 51; Wesselski 1925, No. 49; Schwarzbaum 1968, 6, 48, 80, 112, 463; Tubach 1969, Nos. 1894, 3015; Dahlke 1973; Müller 1983, 13–21; Verfasserlexikon 5 (1985) 72–75 (M. Curschmann);

EM 7(1993)660–666(I. Tomkowiak).

Livonian: Löwis of Menar 1922, No. 89, Loorits 1926; Latvian: Arājs/Medne 1977; Lithuanian: Kerbelytė 1999ff. II; Karelian: Kecskeméti/Paunonen 1974; Icelandic: Gering 1882f. II, No. 42, Boberg 1966, No. L411; Spanish: Chevalier 1983, No. 43, Goldberg 1998, No. L411; German: Moser-Rath 1964, No. 22, Bechstein/Uther 1997 I, No. 33; Hungarian: György 1934, No. 104, MNK III; Maltese: Mifsud-Chircop 1978; Czech: Tille 1929ff I, 485ff., Dvořák 1978, No. 1894; Slovakian: Gašparíková 1991f. II, No. 548; Macedonian: Čepenkov/Penušliski 1989 II, No. 99, cf. No. 202, III, cf. No. 342; Bulgarian: BFP; Polish: Krzyżanowski 1962f. I; Russian, Byelorussian, Ukrainian: SUS; Jewish: Jason 1965, 1975, 1988a; Kirghiz: Potanin 1917, No. 57; Syrian: El-Shamy 2004; Indian: Thompson/Roberts 1960; Chinese: Chavannes 1910ff. I, No. 106; Dominican: Andrade 1930, No. 219; Guinean: Klipple 1992.

758 ***The Various Children of Eve.***

Dähnhardt 1907ff. I, 247, II, 98f.; BP III, 308–321; Dondore 1939, 223–229; Schwarzbaum 1968, 66; Schwarz 1973, 200–204; Lefebvre 1980, 12–18; Görög-Karady 1983, 31–44; EM 4(1984)569–577(L. Röhrich); Geddes 1986; Bluhm 1991, 159–171.

Livonian: Loorits 1926, No. 41; Wotian: Kecskeméti/Paunonen 1974; Norwegian: Hodne 1984; Danish: Thiele 1843 II, 141f.; Icelandic: Simpson 1972, 14; French: Bladé 1886 II, No. 4, Tegethoff II, 56; Spanish: Camarena/Chevalier 1995ff. III; Catalan: Oriol/Pujol 2003; Frisian: Kooi 1994, No. 161; German: Henßen 1963, No. 1, Rehermann 1977, 137, 495f., Moser-Rath 1984, 134, 151, 233, Uther 1990a, No. 65, Grimm KHM/Uther 1996 III, No. 180; Ladinian: Decurtins 1896ff. II, No. 84; Italian: Cirese/Serafini 1975; Maltese: Mifsud-Chircop 1978; Serbian: Čajkanović 1929, No. 129, Eschker 1992, No. 76; Bulgarian: BFP; Polish: Bukowska-Grosse/Koschmieder 1967, No. 62; Syrian: El-Shamy 2004; Palestinian: Rosenhouse 1984, 224ff.; Moroccan: Dwyer 1978, 45f., El-Shamy 2004.

759 ***Angel and Hermit*** (previously ***God's Justice Vindicated***).

Chauvin 1892ff. VIII, 157 No. 160; Rohde 1894; Katona 1900; BP II, No. 683; Basset 1924ff. II, 399 No. 124, III, 83 No. 60, 327 No. 197; Goebel 1932, 116–147; Schwarzbaum 1960, 119–169; Haase 1966; Schwarzbaum 1968, 8, 11, 40f. 42f., 61, 82f. 138, 157, 160, 303, 447f., 458; Tubach 1969, Nos. 223, 2558, 2559, cf. No. 815; EM 3(1981) 1438–1446(H. Schwarzbaum); Dekker et al. 1997, 125–127; Marzolph/Van Leeuwen 2004, No. 172.

Finnish: Rausmaa 1982ff. II, No. 26; Latvian: Arājs/Medne 1977; Lithuanian: Kerbelytė 1999ff. II; Swedish: Wigström/Bringéus 1985, No. 32; Norwegian: Kvideland/Sehmsdorf 1999, No. 22.1; Faeroese: Nyman 1984; Irish: Ó Súilleabháin/Christiansen 1963; French: Delarue/Tenèze 1964ff. IV 1; Spanish: Espinosa 1946f., No. 81, Goldberg 1998, Nos. J225.0.1, *J225.0.4, Camarena/Chevalier 1995ff. III; Catalan: Neugaard 1993, No. J225.4, Oriol/Pujol 2003; Portuguese: Oliveira 1900ff. I, No. 282, Cardigos(forthcoming); Frisian: Kooi 1984a; Flemish: Meyer 1968; Walloon: Legros 1962; German: Henßen 1935, No. 269, Moser-Rath 1964, No. 12; Swiss: EM 7 (1993)869; Italian: Cirese/Serafini 1975; Sardinian: Cirese/Serafini; Hungarian: György 1934, No. 196, MNK III, Dömötör 1992, No. 418; Czech: Tille 1929ff. I, 53ff., 587f., Dvořák 1978, No. 2558; Slovakian: Gašparíková 1991f. I, No. 153; Slovene: Kelemina 1930, 199; Serbian: Eschker 1992, Nos. 67, 79; Bosnian: Krauss/Burr et al. 2002, Nos. 58, 59; Macedonian: Čepenkov/Penušliski 1989 II, No. 100; Bulgarian: BFP, Nos. 759, 759**, 759***, 759D*, 759E*; Albanian: Jarník 1890ff., 345f.; Greek: Dawkins 1950, No. 24, Megas/Puchner 1998; Polish: Krzyżanowski 1962f. I, Nos. 759, 796; Sorbian: Nedo 1956, No. 73; Russian: SUS, No. 796*; Byelorussian, Ukrainian: SUS, Nos. 759, 796*; Turkish: Eberhard/Boratav 1953, No. 114; Jewish: Gaster 1924, No. 393, Noy 1963a, No. 51, Haboucha 1992; Cheremis/Mari: Kecskeméti/Paunonen 1974; Syrian, Palestinian, Iraqi: El-Shamy 2004; Spanish-American, Mexican: Robe 1973; Puerto Rican, Argentine: Hansen 1957; Egyptian: El-Shamy 2004; Moroccan: Topper 1986, No. 58.

759A ***The Sinful Priest.***

Banks 1904f. I, No. 687; Wesselski 1909, No. 80; Tubach 1969, No. 2672; EM 10 (2002)1306–1308(T. Dekker).

Scottish: Bruford/MacDonald 1994, No. 49; Irish: Ó Súilleabháin/Christiansen 1963; Spanish: Camarena/Chevalier 1995ff. III; Catalan: Neugaard 1993, No. J157.1; Flemish: Lox 1999a, No. 41; German: cf. Berger 2001, No. 759A*; Italian: Cirese/Serafini 1975; Sardinian: Cirese/Serafini; Hungarian: MNK III.

759B ***Holy Man Has His Own Mass.***

Frenken 1925, 215f.; Sieber 1931, 119f.; Loomis 1948, 29; Ranke 1955b, 52; Tubach 1969, No. 2068; Wildhaber 1974, 219–237; EM: Sonnenstrahl: Kleider am S. aufhängen(in prep.).

Norwegian: Hodne 1984; Irish: Ó Súilleabháin 1942, 101, 106, Béaloideas 29(1971) 161ff. No. 25; French: Delarue/Tenèze 1964ff. IV 1; Spanish: Llano Roza de Ampudia 1925, Nos. 130, 131, Camarena/Chevalier 1995ff. III; Portuguese: Vasconcellos/Soromenho et al. 1963f. I, No. 201, Cardigos(forthcoming); Dutch: Sinninghe 1943, 138 No. 401; Frisian: Molen 1939ff. IV, 413; Swiss: Jegerlehner 1907, 212ff.,

Jegerlehner 1909, 95 No. 19, 180 No. 20, Büchli/Brunold-Bigler 1989ff. II, 450f., 584, 586f.; Austrian: Graber 1944, 416, Geramb/Haiding 1980, No. 18; Italian: Cirese/Serafini 1975; Greek: Laográphia 21(1963-64)491ff.; Jewish: Bin Gorion 1990, No. 189.

759C ***The Widow's Flour.***
Chauvin 1892ff. II, 220, No. 152(10); Vries 1928, 327f.; EM 9(1999)488-490(E. Schoenfeld).
Finnish: Rausmaa 1982ff. II, No. 27; Jewish: Bin Gorion 1918ff. III, 67, 301, Gaster 1924, Nos. 436, 444, Neuman 1954, No. J355.1, Noy 1963a, No. 47, Jason 1975, 1988a; Vietnamese: Karow 1972, No. 28.

759D ***The Punishment of the Angel.***
EM 3(1981)1431-1438(H. Schwarzbaum).
Finnish: 1988ff. II, No. 40; Estonian: Aarne 1918, No. 795*; Latvian: Arājs/Medne 1977, No. 795; Lithuanian: Kerbelytė 1999ff. I, No. 92, II, No. 795; Karelian: Kecskeméti/Paunonen 1974, No. 795; German: Peuckert 1959, No. 228; Austrian: Haller 1912, 128ff.; Hungarian: MNK III, No. 795; Czech: Tille 1929ff. I, 56ff., 587; Slovakian: Gašparíková 1991f. II, No. 538; Macedonian: Čepenkov/Penušliski 1989 II, Nos. 108, 109; Bulgarian: BFP, No. 795; Albanian: Mazon 1936, No. 36; Greek: Karlinger/Mykytiuk 1967, No. 38, Megas/Puchner 1998, No. 795; Serbian: Đjorđjevič/Milošević-Đjorđjevič 1988, No. 108; Polish: Simonides/Simonides 1994, No. 63; Russian, Byelorussian, Ukrainian: SUS, No. 795; Jewish: Jason 1965, No. 795; Azerbaijan: Achundov 1955, 266ff.; Indian: cf. Mayeda/Brown 1974, No. 3.

759E ***The Miller of Sans Souci.***
Schneider 1858; Basset 1924ff. II, No. 72; Wesselski 1927; Wesselski 1928a, 50-60; Jacob 1929, 200-204; Marzolph 1992 II, No. 415; EM 9(1999)993-998(U. Marzolph).
German: Exilium melancholiae(1643)No. 105, Casalicchio(1703)91, 459ff., Helmhack (1729)No. 177(EM archive); Afghan: Lebedev 1972, No. 6.

759* ***The Hospitable Widow's Cow Killed.***
Chauvin 1892ff. VI, 49 No. 215; Schwarzbaum 1960, 163f.; Schwarzbaum 1968, 41.
Finnish: Rausmaa 1982ff. II, No. 28; Latvian: Arājs/Medne 1977; Lithuanian: Kerbelytė 1999ff. II; French: Soupault 1959, No. 23; Portuguese: Soromenho/Soromenho 1984f. I, No. 127, Cardigos(forthcoming); German: cf. Merkelbach-Pinck 1940, 51; Swiss: Müller/Walker 1987, No. 170; Hungarian: MNK III; Polish: Krzyżanowski 1962f. I, No. 759B; Jewish: Noy 1963b, No. 25.

760 ***The Unquiet Grave.***

Feilberg 1914, 74–98； Brednich 1990, 138f.； EM 6(1990)63–65(P.-L. Rausmaa)； cf. EM 7(1993)1408f.(J. Jech).

Finnish: Rausmaa 1982ff. II, No. 29, Jauhiainen 1998, No. C1401； Finnish-Swedish: Hackman 1917f. I, No. 160； Estonian: Aarne 1918； Latvian: Arājs/Medne 1977； Swedish: Liungman 1961； Norwegian: Christiansen 1958, No. 4020, Kvideland/ Sehmsdorf 1988, No. 22.1； Catalan: Neugaard 1993, No. E411.0.2； German: Peuckert 1932, No. 178, Henßen 1955, No. 228, Henßen 1959, No. 78, Müller/Röhrich 1967, No. J9； Austrian: Graber 1944, 58ff.； Maltese: Mifsud-Chircop 1978, No. *760B； Czech: Tille 1929 I, 374f.； Slovakian: Polívka 1923ff. III, 372f., Gašparíková 1991f. I, Nos. 61, 331, II, No. 406； Serbian: cf. Karadžić 1937, Nos. 20, 21； Polish: cf. Krzyżanowski 1962f. II, No. 4020； Russian, Ukrainian: SUS； Jewish: Noy 1965, No. 61.

760A ***The Forgiven Skeleton.***

EM 7(1993)1408f.(J. Jech).

Latvian: Arājs/Medne 1977, No. 760； German: Ranke 1955ff. III； Czech: Tille 1929ff. I, 370ff., Klímová 1966, No. 20； Slovakian: Gašparíková 1991f. I, Nos. 29, 61, 331, II, No. 406； Russian, Ukrainian: SUS, No. 760.

760** ***The Obstinate Child.***

Sprenger 1897； BP II, 550–552； Schmidt 1963, 225–234； Schenda 1966； EM 4(1984) 210f.； EM 6(1990)443f.

Dutch: Sinninghe 1943, 77 No. 414； German: Herberger(1698)74(EM archive), Müller/Röhrich 1967, Nos. H17, H18, L31； Rehermann 1977, 155f., 312, Arnim/Brentano 1979, No. 226a, Grimm KHM/Uther 1996 II, No. 117, Kooi/Schuster 1994, No. 266； Swiss: Müller et al. 1926ff. I, No. 92； Maltese: Mifsud-Chircop 1978, No. *838A； Sorbian: Schulenburg 1880, 239； Argentine: Borde 1923, 124.

760*** ***Salvation in the Cradle.***

Pauli/Bolte 1924 I, No. 80； Ranke 1911； EM 4(1984)214.

Swedish: Am Urquell N. F. 5(1894)119； French: Sébillot 1904ff. III, 346； German: Müller/Röhrich 1967, No. J51, Böck 1987, No. 219, Grimm DS/Uther 1993 I, Nos. 108, 224, Berger 2001, Nos. III J 51, V C 23； Swiss: Singer 1903f. II, 59； Austrian: cf. Vernaleken 1858, 31f. 211f., 224f.； Czech: Tille 1929 II 2, 108ff.

760A* ***The Death of a Miser.***

Schwarzbaum 1968, 137.

Latvian: Arājs/Medne 1977; Spanish: Goldberg 1998, No. Q272.3; Portuguese: Orto de Esopos 1956, 298f., Cardigos (forthcoming); Polish: cf. Krzyżanowski 1962f. I, No. 760A; Russian: SUS, No. 760A*, cf. Nos. 760A**, 760A****; Byelorussian: SUS, No. 760A*, cf. Nos. 760A***, 760B*; Ukrainian: SUS, No. 760A*, cf. No. 760B*; Jewish: Jason 1988a.

761 ***The Cruel Rich Man as the Devil's Horse.***
Erk/Böhme 1893f. I, No. 219; Schwarzbaum 1968, 83; cf. EM 10 (2002) 836–840 (R. W. Brednich); EM 11,1 (2003) 475–478 (L. Sauka).
Finnish: Rausmaa 1982ff. II, Nos. 30, 31, Jauhiainen 1998, No. E831; Estonian: Aarne 1918; Latvian: Arājs/Medne 1977; Lithuanian: Kerbelytė 1999ff. II; Swedish: cf. Stroebe 1915 I, No. 24; Portuguese: Vasconcellos/Soromenho et al. 1963f. I, No. 224, Cardigos (forthcoming), No. *762; German: Ranke 1955ff. III, Henßen 1957, No. 88, Neumann 1971, No. 133; Swiss: Kuoni 1903, No. 294; Austrian: Haiding 1965, No. 31; Slovakian: Gašparíková 1991f. I, No. 337, II, Nos. 418, 492; Croatian: Dolenec 1972, No. 12; Russian, Byelorussian, Ukrainian: SUS; Gypsy: MNK X 1.

762 ***Woman with Three Hundred and Sixty-Five Children.***
Nyrop 1909; Notes and Queries 251 (1923) 96 (A. Taylor); Wesselski 1925, No. 64; Schenda 1961, 56; Brückner 1974, 219, 730f.; Gobrecht 1992, 55–65; EM 9 (1999) 490–494 (B. Gobrecht); Bondeson 2000, 64–94.
Norwegian: Hodne 1984; French: Tegethoff 1923 I, No. 8, II, No. 31, EM 2 (1979) 538; Spanish: Chevalier 1983, No. 44, Camarena/Chevalier 1995ff. III; Catalan: Oriol/Pujol 2003; Dutch: Wolf 1843, No. 45; German: Moser-Rath 1964, No. 263, Rehermann 1977, 138, 322, 429, 438, 492f., Rölleke 1983, No. 28, Brunner/Wachinger 1986ff. XII, No. ²VogM/8, XIII, Nos. ²Wat/195, ²Wels/195; Petzoldt 1992, 293f., Grimm DS/Uther 1993 II, No. 521; Austrian: Haiding 1977b, No. 235; Hungarian: Dömötör 1992, No. 408; Russian: Afanas'ev/Barag et al. 1984f., No. 105.

763 ***The Treasure Finders Who Murder One Another.***
Chauvin 1892ff. II, 194 No. 18, VIII, 100 No. 73; BP II, 153f.; Wells 1925, 58f.; Spies 1951; Schwarzbaum 1968, 82, 95, 457; Legman 1968f. II, 977; Tubach 1969, No. 1681; Faulkner 1973; Ranelagh 1979, 205–207; Marzolph 1992 II, No. 448; Schmidt 1999; Marzolph/Van Leeuwen 2004, Nos. 56, 299; EM: Schatzfinder morden einander (forthcoming).
Livonian: Loorits 1926; Latvian: Arājs/Medne 1977; Lithuanian: Kerbelytė 1999ff. II; Irish: Ó Súilleabháin/Christiansen 1963; French: Karlinger/Gréciano 1974, No.

33; Spanish: Childers 1977, No. K1685, Camarena/Chevalier 1995ff. III; Catalan: Neugaard 1993, No. K1685, Oriol/Pujol 2003; Portuguese: Oliveira 1900f. II, No. 395, Cardigos(forthcoming); Frisian: Kooi 1984a; German: Tomkowiak 1993, 257; Italian: Cirese/Serafini 1975; Maltese: Mifsud-Chircop 1978; Czech: Tille 1929ff. II 1, 238f., Dvořák 1978, No. 1681; Slovakian: Gašparíková 1991f. II, No. 505; Slovene: Vedež 3(1850)79; Bulgarian: BFP; Polish: Krzyżanowski 1962f. I; Russian, Byelorussian, Ukrainian: SUS; Jewish: Jason 1965, 1975; Cheremis/Mari: Kecskeméti/Paunonen 1974; Uzbek: Laude-Cirtautas 1984, No. 45; Georgian: Kurdovanidze 2000; Iraqi, Qatar: El-Shamy 2004; Iranian: Marzolph 1984; Pakistani: Thompson/Roberts 1960; Indian: Jason 1989; Chinese: Ting 1978; Japanese: Ikeda 1971; US-American: Randolph 1957, 77, Baughman 1966; Mexican: Robe 1973, No. 837*A; Brazilian: Alcoforado/Albán 2001, No. 48; Egyptian. Libyan, Moroccan: El-Shamy 2004; Nigerian: Walker/Walker 1961, 44; Sudanese: Klipple 1992; Ethiopian: Müller 1992, 89; Somalian: El-Shamy 2004; Malagasy: Haring 1982, No. 1.3.763.

765 ***The Mother Who Wants to Kill Her Children.***
Kauffmann 1862, 5f.; Warnke 1885, LXIV-LXXIV, 56–59; EM 9(1999)490–494(B. Gobrecht).
Finnish: Rausmaa 1982ff. II, No. 32; Lappish: cf. Qvigstad 1927ff. II, No. 51, Kecskeméti/Paunonen 1974; Norwegian: Hodne 1984; Danish: Levinsen/Bødker 1958, No. 13; Irish: Ó Súilleabháin/Christiansen 1963; Spanish: Camarena/Chevalier 1995ff. III; Catalan: Oriol/Pujol 2003; Corsican: Ortoli 1883, 5 No. 2; German: Brunner/Wachinger 1986ff. VII, No. ²Hoz/60; Austrian: Haiding 1977, No. 235; Hungarian: Gaál 1970, No. 34; Czech: cf. Šrámková/Sirovátka 1990, No. 7; Slovakian: Polívka 1923ff. II, 363f.; Croatian: Bošković-Stulli 1963, No. 161, Bošković-Stulli 1975b, No. 41; Russian: SUS, No. 765A*; Byelorussian: SUS, Nos. 765, 765A*; Ukrainian: SUS, No. 765A*; Jewish: Jason 1965; Gypsy: MNK X 1; Cheremis/Mari: Kecskeméti/Paunonen 1974.

766 ***The Seven Sleepers.***
Chauvin 1892ff. VII, 102 No. 376; Huber 1910; BP III, 460; Basset 1924ff. III, 123 No. 78; Loomis 1948, 115; Schindler 1961, 195–199; Lüthi 1962, 19–30; Röhrich 1962f. I, 124–145, 274–280; Schwarzbaum 1968, 45, 449; Tubach 1969, No. 4440; EM 1(1977)678–680(H. Lixfeld); Fuhrmann 1983; Karlinger 1986, 25–28; Kandler 1994; Hansen 2002, 397–402; EM: Siebenschläfer(forthcoming).
Finnish: Rokala 1973, 121; Lappish: Qvigstad 1927ff. II, No. 48; Swedish: Liungman 1961, No. 763*; Norwegian: Hodne 1984; Scottish: Briggs 1970f. A I, 346f., B I, 215ff.,

336, B II, 176ff.; Irish: Ó Súilleabháin/Christiansen 1963; English: Baughman 1966, Briggs 1970f. B II, 353, 398f.; Spanish: Chevalier 1983, No. 45; Catalan: Neugaard 1993, No. D1960.1; German: Rehermann 1977, 138, 313, 275f., 522f., EM 7(1993)1349, Tomkowiak 1993, 257, Grimm DS/Uther 1993 II, No. 392, Grimm KHM/Uther 1996 III, No. KL 2; Ladinian: Danuser Richardson 1976, No. D1960.1; Maltese: Mifsud-Chircop 1978; Hungarian: Dömötör 1992, No. 395; Jewish: Jason 1965, 1975; Japanese: cf. Ikeda 1971; US-American: Baughman 1966; Egyptian: El-Shamy 2004; Algerian: Lacoste/Mouliéras 1965 I, No. 26, El-Shamy 2004; Malagasy: Haring 1982, No. 3.2.766.

767 ***Food for the Crucifix.***
BP III, 474-477; Reinhard 1925, 93-95; Sövérffy 1957, 141-151; Tubach 1969, Nos. 761, 1379, 2115; Karlinger 1984ff.; EM 8(1996)517-521(G. Tüskés/É. Knapp).
Lithuanian: Kerbelytė 1999ff. II; Irish: Ó Súilleabháin/Christiansen 1963; French: Delarue/Tenèze 1964ff. IV 1; Spanish: Camarena/Chevalier 1995ff. III; Catalan: Oriol/Pujol 2003; Portuguese: Vasconcellos/Soromenho et al. 1963f. I, No. 201, Cardigos (forthcoming); Flemish: Joos 1889ff. I, No. 75; German: Schönwerth 1857ff. III, 289, Grimm KHM/Uther 1996 III, No. KL 9; Ladinian: Uffer 1973, No. 4; Italian: Cirese/Serafini 1975; Czech: Tille 1929ff. II 1, 76ff.; Slovakian: Polívka 1923ff. IV, 66; Rumanian: Schullerus 1928, No. 827*; Greek: Karlinger/Mykytiuk 1967, No. 38, Megas/Puchner 1998; Jewish: Jason 1965; Lebanese, Palestinian: Nowak 1969, No. 334, El-Shamy 2004; Mexican: Robe 1973, Nos. 767, 767*A; Chilean: Pino Saavedra 1960ff. II, No. 109.

768 ***St. Christopher and the Christ Child.***
Kirchhof/Oesterley 1869 II, No. 100; Dähnhardt 1907ff. II, 266; Zwierzina 1909, 130-158; Klapper 1914, No. 36, 101; Schröder 1925f., 85-98; Schwickert 1931, 14-26; Rosenfeld 1937; Loomis 1948, 114; Langosch 1955, 133-139; Szövérffy 1959, 212-230; Kretzenbacher 1968; Schwarzbaum 1968, 50f., 450; Tubach 1969, Nos. 985, 1049; Benker 1975; EM 2(1979)1405-1411(M. Zender).
Swedish: Liungman 1961; Norwegian: Hodne 1984; French: Delarue/Tenèze 1964ff. IV 1; Spanish: Camarena/Chevalier 1995ff. III; Dutch: Tinneveld 1976, No. 251, Janissen 1981, 8ff.; Frisian: Kooi 1984a; German: Tomkowiak 1993, 257; Swiss: Jegerlehner 1909, No. 15; Italian: Cirese/Serafini 1975; Hungarian: MNK III; Czech: Dvořák 1978, No. 1049; Slovene: Brezovnik 1894, 86ff.; Serbian: Karadžić 1937, No. 21; Macedonian: Čepenkov/Penušliski 1989 II, Nos. 110, 171, cf. Nos. 172, 174; Polish: Bukowska-Große/Koschmieder 1967, No. 48.

769 ***The Child's Grave*** (previously ***Dead Child's Friendly Return to Parents***).
Erk/Böhme 1893f. I, No. 200; BP II, 485–490; HDA 8(1936–37)1107–1109; Meuli 1943; Alsheimer 1971, 139; Jahn 1982, 89; Schmidt 1999; Busch/Ries 2002 II, 1385–1392; Hansen 2002, 92–95; EM: Tränenkrüglein (in prep.).
Lithuanian: Kerbelytė 1999ff. III, 102 No. 1.2.1.8; Irish: Ó Súilleabháin/Christiansen 1963; English: Baughman 1966; French: Delarue/Tenèze 1964ff. IV 1; Spanish: Goldberg 1998, No. E324, Camarena/Chevalier 1995ff. III; Catalan: Oriol/Pujol 2003; Dutch: Eigen Volk 3(1931)268; Frisian: Kooi 1984a; Flemish: Meyer 1968; German: Benzel 1962, No. 200, Müller/Röhrich 1967, Nos. F41, F42, Tomkowiak 1993, 257f., 109, Grimm KHM/Uther 1996 II, No. 109, Bechstein/Uther 1997 I, No. 26, Berger 2001; Austrian: Haiding 1965, No. 298; Slovakian: Gašparíková 1991f. I, No. 254; Slovene: Krainz 1880, 50f.; Serbian: cf. Čajkanović 1927, No. 156; Polish: Krzyżanowski 1962f. II, No. 4031, Coleman 1965, No. 26; Russian: Löwis of Menar 1914, No. 1; Jewish: Jason 1975; US-American: Baughman 1966; French-American: Ancelet 1994, No. 27; South African: Coetzee et al. 1967, Schmidt 1989 II, No. 2150.

770 ***The Nun Who Saw the World.***
Ward 1883 II, No. 27, III, 342; Watenphul 1904; Wesselski 1909, No. 39; Guiette 1927; Tubach 1969, No. 536; Alsheimer 1971, 123; Frenzel 1988, 81–86; Duinhoven 1989; Röckelein/Opitz 1990; Opitz 1993, 175–190; Wilmink/Meder 1995; EM 10 (2002)69–72(M. Fenske).
Latvian: Šmits 1962ff. X, 8, 60ff.; Irish: Ó Súilleabháin/Christiansen 1963; French: Delarue/Tenèze 1964ff. IV 1; Spanish: Chevalier 1983, No. 46; Catalan: Neugaard 1993, No. K1841.1; Flemish: Meyer 1968, Top 1982, No. 53; German: Bechstein/Uther 1997 II, No. 20; Swiss: EM 7(1993)872; Italian: Busk 1874, 228ff.; Czech: Dvořák 1978, No. 536; French-Canadian: Delarue/Tenèze 1964ff. IV 1.

770A* ***Guardian Angel.***
Schmidt 1966, 66f.; Molen 1974, 118–121; Dekker et al. 1997, 127–130; Lieburg 2000; Lieburg 2001.
English: Eigen Volk 6(1934)172ff.; Dutch: Sinninghe 1943, 138 No. 361, Meder 2000, No. 102; Frisian: Kooi 1984a; Flemish: Meyere 1925ff. II, 39–42; German: Schell 1897, 183f., 205f., Lohmeyer 1978, No. 104, Fischer 1991, No. 163, Brednich 1993, No. 101.

772 ***Wood for the Holy Cross.***
Schirmer 1886; Kampers 1897; Köhler/Bolte 1898ff. II, 87–94; Combes 1901; Dele-

haye 1907, 36f.; Dähnhardt 1907ff. II, 207–214; Peuckert 1927; HDA 5(1932/33) 487–499(A. Jacoby); Schmitt 1959, 147–149; Römer 1961; Quin 1962; Tubach 1969, Nos. 1339, 5373; Verfasserlexikon 4(1983)117–119(I. Kasten); Verfasserlexikon 5 (1984)371f.(W. Williams-Krapp); cf. Köhler-Zülch 1993; EM 8(1996)398–401(D. Drascek).

Finnish: Aarne 1912a, No. 131, Aarne 1920, No. 131; Estonian: Aarne 1918, No. 77; Livonian: Loorits 1926, No. 108; Scottish: Baughman 1966, No. A2721.2.1.1; Irish: Baughman 1966, No. A2721.2.1.2; English: Baughman 1966, Nos. A2721.2.1.1, A2721.2.1.4; Spanish: Camarena/Chevalier 1995ff. III, No. 756H; Portuguese: Cardigos(forthcoming), No. 756H; German: Kubitschek 1923, 63f., Meyer 1932, 214; Swiss: Büchli/Brunold-Bigler 1989ff. I, 202, 525, 557; Maltese: Mifsud-Chircop 1978, No. *772A; Rumanian: Karlinger 1990, No. 36; Polish: Krzyżanowski 1962f. II, No. 2445; US-American: Baughman 1966, No. A2721.2.1.1; African American: Baughman 1966, No. A2721.2.1.3.

772* ***The Flies Instead of Nails on Christ's Heart.***

Dähnhardt 1907ff. II, 214f.; Köhler-Zülch 1993; EM 8(1996)401–407(C. Dauven-van Knippenberg).

Estonian: Aarne 1918, Loorits 1959, No. 147; Serbian: Đjorđjevič/Milošević-Đjorđjevič 1988, No. 377; Greek: cf. Klaar 1963, 89f.; Polish: Krzyżanowski 1962f. II, No. 2533.

773 ***Contest of Creation between God and the Devil.***

Dähnhardt 1907f. I, 164–205; BP III, 199; Lixfeld 1968; Lixfeld 1971; EM 1(1977) 138; EM 2(1979)581f.; EM 3(1981)903–918(C. Daxelmüller); EM 7(1993)99; EM 8(1996)833–835(R. W. Brednich); Schubert 1999.

Finnish: Aarne 1912a, Nos. 81, 84, Aarne 1920, No. 105; Estonian: Aarne 1918, No. 58, Loorits 1949ff. I, 276f.; Lithuanian: Balys 1936, Nos. 3081–3235, Balys 1940, Nos. 124–130, 139–146, 152; Danish: Kristensen 1871ff. VI, Nos. 329, 330; French: Sébillot 1904ff. III, 4; Spanish: Camarena/Chevalier 1995ff. III, No. 773B; Portuguese: Oliveira 1900ff. II, No. 338, Cardigos(forthcoming), Nos. 773B; Frisian: Poortinga 1977, Nos. 226, 227, 237–239, Poortinga 1980, Nos. 145–147; Luxembourg: Gredt 1883, No. 845; German: Bartsch 1879f. I, 518f., Grimm KHM/Rölleke 1986 II, No. 62, Grimm KHM/Uther 1996 III, No. 148; Italian: De Nino 1883f. IV, 79; Rumanian: Schullerus 1928, No. 106; Polish: Krzyżanowski 1962f. II, Nos. 2490, 2491, 2621, cf. No. 2490, 2492; Jewish: Neuman 1954, Nos. A50–A54.1, A60–A63.8; Siberian: Holmberg 1927, 315f.; Iranian: Carnoy 1917, 261f., 275; Indian: Thompson/Balys 1958,

Nos. A50, A60, A63.1; Hawaiian: Beckwith 1940, 45, 61, Kirtley 1971, No. A1217; South American Indian: Wilbert/Simoneau 1992, Nos. A1750, A1751; Namibian: Schmidt 1989 II, No. 160.

773** ***God and Devil Dispute over Miser's Soul.***

Schwarzbaum 1968, 101.

Spanish: Espinosa 1946f., No. 88, Camarena/Chevalier 1995ff. III; German: KHM/Uther 1996 IV, 359–361; Swiss: Wildhaber/Uffer 1971, No. 40; Spanish-American: Hansen 1957, No.*773B; Puerto Rican: Mason/Espinosa 1921, Nos. 42, 60.

774 ***Christ and St. Peter.***

Dähnhardt 1907ff. I, 55, 59f., 80f., 127, 143, 150, 167, 157, 163, 171f., 205, 262f., 343, II, 82–87, 93f., 99–102, 104f., 107–195; Lixfeld 1971, 98, 144–146; Nagy 1981; EM 2 (1979) 1422f.; EM 4 (1984) 160f.; EM 10 (2002) 802–810 (E. Wimmer), 814–824 (S. Neumann).

French: Delarue/Tenèze 1964ff. IV 1; Spanish: Camarena/Chevalier 1995ff. III, Nos. 774S, 774Y, González Sanz 1996; Catalan: Oriol/Pujol 2003; Portuguese: Oliveira 1900f. II, No. 266, Soromenho/Soromenho 1984f. I, Nos. 137–139, Cardigos (forthcoming), Nos. 774*O, 774S, 774Y; Italian: Cirese/Serafini 1975; Rumanian: Stroescu 1969, No. 4145.

774A ***St. Peter Wants to Create a Man*** (replaces the head of an innocent, beheaded person).

Schwarzbaum 1968, 10; Marzolph 1992 II, No. 684; EM 8 (1996) 264–268 (R. W. Brednich); EM 10 (2002) 814–824 (S. Neumann).

Swedish: Liungman 1961, No. GS1169; Portuguese: Cardigos (forthcoming); Frisian: Kooi 1984a; German: Schönwerth 1857ff. III, 308, Müller/Orend 1972, No. 232, Kapfhammer 1974, 124; Austrian: Haiding 1969, No. 161; Italian: Schenda 1996, No. 30; Hungarian: MNK III; Czech: Tille 1929ff. I, 586f.; Slovakian: Gašparíková 1991f. II, Nos. 412, 561; Greek: cf. Kretschmer 1917, No. 54; Turkish: Eberhard/Boratav 1953, No. 289; Kurdish: Wentzel 1978, No. 8; Gypsy: MNK X 1.

774B ***St. Peter Cannot Sell His Donkey.***

Wesselski 1911 I, No. 57; EM 10 (2002) 814–824 (S. Neumann).

French: Delarue/Tenèze 1964ff. IV 1; Italian: Cirese/Serafini 1975; Hungarian: MNK III.

774C ***The Legend of the Horseshoe.***
Bolte 1898, 303-308; ZfVk. 35-36(1925/26)180; Schwarzbaum 1968, 109; EM 6 (1990)1292-1297(G.Tüskés, E. Knapp); EM 10(2002)814-824(S. Neumann).
Latvian: Arājs/Medne 1977; Lithuanian: Basanavičius/Aleksynas 1993f. II, No. 101, Kerbelytė 1999ff. II; Norwegian: Hodne 1984; French: Delarue/Tenèze 1964ff. IV 1; Spanish: Camarena/Chevalier 1995ff. III; Catalan: Oriol/Pujol 2003; Basque: Frey/Brettschneider 1982, 98f.; Portuguese: Vasconcellos/Soromenho et al. 1963f. I, Nos. 130-132, Cardigos(forthcoming); Flemish: Meyer 1968; Walloon: Legros 1962; German: Benzel 1965, No. 100, Tomkowiak 1993, 258; Swiss: Lütolf 1862, 110; Ladinian: Uffer 1945, 51; Italian: De Nino 1883f. IV, 68 No. 7, Toschi/Fabi 1960, No. 43; Hungarian: MNK III; Czech: Tille 1929ff. I, 581; Slovakian: Gašparíková 1991f. I, No. 257; Slovene: Kontler/Kompoljski 1923f. II, 14ff., Karlinger/Mykytiuk 1967, No. 25; Croatian: Gaál/Neweklowsky 1983, No. 7; Bulgarian: BFP; Greek: Kretschmer 1917, No. 54; Polish: Krzyżanowski 1962f. I, No. 752D; Ukrainian: SUS; Gypsy: MNK X 1.

774D ***St. Peter Acts as God for a Day.***
Dähnhardt 1907ff. II, 188-190; EM 10(2002)814-824(S. Neumann).
French: Delarue/Tenèze 1964ff. IV 1; German: Schönwerth 1857ff. III, 298, Henßen 1955, No. 276, Benzel 1962, 184; Swiss: EM 7(1993)872; Austrian: Mailly 1926, No. 164; Ladinian: Uffer 1945, No. 17; Italian: Cirese/Serafini 1975; Hungarian: MNK III; Czech: Tille 1929ff. I, 780f.; Slovakian: Gašparíková 1991f. II, No. 546; Slovene: Flere 1931, 53ff.; Serbian: Đjorđjevič/Milošević-Đjorđjevič 1988, Nos. 109, 110, 365; Croatian: Gaál/Neweklowsky 1983, No. 34; Gypsy: MNK X 1; Egyptian: El-Shamy 1980, No. 29, El-Shamy 2004.

774E ***St. Peter Gets Permission to Gather Grapes.***
Köhler et al. 1894, 75f.; EM 10(2002)814-824(S. Neumann).
Karelian: Kecskeméti/Paunonen 1974, No. *845; Danish: cf. Grundtvig 1854ff. III, No. 85; French: Delarue/Tenèze 1964ff. IV 1; Portuguese: Custódio/Galhoz 1987, 146f., Cardigos(forthcoming); Flemish: Lox 1999a, No. 42; Italian: Cirese/Serafini 1975; German: Meier 1852, No. 139, Dittmaier 1950, No. 388, cf. Grannas 1960, No. 69; Hungarian: MNK III; Czech: Tille 1929ff. I, 55f., 576f., 587; Slovene: Kosi 1898, 132; Greek: Megas 1963f.

774F ***St. Peter with the Fiddle.***
Dähnhardt 1907ff. II, 172; EM 10(2002)814-824(S. Neumann).

Danish: Kristensen 1884ff. I, No. 795; French: RTP 3(1888)180; German: Henßen 1955, No. 275, Neumann 1968b, 60f., 140; Austrian: Mailly 1926, No. 280, Haiding 1969, No. 157; Ladinian: Uffer 1945, No. 16; Sardinian: Cirese/Serafini 1975; Hungarian: György 1934, No. 93, MNK III; Czech: Tille 1929ff. I, 588; Slovakian: Gašparíková 1991f. I, Nos. 139, 153, 157, II, No. 429; Slovene: Brezovnik 1894, 57f.; Rumanian: Schullerus 1928, No. 210; Bulgarian: BFP; Gypsy: Tillhagen 1948, 55ff., MNK X 1.

774H ***Christ Puts Knots in Wood.***

Dähnhardt 1907ff. II, 174–176; EM 10(2002)814–824(S. Neumann).

Spanish: Camarena/Chevalier 1995ff. III; Catalan: Oriol/Pujol 2003; Dutch: Tinneveld 1976, No. 111; Frisian: Kooi 1984a; German: Merkens 1892ff. I, No. 82, Henßen 1935, No. 102, Peuckert 1959, No. 3, Neumann 1968b, 60f.; Austrian: Mailly 1926, No. 165; Ladinian: Uffer 1955, 65ff.; Hungarian: MNK III; Czech: Tille 1929ff. I, 588f., Jech 1984, 276; Slovakian: Polívka 1923ff. IV, 48; Gypsy: Erdész/Futaky 1996, No. 19, MNK X 1.

774J ***Why St. Peter Became Bald.***

Dähnhardt 1907ff. II, 172f.; Schwarzbaum 1989a, 295; Röhrich 1991f. II, 1153; EM 10(2002)814–824(S. Neumann).

Lithuanian: Dowojna-Sylwestrowicz 1894, 47f.; Spanish: González Sanz 1996, Camarena/Chevalier 1995ff. III; Catalan: Oriol/Pujol 2003; Flemish: Meyer 1968; German: Henßen 1951, No. 27, Benzel 1965, No. 99; Italian: Cirese/Serafini 1975; Hungarian: MNK III; Slovene: Zupanc 1944a, 74ff.

774K ***St. Peter Stung by Bees.***

Szövérffy 1957, 119f.; Schwarzbaum 1979, viii, 345 not. 16; EM 10(2002)814–824(S. Neumann); Hansen 2002, 329–331.

Lithuanian: Kerbelytė 1999ff. II; Irish: Ó Súilleabháin/Christiansen 1963; French: Delarue/Tenèze 1964ff. IV 1; Spanish: Camarena/Chevalier 1995ff. III; Catalan: Oriol/Pujol 2003; Portuguese: Vasconcellos/Soromenho et al. 1963f. I, No. 135, Cardigos (forthcoming); Flemish: Meyer 1968; German: Merkens 1892ff. III, No. 68, Zender 1984, No. 49; Sardinian: Cirese/Serafini 1975; Hungarian: MNK III; Slovakian: Polívka 1923ff. IV, 24; Slovene: Kontler/Kompoljski 1923f. II, 114; Croatian: Bošković-Stulli 1975a, No. 5; Ukrainian: SUS; French-Canadian: Delarue/Tenèze 1964ff. IV 1; Moroccan: El-Shamy 2004.

774L ***Mushrooms from St. Peter's Spittle.***

Dähnhardt 1907ff. II, 107; EM 2(1979)819f.; EM 10(2002)814–824(S. Neumann).

Lithuanian: Kerbelytė 1999ff. III, 53 No. 1.1.2.16; German: Peuckert 1932, No. 168, Benzel 1962, No. 211; Austrian: Depiny 1932, 349 No. 205, Schlosser 1956, No. 91; Italian: Cirese/Serafini 1975; Hungarian: MNK III; Slovakian: Gašparíková 1991f. I, No. 138, II, No. 573; Slovene: Tomažič 1942, 203ff.; Polish: cf. Krzyżanowski 1962f. II, No. 2636, Bukowska-Große/Koschmieder 1967, No. 49; Byelorussian, Ukrainian: SUS; Gypsy: MNK X 1.

774N ***St. Peter's Gluttony.***

Cf. Schwarzbaum 1989a, 295; EM 10(2002)814–824(S. Neumann).

French: Delarue/Tenèze 1964ff. IV 1; Spanish: Camarena/Chevalier 1995ff. III, González Sanz 1996; Catalan: Oriol/Pujol 2003; Portuguese: Soromenho/Soromenho 1984f. I, No. 144, Cardigos(forthcoming); Austrian: Zingerle/Zingerle 1870, No. 19; Italian: Cirese/Serafini 1975; Sardinian: Cirese/Serafini; Czech: Tille 1929ff. I, 590, 602f.; Slovene: Kosi 1890, 25f., Karlinger/Mykytiuk 1967, No. 25; French-Canadian: Delarue/Tenèze 1964ff. IV 1.

774P ***St. Peter and the Nuts.***

Scheiber 1985, 329 No. 19; Schwarzbaum 1960, 129; Walker 1991, 26–28; EM 8 (1996)633–636, esp. 635(U. Marzolph); EM 10(2002)814–824(S. Neumann).

Spanish: Camarena/Chevalier 1995ff. III; Catalan: Oriol/Pujol 2003; Portuguese: Oliveira 1900f. II, No. 236, Cardigos(forthcoming); Frisian: Kooi 1984a; German: Neumann 1973, No. 36; Italian: Cirese/Serafini 1975; Hungarian: MNK III, Dömötör 1992, No. 427; Macedonian: Piličkova 1992, No. 20; Bulgarian: BFP; Turkish: Uysal 1986, 119; Jewish: Jason 1975; Georgian: Orbeliani/Awalischwili et al. 1933, No. 18; Saudi Arabian: El-Shamy 1995 I, No. A27771.9; Iranian: Marzolph 1984, No. *1689B; Egyptian: cf. El-Shamy 2004, No. 774Q§; Somalian: El-Shamy 2004.

775 ***Midas' Short-sighted Wish.***

Kirchhof/Oesterley 1869 III, No. 272, V, 121; Pauli/Bolte 1924 I, No. 180; Bošković-Stulli 1967; Dekker et al. 1997, 198–201; EM 9(1999)633–641(M. Bošković-Stulli); Thiel 2000; Kern/Ebenbauer 2003, 401f.(M. Kern).

Latvian: Arājs/Medne 1977; Lithuanian: Kerbelytė 1999ff. II; Swedish: EU, No. 23375; Irish: Ó Súilleabháin/Christiansen 1963; French: Delarue/Tenèze 1964ff. IV 1; Spanish: Camarena/Chevalier 1995ff. III; Dutch: Haan 1979, 133f., Meder/Bakker 2001, No. 35, Kooi 2003, No. 35; Frisian: Kooi 1984a; German: Rehermann 1977, 139,

325 No. 20, Moser-Rath 1984, 8, 287; Hungarian: Dömötör 1992, No. 409; Czech: Dvořák 1978, No. 3281*; Macedonian: Piličkova 1992, No. 16; Bulgarian: BFP, No. 775, cf. No. *745*; Greek: Megas 1965, No. 63, Megas/Puchner 1998; Polish: Krzyżanowski 1962f. I, No. 360A; Turkish: Eberhard/Boratav 1953, No. 775; Jewish: Gaster 1924, No. 435, Jason 1965, 1975; Kurdish: Džalila et al. 1989, No. 48; Indian: Mayeda/Brown 1974, No. 31, Jason 1989; Sri Lankan: Parker 1910ff. II, 7; Chinese: Ting 1978; French-Canadian: Delarue/Tenèze 1964ff. IV 1; Egyptian: El-Shamy 2004.

777 ***The Wandering Jew.***

Köhler/Bolte 1898ff. I, 406; Anderson 1965; Schwarzbaum 1968, 65, 400, 441, 482; Tubach 1969, No. 2801; EM 1(1977)227(H. Lixfeld); Schwarzbaum 1982, 17f.; EM 4(1984)577-588(O. Schnitzler); Hasan-Rokem/Dundes 1986; Frenzel 1988, 15-21; Dekker et al. 1997, 400-404; Hasan-Rokem 1999, 93-102.

Finnish: Rausmaa 1982ff. II, No. 33; Estonian: Aarne 1918, No. 754*, Loorits 1959, No. 144; Livonian: Loorits 1926, No. 754*; Latvian: Arājs/Medne 1977; Lithuanian: Kerbelytė 1999ff. III, 436 No. 1.2.1.10, 443 No. 1.3.0.1; Lappish: Qvigstad 1927ff. II, No. 49; Swedish: Liungman 1961, No. 754***; Norwegian: Hodne 1984; Danish: Kristensen 1884ff. I, No. 5; English: Baughman 1966, Briggs 1970f. B II, 597f.; French: Delarue/Tenèze 1964ff. IV 1; Spanish: Chevalier 1983, No. 47, Camarena/Chevalier 1995ff. III; Catalan: Oriol/Pujol 2003; Portuguese: Oliveira 1900f. II, No. 365, Cardigos(forthcoming); Dutch: Kooi 1979a, 80ff.; Frisian: Kooi 1984a; Flemish: Joos 1889ff. I, No. 38, Boone 1999 II, 1180ff.; Luxembourg: Gredt 1883, No. 906; German: Bechstein/Uther 1997 II, Nos. 28, 32, Grimm DS/Uther 1993 I, Nos. 143, 344, Kooi/Schuster 1994, No. 49; Swiss: Jegerlehner 1913, No. 39; Austrian: Depiny 1932, 93 nos. 60-64, Mailly 1926, No. 150; Ladinian: Danuser Richardson 1976, No. Q502.1; Italian: Cirese/Serafini 1975; Hungarian: György 1934, No. 1, MNK III, Dömötör 1992, No. 436; Slovakian: Polívka 1923ff. IV, 27f.; Serbian: Karadžić 1937, No. 43; Polish: cf. Krzyżanowski 1962f. I, No. 754*; Byelorussian, Ukrainian: SUS; US-American: Baughman 1966; French-American: Ancelet 1994, No. 94; Mexican: Robe 1973; Chilean: Pino Saavedra 1960ff. II, No. 101.

777* ***The Flying Dutchman.***

Gerndt 1971; MacDonald 1982, No. E511.1.2; EM 4(1984)1299-1305(H. Gerndt); Woeller/Woeller 1991, 181-200.

Irish: O'Faolain 1965, 18f.; Frisian: Dykstra 1895f. I, 76; German: Gräße 1868f. II, No. 1218, Mackensen 1925, No. 64, Wiepert 1964, Nos. 28, 30, 38, 41, 44, 82.

778 *To Sacrifice a Giant Candle.*
Kirchhof/Oesterley 1869 IV, No. 127; Wickram/Bolte 1903, No. 2; Bebel/Wesselski 1907 I 2, No. 41; Herbert 1910 III, 8, 36; Pauli/Bolte 1924 I, Nos. 304, 305; Tubach 1969, Nos. 1297, 3975; EM 7(1993)1178-1183(S. Neumann); Hansen 2002, 435-438.
Finnish: Rausmaa 1982ff. VI, Nos. 371-373, Jauhiainen 1998, No. F131; Finnish-Swedish: Hackman 1911, 35; Estonian: Raudsep 1969, No. 89; Norwegian: Hodne 1984, No. 1553A*; Danish: Kristensen 1892 I, No. 69, 154-159, Kristensen 1903 II, Nos. 36, 52, 110-119, 552-555; Irish: Ó Súilleabháin/Christiansen 1963, No. 1553A*; Spanish: Chevalier 1983, No. 48, Camarena Laucirica 1991, No. 130, Camarena/Chevalier 1995ff. III, Goldberg 1998, No. K231.3; Portuguese: Oliveira 1900f. II, No. 423, Cardigos(forthcoming); Dutch: Vries 1971, 116f.; Frisian: Kooi/Schuster 1994, No. 131; Flemish: Meyer 1968, No. 1553A*; Walloon: Laport 1932, No. *1553A, Legros 1962, 101; German: Merkens 1892ff. I, No. 162, Henßen 1951, No. 82*, Rehermann 1977, 139, 356 No. 4; Italian: Cirese/Serafini 1975; Hungarian: György 1934, No. 248, MNK III; Slovakian: Filová/Gašparíková 1993, No. 142; Serbian: Čajkanovič 1927, No. 124; Croatian: Bošković-Stulli 1963, No. 85, Dolenec 1972, No. 48; Macedonian: Čepenkov/Penušliski 1989 IV, No. 578; Rumanian: Stroescu 1969 II, Nos. 4779, 4780, cf. No. 4781, Schott/Schott 1971, No. 41; Bulgarian: BFP; Greek: Megas/Puchner 1998; Russian: SUS; Ukrainian: SUS, Nos. 778, 848*; Turkish: Eberhard/Boratav 1953, 415f. No. 7; Jewish: Haboucha 1992; Gypsy: Krauss 1907, 25f.; Iranian: Marzolph 1984; Indian: Thompson/Balys 1958, No. K231.3.1; Nepalese: Sakya/Griffith 1980, 130ff.; Japanese: Inada/Ozawa 1977ff., No. 1553A*; West Indies: Flowers 1953, 501.

778* *Two Candles.*
Wickram/Bolte 1903, No. 37; Poliziano/Wesselski 1929, No. 51; Pauli/Bolte 1924 I, No. 94; EM 7(1993)1183-1186(S. Neumann).
Spanish: Chevalier 1983, No. 49, Camarena Laucirica 1991, No. 134, Camarena/Chevalier 1995ff. III, González Sanz 1996; Portuguese: Soromenho/Soromenho 1984f. I, Nos. 271, 272, Cardigos(forthcoming); Flemish: Meyer 1968; German: Moser-Rath 1964, No. 21, Moser-Rath 1984, 168, 291; Swiss: EM 7(1993)871; Czech: Dvořák 1978, No. 854*; Hungarian: Dömötör 1992, No. 389; Rumanian: Stroescu 1969 I, No. 3259; Polish: Krzyżanowski 1962f. I, No. 940A; Russian, Byelorussian, Ukrainian: SUS.

779 *Miscellaneous Divine Rewards and Punishments.*
Chauvin 1892ff. II, 219 No. 152(7), VIII, 136 No. 132, 169 No. 185; Jason 1999, 129-

144.
Lithuanian: Kerbelytė 1999ff. III, 51 No. 1.1.1.10, 91 No. 1.1.2.9; Latvian: Arājs/Medne 1977, 779D*; Norwegian: Hodne 1984; Irish: Ó Súilleabháin/Christiansen 1963; Portuguese: Oliveira 1900f. I, No. 67, Martha/Pinto 1912, 146f., Cardigos(forthcoming), Nos. *776, 779*A, 779*B; German: Bechstein/Uther 1997 I, No. 28, Berger 2001, No. VI B 1; Italian: Cirese/Serafini 1975; Sardinian: Cirese/Serafini; Hungarian: MNK III, No. 779A*; Czech: Tille 1929ff. I, 371f. No. 779A*; Slovene: Kosi 1898, 143f.; Polish: Krzyżanowski 1962f. I, No. 777; Croatian: Krauss/Burr et al. 2002, No. 64; Bulgarian: cf. Haralampieff/Frolec 1971, No. 29, BFP, Nos. *779E*, *779F*; Greek: Megas/Puchner 1998, No. 779D*; Russian: SUS, Nos. 779***, 779B*-779D*; Byelorussian: SUS, Nos. 779*, 779**, 779D*; Ukrainian: SUS, Nos. 779*, 779**, 779C*, 779C**; Turkish: Eberhard/Boratav 1953, Nos. 111, 184; Jewish: Jason 1965, Nos. *776, 769*, 779, Noy 1968, No. 35, Jason 1988a, Nos. 779*A, 779*B, Haboucha 1992, No. **779D*; Gypsy: MNK X 1; Mordvinian: Kecskeméti/Paunonen 1974, No. 779B*; Mongolian: Lőrincz 1979, No. 779D*; Syrian, Palestinian: El-Shamy 2004; Indian: Jason 1989, No. 779*B, 779*-*D; French-Canadian: Delarue/Tenèze 1964ff. IV 1; Mexican: Robe 1973, No. 779C*; Egyptian, Tunisian, Algerian, Sudanese: El-Shamy 2004.

779E* ***The Dancers of Kolbeck.***
Ward 1883 II, No. 30; Siebert 1902; Stieren 1911; Pauli/Bolte 1924 I, No. 388; DVldr 1935ff. II, No. 39; Kretzenbacher 1961; Schenda 1961, 94f., 505; Holtorf 1969, 13-45; Tubach 1969, No. 1419; Metzner 1972; Brückner 1974, 682; Chesnutt 1980a, 158-166; EM 5(1987)350f.; Röhrich 1993, 599-634; Verfasserlexikon 9(1995)616-620(F. Rädle).
Finnish-Swedish: Wessman 1931, No. 168; Spanish: Goldberg 1998, No. C94.1.1; Catalan: Neugaard 1993, No. C94.1.1; Portuguese: Buescu 1984, 136, Cardigos(forthcoming), No. 777B; German: Moser-Rath 1964, No. 143, Rehermann 1977, 156 No. 33, 368f. No. 9, Grimm DS/Uther 1993 I, No. 232; Swiss: Jegerlehner 1913, Nos. 3, 28; Hungarian: György 1934, No. 237.

779F* ***Mass of the Dead.***
Köhler/Bolte 1898ff. I, 133; Schell 1911; BP III, 472-474; HDA 3(1930/31)536-539(C. Mengis); Krappe 1947; Deneke 1958; EM 5(1987)933-939(I. Köhler).
Finnish: Jauhiainen 1998, Nos. C1341, C1821; Estonian: Aarne 1918, Nos. 1, 2; Livonian: Loorits 1926, No. 64, cf. No. 65; Lithuanian: Balys 1936, No. 3558; Lappish: Qvigstad 1925, No. 1; Norwegian: Christiansen 1958, No. 4015; Danish: Kristensen 1892ff. II, 280ff.; Icelandic: Boberg 1966, Nos. E242, E492; Irish: Lover 1831, 112ff.;

French: Tegethoff 1923 II, No. 40d, Le Braz 1945 I, 63ff., II, 101ff., Sébillot 1968, 103ff.; Spanish: Camarena/Chevalier 1995ff. III, Nos. 760E, 836G; Portuguese: Oliveira 1900ff. II, No. 288, Braga 1987 I, 197, Cardigos (forthcoming), Nos. 760E, 760*B, 836G; Dutch: Sinninghe 1943, 75 No. 403; Frisian: Kooi 2000b, 23, Kooi/Schuster 2003, Nos. 46, 47; Flemish: Wolf 1843, No. 581; German: Watzlik 1921, 48, Peuckert 1964ff. III, Nos. 2060, 2064, 2067, 2071, cf. Nos. 2062, 2069, Müller/Röhrich 1967, Nos. J18, N3, Grimm DS/Uther 1993 I, No. 176, Grimm KHM/Uther 1996 III, No. 8; Swiss: EM 7 (1993) 867; Ladinian: Rossi de S.ta Juliana/Kindl 1984, No. 22; Maltese: cf. Mifsud-Chircop 1978, No. *381; Hungarian: Bihari 1980, No. D I, 1-2; Slovene: Mailly/Matičetov 1986, No. 12; Serbian: Čajkanović 1934, Nos. 115, 116, 118; Croatian: Ardalić 1908b, 152ff.; Polish: Krzyżanowski 1962f. II, No. 4015; Ukrainian: Archiv für slavische Philologie 6 (1882) 247, Löwis of Menar 1914, No. 1; Jewish: Neuman 1954, No. E494; US-American: Jones 1944, 242, 245.

779G* ***Crime against Grain.***
Dähnhardt 1907ff. I, 212-214; BP III, 417-420; HDS (1961-63) 141-144; Schmidt 1963, 259-264; Röhrich 1974, 30f.; EM 1 (1977) 231-233 (K. Ranke); EM 2 (1979) 818f.; Schwarzbaum 1982, 144 not. 115.
Lithuanian: Balys 1936, No. 3220; French: Delarue/Tenèze 1964ff. IV 1, 286-288; German: Grimm KHM/Uther 1996 III, No. 194, Bechstein/Uther 1997 I, No. 28, Hubrich-Messow 2000, 217; Hungarian: Dömötör 2001, 287; Polish: Krzyżanowski 1962f. II, No. 2635; Yakut: Ėrgis 1967, No. 77; Indian: Bompas 1909, 401; Chinese: Eberhard 1937, No. 86; Indonesian: Vries 1925f. I, No. 32.

779H* ***Star Money.***
BP III, 233f.; HDA 8 (1936/37) 469-476; Zimmermann 2001.
Latvian: Arājs/Medne 1977, No. *481*; German: Grimm KHM/Uther 1996 III, No. 153; Croatian: Stojanović 1879, 77f.

779J* ***Breaking the Sabbath.***
HDA 8 (1936/37) 104-114 (G. Jungbauer); Fabula 5 (1962) 82; Graus 1965, 481-484; Tubach 1969, Nos. 646, 758, 1542, 3525, 4135, 4136, 4971; Griepentrog 1975, 191; EM 5 (1987) 322f.; EM 9 (1999) 184.
Finnish: Jauhiainen 1998, Nos. F1-F100; Estonian: Raudsep 1969, No. 35; Norwegian: cf. Christiansen 1958, No. 3015, Christiansen 1964, 75f., Grambo 1970, 261; Scottish: Agricola 1967, Nos. 1, 37, 84 II, 343 II, 350; Spanish: Childers 1977, No. C631; Catalan: Neugaard 1993, No. C631; Portuguese: Vasconcellos/Soromenho et al.

1963f. I, Nos. 140, 207, 208, Cardigos (forthcoming), No. 760F; Frisian: Dykstra 1895f. II, 206, Kooi/Schuster 2003, Nos. 124.1, 242.1-242.5; German: Meyer 1929, 315, Müller/Röhrich 1967, No. H26, Grimm DS/Uther 1993 I, No. 232, Berger 2001, Nos. III H 27, VI B 2; Swiss: Jegerlehner 1913, No. 11, Büchli/Brunold-Bigler 1989ff. I, 528, Maissen 1990, 14; Austrian: Depiny 1932, Nos. 98, 104, 118, Fielhauer/Fielhauer 1975, No. 530; Ladinian: Rossi de S.ta Juliana/Kindl 1984, 130f., 132; Maltese: Mifsud-Chircop 1978, No. 368B*; Hungarian: Dömötör 2001, 292; Rumanian: Schullerus 1928, No. 368B*; Bulgarian: BFP, No. *752A***; Polish: Krzyżanowski 1962f. I, No. 792, II, Nos. 3015, 3086, 8085, Vildomec 1979, No. 18; Russian: SUS, No. 752A**, cf. No. 827A*; Polynesian: Kirtley 1971, No. C631; Moroccan: Stumme 1895, No. 34.

THE TRUTH COMES TO LIGHT 780-799

780 ***The Singing Bone.***
Child 1882ff. I, 121-135, 494, IV, 449; Köhler et al. 1894, 79-98; Köhler/Bolte 1898ff. I, 49; Singer 1903f. II, 139-148; BP I, 260-276; Mackensen 1923; HDA 7 (1935/36) 1572-1577; Brewster 1953; Schmidt 1963, 48-54, 368f.; Just 1991, 159-208; Scherf 1995 II, 1118-1121, cf. 1305-1307; Würzbach/Salz 1995, 75f.; Dekker et al. 1997, 430-432; Baumann 1998a, 21-37; Schmidt 1999; EM: Singender Knochen (forthcoming).
Estonian: Aarne 1918; Lithuanian: Kerbelytė 1999ff. I; Latvian: Arājs/Medne 1977; Danish: Bødker/Hüllen 1966, 176ff.; Scottish: Briggs 1970f. A I, 152f.; Irish: Ó Súilleabháin/Christiansen 1963; English: Briggs 1970f. B II, 448ff.; French: Delarue/Tenèze 1964ff. IV 1, Guerreau-Jalabert 1992, No. F942; Spanish: Camarena/Chevalier 1995ff. III, González Sanz 1996; Catalan: Karlinger/Ehrgott 1968, No. 10, Oriol/Pujol 2003; Portuguese: Oliveira 1900f. I, No. 211, Cardigos (forthcoming); Dutch: Sinninghe 1943; Frisian: Kooi 1984a; Flemish: Meyer 1968; Walloon: Legros 1962, 101; German: Ranke 1955ff. III, Müller/Röhrich 1967, No. D4, Tomkowiak 1993, 258, Grimm KHM/Uther 1996 I, No. 28, Bechstein/Uther 1997 II, No. 3, Berger 2001; Swiss: Sutermeister 1869, No. 14, Müller et al. 1926ff. I, No. 98, 99; Austrian: Vernaleken 1858, 325f.; Italian: Cirese/Serafini 1975; Sardinian: Cirese/Serafini; Hungarian: MNK III, Dömötör 2001, 292; Czech: Tille 1929ff. II 2, 181f; Slovene: Kotnik 1924f. II, 43ff.; Rumanian: Schullerus 1928; Greek: Megas/Puchner 1998; Polish: Krzyżanowski 1962f. I, No. 734; Russian, Byelorussian, Ukrainian: SUS, Nos. 780, 780*; Turkish: Eberhard/Boratav 1953, Nos. 60 IV, 241; Jewish: Noy 1963a, No. 55, Jason 1965, 1975; Gypsy: MNK X 1, No. 721*; Cheremis/Mari, Chuvash, Mordvinian, Votyak: Kecskeméti/Paunonen 1974; Mongolian: Lőrincz 1979; Iraqi: El-Shamy

2004; Iranian: Marzolph 1984; Indian: Jason 1989, Blackburn 2001, No. 23; Chinese: Ting 1978; Korean: Choi 1979, Nos. 106, 136; Japanese: cf. Ikeda 1971, Inada/Ozawa 1977ff.; US-American: Baughman 1966; French-Canadian: Delarue/Tenèze 1964ff. IV 1; French-American: Lacourcière 1976; Spanish-American, Mexican: Robe 1973; Cuban, Dominican, Puerto Rican, Uruguayan, Argentine: Hansen 1957; West Indies: Flowers 1953; Cape Verdian: Parsons 1923b I, Nos. 44, 48; North African, Algerian, Moroccan: El-Shamy 2004; Guinean: Klipple 1992; East African: Arewa 1966, No. 3067, Kohl-Larsen 1967, 83ff., Klipple 1992; Central African: Lambrecht 1967, No. 3070; Congolese: Klipple 1992; Namibian: Schmidt 1989 II, No. 984.

780B ***The Speaking Hair.***
BP I, 187.
Spanish: González Sanz 1996, Camarena/Chevalier 1995ff. III; Catalan: Karlinger/Ehrgott 1968, No. 10, Oriol/Pujol 2003; Portuguese: Coelho 1985, No. 40, Cardigos (forthcoming); Italian: Cirese/Serafini 1975; Czech: Šrámková/Sirovátka 1990, 15ff.; Rumanian: cf. Bîrlea 1966 I, 571, III, 414f.; Yemenite: El-Shamy 2004; Spanish-American, Mexican: Robe 1973; Cuban, Puerto Rican: Hansen 1957; Brazilian: Alcoforado/Albán 2001, Nos. 49, 50; Egyptian: El-Shamy 2004.

780C ***The Tell-tale Calf's Head.***
Kirchhof/Oesterley 1869 VI, No. 174; Chauvin 1892ff. VII, 146 No. 425; BP I, 276, II, 535.
French: Delarue/Tenèze 1964ff. IV 1; Spanish: Espinosa 1946f., No. 82, Camarena/Chevalier 1995ff. III; Catalan: Oriol/Pujol 2003; German: Rehermann 1977, 140, 345, 470, 479, Grimm DS/Uther 1993 II, No. 383; Hungarian: Dömötör 1992, No. 353; Bulgarian: BFP; Greek: Megas/Puchner 1998; Ukrainian: cf. SUS, No. 781*; Syrian: El-Shamy 2004; Spanish-American: Hansen 1957; Puerto Rican: Mason/Espinosa 1921, 414; Egyptian: El-Shamy 1980, No. 37; Egyptian, Libyan, Algerian, Moroccan: El-Shamy 2004; Tunisian: cf. Nowak 1969, No. 310, El-Shamy 2004; Sudanese: El-Shamy 2004.

781 ***The Princess Who Murdered Her Child.***
EM 7 (1993) 1364; Schmidt 1999.
Finnish: Rausmaa 1982ff. I, No. 74, II, No. 35; Estonian: Viidalepp 1980, No. 67; Danish: cf. Levinsen/Bødker 1958, No. 13; English: cf. Briggs 1970f. B II, 768f.; Slovene: Tomažič 1944, 161ff.; Russian, Ukrainian: SUS; Japanese: Inada/Ozawa 1977ff.; West Indies: Flowers 1953; East African: Klipple 1992, No. 781*; Namibian:

cf. Schmidt 1989 II, Nos. 1138, 1139; South African: Klipple 1992, No. 981*.

782 ***Midas and the Donkey's Ears.***
Wickram/Bolte 1903 VIII, 92–96; Basset 1924ff. II, 258 No. 34; Pauli/Bolte 1924 I, No. 397; Anderson 1954, 215ff., Brednich 1964a, 152f.; Bošković-Stulli 1967, 301–341; Tubach 1969, No. 293; Ó Briain 1991, 83–113; Dekker et al. 1997, 198–201; EM 9(1999)633–641(M. Bošković-Stulli); Thiel 2000; Kern/Ebenbauer 2003, 491f.(M. Kern).
Latvian: Šmits 1962ff., No. 9; Irish: Ó Súilleabháin/Christiansen 1963; Welsh: Baughman 1966; French: Delarue/Tenèze 1964ff. IV 1; Portuguese: Coelho 1985, No. 50, Cardigos(forthcoming); Frisian: Kooi 1984a; Flemish: Meyere 1925ff. III, 50f.; German: Grimm DS/Kindermann-Bieri 1993 III, No. 104; Italian: Cirese/Serafini 1975; Hungarian: Dömötör 1992, No. 410; Serbian: Karadžić 1937, No. 39, Panić-Surep 1964, No. 11, Đjorđjevič/Milošević-Đjorđjevič 1988, No. 365; Croatian: Bošković-Stulli 1975b, No. 44; Macedonian: Čepenkov/Penušliski 1989 II, No. 213; Bulgarian: BFP; Greek: Megas 1965, No. 35, Megas/Puchner 1998; Turkish: Eberhard/Boratav 1953, No. 242; Russian: SUS; Jewish: Jason 1965, 1988a; Gypsy: MNK X 1; Kurdish: Džalila et al. 1989, No. 40; Uzbek: Laude-Cirtautas 1984, No. 33; Kirghiz: Potanin 1917, No. 50; Tadzhik: Amonov 1961, 400f.; Mongolian: Lőrincz 1979; Tuva: Taube 1978, No. 48; Georgian: Kurdovanidze 2000; Iraqi: El-Shamy 2004; Kuwaiti: El-Shamy 2004; Pakistani, Indian: Thompson/Roberts 1960; Burmese: Htin Aung 1954, 171f.; Tibetian: Kassis 1962, 33ff.; Chinese: Ting 1978; Korean: Zaborowski 1975, No. 84; Thai: Velder 1968, No. 43; French-Canadian: Delarue/Tenèze 1964ff. IV 1; Spanish-American: Robe 1973; Chilean: Hansen 1957; Argentine: Chertudi 1960f. I, No. 94; Brazilian: Alcoforado/Albán 2001, No. 51; Egyptian: El-Shamy 1980, No. 18; Algerian: El-Shamy 2004; Moroccan: Topper 1986, No. 8, El-Shamy 2004; East African: Klipple 1992, 354f.; South African: Schmidt 1989 II, No. 1140; Malagasy: Haring 1982, No. 1.5.782.

785 ***Lamb's Heart*** (previously ***Who Ate the Lamb's Heart?***).
Chauvin 1892ff. VIII, 100f. 112; Montanus/Bolte 1899, 562–565; BP II, 149–163; Basset 1924ff. III, 180 No. 112; Pauli/Bolte 1924 I, No. 57; HDM 2(1934–40)612–614(H. Honti); Besthorn 1935, 108–110; Bausinger 1967, 118–136; Schwarzbaum 1968, 7f., 82, 95, 139, 391f., 442; Tubach 1969, No. 3295, cf. No. 717; Schwarzbaum 1979, xxxi, Nos. 30, 509, 510 not. 29, 511 not. 32; cf. Dicke/Grubmüller 1987, No. 281; Marzolph 1992 II, No. 1208; EM 8(1996)743–747(C. Schmitt); Schmidt 1999.
Finnish: Rausmaa 1982ff. II, No. 36; Finnish-Swedish: Hackman 1917f. I, No. 163(1);

Estonian: Aarne 1918; Livonian: Loorits 1926, No. 142; Latvian: Arājs/Medne 1977; Lithuanian: Kerbelytė 1999ff. II; Wotian, Lydian: Kecskeméti/Paunonen 1974; Swedish: Liungman 1961; Irish: Ó Súilleabháin/Christiansen 1963; French: Delarue/Tenèze 1964ff. IV 1; Spanish: Camarena/Chevalier 1995ff. III; Catalan: Oriol/Pujol 2003; Portuguese: Vasconcellos/Soromenho et al. 1963f. I, No. 149, Cardigos (forthcoming); Frisian: Kooi 1984a; Flemish: Meyer 1968; Walloon: Legros 1962, 101; German: Henßen 1955, No. 274, Ranke 1955ff. III, Kooi/Schuster 1994, No. 46, Grimm KHM/Uther 1996 II, No. 81, Bechstein/Uther 1997 I, No. 3; Italian: Cirese/Serafini 1975, De Simone 1994, No. 33b; Sardinian: Cirese/Serafini; Hungarian: MNK III, Dömötör 2001, 291; Czech: Jech 1984, Nos. 19, 52/II; Slovakian: cf. Gašparíková 1991f. II, Nos. 549, 573; Rumanian: Stroescu 1969 II, No. 4998; Bulgarian: BFP; Greek: Megas/Puchner 1998; Polish: Krzyżanowski 1962f. I, No. 785, cf. No. 785A; Russian, Byelorussian, Ukrainian: SUS; Jewish: Jason 1965; Gypsy: MNK X 1; Iraqi: El-Shamy 2004; Iranian: Marzolph 1984, No. 1208; Chinese: Ting 1978; French-Canadian: Delarue/Tenèze 1964ff. IV 1; Spanish-American, Mexican: Robe 1973; Dominican: Hansen 1957; West Indies: Flowers 1953; Namibian: Schmidt 1991, No. 22.

785A *The Goose with One Leg.*

ZfVk. 5(1895)63, 6(1896)127; Montanus/Bolte 1899, No. 77; Wesselski 1911 I, No. 75; Pauli/Bolte 1924 I, No. 57; HDM 2(1934–40)614; Spies 1951; Schwarzbaum 1968, 139, 466; EM 3(1981)1203–1207(H.-J. Uther); Uther 1995b.

Latvian: Arājs/Medne 1977; Lithuanian: Kerbelytė 1999ff. IV(forthcoming); Irish: Ó Súilleabháin/Christiansen 1963; Spanish: Childers 1948, No. K402.1, Chevalier 1983, No. 50, Camarena/Chevalier 1995ff. III; Portuguese: Coelho 1985, No. 54, Cardigos(forthcoming); Frisian: Kooi 1984a; Flemish: Meyer 1968; German: Knoop 1905, No. 505, Wossidlo 1910, 195, Peuckert 1959, No. 191, Moser-Rath 1964, No. 105; Italian: Cirese/Serafini 1975; György 1934, No. 65, Hungarian: MNK III, Nos. 785A, $785A_1$; Czech: Tille 1929ff. I, 572; Slovakian: Gašparíková 1991f. I, No. 153; Rumanian: Ure 1960, 16f.; Bulgarian: BFP; Albanian: Lambertz 1922, 63f.; Polish: Krzyżanowski 1962f. II, No. 1659; Sorbian: Nedo 1957, 31; Ukrainian: SUS; Jewish: Jason 1965; Gypsy: MNK X 1, No. $785A_1$; Georgian: Kurdovanidze 2000; Indian: Thompson/Balys 1958, No. K402.1; Cambodian: Gaudes 1987, No. 79; Spanish-American, Mexican: Robe 1973; Puerto Rican: Mason/Espinosa 1921, No. 19; West Indies: Flowers 1953, 508; Egyptian: El-Shamy 2004; South African: Coetzee et al. 1967, No. 1635.14.

788 ***The Man Who Was Burned Up and Lived Again.***
Köhler/Bolte 1898ff. II, No. 36; Matičetov 1961; Moser 1980, 139–160; EM: Wiedergeburt des verbrannten Heiligen (in prep.).
Finnish: Rausmaa 1982ff. II, 241 No. 37; Lithuanian: Kerbelytė 1999ff. II; Irish: Ó Súilleabháin/Christiansen 1963; French: Delarue/Tenèze 1964ff. IV 1; Spanish: Camarena/Chevalier 1995ff. III; Portuguese: Oliveira 1900f. I, No. 115, Cardigos (forthcoming); Italian: Cirese/Serafini 1975; Sardinian: Cirese/Serafini; Hungarian: MNK III; Czech: Tille 1929ff. II 2, 451f.; Slovene: Slovenski gospodar 4 (1859); Serbian: Čajkanovič 1927, No. 166; Greek: Laográphia 20 (1962) 321ff., Megas/Puchner 1998; French-Canadian: Delarue/Tenèze 1964ff. IV 1.

790* ***St. George Teaches the Poor Man.***
Schwarzbaum 1968, 323f., 477, 479.
Finnish: Rausmaa 1982ff. II, No. 38; Lithuanian: Kerbelytė 1999ff. II; Livonian: Kecskeméti/Paunonen 1974; Latvian: Arājs/Medne 1977; Slovakian: Gašparíková 1991f. I, No. 51; Macedonian: Vroclavski 1979f. II, No. 27; Polish: Krzyżanowski 1962f. I, No. 790; Russian, Byelorussian, Ukrainian: SUS; Chuvash: Paasonen et al. 1949, No. 20.

791 ***Christ and St. Peter in Night-Lodgings*** (previously ***The Saviour and St. Peter in Night-Lodgings***).
BP I, 499f., III, 450–455; Schwarzbaum 1968, 29, 138, 405, 445; EM 2 (1979) 268–270 (H. Lixfeld), 1437–1440 (H. Lixfeld).
Finnish: Rausmaa 1982ff. II, Nos. 15, 39; Finnish-Swedish: Hackman 1917f. I,1, Nos. 155.1, 155.3, 156; Estonian: Loorits 1959, No. 142; Latvian: Arājs/Medne 1977; Lithuanian: Kerbelytė 1999ff. II; Karelian: Kecskeméti/Paunonen 1974; Norwegian: Hodne 1984; French: Delarue/Tenèze 1964ff. IV 1; Spanish: Espinosa 1946, No. 40, González Sanz 1996, Camarena/Chevalier 1995ff. III; Basque: Frey/Brettschneider 1982, 100ff.; Catalan: Oriol/Pujol 2003; Portuguese: Vasconcellos/Soromenho et al. 1963f. I, Nos. 143, 144, Cardigos (forthcoming); Dutch: Tinneveld 1976, Nos. 111, 190; Frisian: Kooi 1984a; Flemish: Meyer 1968; Walloon: Legros 1962, 101; Luxembourg: Gredt 1883, No. 854 (2), Walker 1933, No. 73; German: Henßen 1955, No. 273, Ranke 1955ff. III, Peuckert 1959, No. 212, Moser-Rath 1966, No. 14, Neumann 1968a, No. 133, Berger 2001; Austrian: Haiding 1969, No. 158; Ladinian: Uffer 1945, No. 14, Uffer 1955, 65ff.; Italian: Cirese/Serafini 1975; Sardinian: Cirese/Serafini; Maltese: Mifsud-Chircop 1978; Hungarian: MNK III, Nos. 791, 791_1–791_4; Czech: Tille 1929ff. I, 577ff., 586f.; Slovakian: Gašparíková 1991f. I, No. 139, cf. Nos. 153, 257, II, No. 429;

Slovene: Slovenski gospodar 74(1940)14; Serbian: Đjorđjevič/Milošević-Đjorđjevič 1988, No. 113, Eschker 1992, No. 91; Croatian: Bošković-Stulli 1959, No. 33, Bošković-Stulli 1967f., No. 8, Gaál/Neweklowsky 1983, No. 4; Rumanian: Bîrlea 1966 II, 488ff., III, 461, Stroescu 1969 II, No. 5536; Bulgarian: BFP, Nos. 791, *791A; Polish: Krzyżanowski 1962f. I; Russian, Byelorussian, Ukrainian: SUS; Jewish: Bloch 1931, 193; Gypsy: Mode 1983ff. III, No. 143, MNK X 1; French-Canadian: Delarue/Tenèze 1964ff. IV 1; Brazilian: Alcoforado/Albán 2001, No. 52.

798 ***Woman Created from a Monkey's Tail.***
Bolte 1901a, 255; Dähnhardt 1907ff. I, 114-127; EM 1(1977)92, 138; EM 5(1987) 121f.; Fromm 1999.
Finnish: Aarne 1920, No. 11; Estonian: Aarne 1918, No. 10; Livonian: Loorits 1926, No. 17; Lithuanian: Balys 1936, Nos. 36ff., 52, 65; French: Marelle 1888, 9f.; Catalan: Camarena/Chevalier 1995ff. III; Portuguese: Vasconcellos/Soromenho et al. 1963f. I, Nos. 102, 103, Cardigos(forthcoming); German: Moser-Rath 1978, 47f.; Moser-Rath 1984, 102f.; Mexican: Rael 1957 I, Nos. 415, 416; Puerto Rican: Hansen 1957, No. **798.

HEAVEN 800-809

800 ***The Tailor in Heaven.***
Kirchhof/Oesterley 1869 I 1, No. 230; Köhler et al. 1894, 48-78; Wickram/Bolte 1903, No. 110; Bebel/Wesselski 1907 I 1, No. 19; BP I, 342-346; Krappe 1933; Almqvist 1975; Ozawa 1991; EM 10(2002)814-824(S. Neumann); EM: Schneider im Himmel(forthcoming).
Finnish: Rausmaa 1982ff. II, No. 41; Estonian: Aarne 1918; Latvian: Arājs/Medne 1977; Lithuanian: Kerbelytė 1999ff. II; Swedish: Liungman 1961; Norwegian: Hodne 1984; Irish: Ó Súilleabháin/Christiansen 1963; French: Delarue/Tenèze 1964ff. IV 1; Flemish: Meyer 1968; German: Ranke 1955ff. III, Grimm KHM/Uther 1996 I, No. 35, Berger 2001; Austrian: Graber 1944, No. 428; Ladinian: Uffer 1955, 133ff.; Italian: Cirese/Serafini 1975; Hungarian: MNK III; Czech: Tille 1929ff. I, 1f.; Slovakian: Gašparíková 1991f. I, Nos. 20, 33, 167, 211, II, Nos. 517, 524, 531, Filová/Gašparíková 1993, No. 167; Bulgarian: BFP; Polish: Krzyżanowski 1962f. I; Russian, Byelorussian, Ukrainian: SUS; Gypsy: MNK X 1; Buryat: Holmberg 1927, 441; Georgian: Kurdovanidze 2000; Druze: Falah/Shenhar 1978, No. 11; Japanese: Ikeda 1971; French-Canadian: Delarue/Tenèze 1964ff. IV 1.

801 ***Master Pfriem.***

BP III, 297–305; Schwarzbaum 1968, 24; Tubach 1969, No. 2135; EM 3(1981)267–270(H.-J. Uther); Moser 1982, 92–113, 174–178; Rölleke 1995; EM 8(1996)411–413(P.-L. Rausmaa); Zobel/Eschweiler 1997, 180; EM 9(1999)506–508(H.-J. Uther).

Finnish: Rausmaa 1982ff. II, No. 42; Estonian: Aarne 1918; Latvian: Arājs/Medne 1977, cf. No. *801*; German: Ranke 1955ff. III, Tomkowiak 1993, 258, Grimm KHM/Uther 1996 III, No. 178; Italian: Cirese/Serafini 1975, De Simone 1994, Nos. 33h, 78, 84e; Czech: cf. Dvořák 1978, No. 2135; Slovakian: Gašparíková 1991f. I, No. 182; Greek: Loukatos 1957, 229ff., Megas/Puchner 1998; Russian: SUS; Jewish: Noy 1963a, No. 59, Jason 1965; Egyptian: El-Shamy 1980, No. 12; Moroccan: El-Shamy 2004, No. 1249.

802 ***The Farmer in Heaven.***

BP III, 274f.; HDM 1(1930–33)351(W. Heiligendorff); Taylor 1965a; Schwarzbaum 1968, 103, 157f., 469; EM 1(1977)1339–1342(K. Ranke); EM 10(2002)814–824(S. Neumann).

Estonian: Raudsep 1969, No. 199; Latvian: Arājs/Medne 1977; Lithuanian: Kerbelytė 1999ff. II; Danish: Kristensen 1884ff. I, No. 11, Kristensen 1900, No. 351; Irish: Ó Súilleabháin/Christiansen 1963; English: Briggs 1970f. A II, 255; French: Joisten 1971 II, No. 265.1; Frisian: Kooi 1984a; Flemish: Meyer 1968; German: Ranke 1955ff. III, Tomkowiak 1993, 258, Grimm KHM/Uther 1996 III, No. 167; Swiss: EM 7(1993)867; Austrian: Haiding 1965, No. 289; Italian: Crane 1885, 362; Maltese: cf. Mifsud-Chircop 1978, No. *802D; Slovene: Kosi 1898, 116; Greek: Laográphia 21 (1963f.)491ff.; Polish: Krzyżanowski 1962f. I; Palestinian: Hanauer 1907, 237ff.

802A* ***His Faith into the Balance.***

Ward 1883f. II, No. 5; Basset 1924ff. I, No. 49, III, 530 No. 322.

Latvian: Arājs/Medne 1977; Lithuanian: Basanavičius 1993f., No. 11, Kerbelytė 1999ff. II; Irish: Cross 1952, No. E751.1; Catalan: Neugaard 1993, No. *V512.3; Tanzanian: El-Shamy 2004.

802A** ***The Rooms in Heaven.***

Chauvin 1892ff. VI, 187f. No. 354.

Lithuanian: Kerbelytė 1978, No. 85, Kerbelytė 1999ff. II; Palestinian: Schmidt/Kahle 1918f. II, No. 104, El-Shamy 2004, No. 802D§; Saudi Arabian, Qatar: cf. El-Shamy 2004, No. 802D§; Egyptian, Moroccan: El-Shamy 2004.

803 ***The Devil in Chains*** (previously ***Solomon Binds the Devil in Chains in Hell***).
Krohn 1907; Balys 1937; EM: Salomo fesselt den Teufel (forthcoming).
Finnish: Rokala 1973, 115, Rausmaa 1982ff. II, Nos. 43, 44; Estonian: Aarne 1918, No. 803*, Loorits 1959, No. 152; Latvian: Arājs/Medne 1977; Lithuanian: Kerbelytė 1999ff. II; Norwegian: Kvideland 1972, No. 33; Polish: Krzyżanowski 1962f. I; Russian, Byelorussian, Ukrainian: SUS; Georgian: cf. Kurdovanidze 2000, No. 803*.

804 ***St. Peter's Mother Falls from Heaven.***
Köhler/Bolte 1898ff. I, 60; BP III, 538–542; Anderson 1927ff. II, No. 16; Schwarzbaum 1968, 160; EM 10 (2002) 810–812 (A. Merkt).
Finnish: Rausmaa 1982ff. II, No. 45; Lithuanian: Kerbelytė 1999ff. II; Latvian: Arājs/Medne 1977; Swedish: Liungman 1961; French: Delarue/Tenèze 1964ff. IV 1; Spanish: Espinosa 1946f., No. 78 Camarena/Chevalier 1995ff. III; Catalan: Oriol/Pujol 2003; Portuguese: Oliveira 1900f. II, Nos. 275, 356, Cardigos (forthcoming); German: Peuckert 1932, No. 172, Ranke 1955ff. III; Italian: Cirese/Serafini 1975; Corsican: Ortoli 1883, No. 29; Sardinian: Cirese/Serafini; Hungarian: MNK III; Slovene: Šašelj 1906f. I, 56f.; Bulgarian: BFP; Polish: Krzyżanowski 1965, 222; Russian, Byelorussian, Ukrainian: SUS; Jewish: Jason 1975; Siberian: Vasilenko 1955, No. 20; Yakut: Ėrgis 1967, Nos. 248, 249, 256; Chinese: Ting 1978; Japanese: Ikeda 1971, Inada/Ozawa 1977ff.; French-Canadian: Delarue/Tenèze 1964ff. IV 1; Spanish-American: Robe 1973; Brazilian: Cascudo 1955a, 354ff.; Chilean: Pino Saavedra 1960ff. II, No. 105.

804A ***The Beanstalk to Heaven.***
EM 1 (1977) 1381–1386 (Á. Kovács).
Finnish: Rausmaa 1982ff. II, No. 46; Lithuanian: Basanavičius 1993f. II, No. 114, Kerbelytė 1999ff. II; Latvian: Arājs/Medne 1977; Bulgarian: BFP; Russian, Byelorussian, Ukrainian: SUS, No. 1889K; Japanese: Ikeda 1971; Filipino: Fansler 1921, No. 37.

804B ***The Church in Hell.***
EM 1 (1977) 1384 (Á. Kovács); EM 7 (1993) 1378–1380 (L. G. Barag).
Estonian: Aarne 1918, Loorits 1959, No. 152; Latvian: Arājs/Medne 1977; Lithuanian: Kerbelytė 1999ff. II; Syrjanian: Kecskeméti/Paunonen 1974; German: Schiller 1907, No. 16; Hungarian: MNK III; Czech: Tille 1929ff. I, 185ff., 190f., 191f.; Slovakian: Gašparíková 1991f. I, Nos. 157, 168, 211, 222, 240, 274, Filová/Gašparíková 1993, Nos. 157, 168; Croatian: Bošković-Stulli 1963, No. 22; Bulgarian: BFP; Russian, Bye-

lorussian, Ukrainian: SUS; Gypsy: Sinkó/Dömötör 1990, 28ff., MNK X 1; Cheremis/Mari: Beke 1951, No. 20, Kecskeméti/Paunonen 1974.

804C ***Unsuitable for Hell.***
EM 1(1977)359.
German: Kubitschek 1920, 43, Jungbauer 1943, 323, Ruppel/Häger 1952, 181; Swiss: Lachmereis 1944, 181; Austrian: Schmidt 1946, No. 207.

804B* ***The Tavern at Heaven's Gate.***
Frey/Bolte 1896, 231 not. 44; BP II, 189; Wesselski 1938b, 208 not. 2; Rumpf 1995.
Latvian: Arājs/Medne 1977; German: Kuhn/Schwarz 1848, 131f., 484–486; Hungarian: Sklarek 1901, No. 24; Ukrainian: Čendej 1959, 112ff.

805 ***Joseph and Mary Threaten to Leave Heaven.***
Künzig/Werner 1973, No. 35; EM 7(1993)648–650(H.-J. Uther).
French: Delarue/Tenèze 1964ff. IV 1; Spanish: Camarena/Chevalier 1995ff. III; Catalan: Oriol/Pujol 2003; Dutch: Meder/Bakker 2001, No. 83; Flemish: Meyer 1968; German: Merkens 1892 I, Nos. 94, 95, Dietz 1951, Nos. 13, 14, Neumann 1968b, No. 93; Italian: Cirese/Serafini 1975, De Simone 1994, No. 84c; Ukrainian: Knejčer 1959, 62; French-Canadian: Delarue/Tenèze 1964ff. IV 1; Spanish-American: Robe 1973.

808 ***The Devil and the Angel Fight for the Soul*** (previously ***The Devil and the Angel Wait for Souls***).
Basset 1924ff. III, 247 No. 146; cf. Wesselski 1936, 79–81; Kretzenbacher 1958; Dorn 1967, 78–80; Schwarzbaum 1968, 158–160, 465, 470; Tubach 1969, Nos. 232, 1501, 1511; Gulli-Grigioni 1976, 293–304; Kindermann-Bieri 1989, 323–326; Wagner 1998; EM: Teufel und Engel kämpfen um die Seele(in prep.).
Finnish: Jauhiainen 1998, Nos. C51, C61; Livonian: Loorits 1926, No. 808*; Latvian: Arājs/Medne 1977; Lithuanian: Kerbelytė 1999ff. II; Irish: Ó Súilleabháin/Christiansen 1963; Spanish: cf. Goldberg 1998, No. E756.1; German: Henßen 1959, No. 42, Rehermann 1977, 154, Grimm DS/Uther 1993 II, Nos. 485, 512; Ladinian: Karlinger/Mykytiuk 1967, No. 21; Hungarian: Dömötör 1992, No. 414; Czech: Šrámková/Sirovátka 1990, No. 16; Slovakian: Gašparíková 1981a, No. 46; Greek: Dawkins 1953, No. 74; Polish: Krzyżanowski 1962f. I, No. 750C; Russian, Ukrainian: SUS; Jewish: Gaster 1924, No. 397, Jason 1965, Nos. 808, 809*, Haboucha 1992, No. 809*; Georgian: cf. Kurdovanidze 2000, No. 808*; Egyptian: El-Shamy 1980, No. 19, El-Shamy 2004.

808A ***The Death of the Good and of the Bad Man.***
Cf. BP III, 463–471; Tubach 1969, Nos. 232, 1501, 1511; EM: Teufel und Engel kämpfen um die Seele (in prep.).
Estonian: Aarne 1918, No. 808*, Loorits 1959, No. 153; Livonian: Loorits 1926, No. 808*; Lithuanian: Kerbelytė 1999ff. II; English: Baughman 1966; French: Soupault 1959, No. 3; Spanish: Camarena/Chevalier 1995ff. III; Dutch, Frisian: Kooi/Schuster 2003, No. 381; German: cf. Grimm KHM/Uther 1996 III, No. KL 6; Slovakian: cf. Polívka 1923ff. IV, 151f.; Greek: Mousaios-Bougioukos 1976, No. 26, Megas/Puchner 1998; Jewish: Jason 1975.

809* ***Rich Man Allowed to Stay in Heaven*** because of single dead of charity.
Schwarzbaum 1968, 158–160, 465, 470; Alexander 1981, 55–63.
Finnish: Rausmaa 1982ff. II, No. 47; French: Delarue/Tenèze 1964ff. IV 1; Spanish: Camarena/Chevalier 1995ff. III; Portuguese: cf. Cardigos (forthcoming), No. *773A; Macedonian: cf. Čepenkov/Penušliski 1989 II, No. 159; Jewish: Jason 1965, 1975, 1988a, EM 8 (1996) 1332; Syrian, Palestinian: El-Shamy 2004; Chinese: cf. Ting 1978, No. 809A*; Egyptian: El-Shamy 2004; South African: Coetzee et al. 1967.

809** ***Old Man Repaid for Good Deeds.***
Serbian: Bogdanovič 1930, No. 26; Croatian: Stojanović 1867, No. 24; Macedonian: Čepenkov/Penušliski 1989 II, Nos. 125, 126, cf. No. 198; Russian, Ukrainian: SUS; Jewish: cf. Haboucha 1992, No. **809.

THE DEVIL 810–826

810 ***The Snares of the Evil One.***
Barack 1863; BP II, 318–335; Chauvin 1892ff. V, 197ff. No. 116; Robertson 1954, 470–472; Schmid 1955, 440–447; Kroonce 1959, 176–184; Röhrich 1962f. I, 27–61, 243–253; Ehlers 1973; EM 4 (1984) 806–813 (D.-R. Moser); EM 7 (1993) 1247–1253 (L. Röhrich); Scherf 1995 I, 710–717, II, 800, cf. 906–909, 1404.
Finnish: Rausmaa 1982ff. II, Nos. 48–51, Jauhiainen 1998, Nos. E531, E551; Estonian: Aarne 1918, cf. Loorits 1959, Nos. 154, 161; Latvian: Arājs/Medne 1977; Lithuanian: Kerbelytė 1999ff. II; Lappish: Qvigstad 1927ff. I, No. 27, Lagercrantz 1957ff. V, No. 288, VI, No. 512, Bartens 2003, No. 50; Wepsian: Kecskeméti/Paunonen 1974; Swedish: Liungman 1961; Norwegian: Hodne 1984; Danish: Grundtvig 1854ff. II, No. 313, III, No. 7, Grundtvig 1876ff. III, 163ff.; Icelandic: Sveinsson 1929, No. 810, cf. Nos.

810I*, 810VIII*; Scottish: Briggs 1970f. B I, 111ff., 132f.; Irish: Ó Súilleabháin/Christiansen 1963; English: Briggs 1970f. A I, 167, B I, 96ff., 149f.; French: Delarue/Tenèze 1964ff. IV 1; Spanish: Camarena/Chevalier 1995ff. III; Catalan: Neugaard 1993, No. K218.1; Portuguese: Parafita 2001f. I, 226, Cardigos (forthcoming); Frisian: Kooi 1984a; German: Ranke 1955ff. III, Neumann 1973, No. 85, Grimm KHM/Uther 1996 II, No. 92; Italian: Cirese/Serafini 1975; Sardinian: Cirese/Serafini; Maltese: cf. Mifsud-Chircop 1978, No. *810C; Slovene: Vrtec 19(1889)118; Croatian: Bošković-Stulli 1963, No. 26; Albanian: cf. Camaj/Schier-Oberdorffer 1974, No. 13; Greek: Loukatos 1957, 242f.; Sorbian: Nedo 1956, No. 74; Byelorussian, Ukrainian: SUS; Azerbaijan: Marzolph 1987, 82; Palestinian: El-Shamy 2004; Filipino: Fansler 1921, No. 23; French-Canadian: Lemieux 1974ff. II, No. 16, VI, No. 35; French-American: Delarue/Tenèze 1964ff. IV 1; Spanish-American, Mexican: Robe 1973; West Indies: Flowers 1953.

810A ***The Devil Does Penance.***

BP II, 294f.; Wesselski 1925, No. 53; EM 2(1979)1082–1085(D.-R. Moser).

Finnish: Löwis of Menar 1922, No. 20; Latvian: Arājs/Medne 1977, Ambainis 1979, No. 61; Lithuanian: Basanavičius 1993f. II, Nos. 5, 129, Kerbelytė 1999ff. II; Portuguese: Meier/Woll 1975, No. 111; German: Bechstein/Uther 1997 II, No. 16; Hungarian: MNK III; Czech: Tille 1929ff. I, 171ff., Sirovátka 1980, No. 15; Slovakian: Kosová-Kolečányi, 1988, 56ff., Gašparíková 1991f. I, Nos. 51, 77, 315, II, 530, 542, 560; Croatian: Dolenec 1972, 91f., Bošković-Stulli 1963, No. 60; Rumanian: Bîrlea 1966 II, 492ff., III, 461f.; Polish: Krzyżanowski 1962f. I, No. 651, Simonides/Simonides 1994, No. 65; Sorbian: Nedo 1972, 249ff., 336 not. 46; Russian, Byelorussian, Ukrainian: SUS; Gypsy: MNK X 1.

810A* ***The Priest and the Devil.***

Köhler et al. 1894, 39–47; Wünsche 1905b; Wesselski 1932; Vries 1933, 68–70; Boberg 1955; Puhvel 1961; Röhrich 1965, 45–48; Taloş 1969; EM 1(1977)1393–1397(I. Taloş); Dekker et al. 1997, 350–352; Kooi 2001.

Lithuanian: Kerbelytė 1973, Nos. 32A-C, 35, 37; English: Briggs 1970f. B I, 89f.; French: Soupault 1963, No. 14; Spanish: Camarena/Chevalier 1995ff. III; Basque: Frey/Brettschneider 1982, 84ff.; Portuguese: Vasconcellos/Soromenho et al. 1963f. I, No. 225, Cardigos (forthcoming); Dutch: Sinninghe 1943, No. 853, Meder/Bakker 2001, Nos. 447, 528, Kooi 2003, No. 64; Frisian: Kooi 1984a, No. 1191A*, Kooi/Schuster 1993, No. 30; Flemish: Berg 1981, No. 78, Top 1982, No. 80, Lox 1999b, No. 77; German: Merkens 1892ff. I, Nos. 91, 97, III, No. 75, cf. Grimm DS/Uther 1993 I, No.

184, Kooi/Schuster 1994, Nos. 34, 35, Hubrich-Messow 2000, 194f., 242f., Berger 2001, Nos. 810A**, XII B 1–3; Austrian: Haiding 1977b, No. 106; Czech: Tille 1929ff. I, 198; Sorbian: Veckenstedt 1880, 299f.; Polish: Krzyżanowski 1962f. II, No. 1098; Russian: SUS; Cheremis/Mari: Kecskeméti/Paunonen 1974; Chinese: Ting 1978, No. 1097A*; Japanese: Ikeda 1971; North American Indian: Simmons 1986, 194f., 208f., cf. 212f., 227; US-American: Dorson 1946, 52; Mexican: Robe 1970, No. 198.

810B* ***The Youth Sold to the Devil.***
Cf. EM 7(1993)1247–1253(L. Röhrich).
Icelandic: Naumann1923, No. 79; Italian: Cirese/Serafini 1975; Russian: SUS.

811 ***The Man Promised to the Devil Becomes a Clergyman.***
Cf. Delarue/Tenèze 1964ff. IV 1, 17–27, 61–66; EM 7(1993)1247–1253(L. Röhrich); EM: Teufel: Der dem T. Versprochene wird Priester(in prep.).
Finnish: Rausmaa 1982ff. II, Nos. 51, 52; Estonian: Aarne 1918; Latvian: Arājs/Medne 1977; Lithuanian: Kerbelytė 1999ff. II; Lappish: Kohl-Larsen 1982, No. 15; Norwegian: Hodne 1984; Danish: Grundtvig 1876ff. III, 174ff.; Irish: Ó Súilleabháin/Christiansen 1963; German: Meier 1932, Henßen 1935, No. 177, Benzel 1965, No. 47; Swiss: Büchli/Brunold-Bigler 1989ff. III, 154ff.; Hungarian: MNK III; Czech: Tille 1929ff. I, 177, Šrámková/Sirovátka 1990, No. 36; Slovene: Schlosser 1956, No. 72; Serbian: Čajkanović 1927, No. 74; Croatian: Stojanović 1867, No. 6; Rumanian: Bîrlea 1966 I, 314ff., III, 393ff.; Byelorussian, Ukrainian: SUS, No. 811, cf. No. 811*; Gypsy: MNK X 1; French-Canadian: Delarue/Tenèze 1964ff. IV 1; Malagasy: Haring 1982, No. 1.5.92.

811A* ***The Boy Promised (Destined) to Go to the Devil Saves Himself by His Good Conduct.***
Petit de Julleville 1880 II, 228–231; Andrejev 1927, 224.
French: Delarue/Tenèze 1964ff. IV 1; German: Birlinger 1861f. I, No. 578; Corsican: Massignon 1963, No. 21; Bulgarian: BFP, No. 811; French-Canadian: Delarue/Tenèze 1964ff. IV 1.

812 ***The Devil's Riddle.***
Cf. Dähnhardt 1907ff. I, 194f.; BP III, 12–17; Tubach 1969, No. 214; EM 5(1987)192–199(R. Wehse); cf. EM 7(1993)1247–1253(L. Röhrich); Scherf 1995 II, 1187–1189; EM 11,1(2003)275–280(L. Röhrich).
Finnish: Rausmaa 1982ff. II, Nos. 53–56, Jauhiainen 1998, No. E553; Estonian: Aarne

1918; Latvian: Arājs/Medne 1977, Nos. 812, 812*; Lithuanian: Kerbelytė 1999ff. II; Livonian, Lappish: Kecskeméti/Paunonen 1974; Swedish: Liungman 1961; Norwegian: Hodne 1984; Danish: Grundtvig 1876ff. II, No. 19, Kristensen 1888ff. V, Nos. 42, 49; Faeroese: Nyman 1984; Scottish: Briggs 1970f. A I, 213f.; Irish: Ó Súilleabháin/Christiansen 1963; Swiss: Wildhaber/Uffer 1971, No. 24; French: Delarue/Tenèze 1964ff. IV 1; Spanish: Espinosa 1946f., No. 14, Camarena/Chevalier 1995ff. III; Basque: Karlinger/Laserer 1980, No. 43; Portuguese: Vasconcellos/Soromenho et al. 1963f. I, No. 49, Cardigos (forthcoming); Dutch: Overbeke/Dekker et al. 1991, No. 1349; Frisian: Kooi 1984a; German: Ranke 1955ff. III, Grimm KHM/Uther 1996 II, No. 125; Ladinian: Decurtins 1896ff. II, No. 33; Italian: Cirese/Serafini 1975; Sardinian: Cirese/Serafini; Hungarian: MNK III; Czech: Tille 1929ff. I, Dvořák 1978, No. 214; Slovakian: Gašparíková 1991f. I, Nos. 228, 329, II, No. 500; Slovene: Tomažič 1942, 56ff.; Rumanian: Schullerus 1928, No. 812A*, Bîrlea 1966 II, 219ff., III, 435f.; Bulgarian: BFP, No. *500; Polish: Krzyżanowski 1962f. I; Greek: Loukatos 1957, 239ff., Megas/Puchner 1998; Russian: SUS; Byelorussian: SUS, No. 812*; Ukrainian: SUS, Nos. 812, 812*; Jewish: Haboucha 1992; Gypsy: Mode 1983ff. III, 158, IV, No. 232, MNK X 1; Qatar: El-Shamy 2004; Japanese: cf. Ikeda 1971, Inada/Ozawa 1977ff.; Polynesian: Kirtley 1971, No. G530.4; US-American: cf. Baughman 1966, No. 812A*; African American: cf. Baughman 1966, No. 812A*; Puerto Rican, Chilean, Argentine: Hansen 1957, No. *2045; West Indies: Flowers 1953.

813 *A Careless Word Summons the Devil.*
Tubach 1969, No. 1605.
Finnish: Simonsuuri/Rausmaa 1968, Nos. 327, 328; Karelian, Syrjanian: Kecskeméti/Paunonen 1974; Scottish: Briggs 1970f. B I, 115; Icelandic: Boberg 1966, No. C12; Irish: Ó Súilleabháin/Christiansen 1963; English: Briggs 1970f. B II, 391; Spanish: Camarena/Chevalier 1995ff. III, Goldberg 1998, No. *C12.4.2; Portuguese: Vasconcellos/Soromenho et al. 1963f. I, No. 225, Cardigos (forthcoming); German: Zender 1966, Nos. 876, 924, 926, 927, Berger 2001, Nos. V S 13, XII C 10; Ladinian: Danuser Richardson 1976, No. C12; Serbian: Vrčević 1868f. I, No. 226; Croatian: Smičiklas 1910ff. 17, 343ff., cf. Bošković-Stulli 1967f., No. 10, Bošković-Stulli 1975a, No. 7, cf. Bošković-Stulli 1975b, No. 54; Polish: Kapełuś/Krzyżanowski 1957, Nos. 57, 58; Mexican: cf. Robe 1973, No. 813*D, cf. Miller 1973, No. 17.

813A *The Accursed Daughter.*
Anderson 1963, 93.
Finnish: Rausmaa 1982ff. II, No. 57, Jauhiainen 1998, No. E926; Lithuanian: Kerbelytė

1999ff. I, No. 412B*; Wepsian: Kecskeméti/Paunonen 1974; Croatian: cf. Bošković-Stulli 1967f., No. 11; Russian, Byelorussian, Ukrainian: SUS; Jewish: Haboucha 1992; Cheremis/Mari: Kecskeméti/Paunonen 1974.

813B ***The Accursed Grandson.***
Anderson 1963, 93.
Estonian: Loorits 1959, No. 90; Latvian: Arājs/Medne 1977; Lithuanian: Kerbelytė 1999ff. I, No. 445*; Wotian: Kecskeméti/Paunonen 1974; Irish: Larminie 1893, 188ff.; Hungarian: Sklarek 1901, No. 36; Greek: Dawkins 1955, No. 5; Polish: Krzyżanowski 1962f. I, Nos. 443*, 448; Russian: SUS; Votyak: Kecskeméti/Paunonen 1974; Georgian: Kurdovanidze 2000, cf. Nos. 446*, 447*.

813C ***The Perjured Man and the Devil*** (previously ***May the Devil Skin me***).
Finnish: Jauhiainen 1998, Nos. E266, E446; English: Briggs 1970f. A I, 185ff.; German: Zender 1966, Nos. 928–932.

813* ***Not to Sleep Three Nights.***
Finnish: Rausmaa 1982ff. II, No. 54; Latvian: Arājs/Medne 1977; Lithuanian: Kerbelytė 1978, No. 98, Jewish: Noy 1963a, No. 114; Iraqi, Egyptian, Moroccan, Somalian: El-Shamy 2004.

815 ***The Devil Who Skins a Corpse*** (previously ***The Deceased Rich Man and the Devils in the Church***).
BP III, 420; HDM 2(1934–40)658(L. Mackensen); Merkelbach 1964; cf. Denecke 1971, 218–228; EM 2(1979)695f.; EM 6(1990)69–72(H. Lixfeld); EM 6(1990)79f.(R. W. Brednich); EM: Schatz in der Totenhaut(forthcoming).
Finnish: Rausmaa 1982ff. II, No. 58, Jauhiainen 1998, No. E821; Finnish-Swedish: Hackman 1917f. I, No. 164a; Latvian: Arājs/Medne 1977; Estonian: Aarne 1918; Swedish: Liungman 1961; Irish: Ó Súilleabháin/Christiansen 1963; Spanish: cf. Espinosa 1946, No. 34; German: Peuckert 1932, No. 117, Zender 1935, No. 618, Neumann 1971, No. 134, Grimm DS/Kindermann-Bieri 1993, No. 113, Grimm KHM/Uther 1996 III, No. 195; Berger 2001, No. III C 16; Swiss: Jegerlehner 1913, No. 80; Hungarian: MNK III; Czech: Tille 1929ff. I, 615f., 618f.; Slovakian: Polívka 1923ff. IV, No. 390ff.; Serbian: cf. Čajkanović 1927, No. 177; Croatian: Smičiklas 1910ff. 17, 353ff., Bošković-Stulli 1967f., No. 12; Polish: Krzyżanowski 1962f. I; Votyak: Kecskeméti/Paunonen 1974.

815* ***The Shoemaker Who Made Shoes for the Devil.***
Finnish-Swedish: Hackman 1917f. I, No. 164b; English: Baughman 1966, Briggs 1970f. A I, 210f., B I, 56ff., 72f.; Czech: cf. Tille 1929ff. I, 609ff.

816* ***Devils Tempt the Pope.***
Latvian: Arājs/Medne 1977; Lithuanian: Karlinger/Mykytiuk 1967, No. 80, Kerbelytė 1999ff. III, 422 No. 1.1.1.17; Swedish: EU, No. 23772; Icelandic: Boberg 1966, No. G303.3.1.12; Irish: Ó Súilleabháin/Christiansen 1963; Spanish: Goldberg 1998, No. T332, Camarena/Chevalier 1995ff. III; Portuguese: Oliveira 1900f. I, No. 216, Cardigos (forthcoming); Italian: Cirese/Serafini 1975; Serbian: cf. Karlinger/Mykytiuk 1967, No. 31; Polish: cf. Krzyżanowski 1962f. I.

817* ***Devil Leaves at Mention of God's Name.***
Chauvin 1892ff. V, 197ff. No. 116, VIII, 40f. No. 8B.
Finnish: Jauhiainen 1998, No. E540; Lithuanian: Balys 1940, Nos. 651, 774, 775, 780, 814; Swedish: EU, No. 7892; English: Baughman 1966, Briggs 1970f. B I, 85f., 93f., 144; Irish: Ó Súilleabháin/Christiansen 1963, Baughman 1966; Spanish: Camarena/Chevalier 1995ff. III; Portuguese: Coelho 1985, No. 48, Cardigos (forthcoming); Dutch: Krosenbrink 1968, 99; Frisian: Kooi 1984a, No. 817***, Kooi 2000b, 105ff., Kooi/Schuster 2003, Nos. 133, 136, 137; German: Merkens 1892ff. III, Nos. 64, 78; Bulgarian: BFP, No. *817*; Polish: Krzyżanowski 1962f. II, No. 1099; Jewish: Neuman 1954, No. G303.16.8; Saudi Arabian: Jahn 1970, No. 30, Fadel 1979, No. 5; Kuwaiti: El-Shamy 2004; Spanish-American: Baughman 1966; Tunisian, Sudanese: El-Shamy 2004.

818* ***The Devil Goes to Confession.***
Closs 1932, 293–306; Verfasserlexikon 9 (1995) 727–729 (A. Schnyder).
Lithuanian: Kerbelytė 1999ff. II.

819* ***The Devil's Portrait.***
German: Peuckert 1932, No. 194; Italian: Cirese/Serafini 1975; Czech: Jech 1984, No. 53; Sorbian: Nedo 1972, 243ff.; Polish: Krzyżanowski 1962f. I, No. 483; Russian: SUS; Gypsy: Briggs 1970f. B I, 113.

820 ***The Devil as Substitute for Day Laborer at Mowing.***
Woeller 1963; EM: Teufel als Tagelöhner (in prep.).
Finnish: Rausmaa 1982ff. II, No. 59, Jauhiainen 1998, No. E461; Estonian: cf. Viida-

lepp 1980, No. 105; Latvian: Ambainis 1979, No. 94; Swedish: Bondeson 1880, 68, Bondeson 1886, 111; Norwegian: Flatin 1922, 6; Danish: Holbek 1990, No. 24; Irish: Ó Súilleabháin/Christiansen 1963; English: Briggs 1970f. B I, 66; Spanish: Rey-Henningsen 1996, No. 21, Camarena/Chevalier 1995ff. III; German: Woeller 1959, Nos. 53–55; Italian: Cirese/Serafini 1975; Sardinian: Cirese/Serafini; Ukrainian: Čendej 1959, 69ff.; Votyak: Kecskeméti/Paunonen 1974.

820A ***The Devil Mows with a Magic Sickle.***
DJbfVk. II(1956)27, 30; EM: Teufel als Tagelöhner(in prep.).
Finnish: Simonsuuri/Rausmaa 1968, No. 66; Danish: Holbek 1990, cf. No. 24; Dutch: Kooi 2003, No. 37; Frisian: Kooi 1984a; Swiss: cf. Brunold-Bigler/Anhorn 2003, 120 No. 204; Spanish: Camarena Laucirica 1991, No. 134.

820B ***The Devil at Haying.***
Swedish: Liungman 1961, No. GS819, cf. Stroebe 1915 I, No. 15; Danish: Holbek 1990, cf. No. 24; German: Zender 1966, No. 917; Italian: Cirese/Serafini 1975.

821 ***The Devil as Advocate.***

821A ***Thief Rescued by the Devil.***
BP II, 566; Schmidt 1963, 79–106, 373–375; Tubach 1969, No. 1628, cf. 2235; Brückner 1974, 161 not. 209; Schwarzbaum 1979, 425; EM: Teufel als Advokat(in prep.).
Finnish: Rausmaa 1982ff. II, Nos. 60–63, 86, cf. Jauhiainen 1998, No. E721; Estonian: Aarne 1918, Loorits 1959, No. 156; Swedish: Liungman 1961; Danish: Kristensen 1881ff. IV, No. 54; Norwegian: Hodne 1984; English: Briggs 1970f. B I, 145; Spanish: Camarena/Chevalier 1995ff. III; Portuguese: Pires/Lages 1992, No. 18, Cardigos (forthcoming); Dutch: Blécourt 1980, No. 3.3; Frisian: Kooi 1984a; German: Peuckert 1932, No. 197, Ranke 1966, No. 64, Rehermann 1977, 158f. No. 46, Grimm DS/Kindermann-Bieri 1993, No. 211; Swiss: Müller et al. 1926ff. III, No. 1195; Italian: Cirese/Serafini 1975; Czech: Tille 1929ff. II 2, 368f.; Polish: cf. Krzyżanowski 1962f. I, No. 821A; Russian, Ukrainian: SUS; Tadzhik: cf. Rozenfel'd/Ryčkovoj 1990, 203ff.; Mexican: Robe 1970, No. C12.2; Brazilian: cf. Romero/Cascudo 1954, No. 24.

821B ***Chickens from Boiled Eggs.***
BP II, 368f.; Pauli/Bolte 1924 II, No. 807; HDM 1(1930–33)12–14; Goebel 1932, 198–201; Scéalaithe i Scéil 1986; EM 10(2002)1454–1460(C.Goldberg).
Finnish: Rausmaa 1982ff. II, Nos. 64, 101, 129; Finnish-Swedish: Hackman 1917f. I,

No. 186; Estonian: Aarne 1918; Livonian: Loorits 1926; Latvian: Arājs/Medne 1977; Lithuanian: Kerbelytė 1999ff. II; Wepsian: Kecskeméti/Paunonen 1974; Swedish: Liungman 1961; Danish: Kristensen 1900, No. 37, Holbek 1990, No. 25; Icelandic: Sveinsson 1929; Scottish: Briggs 1970f. A II, 100; Irish: Ó hÓgáin 1985, 102f.; French: Delarue/Tenèze 1964ff. IV 1; Spanish: Jiménez Romero et al. 1990, No. 49, Camarena/Chevalier 1995ff. III; Basque: Ranke 1972, No. 144, Frey/Brettschneider 1982, 136ff.; Portuguese: Coelho 1985, No. 47, Cardigos(forthcoming); Dutch: Kooi 2003, No. 45; Frisian: Kooi 1984a, Kooi/Schuster 1993, No. 116; German: Meyer 1932, No. 821, Ranke 1955ff. III; Ladinian: Decurtins 1896ff. II, No. 31; Italian: Cirese/Serafini 1975; Hungarian: MNK III; Czech: Tille 1929ff. II 2, 436f.; Slovakian: Gašparíková 1991f. I, Nos. 31, 249, 321, 338; Slovene: Slovenski gospodar 15(1881) 293f.; Macedonian: Piličkova 1992, No. 21; Rumanian: Stroescu 1969 I, No. 3023; Bulgarian: BFP; Greek: Megas 1956f. II, No. 39, Megas/Puchner 1998; Polish: Krzyżanowski 1962f. I, No. 875*, Coleman 1965, 283ff., Simonides/Simonides 1994, No. 245; Byelorussian, Ukrainian: SUS; Turkish: Eberhard/Boratav 1953, No. 295; Jewish: Gaster 1924, No. 329, Jason 1975, No. 920*E, Haboucha 1992; Gypsy: MNK X 1; Cheremis/Mari: Kecskeméti/Paunonen 1974; Azerbaijan: Achundov 1968, 191ff.; Kazakh: Sidel'nikov 1958ff. I, 354ff.; Georgian: Kurdovanidze 2000; Oman: El-Shamy 2004; Iranian: Marzolph 1984, No. 821B, cf. No. *302B; Chinese: Ting 1978; Spanish-American, Mexican: Robe 1973; Chilean, Cuban: Hansen 1957; Puerto Rican: Mason/Espinosa 1924, No. 45; West Indies: Flowers 1953; Cape Verdian: Parsons 1923b I, No. 23; Libyan: El-Shamy 2004.

821A* ***Devil's Trickery Separates Married Couples and Friends.***
Tubach 1969, No. 4511.
Portuguese: Cardigos(forthcoming); Serbian: Čajkanović 1927, Nos. 102, 176; Rumanian: Schullerus 1928, No. 821 I*; Greek: Megas/Puchner 1998; Palestinian, Egyptian, Algerian: El-Shamy 2004.

821B* ***The Devil as Host at Dinner.***
Schwarzbaum 1968, 178f.
Frisian: Kooi 1984a; Rumanian: Schullerus 1928, No. 821 II*; Bulgarian: cf. BFP, No. *922E; Jewish: Jason 1965.

822 ***Christ as Matchmaker*** (previously ***The Lazy Boy and the Industrious Girl***).
Schumann/Bolte 1893, No. 43; Dähnhardt 1907ff. II, 115f.; Wesselski 1925, No. 22; Tubach 1969, No. 4324; EM 2(1979)1431–1437(D.-R. Moser).

Finnish: Rausmaa 1982ff. II, No. 65; Finnish-Swedish: Hackman 1917f. I, No. 166; Estonian: Aarne 1918, No. 770*, Loorits 1959, No. 145; Latvian: Arājs/Medne 1977; Lithuanian: Kerbelytė 1999ff. II; Karelian: Kecskeméti/Paunonen 1974; Swedish: Liungman 1961; Norwegian: Hodne 1984; Danish: Kristensen 1884ff. I, No. 1247; Scottish: Baughman 1966; French: Delarue/Tenèze 1964ff. IV 1; Spanish: Camarena/Chevalier 1995ff. III; Catalan: Oriol/Pujol 2003; Portuguese: Vasconcellos/Soromenho et al. 1963f. I, Nos. 136, 137, Cardigos(forthcoming); Dutch: Bødker et al. 1963, 112f.; Flemish: Cornelissen/Vervliet 1900, No. 32; German: Merkens 1892ff. I, No. 79, Ranke 1955ff. III, Wossidlo/Henßen 1957, No. 82, Benzel 1962, No. 184, Kapfhammer 1974, 127, 233, Rehermann 1977, 141, 389 not. 12; Swiss: EM 7(1993)868; Austrian: Mailly 1926, No. 162, Haiding 1969, No. 135; Ladinian: Büchli/Brunold-Bigler 1989ff. II, 475f.; Italian: Cirese/Serafini 1975; Sardinian: Cirese/Serafini; Hungarian: MNK III; Czech: Tille 1929ff. I, 574f., 578, Jech 1984, No. 52/VIII; Slovakian: Gašparíková 1991f. II, No. 430; Slovene: Kocbek 1926, 36; Serbian: Čajkanović 1927, No. 89, Đjorđjevič/Milošević-Đjorđjevič 1988, Nos. 111–113; Croatian: Bošković-Stulli 1959, No. 34, Bošković-Stulli 1975a, Nos. 4, 33; Macedonian: Čepenkov/Penušliski 1989 II, No. 232; Rumanian: Bîrlea 1966 II, 488ff., III, 461, Stroescu 1969 II, No. 5090; Bulgarian: BFP; Albanian: Mazon 1936, No. 88; Greek: Klaar 1963, 54ff., Megas/Puchner 1998; Polish: Krzyżanowski 1962f. I; Sorbian: Nedo 1956, No. 75; Russian, Byelorussian, Ukrainian: SUS; Gypsy: MNK X 1; Korean: cf. Choi 1979, No. 419; Japanese: Ikeda 1971, Nos. 930C, 930D; Brazilian: Alcoforado/Albán 2001, No. 53; Malagasy: Razafindramiandra 1988, No. 11.

822* ***The Mythical Creditor*** **(previously** ***The Devil Lends Money to the Man*****).**
EM 5(1987)1277–1279(L. G. Barag).
Finnish: Rausmaa 1982ff. II, No. 66; Estonian: Aarne 1918, Loorits 1959, No. 157; Latvian: Arājs/Medne 1977; Lithuanian: Kerbelytė 1999ff. III, 177 No. 2.1.2.2; Lappish: Lagercratz 1957ff. II, No. 360; Livonian: Kecskeméti/Paunonen 1974; Swedish: Liungman 1961; Luxembourg: cf. Gredt 1883, No. 464; German: Preuß 1912, 39ff., Ranke 1955ff. III, Benzel 1957, No. 98, Ranke 1966, No. 65; Hungarian: MNK I, Nos. 30, 31, 78; Czech: Jech 1984, No. 83; Slovakian: Polívka 1923ff. IV, 126f.; Sorbian: Schulenburg 1882, 58f.; Byelorussian, Ukrainian: SUS.

823A* ***A Mother Dies of Fright When She Learns That She Was About to Commit Incest with Her Son.***
Krappe 1927, 181–190; Tubach 1969, No. 2733; EM 7(1993)232; Schwarzbaum 1981, 596f.; Hansen 2002, 284–287.

Icelandic: Gering 1882f. II, No.1; Catalan: Neugaard 1993, No. N383.3; Italian: Cirese/Serafini 1975; Sardinian: Cirese/Serafini; Bulgarian: cf. BFP, No. *920*; Serbian: Karadžić 1937, No. 43; Ukrainian: SUS, No. 920*; Jewish: Jason 1965; Gypsy: Mode 1983ff. I, No. 51; Mexican: Robe 1973; Egyptian: El-Shamy 2004.

824 ***The Devil Lets the Man See His Wife's Unfaithfulness.***
EM 5(1987)278f.; EM: Teufel zeigt dem Mann die Untreue seiner Frau(in prep.).
Finnish: Rausmaa 1982ff. II, No. 67; Estonian: Aarne 1918; Latvian: Arājs/Medne 1977; Lithuanian: Kerbelytė 1999ff. II; Spanish: Camarena/Chevalier 1995ff. III; Serbian: Čajkanović 1927, No. 102, Vojinović 1969, No. 11; Rumanian: Bîrlea 1966 I, 340ff., 355ff., III, 395ff., 397ff.; Bulgarian: BFP; Russian, Byelorussian, Ukrainian: SUS; Cheremis/Mari: Kecskeméti/Paunonen 1974; Georgian: Kurdovanidze 2000; Spanish-American: TFSP 12(1935)117ff.

825 ***The Devil in Noah's Ark.***
Dähnhardt 1907ff. I, 257–294; HDA 5(1934–1935)1114f.(P. Sartori); Utley 1960, 67–71; Utley 1961; Lewis 1968, 10–41; Schwarzbaum 1968, 387; Tubach 1969, No. 3478; Ranke 1972, No. 124; Röhrich 1972, 433–442; Ginzberg 1988, 319–335; EM 10(2002)48–54(H. Lox).
Estonian: Aarne 1918, No. 825*, Loorits 1959, No. 158; Latvian: Arājs/Medne 1977; Lithuanian: Kerbelytė 1999ff. III, 47 No. 2.2.2.2; Syrjanian: Fokos-Fuchs 1951, No. 36, Kecskeméti/Paunonen 1974; Swedish: Liungman 1961; Norwegian: Hodne 1984, 178; Icelandic: Boberg 1966, Nos. A1021, F837; Irish: Ó Súilleabháin/Christiansen 1963; French: Delarue/Tenèze 1964ff. IV 1; Spanish: Goldberg 1998, No. A1021; Portuguese: Custódio/Galhoz 1996f. I, 135ff., Cardigos(forthcoming); Frisian: Kooi 1984a; Flemish: Meyere 1925ff. IV, No. 338; German: Hubrich-Messow 2000, Nos. A2236.1, A2378.5.1, B527.2; Italian: Cirese/Serafini 1975; Maltese: Mifsud-Chircop 1978, No. 163B1; Hungarian: MNK III, Dömötör 1992, No. 57; Serbian: Eschker 1992, No. 72; Bosnian: Krauss 1914, No. 118; Rumanian: Amzulescu 1974, 53; Bulgarian: BFP; Polish: Krzyżanowski 1962f. I, No. 282; Russian, Byelorussian: SUS; Abkhaz: Šakryl 1975, No. 93; Votyak: Kecskeméti/Paunonen 1974; Indian: cf. Hertel 1953, No. 8; Chinese: Ting 1978; Vietnamese: Karpov 1958, 125; Polynesian: Kirtley 1971, Nos. A1015, A1021, A2001, F837; New Zealand: Kirtley 1971, No. A1021; French-Canadian: Delarue/Tenèze 1964ff. IV 1; South American Indian: Wilbert/Simoneau 1992, Nos. A1015, A1021.

826 ***List of Sins on Cowhide*** (previously ***Devil Writes down Names of Men on Hide in Church***).

Kaufmann 1862, 39f.; Bolte 1897a, 249-266; Basler 1927, 139; Harder 1927f., 111-117; Wildhaber 1955; Röhrich 1962f. II, 113-123, 267-274; Meyer 1964, 61-65; Bálint 1968f., 40-43; Tubach 1969, No. 1630; Alsheimer 1971, 151; Rasmussen 1972, 455-464; Moser 1978, 147-167; Scheiber 1985, 177f.; EM 6(1990)696; Cooke 1993, No. 206; EM: Sündenregister auf der Kuhhaut(forthcoming).

Finnish: Rausmaa 1982ff., Nos. 68, 69, Jauhiainen 1998, No. E1226; Estonian: Aarne 1918, No. 59, Loorits 1959, Nos. 159, 206; Livonian: Loorits 1926; Latvian: Arājs/Medne 1977; Lithuanian: Kerbelytė 1999ff. II; Lydian: Kecskeméti/Paunonen 1974; Syrjanian: Fokos-Fuchs 1951, No. 17, Kecskeméti/Paunonen 1974; Swedish: Liungman 1961, No. 826*; Norwegian: Hodne 1984, Nos. 759B, 826; Danish: Kristensen 1896f. II, No. 4; Dutch: Janssen 1978, 79ff.; Frisian: Kooi 1984a; Flemish: Meyer 1968; German: Preuß 1912, 53ff., Peuckert 1932, Nos. 189-191, Röhrich 1962f. I, No. 6, Henßen 1963, 142f., Moser-Rath 1964, No. 242, Rehermann 1977, 141, 261f. not. 8; Swiss: Jegerlehner 1909, 179f., Nos. 19, 20, Jegerlehner 1913, 235ff.; Austrian: Vernaleken 1859, No. 19, Haiding 1965, No. 74; Hungarian: MNK III, Bihari 1980, No. J VII.1, Dömötör 1992, No. 378; Czech: Dvořák 1978, No. 1630; Slovakian: Polívka 1923ff. IV, 24ff.; Slovene: Šašelj 1906f. II, 218f.; Serbian: Čajkanović 1934 I, No. 120; Croatian: Stojanović 1867, No. 16, Bošković-Stulli 1963, No. 57; Bulgarian: BFP; Polish: cf. Krzyżanowski 1962f. I, No. 827; Sorbian: Schulenburg 1882, 86; Russian, Byelorussian, Ukrainian: SUS; Jewish: Jason 1976, No. 32.

OTHER RELIGIOUS TALES 827-849

827 ***A Pious Innocent Man Knows Nothing of God*** (previously ***A Shepherd Knows Nothing of God***).

Javorskij 1907, 97-102; Pauli/Bolte 1924 I, No. 332; Kuncevič 1924, 291-296; Schwarzbaum 1968, 129; EM 6(1990)694-698(L. G. Barag).

Finnish: Rausmaa 1982ff. II, No. 70; Estonian: Loorits 1959, No. 160; Latvian: Arājs/Medne 1977; Lithuanian: Kerbelytė 1999ff. II; Livonian, Lydian, Karelian: Kecskeméti/Paunonen 1974; Syrjanian: Fokos-Fuchs 1951, No. 17; Swedish: Liungman 1961, No. 827*; Icelandic: Boberg 1966, No. D2125.1; Spanish: Goldberg 1998, No. D2125.1, Camarena/Chevalier 1995ff. III; Basque: cf. Karlinger/Laserer 1980, No. 28; Catalan: Karlinger/Ehrgott 1968, No. 27, Oriol/Pujol 2003; Dutch: Sinninghe 1943, 139 No. 411; German: Preuß 1912, 53ff., Henßen 1955, No. 287, Cammann 1980, 234f.;

Austrian: cf. Haiding 1965, 256; Hungarian: György 1934, No. 222, MNK III; Serbian: Karadžić 1937, 270 No. 9, Đjorđjevič/Milošević-Đjorđjevič 1988, No. 114; Croatian: Bošković-Stulli 1963, No. 57; Macedonian: Miliopoulos 1955, 107f., cf. Čepenkov 1958ff. III, No. 251; Bulgarian: BFP; Polish: Krzyżanowski 1962f. I; Russian, Byelorussian, Ukrainian: SUS; Jewish: Noy 1965, No. 32, Jason 1965, No. 827*A, Jason 1988a, No. 827*A; Kurdish: Džalila et al. 1989, No. 36; Armenian: Tchéraz 1912, No. 13; Indian: Lüders 1921, No. 8; South American Indian: Wilbert/Simoneau 1992, No. D2125.1.

830A ***The Boastful Deerslayer.***

Dähnhardt 1907ff. III, 15, 87f., 222, 501; Schwarzbaum 1968, 271; EM 6(1990)12–16 (U. Masing); Hansen 2002, 54–56.

Estonian: Aarne 1918, No. 830*, Löwis of Menar 1922, No. 73, Loorits 1959, No. 162; Latvian: Arājs/Medne 1977; Spanish-American: TSFP 6(1927)10f.

830B ***"My Crops will Thrive Here without God's Blessing."***

Basset 1924ff. III, 159 No. 100; EM 6(1990)12–16(U. Masing).

Finnish: Rausmaa 1982ff. I, No. 17; Latvian: Arājs/Medne 1977; Lithuanian: Kerbelytė 1999ff. II, Nos. 752C*, 830B, 830C*; Spanish: Camarena/Chevalier 1995ff. III, No. 752C*, González Sanz 1996, No. 752C*; Catalan: Oriol/Pujol 2003, No. 752C*; Portuguese: Soromenho/Soromenho 1984f. I, No. 170, Soromenho/Soromenho 1984f. II, Nos. 669, 670, Cardigos(forthcoming), No. 752C*; Frisian: Kooi 1984a; German: Nimtz-Wendlandt 1961, No. 53; Italian: Cirese/Serafini 1975, No. 752C*; Maltese: Mifsud-Chircop 1978, No. *752D, cf. No. *753B; Hungarian: MNK III; Serbian: Đjorđjevič/Milošević-Đjorđjevič 1988, No. 102; Bulgarian: BFP; Greek: Megas/Puchner 1998, No. 830C*; Russian, Byelorussian: SUS, No. 752C*; Ukrainian: SUS, Nos. 830B, 830B*; Brazilian: Alcoforado/Albán 2001, No. 46.

830C ***"If God Wills."***

Wesselski 1914, No. 55; Basset 1924ff. I, 421 No. 128; Schwarzbaum 1968, 271f., 477; EM 6(1990)12–16(U. Masing); Marzolph 1992 II, No. 481.

Lithuanian: Kerbelytė 1999ff. II; Spanish: Childers 1948, No. J151.4*, Camarena/Chevalier 1995ff. III; Portuguese: Meier/Woll 1975, No. 116; German: Zender 1966, Nos. 529, 530, Tomkowiak 1993, 258; Italian: Cirese/Serafini 1975; Serbian: Karadžić 1937, 275, No. 2; Croatian: Stojanović 1867, No. 3; Macedonian: Čepenkov/Penušliski 1989 IV, No. 526; Bulgarian: BFP; Greek: Kretschmer 1917, No. 9; Jewish: Jason 1988a, Haboucha 1992; Azerbaijan: Tachmasib 1958, 139f.; Palestinian: El-

Shamy 2004; Iranian: Marzolph 1984, 304f.; Spanish-American, Mexican: Robe 1973; Dominican, Puerto Rican: Hansen 1957, No. 836*A; Brazilian: Cascudo 1955a, 69; Egyptian, Moroccan, Sudanese: El-Shamy 2004.

831 ***Clergyman in Disguise as the Devil*** (previously ***The Dishonest Priest***).
EM 10(2002)891-894(D. Dobreva).
Finnish: Rausmaa 1982ff. II, No. 71; Finnish-Swedish: Hackman 1917ff. I, No. 162; Estonian: Aarne 1918, No. 831*, Loorits 1959, No. 163; Latvian: Arājs/Medne 1977; Lithuanian: Kerbelytė 1999ff. II, Nos. 750G*, 831; German: Jahn 1889, No. 385, Schiller 1907, No. 10, Watzlik 1921, 46, Peuckert 1932, No. 195, Berger 2001, No. 831*; Austrian: Depiny 1932, 279 No. *363; Italian: Cirese/Serafini 1975; Hungarian: MNK III; Czech: Tille 1929ff. I, 165ff., Jech 1984, No. 54; Slovakian: Polívka 1923ff. IV, 126; Macedonian: Čepenkov 1958ff. III, No. 189, II, cf. No. 122, Eschker 1972, No. 53; Bulgarian: BFP; Greek: Hallgarten 1929, 201f., Megas/Puchner 1998; Polish: Krzyżanowski 1962f. I; Sorbian: Schulenburg 1880, 190ff.; Russian, Byelorussian, Ukrainian: SUS; Chinese: Ting 1978; Japanese: Ikeda 1971, Inada/Ozawa 1977ff.

832 ***The Disappointed Fisherman.***
Schmidt 1999.
Finnish: Rausmaa 1982ff. II, No. 72; Estonian: Aarne 1918, No. 832*, Loorits 1959, No. 165(832*); Latvian: Arājs/Medne 1977; Lithuanian: Kerbelytė 1999ff. II; Livonian: Loorits 1926, No. 832*; German: cf. Berger 2001, No. 832**; Slovakian: Michel 1944, 201ff.; Polish: Krzyżanowski 1962f. I; Jewish: Jason 1965, 1988a; Iranian: Lorimer/Lorimer 1919, No. 51, Marzolph 1984, No. 327 I b; Japanese: Ikeda 1971; South African: Schmidt 1989 II, No. 1150.

834 ***The Poor Brother's Treasure.***
Chauvin 1892ff. II, 115 No. 89; Henßen 1938; Schwarzbaum 1968, 75-78, 456f.; Legman 1968f. II, 918f.; Ranke 1976, 415-424; EM 5(1987)1361; EM: Schatz des armen Bruders(forthcoming).
Finnish: Rausmaa 1982ff. II, No. 73, Jauhiainen 1998, No. P562; Finnish-Swedish: Hackman 1917ff. II, No. 289; Estonian: Aarne 1918; Livonian: Loorits 1926; Latvian: Arājs/Medne 1977; Lithuanian: Veckenstedt 1883, No. 126, Dowojna-Sylwestrowicz 1894, 141f.; Icelandic: Boberg 1966, No. N531; Spanish: Chevalier 1983, No. 213, Camarena/Chevalier 1995ff. III; Catalan: Neugaard 1993, No. N531; Portuguese: Braga 1987 I, 275, Cardigos(forthcoming); German: Jahn 1889, No. 383, Kubitschek 1920, 6f., Henßen 1957, No. 118, Ranke 1955ff. III, Berger 2001, No. XV B 3; Austrian: Haid-

ing 1965, No. 43; Italian: Cirese/Serafini 1975, Nos. 834, 834A; Serbian: Đjorđjevič/Milošević-Đjorđjevič 1988, No. 120; Macedonian: Popvasileva 1983, No. 100, Čepenkov/Penušliski 1989 II, Nos. 220, 222, 223; Bulgarian: BFP, Nos. 834, 834A, *834B, 1645B*, cf. No. *1645B**; Albanian: Mazon 1936, No. 74; Greek: Kretschmer 1917, No. 36, Megas/Puchner 1998, Nos. 834, 834A, 1645B*; Russian, Byelorussian, Ukrainian: SUS, Nos. 834_1, 834_2, cf. Nos. 834*, 834**; Turkish: Eberhard/Boratav 1953, No. 123(3-6); Jewish: Noy 1963a, No. 146, Jason 1965, Nos. 834, 1645B*, Jason 1975, Nos. 834, 1645B*, No. 834A, Jason 1988a, Nos. *834, 1645B*; Votyak: Kecskeméti/Paunonen 1974; Georgian: cf. Kurdovanidze 2000, No. 834A*; Syrian: El-Shamy 2004, Nos. 834A, 1645B*; Palestinian, Jordanian: El-Shamy 2004; Iraqi: Nowak 1969, No. 268, El-Shamy 2004, Nos. 834A, 1645B*; Persian Gulf: Nowak 1969, No. 270; Saudi Arabian: Lebedev 1990, No. 55, El-Shamy 2004, Nos. 834A, 1645B*; Oman: El-Shamy 2004; Kuwaiti: El-Shamy 2004, No. 1645b*; Qatar: El-Shamy 2004, No. 834A; Iranian: Marzolph 1984, No. 834A; Indian: Tauscher 1959, 188f., Thompson/Roberts 1960, No. 834A, Jason 1989, Nos. 834, 834A, Blackburn 2001, No. 1; Burmese: Htin Aung 1954, 182ff.; Chinese: Ting 1978, Nos. 834, 834A; Vietnamese: Karow 1972, No. 1; Japanese: Ikeda 1971, No. 834A, Inada/Ozawa 1977ff., Nos. 834, 834A; Spanish-American, Mexican: Robe 1973, Nos. 834, 1645B*; Mayan: Peñalosa 1992; Brazilian: Romero/Cascudo 1954, No. 39; Chilean: Hansen 1957, No. **824; Argentine: Karlinger/Pögl 1987, No. 49; Egyptian, Algerian: El-Shamy 2004, Nos. 834A, 1645B*; Libyan: El-Shamy 2004, No. 1645B*; Moroccan: El-Shamy 2004, No. 1645B*; Tunisian: Stumme 1900, No. 25; Sudanese: El-Shamy 2004, No. 834A.

836 ***Pride is Punished.***
Alsheimer 1971, 129; EM 6(1990)1105-1107(A. Schäfer).
Finnish: Rausmaa 1982ff. II, Nos. 74-76, Jauhiainen 1998, No. F141; Estonian: Aarne 1918, No. 836*, Loorits 1959, No. 166; Lithuanian: Kerbelytė 1999ff. II; Swedish: Liungman 1961; English: Briggs 1970f. A I, 107f.; Irish: cf. Béaloideas 21(1951)336; German: Meyer 1932, Tomkowiak 1993, 259; Slovene: Šašelj 1906f. I, 68ff.; Serbian: cf. Karadžić 1959, 358, No. 167; Macedonian: cf. Čepenkov/Penušliski 1989 II, No. 200; Bulgarian: BFP; Polish: Krzyżanowski 1962f. I; Jewish: Jason 1965, 1975; Chinese: Ting 1971; Egyptian: cf. Nowak 1969, No. 169.

836F* ***The Miser and the Eye Ointment.***
Chauvin 1892ff. V, 146f. No. 72; Marzolph/Van Leeuwen 2004, Nos. 349, 350.
Latvian: Arājs/Medne 1977; Irish: Ó Súilleabháin/Christiansen 1963; Flemish: Meyer 1968, No. 726**; Czech: Tille 1929ff. I, 78ff.; Spanish: Camarena/Chevalier 1995ff.

III; Bosnian: Schütz 1960, No. 1; Polish: Krzyżanowski 1962f. I, No. 806; Jewish: Jason 1965, 1975, 1988a; Armenian: cf. Hoogasian-Villa 1966, No. 17; Saudi Arabian: Nowak 1969, No. 169; Syrian, Palestinian, Jordanian, Iraqi: El-Shamy 2004; Iranian: Marzolph 1984; Spanish-American: Robe 1973; Puerto Rican: Hansen 1957, No. 836**M; Mayan: Peñalosa 1992; Egyptian: Littmann 1955, No. 4, El-Shamy 2004; Moroccan, Sudanese: El-Shamy 2004.

837 ***The Beggar's Bread*** (previously ***How the Wicked Lord was Punished***).
Cf. BP III, 462; Schwarzbaum 1968, 332; EM 2(1979)813–816(K. Ranke).
Estonian: Aarne 1918, No. 837*; Latvian: Arājs/Medne 1977; Lithuanian: Kerbelytė 1999ff. II; Spanish: Camarena/Chevalier 1995ff. III; Portuguese: Cardigos(forthcoming); Frisian: Kooi 1984a; German: Thudt/Richter 1971, 34f.; Italian: Cirese/Serafini 1975; Hungarian: MNK III; Slovene: Vrtec 7(1877)172; Serbian: Karadžč 1937, No. 73; Croatian: Stojanović 1867, No. 26, Bošković-Stulli 1959, 257; Macedonian: Čepenkov/Penušliski 1989 II, No. 227; Bulgarian: BFP; Greek: Mousaios-Bougioukos 1976, No. 27, Megas/Puchner 1998; Polish: Krzyżanowski 1962f. I; Russian: Tumilevič 1958, No. 39; Ukrainian: SUS; Turkish: Aganin et al. 1960, 213f.; Jewish: Larrea Palacín 1952 I, No. 18, Noy 1963a, No. 17, Jason 1988a, Haboucha 1992; Azerbaijan: Marzolph 1987b, 82; Armenian: Hoogasian-Villa 1966, No. 43; Palestinian: El-Shamy 2004; Iraqi: Nowak 1969, No. 295; Qatar: El-Shamy 2004; Iranian: Marzolph 1984; Indian: Thompson/Roberts 1960; Chinese: Ting 1978; West Indies: Flowers 1953; African American: Dance 1978, No. 389; Egyptian, Moroccan, Sudanese, Tanzanian: El-Shamy 2004.

838 ***Son on the Gallows*** (previously ***The Bad Rearing***).
Kirchhof/Oesterley 1869 VII, No. 183; Chauvin 1892ff. VIII, 113 No. 95; Pauli/Bolte 1924 I, No. 19; Wesselski 1936, 59f.; Whitesell 1947, 348–366; Pedersen/Holbek 1961f. II, No. 150; Röhrich 1962f. II, No. 8; Tubach 1969, No. 3488; Dömötör 1985, 15–21; Hofmann 1987, No. 287; EM: Sohn am Galgen(forthcoming).
Estonian: Aarne 1918, No. 838*, Loorits 1959, No. 167; Livonian: Loorits 1926, No. 838*; Latvian: Arājs/Medne 1977, Nos. 838, *838*, *838**; Faeroese: Nyman 1984; Irish: Ó Súilleabháin/Christiansen 1963; Spanish: Chevalier 1983, No. 52, Camarena/Chevalier 1995ff. III; Portuguese: Vasconcellos/Soromenho et al. 1963f. II, Nos. 605, 628, Cardigos(forthcoming); Dutch: Sinninghe 1943; German: Zender 1966, Nos. 146, 147; Swiss: Büchli/Brunold-Bigler 1989ff. I, 792f., EM 7(1993)873; Italian: Todorović-Strähl/Lurati 1984, No. 51; Maltese: Mifsud-Chircop 1978; Hungarian: György 1934, No. 10, MNK III, Dömötör 1992, No. 386; Czech: Dvořák 1978, No.

3488; Macedonian: Čepenkov/Penušliski 1989 II, No. 145, cf. No. 131, III, cf. Nos. 214, 348, IV, No. 516; Bulgarian: BFP; Greek: Klaar 1987, 150ff.; Polish: Krzyżanowski 1962f. I; Russian: SUS, No. 1610****; Jewish: Jason 1965, 1975; Kurdish: cf. Džalila et al. 1989, No. 115; Syrian, Iraqi: El-Shamy 2004; Indian: Jason 1989; Chinese: Ting 1978; African American: Parsons 1923a, No. 54; Egyptian, Tunisian, Somalian: El-Shamy 2004.

839 ***One Vice Carries Others with It.*** (The Three Sins of the Hermit.)
Köhler/Bolte 1898ff. I, 583; Chauvin 1892ff. VIII, 131 No. 123; Wickram/Bolte 1903, No. 72; Wesselski 1909, Nos. 17, 81; Taylor 1922a, 61-94; Basset 1924ff. II, 22 No. 11; Pauli/Bolte 1924 I, No. 243; Janów 1932, 12-24; Wesselski 1936, 65; Schwarzbaum 1968, 33, 247-249, 476; Tubach 1969, Nos. 1816, 4741, 5318; Marzolph 1992 II, No. 113; EM: Sünden: Die drei S. des Eremiten (in prep.).
Estonian: Aarne 1918, No. 839*, Loorits 1959, No. 168; Latvian: Arājs/Medne 1977; Lithuanian: Kerbelytė 1999ff. II; Icelandic: Sveinsson 1929; Irish: Ó Súilleabháin/Christiansen 1963; French: Delarue/Tenèze 1964ff. IV 1; Spanish: Camarena/Chevalier 1995ff. III; Catalan: Neugaard 1993, No. J485; German: Ranke 1966, No. 61, Moser 1977, 88f., Moser-Rath 1984, 285; Italian: Busk 1874, 196ff. nos. 1-3; Czech: Dvořák 1978, No. 1816; Slovakian: Gašparíková 1991f. II, No. 560; Macedonian: cf. Čepenkov/Penušliski 1989 IV, No. 538; Bulgarian: BFP; Greek: Megas/Puchner 1998; Polish: Krzyżanowski 1962f. I; Russian, Byelorussian, Ukrainian: SUS; Jewish: Jason 1965, cf. Noy 1968, No. 50; Saudi Arabian: El-Shamy 2004; Indian: Thompson/Roberts 1960; Swahili: Velten 1898, 47f.

839A* ***The Hermit and the Devils.***
Finnish: Rausmaa 1982ff. II, No. 77; Latvian: Arājs/Medne 1977; Lappish: Kecskeméti/Paunonen 1974, Bartens 2003, No. 51; Macedonian: cf. Čepenkov/Penušliski 1989 II, No. 141; Bulgarian: BFP, No. *839**; Greek: Laográphia 21 (1963f.) 491ff., Megas/Puchner 1998, No. *839A[1]; Russian: SUS, Nos. 839*, 839A*; Ukrainian: SUS; Jewish: Jason 1975; Druze: Falah/Shenhar 1978, No. 17.

840 ***The Punishments of Men.***
BP III, 302-305; Basset 1924ff. III, 353 No. 209, 532 No. 323; Mõttelend 1936, 191-193; Schwarzbaum 1968, 64; Salve 1996; EM: Strafen im Jenseits (forthcoming)
Finnish: Rausmaa 1982ff. II, 343; Estonian: Aarne 1918, No. 840*, Loorits 1959, No. 169; Livonian: Loorits 1926, No. 840*; Latvian: Arājs/Medne 1977; Lithuanian: Kerbelytė 1999ff. II; Icelandic: Boberg 1966, No. E733.1; Slovene: Kres 2 (1882) 139;

Serbian: Čajkanović 1927, No. 168, cf. No. 169; Bosnian: Preindlsberger-Mrazović 1905, 82ff.; Rumanian: Ure 1960, 172ff.; Russian, Byelorussian, Ukrainian: SUS; Turkish: Eberhard/Boratav 1953, No. 86 IV 5, 418f.; Jewish: cf. Noy 1963a, No. 53, Jason 1965, 1975; Gypsy: Mode 1983ff. III, No. 174; Egyptian: El-Shamy 2004; Algerian: Rivière 1882, No. 5.

840B* ***The Judgments in This World.***
Finnish: Rausmaa 1982ff. II, No. 78; ; Wotian: Kecskeméti/Paunonen 1974; Danish: cf. Kristensen 1900, Nos. 27–29; Irish: Ó Súilleabháin/Christiansen 1963; Austrian: Zaunert 1926, 155f.; Croatian: Ardalić 1908a, No. 15, Čajkanović 1927, No. 168, cf. No. 169; Russian, Byelorussian: SUS.

841 ***One Beggar Trusts in God, the Other the King.***
Kirchhof/Oesterley 1869 I 1, No. 285; Bebel/Wesselski 1907 I 2, No. 131; Pauli/Bolte 1924 I, Nos. 326, 327; Besthorn 1935, 122–125; Wesselski 1936, 102–108; Schwarzbaum 1968, 259–278; Tubach 1969, Nos. 703, 3612; Spies 1973a, 210; EM 2 (1979) 258–263 (E. H. Rehermann); Verfasserlexikon 10 (2002) 1617–1619 (H.-J. Ziegeler).
Finnish: Rausmaa 1982ff. II, No. 79; Finnish-Swedish: Hackman 1917ff. I, No. 165; Estonian: Aarne 1918, No. 841*; Livonian: Loorits 1926, No. 841*; Latvian: Arājs/Medne 1977; Lithuanian: Kerbelytė 1999ff. II; Swedish: Liungman 1961; Faeroese: Nyman 1984; Icelandic: Sveinsson 1929; Spanish: Espinosa 1988, No. 185, Goldberg 1998, No. N351; Portuguese: Coelho 1965, 151ff., Meier/Woll 1975, No. 30; Dutch: Hogenelst 1997 II, No. 103; Frisian: Kooi 1984a; German: Moser-Rath 1984, 285, 290f., Zender 1984, No. 62, Kooi/Schuster 1994, No. 52; Swiss: EM 7 (1993) 868; Italian: Cirese/Serafini 1975, No. N351; Hungarian: György 1934, No. 224; Macedonian: Čepenkov 1958ff. II, No. 65, cf. Čepenkov/Penušliski 1989 II, No. 188; Bulgarian: BFP, No. 841, cf. Nos. *841*, *841**, 947A_2; Greek: Hallgarten 1929, 125, Megas/Puchner 1998; Polish: Krzyżanowski 1962f. I; Byelorussian, Ukrainian: SUS; Turkish: Eberhard/Boratav 1953, No. 135, Spies 1967, No. 58; Jewish: Noy 1963a, No. 63, Jason 1965, Noy 1968, No. 32, cf. Nos. 59, 70, Jason 1975, 1988a; Kurdish: Nebez 1972, 63ff.; Mongolian: Lőrincz 1979; Georgian: cf. Kurdovanidze 2000, No. 841*; Syrian: El-Shamy 2004; Palestinian: Hanauer 1907, 162ff., El-Shamy 2004; Iraqi: Nowak 1969, Nos. 283, 287, El-Shamy 2004; Iranian: Lorimer/Lorimer 1919, No. 55, Marzolph 1984, No. 841, cf. No. *841A; Indian: Jason 1989; Burmese: cf. Kasevič/Osipov 1976, No. 80; Chinese: Eberhard 1937, No. 177, Eberhard 1965, No. 79, Eberhard/Eberhard 1976, No. 70; Korean: cf. Choi 1979, No. 419; Cambodian: Nevermann 1956,

149ff.; Indonesian: Vries 1925f. II, No. 99; Mexican: Robe 1973; Argentine: cf. Chertudi 1960f. I, No. 54; North African, Egyptian, Algerian: El-Shamy 2004; Tunisian: Jahn 1970, No. 33; Moroccan: cf. Laoust 1949, No. 64, Topper 1986, No. 14; West African: Barker/Sinclair 1917, No. 25; Nigerian: Walker/Walker 1961, 36f., 91f.

842A* ***The Beggar Dies in Night Lodgings.***
Latvian: Arājs/Medne 1977; Lithuanian: Kerbelytė 1999ff. II; Dutch: Meder/Bakker 2001, No. 221; Frisian: Kooi 1984a, Kooi/Meerburg 1990, No. 42; Russian, Byelorussian, Ukrainian: SUS.

842C* ***Floating Coins.***
BP II, 75; Scherf 1995 II, 1423–1425.
Estonian: Aarne 1918, No. 842*; Latvian: Boehm/Specht 1924, No. 6, Arājs/Medne 1977; Lappish: Kohl-Larsen 1982, No. 17; Macedonian: Tošev 1954, 212f.; Greek: Megas/Puchner 1998, No. 842C*1; Russian, Byelorussian, Ukrainian: SUS; Jewish: Jason 1965; Buryat: Ėliasov 1959 I, 105ff.; Iraqi: El-Shamy 2004; Indian: Tauscher 1959, 173, Jason 1989, No. 842C*–*B.

843* ***The Lazy Weaving Woman.***
Schwarzbaum 1968, 451.
Estonian: Aarne 1918, Loorits 1959, No. 171; Latvian: Arājs/Medne 1977; Slovene: Kotnik 1924f. II, 78; Votyak: Wichmann 1901, No. 40.

844 ***The Luck-Bringing Shirt.***
Köhler et al. 1894, 118–135; Schwarzbaum 1968, 164, cf. 149f., 225; EM 6(1990)808–812(J. van der Kooi); Dekker et al. 1997, 161f.
Finnish: Rausmaa 1982ff. II, Nos. 80, 81; Estonian: Aarne 1918, No. 844*, Viidalepp 1980, No. 109; Livonian: Loorits 1926, No. 844*; Latvian: Arājs/Medne 1977; Lithuanian: Kerbelytė 1999ff. II; Swedish: Liungman 1961; Danish: Andersen/Perlet 1996 I, No. 32; Irish: Ó Súilleabháin/Christiansen 1963; French: Delarue/Tenèze 1964ff. IV 1; Spanish: Goldberg 1998, No. J1085.3, González Sanz 1996, Camarena/Chevalier 1995ff. III; Catalan: Oriol/Pujol 2003; Portuguese: Parafita 2001f. I, 94, Cardigos (forthcoming); Dutch: Haan 1979, 106ff., Kooi 1985f., No. 4; Frisian: Kooi 1984a, No. 844; Flemish: Lox 1999b, No. 41; German: Busch 1910, No. 35, Henßen 1959, No. 89; Italian: Keller 1963, 138ff., Cirese/Serafini 1975; Hungarian: MNK III, Dömötör 1992, No. 376; Slovene: Gabrščĕk 1910, 278f., Bolhar 1974, 196f.; Bosnian: Krauss/Burr et al. 2002, No. 72; Macedonian: Čepenkov/Penušliski 1989 III, No. 334; Ruma-

nian: Schullerus 1928, No. 949*, Bîrlea 1966 II, 525f., III, 466; Bulgarian: BFP; Greek: Megas/Puchner 1998; Turkish: Eberhard/Boratav 1953, No. 277, cf. No. 309; Jewish: Jason 1965, No. 844, cf. Nos. 844*A, 844*B, cf. Jason 1975, Nos. 844*A, *844*B, Jason 1988a, No. 844, cf. Nos. 844*A, 844*C, Haboucha 1992, No. 844, cf. No. 844*A; Syrian: cf. Nowak 1969, No. 170, El-Shamy 2004; Iranian: cf. Marzolph 1984, Nos. *844B, *885B; US-American: Baughman 1966; North African: Nowak 1969, No. 271, El-Shamy 2004; Egyptian: cf. Nowak 1969, No. 170, El-Shamy 2004.

844* ***The Revenge of the Castrated Man.***
Wesselski 1925, No. 43; Wesselski 1931, 16f., 26f; Krappe 1931; Tubach 1969, No. 4436; Uther 1981, 31f.; Marzolph 1992 II, No. 422; EM 11,1(2003)153–156(U. Marzolph).
Swiss: EM 7(1993)872; Jewish: Larrea Palacín 1952f. II, No. 127, Haboucha 1992, No. 844*A; Kurdish: Wentzel 1978, No. 12; Iranian: Marzolph 1984, No. *885B.

844** ***One's Own Cross is Best.***
Schwarzbaum 1968, 149f.; Tubach 1969, No. 1333.
Norwegian: Hodne 1984, 355f.; Frisian: Kooi 1984a, No. 844A*; German: cf. Benzel 1991, 56f.; Bulgarian: BFP, No. *794A*; Jewish: Jason 1975, No. 947*E; Turkish: Eberhard/Boratav 1953, No. 130.

845 ***The Old Man and Death.***
BP III, 294; Heinemann 1932; Zając̨zkowski 1932, 465–475; Ages 1969, No. P60; EM 1(1977)382f.(E. Moser-Rath); Hansen 2002, 314–316.
Finnish: Rausmaa 1982ff. II, Nos. 82, 83; Latvian: Arājs/Medne 1977; Lithuanian: Danner 1961, 178, Kerbelytė 1999ff. IV(forthcoming); Lydian: Kecskeméti/Paunonen 1974; Irish: Ó Súilleabháin/Christiansen 1963; French: Cifarelli 1993, No. 504; Spanish: RE 5(1965)208f., Chevalier 1983, No. 53, Camarena/Chevalier 1995ff. III; Frisian: Kooi 1984a; Flemish: Meulemans 1982, No. 1461; German: Moser-Rath 1964, 40f., Kapfhammer 1974, 80, Tomkowiak 1993, 259; Italian: Cirese/Serafini 1975; Hungarian: Kovács 1988, 107; Czech: Dvořák 1978, No. 2563*; Slovene: Kontler/Kompoljski 1923f. I, 60; Bulgarian: BFP; Russian: SUS; Jewish: cf. Stephani 1998, No. 20; Uzbek: Stein 1991, No. 167; Georgian: Kurdovanidze 2000; Indian: Thompson/Balys 1958, No. C11; Nepalese: Jason 1989; US-American: Baughman 1966.

846 ***Devil Always Blamed.***
Dähnhardt 1907ff. II, 188; Röhrich 1965, 42; Schwarzbaum 1968, 261; Schwarz-

baum 1979, 485–487, 499–502; Schwarzbaum 1980, 280f.; EM 6(1990)1–3(I. Köhler).
Finnish: Rausmaa 1982ff. II, Nos. 84–86, Jauhiainen 1998, No. E1086; Estonian: Aarne 1918, No. 49; Latvian: Carpenter 1980, 179; Lithuanian: Kerbelytė 1999ff. II; Swedish: Bondeson 1882, No. 62; German: Henßen 1935, No. 175, Ranke 1955ff. III, No. 792*, Henßen 1963b, No. 26, Neumann 1973, No. 31; Italian: Rotunda 1942, No. N111.4.2; Slovene: cf. Zupanc 1944a, 60ff.; Macedonian: cf. Čepenkov/Penušliski 1989 II, Nos. 135, 144; Polish: Krzyżanowski 1962f. II, No. 2493; Egyptian, Moroccan: El-Shamy 2004.

846* ***The Vengeful Saints.***
Schwarzbaum 1968, 192; Schwarzbaum 1979, 295 not. 14.
Finnish: Rokala 1973, 119, Rausmaa 1982ff. II, No. 87; Estonian: Loorits 1959, No. 172; Latvian: Arājs/Medne 1977; Lithuanian: Kerbelytė 1999ff. II; Czech: Tille 1929ff. I, 575f.; Slovakian: Gašparíková 1991f. II, No. 419; Serbian: Đjorđjevič/Milošević-Đjorđjevič 1988, Nos. 116–119; Macedonian: cf. Čepenkov/Penušliski 1989 II, Nos. 102, 104; Bulgarian: BFP; Russian: SUS; Byelorussian: SUS, No. 846*, cf. Nos. 846**, 846***, 846****; Ukrainian: SUS, No. 846*, cf. No. 846**; Georgian: Kurdovanidze 2000; Mayan: Peñalosa 1992.

849* ***The Cross as Security.***
Schwarzbaum 1968, 99, 461; Scherf 1995 II, 906–909.
Russian: Karlinger/Mykytiuk 1967, Nos. 68, 69, SUS; Byelorussian, Ukrainian: SUS; Jewish: Noy 1963a, No. 66, Jason 1965; Georgian: cf. Kurdovanidze 2000, No. 849A*.

REALISTIC TALES (NOVELLE)
THE MAN MARRIES THE PRINCESS 850–869

850 ***The Birthmarks of the Princess.***
Köhler/Bolte 1898ff. I, 428f. 464; cf. BP II, 528–531; Wesselski 1935, 114–116; Lüthi 1962, 90–102; Scherf 1995 I, 594–597, II, 933–935, 1059–1063, 1063–1065, 1159–1162, 1296–1298, 1425–1427; Röth 1998; Schmidt 1999; EM 11,1(2003)286–294(C. Goldberg).
Finnish: Rausmaa 1982ff. II, Nos. 88, 89; Finnish-Swedish: Hackman 1917f. I, No. 169; Estonian: Aarne 1918; Latvian: Arājs/Medne 1977; Lithuanian: Kerbelytė 1999ff. II; Lappish, Karelian: Kecskeméti/Paunonen 1974; Swedish: Liungman 1961; Norwegian: Hodne 1984; Danish: Grundtvig 1876ff. II, No. 8; Irish: Ó Súil-

leabháin/Christiansen 1963; French: Delarue/Tenèze 1964ff. IV 2; Spanish: Camarena/Chevalier 1995ff. IV; Portuguese: Martinez 1955, No. H51.1, Cardigos (forthcoming); Frisian: Kooi 1984a; German: Ranke 1955ff. III, Tomkowiak 1993, 259, cf. Grimm KHM/Uther 1996 II, No. 114; Italian: Cirese/Serafini 1975, De Simone 1994, Nos. 22, 30; Hungarian: MNK IV; Czech: Tille 1929ff. II 1, 323f.; Slovakian: Gašparíková 1991f. I, No. 231, II, No. 526; Slovene: Kres 4 (1884) 558ff.; Rumanian: Bîrlea 1966 II, 345ff., III, 444f.; Bulgarian: BFP; Greek: Klaar 1970, 135ff., Megas/Puchner 1998; Polish: Krzyżanowski 1962f. I; Russian, Byelorussian, Ukrainian: SUS; Turkish: Eberhard/Boratav 1953, Nos. 182 V, 232 III 2, 232 IV 3c; Jewish: Jason 1965; Gypsy: MNK X 1; Cheremis/Mari, Tatar: Kecskeméti/Paunonen 1974; Mongolian: Lőrincz 1979; Palestinian: El-Shamy 2004; French-Canadian: Delarue/Tenèze 1964ff. IV 2; Spanish-American, Mexican: Robe 1973; Dominican, Puerto Rican: Hansen 1957; Chilean: Pino-Saavedra 1964, No. 32; Argentine: Karlinger/Pögl 1987, No. 54; West Indies: Flowers 1953; Egyptian: El-Shamy 2004.

851 ***The Princess Who Cannot Solve the Riddle.***
Chauvin 1892ff. V, 191ff. No. 113; BP I, 188–202, III, 83f.; Di Francia 1932; Wesselski 1935, 114–119; Lüthi 1962, 90–102; Chiţimia 1968; cf. Tubach 1969, Nos. 4098, 4307, 4463; Schwarzbaum 1980, 281; Karlinger 1988, 137f.; Goldberg 1993; Scherf 1995 I, 424–429, II, 960–963; Dekker et al. 1997, 371–374; Röth 1998; Schmidt 1999, No. 1155; EM 11,1 (2003) 286–294 (C. Goldberg); Marzolph/Van Leeuwen 2004, No. 411.
Finnish: Rausmaa 1982ff. II, Nos. 90, 91; Finnish-Swedish: Hackman 1917f. I, No. 170; Estonian: Aarne 1918; Latvian: Arājs/Medne 1977, Nos. 851, 876; Lithuanian: Kerbelytė 1999ff. II, Nos. 851, 851A, 876; Swedish: Liungman 1961; Norwegian: Hodne 1984; Danish: Kristensen 1884ff. III, No. 55; Icelandic: Sveinsson 1929; Irish: Ó Súilleabháin/Christiansen 1963; French: Delarue/Tenèze 1964ff. IV 2; Spanish: Camarena/Chevalier 1995ff. IV, Nos. 851, 876, González Sanz 1996; Catalan: Oriol/Pujol 2003; Portuguese: Meier/Woll 1975, No. 65, Cardigos (forthcoming), Nos. 851, 851A; Frisian: Kooi 1984a; Flemish: Meyer 1968, Nos. 851, 851A; German: Ranke 1955ff. III, Grimm KHM/Uther 1996 I, No. 22, Berger 2001; Austrian: Haiding 1953, No. 45; Ladinian: Decurtins 1896ff. II, No. 55; Italian: Cirese/Serafini 1975, Appari 1992, No. 10, De Simone 1994, No. 57; Corsican: cf. Ortoli 1883, 123 No. 18, Massignon 1963, No. 66; Sardinian: Cirese/Serafini; Maltese: Mifsud-Chircop 1978; Hungarian: Kovács 1966, No. 19, MNK IV; Czech: Tille 1929ff. II 1, 324ff.; Slovakian: Gašparíková 1991f. I, Nos. 99, 231; Slovene: Bolhar 1974, 169ff.; Serbian: Đjorđjević/Milošević-Đjorđjevič 1988, No. 139, cf. No. 140; Rumanian: Schullerus 1928, Nos. 851, 877; Bulgarian: BFP, No. 851, cf. No. 876; Greek: Loukatos 1957, 172f., 176ff., Megas/

Puchner 1998, Nos. 851, 851A, 876; Polish: Krzyżanowski 1962f. I; Russian, Byelorussian, Ukrainian: SUS; Turkish: Eberhard/Boratav 1953, No. 212, cf. Nos. 230 III 2, 235(5), 348 IV 5; Jewish: Noy 1963a, No. 71, Jason 1965, 1975, 1988a; Gypsy: MNK X 1; Siberian: Soboleva 1984; Kirghiz: Potanin 1917, No. 9; Georgian: Kurdovanidze 2000; Syrian: El-Shamy 2004; Iraqi: Nowak 1969, No. 164, El-Shamy 2004; Persian Gulf: El-Shamy 2004, Nos. 851, 876; Qatar: El-Shamy 2004; Indian: Thompson/Roberts 1960, Jason 1989, Nos. 851, 851A; Sri Lankan: Thompson/Roberts 1960; Chinese: Ting 1971, No. 876, Ting 1978, Nos. 851, 851A, cf. Nos. 851A*-C*, 876, Bäcker 1988, No. 12; Indonesian: Vries 1925f. II, 408 No. 215; Japanese: Inada/Ozawa 1977ff., No. 851A; French-Canadian: Delarue/Tenèze 1964ff. IV 2; US-American: Hoffmann 1973; Spanish-American, Mexican: Robe 1973; Dominican, Puerto Rican, Chilean, Argentine: Hansen 1957; Brazilian: Alcoforado/Albán 2001, No. 54; West Indies: Flowers 1953; Cape Verdian: Parsons 1923b I, Nos. 84, 85; Egyptian: El-Shamy 1980, No. 11, El-Shamy 2004, os. 851, 851A; Tunisian, Algerian: El-Shamy 2004, Nos. 851, 876; Moroccan: Nowak 1969, Nos. 475, 476, El-Shamy 2004, Nos. 851, 876; West African: Barker/Sinclair 1917, No. 34; East African: Werner 1925, 355; Sudanese: El-Shamy 2004, No. 851A; Tanzanian: El-Shamy 2004; Namibian: Schmidt 1989 II, No. 1155; South African: Coetzee et al. 1967, No. 851A.

852 ***Lying Contest*** (previously ***The Hero Forces the Princess to Say, "That is a Lie"***).

Köhler/Bolte 1898ff. II, No. 59; BP II, 506-516; Bødker 1954; Schwarzbaum 1968, 198, 200f.; cf. EM 1(1977)1032, 1384; cf. EM 2(1979)587f.; cf. EM 6(1990)241; EM 8(1996)1274-1279(P.-L. Rausmaa); Dekker et al. 1997, 371-374; Marzolph/Van Leeuwen 2004, No. 409; EM 11,1(2003)436-443(C. Goldberg).

Finnish: Rausmaa 1982ff. II, No. 92; Finnish-Swedish: Hackman 1917f. II, No. 393; Estonian: Aarne 1918; Latvian: Arājs/Medne 1977; Lithuanian: Kerbelytė 1999ff. II; Karelian: Kecskeméti/Paunonen 1974; Swedish: Liungman 1961; Norwegian: Hodne 1984; Danish: Grundtvig 1854ff. I, No. 224; Icelandic: Sveinsson 1929; Scottish: Briggs 1970f. A II, 424ff.; Irish: Ó Súilleabháin/Christiansen 1963; English: Briggs 1970f. A II, 411f.; French: Delarue/Tenèze 1964ff. IV 2; Spanish: Camarena/Chevalier 1995ff. IV; Catalan: Oriol/Pujol 2003; Dutch: Sinninghe 1943; Frisian: Kooi 1984a; Flemish: Meyer 1968; German: Meyer 1932, Henßen 1935, No. 294, Ranke 1955ff. III, cf. Grimm KHM/Uther 1996 II, No. 112; Austrian: Haiding 1953, No. 51; Hungarian: MNK IV; Czech: Tille 1929ff. II 1, 241ff.; Slovakian: Gašparíková 1991f. I, Nos. 264, 307, II, Nos. 476, 524, 533, 561; Slovene: Bolhar 1974, 168f.; Croatian: Stojanović 1867, 217; Rumanian: Stroescu 1969 I, No. 3000, II, No. 4904; Greek:

Loukatos 1957, 213f., Megas/Puchner 1998; Polish: Simonides/Simonides 1994, Nos. 161, 190; Ukrainian: SUS; Gypsy: MNK X 1; Votyak: Kecskeméti/Paunonen 1974; Iraqi: Nowak 1969, No. 480; Iranian: Marzolph 1984; Pakistani, Indian: Thompson/Roberts 1960; Chinese: Ting 1978; Indonesian: Vries 1925f. II, 408 No. 217; Japanese: Inada/Ozawa 1977ff.; English-Canadian: Halpert/Widdowson 1996 I, No. 44, II, p. 106; French-Canadian: Delarue/Tenèze 1964ff. IV 2; Spanish-American, Mexican: Robe 1973; Dominican: Hansen 1957; West African: Klipple 1992.

853 ***The Hero Catches the Princess with Her Own Words.***

BP I, 201f.; Röhrich 1962f. I, No. 12; Fischer 1968, No. 58; Legman 1968f. II, 696f., 954f.; Tubach 1969, No. 105; Wetzel 1974, 132; Verfasserlexikon 3(1981)933–935 (H.-F. Rosenfeld); Dekker et al. 1997, 371–374; Schmidt 1999; EM 11,1(2003)436–443(C. Goldberg).

Finnish: Rausmaa 1982ff. II, Nos. 93, 94; Finnish-Swedish: Hackman 1917f. I, Nos. 109a(2), 127(3), 171; Estonian: Aarne 1918; Latvian: Arājs/Medne 1977; Lithuanian: Kerbelytė 1999ff. II, Nos. 853, 860A*; Lappish: Qvigstad 1927ff.; Karelian: Kecskeméti/Paunonen 1974; Swedish: Liungman 1961; Norwegian: Hodne 1984; Danish: Grundtvig 1876ff. III, 39ff., Andersen/Perlet 1996 II, No. 42; Scottish: Briggs 1970f. A II, 397ff., 405; Irish: Ó Súilleabháin/Christiansen 1963; English: Baughman 1966, Briggs 1970f. A II, 452ff.; French: Delarue/Tenèze 1964ff. IV 2, Hoffmann 1973; Spanish: Camarena/Chevalier 1995ff. IV, González Sanz 1996; Catalan: Oriol/Pujol 2003; Dutch: Sinninghe 1943, Kooi 2003, No. 13; Frisian: Kooi 1984a; Portuguese: Martinez 1955, No. K1331, Pires/Lages 1992, No. 7, Cardigos(forthcoming); Flemish: Meyer 1968, Hoffmann 1973; German: Ranke 1955ff. III; Austrian: Haiding 1969, No. 167; Italian: Cirese/Serafini 1975; Hungarian: MNK IV; Czech: Tille 1929ff. I, 278f., II 1, 321f.; Bulgarian: BFP; Greek: Megas 1968a, No. 29, Megas/Puchner 1998; Polish: Krzyżanowski 1962f. I; Russian, Ukrainian: SUS; Gypsy: MNK X 1; Cheremis/Mari: Kecskeméti/Paunonen 1974; Palestinian: El-Shamy 2004, No. 860A*; Qatar: El-Shamy 2004, Nos. 853, 860A*; French-Canadian: Delarue/Tenèze 1964ff. IV 2; US-American: Baughman 1966, Randolph 1976, 20f.; Spanish-American: Robe 1973; Mexican: Robe 1973; Puerto Rican: Hansen 1957, No. 853**B; Brazilian: Alcoforado/Albán 2001, No. 55; West Indies: Flowers 1953; Chilean: Pino-Saavedra 1964, No. 26; Egyptian, Tunisian, Algerian, Moroccan: El-Shamy 2004, No. 860A*.

853A ***"No."***

Bødker 1954; Legman 1968f. I, 216; EM 11,1(2003)436–443(C. Goldberg).

Portuguese: Braga 1987 I, 233f., Cardigos (forthcoming); Dutch: Tinneveld 1976, No. 11, Kooi 1985f., No. 5; Frisian: Kooi 1984a; Flemish: Meyer 1968; German: Pröhle 1853, No. 66, Heckscher/Simon 1980ff. II,1, 283; Austrian: cf. Zaunert 1926, 264ff.; Italian: Cirese/Serafini 1975; Maltese: Mifsud-Chircop 1978; Czech: Tille 1929ff. II 1, 278f.; Bulgarian: BFP; Greek: Megas/Puchner 1998; Polish: Simonides/Simonides 1994, No. 187; Russian: Hoffmann 1973; Cheremis/Mari: Beke 1938, No. 43; Iraqi: Campbell 1952, 11ff.; US-American: Randolph 1949, No. 385; Spanish-American, Mexican: Robe 1973; Cape Verdian: Parsons 1923b I, No. 50; South African: Coetzee et al. 1967.

854 ***The Golden Ram.***

Köhler/Bolte 1896, 166 No. 68; BP I, 446f., II, 49; Schwarzbaum 1968, 274; Wetzel 1974, 103f.; EM 2 (1979) 561–565 (K. Ranke); Scherf 1995 I, 480–483, II, 1263–1266, 1289–1291; Hansen 2002, 169–176.

Finnish: Rausmaa 1982ff. II, Nos. 95, 96; Finnish-Swedish: Hackman 1917f. I, No. 172; Estonian: Aarne 1918; Latvian: Arājs/Medne 1977, Nos. *854A, 860A*; Livonian: Loorits 1926; Lithuanian: Kerbelytė 1999ff. II; Lappish: Qvigstad 1925; Norwegian: Hodne 1984; Danish: Grundtvig 1876ff. III, 156ff.; Irish: Ó Súilleabháin/Christiansen 1963; French: Delarue/Tenèze 1964ff. IV 2; Spanish: Camarena/Chevalier 1995ff. IV; German: Ranke 1955ff. III; Austrian: Haiding 1953, No. 15; Italian: Cirese/Serafini 1975, Nos. 854, 860A*, Pitrè/Schenda et al. 1991, Nos. 38, 42, De Simone 1994, No. 92; Maltese: Stumme 1904, No. 27, Mifsud-Chircop 1978; Hungarian: MNK IV; Czech: Tille 1929ff. II 1, 347f., Horák 1971, 170ff.; Slovakian: Gašparíková 1991f. I, No. 306; Rumanian: Schullerus 1928; Bulgarian: cf. BFP, No. *860A**; Greek: Dawkins 1953, No. 6, Megas/Puchner 1998; Polish: Krzyżanowski 1962f. I; Russian, Ukrainian: SUS; Turkish: Eberhard/Boratav 1953, No. 201; Jewish: Jason 1988a, Haboucha 1992; Gypsy: MNK X 1; Armenian: Gullakjan 1990; Georgian: Kurdovanidze 2000; Oman: El-Shamy 2004; Indian, Sri Lankan: Thompson/Roberts 1960; French-Canadian: Lemieux 1974ff. XXI, No. 860A*; Spanish-American, Mexican: Robe 1973; Dominican, Puerto Rican: Hansen 1957; Brazilian: Alcoforado/Albán 2001, No. 56; Chilean: Pino-Saavedra 1964, No. 27; West Indies: Flowers 1953; Egyptian: Spitta-Bey 1883, No. 5, El-Shamy 2004; Algerian: Frobenius 1921ff. III, No. 51, El-Shamy 2004; Moroccan: El-Shamy 2004; Nigerian: Schild 1975, No. 46; Sudanese: El-Shamy 2004.

855 ***The Substitute Bridegroom.***

Lithuanian: Kerbelytė 1999ff. II; French: Guerreau-Jalabert 1992, No. H11; Catalan:

Neugaard 1993, No. M341.1; Italian: Cirese/Serafini 1975, No. M341.1; Polish: Krzyżanowski 1962f. I; Russian: Zelenin 1915, 528ff., Nikiforov/Propp 1961, No. 104; Cheremis/Mari: Četkarev 1956, No. 22; Kalmyk: cf. Džimbinov 1962, No. 9; Buryat: Lőrincz 1979; Mongolian: Lőrincz 1979; Indian: Thompson/Roberts 1960, Jason 1989; Chinese: Ting 1978; US-American: Dorson 1964, 126f.

856 ***The Man with Four Wives*** (previously ***The Girl Elopes With the Wrong Man***).

Karelian: Kecskeméti/Paunonen 1974; Icelandic: cf. Boberg 1966, No. K1371.1; Maltese: Mifsud-Chircop 1978; Turkish: Eberhard/Boratav 1953, No. 217(2); Jewish: Jason 1975, 1988a; Uighur: Kabirov/Schachmatov 1959, 107ff.; Azerbaijan: Hermann/Schwind 1951, 26ff.; Uzbek: Afzalov et al. 1963 I, 493ff.; Tadzhik: Levin 1986, No. 16; Pakistani: Schimmel 1980, No. 24; Indian: Thompson/Roberts 1960, Jason 1989, Blackburn 2001, No. 31; Sri Lankan: Thompson/Roberts 1960; Chinese: Ting 1978; Malaysian: Hambruch 1922, No. 49.

857 ***The Louse-Skin.***

Köhler/Bolte 1898ff. I, 92f., 389-391; BP III, 483-486; Anderson 1927ff. III, No. 92; Swahn 1985, 137; Scherf 1995 I, 326-330; EM 8(1996)795-801(I. Köhler-Zülch); Röth 1998; Marzolph/Van Leeuwen 2004, No. 474.

Finnish: Rausmaa 1982ff. I, No. 115; Finnish-Swedish: Hackman 1917f. I, Nos. 67a (2,4), 70(6), 127(2), 140; Estonian: Aarne 1918; Livonian: Loorits 1926; Latvian: Arājs/Medne 1977; Lithuanian: Kerbelytė 1999ff. I; Lappish: Qvigstad 1925; Swedish: Liungman 1961; Norwegian: Hodne 1984; Danish: Grundtvig 1876ff. I, No. 16; Faeroese: Nyman 1984; French: Delarue/Tenèze 1964ff. II; Spanish: Camarena/Chevalier 1995ff. II, González Sanz 1996; Basque: Camarena/Chevalier 1995ff. II; Catalan: Oriol/Pujol 2003; Portuguese: Coelho 1985, No. 39, Cardigos(forthcoming); Flemish: Meyer 1968; German: Ranke 1955ff. II, Grimm KHM/Rölleke 1986 I, No. 85b; Austrian: Haiding 1953, No. 45; Italian: Cirese/Serafini 1975, De Simone 1994, No. 87; Hungarian: MNK II; Czech: Tille 1929ff. II 1, 323f.; Slovakian: Gašparíková 1991f. I, Nos. 194, 231; Slovene: Nedeljko 1884ff. IV, 19ff.; Macedonian: Eschker 1972, No. 27; Rumanian: Schullerus 1928; Bulgarian: BFP, No. *621A; Greek: Dawkins 1953, No. 48, Mousaios-Bougioukos 1976, 148ff., Megas/Puchner 1998; Polish: Krzyżanowski 1962f. I; Russian: SUS, Nos. 621, 621A*; Ukrainian: SUS; Turkish: Eberhard/Boratav 1953, Nos. 152 III, 153 III, 212 III; Jewish: Jason 1965, 1988a; Gypsy: Mode 1983ff. IV, No. 226, MNK X 1; Ossetian: Bjazyrov 1958, No. 117; Cheremis/Mari: Sabitov 1989; Tatar: Kecskeméti/Paunonen 1974; Georgian: Kurdovanidze 2000; Syrian, Iraqi: Nowak 1969, No. 164, El-Shamy 2004; Jordanian: El-Shamy 2004; Iranian: Marzolph 1984; Indian: Thompson/Roberts 1960, Jason 1989; Indonesian: Vries 1925f. II, No. 115, 407 No. 196; French-Canadian: Delarue/Tenèze 1964ff. II; US-American: Baughman 1966; Spanish-American, Mexican: Robe 1973; Puerto Rican: Hansen 1957; Chilean: Pino Saavedra 1987; Brazilian: Alcoforado/Albán 2001, No. 39; West Indies: Flowers 1953; Egyptian, Algerian, Moroccan: El-Shamy 2004; Sudanese: Kronenberg/Kronenberg 1978, No. 17, El-Shamy 2004.

859 ***The Penniless Bridegroom Pretends to Wealth.***
Chauvin 1892ff. V, 77f. No. 22, VI, 81f. No. 250; BP II, 203f., III, 332; EM 2(1979)762-764(E. Moser-Rath); Röth 1998; EM 10(2002)1241-1243(S. Dinslage).
Finnish: Rausmaa 1982ff. II, Nos. 118-121; Latvian: Ambainis 1979, No. 126; Norwegian: Hodne 1984; Irish: Ó Súilleabháin/Christiansen 1963, No. 859C; Spanish: Chevalier 1983, No. 54, Camarena/Chevalier 1995ff. IV, Nos. 859B, 859C; Catalan: Oriol/Pujol 2003, No. 859B; Portuguese: Vasconcellos/Soromenho et al. 1963f. II, Nos. 407, 408, Cardigos(forthcoming), No. 859, 859C, 859D; Frisian: Kooi 1984a, Nos. 859, 859A, 859D; German: Henßen 1935, No. 280, Zender 1935, No. 68, Ruppel/Häger 1952, 64f., Uther 1990a, No. 37, Grimm KHM/Uther 1996 II, No. 84; Maltese: Mifsud-Chircop 1978; Macedonian: Čepenkov/Penušliski 1989 III, Nos. 250, 251; Rumanian: Kremnitz 1882, No. 16; Russian: SUS, Nos. 859E*-859G*; Turkish: Eberhard/Boratav 1953, Nos. 144, 199(2-4), cf. No. 234; Jewish: cf. Jason 1965, No. 859*E, cf. Noy 1968, No. 58, Jason 1975, No. 859, cf. No. 859*E, cf. Jason 1988a, No. 859*E; Kurdish: Džalila et al. 1989, No. 126; Syrian: El-Shamy 2004, Nos. 859, 859F§; Palestinian: El-Shamy 2004, Nos. 859F§, 881**<; Iraqi, Persian Gulf: El-Shamy 2004, No. 859E§; Indian: Thompson/Balys 1958, No. K1917; African American: Baughman 1966, No. 859D, Burrison 1989, 47; Egyptian: El-Shamy 2004, Nos. 859, 859E§, 859F§; Libyan: El-Shamy 2004, Nos. 859, 881**; Sudanese: El-Shamy 2004, No. 859E§.

860 ***Nuts of "Ay ay ay!"***
Schwarzbaum 1968, 394.
Spanish: Camarena/Chevalier 1995ff. IV; Catalan: Oriol/Pujol 2003; Portuguese: Oliveira 1900f. II, No. 396, Cardigos(forthcoming); Greek: Megas/Puchner 1998, No. 860*; Jewish: Jason 1965, Bin Gorion 1990, No. 41; Ossetian: Bjazyrov 1958, No. 108; Spanish-American, Mexican: Robe 1973; Mayan: Peñalosa 1992, No. 860C; Puerto Rican, Argentine: Hansen 1957; Chilean: Pino Saavedra 1960ff. III, No. 269; West Indies: Flowers 1953.

860B* ***The Abducted Wife*** (previously ***The Stolen Woman***).
Bulgarian: cf. BFP, No. *860B***; Russian, Byelorussian, Ukrainian: SUS; Armenian: Gullakjan 1990; Georgian: Kurdovanidze 2000.

861 ***Sleeping at the Rendezvous.***
Chauvin 1892ff. V, 144f. No. 71, 213, VI, 178 No. 339; BP II, 345f.; Wesselski 1925, No. 61; Marzolph 1992 II, No. 558; El-Shamy 1999, No. 29; EM 11,2(2004)570–574 (C. Goldberg); Marzolph/Van Leeuwen 2004, Nos. 41, 401.
Spanish: Camarena/Chevalier 1995ff. IV; Portuguese: Braga 1987 I, 157ff., Cardigos (forthcoming); French: Soupault 1959, No. 6; Albanian: Lambertz 1922, No. 48; Greek: Dawkins 1916, 432f.; Turkish: Eberhard/Boratav 1953, No. 222; Jewish: Jason 1965, No. 516A, Jason 1975, Nos. 516A, 861, Jason 1988a, Nos. 516A, 861; Adygea: Levin 1978, No. 46; Azerbaijan: Hermann/Schwind 1951, 13ff.; Mongolian: Jülg 1868, No. 4; Georgian: Orbeliani/Awalischwili et al. 1933, No. 152; Palestinian: El-Shamy 2004; Iraqi: Nowak 1969, Nos. 181, 363, El-Shamy 2004, Nos. 516A, 861; Qatar: El-Shamy 2004, Nos. 516A, 861; Yemenite: Daum 1983, No. 2, El-Shamy 2004; Iranian: Marzolph 1984, Nos. 516A, 861; Indian: Jason 1989; Chinese: Chavannes 1910ff. III, No. 492; Korean: Choi 1979, No. 291; Japanese: Seki 1963, Nos. 198, 199, Ikeda 1971; Egyptian: Littmann 1955, No. 14, Nowak 1969, Nos. 68, 363, El-Shamy 2004; Moroccan: Nowak 1969, No. 363; Sudanese: El-Shamy 2004.

861A ***Abduction at the Rendezvous.***
Pino Saavedra 1968; EM 11,2(2004)(C. Goldberg).
Indian: Thompson/Balys 1958, No. T92.4; Sri Lankan: Parker 1910ff. III, No. 240; Spanish-American: Espinosa 1937, No. 71; Puerto Rican: Mason/Espinosa 1927, 292; Chilean: Pino Saavedra 1960ff. II, No. 132, Pino Saavedra 1987, No. 54.

862 ***"He that Asketh Shall Receive."***
Hammer-Purgstall 1813, No. 112; BP II, 417; EM 2(1979)428–432(U. Masing).
Estonian: Raudsep 1969, No. 135; Lithuanian: Kerbelytė 1999ff. II; Russian: SUS.

863 ***Baking Pancakes.***
Dekker et al. 1997, 61–63(J. van der Kooi).
French: Ranke 1972, No. 143; Frisian: Kooi 1984a, No. 864*, Kooi/Meerburg 1990, No. 45; Flemish: Meyer 1968, No. 1452; German: Ranke 1955ff. III, 186–188.

864 ***The Falcon of Sir Federigo.***
Chauvin 1892ff. VI, 49f.; Bédier 1925, 153f.; Wesselski 1936, 192–197; Imberty 1974; Pötters 1991; März 1995; EM 10(2002)120f.

THE WOMAN MARRIES THE PRINCE 870–879

870 ***The Princess Confined in the Mound.***
Chauvin 1892ff. V, 43ff. No. 18; BP III, 443–450; Wesselski 1925, No. 15; Liungman 1925; Wesselski 1931, 149f.; Boberg 1955, 12; Marold 1968; Lüthi 1969a, 56–69; cf. EM 2(1979)925–940(H. Horálek); Scherf 1995 I, 487–491, 650–653, 740–742; Röth 1998; EM 10(2002)1336–1341(M. C. Maennersdoerfer).
Finnish: Rausmaa 1982ff. II, No. 97; Finnish-Swedish: Hackman 1917f. I, No. 173; Estonian: cf. Aarne 1918, No. 888*; Swedish: Liungman 1961; Norwegian: Hodne 1984; Danish: Grundtvig 1854ff. II, Nos. 5, 308; Icelandic: Sveinsson 1929, No. 870, cf. No. 870C*; Irish: Ó Súilleabháin/Christiansen 1963; Spanish: cf. Espinosa 1988, No. 227; Portuguese: Vasconcellos/Soromenho et al. 1963f. I, No. 210, Cardigos (forthcoming); Flemish: Volkskundig Bulletin 24(1998)317; German: Ranke 1955ff. III, Grimm KHM/Uther 1996 III, No. 198; Italian: Cirese/Serafini 1975; Macedonian: cf. Čepenkov/Penušliski 1989 III, No. 253; Greek: Dawkins 1950, No. 42, cf. Laographia 16,2(1957)390–394; Russian: SUS; Turkish: Eberhard/Boratav 1953, No. 227, Spies 1967, No. 8; Jewish: Jason 1975; Yakut: Ėrgis 1967, No. 144; Tibetian: Hoffmann 1965, No. 38; Palestinian: El-Shamy 2004, No. 870C*; Chinese: cf. Levin 1986, No. 18; French-Canadian: Lemieux 1974ff. II, No. 25, XI, No. 22; Spanish-American: Rael 1957 I, Nos. 142, 143; Egyptian: El-Shamy 2004, Nos. 870, 870C*; Tunisian, Algerian, Moroccan: El-Shamy 2004.

870A ***The Goose-Girl (Neighbor's Daughter) as Suitor*** (previously ***The Little Goose-Girl***).
Arfert 1897, 39–48; BP III, 449f.; Liungman 1925, 1–40; Scherf 1995 I, 220f.; EM 5 (1987)686–691(I. Köhler-Zülch).
Swedish: Liungman 1961; Norwegian: Hodne 1984; Danish: Stroebe 1915 I, No. 20; English: Briggs 1970f. B II, 196; Spanish: Camarena/Chevalier 1995ff. IV; French: Delarue/Tenèze 1964ff. IV 2; Italian: Cirese/Serafini 1975; Corsican: Ortoli 1883, 39 No. 7; Greek: Dawkins 1953, No. 44, Megas/Puchner 1998; Turkish: Eberhard/Boratav 1953, Nos. 225, 227; Jewish: Noy 1963a, No. 75, Jason 1965; Palestinian, Yemenite: El-Shamy 2004; West Indies: Flowers 1953; Algerian: El-Shamy 2004.

871 ***Princess and Ogress.***
Norwegian: Kvideland 1972, No. 39; French: cf. Guerreau-Jalabert 1995, No. C611; Portuguese: Jiménez Romero et al. 1990, No. 52; German: cf. Oberfeld 1962, No. 36; Greek: Megas/Puchner 1998; Turkish: Eberhard/Boratav 1953, Nos. 102 IV 4a, 103 (3), 188 III 4, 189 IV 5; Jewish: Haboucha 1992; Palestinian, Iraqi: El-Shamy 2004; Moroccan: Nowak 1969, No. 144.

871A ***The Unfaithful Queen.***
BP I, 207; Schwarzbaum 1979, 23 not. 18.
Spanish: Camarena/Chevalier 1995ff. IV; Portuguese: Oliveira 1900f. I, No. 40, II, No. 237, Cardigos(forthcoming); Italian: Cirese/Serafini 1975; Greek: Klaar 1970, 105ff., Megas/Puchner 1998; Turkish: Eberhard/Boratav 1953, Nos. 94, 204 V, 230 IV 1, 102 IV 4a, 103(3), 188 III 4, 189 IV 5; Byelorussian: cf. Barag 1966, No. 62; Jewish: Jason 1975, Haboucha 1992; Syrian, Palestinian, Saudi Arabian, Yemenite: El-Shamy 2004; Pakistani: Thompson/Roberts 1960, No. 1511; Indian: Bødker 1957a, No. 216, Thompson/Roberts 1960, No. 1511, Jason 1989, No. 1511; French-Canadian: Lemieux 1974ff. XXI, No. 17; Egyptian, Libyan: Nowak 1969, No. 211, El-Shamy 2004; Tunisian, Moroccan: El-Shamy 2004.

871* ***The Princess Who Goes to Seek Trouble.***
Lithuanian: Balys 1936, No. *871; Danish: Kristensen 1881ff. II, No. 55; Greek: Megas 1988; Russian: SUS; Chinese: Chavannes 1910ff. I, No. 113; West Indies: Flowers 1953, 466ff.

872* ***Brother and Sister.***
El-Shamy 1979.
Norwegian: Hodne 1984; Spanish: Camarena/Chevalier 1995ff. IV; Catalan: Oriol/Pujol 2003; Albanian: Camaj/Schier-Oberdorffer 1974, No. 31; Greek: Boulenger 1935, 115ff.; Turkish: Eberhard/Boratav 1953, Nos. 166 III 5, 167; Jewish: Noy 1963a, No. 41, Noy 1968, No. 43, Haboucha 1992; Georgian: Dolidze 1956, 67ff.; Jordanian: El-Shamy 2004, No. 872§; Saudi Arabian: Fadel 1979, No. 27, cf. El-Shamy 2004, No. 872A§; Egyptian, Tunisian, Algerian: El-Shamy 2004, No. 872§; Moroccan: Kossmann 2000, 110ff.; Sudanese: El-Shamy 2004, No. 872§.

873 ***The King Discovers His Unknown Son.***
Chauvin 1892ff. V, 72 No. 21 not. 1, VIII, 88f. No. 58; Basset 1924ff. II, 174 No. 80; Vries 1959; Haiding 1964; Ranelagh 1979, 153f.; EM 8(1996)171–175(E. Schoen-

feld).

Finnish: Rausmaa 1982ff. II, No. 98; Wepsian: Kecskeméti/Paunonen 1974; Danish: Grundtvig 1876ff. I, No. 6; Irish: Ó Súilleabháin/Christiansen 1963; French: Cosquin 1886f. I, No. 3, Guerreau-Jalabert 1992, No. T645; Spanish: Camarena/Chevalier 1995ff. IV; Portuguese: Oliveira 1900f. I, Nos. 93, 108, Martinez 1955, No. T645, Cardigos(forthcoming); Dutch: Volkskundig Bulletin 24(1998)317; German: Bünker 1906, No. 109; Sardinian: Cirese/Serafini; Bulgarian: BFP, No. 873, cf. No. *873**; Greek: Laográphia 21(1963/64)492; Russian: SUS; Jewish: Noy 1963a, Nos. 75, 76, Jason 1965, Nos. 873, 873*A, Jason 1975, Nos. 873, 873*A, Jason 1988a, No. 873*A, Bin Gorion 1990, No. 198, cf. Haboucha 1992, No. **873A; Siberian: Vasilenko 1955, No. 22; Armenian: Levin 1982, No. 18, Gullakjan 1990; Dagestan: Levin 1978, No. 2; Palestinian: Littmann 1957, 89ff., El-Shamy 2004; Indian: Thompson/Roberts 1960, Jason 1989; Indonesian: Kratz 1973, No. 2; Japanese: Ikeda 1971; Dominican: Hansen 1957; Chilean: Pino Saavedra 1960ff. II, No. 123; West Indies: Flowers 1953; Egyptian, Tunisian, Algerian, Moroccan: El-Shamy 2004.

874 ***The Proud King is Won.***

EM 8(1996)178–180(H. Özdemir).

Italian: Cirese/Serafini 1975, Appari 1992, No. 3; Greek: Megas 1988; Turkish: Eberhard/Boratav 1953, No. 188; Lebanese: Nowak 1969, No. 86, Assaf/Assaf 1978, No. 5, El-Shamy 2004; Palestinian, Iraqi: El-Shamy 2004; Saudi Arabian: Jahn 1970, No. 40; Algerian: El-Shamy 2004; Moroccan: Nowak 1969, No. 83, El-Shamy 2004.

874* ***Ariadne's Thread*** (previously ***Ariadne-thread Wins the Prince***).

Salin 1930; HDM 1(1930–33)110f.(M. Schuir); HDS(1961–63)622–624; Eisner 1971; Herberger 1972; EM 1(1977)773f.(K. Ranke).

German: cf. Kuhn 1859, No. 57, cf. Rehermann 1977, 283f. not. 9; Hungarian: Dömötör 1992, No. 79, cf. No. 129; Rumanian: Schullerus 1928, Ure 1960, 19ff.; South American Indian: cf. Wilbert/Simoneau 1992, No. R121.5.

875 ***The Clever Farmgirl.***

Chauvin 1892ff. VII, 117ff. No. 387; Köhler/Bolte 1898ff. I, No. 50, III, No. 16; Vries 1928; BP II, 349–373; Wesselski 1929a; HDM 1(1930–33)12, 195–197; Ranke 1934a, 5–21; Wesselski 1937; Hain 1966, 36–42; Schwarzbaum 1968, 47, 90, 295; Lüthi 1969b; EM 1(1977)79–85(K. Ranke); EM 1(1977)1353–1365(Á. Dömötör); Meir 1979; Marzolph 1992 II, No. 1197; Scherf 1995 I, 692–695; Krikmann 1996; Dekker et al. 1997, 327–330; Röth 1998; Schmidt 1999; Marzolph/Van Leeuwen 2004, No.

464.
Finnish: Rausmaa 1982ff. II, Nos. 99–101; Finnish-Swedish: Hackman 1917f. I, No. 174, 185; Estonian: Aarne 1918; Latvian: Arājs/Medne 1977; Lithuanian: Kerbelytė 1999ff. II; Livonian, Wotian, Karelian, Syrjanian: Kecskeméti/Paunonen 1974; Swedish: Liungman 1961; Norwegian: Hodne 1984; Danish: Grundtvig 1876ff. II, No. 10; Faeroese: Nyman 1984; Scottish: Bruford/MacDonald 1994, No. 32; Irish: Ó Súilleabháin/Christiansen 1963; French: Delarue/Tenèze 1964ff. IV 2; Spanish: Camarena/Chevalier 1995ff. IV, González Sanz 1996; Catalan: Oriol/Pujol 2003; Portuguese: Vasconcellos/Soromenho et al. 1963f. I, Nos. 176, 177, Cardigos (forthcoming); Dutch: Kooi 2003, No. 46; Frisian: Kooi 1984a; Flemish: Meyer 1968; Walloon: Legros 1962; German: Meyer 1932, Grimm KHM/Uther 1996 II, No. 94, Berger 2001; Austrian: Haiding 1953, No. 44, Haiding 1969, Nos. 61, 62, 101, 155; Ladinian: Decurtins 1896ff. II, No. 37; Italian: Cirese/Serafini 1975, Appari 1992, Nos. 21, 22, De Simone 1994, Nos. 44, 73; Corsican: Massignon 1963, Nos. 63, 104; Sardinian: Cirese/Serafini; Hungarian: MNK IV, Dömötör 2001, 287; Czech: Tille 1929ff. I, 44; Slovakian: Gašparíková 1991f. I, Nos. 173, 204, 258, 294, II, Nos. 470, 484, 512, 537, 541, 543; Slovene: Bolhar 1959, 135; Rumanian: Schullerus 1928; Bulgarian: BFP, Nos. *873**, 875; Greek: Kretschmer 1917, Nos. 24, 31, Megas/Puchner 1998; Sorbian: Nedo 1956, Nos. 77a, 77b; Polish: Krzyżanowski 1962f. I, Simonides 1979, Nos. 144, 145; Russian, Byelorussian, Ukrainian: SUS; Turkish: Eberhard/Boratav 1953, Nos. 192 III, 235, 366 IV, cf. No. 373; Jewish: Noy 1963a, Nos. 77, 167, Jason 1988a, Haboucha 1992; Gypsy: MNK X 1; Cheremis/Mari, Tatar: Kecskeméti/Paunonen 1974; Siberian: Soboleva 1984; Yakut: Ėrgis 1967, Nos. 172, 209; Kalmyk, Buryat, Mongolian: Lőrincz 1979; Georgian: Kurdovanidze 2000; Syrian, Jordanian: El-Shamy 2004; Palestinian: Nowak 1969, No. 474, El-Shamy 2004; Iraqi: Nowak 1969, Nos. 468, 474, El-Shamy 2004; Saudi Arabian, Qatar: El-Shamy 2004; Iranian: Marzolph 1984, Nos. 875, 875I; Pakistani: Thompson/Roberts 1960; Indian: Thompson/Roberts 1960, Nos. 875, 929D, Jason 1989; Burmese: Kasevič/Osipov 1976, No. 198; Sri Lankan: Thompson/Roberts 1960; Chinese: Ting 1978; Indonesian: Vries 1925f. II, 409 No. 234; Japanese: Ikeda 1971; US-American: Baughman 1966; Spanish-American, Mexican: Robe 1973; Dominican, Puerto Rican, Argentine: Hansen 1957, Nos. 875, 875**A, **924; Brazilian: Alcoforado/Albán 2001, No. 57; Chilean: Pino Saavedra 1967, No. 36; West Indies: Flowers 1953; Egyptian: Nowak 1969, No. 350, El-Shamy 2004; Libyan: El-Shamy 1995 I, No. H1065; Tunisian, Algerian: El-Shamy 2004; Moroccan: Nowak 1969, No. 474, El-Shamy 2004; West African: Klipple 1992; Ethiopian: Müller 1992, No. 93; Eritrean: El-Shamy 1995 I, No. H1053, H1054.1; Sudanese: El-Shamy 2004.

875A ***Girl's Riddling Answer Betrays a Theft.***

Köhler 1896a, 59; Basset 1924ff. II, No. 17; Vries 1928, 347–355; BP II, 359–362; Marzolph 1992 II, No. 37.

Irish: Ó Súilleabháin/Christiansen 1963, No. 873*; Spanish: Camarena/Chevalier 1995ff. IV, No. 875A; Portuguese: Oliveira 1900f. I, No. 59, Cardigos(forthcoming), No. 873*; Italian: Gonzenbach 1870 I, No. 1, Lo Nigro 1957, No. *874; Corsican: Massignon 1963, No. 104; Maltese: Mifsud-Chircop 1978; Serbian: Čajkanovič 1927, No. 78, Krauss/Burr et al. 2002, No. 84; Rumanian: Bîrlea 1966 II, 527ff., III, 466f.; Bulgarian: BFP; Albanian: Mazon 1936, No. 77; Greek: Dawkins 1950, Nos. 20, 21, Dawkins 1953, No. 67, Megas/Puchner 1998; Jewish: Jason 1988a, Haboucha 1992; Turkish: Eberhard/Boratav 1953, No. 235(6); Kurdish: Džalila et al. 1989, No. 90; Armenian: Gullakjan 1990; Turkmen: Stebleva 1969, No. 54; Kazakh: Sidel'nikov 1952, 161ff.; Palestinian, Iraqi, Oman, Qatar: El-Shamy 2004; Saudi Arabian: El-Shamy 1995 I, No. H582.1.1, H586; Brazilian: Cascudo 1955a, 205ff.; Egyptian, Tunisian, Moroccan: El-Shamy 2004; West African: Frobenius 1921, 79ff.; Sudanese: El-Shamy 2004.

875B ***The Clever Girl and the King.***

Chauvin 1892ff. VI, 63 No. 232; Vries 1928; Schwarzbaum 1968, 234; EM 1(1977) 79–85(K. Ranke); Schwarzbaum 1979, 185 not. 4, 559.

Flemish: Mont/Cock 1927, 316ff.; Catalan: Oriol/Pujol 2003; Austrian: Haiding 1969, No. 61; Italian: Cirese/Serafini 1975; Serbian: Čajkanović 1929, No. 99; Croatian: Stojanović 1867, No. 19; Bulgarian: BFP, Nos. $875B_2$, $875B_4$, cf. No. *875**; Greek: Klaar 1987, 158ff., Megas/Puchner 1998; Jewish: Noy 1963a, Nos. 78, 79, Jason 1975, No. $875B_4$, Haboucha 1992, Nos. 875B, 875B(2); Gypsy: Mode 1983ff. IV, Nos. 224; Abkhaz: Šakryl 1975, No. 68; Adygea: Levin 1978, No. 26; Uzbek: Afzalov et al. 1963 II, 298ff.; Kalmyk: Vatagin 1964, No. 28; Syrian, Iraqi: El-Shamy 2004; Palestinian: El-Shamy 2004, No. 875B4; Pakistani, Sri Lankan: Thompson/Roberts 1960; Indian: Thompson/Roberts 1960, Nos. $875B_1$–$875B_3$, Mayeda/Brown 1974, Nos. 20, 32; Burmese: Kasevič/Osipov 1976, Nos. 23, 67; Thompson/Roberts 1960; Chinese: Ting 1978, Nos. $875B_1$, $875B_5$; Vietnamese: Karow 1972, No. 46; Filipino: Fansler 1921, No. 7a; Spanish-American, Mexican: Robe 1973, No. $875B_1$; Egyptian, Tunisian, Moroccan: El-Shamy 2004; Ghanaian: Schild 1975, No. 36; East African: Kohl-Larsen 1976, 52ff.; Eritrean: Littmann 1910, No. 9, El-Shamy 2004, No. 875B4; Somalian: El-Shamy 2004; Sudanese: El-Shamy 2004, Nos. 875B, 875B4; Namibian, South African: Schmidt 1989 II, No. 592; Malagasy: Haring 1982, No. 1.6.921B, 921C, 921E.

875D ***The Clever Young Woman at the End of the Journey.***
Vries 1928, 42–47; Fischer/Bolte 1895, 216; Basset 1924ff. II, No. 71; Penzer 1924ff. I, 46ff., VII, 254, IX, 142; EM 1(1977)79–85(K. Ranke).
Icelandic: Sveinsson 1929, No. 803*, Boberg 1966, No. D1318.2.1, Schier 1983, No. 37; English: Briggs 1970f. A I, 277ff.; Spanish: Camarena/Chevalier 1995ff. IV; Catalan: Oriol/Pujol 2003; Bulgarian: Parpulova/Dobreva 1982, 297ff.; Albanian: Mazon 1936, No. 77; Greek: Loukatos 1957, 181ff., Megas/Puchner 1998; Turkish: cf. Eberhard/Boratav 1953, No. 100(6); Jewish: Noy 1963a, Nos. 11, 78, Jason 1965, 1975, 1988a; Abkhaz: Šakryl 1975, No. 74; Adygea: Levin 1978, No. 29; Kurdish: Družinina 1959, 132ff., Džalila 1989, Nos. 25, 90; Armenian: cf. Hoogasian-Villa 1966, No. 67, Levin 1982, No. 19; Georgian: Kurdovanidze 2000; Syrian, Lebanese, Palestinian, Jordanian: El-Shamy 2004; Aramaic: Bergsträsser 1915, Nos. 9, 21; Iraqi: cf. Nowak 1969, Nos. 261, 478, El-Shamy 2004; Saudi Arabian: Müller 1902, 111ff., El-Shamy 2004; Oman, Qatar: El-Shamy 2004; Iranian: Marzolph 1983a, No. 137, Marzolph 1984, Nos. *875D_1, *875D_2; Pakistani: Thompson/Roberts 1960; Indian: Thompson/Roberts 1960, Mode/Ray 1967, 332ff., Jason 1989; Sri Lankan: Thompson/Roberts 1960; Chinese: Ting 1978, Nos. 875D, 875D_2; Cambodian: cf. Gaudes 1987, No. 68; Egyptian, Tunisian, Algerian: El-Shamy 2004; Moroccan: Basset 1897, No. 112, Laoust 1949, No. 74, El-Shamy 2004; Sudanese: El-Shamy 2004.

875E ***The Unjust Decision: The Oil Press Gives Birth to a Foal.***
Schwarzbaum 1968, 102, 461; EM 1(1977)79–85(K. Ranke).
Finnish: Rausmaa 1982ff. II, No. 101; Spanish: Camarena/Chevalier 1995ff. IV; Italian: Nerucci 1891, 18ff.; Russian: cf. Veršinin 1962, 141ff., SUS, No. 875E*; Jewish: Noy 1963a, No. 92, Jason 1965; Gypsy: Mode 1983ff. IV, No. 224; Kurdish: Džalila 1989, No. 24; Siberian: Soboleva 1984, No. 875E*; Georgian: Kurdovanidze 2000, No. 875E*; Syrian: El-Shamy 2004; Pakistani: Schimmel 1980, No. 33; Indian, Sri Lankan: Thompson/Roberts 1960; Burmese: Kasevič/Osipov 1976, No. 85; Cambodian: Gaudes 1987, No. 95, cf. No. 65; Mexican: Robe 1973; North African, Tunisian, Algerian: El-Shamy 2004; Moroccan: Basset 1897, No. 80; Eritrean: Littmann 1910, No. 9.

875* ***The Women of Weinsberg.***
Kirchhof/Oesterley 1869 I 1, No. 383, VI, 242; Montanus/Bolte 1899, No. 80; Steig 1916, 248; Vries 1928, 278–282; Schwarzbaum 1968, 295; Röhrich 1976, 112f.; Wildermuth 1990; EM: Weiber von Weinsberg(in prep.)
Dutch: Sinninghe 1943, 118 No. 1234; German: Moser-Rath 1964, No. 42, Rehermann 1977, 142f., 306f. No. 55, Moser-Rath 1984, 120, Grimm DS/Uther 1993 II, No. 493;

Swiss: EM 7 (1993) 873; Hungarian: Dömötör 1992, No. 355.

875B* ***Storytelling Saves a Wife from Death*** (Sheherazade).
Chauvin 1892ff. V, 188ff. No. 111; Anghelescu 1976; Scheherazade. In: EM 11,3 (2005) (forthcoming).
Italian: Cirese/Serafini 1975, No. J1185.1; Qatar: El-Shamy 2004, No. 1426A§; Egyptian: Jahn 1970, No. 31, El-Shamy 2004, No. 1426A§.

875D* ***The Prince's Seven Wise Teachers.***
Tubach 1969, No. 4143.
Lithuanian: Kerbelytė 1999ff. II; German: Rehermann 1977, 265f.; Hungarian: MNK IV; Czech: Dvořák 1978, No. 4143; Gypsy: MNK X 1; Buryat, Mongolian: Lőrincz 1979.

877 ***The Old Woman who Was Skinned.*** (La Vecchia Scorticata.)
EM 1 (1977) 359–364 (S. Lo Nigro); BP IV, 203 not. 1; Zeyrek 1995, 248–250.
Latvian: Arājs/Medne 1977; Danish: Kristensen 1897b, 89ff.; French: Delarue/Tenèze 1964ff. IV 2; Spanish: Camarena/Chevalier 1995ff. IV; Catalan: Oriol/Pujol 2003; Portuguese: Oliveira 1900f. I, No. 150, II, No. 241, Cardigos (forthcoming); Italian: Cirese/Serafini 1975, Pitrè/Schenda et al. 1991, No. 46, De Simone 1994, No. 89; Corsican: Massignon 1963, No. 12; Polish: Krzyżanowski 1962f. I, No. 525; Greek: Dawkins 1955, No. 17, Laográphia 16,1 (1956) 145–192, No. 19, Klaar 1987, 166ff.; Byelorussian: SUS; Turkish: Eberhard/Boratav 1953, No. 226, Boratav 1967, No. 32; Jewish: Jason 1975; Syrian: Nowak 1969, No. 458; Palestinian: Littmann 1957, 403ff.; Spanish-American: Robe 1973; Egyptian: El-Shamy 2004.

879 ***The Basil Maiden.*** (The Sugar Doll, Viola.)
Köhler/Bolte 1896, 72f., No. 35; Raciti 1965, 381–398; Meraklis 1970; EM 1 (1977) 1308–1311 (M. Meraklis); Röth 1998; Marzolph/Van Leeuwen 2004, No. 464.
Icelandic: Rittershaus 1902, 205; French: Delarue/Tenèze 1964ff. IV 2; Spanish: Camarena/Chevalier 1995ff. IV, González Sanz 1996; Catalan: Oriol/Pujol 2003; Portuguese: Meier/Woll 1975, No. 4, Cardigos (forthcoming); German: Reuschel 1935, 87ff., Rölleke 1983, No. 1; Italian: Cirese/Serafini 1975, Pitrè/Schenda et al. 1991, No. 8, De Simone 1994, No. 59; Corsican: Massignon 1963, No. 18; Sardinian: Mango 1890, No. 12; Maltese: Mifsud-Chircop 1978; Czech: cf. Horák 1971, 144ff.; Bulgarian: BFP; Albanian: Camaj/Schier-Oberdorffer 1974, No. 25; Greek: Dawkins 1953, No. 45, Megas/Puchner 1998; Turkish: Eberhard/Boratav 1953, No. 192; Jewish:

Noy 1963a, No. 79, Haboucha 1992; Gypsy: MNK X 1; Syrian, Palestinian, Jordanian: El-Shamy 2004; Aramaic: Bergsträsser 1915, No. 2; Iraqi, Persian Gulf, Saudi Arabian, Kuwaiti, Qatar, Yemenite: El-Shamy 2004; Korean: Choi 1979, No. 659; Mexican: Robe 1973; Dominican, Puerto Rican, Chilean: Hansen 1957, No. *970; Brazilian: Alcoforado/Albán 2001, No. 58; Egyptian: Nowak 1969, No. 350, El-Shamy 2004; Tunisian, Algerian, Moroccan: El-Shamy 2004; Sudanese: Kronenberg/Kronenberg 1978, No. 14, El-Shamy 2004.

879A ***Fisher Husband of the Princess.***
EM 4(1984)1230–1232(M. Meraklis); Röth 1998.
Lithuanian: Schleicher 1857, 86ff., Range 1981, No. 58; Portuguese: Meier/Woll 1975, No. 4, Cardigos(forthcoming); Italian: Cirese/Serafini 1975; Maltese: Stumme 1904, No. 11, Mifsud-Chircop 1978; Rumanian: Kremnitz 1882, No. 8; Bulgarian: BFP, No. *890**; Greek: Klaar 1987, 146ff., Megas/Puchner 1998; Turkish: Eberhard/Boratav 1953, No. 191; Moroccan: Laoust 1949, No. 99.

879* ***King Serves His Future Wife.***
Jewish: Jason 1965, 1975, No. 879*G; Turkish: Eberhard/Boratav 1953, No. 223; Iranian: Marzolph 1984, No. *879G; Indian: Jason 1989, No. 879*G.

PROOFS OF FIDELITY AND INNOCENCE 880–899

880 ***A Man Boasts of His Wife.***
BP III, 530 not. 2, cf. 517–531; EM 5(1987)168–186(R. Wehse); Høgh 1988; Ramsey 1989.
Finnish: Rausmaa 1982ff. II, No. 102; Latvian: Arājs/Medne 1977; Lithuanian: Kerbelytė 1999ff. II; Irish: Ó Súilleabháin/Christiansen 1963; German: Beckmann 1955, 61ff.; Bulgarian: BFP; Greek: Megas/Puchner 1998; Russian: SUS; Gypsy: Mode 1983ff. IV, No. 266; Turkmen: cf. Stebleva 1969, No. 57; Buryat: cf. Lőrincz 1979, No. 880A*; Georgian: Finger 1939, 199ff.; Pakistani: Schimmel 1980, No. 25; Spanish-American: Espinosa 1937, No. 71.

880* ***The Gambler's Wife.***
Finnish: Rausmaa 1982ff. II, No. 103; Latvian: Arājs/Medne 1977; Irish: Ó Súilleabháin/Christiansen 1963; Russian, Byelorussian: SUS; Cheremis/Mari, Tatar: Kecskeméti/Paunonen 1974.

881 ***Oft-proved Fidelity.***

Chauvin 1892ff. V, 94, VI, 154f. No. 321, 155f. No. 322A, 157f. No. 322B, 158f. No. 322C, 160 No. 324; EM 5(1987)168–186(R. Wehse); Høgh 1988; Ramsey 1989; Davis 2002, 105–109; Ritter 2003, 366–369; Marzolph/Van Leeuwen 2004, Nos. 163, 306, 384, 512.

Finnish: Rausmaa 1982ff. II, No. 104; Latvian: Arājs/Medne 1977; Lithuanian: Kerbelytė 1999ff. II; Irish: Ó Súilleabháin/Christiansen 1963; Spanish: Camarena/Chevalier 1995ff. IV; Catalan: Oriol/Pujol 2003; Dutch: cf. Tinneveld 1976, No. 2; Italian: Cirese/Serafini 1975, Appari 1992, No. 27; Serbian: Čajkanovič 1927, No. 81, Đjorđjevič/Milošević-Đjorđjevič 1988, No. 141; Bulgarian: BFP; Albanian: Meyer 1884, 127ff.; Greek: Mousaios-Bougioukos 1976, No. 29, Megas/Puchner 1998; Macedonian: Čepenkov/Penušliski 1989 III, No. 247; Russian, Byelorussian, Ukrainian: SUS; Turkish: Eberhard/Boratav 1953, Nos. 195, 215 IV, 219 V; Jewish: Jason 1975; Gypsy: Mode 1983ff. IV, No. 266, cf. No. 221; Cheremis/Mari, Tatar: Kecskeméti/Paunonen 1974; Uighur: Kabirov/Schachmatov 1959, 107ff.; Azerbaijan: Achundov 1955, 173ff.; Armenian: Levin 1982, No. 20, Gullakjan 1990; Kazakh: Bálázs 1956, 138ff.; Turkmen: Reichl 1986, No. 31; Tadzhik: cf. Grjunberg/Steblin-Kamenskov 1976, Nos. 42, 46; Buryat, Mongolian: cf. Lőrincz 1979, No. 881B*; Syrian, Lebanese, Palestinian: El-Shamy 2004; Aramaic: cf. Arnold 1994, No. 35; Iraqi: Nowak 1969, No. 313, El-Shamy 2004; Persian Gulf, Saudi Arabian, Kuwaiti: El-Shamy 2004; Yemenite: cf. Daum 1983, No. 17, El-Shamy 2004; Iranian: Marzolph 1984; Indian: Tauscher 1959, No. 13; French-American: Saucier 1962, No. 1; Puerto Rican: Mason/Espinosa 1921, 302; Chilean: Hansen 1957, No. **897A; Egyptian: El-Shamy 2004; Moroccan: Stumme 1895, 77ff., El-Shamy 2004; Sudanese: El-Shamy 2004.

881A ***The Abandoned Bride Disguised as a Man.***

Chauvin 1892ff. VI, 199f. No. 372.

French: Tegethoff 1923 I, No. 14; Portuguese: Braga 1987 I, 128ff., Cardigos(forthcoming); Italian: Cirese/Serafini 1975; Bulgarian: BFP; Albanian: Leskien 1915, No. 56, Camaj/Schier-Oberdorffer 1974, No. 40; Turkish: Eberhard/Boratav 1953, Nos. 215 IV 5(c, d, e, f), 272 IV 3; Jewish: Jason 1988a; Gypsy: Mode 1983ff. I, No. 22; Dagestan: Levin 1978, No. 16; Ossetian: Britaev/Kaloev 1959, 394ff.; Cheremis/Mari: Paasonen/Siro 1939; Kurdish: Džalila et al. 1989, No. 11; Kazakh: Sidel'nikov 1958ff. I, 100ff.; Uzbek: Afzalov et al. 1963 II, 17ff.; Tadzhik: Grjunberg/Steblin-Kamenskov 1976, Nos. 42, 46; Georgian: Dumézil 1937, No. 7; Iraqi: Nowak 1969, No. 313, El-Shamy 2004; Iranian: Horálek 1968f., 186ff.; Indian: Thompson/Roberts 1960, Jason 1989; Sri Lankan: Parker 1910ff. I, No. 8, II, Nos. 103, 108, Thompson/

Roberts 1960; Chinese: Ting 1978; Spanish-American: Rael 1957 I, No. 10; Egyptian: El-Shamy 2004; Algerian: Frobenius 1921ff. III, No. 42, cf. No. 43; Moroccan: Laoust 1949, No. 119.

882 ***The Wager on the Wife's Chastity.*** (Cymbeline.)
Köhler/Bolte 1898ff. I, 211f.; Paris 1903a; Katona 1908; BP III, 92; Popović 1922; Chevalier 1964; Schwarzbaum 1968, 62, 455; Tubach 1969, No. 5194; Almansi 1974; Bergel 1974; Schwarzbaum 1979, 563; EM 3(1981)190–197(E. Moser-Rath); Roth/Roth 1986; Röth 1998; Anderson 2000, 83–85; Verfasserlexikon 10(2000)330–332(U. Kocher).
Finnish: Rausmaa 1982ff. II, No. 105; Finnish-Swedish: Hackman 1917f. I, No. 175; Estonian: Aarne 1918; Livonian: Loorits 1926; Latvian: Arājs/Medne 1977; Lithuanian: Kerbelytė 1999ff. II; Lappish: Qvigstad 1925; Wepsian, Wotian, Karelian: Kecskeméti/Paunonen 1974; Swedish: Liungman 1961; Norwegian: Hodne 1984, 162; Danish: Kristensen 1881ff. IV, No. 65; Icelandic: Schier 1983, No. 23; Irish: Ó Súilleabháin/Christiansen 1963; English: cf. Roth 1977, No. E21; French: Delarue/Tenèze 1964ff. IV 2; Spanish: Childers 1948, No. N15, cf. Childers 1977, No. K1342, Camarena/Chevalier 1995ff. IV; Catalan: Oriol/Pujol 2003; Portuguese: Oliveira 1900f. II, Nos. 293, 325, Cardigos(forthcoming); Dutch: Volkskundig Bulletin 24(1998) 318f.; Flemish: Meyer 1968; German: Meyer 1932, Moser-Rath 1984, 120, 285, Brunner/Wachinger 1986ff. VII, No. [2]Hozm/91; Austrian: Haiding 1969, No. 20; Ladinian: Decurtins 1896ff. II, No. 5, XIV, 86, Decurtins/Brunold-Bigler 2002, No. 128; Italian: Cirese/Serafini 1975, Appari 1992, No. 23; Sardinian: Cirese/Serafini; Hungarian: MNK IV; Czech: Tille 1929ff. II 2, 34ff., 37f., 38ff., 44f.; Slovene: Nedeljko 1884ff. II, 56ff.; Bulgarian: BFP; Greek: Megas/Puchner 1998; Polish: Krzyżanowski 1962f. I; Russian, Byelorussian, Ukrainian: SUS, No. 882A; Turkish: Eberhard/Boratav 1953, Nos. 250, 272, 378; Jewish: Noy 1963a, No. 80, Haboucha 1992, No. 882, cf. No. 929*B; Gypsy: Briggs 1970f. A II, 451f.; Ossetian: Bjazyrov 1958, No. 114; Cheremis/Mari: Kecskeméti/Paunonen 1974; Armenian: Gullakjan 1990; Tadzhik: Grjunberg/Steblin-Kamenskov 1976, No. 56; Georgian: Kurdovanidze 2000, No. 882A; Syrian: Nowak 1969, No. 93, El-Shamy 2004; Palestinian: Littmann 1957, 199ff., Nowak 1969, No. 93, El-Shamy 2004; Jordanian, Yemenite: El-Shamy 2004; Iranian: Marzolph 1984, No. *303*; Indian: Thompson/Roberts 1960; Chinese: Grjunberg/Steblin-Kamenskov 1976, No. 48, Ting 1978; Indonesian: Vries 1925f. II, 412 No. 311; Japanese: Ikeda 1971; English-Canadian: Halpert/Widdowson 1996 I, Nos. 45–84, cf. esp. nos. 49–52; French-Canadian: Delarue/Tenèze 1964ff. IV 2; Spanish-American, Mexican: Robe 1973; Dominican: Hansen 1957; Mayan: Peñalosa

1992; Brazilian: Alcoforado/Albán 2001, No. 59; West Indies: Flowers 1953; Cape Verdian: Parsons 1923b I, No. 57; Egyptian, Tunisian, Algerian, Moroccan: El-Shamy 2004.

882A* ***Suitors at the Spinning Wheel.***
Finnish: Rausmaa 1982ff. II, No. 106; Lappish: Qvigstad 1925, Bartens 2003, No. 53; English: Briggs 1970f. A II, 503f.; Macedonian: Popvasileva 1983, No. 60; Greek: Megas/Puchner 1998; Russian, Byelorussian, Ukrainian: SUS; Jewish: Jason 1975; Azerbaijan: Seidov 1977, 139ff.; Armenian: Gullakjan 1990; Tadzhik: Sandelholztruhe 1960, 238ff.; Spanish-American: Rael 1957 I, No. 44, cf. Nos. 42, 43.

883A ***The Innocent Slandered Maiden.***
Chauvin 1892ff. II, 206 No. 66, VI, 144f. No. 302, 146 No. 303, 159f. No. 323, 192 No. 362, VII, 93f. No. 374, VIII, 46f. No. 14; BP I, 305; Schwarzbaum 1968, 34, 445; EM 5 (1987) 113–115; Scherf 1995 II, 1431–1433; EM 8 (1996) 1402–1707 (C. Shojaei Kawan); Röth 1998; cf. El-Shamy 1999, No. 20.
Finnish: Rausmaa 1982ff. II, No. 107; Finnish-Swedish: Hackman 1917f. I, No. 176; Estonian: Aarne 1918; Latvian: Arājs/Medne 1977; Lithuanian: Kerbelytė 1999ff. II; Wepsian: Kecskeméti/Paunonen 1974; Danish: Kristensen 1881ff. IV, No. 66; Irish: Béaloideas 2,3 (1930) 275ff., No. 1, Ó Súilleabháin/Christiansen 1963; French: Delarue/Tenèze 1964ff. IV 2; Spanish: Camarena/Chevalier 1995ff. IV; Catalan: Oriol/Pujol 2003; Portuguese: Oliveira 1900f. II, No. 271, Cardigos (forthcoming); German: Wossidlo/Henßen 1957, No. 91; Italian: Cirese/Serafini 1975, Nos. 883A, 883C*; Corsican: Massignon 1963, No. 75; Hungarian: Dégh 1955f. I, No. 3; Czech: Tille 1929ff. II 2, 41ff., 466f.; Croatian: Krauss/Burr et al. 2002, No. 85; Rumanian: Schullerus 1928; Bulgarian: BFP, Nos. 883A, 883C*; Albanian: Camaj/Schier-Oberdorffer 1974, No. 25; Greek: Dawkins 1955, No. 23, Loukatos 1957, 146ff., Megas/Puchner 1998, Nos. 883A, 883C*; Russian, Byelorussian, Ukrainian: SUS; Turkish: Eberhard/Boratav 1953, Nos. 137 III (j, l), 236 V, 245; Jewish: Jason 1988a, Haboucha 1992; Cheremis/Mari, Mordvinian: Kecskeméti/Paunonen 1974; Armenian: Gullakjan 1990; Tadzhik: Grjunberg/Steblin-Kamenskov 1976, Nos. 42, 46; Georgian: Kurdovanidze 2000; Syrian: El-Shamy 2004, Nos. 883§, 883A; Palestinian: Nowak 1969, No. 312, El-Shamy 2004, Nos. 883§, 883A; Saudi Arabian: Nowak 1969, No. 312, El-Shamy 2004; Iraqi: El-Shamy 2004, Nos. 883§, 883A; Yemenite: El-Shamy 2004; Oman, Kuwaiti, Qatar: cf. El-Shamy 2004, No. 883§; Iranian: Marzolph 1984; Indian: Tauscher 1959, 174, Thompson/Roberts 1960; Sri Lankan: Thompson/Roberts 1960; Chinese: Ting 1978; French-American: Ancelet 1994, No. 21; Spanish-

American, Mexican: Robe 1973; Puerto Rican: Hansen 1957, No. 883**C; Egyptian: Nowak 1969, No. 312, El-Shamy 2004, Nos. 883§, 883A, 883C*; Algerian: El-Shamy 2004, Nos. 883§, 883A; Moroccan: Laoust 1949, No. 9, El-Shamy 2004, Nos. 883§, 883A; East African: Klipple 1992, 261f.; Sudanese: El-Shamy 2004, Nos. 883§, 883A.

883B ***The Punished Seducer.***
BP III, 222–224; cf. EM 1(1977)1310; Röth 1998; Anderson 2000, 85–88; EM: Verführer: Der bestrafte V.(in prep.).
Finnish: Rausmaa 1982ff. I, No. 13, II, No. 108; Finnish-Swedish: Hackman 1917f. I, No. 177; Latvian: Arājs/Medne 1977; Lithuanian: Kerbelytė 1999ff. II; Wepsian, Karelian: Kecskeméti/Paunonen 1974; Swedish: Liungman 1961; Norwegian: Hodne 1984; Danish: Skattegraveren 7(1887)102–107, No. 553; Faeroese: Nyman 1984; Icelandic: Sveinsson 1929, Kvideland/Eiríksson 1988, No. 14; Irish: Ó Súilleabháin/Christiansen 1963; French: Delarue/Tenèze 1964ff. IV 2; Spanish: Camarena/Chevalier 1995ff. IV; Portuguese: Martinez 1955, No. J1675, Cardigos(forthcoming); Italian: Cirese/Serafini 1975, Köhler-Zülch/Shojaei Kawan 1991, 159–171; Hungarian: MNK IV; Czech: Tille 1929ff. I, 377ff.; Slovakian: Polívka 1923ff. IV, 462ff.; Russian, Ukrainian: SUS; Gypsy: MNK X 1; Turkish: Eberhard/Boratav 1953, No. 192 III; Yemenite: El-Shamy 2004; Spanish-American: Rael 1957 I, No. 28; Brazilian: Romero/Cascudo 1954, No. 12; Egyptian: El-Shamy 2004; Moroccan: Basset 1897, No. 116.

883C ***The Boys with Extraordinary Names.***
German: cf. Müllenhoff 1845, No. 54; Greek: Klaar 1970, 133ff., Megas/Puchner 1998; Turkish: Eberhard/Boratav 1953, No. 137; Syrian: cf. Nowak 1969, No. 338, El-Shamy 2004; Lebanese: cf. Assaf/Assaf 1978, No. 27; Palestinian: Muhawi/Kanaana 1989, No. 42, El-Shamy 2004; Iraqi, Jordanian: El-Shamy 2004; Yemenite: Nowak 1969, No. 338; Egyptian, Moroccan, Sudanese: El-Shamy 2004.

884 ***The Forsaken Fiancée: Service as Menial.***
BP II, 56–59; HDM 2(1934–40)571; Wesselski 1931, 122; EM 2(1979)716–723; EM 5(1987)168–186(R. Wehse); Høgh 1988; Ramsey 1989; Scherf 1995 II, 1952–1054, 1098–1101, 1388f., 1470–1472; Delpech 1998; cf. El-Shamy 1999, No. 17.
Livonian: Loorits 1926; Latvian: Arājs/Medne 1977, Nos. 884, *884C; Lithuanian: Kerbelytė 1999ff. II; Faeroese: Nyman 1984; Icelandic: Sveinsson 1929, No. 876*; Wotian: Kecskeméti/Paunonen 1974; Spanish: Childers 1977, No. K1816.0.2.1*, Camarena/Chevalier 1995ff. II, No. 425K, IV, Nos. 884, 884B, 884B*; Catalan: Oriol/Pu-

jol 2003; Portuguese: Cardigos(forthcoming), Nos. 425K, 884B*; Frisian: Kooi 1984a, No. 884B; French: Delarue/Tenèze 1964ff. IV 2; German: Müllenhoff 1845, No. 4, Meyer 1932, Tomkowiak 1993, 259, KHM/Uther 1996 II, No. 67, Bechstein/Uther 1997 I, No. 39; Italian: De Nino 1883f. III, No. 55, Cirese/Serafini 1975, Nos. 884, 884B, 884B*, De Simone 1994, No. 51, Aprile 1996, No. 425K; Sardinian: Aprile 2000 II, No. 425K; Czech: Jech 1959, No. 107; Croatian: cf. Bošković-Stulli 1963, No. 62; Macedonian: Popvasileva 1983, No. 19, cf. Čepenkov/Penušliski 1989 III, No. 244; Rumanian: cf. Schott/Schott 1971, No. 25, Amzulescu 1974, No. 19; Bulgarian: BFP, Nos. 425K, 884B; Greek: Laográphia 6(1917-20)390-395, 11(1934-37)459-461, 16(1956) 390-394, 19(1961)569-575, Dawkins 1953, No. 47b, Megas/Puchner 1998, Nos. *884C, *884D; Polish: Krzyżanowski 1962f. I; Russian: SUS, Nos. 884, 884B*; Byelorussian: SUS; Ukrainian: SUS, Nos. 884, 884B*, 884B**; Turkish: Eberhard/Boratav 1953, No. 374(4-7); Jewish: Jason 1965, Nos. 425K, 884, Jason 1975, No. 425K, Haboucha 1992, Nos. 884, 884B*, cf. No. 883C*; Gypsy: MNK X 1; Kurdish: Džalila et al. 1989, No. 12; Tadzhik: Sandelholztruhe 1960, 24ff., cf. Levin 1986, No. 2; Georgian: Dolidze 1956, 61ff.; Syrian: El-Shamy 2004, No. 884B*; Lebanese: El-Shamy 2004, Nos. 884, 884B*; Iraqi: cf. Campbell 1952, 16ff.; Saudi Arabian: cf. Jahn 1970, No. 42, Fadel 1979, No. 20, Lebedev 1990, No. 37, El-Shamy 2004, No. 884B*; Qatar; El-Shamy 2004, No. 884B*; Chinese: Ting 1978, Nos. 884, 884B; Mexican: Robe 1973, Nos. 425, 884*C, 884*D; Brazilian: Fagundes 1961, No. 17; Chilean: Camarena/Chevalier 1995ff. II, No. 425K; West Indies: Parsons 1933ff. I, 281ff., II, 561f.; Egyptian: El-Shamy 2004, Nos. 884, 884B*; Algerian: Savignac 1978, No. 5, El-Shamy 2004, Nos. 884, 884B*; Moroccan, Sudanese: El-Shamy 2004, No. 884B*.

885 *The Facetious Wedding* (previously ***The Poor Boy Betrothed to the Maiden***). Child 1882ff. IV, 218, 230, V, 260f.; HDM 1(1930-33)549; Schwarzbaum 1968, 472; EM: Trauung: Die scherzhafte T.(in prep.).
Finnish: Rausmaa 1982ff. II, No. 109; Finnish-Swedish: Hackman 1917f. I, No. 178; Estonian: Aarne 1918; Livonian: Loorits 1926; Lithuanian: Kerbelytė 1999ff. II; Lappish: Qvigstad 1927ff. IV, No. 9; Swedish: Liungman 1961, Schier 1974, No. 63; Danish: Kristensen 1896f. II, Nos. 5, 14; Icelandic: Boberg 1966, No. K1371.1; Scottish: cf. Campbell 1890ff. I, No. 17b; Spanish: Camarena/Chevalier 1995ff. IV; Catalan: González Sanz 1996, No. 891D; German: Henßen 1935, No. 206, Ranke 1955ff. III, Neumann 1971, No. 140, Berger 2001; Italian: Cirese/Serafini 1975; Syrian, Palestinian, Oman, Kuwaiti, Yemenite: El-Shamy 2004; French-Canadian: Lemieux 1974ff. I, 81ff., XIV, No. 26; Spanish-American: Robe 1973; Egyptian, Tunisian, Moroccan, Sudanese: El-Shamy 2004.

885A ***Woman Feigns Death*** (previously ***The Seemingly Dead***).
Chauvin 1892ff. V, 133ff. No. 63; Bolte 1910; Bolte 1911a; Bolte 1920–22; Röhrich 1962f. II, No. 3, esp. 426–428; EM: Scheintote Prinzessin (forthcoming).
Finnish: Rausmaa 1982ff. II, Nos. 110, 111; Estonian: Aarne 1918; Latvian: Arājs/Medne 1977; Lithuanian: Basanavičius/Aleksynas 1993f. II, No. 108, Kerbelytė 1999ff. II; Swedish: Liungman 1961; Icelandic: Gering 1882f. II, No. 86; Scottish: Briggs 1970f. A I, 261f.; Spanish: Camarena/Chevalier 1995ff. IV; Portuguese: Oliveira 1900f. I, No. 37, II, Nos. 272, 302, 376, Cardigos (forthcoming); Dutch: Cox-Leick/Cox 1977, No. 48, Volkskundig Bulletin 24 (1998) 319; German: Wegener 1880, 71 f.; Austrian: Kainz 1974, No. 106; Italian: Cirese/Serafini 1975; Czech: Tille 1929ff. I, 401f., II 2, 221ff., Jech 1984, No. 56; Slovakian: Polívka 1923ff. III, 403ff.; Polish: Krzyżanowski 1962f. I, No. 885; Russian: SUS; Jewish: Noy 1963a, No. 84, Jason 1965, 1975; Chuvash: cf. Paasonen et al. 1949, No. 33; Armenian: Hoogasian-Villa 1966, No. 11; Kirghiz: Radloff 1866ff. III, 742ff.; Palestinian: El-Shamy 1995 I, No. K522.0.1; Iranian: Marzolph 1984, Marzolph 1994, 297ff.; Chinese: Ting 1978; Mayan: Peñalosa 1992; Egyptian: El-Shamy 2004.

886 ***The Girl Who Could Not Keep the Secret.***
Frosch-Freiburg 1971, 23–42; EM 2 (1979) 726–730 (U. Masing); Verfasserlexikon 3 (1981) 544–546 (J. Janota); Verfasserlexikon 9 (1995) 78–80 (R. M. Kully).
Finnish: Rausmaa 1982ff. II, No. 112; Estonian: Aarne 1918; Latvian: Arājs/Medne 1977; Danish: Grundtvig 1876ff. I, No. 11, Kristensen 1900, No. 173; Scottish: Briggs 1970f. A I, 452ff.; English: Stiefel 1908, No. 73, cf. Wehse 1979, No. 120; French: Delarue/Tenèze 1964ff. IV 2; Spanish: Camarena/Chevalier 1995ff. IV; Portuguese: Oliveira 1900f. II, No. 344, Cardigos (forthcoming); German: Moser-Rath 1984, 98, 289; Italian: Arx 1909, No. 30; Hungarian: György 1932, No. 215.

887 ***Griselda.***
Köhler/Bolte 1898ff. II, 501–555; Laserstein 1926; HDM 2 (1934–40) 350–352 (J. de Vries); Debaene 1951, 62–66; Tubach 1969, No. 2383; Stackelberg 1984; Verfasserlexikon 5 (1985) 691–694 (F. P. Knapp); Bertelsmeier-Kierst 1988; Frenzel 1988, 261–265; Morabito 1988; Verfasserlexikon 7 (1988) 486f.; Velay-Vallantin 1989; EM 6 (1990) 205–212 (L. Petzoldt); Morabito 1990; Ziegeler 1993; Gier 1994; Röth 1998.
Finnish: Rausmaa 1982ff. II, No. 113; Finnish-Swedish: Hackman 1917f. I, No. 179; Latvian: Arājs/Medne 1977; Lithuanian: Kerbelytė 1999ff. II; Karelian: Kecskeméti/Paunonen 1974; Swedish: Liungman 1961; Norwegian: Hodne 1984; Danish: Kristensen 1881ff. IV, No. 1, Bødker 1964, No. 51; Icelandic: Sveinsson 1929; Faeroese:

Nyman 1984; Irish: Ó Súilleabháin/Christiansen 1963; English: Briggs 1970f. A II, 450f.; French: Delarue/Tenèze 1964ff. IV 2; Spanish: Camarena/Chevalier 1995ff. IV; Portuguese: Oliveira 1900f. I, No. 185, Cardigos (forthcoming); Dutch, Flemish: Hogenelst 1977 II, No. 330, Volkskundig Bulletin 24 (1998) 320; German: Ranke 1955ff. III; Swiss: Wildhaber/Uffer 1971, No. 14; Austrian: Haiding 1953, No. 27; Czech: Tille 1929ff. I, 397, 401, 468; Bulgarian: BFP; Greek: Megas/Puchner 1998; Russian, Ukrainian: SUS; Turkish: Eberhard/Boratav 1953, No. 306; Jewish: Jason 1965, 1975; Iranian: Marzolph 1984, cf. No. *832A; Puerto Rican: Hansen 1957, No. 887**A.

887A* ***Precious Stones in Bricks*** (previously ***The Purchased Wife***).
Finnish: Rausmaa 1982ff. II, No. 114; Bulgarian: cf. Parpulova/Dobreva 1982, 276ff., BFP, No. *887A**; Russian: SUS; Kurdish: cf. Džalila et al. 1989, No. 76; Armenian: Gullakjan 1990; Georgian: cf. Kurdovanidze 2000, No. 887A**.

888 ***The Faithful Wife.***
Köhler/Bolte 1898ff. II, 444; Hertz 1900, 35, 310, 335; BP III, 517–531; Vries 1928, 275–284; DVldr 1935ff. I, No. 14; Schwarzbaum 1968, 47, 295; Tubach 1969, No. 4336; Ranelagh 1979, No. H431.1; Schwarzbaum 1979, 404f.; Verfasserlexikon 2 (1980) 880–882 (K. Ruh); EM 5 (1987) 203–207 (W. Williams-Krapp).
Latvian: Arājs/Medne 1977, No. *888**; Lithuanian: Kerbelytė 1999ff. II, No. 880; Livonian, Karelian: Kecskeméti/Paunonen 1974; Icelandic: Sveinsson 1929; French: Delarue/Tenèze 1964ff. IV 2; Spanish: Camarena/Chevalier 1995ff. IV; Catalan: Oriol/Pujol 2003; Frisian: Kooi 1984a; Flemish: Roeck 1980, 44f.; German: Merkelbach-Pinck 1940, 150ff., 185ff., Ranke 1955ff. III, Moser-Rath 1964, No. 265, cf. Rehermann 1977, 145, 405 No. 59, Grimm DS/Uther 1993 II, No. 537; Austrian: Gloning 1912, 76f., Depiny 1932, 440, No. 478; Ladinian: Decurtins 1896ff. II, No. 2; Italian: Cirese/Serafini 1975; Czech: Tille 1929ff. II 1, 251f., Dvořák 1978, No. 4336; Slovakian: Gašparíková 1991f. I, No. 237; Slovene: Majar 1888, 56ff.; Polish: Krzyżanowski 1962f. I; Russian: Afanas'ev/Barag et al. 1984f. III, No. 338, SUS; Byelorussian: SUS; Jewish: Jason 1965, cf. Noy 1965, No. 44, Noy 1968, No. 68, Jason 1975; Gypsy: cf. Mode 1983ff. III, No. 155, MNK X 1; Turkmen: cf. Stebleva 1969, No. 57; Tadzhik: Rozenfel'd/Ryčkovoj 1990, No. 59; Lebanese, Palestinian, Oman: El-Shamy 2004; Yemenite: Daum 1983, Nos. 21, 22, El-Shamy 2004; Indian: Jason 1989; Chinese: Ting 1978; Japanese: Ikeda 1971, No. J1545.4; Filipino: Fansler 1921, 61ff.; Egyptian: El-Shamy 2004; Tunisian, Algerian: Nowak 1969, No. 165; Sudanese: El-Shamy 2004.

888A ***The Wife Who Would Not be Beaten.***
Irish: Ó Súilleabháin/Christiansen 1963; English: Briggs 1970f. A II, 252f., B II, 223f.; Portuguese: Soromenho/Soromenho 1984f. I, No. 221, Cardigos(forthcoming); Frisian: Kooi 1984a; Italian: Appari 1992, No. 45; Macedonian: cf. Čepenkov/Penušliski 1989 III, No. 242; Jewish: Jason 1965; Gypsy: Mode 1983ff. III, No. 155; Pakistani: Thompson/Roberts 1960; Indian: Thompson/Roberts 1960, Jason 1989; Sri Lankan: Parker 1910ff. II, No. 105, III, No. 247, Thompson/Roberts 1960; Nepalese: Unbescheid 1987, No. 35; Tibetian: O'Connor 1906, No. 6.

888A* ***The Basket Maker.***
Chauvin 1892ff. VI, 72ff. No. 239; Schwarzbaum 1979, 502 not. 11; Marzolph/Van Leeuwen 2004, Nos. 390, 477.
Latvian: Arājs/Medne 1977; Lithuanian: Kerbelytė 1999ff. II, No. 949*; Irish: Ó Súilleabháin/Christiansen 1963; Frisian: Kooi 1984a; Slovakian: Gašparíková 1991f. I, No. 236; Serbian: Eschker 1992, 32; Macedonian: Čepenkov/Penušliski 1989 III, Nos. 253-255; Rumanian: Ure 1960, 117ff.; Bulgarian: cf. BFP, No. 949*; Greek: Megas/Puchner 1998, Nos. 888A*, 949*; Russian: SUS; Turkish: Eberhard/Boratav 1953, Nos. 208 V, 231; Jewish: Haboucha 1992, Nos. 888A*, 949*; Dagestan: Chalilov 1965, 270; Kabardin: Levin 1978, No. 30; Kurdish: Wentzel 1978, No. 19; Armenian: Khatchatrianz 1946, 68ff., cf. Hoogasian-Villa 1966, No. 53, Gullakjan 1990; Uzbek: Afzalov et al. 1963 I, 140f., 423ff.; Georgian: Finger 1939, 203ff.; Syrian, Palestinian: El-Shamy 2004, No. 949*; Palestinian: El-Shamy 2004, Nos. 888A*, 949*; Iranian: Marzolph 1984, No. *888B; Indian: Mayeda/Brown 1974, No. 49, Jason 1989; English-Canadian: Halpert/Widdowson 1996 I, No. 53; Egyptian: Spitta-Bey 1883, No. 7, Nowak 1969, No. 267, El-Shamy 2004, Nos. 888A*, 949*; Tunisian: Nowak 1969, No. 267, El-Shamy 2004, No. 949*; Algerian: El-Shamy 2004, No. 949*; Moroccan: Nowak 1969, No. 267, El-Shamy 2004, Nos. 888A*, 949*.

889 ***Wager on the Faithfulness of the Servant*** (previously ***The Faithful Servant***).
Wesselski 1909, No. 1; Wesselski 1925, No. 11; BP IV, 181; Tubach 1969, No. 4321; EM 3(1981)650-655(U. Huse); Röth 1998.
Latvian: Arājs/Medne 1977; Lithuanian: Basanavičius/Aleksynas 1993f. II, No. 24, Kerbelytė 1999ff. II; Karelian: Kecskeméti/Paunonen 1974; Swedish: Liungman 1961; Danish: Grundtvig 1854ff. II, No. 13, Grundtvig 1876ff. II, No. 16, Holbek 1990, No. 30; Irish: Ó Súilleabháin/Christiansen 1963; French: Delarue/Tenèze 1964ff. IV 2; Spanish: Camarena/Chevalier 1995ff. IV, González Sanz 1996; Catalan: Oriol/Pujol 2003; Portuguese: Braga 1987 I, 189f., Cardigos(forthcoming); German: Ranke

1955ff. III; Italian: Cirese/Serafini 1975; Hungarian: György 1934, No. 29, MNK IV; Slovakian: Polívka 1923ff. IV, No. 127H; Macedonian: Vroclavski 1979f. II, No. 32; Bulgarian: BFP; Greek: Megas/Puchner 1998; Polish: Krzyżanowski 1962f. I; Russian, Byelorussian, Ukrainian: SUS; Gypsy: MNK X 1; Kara-Kalpak: Volkov 1959, No. 17; Georgian: Kurdovanidze 2000; French-Canadian: Delarue/Tenèze 1964ff. IV 2; Spanish-American, Mexican: Robe 1973; Puerto Rican: Hansen 1957; Argentine: Chertudi 1960f. I, No. 62, Karlinger 1987, No. 52; Brazilian: Cascudo 1955a, 189ff., 250ff., Alcoforado/Albán 2001, No. 62; West Indies: Flowers 1953.

890 ***A Pound of Flesh.***
Bolte 1892; Chauvin 1892ff. VIII, 200ff. No. 245; Köhler/Bolte 1898ff. I, No. 18; Wesselski 1909, No. 138; Wesselski 1925, No. 61; HDM 2(1934–40)153f.(A. Taylor); Schwarzbaum 1968, 65, 253, 456; Tubach 1969, No. 3867, cf. No. 4357; Ranelagh 1979, No. K443.2; Schamschula 1981; EM 4(1984)1256–1262(H. Lixfeld); Marzolph 1992 II, No. 483; Vajda 2000.
Finnish: Rausmaa 1982ff. I, No. 115; Latvian: Arājs/Medne 1977; Swedish: Liungman 1961; Norwegian: Hodne 1984; Icelandic: Sveinsson 1929, Boberg 1966, No. J1161.2; Irish: Ó Súilleabháin/Christiansen 1963; French: Delarue/Tenèze 1964ff. IV 2; Spanish: Childers 1948, No. K1825.2, Camarena/Chevalier 1995ff. IV; Catalan: Oriol/Pujol 2003; Portuguese: Soromenho/Soromenho 1984f. II, No. 707, Cardigos (forthcoming); German: Ranke 1955ff. III, Moser-Rath 1984, 256; Italian: Cirese/Serafini 1975; Hungarian: György 1934, No. 209; Czech: Tille 1929ff. II 2, 37f.; Greek: Puchner 1998; Polish: Krzyżanowski 1962f. I; Turkish: Eberhard/Boratav 1953, No. 297; Jewish: Noy 1963a, No. 80, Noy 1965, No. 7, Jason 1965, Haboucha 1992, No. 890A; Palestinian, Persian Gulf, Saudi Arabian, Oman: El-Shamy 2004; Iranian: Marzolph 1984, No. 1534(3, 7); Korean: Choi 1979, No. 634; Chilean: Pino Saavedra 1967, No. 38; Egyptian, Moroccan, Sudanese: El-Shamy 2004.

890** ***The Debtor's Bed.***
Herbert 1910, 128 No. 79, 170 No. 35; Pauli/Bolte 1924 I, No. 503; Tubach 1969, No. 541; EM 2(1979)242(E. Moser-Rath).
Spanish: Childers 1948, No. J1081.1; German: Joco-Seria 1631, 39f., Kurtzweiliger Zeitvertreiber(1685)214,(Conlin 1708)III, 233(EM archive); Italian: Rotunda 1942, No. J1081.1; Hungarian: György 1934, No. 8.

890A* ***The Snake in the Bosom.***
Hungarian: MNK IV; Italian: Cirese/Serafini 1975; Turkmen: Stebleva 1969, No. 28.

891 *The Man Who Deserted His Wife* (previously *The Man who Deserts his Wife and Sets her the Task of Bearing him a Child*).
Köhler/Bolte 1898ff. II, 647–651; Ruben 1945; Röth 1998; EM 9(1999)171–175(K. Pöge-Alder); Fabula 41(2000)331.
Spanish: Camarena/Chevalier 1995ff. IV; Portuguese: Braga 1987 I, 123f. 124f., Cardigos(forthcoming); Italian: Cirese/Serafini 1975, Pitrè/Schenda et al. 1991, No. 9; Sardinian: Cirese/Serafini; Macedonian: Čepenkov/Penušliski 1989 III, No. 246; Greek: Klaar 1970, 131ff., Megas/Puchner 1998; Turkish: Eberhard/Boratav 1953, Nos. 192(8–17), 193; Jewish: Noy 1963a, No. 100, Haboucha 1992; Gypsy: MNK X 1; Syrian, Palestinian, Jordanian: El-Shamy 2004; Iraqi: Nowak 1969, No. 354, El-Shamy 2004; Saudi Arabian: Nowak 1969, No. 354, Fadel 1979, No. 70, El-Shamy 2004; Persian Gulf, Qatar, Yemenite: El-Shamy 2004; Iranian: Marzolph 1984; Pakistani: Thompson/Roberts 1960; Indian: Thompson/Roberts 1960, Jason 1989, Blackburn 2001, No. 81; Nepalese: Unbescheid 1987, No. 23; English-Canadian: Halpert/Widdowson 1996 I, No. 54; Spanish-American: Rael 1957 I, No. 25; Egyptian: Nowak 1969, No. 354, El-Shamy 2004; Tunisian, Algerian, Moroccan, Sudanese: El-Shamy 2004.

891A *Crystal Palace* (previously *The Princess from the Tower Recovers her Husband*).
EM 8(1996)466–468(S. Sakaoğlu).
Spanish: González Sanz 1996; Portuguese: Trancoso/Ferreira 1974, 115ff., Cardigos(forthcoming); Italian: Cirese/Serafini 1975; Greek: Dawkins 1953, No. 30, Megas/Puchner 1998; Turkish: Eberhard/Boratav 1953, Nos. 186–188; Jewish: Jason 1965, Noy 1968, No. 37; Yemenite: Daum 1983, No. 17; Egyptian: Nowak 1969, No. 79.

891B* *The King's Glove.*
Schwarzbaum 1968, 64, 455; Marzolph 1992 II, No. 471; Marzolph/Van Leeuwen 2004, No. 138, 285, 313.
Spanish: Camarena/Chevalier 1995ff. IV; Catalan: Karlinger/Pögl 1989, No. 49; Portuguese: Oliveira 1900f. I, No. 101, Cardigos(forthcoming); Catalan: Oriol/Pujol 2003; Italian: Lombardi Satriani 1953f. II, No. 102, Cirese/Serafini 1975; Turkish: Eberhard/Boratav 1953, No. 262; Jewish: Noy 1963a, No. 81, Jason 1965, 1975, 1988a, Haboucha 1992; Kazakh: Sidel'nikov 1952, 161ff.; Brazilian: Cascudo 1955a, 202ff., Cascudo 1955b, 84ff.

891C* ***"The Pig Eats the Money."***
Portuguese: Vasconcellos/Soromenho et al. 1963f. I, No. 228, Cardigos (forthcoming); Russian: SUS.

892 ***The Children of the King.***
Paris 1903a, 482–486, 546f.; Katona 1908; Popović 1922; Wesselski 1925, No. 19, cf. No. 46; DVldr 1935ff. II, No. 38; Almansi 1974; Bergel 1974; EM 3 (1981) 190–197 (E. Moser-Rath); cf. Roth/Roth 1986; cf. Röth 1998; Verfasserlexikon 10 (2000) 330–332 (U. Kocher).
Norwegian: Hodne 1984; Danish: Christensen/Bødker 1963ff., Nos. 15, 61; Faroesian: Nyman 1984; German: Moser-Rath 1984, 120, 285; Italian: Cirese/Serafini 1975; Greek: Megas/Puchner 1998; Armenian: Gullakjan 1990; Tadzhik: cf. Levin 1986, No. 6; Palestinian: El-Shamy 2004; Indian, Sri Lankan: Thompson/Roberts 1960; Egyptian: El-Shamy 2004.

893 ***The Unreliable Friends.***
Chauvin 1892ff. II, 194 No. 15, III, 124 No. 113, V, 215f., VIII, 194ff., IX, 15 No. 1, 16f.; Köhler/Bolte 1898ff. II, 557; Herbert 1910 III, 10, 55, 205; Basset 1924ff. II, Nos. 32, 52; Penzer 1924ff. V, 87; HDM 1 (1930–33) 94; BP IV, 358f.; Pedersen/Holbek 1961f. II, No. 181; Schwarzbaum 1968, 104; Tubach 1969, Nos. 2216, 2407; Ranelagh 1979, 168; EM 5 (1987) 287–293 (E. Schoenfeld); Schwarzbaum 1989a, 255–261; Marzolph 1992 II, No. 436; Lacarra 1999, 135–141; Schmidt 1999.
Finnish: Rausmaa 1982ff. II, No. 116; Estonian: Aarne 1918, No. 893*, Loorits 1959, No. 186; Latvian: Arājs/Medne 1977; Lithuanian: Kerbelytė 1999ff. II; Karelian: Kecskeméti/Paunonen 1974; Faeroese: Nyman 1984; Icelandic: Sveinsson 1929; English: Briggs 1970f. A II, 497ff.; French: cf. Delarue/Tenèze 1964ff. IV 2, No. 1381, Joisten 1971 II, No. 73; Spanish: Camarena/Chevalier 1995ff. IV, Goldberg 1998, No. H1558.1; Catalan: Neugaard 1993, No. H1558.1, Oriol/Pujol 2003; German: Moser-Rath 1984, 287; Italian: Busk 1874, 237ff., No. 7, Rotunda 1942, No. H1558.1; Hungarian: György 1934, No. 97, Dömötör 1992, No. 188, Dömötör 2001, 274; Czech: Dvořák 1978, No. 2216; Bosnian: Krauss/Burr et al. 2002, No. 90; Macedonian: Vroclavski 1979f. II, No. 33, Čepenkov/Penušliski 1989 III, Nos. 188, 276, IV, No. 505; Bulgarian: BFP; Greek: Loukatos 1957, 157ff., Megas/Puchner 1998; Polish: Krzyżanowski 1962f. I; Byelorussian, Ukrainian: SUS; Jewish: Larrea Palacín 1952f. II, No. 115, Haboucha 1992; Abkhaz: cf. Šakryl 1975, No. 74; Votyak: Kecskeméti/Paunonen 1974; Udmurt: Kralina 1961, No. 77; Kurdish: Nebez 1972, No. 10; Armenian: Levin 1982, No. 24; Georgian: Kurdovanidze 2000; Syrian: Oestrup 1897,

66ff. No. 4, El-Shamy 2004; Palestinian, Lebanese, Jordanian: El-Shamy 2004; Iraqi: Meißner 1904, No. 33, El-Shamy 2004; Saudi Arabian: El-Shamy 2004; Iranian: Marzolph 1984, No. *893, Marzolph 1994, 190ff.; Pakistani: Schimmel 1980, No. 16; Indian: Thompson/Roberts 1960; Burmese: Kasevič/Osipov 1976, No. 110; Korean: Zaborowski 1975, No. 29; Cambodian: Gaudes 1987, No. 43; Vietnamese: Karow 1972, No. 81; Japanese: Ikeda 1971, Inada/Ozawa 1977ff.; Spanish-American: Robe 1973; Cape Verdian: Parsons 1923b I, No. 68; Egyptian, Moroccan: El-Shamy 2004; Tunisian: Jahn 1970, No. 44, El-Shamy 2004; Algerian: Lacoste/Mouliéras 1965 I, No. 8, El-Shamy 2004; West African: Klipple 1992, 263.

894 ***The Ghoulish Schoolmaster and the Stone of Pity.***
BP I, 19; Megas 1974; EM 5(1987)821–824(K. Reichl); Goldberg 1995; Röth 1998; El-Shamy 1999, No. 13; EM 9(1999)1141–1146(A. Schmitt).
Latvian: Arājs/Medne 1977, No. 437; Lithuanian: Kerbelytė 1999ff. I, No. 437; Scottish: Campbell 1890ff. I, No. 13; Irish: cf. Ó Súilleabháin 1942, 572; Spanish: Camarena/Chevalier 1995ff. II, No. 437, cf. No. 438; Catalan: Oriol/Pujol 2003; Portuguese: cf. Cardigos(forthcoming), No. 438; Italian: Cirese/Serafini 1975, Nos. 437, 894; Hungarian: Dégh 1955f. II, No. 55; Macedonian: Čepenkov/Penušliski 1989 I, No. 72; Bulgarian: BFP, Nos. 437, 894; Albanian: Dozon 1881, No. 7; Greek: Boulenger 1935, 99ff., Dawkins 1953, Nos. 32, 33, Laográphia 16(1957)153–155, 394–398, cf. 398–400, Karlinger 1979, No. 19, Diller 1982, No. 65; Russian, Byelorussian, Ukrainian: SUS, No. 437; Turkish: Kúnos 1905, 215ff., Eberhard/Boratav 1953, No. 185, cf. Boratav 1967, 150ff.; Jewish: Larrea Palacín 1952f. I, No. 11, Haboucha 1992, Nos. 437, 894; Dagestan: cf. Chalilov 1965, No. 53; Cheremis/Mari: Kecskeméti/Paunonen 1974, No. 437; Azerbaijan: Seidov 1977, 101ff.; Kurdish: Wentzel 1978, No. 18; Armenian: Hoogasian-Villa 1966, No. 2, Gullakjan 1990; Uzbek: Afzalov et al. 1963 II, 34f., Reichl 1978, 68–70; Tadzhik: Rozenfel'd/Ryčkovoj 1990, No. 12; Georgian: Kurdovanidze 2000, No. 437; Syrian: El-Shamy 2004, Nos. 437, 894; Palestinian: Hanauer 1907, 221ff., Muhawi/Kanaana 1989, No. 35, El-Shamy 2004; Jordanian: El-Shamy 2004; Iraqi: Stevens 1931, No. 33, El-Shamy 2004, Nos. 437, 894; Saudi Arabian, Qatar: El-Shamy 2004, Nos. 437, 894; Kuwaiti: El-Shamy 2004; Yemenite: Nowak 1969, No. 149, El-Shamy 2004; Iranian: Lorimer/Lorimer 1919, No. 5, Marzolph 1984; Pakistani: Thompson/Roberts 1960, No. 437; Indian: Thompson/Roberts 1960, No. 437, Jason 1989; Brazilian: Camarena/Chevalier 1995ff. II, No. 437; Egyptian: Artin Pacha 1895, No. 3, Nowak 1969, Nos. 106, 149, El-Shamy 2004, Nos. 437, 894; Tunisian, Algerian: El-Shamy 2004, Nos. 437, 894; Moroccan: Dermenghem 1945, 21ff., El-Shamy 2004; Sudanese: Kronenberg/Kronenberg 1978, No. 6, El-Shamy 2004.

896 ***The Lecherous Holy Man and the Maiden in a Box.***
Chauvin 1892ff. VI, 158f. No. 322C.
Buryat, Mongolian: Lőrincz 1979, No. 407; Syrian, Palestinian, Saudi Arabian, Kuwaiti, Qatar, Yemenite: El-Shamy 2004; Indian: Thompson/Balys 1958, Nos. K1333, K1367, K1674, Q243.6, Thompson/Roberts 1960, Jason 1989, Blackburn 2001, No. 40; Sri Lankan: Parker 1910ff. II, Nos. 108, 139, 144, Thompson/Roberts 1960; Chinese: Ting 1978; Japanese: Ikeda 1971, Inada/Ozawa 1977ff.; Egyptian, Algerian, Moroccan: El-Shamy 2004.

897 ***The Orphan Girl and Her Cruel Sisters-in-Law.***
Armenian: Hoogasian-Villa 1966; Indian: Thompson/Balys 1958, Nos. H934.2, H1023.19, H1361.1, H1023.2.1.2, H1091.2, Thompson/Roberts 1960, Mode/Ray 1967, 173ff., Jason 1989, Blackburn 2001, No. 72; Sri Lankan: Thompson/Roberts 1960.

898 ***The Daughter of the Sun.*** (The Speechless Maiden. The Doll Bride.)
Köhler/Bolte 1896, 70, No. 28; EM 3(1981)259–267(G. Binder); Röth 1998; EM: Sonnentochter(forthcoming).
Danish: Kamp 1979f. II, 180ff., No. 17; French: Soupault 1959, No. 6; Spanish: Camarena/Chevalier 1995ff. IV; Catalan: Oriol/Pujol 2003; Portuguese: Oliveira 1900f. I, Nos. 3, 143, Cardigos(forthcoming); Italian: Cirese/Serafini 1975, De Simone 1994, No. 43; Hungarian: cf. Dömötör 1992, No. 87; Macedonian: Miliopoulos 1951, 101ff.; Bulgarian: cf. Parpulova/Dobreva 1982, 143ff., cf. BFP, No. *898A; Albanian: Hahn 1864 II, No. 108; Greek: Dawkins 1950, No. 11, Megas/Puchner 1998; Turkish: Eberhard/Boratav 1953, No. 91; Jewish: cf. Haboucha 1992, Nos. **898B, **898C; Abkhaz: Šakryl 1975, No. 44; Georgian: Dolidze 1956, 59f.; Syrian: Oestrup 1897, 56ff., No. 3, Nowak 1969, Nos. 78, 231, El-Shamy 2004; Palestinian: Muhawi/Kanaana 1989, No. 20, El-Shamy 2004; Jordanian, Saudi Arabian, Kuwaiti, Qatar: El-Shamy 2004; Iranian: Marzolph 1984; Afghan: Borcherding 1975, No. 15; Egyptian: Nowak 1969, No. 78, El-Shamy 2004; Libyan: Stumme 1898, 120ff. No. 5, Nowak 1969, No. 78, El-Shamy 2004; Tunisian: El-Shamy 2004; Algerian: Nowak 1969, No. 231, El-Shamy 2004; Moroccan: Fasi/Dermenghem 1928, 184ff., Nowak 1969, No. 78, El-Shamy 2004; Sudanese, Tanzanian: El-Shamy 2004.

899 ***Alcestis.***
Megas 1933; Brednich 1964a, 31–37; Schwarzbaum 1968, 289; EM 1(1977)315–319(G. A. Megas); Anderson 2000, 116f.
Italian: Cirese/Serafini 1975; Hungarian: Berze Nagy/Banó 1957 II, No. 803**; Ser-

bian: Čajkanović 1927, No. 87, Đjorđjevič/Milošević-Đjorđjević 1988, Nos. 134–136; Croatian: Karlinger/Mykytiuk 1967, No. 27; Rumanian: Schott/Schott 1971, No. 29; Bulgarian: BFP; Greek: Megas/Puchner 1998; Turkish: Eberhard/Boratav 1953, No. 113(8–10); Jewish: Noy 1965, No. 63, Jason 1965, 1975; Armenian: Gullakjan 1990; Iranian: Marzolph 1984; Indian: Jason 1989.

899A ***Pyramus and Thisbe.***
Chauvin 1892ff. V, 106f. No. 37, 116f. No. 52, 153f. No. 76; Branciforti 1959; Tubach 1969, No. 4015; Schmitt von Mühlenfels 1972; Frenzel 1988, 661–664; Röhrich 1989, 336–339; Verfasserlexikon 7(1989)928–930(K.-H. Schirmer/F. J. Worstbrock); Garrison 1994; Verfasserlexikon 9(1995)980; EM 11,1(2003)87–92(L. Lieb); Kern/Ebenbauer 2003, 545–548(M. Kern).
Icelandic: Boberg 1966, No. T81.6; Spanish: Goldberg 1998, No. T41.1; German: Panzer 1848f. II, No. 439, Fischer 1968, 343f., 445, Brunner/Wachinger 1986ff. VI, No. ^{2}A/501, IX, No. ^{2}S/1434, XI, No. ^{2}S/4999, Grubmüller 1996, No. 15; Italian: Schenda/Tomkowiak 1993, No. 134; Czech: Dvořák 1978, No. 4015; Jordanian, Egyptian, Tunisian, Algerian, Moroccan: El-Shamy 2004, No. 971§.

THE OBSTINATE WIFE LEARNS TO OBEY 900–909

900 ***King Thrushbeard.***
BP I, 443–449; Philippson 1923; Krohn 1931a, 144–149; HDM 2(1934–40)569f.(H. Honti); Roberts 1964, 59–61; Moser 1971; Bottigheimer 1987, 117, 119, 121f., 168, 184; Bluhm 1995, 32–34, 59–76; Scherf 1995 I, 695–699, 742–744, II, 1063–1065, 1076f.; EM 8(1996)148–156(I. Köhler-Zülch); Dekker et al. 1997, 194–198; Röth 1998; EM 9(1999)1118f; Müller 2002.
Finnish: Rausmaa 1982ff. II, Nos. 117, 118; Finnish-Swedish: Hackman 1917f. I, No. 180; Estonian: Aarne 1918; Latvian: Arājs/Medne 1977; Lithuanian: Kerbelytė 1999ff. II; Lappish: Qvigstad 1927ff. II, No. 53; Wotian, Karelian: Kecskeméti/Paunonen 1974; Swedish: Liungman 1961; Norwegian: Hodne 1984, 158; Danish: Grundtvig 1854ff. III, No. 1, Grundtvig 1876ff. III, 58ff., Holbek 1990, No. 31, Kvideland/Sehmsdorf 1999, No. 53; Faeroese: Nyman 1984; Icelandic: Schier 1983, No. 14; Irish: Ó Súilleabháin/Christiansen 1963; English: Briggs 1970f. B II, 77f.; French: Delarue/Tenèze 1964ff. IV 2; Spanish: Camarena/Chevalier 1995ff. IV; Catalan: Oriol/Pujol 2003; Portuguese: Oliveira 1900f. I, No. 141, Cardigos(forthcoming); Frisian: Kooi 1984a; Flemish: Meyer 1968; Luxembourg: Gredt 1883, No. 916;

German: Ranke 1955ff. III, Grimm KHM/Uther 1996 I, No. 52, cf. Grubmüller 1996, No. 9; Austrian: Haiding 1953, No. 45; Ladinian: Decurtins/Brunold-Bigler 2002, No. 126; Italian: Cirese/Serafini 1975, De Simone 1994, No. 16; Hungarian: MNK IV; Czech: Tille 1929ff. I, 351ff.; Slovakian: Gašparíková 1991f. I, Nos. 85, 194, 282, II, Nos. 392, 437, 539; Slovene: Gabrščček 1910, 181ff.; Bulgarian: BFP; Polish: Krzyżanowski 1962f. I; Greek: Megas/Puchner 1998; Russian, Byelorussian, Ukrainian: SUS; Turkish: Eberhard/Boratav 1953, No. 190, not. A(a, d); Jewish: Jason 1965, 1975; Gypsy: MNK X 1; Syrian: El-Shamy 2004; Iraqi: cf. Nowak 1969, No. 92; Qatar, Yemenite: El-Shamy 2004; Indian: Thompson/Roberts 1960; Chinese: Ting 1978; Cambodian: Sacher 1979, 158ff.; US-American: Baughman 1966; Mexican: Robe 1973; Puerto Rican: Hansen 1957; Brazilian: Alcoforado/Albán 2001, No. 63; West Indies: Flowers 1953; Egyptian: Nowak 1969, No. 70; Libyan: El-Shamy 2004; Moroccan: cf. Nowak 1969, No. 92, El-Shamy 2004; Congolese: Klipple 1992, 263f.

900C* ***The Half-Pear.***
Wlislocki 1888; Wolff 1893; BP I, 445, 446 not. 1; Wesselski 1925, No. 26; EM 2 (1979) 421–425 (K. Ranke); Uther 1981, 92–94, 96; Verfasserlexikon 3 (1981) 404f. (N. R. Wolf).
Portuguese: cf. Soromenho/Soromenho 1984 II, Nos. 607, 608, Cardigos (forthcoming), No. 1545*C; German: Jahn 1890, 10ff.

901 ***Taming of the Shrew.***
Simrock 1870 I, 327–354; Chauvin 1892ff. II, 157 No. 35; Köhler/Bolte 1898ff. I, 137, III, 40–44; Philippson 1923; Tubach 1969, No. 4354; Frosch-Freiburg 1971, 87–95; Schwarzbaum 1979, 406; Ranelagh 1979, 160f.; Tekinay 1980, 199–201; Baumann 1984; Brauner 1991; Brunvand 1991; Dekker et al. 1997, 145–147; Röth 1998; Verfasserlexikon 10 (2000) 1473–1475 (U. Bichel); EM: Zähmung der Widerspenstigen (in prep.).
Finnish: Rausmaa 1982ff. II, No. 119; Finnish-Swedish: Hackman 1917f. I, No. 181; Estonian: Aarne 1918; Latvian: Arājs/Medne 1977; Lithuanian: Kerbelytė 1999ff. II; Wepsian, Wotian, Karelian: Kecskeméti/Paunonen 1974; Swedish: Liungman 1961; Norwegian: Hodne 1984; Danish: Grundtvig 1854ff. I, No. 101, III, No. 21, Holbek 1990, No. 32; Icelandic: Sveinsson 1929; Irish: Ó Súilleabháin/Christiansen 1963; French: Delarue/Tenèze 1964ff. IV 2; Spanish: Camarena/Chevalier 1995ff. IV, González Sanz 1996, Goldberg 1998, No. N12; Catalan: Neugaard 1993, No. N12, Oriol/Pujol 2003; Portuguese: Oliveira 1900f. II, No. 432, Cardigos (forthcoming);

Dutch: Sinninghe 1943; German: Meyer 1932, Ranke 1955ff. III, cf. Roth 1977, No. D22, Moser-Rath 1984, 105, 108f., 115, 285, 289f., 290; Austrian: Haiding 1953, No. 45; Ladinian: Decurtins 1896ff. X, 612 No. 3; Italian: Cirese/Serafini 1975; Sardinian: Cirese/Serafini; Maltese: Mifsud-Chircop 1978; Hungarian: MNK VII A, No. 1366B*; Slovene: Kropej 1995, 190f.; Rumanian: cf. Stroescu 1969 II, Nos. 5118, 5154; Bulgarian: BFP; Greek: cf. Loukatos 1957, 277f., Megas/Puchner 1998; Russian, Byelorussian, Ukrainian: SUS; Jewish: Jason 1965; Mordvinian: Kecskeméti/Paunonen 1974; Siberian: Soboleva 1984; Georgian: Kurdovanidze 2000; Palestinian, Iraqi: El-Shamy 2004; Indian: Thompson/Roberts 1960, Jason 1989; Australian: Adams/Newell 1999 I, 336; US-American: Baughman 1966; Spanish-American, Mexican: Robe 1973; African American: Burrison 1989, 182f.; Egyptian, Tunisian, Moroccan: El-Shamy 2004; South African: Coetzee et al. 1967; Malagasy: Haring 1982, No. 2.3.901.

901B* ***Who Works Not Eats Not.***
Cf. EM 4(1984)471–475(J. R. Klíma); EM 5(1987)145.
Latvian: Arājs/Medne 1977, Nos. 901B*, 1370A*; Lithuanian: Kerbelytė 1999ff. II, No. 1370A*; Karelian: Kecskeméti/Paunonen 1974; Irish: Ó Súilleabháin/Christiansen 1963, No. 1370A*; Spanish: Camarena/Chevalier 1995ff. IV; Portuguese: Oliveira 1900f. I, No. 70, Cardigos(forthcoming); Italian: Cirese/Serafini 1975, Nos. 901B*, 1370A*; Hungarian: MNK VII A, No. 1370A*; Serbian: Đjorđjević/Milošević-Đjorđjević 1988, No. 164; Croatian: Bošković-Stulli 1959, No. 52; Rumanian: Stroescu 1969 II, No. 5151; Bulgarian: BFP, Nos. 901B*, 1370A*; Greek: Megas/Puchner 1998; Russian, Byelorussian, Ukrainian: SUS, Nos. 901B*, 1370A*; Turkish: Eberhard/Boratav 1953, No. 304; Jewish: Jason 1975, No. 1370A*; Kurdish: Džalila et al. 1989, No. 227; Votyak: Kecskeméti/Paunonen 1974, No. 1370A*; Siberian: Soboleva 1984, Nos. 901B*, 1370A*; Georgian: Kurdovanidze 2000, No. 1370A*; Iranian: Marzolph 1984; Pakistani: Schimmel 1980, No. 4; Brazilian: Alcoforado/Albán 2001, No. 64; Egyptian: El-Shamy 1995 I, No. J1013§.

902* ***The Lazy Woman is Cured.***
EM 5(1987)144–148(H.-J. Uther).
Finnish: Rausmaa 1982ff. II, Nos. 120, 121, VI, No. 63; Estonian: Aarne 1918; Latvian: Arājs/Medne 1977, Nos. 902*, 1371**; Lithuanian: Basanavičius/Aleksynas 1993f. II, No. 160, Kerbelytė 1999ff. II; Wotian: Kecskeméti/Paunonen 1974; Portuguese: Oliveira 1900f. II, No. 440, Cardigos(forthcoming); Austrian: cf. Zaunert 1926, 322ff.; Italian: Cirese/Serafini 1975, Nos. 902*, 1371**; Hungarian: MNK VII A, No. 1371**; Czech: Tille 1929ff. I, 413; Slovakian: Polívka 1923ff. IV, No. 124,

Gašparíková 1991f. I, No. 326; Slovene: Šašelj 1906f. II, 248f.; Serbian: cf. Đjorđjević/Milošević-Đjorđjević 1988, Nos. 167, 168, Eschker 1992, No. 107; Macedonian: Mazon 1923, 132ff., 216, cf. Eschker 1972, No. 64; Rumanian: cf. Bîrlea 1966 III, 209ff., 498f., Stroescu 1969 II, No. 5155; Bulgarian: BFP, No. 1371**; Albanian: Mazon 1936, No. 62; Greek: Megas/Puchner 1998; Polish: cf. Krzyżanowski 1962f. I, No. 902, Simonides 1979, Nos. 4, 5, 168; Russian, Ukrainian: SUS, Nos. 902*, 1371**; Byelorussian: SUS, No. 1371**; Mordvinian: Kecskeméti/Paunonen 1974; Siberian: Soboleva 1984, Nos. 902*, 1371**; Palestinian: El-Shamy 2004; Japanese: cf. Ikeda 1971, No. 902A, Q495.1; Egyptian: El-Shamy 2004.

903A* ***Quick-Tempered Maiden.***
Lithuanian: Aleksynas 1974, No. 143; Spanish: Chevalier 1983, No. 60; Portuguese: Cardigos (forthcoming); Italian: Cirese/Serafini 1975; Serbian: Đjorđjevič/Milošević-Đjorđjević 1988, No. 163; Rumanian: Schullerus 1928, No. 903*; Gypsy: Briggs 1970f. A I, 554ff.; Syrian, Sudanese: El-Shamy 2004.

903C* ***Mother-in-Law and Daughter-in-Law.***
Cf. EM: Schwiegereltern (forthcoming).
Italian: Cirese/Serafini 1975; Serbian: Bogdanovič 1930, No. 50; Croatian: Stojanović 1867, No. 17; Bosnian: Krauss 1914, 272ff.; Rumanian: Schullerus 1928, No. 902; Bulgarian: Nicoloff 1979, No. 60; Greek: Megas/Puchner 1998; Turkish: Eberhard/Boratav 1953, Nos. 251, 370; Jewish: Jason 1965, 1975, Haboucha 1992; Syrian, Palestinian, Iraqi, Saudi Arabian, Kuwaiti, Qatar: El-Shamy 2004; Iranian: cf. Marzolph 1984, No. *1407B; Egyptian, Tunisian, Sudanese: El-Shamy 2004.

905A* ***The Wicked Queen Reformed by Whipping by a Cobbler.***
EM: Vertauschung schlafender Ehepaare (in prep.).
Finnish: Rausmaa 1982ff. II, No. 122; Lithuanian: Kerbelytė 1999ff. II; Latvian: Arājs/Medne 1977; German: Toeppen 1867, 165f., Zenker-Starzacher 1941, 77ff.; Italian: Busk 1874, 348ff.; Czech: Tille 1929ff. II 2, 184ff., Jech 1961, No. 42; Slovakian: Gašparíková 1981a, 16; Polish: cf. Krzyżanowski 1962f. I, No. 757A; Russian, Byelorussian, Ukrainian: SUS; Gypsy: MNK X 1; Siberian: Soboleva 1984; Georgian: cf. Kurdovanidze 2000, No. 905A**.

GOOD PRECEPTS 910–919

910 ***The Clever Precepts*** (previously ***Precepts Bought or Given Prove Correct***).
Chauvin 1892ff. II, 126 No. 130, 196 No. 26, V, 89ff. No. 28, VIII, 182 No. 218, IX, 32 No. 24; Köhler/Bolte 1898ff. II, 165–167; Wesselski 1925, No. 32; Tubach 1969, No. 1282; Schwarzbaum 1978, 544, 548 not. 15; Pichette 1991; Marzolph 1992 II, No. 949; EM 11,1(2003)259–267(J.-P. Pichette).
Latvian: Šmits 1962ff. X, 324ff., Ambainis 1979, No. 78; Karelian: Kecskeméti/Paunonen 1974; Norwegian: Kvideland 1972, No. 41; Icelandic: Sveinsson 1929; Irish: Ó Súilleabháin/Christiansen 1963, No. 910–914; English: Baughman 1966, Briggs 1970f. A II, 488ff., 504f.; French: Delarue/Tenèze 1964ff. IV 2; Spanish: Camarena/Chevalier 1995ff. IV, Nos. 910, 910M; Portuguese: Trancoso/Ferreira 1974, 94ff., Cardigos(forthcoming); Frisian: Kooi 1984a; German: Meyer 1925b, Cammann 1967, No. 156; Swiss: EM 7(1993)872; Italian: Cirese/Serafini 1975, Appari 1992, Nos. 33, 48; Corsican: Ortoli 1883, 118 No. 17; Hungarian: György 1934, No. 204; Slovakian: Gašparíková 1991f. I, No. 56; Macedonian: Popvasileva 1983, Nos. 59, 61, cf. Čepenkov/Penušliski 1989 III, Nos. 262, 290; Rumanian: Karlinger/Bîrlea 1969, No. 24; Bulgarian: Parpulova/Dobreva 1982, 284ff., BFP, Nos. *910L, cf. *911**; Greek: Laográphia 21(1963/64)491ff.; Russian: Nikiforov/Propp 1961, No. 40; Ukrainian: Hnatjuk 1909f. II, No. 278, Mykytiuk 1979, Nos. 8, 31; Turkish: Eberhard/Boratav 1953, No. 308; Jewish: Larrea Palacín 1952f. II, No. 121, Jason 1965, 1975, 1988a, Bin Gorion 1990, No. 35, Haboucha 1992, Nos. 910*P, 910*Q, cf. No. **910M; Gypsy: Mode 1983ff. III, Nos. 162, 170; Dagestan: Chalilov 1965, No. 73, cf. No. 76; Abkhaz: Šakryl 1975, No. 49, Levin 1978, No. 31; Cheremis/Mari: Beke 1951, 94ff.; Azerbaijan: Achundov 1968, 191ff.; Kurdish: Džalila 1989, Nos. 61, 88; Yakut: Ėrgis 1967, No. 322; Uzbek: Laude-Cirtautas 1984, Nos. 42–44; Tadzhik: Grjunberg/Steblin-Kamenskov 1976, 51f., Levin 1986, No. 24; Kalmyk: Vatagin 1964, No. 26; Mongolian: Heissig 1963, No. 27; Georgian: Fähnrich 1995, No. 4; Syrian, Lebanese, Palestinian, Oman: El-Shamy 2004; Saudi Arabian: Nowak 1969, No. 274, Jahn 1970, No. 45, Fadel 1979, No. 60, El-Shamy 2004; Afghan: Lebedev 1986, 166ff.; Pakistani: Schimmel 1980, Nos. 3, 6; Indian: Thompson/Balys 1958, No. J163.4, Thompson/Roberts 1960, No. 910Z, Jason 1989; Sri Lankan: Parker 1910ff. III, Nos. 209, 250, Thompson/Roberts 1960; Chinese: Ting 1978; Thai: Velder 1968, No. 27; Cambodian: Gaudes 1987, Nos. 43, 50, 55; Indonesian: Vries 1925f. I, No. 46; Japanese: Inada/Ozawa 1977ff.; French-Canadian: Lemieux 1974ff. III, No. 12, IX, No. 8, XIII, No. 7; Spanish-American: Espinosa 1937, Nos. 25, 26, 69, Rael 1957 II, Nos. 317, 318; Chilean: Pino

Saavedra 1960ff. II, No. 139; Egyptian, Algerian, Sudanese, Tanzanian: El-Shamy 2004; Malagasy: Haring 1982, Nos. 1.6.910, 2.1.910.

910A ***The Father's Precepts Disregarded*** (previously ***Wise Through Experience***).
Chauvin 1892ff. VI, No. 195, VIII, 138f. No. 136; Köhler/Bolte 1896, 169–171, No. 81; Tubach 1969, No. 72; Schwarzbaum 1979, 548 not. 15; Pichette 1991, 12–26; Röth 1998; EM 11,1(2003)259–267(J.-P. Pichette).
Finnish 1982ff. II, No. 123; Estonian: Aarne 1918; Latvian: Arājs/Medne 1977, Nos. 910A, cf. *912*; Lithuanian: Basanavičius 1993f. II, No. 65, Kerbelytė 1999ff. II, Nos. 910A, 911*; Lappish: Bartens 2003, No. 54; Wotian: Kecskeméti/Paunonen 1974; Swedish: Liungman 1961; Norwegian: Hodne 1984; Icelandic: Sveinsson 1929, Boberg 1966, Nos. J21.52, J154, Kvideland/Eiríksson 1988, No. 16; Scottish: Briggs 1970f. A II, 491ff.; Irish: Ó Súilleabháin/Christiansen 1963; English: Briggs 1970f. A II, 495f., Wehse 1979, No. 430; French: Tegethoff 1923 II, No. 36, Delarue/Tenèze 1964ff. IV 2; Spanish: Camarena/Chevalier 1995ff. IV, Nos. 910A, 910J, Goldberg 1998, No. J154; Catalan: Oriol/Pujol 2003; Flemish: Meyer 1968; Italian: Cirese/Serafini 1975; Maltese: Mifsud-Chircop 1978, No. 910A, 911*; Hungarian: MNK IV, No. 911*; Slovakian: cf. Gašparíková 2000, No. 24; Slovene: Križnik 1874, 5f.; Rumanian: Bîrlea 1966 II, 534ff., III, 467f.; Bulgarian: Parpulova/Dobreva 1982, 289ff., Daskalova et al. 1985, No. 119, BFP, Nos. 910A, 911*; Greek: Loukatos 1957, 157ff., Megas/Puchner 1998, Nos. 910A, 910J; Polish: Krzyżanowski 1962f. I, cf. Nos. 910, 910B; Russian, Byelorussian, Ukrainian: SUS, Nos. 910A, 911*; Turkish: Eberhard/Boratav 1953, No. 308 V, Boratav 1967, No. 1; Jewish: Haboucha 1992; Gypsy: MNK X 1; Abkhaz: Šakryl 1975, No. 75; Cheremis/Mari: Kecskeméti/Paunonen 1974; Armenian: Gullakjan 1990; Mongolian: cf. Lőrincz 1979, No. 910A*; Syrian: El-Shamy 2004, No. 911*; Lebanese: Nowak 1969, No. 273; Iraqi: El-Shamy 2004, No. 911*; Saudi Arabian: Nowak 1969, No. 274, El-Shamy 2004, No. 911*; Persian Gulf, Qatar, Yemenite: El-Shamy 2004, No. 911*; Iranian: Marzolph 1984; Indian: Thompson/Roberts 1960, No. 910J, Jason 1989, Nos. 910A, 910J; Chinese: Ting 1978, No. 911*; Indonesian: Vries 1925f. II, 409 No. 230; Spanish-American: TFSP 30(1961) 261; West Indies: Flowers 1953; Egyptian: El-Shamy 2004, No. 911*; Tunisian, Moroccan: El-Shamy 2004, Nos. 910A, 911*; West African: Klipple 1992, 268; Sudanese: El-Shamy 2004, Nos. 910A, 911*; Somalian: El-Shamy 2004, No. 911*; Malagasy: Haring 1982, No. 2.4.910 A.

910B ***The Observance of the Master's Precepts*** (previously ***The Servant's Good Counsels***).

Chauvin 1892ff. II, 157 No. 36, VII, 169f. No. 444, VIII, 138f. No. 136; Köhler/Bolte 1896, 169–171, No. 81; BP IV, 149f.; Basset 1924ff. II, No. 117; Tubach 1969, Nos. 70, 3796, 4111; Laurence 1976; cf. EM 3(1981)1084–1093(U. Masing); Pichette 1991, 29–32, 45–576; Lieb 1996, 61–65; Dekker et al. 1997, 418–421; Röth 1998; EM 11,1 (2003)259–267(J.-P. Pichette); Marzolph/Van Leeuwen 2004, No. 440.

Finnish: Rausmaa 1982ff. II, No. 124; Finnish-Swedish: Hackman 1917f. I, No. 182; Estonian: Aarne 1918; Livonian: Loorits 1926; Latvian: Arājs/Medne 1977; Lithuanian: Kerbelytė 1999ff. II; Wepsian, Lydian, Karelian, Syrjanian: Kecskeméti/Paunonen 1974; Swedish: Liungman 1961; Norwegian: Hodne 1984; Danish: Kamp 1877, No. 893; Faeroese: Nyman 1984; Icelandic: Boberg 1966, Nos. J21.2, J21.3; Scottish: McKay 1940, No. 6, Bruford/MacDonald 1994, No. 15; Irish: Ó Súilleabháin/Christiansen 1963; English: Baughman 1966; French: Delarue/Tenèze 1964ff. IV 2; English: Baughman 1966; Spanish: Camarena/Chevalier 1995ff. IV, González Sanz 1996, Goldberg 1998, Nos. J21.2, *J21.54, K2155; Catalan: Oriol/Pujol 2003; Portuguese: Oliveira 1900f. II, No. 261, Cardigos(forthcoming); Dutch: Kooi 2003, No. 38; Frisian: Kooi 1984a; German: Berger 2001, No. 910B*; Swiss: Büchli/Brunold-Bigler 1989ff. I, 846ff.; Ladinian: Decurtins 1896ff. II, No. 19, X, No. 11; Italian: Cirese/Serafini 1975, De Simone 1994, No. 75f; Corsican: Massignon 1963, No. 62; Sardinian: Cirese/Serafini; Hungarian: MNK IV; Czech: Tille 1929ff. II 2, 23ff.; Slovakian: Gašparíková 1991f. I, No. 56, II, Nos. 391, 509; Slovene: Gabrščєk 1910, 56ff.; Serbian: Eschker 1992, No. 53; Rumanian: Schullerus 1928, Nos. 910B, 910E; Bulgarian: BFP; Albanian: Lambertz 1922, 175f.; Greek: Dawkins 1953, No. 75, Megas/Puchner 1998; Russian, Byelorussian, Ukrainian: SUS; Turkish: Eberhard/Boratav 1953, Nos. 204 III 3, 256 III 2, 256 III 7, 307 IV, 308 III 2; Jewish: Noy 1965, No. 69, Jason 1965, 1975, 1988a, Haboucha 1992; Cheremis/Mari: Kecskeméti/Paunonen 1974; Armenian: Gullakjan 1990; Siberian: Soboleva 1984; Mongolian: cf. Lőrincz 1979, No. 910L*; Georgian: Kurdovanidze 2000; Syrian, Jordanian: El-Shamy 2004; Lebanese, Palestinian: El-Shamy 2004, No. 939B§; Iraqi: El-Shamy 2004, Nos. 910B, 939B§; Qatar: El-Shamy 2004; Iranian: Marzolph 1984; Indian: Thompson/Roberts 1960, Nos. 910B, 910H, Jason 1989, Nos. 910B, 910H; Burmese: Kasevič/Osipov 1976, No. 177; Sri Lankan: Thompson/Roberts 1960, No. 910B, 910H; Chinese: Riftin et al. 1977, No. 32, Ting 1978; Indonesian: Vries 1925f. II, 409 No. 229; Japanese: Ikeda 1971; French-Canadian: Lacourcière 1976; US-American: Baughman 1966; Spanish-American, Mexican: Robe 1973; Cuban, Dominican, Puerto Rican: Hansen 1957; Mayan: Peñalosa 1992; Chilean: Hansen 1957; Brazilian: Alcoforado/Albán 2001,

No. 65; West Indies: Flowers 1953; Egyptian: Nowak 1969, No. 280, El-Shamy 2004; Algerian, Moroccan: El-Shamy 2004; Sudanese: El-Shamy 2004.

910C ***Think Carefully Before You Begin a Task.***
Clouston 1887 II, 317–321; Chauvin 1892ff. II, 192 No. 11, VIII, 140 No. 139, 144f. No. 145B; Köhler/Bolte 1898ff. II, 559; Cosquin 1903, 35–40; Basset 1924ff. II, 422 No. 140, III, 126, No. 80; Kasprzyk 1963, No. 60; Tubach 1969, No. 5324; EM 1(1977) 1215–1217(H. Stein); Pichette 1991, 32–36; Dekker et al. 1997, 418–421.
Finnish: Rausmaa 1982ff. II, No. 125; Lithuanian: Kerbelytė 1999ff. II; Swedish: Liungman 1961; Danish: cf. Kristensen 1900, No. 346; Icelandic: Sveinsson 1929; Spanish: Goldberg 1998, Nos. J21.1; Portuguese: Oliveira 1900f. II, No. 364, Cardigos (forthcoming); Frisian: Kooi 1984a; German: Moser-Rath 1984, 286, 288, Tomkowiak 1993, 259; Czech: Dvořák 1978, No. 5324; Slovakian: Polívka 1923ff. IV, No. 126E; Macedonian: Čepenkov/Penušliski 1989 III, No. 261; Bulgarian: BFP; Greek: Megas/Puchner 1998; Russian, Ukrainian: SUS; Turkish: Eberhard/Boratav 1953, No. 313; Jewish: Noy 1963a, No. 87, Bin Gorion 1990, No. 35, Jason 1965, 1975, Haboucha 1992; Kurdish: Džalila et al. 1989, No. 89; Syrian, Palestinian, Iraqi, Yemenite: El-Shamy 2004; Indian: Thompson/Roberts 1960, Jason 1989; Burmese: Kasevič/Osipov 1976, No. 201; Nepalese: Sakya/Griffith 1980, 190ff., Unbescheid 1987, No. 39; Chinese: Ting 1978; Indonesian: Kratz 1973, No. 33; Egyptian, ALgerian, Moroccan, Sudanese: El-Shamy 2004.

910D ***The Treasure Behind the Nail*** (previously ***The Treasure of the Hanging Man***).
Kirchhof/Oesterley 1869 I 1, No. 187; Child 1882ff. V, Nos. 267; Clouston 1887 II, 53; Chauvin 1892ff. V, 133ff. No. 63, VIII, 93f. No. 65; Frey/Bolte 1896, No. 81; Montanus/Bolte 1899, 503f.; Wesselski 1908, No. 34; Pauli/Bolte 1924 II, No. 709; Weinreich 1951; Granger 1977, No. n1; Ranelagh 1979, 231–233; Pichette 1991, 36f.; Marzolph/Van Leeuwen 2004, Nos. 291, 459; EM: Schatz hinter dem Nagel(forthcoming).
Finnish: Rausmaa 1982ff. II, No. 126; Estonian: Aarne 1918, No. 910D*; Latvian: Arājs/Medne 1977; Lithuanian: Kerbelytė 1999ff. II; Lappish: Qvigstad 1927ff. I, No. 33; Norwegian: Hodne 1984, 206; Icelandic: Sveinsson 1929, Kvideland/Eiríksson 1988, No. 16; Irish: Ó Súilleabháin/Christiansen 1963; Welsh: Emerson 1894, 61ff.; English: Briggs 1970f. A II, 406; Spanish: Camarena/Chevalier 1995ff. IV; Portuguese: Oliveira 1900f. II, No. 343, Cardigos(forthcoming); Dutch: Meder/Bakker 2001, No. 175; Frisian: Kooi 1984a; German: Moser-Rath 1964, No. 11; Italian:

Cirese/Serafini 1975; Slovakian: Polívka 1923ff. IV, No. 126F; Bosnian: Schütz 1960, No. 1; Bulgarian: BFP; Greek: Megas/Puchner 1998; Polish: Krzyżanowski 1962f. I; Russian, Byelorussian: SUS; Turkish: Eberhard/Boratav 1953, No. 175 III, 215 III, 315, 350 III; Jewish: Larrea Palacín 1952f. I, No. 61, Noy 1963a, No. 14, Jason 1965, 1975, 1988a; Chechen-Ingush: Levin 1978, No. 54; Kurdish: Wentzel 1978, No. 16; Yakut: Ėrgis 1967, No. 322; Georgian: Kurdovanidze 2000; Syrian: Nowak 1969, No. 134, El-Shamy 2004; Palestinian: Littmann 1957, 217ff., El-Shamy 2004; Jordanian: El-Shamy 2004; Saudi Arabian: Fadel 1979, No. 57, El-Shamy 2004; Iranian: Marzolph 1984, Marzolph 1994a, 102ff.; Indian: Thompson/Roberts 1960; Japanese: Ikeda 1971; Mexican: Robe 1973; Ecuadorian: cf. Carvalho-Neto 1966, No. 42.

910E ***"Find the Treasure in our Vineyard!"*** (previously ***Father's Counsel: Where Treasure Is***).

Kirchhof/Oesterley 1869 I 1, No. 172; Perry 1965, 428f. No. 42; Ranke 1955b, 51f.; Pedersen/Holbek 1961f. II, No. 153; Schwarzbaum 1979, 106 not. 19, 501, 502 not. 11; Schneider 1982, 394; Pichette 1991, esp. 37; EM: Schatz im Weinberg (forthcoming).

Lithuanian: Kerbelytė 1999ff. II; Latvian: Arājs/Medne 1977; Irish: Ó Súilleabháin/Christiansen 1963; Spanish: Camarena/Chevalier 1995ff. IV, Goldberg 1998, No. H588.7; Catalan: Neugaard 1993, No. H588.7, Oriol/Pujol 2003; Frisian: Kooi 1984a; German: Moser-Rath 1964, No. 179, Moser-Rath 1984, 286, Tomkowiak 1993, 260; Swiss: Brunold-Bigler/Anhorn 2003, 291, No. 712; Italian: Cirese/Serafini 1975; Hungarian: Dömötör 1992, No. 401; Maltese: Mifsud-Chircop 1978; Slovene: Slovenski gospodar 63 (1929) 11; Bosnian: Krauss/Burr et al. 2002, No. 101; Bulgarian: BFP; Russian: Veršinin 1962, No. 78; Ukrainian: SUS; Jewish: Jason 1975, 1988a, cf. Haboucha 1992, No. **910L; Kurdish: Džalila 1989, No. 102; Uzbek: Laude-Cirtautas 1984, No. 47; Indian: Thompson/Roberts 1960; Chinese: Ting 1978; Japanese: Inada/Ozawa 1977ff.; Ecuadorian: Carvalho-Neto 1966; Egyptian: El-Shamy 2004.

910F ***The Quarreling Sons and the Bundle of Twigs.***

Chauvin 1892ff. VIII, 93f. No. 65; Pauli/Bolte 1924 II, No. 861; Pedersen/Holbek 1961f. II, No. 103; Tubach 1969, Nos. 2980, 4623; EM 3 (1981) 1256–1261 (H. M. El-Shamy); Pichette 1991, 37f.; Marzolph 1992 II, No. 1059.

Latvian: Arājs/Medne 1977; Lithuanian: Kerbelytė 1999ff. II; Irish: Ó Súilleabháin/Christiansen 1963; French: Cifarelli 1993, No. 282; Frisian: Kooi 1984a; German: Rehermann 1977, 143, 300 No. 42, 399 No. 38, 429 No. 14, 440 No. 1, Tomkowiak 1993, 260f.; Hungarian: György 1934, No. 35, Dömötör 1992, No. 438; Bulgarian: BFP; Greek: Megas 1970, No. 52, Megas/Puchner 1998; Polish: cf. Krzyżanowski 1962f. I,

No. 277; Russian, Ukrainian: SUS; Jewish: Jason 1975; Azerbaijan: Seidov 1977, 145f.; Uzbek: Schewerdin 1959, 132f.; Tadzhik: Rozenfel'd/Ryčkovoj 1990, No. 48; Georgian: Kurdovanidze 2000; Indian: Thompson/Roberts 1960, Jason 1989; Chinese: Ting 1979; Japanese: Ikeda 1971; Filipino: Wrigglesworth 1993, No. 13; Spanish-American: TFSP 31(1962)26f.; East African: Arewa 1966, No. 4246, Klipple 1992, 381f.

910G ***Man Buys a Pennyworth of Wit.***
Pichette 1991, esp. 38; EM: Verstand für einen Pfennig(in prep.).
English: Briggs 1970f. A II, 238ff., Wehse 1979, No. 430; Spanish: Camarena Laucirica 1991, No. 212, Spanish: Camarena/Chevalier 1995ff. IV; Portuguese: Trancoso/Ferreira 1974, 53ff., Cardigos(forthcoming); Italian: Cirese/Serafini 1975; Greek: Megas/Puchner 1998; Russian: SUS; Turkish: Eberhard/Boratav 1953, No. 323 III; Jewish: Jason 1965; Armenian: Hoogasian-Villa 1966, No. 6; West Indies: Flowers 1953, 474.

910K ***Walk to the Ironworks*** (previously ***The Precepts and the Uriah Letter***).
Wesselski 1909, No. 34; Wesselski 1936, 88f.; Tubach 1969, Nos. 1282, 2205; Schwarzbaum 1980, 273; EM 5(1987)662–671(C. Shojaei Kawan); Pichette 1991, 39f.; Marzolph 1992 II, No. 437; El-Shamy 1999, No. 26; Marzolph/Van Leeuwen 2004, No. 411.
Estonian: Loorits 1959, No. 102, Viidalepp 1980, No. 117; Lithuanian: Dowojna-Sylwestrowicz 1894, 53ff., 105ff., 348f., Boehm/Specht 1924, No. 45, Cappeller 1924, No. 42; Danish: Stroebe 1915 I, No. 16, Holbek 1990, No. 30; Icelandic: Boberg 1966, Nos. K978, K1612; Irish: Ó Duilearga 1981, No. 50; Welsh: Thomas 1907, 229; French: Tegethoff 1923 I, 106ff.; Spanish: Goldberg 1998, Nos. K978, K1612; Frisian: Kooi 1984a; German: Bünker 1906, No. 20, Tomkowiak 1993, 261; Czech: Tille 1929ff. II 2, 385, Dvořák 1978, No. 2205; Serbian: Čajkanović 1927 I, Nos. 85, 196; Macedonian: Tošev 1954, 92ff.; Rumanian: Dima 1844, No. 24; Bulgarian: BFP, No. *911***; Albanian: Leskien 1915, No. 50, Lambertz 1952, 106ff.; Greek: Dawkins 1953, No. 71, Megas/Puchner 1998; Turkish: Eberhard/Boratav 1953, Nos. 256 III 5, IV 2, 308 III 2c; Jewish: Gaster 1924, No. 345, Jason 1965, 1988a, Bin Gorion 1990, No. 218, Haboucha 1992, No. 910*L; Gypsy: cf. Mode 1983ff. II, No. 76; Abkhaz: Šakryl 1975, No. 80; Adygea: Levin 1978, No. 29; Kabardin: Levin 1978, No. 35; Kurdish: Wentzel 1978, No. 26; Armenian: Macler 1928f. I, 133ff.; Kazakh: Sidel'nikov 1952, 237ff., Sidel' nikov 1958ff. I, 94ff.; Kara-Kalpak: Volkov 1959, No. 26; Uzbek: Afzalov et al. 1963 II, 176ff.; Tadzhik: Amonov 1961, 473ff., Rozenfel'd/Ryčkovoj 1990, No. 16; Geor-

gian: Orbeliani/Awalischwili et al. 1933, No. 12, Dolidze 1956, 214ff.; Iraqi, Persian Gulf: El-Shamy 2004; Saudi Arabian: Jahn 1970, No. 45; Pakistani, Indian, Sri Lankan: Thompson/Roberts 1960; Burmese: Kasevič/Osipov 1976, No. 910*; Chinese: Ting 1978; Indonesian: Vries 1925f. I, No. 46, II, No. 136; Japanese: Inada/Ozawa 1977ff.; Moroccan: Laoust 1949, Nos. 83, 84; Togolese: Cardinall 1931, 140ff.; Ethiopian: Müller 1992, No. 80; Somalian: Reinisch 1900 I, No. 34; Central African: Lambrecht 1967, No. 3710.

910L ***Do Not Drive the Insects Away.***

Köhler/Bolte 1898ff. II, 375–377; Pauli/Bolte 1924 I, No. 186; Schwarzbaum 1968, 361f.; Tubach 1969, Nos. 2086, 2087; Schwarzbaum 1979, 488–491; EM 4(1984) 1295–1299(H.-J. Uther); Dicke/Grubmüller 1987, No. 195.

Latvian: Arājs/Medne 1977, No. *927C*; French: Cifarelli 1993, No. 446; Spanish: Childers 1977, No. J215.1, Goldberg 1998, No. J215.1; Portuguese: Braga 1914f. II, No. 30; German: Harpagiander(1718)No. 794(EM archive), Müller 1924, No. 52, Wossidlo/Neumann 1963, No. 389, cf. Neumann 1971, No. 145, Brunner/Wachinger 1986ff. XII, No. [2]VogM/9; Swiss: cf. Trümpy 1980; Hungarian: György 1934, No. 103, Scheiber 1985, 326ff., Dömötör 1992, No. 328; Czech: Dvořák 1978, No. 2087; Bulgarian: BFP, No. *998**.

910M ***Prayers for the Tyrant.***

Köhler/Bolte 1898ff. II, 560; Arlotto/Wesselski 1910, 310; Fabula 1(1957)287; Ziegler/Sontheimer 1964ff. V, 1117f.; Tubach 1969, No. 1678; Fleck 1974; Schwarzbaum 1979, 490; Trümpy 1980; MacDonald 1982, No. J215.2.1; EM 5(1987)803–805 (H. Trümpy).

Finnish: Rausmaa 1973a, No. 1860: 5; Norwegian: Hodne 1984, 312f.; English: Zall 1963, 279; Spanish: Goldberg 1998, No. J215.2.1; Catalan: Neugaard 1993, No. J215.2.1; Portuguese: Oliveira 1900ff. I, No. 213, Cardigos(forthcoming), No. 1446*A, Tubach, No. 1678; Frisian: Kooi 1984a, No. 925A*, Kooi/Schuster 1993, No. 196; German: Neumann 1976, 299f., Rehermann 1977, 285, Moser-Rath 1984, 147, Kooi/Schuster 1994, No. 163; Swiss: Tobler 1905, 4f., Suter/Strübin 1980, No. 724; Italian: Lo Nigro 1957, No. *925, Calvino 1959, No. 106; Hungarian: György 1934, No. 49; Czech: Dvořák 1978, No. 1678; Macedonian: Tošev 1954, 167f.; Mexican: Robe 1973, No. 1446*A.

910N ***The Magic Box.***

EM 3(1981)612.

Latvian: Arājs/Medne 1977; Frisian: Kooi 1984a, No. 910Z*; Flemish: Berg 1981, No. 283; German: Merkens 1892ff. I, No. 315, Brückner 1974, 739f., Cammann/Karasek 1976ff. III, 169, Rehermann 1977, 172, Benzel 1992a, 24, Moser-Rath 1994b, 303 No. 384.

910C* ***The Officer and the Barber's Apprentice.***
English: Zall 1970, 165; Dutch: Blécourt 1980, No. 4.2; Frisian: Kooi 1984a, No. 1559X*; Flemish: Meyere 1925ff. III, 205f.; Australian: Wannan 1981, 226.

912 ***The Wise Man and the Rain of Fools.***
Arlotto/Wesselski 1910, No. 91; Pauli/Bolte 1924 I, Nos. 34, 54; Bambeck 1984; Marzolph 1992 II, No. 724; Marzolph 2002, 757–761.
Jewish: Jason 1988a, No. *912A.

915 ***All Depends on How You Take It.***
EM 3(1981)188–190(R. Wehse); Pichette 1991, 40f.
Finnish: Rausmaa 1982ff. II, No. 127; Danish: Grundtvig 1854ff. III, No. 40, Kvideland/Sehmsdorf 1999, No. 54; Irish: Ó Súilleabháin/Christiansen 1963; French: Perbosc 1954, 248f., Delarue/Tenèze 1964ff. IV 2, No. 915B; Spanish: Llano Roza de Ampudia 1925, No. 33, Camarena Laucirica 1991, No. 141, Camarena/Chevalier 1995ff. IV; Portuguese: Oliveira 1900f. II, No. 440, Cardigos(forthcoming); Jewish: Jason 1975; Tatar: Kecskeméti/Paunonen 1974; Kuwaiti, Qatar: El-Shamy 2004; Indian: Jason 1989.

915A ***The Misunderstood Precepts.***
Pichette 1991, 41.
Finnish: Rausmaa 1982ff. II, No. 128; Latvian: cf. Arājs/Medne 1977, No. *915B; Lithuanian: Kerbelytė 1999ff. II; Irish: Ó Súilleabháin/Christiansen 1963; Serbian: cf. Vrčević 1868f. I, No. 221, Karadžić 1937, No. 59; Bosnian: Krauss/Burr et al. 2002, No. 105; Macedonian: cf. Čepenkov/Penušliski 1989 IV, No. 520; Bulgarian: BFP; Greek: Megas/Puchner 1998; Polish: Krzyżanowski 1962f. I, No. 911; Russian, Ukrainian: SUS; Jewish: Jason 1965; Votyak: Kecskeméti/Paunonen 1974; Uzbek: Laude-Cirtautas 1984, No. 37; Iranian: Marzolph 1984, No. 910A(3); Indian: Thompson/Roberts 1960, Mayeda/Brown 1974, No. 58, Jason 1989; Chinese: Eberhard 1937, No. 200.

916 ***The Brothers Guarding the King's Bedchamber and the Snake.***
Chauvin 1892ff. II, 190 No.1; Schwarzbaum 1968, 332(B331.1.1), 474; Schwarzbaum 1979, 137 not. 58; EM 6(1990)1366; Marzolph 1992 II, No. 929; Marzolph/Van Leeuwen 2004, No. 10.
Turkish: Eberhard/Boratav 1953, Nos. 100 III(4-7), 348 IV 5; Jewish: Jason 1965, 1975; Armenian: Levin 1982, Nos. 14, 19, Gullakjan 1990; Uzbek: Afzalov et al. 1963 I, 85ff., Reichl 1978, 40ff., Reichl 1986, No. 6; Mongolian: cf. Lőrincz 1979, Nos. 916A*, 916B*; Tuva: Taube 1978, No. 51; Iraqi: El-Shamy 2004; Iranian: Marzolph 1979, 21f.; Pakistani: Thompson/Roberts 1960; Indian: Tauscher 1959, No. 42, Thompson/Roberts 1960, Jason 1989; Nepalese: Sakya/Griffith 1980, 25ff.; Chinese: Ting 1978; Japanese: Ikeda 1971, No. 178C; Tunisian: El-Shamy 2004.

CLEVER ACTS AND WORDS 920–929

920 ***The Son of the King and the Son of the Smith.***
Pypin 1854; Chauvin 1892ff. V, 86 No. 26 not. 1; Vries 1928, 40-42, 320-335; Wesselski 1929a; Reuschel 1966; Schwarzbaum 1968, 207f., 216, 294; Dvořák/Horálek 1969, 107-119; EM 1(1977)80-82; EM 8(1996)23-25(K.-H. Golzio); Krikmann 1996, 51-80; Hansen 2002, 408-414; EM: Sohn des Königs und Sohn des Schmieds (forthcoming).
Finnish: Rausmaa 1982ff. II, No. 129; Estonian: Aarne 1918; Livonian: Loorits 1926; Latvian: Arājs/Medne 1977; Lithuanian: Kerbelytė 1999ff. II; Karelian: Kecskeméti/Paunonen 1974; Irish: Ó Súilleabháin/Christiansen 1963; Portuguese: Martinez 1955, No. K551.3; Slovakian: Gašparíková 1991f. II, Nos. 537, 543; Bulgarian: BFP; Greek: Megas/Puchner 1998; Polish: Krzyżanowski 1962f. I; Russian, Byelorussian: SUS, No. 920, cf. No. 921A*; Ukrainian: SUS; Turkish: Eberhard/Boratav 1953, No. 302; Jewish: Jason 1965; Cheremis/Mari: Kecskeméti/Paunonen 1974; Mongolian: Lőrincz 1979; Iraqi: El-Shamy 2004; Indian: Thompson/Roberts 1960; Algerian, Moroccan: El-Shamy 2004.

920A ***The Case of the Boiled Eggs*** (previously ***The Daughter of the King and the Son of the Peasant***).
BP II, 368f.; Pauli/Bolte 1924 II, No. 807; Vries 1928, 297f.; HDM 1(1930-33)12; EM 1(1977)81f.; EM 10(2002)1454-1460(C. Goldberg).
Lithuanian: Kerbelytė 1999ff. II; Norwegian: Bødker et al. 1963, 37ff.; Danish: Kristensen 1881ff. II, No. 29; Spanish: González Sanz 1996; Basque: Ranke 1972, No.

144; Catalan: Oriol/Pujol 2003; Flemish: Meyer 1968; German: Wossidlo/Neumann 1963, No. 211; Slovakian: Gašparíková 1991f. II, Nos. 537, 543; Serbian: Karadžić 1937, No. 34; Rumanian: Schullerus 1929, No. 921 III*; Bulgarian: Daskalova et al. 1985, No. 104; Albanian: Camaj/Schier-Oberdorffer 1974, No. 75; Greek: Kretschmer 1917, No. 35, Megas/Puchner 1998; Polish: Simonides 1979, No. 245; Turkish: Eberhard/Boratav 1953, No. 295; Jewish: Gaster 1924, No. 329, Jason 1975, No. 920 *E, Bin Gorion 1990, No. 21; Siberian: Vasilenko 1955, No. 23; Kazakh: Sidel'nikov 1958ff. I, 354ff.; Iranian: Massé 1925, No. 25, Marzolph 1984, No. 821B, cf. No. *302B; Japanese: Ikeda 1971; Egyptian: El-Shamy 2004.

920B ***The Birds Chosen by the Sons of the King*** (previously ***What Kind of Bird***).
Chauvin 1892ff. II, 154 No. 24; Pauli/Bolte 1924 I, No. 677; Taylor 1965b; EM: Vogelwahl der Königssöhne (in prep.).
Icelandic: Gering 1882f. II, No. 79; English: Briggs 1970f. B II, 130; Slovene: cf. Bolhar 1974, 61ff.; Serbian: Karadžić 1937, No. 34; Jewish: Noy 1963a, No. 29; Syrian, Palestinian, Libyan, Moroccan: El-Shamy 2004.

920C ***Shooting at the Father's Corpse as a Test of Paternity.***
Köhler/Bolte 1898ff. II, 562f.; Wesselski 1909, No. 6; Pauli/Bolte 1924 II, No. 835; BP IV, 331f.; Goebel 1932, 167–179; Schmidt 1963, 63–69, 370–372; Schwarzbaum 1968, 208f., 216, 294, 474; Tubach 1969, No. 1272; cf. Fabula 16 (1975) 80–88; EM: Schuß auf den toten König (forthcoming).
Lithuanian: Kerbelytė 1999ff. II; Norwegian: Hodne 1984, 206; Icelandic: Gering 1882f. II, No. 87, Boberg 1966, No. H486.2; English: Briggs 1970f. B II, 657ff.; Spanish: Camarena/Chevalier 1995ff. IV, Goldberg 1998, No. H486.2; Catalan: Oriol/Pujol 2003; Portuguese: Oliveira 1900f. I, No. 120, II, No. 314, Cardigos (forthcoming); Dutch: Overbeke/Dekker et al. 1991, No. 1465; Flemish: Meyer 1968; German: Moser-Rath 1964, No. 373, Rehermann 1977, 143f., 315 No. 73, 357f. No. 9, Moser-Rath 1984, 287f., Tomkowiak 1993, 261; Italian: Cirese/Serafini 1975; Hungarian: György 1934, No. 203, Dömötör 1992, No. 404; Czech: Dvořák 1978, No. 1272; Croatian: Gaál/Neweklowsky 1983, No. 39; Bulgarian: Parpulova/Dobreva 1982, 294, cf. BFP, No. 920C*; Greek: Megas/Puchner 1998; Jewish: Gaster 1924, No. 311, Bin Gorion 1990, Nos. 22, 110, 247, Jason 1965, 1975, 1988a, No. 920C*–A, Jason 1988a, No. 920C, Haboucha 1992, No. 920C-920*B; Chinese: Ting 1978, 920C1; Egyptian: El-Shamy 1980, No. 16, El-Shamy 2004; Moroccan: Laoust 1949, No. 86, El-Shamy 2004.

920D *The Four Princes.*
Flemish: Joos 1889ff. III, No. 59; Slovene: Bolhar 1974, 61ff.; Jewish: Larrea Palacín 1952f. I, No. 6, Jason 1965, 1988a.

920E *The Three Rings.*
Tobler 1871; Paris 1895; ZfVk. 33/34(1924)70; Goebel 1932, 255–262; Penna 1953; Tubach 1969, No. 4106; Elm 1982, 60–73; Graf 1982; MacDonald 1982, No. J462.3.1.1; Graf 1988; Hudde 1997; Shagrir 1997; EM 11,2(2004)696–699(H. Hudde).
Hungarian: György 1934, No. 90; Czech: Dvořák 1978, No. 4106.

920A* *The Inquisitive King.*
Tubach 1969, No. 125.
Spanish: Chevalier 1983, No. 85, Camarena/Chevalier 1995ff. IV; Lithuanian: Kerbelytė 1999ff. II; German: EM 7(1993)476, EM 8(1996)188; Serbian: Čajkanović 1927 I, No. 66; Bulgarian: BFP, No. *920*; Czech: Dvořák 1978, No. 125; Serbian: Karadžić 1937, No. 43; Polish: Krzyżanowski 1962f. I, No. 733; Byelorussian, Ukrainian: SUS.

920B* *The Lineage of the King's Three Sons.*
Chauvin 1892ff. VII, 163 No. 63, VIII, 131 No. 122; Schwarzbaum 1968, 206, 210.
Italian: Cirese/Serafini 1975; Greek: Loukatos 1957, 167f., Megas/Puchner 1998; Albanian: Lambertz 1922, 80; Jewish: Gaster 1924, No. 372, Noy 1963a, No. 29; Georgian: Finger 1939, 197; Syrian, Lebanese, Palestinian, Qatar: El-Shamy 2004; Yemenite: Daum 1983, No. 15, El-Shamy 2004; Egyptian, Moroccan: El-Shamy 2004; Tunisian: Jahn 1970, No. 46, El-Shamy 2004.

920C* *The Choice of a Wife.*
German: cf. Zincgref-Weidner III(1653)204f.(EM archive); Serbian: Karadžić 1937, No. 41, Đjorđjević/Milošević-Đjorđjević 1988, No. 143; Macedonian: Popvasileva 1983, No. 45; Bulgarian: BFP; Greek: Mousaios-Bougioukos 1976, No. 32, Megas/Puchner 1998; Jewish: Haboucha 1992, No. **920D*; Georgian: Kurdovanidze 2000, No. 920******.

921 *The King and the Farmer's Son.*
Chauvin 1892ff. VI, No. 205; Köhler/Bolte 1898ff. I, 84–86; BP II, 359; Anderson 1923, 356 not. 2; Basset 1924ff. II, 194 No. 91, III, 316 No. 190; Wesselski 1925, 227;

Vries 1928, 29–40, 112–320; Schwarzbaum 1968, 90, 222, 449; Tubach 1969, No. 4025; Krikmann 1996; EM 8(1996)156–160(W. F. H. Nicolaisen); Dekker et al. 1997, 323–327; Röth 1998.

Finnish: Rausmaa 1982ff. II, Nos. 130, 131; Finnish-Swedish: Hackman 1917f. I, No. 183; Estonian: Loorits 1959, No. 191; Latvian: Arājs/Medne 1977; Lithuanian: Kerbelytė 1999ff. II; Lappish, Lydian, Karelian: Kecskeméti/Paunonen 1974; Swedish: Liungman 1961; Danish: Kvideland/Sehmsdorf 1999, No. 26; Scottish: Briggs 1970f. A II, 135; Irish: Ó Súilleabháin/Christiansen 1963; English: Baughman 1966, Briggs 1970f. A II, 58, 79f., 133, 157, 391f., 418ff., 433ff., 437f.; French: Delarue/Tenèze 1964ff. IV 2; Spanish: Camarena/Chevalier 1995ff. IV nos. 921, 921H-M, 921AA, Lorenzo Vélez 1997, Nos. 2, 3; Catalan: Oriol/Pujol 2003; Portuguese: Soromenho/Soromenho 1984f. I, Nos. 182, 183, Cardigos(forthcoming); Dutch: Meder/Bakker 2001, Nos. 252, 299; Frisian: Kooi 1984a; Flemish: Meyer 1968; German: Meyer 1932, Henßen 1935, Nos. 151, 152, Kooi/Schuster 1994, No. 61; Austrian: Haiding 1969, No. 45; Swiss: EM 7(1993)871; Ladinian: Uffer 1973, No. 46; Italian: Cirese/Serafini 1975; Maltese: Mifsud-Chircop 1978; Hungarian: MNK IV; Czech: Tille 1929ff. I, 114f.; Slovakian: Gašparíková 1991f. II, Nos. 512, 537, 541; Slovene: Vrtec 5(1875)158, Bolhar 1974, 154ff.; Serbian: Eschker 1986, No. 66; Rumanian: Schullerus 1928; Bulgarian: Nicoloff 1979, No. 58; Greek: Loukatos 1957, 176ff., 181ff., 183ff., Megas/Puchner 1998; Polish: Krzyżanowski 1962f. I, Simonides 1979, No. 146; Russian, Byelorussian, Ukrainian: SUS; Jewish: Jason 1965, 1988a; Gypsy: MNK X 1; Cheremis/Mari: Kecskeméti/Paunonen 1974; Yakut: Ėrgis 1983, No. 315; Mongolian: Lőrincz 1979; Georgian: Kurdovanidze 2000; Syrian, Palestinian: El-Shamy 2004; Iranian: Marzolph 1992 II, No. 255; Pakistani: Thompson/Roberts 1960; Indian: Thompson/Balys 1958, No. H583; Jason 1989; Burmese: cf. Kasevič/Osipov 1976 II, No. 56; Chinese: cf. Riftin et al. 1977, No. 46, Ting 1978; Korean: Choi 1979, No. 659; Vietnamese: Karow 1972, No. 172; Indonesian: Vries 1925f. II, 409 No. 234; Japanese: Ikeda 1971; English-Canadian: Halpert/Widdowson 1996 II, Nos. 55, 56; US-American: Baughman 1966; Spanish-American, Mexican: Robe 1973; Dominican, Puerto Rican, Argentine: Hansen 1957; Brazilian: Alcoforado/Albán 2001, No. 66; West Indies: Flowers 1953; Cape Verdian: Parsons 1923b I, Nos. 22, 107; Egyptian: El-Shamy 1980, No. 10, El-Shamy 2004; Moroccan: El-Shamy 2004; Niger: Petites Sœurs de Jésus 1974, Nos. 10, 19; South African: Coetzee et al. 1967, No. 1635.9; Malagasy: Haring 1982, No. 1.6.921.

921A *The Sharing of Bread Or Money* (previously ***Four Coins***).

Köhler/Bolte 1896, 161f. No. 50; BP IV, 137; Anderson 1923, 356 not. 1; Wesselski

1925, No. 39; Schwarzbaum 1968, 221, 475; Tubach 1969, No. 2105; cf. EM 3(1981) 639f.(K. Ranke); EM 4(1984)1394–1397(Á. Dömötör).
Finnish: Rausmaa 1982ff. II, No. 132; Livonian: Loorits 1926, No. 1534; Latvian: Arājs/Medne 1977; Lithuanian: Basanavičius 1993f. II, No. 20, Kerbelytė 1999ff. II; Wotian, Syrjanian: Kecskeméti/Paunonen 1974; Irish: Ó Súilleabháin/Christiansen 1963; French: Delarue/Tenèze 1964ff. IV 2; Spanish: Chevalier 1983, No. 64, Camarena/Chevalier 1995ff. IV; Catalan: Oriol/Pujol 2003; Portuguese: Oliveira 1900f. I, No. 31, Cardigos(forthcoming); Dutch: Tinneveld 1976, No. 116; Frisian: Kooi 1984a; Flemish: Meyer 1968, Lox 1999b, No. 67; German: Ranke 1955ff. III, Moser-Rath 1984, 287, Tomkowiak 1993, 261; Italian: Cirese/Serafini 1975, De Simone 1994, No. 15; Maltese: Mifsud-Chircop 1978; Hungarian: György 1932, Nos. 20, 70, MNK IV, Dömötör 2001, 292; Czech: Tille 1929ff. I, 120ff., Dvořák 1978, No. 2105; Slovakian: Gašparíková 1991f. I, No. 55, II, No. 508, Gašparíková 2000, No. 25; Slovene: Möderndorfer 1924, 50; Serbian: Vrčević 1868f. I, No. 138; Croatian: Ardalić 1914, 352f.; Macedonian: Popvasileva 1983, No. 40; Bulgarian: BFP; Albanian: Mazon 1936, No. 65; Greek: Megas 1968a, No. 23, Megas/Puchner 1998; Polish: cf. Krzyżanowski 1962f. I, No. 929; Sorbian: Nedo 1972, 237ff.; Russian, Byelorussian, Ukrainian: SUS; Jewish: Gaster 1924, No. 211, Jason 1965, 1975, 1988a, Haboucha 1992; Gypsy: MNK X 1; Chuvash: Kecskeméti/Paunonen 1974; Syrjanian: Wichmann 1916, No. 4; Kurdish: Džalila et al. 1989, No. 93; Siberian: Soboleva 1984; Yakut: Ėrgis 1967, No. 245; Turkmen: cf. Stebleva 1969, No. 62; Georgian: Kurdovanidze 2000; Syrian, Palestinian, Jordanian, Iraqi, Persian Gulf: El-Shamy 2004; Afghan: Lebedev 1955, 124 No. 14; Indian: Thompson/Roberts 1960; Egyptian: El-Shamy 1980, No. 10, El-Shamy 2004; Algerian: El-Shamy 2004; Moroccan: Laoust 1949, No. 75, El-Shamy 2004; East African: Steere 1922, 295; Sudanese, Tanzanian: El-Shamy 2004.

921B ***Best Friend, Worst Enemy.***
Chauvin 1892ff. VIII, 199 No. 244; Köhler/Bolte 1898ff. I, 415–455, II, 399–405; BP II, 364–367; Anderson 1923, 357; Pauli/Bolte 1924 I, No. 423; Wesselski 1925, No. 48; Vries 1928, 220–230; Tubach 1969, No. 1997; Spies 1973a, 171–176; Röcke 1987, 122f.; EM 5(1987)275–282(M. Bošković-Stulli); Hansen 2002, 49–54; EM: Teufel zeigt dem Mann die Untreue seiner Frau(in prep.).
Finnish: Rausmaa 1982ff. II, Nos. 129, 133; Latvian: Arājs/Medne 1977; Lithuanian: Basanavičius/Aleksynas 1993f. II, No. 120, Kerbelytė 1999ff. II; Wotian: Mägiste 1959, No. 95; Welsh: Jones 1930, 235f.; Dutch: Kooi 1979a, 87ff.; Frisian: Kooi 1984a; German: Neumann 1971, 146; Italian: Cirese/Serafini 1975; Hungarian:

György 1932, No. 206, MNK IV; Czech: Tille 1929ff. I, 122, Dvořák 1978, No. 1997; Slovakian: Gašparíková 1991f. I, No. 205; Serbian: Đjorđjević/Milošević-Đjorđjević 1988, Nos. 144, 149; Croatian: Bošković-Stulli 1967f., No. 22; Bulgarian: BFP; Russian, Byelorussian, Ukrainian: SUS; Jewish: Jason 1965, 1975, 1988a, No. 921B, cf. No. 921B-921*A; Ossetian: Bjazyrov 1958, No. 28; Abkhaz: Šakryl 1975, No. 70; Mayan: Peñalosa 1992; Cape Verdian: Parsons 1923b I, No. 68; Egyptian, Algerian: El-Shamy 2004.

921C ***Why Hair of Head is Gray before the Beard.***
Kirchhof/Oesterley 1869 II, No. 151; Arlotto/Wesselski 1910 II, No. 222; Schwarzbaum 1968, 223f.; EM 1(1977)1283f.; Marzolph 1992 II, No. 1030.
Finnish: Rausmaa 1982ff. II, Nos. 134; Latvian: Arājs/Medne 1977; Lithuanian: Kerbelytė 1999ff. II; Danish: Kristensen 1900, No. 342; Dutch: Overbeke/Dekker et al. 1991, No. 1838; Frisian: Kooi 1984a; German: Merkens 1892ff. III, No. 93, Moser-Rath 1984, 286ff., Kooi/Schuster 1994, No. 104; Swiss: EM 7(1993)867; Italian: Cirese/Serafini 1975; Czech: Tille 1929ff. I, 123ff.; Rumanian: cf. Stroescu 1969 I, No. 3072, II, No. 4699; Bulgarian: BFP; Russian: Tumilevič 1958, No. 26, SUS, No. 921E**; Jewish: Jason 1975; Afghan: Lebedev 1955, 145f.; Indian: Swynnerton 1908, No. 14; US-American: Randolph 1965, No. 403; Egyptian: cf. El-Shamy 1980, No. 10.

921D ***The Fatal Bed.***
Pauli/Bolte 1924 I, No. 264; EM 2(1979)243(E. Moser-Rath); Pörnbacher 1986, 504f.
Finnish: Rausmaa 1982ff. II, Nos. 135; Danish: Kristensen 1900, No. 518, Holbek 1990, No. 57; Irish: Ó Súilleabháin/Christiansen 1963; Spanish: Chevalier 1983, No. 66; Frisian: Kooi 1984a, Kooi/Meerburg 1990, No. 104; Flemish: Meyer 1968; German: Wossidlo/Neumann 1963, No. 309, Neumann 1968b, No. 128, Moser-Rath 1984, 285f., 289, 291, Tomkowiak 1993, 262; Swiss: EM 7(1993)868; Hungarian: György 1934, No. 146, Dömötör 1992, No. 392; Slovene: Zupanc 1956, 92f.; Serbian: Vrčević 1868f. II, 138; Croatian: Stojanović 1867, No. 53; Ukrainian: SUS; Indian: Jason 1989; Mayan: Peñalosa 1992.

921E ***Never Heard Before.***
Chauvin 1892ff. VI, 151 No. 313.
Finnish: Rausmaa 1982ff. II, No. 136; Karelian: Kecskeméti/Paunonen 1974; Slovene: cf. Bolhar 1974, 154ff.; Rumanian: Stroescu 1969, No. 3047; Jewish: Jason 1965, No. 1920F-*A, cf. Haboucha 1992, No. **921F; Palestinian: Schmidt/Kahle 1918f. II, No. 121, El-Shamy 2004; Egyptian: El-Shamy 2004.

921F ***Philosopher Spits in the King's Beard.***
Basset 1924ff. I, 424 No. 131; Wesselski 1909, No. 55; Pauli/Bolte 1924 I, No. 475; Tubach 1969, No. 525, cf. No. 3749; MacDonald 1982, No. J1566.1; Marzolph 1992 II, No. 1038.
Spanish: Goldberg 1998, Nos. J152, J566.1; German: de Memel(1656)No. 293, Sommer-Klee(1670)No. 173(EM archive); Hungarian: György 1934, No. 213.

921A* ***The Frank Thief.***
ZfVk. 33/34(1920-1922)98 No. 15; EM 3(1981)639f.(K. Ranke).
Estonian: Jahrbuch der estnischen Philologie 1(1922)46; Dutch: Overbeke/Dekker et al. 1991, No. 1426; Frisian: Kooi 1984a, No. 926D*; Flemish: Lox 1999a, No. 137; German: Hoursch 1925, 29, Wossidlo/Neumann 1963, No. 397, Tomkowiak 1993, 262; Italian: Pitrè 1875 IV, No. 204; US-American: Fuller 1948, 50, Randolph 1965, No. 225.

921B* ***Thief, Beggar, Murderer.***
Chauvin 1892ff. VI, 35 No. 205; EM 2(1979)185-188(H. Stein).
Estonian: cf. Raudsep 1969, No. 404; Lithuanian: Kerbelytė 1999ff. II; Welsh: Jones 1930, 235f.; English: Briggs 1970f. A II, 93f.; Spanish: Chevalier 1983, No. 65; Portuguese: Oliveira 1900f. I, No. 324, Cardigos(forthcoming); German: Bodens 1937, Nos. 1106, 1107, Ranke 1955ff. III, Henßen 1963b, No. 29, Moser-Rath 1964, No. 270; Austrian: Haiding 1969, No. 43; Hungarian: MNK IV; Czech: Tille 1929ff. I, 120ff., Klímová 1966, No. 21; Rumanian: Stroescu 1969 I, No. 3018; Bulgarian: BFP; Greek: Megas/Puchner 1998; Ukrainian: SUS; Armenian: Tchéraz 1912, No. 19.

921C* ***Astronomer and Doctor at Farmer's House.***
EM 1(1977)930.
Finnish: Rausmaa 1982ff. II, Nos. 137, 138; Lithuanian: Kerbelytė 1999ff. II; Karelian: Kecskeméti/Paunonen 1974; English: Briggs 1970f. A II, 49; Dutch: Kooi 1985f., No. 6; Frisian: Kooi 1984a; Flemish: Meulemans 1982, No. 1322; German: Wossidlo/Neumann 1963, No. 137, Moser-Rath 1984, 285ff., Kooi/Schuster 1994, No. 104; Slovakian: Gašparíková 2000, No. 26; Serbian: Karadžić 1937, No. 41, Đjorđjević/Milošević-Đjorđjević 1988, No. 143; Macedonian: Popvasileva 1983, No. 45, Čepenkov/Penušliski 1989 IV, No. 535; Rumanian: Schullerus 1928, No. 921 II*, Dima 1944, No. 23, Stroescu 1969 II, No. 5659; Bulgarian: BFP, No. 921C*, cf. No. *921C_1*; Albanian: Lambertz 1922, 87, No. 7; Greek: Megas 1968a, No. 24, Megas/Puchner 1998; Ukrainian: Mykytiuk 1979, No. 43; Jewish: Jason 1965; Ossetian: Bjazyrov 1958, No. 30; Kurdish: cf. Džalila et al. 1989, No. 124.

921D* *Witty Answers.*

BP II, 367; Fabula 6(1964)76; EM 1(1977)399; EM 2(1978)167; EM 4(1984)1218–1222(E. Moser-Rath); Dekker et al. 1997, 74–77; EM: Wörtlich nehmen(in prep.).

Finnish: Rausmaa 1982ff. II, Nos. 139–141; Lithuanian: Kerbelytė 1999ff. II; Latvian: Ambainis 1979, No. 105; Karelian: Kecskeméti/Paunonen 1974, No. 1702C*; Danish: Kristensen 1900, No. 493; English: Briggs/Michaelis-Jena 1970, No. 43, Wehse 1979, No. 473; Spanish: Camarena/Chevalier 1995ff. IV; Dutch: Dinnissen 1993, No. 192, Meder/Bakker 2001, No. 250; Frisian: Kooi 1984a, Nos. 921J*, 1539A*; Flemish: Meyer 1968, Nos. 921D*, 1539A*; German: Debus 1951, No. B33a, Ranke 1955ff. III, No. 921*, Wossidlo/Neumann 1963, No. 2, Moser-Rath 1964, No. 212, Cammann/Karasek 1976ff. II, 472ff., Kooi/Schuster 1994, No. 162; Italian: EM 2(1979)167; Maltese: Mifsud-Chircop 1978; Serbian: Vrčević 1868f. I, No. 129; Russian: Afanas'ev/Barag et al. 1984f. III, No. 325, SUS, No. 1702C*; Byelorussian, Ukrainian: SUS, No. 1702C*; Jewish: Jason 1975.

921E* *The Potter.*

Veselovskij 1937, 149–161, 309–312; Kasprzyk 1963, No. 79C; EM 5(1987)692.

Finnish: Löwis of Menar 1922, No. 13; Estonian: Aarne 1918, 137 No. 100; Wepsian: Kecskeméti/Paunonen 1974; Danish: Kristensen 1900, No. 343; Flemish: Wolf 1845, No. 288; Czech: Tille 1929ff. I, 121; Russian: Afanas'ev/Barag et al. 1984f. III, No. 325; SUS; Ukrainian: SUS; Jewish: Jason 1988a; Siberian: Soboleva 1984; Georgian: cf. Kurdovanidze 2000.

921F* ***Plucking Geese*** (previously ***Geese from Rus***).

Schwarzbaum 1968, 118, 120f., 222, 464; EM 5(1987)691–694(L. G. Barag).

Finnish: Rausmaa 1982ff. II, No. 142; Lithuanian: Kerbelytė 1999ff. II; Spanish: Camarena/Chevalier 1995ff. IV; Portuguese: Braga 1987 I, 245f., Cardigos(forthcoming); Austrian: Haiding 1977a, 87ff.; Hungarian: MNK IV, Dömötör 2001, 292; Serbian: Eschker 1986, No. 66; Croatian: Stojanović 1867, No. 20, Ardalić 1914, No. 19/II; Macedonian: Mazon 1923, No. 40; Rumanian: Ure 1960, 147ff.; Bulgarian: BFP; Albanian: Jarník 1890ff., 346; Russian: SUS, No. 921F*, cf. No. 921F**; Byelorussian, Ukrainian: SUS; Turkish: Boratav 1967, No. 34; Jewish: Jason 1965, 1975; Gypsy: MNK X 1; Uighur: Makeev 1952, 171ff., Kabirov/Schachmatov 1959, 23ff.; Azerbaijan: Seidov 1977, 5ff.; Kurdish: Džalila et al. 1989, No. 94; Siberian: Soboleva 1984; Kazakh: Sidel'nikov 1952, 161ff.; Turkmen: Stebleva 1969, No. 67; Georgian: Finger 1939, 196f.; Syrian, Palestinian, Jordanian: El-Shamy 2004; Iraqi: Nowak 1969, No. 469, El-Shamy 2004; Persian Gulf: El-Shamy 2004; Iranian: Marzolph 1984, No.

*921; Egyptian: Nowak 1969, No. 469, El-Shamy 2004; Tunisian: Stumme 1895, No. 13; Moroccan: Fasi/Dermenghem 1928, 91ff., cf. Laoust 1949, No. 75, El-Shamy 2004; Sudanese, Tanzanian: El-Shamy 2004.

922 ***The Shepherd Substituting for the Clergyman Answers the King's Questions.*** (The King and the Abbot).
Chauvin 1892ff. VIII, 86f. No. 56; Köhler/Bolte 1898ff. I, 82f., 267, 492-494; BP III, 214-223; Anderson 1923; Pauli/Bolte 1924 I, No. 55; Wesselski 1925, No. 60; Vries 1928, 29-40; Krohn 1931, 162-164; Röhrich 1962f. I, 146-172, 281-288; Schwarzbaum 1968, 45, 90, 115, 116, 405, 463f., 483; Tubach 1969, Nos. 3465, 4028, 4690, 4709; ZDMG 125(1975)459-461; EM 1(1977)82f.; Ranelagh 1979, 82f.; Schwarzbaum 1980, 277f., 280; Verfasserlexikon 4(1983)941-943(J. Janota); EM 4(1984)591f.; EM 7(1993)845-852(W. F. H. Nicolaisen); Krikmann 1996, 55-80; Dekker et al. 1997, 191-194; Röth 1998; Schmidt 1999.
Finnish: Rausmaa 1982ff. II, Nos. 144, 145; Finnish-Swedish: Hackman 1917f. I, No. 187; Estonian: Loorits 1959, No. 195; Latvian: Arājs/Medne 1977; Lithuanian: Kerbelytė 1999ff. II; Livonian, Wepsian, Wotian, Lydian, Karelian: Kecskeméti/Paunonen 1974; Swedish: Liungman 1961; Norwegian: Hodne 1984; Danish: Holbek 1990, Nos. 25, 28; Icelandic: Sveinsson 1929; Scottish: Briggs 1970f. A II, 485ff., Bruford/MacDonald 1994, Nos. 3a-c; Irish: Ó Súilleabháin/Christiansen 1963; English: Baughman 1966, Briggs 1970f. A II, 336f., 410f., 423, 456f.; French: Delarue/Tenèze 1964ff. IV 2; Spanish: Camarena/Chevalier 1995ff. IV, González Sanz 1996; Basque: Blümml 1906, No. 4; Catalan: Oriol/Pujol 2003; Portuguese: Meier/Woll 1975, No. 21, Cardigos(forthcoming); Dutch: Meder/Bakker 2001, Nos. 87, 253, 299, Kooi 2003, No. 44; Frisian: Kooi 1984a; Flemish: Meyer 1968, Meyer/Sinninghe 1973; German: Ranke 1955ff. III, Moser-Rath 1984, 79, 138, 285, 288, Tomkowiak 1993, 262, Kooi/Schuster 1994, No. 56, Grimm KHM/Uther 1996 III, No. 152, Berger 2001; Austrian: Haiding 1969, No. 26; Ladinian: Decurtins 1896ff. II, No. 11, X, No. 13; Italian: Cirese/Serafini 1975; Maltese: Mifsud-Chircop 1978; Hungarian: MNK IV; Czech: Tille 1929ff. I, 117, Klímová 1966, No. 23; Slovakian: Gašparíková 1991f. I, No. 181; Slovene: Gabršček 1910, 150ff.; Macedonian: Čepenkov/Penušliski 1989 III, No. 288; Rumanian: Schullerus 1928, Bîrlea 1966 II, 554ff., III, 468f.; Bulgarian: BFP; Albanian: Mazon 1936, No. 87; Greek: Hallgarten 1929, 25ff., Megas/Puchner 1998; Sorbian: Nedo 1956, No. 77b; Polish: Krzyżanowski 1962f. I, Simonides 1979, No. 207; Russian, Byelorussian, Ukrainian: SUS; Turkish: Eberhard/Boratav 1953, No. 235 V; Jewish: Jason 1965, 1975, 1988a, cf. Haboucha 1992, No. 922*C; Chuvash: Kecskeméti/Paunonen 1974; Siberian: Soboleva 1984; Buryat, Mongolian: Lőrincz 1979;

Georgian: Kurdovanidze 2000; Syrian, Lebanese: El-Shamy 2004; Palestinian: Nowak 1969, No. 474; Iraqi: Nowak 1969, No. 474, El-Shamy 2004; Kuwaiti: El-Shamy 2004; Iranian: Marzolph 1984; Indian: Thompson/Roberts 1960, Jason 1989; Sri Lankan: Thompson/Roberts 1960; Chinese: cf. Riftin et al. 1977, No. 47, Ting 1978; Korean: Choi 1979, No. 659; Japanese: Ikeda 1971, Inada/Ozawa 1977ff.; English-Canadian: Halpert/Widdowson 1996 II, Nos. 57-61; French-Canadian: Lemieux 1974ff. II, No. 3, X, No. 4; US-American: Baughman 1966, Jackson/McNeil 1985, 78f., 126ff.; Spanish-American, Mexican: Robe 1973; Argentine: Hansen 1957; West Indies: Flowers 1953; Cape Verdian: Parsons 1923b I, No. 32; Egyptian: Nowak 1969, No. 471, El-Shamy 2004; Moroccan: Nowak 1969, No. 474, El-Shamy 2004; Sudanese: El-Shamy 2004; Ethiopian: Müller 1992, No. 131.

922A *Ahiqar.*

Chauvin 1892ff. VI, 36ff. No. 207; Hausrath 1918; Vries 1928, 374-392; Krappe 1941; Pedersen/Holbek 1961f. II, No. 22; Schwarzbaum 1968, 179, 200, 418, 471, 474; Rost 1969; EM 1(1977)53-59(R. Degen); EM 1(1977)83; Marzolph/Van Leeuwen 2004, No. 409.

Norwegian: Kvideland 1977, 98f.; Spanish: Goldberg 1998, No. P111; Hungarian: Kríza 1990, 25ff.; Slovakian: Gašparíková 1991f. II, No. 401; Rumanian: Schullerus 1929, No. 921 I*; Greek: Megas/Puchner 1998; Polish: Krzyżanowski 1962f. I, No. 551*; Russian, Ukrainian: SUS; Jewish: Noy 1963a, Nos. 89, 90, Jason 1965, Haboucha 1992; Ossetian: Britaev/Kaloev 1959, 48ff.; Armenian: cf. Hoogasian-Villa 1966, No. 90; Kazakh: Sidel'nikov 1952, 161ff.; Uzbek: Afzalov et al. 1963 I, 427, II, 389ff., 425f.; Kirghiz: Potanin 1917, No. 9; Mongolian: Michajlov 1962, 64f.; Georgian: Kurdovanidze 2000; Mingril: Bleichsteiner 1919, No. 14; Oman: El-Shamy 2004; Indian: Hertel 1953, No. 79, Thompson/Balys 1958, No. P111; Tibetian: Kassis 1962, 9ff., 27ff.; Korean: Choi 1979, No. 659; Indonesian: Kratz 1973, No. 19; Egyptian, Tunisian: El-Shamy 2004; Nigerian: cf. Walker/Walker 1961, 32ff.

922B *The King's Face on the Coin.*

BP IV, 137; Basset 1924ff. I, 275 No. 19; Wesselski 1925, No. 39; Schwarzbaum 1968, 122, 221, 475; Tubach 1969, No. 666; Marzolph 1992 II, No. 255; EM 8(1996)165-167; Dekker et al. 1997, 323f.

Lithuanian: Kerbelytė 1999ff. II; Irish: Ó Súilleabháin/Christiansen 1963; Spanish: Chevalier 1983, No. 64, Camarena/Chevalier 1995ff. IV; Portuguese: Oliveira 1900f. I, No. 31, Cardigos(forthcoming); Dutch: Tinneveld 1976, No. 218, Meder/Bakker 2001, No. 252, 299; Frisian: Kooi 1984a; Flemish: Meyer 1968, Lox 1999b, Nos. 66,

67; German: Ranke 1955ff. III, Henßen 1963, 143ff., 146ff., Kooi/Schuster 1994, No. 62, Berger 2001; Austrian: Haiding 1965, No. 1; Italian: Cirese/Serafini 1975; Maltese: Mifsud-Chircop 1978; Hungarian: MNK IV; Czech: Tille 1929ff. I, 120ff.; Slovakian: Gašparíková 1991f. I, Nos. 55, 193, Filová/Gašparíková 1993, No. 55, Gašparíková 2000, No. 25; Slovene: Bolhar 1974, 83f.; Rumanian: Bîrlea 1966 II, 568ff., III, 470f.; Bulgarian: BFP; Greek: Megas 1970, No. 54, Megas/Puchner 1998; Polish: Simonides/Simonides 1994, No. 146; Sorbian: Nedo 1972, 237ff.; Russian: Nikiforov/Propp 1961, No. 7, SUS, No. 921A; Byelorussian: Kabašnikau 1960, No. 88, SUS, No. 921A; Ukrainian: SUS, No. 921A; Jewish: Haboucha 1992; Gypsy: MNK X 1; Syrian, Lebanese: El-Shamy 2004; Iranian: Marzolph 1994, No. 44; Moroccan: Laoust 1949, No. 75; Sudanese: El-Shamy 2004.

923 ***Love Like Salt.***
Cox 1893, 80-86; BP III, 305-308, IV, 141, 407; Ranke 1955b, 50f.; Lüthi 1961, 112f.; Schwarzbaum 1968, 55, 90, 452; Tubach 1969, No. 3006; Röhrich 1995, 352-354, 357-359, Scherf 1995 I, 380-383, II, 953-955; EM 8(1996)1038-1042(C. Schmitt); Belmont 1998; Röth 1998; Schmidt 1999; Marzolph/Van Leeuwen 2004, No. 473.
Finnish: Rausmaa 1982ff. II, No. 146; Latvian: Arājs/Medne 1977; Lithuanian: Kerbelytė 1999ff. II; Swedish: Liungman 1961; Icelandic: Boberg 1966, No. M21; Irish: Ó Súilleabháin/Christiansen 1963; English: Baughman 1966, Briggs 1970f. A II, 487f.; French: Delarue/Tenèze 1964ff. IV 2; Spanish: Camarena/Chevalier 1995ff. IV, González Sanz 1996; Catalan: Oriol/Pujol 2003; Portuguese: Oliveira 1900f. I, No. 182, Cardigos(forthcoming); Frisian: Kooi 1984a; Flemish: Meyer 1968; German: Grimm KHM/Uther 1996 III, No. 178, Bechstein/Uther 1997 II, No. 24; Ladinian: Decurtins 1896ff. II, No. 83; Italian: Cirese/Serafini 1975, Appari 1992, No. 25, De Simone 1994, No. 50; Corsican: Ortoli 1883, 48 No. 9; Sardinian: Cirese/Serafini; Maltese: Mifsud-Chircop 1978; Hungarian: MNK IV, Dömötör 2001, 290; Czech: Tille 1929ff. II 1, 276f.; Slovakian: Gašparíková 1991f. I, No. 165; Rumanian: Schullerus 1929; Bulgarian: BFP; Greek: Dawkins 1953, No. 77, Megas/Puchner 1998; Polish: Krzyżanowski 1962f. I, Nos. 923, 946A; Russian, Byelorussian, Ukrainian: SUS; Turkish: Eberhard/Boratav 1953, Nos. 74, 256; Jewish: Jason 1975, No. *923, Jason 1988a; Gypsy: MNK X 1; Armenian: Gullakjan 1990; Lebanese: Assaf/Assaf 1978, No. 18; Kuwaiti, Qatar, Yemenite: El-Shamy 2004; Iranian: Marzolph 1984; Pakistani: Thompson/Roberts 1960; Indian: Thompson/Balys 1958, No. H592.1, Thompson/Roberts 1960, Jason 1989; Burmese: Kasevič/Osipov 1976, No. 93; Chinese: Ting 1978; Japanese: Inada/Ozawa 1977ff.; Spanish-American: Baughman 1966, Robe 1973; Mexican: Robe 1973; Brazilian: Alcoforado/Albán 2001, No. 68;

Chilean: Hansen 1957; West Indies: Flowers 1953; Egyptian: El-Shamy 2004; South African: Schmidt 1989 II, No. 1165.

923A ***Like Wind in the Hot Sun.***
Swedish: Liungman 1961; Norwegian: Hodne 1984, Kvideland/Sehmsdorf 1999, No. 27; Ukrainian: SUS; Jewish: Jason 1975, No. *923; Georgian: Kurdovanidze 2000; Chinese: Ting 1978.

923B ***The Princess Who Was Responsible for Her Own Fortune.***
Marzolph/Van Leeuwen 2004, No. 473.
Ukrainian: cf. SUS, No. 923A*; Turkish: Eberhard/Boratav 1953, No. 286; Jewish: Noy 1963a, No. 57, Haboucha 1992; Kurdish: Družinina 1959, 112ff., Džalila et al. 1989, Nos. 85–87; Armenian: Hoogasian-Villa 1966, Nos. 3, 6; Uzbek: Afzalov et al. 1963 I, 188ff.; Tadzhik: Rozenfel'd/Ryčkovoj 1990, No. 58; Syrian, Lebanese, Palestinian, Jordanian, Iraqi, Yemenite: El-Shamy 2004; Saudi Arabian: Jahn 1970, No. 38, Fadel 1979, No. 61, Lebedev 1990, No. 32, El-Shamy 2004; Afghan: Borcherding 1975, No. 21; Indian: Thompson/Roberts 1960, Jason 1989, Blackburn 2001, No. 63; Burmese: cf. Kasevič/Osipov 1976, Nos. 7, 94; Sri Lankan: cf. Schleberger 1985, No. 24; Nepalese: Sakya/Griffith 1980, 102ff.; Chinese: Ting 1978; Egyptian, Algerian: El-Shamy 2004; Tunisian: cf. Jahn 1970, Nos. 33, El-Shamy 2004; Sudanese, Tanzanian: El-Shamy 2004.

924 ***Discussion in Sign Language.***
Köhler/Bolte 1898ff. II, 479–494; Loewe 1918; Basset 1924ff. I, 299 No. 36; Pauli/Bolte 1924 I, No. 32; Penzer 1924ff. VI, 249; HDM 2(1934–40)426f.; Haiding 1955; Legman 1968f. I, 538; Schwarzbaum 1968, 116f., 120, 464; Tubach 1969, No. 2275; ZfVk. 74(1978)1–19; EM: Zeichendisput(in prep.).
Finnish: Rausmaa 1982ff. II, No. 147; Latvian: Arājs/Medne 1977, No. 924A; Lithuanian: Kerbelytė 1999ff. II, No. 924A; Swedish: Liungman 1961; Norwegian: Kvideland 1972, No. 58, Hodne 1984, No. 321; Danish: Kristensen 1881ff. II, No. 34, Kristensen 1896f. I, No. 15, Christensen/Bødker 1963ff., No. 58; Icelandic: Gering 1882f. II, No. 83; Scottish: The Folk-Lore Record 2(1879)173ff., 3(1880)127ff., Bruford/MacDonald 1994, No. 31; English: Baughman 1966, Briggs 1970f. A II, 455ff.; Welsh: Jones 1930, 234f.; French: Delarue/Tenèze 1964ff. IV 2; Spanish: Camarena/Chevalier 1995ff. IV, No. 924A; Catalan: Oriol/Pujol 2003, No. 924A; Portuguese: Martha/Pinto 1912, 214f., Cardigos(forthcoming); Dutch: ZfVk. 24(1914)88ff.; Frisian: Kooi 1984a, No. 924B; Flemish: Lamerant 1909, 93ff.; Walloon: Legros 1962; German:

Benzel 1962, No. 220, Grubmüller 1996, 979ff.; Italian: Cirese/Serafini 1975, Nos. 924, 924A, 924B; Corsican: Massignon 1963, No. 94; Hungarian: György 1932, Nos. 5, 102, Kovács 1988, 248ff.; Czech: Tille 1929ff. I, 259f., II 1, 249ff.; Croatian: Gaál/Neweklowsky 1983, No. 20; Macedonian: Čepenkov/Penušliski 1989 IV, No. 475; Bulgarian: BFP, No. 924B, cf. No. *924B*; Greek: Hallgarten 1929, 43ff., Megas/Puchner 1998, Nos. 924, 924B; Polish: Krzyżanowski 1962f. I, No. 922A; Russian: Potjavin 1960, No. 32; Byelorussian: cf. SUS, No. 924A*; Turkish: Eberhard/Boratav 1953, No. 312, Walker/Uysal 1966, 119ff., 183ff.; Jewish: Gaster 1924, No. 443, Noy 1963a, No. 38, Jason 1965, Nos. 924A, 924B, Jason 1975, No. 924A, Jason 1988a, No. 924A; Tatar: Kecskeméti/Paunonen 1974; Kurdish: Džalila et al. 1989, Nos. 84, 104; Uzbek: Stein 1991, No. 41; Kalmyk: Lőrincz 1979, 331f.; Mongolian: Lőrincz 1979, No. 924A; Georgian: Papashvily/Papashvily 1946, 61ff.; Syrian: El-Shamy 2004, Nos. 924, 924A; Lebanese: Nowak 1969, No. 466; Palestinian: Nowak 1969, No. 466, El-Shamy 2004, Nos. 924A, 924B; Iraqi, Saudi Arabian: El-Shamy 2004; Indian: Thompson/Balys 1958, No. J1804, Thompson/Roberts 1960, No. 924B, Jason 1989, No. 924B; Chinese: Ting 1971, Nos. 924A, 924B; Korean: Zaborowski 1975, No. 70, Choi 1979, No. 638; Vietnamese: Karow 1972, No. 18; Japanese: Ikeda 1971, Inada/Ozawa 1977ff., No. 924B; Mexican: Wheeler 1943, No. 9; Argentine: Hansen 1957, No. **926; Egyptian: Nowak 1969, No. 466, El-Shamy 2004, No. 924A.

925 ***Tidings for the King*** (previously ***Tidings Brought to the King, "You Said it, not I"***).

Chauvin 1892ff. VI, 143 No. 300; Anderson 1923, 362; Pauli/Bolte 1924 II, No. 847; Schwarzbaum 1968, 44f., 235, 476; Schwarzbaum 1980, 275; EM 9(1999)1416–1420 (C. Oriol).

Finnish: Rausmaa 1982ff. II, No. 148; Lithuanian: Kerbelytė 1999ff. II; Swedish: Bergvall/Nyman et al. 1991, No. 80; Danish: Holbek 1990, No. 34; Icelandic: Boberg 1966; Irish: Ó Súilleabháin/Christiansen 1963; French: Massignon 1965, No. 15; Spanish: Espinosa 1988, No. 254, Camarena Laucirica 1991, No. 147, Camarena/Chevalier 1995ff. IV; Catalan: Oriol/Pujol 2003; Portuguese: Martha/Pinto 1912, 189ff., Cardigos(forthcoming); Frisian: Kooi 1984a; Flemish: Lox 1999a, No. 9; German: Henßen 1935, No. 215, Ruppel/Häger 1952, 200, Moser-Rath 1984, 149, 287, Grimm DS/Uther 1993 II, No. 395; Austrian: Zaunert 1926, 201f.; Hungarian: MNK IV; Czech: Horák 1971, 160f.; Slovene: Eschker 1986, No. 5; Macedonian: Vroclavski 1979f. II, No. 41; Rumanian: Stroescu 1969 II, No. 4655; Polish: cf. Krzyżanowski 1962f. I, No. 1669, Simonides 1979, 171f.; Ukrainian: SUS; Jewish: Haboucha 1992; Gypsy: Krauss 1907, 193ff., MNK X 1; Chuvash: Kecskeméti/Paunonen 1974; Uzbek: Afzalov et al. 1963 II, 219f.; Palestinian: Campbell 1954, 94ff., El-Shamy 2004; Jordanian: El-Shamy 2004; French-American: Saucier 1962, No. 15; Egyptian: El-Shamy 2004.

925* ***The Most Beautiful in the Garden.***
Estonian: Loorits 1959, No. 73; Irish: Ó Súilleabháin/Christiansen 1963; Flemish: Wolf 1845, No. 7, Meyer 1968; Greek: Laográphia 19(1961)569–575, Megas/Puchner 1998; Brazilian: Romero/Cascudo 1954, No. 7, Fagundes 1961, No. 38, Alcoforado/Albán 2001, No. 69; Moroccan: Stumme 1894, No. 11, El-Shamy 2004.

926 ***Judgment of Solomon.***
Chauvin 1892ff. III, 361 No. 214, VI, 63 No. 231; Köhler/Bolte 1898ff. I, 531; Basset 1924ff. II, 361, No. 214; Ludowyk 1959; Schwarzbaum 1968, 209, 474; Tubach 1969, No. 4466; Schwarzbaum 1979, 563; Ranelagh 1979, 40; Marzolph 1992 II, No. 1167; Hansen 2002, 227–232; Marzolph/Van Leeuwen 2004, No. 370; EM: Salomonische Urteile(forthcoming).
Lithuanian: Kerbelytė 1999ff. II; Icelandic: Boberg 1966, No. J1171.1; Spanish: Camarena/Chevalier 1995ff. IV, Goldberg 1998, No. J1171.1; Portuguese: Martinez 1955, No. J1171.1; Italian: Cirese/Serafini 1975; Hungarian: Dömötör 1992, No. 422; Slovakian: Polívka 1923ff. IV, No. 121C; Slovene: Brezovnik 1884, 123; Serbian: Vrčević 1868f. I, No. 122; Rumanian: cf. Stroescu 1969 II, No. 4930; Bulgarian: BFP; Greek: Kretschmer 1917, No. 10; Ukrainian: SUS; Jewish: Larrea Palacín 1952f. II, No. 106, Noy 1968, No. 10, cf. No. 17, Haboucha 1992; Dagestan: cf. Chalilov 1965, No. 89; Ossetian: Christensen 1921, 18, No. 1; Kurdish: Hadank 1926, 44f.; Georgian: Kurdovanidze 2000; Syrian, Palestinian: El-Shamy 2004; Indian: Thompson/Roberts 1960; Burmese: Esche 1976, 82f.; Tibetian: Hoffmann 1965, No. 37; Chinese: Ting 1971; Cambodian: Gaudes 1987, No. 44; Indonesian: Vries 1925f. II, No. 180; Japanese: Ikeda 1971, No. 920A, Inada/Ozawa 1977ff.; Dominican: Andrade 1930, No. 280, Hansen 1957, No. **656A; Cape Verdian: Parsons 1923b I, No. 118; Egyptian, Algerian: El-Shamy 2004; West African: Meinhof 1921, No. 61; East African: Velten 1898, 63f.

926A ***The Clever Judge and the Demon in the Pot.***
BP II, 419f.
Bulgarian: Daskalova et al. 1985, No. 126; Aramaic: Arnold 1994, No. 8; Tuva: Taube 1978, No. 12; Lebanese, Iraqi: El-Shamy 2004; Indian: Thompson/Roberts 1960, Mode/Ray 1967, 280ff., Jason 1989; Nepalese: Heunemann 1980, No. 13, Sakya/

Griffith 1980, 95ff.; Chinese: Ting 1971; Cambodian: Gaudes 1987, No. 45; Indonesian: Vries 1925f. II, No. 97; Japanese: Inada/Ozawa 1977ff.; Egyptian, Moroccan, Sudanese: El-Shamy 2004.

926C ***Cases Solved in a Manner Worthy of Solomon.***

Kirchhof/Oesterley 1869 VII, No. 13; Stiefel 1908, No. 16; Basset 1924ff. I, 415 No. 124, II, 103 No. 73; Pauli/Bolte 1924 I, No. 115; Kasprzyk 1963, No. 116C; Schwarzbaum 1968, 254, 474; Tubach 1969, Nos. 874, 2409, 4849; EM 2(1978)646; Fabula 21 (1980)279; EM 3(1981)636; Schwarzbaum 1980, 215f., 279; MacDonald 1982, No. J1141.1.4; Kooi 1987a, 141–144; Scheiber 1985, 379f.; Schwarzbaum 1989a, 34–36; Marzolph 1992 II, Nos. 139, 1155, 1177; EM: Salomonische Urteile(forthcoming).

Finnish: Rausmaa 1982ff. II, Nos. 194–196, Jauhiainen 1998, No. D691; Latvian: Carpenter 1980, 210f.; Lithuanian: Kerbelytė 1999ff. II; Livonian: Loorits 1926, No. 926; Swedish: EU, No. 32604; Danish: Holbek 1990, 185; English: Briggs 1970f. A II, 182f., 202f., 292; Spanish: Childers 1948, No. J1172.1, Childers 1977, No. J1141.1, Camarena/Chevalier 1995ff. IV, Rey-Henningsen 1996, No. 18, Goldberg 1998, No. J1172.1; Catalan: Neugaard 1993, Nos. J1141, J1172.1, J1179.6; Portuguese: Vasconcellos/Soromenho et al. 1963f. II, No. 411, Cardigos(forthcoming), Nos. 926C, 926C*A; Dutch: Overbeke/Dekker et al. 1991, Nos. 1361, 2335, 2370; Frisian: Kooi 1984a, Nos. 926C, 926E; German: Frischbier 1870, 117, Neumann 1968b, No. 300, Neumann 1976, 292, Tomkowiak 1993, 283, Kooi/Schuster 1994, No. 123; Swiss: Büchli/Brunold-Bigler 1989ff. I, 447; Austrian: Zaunert 1926, 148ff.; Maltese: Mifsud-Chircop 1978, Nos. *926C_1, 926C_2; Hungarian: György 1934, No. 19, Dömötör 2001, 292; Serbian: Vrčević 1868f. I, Nos. 162, 183, 267, 273, 382, cf. Čajkanović 1929, No. 108, Karadžić 1937, No. 7, Panić-Surep 1964, Nos. 38, 43; Rumanian: Schullerus 1928, Nos. 935.5, 961*, Stroescu 1969 II, Nos. 5050, 5455, 5735; Bulgarian: BFP, Nos. nos. 926C, *926C**, 964, cf. *964A*; Greek: Karlinger 1979, No. 62, Megas/Puchner 1998; Polish: Krzyżanowski 1962f. II, No. 1706; Ukrainian: SUS; Jewish: Richman 1954, 1f., 22ff., Noy 1963a, Nos. 93, 94, Jason 1965, 1975, 1988a, Nos. 926C-*A, 926*E, 926*E-A, Haboucha 1992, No. 926C-*A; Azerbaijan: Achundov 1968, 197f.; Uzbek: Stein 1991, Nos. 83, 87; Mongolian: Jülg 1868, 64ff., Mostaert 1947, No. 60, Lőrincz 1979, No. 926E*; Syrian, Lebanese, Palestinian: El-Shamy 2004, No. 964; Aramaic: Arnold 1994, No. 11; Iraqi: El-Shamy 1995 I, No. J1141.1; Persian Gulf, Saudi Arabian, Qatar: El-Shamy 2004, No. 964; Iranian: Marzolph 1984; Uzbek: Stein 1991, Nos. 83, 87; Afghan: Lebedev 1955, 138ff., 145, Lebedev 1986, 179f.; Indian: Bødker 1957a, No. 291, Thompson/Balys 1958, No. J1141.1ff., Thompson/Roberts 1960, Beer 1979, 10f., 30f., 34f., Jason 1989; Sri Lankan: Thompson/Roberts 1960; Chinese: Ting 1978, Nos. 926B_1*, 926E*,

926E$_1$*, 926L*; Korean: Zŏng 1952, No. 83; Cambodian: Gaudes 1987, Nos. 81, 95, 96, 98, 101–103, cf. Nos. 82, 100; Vietnamese: Landes 1886, No. 112, Karow 1972, No. 68; Chinese: Ting 1978, Nos. 926E*, 926E$_1$*; Malaysian: Hambruch 1922, No. 37; Indonesian: Vries 1925f. II, No. 120; Filipino: Wrigglesworth 1981, Nos. 8, 13, 14; US-American: Randolph 1952, 99ff., 210, Baughman 1966, No. J1141.16; African American: Dance 1978, No. 279; Egyptian: El-Shamy 2004, No. 964; Algerian: Frobenius 1921ff. III, No. 54, El-Shamy 2004; Moroccan: El-Shamy 2004, Nos. 926C, 964; Sudanese: El-Shamy 2004, No. 964; South African: Coetzee et al. 1967, Schmidt 1977, 67.

926D ***The Judge Appropriates the Object of Dispute.***
Schwarzbaum 1968, 365, 473; Schwarzbaum 1979, iii.
Irish: Ó Súilleabháin/Christiansen 1963, Nos. 518*, 926D; Spanish: Camarena/Chevalier 1995ff. IV, Rey-Henningsen 1996, No. 19; Catalan: Oriol/Pujol 2003; Portuguese: Oliveira 1900f. I, No. 204, II, No. 323, Cardigos(forthcoming); Hungarian: MNK II, No. 518*, Dömötör 2001, 289; Slovakian: Gašparíková 1981a, 91; Croatian: Stojanović 1867, No. 21; Greek: Megas/Puchner 1998; Polish: Krzyżanowski 1962f. II, No. 1594, Simonides/Simonides 1994, No. 226; Jewish: Jason 1965, 1988a; Abkhaz: cf. Šakryl 1975, No. 41; Mongolian: Jülg 1868, 63ff.; Saudi Arabian: Müller 1902ff. I, Nos. II A, IV A; Indian: Thompson/Balys 1958, No. K452, Jason 1989; Chinese: Ting 1978; Japanese: Inada/Ozawa 1977ff., No. 518*; Filipino: Wrigglesworth 1981, No. 5, Wrigglesworth 1993, No. 18; Central African: Lambrecht 1967, No. 1315.

926E ***Eginhard and Emma.***
Wickram/Bolte 1903, No. 75; EM 3(1981)1020–1023(E. Frenzel).
German: Rehermann 1977, 316f., Grimm DS/Uther 1993 II, No. 457; Hungarian: György 1934, No. 53.

926A* ***"Purchase Not Him Who Surpasses you."***
Greek: Kretschmer 1917, No. 32, Mousaios-Bougioukos 1976, No. 34, Megas/Puchner 1998; Bulgarian: Parpulova/Dobreva 1982, 269ff., BFP; Russian, Ukrainian: SUS, No. 654B*; Byelorussian: Zelenin 1914, No. 100; Egyptian: El-Shamy 2004.

926C* ***The Betrothed Children.***
Finnish: Rausmaa 1982ff. II, Nos. 149, 150; Karelian: Kecskeméti/Paunonen 1974; Russian, Ukrainian: SUS; Mongolian: Lőrincz 1979.

927 ***Out-riddling the Judge.***
Köhler-Bolte 1898ff. I, 46, No. 22; Wesselski 1928a, 144–150; Taylor 1951; Meyer 1967; Tubach 1969, No. 3969; Abrahams 1980; EM 6(1990)412–419(S. Ude-Koeller); Krikmann 1996, 55–80; Dekker et al. 1997, 294–297; Elias 1998; EM 11,1(2003)282f.
Finnish: Rausmaa 1982ff. II, Nos. 151–153; Finnish-Swedish: Hackman 1917f. I, No. 184; Estonian: Aarne 1918, No. 924*; Latvian: Arājs/Medne 1977; Swedish: Liungman 1961; Norwegian: Hodne 1984; Danish: Christensen/Bødker 1963ff., No. 75; Irish: Ó Súilleabháin/Christiansen 1963; English: Baughman 1966, Nos. 927, 927C*–927E*, Briggs 1970f. A II, 441, 501; Spanish: Espinosa 1988, No. 258, cf. Nos. 259–265, Camarena Laucirica 1991, No. 149, Camarena/Chevalier 1995ff. IV, Nos. 927(b), 927(c); Catalan: Oriol/Pujol 2003; Portuguese: Braga 1987 I, 267f., 268f., Cardigos (forthcoming); Dutch: Sinninghe 1943, Kooi 2003, No. 46; Frisian: Kooi 1984a, Kooi/Schuster 1993, No. 19; Flemish: Meyer 1968, Meyer/Sinninghe 1973; German: Wossidlo 1897ff. I, 191ff., Busch 1910, Nos. 19, 38, Peuckert 1932, No. 164, Henßen 1935, Nos. 155, 157, Henßen 1963a, No. 50, Rehermann 1977, 165f.; Austrian: Depiny 1932, 438 No. 470, Haiding 1969, No. 155; Ladinian: Decurtins 1896ff. II, Nos. 82, 104; Italian: Cirese/Serafini 1975, De Simone 1994, No. 47; Hungarian: György 1934, No. 69, MNK IV, Dömötör 1992, No. 215; Czech: Dvořák 1978, No. 3969; Slovakian: Polívka 1923ff. IV, No. 122E; Bosnian: Krauss 1914, No. 119; Bulgarian: BFP; Greek: Megas/Puchner 1998; Jewish: Gaster 1924, No. 434; Gypsy: Mode 1983ff. III, No. 173, MNK X 1; Chuvash: Kecskeméti/Paunonen 1974; Mongolian: Lőrincz 1979; Burmese: Htin Aung 1954, 87ff.; Sri Lankan: Thompson/Roberts 1960; Cambodian: Gaudes 1987, No. 23; English-Canadian: Fauset 1931, 140ff.; US-American: Baughman 1966, Nos. 927, 927C*, 927D*, 927E*; Spanish-American, Mexican: Robe 1973; Puerto Rican: Hansen 1957, Nos. 927*A, 927*B; Brazilian: Cascudo 1955b, 123, 405f.; Chilean: Hansen 1957, No. 927*A, Pino Saavedra 1960ff. II, Nos. 140–145; Argentine: Hansen 1957, No. 927*A; West Indies: Flowers 1953; West African: Barker/Sinclair 1917, No. 34.

927A ***An Execution Evaded by Using Three Wishes.***
Köhler/Bolte 1898ff. II, 651–657; Wesselski 1925, No. 40; Tubach 1969, Nos. 2056, 4187; Schneider 1971; Schwarzbaum 1980, 273; Kooi 1987a, 153f.; Uther 1989, 447; EM: Wunsch: Der letzte W.(in prep.).
Latvian: Arājs/Medne 1977; Icelandic: Boberg 1966, No. J1182.2; Frisian: Kooi 1984a, No. 927A, cf. No. 927D; Turkish: Eberhard/Boratav 1953, No. 298; cf. Ting 1978, No. 1620A; Egyptian: El-Shamy 2004.

927B ***Condemned Man Chooses How He Will Die.***

Wesselski 1925, 199; HDM(1934-40)238(L. Mackensen); Schmitt 1959, 179; Tubach 1969, Nos. 4225, 4226; EM 1(1977)401; EM 5(1987)1327-1329.

Danish: Schütte 1923, 61; English: Wardroper 1970, 169; Frisian: Kooi 1984a, No. 927B; Flemish: Lox 1999b, No. 56; German: Wossidlo 1910, 194, Henßen 1935, No. 216, Wossidlo/Neumann 1963, No. 375; Swiss: Lachmereis 1944, 210; Hungarian: cf. Dömötör 1992, No. 244; Rumanian: Stroescu 1969 I, No. 3941; Serbian: Vrčević 1868f. I, No. 208; Jewish: Ausubel 1948, 288, Richman 1954, 72.

927C ***The Last Request.***

Cf. Tubach 1969, Nos. 2876, 3297; EM 5(1987)1327-1329; Uther 1989, 447f.; EM: Wunsch: Der letzte W.(in prep.).

Dutch: Kooi 2003, No. 47; Frisian: Kooi 1984a; Austrian: Kunz 1995, 85; Bulgarian: Ognjanowa 1987, 446f.

927D ***Man Allowed to Pick Out Tree to be Hanged On.***

Kirchhof/Oesterley 1869 III, No. 264; Pauli/Bolte 1924 I, No. 283; HDM 2(1934-40)238; Tubach 1969, No. 4790; EM 1(1977)1379-1381(K. Ranke).

Irish: Ó Súilleabháin/Christiansen 1963, No. 1587; English: Baughman 1966, No. 1587; Spanish: González Sanz 1996, No. 1587, Goldberg 1998, Nos. K558, *P511.3; Portuguese: Freitas 1996, 65f., Cardigos(forthcoming); Frisian: Kooi 1984a, No. 1587; German: Merkens 1892ff. III, No. 29; Swiss: Jegerlehner 1913, No. 161, Büchli/Brunold-Bigler 1989ff. I, 432; Austrian: Graber 1944, 413f., Haiding 1965, No. 264; Italian: Cirese/Serafini 1975, No. 1587; Hungarian: György 1934, No. 130, MNK VII B, No. 1587; Slovene: Krainz 1880, 257; Rumanian: Stroescu 1969 II, No. 5583; Bulgarian: cf. BFP, No. 1587; Polish: Krzyżanowski 1962f. II, No. 1587; Jewish: Jason 1965, 1988a, No. 1587; Gypsy: Briggs 1970f. A II, 297f., MNK X 1, No. 1587; US-American: Baughman 1966, No. 1587; Spanish-American, Mexican: Robe 1973, No. 1587; Chilean: Pino Saavedra 1987, No. 65.

927A* ***"Old Saddle" Granted by the King.***

Anderson 1923, 360; HDM 2(1934-40)236; EM 1(1977)387f.(K. Ranke).

Finnish: Rausmaa 1982ff. II, No. 154; Latvian: Arājs/Medne 1977; Lithuanian: Kerbelytė 1999ff. II; German: Ruppel/Häger 1952, 199f., Wossidlo/Neumann 1963, No. 400, Neumann 1971, No. 144, Berger 2001; Sorbian: Schulenburg 1880, 293f., Nedo 1957, 32; Russian, Byelorussian, Ukrainian: SUS.

927C* ***The Ground is Measured with a Horse's Skin (Ox Hide).***
cf. Köhler/Bolte 1898ff. II, 319–324; Schwarzbaum 1968, 124, 464; Scobie 1977, 10–12; EM 6(1990)266f.
Finnish: Aarne 1920, No. 2000*; Estonian: Aarne 1918, No. 2000*; Latvian: Arājs/Medne 1977, No. 2400; Lithuanian: Kerbelytė 1999ff. II, No. 2400; Icelandic: Gering 1882f. II, No. 28, Sveinsson 1929, No. 2400; Irish: Ó Súilleabháin/Christiansen 1963, No. 2400; English: Baughman 1966, No. 2400; Spanish: Camarena Laucirica 1991, No. 157, cf. Camarena/Chevalier 1995ff. V, No. 1022; Catalan: Oriol/Pujol 2003, No. 1590*; Portuguese: Cardigos(forthcoming), No. 2400; Frisian: Kooi 1984a, No. 2400, Kooi 1994, No. 247; Flemish: Walschap 1960, 28; German: Rehermann 1977, 319f. No. 8, cf. 486f. nos. 71–74, Petschel 1975ff. VI, Nos. 3826, 4024, 4050, 4112–4116, Grimm DS/Uther 1993 II, Nos. 416, 419, 427, 524, 525, 532; Italian: Cirese/Serafini 1975, Nos. 2400–2499, and app., Appari 1992, No. 46; Hungarian: György 1934, No. 48; Czech: Tille 1929ff. II 2, 373; Slovakian: Gašparíková 1991f. I, No. 19, II, No. 355; Croatian: Bošković-Stulli 1963, No. 165; Bulgarian: BFP, No. 2400; Russian, Byelorussian: SUS, No. 2400; Jewish: Jason 1965, No. 2400, Jason 1988a, No. 2400; Kurdish: Džalila et al. 1989, No. 87; Uzbek: Afzalov et al. 1963 II, 298ff., Laude-Cirtautas 1984, No. 27; Palestinian: El-Shamy 2004, No. 2400; Tibetian: Hoffmann 1965, No. 8; Chinese: Ting 1978, No. 2400; Japanese: Ikeda 1971, No. 2400; North American Indian: Bierhorst 1995, Nos. 17, 22, 28, 40, 83, 203, 215; US-American: Baughman 1966, No. 2400; Egyptian: El-Shamy 2004, No. 2400; Namibian: Schmidt 1989 II, No. 1590; South African: Grobbelaar 1981, No. 2400.

928 ***Planting for the Next Generation.***
Chauvin 1892ff. II, 208 No. 75; Wesselski 1911 II, No. 516; BP III, 191; Basset 1924ff. I, 354 No. 75; EM 1(1977)1391f.(E. Schoenfeld); Scheiber 1985, 278f.; Hansen 2002, 331f.
Lithuanian: Kerbelytė 1999ff. II; Spanish: Camarena/Chevalier 1995ff. IV; Luxembourg: cf. Gredt 1883, No. 905; German: Rehermann 1977, No. 58, Moser-Rath 1984, 286, Tomkowiak 1987, 185f., Tomkowiak 1993, 263; Italian: Appari 1992, No. 20; Sardinian: Cirese/Serafini 1975; Jewish: Gaster 1924, No. 422, Jason 1965, 1988a; Kurdish: Džalila et al. 1989, No. 125; Aramaic: Lidzbarski 1896, No. 9; Palestinian: Campbell 1954, 80ff., El-Shamy 2004; Afghan: Lebedev 1955, 150.

929 ***Clever Defenses.***
Pauli/Bolte 1924 I, No. 480; Tubach 1969, No. 1942; Fabula 22(1981)23; Uther 1981, 51f.

Portuguese: Cardigos (forthcoming); Serbian: Vrčević 1868f. II, 27, 141, 148f., 152f., Panić-Surep 1964, No. 39; Macedonian: Čepenkov/Penušliski 1989 III, Nos. 281, 282; Polish: cf. Simonides/Simonides 1994, No. 68; Jewish: Jason 1976, No. 50, Keren/Schnitzler 1981, No. 6, Haboucha 1992; Indian: Jason 1989.

929A *Uneducated Father.*
Chauvin 1892ff. VIII, 113 No. 95.
Czech: Tille 1929ff. I, 435; Greek: Loukatos 1957, No. 7; Oman: Campbell 1954, 80ff., El-Shamy 2004; Egyptian: El-Shamy 2004.

929* *A Penny for Alms.*
Bebel/Wesselski 1907 I 2, No. 140; Wesselski 1909, No. 111; Pauli/Bolte 1924 I, No. 517; Moser-Rath 1968, 233–236; Tubach 1969, Nos. 158, 2877, 2893; EM 2 (1979) 251; Fabula 20 (1979) 166f.; Marzolph 1992 II, No. 257.
English: Stiefel 1908, No. 86; Spanish: Childers 1948, No. J1283; Frisian: cf. Kooi 1984a, No. 1735C*; German: Rehermann 1977, 434f., Moser-Rath 1984, 138; Italian: Rotunda 1942, No. J1337; Hungarian: György 1934, No. 72; Bulgarian: BFP, No. *1734A*.

TALES OF FATE 930–949

930 *The Prophecy.*
Chauvin 1892ff. VIII, 145ff. No. 145C; BP I, 276–293; Aarne 1916, esp. 115–190; Tille 1919; Basset 1924ff. II, 368 No. 102, III, 41, No. 29; Wesselski 1925, 79–87; Schick 1932; Brednich 1964a, 57–68; Schwarzbaum 1968, 6, 273f., 442; Lüthi 1969a, 70–84; Tubach 1969, No. 647; Schwarzbaum 1980, 274f.; EM 5 (1987) 662–671 (C. Shojaei Kawan); EM 6 (1990) 343–348; Dekker et al. 1997, 112–115; Röth 1998; EM: Uriasbrief (in prep.).
Finnish: Rausmaa 1982ff. II, No. 155; Finnish-Swedish: Hackman 1917f. I, No. 188; Estonian: Aarne 1918; Latvian: Arājs/Medne 1977; Lithuanian: Kerbelytė 1999ff. II; Lappish, Wepsian, Karelian: Kecskeméti/Paunonen 1974; Danish: Grundtvig 1876ff. II, No. 16; Icelandic: Sveinsson 1929; Scottish: Bruford/MacDonald 1994, No. 41; Irish: Ó Súilleabháin/Christiansen 1963, Nos. 930, 930–949; Welsh: Thomas 1907, 229; English: Baughman 1966; French: Delarue/Tenèze 1964ff. IV 2; Spanish: Camarena/Chevalier 1995ff. IV; Catalan: Neugaard 1993, No. K1355, Oriol/Pujol 2003; Portuguese: Vasconcellos/Soromenho et al. 1963f. I, No. 303, Cardigos (forthcoming);

Frisian: Kooi 1984a; Flemish: Meyer 1968; German: Ranke 1955ff. II, No. 461, III, No. 930, Rehermann 1977, 142f., 411f. No. 8, Grimm DS/Uther 1993 II, No. 486, Grimm KHM/Uther 1996 I, No. 29; Swiss: Jegerlehner 1909, Nos. 17, 29; Austrian: Haiding 1969, Nos. 137, 170; Italian: Cirese/Serafini 1975, Nos. 930, 930–949; Corsican: Massignon 1963, No. 14; Hungarian: MNK IV, Dömötör 1992, No. 69; Czech: Tille 1929ff. I, 160f., Dvořák 1978, No. 647; Slovakian: Gašparíková 1991f. I, No. 83; Slovene: Meško 1922, 80ff.; Serbian: Đjorđjevič/Milošević-Đjorđjevič 1988, Nos. 131–133; Macedonian: Čepenkov/Penušliski 1989 III, No. 289; Rumanian: Schullerus 1928; Bulgarian: BFP; Albanian: Camaj/Schier-Oberdorffer 1974, No. 33; Greek: Megas 1970, No. 46, cf. Megas/Puchner 1998, No. *930B1; Polish: Krzyżanowski 1962f. I; Russian: Nikiforov/Propp 1961, No. 94; Turkish: Eberhard/Boratav 1953, Nos. 125, 126, 128, 214 III, IV; Jewish: Noy 1963a, No. 97, Haboucha 1992; Gypsy: MNK X 1; Cheremis/Mari: Kecskeméti/Paunonen 1974; Armenian: Gullakjan 1990; Yakut: Ėrgis 1983, No. 243; Uzbek: Laude-Cirtautas 1984, Nos. 34, 35; Mongolian: Lőrincz 1979; Syrian: El-Shamy 2004; Lebanese: Nowak 1969, No. 264, El-Shamy 2004; Palestinian, Iraqi, Qatar, Yemenite: El-Shamy 2004; Iranian: Marzolph 1984; Indian: Thompson/Roberts 1960, Jason 1989, Blackburn 2001, No. 13; Sri Lankan: Thompson/Roberts 1960; Chinese: Ting 1978; Korean: Zŏng 1952, No. 56; Indonesian: Vries 1925f. I, No. 46, II, No. 136; Japanese: Ikeda 1971; French-Canadian: Lemieux 1974ff. IV, No. 23; US-American: Baughman 1966; Puerto Rican: Hansen 1957; Brazilian: Alcoforado/Albán 2001, No. 70; West Indies: Flowers 1953; Cape Verdian: Parsons 1923b I, No. 66; Egyptian, Tunisian, Moroccan: El-Shamy 2004.

930A ***The Predestined Wife.***

Chauvin 1892ff. VI, 35f. No. 206, VIII, 104f. No. 80; BP I, 288; Aarne 1916, 110–194; Basset 1924ff. II, 207 No. 3; Taylor 1959; Brednich 1964a, 68–77; Schwarzbaum 1968, 274f.; Shenhar 1983; EM 5(1987)207–211(R. W. Brednich); Röth 1998; Marzolph/Van Leeuwen 2004, No. 307.

Finnish: Rausmaa 1982ff. II, Nos. 156, 157; Finnish-Swedish: Hackman 1917f. I, No. 189; Latvian: Arājs/Medne 1977, Nos. 930A, 930D; Lithuanian: Kerbelytė 1999ff. II, Nos. 930A, 930D; Wepsian, Karelian: Kecskeméti/Paunonen 1974; Swedish: Liungman 1961, No. 930*; Faeroese: Nyman 1984; Icelandic: Sveinsson 1929, Boberg 1966, Nos. H51, N101, R131, S143; Scottish: Baughman 1966, Bruford/MacDonald 1994, No. 40; English: Baughman 1966, Briggs 1970f. A I, 236ff., 497, B II, 240f.; Spanish: Camarena/Chevalier 1995ff. IV, Nos. 930A, 930D; Catalan: Oriol/Pujol 2003; Portuguese: Oliveira 1900f. I, Nos. 125, 164, Cardigos(forthcoming), Nos. 930A, 930D, 930*E; Italian: Cirese/Serafini 1975, No. 930A; Sardinian: Cirese/Serafini, No. 930B;

Czech: Grohmann 1863, 5ff.; Slovakian: Gašparíková 1991f. II, No. 466; Slovene: Kelemina 1930, 166; Serbian: Đorđevič/Milošević-Đorđevič 1988, No. 130; Bulgarian: BFP; Greek: Loukatos 1957, 170ff., Mousaios-Bougioukos 1976, No. 35, Megas/Puchner 1998, Nos. 930A, 930B, 930D; Polish: Krzyżanowski 1962f. I; Russian, Byelorussian, Ukrainian: SUS; Turkish: Eberhard/Boratav 1953, Nos. 124, 126, 128, 137, 140; Jewish: Noy 1963a, No. 98, Noy 1965, Nos. 43, 56, Jason 1965, Nos. 930*E-930*K, Jason 1975, Nos. 930*E-930*K, Haboucha 1992, Nos. 930A, 930*E, 930*J, 930*K, **930E; Gypsy: Briggs 1970f. A I, 225; Armenian: Gullakjan 1990; Georgian: Kurdovanidze 2000; Syrian, Iraqi: El-Shamy 2004; Jordanian, Yemenite: El-Shamy 2004, No. 930B; Indian: Thompson/Roberts 1960, Jason 1989, No. 930C; Chinese: Ting 1978; Japanese: Ikeda 1971, Nos. 930A, 930B, Inada/Ozawa 1977ff.; French-Canadian: Lemieux 1974ff. III, No. 1; Brazilian: Cascudo 1955b, 164ff.; Egyptian: El-Shamy 2004, Nos. 930, 930B; Tunisian: Stumme 1893, No. 7, El-Shamy 2004, Nos. 930, 930B; Algerian: El-Shamy 2004, No. 930B; Sudanese: Kronenberg/Kronenberg 1978, No. 4, El-Shamy 2004.

930* ***Fate Foretold as Punishment.***

Schwarzbaum 1968, 273.

Lithuanian: Basanavičius 1993f. II, No. 112, Kerbelytė 1999ff. II; Irish: Ó Súilleabháin/Christiansen 1963; Greek: Laográphia 2(1910)589f.; Buryat: Ėliasov 1959 I, 376ff.

931 ***Oedipus.***

Constans 1881; Lessa 1961, 172–214; Schreiner 1964; Brednich 1964a, 42–46, cf. 46–54; Mitchell 1968; Tubach 1969, Nos. 2846, 2879; Halpert 1982, 30; Edmunds/Dundes 1984; Puchner/Siegmund 1984; Edmunds 1985; Knox 1985; Marr 1986; EM 6(1990)75; Scherf 1995 I, 330–333, II, 831–834; Röth 1998; EM 10(2002)209–219 (W. Puchner); Kern/Ebenbauer 2003, 435–437(M. Kern).

Finnish: Rausmaa 1982ff. II, No. 158; Latvian: Arājs/Medne 1977; Lithuanian: Kerbelytė 1999ff. II; Lappish: Qvigstad 1925, Bartens 2003, No. 55; Icelandic: Boberg 1966, No. M343; Irish: Ó Súilleabháin/Christiansen 1963; French: Delarue/Tenèze 1964ff. IV 2; Spanish: Camarena/Chevalier 1995ff. IV, Goldberg 1998, No. S354; Catalan: Oriol/Pujol 2003; Portuguese: Soromenho/Soromenho 1984f. I, No. 174, 175, Coelho 1985, No. 32, Cardigos(forthcoming), Nos. 931, 931*A; Ladinian: Decurtins 1896ff. II, 129 No. 1; Sardinian: Cirese/Serafini; Hungarian: MNK IV; Czech: Tille 1929ff. II 1, 166f., Dvořák 1978, Nos. 2846, 2879; Slovene: Kelemina 1930, 278; Macedonian: Čepenkov/Penušliski 1989 III, No. 306; Rumanian: Bîrlea 1966 III, 253ff.,

506ff.; Bulgarian: BFP; Greek: Dawkins 1953, No. 62, Megas/Puchner 1998; Russian, Byelorussian, Ukrainian: SUS; Turkish: Eberhard/Boratav 1953, No. 142; Jewish: Noy 1963a, No. 101, Jason 1965, 1975, 1988a; Gypsy: MNK X 1; Palestinian: Nowak 1969, Nos. 272, 286, El-Shamy 2004; Iraqi: Nowak 1969, No. 272; Qatar: El-Shamy 2004; Indian: Jason 1989; Thai: Velder 1968, No. 50; Indonesian: Vries 1925f. II, 409 No. 238; Japanese: Ikeda 1971; Mexican: Robe 1973, No. 931*A; Puerto Rican: Hansen 1957, No. *983; West Indies: Flowers 1953; Egyptian, Algerian: El-Shamy 2004.

931A ***Parricide.***
Schumann/Bolte 1893, No. 14; Frey/Bolte 1896, 280; Huet 1913; Wesselski 1936, 58; Bunker 1944; Gaiffier 1945; Günter 1949, 53–55, 119, 186; Brednich 1964b; Dorn 1967, 84–86, 97 not. 1; Schenda 1970, 383–386; Moser 1977, 49f., 62, 70, 73f., 90; Swan 1977; EM 3(1981)1372–1379(W. Williams-Krapp); Moser 1981, 342f., 356; Frenzel 1988, 368–371; Giacobello 1997.
Spanish: Llano Roza de Ampudia 1925, No. 53; Portuguese: Oliveira 1900ff. I, No. 171, Cardigos(forthcoming), Nos. 755B, 931*A; Dutch: Wolf 1843, No. 149; German: Brückner 1974, 478 No. 490, 728.

933 ***Gregory on the Stone.***
Köhler 1896, 173, No. 85; Köhler/Bolte 1898ff. II, 173–184; BP I, 324; Brednich 1964a, 54–56; Schwarzbaum 1968, 28f., 445; Tubach 1969, Nos. 2375, 2728; Verfasserlexikon 3(1981)244–248(V. Mertens); Plate 1986; Mölk 1987; Frenzel 1988, 259–261; EM 6(1990)125–132(U. Mölk); Röcke 2002.
Finnish: Rausmaa 1982ff. II, 361; Lithuanian: Kerbelytė 1999ff. II; Icelandic: Sveinsson 1929; Irish: Ó Súilleabháin/Christiansen 1963; French: Delarue/Tenèze 1964ff. IV 2; Spanish: Camarena/Chevalier 1995ff. IV; Catalan: Oriol/Pujol 2003; Portuguese: Oliveira 1900f. II, Nos. 280, 378, Cardigos(forthcoming); German: Henßen 1959, No. 55; Ladinian: Decurtins 1896ff. II, 129 No. 1; Italian: Cirese/Serafini 1975; Hungarian: MNK IV; Czech: Tille 1929ff. I, 396f.; Slovene: Ljubič 1944, 63ff.; Greek: Megas/Puchner 1998; Polish: Krzyżanowski 1962f. I; Byelorussian, Ukrainian: SUS; Gypsy: MNK X 1; Syrian: El-Shamy 2004; Spanish-American: Robe 1973.

934 ***Tales of the Predestined Death*** (previously ***The Prince and the Storm***).
Kirchhof/Oesterley 1869 VII, No. 186; Chauvin 1892ff. V, 253 No. 150, VIII, 87 No. 57, 104f. No. 80; Wesselski 1909, No. 77; BP IV, 116; Taylor 1921f.; Basset 1924ff. II, 207, No. 3, 328 No. 77; Jackson 1940; Brednich 1964a, 78–148; Schwarzbaum 1968,

260f., 275, 279, 292, 448; Tubach 1969, Nos. 1475, 3070; Schwarzbaum 1974; Schwarzbaum 1979, 351, 355 not. 38; Moser 1980, 156f.; Fabula 22(1981)23; Röth 1998; Hansen 2002, 431–435; EM: Todesprophezeiungen(in prep.).

Finnish: Rausmaa 1982ff. II, No. 159, Jauhiainen 1998, No. A711; Finnish-Swedish: Hackman 1917f. I, No. 66; Estonian: Aarne 1918, Nos. 94, 932*, Loorits 1959, No. 196; Livonian: Loorits 1926, No. 937; Latvian: Šmits 1962ff. X, Nos. 6–8, 14, XIII, No. 13, Arājs/Medne 1977, Nos. 934, 934B*, *934E***, *934F*, *934G*; Lithuanian: Kerbelytė 1999ff. II, Nos. 934, 934A, 934B*, 934D*; Lydian, Wepsian: Kecskeméti/Paunonen 1974, No. 934A; Swedish: Liungman 1949ff. I, 103ff., Schier 1974, No. 3; Norwegian: Hodne 1984, No. 934E; Icelandic: Sveinsson 1929, Nos. 499*, 728*, Naumann/Naumann 1923, No. 21, Bødker et al. 1963, 56ff., Boberg 1966, Nos. M301.12, M341.2, M341.2.10, Schier 1983, No. 19, Kvideland/Sehmsdorf 1999, No. 97; Irish: Müller-Lisowski 1923, No. 4, Béaloideas 21(1951/52)313f. No. 37, Ó Súilleabháin/Christiansen 1963, Nos. 333*, 934, 934C*; English: Briggs/Michaelis-Jena 1970, No. 70, Briggs 1970f. A I, 454f., B II, 30, 294f.; French: Delarue/Tenèze 1964ff. IV 2, No. 934A; Spanish: Espinosa 1946f., No. 144, Chevalier 1983, No. 70, Camarena/Chevalier 1995ff. IV, Nos. 934, 934A, 934B, Goldberg 1998, No. M341.2.4; Portuguese: Oliveira 1900f. II, No. 288, Cardigos(forthcoming), Nos. 934, 934E**; Dutch: Poortinga 1977, No. 16; German: Lemke 1884ff. II, 88 No. 12, Grimm DS/Uther 1993 I, No. 311, Berger 2001, Nos. 934, XVII B 3–5; Swiss: Büchli/Brunold-Bigler 1989ff. I, 308f., 311; Italian: Cirese/Serafini 1975, Nos. 934, 934A, 934E*; Maltese: Mifsud-Chircop 1978, Nos. *934F, *934G; Hungarian: MNK IV, Nos. 934, 934A, Dömötör 1992, Nos. 175, 259; Czech: Tille 1929ff. II 2, 396f., 422, Dvořák 1978, No. 1482*; Slovakian: Gašparíková 1991f. I, No. 175; Slovene: Kelemina 1930, 168; Serbian: Čajkanović 1927, Nos. 86, 87, Karadžić 1937, No. 51, Đjorđjevič/Milošević-Đjorđjevič 1988, Nos. 134, 135; Croatian: Valjavec 1890, Nos. 2, 10, Bošković-Stulli 1963, Nos. 52, 53; Bosnian: Krauss/Burr et al. 2002, No. 122; Macedonian: Eschker 1972, No. 35, Čepenkov/Penušliski 1989 III, Nos. 299–304, 307–309; Rumanian: Schullerus 1928, No. 932*, Bîrlea 1966, I, 544ff., III, 412f.; Bulgarian: Arnaudov 1905, No. 35, Ognjanowa 1987, No. 34, BFP, Nos. 934A, 934A1, 934A**, *934A1, *934A2,*934A2, *934A3, *934A4, 934B, *934B1, *934B1, *934B2, *934D2, 934E*; Albanian: Mazon 1936, No. 94, Camaj/Schier-Oberdorffer 1974, No. 32; Greek: Laográphia 10(1929)488–490, 498–579, 11(1934/37)270f., 21(1963/64)491ff., Karlinger 1960, No. 4, Klaar 1977, 111ff., Diller 1982, Nos. 26, 56, 61, Megas/Puchner 1998, Nos. 934A, 934D*, 934E*; Polish: Krzyżanowski 1962f. I, Nos. 149, 341, 412, 932, 932A, 948; Russian: Trautmann 1931, 24, 243, SUS, No. 934A, 934B*, 934D**, 934D***; Byelorussian: Karlinger/Mykytiuk 1967, No. 65, SUS, Nos. 934, 934A, 934B*, 934B**; Ukrainian: Die Sonnenrose 1970, 174ff., Mykytiuk 1979, No.

24, SUS, Nos. 934, 934A, 934B*, 934B**, 934D***, 934F*, 934F**, 934F***; Turkish: Eberhard/Boratav 1953, No. 196; Jewish: Larrea Palacín 1952f. I, No. 9, Noy 1963a, Nos. 43, 71, 98, Noy 1963b, No. 13, Jason 1965, Nos. 934, 934E, 934B*, 934*G, Jason 1975, Nos. 934, 934B-*A, 934*G, Jason 1988a, 934*G, Bin Gorion 1990, No. 199, Haboucha 1992, Nos. 934A, 934*A, 934*F, **934F, 934*H; Gypsy: Tillhagen 1948, 115ff., Mode 1983ff. III, No. 166, MNK X 1; Ossetian: Dawkins 1950, 286f.; Kurdish: Džalila et al. 1989, No. 70; Armenian: Hoogasian-Villa 1966, No. 44; Yakut: Ėrgis 1967, No. 204; Uzbek: cf. Keller/Rachimov 2001, No. 12; Georgian: Kurdovanidze 2000, Nos. 934B*, 934B**, 934F**; Mingril: Bleichsteiner 1919, 189ff., No. 10; Armenian: Gullakjan 1990, No. 934B; Palestinian: El-Shamy 2004, Nos. 934A, 934A*; Oman, Yemenite: El-Shamy 2004, No. 934A; Iranian: Lorimer/Lorimer 1919, Nos. 43, 56, Marzolph 1984, Nos. 934A1, 934B, Marzolph 1994, 25ff.; Pakistani: Rassool 1964, 172ff.; Indian: Hahn 1906, No. 32, McCulloch 1912, No. 1, Thompson/Balys 1958, Nos. M341.2.10, M341.2.21, Thompson/Roberts 1960, Nos. 934, 934B, Beck et al. 1987, No. 9, Jason 1989, Nos. 934B, 934B-*A, 934*G; Burmese: Kasevič/Osipov 1976, No. 78; Korean: Zaborowski 1975, Nos. 2, 39; Chinese: Riftin et al. 1977, No. 28, Ting 1978, Nos. 934A, 934A2; Japanese: Ikeda 1971, Nos. 934A, 934B, Inada/Ozawa 1977ff., No. 934A; Filipino: Wrigglesworth 1981, No. 23; French-Canadian: Lemieux 1974ff. VIII, No. 6; US-American: Hoffmann 1973, No. 934E***; Spanish-American: Robe 1973, No. 934A*2, Mexican: Wheeler 1943, No. 36; Puerto Rican: Hansen 1957, Nos. **934, **937; Ecuadorian: Carvalho-Neto 1966, No. 51; Egyptian: El-Shamy 2004, Nos. 934, 934A, 934A1; Moroccan: El-Shamy 2004, No. 934A*; Ghanaian: Schott 1993f. II/III, Nos. 152, 427, 1300; East African: Reinisch 1881ff. II, Nos. 2, 3, 11.

934C ***Death Forestalls Evil Fates.***
BP III, 472–474; Denecke 1958; HDS(1961–63)10–16; Röhrich 1976, 134.
Irish: Ó Súilleabháin/Christiansen 1963; German: Grimm KHM/Uther 1996 III, No. KL 8; Italian: Cirese/Serafini 1975; Macedonian: Čepenkov/Penušliski 1989 III, No. 310; Greek: Klaar 1963, 195ff., Megas/Puchner 1998; Jewish: Larrea Palacín 1952f. II, No. 145, Jason 1975, 1988a; Egyptian: El-Shamy 2004.

934D ***Nothing Happens without God.***
Livonian: Loorits 1926, No. 934, Setälä/Kyrölä 1953, No. 75; Lithuanian: Basanavičius/Aleksynas 1993f. II, No. 143, Kerbelytė 1999ff. II; Livonian: Kecskeméti/Paunonen 1974; English: Briggs 1970f. B II, 30; Sardinian: Cirese/Serafini 1975; Serbian: Eschker 1992, No. 77; Polish: Krzyżanowski 1962f. I, No. 412; Jewish: Gaster 1924, No. 150; Gypsy: Mode 1983ff. III, No. 166; Cheremis/Mari: Beke 1938, No.

19, Kecskeméti/Paunonen 1974; Ghanaian: Schott 1993f. I, No. 1856.

934D[1] ***Outwitting Fate.***

Serbian: Đjorđjevič/Milošević-Đjorđjevič 1988, Nos. 122–124; Indian: Thompson / Balys 1958, Nos. K1811.0.2, K2371.2, Thompson/Roberts 1960, No. 936; Chinese: Ting 1978, No. $934D_2$; Japanese: Seki 1963, No. 43.

934F ***The Man in the Well.***

Kuhn 1888; Chauvin 1892ff. II, 85 No. 17, III, 100 No. 6; BP IV, 339 No. 68; Stammler 1962; Tubach 1969, No. 5022; Odenius 1972f. I; Einhorn 1976, 219–230; Grubmüller 1977, 28–30; Schwarzbaum 1979, 352; Stohlmann 1985, 144–146; Blois 1991, 73–95; Clausen-Stolzenburg 1995, 196–203; Einhorn 2003, 115–117.

Danish: Nielssen/Bødker 1951f. II, No. 16; Spanish: Goldberg 1998, No. J861.1; Catalan: Neugaard 1993, No. J861.1; German: Schmitt 1959, 17, 31; Hungarian: Dömötör 1992, No. 450; Czech: Dvořák 1978, No. 5022.

934G ***The False Prophecy.***

Castro Guisasola 1923; Crawford 1925; Schenda 1961, 90; HDS(1961–63)677f.; Tubach 1968, No. 404; EM 1(1977)928f.; Schwarzbaum 1979, 209 not. 18; Marzolph 1992 II, No. 240; Ryan 1999, 12f.

German: Melander I(1604)63 No. 54, Joco-Seria(1631)260ff., Zeitvertreiber(1685)297 (EM archive); Swiss: Brunold-Bigler/Anhorn 2003, 109 No. 157, cf. No. 156; Indian: Hertel 1922b, No. 60.

934H ***The Origin of Death.***

Köhler/Bolte 1898ff. II, 100–102; Dähnhardt 1907ff. III, 22; Wesselski 1931, 43f.; Babler 1934; Baumann 1936, 268–279; EM 2(1979)637, 1215; Abrahamsson 1951; Schott 2003; EM: Todeszeit wissen(in prep.).

Estonian: Aarne 1918, No. 19; Livonian: Loorits 1926, No. 37; Lithuanian: Balys 1936, No. 3062, Balys 1940, Nos. 115–120; Irish: Ó Súilleabháin 1942, No. 54, Szövérffy 1957, 122f.; French: Delarue/Tenèze 1964ff. IV,1, 291f.; Basque: Delarue/Tenèze 1964ff. IV,1, 290f.; German: Preuß 1912, 13f.; Ladinian: Kindl 1992, No. 54; Byelorussian: Dobrovol'skij 1891ff. I, No. 13; Tungus: Doerfer 1983, Nos. 7, 28; South American Indian: Wilbert/Simoneau 1992, Nos. A1335, A1335.5; Polynesian: Kirtley 1971, Nos. A1335ff.; Australian: Löffler 1981, Nos. 8, 79, Waterman 1987, Nos. 2850–3215; Egyptian, Moroccan: El-Shamy 2004, No. 774M1§; Mali: Schild 1975, No. 78; Ghanaian: Schild 1975, Nos. 77, 79; Schott 2001, 431; Togolese: Einstein 1983, 9; Nigerian: Schild 1975, No. 77, MacDonald 1982, No. A1335.1.0.2*; East African: Arewa 1966, No. 33, 40, Meinhof 1991, No. 5; Central African: Lambrecht 1967, Nos. 34–36; Congolese: Seiler-Dietrich 1980, Nos. 6, 7; Namibian: Schmidt 1989 II, Nos. 197, 198; South African: MacDonald 1982, No. A1335.1.0.1, Schmidt 1989 II, Nos. 197, 198.

934K ***"The Time Has Come but Not the Man."***

HDA 9(1938/41)166; Hartlaub 1951, 198f.; Wildhaber 1958; Tubach 1969, No. 1475B1; EM 4(1984)1386; EM 5(1987)1116; EM 6(1990)119.

Finnish-Swedish: Wessman 1931, No. 460; Estonian: Aarne 1918, No. 95, Stern 1935, No. 242; Lithuanian: Dowojna-Sylwestrowicz 1894 II, 414, Balys 1936, No. 3495; Swedish: Carney 1957, 178; Danish: Grundtvig 1854ff. I, No. 119, Feilberg 1886ff. III, 789b, Kristensen 1892ff. II, No. 3(39–41, 44, 47–57, 66–68), III, No. 984; Icelandic: Lehmann-Filhés 1891, 8f.; Irish: Carney 1957, 179, cf. Béaloideas 59(1991)83–90; Welsh: Parry-Jones 1953, 103; English: Hunt 1930, 366, Baughman 1966, No. D1311.11.1; French: Sébillot 1882 I, 205; Dutch: Sinninghe 1943, 52.f., No. 1, Dinnissen 1993, Nos. 3, 54, 57, 187, 193, 296, 365; Frisian: Kooi 2000b, 70f., Kooi/Schuster 2003, No. 106; German: Schambach/Müller 1855, 62, Toeppen 1867, 33f., Strackerjan/Willoh 1909 I, Nos. 185ee, 185gg, 259g, Peuckert 1924, 203, Deecke 1925, No. 200, Berger 2001, No. VIII C2; Austrian: Zingerle/Zingerle 1891, Nos. 320, 321, Graber 1944, 83f.; Swiss: Müller et al. 1926ff. II, No. 617; Hungarian: Bihari 1980, No. A IV.1.

935 ***The Prodigal's Return.***

Brettschneider 1978; Solomon 1979; Moser 1981, 74f.; EM 6(1990)707–713(D. Drascek/S. Wagner); Scherf 1995 I, 244–247, 501–504, 560–563, 744–746, II, 1343–1346; Röth 1998.

Finnish: Rausmaa 1982ff. II, Nos. 161, 162; Finnish-Swedish: Hackman 1917f. I, No. 190; Estonian: Aarne 1918; Lithuanian: Kerbelytė 1999ff. II; Syrjanian: Fokos-Fuchs 1951, No. 83; Danish: Kristensen 1897a, No. 13, Bødker 1964, Nos. 38, 44, Holbek 1990, Nos. 10, 33; Scottish: McKay 1940, No. 21; Irish: Ó Súilleabháin/Christiansen 1963; French: Delarue/Tenèze 1964ff. IV 2; Spanish: Camarena/Chevalier 1995ff. IV; Catalan: Oriol/Pujol 2003; Portuguese: Soromenho/Soromenho 1984f. II, Nos. 650, 651, Cardigos(forthcoming); Dutch, Flemish: Volkskundig Bulletin 24(1998)320; Frisian: Kooi 1984a; German: Meyer 1932, Peuckert 1932, No. 36, Ranke 1955ff. III, Henßen 1963, No. 53, Neumann 1971, No. 138, Berger 2001; Austrian: Haiding 1953, No. 1; Ladinian: Uffer 1973, No. 37; Swiss: Jegerlehner 1913, No. 141; Hungarian: MNK IV, Dömötör 2001, 276; Czech: Tille 1929ff. II 1, 135ff., Dvořák 1978, No. 4486*; Slovakian: Polívka 1923ff. IV, No. 119, Gašparíková 1991f. I, No. 25, II, No.

374; Slovene: Drekonja 1932, 82ff.; Bulgarian: BFP; Polish: Krzyżanowski 1962f. I, Simonides/Simonides 1994, Nos. 70, 71; Sorbian: Schulenburg 1882, 2ff., Nedo 1956, No. 78; Russian: SUS; Gypsy: Aichele/Block 1962, No. 62, Mode 1983ff. IV, No. 221, MNK X 1; Yakut: Ėrgis 1967, No. 233; Turkmen: Reichl 1986, No. 50; Saudi Arabian: Lebedev 1990, No. 41; Chinese: Ting 1978; French-Canadian: Delarue/Tenèze 1964ff. IV 2, Lemieux 1974ff. II, No. 2, VI, No. 33, IX, No. 1, X, No. 18, XI, No. 9, XVI, No. 13, XVIII, Nos. 2, 11; US-American: Randolph 1952, 23; French-American: Carrière 1937, No. 59; West Indies: Flowers 1953.

935* ***The Stepson Mariner.***
Finnish-Swedish: Åberg 1887, No. 275, Hackman 1917f. I, No. 191; Greek: Megas/Puchner 1998; Jewish: Noy 1965, No. 71; Saudi Arabian: cf. Jahn 1970, No. 42; Chinese: Riftin et al. 1977, No. 2.

936* ***The Golden Mountain.*** (Hasan of Basra.)
Chauvin 1892ff. VII, 29ff. No. 212A; EM 6(1990)538–540(U. Marzolph); Röth 1998; Marzolph/Van Leeuwen 2004, Nos. 178, 230.
Finnish: Rausmaa 1982ff. II, No. 164; Latvian: Arājs/Medne 1977; Spanish: cf. Camarena/Chevalier 1995ff. I, No. 325A; Portuguese: Oliveira 1900f. I, No. 131, Cardigos(forthcoming); Italian: Gonzenbach 1870 I, No. 6; Maltese: Mifsud-Chircop 1978; Bulgarian: BFP; Greek: Hahn 1918 I, No. 15, Megas/Puchner 1998; Russian, Byelorussian, Ukrainian: SUS; Turkish: Eberhard/Boratav 1953, No. 198; Jewish: Jason 1965, 1975; Ossetian: Dawkins 1950, No. 40; Abkhaz: Šakryl 1975, Nos. 69, 77; Cheremis/Mari: Beke 1938, No. 45, Kecskeméti/Paunonen 1974; Mordvinian, Votyak: Kecskeméti/Paunonen 1974; Uighur: Reichl 1986, No. 16; Kurdish: Wentzel 1978, No. 10, Džalila et al. 1989, No. 14, 28; Armenian: Gullakjan 1990; Turkmen: Stebleva 1969, No. 38; Lebanese: Nowak 1969, No. 53; Iraqi: El-Shamy 1995 I, No. B31.1; Yemenite: Daum 1983, No. 13, El-Shamy 2004; Qatar: El-Shamy 2004; Iranian: Lorimer/Lorimer 1919, No. 58, Nowak 1969, No. 53, Marzolph 1984; Egyptian, Libyan: Nowak 1969, No. 53, El-Shamy 2004; Libyan, Algerian: El-Shamy 2004; Tunisian: Stumme 1893, No. 2; Moroccan: El-Shamy 1995 I, No. K1861.1; Sudanese: Frobenius 1923, No. 8, Kronenberg/Kronenberg 1978, No. 13, El-Shamy 2004.

938 ***Placidas.*** (Eustacius.)
Chauvin 1892ff. VI, 161 No. 325, 162ff. No. 327A, 164f. No. 327B, 165 No. 327C, VII, 75ff. No. 121B, VIII, 81f. No. 51, 104 No. 79, 110 No. 89; Köhler/Bolte 1898ff. II, No. 37; BP II, 264; Basset 1924ff. II, 385 No. 111; Wesselski 1925, No. 47; Krappe

1926f.; Loomis 1948, 112; Krzyżanowski 1965, 98f.; Schwarzbaum 1968, 14, 443; Tubach 1969, No. 1920; Lemieux 1970; Fichte 1993; EM 10(2002)1069–1074(H. Fischer); Marzolph/Van Leeuwen 2004, Nos. 316, 408.

Finnish: Rausmaa 1982ff. II, No. 165; Lithuanian: Kerbelytė 1999ff. II; Wepsian: Kecskeméti/Paunonen 1974; Danish: Kristensen 1897a, No. 4; Irish: Ó Súilleabháin/Christiansen 1963; Spanish: Childers 1948, No. N121; Catalan: Neugaard 1993, No. N251; Portuguese: Oliveira 1900f. II, No. 410, Cardigos(forthcoming); French: Delarue/Tenèze 1964ff. IV 2, Guerreau-Jalabert 1992, No. N121; Austrian: Zaunert 1926, 33ff., Haiding 1969, No. 141; Italian: Cirese/Serafini 1975; Hungarian: MNK IV; Czech: Tille 1929ff. I, 366f., Dvořák 1978, No. 1920; Slovakian: Gašparíková 1991f. I, No. 174; Bulgarian: BFP; Greek: Klaar 1987, 150ff., Megas/Puchner 1998; Polish: Krzyżanowski 1962f. I; Russian, Byelorussian, Ukrainian: SUS; Turkish: Eberhard/Boratav 1953, No. 136; Jewish: Noy 1963a, No. 103, Jason 1965, 1975, 1988a, Haboucha 1992, No. 938A; Gypsy: Mode 1983ff. II, No. 121, IV, No. 241, MNK X 1; Armenian: Gullakjan 1990; Tadzhik: Grjunberg/Steblin-Kamenskov 1976, No. 26; Mongolian: Lőrincz 1979; Syrian, Lebanese, Palestinian, Iraqi, Qatar: El-Shamy 2004; Iranian: Marzolph 1984; Pakistani: Thompson/Roberts 1960; Indian: Thompson/Roberts 1960, Jason 1989; Sri Lankan: Thompson/Roberts 1960; Indonesian: Vries 1925f. II, No. 134; French-Canadian: Lemieux 1974ff. IX, No. 20, XX, No. 12, XXII, No. 1; Spanish-American: Robe 1973; West Indies: Flowers 1953; Egyptian, Tunisian, Algerian: El-Shamy 2004; Moroccan: Basset 1887, No. 54, Nowak 1969, No. 332, El-Shamy 2004; Sudanese: El-Shamy 2004.

938A ***Misfortunes in Youth.***

Köhler/Bolte 1898ff. II, 253–255; BP II, 264; Schwarzbaum 1968, 14; EM 2(1979) 205–208(K. Ranke); Röth 1998.

Danish: Kristensen 1881ff. I, No. 45; Irish: Ó Súilleabháin/Christiansen 1963; Spanish: Camarena Laucirica 1991, No. 128, Camarena/Chevalier 1995ff. IV; Portuguese: Oliveira 1900f. I, No. 61, Cardigos(forthcoming); Italian: Cirese/Serafini 1975; Greek: Megas 1970, No. 47, Klaar 1977, 94ff., Megas/Puchner 1998; Turkish: Eberhard/Boratav 1953, Nos. 136, 156; Jewish: Larrea Palacín 1952f. I, Nos. 11, 27, Haboucha 1992, No. 938A; Algerian: Frobenius 1921ff. III, No. 45.

938B ***Better in Youth.***

Wesselski 1925, No. 45; Schwarzbaum 1968, 14; EM 2(1979)205–208(K. Ranke); Röth 1998.

Finnish: Rausmaa 1982ff. II, No. 166; Lithuanian: Kerbelytė 1999ff. II; Danish: Børnenes Blad (1881) No. 24, 187–192; Irish: Ó Súilleabháin/Christiansen 1963; German: Behrend 1908, No. 14; Italian: Calvino 1956, No. 131; Slovakian: Gašparíková 1991f. I, Nos. 101, 174, Filová/Gašparíková 1993, No. 174; Serbian: Čajkanovič 1929, No. 52, Đjorđjevič/Milošević-Đjorđjevič 1988, Nos. 125, 126; Macedonian: Vroclavski 1979f. II, No. 37, Čepenkov/Penušliski 1989 III, No. 313; Rumanian: Schullerus 1928, No. 948*; Bulgarian: BFP; Greek: Megas/Puchner 1998; Polish: Krzyżanowski 1962f. I; Russian, Byelorussian, Ukrainian: SUS; Turkish: Walker/Uysal 1966, 84ff.; Jewish: Jason 1965, No. 938*C, Jason 1975, No. 938*C, Jason 1988a, No. 938*C, Bin Gorion 1990, No. 196; Gypsy: Mode 1983ff. III, No. 136; Abkhaz: Bgažba 1959, 213ff.; Kurdish: Džalila et al. 1989, No. 78; Armenian: Hoogasian-Villa 1966, No. 50, Levin 1982, No. 21; Syrian, Palestinian, Iraqi: El-Shamy 2004; Indian: Jason 1989, No. 938*C; Egyptian: El-Shamy 1980, No. 15, El-Shamy 2004; Algerian: Frobenius 1921ff. III, No. 45, Lacoste/Mouliéras 1965 II, 391ff., El-Shamy 2004; East African: Klipple 1992, 268ff.; Sudanese: El-Shamy 2004.

938* ***Master Discovers That the Slave Girl He Wants to Marry is a Near Relative.***

DVldr 1935ff. IV, No. 72.

Livonian: Loorits 1926, No. 938; German: Wossidlo/Neumann 1963, No. 448, Bechstein/Uther 1997 I 1997, No. 19; Jewish: cf. Noy 1965, No. 42, Jason 1965, No. 938*–*A, Jason 1975, No. 938*–*A, Jason 1988a, No. 938*–*A; US-American: Baughman 1966, No. T410.1.

939 ***The Offended Deity.***

Spanish: Chevalier 1983, No. 71; Macedonian: cf. Čepenkov/Penušliski 1989 II, No. 226, IV, No. 85; Gypsy: cf. Mode 1983ff. IV, No. 241; Pakistani: Swynnerton 1908, No. 96, Thompson/Roberts 1960; Indian: Day 1908, No. 6, Thompson/Roberts 1960, Blackburn 2001, No. 76; Nepalese: cf. Heunemann 1980, 120ff.; Thai: Velder 1968, No. 70.

939A ***Killing the Returned Soldier.***

Köhler/Bolte 1898ff. III, No. 26; DVldr 1935ff. IV, No. 85; Krejčí 1947f.; Kosko 1961; Kosko 1966; Fabre/Lacroix 1970a; Frauenrath 1974; Cheesman 1988; Dekker et al. 1997, 252f.; Campion-Vincent 1998; EM 9 (1999) 876–879 (R. W. Brednich); Schmidt 1999.

Finnish: Rausmaa 1982ff. II, No. 167; Latvian: Arājs/Medne 1977; Livonian: Loorits 1926, No. 939; Lithuanian: Kerbelytė 1999ff. II; English: Baughman 1966, Briggs

1970f. B I, 516f., B II, 304f.; French: Delarue/Tenèze 1964ff. IV 2; Dutch: Volkskundig Bulletin 24(1998)320f., Meder/Bakker 2001, No. 329; Frisian: Kooi 1984a; Flemish: Meyer 1968, Boone 1999 I, 234ff.; German: Merkelbach-Pinck 1940, 146f., Henßen 1951, No. 118, Moser-Rath 1964, No. 204; Swiss: Büchli/Brunold-Bigler 1989ff. II, 680f., 886f., 898, EM 7(1993)872; Hungarian: MNK IV; Czech: Tille 1929ff. II 2, 180f., 504; Slovene: Schlosser 1956, No. 86; Bulgarian: BFP; Greek: Megas/Puchner 1998; Polish: Krzyżanowski 1962f. I; Russian, Byelorussian, Ukrainian: SUS; US-American: Baughman 1966; Brazilian: Cascudo 1955a, 215f.; Namibian: Schmidt 1989 II, No. 1170; South African: Coetzee et al. 1967, Schmidt 1977, 67f., Schmidt 1989 II, No. 1170.

940 ***The Three Suitors in the Cemetery*** (previously ***The Haughty Girl***).
Schwarz 1916; Pauli/Bolte 1924 I, No. 220; Kasprzyk 1963, No. 2; EM 8(1996) 1387–1391(M. van den Berg).
Finnish: Rausmaa 1982ff. II, No. 168; Finnish-Swedish: Hackman 1917f. I, No. 194; Latvian: Arājs/Medne 1977; Estonian: Aarne 1918; Lithuanian: Basanavičius/Aleksynas 1993f. II, No. 158, Kerbelytė 1999ff. II; Swedish: Liungman 1961; Irish: Ó Súilleabháin/Christiansen 1963; French: Delarue/Tenèze 1964ff. IV 2; Spanish: Espinosa 1988, Nos. 272–275, Camarena/Chevalier 1995ff. IV; Catalan: Oriol/Pujol 2003; Portuguese: Oliveira 1900f. I, No. 174, Cardigos(forthcoming); Dutch: Kooi 2003, No. 70; Frisian: Kooi 1984a; Flemish: Meyer 1968, Meyer/Sinninghe 1973, Lox 1999a, No. 48; German: Peuckert 1932, No. 206, Moser-Rath 1964, No. 119, Neumann 1971, No. 139; Swiss: Büchli/Brunold-Bigler 1989ff. II, 904ff.; Italian: Cirese/Serafini 1975; Corsican: Ortoli 1883, 258 No. 5; Hungarian: MNK IV, Dömötör 1992, No. 432; Slovakian: Polívka 1923ff. IV, 281f., 464f.; Rumanian: Schullerus 1928; Polish: Krzyżanowski 1962f. I; Ukrainian: SUS; Turkish: Cvetinovič 1959, 154ff.; Palestinian, Qatar: El-Shamy 2004; Spanish-American: Robe 1973, No. 1730*C; Egyptian, Algerian: El-Shamy 2004; Moroccan: Laoust 1949, No. 89; South African: Coetzee et al. 1967, No. 326.A.1.

940* ***The Forgiven Debt.***
Schwarzbaum 1968, 98, 461.
Finnish-Swedish: Hackman 1917f. I, No. 196; Lithuanian: Kerbelytė 1999ff. II; German: Wossidlo/Henßen 1957, No. 124; Ukrainian: SUS; Jewish: Jason 1965, 1988a.

944 ***King for a Year.***
Chauvin 1892ff. II, 49, III, 101; Köhler/Bolte 1898ff. I, 580f.; Wesselski 1936, 82;

Schwarzbaum 1968, 21, 444; Tubach 1969, No. 2907; MacDonald 1982, No. J711.3; Stohlmann 1985, 147f.; EM 7(1993)436-439(A. Gier); Müller 1999; Verfasserlexikon 10(1999)1575f.; Marzolph/Van Leeuwen 2004, No. 263.

Spanish: Goldberg 1998, No. J711.3; Catalan: Neugaard 1993, No. J711.3; German: EM 2(1979)289; Czech: Dvořák 1978, No. 2907; Aramaic: Lidzbarski 1896,149ff. No. 6.

944* ***"Easy Come, Easy Go!"***

Livonian: Loorits 1926, No. 944; German: Neumann 1968b, No. 49; Serbian: cf. Vrčević 1868f. I, No. 54, cf. Karadžić 1937, 285f. No. 27, 287 No. 30; Jewish: Jason 1965, Haboucha 1992, No. *943.

945 ***Luck and Intelligence.***

BP III, 53-57; Basset 1924ff. III, 145 Bo. 91; HDM 2(1934-40)638-640(L. Bergel); Schwarzbaum 1968, 91, 264; Hatami 1977, No. 9; Schwarzbaum 1979, xliv not. 53; EM 5(1987)1312-1318(E. Schoenfeld); Goldberg 1997c, 187-189; Röth 1998; Hansen 2002, 478-481.

Latvian: Arājs/Medne 1977; Lithuanian: Kerbelytė 1999ff. II; Danish: Grundtvig 1876ff. III, 136ff.; Irish: Ó Súilleabháin/Christiansen 1963; Portuguese: Martinez 1955, No. D435.1.1; German: Ranke 1955ff. III; Czech: Tille 1929ff. II 1, 101ff.; Slovakian: Polívka 1923ff. III, No. 36; Macedonian: cf. Čepenkov/Penušliski 1989 III, Nos. 318, 319; Rumanian: Schullerus 1928; Bulgarian: cf. BFP, Nos. *559*, *945A; Greek: Klaar 1970, 82ff., Megas/Puchner 1998, Nos. *653C, 945; Ukrainian: SUS; Turkish: Eberhard/Boratav 1953, No. 290; Jewish: Noy 1965, No. 25, Jason 1965, 1975; Kurdish: Džalila et al. 1989, Nos. 26, 27, 99, 100; Armenian: Gullakjan 1990; Tadzhik: Grjunberg/Steblin-Kamenskov 1976, Nos. 43, 44; Buryat: Lőrincz 1979, No. 182; Georgian: Kurdovanidze 2000; Syrian: El-Shamy 2004, No. 653C§; Palestinian: Nowak 1969, Nos. 119, 152, El-Shamy 2004, No. 653C§; Iraqi: El-Shamy 2004, Nos. 653C§, 945; Jordanian, Kuwaiti, Qatar, Yemenite: El-Shamy 2004, No. 653C§; Saudi Arabian: Nowak 1969, Nos. 119, 152, El-Shamy 2004, No. 653C§; Iranian: Marzolph 1984, Nos. *653C, 945; Pakistani: Thompson/Roberts 1960; Indian: Thompson/Balys 1958, No. H343, Thompson/Roberts 1960, Jason 1989; Chinese: Ting 1978; Indonesian: Vries 1925f. II, No. 184; Spanish-American: Robe 1973; Dominican: Hansen 1957, No. 853**C; West Indies: Flowers 1953; Egyptian: El-Shamy 1980, No. 7, El-Shamy 2004, Nos. 653C§, 945; Tunisian: El-Shamy 2004, Nos. 653C§, 945; Algerian: Nowak 1969, No. 119, El-Shamy 2004, No. 653C§; Moroccan: Laoust 1949, No. 65, El-Shamy 2004, No. 653C§; Sudanese: Nowak 1969, No. 269, El-Shamy 2004, Nos.

653C§, 945.

945A* ***Money and Fortune.***

Chauvin 1892ff. VI, 31f. No. 202, 44f. No. 209; Basset 1924ff. I, 263 No. 14; Schwarzbaum 1968, 261–264; Schwarzbaum 1979, 500, 502 not. 9; Marzolph/Van Leeuwen 2004, Nos. 96, 352.

Finnish: Löwis of Menar 1922, No. 2, Rausmaa 1982ff. II, No. 163; Finnish-Swedish: Hackman 1917 I, No. 192; Latvian: Arājs/Medne 1977, Nos. 935**, *945B*; Lithuanian: Aleksynas 1974, No. 76, Kerbelytė 1999ff. II, No. 946D*; Danish: Skattegraveren 8(1887)113ff., No. 491; Faeroese: Nyman 1984; Irish: Ó Súilleabháin/Christiansen 1963; Spanish: Meier 1940, No. 3; Portuguese: Braga 1987 I, 199f., Cardigos(forthcoming), Nos. 946A*, 946D*; Dutch: Kooi 2003, No. 41; Frisian: Kooi 1984a, No. 945A*; Flemish: Witteryck 1946, No. 32; German: Ranke 1955ff. III, No. 935**, Bechstein/Uther 1997 I, No. 6; Hungarian: Sklarek 1901, No. 35, MNK IV, No. 946C*, Serbian: Čajkanović 1929, No. 103, cf. Panić-Surep 1964, No. 28, Šuljić 1968, 42ff.; Rumanian: Bîrlea 1966 II, 562ff., III, 469f.; Bulgarian: BFP, No. 935**; Albanian: Leskien 1915, No. 14; Greek: Laográphia 19(1961)569–575, Megas 1968a, Nos. 25, 37, Megas/Puchner 1998, Nos. 945A*, *946D*; Russian: Bazanov/Alekseev 1964, No. 122; Ukrainian: Lintur 1972, No. 87; Jewish: Jason 1965, Noy 1965, No. 71, Jason 1975, 1988a, Haboucha 1992, No. 935**; Gypsy: MNK X 1, No. 946C*; Georgian: Kurdovanidze 2000, No. 945*; Iraqi: El-Shamy 2004; Indian: Jason 1989, Nos. 935**, 945A*; Filipino: Fansler 1921, No. 13; Cuban: Hansen 1957, No. **939; Dominican: Hansen 1957, No. 945**B; Egyptian: El-Shamy 2004, Nos. 945A*, 945B§, 946C*, 946D*; Tunisian: El-Shamy 2004, No. 946C*; Ghanaian: Schott 1993f. II/III, No. 676.

947 ***The Man Followed by Bad Luck.***

Kirchhof/Oesterley 1869 I 1, No. 178; Chauvin 1892ff. II, No. 19; cf. BP II, 290; BP III, 289f.; Basset 1924ff. II, 385 No. 111; Schwarzbaum 1968, 272; Schwarzbaum 1979, 350, 354 not. 33, 34; EM 5(1987)1305–1312(E. Blum).

Danish: Nielssen/Bødker 1951f. II, No. 18; Spanish: Goldberg 1998, No. N253; Irish: Ó Súilleabháin/Christiansen 1963; Czech: Tille 1929ff. II 2, 402; Serbian: Đjorđjevič/Milošević-Đjorđjevič 1988, No. 129; Bulgarian: cf. BFP, No. *947B**; Greek: Megas/Puchner 1998; Turkish: cf. Eberhard/Boratav 1953, No. 131; Jewish: Jason 1965, 1975; Kurdish: Nebez 1972, 63ff.; Uzbek: Afzalov et al. 1963 II, 182ff.; Kalmyk: Lőrincz 1979; Georgian: cf. Orbeliani/Awalischwili et al. 1933, No. 130; Syrian: El-Shamy 2004; Aramaic: Arnold 1994, No. 2; Palestinian: Schmidt/Kahle 1918f. I, No. 60; Iraqi, Qatar: El-Shamy 2004; Iranian: Marzolph 1984; Indian: Jason 1989; Japanese: Inada/Ozawa 1977ff.; Egyptian: El-Shamy 1980, No. 13, El-Shamy 2004; Tunisian, Algerian, Sudanese: El-Shamy 2004.

947A ***Bad Luck Cannot be Arrested.***

Basset 1924ff. III, 532 No. 323; Pauli/Bolte 1924 I, No. 327; Schwarzbaum 1968, 77, 259f., 264, 266f., 276, 477; EM 5(1987)1305–1312(E. Blum).

Finnish: Rausmaa 1982ff. II, No. 170; Latvian: Arājs/Medne 1977; Spanish: Chevalier 1983, No. 72, Camarena/Chevalier 1995ff. IV, No. 947A*; Catalan: Oriol/Pujol 2003, No. 947A*; Portuguese: Parafita 2001f. I, 102f., Cardigos(forthcoming); German: Wolff(1702)259f, Kobolt(1747)397(EM archive); Italian: Cirese/Serafini 1975; Czech: Dvořák 1978, No. 3353*; Serbian: Vrčević 1868f. II, 149f., Karadžić 1937, No. 35, Đjorđjevič/Milošević-Đjorđjevič 1988, Nos. 127, 128; Croatian: Bošković-Stulli 1963, No. 55; Macedonian: Čepenkov/Penušliski 1989 II, No. 194, III, No. 317; Bulgarian: Parpulova/Dobreva 1982, 259f., Daskalova et al. 1985, No. 132, cf. No. 133, BFP; Albanian: Jarník 1890ff., 264f.; Greek: Megas 1956f. I, No. 34, Megas/Puchner 1998, Nos. 947A, 947A*; Russian: Strickland 1907, 11ff.; Byelorussian: Dobrovol'skij 1891ff. I, 669 No. 1; Turkish: Eberhard/Boratav 1953, No. 131; Jewish: Noy 1963a, No. 104, Jason 1965, Nos. 842, 947A, 947A*, Noy 1968, Nos. 64, 67, Jason 1988a, Nos. 947A, 947A*, Haboucha 1992; Gypsy: Mode 1983ff. I, No. 64; Kurdish: Džalila et al. 1989, Nos. 72, 86; Aramaic: Arnold 1994, No. 2; Syrian, Palestinian, Iraqi: El-Shamy 2004; Indian: Thompson/Balys 1958, No. N351.2, cf. Tauscher 1959, No. 11, Thompson/Roberts 1960, 102; Burmese: Kasevič/Osipov 1976, No. 74; Chinese: Ting 1978; Cambodian: cf. Gaudes 1987, No. 37; Indonesian: Vries 1925f. II, No. 99; Egyptian, Algerian, Moroccan: El-Shamy 2004; Tunisian: El-Shamy 2004, No. 947C*.

ROBBERS AND MURDERERS 950–969

950 ***Rhampsinitus.***

Chauvin 1892ff. VIII, 185f. No. 225; Köhler/Bolte 1898ff. I, 198–211, No. 17d, esp. 200; BP III, 395–406; Penzer 1952, 75–128; Petropoulos 1965; Schwarzbaum 1968, 91; Tubach 1969, No. 1996; Fehling 1977, 89–97; Verfasserlexikon 2(1980)86–88(J. Meier); Fabula 22(1981)23; Scherf 1995 II, 1005–1009; Dekker et al. 1997, 234–238; Röth 1998; El-Shamy 1999, Nos. 1–4; Hansen 2002, 357–371; EM 11,2(2004)633–640(J. van der Kooi).

Finnish: Rausmaa 1982ff. II, No. 171; Finnish-Swedish: Hackman 1917f. I, No. 197; Estonian: Aarne 1918; Livonian: Loorits 1926; Latvian: Arājs/Medne 1977; Lithuanian: Kerbelytė 1999ff. II; Swedish: Liungman 1961; Norwegian: Hodne 1984; Danish: Kristensen 1881ff. II, 49ff., 63ff., 74ff.; Icelandic: Sveinsson 1929; Irish: Ó Súilleabháin/Christiansen 1963; French: Delarue/Tenèze 1964ff. IV 2; Spanish: Camarena/Chevalier 1995ff. IV, González Sanz 1996; Catalan: Oriol/Pujol 2003; Portuguese: Oliveira 1900f. I, No. 51, Cardigos(forthcoming); Frisian: Kooi 1984a; German: Ranke 1955ff. III, Tomkowiak 1993, 263; Austrian: Haiding 1953, 469; Italian: Cirese/Serafini 1975, De Simone 1994, No. 49; Maltese: Mifsud-Chircop 1978; Hungarian: MNK IV; Czech: Tille 1929ff. I, 14ff., Dvořák 1978, No. 1996; Macedonian: Čepenkov/Penušliski 1989 III, No. 321; Rumanian: Schullerus 1928; Bulgarian: BFP; Albanian: Camaj/Schier-Oberdorffer 1974, Nos. 14, 21; Greek: Mousaios-Bougioukos 1976, No. 36, Megas/Puchner 1998; Polish: Krzyżanowski 1962f. I; Russian, Byelorussian, SUS; Turkish: Eberhard/Boratav 1953, No. 342; Jewish: Jason 1965, 1975, 1988a; Gypsy: MNK X 1; Tatar: Kecskeméti/Paunonen 1974; Armenian: Gullakjan 1990; Siberian: Soboleva 1984; Yakut: Ėrgis 1967, No. 207; Buryat, Mongolian: Lőrincz 1979; Georgian: Kurdovanidze 2000; Syrian: Prym-Socin 1881, No. 42, El-Shamy 2004; Palestinian: El-Shamy 2004; Iraqi, Saudi Arabian: Nowak 1969, No. 407, El-Shamy 2004; Persian Gulf: Nowak 1969, No. 407; Oman, Kuwaiti, Qatar, Yemenite: El-Shamy 2004; Iranian: Marzolph 1984; Indian: Tauscher 1959, 185, Thompson/Roberts 1960, Blackburn 2001, No. 88; Sri Lankan: Thompson/Roberts 1960; Chinese: Riftin et al. 1977, No. 53; Japanese: Ikeda 1971; Polynesian: Kirtley 1971, No. H58; Spanish-American, Mexican: Robe 1973; Dominican, Chilean, Argentine: Hansen 1957; West Indies: Flowers 1953; Cape Verdian: Parsons 1923b I, Nos. 29, 31; North African, Tunisian: Nowak 1969, No. 407, El-Shamy 2004; Egyptian, Algerian, Moroccan, Sudanese: El-Shamy 2004; South African: Coetzee et al. 1967.

951A *The King and the Robber.*

BP III, 393f.; Basset 1924ff. II, 383 No. 110; Verfasserlexikon 4(1983)999-1002, 1019 (H. Beckers); EM 8(1996)167-171(U. Marzolph); Dekker et al. 1997, 339-344.

Finnish: Rausmaa 1982ff. II, Nos. 172-174; Finnish-Swedish: Hackman 1917f. I, No. 198; Latvian: Arājs/Medne 1977, No. 951B; Estonian: Aarne 1918, Nos. 951A, 951B; Lithuanian: Basanavičius/Aleksynas 1993f. I, No. 11, II, Nos. 154, 172, Kerbelytė 1999ff. II, No. 951B; Lappish, Wepsian: Kecskeméti/Paunonen 1974; Swedish: Liungman 1961; Danish: Kristensen 1881ff. IV, No. 81, Levinsen/Bødker 1958, No. 34; Spanish: Camarena/Chevalier 1995ff. IV; German: Ranke 1955ff. III, Grimm DS/Uther 1993 II, No. 571, Berger 2001, Nos. 951A, 951C; Austrian: Haiding 1965, No. 145; Hungarian: MNK, No. 951A; Czech: Tille 1929ff. I, 131f.; Polish:

Krzyżanowski 1962f. I; Sorbian: Schulenburg 1880, 40f., Nedo 1956, No. 80; Russian: SUS, Nos. 951A, 951B, cf. No. 951D*; Byelorussian: SUS, No. 951B; Ukrainian: SUS, Nos. 951A, 951B; Turkish: Eberhard/Boratav 1953, No. 344; Jewish: Larrea Palacín 1952f. I, No. 5, Jason 1965, Nos. 951B, 951A*, Jason 1975, 1988a, No. 951B, Haboucha 1992, Nos. 951C, **951B*; Gypsy: MNK X 1, Nos. 951–953, 951A-C; Abkhaz: Šakryl 1975, No. 51; Uighur: Kabirov/Schachmatov 1959, 45ff.; Cheremis/Mari: Paasonen/Siro 1939, No. 4; Kurdish: Wentzel 1978, No. 25; Siberian: Vasilenko 1955, No. 17, Soboleva 1984, No. 951B; Uzbek: Schewerdin 1959, 276ff., Afzalov et al. 1963 II, 358f., Laude-Cirtautas 1984, No. 31; Tadzhik: Amonov 1961, 556f.; Mongolian: Lőrincz 1979, No. 951B, cf. No. 951A**; Iraqi: El-Shamy 2004, Nos. 951A*, 951C; Iranian: Marzolph 1984, No. 951C; Afghan: Lebedev 1986, 142ff.; Pakistani: Thompson/Roberts 1960, No. 951C; Indian: Thompson/Roberts 1960, No. 951C, Jason 1989; Nepalese: Sakya/Griffith 1980, 139ff.; Chinese: Ting 1978, Nos. 951A, 951C; Egyptian: El-Shamy 2004, No. 951C; Algerian: Nowak 1969, No. 464, El-Shamy 2004, No. 951C; Moroccan: Laoust 1949, No. 81, El-Shamy 2004, No. 951A*.

952 ***The King and the Soldier.***

BP III, 450–455; Schwarzbaum 1968, 164, 221, 223, 228, 475; EM 8(1996)175–178(H.-J. Uther); Dekker et al. 1997, 339–344; Röth 1998.

Finnish: Rausmaa 1982ff. II, Nos. 175, 176; Finnish-Swedish: Hackman 1917f. I, No. 199; Latvian: Arājs/Medne 1977; Estonian: Aarne 1918; Lithuanian: Kerbelytė 1999ff. II; Lappish: Qvigstad 1921; Wepsian, Wotian, Lydian, Karelian, Syrjanian: Kecskeméti/Paunonen 1974; Swedish: Liungman 1961; Norwegian: Hodne 1984; Danish: Bødker 1964, No. 47; Irish: Ó Súilleabháin/Christiansen 1963; French: Delarue/Tenèze 1964ff. IV 2; Spanish: Camarena Laucirica 1991, No. 151, Camarena/Chevalier 1995ff. IV, González Sanz 1996; Catalan: Oriol/Pujol 2003; Dutch: Sinninghe 1943, Kooi 2003, No. 49; Frisian: Kooi 1984a; Flemish: Meyer 1968, Lox 1999b, No. 150; German: Ranke 1955ff. III, Grimm KHM/Uther 1996 III, No. 199, Berger 2001; Italian: Cirese/Serafini 1975; Hungarian: MNK IV; Czech: Tille I, 125, 305; Slovakian: Gašparíková 1991f. I, Nos. 29, 267, 268; Serbian: Panić-Surep 1964, No. 36; Croatian: Bošković-Stulli 1997, No. 48; Rumanian: Bîrlea 1966 II, 568ff., III, 470f.; Polish: Krzyżanowski 1962f. I, Simonides 1979, No. 158; Russian, Byelorussian, Ukrainian: SUS; Gypsy: Mode 1983ff. IV, No. 238, MNK X 1; Cheremis/Mari, Mordvinian: Kecskeméti/Paunonen 1974.

952* ***A Sausage and a Revolver.***

Finnish: Rausmaa 1982ff. II, No. 177; Latvian: cf. Arājs/Medne 1977, No. *952**;

Lithuanian: Kerbelytė 1999ff. II; Scottish: Bruford/MacDonald 1994, No. 90; German: Berger 2001, No. 952**; Polish: Krzyżanowski 1962f. I.

953 ***The Robber and His Sons*** (previously ***The Old Robber Relates Three Adventures***).

Köhler/Bolte 1898ff. I, 181–184; Hackman 1904; BP III, 369–378; Wesselski 1925, No. 29; Tubach 1969, No. 4505; Granger 1977, No. a.2.10; EM 10(2002)342–345(H. Lox).

Swedish: Liungman 1961; Scottish: Campbell 1890ff. I, Nos. 5–7; Irish: Ó Súilleabháin/Christiansen 1963; Catalan: Neugaard 1993, No. K527; Italian: Cirese/Serafini 1975; Slovakian: Gašparíková 1991f. I, No. 331; Polish: Krzyżanowski 1962f. I; Ukrainian: cf. SUS, No. 953*; English-Canadian: Halpert/Widdowson 1996 II, Nos. 62–64; Spanish-American: TFSP 34(1967)103ff.

954 ***The Forty Thieves.*** (Ali Baba).

Chauvin 1892ff. V, 83 No. 3; Polívka 1907; MacDonald 1910; BP III, 137–145; Halliday 1920; Littmann 1921ff. II, 791–859; Basset 1924ff. II, 302; HDM 2(1934–1940) 481–483(H. Honti); Baudisch 1950; Gerhardt 1963, 178–182; Schwarzbaum 1968, 90; Drory 1977; EM 1(1977)302–311(K. Ranke); Uther 1981, 123–128; Walther 1987, 105–112; El-Shamy 1990; Scherf 1995 I, 78–80, 447–453, II, 1112f.; Dekker et al. 1997, 41–43; Röth 1998; Schmidt 1999, No. 676; Grayson 2002, 65–67; Marzolph/Van Leeuwen 2004, No. 353.

Finnish: Rausmaa 1982ff. II, Nos. 129, 178, 181; Estonian: Aarne 1918, Nos. 676, 954*; Livonian: Loorits 1926, Nos. 676, 954*; Latvian: Arājs/Medne 1977, Nos. 676, 954, *954*; Lithuanian: Kerbelytė 1999ff. I, No. 676, II, No. 954; Lappish, Karelian, Syrjanian: Kecskeméti/Paunonen 1974, No. 676; Swedish: Liungman 1961, Nos. 676, 954; Norwegian: Hodne 1984, No. 676; Danish: Kristensen 1890, No. 114; Faeroese: Nyman 1984, Nos. 676, 954; Icelandic: Sveinsson 1929, No. 676; Irish: Ó Súilleabháin/Christiansen 1963, Nos. 676, 954; French: Delarue/Tenèze 1964ff. II, No. 676, IV 2, No. 954; Spanish: Camarena/Chevalier 1995ff. III, No. 676, González Sanz 1996, No. 676; Basque: Camarena/Chevalier 1995ff. III, No. 676, IV, No. 954; Catalan: Oriol/Pujol 2003, Nos. 676, 954; Portuguese: Oliveira 1900f. I, No. 129, Cardigos(forthcoming), No. 676; Dutch: Sinninghe 1943, No. 676, Kooi 2003, Nos. 48, 115; Frisian: Kooi 1984a, Nos. 676, 954; Flemish: Meyer 1968, Nos. 676, 954; German: Ranke 1955ff. III, Nos. 676, 954, Tomkowiak 1993, 253, cf. Grimm KHM/Uther 1996 II, No. 142; Swiss: Büchli/Brunold-Bigler 1989ff. II, 36f.; Austrian: Haiding 1969, Nos. 34, 72, 74, 85; Ladinian: Decurtins/Brunold-Bigler 2002, No. 124; Italian: Cirese/Serafini 1975, Nos.

676, 954, Appari 1992, No. 38, De Simone 1994, No. 62; Corsican: Ortoli 1883, 137 No. 20, Massignon 1963, Nos. 24, 77; Sardinian: Cirese/Serafini, Nos. 676, 954; Maltese: Mifsud-Chircop 1978, Nos. 676, 954; Hungarian: MNK II, No. 676, IV, No. 954; Czech: Tille 1929ff. I, 5f., 36ff.; Slovakian: Gašparíková 1991f. I, Nos. 43, 102, 143, 165, II, Nos. 473, 580; Slovene: Gabršček 1910, 280ff.; Bosnian: Krauss/Burr et al. 2002, No. 49; Bulgarian: BFP, Nos. 676, 954, Koceva 2002, Nos. 676, 954; Albanian: Camaj/Schier-Oberdorffer 1974, No. 14; Greek: Dawkins 1953, No. 52, Megas/Puchner 1998, Nos. 676, 954; Polish: cf. Krzyżanowski 1962f. I, No. 676; Russian, Byelorussian, Ukrainian: SUS, No. 676; Turkish: Eberhard/Boratav 1953, Nos. 153 III, 179 III, 369 III; Jewish: Noy 1963a, No. 35, Jason 1965, 1975, Haboucha 1992, No. 676; Gypsy: MNK X 1, Nos. 676, 954; Cheremis/Mari: Kecskeméti/Paunonen 1974, No. 676, Sabitov 1989, No. 676; Mordvinian: Kecskeméti/Paunonen 1974, No. 676; Syrian: Nowak 1969, No. 142, El-Shamy 2004, Nos. 676, 954; Palestinian: Patai 1998, No. 15, El-Shamy 2004, No. 676; Iraqi: Nowak 1969, No. 142, El-Shamy 2004, Nos. 676, 954; Saudi Arabian: Fadel 1979, No. 41, El-Shamy 2004, No. 676; Qatar: El-Shamy 2004; Indian: Thompson/Roberts 1960, Nos. 676, 954, Jason 1989, No. 676; Chinese: Ting 1978, Nos. 676, 954; Korean: Choi 1979, No. 676; Japanese: Ikeda 1971, 163; Filipino: Wrigglesworth 1981, No. 26; Polynesian: Kirtley 1971, No. N455.3; English-Canadian: Fauset 1931, No. 12; French-Canadian: Delarue/Tenèze 1964ff. II, No. 676; US-American: Baughman 1966; Spanish-American, Mexican: Robe 1973, Nos. 676, 954; Dominican: Hansen 1957, Nos. 676, 676**A, 676**B; Puerto Rican: Hansen 1957, No. 676; Bolivian, Chilean: Camarena/Chevalier 1995ff. III, No. 676; Brazilian: Alcoforado/Albán 2001, No. 40; West Indies: Flowers 1953, Nos. 676, 954; Cape Verdian: Parsons 1923b I, Nos. 1, 3; Egyptian, Tunisian, Algerian: El-Shamy 2004, Nos. 676, 954; Moroccan: El-Shamy 2004, No. 676; East African, Sudanese, Congolese: Klipple 1992, No. 676; Nigerian: Schild 1975, No. 60.

955 ***The Robber Bridegroom.***

BP I, 370–375; Wesselski 1931, 97; Scherf 1987, 233–238; Uther 1988a; Bottigheimer 1988; Scherf 1995 II, 837f., 890–892, 904–906, 963–965; Dekker et al. 1997, 312f.; Röth 1998; Schmidt 1999; Anderson 2000, 100–102; EM 11,1(2003)348–353(C. Goldberg).

Finnish: Rausmaa 1982ff. II, No. 179; Finnish-Swedish: Hackman 1917f. I, Nos. 67, 200; Estonian: Aarne 1918; Livonian: Loorits 1926; Latvian: Arājs/Medne 1977; Lithuanian: Kerbelytė 1999ff. II; Lappish: Qvigstad 1925, No. 955*; Wepsian: Kecskeméti/Paunonen 1974; Swedish: Liungman 1961; Norwegian: Hodne 1984; Danish: Kristensen 1897a, No. 8; Icelandic: Sveinsson 1929; Irish: Ó Súilleabháin/Christiansen 1963; English: Baughman 1966, Nos. 955A-C, Briggs 1970f. A II, 375, 446ff., B II, 263ff., 353ff.; French: Delarue/Tenèze 1964ff. IV 2; Spanish: Camarena/Chevalier 1995ff. IV; Dutch: Sinninghe 1943, Kooi 2003, No. 51; Frisian: Kooi 1984a; Flemish: Meyer 1968; German: Ranke 1955ff. III, Kooi/Schuster 1994, No. 3, Grimm KHM/Uther 1996 I, No. 40; Swiss: Jegerlehner 1913, No. 58; Austrian: Haiding 1969, Nos. 14, 60, 85, 93, 173; Ladinian: Decurtins 1896ff. II, 113 No. 92; Italian: Cirese/Serafini 1975; Hungarian: MNK IV; Czech: Tille 1929ff. II 2, 304ff., Klímová 1966, No. 25; Slovene: Milčinski 1911, 114ff.; Rumanian: Schullerus 1928; Bulgarian: BFP; Greek: Megas/Puchner 1998; Polish: Krzyżanowski 1962f. I; Russian, Byelorussian, Ukrainian: SUS; Jewish: Jason 1965; Gypsy: Briggs 1970f. A I, 214ff., A II, 375ff., 390, MNK X 1; Chuvash, Tatar: Kecskeméti/Paunonen 1974; Syrian, Palestinian, Iraqi, Qatar: El-Shamy 2004; Indian: Thompson/Balys 1958, No. K1916, Jason 1989; English-Canadian: Halpert/Widdowson 1996 II, Nos. 65, 66; US-American: Baughman 1966; Egyptian, Libyan, Tunisian: El-Shamy 2004; Namibian: Schmidt 1989 II, No. 1175.

955B* ***The Woman among the Robbers.***
Latvian: Šmits 1962ff. X, 530ff. nos. 2–9; Scottish: Briggs 1970f. B II, 14ff., 18ff.; German: Berger 2001, No. 955B**; Russian: Afanas'ev/Barag et al. 1984f. III, No. 452, SUS; Ukrainian: SUS; Jewish: Jason 1965; Mordvinian: Kecskeméti/Paunonen 1974.

956 ***The Hot Chamber in the House of Robbers*** (previously ***Robbers' Heads Cut off One by One as they Enter House***).
Chauvin 1892ff. II, 191 No. 5, V, 161ff. No. 85, VI, 171f. No. 329; Simonsuuri 1955.
Finnish: Rausmaa 1982ff. II, No. 180; Latvian: Arājs/Medne 1977, No. 956A; Lappish: Kecskeméti/Paunonen 1974, No. 956A; Danish: Kristensen 1898, No. 15; Scottish: Briggs 1970f. B II, 16f., 274f.; English: Briggs 1970f. A I, 307, A II, 375, B II, 274f., 370ff.; Irish: Ó Súilleabháin/Christiansen 1963, Nos. 956, 956A; Dutch: Janissen 1981, 93; Frisian: Kooi 1984a; Flemish: Meyer 1968; German: Cammann 1957, 227f.; Swiss: cf. Wildhaber/Uffer 1971, No. 49; Ladinian: Decurtins 1896ff. XIV, 41u; Italian: Cirese/Serafini 1975, Nos. 956, 956A; Sardinian: Cirese/Serafini; Maltese: Mifsud-Chircop 1978; Slovakian: Gašparíková 1991f. II, No. 417; Serbian: cf. Panić-Surep 1964, No. 36; Bulgarian: BFP, No. 956A; Greek: Megas/Puchner 1998, Nos. 956, 956A; Russian, Byelorussian, Ukrainian: SUS, Nos. 956, 956A; Turkish: cf. Eberhard/Boratav 1953, No. 374 V; Jewish: Jason 1965; Gypsy: Briggs 1970f. A I, 307, A II, 375; Kurdish: Džalila et al. 1989, Nos. 21, 74; Uzbek: Afzalov et al. 1963 II, 402ff.; Syrian, Palestinian, Iraqi, Qatar: El-Shamy 2004; Indian: Thompson/Roberts 1960, Ja-

son 1989; Japanese: Ikeda 1971, No. 956A; Chinese: Ting 1978; Egyptian: El-Shamy 2004, Nos. 956, 956A; Algerian, Moroccan: El-Shamy 2004.

956B ***The Clever Maiden Alone at Home Kills the Robbers.***

BP I, 373–375; Anderson 1927ff. II, Nos. 36, 51; Rockwell 1984; Scherf 1995 I, 664–667, II, 807–809, 904–906; EM 8(1996)1391–1400(I. Köhler-Zülch); Dekker et al. 1997, 91f.; Röth 1998.

Finnish: Rausmaa 1982ff. II, No. 181; Finnish-Swedish: Hackman 1917f. I, No. 201; Estonian: Aarne 1918, Nos. 953*, 955*; Latvian: Arājs/Medne 1977; Lithuanian: Kerbelytė 1999ff. II; Lappish, Wepsian: Kecskeméti/Paunonen 1974; Swedish: Bondeson 1886, 167; Norwegian: cf. Christiansen 1958, No. 8025; Danish: Grundtvig 1854ff. III, No. 77; Faeroese: Nyman 1984; Icelandic: Sveinsson 1929, Boberg 1966, No. K912; Scottish: McKay 1940, No. 13, Bruford/MacDonald 1994, No. 89; Irish: Ó Súilleabháin/Christiansen 1963; English: Briggs 1970f. B II, 89, 171f.; French: Delarue/Tenèze 1964ff. IV 2; Spanish: Camarena/Chevalier 1995ff. IV; Catalan: Oriol/Pujol 2003; Oliveira 1900f. I, No. 43, Cardigos(forthcoming); Dutch: Sinninghe 1943, Volkskundig Bulletin 24(1998)321, Kooi 2003, Nos. 51, 117; Frisian: Kooi 1984a; German: Ranke 1955ff. III, Kooi/Schuster 1994, No. 20, Berger 2001; Austrian: Haiding 1977a, No. 14; Ladinian: Decurtins 1896ff. II, 119 No. 92; Italian: Cirese/Serafini 1975; Corsican: Massignon 1963, Nos. 24, 68; Sardinian: Cirese/Serafini; Maltese: Mifsud-Chircop 1978; Hungarian: MNK IV; Czech: Tille 1929ff. II 2, 301ff., 304ff.; Slovakian: Gašparíková 1991f. I, No. 331; Slovene: Bolhar 1974, 139ff.; Bosnian: Krauss/Burr et al. 2002, No. 127; Bulgarian: BFP; Greek: Mousaios-Bougioukos 1976, No. 37, Megas/Puchner 1998; Sorbian: Nedo 1956, Nos. 32b, 81; Polish: Krzyżanowski 1962f. I; Russian, Byelorussian, Ukrainian: SUS; Turkish: Eberhard/Boratav 1953, Nos. 153, 369(1–7); Jewish: Noy 1963a, No. 107, Jason 1965, 1975, 1988a; Gypsy: Briggs 1970f. A II, 457ff., MNK X 1; Mordvinian: Kecskeméti/Paunonen 1974; Armenian: Gullakjan 1990; Tadzhik: cf. Grjunberg/Steblin-Kamenskov 1976, No. 17; Iraqi: Nowak 1969, No. 356; Yemenite: Daum 1983, No. 22, El-Shamy 2004; Afghan: Grjunberg/Steblin-Kamenskov 1976, cf. No. 17; Pakistani, Sri Lankan: Thompson/Roberts 1960; Indian: Thompson/Roberts 1960, Blackburn 2001, No. 25; Chinese: Ting 1978; Cambodian: Sacher 1979, 222ff.; English-Canadian: Fauset 1931, No. 11; US-American: Baughman 1966, Roberts 1974, No. 151; French-American: Delarue/Tenèze 1964ff. IV 2; West Indies: Flowers 1953; Egyptian, Tunisian, Algerian, Moroccan: El-Shamy 2004; South African: Coetzee et al. 1967.

956D ***How a Young Woman Saves Herself when She Discovers a Robber under Her Bed.***
Schmidt 1999; EM 11,1(2003)333–335(J. van der Kooi).
Finnish: Rausmaa 1982ff. II, No. 182; Estonian: Aarne 1918; Latvian: Arājs/Medne 1977; Lithuanian: Kerbelytė 1999ff. II; Spanish: Chevalier 1983, No. 73, Camarena/Chevalier 1995ff. IV; Catalan: Oriol/Pujol 2003; Portuguese: Oliveira 1900f. II, No. 416, Cardigos(forthcoming); Frisian: Kooi 1984a; French: Delarue/Tenèze 1964ff. IV 2; German: Kooi/Schuster 1994, No. 64; Maltese: Stumme 1904, No. 21, Ilg 1906 II, No. 80, Mifsud-Chircop 1978; Greek: Megas/Puchner 1998; Serbian: cf. Đjorđjevič/Milošević-Đjorđjevič 1988, Nos. 154, 155; Bulgarian: BFP; Polish: cf. Krzyżanowski 1962f. I, No. 959; Ukrainian: SUS; Turkish: Eberhard/Boratav 1953, No. 261; Jewish: Noy 1963a, No. 108, Haboucha 1992; Tadzhik: Amonov 1961, 505ff.; Syrian, Jordanian: El-Shamy 2004; Palestinian: Schmidt/Kahle 1918f. II, No. 112, Muhawi/Kanaana 1989, No. 29, El-Shamy 2004; Iraqi, Saudi Arabian, Qatar: El-Shamy 2004; Indian: Thompson/Roberts 1960, Sheikh-Dilthey 1976, No. 82, Jason 1989; Spanish-American: Espinosa 1937, No. 93, Robe 1973; Egyptian, Tunisian, Algerian, Moroccan: El-Shamy 2004; Ethiopian: Müller 1992, No. 97; South African: Schmidt 1989 II, No. 1400.

956E* ***The Young Woman's Revenge on the Robber.***
German: cf. Cammann 1967, No. 138; Greek: Kretschmer 1917, No. 4; Russian: SUS; French-Canadian: Thomas 1983, 235ff.

958 ***The Shepherd Youth in the Robbers' Power.***
BP II, 501; HDS(1961–63)403; Grambo 1971; Wildhaber 1975; EM 6(1990)1029–1032(A. Schäfer); Marzolph 1992 II, No. 1078.
Finnish: Rausmaa 1982ff. II, Nos. 184, 185; Estonian: Aarne 1918, No. 958*, Loorits 1959, No. 199; Swedish: Liungman 1961; Danish: Kristensen 1896ff. IV, Nos. 1504–1507; Spanish: Camarena/Chevalier 1995ff. IV, González Sanz 1996; Catalan: Oriol/Pujol 2003; German: Grimm DS/Uther 1993 I, No. 289; Swiss: Niderberger 1978, 123ff., Büchli/Brunold-Bigler 1989ff. I, 357f., 876; Ladinian: Büchli/Brunold-Bigler 1989ff. II, 771; Italian: Cirese/Serafini 1975; Hungarian: Dömötör 2001, 287; Slovakian: Polívka 1923ff. IV, 10f., V, 226f.; Slovene: Milčinski 1911, 48ff.; Polish: Krzyżanowski 1962f. I; Russian: SUS; Jewish: Jason 1965, 1988a; Gypsy: cf. Mode 1983ff. II, No. 122; Ossetian: Benzel 1963, 110ff.; Azerbaijan: Marzolph 1984; Palestinian: Bauer 1926, 213f.; Indian: Thompson/Balys 1958, No. K551.3; Chinese: Ting 1978; African American: cf. Burrison 1989, 145ff.

958A* ***The Thief Tied to a Tree.***
Finnish: Rausmaa 1982ff. II, No. 186; Latvian: Arājs/Medne 1977; Lithuanian: Kerbelytė 1999ff. II; Dutch: Volkskunde 18(1906)71f.; German: Berger 2001, No. 958A**; Chinese: cf. Ting 1978A_{1*}.

958C* ***Robber in Shroud.***
Finnish: Rausmaa 1982ff. II, No. 187; Latvian: Arājs/Medne 1977; Livonian: Loorits 1926, No. 966; English: Briggs 1970f. B II, 254ff., cf. A II, 462; Dutch: Kooi 2003, No. 55; Frisian: Kooi 1984a, Kooi/Meerburg 1990, No. 66; German: Cammann 1973, 381f.; Czech: Klímová 1966, No. 28; Afghan: Lebedev 1955, 11ff., 53ff.; US-American: Baughman 1966; South American Indian: Wilbert/Simoneau 1992, No. K311.1.

958D* ***Robber Disguised as a Woman*** (previously***Robber as Beggar***).
Finnish: Rausmaa 1982ff. II, No. 188; Latvian: Arājs/Medne 1977; Lithuanian: Kerbelytė 1999ff. II; Irish: Ó Súilleabháin/Christiansen 1963; English: Briggs 1970f. A II, 393f., B II, 183f., 254ff.; Spanish: Camarena/Chevalier 1995ff. IV; German: Györgypál-Eckert 1940, No. 94f.; Czech: Klímová 1966, Nos. 30–32.

958E* ***Deep Sleep Brought on by a Robber.***
Tubach 1969, No. 4812.
Finnish: Rausmaa 1982ff. II, No. 189, Jauhiainen 1998, No. D41; Latvian: Arājs/Medne 1977; Lithuanian: Kerbelytė 1999ff. II; English: Briggs 1970f. B II, 534ff.; Portuguese: Oliveira 1900f. I, No. 43, II, No. 419, Cardigos(forthcoming), No. 956B; Frisian: Kooi 1984a; Flemish: Roeck 1980, 118; German: Wossidlo/Henßen 1957, No. 98, Moser-Rath 1964, No. 16; Italian: Gonzenbach 1870 I, Nos. 10, 23; Polish: Krzyżanowski 1962f. I, Nos. 304A, 1598; Somalian: El-Shamy 2004.

958F* ***Test of Sex: Catching an Apple.***
Wickram/Bolte 1903, 384f.; BP II, 39f., 58, III, 236 not. 1; EM 1(1977)627; Dekker et al. 1997, 48–50.
Finnish: Rausmaa 1973b, 80; Latvian: cf. Arājs/Medne 1977, No. 958D*; Danish: Kristensen 1886f. II 1, 148, Kristensen 1891ff. V, 184; English: Baughman 1966, No. H1578.1.4.1, Briggs 1970f. A II, 393f.; Dutch: Sinninghe 1943, No. 971*, Meder/Bakker 2001, Nos. 148, 354, Kooi 2003, No. 56; Frisian: Kooi 1984a, No. 958G*, Kooi/Schuster 1993, No. 21; Flemish: Volkskunde 74(1973)306f.; Polish: Krzyżanowski 1962f. I, No. 895; US-American: Baughman 1966, No. H1578.1.4.1.

958K* ***Robber in the Car.***

BP III, 236 not. 1; EM 1(1977)627; Brunvand 1981, 30–45; Dekker et al. 1997, 48–50.
Finnish: Rausmaa 1973b, 80; Latvian: cf. Arājs/Medne 1977, No. *952**(IV); Swedish: Klintberg 1987, No. 62; Dutch: Burger 1993, 45f., 156; Frisian: Kooi 1984a, Kooi/Schuster 2003, No. 308; German: Fabula 1(1958)251, Cammann/Karasek 1976ff. II, 346f., Wehse 1983, 73, Brednich 1990, No. 4; Swiss: Guntern 1979, 214f., 217; Polish: Vildomec 1979, No. 220; Australian: Seal 2001, 158f., 160f.; US-American: Brunvand 1984, 52ff., Roberts 1988, No. 104, Brunvand 1993, 327; African American: Dorson 1967, No. 165.

960 ***The Sun Brings All to Light.***

Kirchhof/Oesterley 1869 III, No. 15; BP II, 531–535; Basset 1924ff. II, 381 No. 109; Pauli/Bolte 1924 I, No. 434; Noy 1962; Schwarzbaum 1968, 65, 185, 294, 456; Schwarzbaum 1980, 278; Marzolph 1992 II, Nos. 85, 1168; Röhrich/Meinel 1992, 40–47; EM 8(1996)332; Dekker et al. 1997, 432f.; Schmidt 1999; EM: Sonne bringt es an den Tag(forthcoming).
Finnish: Rausmaa 1982ff. II, No. 190, Jauhiainen 1998, No. F216; Estonian: Aarne 1918, cf. Loorits 1959, No. 200; Latvian: Arājs/Medne 1977; Lithuanian: Kerbelytė 1999ff. II; Swedish: EU, Nos. 32696, 32860; English: Baughman 1966, Briggs 1970f. B II, 497; French: Joisten 1971 II, No. 76; Spanish: Chevalier 1983, No. 74, Camarena/Chevalier 1995ff. IV; Portuguese: Oliveira 1900ff. I, No. 208, Cardigos(forthcoming); Dutch: Sinninghe 1943, Dinnissen 1993, No. 395; Frisian: Kooi 1984a; German: Ranke 1955ff. III, Rehermann 1977, 299 nos. 39, 40, 341 No. 20, 345 No. 30, 468f. nos. 27, 28, 478 No. 49, 478f. No. 50, Tomkowiak 1993, 263, Kooi/Schuster 1994, No. 65, Grimm KHM/Uther 1996 II, No. 115, Bechstein/Uther 1997 II, No. 5; Swiss: Kuoni 1903, No. 358; Italian: Cirese/Serafini 1975; Hungarian: MNK IV; Czech: Tille 1929ff. II 2, 182ff.; Serbian: Čajkanović 1927, No. 72, Krauss/Burr et al. 2002, No. 128; Macedonian: Čepenkov/Penušliski 1989 III, No. 327; Bulgarian: BFP; Greek: Megas/Puchner 1998; Polish: Krzyżanowski 1962f. I; Turkish: Eberhard/Boratav 1953, No. 141; Jewish: Noy 1963a, Nos. 58, 110, Noy 1965, No. 14, Jason 1988a, Haboucha 1992; Cheremis/Mari: cf. Beke 1938, No. 21; Uzbek: Afzalov et al. 1963 I, 245ff.; Mongolian: Lőrincz 1979; Georgian: Kurdovanidze 2000, No. 960A; Syrian, Iraqi: El-Shamy 2004; Aramaic: Bergsträsser 1915, No. 4; Saudi Arabian: El-Shamy 2004; Iranian: cf. Marzolph 1984, Nos. 780, 1645A, Marzolph 1994, 132ff.; Indian: Thompson/Roberts 1960; Burmese: Kasevič/Osipov 1976, No. 186; Chinese: Ting 1978; Japanese: Inada/Ozawa 1977ff.; Spanish-American: Robe 1973; Brazilian: Cascudo 1955a, 417ff.; Egyptian: El-Shamy 1980, No. 37, El-Shamy 2004; Algerian: El-Shamy

2004; Moroccan: Basset 1887, No. 57, Laoust 1949, Nos. 104, 127; South African: Schmidt 1989 II, No. 1306.

960A ***The Cranes of Ibycus.***
Kirchhof/Oesterley 1869 III, 154; Chauvin 1892ff. II, 123f., VII, 146f. No. 425; Amalfi 1896; Köhler/Bolte 1898ff. II, 563f.; BP II, 532–535; Basset 1924ff. II, 381 No. 109; Pauli/Bolte 1924 I, No. 434; Tubach 1969, No. 2799; Marzolph 1992 I, 134; EM 8 (1996) 331–334 (C. Schmitt); Verfasserlexikon 11,1 (2000) 417f. (H.-J. Ziegeler); Adrados 1999ff. III, No. S. 135; Zago et al. 2001; Hansen 2002, 89–92; Marzolph/Van Leeuwen 2004, No. 337.
Swedish: EU, No. 33868; English: Baughman 1966, Briggs 1970f. B II, 577f.; French: Delarue/Tenèze 1964ff. IV 2; Catalan: Oriol/Pujol 2003; German: Peuckert 1961, No. 125, Rehermann 1977, 583, Moser-Rath 1984, 8, 16, 286, Uther 1990a, No. 48, Tomkowiak 1993, 264, Bechstein/Uther 1997 I, No. 79; Swiss: EM 7 (1993) 872; Hungarian: MNK IV, Dömötör 1992, No. 399; Czech: Dvořák 1978, No. 2799; Bulgarian: BFP; Russian, Ukrainian: SUS; Jewish: Gaster 1924, No. 431; Georgian: Kurdovanidze 2000; Iranian: Marzolph 1984; Indian: Hertel 1953, No. 85; Nepalese: Sakya/Griffith 1980, 181f.

960B ***Late Revenge.***
BP II, 535; Wesselski 1909, No. 76; Wesselski 1925, 27f., 199f.; Tubach 1969, No. 2939.
Finnish: Rausmaa 1982ff. II, No. 191; Lithuanian: Kerbelytė 1999ff. III, 343 No. 1.2.1.13; Swedish: EU, No. 33868; Portuguese: Coelho 1985, No. 74, Cardigos (forthcoming); Irish: Ó Súilleabháin/Christiansen 1963; Czech: Dvořák 1978, No. 2939; Macedonian: cf. Čepenkov/Penušliski 1989 III, No. 311; Bulgarian: BFP; Polish: Krzyżanowski 1962f. I; Byelorussian, Ukrainian: SUS; Jewish: Jason 1965, 1975, 1988a; Chinese: Ting 1978, No. 960B1.

960C ***The Miracle of the Cooked Chicken.***
Köhler/Bolte 1898ff. III, 639–641; Frenken 1925, 110f., 146f., 219, 227; Günter 1949, 187, 279f.; Fabula 1 (1958) 223f.; Tubach 1969, No. 1130; Meyer 1970; Alsheimer 1971, 155, 184f.; Kretzenbacher 1972; Malfèr 1972; Seeliger 1972; Fabula 16 (1975) 216; Gribl 1976f.; Kretzenbacher 1977b; EM 2 (1979) 684–688 (E. Wimmer); Moser 1981, 492–496; Plötz 1987.
Finnish: Rokala 1973, 118; Portuguese: Oliveira 1900ff. II, No. 265, Cardigos (forthcoming), No. 767 A; German: Moser-Rath 1964, No. 136; Swiss: EM 7 (1993) 868;

Ladinian: Kindl 1992, No. 24; Czech: Dvořák 1978, No. 1130.

960D ***Toad on the Head of a Corpse.*** (Murder with a nail.)
Kooi 1987a, 133–140, 154–156; EM 8(1996)448.
Finnish: Simonsuuri/Rausmaa 1968, No. 234, Jauhiainen 1998, No. C761; German: Stahl 1821, 98f., Künzig 1923, No. 298; Polish: Krzyżanowski 1962f. I; Chinese: cf. Ting 1978, No. 926Q_1*.

961 ***Conqueror of Robber Discovers His Money-stick.***
Schwarzbaum 1968, 91; EM 5(1987)963–970(H.-J. Uther).
Latvian: Arājs/Medne 1977; Lithuanian: Kerbelytė 1999ff. II; Portuguese: Vasconcellos/Soromenho et al. 1963f. II, No. 597, Cardigos(forthcoming); Greek: Hallgarten 1929, 140ff.; Russian, Byelorussian, Ukrainian: SUS; Jewish: Cahan 1931, No. 24.

961A ***The Forgotten Cane.***
EM 5(1987)963–970(H.-J. Uther).
Estonian: Aarne 1918, No. 951*; Lithuanian: Kerbelytė 1999ff. II; Russian, Byelorussian, Ukrainian: SUS.

961B ***Money in the Stick.***
Chauvin 1892ff. II, 129; Köhler/Bolte 1898ff. I, 137; BP IV, 323, 389; Tubach 1969, Nos. 3352, 3469; EM 5(1987)963–970(H.-J. Uther).
French: Bladé 1886 III, No. 7; Spanish: Chevalier 1983, No. 75, Goldberg 1998, No. J1161.4; German: Zender 1966, No. 520, Rehermann 1977, 516f. No. 2, Brunner/Wachinger 1986ff. VII, No. [2]Dürr/27; Hansen 2002, 279–284, Tomkowiak 1993, 264; Serbian: Đjorđjevič/Milošević-Đjorđjevič 1988, No. 174; Bosnian: Krauss 1914, No. 20; Bulgarian: BFP; Polish: Krzyżanowski 1962f. I; Jewish: Gaster 1924, No. 121a; Jason 1975; Burmese: Htin Aung 1954, 159ff.; Chinese: Ting 1978.

962** ***The Girl Who Played with the Bread.***
Finnish: Rausmaa 1982ff. II, No. 193, Jauhiainen 1998, No. F241; Lappish: Qvigstad 1925, No. 962*, Kohl-Larsen 1971, 109f.; Swedish: Liungman 1961; Norwegian: Hodne 1984; German: Deecke 1925, 216, Meyer 1925c, Nos. 14, 20, Selk 1961, No. 98, cf. Grimm DS/Uther 1993 I, No. 93; Austrian: Haiding 1965, No. 230.

965* ***Robbers' Alarm Bell.***
Ranke 1978, 110–134; EM 3(1981)1155.

Livonian: Loorits 1926; Latvian: Arājs/Medne 1977; Swedish: Liungman 1961, No. 965**; Dutch: Sinninghe 1943; Flemish: Volkskunde 74(1973)306; German: Dittmaier 1950, No. 141, Henßen 1951, No. 37, Rehermann 1977, 500 No. 1, Kooi/Schuster 1994, No. 66, Berger 2001, Nos. 955B**, 965*.

967 ***The Man Saved by a Spider Web.***
Dähnhardt 1907ff. II, 66f.; Wesselski 1931, 42; Smirnov 1972; Speyer 1982; EM: Spinngewebe vor der Höhle(forthcoming).
Finnish: Rokala 1973, 114, Rausmaa 1982ff. II, No. 197; Latvian: Arājs/Medne 1977; Lappish: Kecskeméti/Paunonen 1974, Bartens 2003, No. 57; Norwegian: Hodne 1984, 184; Swedish: Liungman 1961, No. 967*; Irish: Ó Súilleabháin/Christiansen 1963; English: Baughman 1966, Briggs 1970f. B II, 558f.; Spanish: Camarena/Chevalier 1995ff. IV; Catalan: Oriol/Pujol 2003; Portuguese: Oliveira 1900f. I, No. 122, Cardigos(forthcoming); Dutch: Sinninghe 1943; Frisian: Kooi 1984a; German: Zender 1966, No. 460, Tomkowiak 1993, 264, Berger 2001; Maltese: Mifsud-Chircop 1978; Hungarian: Dömötör 1992, No. 417; Czech: Dvořák 1978, No. 4571*; Macedonian: Čepenkov/Penušliski 1989 III, No. 328; Bulgarian: BFP; Polish: Krzyżanowski 1962f. I; Byelorussian: SUS; Jewish: Bin Gorion 1990, No. 18; Aramaic: Bergsträsser 1915, No. 13; Palestinian: El-Shamy 2004; Indian: Thompson/Balys 1958, No. B523.1, Thompson/Roberts 1960; Chinese: Ting 1978; Japanese: Ikeda 1971; US-American: Baughman 1966; Brazilian: Cascudo 1955a, 349f.; Egyptian, Algerian: El-Shamy 2004; Ghanaian: Dorson 1972, 438ff.; Ethiopian: Müller 1992, No. 30.

968 ***Miscellaneous Robber and Murder Stories.***
Estonian: Aarne 1918, No. 963*; Livonian: Loorits 1926, Nos. 967, 970; Latvian: Šmits 1962ff. X, 530ff., Arājs/Medne 1977, Nos. *955D*, *955E*, 956A*, 956B*, 963*, 968, *969*; Lappish: Kecskeméti/Paunonen 1974, Bartens 2003, No. 58; Livonian, Wotian, Lydian, Karelian: Kecskeméti/Paunonen 1974; Lithuanian: Basanavičius/Aleksynas 1993f. I, No. 42, II, No. 75, Kerbelytė 1999ff. II, Nos. 956A*, 956B*; Swedish: EU, Nos. 31993, 32621, 32639, 32653, 32753, 33868; Norwegian: Hodne 1984, 204; Spanish: Espinosa 1946f., Nos. 1–4, 37, 38, Espinosa 1988, Nos. 276, 277, Camarena/Chevalier 1995ff. IV, Nos. 956C, 966, 969; Catalan: Oriol/Pujol 2003, No. 956C; Portuguese: Jiménez Romero et al. 1990, No. 58, Cardigos(forthcoming), Nos. 956C, 969*A; Scottish: Briggs 1970f. B II, 18ff.; English: Briggs 1970f. B II, 200; Irish: Ó Súilleabháin/Christiansen 1963, No. 963*; Dutch: Meder/Bakker 2001, No. 221, Kooi 2003, Nos. 52–54; Frisian: Kooi 1984a; German: Cammann 1967, No. 134, Neumann 1971, No. 150; Maltese: cf. Mifsud-Chircop 1978, Nos. *967A, *968A; Slovene:

Gabrščěk 1910, 249ff.; Croatian: Smičiklas 1910ff. 18, No. 50, Dolenec 1972, No. 18; Rumanian: Schullerus 1928, Nos. 953, 963*; Bulgarian: BFP, Nos. *968A**–*968C**; Polish: Krzyżanowski 1962f. I, Nos. 356*, 954A, 956D, 977; Russian: SUS, No. 968A*; Byelorussian: SUS, Nos. 968A*–968F*, 969*, 969A*– 969C*; Turkish: Eberhard/Boratav 1953, No. 261; Cheremis/Mari: Kecskeméti/Paunonen 1974, No. 956C; Mordvinian: Kecskeméti/Paunonen 1974; Mongolian: Lőrincz 1979, No. 969*; Georgian: Kurdovanidze 2000, No. 968A**; Palestinian: Bauer 1926, 190ff., El-Shamy 2004, No. 956C; Spanish-American: TFSP 28(1958)118–120; Dominican, Puerto Rican, Chilean: Hansen 1957, No. *970.

OTHER REALISTIC TALES 970–999

970 ***The Twining Branches.***
Chauvin 1892ff. V, 106f. No. 37, VIII, 194ff. No. 235; BP I, 262; Basset 1924ff. II, 17 No. 7, 146 No. 66; cf. DVldr 1935ff. III, Nos. 55–57; Long 1980; EM 6(1990)75; Long 1980; El-Shamy 1999, No. 49.
Finnish: Rausmaa 1982ff. II, No. 198; Lappish: Qvigstad 1927ff. II, No. 58, Kohl-Larsen 1971, 168f.; Irish: Ó Súilleabháin/Christiansen 1963; Spanish: Camarena/Chevalier 1995ff. IV; Catalan: Oriol/Pujol 2003; German: Cammann 1980, 80, Berger 2001, No. III F 5; Hungarian: MNK IV; Slovene: Šašelj 1906f. I, 35ff.; Polish: Krzyżanowski 1962f. I, No. 966; Russian: Tumilevič 1958, No. 23; Jewish: Jason 1965, 1975; Ossetian: Britaev/Kaloev 1959, 64ff., 227ff.; Uzbek: Afzalov et al. 1963 I, 94ff., 118ff., 533ff., Laude-Cirtautas 1984, Nos. 34, 35; Tadzhik: Amonov 1961, 516ff.; Syrian, Palestinian, Jordanian, Persian Gulf, Oman, Yemenite: El-Shamy 2004; Iranian: Marzolph 1984, No. 966; Indian: Thompson/Balys 1958, No. E631.0.1, Jason 1989; Tibetian: Kassis 1962, 14ff.; Chinese: Ting 1978; Japanese: Inada/Ozawa 1977ff.; Polynesian: Kirtley 1971, No. E631.0.1; US-American: Baughman 1966; Tunisian: Stumme 1895, No. 11; Algerian: El-Shamy 2004; Moroccan: Fasi/Dermenghem 1926, 41ff., El-Shamy 2004; East African: Klipple 1992, No. 966**; Sudanese: El-Shamy 2004.

973 ***Man as Sacrifice to the Storm*** (previously ***Placating the Storm***).
Child 1882ff. I, No. 24, II, No. 57, V, 496; Chauvin 1892ff. VII, 30 No. 212A; Röhrich 1963; EM 9(1999)191–195(L. Röhrich); El-Shamy 1999, No. 33.
Lappish: Qvigstad 1925; Icelandic: Boberg 1966, No. S264.1; Scottish: Baughman 1966, Briggs 1970f. A I, 173f.; German: Kooi 1994, No. 251; Irish: Cross 1952, No.

S264.1; Maltese: Mifsud-Chircop 1978; Slovene: Kres 3(1883)559f.; Ukrainian: SUS; Jewish: Bin Gorion 1918ff. I, 227; Korean: Zŏng 1952, No. 57; Japanese: Ikeda 1971; Egyptian: El-Shamy 2004.

974 ***The Homecoming Husband.***

Köhler/Bolte 1898ff. I, 117, 584f., III, 229–235; Splettstösser 1899; Wesselski 1909, No. 95; BP II, 59, 318–335, 335–348, IV, 168 not. 6; DVldr 1935ff. I, No. 11; Kretzenbacher 1958b; Tubach 1969, Nos. 1580, 1896, 3792; Frenzel 1976, 329–341; Schwarzbaum 1980, 280; Frenzel 1988, 558-565; EM 6(1990)702–707(O. Holzapfel); Schmidt 1999; Hansen 2002, 201–211; Marzolph/Van Leeuwen 2004, No. 110.

Finnish: Rausmaa 1982ff. II, No. 199; Latvian: Arājs/Medne 1977; Lappish: Qvigstad 1925, No. 974*; Icelandic: Boberg 1966, No. N681; Scottish: Briggs 1970f. A II, 407, 499ff.; Irish: Ó Súilleabháin/Christiansen 1963; English: Baughman 1966, Briggs 1970f. B II, 257f.; French: Bladé 1886 I, No. 4; Spanish: Camarena/Chevalier 1995ff. IV; Catalan: Oriol/Pujol 2003; Portuguese: Oliveira 1900f. I, No. 210, Cardigos(forthcoming); Frisian: Kooi 1984a, Kooi/Schuster 2003, No. 295; German: Zender 1966, No. 458, Grimm DS/Uther 1993 II, Nos. 444, 529, Grimm KHM/Uther 1996 II, No. 92; Czech: Dvořák 1978, No. 1580; Slovakian: Polívka 1923ff. II, 363, III, 463f., V, 342f.; Serbian: Čajkanovič 1927, No. 65; Bosnian: Krauss 1914, No. 57; Macedonian: Mazon 1923, No. 30, Popvasileva 1983, No. 18; Rumanian: Amzulescu 1974, No. 290; Bulgarian: BFP; Albanian: Mazon 1936, No. 69; Russian: SUS, Nos. 974, 974*, 974**; Byelorussian, Ukrainian: SUS; Turkish: Eberhard/Boratav 1953, No. 210; Jewish: Noy 1963a, No. 74, Jason 1965, 1988a; Kurdish: Družinina 1959, 55ff.; Cheremis/Mari: Kecskeméti/Paunonen 1974; Votyak: Wichmann 1901, No. 52; Siberian: Kontelov 1956, 60ff.; Tadzhik: Amonov 1961, 337ff.; Syrian, Iraqi: Nowak 1969, No. 142, El-Shamy 2004; Afghan: Lebedev 1955, 21ff.; Japanese: Ikeda 1971; Brazilian: Romero/Cascudo 1954, No. 9; Egyptian: El-Shamy 2004; South African: cf. Coetzee et al. 1967, No. 926C.

976 ***Which Was the Noblest Act?***

Chauvin 1892ff. VIII, 123f. No. 110; Köhler/Bolte 1898ff. I, 214–216; BP III, 510f., IV, 307f., 328 No. 19; Penzer 1924ff. VII, 199; Wesselski 1925, 225 not. 1; Tubach 1969, No. 4964; Schwarzbaum 1968, 207f., 215f., 474; Hatami 1977, No. 24; EM 2(1979) 1263; EM 6(1990)459–464(E. Schoenfeld); Marzolph/Van Leeuwen 2004, Nos. 439, 467.

Scottish: Campbell 1890ff. II, No. 19, Aitken/Michaelis-Jena 1965, Nos. 67, 69; Irish: Ó Súilleabháin/Christiansen 1963; Slovene: Slovenski gospodar 70(1936)12; Bosnian: Anthropophyteia 1(1904)219ff., No. 179; Greek: Dawkins 1950, No. 31, Dawkins 1953, No. 72; Russian: SUS; Turkish: Eberhard/Boratav 1953, Nos. 292, 348, Walker/Uysal 1966, 114ff.; Jewish: Bin Gorion 1918ff. III, 97, 303, Gaster 1924, Nos. 111, 112, 413a, Larrea Palacín 1952f. I, No. 4, II, No. 116, Haboucha 1992, No. 976A; Uighur: Jungbauer 1923a, No. 1, Makeev 1952, 217ff., Kabirov/Schachmatov 1959, 119ff.; Armenian: Gullakjan 1990, Nos. 976, 976A; Kazakh: Bálázs 1956, 113ff., Sidel'nikov 1958ff. I, 294ff.; Turkmen: Stebleva 1969, No. 59; Tadzhik: Sandelholztruhe 1960, 86ff., Amonov 1961, 284ff., Grjunberg/Steblin-Kamenskov 1976, No. 44; Kalmyk: Vatagin 1964, No. 216ff.; Iranian: Marzolph 1984, Nos. 976, 976A, Marzolph 1994, 94ff.; Indian: Thompson/Balys 1958, No. J1177, Thompson/Roberts 1960, No. 976A, Jason 1989, Nos. 976, 976A; Chinese: Ting 1978, Nos. 976, 976A; Mexican: Robe 1973, No. 976*B; Chilean, Argentine: Hansen 1957, No. 976**A.

978 ***The Youth in the Land of the Cheaters.***
Chauvin 1892ff. VIII, 60ff. No. 26; Wesselski 1925, 229; Strömbäck 1963; Schwarzbaum 1968, 62; Schwarzbaum 1979, 559f., 564f., 565 not. 3, 566 not. 22; Schwarzbaum 1980, 279, 282; Marzolph/Van Leeuwen 2004, No. 205; EM: Stadt der Gauner (forthcoming).
Swedish: Schier 1983, 247f.; Spanish: Goldberg 1998, No. J1512.2; Bulgarian: BFP; Macedonian: Čepenkov/Penušliski 1989 III, No. 259; Turkish: cf. Eberhard/Boratav 1953, Nos. 299, 361; Jewish: Noy 1963a, Nos. 12, 80, Jason 1965, 1975, cf. Bin Gorion 1990, No. 107; Kazakh: cf. Sidel'nikov 1952, 130ff.; Iraqi: Campbell 1954, 166ff., El-Shamy 2004; Oman: El-Shamy 2004; Yemenite: Daum 1983, No. 22, El-Shamy 2004; Indian: Thompson/Roberts 1960, Mode/Ray 1967, 357ff., Jason 1989; Nepalese: Sakya/Griffith 1980, 130ff.

980 ***The Ungrateful Son*** (previously ***Ungrateful Son Reproved by Naive Actions of Own Son***).
Kirchhof/Oesterley 1869 IV, No. 16; Köhler/Bolte 1898ff. I, 381, 473–477; Stiefel 1908, No. 103; BP II, 135–140, III, 167, IV, 172 not. 14; Cock 1919, 38–59, 299; Pauli/Bolte 1924 I, No. 436, II, No. 760; Bédier 1925, 463f.; Wesselski 1931, 93, 99; Röhrich 1962f. I, 93–112, 262–267; Schwarzbaum 1968, 95, 236, 254f., 477; Tubach 1969, No. 2001; EM 6(1990)252–256(H. Rölleke); Brüggemann 1991, 705–712; Marzolph 1992 II, No. 310; Hansen 2002, 117–119; Uther 2004.
Latvian: Arājs/Medne 1977; Lithuanian: Kerbelytė 1999ff. II, Nos. 980, 980B; Wotian: Kecskeméti/Paunonen 1974, No. 980A; Irish: Ó Súilleabháin/Christiansen 1963, No. 980A; English: Briggs 1970f. B II, 266; French: Delarue/Tenèze 1964ff. IV 2, Nos.

980A, 980B; Spanish: Camarena/Chevalier 1995ff. IV, Nos. 980A-C, González Sanz 1996, Nos. 980, 980B, 980C, Goldberg 1998, No. J121; Catalan: Oriol/Pujol 2003, No. 980, 980B, 980C; Portuguese: Vasconcellos/Soromenho et al. 1963f. II, Nos. 492b, 560c, 561, Cardigos (forthcoming), No. 980A; Dutch: Entjes/Brand 1976, 129; Frisian: Kooi 1984a, Nos. 980A-C; Flemish: Meyer 1968, No. 980A; German: Moser-Rath 1964, Nos. 25a, 25b; Rehermann 1977, 145, 264f. No. 12, 430 No. 19, Uther 1990a, No. 33, Tomkowiak 1993, 264, Kooi/Schuster 1994, No. 53, Grimm KHM/Uther 1996 II, No. 78; Swiss: EM 7 (1993) 870; Italian: Cirese/Serafini 1975, Nos. 980, 980A, 980B; Hungarian: MNK IV, Nos. 980B, 980C, Dömötör 1992, No. 385; Slovene: Rappold 1887, 21; Bulgarian: BFP, Nos. 980B, 980C; Greek: Dawkins 1950, No. 18, Mousaios-Bougioukos 1976, No. 38, Megas/Puchner 1998, Nos. 980A, 980B; Polish: Krzyżanowski 1962f. I, No. 943; Russian, Byelorussian, Ukrainian: SUS, No. 980A; Jewish: Gaster 1924, No. 437, Jason 1965, 1975, No. 980B, Haboucha 1992, No. 980A; Cheremis/Mari: Kecskeméti/Paunonen 1974, No. 980A; Mordvinian: Kecskeméti/Paunonen 1974, Nos. 980, 980A; Georgian: Kurdovanidze 2000, No. 980A; Syrian: El-Shamy 2004, Nos. 980A, 980B; Jordanian, Kuwaiti: El-Shamy 2004, No. 980A; Indian: Lüders 1921, No. 39, Thompson/Roberts 1960, No. 980B; Nepalese: Sakya/Griffith 1980, 187ff.; Chinese: Ting 1978, No. 980A; Korean: Zŏng 1952, No. 82; Japanese: Ikeda 1971, Nos. 980A, 980B, Inada/Ozawa 1977ff.; French-Canadian: Lemieux 1974ff. XVIII, No. 7; Spanish-American: Robe 1973, No. 980A; Puerto Rican: Hansen 1957, No. *980B; Egyptian: El-Shamy 2004, No. 980A; Tunisian: El-Shamy 2004, No. 980C.

980D *Meat Springs as a Toad on the Face of an Ungrateful Son.*
Kirchhof/Oesterley 1869 V, No. 110; Dähnhardt 1907ff. IV, 262; BP III, 167–169; Pauli/Bolte 1924 I, No. 437; Tubach 1969, Nos. 970, 4883, 4891; Brückner 1974, 684, 740f.; Berlioz 1990; Brüggemann 1991, 1404f.; EM 8 (1996) 496.
Latvian: Arājs/Medne 1977; French: Dardy 1891, No. 24, Delarue/Tenèze 1964ff. IV 2; Catalan: cf. Oriol/Pujol 2003; Frisian: Kooi 1984a; Flemish: Meyer 1968; German: Wolf 1845, No. 35, Moser-Rath 1964, No. 34, Rehermann 1977, 146, Uther 1990a, No. 56, Tomkowiak 1993, 264, Grimm KHM/Uther 1996 III, No. 145; Swiss: EM 7 (1993) 873; Hungarian: Dömötör 1992, No. 375; Greek: Mousaios-Bougioukos 1976, No. 38, Megas/Puchner 1998; Sorbian: Schulenburg 1880, No. 6; Kurdish: cf. Džalila et al. 1989, No. 113; Japanese: Ikeda 1971, No. D444.2.

980* *The Painter and the Architect.*
Chauvin 1892ff. V, 15ff. No. 10; Schwarzbaum 1968, 270; Masing 1979; Schwarz-

baum 1980, 277, 285, Marzoph 1992 II, No. 722.
Estonian: Aarne 1918, Viidalepp 1980, No. 121; Turkish: Eberhard/Boratav 1953, No. 256 V; Jewish: Noy 1963a, No. 89, Jason 1965, Nos. 980*, 980*-*A, Noy 1968, No. 40, Jason 1975, Nos. 980*-*A; Kalmyk: Jülg 1866, No. 8; Mongolian: Lőrincz 1979; Tuva: Taube 1978, No. 62; Syrian, Iraqi: El-Shamy 2004; Indian: Thompson/Roberts 1960, Jason 1989; Tibetian: Kassis 1962, 36ff.; Chinese: Ting 1978; Egyptian, Tanzanian: El-Shamy 2004.

981 *Wisdom of Hidden Old Man Saves Kingdom.*
Chauvin 1892ff. VIII, 199 No. 244; Polívka 1898a; Köhler/Bolte 1898ff. II, No. 47; Pauli/Bolte 1924 I, No. 446; Wesselski 1925, No. 48; Vries 1928, 165-168, 220-230, 392-397; Wesselski 1931, 187; Paudler 1937; Schwarzbaum 1968, 179, 200, 418, 471, 474; Tubach 1969, Nos. 1997, 5219; EM 1(1977)388-395(E. Moser-Rath); Scherf 1995 I, 278-280, II, 1392f.; Röth 1998; Taube 2000; Hansen 2002, 469-475.
Finnish: Rausmaa 1982ff. II, No. 201; Estonian: Aarne 1918; Latvian: Arājs/Medne 1977; Lithuanian: Kerbelytė 1999ff. II; Swedish: Liungman 1961; Irish: Ó Súilleabháin/Christiansen 1963; French: Delarue/Tenèze 1964ff. IV 2; Spanish: Goldberg 1998, No. J151.1; Catalan: Neugaard 1993, No. J151.1; Frisian: Kooi 1984a; German: Moser-Rath 1984, 285; Swiss: Jegerlehner 1913, 248; Italian: Cirese/Serafini 1975, De Simone 1994, No. 98; Sardinian: Cirese/Serafini; Maltese: Mifsud-Chircop 1978; Slovakian: Polívka 1923ff. IV, No. 127; Slovene: Zupanc 1956, 35f., Bolhar 1974, 172ff.; Serbian: Eschker 1992, No. 41; Croatian: Bošković-Stulli 1963, No. 66; Macedonian: Čepenkov/Penušliski 1989 III, Nos. 326-329, 333; Rumanian: Schullerus 1928, No. 910F*; Bulgarian: BFP; Albanian: Jarník 1890ff., 347; Greek: Megas/Puchner 1998; Polish: Krzyżanowski 1962f. I; Russian: SUS; Byelorussian: SUS, No. 981, cf. No. 981**; Ukrainian: SUS; Turkish: Eberhard/Boratav 1953, No. 197 V; Jewish: Jason 1965, 1975, 1988a, Haboucha 1992; Armenian: Gullakjan 1990; Mongolian: Lőrincz 1979; Syrian, Lebanese: El-Shamy 2004; Indian: Thompson/Roberts 1960; Chinese: Ting 1978; Korean: Choi 1979, No. 662; Japanese: Ikeda 1971, Inada/Ozawa 1977ff.; Mexican: Robe 1973; Egyptian, Libyan, Algerian: El-Shamy 2004; Ghanaian: Dorson 1972, 402ff.; Nigerian: Schild 1975, No. 12; East African: Arewa 1966, No. 3553.

981A* *Life by a Silk Thread.*
Köhler/Bolte 1898ff. II, 559; BP I, 366f., IV, 114; Pauli/Bolte 1924 II, No. 735a; Bächtold-Stäubli 1928; Tubach 1969, No. 4994; Röhrich 1991f. I, 301f.; EM 8(1996)813-815(A. Lozar).

Icelandic: Boberg 1966, Nos. F451.5.4.2, F833.2; French: EM 10(2002)453; German: Cammann 1967, 195, Rehermann 1977, 150, 275, 448f.; Swiss: Lütolf 1862, No. 21c; Austrian: Haiding 1977b, No. 87; Hungarian: Dömötör 1992, No. 187; Czech: Dvořák 1978, No. 4994; Polish: Krzyżanowski 1962f. I, No. 758; Russian, Ukrainian: SUS, No. 981A*; Iranian: Marzolph 1987b, No. 140.

982 ***The Pretended Inheritance*** (previously ***Supposed Chest of Gold Induces Children to Care for Aged Father***).

Kirchhof/Oesterley 1869 I 2, No. 64, V, No. 111; Köhler/Bolte 1898ff. I, No. 36; BP IV, 172; Pauli/Bolte 1924 I, No. 435; Schwarzbaum 1968, 236, 476; Tubach 1969, Nos. 748, 965; EM 4(1984)123–127(E. Moser-Rath); Wacke 1988; Delpech 1989; Marzolph 1992 II, No. 815.

Estonian: Loorits 1959, No. 184; Latvian: Arājs/Medne 1977; Lithuanian: Kerbelytė 1999ff. II; Irish: Ó Súilleabháin/Christiansen 1963; English: Baughman 1966, Briggs 1970f. A II, 502; Spanish: Childers 1948, No. P236.2, Chevalier 1983, No. 79, Camarena/Chevalier 1995ff. IV, Goldberg 1998, No. P236.2; Catalan: Oriol/Pujol 2003; Portuguese: Braga 1914f. II, 108f.; French: Delarue/Tenèze 1964ff. IV 2, Cifarelli 1993, No. 508; Dutch: Kooi 1979a, 83f., Kooi 2003, No. 40; Frisian: Kooi 1984a; Flemish: Meyer 1968; German: Rehermann 1977, 146, 265 No. 13, 434 No. 28, Moser-Rath 1984, 285, Grubmüller 1996, No. 8; Italian: Cirese/Serafini 1975; Corsican: Massignon 1963, No. 93a; Maltese: Mifsud-Chircop 1978; Hungarian: György 1934, No. 120; Czech: Dvořák 1978, No. 965; Slovakian: Gašparíková 1991f. I, No. 242, Gašparíková 2000, No. 27; Slovene: Vedež 2(1849)150f.; Serbian: Vrčević 1868f. II, 46f.; Croatian: Stojanović 1867, No. 13, cf. Ardalić 1908a, No. 18; Rumanian: Stroescu 1969 II, No. 4975; Bulgarian: BFP; Greek: Dawkins 1950, No. 18, Megas/Puchner 1998; Polish: cf. Krzyżanowski 1962f. I, No. 946; Russian, Byelorussian, Ukrainian: SUS; Jewish: Jason 1965, Noy 1968, No. 61, Jason 1975, 1988a; Georgian: Kurdovanidze 2000; Aramaic: Arnold 1994, No. 12; Palestinian: Schmidt/Kahle 1918f. II, No. 123, El-Shamy 2004; Saudi Arabian, Qatar: El-Shamy 2004; Iranian: Marzolph 1984; Indian, Sri Lankan: Thompson/Roberts 1960; Chinese: Ting 1978; Cambodian: Gaudes 1987, No. 72; English-Canadian: Halpert/Widdowson 1996 II, No. 67; Mexican: Robe 1973; Egyptian, Libyan: El-Shamy 2004; Moroccan: Topper 1986, No. 24; Sudanese: El-Shamy 2004; Ethiopian: Müller 1992, No. 118.

983 ***The Dishes of the Same Flavor.***

Chauvin 1892ff. VII, 122f. No. 391(2), VIII, 35 No. 2; Basset 1924ff. II, 25 No. 13; Wesselski 1925, 209–211; Schwarzbaum 1968, Nos. 64, 123, 455, 464; Ranelagh 1979,

227–229; EM 4(1984)469–471(E. Moser-Rath); Marzolph 1992 II, No. 1084.
Finnish: Rausmaa 1982ff. II, No. 202; Latvian: Arājs/Medne 1977; Lithuanian: Kerbelytė 1999ff. II; Spanish: Chevalier 1983, Nos. 80–88; Portuguese: Braga 1987 I, 198, Cardigos(forthcoming); German: Kubitschek 1920, 64; Bulgarian: BFP, No. 883B$_1$; Albanian: Jarník 1890ff., 296f.; Greek: Megas/Puchner 1998; Russian: SUS; Turkish: Eberhard/Boratav 1953, No. 262(2); Jewish: Noy 1963a, No. 81, Jason 1988a, Haboucha 1992; Kurdish: Džalila et al. 1989, No. 107; Syrian, Palestinian, Iraqi: El-Shamy 2004; Iranian: Marzolph 1984; Indian: Thompson/Balys 1958, No. J81, Sheikh-Dilthey 1976, No. 16; Egyptian, Algerian, Moroccan: El-Shamy 2004.

984 ***Palace from Bird Bones.***
Schwarzbaum 1979, 405f.
Bulgarian: BFP, No. 983*; Russian, Ukrainian: SUS, No. 983*; Jewish: Haboucha 1992, No. *981.

985 ***Brother Chosen Rather than Husband Or Son.***
Kirchhof/Oesterley 1869 IV, No. 10; Chauvin 1892ff. II, 190 No. 2; Aly 1921, 35, 109; Basset 1924ff. II, 252 No. 29; EM 2(1979)861–864(U. Masing); Hansen 2002, 62–66.
Icelandic: Boberg 1966, No. P253.3; Irish: Ó Súilleabháin/Christiansen 1963; Spanish: Childers 1948, No. P253.3; German: Moser-Rath 1984, 286; Macedonian: Tošev..1954, 280; Bulgarian: BFP; Polish: Kapełuś/Krzyżanowski 1957, No. 70; Jewish: Haboucha 1992; Aramaic: Lidzbarski 1896, No. 5; Yemenite: El-Shamy 1980, No. 45, El-Shamy 2004; Iranian: Marzolph 1994, No. 31; Indian: Lüders 1921, No. 43; Filipino: Fansler 1921, No. 31; US-American: Jackson/McNeil 1985, 100; Egyptian, Sudanese: El-Shamy 2004.

985* ***The Suckled Prisoner.*** (Caritas Romana.)
Knaack 1898; Köhler/Bolte 1898ff. I, 373, II, 387; Cock 1919, 21–37, 298; Wesselski 1928a, 144–150; Wesselski 1928b; Taylor 1939, 154f.; Norton 1943; Deonna 1954; Deonna 1956; Knauer 1964; Tubach 1969, Nos. 2, 3969; Abrahams 1980, 24–28; Hofmann 1987, 271; EM 6(1990)414f.; Bronzini 1999; Röhrich 2001, 78f.
Spanish: Goldberg 1998, No. R81; Catalan: Neugaard 1993, No. R81; Portuguese: Martinez 1955, No. H807.1*, Braga 1987 I, 267f., 268f., Cardigos(forthcoming), No. 3969(Tubach); Dutch: Kooi 2003, No. 46(b); Frisian: Kooi 1984a, No. 927, Kooi/Schuster 1993, No. 19; Flemish: Linden 1979, 189ff.; German: Jahn 1889, No. 669, Wossidlo 1897ff. I, No. 968, Rehermann 1977, 165f., Brunner/Wachinger 1986ff. VI, Nos. ^{2}A/406, ^{2}A/975, VII, No. ^{2}Hozm/53, IX, No. ^{2}S/283, XII, No. ^{2}Stl/86; Hungari-

an: György 1934, No. 69, Dömötör 1992, No. 215; Serbian: Vrčević 1868f. I, No. 177.

985** ***Measure for Measure.***
Kirchhof/Oesterley 1869 V,152f.; Köhler/Bolte 1898ff. III, 221; ZfVk. 12(1902)65; EM 5(1987)838; Tomkowiak 1991; EM 9(1999)390–394(I. Tomkowiak).
Spanish: Goldberg 1998, No. K1353; German: Brunner/Wachinger 1986ff. IV, No. [1]Folz/110, No. [1]Marn/1/505, V, No. [1]Schil/1/30, VI, No. [2]A/630, X, No. [2]S/2500; Jewish: Bin Gorion 1918ff. I, 106ff., 324ff., 354.

986 ***The Lazy Husband.***
Chauvin 1892ff. VI, 64ff. No. 233, VII, 155ff. No. 437; Schwarzbaum 1968, 77; EM 3(1981)1084–1093(U. Masing).
Greek: Megas/Puchner 1998; Turkish: Eberhard/Boratav 1953, No. 256; Jewish: Noy 1963a, No. 40, Jason 1975; Kurdish: Džalila et al. 1989, No. 86; Armenian: Gullakjan 1990; Kirghiz: Potanin 1917, No. 34; Syrian: Nowak 1969, No. 284, cf. No. 113, El-Shamy 2004; Lebanese: Nowak 1969, No. 284, El-Shamy 2004; Palestinian: Schmidt/Kahle 1918f. I, No. 40, Nowak 1969, No. 284, cf. No. 113, El-Shamy 2004; Jordanian, Iraqi, Yemenite: El-Shamy 2004; Saudi Arabian: cf. Jahn 1970, No. 38, El-Shamy 2004; Iranian: Marzolph 1984, No. *986; Afghan: Borcherding 1975, No. 21; Egyptian, Tunisian: El-Shamy 2004; Moroccan: Nowak 1969, No. 284, cf. No. 113; Sudanese: Kronenberg/Kronenberg 1978, No. 1, El-Shamy 2004.

987 ***False Magician Exposed by Clever Girl.***
BP II, 539–541, III, 201–206; Wesselski 1931, 95f.; HDA 4(1931/32)1447–1458(H. Marzell); HDM 2(1934–40)355, 452; Sooder 1942; Winkle 1959; Tubach 1969, No. 4510; EM 1(1977)1003–1006(K. Ranke); McNicholas 1991; Brunold-Bigler 1985, 238f.
Finnish: Simonsuuri/Rausmaa 1968, Nos. 308, 309, Jauhiainen 1998, No. D1686; Lappish: Qvigstad 1925, No. 99; Estonian: Aarne 1918, 137f. No. 103; Danish: Kristensen 1892ff. V, No. 1274; French: Sébillot 1882 II, 220; Dutch: Sinninghe 1943, 97 No. 697; Frisian: Dykstra 1895f. I, 83, Kooi/Schuster 2003, No. 201; German: Peuckert 1961f. I, No. 54, Grimm KHM/Uther 1996 III, No. 149; Swiss: Büchli/Brunold-Bigler 1989ff. I, 5, 630, 643, II, 609f., 712, III, 107, Brunold-Bigler/Anhorn 2003, 191 No. 458; Austrian: Depiny 1932, 201f. No. 255; Ladinian: Büchli/Brunold-Bigler 1989ff. II, 620f.; Italian: Büchli/Brunold-Bigler 1989ff. II, 727, 745f.; Hungarian: MNK II, No. 594*; Sorbian: Schulenburg 1880, 198f.

990 ***The Seemingly Dead Revives.***
Kaufmann 1862, 25-27; Chauvin 1892ff. V, 180ff. No. 55; Erk/Böhme 1893f. I, No. 196; Bolte 1910; Hertel et al. 1911; Klapper 1914, No. 76; Basset 1924ff. II, 299 No. 55; cf. DVldr 1935ff. I, No. 14; Röhrich 1962f. II, 86-121, 415-428; Schenda 1970, 386-389; Jontes 1981, 303-316; Halpert 1982, 31; EM 5(1987)199-203(R. W. Brednich); Dekker et al. 1997, 316-320; Schmidt 1999; Schneider 1999a, 169; Bondeson 2001, esp. 35-50; Köhler-Zülch 2001.
Finnish: Rausmaa 1982ff. II, No. 203, Jauhiainen 1998, No. C1901; Estonian: Aarne 1918, No. 990*, Loorits 1959, No. 202; Latvian: Arājs/Medne 1977; Lithuanian: Kerbelytė 1999ff. II; Irish: Ó Súilleabháin/Christiansen 1963, Baughman 1966; English: Briggs 1970f. B II, 86f.; French: Delarue/Tenèze 1964ff. IV 2; Spanish: Childers 1977, No. K426.1*, Espinosa 1988, No. 278, Camarena/Chevalier 1995ff. IV; Dutch: Teenstra 1843, 158f.; Frisian: Kooi 1984a; Flemish: Meyer 1968; German: Bockemühl 1930, 151f., Rehermann 1977, 545 No. 12, Grimm DS/Uther 1993 I, No. 341; Swiss: Büchli/Brunold-Bigler 1989ff. I, 636, 844, III, 611, Brunold-Bigler/Anhorn 2003, 232, No. 553; Ladinian: Büchli/Brunold-Bigler 1989ff. III, 498, 600; Czech: Tille 1929ff. I, 463ff.; Hungarian: MNK IV; Slovakian: Polívka 1923ff. V, No. 177; Slovene: Kühar/Novak 1988, 152f.; Serbian: cf. Đjorđjevič/Milošević-Đjorđjevič 1988, No. 162; Bulgarian: BFP; Greek: Megas/Puchner 1998; Polish: Krzyżanowski 1962f. I; Byelorussian, Ukrainian: SUS; Turkish: Eberhard/Boratav 1953, cf. Nos. 307, 317; Gypsy: Mode 1983ff. IV, No. 215, MNK X 1; Chuvash: Kecskeméti/Paunonen 1974; Armenian: Gullakjan 1990; Mongolian: Michajlov 1962, 60-63; Syrian: El-Shamy 2004; Chinese: Ting 1978; Japanese: Ikeda 1971, Inada/Ozawa 1977ff.; French-Canadian: Delarue/Tenèze 1964ff. IV 2; US-American: Baughman 1966; Spanish-American: TFSP 19(1944)81; African American: Dorson 1958, No. 52; Egyptian, Moroccan: El-Shamy 2004; Namibian: Schmidt 1991, No. 18; South African: Schmidt 1989 II, No. 2292.

992 ***The Eaten Heart.***
Matzke 1911; Hauvette 1912; Basset 1924ff. II, 221 No. 9; Pauli/Bolte 1924 I, No. 231; Besthorn 1935, 58-62; DVldr 1935ff. I, No. 16; Legman 1968f. I, 650-663; Tubach 1969, No. 4022; Frenzel 1988, 315-318; EM 6(1990)933-839(A. Gier); Blamires 1993.
French: Tegethoff 1923 I, No. 16, Delarue/Tenèze 1964ff. IV 2; Spanish: Camarena/Chevalier 1995ff. IV; Catalan: Oriol/Pujol 2003; German: Grimm DS/Uther 1993 II, No. 506, Grubmüller 1996, No. 13; Italian: Cirese/Serafini 1975; Hungarian: György 1934, No. 33; Syrian, Yemenite: El-Shamy 2004; Cambodian: Gaudes 1987, No. 87;

Mayan: Peñalosa 1992; Egyptian: El-Shamy 2004.

992A *The Adulteress's Penance.*
Chauvin 1892ff. VIII, 161f. No. 170; Wurzbach 1899; BP I, 198; Pauli/Bolte 1924 I, No. 223; Bloch 1968; Tubach 1969, No. 2475; EM 2(1979)1076-1082(K. Ranke).
Dutch: Kooi 2003, Nos. 38, 39; Frisian: Kooi 1984a; German: Ketzel II(1607)234(EM archive), Grubmüller 1996, No. 29; Hungarian: György 1934, No. 115; Turkish: Eberhard/Boratav 1953, Nos. 204, 277; Jewish: Jason 1988a; Dagestan: Dirr 1920, No. 13; Kurdish: Wentzel 1978, No. 16; Uzbek: Jungbauer 1923a, No. 11; Kirghiz: Potanin 1917, No. 47; Georgian: cf. Orbeliani/Awalischwili et al. 1933, No. 94; Syrian, Palestinian, Qatar: El-Shamy 2004; Iranian: Lorimer/Lorimer 1919, No. 36; Egyptian, Tunisian, Moroccan: El-Shamy 2004; Libyan: Stumme 1898, 172ff., El-Shamy 2004; Sudanese: Kronenberg/Kronenberg 1978, No. 7, El-Shamy 2004.

TALES OF THE STUPID OGRE (GIANT, DEVIL)
LABOR CONTRACT 1000-1029

1000 *Contest Not to Become Angry.*
Cf. BP II, 293f.; Köhler/Bolte 1898ff. I, 261-263, 326-329; MacDonald 1982, No. K172; Dekker et al. 1997, 260-263; Hansen 2002, 234-240; Marzolph/Van Leeuwen 2004, No. 390; EM: Zornwette(in prep.).
Finnish: Rausmaa 1982ff. III, Nos. 1-3, 6-8, 11, 13, 40, 43; Finnish-Swedish: Hackman 1917f. II, Nos. 202a, 318; Estonian: Aarne 1918; Latvian: Arājs/Medne 1977; Lithuanian: Kerbelytė 1999ff. II; Livonian, Lappish, Wepsian, Karelian: Kecskeméti/Paunonen 1974; Swedish: Liungman 1961; Norwegian: Hodne 1984; Danish: Holbek 1990, No. 38; Icelandic: Sveinsson 1929; Scottish: Bruford/MacDonald 1994, No. 24; Irish: Ó Súilleabháin/Christiansen 1963; Spanish: González Sanz 1996, Camarena/Chevalier 1995ff. V(forthcoming); Basque: Frey/Brettschneider 1982, 88ff.; Catalan: Oriol/Pujol 2003; Portuguese: Oliveira 1900f. II, No. 396, Cardigos(forthcoming); Dutch: Sinninghe 1943; Frisian: Kooi 1984a; Flemish: Meyer 1968; Walloon: Legros 1962, 102f.; German: cf. Grimm KHM/Uther 1996 II, No. 90, Hubrich-Messow 2000, Berger 2001; Austrian: Haiding 1953, No. 48; Ladinian: Decurtins 1896ff. II, 99 No. 78; Italian: Cirese/Serafini 1975, De Simone 1994, No. 95; Corsican: Ortoli 1883, No. 26, Massignon 1963, No. 23; Maltese: Mifsud-Chircop 1978; Hungarian: Berze Nagy/Banó 1957 II; Czech: Tille 1929ff. II 2, 87ff.; Slovakian: Gašparíková 1991f. I, Nos. 289, 301, 315, 322; Slovene: Bolhar 1974, 158ff.; Rumanian: Bîrlea 1966 III, 7ff.,

41ff., 475f., 477f., Stroescu 1969 I, No. 3000; Bulgarian: BFP; Greek: Hallgarten 1929, 223ff., Megas/Puchner 1998; Sorbian: Nedo 1956, No. 82; Polish: Krzyżanowski 1962f. II; Russian, Byelorussian, Ukrainian: SUS; Turkish: Eberhard/Boratav 1953, No. 357; Jewish: Noy 1963a, No. 111, Jason 1965, 1988a, Haboucha 1992; Gypsy: MNK X 1; Chuvash, Tatar, Mordvinian: Kecskeméti/Paunonen 1974; Siberian: Soboleva 1984; Tadzhik: Grjunberg/Steblin-Kamenskov 1976, 59f.; Kalmyk, Mongolian: Lőrincz 1979; Syrian: Nowak 1969, No. 414, El-Shamy 2004; Lebanese: Nowak 1969, No. 414; Iraqi: Nowak 1969, No. 423, El-Shamy 2004; Persian Gulf, Saudi Arabian, Oman, Qatar: El-Shamy 2004; Iranian: cf. Marzolph 1984, No. *1000; Pakistani: Thompson/Roberts 1960; Indian: Thompson/Roberts 1960, Nos. 1000, 1000A, Jason 1989; Burmese: Kasevič/Osipov 1976, No. 119; Sri Lankan: Thompson/Roberts 1960, Nos. 1000, 1000A; Chinese: Ting 1978; Indonesian: Vries 1925f. II, 409 No. 240; English-Canadian: Halpert/Widdowson 1996 I, No. 25, II, No. 68; North American Indian: Thompson 1919, 433f.; US-American: Baughman 1966; Spanish-American: Robe 1973; Dominican, Puerto Rican: Hansen 1957; West Indies, Cape Verdian: Flowers 1953; Brazilian: Alcoforado/Albán 2001, No. 71; Chilean: Pino Saavedra 1967, No. 40; Argentine: Hansen 1957; Egyptian, Libyan, Algerian: El-Shamy 2004; Sudanese: Kronenberg/Kronenberg 1978, No. 46, El-Shamy 2004.

1001 ***Cutting Wood.***
EM 6(1990)1201f.(P.-L. Rausmaa).
Finnish: Rausmaa 1982ff. III, Nos. 1, 11; Finnish-Swedish: Hackman 1917f. II, Nos. 202a(1), 318; Swedish: Liungman 1961; Ukrainian: SUS.

1002 ***Destroying the Master's Property*** (previously ***Dissipation of the Ogre's Property***).
Dekker et al. 1997, 260–263; EM: Zornwette(in prep.).
Finnish: Rausmaa 1982ff. III, No. 7; Finnish-Swedish: Hackman 1917f. II, No. 318; Latvian: Arājs/Medne 1977; Lithuanian: Kerbelytė 1999ff. II; Lappish: Qvigstad 1927ff. II, No. 60; Swedish: Liungman 1961; Norwegian: Hodne 1984; Danish: Grundtvig 1876ff. III, 78ff., Christensen/Bødker 1963ff., No. 94, Holbek 1990, No. 35; Irish: Ó Súilleabháin/Christiansen 1963; French: Massignon 1953, No. 11, Perbosc 1954, No. 19, Joisten 1971 II, No. 126; Spanish: Espinosa 1946f., Nos. 165, 167, Camarena/Chevalier 1995ff. V(forthcoming); Catalan: Oriol/Pujol 2003; Dutch: Sinninghe 1943; Frisian: Kooi 1984a; Flemish: Meyer 1968; German: Hubrich-Messow 2000; Italian: Cirese/Serafini 1975; Hungarian: Kovács 1943 I, No. 21; Czech: Tille 1929ff. II 2, 87ff.; Slovakian: Polívka 1923ff. IV, 415ff., 421, Gašparíková 1991f. I, No.

289; Croatian: Valjavec 1890, No. 17, Bošković-Stulli 1963, No. 69, Bošković-Stulli 1975b, No. 49; Greek: Megas/Puchner 1998; Polish: Simonides 1979, No. 137; Russian: SUS; Gypsy: MNK X 1; Chuvash: Kecskeméti/Paunonen 1974; Tadzhik: Amonov 1961, 432ff., 456ff.; Syrian: Oestrup 1897, 43ff.; Indian, Sri Lankan: Thompson/Roberts 1960; Chinese: cf. Dejun/Xueliang 1982, 575ff.; English-Canadian: Halpert/Widdowson 1996 I, No. 25; French-Canadian: Lemieux 1974ff. III, Nos. 23, 25; Spanish-American: Robe 1973.

1003 *Plowing.*

Finnish: Rausmaa 1982ff. III, Nos. 1, 2, 6, 7, 11, 12; Finnish-Swedish: Hackman 1917f. II, Nos. 202a, 318; Estonian: Aarne 1918; Latvian: Arājs/Medne 1977; Lithuanian: Kerbelytė 1999ff. II; Swedish: Liungman 1961; Norwegian: Hodne 1984; Danish: Holbek 1990, No. 35; Icelandic: Sveinsson 1929, No. 1003*; Irish: Ó Súilleabháin/Christiansen 1963; Spanish: González Sanz 1996, Camarena/Chevalier 1995ff. V (forthcoming); Catalan: Oriol/Pujol 2003; Portuguese: Soromenho/Soromenho 1984f. I, No. 305, Cardigos (forthcoming); German: Hubrich-Messow 2000, Berger 2001; Hungarian: Berze Nagy/Banó 1957 II; Czech: Tille 1929ff. II 2, 98ff.; Slovakian: Gašparíková 1991f. I, No. 289; Rumanian: Bîrlea 1966 III, 7ff., 475f.; Bulgarian: BFP; Polish: Krzyżanowski 1962f. II; Russian, Byelorussian, Ukrainian: SUS; Jewish: Jason 1965, Nos. 1003, 1003*, Jason 1975, Nos. 1003, 1003*; Gypsy: Aichele/Block 1962, No. 40, MNK X 1; Cheremis/Mari, Chuvash, Mordvinian: Kecskeméti/Paunonen 1974; Siberian: Soboleva 1984; Pakistani: Thompson/Roberts 1960; Indian: Jason 1989; Panamanian: Robe 1973; Dominican, Puerto Rican, Chilean: Pino Saavedra 1967, No. 40; Argentine: Hansen 1957.

1004 *Hogs in the Mud; Sheep in the Air.*

BP III, 391f.; MacDonald 1982, No. K404.1; EM 9 (1999) 515; Schmidt 1999, No. 1525P; cf. Hansen 2002, 234–240; EM: Schwänze in der Erde (forthcoming).

Finnish: Rausmaa 1982ff. III, Nos. 8, 9; Finnish-Swedish: Hackman 1917f. II, Nos. 202b, 318; Estonian: Aarne 1918, No. 1525G*; Latvian: Arājs/Medne 1977, Nos. 1004, 1525P; Lithuanian: Kerbelytė 1999ff. II, Nos. 1004, 1525P; Lappish: Qvigstad 1925; Swedish: Liungman 1961; Norwegian: Hodne 1984; Danish: Holbek 1990, No. 35; Icelandic: Sveinsson 1929; Irish: Ó Súilleabháin/Christiansen 1963; French: Delarue/Tenèze 1964ff. III; Spanish: González Sanz 1996, Camarena/Chevalier 1995ff. V (forthcoming); Basque: Frey/Brettschneider 1982, 88ff.; Catalan: Oriol/Pujol 2003; Portuguese: Oliveira 1900f. II, No. 377, Cardigos (forthcoming); Dutch: Sinninghe 1943; Frisian: Kooi 1984a; Flemish: Meyer 1968; German: Hubrich-Messow 2000; Austrian: Haiding 1953, No. 48; Italian: Cirese/Serafini 1975, De Simone 1994, No. 95; Corsican: Ortoli 1883, No. 26, Massignon 1963, No. 23; Czech: Tille 1929ff. II 2, 88ff.; Slovakian: Gašparíková 1991f. I, No. 301; Slovene: Möderndorfer 1946, 345f.; Rumanian: Stroescu 1969 I, 3009A, II, No. 5310; Bulgarian: BFP, Nos. 1004, 1525P; Greek: Hallgarten 1929, 207ff., Megas/Puchner 1998, Nos. 1004, 1525P; Sorbian: Nedo 1956, No. 82; Russian, Byelorussian, Ukrainian: SUS, Nos. 1004, 1525P; Turkish: Eberhard/Boratav 1953, No. 352(4); Siberian: Soboleva 1984, Nos. 1004, 1525P; Indian: Thompson/Roberts 1960, Blackburn 2001, No. 9; Burmese: Kasevič/Osipov 1976, No. 41; Chinese: Ting 1978; Indonesian: Vries 1925f. II, 409 No. 241; North American Indian: Robe 1973; Spanish-American, Mexican, Guatemalan: Robe 1973; Puerto Rican: Hansen 1957; Mayan: Peñalosa 1992; Brazilian: Cascudo 1955b, 241 No. 1; Chilean, Argentine: Hansen 1957; West Indies, Cape Verdian: Flowers 1953; African American: Burrison 1989, 36f., 154; Algerian: El-Shamy 2004; East African: Arewa 1966, No. 442; Sudanese: El-Shamy 2004.

1005 ***A Bridge (Road) of Carcasses*** (previously ***Building a Bridge or Road***).
Finnish: Rausmaa 1982ff. III, Nos. 2–4, 6, 11; Finnish-Swedish: Hackman 1917f. II, Nos. 202a(3), 318; Lappish: Qvigstad 1927ff. II, No. 60; Swedish: Liungman 1961; Norwegian: Hodne 1984; Danish: Grundtvig 1876ff. III, 78ff., Kristensen 1884ff., No. 52, Holbek 1990, No. 35; Icelandic: Sveinsson 1929; Scottish: Campbell 1890ff. II, No. 45; Irish: Ó Súilleabháin/Christiansen 1963; Spanish: Espinosa 1946f., No. 167, Camarena/Chevalier 1995ff. V(forthcoming); Catalan: Oriol/Pujol 2003; Frisian: Kooi 1984a; German: Hubrich-Messow 2000, Berger 2001; Hungarian: Kovács 1943 I, No. 21, Ortutay 1957, No. 30, Berze Nagy/Banó 1957 II; Czech: Tille 1929ff. II 2, 87ff.; Slovakian: Gašparíková 1991f. I, No. 289; Croatian: Šuljić 1968, 30ff.; Rumanian: Bîrlea 1966 III, 188ff., 496f., Stroescu 1969 I, No. 3000; Ukrainian: SUS; Jewish: Noy 1965, No. 67, Jason 1965; Gypsy: MNK X 1; French-Canadian: Lemieux 1974ff. III, No. 25.

1006 ***Casting Eyes.***
EM 1(1977)1006–1010(H. Lixfeld).
Finnish: Rausmaa 1982ff. III, Nos. 2, 4; Finnish-Swedish: Hackman 1917f. II, Nos. 202a(3), 202b(19,21), 318; Estonian: Aarne 1918; Latvian: Arājs/Medne 1977; Livonian: Kecskeméti/Paunonen 1974; Swedish: Liungman 1961; Norwegian: Hodne 1984; Danish: Holbek 1990, No. 35; Faeroese: Nyman 1984; Icelandic: Sveinsson 1929; Scottish: Campbell 1890ff. II, No. 45; Irish: Ó Súilleabháin/Christiansen 1963; English: Baughman 1966; Spanish: Espinosa 1946f., Nos. 181–186; Frisian: Kooi/

Schuster 2003, No. 68; German: Hubrich-Messow 2000; Italian: Cirese/Serafini 1975; Slovakian: Gašparíková 1991f. I, No. 246; Greek: Megas/Puchner 1998; Ukrainian: SUS; Jewish: Jason 1965, 1988a; Gypsy: Briggs 1970f. A I, 191ff.; Siberian: Soboleva 1984; Indian: Thompson/Balys 1958, No. K1442; US-American: Baughman 1966; Mexican, Guatemalan: Robe 1973.

1006* ***"Kill the Sheep That is Looking at You."***

Latvian: Arājs/Medne 1977; Lithuanian: Kerbelytė 1999ff. II; German: Hubrich-Messow 2000, Berger 2001, Nos. 1000, 1006; Austrian: Haiding 1965, No. 327; Hungarian: Berze Nagy/Banó 1957 II, No. 1017**; Bulgarian: BFP, cf. No. *1006**; Sorbian: Schulenburg 1882, 25; Russian, Byelorussian, Ukrainian: SUS; Gypsy: Aichele/Block 1962, No. 2, MNK X 1; Tatar: Jarmuchametov 1957, 195ff.; Mordvinian: Kecskeméti/Paunonen 1974; Armenian: Veršinin 1962, No. 66; Siberian: Soboleva 1984.

1007 ***Other Means of Killing Or Maiming Livestock.***

Dekker et al. 1997, 260f.; EM: Wörtlich nehmen (in prep.).

Finnish: Rausmaa 1982ff. III, Nos. 15, 40; Finnish-Swedish: Hackman 1917f. II, No. 318; Estonian: Aarne 1918; Livonian: Loorits 1926; Latvian: Arājs/Medne 1977; Lithuanian: Kerbelytė 1999ff. II; Wepsian: Kecskeméti/Paunonen 1974; Swedish: Liungman 1961; Irish: Ó Súilleabháin/Christiansen 1963; Spanish: Espinosa 1946f., Nos. 164, 167, Camarena/Chevalier 1995ff. V (forthcoming); Catalan: Oriol/Pujol 2003; Portuguese: Freitas 1996, 51f., 108ff., Cardigos (forthcoming); Dutch: Kooi 2003, No. 22; Frisian: Kooi 1984a; German: Hubrich-Messow 2000; Italian: Cirese/Serafini 1975; Maltese: Mifsud-Chircop 1978; Czech: Tille 1929ff. II 2, 91ff.; Rumanian: Bîrlea 1966 III 7ff., 475f., Stroescu 1969 I, No. 3000; Bulgarian: BFP; Greek: Hallgarten 1929, 223ff., Megas/Puchner 1998; Russian, Byelorussian, Ukrainian: SUS, Nos. 1007, 1007*; Turkish: Eberhard/Boratav 1953, Nos. 330 (2–3), 357 III 3a; Jewish: Jason 1965, 1975; Gypsy: MNK X 1; Tadzhik: Grjunberg/Steblin-Kamenskov 1976, 59; Kalmyk, Mongolian: Lőrincz 1979; Georgian: Kurdovanidze 2000; Iraqi: Nowak 1969, No. 423; Iranian: Marzolph 1984, No. *1000 I d; Indian: Tauscher 1959, 186, Thompson/Roberts 1960; US-American: Baughman 1966; Spanish-American, Mexican: Robe 1973; Puerto Rican, Argentine: Hansen 1957.

1008 ***Lighting the Road.***

Dekker et al. 1997, 260f.; EM: Wörtlich nehmen (in prep.).

Finnish: Rausmaa 1982ff. III, Nos. 1, 3, 6, 11, 40; Finnish-Swedish: Hackman 1917f. II, No. 318; Estonian: Aarne 1918; Latvian: Arājs/Medne 1977; Lithuanian: Kerbelytė

1999ff. II; Swedish: Liungman 1961; Danish: Holbek 1990, No. 35; Frisian: Kooi 1984a; German: Hubrich-Messow 2000; Hungarian: Berze Nagy/Banó 1957 II; Czech: Tille 1929ff. II 2, 89ff.; Slovakian: Gašparíková 1981a, 94ff.; Slovene: cf. Bolhar 1974, 158ff.; Croatian: Bošković-Stulli 1975b, No. 54; Bulgarian: BFP; Ukrainian: SUS; Gypsy: MNK X 1; Georgian: Kurdovanidze 2000; Indian: Thompson/Roberts 1960; Japanese: Ikeda 1971, Nos. 425A, 545; Spanish-American: Robe 1973.

1009 ***Guarding the Store-room Door.***

Wesselski 1911 II, No. 345; Basset 1924ff. I, 477 No. 173; Penzer 1924ff. V, No. 128; Marzolph 1992 II, No. 877; Dekker et al. 1997, 260f.; EM: Tür bewacht (in prep.); EM: Wörtlich nehmen (in prep.).

Finnish: Rausmaa 1982ff. III, No. 6; Finnish-Swedish: Hackman 1917f. I, Nos. 202b (26), 263 (2,7), 318; Estonian: Aarne 1918, Nos. 1009, 1014*; Latvian: Arājs/Medne 1977; Lithuanian: Kerbelytė 1999ff. II; Livonian, Wepsian, Karelian: Kecskeméti/Paunonen 1974; Swedish: Liungman 1961; Danish: Kristensen 1886f., No. 52, Christensen/Bødker 1963ff., No. 94; Faeroese: Nyman 1984; English: Briggs 1970f. A II, 92, 243; Spanish: Camarena/Chevalier 1995ff. V (forthcoming); Dutch: Sinninghe 1943; Frisian: Kooi 1984a; German: Hubrich-Messow 2000; Italian: Cirese/Serafini 1975; Maltese: Mifsud-Chircop 1978; Czech: Tille 1929ff. II 2, 91; Slovene: Komanova 1923, 95ff.; Rumanian: Stroescu 1969 I, Nos. 3012, 3028; Bulgarian: BFP; Greek: Megas 1956f. I, No. 40, Megas/Puchner 1998; Russian, Byelorussian: SUS; Turkish: Eberhard/Boratav 1953, Nos. 323 IV, 324, 333 III 6; Jewish: Jason 1965, 1975, 1988a; Yakut: Ėrgis 1967, No. 378; Georgian: Kurdovanidze 2000; Iraqi: Nowak 1969, No. 423; Iranian: Marzolph 1984; Indian: Thompson/Roberts 1960; African American: Dorson 1967, No. 205; Mexican: Robe 1973; Cuban, Argentine: Hansen 1957; Egyptian, Tunisian, Algerian, Sudanese: El-Shamy 2004.

1010 ***Repairing the House.***

EM 6 (1990) 620f. (P.-L. Rausmaa); Dekker et al. 1997, 260f.; EM: Wörtlich nehmen (in prep.).

Finnish: Rausmaa 1982ff. III, No. 4; Finnish-Swedish: Hackman 1917f. II, No. 318; Estonian: Aarne 1918; Latvian: Arājs/Medne 1977; Lappish: Qvigstad 1927ff. II, No. 60; Swedish: Liungman 1961; Danish: Grundtvig 1876ff. III, 78ff., Kristensen 1884ff. III, No. 52, Kristensen 1897a, No. 1; Scottish: Campbell 1890ff. II, No. 45; Irish: Ó Súilleabháin/Christiansen 1963; French: Blümml 1906, No. 16; Spanish: Espinosa 1946f., No. 163, Camarena/Chevalier 1995ff. V (forthcoming); Frisian: Kooi 1984a; Flemish: Meyer 1968; German: Hubrich-Messow 2000; Italian: cf. Toschi/Fabi 1960,

No. 78; Hungarian: Berze Nagy/Banó 1957 II, No. 1016**; Czech: Tille 1929ff. II 2, 87; Slovakian: Gašparíková 1991f. I, No. 289; Greek: Megas/Puchner 1998; Polish: Simonides 1979, No. 137; Byelorussian: SUS, No. 1013**; Ukrainian: SUS; Gypsy: MNK X 1; Udmurt: Kralina 1961, No. 72; Siberian: Soboleva 1984, No. 1013**; Uzbek: Afzalov et al. 1963 II, 195ff.

1011 ***Tearing Up the Orchard (Vineyard).***

Köhler/Bolte 1898ff. I, 327; Dekker et al. 1997, 260f.; EM: Wörtlich nehmen (in prep.).

Latvian: Arājs/Medne 1977; French: Tegethoff 1923 II, No. 59, Maugard 1955, No. 23; Spanish: Espinosa 1946f., Nos. 165, 167, González Sanz 1996, Camarena/Chevalier 1995ff. V (forthcoming); Basque: Webster 1877, 6ff., 11ff.; Catalan: Oriol/Pujol 2003; Portuguese: Vasconcellos/Soromenho et al. 1963f. II, No. 409, Cardigos (forthcoming); Corsican: Ortoli 1883, No. 26; Serbian: Anthropophyteia 2 (1905) 345ff. No. 422; Bulgarian: BFP; Greek: Megas/Puchner 1998; Turkish: Walker/Uysal 1966, 71ff.; Jewish: Jason 1975; Indian: Thompson/Roberts 1960; US-American: Baughman 1966; Spanish-American, Panamanian: Robe 1973; Dominican, Puerto Rican: Hansen 1957; Brazilian: Cascudo 1955a, 241ff.; Chilean: Pino Saavedra 1960ff. III, No. 161; Argentine: Hansen 1957.

1012 ***Cleaning the Child.***

Köhler/Bolte 1898ff. I, 150; Dekker et al. 1997, 260f.; EM: Wörtlich nehmen (in prep.).

Finnish: Rausmaa 1982ff. III, Nos. 2, 4, 27, 41; Finnish-Swedish: Hackman 1917f. II, Nos. 202b (19,20), 318; Estonian: Aarne 1918; Latvian: Arājs/Medne 1977; Lithuanian: Kerbelytė 1999ff. II; Lappish: Qvigstad 1925; Livonian, Lydian: Kecskeméti/Paunonen 1974; Swedish: Liungman 1961; Norwegian: Hodne 1984; Danish: Grundtvig 1876ff. III, 78ff.; Faeroese: Nyman 1984; German: Hubrich-Messow 2000; Italian: Cirese/Serafini 1975, No. 1012, cf. No. *1012; Hungarian: Berze Nagy/Banó 1957 II; Czech: Tille 1929ff. II 2, 88; Slovakian: Gašparíková 1981a, 94ff.; Rumanian: Stroescu 1969 I, No. 3000; Bulgarian: BFP; Greek: Hahn 1918 I, No. 34, Megas/Puchner 1998; Russian, Byelorussian, Ukrainian: SUS; Turkish: Eberhard/Boratav 1953, No. 357 III 3a; Jewish: Jason 1965, 1975; Gypsy: MNK X 1; Kalmyk: Lőrincz 1979, No. 1012*; Indian: Tauscher 1959, 187, Thompson/Roberts 1960, Jason 1989; Indonesia: Vries 1925f. II, 409 No. 241.

1012A *Seating the Children* (previously *Cleaning the Children*).
EM: Wörtlich nehmen (in prep.).
Latvian: Arājs/Medne 1977; Lithuanian: Kerbelytė 1999ff. II; Wepsian: Kecskeméti/Paunonen 1974; Russian, Byelorussian, Ukrainian: SUS.

1013 *Bathing (Warming) Grandmother.*
Dekker et al. 1997, 260f.; Schwarzbaum 1979, 518 not. 16; EM: Wörtlich nehmen (in prep.).
Latvian: Arājs/Medne 1977; Lithuanian: Kerbelytė 1999ff. II; Swedish: Liungman 1961; Norwegian: Hodne 1984; Irish: Ó Súilleabháin/Christiansen 1963; Spanish: Espinosa 1946f., Nos. 181–188, Camarena/Chevalier 1995ff. V (forthcoming); German: Berger 2001, No. 1000; Italian: Cirese/Serafini 1975; Maltese: Mifsud-Chircop 1978; Greek: Dawkins 1953, No. 64, Megas/Puchner 1998; Russian, Byelorussian, Ukrainian: SUS; Turkish: Eberhard/Boratav 1953, Nos. 323, 324 III 13; Jewish: Jason 1965; Gypsy: MNK X 1; Palestinian: El-Shamy 2004; Iranian: Marzolph 1984, No. *1000; Indian: Thompson/Roberts 1960; Chinese: Ting 1978; Mexican: Robe 1973; Dominican, West Indies: Flowers 1953; Puerto Rican: Hansen 1957; Mayan: Peñalosa 1992; Egyptian, Sudanese: El-Shamy 2004.

1015 *Forging a Hiss* (previously *Whetting the Knife*).
Dekker et al. 1997, 260f.; EM: Wörtlich nehmen (in prep.).
Finnish: Aarne 1920, No. 1054**; Estonian: Aarne 1918, No. 1015*; Latvian: Ambainis 1979, No. 101; Irish: Ó Súilleabháin/Christiansen 1963; Hungarian: Dobos 1962, No. 30.

1016 *Cleaning the Horse.*
Dekker et al. 1997, 260f.; EM: Wörtlich nehmen (in prep.).
Estonian: Aarne 1918, No. 1016*; Latvian: Arājs/Medne 1977; Lithuanian: Kerbelytė 1999ff. II; Livonian: Kecskeméti/Paunonen 1974; Scottish: Campbell 1890ff. II, No. 45; Irish: Ó Súilleabháin/Christiansen 1963; German: Grannas 1957, No. 38; Italian: Cirese/Serafini 1975; Russian: SUS; Turkish: Eberhard/Boratav 1953, cf. No. 327 III; Jewish: Jason 1965, 1988a; Gypsy: MNK X 1; Iranian: Marzolph 1984, No. *1000 I d, cf. No. *1681 C (2); Algerian, Moroccan: El-Shamy 2004.

1017 *Covering the Whole Wagon with Tar.*
Dekker et al. 1997, 260f.; EM: Wörtlich nehmen (in prep.).
Finnish: Rausmaa 1982ff. III, 150; Livonian: Loorits 1926, No. 1014**; Latvian:

Arājs/Medne 1977; Lithuanian: Kerbelytė 1999ff. II; Swedish: Liungman 1961; Danish: Grundtvig 1876ff. III, 78ff., Kristensen 1892f. II, No. 511, Holbek 1990, No. 35; Dutch: Kooi 2003, No. 22; Frisian: Kooi 1984a, No. 1635*: 8; German: Meyer 1932, 196ff., Grannas 1957, No. 38, Neumann 1968a, No. 115, Brunner/Wachinger 1986ff. V, No. [1]ZX/580; Hungarian: Kovács 1943 II, No. 49, Dégh 1955f. II, No. 58; Rumanian: Kremnitz 1882, No. 12; Byelorussian, Ukrainian: SUS.

1029 ***The Woman as Cuckoo in the Tree.***
Köhler/Bolte 1898ff. I, 151; Wünsche 1905b, 29, 33, 36ff., 47, 51ff., 61, 106; EM 5 (1987) 192–199, esp. 192–194 (R. Wehse); Dekker et al. 1997, 260f.; cf. Hansen 2002, 234–240.
Finnish: Rausmaa 1982ff. III, Nos. 2, 7; Finnish-Swedish: Hackman 1917f. II, No. 318; Estonian: Aarne 1918; Latvian: Arājs/Medne 1977; Lithuanian: Kerbelytė 1999ff. II; Lappish: Kecskeméti/Paunonen 1974; Swedish: Liungman 1961; Norwegian: Hodne 1984; Danish: Holbek 1990, No. 35; Irish: Ó Súilleabháin/Christiansen 1963; French: Blümml 1906, Nos. 15–17; Spanish: Espinosa 1946f., Nos. 163–167, Camarena/Chevalier 1995ff. V (forthcoming); Basque: Blümml 1906, No. 5 (II); Catalan: Oriol/Pujol 2003; Portuguese: Vasconcellos/Soromenho et al. 1963f. II, No. 409, Cardigos (forthcoming); Frisian: Kooi 1984a; German: Hubrich-Messow 2000, Berger 2001; Austrian: Haiding 1969, No. 1; Italian: Cirese/Serafini 1975; Corsican: Ortoli 1883, No. 26; Czech: Tille 1929ff. II 2 87ff.; Slovakian: Gašparíková 1991f. I, No. 289; Rumanian: Stroescu 1969 I, No. 3000, cf. No. 3626; Bulgarian: BFP; Greek: Hallgarten 1929, 223ff., Megas/Puchner 1998; Russian, Byelorussian, Ukrainian: SUS; Gypsy: MNK X 1; Tatar: Kecskeméti/Paunonen 1974; Mongolian: Lőrincz 1979; Georgian: Kurdovanidze 2000; Iranian: Marzolph 1984; Puerto Rican: Hansen 1957; Cape Verdian: Parsons 1923b I, No. 40.

PARTNERSHIP BETWEEN MAN AND OGRE 1030–1059

1030 ***The Crop Division.***
Krohn 1889, 104–111; Wünsche 1905b, 70–79; BP III, 355–364; Hackman 1922, 140–170; Wesselski 1925, 254 No. 63; HDM 1 (1930–33) 593–599 (K. Heckscher); Schwarzbaum 1968, 196, 473; cf. Tubach 1969, No. 1921; Röhrich 1976, 252–272; EM 4 (1984) 225–234 (I. Köhler); Dekker et al. 1997, 385f.
Finnish: Rausmaa 1982ff. III, Nos. 28–30; Finnish-Swedish: Hackman 1917f. I, No. 16, 36 (5), II, No. 209; Estonian: Aarne 1918; Livonian: Loorits 1926; Latvian: Arājs/

Medne 1977; Lithuanian: Kerbelytė 1999ff. II; Wepsian, Wotian, Lydian, Karelian: Kecskeméti/Paunonen 1974; Swedish: Liungman 1961; Norwegian: Hodne 1984; Danish: Skattegraveren 2(1884)68ff. No. 375, Kristensen 1892f. II, No. 503; Faeroese: Nyman 1984; Irish: Ó Súilleabháin/Christiansen 1963; Welsh: Baughman 1966; English: Baughman 1966, Briggs 1970f. B I, 26, 28f., 65, 145; French: Joisten 1955, No. 13; Spanish: Camarena/Chevalier 1995ff. V(forthcoming), González Sanz 1996, Goldberg 1998, No. K171.1; Catalan: Oriol/Pujol 2003; Portuguese: Braga 1987 I, 223, Cardigos(forthcoming); Dutch: Sinninghe 1943, Kooi 2003, No. 58; Frisian: Kooi 1984a, Kooi/Schuster 1993, No. 28; Flemish: Meyer 1968, Meyer/Sinninghe 1976; Walloon: Legros 1962; German: Grimm KHM/Uther 1996 III, No. 189, Hubrich-Messow 2000, Berger 2001; Swiss: EM 7(1993)869; Austrian: Depiny 1932, 254 No. 194; Ladinian: Kindl 1992, No. 9; Italian: Cirese/Serafini 1975; Maltese: Mifsud-Chircop 1978; Hungarian: MNK V; Czech: Tille 1929ff. I, 93f., 181f.; Slovakian: Gašparíková 1991f. II, No. 443; Slovene: Brezovnik 1894, 55ff.; Serbian: Krauss/Burr et al. 2002, No. 226; Rumanian: Schullerus 1928; Bulgarian: BFP; Greek: Megas/Puchner 1998; Polish: Krzyżanowski 1962f. II; Russian, Byelorussian, Ukrainian: SUS; Jewish: Jason 1965, cf. Jason 1975, No. 1030*A; Cheremis/Mari, Chuvash, Tatar, Mordvinian, Votyak: Kecskeméti/Paunonen 1974; Yakut: Ėrgis 1967, Nos. 3, 255; Iraqi, Saudi Arabian: El-Shamy 2004; Indian: Bødker 1957a, No. 332, Thompson/Roberts 1960, Jason 1989; Sri Lankan: Thompson/Roberts 1960; Chinese: Ting 1978; Japanese: Ikeda 1971, Inada/Ozawa 1977ff.; English-Canadian, US-American: Baughman 1966, Perdue 1987, No. 8; African American: Baughman 1966, Dance 1978, No. 351, Burrison 1989, 162; North American Indian: Thompson 1919, 441, 447ff.; French-American: Carrière 1937, Nos. 22, 62, Ancelet 1994, No. 5; Spanish-American: TFSP 9(1931)153–156; Chilean: Hansen 1957, Pino Saavedra 1960ff. III, No. 166; Argentine: Hansen 1957; West Indies: Flowers 1953; Egyptian: El-Shamy 1980, No. 49, El-Shamy 2004; Tunisian, Algerian, Moroccan, Sudanese: El-Shamy 2004.

1030* ***Choice of Cows*** (previously ***Bargain: Choice of Cows which Go to Old or New Stable***).

Bulgarian: BFP; Serbian: Đjorđjevič/Milošević-Đjorđjevič 1988, Nos. 179, 182–184; Croatian: Stojanović 1867, 19ff., Smičiklas 1910ff. 16, Nos. 27, 28, Bošković-Stulli 1963, No. 70; Greek: Megas 1968a, No. 29, Megas/Puchner 1998.

1031 ***Granary Roof Used as Threshing Flail.***

Finnish: Rausmaa 1982ff. III, No. 4; Finnish-Swedish: Hackman 1917f. II, Nos. 202b

(21,25); Lappish: Qvigstad 1925; Wotian: Kecskeméti/Paunonen 1974; Swedish: Säve/Gustavson 1952f. I, No. 49, Liungman 1961; Norwegian: Hodne 1984; German: Meyer 1932, Berger 2001; Votyak: Kecskeméti/Paunonen 1974; Indonesian: Vries 1925f. II, 409 No. 242; French-Canadian: Lemieux 1974ff. III, No. 25; North American Indian: Thompson 1919, 436(B).

1035 ***Clearing Out Manure.***
Finnish: Rausmaa 1982ff. III, No. 10; Estonian: Aarne 1918; Livonian: Loorits 1926; Latvian: Svabe 1923f. II, 245ff. No. 92; Swedish: Liungman 1961, No. 1035*; Greek: cf. Orso 1979, No. 339; Russian: SUS; Karachay: Lajpanov 1957, 25ff.

1036 ***Hogs with Curly Tails.***
EM: Teilung der Schweine(in prep.).
Finnish: Rausmaa 1982ff. III, Nos. 2, 31, 32; Finnish-Swedish: Hackman 1917f. II, Nos. 203, 209(3); Lithuanian: Kerbelytė 1999ff. II; Swedish: Liungman 1961; Irish: Ó Súilleabháin/Christiansen 1963; English: Baughman 1966, cf. Briggs 1970f. B I, 107 No. 3, 94; French: Maugard 1955, No. 23, Arnaudin 1966, No. 54; Spanish: Camarena/Chevalier 1995ff. V(forthcoming); Basque: Webster 1877, 6ff.; Catalan: Oriol/Pujol 2003; Portuguese: Vasconcellos/Soromenho et al. 1963f. II, No. 640, Cardigos (forthcoming); Italian: Cirese/Serafini 1975; Maltese: Mifsud-Chircop 1978; Hungarian: MNK V, Dömötör 2001, 287; Slovakian: Gašparíková 1991f. I, Nos. 157, 211; Slovene: Nedeljko 1889, 36f.; Rumanian: Bîrlea 1966 III, 231, 503; Polish: cf. Krzyżanowski 1962f. II, No. 1030; Byelorussian, Ukrainian: SUS; Gypsy: Mode 1983ff. I, No. 65, MNK X 1; US-American: Baughman 1966, Perdue 1987, No. 36.

1037 ***The Ogre Shears a Pig.***
Röhrich 1991f. I, 539–541; EM: Teufel schert die Sau(in prep.).
Finnish-Swedish: Hackman 1917f. II, No. 227; Estonian: Aarne 1918; Latvian: Arājs/Medne 1977; Swedish: Liungman 1961; Spanish: Goldberg 1998, No. K171.5; Frisian: Kooi 1984a; German: Schemke 1924, 54ff.; Sorbian: Nedo 1956, No. 83b; Maltese: cf. Mifsud-Chircop 1978; Spanish-American: TFSP 13(1937)87.

1045 ***Pulling the Lake Together.***
Cf. Köhler/Bolte 1898ff. I, 328; EM: Seil: Das große S.(forthcoming).
Finnish: Rausmaa 1982ff. III, Nos. 3, 4, 11, 14, 19, 20, VI, Nos. 306, 307; Finnish-Swedish: Hackman 1917f. I, No. 89(9), II, Nos. 202b(22), 202c, 286(6); Estonian: Aarne 1918; Latvian: Arājs/Medne 1977, Nos. 1045, 1053A; Lithuanian: Kerbelytė 1999ff.

II; Lappish: Qvigstad 1925, No. 1046; Livonian, Karelian, Syrjanian: Kecskeméti/Paunonen 1974; Wepsian, Wotian, Lydian: Kecskeméti/Paunonen 1974, Nos. 1045, 1053A; Swedish: Liungman 1961, No. 1046, cf. Bødker et al. 1963, 26ff.; Irish: Ó Súilleabháin/Christiansen 1963, Nos. 1045, 1046; French: Tegethoff 1923 II, No. 59, Seignolle 1946, Nos. 56, 89, Seignolle 1959, No. 54; Spanish: Espinosa 1988, Nos. 279, 280, Camarena Laucirica 1991, Nos. 155, 156, Camarena/Chevalier 1995ff. V (forthcoming); Basque: Blümml 1906, No. 6 (1); Portuguese: Cardigos (forthcoming), No. 1049; Dutch: Leopold/Leopold 1882, 507ff.; German: Meyer 1921, 8ff., Peuckert 1932, No. 96, Ranke 1966, No. 67; Swiss: Wildhaber/Uffer 1971, No. 68; Italian: Cirese/Serafini 1975; Maltese: Ilg 1906 I, No. 39, Mifsud-Chircop 1978; Hungarian: MNK V; Czech: Tille 1929ff. I, 192f.; Slovakian: Gašparíková 1991f. I, No. 104; Serbian: cf. Filipović 1949, 254, Đjorđjevič/Milošević-Đjorđjevič 1988, No. 186; Bosnian: Preindlsberger-Mrazović 1905, 73ff.; Macedonian: Čepenkov/Penušliski 1989 III, No. 354; Rumanian: Stroescu 1969 I, No. 4584; Bulgarian: BFP; Greek: Loukatos 1957, 187ff., Megas/Puchner 1998; Russian, Byelorussian, Ukrainian: SUS, Nos. 1045, 1053A; Jewish: Jason 1965; Gypsy: Tillhagen 1948, 40ff., Mode 1983ff. III, No. 165; Abkhaz: Šakryl 1975, No. 36; Cheremis/Mari, Chuvash: Kecskeméti/Paunonen 1974, Nos. 1045, 1053A; Tatar, Mordvinian, Votyak: Kecskeméti/Paunonen 1974; Kurdish: Džalila et al. 1989, No. 285; Siberian: Soboleva 1984, Nos. 1045, 1053A; Indian: Thompson/Roberts 1960; English-Canadian: Dorson 1952, 95ff; US-American: Baughman 1966; French-American: Carrière 1937, No. 61; North African, Algerian: El-Shamy 2004; Egyptian: El-Shamy 2004, Nos. 1045, 1053A.

1048 *Buying Wood.*
EM 6 (1990) 1202f. (Á. Dömötör).
Finnish: Rausmaa 1982ff. III, Nos. 2, 33; Finnish-Swedish: Hackman 1917f. II, No. 202b; Estonian: Aarne 1918; French: Maugard 1955, No. 23; Catalan: Sales 1951, 67ff.

1049 *The Heavy Axe.*
Köhler/Bolte 1898ff. I, 84–86, 290f., 326–329, 477–479; BP III, 333–335; EM: Wettstreit mit dem Unhold (in prep.).
Finnish: Rausmaa 1982ff. III, Nos. 5, 34; Finnish-Swedish: Hackman 1917f. II, Nos. 202a, 202b; Estonian: Aarne 1918; Latvian: Arājs/Medne 1977; Lithuanian: Kerbelytė 1999ff. II; Lappish: Qvigstad 1925; Wepsian, Wotian: Kecskeméti/Paunonen 1974; Swedish: Liungman 1961; Norwegian: Hodne 1984; Danish: Kamp 1877, No. 766, Kristensen 1881ff. III, 122ff. No. 24; Faeroese: Nyman 1984; Icelandic:

Sveinsson 1929; Irish: Ó Súilleabháin/Christiansen 1963; English: Wehse 1979, 150f.; Spanish: González Sanz 1996, Camarena/Chevalier 1995ff. V(forthcoming); Catalan: Oriol/Pujol 2003; Portuguese: Fontes 1975, No. 38, Cardigos(forthcoming); Dutch: Leopold/Leopold 1882, 507ff.; Frisian: Kooi/Meerburg 1990, No. 32; German: Grimm KHM/Uther 1996 I, No. 20, III, No. 183, Hubrich-Messow 2000; Austrian: Haiding 1953, No. 20; Italian: Cirese/Serafini 1975; Hungarian: MNK V; Czech: Klímová 1966, No. 35; Slovakian: Gašparíková 1991f. I, Nos. 123, 132, 330, II, No. 476; Serbian: Eschker 1992, No. 12; Bulgarian: BFP; Greek: Loukatos 1957, 187ff., Megas/Puchner 1998; Sorbian: Nedo 1956, No. 84b; Russian, Byelorussian, Ukrainian: SUS; Turkish: Eberhard/Boratav 1953, No. 162 III 3(var. b-ah); Jewish: Jason 1965; Gypsy: MNK X 1; Cheremis/Mari, Chuvash, Tatar, Votyak: Kecskeméti/Paunonen 1974; Siberian: Soboleva 1984; Kalmyk, Buryat, Mongolian: Lőrincz 1979; Iranian: Marzolph 1984; French-American: Ancelet 1994, No. 25; Dominican, Puerto Rican, Chilean, Argentine: Hansen 1957.

1050 ***Felling Trees.***

EM 1(1977)1374–1377(H. Lixfeld).

Finnish: Rausmaa 1982ff. III, Nos. 3, 4, 11, 16, 41; Finnish-Swedish: Hackman 1917f. II, No. 202b; Estonian: Aarne 1918; Livonian: Loorits 1926, No. 1050, cf. Nos. 1065A*, 1065B*; Latvian: Arājs/Medne 1977; Lithuanian: Kerbelytė 1999ff. II; Lydian: Kecskeméti/Paunonen 1974; Swedish: Säve/Gustavson 1952f. I, No. 49, Liungman 1961; Norwegian: Hodne 1984; Danish: Kamp 1877, No. 766, Kristensen 1881ff. III, No. 24; Basque: Webster 1877, 6ff.; Portuguese: Parafita 2001f. I, 221ff., Cardigos (forthcoming); German: Hubrich-Messow 2000; Maltese: cf. Mifsud-Chircop 1978, Nos. *1045A, *1050A; US-American: Roberts 1969, No. 25, cf. No. 32; Abkhaz: Bgažba 1959, 179ff.; Udmurt: Kralina 1961, Nos. 10, 75.

1051 ***Bending a Tree.***

BP I, 148–165, III, 333–335; EM 1(1977)1374–1377(H. Lixfeld).

Finnish: Rausmaa 1982ff. III, No. 18; Finnish-Swedish: Hackman 1917f. I, No. 202b (21); Livonian: cf. Loorits 1926, No. 1051; Latvian: Arājs/Medne 1977; Lithuanian: Kerbelytė 1999ff. II; Lappish: Kohl-Larsen 1975, 51ff.; Swedish: Liungman 1961; Norwegian: Hodne 1984; French: Delarue/Tenèze 1964ff. III; Spanish: Camarena/Chevalier 1995ff. V(forthcoming); Catalan: Oriol/Pujol 2003; Dutch: Kooi 2003, No. 23; Frisian: Kooi 1984a, Kooi/Schuster 1993, Nos. 4, 31; Flemish: Meyer 1968; German: Grimm KHM/Uther 1996 I, No. 20, III, No. 183, Hubrich-Messow 2000; Swiss: Jegerlehner 1913, No. 144, Gerstner-Hirzel 1979, No. 245; Austrian: Pramberger 1946,

129ff., Haiding 1953, Nos. 20, 62; Italian: Cirese/Serafini 1975; Hungarian: MNK V; Czech: Tille 1929ff. I, 269ff.; Slovakian: Gašparíková 1991f. I, Nos. 123, 240, 330; Slovene: Zupanc 1956, 50f.; Serbian: Filipović 1949, 254, Đjorđjevič/Milošević-Đjorđjevič 1988, No. 185; Croatian: Ardalić 1908a, 184ff., Bošković-Stulli 1975b, No. 33; Bosnian: Preindlsberger-Mrazović 1905, 74ff., Dizdar 1955, 179ff.; Macedonian: Čepenkov/Penušliski 1989 III, No. 354; Rumanian: Stroescu 1969 I, No. 4584; Bulgarian: BFP; Albanian: Mazon 1936, No. 50; Polish: Krzyżanowski 1962f. II; Sorbian: Nedo 1956, Nos. 84b, 84d; Ukrainian: SUS; Turkish: Eberhard/Boratav 1953, No. 162 III 3(var. c, k); Gypsy: Höeg 1926, No. 9, MNK X 1; Ossetian: Christensen 1921, No. 8; Votyak: Kecskeméti/Paunonen 1974; Udmurt: Kralina 1961, No. 10; Chinese: Dejun/Xueliang 1982, No. 367.

1052 ***Carrying a Tree*** (previously ***Deceptive Contest in Carrying a Tree***).

BP I, 148–165; Schwarzbaum 1968, 91; EM 1(1977)1374–1377(H. Lixfeld).

Finnish: Rausmaa 1982ff. III, Nos. 2–4, 11, 12, 14–17, 27, 41; Finnish-Swedish: Hackman 1917f. I, No. 56c(20), II, Nos. 202a, 202b; Estonian: Aarne 1918; Latvian: Arājs/Medne 1977; Lithuanian: Kerbelytė 1999ff. II; Lappish: Kecskeméti/Paunonen 1974, Bartens 2003, No. 60; Livonian, Wepsian, Wotian, Lydian, Karelian, Syrjanian: Kecskeméti/Paunonen 1974; Swedish: Liungman 1961; Norwegian: Hodne 1984; Danish: Kamp 1877, No. 766, Kristensen 1881ff. I, No. 35, III, No. 24, Kristensen 1890, No. 131; Faeroese: Nyman 1984; Irish: Ó Súilleabháin/Christiansen 1963; French: Massignon 1953, No. 10; Spanish: Camarena/Chevalier 1995ff. V(forthcoming); Catalan: Oriol/Pujol 2003; Frisian: Kooi/Meerburg 1990, No. 32; Flemish: Meyer 1968; German: Grimm KHM/Uther 1996 I, No. 20, Hubrich-Messow 2000; Hungarian: MNK V; Slovakian: Gašparíková 1991f. I, No. 330; Serbian: Đjorđjevič/Milošević-Đjorđjevič 1988, No. 186; Bosnian: Preindlsberger-Mrazović 1905, 73ff.; Greek: Megas/Puchner 1998; Polish: Krzyżanowski 1962f. II; Sorbian: Nedo 1956, No. 84b; Russian, Byelorussian: SUS; Gypsy: MNK X 1; Cheremis/Mari, Chuvash, Votyak, Tatar: Kecskeméti/Paunonen 1974; Udmurt: Kralina 1961, No. 75; Siberian: Soboleva 1984; Yakut: Ėrgis 1967, No. 255; Iraqi: El-Shamy 2004; English-Canadian: Halpert/Widdowson 1996 II, No. 114; French-Canadian: Lemieux 1974ff. XIV, No. 10; US-American: Baughman 1966; Spanish-American: Rael 1957 II, No. 341; Algerian: El-Shamy 2004; Moroccan: Topper 1986, No. 17, El-Shamy 2004.

1053 ***Shooting Wild Boars.***

BP III, 333–335; EM: Tausend mit einem Schuß(in prep.).

German: Grimm KHM/Uther 1996 III, No. 183; Hungarian: MNK V; Cheremis/

Mari: Beke 1938, No. 57; Tatar: Kecskeméti/Paunonen 1974; Siberian: cf. Kontelov 1956, 108f.; Argentine: Hansen 1957.

1059* ***Riding on a Harrow*** (previously ***The Peasant Makes the Devil Sit on the Reversed Harrow***).
Finnish: Rausmaa 1982ff. III, Nos. 11, 35; Finnish-Swedish: Hackman 1917f. I, Nos. 202b(28,29); Swedish: Liungman 1961; Chinese: Ting 1978.

CONTEST BETWEEN MAN AND OGRE 1060–1114

1060 ***Squeezing the (Supposed) Stone.***
BP I, 148–165; EM: Wettstreit mit dem Unhold(in prep.).
Finnish: Rausmaa 1982ff. III, Nos. 2, 5, 13, 15, 16, 18, 41; Finnish-Swedish: Hackman 1917f. I, No. 56c(20), II, Nos. 202a, 202b, 285(1–2); Estonian: Aarne 1918; Livonian: Loorits 1926; Latvian: Arājs/Medne 1977; Lithuanian: Kerbelytė 1999ff. II; Lappish: Qvigstad 1925; Wepsian, Wotian, Lydian: Kecskeméti/Paunonen 1974; Swedish: Liungman 1961; Norwegian: Hodne 1984; Danish: Berntsen 1873f. I, No. 31, Kamp 1877, 233ff. No. 766; Scottish: Baughman 1966; Irish: Ó Súilleabháin/Christiansen 1963; French: Massignon 1968, No. 4; Spanish: Espinosa 1946f., No. 194, Camarena/Chevalier 1995ff. V(forthcoming); Catalan: Oriol/Pujol 2003; Portuguese: Parafita 2001f. I, 221ff., Cardigos(forthcoming); Dutch: Sinninghe 1943, No. 1061*; Frisian: Kooi 1984a, Kooi/Schuster 1993, Nos. 4, 31; Flemish: Meyer 1968; German: Grimm KHM/Uther 1996 I, No. 20, Hubrich-Messow 2000; Austrian: Haiding 1953, No. 62; Italian: Cirese/Serafini 1975; Sardinian: Cirese/Serafini; Maltese: Mifsud-Chircop 1978; Hungarian: MNK V; Czech: Tille 1929ff. I, 269ff.; Slovakian: Gašparíková 1991f. I, Nos. 157, 189, 330, II, No. 476; Slovene: Schlosser 1956, No. 76, Bolhar 1974, 164ff.; Serbian: Eschker 1992, No. 12; Rumanian: Stroescu 1969 I, No. 4584; Bulgarian: BFP; Greek: Loukatos 1957, 187ff., Megas/Puchner 1998; Polish: Krzyżanowski 1962f. II, No. 1060, cf. No. 1060B; Russian, Byelorussian, Ukrainian: SUS; Turkish: Eberhard/Boratav 1953, Nos. 162 III 3(var. a-ah), 351 IV 3; Jewish: Jason 1965; Gypsy: MNK X 1; Cheremis/Mari, Chuvash, Tatar: Kecskeméti/Paunonen 1974; Siberian: Soboleva 1984; Yakut: Ėrgis 1967, No. 279; Tadzhik: STF, No. 157; Buryat, Mongolian: Lőrincz 1979; Tuva: Taube 1978, No. 53; Georgian: Kurdovanidze 2000; Yemenite: El-Shamy 2004; Iranian: Marzolph 1984; Indian: Thompson/Roberts 1960; Chinese: Ting 1978; English-Canadian: Halpert/Widdowson 1996 II, No. 114; North American Indian: Simmons 1986, 277; US-American: Baugh-

man 1966; Spanish-American: Rael 1957 II, No. 341; Mexican: Robe 1973, No. 1640; Dominican: cf. Hansen 1957, No. 1060**A; Chilean, Argentine: Hansen 1957; Cape Verdian: Parsons 1923b I, No. 40; Libyan, Algerian, Moroccan: El-Shamy 2004.

1060A ***Squeezing the Hand.***
EM: Wettstreit mit dem Unhold (in prep.).
Finnish: Jauhiainen 1998, No. N781; Estonian: Aarne 1918, No. 1060*; Swedish: Liungman 1961, No. 1060*; Irish: Ó Súilleabháin/Christiansen 1963; Dutch: Sinninghe 1943, No. 1060*; Italian: Appari 1992, No. 13; Russian: SUS; Georgian: Bleichsteiner 1919, No. 2; Indian: Thompson/Roberts 1960.

1061 ***Biting a Stone to Pieces.***
BP I, 68f., II, 528–531; Scherf 1995 II, 1296–1298; EM: Wettstreit mit dem Unhold (in prep.).
Finnish: Rausmaa 1982ff. III, Nos. 15, 21; Finnish-Swedish: Hackman 1917f. I, No. 56c (20), II, No. 202b; Estonian: Aarne 1918; Latvian: Arājs/Medne 1977; Lithuanian: Kerbelytė 1999ff. II; Livonian, Karelian: Kecskeméti/Paunonen 1974; Swedish: Liungman 1961; Norwegian: Hodne 1984; Irish: Ó Súilleabháin/Christiansen 1963; French: Blümml 1906, No. 57; Spanish: Espinosa 1946f., No. 163, Camarena/Chevalier 1995ff. V (forthcoming); Basque: Frey/Brettschneider 1982, 88ff.; Catalan: Oriol/Pujol 2003; Dutch: Kooi 2003, No. 23; Frisian: Kooi 1984a, Kooi/Schuster 1993, No. 21; German: Grimm KHM/Uther 1996 II, No. 114, Hubrich-Messow 2000; Austrian: Plöckinger 1926, No. 67; Italian: Cirese/Serafini 1975; Hungarian: MNK V; Czech: Tille 1929ff. I, 197, 509f., Klímová 1966, No. 36; Slovakian: Gašparíková 1991f. I, No. 223; Greek: Megas/Puchner 1998; Russian, Ukrainian: SUS; Gypsy: MNK X 1; Siberian: Soboleva 1984; Yemenite: El-Shamy 2004; Pakistani, Indian, Sri Lankan: Thompson/Roberts 1960; Chinese: Ting 1978; Korean: Choi 1979, No. 25; Japanese: Ikeda 1971, Nos. 312C, 1152; Dominican: Hansen 1957; Mayan: Peñalosa 1992; West Indies: Flowers 1953; Rhodesian: Smith/Dale 1920 II, 387 No. 13.

1062 ***Throwing a Stone.***
BP I, 148–165; Schwarzbaum 1968, 91; EM: Wettstreit mit dem Unhold (in prep.).
Finnish: Rausmaa 1982ff. III, No. 18; Finnish-Swedish: Hackman 1917f. II, Nos. 202b, 285 (1–2); Estonian: Aarne 1918; Latvian: Arājs/Medne 1977; Lithuanian: Kerbelytė 1999ff. II; Livonian, Wotian: Kecskeméti/Paunonen 1974; Swedish: Liungman 1961; Norwegian: Hodne 1984; Faeroese: Nyman 1984; French: Blümml 1906, Nos. 31, 57, 68; Spanish: Espinosa 1946f., Nos. 163, 194, 195, 249, 250, Camare-

na/Chevalier 1995ff. V(forthcoming); Basque: Frey/Brettschneider 1982, 88ff.; Catalan: Oriol/Pujol 2003; Portuguese: Oliveira 1900f. II, No. 319, Cardigos(forthcoming); Frisian: Kooi 1984a, Kooi/Schuster 1993, Nos. 4, 31; Flemish: Meyer 1968; German: Grimm KHM/Uther 1996 I, No. 20, Hubrich-Messow 2000; Swiss: Gerstner-Hirzel 1979, No. 245; Austrian: Haiding 1969, No. 17; Italian: Cirese/Serafini 1975; Maltese: Mifsud-Chircop 1978; Hungarian: MNK V, No. 1062, cf. No. 1062*; Czech: Tille 1929ff. I, 190ff., 269ff.; Slovakian: Gašparíková 1991f. I, Nos. 273, 330, II, No. 476; Slovene: cf. Bolhar 1974, 162ff.; Rumanian: Stroescu 1969 I, No. 4584; Bulgarian: BFP; Greek: Megas/Puchner 1998; Sorbian: Nedo 1956, Nos. 84c, 84d; Polish: Simonides 1979, No. 281; Russian, Byelorussian: SUS; Turkish: Eberhard/Boratav 1953, No. 162 III 3(b, j); Gypsy: MNK X 1; Tatar: Kecskeméti/Paunonen 1974; Siberian: Soboleva 1984; Tuva: Taube 1978, No. 58; Yemenite: El-Shamy 2004; Iranian: Marzolph 1984; North American Indian: Thompson 1919 II, 433; US-American: Baughman 1966; Spanish-American, Mexican: Robe 1973; Puerto Rican: Flowers 1953; Mayan: Peñalosa 1992; Chilean, Argentine: Hansen 1957; Cape Verdian: Parsons 1923b I, No. 40; Libyan, Moroccan: El-Shamy 2004; Central African: Lambrecht 1967, No. 1143(1, 2).

1063 ***Throwing a Club*** (previously ***Throwing Contest with Golden Club***).
Köhler/Bolte 1898ff. I, 86; EM: Wettstreit mit dem Unhold(in prep.).
Finnish: Rausmaa 1982ff. III, Nos. 3, 12–15, 17, 20, 27; Finnish-Swedish: Hackman 1917f. I, No. 89(9), II, Nos. 202a-c, 286(7); Estonian: Aarne 1918; Latvian: Arājs/Medne 1977; Lithuanian: Kerbelytė 1999ff. II; Lappish: Kecskeméti/Paunonen 1974, Bartens 2003, No. 60; Livonian, Wepsian, Wotian, Karelian: Kecskeméti/Paunonen 1974; Swedish: Liungman 1961; Norwegian: Hodne 1984; Icelandic: Sveinsson 1929; Irish: Ó Súilleabháin/Christiansen 1963; Spanish: Camarena/Chevalier 1995ff. V(forthcoming); Portuguese: Oliveira 1900f. II, No. 319, Cardigos(forthcoming); German: Hubrich-Messow 2000; Austrian: Haiding 1953, No. 65; Italian: Cirese/Serafini 1975; Hungarian: MNK V, No. 1063, cf. Nos. 1063*, 1063**; Czech: Tille 1929ff. I, 185ff., 190ff., 271f.; Slovakian: Gašparíková 1991f. I, Nos. 104, 157, 211, 273, II, No. 491; Slovene: Vrtec 73(1942–43)95ff.; Rumanian: Stroescu 1969 I, No. 4584; Bulgarian: BFP; Greek: Megas/Puchner 1998; Sorbian: Nedo 1956, Nos. 64b, 84b, 84c; Polish: Simonides 1979, No. 281; Russian, Byelorussian, Ukrainian: SUS; Gypsy: MNK X 1; Cheremis/Mari, Chuvash, Tatar, Mordvinian, Votyak: Kecskeméti/Paunonen 1974; Siberian: Soboleva 1984; North American Indian: Thompson 1919 II, 433; French-Canadian: Barbeau/Lanctot 1926, 22; Dominican, Chilean, Argentine: Hansen 1957; Puerto Rican: Hansen 1957, No. 1063, cf. No. **1152.

1063A ***Throwing Contest.***

Köhler/Bolte 1898ff. I, 64; EM: Wettstreit mit dem Unhold (in prep.).

Latvian: Ambainis 1979, Nos. 58, 66; Danish: Stroebe 1915 I, No. 17; Irish: Ó Súilleabháin/Christiansen 1963, No. 1063B; French: Arnaudin 1966, No. 54; Spanish: Espinosa 1988, No. 280, Camarena Laucirica 1991, No. 155, Camarena/Chevalier 1995ff. V (forthcoming), No. 1063B; Basque: Webster 1877, 6ff.; Catalan: Oriol/Pujol 2003; Portuguese: Oliveira 1900f. II, No. 319, Cardigos (forthcoming); German: Bodens 1937, 86; Swiss: Wildhaber/Uffer 1971, No. 68; Italian: Cirese/Serafini 1975; Maltese: Mifsud-Chircop 1978; Hungarian: Dobos 1962, No. 57; Serbian: Filipović 1949, 254, Eschker 1992, No. 12; Croatian: cf. Ardalić 1906a, 130ff., Bošković-Stulli 1963, No. 71; Bulgarian: BFP; Greek: Loukatos 1957, 187ff., Megas/Puchner 1998, Nos. 1063A, 1063B; Turkish: Hüllen 1967, 213ff.; English-Canadian: Halpert/Widdowson 1996 II, No. 114; North American Indian: Speck 1915, 56; US-American: Dorson 1964, 168ff., Baughman 1966; African American: Dorson 1967, Nos. 38, 135; Spanish-American: TFSP 10 (1932) 50f., Robe 1973, No. 1063B; Mexican: Robe 1973, No. 1063B.

1064 ***Making Fire by Stamping on the Ground.***

Bulgarian: BFP; Greek: Hahn 1918 I, No. 18, Megas/Puchner 1998; Abkhaz: Šakryl 1975, No. 36; Karachay: Bleichsteiner 1919, No. 9; Kazakh: Sidel'nikov 1952, 29, 301; Uzbek: Afzalov et al. 1963 II, 211ff.; Chinese: Ting 1978.

1070 ***Wrestling Contest.***

EM: Wettstreit mit dem Unhold (in prep.).

Finnish: Rausmaa 1982ff. III, No. 16; Latvian: Arājs/Medne 1977; Lithuanian: Kerbelytė 1999ff. II; English: Briggs 1970f. B I, 124ff.; Maltese: Mifsud-Chircop 1978, No. *1070A; Serbian: Đjorđjevič/Milošević-Đjorđjevič 1988, Nos. 185ff.; Macedonian: Čepenkov/Penušliski 1989 III, No. 354; Rumanian: Stroescu 1969 I, No. 4584; Bulgarian: BFP; Albanian: Leskien 1915, No. 47; Greek: Loukatos 1957, 187ff., Megas/Puchner 1998; Kashubian: Seefried-Gilgowski 1911, 199f.; Jewish: Jason 1965; Gypsy: Höeg 1926, No. 9; Cheremis/Mari: Beke 1938, No. 11; Tadzhik: Amonov 1961, 281ff.; Chilean: Pino Saavedra 1960ff. III, No. 166; Moroccan: Topper 1986, No. 17.

1071 ***Wrestling Contest (with Old Grandfather).***

EM: Wettstreit mit dem Unhold (in prep.).

Finnish: Rausmaa 1982ff. III, Nos. 11, 12, 16, 19, 20; Finnish-Swedish: Hackman

1917f. I, No. 89(9), II, Nos. 202b, 286(6–7); Estonian: Aarne 1918; Livonian: Loorits 1926; Latvian: Arājs/Medne 1977; Lithuanian: Kerbelytė 1999ff. II; Wepsian, Wotian, Karelian: Kecskeméti/Paunonen 1974; Swedish: Bødker et al. 1963, 26ff.; German: Peuckert 1932, No. 222, Henßen 1935, No. 162, Ranke 1966, No. 67; Hungarian: MNK V; Czech: Tille 1929ff. I, 192f.; Slovakian: Gašparíková 1991f. I, Nos. 104, 157, 168, 189, 240, 274, II, No. 491; Slovene: Vrtec 73(1942–43)95ff.; Rumanian: Dima 1944, No. 31; Bulgarian: BFP; Russian, Byelorussian, Ukrainian: SUS; Gypsy: MNK X 1; Cheremis/Mari, Chuvash, Tatar, Mordvinian, Votyak: Kecskeméti/Paunonen 1974; Udmurt: Kralina 1961, No. 43; Siberian: Soboleva 1984; Yakut: Ėrgis 1967, No. 255; Kalmyk: Vatagin 1964, No. 26; Georgian: Kurdovanidze 2000.

1072 ***Running Contest*** (previously ***Race with Little Son***).

Köhler/Bolte 1898ff. I, 477ff.; Schwarzbaum 1979, 518 not. 16; Dekker et al. 1997, 155f.; EM: Wettlauf der Tiere(in prep.).

Finnish: Rausmaa 1982ff. III, Nos. 11, 12, 19, 20, VI, No. 307; Finnish-Swedish: Hackman 1917f. I, No. 89(9), II, Nos. 202b, 286(6–7); Estonian: Aarne 1918; Latvian: Arājs/Medne 1977; Lithuanian: Kerbelytė 1999ff. II; Lappish: Qvigstad 1925; Wepsian, Wotian, Karelian: Kecskeméti/Paunonen 1974; Syrjanian: Fokos-Fuchs 1951, No. 76; Swedish: Bødker et al. 1963, 26ff.; Spanish: Espinosa 1946f., No. 229; German: Meyer 1932, Peuckert 1932, Nos. 222, 223, Henßen 1935, No. 162, Berger 2001; Hungarian: MNK V; Czech: Tille 1929ff. I, 185ff., 190ff.; Slovakian: Polívka 1923ff. IV, No. 89, Gašparíková 1991f. I, Nos. 104, 157, 168, 189, 240, 274, II, No. 491; Slovene: Vrtec 73(1942–43)95ff.; Croatian: Plohl Herdvigov 1868, No. 20; Rumanian: Stroescu 1969 I, No. 4584; Bulgarian: BFP; Polish: Piprek 1918, 160ff.; Sorbian: Nedo 1956, No. 84c; Russian, Byelorussian, Ukrainian: SUS; Turkish: cf. Eberhard/Boratav 1953, No. 162 III; Jewish: Jason 1965; Gypsy: MNK X 1; Cheremis/Mari, Chuvash, Tatar, Mordvinian, Votyak: Kecskeméti/Paunonen 1974; Udmurt: Kralina 1961, No. 43; Siberian: Soboleva 1984; Yakut: Ėrgis 1967, No. 255; Tungus: Suvorov 1960, 28ff.; Kalmyk: Vatagin 1964, No. 26; Georgian: Kurdovanidze 2000.

1073 ***Climbing Contest.***

Köhler/Bolte 1898ff. I, 477ff.; EM: Wettklettern, -schwimmen(in prep.).

Finnish: Rausmaa 1982ff. III, No. 19; Finnish-Swedish: Hackman 1917f. II, Nos. 202c (6), 286(6); Latvian: Arājs/Medne 1977; Lithuanian: Kerbelytė 1999ff. II; Lappish: Bødker et al. 1963, 26ff.; Faeroese: Nyman 1984; Irish: Ó Súilleabháin/Christiansen 1963; German: Ranke 1966, No. 67; Austrian: Haiding 1967, No. 33; Gypsy: MNK X 1.

1074 ***Race Won by Deception: Relatives as Helpers.***
Finnish: Rausmaa 1982ff. III, No. 27; Finnish-Swedish: Hackman 1917f. II, No. 206; Latvian: Arājs/Medne 1977; Lappish: Kecskeméti/Paunonen 1974; Irish: Ó Súilleabháin/Christiansen 1963; Welsh: Baughman 1966; English: Baughman 1966, Briggs 1970f. A I, 108f., 113ff., 116f., B I, 66; Catalan: Oriol/Pujol 2003; Hungarian: MNK V; Byelorussian, Ukrainian: SUS; Pakistani: Thompson/Roberts 1960; Indian: Thompson/Roberts 1960, Jason 1989; Sri Lankan: Thompson/Roberts 1960; Japanese: Inada/Ozawa 1977ff.; US-American: Baughman 1966; Egyptian, Tunisian: El-Shamy 2004; Algerian: Frobenius 1921ff. II, No. 13, El-Shamy 2004; Central African: Lambrecht 1967, No. 1157(7).

1080* ***Laughing Contest.***
Lithuanian: Kerbelytė 1999ff. II; German: Grannas 1957, No. 38; Hungarian: György 1934, No. 158; Rumanian: Schullerus 1928, No. 1332*; Polish: cf. Krzyżanowski 1962f. II, No. 1000*; Russian, Byelorussian, Ukrainian: SUS; Siberian: Soboleva 1984; Mexican: cf. Wheeler 1943, No. 19.

1082 ***Carrying the Horse.***
Köhler/Bolte I 1898ff. 473; EM 10(2002)929–932(J. van der Kooi).
Finnish: Rausmaa 1982ff. III, No. 20; Finnish-Swedish: Hackman 1917f. II, No. 202c (11); Estonian: Aarne 1918; Latvian: Arājs/Medne 1977; Lithuanian: Kerbelytė 1999ff. II; Lappish: Qvigstad 1925; Wotian, Karelian: Kecskeméti/Paunonen 1974; German: Hubrich-Messow 2000, Berger 2001; Hungarian: MNK V; Czech: Tille 1929ff. I, 192f.; Slovakian: Polívka 1923ff. IV, No. 89, Gašparíková 1991f. I, Nos. 189, 273; Polish: Simonides 1979, No. 281; Russian, Byelorussian, Ukrainian: SUS; Gypsy: MNK X 1; Cheremis/Mari, Chuvash, Tatar, Mordvinian, Votyak: Kecskeméti/Paunonen 1974; Siberian: Soboleva 1984; Kalmyk: Vatagin 1964, No. 26.

1082A ***Singing Contest*** (previously ***The Soldier Who Rode on Death***).
EM: Soldat und Tod(forthcoming).
Lithuanian: Kerbelytė 1999ff. II; Serbian: Vrčević 1868f. I, No. 298; Rumanian: Schullerus 1928, No. 1615*, Schott/Schott 1971, 266f.; Bulgarian: BFP; Russian, Byelorussian, Ukrainian: SUS; Uzbek: Afzalov et al. 1963 II, 243ff.; Georgian: Kurdovanidze 2000; Chinese: Ting 1978.

1083 ***Duel with Long Pole and Cudgel.***
EM: Wettstreit mit dem Unhold(in prep.).

Lithuanian: Kerbelytė 1999ff. II; French: Delarue/Tenèze 1964ff. III; Portuguese: Henriques/Gouveia et al. 2001, No. 15, Cardigos (forthcoming); German: Haltrich 1956, No. 27, Cammann 1973, 263; Swiss: Büchli/Brunold-Bigler 1989ff. I, 336f., II, 263; Italian: Cirese/Serafini 1975; Hungarian: MNK V, No. 1083, cf. No. 1083*; Slovene: Möderndorfer 1946, 92ff.; Croatian: Bošković-Stulli 1967f., No. 24, Bošković-Stulli 1975a, Nos. 8, 10; Macedonian: Vroclavski 1979f. II, No. 40; Bulgarian: BFP; Greek: Megas/Puchner 1998; Polish: Krzyżanowski 1962f. II; Russian, Byelorussian, Ukrainian: SUS; Turkish: cf. Eberhard/Boratav 1953, No. 1 IV (1); Gypsy: MNK X 1; Votyak: Kecskeméti/Paunonen 1974; Kazakh: Sidel'nikov 1952, 152ff., Wunderblume 1958, 413ff.; Kalmyk: Džimbinov 1959, 58f.; Argentine: Chertudi 1960f. I, No. 40.

1083A ***Duel with Bayonet and Pitchfork.***
EM: Wettstreit mit dem Unhold (in prep.).
Latvian: Arājs/Medne 1977; Lithuanian: Kerbelytė 1999ff. II; French: Tegethoff 1923 II, No. 38; Croatian: cf. Vujkov 1953, 205ff.; Ukrainian: SUS.

1084 ***Screaming or Whistling Contest*** (previously ***Contest in Shrieking or Whistling***).
EM: Wettstreit mit dem Unhold (in prep.).
Finnish: Rausmaa 1982ff. III, Nos. 13, 14, 26; Finnish-Swedish: Hackman 1917f. II, Nos. 202a, 202b, 204 (4); Estonian: Aarne 1918; Livonian: Loorits 1926; Latvian: Arājs/Medne 1977; Lithuanian: Kerbelytė 1999ff. II; Livonian, Lappish, Wepsian, Lydian, Karelian: Kecskeméti/Paunonen 1974; Swedish: Liungman 1961; Norwegian: Hodne 1984; Catalan: Oriol/Pujol 2003; German: Hubrich-Messow 2000, Berger 2001; Austrian: cf. Haiding 1953, No. 65; Hungarian: MNK V; Czech: Tille 1929ff. I, 185ff., 190ff.; Slovakian: Gašparíková 1991f. I, Nos. 104, 157, 168, 211, II, No. 491; Slovene: Nedeljko 1889, 36f.; Rumanian: Stroescu 1969 I, No. 4584; Russian, Byelorussian, Ukrainian: SUS; Gypsy: MNK X 1; Cheremis/Mari, Chuvash, Tatar: Kecskeméti/Paunonen 1974; Siberian: Soboleva 1984; Georgian: Kurdovanidze 2000; Burmese: cf. Kasevič/Osipov 1976, No. 181; Japanese: Ikeda 1971, Inada/Ozawa 1977ff.

1085 ***Making a Hole in a Tree.***
Köhler/Bolte 1898ff. I, 86; BP I, 163; EM: Wettstreit mit dem Unhold (in prep.).
Finnish: Rausmaa 1982ff. III, Nos. 2, 17; Finnish-Swedish: Hackman 1917f. II, No. 202b; Livonian, Lappish: Kecskeméti/Paunonen 1974, Bartens 2003, Nos. 60, 61;

Swedish: Liungman 1961; Norwegian: Hodne 1984; Danish: Berntsen 1873f. II, No. 15; French: Maugard 1955, No. 23; Spanish: Camarena/Chevalier 1995ff. V (forthcoming); Catalan: Oriol/Pujol 2003; Portuguese: Pedroso 1985, No. 45, Cardigos (forthcoming); Flemish: Meyer/Sinninghe 1973; Italian: Cirese/Serafini 1975; Maltese: Ilg 1906 I, No. 39, Mifsud-Chircop 1978; Greek: Megas/Puchner 1998; Russian: SUS; Buryat: cf. Ėliasov 1959 I, 325f.; Mongolian: cf. Lőrincz 1979, No. 1085A*; Tuva: Taube 1978, No. 58; Indian: Thompson/Roberts 1960, Jason 1989; Sri Lankan: Parker 1910ff. I, No. 55; Indonesian: Vries 1925f. I, No. 58; English-Canadian: Dorson 1952, 95ff.; French-Canadian: Barbeau/Lanctot 1023, No. 112, Lemieux 1974ff. III, Nos. 8, 10, 28; North American Indian: Thompson 1919, 433; US-American: Perdue 1987, No. 2; French-American: Carrière 1937, No. 61; Spanish-American, Mexican: Robe 1973; Puerto Rican: Hansen 1957; Mayan: Peñalosa 1992; Brazilian: Alcoforado/Albán 2001, No. 71; Chilean: Hansen 1957; Chadian: Jungraithmayr 1981, No. 39; Central African: cf. Fuchs 1961, 30ff.

1086 ***Jumping into the Ground.***

Tubach 1969, No. 1574; EM: Wettstreit mit dem Unhold (in prep.).

Finnish: Rausmaa 1982ff. III, Nos. 2, 17; Finnish-Swedish: Hackman 1917f. II, No. 202b; Estonian: Aarne 1918; Latvian: Arājs/Medne 1977; Irish: Ó Súilleabháin/Christiansen 1963; Hungarian: cf. MNK V, No. 1086*; Greek: Megas/Puchner 1998; Polish: Krzyżanowski 1962f. II; Kazakh: Makeev 1952, 69ff., Sidel'nikov 1958ff. I, 161ff.; Chinese: Ting 1978; Argentine: Hansen 1957.

1087 ***Rowing Contest.***

EM: Wettstreit mit dem Unhold (in prep.).

Finnish: Rausmaa 1982ff. III, No. 22; Norwegian: Hodne 1984; Lappish: Kecskeméti/Paunonen 1974.

1088 ***Eating/Drinking Contest.***

Köhler/Bolte 1898ff. I, 186; EM: Wettstreit mit dem Unhold (in prep.).

Finnish: Rausmaa 1982ff. III, No. 34; Finnish-Swedish: Hackman 1917f. II, Nos. 202a, 202b; Livonian: Loorits 1926; Latvian: Arājs/Medne 1977; Lithuanian: Kerbelytė 1999ff. II, Nos. 1088, 1088*; Lappish: Kecskeméti/Paunonen 1974; Swedish: Liungman 1961; Norwegian: Hodne 1984; Danish: Kamp 1877, 233ff. No. 766, Christensen 1963ff., No. 28; Faeroese: Nyman 1984; Scottish: Baughman 1966, Briggs 1970f. A I, 147f., English: Baughman 1966, Briggs 1970f. A I, 329ff.; Irish: Ó Súilleabháin/Christiansen 1963; French: Tegethoff 1923 II, No. 59; Spanish: Espinosa 1946f., No. 194,

Camarena/Chevalier 1995ff. V(forthcoming); Basque: Frey/Brettschneider 1982, 88ff.; Catalan: Oriol/Pujol 2003; Portuguese: Parafita 2001f. I, 221ff., Cardigos (forthcoming); Dutch: Kooi 2003, No. 23; Frisian: Kooi 1984a, Kooi/Schuster 1993, Nos. 4, 31; Flemish: Meyer 1968; German: Hubrich-Messow 2000; Swiss: Wildhaber/Uffer 1971, No. 10; Austrian: Haiding 1953, No. 62; Ladinian: Büchli/Brunold-Bigler 1989ff. II, 539; Italian: Cirese/Serafini 1975; Sardinian: Cirese/Serafini; Maltese: Mifsud-Chircop 1978; Hungarian: MNK V, Nos. 1088, 1088*; Czech: Tille 1929ff. I, 271ff.; Slovene: Kelemina 1930m 146; Rumanian: Stroescu 1969 I, No. 4584; Bulgarian: BFP; Greek: Megas/Puchner 1998; Polish: Krzyżanowski 1962f. II, No. 1088, cf. No. 1088*; Ukrainian: SUS; Turkish: Eberhard/Boratav 1953, Nos. 162 III 3 (var. b-ag), 351 IV 3; Gypsy: MNK X 1; Iranian: Marzolph 1984; Indian: Thompson/Roberts 1960; Chinese: Ting 1978; North American Indian: Thompson 1919, 365, 432(B), Simmons 1986, 276; US-American: Baughman 1966; Spanish-American: Robe 1973; Puerto Rican: Hansen 1957; Mayan: Peñalosa 1992; Brazilian: Alcoforado/Albán 2001, No. 83; West Indies: Flowers 1953; Central African: Lambrecht 1967, No. 1162(2).

1089 ***Threshing Contest.***

EM: Wettstreit mit dem Unhold (in prep.).

Livonian: Loorits 1926; Lithuanian: Kerbelytė 1999ff. II; Swedish: Liungman 1961, No. 1089*; Danish: Kristensen 1890, No. 131; Irish: Ó Súilleabháin/Christiansen 1963; German: Hubrich-Messow 2000; Hungarian: MNK V; Ukrainian: SUS; Votyak: Munkácsi 1952, No. 85; Puerto Rican: Ramirez de Arellano 1926, No. 90.

1090 ***Mowing Contest.***

EM: Wettstreit mit dem Unhold (in prep.).

Estonian: Aarne 1918; Latvian: Arājs/Medne 1977; Swedish: Liungman 1961; Norwegian: Hodne 1984, No. 1090, cf. p. 225, 356; Danish: Kristensen 1896f. II, No. 27; Irish: Ó Súilleabháin/Christiansen 1963; English: Baughman 1966, No. 1090, cf. No. 1090A, Briggs 1970f. B I, 26, 28f., 66, 92, 145, cf. 137, 269f., Wehse 1979, 150f.; Spanish: Camarena/Chevalier 1995ff. V (forthcoming); Frisian: Kooi 1984a; German: Hubrich-Messow 2000; West Indies: Flowers 1953.

1091 ***Bringing an Unknown Animal*** (previously ***Who Can Bring an Unheard-of Riding-Horse***).

BP I, 411f., III, 358–364; Kasprzyk 1963, No. 15; Dicke/Grubmüller 1987, No. 41, cf. No. 46; EM 5 (1987) 192–199 (R. Wehse); Spring 1988; Schmidt 1999.

Finnish: Rausmaa 1982ff. III, Nos. 27, 36, 37, 72, 73; Finnish-Swedish: Hackman 1917f. II, Nos. 202b(24,25), 204(2,4), 205(1,4), 206(1), 209(2); Estonian: Aarne 1918, Nos. 1091, 1092; Latvian: Arājs/Medne 1977; Lithuanian: Kerbelytė 1999ff. II, Nos. 1091, 1092; Lappish: Qvigstad 1925; Wepsian, Karelian, Syrjanian: Kecskeméti/Paunonen 1974; Swedish: Liungman 1961, Nos. 1091, 1092; Norwegian: Hodne 1984, 343, 345, cf. 352; Irish: Ó Súilleabháin/Christiansen 1963; English: Wehse 1979, No. 410; French: Tegethoff 1923 I, No. 22(d); Spanish: Camarena/Chevalier 1995ff. V (forthcoming); Basque: Webster 1877, 58f.; Catalan: Oriol/Pujol 2003; Dutch: Sinninghe 1943, No. 1183; Frisian: Kooi 1984a; Flemish: Meyer 1968, Meyer/Sinninghe 1973, 1976; Walloon: Legros 1962; German: Moser-Rath 1984, 288f., Hubrich-Messow 2000, Berger 2001; Italian: Cirese/Serafini 1975, Nos. 1091, 1092; Maltese: Mifsud-Chircop 1978; Hungarian: MNK V, No. 1091, cf. No. 1091*; Czech: Tille 1929ff. I, 183ff., II 2, cf. 138ff.; Slovakian: Gašparíková 1981a, 171; Slovene: Flere 1931, 143ff.; Serbian: Eschker 1992, No. 89; Bulgarian: BFP; Polish: Krzyżanowski 1962f. II, Nos. 1030(IIIa), 1030(IIIc); Russian: Hoffmann 1973, No. 1091*, SUS; Byelorussian: SUS; Ukrainian: SUS, Nos. 1091, 1092; Siberian: Soboleva 1984; Indian: Thompson/Roberts 1960, No. 1092; South American Indian: Hissink/Hahn 1961, No. 331; Dominican, Argentine: cf. Hansen 1957, No. 1092**A; Chilean: Pino Saavedra 1967, No. 42; West Indies: Flowers 1953, No. 1092; Namibian: Schmidt 1989 II, No. 1205.

1091A ***Guessing the Name of the Devil's Secret Plant.***
EM 5(1987)197.
Latvian: Arājs/Medne 1977; Dutch: Janssen 1979, 44ff.; Frisian: Kooi 1984a; German: Zender 1935, No. 39, Wossidlo 1939 I, No. 592, Cammann 1967, No. 95, Berger 2001; Austrian: Haiding 1969, No. 116; Hungarian: MNK V, No. 1091A, cf. No. 1091B*; Czech: Tille 1929ff. I, 184; Croatian: cf. Dolenec 1972, No. 15; Gypsy: MNK X 1; French-Canadian: Lemieux 1974ff. XVIII, No. 17; Chilean: Pino Saavedra 1960ff. III, No. 169.

1093 ***Talking Contest*** (previously ***Contest in Words***).
Finnish: Rausmaa 1982ff. III, No. 38; Latvian: Arājs/Medne 1977; Karelian: Kecskeméti/Paunonen 1974; Swedish: Liungman 1961; Norwegian: Hodne 1984; English: Briggs 1970f. A I, 232f.; Italian: Cirese/Serafini 1975; Macedonian: Piličkova 1992, Nos. 23, 77; Bulgarian: cf. BFP, No. *1093A*; Argentine: Hansen 1957.

1094 ***Cursing Contest.***
Hungarian: MNK V; Macedonian: Piličkova 1992, No. 24; Rumanian: Dima 1944,

No. 31; Gypsy: MNK X 1; Yakut: cf. Ėrgis 1967, No. 277.

1095 ***Scratching Contest.***
BP III, 355–364; EM: Wettstreit mit dem Unhold (in prep.).
Finnish: Rausmaa 1982ff. III, No. 23; Latvian: Arājs/Medne 1977, No. 1095A; Lithuanian: Kerbelytė 1999ff. II; Swedish: Liungman 1961; Danish: Skattegraveren 2 (1884) 68ff.; Faeroese: Nyman 1984; Spanish: Camarena/Chevalier 1995ff. V (forthcoming); Portuguese: Braga 1987 I, 223f., Cardigos (forthcoming); Dutch: Kooi 2003, No. 59; Frisian: Kooi 1984a; Walloon: Laport 1932; German: Uther 1990a, No. 67, Hubrich-Messow 2000; Italian: Cirese/Serafini 1975; Hungarian: MNK V; Czech: Tille 1929ff. I, 191f., 274ff.; Slovakian: Polívka 1923ff. V, 94f.; Slovene: Naš dom 3 (1903) 1; Bosnian: cf. Anthropophyteia 1 (1904) 154f.; Macedonian: cf. Čepenkov/Penušliski 1989 I, No. 20, III, No. 354; Greek: Megas/Puchner 1998; Polish: Krzyżanowski 1962f. II; Russian, Ukrainian: SUS, No. 1095A; Jewish: Jason 1965, No. 1095A; Gypsy: MNK X 1; Japanese: Ikeda 1971; Puerto Rican: Hansen 1957, No. **169.

1096 ***Sewing Contest*** (previously ***The Tailor and the Ogre in a Sewing Contest***).
EM: Wettstreit mit dem Unhold (in prep.).
Finnish: Rausmaa 1982ff. III, No. 24; Finnish-Swedish: Hackman 1917f. I, No. 207; Estonian: Aarne 1918; Latvian: Arājs/Medne 1977; Lithuanian: Kerbelytė 1999ff. II; Swedish: Liungman 1961; Norwegian: Hodne 1984; English: Briggs 1970f. A I, 211ff.; Spanish: RE 6 (1966) 177f.; Frisian: cf. Poortinga 1976, 330; German: Hubrich-Messow 2000; Austrian: Depiny 1932, 256 No. 202, Haiding 1965, No. 212, Haiding 1969, No. 96; Italian: Cirese/Serafini 1975; Hungarian: MNK V, No. 1096, cf. No. 1096A*; Slovakian: Gašparíková 1991f. II, No. 368; Slovene: Komanova 1923, 32ff.; Bulgarian: BFP; Polish: Krzyżanowski 1962f. II; Indian: Thompson/Roberts 1960; Mexican: Robe 1973.

1098* ***Exhaling.***
Bulgarian: BFP, Nos. *1098*, *1098**; Ukrainian: SUS, No. 1098*; Georgian: Kurdovanidze 2000, No. 1098**.

1099 ***The Giant as Master Builder.***
BP I, 495f.; Puhvel 1961; Röhrich 1965, 45–48; Taloş 1973; EM 1 (1977) 1393–1397 (I. Taloş).
Finnish: Jauhiainen 1998, Nos. N401–418, cf. No. 421; Lappish: Qvigstad 1925, No.

83; Norwegian: Christiansen 1958, No. 7065; German: cf. Höttges 1937, 59-69, Berger 2001, No. XI A 10.

MAN KILLS (INJURES) OGRE 1115-1144

1115 ***Attempted Murder with a Hatchet.***
Schwarzbaum 1968, 41; EM 9(1999)893-897(C. Schmitt).
Finnish: Rausmaa 1982ff. III, Nos. 1, 3, 11, 12, 14, 15, 18, 27, 40, 41; Finnish-Swedish: Hackman 1917f. II, Nos. 202a, 202b; Estonian: Aarne 1918; Latvian: Arājs/Medne 1977; Lithuanian: Kerbelytė 1999ff. II; Lappish: Kecskeméti/Paunonen 1974, Bartens 2003, Nos. 60, 61; Wepsian, Wotian, Lydian, Karelian: Kecskeméti/Paunonen 1974; Swedish: Liungman 1961; Norwegian: Hodne 1984; Irish: Ó Súilleabháin/Christiansen 1963; English: Baughman 1966, Briggs 1970f. A I, 329ff., 331ff.; French: Tegethoff 1923 II, No. 59; Spanish: Camarena/Chevalier 1995ff. V(forthcoming); Basque: Blümml 1906, No. 6(1); Catalan: Oriol/Pujol 2003; Portuguese: Oliveira 1900f. II, No. 319, Cardigos(forthcoming); Frisian: Kooi 1984a, Kooi/Meerburg 1990, No. 32; Flemish: Meyer 1968; German: Grimm KHM/Uther 1996 I, No. 20, Hubrich-Messow 2000; Italian: Cirese/Serafini 1975; Corsican: Ortoli 1883, No. 26; Hungarian: MNK V; Czech: Tille 1929ff. I, 270ff.; Slovakian: Gašparíková 1991f. I, Nos. 30, 123, 132, II, No. 476; Slovene: Zupanc 1932, 12ff.; Serbian: Đorđevič/Milošević-Đorđevič 1988, Nos. 185, 188, 189; Rumanian: Stroescu 1969 I, No. 4584; Bulgarian: BFP, No. 1115, cf. No. *1115*; Greek: Kretschmer 1917, No. 33, Megas/Puchner 1998; Russian, Byelorussian, Ukrainian: SUS; Turkish: Eberhard/Boratav 1953, Nos. 162(4), 162 III 4; Jewish: Jason 1965, 1975; Gypsy: MNK X 1; Ossetian: Levin 1978, No. 37; Cheremis/Mari, Tatar, Votyak: Kecskeméti/Paunonen 1974; Siberian: Soboleva 1984; Yakut: Ėrgis 1967, No. 279; Kalmyk, Buryat, Mongolian: Lőrincz 1979; Tuva: Taube 1978, No. 16; Georgian: Kurdovanidze 2000; Iranian: Marzolph 1984; Indian: Tauscher 1959, 191, Thompson/Roberts 1960; Chinese: Ting 1978; French-Canadian: Lemieux 1974ff. XV, No. 10; US-American: Baughman 1966; French-American: Ancelet 1994, No. 25; Spanish-American: Robe 1973; Puerto-Rican: Hansen 1957; West Indies: Flowers 1953; Libyan: El-Shamy 2004; Moroccan: Topper 1986, No. 17, El-Shamy 2004; East African, Congolese: Klipple 1992; Malagasy: Haring 1982, No. 2.3.106.

1116 ***Attempted Burning.***
EM: Verbrennen(in prep.).

Finnish: Rausmaa 1982ff. III, Nos. 1, 2, 12, 14, 40; Finnish-Swedish: Hackman 1917f. II, No. 202b; Estonian: Aarne 1918; Latvian: Arājs/Medne 1977; Lithuanian: Kerbelytė 1999ff. II; Lappish, Karelian: Kecskeméti/Paunonen 1974; Swedish: Liungman 1961; Norwegian: Hodne 1984; Hungarian: MNK V; Serbian: Čajkanović 1927, No. 97; Bulgarian: cf. BFP, No. *1116**; Greek: Megas/Puchner 1998; Russian, Ukrainian: SUS; Turkish: Eberhard/Boratav 1953, No. 162 III; Abkhaz: Šakryl 1975, No. 36; Tatar: Kecskeméti/Paunonen 1974; Armenian: Macler 1928f. I, 62ff., cf. Hoogasian-Villa 1966, No. 64; Japanese: cf. Ikeda 1971, No. 1084 II(1); Spanish-American: Robe 1973.

1117 ***The Ogre's Pitfall.***
Finnish: Rausmaa 1982ff. III, No. 42; Finnish-Swedish: Hackman 1917f. II, No. 202b (22); Swedish: Liungman 1961; Norwegian: Hodne 1984; Portuguese: Louro 1986, 333f., Cardigos(forthcoming); Maltese: cf. Mifsud-Chircop 1978, Nos. 1116*, *1116A; Greek: Megas/Puchner 1998; Turkish: Eberhard/Boratav 1953, No. 161 III 5(var. a); Jewish: Jason 1965, 1975; Kazakh: Sidel'nikov 1952, 87ff.; Kalmyk, Mongolian: Lőrincz 1979, Nos. 1117, 1117B*; Indian: cf. Mode/Ray 1967, 111ff.; Chinese: Ting 1978, No. 1117A; Puerto Rican: Hansen 1957.

1119 ***The Ogre Kills His Mother (Wife)*** (previously ***The Ogre Kills his Own Children***).
BP I, 124–126, 499–501; EM 2(1979)268–270(H. Lixfeld); Scherf 1995 I, 237–240, 454–458, 682–685, II, 784–786, 1291–1294; Schmidt 1999; Anderson 2000, 21f.; Hansen 2002, 301–305; EM: Teufel tötet Frau und Kinder(in prep.).
Finnish: Rausmaa 1982ff. III, No. 44; Estonian: Aarne 1918; Latvian: Arājs/Medne 1977; Lithuanian: Kerbelytė 1999ff. II; Lappish: Kecskeméti/Paunonen 1974, Bartens 2003, No. 62; Swedish: Liungman 1961; Faeroese: Nyman 1984; Icelandic: Sveinsson 1929; Scottish: Baughman 1966, Briggs 1970f. A I, 154f.; Irish: Ó Súilleabháin/Christiansen 1963; Spanish: Camarena/Chevalier 1995ff. V(forthcoming); Catalan: Oriol/Pujol 2003; Flemish: Meyer 1968; German: Grimm KHM/Uther 1996 I, No. 56; Austrian: Haiding 1953, No. 68; Italian: Cirese/Serafini 1975; Maltese: Mifsud-Chircop 1978; Czech: Tille 1929ff. I, 248ff.; Slovakian: Gašparíková 1991f. I, Nos. 215, 317, 333, II, Nos. 485, 544; Slovene: Kocbek 1926, 37ff.; Rumanian: Schullerus 1928; Greek: Megas 1956f. I, No. 30, Megas/Puchner 1998; Turkish: Eberhard/Boratav 1953, Nos. 160(4), 161 III 3; Yakut: Ėrgis 1967, No. 79; Kalmyk, Mongolian: Lőrincz 1979; Palestinian, Jordanian, Iraqi, Persian Gulf, Saudi Arabian, Qatar: El-Shamy 2004; Yemenite: Daum 1983, No. 9, El-Shamy 2004; Iranian: cf. Marzolph

1984, Nos. 327 II j, *1119; Indian: Thompson/Roberts 1960, Jason 1989; Sri Lankan: Thompson/Roberts; Japanese: Inada/Ozawa 1977ff.; North American Indian: Thompson1919, 358ff.; US-American: Baughman 1966; French-American: Ancelet 1994, No. 18; Spanish-American: Robe 1973; Dominican, Puerto Rican: Hansen 1957; Mayan: Peñalosa 1992; Chilean: Pino Saavedra 1960ff. II, No. 139; Argentine: Chertudi 1960f. II, Nos. 58, 59; West Indies: Flowers 1953; Egyptian, Tunisian, Algerian, Moroccan: El-Shamy 2004; Cameroon: cf. Kosack 2001, 521; Guinean, East African, Congolese: Klipple 1992; Sudanese: Kronenberg/Kronenberg 1978, No. 11, El-Shamy 2004; Malagasy: Haring 1982, Nos. 2.3.101–2.3.107; Namibian: Schmidt 1989 II, Nos. 968, 969.

1120 ***The Ogre's Wife Thrown into the Water.***
BP I, 499f., III, 451; EM 2(1979)268–270(H. Lixfeld); EM: Teufel tötet Frau und Kinder(in prep.).
Finnish: Rausmaa 1982ff. III, Nos. 1, 11; Estonian: Aarne 1918; Latvian: Arājs/Medne 1977; Lithuanian: Kerbelytė 1999ff. II; Livonian, Wepsian: Kecskeméti/Paunonen 1974; Swedish: Liungman 1961; Irish: Ó Súilleabháin/Christiansen 1963; Spanish: Espinosa 1946f., No. 167, Camarena/Chevalier 1995ff. V(forthcoming); Portuguese: Soromenho/Soromenho 1984f. I, No. 731, Cardigos(forthcoming); German: Meyer 1932; Italian: Cirese/Serafini 1975; Maltese: Mifsud-Chircop 1978; Hungarian: Berze Nagy/Banó 1957 II, No. 1015**; Serbian: Čajkanović 1927, No. 97; Croatian: Bošković-Stulli 1967f., No. 23; Rumanian: Bîrlea 1966 III, 41ff., 477f.; Bulgarian: BFP; Greek: Hallgarten 1929, 223ff., Megas/Puchner 1998; Russian, Byelorussian, Ukrainian: SUS; Turkish: Eberhard/Boratav 1953, Nos. 357(5), 357 III 3a (var. c, i); Jewish: Jason 1965, 1975, 1988a; Gypsy: MNK X 1; Chuvash, Mordvinian: Kecskeméti/Paunonen 1974; Siberian: Soboleva 1984; Georgian: Kurdovanidze 2000; Syrian, Iraqi: El-Shamy 2004; Spanish-American: Robe 1973; Dominican: Hansen 1957; Mayan: Peñalosa 1992; Egyptian, Algerian: El-Shamy 2004.

1121 ***The Ogre's Wife Burned in Her Own Oven.***
Cosquin 1922a, 349–399; BP I, 115–126; Scherf 1995 I, 548–554; EM: Teufel tötet Frau und Kinder(in prep.).
Finnish: Rausmaa 1982ff. I, Nos. 21, 24, 25, 49, 300, 327, III, Nos. 12, 43; Finnish-Swedish: Hackman 1917f. II, Nos. 202a, 202b; Estonian: Aarne 1918, cf. No. 327A; Lithuanian: Kerbelytė 1999ff. I, Nos. 327C, F, G; Lappish: Kecskeméti/Paunonen 1974, Bartens 2003, No. 62; Swedish: Liungman 1961, No. 1121, cf. No. 328; Norwegian: Hodne 1984; Danish: Kamp 1877, No. 271; Faeroese: Nyman 1984; Irish: Ó

Súilleabháin/Christiansen 1963; English: Briggs 1970f. A I, 266f.; Spanish: Camarena/Chevalier 1995ff. V(forthcoming); Catalan: Oriol/Pujol 2003; Portuguese: Cardigos(forthcoming); German: Grimm KHM/Uther 1996 I, No. 15; Italian: cf. Todorović-Strähl/Lurati 1984, No. 44; Maltese: Mifsud-Chircop 1978; Hungarian: MNK V; Slovakian: Gašparíková 1991f. I, Nos. 317, 333; Bosnian: Krauss/Burr et al. 2002, No. 230; Albanian: Hahn 1918, No. 95; Greek: Megas/Puchner 1998; Russian: Nikiforov/Propp 1961, No. 8; Ukrainian: SUS; Turkish: Eberhard/Boratav 1953, No. 152 IV f; Jewish: Noy 1963a, No. 17; Gypsy: Aichele/Block 1962, No. 2, MNK X 1; Cheremis/Mari: Beke 1951, No. 24; Syrian, Palestinian, Saudi Arabian: El-Shamy 2004; Yemenite: Daum 1983, No. 9, El-Shamy 2004; Indian: Thompson/Roberts 1960; Tibetian: O'Connor 1906, No. 16; Chinese: Ting 1978; North American Indian: Thompson 1919, 358ff.; US-American: Baughman 1966; Spanish-American: Rael 1957 II, No. 333; Mexican: Wheeler 1943, No. 187; Puerto Rican: Hansen 1957; West Indies: Flowers 1953; Egyptian, Tunisian, Algerian: El-Shamy 2004; Moroccan: Jahn 1970, No. 7, El-Shamy 2004; Angolan: Chatelain 1894, No. 8.

1122 *The Ogre's Wife Killed Through Other Tricks.*

BP I, 115–126.

Finnish: Rausmaa 1982ff. III, No. 40; Norwegian: Hodne 1984; Irish: Ó Súilleabháin/Christiansen 1963; Spanish: Camarena/Chevalier 1995ff. V(forthcoming); Ladinian: cf. Decurtins 1896ff. II, 53 No. 42; Maltese: cf. Mifsud-Chircop 1978, No. *1122; Slovene: Kocbek 1926, 37ff.; Bosnian: Krauss/Burr et al. 2002, No. 231; Bulgarian: cf. BFP, No. *1122A*; Greek: Megas/Puchner 1998; Armenian: Hoogasian-Villa 1966, No. 76; Tadzihikian: cf. STF, No. 206; Palestinian: Muhawi/Kanaana 1989, No. 34; Indian: Thompson/Roberts 1960, Jason 1989; Burmese: Kasevič/Osipov 1976, cf. No. 182; Chinese: Ting 1978; French-Canadian: Lemieux 1974ff. IV, No. 2, XX, No. 9; Mexican: Robe 1973; Dominican: Hansen 1957; Brazilian: Cascudo 1955a, 241ff.

1130 *Counting Out Pay.*

BP III, 420–423; Merkelbach 1964; EM 6(1990)69–72(H. Lixfeld).

Finnish: Rausmaa 1982ff. III, Nos. 2, 3, 11–13, 20; Finnish-Swedish: Hackman 1917f. I, No. 89(9), II, Nos. 202b, 202c, 228, 286(7); Estonian: Aarne 1918; Latvian: Arājs/Medne 1977; Lithuanian: Kerbelytė 1999ff. II; Livonian, Lappish, Wepsian, Wotian, Karelian: Kecskeméti/Paunonen 1974; Swedish: Liungman 1961; Danish: Kristensen 1899, No. 484; Irish: Ó Súilleabháin/Christiansen 1963; French: Massignon 1968, No. 58; Spanish: Espinosa 1946, No. 34, Camarena/Chevalier 1995ff. V(forthcoming); Dutch: Kooi 2003, No. 66; Frisian: Kooi 1984a, Kooi/Schuster 1993, No. 25; Walloon: Legros 1962, 88f.; German: Grimm KHM/Uther 1996 III, No. 195, Hubrich-Messow 2000; Hungarian: MNK V; Czech: Tille 1929ff. I, 182f., 609; Slovakian: Gašparíková 1991f. II, No. 491; Slovene: Nedeljko 1889, 36f.; Sorbian: Nedo 1956, No. 85; Russian, Byelorussian, Ukrainian: SUS; Gypsy: MNK X 1; Cheremis/Mari, Tatar, Mordvinian, Votyak: Kecskeméti/Paunonen 1974; Siberian: Soboleva 1984; Georgian: Kurdovanidze 2000; US-American: Baughman 1966; Puerto Rican: Flowers 1953, Hansen 1957, No. *773B; Chilean: Pino Saavedra 1960ff. II, No. 103; East African: Kohl-Larsen 1963, 12f.

1131 ***Hot Porridge in the Ogre's Throat.***
EM: Schlund des Unholds verbrannt (forthcoming).
Finnish: Rausmaa 1982ff. III, Nos. 26, 45, 46; Estonian: Aarne 1918; Latvian: Arājs/Medne 1977; Lappish: Qvigstad 1925; Swedish: Liungman 1961; Norwegian: Hodne 1984; Faeroese: Nyman 1984; Irish: Ó Súilleabháin/Christiansen 1963; English: Baughman 1966, No. M211.10* (c,b), Briggs/Tongue 1965, No. 6; Frisian: Kooi 1984a, No. 1191C*; Polish: Krzyżanowski 1962f. II; Byelorussian: SUS; Indian: cf. Hahn 1906, No. 14; Chinese: cf. Eberhard/Eberhard 1976, No. 106; Korean: cf. Choi 1979, No. 25; Japanese: cf. Ikeda 1971, Nos. 1131A, 1131B, Inada/Ozawa 1977ff.; Polynesian, New Zealand: Kirtley 1971, No. G512.3.1; English-Canadian: Halpert/Widdowson 1996 II, No. 114; Algerian: cf. Lacoste/Mouliéras 1965 I, No. 20; Congolese: Weeks 1922, No. 1; South African: Coetzee et al. 1967, Nos. 30.1, 30.1.1.

1132 ***Flight of the Ogre with His Goods in the Bag.***
Chauvin 1892ff. VI, No. 201.
Finnish: Rausmaa 1982ff. III, No. 1; Finnish-Swedish: Hackman 1917f. II, No. 202a; Estonian: Aarne 1918; Latvian: Arājs/Medne 1977; Lithuanian: Kerbelytė 1999ff. II; Livonian, Lappish, Wepsian, Wotian, Lydian, Karelian, Syrjanian: Kecskeméti/Paunonen 1974; Hungarian: Berze Nagy/Banó 1957 II, No. 1014**; Slovakian: Polívka 1923ff. V, No. 134G; Serbian: Đjorđjevič/Milošević-Đjorđjevič 1988, Nos. 187–189, cf. No. 36; Bulgarian: BFP; Greek: Hallgarten 1929, 223ff.; Russian, Byelorussian, Ukrainian: SUS; Turkish: Eberhard/Boratav 1953, No. 357 (4); Jewish: Jason 1965, 1975; Gypsy: MNK X 1; Ossetian: Britaev/Kaloev 1959, 357f.; Abkhaz: Šakryl 1975, No. 81; Karachay: Lajpanov 1957, 25ff.; Cheremis/Mari, Chuvash, Mordvinian, Votyak: Kecskeméti/Paunonen 1974; Tatar: Jarmuchametov 1957, 195ff.; Udmurt: Kralina 1961, Nos. 72, 75, 85; Armenian: Hoogasian-Villa 1966, No. 71; Siberian: Soboleva 1984; Yakut: Ėrgis 1967, No. 392, cf. No. 257; Kazakh: Sidel'nikov 1958ff. I,

352f.; Uzbek: Afzalov et al. 1963 II, 195ff.; Turkmen: Stebleva 1969, No. 52; Tadzhik: Amonov 1961, 432ff., 456ff.; Kalmyk: Džimbinov 1959, 48ff., Vatagin 1964, No. 26; Georgian: Kurdovanidze 2000; Syrian: El-Shamy 2004; Indian: cf. Tauscher 1959, No. 54; Burmese: Kasevič/Osipov 1976, Nos. 58, 59; Filipino: Wrigglesworth 1981, No. 17; Congolese: Weeks 1922, No. 7.

1133 ***Making Strong*** (previously ***Making the Ogre Strong by Castration***).
EM: Starkmachen (forthcoming).
Finnish: Rausmaa 1982ff. III, No. 47; Finnish-Swedish: Hackman 1917f. II, No. 202b; Estonian: Aarne 1918; Livonian: Loorits 1926, No. 1134; Latvian: Arājs/Medne 1977, Nos. 1133, 1134; Lithuanian: Kerbelytė 1999ff. II; Syrjanian: Kecskeméti/Paunonen 1974; Swedish: Liungman 1961; Norwegian: Hodne 1984; Danish: Kamp 1877, No. 766, Kristensen 1892ff. I, 441; Faeroese: Nyman 1984; English: Wehse 1979, No. 409; French: Kryptádia 2 (1884) 53f.; Hungarian: MNK V, Nos. 1133, 1134; Bulgarian: BFP, No. 1134; Greek: Megas/Puchner 1998, No. 1134; Polish: Krzyżanowski 1962f. II; Russian, Byelorussian, Ukrainian: SUS; Jewish: Jason 1965, No. 1134; Cheremis/Mari: Kecskeméti/Paunonen 1974; Druze: Falah/Shenhar 1978, No. 26; Palestinian: El-Shamy 2004; Indian: Jason 1989, Nos. 1133, 1134; Cambodian: cf. Gaudes 1987, No. 2; Guianese: cf. Koch-Grünberg/Huppertz 1956, 174f.; West Indies: Flowers 1953, No. 1134.

1135 ***Eye-Remedy.***
BP III, 369–378; Schwarzbaum 1968, 355; Schwarzbaum 1979, 199 not. 10, 209 not. 16, 241 not. 7; EM 10 (2002) 1174–1184 (J. Conrad).
Finnish: Rausmaa 1982ff. III, Nos. 48, 49, Jauhiainen 1998, Nos. G1701, G1711, G1721, M87; Finnish-Swedish: Hackman 1917f. II, Nos. 211a, 211b; Estonian: Aarne 1918, Nos. 1135, 1136; Livonian: Loorits 1926, Nos. 1135, 1136; Latvian: Arājs/Medne 1977, Nos. 1135, 1136; Lithuanian: Kerbelytė 1999ff. II; Lappish, Wotian, Karelian: Kecskeméti/Paunonen 1974; Syrjanian: Wichmann 1916, No. 2; Swedish: Liungman 1961, No. 1135; Norwegian: Olsen 1912, 195f., 215ff., Hodne 1984; Icelandic: Boberg 1966, No. K1011; Scottish, English: cf. Baughman 1966, No. K602.1; Irish: Ó Súilleabháin/Christiansen 1963; Portuguese: Soromenho 1984f. II, No. 455, Cardigos (forthcoming); German: cf. Hubrich-Messow 2000, No. 1136; Italian: Cirese/Serafini 1975; Slovakian: Filová/Gašparíková 1993, No. 81; Slovene: Zupanc 1932, 32ff.; Albanian: Lambertz 1952, 9f.; Greek: Megas/Puchner 1998, No. 1136; Polish: Krzyżanowski 1962f. II; Russian: SUS, Nos. 1135, 1136; Byelorussian: SUS, No. 1136; Ukrainian: SUS; Jewish: Jason 1965; Abkhaz: cf. Šakryl 1975, No. 77; Tatar, Votyak:

Kecskeméti/Paunonen 1974; Udmurt: Kralina 1961, No. 11; Buryat: Ėliasov 1959 I, 285ff.; Indian: Jason 1989, No. 1136; Chinese: Ting 1978, Nos. 1135, 1136.

1137 ***The Blinded Ogre.*** (Polyphemus, Tepegöz)

Chauvin 1892ff. VII, 64ff. No. 348; Hackman 1904; BP III, 369-378; Röhrich 1962f. II, 213-250, 447-460; Röhrich 1976, 234-252; Fehling 1977; Scherf 1995 I, 719-721; Dekker et al. 1997, 279-282; Conrad 1999; Montgomery 1999; Schmidt 1999; Anderson 2000, 123-131; Nascimento 2001; Hansen 2002, 289-301; EM 10(2002)1174-1184(J. Conrad); Kern/Ebenbauer 2003, 520f.(M. Kern); Marzolph/Van Leeuwen 2004, Nos. 179, 229.

Finnish: Rausmaa 1982ff. III, Nos. 50, 51; Finnish-Swedish: Hackman 1917f. II, No. 212; Estonian: Aarne 1918; Latvian: Arājs/Medne 1977; Lithuanian: Kerbelytė 1999ff. I; Lappish: Kecskeméti/Paunonen 1974, Bartens 2003, No. 61; Livonian, Syrjanian: Kecskeméti/Paunonen 1974; Swedish: Liungman 1961; Norwegian: Hodne 1984; Faeroese: Nyman 1984; Icelandic: Sveinsson 1929; Scottish: Briggs 1970f. A I, 410f., BI, 194, 207, 222ff., 307f., 314; Irish: Ó Súilleabháin/Christiansen 1963; English: Baughman 1966, Briggs 1970f. A I, 325, B I, 314ff.; French: Bladé 1886 I, No. 3; Spanish: González Sanz 1996, Camarena/Chevalier 1995ff. V(forthcoming); Basque: Frey/Brettschneider 1982, 76ff.; Catalan: Oriol/Pujol 2003; Portuguese: Vasconcellos/Soromenho et al. 1963f. I, No. 276, Cardigos(forthcoming); Frisian: Kooi 1984a; Flemish: Meyer 1968; German: Hubrich-Messow 2000; Italian: Cirese/Serafini 1975, Pitrè/Schenda et al. 1991, No. 26, De Simone 1994, Nos. 31, 91d; Hungarian: MNK V; Czech: Tille 1929f. II 1, 239; Slovakian: Gašparíková 1991f. I, No. 81; Slovene: cf. Eschker 1986, No. 11; Serbian: Đjorđjevič/Milošević-Đjorđjevič 1988, No. 382; Croatian: Bošković-Stulli 1975b, No. 45; Rumanian: Schullerus 1928, Bîrlea 1966 II, 502ff., III, 462f.; Bulgarian: BFP; Greek: Laográphia 21(1963/64)494; Russian, Byelorussian, Ukrainian: SUS; Turkish: Eberhard/Boratav 1953, No. 146; Jewish: Jason 1965; Gypsy: MNK X 1; Votyak: Kecskeméti/Paunonen 1974; Georgian: Kurdovanidze 2000; Syrian, Palestinian: Nowak 1969, No. 145, El-Shamy 2004; Jordanian: El-Shamy 2004; Iranian: Marzolph 1994b; Indian: Thompson/Roberts 1960; Korean: Choi 1979, No. 25; English-Canadian: Halpert/Widdowson 1996 II, Nos. 62-64; US-American: Roberts 1974, Nos. 107, 161; Spanish-American: TFSP 32(1964)39, 34(1967)114; Chilean: Pino Saavedra 1960ff. III, No. 170; Egyptian, Algerian, Moroccan: El-Shamy 2004.

1138 ***Gilding the Beard.***

Marzolph 1992 II, No. 1066.

Finnish: Rausmaa 1982ff. III, No. 52; Estonian: Aarne 1918; Latvian: Arājs/Medne 1977; Lithuanian: Kerbelytė 1999ff. II; Lappish, Wotian, Lydian: Kecskeméti/Paunonen 1974; Danish: cf. Kristensen 1892f. II, No. 63, cf. Kristensen 1900, Nos. 348, 605–607; Basque: Webster 1877, 55f.; Portuguese: Fontes 1975, No. 39, Cardigos (forthcoming); German: cf. Eisel 1871, No. 31, cf. Wossidlo/Neumann 1963, No. 367; Swiss: cf. Jecklin/Decurtins 1916 I, 218, 276; Italian: Pitrè 1941 I, No. 64, Cirese/Serafini 1975; Bulgarian: BFP; Greek: cf. FL 7(1896)154f.; Polish: Krzyżanowski 1962f. II; Russian: SUS, No. 1138, cf. No. 1138*; Byelorussian: SUS, No. 1139, cf. No. 1138**; Ukrainian: SUS; Tatar: Kecskeméti/Paunonen 1974; Siberian: Soboleva 1984; Georgian: Kurdovanidze 2000; Syrian, Yemenite: Nowak 1969, No. 338; Iranian: Marzolph 1984; Chinese: Ting 1978; Mexican: Robe 1973; Puerto Rican: cf. Hansen 1957, No. 1940**I; Chilean: cf. Hansen 1957, No. 1940**J; Ethiopian: cf. Gankin et al. 1960, 128ff.

1139 ***Carrying a Sham-Dead Person*** (previously ***The Ogre Carries the Sham-Dead Man***).
Finnish: Rausmaa 1982ff. III, No. 53; Irish Ó Súilleabháin/Christiansen 1963; Russian: SUS.

1140 ***Sleeping with Open Eyes.***
Finnish: Rausmaa 1982ff. III, No. 54; Lappish, Wotian: Kecskeméti/Paunonen 1974; Slovene: Bolhar 1959, 100ff.; Votyak: Kecskeméti/Paunonen 1974; Indonesian: cf. Vries 1925 I, No. 84; Spanish-American: cf. Robe 1973.

1141 ***Drinking a Reflection*** (previously ***Drinking Girl's Reflection***).
EM: Spiegelbild im Wasser (forthcoming).
Finnish: Rausmaa 1982ff. III, No. 55; Estonian: Aarne 1918, No. 1141*; Indian: Thompson/Roberts 1960; Chinese: Ting 1978; Japanese: cf. Ikeda 1971, Nos. 300, 333A, 334.

1142 ***How the Lazy Horse Was Cured*** (previously ***Hot Tin under the Tail of the Ogre's Horse***).
Wesselski 1911 I, No. 64.
Finnish: Rausmaa 1982ff. VI, No. 11; Estonian: Aarne 1918, No. 1142*; Lappish: Kecskeméti/Paunonen 1974; Swedish: Liungman 1961; Flemish: Meyer 1968, No. 1682*; Walloon: Legros 1962, 110f.; German: Schell 1932, 50f.; Austrian: Anthropophyteia 2(1905)205 No. 31; Hungarian: Géczi 1989, No. 118; Slovakian:

Gašparíková 1981a, 39; Croatian: Bošković-Stulli 1963, No. 93, Bošković-Stulli 1975a, No. 26; Macedonian: Čepenkov/Penušliski 1989 III, No. 223, IV, Nos. 445, 454; Rumanian: Stroescu 1969 I, No. 4262; Bulgarian: Daskalova et al. 1985, No. 254; Polish: Krzyżanowski 1962f. II; Russian: SUS, No. 1682*; Ukrainian: Hnatjuk 1909f. I, No. 13, SUS, No. 1682*; Jewish: Jason 1965, No. 1682*, Jason 1988a, No. 1682*; Iraqi: El-Shamy 2004, No. 1682*; French-Canadian: Lemieux 1974ff. IV, No. 12; Mexican: Robe 1973, No. 1682*; Egyptian: El-Shamy 2004.

1143 ***Ogre Otherwise Injured.***
Lappish: Kecskeméti/Paunonen 1974; Swedish: EU, No. 2513; Norwegian: Hodne 1984; Maltese: Mifsud-Chircop 1978, Nos. *1143C_1, *1143D; Hungarian: MNK V, No. 1143*; Greek: Megas/Puchner 1998, No. 1143C; Ukrainian: SUS, No. 1143A; Moroccan: Lebedev 1990, No. 22.

OGRE FRIGHTENED BY MAN 1145–1154

1145 ***Afraid of Strange Noise*** (previously ***The Ogre Afraid of what Rustles or Rattles***).
Finnish: Rausmaa 1982ff. III, No. 54; Livonian: Loorits 1926; Latvian: Arājs/Medne 1977; Lappish: Kecskeméti/Paunonen 1974; Hungarian: cf. MNK V, No. 1145*; Kelemina 1930, 215; Greek: Megas/Puchner 1998; Yakut: cf. Ėrgis 1967, No. 253; Turkmen: Stebleva 1969, No. 25; Mongolian: Lőrincz 1979, No. 1145, cf. No. 1145A*; Japanese: cf. Ikeda 1971, No. 176.

1146 ***Millstones.***
Finnish: Rausmaa 1982ff. III, Nos. 58, 59; Finnish-Swedish: Hackman 1917f. II, No. 202c(7); Estonian: Aarne 1918, No. 1019*; Latvian: Arājs/Medne 1977; Karelian, Syrjanian: Kecskeméti/Paunonen 1974; Swedish: Liungman 1961; Russian: SUS, No. 1019*; Cheremis/Mari, Votyak: Kecskeméti/Paunonen 1974; Udmurt: Kralina 1961, Nos. 14, 15; Tatar: Jarmuchametov 1957, 195ff.

1147 ***Thunder*** (previously ***Thunder the Rolling of his Brother's Wagon***).
Anderson 1939; Balys 1939; Loorits 1949ff. II, 5–42; EM 3(1981)762–766(H.-J. Uther).
Finnish: Rausmaa 1982ff. III, Nos. 41, 56, Jauhiainen 1998, No. E1401; Finnish-Swedish: Hackman 1917f. II, No. 202b; Estonian: Aarne 1918, No. 1148A; Latvian: Arājs/

Medne 1977, No. 1148A; Lithuanian: Balys/Repšienė 1998, 259f.; Lappish: Qvigstad 1925; Livonian: Kecskeméti/Paunonen 1974, No. 1148; Swedish: Liungman 1961, Nos. 1147, 1148A; Polish: Krzyżanowski 1962f. II, No. 1148; Byelorussian: SUS, No. 1148.

1147* ***Thunder-God*** (previously ***The Friendship between a Man [Carpenter], Thunder-god, and the Devil***).
Balys 1939.
Lithuanian: Range 1981, No. 47, Kerbelytė 1999ff. II; Cheremis/Mari, Chuvash, Mordvinian: Kecskeméti/Paunonen 1974.

1148B ***Thunder's Instruments*** (previously ***The Ogre Steals the Thunder's Instruments [Pipe, Sack, etc.]***).
Anderson 1939; Balys 1939; Loorits 1949ff. II, 5–42; EM 3(1981)762–766(H.-J. Uther); Hansen 2002, 305–314.
Finnish: Rausmaa 1982ff. III, No. 57; Estonian: Jannsen 1881f. I, No. 10, II, No. 4, Baer 1970, 28ff.; Lithuanian: Balys/Repšienė 1998, 259f.; Lappish: Kecskeméti/Paunonen 1974; Swedish: Liungman 1961.

1149 ***Bluff: Children Desire Tiger's Flesh*** (previously ***Children Desire Ogre's Flesh***).
BP I, 160, III, 2, 75f.; Schwarzbaum 1968, 96; Schwarzbaum 1979, 195f.; EM 7(1993) 1253–1258(G. Dicke); Schmidt 1999.
Finnish: Rausmaa 1982ff. III, No. 5; Finnish-Swedish: Hackman 1917f. II, No. 202b; Latvian: Arājs/Medne 1977; Lithuanian: Kerbelytė 1999ff. II; Wepsian, Wotian, Lydian: Kecskeméti/Paunonen 1974; Irish: Ó Súilleabháin/Christiansen 1963; Spanish: Espinosa 1946f., Nos. 255, 256, 266; Italian: Cirese/Serafini 1975; Hungarian: MNK V; Slovakian: Gašparíková 1991f. I, Nos. 123, 133; Serbian: Đjorđjevič/Milošević-Đjorđjevič 1988, No. 187; Croatian: Bošković-Stulli 1963, 214ff.; Rumanian: Stroescu 1969 I, No. 4584; Bulgarian: cf. BFP, No. *1149A*; Russian, Byelorussian: SUS; Ukrainian: SUS, No. 1149, cf. No. 1149**; Gypsy: MNK X 1; Cheremis/Mari, Chuvash, Tatar, Votyak: Kecskeméti/Paunonen 1974; Siberian: Soboleva 1984; Tadzhik: STF 1981, No. 40; Kalmyk, Mongolian: Lőrincz 1979; Iranian: cf. Marzolph 1984, No. *1149; Afghan: Lebedev 1986, 216ff.; Pakistani: Thompson/Roberts 1960; Indian: Bødker 1957a, Nos. 369, 540–543, cf. Thompson/Roberts 1960, No. 1149A, Jason 1989; Burmese: Kasevič/Osipov 1976, No. 64; Sri Lankan: Thompson/Roberts 1960; Chinese: Eberhard 1937, Nos. M3, M10, Eberhard 1941, Nos. 2, 7, Graham 1954, No. 203;

Puerto Rican: Hansen 1957; West Indies: Flowers 1953; Cape Verdian: Parsons 1923b I, No. 107; Egyptian: El-Shamy 2004; Algerian: Nowak, No. 36, El-Shamy 2004; South African: Coetzee et al. 1967.

1150 ***"St. George's Dogs".*** (Wolves.)
Cf. BP III, 199 f.
Estonian: Aarne 1918; Latvian: cf. Arājs/Medne 1977; Norwegian: Olsen 1912, 215ff.; German: cf. Grimm KHM/Uther 1996 III, No. 148; Czech: Tille 1929f. I, 271f., 276f.; Greek: Klaar 1963, 143ff.; Jewish: Jason 1965; Indian: Jason 1989; US-American: Baughman 1966.

1151 ***Big Shoes*** (previously ***Big Shoes in Front of the Barn***).
Finnish: Rausmaa 1982ff. III, Nos. 58, 59; Latvian: Arājs/Medne 1977, No. 1151*; Wepsian: Kecskeméti/Paunonen 1974, No. 1151*; Swedish: Liungman 1961; Russian: SUS; Burmese: Kasevič/Osipov 1976, No. 22.

1152 ***Intimidation by Displaying Objects*** (previously ***The Ogre Overawed by Displaying Objects***).
Schwarzbaum 1979, 197; Schmidt 1999.
Wepsian, Karelian: Kecskeméti/Paunonen 1974; Syrjanian: Rédei 1978, No. 31; Swedish: NM, HA Sagor; Faeroese: cf. Nyman 1984; Portuguese: Soromenho/Soromenho 1984f. II, No. 726, Cardigos (forthcoming); Slovakian: Gašparíková 1991f. I, No. 274; Rumanian: Stroescu 1969 I, No. 4584; Bulgarian: BFP; Gypsy: Mode 1983ff. III, No. 173; Cheremis/Mari, Votyak: Kecskeméti/Paunonen 1974; Tatar: cf. Kakuk/Kúnos 1989, No. 4; Tuva: cf. Taube 1978, No. 10; Iranian: Marzolph 1984; Indian: Thompson/Roberts 1960, Jason 1989; Burmese: Esche 1976, 347f.; Sri Lankan: Thompson/Roberts 1960; Nepalese: Sakya/Griffith 1980, 163ff.; Chinese: Dejun/Xueliang 1982, 484f.; Cambodian: Gaudes 1987, No. 54; Japanese: Ikeda 1971; East African: Schmidt 1996, No. 21.

1153 ***Wages: as Much as he Can Carry.***
Lithuanian: Kerbelytė 1999ff. II; Swedish: Liungman 1961; Norwegian: Hodne 1984; Danish: Grønborg/Nielsen 1884, 74ff.; Bødker et al. 1963, 78ff.; Irish: Ó Súilleabháin/Christiansen 1963; German: Neumann 1973, No. 79, Jahn/Neumann et al. 1998, No. 44; Ladinian: Decurtins 1896ff. II, 100 No. 81; Italian: cf. Todorović-Strähl/Lurati 1984, No. 52; Slovakian: Gašparíková 1991f. I, No. 51; Bulgarian: BFP; Russian, Ukrainian: SUS; Jewish: Jason 1965; Kurdish: Družinina 1959, 73ff.; Uzbek:

Afzalov et al. 1963 II, 211ff.

1154 ***The Man Who Falls From the Tree and the Demons.***
Abkhaz: cf. Šakryl 1975, No. 1; Iranian: cf. Marzolph 1984, Nos. *1149, 103C*; Indian: Thompson/Roberts 1960, Jason 1989; Sri Lankan: Parker 1910ff. II, 257ff., 292f.; Chinese: Ting 1978.

MAN OUTWITS THE DEVIL 1155–1169

1157 ***The Ogre and the Gun*** (previously ***The Gun as Tobacco Pipe***).
BP II, 529–531; EM: Waffen (in prep.).
Finnish: Rausmaa 1982ff. III, Nos. 60, 61; Estonian: Aarne 1918; Livonian: Loorits 1926; Latvian: Arājs/Medne 1977; Lithuanian: Kerbelytė 1999ff. III, 273 No. 1.2.1.17; Lappish: Qvigstad 1925, No. 1158; Swedish: Liungman 1961; Norwegian: Hodne 1984, Nos. 1157, 1158; Danish: Kristensen 1892f. I, Nos. 454, 455, II, Nos. 508, 509; Welsh: Baughman 1966; French: Delarue/Tenèze 1964ff. III; Spanish: Llano Roza de Ampudia 1925, No. 118, Camarena/Chevalier 1995ff. V (forthcoming); Dutch: Sinninghe 1943; Frisian: Kooi 1984a, Kooi/Schuster 1993, No. 27; German: Henßen 1932, 89ff., Henßen 1935, No. 162, Kooi/Schuster 1994, No. 22, Hubrich-Messow 2000, Berger 2001, No. 1157, cf. No. 1157*; Austrian: Depiny 1932, 256 No. 201, cf. Haiding 1969, No. 37; Italian: Finamore 1882f. I 2, No. 57; Hungarian: MNK V; Czech: Jech 1984, No. 10; Russian: SUS; Byelorussian: Zelenin 1915, No. 40, SUS; Gypsy: Mode 1983ff. III, No. 173; Kurdish: Džalila et al. 1989, No. 309; Nepalese: Sakya/Griffith 1980, 166ff.; Chinese: Ting 1978; US-American: Baughman 1966; Ethiopian: Reinisch 1889, No. 17, cf. Moreno 1947, No. 21; South African: Coetzee et al. 1967.

1159 ***The Ogre Caught in the Cleft*** (previously ***The Ogre Wants to Learn to Play***).
BP I, 68f., II, 99f., 421f., 528–531, III, 259; Schwarzbaum 1968, 91, 266; Bynum 1978; EM 3 (1981) 1261–1271 (H. Breitkreuz); Dicke/Grubmüller 1987, No. 41; Scherf 1995 II, 1296–1298; Schmidt 1999.
Finnish: Rausmaa 1982ff. I, No. 30, III, Nos. 4, 14, 62; Finnish-Swedish: Hackman 1917f. I, No. 60b, II, No. 202b (22); Estonian: Aarne 1918, Nos. 1159, 1160; Latvian: Arājs/Medne 1977, Nos. 1159, 1160; Lithuanian: Kerbelytė 1999ff. II; Lappish: Kecskeméti/Paunonen 1974, Nos. 1159, 1160; Wepsian, Wotian, Lydian, Karelian: Kec-

skeméti/Paunonen 1974; Swedish: Liungman 1961, No. 1159/1160; Norwegian: Hodne 1984, No. 1160, p. 345; Faeroese: cf. Nyman 1984, No. 1160; Irish: Ó Súilleabháin/Christiansen 1963; Spanish: Camarena/Chevalier 1995ff. V(forthcoming); Basque: Irigaray 1957, 126f.; Dutch: Meder/Bakker 2001, No. 479; Frisian: Kooi 1984a, Kooi/Meerburg 1990, No. 29; Flemish: Meyer 1968; German: Grimm KHM/Uther 1996 II, No. 114, III, No. 196, Kooi/Schuster 1994, No. 21, Hubrich-Messow 2000, Nos. 1159, 1160, Berger 2001, No. 1178**; Austrian: Plöckinger 1926, No. 67; Ladinian: Kindl 1992, No. 34; Italian: Cirese/Serafini 1975; Hungarian: MNK V, Nos. 1159, 1160; Czech: Tille 1929ff. I, 197, 200f., 282f., II 2, 389f.; Slovakian: Gašparíková 1991f. I, Nos. 103, 223, 324, II, Nos. 381, 410, 437; Slovene: Schlosser 1956, No. 75; Croatian: Bošković-Stulli 1975b, No. 57; Bulgarian: BFP; Greek: Megas/Puchner 1998; Polish: Krzyżanowski 1962f. II, Nos. 1159, 1160; Russian, Byelorussian, Ukrainian: SUS; Gypsy: MNK X 1; Cheremis/Mari, Chuvash, Mordvinian: Kecskeméti/Paunonen 1974; Japanese: Inada/Ozawa 1977ff.; English-Canadian: Halpert/Widdowson 1996 II, No. 69; US-American: Dorson 1964, 79f.

1161 ***The Bear Trainer and His Bear.***

Christiansen 1946, 70–94; Röhrich 1962f. I, 11–26, 235–243; EM 1(1977)1217–1225(L. Röhrich); Verfasserlexikon 4(1983)1279f.(U. Williams).

Finnish: Rausmaa 1982ff. II, No. 183, III, No. 63, Jauhiainen 1998, Nos. G1801, G1802; Finnish-Swedish: Hackman 1917f. II, No. 213; Estonian: Aarne 1918, Nos. 957, 1161; Latvian: Arājs/Medne 1977, Nos. 957, 1161; Lithuanian: Kerbelytė 1999ff. II, Nos. 957, 1161; Lappish: Kecskeméti/Paunonen 1974; Swedish: Liungman 1961, Nos. 957, 1161; Norwegian: Christiansen 1958, Nos. 6015, 6015A, Hodne 1984; Scottish: Baughman 1966; English: Johnson 1839, 295f.; Frisian: Kooi 1984a, Nos. 957, 1161; German: Grubmüller 1996, No. 26, Hubrich-Messow 2000, Berger 2001; Austrian: Vernaleken 1859, Nos. 12, 13, Haiding 1965, No. 30; Czech: Tille 1929ff. II 2, 390f.; Sorbian: Veckenstedt 1880, No. 33, Schulenburg 1880, 122, Schulenburg 1882, 59, Slizinski 1964, Nos. 30, 31; Polish: Krzyżanowski 1962f. I, No. 957; Russian: SUS, Nos. 957, 1161; Byelorussian: SUS; Ukrainian: SUS, No. 957; Cheremis/Mari: Kecskeméti/Paunonen 1974, No. 957; Votyak: Kecskeméti/Paunonen 1974; Japanese: Ikeda 1971, No. 177.

1161A ***The Fattened Cow.***

Latvian: Šmits 1962ff. XI, No. 44; Lithuanian: Kerbelytė 1999ff. II; Russian: SUS; Jewish: Jason 1965

1162 ***The Iron Man and the Ogre.***
EM: Teufel und eiserner Mann (in prep.).
Finnish: Rausmaa 1982ff. III, No. 64; Estonian: Aarne 1918; Latvian: Arājs/Medne 1977; Lithuanian: Kerbelytė 1999ff. II; Livonian: Kecskeméti/Paunonen 1974; Swedish: Liungman 1961; German: Kühnau 1925, No. 102; Russian: SUS; Central African: Lambrecht 1967, No. 1143 (1, 2).

1163 ***The Devil is Tricked into Revealing a Secret*** (previously ***The Ogre Teaches the Smith how to Use Sand in Forging Iron***).
EM: Schmied lernt vom Teufel, Sand zu verwenden (forthcoming).
Finnish: Rausmaa 1982ff. III, Nos. 65–67; Finnish-Swedish: Hackman 1917f. II, No. 215; Estonian: Aarne 1918, Viidalepp 1980, No. 127; Latvian: Arājs/Medne 1977; Lithuanian: Kerbelytė 1999ff. III, 59 No. 1.1.2.11; Swedish: Liungman 1961; Spanish: Camarena/Chevalier 1995ff. V (forthcoming); Portuguese: Vasconcellos/Soromenho et al. 1963f. I, No. 183, Cardigos (forthcoming); German: Debus 1951, No. B23, Neumann 1968b, 62, Hubrich-Messow 2000; Bulgarian: BFP; Greek: Laográphia 6 (1917) 247, Megas/Puchner 1998; Ukrainian: SUS.

1164 ***The Devil and the Evil Woman*** (previously ***The Evil Woman Thrown into the Pit***).
Chauvin 1892ff. VIII, 152f. No. 153; Bebel/Wesselski 1907 I 1, No. 85; BP I, 382, 388, II, 423, IV, 176; Schwarzbaum 1968, 30, 108–111, 320, 462; Tubach 1969, No. 1626; EM 1 (1977) 358; EM 2 (1979) 80–86 (E. Moser-Rath/R. Wolf); Marzolph/Van Leeuwen 2004, No. 458.
Finnish: Rausmaa 1982ff. III, No. 68, VI, 585; Finnish-Swedish: Hackman 1917f. II, No. 216; Estonian: Aarne 1918; Latvian: Arājs/Medne 1977; Lithuanian: Kerbelytė 1999ff. II, Nos. 1164, 1164A, 1164B; Lappish, Wepsian, Lydian, Karelian: Kecskeméti/Paunonen 1974, No. 1164D; Swedish: Liungman 1961; Norwegian: Hodne 1984; Spanish: Espinosa 1946f., Nos. 168–171, Camarena/Chevalier 1995ff. V (forthcoming), No. 1164A; Catalan: Oriol/Pujol 2003; Portuguese: Oliveira 1900f. I, No. 176, Cardigos (forthcoming), No. 1164D; Dutch: Overbeke/Dekker et al. 1991, No. 887; Frisian: Kooi 1984a, No. 1164A; Flemish: Meyere 1925ff. III, No. 230; German: Moser-Rath 1964, Nos. 173, 241, Moser-Rath 1984, 116, Bechstein/Uther 1997 I, No. 71, Berger 2001, No. 1164B*; Italian: Cirese/Serafini 1975, Nos. 1164, 1164D, De Simone 1994, No. 77b; Hungarian: György 1934, No. 20, MNK V, Nos. 1164, 1164D, 1164D*, cf. No. 1164D**; Czech: Tille 1929ff. I, 87ff., Dvořák 1978, No. 1626; Slovakian: Gašparíková 1991f. I, Nos. 53, 93, 206, 262, II, Nos. 367, 482, 490; Serbian: Karadžić 1937, No. 37,

Eschker 1992, No. 36; Croatian: Bošković-Stulli 1967f., No. 20, Dolenec 1972, No. 14, Bošković-Stulli 1975b, No. 56; Macedonian: Čepenkov/Penušliski 1989 III, Nos. 343-345; Rumanian: Schullerus 1928, No. 1164I*; Bulgarian: BFP; Greek: Megas/Puchner 1998, Nos. 1164, 1164D; Turkish: Eberhard-Boratav 1953, No. 377; Jewish: Jason 1965, Haboucha 1992, No. 1164D; Polish: Krzyżanowski 1962f. II; Russian, Byelorussian, Ukrainian: SUS; Turkish: Eberhard/Boratav 1953, No. 377; Jewish: Jason 1965, No. 1164, Jason 1988a, No. 1164D, Haboucha 1992, No. 1164D; Cheremis/Mari: Kecskeméti/Paunonen 1974; Kurdish: Džalila et al. 1989, No. 220; Siberian: Soboleva 1984; Lebanese, Iraqi: Nowak 1969, No. 394; Palestinian: El-Shamy 2004; Iraqi, Saudi Arabian: El-Shamy 2004, No. 1164D; Iranian: Christensen 1958, No. 6, Marzolph 1984, No. 1164D; Pakistani: Thompson/Roberts 1960, No. 1164D; Indian: Thompson/Roberts 1960, Nos. 1164, 1164D, Jason 1989, Nos. 1164, 1164D; Sri Lankan: Thompson/Roberts 1960; Chinese: Ting 1978, Nos. 1164D, 1862B; Spanish-American: Robe 1973, No. 1164A; Mexican: Robe 1973, Nos. 1164A, 1862B; Brazilian: Camara Cascudo 1955b, 36ff., 40ff.; Chilean: Pino Saavedra 1960ff. I, No. 34; Argentine: Hansen 1957, No. *340; Cape Verdian: Parsons 1923b, 193f.; Egyptian: El-Shamy 2004, Nos. 1164, 1164D.

1165 ***The Troll and the Baptism.***
Hartmann 1936, 50; Roberts 1964; Holbek 1991; EM: Troll und Taufe (in prep.).
Finnish: Rausmaa 1982ff. III, No. 69, Jauhiainen 1998, No. N1021; Latvian: Arājs/Medne 1977; Lithuanian: Kerbelytė 1999ff. II; Lappish: Qvigstad 1927ff. IV, No. 13; Swedish: Liungman 1961; Norwegian: Hodne 1984; Danish: Kristensen 1871ff. IV, No. 401, Kristensen 1890, No. 33, Kristensen 1896f, I, No. 22; Faeroese: Nyman 1984; Austrian: Vernaleken 1859, No. 43.

1166* ***The Devil and the Soldier*** (previously ***The Devil Keeps Guard in Place of the Soldier***).
EM: Soldat und Teufel (forthcoming).
Estonian: Aarne 1918, Loorits 1959, No. 210; Latvian: Arājs/Medne 1977; Lithuanian: Aleksynas 1974, No. 128, Kerbelytė 1999ff. III, 267 No. 1.2.1.5; Syrjanian: Kecskeméti/Paunonen 1974; German: Berger 2001; Polish: cf. Krzyżanowski 1962f. II, No. 1166; Russian, Ukrainian: SUS; Votyak: Kecskeméti/Paunonen 1974.

1168 ***Various Ways of Exorcising Devils.***
Tubach 1969, cf. No. 5283; Schwarzbaum 1968, 81.
Lappish: Qvigstad 1925, No. 1166*; Spanish: Camarena/Chevalier 1995ff. V (forth-

coming)； Hungarian: MNK V, Nos. 1168*, 1168**； Polish: cf. Krzyżanowski 1962f. I, Nos. 371, 372； Russian: SUS, No. 1166***； Turkish: Hansmann 1918, 100ff.； Jewish: Noy 1963a, No. 160, Baharav/Noy 1965, No. 47, Jason 1988a； Siberian: Soboleva 1984, No. 1166***； Uzbek: Afzalov et al. 1963 I, 62ff.； Syrian: El-Shamy 2004； Mayan: cf. Peñalosa 1992, No. 46； Egyptian, Moroccan, Sudanese: El-Shamy 2004.

1168A ***The Demon and the Mirror.***
Chauvin 1892ff. II, 88 No. 25； Penzer 1924ff. V, 49 not. 1； Schwarzbaum 1968, 357； Schwarzbaum 1979, 200 not. 15, 553, 557 not. 18； MacDonald 1982, No. K1715.1； Dicke/Grubmüller 1987, No. 385； Scherf 1995 I, 310-313, 584-586, II, 1392f.
Finnish: Rausmaa 1982ff. III, No. 70； Catalan: Neugaard 1993, No. K1715.1； Iraqi: Campbell 1954, 140ff., El-Shamy 2004； Indian: Bødker 1957a, No. K1715.1, Thompson/Roberts 1960； Nepalese: Unbescheid 1987, No. 40； US-American: Bacon/Parsons 1922, No. 12； African American: Harris 1955, 547ff.； Moroccan: El-Shamy 2004.

1168B ***The Tree Demon Pays the Man to Save the Tree.***
Chauvin 1892ff. II, 200 No. 44.
Palestinian, Iraqi: El-Shamy 2004； Indian, Sri Lankan: Thompson/Roberts 1960； Burmese: Kasevič/Osipov 1976, No. 82； Cambodian: Sacher 1979, 173f., cf. Gaudes 1987, No. 40； Egyptian: El-Shamy 2004.

1168C ***The Virgin Mary Saves a Woman Sold to the Devil.***
Wesselski 1909, No. 114； Tubach 1969, No. 5283.
Lithuanian: Kerbelytė 1999ff. II； English: Briggs/Michaelis-Jena 1970, No. 73； French: Tenèze/Delarue 2000, 431ff.； Spanish: Chevalier 1983, No. 90, Camarena/Chevalier 1995ff. V(forthcoming), Goldberg 1998, No. K1841.3； Catalan: Oriol/Pujol 2003； Portuguese: Braga 1914f. II, 21f., Cardigos(forthcoming)； Flemish: Meyer/Sinninghe 1976； Swiss: EM 7(1993)871； Croatian: Bučar 1918, No. 4； Rumanian: Schullerus 1928, No. 827*； Gypsy: Tillhagen 1948, 104ff.

1169 ***Changing Heads*** (previously ***Changing Heads with the Devil***).
Bolte 1901a； Schwarzbaum 1968, 108f., 462； cf. Marzolph 1992 II, No. 684； EM 8 (1996)264-268(R. W. Brednich).
Lithuanian: Kerbelytė 1999ff. III, 61 No. 1.2.1.8； Swedish: Liungman 1961, No. GS1169； French: RTP 17(1902)54, Thibault 1960, No. 21； Spanish: Camarena/Chevalier 1995ff. V(forthcoming)； Portuguese: Parafita 2001f. I, 217, Cardigos(forthcoming)； Flemish: Meyer 1968； Walloon: Polain 1942, No. 45； German: Merkens 1892ff.

I, No. 74, Peuckert 1932, No. 171, Zender 1935, No. 23; Ladinian: Uffer 1945, No. 15, Uffer 1955, 65ff.; Italian: De Nino 1883f. IV, No. 7; Czech: Tille 1929ff. I, 585; Slovene: Križnik 1874, 8f.; Serbian: cf. Eschker 1992, No. 68; Croatian: Bošković-Stulli 1975a, No. 9; Greek: Kretschmer 1917, No. 54; Byelorussian, Ukrainian: SUS; Jewish: Jason 1965; Kurdish: Družinina 1959, 39ff.; Iranian: Marzolph 1984, No. *1169.

SOULS SAVED FROM THE DEVIL 1170–1199

1170 ***The Unsalable Woman*** (previously ***The Evil Woman in the Glass Case as Last Commodity***).

Dähnhardt 1907ff. I, 196; BP III, 16; EM: Weib: Böses W. als schlechte Ware (in prep.).

Finnish: Rausmaa 1982ff. III, No. 71, VI, No. 8; Finnish-Swedish: Hackman 1917f. II, Nos. 206, 217; Lappish: Lagercrantz 1957ff. II, No. 361; Swedish: Liungman 1961; Irish: Ó Súilleabháin/Christiansen 1963; Italian: Cirese/Serafini 1975; Polish: Krzyżanowski 1962f. II; Russian: Bazanov/Alekseev 1964, No. 73; Iraqi: El-Shamy 1995 I, No. K216.1.

1171 ***A Rabbit in Each Net.***

Dähnhardt 1907ff. III, 23; BP III, 16 not. 1.

Finnish: Rausmaa 1982ff. III, Nos. 74, 75, Jauhiainen 1998, No. E566; Syrjanian: cf. Belinovič/Plesovskij 1958, 125; Swedish: Liungman 1961; German: cf. Berger 2001, No. 1171*.

1172 ***All Stones from the Stream or the Field.***

HDS (1961–63) 705; EM 1 (1977) 968; Hansen 2002, 97–99.

Finnish: Rausmaa 1982ff. III, No. 76; Swedish: Liungman 1961; Danish: Aakjaer/Holbek 1966, Nos. 299, 674; Walloon: Laport 1932, No. *1172A; German: cf. Zender 1966, No. 915; Ladinian: Büchli/Brunold-Bigler 1989ff. II, 434f., 525f.; Swiss: Büchli/Brunold-Bigler 1989ff. II, 115, 836f., 871, cf. 263, III, cf. 56; Italian: Cirese/Serafini 1975, No. 1172*, Büchli/Brunold-Bigler 1989ff. III, 748, 758f.

1173A ***The Devil is to Fulfill Three Wishes.***

Oliverius 1971; EM 1 (1977) 968.

Finnish: Rausmaa 1982ff. III, Nos. 77, 80; Finnish-Swedish: Hackman 1917f. II, No. 219; Swedish: Liungman 1961, No. 1173*; Hungarian: cf. Gaál 1970, No. 58; French-

American: Ancelet 1994, No. 41.

1174 ***Making a Rope of Sand.***

Zachariae 1907; BP II, 513, III, 16 not. 1; Wesselski 1932; Schwarzbaum 1968, 234, 476; EM 1(1977)968; Anderson 2000, 103–105; Hansen 2002, 256f.; EM: Seil aus Sand(forthcoming).

Finnish: Rausmaa 1982ff. III, No. 78, IV, No. 1; Estonian: Aarne 1918; Latvian: Arājs/Medne 1977; Lithuanian: Kerbelytė 1999ff. II; Lappish: Qvigstad 1927ff. III, No. 91; Wepsian: Kecskeméti/Paunonen 1974; Swedish: Liungman 1961; Norwegian: Christiansen 1958, No. 3020, Christiansen 1964, No. 15; Icelandic: Sveinsson 1929; Scottish: Aitken/Michaelis-Jena 1965, No. 25; Irish: Ó Súilleabháin/Christiansen 1963, Baughman 1966; English: Baughman 1966, Briggs 1970f. B I, 81, 83, 116f., 134f.; French: Bladé 1886 I, No. 1; Flemish: Meyer/Sinninghe 1973; German: Merkens 1892ff. III, No. 61, Henßen 1944, 162ff., Grimm KHM/Uther 1996 II, No. 112, Berger 2001, No. 1174, cf. No. 1178***; Hungarian: MNK V; Czech: Sirovátka 1980, No. 23; Macedonian: Tošev 1954, 209ff.; Rumanian: Schullerus 1928; Bulgarian: BFP; Greek: Megas/Puchner 1998; Polish: Krzyżanowski 1962f. II; Tuva: cf. Taube 1978, Nos. 49, 50; Iraqi: El-Shamy 2004; Iranian: cf. Marzolph 1984, No. *891BI; Chinese: Ting 1978; Korean: cf. Zŏng 1952, No. 43; Indonesian: Vries 1925f. II, No. 160; Japanese: cf. Seki 1963, No. 53; Filipino: Fansler 1921, 55ff.; Egyptian, Tunisian: El-Shamy 2004; Moroccan: Scelles-Millie 1970, 108, El-Shamy 2004; Sudanese, Somalian: El-Shamy 2004.

1175 ***Straightening Curly Hair.***

BP III, 16 not. 1; EM 1(1977)968.

Finnish: Rausmaa 1982ff. III, Nos. 76, 79, 81; Finnish-Swedish: Hackman 1917f. II, Nos. 220, 223(3,5); Estonian: Aarne 1918; Livonian: Loorits 1926; Latvian: Arājs/Medne 1977; Lithuanian: Kerbelytė 1999ff. II; Syrjanian: Kecskeméti/Paunonen 1974; Swedish: Liungman 1961; Danish: Kristensen 1881ff. II, No. 43; English: Baughman 1966, Briggs 1970f. A I, 208ff.; Spanish: González Sanz 1996, Camarena/Chevalier 1995ff. V(forthcoming); Catalan: Oriol/Pujol 2003; Portuguese: Meier/Woll 1975, No. 111; Dutch: Overbeke/Dekker et al. 1991, No. 384, Kooi 2003, Nos. 60, 61; Flemish: Meyer 1968; Walloon: Laport 1932; German: Lang 1916, 14ff., Henßen 1935, No. 163, Kooi/Schuster 1994, No. 23; Swiss: Jegerlehner 1913, Nos. 45, 113; Austrian: Depiny 1932, 255 No. *198, Haiding 1965, No. 95; Italian: Cirese/Serafini 1975; Hungarian: MNK V; Czech: Tille 1929ff. I, cf. 177ff., Sirovátka 1980, No. 23; Slovakian: Polívka 1923ff. IV, No. 86; Serbian: Anthropophyteia 1(1904)168ff.,

Krauss/Burr et al. 2002, No. 234; Croatian: Bošković-Stulli 1975b, No. 55; Rumanian: Schullerus 1928; Bulgarian: BFP; Greek: Megas/Puchner 1998; Polish: cf. Krzyżanowski 1962f. II, No. 1174; Russian, Byelorussian, Ukrainian: SUS; Jewish: Jason 1965; Indian: Thompson/Roberts 1960, Jason 1989, Blackburn 2001, No. 2; US-American: JAFL 39(1926)365, No. 57; Mexican: Robe 1973; Puerto Rican: Hansen 1957; South American Indian: Hissink/Hahn 1961, No. 383.

1176 ***Catching a Man's Broken Wind.***

Montanus/Bolte 1899, No. 49; BP III, 16 not. 1; Basset 1924ff. I, 458 No. 157, 539 No. 225; EM 1(1977)968.

Finnish: Rausmaa 1982ff. III, Nos. 76, 80; Finnish-Swedish: Hackman 1911, Hackman 1917f. II, Nos. 218, 221a; Estonian: Aarne 1918; Latvian: Arājs/Medne 1977; Lithuanian: Kerbelytė 1999ff. II; Swedish: Liungman 1961, Nos. 1176, 1177*; Danish: Kristensen 1892f. II, Nos. 506, 507; Irish: Ó Súilleabháin/Christiansen 1963, Nos. 1176, 1177*; Spanish: Espinosa 1988, Nos. 282, 283, Camarena/Chevalier 1995ff. V(forthcoming); Dutch: Sinninghe 1943, Kooi 2003, Nos. 58, 62; Frisian: Kooi 1984a, Kooi/Schuster 1993, No. 29; Flemish: Meyer 1968, Nos. 1176, 1177*, Meyer/Sinninghe 1973, 1976; German: Debus 1951, No. B23, Jenssen 1963, 85f., Kooi/Schuster 1994, Nos. 249a-c, Hubrich-Messow 2000, Berger 2001; Italian: Cirese/Serafini 1975, De Simone 1994, No. 77a; Hungarian: MNK V; Czech: Sirovátka 1980, No. 23; Croatian: Bošković-Stulli 1967f., No. 26, Bošković-Stulli 1975a, No. 7, Bošković-Stulli 1975b, No. 54; Greek: Orso 1979, No. 74, Megas/Puchner 1998, No. 1177*; Polish: cf. Krzyżanowski 1962f. II, No. 1174; Russian, Byelorussian, Ukrainian: SUS; Adygea: Dumézil 1957, No. 10; Japanese: Inada/Ozawa 1977ff.; French-Canadian: Lemieux 1974ff. I, 289ff., II, No. 24; Brazilian: Alcoforado/Albán 2001, No. 73; Chilean: Pino Saavedra 1960ff. III, No. 171; Egyptian: El-Shamy 2004, No. 1177.

1177 ***The Devil and the Bees.***

Dutch: Volkskunde 8(1895/96)35; Frisian: Kooi 1984a, No. 327C*; Flemish: Meyer 1968, No. 327C*; German: cf. Merkens 1892ff. I, No. 93, cf. Ruppel/Häger 1952, No. 151, Benzel 1991, 51f.

1177** ***Fetching the Woman's Grindstone.***

BP III, 16 not. 1; EM 1(1977)968.

Estonian: Aarne 1918, No. 1177*; Flemish: Joos 1889ff. I, No. 33; German: Berger 2001.

1178 ***The Devil Outriddled.***

BP III, 16 not. 1; Wesselski 1932; EM 1(1977)968.

Finnish: Rausmaa 1982ff. III, No. 81, Jauhiainen 1998, No. E481; Livonian: Loorits 1926, No. 1178; Danish: Kristensen 1892f. II, No. 505; Swedish: Liungman 1961, No. 1178*; Norwegian: Christiansen 1958, No. 3020; Icelandic: Sveinsson 1929, Nos. 813I*, 813II*; English: Baughman 1966, No. G303.16.19.3, Briggs 1970f. A I, 403f.; Spanish: Camarena/Chevalier 1995ff. V(forthcoming); Catalan: Oriol/Pujol 2003; Portuguese: Vasconcellos/Soromenho et al. 1963f. I, No. 223, Cardigos(forthcoming); Frisian: Kooi 1984a, No. 1178*; German: Merkens 1892ff. III, No. 74, cf. Nos. 67, 76, 77, Meyer 1925a, No. 73, Zender 1984, No. 78, Benzel 1991, 245f.; Austrian: Depiny 1932, 255 nos. 195, 196, Haiding 1969, No. 142, cf. No. 126; Italian: Cirese/Serafini 1975, De Simone 1994, No. 77c; Czech: Tille 1929ff. I, 184f.; Bulgarian: BFP, No. *1178A*; Polish: cf. Krzyżanowski 1962f. II, No. 3020; Sorbian: Nedo 1956, No. 86; Russian: SUS, No. 1178*; Byelorussian: cf. Ramanaŭ 1962, No. 66, SUS, No. 1178*; Jewish: Stephani 1998, No. 15; Indian: Thompson/Balys 1958, No. G303.16.19.3; French-Canadian: Lemieux 1974ff. I, 289ff.; US-American: cf. Burrison 1989, 200f.; Mexican: Robe 1973.

1178** ***The Devil at the Grindstone.***

EM 1(1977)968.

Finnish: Rausmaa 1982ff. III, Nos. 11, 82, 83; Finnish-Swedish: Hackman 1911, No. 222, 1–4; Swedish: Liungman 1961; Czech: Tille 1929ff. I, 193ff.; Spanish-American: TFSP 7(1928)130ff.

1179 ***The Devil on the Ship*** (previously ***The Ogre on the Ship***).

BP III, 16 not. 1; EM 1(1977)968.

Finnish: Rausmaa 1982ff. III, No. 84; Finnish-Swedish: Hackman 1917f. II, No. 223; Estonian: Aarne 1918, Nos. 1179, 1179*; Livonian: Loorits 1926; Latvian: Arājs/Medne 1977; Lappish: Qvigstad 1927ff., No. 91; Swedish: Liungman 1961; Norwegian: Christiansen 1958, No. 3020, Hodne 1984; Irish: Ó Súilleabháin/Christiansen 1963, Nos. 1179, 1179*; Frisian: Kooi 1984a, No. 1179*, Kooi/Schuster 1993, No. 33; German: Neumann 1973, No. 96, Hubrich-Messow 2000, Nos. 1179, 1179*; Polish: cf. Krzyżanowski 1962f. II, No. 3020; English-Canadian: Halpert/Widdowson 1996 II, Nos. 70–72.

1180 ***Catching Water in a Sieve.***

BP III, 16 not. 1, 338f., 476f.; Schwarzbaum 1968, 101; Tubach 1969, No. 2135; EM 3

(1981) 267–270 (H.-J. Uther); Scherf 1995 I, 139–141, II, 1352–1354; Hansen 2002, 69–75.
Finnish: Rausmaa 1982ff. III, Nos. 39, 81, 85; Finnish-Swedish: Hackman 1917f. II, No. 224; Estonian: Aarne 1918; Livonian: Loorits 1926; Latvian: Arājs/Medne 1977; Lithuanian: Kerbelytė 1999ff. II; Syrjanian: Belinovič/Plesovskij 1958, 125f.; Swedish: Liungman 1961; Norwegian: Christiansen 1958, No. 3020; Danish: cf. Bødker/Hüllen 1966, 137f.; Icelandic: Sveinsson 1929; Scottish: Briggs 1970f. A I, 561f., B I, 66f.; Irish: Ó Súilleabháin/Christiansen 1963; Welsh: Baughman 1966; English: Baughman 1966, Briggs 1970f. A I, 267f., 445, 561f., B I, 66f.; French: Tegethoff 1923 II, No. 13, Bødker et al. 1963, 160ff.; Spanish: Camarena/Chevalier 1995ff. V (forthcoming); Catalan: Oriol/Pujol 2003; German: Asmus/Knoop 1898, 25f., Peuckert 1932, No. 89, cf. Grimm KHM/Uther 1996 III, No. 178, Berger 2001; Austrian: Haiding 1965, No. 133; Italian: Toschi/Fabi 1960, No. 78, Cirese/Serafini 1975; Czech: Tille 1929ff. I, 182f., Dvořák 1978, No. 2135; Croatian: Bošković-Stulli 1975b, No. 55; Rumanian: Stroescu 1969 I, Nos. 3652, 3653; Greek: Megas/Puchner 1998; Polish: cf. Krzyżanowski 1962f. II, No. 3020; Russian, Ukrainian: SUS; Turkish: cf. Spies 1967, No. 20; Gypsy: Briggs 1970f. A I, 167f., Mode 1983ff. II, No. 79; Tadzhik: Rozenfel'd/Ryčkovoj 1990, No. 51; Tuva: cf. Taube 1978, No. 47; Georgian: Kurdovanidze 2000; Iranian: cf. Marzolph 1984, Nos. 327 II g, 425 B IV e; Indian: Thompson/Roberts 1960; Chinese: Ting 1978; Japanese: Ikeda 1971, No. H1023.2, Inada/Ozawa 1977ff.; Filipino: cf. Fansler 1965, No. 7b; US-American: Roberts 1958a, 1ff.; Mexican: Robe 1973; Puerto Rican: Flowers 1953; Chilean: Pino Saavedra 190ff. III, No. 172; Argentine: Hansen 1957, Nos. **1191A, **1191B; Egyptian, Sudanese: El-Shamy 2004; Malagasy: Haring 1982, No. 3.2.327B.

1182 ***The Level Bushel.***
BP III, 14, 364; HDM 2 (1934–40) 485f.; EM 1 (1977) 968; EM: Scheffel: Der gestrichene S. (forthcoming).
Finnish: Rausmaa 1982ff. III, No. 86; Finnish-Swedish: Hackman 1917f. I, No. 94 (2), II, No. 225; Latvian: Arājs/Medne 1977; Swedish: Liungman 1961; Danish: Grundtvig 1876ff. II, No. 19, Kristensen 1892f. I, No. 458, Kristensen 1900, No. 49; French: Arnaudin 1966, No. 13; Dutch: Sinninghe 1943, Kooi 2003, No. 63; Frisian: Kooi 1984a, Kooi/Schuster 1993, No. 26; German: Kooi/Schuster 1994, No. 25, Hubrich-Messow 2000; Austrian: Haiding 1969, No. 80; Ladinian: Decurtins 1896ff. II, 641 No. 110.

1182A ***The Copper Coin.***

BP III, 14, 364; HDM 2(1934–40)485f.; EM 1(1977)968.

Finnish: Rausmaa 1982ff. III, No. 87; Finnish-Swedish: Hackman 1917f. II, No. 226; Swedish: Liungman 1961, No. 1182*.

1183 ***Washing Black Wool White*** (previously ***Washing Black Cloth White: Task for Devil***).

Roberts 1958b; Kasprzyk 1963, No. 15; HDM 2(1934–40)485f.; EM 1(1977)968.

Lithuanian: Kerbelytė 1999ff. II; Syrjanian: Kecskeméti/Paunonen 1974; French: cf. Joisten 1971 I, Nos. 4.1–4.6; Spanish: Camarena/Chevalier 1995ff. V(forthcoming); Catalan: Oriol/Pujol 2003; German: Lang 1916, No. 3; Swiss: Jegerlehner 1913, No. 113, Büchli/Brunold-Bigler 1989ff. II, 159, 263, 545f., III, 749; Austrian: cf. Haiding 1965, No. 99; Ladinian: Decurtins 1896ff. II, 55 No. 44, Büchli/Brunold-Bigler 1989ff. II, 525f.; Italian: Todorović-Strähl/Lurati 1984, No. 53; Slovene: Matičetov 1973, No. 11; Croatian: Smičiklas 1910ff. 17, 350ff., Bošković-Stulli 1975b, No. 55; Mexican: Robe 1973; Mayan: Peñalosa 1992; Chilean: Pino Saavedra 1960ff. III, No. 172; Argentine: Hansen 1957, Nos. **1191A-**1191C.

1184 ***The Last Leaf.***

BP III, 199f., 364; Krappe 1927, 154–157; Lixfeld 1971, 54–65; EM 8(1996)785–788 (R. W. Brednich).

Estonian: Aarne 1918, 152 No. 79; Latvian: Ambainis 1979, No. 62; Lithuanian: Kerbelytė 1999ff. II; Swedish: Liungman 1961; Danish: Skattegraveren 3(1885)29 No. 40; French: Tenèze/Hüllen 1961, No. 13; Spanish: Camarena/Chevalier 1995ff. V(forthcoming); Catalan: Oriol/Pujol 2003; Dutch: Sinninghe 1943; Frisian: Kooi 1984a; Flemish: Meyere 1925ff. IV, No. 451; German: Grimm KHM/Uther 1996 III, No. 148, Hubrich-Messow 2000, cf. Berger 2001, No. 1184A; Austrian: Depiny 1932, 258 nos. 209–211, Haiding 1965, No. 128; Hungarian: MNK V; Czech: Tille 1929ff. I, 184; Slovene: Möderndorfer 1946, 325; Polish: cf. Krzyżanowski 1962f. II, No. 2490; Russian, Ukrainian: SUS.

1185 ***The First Crop.***

BP III, 364; EM 3(1981)1118–1120(H.-J. Uther).

Swedish: Liungman 1961; Danish: Aakjaer/Holbek 1966, No. 588; English: Briggs 1970f. A II, 88, B II, 203; Frisian: Kooi/Schuster 2003, Nos. 272, 283; German: Bockemühl 1930, 125f., Henßen 1935, No. 98, Kooi/Schuster 1994, No. 26; Rumanian: Stroescu 1969 II, No. 4938.

1185* ***When Pigs Walk.***
Lithuanian: Kerbelytė 1999ff. II; Russian, Byelorussian, Ukrainian: SUS.

1186 ***The Devil and the Lawyer*** (previously ***With his Whole Heart***).
Wesselski 1909, No. 36; Taylor 1921a; Pauli/Bolte 1924 I, No. 81; Röhrich 1962f. II, 251–278, 460–472; Tubach 1969, Nos. 1574, 2204; EM 1(1977)118–123(L. Röhrich); Ní Dhuibhne 1980f.; Dekker et al. 1997, 88–90.
Finnish: Rausmaa 1982ff. III, No. 88; Estonian: cf. Loorits 1959, No. 173; Latvian: Arājs/Medne 1977, No. *813E, Ambainis 1979, No. 99; Lithuanian: Kerbelytė 1999ff. II; Swedish: Liungman 1961; Norwegian: Hodne 1984; Danish: Kamp 1877, No. 898, Skattegraveren 2(1884)105f., Christensen/Bødker 1963ff., No. 67; Irish: Ó Súilleabháin/Christiansen 1963; French: Joisten 1971 I, No. 69.1; Portuguese: Parafita 2001f. I, 121f., Cardigos(forthcoming); Dutch: Sinninghe 1943; Frisian: Kooi 1984a; Flemish: Meyer 1968; German: Moser-Rath 1964, No. 157, Kooi/Schuster 1994, No. 47, Bechstein/Uther 1997 I, No. 18, Berger 2001; Swiss: cf. Wildhaber/Uffer 1971, No. 41; Ladinian: Decurtins 1896ff. II, 90 No. 70; Hungarian: György 1934, No. 189, MNK V; Slovene: Zupanc 1956, 48f.; Rumanian: Stroescu 1969 I, No. 3327; Polish: Krzyżanowski 1962f. II; Spanish-American: TFSP 29(1959)142f.

1187 ***Meleager.***
Brednich 1963; Kasprzyk 1963, No. 93; Schwarzbaum 1980, 276; EM 9(1999)547–551(R. W. Brednich); Grossardt 2001.
Finnish: Rausmaa 1982ff. III, No. 89, Jauhiainen 1998, No. E532; Scottish, Welsh: Baughman 1966; Irish: Ó Súilleabháin/Christiansen 1963; English: Briggs 1970f. A I, 295f., A II, 186ff., B I, 45, 53, 68ff., 76f.; French: Delarue/Tèneze 1964ff. II, No. 332 IIIB; Spanish: González Sanz 1996, Camarena/Chevalier 1995ff. V(forthcoming); Portuguese: Cardigos(forthcoming); Frisian: Kooi 1984a; Flemish: Meyer 1968, Meyer/Sinninghe 1973, 1976; German: Zender 1966, Nos. 873, 877, Moser-Rath 1984, 6, 52ff., 57, Kooi/Schuster 1994, No. 27, cf. No. 29; Ladinian: Büchli/Brunold-Bigler 1989ff. II, 146ff.; Italian: Cirese/Serafini 1975; Greek: Megas/Puchner 1998; Gypsy: Briggs 1970f. B I, 45; Japanese: Ikeda 1971; English-Canadian: Halpert/Widdowson 1996 II, No. 73; French-Canadian: Barbeau 1916, No. 25; US-American: Baughman 1966.

1187* ***Unfinished Work.***
Schwarzbaum 1968, 462.
Swedish: NM, HA Sagor; Spanish: Camarena/Chevalier 1995ff. V(forthcoming);

Portuguese: Cardigos (forthcoming), No. 810A*; Dutch: Vogelschor 1941, No. 2; Frisian: Kooi 1984a; German: Brunner/Wachinger 1986ff. VIII, No. [2]Met/232, Kooi/Schuster 1994, Nos. 28, 29, Hubrich-Messow 2000; Swiss: cf. Wildhaber/Uffer 1971, No. 61; Italian: Cirese/Serafini 1975; Byelorussian: SUS.

1188 ***Come Tomorrow.***
EM 8 (1996) 95–97 (H. Stein).
Finnish: Rausmaa 1982ff. III, No. 90; Lithuanian: Kerbelytė 1999ff. II; French: RTP 2 (1887) 296; Hungarian: MNK V; Bulgarian: cf. BFP; Ukrainian: Čendej 1959, No. 101; Gypsy: MNK X 1; Georgian: Kurdovanidze 2000.

1190* ***The Man Thought Hanged.***
Estonian: Aarne 1918; German: Wossidlo/Neumann 1963, No. 215; Serbian: cf. Đjorđjevič/Milošević-Đjorđjevič 1988, No. 192; Bulgarian: BFP; Greek: Megas/Puchner 1998.

1191 ***Sacrifice on the Bridge*** (previously ***The Dog on the Bridge***).
Pauli/Bolte 1924 I, No. 507, II, No. 733d; Tubach 1969, No. 3289; EM 1 (1977) 1393–1397 (I. Taloş); EM 2 (1979) 838–842 (E. Moser-Rath); EM 7 (1993) 559–561 (L. Röhrich); Hansen 2002, 114–117.
Finnish: Rausmaa 1982ff. III, Nos. 64, 91; Estonian: Aarne 1918, 123 No. 48; Lithuanian: Kerbelytė 1973, Nos. 32c, 35, 37; Swedish: Bergvall/Nyman et al. 1991, No. 60; Norwegian: Hodne 1984, 345; Irish: Ó Súilleabháin/Christiansen 1963; Welsh: Trevelyan 1909, 153, Davies 1911, 179; English: Briggs 1970f. B I, 52, 60f., 88f.; French: RTP 6 (1891) 279–287, 404, 409–412, Tegethoff 1923 II, No. 38, Arnaudin 1966, No. 12; Spanish: Childers 1948, No. J1169.4, González Sanz 1996, Camarena/Chevalier 1995ff. V (forthcoming); Catalan: Oriol/Pujol 2003; Dutch: Sinninghe 1943, 105 No. 852; Flemish: Meyer/Sinninghe 1976, cf. Top 1982, No. 81; German: Hubrich-Messow 2000, Berger 2001; Swiss: Jegerlehner 1913, 80, Grimm DS/Kindermann-Bieri 1993, No. 26; Austrian: Alpenburg 1857, No. 19, Depiny 1932, 252f. nos. 180–186, 254 No. 191, cf. Haiding 1965, No. 180; Italian: Cirese/Serafini 1975; Hungarian: Bihari 1980, No. J II 2/A; Slovene: Šašel/Ramovš 1936, 32, Kropej 2003, No. 21; Polish: Krzyżanowski 1962f. II; Sorbian: cf. Schulenburg 1880, 187; Japanese: cf. Ikeda 1971, No. 812; US-American: Dorson 1946, 55.

1192 ***The First Bundle.***
Kooi 1987b.

Dutch: Sinninghe 1943, No. 1176*, Kooi 2003, No. 65; Flemish: Wolf 1843, No. 458; Frisian: Kooi 1984a, No. 1191B*, Kooi/Meerburg 1990, No. 28; German: Bodens 1937, 87f., Henßen 1963, No. 15; US-American: Baughman 1966, No. K219.9*.

1199 ***Prayer Without End*** (previously ***The Lord's Prayer***).

BP I, 381, 404–407, II, 163–165; Wesselski 1925, 213; Schwarzbaum 1968, 108, 110, 111, 291, 292, 462; EM 5(1987)801–803(R. W. Brednich); Scherf 1995 I, 729–731; Hansen 2002, 243–246.

Finnish: Rausmaa 1982ff. III, Nos. 2, 95; Lithuanian: Kerbelytė 1999ff. II, Nos. 1199, 1199B; Swedish: Liungman 1961; Icelandic: Gering 1882f. II, No. 78; Irish: Ó Súilleabháin/Christiansen 1963; Spanish: Espinosa 1946, No. 33, Camarena/Chevalier 1995ff. V(forthcoming); Portuguese: Coelho 1985, No. 23, Cardigos(forthcoming); Frisian: Kooi 1984a, No. 1199B; German: Wolf 1851, 365ff., Berger 2001, No. 1193*; Italian: Cirese/Serafini 1975; Hungarian: MNK V; Slovakian: Gašparíková 1991f. I, No. 270; Bulgarian: cf. Parpulova/Dobreva 1982, 219ff.; Greek: Megas/Puchner 1998, No. 1199B; Polish: Krzyżanowski 1962f. II; Russian: SUS, No. 1199B; Ukrainian: Javorski 1915, No. 13, SUS; Jewish: Noy 1963b, No. 8, Jason 1965, 1975; Dagestan: Chalilov 1965, No. 107; Armenian: Hoogasian-Villa 1966, Nos. 45, 75; Kazakh: Wunderblume 1958, 413ff.; Palestinian, Iraqi: El-Shamy 2004, No. 1199B; Iranian: cf. Marzolph 1984, No. *1199; Indian: Jason 1989; US-American: Baughman 1966; Brazilian: Cascudo 1955a, 437ff.; Argentine: cf. Hansen 1957, No. **1191C; Indonesian: Vries 1925f. II, 404 No. 113.

1199A ***Preparation of Bread.***

BP I, 222, 331; Kriß 1933, 87f.; Abry/Joisten 2003, EM 11,1(2003)93–96(S. Schott).

Finnish: Rausmaa 1982ff. III, Nos. 43, 96, 97, Jauhiainen 1998, No. E1015; Estonian: Loorits 1959, No. 110; Latvian: Arājs/Medne 1977; Lithuanian: Kerbelytė 1999ff. II; Swedish: Hyltén-Cavallius/Stephens 1844, No. 12; Norwegian: Stroebe 1915 II, No. 42; Basque: Irigaray 1957, No. 38; Catalan: cf. Neugaard 1993, No. K551.1.1, Oriol/Pujol 2003; German: Moser-Rath 1964, No. 84, Hubrich-Messow 2000; Austrian: Alpenburg 1857, No. 9; Hungarian: MNK V, Dömötör 2001, 289, 292; Macedonian: cf. Miliopoulos 1955, 59f.; Rumanian: Schullerus 1928, No. 1199I*; Bulgarian: BFP; Sorbian: Schulenburg 1880, 89f.; Ukrainian: Mykytiuk 1979, No. 228; Gypsy: MNK X 1; Mordvinian: Paasonen/Ravila 1938ff. III, 282ff.; Votyak: Kecskeméti/Paunonen 1974.

ANECDOTES AND JOKES

STORIES ABOUT A FOOL 1200–1349

1200 *Sowing Salt.*

Wesselski 1911 II, No. 423; Dekker et al. 1997, 176; Hansen 2002, 414f.; EM: Salzsaat (forthcoming).

Finnish: Rausmaa 1982ff. IV, Nos. 12, 13; Finnish-Swedish: Hackman 1917f. II, Nos. 230, 263(5.6); Estonian: Aarne 1918; Latvian: Arājs/Medne 1977, No. 1200, cf. No. *1583*; Lithuanian: Kerbelytė 1999ff. II; Livonian, Lappish, Karelian: Kecskeméti/Paunonen 1974; Swedish: Liungman 1961; Norwegian: Christiansen 1964, No. 77; Danish: Christensen 1939, No. 57, Bødker/Hüllen 1966 II, 99ff.; Faeroese: Nyman 1984; English: Briggs 1970f. A II, 112, 147, 195, 197, 200, 233f., 255, 256, 349; French: Bladé 1886 III, 130ff., Fabre/Lacroix 1970b, 245ff.; Spanish: Espinosa 1988, No. 284; Portuguese: Soromenho/Soromenho 1984f. II, No. 458, Cardigos(forthcoming); Flemish: Meyere 1925ff. III, No. 11; Walloon: Laport 1932; German: Ranke 1966, No. 71b, Moser-Rath 1984, 66, Berger 2001, No. 1201*, Hubrich-Messow(forthcoming); Swiss: Jegerlehner 1913, Nos. 158, 159; Austrian: Lang-Reitstätter 1948, 20; Italian: Cirese/Serafini 1975; Maltese: cf. Mifsud-Chircop 1978; Hungarian: MNK VI, No. 1200, cf. Nos. 1200I*, 1200II*, 1200III*, 1200IV*, 1200V*; Slovakian: Polívka 1923ff. V, 7ff., Gašparíková 1991f. I, Nos. 114, 180; Slovene: Zupanc 1956, 86f.; Serbian: Vrčevič 1868f. I, Nos. 316, 317; Croatian: Eschker 1986, No. 15; Bosnian: Krauss 1914 I, No. 55; Macedonian: Piličkova 1992, No. 25; Rumanian: Stroescu 1969 I, No. 3855; Bulgarian: BFP; Greek: Loukatos 1957, 305, Megas/Puchner 1998; Polish: Krzyżanowski 1962f. II; Russian, Byelorussian, Ukrainian: SUS; Turkish: Eberhard/Boratav 1953, No. 327 V; Jewish: Jason 1965, 1975, 1988a; Gypsy: MNK X 1; Azerbaijan: Dirr 1920, No. 80; Uzbek: cf. Schewerdin 1959, 215ff.; Tadzhik: Sandelholztruhe 1960, 83ff.; Georgian: Kurdovanidze 2000; Iraqi: Campbell 1952, 142ff., El-Shamy 2004, No. 1004A§; Pakistani: Thompson/Roberts 1960; Indian: Thompson/Roberts 1960, Jason 1989; US-American: Randolph 1955, 123ff.; Spanish-American, Mexican: Robe 1973; Ethiopian: Reinisch 1889, No. 8; Eritrean: Littmann 1910, No. 24; East African: Klipple 1992; South African: Coetzee at al. 1967, No. 1384.

1200A *Sowing the Seed in One Place.*

Basque: Webster 1877, 11ff.; Italian: Cirese/Serafini 1975; Bulgarian: BFP; Greek: Megas/Puchner 1998.

1201 ***Carrying the Horse*** (previously ***The Plowing***).
Frey/Bolte 1896, No. 13; Bebel/Wesselski 1907 I 1, No. 43; EM 10(2002)929-932(J. van der Kooi).
Finnish: Rausmaa 1982ff. IV, Nos. 13-15; Finnish-Swedish: Hackman 1917f. II, Nos. 230, 231; Estonian: Aarne 1918; Livonian: Kecskeméti/Paunonen 1974; Latvian: Arājs/Medne 1977; Lithuanian: Kerbelytė 1999ff. II; Swedish: Liungman 1961, 276f.; Norwegian: Hodne 1984; Danish: Kristensen 1892 I, No. 87, Christensen 1939, Nos. 6, 57; English: Briggs 1970f. A II, 12; Walloon: Laport 1932; German: Ranke 1966, No. 71c, Moser-Rath 1984, 66, Berger 2001, Nos. 1201*, 1201**, Hubrich-Messow (forthcoming); Swiss: Büchli/Brunold-Bigler 1989ff. II, 262; Austrian: Lang-Reitstätter 1948, 95, Haiding 1965; Hungarian: MNK VI; Slovakian: Gašparíková 1991f. I, Nos. 114, 180; Slovene: Kuret 1954, 12; Polish: Krzyżanowski 1962f. II; Jewish: Schwarzbaum 1968, 473; Votyak: Munkácsi 1952, No. 105; Tadzhik: Dechoti 1958, 82; Chinese: Ting 1978; US-American: Baughman 1966; Spanish-American: TFSP 19(1944)156.

1202 ***The Dangerous Sickle*** (previously ***The Grain Harvesting***).
BP II, 69-76; EM: Sichel: Die gefährliche S.(forthcoming).
Finnish: Rausmaa 1982ff. IV, Nos. 16, 92; Finnish-Swedish: Hackman 1917f. II, No. 232a; Estonian: Aarne 1918; Latvian: Arājs/Medne 1977; Livonian, Karelian: Kecskeméti/Paunonen 1974; Syrjanian: Fokos-Fuchs 1951, No. 16; Swedish: EU, No. 12522; French: Meyrac 1890, 515ff.; Spanish: González Sanz 1996; Catalan: Oriol/Pujol 2003; Portuguese: Oliveira 1900f. II, No. 321, Cardigos(forthcoming); Dutch: Kooi 2003, No. 85; Frisian: Kooi 1984a, Kooi/Schuster 1993, No. 90; German: Kooi/Schuster 1994, No. 81, Grimm KHM/Uther 1996 II, No. 70, Hubrich-Messow(forthcoming); Austrian: Haiding 1965, No. 263; Italian: Cirese/Serafini 1975; Sardinian: Cirese/Serafini; Hungarian: MNK VI; Slovakian: Polívka 1923ff. V, 8f.; Macedonian: Čepenkov/Penušliski 1989 III, No. 243, IV, No. 359; Bulgarian: Haralampieff/Frolec 1971, 214ff.; Polish: Krzyżanowski 1962f. II; Russian, Byelorussian, Ukrainian: SUS; Cheremis/Mari, Chuvash, Mordvinian: Kecskeméti/Paunonen 1974; Votyak: Munkacsi 1952, No. 105; Siberian: Soboleva 1984; French-Canadian: Lemieux 1974ff. XII, 227ff., 236ff.; Puerto Rican: Hansen 1957; Chilean: Pino Saavedra 1960ff. III, No. 194.

1203 ***The Scythe Cuts a Man's Head off.***
EM: Sichel: Die gefährliche S.(forthcoming).Finnish: Rausmaa 1982ff. IV, Nos. 17-19; Finnish-Swedish: Hackman 1917f. II, No. 232b; Estonian: Aarne 1918; Latvian:

Arājs/Medne 1977; Lithuanian: Kerbelytė 1999ff. II; Lappish: Qvigstad 1927ff. I, No. 41; Swedish: Liungman 1961; German: Henßen 1935, No. 222; Ladinian: Schneller 1867, No. 7; Russian: SUS; Chuvash: Kecskeméti/Paunonen 1974.

1203A ***The Sickle (Scythe) Thought to be a Serpent.***
EM: Sichel: Die gefährliche S. (forthcoming)
Finnish-Swedish: Hackman 1917f. II, No. 258; Lithuanian: Kerbelytė 1999ff. II; Spanish: González Sanz 1996; Catalan: Oriol/Pujol 2003; Portuguese: Oliveira 1900f. II, No. 321, Cardigos (forthcoming); German: Merkens 1892ff I, No. 69, Brunner/Wachinger 1986ff. VI, No. 2A/932, Berger 2001, No. 1203A*; Italian: Cirese/Serafini 1975; Hungarian: MNK VI; Slovakian: Gašparíková 1981a, 135; Rumanian: Stroescu 1969 I, No. 3813; Bulgarian: BFP; Polish: cf. Krzyżanowski 1962f. II, No. 1202; Votyak: Kecskeméti/Paunonen 1974.

1204 ***Fool Keeps Repeating His Instructions*** so as to remember them.
Clouston 1888, 133.
Swedish: EU, No. 3187; Danish: Kristensen 1892 I, Nos. 208–211, 215, II, Nos. 213, 220, 225, 226, Kristensen 1900, No. 344; Faeroese: Nyman 1984; Irish: Ó Súilleabháin/Christiansen 1963; French: Blümml 1906, No. 76; Frisian: Kooi 1984a; German: Merkens 1892ff. III, No. 50, Henßen 1935, No. 233, Berger 2001, Hubrich-Messow (forthcoming); Austrian: Haiding 1969, No. 176; Hungarian: cf. MNK VI, No. 1206*; Czech: Klímová 1966, No. 38; Slovakian: Gašparíková 1981a, 142; Bulgarian: BFP; Polish: Krzyżanowski 1962f. II; Chinese: Ting 1978; Korean: Zŏng 1952, No. 91; Cambodian: Gaudes 1987, No. 58; US-American: Baker 1986, No. 162; Spanish-American: Robe 1973; West Indies: Andrews 1880 III, 53f.; South African: Coetzee et al. 1967.

1204** ***Milking a Hen.***
Lithuanian: Kerbelytė 1999ff. II; German: Wossidlo/Neumann 1963, No. 17; Austrian: Lang-Reitstätter 1948, 26f.; Hungarian: MNK VI, No. 1231* IV; Czech: Tille 1929ff. I, 408ff., 411; Slovakian: Gašparíková 1981a, 13ff., Gašparíková 1991f. I, Nos. 263, 301; Rumanian: Stroescu 1969 I, No. 4493; Bulgarian: BFP, No. 1204**, cf. No. *1205**; Polish: Piprek 1918, 195; Russian: SUS, No. 1204**, cf. No. 1205*; Byelorussian: SUS, No. 1204**, cf. No. 1204A***; Ukrainian: SUS; Jewish: cf. Haboucha 1992, No. **1205; Siberian: Soboleva 1984; Egyptian: cf. El-Shamy 1980, No. 70.

1208* *The Belled Salmon.*
Lox 1998, 223.
Dutch: Cornelissen 1929ff. IV, 14; Frisian: Kooi 1984a; Flemish: Cornelissen 1929ff. I, 190f., II, 276f.; Walloon: Laport 1932; German: Merkens 1892ff. I, No. 64, Neumann 1968b, 8, Kooi/Schuster 1994, No. 84, Berger 2001; Austrian: Lang-Reitstätter 1948, 136; Hungarian: MNK VI, No. 1310 II*.

1210 *The Cow (Other Domestic Animal) is Taken to the Roof to Graze.*
EM 8(1996)563–567(S. Fährmann).Finnish: Rausmaa 1982ff. IV, Nos., 2, 8, 21, 22; Estonian: Aarne 1918; Latvian: Arājs/Medne 1977, Nos. 1210, 1210*; Lithuanian: Kerbelytė 1999ff. II; Lappish, Wotian, Karelian, Syrjanian: Kecskeméti/Paunonen 1974; Swedish: Liungman 1961; Danish: Kristensen 1892f. II, No. 197, Christensen 1939, No. 81, Christensen/Bødker 1963ff., No. 46; Irish: Ó Súilleabháin/Christiansen 1963; Welsh: Jones 1930, 229; English: Baughman 1966, Briggs/Michaelis-Jena 1970, No. 46; French: Bladé 1886 III, 130ff., Joisten 1971 II, No. 196, Fabre/Lacroix 1973f. II, No. 40; Spanish: Espinosa 1946f., No. 186, González Sanz 1996, No. 1210*; Catalan: Oriol/Pujol 2003, No. 1210*; Portuguese: Vasconcellos/Soromenho et al. 1963f. II, Nos. 446, 447, 449, 469, Cardigos(forthcoming), Nos. 1210, 1210*; Dutch: Sinninghe 1943; Frisian: Kooi 1984a; Flemish: Cornelissen/Vervliet 1900, No. 38, Meyere 1925ff. II, No. 171, III, No. 231, Meyer 1968; Walloon: Laport 1932; German: Henßen 1935, No. 230, Ranke 1966, No. 72, Kooi/Schuster 1994, Nos. 74n, 83d, Berger 2001, Hubrich-Messow(forthcoming); Swiss: Jegerlehner 1913, No. 156, Gerstner-Hirzel 1979, No. 254; Austrian: Lang-Reitstätter 1948, 22f.; Ladinian: Uffer 1945, 253ff.; Italian: Cirese/Serafini 1975, Nos. 1210, 1210*; Maltese: Mifsud-Chircop 1978; Hungarian: György 1934, No. 231, MNK VI, Nos. 1210, 1210*I; Slovakian: Gašparíková 1981a, 125, Gašparíková 1991f. I, No. 327; Slovene: Kuret 1954, 8; Serbian: Đjorđjevič/Milošević-Đjorđjevič 1988, Nos. 211, 212; Croatian: Bošković-Stulli 1959, No. 46; Macedonian: Tošev 1954, 259ff., Eschker 1986, No. 76; Rumanian: Stroescu 1969 I, No. 3821; Bulgarian: BFP; Greek: Megas/Puchner 1998; Polish: Krzyżanowski 1962f. II; Russian: SUS, Nos. 1210, 1210**; Byelorussian, Ukrainian: SUS; Turkish: Eberhard/Boratav 1953, Nos. 235, 331 III 2c; Gypsy: MNK X 1; Cheremis/Mari, Chuvash, Tatar, Mordvinian: Kecskeméti/Paunonen 1974; Siberian: Soboleva 1984, Nos. 1210, 1210**; Yakut: Ėrgis 1967, No. 333; Buryat, Mongolian: Lőrincz 1979; Burmese: Kasević/Osipov 1976, No. 187; Chinese: Ting 1978, No. 1210*; French-Canadian: Thomas 1983, 202ff., Lemieux 1974ff. XII, 228ff.; US-American: Baughman 1966; Spanish-American, Mexican: Robe 1973; African American: Baughman 1966, Dorson 1967, Nos. 204, 205; Puerto Rican: Hansen 1957; Ethiopian:

Müller 1992, No. 121; South African: Coetzee et al. 1967, No. 1450, Grobbelaar 1981.

1211 ***The Cow Chewing Its Cud*** (previously ***The Peasant Woman Thinks the Cow Chewing her Cud is Mimicking Her***).

Hansen 2002, 35–38.

Finnish: Rausmaa 1982ff. IV, No. 10; Finnish-Swedish: Hackman 1917f. II, No. 263; Estonian: Aarne 1918; Latvian: Arājs/Medne 1977; Lithuanian: Kerbelytė 1999ff. II; Livonian, Lappish: Kecskeméti/Paunonen 1974; Swedish: Liungman 1949ff. II, Säve/Gustavson 1952f. I, No. 47; Irish: Ó Súilleabháin/Christiansen 1963; Dutch: Kooi 2003, No. 84; Frisian: Kooi 1984a; German: cf. Berger 2001, No. 1211A, Hubrich-Messow (forthcoming); Austrian: Haiding 1977b, No. 327; Italian: Cirese/Serafini 1975, No. 1213*; Hungarian: MNK VI; Czech: Tille 1929ff., 423f.; Slovene: Planinski 1891f. I, 27ff.; Serbian: Đorđevič/Milošević-Đorđevič 1988, Nos. 181, 211; Rumanian: Stroescu 1969 I, No. 3850; Bulgarian: BFP; Greek: Megas 1968a, No. 28, Megas/Puchner 1998, Nos. 1211, 1213*; Turkish: Eberhard/Boratav 1953, Nos. 223 III 3–6, 327 III 3b; Gypsy: Aichele/Block 1962, No. 40; Georgian: Papashvily 1946, 201ff.; Palestinian: Muhawi/Kanaana 1989, No. 27, El-Shamy 2004; Iranian: Marzolph 1984; Pakistani, Indian: Thompson/Roberts 1960; Japanese: Ikeda 1971; Algerian, Moroccan: El-Shamy 2004; Namibian: Schmidt 1989 II, No. 1270.

1213 ***The Pent Cuckoo.***

Field 1913; Marzolph 1992 II, No. 166.

Irish: cf. Ó Súilleabháin/Christiansen 1963, Nos. 1200–1335; English: Briggs 1970f. A II, 25, 26f., 51f., 351; Dutch: Sinninghe 1943, No. 1229*; Frisian: Kooi 1984a; Flemish: Cornelissen 1929ff. II, 279, 325; Walloon: Laport 1932, No. *1213; German: Merkens 1892ff. I, No. 36, Wossidlo 1910, 183, Moser-Rath 1984, 385, 436; Austrian: Lang-Reitstätter 1948, 31; Rumanian: cf. Stroescu 1969 I, No. 3839; Gypsy: Briggs 1970f. A II, 360 No. 2; Egyptian: El-Shamy 2004.

1214 ***The Persuasive Auctioneer.***

Wesselski 1911 I, No. 309.

Latvian: Arājs/Medne 1977; Danish: Kristensen 1892 I, Nos. 117, 118; Italian: Cirese/Serafini 1975; Macedonian: Piličkova 1992, No. 26; Rumanian: Stroescu 1969 I, No. 3849; Bulgarian: BFP; Jewish: Jason 1975, Haboucha 1992; Palestinian: Schmidt/Kahle 1918f. II, No. 127, El-Shamy 2004; Iraqi: El-Shamy 2004; Chinese: Ting 1978; US-American: Randolph 1965, No. 330, Baughman 1966; Egyptian: El-Shamy 2004.

1214* ***Driving a Horse into Its Collar (Bridle)*** instead of putting it on the horse.
Latvian: Arājs/Medne 1977; Lithuanian: Kerbelytė 1999ff. II; Karelian: Kecskeméti/Paunonen 1974; Russian: SUS; Mordvinian: Kecskeméti/Paunonen 1974.

1215 ***The Miller, His Son, and the Donkey.*** (Asinus vulgi.)
Chauvin 1892ff. II, 148 No. 2, VIII, 139f. No. 138; Wesselski 1911 II, No. 541; Pauli/Bolte 1924 I, No. 577; Holbek 1964; Tubach 1969, No. 382; EM 1(1977)867–873(R. W. Brednich); Bringéus 1989; Hansen 2002, 66–69; Marzolph/Van Leeuwen 2004, No. 436.
Finnish: Rausmaa 1982ff. IV, No. 151; Latvian: Arājs/Medne 1977; Lithuanian: Kerbelytė 1999ff. II; Norwegian: Hodne 1984, 237; Irish: Ó Súilleabháin/Christiansen 1963; English: Baughman 1953; French: Cifarelli 1993, No. 408; Spanish: Childers 1977, No. J1041.2, González Sanz 1996, Goldberg 1998, No. J1041.2; Catalan: Oriol/Pujol 2003; Portuguese: Oliveira 1900f. I, No. 75, Cardigos(forthcoming); Dutch: Geldof 1979, 185f.; Frisian: Kooi 1984a; Flemish: Meyer 1968; German: Moser-Rath 1964, No. 165, Moser-Rath 1984, 286, Tomkowiak 1993, 265; Swiss: EM 7 (1993)867; Austrian: Lang-Reitstätter 1948, 101f.; Italian: Cirese/Serafini 1975; Maltese: Mifsud-Chircop 1978; Hungarian: György 1934, No. 15, MNK VI, Dömötör 1992, No. 367; Slovakian: Polívka 1923ff. IV, No. 127; Serbian: Karadžić 1937, 263f., Panić-Surep 1964, No. 116, Đjorđjevič/Milošević-Đjorđjevič 1988, No. 196; Rumanian: Stroescu 1969 II, No. 4640; Bulgarian: BFP; Greek: Orso 1979, No. 121, Megas/Puchner 1998; Russian, Ukrainian: SUS; Turkish: Eberhard/Boratav 1953, No. 336; Jewish: Haboucha 1992; Lebanese, Iraqi: Nowak 1969, No. 328, El-Shamy 2004; Palestinian, Saudi Arabian: El-Shamy 2004; Indian: Thompson/Roberts 1960; Chinese: Ting 1978; US-American: cf. Randolph 1955, 146ff., 221f., Baker 1986, No. 93; Spanish-American: Childers 1948, No. J1041.2; Puerto Rican: Hansen 1957, No. **1341; Egyptian, Algerian, Moroccan: El-Shamy 2004; West African: Dorson 1972, 431f., Klipple 1992, 382f.; East African: Kohl-Larsen 1966, 212f., 236.

1216* ***The Lost Prescription*** (previously ***Prescription washed off by Rain***).
Latvian: Arājs/Medne 1977; Walloon: Laport 1932; Hungarian: MNK VI; Chinese: cf. Ting 1978.

1218 ***Numskull Sits on Eggs to Finish the Hatching.***
Frey/Bolte 1896, No. 1; Bebel/Wesselski 1907 II 3, No. 148; Wesselski 1911 II, No. 433; BP I, 316–319; Schwarzbaum 1968, 91, 115f., 405, 464, 483; EM 3(1981)1162–1169(H.-J. Uther); cf. Marzolph 1992 II, No. 1228.

Finnish: Rausmaa 1982ff. VI, No. 323; Estonian: Aarne 1918, No. 1677; Latvian: Arājs/Medne 1977, Nos. 1218, 1677; Lithuanian: Kerbelytė 1999ff. II, Nos. 1218, 1677; Wepsian: Kecskeméti/Paunonen 1974, No. 1677; Norwegian: Mauland 1928, No. 7, Prinsessene 1967, No. 32; Faeroese: Nyman 1984; Irish: Ó Súilleabháin/Christiansen 1963; French: Bladé 1886 III, 123ff., Meyrac 1890, 434ff., Hoffmann 1973, J1902.1, Coulomb/Castell 1986, 51ff.; Spanish: González Sanz 1996; Catalan: Oriol/Pujol 2003; Portuguese: Vasconcellos/Soromenho et al. 1963f. II, No. 648, Cardigos (forthcoming); German: Wossidlo 1910, 208ff., Henßen 1932, 34ff., Zender 1935, No. 143, Grimm KHM/Uther 1996 I, No. 4, Hubrich-Messow (forthcoming); Swiss: EM 7 (1993) 869; Italian: Cirese/Serafini 1975, Nos. 1218, 1677, De Simone 1994, No. 75a; Maltese: Mifsud-Chircop 1978; Hungarian: MNK VI; Rumanian: cf. Stroescu 1969 I, No. 3683; Bulgarian: BFP; Greek: Kretschmer 1917, No. 8, Megas/Puchner 1998, No. 1677; Polish: Krzyżanowski 1962f. II, Nos. 1218, 1677, cf. No. 1677A; Russian: SUS, Nos. 1218, 1677, cf. No. 1218*; Byelorussian: SUS; Ukrainian: SUS, No. 1218, cf. No. 1218**; Jewish: Noy 1963a, No. 140, cf. Haboucha 1992, Nos. **1218A, 1677; Udmurt: Kralina 1961, No. 82; Siberian: Soboleva 1984, No. 1677; Georgian: Dolidze 1956, 350ff.; Syrian: El-Shamy 2004; Mexican: Robe 1973; English-Canadian: Barbeau/Daviault 1940, No. 20; French-Canadian: Thomas 1983, 328ff.; French-American: Saucier 1962, No. 22; Spanish-American, Mexican: Robe 1973; South African: Coetzee et al. 1967.

1221A* ***The Fish (Cake) Too Large for the Pan.***
Walloon: Laport 1932; Hungarian: MNK VI; Ukrainian: SUS, No. 1221C*; Cambodian: Gaudes 1987, No. 62.

1225 ***The Man Without a Head*** (previously ***The Man Without a Head in the Bear's Den***).
Frey/Bolte 1896, No. 12; Wesselski 1911 II, No. 374; Schwarzbaum 1968, 473; EM 9 (1999) 181–183 (M. Marinescu).
Finnish: Rausmaa 1982ff. IV, Nos. 1, 40, 41; Latvian: Arājs/Medne 1977; Lappish, Karelian: Kecskeméti/Paunonen 1974; Swedish: Liungman 1961; Norwegian: Hodne 1984; Danish: cf. Kristensen 1892f. II, No. 103, Christensen 1939, No. 19; French: Joisten 1971 II, No. 204.1; Dutch: Sinninghe 1943; German: Merkens 1892ff. I, No. 40, Meyer 1922, 43f., Waltinger 1927, 176ff., Hubrich-Messow (forthcoming); Italian: Cirese/Serafini 1975; Hungarian: MNK VI; Czech: Klímová 1966, No. 39; Slovene: Möderndorfer 1946, 54f.; Serbian: Filipović 1949, 261, Đjorđjevič/Milošević-Đjorđjevič 1988, No. 197; Croatian: Bošković-Stulli 1959, No. 45; Macedonian: Tošev

1954, 274, Eschker 1972, No. 68, Popvasileva 1983, No. 75, Čepenkov/Penušliski 1989 IV, Nos. 243, 359; Rumanian: Stroescu 1969 I, No. 3836, cf. Nos. 3837, 3838; Bulgarian: BFP; Greek: Megas/Puchner 1998; Polish: Krzyżanowski 1962f. II; Russian, Byelorussian, Ukrainian: SUS; Turkish: Eberhard/Boratav 1953, No. 331 II 3g(var. f); Jewish: Jason 1975, 1988a; Chechen-Ingush: Dirr 1920, No. 84; Votyak: Kecskeméti/Paunonen 1974; Siberian: Soboleva 1984; Georgian: Kurdovanidze 2000; Aramaic: Lidzbarski 1896, No. 15; Palestinian: El-Shamy 2004; Iraqi: Nowak 1969, No. 450, El-Shamy 2004; Persian Gulf, Qatar: El-Shamy 2004; Iranian: Marzolph 1984; Indian: Thompson/Balys 1958, No. J2381; Egyptian: El-Shamy 2004; Moroccan: Nowak 1969, No. 450, El-Shamy 2004.

1225A ***How Did the Cow Get on the Pole?***
Wesselski 1911 I, No. 110; EM 8(1996)567–569(J. van der Kooi).
Lithuanian: Kerbelytė 1999ff. II; French: RTP 2(1887)107ff., Joisten 1971 II, No. 149; Walloon: Laport 1932; German: Rosenow 1924, 100ff., Zender 1935, No. 103, Moser-Rath 1984, 173; Italian: Cirese/Serafini 1975; Serbian: Anthropophyteia 5(1908) 338f.; Macedonian: Eschker 1972, No. 51; Rumanian: Schullerus 1928, No. 8, Stroescu 1969 I, Nos. 3785, 3798; Bulgarian: BFP, Nos. *1210***, 1225A; Greek: Ranke 1972, No. 36, Orso 1979, 73f.; Polish: Krzyżanowski 1962f. II; French-Canadian: Legman 1968f. II, 919; Moroccan: Mouliéras/Déjeux 1987, 186 not. 1.

1227 ***Catching the Squirrel*** (previously ***One Woman to Catch the Squirrel; Other to Get the Cooking Pot***).
EM 3(1981)1124f.(E. Moser-Rath).
Finnish: Rausmaa 1982ff. IV, Nos. 43–46; Finnish-Swedish: Hackman 1917f. II, No. 241; Estonian: Aarne 1918; Latvian: Arājs/Medne 1977, No. 1227, cf. No. *1893A; Lithuanian: Kerbelytė 1999ff. II; Lappish: Qvigstad 1927ff. I, No. 41/3, III, No. 92/2, Kecskeméti/Paunonen 1974; Wepsian, Wotian: Kecskeméti/Paunonen 1974; Swedish: Liungman 1961; Norwegian: Hodne 1984; German: Moser-Rath 1984, 74; Austrian: Lang-Reitstätter 1948, 165; Hungarian: MNK VI; Slovene: Kuret 1954, 15; Bulgarian: cf. BFP, No. *1227*; Greek: Megas 1956f. I, 218ff., Megas/Puchner 1998; Polish: Krzyżanowski 1962f. II; Byelorussian, Ukrainian: SUS; Georgian: Kurdovanidze 2000; US-American: Baughman 1966, Roberts 1974, No. 123.

1228 ***Firing a Gun.***
EM: Waffen(in prep.).
Finnish: Rausmaa 1982ff. IV, Nos. 5, 93–95; Finnish-Swedish: Hackman 1917f. II, No.

233; Estonian: Aarne 1918; Latvian: Arājs/Medne 1977, Nos. 1228, 1228A; Lithuanian: Kerbelytė 1999ff. II; Livonian, Wepsian, Karelian: Kecskeméti/Paunonen 1974; Irish: Ó Súilleabháin/Christiansen 1963; German: Birlinger 1861f. I, No. 692, Henßen 1935, No. 225, Peuckert 1959, No. 189; Hungarian: MNK VI, Nos. 1228A, 1228I*; Croatian: Bošković-Stulli 1975a, No. 32; Greek: Loukatos 1957, 305, Megas/Puchner 1998, No. 1228A; Polish: Krzyżanowski 1962f. II; Russian, Byelorussian, Ukrainian: SUS; Jewish: Jason 1976, No. 74; Mordvinian: Kecskeméti/Paunonen 1974; Siberian: Soboleva 1984.

1229 ***If the Wolf's Tail Breaks.***
Wesselski 1911 I, No. 48.
Latvian: Medne 1940, No. *169, Arājs/Medne 1977; Swedish: Liungman 1961; Scottish: Campbell 1890ff. I, No. 10; Irish: Ó Súilleabháin/Christiansen 1963, No. 169H*; German: Blätter für Pommersche Volkskunde 3(1895)11, Cammann 1967, No. 64; Polish: Krzyżanowski 1962f. I, No. 178; Georgian: Orbeliani/Awalischwili et al. 1933, No. 138; Australian: Adams/Newell 1999 II, 427f.; English-Canadian: Halpert/Widdowson 1996 II, No. 74; US-American: Roberts 1974, No. 143; French-American: Ancelet 1994, No. 51; Spanish-American: TFSP 9(1931)158, 10(1932)37f.; African American: Parsons 1923a, No. 124, Dorson 1967, No. 209.

1229* ***Shoveling Nuts with a Pitchfork.***
Scottish: cf. Aitken/Michaelis-Jena 1965, No. 59; French: Bladé 1886 III, No. 8, Delarue 1947, No. 16, Perbosc 1954, No. 43; German: Bünker 1906, No. 12, Henßen 1959, No. 59, Thudt/Richter 1971, 50ff.; Austrian: Haiding 1965, Nos. 209, 263; Swiss: Wildhaber/Uffer 1971, No. 28; Italian: Schneller 1867, No. 56, Calvino 1956, No. 105; Maltese: cf. Mifsud-Chircop 1978, No. *1229A; Hungarian: MNK VI; Czech: Tille 1921, 408f.; Slovakian: Gašparíková 1991f. I, No. 263; Serbian: Đjorđjevič/Milošević-Đjorđjevič 1988, Nos. 211, 212; Bosnian: Preindlsberger-Mrazović 1905, 95ff.; Rumanian: Bîrlea 1966 III, 168ff., 494f., Stroescu 1969 I, Nos. 3756, 3757; Bulgarian: BFP.

1230* ***The Pilgrimage Vow.***
Schmidt 1963, 355–361; EM: Wallfahrt(in prep.).
Walloon: Laport 1932; German: Anthropophyteia 3(1906)73, Henßen 1955, No. 465, Brunner/Wachinger 1986ff. VI, No. [2]A/1185; Austrian: ZfVk. 16(1906)294; Maltese: Mifsud-Chircop 1978; Polish: Krzyżanowski 1962f. II; Greek: Argenti/Rose 1949 II, 627g.

1230** ***Rebuke for Going with Naked Head.***
Frey/Bolte 1896, No. 79; Tubach 1969, Nos. 2479, 3865.
English: Stiefel 1908, No. 66; German: Stiefel 1898a, No. 79.

1231 ***The Attack on the Hare (Crayfish, Toad, Frog).***
Erk/Böhme 1893f. I, No. 142; BP II, 555-560; Pecher 2003; EM: Sieben Schwaben (forthcoming).
Danish: Christensen 1939, No. 82; Scottish: Briggs 1970f. A II, 355; Spanish: Espinosa 1946, No. 23; Dutch: Teenstra 1843, 34ff., Kooi 1985f, 165, 167, Kooi/Schuster 1993, No. 98; German: Brunner/Wachinger 1986ff. X, No. 2S/1798; Tomkowiak 1993, 266, Grimm KHM/Uther 1996 II, No. 119, Bechstein/Uther 1997 I, No. 2; Hungarian: MNK VI; Slovakian: Gašparíková 1981a, 161; Serbian: Vrčević 1868f. I, No. 345; Jewish: cf. Haboucha 1992; Tunisian: Brandt 1954, 136ff.

1238 ***The Roof in Good and Bad Weather.***
Pauli/Bolte 1924 I, No. 599.
Finnish: Rausmaa 1982ff. IV, No. 152; Latvian: Arājs/Medne 1977; Lithuanian: Kerbelytė 1999ff. IV (forthcoming); Danish: Aakjaer/Holbek 1966, No. 392; Irish: Ó Súilleabháin/Christiansen 1963; Catalan: cf. Oriol/Pujol 2003; Portuguese: Vasconcellos/Soromenho et al. 1963f. II, Nos. 429-438, 445, Cardigos (forthcoming); German: Dietz 1951, No. 245; Italian: Cirese/Serafini 1975; Hungarian: MNK VI; Rumanian: Stroescu 1969 I, No. 3815; Ukrainian: SUS; US-American: Randolph 1955, 114ff., 209; Spanish-American: TFSP 18 (1943) 48ff.

1240 ***Cutting off the Branch*** (previously ***Man Sitting on Branch of Tree Cuts it off***).
Chauvin 1892ff. II, 201 No. 47; Wesselski 1911 I, No. 49; EM 1 (1977) 912-916 (H. Lixfeld); Marzolph 1992 I, 169.
Finnish: Rausmaa 1982ff. IV, No. 24; Estonian: Aarne 1918; Latvian: Arājs/Medne 1977; Lithuanian: Kerbelytė 1999ff. II; Livonian, Wepsian, Karelian: Kecskeméti/Paunonen 1974; Norwegian: Hodne 1984; Irish: Ó Súilleabháin/Christiansen 1963; French: Orain 1904, 204ff., Millien/Delarue 1953, No. 24, Joisten 1971 II, No. 165.1; Basque: Webster 1877, 67ff.; Portuguese: Vasconcellos/Soromenho et al. 1963f. II, No. 469, Cardigos (forthcoming); Frisian: Kooi 1984a; Flemish: Meyer 1968; Walloon: Laport 1932; German: Henßen 1955, No. 463, Peuckert 1959, No. 190, Berger 2001, Hubrich-Messow (forthcoming); Swiss: Jegerlehner 1909, No. 3; Austrian: Haiding 1969, No. 144; Ladinian: Uffer 1945, No. 22, Uffer 1955, 40ff.; Italian: Cirese/Serafini

1975, De Simone 1994, No. 75g; Hungarian: MNK VI; Czech: Tille 1929ff. I, 418f.; Slovakian: Polívka 1923ff., No. 135B; Slovene: Zupanc 1944b, 90ff.; Serbian: Vrčević 1868f. I, No. 363; Croatian: Bošković-Stulli 1963, No. 72; Macedonian: Piličkova 1992, No. 27; Rumanian: Stroescu 1969 I, No. 3846; Bulgarian: BFP, Nos. 1240, *1313D*; Greek: Megas/Puchner 1998, No. 1240A; Polish: Krzyżanowski 1962f. II; Russian, Byelorussian, Ukrainian: SUS; Jewish: Noy 1963a, No. 139, Jason 1965; Siberian: Soboleva 1984; Tadzhik: Levin 2000, 10 not. 38; Mongolian: Lőrincz 1979; Syrian: El-Shamy 2004; Palestinian: Schmidt/Kahle 1918f. I, No. 29; Iranian: Hadank 1926, No. 19; Pakistani: Thompson/Roberts 1960; Indian: Thompson/Roberts 1960, Jason 1989; Sri Lankan: Thompson/Roberts 1960; Chinese: Ting 1978; US-American: Baughman 1966; Mexican: Robe 1973; Puerto Rican: Hansen 1957; West Indies: Flowers 1953; Egyptian, Algerian, Moroccan: El-Shamy 2004; Ethiopian: Gankin et al. 1960, 61ff.; South African: Coetzee et al. 1967.

1241 ***The Tree is to be Pulled Down.***

Frey/Bolte 1896, No. 12; EM 1(1977)1389–1391(H. Lixfeld).

Finnish: Rausmaa 1982ff. IV, Nos. 3, 31; Finnish-Swedish: Hackman 1917f. II, Nos. 234(4), 235; Lappish: Kecskeméti/Paunonen 1974; Swedish: Liungman 1961, Nos. 1225, 1241, 1246; Norwegian: Hodne 1984; Danish: Kristensen 1892 I, No. 102, Christensen 1939, Nos. 7, 19; French: Joisten 1971 II, No. 204.1; Dutch: Sinninghe 1943; German: Zender 1935, No. 107, Moser-Rath 1964, No. 91, Berger 2001, Hubrich-Messow(forthcoming); Swiss: Jegerlehner 1913, No. 154; Hungarian: MNK VI; Serbian: Đjorđjevič/Milošević-Đjorđjevič 1988, Nos. 200, 202, 203; Macedonian: Eschker 1972, No. 50; Rumanian: Stroescu 1969 I, No. 3854; Bulgarian: BFP, No.*1241B*; Greek: Megas/Puchner 1998; Russian: SUS; Indian: cf. Lüders 1921, No. 66; Puerto Rican: Mason/Espinosa 1921, No. 43.

1241A ***Pulling Out the Tree (Felling the Tree).***

Wesselski 1911 II, No. 374.

Latvian: Arājs/Medne 1977, No. 1242*; English: Briggs 1970f. A II, 12 No. 3; Dutch: Kooi 2003, No. 84; Hungarian: MNK VI, No. 1242*; Serbian: cf. Vrčević 1868f. I, No. 362, Karadžić 1937, No. 10; Rumanian: Stroescu 1969 I, Nos. 3846, 3847; Bulgarian: BFP, Nos. 1241A, 1242*, cf. No. *1242***; Greek: Loukatos 1957, 307, 307f., Megas/Puchner 1998, Nos. 1241A, 1242*; Byelorussian: SUS, No. 1242*; US-American: Roberts 1954, No. 4.

1242 ***Loading Wood.***
EM 6 (1990) 1203–1205 (Á Dömötör); Hansen 2002, 241f.
Finnish: Rausmaa 1982ff. IV, Nos. 25, 26; Finnish-Swedish: Hackman 1917f. II, No. 237a; Estonian: Aarne 1918; Swedish: Liungman 1961; Norwegian: Hodne 1984; Danish: Kristensen 1892 I, Nos. 49, 50, 84–86, II, No. 549, Christensen 1939, Nos. 67, 86; German: Wossidlo/Neumann 1963, No. 340, Grüner 1964, No. 567, Neumann 1968a, No. 119; Hungarian: MNK VI; African American: Dorson 1964, 131.

1242A ***Relief for the Donkey*** (previously ***Carrying Part of the Load***).
Wesselski 1911 II, No. 490; Schwarzbaum 1968, 24, 314, 444; EM 4 (1984) 18–21 (H.-J. Uther); Marzolph 1992 II, No. 163; Hansen 2002, 66–69.
Finnish: Rausmaa 1982ff. IV, Nos. 153, 154; Latvian: Arājs/Medne 1977; Lithuanian: Kerbelytė 1999ff. IV (forthcoming); Norwegian: Hodne 1984; Danish: Kristensen 1892f. II, No. 60, Kristensen 1900, Nos. 534, 535, Christensen 1939, No. 88; Scottish: Briggs 1970f. A II, 354; Irish: Ó Súilleabháin/Christiansen 1963; English: Baughman 1966, Briggs 1970f. A II, 218f.; French: Sébillot 1881, 387; Spanish: González Sanz 1996; Catalan: Oriol/Pujol 2003; Dutch: Sinninghe 1943, No. 1212*, Kooi 2003, No. 84; Frisian: Kooi 1984a; Walloon: Laport 1932, No. *1205, Legros 1962, 103; German: Merkens 1895 II, No. 21, Moser-Rath 1984, 65, 286f., 387, 437f., Tomkowiak 1993, 266; Austrian: Lang-Reitstätter 1948, 47; Italian: Cirese/Serafini 1975; Hungarian: György 1934, No. 6, MNK VI; Serbian: Vrčević 1868f. I, No. 363; Croatian: Bošković-Stulli 1963, No. 73, Dolenec 1972, No. 67, Bošković-Stulli 1975a, No. 34; Rumanian: Stroescu 1969 I, No. 3851; Bulgarian: BFP, Nos. 1242A, 1242B; Greek: Megas 1970, No. 59, Megas/Puchner 1998; Russian, Ukrainian: SUS; Jewish: Haboucha 1992; Kurdish: Džalila et al. 1989, No. 303; Georgian: Kurdovanidze 2000; Palestinian: El-Shamy 2004, No. 1242B; Iranian: Marzolph 1984, No. 163; Nepalese: Unbescheid 1987, No. 36; Chinese: Ting 1978, Nos. 1242, 1242C; Indonesian: Vries 1925f. II, No. 171; Australian: Scott 1985, 19f.; US-American: Baughman 1966; Puerto Rican: Hansen 1957, Nos. 1242**A, 1242**B; Egyptian: El-Shamy 2004, Nos. 1242A, 1242B; Tunisian: El-Shamy 2004; Moroccan: El-Shamy 1995 I, No. J1874.1; Malagasy: Haring 1982, No. 1.6.921A,C, Klipple 1992, 289.

1243 ***Wood is Carried Down the Hill.***
Schwarzbaum 1968, 189, 472.
Finnish: Rausmaa 1982ff. IV, Nos. 2, 3, 27, 28; Latvian: Arājs/Medne 1977; Lithuanian: Veckenstedt 1883, No. 94.4; Lappish: Qvigstad 1927ff. I, No. 41; Swedish: Liungman 1961; Norwegian: Hodne 1984; Spanish: González Sanz 1996; Catalan:

Oriol/Pujol 2003; Frisian: Kooi 1984a; German: Neumann 1968b, 9f., Kapfhammer 1974, 179f., Brunner/Wachinger 1986ff. VI, No. ^{2}A/939, Tomkowiak 1993, 266, Hubrich-Messow (forthcoming); Swiss: Sooder 1943, 251, Lachmereis 1944, 185; Austrian: Lang-Reitstätter 1948, 79, 81; Sardinian: Cirese/Serafini 1975, Aprile 1996; Hungarian: MNK VI; Croatian: cf. Dolenec 1972, No. 64; Greek: Megas/Puchner 1998; Sorbian: Veckenstedt 1880, No. 4; Jewish: Richman 1954, 367f.

1244 ***Trying to Stretch the Beam.***
Dähnhardt 1907ff. I, 269; EM 1 (1977) 1144–1146 (H. Lixfeld); Lox 1998, 222.
Finnish: Rausmaa 1982ff. IV, Nos. 6, 9; Latvian: Arājs/Medne 1977; Lithuanian: Kerbelytė 1999ff. II; Lappish: Qvigstad 1925; Karelian: Kecskeméti/Paunonen 1974; Spanish: González Sanz 1996; Catalan: Oriol/Pujol 2003; German: Merkens 1892ff. I, No. 21, III, No. 15, Ranke 1966, No. 73, Kapfhammer 1974, 41; Hungarian: MNK VI; Slovakian: Polívka 1923ff. V, Nos. 133F, 137B, Gašparíková 1991f. I, No. 115; Serbian: Filipović1949, 260f.; Bosnian: Preindlsberger-Mrazović 1905, 95ff.; Rumanian: Bîrlea 1966 III, 168ff., 494f.; Bulgarian: BFP; Greek: Megas/Puchner 1998; Polish: Simonides 1979, No. 65; Russian, Byelorussian, Ukrainian: SUS; Gypsy: MNK X 1; Siberian: Soboleva 1984; Buryat, Mongolian: Lőrincz 1979; Mexican: Robe 1973, No. 1244*A; Malagasy: Haring 1982, No. 2.4.1244.

1245 ***Sunlight Carried in a Bag (Basket, Sieve) into the Windowless House.***
Clouston 1888, 75; Wesselski 1936a, 96f.; Hansen 2002, 424–426; EM: Sonnenlicht im Sack (forthcoming).
Finnish: Rausmaa 1982ff. IV, Nos. 1, 3, 6–8, 29, 30; Finnish-Swedish: Hackman 1917f. II, No. 239; Estonian: Aarne 1918; Livonian: Loorits 1926; Latvian: Arājs/Medne 1977, Nos. 1245, 1245**; Lithuanian: Kerbelytė 1999ff. II, Nos. 1245, 1245A*; Livonian, Lappish, Wepsian, Wotian, Karelian: Kecskeméti/Paunonen 1974, Nos. 1245, 1245A*; Swedish: Säve/Gustavson 1952f. I, No. 47, Liungman 1961, Nos. 1245, 1382–1385; Norwegian: Hodne 1984; Danish: Kristensen 1897a, No. 2, Christensen 1939, No. 74, Bødker/Hüllen 1966 II, 99ff.; Faeroese: Nyman 1984; Icelandic: Rittershaus 1902, No. 98, Sveinsson 1929, Schier 1983, Nos. 50, 51; Irish: Ó Súilleabháin/Christiansen 1963; English: Baughman 1966, Briggs 1970f. A II, 12 No. 4, 43; Spanish: González Sanz 1996; Basque: Webster 1877, 11ff.; Catalan: Oriol/Pujol 2003; Portuguese: Coelho 1985, No. 41, Cardigos (forthcoming); Dutch: Sinninghe 1943, Kooi 2003, No. 85; Frisian: Kooi 1984a; Flemish: Meyer 1968, Nos. 1245, 1245**; Walloon: Laport 1932, No. *1245A; German: Moser-Rath 1964, No. 90, Tomkowiak 1993, 266 nos. 1245, 1245**, Kooi/Schuster 1994, No. 83b, Berger 2001, Hubrich-Messow (forth-

coming); Swiss: EM 6(1990)34; Austrian: Lang-Reitstätter 1948, 13f., 51, 55ff.; Italian: Cirese/Serafini 1975; Hungarian: MNK VI; Czech: Tille 1929ff. I, 408f., Dvořák 1978, No. 3042*; Slovakian: Gašparíková 1991f. I, No. 263; Slovene: Kuret 1954, 5f.; Rumanian: Bîrlea 1966 III, 168ff., 494, Stroescu 1969 I, No. 3873, cf. Nos. 3744, 3756, 3757; Bulgarian: BFP; Albanian: Lambertz 1922, No. 52; Greek: Laográphia 6(1917–20)111, Kretschmer 1917, No. 20; Polish: Krzyżanowski 1962f. II; Russian, Byelorussian: SUS, Nos. 1245, 1245A*; Ukrainian: SUS; Turkish: Eberhard/Boratav 1953, No. 331 III 2a(var. a, d, e); Jewish: Am Urquell 3(1892)28f.; Gypsy: MNK X 1; Cheremis/Mari, Tatar: Kecskeméti/Paunonen 1974, Nos. 1245, 1245A*; Siberian: Soboleva 1984, Nos. 1245, 1245A*; Buryat, Mongolian: Lőrincz 1979; Georgian: Kurdovanidze 2000; English-Canadian: Halpert/Widdowson 1996 I, No. 25; US-American, African American: Baughman 1966, African American: Dorson 1967, No. 204; Mexican: Robe 1973; Chilean: Pino Saavedra 1960ff. III, No. 172.

1246 ***Axes Thrown Away.***
EM 7(1993)96f.
Finnish: Rausmaa 1982ff. IV, Nos. 1, 31; Finnish-Swedish: Hackman 1917f. II, No. 235; Lappish: Kecskeméti/Paunonen 1974; Swedish: Liungman 1961, Schier 1974, No. 76; Danish: Kristensen 1892 I, No. 102, Christensen 1939, Nos. 14, 19; Irish: Ó Súilleabháin/Christiansen 1963; Flemish: Meyer 1968, Lox 1999b, No. 100; Italian: Cirese/Serafini 1975; Greek: Höeg 1926, No. 7.

1247 ***The Man Sticks His Head into the Hole of the Millstone.***
Finnish: Rausmaa 1982ff. IV, Nos. 1, 2, 32, 33; Livonian: Loorits 1926, Kecskeméti/Paunonen 1974; Latvian: Arājs/Medne 1977; Icelandic: cf. Sveinsson 1929, No. 1247*; Soromenho/Soromenho 1984f. II, Nos. 456, 457, Cardigos(forthcoming); Frisian: Kooi/Schuster 1993, No. 83; German: Neumann 1968b, 9f., Brunner/Wachinger 1986ff. VI, No. ²A/939, VII, No. ²Ho/91, Tomkowiak 1993, 266, Kooi/Schuster 1994, Nos.74d, 83a, Berger 2001, Hubrich-Messow(forthcoming); Swiss: Büchli/Brunold-Bigler 1989ff. I, 431; Austrian: Lang-Reitstätter 1948, 79f.; Italian: Todorović-Strähl/Lurati 1984, No. 72; Hungarian: MNK VI; Rumanian: Stroescu 1969 I, No. 3820; Polish: Krzyżanowski 1962f. II; Kurdish: cf. Džalila et al. 1989, No. 156.

1248 ***Tree-trunks Laid Crosswise on a Sledge.***
BP III, 302ff.; Tubach 1969, No. 2135; EM 1(1977)827f.; EM 8(1996)411–413(P.-L. Rausmaa); Lox 1998, 222f.; Hansen 2002, 445–447.
Finnish: Rausmaa 1982ff. IV, No. 1; Finnish-Swedish: Hackman 1917f. II, No. 237b;

Lithuanian: Veckenstedt 1883 II, No. 94.4; Lappish: Qvigstad 1927ff. I, No. 41; Swedish: Liungman 1961; Danish: Kristensen 1892 I, No. 72, II, Nos. 70–72, 548, 549, Christensen 1939, No. 72; English: Baughman 1966, Briggs 1970f. A II, 24f.; Dutch: Sinninghe 1943, No. 1244; Frisian: Kooi 1984a, Kooi/Schuster 1993, No. 85; Flemish: Cornelissen 1929ff. I, 261ff., 269, II, 324, Meyer 1968, No. 1244; German: Wossidlo/Henßen 1957, No. 104, Grimm KHM/Uther 1996 III, No. 178, Berger 2001, Hubrich-Messow (forthcoming); Hungarian: cf. MNK VI, No. 1248I*; Czech: Dvořák 1978, No. 2135; Slovakian: Gašparíková 1991f. I, No. 182; Croatian: cf. Dolenec 1972, No. 83; Greek: Orso 1979, No. 139; Polish: Krzyżanowski 1962f. II; Palestinian: Hanauer 1907, 107; Chinese: Eberhard 1941, No. 138, cf. Ting 1978, No. 1248A.

1250 ***The Human Chain*** (previously ***Bringing Water from the Well***).
Chauvin IV, 137f.; Frey/Bolte 1896, No. 12; Wesselski 1911 I, No. 49; HDM 1 (1930–33) 341–347 (K. Heckscher); EM 2 (1979) 950–954 (H. Lixfeld); Marzolph/Van Leeuwen 2004, No. 365.
Finnish-Swedish: Hackman 1917f. II, No. 240; Latvian: Arājs/Medne 1977; Lappish: Lagercrantz 1957ff. III, No. 83; Swedish: Liungman 1961; Danish: Christensen 1939, No. 7; Irish: Ó Súilleabháin/Christiansen 1963; English: Baughman 1966; French: Seignolle 1946, Nos. 72, 86, Joisten 1971 II., Nos. 197, 198, Coulomb/Castell 1986, No. 53; Spanish: Espinosa 1946, No. 23, Chevalier 1983, No. 94, Espinosa 1988, Nos. 285, 286, 288; Catalan: Oriol/Pujol 2003; Portuguese: Vasconcellos/Soromenho et al. 1963f. II, Nos. 442, 468, Cardigos (forthcoming); Dutch: Sinninghe 1943; Frisian: Kooi 1984a, Kooi/Schuster 1993, No. 87; Flemish: Meyer 1968; Walloon: Laport 1932; German: Ranke 1966, No. 71e, Berger 2001, Hubrich-Messow (forthcoming); Swiss: Jegerlehner 1913, No. 154, Lachmereis 1944, 183f.; Austrian: Lang-Reitstätter 1948, 63f.; Hungarian: MNK VI; Czech: Dvořák 1978, No. 3971*, Jech 1984, No. 46; Slovakian: Gašparíková 1991f. I, No. 182, II, No. 473; Slovene: Kuret 1954, 11f.; Macedonian: Eschker 1972, No. 50, Čepenkov/Penušliski 1989 IV, No. 359; Rumanian: Stroescu 1969 I, Nos. 3875, 4562, II, cf. No. 6133; Bulgarian: Parpulova/Dobreva 1982, 351ff., 363ff., Daskalova et al. 1985, No. 171, cf. BFP, Nos. *1241B*, *1250C*; Greek: Laográphia 8 (1921/22) 515f., 10 (1929/33) 467f., 17 (1957/58) 264f.; Polish: Krzyżanowski 1962f. II; Russian: cf. SUS, No. 1250*; Byelorussian, Ukrainian: SUS; Jewish: cf. Haboucha 1992, No. *1250C*; Gypsy: Briggs 1970f. A II, 193; Tatar: Dirr 1920, No. 82; Kurdish: Džalila et al. 1989, No. 293; Georgian: Dirr 1920, No. 84.3; Aramaic: Lidzbarski 1896, 71ff.; Iraqi: Nowak 1969, No. 434, El-Shamy 2004; Iranian: Marzolph 1984; Indian: Bødker 1957a, No. 954, Thompson/Roberts 1960, Nos. 1250, 1250C, Jason 1989, No. 1250B; Burmese: cf. Esche 1976, 191ff.; Sri Lankan: Parker

1910ff. III, No. 227, Schleberger 1985, No. 35; Chinese: Chavannes 1910ff. II, 324; French-Canadian: Barbeau/Lanctot 1926, 419ff.; English-Canadian, US-American, African American: Baughman 1966; Mexican: Robe 1973; Cuban, Puerto Rican: Hansen 1957; West African: Bascom 1975, Nos. 80.1, 80.2; Namibian: Schmidt 1999; South African: Coetzee et al. 1967, 47, 87.

1250A ***Hampers Piled Up to Measure Tower.***
French: Joisten 1971 II, No. 199; Spanish: González Sanz 1996; Catalan: Oriol/Pujol 2003; Portuguese: Vasconcellos/Soromenho et al. 1963f. II, Nos. 440, 441, Cardigos (forthcoming); Flemish: Cornelissen 1929ff. I, 275; German: Hauffen 1895, No. 16, Moser-Rath 1964, No. 91; Austrian: Lang-Reitstätter 1948, 64; Sardinian: Cirese/Serafini 1975; Hungarian: MNK VI, No. 1250A, cf. No. 1250I*; Greek: Georgeakis/Pineau 1894, No. 2; Indian: Jason 1989, Blackburn 2001, No. 97; Dominican: cf. Hansen 1957, No. **1252; West African: Werner 1925, 125.

1255 ***A Hole to Throw the Earth in.***
Kirchhof/Oesterley 1869 II, No. 83; Wesselski 1911 II, No. 480; EM 4(1984)164–166 (U. Huse); Marzolph 1992 II, No. 1206.
Latvian: Arājs/Medne 1977; Norwegian: Hodne 1984; Danish: Christensen 1939, No. 37; English: Baughman 1966, Briggs 1970f. A II, 74; French: RTP 2(1887)183f.; Catalan: Oriol/Pujol 2003; Dutch: Tiel 1955, 60f.; Frisian: Kooi 1984a, Kooi/Schuster 1993, No. 87a; Flemish: Meyer 1968; German: Merkens 1892ff. I, No. 8, II, No. 23, Moser-Rath 1984, 66, 287, Kooi/Schuster 1994, No. 74f, Hubrich-Messow (forthcoming); Austrian: Lang-Reitstätter 1948, 62; Hungarian: MNK VI; Rumanian: Stroescu 1969 I, No. 3109; Bulgarian: BFP; Sorbian: Veckenstedt 1880, 104; Jewish: Neuman 1954, No. J1934; Gypsy: MNK X 1; Qatar: El-Shamy 2004; US-American: Baughman 1966; Mexican: Robe 1973.

1260 ***Porridge in the Ice Hole.***
EM 9(1999)38–42(M. Lüdicke).
Finnish: Rausmaa 1982ff. IV, Nos. 1, 4, 51–54; Finnish-Swedish: Hackman 1917f. II, No. 234; Estonian: Aarne 1918; Latvian: Arājs/Medne 1977, Nos. 1260, 1260A*; Lithuanian: Kerbelytė 1999ff. II; Lappish: Kecskeméti/Paunonen 1974; Syrjanian: Kecskeméti/Paunonen 1974, Rédei 1978, No. 203; Swedish: Liungman 1961; Norwegian: Hodne 1984; Danish: Christensen 1939, No. 5; Faeroese: cf. Nyman 1984; English: Baughman 1966, Briggs 1970f. A II, 360f.; Frisian: Kooi 1984a, No. 1539C; Italian: Cirese/Serafini 1975, No. 1260A*; Hungarian: MNK VI, No. 1260A*; Czech:

Tille 1929ff. I, 405f.; Serbian: Đjorđjevič/Milošević-Đjorđjevič 1988, Nos. 201, 211; Croatian: cf. Bošković-Stulli 1975a, No. 35; Macedonian: Eschker 1986, No. 75; Bulgarian: BFP; Russian, Byelorussian: SUS; Turkish: Eberhard/Boratav 1953, Nos. 327 III 3g, 333 III 1-2; Gypsy: MNK X 1, No. 1260A*; Mordvinian, Votyak: Kecskeméti/Paunonen 1974; Buryat: Ėliasov 1959 I, 296f.; Georgian: Kurdovanidze 2000; Iraqi: cf. Nowak 1969, No. 417; Qatar: El-Shamy 2004, No. 1260A*; Iranian: cf. Marzolph 1984, No. *1260A; Indian: Jason 1989, No. 1260A*; French-Canadian: Barbeau/Daviault 1940, No. 20; African American: Baughman 1966; Egyptian: Littmann 1955, 104f., 167; Ethiopian: Reinisch 1881ff. II, No. 9, Moreno 1947, No. 59, Gankin et al. 1960, 77ff.

1260A *Hare Soup.*

Wesselski 1911 I, No. 40; Basset 1924ff. I, No. 76; Ranke 1955a; Marzolph 1992 II, No. 1200; EM 9(1999)38-42(M. Lüdicke).

Finnish: Rausmaa 1982ff. IV, Nos. 55-57; Lithuanian: Scheu/Kurschat 1913, No. 65; French: Seignolle 1946, No. 80; Flemish: Cornelissen 1929, 254; German: Lang 1916, No. 2, Meyer 1922, 44f., Wossidlo/Neumann 1963, No. 428, Kooi/Schuster 1994, No. 74i, Hubrich-Messow(forthcoming); Hungarian: MNK VI, No. 1260AI*; Bulgarian: BFP; Jewish: Jason 1965; Chinese: Eberhard 1941, No. 183; Korean: Eckardt 1929, No. 26.

1260** *Jumping into the Sea for Fish.*

Lappish: Kecskeméti/Paunonen 1974, Bartens 2003, No. 63; Swedish: Liungman 1961; Norwegian: Hodne 1984; Bulgarian: BFP, No. *1260***; Greek: Megas/Puchner 1998.

1260B* *Numskull Strikes All Matches in Order to Try Them.*

Finnish: Rausmaa 1982ff. IV, No. 133; Latvian: Arājs/Medne 1977, No. 1260B*, cf. No. *1260C*; Norwegian: Hodne 1984; Danish: Christensen 1939, Nos. 40, 60; French: Joisten 1971 II, No. 167; Frisian: Kooi 1984a; German: Kruse 1953, 55, Tomkowiak 1993, 266; Rumanian: Stroescu 1969 I, No. 3082; Chinese: Ting 1978.

1262 *The Effectiveness of Fire* (previously ***Roasting the Meat***).

Wesselski 1911 II, No. 434; Harkort 1956; EM 4(1984)1083-1087(U. Huse); Marzolph 1992 II, No. 97.

Finnish: Rausmaa 1982ff. IV, Nos. 1, 48; Estonian: Loorits 1959, No. 18; Latvian: Arājs/Medne 1977; Danish: Christensen 1939, No. 13; French: Perbosc 1954, No. 46;

Spanish: González Sanz 1996; Catalan: Oriol/Pujol 2003; Flemish: Mont/Cock 1927, No. 17; Walloon: Laport 1932; German: Kuhn/Schwartz 1848, No. 309; Swiss: Jegerlehner 1909, No. 12; Italian: Cirese/Serafini 1975; Maltese: Mifsud-Chircop 1978; Czech: Klímová 1966, No. 40; Slovene: Brezovnik 1884, 168f.; Rumanian: Stroescu 1969 I, No. 3305, cf. No. 4311; Bulgarian: BFP, No. *1592C; Greek: Argenti/Rose 1949 I, 48, Loukatos 1957, 308; Ukrainian: cf. SUS, No. 1262A*; Turkish: Finger 1939, 198, Walker/Uysal 1966, 239ff.; Jewish: Larrea Palacín 1953 II, Nos. 107, 119, Jason 1988a, No. 1262*A, Haboucha 1992, No. 1262*A; Ossetian: Bjazyrov 1960, No. 40, Benzel 1963, 124ff.; Kurdish: Džalila et al. 1989, No. 62; Uzbek: Schewerdin 1959, 153ff.; Tadzhik: Dechoti 1958, 12f.; Lebanese, Palestinian, Iraqi: Nowak 1969, No. 377, El-Shamy 2004; Aramaic: Arnold 1994, No. 49; Persian Gulf, Qatar, Yemenite: El-Shamy 2004; Iranian: Marzolph 1984; Pakistani: Thompson/Roberts 1960; Indian: Thompson/Roberts 1960, Jason 1989, No. 1262*A; Burmese: Htin Aung 1954, 211ff.; Cambodian: Gaudes 1987, No. 65; Japanese: Inada/Ozawa 1977ff.; Spanish-American: TFSP 22(1949)63f., Rael 1957 II, No. 438; West Indies: Parsons 1933ff. II, 175; North African: El-Shamy 2004; Libyan: Nowak 1969, No. 377, El-Shamy 2004; Moroccan: Scelles-Millie 1970, 103ff., El-Shamy 2004; Ethiopian: Courlander/Leslau 1950, 7ff.; Eritrean: Littmann 1910, No. 25, El-Shamy 2004; Malagasy: Haring 1982, No. 1.6.921B, Klipple 1992, 391f.

1262* ***Spitting into the Porridge*** (previously ***The Fool Spits into the Hot Porridge***).

Finnish: Rausmaa 1982ff. IV, No. 134; Estonian: Raudsep 1969, No. 278; Latvian: Arājs/Medne 1977; Danish: Kamp 1877, No. 899, Skattegraveren 10(1887)177f., Kristensen 1892 I, Nos. 2, 3; Portuguese: Vasconcellos/Soromenho et al. 1963f. II, No. 494, Cardigos(forthcoming); Flemish: Meyer 1968; German: Bienenkorb(1768)No. 138 (EM archive), Sobel 1958, No. 39, Moser-Rath 1984, 289; Russian, Ukrainian: SUS; Japanese: cf. Ikeda 1971.

1263 ***Porridge Eaten in Different Rooms.***

EM 9(1999)38–42(M. Lüdicke).

Finnish: Rausmaa 1982ff. IV, Nos. 7, 9, 59; Estonian: Aarne 1918; Latvian: Arājs/Medne 1977; Lithuanian: Kerbelytė 1999ff. II; Karelian: Kecskeméti/Paunonen 1974; Italian: Cirese/Serafini 1975; Polish: Krzyżanowski 1962f. II; Russian, Byelorussian: SUS; Chuvash, Mordvinian: Kecskeméti/Paunonen 1974; Sudanese: Klipple 1992.

1264* ***The Boiling of the Porridge Pot.***
Estonian: Aarne 1918, No. 101; Latvian: Arājs/Medne 1977; Lithuanian: Kerbelytė 1999ff. II; English: Briggs 1970f. A II, 83, 122f., 136f., 291f., B II, 220, 347f.; Yakut: cf. Ėrgis 1967, No. 362; Chinese: Ting 1978; Japanese: Ikeda 1971, No. 1264.

1265* ***Two for the Price of One.***
Finnish: Rausmaa 1982ff. IV, Nos. 116-119; Finnish-Swedish: Hackman 1917f. II, No. 253; Estonian: Aarne 1918; Latvian: Arājs/Medne 1977; Lithuanian: Kerbelytė 1999ff. IV(forthcoming); Hungarian: MNK VI, No. 1265*I; Bulgarian: cf. BFP, No. *1265A*.

1266* ***A Third for One-Fourth.***
Marzolph 1992 II, No. 637.
Finnish: Rausmaa 1982ff. IV, No. 120; Estonian: Aarne 1918; Latvian: Arājs/Medne 1977; Rumanian: Stroescu 1969 I, No. 3688; Bulgarian: cf. BFP, Nos. *1266B*-*1266D*.

1268* ***Electing a Mayor*** (previously ***Electing a Mayor: Inspection from Rear***).
Frey/Bolte 1896, No. 52; Bebel/Wesselski 1907 I 2, No. 29; EM 2(1979)1036-1040 (H.-J. Uther).
Irish: Ó Súilleabháin/Christiansen 1963; French: Mélusine 2(1884/85)422, Joisten 1971 II, No. 194, Fabre/Lacroix 1973f. II, No. 55, Coulomb/Castell 1986, No. 58; Catalan: Oriol/Pujol 2003; Frisian: Kooi 1984a; Walloon: Laport 1932, No. *1675A; German: Meier 1852, No. 9, Rosenow 1924, 48, Grüner 1964, No. 576, Cammann 1980, 117; Austrian: Lang-Reitstätter 1948, 122; Hungarian: MNK VI, No. 1268*, cf. No. 1268*I; Slovakian: Gašparíková 1981a, 136; Bulgarian: cf. BFP, No. *1675**; Greek: cf. Orso 1979, No. 153; Polish: Krzyżanowski 1962f. II; Ukrainian: Hnatjuk 1909f. II, No. 12; Jewish: Jason 1965, No. 1675*; Mexican: Robe 1973, No. 1675*.

1270 ***The Drying of the Candle.***
EM 7(1993)1186f.(P.-L. Rausmaa).
Finnish: Rausmaa 1982ff. IV, No. 35; English: Field 1913, 156f., Briggs 1970f. A II, 362; Spanish: RE 5(1965)455f., González Sanz 1996; Catalan: Oriol/Pujol 2003; German: cf. Berger 2001, No. 1270*; Italian: Cirese/Serafini 1975; Indian: Jason 1989; Cambodian: Gaudes 1987, No. 79; Japanese: Ikeda 1971; US-American: Baughman 1966.

1271A* ***Warming the Stove with Wool.***
Livonian: Loorits 1926, Nos. 1271A, 1271B, 1272, Kecskeméti/Paunonen 1974, No. 1271B*; Swedish: Liungman 1961; German: Gepflückte Fincken(1667)106f. No. 116, Fasciculus facetiarum(1670)55 No. 13(EM archive).

1271C* ***Cloak Given to Stone.***
Köhler/Bolte 1898ff. I, 71.
Norwegian: Asbjørnsen/Moe 1866, No. 59, Hodne, No. 1651; Irish: Ó Súilleabháin/Christiansen 1963; Polish: Chodzko 1864, p. 352; Jewish: Jason 1975; Chinese: Ting 1978; Japanese: Ikeda 1971, No. 503H; African American: Dorson 1964, 250ff.

1272* ***Drying Snow on the Stove.***
Kooi 1986, 99–130.
Livonian: Loorits 1926, Kecskeméti/Paunonen 1974; Dutch: Kooi 1986, 118f., Overbeke/Dekker et al. 1991, Nos. 530, 931; Flemish: Meulemans 1982, No. 1319, 1434; Swiss: EM 7(1993)873; Greek: Laográphia 4(1913/14)479; Polish: cf. Krzyżanowski 1962f. II, No. 1272; Mexican: cf. Robe 1973, No. 1272*A.

1273A* ***Bailing Out the Stream*** (previously ***Numskull Bailes Out the Stream***).
Finnish: Rausmaa 1982ff. IV, 236; Latvian: Arājs/Medne 1977; German: Tomkowiak 1993, 267; Italian: Cirese/Serafini 1975; Hungarian: MNK VI; Greek: Megas/Puchner 1998; Cambodian: Gaudes 1987, No. 80; US-American: Randolph 1965, No. 224.

1275 ***Sledges Turned.***
Schwarzbaum 1968, 189, 472f.; Schwarzbaum 1979, 382 not. 11; EM 11,2(2004)662–665(P.-L. Rausmaa).
Finnish: Rausmaa 1982ff. IV, Nos. 4, 5, 121; Latvian: Arājs/Medne 1977; Lithuanian: Kerbelytė 1999ff. II; Karelian, Syrjanian: Kecskeméti/Paunonen 1974; French: Sébillot 1880ff. I, No. 37; Flemish: Meyere 1925ff. III, No. 12; Hungarian: MNK VI, No. 1275I*; Slovene: Kuret 1954, 10f., Eschker 1986, No. 1; Polish: Krzyżanowski 1962f. II; Russian: SUS; Votyak: Kecskeméti/Paunonen 1974; Siberian: Soboleva 1984.

1275* ***Travelers Lose Their Way*** (previously ***Travelers Lose Way and Get Turned Around***).
EM 11,2(2004)662–665(P.-L Rausmaa).
Flemish: Meyere 1925ff. III, No. 209; Walloon: Laport 1932; German: cf. Merkens 1892ff. I, No. 52; Italian: Cirese/Serafini 1975; Serbian: Đjorđjevič/Milošević-

Đjorđjevič 1988, No. 215; Croatian: cf. Dolenec 1972, No. 76; Rumanian: Stroescu 1969 I, No. 4398; Bulgarian: BFP, No. *1275**; Jewish: Jason 1975.

1276 ***Rowing without Going Forward.***
EM 11,2(2004)662–665(P.-L. Rausmaa).
Finnish: Rausmaa 1982ff. IV, Nos. 122–125; Finnish-Swedish: Hackman 1917f. II, No. 249; Lithuanian: cf. Kerbelytė 1978, No. 127; Lappish: Qvigstad 1927ff. I, No. 41.4; Swedish: Liungman 1961; Norwegian: Hodne 1984, No. 1276, cf. p. 237ff.; Danish: Kristensen 1892 I, No. 89, Kristensen 1900, Nos. 510, 511; Irish: Ó Súilleabháin/Christiansen 1963; Dutch: Overbeke/Dekker et al. 1991, No. 360, Meder/Bakker 2001, No. 64; Frisian: Kooi 1984a; Maltese: Mifsud-Chircop 1978; Croatian: Bošković-Stulli 1959, No. 47; Rumanian: Stroescu 1969 I, No. 3819; Russian: SUS; Cambodian: Gaudes 1987, Nos. 54, 58; Indonesian: Vries 1925f. II, No. 171; Polynesian: Kirtley 1971, No. J2164.1.

1276* ***Prayer for a Change of Wind.***
EM 11,2(2004)662–665(P.-L Rausmaa).
Finnish: Rausmaa 1982ff. IV, No. 126; English: Briggs 1970f. A II, 6f.; German: Neumann 1968a, No. 45, Hubrich-Messow(forthcoming).

1278 ***Marking the Place on the Boat.***
Basset 1924ff. I, 277 No. 21; Boggs 1950, 43–47; Schwarzbaum 1968, 107, 462; Marzolph 1992 II, No. 981; EM 9(1999)342–345(M. Fenske).
Finnish: Rausmaa 1982ff. IV, Nos. 1, 49, 123; Finnish-Swedish: Hackman 1917f. II, Nos. 249, 250; Latvian: Arājs/Medne 1977, Nos. 1278, 1278*, *1278**, *1278***; Livonian, Lappish: Kecskeméti/Paunonen 1974; Swedish: Liungman 1961; Norwegian: Hodne 1984; Danish: Kristensen 1892 I, Nos. 65, 66, Christensen 1939, No. 4; Irish: Ó Súilleabháin/Christiansen 1963, Nos. 1278, 1278*; English: Baughman 1966, Nos. 1278, 1278*, Briggs 1970f. A II, 177f., 348; French: Mélusine 3(1886/87)65ff.; Dutch: Sinninghe 1943, Haan 1979, 119f.; Frisian: Kooi 1984a, Kooi/Schuster 1993, Nos. 67, 88; German: Moser-Rath 1984, 65f., Tomkowiak 1993, 267, Kooi/Schuster 1994, No. 74e, Berger 2001, Hubrich-Messow(forthcoming); Austrian: Lang-Reitstätter 1948, 94; Hungarian: MNK VI; Rumanian: Stroescu 1969 I, Nos. 3825, 3826; Syrian, Qatar: El-Shamy 2004; Indian: Thompson/Roberts 1960; Burmese: Htin Aung 1954, 214ff.; Chinese: Ting 1978; Indonesian: Vries 1925f. II, No. 101; Japanese: Ikeda 1971, Nos. 1278A, 1278B, Inada/Ozawa 1977ff.; Australian: Adams/Newell 1999 I, 87, III, 326; English-Canadian: Baughman 1966; US-American: Baughman 1966,

Nos. 1278, 1278A; French-American: Ancelet 1994, No. 42; Egyptian, Moroccan: El-Shamy 2004, No. 1278*.

1281 *Getting Rid of the Unknown Animal.*
Kirchhof/Oesterley 1869 I 1, No. 167; BP II, 69-76, III, 286-288; Schwarzbaum 1968, 190, 443; Kasprzyk 1963, No. 103; EM 7(1993)1121-1126(J. van der Kooi).
Finnish: Rausmaa 1982ff. IV, Nos. 1, 70, VI, No. 307; Estonian: Aarne 1918; Latvian: Arājs/Medne 1977; Livonian: Kecskeméti/Paunonen 1974; Swedish: Liungman 1961; Danish: Kristensen 1892f. II, No. 12, Christensen 1939, No. 82; Icelandic: Sveinsson 1929; Spanish: González Sanz 1996; Catalan: Oriol/Pujol 2003; Portuguese: Oliveira 1900f. II, No. 321, Cardigos(forthcoming); Dutch: Sinninghe 1943; Flemish: Meyer 1968; Frisian: Kooi/Schuster 1993, No. 95; German: Uther 1990a, No. 30, Tomkowiak 1993, 267, Grimm KHM/Uther 1996 II, No. 70, Kooi/Schuster 1994, No. 80, Berger 2001, Hubrich-Messow(forthcoming); Austrian: Lang-Reitstätter 1948, 194f.; Italian: Cirese/Serafini 1975; Hungarian: MNK VI; Czech: Tille 1929ff. I, 408f., Klímová 1966, No. 41; Slovakian: Polívka 1923ff. V, No. 133D; Slovene: Kontler/Kompoljski 1923f. II, 104ff.; Serbian: Čajkanović 1934, No. 17; Rumanian: Stroescu 1969 I, Nos. 3757, 3874; Bulgarian: BFP; Greek: Laográphia 6(1917) 111; Polish: Krzyżanowski 1962f. II; Russian: Pomeranceva 1958, No. 23; Byelorussian, Ukrainian: SUS; Turkish: Eberhard/Boratav 1953, Nos. 45(3), 274 IV 3, 329 V; Jewish: Jason 1965; Aramaic: Bergsträsser 1915, Nos. 10, 32; Indian: cf. Bødker 1957a, No. 650.

1281A *Getting Rid of the Man-Eating Calf.*
Kirchhof/Oesterley 1869 I 2, No. 42; Köhler/Bolte 1898ff. I, 68f.; Bebel/Wesselski 1907 I 2, No. 144; BP II, 72 not. 1, III, 287; EM 7(1993)859-861(P.-L. Rausmaa).
Finnish: Rausmaa 1982ff. IV, Nos. 71-73, VI, No. 394; Finnish-Swedish: Hackman 1917f. II, No. 244; Estonian: Raudsep 1969, No. 273; Latvian: Arājs/Medne 1977; Lithuanian: Dowojna-Sylwestrowicz 1894, 296ff.; Swedish: Wigström 1880, 26f., Liungman 1961, No. 1281*; Norwegian: Hodne 1984, No. 1739; Danish: Kristensen 1890, No. 166, Christensen 1941, No. 7; Icelandic: Rittershaus 1902, No. 103; Scottish: Bruford/MacDonald 1994, No. 34; Irish: Ó Súilleabháin/Christiansen 1963, O' Sullivan 1966, No. 51; English: Wehse 1979, No. 467; French: Barbeau/Daviault 1940, No. 18, Joisten 1971 II, No. 160; Spanish: Camarena Laucirica 1991 II, No. 161; Frisian: Kooi 1984a, Kooi/Schuster 1994, No. 86; Flemish: Meyer 1968; German: Merkens 1892ff. II, No. 113, Neumann 1968b, 129f., Berger 2001, Hubrich-Messow (forthcoming); Swiss: SAVk. 5(1901)126f.; Hungarian: MNK VI; Slovakian:

Gašparíková 1991f. I, No. 8, II, No. 387; Slovene: Vedež 2(1849)172f.; Rumanian: Stroescu 1969 I, Nos. 3677, 4495; Polish: Krzyżanowski 1962f. II; Russian: Ranke 1972, No. 37; Ukrainian: SUS; US-American: JAFL 53(1940)145–147, WF(1947)27, Dodge 1987, 37f.; Spanish-American: Robe 1973; African American: Dorson 1964, 87f.

1282 ***House Burned Down to Rid It of Insects.***

Wesselski 1911 I, No. 137; BP III, 286–288; Pauli/Bolte 1924 I, No. 37; Tubach 1969, No. 2697; Hand/Casetta et al. 1981 I, No. 17819; Hansen 2002, 223–225.

Finnish: Rausmaa 1982ff. IV, Nos. 36, 38; Latvian: Arājs/Medne 1977; Lithuanian: Kerbelytė 1999ff. II; Swedish: ULMA, No. 111: 206; Danish: Christensen 1939, No. 82; Scottish: Briggs 1970f. A II, 354f.; Spanish: Chevalier 1983, No. 95; Walloon: Laport 1932, No. *1214A; German: Neumann 1968b, No. 49, Moser-Rath 1984, 286, Tomkowiak 1993, 267 No. 1282*, Brednich 1993, No. 91, Grimm KHM/Uther 1996 II, No. 70, III, No. 174; Austrian: Lang-Reitstätter 1948, 52, 196; Hungarian: MNK VI; Serbian: Vrčević 1868f. I, Nos. 337, 338, Karadžić 1959, No. 176; Rumanian: Stroescu 1969 II, No. 4686; Bulgarian: cf. BFP, No. *1282A*; Greek: Megas/Puchner 1998; Polish: Krzyżanowski 1962f. II; Turkish: Eberhard/Boratav 1953, No. 327 III 3a; Jewish: Jason 1965; Indian: Thompson/Roberts 1960; Sri Lankan: Thompson/Roberts 1960; Chinese: Ting 1978; Indonesian: Vries 1925f. II, 410 No. 267; Ethiopian: Gankin et al. 1960, 81ff.

1284 ***Person Does Not Know Himself.***

Wesselski 1908, No. 85; Wesselski 1909, No. 152; Wesselski 1911 I, Nos. 43, 278, 298; BP I, 341; Tubach 1969, No. 5000; Marzolph 1987a, No. 56; Marzolph 1992 II, No. 1023; EM 7(1993)20f.; Hansen 2002, 327–329; Marzolph/Van Leeuwen 2004, No. 503.

Livonian: Setälä/Kyrölä 1953, No. 60; Norwegian: Mauland 1928, No. 25; Danish: Skattegraveren 12(1889)161ff., Christensen 1939, No. 83; Irish: Ó Súilleabháin/Christiansen 1963, O'Sullivan 1966, No. 52; English: Briggs 1970f. A II, 68f., Wehse 1979, Nos. 457, 458; French: RTP 2(1887)297; Spanish: Espinosa 1946, No. 24, Camarena Laucirica 1991, Nos. 162, 241; Catalan: Oriol/Pujol 2003; Portuguese: Oliveira 1900f. II, No. 327, Cardigos(forthcoming); Flemish: Meyer 1968; Frisian: Kooi/Schuster 1993, No. 54; German: Merkens 1892ff. I, No. 138, Moser-Rath 1964, No. 65, Moser-Rath 1984, 173, 289, Berger 2001; Italian: cf. Schneller 1867, No. 3, Rossi 1987, Nos. 11, 28, 61; Sardinian: Mango 1890, No. 19; Maltese: Mifsud-Chircop 1978, No. 1531A; Hungarian: MNK VI; Czech: Klímová 1966, No. 42; Slovakian:

Gašparíková 1991f. II, Nos. 383, 578; Serbian: Čajkanović 1927, No. 198, Panić-Surep 1964, No. 68, Đjorđjevič/Milošević-Đjorđjevič 1988, No. 198; Rumanian: Stroescu 1969 I, Nos. 3843, 3843A; Bulgarian: BFP, Nos. 1284, *1531*, cf. No. *1275**; Greek: Megas 1956f. I, No. 37, Megas/Puchner 1998; Jewish: Jason 1965, Nos. 1284, 1531A, Jason 1975, 1988a, No. 1531A; Gypsy: Briggs 1970f. A II, 362; Kurdish: Hadank 1932, No. 13, Džalila et al. 1989, No. 288; Tadzhik: Rozenfel'd/Ryčkovoj 1990, No. 60; Syrian: El-Shamy 2004, No. 1531A; Aramaic: Arnold 1994, No. 20; Palestinian: Schmidt/Kahle 1918f. I, No. 30, El-Shamy 2004, No. 1531A; Jordanian: Jahn 1970, No. 49; Iranian: Marzolph 1984; Indian: Thompson/Roberts 1960; Chinese: Ting 1978, Nos. 1284, 1531A; Korean: Zaborowski 1975, No. 76; Japanese: Ikeda 1971, Nos. 1313, 1326, 1531, 1531A, Inada/Ozawa 1977ff., No. 1531A; Australian: Wannan 1976, 189f.; US-American: Randolph 1955, 49ff., Randolph 1965, No. 321; African American: Dance 1978, No. 178; Egyptian: El-Shamy 2004, Nos. 1284, 1531A; Algerian: Frobenius 1921ff. I, No. 37, El-Shamy 2004.

1284A ***White Man Made to Believe He is Black.***
EM 7(1993)24.
Scottish: Baughman 1966; Irish: Ó Súilleabháin/Christiansen 1963; French: RTP 2 (1887)213, 297, Soupault 1963, No. 58, Joisten 1971 II, No. 172; Dutch: Vogelschor 1941, No. 7, Tinneveld 1976, No. 112, Swanenberg 1986, 257; Frisian: Kooi 1984a; Walloon: Laport 1932; German: Wossidlo/Neumann 1963, No. 162, Neumann 1968a, No. 61; Hungarian: MNK VI; Croatian: Dolenec 1972, No. 112; Iranian: Christensen 1918, No. 53; English-Canadian: Fauset 1931, No. 64; US-American: Baughman 1966, Baker 1986, No. 190; Spanish-American, Mexican: Robe 1973.

1284B ***Man Needs Patch on Pants to Recognize Himself.***
Spanish: Bulgarian: BFP, No. 1531B; Jewish: Jason 1975, No. 1531B; Kurdish: Družinina 1959, 103f.

1284C ***"You, Or Your Brother?"***
Clouston 1888, 12; Marzolph 1987a, No. 29; Marzolph 1992 II, No. 148, 628, 878.
Danish: Kristensen 1892f. I, Nos. 138–140, Christensen 1939, No. 87; Scottish, English: Baughman 1966, No. J2234; German: Zincgref, Facetiae pennalium(1618)3b, cf. Lehmann, Exilium melancholiae(1643), Nos. 172–174(EM archive), cf. Merkens 1892ff. I, No. 229; Rumanian: cf. Stroescu 1969 I, No. 4552.

1284* ***Forcing the Hen*** to brood her chickens.

Estonian: cf. Loorits 1959, No. 143; Karelian: Kecskeméti/Paunonen 1974; Hungarian: MNK VI; Greek: Laográphia 4(1913/14)486.

1285 ***Pulling on the Shirt.***

EM 6(1990)806–808(J. van der Kooi).

Finnish: Rausmaa 1982ff. IV, Nos. 8, 37, VI, No. 59; Finnish-Swedish: Hackman 1917f. II, No. 263; Latvian: Arājs/Medne 1977; Lithuanian: Kerbelytė 1999ff. II; Lappish: Kecskeméti/Paunonen 1974; Swedish: Liungman 1961, No. 1285, cf. Nos. 1382–1385; Norwegian: Hodne 1984; Danish: Kristensen 1897a, No. 2; Icelandic: Sveinsson 1929, No. 1384; Irish: Ó Súilleabháin/Christiansen 1963; Dutch: Sinninghe 1943, Meder/Bakker 2001, Nos. 302, 502; Frisian: Kooi 1984a; German: Meyer 1925a, No. 48, Meyer 1925b, 52ff., Hubrich-Messow(forthcoming); Slovakian: Polívka 1923ff. V, 7f.; Polish: Krzyżanowski 1962f. II.

1286 ***Jumping into the Breeches.***

Köhler/Bolte 1898ff. I, 82; EM: Sprung in die Hose(forthcoming).

Finnish: Rausmaa 1982ff. IV, No. 7, VI, No. 94; Finnish-Swedish: Hackman 1917f. II, No. 263; Estonian: Loorits 1959, No. 143; Latvian: Arājs/Medne 1977; Lithuanian: Kerbelytė 1999ff. II; Karelian: Kecskeméti/Paunonen 1974; Swedish: Säve/Gustavson 1952f. I, No. 47, Liungman 1961; Irish: Ó Súilleabháin/Christiansen 1963; English: Baughman 1966; French: Bladé 1886 III, No. 8, Seignolle 1946, No. 70, Cadic 1955, 160ff., Soupault 1963, No. 42; Spanish: González Sanz 1996; Catalan: Oriol/Pujol 2003; Dutch: Kooi 2003, No. 84; Frisian: Kooi 1984a; Walloon: Laport 1932; German: Meyer 1925a, No. 48, Meyer 1925b, 52ff., Hubrich-Messow(forthcoming); Italian: Cirese/Serafini 1975; Slovene: Zupanc 1944b, 11ff.; Serbian: Đjorđjevič/Milošević-Đjorđjevič 1988, No. 212; Rumanian: Stroescu 1969 I, No. 3744; Bulgarian: BFP, Nos. 1286, *1286A*; Albanian: Lambertz 1922, No. 52; Russian, Ukrainian: SUS; Turkish: Eberhard/Boratav 1953, No. 331 III 2d(var. d); Chuvash: Kecskeméti/Paunonen 1974; Siberian: Soboleva 1984; Chinese: Ting 1978, No. 1286A; French-Canadian: Lemieux 1974ff. XII, 227ff., XIII, 115ff., XIV, 59ff.; US-American: Baughman 1966; Spanish-American: Robe 1973; African American: Dorson 1967, No. 204; Puerto Rican: Hansen 1957; Brazilian: Alcoforado/Albán 2001, No. 78; South African: Coetzee et al. 1967, No. 1450.

1287 ***Numskulls Unable to Count Their Own Number.***

Schumann/Bolte 1893, No. 24; Köhler/Bolte 1898ff. I, 112; Wesselski 1911 I, No.

261; BP III, 149; Schwarzbaum 1968, 91; Tekinay 1980, 184; Ajrapetjan 1999; EM: Zählen: Sich nicht z. können (in prep.).
Finnish: Rausmaa 1982ff. IV, Nos. 3, 139; Finnish-Swedish: Hackman 1917f. II, No. 236; Latvian: Arājs/Medne 1977; Lithuanian: Kerbelytė 1999ff. II; Karelian: Kecskeméti/Paunonen 1974; Swedish: Liungman 1961; Norwegian: Hodne 1984; Danish: Kristensen 1892 I, No. 105, Christensen 1939, No. 8; Irish: Ó Súilleabháin/Christiansen 1963; English: Baughman 1966, Briggs 1970f. A II, 353; French: Félice 1954, No. 22, Joisten 1971 II, No. 203; Spanish: González Sanz 1996; Catalan: Oriol/Pujol 2003; Dutch: Sinninghe 1943; Frisian: Kooi 1984a, Kooi/Schuster 1993, No. 90; Flemish: Meyer 1968; Walloon: Laport 1932; German: Wossidlo/Neumann 1963, No. 416, Neumann 1968b, No. 17, Berger 2001; Swiss: Jegerlehner 1913, No. 153; Austrian: Lang-Reitstätter 1948, 153; Ladinian: Büchli/Brunold-Bigler 1989ff. II, 152; Italian: Cirese/Serafini 1975; Hungarian: MNK VI; Czech: Jech 1984, No. 65; Slovakian: Gašparíková 1991f. I, No. 341; Slovene: Kuret 1954, 9f.; Croatian: Bošković-Stulli 1959, No. 45; Rumanian: Stroescu 1969 I, No. 3822; Greek: Megas/Puchner 1998; Polish: Krzyżanowski 1962f. II; Russian, Byelorussian, Ukrainian: SUS; Jewish: Jason 1965; Gypsy: MNK X 1; Iraqi: El-Shamy 1995 I, No. J2021; Yemenite: El-Shamy 2004; Pakistani: Thompson/Roberts 1960; Indian: Bødker 1957a, No. 1074, Thompson/Roberts 1960, Jason 1989; Indonesian: Coster-Wijsman 1929, No. 111; Japanese: Ikeda 1971; US-American, African American: Baughman 1966.

1288 ***Numskulls Cannot Find Their Own Legs.***
BP III, 149f.; Klapper 1925; EM 2 (1979) 64–67 (H. Lixfeld); Marzolph/Van Leeuwen 2004, No. 508.
Finnish: Rausmaa 1982ff. IV, Nos. 2, 137, 138, 155; Estonian: Aarne 1918; Latvian: Arājs/Medne 1977, Nos. 1288, 1288*; Lithuanian: Kerbelytė 1999ff. IV (forthcoming); Karelian: Kecskeméti/Paunonen 1974; Swedish: Liungman 1961; Norwegian: Hodne 1984, No. 1288*; Danish: Kristensen 1892 I, Nos. 105, 126, 127, Christensen 1939, Nos. 9, 83; Icelandic: Sveinsson 1929; Irish: Ó Súilleabháin/Christiansen 1963; French: Bladé 1886 III, No. 2, Thibault 1960, No. 15, Joisten 1971 II, Nos. 198, 200; Spanish: González Sanz 1996; Catalan: Oriol/Pujol 2003; Portuguese: Oliveira 1900f. II, No. 321, Cardigos (forthcoming); Dutch: Sinninghe 1943; Frisian: Kooi 1984a, Kooi/Schuster 1993, No. 91; Flemish: Cornelissen 1929ff. I, 272f.; German: Moser-Rath 1964, No. 91, Tomkowiak 1993, 267, Hubrich-Messow (forthcoming); Italian: Cirese/Serafini 1975; Hungarian: MNK VI; Slovene: Kuret 1954, 17f.; Rumanian: Stroescu 1969 I, Nos. 3823, 3832, 4400, cf. Nos. 3728, 3854, II, cf. No. 5257; Bulgarian: BFP; Greek: Loukatos 1957, 306f., Megas/Puchner 1998; Polish:

Krzyżanowski 1962f. II; Russian: SUS, Nos. 1288, 1288*; Byelorussian: SUS; Ukrainian: SUS, Nos. 1288, 1288*; Turkish: Eberhard/Boratav 1953, No. 331 III 2b (var. d, e); Jewish: Jason 1965, 1988a; Gypsy: MNK X 1; Georgian: Kurdovanidze 2000, No. 1288*; Iraqi: Nowak 1969, No. 432, El-Shamy 2004; Chinese: cf. Ting 1978; Japanese: Ikeda 1971; US-American: Baughman 1966; Mexican: Robe 1973; Egyptian, Libyan: El-Shamy 2004.

1288A ***Numskull Cannot Find the Donkey He is Sitting on.***

Montanus/Bolte 1899, No. 70; Wesselski 1911 I, Nos. 261, 290; BP III, 149–151; Marzolph 1992 I, 221f., II, No. 977; Marzolph/Van Leeuwen 2004, No. 503.

Latvian: Arājs/Medne 1977; Lithuanian: Kerbelytė 1999ff. IV (forthcoming); Danish: Kristensen 1892f. II, No. 35; Irish: Ó Súilleabháin/Christiansen 1963; English: Baughman 1966; French: Mélusine 3 (1886/87) 232, Coulomb/Castell 1986, No. 35; Spanish: Chevalier 1983, No. 96; Catalan: Oriol/Pujol 2003; Dutch: Koopmans/Verhuyck 1991, No. 40; Frisian: Kooi 1984a; German: Lang 1916, No. 9, Moser-Rath 1984, 74, 286f.; Italian: Cirese/Serafini 1975; Hungarian: MNK VI; Serbian: Vrčević 1868f. I, No. 171; Macedonian: Tošev 1954, 277f., Eschker 1972, No. 67; Rumanian: Stroescu 1969 I, No. 3022; Bulgarian: BFP; Greek: Orso 1979, No. 108, Megas/Puchner 1998; Polish: cf. Krzyżanowski 1962f. II, No. 1288B; Jewish: Haboucha 1992; Kurdish: Hadank 1932, No. 10; Syrian: El-Shamy 2004; Palestinian: Hanauer 1907, 84f., El-Shamy 2004; Iranian: Marzolph 1984; Indian: Swynnerton 1908, No. 3; Chinese: Ting 1978; Puerto Rican: Hansen 1957; Egyptian, Tunisian: El-Shamy 2004; Algerian: Frobenius 1921ff. I, No. 46, El-Shamy 2004; Somalian: El-Shamy 2004; South African: Coetzee et al. 1967.

1288B ***The Stolen Donkey.***

Wesselski 1911 II, No. 495; Marzolph 1992 II, No. 649.

Turkish: Leach 1964, 62; Afghan: Lebedev 1958, 136; Iranian: Christensen 1923, 57.

1288** ***The Long Nose.***

English: Briggs 1970f. A II, 324; Dutch: Geldof 1979, 166; Frisian: Kooi 1984a, No. 1288Z*; US-American: Dodge 1987, 28f.

1289 ***Each Wants to Sleep in the Middle.***

EM: Schlafen in der Mitte (forthcoming).

Finnish: Rausmaa 1982ff. IV, Nos. 155, 156; Latvian: Arājs/Medne 1977; Irish: Ó Súilleabháin/Christiansen 1963; Portuguese: Vasconcellos/Soromenho et al. 1963f.

II, No. 564, Cardigos (forthcoming); Hungarian: cf. MNK VI, No. 1289I*; Greek: Megas/Puchner 1998; Polish: Krzyżanowski 1962f. II; Russian, Byelorussian, Ukrainian: SUS; Jewish: Noy 1963b, No. 45; Cambodian: Gaudes 1987, Nos. 59, 67; South African: Smith/Dale 1920 II, No. 15.

1290 ***Swimming in the Flax-Field.***
Köhler/Bolte 1898ff. I, 112; BP III, 205f.; HDM 2 (1934–40) 133; Gašparíková 1974; EM: Schwimmen im Flachsfeld (forthcoming).
Finnish: Rausmaa 1982ff. IV, Nos. 3, 139; Finnish-Swedish: Hackman 1917f. II, No. 236; Latvian: Arājs/Medne 1977; Lithuanian: Kerbelytė 1999ff. II; Swedish: Liungman 1961; French: Mélusine 2 (1884/85) 442ff., 465ff., Carnoy 1885, No. 14; Walloon: Legros 1962, 103f.; German: Wossidlo/Neumann 1963, No. 416, Grimm DS/Uther 1993 II, No. 395; Grimm KHM/Uther 1996 III, No. 149, Bechstein/Uther 1997 I, No. 2, Hubrich-Messow (forthcoming); Austrian: Lang-Reitstätter 1948, 153; Italian: Cirese/Serafini 1975; Corsican: cf. Massignon 1963, No. 65; Hungarian: MNK VI, Nos. 1290, 1319II*; Slovakian: Gašparíková 1991f. I, No. 341; Slovene: Kuret 1854, 9f.; Croatian: Dolenec 1972, No. 84; Čepenkov/Penušliski 1989 IV, No. 358; Greek: Megas/Puchner 1998; Polish: Krzyżanowski 1962f. II; Byelorussian: SUS; Indian: Thompson/Roberts 1960; Chinese: Ting 1978; French-Canadian: Barbeau/Lanctot 1926, 419ff.; US-American: Baughman 1966; Spanish-American: Robe 1973.

1290B* ***Sleeping on a Feather.***
Bebel/Wesselski 1907 II 3, No. 123; cf. Marzolph 1987a, No. 21; EM: Schlaf auf der Feder (forthcoming).
Lithuanian: Jurkschat 1898, No. 30; Irish: Ó Súilleabháin/Christiansen 1963; German: Debus 1951, 303ff., Neumann 1968a, No. 113, Moser-Rath 1984, 174; Rumanian: Stroescu 1969 I, No. 3871, cf. No. 3872; Polish: BP III, 239; Jewish: Jason 1975, Müller 1990, 47; English-Canadian: Baughman 1966; US-American: Baker 1986, No. 215; South African: Coetzee et al. 1967, Nos. 1290B, 1635.18.

1291 ***One Cheese Sent to Bring Back Another.***
BP I, 520–528; EM 1 (1977) 1042.
Finnish: Rausmaa 1982ff. IV, No. 11; Livonian: Kecskeméti/Paunonen 1974; Icelandic: Sveinsson 1929; Scottish: Baughman 1966; Irish: Ó Súilleabháin/Christiansen 1963; English: Baughman 1966, Briggs 1970f. A II, 351; Dutch: Sinninghe 1943, Meder/Bakker 2001, No. 146; Walloon: Laport 1932; German: Oberfeld 1962 I, Nos. 58, 59, 62, Jenssen 1963, 15ff., Grimm KHM/Uther 1996 I, No. 59, cf. Berger 2001, No.

1291*, Hubrich-Messow (forthcoming); Hungarian: MNK VI; Bulgarian: BFP; Sorbian: Veckenstedt 1880, No. 8; Russian: SUS; Chuvash: Paasonen et al. 1949, No. 25; French-American: Carrière 1937, No. 63; Puerto Rican: Hansen 1957.

1291A ***Three-Legged Pot Sent to Walk Home.***
Montanus/Bolte 1899, No. 4; BP I, 521 not. 1; EM 1 (1977) 1041.
Scottish: Baughman 1966, No. 1291C; English: Baughman 1966, Nos. 1291A, 1291C; French: Beauvais 1862, No. 17, Meyrac 1890, 435f., Soupault 1963, No. 21; German: Henßen 1961, 99, Hubrich-Messow (forthcoming); Slovakian: Polívka 1923ff. V, 19ff.; Jewish: Jason 1976, No. 38; Chuvash: Paasonen et al. 1949, No. 25; Chinese: Ting 1978, No. 1291D1; French-American: Saucier 1962, No. 22; North American Indian: Thompson 1919, 417f.; Puerto Rican: Flowers 1953, No. 1291, Hansen 1957, No. **1700.

1291B ***Filling Cracks with Butter.***
Wesselski 1911 I, No. 165; BP I, 521–525.
Finnish: Rausmaa 1982ff. IV, No. 11; Latvian: Ambainis 1979, No. 124; Lithuanian: Cappeller 1924, No. 33D; Danish: Kristensen 1884ff. III, No. 6, Kristensen 1890, No. 92; French: Schulte-Kemminghausen/Hüllen 1963, 74f., 103f.; Spanish: Hüllen 1967, 40ff., 51ff.; Dutch: Kooi 2003, No. 84; Frisian: Kooi/Schuster 1993, No. 144; Flemish: Meyer 1968; Walloon: Laport 1932; German: Peuckert 1932, No. 282, Kooi/Schuster 1994, No. 99, Hubrich-Messow (forthcoming); Swiss: Büchli/Brunold-Bigler 1989ff. I, 857; Austrian: Lang-Reitstätter 1948, 81f., Haiding 1965, 368ff.; Hungarian: MNK VI; Czech: Tille 1929ff. I, 430f.; Bulgarian: BFP; Ukrainian: Hnatjuk 1909f. II, No. 289; Turkish: Eberhard/Boratav 1953, No. 327III 2 (var. b, c, h, n); Jewish: Jason 1965; Chuvash: Paasonen et al. 1949, No. 25; Tadzhik: Rozenfel'd/Ryčkovoj 1990, No. 52; Syrian: El-Shamy 2004; Palestinian: Muhawi/Kanaana 1989, No. 27; Iranian: Marzolph 1984; Chinese: Ting 1978; French-Canadian: Barbeau/Lanctot 1923, 233ff., Barbeau/Daviault 1940, No. 20; French-American: Ancelet 1994, No. 35; African American: Dorson 1964, 250ff.; Ethiopian: Reinisch 1881ff. II, No. 9.

1291D ***Other Objects or Animals Sent to Go by Themselves.***
Wesselski 1911 I, No. 281; Günter 1949, 205; Tubach 1969, No. 4011; EM 1 (1977) 1041f.
Icelandic: Sveinsson 1929, No. 1349X*; Scottish: Ranke 1972, No. 39; English: Jacobs 1894b, 208f., Baughman 1966, No. 1539B; French: Sébillot 1881, 91ff., Joisten 1971 II, No. 120; Spanish: Camarena Laucirica 1991 II, Nos. 163, 242; Frisian: Kooi 1984a,

No. 1291E*; Swiss: Büchli/Brunold-Bigler 1989ff. I, 736; Italian: Cirese/Serafini 1975; Corsican: Baughman 1966, No. 1539B; Greek: Megas/Puchner 1998; Ukrainian: Lětopis istorico-filologičeskago 3(1894)242; Jewish: Noy 1963a, No. 118, Jason 1965, No. 1291**, Jason 1988a, No. 1291**, Haboucha 1992; Lebanese, Palestinian: Nowak 1969, No. *1291D; Iraqi: El-Shamy 2004, No. 1291**; Iranian: Marzolph 1984, No. *1291D; Indian: Bradley-Birt 1920, No. 5; Sri Lankan: Parker 1910ff. I, No. 40; Indonesian: Coster-Wijsman 1929, No. 130; French-American: Carrière 1937, 280; Spanish-American: TFSP 12(1935)29–36; Egyptian: Littmann 1955, 105, 167; Algerian: El-Shamy 2004; Moroccan: Nowak 1969, No. *1291D, El-Shamy 2004, No. 1291**.

1292* ***Etiquette of a Guest.***
Lithuanian: Kerbelytė 1999ff. IV(forthcoming); Danish: Kristensen 1892 I, Nos. 19, 20, Christensen 1939, No. 90; Croatian: Dolenec 1972, No. 37; Ukrainian: SUS.

1293 ***A Long Piss*** (previously ***Numskull Stays until he has Finished***).
Köhler/Bolte 1898ff. I, 485; Bebel/Wesselski 1907 II 3, No. 167; Wesselski 1911 I, No. 23; Ranke 1975; EM 3(1981)347–349(K. Ranke).
Dutch: Meder/Baker 2001, No. 62; Frisian: Kooi 1984a; Flemish: Top 1982, Nos. 83, 105; German: Merkens 1892ff. I, No. 193g, Moser-Rath 1984, 173, 291; Hungarian: MNK VI; Bulgarian: BFP; Ukrainian: Hnatjuk 1909f. I, No. 16; Iranian: Marzolph 1984; Chinese: Ting 1978; US-American: Baughman 1966; Egyptian: El-Shamy 2004, No. 1293C§.

1293* ***Learning to Swim.***
Marzolph 1987a, No. 2; Hansen 2002, 240f.
Estonian: Aarne 1918, No. 1292*; French: Joisten 1971 II, No. 170; German: Moser-Rath 1984, 173, 287f., Tomkowiak 1993, 267; Hungarian: MNK VI; Rumanian: cf. Stroescu 1969 II, No. 4732; Greek: cf. Orso 1979, No. 96.

1293A* ***Woman Breaks All Her Dishes.***
Norwegian: Hodne 1984, 240; Faeroese: cf. Nyman 1984; Italian: Cirese/Serafini 1975; Hungarian: MNK VI; Slovakian: Gašparíková 1991f. I, Nos. 79, 325; Serbian: Đjorđjevič/Milošević-Đjorđjevič 1988, No. 206; Bosnian: Preindlsberger-Mrazović 1905, 95ff.; Bulgarian: BFP; Turkish: cf. Eberhard/Boratav 1953, No. 333 III 2; Gypsy: MNK X 1.

1293B* ***Head in the Water.***

Finnish: Rausmaa 1982ff. IV, 241; Latvian: Arājs/Medne 1977; Lithuanian: Kerbelytė 1999ff. II; Greek: Megas/Puchner 1998; Byelorussian: SUS; Siberian: Soboleva 1984.

1293C* ***The Wrong Door.***

Frisian: Kooi 1984a; German: Wossidlo/Neumann 1963, No. 567, Buse 1975, No. 392; Rumanian: Stroescu 1969 II, No. 5066; US-American: Randolph 1958, 104f., Randolph 1965, No. 238.

1294 ***Getting the Calf's Head out of the Pot.***

Chavannes 1910ff. II, No. 311; Marzolph 1992 II, No. 1221; EM 8(1996)257–260(U. Marzolph).

Danish: Kristensen 1892f. II, No. 2; English: Briggs 1970f. A II, 31; Hungarian: cf. MNK VI, No. 1294*; Slovakian: Gašparíková 1991f. I, No. 182, II, No. 473; Rumanian: Stroescu 1969 I, No. 3852; Bulgarian: BFP; Greek: cf. Loukatos 1957, 308f., Megas/Puchner 1998; Jewish: Noy 1963a, No. 117, Jason 1965, 1988a; Syrian, Lebanese: El-Shamy 2004; Iraqi: Nowak 1969, No. 435, El-Shamy 2004; Pakistani, Indian: Thompson/Roberts 1960; Sri Lankan: Schleberger 1985, No. 63(2); Chinese: Ting 1978; Egyptian, Moroccan, Somalian: El-Shamy 2004.

1294A* ***Child with Head Caught in Jar.***

Basset 1924ff. I, 451 No. 151; EM 8(1996)259f.

Estonian: Viidalepp 1980, No. 135; Italian: Cirese/Serafini 1975; Hungarian: cf. MNK VI, Nos. 1294*, 1294*I, 1294*II, 1294*III; Serbian: Karadžić 1937, 235; Rumanian: Stroescu 1969 I, No. 3852A; Bulgarian: cf. BFP, No. *1294*; Greek: Megas/Puchner 1998; Turkish: Eberhard/Boratav 1953, No. 331 III 2c(var. b, c); Abkhaz: Šakryl 1975, No. 47; Tuva: Taube 1978, No. 72; Syrian: El-Shamy 2004; Aramaic: Ritter 1967, 411; Iraqi: Nowak 1969, No. 436; Iranian: Marzolph 1984; Indian: Bødker 1957a, No. 1270; Chinese: Graham 1957, 237; Cambodian: Gaudes 1987, No. 62; Japanese: Ikeda 1971, Nos. 1294, 1294A; Egyptian: El-Shamy 2004; Libyan: Jahn 1970, No. 50, El-Shamy 2004; Tunisian: El-Shamy 2004, No. 1562F§; Moroccan: Nowak 1969, No. 451, El-Shamy 2004, Nos. 1294A*, 1562F§.

1295 ***The Seventh Cake Satisfies.***

Hertel 1922a, No. 37; EM 8(1996)541–543(H. Markel).

Lithuanian: Kerbelytė 1999ff. II; German: Merkens 1892ff. II, No. 89, Fischer 1955,

176f.; Rumanian: Stroescu 1969 I, No. 3824; Russian, Ukrainian: SUS; Jewish: Landmann 1960, 233; Indian: Thompson/Roberts 1960; Chinese: Ting 1978; Indonesian: Courlander 1950, 73f.

1295A* ***Tall Bridegroom Cannot Get into Church.***
English: Briggs 1970f. A II, 12 No. 2, 247; French: ATP 1(1953)5; Spanish: Chevalier 1983, No. 97; Portuguese: Oliveira 1900f. II, No. 321, Cardigos(forthcoming); Italian: Cirese/Serafini 1975, Nos. 1295A*, 1295B*; Hungarian: MNK VI; Rumanian: Bîrlea 1966 III, 163, 493, Stroescu 1969 I, Nos. 3728, 3852B, cf. No. 4305; Bulgarian: BFP; Greek: Kretschmer 1917, No. 20, Megas/Puchner 1998; Jewish: Jason 1988a, cf. Haboucha 1992; Lebanese, Palestinian: El-Shamy 2004, No. 1295B*; Iranian: Marzolph 1984; Indian: Thompson/Balys 1958, No. J2171.6; US-American: Leary 1991, No. 298; Egyptian, Tunisian, Moroccan: El-Shamy 2004, No. 1295B*; Libyan: Jahn 1970, No. 50, El-Shamy 2004, No. 1295B*.

1296 ***Fool's Errand.***
Hepding 1919.
Finnish: Rausmaa 1982ff. IV, No. 38; Danish: Kristensen 1892f. II, Nos. 77, 283, Kristensen 1900, No. 362, Aakjaer/Holbek 1966, No. 609; Irish: Ó Súilleabháin/Christiansen 1963; English: Baughman 1966, No. J2346; German: Neumann 1968b, No. 15; Maltese: Mifsud-Chircop 1978; Czech: Tille 1929ff. I, 417, Klímová 1966, No. 43; Serbian: cf. Karadžić 1937, No. 11; Croatian: Bošković-Stulli 1963, No. 74; Jewish: cf. Haboucha 1992, No. **1296C; Japanese: Ikeda 1971; English-Canadian, US-American: Baughman 1966, No. J2346; French-American: Ancelet 1994, No. 35.

1296A ***Fools Go to Buy Good Weather*** (storm, spring).
Köhler/Bolte 1898ff. I, 324f.; EM: Wetterkaufen(in prep.).
Catalan: Oriol/Pujol 2003; Dutch: Blécourt 1980, No. 3.139; Flemish: Roeck 1980, 171; German: Merkens 1892ff. I, No. 46, Neumann 1968a, No. 56, Kooi/Schuster 1994, No. 75, Hubrich-Messow(forthcoming); Swiss: Sooder 1943, 251; Austrian: Lang-Reitstätter 1948, 14; Italian: Cirese/Serafini 1975; Hungarian: MNK VI; Serbian: cf. Vrčević 1868f. I, Nos. 315, 319; Croatian: Bošković-Stulli 1963, Nos. 74, 75, cf. Bošković-Stulli 1975a, No. 29; Greek: Laográphia 6(1917)310; Indian: Swynnerton 1908, No. 43.

1296B ***Doves in the Letter.***
Wesselski 1911 I, No. 253; BP III, 337f.; HDM 2(1934-40)655-658(H. Honti); EM:

Tauben im Brief (in prep.).

Finnish: Rausmaa 1982ff. IV, No. 40; Latvian: Arājs/Medne 1977; Danish: Kristensen 1892 I, No. 59; II, Nos. 160–165, Christensen 1939, No. 48; Frisian: Kooi 1984a, Nos. 1296B, 1296B*; Flemish: Meulemans 1982, No. 1508; German: Moser-Rath 1964, No. 95, Moser-Rath 1984, 287f., 290, 392f., 446, Kooi/Schuster 1994, No. 73, Grimm KHM/Uther 1996 III, No. 185; Italian: Cirese/Serafini 1975; Hungarian: MNK VI; Czech: Tille 1929ff. II 2, 383f.; Rumanian: Schullerus 1928, No. 30, Stroescu 1969 I, No. 3218, II, No. 5462; Iranian: Christensen 1918, No. 1; Japanese: cf. Ikeda 1971; Cuban: Hansen 1957, No. **1709F.

1297* ***Jumping into the River after Their Comrade.***

BP II, 555–560.

English: Briggs 1970f. A II, 11 No. 1, 360f.; Spanish: cf. Espinosa 1988, Nos. 287, 288; German: Schirmeyer 1920, 84, Kooi/Schuster 1994, Nos. 74g, 83e, Grimm KHM/Uther 1996 II, Nos. 61, 119, Hubrich-Messow (forthcoming); Austrian: Lang-Reitstätter 1948, 207; Hungarian: MNK VI; Czech: Jech 1984, No. 46; Polish: Krzyżanowski 1962f. II, No. 1297, cf. No. 1206; Japanese: Ikeda 1971.

1305 ***The Miser and His Gold.***

Aesop/Perry 1965, 465 No. 225; Kirchhof/Oesterley 1869 I 1, Nos. 182–184; cf. Wesselski 1911 I, No. 201; EM 5 (1987) 955; Marzolph 1992 II, No. 253.

Irish: Ó Súilleabháin/Christiansen 1963, Nos. 1305, 1305A-1305C, O'Sullivan 1966, No. 49; Spanish: Chevalier 1983, No. 98; German: Tomkowiak 1993, 268 No. 1305B; Rumanian: Stroescu 1969 II, Nos. 5021, 5022; Indian: Thompson/Balys 1958, No. J1061.4; Chinese: Ting 1978, Nos. 1305D, 1305D1, 1305D2; Tunisian: El-Shamy 2004.

1306 ***Miser Refuses to Give His Hand.***

Tubach 1969, No. 5244; MacDonald 1982, No. W135.5; EM 5 (1987) 955; EM 6 (1990) 1137; Marzolph 1991; Marzolph 1992 I, 150f.

German: Gerlach, Eutrapeliarum I (1656) 194, No. 773 (EM archive), Moser-Rath 1984, No. 155, Tomkowiak 1993, 290; Austrian: Hofmann-Wellenhof 1885, 44; Macedonian: Čepenkov/Penušliski 1989 III, No. 238, IV, No. 470, Eschker 1972, No. 55; Rumanian: Stroescu 1969 II, No. 5014; Bulgarian: Parpulova/Dobreva 1982, 439; Turkish: Downing 1965, 26, Walker 1991, 65f.; Pakistani: Newall 1985b, 101.

1309 ***Choosing the Clean Figs.***

Cf. Kirchhof/Oesterley 1869 VII, No. 123.

Spanish: González Sanz 1996; Portuguese: Marreiros 1991, 218f., Cardigos (forthcoming); Italian: Cirese / Serafini 1975; Hungarian: MNK VI; Czech: Klímová 1966, No. 44; Slovakian: Gašparíková 1981a, 150; Croatian: Bošković-Stulli 1963, No. 76; Rumanian: Schullerus 1928, 95; Greek: Ranke 1972, No. 15, Megas / Puchner 1998; Polish: Krzyżanowski 1962f. II.

1310 ***Drowning the Crayfish as Punishment.***
Kirchhof / Oesterley 1869 I 1, No. 276; Köhler / Bolte 1898ff. I, 266; Dähnhardt 1907ff. IV, 43; Chavannes 1910ff. I, No. 50, II, No. 334; EM 8 (1996) 368–373 (J. van der Kooi); Schmidt 1999.
Finnish: Rausmaa 1982ff. IV, No. 74; Finnish-Swedish: Hackman 1917f. II, No. 245; Estonian: Aarne 1918; Livonian: Loorits 1926; Latvian: Arājs / Medne 1977, Nos. 1310, *1310D; Lithuanian: Kerbelytė 1999ff. II; Lappish: Kecskeméti / Paunonen 1974; Swedish: Liungman 1961; Norwegian: Hodne 1984; Danish: Kristensen 1892f. II, No. 108, Christensen 1939, No. 1; Irish: Ó Súilleabháin / Christiansen 1963; English: Baughman 1966, Briggs 1970f. A II, 352; Dutch: Sinninghe 1943, No. 1310*; Frisian: Kooi 1984a, Kooi / Schuster 1993, No. 94; German: Moser-Rath 1984, 66, 288f., Berger 2001, Hubrich-Messow (forthcoming); Austrian: Haiding 1969, No. 49; Hungarian: MNK VI; Slovakian: Gašparíková 1991f. I, Nos. 12, 178; Slovene: Slovenski gospodar 65 (1931) 14; Greek: Kretschmer 1917, No. 20; Polish: Krzyżanowski 1962f. II, Nos. 1207, 1310; Russian, Byelorussian: SUS; Gypsy: Briggs 1970f. A II, 360 No. 3; Indian: Bødker 1957a, No. 635; Sri Lankan: Thompson / Roberts 1960; Chinese: Ting 1978, No. 1310, cf. No. 1310D; Indonesian: Vries 1925f. II, 403 No. 107, cf. 410 No. 268; Filipino: Fansler 1921, No. 55, cf. No. 49, Ramos 1953, 105ff.; North American Indian: Thompson 1929, No. 108; African American: Baer 1980, 39f.; Cuban, Dominican, Puerto Rican: Hansen 1957; South American Indian: Hissink / Hahn 1961, No. 344; Brazilian: Alcoforado / Albán 2001, No. 3; Argentine: Hansen 1957; West Indies: Flowers 1953; Tunisian, Moroccan: El-Shamy 2004; West African, Guinean: Klipple 1992; Angolan: Serauky 1988, 140; South African: Klipple 1992; Malagasy: Haring 1982, Nos. 2.3.28, 2.3.103.

1310A ***Briar-patch Punishment for Rabbit.***
Köhler / Bolte 1898ff. I, 266.
Frisian: Kooi 1984a; Slovakian: Gašparíková 1981a, 41; Syrian: El-Shamy 2004; Aramaic: Lidzbarski 1896, No. 3; Nepalese: Heunemann 1980, 166ff.; Indonesian: Vries 1925f. II, 405 No. 147; US-American: MAFLS 16 (1923) 12ff., Burrison 1989, 153ff.; French-American: Saucier 1962, Nos. 33, 33a, Ancelet 1994, No. 2; African American:

Dorson 1967, No. 3, Dance 1978, No. 349; Mexican: cf. Robe 1973; West Indies: Flowers 1953, 516; Moroccan: El-Shamy 2004; Namibian: cf. Schmidt 1999.

1310B ***Burying the Mole as Punishment.***
Feilberg 1886ff. III, 1190f.
French: RTP 5(1890)305, 11(1896)646, 17(1902)547; Dutch: Sinninghe 1943, No. 1317; Frisian: Kooi 1984a; Flemish: Meyer 1968; Walloon: Laport 1932, No. *1214; German: Zender 1935, No. 110, Tomkowiak 1993, 268; Swiss: Büchli/Brunold-Bigler 1989ff. II, 717; Austrian: Lang-Reitstätter 1948, 31, 196; Italian: Todorović-Strähl/Lurati 1984, No. 70; Malagasy: Haring 1982, No. 2.3.103.

1310C ***Throwing the Bird from a Cliff as Punishment.***
Finnish: Rausmaa 1982ff. IV, 241; English: Baughman 1966; Austrian: Lang-Reitstätter 1948, 197; Slovakian: Polívka 1923ff. V, No. 137N; Rumanian: Stroescu 1969 I, No. 3816; Turkish: Eberhard/Boratav 1953, No. 9(4); Egyptian, Sudanese: El-Shamy 2004; Nigerian: Talbot 1912, 397; Ethiopian: Reinisch 1889, No. 31.

1310* ***The Crab is Thought to be the Devil.***
Finnish: Rausmaa 1982ff. IV, Nos. 75–77, Jauhiainen 1998, No. E111; Faeroese: cf. Nyman 1984; English: Briggs 1970f. A II, 262; Dutch: Sinninghe 1943, Kooi 1986, 108f.; Swiss: Büchli/Brunold-Bigler 1989ff. I, 859; Rumanian: Stroescu 1969 I, No. 426; Greek: Laográphia 4(1913/14)486, 11(1934/37)648; Russian: SUS; West Indies: Flowers 1953.

1311 ***The Wolf Taken for a Foal.***
Pauli/Bolte 1924 I, No. 152; EM: Verwechslung der Tiere(in prep.).
Finnish: Rausmaa 1982ff. IV, Nos. 78, 79; Estonian: Aarne 1918; Livonian: Setälä/Kyrölä 1953, No. 13; Latvian: Arājs/Medne 1977; French: Fabre/Lacroix 1973f. II, No. 42; German: Nimtz-Wendlandt 1961, No. 105, Wossidlo/Neumann 1963, No. 38, cf. Berger 2001, No. 1311*; Hungarian: MNK VI; Polish: Krzyżanowski 1962f. II, Nos. 1311, 1312; Byelorussian, Ukrainian: SUS; Gypsy: MNK X 1; Ossetian: Britaev/Kaloev 1959, 21ff.; Cheremis/Mari: Kecskeméti/Paunonen 1974.

1312 ***The Bear Taken for a Dog.***
EM: Verwechslung der Tiere(in prep.).
Finnish: Rausmaa 1982ff. IV, No. 80; German: Peuckert 1959, No. 181; Hungarian: MNK VI, No. 1312A*; Greek: Megas/Puchner 1998; Dominican: cf. Hansen 1957,

No. **1312.

1312* ***Trying to Wash Black Animal White.***
Wesselski 1911 I, No. 142.
German: Birlinger 1861f. I, No. 685; Austrian: Lang-Reitstätter 1948, 27f.; Greek: Laográphia 10(1929/33)465, 13(1951)246; Jewish: Haboucha 1992.

1313 ***The Man Who Wanted to Commit Suicide*** (previously ***The Man who Thought Himself Dead***).
Frey/Bolte 1896, 214; Stiefel 1908, No. 58; Wesselski 1911 II, No. 522; BP III, 337f.; Schwarzbaum 1968, 331; EM 9(1999)210–215(J. A. Conrad).
Finnish: Rausmaa 1982ff. IV, No. 24; Estonian: Aarne 1918; Latvian: Arājs/Medne 1977; Irish: Ó Súilleabháin/Christiansen 1963; Catalan: Oriol/Pujol 2003; Portuguese: Vasconcellos/Soromenho et al. 1963f. II, Nos. 509, 510, Cardigos(forthcoming); Flemish: Meyer 1968, No. 1313A; Walloon: Legros 1962; German: Moser-Rath 1964, No. 94, cf. Grimm KHM/Uther 1996 III, No. 185; Italian: Morlini/Wesselski 1908, No. 49, Cirese/Serafini 1975; Hungarian: MNK VI; Slovene: Brezovnik 1884, 40f.; Rumanian: Stroescu 1969 I, Nos. 3682, 4484; Bulgarian: BFP; Turkish: Eberhard/Boratav 1953, No. 361; Jewish: Jason 1965, 1988a, Haboucha 1992, No. 1572*M; Iranian: Marzolph 1984; Chinese: Ting 1978, No. 1313, cf. No. 1568B; Japanese: Ikeda 1971, Inada/Ozawa 1977ff.; Puerto Rican: Hansen 1957; West Indies: Flowers 1953.

1313A ***The Man Takes Seriously the Prediction of Death.***
Köhler/Bolte 1898ff. I, 135, 486, 505; Wesselski 1911 I, No. 49; Pauli/Bolte 1924 II, No. 860; Schwarzbaum 1968, 185, 331; EM 9(1999)210–215(J. A. Conrad), Schneider 1999a, 167.
Finnish: Rausmaa 1982ff. IV, No. 24; Latvian: Arājs/Medne 1977, Nos. 1313A, 1313B; Lithuanian: Kerbelytė 1999ff. II, No. 1313A,B; Livonian, Karelian: Kecskeméti/Paunonen 1974; Norwegian: Hodne 1984; Irish: Ó Súilleabháin/Christiansen 1963; French: Millien/Delarue 1953, No. 24; Spanish: González Sanz 1996, Nos. 1313A, 1313C; Basque: Blümml 1906, No. 7; Catalan: Oriol/Pujol 2003; Portuguese: Vasconcellos/Soromenho et al. 1963f. II, No. 513, Cardigos(forthcoming), Nos. 1313A, 1313C; Dutch: Meder/Bakker 2001, Nos. 301, 330; Flemish: Meyer 1968; Walloon: Laport 1932, Nos. 1313A, 1313C; German: Moser-Rath 1984, 62, 119, cf. 173, Berger 2001; Austrian: Haiding 1969, No. 144; Ladinian: Ranke 1972, No. 41; Italian: Cirese/Serafini 1975, Nos. 1313A, 1313C; Sardinian: Cirese/Serafini; Hungarian: MNK VI, Dömötör 2001, 287; Czech: Tille 1929ff. I, 418f., Klímová 1966, No. 45; Slo-

vakian: Gašparíková 1991f. I, No. 323, II, No. 434; Slovene: Zupanc 1944b, 90ff.; Croatian: Krauss/Burr et al. 2002, No. 245; Rumanian: Stroescu 1969 I, No. 3014; Bulgarian: BFP, Nos. 1313A, 1313C; Greek: Megas/Puchner 1998; Polish: Simonides 1979, No. 72; Russian, Byelorussian, Ukrainian: SUS; Jewish: Noy 1963a, No. 120, Jason 1965, Nos. 1313A, 1313C, Jason 1988a, Haboucha 1992; Gypsy: MNK X 1; Siberian: Soboleva 1984; Syrian: Prym/Socin 1881, No. 62, El-Shamy 2004; Lebanese: Nowak 1969, No. 1313C; Palestinian: El-Shamy 2004; Iranian: Marzolph 1984; Pakistani: Thompson/Roberts 1960; Indian: Thompson/Roberts 1960, Nos. 1313A, 1313A III, Jason 1989, Nos. 1313A, 1313C; Sri Lankan: Thompson/Roberts 1960; Chinese: Ting 1978, No. 1313C; Japanese: cf. Ikeda 1971, No. 1313C; Spanish-American, Mexican, Panamanian: Robe 1973; South American Indian: Hissink/Hahn 1961, No. 344; Egyptian: El-Shamy 2004, Nos. 1313A, 1313C; Tunisian: Nowak 1969, No. 1313C, El-Shamy 2004, No. 1313C; Moroccan: El-Shamy 2004; Sudanese: cf. El-Shamy 1995 I, No. J2311.5.

1313A* ***In the Open Grave.***

Wesselski 1911 I, Nos. 6, 46, 121; Basset 1924ff. I, No. 67.

Finnish: Rausmaa 1982ff. IV, No. 141; German: Kooi/Schuster 1994, No. 137; Rumanian: Stroescu 1969 I, No. 3014; Georgian: cf. Kurdovanidze 2000; Jordanian: Jahn 1970, No. 49; US-American: Randolph 1965, No. 21, Baker 1986, No. 136, Burrison 1989, 50; Spanish-American: TFSP 29(1959)168f.

1313B* ***The Cold Grave.***

Frisian: Kooi 1984a; German: Elling 1979, 110, Ringseis 1980, 314; US-American: Randolph 1965, No. 265, cf. Baughman 1966, No. X828*, cf. Baker 1986, No. 137.

1313C* ***Not Yet Dead.***

Schwarzbaum 1968, 331.

Finnish: Rausmaa 1973a, 14, Swedish: Ranke 1972, No. 16; Frisian: Kooi 1984a, No. 1406A*; Flemish: Top 1982, No. 47; German: Zender 1984, No. 289; Austrian: Schmidt 1946, 49, Fischer 1955, 363f.; Jewish: Landmann 1973, 476; Australian: Adams/Newell 1999 I, 107; US-American: Dodge 1987, 141, Leary 1991, No. 57.

1314 ***Mistaking Harmless Objects for Dangerous Ones*** (previously ***The Butter-cask Taken for a Dead Man***).

Schwarzbaum 1979, 144f. not. 1; EM 7(1993)22.

Finnish: Rausmaa 1982ff. IV, Nos. 81, 104–106; Latvian: Arājs/Medne 1977, No.

*1318D; Spanish: Espinosa 1988, No. 289; Dutch: Eigen Volk 6(1934)127; German: Birlinger 1861f. I, No. 668, Wossidlo/Henßen 1957, No. 104, Zender 1984, No. 139, Kooi/Schuster 1994, No. 137, Berger 2001, No. 1315, Hubrich-Messow (forthcoming); Austrian: Lang-Reitstätter 1948, 158f.; Italian: Cirese/Serafini 1975, No. 1315; Slovakian: Gašparíková 1991f. I, No. 183; Greek: cf. Loukatos 1957, 306, Megas/Puchner 1998, Nos. 1314, 1315; Russian: SUS; Iranian: Marzolph 1984, No. *1319*; Indian: Hertel 1953, No. 33; Sri Lankan: Parker 1910ff. I, No. 43.

1315* ***The Steamship Thought to be the Devil.***
EM 7(1993)22.
Finnish: Rausmaa 1982ff. IV, Nos. 96, 97; Finnish-Swedish: Hackman 1917f. II, Nos. 248, 249; Danish: Kristensen 1892f. I, cf. No. 121, II, No. 53; Frisian: Kooi/Schuster 1994, No. 139; Slovene: Kühar/Novak 1988, 184f.; Greek: Megas/Puchner 1998; Spanish-American: TFSP 25(1953)245.

1315** ***A White Mare Thought to be a Church.***
EM 7(1993)21f.
Finnish: Rausmaa 1982ff. IV, No. 82; Finnish-Swedish: Hackman 1917f. II, No. 246; Swedish: Liungman 1961; Danish: Kristensen 1892f. II, No. 107; Swiss: Jegerlehner 1913, No. 161; Austrian: cf. Haiding 1969, No. 132; Hungarian: MNK VI.

1316 ***Mistaking One Animal for Another*** (previously ***Rabbit Thought to be a Cow***).
Kirchhof/Oesterley 1869 I 1, No. 247; Wesselski 1911 I, No. 291; Ranke 1972, No. 47; EM 7(1993)21f.
Finnish: Rausmaa 1982ff. IV, Nos. 83, 84; Latvian: Arājs/Medne 1977, No. *1317**; Swedish: Liungman 1961, No. 1317*; Danish: Kristensen 1892 I, Nos. 199–201, Christensen 1939, No. 85, Aakjaer/Holbek 1966, No. 69; Irish: Ó Súilleabháin/Christiansen 1963; Dutch: Sinninghe 1943, Nos. 1316*, 1316***, Overbeke/Dekker et. al. 1991, No. 739; Frisian: Kooi 1984a, No. 1316***, cf. Nos. 1316A*, 1339H*, Kooi/Schuster 1993, No. 61; Flemish: Cornelissen 1929ff. I, 84, 230, Meyer 1968, Nos. 1316***, 1316****; Walloon: Laport 1932, No. *1317; German: cf. Müllenhoff 1845, No. 133, cf. Berger 2001, No. 1315***; Italian: Cirese/Serafini 1975, No. 1316***; Hungarian: MNK VI, No. 1319M*, cf. No. 1338*; Rumanian: Stroescu 1969 I, Nos. 3808, 4260B; Bulgarian: BFP, No. 1316****; Greek: Megas/Puchner 1998, No. 1316****; Gypsy: Briggs 1970f. A II, 64f., 126f.; Georgian: cf. Kurdovanidze 2000, No. 1310***; Pakistani: Thompson/Roberts 1960, No. 1317*; Indian: cf. Hertel 1953, No. 44, Thomp-

son/Roberts 1960, Nos. 1316*, 1317*; Chinese: Ting 1978, No. 1316***; French-Canadian: Lemieux 1974ff. XIV, No. 9; US-American: Baughman 1966, Nos. 1317*, J1757, Roberts 1974, No. 118.

1317 ***The Blind Men and the Elephant.***

Chavannes 1910ff. I, No. 86; Taylor 1951, No. 1435; Schwarzbaum 1968, 246f.; Uther 1981, 79; Marzolph 1990; EM 7(1993)21f.

Latvian: Šmits 1962ff. XI, 313 No. 68; Danish: Kamp 1881, Nos. 16–22; English: Taylor 1951, No. 1435; Bulgarian: Daskalova et al. 1985, No. 171; Ukrainian: SUS; Indian: Thompson/Roberts 1960, Jason 1989; Chinese: Ting 1978; Egyptian: El-Shamy 2004; East African: Kohl-Larsen 1966, 213ff.; Central African: Lambrecht 1967, No. 4518.

1318 ***Mistaking a Person (Animal, Object) for a Supernatural Being*** (previously ***Objects Thought to be Ghosts***).

EM 7(1993)22f.

Finnish: Rausmaa 1982ff. IV, Nos. 107–109; Estonian: Aarne 1918, No. 1318B; Latvian: Arājs/Medne 1977, Nos. 1318, 1318C; Lithuanian: Kerbelytė 1999ff. II, No. 1264*; Swedish: Liungman 1961, No. GS1337; Danish: Kristensen 1892f. II, Nos. 58, 547; Scottish: Briggs 1970f. B II, 11ff.; Irish: Ó Súilleabháin/Christiansen 1963; Dutch: Leopold/Leopold 1882, 424f., Burger 1995, 55f., 186, Meder/Bakker 2001, No. 319; Frisian: Kooi 1984a, No. 1318D*; Flemish: Meyer 1968, No. 1318A, Berg 1981, No. 242; German: Fischer 1955, 117f., Brednich 1993, No. 112, Kooi/Schuster 1994, No. 140; Italian: Cirese/Serafini 1975; Hungarian: MNK VI; Slovakian: Gašparíková 1991f. I, No. 79, II, No. 397; Croatian: Bučar 1918, No. 11; Bulgarian: BFP, No. *1318D*; Greek: Loukatos 1957, 307; Polish: Krzyżanowski 1962f. II; Russian, Byelorussian, Ukrainian: SUS, No. 1318B; Jewish: Baharav/Noy 1965, No. 27, Jason 1975; Iraqi: Nowak 1969, No. 439, El-Shamy 2004; Kuwaiti: El-Shamy 2004, No. 1318D§; Australian: Adams/Newell 1999 II, 317; US-American: Baughman, No. 1318A.

1319 ***Pumpkin Sold as an Donkey's Egg.***

Frey/Bolte 1896, 214f.; Köhler/Bolte 1898ff. I, 50, 135, 323, 506; Wesselski 1911 I, No. 163; BP I, 317f.; cf. Pauli/Bolte 1924 II, No. 841; Schwarzbaum 1968, 115; Schwarzbaum 1979, 420 not. 10; EM 4(1984)452–457(R. Wehse).

Finnish: Rausmaa 1982ff. IV, Nos. 85, 86; Finnish-Swedish: Hackman 1917f. II, No.

305a; Estonian: Aarne 1918; Latvian: Arājs/Medne 1977; Lithuanian: Kerbelytė 1999ff. II; Wepsian, Karelian: Kecskeméti/Paunonen 1974; Swedish: Liungman 1961; Danish: Christensen 1939, 208ff.; Irish: Ó Súilleabháin/Christiansen 1963; English: Briggs 1970f. A II, 175f.; French: Joisten 1971 II, No. 195; Spanish: González Sanz 1996; Catalan: Oriol/Pujol 2003; Portuguese: Vasconcellos/Soromenho et al. 1963f. I, No. 48, Cardigos(forthcoming); Dutch: Sinninghe 1943; Frisian: Kooi 1984a, Kooi/Schuster 1993, No. 96; Flemish: Meyer 1968; Walloon: Laport 1932; German: Henßen 1935, No. 224, Kooi/Schuster 1994, No. 74m, Berger 2001, Hubrich-Messow(forthcoming); Swiss: Jegerlehner 1913, No. 159, Sooder 1943, 257; Italian: Cirese/Serafini 1975; Sardinian: Cirese/Serafini; Hungarian: MNK VI; Czech: Klímová 1966, No. 47; Slovakian: Gašparíková 1991f. II, Nos. 423, 467, 575; Slovene: Kuret 1954, 13f.; Rumanian: Stroescu 1969 I, No. 3844; Bulgarian: BFP; Greek: cf. Loukatos 1957, 302, Orso 1979, No. 103, Megas/Puchner 1998; Polish: Krzyżanowski 1962f. II; Russian, Byelorussian, Ukrainian: SUS; Jewish: Noy 1963a, No. 140; Gypsy: Briggs 1970f. A II, 120; Chuvash: Kecskeméti/Paunonen 1974; Siberian: Soboleva 1984; Georgian: Kurdovanidze 2000; Syrian: El-Shamy 2004; Iranian: Marzolph 1984; Pakistani: Thompson/Roberts 1960; Indian: Thompson/Roberts 1960, Jason 1989; Chinese: Ting 1978, No. 1319, cf. No. 1218; Korean: Choi 1979, No. 514; Australian: Adams/Newell 1999 I, 37; English-Canadian, US-American: Baughman 1966; French-American: Ancelet 1994, No. 8; Spanish-American: TFSP 20(1945)11; African American: Baughman 1966, Dorson 1967, No. 242; South American Indian: Hissink/Hahn 1961, No. 359; Chilean, Argentine: Hansen 1957; West Indies: Flowers 1953; Algerian, Moroccan: El-Shamy 2004; South African: Coetzee et al. 1987.

1319* ***Other Mistaken Identities.***

Wesselski 1911 I, No. 163; EM 7(1993)20.

Latvian: Arājs/Medne 1977; Swedish: Wigström 1909ff. II, 80; Norwegian: Hodne 1984; Danish: Kristensen 1892f. I, No. 165, II, Nos. 47, 48, 78, 79, 100, Christensen 1939, Nos. 12, 13, 17; Faeroese: Nyman 1984; Irish: Cross 1952, No. J1772; English: Briggs 1970f. A II, 26f., 88, 221, 345; French: RTP 2(1887)106f.; Portuguese: Soromenho/Soromenho 1984f. I, Nos. 452, 512, Cardigos(forthcoming), Nos. 1313A*, 1319*; Frisian: Kooi/Schuster 1993, No. 108; German: Berger 2001, Nos. 1317**, 1319N*; Swiss: EM 7(1993)867; Italian: Cirese/Serafini 1975, No. J1772; Maltese: Mifsud-Chircop 1978, Nos. *1315B, *1317A, 1318C1, *1319N, *1319P, *1319P1; Hungarian: Dömötör 1992, No. 372; Croatian: Dolenec 1972, No. 81; Bulgarian: Parpulova/Dobreva 1982, 351ff., 453; Greek: Megas/Puchner 1998; Jewish: Jason 1965, 1975; Indian: Jason 1989; Chinese: Dejun/Xueliang 1982, 339ff.; Japanese: Ikeda

1971, Nos. 1750, 1761, 1762; Spanish-American: TFSP 12(1935)13ff., 16ff., 214, 13 (1937)87, 32(1964)32, 49ff.; West Indies: Flowers 1953, No. J1770; Egyptian: El-Shamy 2004, Nos. 1319A§, 1319*; Tunisian, Moroccan: El-Shamy 2004.

1319A* ***The Watch Mistaken for the Devil's Eye.***
EM 7(1993)22.
Finnish: Rausmaa 1982ff. IV, Nos. 98–100; Estonian: Aarne 1918; Latvian: Arājs/Medne 1977; Lithuanian: Kerbelytė 1999ff. II; Danish: Christensen 1939, No. 11; Irish: Ó Súilleabháin/Christiansen 1963; English: Briggs 1970f. A II, 13 No. 5, 56, 297f., 336; French: Fabre/Lacroix 1973f. II, No. 44; Dutch: Haan 1979, 118; Frisian: Kooi 1984a, Kooi/Schuster 1993, No. 97; German: Asmus/Knoop 1898, 80f., Neumann 1968b, No. 14, Berger 2001; Hungarian: MNK VI, Dömötör 1992, No. 369; Czech: Klímová 1966, No. 48; Slovakian: Polívka 1923ff. V, 4; Rumanian: Stroescu 1969 I, Nos. 3805A, 3832; Bulgarian: BFP; Greek: Megas/Puchner 1998; Gypsy: MNK X 1; US-American: Baughman 1966, No. 1319A, Roberts 1974, No. 114, Baker 1986, No. 213; African American: Baughman 1966, No. 1319A; Mexican: Davies 1990, 50.

1319G* ***Boot Mistaken for an Axe Sheath.***
Lithuanian: Kerbelytė 1999ff. IV(forthcoming); Rumanian: Stroescu 1969 I, No. 3805; Bulgarian: BFP.

1319H* ***Boat Believed to Have Had a Child*** (previously ***Boat Believed to Have Had a Colt***).
Finnish: Rausmaa 1982ff. IV, Nos. 101, 102; Swedish: ULMA, Nos. 25: 64, 19402; Norwegian: Hodne 1984, 238; Danish: Christensen 1939, No. 15; Dutch: Teenstra 1840, 38f.; Frisian: Kooi 1984a; US-American: Fuller 1948, 316, Baughman 1966, No. J1772.22*, Randolph 1957, 207.

1319J* ***Fool Eats Beetle Thinking It is a Blueberry with Wings.***
Basset 1924ff. I, 485 No. 180; ZfVk. 37(1927)106; EM 7(1993)21.
Finnish: Rausmaa 1982ff. IV, No. 87; Latvian: Arājs/Medne 1977, No. 1319B*; Lithuanian: Kerbelytė 1999ff. IV(forthcoming); Swedish: ULMA, Nos. 25: 65, 92: 43, 111: 97, 111: 237c; Danish: Kristensen 1892 I, Nos. 45–47, II, Nos. 28, 29, Christensen 1939, No. 31; English: Briggs 1970f. A II, 114; Frisian: Kooi 1984a, No. 1339H*, Kooi/Schuster 1993, No. 63; German: Merkens 1892ff. II, No. 24, Rosenow 1924, 67ff.; Swiss: Büchli/Brunold-Bigler 1989ff. I, 900, III, 244; Austrian: Lang-Reitstätter 1948,

44; Ladinian: Büchli/Brunold-Bigler 1989ff. II, 53; Hungarian: MNK VI; Czech: Klímová 1966, No. 49; Greek: Megas/Puchner 1998, No. 1319B*; Tatar: Dirr 1920, No. 81; Kurdish: Wentzel 1978, No. 32; Iraqi: El-Shamy 1995 I, No. J1761.11; Spanish-American: TFSP 32(1964)32; Mexican: Robe 1973, No. 1319B*.

1319P* ***Devil's Shit.***
Finnish: Rausmaa 1973a, 58; Danish: Christensen 1939, Nos. 21; Dutch: Teenstra 1840, 67ff., Huizenga-Onnekes 1928f. I, 58, Haan 1974, 164f.; Frisian: Kooi 1984a; German: Wossidlo/Neumann 1963, No. 542, cf. Moser-Rath 1984, 370, 412f., Kooi/Schuster 1994, No. 171.

1320* ***Fish-Eating Icon.***
Irish: cf. Ó Súilleabháin/Christiansen 1963; Bulgarian: cf. BFP; Greek: Megas/Puchner 1998.

1321 ***Fools Frightened.***
Latvian: Arājs/Medne 1977, Nos. 1321, 1321E*; Norwegian: Hodne 1984; Danish: Kristensen 1892 I, Nos. 101, 114, 149–151, II, No. 54, Christensen 1939, Nos. 17, 64; Irish: Ó Súilleabháin/Christiansen 1963; Frisian: Kooi/Schuster 1993, No. 57; German: Wisser 1922f. II, 259ff.; Italian: Cirese/Serafini 1975; Hungarian: MNK VI, Nos. 1321, 1321E*, 1321F*, 1321G*; Serbian: Vrčević 1868f. I, No. 360; Rumanian: Stroescu 1969 II, No. 5807; Gypsy: Briggs 1970f. A II, 116; Persian Gulf, Qatar: El-Shamy 2004.

1321A ***Fright at the Creaking of a Wheelbarrow (Mill).***
Marzolph 1992 II, No. 552.
Dutch: Tinneveld 1976, No. 201, Bloemhoff-de Bruijn/Kooi 1984, No. 17; Frisian: Kooi 1984a, Kooi/Meerburg 1990, No. 82, Kooi/Schuster 1993, No. 59a; Flemish: Meyer 1968; German: Kooi/Schuster 1994, No. 90, Hubrich-Messow(forthcoming); Hungarian: MNK IX, Nos. 2078B1*, 2078B9*, 2078C*, 2078D*; Thompson/Balys 1958, No. J2615; US-American: Brown 1952 I, 697, Leary 1991, No. 44.

1321B ***Fools Afraid of Their Own Shadow.***
Latvian: Arājs/Medne 1977; Lappish: Kecskeméti/Paunonen 1974; Danish: Kristensen 1892f. I, Nos. 115, 116, Kristensen 1900, No. 502; Icelandic: Schier 1983, No. 50; Irish: Ó Súilleabháin/Christiansen 1963; French: Joisten 1971 II, No. 158; Dutch: Sap-Akkerman 1977, 105ff.; Frisian: Kooi 1984a; German: Bll. f. Pomm. Vk. 3(1895)

21ff., Hubrich-Messow (forthcoming); Austrian: Haiding 1965, No. 327; Maltese: Mifsud-Chircop 1978; Czech: Tille 1929ff. I, 423, 430f.; Croatian: Ardalić 1902, 276ff.; Rumanian: cf. Stroescu 1969 II, No. 5854; Greek: Megas/Puchner 1998; Polish: Coleman 1965, 252ff.; Kurdish: Džalila et al. 1989, No. 288; Chinese: Ting 1978; Egyptian: El-Shamy 2004.

1321C *Fools are Frightened at the Humming of Bees* (bumblebee, hornet).
Danish: Kristensen 1892 I, Nos. 104, 105, Christensen 1939, No. 20; Frisian: Kooi/Schuster 1993, No. 98; German: Rosenow 1924, 108f., Grimm KHM/Uther 1996 II, No. 119, Bechstein/Uther 1997 I, No. 2, Hubrich-Messow (forthcoming); Hungarian: MNK VI, No. 1321F*; Czech: Jech 1984, No. 46; Greek: Megas/Puchner 1998.

1321D *Pickling the Grandmother.*
Irish: Murphy 1975, 18f., 161; English: Briggs 1970f. A II, 290; Dutch: Dinnissen 1993, No. 345, Kooi 1985f., Nos. 15, 16; Frisian: Kooi 1984a, No. 1321Z*, Kooi/Schuster 1993, No. 55; German: Fabula 8 (1966) 117f., Ranke 1972, No. 53, Buse 1975, No. 32; Rumanian: Stroescu 1969 I, No. 3193.

1321D* *The Ticking of a Clock Thought to be the Gnawing of Mice.*
Latvian: Arājs/Medne 1977; Swedish: Liungman 1961, No. 1323*; Danish: Christensen 1939, No. 187; Irish: Ó Súilleabháin/Christiansen 1963; Flemish: Cornelissen 1929ff. II, 274, Meyer 1968; German: cf. Berger 2001, No. 1321D**; Hungarian: MNK VI; US-American: Roberts 1959, 137; Mexican: Robe 1973.

1322 *Words in a Foreign Language Thought to be Insults.*
BP III, 149–151.
Latvian: Arājs/Medne 1977; Danish: Kristensen 1892f. II, No. 233, Kristensen 1900, No. 329; Irish: Ó Súilleabháin/Christiansen 1963, No. 1322*; French: Perbosc 1907, No. 18, Hoffmann 1973, EM 3 (1981) 435; Catalan: cf. Oriol/Pujol 2003; Dutch: Sinninghe 1943, Meder/Bakker 2001, No. 89; Flemish: Meyer 1968; Italian: Cirese/Serafini 1975; Hungarian: MNK VI; Maltese: Mifsud-Chircop 1978, Nos. *1322B, *1322C; Czech: Tille 1929ff. I, 246f.; Serbian: Vrčević 1868f. II, 5; Rumanian: Stroescu 1969 II, No. 5638; Bulgarian: BFP; Polish: Krzyżanowski 1962f. II; Lebanese: Assaf/Assaf 1978, No. 27, El-Shamy 2004; Spanish-American: Rael 1957 I, No. 57; African American: Dorson 1964, 450f.; South African: Coetzee et al. 1967.

1322A* ***Grunting Pig.***
English: Briggs 1970f. A II, 83, 122f., 136, 290, 291, B II, 220, 347f.; Dutch: Haan 1974, 57, 166, Geldof 1979, No. 27.4, Meder/Bakker 2001, Nos. 416, 417; Frisian: Kooi 1984a, No. 1322B*, Kooi/Schuster 1993, No. 60; Flemish: Meyer 1968, No. 1322B; German: Meyer 1925a, No. 55, Neumann 1968b, No. 75, cf. No. 52, Kooi/Schuster 1994, No. 254a-c; Hungarian: MNK VI, Nos. 1322A*-C*.

1323 ***The Windmill Thought to be a Holy Cross.***
Cf. Wesselski 1911 I, No. 176.
Finnish: Rausmaa 1982ff. IV, Nos. 110-113; Finnish-Swedish: Hackman 1917f. II, Nos. 247, 249; Latvian: Arājs/Medne 1977; Danish: Kamp 1879f. II, No. 23, Kristensen 1900, No. 479, Christensen 1939, No. 68; Irish: Ó Súilleabháin/Christiansen 1963; English: Wehse 1979, No. 456; Spanish: Childers 1948, No. J1789.1; Greek: Megas/Puchner 1998; Polish: Krzyżanowski 1962f. II; Russian, Byelorussian, Ukrainian: SUS; Siberian: Soboleva 1984; Pakistani, Indian: Thompson/Roberts 1960, No. 1322**.

1324* ***The Man behind the Crucifix.***
EM 2(1979)228f.
Irish: Ó Súilleabháin/Christiansen 1963; French: cf. Fabre/Lacroix 1973f. II, No. 45; Flemish: Meyer 1968; German: Wolf 1845, No. 37, Bll. f. Pomm. Vk. 9(1901)57; Greek: Laográphia 10(1929/33)474; Spanish-American: TFSP 34(1968)189, 196f.; Central African: Fuchs 1961, 191ff., cf. 215ff.

1324A* ***Crucifix Punished.***
Schwarzbaum 1968, 347; EM 8(1996)515-517(G. Tüskés/É. Knapp).
Finnish: Rausmaa 1982ff. IV, Nos. 114, 115; Latvian: Arājs/Medne 1977, Nos. 1324A*, *1324B*; German: Birlinger 1861f. I, No. 682b; Hungarian: MNK VI; Greek: Megas/Puchner 1998; Mexican: Wheeler 1943, No. 21, Rael 1957 II, No. 476.

1325 ***Moving the Wrong Object*** (previously ***Moving Away From Trouble***).
Lox 1998, 221f.
Irish: Ó Súilleabháin/Christiansen 1963, Nos. 1325C, 1325D; Dutch: Sinninghe 1943, No. 1325; Sardinian: Cirese/Serafini 1975; Polish: Simonides 1979, No. 88; Jewish: Jason 1965; Afghan: Lebedev 1955, 149; Eskimo: Barüske 1991, No. 118.

1325A ***The Fireplace Gives Too Much Heat.***
Lox 1998, 221f.
Danish: Kristensen 1892f. II, No. 420; Irish: Ó Súilleabháin/Christiansen 1963; Dutch: Sinninghe 1943, No. 1325*, Frisian: Kooi 1984a, Kooi/Schuster 1993, No. 92; Flemish: Volkskunde 6(1893), 10f. No. 2, Meyere 1925ff. II, 101f. No. 9, Cornelissen 1929ff. I, No. 78, Meyer 1968; German: Merkens 1892ff. III, No. 55, Henßen 1935, No. 226, Bodens 1937, No. 1123, Hubrich-Messow (forthcoming); Greek: Orso 1979, No. 122.

1325B ***Moving the Church Away from the Dung.***
Irish: Ó Súilleabháin/Christiansen 1963, Nos. 1325B-1325D; French: Meyrac 1890, 440ff., Tegethoff 1923, No. 30d, Joisten 1971 II, No. 201; Dutch: Kooi 2003, No. 85; Frisian: Kooi 1979b, No. 63, Kooi 1984a; German: cf. Berger 2001, No. 1325B*; Swiss: Jegerlehner 1907, 203ff.; Russian: SUS, No. 1210A*; Siberian: Soboleva 1984, No. 1210A**; French-Canadian: Lemieux 1974ff. III, No. 19.

1325* ***Bird's Dung Falls on Record Books.***
Cf. Tubach 1969, No. 4556b.
Frisian: Kooi 1979b, No. 66g, Kooi 1984a, Kooi/Meerburg 1990, No. 80; Greek: Megas/Puchner 1998.

1326 ***Moving the Church.***
Köhler/Bolte 1898ff. I, 135, 324; Schwarzbaum 1968, 190, 473; EM 7(1993)1380–1384 (S. Ude-Koeller).
Norwegian: Hodne 1984; Danish: Christensen 1939, No. 79; Irish: Ó Súilleabháin/Christiansen 1963; English: Baughman 1966, Briggs 1970f. A II, 43; French: Bladé 1886 III, 130ff., Delarue 1947, No. 16, cf. Joisten 1971 II, Nos. 200, 202; Spanish: González Sanz 1996; Portuguese: Vasconcellos/Soromenho et al. 1963f. II, No. 460, Cardigos (forthcoming); Dutch: Sinninghe 1943, Overbeke/Dekker et al. 1991, No. 2421; Frisian: Kooi 1984a, Kooi/Schuster 1993, No. 86; Flemish: Meyer 1968; Walloon: Legros 1962; German: Peuckert 1959, No. 225, Kapfhammer 1974, 163f., 242, Kooi/Schuster 1994, No. 83g, Hubrich-Messow (forthcoming); Swiss: Büchli/Brunold-Bigler 1989ff. I, 739f., 752; Austrian: Lang-Reitstätter 1948, 57ff., Haiding 1965, No. 191, Haiding 1969, No. 131; Swiss: Lachmereis 1944, 184; Italian: Cirese/Serafini 1975; Sardinian: Cirese/Serafini; Hungarian: MNK VI; Czech: Jech 1984, No. 46; Slovakian: Gašparíková 1991f. I, No. 177; Slovene: Kuret 1954, 7; Croatian: Bošković-Stulli 1959, No. 48, Dolenec 1972, No. 80; Rumanian: Stroescu 1969 I, No.

3818; Polish: Krzyżanowski 1962f. II, Nos. 1326, 1327A; Jewish: Jason 1988a; Siberian: cf. Vasilenko 1955, No. 31; Uzbek: Schewerdin 1959, 55ff.; US-American: Baughman 1966; Mexican: Robe 1973; Guatamalan: Davies 1990, 135f.

1326B *Moving the Large Stone.*
English: Ehrentreich 1938, No. 25; Catalan: Oriol/Pujol 2003; Portuguese: Henriques/Gouveia et al. 2001, No. 130, Cardigos (forthcoming); French: Blümml 1906, No. 28; Walloon: Laport 1932; German: Waltinger 1927, 176ff.; Serbian: Karadžić 1959, No. 134; Croatian: Bošković-Stulli 1963, No. 75.

1327 *Emptying the Flour Sack.*
Marzolph 1992 II, No. 689; Marzolph/Van Leeuwen 2004, No. 508.
English: Briggs 1970f. A II, 350f.; Catalan: Oriol/Pujol 2003; Croatian: Bošković-Stulli 1963, No. 77, cf. Bošković-Stulli 1967f., No. 30; Greek: Megas/Puchner 1998; Lebanese, Egyptian, Moroccan: El-Shamy 2004.

1327A *Fool Reenacts His Case in Court.*
Finnish: Rausmaa 1982ff. IV, Nos. 157, 158; Latvian: cf. Arājs/Medne 1977, No. *1327B; Danish: Kristensen 1892f. I, No. 173, II, Nos. 158, 558, Kristensen 1900, Nos. 437–439; Portuguese: Parafita 2001f. II, No. 101, Cardigos (forthcoming); Frisian: Kooi 1984a; German: Moser-Rath 1984, 376, 422; Italian: Cirese/Serafini 1975; Hungarian: MNK VI; Serbian: Đjorđjevič/Milošević-Đjorđjevič 1988, No. 236; Jewish: Haboucha 1992.

1328* *Letting Milk Boil Over.*
Finnish: Rausmaa 1982ff. IV, Nos. 60–64; Dutch: Sinninghe 1943, No. 1328, Kooi 2003, No. 84; Flemish: Meyer 1968; German: Wossidlo/Neumann 1963, No. 479, Neumann 1968c, 261; Hungarian: MNK VI; Rumanian: Stroescu 1969 I, No. 3917; Bulgarian: BFP; Jewish: cf. Noy 1963a, No. 121; Indian: Thompson/Roberts 1960.

1328A* *Oversalting the Soup.*
Finnish: Rausmaa 1982ff. IV, Nos. 63, 64; Latvian: Arājs/Medne 1977; Lithuanian: Kerbelytė 1999ff. IV (forthcoming); Irish: Ó Súilleabháin/Christiansen 1963; French: Joisten 1971 II, No. 177; Frisian: Kooi 1984a; Maltese: Mifsud-Chircop 1978, No. *1328C; Serbian: Đjorđjevič/Milošević-Đjorđjevič 1988, No. 217; Croatian: Dolenec 1972, No. 41; Macedonian: Čepenkov/Penušliski 1989 IV, No. 363; Bulgarian: BFP; Polish: Krzyżanowski 1962f. II, No. 1328; Ukrainian: SUS.

1328B* ***New Trousers.***
Irish: Ó Súilleabháin/Christiansen 1963, No. 1328A*; Frisian: Kooi 1984a; German: Dittmaier 1950, 160f., Merkens 1892ff. I, No. 203.

1330 ***Extinguishing the Burning Boat.***
Finnish: Rausmaa 1982ff. IV, No. 39; Finnish-Swedish: Hackman 1917f. II, No. 252; Iranian: Marzolph 1984, No. *1330; Japanese: Ikeda 1971, No. J2162.3.

1331 ***The Covetous and the Envious.***
Köhler/Bolte 1898ff. I, 580; BP II, 219f.; Pauli/Bolte 1924 I, No. 647; Pedersen/Holbek 1961f. II, No. 170; Schwarzbaum 1968, 53f., 166; Tubach 1969, Nos. 560, 3983; Schwarzbaum 1979, 343, 345 not. 8, 11; cf. Dicke/Grubmüller 1987, No. 85; Marzolph 1987a, No. 188; Marzolph 1992 II, Nos. 142, 816; Adrados 1999ff. III, Nos. M. 144, not-H. 175; EM 9(1999)1331–1335(J. van der Kooi).
Latvian: Arājs/Medne 1977; Lithuanian: Kerbelytė 1999ff. II; French: Dardy 1891, No. 11, Cifarelli 1993, No. 192; Spanish: Goldberg 1998, No. J2074; Catalan: Neugaard 1993, No. J2074, Oriol/Pujol 2003; Portuguese: Trancoso/Ferreira 1974, 32ff., Cardigos(forthcoming); Frisian: Kooi 1984a; Flemish: Meyer 1968; German: Moser-Rath 1964, No. 237; Italian: Cirese/Serafini 1975; Maltese: Ilg 1906 I, No. 74, Mifsud-Chircop 1978; Hungarian: György 1934, No. 111, MNK VI; Czech: Dvořák 1978, No. 560; Macedonian: Čepenkov/Penušliski 1989 III, No. 198, IV, No. 444; Bulgarian: BFP; Greek: Megas/Puchner 1998; Jewish: Jason 1988a, Landmann 1997, 243; Armenian: Khatchatrianz 1946, 7ff.; Iranian: Marzolph 1994a, 213f.; Pakistani, Indian: Thompson/Roberts 1960; Burmese: Kasevič/Osipov 1976, No. 158; Australian: Adams/Newell 1999 II, 72; US-American: Legman 1968f. II, 611, Baker 1986, No. 258.

1331* ***Illiterates*** (previously ***Learning to Read***).
Chauvin 1892ff. VI, 137 No. 289; EM 1(1977)482–484(E. Moser-Rath).
Latvian: Arājs/Medne 1977, No. *1331E*; Danish: cf. Kristensen 1892f. I, No. 129; Dutch: Haan 1979, 176 No. 23; Frisian: Kooi 1984a, No. 1331F*; German: Wossidlo/Neumann 1963, No. 445, Kooi/Schuster 1994, No. 96, Brednich 2004, No. 96; Austrian: Kunz 1995, 224; Hungarian: MNK VI, Nos. 1331*, 1331*I, 1331*II; Croatian: Bošković-Stulli 1975a, No. 37; Rumanian: Stroescu 1969 I, No. 3143; Greek: Orso 1979, No. 106; Polish: Krzyżanowski 1962f. II, No. 1670, cf. Simonides 1979, No. 91; Jewish: Jason 1965; Iraqi: El-Shamy 2004, No. 1331E*§; Indian: Thompson/Balys 1958, No. J2258; Australian: Adams/Newell 1999 I, 97; US-American: Baughman

1966, No. 1331C*; Egyptian: El-Shamy 2004, No. 1331E*§.

1331A* *Buying Spectacles.*
EM 1(1977)483f.
Finnish: Rausmaa 1982ff. IV, No. 143; Lithuanian: Kerbelytė 1999ff. IV(forthcoming); Danish: Kristensen 1892f. II, No. 80, Christensen 1939, No. 89; Spanish: Ranke 1972, No. 57; French: Dulac 1925, 107, Joisten 1971 II, No. 168; Dutch: Overbeke/Dekker et al. 1991, No. 803; Frisian: Kooi 1984a, Kooi/Schuster 1993, No. 70; Walloon: Laport 1932, No. *1233; German: Moser-Rath 1984, 243, 289ff., Tomkowiak 1993, 268; Austrian: Schmidt 1946, No. 243, Lang-Reitstätter 1948, 73; Hungarian: MNK VI; Serbian: Vrčević 1868f. I, No. 369; Croatian: cf. Eschker 1986, No. 12; Rumanian: Stroescu 1969 I, No. 3806; Bulgarian: BFP, No. *1331A**; Greek: Orso 1979, No. 106; Jewish: Jason 1965; Chinese: Ting 1978, Nos. 1331A*, 1331E*; Mexican: Robe 1973; Egyptian: El-Shamy 2004; South African: Coetzee et al. 1967.

1331D* *Teaching Latin.*
Finnish: Rausmaa 1982ff. IV, No. 1, VI, No. 310; Lithuanian: Kerbelytė 1999ff. II; German: Zender 1935, No. 129; US-American: Chase 1948, No. 16.

1332 *Which is the Greatest Fool?*
Chauvin 1892ff. VI, 76 No. 242; Basset 1924ff. I, 289 No. 31; Schwarzbaum 1968, 192; EM 9(1999)1206f.; cf. Marzolph/Van Leeuwen 2004, No. 365.
Finnish: Rausmaa 1982ff. IV, No. 79; Danish: Kristensen 1899, No. 187, Kristensen 1900, No. 402, Christensen 1941, 91; English: Briggs 1970f. A II, 86f.; Italian: Cirese/Serafini 1975; Jewish: Jason 1965; Kurdish: Džalila et al. 1989, No. 288; Siberian: Doerfer 1983, No. 40; Uzbek: Afzalov et al. 1963 II, 335f.; Iraqi: Lebedev 1990, No. 63, El-Shamy 2004; Iranian: Marzolph 1984; Pakistani: FL 4(1893)195; Pakistani: Thompson/Roberts 1960; Indian: Thompson/Roberts 1960, Jason 1989; Sri Lankan: Parker 1910ff. I, No. 46, cf. Schleberger 1985, No. 63; Nepalese: Unbescheid 1987, No. 36; Chinese: Ting 1978; West Indies: Flowers 1953, 484; Egyptian, Tunisian: El-Shamy 2004; Moroccan: Nowak 1969, No. 433, El-Shamy 2004.

1332* *Forgetfulness (Aimlessness) Causes Useless Journey.*
Chauvin 1892ff. V, 32ff. No. 16; Wesselski 1911 II, No. 456; Marzolph 1996, No. 475.
Finnish: Rausmaa 1982ff. IV, Nos. 78, 79; Danish: Kristensen 1892f. I, No. 100; Icelandic: Sveinsson 1929, Nos. 1349III*, 1349IV*; Frisian: Kooi 1984a, No. 1332C*; Flemish: Meulemans 1982, No. 1506; Hungarian: cf. MNK IV, No. 1332D*; Serbian:

Vrčević 1868f. I, No. 153, Karadžić 1937, No. 54; Greek: Laográphia 7(1923)307; Syrian: El-Shamy 2004, No. 1296C§; Iranian: Rozenfel'd 1958, 126ff.; Chinese: Ting 1978, No. 1332D*; Spanish-American: TFSP 19(1944)159; Australian: cf. Wannan 1976, 190f.; Egyptian, Moroccan: El-Shamy 2004, No. 1296C§.

1333 ***The Shepherd Who Cried "Wolf!" Too Often.***

Cf. Kirchhof/Oesterley 1869 VII, No. 136; Jacobs 1894a, No. 43; BP IV, 319; Pedersen/Holbek 1961f. II, No. 146; EM 6(1990)1083–1086(C. Shojaei Kawan); Hansen 2002, 402–404.

Finnish: Rausmaa 1982ff. IV, Nos. 130, 131; Latvian: Arājs/Medne 1977; Lithuanian: Kerbelytė 1999ff. II; Irish: Ó Súilleabháin/Christiansen 1963; Spanish: González Sanz 1996, Goldberg 1998, No. J2172.1; Catalan: Neugaard 1993, No. J2172.1, Oriol/Pujol 2003; Portuguese: Henriques/Gouveia et al. 2001, No. 18, Cardigos(forthcoming); Dutch: Schippers 1995, No. 350; Frisian: Kooi 1984a; Flemish: Meyer/Sinninghe 1973; German: Cammann 1967, No. 155, Tomkowiak 1993, 268; Italian: Cirese/Serafini 1975, No. J2172.1; Hungarian: MNK VI; Rumanian: Stroescu 1969 I, No. 3810; Bulgarian: BFP; Greek: Megas/Puchner 1998; Ukrainian: SUS; Jewish: Jason 1975; Syrian: El-Shamy 2004; Aramaic: cf. Socin 1882, 200; Iraqi: El-Shamy 2004, No. 1333A§; Iranian: Marzolph 1984; Indian: cf. Bødker 1957a, No. 1012, Thompson/Roberts 1960, Jason 1989; Korean: Zaborowski 1975, No. 7; Australian: Wannan 1976, 10f.; African American: Parsons 1923a, No. 120; Mexican: cf. Robe 1973; Mayan: Peñalosa 1992; West Indies: Flowers 1953, 489; Egyptian: El-Shamy 2004, No. 1333A§; Somalian: Reinisch 1900, No. 31.

1334 ***The Local Moon.***

Wesselski 1911 I, No. 52; Basset 1924ff. I, 302 No. 38, 412 No. 121; Marzolph 1987a, No. 49; Marzolph 1992 II, No. 970; EM 9(1999)802–805(J. van der Kooi); Hansen 2002, 242f.

Latvian: Arājs/Medne 1977; Lithuanian: Kerbelytė 1999ff. IV(forthcoming); English: Briggs 1970f. A II, 31f., 278; French: Joisten 1971 II, No. 181; Spanish: González Sanz 1996; Dutch: Teenstra 1840, No. 10; Frisian: Kooi 1984a, Kooi/Schuster 1993, No. 62, Kooi 1998a; Walloon: Laport 1932, No. *1334; German: Merkens 1892ff. I, No. 17, II, No. 22, Kapfhammer 1974, 44, Kooi/Schuster 1994, No. 89, Bechstein/Uther 1997 I, No. 2; Swiss: Lachmereis 1944, 35; Italian: Cirese/Serafini 1975; Maltese: Mifsud-Chircop 1978, No. *1334A; Hungarian: MNK VI; Slovakian: Gašparíková 1981a, 137; Serbian: Vrčević 1868f. I, No. 351; Rumanian: Stroescu 1969 II, No. 5179; Greek: Megas/Puchner 1998; Russian, Ukrainian: SUS; Jewish: cf.

Bloch 1931, 180f., Landmann 1973, 633; Kurdish: Džalila et al. 1989, No. 296; Indian: Thompson/Roberts 1960; US-American: Baughman 1966, No. J2271.1, Randolph 1965, No. 324; Egyptian, Moroccan: El-Shamy 2004; East African: Davies 1990, 129.

1334* ***The Old Moon and the Stars.***
Wesselski 1911 I, Nos. 10, 109; Basset 1924ff. I, 302 No. 38, 412 No. 121; MacDonald 1982, No. J2271.2.2.
English: Briggs 1970f. A II, 210; Flemish: Meyere 1925ff. II, No. 178; Serbian: Vrčević 1868f. I, No. 376; Rumanian: Stroescu 1969 I, No. 3909; Iraqi: El-Shamy 1995 I, No. J2271.2.2; Sudanese: Reinisch 1879, No. 7.

1334** ***Two Suns.***
Dutch: Haan 1974, 57, Geldof 1979, 123 No. 4; Frisian: Kooi 1984a, No. 1334A*; German: Wossidlo/Neumann 1963, No. 13, Zender 1984, No. 260; Hungarian: cf. Kovács 1988, 273; Rumanian: Stroescu 1969 I, No. 3600; US-American: Roberts 1974, No. 126.

1335 ***The Swallowed Moon*** (previously ***The Eaten Moon***).
Köhler/Bolte 1898ff. I, 90, 498; Wesselski 1911 I, No. 124; Schwarzbaum 1968, 473; Lox 1998, 220; EM: Spiegelbild im Wasser (forthcoming).
Danish: Christensen 1939, 181; Irish: Ó Súilleabháin/Christiansen 1963; English: Briggs 1970f. A II, 67, 210, 287; French: Bladé 1886 III, No. 4, Joisten 1971 II, No. 178, cf. No. 179; Spanish: Chevalier 1983, No. 102; Catalan: Oriol/Pujol 2003; Flemish: Cornelissen 1929ff. I, 66, Top 1982, No. 24; Walloon: Legros 1962; German: Henßen 1955, No. 462, Moser-Rath 1984, 297; Italian: Cirese/Serafini 1975; Corsican: Ortoli 1883, No. 3; Hungarian: Dégh 1955f. I, No. 41; Slovene: Mailly 1916, 30; Greek: Laográphia 6 (1917–20) 308f.; Polish: Krzyżanowski 1962f. II.

1335A ***Catching the Moon*** (previously ***Rescuing the Moon***).
Wesselski 1911 I, No. 124; Schwarzbaum 1968, 191, 473; Trümpy 1981, 290; EM: Spiegelbild im Wasser (forthcoming).
Danish: Christensen 1939, No. 78; Irish: Ó Súilleabháin/Christiansen 1963; English: Briggs 1970f. A II, 55, 199, 360 No. 1; French: RTP 2 (1887) 211 No. 11, cf. Joisten 1971 II, No. 182; Spanish: RE 6 (1966) 219, González Sanz 1996; Catalan: Oriol/Pujol 2003; Walloon: Laport 1932, No. 1335B; Frisian: Kooi/Schuster 1993, No. 87c; German: Merkens 1892ff. I, No. 21, Rosenow 1924, 36ff., cf. Berger 2001, No. 1335B, Hubrich-Messow (forthcoming); Austrian: cf. Lang-Reitstätter 1948, 15, Haiding 1969,

No. 55; Italian: Todorović-Strähl/Lurati 1984, No. 76; Hungarian: MNK VI; Czech: Jech 1984, No. 46; Slovakian: Gašparíková 1981a, 134; Rumanian: Bîrlea 1966 III, 166f., 494, Stroescu 1969 I, Nos. 3652, 3853, 3854; Bulgarian: BFP; Greek: Loukatos 1957, 305f., Orso 1979, No. 90, Megas/Puchner 1998; Jewish: Jason 1976, No. 74; Chinese: Ting 1978; Tatar: Kecskeméti/Paunonen 1974; African American: Harris 1955, 189ff.; Egyptian: El-Shamy 2004.

1335* ***Setting Sun (Rising Moon) Mistaken for Fire.***
Finnish: Rausmaa 1982ff. IV, No. 106; Danish: Kristensen 1892f. I, Nos. 16, 151, Christensen 1939, No. 3; Faeroese: cf. Nyman 1984; Dutch: Sinninghe 1934, 110, 114f., 168, Geldof 1979, 186; Frisian: Kooi 1984a, Kooi/Schuster 1993, No. 110; Flemish: Cornelissen 1929ff. I, 91, 107, 118, 145, 149, 164, 201f., II, 171, 293, 315; German: Neumann 1968, Nos. 37, 38; Hungarian: MNK VI, No. 1340*VIII; African American: Harris 1955, 284ff.; Egyptian, Moroccan: cf. El-Shamy 2004.

1336 ***Diving for Cheese.***
Köhler/Bolte 1898ff. I, 107; Dähnhardt 1907ff. IV, 230f.; Schwarzbaum 1968, 473; Ranelagh 1979, 190f.; Lox 1998, 220; EM: Spiegelbild im Wasser (forthcoming).
Danish: Kristensen 1892f. I, No. 166, Christensen 1939, No. 78; English: Baughman 1966, Briggs 1970f. A II, 192; Spanish: Espinosa 1946f., Nos. 206, 207; Catalan: Oriol/Pujol 2003; Portuguese: Parafita 2001f. II, No. 142, Cardigos (forthcoming); Dutch: Teenstra 1840, No. 34, Sinninghe 1943, No. 1250, Haan 1974, 159f.; Frisian: Kooi 1984a, Kooi/Schuster 1993, No. 87; Flemish: Meyere 1925ff. III, 68 No. 8, Cornelissen 1929ff. I, 206; German: Merkens 1892ff. I, No. 15, Meyer 1925a, No. 211, Henßen 1955, No. 462, Hubrich-Messow (forthcoming); Italian: Cirese/Serafini 1975; Slovene: Kuret 1954, 16; Greek: Loukatos 1957, 306, Megas/Puchner 1998; Gypsy: Briggs 1970f. A II, 193; Syrian: El-Shamy 2004; Indian: Thompson/Roberts 1960; Vietnamese: Karow 1972, No. 143; North American Indian: Thompson 1919, 295 not. 81; US-American: Baughman 1966, Roberts 1974, No. 121; Puerto Rican: Hansen 1957, No. **1336; South American Indian: Koch-Grünberg 1956, 179f.; Sudanese: El-Shamy 2004; South African: Callaway 1868, 357 (cf. No. J1791.4), Coetzee et al. 1967, No. 1450.

1336A ***Not Recognizing Own Reflection*** (previously ***Man does not Recognize his own Reflection in the Water [Mirror]***).
Wesselski 1911 I, No. 311; Basset 1924ff. II, 320 No. 71; Schwarzbaum 1968, 351, 480; Marzolph 1987a, No. 33; Marzolph 1992 II, No. 982; Hansen 2002, 257–261; Mar-

zolph 2002, No. 518; EM: Spiegelbild im Wasser (forthcoming).
Finnish: Rausmaa 1982ff. IV, No. 144; Wepsian, Karelian: Kecskeméti/Paunonen 1974; Danish: Kristensen 1892f. II, No. 260; Irish: Ó Súilleabháin/Christiansen 1963; English: Baughman 1966, No. J1795.2*, Briggs 1970f. A II, 84; Spanish: Chevalier 1983, No. 103; Portuguese: Henriques/Gouveia et al. 2001, Nos. 73, 131, Cardigos (forthcoming); Dutch: Kooi 2003, No. 83; Frisian: Kooi 1984a; Flemish: Cornelissen 1929ff. I, 247f.; German: cf. Neumann 1968a, No. 195, Moser-Rath 1984, 173, 287; Hungarian: MNK VI; Serbian: cf. Vrčević 1868f. I, No. 330; Rumanian: Stroescu 1969 I, No. 3807; Polish: Krzyżanowski 1962f. II; Turkish: Eberhard/Boratav 1953, No. 329; Jewish: Jason 1965, 1975, 1988a; Persian Gulf, Qatar: El-Shamy 2004; Afghan: Lebedev 1955, No. 31; Pakistani: Thompson/Roberts 1960; Indian: Bødker 1957a, No. 958, Thompson/Roberts 1960, Jason 1989; Nepalese: Sakya/Griffith 1980, 211ff.; Korean: Choi 1979, No. 500; Chinese: Ting 1978, Nos. 1336A, 1336B*; Indonesian: Vries 1925f. II, 400 No. 17; Japanese: Ikeda 1971; Polynesian: Kirtley 1971, No. J1791.7; US-American: Baughman 1966, No. J1795.2*, Burrison 1989, 65, 166, Leary 1991, No. 279; Spanish-American: TFSP 10 (1932) 30f., Baughman 1966, No. J1795.2*; African American: Harris 1955, 45ff., Dorson 1964, 81f.; Egyptian: El-Shamy 2004, Nos. 1336A, 1336B§; Tunisian: El-Shamy 2004, Nos. 1336A, 1336B§; Sudanese: El-Shamy 2004.

1337 ***A Farmer Visits the City.***
Latvian: Arājs/Medne 1977; Danish: Kristensen 1892f. I, No. 170, II, Nos. 86, 542; Faeroese: Nyman 1984; French: cf. Joisten 1971 II, No. 175; Walloon: Laport 1932, No. *1275B; German: Merkens 1892ff. I, No. 214, Berger 2001, No. 1337*, cf. No. 1337**, Hubrich-Messow (forthcoming), Mot. J1742; Italian: Cirese/Serafini 1975; Hungarian: MNK VI, No. 1337, cf. Nos. 1337II*–1337VII*; Slovakian: Gašparíková 1981a, 128, 221; Serbian: Vrčević 1868f. I, No. 255; Croatian: Bošković-Stulli 1975b, No. 38; Macedonian: Čepenkov/Penušliski 1989 IV, Nos. 380, 455, 611–614, 616; Rumanian: Stroescu 1969 I, No. 3812; Bulgarian: BFP; Greek: Megas/Puchner 1998; Polish: cf. Simonides 1979, No. 59; Jewish: Jason 1965, 1975, 1988a; Tadzhik: cf. Rozenfel'd/Ryčkovoj 1990, No. 61; Iraqi: Lebedev 1990, No. 7, El-Shamy 1995 I, No. J1742; Indian: Jason 1989; Chinese: Ting 1978; French-American: Ancelet 1994, No. 41; Egyptian, Libyan: El-Shamy 1995 I, No. J1742, J1742.5.

1337C ***The Long Night.***
Wickram/Bolte 1903, No. 99; Pauli/Bolte 1924 I, No. 263; EM 9 (1999) 1115–1118 (I. Wedekind).

Finnish: Rausmaa 1982ff. IV, Nos. 145, 146; Latvian: Arājs/Medne 1977, Nos.1337C, 1684A*; Irish: Ó Súilleabháin/Christiansen 1963; French: Joisten 1971 II, Nos. 171, 172; Spanish: Llano Roza de Ampudia 1925, No. 75, Chevalier 1983, No. 104, González Sanz 1996, No. 1684A*; Catalan: Oriol/Pujol 2003, No. 1684A*; Portuguese: Vasconcellos/Soromenho et al. 1963f. II, No. 522, Cardigos (forthcoming), No. 1684A*; Walloon: Laport 1932, No. *1223; German: Birlinger 1861f. I, No. 16; Swiss: EM 7 (1993) 872; Austrian: cf. Lang-Reitstätter 1948, 176f.; Sardinian: Cirese/Serafini 1975, No. 1684A*; Hungarian: MNK VI; Bulgarian: BFP, No. 1684A*; Greek: Loukatos 1957, 310; Polynesian: Handy 1930, 21ff.; South African: Coetzee et al. 1967.

1338 ***City People Visit the Country.***

Finnish: Rausmaa 1982ff. IV, Nos. 88–91; Estonian: Aarne 1918, No. 2010; Latvian: Arājs/Medne 1977, Nos. 1338, 1338A; Danish: Kristensen 1892f. I, No. 236, II, Nos. 38, 39, 67, 75, 200, 445, Kristensen 1900, Nos. 345, 422, 545; German: cf. Berger 2001, No. 1338*; Maltese: Mifsud-Chircop 1978, No. 1338A; Bulgarian: BFP, No. 1338A; US-American: Hoffmann 1973, No. 1338A*; Egyptian: El-Shamy 2004, No. 1337D§.

1339 ***Strange Foods.***

EM: Speisen unbekannt (forthcoming).

Latvian: Arājs/Medne 1977; Lithuanian: Kerbelytė 1999ff. IV (forthcoming); Danish: Kristensen 1892f. I, No. 9, II, No. 535, Kristensen 1899, No. 568, Kristensen 1900, Nos. 258, 259, 262–270, 506; French: Joisten 1971 II, No. 176; Flemish: Volkskunde 6 (1893), 10f., Lox 1999a, No. 53; Italian, Sardinian: Cirese/Serafini; Hungarian: MNK VI; Rumanian: Stroescu 1969 I, No. 3919; Bulgarian: BFP; Jewish: Haboucha 1992; Votyak: Munkacsi 1952, No. 108; Iraqi: El-Shamy 2004; Iranian: Marzolph 1984, No. *1339; Chinese: Ting 1978, No. 1339F; Cambodian: Gaudes 1987, No. 78; Japanese: Ikeda 1971, Inada/Ozawa 1977ff.; Egyptian: El-Shamy 2004; Moroccan: Stumme 1895, No. 24.2.

1339A ***Fool is Unacquainted with Sausages.***

EM: Speisen unbekannt (forthcoming).

Estonian: Aarne 1918; Latvian: cf. Arājs/Medne 1977, No. *1339A1; Danish: cf. Kristensen 1892f. II, No. 6; Irish: Ó Súilleabháin/Christiansen 1963, No. 1316*; English: Briggs 1970f. A II, 152; German: Wossidlo/Neumann 1963, No. 93; Hungarian: MNK VI; French-American: Ancelet 1994, No. 58; Egyptian: El-Shamy 2004.

1339B ***Fool is Unacquainted with Bananas (Watermelon, Plums).***
EM: Speisen unbekannt (forthcoming).
Scottish, English: Baughman 1966, cf. Briggs 1970f. A II, 87; Hungarian: MNK VI; Tadzhik: cf. Rozenfel'd/Ryčkovoj 1990, No. 60; French-Canadian, US-American: Baughman 1966.

1339C ***Woman is Unacquainted with Tea (Coffee).***
EM: Speisen unbekannt (forthcoming).
Finnish: Rausmaa 1982ff. IV, Nos. 65–68; Latvian: Arājs/Medne 1977; Lithuanian: Kerbelytė 1999ff. II; Scottish: Baughman 1966; Irish: Ó Súilleabháin/Christiansen 1963; German: Hauffen 1895, No. 12, Jungbauer 1943, 309, Tietz 1956, 55f., Berger 2001; Swiss: Büchli/Brunold-Bigler 1989ff. II, 697f., 717; Austrian: Lang-Reitstätter 1948, 41; Italian: Cirese/Serafini 1975, app.; Hungarian: MNK VI; Slovakian: Gašparíková 1991f. II, No. 398; Serbian: Karadžić 1959, No. 85; Bosnian: Krauss 1914, No. 31; Bulgarian: cf. BFP, No. *1339H*; Polish: Krzyżanowski 1962f. II; Ukrainian: SUS; Egyptian, Moroccan: El-Shamy 2004.

1339D ***Farmers are Unacquainted with Mustard*** (previously ***Peasants in a City Order a Whole Portion of Mustard***).
Köhler/Bolte 1898ff. I, 498; Wesselski 1911 I, No. 115; Pauli/Bolte 1924 I, No. 672; EM: Speisen unbekannt (forthcoming).
Finnish: Rausmaa 1982ff. IV, No. 69; Livonian: Loorits 1926, No. 1316*; Latvian: Arājs/Medne 1977; Lithuanian: Kerbelytė 1999ff. II; Swedish: cf. Liungman 1961, No. 1316**; Danish: Skattegraveren 2 (1884) 84 No. 410, Kristensen 1892f. I, No. 6, Kristensen 1900, Nos. 273, 275–278; Irish: Ó Súilleabháin/Christiansen 1963, Nos. 921c, 1131; French: Joisten 1971 II, No. 173; Dutch: Kooi 1985f., No. 17, Meder/Bakker 2001, No. 167; Frisian: Kooi 1984a, Kooi/Schuster 1993, Nos. 64, 99; German: Wossidlo/Neumann 1963, No. 156, Neumann 1968a, No. 58, Kooi/Schuster 1994, Nos. 83f, 93, 147, Hubrich-Messow (forthcoming); Maltese: Mifsud-Chircop 1978, No. *1879; Hungarian: György 1934, No. 71, MNK VII B, No. 1532*; Serbian: cf. Vrčević 1868f. I, No. 301; Croatian: Dolenec 1972, No. 96; Gypsy: MNK X 1, No. 1532*; Jewish: Jason 1965, No. 1570*A, Jason 1975, No. 1570*A; Indian: cf. Knowles 1888, 323 No. 3; US-American: Roberts 1974, No. 124; South African: Coetzee et al. 1967.

1339E ***All Cooked for One Meal.***
EM: Speisen unbekannt (forthcoming).

Latvian: Arājs/Medne 1977; Lithuanian: Kerbelytė 1999ff. II; German: Knoop 1893, No. 6, Henßen 1932, 81f.; Italian: Cirese/Serafini 1975; Hungarian: MNK VI; Russian: SUS; Siberian: Soboleva 1984; US-American: Baughman 1966.

1339F *Frog Eaten as Herring.*

Danish: Christensen 1939, 114f.; Dutch: Tinneveld 1976, No. 6, Meder/Bakker 2001, No. 449; Frisian: Kooi 1984a, No. 1339F*, Kooi/Schuster 1993, No. 100; Flemish: Meyer 1968, No. 1339F*; Wallonian: Laport 1932, No. 1339F*; German: Henßen 1951, No. 60, Peuckert 1959, No. 186, Kooi/Schuster 1994, No. 91; Rumanian: Stroescu 1969 II, No. 5546; Bulgarian: BFP, No. *1339G*; South African: Coetzee et al. 1967, Nos. 1319N*, 1319N**.

1339G *The Relative in the Urn.*

Ranke 1978, 286–290; Newall 1985a, 147f.; Marzolph 1992 II, No. 1070; Schneider 1999a, 170.

Latvian: Pakalns 1999, 129; Swedish: Klintberg 1987, No. 61; English: Smith 1983, 106, Dale 1984, 81, FL 96(1985)147f.; Frisian: Kooi 1984a, No. 1339J*, Portnoy 1987, No. 109, Burger 1993, 127; German: Brednich 1990, No. 46, Fischer 1991, No. 21; Italian: Bermani 1991, 133ff.; Croatian: Bošković-Stulli 1975a, No. 41; Polish: Simonides 1987, 270 No. 1; US-American: Legman 1968f. II, 555, Brunvand 1984, 114ff., Brunvand 1993, 75ff.; Australian: Seal 1995, 70f., 72; South African: Goldstuck 1993, 103f.

1341 *Fools Warn Thief What Not to Steal.*

Cf. Marzolph/Van Leeuwen 2004, No. 304.

Latvian: Arājs/Medne 1977, No. 1341, cf. No. 1525P*; Icelandic: Sveinsson 1929, No. 1431*; Portuguese: Pires/Lages 1992, 84ff., Cardigos(forthcoming); Hungarian: MNK VI; Rumanian: Stroescu 1969 I, No. 3848, II, No. 5057; Bulgarian: BFP; Jewish: Noy 1963a, No. 95, Jason 1975; Gypsy: MNK X 1; Ossetian: Veršinin 1962, No. 76; Tadzhik: cf. Rozenfel'd/Ryčkovoj 1990, No. 52; Iranian: Marzolph 1984; Indian: Jason 1989; Tunisian, Moroccan: El-Shamy 2004.

1341A *The Fool and the Robbers.*

Clouston 1888, 100f.; Basset 1924ff. I, No. 136; Marzolph 1987a, No. 96; Marzolph 1992 II, No. 417; Hansen 2002, 136–138.

Spanish: cf. Espinosa 1988, Nos. 379–382; Portuguese: Cardigos(forthcoming); Hungarian: MNK VI; Rumanian: cf. Stroescu 1969 I, No. 4160; Greek: Orso 1979, No. 124, Megas/Puchner 1998, No. 1298*; Oman: cf. El-Shamy 2004, No. 1340A§;

Indian: Hertel 1953, No. 44; Spanish-American: Robe 1973; Cuban: Hansen 1957, No. **1709A; Puerto Rican: Hansen 1957, No. **1676; Egyptian, Moroccan: El-Shamy 2004, No. 1341, cf. Nos. 1340§, 1340A§.

1341B ***The Lord is Risen.***
Wesselski 1909, No. 33; Pauli/Bolte 1924 I, No. 74; cf. Schwarzbaum 1968, 301; Tubach 1969, No. 4967; EM 5(1987)1437–1440(E. Moser-Rath).
Dutch: Geldof 1979, 203f., Koopmans/Verhuyck 1991, No. 47; Frisian: Kooi 1984a; Flemish: Meyer 1968; German: Moser-Rath 1964, No. 99, Moser-Rath 1984, 287, 291; Italian: cf. Todorović-Strähl/Lurati 1984, No. 65; Hungarian: György 1934, No. 94, MNK VI; Rumanian: Stroescu 1969 II, Nos. 5057, 5403; Greek: Megas/Puchner 1998; Polish: Krzyżanowski 1962f. II; Ukrainian: SUS; Chinese: Eberhard 1937, 271 No. 1.IV: 2, cf. Ting 1978, No. $1341B_1$.

1341C ***Robbers Commiserated.***
Bebel/Wesselski 1907 I 1, No. 32; Wesselski 1909, No. 134; Wesselski 1911 I, No. 83; Schwarzbaum 1968, 168, 471; Tubach 1969, No. 45; EM 3(1988)635; Marzolph 1992 II, No. 956.
Finnish: Rausmaa 1982ff. IV, No. 159; English: Zall 1977, 304; Spanish: Chevalier 1983, No. 105; Dutch: Overbeke/Dekker et al. 1991, No. 2093; Frisian: Kooi 1984a; Flemish: Meulemans 1982, No. 1219; German: Ranke 1979, No. 4, Moser-Rath 1984, 287, 291; Hungarian: György 1934, No. 230, MNK VI; Bulgarian: BFP, No. 1341C, cf. Nos. $*1341C_1$–$*1341C_3$; Rumanian: Stroescu 1969 I, No. 3044, II, No. 4733; Greek: Megas/Puchner 1998; Polish: Krzyżanowski 1962f. II; Ukrainian: SUS; Jewish: Noy 1963a, No. 109, Jason 1965; Iranian: Marzolph 1984; Chinese: Ting 1978.

1341D ***The Thief and the Moonlight.***
Chauvin 1892ff. II, 84 No. 11, IX, 31 No. 22; Köhler/Bolte 1898ff. I, 497; Wesselski 1911 I, No. 81; Pauli/Bolte 1924 I, No. 628; Tubach 1969, No. 4778; Stohlmann 1985, 141; Schwarzbaum 1989, 309–313.
Spanish: Goldberg 1998, No. K1054; Czech: Dvořák 1978, No. 4778; Iraqi: El-Shamy 2004, No. 958E§; Iranian: Massé 1925, No. 16; Egyptian, Moroccan: El-Shamy 2004, No. 956E§.

1341A* ***Thief as Dog.***
Latvian: Arājs/Medne 1977; Lithuanian: Kerbelytė 1999ff. IV(forthcoming); Spanish: Chevalier 1983, No. 126; Rumanian: Stroescu 1969 II, No. 5467; Greek: Orso

1979, No. 195; Jewish: Landmann 1997, 79f.; Japanese: Ikeda 1971; US-American: Baker 1986, No. 313; French-American: Ancelet 1994, No. 56; Australian: Adams/Newell 1999 I, 95f.; African American: Dance 1978, No. 152; Moroccan: El-Shamy 2004.

1342 ***Warming Hands and Cooling Soup with Same Breath.***
Pedersen/Holbek 1961f. II, No. 175; Schwarzbaum 1968, XXXI No. 29, 308f., 310 not. 2; Schwarzbaum 1979, 308-311; EM 6(1990)717-721(E. Moser-Rath).
Finnish: Rausmaa 1982ff. IV, No. 147; French: Cifarelli 1993, No. 248; Spanish: Goldberg 1998, No. *J1820.1; Catalan: Oriol/Pujol 2003; German: Moser-Rath 1964, No. 127, Kapfhammer 1974, 14f., Rehermann 1977, 270 No. 22, 301 No. 45, 349 No. 9, Kooi/Schuster 1994, No. 43; Austrian: Lang-Reitstätter 1948, 201, Haiding 1965, No. 135; Hungarian: MNK VI; Slovakian: Gašparíková 1981a, 81; Macedonian: Čepenkov/Penušliski 1989 III, No. 350; Rumanian: Stroescu 1969 I, Nos. 3197, 3809; Bulgarian: Strausz 1898, 274-278; Polish: cf. Simonides 1979, No. 99; Ukrainian: SUS; Indian: Jason 1989.

1343 ***Hanging Game.***
Köhler/Bolte 1898ff. I, 585f.; HDA 3(1930/31)1443-1446 not. 20-39; EM 6(1990)481-485(R. W. Brednich).
Finnish: Jauhiainen 1998, No. E456; Finnish-Swedish: Hackman 1917f. I, No. 168; Estonian: Aarne 1918, Nos. 40, 41; Latvian: Arājs/Medne 1977; Lithuanian: Kerbelytė 1999ff. III, 271 No. 1.2.1.10; Swedish: Liungman 1961, No. GS1339; Danish: Kristensen 1892f. I, Nos. 56-58, Kristensen 1900, No. 29, Christensen 1939, No. 36; Icelandic: Boberg 1966, No. N334.2; Frisian: Kooi 1984a, Kooi/Schuster 1993, No. 102; German: Birlinger 1861f. I, No. 438, Zender 1966, Nos. 902-905, Berger 2001; Swiss: Rochholz 1862, 278f., Jegerlehner 1913, No. 19; Austrian: Heyl 1897, 248, Haiding 1965, No. 56; Bulgarian: cf. BFP, No. *926C*****; Polish: Krzyżanowski 1962f. II; Sorbian: Schulenburg 1882, 85f.; Palestinian: cf. El-Shamy 1995 I, No. N334; English-Canadian: Fauset 1931, No. 69.

1343* ***The Children Play at Hog-Killing.***
Wickram/Bolte 1903, No. 74; BP I, 202-204; EM 1(1977)626-628(W. E. Spengler); Richter 1986; EM 7(1993)1264-1267(D. Richter); Schneider 1999a, 167; Schneider 1999b, 274-277; Hansen 2002, 79-85.
Finnish: Jauhiainen 1998, No. E1551; Estonian: Aarne 1918, No. 2001*; English: Baughman 1966, Briggs 1970f. B I, 143; Dutch: Sinninghe 1943, No. 891*B, Burger

1993, 28ff.; Frisian: Kooi 1984a; German: Rehermann 1977, 149f., 326, Grimm KHM/Rölleke 1986 I, No. 22, Brednich 1990, No. 57; Swiss: EM 7(1993)871; Austrian: Habiger-Tuczay et al. 1996, 89–95; Polish: cf. Krzyżanowski 1962f. II, No. 2402.

1344 ***Lighting a Fire from the Sparks from a Box on the Ear.***
ZfVk. 28(1918)132 No. 4.
Finnish: Rausmaa 1982ff. IV, No. 50; Swedish: Liungman 1961, No. GS1343; German: Henßen 1935, 285, Zender 1984, 126; Rumanian: Stroescu 1969 I, No. 4469.

1345 ***Greasing the Judge's Palms.***
Wesselski 1909, No. 56; Pauli/Bolte 1924 I, No. 124; Tubach 1969, No. 2421.
Spanish: Goldberg 1998, No. J2475; German: Moser-Rath 1964, No. 185, Moser-Rath 1984, 185f., 395, 449f.; Hungarian: György 1934, No. 135.

1346 ***The House without Food Or Drink.***
Wesselski 1911 I, No. 229; Marzolph 1983a; Marzolph 1992 II, No. 340.
Spanish: Childers 1977, No. J2483; Portuguese: Martinez 1955, No. J2483; Iranian: Christensen 1922, 132; Indian: Thompson/Balys 1958, No. J2483.

1346A* ***"Guess How Many Eggs I Have and you Shall Get all Seven!"***
Wesselski 1911 I, No. 15; Basset 1924ff. I, 433 No. 137; Schwarzbaum 1968, 184.
Finnish: Rausmaa 1982ff. IV, No. 160; Latvian: Arājs/Medne 1977; Lithuanian: Kerbelytė 1999ff. IV(forthcoming); English: Wardroper 1970, 15; Dutch: Sinninghe 1934, 138; Frisian: Kooi 1984a, Kooi/Schuster 1993, No. 72; German: Merkens 1892ff. I, No. 118, Wossidlo/Neumann 1963, Nos. 195, 225, Neumann 1976, 281f., Kooi/Schuster 1994, No. 87, Hubrich-Messow(forthcoming); Austrain: Kunz 1995, 232, 239; Maltese: Mifsud-Chircop 1978; Hungarian: MNK VI; Greek: Orso 1979, 68f., Megas/Puchner 1998; Polish: Simonides 1979, No. 100; Iranian: Marzolph 1984; Australian: Adams/Newell 1999 III, 332; English-Canadian: Raeithel 1996, 154; Spanish-American: TFSP 21(1946)93; Egyptian, Tunisian: El-Shamy 2004.

1347 ***Living Crucifix Chosen.***
Stiefel 1908, No. 6; Pauli/Bolte 1924 I, No. 409; Kasprzyk 1963, No. 34; EM 8(1996) 521–524(U. Marzolph); Lox 1998, 220f.
Danish: Wessel/Levin 1895, 142ff.; English: Zall 1977, 248; French: Mélusine 2 (1884/85), 400f., 3(1886/87)142, RTP 2(1887)213f.; Spanish: González Sanz 1996; Catalan: Oriol/Pujol 2003; Dutch: Overbeke/Dekker et al. 1991, No. 1840; Frisian:

Kooi 1984a; Flemish: Cornelissen 1929ff. II, 275, Meulemans 1982, No. 1495; Walloon: Legros 1962; German: Merkens 1892ff. I, No. 49, Moser-Rath 1984, 285, 287, 289, Tomkowiak 1993, 268f.; Italian: Cirese/Serafini 1975; Maltese: Mifsud-Chircop 1978; Hungarian: MNK VI; Greek: Megas/Puchner 1998.

1347* ***The Statue's Father.***

Spanish: Camarena Laucirica 1991 II, No. 209; Portuguese: Soromenho/Soromenho 1984f. II, Nos. 470, 715, Cardigos (forthcoming); Walloon: Laport 1932, No. *1677; Italian: Cirese/Serafini 1975; Hungarian: MNK VI, No. 1347*, cf. Nos. 1347*I, 1347*II; Mexican: Robe 1973.

1348 ***The Imaginative Boy.***

EM 7 (1993) 760–763 (I. Köhler).

Finnish: Rausmaa 1982ff. IV, Nos. 221, 222; Estonian: Aarne 1918, No. 2009*; Latvian: Arājs/Medne 1977; Lithuanian: Kerbelytė 1999ff. IV (forthcoming); Danish: Kristensen 1892f. II, No. 430; French: cf. Bladé 1886 III, 269ff.; Flemish: Meyere 1925ff. III, 66 No. 200; Frisian: Kooi 1984a; German: Meyer 1925a, No. 83, Wossidlo/Neumann 1963, 517, Moser-Rath 1964, No. 169, Hubrich-Messow (forthcoming); Italian: Cirese/Serafini 1975; Serbian: Karadžić 1959, No. 208; Macedonian: Čepenkov/Penušliski 1989 IV, Nos. 489, 603; Rumanian: Stroescu 1969 II, No. 5813; Bulgarian: BFP, No. 1348, cf. Nos. *1348A-*1348D; Russian, Byelorussian, Ukrainian: SUS; Jewish: Olsvanger 1931, No. 328, Landmann 1960, No. 266; Gypsy: Krauss 1907, 161; Tungus: cf. Suvorov 1960, 67; Iranian: Marzolph 1984; Indian: Thompson/Roberts 1960; Ethiopian: Moreno 1947, No. 63.

1348* ***The Boy with Active Imagination.***

BP III, 260f.

Finnish: Aarne 1920, No. 2011*; Estonian: Aarne 1918, No. 2011*; Latvian: Arājs/Medne 1977, No. *1572**; Danish: Grundtvig 1876ff. III, 52, Kristensen 1900, Nos. 290, 291; French: Joisten 1971 II, No. 119; Frisian: Kooi 1984a, No. 2411; German: Wossidlo/Neumann 1963, No. 317, Neumann 1968a, No. 15, Grimm KHM/Uther 1996 III, No. 162; Serbian: Karadžić 1959, No. 183; Rumanian: Stroescu 1969 I, No. 3145; Krzyżanowski 1962f., No. 1950B; Iraqi: El-Shamy 2004, No. 2411; Japanese: cf. Ikeda, No. 1430; Spanish-American: TFSP 21 (1946) 85f.; South African: Coetzee et al.1967, No. 1635.12.

1348** ***The Man Who Believes His Own Lie.***
Marzolph 1992 II, No. 462; Marzolph 1996, No. 498.
Estonian: Raudsep 1969, No. 256; Danish: Kristensen 1892f. I, No. 365,1; English: Wardroper 1970, 14f.; Dutch: Geldof 1981, 188; Frisian: Kooi 1984a, No. 1251*; Flemish: Meyere 1925ff. III, 66, Meulemans 1982, No. 1381; German: Fischer-Fabian 1992, 51; Austrian: Kunz 1995, 229; Jewish: Jason 1965, No. *1251, Landmann 1973, 646; Dagestan: cf. Chalilov 1965, 289; Australian: Wannan 1976, 58.

1349* ***Miscellaneous Numskull Tales.***
Wesselski 1911 I, No. 287.
Finnish: Rausmaa 1982ff. IV, No. 103; Latvian: Arājs/Medne 1977, No. 1349*; Swedish: Liungman 1961, No. GS1344; Faeroese: Nyman 1984, No. 1349*; Icelandic: Sveinsson 1966, Nos. 1349VI*, 1349VIII*, 1349IX*; Irish: Ó Súilleabháin/Christiansen 1963, No. 1349*; English: Briggs 1970f. A II, 26f., 35, 349f.; French: Lambert 1899, No. 24; Dutch: Swanenberg 1978, 148; Frisian: Kooi 1984a, Nos. 1349S*, 1349Z*; German: Neumann 1968b, No. 39, Ranke 1979, 164 No. 32; Maltese: Mifsud-Chircop 1978, Nos. *1349P, *1349Q, *1349R; Hungarian: MNK VI, Nos. 1349, 1349F*, 1349H*, 1349J*, 1349K*; Czech: Klímová 1966, No. 50; Macedonian: cf. Čepenkov/Penušliski 1989 IV, No. 561; Rumanian: Stroescu 1969 I, No. 3172; Palestinian: El-Shamy 2004, No. 1349M§; Iraqi: El-Shamy 2004, No. 1349J*; Egyptian, Tunisian: El-Shamy 2004, Nos. 1349M§, 1349N§; Algerian, Moroccan: El-Shamy 2004, No. 1349M§; Sudanese: El-Shamy 2004, No. 1349M§.

1349D* ***What is Intelligence?*** (previously ***What Is the Joke?***)
Latvian: Arājs/Medne 1977; Lithuanian: Kerbelytė 1999ff. IV (forthcoming); Frisian: Kooi 1984a; Hungarian: MNK VI; Czech: Klímová 1966, No. 51; Rumanian: Stroescu 1969 I, No. 4561; Polish: Krzyżanowski 1962f. II; Gypsy: MNK X 1; Australian: Adams/Newell 1999 III, 336f.; English-Canadian: Halpert/Widdowson 1996 II, Nos. 75–81; US-American: Dorson 1964, 93f., Baker 1986, No. 192; French-American: Ancelet 1994, No. 43, South African: Coetzee et al. 1967, No. 1586.

1349G* ***Cold Spell Has Broken.***
Frisian: Kooi 1984a; Frisian: Kooi/Schuster 1993, No. 76; Rumanian: Stroescu 1969 I, No. 3564.

1349L* ***Curing Fever by Dipping into Well.***
Remarks: Documented in the 5th century in China in the Po-Yu-King (No. 85).

Wesselski 1911 I, No. 136; Tubach 1969, No. 1952; Marzolph 1992 I, 110f.
Italian: EM 1(1977)1176; Macedonian: Mazon 1923, 60f. No. 1; Rumanian: Stroescu 1969 I, No. 4385; Turkish: Downing 1965, 70; Indian, Sri Lankan: Thompson/Roberts 1960, No. 1338*.

1349M* *The Answered Prayer.*
Schwarzbaum 1968, 296, 478.
German: Henßen 1935, No. 286; Jewish: Jason 1988a, cf. Haboucha 1992, No. **1349M; Spanish-American: cf. TFSP 13(1937)102f.

1349N* *The Mistaken Prescription* (previously ***Leeches Prescribed by Doctor Eaten by Patient***).
Clouston 1888, 119; EM 2(1979)522f.(K. Ranke).
Latvian: Arājs/Medne 1977; Danish: Kristensen 1892f. I, No. 176, cf. Nos. 181–183, II, Nos. 135–138, cf. Nos. 126, 128, 129, Kristensen 1900, No. 469, cf. No. 470, Christensen 1939, No. 47, cf. Nos. 42, 62a; French: RTP 1(1889)232, Fabre/Lacroix 1973f. II, No. 47; Portuguese: Vasconcellos/Soromenho et al. 1963f. II, No. 649, Cardigos(forthcoming); Dutch: Kooi 1985f., No. 19, Meder/Bakker 2001, No. 59; Frisian: Kooi 1984a, Nos. 1349N*, 1862H*, cf. Nos. 1349N**, 1349N***, 1349P*, 1349P**, Kooi/Schuster 1993, Nos. 141, 159; Flemish: Meulemans 1982, No. 1412; German: Merkens 1892 I, No. 305, Wossidlo/Neumann 1963, No. 167, Ranke 1979, 164 No. 32, Tomkowiak 1987, 168, Kooi/Schuster 1994, Nos. 172, 173, Uther 1998, Nos. 68, 70, Hubrich-Messow(forthcoming); Austrian: Lang-Reitstätter 1948, 91; Swiss: Tobler 1905, 136; Italian: ZfVk. 16(1906)295, Cirese/Serafini 1975, No. J1803.2; Hungarian: MNK VI, No. 1231*III, Kovács 1988, 36f.; Serbian: cf. Karadžić 1937, No. 4; Rumanian: Stroescu 1969 I, Nos. 4146, 4148, 4151; Greek: cf. Orso 1979, No. 319; Jewish: Jason 1965, Nos. 1349N*, 1349N*-*A, Jason 1988a, 1349N*-*A; Australian: Edwards 1980, 224.

STORIES ABOUT MARRIED COUPLES 1350–1439

1350 *The Soon-Consoled Widow* (previously ***The Loving Wife***).
Cf. Kirchhof/Oesterley 1869 I 1, No. 346; Chauvin 1892ff. VIII, 119f. No. 104; Pauli/Bolte 1924 II, No. 751; Schwarzbaum 1979, 403, 409 not. 7; EM: Witwe: Die rasch getröstete W.(in prep.).
Finnish: Rausmaa 1982ff. VI, No. 1; Latvian: Šmits 1962ff. XI, 316; Swedish: Liungman 1961; Norwegian: Hodne 1984, No. 1350, p. 254; Danish: Christensen/Bødker

1963ff., No. 79; Irish: Ó Súilleabháin/Christiansen 1963; English: Stiefel 1908, Nos. 9, 10, 82, Baughman 1966, Wardroper 1970, 157; Spanish: Chevalier 1983, No. 116, González Sanz 1996; Catalan: Oriol/Pujol 2003; Portuguese: Braga 1987 I, 202f., Cardigos (forthcoming); Frisian: Kooi 1984a, Nos. 1350, 1350*; Flemish: Meyer 1968, Nos. 1350, 1350*; German: cf. Moser-Rath 1964, No. 63, Rehermann 1977, 147, 273f. No. 29, 435 No. 31, Ranke 1979, 163 No. 17, Moser-Rath 1984, 121, 288f., 406, 456f.; Swiss: EM 6(1990)35; Italian: Cirese/Serafini 1975; Hungarian: MNK VII A; Czech: Klímová 1966, No. 52; Slovakian: Gašparíková 1991f. I, No. 245; Rumanian: Schullerus 1928, cf. Stroescu 1969 I, Nos. 3434, 4622; Bulgarian: BFP, No. 1350, cf. Nos. *1350A*- *1350C*; Polish: Krzyżanowski 1962f. II, Nos. 1350, 1350A, 1350B, Simonides 1979, Nos. 6-8; Russian, Byelorussian, Ukrainian: SUS; Jewish: Haboucha 1992; Siberian: Soboleva 1984; Qatar, Iraqi, Yemenite: El-Shamy 2004; Iranian: Marzolph 1984; Indian: Thompson/Roberts 1960; Chinese: Ting 1978; English-Canadian: Halpert/Widdowson 1996 II, No. 82; Mexican: Robe 1973; Argentine: cf. Hansen 1957, No. 1350**A; West Indies: Flowers 1953; Egyptian, Moroccan: El-Shamy 2004; Congolese: Klipple 1992.

1351 ***The Silence Wager.***
Clouston 1887 II, 15-26; Chauvin 1892ff. VIII, 132 No. 124; Köhler/Bolte 1898ff. II, 576; Wesselski 1911 I, No. 237; Brown 1922; Basset 1924ff. II, 400 No. 125; Ranke 1955b, 45; Kapełuś 1964; Schwarzbaum 1968, 239, 476; Dekker et al. 1997, 415-418; EM: Schweigewette (forthcoming).
Finnish: Rausmaa 1982ff. VI, No. 2; Latvian: Arājs/Medne 1977; Lithuanian: Kerbelytė 1999ff. II; Swedish: Liungman 1961; Norwegian: Hodne 1984; Danish: Kristensen 1881ff. II, No. 24, Christensen 1941, No. 9; Irish: Ó Súilleabháin/Christiansen 1963; English: Baughman 1966, Wehse 1979, No. 253; French: Tegethoff 1923 I, No. 233f., Joisten 1971 II, No. 212; Spanish: Chevalier 1983, 117; Catalan: Oriol/Pujol 2003; Portuguese: Parafita 2001f. II, No. 96, Cardigos (forthcoming); Frisian: Kooi 1984a, Kooi/Schuster 1993, No. 36; Flemish: Meyer 1968; German: Henßen 1963a, No. 66, Moser-Rath 1984, 119, Kooi/Schuster 1994, No. 114, Hubrich-Messow (forthcoming); Swiss: EM 6(1990)35; Austrian: ZfVk. 16(1906)283; Italian: Cirese/Serafini 1975, De Simone 1994, No. 23; Hungarian: MNK VII A; Czech: Tille 1929ff. II 2, 396; Serbian: Vrčević 1868f. I, No. 24; Slovene: Zupanc 1944b, 122ff.; Rumanian: cf. Stroescu 1969 II, No. 5083; Bulgarian: BFP; Albanian: Camaj/Schier-Oberdorffer 1974, No. 59; Greek: Loukatos 1957, 198f.; Polish: Krzyżanowski 1962f. II, Simonides 1979, Nos. 10, 11; Russian, Ukrainian: SUS; Greek: Megas/Puchner 1998; Turkish: Eberhard/Boratav 1953, No. 334; Jewish: Haboucha 1992; Gypsy:

MNK X 1; Abkhaz: Šakryl 1975, No. 85; Kurdish: Džalila et al. 1989, No. 214; Siberian: Soboleva 1984; Kazakh: Sidel'nikov 1952, 78f.; Uzbek: Afzalov et al. 1963 II, 281, 337; Syrian, Iraqi: El-Shamy 2004; Iranian: Marzolph 1984; Palestinian: Schmidt/Kahle 1918f. I, No. 30; Pakistani: Thompson/Roberts 1960; Indian: Tauscher 1959, No. 64, Thompson/Roberts 1960, Nos. 1351, 1351A, Jason 1989, Blackburn 2001, No. 73; Sri Lankan: Thompson/Roberts 1960, Nos. 1351, 1351A; Chinese: Ting 1978; Korean: Zŏng 1952, No. 89; Japanese: Ikeda 1971, No. 1351A, Inada/Ozawa 1977ff.; French-Canadian: Lemieux 1974ff. XIII, No. 13, XVIII, No. 5, XXI, Nos. 1, 2; US-American: Hoffmann 1973, No. 1351*, Goodwin 1989, 38; Puerto Rican, Argentine: Hansen 1957; Brazilian: Cascudo 1955b, 48ff.; West Indies: Flowers 1953; North African, Egyptian: El-Shamy 2004; Algerian, Moroccan: Nowak 1969, No. 419, El-Shamy 2004.

1351A ***"God Help You!"***

ZfVk. 16(1906)293; Ranke 1955b, 45f.; Legman 1968f. I, 123.

Finnish: Rausmaa 1982ff. VI, No. 3; Norwegian: cf. Hodne 1984, 312; Danish: Kristensen 1900, No. 194; French: Perbosc/Bru 1987, 168; Spanish: Chevalier 1983, No. 118, Camarena Laucirica 1991, No. 167; Portuguese: Parafita 2001f. II, No. 8, Cardigos (forthcoming); Frisian: Kooi 1984a; German: Kubitschek 1920, 30, cf. Buse 1975, No. 237, Moser-Rath 1984, 291; Swiss: Lachmereis 1944, 143, EM 6(1990)35; Italian: Cirese/Serafini 1975; Russian, Ukrainian: SUS, No. 1428*; Kurdish: Džalila et al. 1989, No. 9; Indian: Thompson/Roberts 1960.

1351A* ***Lost Tongue.***

Schwarzbaum 1968, 57; cf. EM 3(1981)1098; Dekker et al. 1997, 415–418; EM: Zunge gesucht(in prep.).

Finnish: Rausmaa 1982ff. VI, Nos. 4, 5; Latvian: Arājs/Medne 1977; Dutch: Overbeke/Dekker et al. 1991, No. 1580; Frisian: Kooi 1984a, Kooi/Schuster 1993, No. 37; Flemish: Joos 1889ff. III, No. 37; German: Dietz 1951, 37, Grannas 1960, No. 85, Wossidlo/Neumann 1963, No. 496, Kapfhammer 1974, 105, Moser-Rath 1984, 315, Kooi/Schuster 1994, Nos. 115, 181h; Swiss: EM 7(1993)874; Italian: Cirese/Serafini 1975; Hungarian: MNK VII A; Polish: Simonides 1979, No. 12.

1351B* ***Miscellaneous Tales of Quarreling Couples*** (previously ***Guilty to Speak First***).

EM 3(1981)1095–1107(E. Moser-Rath).

Finnish: Rausmaa 1973a, No. 1365F*, Rausmaa 1982ff. VI, Nos. 6, 7; Frisian: Kooi

1984a, No. 1351E*; Walloon: Laport 1932; German: Moser-Rath 1984, 399f., 453; Ukrainian: SUS, No. 1351A**; Jewish: Haboucha 1992, No. **1351C; Iraqi: Nowak 1960, No. 340; Iranian: Marzolph 1984, No. *1351B; Spanish-American: Robe 1973, No. 1351*D.

1351F* ***The Unsuccessful Murder.***
Kooi 2002.
Finnish: Rausmaa 1973a, 14; Dutch: Tiel 1855, 119, Kooi 2003, No. 75; Frisian: Kooi 1984a, Kooi/Schuster 1993, No. 38; German: Benzel 1993, 170; Swiss: Eder 1982, 257f.

1351G* ***Bearing His Cross.***
Finnish: Rausmaa 1973a, 15; Dutch: Eigen Volk 3(1931)255f.; Frisian: Kooi 1984a; German: Selk 1949, 21, Cammann/Karasek 1976ff. I, 117; Polish: cf. Krzyżanowski 1962f. II, No. 1374; US-American: Baughman 1966, No. J2495.6*, Dodge 1987, 105.

1352 ***The Devil Guards the Wife's Chastity.***
Wesselski 1908; Wesselski 1931, 193; Paden 1945; Tubach 1969, No. 1540; Rapallo 1972; EM: Teufel als Frauenwächter (in prep.).
Portuguese: Oliveira 1900f. I, No. 215, Cardigos (forthcoming); Italian: Cirese/Serafini 1975; Greek: Megas/Puchner 1998; Polish: Krzyżanowski 1962f. II, Simonides/Simonides 1994, No. 79.

1352A ***The Tale-Telling Parrot*** (previously ***Seventy Tales of a Parrot Prevent a Wife's Adultery***).
Clouston 1887 II, 196–211; Köhler/Bolte 1898ff. I, 47, 336, 513; EM 10(2002)526–531 (U. Marzolph); EM: Śukasaptati (forthcoming).
Portuguese: Oliveira 1900f. I, No. 105, Cardigos (forthcoming); Italian: Crane 1885, Nos. 45–47, Cirese/Serafini 1975, Pitrè/Schenda et al. 1991, No. 7; Turkish: Eberhard/Boratav 1953, No. 52(4); Jewish: Jason 1965, 1975; Kurdish: Wenzel 1978, No. 13, Džalila et al. 1989, No. 9; Mongolian: Jülg 1868, 106ff., Mostaert 1947, 276ff., 292ff.; Iranian: Marzolph 1979, 17ff.; Indian: Bødker 1957a, Nos. 231, 258; Mexican: Robe 1973; Brazilian: Romero/Cascudo, Nos. 13, 50.

1353 ***The Old Woman as Trouble Maker.***
Kirchhof/Oesterley 1869, I,1, No. 366; Chauvin 1892ff. II, 158 No. 48, 195 No. 20; Köhler/Bolte 1898ff. III, 12f.; Prato 1899; Wesselski 1909, No. 22; Basset 1924ff. II,

No. 178; Wesselski 1925, No. 5; Wesselski 1931, 194; Gjerdman 1941; Krzyżanowski 1959; Kasprzyk 1963, No. 6; Schmidt 1963, 70–78; Tubach 1969, No. 5361; Trümpy 1979, 243; Odenius 1984; Marzolph 1992 I, 209–211, II, No. 459; EM: Weib: Böses W. schlimmer als der Teufel (in prep.)
Finnish: Rausmaa 1982ff. III, No. 71, VI, Nos. 8, 9; Finnish-Swedish: Hackman 1917f. I, No. 167; Estonian: Aarne 1918, No. 1165*; Lithuanian: Kerbelytė 1999ff. II; Wotian: Kecskeméti/Paunonen 1974; Swedish: Liungman 1961; Norwegian: Hodne 1984; Danish: Kristensen 1900, Nos. 207, 208; Faeroese: Nyman 1984; Icelandic: Sveinsson 1929, No. 823; Irish: Ó Súilleabháin/Christiansen 1963; Spanish: Goldberg 1998, No. G303.10.5; Catalan: Neugaard 1993, No. K1085; Portuguese: Soromenho/Soromenho 1984f. I, No. 253, Cardigos (forthcoming); Dutch: Sinninghe 1943; Frisian: Kooi 1984a; Walloon: Legros 1962; German: Henßen 1955, No. 471, Moser-Rath 1964, No. 264, Ranke 1966, No. 66, Kapfhammer 1974, 104f., Rehermann 1977, 148, 369 No. 11, 369f. No. 12, 419 No. 23, 425 No. 7, Hubrich-Messow (forthcoming); Hungarian: MNK VII A; Czech: Tille 1929ff. I, 81ff., Dvořák 1978, No. 5361; Slovakian: Gašparíková 1991f. I, No. 21; Macedonian: Čepenkov/Penušliski 1989 II, Nos. 136, 138, III, No. 349; Bulgarian: BFP; Greek: Megas/Puchner 1998; Polish: Krzyżanowski 1962f. II, Krzyżanowski 1965, No. 81; Russian, Byelorussian, Ukrainian: SUS; Jewish: Jason 1976, No. 45; Gypsy: MNK X 1; Cheremis/Mari, Chuvash: Kecskeméti/Paunonen 1974; Buryat: Ėliasov 1959 I, 371ff.; Siberian: Soboleva 1984; Georgian: Kurdovanidze 2000; Syrian, Iraqi, Palestinian: El-Shamy 2004; Saudi Arabian: El-Shamy 2004; Indian: Thompson/Roberts 1960, Jason 1989; Sri Lankan: Thompson/Roberts 1960; Egyptian: Nowak 1969, No. 362, El-Shamy 2004; Tunisian, Algerian: El-Shamy 2004; Moroccan: Nowak 1969, No. 362, El-Shamy 2004.

1354 *Death for the Old Couple.*
Kirchhof/Oesterley 1869, I,1, No. 350; Montanus/Bolte 1899, No. 41; cf. Wesselski 1911 II, Nos. 448, 466; Wesselski 1938a, 109f.; EM: Tod der Alten (in prep.).
Finnish: Rausmaa 1982ff. VI, No. 10; Latvian: Arājs/Medne 1977; Lithuanian: Kerbelytė 1999ff. IV (forthcoming); Danish: Kristensen 1900, Nos. 41, 42, 629; Irish: Ó Súilleabháin/Christiansen 1963; Spanish: Chevalier 1983, No. 119, Camarena Laucirica 1991, No. 170, González Sanz 1996, Lorenzo Vélez 1997, No. 86f.; Portuguese: Meier/Woll 1975, No. 115, Cardigos (forthcoming); German: Peuckert 1932, No. 229, Moser-Rath 1964, No. 112, Neumann 1968, No. 274, Zender 1984, No. 202; Swiss: EM 7 (1993) 873; Italian: Cirese/Serafini 1975; Sardinian: Cirese/Serafini; Slovakian: Gašparíková 1991f. I, No. 245; Serbian: Vrčević 1868f. I, No. 154, II, 99, Karadžić 1937, No. 67; Croatian: Bošković-Stulli 1975a, No. 21; Bosnian: Krauss

1914 I, No. 124; Rumanian: Stroescu 1969 II, No. 4777; Bulgarian: BFP; Polish: Krzyżanowski 1962f. II, Simonides 1979, Nos. 14, 15; Russian, Byelorussian, Ukrainian: SUS; Turkish: Bødker et al. 1963, 213ff.; Jewish: cf. Gaster 1924, No. 139; Indian: Hertel 1953, No. 86; US-American: Baughman 1966, No. J217.0.1.1; Spanish-American: Robe 1973; Egyptian: El-Shamy 2004; South African: Grobbelaar 1981.

1354A* ***Widower's Relief.***
Finnish: Rausmaa 1973a; Danish: Kristensen 1900, Nos. 181, 190, 206, 209; German: cf. Selk 1949, No. 20, Moser-Rath 1964, No. 255; Maltese: cf. Mifsud-Chircop 1978, No. *1354C; Polish: cf. Krzyżanowski 1962f. II, No. 1354A.

1354C* ***Seemingly-Dead Woman Returns to Life.***
ZfVk. 20(1910)354f., 21(1911)285; EM 3(1981)1104.
Danish: Kristensen 1900, 127; Irish: Ó Súilleabháin 1942, 645 No. 65, Murphy 1975, 29f., 163; Dutch: Dinnissen 1993, No. 94; Frisian: Kooi 1984a; German: Dittmaier 1950, 190f., Moser-Rath 1964, No. 62, Neumann 1976, 374, Moser-Rath 1984, 121, Brunner/Wachinger 1986ff. III, No. [1]Folz/20, [2]War/717; Italian: EM 2(1978)35; Hungarian: MNK VI, No. 1300* XVII; Rumanian: Stroescu 1969 I, No. 4616; Polish: Krzyżanowski 1962f. II, No. 1396; US-American: Montell 1975, 204.

1354D* ***Fertile Weather.***
French: Joisten 1971 II, 316; Dutch: Tiel 1855, 58; Frisian: Kooi 1984a; German: Neumann 1968b, No. 277, Ranke 1972, 173; Swiss: Tobler 1905, 84; Austrian: Schmidt 1946, No. 41; Rumanian: Stroescu 1969 I, No. 3352.

1355 ***The Man Hidden under the Bed.***
Syrjanian: cf. Fokos-Fuchs 1951, No. 13; Irish: Ó Súilleabháin/Christiansen 1963; Portuguese: Vasconcellos/Soromenho et al. 1963f. II, No. 371, Cardigos(forthcoming); Italian: Cirese/Serafini 1975, De Simone 1994; Hungarian: MNK VII A, Nos. 1355, 1355B*; Greek: Hallgarten 1929, 25ff., Orso 1979, No. 152; Jewish: cf. Haboucha 1992, No. **1412; Indian: Beck et al. 1987, No. 47; Chilean: Pino Saavedra 1963, No. 216.

1355A ***The Lord Above; the Lord Below.***
Kirchhof/Oesterley 1869 I 1, No. 323; Chauvin 1892ff. II, 206 No. 68; Köhler/Bolte 1898ff. III, 167–169; Bebel/Wesselski 1907 II 3, No. 2; Wesselski 1911 I, 271 not. 1, II, 99 No. 2; Bédier 1925, 453; Schmidt 1963, 312–322; Legman 1968f. I, 791f.; EM 6

(1990) 889–894 (R. W. Brednich).

Lithuanian: Kerbelytė 1999ff. IV (forthcoming); French: Parivall 1671, No. 50; German: Blau 1908, 129ff., cf. Roth 1977, No. D28; Italian: Morlini/Wesselski 1908, No. 30, Rotunda 1942, No. K1525.1*, Cirese/Serafini 1975; Slovakian: Gašparíková 1991f. II, No. 548; Rumanian: Schullerus 1928, No. 1380 II*, Stroescu 1969 I, No. 3451, II, cf. No. 5439; Bulgarian: BFP; Greek: Orso 1979, No. 152; Ukrainian: Hnatjuk 1909f. II, No. 280; US-American: Baughman 1966; Brazilian: Cascudo 1955b, 46ff.; Egyptian: El-Shamy 2004.

1355B ***"I Can See the Whole World!"*** (previously ***Adulteress Tells her Lover, "I Can See the Whole World"***).

Ranke 1955b, 52; EM 3 (1981) 1055–1065 (R. Wehse); Dömötor 1999.

Finnish: Rausmaa 1982ff. VI, No. 11; Latvian: Arājs/Medne 1977; Lithuanian: Kerbelytė 1999ff. IV (forthcoming); Estonian: Raudsep 1969, No. 349; Irish: Ó Súilleabháin/Christiansen 1963; English: Wehse 1979, No. 136, Wehse 1980; French: Coulomb/Castell 1986, No. 61, Perbosc/Bru 1987, 43f.; Spanish: Chevalier 1983, No. 120, Camarena Laucirica 1991, No. 174, González Sanz 1996, Lorenzo Vélez 1997, No. 5; Catalan: Oriol/Pujol 2003; Portuguese: Soromenho/Soromenho 1984f. II, No. 341, Cardigos (forthcoming); Frisian: Kooi 1984a; German: Bodens 1937, No. 1159, Dietz 1951, No. 250, Moser-Rath 1984, 289ff.; Italian: Cirese/Serafini 1975; Hungarian: György 1934, No. 13, MNK VII A; Serbian: Mićović/Filipović 1952, 319f.; Rumanian: Stroescu 1969 I, No. 4583; Greek: Hallgarten 1929, 25ff., Orso 1979, No. 88, Megas/Puchner 1998; Russian: Afanas'ev 1883, No. 55; Ukrainian: Hnatjuk 1909f. II, No. 90; Jewish: Haboucha 1992; Iraqi: El-Shamy 2004; Indian: Thompson/Roberts 1960; Chinese: Ting 1978; Vietnamese: Karow 1972, No. 113; US-American: Randolph 1976, 108f.; Egyptian: El-Shamy 2004.

1355C ***The Lord Above Will Provide.***

Wesselski 1911 I, 271 not 1; Schmidt 1963, 312–323; Legman 1968f. I, 789f.; Röhrich 1977, 75; Popvasileva 1986; EM 6 (1990) 889–894 (R. W. Brednich).

Finnish: Rausmaa 1982ff. VI, Nos. 12, 13; Latvian: Arājs/Medne 1977; Lithuanian: Basanavičius/Aleksynas 1993f. I, No. 35, II, No. 61, Kerbelytė 1999ff. IV (forthcoming); Estonian: Raudsep 1969, No. 119; Livonian, Lydian: Kecskeméti/Paunonen 1974; Wotian: Munkácsi 1952, 239ff.; Danish: Kristensen 1892f., No. 396; French: Parivall 1671, No. 50, Fabre/Lacroix 1973f. II, No. 62, Perbosc/Bru 1987, 91; Portuguese: Parafita 2001f. II, No. 203, Cardigos (forthcoming); Dutch: Meder/Bakker 2001, No. 88; Frisian: Kooi 1984a, Kooi/Schuster 1993, No. 53; Flemish: Meyer 1968, Hoffmann 1973, Loots 1985, 23f.; German: Blau 1908, 129ff., Wossidlo/Neumann 1963, No. 443, Neumann 1968, No. 149, cf. Roth 1977, No. D28, Moser-Rath 1984, 289ff.; Austrian: Anthropophyteia 5(1908)144, No. 27; Italian: Cirese/Serafini 1975; Hungarian: MNK VII A; Serbian: Anthropophyteia 1(1904)No. 177; Rumanian: Schullerus 1928, No. 1654*, Bîrlea 1966 III, 220ff., 500; Greek: Hansmann 1918, No. 29; Russian: Hoffmann 1973, SUS; Byelorussian, Ukrainian: SUS; Polish: Krzyżanowski 1962f. II; Gypsy: MNK X 1; Siberian: Soboleva 1984; Qatar: El-Shamy 2004; English-Canadian: Halpert/Widdowson 1996 II, Nos. 86, 87; Mexican: Paredes 1970, No. 17.

1355A* ***Unfaithful Wife as Judge.***
Wesselski 1908, No. 42; Bédier 1925, 453.
Finnish: Rausmaa 1982ff. VI, 459; Wotian: Kecskeméti/Paunonen 1974; Hungarian: MNK VII A; Rumanian: Stroescu 1969 I, No. 3485; Greek: Megas/Puchner 1998, No. 1355A[1]; Russian, Byelorussian, Ukrainian: SUS.

1357* ***Wife's Duty to Have Lovers.***
Finnish: Rausmaa 1982ff. VI, No. 15; Portuguese: Vasconcellos/Soromenho et al. 1963f. II, No. 362, Cardigos(forthcoming); Macedonian: Čepenkov/Penušliski 1989 IV, No. 377; Bulgarian: BFP, No. *1357***; Greek: Megas/Puchner 1998; Russian, Byelorussian: SUS; Jewish: Jason 1965.

1357A* ***Peas in the Jar.***
Frisian: Kooi 1984a; German: Ringseis 1980, 240; Greek: Orso 1979, No. 210; Australian: Adams/Newell 1999 III, 48f.; US-American: Dorson 1964, 80, Leary 1991, No. 100.

1358 ***Trickster Surprises Adulteress and Lover.***
EM 3(1981)1055–1065(R. Wehse), 1068–1077(K. Roth).
Latvian: Arājs/Medne 1977; Lithuanian: Kerbelytė 1999ff. II; Danish: Kristensen 1884ff. III, No. 35; English: Briggs 1970f. A II, 157f.; Spanish: Jiménez Romero et al. 1990, No. 59, Camarena Laucirica 1991, No. 175, Lorenzo Vélez 1997, 88f.; Portuguese: Vasconcellos/Soromenho et al. 1963f. I, No. 252, Cardigos(forthcoming); Flemish: Meyer 1968; German: Pröhle 1853, No. 63; Italian: Cirese/Serafini 1975; Serbian: Anthropophyteia 2(1905)No. 2; Bulgarian: BFP; Russian: Potjavin 1960, No. 35; Saudi Arabian, Qatar: El-Shamy 2004; Chinese: Ting 1978; Egyptian: El-Shamy 2004; Somalian: Reinisch 1900, No. 44.

1358A ***Hidden Lover Buys Freedom from Discoverer.***

Schumann/Bolte 1893, No. 47; Montanus/Bolte 1899, 396–399; BP II, 1–18; Basset 1924ff. I, 387 No. 19; EM 3(1981)1055–1065(R. Wehse), 1068–1077(K. Roth).

Finnish: Rausmaa 1982ff. VI, No. 16; Latvian: Arājs/Medne 1977; Lithuanian: Basanavičius/Aleksynas 1993f. II, No. 183, Kerbelytė 1999ff. II; Estonian: Raudsep 1969, No. 357; Wepsian: Kecskeméti/Paunonen 1974; Danish: Grønborg/Nielsen 1884, 85ff., Kristensen 1884ff. III, Nos. 13, 35, Stroebe 1915 I, No. 33; Faeroese: Nyman 1984; English: Baughman 1966, Roth 1977, No. E22, cf. No. E30, Wehse 1979, No. 363; Spanish: Chevalier 1983, No. 121, cf. Camarena Laucirica 1991, No. 176; Portuguese: Cardigos(forthcoming); German: Neumann 1968b, No. 215, Roth 1977, Nos. D24, D47, Grimm KHM/Uther 1996 II, No. 61, Hubrich-Messow(forthcoming); Hungarian: MNK VII A; Slovakian: Gašparíková 1991f. II, No. 548; Serbian: Čajkanović 1934, No. 19; Bulgarian: BFP; Greek: Megas/Puchner 1998; Russian, Byelorussian, Ukrainian: SUS; Jewish: Jason 1965, Noy 1968, No. 42; Gypsy: MNK X 1; Cheremis/Mari, Mordvinian: Kecskeméti/Paunonen 1974; Siberian: Soboleva 1984; Iraqi: El-Shamy 2004; Japanese: Ikeda 1971, No. 1535; US-American: Baughman 1966; Spanish-American: TFSP 30(1961)192f.; Egyptian: El-Shamy 2004.

1358B ***Husband Carries Off Box Containing Hidden Lover.***

Schumann/Bolte 1893, Nos. 20, 47; Wickram/Bolte 1903, No. 111; ZfVk. 13(1903) 412–420; Wesselski 1909, No. 5; BP II, 1–18; Stepphun 1913; Basset 1924ff. II, 44 No. 19; Sharp 1958, 145; Tubach 1969, No. 966; EM 3(1981)1055–1065(R. Wehse), 1068–1077(K. Roth); Marzolph 1992 II, No. 470; Marzolph/Van Leeuwen 2004, No. 196.

Finnish: cf. Rausmaa 1982ff. VI, No. 16; Estonian: Raudsep 1969, No. 357; Latvian: Arājs/Medne 1977; Danish: Grundtvig 1854ff., No. 159, Kristensen 1884ff. III, No. 13, Stroebe 1915 I, No. 33; English: Briggs 1970f. A II, 157f., Roth 1977, No. E28, Wehse 1979, Nos. 330, 353; Portuguese: Vasconcellos/Soromenho et al. 1963f. II, No. 390, Cardigos(forthcoming); Dutch: Kooi 2003, Nos. 73, 118; Frisian: Kooi 1984a; German: Wisser 1922f. II, 185f., Neumann 1968b, No. 214, Roth 1977, No. D47, cf. No. D45, cf. Grimm KHM/Uther 1996 II, No. 61, Hubrich-Messow(forthcoming); Italian: Cirese/Serafini 1975; Slovakian: Gašparíková 1991f. I, No. 336; Macedonian: Čepenkov/Penušliski 1989 IV, No. 381; Rumanian: cf. Bîrlea 1966 III, 484f.; Bulgarian: BFP; Greek: Hallgarten 1929, 25ff., 28ff., Loukatos 1957, 297f.; Russian: Nikiforov/Propp 1961, No. 19; Ukrainian: Lintur 1972, No. 108; Jewish: Jason 1975; Cheremis/Mari: Kecskeméti/Paunonen 1974; Iraqi: El-Shamy 2004; Indian: Thompson/Balys 1958, No. K1555, Esche 1976, 340ff., 524; Nepalese: Sakya/Griffith 1980, 88ff.;

Cambodian: Gaudes 1987, No. 60; Japanese: Seki 1963, No. 46; French-Canadian: Barbeau/Lanctot 1931, 282ff.; US-American: Chase 1956, 43, 46f; Panamanian: Robe 1973; Chilean: Pino Saavedra 1960ff. III, No. 180; Egyptian: El-Shamy 2004; Nigerian: Walker/Walker 1961, 67f., Schild 1975, No. 24; Cameroon: Kosack 2001, 344; Ethiopian: Reinisch 1889, No. 14; Sudanese: Kronenberg/Kronenberg 1978, No. 47; Somalian: Reinisch 1900 I, No. 44.

1358C ***Trickster Discovers Adultery: Food Goes to Husband Instead of Lover.***
Chauvin 1892ff. VI, 178 No. 340; Schumann/Bolte 1893, No. 3; Basset 1924ff. I, 387 No. 99; Wesselski 1931, No. 27; Poliziano/Wesselski 1929, No. 216; BP II, 1-18; Tubach 1969, No. 632; EM 3(1981)1055-1065(R. Wehse); EM 3(1981)1068-1077(K. Roth); El-Shamy 1999, No. 50.
Finnish: cf. Rausmaa 1982ff. VI, No. 16; Latvian: Arājs/Medne 1977; Lithuanian: Kerbelytė 1999ff. II; Danish: Berntsen 1873f. I, No. 24, Kristensen 1884ff. III, No. 14; Irish: Ó Súilleabháin/Christiansen 1963; English: Zall 1970, 190f., Wehse 1979, Nos. 323, 324, 330; Catalan: Oriol/Pujol 2003; Portuguese: Oliveira 1900f. I, Nos. 146, 184, II, No. 315, Cardigos(forthcoming); Dutch: Volkskunde 20(1909)198ff., Meder/Bakker 2001, No. 211, Kooi 2003, Nos. 73, 118; Frisian: Kooi 1984a; German: Moser-Rath 1984, 128, Grimm KHM/Uther 1996 II, No. 61, Grubmüller 1996, 10ff., 916ff., Berger 2001, Hubrich-Messow(forthcoming); Italian: Cirese/Serafini 1975; Hungarian: MNK VII A; Slovakian: Gašparíková 1991f. II, No. 365; Croatian: Ardalić 1908a, No. 18, Vujkov 1953, 238ff.; Rumanian: Stroescu 1969 I, Nos. 3002, 3458, 3477; Bulgarian: BFP; Greek: Megas/Puchner 1998; Polish: Krzyżanowski 1962f. II; Russian, Byelorussian, Ukrainian: SUS; Turkish: Walker/Uysal 1966, 153ff.; Jewish: Noy 1963a, No. 131, Jason 1975; Gypsy: MNK X 1; Cheremis/Mari: Kecskeméti/Paunonen 1974; Kara-Kalpak: Reichl 1985, 22f.; Georgian: Kurdovanidze 2000; Syrian, Palestinian, Iraqi, Saudi Arabian, Qatar: El-Shamy 2004; Iranian: Marzolph 1984; Indian: Thompson/Balys 1958, No. K1571; Chinese: Ting 1978; English-Canadian: Halpert/Widdowson 1996 II, Nos. 88, 89; French-Canadian: Thomas 1983, 296; Brazilian: Alcoforado/Albán 2001, No. 74; Egyptian, Algerian, Sudanese: El-Shamy 2004.

1358* ***Child Unwittingly Betrays His Mother's Adultery.***
Kirchhof/Oesterley 1869 II, No. 243, cf. No. 247; EM 3(1981)1055-1065(R. Wehse), 1068-1077(K. Roth); Renard 1995.
Finnish: Rausmaa 1982ff. VI, No. 17; French: Montaiglon/Raynaud 1872ff. IV, 147ff.; German: Moser-Rath 1984, 290f.; Rumanian: Stroescu 1969 I, No. 3454; Bulgarian: BFP; Greek: Megas/Puchner 1998; Jewish: cf. Haboucha 1992, No. **1412; Egyp-

tian: El-Shamy 2004.

1359 ***Husband Outwits Adulteress and Lover.***
EM 3(1981)1055–1065(R. Wehse), 1068–1077(K. Roth).
Latvian: Arājs/Medne 1977; English: Roth 1977, Nos. E39, E40; Spanish: Camarena Laucirica 1991, No. 179, Lorenzo Vélez 1997, 92f.; Portuguese: Vasconcellos/Soromenho et al. 1963f. II, Nos. 360, 362, Cardigos(forthcoming); German: Roth 1977, No. D41; Italian: Cirese/Serafini 1975; Hungarian: MNK VII A; Slovakian: Gašparíková 1991f. II, No. 457; Bulgarian: Daskalova et al. 1985; Greek: Orso 1979, No. 269; Polish: Krzyżanowski 1962f. II, No. 1739; Russian: SUS, No. 1360A; Byelorussian: SUS, Nos. 1359, 1360A; Jewish: Jason 1965, 1975; Palestinian: Muhawi/Kanaana 1989, No. 25, El-Shamy 2004; Egyptian, Tunisian: El-Shamy 2004; East African: Meinhof 1921, No. 77.

1359A ***Hiding the Lover.***
EM 3(1981)1068–1077(K. Roth).
Finnish: Rausmaa 1982ff. VI, No. 18; Finnish-Swedish: Hackman 1917f. II, No. 278; Latvian: Arājs/Medne 1977; Estonian: Raudsep 1969, No. 358; Lithuanian: Kerbelytė 1999ff. II; Karelian, Syrjanian: Kecskeméti/Paunonen 1974; Danish: Bødker et al. 1957, No. 36; Portuguese: Melo 1991, 102ff., Cardigos(forthcoming); German: Hagen 1850 II, No. 41, Grubmüller 1996, No. 20; Italian: Cirese/Serafini 1975; Rumanian: Stroescu 1969 I, No. 3483; Bulgarian: BFP; Ukrainian: Hnatjuk 1909f. II, No. 274; Tatar: Kecskeméti/Paunonen 1974; Cheremis/Mari: Beke 1951, No. 35; Syrian, Palestinian, Iraqi, Saudi Arabian: El-Shamy 2004; African American: Parsons 1923a, No. 77; Egyptian, Algerian: El-Shamy 2004.

1359B ***Husband Meets the Lover in the Wife's Place.***
Kirchhof/Oesterley 1869 I 1, No. 328, II, No. 80; Bebel/Wesselski 1907 II 3, No. 161; EM 3(1981)1068–1077(K. Roth).
Latvian: Arājs/Medne 1977; Lithuanian: Kerbelytė 1999ff. II; Wepsian: Kecskeméti/Paunonen 1974; English: Baughman 1966, Wehse 1979, No. 336; Portuguese: Vasconcellos/Soromenho et al. 1963f. II, No. 358, Cardigos(forthcoming); Flemish: Loots 1985, 72ff.; German: Roth 1977, No. D6; Italian: Cirese/Serafini 1975; Slovakian: Gašparíková 1991f. II, No. 542; Rumanian: Bîrlea 1966 III, 104f., 485; Bulgarian: BFP; Syrian, Palestinian, Yemenite: El-Shamy 2004; Mayan: Peñalosa 1992; Egyptian: El-Shamy 2004; Central African: Fuchs 1961, 95ff.

1359C ***Husband Prepares to Castrate the Crucifix.***
Bartsch/Köhler 1873; Erk/Böhme 1893f. I, No. 154; Köhler/Bolte 1898ff. II, 469; Kasprzyk 1963, No. 34; EM 3(1981)1068–1077(K. Roth); Verfasserlexikon 3(1981) 1147f.(K.-H. Schirmer); Verfasserlexikon 11,1(2000)256–258(N. Zotz).
Latvian: Arājs/Medne 1977; Estonian: Raudsep 1969, No. 358; Lithuanian: Basanavičius/Aleksynas 1993f. II, No. 179, Kerbelytė 1999ff. II; Karelian: Kecskeméti/Paunonen 1974; Irish: Ó Súilleabháin/Christiansen 1963; English: cf. Roth 1977, Nos. E32, E42; French: Montaiglon/Raynaud 1872ff. I, 194ff.; Spanish: Espinosa 1946f., No. 42; Frisian: Kooi 1984a; German: Roth 1977, No. D48, Grubmüller 1996, 928ff.; Austrian: cf. Haiding 1969, No. 111; Italian: Rotunda 1942, No. K1558, Cirese/Serafini 1975; Czech: Tille 1929ff. II, 455f.; Bosnian: Anthropophyteia 2(1905) 326ff. No. 417, 329ff. No. 418, 338f. No. 419; Bulgarian: Daskalova et al. 1985, No. 223; Polish: Anthropophyteia 2(1905)307f., No. 30; Russian, Byelorussian, Ukrainian: SUS; Siberian: Soboleva 1984; Palestinian: El-Shamy 2004; Indian: Thompson/Balys 1958, No. K1558; Chinese: Ting 1978; Spanish-American: Espinosa 1937, No. 79; Egyptian, Sudanese: El-Shamy 2004.

1359A* ***Pulling out Hairs.***
Legman 1968f. I, 773f.
Flemish: Loots 1985, 24f., 105ff.; Frisian: Kooi 1984a; German: Cammann/Karasek 1976ff. II, 103, Heckscher/Simon 1980ff. II,1, 269f.; Austrian: Haiding 1969, Nos. 29. 108; US-American: Hoffmann 1973, 266 No. X725.1.2, Randolph 1976, 81f., Baker 1986, No. 312; African American: Abrahams 1970, 220f., Dance 1978, No. 500.

1360 ***Man Hidden in the Roof.***
Finnish-Swedish: Hackman 1917f. II, No. 273; Latvian: Arājs/Medne 1977; Karelian: Kecskeméti/Paunonen 1974; Danish: Kristensen 1892f. I, Nos. 398, 400; English: Wehse 1979, 126f.; Frisian: Kooi 1984a; Italian: Papanti 1877, No. 2, Cirese/Serafini 1975; Hungarian: MNK VII A; Russian, Byelorussian: SUS, No. 1360A; Jewish: Jason 1965; French-Canadian: Lemieux 1974ff. VI, No. 12; South African: Coetzee et al. 1967.

1360B ***Flight of the Woman and her Lover from the Stable.***
BP II, 18 not. 1.
Finnish: Rausmaa 1982ff. VI, Nos. 22–24; Finnish-Swedish: Hackman 1917ff. I, No. 199(5); Latvian: Arājs/Medne 1977; Estonian: Raudsep 1969, No. 359; Livonian, Wotian, Karelian: Kecskeméti/Paunonen 1974; Norwegian: Hodne 1984; Irish: Ó

Súilleabháin/Christiansen 1963; Dutch: Sinninghe 1943; Croatian: Bošković-Stulli 1959, No. 58; Greek: cf. Loukatos 1957, 189ff., Megas/Puchner 1998; Byelorussian, Ukrainian: SUS; Turkish: Eberhard/Boratav 1953, No. 274; Abkhaz: cf. Šakryl 1975, No. 60; Cheremis/Mari, Votyak: Kecskeméti/Paunonen 1974; Siberian: Soboleva 1984; Syrian: El-Shamy 2004; Palestinian: Schmidt/Kahle 1918f. II, No. 118, El-Shamy 2004; Japanese: Ikeda 1971; African American: Dorson 1956, No. 165; West Indies: Flowers 1953; Egyptian: El-Shamy 2004.

1360C ***Old Hildebrand.***

Chauvin 1892ff. VI, 177f. No. 338; Köhler/Bolte 1898ff. I, 386; BP III, 373–380; Anderson 1931; Schmidt 1963, 327–342: Frenzel 1988, 321–323; EM 6(1990)1011–1017 (K. Roth); Dekker et al. 1997, 275–277.

Estonian: Aarne 1918; Livonian: Loorits 1926; Latvian: Arājs/Medne 1977; Lithuanian: Kerbelytė 1999ff. II; Karelian: Kecskeméti/Paunonen 1974; Swedish: Liungman 1961; Norwegian: Hodne 1984; Danish: Kamp 1879f. II, No. 7; Faeroese: Nyman 1984; Irish: Ó Súilleabháin/Christiansen 1963; French: Kryptádia 2(1884)30ff., Dardy 1891, 285ff., Perbosc/Bru 1987, 67f.; Spanish: Espinosa 1946f., No. 93, González Sanz 1996; Portuguese: Vasconcellos/Soromenho et al. 1963f. II, Nos. 363, 364, Cardigos(forthcoming); Dutch: Sinninghe 1943, No. 1360B; Frisian: Kooi 1984a; Flemish: Meyer 1968, Meyer/Sinninghe 1976; German: Grimm KHM/Uther 1996 II, No. 95, Berger 2001, Hubrich-Messow(forthcoming); Italian: Cirese/Serafini 1975; Maltese: Mifsud-Chircop 1978; Hungarian: MNK VII A; Czech: Tille 1929ff. II 2, 391f.; Serbian: Đjorđjevič/Milošević-Đjorđjevič 1988, Nos. 225–230, cf. No. 231; Rumanian: Stroescu 1969 I, No. 3465; Bulgarian: BFP; Greek: Hallgarten 1929, 172ff., Megas/Puchner 1998; Polish: Krzyżanowski 1962f. II; Russian, Byelorussian, Ukrainian: SUS; Turkish: Eberhard/Boratav 1953, No. 273; Jewish: Jason 1965, 1988a; Gypsy: MNK X 1; Siberian: Soboleva 1984; Mongolian: Lőrincz 1979; Georgian: Kurdovanidze 2000; Iraqi: Nowak 1969, No. 210, El-Shamy 2004; Palestinian, Saudi Arabian, Qatar, Yemenite: El-Shamy 2004; Iranian: Marzolph 1984; Indian, Sri Lankan; Thompson/Roberts 1960; Chinese: Ting 1978; Japanese: Ikeda 1971; English-Canadian: Halpert/Widdowson 1996 II, Nos. 90–94; US-American: Baughman 1966; Spanish-American, Panamanian: Robe 1973; Cuban: Hansen 1957; West Indies: Flowers 1953; Egyptian, Tunisian, Sudanese: El-Shamy 2004.

1361 ***The Flood.***

Köhler 1878; Varnhagen 1884b; Schumann/Bolte 1893, No. 2, 384f.; Barnouw 1912; Lerner 1968; EM 4(1984)1391–1394(E. Moser-Rath); Marzolph 1992 II, No. 548.

Finnish: Rausmaa 1982ff. VI, No. 25; Livonian: Loorits 1926; Latvian: Arājs/Medne 1977; Lithuanian: Kerbelytė 1999ff. II; Wepsian: Kecskeméti/Paunonen 1974; Swedish: Liungman 1961; Norwegian: Hodne 1984, 351; Danish: Kristensen 1881ff. IV, No. 56, Bødker et al. 1963, No. 20; Irish: Ó Súilleabháin/Christiansen 1963; Spanish: Lorenzo Vélez 1997, 101f.; Dutch: Sinninghe 1943; Frisian: Kooi 1984a; Flemish: Meyer 1968, No. 1730, Meyer/Sinninghe 1976, Hogenelst 1997 II, No. 276; German: Merkens 1892ff. I, No. 273, cf. II, No. 45, Wossidlo/Neumann 1963, No. 278, Moser-Rath 1984, 33, 127, 290, 383, 432, Hubrich-Messow (forthcoming); Austrian: Haiding 1969, Nos. 40, 112; Hungarian: MNK VII A; Rumanian: Stroescu 1969 I, No. 3514; Greek: Megas/Puchner 1998; Russian, Byelorussian, Ukrainian: SUS; Turkish: Eberhard/Boratav 1953, No. 355; Gypsy: MNK X 1; Chinese: Ting 1978; US-American: Baughman 1966; Spanish-American: Robe 1973; West Indies: Flowers 1953.

1362 ***The Snow-Child.*** (Modus Liebinc).

Köhler/Bolte 1898ff. II, 564; BP IV, 130; Pauli/Bolte 1924 I, No. 208; Wesselski 1931, 187; Wesselski 1936, 89; Langosch 1955, 87f.; Pedersen/Holbek 1961f. II, No. 199; Faral 1962, 219f.; Röhrich 1962f. I, No. 11; Beyer 1969, 81-86; Tubach 1969, No. 4451; Frosch-Freiburg 1971, 43-61; Verfasserlexikon 6 (1986) 630-632 (V. Schupp); Haug 2001, 254; Schiewer 2003; EM: Schneekind (forthcoming).

Karelian: Kecskeméti/Paunonen 1974; Swedish: Bondeson 1880, No. 24; Norwegian: Hodne 1984; Icelandic: Sveinsson 1929; English: cf. Roth 1977, No. E17; French: Delarue 1947, No. 8; German: Benzel 1965, No. 178, Moser-Rath 1984, 291, 444, Grubmüller 1996, No. 6; Italian: Cirese/Serafini 1975; Hungarian: György 1934, No. 80; Czech: Dvořák 1978, No. 4451; Russian: Novikov 1961, No. 33.

1362A* ***The Three Months' Child.***

Kirchhof/Oesterley 1869 I 1, No. 336; Wickram/Bolte 1903, No. 4; Bebel/Wesselski 1907 I 1, No. 52, II 3, No. 136; Legman 1968f. I, 440; EM 3 (1981) 887-889 (E. Moser-Rath); Marzolph 1992 II, No. 848.

Finnish: Rausmaa 1982ff. VI, Nos. 26, 27; English: Wehse 1979, Nos. 187, 188; Spanish: Camarena Laucirica 1991, No. 184, González Sanz 1996; Catalan: Oriol/Pujol 2003; Portuguese: Vasconcellos/Soromenho et al. 1963f. II, Nos. 388, 389, Cardigos (forthcoming); German: Merkens 1892ff. I, Nos. 165, 171, III, No. 205, Wossidlo/Neumann 1963, No. 498, cf. Kapfhammer 1974, 79, cf. Roth 1977, No. D49, Moser-Rath 1984, 287, 290f., 413; Swiss: EM 7 (1993) 869, Tobler 1905, 121; Italian: Cirese/Serafini 1975; Hungarian: György 1934, No. 83, MNK VII A, Nos. $1362A^*_1$, $1362A^*_2$; Macedonian: Čepenkov/Penušliski 1989 IV, No. 382; Rumanian: Bîrlea 1966 III, 492, Stroescu 1969 I, Nos. 3370, 3680; Greek: Megas/Puchner 1998; Polish: Simonides 1979, No. 54; Ukrainian: SUS; Palestinian: Schmidt/Kahle 1918f. II, No. 119, El-Shamy 2004, No. 1362A§; US-American: Hoffmann 1973, Dodge 1987, 94; African American: Dance 1978, No. 268; Egyptian: El-Shamy 2004, No. 1362A§.

1362B* ***Marrying a Man of Forty.***
Marzolph 1987a, No. 12; Hansen 2002, 264–266.
Latvian: Arājs/Medne 1977; Spanish: Chevalier 1983, No. 124; Rumanian: Stroescu 1969 I, No. 3386; Bulgarian: BFP; Greek: Megas/Puchner 1998.

1363 ***Tale of the Cradle.***
Varnhagen 1886; Montanus/Bolte 1899, No. 86; Legman 1968f. I, 410; Frosch-Freiburg 1971, 119–128; Hoven 1978, 62–64; EM 2(1979)1261; Ziegeler 1988; Verfasserlexikon 9(1994)461–464(R. M. Kully); EM: Wiege: Die Erzählung von der W.(in prep.).
Lappish: Lagercratz 1957ff. I, No. 441; Danish: Skattegraveren 9(1888)164–166, No. 498; Irish: Ó Súilleabháin/Christiansen 1963; English: Ehrentreich 1938, No. 4, Briggs 1970f. A II, 442ff.; Spanish: Chevalier 1983, No. 125; Dutch: Kruyskamp 1957, 38ff.; Hungarian: MNK VII A; Serbian: Đjorđjevič/Milošević-Đjorđjevič 1988, No. 218; Greek: Megas/Puchner 1998; US-American: Baughman 1966; Mexican: Robe 1970, Nos. 119, 120; Dominican, Puerto Rican: cf. Hansen 1957, No. 1363*A.

1364 ***The Blood-Brother's Wife.***
Chauvin 1892ff. VII, 171f. No. 447; Hilka/Söderhjelm 1913, 1–15; Wesselski 1925, No. 2; Tubach 1969, No. 5287; Suchomski 1975, 129–135; EM 2(1979)528–532(J. T. Bratcher); Frenzel 1988, 505–508; Marzolph 1992 II, No. 308; Marzolph/Van Leeuwen 2004, Nos. 288, 455.
Lappish: Lagercratz 1957ff. II, No. 367; Icelandic: Sveinsson 1929, Boberg 1966, No. K1521; Irish: Ó Súilleabháin/Christiansen 1963; French: Kryptádia 1(1883)340, No. 2, 2(1884)55, No. 15; Spanish: Llano Roza de Ampudia 1925, No. 103; Portuguese: Braga 1987 I, 233f., Cardigos(forthcoming); German: Pröhle 1853, No. 63; Maltese: Ilg 1906 II, No. 79; Hungarian: MNK VII A; Greek: Hallgarten 1929, 71ff., Orso 1979, No. 270; Ukrainian: SUS; Turkish: Eberhard/Boratav 1953, Nos. 190(4), 266, 366; Jewish: Noy 1963a, No. 114, Jason 1965, 1975, 1988a; Kurdish: Nebez 1972, 124ff.; Cheremis/Mari: Beke 1951, No. 35; Tatar: Paasonen/Karahka 1953, No. 19; Tadzhik: Sandelholztruhe 1960, 275ff.; Syrian: Nowak 1969, No. 341; Aramaic: Lidzbarski

1896, No. 13; Palestinian: Littmann 1957, 376ff., El-Shamy 2004; Saudi Arabian: Lebedev 1990, No. 66, El-Shamy 2004; Yemenite: El-Shamy 2004; Iranian: Marzolph 1984; Indian: Hertel 1953, No. 80; Chilean, Argentine: Hansen 1957; Egyptian: Artin Pacha 1895, No. 14, Nowak 1969, No. 341, El-Shamy 2004; Algerian: Frobenius 1921ff. I, No. 30c, El-Shamy 2004; Sudanese: El-Shamy 2004.

1365 ***The Obstinate Wife.***

Röhrich 1962f. II, 307–322, 486–488; Tubach 1969, Nos. 2023, 5284; EM 3(1981)1077–1082(E. Moser-Rath); Moser-Rath 1994a; Dekker et al. 1997, 201–203.

Finnish: Rausmaa 1982ff. VI, Nos. 28–33; Latvian: Arājs/Medne 1977; Lydian: Kecskeméti/Paunonen 1974; Swedish: Bondeson 1882, No. 37; Norwegian: Kvideland 1977, 148; Irish: Ó Súilleabháin/Christiansen 1963; French: Joisten 1971 II, No. 214; Portuguese: Oliveira 1900f. I, No. 5, Cardigos(forthcoming); Frisian: Kooi 1984a; German: Moser-Rath 1964, No. 131, Moser-Rath 1984, 115f., 285, 287, 290f., Hubrich-Messow, Nos. 1365A-C(forthcoming); Italian: Cirese/Serafini 1975; Hungarian: Géczi 1989, No. 114; Serbian: Đjorđjevič/Milošević-Đjorđjevič 1988, No. 219; Slovene: Vedež 3(1850)402; Macedonian: Čepenkov/Penušliski 1989 III, No. 344, IV, No. 372; Bulgarian: BFP; Russian: Moldavskij 1955, 115, Afanas'ev/Barag et al. 1984f. III, No. 434; Ukrainian: Čendej 1959, 23f.; Azerbaijan: Tachmasib 1958, 203; Kurdish: Džalila 1989, No. 221; Cheremis/Mari: Kecskeméti/Paunonen 1974; Indian: Hertel 1953, No. 78; Japanese: Ikeda 1971; West Indies: Flowers 1953.

1365A ***Wife Falls into a Stream.***

Kirchhof/Oesterley 1869 IV, No. 186; Köhler/Bolte 1898ff. I, 506 not. 1; Wesselski 1911 I, No. 276; Pauli/Bolte 1924 I, No. 142; Röhrich 1962f. II, 307–322, 486–488; Tubach 1969, No. 5285; Frosch-Freiburg 1971, 137–141; ZfVk. 72(1976)308; Verfasserlexikon 3(1978)963f.(H.-J. Ziegeler); EM 3(1981)1077–1082(E. Moser-Rath); Dekker et al. 1997, 275f.

Finnish: Rausmaa 1982ff. VI, Nos. 28–31; Finnish-Swedish: Hackman 1917f. II, No. 270; Estonian: Aarne 1918; Latvian: Arājs/Medne 1977; Lithuanian: Kerbelytė 1999ff. II; Wepsian, Karelian: Kecskeméti/Paunonen 1974; Swedish: Liungman 1961, No. 1365; Norwegian: Hodne 1984, No. 1365AB; Irish: Ó Súilleabháin/Christiansen 1963; English: Stiefel 1908, No. 55, Baughman 1966, Briggs 1970f. A II, 47f.; Spanish: Childers 1948, No. T255.2, González Sanz 1996, Rey-Henningsen 1996, No. 4; Catalan: Oriol/Pujol 2003; Portuguese: Oliveira 1900f. I, No. 12, Cardigos(forthcoming); Dutch: Bloemhoff-de Bruijn/Kooi 1984, No. 12; Frisian: Kooi 1984a, Kooi/Schuster 1993, No. 39; German: Meyer 1925a, No. 40, Moser-Rath 1964, No. 78, Moser-Rath 1984, 115f., 285, 287, 290f., Grubmüller 1996, No. 10; Italian: Cirese/Serafini 1975; Hungarian: MNK VII A; Slovakian: Gašparíková 1981a, 28; Macedonian: Piličkova 1992, No. 31; Rumanian: Stroescu 1969 II, No. 3518; Bulgarian: BFP; Greek: Megas/Puchner 1998; Polish: Krzyżanowski 1962f. II; Russian: SUS; Cheremis/Mari: Kecskeméti/Paunonen 1974; Siberian: Soboleva 1984; Georgian: Kurdovanidze 2000; Pakistani: Thompson/Roberts 1960; Indian: Thompson/Roberts 1960, Jason 1989; English-Canadian: Baughman 1966; US-American: Randolph 1965, No. 62, Baughman 1966; Spanish-American: Robe 1973; Chilean: Hansen 1957, Pino Saavedra 1960ff. III, No. 176; South African: Coetzee et al. 1967.

1365B ***Cutting with the Knife or the Scissors.***
Köhler/Bolte 1898ff. I, 136; Montanus/Bolte 1899, No. 89; cf. Pauli/Bolte 1924 I, No. 595; Tubach 1969, No. 2023; EM 3(1981)1077–1082(E. Moser-Rath).
Finnish: Rausmaa 1982ff. VI, Nos. 31, 32; Finnish-Swedish: Hackman 1917f. II, No. 270; Latvian: Arājs/Medne 1977; Lithuanian: Kerbelytė 1999ff. II; Swedish: Liungman 1961, No. 1365; Norwegian: Hodne 1984, No. 1365AB; Danish: Skattegraveren 11(1889)21f., No. 31, Kristensen 1900, Nos. 11, 625, Holbek 1990, No. 36; Icelandic: Sveinsson 1929; Irish: Ó Súilleabháin/Christiansen 1963; English: Baughman 1966, Briggs 1970f. A II, 144; Spanish: Chevalier 1983, No. 128, Goldberg 1998, No. T255.1; Portuguese: Vasconcellos/Soromenho et al. 1963f. II, No. 390, Cardigos(forthcoming); Dutch: Sinninghe 1943, Kooi 2003, No. 78; Frisian: Kooi 1984a; Flemish: Meyer 1968; German: Moser-Rath 1964, No. 33, Benzel 1965, No. 172, Moser-Rath 1984, 115f., 285, 287, 290f.; Italian: Cirese/Serafini 1975; Corsican: Massignon 1963, No. 70; Hungarian: MNK VII A; Czech: Dvořák 1978, No. 5284/5285; Serbian: Karadžić 1937, No. 37; Croatian: Bošković-Stulli 1967f., No. 20; Macedonian: Čepenkov/Penušliski 1989 IV, No. 388; Rumanian: Stroescu 1969 I, No. 3519; Bulgarian: BFP; Greek: Loukatos 1957, 284f., Megas/Puchner 1998; Polish: Krzyżanowski 1962f. II; Russian, Byelorussian, Ukrainian: SUS; Jewish: Haboucha 1992; Siberian: Soboleva 1984; Turkmen: cf. Stebleva 1969, No. 64; Georgian: Kurdovanidze 2000; English-Canadian, US-American: Baughman 1966; African American: Burrison 1989, 38f.; Egyptian: El-Shamy 1980, No. 57, El-Shamy 2004; Moroccan: El-Shamy 2004; South African: Coetzee et al. 1967.

1365C ***The Wife Insults the Husband as Lousy-Head.***
Pauli/Bolte 1924 I, No. 595, II, No. 872; EM 3(1981)1077–1082(E. Moser-Rath).
Finnish: Rausmaa 1982ff. VI, No. 33; Latvian: Arājs/Medne 1977; Swedish: Liungman 1961, No. 1365; Danish: Kristensen 1900, No. 10; Irish: Ó Súilleabháin/Chris-

tiansen 1963; French: Bladé 1886 III, No. 6, Tegethoff 1923 II, No. 223, Joisten 1971 II, No. 213; Spanish: Childers 1948, No. T255.3, Chevalier 1983, No. 129, González Sanz 1996, Rey-Henningsen 1996, No. 6; Catalan: Oriol/Pujol 2003; Portuguese: Oliveira 1900f. I, Nos. 146, 184, II, No. 315, Cardigos (forthcoming); Dutch: Overbeke/Dekker et al. 1991, No. 692; Frisian: Kooi 1984a; Flemish: Meyer 1968; German: Henßen 1935, No. 237, Bodens 1937, No. 1182, Peuckert 1959, No. 208, Benzel 1962, No. 223, Kapfhammer 1974, 107, Moser-Rath 1984, 115f., 285, 287, 290f.; Italian: Cirese/Serafini 1975; Hungarian: MNK VII A; Rumanian: Stroescu 1969 I, No. 3520; Greek: Megas/Puchner 1998; Polish: Krzyżanowski 1962f. II; Russian: SUS; Byelorussian: Zelenin 1914, No. 30; Gypsy: MNK X 1; Indian: cf. Beck et al. 1987, No. 49; French-Canadian: Lemieux 1974ff. XVIII, No. 14; African American: Dorson 1958, No. 110; Puerto Rican: Hansen 1957; Brazilian: Cascudo 1955a, 335f.

1365D ***Thank God the Basket is Ready.***

Montanus/Bolte 1899, No. 23; Wesselski 1914, 61; EM 8 (1996) 281f. (W. Loepthien).

German: Merkens 1892ff. I, No. 198, Peuckert 1932, Nos. 230, 231, Moser-Rath 1964, No. 113, Moser-Rath 1984, 114; Hungarian: György 1932, No. 9.

1365E ***The Quarrelsome Couple.***

Arlotto/Wesselski 1910 II, No. 95; Schwarzbaum 1968, 48; EM 3 (1981) 1077–1082 (E. Moser-Rath), 1114.

Finnish: Rausmaa 1982ff. VI, Nos. 34, 35; Latvian: Arājs/Medne 1977, Nos. 1365F*, 1365J*; Lithuanian: Kerbelytė 1999ff. II, Nos. 1365F*, 1365H*; Spanish: Llano Roza de Ampudia 1925, No. 93, Chevalier 1983, Nos. 130, 131, Espinosa 1988, Nos. 293, 300, 301, Camarena Laucirica 1991, No. 186, Rey-Henningsen 1996, Nos. 3, 4; Catalan: Oriol/Pujol 2003, No. 1365D*; Portuguese: Oliveira 1900f. II, No. 427, Vasconcellos/Soromenho et al. 1963f. II, No. 602, Cardigos (forthcoming), Nos. 1365D*, 1365F*, 1365H*; Frisian: Kooi 1984a, Nos. 1365G*, 1365H*; German: Moser-Rath 1984, 115f., 285, 287, 290f., Kooi/Schuster 1994, No. 116, Berger 2001, No. 1365F**; Sardinian: Cirese/Serafini 1975, No. 1365H*; Hungarian: MNK VII A, Nos. 1365F*, 1365H*, 1365J*, 1365L*; Serbian: Karadžić 1937, No. 3, Đjorđjevič/Milošević-Đjorđjevič 1988, No. 220; Croatian: Bošković-Stulli 1967f., No. 21; Rumanian: Stroescu 1969 I, Nos. 3517, 3521–3523; Bulgarian: BFP, Nos. 1365F*, 1365H*–1365K*, *1365L*, *1365K**; Greek: Megas/Puchner 1998, Nos. 1365F*, 1365H*, 1365J*; Polish: Simonides 1979, No. 22; Russian: SUS, Nos. 1365F*, 1365J*; Ukrainian: SUS, Nos. 1365K*, 1365A**; Turkish: Boratav 1955, No. 21; Jewish: Jason 1965, No. 1365K*, Haboucha 1992, No. 1365J*; Kurdish: Džalila et al. 1989, No. 221; Siberian: Soboleva 1984, No. 1365F*;

Aramaic: Bergsträsser 1915, No. 8; Georgian: Kurdovanidze 2000, No. 1365J*; Saudi Arabian: Fadel 1979, No. 48; Chinese: Ting 1978, No. 1365J*; Japanese: Ikeda 1971, No. 1365D*; US-American: Roberts 1974, No. 142; French-American: Ancelet 1994, No. 34; Spanish-American: Rael 1957, No. 77; Cuban, Dominican: Hansen 1957, No. 1365D*; Puerto Rican: Hansen 1957, Nos. 1365D*, 1365E*.

1366* ***The Cowering Husband*** (previously ***The Slippered Husband***).
Bebel/Wesselski 1907 II 3, No. 154.
Finnish: Rausmaa 1982ff. VI, Nos. 36, 37; Latvian: Arājs/Medne 1977; Estonian: Aarne 1918; Spanish: Rey-Henningsen 1996, No. 61; Catalan: Oriol/Pujol 2003; Dutch: Kooi 2003, No. 80; Flemish: Lox 1999a, No. 69; German: Neumann 1968b, 70, 158; Austrian: Schmidt 1946, No. 250; Rumanian: Stroescu 1969 I, No. 3671; Bulgarian: BFP; Polish: Simonides 1979, No. 23, cf. Krzyżanowski 1962f. II, No. 1375; Chinese: Ting 1978; Egyptian, Tunisian: El-Shamy 2004.

1367 ***Trickster Shifts Married Couples in Bed.***
Köhler/Bolte 1898ff. II, 305–307; BP III, 394; Anderson 1923, 364.
Livonian: Setälä/Kyrölä 1953, No. 23; French: Luzel 1967, No. 30; German: Toeppen 1867, 165, Behrend 1912, Nos. 10, 17, Brunner/Wachinger 1986ff. IV, No. 1Kel/3/502; Italian: Busk 1874, 348; Hungarian: Kríza 1990, 99f.; Serbian: cf. Vrčević 1868f. I, No. 285.

1367* ***Better to Hang Than to Marry an Evil Woman*** (previously ***To Live with Evil Woman***).
Kirchhof/Oesterley 1869 III, No. 233.
Dutch: Tiel 1855, 147; Frisian: Kooi 1984a; German: Bodens 1936, No. 25, Moser-Rath 1984, 189, 287, 290; Hungarian: György 1934, No. 129; Rumanian: Schullerus 1928, No. 1366*, Stroescu 1969 I, No. 3542.

1367** ***Double the Fee.***
Ranke 1979, 165 No. 59.
Spanish: Espinosa 1946f., No. 92; Dutch: Kooi 2003, No. 76; German: Ruppel/Häger 1952, 98, Ranke 1955 III, 258f., Wossidlo/Neumann 1963, No. 471.

1368 ***Marriage to a Small Woman: The Smaller Evil.***
Kirchhof/Oesterley 1869 III, No. 208; Poliziano/Wesselski 1929, No. 145; BP IV, 329; Schwarzbaum 1983; Marzolph 1992 II, No. 276; Moser-Rath 1994a, 385.

Spanish: Medrano 1878, 171; German: Lyrum larum I(1700)No. 87, Joh. P. de Memel (1656)No. 581, Schreger, Studiosus jovialis(1752)No. 8, Schreger, Zeitvertreiber (1753)No. 114, Schreger, Zeitvertreiber(1754)No. 188(EM archive), Moser-Rath 1978, 48, Moser-Rath 1984, 103, 390 No. 92; Italian: Rotunda 1942, Nos. J229.10, J1442.16; Hungarian: György 1929, No. 5; Jewish: EM 7(1993)651.

1368** ***The Nine Skins of the Women.***

Chauvin 1892ff. VIII, 131 No. 122; Stiefel 1898b, 163–168; Bolte 1901a, 258; Geisberg/Strauss 1974 I, 159; EM 4(1984)1348f.; EM 5(1987)122 not 130; Harms/Kemp 1987, 44f.

Danish: Dähnhardt 1907ff. II, 191f.; German: Melander(1604)No. 485, cf. No. 595 (EM archive), Moser-Rath 1978, 47f.; Hungarian: György 1934, No. 84; Jewish: Noy 1963a, No. 52; Lebanese: El-Shamy 2004, No. 758B§; Palestinian: Rosenhouse 1984, 224ff., El-Shamy 2004.

1369 ***The Woman's Tree.***

Wesselski 1911 II, No. 530; Pauli/Bolte 1924 I, No. 637; Hoj 1968; Tubach 1969, No. 4978; Schenda 1970, 331; EM 1(1977)1377–1379(K. Ranke); Marzolph 1992 II, No. 512.

German: Haltrich 1885, 150, Rehermann 1977, 385f. No. 3, Moser-Rath 1984, 103, Moser-Rath 1994c, 385; Austrian: Schmidt 1946, No. 135; Italian: Rotunda 1942, No. J1442.11.1; Hungarian: György 1934, No. 11; Rumanian: cf. Stroescu 1969 I, Nos. 3403, 3412; Jewish: Bar-Hebraeus/Budge 1897, 1, 4, Schwarzbaum 1983, 59f.; Azerbaijan: Tachmasib 1958, 178f.

1370 ***The Lazy Wife is Reformed*** (previously ***The Lazy Wife***).

Child 1882ff. V, No. 277; Bolte 1908; EM 5(1987)144–148(H.-J. Uther); Verfasserlexikon 10(1999)1573f.

Finnish: Rausmaa 1982ff. VI, No. 39; Finnish-Swedish: Hackman 1917f. II, No. 271; Estonian: Aarne 1918; Latvian: Arājs/Medne 1977; Lithuanian: Kerbelytė 1999ff. II; Wepsian: Kecskeméti/Paunonen 1974; Swedish: Liungman 1961, No. 1370*; Danish: Kristensen 1871ff. XII, No. 284, Kristensen 1881ff. III, No. 48; Spanish: Llano Roza de Ampudia 1925, No. 123, Chevalier 1983, Nos. 133, 134; Catalan: Oriol/Pujol 2003; Portuguese: Soromenho/Soromenho 1984 II, Nos. 398, 400, Cardigos(forthcoming); German: Pröhle 1853, No. 53, Preuß 1912, 14ff., Wossidlo/Neumann 1963, No. 469; Italian: Cirese/Serafini 1975; Hungarian: MNK VII A; Serbian: Čajkanovič 1927 I, No. 105; Macedonian: cf. Čepenkov/Penušliski 1989 IV, Nos. 390, 391, 393, 395; Rumanian: Bîrlea 1966 III, 217ff., 499f., Stroescu 1969 II, Nos. 5118, 5152; Bulgarian: BFP; Greek: Megas/Puchner 1998; Polish: Kapełuś/Krzyżanowski 1957, No. 62; Russian, Ukrainian: SUS; Gypsy: MNK X 1; Siberian: Soboleva 1984; Indian: Jason 1989; Chilean: Pino Saavedra 1987, No. 58.

1370B* ***Wife Too Lazy to Spin.***
Latvian: Arājs/Medne 1977; Lithuanian: Kerbelytė 1999ff. II; Karelian: Kecskeméti/Paunonen 1974; Portuguese: Braga 1987 I, 201f., Cardigos (forthcoming); German: Haltrich 1956, No. 68; Hungarian: MNK VII A; Czech: Tille 1929ff. I, 413, Jech 1961, No. 43; Croatian: Dolenec 1972, No. 31; Bulgarian: BFP; Russian, Ukrainian: SUS; Siberian: Soboleva 1984; Palestinian: El-Shamy 2004.

1370C* ***Miscellaneous Tales of a Lazy Woman*** (previously ***Stopping the Milk Pail***).
Latvian: Arājs/Medne 1977, Nos. *1370D*–1370F*; Hungarian: MNK VII A, Nos. 1370D*–1370F*; Bulgarian: BFP, Nos. *1370E*–*1370H*, *1370B**, *1370G**, *1370B***; Russian: SUS, Nos. 1370C*, 1370E*; Byelorussian: SUS, Nos. 1370D*, 1370E**; Ukrainian: SUS, Nos. 1370D*, 1370E*, 1370D**, 1370D***, 1370E***, 1371B*; Gypsy: MNK X 1, No. 1370D*; Siberian: Soboleva 1984, Nos. 1370D***, 1370E**; Georgian: Kurdovanidze 2000, Nos. 1370C**, 1371B*.

1371A* ***Darkening the Flour.***
Latvian: Arājs/Medne 1977; Czech: Klímová 1966, No. 53; Russian: SUS.

1372 ***The Box on the Ears.***
Schwarzbaum 1968, 444; EM 10 (2002) 253–255 (B. Steinbauer).
Finnish: Rausmaa 1982ff. VI, No. 40; Finnish-Swedish: Hackman 1917f. II, Nos. 272, 284 (1–2); Livonian Loorits 1926, No. 1370*; Swedish: Liungman 1961; Danish: Kristensen 1892f. I, No. 184, Kristensen 1900, Nos. 453–455, 508, Christensen/Bødker 1963ff., No. 50; Dutch: Sinninghe 1943; Frisian: Kooi 1984a, Kooi/Schuster 1993, No. 45; Flemish: Meyer 1968, Meyer/Sinninghe 1976; German: Henßen 1935, No. 239, Peuckert 1959, No. 224, Wossidlo/Neumann 1963, No. 147, Kooi/Schuster 1994, No. 178, Berger 2001, Hubrich-Messow (forthcoming); Swiss: EM 7 (1993) 872; Hungarian: MNK VII A; Czech: Tille 1929ff. I, 417f.; Rumanian: Stroescu 1969 I, No. 3690; Bulgarian: BFP; Polish: Krzyżanowski 1962f. II, No. 1372, cf. Nos. 1752, 1810A; US-American: Dorson 1952, 149.

1372* ***The Wife's Disease.***
Latvian: Arājs/Medne 1977; Danish: Kristensen 1892f. I, Nos. 351, 352, II, No. 15; Dutch: Sinninghe 1943, No. 1372(2); Flemish: Meyer 1968; Maltese: Mifsud-Chircop 1978; Bulgarian: cf. BFP, No. *1372**; Jewish: Jason 1965; West Indies: Flowers 1953.

1373 ***The Weighed Cat.***
Wesselski 1911 II, No. 348, cf. No. 87; Basset 1924ff. II, No. 24; Schwarzbaum 1968, 55; cf. EM 3(1981)1098; EM 7(1993)1109–1111(U. Marzolph); Marzolph 1992 I, 75–77, II, No. 65.
Latvian: Arājs/Medne 1977; Danish: Kristensen 1892f. I, Nos. 351, 352, II, No. 15; Irish: Ó Súilleabháin/Christiansen 1963; Dutch: Tiel 1855, 40; Frisian: Kooi 1984a; German: Wossidlo/Neumann 1963, No. 495; Italian: Cirese/Serafini 1975; Jewish: Haboucha 1992; Hungarian: MNK VII A; Macedonian: Čepenkov/Penušliski 1989 IV, No. 450; Bulgarian: BFP; Mordvinian: Kecskeméti/Paunonen 1974; Tadzhik: Dechoti 1958, 42f.; Iraqi: El-Shamy 2004; Chinese: Ting 1978; Mayan: Peñalosa 1992; Egyptian, Tunisian, Algerian, Moroccan, Somalian: El-Shamy 2004.

1373A ***Wife Eats So Little.***
EM 4(1984)476–478(E. Moser-Rath).
Lithuanian: Kerbelytė1999f. II; Danish: Kristensen 1892f. I, No. 369; Irish: Ó Súilleabháin/Christiansen 1963; Spanish: Chevalier 1983, Espinosa 1988, Nos. 302–306, Camarena Laucirica 1991, No. 187, González Sanz 1996; Catalan: Oriol/Pujol 2003; Portuguese: Oliveira 1900f. I, No. 106, Cardigos(forthcoming); Frisian: Kooi 1984a; German: Peuckert 1932, No. 240, Moser-Rath 1964, No. 61, Moser-Rath 1984, 405, 456; Italian: Cirese/Serafini 1975; Maltese: Ilg 1906 II, No. 85; Hungarian: MNK VII A; Croatian: Bošković-Stulli 1975a, No. 19; Bulgarian: BFP; Polish: Krzyżanowski 1962f. II; Aramaic: Arnold 1994, No. 12; Jordanian, Iraqi: El-Shamy 2004; Indian: Thompson/Balys 1958, No. S411.4, Beck 1987, No. 46; Sri Lankan: Schleberger 1985, No. 36; Japanese: Ikeda 1971, Inada/Ozawa 1977ff.; Spanish-American: Robe 1973; Puerto Rican: Hansen 1957, No. *1374; Algerian: Nowak 1969, No. 378.

1373A* ***Wife Says Cat Ate the Meat.***
EM 4(1984)477.
Spanish: Espinosa 1946f., No. 46; Portuguese: Oliveira 1900f. I, No. 147, Cardigos (forthcoming); Italian: Cirese/Serafini 1975; Iranian: Marzolph 1984, No. *1373A*; Algerian: Nowak 1969, No. 378.

1373B* ***Daughter Offers Father Her Own Flesh*** (previously ***Girl Eats Chicken***).
EM 4(1984)477; Fabula 40(1999)140.

Spanish: Espinosa 1946f., No. 47, Camarena/Chevalier 1995ff. I, No. 243B; Indian: Thompson/Balys 1958, No. K492; Japanese: Inada/Ozawa 1977ff.; Mexican: Robe 1973; Puerto Rican: Hansen 1957, No. *1374B.

1374* ***Woman who Doesn't Know How to Bake Bread.***

Estonian: Aarne 1918, No. 1445*; Latvian: Arājs/Medne 1977, No. 1445*; Lithuanian: Kerbelytė 1999ff. IV(forthcoming); Danish: Kristensen 1892f. I, No. 7, Kristensen 1900, No. 254-256; Spanish: Camarena Laucirica 1991, No. 217; German: cf. Nimtz-Wendlandt 1961, No. 73; Czech: Klímová 1966, No. 57; Macedonian: Eschker 1986, No. 77, Čepenkov/Penušliski 1989 IV, No. 401; Rumanian: Stroescu 1969 I, No. 3754; Bulgarian: BFP, No. 1445*; Russian, Ukrainian: SUS, No. 1445*; Tadzhik: Rozenfel' d/Ryčkovoj 1990, No. 50; Iranian: Marzolph 1984.

1375 ***Who Can Rule His Wife?***

Köhler/Bolte 1898ff. III, No. 74; Bebel/Wesselski 1907 I 2, No. 16; Tubach 1969, Nos. 702, 742, 2023, 2408; Moser-Rath 1972; Moser 1972; Moser-Rath 1978; EM 3(1981) 751; Metken 1996; Dekker et al. 1997, 145-147; EM 10(2002)510-515(J. van der Kooi).

Finnish: Rausmaa 1982ff. VI, No. 38; Livonian: Kecskeméti/Paunonen 1974; Latvian: Arājs/Medne 1977, No. 1366A*; Lithuanian: Kerbelytė 1999ff. II, No. 1366A*; Swedish: EU, No. 547(7), Liungman 1961, No. 1375*; Danish: Grundtvig 1854ff. II, No. 121, Kristensen 1900, No. 12, Stroebe 1915 I, 161, Christensen/Bødker 1963ff., No. 2, Holbek 1990, No. 37; Irish: Ó Súilleabháin/Christiansen 1963, Nos. 1366A*, 1375; English: Briggs 1970f. A II, 110ff., 115; Spanish: cf. Espinosa 1946f., No. 188, Rey-Henningsen 1996, Nos. 1, 2, González Sanz 1996, No. 1366A*; Catalan: Oriol/Pujol 2003, No. 1366A*; Portuguese: Oliveira 1900f. I, No. 31, Cardigos(forthcoming); Dutch: Sinninghe 1934, 42, Sinninghe 1943, No. 905*; Frisian: Kooi 1984a, Nos. 1366A*, 1375A*, Kooi/Meerburg 1990, No. 46, Kooi/Schuster 1993, No. 44; Flemish: Meyer 1968; German: Merkens 1892ff. I, No. 194, Moser-Rath 1964, No. 194, Moser-Rath 1984, 117f.; Italian: Cirese/Serafini 1975; Rumanian: Stroescu 1969 I, Nos. 3531, 3673; Bulgarian: Daskalova et al. 1985, No. 179, BFP, Nos. 1366A*, *1366**, *1366B*, *1366B**; Greek: Hallgarten 1929, 30, Megas/Puchner 1998; Russian: SUS, No. 1366A*; Syrian, Palestinian, Iraqi: El-Shamy 2004, No. 1366A*; Burmese: Esche 1976, 70f.; Chinese: Ting 1978, No. 1375A*; US-American: Dorson 1964, 82f.

1376A* ***How a Husband Cures His Wife of Fairy Tales*** (previously ***Story-teller Interrupted by Woman***).
Latvian: Arājs/Medne 1977; Lithuanian: cf. Kerbelytė 1978, No. 128; Irish: Ó Súilleabháin/Christiansen 1963, O'Sullivan 1966, No. 16; Greek: Megas/Puchner 1998; Russian: SUS; Japanese: Inada/Ozawa 1977ff.

1377 ***The Husband Locked Out.*** (Puteus.)
Chauvin 1892ff. II, 205 No. 65, VI, 82ff. No. 251, VIII, 184f. No. 224, IX, 23 No. 12; Köhler/Bolte 1898ff. II, 581; Montanus/Bolte 1899, No. 79; Wesselski 1909, No. 67; Wesselski 1911 II, No. 350; Basset 1924ff. II, 127 No. 57; Pauli/Bolte 1924 I, No. 678; Rotunda 1935; Tubach 1969, No. 5246; Spies 1973b, 183f.; Fehling 1986; Schwarzbaum 1989a, 283–285; Lundt 1997, 285–312; EM 11,1(2003)73–77(B. Lundt).
Swedish: Liungman 1961; French: Soupault 1963, No. 25; Spanish: Goldberg 1998, No. K1511; Catalan: Neugaard 1993, No. K1511; Portuguese: Cardigos(forthcoming); Dutch: Vogelschor 1941, No. 4, Sinninghe 1943, Meder/Bakker 2001, No. 331; Frisian: Kooi 1984a, Kooi/Meerburg 1990, No. 90; German: Dittmaier 1950, Nos. 159, 477, Moser-Rath 1964, No. 79, Benzel 1965, No. 171, cf. Neumann 1968b, No. 262, Moser-Rath 1984, 119, Kooi/Schuster 1994, No. 117; Swiss: Lachmereis 1944, 143f.; Italian: Cirese/Serafini 1975; Maltese: Mifsud-Chircop 1978; Hungarian: MNK VII A; Czech: Dvořák 1978, No. 5246; Slovakian: Gašparíková 1981a, 24; Rumanian: Bîrlea 1966 III, 146ff., 491, Stroescu 1969 I, Nos. 3484, 3502, 3511; Bulgarian: BFP; Greek: Megas/Puchner 1998; Polish: Krzyżanowski 1962f. II; Russian, Ukrainian: SUS; Gypsy: MNK X 1; Syrian, Palestinian, Yemenite: El-Shamy 2004; Indian: Thompson/Roberts 1960; Spanish-American: TFSP 32(1964)53; Egyptian, Moroccan: El-Shamy 2004; Somalian: Klipple 1992.

1378 ***The Marked Coat in the Wife's Room.***
Chauvin 1892ff., VI, 173 No. 331A, VIII, 57f. No. 23.
Portuguese: Melo 1991, 45f., Cardigos(forthcoming); Spanish: Goldberg 1998, No. K1543; Italian: cf. Arx 1909, No. 39; Hungarian: György 1934, No. 95; Syrian, Iraqi: El-Shamy 2004, Nos. 1353A§, 1378; Palestinian, Saudi Arabian, Kuwaiti: El-Shamy 2004, No. 1353A§; Indian: Jason 1989; Chinese: cf. Ting 1978, No. 1378A; Egyptian, Algerian: El-Shamy 2004, No. 1353A§, 1378; Moroccan: El-Shamy 2004, No. 1353A§; Niger: cf. Petites Sœurs de Jésus 1974, No. 17; Sudanese: El-Shamy 2004, No. 1353A§.

1378A* ***The Husband in the Tavern.***
Latvian: Arājs/Medne 1977; Bulgarian: BFP; Polish: Simonides 1979, No. 25; Rus-

sian: SUS.

1378B* ***Wife's Temporary Success.***
Finnish: Rausmaa 1982ff. VI, 464; Bulgarian: BFP; Russian, Byelorussian, Ukrainian: SUS.

1379 ***Wife Deceives Husband with Substituted Bedmate.***
Kirchhof/Oesterley 1869 I 1, No. 331; Legman 1968f. I, 706; El-Shamy 1999, No. 28.
Finnish: Rausmaa 1982ff. VI, No. 41; Icelandic: Boberg 1966, No. K1843; English: Roth 1977, Nos. E56, E57, cf. No. E55; Frisian: Kooi 1984a, No. 1441*; German: Merkens 1892ff. I, 138, cf. Roth 1977, No. D53, Moser-Rath 1984, 128; Hungarian: György 1934, No. 246; Greek: Megas/Puchner 1998; Jewish: Neuman 1954, No. K1843; Palestinian, Persian Gulf, Qatar, Yemenite: El-Shamy 2004; Iranian: cf. Marzolph 1994a, 137ff.; Indian: Thompson/Balys 1958, No. K1843; Mayan: Peñalosa 1992; Egyptian, Sudanese: El-Shamy 2004.

1379* ***False Members.***
Legman 1968f. I, 376f., II, 650; Uther 1981, 88; EM 9(1999)1132.
English: Wehse 1979, Nos. 197, 239, 499, 500; Frisian: Kooi 1984a; Austrian: cf. Kunz 1995, 144; Swiss: Lachmereis 1944, 136; English-Canadian: Fauset 1931, No. 169; US-American: Randolph 1976, 60f., Panake/Panake 1990, 143; French-American: Ancelet 1994, No. 45; African American: Dance 1978, Nos. 232A, 232B, Burrison 1989, 183; Cuban: Hansen 1957, No. **1379; Tunisian, Moroccan: El-Shamy 2004, No. 1379A*§.

1379** ***The Sailor and the Oar.***
Georges 1966, No. 2; Dorson 1976, 127–144; Hansen 1976; Moser 1979, 120–123; Hansen 1990; Hansen 2002, 371–378.
Spanish: Ranke 1972, No. 12; Catalan: Roure-Torent 1948, 47f.; Greek: Hamilton 1910, Nos.1, 18, Rōmaios 1973, No. 18; US-American: Dorson 1964, 38f., Randolph 1976, 138f.

1379*** ***One-eyed Man Marries.***
Kirchhof/Oesterley 1869 I 1, 340; Frey/Bolte 1896, Nos. 50, 131; Bebel/Wesselski 1907 I 2, No. 6; Hoven 1978, 121f.; Verfasserlexikon 1(1978)837f.(H. Heger); EM 3 (1981)1193–1197(H.-J. Uther).
Norwegian: Hodne 1984, 253; Dutch: Koopmans/Verhuyck 1991, 277f.; German:

Lundorf(1610) No. 71, Hanßwurst(1718) 322(EM archive), Uther 1981, 81, Moser-Rath 1984, 98; Italian: Rotunda 1942, No. J1545.10*; Ukrainian: Hnatjuk 1909f. I, No. 119.

The Foolish Wife and her Husband 1380–1404

1380 ***The Faithless Wife.***
Schumann/Bolte 1893, No. 42; Taylor 1917; BP III, 124–126; cf. HDM 1(1930–33) 239(A. Wrede); Röhrich 1962f. II, 323–352, 488–497; Reinartz 1970; cf. EM 2(1979) 226–230(J. T. Bratcher), 471–474(M. Reinartz); Schwarzbaum 1980, 310–316; Uther 1981, 91f.; cf. El-Shamy 1999, No. 50; Marzolph/Van Leeuwen 2004, Nos. 402, 511.
Finnish: Rausmaa 1982ff. VI, Nos. 42–46; Finnish-Swedish: Hackman 1917f. II, No. 274; Estonian: Aarne 1918; Latvian: Arājs/Medne 1977; Lithuanian: Kerbelytė 1999ff. II; Wepsian, Lydian, Karelian, Syrjanian: Kecskeméti/Paunonen 1974; Danish: Kristensen 1899, Nos. 335–337; Swedish: Liungman 1961; Norwegian: Hodne 1984, No. 1380, p. 253; Icelandic: Sveinsson 1929; Irish: Ó Súilleabháin/Christiansen 1963, Nos. 1380, 1380–1404; English: Briggs 1970f. A II, 78f., Roth 1977, No. E36; Spanish: Espinosa 1946f., Nos. 33, 34, Camarena Laucirica 1991, No. 184; Catalan: Oriol/Pujol 2003; Portuguese: Braga 1987 I, 264, Cardigos(forthcoming); Dutch: Sinninghe 1943, Kooi 2003, No. 77; Frisian: Kooi 1984a; Flemish: Meyer 1968; German: Henßen 1935, No. 141, Wossidlo/Neumann 1963, No. 503, Moser-Rath 1964, No. 156, Roth 1977, No. D33, Hubrich-Messow(forthcoming); Swiss: Büchli/Brunold-Bigler 1989ff. II, 585f., 741, EM 7(1993) 868; Austrian: Haiding 1969, No. 154; Italian: Cirese/Serafini 1975, Appari 1992, No. 52, De Simone 1994, No. 88; Maltese: Mifsud-Chircop 1978; Hungarian: MNK VII A; Czech: Tille 1929ff. II 2, 394; Serbian: Čajkanovič 1927, No. 108, Đjorđjevič/Milošević-Đjorđjevič 1988, No. 235; Rumanian: Stroescu 1969 I, No. 3467, cf. No. 3002; Bulgarian: BFP; Greek: Hallgarten 1929, 206f., Megas/Puchner 1998; Polish: Krzyżanowski 1962f. II; Russian: Hoffmann 1973, No. 1380A, SUS; Byelorussian, Ukrainian: SUS; Turkish: Eberhard/Boratav 1953, No. 263; Jewish: Noy 1963a, No. 123, Jason 1965, 1988a; Gypsy: MNK X 1; Tatar: Kecskeméti/Paunonen 1974; Siberian: Soboleva 1984; Tadzhikian: Grjunberg/Steblin-Kamenskov 1976, No. 58; Georgian: Kurdovanidze 2000; Iraqi: El-Shamy 2004; Saudi Arabian: Fadel 1979, No. 31; Iranian: Marzolph 1984; Pakistani: Thompson/Roberts 1960; Indian: Tauscher 1959, No. 19, Thompson/Roberts 1960; Sri Lankan: Schleberger 1985, No. 30; Cambodian: Sacher 1979, 222ff., cf. Gaudes 1987, No. 61; Indonesian: Vries 1925f. II, 410 No. 272; US-American: Baughman

1966; Spanish-American: TFSP 10(1932)165f., 23(1950)207ff., 6(1927)223ff.; African American: Dorson 1956, No. 35; Mexican: Robe 1973; West Indies: Flowers 1953; Egyptian, Algerian: El-Shamy 2004; Ethiopian: Müller 1992, No. 99.

1380A* ***The Petitioner Fooled*** (previously ***Wife to Spin***).
Schumann/Bolte 1893, No. 50; Basset 1924ff. I, 259 No. 11; Pauli/Bolte 1924 I, No. 135; HDM 1(1930–33)239(A. Wrede); Röhrich 1962f. II, 323–352, 488–497; EM 2(1970)226–230(J. T. Bratcher).
Finnish: Rausmaa 1982ff. VI, Nos. 47, 266; Estonian: Raudsep 1969, No. 332; Latvian: Šmits 1962ff. XI, 384, Arājs/Medne 1977, Nos. 1380A*, 1575**; Danish: Kristensen 1896f. I, No. 23, Kristensen 1900, No. 307; Irish: Ó Súilleabháin/Christiansen 1963, Nos. 1380*, 1575**; English: Briggs 1970f. A II, 140; Spanish: Llano Roza de Ampudia 1925, Nos. 98, 99; Dutch: Sinninghe 1943, No. 1388, cf. No. 1575; Frisian: Kooi 1984a, No. 1575**, Kooi/Schuster 1993, No. 134; Flemish: Meyer 1968, No. 1388; German: Meyer 1925a, Nos. 108, 193, Zender 1935, No. 95, Dietz 1951, No. 198, Henßen 1961, No. 50, Wossidlo/Neumann 1963, Nos. 34, 68, 437, 438, 442, 444, cf. Roth 1977, No. D19, Kooi/Schuster 1994, No. 151, Hubrich-Messow, No. 1388(forthcoming); Sardinian: Cirese/Serafini 1975, Nos. 1380*, 1761*; Bosnian: cf. Klarić 1917, 291ff.; Greek: Megas/Puchner 1998; Byelorussian, Ukrainian: SUS, Nos. 1380**, 1761*; Saudi Arabian, Kuwaiti, Qatar: El-Shamy 2004, Nos. 1380B§, 1761*; Indian: Thompson/Balys 1958, No. K1971.5, K1971.12, Tauscher 1959, No. 54; Japanese: Ikeda 1971, No. K1971.3.1; Chinese: Ting 1978, Nos. 1388, 1761*; US-American: Randolph 1955, 92ff., 197f.; Spanish-American: TFSP 10(1932)26–29, 13(1937)97f., 21(1946)97f.; Mexican: Robe 1973, No. 1761*; Algerian: El-Shamy 2004, No. 1380B§; Moroccan: Nowak 1969, No. 409, El-Shamy 2004, Nos. 1380*, 1380B§; Sudanese: El-Shamy 2004, No. 1380B§.

1381 ***The Talkative Wife and the Discovered Treasure.***
Chauvin 1892ff. VI, No. 280, VII, 155ff. No. 437; Köhler 1896, 73f.; Köhler/Bolte 1898ff. I, 338–341; Wesselski 1911 II, No. 407; BP I, 527f.; Basset 1924ff. I, No. 63; Bédier 1925, 96, 466; Legman 1968f. II, 725f.; EM 5(1987)148–159(I. Köhler); Dekker et al. 1997, 390–393; Schmidt 1999; Marzolph/Van Leeuwen 2004, No. 371.
Finnish: Rausmaa 1982ff. VI, Nos. 48–51; Finnish-Swedish: Hackman 1917f. II, Nos. 261, 263; Estonian: Aarne 1918; Livonian: Loorits 1926; Latvian: Arājs/Medne 1977; Lithuanian: Kerbelytė 1999ff. II; Lappish: Kecskeméti/Paunonen 1974, Bartens 2003, No. 64; Karelian: Kecskeméti/Paunonen 1974; Syrjanian: Rédei 1978, No. 232; Swedish: Liungman 1961; Norwegian: Hodne 1984; Danish: Grundtvig

1876ff. I, No. 20, Kristensen 1881ff. II, No. 45; Icelandic: Sveinsson 1929; French: Sébillot 1881, No. 111, Soupault 1963, 257ff.; Spanish: Espinosa 1946f., Nos. 182, 183, Espinosa 1988, No. 308, Rey-Henningsen 1996, No. 56; Portuguese: Melo 1991, 47f., Cardigos (forthcoming); Dutch: Sinninghe 1943, Kooi 2003, No. 79; Frisian: Kooi 1984a, Kooi/Schuster 1993, No. 41a, b; Flemish: Meyer 1968; German: Peuckert 1932, No. 237, Wossidlo/Neumann 1963, Nos. 472, 473, Neumann 1968b, No. 270, Hubrich-Messow (forthcoming); Italian: Cirese/Serafini 1975; Hungarian: MNK VII A; Czech: Tille 1929ff. I, 411ff.; Slovakian: Gašparíková 1991f. I, Nos. 7, 131, 238, 279, 328, II, 534; Serbian: Đjorđjevič/Milošević-Đjorđjevič 1988, No. 239; Rumanian: Stroescu 1969 I, No. 3697, cf. No. 3753; Bulgarian: BFP; Albanian: Jarník 1890ff., 218ff., Mazon 1936, No. 67; Greek: Mousaios-Bougioukos 1976, No. 40, Megas/Puchner 1998; Polish: Krzyżanowski 1962f. II; Russian, Byelorussian, Ukrainian: SUS; Turkish: Eberhard/Boratav 1953, No. 333 III 5; Gypsy: MNK X 1; Chuvash: Mészáros 1912, No. 27, Paasonen et al. 1949, No. 25, Kecskeméti/Paunonen 1974; Cheremis/Mari, Mordvinian: Kecskeméti/Paunonen 1974; Siberian: Soboleva 1984; Yakutian: Ėrgis 1967, Nos. 312, 318; Syrian, Palestinian: El-Shamy 2004; Saudi Arabian: Jahn 1970, No. 49; Iranian: Marzolph 1984; Pakistani: Thompson/Roberts 1960; Indian: Thompson/Balys 1958, No. J1151.1.1, Thompson/Roberts 1960; Spanish-American, Mexican, Panamanian: cf. Robe 1973, No. 1381B; Egyptian, Moroccan: El-Shamy 2004; South African: Coetzee et al. 1967, Grobbelaar 1981.

1381A ***Husband Discredited by Absurd Truth.***

Chauvin 1892ff. V, 185f. No. 108, VI, 177 No. 337, VIII, 69 No. 34; Bédier 1925, 196f., 466; Raas 1983; EM 5 (1987) 148–159 (I. Köhler); Dekker et al. 1997, 390–393.

Latvian: Arājs/Medne 1977; Lithuanian: Kerbelytė 1978, No. 123; Catalan: Oriol/Pujol 2003; Portuguese: Vasconcellos/Soromenho et al. 1963f. II, No. 383, Cardigos (forthcoming); Sardinian: Cirese/Serafini 1975; Hungarian: MNK VII A; Serbian: Đjorđjevič/Milošević-Đjorđjevič 1988, No. 214; Croatian: Stojanović 1867, No. 40; Rumanian: Stroescu 1969 I, No. 3487; Bulgarian: BFP; Albanian: Mazon 1936, No. 58, Camaj/Schier-Oberdorffer 1974, No. 71; Greek: Megas/Puchner 1998; Turkish: Eberhard/Boratav 1953, No. 372; Russian: SUS; Jewish: Jason 1965, 1988a; Abkhaz: Šakryl 1975, No. 57; Kurdish: Wentzel 1978, No. 27, Džalila 1989, No. 209; Chuvash: Kecskeméti/Paunonen 1974; Syrian: cf. Oestrup 1897, 108ff., No. 9, El-Shamy 2004; Palestinian, Iraqi, Qatar, Yemenite: El-Shamy 2004; Indian: Thompson/Roberts 1960, Jason 1989; Burmese: Kasevič/Osipov 1976, No. 115; Egyptian, Tunisian: Egyptian: El-Shamy 2004; Moroccan: Topper 1986, No. 32.1; Sudanese: El-Shamy 2004.

1381B ***The Sausage Rain.***

Chauvin 1892ff. VI, 125f. No. 280, VIII, 35, 69; Schumann/Bolte 1893, No. 9; Wesselski 1911 II, Nos. 347, 383, 407; BP I, 527 f.; Legman 1968f. II, 725f.; Schwarzbaum 1980, 273; Raas 1983; EM 5(1987)148–159(I. Köhler); Dekker et al. 1997, 390–393.

Latvian: Arājs/Medne 1977; Scottish: Briggs 1970f. A II, 265ff., Bruford/MacDonald 1994, No. 33; Spanish: Espinosa 1946f., No. 183, González Sanz 1996; Catalan: Oriol/Pujol 2003; Portuguese: Oliveira 1900f. I, No. 130, Cardigos(forthcoming); French: Blümml 1906, No. 8; German: Neumann 1999, No. 33; Italian: Cirese/Serafini 1975, De Simone 1994, No. 23; Maltese: Mifsud-Chircop 1978; Hungarian: MNK VII A; Slovakian: Gašparíková 1991f. II, No. 534; Rumanian: Stroescu 1969 I, No. 3696, cf. No. 3012; Byelorussian: Šejn 1893, Nos. 87–90; Turkish: Eberhard/Boratav 1953, No. 333, Boratav 1955, No. 19; Jewish: Jason 1965, No. 1381B, cf. No. 1381*F; Syrian, Palestinian: El-Shamy 2004; Jordanian: Jahn 1970, No. 49; Iraqi, Qatar, Yemenite: El-Shamy 2004; Iranian: Rozenfel'd 1956, 94ff., cf. 104ff.; Indian: Thompson/Roberts 1960, Jason 1989; Chinese: Ting 1978; Spanish-American, Mexican, Panamanian: Robe 1973; Egyptian, Algerian: El-Shamy 2004; Tunisian: Nowak 1969, No. 430, El-Shamy 2004; Moroccan: Socin/Stumme 1894f., No. 6, El-Shamy 2004; South African: Coetzee et al. 1967, Grobbelaar 1981.

1381C ***The Buried Sheep's Head.***

Vries 1928, 220ff., 224 not. 1; EM 5(1987)148–159(I. Köhler), 1145; Dekker et al. 1997, 390–393.

Finnish: Rausmaa 1982ff. VI, No. 49; Estonian: Kreutzwald 1869f. II, No. 15; Latvian: Arājs/Medne 1977; Lithuanian: Kerbelytė 1999ff. II; French: Sébillot 1881, No. 49, Meyrac 1890, 419f., Tegethoff 1923 II, No. 30c; Spanish: cf. Espinosa 1946f., No. 68; Portuguese: Parafita 2001f. I, 96, Cardigos(forthcoming); Dutch: Kooi 1979a, 87ff.; Frisian: Kooi 1984a; Flemish: Meyer 1968; German: Zender 1935, No. 63, Dietz 1951, No. 44, Wossidlo/Neumann 1963, No. 474; Swiss: Jegerlehner 1907, 39ff., Jegerlehner 1913, Nos. 74, 142; Italian: Cirese/Serafini 1975; Maltese: Mifsud-Chircop 1978, Nos. 1381C, 1381C1; Hungarian: MNK VII A; Serbian: Đjorđjevič/Milošević-Đjorđjevič 1988, No. 183; Bosnian: Krauss 1914, No. 110; Rumanian: Stroescu 1969 I, No. 3752; Bulgarian: BFP; Greek: Megas/Puchner 1998; Jewish: Gaster 1924, No. 56, Jason 1965, 1975; Kazakh: Sidel'nikov 1952, 133ff.; Syrian, Iraqi, Persian Gulf, Saudi Arabian, Qatar, Yemenite: El-Shamy 2004; Indian: Thompson/Roberts 1960; Cambodian: Gaudes 1987, No. 43; Cape Verdian: Parsons 1923b I, No. 68; Egyptian, Libyan, Algerian: El-Shamy 2004; Tunisian: Nowak 1969, No. 430, El-Shamy 2004; Moroccan: Laoust 1949, No. 66, Topper 1986, No. 23, El-Shamy 2004; Sudanese: El-Shamy 2004;

Central African: Lambrecht 1967, No. 4242.

1381D ***The Wife Multiplies the Secret.***

Chauvin 1892ff. VIII, 168 No. 184; Montanus/Bolte 1899, 267f., 592f.; Wesselski 1911 II, No. 542; Pauli/Bolte 1924 I, No. 395; Tubach 1969, No. 1359; EM 5(1987)148–159(I. Köhler), 1145; Dekker et al. 1997, 390–393.

Finnish: Rausmaa 1982ff. VI, No. 52; Latvian: Arājs/Medne 1977; Lithuanian: Kerbelytė 1999ff. II; Danish: Kristensen 1900, No. 14; Irish: Ó Súilleabháin/Christiansen 1963; English: Zall 1970, 115ff.; Spanish: Espinosa 1946f., Nos. 68, 69, Chevalier 1983, No. 136; Catalan: Oriol/Pujol 2003; Portuguese: Oliveira 1900f. I, No. 200, Cardigos(forthcoming); Frisian: Kooi 1984a; German: cf. Jahn 1891, No. 26, Moser-Rath 1964, 469; Swiss: EM 7(1993)869; Italian: Cirese/Serafini 1975; Hungarian: MNK VII A; Serbian: Đorđevič/Milošević-Đorđevič 1988, Nos. 237, 238, Krauss/Burr et al. 2002, No. 260; Rumanian: Stroescu 1969 I, Nos. 3039, 3751; Bulgarian: BFP; Greek: Loukatos 1957, 286, Megas/Puchner 1998; Polish: Krzyżanowski 1962f. II; Russian: Hoffmann 1973, SUS; Byelorussian, Ukrainian: SUS; Turkish: Eberhard/Boratav 1953, No. 133 V; Jewish: Gaster 1924, No. 56, Jason 1988a, Haboucha 1992; Gypsy: MNK X 1; Siberian: Soboleva 1984; Georgian: Kurdovanidze 2000; Saudi Arabian, Qatar: El-Shamy 2004; Iranian: Marzolph 1984, Marzolph 1994, 217ff.; Indian: Thompson/Roberts 1960; Cambodian: Sacher 1979, 111ff., Gaudes 1987, No. 71; Moroccan: El-Shamy 2004; Malagasy: Klipple 1992, 373.

1381E ***Old Man Sent to School.***

EM 9(1999)188–191(K. Pöge-Alder).

Finnish: Rausmaa 1982ff. VI, No. 53; Latvian: Arājs/Medne 1977; Danish: Kristensen 1881ff. II, No. 45; Irish: Ó Súilleabháin/Christiansen 1963; English: Briggs 1970f. A II, 140f., 210f., 238; French: Soupault 1963, 257ff.; Catalan: Oriol/Pujol 2003; German: Pröhle 1853, No. 60, Peuckert 1932, No. 272, Henßen 1935, No. 256, Wossidlo/Henßen 1957, No. 116, Brunner/Wachinger 1986ff. VII, No. [2]HaG/263, Hubrich-Messow(forthcoming); Hungarian: MNK VII A; Slovakian: cf. Gašparíková 1991f. I, Nos. 7, 131, 279, 328, II, 534; Serbian: Vrčević 1868f. II, 23f.; Croatian: Bošković-Stulli 1967f., No. 29; Rumanian: Stroescu 1969 II, No. 4778; Polish: Krzyżanowski 1962f. II, No. 1644; Russian, Byelorussian, Ukrainian: SUS, No. 1644; Gypsy: MNK X 1; English-Canadian: Saucier 1962, No. 24b; Spanish-American: Robe 1973; Brazilian: Romero/Cascudo, 428ff.

1381D* ***Secret Senate.***

Chauvin 1892ff. VIII, 197; Pauli/Bolte 1924 I, No. 392; Tubach 1969, No. 5269.

Spanish: Goldberg 1998, No. J1546; German: Moser-Rath 1984, 103f., Moser-Rath 1994b, 303(J1546); Hungarian: György 1934, No. 168; Czech: Dvořák 1978, No. 5269.

1381F* ***Riding on the Sow.***

Montanus/Bolte 1899, 593f.

Frisian: Kooi 1984a; Hungarian: Kovács 1988, 233.

1382 ***The Farmwife at the Market.***

Aarne 1915, 63; BP I, 335–342, II, 440–451; Nyman 1982; EM 8(1996)569–571(A. Schöne).

Finnish: Rausmaa 1982ff. VI, Nos. 54–57; Finnish-Swedish: Hackman 1917f. II, Nos. 262, 263, 302(5,13); Estonian: Aarne 1918; Lappish, Karelian: Kecskeméti/Paunonen 1974; Faeroese: Nyman 1984; Icelandic: Rittershaus 1902, No. 98; Swedish: Liungman 1961, No. 1382–1385, Schier 1974, No. 67; Norwegian: Christiansen 1964, No. 77; Danish: Kristensen 1881ff. IV, No. 34, Christensen 1941, 17ff., Bødker/Hüllen 1966, 99ff., Kvideland/Sehmsdorf 1999, No. 56; English: Briggs 1970f. A II, 244; Spanish: cf. Espinosa 1988, No. 363; Corsican: Massignon 1963, No. 40; Czech: Jech 1961, No. 51; Slovakian: Gašparíková 1991f. II, Nos. 465, 578; Polish: Simonides 1979, No. 37.

1383 ***The Woman Does Not Know Herself.***

Wesselski 1911 I, No. 298; BP I, 335–342, 520–528; HDM 2(1934–40)229f.(R. Hünnerkopf); Scherf 1995 II, 1402f.; EM: Teeren und federn(in prep.)

Finnish: Rausmaa 1982ff. II, Nos. 55, 58; Finnish-Swedish: Hackman 1917f. II, No. 263; Estonian: Aarne 1918, No. 1409*; Latvian: Arājs/Medne 1977; Lithuanian: Kerbelytė 1999ff. II; Lappish, Wotian: Kecskeméti/Paunonen 1974; Swedish: Liungman 1961, No. 1382–1385; Norwegian: Hodne 1984; Danish: Kristensen 1881ff. IV, No. 34, Kristensen 1884ff. III, No. 24, Christensen 1941, No. 2, Bødker/Hüllen 1966, 99ff., Kvideland/Sehmsdorf 1999, No. 56; Faeroese: Nyman 1984; Irish: Ó Súilleabháin/Christiansen 1963, O'Sullivan 1966, No. 52; English: Briggs 1970f. A II, 539f., Baughman 1966; French: Luzel 1887 III, No. 1; Dutch: Meder/Bakker 2001, No. 502, Kooi 2003, No. 84; Flemish: Meyer 1968; German: Merkens 1892ff. I, Nos. 245, 272, Haltrich 1956, No. 67, Wossidlo/Neumann 1963, No. 506, Grimm KHM/Uther 1996 I, Nos. 34, 59, Hubrich-Messow(forthcoming); Italian: Cirese/Serafini 1975; Hungarian: MNK VII A; Czech: Tille 1929ff. I, 413f., Klímová 1966, No. 54; Slovakian: Gašparíková 1991f. I, Nos. 325, II, 578; Serbian: Đjorđjevič/Milošević-Đjorđjevič 1988, No. 199; Macedonian: Eschker 1986, No. 83; Bulgarian: BFP; Greek: Megas/Puchner 1998; Polish: Krzyżanowski 1962f. II, Simonides 1979, No. 37; Russian, Byelorussian, Ukrainian: SUS; Mordvinian: Kecskeméti/Paunonen 1974; Siberian: Soboleva 1984; Indian: Thompson/Balys 1958, No. J2012.3; Chinese: Ting 1978; US-American: Baughman 1966.

1384 ***The Husband Hunts Three Persons as Stupid as His Wife.***
BP I, 335-342, II, 440-451; Schwarzbaum 1968, 113, 463; Dekker et al. 1997, 99-101; EM 9(1999)1204-1210(J. van der Kooi).
Finnish: Rausmaa 1982ff. VI, No. 59, 94, 175; Finnish-Swedish: Hackman 1917f. II, No. 263; Estonian: Aarne 1918; Livonian: Loorits 1926; Latvian: Arājs/Medne 1977; Lithuanian: Kerbelytė 1999ff. II; Lappish, Wepsian, Karelian, Syrjanian: Kecskeméti/Paunonen 1974; Swedish: Liungman 1961; Norwegian: Hodne 1984; Danish: Kamp 1877, 137ff., Kristensen 1884ff. III, No. 24; Icelandic: Sveinsson 1929; Scottish: Baughman 1966; Irish: Ó Súilleabháin/Christiansen 1963; English: Baughman 1966, Briggs 1970f. A II, 144ff., 299f., 301ff.; French: Perbosc 1954, No. 43, Cadic 1955, No. 15; Catalan: Oriol/Pujol 2003; Portuguese: Oliveira 1900f. II, No. 321, Cardigos (forthcoming), Nos. 1244*A, 1335*B, 1384; Dutch: Sinninghe 1943, Kooi 2003, Nos. 84, 85; Frisian: Kooi 1984a, Kooi/Schuster 1994, No. 141; Flemish: Meyer 1968, No. 1371*; Walloon: Legros 1962; German: Peuckert 1932, Nos. 255, 257, Benzel 1957, No. 225, Oberfeld 1962, Nos. 58, 59, 62, Kooi/Schuster 1994, No. 74(o), Grimm KHM/Uther 1996 II, No. 104, Hubrich-Messow(forthcoming); Swiss: Wildhaber/Uffer 1971, 84f.; Austrian: Haiding 1969, No. 77; Italian: Schneller 1867, No. 56, Cirese/Serafini 1975, De Simone 1994, No. 48; Sardinian: Cirese/Serafini 1975; Maltese: Mifsud-Chircop 1978; Hungarian: Kovács 1943 II, Nos. 47, 69, Dégh 1955f. I, No. 39, MNK VII A; Czech: Tille 1929ff. I, 404ff., Klímová 1966, No. 55; Slovakian: Polívka 1923ff. IV, 6f., Gašparíková 1991f. I, Nos. 207, 263, 280, 301; Slovene: Eschker 1986, No. 8; Serbian: Đjorđjevič/Milošević-Đjorđjevič 1988, No. 204; Croatian: Bošković-Stulli 1967f., No. 30, cf. Bošković-Stulli 1975a, No. 23; Rumanian: Stroescu 1969 I, Nos. 3756, 3757; Bulgarian: BFP; Greek: Dawkins 1953, No. 66, Megas/Puchner 1998; Polish: Krzyżanowski 1962f. II, Simonides 1979, No. 37, Simonides/Simonides 1994, No. 80; Russian, Byelorussian, Ukrainian: SUS; Turkish: Eberhard/Boratav 1953, No. 331; Jewish: Jason 1965, 1975, 1988a; Gypsy: MNK X 1; Abkhaz: Šakryl 1975, No. 47; Cheremis/Mari, Chuvash, Tatar: Kecskeméti/Paunonen 1974; Siberian: Soboleva 1984; Yakutian: Ėrgis 1967, No. 333; Buryat, Mongolian: Lőrincz 1979;

Georgian: Kurdovanidze 2000; Syrian: El-Shamy 2004; Lebanese: Nowak 1969, No. 421, El-Shamy 2004; Aramaic: Arnold 1994, No. 15; Palestinian, Iraqi, Qatar: El-Shamy 2004; Persian Gulf: El-Shamy 2004, Nos. 1384, cf. 1384X§; Iranian: Marzolph 1984; Saudi Arabian: Jahn 1970, No. 50; Burmese: Kasevič/Osipov 1976, No. 187; Chinese: Ting 1978, No. 1384*; English-Canadian: Halpert/Widdowson 1996 II, No. 105; French-Canadian: Lemieux 1974ff. IV, No. 11, XII, No. 11, XIV, No. 5; US-American: Baughman 1966; African American: Dorson 1958, No. 56, Burrison 1989, 33, 101ff.; Puerto Rican: Hansen 1957; West Indies: Flowers 1953, Crowley 1966; Egyptian: Brunner-Traut 1989, No. 29, El-Shamy 2004; Libyan: Jahn 1970, No. 50, El-Shamy 2004; Tunisian, Algerian, Moroccan: El-Shamy 2004; East African: Arewa 1966, No. 3351, Klipple 1992; South African: Coetzee et al. 1967, Nos. 1384, 1450, Grobbelaar 1981; Malagasy: Klipple 1992.

1385 ***The Foolish Wife's Security*** (previously ***The Foolish Wife's Pawn***).
Aarne 1915; BP II, 440–451; EM 2(1979)640; EM 10(2002)840–842(A. Schöne).
Finnish: Rausmaa 1982ff. VI, No. 56, 202; Finnish-Swedish: Hackman 1917f. II, No. 263; Estonian: Aarne 1918; Latvian: Arājs/Medne 1977; Swedish: Liungman 1961, No. 1382–1385; Danish: Kristensen 1896f. I, No. 10, Kristensen 1897a, No. 2, Christensen 1941, No. 2; Irish: Ó Súilleabháin/Christiansen 1963; Dutch: Sinninghe 1943, Meder/Bakker 2001, No. 502; Frisian: Kooi 1984a, Kooi/Schuster 1994, No. 141; German: Wossidlo/Henßen 1957, No. 105, Wossidlo/Neumann 1963, No. 5, Grimm KHM/Uther 1996 II, No. 104, Hubrich-Messow (forthcoming); Italian: Todorović-Strähl/Lurati 1984, No. 56; Hungarian: MNK VII A; Serbian: Eschker 1992, No. 98; Croatian: cf. Dolenec 1972, No. 65, Eschker 1986, No. 26; Czech: Tille 1929ff. I, 411f., 414; Greek: Megas 1956f. II, No. 45, Megas/Puchner 1998; Polish: Krzyżanowski 1962f. II; Ukrainian: Čendej 1959, 7ff., Lintur 1972, No. 116, cf. SUS, No. 1385A**; Jewish: Jason 1965, 1975; Gypsy: Yates 1948, No. 44; Abkhaz: Bgažba 1959, No. 98; Kurdish: Džalila et al. 1989, No. 273; Syrian: El-Shamy 1995 I, No. J2086; Iranian: Christensen 1918, No. 27; French-Canadian: Lemieux 1974ff. IV, No. 21.

1385* ***Learning about Money.***
BP I, 520–528.
Danish: Kamp 1877, No. 361; German: Grimm KHM/Uther 1996 I, No. 59, cf. II, No. 104, Hubrich-Messow (forthcoming); Slovakian: Gašparíková 1991f. I, No. 79; Croatian: Bošković-Stulli 1967f., No. 31; Bosnian: Preindlsberger-Mrazović 1905, 95ff.; Rumanian: Stroescu 1969 I, No. 3697; Bulgarian: BFP; Greek: Megas/Puchner 1998; Polish: Simonides 1979, No. 46; Ukrainian: cf. SUS, Nos. 1385A*, 1385A**; Gypsy:

Briggs 1970f. A II, 314f.; French-Canadian: Lemieux 1974ff. II, No. 28.

1386 ***Meat as Food for Cabbage.***

Köhler/Bolte 1898ff. I, 81f., Nos. 20, 48; BP I, 520–528; EM 8(1996)12–16(R. B. Bottigheimer).

Finnish: Rausmaa 1982ff. IV, Nos. 6, 8, 10, VI, Nos. 51, 331; Finnish-Swedish: Hackman 1917f. II, No. 263; Estonian: Aarne 1918; Latvian: Arājs/Medne 1977; Lithuanian: Kerbelytė 1999ff. II; Livonian, Karelian: Kecskeméti/Paunonen 1974; Swedish: Liungman 1961; Norwegian: Hodne 1984; Danish: Kristensen 1884ff. III, Nos. 6, 24, Christensen/Bødker 1963ff., No. 46; Scottish: McKay 1940, No. 19; Irish: Ó Súilleabháin/Christiansen 1963; French: Sébillot 1880ff. I, No. 33; Catalan: Oriol/Pujol 2003; Portuguese: Parafita 2001f. II, No. 106, Cardigos(forthcoming); Dutch: Kooi 2003, No. 82; Flemish: Meyer 1968; German: Peuckert 1932, Nos. 238, 282, Henßen 1951, No. 61, Benzel 1962, Nos. 186, 187, Kooi/Schuster 1994, No. 74(o), Grimm KHM/Uther 1996 I, Nos. 34, 59, Hubrich-Messow(forthcoming); Austrian: Haiding 1965, No. 209; Italian: Cirese/Serafini 1975; Maltese: Ilg 1906 II, Nos. 90, 96, Mifsud-Chircop 1978; Hungarian: MNK VII A; Czech: Tille 1929ff. I, 414; Slovakian: Polívka 1923ff. V, No. 133Ca, Michel 1944, 119ff.; Slovene: Milčinski 1917, 108ff.; Serbian: Čajkanovič 1927, No. 104, Đjorđjevič/Milošević-Đjorđjevič 1988, Nos. 211, 212; Croatian: Bošković-Stulli 1975a, No. 24; Bosnian: Krauss 1914, No. 31; Rumanian: Stroescu 1969 I, No. 3755; Bulgarian: BFP; Albanian: Jarník 1890ff., 218ff.; Polish: Simonides 1979, No. 46; Byelorussian, Ukrainian: SUS; Gypsy: Briggs 1970f. A II, 314f., MNK X 1; Chinese: Ting 1978; Indonesian: Coster-Wijsman 1929, No. 92; English-Canadian: Halpert/Widdowson 1996 II, No. 106; French-Canadian: Thomas 1983, 202ff.; US-American: Baughman 1966; African American: Burrison 1989, 101ff.

1387 ***The Woman Goes to get Beer.***

Kirchhof/Oesterley 1869 I 1, No. 81; Frey/Bolte 1896, No. 1; BP I, 316, 520–528; EM 8(1996)12–16(R. B. Bottigheimer).

Finnish: Rausmaa 1982ff. IV, No. 6, VI, No. 60; Estonian: Aarne 1918; Latvian: Arājs/Medne 1977; Lithuanian: Kerbelytė 1999ff. II; Livonian: Kecskeméti/Paunonen 1974; Karelian: Konkka 1959, 171ff.; Swedish: Liungman 1961; Danish: Grundtvig 1854ff. II, No. 319; Irish: Ó Súilleabháin/Christiansen 1963; English: Stiefel 1898a, 166f., Briggs 1970f. A II, 116ff.; French: Meyrac 1890, 134ff., Cadic 1955, No. 20; Catalan: Oriol/Pujol 2003; Portuguese: Vasconcellos/Soromenho et al. 1963f. I, No. 104, II, No. 521, Cardigos(forthcoming); Frisian: Kooi 1984a; German: Henßen 1932, 34ff., Uther 1990a, No. 4, Grimm KHM/Uther 1996 I, Nos. 34, 59, Kooi/

Schuster 1994, No. 74(o), Hubrich-Messow(forthcoming)；Italian: Cirese/Serafini 1975, Appari 1992, No. 16, De Simone 1994, Nos. 29, 36；Sardinian: Cirese/Serafini 1975；Maltese: Ilg 1906 II, No. 89, Mifsud-Chircop 1978；Hungarian: MNK VII A, No. 1387, cf. No. 1387m；Czech: Tille 1929ff. I, 414, 427, Sirovátka 1980, No. 31；Slovakian: Gašparíková 1991f. I, Nos. 79, 327；Serbian: Đorđevič/Milošević-Đorđevič 1988, Nos. 211, 212；Rumanian: Stroescu 1969 I, Nos. 3698, 3744, 3755；Bulgarian: BFP, No. 1387, cf. No. *1387B；Albanian: Jarník 1890ff., 218ff.；Greek: Boulenger 1935, 41ff., Megas/Puchner 1998, Nos. 1387, 1387A；Polish: Simonides 1979, No. 46；Russian, Byelorussian: SUS；Jewish: Jason 1965, 1988a；Udmurt: Kralina 1961, No. 85；Chinese: cf. Ting 1978, No. 1387A*；Argentine: Hansen 1957, No. 1631**A.

1387* ***Woman Must Do Everything like Her Neighbors.***
Schwarzbaum 1968, 26；cf. El-Shamy 1999, No. 31.
German: Haltrich 1956, No. 65；Maltese: cf. Mifsud-Chircop 1978, No. *1387B；Serbian: cf. Vrčević 1868f. II, 11f.；Rumanian: Schullerus 1928, No. 1387 I*；Bulgarian: BFP；Greek: Megas/Puchner 1998；Polish: Krzyżanowski 1962f. II, No. 1223A.

1389* ***The Stingy Farmwife Gives Her Servant Some Little and Some Big Lumps of Sugar.***
EM 6(1990)884.
Latvian: cf. Arājs/Medne 1977, No. *1389**；Irish: Ó Súilleabháin/Christiansen 1963；Flemish: Meyer 1968；German: cf. Wossidlo/Neumann 1963, No. 111；Italian: Cirese/Serafini 1975；US-American: cf. Randolph 1965, 26ff.

1390* ***The Dish he Hates*** (previously ***The Dish Which the Husband Hates and Which the Wife Keeps Serving Him***).
Schwarzbaum 1968, 48.
Latvian: Arājs/Medne 1977；Flemish: Meyer 1968；German: Wossidlo/Neumann 1963, No. 111, Berger 2001；Italian: Cirese/Serafini 1975；Indian: Thompson/Balys 1958, No. T255.5；Egyptian: El-Shamy 2004.

1391 ***Every Hole to Tell the Truth.*** (Les bijoux indiscrets.)
Chauvin 1892ff. VIII, 88；Taylor 1916；Legman 1966, 466；Legman 1968f. I, 751, II, 874f.；Schirmer 1969, 250–270；Schröder 1971；EM 1(1977)489；EM 2(1979)316–318(H.-J. Uther)；Randolph/Legman 1979.
Rausmaa 1982ff. VI, No. 61；Lithuanian: Dowojna-Sylwestrowicz 1894, 272ff.；Swedish: Kryptádia 2(1884)171ff.；Norwegian: Hodne 1984；Danish: Holbek 1990, No.

38; Portuguese: Alves 1999, 46f., Cardigos (forthcoming); German: Pröhle 1853, No. 77, Jahn 1890, 19ff., Hoven 1978, 206ff.; Italian: Rotunda 1942, Nos. D1610.6.1, H451, Cirese/Serafini 1975; Hungarian: MNK VII A; Croatian: Bošković-Stulli 1975b, No. 34; Bulgarian: BFP; Polish: Krzyżanowski 1962f. II; Byelorussian, Ukrainian: SUS; Turkish: Eberhard/Boratav 1953, Nos. 122, 250 IV 1; Syrian: El-Shamy 2004; Saudi Arabian: El-Shamy 2004, No. 1539**; Indian: Thompson/Balys 1958, Nos. K1569.7, K1569.10; Polynesian: Kirtley 1971, No. D1610.6.1; Mayan: Laughlin 1977, 67f.

1393 ***The Single Blanket.***
Rausmaa 1982ff. VI, No. 62; German: Merkens 1892ff. I, No. 193g; Polish: Kapełuś/Krzyżanowski 1957, No. 75.

1394 ***Polygynist Man Loses His Beard.***
Kirchhof/Oesterley 1869 VII, No. 67; Chauvin 1892ff. II, 128 No. 134; Pedersen/Holbek 1961f. II, No. 152; Tubach 1969, No. 2401; Schwarzbaum 1979, xxxix not. 9; MacDonald 1982, No. J2112.1; Marzolph 1991 II, No. 847.
Catalan: Neugaard 1993, No. J2112.1; Rumanian: Stroescu 1969 I, No. 3429; Jewish: Neuman 1954, No. J2112.1; Syrian, Iraqi: El-Shamy 2004, No. 1397A§; Indian: Thompson/Balys 1958, No. J2112.1, MacDonald 1982, No. J2112.2*; Korean: Zŏng 1952, 88.

The Foolish Husband and his Wife 1405–1429

1405 ***The Lazy Spinning Woman.***
BP III, 44f.; HDM 2 (1934–40) 148; Röhrich 1962f. II, 496; cf. Tubach 1969, No. 2158; Bottigheimer 1987, 118f.; Tatar 1990, 172f.; EM: Spinnerin: Die faule S. (forthcoming).
Finnish: Rausmaa 1982ff. II, No. 121, VI, Nos. 58, 63–66; Finnish-Swedish: Hackman 1917f. II, No. 280; Estonian: Aarne 1918; Latvian: Arājs/Medne 1977; Lithuanian: Kerbelytė 1999ff. II; Swedish: Liungman 1961; Irish: Ó Súilleabháin/Christiansen 1963, Nos. 1405–1429; Portuguese: Soromenho/Soromenho 1984f. II, Nos. 401, 403, 429, 430, Cardigos (forthcoming), No. 1405, cf. 1405*A-1405*C; Frisian: Kooi 1984a; German: Wossidlo/Neumann 1963, Nos. 484, 494, Ranke 1966, No. 50, Grimm KHM/Uther 1996 II, No. 128, Berger 2001, No. 1405A, Hubrich-Messow (forthcoming); Hungarian: MNK VII A; Rumanian: Schullerus 1928, Bîrlea 1966 III, 209ff., 498f., Stroescu 1969 II, No. 5154; Czech: Dvořák 1978, No. 2158; Serbian: Đjorđjevič/

Milošević-Đjorđjevič 1988, No. 173; Croatian: Bošković-Stulli 1959, No. 50; Bosnian: Krauss 1914, No. 3; Slovakian: Gašparíková 1991f. I, No. 326; Slovene: Kres 4(1884) 87f.; Bulgarian: BFP; Albanian: Mazon 1936, No. 82; Sorbian: Schulenburg 1882, 39; Russian, Ukrainian: SUS; Azerbaijan: cf. Seidov 1977, 175ff.; Siberian: Soboleva 1984.

1405* ***Woman Will Never Work*** (previously ***Woman will keep All Days Holiday***).
Spanish: Camarena Laucirica 1991, No. 189; Portuguese: Pires/Lages 1992, No. 78, Cardigos(forthcoming); Rumanian: Stroescu 1969 II, No. 5153; Bulgarian: BFP; Greek: Megas/Puchner 1998; Russian: SUS.

1406 ***The Three Clever Wives Wager*** (previously ***The Merry Wives' Wager***).
Clouston 1888, 163, 166; Stiefel 1903; Bebel/Wesselski 1907 I 2, No. 4; Wesselski 1911 I, No. 298; Pauli/Bolte 1924 II, No. 866; Bédier 1925, 265–267, 458–468; Legman 1968f. II, 440f., 951; Tubach 1969, Nos. 1803, 4919; Frosch-Freiburg 1971, 177–192; Pino Saavedra 1974; Schwarzbaum 1979, 60, 331, 454; Schwarzbaum 1980, 281; Verfasserlexikon 2(1980)224f., 228f.(K.-H. Schirmer); Raas 1983; Marzolph/Van Leeuwen 2004, Nos. 127, 503; EM: Wette der Frauen, wer den Mann am besten narrt(in prep.).
Finnish: Rausmaa 1982ff. VI, No. 280, p. 472; Estonian: Aarne 1918, No. 1409*; Lithuanian: Kerbelytė 1999ff. II; Swedish: Liungman 1961; Norwegian: Hodne 1984; Danish: Kristensen 1881ff. II, No. 35, Christensen 1941, No. 6; Icelandic: Sveinsson 1929; Scottish: Campbell 1890ff. II, 388ff.; Irish: Ó Súilleabháin/Christiansen 1963; French: Montaiglon/Raynaud 1872ff. I, No. 15; Spanish: Llano Roza de Ampudia 1925, No. 104, Chevalier 1983, No. 137, Lorenzo Vélez 1997, Nos. 22–24; Catalan: Oriol/Pujol 2003; Portuguese: Öliveira 1900f. II, No. 327, Cardigos(forthcoming); Flemish: Meyer 1968; German: Moser-Rath 1984, 119, Grubmüller 1996, No. 31; Italian: Cirese/Serafini 1975; Hungarian: MNK VII A; Czech: Tille 1929ff. II 2, 134ff., 357ff., Dvořák 1978, No. 1803; Serbian: Đjorđjevič/Milošević-Đjorđjevič 1988, No. 223; Macedonian: cf. Čepenkov/Penušliski 1989 IV, Nos. 387, 484, 485; Rumanian: Stroescu 1969 I, No. 3480; Bulgarian: BFP, No. 1406, cf. No. *1406A*; Greek: Loukatos 1957, 278f., Megas/Puchner 1998; Polish: Simonides 1979, No. 38; Russian, Byelorussian, Ukrainian: SUS; Turkish: Eberhard/Boratav 1953, No. 271; Jewish: Jason 1965, 1975, 1988a; Gypsy: MNK X 1; Kurdish: Družinina 1959, 183ff.; Siberian: Soboleva 1984; Mongolian: Lőrincz 1979; Syrian: Nowak 1969, No. 358; Palestinian: Littmann 1957, 370ff., El-Shamy 2004; Iranian: Marzolph 1984; US-American:

Baughman 1966; Egyptian: Nowak 1969, No. 359, El-Shamy 2004; Algerian: El-Shamy 2004; Sudanese: Kronenberg/Kronenberg 1978, No. 47, El-Shamy 2004.

1406A* ***Women's Tricks are Better Than Men's.***
Schwarzbaum 1968, 452; Hatami 1977, No. 16.
Greek: Megas/Puchner 1998; Turkish: Eberhard/Boratav 1953, No. 228; Jewish: Jason 1965, 1975, 1988a; Syrian, Palestinian, Iraqi: Nowak 1969, No. 364; Iranian: Marzolph 1984, No. *1406A.

1407 ***The Miser.***
Chauvin 1892ff. V, 184f. No. 107; El-Shamy 1999, No. 19.
Finnish: Rausmaa 1982ff. VI, No. 67; Finnish-Swedish: Hackman 1917f. II, No. 281; Latvian: Arājs/Medne 1977; Danish: Grundtvig 1854ff. II, No. 321, Grundtvig 1876ff. II, No. 5; Swedish: Liungman 1961; Irish: Ó Súilleabháin/Christiansen 1963; German: Peuckert 1932, No. 240; Italian: Cirese/Serafini 1975; Turkish: Eberhard/Boratav 1953, No. 367 V; Syrian, Lebanese, Palestinian, Iraqi: El-Shamy 2004; Indian: Jason 1989; Puerto Rican: Hansen 1957; West Indies: Flowers 1953; Egyptian, Libyan, Tunisian, Algerian, Moroccan: El-Shamy 2004.

1407A ***"Everything!"***
Kirchhof/Oesterley 1869 I 2, No. 47; Bebel/Wesselski 1907 I 1, No. 81; cf. Pauli/Bolte 1924 I, No. 497.
Finnish: Rausmaa 1982ff. VI, No. 67; Estonian: Raudsep 1969, No. 270; Latvian: Arājs/Medne 1977; Swedish: Liungman 1961, No. 1409; Irish: Ó Cróinín/Ó Cróinín 1971, No. 39; French: RTP 2(1887)417ff.; Catalan: Oriol/Pujol 2003; Portuguese: Braga 1987 I, 240f., Cardigos(forthcoming); Dutch: Meder/Bakker 2001, No. 431; German: Wossidlo/Neumann 1963, No. 16; Italian: Cirese/Serafini 1975; Maltese: Ranke 1972, No. 103, Mifsud-Chircop 1978; Hungarian: György 1934, No. 228, MNK VII A; Rumanian: Stroescu 1969 II, No. 5034; Czech: Tille 1929f. II 2, 425f.; Polish: Krzyżanowski 1962f. II; Turkish: Eberhard/Boratav 1953, Nos. 367, 368 III 7, 370 (3-4); Ukrainian: Sonnenrose 1970, 126f.; Armenian: cf. Tchéraz 1912, No. 11.

1407B ***The Great Eater.***
Kirchhof/Oesterley 1869 II, No. 84; Pauli/Bolte 1924 I, No. 249; Schwarzbaum 1989a, 21; Marzolph 1992 I, 64f.
Afghan: Lebedev 1986, 177f.

1407A* ***Dream and Reality.***

Dutch: Meder/Bakker 2001, No. 76, cf. No. 322; Frisian: Kooi 1984a, Kooi/Schuster 1993, No. 46; German: cf. Merkens 1892ff. I, No. 134, cf. Neumann 1968b, No. 91; Jewish: Landmann 1997, 94f.; US-American: Baker 1986, No. 116; African American: Dance 1978, Nos. 24A, 24B.

1408 ***The Man Who Does His Wife's Work.***

Frey/Bolte 1896, No. 20; Wesselski 1911 II, No. 436; BP I, 321; Anderson 1927ff. III, No. 59; EM 6(1990)599-604(F. Wedler).

Finnish: Rausmaa 1982ff. VI, Nos. 68, 69; Finnish-Swedish: Hackman 1917f. II, Nos. 260, 263(4); Estonian: Aarne 1918; Livonian: Loorits 1926; Latvian: Arājs/Medne 1977, Nos. 1408, 1408A; Lithuanian: Kerbelytė 1999ff. II; Lappish, Wepsian, Wotian, Lydian, Karelian: Kecskeméti/Paunonen 1974; Swedish: Liungman 1961, Nos. 1388, 1408; Norwegian: Hodne 1984; Danish: Grundtvig 1854ff. II, No. 319, Kristensen 1892f. I, Nos. 10, 337- 339, II, No. 50, Kristensen 1900, Nos. 141, 142, Christensen 1939, No. 70; Icelandic: Sveinsson 1929; Irish: Ó Súilleabháin/Christiansen 1963; English: Briggs 1970f. A II, 209f., 269f., 270f.; French: Coulomb/Castell 1986, No. 36; Catalan: Oriol/Pujol 2003; Portuguese: Vasconcellos/Soromenho et al. 1963f. II, No. 659, Cardigos(forthcoming); Frisian: Kooi 1984a; Flemish: Meyer 1968; German: Henßen 1963a, No. 66, Moser-Rath 1984, 11, 119, 289, Uther 1990a, No. 4, Kooi/Schuster 1994, No. 74n, Hubrich-Messow(forthcoming); Swiss: Büchli/Brunold-Bigler 1989ff. III, 850; Austrian: Haiding 1969, No. 129; Ladinian: Decurtins 1896ff. II, 94 No. 73; Italian: Cirese/Serafini 1975; Hungarian: MNK VII A; Czech: Tille 1929ff. I, 427ff.; Slovakian: Gašparíková 1991f. I, Nos. 79, 327; Serbian: Đjorđjevič/Milošević-Đjorđjevič 1988, Nos. 240, 241; Croatian: Bošković-Stulli 1959, No. 51; Rumanian: Stroescu 1969 I, Nos. 3000, 3683; Bulgarian: BFP; Greek: Megas/Puchner 1998; Polish: Krzyżanowski 1962f. II, Simonides 1979, Nos. 39, 40, Simonides/Simonides 1994, No. 81; Russian: Hoffmann 1973, SUS; Byelorussian, Ukrainian: SUS; Cheremis/Mari, Chuvash, Votyak: Kecskeméti/Paunonen 1974; Siberian: Soboleva 1984; Kalmyk, Mongolian: Lőrincz 1979; Syrian: El-Shamy 2004; Aramaic: Arnold 1994, No. 20; US-American: Baughman 1966; South African: Grobbelaar 1981.

1408B ***Fault-Finding Husband Nonplussed.***

Wesselski 1931, 175f.

Swedish: Bondeson 1882, No. 87; Norwegian: Olsen 1912, 172f.; Danish: Berntsen 1873f. II, No. 10, Kristensen 1900, Nos. 17-21, cf. Nos. 175, 176, Holbek 1990, No. 39; English: Briggs 1970f. A II, 181f.; Spanish: Childers 1948, No. J1545.3, Chevalier 1983,

No. 138, González Sanz 1996; Catalan: Oriol/Pujol 2003; Portuguese: Oliveira 1900f. II, No. 396, Cardigos (forthcoming); German: Wisser 1922f. II, 98ff., Moser-Rath 1984, 119, 290f., Hubrich-Messow (forthcoming); Italian: Cirese/Serafini 1975; Polish: cf. Krzyżanowski 1962f. II, No. 1408B*, Simonides 1979, No. 42; Jewish: Haboucha 1992; Syrian: El-Shamy 2004; Iranian: cf. Marzolph 1984, No. *1408B, Marzolph 1994, No. 34; Chilean: cf. Hansen 1957, No. **1409; Egyptian: El-Shamy 1980, No. 56, El-Shamy 2004.

1408C ***The String of Chickens.***
cf. Wesselski 1911 II, No. 522; BP III, 337f.; Anderson 1927ff. II, No. 14; Wesselski 1929c; Wesselski 1931, 94; HDM 2 (1934–40) 655–658 (H. Honti); Schwarzbaum 1979, No. 7; EM 5 (1987) 683–686 (H.-J. Uther).
Finnish: Rausmaa 1982ff. IV, Nos. 161, 201; Estonian: Aarne 1918; German: Moser-Rath 1964, No. 80, Grimm KHM/Uther 1996 III, No. 185; Italian: Morlini/Wesselski 1908, 299f., Cirese/Serafini 1975; Hungarian: MNK VIII; Czech: Jech 1959, No. 102; Slovene: Gabršček 1910, 131ff.; Croatian: Bošković-Stulli 1967f., No. 38; Bosnian: Krauss 1914 I, No. 100; Bulgarian: BFP; Russian, Ukrainian: SUS.

1409 ***The Obedient Husband.***
Kirchhof/Oesterley 1869 I 1 No. 373; Wickram/Bolte 1903, No. 91; Wesselski 1911 II, No. 84; cf. Pauli/Bolte 1924 II, No. 728; EM 3 (1981) 1093–1094 (A. Willenbrock).
Latvian: Arājs/Medne 1977; Lithuanian: Kerbelytė 1999ff. II, No. 1409A; German: Roth 1977, No. D22; Serbian: Vrčević 1868f. I, No. 370; Jewish: Jason 1965; Indian: Thompson/Roberts 1960, Nos. 1409B, 1409C.

1409* ***The Woman Cooks the Dog for Dinner.***
Scottish: Briggs 1970f. A II, 356; Serbian: Đjorđjevič/Milošević-Đjorđjevič 1988, No. 195; Rumanian: Stroescu 1969 I, No. 3410; Bulgarian: BFP, No. 1409*, cf. No. *1409**; Greek: Megas/Puchner 1998.

1410 ***Four Men's Mistress.***
Kirchhof/Oesterley 1869 III, No. 245; Schumann/Bolte 1893, No. 10; Montanus/Bolte 1899, No. 56; Wesselski 1909, No. 93; Pauli/Bolte 1924 II, No. 793, cf. No. 794; Tubach 1969, No. 5271; EM 3 (1981) 1068–1077 (K. Roth); Verfasserlexikon 10 (1999) 1616f. (A. Slenczka).
English: Wehse 1979, No. 231; Spanish: Chevalier 1983, No. 139; Portuguese: Pires/Lages 1992, No. 28, Cardigos (forthcoming); Dutch: Koopmans/Verhuyck 1991, No.

52; German: cf. Roth 1977, No. D19, Moser-Rath 1984, 74, 289, 291; Italian: Cirese/Serafini 1975; Hungarian: György 1934, No. 36; Russian: SUS.

1415 ***Lucky Hans.***

Wesselski 1911 II, No. 501; BP II, 199–203; HDM 1(1930–33)187, 131; Schwarzbaum 1968, 177, 405, 483; Lüthi 1969a, 101–116; Bausinger 1983; Tatar 1990, 146f.; Dekker et al. 1997, 139–142; Uther 1990b; EM 6(1990)487–494(H.-J. Uther); EM 7(1993)1196.

Finnish: Rausmaa 1982ff. VI, No. 70; Finnish-Swedish: Hackman 1917f. II, No. 282; Estonian: Aarne 1918; Livonian: Loorits 1926; Latvian: Arājs/Medne 1977; Lithuanian: Kerbelytė 1999ff. II; Karelian, Syrjanian: Kecskeméti/Paunonen 1974; Swedish: Liungman 1961; Norwegian: Hodne 1984; Danish: Bødker et al. 1957, No. 32, Andersen/Perlet 1996 II, No. 52; Icelandic: Sveinsson 1929; Irish: Ó Súilleabháin/Christiansen 1963; English: Briggs 1970f. A I, 310ff., A II, 548; French: Cosquin 1886f. I, No. 13, Delarue 1956, No. 3(7); Spanish: Camarena Laucirica 1991, No. 190; Catalan: Oriol/Pujol 2003; Dutch: Sinninghe 1943; Frisian: Kooi 1984a; Flemish: Meyer 1968; Walloon: Legros 1962; German: Henßen 1935, No. 134, Uther 1990a, No. 36, Tomkowiak 1993, 269, Grimm KHM/Uther 1996 II, No. 83, Bechstein/Uther 1997 I, No. 22, Hubrich-Messow(forthcoming); Swiss: Jegerlehner 1909, No. 1; Austrian: cf. Haiding 1965, No. 218, Geramb/Haiding 1980, No. 25; Italian: Cirese/Serafini 1975; Corsican: Ortoli 1883, 246 No. 2; Maltese: Mifsud-Chircop 1978; Hungarian: MNK VII A; Czech: Klímová 1966, No. 56; Slovene: Mir 4(1885)166, 174, 182; Serbian: Čajkanovič 1927, No. 107, Eschker 1986, No. 67; Rumanian: Stroescu 1969 I, No. 3008A; Bulgarian: BFP; Greek: Megas/Puchner 1998; Polish: Krzyżanowski 1962f. II, Simonides 1979, No. 41; Russian, Byelorussian, Ukrainian: SUS; Turkish: Eberhard/Boratav 1953, Anlage C 9; Jewish: Jason 1989, Haboucha 1992; Gypsy: MNK X 1; Abkhaz: Šakryl 1975, No. 65; Cheremis/Mari, Mordvinian: Kecskeméti/Paunonen 1974; Kurdish: Džalila et al. 1989, No. 270; Siberian: Soboleva 1984; Yakutian: Ėrgis 1967, No. 336; Georgian: Kurdovanidze 2000; Pakistani, Indian: Thompson/Roberts 1960, No. 1415A; Burmese: Esche 1976, 179ff., 182ff.; Chinese: Ting 1978; Indonesian: Vries 1925f. II, No. 183, Coster-Wijsman 1929, No. 84; Japanese: Inada/Ozawa 1977ff.; US-American: Baughman 1966; Spanish-American, Mexican: Robe 1973; Dominican, Puerto Rican: Hansen 1957; West Indies: Flowers 1953; Moroccan: El-Shamy 2004; South African: Coetzee et al. 1967, Grobbelaar 1981.

1416 ***The Mouse in the Silver Jug.***

Köhler/Bolte 1898ff. III, 13; Wesselski 1909, No. 94; Pauli/Bolte 1924 I, No. 398; BP

III, 543f. not. 1; Tubach 1969, No. 3427; Schwarz 1973; EM 4(1984)563–569(P. Schwarz); Marzolph 1992 II, No. 1182.
Finnish: Rausmaa 1982ff. VI, No. 71; Finnish-Swedish: Hackman 1917f. II, No. 374; Estonian: Aarne 1918, 141 No. 15; Latvian: Arājs/Medne 1977; Lithuanian: Kerbelytė 1999ff. II; Lappish, Wepsian: Kecskeméti/Paunonen 1974; Swedish: Liungman 1961; Norwegian: Hodne 1984; Irish: Ó Súilleabháin/Christiansen 1963; English: Baughman 1966, Briggs 1970f. A II, 24, 40, 279, 292; French: Orain 1904, 65ff., Tegethoff 1923 I, No. 11a, Soupault 1963, 276ff., Joisten 1965, No. 24; Spanish: Jiménez Romero et al. 1990, No. 60, Rey-Henningsen 1996, No. 9, Goldberg 1998, No. H1554.1; Catalan: Neugaard 1993, Nos. C324, H1554.1, Oriol/Pujol 2003; Frisian: Kooi 1984a; Flemish: Meyer 1968, Lox 1999b, No. 42; German: Henßen 1963, No. 77, Moser-Rath 1964, No. 14, cf. Roth 1977, No. D3, Moser-Rath 1984, 288, 290, 368f., 410, Tomkowiak 1993, 269, Hubrich-Messow 2004; Swiss: EM 7(1993)869; Hungarian: MNK VII A; Czech: Dvořák 1978, No. 3427; Slovakian: Gašparíková 1981a, 33; Bosnian: Krauss/Burr et al. 2002, No. 263; Macedonian: Čepenkov/Penušliski 1989 IV, Nos. 407; Rumanian: Stroescu 1969 II, No. 5019; Bulgarian: BFP; Albanian: Camaj/Schier-Oberdorffer 1974, No. 62; Polish: Krzyżanowski 1962f. II; Sorbian: cf. Nedo 1956, No. 78; Russian, Byelorussian, Ukrainian: SUS; Jewish: Jason 1988a, Haboucha 1992; Lebanese: El-Shamy 2004; Palestinian: Schmidt/Kahle 1918f. II, No. 67; US-American, Spanish-American: Baughman 1966, Robe 1973; African American: Baughman 1966; Moroccan: Topper 1986, No. 56.

1417 ***The Cut-Off Nose (Hair).***
Kirchhof/Oesterley 1869 VII, Nos. 164, 165; Chauvin 1892ff. II, 66, VI, 100 No. 267; Penzer 1924ff. V, 47 not. 3, 223f., VI, 271; Bédier 1925, 164–199; Legman 1968f. II, 569; Tubach 1969, No. 2028; Hatami 1977, No. 40; Moor 1986; Verfasserlexikon 7 (1989)547–549(R. M. Kully); EM 9(1999)1225–1230(S. Neumann); Marzolph/Van Leeuwen 2004, No. 451.
English: Baughman 1966, Briggs 1970f. A II, 355f.; Spanish: Childers 1948, No. K1512, Chevalier 1983, No. 140, Goldberg 1998, No. J2315.2, K1512; German: Wossidlo/Neumann 1963, No. 495, Moser-Rath 1984, No. 128; Italian: Cirese/Serafini 1975; Maltese: Ilg 1906 II, No. 81; Hungarian: MNK VII A; Czech: Tille 1929ff. II 2, 400; Albanian: Camaj/Schier-Oberdorffer 1974, No. 60; Polish: Krzyżanowski 1962f. II; Russian, Ukrainian: SUS; Palestinian: El-Shamy 2004; Pakistani: Thompson/Roberts 1960; Indian: Thompson/Roberts 1960, Mayeda/Brown 1974, No. 79; Chinese: Ting 1978.

1418 ***The Equivocal Oath.*** (Isolde's Ordeal.)
Meyer 1914; Basset 1924ff. II, 3 No. 1; Pauli/Bolte 1924 I, No. 206; Legman 1968f. II, 574–576; Hattenhauer 1976, 77–83; Hatami 1977, Nos. 9, 17; EM 1(1977)753; EM 2(1979)543–549(C. Riessner/K. Ranke); Schwarzbaum 1989a, 277; EM 7(1993) 325–327(H.-J. Uther).
Spanish: Childers 1948, No. K1513, Chevalier 1983, No. 141; French: Guerreau-Jalabert 1992, No. K1513; German: Roth 1977, No. D8; Italian: Cirese/Serafini 1975; Serbian: Vrčević 1868f. II, 185f., cf. Čajkanović 1929, No. 135; Greek: Megas/Puchner 1998; Jewish: Jason 1965; Iranian: Marzolph 1984; Mongolian: Jülg 1868, No. 4; Iraqi, Qatar, Yemenite: El-Shamy 2004; Pakistani: Thompson/Roberts 1960; Indian: Lüders 1921, No. 26, Thompson/Roberts 1960; Sri Lankan: Thompson/Roberts 1960; Chinese: Chavannes 1910ff. I, No. 116; Spanish-American: Robe 1957; Brazilian: Alcoforado/Albán 2001, No. 76; Nigerian: Schild 1975, No. 31; Somalian: Reinisch 1900 I, No. 43.

1418* ***The Confession*** (previously ***The Father Overhears***).
Danish: Stroebe 1915 I, No. 28; Portuguese: Oliveira 1900f. II, No. 239, Cardigos (forthcoming); Dutch: Koopmans/Verhuyck 1991, No. 14; German: Moser-Rath 1964, No. 130; Bosnian: Krauss 1914, No. 117; Greek: Orso 1979, No. 208; US-American: Randolph 1976, 61; West African: cf. Bascom 1975, 147.

1419 ***The Returning Husband Hoodwinked.***
Schofield 1893; Erk/Böhme 1893f. I, No. 143; Frosch-Freiburg 1971, 170; EM 3 (1981)1068–1077(K. Roth); Marzolph/Van Leeuwen 2004, Nos. 394, 398, 427, 447.
Icelandic: cf. Boberg 1966, No. K1521.2; Irish: Ó Súilleabháin/Christiansen 1963; Spanish: Llano Roza de Ampudia 1925, No. 106, Camarena Laucirica 1991, No. 192, Lorenzo Vélez 1997, 104, 106; Portuguese: Cardigos(forthcoming), No. 1419; German: Roth 1977, Nos. D4, D5, D7, D11, Grubmüller 1996, 544ff.; Italian: Cirese/Serafini 1975; Hungarian: MNK VII A, No. 1419D*, Kovács 1988, 104; Serbian: Krauss/Burr et al. 2002, No. 264; Bulgarian: BFP, No. *1419M*; Greek: Orso 1979, No. 208; Russian: SUS, No. 1419K*; Jewish: Jason 1965, No. 1419*M; Kurdish: Džalila et al. 1989, No. 208; Aramaic: Lidzbarski 1896, No. 20; Iraqi, Saudi Arabian, Qatar: El-Shamy 2004; Yemenite: El-Shamy 2004, Nos. 1419, 1419K*; Pakistani: Thompson/Roberts 1960, cf. Schimmel 1980, No. 9; Indian: Thompson/Roberts; Sri Lankan: Thompson/Roberts 1960, Schleberger 1985, No. 31; Chinese: Ting 1978, Nos. 1419, 1419B*; US-American: Baughman 1966, No. 1419E, Baker 1986, No. 126; Cuban, Puerto Rican: Hansen 1957; Chilean: Pino Saavedra 1960ff. III, Nos. 179, 180;

West Indies: Flowers 1953; Egyptian: El-Shamy 2004, Nos. 1419, 1419K*; Tunisian, Moroccan: El-Shamy 2004; Guinean, Sudanese: Klipple 1992; Central African: Fuchs 1961, 122ff.

1419A ***The Husband in the Chicken House.***
Kirchhof/Oesterley 1869 III, No. 246; Bédier 1925, 450; Pedersen/Holbek 1961f. II, No. 198; EM 9(1999)179–181(C. Hugh).
Finnish-Swedish: Hackman 1917f. II, No. 279; Spanish: Goldberg 1998, No. K1514.1; Catalan: Neugaard 1993, No. K1514.1; German: Moser-Rath 1984, 126; Italian: Cirese/Serafini 1975; Rumanian: Stroescu 1969 I, No. 3474; Greek: Megas/Puchner 1998; Polish: Krzyżanowski 1962f. II; Russian: SUS; Pakistani: Thompson/Roberts 1960; Chinese: Ting 1978.

1419B ***The Animal in the Chest.***
Chauvin 1892ff. II, 197 No. 27, VI, 175 No. 333, 176 No. 334, VII, 171 No. 446, VIII, 177 No. 206; Wesselski 1911 II, No. 363; Bolte 1916; Basset 1924ff. II, 153 No. 69; Frosch-Freiburg 1971, 145–160; EM 2(1979)565–568(K. Roth); EM 3(1981)1068–1077(K. Roth); Moor 1986; Marzolph/Van Leeuwen 2004, No. 453.
Finnish: Rausmaa 1982ff. VI, 474, No. 18; English: Roth 1977, No. E7, Wehse 1979, No. 298; Irish: Ó Súilleabháin/Christiansen 1963; French: Gier 1985, No. 5; Dutch: Hogenelst 1997 II, No. 227; Frisian: Kooi 1984a; Flemish: Meyer 1968; German: Moser-Rath 1964, No. 45, Roth 1977, No. D6, Moser-Rath 1984, 127, 288, 397f., 452; Greek: Hallgarten 1929, 71ff., Megas/Puchner 1998; Ukrainian: SUS; Syrian: Oestrup 1897, No. 9, El-Shamy 2004; Palestinian, Qatar: El-Shamy 2004; Egyptian: Artin Pacha 1895, No. 1, El-Shamy 2004; Tunisian: Brandt 1954, 98f.

1419C ***The One-eyed Husband*** (previously ***The Husband's One Good Eye Covered [Treated]***).
Kirchhof/Oesterley 1869 III, No. 242; Chauvin 1892ff. VIII, 20 No. 8; Söderhjelm 1912; Bédier 1925, 119, 466; Wesselski 1925, No. 2; HDM 1(1930–33)94; Pedersen/Holbek 1961f. II, Nos. 195, 196; Tubach 1969, Nos. 1943, 4319; Frosch-Freiburg 1971, 129–136; Ranelagh 1979, 177; EM 3(1981)1082–1084(H.-J. Uther); Uther 1981, 85–88; Hansen 2002, 225–227; Marzolph/Van Leeuwen 2004, No. 466.
English: Briggs 1970f. A II, 250; Spanish: Espinosa 1946f., No. 49, Chevalier 1983, No. 142, Lorenzo Vélez 1997, 104f., Goldberg 1998, Nos. K1516, K1516.1; Catalan: Neugaard 1993, No. K1516.1; Portuguese: Vasconcellos/Soromenho et al. 1963f. II, No. 354, Cardigos(forthcoming); German: Roth 1977, Nos. D9, D10, Moser-Rath

1984, 126, 290; Italian: Cirese/Serafini 1975; Hungarian: MNK VII A; Rumanian: Bîrlea 1966 III, 113ff., 486f.; Indian: Thompson/Roberts 1960; Cambodian: Gaudes 1987, No. 63; Egyptian: Artin Pacha 1895, No. 16, El-Shamy 2004; Tunisian: El-Shamy 2004; Ethiopian: Müller 1992, No. 100.

1419D ***The Lovers as Pursuer and Fugitive.***

Chauvin 1892ff. II, 143 No. 65, VIII, 38f. No. 7, IX, 21 No. 8; Wesselski 1911 II, No. 351; Basset 1924ff. II, 143 No. 65; Bédier 1925, 229-236; HDM 1(1930-33)99; Pedersen/Holbek 1961f. II, No. 192; Hatami 1977, No. 13; Ranelagh 1979, 177, 198; EM 3(1981)1068-1077(K. Roth); Marzolph/Van Leeuwen 2004, No. 187.

Swedish: Liungman 1961; Spanish: Childers 1948, No. K1517.1, Childers 1977, No. K1517.1, Chevalier 1983, No. 143; Frisian: Kooi 1984a; Italian: Cirese/Serafini 1975; Greek: Megas/Puchner 1998; Polish: Krzyżanowski 1962f. II; Ossetian: Bjazyrov 1960, No. 12; Indian: Thompson/Roberts 1960; Chinese: Ting 1978; Brazilian: Cascudo 1955b, 52ff.; Egyptian: El-Shamy 2004; Central African: cf. Fuchs 1961, 112ff.

1419E ***Underground Passage to Lover's House.*** (Inclusa.)

Clouston 1887 II, 212-228; Chauvin 1892ff. V, 212ff. No. 121, VIII, 94f. No. 67; Fischer/Bolte 1895, 218-222; Köhler/Bolte 1898ff. I, 393; BP I, 46; Wesselski 1925, No. 2; Tubach 1969, No. 5287; EM 2(1979)1202f.; Raas 1983, 58-63; Fehling 1986; EM 7 (1993)109-113(U. Kühne); Hansen 2002, 453-460; Marzolph/Van Leeuwen 2004, Nos. 260, 293.

Icelandic: Boberg 1966, Nos. K1344, K1523; German: cf. Wiepert 1964, No. 25, Hubrich-Messow(forthcoming); Italian: Cirese/Serafini 1975, Pitrè/Schenda et al. 1991, No. 3; Maltese: Mifsud-Chircop 1978, No. *860B; Hungarian: MNK VII A, No. 1419E, cf. No. 1419E*; Bulgarian: BFP, No. 1419E, cf. No. 1419E*; Albanian: Archiv für Litteraturgeschichte 12(1884)134-137 No. 12; Greek: Hahn 1918 I, No. 29, Dawkins 1953, No. 60, Megas/Puchner 1998; Ukrainian: SUS; Gypsy: Mode 1983ff. II, No. 100; Turkish: Eberhard/Boratav 1953, No. 267; Jewish: Noy 1963a, No. 124, Jason 1965, 1975, No. 1419E, cf. No. 1419E*; Kurdish: Družinina 1959, 183ff.; Tadzhik: Rozenfel'd/Ryčkovoj 1990, No. 15; Mongolian: Lőrincz 1979, No. 1419E*; Georgian: Orbeliani/Awalischwili et al. 1933, No. 31; Syrian, Palestinian, Qatar: El-Shamy 2004; Iranian: Marzolph 1984, No. 1419E, cf. No. 1419E*; Indian: Thompson/Roberts 1960; Spanish-American: Rael 1957 I, No. 27; Mexican: Wheeler 1943, No. 26; South American Indian: Wilbert/Simoneau 1992, No. K1523; Egyptian: El-Shamy 2004; Algerian: Lacoste/Mouliéras 1965 I, No. 10, cf. II, No. 63.3, El-Shamy 2004; East African: Kohl-Larsen 1966, 179.

1419F ***Husband Frightened by Wife's Lover in Hog Pen.***
Bebel/Wesselski 1907 I 2, No. 92; EM 3(1981)1068–1077(K. Roth).
English: cf. Roth 1977, No. E22, Wehse 1979, No. 330; Spanish: Espinosa 1946f., No. 193; Hungarian: György 1934, No. 184, MNK VII A; Rumanian: Stroescu 1969 I, No. 3674; Russian: SUS; Mexican: Paredes 1970, No. 52.

1419G ***The Clergyman's Breeches.***
Legman 1968f. I, 712; EM 3(1981)1068–1077(K. Roth).
English: Roth 1977, Nos. E9, E10, Wehse 1979, Nos. 291–293; Spanish: González Sanz 1996, No. 1419K; German: Roth 1977, Nos. D31, D32, D35, cf. No. D34; Austrian: Kunz 1995, 169; Italian: Cirese/Serafini 1975; Hungarian: Géczi 1989, No. 151; Greek: Laográphia 21(1963–64)491ff.; Ukrainian: SUS; Jewish: Jason 1965; Australian: Edwards 1980, 91, 91f.

1419H ***Woman Warns Lover of Husband by Singing Song.***
Montanus/Bolte 1899, No. 32; Legman 1968f. I, 799ff.; EM 3(1981)1068–1077(K. Roth).
Finnish: Rausmaa 1982ff. VI, Nos. 72–74; Danish: Kristensen 1900, No. 196; English: Briggs 1970f. A II, 74f., Roth 1977, No. E12; Spanish: Camarena Laucirica 1991, No. 193, Rey-Henningsen 1996, No. 49; Portuguese: Vasconcellos/Soromenho et al. 1963f. II, No. 365, Cardigos(forthcoming); French: Hoffmann 1973; German: Dietz 1951, No. 46, Ruppel/Häger 1952, 119f., Nimtz-Wendlandt 1961, No. 102, Roth 1977, Nos. D11, D12, Hubrich-Messow(forthcoming); Italian: Cirese/Serafini 1975; Rumanian: Stroescu 1969 I, Nos. 3481, 3486; Greek: Loukatos 1957, 281f., Megas/Puchner 1998; US-American: Baughman 1966; Spanish-American: Robe 1973; Saudi Arabian: El-Shamy 2004.

1419J* ***Husband Sent for Water.***
EM 3(1981)1068–1077(K. Roth).
English: Roth 1977, Nos. E9–E11, E37; Rumanian: Stroescu 1969 I, Nos. 3478, 3691; Greek: Megas/Puchner 1998; Russian: SUS, No. 1419F*.

1420 ***The Lover's Gift Regained.***
Spargo 1930; Schwarzbaum 1968, 32f.; Nicholson 1980; Verfasserlexikon 4(1983) 1263f.(R. W. Brednich); Marzolph 1992 II, No. 1166; EM 10(2002)842–849(P. Nicholson).
English: Wehse 1979, No. 123; Dutch: Overbeke/Dekker et al. 1991, No. 851; Ger-

man: cf. Lustiger Historienschreiber (1729) No. 15, Vademecum I (1786) No. 35 (EM archive); Saudi Arabian: Lebedev 1990, No. 15.

1420A ***The Broken (Removed) Article.***

Kirchhof/Oesterley 1869 II, No. 176; Chauvin 1892ff. V, 212ff. No. 121; Frey/Bolte 1896, No. 76; Stiefel 1898a, 172; Montanus/Bolte 1899, No. 102; Spargo 1930; Schwarzbaum 1968, 32f.; Nicholson 1980; Verfasserlexikon 4 (1983) 1263f. (R. W. Brednich); Marzolph 1992 II, No. 1166; EM 10 (2002) 842–849 (P. Nicholson).

English: Roth 1977, No. E13; Spanish: Soons 1976, No. 12, Chevalier 1983, No. 144; German: Roth 1977, Nos. D14, D15, Moser-Rath 1984, 127, 289, 318 not. 31; Ukrainian: Hnatjuk 1912, No. 301; Iranian: Marzolph 1983b, No. 87; Egyptian: El-Shamy 2004; Tunisian: Stumme 1893, No. 11.

1420B ***Horse and Wagon as Gift.***

Erk/Böhme 1893f. I, 40ff.; Spargo 1930; EM 10 (2002) 842–849 (P. Nicholson).

Finnish: Rausmaa 1982ff. VI, Nos. 75, 401; Lithuanian: Balys 1936, No. *2913; Danish: Bødker et al. 1957, No. 18; Dutch: Duyse 1903ff. I, No. 39; Frisian: Kooi 1984a; Flemish: Duyse 1903ff. I, No. 39, Volkskunde 40 (1935/36) 10ff.; Walloon: Laport 1932, No. *1357; German: Roth 1977, No. D13.

1420C ***Borrowing from the Husband and Returning to the Wife.***

Bebel/Wesselski 1907 II 3, No. 49; Spargo 1930; Nicholson 1980; EM 10 (2002) 842–849 (P. Nicholson).

German: cf. Lyrum larum (1700) No. 126 (EM archive); Italian: Cirese/Serafini 1975; Croatian: Bošković-Stulli 1979, 14f.; Jewish: Landmann 1960, 397f.

1420D ***Accidental Discovery of Identity.***

Spargo 1930; Kasprzyk 1963, No. 114; EM 10 (2002) 842–849 (P. Nicholson).

Finnish: Rausmaa 1982ff. VI, No. 18; French: EM 3 (1981) 785; German: cf. Schau-Platz der Betrieger (1687) No. 156 (EM archive); Bulgarian: BFP; Saudi Arabian: El-Shamy 2004; Iranian: Marzolph 1984, No. *1420D.

1420G ***Buying the Goose*** (previously ***Anser Venalis***).

Spargo 1930; EM 1 (1977) 576f. (E. Moser-Rath); EM 10 (2002) 846f.

Finnish: Rausmaa 1982ff. VI, Nos. 76, 396; German: cf. Roth 1977, No. D15, Moser-Rath 1984, 289, 319, Grubmüller 1996, No. 21; Greek: Megas/Puchner 1998; Russian: Afanas'ev 1883, No. 29; Ukrainian: Hnatjuk 1912, Nos. 303, 304.

1422 ***Parrot Reports Wife's Adultery*** (previously ***Parrot Unable to Tell Husband Details of Wife's Infidelity***).

Chauvin 1892ff. II, 91, VI, 139 No. 294, VIII, 35f. No. 3, 114 No. 96; Legman 1968f. I, 204; Tubach 1969, No. 3147; Hatami 1977, No. 1; Ranelagh 1979, 225f.; EM 3 (1981) 1065–1068 (R. Wehse); Marzolph/Van Leeuwen 2004, Nos. 11, 183, 371.

English: Briggs 1970f. A II, 228f.; Spanish: Camarena Laucirica 1984, Nos. 32, 33, Goldberg 1998, No. J1154.1; Dutch: Kooi 2003, No. 108a; Frisian: Kooi 1984a, Nos. 237B*; German: cf. Der lustige Philosophus (1734) 424ff., Deutscher Volks-Kalender (1839) 16ff. (EM archive), Roth 1977, No. D20, Berger 2001; Italian: Cirese/Serafini 1975; Czech: Dvořák 1978, No. 3147; Polish: Krzyżanowski 1962f. II; Turkish: Eberhard/Boratav 1953, No. 53; Indian: Bødker 1957a, Nos. 218, 1017, Thompson/Roberts 1960, Nos. 243, 1422; Sri Lankan: Parker 1910ff. II, No. 173, Thompson/Roberts 1960; US-American: cf. Baker 1986, No. 105; South African: Grobbelaar 1981.

1423 ***The Enchanted Pear Tree.***

Chauvin 1892ff. VI, 175 No. 332, VIII, 98 No. 69, IX, 39 No. 34; Wickram/Bolte 1903, No. 45; Wesselski 1909, No. 103; Basset 1924ff. II, No. 68; Bédier 1925, 468; Wesselski 1925, No. 23; Wesselski 1936, 88f.; Bryan/Dempster 1941, 341–356; Legman 1968f. I, 715f.; Wailes 1968; Tubach 1969, Nos. 2708, 3265; Frosch-Freiburg 1971, 193–198; Spies 1973b, 177–199; EM 2 (1979) 417–421 (J. T. Bratcher); Abraham 1980; Uther 1981, 83f., 137; Marzolph 1992 II, No. 1185; Verfasserlexikon 10 (2000) 1269–1271 (G. Dicke); Marzolph/Van Leeuwen 2004, Nos. 295, 388.

Finnish: Rausmaa 1982ff. VI, Nos. 77, 78; Danish: Kristensen 1900, No. 198, Äsop/Holbek, No. 194; English: Briggs 1970f. A II, 20f., 22f., cf. Roth 1977, Nos. E16, E49; Spanish: Espinosa 1946f., No. 198, Chevalier 1983, No. 145; Catalan: Neugaard 1993, No. K1518; Portuguese: Braga 1987 I, 271, Parafita 2001f. II, No. 4, Cardigos (forthcoming), Nos. 1423, **1425; Dutch: Sinninghe 1943; Frisian: Kooi 1984a; German: Wesselski 1908, Ruppel/Häger 1952, 117f., cf. Roth 1977, Nos. D3, D21, D34, Grubmüller 1996, No. 12; Italian: Cirese/Serafini 1975; Hungarian: MNK VII A; Czech: Dvořák 1978, No. 3265; Slovakian: Polívka 1923ff. IV, 267; Croatian: Bošković-Stulli 1963, No. 78, Eschker 1986, No. 17; Rumanian: Stroescu 1969 I, No. 3475; Bulgarian: BFP; Greek: Megas/Puchner 1998; Polish: Krzyżanowski 1962f. II; Russian, Byelorussian, Ukrainian: SUS; Turkish: Eberhard/Boratav 1953, No. 271 (4); Kurdish: Družinina 1959, 183ff., Džalila et al. 1989, No. 211; Syrian: Nowak 1969, No. 358; Iraqi: El-Shamy 2004; Iranian: Marzolph 1984; US-American: Baughman 1966; Spanish-American: Robe 1973; Puerto Rican: Hansen 1957, No. **1425; Nigerian: Schild 1975, No. 33; East African: Velten 1898, 205ff.

1424 ***Friar Adds Missing Nose*** (fingers) to unborn child.
Cf. Montanus/Bolte 1899, No. 31; Wickram/Bolte 1903, No. 79; EM 1(1977)489; EM 9(1999)1230–1232(B. Steinbauer).
Finnish: Rausmaa 1982ff. VI, Nos. 79, 376, 396; Estonian: Raudsep 1969, No. 354; Lydian, Karelian: Kecskeméti/Paunonen 1974, No. 1726*; Syrjanian: Rédei 1978, No. 6; Swedish: Bødker et al. 1957, No. 29; English: Roth 1977, No. E19; Spanish: Chevalier 1983, No. 146, Lorenzo Vélez 1997, No. 21; Portuguese: Martha/Pinto 1912, 205ff., Cardigos(forthcoming); Dutch: Meder/Bakker 2001, No. 86; German: Heckscher/Simon 1982ff. II,1, 262f, Hubrich-Messow(forthcoming); Austrian: Haiding 1969, No. 47; Italian: Cirese/Serafini 1975; Serbian: Anthropophyteia 2(1905)No. 423; Croatian: Anthropophyteia 2(1905)No. 426; Macedonian: Anthropophyteia 2 (1905)No. 425, Piličkova 1992, No. 47; Bulgarian: BFP; Greek: Hallgarten 1929, 163ff., Orso 1979, No. 142, Megas/Puchner 1998; Ukrainian: Hnatjuk 1912, No. 319; Jewish: Jason 1965, Nos. 1424, 1726*, Jason 1976, No. 62; Iraqi, Yemenite: El-Shamy 2004; Saudi Arabian: El-Shamy 2004, Nos. 1424, 1726*; US-American: Baughman 1966; Panamanian: Robe 1973, No. 1726*; West Indies: Flowers 1953; Sudanese: El-Shamy 2004, No. 1726*.

1424* ***Wife Recovers What Her Husband First Found and Then Lost.***
EM 3(1981)1068–1077(K. Roth).
Finnish: Rausmaa 1982ff. VI, No. 80; Lithuanian: Kerbelytė 1999ff. II; France: Hoffmann 1973, Nos. 1424**, 1424***; Italian: Cirese/Serafini 1975; Bulgarian: BFP; Greek: Megas/Puchner 1998; Russian: Hoffmann 1973, SUS; Turkish: Eberhard/Boratav 1953, No. 362 V; Jewish: Jason 1975, 1988a; Iranian: Marzolph 1984; Algerian: El-Shamy 2004.

1425 ***Putting the Devil into Hell.***
EM 3(1981)1068–1077(K. Roth); Verfasserlexikon 9(1995)719–721(H. J. Ziegeler).
Finnish: Rausmaa 1982ff. VI, No. 81; Wepsian: Kecskeméti/Paunonen 1974; Portuguese: Soromenho/Soromenho 1984f. II, Nos. 424, 540, Cardigos(forthcoming); France: Perbosc/Bru 1987, 94ff., cf. 89f., Hoffmann 1973; Frisian: Kooi 1984a; Flemish: Meyer 1968; German: Neumann 1968b, 126; Italian: Cirese/Serafini 1975; Croatian: Anthropophyteia 2(1905), No. 434; Russian: SUS; Turkish: Eberhard/Boratav 1953, Nos. 269, Anlage C16; Jewish: Jason 1965, 1988a; Siberian: Soboleva 1984; Chinese: Ting 1978; US-American: Randolph 1976, No. 76, Baker 1986, Nos. 277, 278; African American: Dance 1978, No. 92; Chilean: Pino Saavedra 1987, No. 59; Egyptian: El-Shamy 2004.

1425B* ***Why the Seventh Child Has Red Hair.***
Legman 1968f. I, 445.
German: Buse 1975, 220; US-American: Dorson 1964, 79f., Baker 1986, No. 124.

1426 ***The Wife Kept in a Box.***
Chauvin 1892ff. V, 188ff. No. 111, 197ff. No. 116, VIII, 59 No. 24; Köhler/Bolte 1898ff. II, 625; Hertel 1909; Littmann 1921ff. I, 20–22; Cosquin 1922b, 265–347; Wesselski 1925, No. 1; Reinartz 1970; Hatami 1977, No. 6; Horálek 1986; EM 5(1987)186–192 (K. Horálek); Marzolph 1999a; Marzolph/Van Leeuwen 2004, Nos. 1, 204.
Finnish: Rausmaa 1982ff. VI, 476f.; Italian: Cirese/Serafini 1975, No. 1426*; Hungarian: MNK VII A, No. 1426*; Macedonian: cf. Čepenkov/Penušliski 1989 III, Nos. 239, 240; Russian, Byelorussian: SUS; Turkish: Eberhard/Boratav 1953, No. 275; Jewish: Jason 1965, 1975; Kurdish: Džalila et al. 1989, Nos. 14, 82; Siberian: Soboleva 1984; Kalmyk, Mongolian: Lőrincz 1979; Syrian, Palestinian: El-Shamy 2004; Iraqi: Nowak 1969, No. 209, El-Shamy 2004; Yemenite: El-Shamy 2004, Nos. 1426, 1426*; Indian: Lüders 1921, No. 28, Thompson/Balys 1958, No. J882.2, Thompson/Roberts 1960; Sri Lankan: Parker 1910ff. III, No. 206, Thompson/Roberts 1960; Chinese: Ting 1978, Nos. 1426, 1426A; Japanese: Ikeda 1971, No. T382; Chilean: Pino Saavedra 1960ff. III, No. 181; Sudanese: El-Shamy 2004, No. 1426*; East African: cf. Klipple 1992, 378f.

1429* ***Remedy for Quarrelsomeness*** (previously ***Water of Slander***).
Finnish: Rausmaa 1982ff. VI, No. 82; Latvian: Arājs/Medne 1977; Danish: Kristensen 1892f. I, No. 34, II, No. 22; Spanish: Chevalier 1983, No. 147; German: Merkens 1892ff. I, No. 293, Neumann 1999, No. 264; Swiss: EM 7(1993)869; Italian: Cirese/Serafini 1975; Maltese: Mifsud-Chircop 1978; Croatian: Dolenec 1972, No. 32; Macedonian: Eschker 1972, No. 60; Rumanian: Stroescu 1969 I, No. 3524; Bulgarian: BFP; Russian, Byelorussian, Ukrainian: SUS.

The Foolish Couple 1430–1439

1430 ***The Man and His Wife Build Air Castles.***
Kirchhof/Oesterley 1869 I 1, No. 171; Chauvin 1892ff. II, 100f. No. 60, 118f. No. 3, 218 No. 152, 153, V, 161ff. No. 85, 296 No. 85, VIII, 173 No. 196; Köhler/Bolte 1898ff. I, 511; Pauli/Bolte 1924 I, No. 520; BP III, 261–267, 275f.; Wesselski 1911 I, No. 163; Schwarzbaum 1968, 61f., 455; Tubach 1969, Nos. 80, 3286; Marzolph 1992 II, Nos.

143, 1216; EM 8(1996)1260–1265(R. B. Bottigheimer); Hansen 2002, 138–142; Marzolph / Van Leeuwen 2004, Nos. 33, 238.
Finnish: Rausmaa 1982ff. VI, Nos. 83, 84; Estonian: Aarne 1918; Latvian: Arājs / Medne 1977, Nos. 1430, 1681*; Lithuanian: Kerbelytė 1999ff. II; Wepsian, Wotian, Lydian, Karelian: Kecskeméti / Paunonen 1974; Swedish: Liungman 1961; Norwegian: Hodne 1984, No. 1681*; Danish: Kamp 1879f. II, No. 14, Kristensen 1881ff. III, No. 68; Icelandic: Sveinsson 1929; Irish: Ó Súilleabháin / Christiansen 1963; English: Briggs 1970f. A I, 105, Wehse 1979, No. 455; Spanish: Childers 1948, No. J2061.1, Chevalier 1983, No. 148, Goldberg 1998, Nos. J2061.1, *J2061.3.1; Portuguese: Oliveira 1900f. II, No. 359, Vasconcellos / Soromenho et al. 1963f. II, Nos. 380, 425, 428, Cardigos (forthcoming), Nos. 1430, 1681*, cf. No. 1430*B; Dutch: Sinninghe 1943; Frisian: Kooi 1984a; Flemish: Meyer 1968; German: Haltrich 1956, No. 32, Moser-Rath 1964, No. 94, Moser-Rath 1984, 291, 403, 455, Tomkowiak 1993, 269f., cf. Grimm KHM / Uther 1996 III, Nos. 164, 168; Italian: Cirese / Serafini 1975, Nos. 1430, 1681*, Appari 1992, No. 40; Maltese: Mifsud-Chircop 1978; Hungarian: György 1934, No. 118, MNK VII B, No. 1430, cf. No. 1430B*; Slovakian: Gašparíková 1981a, 147; Slovene: Zupanc 1956, 111; Serbian: Đjorđjevič / Milošević-Đjorđjevič 1988, Nos. 244–246, cf. No. 243; Croatian: Bošković-Stulli 1963, No. 79; Macedonian: Eschker 1986, No. 74, Čepenkov / Penušliski 1989 IV, Nos. 603, 607, cf. No. 480; Rumanian: Stroescu 1969 I, Nos. 4040, 4041; Bulgarian: BFP, Nos. 1430, 1681*, cf. Nos. *1430B, *1430C, *1430D; Greek: Megas / Puchner 1998, Nos. 1430, 1681*; Polish: Krzyżanowski 1962f. II; Russian, Byelorussian, Ukrainian: SUS, Nos. 1430, 1430*, 1430**; Jewish: Noy 1963a, No. 125, Jason 1965, Nos. 1430, 1681*, Jason 1988a, No. 1681*; Gypsy: MNK X 1; Cheremis / Mari, Tatar, Mordvinian, Votyak: Kecskeméti / Paunonen 1974; Mongolian: Lőrincz 1979; Georgian: Kurdovanidze 2000; Syrian, Iraqi: El-Shamy 2004; Oman: Nowak 1969, No. 463, El-Shamy 2004, No. 1681*; Qatar: El-Shamy 2004, No. 1430B§; Iranian: Marzolph 1984; Indian: Thompson / Roberts 1960, Jason 1989, Nos. 1430, 1681*; Chinese: Ting 1978, Nos. 1430, 1681*; Korean: Choi 1979, No. 630; Indonesian: Vries 1925f. II, No. 143; Japanese: Ikeda 1971, Inada / Ozawa 1977ff.; Spanish-American, Mexican: Robe 1973; Dominican, Puerto Rican: Hansen 1957; North African, Tunisian: El-Shamy 2004; Egyptian: El-Shamy 2004, Nos. 1430, 1430B§, 1681*; Algerian: Lacoste / Mouliéras 1965 II, No. 43, El-Shamy 2004; Moroccan: Nowak 1969, No. 463, El-Shamy 2004, No. 1430B§; South African: Grobbelaar 1981; Malagasy: Haring 1982, No. 2.4.1430.

1430A ***Foolish Plans for the Unborn Child.***
Chauvin 1892ff. VIII, 178 No. 209; BP III, 261–267, 275f.; Legman 1968f. I, 488f.;

Schmidt 1999.
Finnish: Rausmaa 1982ff. VI, No. 85; Spanish: Chevalier 1983, Nos. 149–154; German: cf. Grimm KHM/Uther 1996 I, No. 34, II, Nos. 164, 168; Italian: Cirese/Serafini 1975; Serbian: cf. Vrčević 1868f. I, No. 125; Rumanian: Schullerus 1928; Bulgarian: Parpulova/Dobreva 1982, 343ff., Daskalova et al. 1985, Nos. 166, 167; Macedonian: Čepenkov/Penušliski 1989 IV, Nos. 477, 478; Greece: Megas 1970, No. 64: Russian: SUS; Jewish: Landmann 1960, 210; Iraqi: El-Shamy 2004; Saudi Arabian: Lebedev 1990, No. 54; Qatar: El-Shamy 2004; Pakistani, Indian, Sri Lankan: Thompson/Roberts 1960; Tibetian: O'Connor 1906, No. 6; Spanish-American: TFSP 24(1951)6; Namibian: Schmidt 1989 II, No. 1215.

1431 ***The Contagious Yawns.***
EM 5(1987)644f.(E. Moser-Rath).
Finnish: Rausmaa 1982ff. VI, No. 86; Estonian: Aarne 1918, No. 12; Livonian: Loorits 1926, No. 35; Latvian: Šmits 1962ff. XI, 407f.; Swedish: Bergvall/Nyman et al. 1991, No. 84; Norwegian: Hodne 1984; Danish: Kristensen 1900, Nos. 203–205, Christensen/Bødker 1963ff., Nos. 4, 56; Irish: Ó Súilleabháin/Christiansen 1963; English: Briggs 1970f. A I, 238ff.; Spanish: González Sanz 1996; Catalan: Oriol/Pujol 2003; Portuguese: Oliveira 1900f. I, No. 76, Cardigos(forthcoming); German: Wossidlo/Neumann 1963, No. 497, Hubrich-Messow(forthcoming); Serbian: cf. Vrčević 1868f. I, No. 292; Bulgarian: BFP; Albanian: Mazon 1936, No. 84; Greek: Ranke 1972, No. 6, Megas/Puchner 1998.

1435* ***The Cuckoo Calls from Inside the Cask.***
Wesselski 1909, No. 66; Pauli/Bolte 1924 I, No. 13; Tubach 1969, No. 3497; EM 8 (1996)544.
German: Zincgref-Weidner III(1653)303; Lyrum larum(1700)No. 233(EM archive).

1437 ***A Sweet Word.***
Köhler/Bolte 1898ff. I, 3; BP III, No. 170; EM 2(1979)282f.; EM: Süße Worte(forthcoming).
Finnish: Rausmaa 1982ff. VI, No. 87; Latvian: Arājs/Medne 1977, No. 1696B*; Danish: Skattegraveren 11(1889)19f. No. 27, Kristensen 1900, No. 174; Portuguese: Vasconcellos/Soromenho et al. 1963f. II, No. 520, Cardigos(forthcoming); Frisian: Kooi 1984a; Flemish: Mont/Cock 1927, No. 33; German: Wossidlo/Neumann 1963, No. 36, Neumann 1968a, No. 143, Neumann 1968b, No. 247; Italian: Cirese/Serafini 1975, No. 1696B*; Serbian: Đjorđjevič/Milošević-Đjorđjevič 1988, No. 246; Bulgarian: BFP,

No. 1696B*; Greek: Megas/Puchner 1998, No. 1696B*; Russian, Ukrainian: SUS, No. 1696B*; Jewish: Jason 1965, No. 1696B*; Georgian: Kurdovanidze 2000, No. 1696B*; Mexican: Paredes 1970, No. 64.

STORIES ABOUT A WOMAN 1440-1524

1440 ***The Substituted Animal*** (previously ***The Tenant Promises his Daughter*** to his Master against her will).
EM: Tier: Das untergeschobene T. (in prep.).
Finnish: Rausmaa 1982ff. VI, No. 88; Estonian: cf. Aarne 1918, No. 1191*; Latvian: Arājs/Medne 1977; Norwegian: Hodne 1984; Swedish: Liungman 1961; English: Roth 1977, No. E45, Wehse 1979, No. 362; Spanish: Lorenzo Vélez 1997, Nos. 25, 26; Portuguese: Soromenho/Soromenho 1984f. II, Nos. 500, 501, Cardigos (forthcoming); German: Roth 1977, No. D42; Hungarian: MNK VII B; Russian: SUS; Japanese: cf. Ikeda 1971, No. 896; French-Canadian: Lemieux 1974ff. I, 195ff., 209ff., II, No. 4, XVIII, No. 1; Chilean: Pino Saavedra 1960ff. II, No. 217.

1441* ***Old Woman Substitute.***
Erk/Böhme 1893f. I, No. 155; Kasprzyk 1963, No. 46; EM 3 (1981) 1068-1077 (K. Roth).
Finnish: Rausmaa 1982ff. VI, Nos. 89-91; Estonian: Aarne 1918; Latvian: Arājs/Medne 1977; Livonian: Loorits 1926; Swedish: Liungman 1961; Irish: Ó Súilleabháin/Christiansen 1963; English: Roth 1977, Nos. E45, E53, E56-E59, cf. No. E55, Wehse 1979, No. 328; Spanish: Camarena/Chevalier 1995ff. IV, No. 883F; Dutch: Overbeke/Dekker et al. 1991, No. 1417; Frisian: Kooi 1984a; German: Roth 1977, No. D53, cf. No. D42, Moser-Rath 1984, 288; Hungarian: György 1934, No. 246; Ukrainian: Popov 1957, 491; Jewish: Jason 1965; Mordvinian: Paasonen/Ravila 1938ff. III, 316ff.; Votyak: Kecskeméti/Paunonen 1974; South African: Coetzee et al. 1967.

1441A* ***The Inked Girl.***
Finnish: Rausmaa 1982ff. VI, No. 91; Lappish: Kecskeméti/Paunonen 1974; English: Wehse 1979, No. 502; Russian: SUS.

1441B* ***Godfather and Godmother.***
Finnish: Rausmaa 1982ff. VI, 478; Karelian: Kecskeméti/Paunonen 1974; Italian: Ci-

rese/Serafini 1975; Hungarian: MNK VII B; Russian: SUS; Turkish: Eberhard/Boratav 1953, Nos. 266 V, 270; Jewish: Jason 1965; Yemenite, Egyptian: cf. El-Shamy 2004.

1443* ***The Pillow Too High.***
Ranke 1955b, 46; Legman 1968f. I, 123.
Finnish: Rausmaa 1982ff. VI, No. 92; Latvian: Arājs/Medne 1977; Portuguese: Parafita 2001f. II, No. 130, Cardigos (forthcoming); Frisian: Kooi 1984a; German: Neumann 1968a, No. 152, Neumann 1968b, No. 258; Jewish: Jason 1965; Lebanese: El-Shamy 2004; US-American: Randolph 1957, 99, Hoffmann 1973; African American: Burrison 1989, 185f.; Egyptian: El-Shamy 2004; South African: Coetzee et al. 1967.

1446 ***"Let them Eat Cake!"***
Montanus/Bolte 1899, No. 48; Taylor 1968; cf. Marzolph 1992 II, No. 496; EM 8 (1996) 536–541 (C. Shojaei Kawan); Campion-Vincent/Shojaei Kawan 2000.
Finnish: Rausmaa 1982ff. VI, No. 93; Estonian: Aarne 1918, No. 1446*; Latvian: Arājs/Medne 1977; Lithuanian: Kerbelytė 1999ff. II; Irish: Ó Súilleabháin/Christiansen 1963; Swiss: Senti 1988, No. 549; Hungarian: György 1934, No. 56; Ukrainian: SUS; Indian: Thompson/Roberts 1960; Chinese: Ting 1978; Tunisian: El-Shamy 2004.

1447 ***Drinking Only after a Bargain.***
Kirchhof/Oesterley 1869 I 1, No. 379; Wesselski 1909, No. 132; Pauli/Bolte 1924 I, No. 306; Schwarzbaum 1968, 187f.; Tubach 1969, No. 5311.
Danish: Christensen 1941, No. 18; German: Merkens 1892ff. II, No. 182, Kubitschek 1920, 20f., Moser-Rath 1964, No. 117, Kapfhammer 1974, 91; Hungarian: György 1934, No. 14; Rumanian: cf. Stroescu 1969 II, No. 5238; Bulgarian: BFP; Polish: cf. Krzyżanowski 1962f. II, No. 1447A; Spanish-American: TFSP 31 (1962) 103.

1447A* ***Selling Wine to Each Other.***
Schwarzbaum 1968, 187f.
Danish: Kristensen 1892f. I, No. 18; Dutch: Aalders 1981, 183f.; Frisian: Kooi 1984a, Kooi/Schuster 1993, No. 65; German: Kooi/Schuster 1994, No. 94; Hungarian: MNK VII B; Slovene: Milčinski 1917, 135; Rumanian: Schullerus 1928, No. 1433*, Stroescu 1969 I, No. 4316; Bulgarian: BFP; Polish: Simonides 1979, No. 142; Sorbian: Nedo 1957, 85f.; Jewish: Jason 1965, 1975; Saudi Arabian: Campbell 1949, 56;

Korean: Choi 1979, No. 528.3; Japanese: Ikeda 1971; US-American: Randolph 1955, 114f., Baughman 1966.

1448* ***Burned and Underbaked Bread.***
Latvian: cf. Arājs/Medne 1977, No. *1448**; Lithuanian: Kerbelytė 1999ff. II; Slovene: Bolhar 1974, 199f.; Byelorussian, Ukrainian: SUS; Jewish: cf. Haboucha 1992, No. **1448.

1449* ***The Stingy Hostess at the Inn.***
EM 2(1979)821–823(E. Moser-Rath).
Livonian: Loorits 1926, No. 1449; Latvian: Arājs/Medne 1977; Irish: Ó Súilleabháin/Christiansen 1963; Hungarian: György 1934, No. 134; Serbian: cf. Vrčević 1868f. I, No. 321; Bulgarian: BFP; Greek: Orso 1979, No. 114; Polish: cf. Krzyżanowski 1962f. II, No. 1449A; French-American: Ancelet 1994, No. 118.

Looking for a Wife 1450–1474

1450 *Clever Elsie.*
Clouston 1888, 191; Chauvin 1892ff. III, 29 No. 12; BP I, 335–342; Marzolph 1992 II, No. 1229; EM 8(1996)12–16(R. B. Bottigheimer); Marzolph/Van Leeuwen 2004, No. 507.
Finnish: Rausmaa 1982ff. II, No. 112, VI, Nos. 59, 94; Finnish-Swedish: Hackman 1917f. II, No. 264; Estonian: Aarne 1918; Latvian: Arājs/Medne 1977; Lithuanian: Kerbelytė 1999ff. II; Lappish, Karelian: Kecskeméti/Paunonen 1974; Swedish: Liungman 1961; Norwegian: Hodne 1984; Danish: Kristensen 1881ff. II, No. 22, Kristensen 1896f. II, No. 16, Kristensen 1900, Nos. 2–4, Christensen 1941, Nos. 4, 5, Holbek 1990, No. 40; Irish: Ó Súilleabháin/Christiansen 1963; English: Briggs/Michaelis-Jena 1970, No. 46; French: Perbosc 1954, No. 43, Delarue 1956, No. 3(6), Soupault 1963, 222ff., Massignon 1968, No. 38; Spanish: González Sanz 1996; Catalan: Oriol/Pujol 2003; Portuguese: Oliveira 1900f. II, No. 321, Cardigos(forthcoming); Dutch: Volkskunde 21(1910)20f., Kooi 2003, No. 85; Frisian: Kooi 1984a; German: Ranke 1966, No. 76, Grimm KHM/Uther 1996 I, No. 34; Austrian: Haiding 1965, No. 263; Italian: Cirese/Serafini 1975, Appari 1992, No. 55; Sardinian: Cirese/Serafini 1975; Hungarian: MNK VII B; Czech: Tille 1929ff. I, 404ff.; Slovakian: Gašparíková 1991f. I, No. 263; Slovene: Kontler/Kompoljski 1923f. II, 104; Serbian: Vrčević 1868f. I, No. 125, Karadžić 1937, 273 No. 1; Rumanian: Schullerus 1928; Bulgarian: BFP; Greek:

Dawkins 1953, No. 66, Megas/Puchner 1998; Polish: Krzyżanowski 1962f. II; Russian, Byelorussian, Ukrainian: SUS; Turkish: Eberhard/Boratav 1953, No. 331 III 1 (var. c, d, g, h); Jewish: Jason 1965, 1975, 1988a; Gypsy: MNK X 1; Abkhaz: Šakryl 1975, No. 47; Kurdish: Džalila et al. 1989, No. 289; Tatar: Kecskeméti/Paunonen 1974; Siberian: Soboleva 1984; Georgian: Kurdovanidze 2000; Iraqi: El-Shamy 2004; Iranian: Marzolph 1984, No. *1450; Pakistani, Indian: Thompson/Roberts 1960; French-Canadian: Lemieux 1974ff. IV, No. 11, XIII, No. 8, XIV, No. 5; US-American: Baughman 1966; African American: Dorson 1967, No. 204, Burrison 1989, 101ff.; Spanish-American: Robe 1973; Puerto Rican: Hansen 1957; Brazilian: Alcoforado/Albán 2001, Nos. 77, 78; West Indies: Flowers 1953; South African: Coetzee et al. 1967.

1451 ***The Thrifty Girl.***
BP III, No. 156; HDM 1(1930–33)314–316(L. Mackensen); EM 2(1979)745–753(E. Moser-Rath); Dekker et al. 1997, 61–63.
Latvian: Arājs/Medne 1977; Lithuanian: Kerbelytė 1999ff. II; Irish: Ó Súilleabháin/Christiansen 1963; English: Briggs/Tongue 1965, No. 49; German: Wossidlo 1910, 56f., Wossidlo/Neumann 1963, No. 551, Grimm KHM/Uther 1996 III, No. 156, Hubrich-Messow(forthcoming); Rumanian: Stroescu 1969 II, No. 5146; Greek: Megas/Puchner 1998; Ukrainian: SUS; Indian: cf. Beck et al. 1987, No. 5; Ecuadorian: cf. Carvalho-Neto 1966, No. 52.

1452 ***Thrifty Cutting of Cheese.***
Bolte 1893; Köhler 1896, 173 No. 90; BP III, 236–239; HDM 1(1930–33)92f.(G. Kahlo), 133–136(G. Kahlo), 314–316(L. Mackensen); EM 2(1979)745–753(E. Moser-Rath).
Finnish: Rausmaa 1982ff. VI, No. 95; Latvian: Arājs/Medne 1977; Swedish: Liungman 1961; Norwegian: Hodne 1984; Scottish: Bruford/MacDonald 1994, No. 46; Irish: Ó Súilleabháin/Christiansen 1963; French: Joisten 1971 II, No. 221; Flemish: Meyer 1968; German: Meier 1852, No. 30, Benzel 1965, Nos. 183, 185, Grimm KHM/Uther 1996 III, No. 155; Walloon: Laport 1932, No. 1452A*; Austrian: Lang-Reitstätter 1948, 198; Hungarian: MNK VII B; Slovakian: Gašparíková 1981a, 141; Greek: Megas/Puchner 1998; Jewish: Jason 1988a; Indian: cf. Beck et al. 1987, No. 5; US-American: Brown 1952 I, 702, Dorson 1964, 146ff.

1453 ***Key in Flax Reveals Laziness.***
BP III, No. 155; HDM 1(1930–33)133–136(G. Kahlo); EM 2(1979)745–753(E. Moser-

Rath).

Finnish: Rausmaa 1982ff. VI, Nos. 96, 97; Finnish-Swedish: Hackman 1917f. II, No. 265; Estonian: Aarne 1918; Latvian: Arājs/Medne 1977; Livonian: Loorits 1926; Lithuanian: Kerbelytė 1999ff. II; Lappish, Wotian: Kecskeméti/Paunonen 1974; Swedish: Liungman 1961; Norwegian: Hodne 1984; Danish: Grundtvig 1876ff. III, 46ff., Skattegraveren 1(1884)216 No. 340, 11(1889)218 No. 19, 12(1889)15 No. 802, Kristensen 1900, Nos. 6, 7; Faeroese: Nyman 1984; Spanish: Chevalier 1983, No. 155; Flemish: Meyer 1968; German: Wossidlo 1910, 100, Meyer 1925a, No. 125, Wossidlo/Neumann 1963, No. 431, Cammann 1980, 202, Kooi/Schuster 1994, No. 107, Grimm KHM/Uther 1996 III, No. 155, Hubrich-Messow(forthcoming); Italian: Cirese/Serafini 1975; Hungarian: MNK VII B; Slovakian: Gašparíková 1981a, 141; Serbian: cf. Đjorđjevič/Milošević-Đjorđjevič 1988, No. 169; Polish: Krzyżanowski 1962f. II; Russian: SUS; Mordvinian: Kecskeméti/Paunonen 1974; Indian: cf. Beck et al. 1987, No. 5.

1453A ***The Fast Weaver.***

HDM 1(1930–33)133–136(G. Kahlo); EM 2(1979)745–753(E. Moser-Rath).

Finnish: Rausmaa 1982ff. VI, Nos. 99, 100; Swedish: EU, No. 25761; Norwegian: Hodne 1984, No. 1453A, p. 264; Bulgarian: cf. BFP; Polish: Krzyżanowski 1962f. II, No. 1454; Indian: Jason 1989.

1453** ***The Slovenly Fiancée.***

HDM 1(1930–33)133–136(G. Kahlo); Gauthier 1978; EM 2(1979)745–753(E. Moser-Rath); Schmidt 1999.

Latvian: Arājs/Medne 1977; Swedish: Liungman 1961; Spanish: Camarena Laucirica 1991, No. 142; Catalan: Oriol/Pujol 2003; Dutch: Kooi 1985f., No. 20, Overbeke/Dekker et al. 1991, No. 2058; Frisian: Kooi 1984a; Flemish: Meulemans 1982, No. 1539; German: Debus 1951, 212ff., 313f., Dietz 1951, No. 28, Wossidlo/Neumann 1963, 29, 172; Austrian: cf. Lang-Reitstätter 1948, 198; Hungarian: Ortutay 1957, No. 21, cf. MNK VII B, No. 1453B*; Slovakian: Gašparíková 1981a, 13; Jewish: cf. Haboucha 1992, No. **1462A; US-American: Dorson 1964, 144; Namibian: Schmidt 1989 II, No. 1220; South African: Coetzee et al. 1967, Grobbelaar 1981.

1453*** ***Three-Weeks-Old Dough.***

HDM 1(1930–33)133–136(G. Kahlo); EM 2(1979)745–753(E. Moser-Rath).

Finnish: Rausmaa 1982ff. VI, No. 101; Finnish-Swedish: Hackman 1917f. II, No. 266; Estonian: Aarne 1918; Latvian: Arājs/Medne 1977, Nos. 1453***, 1462*; Lithuanian:

Kerbelytė 1999ff. II; Livonian: Kecskeméti/Paunonen 1974; Norwegian: Kvideland 1977, No. 56, Hodne 1984; Swedish: Liungman 1961, Nos. 1453***, 1462*; Danish: Skattegraveren 8(1887)37f. No. 31, Kristensen 1900, No. 8; French: Cadic 1955, No. 15; Hungarian: MNK VII B; Slovakian: Gašparíková 1991f. I, No. 78; Serbian: Eschker 1986, No. 63; Rumanian: cf. Stroescu 1969 II, Nos. 5147, 5148; Bulgarian: BFP; Russian, Byelorussian: SUS; Ukrainian: SUS, Nos. 1453***, 1462*; Jewish: Larrea Palacín 1952f. II, No. 96; African American: Burrison 1989, 37; South African: Coetzee et al. 1967.

1453**** ***The Flatulent Girl*** (previously ***Puella pedens***).
HDM 1(1930–33)133–136(G. Kahlo); Legman 1968f. II, 338, 860; Legman 1974, 156; EM 2(1979)745–753, esp. 749(E. Moser-Rath).
Finnish: Rausmaa 1982ff. VI, Nos. 100, 102, 103; Finnish-Swedish: Hackman 1917f. II, No. 267; Estonian: Aarne 1918, No. 1459*, Loorits 1926, No. 46; Swedish: Liungman 1961; Norwegian: Hodne 1984, 351, cf. No. 1454****; Spanish: Camarena Laucirica 1991, No. 200, cf. No. 201; Catalan: Oriol/Pujol 2003; Portuguese: cf. Parafita 2001f. II, Nos. 31, 62, Cardigos(forthcoming), No. *1524; Frisian: Kooi 1984a, Nos. 1453****, 1453C*; German: Neumann 1968b, No. 330, Cammann/Karasek 1976ff. I, 282f., Heckscher/Simon 1980ff. II,1, 256f., Ringseis 1980, 164; Austrian: Polsterer 1908, No. 66; Italian: Cirese/Serafini 1975; Hungarian: MNK VII B; Serbian: Karadžić 1937, No. 44, Eschker 1986, No. 64; Croatian: Dolenec 1972, No. 33; Rumanian: Stroescu 1969 II, No. 4727; Bulgarian: BFP, No. 1453****, cf. Nos. *1453*****, *1453******; Greek: Megas/Puchner 1998; Jewish: Jason 1965, Nos. 1453****, *1454; Cuban, Dominican: Hansen 1957, Nos. *1454, **1459, **1460.

1453B* ***The Wedding That Did Not Take Place.***
Dutch: Kooi 2003, No. 74; Frisian: Kooi 1984a, No. 1453D*; US-American: Dorson 1946, 97f.; South African: Coetzee et al. 1967, No. 1453*****.

1454* ***The Greedy Fiancée.***
EM 2(1979)745–753(E. Moser-Rath).
Finnish: Rausmaa 1982ff. VI, Nos. 104, 105; Norwegian: Hodne 1984; Danish: Skattegraveren 11(1889)15 No. 18; Spanish: Camarena Laucirica 1991, No. 202; Portuguese: Oliveira 1900f. II, No. 382, Cardigos(forthcoming); German: Selk 1949, No. 1, Ruppel/Häger 1952, 109, Hubrich-Messow(forthcoming); Italian: Cirese/Serafini 1975; Jewish: Jason 1965, No. *1454.

1455 ***The Hard-hearted Fiancée.***

Basset 1924ff. III, 47 No. 33; EM 2(1979)745–753(E. Moser-Rath).

Finnish: Rausmaa 1982ff. VI, No. 106; Estonian: Aarne 1918; Lithuanian: Kerbelytė 1999ff. II; Latvian: Arājs/Medne 1977; Swedish: Liungman 1961; Irish: Ó Súilleabháin/Christiansen 1963; Italian: Cirese/Serafini 1975; Macedonian: cf. Čepenkov/Penušliski 1989 IV, No. 397; Polish: Krzyżanowski 1962f. II, No. 1455, cf. No. 1455A; Jewish: Jason 1975; Jordanian, Saudi Arabian, Egyptian: El-Shamy 2004.

1456 ***The Blind Fiancée.***

BP III, 237–239; Schwarzbaum 1968, 305; EM 2(1979)745–753(E. Moser-Rath); Uther 1981, 89f.; Dekker et al. 1997, 61ff.

Finnish: Rausmaa 1982ff. VI, Nos. 107–110; Finnish-Swedish: Hackman 1917f. II, No. 268b; Estonian: Aarne 1918; Latvian: Arājs/Medne 1977; Lithuanian: Kerbelytė 1999ff. II; Swedish: Liungman 1961; Norwegian: Hodne 1984; Danish: Skattegraveren 11(1889)15 No. 18, 16f. No. 20, 36f. No. 62, Kristensen 1900, Nos. 5, 40; Irish: Ó Súilleabháin/Christiansen 1963; Portuguese: Cardigos(forthcoming); Frisian: Kooi 1984a; German: Zender 1935, No. 69, Wossidlo/Neumann 1963, No. 433, Cammann 1980, 201f., Moser-Rath 1984, 452 No. 129, cf. 193, Kooi/Schuster 1994, No. 108, Hubrich-Messow(forthcoming); Hungarian: MNK VII B; Czech: Klímová 1966, No. 58; Slovene: Vedež 3(1850)150; Rumanian: Stroescu 1969 I, No. 3748; Bulgarian: BFP; Polish: Krzyżanowski 1962f. II; Russian, Byelorussian, Ukrainian: SUS, No. 1456*; Gypsy: MNK X 1; Yakutian: Ėrgis 1967, No. 349; Indian: Thompson/Roberts 1960; US-American: Baughman 1966; African American: Dorson 1958, No. 55, Abrahams 1970, 216f.; South African: Coetzee et al. 1967.

1456* ***The Blind Girl and Her Fiancé.***

Tubach 1969, No. 3764.

Finnish: Rausmaa 1982ff. VI, No. 111; French: Cifarelli 1993, No. 355; German: Uther 1998, No. 73; Italian: Cirese/Serafini 1975; Polish: Krzyżanowski 1962f. II, No. 1481; Russian, Byelorussian: SUS, No. 1456; Siberian: Soboleva 1984.

1457 ***The Lisping Maiden.***

Bolte 1893f.; BP III, 237; EM 2(1979)745–753(E. Moser-Rath); Uther 1981, 90.

Finnish: Rausmaa 1982ff. VI, Nos. 95, 112–115; Estonian: Aarne 1918; Livonian: Loorits 1926; Latvian: Arājs/Medne 1977; Lithuanian: Kerbelytė 1999ff. II; Lappish: Kecskeméti/Paunonen 1974; Swedish: Liungman 1961; Norwegian: Hodne 1984; Danish: Kristensen 1884ff. III, No. 43, Kristensen 1900, Nos. 30–39; French:

Joisten 1971 II, Nos. 225, 226; Spanish: Camarena Laucirica 1991, No. 203; Catalan: Oriol/Pujol 2003; Portuguese: Oliveira 1900f. II, No. 381, Cardigos(forthcoming); Dutch: Boer 1961, 31; Frisian: Kooi 1984a, Kooi/Schuster 1993, No. 34; German: Meyer 1925a, 272, Wossidlo/Neumann 1963, No. 432, Kooi/Schuster 1994, No. 109, Hubrich-Messow(forthcoming); Austrian: Haiding 1965, No. 311; Swiss: Lachmereis 1944, 173; Italian: Cirese/Serafini 1975; Hungarian: MNK VII B, Nos. 1457, 1457A*; Slovakian: Filová/Gašparíková 1993, No. 37; Serbian: Panić-Surep 1964, No. 108; Croatian: Dolenec 1972, No. 34; Bosnian: cf. Klarić 1917, 300; Rumanian: Stroescu 1969 I, Nos. 3725, 3754; Bulgarian: BFP; Greek: Loukatos 1957, 197f., Megas/Puchner 1998; Polish: Krzyżanowski 1962f. II; Russian, Byelorussian, Ukrainian: SUS; Turkish: Eberhard/Boratav 1953, No. 338; Jewish: Haboucha 1992; Cheremis/Mari: Kecskeméti/Paunonen 1974; Siberian: Soboleva 1984; Yakutian: Ėrgis 1967, No. 351; Uzbek: Stein 1991, No. 184; Saudi Arabian, Kuwaiti, Qatar: El-Shamy 2004; Iranian: Marzolph 1984; Indian: Beck et al. 1987, No. 27; Chinese: Ting 1978; Japanese: Ikeda 1971; Spanish-American: Robe 1973; Brazilian: Cascudo 1955a, 320f.; Puerto Rican, Chilean: Hansen 1957; Ecuadorian: cf. Carvalho-Neto 1966, No. 22.

1457* ***Stutterer Goes Matchmaking.***

Irish: Ó Súilleabháin/Christiansen 1963; Italian: Cirese/Serafini 1975; Hungarian: MNK VII B; Rumanian: Stroescu 1969 I, No. 3769; Indian: Jason 1989; Chinese: cf. Ting 1978, No. 1457A.

1458 ***The Girl Who Ate So Little.***

EM 2(1979)748; EM 4(1984)476–478(E. Moser-Rath).

Finnish: Rausmaa 1982ff. VI, No. 116; Lappish: Qvigstad 1925, No. 1458*; Swedish: Liungman 1961; Norwegian: Hodne 1984; Faeroese: Nyman 1984; Irish: Ó Súilleabháin/Christiansen 1963; Spanish: Llano Roza de Ampudia 1925, No. 40, Childers 1948, No. K1984.2.2*; Flemish: Meyer 1968; German: Merkelbach-Pinck 1940, 48f., Moser-Rath 1964, No. 61; Italian: Busk 1874, 382ff.; Hungarian: MNK VII B; Slovene: Kühar/Novak 1988, 173; Macedonian: Čepenkov/Penušliski 1989 IV, No. 372; Polish: Krzyżanowski 1962f. II; Turkish: Eberhard/Boratav 1953, No. 319; Jewish: Jason 1965; Saudi Arabian: cf. Jahn 1970, No. 39; Jordanian, Iraqi, Yemenite: El-Shamy 2004; Indian: Beck et al. 1987, No. 5; African American: Burrison 1989, 37; Brazilian: Cascudo 1955a, 309f., 324f.; South African: Coetzee et al. 1967; Tunisian: El-Shamy 2004; Malagasy: Haring 1982, Nos. 2.3.53, 2.3.1458.

1458* ***The Careless Cook*** (previously ***The Bride Cooks Porridge full of Lumps***).
Finnish: Rausmaa 1982ff. VI, No. 117; Estonian: Aarne 1918; Bulgarian: BFP, No. 1458*, cf. Nos. *1458A*–*1458C*.

1459* ***The Suitor Takes Offense at a Word*** used by the girl.
Lappish: Kecskeméti/Paunonen 1974, Bartens 2003, No. 66; Swedish: Liungman 1961; Danish: Kristensen 1900, No. 31; Italian: Cirese/Serafini 1975; Hungarian: MNK VII B; Rumanian: Stroescu 1969 I, No. 3749; Greek: Laográphia 21(1963/64) 491ff.

1459** ***Keeping up Appearances.***
EM 2(1979)745–753(E. Moser-Rath).
Finnish: Rausmaa 1982ff. VI, Nos. 118–121; Norwegian: Hodne 1984; Swedish: Liungman 1961; Irish: Ó Súilleabháin/Christiansen 1963; Italian: Cirese/Serafini 1975; Bulgarian: BFP; Polish: cf. Krzyżanowski 1962f. II, No. 1459.

1460 ***The Big Jump.***
Schumann/Bolte 1893, No. 7.
Norwegian: Hodne 1984, 344; German: Ranke 1955 III, 188f.; Hungarian: MNK VIIB; Russian: Afanas'ev 1883, Nos. 43, 45.

1461 ***The Girl with the Ugly Name.***
Herbert 1910 III, 174 No. 87, 421 No. 83; EM 4(1984)476–478(E. Moser-Rath).
Lithuanian: Kerbelytė 1999ff. II; Norwegian: Hodne 1984; Portuguese: Vasconcellos/Soromenho et al. 1963f. II, Nos. 399, 400, Cardigos(forthcoming).

1462 ***The Unwilling Suitor Advised from the Tree.***
EM 2(1979)226–230(J. T. Bratcher).
Finnish: Rausmaa 1982ff. VI, No. 102; Latvian: Arājs/Medne 1977; Norwegian: Hodne 1984; Danish: Skattegraveren 8(1887)65ff. No. 219, Kvideland/Sehmsdorf 1999, No. 57; Frisian: Kooi 1984a, Kooi/Schuster 1993, No. 75; German: Wossidlo/Neumann 1963, No. 455,Kooi/Schuster 1994, No. 111; Greek: cf. Orso 1979, No. 148; Polish: cf. Krzyżanowski 1962f. II; Turkish: Boratav 1967, No. 40; Sri Lankan: Thompson/Roberts 1960; Chinese: Ting 1978; Japanese: Ikeda 1971; US-American: Baughman 1966; African American: Burrison 1989, 37.

1463 ***Finger-Drying Contest Won by Deception.***
Wesselski 1908, No. 22; Pauli/Bolte 1924 I, No. 14; Legman 1968f. I, 487; EM 2 (1979) 745–753 (E. Moser-Rath); Dekker et al. 1997, 61f.
Finnish: Rausmaa 1982ff. VI, No. 122; French: cf. Perbosc 1907, No. 22; Portuguese: Cardigos (forthcoming); German: Wossidlo/Neumann 1963, No. 435, Moser-Rath 1984, 93, 288, 290, 399, 452; Italian: Cirese/Serafini 1975; US-American: Baughman 1966.

1463A* ***Foolish Bride Gives Away Her Dowry.***
Latvian: Arājs/Medne 1977; Lithuanian: Kerbelytė 1999ff. II, No. 1463*; Hungarian: MNK VII B.

1464C* ***Good Housekeeping.***
BP III, 236f.
Finnish: Rausmaa 1973a, Rausmaa 1982ff. VI, Nos. 95, 123; Latvian: Arājs/Medne 1977, No. *1469*; Norwegian: Hodne 1984; Swedish: Liungman 1961, No. GS1464; Danish: Folkets Almanak 1898, 237f.; Faeroese: Nyman 1984; English: Briggs 1970f. A I, 106f.; Kooi 1984a, No. 1451A*; West African: Barker/Sinclair 1917, No. 14.

1464D* ***Nothing to Cook.***
Legman 1968f. I, 690f.; Hansen 2002, 287–289.
Finnish: Rausmaa 1982ff. VI, No. 124; Norwegian: Hodne 1984.

1465A* ***The Concentrated Washer.***
Finnish: Rausmaa 1982ff. VI, No. 126; Swedish: Liungman 1961, No. GS1465; Polish: cf. Krzyżanowski 1962f. II.

1468 ***Money in the Bible.***
Finnish: Rausmaa 1973, No. 1453 (1); Estonian: Raudsep 1969, No. 149; Frisian: Kooi 1984a, No. 1453B; Swiss: cf. Lachmereis 1944, 62f.; Italian: Anderson 1923, 361; US-American: Randolph 1965, No. 232, Dodge 1987, 147; South African: Coetzee et al. 1967, No. 1453.

1468* ***Marrying a Stranger.***
Finnish: Rausmaa 1982ff. VI, No. 127; Latvian: Arājs/Medne 1977; Lithuanian: Kerbelytė 1999ff. IV (forthcoming); Wotian: Kecskeméti/Paunonen 1974; Norwegian: Hodne 1984; Danish: Kristensen 1892f. I, No. 28, II, Nos. 18, 527; French: Cou-

lomb/Castell 1986, No. 34; Dutch: Tinneveld 1976, No. 121, Kooi 1985f., No. 21; Frisian: Kooi 1984a; German: Dittmaier 1950, No. 446, Wossidlo/Neumann 1963, No. 447, Kooi/Schuster 1994, No. 110; Austrian: Lang-Reitstätter 1948, 197, Haiding 1969, No. 114; Croatian: Dolenec 1972, No. 94; Rumanian: Stroescu 1969 I, No. 3786; Russian, Ukrainian: SUS; Jewish: Jason 1965, 1988a; Uzbek: Stein 1991, No. 183; Mexican: cf. Rael 1957 II, No. 454.

1470 ***Miscellaneous Bride Tests.***
HDM 1(1930–33)133–136(G. Kahlo); EM 2(1979)745–753(E. Moser-Rath).
Livonian: Loorits 1926, No. 1453*; Latvian: Arājs/Medne 1977; Lappish: Qvigstad 1927ff. II, No. 71, III, No. 95, Bartens 2003, No. 65; Portuguese: Soromenho/Soromenho 1984f. II, No. 506, Cardigos(forthcoming), No. 1479*-*A; Dutch: Overbeke/Dekker et al. 1991, No. 2058; Frisian: Kooi 1984a, No. 1452B*; Maltese: Mifsud-Chircop 1978, No. *1464C1; Hungarian: MNK VII B, No. 1452A*; Bulgarian: BFP, Nos. *1451A*, *1453B, *1457A*, *1462A*; Byelorussian: SUS, Nos. 1452*, 1452**; Spanish-American: Robe 1973, Nos. 1452*A, 1453*B.

Jokes about Old Maids 1475–1499

1475 ***Marriage Forbidden Outside the Parish.***
Finnish: Rausmaa 1982ff. VI, No. 128; Finnish-Swedish: Hackman 1917f. II, No. 269; Estonian: Raudsep 1969, No. 253; Livonian: Loorits 1926; Latvian: Arājs/Medne 1977; Irish: Ó Súilleabháin/Christiansen 1963; Brazilian: cf. Cascudo 1955b, 50ff.

1476 ***The Prayer for a Husband.***
BP III, 120–128; Röhrich 1962f. II, No. 11; EM 1(1977)365–369(E. Moser-Rath); EM 2(1979)226–230(J. T. Bratcher).
Finnish: Rausmaa 1982ff. VI, Nos. 129–131; Estonian: Aarne 1918; Livonian: Loorits 1926; Latvian: Arājs/Medne 1977; Wotian: Kecskeméti/Paunonen 1974; Danish: cf. Kristensen 1900, Nos. 163, 164; Irish: Ó Súilleabháin/Christiansen 1963; English: Baughman 1966, Briggs 1970f. A II, 204, B II, 341f.; Spanish: González Sanz 1996; Portuguese: Pires/Lages 1992, No. 33, Cardigos(forthcoming); Frisian: Kooi/Schuster 1993, No. 51; Flemish: Mont/Cock 1927, No. 8; Walloon: Legros 1962; German: Henßen 1951, No. 83, Wossidlo/Neumann 1963, Nos. 438, 442, Moser-Rath 1984, 92, Grimm KHM/Uther 1996 II, No. 139, Hubrich-Messow(forthcoming); Italian: Toschi/Fabi 1960, No. 67; Greek: cf. Hallgarten 1929, 37f.; Polish: Krzyżanowski 1962f.

II; Byelorussian, Ukrainian: SUS; Jewish: Jason 1988a; Vietnamese: Landes 1886, No. 61, Karow 1972, No. 66; US-American: Baughman 1966; French-American: Ancelet 1994, No. 29; Cuban: cf. Hansen 1957, No. 1476*B.

1476A ***Prayer to Christ Child's Mother.***

Arlotto/Wesselski 1910 I, 57–60, 196–200; BP III, 120–128; Röhrich 1962f. II, 488–497; EM 1(1977)365–369(E. Moser-Rath); EM 2(1979)226–230(J. T. Bratcher); Schwarzbaum 1979, 471.

Latvian: Arājs/Medne 1977; Lithuanian: Kerbelytė 1999ff. IV(forthcoming); Irish: Ó Súilleabháin/Christiansen 1963, No. 1479**; English: Briggs 1970f. A II, 169, B II, 92ff.; French: Joisten 1971 II, No. 220; Spanish: González Sanz 1996; Catalan: Oriol/Pujol 2003; Portuguese: Oliveira 1900f. II, No. 291, Martha/Pinto 192, 217f., Cardigos (forthcoming), Nos. 1476A, 1479**; Dutch: Sinninghe 1943, No. 1479; Frisian: Kooi 1993, No. 51; Flemish: Meyer 1968, Nos. 1476A, 1479**, Meyer/Sinninghe 1973; German: Peuckert 1932, No. 248, Dietz 1951, No. 106, Moser-Rath 1984, 202, Grimm KHM/Uther 1996 II, No. 139; Italian: Cirese/Serafini 1975, Nos. 1476A, 1479**; Hungarian: MNK VII B; Slovakian: Gašparíková 1981a, 147; Serbian: cf. Čajkanovič 1934, No. 122; Bosnian: Krauss 1914, No. 120; Greek: cf. Loukatos 1957, 313, Orso 1979, No. 159; Polish: cf. Krzyżanowski 1962f. II, No. 1479; US-American: Baughman 1966, No. 1479*; Mexican: Robe 1970, No. 204, cf. Robe 1973, No. 1347*.

1476B ***Old Maid Married to a Devil*** (previously ***Girl Married to a Devil***).

EM 1(1977)365–369(E. Moser-Rath).

Finnish: Rausmaa 1982ff. VI, Nos. 132, 133; Latvian: Arājs/Medne 1977; Lithuanian: Kerbelytė 1999ff. III, 268 No. 1.2.1.8; Wotian: Kecskeméti/Paunonen 1974; Icelandic: Sveinsson 1929, No. 1541I*; Portuguese: Soromenho/Soromenho 1984f. I, No. 274, Cardigos(forthcoming); German: Cammann 1967, No. 153; Maltese: cf. Ilg 1906 I, No. 11; Czech: Tille 1929ff. I, 88ff., Jech 1984, No. 62; Slovakian: Gašparíková 1991f. I, Nos. 53, 93, 206, 262, 293, 367, II, Nos. 482, 510, Filová/Gašparíková 1993, Nos. 36, 53, 93, Gašparíková 2000, No. 28; Croatian: Bošković-Stulli 1963, No. 61, cf. Bošković-Stulli 1967f., Nos. 10, 11; Polish: Krzyżanowski 1962f. II, No. 479; Mexican: Robe 1973.

1477 ***The Wolf Husband*** (previously ***The Wolf Steals the Old Maid***).

EM 1(1977)365–369(E. Moser-Rath).

Finnish: Rausmaa 1982ff. VI, Nos. 134, 135; Estonian: Aarne 1918; Latvian: Arājs/

Medne 1977; Norwegian: Hodne 1984; French: Dardy 1891, No. 17, cf. Delarue 1947, No. 14, Perbosc 1954, No. 8; Portuguese: Vasconcellos 1963 II, No. 477, Cardigos (forthcoming), Nos. 1477, 1477*; Bulgarian: BFP; Macedonian: Popvasileva 1983, No. 106; Greek: Megas/Puchner 1998; Polish: Krzyżanowski 1962f. II; Turkish: Eberhard/Boratav 1953, No. 322; Palestinian: Muhawi/Kanaana 1989, No. 4, El-Shamy 2004.

1478 *Nibbling the Nails* (previously ***The Meal of Beans***).
Finnish: Rausmaa 1982ff. VI, Nos. 136–138; Estonian: Aarne 1918; Portuguese: Ranke 1972, No. 179, Vasconcellos/Soromenho et al. 1963f. I, Nos. 50, 51, Cardigos (forthcoming), No. 1479*–*A; Frisian: Kooi 1984a; German: Neumann 1968b, No. 252; Greek: Megas/Puchner 1998, No. 1478*.

1479* *The Old Maid on the Roof* (previously ***The Youth Promises to Marry the Old Maid***).
EM 1 (1977) 353–357 (U. Masing); Marzolph 1992 I, 231f., II, No. 1025.
Finnish: Rausmaa 1982ff. VI, No. 139; Estonian: Aarne 1918; Latvian: Arājs/Medne 1977; Lithuanian: Kerbelytė 1999ff. IV (forthcoming); Spanish: Chevalier 1983, No. 156; Portuguese: Oliveira 1900f. I, No. 150, Cardigos (forthcoming); Italian: Lo Nigro 1953, 290, No. 7c; Bulgarian: BFP; Macedonian: Popvasileva 1983, No. 106; Russian, Byelorussian, Ukrainian: SUS; Siberian: Soboleva 1984; Spanish-American: TFSP 31 (1962) 26, 34 (1967) 105; African American: Dorson 1956, No. 156, Dorson 1958, No. 96; Brazilian: Cascudo 1955a, 307f.

1485* ***Pretty Lips.***
EM 1 (1977) 365–369 (E. Moser-Rath).
Finnish: Rausmaa 1982ff. VI, No. 140; Estonian: Aarne 1918; Latvian: Arājs/Medne 1977; Portuguese: Vasconcellos/Soromenho et al. 1963f. II, No. 486, Cardigos (forthcoming); German: Wossidlo 1910, 98, Nimtz-Wendlandt 1961, No. 63, Hubrich-Messow (forthcoming).

1485A* ***Old Maid Wants to Attract Attention.***
EM 1 (1977) 365–369 (E. Moser-Rath).
Finnish: Rausmaa 1982ff. VI, No. 141; Latvian: Arājs/Medne 1977; Lithuanian: Kerbelytė 1999ff. IV (forthcoming); German: Nimtz-Wendlandt 1961, No. 61, Hubrich-Messow (forthcoming).

1486* *The Daughter Talks Too Loud.*
EM 1(1977)365–369(E. Moser-Rath).
Finnish: Rausmaa 1982ff. VI, Nos. 142, 143; Livonian: Loorits 1926; Danish: Skattegraveren 11(1889)37 No. 63; Bulgarian: BFP.

1488 *Miscellaneous Tales of Old Maids.*
EM 1(1977)365–369(E. Moser-Rath).
Finnish: Rausmaa 1982ff. VI, No. 144; Estonian: Aarne 1918, No. 1480*; Livonian: Loorits 1926, Nos. 1470*, 1480*, 1481*, *1481A**, *1482*; Irish: Ó Súilleabháin/Christiansen 1963, No. 1480*; French: Perbosc/Bru 1987, 57f., Courrière 1988, 71ff.; Spanish: González Sanz 1996, No. 1476D; Portuguese: Cardigos(forthcoming), No. 1490*; Flemish: Meyer 1968, No. 1476*; Hungarian: MNK VII B, No. 1479***; Slovakian: Gašparíková 1991f. I, Nos. 35, 382, II, 490; Bulgarian: BFP, Nos. *1479A*, *1481A*, *1481B*, *1483*; Polish: Krzyżanowski 1962f. II, Nos. 1482–1484, 1488, 1489, 1491; Syrian: El-Shamy 2004, No. 1392§, 1392*; Palestinian: El-Shamy 2004, Nos. 1392§, 1392*; Iraqi, Oman: El-Shamy 2004, No. 1392*; Kuwaiti: El-Shamy 2004, No. 1392§; Iranian: Marzolph 1984, No. *1476; Egyptian: El-Shamy 2004, No. 1392*.

Other Stories about Women 1500–1524

1501 *Aristotle and Phyllis.*
Wesselski 1911 II, No. 402; Josephson 1934; Basset 1924ff. II, 135 No. 61; Delbouille 1951; HDS(1961–63)328f.; Springer 1968, 203–217; Tubach 1969, No. 328; EM 1 (1977)786–788(R. W. Brednich); Rescher 1980; Herrmann 1991; Marzolph 1992 II, No. 469; Ragotzky 1996; Verfasserlexikon 11(2000)130–133(E. Simon); Erfen 2001.
Portuguese: Cardigos(forthcoming); German: Grubmüller 1996, 492ff., 1185ff.; Italian: Cirese/Serafini 1975; Czech: Dvořák 1978, No. 328; Polish: cf. Krzyżanowski 1962f. II, No. 1421; Indonesian: Bezemer 1903, No. 13, Voorhoeve 1927, No. 170; Chinese: Chavannes 1910ff. III, No. 453.

1503* *The Daughter-in-Law and the Real Daughter.*
Finnish: Rausmaa 1982ff. VI, Nos. 145–148, p. 490; Norwegian: Hodne 1984; Bulgarian: BFP; Jewish: Jason 1965, 1988a.

1510 *The Matron of Ephesus.* (Vidua.)
Grisebach 1889; Chauvin 1892ff. VIII, 210ff. No. 254; Köhler/Bolte 1898ff. II, 564,

583; Basset 1924ff. II, 15 No. 6; Pauli/Bolte 1924 II, No. 752; Ranke 1953; Pedersen/Holbek 1961f. II, No. 82; Tubach 1969, Nos. 5262, 5263; Frenzel 1976, 666–669; Scobie 1977, 15–17; Schwarzbaum 1979, 394–417; Schwarzbaum 1981; Huber 1990; Bronzini 1993; Dekker et al. 1997, 165–168; Hansen 2002, 266–279; EM: Witwe von Ephesus (in prep.).
Estonian: Aarne 1918, No. 1352*; Latvian: Arājs/Medne 1977, No. 1352*; Lithuanian: Kerbelytė 1999ff. II; Swedish: Liungman 1961; Icelandic: Sveinsson 1929; Irish: Ó Súilleabháin/Christiansen 1963, Nos. 1352*, 1510; English: Briggs 1970f. A II, 207f.; French: Tegethoff 1923 I, No. 7; Spanish: Chevalier 1983, No. 157; Dutch: cf. Sinninghe 1943, No. 1350*, Schippers 1995, No. 476, Kooi 2003, No. 86; Frisian: Kooi 1984a; German: Dittmaier 1950, No. 475, Rehermann 1977, 436 No. 32, Moser-Rath 1984, 121, 457; Swiss: EM 7(1993)874; Italian: Cirese/Serafini 1975, Schenda 1996, No. 4; Hungarian: György 1934, No. 60, MNK VII B; Czech: Dvořák 1978, No. 5262; Slovakian: Polívka 1923ff. III, No. 57, V, 111; Slovene: Soča 25(1895)No. 37; Polish: Krzyżanowski 1962f. II; Russian, Byelorussian: SUS; Turkish: Eberhard/Boratav 1953, No. 278; Jewish: Jason 1965, 1975; Syrian, Palestinian, Iraqi: El-Shamy 2004; Indian: Jason 1989; Nepalese: Heunemann 1980 No. 17; Chinese: cf. Wilhelm 1914, No. 39; US-American: Dodge 1987, 101; Egyptian, Algerian: El-Shamy 2004; Tunisian: Nowak 1969, No. 289, El-Shamy 2004; Moroccan: Laoust 1949, No. 33, El-Shamy 2004.

1511* ***Advice of the Bells.***
cf. Tubach 1969, No. 4295b; EM 11,1(2003)239–242(H. Lox).
Latvian: Arājs/Medne 1977; Portuguese: Vasconcellos/Soromenho et al. 1963f. II, Nos. 381, 387, 484, Cardigos (forthcoming), No. 1511*, cf. No. 1511*–*A; Dutch: Kooi 2003, No. 69; Frisian: Kooi 1984a; Flemish: Mont/Cock 1927, No. 12; Walloon: Laport 1932, No. *1511; German: Kubitschek 1920, 11, Moser-Rath 1984, 121f., Slovakian: cf. Filová/Gašparíková 1993, No. 68; Polish: cf. Krzyżanowski 1962f. II, No. 1522.

1512* ***Consolation.***
Frisian: Kooi 1984a, Kooi/Schuster 1993, No. 50; German: Wossidlo/Neumann 1963, No. 509, Haddinga/Schuster 1982, 71; Polish: Simonides/Simonides 1994, No. 101.

1515 ***The Weeping Bitch.*** (Catala.)
Chauvin 1892ff. VIII, 45f. No. 13, IX, 22 No. 11; Pauli/Bolte 1924 II, No. 873; Pedersen/Holbek 1961f. II, No. 193; Tubach 1969, No. 661; Hatami 1977, No. 14; Chatillon 1980; Schwarzbaum 1989, 279–283; EM 6(1990)1368–1372(H.-J. Uther); Mar-

zolph/Van Leeuwen 2004, No. 193.
Swedish: Liungman 1961; Icelandic: Sveinsson 1929; Spanish: Goldberg 1998, No. K1351; Catalan: Neugaard 1993, No. K1351; Czech: Dvořák 1978, No. 661; Polish: Krzyżanowski 1962f. II; Persian Gulf: El-Shamy 1995 I, No. K1351; Egyptian: Littmann 1955, 86ff., 162f., El-Shamy 2004; Algerian: El-Shamy 2004; Moroccan: Laoust 1949, No. 85, El-Shamy 2004.

1516* ***Marriage as Purgatory*** (previously ***Pleasant Purgatory***).
Basset 1924ff. I, 285 No. 27; Schwarzbaum 1968, 32, 445; EM 1(1977)357–359(K. Ranke).
Finnish: Rausmaa 1982ff. VI, No. 1516C*; English: Zall 1963, 85; French: Joisten 1971 II, Nos. 215, 216, 218; Spanish: González Sanz 1996, No. 1516C*; Catalan: Ranke 1972, No. 28; Portuguese: Pires/Lages 1992, No. 74, Cardigos(forthcoming), No. 1516C*; Frisian: Kooi 1984a, No. 1516C*; Walloon: Laport 1932, Nos. *1518, *1518A, Legros 1962, No. 1516B*; German: Merkens 1892ff. I, No. 285, Nord 1939, 23; Corsican: Ortoli 1883, No. 27; Macedonian: Čepenkov/Penušliski 1989 IV, No. 456; Rumanian: Stroescu 1969 I, Nos. 3350, 3411; Bulgarian: BFP, No. 1516A*, cf. No. *1516F*; Polish: cf. Krzyżanowski 1962f. II, No. 1516*; Chinese: Ting 1978, No. 1516A*; Egyptian: cf. El-Shamy 2004, No. 1516C*; South African: Coetzee et al. 1967, No. 800.0.2.

STORIES ABOUT A MAN 1525–1724

The Clever Man 1525–1639

1525 ***The Master Thief.***
Chauvin 1892ff. VII, 138f. No. 408A, VII, 140 No. 409; Köhler/Bolte 1898ff. I, No. 10; BP III, 127f., 379–406; Ross 1963; Schwarzbaum 1968, 6, 80, 298, 349, 457; Schwarzbaum 1979, 564; Schwarzbaum 1980, 282; MacDonald 1982, No. K301; Dekker et al. 1997, 229–234; EM 9(1999)508–521(H. Lox).
Finnish-Swedish: Hackman 1917f. I, No. 103(2), II, No. 293; Latvian: Arājs/Medne 1977; Lappish, Lydian: Kecskeméti/Paunonen 1974; Swedish: Liungman 1961; Norwegian: Christiansen 1921; Scottish: Briggs 1970f. A II, 158ff.; Irish: Ó Súilleabháin/Christiansen 1963; English: Briggs 1970f. A II, 170ff., 275f., 392f., 413ff., B II, 297f.; Spanish: González Sanz 1996; Walloon: Legros 1962; German: Henßen 1932, 63ff., Dittmaier 1950, No. 513, Grannas 1957, No. 37; Austrian: Haiding 1953, No. 74; Italian, Sardinian: Cirese/Serafini 1975; Hungarian: MNK VII B; Slovene: Komano-

va 1923, 60ff.; Serbian: Čajkanović 1927, No. 106, Čajkanović 1929, No. 88; Croatian: Bošković-Stulli 1963, No. 112, cf. Bošković-Stulli 1967f., No. 33; Rumanian: cf. Stroescu 1969 I, No. 3000; Bulgarian: BFP; Polish: Krzyżanowski 1962f. II, No. 1525A; Jewish: Jason 1965, 1988a, Haboucha 1992; Gypsy: Briggs 1970f. A II, 408ff., 413ff., MNK X 1; Cheremis/Mari, Mordvinian: Kecskeméti/Paunonen 1974; Chuvash: Mészáros 1912, Nos. 13, 21; Yakut: Ėrgis 1967, Nos. 196, 238, 300–302, 304, 307, 309, 311, 322; Kalmyk, Buryat, Mongolian: Lőrincz 1979; Persian Gulf, Yemenite: Nowak 1969, No. 407, El-Shamy 2004; Palestinian, Oman: El-Shamy 2004; Indian: Thompson/Roberts 1960, Blackburn 2001, Nos. 52, 81; Chinese: Eberhard 1937, No. 21f., Eberhard 1941, No. 182; Japanese: Ikeda 1971; French-Canadian: Lemieux 1974ff. III, No. 7, IV, No. 4, X, No. 2, XI, No. 2, XIV, Nos. 27, 29; French-American: Carrière 1937, No. 65; Spanish-American: Rael 1957 II, Nos. 292, 347, 349–353, 355; Dominican, Puerto Rican: Flowers 1953; Mayan: Peñalosa 1992; West Indies: Flowers 1953; North African: Nowak 1969, No. 407, El-Shamy 2004; Egyptian: Nowak 1969, No. 116, El-Shamy 2004; Algerian, Moroccan: El-Shamy 2004; Tunisian: Nowak 1969, Nos. 116, 407, El-Shamy 2004; Congolese: Seiler-Dietrich 1980, No. 23; South African: Coetzee et al. 1967; Malagasy: Haring 1982, Nos. 2.3.67, 2.3.79, 2.3.1525.

1525A ***Tasks for a Thief*** (previously ***Theft of Dog, Horse, Sheet, or Ring***).
Chauvin 1892ff. VIII, 136f. No. 133; BP III, 33–37, 379–406; Pauli/Bolte 1924 II, No. 850; Schwarzbaum 1968, 91; EM 9(1999)509–513; Schmidt 1999.
Finnish: Rausmaa 1982ff. VI, 491; Estonian: Raudsep 1969, No. 275; Livonian: Loorits 1926; Latvian: Arājs/Medne 1977; Lithuanian: Kerbelytė 1999ff. II; Lappish: Qvigstad 1921; Wepsian, Wotian, Karelian: Kecskeméti/Paunonen 1974; Swedish: Liungman 1961, No. 1525A-D; Norwegian: Hodne 1984; Danish: Holbek 1990, No. 41; Faeroese: Nyman 1984; Icelandic: Sveinsson 1929; Scottish: Bruford/MacDonald 1994, No. 23; Irish: Béaloideas 2(1930)348–351, 358, 7(1937)72–75, 10(1940)165–172; English: Baughman 1966, Briggs 1970f. A II, 386; French: Sébillot 1880ff. I, No. 32, Tegethoff 1923 I, No. 1, Massignon 1965, No. 16; Spanish: Espinosa 1946f., No. 196, Childers 1977, No. H1151.4; Basque: Webster 1877, 145ff.; Catalan: Oriol/Pujol 2003; Portuguese: Cardigos(forthcoming); Dutch: Tinneveld 1976, Nos. 217, 238, Meder/Bakker 2001, Nos. 300, 466; Frisian: Kooi 1984a; Flemish: Meyer 1968; German: Plenzat 1927, Moser-Rath 1966, No. 82, Grimm KHM/Uther 1996 III, No. 192, Bechstein/Uther 1997 I, No. 4, Berger 2001; Austrian: Haiding 1969, Nos. 6, 82, 117, 121a, 121b; Ladinian: Decurtins 1896ff. II, 637 No. 106; Italian: Cirese/Serafini 1975; Corsican: Massignon 1963, Nos. 92, 105; Maltese: Mifsud-Chircop 1978, Nos. 1525A, 1525A IV; Hungarian: MNK VII B; Czech: Tille 1929ff. II 2, 283ff., 287ff.,

Klímová 1966, No. 59; Slovakian: Gašparíková 1991f. I, Nos. 26, 44, 168, 294, II, 417, 511, 535, 576; Serbian: Đorđjevič/Milošević-Đorđjevič 1988, No. 247; Croatian: Vujkov 1953, 247ff., Bošković-Stulli 1963, No. 80, Bošković-Stulli 1975b, No. 51; Rumanian: Schullerus 1928, Stroescu 1969 I, No. 3003, II, No. 5307; Bulgarian: BFP, No. 1525A, cf. No. *1525A*; Greek: Megas/Puchner 1998; Polish: Simonides 1979, No. 263, Simonides/Simonides 1994, No. 82; Russian, Byelorussian, Ukrainian: SUS; Turkish: Eberhard/Boratav 1953, Nos. 342(5-6), 346, 360(5-6), 360 III(var. b, i); Jewish: Jason 1965; Gypsy: Erdész/Futaky 1996, No. 26, MNK X 1; Cheremis/Mari, Chuvash, Mordvinian: Kecskeméti/Paunonen 1974; Siberian: Soboleva 1984; Yakut: Ėrgis 1967, Nos. 299, 305; Mongolian: Lőrincz 1979; Georgian: Kurdovanidze 2000; Syrian, Saudi Arabian, Qatar: El-Shamy 2004; Pakistani: Thompson/Roberts 1960; Indian: Thompson/Roberts 1960, Jason 1989; Chinese: Ting 1978; Indonesian: Vries 1925f. II, No. 157; Japanese: Inada/Ozawa 1977ff.; US-American: Baughman 1966; French-American: Ancelet 1994, No. 22; Spanish-American, Mexican: Robe 1973; Cuban: Hansen 1957, No. 1525**J; Dominican, Chilean, Argentine: Hansen 1957; Persian Gulf, Yemenite: Nowak 1969, No. 407; North African: Nowak 1969, No. 407; Tunisian: Nowak 1969, No. 407, El-Shamy 2004; Somalian: El-Shamy 2004; South African: Coetzee et al. 1967, Nos. 1525, 1635.15-16; Grobbelaar 1981.

1525B ***The Horse Stolen.***

Chauvin 1892ff., 135 No. 404; EM 9(1999)513.

Finnish: Rausmaa 1982ff. VI, Nos. 152-156; Latvian: Arājs/Medne 1977, Nos. 1525B, *1525B$_1$; Lithuanian: Kerbelytė 1999ff. II; Swedish: Liungman 1961, No. 1525A-D; Irish: O'Faolain 1965, 157ff.; English: Briggs 1970f. B II, 36f.; French: Carnoy 1885, No. 32; Spanish: cf. Espinosa 1988, No. 319; Frisian: Kooi 1984a; German: Kölm/Gutowski 1937, 38ff., cf. Röhrich 1962f. II, 56ff., cf. Grimm DS/Uther 1993 I, No. 335; Hungarian: MNK VII B; Czech: Klímová 1966, No. 60; Slovakian: Gašparíková 1991f. II, No. 426; Serbian: Vrčević 1868f. I, No. 232, II, 69; Croatian: Bošković-Stulli 1963, No. 112; Rumanian: Stroescu 1969 II, No. 5309; Greek: Megas/Puchner 1998; Polish: cf. Krzyżanowski 1962f. II, No. 1635O; Russian: Afanas'ev/Barag et al. 1984f. III, No. 398; Byelorussian, Ukrainian: SUS; Jewish: Jason 1975; Gypsy: MNK X 1; Votyak: cf. Buch 1882, No. 9; Yakut: cf. Ėrgis 1967, Nos. 307, 363; Afghan: Lebedev 1955, 115; Indian: Knowles 1888, 338ff.; Chinese: Ting 1978; Japanese: Ikeda 1971; North American Indian: Thompson 1919, 426ff.; US-American: Baughman 1966, No. K341.8; Dominican, Puerto Rican: Hansen 1957; Cape Verdian: Parsons 1923b I, No. 30; Somalian: El-Shamy 2004.

1525C ***Fishing in the Street*** (previously ***The Traveler Watches the Man Fishing in the Street***).

Montanus/Bolte 1899, No. 44; EM 9(1999)513f.

Finnish: Rausmaa 1982ff. VI, Nos. 157, 158, 492; Estonian: Aarne 1918; Latvian: Arājs/Medne 1977, No. 1525C, cf. No. *1525C$_1$; Swedish: Liungman 1961, No. 1525A-D; Danish: Kristensen 1900, No. 30; Walloon: Laport 1932; German: Nimtz-Wendland 1961, No. 83a, Neumann 1999, No. 161; Russian, Byelorussian, Ukrainian: SUS; Chuvash: Kecskeméti/Paunonen 1974.

1525D ***Theft by Distracting Attention.***

BP III, 389-395; Schwarzbaum 1968, 91; Schwarzbaum 1979, 483; Marzolph 1992 II, No. 368; Schmidt 1999; EM 9(1999)514.

Finnish: Rausmaa 1982ff. VI, 492ff.; Estonian: Aarne 1918; Latvian: Arājs/Medne 1977; Lithuanian: Kerbelytė 1999ff. II; Lappish: Qvigstad 1921; Wepsian, Wotian, Karelian: Kecskeméti/Paunonen 1974; Swedish: Liungman 1961, No. 1525A-D; Danish: Holbek 1990, No. 41; Scottish: Baughman 1966; Irish: Ó Súilleabháin/Christiansen 1963; English: Baughman 1966; French: Cosquin 1886f. II, No. 70, Joisten 1965, No. 23; Spanish: González Sanz 1996; Catalan: Oriol/Pujol 2003; Portuguese: Soromenho/Soromenho 1984f. II, Nos. 682, 687, 688, Cardigos(forthcoming); Dutch: Tinneveld 1976, Nos. 217, 260, Meder 2000, No. 112; Frisian: Kooi 1984a; Flemish: Meyer 1968; German: Plenzat 1927, Henßen 1935, No. 143, Zender 1935, No. 47; Italian: Cirese/Serafini 1975, Appari 1992, No. 2; Corsican: Massignon 1963, Nos. 92, 105; Hungarian: MNK VII B; Czech: Tille 1929ff. II 2, 287ff.; Slovakian: Gašparíková 1991f. II, Nos. 424, 536; Serbian: Karadžić 1937, No. 46, Đjorđjevič/Milošević-Đjorđjevič 1988, Nos. 249-253, Eschker 1992, No. 100; Croatian: Vujkov 1953, 247ff., Bošković-Stulli 1959, No. 55, Bošković-Stulli 1975b, No. 52; Rumanian: Stroescu 1969 I, No. 5307, 5310; Bulgarian: BFP, No. 1525D, cf. Nos. *1525D$_1$-*1525D$_4$; Albanian: Jarník 1890ff., 267ff.; Greek: Loukatos 1957, 199ff., Megas/Puchner 1998; Polish: cf. Krzyżanowski 1962f. II, No. 1635O; Russian, Byelorussian, Ukrainian: SUS; Turkish: Eberhard/Boratav 1953, No. 341(2-3); Jewish: Jason 1965, 1975; Gypsy: MNK X 1; Cheremis/Mari, Mordvinian, Votyak: Kecskeméti/Paunonen 1974; Siberian: Soboleva 1984; Kalmyk: Lőrincz 1979; Georgian: Kurdovanidze 2000; Syrian, Qatar: El-Shamy 2004; Iranian: Marzolph 1984, No. 1525D, cf. No. *1525D; Pakistani: Thompson/Roberts 1960; Indian: Thompson/Roberts 1960, Jason 1989; Chinese: Ting 1978; US-American: Baughman 1966; Spanish-American: TFSP 10(1932)15f., 18(1943)177-180, 25(1953)233-235, Robe 1973; African American: Dorson 1967, Nos. 12, 13, Baer 1980, 134f.; Mexican, Guatemalan, Nicaraguan:

Robe 1973; Dominican, Puerto Rican, Chilean, Argentine: Hansen 1957; Mayan: Peñalosa 1992; Egyptian, Algerian: El-Shamy 2004; East African: Arewa 1966, No. 2930; Sudanese, Somalian, Tanzanian: El-Shamy 2004; Central African: Lambrecht 1967, No. 1223; Namibian: Schmidt 1989 II, No. 1230; South African: cf. Grobbelaar 1981.

1525E ***Thieves Steal from One Another*** (previously ***The Thieves and their Pupil***).

Köhler/Bolte 1898ff. I, 198–210; BP III, 389–395; Vries 1926; Walters-Gehrig 1961, 61–175; Tubach 1969, No. 4784; EM 3(1981)646–650(E. Moser-Rath); Dekker et al. 1997, 229f.

Latvian: Arājs/Medne 1977; Lithuanian: Kerbelytė 1999ff. II, Nos. 1525E, 1525H; Wepsian: Kecskeméti/Paunonen 1974, No. 1525N; Karelian: Konkka 1959, 68ff.; Danish: Kristensen 1881ff. II, No. 10, Kristensen 1890, No. 94; Icelandic: Gering 1882f. II, No. 90, Sveinsson 1929; Scottish: Briggs 1970f. A II, 253f.; Irish: Ó Súilleabháin/Christiansen 1963; English: Briggs 1970f. A II, 337; Spanish: Childers 1977, Nos. K306.2, 307.4*–K307.6*, Chevalier 1983, Nos. 164, 167, Espinosa 1988, No. 318; Catalan: Oriol/Pujol 2003, Nos. 1525E, $1525H_3$; Portuguese: Soromenho/Soromenho 1984f. II, Nos. 683, 684, 686–688, Cardigos(forthcoming), Nos. 1525E, $1525H_1$, $1525H_2$, 1525N; Dutch: Kruyskamp 1957, 51ff.; Frisian: Kooi 1984a, Nos. $1525H_1$, $1525H_2$; Flemish: Walschap 1960, 78ff.; German: Wolf 1845, No. 5, cf. Plenzat 1930, 10ff., Moser-Rath 1984, 255; Italian: Keller 1963, 235, Cirese/Serafini 1975, Nos. 1525E, 1525H, 1525H2, 1525N, Todorović-Strähl/Lurati 1984, No. 30; Corsican: Massignon 1963, No. 95; Sardinian: Cirese/Serafini 1975, Nos. 1525E, 1525H, $1525H_2$; Hungarian: Dégh 1955f. I, No. 43, MNK VII B, Nos. $1525H_1$, $1525H_2$, 1525N, cf. No. 1525N*; Czech: Tille 1929ff. I, 131, 361ff.; Slovakian: Polívka 1923ff. IV, No. 106, Gašparíková 1991f. I, Nos. 276, 318, II, Nos. 477, 579; Serbian: Vrčević 1868f. I, No. 291, Karadžić 1937, No. 47, cf. Đjorđjevič/Milošević-Đjorđjevič 1988, No. 254, cf. No. 256; Bosnian: Preindlsberger-Mrazović 1905, 44ff.; Macedonian: Tošev 1954, 193ff., Eschker 1972, No. 44, Piličkova 1992, No. 35; Rumanian: Ure 1960, 9ff., Bîrlea 1966 III, 479ff., Stroescu 1969 II, Nos. 5311, 5312; Bulgarian: BFP, Nos. 1525E, 1525H, $1525H_1$, 1525N, *$1525N_1$, cf. No. $1525N_3$; Albanian: Dozon 1881, No. 21, Mazon 1936, No. 57, Camaj/Schier-Oberdorffer 1974, No. 76; Greek: Hallgarten 1929, 175ff., Megas/Puchner 1998, Nos. $1525H_1$, $1525H_3$; Polish: Krzyżanowski 1962f. II, Simonides 1979, No. 266; Russian: SUS, Nos. 1525E, 1525H; Byelorussian, Ukrainian: SUS; Turkish: Eberhard/Boratav 1953, Nos. 341(1), 343, 360(1–2); Jewish: Jason 1965, Nos. 1525H, $1525H_1$, $1525H_2$, Jason 1975, Nos. $1525H_1$, 1525N, Jason 1988a, No. $1525H_1$; Gypsy:

Aichele/Block 1962, No. 17, MNK X 1, Nos. 1525H1, 1525N; Abkhaz: Šakryl 1975, No. 84; Cheremis/Mari, Votyak: Kecskeméti/Paunonen 1974; Udmurt: Kralina 1961, No. 84; Kurdish: Družinina 1959, 103ff.; Armenian: Macler 1928f. I, 15ff.; Yakut: cf. Ėrgis 1967, No. 310; Kazakh: Makeev 1952, 121ff., Sidel'nikov 1952, 97ff., 141ff., Sidel'nikov 1958ff. I, 358ff., 381ff., cf. 331ff.; Kalmyk: Ramstedt 1909 I, Nos. 3, 4, Džimbinov 1959, 55ff., Lőrincz 1979; Georgian: Papashvily/Papashvily 1946, 181ff., Dolidze 1956, 342ff., Kurdovanidze 2000; Aramaic: Lidzbarski 1896, No. 1; Palestinian: Schmidt/Kahle 1918f. I, No. 23, II, No. 125; Saudi Arabian: Müller 1902ff. II, No. 12; Iraqi: El-Shamy 2004, No. 1525H_1; Oman: El-Shamy 2004, Nos. 1525H1, 1525N; Yemenite: El-Shamy 2004, No. 1525N; Iranian: cf. Marzolph 1984, No. *1525H*; Pakistani: Thompson/Roberts 1960; Indian: Thompson/Roberts 1960, No. 1525M, Jason 1989, Nos. 1525H, 1525H1, 1525N, Blackburn 2001, No. 44; Burmese: Esche 1976, 374ff.; Sri Lankan: Thompson/Roberts 1960, Schleberger 1985, No. 40; Chinese: Ting 1978, Nos. 1525H, 1525N; Malaysian: Hambruch 1922, No. 10; US-American: Beckwith 1940, 446; Spanish-American: Rael 1957 II, No. 346, Robe 1973, No. 1525H_1; Mexican: Robe 1973, No. 1525H_1; Panamanian: Robe 1973, No. 1525H_1; Mayan: Peñalosa 1992, No. 1525H_2, Dominican, Argentine: Hansen 1957, No. 1525A I**d; Chilean: Hansen 1957, No. 1525**H; Cape Verdian: Parsons 1923b, Nos. 28, 30; North African: El-Shamy 2004, No. 1525H; Egyptian: El-Shamy 2004, Nos. 1525E, 1525H, 1525H1, 1525N; Algerian: Rivière 1882, No. 4, Frobenius 1921ff. I, No. 40, II, No. 5, Lacoste/Mouliéras 1965, Nos. 61, 78, El-Shamy 2004, Nos. 1525E, 1525H, 1525H1, 1525N; Moroccan: El-Shamy 2004, Nos. 1525E, 1525H1; West African: Bascom 1975, Nos. 31, 33–35; Mali: Schild 1975, No. 20; East African: Kohl-Larsen 1966, 171ff.; Sudanese: El-Shamy 2004; Somalian: El-Shamy 2004, No. 1525N.

1525G ***The Thief in Disguise*** (previously ***The Thief Assumes Disguises***).
EM 9(1999)515.
Latvian: Arājs/Medne 1977; Spanish: González Sanz 1996; Portuguese: Soromenho/Soromenho 1984f. II, No. 687, Cardigos(forthcoming); German: Lemke 1884ff. II, 81ff.; Italian: Cirese/Serafini 1975; Serbian: Đorđjevič/Milošević-Đorđjevič 1988, No. 247; Croatian: Bučar 1918, No. 3; Jewish: Jason 1965; Iraqi: El-Shamy 2004; Pakistani: Thompson/Roberts 1960; Indian: Thompson/Roberts 1960, Jason 1989, Blackburn 2001, No. 18; Sri Lankan: Thompson/Roberts 1960; Chinese: Ting 1978; South American Indian: Wilbert/Simoneau 1992, No. K311; Algerian: El-Shamy 2004.

1525H_4 ***The Youth in the Beehive.***
EM 7(1993)757–760(H.-J. Uther).

Finnish: Bødker et al. 1963, 17ff., Simonsuuri / Rausmaa 1968, No. 50; Latvian: Arājs / Medne 1977; Lithuanian: Kerbelytė 1999ff. II; Scottish: Aitken / Michaelis-Jena 1965, No. 63; French: Carnoy 1885, No. 5, Delarue 1956, 322ff., Massignon 1965, No. 10; Portuguese: Soromenho / Soromenho 1984f. II, Nos. 478, 587, 588, Cardigos (forthcoming); Frisian: Kooi 1984a; Flemish: Joos 1889ff. III, No. 26; German: Zender 1935, No. 130, Henßen 1951, No. 54, Wossidlo / Neumann 1963, No. 315; Swiss: Jegerlehner 1913, No. 60; Austrian: Haiding 1965, No. 48, Haiding 1969, No. 123; Hungarian: György 1934, No. 138, MNK VII B; Slovakian: Polívka 1923ff. V, No. 139F; Bulgarian: BFP, No. *1875*; Albanian: Camaj / Schier-Oberdorffer 1974, Nos. 34, 73; Russian, Ukrainian: SUS; Votyak: Kecskeméti / Paunonen 1974; Siberian: Soboleva 1984; Georgian: Finger 1939, 182f.; Chinese: Ting 1978; US-American: Chase 1958, No. 1; Moroccan: Laoust 1949, No. 71; South African: Coetzee et al. 1967, No. 1525H4*.

1525J ***Thieves Cheated of their Booty.***

Wesselski 1911 II, No. 428; BP III, 389–395; HDM 1 (1930–33) 346; Schwarzbaum 1979, xxxi No. 25, LIV not. 140; EM 9 (1999) 515f.

Finnish: Rausmaa 1982ff. VI, 493; Latvian: Arājs / Medne 1977, Nos. $1525J_1$, $1525J_2$; Scottish: Briggs 1970f. A II, 377ff.; English: Zall 1963, 42; French: Carnoy 1885, No. 32; Spanish: Chevalier 1983, No. 165, Goldberg 1998, No. K345.2; Catalan: Karlinger / Pögl 1989, No. 48, Neugaard 1993, No. K345.2; Portuguese: Oliveira 1900f. I, No. 51, Cardigos (forthcoming), No. $1525J_2$; Dutch: Meder 2000, No. 112; Frisian: Kooi 1984a, No. $1525J_2$; Flemish: Berg 1981, No. 304; German: Cammann 1967, No. 107; Swiss: EM 7 (1993) 868; Italian: Cirese / Serafini 1975; Maltese: Mifsud-Chircop 1978, No. $*1525J_1$; Hungarian: MNK VII B, No. $1525J_2$; Czech: Dvořák 1978, No. 748*; Slovakian: Gašparíková 1991f. I, No. 26, II, cf. Nos. 391, 536; Serbian: Đjorđjevič / Milošević-Đjorđjevič 1988, Nos. 249–253; Croatian: Bošković-Stulli 1963, No. 81, Bošković-Stulli 1967f., No. 32; Bulgarian: BFP, No. $1525J_1$; Greek: Loukatos 1957, 199ff., Megas / Puchner 1998, Nos. $1525J_1$, $1525J_2$; Ukrainian: Hnatjuk 1909 I, No. 262; Turkish: Eberhard / Boratav 1953, Nos. 347, 348 IV 1, 360 (1–6), 360 III 3a; Jewish: Jason 1965, Nos. 1525J, $1525J_1$, $1525J_2$, cf. No. $1525J_3$, Jason 1975, cf. No. $1525J_3$, Jason 1988a; Cheremis / Mari, Mordvinian: Kecskeméti / Paunonen 1974, No. $1525J_1$; Kazakh: Sidel'nikov 1952, 97ff.; Syrian: El-Shamy 2004, No. 1525J2; Persian Gulf: El-Shamy 2004, No. $1525J_1$; Saudi Arabian, Kuwaiti, Qatar, Yemenite: El-Shamy 2004, No. $1525J_2$; Iranian: Christensen 1918, No. 9, cf. Christensen 1958, No. 18, cf. Marzolph 1984, No. *1525D; Indian: Thompson / Roberts 1960, No. 1525J, Jason 1989, No. 1525J, cf. No. $1525J_3$; Chinese: Ting 1978, Nos. $1525J_1$, $1525J_2$; Vietnamese: Landes 1886, No. 22; Japanese: Ikeda 1971; Spanish-American: Robe 1973; Egyptian, Algerian, Sudanese: El-Shamy 2004, No. 1525J$_2$; Somalian: Reinisch 1900, No. 46.

1525K ***Ubiquitous Beggar.***
Herbert 1910, 282 No. 37; EM 9(1999)516.
Spanish: Espinosa 1946, Nos. 210, 211; Frisian: Kooi 1984a; Rumanian: cf. Stroescu 1969 II, No. 5096; Iranian: cf. Marzolph 1984, No. *1525K; North American Indian: cf. Thompson 1929, 310 not. 117d; South American Indian: Wilbert/Simoneau 1992, No. K1982; Syrian: El-Shamy 2004.

1525L ***Creditor Falsely Reported Insane When He Demands Money.***
Arlotto/Wesselski 1910 II, No. 92; Gonnella/Wesselski 1920, No. 2.
Finnish: Rausmaa 1982ff. VI, No. 163; Spanish: Chevalier 1983, No. 166, Goldberg 1998, No. K242; Catalan: Neugaard 1993, No. K242; Portuguese: Oliveira 1900f. I, No. 38, Cardigos(forthcoming); Italian: Cirese/Serafini 1975; Croatian: Bošković-Stulli 1963, No. 82; Palestinian: El-Shamy 2004; Iranian: cf. Marzolph 1984, No. 1642A; Spanish-American: Robe 1973; Egyptian: El-Shamy 2004.

1525M ***The Sheep in the Cradle*** **(previously *Mak and the Sheep*).**
Cosby 1945; Dégh 1982f., 103; EM: Schaf in der Wiege(forthcoming).
Finnish: Rausmaa 1982ff. VI, Nos. 165–167; Latvian: cf. Arājs/Medne 1977, No. *1525M1; Spanish: Llano Roza de Ampudia 1925, No. 70, Lorenzo Vélez 1997, 117f.; Catalan: Oriol/Pujol 2003; Portuguese: Soromenho/Soromenho 1984f. II, No. 421, Cardigos(forthcoming); Dutch: Sinninghe 1943, No. 1525h*; Frisian: Kooi 1984a, Nos. 1525M, 1525H*, Kooi/Schuster 1993, No. 112; German: Wossidlo/Neumann 1963, No. 287, Moser-Rath 1984, 288, Brednich 1993, No. 94; Swiss: EM 7(1993)874; Italian: Cirese/Serafini 1975, Nos. 1525M, 1525H*; Hungarian: MNK VII B; Slovakian: Polívka 1923ff. V, No. 142G, Gašparíková 1991f. II, No. 501; Greek: Megas/Puchner 1998; Polish: Krzyżanowski 1962f. II, Simonides 1979, No. 230; Russian: SUS, No. 1525H*; Mingril: Bleichsteiner 1919, No. 5; Palestinian: El-Shamy 2004; Pakistani, Indian, Sri Lankan: Thompson/Roberts 1960; Burmese: Kasevič/Osipov 1976, Nos. 41, 68, 200; US-American: Baughman 1966, Burrison 1989, 48f.; Spanish-American: TFSP 10(1932)12f.; African American: Dorson 1956, Nos. 24, 50, Dance 1978, Nos. 354A, 354B; Moroccan: El-Shamy 2004, No. 1525H*; Nigerian: Walker/Walker 1961, 65ff.

1525Q ***The Two Thieves Married to the Same Woman.***
Chauvin 1892ff. V, 253 No. 151; Horálek 1968f., 185f.; EM 9(1999)516f.; Marzolph/

Van Leeuwen 2004, No. 425.
Macedonian: Eschker 1972, No. 44; Bulgarian: BFP; Albanian: Dozon 1881, No. 22, Mazon 1936, No. 68; Greek: Megas/Puchner 1998; Turkish: Eberhard/Boratav 1953, No. 340; Jewish: Jason 1965; Armenian: cf. Hoogasian-Villa 1966, No. 72; Indian: Thompson/Roberts 1960; North African: El-Shamy 2004; Egyptian: Nowak 1969, No. 408, El-Shamy 2004; Tunisian: Stumme 1895, No. 9; Moroccan: El-Shamy 2004.

1525R ***The Robber Brothers.***
EM 11,1(2003)353–355(L. Sauka).
Finnish: Rausmaa 1982ff. VI, No. 164; Finnish-Swedish: Hackman 1917f. II, Nos. 291, 292; Swedish: Liungman 1961, No. 1525*; Norwegian: Hodne 1984; Faeroese: Nyman 1984; German: Wossidlo/Henßen 1957, No. 114, Henßen 1963a, No. 82; Austrian: Haiding 1969, Nos. 33, 123, Haiding 1977a, No. 34; US-American: Dorson 1964, 172ff., Roberts 1959, 143ff., Roberts 1969, No. 39.

1525K* ***Awarding the Stolen Property*** (previously ***Umpire Awards his own Stolen Coat to Thief***).
EM 9(1999)516.
Latvian: Arājs/Medne 1977; Lithuanian: Kerbelytė 1999ff. II; Russian, Ukrainian: SUS; Jewish: cf. Jason 1988a, No. *1525J; Mordvinian, Votyak: Kecskeméti/Paunonen 1974; Siberian: Soboleva 1984.

1525L* ***Theft Committed While Tale is Told.***
EM 9(1999)517.
Finnish: Rausmaa 1982ff. VI, No. 168; Latvian: Arājs/Medne 1977, No. 1525Q*; Lithuanian: Kerbelytė 1999ff. II, Nos. 1525L*, 1525Q*; Spanish: González Sanz 1996, No. 1525Q*; German: Wisser 1922f. II, 124f.; Italian: RTP 2(1887)503–505; Hungarian: MNK VII B, No. 1525Q*; Czech: Klímová 1966, No. 61; Slovakian: Gašparíková 1991f. II, No. 521; Rumanian: Stroescu 1969 I, No. 3004, cf. II, Nos. 5311, 5434; Bulgarian: BFP, No. 1525Q*; Greek: Megas/Puchner 1998; Polish: Krzyżanowski 1962f. II, No. 1525Q*; Russian, Byelorussian, Ukrainian: SUS; Jewish: Jason 1965; Tatar: Kecskeméti/Paunonen 1974; Siberian: Soboleva 1984; Buryat: Lőrincz 1979, No. 1525Q*; Indian: Thompson/Balys 1958, No. K341.20; Algerian, Eritrean: El-Shamy 2004.

1525N* ***Theft of Butter by Companion.***
Portuguese: Parafita 2001f. II, Nos. 180, 181, 201, Cardigos(forthcoming); Hungarian:

MNK VII B; Russian: SUS, No. 1525N*, cf. No. 1525N***; Byelorussian: SUS; Ukrainian: SUS, No. 1525N**, cf. No. 1525N****.

1525Z* ***Other Tales of Thefts.***

Chauvin 1892ff. II, 126 No. 128, V, 43ff. No. 18, 245ff. No. 147, VI, 176 No. 335; EM 3 (1981) 625–639 (E. Moser-Rath).

Latvian: Arājs/Medne 1977, No. *1525J_3; Spanish: González Sanz 1996, No. 1525R*; Portuguese: Oliveira 1900f. II, No. 346, Cardigos (forthcoming), No. 1525*T; Frisian: Kooi 1984a, Nos. 1525W*, 1525X*, 1525Z*; Italian: D'Aronco 1953, No. [1219]; Maltese: Mifsud-Chircop 1978, Nos. *1525D_1, *1525S, *1525S_1, *1525S_2; Czech: Klímová 1966, No. 62; Greek: Megas/Puchner 1998, Nos. *1525N^2, *1525S-*1525V; Polish: Krzyżanowski 1962f. II, Nos. 1593, 1595, 1597; Russian: SUS, Nos. 1525B*, 1525L***, 1525Q***; Byelorussian: SUS, Nos. 1525B*, 1525B**, 1525Q**; Ukrainian: SUS, Nos. 1525B*, 1525K**–1525M***, 1525P**, 1525Q***; Turkish: Eberhard/Boratav 1953, Nos. 342 (4), 360 (3–4), 360 III 3 b, c, 364 (3), 364 (5); Jewish: Jason 1965, No. 1525*J_3, Jason 1975, Nos. 1525*J_3, 1525*S, Jason 1988a, Nos. 1525*S, 1525*T, Haboucha 1992, Nos. **1525S, **1525*; Mongolian: Lőrincz 1969, No. 1525S*; Georgian: Kurdovanidze 2000, No. 1525C*; Syrian: El-Shamy 2004, Nos. 525T§, 1525U§, 1538A§; Palestinian: El-Shamy 2004, Nos. 1525T§, 1525U§, 1525W§, 1538A§; Persian Gulf: El-Shamy 2004, Nos. 1525T§, 1525W§; Saudi Arabian: El-Shamy 2004, Nos. 1525T§, 1525W§, 1538A§; Iraqi: El-Shamy 2004, Nos. 1525T§, 1525U§, 1538A§; Oman: El-Shamy 2004, Nos. 1525T§, 1525U§; Kuwaiti: El-Shamy 2004, No. 1525W§; Qatar: El-Shamy 2004, Nos. 1525T§, 1525U§, 1525W§, 1538A§; Yemenite: El-Shamy 2004, Nos. 1525U§, 1538A§, 1525W§; Iranian: Marzolph 1984, No. *1525S; Indian: Jason 1989, Nos. 1525*J_3, 1525*S; Chinese: Ting 1978, Nos. 1525S*, 1525T*; Japanese: Ikeda 1971, No. 1525S; Spanish-American: Robe 1973, Nos. 1525*S, 1525*T, 1525*U, 1525*V; African American: Harris 1955, 331ff. 504ff.; Mayan: Peñalosa 1992, No. 1525*; West Indies: Parsons 1918, 511, Flowers 1953, 511; Egyptian: Nowak 1969, No. *1525S, El-Shamy 2004, Nos. 1525S§, 1525U§, 1525W§, 1538A§; Tunisian: El-Shamy 2004, No. 1538A§; Algerian, Moroccan: El-Shamy 2004, No. 1525U§, 1538A§; Sudanese: El-Shamy 2004, No. 1538A§; Eritrean: El-Shamy 2004, No. 1525T§; South African: Schmidt 1989 II, No. 1282.

1526 ***The Old Beggar and the Robbers.***

Chauvin 1892ff. II, 126 No. 128, V, 245ff. No. 147; BP III, 393–395; Ranke 1957; Röhrich 1962f. I, 173–291; Schwarzbaum 1968, 185; EM 2 (1979) 263–268 (K. Ranke); Köhler-Zülch 1989, 198–200; Marzolph/Van Leeuwen 2004, No. 224.

Finnish: Rausmaa 1982ff. VI, No. 169; Estonian: Aarne 1918; Latvian: Arājs/Medne 1977; Lithuanian: Kerbelytė 1999ff. II; Wepsian: Kecskeméti/Paunonen 1974; English: Briggs 1970f. A II, 318ff., Spanish: Chevalier 1983, No. 168; German: Pröhle 1853, No. 49, Moser-Rath 1964, No. 102, Neumann 1968a, No. 45, Moser-Rath 1984, 255, 288, 290, Brednich 2004, No. 79; Maltese: Stumme 1904, No. 20; Hungarian: MNK VII B; Slovakian: cf. Gašparíková 1991f. I, Nos. 11, 329; Macedonian: Popvasileva 1983, No. 66, Čepenkov/Penušliski 1989 IV, No. 426, cf. III, No. 320; Rumanian: cf. Stroescu 1969 II, No. 4956; Bulgarian: BFP, No. 1526, cf. No. *1526C*; Greek: Megas/Puchner 1998; Polish: Krzyżanowski 1962f. II; Russian, Byelorussian, Ukrainian: SUS; Turkish: Eberhard/Boratav 1953, No. 310 V; Jewish: Jason 1965, 1988a; Kurdish: Družinina 1959, 13ff.; Yakut: Ėrgis 1967, No. 303; Syrian, Iraqi: El-Shamy 2004; Iranian: Marzolph 1984; Filipino: Fansler 1921, No. 8; French-Canadian: Barbeau 1917, No. 71; Algerian, Moroccan: El-Shamy 2004; Somalian: Reinisch 1900, Nos. 42, 46.

1526A ***Supper Won by a Trick.***
Chauvin 1892ff. VI, 132 No. 285; EM: Zechpreller (in prep.).
Finnish: Rausmaa 1982ff. VI, Nos. 170, 171; Latvian: Arājs/Medne 1977; Lithuanian: Kerbelytė 1999ff. II; Irish: Ó Súilleabháin/Christiansen 1963; French: Massignon 1953, No. 23, Spanish: Espinosa 1946f., No. 197, Espinosa 1988, Nos. 431–434, cf. Nos. 435–438; Catalan: Oriol/Pujol 2003; Portuguese: Soromenho/Soromenho 1984f. II, No. 542, Braga 1987 I, 257c, Cardigos (forthcoming), Nos. 1526A, 1526*D; Dutch: Pleij/van Grinsven et al. 1983, 81ff., 96f.; Frisian: Kooi 1984a; Flemish: Meyer 1968; German: Moser-Rath 1964, Nos. 100, 197, Ranke 1979, 166 No. 128; Maltese: Mifsud-Chircop 1978, Nos. *1526A1, *1526A2; Hungarian: György 1934, No. 89, MNK VII B, No. 1526*; Czech: Tille 1929f. II 2, 447ff., Slovakian: Polívka 1923ff. V, No. 139A; Croatian: Bošković-Stulli 1963, No. 82; Macedonian: Eschker 1972, No. 54, Čepenkov/Penušliski 1989 I, Nos. 78, 79, Piličkova 1992, Nos. 33, 36; Bulgarian: BFP, No. 1526A, cf. Nos. *1526A1, *1526A2; Albanian: Jarník 1890ff., 302ff.; Greek: Orso 1979, Nos. 82, 87, Megas/Puchner 1998; Polish: Krzyżanowski 1962f. II, No. 1550; Jewish: Jason 1988a, Haboucha 1992; US-American: cf. Burrison 1989, 38, 140ff., 161f.; Mexican: Robe 1973, No. 1526A; Egyptian: El-Shamy 2004.

1526A** ***Waiting until the Tower Falls.***
Dutch: Groningen 8 (1925) 138f.; Frisian: Kooi 1984a, No. 1526A**; Flemish: Cornelissen 1929ff. I, 163; German: Selk 1949, No. 154, Grannas 1960, No. 79.

1527 ***Robbers are Tricked into Fleeing*** (previously ***The Robbers are Betrayed***).
EM 11,1(2003)330–333(J. van der Kooi).
Finnish: Rausmaa 1982ff. VI, No. 172; Livonian: Kecskeméti/Paunonen 1974; Lithuanian: Cappeller 1924, No. 32; Irish: Ó Súilleabháin/Christiansen 1963; German: Toeppen 1867, 162f., Moser-Rath 1984, 288, 291, 381, 428, Tomkowiak 1987, 176; Czech: Jech 1984, No. 43; Greek: cf. Loukatos 1957, 202ff.; Byelorussian: SUS; Jewish: Jason 1965; Chuvash: Kecskeméti/Paunonen 1974; Tatar: cf. Kakuk/Kúnos 1989, No. 11; Chinese: Ting 1978; English-Canadian: Halpert/Widdowson 1996 II, No. 95.

1527A ***The Robber Disarmed*** (previously ***Robber Induced to Waste his Ammunition***).
BP III, 454f.; Wesselski 1925, No. 36; Schwarzbaum 1968, 58f., 454; Tubach 1969, No. 4806; Dekker et al. 1997, 67–69; EM 11,1(2003)330–333(J. van der Kooi).
Lithuanian: Kerbelytė 1999ff. II; Wepsian: Kecskeméti/Paunonen 1974; Swedish: cf. Liungman 1961, No. 952; Scottish: Baughman 1966; Irish: Ó Súilleabháin/Christiansen 1963; English: Briggs 1970f. A II, 46f.; Dutch: Sinninghe 1943, No. 1528; Frisian: Kooi 1984a; Flemish: Meyer 1968; German: Henßen 1955, No. 401, Moser-Rath 1984, 288, 291, 381, 428, Kooi/Schuster 1994, No. 67; Swiss: EM 7(1993)872; Maltese: Mifsud-Chircop 1978; Slovakian: Gašparíková 1991f. I, No. 267; Polish: Krzyżanowski 1962f. II; Jewish: Haboucha 1992; Mordvinian: Kecskeméti/Paunonen 1974; Korean: Enshoff 1912, No. 45; US-American: Baughman 1960; Spanish-American: Robe 1973.

1527* ***Night Lodging Requisitioned*** (previously ***The Three Wanderers Seek Night Lodgings***).
Finnish: Rausmaa 1982ff. VI, No. 173; Finnish-Swedish: Hackman 1917f. II, No. 295; Swedish: Liungman 1961; Irish: Ó Súilleabháin/Christiansen 1963; Ossetian: cf. Benzel 1963, 99ff.

1528 ***Holding Down the Hat.***
Wesselski 1911 I, No. 305; Aarne 1915, 86, 96; Röhrich 1962f. II, 353–391, 497–503; EM 9(1999)1326–1331(S. Neumann); Schmidt 1999.
Finnish: Rausmaa 1982ff. VI, Nos. 174–176; Latvian: Arājs/Medne 1977; Lithuanian: Kerbelytė 1999ff. II; Wotian, Karelian: Kecskeméti/Paunonen 1974; Swedish: Liungman 1961; Irish: Ó Súilleabháin/Christiansen 1963; French: Fabre/Lacroix 1973f. II, No. 44; Portuguese: Cardigos(forthcoming); Dutch: Sinninghe 1943, Tinneveld 1976, No. 289, Swanenberg 1978, 224f.; Frisian: Kooi 1984a; Flemish: Meyer 1968;

Walloon: Laport 1932; German: Peuckert 1959, No. 215, Neumann 1968a, No. 127, Moser-Rath 1984, 76f., 233, 289; Italian: Cirese/Serafini 1975; Hungarian: MNK VII B; Czech: Tille 1929ff. I, 404ff.; Slovakian: Gašparíková 1991f. I, Nos. 263, 301; Slovene: Bolhar 1959, 144; Serbian: Đjorđjevič/Milošević-Đjorđjevič 1988, No. 257; Rumanian: Stroescu 1969 I, No. 3747; Bulgarian: cf. BFP; Greek: Orso 1979, No. 336; Polish: Krzyżanowski 1962f. II; Russian, Byelorussian, Ukrainian: SUS; Gypsy: MNK X 1; Cheremis/Mari, Mordvinian: Kecskeméti/Paunonen 1974; Siberian: Soboleva 1984; Buryat, Mongolian: Lőrincz 1979; Georgian: Kurdovanidze 2000; Saudi Arabian: El-Shamy 2004; Burmese: Kasevič/Osipov 1976, 124; Chinese: Ting 1978, No. 1528, cf. No. 1528A; Korean: Zaborowski 1975, No. 83; Indonesian: cf. Vries 1925f. II, No. 185; North American Indian: Thompson 1919, 420, 426, Robe 1973; US-American: Baughman 1966; Spanish-American, Mexican: Robe 1973; Dominican, Puerto Rican: Hansen 1957; Mayan: Peñalosa 1992; Brazilian: Alcoforado/Albán 2001, Nos. 78, 79; Chilean, Argentine: Hansen 1957; Cape Verdian: Parsons 1923b I, No. 19; Egyptian: El-Shamy 2004; Namibian: Schmidt 1989 II, Nos. 524, 530; South African: Coetzee et al. 1967, Grobbelaar 1981.

1529 ***Thief as Donkey*** (previously ***Thief Claims to have been Transformed into a Horse***).

Chauvin 1892ff. VII, 136f. No. 406; Basset 1924ff. I, 491 No. 186; Wesselski 1911 II, No. 487; BP III, 9, 389–395; Schwarzbaum 1968, 29, 348–350, 445, 480; EM 3(1981) 640–643(M. Matičetov); Marzolph 1992 II, No. 1240; Marzolph/Van Leeuwen 2004, No. 118.

Estonian: Aarne 1918, No. 1529*; Latvian: Arājs/Medne 1977; Lithuanian: Kerbelytė 1999ff. II; French: Joisten 1971 II, No. 134; Catalan: Oriol/Pujol 2003; Portuguese: Oliveira 1900f. I, No. 38, Cardigos(forthcoming); Dutch: Sinninghe 1943, Medder/Bakker 2001, No. 226; Frisian: Kooi 1984a, Kooi/Schuster 1993, Nos. 121a-b; Flemish: Meyer 1968; Luxembourg: Gredt 1883, No. 1214; German: Peuckert 1932, No. 254, Henßen 1955, No. 479, Berger 2001; Italian: Cirese/Serafini 1975; Maltese: Mifsud-Chircop 1978; Hungarian: György 1934, No. 242, MNK VII B; Czech: Tille 1929ff. I, 257ff.; Slovakian: Gašparíková 1981a, 192; Slovene: Brezovnik 1884, 33f.; Serbian: Karadžić 1959, No. 170; Croatian: Bošković-Stulli 1963, No. 83; Rumanian: Stroescu 1969 II, No. 5308; Bulgarian: BFP; Albanian: Jarník 1890ff., 265f.; Polish: Krzyżanowski 1962f. II; Russian, Byelorussian, Ukrainian: SUS; Turkish: Eberhard/Boratav 1953, No. 341 III 3; Jewish: Jason 1988a, Haboucha 1992; Gypsy: MNK X 1; Lebanese: Nowak 1969, No. 424, El-Shamy 2004; Palestinian: Nowak 1969, No. 424; Iranian: Marzolph 1984; Filipino: Fansler 1921, No. 15; US-American: Dodge 1987,

No. 22; Mexican, Guatemalan, Panamanian: Robe 1973; Chilean: Hansen 1957, No. *1852; Tunisian: El-Shamy 2004; Moroccan: Nowak 1969, No. 424, El-Shamy 2004; South African: Coetzee et al. 1967, Grobbelaar 1981.

1529A* ***The Exchange of Horses.***
Finnish: Rausmaa 1982ff. VI, No. 177; Lithuanian: Kerbelytė 1999ff. II; Danish: Christensen 1939, No. 69; Scottish: Briggs 1970f. A II, 253; Slovakian: Gašparíková 1979, No. 120, cf. Nos. 119, 121; Bulgarian: BFP; Russian, Ukrainian: SUS.

1529B* ***Wolf-hunting Sheep.***
Russian, Byelorussian, Ukrainian: SUS; Siberian: Soboleva 1984; Burmese: Kasevič/Osipov 1976, No. 200.

1530 ***Holding up the Rock.***
Bascom 1992, 114–136; Schmidt 1999; Hansen 2002, 197–201; EM: Tausch von Pseudotätigkeiten (in prep.).
Latvian: Arājs/Medne 1977; Irish: Ó Súilleabháin/Christiansen 1963; German: Peuckert 1959, No. 215; Maltese: cf. Mifsud-Chircop 1978, No. *1530A; Serbian: Eschker 1992, No. 88; Rumanian: Schullerus 1928, No. 1332*, Bîrlea 1966 III, 495ff.; Bulgarian: cf. BFP, No. *1530A; Ukrainian: SUS; Turkish: Eberhard/Boratav 1953, Nos. 351 III 5 (var. n), 352 (5); Jewish: Haboucha 1992; Abkhaz: Šakryl 1975, No. 72; Kabardin: Levin 1978, No. 32; Cheremis/Mari, Votyak: Kecskeméti/Paunonen 1974; Tatar: Jarmuchametov 1957, 170; Udmurt: Kralina 1961, No. 83; Siberian: Soboleva 1984; Uzbek: Schewerdin 1959, 175f.; Tadzhik: Rozenfel'd/Ryčkovoj 1990, No. 46; Georgian: Kurdovanidze 2000; Qatar: El-Shamy 2004; Iranian: Marzolph 1984; Indian: Jason 1989; Chinese: Ting 1978, No. 1530, cf. No. 1530A*; US-American: Dorson 1964, 187f.; Spanish-American, Mexican, Guatemalan: Robe 1973; African American: Baer 1980, 98f., 154; Dominican, Puerto Rican: Hansen 1957; South American Indian: Hissink/Hahn 1961, Nos. 337, 339, 340; Mayan: Peñalosa 1992; Guianese: cf. Koch-Grünberg/Huppertz 1956, 175f., 177f.; Brazilian: Karlinger/Freitas 1977, No. 90; Chilean, Argentine: Hansen 1957; Cape Verdian: Parsons 1923b I, No. 21; Tunisian: El-Shamy 2004; Moroccan: Topper 1986, No. 31; East African: Arewa 1966, No. 1934, Klipple 1992; Angolan, Namibian, Botswana, South African: Schmidt 1989 II, No. 524; Malagasy: Haring 1982, No. 2.3.1525.

1530* ***The Man and His Dogs.***
Finnish: Rausmaa 1982ff. VI, No. 178; Estonian: Aarne 1918; Latvian: Arājs/Medne

1977; Irish: Ó Súilleabháin/Christiansen 1963; Spanish: cf. Espinosa 1988, Nos. 452, 453; Dutch: Sinninghe 1943, No. 957; Frisian: Kooi 1984a; Hungarian: MNK VII B; Slovakian: Gašparíková 1991f. II, No. 440; Slovene: Kühar/Novak 1988, 185; Greek: Megas/Puchner 1998; Jewish: Jason 1965; Gypsy: MNK X 1, Nos. 1530*, 1530A*; Japanese: cf. Ikeda 1971, No. 1530*A, Inada/Ozawa 1977ff.; French-American: Ancelet 1994, No. 116; Spanish-American, Mexican: Robe 1973; Argentine: cf. Hansen 1957, No. 1940*D; Tunisian: Jahn 1970, No. 43, El-Shamy 2004; Algerian, Moroccan: El-Shamy 2004.

1531 ***Lord for a Day*** (previously ***The Man Thinks he has Been in Heaven***).
Chauvin 1892ff. V, 272ff. No. 155; Köhler/Bolte 1898ff. I, 580f.; Suits 1927; Schwarzbaum 1968, 225; EM 1 (1977) 1343–1346 (E. Frenzel); Marzolph/Van Leeuwen 2004, No. 263.
Finnish: Rausmaa 1982ff. VI, 496; Estonian: Aarne 1918; Latvian: Arājs/Medne 1977; Lithuanian: Kerbelytė 1999ff. II; English: Wehse 1979, No. 372; Spanish: Chevalier 1983, No. 169; Dutch: Sinninghe 1943; Walloon: Laport 1932, No. *1531A; Flemish: Lox 1999a, No. 131; German: Moser-Rath 1964, No. 256, Rehermann 1977, 303f. No. 50, Moser-Rath 1984, 242, 288, 291; Italian: Cirese/Serafini 1975; Hungarian: György 1934, No. 202, MNK VII B, Dömötör 1992, No. 368; Polish: Krzyżanowski 1962f. II; Russian, Byelorussian, Ukrainian: SUS; Turkish: Kúnos 1905, No. 25; Jewish: Jason 1965, 1988a; Cheremis/Mari: Beke 1951, No. 20; Aramaic: Bergsträsser 1915, No. 8; Jordanian: Jahn 1970, No. 49.

1532 ***The Voice from the Grave.***
EM: Stimme aus dem Grab (forthcoming).
Portuguese: Pires/Lages 1992, No. 27, Cardigos (forthcoming); Greek: Megas/Puchner 1998; Jewish: Jason 1965; Iranian: Marzolph 1984; Pakistani: Thompson/Roberts 1960; Indian: Thompson/Roberts 1960, Jason 1989; Tibetian: O'Connor 1906, No. 18; US-American: cf. Baker 1986, No. 219; Spanish-American: cf. Robe 1973, No. 1532*A; Egyptian, Tunisian, Somalian: El-Shamy 2004; Central African: Lambrecht 1967, No. 1223; Malagasy: Haring 1982, Nos.2.3.67, 2.3.1532.

1533 ***The Wise Carving of the Fowl.***
Wünsche 1897; Köhler/Bolte 1898ff. I, 499–503, 582, II, 645–647; Wesselski 1911 II, No. 399; BP II, 359–361; Pauli/Bolte 1924 I, No. 58; HDM 2 (1934–40) 375f.; Spies 1952, 40f.; Schwarzbaum 1968, 40, 446f., 474; Tubach 1969, No. 4187; Schwarzbaum 1979, xxii; Schwarzbaum 1980, 281; Marzolph 1992 II, No. 90; Hasan-Rokem 2000,

67–87； EM: Teilung: Die sinnreiche T. des Huhns（in prep.）.
Finnish: Rausmaa 1982ff. VI, No. 179； Latvian: Arājs/Medne 1977； Lithuanian: Kerbelytė 1999ff. II； Livonian, Wotian, Karelian: Kecskeméti/Paunonen 1974； Swedish: Liungman 1961, No. 1533*； Norwegian: cf. Hodne 1984； Irish: Ó Súilleabháin/Christiansen 1963； Catalan: Oriol/Pujol 2003； Portuguese: Braga 1987 I, 191ff., Cardigos（forthcoming）； German: Peuckert 1932, No. 263, Moser-Rath 1984, 285, 289； Italian: Cirese/Serafini 1975, No. 1533, and app.； Hungarian: György 1934, No. 51, MNK VII B, No. 1533, cf. No. 1533B*； Czech: Klímová 1966, No. 63； Slovakian: cf. Gašparíková 1991f. I, No. 202； Rumanian: Stroescu 1969 II, No. 4664, cf. I, No. 3010； Bulgarian: BFP； Greek: Loukatos 1957, 183ff., Megas/Puchner 1998； Polish: Krzyżanowski 1962f. II； Russian, Byelorussian, Ukrainian: SUS； Jewish: Jason 1965, 1975, 1988a； Chuvash: Kecskeméti/Paunonen 1974； Siberian: Soboleva 1984； Yakut: Ėrgis 1967, No. 319； Syrian: El-Shamy 2004； Lebanese, Iraqi: Nowak 1969, No. 375, cf. No. 472, El-Shamy 2004； Kuwaiti: El-Shamy 2004； Iranian: Marzolph 1984； Indian: Thompson/Roberts 1960； Chinese: Ting 1978； Filipino: Fansler 1921, 63, 253, 351； US-American: Baughman 1966； Egyptian, Tunisian, Algerian: El-Shamy 2004； South African: Grobbelaar 1981.

1533A ***Hog's Head Divided According to Scripture.***
Basset 1924ff. I, No. 161； Schwarzbaum 1968, 447； Schwarzbaum 1979, xxii not. 106； Marzolph 1992 II, No. 1035.
Finnish: Rausmaa 1982ff. VI, Nos. 180–182； Estonian: Raudsep 1969, No. 382； Latvian: Arājs/Medne 1977； Danish: Kristensen 1899, Nos. 491, 515, 571, 572； Dutch: Geldof 1979, 200f., Meder/Bakker 2001, Nos. 182, 377； Frisian: Kooi 1984a, Kooi/Schuster 1993, No. 126, 128； German: Zender 1935, Nos. 76, 77, Wossidlo/Neumann 1963, No. 79, cf. No. 76, Berger 2001, No. 1533A*； Austrian: Haiding 1969, Nos. 109, 177； Slovakian: Gašparíková 1991f. I, Nos. 265, 278； Serbian: cf. Vrčević 1868f. I, Nos. 238–240； Croatian: Bošković-Stulli 1963, No. 84； Rumanian: Stroescu 1969 II, No. 5603, cf. I, No. 3188； Bulgarian: cf. BFP, No. *1533A*； Greek: Ranke 1972, No. 76； Polish: Krzyżanowski 1962f. II； Byelorussian: cf. SUS； Ukrainian: cf. SUS, Nos. 1533A, 1533A*； Yemenite: El-Shamy 2004； Japanese: Ikeda 1971； Egyptian: El-Shamy 2004.

1533B ***The Third Egg.***
Wesselski 1908, No. 19； Perry 1960, 153–155； Schwarzbaum 1968, 446f.； Pearce 1973； McGrady 1978.
English: Hazlitt 1881 I, 62f., Baughman 1966, No. 1533B*； Frisian: Kooi 1984a, No.

1533B*; German: Merkens 1892ff. I, No. 119, Moser-Rath 1984, No. 44; Hungarian: György 1934, No. 164, MNK VII C, No. 1663*; Polish: Krzyżanowski 1962f. II; US-American: Randolph 1958, 159; African American: cf. Dance 1978, No. 548; South African: Coetzee et al. 1967, No. 2411.

1533C ***The Clever Division of the Herd.***
Schwarzbaum 1968, 236f.
Dutch: Zweerde 1981, 35; Frisian: Kooi 1984a, No. 1579A*; German: Kooi/Schuster 1994, No. 124; Austrian: Haiding 1965, No. 291; Maltese: Mifsud-Chircop 1978, Nos. *1579A-*1579D; Jewish: Ausubel 1948, 93f.; Iranian: Bulatkin 1965, 64ff.; US-American: Shannon 1985, No. 12.

1534 ***Series of Clever Unjust Decisions.*** (The Decisions of Shemjaka.)
Chauvin 1892ff. VII, 172f. No. 448; Köhler/Bolte 1898ff. I, 578; Wesselski 1911 II, No. 515; Ranke 1955b, 55-58; Sofer 1965; Schwarzbaum 1968, 252-254; Schwarzbaum 1979, 565; Marzolph 1992 II, No. 413; Vasil'eva 1989; Marzolph/Van Leeuwen 2004, No. 454; EM: Schemjaka: Die Urteile des S.(forthcoming).
Finnish: Rausmaa 1982ff. VI, No. 183; Livonian: Löwis of Menar 1922, No. 85; Latvian: Arājs/Medne 1977; Danish: Kristensen 1896f. II, No. 13; Spanish: Childers 1948, No. J1173; Catalan: Oriol/Pujol 2003; Portuguese: Meier/Woll 1975, No. 117, Cardigos(forthcoming); Dutch: Sinninghe 1943, No. 891*A, Overbeke/Dekker et al. 1991, Nos. 376, 2400; Frisian: Kooi 1984a; German: Müllenhoff 1845, No. 526, Wossidlo/Neumann 1963, No. 209, Moser-Rath 1984, 291; Italian: cf. Keller 1963, 42ff., Italian: Cirese/Serafini 1975; Corsican: Ortoli 1883, No. 25; Sardinian: Cirese/Serafini 1975; Maltese: Mifsud-Chircop 1978; Hungarian: György 1934, No. 205, MNK VII B; Serbian: cf. Vrčević 1868f. II, No. 51, Đjorđjevič/Milošević-Đjorđjevič 1988, Nos. 258, 264; Croatian: Bošković-Stulli 1963, No. 88, Bošković-Stulli 1975b, No. 47; Macedonian: Vroclavski 1979f. II, No. 43, cf. Čepenkov/Penušliski 1989 III, Nos. 293, 326, 332; Rumanian: Stroescu 1969 I, No. 3211; Bulgarian: BFP; Greek: Hallgarten 1929, 191ff., Megas/Puchner 1998; Polish: Krzyżanowski 1962f. II; Russian, Byelorussian, Ukrainian: SUS; Turkish: Eberhard/Boratav 1953, No. 296; Jewish: Noy 1963a, No. 128, Jason 1988a, Haboucha 1992; Gypsy: MNK X 1; Abkhaz: Šakryl 1975, No. 56; Kurdish: Džalila et al. 1989, No. 64; Siberian: Doerfer 1983, No. 95; Turkmen: Stebleva 1969, No. 42; Tadzhik: Amonov 1961, 534ff.; Syrian: El-Shamy 2004; Aramaic: Lidzbarski 1896, No. 17, Bergsträsser 1915, No. 19, Arnold 1994, No. 31; Palestinian: Campbell 1954, 40ff., El-Shamy 2004; Iraqi, Persian Gulf, Saudi Arabian, Qatar: El-Shamy 2004; Iranian: Marzolph 1984; Pakistani: Schimmel 1980, Nos. 18, 28; Indi-

an: Thompson/Roberts 1960; Tibetian: Hoffmann 1965, No. 37; Cambodian: Sacher 1979, 324ff.; Filipino: Fansler 1965, No. 5; Chilean: Pino Saavedra 1960ff. III, No. 184; Dominican: cf. Hansen 1957, No. 1535**B; Argentine: Hansen 1957, No. 1535*A; North African: El-Shamy 2004; Egyptian: Nowak 1969, No. 398, El-Shamy 1980, No. 54, El-Shamy 2004; Tunisian: Brandt 1954, 112, El-Shamy 2004; Algerian: Frobenius 1921ff. III, No. 54; Moroccan: Dermenghem 1945, 81ff., Laoust 1949, No. 70, Nowak 1969, No. 398, El-Shamy 2004; Sudanese: El-Shamy 2004.

1534A ***The Innocent Man Condemned to Death*** (previously ***The Innocent Man Chosen to Fit the Stake [Noose]***).
Schwarzkopf 1968, 250, 253; Marzolph 1992 II, No. 722.
Spanish: Chevalier 1983, No. 170; Jewish: Jason 1965, 1975, 1988a; Uzbek: Afzalov et al. 1963 II, 246ff.; Lebanese: El-Shamy 2004; Iraqi: Jahn 1970, No. 37, El-Shamy 2004; Oman: El-Shamy 2004; Pakistani, Sri Lankan: Thompson/Roberts 1960; Indian: Thompson/Roberts 1960, Jason 1989; Egyptian, Tanzanian: El-Shamy 2004.

1534A* ***Barber Substituted for Smith at Execution.***
Schwarzbaum 1968, 252f.; Marzolph 1987a, No. 138.
English: Zall 1963, 11f.; Spanish: González Sanz 1996; Dutch: Overbeke/Dekker et al. 1991, No. 712; Frisian: Kooi 1984a; German: Knoop 1893, 221 No. 20, Moser-Rath 1984, 200, 287, 289, 291; Austrian: Schmidt 1946, No. 272; Hungarian: György 1934, No. 55, Kovács 1966, No. 8, Kovács 1988, No. 228, MNK VI, No. 1283*V; Croatian: Bošković-Stulli 1963, No. 86; Polish: Krzyżanowski 1962f. II; Jewish: Jason 1975, 1988a; US-American: Jackson/McNeil 1985, 48, 122f.

1534D* ***Sham Dumb Man Wins Suit.***
Wesselski 1911 II, No. 425; Schwarzbaum 1968, 62; Schwarzbaum 1980, 278; Marzolph 1992 II, No. 814.
Catalan: Oriol/Pujol 2003; German: Moser-Rath 1964, No. 229, Moser-Rath 1984, 287, 289, 389, 440, Tomkowiak 1993, 270; Maltese: Mifsud-Chircop 1978; Hungarian: György 1934, No. 136, Kovács 1988, 219; Slovakian: Gašparíková 1991f. II, No. 422; Rumanian: Stroescu 1969 II, No. 4800; Bulgarian: BFP; Polish: Krzyżanowski 1962f. II, No. 1534D; Ukrainian: SUS; Jewish: Noy 1963a, No. 94, Jason 1965; Uzbek: Afzalov et al. 1963 II, 279f.

1534E* ***Good Decision.***
Schwarzbaum 1968, 193; Scheiber 1985, 391; Raskin 1992, 13–44.

Frisian: Kooi 1984a, No. 1583*; German: Peuckert 1959, 141, 205, Neumann 1968b, No. 193; Rumanian: Stroescu 1969 I, No. 3319; Bulgarian: BFP, Nos. *1534E*; Jewish: Ausubel 1948, 22, Richman 1954, 24f., Landmann 1973, 118; Uzbek: Stein 1981, No. 174; US-American: Raeithel 1996, 7f.

1534Z* ***Other Absurd Decisions.***
Schwarzbaum 1968, 252; Fabula 25(1984)90; Wacke 1999; EM 11,1(2003)406-418 (C. Shojaei Kawan).
Irish: uí Ógáin 1995, 130ff.; Spanish: González Sanz 1996, No. 1534D; Maltese: Mifsud-Chircop 1978, No. *1534E; Bulgarian: BFP, Nos. *1534***; Russian: SUS, No. 1534**; Jewish: Jason 1988a, No. 1534*B; Syrian: El-Shamy 2004, No. 1534X§; Palestinian, Iraqi: El-Shamy 2004, No. 1534B§; Chinese: Ting 1978, Nos. 1534E*, 1534F*, 1534G*; Egyptian: El-Shamy 2004, Nos. 1534B§, 1534X§.

1535 ***The Rich and the Poor Farmer.*** (Unibos.)
Chauvin 1892ff. V, 245ff. No. 147; Köhler/Bolte 1898ff. I, 91f., 230-255; Wesselski 1911 II, Nos. 388-391; BP II, 1-18, III, 188-193, 389-395; Wesselski 1925, No. 27; Müller 1934; Roberts 1964, 69-73; Krzyżanowski 1965, 415f.; Schwarzbaum 1968, 5, 80, 442, 457; Beyer 1969, 73-79; Peeters 1970; Suchomski 1975, 106-110; Takehara 1977; Nicolaisen 1980; Schwarzbaum 1980, 279; Wolterbeek 1985; La Placa 1985f.; Wells 1988; Dekker et al. 1997, 154f.; Verfasserlexikon 10(1994)80-85(B. K. Vollmann); Schmidt 1999; EM 10(2002)885; cf. Marzolph/Van Leeuwen 2004, No. 353; EM: Unibos(in prep.).
Finnish: Rausmaa 1982ff. VI, Nos. 162, 184-187, 200, 272; Finnish-Swedish: Hackman 1917f. II, Nos. 297, 298; Estonian: Aarne 1918; Latvian: Arājs/Medne 1977; Lithuanian: Kerbelytė 1999ff. II; Livonian, Lappish, Wepsian, Lydian, Karelian, Syrjanian: Kecskeméti/Paunonen 1974; Swedish: Liungman 1961; Norwegian: Hodne 1984; Danish: Kristensen 1881ff. I, No. 49, II, No. 53, IV, No. 35, Bødker 1964, No. 23, Andersen/Perlet 1996 I, No. 2; Faeroese: Nyman 1984; Icelandic: Sveinsson 1929; Scottish: Aitken/Michaelis-Jena 1965, No. 64, Briggs 1970f. A I, 324f, Bruford/MacDonald 1994, No. 22; Irish: Ó Súilleabháin/Christiansen 1963, Baughman 1966; English: Baughman 1966; French: Carnoy 1885, No. 7, Tegethoff 1923 II, 97ff., Joisten 1971 I, No. 39; Spanish: González Sanz 1996; Catalan: cf. Oriol/Pujol 2003; Portuguese: Soromenho/Soromenho 1984f. I, No. 201-203, II, 487, 488, 546, Cardigos(forthcoming); Dutch: Sinninghe 1943; Frisian: Kooi 1984a, Kooi/Schuster 1994, No. 143; Flemish: Meyer 1968, Meyer/Sinninghe 1976; Walloon: Legros 1962; Luxembourg: Gredt 1883, No. 914; German: Jenssen 1963, 33-38, Moser-Rath 1984, 33, 232, Grimm

KHM/Uther 1996 II, No. 61, cf. III, No. 146, Berger 2001, No. 1535A; Ladinian: Decurtins 1896ff. XIV, 37, Decurtins/Brunold-Bigler 2002, No. 125; Italian: Cirese/Serafini 1975, No. 1535, and app.; Corsican: Massignon 1963, Nos. 9, 106; Sardinian: Cirese/Serafini 1975; Maltese: Karlinger 1979, No. 53; Hungarian: MNK VII B; Czech: Tille 1929ff. II 2, 144ff., Klímová 1966, Nos. 65–67; Slovakian: Gašparíková 1991f. I, Nos. 98, 143, II, Nos. 352, 389, 473, 540, 575; Slovene: Križnik 1874, 2ff.; Serbian: Čajkanović 1927, Nos. 109, 110, Đjorđjevič/Milošević-Đjorđjevič 1988, No. 259; Croatian: Bošković-Stulli 1959, Nos. 57, 58; Rumanian: Stroescu 1969 I, Nos. 3000, 3321, II, No. 5004, cf. I, No. 3001; Bulgarian: BFP; Greek: Hallgarten 1929, 105ff., Megas/Puchner 1998; Polish: Krzyżanowski 1962f. II; Russian, Byelorussian, Ukrainian: SUS; Turkish: Eberhard/Boratav 1953, No. 351 III 2, cf. Nos. 77 IV, 176 IV 6, 265 (2–4), 274, 352(6); Jewish: Jason 1965, 1975, 1988a; Gypsy: MNK X 1; Cheremis/Mari, Chuvash, Tatar, Mordvinian, Votyak, Vogul/Mansi: Kecskeméti/Paunonen 1974; Siberian: Soboleva 1984; Yakut: Ėrgis 1967, Nos. 289, 290, 292, 294; Buryat, Mongolian: Lőrincz 1979; Georgian: Kurdovanidze 2000; Lebanese: Nowak 1969, No. 391, cf. No. 390; Palestinian: Hanauer 1907, 87ff., El-Shamy 2004; Iraqi, Persian Gulf, Saudi Arabian, Qatar: El-Shamy 2004; Iranian: Marzolph 1984; Indian: Thompson/Roberts 1960, Jason 1989, Blackburn 2001, No. 57; Burmese: Kasevič/Osipov 1976, Nos. 122, 143, 156; Sri Lankan: Thompson/Roberts 1960; Chinese: Ting 1978; Korean: cf. Choi 1979, No. 649; Malaysian: Overbeck 1975, 247; Indonesian: Coster-Wijsman 1929, No. 5; Japanese: Ikeda 1971, Inada/Ozawa 1977ff.; English-Canadian: Fauset 1931, No. 1, Halpert/Widdowson 1996 II, No. 99; North American Indian: Thompson 1919, 419ff.; US-American: Baughman 1966; French-American: Ancelet 1994, 10. 22; Spanish-American: TFSP 24(1951) 128–132, 28(1958) 154–156, Robe 1973; Mexican, Panamanian: Robe 1973; Dominican, Puerto Rican: Hansen 1957; Mayan: Peñalosa 1992; Brazilian: Cascudo 1955a, No. 23; Chilean, Argentine: Hansen 1957; West Indies: Flowers 1953; Egyptian, Algerian, Moroccan: El-Shamy 2004; Tunisian: Nowak 1969, No. 391, cf. No. 390, El-Shamy 2004; East African: Klipple 1992; Sudanese: El-Shamy 2004; South African: Coetzee et al. 1967, Nos. 1535, 1635, 5–8, Grobbelaar 1981; Malagasy: Haring 1982, Nos. 2.3.67, 2.3.75, 2.3.79, 2.3.1525, 2.3.1655.

1536 ***Disposing of the Corpse.***

Finnish: Rausmaa 1982ff. VI, No. 188; Latvian: Arājs/Medne 1977; Danish: Kristensen/Rom 1884, 143ff.; Icelandic: Sveinsson 1929; German: Berger 2001; Italian: Cirese/Serafini 1975, No. 1536, and app.; Czech: Jech 1961, No. 50; Slovakian: Gašparíková 1991f. II, Nos. 497, 585; Bulgarian: BFP; Armenian: Hoogasian-Villa

1966, No. 69; Palestinian: El-Shamy 2004; French-Canadian: Lemieux 1974ff. III, No. 20, V, No. 5, IX, No. 9; Sudanese: El-Shamy 2004.

1536A ***The Woman in the Chest.***
Köhler/Bolte 1898ff. I, 190; Taylor 1917, 225f.; Suchier 1922; Dekker et al. 1997, 142–144; EM 1(1977)369–373(K. Roth).
Finnish: Rausmaa 1982ff. VI, Nos. 188–190; Finnish-Swedish: Hackman 1917f. II, Nos. 298, 302(1); Estonian: Aarne 1918; Latvian: Arājs/Medne 1977; Lithuanian: Kerbelytė 1999ff. II; Lappish: Qvigstad 1921; Karelian: Kecskeméti/Paunonen 1974; Swedish: Liungman 1961; Norwegian: Hodne 1984; Danish: Kristensen 1881ff. II, No. 54, III, No. 63, Kristensen 1897a, No. 15, Holbek 1990, No. 42; Faeroese: Nyman 1984; Icelandic: Sveinsson 1929, Boberg 1966, No. K2321; Scottish: Campbell 1890ff. I, No. 15; Irish: Ó Súilleabháin/Christiansen 1963, Baughman 1966; Spanish: Espinosa 1946f., No. 176; Catalan: Oriol/Pujol 2003; Portuguese: Soromenho/Soromenho 1984f. II, No. 698, Cardigos(forthcoming); Frisian: Kooi 1984a, Kooi/Schuster 1994, No. 183; Flemish: Meyer 1968; German: Wisser 1922f. I, 29ff., Ranke 1966, No. 52; Austrian: Haiding 1969, Nos. 19, 27, 36; Ladinian: Decurtins/Brunold-Bigler 2002, No. 123; Hungarian: MNK VII B; Czech: Tille 1929ff. II 1, 437ff.; Slovakian: Gašparíková 1991f. I, No. 9, II, Nos. 446, 583; Croatian: Bošković-Stulli 1959, No. 60; Rumanian: cf. Stroescu 1969 II, No. 5728; Polish: Krzyżanowski 1962f. II; Russian, Byelorussian, Ukrainian: SUS; Jewish: Jason 1965; Gypsy: MNK X 1; Siberian: Soboleva 1984; Yemenite: El-Shamy 2004; Indian: Thompson/Balys 1958, No. K2152; Chinese: Ting 1978; Japanese: Ikeda 1971, No. 1537A; English-Canadian: Halpert/Widdowson 1996 II, Nos. 96–98; African American: Baughman 1966; Spanish-American, Mexican: Robe 1973; Puerto Rican: Flowers 1953, Hansen 1957; Chilean: Pino Saavedra 1960ff. III, Nos. 195, 196; Argentine: Hansen 1957; Cape Verdian: Parsons 1923b I, No. 125.

1536B ***The Three Hunchback Brothers Drowned.***
Chauvin 1892ff. VIII, 72 No. 38, IX, 88; Schumann/Bolte 1893, No. 19; Frey/Bolte 1896, No. 19; Pillet 1901; Taylor 1917, 221–246; BP III, 485f.; Espinosa 1936; Schwarzbaum 1968, 58, 91, 454; Frosch-Freiburg 1971, 199–209; Morin 1974, No. 1089; EM 2(1979)980–987(K. Roth).
Finnish: Rausmaa 1982ff. VI, Nos. 191, 192; Finnish-Swedish: Hackman 1917f. II, Nos. 300, 302; Estonian: Raudsep 1969, No. 361; Livonian: Loorits 1926, No. 1601; Latvian: Arājs/Medne 1977; Lithuanian: Kerbelytė 1999ff. II; Wepsian: Kecskeméti/Paunonen 1974; Swedish: Liungman 1961; Icelandic: Sveinsson 1929, Boberg 1966,

No. K1551.1; Irish: Ó Súilleabháin/Christiansen 1963; Spanish: Childers 1977, No. K1551.1; Catalan: Neugaard 1993, No. K1551.1, Oriol/Pujol 2003; Portuguese: Soromenho/Soromenho 1984f. II, No. 438, 439, Cardigos(forthcoming); Frisian: Kooi 1984a; Flemish: Meyer 1968; Walloon: Laport 1932; German: Wossidlo/Neumann 1963, No. 282, Grubmüller 1996, No. 32; Italian: Cirese/Serafini 1975, No. 1536B, and app.; Maltese: Mifsud-Chircop 1978; Hungarian: MNK VII B; Czech: Tille 1929ff. II 1, 440ff.; Slovakian: Gašparíková 1991f. II, No. 585; Slovene: Planinski 1891f. II, 1ff.; Croatian: Vujkov 1953, 319ff.; Rumanian: Stroescu 1969 I, No. 3473, II, No. 5724; Bulgarian: BFP; Greek: Hallgarten 1929, 127f., 219ff., Megas/Puchner 1998; Polish: Krzyżanowski 1962f. II; Russian, Byelorussian, Ukrainian: SUS; Turkish: Eberhard/Boratav 1953, No. 264; Jewish: Haboucha 1992; Gypsy: Briggs 1970f. A II, 17; MNK X 1; Cheremis/Mari, Votyak: Kecskeméti/Paunonen 1974; Siberian: Soboleva 1984; Georgian: Kurdovanidze 2000; Syrian: Nowak 1969, No. 348, El-Shamy 2004; Palestinian: El-Shamy 2004; Saudi Arabian: Littmann 1957, 373ff.; Iranian: Marzolph 1984; Indian: Thompson/Roberts 1960, Jason 1989; Chinese: Riftin et al. 1977, No. 60, Ting 1978; French-Canadian: Barbeau 1919, No. 88, Barbeau/Lanctot 1931, No. 159; Spanish-American, Mexican: Robe 1973; Puerto Rican: Hansen 1957; Mayan: Peñalosa 1992; Chilean: Hansen 1957; West Indies: Flowers 1953; Egyptian: Nowak 1969, No. 348, El-Shamy 2004; Algerian: El-Shamy 2004.

1536C ***The Murdered Lover.***

Taylor 1917, 226; Schwarzbaum 1980, 281.

Finnish: Rausmaa 1982ff. VI, 500; Lithuanian: Kerbelytė 1999ff. II; Lappish: Kecskeméti/Paunonen 1974, No. 1537; Wepsian: Kecskeméti/Paunonen 1974, Nos. 1380, 1536C; Karelian, Lydian: Kecskeméti/Paunonen 1974, Nos. 1380, 1537; Syrjanian: Kecskeméti/Paunonen 1974, Nos. 1380, 1536C, 1537; Italian: Cirese/Serafini 1975; Rumanian: Stroescu 1969 I, No. 3467; Bulgarian: BFP; Greek: Megas/Puchner 1998; Polish: Simonides 1979, No. 248, Russian: Kryptádia 1(1883)240–245, 249; Cheremis/Mari: Kecskeméti/Paunonen 1974, Nos. 1536C, 1537; Chuvash: Kecskeméti/Paunonen 1974, No. 1537; Tatar: Kecskeméti/Paunonen 1974, Nos. 1380, 1537; Votyak, Vogul/Mansi: Kecskeméti/Paunonen 1974, No. 1537; Georgian: Dirr 1920, No. 14, Dolidze 1956, 356ff.; Indian, Sri Lankan: Thompson/Roberts 1960; Chinese: Ting 1978; Korean: Zŏng 1952, No. 96; Cambodian: Gaudes 1987, No. 61; West Indies: Flowers 1953; Malagasy: Haring 1982, Nos. 2.3.1655, 3.2.1536C.

1537 ***The Corpse Killed Five Times.***

Chauvin 1892ff. V, No. 105; Köhler/Bolte 1898ff. I, 65, III, 164; Wesselski 1911 II, No.

438; BP II, 1–18; Taylor 1917; Suchier 1922; Espinosa 1936; Schwarzbaum 1968, 185; Frosch-Freiburg 1971, 210–216; EM 8(1996)902–907(K. Roth); Schmidt 1999; Schneider 1999a 167; Marzolph/Van Leeuwen 2004, Nos. 23, 504.

Finnish: Rausmaa 1982ff. VI, Nos. 190, 193, 194; Finnish-Swedish: Hackman 1917f. II, Nos. 298, 299; Estonian: Raudsep 1969, No. 360; Latvian: Arājs/Medne 1977; Lappish, Lydian, Karelian, Syrjanian: Kecskeméti/Paunonen 1974; Swedish: Liungman 1961; Norwegian: Hodne 1984; Danish: Kristensen 1881ff. IV, No. 59, Kristensen 1884ff. III, No. 45, Kristensen 1898, No. 28; Icelandic: Sveinsson 1929; French: Sébillot 1880ff. I, No. 36, Meyrac 1890, 434ff., Joisten 1971 II, No. 162; Spanish: González Sanz 1996; Catalan: Oriol/Pujol 2003; Portuguese: Soromenho/Soromenho 1984f. I, Nos. 201–203, II, No. 348, 349, Cardigos(forthcoming); Dutch: Meder/Bakker 2001, No. 100; Frisian: Kooi 1984a; Flemish: Meyer 1968; Walloon: Laport 1932, No. *1537C; German: Peuckert 1932, No. 251, Brednich 1990, 141f., Kooi/Schuster 1994, No. 191, Grubmüller 1996, No. 33, Berger 2001; Italian: Cirese/Serafini 1975, Appari 1992, No. 44; Hungarian: MNK VII B, No. 1537, cf. No. 1537A*; Slovakian: Gašparíková 1991f. I, No. 9, II, Nos. 446, 497, 540, 585; Slovene: Gabrščček 1910, 255ff.; Rumanian: Stroescu 1969 I, Nos. 3000, 3467, 3472; Bulgarian: BFP; Albanian: Jarník 1890ff., 267ff.; Greek: Hallgarten 1929, 207ff., Megas/Puchner 1998; Polish: Simonides 1979, No. 248, Simonides 1987, 271; Russian, Byelorussian, Ukrainian: SUS; Turkish: Eberhard/Boratav 1953, Nos. 351 III 2a, 359 III 3–9(var. g), 368(3); Jewish: Jason 1965, 1975, 1988a; Gypsy: MNK X 1; Cheremis/Mari, Chuvash, Tatar, Votyak, Vogul/Mansi: Kecskeméti/Paunonen 1974; Siberian: Soboleva 1984; Yakut: Ėrgis 1967, Nos. 288, 292–294; Buryat, Mongolian: Lőrincz 1979; Georgian: Kurdovanidze 2000; Syrian: El-Shamy 2004; Iranian: Marzolph 1984; Pakistani, Sri Lankan: Thompson/Roberts 1960; Indian: Thompson/Roberts 1960, Nos. 1537, 1537A, Jason 1989; Korean: Choi 1979, No. 686; Indonesian: cf. Vries 1925f. II, 411 No. 278; Japanese: Inada/Ozawa 1977ff.; English-Canadian: Baughman 1966; North American Indian: Thompson 1919, 420ff.; US-American: Baughman 1966; Spanish-American, Mexican, Panamanian: Robe 1973; Cuban: Hansen 1957, Nos. 1537**C, 1537**J; Dominican: Flowers 1953, Hansen 1957, Nos. 1537, 1537**E, 1537**G, 1537**I; Puerto Rican: Flowers 1953, Hansen 1957, Nos. 1537**D, 1537**H; Brazilian: Karlinger/Freitas 1977, No. 89; Cape Verdian: cf. Parsons 1923b I, Nos. 26*, 26a*; Ghanaian: Schott 2001, 428f.; Cameroon: Kosack 2001, 351; Malagasy: Haring 1982, No. 2.3.1537.

1537* ***Corpse's Legs Left.***

Lithuanian: Kerbelytė 1999ff. II; Lydian: Kecskeméti/Paunonen 1974; Frisian: Kooi 1984a; Russian, Byelorussian, Ukrainian: SUS; Siberian: Soboleva 1984.

1538 ***The Revenge of the Cheated Man*** (previously ***The Youth Cheated in Selling Oxen***).

Chauvin 1892ff VII, 150f. No. 430, VIII, 136f. No. 133; BP III, 393–395; Schwarzbaum 1968, 17, 63, 64, 443, 455; Julov 1970; Gurney 1972; Jason 1979; Schwarzbaum 1980, 279; Noegel 1996; EM 11,1(2003)149–153(H. Lox); Marzolph/Van Leeuwen 2004, No. 376.

Finnish: Rausmaa 1982ff. VI, No. 195; Finnish-Swedish: Hackman 1917f. II, No. 301; Estonian: Aarne 1918; Latvian: Arājs/Medne 1977; Lithuanian: Kerbelytė 1999ff. II; Syrjanian: Rédei 1978, No. 144; Norwegian: Hodne 1984; Danish: Kristensen 1881ff. II, No. 15, Levinsen/Bødker 1958, No. 31; Faeroese: Nyman 1984; French: Cosquin 1886f. II, No. 81, Lambert 1899, No. 33, Joisten 1971 II, No. 132; Spanish: Espinosa 1946f., Nos. 37, 192, Espinosa 1988, Nos. 333–337, Lorenzo Vélez 1997, No. 30; Catalan: Oriol/Pujol 2003; Portuguese: Soromenho/Soromenho 1984f. II, No. 476–482, Cardigos(forthcoming); Flemish: Meyer 1968; Ladinian: Decurtins 1896ff. II, 124 No. 99; Italian: Cirese/Serafini 1975, No. 1538, and app.; Corsican: Massignon 1963, Nos. 39, 96; German: Wossidlo/Henßen 1957, No. 112, Cammann 1973, 294ff.; Hungarian: György 1934, No. 127, MNK VII B, Czech: Tille 1929ff. II 2, 141ff.; Serbian: cf. Đjorđjevič/Milošević-Đjorđjevič 1988, No. 260; Rumanian: Stroescu 1969 I, No. 3301; Bulgarian: BFP; Albanian: Camaj/Schier-Oberdorffer 1974, No. 66; Greek: Megas/Puchner 1998; Polish: cf. Krzyżanowski 1962f. I, No. 942; Russian, Byelorussian, Ukrainian: SUS; Jewish: Jason 1965, 1988a; Gypsy: MNK X 1; Kurdish: Wentzel 1978, No. 24; Armenian: Levin 1982, No. 18; Siberian: Soboleva 1984; Kazakh: Sidel'nikov 1952, 130ff.; Georgian: Kurdovanidze 2000; Syrian: El-Shamy 2004; Aramaic: Lidzbarski 1896, No. 9; Palestinian, Persian Gulf, Kuwaiti: El-Shamy 2004; Pakistani: Sheikh-Dilthey 1976, No. 70; French-Canadian: Barbeau 1916, No. 18, Lemieux 1974ff. III, No. 27; US-American: Baughman 1966; Spanish-American, Mexican: Robe 1973; Dominican, Puerto Rican, Chilean: Hansen 1957; Brazilian: Alcoforado/Albán 2001, No. 80; Cape Verdian: Parsons 1923b I, No. 8; Egyptian, Tunisian, Algerian: Lacoste/Mouliéras 1965, No. 71, El-Shamy 2004; Moroccan: El-Shamy 2004; Sudanese: El-Shamy 2004.

1538* ***The Jester as Bride.***

Finnish: Rausmaa 1982ff. VI, 501; Estonian: Raudsep 1969, No. 368; Latvian: Arājs/Medne 1977; Lithuanian: Kerbelytė 1999ff. II; Karelian: Konkka 1959, 114ff., Konkka 1963, No. 67; Syrjanian: Kecskeméti/Paunonen 1974; Macedonian: cf. Vroclavski 1979f. II, No. 44; Bulgarian: BFP; Russian, Byelorussian, Ukrainian: SUS; Cheremis/Mari, Chuvash, Mordvinian, Votyak, Vogul/Mansi: Kecskeméti/Paunonen

1974； Siberian: Soboleva 1984； Egyptian: El-Shamy 2004.

1539 ***Cleverness and Gullibility.***
Cf. Wesselski 1911 II, No. 391； Dekker et al. 1997, 204–206； EM 8（1996）1104–1108（A. Schöne）； Schmidt 1999； Marzolph/Van Leeuwen 2004, No. 377.
Finnish: Rausmaa 1982ff. VI, Nos. 192, 196–200； Finnish-Swedish: Hackman 1917f. II, Nos. 262, 302, 304（6）, 305, 316（3）； Estonian: Raudsep 1969, No. 277； Latvian: Arājs/Medne 1977； Lithuanian: Kerbelytė 1999ff. II； Livonian, Lappish, Wepsian, Lydian, Karelian: Kecskeméti/Paunonen 1974； Swedish: Liungman 1961, Nos. 1260, 1539； Norwegian: Hodne 1984； Danish: Kristensen 1881ff. IV, No. 36, Kristensen 1884ff. III, No. 46； Scottish: Campbell 1890ff. II, No. 39； Irish: Ó Súilleabháin/Christiansen 1963； English: Ehrentreich 1938, No. 59, cf. Baughman 1966, Nos. 1539A, 1539B, Briggs 1970f. A II, 129f.； Spanish: González Sanz 1996； Basque: Blümml 1906, No. 3, Karlinger/Laserer 1980, No. 59； Catalan: Oriol/Pujol 2003； Portuguese: Soromenho/Soromenho 1984f. II, No. 487, 488, 546, Cardigos（forthcoming）； Dutch: Sinninghe 1943； Frisian: Kooi 1984a, No. 1539, cf. No. 1539C； Flemish: Meyer 1968； Luxembourg: Gredt 1883, No. 917； German: Plenzat 1927, Henßen 1935, Nos. 187, 204, Grimm KHM/Uther 1996 II, No. 61, III, No. 146； Ladinian: Decurtins/Brunold-Bigler 2002, Nos. 122, 125； Italian: Cirese/Serafini 1975； Corsican: Massignon 1963, No. 74； Sardinian: Cirese/Serafini 1975； Maltese: Mifsud-Chircop 1978； Hungarian: MNK VII B； Czech: Tille 1929ff. II 2, 154ff.； Slovakian: Gašparíková 1991f. II, Nos. 389, 575； Slovene: Tomažič 1942, 157ff.； Serbian: Đjorđjevič/Milošević-Đjorđjevič 1988, Nos. 261–263, Eschker 1992, No. 104； Croatian: Bošković-Stulli 1963, No. 89； Rumanian: Stroescu 1969 I, Nos. 3006, 3312, 4581； Bulgarian: BFP； Greek: Dawkins 1953, No. 69, Megas/Puchner 1998； Polish: Krzyżanowski 1962f. II； Russian, Byelorussian, Ukrainian: SUS； Turkish: Eberhard/Boratav 1953, Nos. 274 V, 351 III（5–6）, 351 IV 3； Jewish: Jason 1975, 1988a； Gypsy: Briggs 1970f. A II, 32, MNK X 1； Ossetian: Levin 1978, No. 38； Chuvash: Mészáros 1912, No. 25, Kecskeméti/Paunonen 1974； Cheremis/Mari, Tatar, Mordvinian, Votyak, Vogul/Mansi: Kecskeméti/Paunonen 1974； Siberian: Soboleva 1984； Yakut: Ėrgis 1967, No. 289； Buryat, Mongolian: Lőrincz 1979； Georgian: Kurdovanidze 2000； Syrian, Iraqi, Saudi Arabian: El-Shamy 2004； Iranian: Marzolph 1984； Pakistani, Indian, Sri Lankan: Thompson/Roberts 1960； Nepalese: Heunemann 1980, Nos. 22, 23, Unbescheid 1987, No. 34； Chinese: Ting 1978； Indonesian: Vries 1925f. II, 411 No. 279, Kratz 1978, No. 14； Korean: Zaborowski 1975, No. 78； Vietnamese: Karow 1972, No. 112； Japanese: Ikeda 1971, Inada/Ozawa 1977ff.； North American Indian: Thompson 1919, 413, 419ff., Robe 1973； English-Canadian: Halpert/Widdowson 1996 II, Nos. 99–103； US-American: cf.

Baughman 1966, No. 1539A; Spanish-American, Mexican, Guatemalan, Panamanian: Robe 1973; South American Indian: Hissink/Hahn 1961, Nos. 358, 359, Wilbert/Simoneau 1992, Nos. K111.1, K112.1; Mayan: Laughlin 1977, 86ff., 379ff.; Cuban, Puerto Rican, Chilean, Argentine: Hansen 1957; Brazilian: Alcoforado/Albán 2001, No. 81; West Indies: Flowers 1953; Egyptian, Libyan: El-Shamy 2004; Tunisian: Nowak 1969, No. 411, El-Shamy 2004; Algerian: El-Shamy 2004; East African, Sudanese: Klipple 1992; Eritrean: El-Shamy 2004; Namibian: Schmidt 1989 II, Nos. 452–454; South African: Coetzee et al. 1967, No. 1635.23, Grobbelaar 1981.

1539A* ***Closing Up the Wine Cask.***
Latvian: Ambainis 1979, No. 105; English: Wardroper 1970, No. 18; Dutch: Tinneveld 1976, No. 122, Overbeke/Dekker et al. 1991, No. 1415, Meder/Bakker 2001, No. 250; Frisian: Kooi 1984a; Flemish: Meyer 1968, No. 1539A*; German: Wossidlo/Neumann 1963, No. 2, Moser-Rath 1964, No. 21, Kooi/Schuster 1994, No. 162; Greek: cf. Orso 1979, 175f.; Jewish: Ausubel 1948, 315f.; US-American: cf. Randolph 1955, 78f.

1540 ***The Student from Paradise (Paris).***
Clouston 1888, 204–217; Stiefel 1891; Köhler/Bolte 1898ff. I, 383f.; Bebel/Wesselski 1907 I 2, No. 50; Wesselski 1911 I, No. 305; Aarne 1915; BP II, 440–451; Pauli/Bolte 1924 I, No. 463; Lengyel 1962; Schwarzbaum 1968, 405, 483; Tekinay 1980, 193–195; Dekker et al. 1997, 354–357; EM: Student aus dem Paradies (forthcoming).
Finnish: Rausmaa 1982ff. VI, Nos. 201–203, 392; Finnish-Swedish: Hackman 1917f. II, Nos. 263, 308, 330; Estonian: Raudsep 1969, No. 276; Livonian: Loorits 1926; Latvian: Arājs/Medne 1977; Lithuanian: Kerbelytė 1999ff. II; Lappish, Wepsian, Karelian, Syrjanian: Kecskeméti/Paunonen 1974; Swedish: Liungman 1961; Norwegian: Hodne 1984; Danish: Grundtvig 1854ff. I, No. 29, Kristensen 1881ff. IV, No. 46, Kristensen 1897a, No. 2; Icelandic: Sveinsson 1929; Irish: Ó Súilleabháin/Christiansen 1963; English: Baughman 1966, Briggs 1970f. A II, 131ff.; French: Cosquin 1886f. I, No. 22, Tegethoff 1923 II, No. 30g; Portuguese: Soromenho/Soromenho 1984f. II, No. 343, Cardigos (forthcoming); Basque: Blümml 1906, No. 2; Dutch: Duyse 1903ff. II, 1155ff., III, 2737, Sinninghe 1943; Frisian: Kooi 1984a, Kooi/Schuster 1994, No. 141; Flemish: Meyer 1968; Luxembourg: Gredt 1883, No. 917; German: Moser-Rath 1984, 288, 378f., 424, Grimm KHM/Uther 1996 II, No. 104, Berger 2001; Austrian: Haiding 1969, No. 77; Ladinian: Decurtins/Brunold-Bigler 2002, No. 131; Italian: Cirese/Serafini 1975; Corsican: Massignon 1963, No. 40; Maltese: Mifsud-Chircop 1978; Hungarian: György 1934, No. 169, MNK VII B; Czech: Tille 1929ff. I, 404ff.; Slovaki-

an: Gašparíková 1991f. I, Nos. 207, 263, 301, II, No. 520; Slovene: Bolhar 1974, 164ff.; Serbian: Čajkanović 1927, No. 104, Karadžić 1937, No. 28, Eschker 1992, No. 97; Croatian: Vujkov 1953, 223ff.; Rumanian: Stroescu 1969 I, Nos. 3009, 3746, 3747, 3870, cf. No. 3763; Bulgarian: BFP, No. 1540, cf. No. *1540***; Greek: Loukatos 1957, 199ff., Megas/Puchner 1998; Polish: Krzyżanowski 1962f. II; Russian, Byelorussian, Ukrainian: SUS; Turkish: Eberhard/Boratav 1953, Nos. 331 III 2f, 339; Jewish: Jason 1965, 1975, 1988a; Gypsy: MNK X 1; Cheremis/Mari, Mordvinian: Kecskeméti/Paunonen 1974; Georgian: Kurdovanidze 2000; Aramaic: Arnold 1994, No. 15; Palestinian: Schmidt/Kahle 1918f. II, No. 97, El-Shamy 2004; Iraqi, Persian Gulf: El-Shamy 2004; Iranian: Marzolph 1984; Indian: Thompson/Balys 1958, Nos. J2326, K346.1, Jason 1989; Sri Lankan: Schleberger 1985, No. 29; Chinese: Ting 1978; Indonesian: Vries 1925f. II, 411 No. 284, Coster-Wijsman 1929, 73; Japanese: Ikeda 1971; English-Canadian: Halpert/Widdowson 1996 II, No. 104; Mexican: Robe 1973; Brazilian: Alcoforado/Albán 2001, Nos. 77, 82; Argentine: Hansen 1957; West Indies: Flowers 1953; Egyptian, Libyan, Tunisian, Algerian: El-Shamy 2004; Moroccan: Basset 1897, 114, El-Shamy 2004; East African: Arewa 1966, No. 3351; South African: Coetzee et al. 1967.

1540A* ***Lady Sends Pig as Wedding Hostess.***
Finnish: Rausmaa 1982ff. VI, No. 175; Latvian: Arājs/Medne 1977; Lithuanian: Kerbelytė 1999ff. II; Wepsian, Karelian: Kecskeméti/Paunonen 1974; Portuguese: Soromenho/Soromenho 1984f. II, Nos. 343, 714, Cardigos (forthcoming); German: Berger 2001, No. 1540A**; Maltese: Mifsud-Chircop 1978, Nos. 1540A*, *1540A1; Rumanian: Stroescu 1969 I, No. 3009A; Bulgarian: BFP; Greek: Megas/Puchner 1998; Russian, Byelorussian, Ukrainian: SUS; Chuvash: Kecskeméti/Paunonen 1974; Siberian: Soboleva 1984; Buryat, Mongol: cf. Lőrincz 1979, No. 1540A.

1541 ***For the Long Winter.***
Köhler/Bolte 1898ff. I, 341f.; BP I, 520–528, II, 205f.; Dekker et al. 1997, 203f.; EM: Winter: Für den langen W. (in prep.).
Finnish: Rausmaa 1982ff. VI, No. 204; Finnish-Swedish: Hackman 1917f. II, Nos. 263, 302 (13), 309; Estonian: Aarne 1918; Latvian: Arājs/Medne 1977; Lithuanian: Kerbelytė 1999ff. II; Lappish, Karelian: Kecskeméti/Paunonen 1974; Swedish: Liungman 1961; Norwegian: Hodne 1984; Danish: Grundtvig 1854ff. I, No. 29, Kristensen 1900, No. 1, Christensen 1941, No. 3; Icelandic: Sveinsson 1929; Scottish: Briggs 1970f. A II, 125, 310ff.; Irish: Ó Súilleabháin/Christiansen 1963; English: Baughman 1966, Briggs 1970f. A II, 104f., 116ff., 310ff.; French: Hoffmann 1973; Spanish: Espinosa 1988 II, Nos. 338, 339; Catalan: Oriol/Pujol 2003; Portuguese: So-

romenho/Soromenho 1984f. II, No. 719, Cardigos(forthcoming); Dutch: Sinninghe 1943, Kooi 2003, No. 82; Frisian: Kooi 1984a; Flemish: Meyer 1968; Walloon: Laport 1932; Luxembourg: Gredt 1883, No. 1214; German: Kooi/Schuster 1994, No. 97, Grimm KHM/Uther 1996 I, No. 59, Berger 2001; Austrian: Haiding 1969, No. 77; Italian, Sardinian: Cirese/Serafini 1975; Cirese/Serafini 1975; Maltese: Mifsud-Chircop 1978; Hungarian: MNK VII B; Czech: Tille 1929ff. I, 404ff.; Slovakian: Gašparíková 1991f. I, Nos. 207, 301; Slovene: Križnik 1874, 8f.; Rumanian: Stroescu 1969 I, No. 3742, cf. II, No. 5751; Bulgarian: BFP; Albanian: Jarník 1890ff., 218ff.; Greek: Hallgarten 1929, 163ff., Megas/Puchner 1998; Polish: Krzyżanowski 1962f. II; Russian, Byelorussian, Ukrainian: SUS; Turkish: Eberhard/Boratav 1953, Nos. 332 III 1, 333 III 1(var. j); Jewish: Haboucha 1992; Gypsy: MNK X 1; Siberian: Soboleva 1984; Palestinian: El-Shamy 2004; Iraqi: Nowak 1969, Nos. 415, 417, El-Shamy 2004; Persian Gulf, Qatar: El-Shamy 2004; Iranian: Marzolph 1984; Indian: Thompson/Roberts 1960, Blackburn 2001, No. 71; Burmese: Kasevič/Osipov 1976, No. 41; Sri Lankan: Thompson/Roberts 1960; Nepalese: Unbescheid 1987, No. 34; Japanese: Ikeda 1971; North American Indian: Thompson 1919, 417f.; US-American: Baughman 1966; Spanish-American: TFSP 31(1962)10f.; African American: Dorson 1967, No. 105; South American Indian: Hissink/Hahn 1961, No. 360; Brazilian: Alcoforado/Albán 2001, No. 78; West Indies: Flowers 1953; Egyptian: Nowak 1969, No. 417, El-Shamy 2004; Libyan, Moroccan: El-Shamy 2004; South African: Coetzee et al. 1967, Grobbelaar 1981.

1541** ***The Student Betrays the Shoemakers.***
Finnish-Swedish: Hackman 1917f. II, No. 311; Karelian: Kecskeméti/Paunonen 1974; Spanish: Chevalier 1983, No. 174; Frisian: Kooi 1984a, No. 1525V*; Hungarian: MNK VII B; Rumanian: Stroescu 1969 II, No. 5406; Greek: Megas/Puchner 1998; Polish: cf. Krzyżanowski 1962f. II; West Indies: Flowers 1953.

1541*** ***"Today for Money, Tomorrow for None"*** (previously ***"Today for Money, Tomorrow for Money"***).
Finnish: Rausmaa 1982ff. VI, No. 205; Finnish-Swedish: Hackman 1917f. II, No. 315; Frisian: Kooi 1984a.

1542 ***The Clever Boy.***
Chauvin 1892ff. V, 278 No. 61, VI, 176 No. 335; Montanus/Bolte 1899, No. 15; Schwarzbaum 1980, 279; Schmidt 1999, No. 1542A; EM 10(2001)690–695(M. van den Berg).

Finnish: Rausmaa 1982ff. VI, No. 162, p. 504f.; Estonian: Aarne 1918, No. 1525*; Latvian: Arājs/Medne 1977, No. 1642A; Lithuanian: Kerbelytė 1999ff. II, No. 1542A; Lappish: Qvigstad 1927ff. I, No. 46, II, Nos. 74, 75, III, No. 97; Swedish: Liungman 1961; Norwegian: Hodne 1984; Danish: Kristensen 1881ff. IV, No. 68; Faeroese: Nyman 1984; Icelandic: Sveinsson 1929; Irish: Ó Súilleabháin/Christiansen 1963; French: cf. Blümml 1906, No. 42; Spanish: cf. Espinosa 1988, No. 319; Portuguese: Oliveira 1900f. II, No. 269, Cardigos(forthcoming), No. 1535*A; Walloon: Laport 1932; German: Wisser 1922f. I, 281ff.; Italian: Cirese/Serafini 1975; Slovakian: Gašparíková 1991f. I, No. 426; Serbian: Karadžić 1959, No. 137; Croatian: Smičiklas 1910ff. 16, No. 13; Rumanian: Schullerus 1928, No. 1332*, Stroescu 1969 I, No. 3007, II, No. 4926, cf. No. 4927; Bulgarian: BFP, No. 1542A; Greek: Megas/Puchner 1998; Polish: Krzyżanowski 1962f. II, No. 1542**; Russian, Byelorussian, Ukrainian: SUS, No. 1542 II; Turkish: Eberhard/Boratav 1953, Nos. 202 II 2(var. a), II 3(var. 6), 351, 364; Jewish: Jason 1965, 1975; Gypsy: cf. Mode 1983ff. IV, No. 245; Ossetian: Bjazyrov 1960, No. 36; Abkhaz: cf. Šakryl 1975, No. 50; Tatar: Jarmuchametov 1957, 170; Votyak: Munkácsi 1952, No. 81; Vogul/Mansi: Kannisto/Liimola 1951ff. III, No. 2; Udmurt: Kralina 1961, No. 83; Yakut: Ėrgis 1967, No. 363; Kazakh: Sidel'nikov 1958ff. I, 312ff.; Georgian: Papashvily/Papashvily 1946, 117ff.; Syrian, Palestinian, Iraqi, Yemenite: El-Shamy 2004; Indian: Jason 1989; Burmese: Kasevič/Osipov 1976, No. 125; Tibetian: Kassis 1962, 58ff.; Chinese: Ting 1978, Nos. 1542, 1542A; Korean: Choi 1979, No. 643; Japanese: Ikeda 1971, No. 1539, Inada/Ozawa 1977ff.; Malaysian: Hambruch 1922, No. 17; French-Canadian: Lemieux 1974ff. IV, No. 26, VI, No. 46; North American Indian: Thompson 1919, 419ff.; US-American: Randolph 1955, 87f.; West Indies: Crowley 1966, No. 1542 IV; Egyptian, Algerian, Sudanese, Eritrean: El-Shamy 2004; Namibian: Schmidt 1989 II, No. 465; South African: Grobbelaar 1981, No. 1542 III.

1542* ***Sailor Substitute.***

Finnish-Swedish: Hackman 1917f. II, Nos. 199(5), 326(3); English: Wehse 1979, No. 121; Hungarian: cf. MNK VII B, No. 1542A**; Greek: Laográphia 11(1934–37)496–498, 19(1961)569–575; Ukrainian: Hnatjuk 1909f. I, No. 239.

1542** ***The Maiden's Honor.***

Chauvin 1892ff. V, 277 No. 160; Legman 1968f. I, 141; cf. Verfasserlexikon 9(1995) 78–80(R. M. Kully); Hansen 2002, 251–255.

Finnish: Rausmaa 1982ff. VI, No. 206; Finnish-Swedish: Hackman 1917f. I, 493f.; Estonian: Aarne 1918, No. 1542*; Livonian: Loorits 1926; Latvian: Arājs/Medne 1977;

Norwegian: Hodne 1984, No. 1543**; French: Hoffmann 1973, No. 1543**, EM 3 (1981)786; Portuguese: Cardigos(forthcoming); Dutch: Overbeke/Dekker et al. 1991, No. 641, Meder/Bakker 2001, No. 364; Frisian: Kooi 1984a; Flemish: Loots 1985, 37f.; German: Anthropophyteia 4(1907)124, Ranke 1972, 112, 179, Moser-Rath 1984, 289; Italian: Cirese/Serafini 1975; Slovene: Anthropophyteia 6(1909)272f.; Serbian: Anthropophyteia 1(1904)360f.; Macedonian: cf. Vroclavski 1979f. II, No. 45; Greek: Orso 1979, No. 55, Megas/Puchner 1998; Russian, Byelorussian, Ukrainian: SUS; Jewish: Jason 1965; Syrian, Egyptian: El-Shamy 2004.

1543 ***Not One Penny Less.***

Wesselski 1911 I, No. 54; Poliziano/Wesselski 1929, No. 353; BP I, 65–67; Schwarzbaum 1989, 329; EM 10(2001)906–909(H. Lox).

Finnish: Rausmaa 1982ff. VI, No. 207; Latvian: Arājs/Medne 1977; Lithuanian: Kerbelytė 1999ff. IV(forthcoming); Spanish: Espinosa 1988, No. 320; Dutch: Sinninghe 1943, No. 1543*, Meder/Bakker 2001, No. 325; Flemish: Meyer 1968; German: Wossidlo/Neumann 1963, No. 210; Austrian: Haiding 1969, No. 7, Haiding 1977a, No. 25; Italian: Cirese/Serafini 1975, No. 1542, and app.; Maltese: Mifsud-Chircop 1978; Hungarian: György 1934, No. 227, MNK VII B; Czech: Tille 1929ff. II 2, 422f.; Slovakian: Gašparíková 1991f. I, No. 269; Macedonian: Piličkova 1992, No. 41; Rumanian: Stroescu 1969 II, Nos. 4561, 4565; Bulgarian: BFP; Greek: Orso 1979, No. 123; Polish: cf. Krzyżanowski 1962f. II, No. 1618; Russian, Byelorussian, Ukrainian: SUS; Jewish: Noy 1963a, No. 130, Jason 1988a, Haboucha 1992; Gypsy: MNK X 1; Georgian: Kurdovanidze 2000; Iraqi: El-Shamy 2004; Australian: Adams/Newell 1999 III, 418f.; English-Canadian: Fauset 1931, No. 61; Spanish-American: TFSP 10(1932)28f., 21(1946)97f.; Puerto Rican: Hansen 1957, No. **1618; Egyptian, Libyan, Algerian: El-Shamy 2004.

1543A ***The Greedy Dreamer.***

Chauvin 1892ff. IX, 37 No. 30; Wesselski 1911 I, No. 5; Tubach 1969, No. 1788; Spies 1973b, 170–199; Marzolph 1987a, No. 124; Schwarzbaum 1989, 328f.; Marzolph 1992 II, No. 162.

Spanish: Goldberg 1998, No. J1473.1; Portuguese: Martinez 1955, No. J1473; German: Wossidlo/Neumann 1963, No. 571; Hungarian: György 1934, No. 211; Rumanian: Stroescu 1969 II, No. 5240; Jewish: Haboucha 1992, No. **1239; Egyptian, Tunisian: El-Shamy 2004.

1543* ***The Man without a Member.***

Erk/Böhme 1893f. I, No. 152; Poliziano/Wesselski 1929, No. 222; Verfasserlexikon 9 (1995) 450f. (H.-J. Ziegeler); EM 10 (2001) 707–709 (J. van der Kooi).

Finnish: Rausmaa 1982ff. VI, No. 208, p. 505; Estonian: Raudsep 1969, No. 391; Livonian: Loorits 1926; Lithuanian: Kerbelytė 1999ff. II; Wotian: Kecskeméti/Paunonen 1974; Syrjanian: Kecskeméti/Paunonen 1974, No. 1543A*; Norwegian: Hodne 1984; English: Wehse 1979, No. 116; French: Hoffmann 1973, No. 1543A*; Portuguese: cf. Cardigos (forthcoming), No. 1424*A; Dutch: Volkskunde 19 (1907/08) 235; Frisian: Kooi 1984a, Nos. 1543*, 1543A*; Austrian: Haiding 1969, No. 181; Czech: Tille 1929ff. II 2, 422f.; Macedonian: Vroclavski 1979f. II, No. 46; Russian: SUS, No. 1543A*; Jewish: Jason 1965, Nos. 1543*, 1543A*; Syrian: El-Shamy 2004; US-American: Hoffmann 1973, No. 1543A*, Randolph 1976, 15; West Indies: Parsons 1933ff. III, No. 356; Cape Verdian: Parsons 1923b I, No. 54.

1543C* ***The Clever Doctor.***

Legman 1968f. II, 934.

Finnish: Rausmaa 1982ff. VI, No. 209; Latvian: Arājs/Medne 1977; Lithuanian: Kerbelytė 1999ff. II; Portuguese: Soromenho/Soromenho 1984f. II, No. 616, Cardigos (forthcoming); Dutch: Vogelschor 1941, No. 15; Frisian: Kooi 1984a; Polish: Krzyżanowski 1962f. II, No. 1543C*, cf. No. 1635K; Jewish: Jason 1988a, Haboucha 1992; US-American: Randolph 1976, 53.

1543D* ***Stone as Witness.***

EM 1 (1977) 1398–1400 (U. Masing); Marzolph 1992 II, No. 447.

Latvian: Arājs/Medne 1977; Lithuanian: Kerbelytė 1999ff. II; German: Tomkowiak 1993, 270; Bulgarian: BFP; Byelorussian: cf. SUS, No. 1546A**; Jewish: Noy 1965, No. 30, Haboucha 1992; Kurdish: Džalila et al. 1989, No. 269; Indian: Hertel 1953, No. 15.

1543E* ***Tree as Witness.***

Kirchhof/Oesterley 1869 I 1, No. 179, V not. 45; Chauvin 1892ff. II, No. 34; Penzer 1924ff. V, 59 not. 2; EM 1 (1977) 1398–1400 (U. Masing)

Danish: Nielssen/Bødker 1951f. II, No. 36; German: Talitz (1663) No. 101, Scheer-Geiger (1673) No. 92, Schau-Platz der Betrieger (1687) No. 230 (EM archive); Italian: Rotunda 1942, No. K1971.12; Jewish: Bin Gorion 1918ff. IV, 61, 277; Avar: Saidov/Dalgat 1965, 39ff.; Siberian: Ošarov 1936, 139ff., Voskobojnikov/Menovščikov 1959, 294ff., Dolgich 1961, 32ff., Dul'zon 1966, No. 38, cf. Nos. 12, 44; Uzbek: Afzalov et al.

1963, 279f.; Indian: Hertel 1922b, No. 12; Thompson/Balys 1958, No. K1971.12, MacDonald 1982, No. K451.3; Indonesian: Pleyte 1894, 212; Moroccan: Laoust 1949, 65f.

1544 ***The Man Who Got a Night's Lodging.***

Aarne 1914b, No. 24; Basset 1924ff. I, 375 No. 90; Schmidt 1999; EM 5(1987)727–729(E. Moser-Rath).

Finnish: Rausmaa 1982ff. VI, Nos. 210, 211; Latvian: Arājs/Medne 1977, No. 1543B*; Lappish: Kecskeméti/Paunonen 1974, Bartens 2003, No. 68; Karelian: Kecskeméti/Paunonen 1974; Swedish: Liungman 1961; Norwegian: Hodne 1984; Danish: Kristensen 1892f. II, No. 204, Kristensen 1897a, No. 9, Kristensen 1900, No. 32; Scottish: Bruford/MacDonald 1994, No. 25; Irish: Ó Súilleabháin/Christiansen 1963; Frisian: Kooi 1984a; German: Wossidlo/Neumann 1963, No. 90; Italian: Cirese/Serafini 1975; Hungarian: MNK VII B; Serbian: Karadžić 1937, No. 62, Đjorđjevič/Milošević-Đjorđjevič 1988, No. 82, cf. Nos. 265, 266; Greek: Megas/Puchner 1998, Nos. 1543B*, 1544; Polish: Krzyżanowski 1962f. II; Russian: SUS, Nos. 1543B*, 1544, cf. No. 1543B**; Byelorussian: SUS, No. 1543B*, cf. No. 1543B**; Turkish: Eberhard/Boratav 1953, No. 356; Jewish: Jason 1988a; Gypsy: Mode 1983ff. IV, No. 209; Dagestan: Chalilov 1965, 285; Chuvash: Kecskeméti/Paunonen 1974; Kazakh: Veršinin 1962, No. 32; Kalmyk: cf. Džimbinov 1962, No. 36; Indian: Thompson/Roberts 1960; Chinese: Ting 1978; French-Canadian: Lemieux 1974ff. XVIII, No. 4; Brazilian: cf. Karlinger/Freitas 1977, No. 88; West Indies: Flowers 1953; Egyptian: cf. El-Shamy 1995 I, No. K258.

1544A* ***A Soldier's Riddle.***

Finnish: Rausmaa 1982ff. VI, No. 212; Latvian: Arājs/Medne 1977; Karelian: Kecskeméti/Paunonen 1974; French: cf. Tenèze/Hüllen 1961, Nos. 28, 30; German: Wossidlo 1910, 200, Peuckert 1932, No. 259, Neumann 1968b, 71, Berger 2001; Austrian: Haiding 1969, No. 183; Hungarian: MNK VII B; Czech: Jech 1984, No. 73; Slovakian: Gašparíková 1981a, 106, Gašparíková 2000, No. 30; Bulgarian: BFP; Greek: Megas/Puchner 1998; Polish: Krzyżanowski 1962f. II; Russian: SUS, No. 1544A*, cf. No. 1544A***; Byelorussian, Ukrainian: SUS, No. 1544A*, cf. No. 1544A**; Turkish: cf. Eberhard/Boratav 1953, No. 356; Gypsy: MNK X 1; Siberian: Soboleva 1984; Japanese: Ikeda 1971, No. 1775.

1544B* ***The Troublesome Guest.***

Bulgarian: BFP, Nos. *1544***, *1544D*, *1544F*, *1544G*, *1544G**; Russian, Ukrainian: SUS, Nos. 1544D*, 1544E*; Polish: Krzyżanowski 1962f. II, No. 1544B; Jewish: Jason 1965, No. 1544*C, Jason 1988a, No. 1544*C, Haboucha 1992, No. 1544*B; Indian: Jason 1989, No. 1544*C-A.

1545 ***The Boy with Many Names.***
EM 7(1993)773-777(Á. Dömötör); Marzolph/Van Leeuwen 2004, No. 395.
Finnish: Rausmaa 1982ff. VI, Nos. 213, 214; Finnish-Swedish: Hackman 1917f. II, Nos. 306, 310, 318; Estonian: Raudsep 1969, No. 390; Latvian: Arājs/Medne 1977; Wepsian: Kecskeméti/Paunonen 1974; Swedish: Liungman 1961; Norwegian: Hodne 1984; Danish: Kristensen 1896f. I, No. 28, Bødker et al. 1957, No. 14; Irish: Ó Súilleabháin/Christiansen 1963, No. 1541*; French: Soupault 1963, No. 15, Joisten 1971 II, No. 130.1, Perbosc/Bru 1987, 22ff., 25f.; Spanish: Llano Roza de Ampudia 1925, No. 68, Espinosa 1946, No. 19, Espinosa 1988, Nos. 448-450; Catalan: Oriol/Pujol 2003; Portuguese: Soromenho/Soromenho 1984f. II, Nos. 548, 550, 551, 554, 555, Cardigos(forthcoming); Dutch: Sinninghe 1943, No. 1541, Meder/Bakker 2001, Nos. 421, 452; Frisian: Kooi 1984a; Flemish: Meyer 1968; German: Moser-Rath 1984, 289; Italian: Cirese/Serafini 1975; Corsican: Ortoli 1883, No. 21; Sardinian: Cirese/Serafini 1975; Hungarian: MNK VII B; Czech: Tille 1929ff. II 2, 121ff.; Serbian: Anthropophyteia 1(1904)40f.; Bulgarian: BFP; Greek: Hallgarten 1929, 174f., Orso 1979, No. 218, Megas/Puchner 1998; Polish: Simonides 1979, Nos. 52, 105, 161; Russian: Moldavskij 1955, 55f.; Byelorussian: Kabašnikau 1960, No. 82; Ukrainian: Hnatjuk 1909f. I, No. 284, II, Nos. 314-316, 389, 390, cf. Nos. 306, 387, 388; Turkish: Eberhard/Boratav 1953, No. 357 IV 1; Jewish: Jason 1965; Gypsy: MNK X 1; Yakut: Ėrgis 1967, No. 381; Iraqi: Nowak 1969, No. 67; Oman: El-Shamy 2004; Iranian: Marzolph 1984; Indian: Jason 1989; Nepalese: Sakya/Griffith 1980, 198ff.; Chinese: Eberhard 1937, No. 210; English-Canadian: Halpert/Widdowson 1996 II, No. 110; French-Canadian: Lemieux 1974ff. IV, No. 27, IX, No. 19, X, No. 15, XI, No. 3, XIV, No. 30; US-American: Hoffmann 1973, Randolph 1976, No. 23; African American: Abrahams 1970, 250f.; Mexican: Robe 1973; Chilean: Hansen 1957, No. 1940*B; Algerian: El-Shamy 2004; Somalian: Reinisch 1900, No. 47.

1545A ***Learning to Sleep in Bed.***
EM: Schlafenlernen(forthcoming).
Portuguese: Melo 1991, 44, Cardigos(forthcoming); Greek: Kretschmer 1917, No. 65, Megas/Puchner 1998; Russian: SUS; Turkish: Eberhard/Boratav 1953, No. 199; Jewish: Jason 1965; Iraqi: El-Shamy 2004; Iranian: cf. Marzolph 1984, No. *1545A.

1545B *The Boy Who Knew Nothing of Women.*
Schwarzbaum 1968, 49, 450; EM 7(1993)769–773(H.-J. Uther).
Finnish: Rausmaa 1982ff. VI, No. 215; Estonian: cf. Raudsep 1969, Nos. 391, 392; Latvian: Arājs/Medne 1977; Lithuanian: Kerbelytė 1999ff. II; Swedish: Bødker et al. 1957, No. 33; Spanish: Camarena Laucirica 1991, No. 215; Portuguese: Soromenho/Soromenho 1984f. II, Nos. 550, 552, Cardigos(forthcoming); Frisian: Kooi 1984a; Flemish: Loots 1985, 67ff.; German: Brunner/Wachinger 1986ff. IV, No. ²Met/311; Italian: Cirese/Serafini 1975; Hungarian: MNK VII B; Czech: Tille 1929ff. II 2, 395f.; Bulgarian: BFP, No. 1545B, cf. No. *1545C; Greek: Orso 1979, No. 219; Polish: Simonides 1979, No. 162; Russian: SUS, Nos. 1545B, 1545B*; Turkish: Hansmann 1918, 93ff.; Jewish: Jason 1965; Cheremis/Mari: Kecskeméti/Paunonen 1974; Dominican: Hansen 1957, No. **1564; Chilean: Pino Saavedra 1960ff. III, No. 204.

1545* *Keeping Warm in Bed.*
Finnish: Rausmaa 1982ff. VI, No. 216; Estonian: Raudsep 1969, No. 392; Livonian: Loorits 1926; Latvian: Arājs/Medne 1977; Russian: Hoffmann 1973, No. 1545**; Jewish: Jason 1965; Cheremis/Mari: Kecskeméti/Paunonen 1974.

1545A* *"It's a Man!"*
Italian: Cirese/Serafini 1975; Serbian: cf. Đjorđjevič/Milošević-Đjorđjevič 1988, No. 224; Bulgarian: BFP; Greek: Megas/Puchner 1998; Turkish: Hansmann 1918, 85ff.

1546 *The Lump of Gold.*
Bebel/Wesselski 1907 I 2, No. 141; Schwarzbaum 1968, 57, 453; EM 5(1987)1383–1385(E. Moser-Rath).
Finnish: Rausmaa 1982ff. VI, No. 217; Finnish-Swedish: Hackman 1917f. II, No. 314; Latvian: Arājs/Medne 1977; Lithuanian: Kerbelytė 1999ff. II; Swedish: Liungman 1961, No. 1541****; Irish: Ó Súilleabháin/Christiansen 1963; French: Joisten 1956, No. 20, Joisten 1971 II, No. 140; Spanish: Camarena Laucirica 1991, No. 220; Dutch: Sinninghe 1943, No. 1541*; Frisian: Kooi 1984a; Flemish: Meyer 1968; German: Wisser 1922f. II, 103ff., Moser-Rath 1984, 288f., Tomkowiak 1993, 270; Maltese: cf. Mifsud-Chircop 1978, No. *1546A; Czech: Klímová 1966, No. 68; Slovakian: Polívka 1923ff. V, 75f., Gašparíková 1991f. II, No. 469; Bulgarian: BFP; Russian, Ukrainian: SUS; Jewish: Keren/Schnitzler 1981, No. 25; Malaysian: Hambruch 1922, 223f.; US-American: Dodge 1987, 21; Spanish-American: Robe 1973; Cuban: Hansen 1957, Nos. 1550**F, 1550**G; Puerto Rican: Hansen 1957, No. 1550**F; Chilean: Pino Saavedra 1987, No. 64; Argentine: cf. Hansen 1957, No. 1550**D.

1547* ***The Trickster with Painted Penis.***

Legman 1968f. I, 469, 798.

Livonian: Loorits 1926; Lithuanian: Kerbelytė 1999ff. II; Norwegian: Hodne 1984, 352; Austrian: Anthropophyteia 2(1905)196f.; Italian: Cirese/Serafini 1975; Rumanian: Stroescu 1969 I, No. 3831; Polish: Anthropophyteia 6(1909)287f.; Ukrainian: Hnatjuk 1909f. I, Nos. 308, 309, II, Nos. 308, 345; Turkish: Hansmann 1918, 59-67.

1548 ***The Soup Stone.***

Köhler/Bolte 1898ff. II, 576; Schwarzbaum 1968, 176f.; EM 7(1993)1218-1221(L. Marks); Marks 1993; Schmitt 1993, 371f.

Finnish: Rausmaa 1982ff. VI, No. 218; Estonian: Viidalepp 1980, No. 130; Latvian: Arājs/Medne 1977; Lithuanian: Kerbelytė 1999ff. II; Lydian: Kecskeméti/Paunonen 1974; Syrjanian: Fokos-Fuchs 1951, No. 13, Rédei 1978, No. 229; Swedish: Liungman 1961; Irish: Ó Súilleabháin/Christiansen 1963; English: Briggs 1970f. A II, 94f.; French: cf. Thibault 1960, No. 23; Spanish: Chevalier 1983, No. 175; Portuguese: Vasconcellos/Soromenho et al. 1963f. II, No. 424, Cardigos(forthcoming); Dutch: Swanenberg 1978, 110; Frisian: Kooi 1984a, Kooi/Schuster 1993, No. 120; German: Henßen 1963a, No. 57, Neumann 1968b, 35; Swiss: Brunold-Bigler 1997, 234f.; Hungarian: MNK VII B; Slovakian: Gašparíková 1981a, 42; Slovene: Brezovnik 1884, 112; Serbian: cf. Vrčević 1868f. I, No. 293, Karadžić 1959, No. 130, Panić-Surep 1964, No. 84; Macedonian: Čepenkov/Penušliski 1989, No. 554; Rumanian: cf. Stroescu 1969 II, No. 4646; Bulgarian: BFP; Polish: Krzyżanowski 1962f. II; Russian, Byelorussian: SUS, No. 1548, cf. No. 1548*; Ukrainian: SUS; Gypsy: MNK X 1; Yakut: cf. Ėrgis 1967, Nos. 292, 293, 365; Siberian: Soboleva 1984; Turkmen: Stebleva 1969, No. 40; Georgian: Kurdovanidze 2000; US-American: Baughman 1966; Mexican: Robe 1973; South African: Coetzee et al. 1967.

1548* ***The Fool's Talent*** (previously ***The Gift of the Fool***).

Finnish: Rausmaa 1982ff. VI, No. 219; Livonian: Loorits 1926; Lithuanian: Kerbelytė 1999ff. I, No. 654A*; Portuguese: Cardigos(forthcoming); Rumanian: cf. Stroescu 1969 II, No. 4690.

1551 ***The Wager That Sheep are Hogs.***

Chauvin 1892ff. II, 96 No. 51, VII, No. 430; Wesselski 1909, No. 29; Wesselski 1911 II, No. 437; Pauli/Bolte 1924 I, No. 632; Tubach 1969, No. 2975; cf. Gurney 1972; Schwarzbaum 1979, 567 not. 27; Takahashi 1987, 42f.; Marzolph/Van Leeuwen 2004, No. 376; EM: Wettbetrug(in prep.).

Karelian: Konkka 1959, 155ff.; Irish: Ó Súilleabháin/Christiansen 1963; English: Baughman 1966; French: Joisten 1971 II, Nos. 131–133; Spanish: González Sanz 1996; Catalan: Neugaard 1993, No. K451.2, Oriol/Pujol 2003; Portuguese: Soromenho/Soromenho 1984 II, Nos. 478–480, Cardigos(forthcoming); Dutch: Sinninghe 1943; Frisian: Kooi 1984a; Flemish: Meyere 1925ff. III, No. 260, Mont/Cock 1927, No. 3; Luxembourg: Gredt 1883, No. 917; German: Ranke 1966, No. 53, Kooi/Schuster 1994, No. 149, Bechstein/Uther 1997 II, No. 40, Berger 2001, No. 1551A; Italian: Cirese/Serafini 1975; Hungarian: MNK VII B; Croatian: Bošković-Stulli 1963, No. 89; Macedonian: cf. Tošev 1954, 269f.; Rumanian: Dima 1944, No. 28; Albanian: Camaj/Schier-Oberdorffer 1974, No. 66; Greek: Loukatos 1957, 202ff.; Polish: Krzyżanowski 1962f. II; Russian: Knejčer 1959, 120ff., 127f.; Ukrainian: Čendej 1959, 112ff.; Turkish: Eberhard/Boratav 1953, No. 351 III 1a; Jewish: Haboucha 1992; Gypsy: MNK X 1; Abkhaz: Šakryl 1975, No. 50; Georgian: Orbeliani/Awalischwili et al. 1933, No. 34; Pakistani, Sri Lankan: Thompson/Roberts 1960; Indian: Thompson/Roberts 1960, Jason 1989; Cambodian: Gaudes 1987, No. 67; Indonesian: Kratz 1978, No. 14; French-Canadian: Lemieux 1974ff. III, No. 27; US-American: Roberts 1959, 136, Dorson 1964, 92f.; French-American: Carrière 1937, No. 63; Spanish-American: TFSP 13(1937)91, Robe 1973; Brazilian: Cascudo 1955a, 109ff., 198ff., Cascudo 1955b, 25ff.; Egyptian: El-Shamy 2004; Algerian: cf. Nowak 1969, No. 456, El-Shamy 2004.

1551* *How Much the Donkey Cost.*
Spanish: González Sanz 1996; Catalan: Oriol/Pujol 2003; Portuguese: Oliveira 1900f. I, No. 170, Cardigos(forthcoming); Bulgarian: cf. BFP, No. *1551**; Chinese: Ting 1978; Egyptian: El-Shamy 2004.

1552* *Soup Made from Hare Soup* (previously *The Hare at Third Remove*).
Wesselski1911 I, No. 97; cf. Basset 1924ff. I, No. 198.
Walloon: Legros 1962, 108; Croatian: Bošković-Stulli 1963, No. 90; Rumanian: Stroescu 1969 I, No. 3586; Greek: Orso 1979, No. 119, Megas/Puchner 1998; Turkish: RTP 2(1887)505f.; Jewish: Jason 1965, 1975; Egyptian: El-Shamy 2004.

1553 *An Ox for Five Pennies.*
Cf. Kirchhof/Oesterley 1869 IV, No. 126; Wesselski 1911 II, No. 370; Basset 1924ff. II, 427 No. 143; Pauli/Bolte 1924 I, No. 462; Schwarzbaum 1968, 55, 451; Schwarzbaum 1979, xlviii not. 83, 563, 566 not. 18; Marzolph 1992 I, 79–81; Marzolph 1992 II, No. 1065; EM 10(2002)193–196(U. Marzolph).

Latvian: Arājs/Medne 1977; Lithuanian: Kerbelytė 1999ff. II; Danish: Kristensen 1892f. I, No. 160; Spanish: Camarena Laucirica 1991, No. 222; Portuguese: Cardigos (forthcoming); Dutch: Bloemhoff-de Bruijn/Kooi 1984, No. 13, Kooi 1985f., 168 No. 26, cf. Burger 1993, 77f., 159; Frisian: Kooi 1984a, Kooi/Schuster 1993, No. 126; German: Moser-Rath 1964, No. 192, Moser-Rath 1984, 287f., 406, 457; Swiss: EM 7(1993) 872; Czech: Dvořák 1978, No. 1463*; Slovakian: Polívka 1923ff. V, 8; Slovene: Mir 13(1894)85; Rumanian: Stroescu 1969 II, No. 4854; Bulgarian: BFP; Ukrainian: SUS; Jewish: Haboucha 1992; Lebanese: Nowak 1969, No. 445; Indian: Thompson/Balys 1958, No. K182.1; Nepalese: Sakya/Griffith 1980, 179f.; Egyptian: El-Shamy 2004; Tunisian: Brandt 1954, 90, El-Shamy 2004; Moroccan: Nowak 1969, No. 445, El-Shamy 2004; South African: Coetzee et al. 1967.

1553B* ***Pleasing the Captain.***
Montanus/Bolte 1899, 567f.; Schwarzbaum 1968, 150; EM 8(1996)1096.
Latvian: Arājs/Medne 1977; German: Brunner/Wachinger 1986ff. VIII, No. [2]Met/324; Kooi/Schuster 1994, No. 126, Benzel 1992a, 122; Italian: Cirese/Serafini 1975; Bulgarian: BFP.

1555 ***Milk in the Cask.***
Danish: Kristensen 1899, No. 495; Spanish: Chevalier 1983, No. 177; Dutch: Meder/Bakker 2001, No. 79; Frisian: Us Wurk 31(1982)146f.; German: cf. Moser-Rath 1964, No. 182; Bulgarian: cf. BFP; Jewish: Jason 1965, 1988a; Indian: Thompson/Roberts 1960; Chinese: Ting 1978; Mayan: Peñalosa 1992.

1555A ***Paying for Bread with Beer.***
Marzolph 1996, No. 458.
Lithuanian: Kerbelytė 1999ff. IV(forthcoming); Irish: Ó Súilleabháin/Christiansen 1963; French: Joisten 1971 II, No. 156; Frisian: Kooi 1984a; Walloon: Laport 1932, No. *1385A; German: Buse 1975, No. 398, Schlund 1993, 66; Rumanian: Stroescu 1969 I, cf. No. 4344, II, No. 4969, cf. No. 4817; Jewish: Landmann 1973, 632; Nepalese: Sakya/Griffith 1980, 179f.; Chinese: Ting 1978, No. 1555A, cf. No. $1555A_1$; US-American: Baughman 1966; Tunisian: El-Shamy 2004.

1555B ***The Wine and Water Business*** (previously ***The Rum and Water Trade***).
Schwarzbaum 1968, 182; Marzolph 1992 II, No. 429.
Spanish: Childers 1977, No. K231.6.2.3*, Chevalier 1983, No. 178; Catalan: Oriol/Pujol 2003; Portuguese: Soromenho/Soromenho 1984f. II, No. 541, Cardigos(forthcom-

ing)； Bulgarian: BFP, No. 1555B, cf. No. *1555B*； Polish: Krzyżanowski 1962f. II； Nepalese: Sakya/Griffith 1980, 198ff.； US-American: Baughman 1966； Spanish-American: cf. Robe 1973, No. 1555*C.

1555C ***The Good Meal.***
Frisian: Kooi 1984a, No. 1555C*； German: Merkens 1892ff. I, No. 238, Neumann 1999, No. 6； Rumanian: Stroescu 1969 II, No. 4763.

1556 ***The Double Pension (Burial Money).***
Chauvin 1892ff. V, 272ff. No. 155 not. 1； Schwarzbaum 1968, 56, 405, 452； Marzolph 1992 I, 168–170, II, No. 427； EM 10(2002)709–713(U. Marzolph)； Marzolph/Van Leeuwen 2004, No. 263.
Irish: Ó Súilleabháin/Christiansen 1963； Hungarian: MNK VII B, Polish: Krzyżanowski 1962f. II； Russian: Vasilenko 1955, No. 29； Jewish: Jason 1965, 1988a； Lebanese, Iraqi: Nowak 1969, No. 462, El-Shamy 2004； Yemenite: El-Shamy 2004； Indian: Thompson/Roberts 1960, Jason 1989； Filipino: Fansler 1921, No. 16； Egyptian, Algerian: El-Shamy 2004； Tunisian: Nowak 1969, No. 462, El-Shamy 2004； Ethiopian: JAFL 70(1957)71； Swahili: Klipple 1992, 395； Somalian: Reinisch 1900, No. 48.

1557 ***Box on the Ear Returned.***
HDM 2(1934–40)234； EM 10(2002)255–258(J. van der Kooi).
Finnish: Rausmaa 1982ff. II, No. 143, VI, Nos. 220, 221； Latvian: Arājs/Medne 1977； Lithuanian: Kerbelytė 1999ff. II； Swedish: Liungman 1961, No. GS1543； English: Briggs 1970f. A II, 28； German: Bodens 1937, No. 1104, Neumann 1968b, 95, Kooi/Schuster 1994, No. 57, Berger 2001； Czech: Tille 1929ff. I, 122, 123ff.； Slovakian: Gašparíková 1981a, 181f.； Rumanian: cf. Stroescu 1969 II, Nos. 5264, 5651； Bulgarian: cf. BFP, Nos. *1557A*, *1557B*； Polish: cf. Krzyżanowski 1962f. I, No. 928； Sorbian: Schulenburg 1882, 8f.； Russian, Byelorussian, Ukrainian: SUS； Jewish: Jason 1975； Japanese: Ikeda 1971, No. 1825D*.

1558 ***Welcome to the Clothes.***
Köhler/Bolte 1898ff. I, 491, II, 581ff., 628； Wesselski 1909, No. 73； Wesselski 1911 I, No. 55, II, No. 432； Pauli/Bolte 1924 I, No. 416, cf. No. 417； Wesselski 1921, 88； Schwarzbaum 1968, 180–182, 472； Tubach 1969, No. 1113； Marzolph 1983b, No. 139； Marzolph 1987b, 87； Marzolph 1992 II, No. 1243； Uther 1993a； EM 7(1993)1425–1430(H.-J. Uther).
Finnish: Rausmaa 1982ff. VI, No. 222； Latvian: Arājs/Medne 1977； Spanish: Cheva-

lier 1983, No. 179; Portuguese: Soromenho/Soromenho 1984f. II, No. 125, Cardigos (forthcoming); Frisian: Kooi 1984a, Kooi/Schuster 1993, No. 142; German: Moser-Rath 1984, 171, 289, Rehermann 1977, 267f., No. 17; Italian: Cirese/Serafini 1975, Aprile 1996; Maltese: Ilg 1906 II, No. 92, Mifsud-Chircop 1978; Hungarian: György 1934, No. 156, MNK VII B, Dömötör 2001, 292; Macedonian: Piličkova 1992, No. 42; Rumanian: Ure 1960, 72f.; Bulgarian: BFP, No. 1558, cf. No. *1558**; Greek: Orso 1979, No. 120, Megas/Puchner 1998; Polish: Krzyżanowski 1962f. II; Ukrainian: SUS, No. 1590A*; Jewish: Jason 1988a, Haboucha 1992; Kurdish: Hadank 1926, No. 21; Georgian: Kurdovanidze 2000, No. 1590A*; Syrian, Iraqi, Persian Gulf, Saudi Arabian, Oman: El-Shamy 2004; Afghan: Lebedev 1955, 127; Indian: Thompson/Roberts 1960, Jason 1989; Nepalese: Sakya/Griffith 1980, 202ff.; Chinese: Ting 1978; Spanish-American: TFSP 30(1961)279f.; Mexican: Robe 1973; Egyptian, Tunisian: El-Shamy 2004; Ethiopian: Moreno 1947, No. 5.

1559A* ***Always Hungry*** (previously ***Deceptive Wager: Human or Animal Hunger***).
Latvian: Arājs/Medne 1977; Lithuanian: Kerbelytė 1999ff. II; Jewish: Jason 1988a.

1559C* ***Some Things Not for Sale.***
Cf. Pauli/Bolte 1924 II, No. 713.
Finnish: Rausmaa 1982ff. VI, No. 223; Irish: Ó Súilleabháin/Christiansen 1963; Frisian: Kooi 1984a, Kooi/Schuster 1993, No. 125; German: Wossidlo/Neumann 1963, No. 144, Neumann 1968a, No. 54; Hungarian: MNK VII B; Rumanian: Stroescu 1969 II, No. 4864; Russian: cf. SUS, No. 1695**, Jewish: Landmann 1997, 146f.

1560 ***Make-Believe Eating; Make-Believe Work.***
Chauvin 1892ff. V, 163f. No. 86; EM 4(1984)471–475(J. R. Klíma).
Finnish: Rausmaa 1982ff. VI, No. 224; Finnish-Swedish: Hackman 1917f. II, No. 319; Estonian: Raudsep 1969, No. 264; Livonian: Loorits 1926; Latvian: Arājs/Medne 1977; Lithuanian: Kerbelytė 1999ff. II; Lydian: Kecskeméti/Paunonen 1974; Swedish: Liungman 1961; Norwegian: Hodne 1984; Irish: Ó Súilleabháin/Christiansen 1963; English: Briggs 1970f. A II, 81f.; French: Delarue 1947, No. 19, Perbosc 1954, No. 39, cf. Joisten 1971 II, No. 208.1; Catalan: Oriol/Pujol 2003; Portuguese: Parafita 2001f. II, No. 131, Cardigos(forthcoming); Flemish: Meyer 1968; German: Merkens 1892ff. III, No. 204, Zender 1984, No. 155, Kooi/Schuster 1994, No. 157; Swiss: EM 7 (1993)8696; Italian: Cirese/Serafini 1975; Hungarian: MNK VII B; Slovene: Vrtec 48(1918)141; Croatian: Dolenec 1972, No. 45; Rumanian: Stroescu 1969 I, No. 3180;

Greek: Karlinger 1979, No. 10; Polish: Krzyżanowski 1962f. II; Russian: Zelenin 1914, No. 21; Ukrainian: SUS; Puerto Rican: Hansen 1957.

1560** ***"Is It Still Raining?"*** (previously ***The Peasant and his Servant Driven by Rain into the Hay Barn***).
Finnish: Rausmaa 1982ff. VI, No. 227; Finnish-Swedish: Hackman 1917f. II, No. 321; Irish: Ó Súilleabháin/Christiansen 1963; Polish: Krzyżanowski 1962f. II; Spanish-American: cf. Rael 1957 II, No. 328.

1561 ***Three Meals in a Row*** (previously ***The Lazy Boy Eats Breakfast, Dinner, and Supper One after the Other***).
Marzolph 1992 II, No. 1053.
Finnish: Rausmaa 1982ff. VI, No. 228; Finnish-Swedish: Hackman 1917f. II, No. 325; Estonian: Raudsep 1969, No. 265; Latvian: Arājs/Medne 1977; Lithuanian: Kerbelytė 1999ff. II; Lappish, Wotian: Kecskeméti/Paunonen 1974; Karelian: Konkka 1959, 54ff.; Swedish: Liungman 1961; Danish: Kristensen 1900, No. 289; Scottish: Campbell 1890ff. II, No. 45; Irish: Ó Súilleabháin/Christiansen 1963; English: Baughman 1966, Briggs 1970f. A II, 147, 341; French: Coulomb/Castell 1986, No. 51; Spanish: Ranke 1972, No. 91; Dutch: Sinninghe 1943; Frisian: Kooi 1984a; Flemish: Meyer 1968; Walloon: Laport 1932, No. 1561A; German: Wossidlo/Neumann 1963, No. 27, Neumann 1968a, No. 116, Berger 2001; Hungarian: MNK VII B; Slovene: Vrtec 73(1942–43)34f.; Rumanian: Stroescu 1969 II, No. 5065; Russian, Byelorussian, Ukrainian: SUS; Turkish: Aganin et al. 1960, 217; Jewish: Jason 1965; Gypsy: MNK X 1; Dagestan: Chalilov 1965, No. 79; Ossetic: Britaev/Kaloev 1959, 359; Chuvash: Kecskeméti/Paunonen 1974; Siberian: Soboleva 1984; Georgian: Kurdovanidze 2000; Chinese: Ting 1978; US-American: Baughman 1966; Spanish-American: Robe 1973.

1561* ***A Cure for Nearsightedness*** (previously ***The Boy "Loses his Sight"***).
Finnish: Rausmaa 1982ff. VI, No. 229; Finnish-Swedish: Hackman 1917f. II, No. 322; Latvian: Arājs/Medne 1977; Swedish: Liungman 1961; Norwegian: Hodne 1984; Danish: Kristensen 1900, Nos. 247, 248, 304, 305, Christensen/Bødker 1963ff., No. 113, Aakjaer/Holbek 1966, 263; Irish: Ó Súilleabháin/Christiansen 1963; Spanish: RE 6 (1966)182f.; Frisian: Kooi 1984a; Flemish: Meyer 1968; German: Wossidlo/Neumann 1963, No. 77, Neumann 1968a, No. 35, Kooi/Schuster 1994, No. 152.

1561** ***Eating and Work*** (previously ***Farmhand Gives all Heavy Work to Others***).
Finnish-Swedish: Hackman 1917f. II, No. 323c; Latvian: Arājs/Medne 1977; Wotian: Kecskeméti/Paunonen 1974; Irish: Ó Súilleabháin/Christiansen 1963; Hungarian: MNK VII B; Czech: Klímová 1966, No. 69; Serbian: Eschker 1992, No. 103; Bulgarian: BFP; Greek: Laográphia 4(1913/14)300f.

1562 ***"Think Thrice before You Speak."***
Chauvin 1892ff. VIII, 169f. No. 187; Pauli/Bolte 1924 I, No. 387; Schwarzbaum 1968, 91, 232; EM 3(1981)420f.(E. Moser-Rath); Marzolph 1992 II, No. 1233.
Finnish: Rausmaa 1982ff. VI, No. 230; Finnish-Swedish: Hackman 1917f. II, No. 316; Swedish: Liungman 1961; Scottish: Briggs 1970f. A II, 143, 292; Irish: Ó Súilleabháin/Christiansen 1963; English: Baughman 1966, Briggs 1970f. A II, 66f., 85, 292; Flemish: Meyer 1968; German: Merkens 1892ff. II, Nos. 203, 205, cf. No. 176, Moser-Rath 1984, 291, Tomkowiak 1993, 270; Italian: Cirese/Serafini 1975; Hungarian: MNK VII B; Macedonian: Vroclavski 1979f. II, No. 47; Rumanian: Stroescu 1969 I, No. 3545; Ukrainian: SUS; Jewish: Jason 1975, 1988a; Gypsy: MNK X 1; Tadzhik: Dechoti 1958, 74f.; Syrian: El-Shamy 2004; Indian: Thompson/Roberts 1960, Jason 1989; Chinese: Ting 1978; Japanese: Ikeda 1971; French-Canadian: Lemieux 1974ff. IV, No. 24; US-American: Baker 1986, No. 164; South African: Coetzee et al. 1967.

1562A ***"The Barn is Burning!"***
Petsch 1916; Wesselski 1916; ZfVk. 28(1918)135–137; Jackson/Wilson 1936; Schwarzbaum 1968, 232; Tropea 1968; cf. Legman 1968f. II, 731; EM 2(1979)665; EM: Scheune brennt(forthcoming).
Finnish: Rausmaa 1982ff. VI, No. 231; Latvian: Arājs/Medne 1977; Danish: Kamp 1879f. I, No. 14, Kristensen 1881ff. IV, Nos. 57, 58, Kristensen 1896f., No. 19; Scottish, Irish, Welsh, English: Baughman 1966, Briggs 1970ff. A II, 180, 317f.; French: Perbosc 1907, No. 3; Spanish: González Sanz 1996, Lorenzo Vélez 1997, 127ff.; Catalan: Orol/Pujol 2003; Portuguese: Soromenho/Soromenho 1984f. II, Nos. 561–563, 565, 566, Cardigos(forthcoming); Dutch: Sinninghe 1943, No. 1940; Frisian: Kooi 1984a, Kooi/Schuster 1993, No. 140; Flemish: Meyer 1968, No. 1940, Lox 1999a, No. 74; German: Henßen 1951, No. 77, Wiepert 1964, No. 121; Swiss: cf. Büchli/Brunold-Bigler 1989ff. I, 729; Italian: Cirese/Serafini 1975; Sardinian: Mango 1890, No. 7, Cirese/Serafini 1975; Czech: Tille 1929ff. II 2, 448f.; Slovakian: cf. Polívka 1923ff. IV, No. 121D, Gašparíková 1981a, No. 52; Rumanian: Stroescu 1969 II, Nos. 3084, 4685; Greek: Orso 1979, No. 45, Megas/Puchner 1998; Polish: Krzyżanowski 1962f. II; Si-

berian: Soboleva 1984; Russian, Byelorussian, Ukrainian: SUS; English-Canadian: Fauset 1931, No. 13; US-American: Baughman 1966, Burrison 1989, 101; Spanish-American: Rael 1957 II, No. 288; African-American: cf. Dorson 1956, No. 42; Mexican: Paredes 1970, No. 54b; Cuban, Dominican, Puerto Rican, Chilean: Hansen 1957, No. 1940*A; Brazilian: Cascudo 1955a, 326ff., Alcoforado/Albán 2001, No. 66; Argentine: Chertudi 1960f. II, Nos. 90–92; South African: Grobbelaar 1981.

1562B *Wife Follows Written Instructions.*

Stiefel 1908, No. 8; Wesselski 1908; BP III, 149–151; Pauli/Bolte 1924 I, No. 139; Schwarzbaum 1968, 232; EM 10(2002)948–950(H.-J. Uther).

Finnish: Rausmaa 1982ff. VI, No. 232; Norwegian: Hodne 1984; Danish: Kristensen 1900, No. 177, Christensen 1939, No. 92; Spanish: Chevalier 1983, No. 180; Frisian: Kooi 1984a; German: Moser-Rath 1984, 152, 282, 287f., Tomkowiak 1993, 270, Kooi/Schuster 1994, No. 118; Italian: Cirese/Serafini 1975; Hungarian: György 1934, No. 52, Kovács 1988, 65; Russian: Archiv für slavische Philologie 13(1890)399; Jewish: Jason 1975, cf. Haboucha 1992, No. **1562C; Chinese: Ting 1978, No. 1562C.

1562A* *Deceptive Bargain: Fasting Together.*

Lithuanian: Kerbelytė 1999ff. II; Danish: Kristensen 1871ff. VII, No. 30; Maltese: Mifsud-Chircop 1978; English-Canadian: Halpert/Widdowson 1996 II, No. 111; East African: Klipple 1992, 340f.; Central African: cf. Lambrecht 1967, No. 1165.

1562B* *Dog's Bread Stolen.*

EM 6(1990)1395–1398(E. Moser-Rath).

Hungarian: MNK VII B; Bulgarian: cf. BFP, No. *1003**; Greek: Megas/Puchner 1998; Russian, Ukrainian: SUS; Jewish: Jason 1965, 1988a; Gypsy: MNK X 1.

1562C* *Miser Eats at Night.*

Portuguese: Soromenho/Soromenho 1984f. I, No. 305, II, Nos. 408, 556, 557, Cardigos (forthcoming); Rumanian: Stroescu 1969 II, No. 5035; Bulgarian: BFP; Greek: Loukatos 1957, 194ff.; Russian: SUS; Georgian: Kurdovanidze 2000; Saudi Arabian, Egyptian: El-Shamy 2004.

1562D* *The Boy Goes to Sleep on His Job.*

Latvian: Arājs/Medne 1977; Danish: Kristensen 1900, No. 291; Spanish: Espinosa 1946f., Nos. 163, 166, 167.

1562F* ***The Hunt for the Pea*** (previously ***Boy Puts both Hands into the Soup Bowl***).
Arlotto/Wesselski 1910 II, No. 105; cf. Wesselski 1911 I, No. 206; EM 6(1990)1395-1398(E. Moser-Rath).
Finnish: Rausmaa 1982ff. VI, No. 233; Finnish-Swedish: Hackman 1917f. II, No. 323a; Swedish: Liungman 1961, No. GS1561***; Portuguese: Oliveira 1900f. II, No. 283, Cardigos(forthcoming); German: Kooi/Schuster 1994, No. 154; Hungarian: György 1934, No. 27; Polish: cf. Simonides 1979, No. 238; Sorbian: cf. Nedo 1957, 38f.; US-American: cf. Dorson 1952, 129ff.

1562J* ***"Sing It!"***
English: Briggs 1970f. A II, 271f.; Dutch: Sap-Akkerman 1977, 63ff.; Frisian: Kooi 1984a; German: Meyer 1925a, No. 195; US-American: Leary 1991, No. 174.

1563 ***"Both?"***
Chauvin 1892ff. VI, 180 No. 342; Köhler/Bolte 1898ff. I, 150, 291; Montanus/Bolte 1899, No. 73; EM 2(1979)55-64(H. El-Shamy); Schmidt 1999; Marzolph/Van Leeuwen 2004, No. 406.
Finnish: Rausmaa 1982ff. VI, Nos. 234, 235; Finnish-Swedish: Hackman 1917f. II, No. 317; Estonian: Raudsep 1969, No. 393; Latvian: Arājs/Medne 1977; Lithuanian: Kerbelytė 1999ff. II; Lydian: Kecskeméti/Paunonen 1974; Swedish: Liungman 1961; Norwegian: Hodne 1984; Icelandic: Sveinsson 1929; Irish: Ó Súilleabháin/Christiansen 1963; English: Zall 1963, 111f.; French: Luzel 1887 III, No. 3, Tegethoff 1923 II, No. 59; Basque: Blümml 1906, No. 5a, Karlinger/Laserer 1980, No. 57; Catalan: Oriol/Pujol 2003; Portuguese: Oliveira 1900f. II, Nos. 377, 396, Cardigos(forthcoming); Dutch: Sinninghe 1943; Frisian: Kooi 1984a; Flemish: Loots 1985, 43f.; Walloon: Legros 1962; German: e.g. Henßen 1935, No. 199, Wossidlo/Neumann 1963, No. 54; Austrian: Haiding 1969, No. 1; Italian: Cirese/Serafini 1975; Corsican: Ortoli 1883, No. 26; Hungarian: MNK VII B; Slovakian: Gašparíková 1981a, 106; Serbian: Anthropophyteia 1(1904)309f.; Croatian: Anthropophyteia 1(1904)311-313; Rumanian: Stroescu 1969 I, No. 3221; Bulgarian: BFP; Greek: Hallgarten 1929, 46ff.; Polish: cf. Krzyżanowski 1962f. II, No. 1563*; Russian, Byelorussian: SUS; Jewish: Noy 1963a, No. 133, Jason 1965; Gypsy: MNK X 1; Cheremis/Mari: Kecskeméti/Paunonen 1974; Siberian: Soboleva 1984; Georgian: Kurdovanidze 2000; Oman, Qatar: El-Shamy 2004; Burmese: Kasevič/Osipov 1976, Nos. 41, 144; Chinese: cf. Ting 1978, No. 1563A; North American Indian: Thompson 1919, 420ff., Robe 1973; US-American: Baughman 1966; Mexican: Robe 1973; Puerto Rican: Hansen 1957;

Mayan: Peñalosa 1992; Brazilian: Alcoforado/Albán 2001, No. 83; Chilean: Hansen 1957; Cape Verdian: Parsons 1923b I, No. 40; Egyptian: El-Shamy 1980, No. 58, El-Shamy 2004; Sudanese: El-Shamy 2004; South African: Coetzee et al. 1967; Malagasy: Haring 1982, No. 2.3.1525.

1563* ***The Terrible Threat*** (previously ***Sham Threat: either... or***).
Wesselski 1911 II, No. 450; EM 3(1981)894–901(K. Ranke); cf. Marzolph 1987a, No. 16; Marzolph 1992 II, No. 509; Marzolph 1996, No. 511.
Finnish: Rausmaa 1982ff. VI, Nos. 236, 237; Latvian: Arājs/Medne 1977, Nos. *1525J$_3$, *1563**; Lithuanian: Kerbelytė 1999ff. II; French: Ranke 1972, No. 73; Catalan: Oriol/Pujol 2003; Dutch: Overbeke/Dekker 1991, Nos. 2076, 2309; Frisian: Kooi 1984a; German: Moser-Rath 1964, No. 213, Moser-Rath 1984, 287f., 291, 417f., Tomkowiak 1993, 270f.; Italian: Wesselski 1912, 51f., 244; Hungarian: György 1934, No. 67; Croatian: Dolenec 1972, No. 26; Rumanian: Stroescu 1969 II, Nos. 4793, 4815, cf. No. 4785; Bulgarian: BFP; Polish: cf. Krzyżanowski 1962f. II, No. 1563*, cf. No. 1703; Byelorussian, Ukrainian: SUS; Jewish: Jason 1988a, Haboucha 1992; Kurdish: Hadank 1926, 161; Cambodian: Gaudes 1987, Nos. 100, 101; Spanish-American: TFSP 25(1953)3; Australian: Adams/Newell 1999 II, 216, III, 153; Tunisian: El-Shamy 2004; Algerian: Frobenius 1921ff. III, No. 42.

1564* ***The Clever Granary Watcher.***
Finnish: Rausmaa 1982ff. VI, Nos. 211, 238–240; Estonian: Aarne 1918, Nos. 1564*, 1565*; Latvian: Arājs/Medne 1977, Nos. 1564*, 1564**, cf. Nos. *1564***, *1564****; French: cf. Tegethoff 1923 I, 231f.

1565 ***Agreement Not to Scratch.***
Montanus/Bolte 1899, No. 9; Legman 1968f. II, 323f.; Marzolph 1992 II, No. 192; EM 8(1996)348–352(C. Lindahl); Schmidt 1999.
Finnish: Rausmaa 1982ff. VI, No. 243; Latvian: Arājs/Medne 1977; Lithuanian: Kerbelytė 1999ff. II; Danish: Kristensen 1900, No. 18; Spanish: Espinosa 1988, No. 346; Catalan: Oriol/Pujol 2003; Portuguese: Braga 1987 I, 226f. 227, 231, Cardigos (forthcoming); Dutch: Geldof 1979, 178f.; Frisian: Kooi 1984a; German: Knoop 1893, No. 11; Slovakian: Gašparíková 1981a, 73; Macedonian: Čepenkov/Penušliski 1989 IV, No. 479, cf. No. 416; Rumanian: Stroescu 1969 II, No. 5159; Bulgarian: BFP; Polish: Krzyżanowski 1962f. II; Turkish: Eberhard/Boratav 1953, No. 321; Jewish: Noy 1965, No. 23, Jason 1988a, Haboucha 1992; Ossetic: Bjazyrov 1960, No. 54; Syrian: El-Shamy 2004, No. 1565B§; Indian: Thompson/Roberts 1960, Blackburn 2001,

No. 83; Chinese: Ting 1978; Korean: Zaborowski 1975, No. 71; Malaysian: Hambruch 1922, 223f.; Japanese: Ikeda 1971, No. 1565A, cf. No. 1565B; US-American: JAFL 38(1925)219, Dorson 1952, 148f., White 1952, 701; Mexican: Robe 1973; African American: Parsons 1923a, No. 113, Harris 1955, 272ff.; Brazilian: Romero/Cascudo, No. 21; West Indies: Beckwith 1924, No. 29; Tunisian: El-Shamy 2004, Nos. 1565, 1565B§; Moroccan: El-Shamy 2004; Ivory Coast: Schild 1975, No. 55; Nigerian: Walker/Walker 1961, 57f.; Central African: Lambrecht 1967, No. 1105.

1565* ***The Big Cake.***
Frisian: Kooi 1984a; Flemish: Cornelissen 1929ff. I, 282f., Meyer 1968; German: Dietz 1951, No. 161; Serbian: Karadžić 1959, No. 180; Jewish: Haboucha 1992.

1565** ***Turnips as Bacon.***
Finnish: Rausmaa 1982ff. VI, Nos. 244, 245; Danish: Kristensen 1900, No. 295, Holbek 1990, No. 43; Irish: Ó Súilleabháin/Christiansen 1963; French: Pelen 1994, No. 134; Dutch: Sinninghe 1943, No. 1565; Frisian: Kooi 1984a; Flemish: Meyer 1968; German: Wossidlo/Neumann 1963, No. 117; Croatian: Vujkov 1953, 352f.; Rumanian: Stroescu 1969 I, No. 3096; Bulgarian: BFP; Ukrainian: SUS; Japanese: cf. Ikeda 1971, Nos. 1565**A, 1565**B, 1565**C.

1566** ***Butter vs. Bread.***
Schwarzbaum 1968, 316.
Irish: Ó Súilleabháin/Christiansen 1963; Dutch: Kooi 1985f., No. 30; Frisian: Kooi 1984a; Flemish: Meyer 1968, Meulemans 1982, Nos. 1236, 1393, Lox 1999a, No. 61; Rumanian: Stroescu 1969 II, No. 4672.

1566A* ***Maids Must Rise Even Earlier.***
Waldis/Kurz 1862 I, No. 76; Kirchhof/Oesterley 1869 VII, No. 39; Hansen 2002, 255.
Finnish-Swedish: Hackman 1917f. II, No. 387; Latvian: Arājs/Medne 1977; German: Benzel 1980, No. 257, Tomkowiak 1993, 271; Polish: Bukowska-Grosse/Koschmieder 1967, No. 10; Russian, Byelorussian: SUS.

1567 ***Stingy Household*** (previously ***Hungry Servant Reproaches Stingy Master***).
EM 6(1990)1395–1398(E. Moser-Rath).
Finnish: Rausmaa 1982ff. VI, Nos. 249–251; Estonian: Aarne 1918, No. 1567B; Latvian: Arājs/Medne 1977, Nos. 1567, 1567B, 1567*, *1567****; Lithuanian: Kerbelytė

1999ff. II; Swedish: EU, No. 11526; Danish: Kristensen 1900, Nos. 301, 303; English: Briggs 1970f. A II, 290; French: cf. Tegethoff 1923 II, No. 35, Coulomb/Castell 1986, Nos. 49, 50; Spanish: RE 4(1965)460., cf. Espinosa 1988, Nos. 347, 348, Camarena Laucirica 1991, No. 224; Portuguese: Braga 1987 I, 262, Cardigos(forthcoming); German: cf. Meyer 1925a, No. 96, Selk 1949, No. 35, cf. No. 33; Italian: Cirese/Serafini 1975; Hungarian: MNK VII B, Nos. 1567B*, 1567H*; Slovakian: Gašparíková 1991f. I, No. 322; Serbian: Karadžić 1937, No. 26, cf. Đjorđjevič/Milošević-Đjorđjevič 1988, No. 316; Croatian: cf. Vujkov 1953, 292f.; Macedonian: Tošev 1954, 216f., Čepenkov/Penušliski 1989 IV, No. 517; Bulgarian: BFP, No. *1567E*; Ukrainian: SUS, Nos. 1567A*, 1567G*, cf. Mykytiuk 1979, No. 36; Jewish: Jason 1965, 1975, 1988a; Yakut: Ėrgis 1967, Nos. 364, 367; Mongolian: Lőrincz 1979, No. 1567H*; Indian: Jason 1989; Chinese: Ting 1978, Nos. 1567A*, 1567B*; Japanese: Ikeda 1971, No. 1567B, Inada/Ozawa 1977ff.; Spanish-American: cf. Robe 1973, No. 1567*H.

1567A ***Stingy Innkeeper Cured of Serving Weak Beer.***
EM 6(1990)1395–1398(E. Moser-Rath).
Finnish: Rausmaa 1982ff. VI, No. 246; Estonian: Raudsep 1969, No. 266; Livonian: cf. Loorits 1926; Latvian: Arājs/Medne 1977; Lithuanian: Kerbelytė 1999ff. II; Danish: Kristensen 1900, Nos. 247, 252, cf. Nos. 251, 253, 557; German: Wossidlo/Neumann 1963, Nos. 28, 61; Slovakian: Gašparíková 1974, 190; Polish: Simonides 1979, No. 233; Japanese: Ikeda 1971.

1567C ***Asking the Large Fish.***
Köhler/Bolte 1898ff. II, 633–636; Bebel/Wesselski 1907 I 2, No. 21; Wesselski 1911 I, No. 158; BP II, 367; Pauli/Bolte 1924 II, No. 700; EM 4(1984)1218–1221(E. Moser-Rath); Marzolph 1992 II, No. 401; Hansen 2002, 38–40; Marzolph/Van Leeuwen 2004, No. 489.
Finnish: Rausmaa 1982ff. VI, No. 247; Latvian: Arājs/Medne 1977; Lithuanian: Kerbelytė 1999ff. II; Irish: Ó hÓgáin 1985, 252f.; French: Millien/Delarue 1953, 215ff.; Spanish: Childers 1948, No. J1341.2, Chevalier 1983, No. 181, cf. Espinosa 1988, No. 349; Portuguese: Meier/Woll 1975, No. 102, Cardigos(forthcoming); Dutch: Medder/Bakker 2001, No. 250; Frisian: Kooi 1984a; Flemish: Meyer 1968; German: Wisser 1922f. II, 183, Moser-Rath 1984, 285, 287–289, 373, 417, Kooi/Schuster 1994, No. 15, Neumann 1998, 56ff., 60ff.; Italian: Cirese/Serafini 1975; Maltese: Mifsud-Chircop 1978; Hungarian: György 1934, No. 178, MNK VII B; Rumanian: cf. Stroescu 1969 II, Nos. 4705, 5001; Greek: Megas/Puchner 1998; Jewish: Jason 1965; Japanese: Inada/Ozawa 1977ff.; South African: Grobbelaar 1981.

1567E ***The Hungry Man's Lies*** (previously ***Hungry Apprentice's Lies Attract Master's Attention***).
EM 6(1990)1395–1398(E. Moser-Rath).
Spanish: Espinosa 1946f., No. 53, Goldberg 1998, No. J1341.5; Catalan: Neugaard 1993, No. *J1341.5; Portuguese: Cardigos(forthcoming); Chinese: Ting 1978; Panamanian: Robe 1973.

1567F ***The Hungry Shepherd*** (previously ***Hungry Shepherd Attracts Attention***).
EM 6(1990)1395–1398(E. Moser-Rath).
Danish: cf. Kristensen 1899, No. 175; Irish: Ó Súilleabháin/Christiansen 1963; French: Meyrac 1890, 445ff., Delarue 1950, 130, Millien/Delarue 1953, No. 25; Spanish: Llano Roza de Ampudia 1925, No. 156, Camarena Laucirica 1991, No. 225; Basque: Frey/Brettschneider 1982, 152f.; Portuguese: Parafita 2001f. II, No. 121, Cardigos(forthcoming); Dutch: Leopold/Leopold 1882, 373f., Sinninghe 1934, 13ff.; Frisian: Kooi 1984a; Flemish: Meyer 1968; Walloon: Legros 1962, 109; German: Meyer 1925a, No. 198, Kooi/Schuster 1994, No. 128; Swiss: EM 7(1993)870; Italian: Rossi 1987, No. 87; Rumanian: Stroescu 1969 I, No. 3098; French-American: Ancelet 1994, No. 46; Spanish-American: Rael 1957 II, Nos. 420, 421.

1567G ***Good Food Changes Song.***
EM 4(1984)475f.(E. Moser-Rath).
Finnish: Rausmaa 1982ff. VI, No. 248; Latvian: Arājs/Medne 1977; Danish: Kristensen 1899, No. 531; Scottish: Bruford/MacDonald 1994, No. 45; English: Baughman 1966, Briggs 1970f. A II, 125f., 245f.; Portuguese: Parafita 2001f. II, No. 127, Cardigos(forthcoming); French: Delarue 1947, No. 19, Perbosc 1954, No. 39, Fabre/Lacroix 1970b, 254f.; Frisian: cf. Kooi 1984a, No. 1567G*; Portuguese: Cardigos (forthcoming); German: Ruppel/Häger 1952, 62f., Grannas 1957, 151f., Wossidlo/Neumann 1963, No. 41; Hungarian: Kovács 1988, 111f.; US-American: Baughman 1966; African American: Dorson 1956, 67f.

1567H ***The Big and the Small Fish.***
Dutch: Tinneveld 1976, No. 119; Frisian: Kooi 1984a, No. 1567K*; German: Kruse 1953, 54f., Neumann 1999, No. 72; Jewish: Jason 1965, No. 1567K*, Landmann 1973, 336, Ausubel 1974, 403.

1568* ***The Master and the Farmhand at the Table.***
Arlotto/Wesselski 1910 II, No. 89; EM: Schüssel: Die umgedrehte S.(forthcoming).

Finnish: Rausmaa 1982ff. VI, Nos. 252-254; Estonian: Raudsep 1969, No. 262; Livonian: Loorits 1926; Latvian: Arājs/Medne 1977; Lithuanian: Kerbelytė 1999ff. II; Norwegian: Hodne 1984; French: cf. Joisten 1971 II, No. 207; Portuguese: Parafita 2001f. II, No. 186, Cardigos(forthcoming); Frisian: Kooi 1984a; German: Selk 1949, No. 31, Moser-Rath 1984, 209f., Kooi/Schuster 1994, No. 150, cf. No. 201, Berger 2001; Slovene: Angelček 36(1927-28)33ff.; Rumanian: Stroescu 1969 I, No. 3588; Bulgarian: BFP; Sorbian: Ranke 1972, No. 187; Polish: Krzyżanowski 1962f. II; Russian, Byelorussian, Ukrainian: SUS; Jewish: Jason 1965; Gypsy: Krauss 1907, 140; Tatar: Jarmuchametov 1957, 145f.; Cuban: Hansen 1957, No. **1568A; Algerian: El-Shamy 2004.

1568** ***The Master and the Pupil Quarrel.***

Kirchhof/Oesterley 1869 I 1, No. 233; Wander 1867ff. II, 5 No. 89, 72 No. 1753.

Finnish: Rausmaa 1982ff. VI, No. 255; Estonian: Raudsep 1969, No. 134; Danish: Kristensen 1900, No. 521; English: cf. Briggs 1970f. A II, 288ff.; German: Moser-Rath 1964, No. 110, Neumann 1968b, No. 104, Moser-Rath 1984, 209f., 288, 291, Brunner/Wachinger 1986ff. VI, No. ^{2}A/1185; Hungarian: MNK VII B; Jewish: cf. Haboucha 1992, No. *1718.

1569** ***Clothing the Servant.***

Flemish: Meyer 1968; Serbian: Karadžić 1937, No. 10, Karadžić 1959, No. 81; Ukrainian: SUS.

1570* ***"Gorge Silently."***

Lithuanian: Kerbelytė 1999ff. IV(forthcoming); Bulgarian: BFP, No. 1570*, cf. No. *1570***; Russian, Ukrainian: SUS.

1571* ***The Servants Punish Their Master.***

Estonian: Raudsep 1969, No. 269; Latvian: Arājs/Medne 1977, No. 1571*, cf. No. *1571**; Danish: cf. Kristensen 1900, No. 292; Chinese: Ting 1978.

1571** ***The Boastful Servant.***

Finnish: Aarne 1920, No. 2004*; Estonian: Aarne 1918, No. 2004*; Latvian: Arājs/Medne 1977; Lithuanian: Kerbelytė 1999ff. IV(forthcoming); Danish: Kristensen 1892f. I, No. 172, II, No. 188, Kristensen 1900, Nos. 445, 446; Spanish-American: TFSP 21(1946)94f.

1572* ***The Master's Privilege.***
EM 10(2002)1369f.(P.-L. Rausmaa).
Finnish: Rausmaa 1982ff. VI, Nos. 257, 258; Estonian: Aarne 1918; Livonian: cf. Loorits 1926; Latvian: Arājs/Medne 1977; Lithuanian: Kerbelytė 1999ff. II; Swedish: Liungman 1961; Danish: Kristensen 1900, Nos. 296, 297; Dutch: Krosenbrink 1968, 137; Frisian: Kooi 1984a; German: cf. Merkens 1892ff. I, No. 252, Nimtz-Wendlandt 1961, No. 98, Wossidlo/Neumann 1963, No. 40; Greek: Megas/Puchner 1998; Polish: Krzyżanowski 1962f. II; Byelorussian, Ukrainian: SUS; Jewish: Jason 1965; Indian: Jason 1989.

1572A* ***The Saints Ate the Cream.***
Bebel/Wesselski 1907 I 2, No. 78; cf. Wesselski 1911 I, No. 285; Schwarzbaum 1968, 48, 246, 297, 450; Uther 1988b, 195–197; EM 6(1990)690–694(H.-J. Uther); Marzolph 1992 II, No. 1222.
Finnish: Rausmaa 1982ff. VI, No. 476; Estonian: Raudsep 1969, Nos. 267, 268; Latvian: Arājs/Medne 1977, Nos. 1572A*, 1829A*; Lithuanian: Kerbelytė 1999ff. II; Syrjanian: Rédei 1978, No. 145; French: Meyrac 1890, 416f.; Portuguese: Parafita 2001f. II, No. 176, Cardigos(forthcoming), Nos. 1572A*, 1829A*; Flemish: Meyer 1968, No. 1829A*; German: Henßen 1935, No. 269, Peuckert 1959, No. 204, Kapfhammer 1974, 180; Swiss: EM 7(1993)870; Austrian: Haiding 1969, Nos. 35, 50; Hungarian: MNK VII B, No. 1829A*; Czech: Kubin 1908ff. II, No. 85; Slovakian: Gašparíková 1981a, 81, cf. 141; Serbian: Krauss 1914, No. 116; Rumanian: Stroescu 1969 II, Nos. 5441, 5442; Bulgarian: BFP; Polish: cf. Krzyżanowski 1962f. II, No. 1777; Russian: SUS; Ukrainian: SUS, No. 1572A*, cf. No. 1572A**; Byelorussian: Ramanaŭ 1962, 55, Barag 1966, No. 79; Gypsy: MNK X 1, No. 1829A*; Siberian: Soboleva 1984, No. 1572A*, cf. No. 1572A**; Oman: El-Shamy 2004; Japanese: cf. Ikeda 1971; Egyptian: El-Shamy 2004.

1572B* ***What God Gave Him.***
Danish: cf. Kristensen 1900, No. 298; Bulgarian: BFP; Russian, Byelorussian: SUS; Indian: Jason 1989.

1572C* ***"Don't Contradict Me!"*** (previously ***No Forced Gift***).
Lithuanian: Kerbelytė 1999ff. II; Portuguese: Braga 1987 I, 265, Cardigos(forthcoming), No. 1572D*; Bulgarian: BFP; Russian: SUS, Nos. 1572C*, 1572D*; Ukrainian: SUS.

1572E* ***The Clever Coachman and the Hungry Master.***
Estonian: Viidalepp 1980, No. 135; Latvian: Arājs/Medne 1977; Lithuanian: Kerbelytė 1999ff. II; Ukrainian: SUS.

1572F* ***Turning the Shovel Backwards.***
Finnish: Rausmaa 1982ff. VI, No. 259; Lithuanian: Kerbelytė 1999ff. II; Dutch: Groningen 11(1928)151; Frisian: Kooi 1984a; German: Peuckert 1932, No. 267, Bodens 1937, No. 154, Kooi/Schuster 1994, No. 160; Sorbian: Veckenstedt 1880, No. 4.

1572K* ***Not Many Words.***
Frisian: Kooi 1984a; German: e.g. Meyer 1925a, No. 98, Wossidlo/Neumann 1963, No. 6, Kooi/Schuster 1994, No. 155; Rumanian: Stroescu 1969 I, No. 3128; Iraqi: cf. Nowak 1969, No. 339.

1572L* ***No Pay for Lying in the Sun.***
Fabula 20(1979)165 No. 74.
Frisian: Kooi 1984a; German: Dietz 1951, No. 258, Neumann 1976, 271f.; Slovakian: Ranke 1972, No. 188; Rumanian: Stroescu 1969 II, No. 5072; South African: Grobbelaar 1981, 710.

1572M* ***The Apprentice's Dream.***
Marzolph 1992 II, No. 434.
Finnish: Rausmaa 1973a, 29; Frisian: Kooi 1984a; German: Merkens 1892ff. I, No. 276, Neumann 1968b, No. 119a, Selk 1982, 43f.

1572N* ***Cure for Constipation.***
Latvian: Arājs/Medne 1977, No. *1576**; Frisian: Kooi 1984a; German: Wossidlo/Neumann 1963, No. 24.

1573* ***The Clever Servant as Trouble Maker.***
Chauvin 1892ff. II, 158 No. 42, 193 No. 14, 195 No. 20; Basset 1924ff. II, 479 No. 178.
Estonian: Aarne 1918; Latvian: Arājs/Medne 1977; Lithuanian: Kerbelytė 1999ff. II; Karelian: Kecskeméti/Paunonen 1974; Hungarian: MNK VII B; Russian, Byelorussian, Ukrainian: SUS; Jewish: Jason 1965, cf. Jason 1988a, No. 1573*-*A; Gypsy: MNK X 1; Ossetian: cf. Bjazyrov 1960, No. 26; Siberian: Soboleva 1984; Kazakh: Sidel'nikov 1958ff. I, 139ff.; Turkmen: cf. Stebleva 1969, No. 44; Kalmyk, Mongolian: Lőrincz 1979; Syrian, Qatar: El-Shamy 2004; Indian: Jason 1989; Moroccan: El-

Shamy 2004.

1574 ***The Tailor's Dream.***
Frey/Bolte 1896, 256; Arlotto/Wesselski 1910 I, No. 65; Wesselski 1911 I, No. 190; BP I, 343; Schwarzbaum 1968, 162f., 470; EM: Schneider mit der Lappenfahne (forthcoming).
Danish: cf. Kristensen 1892f. I, No. 17; French: Deulin 1874, No. 1; Dutch: Janssen 1979, 19f.; Frisian: Kooi 1984a; Flemish: Meulemans 1982, No. 1497; German: Wossidlo/Neumann 1963, No. 120, Moser-Rath 1964, No. 108, Moser-Rath 1984, 204, 291, Kooi/Schuster 1994, No. 130; Hungarian: György 1934, No. 214; Macedonian: Čepenkov/Penušliski 1989 IV, No. 435; Bulgarian: BFP; Greek: Megas/Puchner 1998; Jewish: Jason 1965, 1975; Georgian: Orbeliani/Awalischwili et al. 1933, No. 14; Iranian: Marzolph 1984; Mexican: Wheeler 1943, No. 180; Egyptian: El-Shamy 2004.

1574A ***The Stolen Piece of Cloth*** (previously ***The Oversight of the Thievish Tailor***).
Kirchhof/Oesterley 1869 I 1, No. 231; EM: Schneider (forthcoming).
Finnish: Rausmaa 1982ff. VI, Nos. 261–263; Estonian: Aarne 1918, No. 2005*; Latvian: Arājs/Medne 1977, No. 1574C, cf. No. *1574D; Swedish: Liungman 1961, No. 2005*; Flemish: Meyer 1968, No. 1574C; German: cf. Meier 1852, No. 47, Moser-Rath 1984, 204, 291; Czech: Dvořák 1978, No. 4703*; Jewish: Jason 1965, No. 1574C; Indian: Thompson/Roberts 1960, No. 1574C.

1574* ***The Foresightful Farmhand*** (previously ***The Flattering Foreman***).
Finnish: Rausmaa 1982ff. VI, No. 264; Estonian: Aarne 1918, No. 1574; Latvian: Arājs/Medne 1977; Wotian: Kecskeméti/Paunonen 1974; Norwegian: Hodne 1984; Irish: Ó Súilleabháin/Christiansen 1963; Frisian: Kooi 1984a; German: Wossidlo/Neumann 1963, No. 50, Wiepert 1964, No. 130, Neumann 1968a, No. 3; Maltese: Mifsud-Chircop 1978; African American: Dorson 1956, No. 32.

1575* ***The Clever Shepherd.***
Wesselski 1911 II, No. 403; EM 2 (1979) 228.
Finnish: Rausmaa 1982ff. VI, No. 265; Estonian: Raudsep 1969, No. 372; Latvian: Arājs/Medne 1977; English: Baughman 1966, Briggs 1970f. A II, 288; Hungarian: Géczi 1989, No. 153; Greek: Hallgarten 1929, 140ff.; Polish: cf. Krzyżanowski 1962f. II, No. 1575A; Russian, Byelorussian, Ukrainian: SUS; Jewish: Haboucha 1992; Ira-

nian: cf. Marzolph 1984, No. *1575*; Chinese: Ting 1978; Indonesian: Vries 1925f. II, No. 185; Moroccan: Topper 1986, No. 128.

1575A* ***God Speaks.***

Finnish: Rausmaa 1973a, 48; Estonian: Raudsep 1969, No. 372; Frisian: Kooi 1984a.

1577 ***Blind Men Duped into Fighting.***

Gonnella/Wesselski 1920, No. 21; Pauli/Bolte 1924 I, No. 646; Rhaue 1922; Bédier 1925, 447; EM 2(1979)462–467(H. Breitkreuz); Uther 1981, 78–80.

Finnish: Rausmaa 1982ff. VI, 517f.; Latvian: Arājs/Medne 1977; Lithuanian: Kerbelytė 1999ff. II; Spanish: Chevalier 1983, No. 182; Catalan: Neugaard 1993, No. K1081.1, Oriol/Pujol 2003; Dutch: Koopmans/Verhuyck 1991, No. 66, Overbeke/Dekker 1991, No. 516; Flemish: Meulemans 1982, No. 1216; German: Debus 1951, No. A71, Moser-Rath 1984, 79; Italian: Cirese/Serafini 1975; Greek: Megas/Puchner 1998; Polish: cf. Krzyżanowski 1962f. II, No. 1635I; Russian: SUS; Byelorussian: cf. SUS, No. 1577**; Jewish: Jason 1975, 1988a; Iraqi: El-Shamy 2004; Indian: Swynnerton 1908, No. 4, Jason 1989; Chinese: Ting 1978; Japanese: Inada/Ozawa 1977ff.; Spanish-American: Robe 1973; Brazilian: Cascudo 1955b, 43f.; Algerian: El-Shamy 2004.

1577* ***Blind Robber Paid Back.***

Rhaue 1922; EM 2(1979)462–467(H. Breitkreuz); Uther 1981, 81.

Estonian: Aarne 1918; Latvian: Arājs/Medne 1977; Italian: Cirese/Serafini 1975; Slovakian: Polívka 1923ff. V, 51; Slovene: Vedež 3(1850)23; Bulgarian: BFP; Rumanian: cf. Stroescu 1969 II, No. 5331; Greek: Hallgarten 1929, 140ff.; Polish: Krzyżanowski 1962f. II; Russian, Ukrainian: SUS; Turkish: Eberhard/Boratav 1953, No. 345; Jewish: Noy 1963a, No. 95, Jason 1965; Georgian: Orbeliani/Awalischwili et al. 1933, No. 116; Palestinian, Iraqi, Qatar: El-Shamy 2004; Iranian: Marzolph 1984; Indian: Swynnerton 1908, No. 4; Egyptian, Tunisian, Algerian, Moroccan: El-Shamy 2004.

1577** ***The Blind Man Tricked.***

Anderson 1960, 64; Frenzel 1976, 55; Uther 1981, 76–78; EM 8(1996)806.

Finnish: Rausmaa 1973a, 29; Spanish: Childers 1977, No. K1043.4.*, Chevalier 1983, No. 83; Portuguese: Ranke 1972, No. 104, Parafita 2001f. II, No. 204, Cardigos(forthcoming), No. 1577*A; German: Casalicchio(1702)I, 510ff., Abraham a Sancta Clara, Huy und Pfuy(1707)176, Kobolt, Schertz und Ernst(1747)469f.(EM archive), Wossidlo 1910, 75f.; Maltese: Mifsud-Chircop 1978, No. *1577A; Polish: cf. Krzyżanowski 1962f. II, No. 2054.

1578* ***The Inventive Beggar.***
Estonian: Aarne 1918; Latvian: cf. Arājs/Medne 1977, Nos. *1578C*, *1578D*; Spanish: Childers 1948, No. K341.1.3*; German: cf. Grüner 1964, No. 524; Bulgarian: BFP; Polish: Krzyżanowski 1962f. II.

1578A* ***The Drinking Cup.***
Marzolph 1992 II, Nos. 1031, 1069.
Finnish: Rausmaa 1982ff. VI, No. 267; Portuguese: Vasconcellos/Soromenho et al. 1963f. II, No. 466, Soromenho/Soromenho 1984f. II, No. 610, Cardigos(forthcoming); Bulgarian: BFP, No. 1578A*, cf. No. *1578A**; Cuban, Dominican, Puerto Rican: Hansen 1957, No. **1554.

1578B* ***How a Woman Came to Loathe Tripe.***
Latvian: Arājs/Medne 1977; Lithuanian: Kerbelytė 1999ff. II; Bulgarian: cf. BFP, No. *1578B**; Polish: cf. Krzyżanowski 1962f. II, No. 1578B; Jewish: Jason 1975.

1578C* ***The Apple.***
Fabula 2(1959)200.
Dutch: Kooi 2003, No. 43; Frisian: Kooi 1984a; Flemish: Lox 1999b, No. 48; German: Dietz 1951, No. 79, Cammann 1973, 246, Kooi/Schuster 1994, No. 59.

1579 ***Carrying Wolf, Goat, and Cabbage across Stream.***
Feilberg 1886ff. II, 354f., III, 970a; ZfVk. 13(1905)95f., 311, 33(1923/24)38f.; Schmidt 1999; EM: Wolf, Ziege und Kohlkopf(in prep.).
Latvian: Carpenter 1980, 231f.; Irish: Ó Súilleabháin/Christiansen 1963; French: Orain 1904, 208ff., Joisten 1971 II, No. 286; Catalan: Oriol/Pujol 2003; Portuguese: Cardigos(forthcoming); Dutch: Geldof 1950, 113f.; Frisian: Kooi 1984a; Flemish: Meyer 1968; German: Tomkowiak 1993, 271, Kooi/Schuster 1994, No. 125; Italian: Pitrè 1875 IV, No. 260; Maltese: Mifsud-Chircop 1978; Hungarian: MNK VII B; Serbian: Vrčević 1868f. I, No. 452; Rumanian: Stroescu 1969 II, No. 5729; Polish: Krzyżanowski 1962f. II; Russian, Ukrainian: SUS; Georgian: Kurdovanidze 2000, No. 1579, cf. No. 1579**; Oman: El-Shamy 2004; Chinese: Ting 1978; Mayan: Peñalosa 1992; Egyptian: Frobenius 1921ff. I, No. 45, El-Shamy 2004; Moroccan: El-Shamy 2004; Sierra Leone: Kilson 1976, No. 1; East African: Arewa 1966, No. 4321;

Ethiopian: Müller 1902ff. II, No. 18, cf. No. 17, Moreno 1947, No. 2; Eritrean: Littmann 1910 No. 29, El-Shamy 2004; Namibian: Schmidt 1989 II, No. 1240; South African: Coetzee et al. 1967.

1579** ***A Hundred Animals.***
Irish: Hull/Taylor 1955, No. 652; Dutch: Geldof 1950, 106, Kocks 1990, 16; Frisian: Kooi 1984a, No. 1579D*, Kooi/Schuster 1993, No. 215; German: Wossidlo 1897ff. I, No. 898, Henßen 1961, No. 12, Cammann 1973, 220; Spanish-American: Robe 1973, No. 927*C.

1580A* ***Mounting the Horse.***
Latvian: Arājs/Medne 1977; Danish: Kristensen 1892f. I, No. 39; French: Dulac 1925, 98; German: Merkens 1892ff. III, No. 187, Wossidlo 1939 I, No. 445, Dittmaier 1950, No. 526; Italian: Cirese/Serafini 1975; Macedonian: cf. Čepenkov/Penušliski 1989 IV, No. 358; Rumanian: Stroescu 1969 I, No. 4480; Bulgarian: BFP; Polish: Krzyżanowski 1962f. II, No. 1349; South African: Coetzee et al. 1967.

1585 ***The Lawyer's Mad Client.***
Wickram/Bolte 1903, No. 36; Oliver 1909; Poliziano/Wesselski 1929, No. 326; Kretzenbacher 1956; Tubach 1969, No. 2259; Dufournet/Rousse 1986; Marzolph 1991; Marzolph 1992 II, No. 87; EM 10(2002)620–624(U. Marzolph).
Finnish: Rausmaa 1982ff. VI, No. 268; Latvian: Arājs/Medne 1977; Lithuanian: Kerbelytė 1999ff. II; Wepsian: Kecskeméti/Paunonen 1974; Karelian: Konkka 1959, 176ff.; Danish: Kristensen 1881ff. II, No. 28, Kristensen 1896f. II, No. 17, Kristensen 1900, Nos. 124–128; Scottish: Bruford/MacDonald 1994, No. 27; Irish: Ó Súilleabháin/Christiansen 1963; English: Baughman 1966, Briggs 1970f. A II, 235f.; French: Sébillot 1881, No. 7, Meyrac 1890, 420ff., Joisten 1971 II, No. 133.1; Catalan: Neugaard 1993, No. K1655, Oriol/Pujol 2003; Portuguese: Soromenho/Soromenho 1984f. II, Nos. 586, 589, Cardigos(forthcoming); Dutch: Meder/Bakker 2001, No. 327; Frisian: Kooi 1984a; Flemish: Meyer 1968; German: Wisser 1922f. II, 227ff., Wossidlo/Neumann 1963, No. 213, Moser-Rath 1984, 287f., 291, 440f., Berger 2001; Austrian: Haiding 1969, Nos. 9, 144, Haiding 1977a, No. 30; Italian: Cirese/Serafini 1975, No. 1585, and app.; Maltese: Mifsud-Chircop 1978; Hungarian: György 1934, No. 170, MNK VII B; Czech: Tille 1929ff. II 2, 106ff.; Slovene: Vrtec 74(1943–44)102f.; Rumanian: Stroescu 1969 II, Nos. 5672, 5672A; Bulgarian: BFP, No. 1585, cf. No. *1585A; Albanian: Lambertz 1922, No. 5; Greek: Megas/Puchner 1998; Polish: Krzyżanowski 1962f. II; Russian, Byelorussian, Ukrainian: SUS; Jewish: Jason 1988a, Haboucha

1992；Chuvash: Paasonen et al. 1949, No. 21, Siberian: Soboleva 1984；Uzbek: Stein 1991, No. 74；Palestinian: Hanauer 1907, 157ff., El-Shamy 2004；Iraqi, Saudi Arabian: El-Shamy 2004；Yemenite: El-Shamy 2004, No. 1585A§；Indian: Thompson/Roberts 1960, Jason 1989；French-Canadian: Barbeau/Lanctot 1923, No. 110, Lemieux 1974ff. IV, No. 20, IX, No. 11；US-American: Randolph 1952, 152f.；Spanish-American, Mexican: Robe 1973；Dominican, Puerto Rican: Hansen 1957；Argentine: Chertudi 1960f. I, No. 74；West Indies: Flowers 1953；Egyptian: Nowak 1969, No. 392, El-Shamy 2004, Nos. 1585, 1585A§；Algerian: El-Shamy 2004；West African: Barker/Sinclair 1917, 139f.；Nigerian: Walker/Walker 1961, 55ff.；East African: Klipple 1992.

1585* ***The Farmer's Promise.***
Latvian: Arājs/Medne 1977；Lithuanian: Kerbelytė 1999ff. IV(forthcoming)；Walloon: Laport 1932, No. *1588；Croatian: cf. Dolenec 1972, No. 42.

1586 ***The Man in Court for Killing a Fly.***
Chauvin 1892ff. II, 118 nos. 99, 100；Wesselski 1911 I, No. 280, II, No. 428；BP I, 519；Pauli/Bolte 1924 I, No. 673；György 1932, 26f.；Schwarzbaum 1968, 362f.；EM 4 (1984)1284–1290(H.-J. Uther)；Marzolph 1995a, 279f.
Finnish: Rausmaa 1982ff. VI, No. 269；Estonian: Kippar 1986, No. 163A*；Latvian: Arājs/Medne 1977, Nos. 1586, 1586A；Lithuanian: Kerbelytė 1999ff. I, No. 163A*；Lydian, Karelian: Kecskeméti/Paunonen 1974；Danish: Kristensen 1881ff. IV, No. 45；Icelandic: Schier 1983, No. 49；Scottish: Briggs 1970f. A II, 265ff.；Irish: Ó Súilleabháin/Christiansen 1963, No. 1586A；French: Tegethoff 1923 I, 231, Coulomb/Castell 1986, No. 5.1；Spanish: González Sanz 1996；Catalan: Oriol/Pujol 2003；Portuguese: Oliveira 1900f. II, Nos. 354, 397, Cardigos(forthcoming), Nos. 1586, 1586A；Frisian: Kooi 1984a, Nos. 163A*, 1586；German: Neumann 1968a, No. 173, Moser-Rath 1984, 288, 291, 437, Tomkowiak 1993, 271 No. 1586A, Kooi/Schuster 1994, No. 165；Swiss: Jegerlehner 1913, No. 157, Büchli/Brunold-Bigler 1989ff. I, 855；Italian: Cirese/Serafini 1975, Nos. 1586, 1586A, and app., Todorović-Strähl/Lurati 1984, Nos. 69, 79；Sardinian: Cirese/Serafini 1975；Maltese: Mifsud-Chircop 1978；Hungarian: György 1934, No. 122, MNK I, No. 163A*, VII B, Nos. 1433*, 1586, 1586A；Slovene: Zupanc 1956, 86f.；Serbian: Đjorđjevič/Milošević-Đjorđjevič 1988, No. 169；Croatian: Bošković-Stulli 1963, No. 87；Macedonian: Čepenkov/Penušliski 1989 IV, No. 610；Rumanian: Stroescu 1969 I, Nos. 3692, 3856, cf. Schott/Schott 1971, No. 45；Bulgarian: BFP, Nos. 163A*, 1586, 1586A；Albanian: Lambertz 1922, No. 13；Greek: Megas/Puchner 1998, Nos. 1433*, 1586, 1586A；Polish: Krzyżanowski 1962f. II, Nos. 1586, 1586A；Russian: SUS；Byelorussian: SUS, Nos. 163A*, 1586；Ukrainian: SUS, No.

163A*; Turkish: Eberhard/Boratav 1953, Nos. 38, 327 III 4c, 327 V, Aganin et al. 1960, 216; Jewish: Jason 1965, Nos. 163A*, 1586, Jason 1975, Nos. 1433*, 1586A, Jason 1988a, No. 163A*; Gypsy: Briggs 1970f. A II, 149, MNK X 1, Nos. 1433*, 1586, 1586A; Dagestan: Levin 1978, No. 50; Tatar: Kecskeméti/Paunonen 1974; Azerbaijan: Dirr 1920, No. 80; Siberian: Soboleva 1984; Yakut: Ėrgis 1967, No. 324; Kara-Kalpak: Volkov 1959, 81f., Reichl 1985, 24f.; Tadzhik: STF, Nos. 57, 75, Rozenfel'd/Ryčkovoj 1990, No. 52; Syrian: El-Shamy 2004; Iraqi: El-Shamy 2004, No. 1586A; Qatar: El-Shamy 2004, Nos. 1433*, 1586A; Iranian: Marzolph 1984, No. 1586A; Pakistani, Sri Lankan: Thompson/Roberts 1960, No. 1586A; Indian: Bødker 1957a, No. 118, Thompson/Roberts 1960, No. 1586A, Jason 1989, Nos. 163A*, 1586A, Blackburn 2001, No. 61; Chinese: Ting 1978; Cambodian: Gaudes 1987, No. 79; Indonesian: Vries 1925f. II, 411 No. 285; Japanese: Ikeda 1971, No. 1*, Inada/Ozawa 1977ff., No. 1586A; Filipino: cf. Fansler 1921, No. 9; North American Indian: Robe 1973, No. 1586A, Bierhorst 1995, 54, 82; Spanish-American, Mexican: Robe 1973, No. 1586A; Puerto Rican: Hansen 1957; Brazilian: Alcoforado/Albán 2001, No. 84; West Indies: Flowers 1953; Cape Verdian: Parsons 1923b, No. 93; Egyptian: El-Shamy 2004, Nos. 162A*, 1433*, 1586, 1586A; Sudanese: El-Shamy 2004, Nos. 1433*, 1586, 1586A; Tunisian: El-Shamy 2004; Algerian: El-Shamy 2004, Nos. 1586, 1586A; Ethiopian: Gankin et al. 1960, 137ff.; Central African: Fuchs 1961, 191ff.; South African: Coetzee et al. 1967, Grobbelaar 1981, No. 1586A.

1586B ***The Fine for Assault.***

Chauvin 1892ff. V, 186 No. 109; Montanus/Bolte 1899, 279f., 597; Wesselski 1911 I, No. 172; Pauli/Bolte 1924 II, No. 718.

Dutch: Nieuwe Drentse Volksalmanak 1(1883)238; Frisian: Kooi 1984a, No. 1586C*; German: Moser-Rath 1984, 386 No. 74, Tomkowiak 1987, 115f., 177 No. 77, Grümmer 1990, 27; Hungarian: György 1934, No. 176; Rumanian: Stroescu 1969 II, No. 5651; Greek: Orso 1979, No. 288; Uzbek: Stein 1991, No. 76; Indian: Jason 1989, No. 1804*C; Egyptian, Moroccan: El-Shamy 2004.

1588* ***The Unseen.***

Finnish: Rausmaa 1982ff. VI, No. 271; Latvian: Arājs/Medne 1977; Lithuanian: Kerbelytė 1999ff. IV(forthcoming); Irish: Ó Súilleabháin/Christiansen 1963; Frisian: Kooi 1984a, Kooi/Schuster 1993, No. 138; Flemish: Meyer 1968; German: Neumann 1968b, 110; Rumanian: Stroescu 1969 II, No. 4648; Greek: Megas/Puchner 1998; Byelorussian: SUS; Jewish: Jason 1965; African American: Abrahams 1970, 236f.; South African: Coetzee et al. 1967.

1588** ***Cheater Caught by Seizing on His Own Words.***
Schwarzbaum 1968, 101f.
Finnish: Rausmaa 1982ff. VI, 519; Latvian: Arājs/Medne 1977; Lithuanian: Kerbelytė 1999ff. II; Portuguese: Oliveira 1900f. I, No. 206, Cardigos(forthcoming); German: Pröhle 1853, No. 74; Czech: Tille 1929ff. II 2, 437f.; Russian, Byelorussian, Ukrainian: SUS; Jewish: cf. Haboucha 1992, Nos. **1588, **1588A; Georgian: cf. Kurdovanidze 2000.

1588*** ***The Fraudulent Will.***
Wesselski 1931, 14.
Dutch: Meder/Bakker 2001, Nos. 339–341; Frisian: Kooi 1984a; German: Schell 1907, 90, Dittmaier 1950, No. 523; Polish: Krzyżanowski 1962f. II, No. 1604; Cuban: Hansen 1957, No. **1588.

1589 ***The Lawyer's Dog Steals Meat.***
EM 6(1990)1348–1350(H.-J. Uther).
Latvian: Arājs/Medne 1977; Irish: Ó Súilleabháin/Christiansen 1963; English: Baughman 1966, Briggs 1970f. A II, 34, 150; Spanish: RE 4(1965)449f.; Frisian: Kooi 1984a; Flemish: Meyer 1968; Walloon: Laport 1932; German: Buse 1975, No. 343; Polish: Krzyżanowski 1962f. II; Turkish: Marzolph 1996, No. 553; Chinese: Ting 1978; US-American: Baughman 1966.

1590 ***The Tresspasser's Defense.***
Kirchhof/Oesterley 1869 IV, No. 251; Gonnella/Wesselski 1920, Nos. 1, 34, 34a; HDA 3(1930/31)1137–1157(W. Müller-Bergström); HDA 6(1934/35)111–123(H. Fehr); Pfleger 1938; Orend 1958; Tubach 1969, No. 3563; Kretzenbacher 1976; EM 3(1981)1142–1150(H.-J. Uther); Kretzenbacher 1983; Uther 1985; Kretzenbacher 1988, 24–37; Hansen 2002, 447–450.
Finnish: Rausmaa 1982ff. VI, No. 272; Latvian: Arājs/Medne 1977; Lithuanian: Kerbelytė 1999ff. II; Swedish: Liungman 1961; Icelandic: Sveinsson 1929, Boberg 1966, No. J1161.3; Irish: Ó Súilleabháin/Christiansen 1963; English: Baughman 1966, Briggs 1970f. A II, 327f.; Dutch: Sinninghe 1943, Koopmans/Verhuyck 1991, No. 59; Frisian: Kooi 1984a; Flemish: Cornelissen 1929ff. I, 284f., II, 298, Meyer 1968; German: cf. Müller/Röhrich 1967, No. H 49, Moser-Rath 1984, 75, 288, Tomkowiak 1987, 178, Grimm DS/Uther 1993 I, No. 101, Neumann 1998, 86, 87ff., Berger 2001, Nos. 1590*, 49(p. 124); Swiss: Büchli/Brunold-Bigler 1989ff. I, 6f., 17f., 27, 91, 367f., 564f., 762, II, 90f., 211, 342f., 363, 412, 602, 787, 868, III, 272, 310, 315, 432, 508,

703, 730, 736f., 892f., 906; Austrian: Lang-Reitstätter 1942, 77ff., Haiding 1965, No. 147; Ladinian: Danuser Richardson 1976, No. J1161.3; Italian: Cirese/Serafini 1975, No. 1590, and app., Appari 1992, No. 39; Hungarian: György 1934, No. 87, MNK VII B; Slovakian: Polívka 1923ff. IV, 545; Slovene: Majar 1888, 58ff.; Bulgarian: BFP; Polish: Krzyżanowski 1962f. II; Russian, Byelorussian: SUS; Siberian: Soboleva 1984; Kara-Kalpak: Reichl 1985, 24f.; Indonesian: Vries 1925f. II, 250ff.; Filipino: Fansler 1921, Nos. 7b, 49; North American Indian: Thompson 1919, 428; French American: Saucier 1962, Nos. 14, 15; Spanish-American: Robe 1973; West Indies: Flowers 1953; Ethiopian: Courlander/Leslau 1850, 81ff.; South African: Coetzee et al. 1967, Grobbelaar 1981.

1591 ***The Three Joint Depositors.***
Chauvin 1892ff. VIII, 63f. No. 28; Arlotto/Wesselski 1910 I, No. 41; Pauli/Bolte 1924 I, No. 113; Poliziano/Wesselski 1929, No. 215; Wesselski 1931, 37; Schwarzbaum 1968, 161f., 470; Tubach 1969, No. 3353; EM 5(1987)1274–1276(R. Kvideland); Schwarzbaum 1989, 270f.; Marzolph 1992 II, No. 1170; Hansen 2002, 427–429; Marzolph/Van Leeuwen 2004, No. 207.
Swedish: Liungman 1961; Scottish: Briggs 1970f. A II, 95ff.; English: Baughman 1966, Briggs 1970f. A II, 298f., 394f.; Spanish: Goldberg 1998, No. J1161.1; Catalan: Neugaard 1993, No. J1161.1; Portuguese: Henriques/Gouveia et al. 2001, No. 142, Cardigos(forthcoming); Dutch: Overbeke/Dekker et al. 1991, No. 1795; Frisian: Kooi 1984a; German: Moser-Rath 1984, 288, Tomkowiak 1993, 271; Ladinian: Uffer 1945, 38f.; Hungarian: György 1934, No. 171; Czech: Horák 1971, 88ff.; Slovene: Slovenski gospodar 15(1881)238; Bulgarian: BFP; Greek: Kretschmer 1917, No. 15, Megas/Puchner 1998; Polish: Kapełuś/Krzyżanowski 1957, No. 87; Turkish: Walker/Uysal 1966, 148f.; Jewish: Jason 1965, 1988a; Kazakh: Sidel'nikov 1952, 191ff., Balázs 1956, 113ff.; Indian: Thompson/Roberts 1960; Burmese: Esche 1976, 84f.; Egyptian: El-Shamy 2004; Moroccan: Dermenghem 1945, 115ff.

1592 ***The Iron-Eating Mice.***
Kirchhof/Oesterley 1869 I 1, No. 191; Chauvin 1892ff. II, 92 No. 37; Schumann/Bolte 1893, No. 11; BP II, 372; Schwarzbaum 1968, 104f., 461; Marzolph 1983b, No. 112; EM 9(1999)442–445(U. Marzolph).
Latvian: Arājs/Medne 1977; Lithuanian: Kerbelytė 1999ff. II; Spanish: Chevalier 1983, No. 185, Goldberg 1998, J1531.2; Italian: Cirese/Serafini 1975; Macedonian: Mazon 1923, No. 26, cf. Čepenkov/Penušliski 1989 III, No. 322; Bulgarian: BFP; Greek: Megas/Puchner 1998; Ukrainian: SUS; Turkish: Eberhard/Boratav 1953, No.

293; Jewish: Jason 1965, 1988a; Georgian: Orbeliani/Awalischwili et al. 1933, No. 42; Syrian: El-Shamy 2004; Iranian: Hatami 1977, No. 3, cf. Marzolph 1984, No. *1592, Marzolph 1994a, 281ff.; Pakistani: Thompson/Roberts 1960; Indian: Thompson/Roberts 1960, Jason 1989; Malaysian: Hambruch 1922, No. 54.1; Indonesian: cf. Vries 1925f. I, No. 76; Japanese: Inada/Ozawa 1977ff.; North African, Tunisian, Algerian: El-Shamy 2004; Moroccan: Nowak 1969, No. 388, Topper 1986, No. 31, El-Shamy 2004; Sudanese: Jahn 1970, No. 56, El-Shamy 2004.

1592A ***The Transformed Gold*** (previously ***The Transformed Golden Pumpkin***).
Köhler/Bolte 1898ff. I, 533; Schwarzbaum 1968, 105, 461; EM 9(1999)442–445(U. Marzolph).
Turkish: Eberhard/Boratav 1953, No. 293; Jewish: Jason 1965, 1988a; Dagestan: Levin 1978, No. 52; Indian: Thompson/Roberts 1960, Jason 1989; Nepalese: Sakya/Griffith 1980, 92ff.; Tibetian: O'Connor 1906, No. 4; Chinese: Ting 1978; Cambodian: Gaudes 1987, No. 104; Tunisian: Stumme 1893, No. 10.

1592B ***The Pot Has a Child and Dies.***
Wesselski 1911 I, No. 35; BP II, 372; Basset 1924ff. I, 304 No. 45; Schwarzbaum 1968, 24, 104f., 444, 461; Marzolph 1992 II, No. 502; EM: Topf hat ein Kind(in prep.).
Maltese: Mifsud-Chircop 1978; Serbian: Karadžić 1937, No. 12; Croatian: Bošković-Stulli 1963, No. 91; Macedonian: Piličkova 1992, No. 43; Rumanian: Stroescu 1969 II, Nos. 4772A, 5524; Bulgarian: BFP; Albanian: Lambertz 1922, No. 19; Greek: Megas/Puchner 1998; Jewish: Jason 1988a, Haboucha 1992; Lebanese: Nowak 1969, No. 386; Palestinian: Hanauer 1907, 86f., El-Shamy 2004; Iraqi: Nowak 1969, No. 386, El-Shamy 2004; Indian: Thompson/Balys 1958, No. J1531.3, Jason 1989; Chinese: Ting 1978; Indonesian: Vries 1928, 273 not. 1; North African, Egyptian, Tunisian, Algerian, Moroccan, Sudanese: El-Shamy 2004.

1592B* ***The Deceiving Merchant.***
Latvian: Arājs/Medne 1977; Swedish: cf. Liungman 1961, No. 1592*; Dutch: Kooi 1985f., No. 34; Frisian: Kooi 1984a; Flemish: Meyer 1968; Rumanian: Stroescu 1969 II, No. 4786.

1593 ***The Clothesline.***
Basset 1892, 60.
Bulgarian: BFP, No. *1595B*; Turkish: Hikmet 1959, 26; Jewish: Haboucha 1992, No. **1592D; Moroccan: Mouliéras/Déjeux 1987, No. 58.

1594 ***The Donkey is Not at Home.***

Kirchhof/Oesterley 1869 III, No. 139; Basset 1892, 60; Wesselski 1911 I, No. 65; cf. Marzolph 1987a, No. 193.

Spanish: Childers 1948, No. J1552.1.1, Chevalier 1983, No. 204; German: Ruckard, Lachende Schule(1736)254 No. 162(EM archive); Italian: Rotunda 1942, No. J1552.1.1; Hungarian: György 1934, No. 59; Bulgarian: BFP, No. *1595C*, cf. No. *1595D*; Albanian: Lambertz 1922, No. 3; Turkish: Hikmet 1959, 111; Jewish: Jason 1988, No. 1631*B, Haboucha 1992, No. **1592C; Jordanian, Iraqi: El-Shamy 2004, No. 1534E§; Brazilian: Cascudo 1955b, 41ff.; Egyptian: Littmann 1955, 116 No. 20, 178, El-Shamy 2004, No. 1534E§; Moroccan: Mouliéras/Déjeux 1987, No. 29, El-Shamy 2004, No. 1534E§; Sudanese: El-Shamy 2004, No. 1534E§.

1595 ***The Rabbit Poacher.***

Frisian: Kooi 1984a, No. 1598*; German: Dittmaier 1950, No. 508, Dietz 1951, No. 138, Kooi/Schuster 1994, No. 168; Slovakian: Polívka 1923ff. V, 109, Ranke 1972, No. 102.

1600 ***The Fool as Murderer.***

Chauvin 1892ff. VI, No. 280; Wesselski 1911 II, Nos. 347, 415, 430; Basset 1924ff. I, 338 No. 63; EM 5(1987)149; Marzolph 1992 II, No. 1128; EM: Schafskopf: Der begrabene S.(forthcoming).

Finnish: Rausmaa 1982ff. VI, No. 273; Finnish-Swedish: Hackman 1917f. II, No. 256; Estonian: Raudsep 1969, No. 255, Viidalepp 1980, No. 132; Latvian: Arājs/Medne 1977; Lithuanian: Kerbelytė 1999ff. II; Wepsian, Wotian, Karelian: Kecskeméti/Paunonen 1974; Swedish: Liungman 1961; Norwegian: Hodne 1984; Faeroese: Nyman 1984; Irish: Ó Súilleabháin/Christiansen 1963; Scottish: Briggs 1970f. A II, 265ff.; Spanish: Espinosa 1946, No. 3, Espinosa 1988, No. 359; German: Henßen 1955, No. 468; Italian: Cirese/Serafini 1975, De Simone 1994, No. 75; Sardinian: Cirese/Serafini 1975; Hungarian: cf. MNK VII C, No. 1643A*; Rumanian: Stroescu 1969 I, No. 3012; Bulgarian: BFP; Macedonian: Popvasileva 1983, No. 43; Albanian: cf. Lambertz 1922, No. 14; Greek: Megas/Puchner 1998; Russian, Byelorussian, Ukrainian: SUS; Turkish: Eberhard/Boratav 1953, No. 323(4-6); Jewish: Haboucha 1992; Gypsy: Erdész/Futaky 1996, No. 29; Abkhaz: Šakryl 1975, No. 55; Mordvinian, Votyak: Kecskeméti/Paunonen 1974; Siberian: Soboleva 1984; Yakut: Ėrgis 1967, No. 328; Tadzhik: Amonov 1961, 479; Saudi Arabian: cf. Nowak 1969, No. 450; Iranian: Marzolph 1984; Pakistani: Thompson/Roberts 1960; Indian: Thompson/Roberts 1960, Mayeda/Brown 1974, No. 29, Jason 1989; Indonesian: Vries 1925f. II, 412 No. 308; Tunisian: Brandt 1954, 132ff.; Algerian: Rivière 1892, 43f., El-Shamy 2004.

1605* ***The Tax Exemption.***
Finnish: Rausmaa 1982ff. VI, No. 274; Hungarian: MNK VII B; Ukrainian: SUS, No. 1605.

1610 ***Sharing the Reward*** (previously ***To Divide Presents and Strokes***).
Chauvin 1892ff. II, 66, V, 282 No. 166, VI, 18ff. No. 190; Köhler/Bolte 1898ff. I, 495; Bebel/Wesselski 1907 I 2, No. 56; Wesselski 1909, No. 122; Wesselski 1911 I, No. 328; BP I, 59–67; Reinhard 1923; Basset 1924ff. I, 317 No. 48; Pauli/Bolte 1924 I, No. 614; Wesselski 1925, No. 13; Legman 1968f. II, 825; cf. Tubach 1969, No. 535; EM 6(1990)449f.; Marzolph 1992 II, No. 351; Marzolph/Van Leeuwen 2004, No. 133; EM: Teilung von Geschenken und Schlägen(in prep.).
Finnish: Rausmaa 1982ff. VI, No. 275; Finnish-Swedish: Hackman 1917f. I, Nos.48a (2), 93(4), II, No. 288; Estonian: Aarne 1918; Latvian: Arājs/Medne 1977; Lithuanian: Kerbelytė 1999ff. II; Swedish: Liungman 1961; Danish: Kristensen 1896f. I, No. 24, Kristensen 1900, Nos. 137–139; Faeroese: Nyman 1984; Irish: Ó Súilleabháin/Christiansen 1963; Spanish: Childers 1948, No. K187, González Sanz 1996; Dutch: Sinninghe 1943; Frisian: Kooi 1984a; Flemish: Meyer 1968, Lox 1999b, No. 59; German: Wossidlo/Neumann 1963, No. 399, Moser-Rath 1984, 287, Grimm KHM/Uther 1996 I, No. 7, Neumann 1998, Nos. 23, 27, 28, Berger 2001; Swiss: EM 7(1993)873; Austrian: Haiding 1965, No. 118; Italian: Cirese/Serafini 1975; Hungarian: György 1934, No. 163, MNK VII B; Czech: Tille 1929f. I, 123f., II 2, 417ff.; Slovakian: Gašparíková 1991f. I, Nos. 118, 213, 281; Slovene: Gabrščěk 1910, 327ff.; Serbian: Đjorđjevič/Milošević-Đjorđjevič 1988, No. 267; Bulgarian: BFP; Greek: Megas/Puchner 1998; Polish: Krzyżanowski 1962f. II, No. 1616, cf. No. 1610A; Russian, Byelorussian, Ukrainian: SUS; Turkish: Kúnos 1905, 211ff.; Jewish: Jason 1965, 1988a; Gypsy: MNK X 1; Siberian: Soboleva 1984; Yakut: Ėrgis 1967, Nos. 316, 323; Uzbek: Stein 1991, No. 44; Georgian: Kurdovanidze 2000; Syrian: El-Shamy 2004; Palestinian: Schmidt/Kahle 1918f. I, No. 30, El-Shamy 2004; Iranian: Marzolph 1992 II, No. 351; Indian: Thompson/Roberts 1960, Jason 1989; Chinese: Ting 1978; Japanese: Inada/Ozawa 1977ff.; Spanish-American: Robe 1973; Egyptian, Algerian, Moroccan: El-Shamy 2004; East African: Arewa 1966, No. 3795, Klipple 1992; Sudanese: Klipple 1992.

1611 ***Contest in Climbing the Mast.***
EM: Wettklettern, -schwimmen(in prep.).
Finnish: Rausmaa 1982ff. VI, No. 276; Finnish-Swedish: Hackman 1917f. II, No. 326 (3); Swedish: Liungman 1961; English, Scottish: Briggs 1968f. A II, 58f.; North

American Indian: JAFL 30(1917)482 No. 7, Thompson 1919, 433; Cape Verdian: Parsons 1923b I, No. 63.

1612 ***The Contest in Swimming.***
EM: Wettklettern, -schwimmen(in prep.).
Finnish: Rausmaa 1982ff. VI, No. 276; Finnish-Swedish: Hackman 1917f. II, No. 326 (3); Latvian: Arājs/Medne 1977; Swedish: Liungman 1961; Scottish: Briggs 1968f. A II, 99f.; Irish: Ó Súilleabháin/Christiansen 1963; Flemish: Meulemans 1982, No. 1503; Indian, Sri Lankan: Thompson/Roberts 1960; North American Indian: JAFL 30(1917)482 No. 7; African American: Dorson 1956, No. 22; Mexican: Robe 1973; West Indies: Flowers 1953; Cape Verdian: Parsons 1923b I, No. 63.

1613 ***Playing Cards are My Calendar and Prayer Book.***
Cf. Kirchhof/Oesterley 1869 III, No. 55; Bolte 1901b; Bolte 1903; Böck 1955; Cray 1961; Fife 1968; Wilgus/Rosenberg 1970; Kooi 1979a, 98–102; Scheiber 1985, 25–35; EM 7(1993)1007–1011(R. W. Brednich).
Finnish: Rausmaa 1982ff. VI, No. 277; Finnish-Swedish: Hackman 1917f. II, No. 327; Latvian: Arājs/Medne 1977; Swedish: Liungman 1961; Danish: Grundtvig 1854ff. II, No. 448, Kristensen 1897a, No. 26; Icelandic: Sveinsson 1929; Irish: Ó Súilleabháin/Christiansen 1963; English: Baughman 1966, Briggs 1970f. A II, 33, B II, 107ff.; French: Joisten 1956, No. 6, Joisten 1971 II, No. 266; Catalan: Oriol/Pujol 2003; Dutch: Sinninghe 1943, No. 1613*; Frisian: Kooi 1984a; Flemish: Meyer 1968, Nos. 1613, 2340; Walloon: Laport 1932; German: Pröhle 1853, No. 68, Böck 1955, Zender 1966, No. 59, Berger 2001; Swiss: EM 7(1993)871; Hungarian: György 1934, No. 106, MNK VII B; Czech: Dvořák 1978, No. 3646, Sirovátka 1980, No. 50; Russian, Byelorussian: SUS; French-Canadian: Barbeau 1916, No. 34; US-American: Baughman 1966; Argentine: Hansen 1957; Egyptian: cf. El-Shamy 2004, No. 1613A§.

1613A* ***Political Convictions.***
Kooi 1980, 67–69.
English: Wardroper 1970, 20, 185; Dutch: Huizenga-Onnekes/Laan 1930, 153ff.; Frisian: Kooi 1984a; German: Fischer 1955, 369.

1614* ***Repairing the Well*** (previously ***A Clever Device***).
Schwarzbaum 1968, 235f.
Estonian: Aarne 1918; Latvian: Arājs/Medne 1977; Irish: Ó Súilleabháin/Christiansen 1963; Dutch: Kooi 1985f., No. 35; Frisian: Kooi 1984a; German: cf. Ranke 1972,

No. 97; Bulgarian: cf. BFP, No. *1614A*; US-American: Baughman 1966.

1615 ***The Marked Coin*** (previously ***The Heller Thrown into Other's Money***).
Chauvin 1892ff. V, 253 No. 151, VII, 153 No. 433; Wesselski 1911 II, No. 387; BP II, 151 not. 1; Pauli/Bolte 1924 I, No. 566; HDM 2(1934–40)472; cf. Marzolph/Van Leeuwen 2004, No. 425; EM: Teilung des Geldes (in prep.).
Greek: Megas/Puchner 1998; Jewish: Noy 1963a, No. 126, Jason 1965, Noy 1968, No. 60; Lebanese: Nowak 1969, No. 391; Indian: Thompson/Roberts 1960, Jason 1989; Libyan: El-Shamy 2004; Tunisian: Nowak 1969, No. 391; Algerian: Rivière 1892, 61ff., El-Shamy 2004; Moroccan: El-Shamy 2004.

1617 ***Unjust Banker Deceived into Delivering Deposits.***
Chauvin 1892ff. V, 252 No. 149, VIII, 171 No. 191, IX, 23 No. 13; Pauli/Bolte 1924 II, No. 723; Penzer 1924ff. III, 118ff.; Marmorstein 1934; Pedersen/Holbek 1961f. II, No. 183; Kasprzyk 1963, No. 116; Schwarzbaum 1968, 240f., 476; Tubach 1969, Nos. 3355, 4969, cf. No. 3359; Karlinger 1987, 44f.; Marzolph 1992 II, Nos. 449, 450, cf. No. 813; EM 8(1996)375–380(U. Marzolph); Marzolph/Van Leeuwen 2004, Nos. 354, 426.
Icelandic: Gering 1882f. II, No. 93, Boberg 1966, No. K1667; Spanish: Espinosa 1988, No. 354, Goldberg 1998, No. K1667; Portuguese: Oliveira 1900f. I, No. 203, II, No. 424, Cardigos (forthcoming); German: Gubitz 1835ff. XX, 49ff.; Italian: Cirese/Serafini 1975; György 1934, No. 113; Serbian: Panić-Surep 1964, No. 37; Bulgarian: cf. BFP, No. *926E***; Turkish: Menzel 1923 II, 89ff.; Jewish: Noy 1963a, No. 135, Jason 1965, 1975, 1988a; Adygea: Dumézil 1957, No. 17, Levin 1978, No. 46; Kurdish: Džalila et al. 1989, No. 98; Armenian: Hoogasian-Villa 1966, No. 66; Uzbek: Afzalov et al. 1963 II, 256ff.; Georgian: Dolidze 1956, No. 83; Aramaic: Arnold 1994, No. 25; Palestinian: Schmidt/Kahle 1918f. II, Nos. 111, 113, El-Shamy 2004; Iraqi: Campbell 1952, 158ff., El-Shamy 2004; Saudi Arabian: El-Shamy 2004; Pakistani: Thompson/Roberts 1960; Indian: Thompson/Roberts 1960, Mode/Ray 1967, 301ff., Jason 1989, Blackburn 2001, No. 64; Nepalese: cf. Unbescheid 1987, No. 37; Mexican: Aiken 1935, 46f.; North African: cf. Scelles-Millie 1970, 109f.; Egyptian: Nowak 1969, No. 382, El-Shamy 2004; Algerian, Moroccan: El-Shamy 2004.

1617* ***The Blind Man's Treasure.***
Chauvin 1892ff. VIII, 103, No. 77; Prato 1894, 371; ZfVk. 33/34(1923/24)99; Kasprzyk 1963, No. 19; Tubach 1969, No. 696; Spies 1973b, 181–186; EM 1(1977) 706; EM 2(1979)235, 459; Ranke 1979, 163 No. 14; EM 3(1981)636; Uther 1981,

46–50, 81, 137；EM 6(1990)294；Marzolph 1992 II, No. 499；EM: Schatz des Blinden (forthcoming).

Spanish: Boggs 1930, No. *1617, Childers 1948, No. K1667.1.1*, cf. Childers 1977, No. K1667.1.3*；Portuguese: Martinez 1955, No. K1667.1*, Braga 1987 I, 239f., Cardigos (forthcoming), No. 1617；Dutch: Overbeke/Dekker et al. 1991, No. 2343；Frisian: Kooi 1984a；German: Melander/Ketzel(1607)II, 58, Joco-Seria(1631)No. 148, Exilium melancholiae(1643)No. 97(EM archive), Tomkowiak 1993, 287f., Kooi/Schuster 1994, No. 71；Italian: Schenda 1996, No. 9；Hungarian: MNK VII B；Jewish: Ausubel 1948, 363f., Neuman 1954, No. J1141*, Jason 1988a, No. *1617；Gypsy: MNK X 1；Palestinian: Schmidt/Kahle 1918f. II, No. 111；Iranian: Marzolph 1983b, No. 60, Marzolph 1995b, 467 No. 67；Indian: Hertel 1922b, No. 62, Thompson/Balys 1958, No. K421.1；Spanish-American: Rael 1957 II, No. 452；Egyptian: Nowak 1969, No. 382；Ethiopian: Müller 1992, No. 114.

1620 ***The Emperor's New Clothes.***

Chauvin 1892ff. II, 156 No. 32, VIII, 130 No. 120；Gonnella/Wesselski 1920, No. 33；Taylor 1927f.；Tubach 1969, No. 3577；EM 2(1979)235；Lundt 1992；EM 7(1993) 852–857(H.-J. Uther)；Dekker et al. 1997, 263–265；Zobel/Eschweiler 1997, 211–242.

Finnish: Rausmaa 1982ff. VI, No. 280；Lithuanian: Kerbelytė 1999ff. II；Swedish: Liungman 1961；Danish: Andersen/Perlet 1996 I, No. 7；Irish: Ó Súilleabháin/Christiansen 1963；English: Baughman 1966；Spanish: Chevalier 1983, No. 187, Goldberg 1998, Nos. J2312, K445；Frisian: Kooi 1984a；German: Henßen 1935, No. 188, Henßen 1951, No. 55, Wossidlo/Neumann 1963, No. 365；Italian, Sardinian: Cirese/Serafini 1975；Cirese/Serafini 1975；Hungarian: MNK VII B；Greek: Megas/Puchner 1998；Ukrainian: SUS；Azerbaijan: Seidov 1977, 126ff.；Iraqi: Campbell 1952, 36ff., El-Shamy 2004；Indian: Thompson/Balys 1958, No. K445, Pathak 1978, No. 29；Burmese: Kasevič/Osipov 1976, No. 97；Chinese: Ting 1978；Brazilian: Cascudo 1955a, 311f.；Egyptian: El-Shamy 2004；South African: Coetzee et al. 1967, No. 1635.10.

1620* ***The Conversation of Two Handicapped Persons*** (previously ***The Conversation of the One-eyed Man and the Hunchback***).

EM 2(1979)977–980(H.-J. Uther)；Uther 1981, 54f.

Finnish: Rausmaa 1982ff. VI, Nos. 281–284；Estonian: Aarne 1918；Latvian: Arājs/Medne 1977；Lydian: Kecskeméti/Paunonen 1974；Norwegian: Hodne 1984；Irish: Ó Súilleabháin/Christiansen 1963；French: Dulac 1925, 180；Spanish: Chevalier 1983, No. 188；Basque: Ranke 1972, No. 79；Dutch: Overbeke/Dekker et al. 1991, No. 2306, cf. No. 2326；Frisian: Kooi 1984a；Flemish: Meyer 1968；German: Kubitschek 1920, 37, Jungbauer 1943, 380, Moser-Rath 1984, 287ff., 383, 433; Hungarian: György 1934, No. 27; Rumanian: Stroescu 1969 II, No. 5883; Greek: Megas/Puchner 1998; Polish: cf. Krzyżanowski 1962f. II, No. 2058; US-American: Randolph 1965, No. 360.

1621* ***The Horse is Cleverer Than the Priest.***
Anderson 1923, 359 not. 2.
Finnish: Rausmaa 1982ff. VI, No. 285; Estonian: Aarne 1918, Viidalepp 1980, No. 136; Latvian: Arājs/Medne 1977; Norwegian: Hodne 1984, No. 1832*, p. 314; Danish: Kristensen 1899, Nos. 545–550, 586; Italian: Cirese/Serafini 1975; Hungarian: MNK VII B; Bulgarian: BFP; Polish: cf. Krzyżanowski 1962f. II, No. 1621.

1621A* ***Donkey Refuses to Drink after It Has Had Enough.***
Kirchhof/Oesterley 1869 I 1, No. 284; Frey/Bolte 1896, No. 35; Bebel/Wesselski 1907 I 1, No. 66; Pauli/Bolte 1924 I, No. 239, II, No. 776; Tubach 1969, No. 5231.
German: Neumann 1968b, 117, Moser-Rath 1984, 221, 240, Tomkowiak 1987, 186f.; Swiss: EM 7(1993)870; Bulgarian: BFP; Greek: Megas/Puchner 1998.

1623* ***An Old Hen Instead of a Young One.***
Lithuanian: Kerbelytė 1999ff. II; Danish: Kvideland/Sehmsdorf 1999, No. 58; Hungarian: MNK VII B; Ukrainian: SUS; Mordvinian: Kecskeméti/Paunonen 1974; English-Canadian: Halpert/Widdowson 1996 II, Nos. 55, 56.

1624 ***Thief's Excuse: The Big Wind.***
Wesselski 1911 I, No. 7, cf. II, No. 441; Basset 1924ff. I, 286 No. 28; Schwarzbaum 1968, 180; EM 3(1988)634.
Latvian: Arājs/Medne 1977; Spanish: cf. Childers 1948, No. J1391.1.1*, Espinosa 1988, No. 350; Flemish: Meyer 1968; German: Haltrich 1885, No. 11; Swiss: Lachmereis 1944, 27; Hungarian: MNK VII B; Serbian: Vrčević 1868f. I, No. 79, Karadžić 1959, No. 186; Rumanian: Stroescu 1969 II, No. 5448; Bulgarian: BFP; Greek: Megas/Puchner 1998; Byelorussian: cf. Ramanaŭ 1962, No. 62; Jewish: Olsvanger 1931, No. 141, Landmann 1960, 338, Jason 1975; Gypsy: Krauss 1907, 87; Kurdish: Džalila et al. 1989, No. 279; Armenian: Dirr 1920, No. 85,4; Iranian: Christensen 1918, No. 27, Marzolph 1984.

1624A* ***Shortest Road.***
EM 3(1988)634.

Latvian: Arājs/Medne 1977; German: Haltrich 1885, No. 12; Swiss: EM 7(1993)868; Hungarian: MNK VII B; Czech: Klímová 1966, Nos. 71, 72; Serbian: Karadžić 1937, No. 27; Croatian: Dolenec 1972, No. 23; Rumanian: Stroescu 1969 II, No. 5446; Greek: Megas/Puchner 1998; Somalian: El-Shamy 2004.

1624B* ***The Theft of Bacon.***

Wesselski 1911 II, No. 510; Wesselski 1936, 94f.; EM 3(1988)634.

Finnish: Rausmaa 1973a; Latvian: Arājs/Medne 1977, No. 1525M*; Lithuanian: Kerbelytė 1999ff. II; Irish: Ó Cróinín/Ó Cróinín 1971, No. 42; Dutch: cf. Tinneveld 1976, No. 118; Frisian: Kooi 1984a; Flemish: Meyer 1925ff. III, No. 246, Lox 1999a, No. 68; German: Henßen 1935, No. 303, Zender 1935, No. 71, Wossidlo/Neumann 1963, No. 124, Moser-Rath 1984, 291, 381f., 428; Swiss: EM 7(1993)873; Hungarian: György 1934, No. 216, MNK VII B; Czech: Dvořák 1978, No. 4797*; Croatian: Dolenec 1972, No. 23; Serbian: Vrčević 1868f. II, 145f., Karadžić 1937, No. 27, cf. Đjorđjevič/Milošević-Đjorđjevič 1988, No. 255; Rumanian: Stroescu 1969 II, Nos. 5372, 5447; Sorbian: Nedo 1957, 46; Russian: SUS; Ukrainian: SUS, Nos. 1525M*, 1624B*; Byelorussian: SUS, Nos. 1525M*, 1525M**, 1624B*.

1624C* ***The Horse's Fault.***

Schwarzbaum 1968, 188; EM 3(1988)634.

Latvian: Arājs/Medne 1977; Lithuanian: Kerbelytė 1999ff. II; Frisian: Kooi 1984a; Hungarian: MNK VII B; Czech: Klímová 1966, No. 73; Slovakian: Gašparíková 1981, 74; Slovene: Ranke 1972, No. 81; Bosnian: Eschker 1986, No. 49; Rumanian: Stroescu 1969 II, No. 5321; Bulgarian: BFP; Polish: Krzyżanowski 1962f. II; Ukrainian: SUS; Gypsy: MNK X 1.

1626 ***Dream Bread.***

Chauvin 1892ff. IX, 28; Singer 1903f. II, 90–98; Wesselski 1908, No. 37; Wesselski 1911 II, No. 540; BP IV, 139; Baum 1917; Taylor 1921b; Basset 1924ff. I, 516 No. 205; Pedersen/Holbek 1961f. II, No. 186; Schwarzbaum 1968, 189, 359, 472; Tubach 1969, No. 1789; Utley 1975; Schwarzbaum 1989a, No. K444; Da Costa Fontes 1990; Moore 1990; EM: Traumbrot(in prep.).

Finnish: Rausmaa 1982ff. VI, No. 286; Estonian: Raudsep 1969, No. 383; Latvian: Arājs/Medne 1977; Lithuanian: Kerbelytė 1999ff. II; Icelandic: Sveinsson 1929; Irish: Ó Súilleabháin/Christiansen 1963; English: Briggs 1970f. A II, 45, 64, 76f., 297f., Wehse 1979, 134ff.; Spanish: Chevalier 1983, No. 189, Espinosa 1988, Nos. 356, 357, Goldberg 1998, No. K444; Catalan: Neugaard 1993, No. K444; Portuguese: Cardigos (forthcoming); Dutch: Sinninghe 1943; Flemish: Meyer 1968; German: Kapfhammer 1974, 25, Moser-Rath 1984, 291; Swiss: Sutermeister 1869, No. 12; Italian: Cirese/Serafini 1975, Appari 1992, No. 29; Sardinian: Cirese/Serafini 1975; Hungarian: MNK VII B; Czech: Tille 1929 II 2, 382, Klímová 1966, No. 74, Dvořák 1978, No. 1789; Slovakian: Gašparíková 1991f. I, No. 201, II, Nos. 425, 456, Gašparíková 2000, No. 31; Slovene: Gabrščék 1910, 301f.; Serbian: Vrčević 1868f. I, No. 274, Karadžić 1937, No. 5; Macedonian: Piličkova 1992, No. 44; Rumanian: Stroescu 1969 I, No. 3016, II, No. 4805, cf. No. 5360; Bulgarian: BFP; Albanian: Jarník 1890ff., 421; Greek: Loukatos 1957, 310, Megas/Puchner 1998; Polish: Krzyżanowski 1962f. II, Simonides 1979, No. 249; Russian, Byelorussian, Ukrainian: SUS; Jewish: Noy 1963a, No. 126, Jason 1965, 1975, 1988a; Gypsy: MNK X 1; Siberian: Soboleva 1984; Uzbek: Stein 1991, No. 139; Yemenite: El-Shamy 2004; Indian: Thompson/Balys 1958, No. K444, Jason 1989; English-Canadian: Fauset 1931, No. 38; French-Canadian: Lemieux 1974ff. VI, No. 13, XIII, No. 13; US-American: Baughman 1966; Spanish-American: Baughman 1966, Robe 1973; African American: Dance 1978, No. 358; Mexican: Robe 1973; Puerto Rican: Hansen 1957; Chilean: Pino Saavedra 1960ff. III, No. 209; Brazilian: Cascudo 1955b, 30; Egyptian, Moroccan, Somalian: El-Shamy 2004; South African: Coetzee et al. 1967; Malagasy: Haring 1982, No. 1.3.1626.

1628 ***The Learned Son and the Forgotten Language.***
Polívka 1905; Schwarzbaum 1968, 55, 451; EM 1(1977)1350–1353(E. Moser-Rath).
Latvian: Arājs/Medne 1977; Lithuanian: Kerbelytė 1999ff. II; Swedish: Liungman 1961, No. GS1628, cf. No. GS 903; Norwegian: Hodne 1984; Danish: Kristensen 1900, Nos. 340, 341, cf. Nos. 337, 495, 591; French: Fabre/Lacroix 1973f. II, No. 53; Portuguese: Parafita 2001f. II, No. 158, Cardigos(forthcoming); Dutch: Geldof 1979, 192f.; Frisian: Kooi 1984a, Kooi/Schuster 1993, No. 74; Flemish: Meyer 1968; Walloon: Legros 1962, 109; German: Zender 1935, No. 155, Neumann 1968b, 182, Tomkowiak 1987, 159, Kooi/Schuster 1994, No. 103, Berger 2001; Austrian: Lang-Reitstätter 1948, 111f.; Italian: Cirese/Serafini 1975; Hungarian: MNK VII B; Czech: Tille 1929ff. I, 432; Slovene: Slovenski gospodar 67(1933)2(božična priloga); Croatian: Dolenec 1972, No. 95; Rumanian: Stroescu 1969 II, Nos. 5676, 5721; Polish: Krzyżanowski 1962f. II, Simonides 1979, No. 152; Sorbian: Nedo 1956, No. 67; Russian, Byelorussian, Ukrainian: SUS; French-American: Ancelet 1994, No. 36.

1628* ***So They Speak Latin.***
Montanus/Bolte 1899, No. 10; Polívka 1905; EM 1(1977)1350–1353(E. Moser-Rath)
Finnish-Swedish: Hackman 1917f. II, No. 386; Latvian: Arājs/Medne 1977; Swedish:

Liungman 1961, No. GS1628; Danish: Kristensen 1881ff. II, No. 32, Kristensen 1899, No. 565; English: Briggs/Tongue 1965, No. 66, Briggs 1970f. A II, 251f.; French: Fabre/Lacroix 1973f. II, No. 53; Catalan: Oriol/Pujol 2003; Portuguese: Oliveira 1900f. II, No. 387, Cardigos (forthcoming); Frisian: Kooi 1984a, Kooi/Schuster 1993, No. 140; Flemish: Meyer 1968; Walloon: Legros 1962, 109f.; German: Henßen 1951, No. 78, Dietz 1951, No. 244, Kapfhammer 1974, 34f., Zender 1984, No. 124, Tomkowiak 1987, 159; Bulgarian: cf. Nos. *1628**, *1628***, *1628A; Polish: Krzyżanowski 1962f. II, No. 2099; Chinese: Ting 1978; Mexican: Paredes 1970, No. 56.

1629* ***The Supposed Magic Spell.***
Lithuanian: Kerbelytė 1999ff. II; Danish: Kristensen 1900, No. 15; French: cf. Perbosc/Bru 1987, 27ff., 30ff.; Italian: Cirese/Serafini 1975; Hungarian: MNK VII B, Dömötör 2001, 287; Jewish: Jason 1965; Indian: Thompson/Balys 1958, No. K341.22; Egyptian, Moroccan: El-Shamy 2004.

1630A* ***Son Has Only Beaten Father's Cap.***
Cf. Wesselski 1911 II, No. 493; Schwarzbaum 1968, 328.
French: cf. Perbosc 1907, No. 111; German: Zincgref-Weidner III (1653) 334 (EM archive); Hungarian: MNK VII B; Croatian: Dolenec 1972, No. 56; Rumanian: Stroescu 1969 I, No. 3549, cf. Nos. 3148, 3417, 4560, II, No. 5322, cf. Nos. 5011, 5315; Bulgarian: BFP; Jewish: Haboucha 1992; Lebanese: Bergsträsser 1928, 151f.

1630B* ***The Bear Thought to be a Log.***
Serbian: Karadžić 1937, No. 60; Rumanian: cf. Stroescu 1969f. I, No. 4020; Bulgarian: BFP; Pakistani, Indian: Thompson/Roberts 1960, No. 1630*.

1631 ***Horse That Will Not Go over Trees.***
Bebel/Wesselski 1907 I 1, No. 33; Wesselski 1908, No. 68; Kadlec 1916, 234–237; Pauli/Bolte 1924 I, No. 112; Tubach 1969, No. 2616; EM 10 (2002) 924–926 (S. Fährmann).
Finnish: Rausmaa 1982ff. VI, Nos. 288, 289; Latvian: Arājs/Medne 1977; Lithuanian: Kerbelytė 1999ff. II; Irish: Ó Súilleabháin/Christiansen 1963; England: Baughman 1966; Spanish: Chevalier 1983, No. 190; Dutch: Bloemhoff-de Bruijn/Kooi 1984, No. 22; Frisian: Kooi 1984a; German: Debus 1951, 222, Benzel 1957, No. 229; Swiss: cf. Büchli/Brunold-Bigler 1989ff. I, 808f.; Italian: Cirese/Serafini 1975; Hungarian: György 1934, No. 125, MNK VII B; Rumanian: Stroescu 1969 II, No. 4932; Bulgarian: BFP, No. 1631, cf. No. *1214B*; Jewish: Stephani 1998, No. 11; Gypsy: MNK X 1.

1631A ***Mule Painted and Sold Back to Owner.***

Anderson 1927ff. II, No. 38; Jech 1979.

Lithuanian: cf. Boehm/Specht 1924, No. 28; Irish: Ó Súilleabháin/Christiansen 1963; Spanish: Childers 1948, No. K134.3, Chevalier 1983, Nos. 191-206; Catalan: Oriol/Pujol 2003; Frisian: Kooi 1984a, Kooi/Schuster 1993, No. 127; German: Moser-Rath 1984, 287, Kooi/Schuster 1994, No. 146; Maltese: Mifsud-Chircop 1978, Nos. 1631A, *1631B; Slovakian: Polívka 1923ff. V, 77, Gašparíková 1991f. II, No. 427; Rumanian: Stroescu 1969f. II, No. 4771; Czech: Tille 1929ff. II 2, 570, Jech 1984, No. 77; Serbian: cf. Karadžić 1937, No. 75; Greek: Megas/Puchner 1998; Polish: Krzyżanowski 1962f. II, Nos.1526B, 1631A; Jewish: Jason 1975; Chinese: Ting 1978; North American Indian, Mexican: Robe 1973; Dominican, Puerto Rican, Chilean: Hansen 1957, No. **1549; Mayan: Peñalosa 1992; Moroccan: El-Shamy 2004.

1631* ***The Tailor and the Smith as Wooer*** (previously ***The Tailor and the Smith as Rivals***).

Finnish: Rausmaa 1982ff. VI, No. 290; Estonian: Aarne 1918; Latvian: Arājs/Medne 1977; Lithuanian: Kerbelytė 1999ff. II; German: Zender 1935, No. 66; Czech: Satke 1958, No. 12; Rumanian: Stroescu 1969 I, No. 4582; Bulgarian: BFP; Russian: SUS.

1633 ***Joint Ownership of the Cow.***

Basset 1924ff. I, 436 No. 140; Schwarzbaum 1968, 196.

Latvian: Arājs/Medne 1977; Portuguese: Cardigos(forthcoming); Italian: Cirese/Serafini 1975; Serbian: Vrčević 1868f. II, 104; Saudi Arabian: El-Shamy 2004; Indian: Bødker 1957a, No. 297, Thompson/Roberts 1960; Sri Lankan: Thompson/Roberts 1960; Chinese: Ting 1978; English-Canadian: Fauset 1931, No. 66; Egyptian: El-Shamy 2004.

1634* ***Various Tricks Played by Gypsies.***

Latvian: Arājs/Medne 1977, Nos. 1634*, 1634B*, *1634F*; Lithuanian: Kerbelytė 1999ff. II, No. 1634B*, Kerbelytė 1999ff. IV(forthcoming); Hungarian: Dobos 1962, No. 8, MNK VII B, Nos. 1634C*, 1634D*; Slovakian: Gašparíková 1991f. I, No. 248; Serbian: Vrčević 1868f. I, Nos. 78, 80-83, 85, 86, 88, 91, 106, 107, 304, 307, 357, II, 19, 34f., 103f. 107f., Karadžić 1937, Nos. 14, 36, Đjorđjevič/Milošević-Đjorđjevič 1988, No. 268; Croatian: Dolenec 1972, No. 68; Macedonian: Čepenkov/Penušliski 1989 IV, No. 394; Bulgarian: BFP, No. *1634F*; Russian: SUS, No. 1634B*; Ukrainian: SUS, No. 1633C*; Gypsy: Briggs 1970f. A II, 9; Georgian: Kurdovanidze 2000, No. 1634E**.

1634A* ***Fish Promised in Return for Food and Money*** (previously ***Fish Promised in Return for Bacon***).
Finnish: Rausmaa 1982ff. VI, No. 290; Latvian: Arājs/Medne 1977; Lithuanian: Kerbelytė 1999ff. II; Russian: SUS.

1634E* ***Throwing the Thief over the Fence.***
Lithuanian: Kerbelytė 1999ff. II; Latvian: Arājs/Medne 1977; Slovakian: Gašparíková 1991f. I, No. 12, II, No. 441; Polish: Krzyżanowski 1962f. II, No. 1634E, Vildomec 1979, No. 228, Simonides 1979, No. 250; Byelorussian, Ukrainian: SUS.

1635* ***Eulenspiegel's Tricks.***
Kadlec 1916; Debus 1951; Virmond 1981; EM 4(1984)538–555(B. U. Hucker).
Finnish: Rausmaa 1982ff. VI, Nos. 292–296; Latvian: Arājs/Medne 1977; Lithuanian: Kerbelytė 1999ff. II; Livonian: Loorits 1926; Swedish: Bødker et al. 1957, No. 15, Liungman 1961; Norwegian: Hodne 1984; Danish: Kamp 1879f. I, No. 18, II, No. 19, cf. Kristensen 1900, Nos. 431, 529, Kristensen 1892f.I, Nos. 459, 462–469, 471–477, II, Nos. 496, 498, 511–516, 520; Faeroese: Nyman 1984; French: Blümml 1906, No. 63; Dutch: Krosenbrink 1968, 107, 157, 159, 186, 197, Tinneveld 1976, No. 204, Kooi 1985f., No. 37, Kooi 2003, No. 22; Frisian: Kooi 1984a, Kooi/Schuster 1993, No. 143; Flemish: Top 1982, No. 35, Lox 1999a, No. 60; German: Henßen 1963, No. 54, Wossidlo/Neumann 1963, Nos. 310–378, Zender 1984, No. 210; Czech: Jech 1959, No. 51; Rumanian: Stroescu 1969 II, No. 5680; Bulgarian: cf. Parpulova/Dobreva 1982, 413, Daskalova et al. 1985, No. 257; Polish: Krzyżanowski 1962f. II, Nos. 1635A-1635T; Jewish: Jason 1965; Uzbek: Stein 1991, No. 178; Namibian: Schmidt 1989 II, No. 1260, Schmidt 1991, No. 21; South African: Coetzee et al. 1967, Nos. 1635–1635.12, Grobbelaar 1981.

1636 ***The Repentant Thief.***
Wesselski 1909, No. 100; Tubach 1969, No. 1300; EM 3(1988)635.
Latvian: Arājs/Medne 1977; Lithuanian: Kerbelytė 1999ff. IV(forthcoming); Bulgarian: cf. Daskalova et al. 1985, No. 275; Polish: Krzyżanowski 1962f. II; Mordvinian: Kecskeméti/Paunonen 1974.

1638* ***Why It is Not a Sin for a Gypsy to Steal.***
Dähnhardt 1907ff. II, 217, 294; Sutherland 1975, 73; Görög-Karady 1991, 143; Köhler-Zülch 1993; EM 8(1996)404.
Latvian: Arājs/Medne 1977; Lithuanian: Kerbelytė 1999ff. II, No. 1634B*, III, 58 No.

1.1.2.9; German: Birlinger 1861f. I, No. 609; Swiss: Büchli/Brunold-Bigler 1989ff. II, 455; Hungarian: MNK VII B; Serbian: Karadžić 1937, No. 74; Bulgarian: BFP; Polish: cf. Krzyżanowski 1962f. II, No. 1638.

1639* ***The Royal Order Concerning Clothing*** (previously ***King Enriches Clothier***).
Schwarzbaum 1968, 267.
Finnish: Rausmaa 1982ff. VI, Nos. 297; Jewish: Jason 1975; Iranian: Marzolph 1984; Japanese: Inada/Ozawa 1977ff.

Lucky Accidents 1640–1674

1640 ***The Brave Tailor.*** (Seven with one stroke.)
Köhler/Bolte 1898ff. I, 510f., 563–565; Montanus/Bolte 1899, No. 5; BP I, 148–165; Anderson 1927ff. II, No. 56; Richmond 1957; Bødker 1957b; Nielsen 1969; Tubach 1969, Nos. 716, 5021; Schwarzbaum 1979, 519, 520 not. 4; Schwarzbaum 1980, 282; Senft 1992; Scherf 1995 I, 589–592, II, 1171–1175; Dekker et al. 1997, 84–88; Schmidt 1999; EM: Tapferes Schneiderlein (in prep.); EM: Wettstreit mit dem Unhold (in prep.).
Finnish: Rausmaa 1982ff. VI, Nos. 298–301; Finnish-Swedish: Hackman 1917f. I, No. 61(3), II, No. 285; Estonian: Aarne 1918; Livonian: Loorits 1926; Latvian: Arājs/Medne 1977; Lithuanian: Kerbelytė 1999ff. II; Lappish: Qvigstad 1925; Wotian, Karelian, Syrjanian: Kecskeméti/Paunonen 1974; Swedish: Liungman 1961; Norwegian: Hodne 1984; Danish: Bødker 1964, No. 12; Icelandic: Sveinsson 1929; Scottish: Baughman 1966; Irish: Ó Súilleabháin/Christiansen 1963, No. 1640; English: Baughman 1966, Briggs 1970f. A I, 341f.; French: Massignon 1968, No. 4; Spanish: Chevalier 1983, No. 207, González Sanz 1996; Catalan: Oriol/Pujol 2003; Portuguese: Oliveira 1900f. I, No. 46, Cardigos (forthcoming); Dutch: Sinninghe 1943; Frisian: Kooi 1984a; Flemish: Meyer 1968, Meyer/Sinninghe 1976; Walloon: Legros 1962; German: Moser-Rath 1964, No. 187, Moser-Rath 1984, 19, 207, 288f., Uther 1990a, No. 10, Tomkowiak 1993, 271f., Kooi/Schuster 1994, No. 32, Grimm KHM/Uther 1996 I, No. 20, Bechstein/Uther 1997 I, No. 1, II, No. 17; Swiss: Wildhaber/Uffer 1971, 248ff.; Austrian: Haiding 1969, Nos. 17, 104, 182; Ladinian: Decurtins 1896ff. II, 57 No. 46; Italian: Cirese/Serafini 1975, De Simone 1994, No. 37; Sardinian: Cirese/Serafini 1975; Maltese: Mifsud-Chircop 1978; Hungarian: MNK VII C, Nos. 1640, 1640**; Czech: Tille 1929ff. I, 268ff., Dvořák 1978, No. 716; Slovakian: Gašparíková

1991f. I, Nos. 30, 123, 132, 330, II, Nos. 433, 476; Slovene: Drekonka 1932, 55ff.; Bosnian: Krauss/Burr et al. 2002, No. 286; Macedonian: Čepenkov/Penušliski 1989 I, No. 41; Rumanian: Stroescu 1969 I, No. 4584; Bulgarian: BFP; Albanian: Camaj/Schier-Oberdorffer 1974, No. 70; Greek: Mousaios-Bougioukos 1976, No. 39, Megas/Puchner 1998; Sorbian: Nedo 1956, No. 84a-b; Polish: Krzyżanowski 1962f. II; Russian, Byelorussian, Ukrainian: SUS; Turkish: Eberhard/Boratav 1953, Nos. 163(1-3), 317, 365; Jewish: Noy 1963a, No. 136, Jason 1965; Gypsy: MNK X 1, Nos. 1640, 1640**; Kurdish: Džalila et al. 1989, No. 286; Cheremis/Mari, Tatar: Kecskeméti/Paunonen 1974; Siberian: Soboleva 1984; Yakut: Ėrgis 1967, Nos. 270, 281-285, 301, 328; Mongolian: Lőrincz 1979; Georgian: Kurdovanidze 2000; Syrian, Palestinian, Iraqi, Yemenite: El-Shamy 2004; Iranian: Marzolph 1984; Pakistani, Sri Lankan: Thompson/Roberts 1960; Indian: Thompson/Roberts 1960, Jason 1989, Blackburn 2001, No. 16; Chinese: Ting 1978; Korean: Choi 1979, No. 356; Cambodian: Sacher 1979, 203ff.; Japanese: Ikeda 1971, Inada/Ozawa 1977ff.; English-Canadian: Halpert/Widdowson 1996 II, No. 114; French-Canadian: Lemieux 1974ff. III, No. 6, IV, No. 11, VII, No. 3, X, No. 17, XIV, No. 10, XVI, No. 1, XX, No. 1; US-American: Baughman 1966; Spanish-American, Mexican, Guatemalan: Robe 1973; Dominican, Puerto Rican: Hansen 1957; Mayan: Peñalosa 1992; Chilean: Hansen 1957, Pino Saavedra 1960ff. III, No. 210; West Indies: Flowers 1953; Cape Verdian: Parsons 1923b I, No. 41; Libyan, Moroccan: El-Shamy 2004; Algerian: Frobenius 1921ff. III, No. 25, El-Shamy 2004; East African: Klipple 1992; Sudanese, Tanzanian: El-Shamy 2004; Namibian: Schmidt 1989 II, No. 1265.

1641 ***Doctor Know-All.***

Kirchhof/Oesterley 1869 I 1, No. 130, III, 146; Chauvin 1892ff. II, 196 No. 23, 205 No. 62; Köhler/Bolte 1898ff. I, 39-41, II, 584; Wesselski 1911 I, No. 62; BP II, 401-413; Pauli/Bolte 1924 II, Nos. 791, 818; HDM 1(1930-33)400(E. Frenkel); Schwarzbaum 1968, 54, 91, 407, 451; Schwarzbaum 1980, 275; EM 3(1981)734-742(Á. Dömötör); Retherford 1996; Tomkowiak/Marzolph 1996, 52-55; Dekker et al. 1997, 96-98; Schmidt 1999; Marzolph 1999b, No. 9; Wienker-Piepho 2000, 305-307; Minton/Evans 2001, 31-40; Marzolph/Van Leeuwen 2004, Nos. 308, 517.

Finnish: Rausmaa 1982ff. VI, Nos. 301, 302; Finnish-Swedish: Hackman 1917f. II, No. 284; Estonian: Aarne 1918; Livonian: Loorits 1926; Latvian: Arājs/Medne 1977; Lithuanian: Kerbelytė 1999ff. II; Lappish: Qvigstad 1925; Wepsian, Karelian: Kecskeméti/Paunonen 1974; Swedish: Liungman 1961; Norwegian: Roberts 1964, 74ff., Hodne 1984; Danish: Kristensen 1881ff. II, Nos. 21, 33, Kristensen 1896f. I, No. 15, Kristensen 1900, No. 66; Icelandic: Sveinsson 1929; Irish: Ó Súilleabháin/Christiansen 1963; English: Briggs 1970f. A II, 46f.; French: Soupault 1963, 301ff., Hoffmann 1973; Spanish: Chevalier 1983, No. 208, Espinosa 1988, No. 358, 414; Catalan: Oriol/Pujol 2003; Portuguese: Oliveira 1900f. I, No. 121, Cardigos (forthcoming); Dutch: Sinninghe 1943; Frisian: Kooi 1984a, Kooi/Schuster 1994, No. 98; Flemish: Meyer 1968, Lox 1999a, No. 72; German: Moser-Rath 1984, 33, 287, 291, Uther 1990a, No. 40, Tomkowiak 1993, 272, Grimm KHM/Uther 1996 II, No. 98; Austrian: Haiding 1965, No. 270; Italian: Cirese/Serafini 1975; Maltese: Mifsud-Chircop 1978; Hungarian: MNK VII C; Czech: Tille 1929ff. I, 259, 266; Slovakian: Polívka 1929f. II, 23ff., Gašparíková 1991f. I, No. 221, II, Nos. 390, 442, 474, 477, 578, 579; Slovene: Bolhar 1974, 55f.; Serbian: Đjorđjevič/Milošević-Đjorđjevič 1988, Nos. 269–272; Croatian: Bošković-Stulli 1967f., No. 35; Macedonian: Čepenkov/Penušliski 1989 II, No. 111; Rumanian: Stroescu 1969 II, No. 4650; Bulgarian: BFP; Albanian: Camaj/Schier-Oberdorffer 1974, Nos. 17, 69; Greek: Megas 1968a, No. 26, Megas/Puchner 1998; Polish: Krzyżanowski 1962f. II, Nos. 1641, 1641*, Krzyżanowski 1965, 398, Simonides 1979, 152, 168; Russian, Byelorussian, Ukrainian: SUS; Turkish: Eberhard/Boratav 1953, No. 311; Jewish: Noy 1963a, No. 137, Jason 1965, 1975, 1988, Nos. 1641, 1641*D, Haboucha 1992, No. 1641*D; Gypsy: MNK X 1; Cheremis/Mari: Kecskeméti/Paunonen 1974; Siberian: Soboleva 1984; Kalmyk, Mongolian: Lőrincz 1979; Tuva: Taube 1978, No. 57; Georgian: Kurdovanidze 2000; Syrian: El-Shamy 2004; Lebanese, Iraqi: Nowak 1969, No. 467, El-Shamy 2004; Qatar, Yemenite: El-Shamy 2004; Iranian: Marzolph 1984; Indian: Thompson/Roberts 1960, Jason 1989, Blackburn 2001, No. 6; Burmese: Kasevič/Osipov 1976, Nos. 68, 155; Sri Lankan: Thompson/Roberts 1960, Schleberger 1985, No. 22; Chinese: Ting 1978; Korean: Choi 1979, No. 663; Indonesian: Vries 1925f. II, No. 129; Japanese: Ikeda 1971, Inada/Ozawa 1977ff.; French-Canadian: Lemieux 1974ff. III, No. 17, IX, No. 15, XII, No. 13, XVI, No. 9, XX, No. 7; US-American: Baughman 1966; African American: Dorson 1967, No. 35, Abrahams 1970, 187f., Dance 1978, No. 362A-B; Spanish-American, Mexican, Panamanian: Robe 1973; Dominican, Puerto Rican, Argentine: Hansen 1957; Brazilian: Alcoforado/Albán 2001, No. 85; Chilean: Pino-Saavedra 1964, No. 31; West Indies: Flowers 1953; Egyptian, Moroccan: Nowak 1969, No. 467, El-Shamy 2004; Tunisian, Algerian: El-Shamy 2004; East African: Klipple 1992; Sudanese: El-Shamy 2004; Namibian: Schmidt 1989 II, No. 1266; South African: cf. Grobbelaar 1981.

1641A ***Sham Physician Pretends to Diagnose Entirely from Urinanalysis.***
Chauvin 1892ff. VIII, 105f. No. 81; EM 1 (1977) 852; EM 2 (1979) 235; Marzolph/Van Leeuwen 2004, No. 308; EM: Scharlatan (forthcoming).
English: cf. Roth 1977, No. E48; Spanish: Childers 1977, No. K1955.2, Chevalier 1983,

No. 209; Dutch: Kooi 1986, 112f.; Frisian: Kooi 1984a; German: Merkens 1892ff. III, No. 50, Kubitschek 1920, 67f., Kapfhammer 1974, 32, 218, cf. Roth 1977, No. D49, Moser-Rath 1984, 196; Hungarian: György 1934, No. 198; Jewish: Jason 1965, cf. Haboucha 1992, No. **1541E; Lebanese: El-Shamy 1995 I, No. K1955.2; Egyptian: El-Shamy 2004.

1641B ***Physician in Spite of Himself.***
Chauvin 1892ff. VIII, 106 No. 81; Frey/Bolte 1896, No. 23; Köhler/Bolte 1898ff. I, 39, II, 584; ZfVk. 12(1902)246; Wesselski 1909, Nos. 13, 98; Wesselski 1911 I, No. 167; Wesselski 1931, 163; Hepding 1934; Schwarzbaum 1968, 297, 478; Tubach 1969, No. 25, cf. Nos. 3760, 3999; EM 1(1977)479; EM 8(1996)704f.; cf. EM: Scharlatan (forthcoming).
Latvian: Arājs/Medne 1977; Lithuanian: Kerbelytė 1999ff. II; Irish: Ó Súilleabháin/Christiansen 1963; English: Stiefel 1908, No. 37; French: Tegethoff 1923 I, No. 18; Catalan: Oriol/Pujol 2003; Portuguese: Meier/Woll 1975, No. 18, Cardigos (forthcoming); Dutch: Meder/Bakker 2001, Nos. 168, 254; Frisian: Kooi 1984a; Flemish: Meulemans 1982, Nos. 1367, 1430; German: Cammann 1967, No. 61, Neumann 1968b, No. 203; Austrian: ZfVk. 26(1916)89–91; Italian: Cirese/Serafini 1975; Maltese: Mifsud-Chircop 1978; Czech: Tille 1929ff. I, 259f.; Bulgarian: BFP; Byelorussian, Ukrainian: SUS; Jewish: Haboucha 1992; Siberian: Soboleva 1984; Kazakh: Sidel'nikov 1952, 133ff.; Uzbek: Afzalov et al. 1963 I, 260ff., II, 375ff.; Syrian, Palestinian, Iraqi, Qatar: El-Shamy 2004; Japanese: Ikeda 1971, No. 1530*A.

1641C ***Gibberish Thought to be Latin*** (previously ***Charcoal-burner Latin***).
Montanus/Bolte 1899, 594; cf. BP III, 116; EM 1(1977)1350(E. Moser-Rath).
Swedish: Liungman 1961, No. GS1629; Portuguese: Cardigos (forthcoming); Flemish: Cornelissen 1929ff. IV, 265; German: Meyer 1925a, No. 95, Henßen 1935, No. 260, Neumann 1971, 153; Ladinian: Uffer 1970, 90ff.; Italian: Cirese/Serafini 1975; Bulgarian: BFP; Burmese: Esche 1976, 424ff.; Chinese: cf. Ting 1978, Nos. $1641C_1$, $1641C_3$.

1641D ***The Sham Physician.***
Wesselski 1909, No. 99; Basset 1924ff. I, No. 95; Tubach 1969, No. 1323; EM 1(1977) 852; Uther 1981, 71f.; Uther 1988c; Marzolph 1992 II, No. 1184; EM: Scharlatan (forthcoming).
English: Stiefel 1908, No. 52; French: Tegethoff 1923 I, No. 18, Delarue 1956, No. 3; Frisian: Kooi 1984a, No. 1635*(3); German: Ruckard (1736) No. 149 (EM archive),

Clement 1846, 125ff., Benzel 1957, No. 231; Italian: ZfVk. 12(1902)246, Pitrè 1941, No. 60; Maltese: Ilg 1906 I, No. 32; Hungarian: György 1934, No. 41; Croatian: Stojanović 1867, No. 57, Smičiklas 1910ff. 18, No. 57; Polish: Krzyżanowski 1962f. II, No. 1635B; Afghan: Lebedev 1986, 171f.; Namibian: Schmidt 1989 II, No. 1260.

1641B* ***Who Stole from the Church?***
Marzolph 1992 II, No. 794.
Spanish: Espinosa 1988, No. 340, Lorenzo Vélez 1997, No. 33; Rumanian: Stroescu 1969 I, No. 4170; Argentine: Hansen 1957, No. 1550E.

1641C* ***"Do Not Postpone till Tomorrow What You Can Do Today."***
Irish: Ó Súilleabháin/Christiansen 1963; Frisian: Kooi 1984a; Walloon: Laport 1932, No. *1594; German: Kooi/Schuster 1994, No. 55; Serbian: Vrčević 1868f. II, 164f.; Jewish: Jason 1965

1641D* ***Miscellaneous Tales of Charlatans.***
Uther 1988c.
German: Ruckard(1736)No. 149(EM archive); Russian: SUS, No. 1641*; Polish: Krzyżanowski 1962f. II, No. 1641*; Jewish: Jason 1988a, No. 1641*E, Haboucha 1992, No. **1641D; Kalmyk, Mongolian: Lőrincz 1979, No. 1641*; Indian: Jason 1989, No. 1641*E; Cuban: Hansen 1957, No. 1641A*.

1642 ***The Good Bargain.***
Köhler/Bolte 1898ff. I, 491f.; Wesselski 1911 I, No. 277, II, No. 426; BP I, 59–67; Reinhard 1923; EM 6(1990)448–453(E. Moser-Rath); Uther 1990b, 124–126; EM 8 (1996)703; Marzolph/Van Leeuwen 2004, Nos. 371, 520.
Finnish: Rausmaa 1982ff. VI, Nos. 275, 303, 304; Finnish-Swedish: Hackman 1917f. I, Nos. 48c(2), 93(4), II, No. 288; Estonian: Aarne 1918, Viidalepp 1980, No. 132; Latvian: Arājs/Medne 1977; Lithuanian: Kerbelytė 1999ff. II; Livonian, Karelian: Kecskeméti/Paunonen 1974; Swedish: Liungman 1961, No. 1642/43; Danish: Kristensen 1881ff. II, No. 37, III, No. 65, Kristensen 1896f. I, No. 24; Irish: Ó Súilleabháin/Christiansen 1963; Spanish: Espinosa 1946f., Nos. 185, 197, Chevalier 1983, No. 210; Catalan: Oriol/Pujol 2003; Dutch: Tinnevald 1976, No. 122; Frisian: Kooi 1984a; Flemish: cf. Meyer 1968, No. 1642*; German: Debus 1951, 224, 228f., Moser-Rath 1966, No. 54, Neumann 1971, No. 154, Moser-Rath 1984, 74, 259f., 288, 291, Tomkowiak 1993, 272, Grimm KHM/Uther 1996 I, No. 7, Berger 2001; Swiss: Jegerlehner 1913, No. 156; Italian: Cirese/Serafini 1975, De Simone 1994, No. 23; Hungarian: cf. MNK

VII C, No. 1643B*; Czech: Tille 1929ff. I, 423ff., II 2, 422ff.; Slovakian: Gašparíková 2000, No. 32; Slovene: Kres 5(1885)352; Macedonian: Popvasileva 1983, No. 43; Rumanian: Stroescu 1969 I, Nos. 3000, 3005, 3012, 3697, 3792, 3828; Bulgarian: BFP, No. 1642, cf. No. *1642B*; Greek: Megas 1968a, No. 29, Megas/Puchner 1998; Polish: Krzyżanowski 1962f. II, Simonides 1994, No. 88; Russian, Byelorussian, Ukrainian: SUS; Turkish: Eberhard/Boratav 1953, No. 333 III; Jewish: Jason 1965, 1988a; Siberian: Soboleva 1984; Georgian: Kurdovanidze 2000; Syrian, Lebanese: Nowak 1969, No. 414; Iraqi: Nowak 1969, Nos. 415, 417; Iranian: cf. Marzolph 1984, Nos. 1442A, *1642, *1642*; Indian: Jason 1989; Sri Lankan: Thompson/Roberts 1960; Chinese: Ting 1978; French-Canadian: Barbeau/Lanctot 1923, No. 101; Spanish-American: Robe 1973; African American: Dorson 1958, No. 85; Mexican: Miller 1973, No. 81; Puerto Rican: Hansen 1957; Brazilian: Alcoforado/Albán 2001, No. 84; West Indies: Flowers 1953; Cape Verdian: Parsons 1923b I, No. 93; Australian: Wannan 1976, 190; Egyptian: Nowak 1969, No. 417.

1642A ***The Borrowed Coat.***

Chauvin 1892ff. VI, No. 280; BP I, 65–67; Wesselski 1911 I, No. 54; Schwarzbaum 1968, 57, 324, 453; Marzolph 1987b, 78; EM 6(1990)450f.

Finnish: Rausmaa 1982ff. II, No. 38; Estonian: Raudsep 1969, No. 384; Latvian: Arājs/Medne 1977; Lithuanian: Kerbelytė 1999ff. II; Livonian: Kecskeméti/Paunonen 1974; Dutch: Meder/Bakker 2001, No. 213; Frisian: Kooi 1984a; Flemish: Meyer 1968, Lox 1999a, No. 58; German: Wossidlo/Neumann 1963, Nos. 210, 287, Moser-Rath 1984, 259f., 288, cf. Grimm KHM/Uther 1996 I, No. 7; Austrian: Haiding 1977a, No. 25; Italian: Cirese/Serafini 1975; Maltese: Mifsud-Chircop 1978; Hungarian: György 1934, No. 227; Slovakian: Gašparíková 1991f. I, No. 269, II, No. 427; Serbian: cf. Eschker 1992, No. 101; Bosnian: Eschker 1986, No. 47; Rumanian: Stroescu 1969 II, Nos. 4564, 5322; Bulgarian: BFP, No. 1642A, cf. No. *1587**; Albanian: Lambertz 1922, 62f.; Greek: Megas/Puchner 1998, No. 1789*; Polish: Simonides 1979, No. 107; Russian, Ukrainian: SUS, No. 1642V; Byelorussian: Kabašnikau 1960, 166ff.; Jewish: Jason 1965; Chuvash: Kecskeméti/Paunonen 1974; Uzbek: Stein 1991, No. 154; Georgian: Orbeliani/Awalischwili et al. 1933, No. 112; Iraqi: El-Shamy 2004; Iranian: Marzolph 1983b, No. 138, Marzolph 1984; Indian: Thompson/Balys 1958, No. J1151.2; Nepalese: cf. Unbescheid 1987, No. 34; Chinese: Ting 1978; Spanish-American: TFSP 14(1938)168; Egyptian, Libyan, Algerian: El-Shamy 2004; East African: Kohl-Larsen 1966, 192.

1643 ***Money Inside the Statue*** (previously ***The Broken Image***).

Chauvin 1892ff. VIII, No. 65; Frey/Bolte 1896, 215f.; Wesselski 1911 II, No. 407; Basset 1924ff. I, No. 188; Anderson 1927ff. II, No. 39; Pedersen/Holbek 1961f. II, No. 142; Schwarzbaum 1968, 153, 469; Schwarzbaum 1979, 471, 472 not. 12; EM 5 (1987) 958–963 (H.-J. Uther).

Estonian: Raudsep 1969, No. 255; Livonian: Loorits 1926; Latvian: Arājs/Medne 1977; Lithuanian: Kerbelytė 1999ff. II; Lappish, Wepsian: Kecskeméti/Paunonen 1974; Swedish: Liungman 1961, No. 1642/43; Irish: Ó Súilleabháin/Christiansen 1963; French: Soupault 1963, 97ff., Joisten 1971 II, No. 120; Spanish: Espinosa 1946f., No. 185, Goldberg 1998, No. J1853.1.1; Basque: Blümml 1906, No. 7; Catalan: Neugaard 1993, No. J1853.1.1, Oriol/Pujol 2003; Dutch: Sinninghe 1943, Cox-Leick/Cox 1977, No. 62; Flemish: Meyer 1968; Walloon: Legros 1962; German: Benzel 1965, No. 144, Neumann 1968b, No. 53; Austrian: Haiding 1969, No. 133; Italian: Morlini/Wesselski 1908, No. 49, Cirese/Serafini 1975, Appari 1992, No. 4; Corsican: Massignon 1963, No. 34; Sardinian: Cirese/Serafini 1975; Maltese: Mifsud-Chircop 1978; Hungarian: MNK VII C, No. 1643, cf. No. 1643B*; Czech: Tille 1929f. I, 414ff.; Slovakian: Gašparíková 1991f. I, No. 238, II, No. 473; Slovene: Zupanc 1932, 26ff.; Serbian: Đjorđjevič/Milošević-Đjorđjevič 1988, Nos. 178, 179, 181–184; Croatian: Bošković-Stulli 1963, No. 70; Bosnian: Eschker 1986, No. 33; Rumanian: Stroescu 1969 I, Nos. 3000, 3697; Bulgarian: BFP, No. 1643, cf. No. *1643A; Polish: Krzyżanowski 1962f. II, Simonides 1994, No. 89; Russian, Byelorussian, Ukrainian: SUS; Turkish: Eberhard/Boratav 1953, Nos. 323 (3), 333 III 1; Jewish: Noy 1965, No. 10, Jason 1965, 1975, 1988a; Gypsy: MNK X 1, Erdész/Futaky 1996, No. 29; Mordvinian: Kecskeméti/Paunonen 1974; Siberian: Soboleva 1984; Yakutian: Ėrgis 1967, No. 328; Tadzhik: Amonov 1961, 479ff.; Georgian: Kurdovanidze 2000; Syrian, Palestinian, Lebanese, Yemenite: El-Shamy 2004; Saudi Arabian: Jahn 1970, No. 49; Iranian: Marzolph 1984, No. *1642; Indian: Thompson/Roberts 1960, No. 1643A, Jason 1989; Chinese: Ting 1978, No. 1319N*; Spanish-American, Mexican: Robe 1973; Puerto Rican: Hansen 1957; Egyptian, Tunisian, Moroccan: El-Shamy 2004; Algerian: Frobenius 1921ff. I, Nos. 37, 38, El-Shamy 2004; South African: Coetzee et al. 1967, No. 1218, Grobbelaar 1981.

1644 ***The Early Pupil.***

EM 9 (1999) 188–191 (K. Pöge-Alder).

Livonian: Loorits 1926; Latvian: Arājs/Medne 1977; Lithuanian: Kerbelytė 1999ff. II; German: Wossidlo/Henßen 1957, No. 116, Neumann 1968b, No. 270; Slovakian: Gašparíková 1991f. I, No. 213; Slovene: Vedež 3 (1850) 93; Croatian: Bošković-Stulli

1967f., No. 29; Polish: cf. Krzyżanowski 1962f. II; Russian, Byelorussian, Ukrainian: SUS; Indian: Jason 1989; Argentine: Chertudi 1960f. I, No. 87.

1645 ***The Treasure at Home.***

Feilberg 1886ff. III, 235a, IV, 62b; Tille 1891; Chauvin 1892ff. VI, No. 258; Bolte 1909; Lohmeyer 1909; Wesselski 1909, No. 101; Lohmeyer 1913; Ranke 1934a, 22-38; Der Schlern 35(1961)308; Röhrich 1962f. II, No. 4; Schwarzbaum 1968, 45, 75-78, 456, 457; Tubach 1969, No. 4966; Granger 1977, No. h8.4; Ranelagh 1979, 204f.; Takehara 1991; Dekker et al. 1997, 118-121; Marzolph/Van Leeuwen 2004, No. 99; EM: Traum vom Schatz auf der Brücke (in prep.).

Finnish: Jauhiainen 1998, No. P321; Estonian: Stern 1935, No. 147; Latvian: Arājs/Medne 1977; Lithuanian: Kerbelytė 1999ff. II, 316; Swedish: Liungman 1961; Icelandic: Sveinsson 1929; Scottish: Baughman 1966, Briggs 1970f. B II, 234f.; Irish: Ó Súilleabháin/Christiansen 1963; English: Baughman 1966, Briggs 1970f. B II, 301ff., 385f.; French: RTP 6(1891)402, 8(1893)193-196, 14(1899)111f., 15(1900)294, 25(1910)86; Spanish: Chevalier 1983, No. 211, González Sanz 1996; Portuguese: Cardigos (forthcoming); Dutch: Sinninghe 1943, Kooi 2003, No. 31; Frisian: Kooi 1984a, Kooi/Schuster 1993, No. 14, Kooi 2000b, 274f.; Flemish: Walschap 1960, 117f.; German: Moser-Rath 1964, No. 142, Moser-Rath 1984, 291, Grimm DS/Uther 1993 I, No. 212; Swiss: Jegerlehner 1907, 86ff., Jegerlehner 1913, No. 30, Büchli/Brunold-Bigler 1989ff. I, 870f.; Austrian: Haiding 1965, No. 206; Ladinian: Uffer 1945, No. 19, Uffer 1973, No. 23; Italian, Sardinian: Cirese/Serafini 1975; Cirese/Serafini 1975; Maltese: Mifsud-Chircop 1978; Hungarian: MNK VII C, Dömötör 2001, 292; Czech: Tille 1929ff. II 1, 234ff.; Slovakian: Gašparíková 1981a, No. 1690; Serbian: Eschker 1992, No. 40; Bulgarian: BFP; Macedonian: Eschker 1972, No. 40, Čepenkov/Penušliski 1989 II, No. 189, Piličkova 1992, No. 45; Polish: Krzyżanowski 1962f. II; Turkish: Eberhard/Boratav 1953, No. 133; Jewish: Jason 1965, 1975, 1988a; Gypsy: Briggs 1970f. B II, 364; Saudi Arabian: Fadel 1979, No. 62; Japanese: Ikeda 1971, Inada/Ozawa 1977ff.; Filipino: Fansler 1921, No. 42; Mexican: Robe 1973; Argentine: Chertudi 1960f. I, 220ff.; Egyptian: El-Shamy 2004.

1645A ***Dream of Treasure Bought.*** (Guntram).

Chauvin 1892ff. VI, 195 No. 367; Wesselski 1925, 168-175; Schwarzbaum 1968, 77f., 457; cf. Tubach 1969, No. 2390; Lixfeld 1970; Lixfeld 1972; Almqvist 1979; Lecouteux 1987, 211-216; EM 6(1990)305-311(H.-J. Uther); Chesnutt 1991; Schmidt 1999.

Estonian: Aarne 1918, 137 No. 99; Norwegian: Christiansen 1958, No. 4000; Icelandic: Kvideland/Sehmsdorf 1988, No. 11.1; Irish: Ó Súilleabháin/Christiansen 1963; French: Dardy 1891, 167, Arnaudin 1966, No. 44; German: Schambach/Müller 1855, No. 246, Peuckert 1961f., Nos. 221, 222, Grimm DS/Uther 1993 II, Nos. 433, 468; Ladinian: Decurtins 1896ff. II, 98 No. 77; Hungarian: MNK VII C; Greek: Megas/Puchner 1998; Polish: Coleman 1965, 87f.; Saudi Arabian: El-Shamy 2004; Iranian: Marzolph 1984; Chinese: Ting 1978; Korean: Choi 1979, No. 245; Japanese: Ikeda 1971, Inada/Ozawa 1977ff.; Chilean: Hansen 1957, No. 1648**B.

1645B ***Dream of Marking the Treasure.***

Kirchhof/Oesterley 1869 III, No. 189; Frey/Bolte 1896, No. 77; Stiefel 1898b, 173f.; Wickram/Bolte 1903, No. 37; Arlotto/Wesselski 1910 II, No. 216; Wesselski 1911 I, No. 314; Pauli/Bolte 1924 I, No. 94, II, Nos. 789, 846; Rosenthal 1956, 120f. No. 132; Kabbani 1965, No. 83; Schwarzbaum 1968, 77; Legman 1968f. II, 918–920; Schwarzbaum 1980, 275; Marzolph 1985, 97, 124; Marzolph 1991, 175; Marzolph 1992 I, 220f., II, No. 171; EM: Schatz: Der gesiegelte S.(forthcoming).

Finnish: Rausmaa 1982ff. VI, No. 305; Lithuanian: Kerbelytė 1999ff. IV(forthcoming); Danish: Kristensen 1900, Nos. 131–133; English: Stiefel 1908, No. 28; Spanish: Chevalier 1983, No. 212; Portuguese: Oliveira 1900f. II, Nos. 398, 399, Cardigos (forthcoming); Dutch: Overbeke/Dekker et al. 1991, No. 792; Frisian: Kooi 1984a; German: Peuckert 1932, No. 296, Henßen 1963a, No. 75, Moser-Rath 1984, 289; Italian: Morlini/Wesselski 1908, No. 10, Cirese/Serafini 1975; Maltese: Mifsud-Chircop 1978; Hungarian: György 1934, No. 16; Czech: Tille 1929f. II 2, 427; Slovakian: Polívka 1923ff. V, 272; Serbian: Panić-Surep 1964, No. 82; Macedonian: Čepenkov/Penušliski 1989 II, Nos. 222, 223; Rumanian: Stroescu 1969 I, No. 4304; Bulgarian: BFP; Greek: Megas/Puchner 1998; Polish: Krzyżanowski 1962f. II; Ukrainian: Hnatjuk 1909f. I, No. 232, II, Nos. 107, 215; Jewish: Landmann 1997, 65f.; Palestinian: Schmidt/Kahle 1918f. II, No. 105, El-Shamy 2004; Iraqi: El-Shamy 2004; Chinese: Baar 1978, 49ff.; US-American: Dodge 1987, 51f.; Brazilian: Cascudo 1955b, 56; Sudanese: El-Shamy 2004.

1646 ***The Lucky Blow.***

Chauvin 1892ff. II, 200 No. 40; Marzolph 1992 II, No. 1049.

Danish: Skattegraveren 10(1888)23–26 No. 50; Turkish: Eberhard/Boratav 1953, No. 311(4)III(1),(4); Jewish: Jason 1965, 1975, 1988a; Oman: El-Shamy 2004; Iranian: Rozenfel'd 1956, 84ff., Marzolph 1984, Marzolph 1994, 172ff.; Indian: McCulloch 1912, No. 3, Thompson/Roberts 1960, Mayeda/Brown 1974, No. 24; Egyptian, Tunisian, Algerian, Somalian: El-Shamy 2004.

1650 ***The Three Lucky Brothers.***

BP II, 69–76; Kasprzyk 1963, No. 103; Schwarzbaum 1968, 405, 483; EM 2(1979) 871–874(J. T. Bratcher).

Finnish: Rausmaa 1982ff. VI, Nos. 306, 307; Finnish-Swedish: Hackman 1917f. I. No. 89(9), II, Nos. 202c(3), 286; Estonian: Aarne 1918; Livonian: Loorits 1926; Latvian: Arājs/Medne 1977; Lithuanian: Kerbelytė 1999ff. II; Wepsian, Karelian: Kecskeméti/Paunonen 1974; Irish: Ó Súilleabháin/Christiansen 1963; French: Félice 1954, 270ff., Soupault 1963, 90ff., Joisten 1971 II, Nos. 125, 126, Perbosc/Bru 1987, 27ff.; Spanish: Camarena Laucirica 1991, No. 231, González Sanz 1996; Catalan: Oriol/Pujol 2003; Portuguese: Soromenho/Soromenho 1984f. II, Nos. 653, 654, Cardigos (forthcoming); Flemish: Meyer 1968; German: Peuckert 1932, No. 273, Grimm KHM/Uther 1996 II, No. 70; Italian, Sardinian: Cirese/Serafini 1975; Hungarian: MNK VII C; Czech: Tille 1929ff. I, 489f., Klímová 1966, No. 75; Slovakian: Gašparíková 1991f. I, No. 104, II, No. 388; Slovene: Gabrščck 1910, 63ff.; Croatian: Valjavec 1890, No. 60; Bulgarian: BFP, Nos. 1651, *994*; Greek: Loukatos 1957, 208ff., Megas/Puchner 1998; Polish: Krzyżanowski 1962f. II; Russian, Byelorussian, Ukrainian: SUS; Jewish: Jason 1965; Chuvash, Tatar, Mordvinian: Kecskeméti/Paunonen 1974; Kazakh: Sidel'nikov 1952, 70ff.; Iranian: Marzolph 1984; Indian: Thompson/Roberts 1960; Korean: Choi 1979, No. 467; Filipino: Fansler 1921, No. 52; French-Canadian: Lemieux 1974ff. III, No. 19, XIII, No. 8; Dominican: Hansen 1957, No. 1650**A; Puerto Rican: Mason/Espinosa 1927, No. 35; Brazilian: Alcoforado/Albán 2001, Nos. 78, 87; Chilean: Pino Saavedra 1960ff. III, No. 194; West Indies: Flowers 1953.

1651 ***Whittington's Cat.***

Arlotto/Wesselski 1910 I, No. 68; BP II, 69–76; Kasprzyk 1963, No. 103; Schwarzbaum 1980, 281; MacDonald 1982, No. N411.1; EM 7(1993)1121–1126(J. van der Kooi); Schmidt 1999.

Finnish: Rausmaa 1982ff. VI, Nos. 307, 308; Finnish-Swedish: Hackman 1917f. II, Nos. 285(4), 287; Estonian: Aarne 1918; Latvian: Arājs/Medne 1977; Lithuanian: Kerbelytė 1999ff. II; Lappish: Kohl-Larsen 1982, No. 17; Livonian, Wepsian, Karelian: Kecskeméti/Paunonen 1974; Swedish: Liungman 1961; Norwegian: Hodne 1984; Icelandic: Sveinsson 1929; Scottish: McKay 1940, No. 23, Aitken/Michaelis-Jena 1965, No. 53; Irish: Ó Súilleabháin/Christiansen 1963; English: Baughman 1966, Briggs/Michaelis-Jena 1970, No. 25, Briggs 1970f. A II, 139ff.; Spanish: González Sanz 1996; Catalan: Oriol/Pujol 2003; Dutch: Meder/Bakker 2001, No. 294; Flemish: Mont/Cock 1927, No. 28; German: Henßen 1935, No. 247, Uther 1990a, No. 27, Tomkowiak 1993, 272, Grimm KHM/Uther 1996 II, No. 70; Swiss: EM 7(1993)871; Italian: Cirese/Serafini 1975; Hungarian: MNK VII C; Slovakian: Polívka 1923ff. V, 9, 48; Slovene: Vrtec 7(1877)150f.; Serbian: Karadžić 1937, No. 7, Panić-Surep 1964, No. 23; Croatian: Vujkov 1953, 387ff., Bošković-Stulli 1975b, No. 42; Bosnian: Krauss/Burr et al. 2002, No. 287; Macedonian: Čepenkov/Penušliski 1989 IV, No. 364; Rumanian: Stroescu 1969 I, No. 3222; Bulgarian: BFP; Greek: Megas/Puchner 1998; Russian, Byelorussian, Ukrainian: SUS; Turkish: Eberhard/Boratav 1953, Nos. 45(1-2), 256 IV, 295 IV 2; Jewish: Jason 1965, 1975, 1988a; Gypsy: Mode 1983ff. II, No. 110; Mordvinian: Kecskeméti/Paunonen 1974; Kara-Kalpak: Volkov 1959, 158; Turkmen: Stebleva 1969, No. 35; Georgian: Kurdovanidze 2000; Aramaic: Bergsträsser 1915, Nos. 10, 32, El-Shamy 2004; Iraqi: El-Shamy 2004; Saudi Arabian: Lebedev 1990, No. 47; Iranian: Marzolph 1984; Indian: Thompson/Roberts 1960; Chinese: Grjunberg/Steblin-Kamenskov 1976, No. 52, Ting 1978; Indonesian: Vries 1925f. II, 412 No. 305; French-Canadian: Lemieux 1974ff. IV, No. 11; Dominican: Hansen 1957; Brazilian: Romero/Cascudo, 424ff., Alcoforado/Albán 2001, No. 87; Chilean: Pino-Saavedra 1964, No. 34; West Indies: Flowers 1953; Egyptian: El-Shamy 2004.

1651A ***Fortune in Salt.***

EM 7(1993)1121-1126, esp. 1124(J. van der Kooi).

Finnish: Rausmaa 1982ff. VI, 531; Estonian: Aarne 1918, No. 1651*; Latvian: Arājs/Medne 1977; Karelian: Kecskeméti/Paunonen 1974; Italian: Cirese/Serafini 1975; Serbian: Đjorđjevič/Milošević-Đjorđjevič 1988, No. 72; Bulgarian: BFP, No. 1651A, cf. Nos. *1651B, *1651C; Greek: Karlinger 1979, No. 27, Megas/Puchner 1998; Russian, Byelorussian: SUS; Jewish: Haboucha 1992; Georgian: cf. Kurdovanidze 2000, No. 1651B*; Iraqi: El-Shamy 2004; Indian: Thompson/Roberts 1960; Egyptian, Sudanese: El-Shamy 2004.

1651A* ***The Accidental Heiress.***

EM 11,2(2004)483f.

Dutch: Burger 1995, 10f.; Italian: Carbone 1990, 113ff.; US-American: Brunvand 1989, 267f.

1652 ***The Wolves in the Stable.***

Finnish: Rausmaa 1982ff. VI, Nos. 306, 309; Estonian: Aarne 1918, No. 1652, cf. No. 2002*; Swedish: cf. Bødker et al. 1963, 27f.; Bulgarian: Parpulova/Dobreva 1982, 334ff.; Greek: Megas/Puchner 1998; Polish: Krzyżanowski 1962f. II; Byelorussian,

Ukrainian: SUS; Iranian: Marzolph 1984, No. 1650IIb.

1653 ***The Robbers under the Tree.***

Wesselski 1911 II, Nos. 428, 446; BP I, 520–528, II, 412; Anderson 1927ff. II, No. 39, III, Nos. 103, 104, 116; Legman 1968f. II, 338, 860; Dekker et al. 1997, 313–315; Schmidt 1999, No. 1653B; Hansen 2002, 142–145; EM 11,1(2003)324–330(C. Goldberg).

Finnish: Rausmaa 1982ff. VI, 531f., Nos. 49, 178, 306, 310–312; Finnish-Swedish: Hackman 1917f. I, No. 57c, II, Nos. 263, 286, 291, 388; Estonian: Aarne 1918; Latvian: Arājs/Medne 1977, Nos. 1653, 1653A-1653D, 1653F; Lithuanian: Kerbelytė 1999ff. II, Nos. 1653A-1653C; Lappish: Qvigstad 1925, No. 1653, Kecskeméti/Paunonen 1974, No. 1653B; Livonian: Kecskeméti/Paunonen 1974, Nos. 1653A, 1653B; Wepsian: Kecskeméti/Paunonen 1974, Nos. 1653, 1653B; Lydian: Kecskeméti/Paunonen 1974; Karelian: Kecskeméti/Paunonen 1974, Nos. 1653B, 1653F; Wotian, Syrjanian: Kecskeméti/Paunonen 1974, No. 1653B; Swedish: cf. Liungman 1961, No. 1653AB; Norwegian: Kvideland 1972, No. 59, Hodne 1984, No. 1653AB; Danish: Kristensen 1900, No. 23; Scottish: McKay 1940, No. 9, Briggs 1970f. A II, 463f.; Irish: Ó Súilleabháin/Christiansen 1963, No. 1653A; English: Baughman 1966, No. 1653A; French: Joisten 1956, No. 8, cf. Joisten 1971 II, Nos. 123, 124; Spanish: Espinosa 1988, No. 326, Camarena Laucirica 1991, No. 232, González Sanz 1996, No. 1653A; Catalan: Oriol/Pujol 2003; Portuguese: Soromenho/Soromenho 1984f. II, Nos. 717, 719, 725, Cardigos (forthcoming), Nos. 1653, 1653A, 1653B, 1653D-1653F; Dutch: Sinninghe 1943, No. 1653A, Kooi 2003, No. 67, 81, 82; Frisian: Kooi 1984a, Nos. 1653A, 1653D, Kooi/Schuster 1993, Nos. 5, 144; Flemish: Meyer 1968, Nos. 1653, 1653A, 1653D; Walloon: Laport 1932, Nos. *1696B, *1703A; German: Henßen 1951, No. 61, Wossidlo/Neumann 1963, No. 88, Kooi/Schuster 1994, No. 99, Grimm KHM/Uther 1996 I, No. 59; Swiss: Wildhaber/Uffer 1971, No. 38; Ladinian: Decurtins/Brunold-Bigler 2002, No. 124; Italian: Cirese/Serafini 1975, Nos. 1653, 1653A, 1653B, 1653F, De Simone 1994, No. 36; Maltese: Mifsud-Chircop 1978, Nos. 1653A, 1653B; Hungarian: MNK VII C, Nos. 1653, 1653A, 1653B, 1653F, $1653F_1$–$1653F_3$; Czech: Tille 1929ff. I, 413, 421ff.; Slovakian: Gašparíková 1981a, 19f., Gašparíková 1991f. I, Nos. 79, 325; Slovene: Eschker 1986, No. 9; Croatian: Bošković-Stulli 1959, No. 12; Macedonian: Popvasileva 1983, Nos. 43, 91; Rumanian: Stroescu 1969 I, No. 3000, cf. Nos. 3790, 3792; Bulgarian: BFP, Nos. 1653, 1653A-1653D, 1653F, cf. No. *1653G; Greek: Dawkins 1953, No. 64, Megas/Puchner 1998, No. 1653B; Polish: Krzyżanowski 1962f. II; Sorbian: Nedo 1956, No. 32b; Russian, Byelorussian, Ukrainian: SUS, No. 1653A; Turkish: Eberhard/Boratav 1953, Nos. 323 IV, 324, 333 III 8, 351 III 2a(k), IV; Jewish: Jason 1989;

Gypsy: Briggs 1970f. A II, 314f., Mode 1983ff. I, No. 35, MNK X 1, Nos. 1653A, 1653B, 1653F1; Mordvinian: Kecskeméti/Paunonen 1974, Nos. 1653, 1653B; Chuvash, Votyak: Kecskeméti/Paunonen 1974, No. 1653B; Tatar: Kecskeméti/Paunonen 1974, No. 1653C; Siberian: Soboleva 1984, No. 1653A; Yakut: Ėrgis 1967, No. 327; Mongolian: Lőrincz 1979; Georgian: Kurdovanidze 2000, No. 1653A,B,C; Syrian, Palestinian: El-Shamy 2004; Iraqi: Nowak 1969, No. 417, El-Shamy 2004, No. 1653B; Persian Gulf: El-Shamy 2004, No. 1653B; Qatar: El-Shamy 2004, Nos. 1653, 1653F; Iranian: Marzolph 1984; Pakistani: Thompson/Roberts 1960; Indian: Thompson/Roberts 1960, Nos. 1653, 1653D, 1653E, Jason 1989; Sri Lankan: Schleberger 1985, No. 32; Chinese: Ting 1978, Nos. 1653, 1653D, 1653F; Indonesian: Vries 1925f. II, No. 119, 412 No. 306; Japanese: Ikeda 1971, Inada/Ozawa 1977ff., Nos. 1653, 1653A; Filipino: Fansler 1921, Nos. 20a, 338; French-Canadian: Lemieux 1974ff. IV, No. 21, XII, No. 11, XIV, No. 2; North American Indian: Thompson 1919, 396, 407, 420ff.; US-American: Dorson 1964, 172ff., Baughman 1966, Nos. 1653A, 1875; Spanish-American: TFSP 6 (1927) 37f., Robe 1973, No. 1653B; African American: Dorson 1967, No. 205; Mexican: Robe 1971, No. 14, Robe 1973, No. 1653B; Cuban, Dominican, Puerto Rican: Hansen 1957; South American Indian: Hissink/Hahn 1961, Nos. 355, 361; Mayan: Peñalosa 1992, No. 1653B; Brazilian: Alcoforado/Albán 2001, No. 78; West Indies: Flowers 1953; Egyptian: Nowak 1969, No. 417, El-Shamy 2004, No. 1653F; Moroccan: El-Shamy 2004, No. 1653F; Eritrean: Littmann 1910, No. 16; Namibian: Schmidt 1989 II, No. 1270, Schmidt 1991, No. 29; South African: Grobbelaar 1981, Schmidt 1989 II, No. 1270.

1654 ***The Robbers in the Death Chamber.***

Wesselski 1911 II, No. 429; Schwarzbaum 1980, 279; EM 11,1 (2003) 345–348 (B. Kerbelytė); Marzolph/Van Leeuwen 2004, No. 309.

Finnish: Rausmaa 1982ff. VI, No. 313; Finnish-Swedish: Hackman 1917f. II, No. 290; Estonian: Aarne 1918, No. 1654*; Latvian: Arājs/Medne 1977; Lithuanian: Kerbelytė 1999ff. II; Wepsian: Kecskeméti/Paunonen 1974; Spanish: Camarena Laucirica 1991, No. 233, González Sanz 1996; Catalan: Oriol/Pujol 2003; Portuguese: Vasconcellos/Soromenho et al. 1963f. II, Nos. 608–611, Cardigos (forthcoming); German: Peuckert 1932, No. 287; Austrian: Haiding 1969, No. 25; Italian: Cirese/Serafini 1975, De Simone 1994, No. 75e; Maltese: Mifsud-Chircop 1978; Hungarian: MNK VII C; Czech: Tille 1929f. I, 265f., 358ff.; Slovakian: Gašparíková 1991f. I, Nos. 11, 276, 318, 329, II, Nos. 477, 579; Slovene: Nedeljko 1889, 9f.; Serbian: Karadžić 1937, No. 47, Đjorđjevič/Milošević-Đjorđjevič 1988, Nos. 273, 274; Croatian: Bošković-Stulli 1959, No. 61; Macedonian: Čepenkov/Penušliski 1989 IV, No. 525; Rumanian: Stroescu

1969 I, Nos. 3000, 3001; Bulgarian: BFP; Albanian: Camaj/Schier-Oberdorffer 1974, No. 76; Greek: Kretschmer 1917, No. 65, Megas/Puchner 1998; Polish: Krzyżanowski 1962f. II; Russian: SUS, Nos. 1654, 1654**; Byelorussian, Ukrainian: SUS; Turkish: Eberhard/Boratav 1953, Nos. 199 IV, 349, 353; Jewish: Noy 1963a, No. 138, Jason 1965, 1975, 1988a; Gypsy: MNK X 1; Abkhaz: Šakryl 1975, Nos. 64, 84; Mordvinian: Kecskeméti/Paunonen 1974; Azerbaijan: Achundov 1955, 308ff.; Siberian: Soboleva 1984; Georgian: Kurdovanidze 2000; Syrian: Nowak 1969, No. 410; Syrian: El-Shamy 2004; Aramaic: Bergsträsser 1915, No. 8; Palestinian: Schmidt/Kahle 1918f. I, No. 28, Littmann 1957, 357ff., El-Shamy 2004; Iraqi, Oman: El-Shamy 2004; Iranian: Marzolph 1984; Pakistani: Thompson/Roberts 1960; Indian: Thompson/Roberts 1960, Jason 1989; Spanish-American, Mexican, Panamanian: Robe 1973; Chilean: Pino Saavedra 1987, No. 68; West Indies: Flowers 1953, No. 1654**; Egyptian: El-Shamy 1980, No. 55, El-Shamy 2004; Algerian: Lacoste/Mouliéras 1965 II, No. 61, El-Shamy 2004; Moroccan: El-Shamy 2004; Sudanese: El-Shamy 2004.

1655 ***The Profitable Exchange.***

BP II, 201f., cf. III, 394f.; Anderson 1927ff. III, Nos. 105–107; Christiansen 1931; Lacourcière 1970b; EM 3(1981)785; EM: Tausch: Der vorteilhafte T.(in prep.).

Finnish: Rausmaa 1982ff. VI, No. 314; Latvian: Arājs/Medne 1977; Lithuanian: Kerbelytė 1999ff. II; Wepsian, Karelian, Syrjanian: Kecskeméti/Paunonen 1974; Norwegian: Hodne 1984; Faeroese: Nyman 1984; Scottish: Bruford/MacDonald 1994, No. 1a-b; Irish: Ó Súilleabháin/Christiansen 1963; French: Perbosc 1954, No. 42, Soupault 1963, 240ff., Fabre/Lacroix 1973f. II, No. 54, Karlinger/Gréciano 1974, Nos. 54, 58, Coulomb/Castell 1986, No. 44; Spanish: Camarena Laucirica 1991, No. 234, González Sanz 1996; Catalan: Oriol/Pujol 2003; Portuguese: Oliveira 1900f. I, No. 83, Cardigos(forthcoming); Frisian: Kooi 1984a; Walloon: Laport 1932, No. 1655A; German: Peuckert 1932, No. 2, Haltrich 1956, No. 8; Italian: Cirese/Serafini 1975, Appari 1992, No. 11; Sardinian: Cirese/Serafini 1975; Maltese: Mifsud-Chircop 1978; Hungarian: MNK VII C; Slovakian: Gašparíková 1991f. II, No. 572; Serbian: Đjorđjevič/Milošević-Đjorđjevič 1988, No. 277; Bulgarian: BFP; Albanian: Camaj/Schier-Oberdorffer 1974, No. 15; Ukrainian: Sonnenrose 1970, 204ff.; Turkish: Eberhard/Boratav 1953, Nos. 19, 35(1–4), Alptekin 1994, Nos. VI.96–98; Jewish: Noy 1963a, No. 115, Jason 1965, 1975, 1988a; Gypsy: MNK X 1; Dagestan: Chalilov 1965, 12; Cheremis/Mari, Votyak: Kecskeméti/Paunonen 1974; Kalmyk, Mongolian: Lőrincz 1979; Palestinian, Iraqi, Persian Gulf, Oman: El-Shamy 2004; Saudi Arabian: Fadel 1979, No. 4; Iranian: cf. Marzolph 1984, Nos. 170A(2), *1545A(2); Pakistani: Schimmel 1980, No. 38; Indian: Thompson/Roberts 1960; Chinese: Ting 1978; Korean: Choi 1979, Nos. 223, 270, 458, 459, 467; Indonesian: Vries 1925f. II, No. 145; Japanese: Ikeda 1971, Nos. 842A, 842B; North American Indian: Boas 1917, No. 4; US-American: Burrison 1989, 34f.; Spanish-American: Robe 1973; African American: Baer 1980, 135ff.; Cuban: Hansen 1957; Mayan: Peñalosa 1992; Brazilian: Romero/Cascudo, 389ff.; Chilean: Hansen 1957; West Indies: Flowers 1953; Egyptian: El-Shamy 1980, No. 50, El-Shamy 2004; Libyan: El-Shamy 2004; Algerian: Frobenius 1921ff. III, No. 6, El-Shamy 2004; Guinean: Klipple 1992; Togolese, Benin: Schild 1975, Nos. 16, 40; East African: Arewa 1966, Nos. 4266(1)-(3), 4266A(1),(2), Klipple 1992; Sudanese: Klipple 1992, El-Shamy 2004; Congolese: Klipple 1992; Malagasy: Haring 1982, No. 2.3.1655

1656 ***How the Jews Were Lured Out of Heaven.***

Schwarzbaum 1968, 346, 441; EM 7(1993)686-688(U. Marzolph).

Finnish: Rausmaa 1982ff. VI, No. 315; Estonian: Aarne 1918, No. 2003*, Löwis of Menar 1922, No. 64; Livonian: Loorits 1926, No. 2003*; Latvian: Arājs/Medne 1977; Lithuanian: Kerbelytė 1999ff. II; Wotian: Kecskeméti/Paunonen 1974; Swedish: EU, Nos. 554,29, 44755, 46389; English: Briggs 1970f. A II, 35; French: Sébillot 1880ff. I, No. 65; Dutch: Sinninghe 1943; Frisian: Kooi 1984a, Kooi/Schuster 1993, No. 163; Flemish: Meyer 1968, Lox 1999a, No. 14; German: Ruppel/Häger 1952, 173, Wiepert 1964, No. 53, Neumann 1968b, 98f., Neumann 1998, 131, Berger 2001, No. 1656**; Hungarian: MNK VII C; Slovakian: Polívka 1923ff. III, 413f.; Slovene: Brezovnik 1884, 120ff.; Croatian: Dolenec 1972, No. 78, Eschker 1986, No. 27; Rumanian: Stroescu 1969 II, No. 5600; Polish: Krzyżanowski 1962f. II; Ukrainian: SUS; Jewish: Bloch 1931, 104, Landmann 1973, 461; US-American: Baughman 1966; Australian: Wannan 1976, 58; South African: Coetzee et al. 1967.

1659 ***Late Satisfaction.***

Scheiber 1985, 313f.

Dutch: Haan 1979, 176 No. 23; Frisian: Kooi 1984a, No. 1659A*; German: Brednich 1996, No. 21; Jewish: Ausubel 1948, 16f., Landmann 1973, 275; Australian: Wannan 1976, 3f., Adams/Newell 1999 I, 173.

1660 ***The Poor Man in Court.***

Wesselski 1911 I, No. 171; EM: Stein für den Richter(forthcoming).

Finnish: Rausmaa 1982ff. VI, No. 183; Estonian: Aarne 1918, No. 1660*; Livonian: Loorits 1926, No. 1660*; Latvian: Arājs/Medne 1977; Lithuanian: Kerbelytė 1999ff. II; Danish: Kristensen 1896f. II, No. 13; Swiss: EM 7(1993)873; Czech: Tille 1929ff.

II 2, 438f., Klímová 1966, No. 77; Slovakian: Polívka 1923ff. V, 51f.; Croatian: Bošković-Stulli 1959, No. 66, Dolenec 1972, No. 25; Bosnian: Eschker 1986, No. 41; Macedonian: Vroclavski 1979f. II, No. 49; Rumanian: Stroescu 1969 II, No. 5525; Bulgarian: BFP; Polish: Krzyżanowski 1962f. II, No. 1534*; Russian: Moldavskij 1955, 123ff., Pomerancewa 1964, No. 91, Afanas'ev/Barag et al. 1984f. III, No. 320; Byelorussian: Dobrovol'skij 1891ff. I, No. 17, cf. SUS, No. 1660*; Turkish: Eberhard/Boratav 1953, No. 296; Jewish: cf. Jason 1965, No. 1660*A, Jason 1975, 1988a, No. 1660, cf. No. 1660*B; Kazakh: Sidel'nikov 1952, 74f.; Tadzhik: Amonov 1961, 534ff.; Saudi Arabian: Lebedev 1990, Nos. 44, 56; Iranian: Marzolph 1984; Indian: Bradley-Birt 1920, No. 3; Burmese: Kasevič/Osipov 1976, No. 90; Chinese: Ting 1978; Moroccan: El-Shamy 2004; Ethiopian: Gankin et al. 1960, 41ff., cf. 106ff.

1661 ***The Triple Tax.***

Chauvin 1892ff. IX, 18 No. 5; Wesselski 1911 II, No. 382; Basset 1924ff. I, No. 208; Pauli/Bolte 1924 I, No. 285, cf. No. 611; Pedersen/Holbek 1961f. II, No. 188; Schwarzbaum 1968, 227, 268; Tubach 1969, No. 4892; Schwarzbaum 1989a, 270f. No. 6; EM: Steuer: Die dreifache S.(forthcoming).

Finnish: Rausmaa 1982ff. VI, 534; Icelandic: Sveinsson 1929, Boberg 1966, No. N635; Spanish: Chevalier 1983, No. 214, Goldberg 1998, No. N635; Catalan: Neugaard 1993, No. N635; Turkish: Walker/Uysal 1966, 183ff.; Jewish: Jason 1988a; Gypsy: Krauss 1907, 208ff.; Syrian: El-Shamy 2004; Saudi Arabian: Rheinisches Jahrbuch für Volkskunde 21(1973)180f. No. 6; Egyptian: El-Shamy 2004; Libyan: Stumme 1893 II, No. 14.

1663 ***Dividing Five Eggs Equally between Two Men and One Woman.***

Fischer/Bolte 1895, 207; Köhler/Bolte 1898ff. I, 499, 504; Montanus/Bolte 1899, No. 14; Schwarzbaum 1968, 446f.; Pearce 1973; McGrady 1978; EM 3(1981)113; EM: Teilung der Eier(in prep.).

Karelian: Kecskeméti/Paunonen 1974; Portuguese: Soromenho/Soromenho 1984f. II, No. 442, Cardigos(forthcoming), cf. No. 1373*C, No. 1663; German: Joh. P. de Memel (1656)No. 992, Sommer-Klee(1670)No. 532, Sinnersberg(1747)No. 216(EM archive), cf. Stephani 1991, No. 94; Italian: Karlinger 1973, No. 52; Hungarian: cf. MNK VII C, No. 1663*; Serbian: cf. Karadžić 1937, No. 43; Bosnian: Marzolph 1996, No. 585; Rumanian: Stroescu 1969 II, No. 4664; Bulgarian: BFP, No. 1663, cf. No. *1663*; Greek: Megas/Puchner 1998; Polish: Krzyżanowski 1962f. II, No. 1533B; Ukrainian: Hnatjuk 1909f. II, 407; Jewish: Jason 1988a; Lebanese: Nowak 1969, No. 375; Aramaic: Arnold 1994, No. 9; Palestinian: Schmidt/Kahle 1918f. II, No. 114, El-Shamy

2004, No. 1533B§; Iraqi: Nowak 1969, No. 375, El-Shamy 2004; Iranian: Marzolph 1984, No. 1663, cf. No. *1663, Marzolph 1994a, 101ff.; Egyptian: El-Shamy 2004; Tunisian, Moroccan: El-Shamy 2004, No. 1533B§.

1670* ***How a Naked Soldier Became a General.***
Finnish: Rausmaa 1982ff. VI, No. 316; Estonian: Aarne 1918, Loorits 1959, No. 203; Latvian: Arājs/Medne 1977; Karelian: Konkka 1959, 167ff.; Danish: Kristensen 1892f. II, Nos. 497, 499; German: Stübs 1938, No. 69, Györgypál-Eckert 1940, 62f., cf. Neumann 1998, No. 53, Berger 2001; Czech: cf. Sirovátka 1980, No. 46.

1674* ***Anticipatory Whipping.***
Wesselski 1911 II, No. 499; Marzolph 1992 II, No. 1219.
Latvian: cf. Arājs/Medne 1977, No. *1674**; Spanish: cf. Childers 1977, Nos. J2175.1.2*, J2175.1.3*; German: Harpagiander(1718) No. 1904(EM archive), Tomkowiak 1993, 272; Hungarian: György 1932, No. 23; Serbian: Panić-Surep 1964, No. 97; Rumanian: Stroescu 1969 I, No. 4101; Bulgarian: BFP; Polish: cf. Krzyżanowski 1962f. II, Nos. 1674A, 1674B; Jewish: Haboucha 1992; Iraqi, Egyptian: El-Shamy 2004.

The Stupid Man 1675–1724

1675 ***The Ox (Ass) as Mayor.***
Cf. Chauvin 1892ff. VII, 170f. No. 445; Bolte 1897c; Köhler/Bolte 1898ff. I, 491; Wesselski 1911 I, No. 63, cf. No. 259, II, No. 385; BP I, 59; Schwarzbaum 1968, 147, 185f., 468, 472; Schwarzbaum 1980, 280; Dömötör 1999; EM 10(2002) 188–193(S. Neumann); Marzolph/Van Leeuwen 2004, No. 452.
Finnish: Rausmaa 1982ff. VI, No. 317; Finnish-Swedish: Hackman 1917f. II, No. 255; Estonian: Aarne 1918; Latvian: Arājs/Medne 1977; Lithuanian: Kerbelytė 1999ff. II; Livonian: Kecskeméti/Paunonen 1974; Swedish: Liungman 1961; Norwegian: Hodne 1984; Danish: Kristensen 1881ff. III, No. 65, IV, No. 62, Kristensen 1896f. II, No. 2; Irish: Ó Súilleabháin/Christiansen 1963; Spanish: González Sanz 1996; Dutch: Meder/Bakker 2001, No. 233; Flemish: Meyer 1968; Walloon: Legros 1962, 160; German: Plenzat 1927, Zender 1935, No. 119, Kapfhammer 1974, 39; Hungarian: MNK VII C; Serbian: cf. Čajkanović 1929, No. 116; Bulgarian: BFP; Greek: Megas/Puchner 1998; Polish: Krzyżanowski 1962f. II; Russian, Byelorussian, Ukrainian: SUS; Jewish: Noy 1963a, No. 139, Jason 1965, 1988a; Gypsy: MNK X 1; Siberian:

Soboleva 1984; Aramaic: Bergsträsser 1915, No. 7; Lebanese, Palestinian: Nowak 1969, No. 424, El-Shamy 2004; Iraqi, Oman: El-Shamy 2004; Pakistani: Thompson/Roberts 1960; Indian: Thompson/Roberts 1960, Jason 1989; French-Canadian: Lemieux 1974ff. XVIII, No. 3, XXII, No. 11; Mexican: Robe 1973; Egyptian: Nowak 1969, No. 359, El-Shamy 2004; Moroccan: Nowak 1969, 424, El-Shamy 2004; Swahili: Marzolph 1996, No. 607.

1676 ***The Pretended Ghost*** (previously ***Joker Posing as Ghost Punished by Victim***).

Minton 1993; EM: Tot: Was t. ist, soll t. bleiben (in prep.).

Finnish-Swedish: Hackman 1911, 35; Finnish-Swedish: Hackman 1917f. II, No. 376; Estonian: Aarne 1918, No. 14; Latvian: Arājs/Medne 1977; Danish: cf. Aakjaer/Holbek 1966, No. 637; Irish: Ó Súilleabháin/Christiansen 1963, No. 1676A; Welsh: Baughman 1966, No. 1676A; English: Baughman 1966, No. 1676A, Briggs 1970f. B I, 23f., 38, 299f., B II, 239, 276; Spanish: Espinosa 1946, No. 15; Frisian: cf. Kooi 1984a, Nos. 1676E*–1676G*, Kooi/Schuster 1993, No. 149; Flemish: Meyer/Sinninghe 1976; Walloon: Legros 1962, 110; German: Henßen 1935, No. 64, Bodens 1937, Nos. 201, 205, 209, 210, 706, 707, 711–713; Swiss: Büchli/Brunold-Bigler 1989ff. III, 550f.; Croatian: Dolenec 1972, Nos. 101, 104; Greek: Dawkins 1955, No. 13; Polish: Krzyżanowski 1962f. II; Jewish: Jason 1965, No. 1676, cf. No. 1676*D; Nepalese: Sakya/Griffith 1980, 152ff.; Chinese: Ting 1978, No. 1676A; Japanese: Ikeda 1971; US-American: Randolph 1957, 32, Baughman 1966, No. 1676A, Dance 1978, No. 49; Spanish-American: Robe 1973; African American: Dorson 1956, No. 151; Puerto Rican: cf. Hansen 1957, No. **367.

1676B ***Frightened to Death*** (previously ***Clothing Caught in Graveyard***).

Minton 1993; Schneider 1999a, 167, 170; EM: Tod durch Schrecken (in prep.).

Finnish: Jauhiainen 1998, Nos. C181, C1136, C1141, C1331; Latvian: Arājs/Medne 1977; Irish: Ó Súilleabháin/Christiansen 1963, Baughman 1966; English: Baughman 1966; Spanish: González Sanz 1996; Catalan: Oriol/Pujol 2003; Portuguese: Soromenho/Soromenho 1984f. I, No. 216, Cardigos (forthcoming); Dutch: Sliggers 1980, No. 32; Frisian: Kooi 1984a, Kooi/Schuster 1993, No. 148; German: Zender 1966, No. 1809, Cammann 1980, 113, 198, Berger 2001; Swiss: Büchli/Brunold-Bigler 1989ff. I, 792, 844, II, 677f., III, 51; Austrian: Haiding 1965, No. 297; Ladinian: Danuser Richardson 1976, No. N384.2, Büchli/Brunold-Bigler 1989ff. II, 357f.; Italian: Cirese/Serafini 1975, No. 1676B, and app.; Maltese: Mifsud-Chircop 1978; Hungarian: Géczi 1989, No. 199; Slovene: Kühar/Novak 1988, 175; Serbian: Čajkanović 1934, No.

121; Croatian: Stojanović 1867, No. 42, Dolenec 1972, No. 107, Bošković-Stulli 1975a, No. 43; Bulgarian: BFP; Greek: Megas/Puchner 1998; Jewish: Jason 1965, 1975; Japanese: Inada/Ozawa 1977ff.; US-American: Baughman 1966; Spanish-American: TFSP 28(1958)164, 29(1959)168; African American: Dance 1978, No. 37; Mexican, Panamanian: Robe 1973; Puerto Rican: Hansen 1957, No. **1677; Moroccan: Nowak 1969, No. 465; South African: Coetzee et al. 1967, No. N384.2.

1676C ***Voices from the Graveyard.***
Finnish: Rausmaa 1982ff. VI, Nos. 318–322, Jauhiainen 1998, No. C1181; Latvian: Arājs/Medne 1977, No. 1676C, cf. No. *1676D; Catalan: Oriol/Pujol 2003; Portuguese: Parafita 2001f. II, Nos. 98, 196, Cardigos(forthcoming); Serbian: Đjorđjevič/Milošević-Đjorđjevič 1988, No. 248; Croatian: Dolenec 1972, No. 103, cf. No. 102; US-American: Baker 1986, No. 219; Japanese: cf. Ikeda 1971.

1676D ***"That's My Head!"***
Finnish: Jauhiainen 1998, No. C1146; Estonian: Loorits 1959, No. 204; Irish: Ó Súilleabháin 1942, 643 No. 51, O'Sullivan 1977, 29ff.; English: Briggs 1970f. A II, 29, 343; Dutch: Sinninghe 1943, No. 942*A, Meder/Bakker 2001, No. 223; Frisian: Kooi 1984a, No. 1676D*; Flemish: Roeck 1980, 81; German: Bodens 1937, No. 1179, Ranke 1955ff. I, 205 No. 22, Kooi/Schuster 1994, No. 134; Austrian: Ranke 1972, No. 86.

1676* ***The Foolish Farmer Studies Medicine.***
Danish: Kristensen 1892f. II, No. 157; Dutch: Meder/Bakker 2001, No. 85; Flemish: Meyer 1968, Meyer/Sinninghe 1976; Hungarian: MNK VII C; Rumanian: Stroescu 1969 I, No. 3106; Gypsy: MNK X 1; Cuban: Hansen 1957, No. **1709B.

1676H* ***The Devil's Sister.***
Irish: Murphy 1975, 118f., 171; English: Tongue 1970, 207; Dutch: Kooi 1985f., No. 38; Frisian: Kooi 1984a, Kooi/Schuster 1993, No. 40; Flemish: Meulemans 1982, No. 1374; German: Fischer 1955, 239f.; Rumanian: Stroescu 1969 II, No. 5196; US-American: Dorson 1964, 84f.

1678 ***The Boy Who Had Never Seen a Woman.***
Chauvin 1892ff. III, 104 No. 16; Montanus/Bolte 1899, No. 76; BP IV, 358, 381; BP V, 250; Wesselski 1936a, 60ff.; Schwarzbaum 1968, 48–50, 450; Tubach 1969, Nos. 1571, 5365; EM 7(1993)769–773(H.-J. Uther).
Finnish: Rausmaa 1982ff. VI, No. 324; Livonian: Loorits 1926, No. 1676*; Latvian:

Arājs/Medne 1977; Lithuanian: Kerbelytė 1999ff. II; Swedish: Liungman 1961; Norwegian: Hodne 1984; Danish: Skattegraveren 8(1887)77f.; Irish: Ó Súilleabháin/Christiansen 1963; English: Briggs 1970f. A II, 136; French: cf. Perbosc 1907, No. 8, Fabre/Lacroix 1970b, 114ff.; Spanish: Chevalier 1983, No. 215, Goldberg 1998, No. T371; Catalan: Neugaard 1993, No. T371; Portuguese: Parafita 2001f. II, No. 27, Cardigos(forthcoming); Dutch: Kooi 2003, No. 72; Frisian: Kooi 1984a; Flemish: Meyer 1968; German: Kubitschek 1920, 75, Moser-Rath 1964, No. 175, Moser-Rath 1984, 287, 370, 413, Grubmüller 1996, 648ff.; Swiss: Jegerlehner 1913, No. 16; Maltese: Mifsud-Chircop 1978; Hungarian: MNK VII C; Czech: Dvořák 1978, No. 5365; Slovene: Gabrščček 1910, 174f.; Serbian: Karadžić 1937, No. 14, Karadžić 1959, No. 131, Panić-Surep 1964, No. 95; Macedonian: Piličkova 1992, No. 78; Rumanian: Stroescu 1969 II, No. 4812; Bulgarian: BFP; Greek: Megas/Puchner 1998; Polish: Krzyżanowski 1962f. II; Jewish: Jason 1965; Gypsy: Briggs 1970f. A II, 361; Cheremis/Mari, Votyak: Kecskeméti/Paunonen 1974; Chinese: Ting 1978; Japanese: Ikeda 1971; US-American: Baughman 1966; African American: Dorson 1956, No. 157; Mexican: Robe 1973; Brazilian: Romero/Cascudo, No. 13; South African: Coetzee et al. 1967.

1678** ***First Time in Church.***

Finnish: Rausmaa 1973a, 55; Danish: Kristensen 1892f. II, Nos. 352–358, Christensen 1939, No. 25; Frisian: Kooi 1984a, No. 1678A*; German: Fischer 1955, 133, Cammann/Karasek 1976ff. I, 136ff., Moser-Rath 1984, 397 No. 451; Bulgarian: BFP, No. *1838**; US-American: Baker 1986, No. 265; Mexican: Wheeler 1943, No. 170, Robe 1970, No. 133.

1679* ***Conscript Cannot Tell Left from Right.***

Danish: Kristensen 1900, Nos. 429, 430; Walloon: Legros 1962, 110; Swiss: cf. Büchli/Brunold-Bigler 1989ff., Nos. 2, 3; Jewish: Jason 1965

1680 ***The Man Seeking a Midwife.***

Finnish: Rausmaa 1982ff. VI, Nos. 325, 326; Estonian: Aarne 1918; Latvian: Arājs/Medne 1977; Lithuanian: Kerbelytė 1999ff. II; Dutch: cf. Tinneveld 1976, No. 6; Bulgarian: BFP; Greek: Megas/Puchner 1998; Russian, Byelorussian, Ukrainian: SUS; Cheremis/Mari, Chuvash: Kecskeméti/Paunonen 1974; Siberian: Soboleva 1984.

1681 ***The Boy's Disasters.***

Dekker et al. 1997, 405–407； EM 9(1999)714, 716； EM: Teeren und federn(in prep.).

Finnish: Rausmaa 1982ff. VI, No. 327； Estonian: Aarne 1918； Livonian: Loorits 1926； Latvian: Arājs/Medne 1977； Lithuanian: Kerbelytė 1999ff. II； Irish: Ó Súilleabháin/Christiansen 1963； English: Briggs 1970f. A II, 41f.； Spanish: cf. Espinosa 1988, No. 370, cf. Camarena Laucirica 1991 II, No. 160； Portuguese: Coelho 1985, No. 70, Cardigos(forthcoming), No. 1681, cf. No. 1204*A； Dutch: Tinneveld 1976, No. 6； Frisian: Kooi 1984a； German: Berger 2001； Italian: Cirese/Serafini 1975； Hungarian: MNK VII C； Slovakian: Gašparíková 1991f. I, cf. Nos. 98, 143, 327, II, No. 548, cf. Nos. 389, 542； Croatian: Bošković-Stulli 1959, No. 45； Macedonian: Piličkova 1992, No. 23； Rumanian: Stroescu 1969 I, No. 3220； Bulgarian: BFP； Greek: Megas/Puchner 1998； Polish: Krzyżanowski 1962f. II； Russian, Byelorussian, Ukrainian: SUS； Gypsy: MNK X 1； Yakut: Ėrgis 1967, Nos. 240, 326； Kalmyk: Džimbinov 1962, No. 38； Syrian, Persian Gulf: El-Shamy 2004； Iraqi: Nowak 1969, No. 404； Iranian: cf. Osmanov 1958, 384ff.； Afghan: Lebedev 1955, 154； Indian: cf. Hertel 1953, 166f., Sakya/Griffith 1980, 211ff.； Korean: Choi 1979, No. 513； North American indian: Bierhorst 1995, No. 106； Puerto Rican: Mason/Espinosa 1921, Nos. 9, 9a, 30, 34, 40； Argentine: Hansen 1957； South African: Coetzee et al. 1967, 47, No. 1218； Egyptian, Algerian, Moroccan, Sudanese: El-Shamy 2004.

1681A ***Preparations for the Wedding*** (previously ***Fool Prepares for the Wedding [Funeral]***).

EM 9(1999)715f.

Finnish: Rausmaa 1982ff. VI, 537； Latvian: Arājs/Medne 1977, No. 1681A, cf. No. *1681C； Lithuanian: Kerbelytė 1999ff. II； Wepsian, Syrjanian: Kecskeméti/Paunonen 1974； French: Lambert 1899, No. 4； Spanish: Espinosa 1946f., No. 147； German: Jahn 1890, 100ff.； Swiss: cf. Büchli/Brunold-Bigler 1989ff. III, 850f.； Italian: Cirese/Serafini 1975； Czech: Tille 1929ff. I, 424； Slovakian: cf. Gašparíková 1981a, 142, Gašparíková 1981b, No. 55； Bulgarian: BFP, No. 1681A, cf. Nos. *1681A1, *1681A2； Russian, Byelorussian: SUS； Turkish: Eberhard/Boratav 1953, Nos. 327 III 2, 327 III 4d, 330, cf. No. 327； Jewish: cf. Jason 1965, No. 1681*C, cf. Jason 1975, No. 1681*C； Gypsy: Mode 1983ff. I, No. 35； Chuvash, Tatar, Mordvinian: Kecskeméti/Paunonen 1974； Tadzhik: cf. Rozenfel'd/Ryčkovoj 1990, No. 52； Iranian: cf. Marzolph 1984, No. *1681C； Indian: Jason 1989； Chinese: cf. Ting 1978, Nos. 1681C, 1681C1； Egyptian, Tunisian, Algerian: cf. Nowak 1969, No. 420.

1681B ***Fool as Custodian of Home and Animals.***
Chauvin 1892ff. VII, 155ff. No. 437; Wesselski 1911 II, No. 431; EM 9(1999)715f.
Finnish: Rausmaa 1982ff. VI, 537; Latvian: Arājs/Medne 1977; Livonian, Wepsian: Kecskeméti/Paunonen 1974; Syrjanian: Wichmann 1916, No. 33; Spanish: González Sanz 1996; Basque: Vinson 1883, 92ff.; Catalan: Oriol/Pujol 2003; Portuguese: Vasconcellos/Soromenho et al. 1963f. II, Nos. 641, 648, Cardigos(forthcoming); Swiss: Wildhaber/Uffer1971, No. 38; Italian: Cirese/Serafini 1975; Corsican: Massignon 1963, Nos. 16, 97; Hungarian: Ortutay 1957, No. 30; Slovakian: Gašparíková 1981b, No. 55; Slovene: Eschker 1986, No. 8; Rumanian: Schullerus 1928; Bulgarian: BFP, No. 1681B, cf. Nos. *1681B*, *1681C; Greek: Hahn 1918 I, No. 34, Megas 1968a, No. 29, Megas/Puchner 1998; Turkish: Eberhard/Boratav 1953, Nos. 323(1), 324 III 1; Votyak: Kecskeméti/Paunonen 1974; Kurdish: Džalila et al. 1989, No. 287; Georgian: cf. Kurdovanidze 2000, No. 1691*; Aramaic: Arnold 1994, Nos. 46, 59; Palestinian: El-Shamy 2004; Iraqi: Nowak 1969, No. 404; Saudi Arabian: El-Shamy 2004; Indian: Thompson/Roberts 1960, Jason 1989; French-Canadian: Barbeau/Lanctot 1923, Nos. 101, 102; North American Indian, Spanish-American, Mexican, Guatemalan: Robe 1973; African American: Dorson 1967, No. 210; Cuban: Hansen 1957, No. **1704; Dominican: Hansen 1957, No. **1706; Puerto Rican: Hansen 1957, Nos. *1692, *1693, **1704, **1706; Mayan: Peñalosa 1992; Chilean, Argentine: Hansen 1957, No. *1693; Egyptian, Algerian, Sudanese: El-Shamy 2004; Ethiopian: Moreno 1947, No. 59; Sudanese: Meinhof 1991, No. 68; Central African: Fuchs 1961, 191ff.

1681A* ***Take Care of the Stopper.***
Finnish: Rausmaa 1982ff. VI, 537; Lithuanian: Kerbelytė 1999ff. II; Japanese: cf. Ikeda 1971, No. 1264.

1682 ***The Horse Learns Not to Eat*** (previously ***The Groom Teaches his Horse to Live without Food***).
Marzolph 1987a, No. 9; Marzolph 1992 II, Nos. 674, 973; Marzolph 1996, No. 491; Marzolph 2000a; EM 10(2002)926–929(U. Marzolph); Hansen 2002, 187f.
Finnish: Rausmaa 1982ff. VI, No. 328; Livonian: Loorits 1926; Latvian: Arājs/Medne 1977; Lithuanian: Kerbelytė 1999ff. II; Swedish: Liungman 1961; Norwegian: Hodne 1984; Danish: Kristensen 1892f. II, No. 422; English: Briggs 1970f. A II, 327; French: Dulac 1925, 168f., Joisten 1971 II, Nos. 178, 179; Catalan: Oriol/Pujol 2003; Dutch: Sap-Akkerman 1971, 17f., Overbeke/Dekker et al. 1991, No. 906; Frisian: Kooi 1984a; Walloon: Laport 1932; German: Benzel 1965, No. 204, Moser-Rath 1984, 174, 333, Kooi/Schuster 1994, No. 105; Austrian: Lang-Reitstätter 1948, 24; Italian: Ci-

rese/Serafini 1975; Hungarian: MNK VII C; Czech: Klímová 1966, No. 79; Slovene: Slovenski gospodar 28(1894)398; Serbian: Karadžić 1937, No. 41, Panić-Surep 1964, No. 112; Croatian: Dolenec 1972, No. 74; Rumanian: Stroescu 1969 I, No. 3827; Bulgarian: BFP; Greek: Megas/Puchner 1998; Polish: Krzyżanowski 1962f. II; Byelorussian: SUS; Ukrainian: cf. SUS, No. 1682**; Jewish: Jason 1988a, Haboucha 1992; Qatar: El-Shamy 2004; Filipino: Ramos 1953, 96ff.; US-American: Leary 1991, No. 205; Spanish-American, Mexican: Robe 1973; African American: Parsons 1923a, No. 137; South African: Coetzee et al. 1967, Grobbelaar 1981.

1682** ***The Communal Mule.***
Kirchhof/Oesterley 1869 VII, No. 125; Pauli/Bolte 1924 I, No. 575; Tubach 1969, No. 388; Marzolph 1992 II, No. 172.
Catalan: Neugaard 1993, No. J1914.2; German: Tomkowiak 1993, No. J1914.2.

1683* ***Counting Birds*** (previously ***A Peasant Counts Pebbles***).
Schwarzbaum 1968, 336.
Latvian: Arājs/Medne 1977; Russian, Ukrainian: SUS; Jewish: cf. Keren/Schnitzler 1981, No. 27; Siberian: Soboleva 1984; Georgian: Kurdovanidze 2000.

1685 ***The Foolish Bridegroom.***
Kirchhof/Oesterley 1869 I 1, No. 81; Frey/Bolte 1896, No. 1; Köhler/Bolte 1898ff. I, 97–100; BP I, 311–322; Pauli/Bolte 1924 II, No. 762; Schwarzbaum 1968, 141; EM 1 (1977)1006–1010(H. Lixfeld); EM 2(1979)738–745(R. Wehse); Dekker et al. 1997, 405–407; Schmidt 1999.
Finnish: Rausmaa 1982ff. VI, Nos. 329–331; Finnish-Swedish: Hackman 1917f. II, No. 256; Estonian: Aarne 1918; Livonian: Loorits 1926; Latvian: Arājs/Medne 1977, Nos. 1685, 1685A, cf. No. *1685B; Lithuanian: Kerbelytė 1999ff. II; Lappish, Wepsian, Lydian, Karelian, Syrjanian: Kecskeméti/Paunonen 1974; Swedish: Liungman 1961; Norwegian: Hodne 1984, No. 1685, p. 346, 349; Faeroese: Nyman 1984; Irish: Ó Súilleabháin/Christiansen 1963; French: Sébillot 1880ff. I, No. 33, Sébillot 1881, No. 11, Tegethoff 1923 II, No. 17; Spanish: Espinosa 1946ff. I, No. 187, III, 190ff.; Basque: Vinson 1883, 92ff.; Catalan: Oriol/Pujol 2003; Portuguese: Vasconcellos/Soromenho et al. 1963f. II, Nos. 643, 644, 647, Cardigos(forthcoming), Nos. 1685, 1685A; Dutch: Kooi 2003, No. 85; Frisian: Kooi 1984a; Flemish: Meyere 1925ff. II, No. 117 (1); German: Plenzat 1927, Zender 1935, No. 67, Grimm KHM/Uther 1996 I, No. 32, Berger 2001; Italian: Cirese/Serafini 1975, Nos. 1685, 1685A; Maltese: Mifsud-Chircop 1978; Hungarian: MNK VII C; Czech: Tille 1929ff. I, 420f., 421ff., 423ff.,

427f., 428f., 430ff., II 2, 87; Slovakian: Gašparíková 1991f. I, Nos. 246, 289; Slovene: Schlosser 1956, No. 101; Croatian: Bošković-Stulli 1959, No. 12, cf. Bošković-Stulli 1967f., No. 23; Rumanian: Stroescu 1969 I, Nos. 3000(IV), 3784; Greek: cf. Hallgarten 1929, 138f., Orso 1979, Nos. 222, 224-226, 271; Polish: Krzyżanowski 1962f. II, Nos. 1685, 1685A, cf. Nos. 1635F, 1685C; Sorbian: Nedo 1956, No. 82; Russian: Moldavskij 1955, 37f., SUS; Byelorussian, Ukrainian: SUS; Jewish: Noy 1963a, No. 140, Jason 1988a, Haboucha 1992; Gypsy: MNK X 1, Nos. 1685, 1685A; Chuvash, Mordvinian: Kecskeméti/Paunonen 1974; Siberian: Soboleva 1984; Yakut: cf. Ėrgis 1967, No. 327; Syrian: El-Shamy 2004; Pakistani: Thompson/Roberts 1960, Nos. 1685, 1685A; Indian: Thompson/Roberts 1960, Nos. 1685, 1685A, Jason 1989, Nos. 1685, 1685A; Sri Lankan: Thompson/Roberts 1960, No. 1685A; Chinese: Ting 1978, No. 1685A, cf. No. 1685B; Japanese: cf. Ikeda 1971, No. 896; French-Canadian: Lemieux 1974ff. IX, No. 14; French-American: Saucier 1962, No. 22a; Mexican: Robe 1973; Dominican: cf. Hansen 1957, Nos. **1686A, **1686C; Puerto Rican: Hansen 1957; Argentine: cf. Hansen 1957, No. **1686B; Tunisian: El-Shamy 2004; South African: cf. Grobbelaar 1981.

1685A* ***Fool Sets up a Trap Beside His Own House.***
Finnish: Rausmaa 1982ff. VI, No. 185; Karelian, Syrjanian: Kecskeméti/Paunonen 1974; Russian, Ukrainian: SUS; Votyak: Kecskeméti/Paunonen 1974; Siberian: Soboleva 1984; Japanese: Ikeda 1971.

1686 ***The Wedding Night.***
EM 6(1990)1124f.
Latvian: cf. Arājs/Medne 1977, No. *1685B; Swedish: Liungman 1961, No. 1686**; Norwegian: Hodne 1984, 347; Danish: Danske Studier 9(1912)186; French: Hoffmann 1973, No. 1685**; Portuguese: Martinez 1955, No. K1223.1; German: Benzel 1965, No. 135; Russian: SUS, No. 1686***, Hoffmann 1973, No. 1685*; Jewish: Jason 1965, 1988a, No. 1685*B; Syrian, Egyptian: El-Shamy 2004, No. 1685B§.

1686A ***Like Dogs.***
Legman 1968f. I, 126.
Finnish: Rausmaa 1973a, 50; Norwegian: Hodne 1984, 346; Frisian: Kooi 1984a, No. 1693C*; African American: Dance 1978, No. 463.

1686* ***The Price of Wood.***
Finnish: Rausmaa 1982ff. VI, No. 332; Estonian: Aarne 1918; Swedish: Bødker et al.

1957, No. 7; Turkish: cf. Eberhard/Boratav 1953, Anlage C 8.

1686A* ***The Pike's Mouth.*** (Vagina dentata.)
Legman 1968f. I, 433; Kooi 1982.
Finnish: Rausmaa 1973a, 37; Dutch: Meder/Bakker 2001, No. 133; Frisian: Kooi 1984a; German: Brunner/Wachinger 1986ff. VI, No. 2A/1144; Austrian: Polsterer 1908, No. 45; Russian: SUS 1425*** (Hoffmann 1973).

1687 ***The Forgotten Word.***
Ting 1985, 43-46; EM: Wort: Das vergessene W. (in prep.).
Finnish: Rausmaa 1982ff. VI, Nos. 333, 334; Estonian: Aarne 1918; Latvian: Arājs/Medne 1977; Lithuanian: Kerbelytė 1999ff. II; Livonian, Lydian: Kecskeméti/Paunonen 1974; Swedish: Liungman 1961, No. 1687*; Norwegian: Hodne 1984; Danish: Kamp 1879f. I, No. 5, Kristensen 1892f. I, Nos. 207, 212-214, 216-223, II, Nos. 206-212, 214-216, 218, 219, 561, cf. No. 228, Christensen 1939, No. 84; Faeroese: Nyman 1984; English: Baughman 1966; French: Coulomb/Castell 1986, No. 59; Portuguese: Pires/Lages 1992, Nos. 36, 43, Cardigos (forthcoming); Dutch: Sinninghe 1943; Frisian: Kooi 1984a, Kooi/Schuster 1993, No. 145; Flemish: Cornelissen 1929ff. I, 263, 263f., 268, Meyer 1968; German: Wossidlo/Neumann 1963, Nos. 150, 539, 541, cf. No. 312, Moser-Rath 1984, 287f., 291, 299, Berger 2001; Italian: Cirese/Serafini 1975, Todorović-Strähl/Lurati 1984, No. 59; Italian: Cirese/Serafini 1975; Hungarian: MNK VII C, No. 1206*; Slovakian: Gašparíková 1991f. I, No. 300; Serbian: Đjorđjevič/Milošević-Đjorđjevič 1988, Nos. 282, 283, cf. No. 31; Macedonian: Čepenkov/Penušliski 1989 IV, No. 449, Piličkova 1992, No. 46; Rumanian: cf. Stroescu 1969 I, Nos. 3168, 3814; Bulgarian: BFP; Polish: Krzyżanowski 1962f. II; Russian, Byelorussian: SUS, No. 1687, cf. No. 1687*; Ukrainian: SUS; Turkish: Eberhard/Boratav 1953, No. 328 (9-10); Jewish: Jason 1988a; Tatar: Kecskeméti/Paunonen 1974; Siberian: Soboleva 1984; Yakut: Ėrgis 1967, Nos. 338, 339; Iranian: Marzolph 1984; Indian: Thompson/Roberts 1960, Jason 1989, Blackburn 2001, No. 79; Burmese: Kasevič/Osipov 1976, 108; Sri Lankan: Thompson/Roberts 1960; Chinese: Ting 1978, No. 1687, cf. No. 1687*; Korean: Choi 1979, No. 509; Japanese: Ikeda 1971, Inada/Ozawa 1977ff.; Filipino: Wrigglesworth 1981, No. 21; English-Canadian: Baughman 1966; US-American: Baughman 1966; Spanish-American: TFSP 6 (1927) 54; Cuban: Hansen 1957, No. **1691A; Puerto Rican: Hansen 1957, No. **1691B; Chilean: Pino Saavedra 1987, No. 69; Ethiopian: Courlander/Leslau 1950, 113ff., Gankin et al. 1960, 143; South African: Coetzee et al. 1967, Grobbelaar 1981.

1688 ***The Servant to Improve on the Master's Statements.***
Bebel/Wesselski 1907 II, No. 10; Pauli/Bolte 1924 I, No. 221; Schwarzbaum 1968, 30–31, 445; EM 2(1979)762–764(E. Moser-Rath); Marzolph 1992 II, No. 1102.
Finnish: Rausmaa 1982ff. VI, No. 335; Finnish-Swedish: Hackman 1917f. II, No. 383; Estonian: Aarne 1918, No. 1688*; Latvian: Arājs/Medne 1977; Lithuanian: Kerbelytė 1999ff. IV(forthcoming); Karelian: Kecskeméti/Paunonen 1974; Swedish: Liungman 1961; Irish: Ó Súilleabháin/Christiansen 1963; French: Joisten 1971 II, No. 222, Coulomb/Castell 1986, No. 39; Spanish: González Sanz 1996; Catalan: Oriol/Pujol 2003; Portuguese: Soromenho/Soromenho 1984f. I, No. 198, II, Nos. 534–536, Cardigos(forthcoming); Dutch: Overbeke/Dekker et al. 1991, No. 8; German: Nimtz-Wendlandt 1961, No. 93, Moser-Rath 1964, No. 186, Moser-Rath 1984, 287; Serbian: Karadžić 1937, No. 9; Croatian: Bošković-Stulli 1959, No. 64; Rumanian: Stroescu 1969 I, No. 4142, II, cf. No. 4831; Bulgarian: BFP, No. 1688, cf. No. *1688D*; Greek: Loukatos 1957, 301, Megas/Puchner 1998; Polish: Krzyżanowski 1962f. II; Ukrainian: SUS; Jewish: cf. Olsvanger 1931, No. 15; Siberian: Soboleva 1984; French-Canadian: Barbeau 1916, No. 44; Spanish-American, Mexican: Robe 1973; Cuban: Hansen 1957, No. 1688*A, cf. No. 1688**F; Dominican: cf. Hansen 1957, No. 1688**B; Sudanese: cf. Jahn 1970, No. 41.

1688A* ***Jealous Suitors.***
Schwarzbaum 1968, 472.
Finnish: Rausmaa 1982ff. VI, No. 336; Lithuanian: Kerbelytė 1999ff. II, Nos. 1688A*, 1688B*; Norwegian: Hodne 1984, Nos. 1688A*, 1688B*; Hungarian: MNK VII C; Russian: cf. Hoffmann 1973, No. 1688E*; Cheremis/Mari: Kecskeméti/Paunonen 1974, No. 1688B*; US-American: Dorson 1946, 91ff., Roberts 1974, np. 150g.

1689 ***"Thank God They Weren't Peaches."***
Clouston 1887 II, 407ff.; Köhler/Bolte 1898ff. I, 494ff.; Wesselski 1911 I, No. 71; Besthorn 1935, 108; Legman 1968f. II, 825; EM: Übel: Das kleinere Ü.(in prep.).
French: Joisten 1971 II, No. 185; Spanish: Chevalier 1983, No. 218; Catalan: Oriol/Pujol 2003; Italian: Cirese/Serafini 1975; Hungarian: MNK VII C; Serbian: Vrčević 1868f. II, 36f., 194; Rumanian: Stroescu 1969 I, No. 3835; Bulgarian: BFP, No. 1689, cf. Nos. *1689A*, *1689A***; Greek: Megas/Puchner 1998; Ukrainian: Lintur 1972, No. 103; Turkish: Walker/Uysal 1966, 229ff.; Jewish: Gaster 1924, No. 26, Elbaz 1982, No. 37, Stephani 1998, No. 2; Kurdish: Džalila et al. 1989, No. 191; Tadzhik: cf. Dechoti 1958, 29f.; Syrian, Lebanese, Iraqi: El-Shamy 2004; Palestinian: Hanauer 1907, 161f., El-Shamy 2004; Iranian: Marzolph 1984; US-American: Baughman 1966;

Mexican: Paredes 1970, No. 63; Brazilian: Cascudo 1955b, 45; West Indies: Flowers 1953; Egyptian, Moroccan: El-Shamy 2004.

1689A ***Two Presents for the King.***
BP III, 169–193; Pauli/Bolte 1924 II, No. 798; Verfasserlexikon 7(1989)1000–1002(F. J. Worstbrock); EM 11,1(2003)219–224(F. Wagner).
Finnish: Rausmaa 1982ff. VI, No. 337; Latvian: Arājs/Medne 1977; Lithuanian: Kerbelytė 1999ff. II; English: Stiefel 1908, No. 23, Baughman 1966; French: Bladé 1886 II, No. 2; Spanish: Childers 1948, No. J2415.1, Chevalier 1983, No. 219; Catalan: Oriol/Pujol 2003; Dutch: Meder/Bakker 2001, No. 286; Frisian: Kooi 1984a; Flemish: Meyer 1968, Lox 1999b, No. 82; German: Moser-Rath 1984, 140f., 287, 289, Tomkowiak 1993, Grimm KHM/Uther 1996 III, No. 146; Swiss: EM 7(1993)872; Italian: Cirese/Serafini 1975; Maltese: Mifsud-Chircop 1978; Hungarian: MNK VII C; Czech: Sirovátka 1980, No. 20; Slovakian: cf. Gašparíková 1991f. II, No. 580; Serbian: Vrčević 1868f. II, 37f.; Bulgarian: BFP; Russian: SUS, No. 1689A, cf. Nos. 1689A*, 1689A**; Byelorussian: SUS; Ukrainian: SUS, No. 1689A, cf. No. 1689A*; Jewish: Jason 1965, 1988a; Abkhaz: Šakryl 1975, No. 60; Armenian: Hoogasian-Villa 1966, No. 74; Siberian: cf. Soboleva 1984, No. 1689A*; Syrian: El-Shamy 2004; Indian: Thompson/Roberts 1960, Jason 1989; Chinese: Ting 1978; Puerto Rican: Hansen 1957, No. 836**N, cf. No. 1535; West Indies: Flowers 1953, 490; Egyptian, Moroccan, Sudanese: El-Shamy 2004.

1689B ***The Unedible Meat*** (previously ***The Recipe is Saved***).
Wesselski 1911 II, No. 498; Marzolph 1992 II, No. 889; EM 11,2(2004)622–625(U. Marzolph).
French: Joisten 1971 II, No. 157; Spanish: Childers 1948, No. J2562, Chevalier 1983, No. 220; Dutch: Haan 1974, 162f., Overbeke/Dekker et al. 1991, No. 1686; Frisian: Kooi 1984a; Flemish: Meyer 1968; Walloon: Laport 1932, No. *1232; German: Zender 1935, No. 121, Ruppel/Häger 1952, 140f., Moser-Rath 1984, 245, 287, 289, 291; Swiss: Büchli/Brunold-Bigler 1989ff. II, 599; Austrian: Lang-Reitstätter 1948, 45; Hungarian: Kovács 1988, 170f.; Croatian: Dolenec 1972, No. 72; Bulgarian: BFP, No. 1689B, cf. No. *1689B*; Greek: Hallgarten 1929, 218, Megas/Puchner 1998; Polish: Krzyżanowski 1962f. II, No. 1252; Jewish: Haboucha 1992; Chinese: Ting 1978, No. 1689B, cf. Nos. 1689B1, 1689B2; US-American: Dodge 1987, 83f.; Egyptian: Marzolph 1996, No. 47, El-Shamy 2004.

1689* ***Fool Appointed to Fictitious Office Boasts of It.***
Latvian: Arājs/Medne 1977; Danish: cf. Kristensen 1900, No. 293; Greek: Megas/Puchner 1998; Japanese: Markova/Bejko 1958, 171f.; Egyptian: El-Shamy 2004.

1691 ***The Hungry Clergyman*** (previously ***"Don't Eat too Greedily."***).
EM 10(2002)871–875(A. Gier).
Finnish: Rausmaa 1982ff. VI, No. 338; Latvian: Arājs/Medne 1977; Lithuanian: Kerbelytė 1999ff. II; Norwegian: Prinsessene 1967, No. 52; Danish: Kamp 1877, No. 974, Kristensen 1884ff. III, No. 25; Faeroese: Nyman 1984; French: Dardy 1891, No. 64, Seignolle 1946, No. 65, Fabre/Lacroix 1973f. II, No. 56; Basque: Vinson 1883, 92ff.; Catalan: Oriol/Pujol 2003; Portuguese: Cardigos(forthcoming); Dutch: Sinninghe 1943, No. 1292*, Kooi 2003, No. 81; Frisian: Kooi 1984a, Kooi/Schuster 1993, No. 146; Flemish: Meyer 1968, Meyer/Sinninghe 1976; Walloon: Legros 1962, 111; German: Ruppel/Häger 1952, 244f., Wossidlo/Neumann 1963, No. 229; Italian: Cirese/Serafini 1975, No. 1691, and app.; Hungarian: MNK VII C; Czech: Tille 1929ff. I, 420f., 428f.; Serbian: Đjorđjevič/Milošević-Đjorđjevič 1988, Nos. 278, 279, cf. Nos. 280, 281; Rumanian: Stroescu 1969 I, Nos. 3678, 3792; Bulgarian: BFP; Greek: Hallgarten 1929, 154ff., Megas/Puchner 1998; Russian, Byelorussian, Ukrainian: cf. SUS; Turkish: Wesselski 1911 I, No. 263; Jewish: Jason 1965; Gypsy: MNK X 1; Siberian: Soboleva 1984; Indian: Thompson/Roberts 1960, Jason 1989; Chinese: Ting 1978, No. 1691, cf. No. 1691*; cf. Japanese: Ikeda 1971, Inada/Ozawa 1977ff.; Spanish-American: Robe 1973; Dominican, Puerto Rican: Hansen 1957, No. 1363*A; South African: Grobbelaar 1981, Schmidt 1989 II, No. 1240.

1691A ***Hungry Suitor Brings Food from Home.***
Finnish: Rausmaa 1982ff. VI, No. 338; Lithuanian: Kerbelytė 1999ff. IV(forthcoming); Macedonian: Čepenkov/Penušliski 1989 IV, No. 453; Bulgarian: BFP; Greek: Megas/Puchner 1998.

1691B ***Bad Table Manners*** (previously ***The Suitor who Does not Know how to Behave at Table***).
Finnish: Rausmaa 1982ff. VI, 541; Latvian: Böhm 1911, No. 32, Ambainis 1979, No. 117; Lithuanian: Kerbelytė 1999ff. II; Syrjanian: Kecskeméti/Paunonen 1974; Faeroese: Nyman 1984; Portuguese: Oliveira 1900f. II, No. 355, Cardigos(forthcoming); Flemish: Meyer 1968; German: Berger 2001; Czech: Tille 1929ff. I, 210f.; Slovakian: Gašparíková 1981a, 142; Polish: cf. Krzyżanowski 1962f. II, No. 1685B; Russian: Moldavskij 1955, 26f., 37ff., Novikov 1961, Nos. 17, 49, 55, 103–106; Jewish:

Haboucha 1992; Cambodian: Gaudes 1987, No. 78.

1691B* ***Too Much Truth.***
Pauli/Bolte 1924 I, No. 3; Takahashi 1987.
Finnish: Rausmaa 1982ff. VI, No. 339; Danish: Kristensen 1890, No. 140, Kristensen 1900, No. 10; German: Henßen 1935, No. 197, Henßen 1951, No. 56, Wossidlo/Neumann 1963, Nos. 101, 323; Rumanian: Stroescu 1969 I, No. 3105; Bulgarian: cf. BFP, No. *1691B**; Polish: Krzyżanowski 1962f. II; Ukrainian: SUS; Jewish: Jason 1965; Indian: Jason 1989; South African: cf. Grobbelaar 1981.

1691C* ***Permission Misunderstood.***
Legman 1968f. I, 121.
Irish: Murphy 1975, 19ff.; Frisian: Kooi 1984a; Jewish: Landmann 1973, 184; US-American: Dorson 1964, 80f., Baughman 1966, No. Z13.4*(m), Burrison 1989, 187f.; French-American: Ancelet 1994, No. 57.

1691D* ***Sleep with Baby.***
Frisian: Kooi 1984a; German: Cammann/Karasek 1976ff. III, 421, Ringseis 1980, 386; English-Canadian: Halpert/Widdowson 1996 II, No. 147; US-American: Dorson 1964, 85.

1692 ***The Stupid Thief.***
EM: Wörtlich nehmen (in prep.).
Greek: Megas/Puchner 1998; Turkish: Eberhard/Boratav 1953, No. 326; Jewish: Jason 1965; Syrian, Iraqi: El-Shamy 2004; Pakistani: Thompson/Roberts 1960; Indian: Thompson/Roberts 1960, Jason 1989, Blackburn 2001, No. 70; Sri Lankan: Thompson/Roberts 1960, Schleberger 1985, No. 63; Nepalese: Sakya/Griffith 1980, 215ff; Tibetian: O'Connor 1906, No. 6; Chinese: Ting 1978; Egyptian, Tunisian, Moroccan: El-Shamy 2004.

1693 ***The Literal Fool.***
EM: Wörtlich nehmen (in prep.).
Latvian: cf. Arājs/Medne 1977, No. *1693*; Portuguese: Vasconcellos/Soromenho et al. 1963f. II, Nos. 509, 510, 642, 645, Cardigos (forthcoming); Frisian: cf. Kooi 1984a, Nos. 1693B*; Flemish: cf. Meyer 1968, No. 1693*; Italian: Cirese/Serafini 1975; Maltese: Mifsud-Chircop 1978, Nos. *1692C-*1692E; Slovakian: Gašparíková 1981a, 44; Jewish: Noy 1963b, No. 35; Gypsy: cf. Mode 1983ff. IV, No. 223; Pakistani, Indian:

Thompson/Roberts 1960; Burmese: Kasevič/Osipov 1976, Nos. 79, 130; Sri Lankan: Schleberger 1985, Nos. 63, 64; Japanese: Inada/Ozawa 1977ff.; Spanish-American: TFSP 7(1928)72, 14(1938)163f., 25(1953)243–245; Mexican: cf. Robe 1973, No. 1693*A; Moroccan: El-Shamy 2004.

1694 ***The Company to Sing like the Leader.***
EM 7(1993)97f.
Latvian: Arājs/Medne 1977; Lithuanian: Kerbelytė 1999ff. IV(forthcoming); German: cf. Birlinger 1861f. I, No. 18; Hungarian: cf. MNK VI, No. 1300*II; Polish: cf. Krzyżanowski 1962f. II, No. 1223A; Japanese: Inada/Ozawa 1977ff.; Spanish-American: TFSP 13(1937)104f.; Egyptian: El-Shamy 2004; Moroccan: Topper 1986, No. 29.

1694A ***A Foolish Welcome*** (previously ***Serfs Congratulate their Master***).
EM 2(1979)41–45(K. Ranke); EM 7(1993)97f.
Latvian: Arājs/Medne 1977, No. 1698C*; Lithuanian: Kerbelytė 1999ff. II, No. 1698C*; Flemish: Cornelissen/Vervliet 1900, 261, Cornelissen 1929ff. I, 270f., Meyer 1968, No. 1246; German: Grannas 1960, No. 84, Wossidlo/Neumann 1963, Nos. 1, 182, Kapfhammer 1974, 109ff., cf. Moser-Rath 1984, 153, cf. Berger 2001, No. 1694*; Austrian: Lang-Reitstätter 1948, 130f., 133, 136f.; Hungarian: MNK VI, No. 1300*II; Slovakian: Gašparíková 1991f. II, No. 468; Rumanian: Stroescu 1969 I, No. 3840; Polish: Krzyżanowski 1962f. II, No. 1295*, cf. No. 1223A; Russian, Byelorussian, Ukrainian: SUS, No. 1698C*; Indian: Thompson/Balys 1958, No. J2417.2; Chinese: Eberhard 1937, No. 148.

1695 ***Shoes for Animals*** (previously ***The Fool Spoils the Work of the Shoemaker, the Tailor, and the Smith***).
EM: Schuhe für Tiere(forthcoming).
Finnish: Rausmaa 1982ff. IV, No. 177, VI, Nos. 340–342; Finnish-Swedish: Hackman 1917f. II, Nos. 258(1), 316(3); Estonian: Aarne 1918; Livonian: Loorits 1926, No. 1694; Latvian: Arājs/Medne 1977; Lithuanian: Kerbelytė 1999ff. II; German: Henßen 1935, No. 186, Benzel 1957, No. 233, Wossidlo/Neumann 1963, No. 349; Swiss: cf. Büchli/Brunold-Bigler 1989ff. I, 872; Greek: Megas/Puchner 1998; Sorbian: Veckenstedt 1880, No. 10; South African: Grobbelaar 1981.

1696 ***"What Should I Have Said (Done)?"***
Chauvin 1892ff. VII, 155ff. No. 437; Köhler/Bolte 1898ff. I, 87f.; Montanus/Bolte 1899, No. 4; Bebel/Wesselski 1907 I, Nos. 26, 27; Wesselski 1911 I, No. 169, II, No.

424；BP I, 315, 524f.；BP III, 145–151, 311–322；Pauli/Bolte 1924 II, No. 762；Haavio 1929f. I, 94–224；Schwarzbaum 1968, 91, 461；Marzolph 1987a, No. 72；Dekker et al. 1997, 405–407；Schmidt 1999；EM: "Was hätte ich sagen(tun)sollen?"(in prep.).

Finnish: Rausmaa 1982ff. VI, Nos. 343, 344；Finnish-Swedish: Hackman 1917f. II, No. 257；Estonian: Aarne 1918；Livonian: Loorits 1926；Latvian: Arājs/Medne 1977；Lithuanian: Kerbelytė 1999ff. II；Lappish: Kecskeméti/Paunonen 1974, Bartens 2003, No. 69；Karelian: Kecskeméti/Paunonen 1974；Swedish: Liungman 1961；Norwegian: Hodne 1984, Nos. 1685, 1696；Danish: Grundtvig 1854ff. I, No. 112, Kristensen 1881ff. II, No. 23, III, No. 43, Kristensen 1890, No. 200；Faeroese: Nyman 1984；Icelandic: Sveinsson 1929；Scottish: Baughman 1966, Briggs 1970f. A I, 339f.；Irish: Ó Súilleabháin/Christiansen 1963；English: Baughman 1966, Briggs 1970f. A II, 150f.；French: Tegethoff 1923 II, Nos. 17, 22a, Soupault 1963, 97ff., Joisten 1971 II, Nos. 120, 150, 151；Spanish: González Sanz 1996；Catalan: Oriol/Pujol 2003；Portuguese: Vasconcellos/Soromenho et al. 1963f. II, Nos. 639, 641, 643, 646, 648, 659, Cardigos (forthcoming), Nos. 1696, 1696*C；Frisian: Kooi 1984a, Kooi/Schuster 1993, No. 147；Flemish: Meyer 1968, Nos. 1696A, 1696B, cf. Nos. 1696C, 1696D, Meyer/Sinninghe 1976, No. 1696A, Lox 1999b, No. 151；Walloon: Legros 1962；German: Plenzat 1927, Grimm KHM/Uther 1996 I, Nos. 32, 59, II, No. 143；Ladinian: Decurtins 1896ff. II, 112 No. 89, X, 625 No. 12, XIV, 39u.；Italian: Cirese/Serafini 1975, No. 1696, and app.；Corsican: Massignon 1963, Nos. 16, 32；Sardinian: Cirese/Serafini 1975；Maltese: Mifsud-Chircop 1978；Hungarian: MNK VII C, Nos. 1696, 1696A*, Dömötör 2001, 287；Czech: Tille 1929ff. I, 210f., 415ff., 419ff., 430, Klímová 1966, Nos. 80, 81, Dvořák 1978, No. 4494*；Slovakian: Polívka 1923ff. V, 19ff., 25, 31f., Gašparíková 1991f. I, Nos. 246, 300；Slovene: Möderndorfer 1946, 347f.；Serbian: Vrčević 1868f. I, No. 173, cf. No. 259, Čajkanović 1929, No. 92, Đjorđjevič/Milošević-Đjorđjevič 1988, Nos. 283, 284；Croatian: Bošković-Stulli 1963, Nos. 94, 95, Gaál/Neweklowsky 1983, No. 50；Bosnian: Krauss/Burr et al. 2002, No. 291；Rumanian: Stroescu 1969 I, Nos. 3013, 3014, 3783；Bulgarian: BFP, Nos. 1696, *1696A；Greek: Hallgarten 1929, 148ff., Loukatos 1957, 211f., Megas/Puchner 1998；Polish: Krzyżanowski 1962f. II, No. 1696, cf. No. 1697；Russian, Byelorussian, Ukrainian: SUS；Turkish: Eberhard/Boratav 1953, Nos. 325(4–5), 328(1–8)；Jewish: Jason 1988a, Nos. 1681*D, 1696, Haboucha 1992, Nos. 1681*D, 1696；Gypsy: MNK X 1；Cheremis/Mari, Mordvinian, Votyak: Kecskeméti/Paunonen 1974；Tatar: Radloff 1866ff. VII, No. 1；Siberian: Soboleva 1984；Georgian: Kurdovanidze 2000；Aramaic: Nowak 1969, No. 425；Syrian, Palestinian, Iraqi, Persian Gulf, Kuwaiti, Qatar: El-Shamy 2004；Iranian: Marzolph 1984；Indian: Thompson/Roberts 1960, Jason 1989；Burmese: Kasevič/Osipov 1976, No. 134；Chinese: Ting 1978, Nos. 1696, 1696A, 1696B, 1696D, cf. Nos. 1696*, 1696C；Indonesian:

Vries 1925f. II, No. 93; Japanese: Ikeda 1971, Nos. 1696A, 1696B, cf. No. 1696C, Inada/Ozawa 1977ff.; North American Indian: Thompson 1919, 417ff.; US-American, French-American, African American: Baughman 1966; Mexican: Robe 1973; Dominican: Flowers 1953; Puerto Rican: Hansen 1957, No. 1696, cf. No. *1690, *1703**A; Chilean: Hansen 1957; Argentine: Hansen 1957, Nos. 1696, *1703**D; West Indies: Flowers 1953; Egyptian, Libyan, Tunisian, Algerian, Moroccan: El-Shamy 2004; Algerian: Nowak 1969, No. 425; East African: Klipple 1992; Sudanese: Klipple 1992, El-Shamy 2004; Namibian: Schmidt 1989 II, No. 1275; South African: Grobbelaar 1981.

1697 ***"We Three; For Money."***

Wesselski 1909, No. 37; BP II, 561–566; Schwarzbaum 1968, 90f.; Tubach 1969, No. 5196; Wenzel 1979, 310f.; EM 6(1990)453–459(I. Tomkowiak); Herranen 1995; Bregenhøj 1997; Dekker et al. 1997, 115–117; Schmidt 1999.

Finnish: Rausmaa 1982ff. VI, Nos. 345, 346; Finnish-Swedish: Hackman 1917f. II, No. 284; Estonian: Aarne 1918; Latvian: Arājs/Medne 1977; Lithuanian: Kerbelytė 1999ff. II; Wotian: Kecskeméti/Paunonen 1974; Irish: Ó Súilleabháin/Christiansen 1963; English: Baughman 1966, Briggs 1970f. A II, 243f., 345; French: Tegethoff 1923 I, No. 22, Joisten 1971 II, No. 152, Fabre/Lacroix 1973f. II, No. 59; Spanish: Espinosa 1946f., No. 52, Espinosa 1988, Nos. 375–379; Catalan: Oriol/Pujol 2003; Portuguese: Vasconcellos/Soromenho et al. 1963f. II, Nos. 525–527, Cardigos(forthcoming); Dutch: Sinninghe 1943; Frisian: Kooi 1984a; Flemish: Meyer 1968, Meyer/Sinninghe 1976; Walloon: Legros 1962; German: Henßen 1935, No. 128, Moser-Rath 1984, 177, 288, Grimm KHM/Uther 1996 II, No. 120; Swiss: Büchli/Brunold-Bigler 1989ff. II, 150; Austrian: Haiding 1969, No. 65; Italian, Sardinian: Cirese/Serafini 1975; Cirese/Serafini 1975; Hungarian: MNK VII C; Czech: Tille 1929ff. II 2, 445f., Klímová 1966, No. 82; Slovene: Kres 4(1884)611ff.; Serbian: Čajkanović 1929, No. 126; Croatian: Vujkov 1953, 253ff.; Rumanian: Schullerus 1928; Bulgarian: BFP; Greek: Loukatos 1957, 300, Megas/Puchner 1998; Polish: Kapełuś/Krzyżanowski 1957, No. 93; Russian, Byelorussian, Ukrainian: SUS; Gypsy: Briggs 1970f. A II, 345; Tatar: Kecskeméti/Paunonen 1974; Indian: Thompson/Roberts 1960; Chinese: cf. Ting 1978, No. 1697A; French-Canadian: Thomas 1983, 361ff.; US-American: Baughman 1966; African American: Dorson 1956, No. 150; Spanish-American: Robe 1973; Dominican, Puerto Rican, Chilean: Hansen 1957; West Indies: Flowers 1953; Somalian: El-Shamy 2004; South African: Coetzee et al. 1967, Grobbelaar 1981.

1698 ***Deaf Persons and Their Foolish Answers.***

Aarne 1916a; Weinreich 1953; Uther 1981, 96–99; Baldwin 1982; Rutherford 1983; EM: Schwerhöriger, Schwerhörigkeit (forthcoming).

Finnish: Rausmaa 1982ff. VI, Nos. 347, 348; Finnish-Swedish: Hackman 1917f. II, Nos. 328 (8), 332; Estonian: Aarne 1918, No. 2008*; Livonian: Loorits 1926, No. 1673*; Latvian: Arājs/Medne 1977; Swedish: Bondeson 1880, No. 32, Djurklou 1883, 119f., Sahlgren/Liljeblad 1937ff. II, No. 27; Norwegian: Kvideland 1977, Nos. 13, 29; Danish: Skattegraveren 1 (1884) 215f., Kristensen 1892f. II, Nos. 377, 557, Kristensen 1899, No. 378; Faeroese: Nyman 1984; Icelandic: Sveinsson 1929; Scottish: Briggs 1970f. A II, 69; Irish: Ó Súilleabháin/Christiansen 1963; French: Perbosc 1907, 45, 263; Spanish: Llano Roza de Ampudia 1925, Nos. 49, 84, Chevalier 1983, No. 221, cf. Espinosa 1988, No. 385; Catalan: Oriol/Pujol 2003; Portuguese: Vasconcellos/Soromenho et al. 1963f. II, Nos. 486–488, Cardigos (forthcoming); Frisian: Poortinga 1976, 276; Flemish: Meyer 1968; German: Henßen 1935, No. 254, Wossidlo/Henßen 1957, No. 119, Kooi/Schuster 1994, No. 102a; Swiss: cf. Büchli/Brunold-Bigler 1989ff. I, 774; Ladinian: Uffer 1970, 92ff.; Italian: Cirese/Serafini 1975; Hungarian: MNK VII C; Slovakian: cf. Gašparíková 1991f. I, No. 94; Slovene: Milčinski 1920, 7ff.; Serbian: Karadžić 1937, No. 33, Panić-Surep 1964, No. 115; Macedonian: Čepenkov/Penušliski 1989 IV, No. 509; Rumanian: Schullerus 1928, No. 1701*; Bulgarian: BFP; Greek: Kretschmer 1917, No. 17, Megas/Puchner 1998, Nos. 1673*, 1698; Polish: Krzyżanowski 1962f. II, Nos. 1673, 1698–1698M; Russian, Byelorussian, Ukrainian: SUS; Jewish: Jason 1965; Uighur: Radloff 1866ff. VI, No. 4; Kurdish: Hadank 1930, No. 23, Džalila et al. 1989, No. 308; Siberian: Soboleva 1984; Georgian: Kurdovanidze 2000; Palestinian: Schmidt/Kahle 1928f. II, No. 95; Pakistani: Rassool 1964, 181ff.; Indian: Jason 1989; Burmese: Htin Aung 1954, 196ff., Kasevič/Osipov 1976, No. 121; Chinese: Ting 1978; Cambodian: Gaudes 1987, No. 76; Japanese: Inada/Ozawa 1977ff.; US-American: Randolph 1956, 39ff.; Spanish-American: Robe 1973; Chilean: Hansen 1957, No. 1698**GB; Tunisian: El-Shamy 2004; East African: Klipple 1992; Ethiopian: Gankin et al. 1960, 43ff.; South African: Coetzee et al. 1967.

1698A ***Search for the Lost Animal.***

Chauvin 1892ff. VII, 113f. No. 381; Wesselski 1908, No. 31; Aarne 1916a, 16–28; Schwarzbaum 1968, 91; Uther 1981, 96–99; Hansen 2002, 190–192; EM: Schwerhöriger, Schwerhörigkeit (forthcoming).

Finnish: Rausmaa 1982ff. VI, No. 349; Lappish: Qvigstad 1921, No. 1980; Swedish: Bondeson 1880, No. 31; Spanish: González Sanz 1996; German: Haltrich 1956, No. 58; Hungarian: MNK VII C; Rumanian: Stroescu 1969 II, No. 5372; Greek:

Kretschmer 1917, No. 17, Megas/Puchner 1998; Polish: Krzyżanowski 1962f. II; Turkish: Eberhard/Boratav 1953, No. 320; Jewish: Jason 1975; Ossetian: Bjazyrov 1960, No. 59; Abkhaz: Šakryl 1975, No. 54, Levin 1978, No. 47; Uighur: Makeev 1952, 240ff.; Kara-Kalpak: Volkov 1959, No. 41; Tuva: Taube 1978, No. 61; Georgian: Orbeliani/Awalischwili et al. 1933, No. 55; Palestinian: Schmidt/Kahle 1918f. I, 95; Indian: Thompson/Roberts 1960; Tunisian: Brandt 1954, 75ff.; Moroccan: Laoust 1949, No. 35, El-Shamy 2004; Ethiopian: Courlander/Leslau 1950, 73ff.

1698B ***Travelers Ask the Way.***
Aarne 1916a, 28f.; Uther 1981, 96–99; EM: Schwerhöriger, Schwerhörigkeit (forthcoming).
Finnish: Rausmaa 1982ff. VI, No. 349; Latvian: Arājs/Medne 1977; Irish: Ó Súilleabháin/Christiansen 1963; English: Baughman 1966, Briggs 1970f. A II, 56; Spanish: Espinosa 1946f., No. 50; Dutch: Overbeke/Dekker et al. 1991, No. 1686; Flemish: Meyer 1968; German: Wossidlo/Neumann 1963, No. 97; Rumanian: Stroescu 1969 II, No. 5873; Greek: Kretschmer 1917, No. 17; Polish: Krzyżanowski 1962f. II; Indian: Thompson/Roberts 1960, Blackburn 2001, No. 15; Sri Lankan: Thompson/Roberts 1960; Chinese: Ting 1978; US-American: Baughman 1966; Spanish-American: TFSP 15 (1939) 82f.; Malagasy: Haring 1982, No. 2.4.1698B.

1698C ***Two Persons Believe Each Other Deaf.***
Wesselski 1908, No. 31; Aarne 1916a, 29–35; Gonnella/Wesselski 1920, No. 16; Schwarzbaum 1968, 57, 453; Uther 1981, 96–99; Hansen 2002, 192f.; EM: Schwerhöriger, Schwerhörigkeit (forthcoming).
Finnish: Rausmaa 1982ff. VI, No. 350; Latvian: Arājs/Medne 1977; Lithuanian: Kerbelytė 1999ff. II; Swedish: Bødker et al. 1957, No. 15; Danish: Kristensen 1899, No. 543; English: Baughman 1966; Spanish: Chevalier 1983, No. 222; Dutch: Koopmans/Verhuyck 1991, No. 60; Frisian: Kooi 1984a; German: Ruppel/Häger 1952, 39f., Kapfhammer 1974, No. 9, Moser-Rath 1984, 78f., 210, 288, 382, 430f.; Italian: Cirese/Serafini 1975; Hungarian: MNK VII C; Rumanian: Stroescu 1969 II, No. 4730; Greek: Megas/Puchner 1998; Polish: Krzyżanowski 1962f. II; Russian, Ukrainian: SUS; Siberian: Soboleva 1984; Indian: Dracott 1914, 166; Sri Lankan: Schleberger 1985, No. 64; South African: Coetzee et al. 1967.

1698D ***The Wedding Invitation.***
Aarne 1916a, 35–38; Pauli/Bolte 1924 II, No. 719; Uther 1981, 96–99; EM: Schwerhöriger, Schwerhörigkeit (forthcoming).

Hungarian: György 1932, No. 42; Rumanian: Stroescu 1969 II, No. 5873M; Indonesian: Vries 1925f. II, 411 No. 296; US-American: Baughman 1966.

1698G ***Misunderstood Words Lead to Comic Results.***

Aarne 1916a, 40f., 76f; Uther 1981, 96–99; EM: Schwerhöriger, Schwerhörigkeit (forthcoming).

Finnish: Rausmaa 1982ff. VI, Nos. 355, 356; Lithuanian: Kerbelytė 1999ff. IV (forthcoming); Norwegian: Hodne 1984; Danish: Grundtvig 1876ff. III, 26, Kristensen 1900, Nos. 63–65, 67; Irish: Ó Súilleabháin/Christiansen 1963; English: Briggs 1970f. A II, 220; French: Perbosc 1907, Nos. 1, 2, 4, 8–10, Perbosc/Bru 1987, 130f.; Spanish: Camarena Laucirica 1991, Nos. 244, 245, Camarena/Chevalier 1995ff. V (forthcoming), No. 1018B; Portuguese: Vasconcellos/Soromenho et al. 1963f. II, Nos. 423, 500, 514, Cardigos (forthcoming); Frisian: Kooi 1984a, No. 1698G*; Flemish: Volkskunde 58 (1957) 38; German: Neumann 1968a, No. 11, Moser-Rath 1984, 377, 422f., Kooi/Schuster 1994, No. 102b, Berger 2001; Austrian: cf. Haiding 1969, No. 57; Italian: Cirese/Serafini 1975; Serbian: cf. Đjorđjevič/Milošević-Đjorđjevič 1988, No. 285; Greek: Megas/Puchner 1998; Polish: Krzyżanowski 1962f. II, No. 1698L; Russian: SUS; Jewish: Jason 1975, 1988a; Chinese: Ting 1978; Siberian: Soboleva 1984; US-American: Baughman 1966, Nos. 1698F, 1698G; Mexican: cf. Paredes 1970, No. 23; Cuban: Hansen 1957; Chilean: Pino Saavedra 1960ff. III, No. 215, Pino Saavedra 1987, No. 70; South African: Grobbelaar 1981.

1698H ***The Deaf Man in the Tree*** (previously ***The Man with the Bird in the Tree***).

Aarne 1916a, 41–50; Uther 1981, 96–99; EM: Schwerhöriger, Schwerhörigkeit (forthcoming).

Swedish: NM. HA, Ms. 2, 1185–1201; German: Bll. f. Pomm. Vk. 10 (1902) 22, Neumann 1968b, No. 291; Austrian: ZfVk. 3 (1891) 298f., Haiding 1965, No. 271; Polish: Krzyżanowski 1962f. II; US-American: Baughman 1966.

1698I ***Visiting the Sick.***

Aarne 1916a, 50f.; Uther 1981, 96–99; Marzolph 1992 II, No. 1232; EM: Schwerhöriger, Schwerhörigkeit (forthcoming).

Rumanian: Stroescu 1969 II, No. 5873N; Jewish: Haboucha 1992; Kurdish: Hadank 1926, No. 7; Syrian: El-Shamy 2004; Iranian: Marzolph 1984; Indian: Thompson/Roberts 1960; Burmese: Esche 1976, 404ff.; Chinese: Ting 1978; Japanese: Ikeda 1971; Spanish-American: TFSP 15 (1939) 82f.; Egyptian: Littmann 1955, 124 No. 46,

184.

1698J ***The Misunderstood Greeting*** (previously ***"Good Day," - "A Woodchopper."***).

Aarne 1916a, 38–40, 51–60, cf. 67–69, 72f., 75f.; Uther 1981, 96–99; Hansen 2002, 194–197; EM: Schwerhöriger, Schwerhörigkeit (forthcoming).

Finnish: Rausmaa 1982ff. VI, No. 351; Latvian: Arājs/Medne 1977; Lithuanian: Kerbelytė 1999ff. IV (forthcoming); Swedish: Liungman 1961; Norwegian: Hodne 1984; Danish: Grundtvig 1854ff. I, No. 114, Grundtvig 1876ff. III, 24f., Kristensen 1900, Nos. 52–60, 631; Spanish: Espinosa 1988, Nos. 383, 384, Camarena Laucirica 1991, No. 246; Portuguese: Vasconcellos/Soromenho et al. 1963f. II, No. 515, Cardigos (forthcoming); Frisian: Kooi 1984a; German: Meyer 1925a, 175f., Zender 1935, No. 138, Neumann 1968b, 97f.; Rumanian: Stroescu 1969 II, Nos. 5873E, 5873F; Bulgarian: BFP, Nos. 1698E, 1698J; Greek: Megas/Puchner 1998; Polish: Krzyżanowski 1962f. II; Jewish: Jason 1965, No. 1698E; US-American: Roberts 1969, No. 41; Argentine: Chertudi 1960f. I, No. 88; Iranian: Marzolph 1984; Chinese: Riftin et al. 1977, No. 55; Japanese: Ikeda 1971; Cuban: Hansen 1957.

1698K ***The Buyer and the Deaf Seller.***

Aarne 1916a, 60–67, 69–71; Uther 1981, 96–99; EM: Schwerhöriger, Schwerhörigkeit (forthcoming).

Finnish: Rausmaa 1982ff. VI, Nos. 352–354; Swedish: Liungman 1961; Norwegian: Hodne 1984; Danish: Kristensen 1900, Nos. 61, 630, Christensen/Bødker 1963ff., Nos. 49, 51; English: Baughman 1966, Briggs 1970f. A II, 30f.; Frisian: Kooi 1984a; Flemish: Kooi 1985f., No. 39; German: Meyer 1925, 176, cf. 263, Grüner 1964, No. 591; Hungarian: MNK VII C; Bulgarian: BFP; Polish: Krzyżanowski 1962f. II; Jewish: cf. Haboucha 1992; Japanese: Inada/Ozawa 1977ff.; Spanish-American: TFSP 9 (1931) 159f.

1698M ***The Deaf Bishop.***

EM: Schwerhöriger, Schwerhörigkeit (forthcoming).

Finnish: Rausmaa 1982ff. VI, No. 357; Estonian: Raudsep 1969, No. 330; Lappish: Kecskeméti/Paunonen 1974, Bartens 2003, No. 69; Danish: Kristensen 1899, Nos. 168, 169, 190; German: cf. Neumann 1968b, 117f.

1698N ***Pretended Deafness.***

EM: Schwerhöriger, Schwerhörigkeit (forthcoming).

Danish: Kristensen 1900, Nos. 596, 597; Spanish: Camarena Laucirica 1991, No. 247; Portuguese: Soromenho / Soromenho 1984f. II, No. 614, Cardigos (forthcoming); Italian: Cirese / Serafini 1975; Slovakian: cf. Gašparíková 1991f. II, No. 422; Polish: cf. Krzyżanowski 1962f. II, No. 1698M; Afghan: Lebedev 1955, 137.

1698A* ***Burning Off the Dirt*** (previously ***To Strike Finger***).
Finnish: Rausmaa 1982ff. VI, No. 358; Estonian: Aarne 1918; Livonian: Loorits 1926; Latvian: Arājs / Medne 1977; Lithuanian: Kerbelytė 1999ff. II; Swedish: Liungman 1961.

1698B* ***Refusal to Eat.***
Latvian: Arājs / Medne 1977; Swedish: Bødker et al. 1957, No. 15; German: Wossidlo / Neumann 1963, No. 36.

1699 ***Misunderstanding Because of Ignorance of a Foreign Language.***
Cf. Kirchhof / Oesterley 1869 I 1, No. 200; cf. Wickram / Bolte 1903, No. 65; cf. Bebel / Wesselski 1907, No. 138; BP II, 412, 534f.; Bolte 1931b; Schwarzbaum 1968, 63, 338; Satke 1973; Ó Catháin 1974f.; Ó Catháin 1982; EM: Sprachmißverständnisse (forthcoming).
Livonian: Loorits 1926, No. 1672; Latvian: Arājs / Medne 1977, Nos. 1699, *1699C, *1707**; Lithuanian: Kerbelytė 1999ff. IV (forthcoming); Danish: Kristensen 1892f. I, Nos. 188–195, II, Nos. 84, 201–203, cf. No. 205, Kristensen 1899, Nos. 13, 63, 64, 358, Kristensen 1900, Nos. 318, 326, 327, 330, 331, 334, 335, 338, 414, cf. Nos. 129, 523; Scottish: Briggs 1970f. A II, 357 No. 11; Irish: Ó Súilleabháin / Christiansen 1963; Spanish: González Sanz 1996; Portuguese: Soromenho / Soromenho 1984f. II, No. 629, Cardigos (forthcoming), No. 1699, cf. No. 1204*A; Dutch: Sinninghe 1943, No. 1697*, Meder / Bakker 2001, Nos. 60, 65; Frisian: Poortinga 1976, 298, Kooi 1984a, No. 1699C*; Flemish: Lox 1999a, No. 66; German: Moser-Rath 1984, 289, 412, Tomkowiak 1987, 164, Kooi / Schuster 1994, No. 69; Swiss: Büchli / Brunold-Bigler 1989ff. I, 808, 857 No. 8; Italian: Cirese / Serafini 1975; Sardinian: Cirese / Serafini 1975, No. 1699A; Hungarian: MNK VII C; Czech: Tille 1929ff. I, 432f., Klímová 1966, No. 83; Slovakian: Gašparíková 1981a, 115, 162, 218, 240, 410; Slovene: Milčinski 1920, 19f.; Serbian: Vrčević 1868f. I, No. 272, cf. No. 290, Karadžić 1937, No. 8, cf. Đjorđjevič / Milošević-Đjorđjevič 1988, Nos. 286–288; Rumanian: Stroescu 1969 I, No. 3743, II, No. 5739, cf. No. 5738; Bulgarian: BFP, Nos. 1699, 1699A; Greek: Megas / Puchner 1998; Polish: Krzyżanowski 1962f. II; Russian: SUS, Nos. 1699, 1699B, 1699C*; Byelorussian: SUS, Nos. 1699, 1699B; Ukrainian: SUS, No. 1699B; Jewish: Jason 1965, Nos. 1699*C,

1699*D, cf. No. 1699*E, Jason 1975, No. 1699*C, Haboucha 1992, No. 1699, cf. No. **1699C; Gypsy: MNK X 1; Tatar: Kecskeméti/Paunonen 1974; Kurdish: cf. Džalila et al. 1989, No. 200; Uzbek: Afzalov et al. 1963 II, 216; Syrian, Lebanese, Iraqi: El-Shamy 2004; Iranian: Christensen 1918, No. 12; Indian: Thompson/Roberts 1960; Nepalese: Sakya/Griffith 1980, 190ff.; Chinese: Ting 1978, Nos. 1699, 1699A1, 1699C; Spanish-American: TFSP 10(1932)16-18, 17(1941)57f., 32(1964)54, Robe 1973; African American: Dorson 1964, 451f., 452ff.; Mexican: Robe 1973; Puerto Rican, Chilean: Hansen 1957, No. **1687C; Egyptian: El-Shamy 2004, Nos. 1337E§, 1699; Tunisian: El-Shamy 2004; West African: Barker/Sinclair 1917, No. 18; South African: Coetzee et al. 1967, No. 1698.

1699B ***The Changed Order.***
EM: Sprachmißverständnisse(forthcoming).
Lithuanian: cf. Balys 1936, No. *2420; Danish: Kristensen 1892f. I, No. 145; English: Baughman 1966; German: Grannas 1960, No. 77; Hungarian: MNK VII C; Jewish: Jason 1988a, Haboucha 1992; Tadzhik: Rozenfel'd/Ryčkovoj 1990, No. 54; Egyptian: El-Shamy 2004.

1700 ***"I Cannot Understand You."*** (previously ***"I Don't Know."***)
Bolte 1931b; Schwarzbaum 1968, 116, 463, 464; EM 7(1993)936-938(J. van der Kooi).
Finnish: Rausmaa 1982ff. VI, No. 359; Estonian: Aarne 1918; Livonian: Loorits 1926; Latvian: Arājs/Medne 1977; Lithuanian: Kerbelytė 1999ff. IV(forthcoming); Frisian: Kooi 1984a; Walloon: Legros 1964, 35; German: Tomkowiak 1993; Italian: Cirese/Serafini 1975, No. J2496; Maltese: cf. Mifsud-Chircop 1978, Nos. 1700, *1700A; Hungarian: Berze Nagy 1960, 119; Slovene: Bolhar 1974, 66; Serbian: cf. Vrčević 1868f. I, No. 288; Rumanian: Stroescu 1969 II, No. 5746; Greek: Megas/Puchner 1998; Polish: Krzyżanowski 1962f. II; Russian, Byelorussian, Ukrainian: SUS; Jewish: Noy 1963a, Nos. 126, 143, Jason 1965; Gypsy: cf. Mode 1983ff. II, No. 108; Syrian: El-Shamy 2004; US-American: Dorson 1964, 90, 452f. African American: Dorson 1956, 79; Puerto Rican: Mason/Espinosa 1921, No. 48; Egyptian: El-Shamy 2004; West African: Barker/Sinclair 1917, No. 18.

1701 ***Echo Answers.***
EM 3(1981)971-976(J. Kühn).
Finnish: Rausmaa 1982ff. VI, Nos. 360, 361; Swedish: Liungman 1961; Norwegian: Hodne 1984; Catalan: Oriol/Pujol 2003; Portuguese: Soromenho/Soromenho 1984f.

II, No. 373, Cardigos (forthcoming); Chinese: Ting 1978; Indonesian: Vries 1925f. I, No. 109.

1702 ***Anecdotes about Stutterers.***

Satke 1973; Röhrich 1977, 174–178; EM: Stottererwitze (forthcoming).

Latvian: Arājs/Medne 1977, Nos. 1702, 1702B*; Irish: Ó Súilleabháin/Christiansen 1963; Spanish: Chevalier 1983, No. 223; Portuguese: Soromenho/Soromenho 1984f. II, No. 729, Cardigos (forthcoming), No. 1725*A; German: cf. Moser-Rath 1964, No. 95, Kapfhammer 1974, 210, Moser-Rath 1984, 288, 379, 424f.; Swiss: EM 7 (1993) 873; Italian: Cirese/Serafini 1975, Nos. 1702, 1702B*; Sardinian: Cirese/Serafini 1975; Hungarian: MNK VII C; Bulgarian: BFP; Polish: Krzyżanowski 1962f. II; Russian: SUS; Turkish: cf. Eberhard/Boratav 1953, Nos. 367, 368 III, 370; Jewish: Jason 1975; Chinese: Ting 1978, No. 1702, cf. No. 1702*; Spanish-American: Robe 1973, No. 1702*D; Egyptian: El-Shamy 2004, No. 1702D*§; Ethiopian: Reinisch 1889, No. 10; South African: Coetzee et al. 1967.

1702A* ***A Laconic Conversation.***

Italian: Cirese/Serafini 1975; Hungarian: MNK VII C; Russian: SUS; Ukrainian: Popov 1957, 502.

1703 ***Anecdotes about Near-Sighted Men.***

Czech: Klímová 1966, No. 84; Chinese: Ting 1978, Nos. 1703, 1703A-1703H; Mayan: Peñalosa 1992.

1704 ***Anecdotes about Absurdly Stingy Persons.***

Schwarzbaum 1968, 137, 149, 153, 160, 169, 466, 471; Schwarzbaum 1980, 280; EM 5 (1987) 948–957 (U. Marzolph).

Finnish: Rausmaa 1982ff. VI, Nos. 362–365; Swedish: DFS 1906/95 s. 30; Danish: Kristensen 1892f. I, Nos. 4, 5, 196, 336, 349, 350, II, Nos. 14, 83, 236, 523, 524, 581, Kristensen 1900, Nos. 249, 257; Irish: Ó Súilleabháin/Christiansen 1963; Spanish: Chevalier 1983, Nos. 224, 225; Dutch: Boer 1961, 60; Frisian: Kooi 1984a, No. 1704A*; German: cf. Wossidlo/Neumann 1963, No. 237; Italian: Cirese/Serafini 1975; Slovakian: Gašparíková 1981a, 155; Serbian: Karadžić 1937, No. 17; Rumanian: Stroescu 1969 I, No. 3569; Bulgarian: BFP, Nos. 1704, *1704A-H, *1704J; Greek: Megas/Puchner 1998, No. 1704, cf. Nos. 1704A, 1704B, *1704C, *1704D, *1704E, *1704F; Jewish: Jason 1965, No. 1704, cf. No. 1704*A, Jason 1975, No. 1704, cf. No. 1704*A, Jason 1988a, No. 1704, cf. No. 1704*A, Haboucha, Nos. **1704A, **1704B; Syrian: El-Shamy 2004,

No. 1388A§; Lebanese: El-Shamy 2004, No. 1704A§; Palestinian: El-Shamy 2004, No. 1388C§; Iraqi: Jahn 1970, No. 57, El-Shamy 2004; Persian Gulf: El-Shamy 2004; Qatar: El-Shamy 2004, Nos. 1388A§, 1704; Indian: Jason 1989; Chinese: cf. Ting 1978, Nos. 1704A-C; Japanese: Ikeda 1971, Inada/Ozawa 1977ff.; Egyptian: El-Shamy 2004, Nos. 1388A§, 1388C§, 1704, 1704B§; Moroccan: El-Shamy 2004, Nos. 1388A§, 1704, 1704A§; Sudanese: El-Shamy 2004, No. 1388A§; Somalian: El-Shamy 2004.

1704* ***Saber and Fork*** (previously ***Soldier Eats with his Saber***).
Dutch: Kooi 1985f., 169 No. 41; German: Kooi/Schuster 1994, No. 72; Rumanian: Stroescu 1969 II, No. 4867.

1705 ***Talking Horse and Dog.***
Danish: Kristensen 1892f. I, No. 414, II, No. 534, Kristensen 1900, No. 562; Welsh: Briggs 1970f. A II, 60f.; English: Briggs 1970f. A I, 107, A II, 82; Japanese: Ikeda 1971; US-American: Randolph 1965, No. 322, Baughman 1966; French-American: Ancelet 1994, No. 30; African American: Baughman 1966; Spanish-American: TFSP 25(1953) 248f.; Mayan: Peñalosa 1992.

1706 ***Anecdotes about Drunkards.***
Schwarzbaum 1968, 248, 308f.; Tubach 1969, Nos. 1801-1815, 5217, 5321; Marzolph 1992 II, Nos. 117, 320, 321, 596, 614, 636, 682-684, 695, 783, 910, 911, 962, 1074; EM: Trunkenheit(forthcoming).
Finnish: Rausmaa 1973a, 14; Estonian: Raudsep 1969, Nos. 293-330, 334, 373; Norwegian: Hodne 1984, 327; German: Moser-Rath 1984, 6, 29, 159f., 163f., 218ff., 235, cf. Moser-Rath 1991, 298ff.; Maltese: Mifsud-Chircop 1978, Nos. 1199, *1833M; Rumanian: cf. Stroescu 1969 II, Nos. 5179-5306; Bulgarian: BFP, No. *1811C*; Greek: Megas/Puchner 1998, No. *1703; Jewish: Jason 1965, Nos. *1703, *1703A, Jason 1988a, Nos. *1703, *1703A, Haboucha 1992, No. *1703; Mexican: Robe 1973, No. 1157*A.

1706A ***The Steadfast Drinker.***
EM 2(1979)98f.
Dutch: Boer 1961, 14, Kooi 1985f., No. 40; Frisian: Kooi 1984a, No. 1703A*; German: Fischer 1955, 52, Cammann/Karasek 1976ff. III, 49; Rumanian: Stroescu 1969 II, No. 5245; Bulgarian: BFP, No. *1811C*.

1706B ***The Obedient Drinker.***
Legman 1968f. I, 694f.

English: Briggs 1970f. A II, 300f.; French: Tegethoff 1923 I, No. 24; Flemish: Meulemans 1982, No. 1404; Frisian: Kooi 1984a, No. 1703B*.

1706C ***The Jacket with* 36 *Buttons.***
Estonian: cf. Raudsep 1969, No. 328; Dutch: Bloemhoff-de Bruijn/Kooi 1984, No. 23; Frisian: Kooi 1984a, No. 1703C*; German: cf. Moser-Rath 1984, 221; US-American: Randolph 1965, No. 402, Burrison 1989, 49.

1706D ***How the Drunken Man Was Cured.***
Cf. Wesselski 1911 I, Nos. 6, 46, 49, 121; cf. Wesselski 1936, 88ff.; Schwarzbaum 1968, 308f.; Schwarzbaum 1979, 539f., 540 not. 4; EM: Säufer kuriert (forthcoming).
Estonian: Aarne 1918; Swedish: Schier 1974, No. 41; Flemish: Meulemans 1982, No. 1395; German: Moser-Rath 1964, No. 115, Kooi/Schuster 1994, Nos. 54a, 54b; Slovakian: Gašparíková 1991f. I, No. 241, II, Nos. 397, 465; Polish: Krzyżanowski 1962f. I, No. 835; Jewish: Bin Gorion 1990, No. 95; Japanese: Ikeda 1972, No. 1531A; French-Canadian: Delarue/Tenèze 1964ff. IV 1, Nos. 835, 835*; US-American: Randolph 1965, No. 359; Dodge 1987, 153; Spanish-American: TFSP 14 (1938) 234–236; African American: Abrahams 1970, 210f.

1706E ***Drunk Man in the Mine.***
Schwarzbaum 1968, 137, 308f.; Morin 1974, No. 106; Schwarzbaum 1979, 539f., 540 not. 3, 5; EM: Säufer kuriert (forthcoming).
Danish: Kristensen 1900, No. 482; Scottish: Briggs 1970f. A II, 202f.; Irish: Ó Súilleabháin/Christiansen 1963; English: Briggs 1970f. A II, 37; Frisian: Kooi 1984a; Flemish: Meulemans 1982, No. 1449; Walloon: Laport 1932, No. 1313A; German: Zender 1936, No. 58; Jewish: cf. Noy 1963a, No. 132, Bin Gorion 1990, No. 95; Spanish-American: TFSP 20 (1945) 14; Egyptian: El-Shamy 2004, No. 835A*.

1708* ***The Sharpshooter*** (previously ***The Baron Shoots the Pipe out of the Jew's Mouth***).
Livonian: Loorits 1926; Swedish: Liungman 1961; Swiss: Büchli/Brunold-Bigler 1989ff. I, 495f.

1710 ***Boots Sent by Telegraph.***
Anderson 1935, 40; Schwarzbaum 1968, 297.
Finnish: Rausmaa 1982ff. VI, No. 366; Livonian: Loorits 1926, No. 1710; Latvian: Arājs/Medne 1977; Swedish: Liungman 1961; Norwegian: Rud 1955, 55; Danish:

Christensen 1939, No. 50; Irish: Ó Súilleabháin/Christiansen 1963; French: Joisten 1971 II, No. 205, Coulomb/Castell 1986, No. 74, Pelen 1994, No. 52; Frisian: Kooi 1984a; German: Dittmaier 1950, No. 485, Wossidlo/Neumann 1963, No. 81, Neumann 1968a, No. 38; Austrian: ZfVk. 16(1906)302 No. 47; Italian: Cirese/Serafini 1975, Todorović-Strähl/Lurati 1984, No. 56; Slovene: Celske slovenske novine 1 (1848)60; Rumanian: Stroescu 1969 I, No. 3830; Bulgarian: BFP; Greek: Argenti/Rose 1949 II, 600; Ukrainian: SUS; Chinese: Ting 1978; Japanese: Inada/Ozawa 1977ff.; US-American: Baughman 1966; Spanish-American: TFSP 31(1962)22; Mexican: Robe 1973; Cuban, Puerto Rican: Hansen 1957, No. **1701; Egyptian: cf. El-Shamy 2004, No. 1710A§; South African: Coetzee et al. 1967.

1711* ***The Brave Shoemaker*** (previously ***A Woodcutter does not Fear the Dead***).
EM: Tot: Was tot ist, soll tot bleiben (in prep.).
Finnish: Jauhiainen 1998, No. C171; Latvian: Arājs/Medne 1977; Lithuanian: Kerbelytė 1999ff. II; Norwegian: Hodne 1984, 295; French: Pelen 1994, No. 76; Spanish: Espinosa 1988, No. 387, cf. No. 388; Dutch: Sinninghe 1943, No. 942*B, Dinnissen 1993, No. 360; Flemish: Meyer/Sinninghe 1976, No. 1667, Berg 1981, No. 277; Frisian: Kooi 1984a, Kooi/Schuster 1994, No. 135; Walloon: Laport 1932; German: Henßen 1935, No. 64, cf. Bodens 1937, Nos. 1171, 1172, Berger 2001; Swiss: Büchli/Brunold-Bigler 1989ff. II, 742f.; Italian: Calvino 1956, No. 80; Greek: Dawkins 1955, No. 13; Jewish: Richman 1954, 275f.; French-Canadian: Lemieux 1974ff. III, Nos. 8, 15, 28; Spanish-American: Robe 1973; Mayan: cf. Peñalosa 1992, No. 1711.

1717* ***The Fancy Ailment.***
Latvian: Arājs/Medne 1977; French: Pelen 1994, No. 111; Spanish: Espinosa 1988, No. 455; Portuguese: Oliveira 1900f. II, No. 400, Cardigos (forthcoming); Czech: cf. Sirovátka 1980, No. 36; Puerto Rican: Hansen 1957, No. 1940*H.

1718* ***God Can't Take a Joke.***
Finnish: Rausmaa 1982ff. VI, Nos. 371–373, Jauhiainen 1998, No. E1041; Latvian: Arājs/Medne 1977; Lithuanian: Kerbelytė 1999ff. IV (forthcoming); Swedish: Bergvall/Nyman et al. 1991, No. 125; Norwegian: Hodne 1984; Portuguese: Soromenho/Soromenho 1984f. I, Nos. 78, 86, 87, Cardigos (forthcoming); Frisian: Kooi/Schuster 1993, No. 77, cf. No. 78; German: Wossidlo/Neumann 1963, No. 563; Hungarian: MNK VII C; Slovakian: cf. Gašparíková 1991f. I, No. 142; Serbian: cf. Vrčević 1868f. I, No. 87, Karadžić 1937, No. 69; Rumanian: Stroescu 1969 II, No. 4779; Greek: Orso 1979, No. 157; Jewish: Jason 1965; Uzbek: Stein 1991, No. 95; Iraqi: El-Shamy

2004; US-American: Roberts 1974, No. 149; Egyptian: El-Shamy 2004, No. 1718*, cf. No. 1718§; Tunisian, Moroccan: El-Shamy 2004.

JOKES ABOUT CLERGYMEN AND RELIGIOUS FIGURES 1725–1849

The Clergyman is Tricked 1725–1774

1725 ***The Lover Discovered*** (previously ***The Foolish Parson in the Trunk***).

Schumann/Bolte 1893, No. 20; Montanus/Bolte 1899, No. 101; BP II,18, 131; BP III, 401; Schwarzbaum 1968, 143; EM 3(1981)1055–1065(R. Wehse).

Finnish: Rausmaa 1982ff. V, No. 131, VI, Nos. 374, 375; Finnish-Swedish: Hackman 1917f. II, No. 275; Estonian: Raudsep 1969, No. 357; Livonian: Loorits 1926; Latvian: Arājs/Medne 1977; Lithuanian: Kerbelytė 1999ff. II; Wepsian, Karelian: Kecskeméti/Paunonen 1974; Syrjanian: Fokos/Fuchs 1951, No. 83; Swedish: Liungman 1961; Norwegian: Hodne 1984; Danish: Kristensen 1881ff. III, No. 67, IV, No. 55, Berntsen 1893f. I, No. 24, Christensen/Bødker 1963ff., Nos. 14, 60; Irish: Ó Súilleabháin/Christiansen 1963; French: Joisten 1971 II, No. 250; Spanish: Llano Roza de Ampudia 1925, No. 107, Lorenzo Vélez 1997, 88f.; Portuguese: Fontinha 1997, 107f., Cardigos(forthcoming); Dutch: Sinninghe 1943, Kooi 2003, No. 118; Flemish: Meyer 1968; German: Wossidlo/Neumann 1963, No. 277, Moser-Rath 1964, No. 101, Moser-Rath 1984, 289; Italian, Sardinian: Cirese/Serafini 1975; Cirese/Serafini 1975; Hungarian: MNK VII C; Czech: Tille 1929ff. II 2, 395; Slovakian: Gašparíková 1991f. II, Nos. 365, 452, 483, 542; Croatian: Vujkov 1953, 331ff.; Rumanian: Stroescu 1969 I, Nos. 3002, 3512, 3515; Bulgarian: BFP; Greek: Megas/Puchner 1998; Russian, Byelorussian, Ukrainian: SUS; Turkish: Eberhard/Boratav 1953, No. 359; Jewish: Jason 1965; Gypsy: Mode 1983ff. II, No. 98, MNK X 1; Ossetian: Britaev/Kaloev 1959, 404ff., Bjazyrov 1960, No. 22; Cheremis/Mari, Tatar: Kecskeméti/Paunonen 1974; Siberian: Soboleva 1984; Yakut: Ėrgis 1967, No. 382; Indian, Sri Lankan: Thompson/Roberts 1960; Chinese: cf. Ting 1978, No. 1725A; Cambodian: cf. Gaudes 1987, No. 69; Japanese: Inada/Ozawa 1977ff.; French-Canadian: Lemieux 1974ff. V, No. 5, XII, No. 15, XVI, No. 12; Mexican: cf. Robe 1973, No. 1741*A; Egyptian: El-Shamy 2004; Moroccan: Topper 1986, No. 40; Sudanese: El-Shamy 2004.

1730 ***The Entrapped Suitors.***

Chauvin 1892ff. VI, 11f. No. 185, 13 No. 186, 13f. No. 187, VIII, 50f. No. 18; Erk/Böhme 1893f. I, No. 154; Schwarzbaum 1980, 281; Verfasserlexikon 3(1981)1147f.

（K.-H. Schirmer）； Dekker et al. 1997, 387–390； Verfasserlexikon 11（2000）256–258（N. Zotz）； Marzolph/Van Leeuwen 2004, Nos. 198, 393.

Finnish: Rausmaa 1982ff. VI, Nos. 377–379； Finnish-Swedish: Hackman 1917f. II, Nos. 276, 277； Estonian: Raudsep 1969, No. 358； Latvian: Arājs/Medne 1977； Lappish, Wepsian, Lydian, Karelian, Syrjanian: Kecskeméti/Paunonen 1974； Swedish: Liungman 1961； Norwegian: Hodne 1984； Icelandic: Boberg 1966, No. K1218.1； Scottish: Bruford/MacDonald 1994, No. 28； Irish: Ó Súilleabháin/Christiansen 1963； English: Johnson 1839, 86ff.； French: Sébillot 1880ff. I, No. 16, Joisten 1971 II, No. 251； Spanish: González Sanz 1996； Portuguese: Oliveira 1900ff. II, No. 328, Braga 1987 I, 265f., Cardigos（forthcoming）, No. 1730, cf. No. 1730*C； Dutch: Sinninghe 1943； Frisian: Kooi 1984a； Flemish: Meyer 1968, Nos. 1730, 1730A*； German: Henßen 1935, No. 262, Peuckert 1959, No. 202； Italian: Morlini/Wesselski 1908, No. 73, Cirese/Serafini 1975, Nos. 1730, 1730A*, and app.； Sardinian: Cirese/Serafini 1975； Maltese: cf. Mifsud-Chircop 1978； Hungarian: MNK VII C, No. 1730, cf. Nos. 1730A*$_1$, 1730A*$_2$, 1730C*, 1730D*； Czech: Tille 1929ff. II 2, 259ff.； Rumanian: cf. Stroescu 1969 I, No. 3469； Bulgarian: BFP, Nos. 1730, 1730A*, 1730B*, cf. Nos. *1730A-D, *1730F*； Greek: Megas 1970, No. 66, Megas/Puchner 1998, Nos. 1730, 1730B*； Polish: Krzyżanowski 1962f. II； Russian: SUS, Nos. 1730, cf. Nos. 1730D*, 1730*； Byelorussian: SUS, No. 1730, cf. No. 1730*； Ukrainian: SUS, Nos. 1730, 1730B*, cf. Nos. 1730A**, 1730*； Turkish: Eberhard/Boratav 1953, Nos. 249（6）, 268； Jewish: Jason 1965, 1975, 1988a； Gypsy: MNK X 1, No. 1730, cf. No. 1730A*$_1$, 1730C*； Cheremis/Mari, Tatar: Kecskeméti/Paunonen 1974； Siberian: Soboleva 1984, No. 1730, cf. Nos. 1730A**, 1730D*； Georgian: Kurdovanidze 2000, No. 1730, cf. No. 1730*； Syrian: Nowak 1969, No. 348, El-Shamy 2004； Iraqi: Nowak 1969, No. 313, El-Shamy 2004； Palestinian, Saudi Arabian, Oman, Qatar: El-Shamy 2004； Iranian: Marzolph 1984, No. *1730； Pakistani: Thompson/Roberts 1960； Indian: Thompson/Roberts 1960, Jason 1989； Chinese: Ting 1978, No. 1730, cf. No. 1730*； English-Canadian: Fauset 1931, No. 5； French-Canadian: Lemieux 1974ff. XVI, No. 12； Spanish-American: Robe 1973, No. 1730, cf. No. 1730*C； Mexican: Robe 1973, No. 1730, cf. No. 1730D*； Cuban: Hansen 1957； Mayan: Peñalosa 1992； Brazilian: Alcoforado/Albán 2001, No. 88； Egyptian: Nowak 1969, No. 348, El-Shamy 2004； Algerian, Moroccan: El-Shamy 2004； East African: Klipple 1992； Sudanese: El-Shamy 2004.

1731 ***The Youth and the Pretty Shoes.***

Schumann/Bolte 1893, No. 46； Nicholson 1980, 211f., 216； EM: Schuhe angeboten（forthcoming）.

Finnish: Rausmaa 1982ff. III, No. 11, VI, No. 380； Estonian: Raudsep 1969, No. 393；

Livonian: Loorits 1926; Latvian: Arājs/Medne 1977; Lithuanian: Kerbelytė 1999ff. II; Irish: Ó Súilleabháin/Christiansen 1963; English: Baughman 1966; Italian, Sardinian: Cirese/Serafini 1975; Cirese/Serafini 1975; Hungarian: György 1934, No. 42; Croatian: Eschker 1986, No. 24; Macedonian: Piličkova 1992, Nos. 79, 80; Russian, Byelorussian: SUS; Cheremis/Mari: Kecskeméti/Paunonen 1974; Siberian: Soboleva 1984; Yakut: Ėrgis 1967, No. 382; US-American: Baughman 1966.

1734* ***Whose Cow Was Gored?*** (An eye for an eye.)
Fabula 20(1979)246.
Finnish: Rausmaa 1982ff. VI, No. 382; Estonian: Raudsep 1969, No. 239; Latvian: Arājs/Medne 1977; Swedish: Liungman 1961; Norwegian: Hodne 1984, 313; Serbian: Karadžić 1937, No. 31, Đjorđjevič/Milošević-Đjorđjevič 1988, No. 289; Rumanian: Stroescu 1969 I, No. 3328; Bulgarian: BFP, No. 1734*, cf. No. *1734A*; Jewish: Jason 1988a, Haboucha 1992; Indian: Jason 1989; Egyptian: El-Shamy 2004.

1735 ***"Who Gives His Own Goods Shall Receive It Back Tenfold."***
Montanus/Bolte 1899, No. 108; Wesselski 1909, No. 129; BP I, 292; Pauli/Bolte 1924 I, No. 324; Bédier 1925, 451f.; Kasprzyk 1963, No. 53; Schwarzbaum 1968, 184, 186; Tubach 1969, Nos. 176, 4089; Swietek 1976; Gier 1985, No. 13; EM: Vergeltung: Die zehnfache V.(in prep.).
Finnish: Rausmaa 1982ff. VI, Nos. 383-385; Finnish-Swedish: Hackman 1917f. II, Nos. 284(21-22), 293(14), 328; Estonian: Raudsep 1969, No. 353; Latvian: Arājs/Medne 1977; Lithuanian: Kerbelytė 1999ff. II; Lappish, Wepsian, Wotian, Karelian, Syrjanian: Kecskeméti/Paunonen 1974; Swedish: Liungman 1961; Norwegian: Hodne 1984; Danish: Kristensen 1892f. I, No. 275, Kamp 1897f. II, No. 6, Kristensen 1899, Nos. 450-455; Icelandic: Sveinsson 1929; Irish: Ó Súilleabháin/Christiansen 1963; French: Tegethoff 1923 I, 177f., Fabre/Lacroix 1973f. II, No. 60; Catalan: Oriol/Pujol 2003; Portuguese: Soromenho/Soromenho 1984f. II, Nos. 366, 518, 519, Cardigos(forthcoming); Dutch: Sinninghe 1943; Frisian: Kooi 1984a; Flemish: Meyer 1968; German: Peuckert 1932, No. 286, Neumann 1968b, 126, Moser-Rath 1984, 285, 291, 387f., 439, Berger 2001; Italian: Cirese/Serafini 1975, No. 1725, and app.; Maltese: Mifsud-Chircop 1978; Hungarian: MNK VII C; Czech: Tille 1929ff. II 2, 366f., Dvořák 1978, No. 4089; Slovakian: Polívka 1923ff. V, No. 140, cf. III, No. 65, cf. Gašparíková 1991f. I, No. 250; Slovene: Gabrščček 1910, 294ff.; Serbian: Vrčević 1868f. I, No. 261, cf. No. 231; Serbian: Krauss/Burr et al. 2002, No. 309; Croatian: Bošković-Stulli 1963, No. 96; Bulgarian: BFP, No. 1735, cf. No. *779E*; Greek: Megas/Puchner 1998; Polish: Krzyżanowski 1962f. II; Russian, Byelorussian, Ukraini-

an: SUS; Jewish: Haboucha 1992; Gypsy: MNK X 1; Kurdish: Wentzel 1978, No. 29; Siberian: Soboleva 1984; Yakut: Ėrgis 1967, No. 380; Syrian: El-Shamy 2004; French-Canadian: Lemieux 1974ff. IV, No. 20, IX, No. 11; Spanish-American: Robe 1973; Mexican: Wheeler 1943, No. 23, Paredes 1970, No. 66; Egyptian: El-Shamy 2004.

1735A *The Wrong Song* (previously ***The Bribed Boy Sings the Wrong Song***).
Schwarzbaum 1968, 186; Bruford 1970; EM 5(1987)1122–1125(K. Roth); Dekker et al. 1997, 142f.
Finnish: Rausmaa 1982ff. VI, 551; Estonian: Raudsep 1969, No. 342; Latvian: Arājs/Medne 1977; Danish: Kristensen 1899, Nos. 239–244; Scottish: Briggs 1970f. A II, 344; Irish: Ó Súilleabháin/Christiansen 1963, No. 1; English: Baughman 1966, No. 1735C, Briggs 1970f. A II, 173f., 344, Wehse 1979, No. 474; French: Seignolle 1946, No. 84, Joisten 1971 II, No. 252, Fabre/Lacroix 1973f. II, No. 60, Pelen 1994, No. 166; Spanish: González Sanz 1996; Catalan: Oriol/Pujol 2003; Portuguese: Soromenho/Soromenho 1984f. II, Nos. 389, 508, 509, Cardigos(forthcoming); Frisian: Kooi 1984a, Kooi/Schuster 1994, No. 183; Flemish: Meyer 1968; German: Dittmaier 1950, No. 451, Wossidlo/Neumann 1963, No. 287, Berger 2001; Swiss: Jegerlehner 1909, 73 No. 2; Austrian: Haiding 1969, Nos. 30, 122; Italian: Cirese/Serafini 1975; Maltese: Ilg 1906 II, No. 133; Slovakian: Gašparíková 1991f. II, No. 446; Bulgarian: BFP; Polish: Simonides 1979, No. 276; Ukrainian: SUS, No. 1735A*; English-Canadian: Halpert/Widdowson 1996 II, No. 115ff.; US-American: Baughman 1966, No. 1735C; Spanish-American: Robe 1973; African American: Abrahams 1970, 182ff.; Dominican: Hansen 1957, No. 1735*A; Brazilian: Alcoforado/Albán 2001, No. 89; Chilean: Hansen 1957, No. 1735*A.

1735B ***The Recovered Coin.***
Kasprzyk 1963, No. 53.
French: cf. Pelen 1994, No. 178; Walloon: Laport 1932, No. *1735C; Jewish: cf. Haboucha 1992.

1736 ***The Stingy Clergyman.***
EM: Wiese: Die auferstandene W.(in prep.).
Finnish: Rausmaa 1982ff. VI, No. 386; Finnish-Swedish: Hackman 1917f. II, No. 324; Estonian: Raudsep 1969, No. 254; Latvian: Arājs/Medne 1977; Lithuanian: Kerbelytė 1999ff. II; Lappish, Lydian, Karelian: Kecskeméti/Paunonen 1974; Swedish: Liungman 1961; Norwegian: Hodne 1984; Danish: Grundtvig 1854ff. III, No.

161, Kristensen 1900, Nos. 311-315, Holbek 1990, No. 45; Catalan: Oriol/Pujol 2003; Dutch: Sinninghe 1943; Frisian: Kooi 1984a; Flemish: Meyer 1968; German: Merkens 1892ff. I, No. 269a, Henßen 1963a, No. 63, Wossidlo/Neumann 1963, No. 55; Swiss: Jegerlehner 1913, No. 146; Austrian: cf. Haiding 1969, No. 1; Hungarian: MNK VII C; Rumanian: Schullerus 1928, No. 1736I; Polish: Krzyżanowski 1962f. II; Russian, Byelorussian, Ukrainian: SUS; Jewish: Jason 1965; Gypsy: Tillhagen 1948, 247ff.; Cheremis/Mari: Kecskeméti/Paunonen 1974; Siberian: Soboleva 1984; Uzbek: Afzalov et al. 1963 II, 314ff.; Indian: Thompson/Roberts 1960; Sri Lankan: cf. Parker 1910ff. II, No. 121; Japanese: Inada/Ozawa 1977ff.

1736A ***Sword Turns to Wood.***
Wesselski 1928a, 115-119; HDM 2(1934-40)242; Schwarzbaum 1968, 224f., 475; EM 11,3(2005)964-967(C. Hauschild).
Finnish: Rausmaa 1982ff. VI, No. 387; Latvian: Arājs/Medne 1977; Lithuanian: Kerbelytė 1999ff. II; Norwegian: Hodne 1984, 296; Frisian: Kooi 1984a; Dutch: Dinnissen 1993, No. 43; Flemish: Lox 1999b, No. 61; German: Zender 1935, No. 141, Bodens 1937, Nos. 1093-1095, Wossidlo/Neumann 1963, No. 402; Italian: Cirese/Serafini 1975; Hungarian: MNK VII C; Czech: Tille 1929ff. I, 129ff.; Rumanian: Stroescu 1969 II, No. 4640; Greek: Hallgarten 1929, 169ff.; Polish: Krzyżanowski 1962f. II; Russian: SUS; Turkish: Eberhard/Boratav 1953, No. 309(6); Jewish: Jason 1988a; Gypsy: MNK X 1; Azerbaijan: Seidov 1977, 168ff.; Kurdish: Džalila et al. 1989, No. 101; Siberian: Soboleva 1984; Uzbek: Afzalov et al. 1963 II, 338ff.; Georgian: Dolidze 1956, 373ff.; Iranian: cf. Marzolph 1984, No. 844B*; Australian: Adams/Newell 1999 III, 401f.; Moroccan: Laoust 1949, No. 58, El-Shamy 2004.

1736B ***The Firm Belief.***
HDM II, 241.
Finnish: Rausmaa 1973a, 30; Frisian: Kooi 1984a, No. 1736B*; German: Meyer 1925a, No. 189, Wossidlo/Neumann 1963, No. 403, Grüner 1964, 289 No. 516.

1737 ***The Clergyman in the Sack to Heaven.***
Chauvin 1892ff. V, No. 147; BP II, 10-18; BP III, 188-193, 379-406; Schwarzbaum 1968, 298; EM 10(2002)884-887(H. Lox); Marzolph/Van Leeuwen 2004, No. 224.
Finnish: Rausmaa 1982ff. VI, Nos. 150, 151, 388, 389; Estonian: Raudsep 1969, No. 275; Livonian: Loorits 1926; Latvian: Arājs/Medne 1977; Lithuanian: Kerbelytė 1999ff. II; Lappish: Qvigstad 1921, No. 1737*; Wepsian, Wotian: Kecskeméti/Paunonen 1974; Swedish: Liungman 1961; Faeroese: Nyman 1984; Scottish: Campbell

1890ff. II, No. 40; Irish: Ó Súilleabháin/Christiansen 1963; English: cf. Baughman 1966, No. 1525, Briggs 1970f. A II, 392f.; French: Sébillot 1880ff. I, No. 32, Massignon 1953, No. 13, Joisten 1971 II, No. 129, cf. No. 126; Spanish: González Sanz 1996; Catalan: Oriol/Pujol 2003; Dutch: Meder/Bakker 2001, Nos. 210, 466; Flemish: Meyer 1968; German: Plenzat 1927, Zender 1935, No. 46, Grimm KHM/Uther 1996 III, No. 192, Berger 2001; Austrian: Haiding 1969, Nos. 121a, 121b; Italian: Cirese/Serafini 1975; Corsian: Massignon 1963, No. 78; Maltese: Mifsud-Chircop 1978; Hungarian: MNK VII C; Czech: Klímová 1966, No. 86, Tille 1929ff. II 2, 283ff.; Slovakian: Polívka 1923ff. IV, 288ff., V, 26f., Gašparíková 1981 a, 200; Slovene: Kropej 1995, 187ff.; Croatian: Bošković-Stulli 1975b, No. 51; Macedonian: Čepenkov/Penušliski 1989 IV, No. 405; Rumanian: Stroescu 1969 II, Nos. 5307, 5727; Bulgarian: BFP; Greek: Megas/Puchner 1998; Polish: Simonides 1979, Nos. 123, 124; Russian, Byelorussian, Ukrainian: SUS; Turkish: Eberhard/Boratav 1953, No. 368(5); Jewish: Jason 1975; Gypsy: Briggs 1970f. A II, 262f., MNK X 1; Cheremis/Mari: Paasonen/Siro 1939, No. 4; Votyak: Kecskeméti/Paunonen 1974; Siberian: Soboleva 1984; Qatar: El-Shamy 2004; Afghan: Grjunberg/Steblin-Kamenskov 1976, No. 57; Japanese: Inada/Ozawa 1977ff.; Filipino: Fansler 1921, No. 8, Ramos 1953, 62ff.; English-Canadian: Halpert/Widdowson 1996 II, No. 103; North American Indian: Robe 1973; US-American: cf. Baughman 1966, No. 1525; Spanish-American: TFSP 12(1935)34–36, 54f., 21(1946)73–75, Robe 1973; Baer 1980, 48f., 80f., 145f.; Mexican, Guatemalan: Robe 1973; Mayan: Peñalosa 1992; Tunisian, Algerian, Moroccan: El-Shamy 2004; Cameroon: Kosack 2001, 667; East African: Klipple 1992; Malagasy: Haring 1982, Nos. 2.3.67, 2.3.79, 2.3.1525.

1738 ***The Dream: All Clergymen in Hell.***

Schwarzbaum 1968, 346; EM 10(2002)1291–1296(S. Neumann).

Finnish: Rausmaa 1982ff. IV, Nos. 209–211, VI, Nos. 390–393; Finnish-Swedish: Hackman 1917f. II, No. 363; Estonian: cf. Raudsep 1969, Nos. 193–201; Latvian: Arājs/Medne 1977; Swedish: Liungman 1961; Norwegian: Hodne 1984, No. 1738A*; Danish: Kristensen 1890, No. 74, Kristensen 1900, No. 550; Irish: Ó Súilleabháin/Christiansen 1963, Nos. 1738, 1738C*; English: Briggs 1970f. A II, 22, 236f., 276f.; Portuguese: cf. Cardigos(forthcoming), No. 1855*C; Dutch: Meder/Bakker 2001, No. 209; Frisian: Kooi 1984a, No. 1738C*; Flemish: Lox 1999a, No. 70; German: Henßen 1935, No. 270, Wossidlo/Neumann 1963, Nos. 212, 219, Moser-Rath 1984, 216, Brunner/Wachinger 1986ff. VIII, No. [2]Probs/9, Kooi/Schuster 1994, Nos. 186, 223, cf. Nos. 158, 224, Berger 2001, No. 1738, cf. No. 1738*; Austrian: Haiding 1969, Nos. 100, 125, 142; Italian: Cirese/Serafini 1975, No. 1738, and app.; Hungarian: Dobos 1962, No. 66;

Serbian: Vrčević 1868f. II, 41; Macedonian: cf. Eschker 1986, No. 80; Rumanian: Stroescu 1969 I, No. 4071; Bulgarian: BFP; Greek: cf. Loukatos 1957, 298, Megas/Puchner 1998; Polish: Krzyżanowski 1962f. II; Jewish: Bloch 1931, 104, Landmann 1973, 461; Palestinian: Schmidt/Kahle 1918f. II, No. 108, El-Shamy 2004; English-Canadian: Halpert/Widdowson 1996 II, Nos. 119, 120; US-American: Randolph 1965, No. 157, Baughman 1966, No. J2466.1(a), Jackson/McNeil 1985, 129f., cf. Baker 1986, No. 273; Spanish-American: TFSP 10(1932)18f., 25(1953)5f.; African American: Dorson 1956, No. 45, cf. Dance 1978, Nos. 63–65; Mexican: Paredes 1970, No. 67; South African: Coetzee et al. 1967, Nos. 1738, 1738C.

1738B* ***The Clergyman's Dream.***
Latvian: Arājs/Medne 1977; Lithuanian: Kerbelytė 1999ff. IV(forthcoming); French: Meyrac 1890, 449, cf. Pelen 1994, No. 146; Frisian: Kooi 1984a; Flemish: Meyer 1968, No. 1738B; Walloon: Legros 1962; German: Kooi/Schuster 1994, No. 181(f), Henßen 1951, No. 76, Merkens 1892ff. I, No. 168; Greek: Megas/Puchner 1998.

1738D* ***Alone in Heaven.***
English: Briggs 1970f. A II, 214; Frisian: Kooi 1984a; German: Bemmann 1976, 125; Australian: Adams/Newell 1999 III, 112; South African: cf. Coetzee et al. 1967, No. 800.0.4d.

1739 ***The Clergyman and the Calf.***
Bebel/Wesselski 1907 I, No. 148; BP I, 317f.; cf. Kasprzyk 1963, No. 4; cf. Roth 1977, 71, 110f.; Schwarzbaum 1979, 419, 420 not. 9, 10; Zapperi 1984; EM 10(2002)1300–1303(J. van der Kooi).
Finnish: Rausmaa 1982ff. IV, Nos. 72, 73, 86, VI, Nos. 208, 394, 395; Estonian: Raudsep 1969, No. 273; Livonian: Loorits 1926; Latvian: Arājs/Medne 1977; Lithuanian: Kerbelytė 1999ff. II; Wepsian, Syrjanian: Kecskeméti/Paunonen 1974; Swedish: Liungman 1961; Norwegian: Hodne 1984; Danish: Kristensen 1881ff. IV, No. 69, Christensen 1941, No. 7; Faeroese: Nyman 1984; Icelandic: Sveinsson 1929; Irish: Ó Súilleabháin/Christiansen 1963; English: Baughman 1966; French: Joisten 1971 II, Nos. 159, 160, Pelen 1994, No. 160; Spanish: González Sanz 1996, Lorenzo Vélez 1997, 143f.; Portuguese: Soromenho/Soromenho 1984f. I, No. 210, II, No. 539, Cardigos (forthcoming); Dutch: Meder 2001, No. 74; Frisian: Kooi 1984a; Flemish: Meyer 1968, Meyer/Sinninghe 1976; Walloon: Legros 1962; German: Bodens 1937, No. 1176, Neumann 1968b, No. 217, Kooi/Schuster 1994, Nos. 74l, cf. Grubmüller 1996, 666–695, 1250–1259, Berger 2001; Italian: Cirese/Serafini 1975; Maltese: Mifsud-

Chircop 1978; Hungarian: MNK VII C; Czech: Tille 1929ff. II 2, 444f.; Slovakian: Polívka 1923ff. IV, 163f., V, 32ff., Gašparíková 1991f. I, Nos. 8, 387, cf. No. 320; Polish: Krzyżanowski 1962f. II, No. 1739, cf. No. 1739A; Russian, Byelorussian, Ukrainian: SUS; Turkish: Eberhard/Boratav 1953, No. 367V; Cheremis/Mari: Kecskeméti/Paunonen 1974; Siberian: Soboleva 1984; Aramaic: Arnold 1994, Nos. 27, 51; Iranian: cf. Marzolph 1984, No. 1862C; French-Canadian: Barbeau/Daviault 1940, No. 18; US-American: Dorson 1964, 87f.; Spanish-American, Mexican: Robe 1973; Cuban: Hansen 1957; Central African: Fuchs 1961, 183ff.; South African: Coetzee et al. 1967.

1739A* ***A Miser Gives Birth to a Child*** (previously ***Man Thinks he has Given Birth to a Child by Letting Wind***).
Ranelagh 1979, 210–217; EM 10(2002)1301.
Danish: Kristensen 1900, No. 130, Christensen 1941, No. 8; Sardinian: Cirese/Serafini 1975; Turkish: Eberhard/Boratav 1953, No. 367V; Syrian: Nowak 1969, No. 345, El-Shamy 2004; Iranian: Marzolph 1984; Sudanese: Kronenberg/Kronenberg 1978, No. 14, El-Shamy 2004; Central African: Fuchs 1961, 183ff.

1740 ***Candles on the Crayfish.***
BP III 388f.; Bødker 1945; Schwarzbaum 1968, 91, 298; Kretzenbacher 1974; EM 8 (1996)1035–1038(J. van der Kooi).
Estonian: Raudsep 1969, No. 275; Livonian: Loorits 1926, No. 1740*; Latvian: Arājs/Medne 1977; Lithuanian: Kerbelytė 1999ff. II; Lappish: Kohl-Larsen 1971, 104ff.; Swedish: Liungman 1961; English: Baughman 1966; French: Piniès 1985, 39ff.; Dutch: Geldof 1979, 119; German: Rehermann 1977, 276 No. 35, 553 No. 14, Moser-Rath 1984, 454f., Grimm KHM/Uther 1996 III, No. 192, Bechstein/Uther 1997 I, No. 4; Swiss: Büchli/Brunold-Bigler 1989ff. I, 852ff.; Austrian: Vernaleken 1859, No. 9, Haiding 1969, Nos. 121a, 121b; Maltese: Mifsud-Chircop 1978; Hungarian: MNK VII C, Dömötör 1992, No. 390; Slovakian: Gašparíková 1991f. I, No. 26, II, Nos. 417, 535, 576; Serbian: Vrčević 1868f. I, No. 250, Karadžić 1937, No. 4, Đjorđjevič/Milošević-Đjorđjevič 1988, Nos. 202, 203; Macedonian: Čepenkov/Penušliski 1989 IV, No. 361; Rumanian: Stroescu 1969 II, Nos. 5307, 5727; Bulgarian: BFP; Greek: Megas/Puchner 1998, No. 1740A; Russian, Byelorussian, Ukrainian: SUS; Gypsy: cf. Mode 1983ff. IV, No. 204, MNK X 1; Mordvinian: Kecskeméti/Paunonen 1974; Siberian: Soboleva 1984.

1740B ***Thieves as Ghosts.***
Spanish: Llano Roza de Ampudia 1925, No. 60, Camarena Laucirica 1991 II, No. 256;

Portuguese: Soromenho/Soromenho 1984f. II, No. 681, Cardigos(forthcoming); Italian: Cirese/Serafini 1975; Bulgarian: BFP; Spanish-American: Robe 1973; Argentine: Hansen 1957, No. 1532**A; Egyptian: Nowak 1969, No. 405; Algerian: El-Shamy 2004.

1741 ***The Priest's Guest and the Eaten Chickens.***
Chauvin 1892ff. VI, 179f. No. 341; Wesselski 1911 II, No. 543; BP II, 129–131; Pauli/Bolte 1924 I, No. 364; Röhrich 1962f. I, No. 10; Schwarzbaum 1968, 57, 453f.; Schwarzbaum 1980, 281; Schmidt 1999; Verfasserlexikon 10(2000)547f.(H. Ragotzky); EM 10(2002)1308–1311(J. van der Kooi); Marzolph/Van Leeuwen 2004, No. 403.
Finnish: Rausmaa 1982ff. VI, No. 396; Swedish: Liungman 1961; Danish: Grundtvig 1876ff. III, 76f., Kristensen 1899, Nos. 514, 516–519, Holbek 1990, No. 47; Icelandic: Sveinsson 1929; Irish: Ó Súilleabháin/Christiansen 1963; French: Bladé 1886 III, No. 8, Cosquin 1886f. II, No. 84, Pelen 1994, No. 164; Spanish: González Sanz 1996; Catalan: Oriol/Pujol 2003; Portuguese: Soromenho/Soromenho 1984f. II, Nos. 374–376, 502, Cardigos(forthcoming), Nos. 1350*B, 1741; Dutch: Overbeke/Dekker et al. 1991, No. 997, Meder/Bakker 2001, No. 155; Frisian: Kooi 1984a; Flemish: Meyer 1968; German: Moser-Rath 1984, 288, 291, 380, 426, Tomkowiak 1993, Grimm KHM/Uther 1996 II, No. 77; Italian: Cirese/Serafini 1975, Todorović-Strähl/Lurati 1984, No. 5; Hungarian: MNK VII C; Czech: Tille 1929ff. II 2, 399f.; Slovakian: Polívka 1923ff. IV, 273f., Gašparíková 1981a, 116; Serbian: Anthropophyteia 1(1904)465f.; Rumanian: Stroescu 1969 I, Nos. 3002, 3468; Bulgarian: BFP; Greek: Hallgarten 1929, 117f.; Polish: Krzyżanowski 1962f. II; Turkish: Eberhard/Boratav 1953, No. 359 V; Jewish: Haboucha 1992; Mordvinian: Kecskeméti/Paunonen 1974; Syrian: El-Shamy 2004; Aramaic: Bergsträsser 1915, No. 22; Saudi Arabian: El-Shamy 2004; Iranian: Marzolph 1984; Pakistani: Thompson/Roberts 1960, No. 1741A; Indian: Thompson/Roberts 1960, No. 1741A, Jason 1989, Blackburn 2001, No. 75; Spanish-American: Robe 1973; African American: Parsons 1923a, No. 159; Cuban: Hansen 1957; Dominican: Karlinger/Pögl 1983, No. 16; Mayan: Peñalosa 1992; West Indies: Flowers 1953; Egyptian: El-Shamy 2004; Libyan: Stumme 1893, No. 12; Tunisian: El-Shamy 2004; Algerian: Frobenius 1921ff. I, No. 28, El-Shamy 2004; Moroccan: Laoust 1949, No. 52, El-Shamy 2004; Sudanese: El-Shamy 2004; Namibian: Schmidt 1989 II, No. 1279; South African: Coetzee et al. 1967.

1741* ***The Sausage Tax*** (previously ***The Parson is Dissatisfied with his Share***).
Finnish: Rausmaa 1982ff. VI, Nos. 397, 398; Estonian: Raudsep 1969, No. 14; Latvi-

an: Arājs/Medne 1977; Lappish: Kecskeméti/Paunonen 1974; Swedish: Liungman 1961, Bergvall/Nyman et al. 1991, No. 99; Faeroese: Nyman 1984; German: Rosenow 1924, 54f.; Greek: Laográphia 6(1917/20)648.

1743* ***The Promised Gift.***
Lithuanian: Kerbelytė 1999ff. IV(forthcoming); Danish: Kristensen 1899, Nos. 328, 330–334; German: Neumann 1968b, 121; Greek: Megas/Puchner 1998; Russian: SUS.

1744 ***In Purgatory.***
EM 1(1977)357.
Finnish: Rausmaa 1982ff. VI, No. 502; Estonian: cf. Raudsep 1969, No. 183; Danish: cf. Kristensen 1900, No. 389; Corsican: Ortoli 1883, 273 ff.; Walloon: Bulletin de la Société liégoise de Littérature Wallone 19(1892)314; Frisian: Kooi 1984a, No. 1755A*; German: Merkens 1892ff. III, No. 233, Bodens 1937, No. 1150, Dietz 1951, No. 105, Bemmann 1976, 119f.; Polish: Krzyżanowski 1962f. II, No. 1833G; Rumanian: cf. Stroescu 1969 I, No. 3763; US-American: Hoffmann 1973, No. J2326.5; African American: Dance 1978, No. 277.

1750 ***The Hen Learns to Speak*** (previously ***The Parson's Stupid Wife.***)
Pauli/Bolte 1924 II, No. 843; Schwarzbaum 1968, 185; EM: Tiere lernen sprechen(in prep.).
Finnish: Rausmaa 1982ff. VI, No. 401; Estonian: Aarne 1918; Latvian: Arājs/Medne 1977; Lithuanian: Kerbelytė 1999ff. II; Swedish: cf. Liungman 1961; Danish: Kristensen 1900, Nos. 9, 11, 624; Spanish: González Sanz 1996; Portuguese: cf. Oliveira 1900f. II, No. 346, Cardigos(forthcoming), No. 1525*T; Frisian: Kooi 1984a; German: Wisser 1922f. II, 19ff.; Greek: Megas/Puchner 1998; Polish: cf. Krzyżanowski 1962f. II, No. 1750; Ukrainian: SUS; Turkish: Eberhard/Boratav 1953, No. 368(1–2); Gypsy: Mode 1983ff. I, No. 41; Uzbek: cf. Stein 1991, No. 29; Syrian: El-Shamy 2004, Nos. 1750, 1750B§; Lebanese: El-Shamy 2004, No. 1750B§; Palestinian: Schmidt/Kahle 1918f. II, No. 129, El-Shamy 2004, No. 1750B§; French-Canadian: Lemieux 1974ff. VIII, No. 3, XIV, No. 32; US-American: Baughman 1966; Egyptian, Tunisian: El-Shamy 2004, No. 1750B§.

1750A ***Sending a Dog to be Educated.***
Schwarzbaum 1968, 186; EM: Tiere lernen sprechen(in prep.).
Latvian: Arājs/Medne 1977; Lithuanian: Kerbelytė 1999ff. II; Swedish: Liungman

1961, No. 1750; Catalan: Oriol/Pujol 2003; Dutch: Meder 2001, No. 505; Frisian: Kooi 1984a, Kooi/Schuster 1993, No. 167; Flemish: Meyer 1968; German: Meyer 1925a, 93f., Wossidlo/Neumann 1963, No. 56, Berger 2001; Swiss: Ranke 1972, No. 195; Italian: Cirese/Serafini 1975; Hungarian: MNK VII C; Czech: Tille 1929ff. II 2, 450; Slovakian: Gašparíková 1991f. II, No. 454; Croatian: Vujkov 1953, 328f.; Albanian: Ranke 1972, No. 87; Greek: Hallgarten 1929, 202ff.; Polish: cf. Krzyżanowski 1962f. II, No. 1750; Russian, Ukrainian: SUS; Kurdish: Džalila et al. 1989, No. 210; French-Canadian: Lemieux 1974ff. XVI, No. 11; French-American: Ancelet 1994, No. 37.

1750B *Teaching the Donkey to Speak.*
Chauvin 1892ff. VIII, No. 101; cf. Wesselski 1911 II, No. 552; Schwarzbaum 1968, 147, 184, 468.
English: Stiefel 1908, No. 99; German: Debus 1951, 181f., Berger 2001, No. 1675A; Hungarian: György 1934, No. 12; Rumanian: Stroescu 1969 II, No. 4851; Polish: Krzyżanowski 1962f. II, No. 1635D; Jewish: Jason 1965, No. 1750*B, Jason 1988a, No. 1750*B, Haboucha 1992, No. 1750*B; Palestinian: El-Shamy 2004, No. 1750A; Indian: Jason 1989, No. 1750*B; Egyptian: El-Shamy 2004, No. 1750A.

Clergyman and Sexton 1775-1799

1775 *The Hungry Clergyman.*
EM 10(2002)871-875(A. Gier).
Finnish: Rausmaa 1982ff. VI, Nos. 402-405; Finnish-Swedish: Hackman 1917f. II, No. 331; Estonian: Raudsep 1969, No. 274; Livonian: Loorits 1926; Latvian: Arājs/Medne 1977; Lappish, Wotian, Karelian: Kecskeméti/Paunonen 1974; Swedish: Liungman 1961; Norwegian: Hodne 1984; Danish: Kamp 1877, No. 974; Faeroese: Nyman 1984; Icelandic: Sveinsson 1929; Irish: Ó Súilleabháin/Christiansen 1963; French: Meyrac 1890, 442ff., Massignon 1953, No. 4; Spanish: González Sanz 1996; Portuguese: Soromenho/Soromenho 1984f. II, Nos. 491, 727, Cardigos(forthcoming), Nos. *1524A, 1775; Dutch: Sinninghe 1943, No. 1292*, Kooi 2003, No. 81; Frisian: Kooi 1984a, No. 1691, Kooi/Schuster 1993, No. 146; Flemish: Mont/Cock 1927, No. 43; German: Wossidlo/Neumann 1963, No. 288, Moser-Rath 1984, 288; Austrian: Haiding 1969, No. 113; Italian: Cirese/Serafini 1975, No. 1775, and app.; Maltese: Mifsud-Chircop 1978; Hungarian: MNK VII C, No. 1775A*; Czech: Tille 1929ff. I, 420ff.; Slovakian: Polívka 1923ff. V, 21f.; Serbian: Anthropophyteia 2(1905)376f.,

377-380; Croatian: cf. Bošković-Stulli 1959, No. 49; Greek: Megas/Puchner 1998; Russian, Byelorussian, Ukrainian: SUS; Turkish: Boratav 1955, No. 15; Ossetic: Bjazyrov 1960, No. 27; Cheremis/Mari, Chuvash: Kecskeméti/Paunonen 1974; Udmurt: Kralina 1961, No. 98; Siberian: Soboleva 1984; Yakut: Ėrgis 1967, Nos. 374, 384; Mongolian: Lőrincz 1979; Chinese: Graham 1954, No. 602; Japanese: Ikeda 1971, No. 1775, cf. No. 1691C; US-American: Baughman 1966; French-American: Carrière 1937, No. 70; Spanish-American, Mexican: Robe 1973; Ecuadorian: Carvalho-Neto 1966, No. 19; Brazilian: Karlinger/Freitas 1977, No. 93; Argentine: Chertudi 1960f. I, No. 80.

1776 ***The Sexton Falls into the Brewing Vat.***
Finnish: Rausmaa 1982ff. VI, No. 406; Finnish-Swedish: Hackman 1917f. II, No. 334; Latvian: Arājs/Medne 1977; Swedish: Liungman 1961; Norwegian: Hodne 1984; Danish: Kristensen 1899, No. 446; Dutch: cf. Tinneveld 1976, No. 192; Italian: Cirese/Serafini 1975.

1777A* ***"I Can't Hear You."***
EM 10(2002)875f.(S. Neumann).
Estonian: Raudsep 1969, No. 341; Latvian: Arājs/Medne 1977; Lithuanian: Kerbelytė 1999ff. II; French: cf. Perbosc 1907, No. 1, Pelen 1994, No. 161; Spanish: RE 6(1966)193f., Lorenzo Vélez 1997, 146; German: Henßen 1935, No. 265, Bodens 1937, No. 1139; Italian: Cirese/Serafini 1975; Hungarian: MNK VII C; Slovakian: Gašparíková 1991f. II, No. 495; Croatian: Bošković-Stulli 1963, No. 97, Dolenec 1972, No. 57; Macedonian: Eschker 1986, No. 81; Rumanian: Stroescu 1969 I, No. 4383; Bulgarian: BFP; US-American: Leary 1991, No. 244; Mexican: Paredes 1970, No. 68.

1781 ***Sexton's Own Wife Brings Her Offering.***
Bebel/Wesselski 1907 I, No. 40; Kasprzyk 1963, No. 81.
Finnish: Rausmaa 1982ff. VI, No. 408; French: Perbosc 1907, No. 16, Joisten 1971 II, No. 253, Pelen 1994, No. 110; Spanish: Camarena Laucirica 1991 II, No. 257, Lorenzo Vélez 1997, 147, 148; Italian: Cirese/Serafini 1975, app., Rossi 1987, No. 2; African American: Dance 1978, No. 98A-B; Chilean: Pino Saavedra 1960ff. III, Nos. 216, 217, Pino Saavedra 1987, No. 71.

1785 ***The Clergyman Put to Flight During His Sermon.***
Latvian: Arājs/Medne 1977; Danish: Kristensen 1899, Nos. 251-253; Irish: Ó Súilleabháin/Christiansen 1963; German: Meier 1852, No. 51; Italian: De Simone 1994,

266ff.; Kalmyk: cf. Džimbinov 1962, No. 40; Saudi Arabian: Lebedev 1990, No. 31; Yemenite: Lebedev 1990, No. 53; French-Canadian: Lemieux 1974ff. II, No. 4; West Indies: Flowers 1953.

1785A ***The Sausage in the Pocket*** (previously ***The Sexton's Dog Steals the Sausage from the Parson's Pocket***).

Cf. Wickram/Bolte 1903, No. 103; EM: Wurst in der Tasche des Pastors (in prep.).

Finnish: Rausmaa 1982ff. VI, No. 409; Finnish-Swedish: Hackman 1917f. II, Nos. 344, 348; Latvian: Arājs/Medne 1977; Swedish: Liungman 1961; Danish: Kristensen 1899, Nos. 442–444; Frisian: Kooi/Schuster 1993, No. 172; German: Wisser 1922f. I, 87f., Schmitz 1975, 55f.

1785B ***The Needle in the Pulpit*** (previously ***The Sexton Puts a Needle in the Sacramental Bread***).

EM 9 (1999) 1139–1141 (J. van der Kooi).

Finnish: Rausmaa 1982ff. VI, No. 410; Finnish-Swedish: Hackman 1917f. II, Nos. 346, 351, 352; Estonian: Raudsep 1969, No. 105; Livonian: Loorits 1926, Nos. 1785B, 1836; Latvian: Arājs/Medne 1977; Lithuanian: Kerbelytė 1999ff. IV (forthcoming); Swedish: EU, Nos. 547, 19360; Danish: Kristensen 1899, Nos. 143–145, 148, 216, 303, cf. No. 147; French: Hoffmann 1973, No. 1836**; Portuguese: Parafita 2001f. II, No. 25, Cardigos (forthcoming), No. 1836*; Dutch: Sinninghe 1943, No. 1833e; Flemish: Meyer 1968; Frisian: Kooi 1984a, Kooi/Schuster 1993, No. 174; German: Henßen 1935, No. 282, Selk 1949, No. 55; Italian: Cirese/Serafini 1975, Nos. 1785B, 1836*; Russian: SUS, No. 1785*; South African: Coetzee et al. 1967.

1785C ***The Sexton's Wasp nest.***

Finnish: Rausmaa 1982ff. VI, Nos. 411, 412; Finnish-Swedish: Hackman 1917f. II, Nos. 345, 349, 350; Estonian: Raudsep 1969, No. 286; Latvian: Arājs/Medne 1977; Danish: Kristensen 1899, Nos. 448, 449; Irish: Ó Súilleabháin/Christiansen 1963; Spanish: González Sanz 1996; Flemish: Meyer 1968; German: Henßen 1935, No. 283; Italian: Cirese/Serafini 1975; Greek: Megas/Puchner 1998; Palestinian: Schmidt/Kahle 1918f. II, No. 103, El-Shamy 2004; Spanish-American: TFSP 13 (1937) 103; Puerto Rican: Hansen 1957; West Indies: cf. Flowers 1953.

1786 ***The Clergyman Rides an Ox in the Church*** (previously ***The Parson in the Church on the Ox***).

Finnish: Rausmaa 1982ff. VI, No. 413; Finnish-Swedish: Hackman 1917f. II, No. 339;

Swedish: Liungman 1961; English: Ashton 1884, 2; German: Lyrum larum(1700)41 No. 102(EM archive), Henßen 1935, No. 207, Wossidlo/Neumann 1963, No. 404.

1790 ***The Clergyman and the Sexton Steal a Cow.***
EM 10(2002)876f.(S. Neumann).
Finnish: Rausmaa 1982ff. VI, No. 414; Finnish-Swedish: Hackman 1917f. II, No. 336; Estonian: Raudsep 1969, No. 338; Latvian: Arājs/Medne 1977; Lithuanian: Kerbelytė 1999ff. II; Swedish: Liungman 1961; Danish: Grundtvig 1876ff. III, 53, Kristensen 1897a, No. 23, Kristensen 1899, No. 477–479; Flemish: Meyer 1968; German: cf. Bll. f. Pomm. Vk. 9(1901)60–62, Wossidlo/Neumann 1963, No. 286; Austrian: Haiding 1969, No. 106; Hungarian: MNK VII C; Slovakian: cf. Gašparíková 1991f. II, No. 506; Serbian: Đjorđjevič/Milošević-Đjorđjevič 1988, No. 290; Croatian: Dolenec 1972, No. 24; Rumanian: Stroescu 1969 II, No. 5370; Polish: Krzyżanowski 1962f. II; Russian, Byelorussian, Ukrainian: SUS; Jewish: Jason 1965; Gypsy: MNK X 1; Siberian: Soboleva 1984.

1791 ***The Sexton Carries the Clergyman.***
Wickram/Bolte 1903, No. 56; BP I, 520–528; BP III, 393–395; Pauli/Bolte 1924 I, No. 82; Raudsep 1976; EM 8(1996)676–681(S. Neumann); Dekker et al. 1997, 344f.; Schmidt 1999.
Finnish: Rausmaa 1982ff. VI, Nos. 415, 416; Finnish-Swedish: Hackman 1917f. II, No. 337; Estonian: Raudsep 1969, No. 292; Latvian: Arājs/Medne 1977; Lithuanian: Kerbelytė 1999ff. II; Swedish: Liungman 1961; Norwegian: Hodne 1984; Danish: Grundtvig 1854ff. I, No. 115, Kristensen 1896f. II, No. 23, Kristensen 1890, No. 165; Scottish: Briggs 1970f. A II, 338; Irish: Ó Súilleabháin/Christiansen 1963; English: Baughman 1966, Briggs 1970f. A II, 14, 14ff., 36f., 193f., 211f., 295ff.; French: Tegethoff 1923 II, No. 57d, Joisten 1971 II, No. 230; Catalan: Neugaard 1993, No. X424; Portuguese: Parasita 2002, Nos. 20, 205, Cardigos(forthcoming), Nos. 1525F, 1791; Dutch: Sinninghe 1943; Frisian: Kooi 1984a, Kooi/Schuster 1993, No. 165; Flemish: Meyer 1968, Meyer/Sinninghe 1976; German: Henßen 1955, No. 480, Kooi/Schuster 1994, No. 184, Grimm KHM/Uther 1996 I, No. 59, Berger 2001; Italian, Sardinian: Cirese/Serafini 1975; Cirese/Serafini 1975; Hungarian: MNK VII C; Czech: Tille 1929ff. II 2, 454f., Klímová 1966, No. 87; Slovene: Križnik 1874, 2ff.; Croatian: Bošković-Stulli 1963, No. 99; Rumanian: Schullerus 1928; Russian: SUS; Gypsy: Briggs 1970f. A II, 375; Indian: Thompson/Balys 1958, No. X424; English-Canadian; Baughman 1966, Halpert/Widdowson 1996 II, Nos. 121–126; French-Canadian: Barbeau/Lanctot 1931, No. 140, Lemieux 1974ff. XVIII, No. 25; US-American: Baughman 1966; Span-

ish-American: TFSP 10(1932)38–42, 22(1949)207–214, 25(1953)245–247, 29(1959)169, 31(1962)17–19, Robe 1973; African American: Baughman 1966, Dorson 1967, Nos. 49, 58, Dance 1978, No. 47; West Indies: Flowers 1953; Namibian: Schmidt 1989 II, No. 1282; South African: Coetzee et al. 1967.

1791* ***The Murderers' House.***
Norwegian: Kvideland 1985, 155, No. 25; Frisian: Kooi 1984a, No. 1791A*; German: Zender 1984, 174f.

1792 ***The Stingy Clergyman and the Slaughtered Pig.***
Kirchhof/Oesterley 1869 I 1, No. 181; Pauli/Bolte 1924 II, No. 790; Schwarzbaum 1980, 253–257; Dekker et al. 1997, 142–144; EM 10(2002)869–871(S. Neumann).
Finnish: Rausmaa 1982ff. VI, No. 417; Swedish: Liungman 1961; Norwegian: Hodne 1984; Irish: Ó Súilleabháin/Christiansen 1963; French: Bladé 1886 III, No. 14, Hoffmann 1973; Spanish: González Sanz 1996; Basque: Frey/Brettschneider 1982, 166ff.; Catalan: Oriol/Pujol 2003; Portuguese: Soromenho/Soromenho 1984f. II, No. 421, Cardigos(forthcoming); Dutch: Sinninghe 1943, Overbeke/Dekker et al. 1991, Nos. 358, 927; Frisian: Kooi 1984a, Kooi/Schuster 1994, No. 183; Flemish: Meyer 1968; German: Henßen 1963a, No. 74, Moser-Rath 1984, 287, 289, 291, Berger 2001; Swiss: EM 7(1993)872; Austrian: Haiding 1969, No. 19; Italian: Cirese/Serafini 1975; Hungarian: MNK VII C; Serbian: Karadžić 1937, No. 24; Croatian: Eschker 1986, No. 29; Bulgarian: BFP; Greek: Megas/Puchner 1998; Rumanian: Stroescu 1969 II, No. 5379; Polish: Krzyżanowski 1962f. II; Russian: SUS; French-Canadian: Lemieux 1974ff. XVIII, No. 25; US-American: Baughman 1966; Spanish-American: Robe 1973; South African: Coetzee et al. 1967, Grobbelaar 1981.

1792B ***The Clergyman and the Sexton Steal a Hog.***
Finnish: Rausmaa 1982ff. VI, No. 192; Estonian: Aarne 1918, No. 962*; Latvian: Arājs/Medne 1977; Lappish: Kecskeméti/Paunonen 1974; Ukrainian: cf. SUS, No. 962***.

Other Jokes about Religious Figures 1800–1849

1800 ***Stealing Something Small*** (previously ***Stealing Only a Small Amount***).
Schwarzbaum 1968, 327f.; EM 2(1979)51, 54 not. 12; EM: Stehlen: Nur eine Kleinigkeit s.(forthcoming).

Finnish: Rausmaa 1982ff. VI, No. 418; Latvian: Arājs/Medne 1977; Lithuanian: Kerbelytė 1999ff. IV(forthcoming); Irish: Ó Súilleabháin/Christiansen 1963; English: Briggs 1970f. A II, 146, 147; French: cf. Perbosc 1907, No. 5; Spanish: Llano Roza de Ampudia 1925, No. 72, cf. Espinosa 1988, No. 404; Frisian: Kooi 1984a; Flemish: Meyer 1968; German: Merkens 1892ff. I, No. 180, Kooi/Schuster 1994, No. 166; Swiss: EM 7(1993)873; Italian: Cirese/Serafini 1975; Maltese: Ilg 1906 II, No. 134, Mifsud-Chircop 1978; Rumanian: Stroescu 1969 II, Nos. 5315, 5327; Ukrainian: SUS; Jewish: Jason 1975; Indian: Jason 1989; Chinese: Ting 1978; Australian: Scott 1985, 166f.; US-American: Randolph 1965, No. 125; Spanish-American: Robe 1973; Puerto Rican: cf. Hansen 1957, No. **1878; West Indies: Flowers 1953, No. K188.

1804 ***Imagined Penance for Imagined Sin.***
Chauvin 1892ff. VIII, 158 No. 163; Pauli/Bolte 1924 I, No. 298, II, No. 810; Harkort 1956, 54-84; Kasprzyk 1963, No. 51; cf. Marzolph 1992 II, No. 609; Marzolph/Van Leeuwen 2004, No. 372; EM: Scheinbuße(forthcoming).
Norwegian: Hodne 1984; Danish: cf. Kristensen 1892f. I, Nos. 293-295, 362, II, Nos. 359-361, cf. Kristensen 1899, Nos. 260-266, 351; French: Karlinger/Gréciano 1974, No. 56; Spanish: Chevalier 1983, No. 228, cf. Camarena Laucirica 1991 II, No. 262; Basque: Frey/Brettschneider 1982, 160ff.; Catalan: Oriol/Pujol 2003; Portuguese: Meier/Woll 1975, No. 110, Cardigos(forthcoming); Dutch: Overbeke/Dekker et al. 1991, No. 1778; Frisian: Kooi 1984a; German: Moser-Rath 1984, 285 not. 22, 288 not. 76, 290f. not. 111; Italian: Cirese/Serafini 1975; Maltese: Mifsud-Chircop 1978; Hungarian: MNK VII C; Czech: Tille 1929ff. II 2, 384f.; Slovakian: Gašparíková 1991f. I, No. 250, II, No. 444; Macedonian: Ranke 1972, No. 199; Rumanian: Stroescu 1969 I, No. 3324, II, No. 5677; Bulgarian: BFP; Indian: Jason 1989, Nos. 1804, 1804*C; Iraqi: El-Shamy 2004; US-American: Dorson 1964, 448f.; Spanish-American: Robe 1973; Cuban: Hansen 1957, No. *1800**E.

1804B ***Payment with the Clink of Money.***
Chauvin 1892ff. II, 84 No. 13; Fischer/Bolte 1895, 210f.; Pauli/Bolte 1924 I, No. 48; Besthorn 1935, 33-36; Harkort 1956, 54-84; cf. Marzolph 1992 II, No. 806; EM: Scheinbuße(forthcoming).
Finnish: Rausmaa 1982ff. VI, No. 419; Latvian: Arājs/Medne 1977; Lithuanian: Kerbelytė 1999ff. IV(forthcoming); Irish: Ó Súilleabháin/Christiansen 1963; Spanish: Childers 1948, No. J1172.2, Chevalier 1983, No. 229, González Sanz 1996; Catalan: cf. Oriol/Pujol 2003; Portuguese: Cardigos(forthcoming); Flemish: Meyer 1968; German: Tomkowiak 1993, 273, Grubmüller 1996, No. 5; Italian: Cirese/Serafini

1975; Maltese: Mifsud-Chircop 1978; Hungarian: MNK VII C; Rumanian: cf. Stroescu 1969 II, No. 5678; Bulgarian: BFP; Greek: Hallgarten 1929, 195; Polish: cf. Krzyżanowski 1962f. II, Nos. 1635M, 1804; Ukrainian: SUS; Turkish: Marzolph 1996, No. 480; Jewish: Noy 1963a, No. 96; Jason 1988a, Haboucha 1992; Uzbek: Stein 1991, No. 86; Palestinian: El-Shamy 2004; Iranian: Marzolph 1984; Indian: Thompson/Roberts 1960, Jason 1989; Burmese: Kasevič/Osipov 1976, No. 128; Chinese: Ting 1978; Vietnamese: cf. Gaudes 1987, No. 65; Malaysian: Overbeck 1975, 254; Indonesian: Vries 1925f. I, No. 37; Japanese: Inada/Ozawa 1977ff.; English-Canadian: Fauset 1931, No. 147; US-American: Randolph 1965, No. 5; African American: Dorson 1956, 60f.; Egyptian, Moroccan: El-Shamy 2004; South African: Grobbelaar 1981.

1804C ***Poem for Poem.***
Pauli/Bolte 1924 I, No. 506; Harkort 1956, 38–52; Marzolph 1992 II, No. 58.
Spanish: Childers 1948, Nos. J1581.1, J2415.1.2*, Childers 1977, No. J1581.1.

1804D ***The Shadow of the Donkey.***
Kirchhof/Oesterley 1869 V, No. 120; Schwarzbaum 1979, xlv not. 60; Hansen 2002, 77.
German: Moser-Rath 1964, No. 164; Hungarian: György 1934, No. 217.

1804E ***Confession in Advance.***
Tubach 1969, No. 3663.
Latvian: Arājs/Medne 1977, No. *1801*; English: Wardroper 1970, 69f.; Frisian: Kooi 1984a, No. 1808*; Flemish: Meyer 1968, No. 1808*, Lox 1999a, No. 71; German: Dietz 1951, No. 164, Elling 1979, 114; Rumanian: Stroescu 1969 I, No. 4286; US-American: Dodge 1987, 17.

1804* ***The Eel Filled with Sand.***
Finnish: Rausmaa 1982ff. VI, No. 420; Finnish-Swedish: Hackman 1917f. II, No. 342; Estonian: Raudsep 1969, No. 248; Swedish: Liungman 1961, No. 1785*; Norwegian: Hodne 1984.

1804** ***Tales about Payment for Absolution.***
Latvian: Arājs/Medne 1977, Nos. *1803*, *1804C, *1808*; Portuguese: Cardigos (forthcoming), No. 1804*D; Russian: Hoffmann 1973, Nos. 1804**, 1807C, SUS, No. 1807*; Ukrainian: SUS, No. 1804A*; Georgian: Kurdovanidze 2000, No. 1804B*.

1805 ***Confessions of a Pious Woman.***
EM 2(1979)51, 54 not. 15.
Lithuanian: Kerbelytė 1999ff. IV(forthcoming); French: Perbosc 1907, 115, 215f., 223ff., 227f., 229f., 231f., 233; Catalan: Oriol/Pujol 2003; Portuguese: Soromenho/Soromenho 1984f. II, No. 514, Cardigos(forthcoming); Dutch: Janssen 1979, 142; Frisian: Kooi 1984a; Flemish: Meyer 1968; German: Merkens 1892ff. II, No. 65, Hoursch 1925 I, 9.

1805* ***The Clergyman's Children.***
Portuguese: Oliveira 1900f. I, No. 29, Cardigos(forthcoming); Italian: D'Aronco 1953, No. [1741]a; Maltese: Mifsud-Chircop 1978; Hungarian: MNK VII C; Rumanian: Stroescu 1969 II, No. 5316; Bulgarian: BFP, No. 1735A; Russian, Ukrainian: SUS; Gypsy: MNK X 1; Siberian: Soboleva 1984.

1806 ***Dinner in Heaven*** (previously ***Will Lunch with Christ***).
Kirchhof/Oesterley 1869 I 1, No. 298; Frey/Bolte 1896, No. 126; EM 9(1999)42–44 (S. Neumann).
German: Merkens 1892ff. II, No. 189, Moser-Rath 1984, 189, 286f. not. 57, 288 not. 68, 290f. not. 111; Hungarian: György 1934, No. 101; Cuban: Hansen 1957, No. **1858.

1806* ***Tales of Confessions.***
Lithuanian: Kerbelytė 1999ff. IV(forthcoming); Spanish: Chevalier 1983, No. 230, González Sanz 1996, No. 1801; Portuguese: Oliveira 1900f. I, No. 183, Soromenho/Soromenho 1984f. II, No. 604, Cardigos(forthcoming), Nos. 1806*C, 1806*D; Serbian: Karadžić 1937, No. 22; Croatian: Dolenec 1972, No. 54; Polish: Krzyżanowski 1962f. II, Nos. 1801–1803, 1806C, cf. No. 1810A; Russian: SUS, No. 1802*; Byelorussian: SUS, Nos. 1801*, 1801A*, 1801B*, 1802**, 1802***; Spanish-American: Robe 1973, No. 1806*C; Mexican: Robe 1973, No. *1801; Cuban: Hansen 1957, No. **1858; Puerto Rican: Hansen 1957, No. **1806.

1806A* ***The Clergyman as Prosecutor.***
Spanish: Lorenzo Vélez 1997, 150f.; Portuguese: Cardigos(forthcoming); Spanish-American: Robe 1973; Mexican: Robe 1970, No. 181; Puerto Rican: Hansen 1957, No. **1806.

1807 ***The Equivocal Confession.***
EM 2(1979)50f.

Latvian: Arājs/Medne 1977; Lithuanian: Kerbelytė 1999ff. II; Spanish: Chevalier 1983, No. 231, cf. Espinosa 1988, No. 410; Portuguese: Soromenho/Soromenho 1984f. II, No. 513, Cardigos(forthcoming); German: Wossidlo/Neumann 1963, 27 No. 85; Italian: Cirese/Serafini 1975; Hungarian: MNK VII C; Czech: Tille 1929ff. II 2, 383, Klímová 1966, No. 88; Slovakian: Gašparíková 1991f. I, Nos. 32, 89; Slovene: Gabrščček 1910, 304ff.; Polish: Krzyżanowski 1962f. II; Russian, Byelorussian, Ukrainian: SUS; Gypsy: Tillhagen 1948, 51ff., Mode 1983ff. IV, No. 277.

1807A ***"The Owner Has Refused to Accept It."***
EM 2(1979)51, 54 not. 11; EM 3(1981)1180f.(E. Moser-Rath).
Finnish: Rausmaa 1982ff. VI, Nos. 421, 422; Latvian: Arājs/Medne 1977; Lithuanian: Kerbelytė 1999ff. II; Danish: Kristensen 1899, No. 338; Irish: Ó Súilleabháin/Christiansen 1963; Portuguese: Meier/Woll 1975, No. 36, Soromenho/Soromenho 1984f. II, No. 510, Cardigos(forthcoming); Dutch: Tiel 1855, 89; Frisian: Kooi 1984a; Flemish: Meyer 1968; German: Henßen 1935, No. 202, Debus 1951, 271 No. B43, Wossidlo/Neumann 1963, 27 No. 85, Moser-Rath 1984, 419f.; Austrian: Lang-Reitstätter 1948, 200; Italian: Cirese/Serafini 1975; Corsican: Ortoli 1883, 254ff.; Sardinian: Cirese/Serafini 1975; Maltese: Mifsud-Chircop 1978; Hungarian: MNK VII C; Czech: Tille 1929ff. II 2, 383; Slovakian: Gašparíková 1991f. I, No. 32; Slovene: Gabrščček 1910, 302f.; Bosnian: Krauss/Burr et al. 2002, No. 304; Rumanian: Stroescu 1969 I, Nos. 4278, 5317; Greek: Megas/Puchner 1998; Polish: Krzyżanowski 1962f. II, Nos. 1807, 1807A; Russian: SUS; Jewish: Landmann 1973, 501; Gypsy: MNK X 1; Siberian: Soboleva 1984; Indian: Jason 1989; Burmese: cf. Esche 1976, 401ff.; Spanish-American: Robe 1973; Egyptian: Littmann 1955, 112 No. 6.

1807B ***Sleeping with God's Daughters.***
EM 2(1979)51f., 54 not. 19.
Latvian: cf. Arājs/Medne 1977, No. *1807C; Danish: Kristensen 1881ff. II, 236ff.; Portuguese: Ribeiro 1934, 42f., Cardigos(forthcoming); German: Neumann 1968b, 119f.; Italian: Cirese/Serafini 1975; Hungarian: MNK VII C; Rumanian: Stroescu 1969 I, No. 3896; Greek: Megas/Puchner 1998; Jewish: cf. Haboucha 1991, No. **1807B*.

1807A* ***"Who Has Lost This?"***
Cf. Marzolph 1992 II, No. 431.
Estonian: Raudsep 1969, No. 247; Latvian: Arājs/Medne 1977; Portuguese: Vasconcellos/Soromenho et al. 1963f. II, No. 493, Cardigos(forthcoming); Italian: Cirese/

Serafini 1975, De Simone 1994, 418ff.; Polish: Krzyżanowski 1962f. II, No. 1807A; Iraqi: El-Shamy 2004; Puerto Rican: Hansen 1957, No. *1556A; Egyptian, Algerian: El-Shamy 2004.

1810 ***Anecdotes about Catechism.***
EM 7(1993)1058–1067(I. Tomkowiak).
Finnish: Rausmaa 1982ff. VI, Nos. 423–443, p. 561ff.; Estonian: Raudsep 1969, e.g. nos. 156, 161, 426; Swedish: Bergvall/Nyman et al. 1991, No. 97; Norwegian: Hodne 1984; Danish: Kristensen 1892f. I, Nos. 13, 171, 243, 244, 246, 247, 249, 252, 253, 256, 259, 275, 308, II, Nos. 59, 166–169, 175, 177, 232, 348, 350, 573, 575, Kristensen 1899, Nos. 37, 38, 41, 55–57, 151, 156, 157, 160, 161, 186, 220, 437, 461, 492, 493, 525, 575, 578, Kristensen 1900, Nos. 225, 226, 230, 231, 353, 365, 370, 383, 404–406, 560, 611; Irish: Ó Súilleabháin/Christiansen 1963; French: Perbosc 1907, 11, Joisten 1971 II, No. 256, Coulomb/Castell 1986, No. 63; Frisian: Kooi 1984a, Nos. 1810D*, 1810F*, Kooi/Schuster 1993, Nos. 168a-b; German: Merkens 1892ff. I, Nos. 155, 237, 297, Kooi/Schuster 1994, No. 203; Swiss: Lachmereis 1944, 159; Italian: Cirese/Serafini; Maltese: Mifsud-Chircop 1978, No. *1810D; Hungarian: MNK VII C; Slovakian: Gašparíková 1991f. II, Nos. 435, 445; Serbian: Vrčević 1868f. I, Nos. 241, 256, 265, 270, 271, cf. Karadžić 1937, No. 23; Rumanian: Stroescu 1969 I, No. 3733; Polish: Krzyżanowski 1962f. II, Nos. 1810, 1818; Russian: Potjavin 1960, No. 42; US-American: Hoffmann 1973, No. 1810A**; Egyptian: El-Shamy 2004.

1811 ***Jokes about Religious Vows.***
Irish: Ó Súilleabháin/Christiansen 1963; Italian: Cirese/Serafini 1975, app.; Hungarian: MNK VII C, No. 1811A*; Slovene: Vrtec 18(1888)158; Serbian: Vrčević 1868f. I, No. 217; Bulgarian: cf. BFP, No. *1811C*; Greek: Megas/Puchner 1998, No. *1811C; Jewish: Haboucha 1992, No. 1811*C.

1811A ***Vow Not to Drink from St. George (April 23) to St. Demetrius (October 26).***
Rumanian: Stroescu 1969 II, No. 5260; Bulgarian: BFP; Ukrainian: SUS.

1811B ***The Patience of Job.***
Finnish: Rausmaa 1982ff. VI, No. 448; Norwegian: Hodne 1984; Danish: Kristensen 1899, Nos. 131, 132; English: Wehse 1979, No. 478; Dutch: Huizenga-Onnekes/Laan 1930, 294f.; Frisian: Kooi 1984a, Kooi/Schuster 1993, No. 170; Italian, Sardinian: Ci-

rese/Serafini 1975; Cirese/Serafini 1975; US-American: Dodge 1987, 112.

1820 ***Bride and Groom at Wedding Ceremony.***

Pauli/Bolte 1924 I, No. 49; cf. Poliziano/Wesselski 1929, No. 318.

Finnish: Rausmaa 1982ff. VI, Nos. 449–456; Latvian: Arājs/Medne 1977; Danish: Kristensen 1892f. I, Nos. 30, 31, Kristensen 1899, Nos. 312–314; German: Moser-Rath 1984, 369 No. 3, 411; Hungarian: György 1932, No. 9; Slovakian: Gašparíková 1991f. I, No. 22; Slovene: Eschker 1986, No. 10; Croatian: Dolenec 1972, No. 52; Rumanian: Stroescu 1969 I, No. 3895; Polish: Krzyżanowski 1962f. II.

1821 ***Naming the Child (Baptism).***

Frey/Bolte 1896, 72f.

Finnish: Rausmaa 1982ff. VI, Nos. 457–460; Danish: Kristensen 1892f. II, Nos. 171–173, Kristensen 1900, No. 366; English: Briggs 1970f. A II, 356 No. 8; Frisian: Kooi 1984a, Kooi/Schuster 1993, No. 188; German: Merkens 1892f. II, Nos. 105, 168, Kooi/Schuster 1994, No. 204; Hungarian: Kovács 1988, 220; Bulgarian: BFP, No. *1821B; Greek: Megas/Puchner 1998, Nos. 1821, 1821A; Polish: Krzyżanowski 1962f. II; Spanish-American: TFSP 30(1961)183.

1822 ***Equivocal Blessings.***

Latvian: cf. Arājs/Medne 1977, No. *1830*; Danish: Kristensen 1899, Nos. 139; French: Perbosc 1907, 85ff., 264f., Perbosc/Bru 1987, 83f.; Spanish: Lorenzo Vélez 1997, 151f.; Portuguese: Soromenho/Soromenho 1984f. II, No. 362, Cardigos(forthcoming), No. 1822*B; Hungarian: MNK VII C, No. 1822B*; Croatian: Bošković-Stulli 1963, No. 100, Bošković-Stulli 1967f., 168 No. 36, Dolenec 1972, No. 36; Rumanian: Stroescu 1969 I, No. 4492; Bulgarian: BFP, Nos. *1822B, *1822C; Greek: Megas/Puchner 1998; Jewish: Haboucha 1992.

1823 ***Jokes about Baptism.***

Kirchhof/Oesterley 1869 I 2, Nos. 94, 95, II, Nos. 103, 104, V, No. 58; Bebel/Wesselski 1907 I 2, Nos. 45, 123, II 3, No. 33; EM: Taufschwänke(in prep.).

Finnish: Rausmaa 1982ff. VI, Nos. 461–463; Estonian: Raudsep 1969, Nos. 39–48, 306, 416; Latvian: Arājs/Medne 1977; Danish: Kristensen 1892f. I, 261, 263–273, 276, 277, II, 324–346, 355, 576, 577, Kristensen 1899, Nos. 31, 272–275, 277–281, 285, 286, Kristensen 1900, No. 393; German: Merkens 1892f. I, No. 57, Debus 1951, 160f., Berger 2001, No. 1823*; Slovakian: Gašparíková 1981a, 147; Serbian: Karadžić 1937, 304f.; Croatian: Dolenec 1972, No. 51; Polish: Simonides 1979, No. 50; African American:

Dorson 1956, 172f., 173.

1824 ***Parody Sermon.***

Arlotto/Wesselski 1910 I, 147ff.; BP III, 116-118; Vuyst 1965; Schwarzbaum 1968, 147; Russell 1991; Siuts 2000; EM 10(2002)1280-1291(S. Fährmann).

Finnish: Rausmaa 1982ff. VI, Nos. 464-468; Estonian: Raudsep 1969, No. 427; Latvian: Arājs/Medne 1977; Lithuanian: Kerbelytė 1999ff. IV(forthcoming); Norwegian: Hodne 1984; Danish: Kristensen 1899, Nos. 53, 60, 287, 307-310, 358-361, 365, 366, 370, 373-375, 379, 388, 389, 391-395, 404, 413, 414, Kristensen 1900, No. 391; French: Perbosc 1907, 245f.; Spanish: González Sanz 1996; Portuguese: Soromenho/Soromenho 1984f. II, No. 564, Cardigos(forthcoming); Frisian: Kooi 1984a; German: Bll. f. Pomm. Vk. 1(1893)29f., ZfVk. 12(1902)224f., Nimtz-Wendlandt 1961, No. 110; Italian: Cirese/Serafini 1975; Hungarian: György 1934, No. 121; Croatian: Bošković-Stulli 1963, No. 98, Dolenec 1972, No. 49, Bošković-Stulli 1975a, No. 48; Macedonian: Piličkova 1992, No. 48; Bulgarian: BFP; Polish: Krzyżanowski 1962f. II, Nos. 1824, 1824A; Jewish: Jason 1975, Keren/Schnitzler 1981, No. 21; Syrian, Saudi Arabian: El-Shamy 2004; French-Canadian: Lemieux 1974ff. III, No. 14; Mexican: Robe 1973; Dominican: Flowers 1953, No. K1961.1.2.1.

1825 ***The Farmer as Clergyman.***

BP II, 413; EM 10(2002)1280-1291(S. Fährmann).

Latvian: Arājs/Medne 1977; Karelian: Kecskeméti/Paunonen 1974; Swedish: Bäckström 1845, No. 49; Danish: Kristensen 1892f. I, No. 291, Kristensen 1899, Nos. 1-4, 6, 61, 172, 326, 367, 376, 377; Irish: Ó Súilleabháin/Christiansen 1963; English: Briggs 1970f. A II, 315ff.; French: Bladé 1886 III, 304ff., Joisten 1971 II, 353, cf. 354f.; Spanish: González Sanz 1996; Frisian: Kooi 1984a; Flemish: Meyer 1968; German: Jahn 1889, No. 638, Wisser 1922f. II, 212f., Moser-Rath 1984, 289 not. 85; Italian: Cirese/Serafini 1975; Czech: Tille 1929ff. II 2, 393f.; Slovakian: Polívka 1923ff. IV, 501ff., 505, V, 68, Gašparíková 1991f. I, No. 179; Serbian: Đjorđjevič/Milošević-Đjorđjevič 1988, No. 292; Macedonian: cf. Tošev 1954, 281, Piličkova 1992, No. 48; Rumanian: Schullerus 1928; Bulgarian: cf. Parpulova/Dobreva 1982, 441f., cf. Daskalova et al. 1985, No. 227; Greek: Megas/Puchner 1998; Polish: Satke 1958, No. 15; Udmurt: Kralina 1961, No. 99; Siberian: Soboleva 1984; Palestinian: Schmidt/Kahle 1918f., No. 98; French-Canadian: Lemieux 1974ff. II, No. 8; Puerto Rican: Hansen 1957, No. 1825**F.

1825A ***Preaching the Truth*** (previously ***The Parson Drunk***).

Pauli/Bolte 1924 II, No. 711; EM 10(2002)1280-1291(S. Fährmann).

Finnish: Rausmaa 1982ff. VI, Nos. 469, 470; Finnish-Swedish: Hackman 1917f. II, No. 348; Wepsian: Kecskeméti/Paunonen 1974; Karelian: Konkka 1963, No. 77; Swedish: Liungman 1961; Norwegian: Hodne 1984; Danish: Bødker et al. 1957, No. 25; Spanish: González Sanz 1996; Italian: Cirese/Serafini 1975; Croatian: Krauss 1914, No. 35; Bulgarian: BFP, No. *1825D; Greek: cf. Loukatos 1957, 297f.; Russian, Ukrainian: cf. SUS, No. 1825; Jewish: Jason 1964f.

1825B ***Preaching as the Congregation Wishes*** (previously ***"I Preach God's Word."***).

Wesselski 1911, No. 279; BP II, 413; EM 10(2002)1280–1291(S. Fährmann).

Finnish: Rausmaa 1982ff. VI, Nos. 470–472; Finnish-Swedish: Hackman 1917f. II, Nos. 351, 352; Estonian: Raudsep 1969, No. 396; Wepsian: Kecskeméti/Paunonen 1974; Swedish: Liungman 1961; Norwegian: Christiansen 1922; Danish: e.g. Berntsen 1873f. I, No. 5, Kristensen 1899, No. 84, cf. No. 43, Kristensen 1900, No. 384; Irish: Ó Súilleabháin/Christiansen 1963; Spanish: Espinosa 1946f., No. 60, cf. Espinosa 1988, No. 412; Catalan: Oriol/Pujol 2003; Portuguese: Parafita 2001f. II, Nos. 161, 184, Cardigos(forthcoming), Nos. 1825B, 1825*D, cf. No. 1825*E; Dutch: Sinninghe 1943, No. 1826; Frisian: Kooi 1979b, No. 77b, Kooi 1984a, No. 1828A*; Flemish: Meyer 1968; German: Merkens 1892ff. I, No. 266, II, No. 90, Wossidlo/Neumann 1963, Nos. 258, 260, Berger 2001, Nos. 1825*, 1825B*, cf. Moser-Rath 1964, No. 151; Swiss: Lachmereis 1944, 56f.; Hungarian: MNK VII C; Greek: Loukatos 1957, 312; Russian, Byelorussian, Ukrainian: SUS; Gypsy: MNK X 1; Uzbek: Afzalov et al. 1963 II, 361f.; Palestinian, Saudi Arabian: El-Shamy 2004; Spanish-American, Mexican: Robe 1973; Puerto Rican: Hansen 1957, Nos. 1825, 1825**F.

1825C ***The Sawed Pulpit.***

Kirchhof/Oesterley 1869 II, No. 75; BP II, 413; EM 7(1993)945–947(U. Marzolph).

Finnish: Rausmaa 1982ff. VI, Nos. 301, 473; Finnish-Swedish: Hackman 1917f. II, No. 284; Estonian: Raudsep 1969, No. 90; Lithuanian: Aleksynas 1974, No. 141, Kerbelytė 1999ff. IV(forthcoming); Lappish: Qvigstad 1927ff. III, No. 99; Swedish: Liungman 1961; Norwegian: Hodne 1984; Icelandic: Sveinsson 1929; Danish: Kristensen 1899, No. 58, cf. No. 72, Kristensen 1900, No. 372; Irish: Ó Súilleabháin/Christiansen 1963; Dutch: Sinninghe 1943; Frisian: Kooi 1984a, Nos. 1825C, 1833K*; Flemish: Meyer 1968; German: Nimtz-Wendlandt 1961, No. 83, Wossidlo/Neumann 1963, Nos. 269, 271, 273; Italian: Cirese/Serafini 1975; Czech: Tille 1929ff. II 2, 393f.; Slovakian: Polívka 1923ff. IV, 509; Polish: Krzyżanowski 1962f. II; Dominican: Flowers 1953; South African: Coetzee et al. 1967.

1825D* ***Fire in the Boots.***

Finnish: Rausmaa 1982ff. VI, 570; Latvian: Arājs/Medne 1977; Rumanian: Stroescu 1969 I, No. 3868; Bulgarian: BFP; Russian, Byelorussian, Ukrainian: SUS; Siberian: Soboleva 1984; Japanese: cf. Ikeda 1971, Inada/Ozawa 1977ff.; Egyptian: El-Shamy 2004; Moroccan: Topper 1986, No. 29.

1826 ***The Clergyman Has no Need to Preach.***

Arlotto/Wesselski 1910 I, No. 8; Wesselski 1911 I, No. 1; Basset 1924ff. I, 465f.; Poliziano/Wesselski 1929, No. 341; Schwarzbaum 1968, 56; Marzolph 1992 II, No. 378; EM 10(2002)1280–1291(S. Fährmann).

Finnish: Rausmaa 1982ff. VI, No. 474; Estonian: Raudsep 1969, No. 283; Latvian: Arājs/Medne 1977; Lithuanian: Cappeller 1924, No. 35, Kerbelytė 1999ff. IV(forthcoming); Spanish: Chevalier 1983, No. 232; Catalan: Oriol/Pujol 2003; German: Moser-Rath 1984, 287 not. 61; Italian: Cirese/Serafini 1975; Hungarian: MNK VII C; Czech: Tille 1929ff. II 2, 393f.; Rumanian: Stroescu 1969 I, No. 3869; Bulgarian: BFP; Greek: Hallgarten 1929, 71, Megas/Puchner 1998; Polish: Krzyżanowski 1962f. II; Russian, Byelorussian, Ukrainian: SUS; Jewish: Haboucha 1992; Siberian: Soboleva 1984; Tadzhik: Dechoti 1958, 46; Iraqi: El-Shamy 2004; Chinese: Ting 1978; Egyptian: El-Shamy 2004.

1826A* ***The Saint who Ran Away*** (previously ***The Escaped Saint***).

Finnish: Rausmaa 1982ff. VI, No. 476; Latvian: Arājs/Medne 1977; Spanish: cf. Espinosa 1988, Nos. 400, 401; Portuguese: Oliveira 1900f. I, No. 30, Cardigos(forthcoming); Ukrainian: SUS.

1827 ***"You Shall See Me a Little While Longer."***

EM 10(2002)1280–1291(S. Fährmann).

Finnish: Rausmaa 1982ff. VI, Nos. 464, 477, 478; Finnish-Swedish: Hackman 1917f. II, No. 355; Estonian: Raudsep 1969, No. 315; Latvian: Arājs/Medne 1977; Lappish: Qvigstad 1925; Swedish: Liungman 1961; Norwegian: Hodne 1984; Danish: Kristensen 1899, Nos. 45, 47, 254, Kristensen 1900, No. 382; Irish: Ó Súilleabháin/Christiansen 1963; German: Henßen 1935, 333f., Moser-Rath 1984, 379 No. 44, 425; Polish: cf. Krzyżanowski 1962f. II, No. 1827B; African American: Parsons 1923a, No. 140; Mexican: Robe 1973; South African: Coetzee et al. 1967.

1827A ***Cards (Liquor Bottle) Fall from the Sleeve of the Clergyman.***

EM 10(2002)1280–1291(S. Fährmann).

Finnish: Rausmaa 1982ff. VI, Nos. 479, 480; Estonian: Raudsep 1969, No. 331; Latvian: Arājs/Medne 1977; Lithuanian: Kerbelytė 1999ff. IV (forthcoming); Swedish: Bergvall/Nyman et al. 1991, No. 89; Norwegian: Hodne 1984; Danish: Kristensen 1899, Nos. 77, 167; English: Briggs 1970f. A II, 230; Flemish: Meyer 1968; German: Kooi/Schuster 1994, No. 206a; Maltese: Mifsud-Chircop 1978; Russian, Ukrainian: SUS; Siberian: Soboleva 1984; South African: Coetzee et al. 1967.

1827B ***Billy Goats Instead of Sheep.***
Kirchhof/Oesterley 1869 I 2, No. 80; Bebel/Wesselski 1907 I 1, No. 78; Pauli/Bolte 1924 II, No. 782; EM 10 (2002) 1280–1291 (S. Fährmann).
French: Sébillot 1910, No. 97; German: Zeitschrift des Vereins für rheinische und westfälische Volkskunde 29 (1932) 96f.; Croatian: Bošković-Stulli 1963, No. 98.

1828 ***The Rooster at Church Crows.***
Kirchhof/Oesterley 1869 II, No. 77.
Finnish: Rausmaa 1982ff. VI, No. 481; Finnish-Swedish: Hackman 1917f. II, No. 343; Estonian: cf. Raudsep 1969, No. 285; Swedish: Liungman 1961; Danish: Kristensen 1899, Nos. 196–199, 255–259, cf. Christensen 1939, 117 No. 17; English: Briggs 1970f. A II, 198; German: Dietz 1951, No. 100, Moser-Rath 1984, 288 not. 76, 394 No. 115, 448; Italian: Cirese/Serafini 1975; Hungarian: Dobos 1962, No. 36.

1828* ***Weeping and Laughing.***
Plessner 1961; Neumann 1986, 23–27; EM: Weinen und Lachen bei der Predigt (in prep.).
Finnish: Rausmaa 1982ff. VI, No. 482; Estonian: Raudsep 1969, No. 344; Latvian: Arājs/Medne 1977; Lithuanian: Kerbelytė 1999ff. II; Danish: cf. Kristensen 1899, Nos. 439, 447; Spanish: Chevalier 1983, No. 233; Dutch: Haan 1974, 181f., Geldof 1979, 191; Frisian: Kooi 1984a, Kooi/Schuster 1993, No. 183b; German: Debus 1951, 164f., Wossidlo/Neumann 1963, No. 262, Moser-Rath 1984, 369f. No. 5, 411; Italian: Cirese/Serafini 1975; Hungarian: György 1934, No. 63; Czech: Hüllen 1965, 34ff.; Serbian: Vrčević 1868f. I, No. 257; Bulgarian: BFP; Greek: Megas/Puchner 1998; Polish: Krzyżanowski 1962f. II; Ukrainian: Hnatjuk 1909f. II, No. 158; African American: Dance 1978, No. 57; Cuban: Hansen 1957, No. **1835C; South African: Coetzee et al. 1967.

1829 ***Living Person Acts as Image of Saint.***
Erk/Böhme 1893f. I, No. 154; EM 6 (1990) 682–686 (H.-J. Uther).

Latvian: Arājs/Medne 1977; Lithuanian: Kerbelytė 1999ff. IV(forthcoming); Swedish: EU, Nos. 547, 7892, 44755, Wigström 1884, 103f.; Danish: Holbek 1990, No. 28; Irish: Ó Súilleabháin/Christiansen 1963; French: Lambert 1899, 88f., Perbosc 1907, 128ff., 137f., 139ff., Cadic 1955, No. 21; Spanish: Espinosa 1946, No. 42, Espinosa 1988, Nos. 402, 403, Camarena Laucirica 1991 II, Nos. 268, 270; Portuguese: Soromenho/Soromenho 1984f. II, No. 471, Coelho 1985, No. 72, Cardigos(forthcoming); Dutch: Meder/Bakker 2001, Nos. 57, 332; Frisian: Kooi 1984a; Flemish: Meyer 1968; Walloon: Legros 1962, 112; German: Neumann 1968a, No. 79, Kapfhammer 1974, 130, 141f.; Austrian: Anthropophyteia 5(1908)132 No. 8, Haiding 1969, No. 48; Italian: Morlini/Wesselski 1908, No. 37, Cirese/Serafini 1975, De Simone 1994 I, No. 20; Sardinian: Cirese/Serafini 1975; Maltese: Mifsud-Chircop 1978; Hungarian: MNK VII C; Slovakian: Gašparíková 1991f. I, Nos. 11, 276, 318, 329, II, No. 477; Slovene: Kühar/Novak 1988, 182; Croatian: Krauss 1914, No. 116, Bošković-Stulli 1975a, No. 45; Bulgarian: BFP; Greek: Megas/Puchner 1998; Polish: Krzyżanowski 1962f. II; Russian, Byelorussian, Ukrainian: SUS; Siberian: Soboleva 1984; Georgian: Kurdovanidze 2000, No. 1829*; Sri Lankan: cf. Thompson/Roberts 1960; Chinese: cf. Ting 1978; Laotian: cf. Lindell et al. 1977ff. II, 67ff.; West Indies: Flowers 1953, 546f. No. K1842.

1830 ***Producing the Weather*** (previously ***In Trial Sermon the Parson Promises the Laymen the Kind of Weather they Want***).
Cf. Wesselski 1911 I, No. 51; EM: Wettermacher(in prep.).
Finnish: Rausmaa 1982ff. VI, No. 483; Latvian: Arājs/Medne 1977; Swedish: Liungman 1961; Norwegian: Hodne 1984; Scottish: Briggs 1970f. A II, 241f.; Irish: Ó Súilleabháin/Christiansen 1963; English: Briggs 1970f. A II, 241f.; French: Bladé 1886 III, 301ff., Pelen 1994, No. 177a; Spanish: RE 6(1966)185f., Chevalier 1983, No. 234; Catalan: Oriol/Pujol 2003; Frisian: Kooi 1984a; Flemish: Meyer 1968; German: Merkens 1892ff. II, No. 192, Moser-Rath 1964, No. 238, Moser-Rath 1984, 287 not. 61; Italian: Cirese/Serafini 1975; Hungarian: MNK VII C; Slovakian: Polívka 1923ff. IV, 30, Gašparíková 1981a, 169, Gašparíková 1981b, No. 30; Slovene: Kühar/Novak 1988, 130; Serbian: Karadžić 1937, 236, No. 6, Mićović/Filipović 1952, 340, Panić-Surep 1964, No. 98; Rumanian: Stroescu 1969 II, No. 4783; Bulgarian: BFP; Albanian: Lambertz 1922, 88 No. 12; Greek: Megas/Puchner 1998; Gypsy: MNK X 1; Kurdish: Džalila et al. 1989, No. 231.

1831 ***The Clergyman and Sexton at Mass.***
EM 10(2002)877–884(V. Gašparíková).

Finnish: Rausmaa 1982ff. VI, Nos. 464, 484; Finnish-Swedish: Hackman 1917f. II, Nos. 276, 331(9), 360; Estonian: Raudsep 1969, Nos. 339, 340; Latvian: Arājs/Medne 1977; Lithuanian: Kerbelytė 1999ff. II; Lappish: Kecskeméti/Paunonen 1974; Danish: Kamp 1877, No. 897, Kristensen 1899, Nos. 230, 231, 233, 234, 237, 238; French: Bladé 1886 III, 331f., 337f., Joisten 1971 II, Nos. 233, 236, Courrière 1988, 43ff.; Spanish: González Sanz 1996; Catalan: Oriol/Pujol 2003; Portuguese: Soromenho/Soromenho 1984f. II, Nos. 511, 523, Cardigos(forthcoming); Dutch: Sinninghe 1943, Meder/Bakker 201, Nos. 225, 450, 451; Frisian: Kooi 1984a, Kooi/Schuster 1993, No. 175; Flemish: Meyer 1968; German: Wossidlo/Neumann 1963, Nos. 284, 285, Moser-Rath 1984, 289 not. 85, 450 No. 124, Berger 2001, No. 1831*; Austrian: Haiding 1969, No. 29, Haiding 1977a, No. 7; Italian, Sardinian: Cirese/Serafini 1975; Cirese/Serafini 1975; Hungarian: Berze Nagy 1960, 113ff.; Slovakian: cf. Gašparíková 1991f. II, No. 506; Slovene: Milčinski 1920, 13f.; Serbian: cf. Vrčević 1868f. I, No. 260, Karadžić 1959, No. 216, Đjorđjevič/Milošević-Đjorđjevič 1988, No. 291; Macedonian: cf. Čepenkov/Penušliski 1989 IV, No. 469; Rumanian: Stroescu 1969 II, No. 5436; Bulgarian: BFP; Albanian: Jarník 1890ff., 421; Greek: Mousaios-Bougioukos 1976, No. 41, Megas/Puchner 1998; Polish: Krzyżanowski 1962f. II; Russian, Byelorussian, Ukrainian: SUS; Gypsy: MNK X 1; Mordvinian: Kecskeméti/Paunonen 1974; Siberian: Soboleva 1984; Georgian: Kurdovanidze 2000; Spanish-American: Robe 1973; African American: cf. Dorson 1956, 170; Mexican: Robe 1973; Cuban: Hansen 1957, No. 1831**D.

1831B ***The Clergyman's Share and the Sexton's.***
EM 10(2002)880.
Estonian: Raudsep 1969, No. 231; German: cf. Benzel 1965, No. 164; Italian: Cirese/Serafini 1975; Russian, Byelorussian, Ukrainian: SUS.

1831C ***The Clergyman Takes a Bribe.***
EM 10(2002)880f., 884.
French: Bladé 1886 III, 337f. No. 11; German: Dietz 1951, No. 116, Zender 1984, No. 112; Maltese: Mifsud-Chircop 1978, No. *1831C; Hungarian: MNK VII C, No. 1831A*; Czech: Jech 1984, No. 79; Slovakian: Gašparíková 1981a, 187; Polish: Krzyżanowski 1962f. II.

1831A* ***Inappropriate Actions in Church.***
Schwarzbaum 1968, 30, 450; EM 10(2002)880-882.
Finnish: Rausmaa 1982ff. VI, No. 485; Latvian: Arājs/Medne 1977; Danish: Kris-

tensen 1892f. I, Nos. 274, 284–286, 301, 309, 311–324, II, Nos. 347, 352–354, 356–358, 376, 402, 404, 406–417, 578, Kristensen 1899, Nos. 34, 36, 40, 42, 48, 70, 78, 109, 120, 212, 213, 276, 315, 371, 501, 585, Christensen 1939, Nos. 25, 71; Irish: Ó Súilleabháin/Christiansen 1963; English: Briggs 1970f. A II, 6; French: Perbosc 1907, 223ff., 227f., 234f., 236, 239, 240, 245f., 263, 264f., Perbosc/Bru 1987, 84, 113f., 115, 118, 130f., Pelen 1994, No. 153a; Frisian: Kooi 1984a, No. 1831B*; Italian: Cirese/Serafini 1975, Nos. 1831A, 1831A*; Sardinian: Cirese/Serafini 1975; Greek: Megas/Puchner 1998, Nos. *1831B, *1831C; Polish: Krzyżanowski 1962f. II, Nos. 1831D, 1831E; Russian: SUS, Nos. 1831A*, 1831A**, 1831B*; Jewish: Haboucha 1992, No. 1831*C; French-Canadian: Lemieux 1974ff. XVIII, No. 12; Spanish-American, Mexican: Robe 1973.

1832 ***The Sermon about the Rich Man.***
Finnish: Rausmaa 1982ff. VI, No. 486; Finnish-Swedish: Hackman 1917f. II, No. 356b; Karelian: Kecskeméti/Paunonen 1974; Swedish: EU, No. 25671; Norwegian: Hodne 1984; Danish: Grundtvig 1854ff. I, No. 117, Kristensen 1892f. I, Nos. 302–307, 310, II, Nos. 382–401, 405, 415, Christensen 1939, No. 71B; Irish: Ó Súilleabháin/Christiansen 1963; French: Perbosc/Bru 1987, 159; Spanish: Camarena Laucirica 1991 II, No. 275; German: Findeisen 1925, No. 38, Selk 1949, No. 63, Grannas 1960, No. 112.

1832* ***The Boy Answers the Clergyman.***
EM 7(1993)1058f.
Finnish: Rausmaa 1982ff. VI, No. 487; Latvian: Arājs/Medne 1977, Nos. 1832*, 1832K*; Danish: Kristensen 1892f. I, No. 235, II, Nos. 41, 170, Kristensen 1899, Nos. 35, 71, 153, 154, 158, 159, 162, 372, 486–488, 490, 511, Kristensen 1900, Nos. 371, 539; English: Briggs 1970f. A II, 28f.; Portuguese: Cardigos(forthcoming); Dutch: Swanenberg 1986, 105f.; Frisian: Kooi 1984a, No. 1832X*; Flemish: Meyer 1968, No. 1832K**; German: Merkens 1892ff. I, Nos. 209, 214a, 232, Moser-Rath 1984, 374 No. 24, 386, 419, 437, Zender 1984, No. 133; Swiss: Tobler 1905, 49; Maltese: Mifsud-Chircop 1978, Nos. *1832G_1–*1832G_3; Serbian: Mićović/Filipović 1952, 321f.; Croatian: Dolenec 1972, No. 55; Polish: Krzyżanowski 1962f. II, No. 1744; Jewish: Jason 1975, Haboucha 1992, No. 1832*R; French-Canadian: Lemieux 1974ff. XVI, No. 17; South African: Coetzee et al. 1967, No. 1832A*, Grobbelaar 1981.

1832B* ***What Kind of Dung?***
Irish: Ó Súilleabháin/Christiansen 1963; Greek: Orso 1979, No. 198; US-American: Baker 1986, No. 130; Nicaraguan: Robe 1973.

1832D* *"How Many Sacraments are There?"*
Kirchhof/Oesterley 1869 I 1, No. 237; cf. Marzolph 1992 II, No. 126; EM 7(1993) 1060, 1066 not. 20.
Finnish: Rausmaa 1982ff. VI, No. 444; Estonian: Raudsep 1969, No. 164, cf. Nos. 157, 271; Latvian: Arājs/Medne 1977, Nos. 1810A*, 1832D*; Lithuanian: Kerbelytė 1999ff. IV(forthcoming); Norwegian: Hodne 1984, Nos. 1810A*, 1832*D; Danish: Kristensen 1892f. I, No. 290, Kristensen 1899, Nos. 152, 155; Irish: Ó Súilleabháin/Christiansen 1963; Englisch: Briggs 1970f. A II, 28, Ranke 1972, No. 21; Portuguese: cf. Cardigos(forthcoming); Dutch: Sinninghe 1943, Nos. 1793, 1846; Frisian: Kooi 1984a; Flemish: Meyer 1968, No. 1832D*; German: Merkens 1892ff. III, Nos. 153, 207, Dietz 1951, Nos. 61, 64, Moser-Rath 1984, 290f. not. 111; Italian: D'Aronco 1953, No. [1211]a-d; Maltese: Mifsud-Chircop 1978, 1810A*; Czech: Jech 1959, No. 128; Slovakian: Gašparíková 1991f. II, No. 493; Croatian: Dolenec 1972, No. 53; Rumanian: Stroescu 1969 I, No. 3863; Polish: cf. Krzyżanowski 1962f. II, No. 1810; Ukrainian: Čendej 1959, 376f.; Japanese: cf. Ikeda 1971, Nos. 875, 922; African American: Dorson 1956, 172.

1832E* *Good Manners.*
Latvian: Arājs/Medne 1977; Lithuanian: Kerbelytė 1999ff. IV(forthcoming); Danish: Kristensen 1900, No. 363; Irish: Ó Súilleabháin/Christiansen 1963; Frisian: Kooi 1984a, Kooi/Schuster 1993, No. 119; German: Kooi/Schuster 1994, No. 159; Rumanian: Stroescu 1969 I, No. 3126; French-Canadian: Thomas 1983, 358f.; US-American: Dodge 1987, 160f.

1832F* *Invitation to Dinner* (previously *Boy Invited to Dinner by Priest*).
EM 10(2002)256.
Swedish: Wigström 1884, 108f.; Danish: Kristensen 1899, No. 573, Kristensen 1900, Nos. 119–121; French: RTP 1(1887)196, Pelen 1994, No. 75a; Catalan: Oriol/Pujol 2003; Portuguese: cf. Oliveira 1900f. I, No. 109, II, No. 394, Cardigos(forthcoming); German: Peuckert 1932, No. 262, Stübs 1938, No. 64, Dietz 1951, No. 230, Berger 2002, No. 1610; Italian: cf. Rossi 1987, No. 100; Hungarian: MNK VII C; Slovakian: Gašparíková 1991f. II, No. 502; Ukrainian: SUS, No. 1832; South African: Coetzee et al. 1967.

1832M* *Clergyman's Words Repeated.*
EM 2(1979)794f.(K. Ranke).
Finnish: Rausmaa 1982ff. VI, Nos. 488–490; Estonian: Raudsep 1969, No. 476; Latvi-

an: Arājs/Medne 1977; Danish: Kristensen 1899, Nos. 194, 214, 215; English: Baughman 1966; Dutch: Groningen 11(1928)157f., 29(1947)212ff., Kooi 1985f., No. 42; Frisian: Kooi 1984a, Nos. 1832M*, 1832M**, Kooi/Schuster 1993, No. 176; German: Merkens 1892ff. I, No. 256, Kooi/Schuster 1994, No. 207; Maltese: cf. Mifsud-Chircop 1978, No. *1832M$_1$; Polish: cf. Krzyżanowski 1962f. II, No. 1223A; Indian: Thompson/Balys 1958, No. J2498.2; Japanese: cf. Ikeda 1971, No. 1825D*; Australian: Adams/Newell 1999 II, 261; US-American: Baughman 1966, Baker 1986, No. 294, .Burrison 1989, 40; African American: Dance 1978, No. 59; Egyptian: El-Shamy 2004.

1832N* ***Lamb of God Becomes Sheep of God.***
Kirchhof/Oesterley 1869 I 1, No. 244; Wickram/Bolte 1903, No. 39; Wesselski 1911 I, No. 105; EM 6(1990)425–427(J. van der Kooi); Marzolph 1992 II, No. 1237.
Finnish: Rausmaa 1982ff. VI, No. 491; Estonian: Raudsep 1969, No. 123; Latvian: Arājs/Medne 1977; Irish: Ó Súilleabháin/Christiansen 1963; English: Briggs 1970f. A II, 263; French: Perbosc 1907, No. 17; Spanish: Chevalier 1983, No. 235, Espinosa 1988, No. 419; German: Merkens 1892ff. I, No. 298, Wossidlo/Neumann 1963, No. 307; Italian: Cirese/Serafini 1975; Maltese: Mifsud-Chircop 1978; Rumanian: Stroescu 1969 I, Nos. 3864, 4132.

1832P* ***"The Devil!"***
Finnish: Rausmaa 1982ff. VI, Nos. 445–447, 492; Estonian: Raudsep 1969, No. 180; Danish: Kristensen 1892f. I, No. 307, cf. II, No. 403, Kristensen 1896f. I, No. 7; Italian: Cirese/Serafini 1975, No. 1810C*.

1832Q* ***A Clergyman Asks for the Way.***
Latvian: Arājs/Medne 1977, No. *1848E; Dutch: Swanenberg 1986, 282; Frisian: Kooi 1984a, No. 1832V*; German: Merkens 1892ff. I, No. 220, cf. Wossidlo/Neumann 1963, No. 229, Moser-Rath 1984, 245, 357; Hungarian: cf. MNK VI, No. 1307*II; US-American: Fuller 1948, 281, Randolph 1965, No. 352; Jordanian: Marzolph 1996, No. 605.

1832R* ***Hymnbook Upside Down.***
Schenda 1970, 57; EM 1(1977)483; Ranke 1979, 165 No. 72.
Frisian: Kooi 1984a, No. 1832Z*; German: Merkens 1892ff. III, No. 208, Wossidlo/Neumann 1963, No. 253, Moser-Rath 1984, 243, 355; Rumanian: Stroescu 1969 I, No. 4070; US-American: Randolph 1965, No. 195.

1832S* ***Church of Dung.***
EM 1(1977)483.
Estonian: Raudsep 1969, No. 418; Latvian: Arājs/Medne 1977, No. *1832B**; Dutch: Boer 1961, 42; Frisian: Kooi 1984a, No. 1832W*; Flemish: Meyere 1925ff. I, 208 No. 25; German: Merkens 1892ff. II, No. 94, III, No. 198, Wossidlo/Neumann 1963, No. 518, Kooi/Schuster 1994, No. 199; Austrian: ZfVk. 16(1906)291 No. 26; Swiss: Tobler 1905, 48; Ukrainian: Hnatjuk 1909f. I, 58.

1832T* ***"Who Was the Father of Noah's Sons?"***
Danish: Kristensen 1892f. I, No. 171, II, Nos. 166–169, 541, Kristensen 1900, Nos. 404–406, Christensen 1939, No. 73; English: Briggs 1970f. A II, 196; Flemish: Lox 1999b, No. 10; Frisian: Kooi 1984a, No. 1810E*; German: Merkens 1892ff. I, No. 118, Wossidlo/Neumann 1963, No. 225, Neumann 1976, 281ff., Moser-Rath 1984, 169, Kooi/Schuster 1994, No. 87.

1833 ***The Clergyman's Rhetorical Question Misunderstood*** (previously ***Application of the Sermon***).
Arlotto/Wesselski 1910, No. 113; Marzolph 1992 II, No. 1189.
Finnish: Rausmaa 1982ff. VI, Nos. 493–495; Finnish-Swedish: Hackman 1917f. II, Nos. 353–356c, 356e, 361; Estonian: Aarne 1918; Livonian: Loorits 1926; Latvian: Arājs/Medne 1977, Nos. 1833, 1833**; Swedish: EU, No. 30095, Liungman 1961, No. 1833**; Norwegian: Hodne 1984, Nos. 1833, 1833**; Danish: Kristensen 1892f. I, Nos. 224, 278–283, II, Nos. 363–366, Kristensen 1899, Nos. 5, 12, 13, 32, 44, 48–52, 59–65, 73–76, 79–82, 96–103, 139–140, 363, 368, 434, Kristensen 1900, Nos. 372, 374, 377–380; Faeroese: Nyman 1984, No. 1833**; Irish: Ó Súilleabháin/Christiansen 1963, Nos. 1833, 1833**; English: Briggs 1970f. A II, 52, 57, 156, 202, 229f., 234f., 240, 343f., B II, 297; French: RTP 2(1887)211 No. 9, Perbosc 1907, 150ff., 153ff., Pelen 1994, No. 152a; Spanish: Camarena Laucirica 1991 II, No. 276, Lorenzo Vélez 1997, 164f., 165; Portuguese: cf. Cardigos(forthcoming), No. 1833*J; Dutch: Sinninghe 1943, Nos. 1833; Frisian: Kooi 1979b, Nos. 77c-e, 77k, 77, Kooi 1984a, Nos. 1833E*, 1833L*, Kooi/Schuster 1994, No. 216; Flemish: Top 1982, 94 No. 40; German: Wossidlo/Neumann 1963, Nos. 245, 248, 254–257, Moser-Rath 1984, 288 not. 76, 418 not. 22, Berger 2001, No. 1833***; Italian: Cirese/Serafini 1975, Nos. 1833, 1833**, Appari 1992, No. 50; Hungarian: Dobos 1962, 500 No. 7, 503 No. 11; Slovakian: Gašparíková 1981a, 188; Serbian: Čajkanović 1927, 376 No. 125; Rumanian: Stroescu 1969 I, Nos. 3130, 4191; Greek: Megas/Puchner 1998, Nos. 1833, 1833**; Jewish: Jason 1965, 1988a; Palestinian: Hanauer 1907, 240f.; English-Canadian: Halpert/Widdowson 1996 II, No. 127;

US-American: Briggs 1970f. A II, 234f.; Spanish-American: TFSP 30(1961)125; African American: Dorson 1956, 170, cf. 171; Mexican: Paredes 1970, 181 No. 72; Cuban: Hansen 1957, No. 1833**E; West Indies: Flowers 1953, Nos. 1833, 1833**.

1833A ***"What Does David Say?"***
Cf. Arlotto/Wesselski 1910, No. 113; EM 7(1993)1062, 1066 No. 35.
Finnish: Rausmaa 1982ff. VI, Nos. 496, 497; Finnish-Swedish: Hackman 1917ff. II, No. 356d; Estonian: Raudsep 1969, No. 370; Latvian: Arājs/Medne 1977; Swedish: Liungman 1961; Danish: Skattegraveren 11(1889)58f., 59, Kristensen 1899, Nos. 117–119, 316, Kristensen 1900, No. 381; Faeroese: Nyman 1984; Irish: Ó Súilleabháin/Christiansen 1963; English: Baughman 1966; Spanish: Chevalier 1983, No. 236; Dutch: Sinninghe 1943; Frisian: Kooi 1984a; Flemish: Meyer 1968; Walloon: Laport 1932; German: Henßen 1951, No. 67, Wossidlo/Neumann 1963, No. 247, Moser-Rath 1984, 286f. not. 57, 291 not. 115, 374 No. 23, 418f.; Italian: Cirese/Serafini 1975; Hungarian: MNK VII C; Czech: Klímová 1966, No. 89; Slovakian: Polívka 1923ff. V, 74; Croatian: Bošković-Stulli 1963, No. 102; Rumanian: Stroescu 1969 I, No. 3130; Polish: Krzyżanowski 1962f. II; Russian, Byelorussian, Ukrainian: SUS; English-Canadian: Fauset 1931, No. 144; US-American: Baughman 1966; Spanish-American: TFSP 29(1959)165f.; African American: Dorson 1958, No. 90, Dance 1978, No. 58, Abrahams 1970, 201f.

1833B ***"Where is the Father?"*** (previously ***"Where Did Our Father Stay?"***).
Pauli/Bolte 1924 I, No. 155; EM 7(1993)1060, 1065 not. 15.
Finnish: Rausmaa 1982ff. VI, No. 498; Latvian: Arājs/Medne 1977; Lithuanian: Kerbelytė 1999ff. IV(forthcoming); Swedish: Liungman 1961; Danish: Kristensen 1899, Nos. 295, 296; Irish: Ó Súilleabháin/Christiansen 1963; English: Briggs 1970f. A II, 232; Spanish: Llano Roza de Ampudia 1925, No. 64; Basque: Frey/Brettschneider 1982, 132f.; Portuguese: Cardigos(forthcoming); Flemish: Meyer 1968; Frisian: Kooi/Schuster 1993, No. 171; German: Moser-Rath 1984, 374 No. 24, 419, Zender 1984, No. 119, Berger 2002, No. 1823*; Italian: Cirese/Serafini 1975; Hungarian: MNK VII C, No. 1833B*; Czech: Klímová 1966, No. 90, Sirovátka 1980, No. 36; Slovakian: Gašparíková 1991f. I, No. 250, II, No. 494; Bosnian: Eschker 1986, No. 48; Rumanaian: Stroescu 1969 I, No. 4566; Bulgarian: BFP, No. *1832G**.

1833C ***"Where Was Christ When He Was Neither in Heaven Nor on Earth?"***
Finnish: Rausmaa 1982ff. VI, Nos. 499, 500; Latvian: Arājs/Medne 1977; Flemish: Meyer 1968; German: Moser-Rath 1984, 216, Tomkowiak 1993, 273f.; Russian: SUS;

Jewish: Jason 1965; Japanese: cf. Ikeda 1971, No. 1925*.

1833D ***The Names of the Persons of the Holy Trinity.***
Frey/Bolte 1896, No. 55; Bebel/Wesselski 1907 I 2, No. 34.
Finnish: Rausmaa 1982ff. VI, No. 501; Latvian: Arājs/Medne 1977; Swedish: Bergvall/Nyman et al. 1991, No. 96; Irish: Ó Súilleabháin/Christiansen 1963; French: RTP 15(1901)503; Portuguese: Oliveira 1900f. II, No. 422, Vasconcellos/Soromenho et al. 1963f. II, No. 417, Cardigos(forthcoming), No. 1832G*; Dutch: Meder/Bakker 2001, No. 501; Frisian: Kooi 1984a; Flemish: Meyer 1968; German: Wossidlo/Neumann 1963, No. 297, Neumann 1968b, No. 70, Kooi/Schuster 1994, Nos. 101, 189; Italian: Cirese/Serafini 1975, Nos. 1832G*, 1833D; Hungarian: György 1932, No. 67, MNK VII C; Rumanian: Stroescu 1969 I, No. 4211; Russian: Potjavin 1960, No. 42; Jewish: Richman 1954, 248f., Landmann 1973, 80; US-American: Baughman 1966; West Indies: Flowers 1953.

1833E ***God is Dead*** (previously ***God Died for You***).
Ranke 1955b, 42; EM 6(1990)3–6(L. Intorp).
Finnish: Rausmaa 1982ff. VI, No. 502; Estonian: Raudsep 1969, No. 178, cf. No. 175; Latvian: Arājs/Medne 1977; Lithuanian: Jurkschat 1898, No. 55, Kerbelytė 1999ff. IV (forthcoming); Norwegian: Hodne 1984; Danish: Kristensen 1892f. I, Nos. 254, 255, II, Nos. 322, 377, 378, Christensen 1939, No. 53; Irish: Ó Súilleabháin/Christiansen 1963; French: RTP 1(1887)115, 115f., Coulomb/Castell 1986, No. 62; Portuguese: Henriques/Gouveia et al. 2001, No. 119, Cardigos(forthcoming); Frisian: Kooi 1984a, Kooi/Schuster 1993, No. 169; Flemish: Meyer 1968; German: Merkens 1892ff. II, No. 124, III, No. 206, Kooi/Schuster 1994, Nos. 167, 197, 214, cf. Berger 2001, No. 1833E*; Austrian: Haiding 1969, No. 147; Swiss: Tobler 1905, 44, Lachmereis 1944, 62; Czech: Klímová 1966, No. 91; US-American: Baughman 1966, Dodge 1987, 18, Leary 1991, Nos. 25, 252; Spanish-American: TFSP 14(1938)161, 21(1946)96f., 30 (1961)136–139, Rael 1957 II, No. 442; African American: Dorson 1964, 89f., Dance 1978, No. 173; Australian: Wannan 1976, 164.

1833F ***The Same Old Story.***
Schwarzbaum 1968, 60, 454.
Finnish: Rausmaa 1982ff. VI, No. 503; Swedish: Bergvall/Nyman et al. 1991, No. 95; Danish: cf. Kristensen 1892f. II, No. 349; Flemish: Meyer 1968; German: Kooi/Schuster 1994, No. 214; Italian: cf. D'Aronco 1953, No. [1754]; Maltese: Mifsud-Chircop 1978; Hungarian: MNK VIIB, No. 1561K*; Rumanian: Stroescu 1969 I, No.

4134; Greek: Argenti/Rose 1949 II, 626a; Jewish: Jason 1965, Haboucha 1992; Mexican: cf. Robe 1973; Puerto Rican: cf. Hansen 1957, No. **1835A.

1833H ***The Large Loaves.***

Marzolph 1992 II, No. 19; EM 10(2002)1280–1291(S. Fährmann).

Finnish: Rausmaa 1982ff. VI, No. 504; Finnish-Swedish: Hackman 1917ff. II, No. 362; Estonian: Raudsep 1969, No. 128; Livonian: Loorits 1926, No. 1834; Latvian: Arājs/Medne 1977; Swedish: Kvideland/Sehmsdorf 1999, 241 No. 75; Danish: cf. Kristensen 1899, Nos. 110–117, Holbek 1990, No. 50; Spanish: Camarena Laucirica 1991 II, No. 377; Flemish: Meyer 1968; German: Wossidlo/Neumann 1963, No. 243, Moser-Rath 1984, 287 not. 61, 445f., Kooi/Schuster 1994, No. 215; Italian: Rossi 1987, No. 89; Slovakian: cf. Gašparíková 1991f. I, No. 308; Serbian: Eschker 1986, No. 57; Rumanian: Stroescu 1969 I, Nos. 3862, 4183, II, No. 4901; Greek: Orso 1979, No. 171; Polish: Krzyżanowski 1962f. II; Byelorussian, Ukrainian: SUS; Japanese: Inada/Ozawa 1977ff.; Mexican: cf. Robe 1973, No. 1833*I.

1833J ***"Abraham, What Do You Have on Your Breast?"***

Estonian: Raudsep 1969, No. 99; Irish: Ó Súilleabháin 1942, 644 No. 57; Frisian: Kooi 1984a, No. 1833C*; English-Canadian: cf. Fauset 1931, No. 154, Halpert/Widdowson 1996 II, No. 127; African American: Dorson 1967, No. 233.

1833K ***The Thief Betrays Himself.***

Kirchhof/Oesterley 1869 V, No. 234.

English: Agricola 1976, 223; Frisian: Kooi 1984a, No. 1833G*, Kooi/Schuster 1993, No. 179; German: Merkens 1892ff. II, No. 163, p. 195f., Wossidlo/Neumann 1963, No. 264, Moser-Rath 1964, No. 212, Moser-Rath 1984, 373, 417f.; Swiss: Tobler 1905, 51; Hungarian: MNK VII C, No. 1833J*; US-American: Fuller 1948, 160, Randolph 1955, 166; African American: Herskovits/Herskovits 1936, 415; South African: Coetzee et al. 1967, No. J1141.1.

1833L ***A Clergyman Wakes His Sleeping Congregation.***

Estonian: Raudsep 1969, No. 25; Frisian: Kooi 1984a, No. 1833H**; German: Heinz-Mohr 1974, 76, cf. Moser-Rath 1984, 450 No. 124; Jewish: Ausubel 1948, 392; US-American: Randolph 1965, No. 309.

1833M ***The Long Sermon.***

Dutch: Dörp en Stad N.R. 15(1963)138; Frisian: Kooi 1984a, No. 1833M*; German:

Fischer 1955, 368; Rumanian: Stroescu 1969 I, No. 3239; Jewish: Ausubel 1948, 428, Landmann 1973, 152f.

1834 ***The Clergyman with the Fine Voice.***
Wesselski 1909, No. 2; Wesselski 1911 II, No. 539; Basset 1924ff. I, 308f. No. 43; Pauli/Bolte 1924 I, No. 576; Schwarzbaum 1968, 61, 257f.; Tubach 1969, No. 4395; Marzolph 1992 I, 112f.; EM 10(2002)887–891(U. Marzolph).
Finnish: Rausmaa 1982ff. VI, No. 506; Swedish: Liungman 1961; Norwegian: Hodne 1984; Danish: Kristensen 1899, Nos. 220–225, 227–229; English: Stiefel 1908, No. 31, Zall 1963, 266; French: Parivall 1671, No. 25, Joisten 1971 II, No. 246; Catalan: Neugaard 1993, No. X436; Dutch: Overbeke/Dekker et al. 1991, No. 850; Frisian: Kooi 1984a; Flemish: Meyer 1968; Walloon: Legros 1962; German: Henßen 1935, Nos. 284a, 284b, Wossidlo/Neumann 1963, Nos. 220, 250, Moser-Rath 1984, 285 not. 22, 287 not. 61, 288 not. 76, 291 not. 115; Swiss: Tobler 1905, 48, Jegerlehner 1913, No. 161; Italian: Cirese/Serafini 1975; Hungarian: MNK VII C, Dömötör 1992, No. 415; Slovakian: Gašparíková 1981a, 198; Macedonian: Čepenkov/Penušliski 1989 IV, No. 473; Rumanian: Stroescu 1969 I, No. 3865; Bulgarian: BFP; Polish: Krzyżanowski 1962f. II; Russian, Byelorussian, Ukrainian: SUS; Jewish: Jason 1965, 1975, Haboucha 1992; Tadzhik: Dechoti 1958, 14; Saudi Arabian: El-Shamy 2004; Afghan: Lebedev 1955, 144; Pakistani, Indian: Thompson/Roberts 1960; Japanese: cf. Ikeda 1971; US-American: Dodge 1987, 115; Spanish-American: Robe 1973; Dominican, West Indies: Flowers 1953; Algerian, Moroccan: El-Shamy 2004.

1834* ***The Person from Another Congregation.***
Danish: Holbek 1990, No. 51; English: Ashton 1884, 39; Dutch: Groningen 29(1947) 218f.; Frisian: Kooi 1984a, No. 1833N*, Kooi/Schuster 1993, No. 184; German: Merkens 1892ff. I, 169, 293, Kooi/Schuster 1994, No. 219; Swiss: Tobler 1905, 34; Rumanian: Stroescu 1969 II, No. 4440; Polish: Krzyżanowski 1962f. II, No. 1834A; Russian: SUS, No. 1834*; US-American: Baker 1986, No. 270; African American: Dance 1978, No. 113.

1834A* ***A Fool's Vocation.***
Finnish: Rausmaa 1982ff. VI, Nos. 507, 508; Estonian: Raudsep 1969, No. 423; Livonian: Loorits 1926, No. 1865; Latvian: Arājs/Medne 1977; German: Wossidlo/Neumann 1963, No. 179; Rumanian: Stroescu 1969 II, No. 5618; Polish: Krzyżanowski 1962f. II.

1835* ***Not to Turn Around.***
Livonian: Loorits 1926; Norwegian: Hodne 1984; German: Buse 1975, No. 261; Greek: Laográphia 2(1910)695(6); Polish: Krzyżanowski 1962f. II, No. 1835E.

1835A* ***Gun Accidentally Discharged in Church.***
Ranke 1954; Merckens 1958; EM: Schuß von der Kanzel (forthcoming).
Finnish: Rausmaa 1982ff. VI, No. 480; Latvian: Arājs/Medne 1977; Danish: Kristensen 1899, Nos. 83, 104–108; Frisian: Kooi 1984a, Kooi/Schuster 1993, No. 180; German: Euphorion 22(1915–1920)746f., Grüner 1964, No. 547; Polish: Krzyżanowski 1962f. II, No. 1835.

1835B* ***The Pasted Bible Leaves.***
Schwarzbaum 1968, 60, 454.
Finnish: Rausmaa 1982ff. VI, No. 509; Estonian: Raudsep 1969, No. 109; Latvian: Arājs/Medne 1977; Danish: cf. Kristensen 1899, No. 146; Dutch: Sinninghe/Sinninghe 1933, 347f., Meder/Bakker 2001, No. 118; Frisian: Kooi 1984a; German: Merkens 1892ff. I, No. 124, Moser-Rath 1984, 379 No. 45; Hungarian: MNK VII C; Jewish: Landmann 1973, 84f.; Spanish-American: TFSP 13(1937)102f., 30(1961)139; South African: Coetzee et al. 1967.

1835D* ***Wager: Clergyman to Read Prayer Without Thinking of Anything Else.***
Tubach 1969, No. 3615; EM: Vaterunser beten, ohne an anderes zu denken (in prep.).
Finnish: Rausmaa 1982ff. VI, Nos. 512, 513; Latvian: Arājs/Medne 1977; Danish: Kristensen 1899, No. 46; English: Baughman 1966; French: Delarue/Tenèze 1964ff. IV 1; Portuguese: Parafita 2001f. II, No. 10, Cardigos (forthcomig); Dutch: Overbeke/Dekker et al. 1991, No. 2360; Flemish: Joos 1889ff. I, No. 42; German: Zaunert 1926, 156f., Zender 1935, No. 135, Dietz 1951, No. 107; Austrian: Merkens 1892ff. II, No. 158; Bulgarian: BFP; Polish: Krzyżanowski 1962f. II, No. 1704.

1836 ***The Drunken Clergyman.***
Wickram/Bolte 1903, No. 3; Pauli/Bolte 1924 II, No. 729.
Finnish: Rausmaa 1982ff. VI, Nos. 517, 518; Estonian: Raudsep 1969, Nos. 293–314, 316–330; Latvian: Arājs/Medne 1977; Danish: Kristensen 1892f. I, No. 217, Kristensen 1899, Nos. 18, 19, 21, 25, 28, 66, 275; Maltese: Mifsud-Chircop 1978.

1836A ***The Drunken Clergyman: "Do as I Say, Not as I Do."*** (previously ***The Drunken Parson: "Do not Live as I Live."***).

Kirchhof/Oesterley 1869 I 2, No. 85; Bebel/Wesselski 1907 II 3, No. 152; Pauli/Bolte 1924 I, No. 68; Tubach 1969, No. 1922; EM 10(2002)1280–1291(S. Fährmann).

Finnish: Rausmaa 1982ff. VI, No. 519; Estonian: Raudsep 1969, No. 401; Latvian: Arājs/Medne 1977; Lithuanian: Kerbelytė 1999ff. II; Swedish: Bergström/Nordlander 1885, No. 11, Bergvall/Nyman et al. 1991, No. 87; Norwegian: Hodne 1984; Danish: Kristensen 1899, No. 24; Frisian: Kooi 1984a, Kooi/Schuster 1993, No. 182a; German: cf. Ruppel/Häger 1952, 145, Kooi/Schuster 1994, No. 206a.

1837 ***Holy Ghost in the Church*** (previously ***The Parson to Let a Dove Fly in the Church***).

EM 1(1977)996, 998 not. 17; EM 6(1990)686–690(R. Goerge).

Finnish: Rausmaa 1982ff. VI, Nos. 464, 470, 522, 523, 530; Finnish-Swedish: Hackman 1917f. II, Nos. 339, 340; Estonian: Raudsep 1969, No. 371; Latvian: Arājs/Medne 1977; Lithuanian: Kerbelytė 1999ff. IV(forthcoming); Swedish: Liungman 1961; Danish: Skattegraveren 11(1889)54ff. nos. 90–92, Kristensen 1899, Nos. 123–129; Irish: Ó Súilleabháin/Christiansen 1963; French: Perbosc 1907, 252ff., 255ff., Joisten 1971 II, No. 244; Spanish: González Sanz 1996, Lorenzo Vélez 1997, 165f., 166f., 167ff.; Catalan: Oriol/Pujol 2003; Portuguese: Parafita 2001f. II, No. 157, Cardigos (forthcoming); Dutch: Sinninghe 1943, Meder/Bakker 2001, No. 212; Frisian: Kooi 1984a, Nos. 1837, 1839*; Flemish: Meyer 1968, No. 1839*; Walloon: Legros 1962, No. 1839*; German: Merkens 1892ff. II, No. 211, Kooi/Schuster 1994, No. 129, Berger 2001, No. 1837, cf. No. 1839**; Austrian: Anthropophyteia 2(1905)217 No. 84; Italian: Cirese/Serafini 1975, Nos. 1837, 1839*; Hungarian: MNK VII C, cf. Dömötör 1992, No. 320; Czech: Jech 1959, 365 No. 177; Slovene: Kropej 1995, 198; Rumanian: Stroescu 1969 II, Nos. 4958, 5675; Bulgarian: BFP; Greek: Loukatos 1957, 312; Polish: Krzyżanowski 1962f. II; Russian: SUS, Nos. 1837, 1837**; Byelorussian, Ukrainian: SUS; Gypsy: MNK X 1; Siberian: Soboleva 1884; Georgian: cf. Kurdovanidze 2000, No. 1837A; Australian: Adams/Newell 1999, I, 407; French-Canadian: Lemieux 1974ff. XVIII, No. 19; US-American: Randolph 1965, No. 112, Burrison 1989, 45; Spanish-American: TFSP 29(1959)169; African American: Dance 1978, Nos. 97, 100; South African: Coetzee et al. 1967.

1837* ***A Pet Dove Drops Excrements in the Clergyman's Soup.***

Danish: Kristensen 1900, Nos. 271, 272; Dutch: Geldof 1979, 202; Frisian: Kooi 1984a; Flemish: Volkskunde 24(1913)63 No. 4; Walloon: Laport 1932; German:

Wossidlo/Neumann 1963, No. 492, Neumann 1968c, 258f., Kooi/Schuster 1994, No. 119.

1838 ***The Hog in Church.***
Schwarzbaum 1968, 60, 454; EM 10(2002)1303–1306(S. Neumann).
Finnish: Rausmaa 1982ff. VI, No. 524; Finnish-Swedish: Hackman 1917f. II, No. 338; Estonian: Raudsep 1969, No. 291; Latvian: Arājs/Medne 1977; Swedish: Liungman 1961; Norwegian: Hodne 1984; Danish: Skattegraveren 10(1888)233 No. 553, Kristensen 1898, No. 14, Kristensen 1900, No. 33; English: Baughman 1966; French: Seignolle 1946, No. 74, Joisten 1971 II, No. 232; Spanish: Llano Roza de Ampudia 1925, No. 196, Espinosa 1988, No. 427, Camarena Laucirica 1991 II, No. 280; Portuguese: Parafita 2001f. II, No. 56, Cardigos(forthcoming); Frisian: Kooi 1984a, Kooi/Schuster 1993, No. 164; Flemish: Meyer 1968; German: Wossidlo/Neumann 1963, No. 200, Ranke 1966, No. 80; Italian: Cirese/Serafini 1975; Hungarian: MNK VII C; Serbian: Đjorđjevič/Milošević-Đjorđjevič 1988, No. 216; Croatian: Bošković-Stulli 1963, No. 99; Rumanian: Stroescu 1969 II, No. 5604; Russian: Galkin et al. 1959, 51ff.; Gypsy: MNK X 1; French-Canadian: Lemieux 1974ff. XVIII, No. 20, Ancelet 1994, No. 62; South African: Coetzee et al. 1967.

1838* ***Not Often Seen in Church.***
Bulgarian: BFP, Nos. *1838*; Russian: SUS.

1839A ***The Clergyman Calls Out Cards.***
Kirchhof/Oesterley 1869 II, No. 76; EM 10(2002)1280–1291(S. Fährmann).
Finnish: Rausmaa 1982ff. VI, No. 525; Estonian: Raudsep 1969, No. 334–337; Livonian: Loorits 1926; Latvian: Arājs/Medne 1977; Lithuanian: Kerbelytė 1999ff. IV (forthcoming); Swedish: EU, Nos. 450, 46038; Danish: Skattegraveren 9(1888)87 No. 261, Kristensen 1899, Nos. 14, 20, 29, 30, 54, 178, 180, 199, 311, 432; Irish: Ó Súilleabháin/Christiansen 1963, No. 1839; English: Briggs 1970f. A II, 42, 361; Catalan: Oriol/Pujol 2003; Dutch: Sinninghe 1943, No. 1839*, Overbeke/Dekker et al. 1991, No. 696; Frisian: Kooi 1984a, No. 1839A*; Flemish: Cornelissen 1929ff. IV, 67; German: Selk 1949, No. 69, Wossidlo/Neumann 1963, No. 566, Grüner 1964, No. 548, Moser-Rath 1984, 286f. not. 57, 450; Italian: Rossi 1987, Nos. 67, 89; Hungarian: cf. MNK VI, No. 1300*IX; Greek: Megas/Puchner 1998, No. 1839; Spanish-American: TFSP 30(1961)125; African American: Dance 1978, No. 111; West Indies: Flowers 1953, No. 1839.

1839B ***Sermon Illustrated.***
EM 10(2002)1280–1291(S. Fährmann).
Finnish: Rausmaa 1982ff. VI, Nos. 526–528; Estonian: Raudsep 1969, No. 332; Livonian: Loorits 1926; Latvian: Arājs/Medne 1977; Swedish: Liungman 1961; Danish: Skattegraveren 3(1885)102 No. 397, 10(1888)218ff. nos. 504–514, Kristensen 1899, Nos. 85–90, 94, 95, cf. Nos. 91–93; Dutch: Cornelissen 1929ff. IV, 67; Frisian: Kooi 1984a, Kooi/Schuster 1993, Nos. 182c, 183a; Flemish: Volkskunde 20(1909)323f.; German: Peuckert 1932, No. 266, Wossidlo/Neumann 1963, No. 261; Italian: Cirese/Serafini 1975; Hungarian: cf. MNK VII C, No. 1831A*; Croatian: cf. Eschker 1986, No. 13; South African: Coetzee et al. 1967.

1840 ***At the Blessing of the Grave, the Clergyman's Ox Breaks Loose.***
Cf. Bebel/Wesselski 1907 II 3, No. 89.
Finnish: Rausmaa 1982ff. VI, No. 531, cf. No. 399; Finnish-Swedish: Hackman 1917f. II, No. 359; Estonian: cf. Raudsep 1969, No. 241; Swedish: EU, No. 46038; Norwegian: Hodne 1984, No. 1745; Danish: cf. Grundtvig 1876ff. III, 99ff., Kristensen 1899, Nos. 396–404, 410, cf. Nos. 69, 370, 373–379, 383, 388, 405–412, Kristensen 1900, Nos. 390–392; Irish: Ó Súilleabháin/Christiansen 1963; Spanish: cf. Espinosa 1988, No. 428; Swiss: cf. Büchli/Brunold-Bigler 1989ff. I, 748, 900f., 902, II, 873; Italian: Cirese/Serafini 1975; Jewish: Jason 1965; Spanish-American: Robe 1973.

1840B ***The Stolen Ham (Goat).***
Finnish: Rausmaa 1982ff. VI, 581; Finnish-Swedish: Hackman 1917f. II, 238; Swedish: Liungman, No. GS1842; Danish: Kamp 1879f. II, No. 10, Kristensen 1899, Nos. 133, 134, cf. Kristensen 1900, No. 239; English: Briggs 1970f. A II, 185, cf. 237.

1841 ***Grace before Dinner*** (previously ***Grace before Meat***).
EM 7(1993)1062, 1066f. not. 37; EM: Tischgebet(in prep.).
Finnish: Rausmaa 1982ff. VI, No. 535; Estonian: Raudsep 1969, No. 80; Livonian: Loorits 1926, No. 1841*; Norwegian: Hodne 1984; Danish: Kristensen 1899, No. 512, cf. Nos. 149, 463, cf. Kristensen 1900, No. 585; Irish: Ó Súilleabháin/Christiansen 1963; French: Joisten 1971 II, No. 256; Walloon: Laport 1932; German: Neumann 1968b, No. 302; Italian: Appari 1992, No. 36; Czech: Klímová 1966, No. 92; US-American: Baughman 1966; South African: Grobbelaar 1981.

1842 ***The Dog's Legacy*** (previously ***The Testament of the Dog***).
Amalfi 1894; Bolte 1897c, 96 not. 10; Wesselski 1908, No. 87; Feilberg 1917; Pauli/

Bolte 1924 I, No. 72, II, No. 874; Poliziano/Wesselski 1929, No. 227; Amades 1962; Schwarzbaum 1968, 347f. No. 477; Tubach 1969, No. 376; Schwarzbaum 1980, 274; Ó Currqoin 1990; EM: Testament des Hundes (in prep.).
Lithuanian: Kerbelytė 1999ff. II; Swedish: EU, No. 10597; Danish: Kamp 1879f. II, No. 16, Holbek 1990, No. 52; French: Thibault 1960, No. 35; Spanish: Chevalier 1983, No. 237; Catalan: Neugaard 1993, No. J1607, Oriol/Pujol 2003; Frisian: Kooi 1984a; German: Peuckert 1932, No. 291, Neumann 1968b, No. 199, Moser-Rath 1984, 287 not. 61, 291 not. 115; Italian: Cirese/Serafini 1975, Schenda 1996, No. 41; Czech: Tille 1929ff. II 2, 367; Slovakian: Polívka 1923ff. V, 65f., Gašparíková 1981a, 93; Rumanian: Stroescu 1969 II, No. 5687; Albanian: Lambertz 1922, 86 No. 1; Bulgarian: BFP, No. *1842A; Greek: Ranke 1972, No. 193, Orso 1979, No. 149, Megas/Puchner 1998; Polish: Krzyżanowski 1962f. II; Sorbian: Nedo 1957, 41; Russian: Hoffmann 1973, No. 1842A, SUS; Byelorussian, Ukrainian: SUS; Turkish: Walker/Uysal 1966, 248; Jewish: cf. Jason 1965, No. 1842*D, cf. Noy 1965, Nos. 2, 58, Jason 1975, No. 1842*D, Jason 1988a, No. 1842*D; Dagestan: cf. Chalilov 1965, No. 91; Azerbaijan: Achundov 1955, 296f.; Siberian: Soboleva 1984; Kazakh: cf. Sidel'nikov 1952, 84ff.; Palestinian: Hanauer 1907, 263; Iraqi: El-Shamy 2004; Iranian: Marzolph 1984; Libyan: El-Shamy 2004; Tunisian: Brandt 1954, 84.

1842A* ***The Avaricious Clergyman.***
Latvian: Arājs/Medne 1977; Lithuanian: Kerbelytė 1999ff. II; Danish: Kristensen 1899, Nos. 387, 389, 391; Rumanian: Schullerus 1928, No. 1846*.

1842C* ***The Clergyman's Nights.***
Latvian: Arājs/Medne 1977; Lithuanian: Kerbelytė 1999ff. IV (forthcoming); French: Joisten 1971 II, No. 254; Dutch: Entjes/Brand 1976, 23f.; Frisian: Kooi 1984a; Flemish: Stalpaert/Joos 1971, 211; German: Merkens 1892ff. I, No. 166, Wossidlo/Neumann 1963, No. 283, Grüner 1964, No. 541; Austrian: Haiding 1969, No. 107; Italian: cf. Rossi 1987, No. 74.

1843 ***The Clergyman Visits the Dying.***
Finnish: Rausmaa 1982ff. VI, Nos. 537–539; Estonian: Raudsep 1969, No. 374; Latvian: Arājs/Medne 1977; Swedish: EU, No. 30095; Norwegian: Hodne 1984; Danish: Kristensen 1892f. I, Nos. 214, 240–242, 245, 248, 250, 251, II, Nos. 319–321, 323, 561, 574, Kristensen 1899, Nos. 282–284, 342–345, 347, 348, 496, Kristensen 1900, Nos. 240, 359, 387, 388, 395–397, 399; Irish: Ó Súilleabháin/Christiansen 1963, No. 1843A; English: Briggs 1970f. A II, 118f.; French: Joisten 1970 II, No. 165; German: Zender

1984, No. 201; Serbian: Karadžić 1959, 365 No. 181, Panić-Surep 1964, No. 79; Greek: Megas/Puchner 1998, Nos. 1843, 1843A; Armenian: Hoogasian-Villa 1966, No. 69.

1843A ***The Stolen Bicycle.***
Finnish: Rausmaa 1973a, 50; Estonian: Raudsep 1969, No. 374; English: Smith 1986, 118; Frisian: Kooi 1984a, No. 1843A*; German: Heckscher/Simon 1980ff. II,1, 261.

1844 ***The Clergyman Visits the Sick.***
Finnish: Rausmaa 1982ff. VI, No. 540; Estonian: Raudsep 1969, No. 245; Latvian: Arājs/Medne 1977; Danish: Aakjaer/Holbek 1966, No. 384.

1845 ***The Student as Healer.***
Wesselski 1909, No. 13; Pauli/Bolte 1924 I, No. 153; Schwarzbaum 1968, 297; EM 1 (1977) 479f.; EM 8 (1996) 704, 706f. not. 38, 39.
Finnish: Rausmaa 1982ff. VI, No. 542; Livonian: Loorits 1926, Nos. 1532*, 1845; Latvian: Arājs/Medne 1977; Swedish: Liungman 1961; Norwegian: Hodne 1984; Danish: Kristensen 1900, No. 463, Aakjaer/Holbek 1966, No. 41; Faeroese: Nyman 1984; Scottish: Bruford/MacDonald 1994, No. 36; English: Johnson 1839, 263; Dutch: Kooi 1985f., No. 43; Frisian: Kooi 1984a; German: Henßen 1935, No. 307, Neumann 1968b, No. 203, Moser-Rath 1984, 198, Kooi/Schuster 1994, No. 179, cf. Berger 2001, No. 1845*; Swiss: Brunold-Bigler/Anhorn 2003, 270, No. 658, 659; Maltese: Ilg 1906 I, No. 21; Czech: Tille 1929ff. II 2, 435f.; Macedonian: cf. Čepenkov/Penušliski 1989 IV, Nos. 522, 534; Greek: Karlinger 1979, No. 59; Polish: Krzyżanowski 1962f. II; Russian, Byelorussian, Ukrainian: SUS; Aramaic: cf. Lidzbarski 1896, 157f.

1847* ***Biblical Repartee.***
Frey/Bolte 1896, No. 104; Bebel/Wesselski 1907 II 3, No. 56.
Finnish: Rausmaa 1982ff. VI, No. 543; Estonian: Raudsep 1969, No. 136, 394; Latvian: Arājs/Medne 1977, No. 1847*, cf. No. *1847**; Danish: Kristensen 1899, No. 173, Kristensen 1900, Nos. 144, 145; English: cf. Briggs 1970f. A II, 293; Dutch: Groningen 29 (1947) 220f.; Frisian: Kooi 1984a; German: Merkens 1892ff. I, No. 293, Moser-Rath 1984, 391f. No. 101, Kooi/Schuster 1994, No. 187, cf. Berger 2001, No. 1847**; Hungarian: György 1934, No. 23; Serbian: Karadžić 1937, 265; Bulgarian: BFP, No. 1847*, cf. No. 1847**; Rumanian: Stroescu 1969 II, No. 4684; Spanish-American: cf. Robe 1973.

1848 ***A Pebble for Each Sin.***

Tubach 1969, No. 4413; cf. Marzolph 1992 II, No. 1186; EM: Sündensteine (forthcoming).

Finnish: Rausmaa 1982ff. VI, No. 544; Irish: Ó Súilleabháin/Christiansen 1963, No. 1848, cf. No. 1848*; English: cf. Baughman 1966; Spanish: Goldberg 1998, No. J2466.1; Flemish: Meyer 1968; Walloon: Legros 1962; German: Bodens 1937, No. 1146, Dittmaier 1950, No. 468; Hungarian: MNK VII C, No. 1848A*; Croatian: cf. Dolenec 1972, No. 108; Dagestan: cf. Chalilov 1965, No. 102; US-American: cf. Baker 1986, No. 273.

1848A ***The Clergyman's Calendar.***

Wickram/Bolte 1903, No. 47; cf. Arlotto/Wesselski 1910, No. 117; Wesselski 1911 I, No. 9; Basset 1924ff. I, 350 No. 73; Marzolph 1992 II, No. 1186; EM 7 (1993) 878f. (A. Schmidt).

Finnish: Rausmaa 1982ff. VI, Nos. 412, 544; English: Briggs 1970f. A II, 240f.; French: Dardy 1891, No. 19; Portuguese: Vasconcellos/Soromenho et al. 1963f. II, Nos. 420–422, Cardigos (forthcoming), No. 1848B; Dutch: Sinninghe 1934, 140; German: Wrasmann 1908, 75f., Wisser 1922f. II, 33ff., Kooi/Schuster 1994, No. 181j; Italian: Cirese/Serafini 1975, Nos. 1848A, 1848B; Hungarian: MNK VII C, No. 1848E*; Serbian: Vrčević 1868f. I, No. 140; Macedonian: Tošev 1954, 274f., Čepenkov/Penušliski 1989 IV, No. 463, Piličkova 1992, No. 50; Rumanian: Schullerus 1928, No. 1825E*, Stroescu 1969 I, No. 3866; Bulgarian: BFP; Greek: Megas/Puchner 1998, No. 1848B; Polish: Krzyżanowski 1962f. II, No. 1236; Jewish: Jason 1988a, No. 1848B; Kurdish: Hadank 1926, 162f.; Georgian: Kurdovanidze 2000, No. 1848D; Palestinian: Hanauer 1907, 241f., El-Shamy 2004, No. 1848B; Egyptian: Jahn 1970, 392, El-Shamy 2004, No. 1848B.

1848D ***The Clergyman Forgets Easter*** (previously ***Priest Confuses Easter and Christmas***).

Kirchhof/Oesterley 1869 II, No. 82; Frey/Bolte 1896, No. 14.

Spanish: cf. González Sanz 1996, No. 1848A*; Italian: Cirese/Serafini 1975; Russian, Byelorussian, Ukrainian: SUS.

1849* ***The Clergyman on the Cow's Tail.***

Estonian: Raudsep 1969, No. 381; Latvian: Arājs/Medne 1977; Hungarian: MNK VI, No. 1300*VI, Kovács 1988, 53; Czech: Tille 1929ff. I, 404f.; Slovakian: Gašparíková 1991f. II, No. 432; Serbian: Čajkanović 1927, 379f.; Croatian: Bošković-Stulli 1967f.,

369 No. 37; Rumanian: Stroescu 1969 I, No. 4348; US-American: Baughman 1966, Burrison 1989, 38.

ANECDOTES ABOUT OTHER GROUPS OF PEOPLE 1850–1874

1851 ***Anecdotes about Devout Women.***
Latvian: Arājs/Medne 1977; Lithuanian: Kerbelytė 1999ff. IV(forthcoming); French: Perbosc 1907, 266f., 272f., 274ff., 316, Perbosc/Bru 1987, 18f., 88, Pelen 1994, 597ff.; Frisian: Kooi 1984a, No. 1851A*; Italian: Cirese/Serafini 1975; Macedonian: Piličkova 1992, No. 81; Bulgarian: BFP, No. *1851A; Greek: Megas/Puchner 1998; Spanish-American: TFSP 13(1937)93f., 97–99, 14(1938)167f.

1853 ***Anecdotes about Millers.***
Stiefel 1895, 254f.; Bebel/Wesselski 1907 I 1, Nos. 4, 5, 88, 89, I 2, No. 44, II 3, No. 6; Pauli/Bolte 1924 II, No. 785, cf. No. 825; EM 9(1999)998–1005(S. Neumann).
French: Pelen 1994, 326ff.; Spanish: cf. Espinosa 1946f., No. 53; Flemish: Eigen Volk 1(1929)122ff.; German: Moser-Rath 1964, No. 104, Moser-Rath 1984, 202–204, 289 not. 85, 449, not. 119, Berger 2001, No. 1853C*; Hungarian: György 1934, No. 145; Serbian: Karadžić 1959, No. 135; Bulgarian: BFP, Nos. 1853C*, 1853C**.

1855 ***Anecdotes about Jews.***
Frey/Bolte 1896, No. 105; Wesselski 1911 I, No. 199; Schwarzbaum 1968, 441; Dundes 1971.
Finnish: Rausmaa 1982ff. VI, Nos. 546–548; Latvian: Carpenter 1980, 217; Lithuanian: Kerbelytė 1999ff. II, Kerbelytė 1999ff. IV(forthcoming); Irish: Ó Súilleabháin/Christiansen 1963; Italian: Cirese/Serafini 1975; Slovakian: Gašparíková 1981a, 118; Croatian: Gaál/Neweklowsky 1983, No. 28; Macedonian: Čepenkov/Penušliski 1989 IV, Nos. 591–593; Bulgarian: BFP, Nos. *1855B-*1855F; Greek: Megas/Puchner 1998, Nos. 1855*, *1855, *1855B-*1855H; Polish: Krzyżanowski 1962f. II, Nos. 1914, 1915, 2103, 2141–2145; English-Canadian: Elbaz 1982, No. 20; Spanish-American: Robe 1973, No. 155*B; South African: Coetzee et al. 1967.

1855A ***Jewish Woman Makes Parents Believe That She is to Give Birth to the Messiah.***
Kirchhof/Oesterley 1869 I 2, Nos. 50, 55; Bebel/Wesselski 1907 I 2, No. 104; Tubach 1969, No. 2807; EM 9(1999)595–599(C. Magin).

Finnish: Rausmaa 1982ff., 584; Lithuanian: Kerbelytė 1999ff. II; French: Sébillot 1881, No. 8; Catalan: Neugaard 1993, No. 2336; Swiss: Brunold-Bigler/Anhorn 2003, 78 No. 43; Italian: Cirese/Serafini 1975; Czech: Tille 1929ff. II 2, 400f.; Rumanian: Stroescu 1969 I, No. 3829; Polish: cf. Krzyżanowski 1962f. II, No. 1336b; Russian, Byelorussian, Ukrainian: SUS.

1855B ***The Check in the Coffin.***
English: Ranke 1972, No. 90; Frisian: Kooi 1984a, No. 1855B*; German: Röhrich 1977, 289, Kooi/Schuster 1994, No. 148; Rumanian: Stroescu 1969 II, No. 4775; Jewish: Landmann 1973, 305f.; Australian: Adams/Newell 1999 III, 284; US-American: Baker 1986, No. 256; African American: Dorson 1967, No. 70e, Dance 1978, 154f.; South African: Coetzee et al. 1967, No. 1855.5.

1855C ***The Rescuer's Sabbath.***
Kirchhof/Oesterley 1869 I 2, No. 33; Wesselski 1909, No. 84; Pauli/Bolte 1924 I, No. 389; Tubach 1969, No. 2795.
French: EM 2(1979)538; German: Moser-Rath 1984, 258.

1855D ***"You Don't Know what you are Missing."***
Frisian: Kooi 1984a, No. 1855C*; German: Bemmann 1976, 209f.; Austrian: cf. Kunz 1985, 283; Jewish: cf. Landmann 1973, 470; Australian: cf. Adams/Newell 1999 I, 406; US-American: Baker 1986, No. 263, Davies 1990, 281.

1855E ***The Rabbi and the Collection Money.***
English: McCosh 1979, 240; Frisian: Kooi 1984a, No. 1855D*; German: Bemmann 1976, 45; Austrian: Kunz 1985, 282; Jewish: Landmann 1997, 145; African American: Dance 1978, No. 76; Nigerian: Davies 1990, 16.

1856 ***Children by Day and by Night.***
Bebel/Wesselski 1907 I 2, No. 143; Wesselski 1908, No. 7; Pauli/Bolte 1924 I, No. 412; Tubach 1969, No. 3574; Wenzel 1979, 319f.; EM 9(1999)81, 84 not. 14.
English: Stiefel 1908, No. 91; Spanish: Childers 1948, No. J1273; German: Merkens 1892ff. I, No. 311; Hungarian: György 1932, 82f. No. 44.

1857 ***Painting the Red Sea.***
Frisian: Kooi 1984a, No. 1592C*; Flemish: Meulemans 1982, No. 1524; German: Merkens 1892ff. III, No. 193, Henßen 1935, 257f.; Italian: D'Aronco 1953, No. [1738];

Maltese: Mifsud-Chircop 1978, No. *1184A; Jewish: Landmann 1997, 76; US-American: Fuller 1948, 76; South African: cf. Coetzee et al. 1967, No. 1635.10.

1860 ***Anecdotes about Lawyers.***
Pauli/Bolte 1924 II, No. 851; EM 1(1977)115–118(E. Moser-Rath).
Livonian: Loorits 1926; Latvian: Arājs/Medne 1977; Danish: Denmarks Almanak (1885)105; Irish: Ó Súilleabháin/Christiansen 1963; English: Stiefel 1908, No. 43; Spanish: Chevalier 1983, No. 243, Camarena Laucirica 1991 II, No. 285, Goldberg 1998, No. *441.3.1; Portuguese: Soromenho/Soromenho 1984f. II, No. 630, Cardigos(forthcoming); Macedonian: Piličkova 1992, No. 82; Jewish: Jason 1965; Spanish-American: TFSP 18(1943)208–217, 25(1953)5f.

1860A ***Lawyers in Hell.***
Pauli/Bolte 1924 I, No. 117; EM 1(1977)115f.; EM 10(2002)1293–1296.
Finnish: Rausmaa 1982ff. VI, 584; Finnish-Swedish: Hackman 1917f. I A 2, No. 363.5; Estonian: cf. Raudsep 1969, No. 193; Danish: Kristensen 1899, No. 503, Kristensen 1900, Nos. 357, 358; Faeroese: Nyman 1984; Irish: Ó Súilleabháin/Christiansen 1963; English: Briggs 1970f. A II, 50, 206; Spanish: Llano Roza de Ampudia 1925, No. 112, RE 3(1964)445ff.; Basque: Webster 1877, 200f.; Frisian: Kooi 1984a, Kooi/Schuster 1993, No. 118; Flemish: Meyere 1925ff. III, 80f.; German: Wisser 1922f. II, 96ff., 174f., 213ff., Ranke 1966, No. 79; Bulgarian: BFP; Sorbian: Nedo 1957, 49; Australian: Adams/Newell 1999 III, 275, 288f.; US-American: Baughman 1966; Spanish-American: TFSP 25(1953)5f.; Egyptian: El-Shamy 2004.

1860B ***Dying like Christ – between Two Thieves.***
EM 1(1977)116; EM: Sterben wie Christus(forthcoming).
Finnish: Rausmaa 1982ff. VI, No. 549; Irish: Ranke 1972, No. 88; Dutch: Overbeke/Dekker et al. 1991, No. 14; German: Merkens 1892ff. II, No. 187, Wossidlo/Neumann 1963, No. 217, cf. Moser-Rath 1984, 216; Swiss: EM 7(1993)873; US-American: Baughman 1966.

1860C ***Doubts His Own Guilt.***
Latvian: Arājs/Medne 1977; Frisian: Kooi 1984a; English-Canadian, US-American: Baughman 1966.

1860D ***The Lawyer's Letter Opened.***
Halpert/Thomas 2001.

Finnish: Rausmaa 1973a, 51; Scottish: Rogers 1870, 150, Shaw 1983, 67; English: Briggs 1970f. A II, 281ff.; Polish: cf. Krzyżanowski 1962f. II, No. 1585C; Frisian: Kooi 1984a, No. 1860D*; German: Dittmaier 1950, 175, Wossidlo/Neumann 1963, No. 200, Moser-Rath 1964, No. 77, Rehermann 1977, 465; English-Canadian: Fauset 1931, No. 55, Bird 1956, 216f.; US-American: Hupfield 1897, 719, Burkhart/Schmidtlein 1995, 51ff.

1860E ***Threshing Documents.***

EM 1(1977)116f.

German: ZfVk. 28(1918)133 No. 3, Moser-Rath 1984, 183, 407f. No. 148, 458; Swiss: EM 7(1993)867; Polish: Krzyżanowski 1962f. II, No. 1585B.

1861 ***Anecdotes about Judges.***

Pauli/Bolte 1924 I, No. 124; EM 11,2(2004)654-662(H. Schempf).

Finnish: Rausmaa 1982ff. VI, 584; Latvian: Arājs/Medne 1977; Danish: DFS 1906/14; Irish: Ó Súilleabháin/Christiansen 1963; Spanish: González Sanz 1996; Swiss: EM 7(1993)868; Serbian: Vrčević 1868f. I, No. 186, II, 7, 40f., 58, 158f., 160, 161, Karadžić 1937, 280f., Filipović 1949, 267; Macedonian: Čepenkov/Penušliski 1989 II, Nos. 260, 332, IV, Nos. 409, 419, 420, Piličkova 1992, No. 83; Polish: Krzyżanowski 1962f. II; Uzbek: Afzalov et al. 1963 II, 217f.; Spanish-American: TFSP 18(1943) 206ff.

1861A ***The Greater Bribe.***

Kirchhof/Oesterley 1869 I 1, No. 126; Pauli/Bolte 1924 I, Nos. 125, 128, II, Nos. 852, 853; Schwarzbaum 1968, 347f.; Tubach 1969, Nos. 2851, 2998; EM 2(1979)211-214; Marzolph 1992 II, No. 121.

Finnish: Rausmaa 1982ff. VI, No. 550; Latvian: Arājs/Medne 1977; Lithuanian: Kerbelytė 1978, No. 116; English: Stiefel 1908, No. 22, Baughman 1966; Catalan: Neugaard 1993, No. J1192.1; Portuguese: Parafita 2001f. II, No. 159, Cardigos(forthcoming); Dutch: Overbeke/Dekker et al. 1991, Nos. 1632, 1773; German: Wossidlo/Neumann 1963, No. 201, Moser-Rath 1964, No. 168, Moser-Rath 1984, 288 not. 76, 290f. not. 111, 385 No. 69, 435; Italian: Cirese/Serafini 1975; Hungarian: György 1934, No. 137; Rumanian: Stroescu 1969 II, No. 4972; Bulgarian: BFP, Nos. 1861A, *1861A*, cf. Nos. *1861A**, *1861A***; Turkish: Walker/Uysal 1966, 249; Jewish: Jason 1965, 1988a; Iraqi: El-Shamy 2004; Indian: Bødker 1957a, No. 282; Chinese: Ting 1978; Japanese: Inada/Ozawa 1977ff.; Egyptian, Algerian: El-Shamy 2004; Moroccan: Nowak 1969, No. 397, El-Shamy 2004; Ethiopian: Müller 1992, No. 130.

1861* ***"Keep Your Seats!"***
Kirchhof/Oesterley 1869 I 1, No. 381; Bebel/Wesselski 1907 II 3, No. 119; EM 2 (1979) 1039f.; Hansen 2002, 233f.
Finnish: Rausmaa 1982ff. IV, No. 2, VI, Nos. 551, 552; German: Moser-Rath 1984, 153, Zender 1984, No. 229; Hungarian: MNK VII C; Rumanian: Stroescu 1969 II, No. 4868; Ukrainian: SUS.

1862 ***Anecdotes about Doctors (Physicians).***
Chauvin 1892ff. V, 281 No. 165; EM 1 (1977) 849–853 (W. D. Hand).
Latvian: Arājs/Medne 1977; Danish: Kristensen 1892f. II, No. 493, cf. Kristensen 1900, No. 417; Irish: Ó Súilleabháin/Christiansen 1963; Catalan: Neugaard 1993, No. K1955; Portuguese: Oliveira 1900f. II, No. 421, Cardigos (forthcoming); Frisian: Kooi 1984a, Nos. 1862G*, 1862J*; Italian: Cirese/Serafini 1975; Maltese: Mifsud-Chircop 1978, Nos. *1862D-*1862F; Serbian: Vrčević 1868f. I, Nos. 61, 223, II, 143f., 165f., 196; Macedonian: Piličkova 1992, No. 84; Jewish: Jason 1965, No. 1862, 1862*D; Kurdish: Džalila et al. 1989, No. 268; Chinese: Ting 1978, Nos. 1862D, 1862E, 1862*; US-American: Randolph 1965, No. 136; Mexican: Robe 1973, No. *1872; Tunisian: El-Shamy 2004.

1862A ***Sham Physician: Using the Flea Powder.***
Wesselski 1912, 146, 273; EM 4 (1984) 1308–1310 (H.-J. Uther).
Finnish: Rausmaa 1982ff. VI, Nos. 553, 554; Latvian: Arājs/Medne 1977; Lithuanian: Kerbelytė 1999ff. IV (forthcoming); Danish: Kristensen 1900, Nos. 245, 498; Irish: Ó Súilleabháin/Christiansen 1963, Nos. 1548A*, 1862A; German: Wossidlo 1910, 143f., Neumann 1968a, No. 114; Italian: Cirese/Serafini 1975; Hungarian: György 1934, No. 25; Slovakian: Gašparíková 1981a, 161; Rumanian: Stroescu 1969 I, No. 3894; Jewish: Haboucha 1992, No. **1690; Azerbaijan: Tachmasib 1958, 217f.; Kazakh: Reichl 1986, No. 24; Uzbek: Stein 1991, No. 155; Chinese: Ting 1978; Spanish-American: Robe 1973.

1862C ***Diagnosis by Observation*** (previously ***Imitation of Diagnosis by Observation: Ass's Flesh***).
Montanus/Bolte 1899, No. 34; Wesselski 1911 I, No. 167; Pauli/Bolte 1924 II, No. 792; Tubach 1969, No. 374; EM 3 (1981) 573–575 (E. Moser-Rath); Uther 1988c, 39f.; Marzolph 1992 I, 215f., II, No. 1238.
Finnish: Rausmaa 1982ff. VI, No. 555; Irish: Ó Súilleabháin/Christiansen 1963; Welsh: Ranke 1972, No. 13; English: Baughman 1966; Spanish: Childers 1948, No.

J2412.4, Chevalier 1983, No. 245; Portuguese: Cardigos (forthcoming); Frisian: Kooi 1984a; German: Merkens 1892ff. III, No. 103, Moser-Rath 1964, No. 183, Moser-Rath 1984, 196f., 287 not. 61; Italian: Cirese/Serafini 1975; Hungarian: György 1934, No. 46; Czech: Klímová 1966, No. 93; Macedonian: Piličkova 1992, No. 85; Greek: Megas/Puchner 1998; Jewish: Jason 1988a; Iranian: Marzolph 1984; Indian: Thompson/Roberts 1960, Jason 1989; US-American: Randolph 1955, 164, 225, Baughman 1966; South African: Coetzee et al. 1967.

1862D *The Constipated Cow.*

Dutch: Huizenga-Onnekes/Laan 1930, 292f., Kooi 1985f., No. 44; Frisian: Kooi 1984a, No. 1862D*, Kooi/Schuster 1993, No. 157; Flemish: Volkskunde 17 (1905) 23; German: Dietz 1951, No. 297, Neumann 1968b, No. 186.

1862E *The Most Common Profession.*

Gonnella/Wesselski 1920, No. 11.

Dutch: Overbeke/Dekker et al. 1991, No. 1423; Frisian: Kooi 1984a, No. 1862E*; Flemish: Lox 1999b, No. 65; German: Buch der Weisen und Narren (1705) No. 29, Lexicon apophthegmaticum (1718) No. 790 (EM archive), Rehermann 1977, 305, 480; Hungarian: György 1934, No. 143, Kovács 1988, 197, Dömötör 2001, 292.

1862F *What is Good for One is Not Good for All.*

Frisian: Kooi 1984a, No. 1862F*, Kooi/Schuster 1993, Nos. 156a, 156b; Flemish: Meulemans 1982, Nos. 1263, 1501, 1514; German: Merkens 1892ff. II, No. 201, Wossidlo/Neumann 1963, No. 171, Kooi/Schuster 1994, No. 177; Rumanian: Stroescu 1969 II, No. 5790.

1864 *Anecdotes about Madmen.*

Chauvin 1892ff. VIII, No. 164; Pauli/Bolte 1924 I, No. 360, II, No. 770; Legman 1968f. I, 160–163; Röhrich 1977, 185–189.

German: Moser-Rath 1984, 57, 61–63; Jewish: Jason 1965, No. *1864, Jason 1988a, No. *1864, Haboucha 1992, No. *1864; Syrian: Dietrich 1956, No. 42.

1865 *Anecdotes about Foreigners.*

Lithuanian: Jurkschat 1898, 51 No. 16, Kerbelytė 1999ff. IV (forthcoming); Irish: Ó Súilleabháin/Christiansen 1963; Spanish: Chevalier 1983, No. 246; Portuguese: Soromenho/Soromenho 1984f. I, No. 26, II, Nos. 597–601, Cardigos (forthcoming), No. 1865*; Hungarian: MNK VII C; Slovene: Vrtec 71 (1940–41) 64; Serbian: Vrčević

1868f. I, Nos. 236, 333, 334, II, 30, 69f., 176; Macedonian: Čepenkov/Penušliski 1989 IV, No. 572, Piličkova 1992, Nos. 49, 74–76; Bulgarian: BFP, Nos. *1865A-C; Polish: Krzyżanowski 1962f. II, No. 1864; Jewish: Jason 1988a, Haboucha 1992, Nos. **1865A, **1865B.

1867 ***Anecdotes about the Gentry.***

Latvian: Arājs/Medne 1977, Nos. 1867, *1867*–1867***; Lithuanian: Kerbelytė 1999ff. IV (forthcoming); Hungarian: MNK VII C, No. 1867A*; Serbian: cf. Karadžić 1937, 283f.; Macedonian: Čepenkov/Penušliski 1989 IV, No. 540, Piličkova 1992, No. 51; Polish: Krzyżanowski 1962f. II, Nos. 1866, 1872; Russian, Ukrainian: SUS, Nos. 1867_1, 1867_2; Siberian: Soboleva 1984, No. 1867_2.

1868 ***Anecdotes about Hanging (Gallows Humor).***

Pauli/Bolte 1924 II, No. 815; Obdrlik 1941f.; Anderson 1960, 67; Moser-Rath 1973; EM 5 (1987) 654–660 (E. Moser-Rath).

Dutch: Groningen 30 (1948) 60, Overbeke/Dekker et al. 1991, Nos. 770, 2029, 2162; Frisian: Kooi 1984a, Nos. 1207*, 1207**, 1868* 1–11; Flemish: Roeck 1980, 151, 253; German: Merkens 1892ff. I, Nos. 255, 302, II, No. 9, Neumann 1968c, 252–254, Neumann 1976, No. 356, Kooi/Schuster 1994, No. 132; Hungarian: MNK VI, No. 1306*V, VII B, No. 1561F*; Rumanian: Stroescu 1969 I, Nos. 3937–3957, 4473, 4475; US-American: Dodge 1987, 150.

1870 ***Anecdotes about Various Religions and Sects.***

Latvian: Arājs/Medne 1977; Lithuanian: Kerbelytė 1999ff. IV (forthcoming); Irish: Ó Súilleabháin/Christiansen 1963; Slovene: Kühar/Novak 1988, 204ff.; Serbian: Vrčević 1868f. I, Nos. 59, 130, 131, 135–137, 187, 189, 193, 194, 199, 200, 214, 215, 275, 277, II, 1, 3ff., 6, 9, 18, 26, 29, 33f., 48, 50, 87, 91f., 100f., 116, 135f., 156, 159, 193, 195; Macedonian: Piličkova 1992, No. 52; Jewish: Haboucha 1992, No. *1871.

1871 ***Anecdotes about Philosophers.***

EM 10 (2002) 1016–1021 (S. Wienker-Piepho).

1871A ***Star Gazer Falls into Well.***

Wesselski 1908, No. 9; Tubach 1969, No. 3750; EM 1 (1977) 929f.; Schwarzbaum 1979, 207, 210 not. 25.

English: Stiefel 1908, No. 25; Spanish: Childers 1948, No. J2133.8; German: Gerlach, Eutrapeliarum (1656) No. 742, Kurtzweiliger Zeitvertreiber (1685) 294c, Lyrum larum lyrissimum (1700) No. 299 (EM archive), Rehermann 1977, 383 No. 8; Swiss: Brunold-Bigler/Anhorn 2003, 109f. No. 160; Italian: EM 6 (1990) 294; Hungarian: Dömötör 1992, No. 258; Greek: EM 1 (1977) 275.

1871B ***King Cannot Destroy the City.***
Pauli/Bolte 1924 I, No. 508; Tubach 1969, Nos. 105, 139; Marzolph 1992 I, 147f., II, No. 10.
English: Stiefel 1908, No. 68; Catalan: Neugaard 1993, No. J1289.10; Hungarian: György 1934, No. 152.

1871C ***The Cynic Wants Sunlight.***
Chauvin 1892ff. IX, 35 No. 27; Pauli/Bolte 1924 II, No. 802; Tubach 1969, No. 1673; EM 3 (1981) 676–681 (H.-J. Uther); Schwarzbaum 1989a, 328–332; Marzolph 1992 II, No. 623; Kern/Ebenbauer 2003, 223f. (M. Kern).
Spanish: Childers 1948, No. J1442.1, German: Tomkowiak 1993, 284.

1871D ***The Cynic and the Bald-headed Man.***
Pauli/Bolte 1924 II, No. 802; Schwarzbaum 1979, xxxix not. 9; Marzolph 1992 II, No. 274.
German: Gerlach, Eutrapeliae I (1647) No. 733 (EM archive).

1871E ***The Cynic and the Stone-Throwing Boy.***
Pauli/Bolte 1924 II, No. 802; Schwarzbaum 1983, 62; Marzolph 1992 II, No. 526.
Spanish: Childers 1948, No. J1442.7; German: Lehmann, Exilium melancholiae (1643) No. 17, Zincgref/Weidner IV (1655) 122f., Schola Curiositatis I (1660) 251 (EM archive).

1871F ***Diogenes and the Lantern.***
EM 3 (1981) 677–679.
German: Hammer, Rosetum historiarum (1654) 33 (EM archive), Rehermann 1977, 297, 536f., EM 7 (1993) 869; Dömötör 1992, No. 194.

1871Z ***Other Anecdotes about Diogenes.***
Pauli/Bolte 1924 I, Nos. 382, 477, II, No. 736; Tubach 1969, Nos. 148, 822, 1674–1676, 2021; EM 3 (1981) 676–681 (H.-J. Uther); Marzolph 1992 II, Nos. 273, 527, 528; Largier 1997.
Spanish: Childers 1948, Nos. J1442.1.2.*, J1442.2.1.*, J1442.3.1.*, J1442.7.2.*, J1442.8.1.*, J1442.12.1.*, J1442.14.*, J1442.20.*–J1442.24.*; German: Hammer, Rosetum historiarum

(1654) 175, 271, Buch der Weisen und Narren (1705) nos. 150–153, 156, 158–164, 166, 167, 319, 337, 363, 488 (EM archive); Hungarian: György 1934, No. 238; Czech: Dvořák 1978, No. 148.

TALL TALES 1875–1999

1875 *The Boy on the Bear's (Wolf's) Tail.*
Köhler/Bolte 1898ff. I, 410f.; Delarue 1953, 36f., 39f.; Schwarzbaum 1979, 196; EM 7 (1993) 751–757 (C. Shojaei Kawan); Dekker et al. 1997, 170–172.
Finnish: Rausmaa 1982ff. IV, Nos. 161–167, 201; Finnish-Swedish: Hackman 1917f. II, No. 398; Estonian: Loorits 1959, No. 2; Latvian: Arājs/Medne 1977; Lithuanian: Kerbelytė 1999ff. II; Lappish: Bartens 2003, No. 72; Wepsian, Karelian: Kecskeméti/Paunonen 1974; Swedish: Liungman 1961; Danish: Grundtvig 1854ff. II, No. 127, Kristensen 1892f. I, Nos. 395–400, 402, 404–408, II, Nos. 500–502, Holbek 1999, No. 53; Irish: Ó Súilleabháin/Christiansen 1963; French: Cadic 1955, No. 21, Massignon 1953, No. 29, Massignon 1968, No. 61, Joisten 1971 II, No. 270; Spanish: Chevalier 1983, No. 251; Dutch: Sinninghe 1943, Kooi 2003, Nos. 22, 23; Frisian: Kooi 1984a; Flemish: Meyer 1968, Meyer/Sinninghe 1976, Lox 1999a, No. 6; Walloon: Legros 1962; German: Henßen 1935, No. 295, Merkelbach-Pinck 1940, 311, Moser-Rath 1964, No. 203; Italian: Schenda 1996, No. 8; Maltese: Stumme 1904, No. 36; Hungarian: MNK VIII; Czech: Klímová 1966, No. 94; Slovakian: Gašparíková 1981a, 55; Slovene: Zupanc 1944b, 88f.; Serbian: Eschker 1992, No. 105; Croatian: Bošković-Stulli 1967f., No. 38; Rumanian: Schullerus 1928; Bulgarian: BFP; Polish: Krzyżanowski 1962f. II, Krzyżanowski 1965, 62; Russian, Byelorussian, Ukrainian: SUS; Gypsy: Briggs 1970f. A II, 314; Cheremis/Mari, Chuvash: Kecskeméti/Paunonen 1974; Siberian: Soboleva 1984; Buryat, Mongolian: Lőrincz 1979, No. 1875A*; English-Canadian: Halpert/Widdowson 1996 II, Nos. 134–136; French-Canadian: Lemieux 1974ff. III, No. 26, VI, No. 31; US-American: Baughman 1966, Burrison 1989, 151f.

1876* *The Successful Hunter* (previously ***Releasing the Rabbit***).
Italian: Cirese/Serafini 1975; Dutch: Kooi 1985f., No. 47; Frisian: Kooi 1984a.

1877* *The Boy in the Hollow Tree.*
Finnish: Rausmaa 1982ff. IV, Nos. 163, 166; Estonian: Aarne 1918; Latvian: Arājs/Medne 1977; Lithuanian: Kerbelytė 1999ff. II; Hungarian: MNK VIII; Rumanian: Bîrlea 1966 III, 224ff., 500; Bulgarian: BFP; Russian, Byelorussian: SUS; Cheremis/

Mari: Kecskeméti/Paunonen 1974; Siberian: Soboleva 1984.

1880 ***Riding on the Cannonball*** (previously ***The Boy has a Hat of Butter***).
Feilberg 1886ff. II, 87; Dekker et al. 1997, 255–260; EM 9 (1999) 1008–1015, esp. 1014 (G. Thomas).
Finnish: Rausmaa 1982ff. IV, Nos. 165, 167–171, 174; Livonian: Loorits 1926; Latvian: Arājs/Medne 1977; Lithuanian: Kerbelytė 1999ff. II; Karelian: Čistov 1958, 53ff.; Swedish: Liungman 1961; Danish: Grundtvig 1876ff. II, No. 2, Kvideland/Sehmsdorf 1999, No. 46; Dutch: Huizenga-Onnekes 1928f. II, No. 20, Overbeke/Dekker et al. 1991, No. 1355; Frisian: Kooi 1984a; German: Frischbier 1867, No. 87, Fox 1943, 108, Tomkowiak 1993, 274; Hungarian: MNK VIII; Russian, Byelorussian, Ukrainian: SUS.

1881 ***The Man Carried through the Air by Geese.***
Bolte 1914, 81–83; Bolte/Polívka 1918, 130f.; Randolph 1955, 203f.; EM 5 (1987) 685; EM 9 (1999) 1008–1015, esp. 1014 (G. Thomas).
Finnish: Rausmaa 1982ff. IV, Nos. 162, 176, 185, 189, 203; Estonian: Loorits 1959, No. 3; Latvian: Arājs/Medne 1977; Lithuanian: Kerbelytė 1999ff. II; Lappish: Bartens 2003, No. 70; Wepsian, Syrjanian: Kecskeméti/Paunonen 1974; Danish: Kristensen 1892f. I, Nos. 393, 394, 396, 397, 399, 401–403, II, Nos. 88, 89, 94, 95, 459, 500, Holbek 1990, No. 53; Irish: Ó Súilleabháin/Christiansen 1963; French: Joisten 1971 II, No. 271.1; Dutch: Sinninghe 1943; Frisian: Kooi 1984a; Flemish: Meyer 1968; German: Wisser 1922f. II, 127f., Zaunert 1922f. II, 245, Peuckert 1932, No. 292, Moser-Rath 1966, No. 59, Neumann 1968b, No. 36, Tomkowiak 1993, 274; Swiss: EM 7 (1993) 870; Austrian: Haiding 1953, No. 57; Hungarian: MNK VIII, Nos. 1881, 1894A*; Slovakian: Polívka 1923ff. I, 332ff., IV, 425f.; Croatian: Bošković-Stulli 1963, No. 106; Polish: Krzyżanowski 1962f. II; Russian, Byelorussian, Ukrainian: SUS; Cheremis/Mari, Tatar, Votyak: Kecskeméti/Paunonen 1974; Siberian: Soboleva 1984; Japanese: Ikeda 1971, No. 1890; French-Canadian: Baughman 1966; North American Indian: Bierhorst 1995, 72; US-American: Randolph 1955, 101f., Baughman 1966, Roberts 1969, No. 44.

1881* ***Parrots Fly Away with Tree.***
English: Briggs 1970f. A II, 50f.; Australian: Scott 1985, 21f.; US-American: Baughman 1966, No. X1252aa; Nicaraguan: Robe 1973; Argentine: Hansen 1957, No. 1889**M.

1882 *The Man Who Fell Out of a Balloon.*
Köhler/Bolte 1898ff. I, 322f.; BP II, 506–516; EM 1(1977)1032f.(E. Moser-Rath); EM 2(1979)588; EM: Seil aus Sand(forthcoming).
Finnish: Rausmaa 1982ff. IV, Nos. 162, 173, 176, 179, 180, 206, 209, 211; Finnish-Swedish: Hackman 1917f. II, No. 394; Latvian: Arājs/Medne 1977; Lithuanian: Kerbelytė 1999ff. II; Swedish: Liungman 1961; Danish: Kristensen 1892f. I, No. 382; Irish: Müller-Lisowski 1923, No. 27; French: Luzel 1887 III, 447ff.; Dutch: Huizenga-Onnekes 1928f. II, No. 20, Krosenbrink 1968, 205f.; Frisian: Kooi 1984a; Flemish: Meyer 1968; German: Henßen 1932, 116f., Henßen 1935, No. 293, Benzel 1965, No. 139, Tomkowiak 1993, 274, Kooi/Schuster 1994, Nos. 229, 230, Grimm KHM/Uther 1996 II, No. 112; Austrian: Haiding 1969, No. 86; Hungarian: MNK VIII, No. 1882, cf. No. 1889R*; Czech: Sirovátka 1980, No. 47; Slovakian: Gašparíková 1991f. I, Nos. 264, 307, II, 533, 561; Slovene: Zupanc 1932, 39ff.; Serbian: Karadžić 1959, No. 191; Croatian: Bošković-Stulli 1963, No. 104, Dolenec 1972, No. 21, Bošković-Stulli 1975b, No. 53; Bulgarian: BFP; Greek: Loukatos 1957, 213f.; Polish: Krzyżanowski 1962f. II, Simonides 1979, Nos. 190, 201; Russian: Löwis of Menar 1914, No. 17, Nikiforov/Propp 1961, 60f., cf. SUS, No. 1882A; Byelorussian: Kabašnikau 1960, 164ff., cf. SUS, No. 1882A; Ukrainian: cf. SUS, No. 1882A; Gypsy: MNK X 1; English-Canadian: Halpert/Widdowson 1996 I, No. 44; US-American: Randolph 1955, 128ff., 213f., Baughman 1966, Roberts 1969, No. 44.

1882A *Man Caught in Log (Cleft Tree) Goes Home to Get Axe.*
EM 1(1977)1032f.(E. Moser-Rath).
Finnish: Rausmaa 1982ff. IV, Nos. 177, 178, 182, 212; Latvian: Arājs/Medne 1977; Lithuanian: Kerbelytė 1999ff. II; Swedish: Liungman 1965, 137ff.; Danish: Kristensen 1892f. I, No. 416; Frisian: Kooi 1984a; German: Thudt/Richter 1971, 74f.; Austrian: Haiding 1969, No. 44; Hungarian: MNK VIII; Czech: Sirovátka 1980, Nos. 47, 49; Slovakian: Gašparíková 1991f. I, No. 533; Serbian: Eschker 1986, No. 72; Greek: cf. Loukatos 1957, 213f.; Polish: Kapełuś/Krzyżanowski 1957, No. 95; Russian, Byelorussian, Ukrainian: SUS; Gypsy: MNK X 1; Siberian: Soboleva 1984; US-American: Roberts 1954, No. 4.

1886 *A Man Drinks from His Own Skull.*
BP II, 514.
Lithuanian: Kerbelytė 1999ff. II; Latvian: Arājs/Medne 1977; German: Benzel 1980, No. 260; Hungarian: MNK VIII, No. 1886, cf. Nos. 1886_1, 1886_2; Serbian: cf. Eschker 1986, No. 72; Croatian: Bošković-Stulli 1963, No. 104, Dolenec 1972, No. 21, Bošković-

Stulli 1975b, No. 53; Bulgarian: BFP; Russian: SUS, No. 1886, cf. No. 1885*; Byelorussian, Ukrainian: SUS; Jewish: Jason 1965, 1988a; Abkhaz: Šakryl 1975, No. 79; Kazakh: cf. Sidel'nikov 1952, 42ff.; Mongolian: cf. Lőrincz 1979, No. 1886A*; English-Canadian: Halpert/Widdowson 1996 I, cf. No. 44.

1887* ***Cattle Merchant's Voyage Across the Sea.***
Russian, Byelorussian, Ukrainian: SUS, No. 1887, cf. No. 1887**; Siberian: Soboleva 1984.

1889 ***Münchhausen Tales.***
EM 1(1977)983–989(E. Moser-Rath/J. R. Reaver); Köstlin 1980; Dekker et al. 1997, 255–260; EM 9(1999)1005–1008(D. Bachmann-Medick); EM 9(1999)1008–1015(G. Thomas).
Finnish: Rausmaa 1982ff. IV, Nos. 174, 175; Finnish-Swedish: Hackman 1917f. II, Nos. 302(12), 399, 400; Lithuanian: Kerbelytė 1999ff. II; Latvian: Arājs/Medne 1977; Swedish: Liungman 1961; Faeroese: Nyman 1984; Icelandic: Schier 1983, No. 53; Irish: Ó Súilleabháin/Christiansen 1963; English: Briggs 1970f. A II, 245; French: Delarue 1947, No. 21; Spanish: RE 6(1966)212ff. nos. 132, 133; Dutch: Sinninghe 1943, No. 1883, Koopmans/Verhuyck 1991, No. 42; Frisian: Kooi 1884; Flemish: Mont/Cock 1927, Nos. 2, 6; German: Busch 1910, No. 31, Henßen 1963, No. 83a, Moser-Rath 1984, 34f.; Italian: Cirese/Serafini 1975; Hungarian: MNK VIII; Czech: Jech 1959, No. 32; Slovakian: Polívka 1923ff. IV, 428, Gašparíková 1981a, 65, 232f., 233, Gašparíková 1981b, No. 61; Slovene: Mailly 1916, 70; Croatian: Bošković-Stulli 1963, No. 39; Byelorussian: Šejn 1893, No. 57, Zelenin 1914, No. 50; Jewish: Jason 1965; Gypsy: Briggs 1970f. A II, 8ff.; Ossetian: Bjazyrov 1960, No. 55; Tungus: Suvorov 1960, 67; Qatar: El-Shamy 2004; Indian: Jason 1989; Japanese: Inada/Ozawa 1977ff.; US-American: Baughman 1966, Roberts 1969, No. 44; Argentine: Chertudi 1960f. II, Nos. 87–89; West Indies: Flowers 1953; Egyptian, Algerian: El-Shamy 2004.

1889A ***Shooting Off the Leader's Tail.***
Kirchhof/Oesterley 1869 I 1, No. 255; Bebel/Wesselski 1907 II 3, No. 26; Pauli/Bolte 1924 II, No. 748; EM 9(1999)1008–1015(G. Thomas).
Finnish: Rausmaa 1982ff. IV, No. 192; Lithuanian: Kerbelytė 1999ff. II; Dutch: Sinninghe 1943, Nos. 1889A, 1897*, Kooi 1986, 123f.; German: Fox 1942, Nos. 39, 40, Dittmaier 1950, No. 516, Tomkowiak 1993, 274; Slovene: Vrtec 23(1893)16; US-American: Dorson 1964, 75ff., Baughman 1966.

1889B ***Hunter Turns Animal Inside Out.***
Bebel/Wesselski 1907 II 3, No. 115; Bolte/Polívka 1918, 132; EM 9(1999)1008–1015 (G. Thomas).
Finnish: Rausmaa 1982ff. IV, Nos. 186, 202; Lappish: Bartens 2003, No. 70; Norwegian: Hodne 1984; Danish: Kristensen 1892f. I, No. 389; Irish: Ó Súilleabháin/Christiansen 1963; Spanish: Camarena Laucirica 1991, No. 288, González Sanz 1996; Catalan: Oriol/Pujol 2003; Dutch: Kooi 1986, 123f.; Frisian: Kooi 1984a; Flemish: Meyer 1968; German: Dittmaier 1950, No. 506, Cammann 1967, No. 77, Tomkowiak 1993, 274; Hungarian: MNK VIII; Byelorussian: SUS; US-American: Baughman 1966, Roberts 1969, No. 43, Burrison 1989, 175; African American: Dorson 1967, No. 221; Mexican, Guatemalan: Robe 1973; South African: Coetzee et al. 1967.

1889C ***Fruit Tree Grows from Head of Deer.***
Bolte/Polívka 1918, 132; cf. Basset 1924ff. I, 276 No. 20; EM 9(1999)1008–1015(G. Thomas).
Latvian: Arājs/Medne 1977; Irish: Ó Súilleabháin/Christiansen 1963; French: Luzel 1887 III, No. 8, Joisten 1971 II, No. 272; Catalan: Oriol/Pujol 2003; Frisian: Kooi 1984a; German: Benzel 1965, No. 210, cf. Thudt/Richter 1971, 23f., Tomkowiak 1993, 274; Swiss: Büchli/Brunold-Bigler 1989ff. II, 483; Bulgarian: BFP, No. 1889C, cf. No. *1889C1; Dagestan: Kapieva 1951, 27ff.; Abkhaz: Šakryl 1975, No. 52; Kurdish: Džalila et al. 1989, No. 280; Indian: Thompson/Roberts 1960; Japanese: Inada/Ozawa 1977ff.; US-American: Roberts 1954, No. 5, Chase 1958, No. 16, Baughman 1966, Roberts 1969, No. 45; Spanish-American, Mexican: Robe 1973; Argentine: Hansen 1957, No. 1889**G; Egyptian: El-Shamy 2004; South African: Coetzee et al. 1967.

1889D ***Tree Grows Out of Horse and Gives Rider Shade.***
EM 1(1977)1384; EM 9(1999)1008–1015(G. Thomas).
French: Luzel 1887 III, 447ff.; Frisian: Kooi 1984a; German: cf. Thudt/Richter 1971, 74f., Benzel 1980, No. 260; Austrian: Haiding 1969, No. 86; Hungarian: MNK VIII, No. $1889D_1$; Serbian: Eschker 1992, No. 43; Croatian: Stojanović 1867, No. 49, Bošković-Stulli 1963, No. 104; Gypsy: Briggs 1970f. A II, 362; Burjat, Mongolian: Lőrincz 1979; US-American: Chase 1948, No. 22.

1889E ***Descent from Sky on Rope of Sand (Chaff).***
BP II, 506–516; Schwarzbaum 1968, 234; EM 1(1977)1384; EM 2(1979)588; EM 9 (1999)1008–1015(G. Thomas); EM: Seil aus Sand(forthcoming).
Finnish: Rausmaa 1982ff. IV, Nos. 173, 176, 179, 180, 206, 209–211; Finnish-Swedish:

Hackman 1917f. II, No. 394; Estonian: Loorits 1959, No. 2; Latvian: Arājs/Medne 1977, No. 1889K; Lithuanian: Kerbelytė 1999ff. II; Wepsian: Kecskeméti/Paunonen 1974, No. 1889K; Lappish: Kecskeméti/Paunonen 1974, Bartens 2003, No. 72; Karelian, Syrjanian: Kecskeméti/Paunonen 1974; Swedish: Liungman 1965, 137ff.; Icelandic: Sveinsson 1929, No. 1883*; Danish: Kamp 1877, No. 2, Kristensen 1892f. I, No. 382; French: Luzel 1887 III, No. 8, Pelen 1994, No. 90a; Dutch: Overbeke/Dekker et al. 1991, No. 2405, Kooi 2003, No. 91; Frisian: Kooi 1984a; Flemish: Meyer 1968; German: Zender 1935, No. 52, Henßen 1955, No. 481, Moser-Rath 1966, No. 59, Cammann 1980, 104f., Uther 1990a, No. 47, Tomkowiak 1993, 274, Grimm KHM/Uther 1996 II, No. 112; Austrian: Haiding 1953, No. 57, Haiding 1969, No. 86; Hungarian: MNK VIII, Nos. 1889E, $1889E_1$, 1889K, $1889K_1$; Czech: Dolenec 1972, No. 21, Sirovátka 1980, No. 47; Slovakian: Gašparíková 1991f. I, Nos. 264, 307, II, Nos. 533, 561; Serbian: Eschker 1986, No. 72; Croatian: Bošković-Stulli 1975b, No. 47; Rumanian: Stroescu 1969 II, No. 4904; Bulgarian: BFP, No. 1889K; Greek: cf. Loukatos 1957, 213f.; Polish: Kapełuś/Krzyżanowski 1957, No. 95; Russian: Löwis of Menar 1914, No. 17, Nikiforov/Propp 1961, No. 18, SUS, No. 1889K; Byelorussian, Ukrainian: SUS, No. 1889K; Jewish: Jason 1988a, No. *1889E; Gypsy: MNK X 1, Nos. 1889E, 1889E1; Siberian: Soboleva 1984, No. 1889K; Iranian: Marzolph 1984, No. *1889E; US-American: Burrison 1989, 175.

1889F *Frozen Words (Music) Thaw.*

Kirchhof/Oesterley 1869 III, No. 141; Weinreich 1942; Spies 1979; EM 5(1987)846–849(G. Goerge); Marzolph 1992 II, No. 912; Hansen 2002, 146f.

Finnish: Rausmaa 1982ff. IV, No. 180; Danish: Kristensen 1892f. I, No. 353; Spanish: Chevalier 1983, No. 252; Catalan: Oriol/Pujol 2003; Frisian: Kooi 1984a, No. 1889F, cf. No. 1889F*; German: Meier 1852, No. 19, Zaunert 1922f. I, 30f., Moser-Rath 1984, 287, Tomkowiak 1993, 274; Hungarian: Bálint 1975, No. 16; Slovakian: Gašparíková 1981a, 232; Rumanian: Stroescu 1969 II, No. 4905; Polish: Krzyżanowski 1962f. II, No. 1928; Iranian: cf. Marzolph 1984, No. *1889F; Japanese: Inada/Ozawa 1977ff.; English-Canadian: Fauset 1931, No. 82; US-American: Baughman 1966; French-American: Saucier 1962, No. 26; African American: Abrahams 1970, 253.

1889G *Man Swallowed by Fish.*

Dekker et al. 1997, 301–303; EM 4(1984)1201; EM 6(1990)242; EM 7(1993)625f.; EM 9(1999)1008–1015(G. Thomas); Hansen 2002, 261–264.

Finnish: Rausmaa 1973a; Lithuanian: Kerbelytė 1999ff. II; Norwegian: Hodne 1984, No. 1889G, p. 323; Danish: Grundtvig 1876ff. I, No. 6, Kristensen 1892f. I, Nos. 376,

391, 393, 394, II, Nos. 494, 495; Irish: Ó Súilleabháin/Christiansen 1963; English: Briggs 1980f. A II, 347; Dutch: Kooi 1986, 123f.; Frisian: Kooi 1984a; Flemish: Meyer 1968; German: Moser-Rath 1964, No. 187(1), Benzel 1993, 153f.; Hungarian: MNK VIII; Russian: SUS; Abkhaz: Šakryl 1975, Nos. 23, 46; Chinese: Ting 1978; US-American: Baughman 1966.

1889H ***Submarine Otherworld.***

Ward 1883f. II, 525; Chauvin 1892ff. V, 151 No. 73; Penzer 1924ff. IV, 280; Puhvel 1965; EM 9(1999)1008–1015(G. Thomas); Marzolph/Van Leeuwen 2004, Nos. 227, 256.

Scottish: Campbell 1890ff. III, 420; Irish: Ó Súilleabháin/Christiansen 1963; French: Le Braz 1945 II, 37ff.; Frisian: Poortinga 1977, No. 55; Japanese: Ikeda 1971.

1889J ***Jumping Back to the Starting Place*** (previously ***Jumper over Water Turns Around Midway of Jump and Returns***).

EM 9(1999)1008–1015(G. Thomas).

Latvian: Arājs/Medne 1977; Frisian: Kooi 1984a; German: Grimm KHM/Uther 1996 II, No. 112; US-American: Roberts 1954, No. 1, Baughman 1966.

1889L ***The Split Dog.***

Leach 1961, 226–228; EM 1(1977)1384; EM 9(1999)1008–1015(G. Thomas).

Danish: Kristensen 1892f. I, Nos. 325, 343, 344, 359; Scottish: Buchan 1984, 30; English: Baughman 1966, Briggs 1970f. A II, 60; Dutch: Overbeke/Dekker et al. 1991, No. 1009, Kooi 2003, No. 89; Frisian: Kooi 1984a, No. 1889Q*; Flemish: Volkskunde 63 (1962)50; Gypsy: Briggs 1970f. A II, 10; US-American: Baughman 1966, Baker 1986, No. 37; Spanish-American: Robe 1953; Argentine: Hansen 1957, No. 1889**J-1889**L; Australian: Wannan 1976, 25.

1889M ***Snakebite Causes Object to Swell.***

EM 9(1999)1008–1015(G. Thomas).

German: Fox 1942, No. 42; English-Canadian: Baughman 1966; US-American: Baker 1986, Nos. 24–27, Burrison 1989, 117, Leary 1991, No. 285; Mexican, Nicaraguan: Robe 1973.

1889N ***The Long Hunt.***

EM 9(1999)1008–1015(G. Thomas).

Danish: Kristensen 1892f. I, No. 392, II, Nos. 91, 92; Frisian: Kooi 1984a, No. 1889N*;

US-American: Baughman 1966, Baker 1986, No. 35; Argentine: Hansen 1957, No. 1889**E.

1889P *Horse Repaired.*

Bolte/Polívka 1918, 132; EM 1(1977)1384; EM 9(1999)1008–1015(G. Thomas).

Latvian: Ambainis 1979, No. 127; Karelian: Kecskeméti/Paunonen 1974; Danish: Kristensen 1892f. I, No. 358, cf. Nos. 83, 147, 356, II, No. 99; Spanish: Espinosa 1988, No. 441; Dutch: Kooi 1986, 123f., Overbeke/Dekker et al. 1991, No. 2410; Frisian: Kooi 1984a; German: Berger 2001; Austrian: Haiding 1969, No. 86; Hungarian: MNK VIII; Rumanian: Stroescu 1969 II, No. 4904; Russian: SUS, No. 1889P, cf. No. 1889P*; Byelorussian, Ukrainian: SUS; Gypsy: Briggs 1970f. A II, 362; Siberian: Soboleva 1984; Spanish-American, Guatemalan: Robe 1973.

1889L** *Mittens Chase Deer.*

Irish: Ó Súilleabháin/Christiansen 1963; English: Baughman 1966, Nos. X1215.13*(b), 1920G*; French: Joisten 1971 II, No. 271; Flemish: Cornelissen/Vervliet 1900, No. 74; Frisian: Kooi 1984a; German: Henßen 1935, 348f.; Russian: SUS, No. 1920G*; US-American: Baughman 1966, No. X1215.13*(b).

1890 *The Lucky Shot.*

Müller-Fraureuth 1881, 40–42; Bolte/Polívka 1918, 132; Basset 1924ff. I, 441 No. 144; EM 1(1977)1384; EM 9(1999)1008–1015(G. Thomas); EM: Schuß: Der gelungene S.(forthcoming).

Finnish: Rausmaa 1982ff. IV, Nos. 187–189, 192; Finnish-Swedish: Hackman 1917f. II, No. 401; Estonian: Aarne 1918, Viidalepp 1980, No. 136; Latvian: Carpenter 1980, 239f.; Swedish: Liungman 1961; Norwegian: Hodne 1984; Danish: Kristensen 1892f. I, No. 390, cf. II, Nos. 17, 90; Irish: Ó Súilleabháin/Christiansen 1963; English: Baughman 1966, No. 1890A, Briggs 1970f. B II, 240f.; French: Delarue 1947, No. 21; Catalan: Oriol/Pujol 2003; Dutch: Kooi 2003, No. 88; Flemish: Cornelissen/Vervliet 1900, No. 74, Meyere 1925ff. II, No. 95; German: Wisser 1922f. II, 186ff., Moser-Rath 1964, No. 209, Kapfhammer 1974, 52, Moser-Rath 1984, Nos. 291, 416; Swiss: cf. Büchli/Brunold-Bigler 1989ff. III, 220; Russian: SUS; Cheremis/Mari: Kecskeméti/Paunonen 1974; Yakutian: Ėrgis 1967, No. 395; Indonesian: Vries 1925f. I, No. 79; Japanese: Ikeda 1971, Inada/Ozawa 1977ff.; English-Canadian: Fauset 1931, Nos. 94, 95; US-American: Chase 1948, No. 20, Roberts 1954, No. 5, Chase 1958, No. 16, Baughman 1966, No. 1890A, Baker 1986, Nos. 17, 18; French-American: Ancelet 1994, No. 71; African American: Dorson 1956, No. 138; Namibian: cf. Schmidt 1989 II, No.

1670.

1890F ***Shot Causes a Series of Lucky or Unlucky Accidents*** (previously ***Lucky Shot: Miscellaneous Forms***).
EM: Schuß: Der gelungene S.(forthcoming).
Finnish: Rausmaa 1982ff. IV, No. 190; Latvian: Šmits 1962ff. XI, 299, cf. 58, Arājs/Medne 1977, No. 1890F, Carpenter 1980, 239f.; Norwegian: Hodne 1984, No. 1890D; Danish: Kristensen 1892f. I, Nos. 391, 392, II, Nos. 87, 502; French: Joisten 1971 II, No. 279, Pelen 1994, No. 90; Spanish: González Sanz 1996; Portuguese: Pereira 1989, 39, Cardigos(forthcoming); Dutch: Vogelschor 1941, No. 13, Sinninghe 1943, No. 1898*, Overbeke/Dekker et al. 1991, No. 2153, Kooi 2003, No. 88; Frisian: Kooi 1984a, Nos. 1890D, 1890F, Kooi/Schuster 1993, No. 199; Flemish: Meyer 1968; German: Benzel 1965, No. 212, Neumann 1968a, No. 18, Neumann 1968b, Nos. 333, 334, Zender 1984, No. 41, Kooi/Schuster 1994, No. 233; Serbian: Đjorđjevič/Milošević-Đjorđjevič 1988, No. 185; Bulgarian: BFP; Indian: Jason 1989, No. 1890C; Japanese: Ikeda 1971; English-Canadian: Fauset 1931, No. 96, Baughman 1966, Nos. 1890A, 1890F; French-Canadian: Baughman 1966, No. 1890E; North American Indian: Bierhorst 1995, No. 51; US-American: Roberts 1954, No. 1, Chase 1958, No. 16, Roberts 1969, No. 43, Baughman 1966, Nos. 1890A-1890G, Baker 1986, Nos. 14, 20; Spanish-American: Robe 1973, Nos. 1890A, 1890E, 1890F; African American: Dorson 1956, No. 139, Dance 1978, No. 539; Australian: Wannan 1976, 45f., Edwards 1980, 223, Scott 1985, 20f.; Egyptian: El-Shamy 2004; South African: Grobbelaar 1981, No. 1890B.

1890B* ***Fatal Bread.***
Finnish: Rausmaa 1982ff. IV, No. 191; Lithuanian: Kerbelytė 1999ff. II, No. 2030B*; Czech: cf. Sirovátka 1980, No. 41.

1891 ***Catching a Rabbit*** (previously ***The Great Rabbit-Catch.***)
EM 7(1993)935f.(W. Loepthien).
Finnish: Rausmaa 1982ff. IV, Nos. 172, 193–199; Estonian: Aarne 1918, No. 1893*, Viidalepp 1980, No. 136; Latvian: Arājs/Medne 1977, Nos. 1891B*, *1891C*, cf. No. *1893A; Irish: Ó Súilleabháin/Christiansen 1963, Nos. 1891, 1895*; English: Briggs 1970f. A II, 335; French: Luzel 1887 III, 447ff., Joisten 1971 II, Nos. 274, 275, Coulomb/Castell 1986, No. 42, Pelen 1994, No. 84a; Portuguese: Soromenho/Soromenho 1984f. II, No. 605, Cardigos(forthcoming), No. 1893A*; Flemish: Cornelissen/Vervliet 1900, No. 8, Meyer 1968, No. 1893A*; Frisian: Kooi 1984a, No. 1893A*; German: Dittmaier 1950, Nos. 509–511, cf. Henßen 1951, No. 70, Moser-Rath 1964, No. 109, Ranke 1966,

No. 81, Neumann 1968b, No. 335; Swiss: Büchli/Brunold-Bigler 1989ff. I, 350; Maltese: Mifsud-Chircop 1978, No. 1893A*; Hungarian: MNK VIII, Nos. 1891, 1891A*, 1891C*, 1891D*; Yakutian: Ėrgis 1967, No. 394; English-Canadian: Fauset 1931, Nos. 75, 94; US-American: Baughman 1966, Nos. 1891, 1891B*, 1893, 1893A*, Baker 1989, No. 16; West Indies: Flowers 1953, No. 1893.

1892 ***The Trained Horse Rolls in the Field.***
Finnish: Rausmaa 1982ff. IV, Nos. 50, 172, 200, 201, 212; Finnish-Swedish: Hackman 1917f. II, No. 402; Estonian: Aarne 1918; Lithuanian: Kerbelytė 1999ff. II; Wepsian: Kecskeméti/Paunonen 1974; Spanish: Camarena Laucirica 1991, No. 286; Austrian: Haiding 1953, No. 57; Bulgarian: BFP; Polish: Krzyżanowski 1962f. II; Russian, Byelorussian, Ukrainian: SUS; Siberian: Soboleva 1984; Argentine: Hansen 1957, No. 1889**D.

1892* ***Wolf Made into Cheese.***
Irish: Ó Súilleabháin/Christiansen 1963; Hungarian: MNK VIII; Bulgarian: BFP; Abkhaz: Šakryl 1975, No. 79.

1894 ***A Man Shoots a Ramrod Full of Ducks.***
EM 9(1999)1008–1015(G. Thomas).
Finnish: Rausmaa 1982ff. IV, Nos. 172, 202, 203; Latvian: Arājs/Medne 1977; Norwegian: Hodne 1984, Nos. 1894, 1896*; Swedish: Liungman 1961; Danish: Kristensen 1892f. II, No. 94, Christensen/Bødker 1963ff., No. 59; Irish: Ó Súilleabháin/Christiansen 1963; English: Briggs 1970f. A II, 265; Dutch: Vogelschor 1941, No. 13, Sinninghe 1943, Nos. 1898*, Engels 1978, 133; Frisian: Kooi 1984a, Kooi/Schuster 1993, No. 199; Flemish: Meyer 1968; German: Selk 1949, No. 99, Tomkowiak 1993, 275; Austrian: Haiding 1953, No. 57; Yakutian: Ėrgis 1967, No. 350; Japanese: Inada/Ozawa 1977ff.; English-Canadian: Fauset 1931, No. 96; US-American: Baughman 1966, Baker 1986, Nos. 10, 11; Nicaraguan: Robe 1973; South African: Coetzee et al. 1967.

1895 ***A Man Wading in Water Catches Many Fish in His Boots.***
EM 4(1984)1198; EM 6(1990)243.
Finnish: Rausmaa 1982ff. IV, No. 203; Norwegian: Hodne 1984; Danish: Grundtvig 1854ff. II, No. 127, Kristensen 1892f. I, No. 392, Christensen/Bødker 1963ff., No. 59; Irish: Ó Súilleabháin/Christiansen 1963, No. 1895*; French: Coulomb/Castell 1986, No. 43; Dutch: Vogelschor 1941, No. 13, Kooi 2003, No. 90; Frisian: Kooi 1984a;

Flemish: Cornelissen/Vervliet 1900, No. 72, Meyer 1968; German: Wisser 1922f. II, 187ff., Kuckei/Hellwig 1926, No. 57; Chinese: Ting 1978; Japanese: Inada/Ozawa 1977ff.; English-Canadian: Fauset 1931, No. 95; French-American: Ancelet 1994, No. 71; US-American: Chase 1948, No. 20, Roberts 1954, Nos. 1, 5, Chase 1958, No. 16, Baughman 1966, Roberts 1969, No. 43.

1896 ***The Man Nails the Tail of the Wolf to the Tree.***

Bolte/Polívka 1918, 132; Schwarzbaum 1979, 196, 513; EM 9(1999)1008-1015(G. Thomas); EM: Wolf: Der genagelte W.(in prep.).

Finnish: Rausmaa 1982ff. IV, Nos. 204, 205; Estonian: Aarne 1918, No. 1896*, Viidalepp 1980, No. 136; Latvian: Šmits 1962ff. XII, 96, 512, Arājs/Medne 1977, No. *1896A; Lappish: Bartens 2003, No. 70; Swedish: Liungman 1961; Danish: Kristensen 1892f. I, Nos. 354, 387, 388, II, No. 93; French: Joisten 1971 II, No. 276; Flemish: Cornelissen/Vervliet 1900, No. 74; Frisian: Kooi 1984a; German: Henßen 1935, No. 297, Dittmaier 1950, No. 395, Benzel 1965, No. 211, Tomkowiak 1993, 275; Hungarian: MNK VIII; Russian, Byelorussian, Ukrainian: SUS; Siberian: Soboleva 1984; US-American: Dorson 1952, 144, Dorson 1964, 346f., Baughman 1966; West Indies: Flowers 1953, South African: Coetzee et al. 1967, No. 1889Q.

1897 ***The Pike Caught by the Fox.***

Danish: Kristensen 1900, Nos. 138-140; Hungarian: MNK I; Chinese: Ting 1978.

1900 ***How a Man Came Out of a Tree Stump (Marsh).***

Delarue 1953; Kreuzberg 1965; Schwarzbaum 1979, 196; EM 7(1993)751-757(C. Shojaei Kawan); Dekker et al. 1997, 170-172.

Finnish: Rausmaa 1982ff. IV, No. 174; Estonian: cf. Loorits 1959, Nos. 2, 3,Viidalepp 1980, No. 136; Latvian: Arājs/Medne 1977; Lithuanian: Kerbelytė 1999ff. II; Lappish, Wepsian: Kecskeméti/Paunonen 1974; Danish: Grundtvig 1876ff. I, No. 6; Frisian: Kooi 1984a; German: Wisser 1922f. II, 127f., Grannas 1960, Nos. 106, 107, Brunner/Wachinger 1986ff. XII, No. 2Stl/2; Slovene: Vedež 1(1848)191; Bulgarian: BFP; Polish: Krzyżanowski 1962f. II; Russian: SUS, Nos. 1900, 1900*; Byelorussian, Ukrainian: SUS; Cheremis/Mari, Chuvash, Votyak: Kecskeméti/Paunonen 1974; Siberian: Soboleva 1984; Buryat, Mongolian: Lőrincz 1979; Syrian: El-Shamy 2004; US-American: Roberts 1954, No. 5, Chase 1958, No. 16, Baughman 1966, Roberts 1969, No. 44; African American: Dorson 1967, No. 209; Algerian: El-Shamy 2004.

1910 ***The Bear (Wolf) Harnessed.***

BP II, 291f.; Bolte/Polívka 1918, 131; Basset 1924ff. III, 454 No. 274; Frenken 1925, 217f.; Vidossi 1955, 3-5; EM 1(1977)1204-1207(M. Matičetov); Matičetov 1987; EM 7(1993)751-757(C. Shojaei Kawan).

Finnish: Rausmaa 1982ff. IV, Nos. 79, 181; Estonian: Aarne 1918, No. 1910*; Latvian: Arājs/Medne 1977, No. 166B_4; Lithuanian: Kerbelytė 1999ff. II; Lappish, Wepsian: Kecskeméti/Paunonen 1974; Irish: Müller-Lisowski 1923, No. 24; French: Delarue/Tenèze 1964ff. II, No. 650(var. 8, 11, 15, 26); German: Peuckert 1932, No. 2, Tomkowiak 1993, 276; Hungarian: MNK VIII; Croatian: Bošković-Stulli 1963, No. 118; Macedonian: Popvasileva 1983, No. 35; Albanian: Mazon 1936, No. 37; Polish: Krzyżanowski 1962f. II; Russian, Byelorussian: SUS; Chuvash: Kecskeméti/Paunonen 1974; Udmurt: Kralina 1961, No. 85; Palestinian: El-Shamy 2004; English-Canadian: Fauset 1931, No. 76, Baughman 1966; US-American: Baughman 1966; Spanish-American: Robe 1973; Egyptian: El-Shamy 1980, No. 29, El-Shamy 2004; Algerian, Moroccan: El-Shamy 2004; South African: Coetzee et al. 1967, No. X1004.1.

1911A ***Horse's New Backbone.***

Finnish: Rausmaa 1982ff. IV, Nos. 173, 206, 212; Latvian: Arājs/Medne 1977; Wepsian: Kecskeméti/Paunonen 1974; Swedish: Liungman 1961; Danish: Kristensen 1892f. II, Nos. 439, 458; Irish: Ó Súilleabháin/Christiansen 1963, O'Sullivan 1966, No. 53; French: Luzel 1887 III, 447ff.; Frisian: Kooi 1984a; Czech: Sirovátka 1980, No. 47; Gypsy: Briggs 1970f. A II, 17f.; English-Canadian: Halpert/Widdowson 1996 I, No. 44; US-American: Chase 1948, No. 22, Baughman 1966, Burrison 1989, 175.

1916 ***The Breathing Tree.***

Australian: Wannan 1976, 82; US-American: Baughman; Spanish-American: Baughman(= Robe).

1917 ***The Stretching and Shrinking Harness.***

Finnish: Rausmaa 1982ff. IV, No. 172; Danish: Kristensen 1892f. I, No. 345; English-Canadian: Baughman 1966; US-American: Baughman 1966, Baker 1986, Nos. 67, 68, Burrison 1989, 169f.; Spanish-American: Robe 1973; African American: Dorson 1967, No. 218.

1920 ***Contest in Lying.***

Schumann/Bolte 1893, No. 15; Köhler/Bolte 1898ff. I, 322; BP II, 506-514, III, 273f.; Basset 1924ff. I, 424 No. 131; Schwarzbaum 1968, 198; EM 8(1996)1274-1279(P.-L.

Rausmaa).
Finnish: Rausmaa 1982ff. IV, 257; Finnish-Swedish: Hackman 1917f. II, No. 394; Estonian: Viidalepp 1980, No. 110; Latvian: Arājs/Medne 1977; Lithuanian: Basanavičius/Aleksynas 1993f. I, No. 12; Swedish: Liungman 1961, No. 1920AC; Norwegian: Hodne 1984, Kvideland/Eiríksson 1988, No. 65; Danish: Grundtvig 1854ff., III, No. 399, Kristensen 1892f. I, cf. No. 14, II, Nos. 430, 474, 475, cf. No. 447, Kvideland/Sehmsdorf 1999, No. 60; Irish: Ó Súilleabháin/Christiansen 1963; English: Briggs 1970f. A II, 91f., 174, 215, 241, 309; Spanish: Chevalier 1983, No. 253, González Sanz 1996; Catalan: Oriol/Pujol 2003; Portuguese: Soromenho/Soromenho 1984f. II, No. 530, Cardigos (forthcoming); Frisian: Kooi 1984a; Flemish: Meyer 1968, Lox 1999a, No. 77; German: Zender 1935, No. 52, Moser-Rath 1964, No. 210; Austrian: Haiding 1969, No. 149; Maltese: Mifsud-Chircop 1978, No. *1962B; Hungarian: MNK VIII; Czech: Sirovátka 1980, No. 48; Slovene: Eschker 1986, No. 3; Serbian: Karadžić 1937, No. 44, Đjorđjevič/Milošević-Đjorđjevič 1988, Nos. 296, 297, Eschker 1992, No. 43; Croatian: Stojanović 1867, No. 49; Bosnian: Krauss 1914, No. 95; Macedonian: Eschker 1986, No. 73, cf. Čepenkov/Penušliski 1989 IV, No. 487; Rumanian: cf. Bîrlea 1966 I, 340ff., 355ff., Stroescu 1969 I, No. 3000, II, No. 4913; Bulgarian: Haralampieff/Frolec 1971, No. 69, Daskalova et al. 1985, Nos. 256, 258; Albanian: Mazon 1936, No. 60; Greek: Loukatos 1957, 213f., Orso 1979, Nos. 69, 70, Megas/Puchner 1998; Polish: Krzyżanowski 1962f. II, Krzyżanowski 1965, 170f.; Turkish: Kúnos 1907, No. 45, Walker/Uysal 1966, 165ff.; Jewish: Jason 1965, 1988a, Stephani 1998, Nos. 8, 51; Gypsy: MNK X 1; Ossetian: Dirr 1920, No. 56; Abkhaz: Bgažba 1959, No. 347f.; Kalmyk: Džimbinov 1962, 120ff.; Kurdish: Džalila et al. 1989, Nos. 280, 281; Yakutian: Ėrgis 1967, Nos. 398, 399; Kazakh: Sidel'nikov 1952, 130ff.; Georgian: Finger 1939, 183ff.; Aramaic: Arnold 1994, No. 52; Palestinian: Campbell 1954, 83ff., El-Shamy 2004; Iraqi: Nowak 1969, No. 481, El-Shamy 2004; Saudi Arabian: Lebedev 1990, No. 39; Yemenite: El-Shamy 2004; Afghan: Lebedev 1986, 182ff.; Burmese: Kasevič/Osipov 1976, No. 69; Sri Lankan: Schleberger 1985, No. 21; Nepalese: Heunemann 1980, No. 23; Chinese: Ting 1978; Thai: Velder 1968, No. 45; Cambodian: Gaudes 1987, Nos. 70, 74; Indonesian: Kratz 1978, No. 27; Japanese: Ikeda 1971, Inada/Ozawa 1977ff.; French-Canadian: Lemieux 1974ff. XXI, No. 1; US-American: Randolph 1955, 154ff., cf. Baughman 1966, Nos. 1920J-W, Burrison 1989, 200f.; Mexican: Robe 1973, No. 1920A; Argentine: Hansen 1957, No. 1889**F; West Indies: Flowers 1953; Egyptian: Moreno 1947, No. 87, Nowak 1969, No. 482, El-Shamy 2004; Moroccan: Laoust 1949, No. 89, El-Shamy 2004; East African: Klipple 1992; Sudanese: El-Shamy 2004; South African: Coetzee et al. 1967, No. 1920.B.2.

1920A *"The Sea Burns."*

Schumann/Bolte 1893, No. 15; Wesselski 1911 II, No. 454; Basset 1924ff. I, No. 138; Wesselski 1925, No. 38; Kasprzyk 1963, No. 49; Tubach 1969, No. 4599; Spies 1979; EM 6(1990)239–249(P.-L. Rausmaa); Marzolph 1992 II, Nos. 135, 1043; EM 8(1996) 1274–1279(P.-L. Rausmaa); Kooi 2000a; Marzolph 2000b.

Finnish: Rausmaa 1982ff. IV, Nos. 207, 208; Finnish-Swedish: Hackman 1917f. II, No. 394; Latvian: Arājs/Medne 1977; Lithuanian: Kerbelytė 1999ff. II; Lappish: Kecskeméti/Paunonen 1974; Swedish: Liungman 1961, No. 1920AC; Danish: Kristensen 1881ff. III, No. 14, Kristensen 1892f. I, No. 375(2), II, No. 478; Irish: Ó Súilleabháin/Christiansen 1963; English: Briggs 1970f. A II, 44, 176f.; French: Tegethoff 1923 II, No. 43; Spanish: Chevalier 1983, No. 254, González Sanz 1996; Catalan: Oriol/Pujol 2003; Portuguese: Vasconcellos/Soromenho et al. 1963f. II, No. 392, Coelho 1985, No. 79, Cardigos(forthcoming); Dutch: Overbeke/Dekker et al. 1991, Nos. 2405, 2408, Kooi 1986, 109f., 116f., Kooi 2003, Nos. 93a, 93b; Frisian: Kooi 1984a, Kooi/Schuster 1993, No. 200; Flemish: Mont/Cock 1927, No. 2, Lox 1999a, No. 77; German: Benzel 1965, No. 142, Moser-Rath 1984, 287, 289, 291, 372, 416, Tomkowiak 1993, 275, Kooi/Schuster 1994, Nos. 231, 232; Austrian: Haiding 1969, No. 8; Slovene: Milčinski 1911, 76ff.; Rumanian: Stroescu 1969 II, Nos. 3011, 4915, 4916, 4923; Hungarian: MNK VIII, Nos. 1890C*, 1920A, 1920A1; Serbian: cf. Đjorđjevič/Milošević-Đjorđjevič 1988, No. 298; Croatian: Valjavec 1890, No. 58; Bulgarian: BFP; Russian, Byelorussian, Ukrainian: SUS; Turkish: Kúnos 1907, No. 45; Gypsy: Krauss 1907, 159; Ossetian: Britaev/Kaloev 1959, 402f., Bjazyrov 1960, Nos. 50, 55; Siberian: Soboleva 1984; Turkmen: Stebleva 1969, No. 81; Tadzhik: Amonov 1961, 579; Georgian: Kurdovanidze 2000; Iranian: Marzolph 1984; Indian: cf. Mayeda/Brown 1974, No. 55; Chinese: Ting 1978; Vietnamese: Karpov 1958, 192; Indonesian: Kratz 1978, No. 27; English-Canadian: Fauset 1931, No. 77; US-American: Randolph 1965, No. 41, Baughman 1966, Burrison 1989, 174f.; Spanish-American, Mexican: Robe 1973; African American: Dorson 1958, No. 79; Chilean: Pino Saavedra 1960ff. III, No. 221, Pino Saavedra 1967, No. 49; South African: Coetzee et al. 1967.

1920B *"I Have No Time to Lie."*

Schwarzbaum 1968, 91; EM 6(1990)239–249(P.-L. Rausmaa); EM 8(1996)1274–1279 (P.-L. Rausmaa); Järv 2001.

Finnish: Rausmaa 1982ff. IV, Nos. 213–218; Estonian: Aarne 1918; Latvian: Arājs/Medne 1977; Lithuanian: Kerbelytė 1999ff. II; Swedish: Liungman 1961, No. 1920AC; Danish: Kristensen 1892f. II, No. 460; German: Fischer 1955, 517; Rumanian: Stroescu 1968 II, No. 4900; Bulgarian: BFP; Mordvinian: Paasonen/Ravila

1938ff. III, 308ff.; Votyak: Kecskeméti/Paunonen 1974; Siberian: Soboleva 1984; Chinese: Ting 1978; Japanese: Inada/Ozawa 1977ff.; US-American: Dorson 1964, 67ff., 357f., Baughman 1966, Baker 1986, Nos. 3, 4; Spanish-American: TFSP 20(1945) 29, 22(1949)78f.; South African: Coetzee et al. 1967.

1920C ***"That is a Lie!"*** (previously ***The Master and the Farmer***).
Wossidlo 1910, 206f.; BP II, 507–511; Schwarzbaum 1968, 91, 198, 200, 202; EM 6 (1990)239–249(P.-L. Rausmaa); EM 8(1996)1274–1279(P.-L. Rausmaa); Järv 2001; Šlekonytė 2003, 12f.
Finnish: Rausmaa 1982ff. IV, Nos. 209–211; Estonian: Aarne 1918; Latvian: Arājs/Medne 1977; Livonian: Loorits 1926; Lithuanian: Kerbelytė 1999ff. II; Karelian: Kecskeméti/Paunonen 1974; Swedish: Liungman 1961, No. 1920AC; Portuguese: Oliveira 1900f. II, No. 330, Soromenho/Soromenho 1984f. II, No. 524, Cardigos(forthcoming); Frisian: Kooi 1984a, Kooi/Schuster 1993, No. 202; Flemish: Mont/Cock 1927, No. 2; German: Meyer 1925a, No. 126, Peuckert 1932, Nos. 199, 200; Hungarian: MNK VIII; Slovakian: Gašparíková 1991f. I, No. 307, II, No. 533; Croatian: Stojanović 1867, No. 51; Greek: Hahn 1918 I, No. 39; Polish: Krzyżanowski 1962f. II, No. 1921, Simonides 1979, 118f.; Sorbian: Nedo 1957, 81f.; Russian, Byelorussian, Ukrainian: SUS; Turkish: Eberhard/Boratav 1953, Nos. 358, 363; Gypsy: MNK X 1; Ossetian: Bjazyrov 1960, No. 31; Tatar: Kecskeméti/Paunonen 1974; Siberian: Soboleva 1984; Buryat: Ėliasov 1959 I, 353ff.; Georgian: Dolidze 1956, Nos. 37, 75; Palestinian: Schmidt/Kahle 1918f. I, No. 33; Chinese: Ting 1978, No. $1920C_1$; Burmese: Htin Aung 1954, 192ff.; Chilean: Pino Saavedra 1987, No. 75; Egyptian: El-Shamy 2004.

1920D ***The Liar Reduces the Size of His Lie.***
Marzolph 1992 II, No. 1210; EM 8(1996)1271; EM 8(1996)1274–1279(P.-L. Rausmaa).
Finnish: Rausmaa 1982ff. IV, No. 220; Lithuanian: Boehm/Specht 1924, No. 39; Danish: Skattegraveren 8(1887)72f. No. 220, Kristensen 1892f. II, Nos. 429, 430, 453, cf. No. 455; Spanish: Chevalier 1983, No. 255, Camarena Laucirica 1991, No. 287, González Sanz 1996; Portuguese: Soromenho/Soromenho 1984f. II, No. 531, Cardigos(forthcoming); Frisian: Kooi 1984a; German: Kubitschek 1920, 25, Henßen 1932, 116f., Moser-Rath 1964, No. 209, Moser-Rath 1984, 287, 289, 291, 372, 416; Maltese: Mifsud-Chircop 1978; Czech: Volkskunde 2(1890)424; Slovene: Vedež 1(1848)27f.; Rumanian: Stroescu 1969 II, Nos. 4897, 4919, 4922; Albanian: Jarník 1890ff., 424, Ranke 1972, No. 119; Greek: Hallgarten 1929, 195ff., Laográphia 21(1963/64)491ff.;

Russian: Afanas'ev/Barag et al. 1984f. III, No. 421; Jewish: Landmann 1973, 353; Uzbek: Stein 1991, No. 28; Lebanese, Iraqi: El-Shamy 2004; Chinese: Ting 1978, No. $1920D_1$; US-American: Baughman 1966, Baker 1986, No. 2; French-American: Ancelet 1994, Nos. 76, 77; Spanish-American: TFSP 12(1935)56, 19(1944)68; Egyptian: El-Shamy 2004.

1920E ***Greatest Liar Gets His Supper Free.***

Schumann/Bolte 1893, No. 15; BP II, 509–511; Schwarzbaum 1968, 198, 202; EM 8 (1996)1274–1279(P.-L. Rausmaa).

Finnish: Rausmaa 1982ff. IV, No. 208; Lithuanian: Leskien/Brugman 1882, No. 35; Norwegian: Hodne 1982, 264; Danish: Kristensen 1892f. I, Nos. 375(3), 389, II, No. 117, cf. No. 456; Irish: Béaloideas 2(1929)218ff. No. 6; Spanish: cf. Espinosa 1988, No. 451; Portuguese: Parafita 2001f. II, No. 102, Cardigos(forthcoming); German: Haltrich 1956, No. 55; Hungarian: György 1932, No. 17; Macedonian: Eschker 1972, No. 43; Rumanian: Stroescu 1969 II, No. 4905; Polish: Simonides 1979, Nos. 192, 193; Georgian: Orbeliani/Awalischwili et al. 1933, No. 50; Jordanian, Qatar, Yemenite: El-Shamy 2004, No. 1920E1§; US-American: Burrison 1989, 178; Spanish-American: TFSP 10(1932)25f., 19(1944)36–41; Mexican: Aiken 1935, 55ff.; Chilean: Pino Saavedra 1960ff. III, Nos. 221, 222, Pino Saavedra 1987, No. 49.

1920F ***He Who Says, "That's a Lie" Must Pay a Fine.***

BP II, 509; Schwarzbaum 1968, 200, 202, 473; Marzolph 1992 II, No. 578; EM 8 (1996)1274–1279(P.-L. Rausmaa).

Estonian: Viidalepp 1980, No. 110; Latvian: Arājs/Medne 1977; Lappish: Kecskeméti/Paunonen 1974, Bartens 2003, No. 72; Wepsian, Syrjanian: Kecskeméti/Paunonen 1974; Karelian: cf. Konkka 1963, No. 80; Spanish: Espinosa 1988, No. 451; Portuguese: Soromenho/Soromenho 1984f. II, Nos. 528, 529, Cardigos(forthcoming); German: Henßen 1935, No. 294, Haltrich 1956, No. 58, Dietz 1965, No. 841, Benzel 1965, No. 140; Austrian: Haiding 1969, No. 86; Slovene: cf. Bolhar 1974, 168f., Kühar/Novak 1988, 186; Serbian: Đjorđjevič/Milošević-Đjorđjevič 1988, No. 297; Rumanian: cf. Stroescu 1969 I, No. 3047; Bulgarian: BFP; Greek: Megas/Puchner 1998; Russian: Nikiforov/Propp 1961, No. 23; Ukrainian: Mykytiuk 1979, No. 62; Byelorussian: Kabašnikau 1960, 164ff.; Turkish: Eberhard/Boratav 1953, No. 363; Jewish: Noy 1963b, No. 44, Jason 1965, No. 1920F-*A, Jason 1988a, No. 1920F-*A, Haboucha 1992, No. 1920F-*A; Cheremis/Mari: Kecskeméti/Paunonen 1974; Uzbek: Afzalov et al. 1963 II, 169ff.; Syrian, Iraqi, Yemenite: El-Shamy 2004; Chinese: Ting 1978; Pakistani, Indian: Thompson/Roberts 1960, Mayeda/Brown 1974, No. 21, Jason 1989,

Nos. 1920F, 1920F-*A; Japanese: Inada/Ozawa 1977ff.; Moroccan: El-Shamy 2004.

1920G ***The Great Bee and Small Beehive.***

Wesselski 1911 II, No. 452; BP II, 515f.; EM 2(1979)305; EM 8(1996)1274-1279(P.-L. Rausmaa).

Latvian: Arājs/Medne 1977; Danish: Skattegraveren 8(1887)187 No. 783, Kristensen 1892f. I, No. 381; Spanish: RE 6(1966)210f. No. 129; Frisian: Kooi 1984a; German: Moser-Rath 1984, 287, 289, 291, 372, 416; Hungarian: MNK VIII; Czech: Klímová 1966, No. 97; Slovene: Brezovnik 1884, 166; Croatian: Bošković-Stulli 1963, No. 105; Rumanian: Stroescu 1969 II, Nos. 4902, 4902A; Gypsy: Krauss 1907, 160.

1920H ***Buying Fire by Storytelling.***

EM 8(1996)1274-1279(P.-L. Rausmaa); Šlekonytė 2003, 12f.

Finnish: Rausmaa 1982ff. IV, No. 212; Latvian: Arājs/Medne 1977; Lithuanian: Kerbelytė 1999ff. II; Lappish: Kecskeméti/Paunonen 1974, Bartens 2003, No. 72; Wepsian, Karelian, Syrjanian: Kecskeméti/Paunonen 1974; Spanish: Espinosa 1988, No. 441; Italian: Cirese/Serafini 1975; Sardinian: cf. Karlinger 1973c, No. 15; Hungarian: MNK VIII; Czech: Tille 1929ff. II 1, 41ff., 45ff.; Slovene: Bolhar 1959, 68; Serbian: Đorđevič/Milošević-Đorđevič 1988, Nos. 293, 294; Croatian: Stojanović 1867, No. 49, Bošković-Stulli 1963, No. 105, Bošković-Stulli 1975b, No. 53; Rumanian: Bîrlea 1966 I, 340ff., 355ff., III, 357ff., 359ff.; Bulgarian: BFP; Polish: Krzyżanowski 1962f. II, No. 1922, Simonides 1979, No. 198; Russian, Byelorussian, Ukrainian: SUS, No. 1920H*; Turkish: Eberhard/Boratav 1953, No. 358; Gypsy: MNK X 1; Dagestan: Kapieva 1951, 74ff.; Abkhaz: Bgažba 1959, 131ff., Šakryl 1975, Nos. 52, 79; Vogul/Mansi: Kecskeméti/Paunonen 1974; Siberian: Soboleva 1984; Mongolian: Lőrincz 1979; Egyptian: El-Shamy 2004.

1920J ***Bridge Reduces a Lie.***

Ranke 1978, 261-269; EM 8(1996)1270-1274(J. van der Kooi); EM 8(1996)1276; Lieb 1996, 118-123.

Danish: cf. Kristensen 1892f. II, No. 430; French: Carnoy 1883, 209f., Bladé 1886 III, 269; Flemish: Meyere 1925ff. III, 73f.; Frisian: Kooi 1984a, No. 1920D(2); German: Moser-Rath 1964, No. 107, Tomkowiak 1993, 290f.; Bulgarian: BFP, No. 1920D; Rumanian: Stroescu 1969 II, No. 4919; Ukrainian: Popov 1957, 489, Ranke 1972, No. 115, SUS, No. 1921*; Puerto Rican: Hansen 1957, No. **1886; South African: Coetzee et al. 1967, No. 1920D.

1920A* ***Tall Corn.***

EM 6(1990)239–249(P.-L. Rausmaa); EM 8(1996)1274–1279(P.-L. Rausmaa).

Lithuanian: Boehm/Specht 1924, No. 39; Danish: cf. Kristensen 1892f. II, Nos. 450, 451; French: Joisten 1971 II, No. 283; US-American: Baughman 1966.

1920B* ***Big Strawberries.***

EM 6(1990)239–249(P.-L. Rausmaa); EM 8(1996)1274–1279(P.-L. Rausmaa).

Hungarian: MNK VIII; Bulgarian: cf. BFP, No. *1920B**; US-American: Baughman 1966.

1920C* ***Speed in Skills.***

EM 8(1996)1274–1279(P.-L. Rausmaa).

Danish: Kristensen 1892f. I, No. 366; Portuguese: Pereira 1989, 49, Cardigos(forthcoming); Bulgarian: cf. BFP, No. *1920C**; US-American: Baughman 1966; Spanish-American: TFSP 20(1945)97, 27(1957)167.

1920D* ***Climbing to Heaven.***

EM 8(1996)1274–1279(P.-L. Rausmaa).

Bulgarian: Nicoloff 1979, No. 75, cf. BFP, No. *1920D**; Greek: Megas 1970, No. 69, Megas/Puchner 1998; Spanish-American: TFSP 30(1961)236f.; Chilean: Hansen 1957, No. 1920**D, Pino Saavedra 1960ff. III, No. 222.

1920E* ***Seeing (Hearing) Enormous Distance.***

EM 8(1996)1274–1279(P.-L. Rausmaa).

Finnish: Rausmaa 1982ff. VI, No. 223; Latvian: Arājs/Medne 1977; Swedish: Liungman 1961, No. GS1962; Norwegian: Hodne 1984, p. 328; Danish: Kristensen 1892f. I, Nos. 355, 362, 366, II, Nos. 438, 486; French: Fischer-Fabian 1992, 105; Dutch: Swanenberg 1986, 302; Frisian: Kooi 1984a; Flemish: Meyer 1968; Walloon: Ranke 1972, No. 121; German: Fischer 1955, 242; Swiss: Büchli/Brunold-Bigler 1989ff. III, 610f., EM 7(1993)871; Greek: Megas/Puchner 1998; Rumanian: Stroescu 1969 II, No. 4837; Kurdish: Džalila et al. 1989, No. 281; English-Canadian: Halpert/Widdowson 1996 I, No. 44; US-American: Dorson 1946, 108; Spanish-American, Mexican, Nicaraguan: Robe 1973; Cuban: Hansen 1957, No. 1920**G; Puerto Rican: Hansen 1957, No. 1920**E.

1920F* ***Skillful Hounds.***

EM 8(1996)1274–1279(P.-L. Rausmaa); EM 9(1999)1008–1015(G. Thomas).

English: Briggs 1970f. A II, 59; Frisian: Kooi 1884, No. 1889N*; Italian: Cirese/Serafini 1975; Hungarian: MNK VIII; Jewish: Jason 1976, No. 77; Spanish-American: TFSP 18(1943)85–88; African-American: Baughman 1966.

1920H* ***Will Blow Out Lantern.***
Dutch: cf. Geldof 1979, 116; Frisian: Kooi 1984a, No. 1920H*; German: cf. Wendel 1928, 104f.; Jewish: Landmann 1973, 142f., 143; US-American: Baughman 1966, Baker 1986, No. 21, Burrison 1989, 173, 245; Australian: Wannan 1976, 44f., Adams/Newell 1999 II, 489.

1920J* ***Various Tales of Lying.***
Schwarzbaum 1968, 198; EM 8(1996)1274–1279(P.-L. Rausmaa).
Latvian: Arājs/Medne 1977, Nos. 1930A*, 1930C*; Spanish: González Sanz 1996, No. 1920J; Sardinian: Mango 1890, No. 5; Maltese: Mifsud-Chircop 1978, Nos. *1920J, *1930E; Hungarian: MNK VIII, Nos. 1920J*–1920L*; Bulgarian: BFP, Nos. *1920B***, *1920J*–*1920M*, *1920F**, 1930B*, *1930E*, *1930F*, *1930A**, *1930C**, *1930F**; Greek: Megas/Puchner 1998, Nos. *1920I, *1920J; Russian: SUS, Nos. 1930A*–1930D*; Byelorussian: SUS, Nos. 1930A*, 1930C*, 1930E*, 1930F*; Ukrainian: Popov 1957, 504f.; Gypsy: MNK X 1, Nos. 1920J*, 1920K*; Kalmyk: Lőrincz 1979; Siberian: Soboleva 1984, No. 1930D*; Georgian: Kurdovanidze 2000, No. 1920A*; Palestinian: El-Shamy 2004, No. 1920J§; Jordanian: El-Shamy 2004, No. 1920K§; Iraqi: El-Shamy 2004, No. 1920D-X§; Indian: Jason 1989, No. 1920*Z; Chinese: Ting 1978, Nos. 1920I-1920K, 1920K_1; Egyptian: El-Shamy 2004, Nos. 1920D**§, 1920J§. 1920K§, 1920L§, 1930D*§, 1930E*§; Tunisian: El-Shamy 2004, Nos. 1920J§, 1920L§; Algerian, Moroccan: El-Shamy 2004, No. 1920J§; Sudanese: El-Shamy 2004, No. 1920J§.

1924 ***The Man Known by Everyone.***
Dutch: Kooi 2003, No. 94; Frisian: Kooi 1984a, No. 1924*, Kooi/Schuster 1993, No. 198a-b; Flemish: Ranke 1972, No. 118; German: Schwind 1958, 184f., Selk 1982, No. 42; Czech: Sirovátka 1980, No. 46; Jewish: Landmann 1973, 150, Fischer-Fabian 1992, 237f.; US-American: Dorson 1959, 247f.; Australian: Adams/Newell 1999 I, 228ff.

1925 ***Contest in Wishing.***
BP II, 515; Pedersen/Holbek 1961f. II, No. 132; Hansen 2002, 475–478, 481–489.
Finnish: Rausmaa 1982ff. VI, No. 224; Finnish-Swedish: Allardt/Perklén 1896, No. 201, Hackman 1917f. II, No. 392; Norwegian: Hodne 1984, Kvideland/Eiríksson 1988, No. 66; English: Zall 1963, 329f.; Dutch: Overbeke/Dekker et al. 1991, No.

1370; Frisian: Kooi 1984a; Swiss: Büchli/Brunold-Bigler 1989ff. III, 697; Slovene: Brezovnik 1884, 167; Jewish: Jason 1965, No. 1925*, Jason 1988a, No. 1925*; Gypsy: Mode 1983ff. III, No. 147; Japanese: Ikeda 1971, Nos. 1925, 1925*, Inada/Ozawa 1977ff; US-American: Dodge 1987, 143, cf. 74.

1927 ***The Cold May Night.***
Hyde 1915, 40–55, 56–62.
Danish: Kristensen 1892f. I, No. 380; Irish: Ó Súilleabháin/Christiansen 1963, O'Sullivan 1966, No. 11; Iranian: Christensen 1918, No. 16; South American Indian: cf. Wilbert/Simoneau 1992, B841; Libyan: Stumme 1895, No. 30.

1930 ***Schlaraffenland.*** (Land of Cockaigne.).
Poeschel 1878; cf. Erk/Böhme 1893f.III, Nos. 1095, 1096; Schmidt 1912; BP III, 244–258, IV, 119f.; Krzyżanowski 1929; Schmidt 1944; Hinrichs 1955; Cocchiara 1956, 159–187, 248–250; Cioranescu 1971; Biesterfeld/Haase 1984; Müller 1984; Richter 1984; Verfasserlexikon 5(1985)1039–1044(A. Holtorf); Wunderlich 1986; Richter 1989; Assion 1989; Jonassen 1990; Rammel 1990; Dekker et al. 1997, 206–210; Pleij 1997; Hansen 2002, 378–392; EM: Schlaraffenland(forthcoming).
Finnish: Rausmaa 1982ff. IV, Nos. 183, 235, 236; Estonian: Loorits 1959, No. 2; Latvian: Arājs/Medne 1977; Lithuanian: Balys 1936; Lappish, Syrjanian: Kecskeméti/Paunonen 1974; Swedish: cf. Liungman 1961, No. 1875; Danish: cf. Kristensen 1892f. I, No. 461; Scottish: Briggs 1970f. A II, 563f., 578, Irish: Ó Súilleabháin/Christiansen 1963; English: Baughman 1966, Briggs 1970f. A I, 331ff., A II, 245, 537, 549, 558f., 563f.; Spanish: Chevalier 1983, No. 256, González Sanz 1996; Dutch: Hogenelst 1997 II, No. 271; Frisian: Kooi 1984a; Flemish: Meyer 1968; German: Uther 1981, 101, Tomkowiak 1993, 275f., Grimm KHM/Uther 1996 III, Nos. 158, 159, Bechstein/Uther 1997 I, No. 50; Ladinian: Decurtins 1896ff. II, 96 No. 75; Italian: Cirese/Serafini 1975; Hungarian: MNK VIII; Czech: Sirovátka 1980, No. 47; Slovakian: Gašparíková 1991f., Nos. 264, 307, 476, 533, 561; Slovene: Möderndorfer 1946, 350ff.; Croatian: Bošković-Stulli 1975b, No. 53; Greek: Megas/Puchner 1998; Polish: Krzyżanowski 1962f. II, Nos. 1929, 1930, Simonides 1979, Nos. 190, 201; Russian, Byelorussian, Ukrainian: SUS; Jewish: Jason 1965, 1988a; Gypsy: Briggs 1970f. A II, 63f., 148, MNK X 1; Chuvash: Kecskeméti/Paunonen 1974; Syrian, Palestinian, Jordanian, Oman: El-Shamy 2004; Chinese: Ting 1978; US-American: Baughman 1966; Puerto Rican: Hansen 1957, No. 1930**A; Egyptian: El-Shamy 2004, No. 1930, 1930D*§, 1930E*§; Tunisian: El-Shamy 2004; East African: Arewa 1966, No. 3167, Klipple 1992; Sudanese: El-Shamy 2004; Central African: Lambrecht 1967, Nos.

3169, 3170, 3815.

1931 ***The Woman Who Asked for News from Home.***
EM 9(1999)1420–1422(P.-L. Rausmaa); Šlekonytė 2003, 14f.
Finnish: Rausmaa 1982ff. IV, Nos. 235, 236; Finnish-Swedish: Hackman 1917f. I, No. 396; Estonian: Aarne 1918; Latvian: Arājs/Medne 1977; Lithuanian: Kerbelytė 1999ff. II; Swedish: Liungman 1961; Norwegian: Hodne 1984, Austad/Hannas 1989, No. 34, Kvideland/Sehmsdorf 1999, No. 42; Danish: Kristensen 1892f. I, Nos. 25, 26, II, No. 3, cf. Kristensen 1900, Nos. 219, 568, Christensen 1939, No. 93, Kvideland/Sehmsdorf 1999, No. 60; Spanish: cf. Espinosa 1988, No. 444; Italian: Cirese/Serafini 1975; Slovakian: Polívka 1923ff. IV, 428f.; Russian: Hoffmann 1973, No. 1931*, SUS; Byelorussian: Dobrovol'skij 1891ff. I, 658 No. 6; Jewish: Jason 1988a, No. 1573*–*A; Armenian: cf. Hoogasian-Villa 1966, No. 97; Iraqi: El-Shamy 2004, No. 1931A§; French-Canadian: Lemieux 1974ff. XXVIII, No. 18; US-American: cf. Roberts 1969, No. 50; North African, Egyptian: El-Shamy 2004, No. 1931A§; Tunisian, Algerian: El-Shamy 2004, Nos. 1931, 1931A§.

1932 ***Church Built of Cheese.***
Bolte 1899, 85; Köhler-Zülch 1992, 56–60; Šlekonytė 2003, 11.
Lithuanian: Kerbelytė 1999ff. II; Serbian: Đjorđjevič/Milošević-Đjorđjevič 1988, No. 202; Croatian: Bošković-Stulli 1963, No. 107; Rumanian: Stroescu 1969 II, No. 5713, cf. No. 4910; Russian, Byelorussian, Ukrainian: SUS; Hungarian: MNK VIII; Gypsy: MNK X 1.

1935 ***Topsy Turvy Land.***
Cf. Erk/Böhme 1893f. III, Nos.1100–1113; Wendeler 1905, 158–163; BP III, 244–258, 302–305, BP IV, 119f.; Cocchiara 1963; Kenner 1970; Kramer 1977; Scribner 1978, 326–329; Pinon 1980; Schnell 1989; Geest 1999; Hansen 2002, 439–445; EM: Verkehrte Welt(in prep.).
Finnish: Rausmaa 1982ff. IV, No. 184; Danish: Kamp 1879f. II, No. 9; English: Briggs 1970f. A II, 518; French: Tegethoff 1923 I, No. 14a; German: Peuckert 1932, Nos. 298–300, 304, Moser-Rath 1964, No. 190, Brunner/Wachinger 1986ff. V, Nos. [1]ReiZw/159, [1]Stol/530, cf. Grimm KHM/Uther 1996 III, Nos. 158, 159; Hungarian: MNK VIII; Albanian: Lambertz 1922, No. 56, Camaj/Schier-Oberdorffer 1974, No. 81; Greek: Laográphia 22(1965)61–63; Polish: Krzyżanowski 1962f. II, No. 1929; Russian: Afanas'ev/Barag et al. 1984f. III, No. 426; Jewish: Jason 1988a; Kazakh: cf. Sidel'nikov 1952, 42ff.; Uzbek: Afzalov et al. 1963 II, 367ff.; Korean: Zaborowski 1975, No. 31;

Japanese: Inada/Ozawa 1977ff.; Egyptian: El-Shamy 2004.

1940 ***The Extraordinary Names.***

Köhler/Bolte 1898ff. I, 421; BP III, 129–136, IV, 183; cf. Petsch 1916, 8–18; cf. ZfVk. 26(1916)370f.; Anderson 1927ff. I, No. 8; Legman 1968f. II, 731; EM 9(1999)1177–1180(A. Schöne).

Finnish: Rausmaa 1982ff. IV, No. 225; Estonian: Aarne 1918; Latvian: Arājs/Medne 1977; Danish: Kristensen 1884ff. III, No. 25; Irish: Ó Súilleabháin/Christiansen 1963; English: Briggs 1970f. A II, 37f., 61, 66f., 178f., 317f.; French: ATP 1(1953)275; Spanish: Espinosa 1988, Nos. 445–447, González Sanz 1996; Portuguese: Soromenho/Soromenho 1984f. II, Nos. 558, 576, Cardigos(forthcoming), Nos. 1940, 1940*F; German: Henßen 1963a, No. 37, Grimm KHM/Uther 1996 II, No. 140; Italian: Cirese/Serafini 1975; Russian: Afanas'ev/Barag et al. 1984f. III, No. 522; Ukrainian: Afanas'ev/Barag et al. 1984f. III, No. 477; Palestinian: Littmann 1957, 409ff.; Spanish-American, Mexican: Robe 1973; Dominican: Andrade 1930, No. 283; Cuban: Hansen 1957, No. 1940*A; Puerto Rican: Hansen 1957, Nos. 1940*A, 1940*H, 1940*I, 1940**J; Chilean: Hansen 1957, Nos. 1940*A, 1940*B, 1940**J, Pino Saavedra 1960ff. III, Nos. 219, 220; Argentine: Hansen 1957, No. 1940*D; West Indies: Flowers 1953; Moroccan: Basset 1887, No. 209.

1948 ***Too Much Talk.***

Ranke 1955b, 51f.; EM: Schweigsame Leute(forthcoming).

Finnish: Rausmaa 1982ff. IV, Nos. 226–231; Norwegian: Hodne 1984, Kvideland/Eiríksson 1988, No. 67; Irish: Ó Súilleabháin/Christiansen 1963; Catalan: Oriol/Pujol 2003; Dutch: Bloemhoff-de Bruijn/Kooi 1984, No. 20; Frisian: Kooi 1984a; German: Wegener 1880, No. 72, Dietz 1951, No. 187, Neumann 1968a, No. 75, Kapfhammer 1974, 71f., Tomkowiak 1993, 276; Italian: cf. Crane 1885, No. 106; Croatian: Bošković-Stulli 1975a, No. 39; Greek: Orso 1979, No. 139; Japanese: Inada/Ozawa 1977ff.; Spanish-American: TFSP 25(1953)13–15; Swahili: Velten 1898, 42f.; South African: Coetzee et al. 1967.

1950 ***The Three Lazy Ones.***

Schumann/Bolte 1893, No. 43; Wesselski 1911 I, No. 237; BP III, 207–213; Pauli/Bolte 1924 I, No. 261; Wesselski 1925, No. 21; HDM 2(1934–40)70(B. Heller); Wesselski 1936, 97–99; Pedersen/Holbek 1961f. II, No. 132c; Schwarzbaum 1968, 238, 239, 476; Tubach 1969, Nos. 2896, 3005; EM 4(1984)900–905(E. Moser-Rath); Tomkowiak/Marzolph 1996, 59–61; Verfasserlexikon 10(1999)1640–1643(D. Klein);

Hansen 2002, 429–431.

Finnish: Rausmaa 1982ff. IV, Nos. 232–234; Finnish-Swedish: Hackman 1917f. II, No. 391; Estonian: Aarne 1918; Latvian: Arājs/Medne 1977; Lithuanian: Kerbelytė 1999ff. II; Lappish, Syrjanian: Kecskeméti/Paunonen 1974; Swedish: Liungman 1961; Norwegian: Hodne 1984; Icelandic: Sveinsson 1929; Irish: Ó Súilleabháin/ Christiansen 1963; English: Baughman 1966; French: Cifarelli 1993, No. 407; Spanish: Goldberg 1998, No. W111.1; Catalan: Neugaard 1993, No. W111.1, Oriol/Pujol 2003; Portuguese: Cardigos(forthcoming); Dutch: Haan 1974, 147f., Kooi 1985f., No. 48; Frisian: Kooi 1984a; Flemish: Meyer 1968; German: Merkens 1892ff. II, No. 119, Peuckert 1932, Nos. 293–295, Henßen 1935, No. 288, Dietz 1951, No. 272, Wossidlo/Neumann 1963, No. 20, Moser-Rath 1964, No. 191, Moser-Rath 1984, 287, 291, 385, 436, Uther 1990a, No. 59, Grimm KHM/Uther 1996 III, Nos. 151, 151*; Italian: Cirese/Serafini 1975, Appari 1992, No. 49; Hungarian: MNK VIII, Nos. 1950, 19501, 19502, Dömötör 2001, 291; Czech: Jech 1961, No. 59, Dvořák 1978, Nos. 2896, 3004*, 3005; Slovakian: Polívka 1923ff. V, 97f.; Slovene: Vrtec 29(1899)72; Serbian: Karadžić 1959, No. 133; Croatian: Bošković-Stulli 1963, No. 108; Rumanian: cf. Stroescu 1969 II, No. 5085; Bulgarian: BFP; Greek: Hallgarten 1929, 195ff., Megas/ Puchner 1998; Polish: Krzyżanowski 1962f. II; Russian: SUS; Turkish: Eberhard/ Boratav 1953, No. 335; Jewish: Jason 1965, Haboucha 1992; Gypsy: MNK X 1; Uighur: Makeev 1952, 100f.; Tatar: Kecskeméti/Paunonen 1974; Siberian: Soboleva 1984; Tungus: Suvorov 1960, 66; Kazakh: Sidel'nikov 1952, 76f.; Uzbek: Schewerdin 1959, 100f.; Lebanese, Iraqi, Oman: El-Shamy 2004; Afghan: Lebedev 1955, 135; Indian: Thompson/Roberts 1960, Sheikh-Dilthey 1976, No. 75, Jason 1989; Chinese: Ting 1978; Korean: cf. Zŏng 1952, No. 85; Japanese: Ikeda 1971, Inada/Ozawa 1977ff.; Australian: Adams/Newell 1999 II, 433f.; English-Canadian: Halpert/Widdowson 1996 I, No. 44; US-American: Randolph 1965, No. 345, Baughman 1966; African American: Dorson 1967, No. 223; Puerto Rican, Dominican: Hansen 1957, No. **823AB; Egyptian: El-Shamy 1980, No. 62, El-Shamy 2004; Tunisian: El-Shamy 2004.

1950A ***Help in Idleness.***

EM 6(1990)1021–1023(I. Tomkowiak).

Latvian: Arājs/Medne 1977; English: Wardroper 1970, 148; Frisian: Kooi 1984a, Kooi/Schuster 1993, No. 131; Walloon: Laport 1932, No. 1950C*; German: Wossidlo/Neumann 1963, No. 533, Kooi/Schuster 1994, No. 156; Greek: Megas/Puchner 1998; Bulgarian: BFP; Polish: Krzyżanowski 1962f. II; US-American: Dorson 1946, 255.

1951 ***"Is the Wood Split?"***

Portuguese: Vasconcellos/Soromenho et al. 1963f. II, No. 391, Cardigos (forthcoming); Bulgarian: BFP; Greek: Megas 1956f. II, No. 46, Megas/Puchner 1998; Ukrainian: SUS; Jewish: Haboucha 1992; US-American: Baughman 1966, Baker 1986, 85f., Burrison 1989, 194f.; Mexican: Robe 1953; Dominican: Hansen 1957, No. **823C; South African: Coetzee et al. 1967, Grobbelaar 1981.

1960 ***The Great Animal or Great Object.***

BP II, 506-516; Bødker 1954; Henningsen 1963; Henningsen 1965; Schwarzbaum 1979, 13 not. 12; Köstlin 1980; EM 6 (1990) 239-249 (P.-L. Rausmaa); Hansen 2002, 176f., 185-187; Šlekonytė 2003, 14f.

Finnish: Rausmaa 1982ff. IV, No. 263; Finnish-Swedish: Hackman 1917f. II, Nos. 395; Estonian: Loorits 1959, No. 216; Latvian: Arājs/Medne 1977, Nos. 1960, 1960Z; Lithuanian: Kerbelytė 1999ff. II; Lappish: Qvigstad 1927ff. III, No. 103; Swedish: Liungman 1961, No. 1960ABCDEFGHJKZ; Danish: cf. Grundtvig 1876ff. I, No. 10, Kristensen 1892f. II, No. 441; English: Briggs 1970f. A I, 234, A II, 110; Irish: Müller-Lisowski 1923, No. 27; Spanish: RE 6 (1966) 211 No. 130; Flemish: Meyer 1968, Lox 1999a, Nos. 75, 77; German: Pröhle 1853, No. 43, Birlinger 1874, 372, Grannas 1957, No. 56, Moser-Rath 1964, No. 187, Kapfhammer 1974, 49ff.; Austrian: Haiding 1953, Nos. 51, 57; Italian: Cirese/Serafini 1975; Hungarian: MNK VIII; Czech: Sirovátka 1980, Nos. 47, 48; Croatian: Bošković-Stulli 1959, No. 63; Rumanian: Schullerus 1928, Bîrlea 1966 II, 518ff., III, 464f.; Bulgarian: cf. Daskalova et al. 1985, Nos. 256, 258; Greek: Megas/Puchner 1998; Polish: Krzyżanowski 1962f. II; Russian: Moldavskij 1955, 108ff.; Turkish: Boratav 1955, 21ff.; Jewish: Jason 1976, No. 68; Ossetian: Bjazyrov 1960, No. 50; Abkhaz: cf. Šakryl 1975, No. 89; Kazakh: Sidel'nikov 1958ff. I, 420f; Uzbek: Afzalov et al. 1963 II, 366ff.; Tadzhik: Rozenfel'd/Ryčkovoj 1990, No. 63; Buryat: Lőrincz 1979, No. 1960J; Mongolian: Lőrincz 1979, Nos. 1960J, 1960N*, 1960O*; Syrian, Palestinian, Iraqi: El-Shamy 2004, No. 1889Q§; Indonesian: Kratz 1978, No. 27; Japanese: Inada/Ozawa 1977ff., Nos. 1960, 1960Z; French-Canadian: Lemieux 1974ff. I, 137ff., 167ff.; US-American: Roberts 1969, No. 6; African American: Dorson 1956, No. 137; Puerto Rican: Hansen 1957, No. 1960Z; Egyptian, Algerian, Moroccan, Sudanese: El-Shamy 2004, No. 1889Q§.

1960A ***The Great Ox.***

BP II, 515; Pedersen/Holbek 1961f. II, No. 136; Henningsen 1963; Henningsen 1965; Schwarzbaum 1968, 202; EM 6 (1990) 239-249 (P.-L. Rausmaa); Hansen 2002, 177f.; Šlekonytė 2003, 11.

Finnish: Rausmaa 1982ff. IV, Nos. 208, 211, 238, 239, 241, 242, 244, 245; Finnish-Swedish: Hackman 1917f. II, No. 393; Latvian: Arājs/Medne 1977; Estonian: Aarne 1918; Lithuanian: Kerbelytė 1999ff. II; Syrjanian: Kecskeméti/Paunonen 1974; Swedish: Liungman 1961, No. 1960ABCDEFGHJKZ; Norwegian: Hodne 1984; Danish: Kristensen 1892f. I, No. 386; Irish: Ó Súilleabháin/Christiansen 1963; Spanish: RE 6 (1966) 212f. No. 132, 214 No. 133; French: Tegethoff 1923 II, No. 43, Coulomb/Castell 1986, No. 41.4; Frisian: Kooi 1984a, Kooi/Schuster 1993, No. 202; Flemish: Meyer 1968; German: Wossidlo 1910, 206f., Debus 1951, 253 No. B28, Wossidlo/Henßen 1957, No. 122, Grannas 1960, Nos. 51, 107, Grimm KHM/Uther 1996 II, No. 112; Austrian: Haiding 1969, Nos. 11, 99, 149, 179; Czech: Sirovátka 1980, No. 49; Slovakian: Gašparíková 1981a, 122; Rumanian: Schullerus 1928, Stroescu 1969 II, No. 4923; Hungarian: György 1934, No. 149, MNK VIII, Nos. 1960A, 1960A1; Slovene: Milčinski 1911, 76ff.; Greek: Loukatos 1957, 213f., Megas/Puchner 1998; Russian: SUS; Siberian: Soboleva 1984; Kazakh: cf. Sidel'nikov 1952, 42ff., 130ff.; Georgian: Kurdovanidze 2000; Vietnamese: Landes 1886, 319 No. 6; Indonesian: Kratz 1978, No. 27; Japanese: Seki 1963, Nos. 52, Ikeda 1971, No. 1960J; US-American: Baughman 1966, Roberts 1969, No. 6; French-American: Ancelet 1994, Nos. 82, 99; Spanish-American: TFSP 7 (1928) 56f., 20 (1945) 90f.; Mexican: Robe 1973; West Indies: Flowers 1953; Australian: Wannan 1976, 30f., 43f., Edwards 1980, 219, Scott 1985, 20, 27f.; Egyptian: El-Shamy 2004.

1960B ***The Great Fish.***

BP II, 515; Henningsen 1963; Henningsen 1965; Schwarzbaum 1968, 197f.; EM 6 (1990) 239–249 (P.-L. Rausmaa); Dekker et al. 1997, 301–303; Hansen 2002, 178–180.

Finnish: Rausmaa 1982ff. IV, Nos. 189, 238–240, 243, 246–251, 261; Finnish-Swedish: Hackman 1917f. II, No. 395; Latvian: Arājs/Medne 1977; Syrjanian: Rédei 1978, No. 180; Swedish: Liungman 1961, No. 1960ABCDEFGHJKZ; Norwegian: Hodne 1984; Danish: Kristensen 1892f. I, No. 161, II, Nos. 437, 469; Irish: Ó Súilleabháin/Christiansen 1963; English: Briggs/Tongue 1965, No. 91; Dutch: Sinninghe 1943, Kooi 2003, No. 87; Frisian: Kooi 1984a; Flemish: Meyer 1968; German: Meyer 1925a, No. 35, Selk 1949, No. 100, Grannas 1957, No. 47; Swiss: Büchli/Brunold-Bigler 1989ff. III, 220; Hungarian: MNK VIII; Greek: Megas/Puchner 1998; Russian: SUS; Gypsy: Briggs 1970f. A II, 8; Sri Lankan: Schleberger 1985, No. 21; Chinese: Ting 1978; Korean: Choi 1979, No. 44; Indonesian: Kähler 1952, 90ff.; English-Canadian: Saucier 1962, No. 28, Baughman 1966; US-American: Baughman 1966, Roberts 1969, No. 6; French-American: Ancelet 1994, No. 67; West Indies: Flowers 1953.

1960C ***The Great Catch of Fish.***

Henningsen 1963; Henningsen 1965; Schwarzbaum 1968, 91; Andersen 1973; EM 6(1990)239–249(P.-L. Rausmaa).

Finnish: Rausmaa 1982ff. IV, Nos. 189, 252–254; Swedish: Liungman 1961, No. 1960ABCDEFGHJKZ; Norwegian: Hodne 1984; Danish: Kristensen 1892f. I, Nos. 383–385, II, No. 109; Irish: Ó Súilleabháin/Christiansen 1963; Frisian: Kooi 1984a; German: Wisser 1922f. II, 187f.; Italian: Cirese/Serafini 1975; Turkish: Eberhard/Boratav 1953, No. 358; Byelorussian: Šejn 1893, No. 131, Zelenin 1914, Nos. 81, 82; Indonesian: Vries 1925f. I, No. 39; US-American: Baughman 1966, Roberts 1969, No. 6; Egyptian: El-Shamy 2004.

1960D ***The Great Vegetable.***

BP II, 515f., III, 169–193; Basset 1924ff. I, No. 22; Poliziano/Wesselski 1929, No. 92; Kasprzyk 1963, No. 49; Henningsen 1963; Henningsen 1965; Schwarzbaum 1968, 198, 201; Köstlin 1980; EM 6(1990)239–249(P.-L. Rausmaa); Marzolph 1992, No. 1043; Hansen 2002, 181.

Finnish: Rausmaa 1982ff. IV, Nos. 172, 189, 207, 208, 240, 245, 255; Finnish-Swedish: Hackman 1917f. II, No. 394, 395d; Estonian: Aarne 1918, Viidalepp 1980, No. 110; Latvian: Arājs/Medne 1977; Lithuanian: Kerbelytė 1978, No. 134, Range 1981, No. 72; Wotian, Karelian: Kecskeméti/Paunonen 1974; Swedish: Liungman 1961, No. 1960ABCDEFGHJKZ; Norwegian: Hodne 1984; Danish: Kristensen 1892f. II, Nos. 453, 462; Irish: Ó Súilleabháin/Christiansen 1963, O'Sullivan 1966, No. 53; English: Briggs 1970f. A II, 104, 109, 176f., 309; French: Joisten 1971 II, No. 284, Coulomb/Castell 1986, No. 41; Spanish: González Sanz 1996; Catalan: Oriol/Pujol 2003; Portuguese: Meier/Woll 1975, No. 121, Cardigos(forthcoming); Dutch: Kooi 1986, 116f., Kooi 2003, No. 93a; Frisian: Kooi 1984a, Kooi/Schuster 1993, No. 202; Flemish: Meyer 1968, Lox 1999a, No. 77; German: Wossidlo 1910, 206f., Zender 1935, No. 52, Henßen 1961, No. 71, Cammann 1980, 254f., Moser-Rath 1964, No. 187(6), Grimm KHM/Uther 1996 III, No. 146; Austrian: Haiding 1969, No. 149, Haiding 1977a, No. 28; Sardinian: Cirese/Serafini 1975; Maltese: Mifsud-Chircop 1978, No. 1920A; Hungarian MNK VIII; Slovakian: Polívka 1923ff. IV, 427; Slovene: Ljubič 1944, 42; Serbian: Vrčević 1868f. I, No. 176, Panić-Surep 1964, No. 103; Macedonian: Čepenkov/Penušliski 1989 IV, Nos. 488, 490; Rumanian: Schullerus 1928, No. 1960H, Stroescu 1969 II, Nos. 4915, 4916, 4923; Bulgarian: BFP; Greek: Megas/Puchner 1998; Russian, Byelorussian, Ukrainian: SUS; Turkish: Eberhard/Boratav 1953, Nos. 358, 363, Walker/Uysal 1966, 165ff.; Gypsy: Briggs 1970f. A II, 103, MNK X 1; Abkhaz: Šakryl 1975, No. 52; Mordvinian: Kecskeméti/Paunonen 1974; Votyak: Wichmann 1901, No. 42; Kurdish: Džalila et al. 1989, Nos. 280–282; Siberian: Soboleva 1984; Tadzhik: Amonov 1961, 579; Georgian: Dolidze 1956, No. 82; Iraqi: El-Shamy 2004; Pakistani, Indian: Thompson/Roberts 1960; Sri Lankan: Schleberger 1985, No. 33; Chinese: Ting 1978; Vietnamese: Karow 1972, No. 110; Japanese: Seki 1963, No. 52; English-Canadian: Halpert/Widdowson 1996 I, No. 44, II, 1054f.; US-American: Baughman 1966, Roberts 1969, No. 46; French-American: Ancelet 1994, No. 65; Spanish-American: TFSP 14(1938)269, 18(1943)79, 19(1944)67; African American: Dorson 1958, No. 77; Mexican: Robe 1973; Brazilian: Alcoforado/Albán 2001, No. 90; Chilean: Pino Saavedra 1967, No. 49; Argentine: Hansen 1957, No. 1889**N; West Indies: Flowers 1953; Australian: Wannan 1976, 73; South African: Coetzee et al. 1967.

1960E ***The Great Farmhouse.***

Henningsen 1963; Henningsen 1965; EM 6(1990)239–249(P.-L. Rausmaa).

Finnish: Rausmaa 1982ff. IV, Nos. 208, 238–243, 245; Finnish-Swedish: Hackman 1917f. II, No. 393; Estonian: Aarne 1918; Latvian: Arājs/Medne 1977; Lithuanian: Kerbelytė 1978, No. 134; Lappish: Qvigstad 1927ff. I, No. 53; Swedish: Liungman 1961, No. 1960ABCDEFGHJKZ; Norwegian: Hodne 1984; Danish: Bødker 1964, No. 40, Holbek 1990, No. 27; Irish: Ó Súilleabháin/Christiansen 1963; Flemish: Meyer 1968; German: Benzel 1965, No. 141, Kooi/Schuster 1994, No. 231; Austrian: Haiding 1969, No. 179, cf. Haiding 1971, 1–10; Hungarian: MNK VIII; Slovakian: Gašparíková 1981a, 53; Rumanian: Stroescu 1969 II, No. 4907; Russian, Byelorussian, Ukrainian: SUS; Turkish: Eberhard/Boratav 1953, Nos. 358 III 4; Ossetian: Bjazyrov 1960, No. 50; Georgian: Kurdovanidze 2000; Vietnamese: cf. Karow 1972, No. 110; Japanese: Ikeda 1971; Indonesian: Kratz 1978, No. 27; US-American: Baughman 1966; African American: Parsons 1923a, No. 97; Australian: Wannan 1976, 64ff., 66f., 67f., 69f., 73.

1960F ***The Great Kettle.***

Basset 1924ff. I, No. 60; Kasprzyk 1963, No. 49; Henningsen 1963; Henningsen 1965; Schwarzbaum 1968, 197, 201; EM 6(1990)239–249(P.-L. Rausmaa); Marzolph 1992 II, No. 1043.

Finnish: Rausmaa 1982ff. IV, Nos. 207, 208, 238, 239; Finnish-Swedish: Hackman 1917f. II, Nos. 393, 394; Latvian: Arājs/Medne 1977; Lithuanian: Schleicher 1857, 25f.; Lappish: Qvigstad 1927ff. I, No. 53, III, No. 103; Swedish: Liungman 1961, No. 1960ABCDEFGHJKZ; Irish: Ó Súilleabháin/Christiansen 1963; Spanish: Ranke 1972, No. 114; Catalan: Oriol/Pujol 2003; Portuguese: Meier/Woll 1975, No. 121;

Dutch: Kooi 1986, 116f., Kooi 2003, No. 93a; Frisian: Kooi 1984a; Flemish: Meyer 1968, Lox 1999a, No. 77; German: Plenzat 1930, 83ff., Henßen 1944, 176ff., Grannas 1957, No. 51, Moser-Rath 1964, No. 187(6); Austrian: Haiding 1977a, No. 28; Sardinian: Cirese/Serafini 1975; Hungarian: MNK VIII; Slovene: cf. Bolhar 1974, 157f.; Serbian: Panić-Surep 1964, No. 103; Rumanian: Stroescu 1969 II, No. 4915; Greek: Megas/Puchner 1998; Turkish: Walker/Uysal 1966, 165ff.; Jewish: Jason 1975; Kurdish: Džalila et al. 1989, No. 282; Tadzhik: Amonov 1961, 579; English-Canadian: Fauset 1931, No. 77; US-American: Baughman 1966, No. 1920A; French-American: Ancelet 1994, Nos. 64, 65; Spanish-American: TFSP 18(1943)79; Mexican: Roure-Torent 1948, 57ff., Robe 1973, No. 1920A; Chilean: Pino Saavedra 1967, No. 49; South African: Coetzee et al. 1967, No. 1920A.1*.

1960G ***The Great Tree.***

BP II, 506–516; Ranke 1955b, 55; Henningsen 1963; Henningsen 1965; Schwarzbaum 1968, 198; EM 2(1979)586–592(I. Köhler); EM 6(1990)239–249(P.-L. Rausmaa); Hansen 2002, 182.

Finnish: Rausmaa 1982ff. IV, Nos. 173, 179, 206, 209, 211, 238, 256–259; Finnish-Swedish: Hackman 1917f. II, Nos. 393, 394, 400; Estonian: Loorits 1959, No. 2, Viidalepp 1980, Nos. 110, 137; Latvian: Arājs/Medne 1977; Lappish, Wepsian, Karelian, Syrjanian: Kecskeméti/Paunonen 1974; Swedish: Liungman 1961, No. 1960ABCDEFGHJKZ; Norwegian: Hodne 1984; Danish: Kristensen 1892f. I, No. 382; Catalan: Karlinger/Pögl 1989, No. 7, Oriol/Pujol 2003; Irish: Ó Súilleabháin/Christiansen 1963; Dutch: Bloemhoff-de Bruijn/Kooi 1984, No. 18, Swanenberg 1986, 56f., Kooi 2003, No. 91; Frisian: Kooi 1984a, Kooi/Schuster 1993, No. 202; Flemish: Meyer 1968; German: Meyer 1925a, No. 126, Henßen 1944, 176ff., Grannas 1960, No. 107, Moser-Rath 1966, No. 59, Uther 1990a, No. 47, Tomkowiak 1993, 276, Grimm KHM/Uther 1996 II, No. 112; Austrian: Haiding 1969, Nos. 134, 149, 179, Haiding 1977a, No. 28; Italian: Cirese/Serafini 1975; Hungarian: MNK VIII; Czech: Sirovátka 1980, No. 47; Slovakian: Gašparíková 1991f. I, Nos. 264, 307, II, 476, 524, 533, 561; Slovene: Ljubič 1944, 61f.; Serbian: Đjorđjevič/Miloševič-Đjorđjevič 1988, Nos. 293–295; Croatian: Valjavec 1890, No. 59, Bošković-Stulli 1963, Nos. 105, 106; Rumanian: Stroescu 1969 II, No. 4904; Bulgarian: BFP; Greek: Loukatos 1957, 213f., Megas/Puchner 1998; Russian, Byelorussian, Ukrainian: SUS; Turkish: Eberhard/Boratav 1953, No. 173 V; Ossetian: Bjazyrov 1960, No. 31; Mordvinian, Votyak: Kecskeméti/Paunonen 1974; Siberian: Soboleva 1984; Kazakh: Sidel'nikov 1952, 130ff.; Georgian: Kurdovanidze 2000; Syrian, Palestinian, Jordanian, Qatar, Oman: El-Shamy 2004, No. 1889C1§; Chinese: Ting 1978; English-Canadian: Fauset 1931, No. 83,

Halpert/Widdowson 1996 I, No. 44; US-American: Baughman 1966, Roberts 1969, No. 47; Australian: Wannan 1976, 26f., 49, 73, Scott 1985, 36; Egyptian, Moroccan, Sudanese: El-Shamy 2004, No. 1889C1§.

1960H ***The Great Ship.***

BP II, 516; Henningsen 1963, 204f.; Henningsen 1965; Schwarzbaum 1968, 201; EM 6(1990)239-249(P.-L. Rausmaa); Kooi 1993; Dekker et al. 1997, 320-323; Hansen 2002, 182f.

Finnish: Rausmaa 1982ff. IV, No. 260; Finnish-Swedish: Hackman 1917f. II, No. 395i (3); Lappish: Qvigstad 1927ff. I, No. 53; Swedish: Liungman 1961, No. 1960ABCDEFGHJKZ; Norwegian: Hodne 1984; Danish: Kristensen 1892f. I, Nos. 377, 379, II, Nos. 488-492; Irish: Ó Súilleabháin/Christiansen 1963; Dutch: Sinninghe 1943, Kooi 2003, Nos. 93a, 93b; Frisian: Kooi 1984a, Kooi/Schuster 1993, No. 197; German: Kooi/Schuster 1994, No. 237; English-Canadian: Baughman 1966; US-American: Baughman 1966, Roberts 1969, No. 6; Australian: Wannan 1976, 72.

1960J ***The Great Bird.***

Henningsen 1963; Kasprzyk 1963, No. 49; Henningsen 1965; Schwarzbaum 1968, 200; EM 6(1990)239-249(P.-L. Rausmaa); Hansen 2002, 183.

Finnish: Rausmaa 1982ff. IV, No. 257; Latvian: Arājs/Medne 1977; Lithuanian: Range 1981, No. 72; Syrjanian: Rédei 1978, No. 180; Swedish: Liungman 1961, No. 1960ABCDEFGHJKZ; Danish: Kristensen 1892f. II, No. 465; Irish: Ó Súilleabháin/Christiansen 1963; English: Baughman 1966; French: Tegethoff 1923 II, No. 43, Roure-Torent 1948, 57f.; Dutch: Kooi 2003, No. 93b; Frisian: Kooi 1984a; German: Zender 1935, No. 53, Kooi/Schuster 1994, No. 231; Hungarian: MNK VIII; Croatian: Dolenec 1972, No. 21; Rumanian: Stroescu 1969 I, No. 3011, II, No. 4915; Bulgarian: BFP; Russian: SUS; Kazakh: Sidel'nikov 1952, 420f.; Georgian: Kurdovanidze 2000; Chinese: Ting 1978; West Indies: Flowers 1953; Polynesian, New Zealand: Kirtley 1971, No. B31.1; Eskimo: Barüske 1991, No. 64; English-Canadian: Fauset 1931, No. 90, Baughman 1966; US-American: Baughman 1966, Roberts 1969, No. 9; Mexican: Robe 1973, No. 1920A.

1960K ***The Great Loaf of Bread.***

Henningsen 1963; Henningsen 1965; EM 6(1990)239-249(P.-L. Rausmaa); Hansen 2002, 184.

Finnish: Rausmaa 1982ff. IV, Nos. 50, 261; Latvian: Ambainis 1979, No. 126; Lithuanian: Kerbelytė 1978, No. 134, Range 1981, No. 72; Swedish: Liungman 1961, No.

1960ABCDEFGHJKZ; Norwegian: Hodne 1984; Irish: Ó Súilleabháin/Christiansen 1963; English: Baughman 1966; French: Tegethoff 1923 II, No. 43; Flemish: Meyere 1925ff. II, No. 94; Swiss: Büchli/Brunold-Bigler 1989ff. II, 168f.; Hungarian: MNK VIII; Croatian: Ardalić 1902, 263ff.; Bulgarian: BFP; Greek: Megas/Puchner 1998; Kazakh: Sidel'nikov 1952, 130ff.; Chinese: Ting 1978.

1960L ***The Great Egg.***
Henningsen 1963; Henningsen 1965; Schwarzbaum 1968, 122; EM 3(1981)1115; EM 6(1990)239–249(P.-L. Rausmaa); Hansen 2002, 184.
Danish: Grundtvig 1854ff. III, No. 160; Frisian: Kooi 1984a; French: Tegethoff 1923 II, No. 43; Dutch: Kooi 2003, No. 93b; Flemish: Meyer 1968, Lox 1999a, No. 75; German: Zender 1935, No. 53, Kooi/Schuster 1994, No. 231; Hungarian: MNK VIII; Rumanian: Stroescu 1969 I, No. 304, II, No. 4915; Bulgarian: BFP; Gypsy: MNK X 1; Indian: Thompson/Balys 1958, No. X1318; English-Canadian: Halpert/Widdowson 1996 I, No. 44; US-American: Baughman 1966; Mexican: Robe 1973, No. 1920A; Puerto Rican: Hansen 1957, No. 1960Z.

1960M ***The Great Insect.***
Henningsen 1963; Henningsen 1965; EM 6(1990)239–249(P.-L. Rausmaa); Hansen 2002, 184f.
Finnish: Rausmaa 1982ff. IV, No. 262; Latvian: Arājs/Medne 1977, Nos. 1960M, 1960M_3; Swedish: Bergvall/Nyman et al. 1991, No. 133; Norwegian: Hodne 1984; Danish: Kristensen 1892f. I, No. 382; Spanish: Espinosa 1988, No. 441; German: Thudt/Richter 1971, 23f., Selk 1982, No. 58; Swiss: Büchli/Brunold-Bigler 1989ff. I, 222; Czech: Sirovátka 1980, No. 48; Slovakian: Gašparíková 1991f. I, No. 307; Macedonian: Popvasileva 1983, No. 76; Greek: Georgeakis/Pineau 1894, No. 140ff., Loukatos 1957, 213f.; Russian, Byelorussian, Ukrainian: SUS; Turkish: Walker/Uysal 1966, 165ff.; Abkhaz: Bgažba 1959, No. 343f.; Mordvinian: Kecskeméti/Paunonen 1974, No. 1960M_3; Kurdish: Džalila et al. 1989, No. 280; Chinese: Ting 1978; English-Canadian: Baughman 1966, No. 1960M1, Halpert/Widdowson 1996 I, No. 44; US-American: Baughman 1966, Nos. 1960M_1, 1960M_2; Spanish-American: TFSP 18(1943)79f. No. 1960M_1, 20(1945)73f. No. 1960M_1, 92 No. 1960M_2; African American: Ancelet 1994, No. 84; Mexican: Robe 1973; Australian: Wannan 1976, 31f., 73, Scott 1985, 18f.

1961 ***The Big Wedding.***
Schwarzbaum 1968, 197.

Norwegian: Kryptádia 1(1883)303ff., Hodne, No. 1961, p. 351; Hungarian: MNK VIII, cf. Nos. 1961A*–1961A_7*; English-Canadian: Fauset 1931, No. 74.

1962 ***My Father's Baptism (Wedding).***

EM 1(1977)1381–1386(Á. Kovács); Belgrader 1980b, No. 6.

Latvian: Arājs/Medne 1977; Hungarian: MNK VIII; Slovakian: Gašparíková 1991f. I, No. 561; Serbian: Eschker 1992, No. 43; Croatian: Bošković-Stulli 1963, No. 105, Dolenec 1972, No. 21; Macedonian: cf. Čepenkov/Penušliski 1989 III, No. 240, IV, No. 488; Bulgarian: BFP; Polish: Krzyżanowski 1962f. II; Byelorussian: Kabašnikau 1960, 216f.; Ukrainian: Popov 1957, 505f.; Jewish: Bloch 1931, 92f.; Gypsy: MNK X 1; Abkhaz: Bgažba 1959, No. 343f.; Kazakh: cf. Sidel'nikov 1952, 42ff.; Uzbek: Afzalov et al. 1963 II, 367ff.; Indian: Jason 1989.

1962A ***The Great Wrestlers.***

Flemish: Meyer 1968; Hungarian: cf. MNK VIII, No. 1962B*; Abkhaz: Šakryl 1975, No. 4; Pakistani: Thompson/Roberts 1960, No. 1962N; Indian: Thompson/Roberts 1960, No. 1962N, Mode/Ray 1967, 179ff., 183ff., Sheikh-Dilthey 1976, No. 22; Nepalese: Sakya/Griffith 1980, 193ff.; Chinese: Ting 1978, No. 1962A_1; Japanese: Ikeda 1971, Inada/Ozawa 1977ff.; US-American: Dorson 1964, 49ff.

1963 ***Boat without Bottom Sails Sea.***

BP III, 115f., 118.

Finnish: Rausmaa 1982ff. IV, No. 177; Danish: Kristensen 1892f. I, No. 357; German: Henßen 1935, No. 293, Fox 1942, No. 42, Benzel 1965, No. 137; Uzbek: Afzalov et al. 1963 II, 367ff.

1965 ***The Disabled Comrades*** (previously ***Knoist and his Three Sons***).

HDM 2(1934–40)597f.(H. Honti); BP III, 115–119; Anderson 1927ff. III, No. 112; Boratav 1959; Spies 1961; Henßen 1963c; Taylor 1964; Brockpähler 1980; Uther 1981, 100f.; EM 5(1987)1147–1151(P. N. Boratav).

Finnish: Rausmaa 1982ff. IV, Nos. 237, 370; Latvian: Arājs/Medne 1977, Nos. 1716*, 1965; Lithuanian: Kerbelytė 1999ff. II, No. 1716*; Danish: Kristensen 1892f. I, No. 411; English: Briggs 1970f. A II, 542; French: Bladé 1886 III, No. 8; Portuguese: Soromenho/Soromenho 1984f. II, No. 622, Cardigos(forthcoming); Frisian: Kooi 1984a, Kooi/Schuster 1993, No. 203, Kooi/Schuster 1994, No. 238; Walloon: Legros 1962, 113; German: Peuckert 1932, Nos. 301–305, Henßen 1935, No. 293, Fox 1942, No. 41, Moser-Rath 1964, No. 82, Grimm KHM/Uther 1996 II, No. 138; Austrian: Haiding

1953, No. 51, Haiding 1969, No. 44; Italian: Cirese/Serafini 1975; Corsican: Ortoli 1883, 278ff. No. 8; Maltese: Mifsud-Chircop 1978; Hungarian: MNK VIII; Slovakian: Polívka 1923ff. IV, 425f.; Rumanian: Stroescu 1969 I, No. 4057, II, Nos. 4914, 5870; Bulgarian: BFP; Greek: Megas/Puchner 1998; Russian, Ukrainian: SUS, No. 1716*; Byelorussian: Dobrovol'skij 1891ff. I, Nos. 6, 11; Turkish: Boratav 1955, 21f., Sakaoğlu 1983, 6f.; Gypsy: Briggs 1970f. A II, 261, 333; Siberian: Soboleva 1984, No. 1716*; Uzbek: Sa'dulla/Ševerdin et al. 1955, 148ff., Afghanistan Journal 9,4(1982)104; Mongolian: Mostaert 1947, 30 nos. 2, 3; Aramaic: Lidzbarski 1896, 186f. No. 6; Iranian: Marzolph 1984, No. 1716*, Marzolph 1994a, 147ff.; English-Canadian: Fauset 1931, No. 78; Puerto Rican: Hansen 1957, No. 1920**F; African American: Parsons 1923a, Nos. 107, 108; Egyptian, Sudanese, Tanzanian: cf. El-Shamy 2004, No. 1716*; Moroccan: El-Shamy 2004; South African: Coetzee et al. 1967.

1966 ***Faster than the Cold.***

Frisian: Kooi 1984a, No. 1967*; German: Konschitzky/Hausl 1979, 231; Hungarian: MNK VIII, No. 1920F*; .Australian: Wannan 1976, 36; English-Canadian: Baughman 1966, No. X1606.1(a); US-American: Baughman 1966, No. X1606.1(a); Spanish-American, Mexican: Robe 1973, No. *1967.

1967 ***The Big Freeze.***

Pauli/Bolte 1924 II, No. 746.

Finnish: Rausmaa 1973, 61; French: Blümml 1906, No. 78; Dutch: Kooi 2003, Nos. 95, 97; Frisian: Kooi 1984a, Nos. 1889X*, 1969*; Flemish: Lox 1999a, No. 77; German: cf. Henßen 1951, No. 70; Italian: EM 10(2002)993 not. 22; English-Canadian: Fowke 1967, 179f.; US-American: Baughman 1966, Nos. X1622.3.3.1*, X1622.3.3.2*, Jackson/McNeil 1985, 107, Baker 1986, No. 60, Leary 1991, No. 281; French-American: Ancelet 1994, Nos. 68, 74.

1968 ***Severed Head Freezes to Body.***

Kirchhof/Oesterley 1869 I 1, No. 261; Müller-Fraureuth 1881, 71, 137; Thomas 1977, No. 94; Kooi 1984b; EM 10(2002)991.

Scottish: Bruford/MacDonald 1994, No. 39; English: Zall 1970, 242; Spanish: Childers 1977, No. X1623.4; Dutch: Kooi 2003, No. 98; Frisian: Kooi 1984a, No. 1970*; Flemish: Berg 1981, No. 239; German: Müllenhoff 1845, No. 103, Busch 1910, No. 31, Peuckert 1961f. II, No. 521; US-American: Baughman 1966, Nos. X1722*(b), X1722.1*.

FORMULA TALES

CUMULATIVE TALES 2000–2100

Chains Based on Numbers, Objects, Animals, or Names 2000–2020

2009 *Origin of Chess.*

Murray 1913, 207–209, 755; Haavio 1929f. I; Taylor 1933, 79 No. 2009; HDM 2 (1934–40) 175.

Finnish: SKS; Latvian: Šmits 1962ff. XII, 529 No. 104; Karelian: Kecskeméti/Paunonen 1974; Irish: Ó Súilleabháin/Christiansen 1963; Frisian: Kooi 1984a; Slovakian: Gašparíková 1981a, 118; Indian: Thompson/Balys 1958, No. Z21.1; Egyptian: Nowak 1969, No. 492.

2010 *Ehod mi yodea (One; Who Knows?).*

Newell 1891; Erk/Böhme 1893f. III, Nos. 2130–2132; Kohut 1895; Köhler/Bolte 1898ff. III, 370 not. 2; Bolte 1901b; Bolte 1903; BP III, 15 not. 1; Haavio 1929f. I; Taylor 1933, 79 No. 2010; HDM 2(1934–40)170–174; Suppan 1962; Schwarzbaum 1968, 321, 410; EM 11,1(2003)279; Petitat/Pahud 2003, 26; EM: Zwölf(in prep.).

Finnish: SKS; Lithuanian: Kerbelytė 1999ff.; Swedish: Liungman 1961, No. GS2036; Danish: Kristensen 1892f. II, No. 28; English: Briggs 1970f. A II, 532f.; Spanish: Espinosa 1946f., No. 14, Espinosa 1988, Nos. 457, 458, Camarena Laucirica 1991, No. 291, González Sanz 1996; Catalan: Oriol/Pujol 2003; Portuguese: Martha/Pinto 1912, 159ff., Soromenho/Soromenho 1984f. I, No. 200, Cardigos(forthcoming); Dutch: Eigen Volk 9(1937)130f., 273f., Volkskundig Bulletin 24(1998)326f.; Frisian: Kooi 1984a; Flemish: Meyer 1968, Meyer/Sinninghe 1976; Austrian: Haiding 1969, No. 115; Italian, Sardinian: Cirese/Serafini 1975; Cirese/Serafini 1975; Hungarian: MNK IX; Czech: Sirovátka 1980, No. 45; Greek: Megas/Puchner 1998; Russian, Byelorussian, Ukrainian: SUS; Jewish: Jason 1965; Gypsy: MNK X 1; US-American: TFSP 27(1957)138–150, 30(1961)220, Robe 1973; Chilean: Hansen 1957, Pino Saavedra 1960ff. III, No. 223; Puerto Rican, Argentine: Hansen 1957; West Indies: Flowers 1953, Karlinger/Pögl 1983, No. 67.

2010A *The Twelve Days (Gifts) of Christmas.*

Eckenstein 1906, 134–155; Haavio 1929f. I; Taylor 1933, 79f. nos. 2010A, 2010B; HDM 2(1934–40)172–174; Petitat/Pahud 2003, 18.

Swedish: Norlind 1952, 612, Liungman 1961, No. GS2041; Danish: Feilberg 1886ff. I, 54, IV, 248, Kristensen 1896, Nos. 337–348, 351–370; Irish: Ó Súilleabháin/Christiansen 1963; English: Opie/Opie 1952, No. 100; Flemish: Boone 1999 II, 1916f.; Sardinian: Cirese/Serafini 1975; Czech: cf. Sirovátka 1980, No. 45.

2010I ***How the Rich Man Paid His Servant.***
BP III, 129–136; Haavio 1929f. I; Taylor 1933, 80 No. 2010I; HDM 2(1934–40)174.
Lithuanian: Kerbelytė 1999ff. II; Swedish: Norlind 1952, 612, Liungman 1961, No. GS2038; Norwegian: Hodne 1984; Danish: Kristensen 1896, Nos. 392–418.

2010IA ***The Animals with Peculiar Names*** (previously ***The Animals with Queer Names***).
Haavio 1929f. I; Taylor 1933, 80 No. 2010IA.
Swedish: Norlind 1952, 612, Liungman 1961, No. GS2038; Danish: Grundtvig 1876ff. III, 21ff., Kristensen 1896, Nos. 431, 432; Wepsian: Kecskeméti/Paunonen 1974; English: Briggs 1970f. A II, 532f.; Dutch: Duyse 1903ff. II, No. 376, Volkskundig Bulletin 24(1998)327; Frisian: Kooi 1984a; Flemish: Meyer 1968; German: Plenzat 1930, 36ff., Kooi/Schuster 1994, No. 264; Italian: Barozzi 1976, 357f.; Hungarian: MNK IX; Cuban: Hansen 1957, No. *2052; West Indies: Johnson 1931, No. 24; South African: Grobbelaar 1981.

2011 ***"Where Have you Been, Goose?"***
Haavio 1929f. I; Taylor 1933, 80 No. 2011; HDM 2(1934–40)174.
Latvian: Šmits 1962ff. XII, 529f. nos. 105.1, 105.2; Spanish: Espinosa 1988, Nos. 461, 462, cf. Nos. 466, 469, Camarena Laucirica 1991, No. 292, cf. Nos. 294, 295; Cheremis/Mari: Sebeok 1952, Nos. Z39.4.1, Z39.4.2; Ostyak: cf. Gulya 1968, No. 11; Puerto Rican, Argentine: Hansen 1957, No. 2018*A.

2012 ***The Days of the Week*** (previously ***The Forgetful Man Counts the Days of the Week***).
Köhler/Bolte 1898ff. III, 417; Haavio 1929f. I; Taylor 1933, 80 nos. 2012, 2012A-D; HDM 2(1934–40)174; Petitat/Pahud 2003, 19; EM: Woche: Die sonderbare W.(in prep.).
Finnish: Rausmaa 1982ff. VI, Nos. 464, 545; Latvian: Arājs/Medne 1977; Estonian: Raudsep 1969, No. 281; Swedish: EU, No. 450, NM. HA Ms. 8,821; Danish: Kristensen 1899, Nos. 1–5, 6–11, Kristensen 1900 I, Nos. 373, 375; English: Halliwell 1853, No. 49, Opie/Opie 1952, No. 483; Spanish: Llano Roza de Ampudia 1925, Nos. 187, 194, 198, RE 5(1965)216 No. 84, González Sanz 1996; Frisian: Kooi/Schuster 1993, No. 173; Flemish: Meyer 1968, Boone 1999ff. II, 1926ff.; German: Zender 1935, No.

188； Italian: Crane 1885, No. 81； Maltese: Mifsud-Chircop 1978, No. 2012, cf. No. *2012E； Hungarian: MNK IX, Nos. 2012_{1a}-2012_{1c}, 2012A； Russian, Byelorussian, Ukrainian: SUS； Jewish: Jason 1965, No. 2012B.

2013 ***"There Was Once a Woman; the Woman Had a Son."***

BP II, 209f.； Taylor 1933, 81 No. 2013； HDM 2（1934–40）174, 190f.； EM 3（1981）1409–1413（H.-J. Uther）； EM 11,2（2004）918–920 /T. Bulang）.

Finnish: Aarne 1911, No. 2013*, SKS, Nos. 2013, 2320； Estonian: Aarne 1918, No. 2013*； Latvian: Arājs/Medne 1977, No. 2320； Lithuanian: Kerbelytė 1999ff. II, No. 2320； Norwegian: Hodne 1984, No. 2320； Irish: Ó Súilleabháin/Christiansen 1963, Nos. 2013, 2320； English: Briggs/Tongue 1965, No. 92, Briggs 1970f. A II, 563； French: Delarue 1956, 355； Spanish: RE 5（1965）216 No. 86, González Sanz 1996, No. 2320； Catalan: Oriol/Pujol 2003, No. 2320； Dutch: Haan 1979, 70； Frisian: Kooi 1984a, No. 2320, Kooi/Schuster 1993, No. 221； Flemish: Meyer 1968, No. 2320； German: cf. Frischbier 1867, Nos. 361, 366, 367, Plenzat 1930, 99 No. 1, cf. 158 No. 1； Italian: Cirese/Serafini 1975, No. 2320； Sardinian: Cirese/Serafini 1975, No. 2320； Hungarian: MNK IX, No. 2320, cf. Nos. 2013B*, 2013C*, 2302A*, 2320A*； Czech: Sirovátka 1980, 262 No. 1, 264 No. 5, 265 No. 10； Bulgarian: BFP, No. 2320； Russian: Afanas'ev/Barag et al. 1984f. III, Nos. 528, 530–532； Ukrainian: Popov 1957, 503, 503f.； Indian: Thompson/Balys 1958, No. Z17； US-American: Baughman 1966, No. 2320； Spanish-American: Robe 1973, No. 2320； Mexican: Paredes 1970, No. 80, Robe 1973, No. 2320； Argentine: Chertudi 1960f. I, No. 95； Egyptian: El-Shamy 2004, No. 2320.

2014 ***Chains Involving Contradictions or Extremes.***

Bolte 1886； Haavio 1929f. I； Taylor 1933, 81 nos. 2014, 2014A； HDM 2（1934–40）182； EM 6（1990）323–326（U. Masing）.

Finnish: SKS； Finnish-Swedish: Kvideland/Sehmsdorf 1988, No. 82； Estonian: Aarne 1918, No. 2014*, Löwis of Menar 1922, No. 65, Tampere 1968, No. 10； Latvian: Arājs/Medne 1977, Nos. 2014, 2014A； Lithuanian: Kerbelytė 1999ff. II； Lappish: Qvigstad 1927ff. I, No. 58； Swedish: Liungman 1961； Norwegian: Hodne 1984, No. 2014A； Danish: Kamp 1879f. I, No. 19, Kristensen 1892f. I, No. 364, Kristensen 1900, Nos. 158–161, Holbek 1990, No. 57； Icelandic: Kvideland/Eiríksson 1988, No. 13； Scottish: Briggs 1970f. A II, 104； Irish: Ó Súilleabháin/Christiansen 1963, No. 2014A； French: Karlinger/Gréciano 1974, Nos. 6, 51, Pelen 1994, No. 23； Spanish: Espinosa 1988, No. 470； Portuguese: Cardigos（forthcoming）； Dutch: Sinninghe 1943； Frisian: Kooi 1984a, No. 2014A, Kooi/Schuster 1993, No. 218； Flemish: Meyer 1968, No. 2014A； German: Fox 1942, No. 33, Wossidlo/Henßen 1957, No. 129b, Moser-Rath

1984, 291, Kooi/Schuster 1994, No. 261; Hungarian: MNK IX, No. 2014A; Czech: Franko 1892, No. 16; Slovene: Eschker 1986, No. 3; Serbian: Karadžić 1937, No. 45, Eschker 1992, No. 87; Croatian: Stojanović 1867, 217, cf. Bošković-Stulli 1967f., No. 17; Macedonian: cf. Čepenkov/Penušliski 1989 III, No. 346; Rumanian: Schullerus 1928, No. 1961*; Polish: Krzyżanowski 1962f. II, No. 2014A; Sorbian: Nedo 1957, 71f.; Russian, Byelorussian, Ukrainian: SUS, No. 2014A; Jewish: Landmann 1973, 259; Siberian: Soboleva 1984, No. 2014A; US-American: Baughman 1966, No. 2014A.

2015 ***The Goat Who Would Not Go Home.***

BP I, 346-349, II, 104-107; Haavio 1929f. I; Taylor 1933, 81 No. 2015; Joldrichsen 1987, 45-54; Petitat/Pahud 2003, 15f.; EM: Ziege will nicht heim (in prep.).

Finnish: Aarne 1911, No. 2015**, SKS; Latvian: Arājs/Medne 1977; Lithuanian: Kerbelytė 1999ff. II; Wepsian, Wotian: Kecskeméti/Paunonen 1974; Syrjanian: cf. Wichman 1916, No. 14; Swedish: Liungman 1961; Norwegian: Hodne 1984, Kvideland/Sehmsdorf 1999, No. 43; Danish: Kristensen 1896, Nos. 145-147, 601; Scottish: Chambers 1870, 57ff.; Irish: Ó Súilleabháin/Christiansen 1963; English: Briggs 1970f. A II, 576ff.; French: Delarue 1947, No. 26, Massignon 1968, No. 39, Joisten 1971 II, No. 114.1, Coulomb/Castell 1986, No. 7; Spanish: cf. Espinosa 1988, Nos. 471, 472; Portuguese: Oliveira 1900f. II, No. 389, Coelho 1985, No. 3, Cardigos (forthcoming); Flemish: Mont/Cock 1927, No. 2; Walloon: Legros 1962; German: Spiegel 1914, No. 16, Jungbauer 1923b, No. 24, Fox 1942, No. 46, Benzel 1962, No. 144, Henßen 1963, No. 19, cf. Grimm KHM/Uther 1996 I, Nos. 36, 48; Swiss: Wildhaber/Uffer 1971, No. 59; Ladinian: cf. Uffer 1945, 101ff.; Italian: Cirese/Serafini 1975, De Simone 1994, No. 4; Sardinian: Cirese/Serafini 1975; Hungarian: MNK IX; Czech: Jech 1961, No. 2; Slovene: Krek 1885, 1070; Serbian: Karadžić 1937, No. 13, Eschker 1992, No. 47; Croatian: Bošković-Stulli 1975b, No. 63; Macedonian: Čepenkov/Penušliski 1989 I, No. 15, Eschker 1972, No. 9; Bulgarian: BFP; Albanian: Camaj/Schier-Oberdorffer 1974, No. 49; Polish: Krzyżanowski 1962f. II; Russian, Byelorussian, Ukrainian: SUS; Turkish: Eberhard/Boratav 1953, Nos. 24, 27, Alptekin 1994, Nos. V.87, VI.103; Jewish: Jason 1988a; Ossetian: Bjazyrov 1958, No. 28; Udmurt: Kralina 1961, No. 41; Siberian: Soboleva 1984; Kazakh: Makeev 1952, 154ff.; Tadzhik: Amonov 1961, 13f.; Kalmyk: cf. Džimbinov 1959, No. 89f.; Mongolian: Michajlov 1962, 23f.; Palestinian, Jordanian, Persian Gulf, Qatar: El-Shamy 2004; Iranian: Ehlers 1961, 55ff.; French-American: Ancelet 1994, No. 17; Spanish-American, Mexican: Robe 1973; Puerto Rican: Hansen 1957; Egyptian, Algerian, Moroccan: El-Shamy 2004.

2016 ***Wee Wee Woman*** (previously ***There Was a Wee Wee Woman***).
Haavio 1929f. I; Taylor 1933, 81 No. 2016; HDM 2(1934-40)176; EM: Wee Wee Woman(in prep.).
Finnish: Aarne 1911, No. 2016**, SKS; Swedish: Liungman 1961; Danish: Kristensen 1896, Nos. 230-237; Scottish: Baughman 1966; English: Jacobs 1898, 57, Briggs/Michaelis-Jena 1970, No. 28; Frisian: Kooi 1984a; German: Benzel 1962, No. 195, Benzel 1965, No. 214, Kooi/Schuster 1994, No. 263; Italian: Cirese/Serafini 1975; Hungarian: MNK IX, Dömötör 2001, 292; Byelorussian: Kabašnikau 1960, 32-34; Czech: Sirovátka 1980, No. 45.

2019 ***Pif Paf Poltrie.***
Cf. Erk/Böhme 1893f. II, No. 884; Haavio 1929f. I; BP III, 71-74; Taylor 1933, 81 No. 2019; HDM 2(1934-40)176f.; EM 10(2002)1056-1058(S. Wienker-Piepho).
Catalan: cf. Oriol/Pujol 2003; German: Grimm KHM/Uther 1996 II, No. 131.

2019* ***Louse and Flea Wish to Marry.***
Haavio 1929f. I; BP III, 71-74; Taylor 1933, 81 No. 2019*; HDM 2(1934-40)176; EM 8(1996)793-795(H.-J. Uther).
Spanish: Llano Roza de Ampudia 1925, No. 182; Catalan: Karlinger/Ehrgott 1968, No. 20, Oriol/Pujol 2003; Portuguese: Vasconcellos/Soromenho et al. 1963f. I, No. 76, Soromenho/Soromenho 1984f. I, No. 54, Cardigos(forthcoming); Hungarian: MNK IX, Nos. 2019A*, 2019B*; Russian: SUS; Georgian: cf. Kurdovanidze 2000, No. 2019**; Spanish-American: TFSP 5(1926)7-48; Chile, Argentine: Hansen 1957.

Chains Involving a Death (with Animal Actors) 2021-2024

2021 ***The Rooster and the Hen.***
Weinhold 1897; Haavio 1929f. I, 58-63; BP I, 75-79, II, 146-140; Wesselski 1925, No. 16; Taylor 1933, 82 nos. 2021, 2021A; Wesselski 1933; HDM 2(1934-40)177; Wesselski 1942, No. 16; Schwarzbaum 1968, 247; EM 2(1979)35; Joldrichsen 1987, 45-54; Scherf 1995 I, 592-594; Dekker et al. 1997, 69-74; Röhrich 2001, 52f.; EM: Tod des Hühnchens(in prep.).
Finnish: SKS; Latvian: Arājs/Medne 1977, Nos. 235A*, 2021A; Lithuanian: Kerbelytė 1999ff. II, 2021A; Swedish: Liungman 1961, Schier 1974, No. 50; Norwegian: Hodne 1984; Danish: Grundtvig 1854ff. I, No. 79, Kristensen 1896, Nos. 150-160, 162-166, Kuhre 1938, No. 15, Christensen/Bødker 1963ff., Nos. 20, 47; French:

Cosquin 1886f. I, No. 29; Irish: Ó Súilleabháin/Christiansen 1963; English: cf. Briggs/Michaelis-Jena 1970, No. 31; Frisian: Kooi 1984a; Luxembourg: Gredt 1883, No. 915; German: Spiegel 1914, Nos. 14a, 14b, Peuckert 1932, Nos. 15, 18, Fox 1943, No. 16, cf. Wossidlo/Henßen 1957, No. 27, Wiepert 1964, No. 156, Neumann 1971, No. 41, Arnim/Brentano 1979 III, No. KL23b, Tomkowiak 1993, 276, Grimm KHM/Uther 1996 I, No. 18, II, No. 80, Bechstein/Uther 1997 I, No. 27; Corsican: Ortoli 1883, 237 No. 30; Hungarian: MNK IX, Nos. 2021, 2021A; Czech: Jech 1961, No. 4, Klímová 1966, No. 99; Slovakian: Gašparíková 1981b, No. 6; Bulgarian: BFP, No. 2021A; Sorbian: Nedo 1972, 314ff.; Russian, Byelorussian: SUS, No. 2021A; Ukrainian: Lintur 1972, No. 25, SUS, No. 2021A; Turkish: Alptekin 1994, No. VI.102; Cheremis/Mari: Kecskeméti/Paunonen 1974; Georgian: Virsaladze 1961, Nos. 241IA-241III; Saudi Arabian: Nowak 1969, No. 496; Indian: Thompson/Balys 1958, No. Z32.1, Jason 1989, No. 2021A; South African: Grobbelaar 1981.

2021B ***The Rooster Strikes Out the Hen's Eye with a Nut.***
BP II, 146–149; Haavio 1929f. I; Taylor 1933, 82 No. 2021B; Wesselski 1933; HDM 2 (1934–40) 177; Schwarzbaum 1968, 251; EM: Tod des Hühnchens (in prep.).
Livonian: Loorits 1926, No. 241*; Latvian: Arājs/Medne 1977; Lithuanian: Kerbelytė 1999ff. II; Danish: Kristensen 1896, Nos. 161, 167–170; French: Meyrac 1890, 452f.; German: Spiegel 1914, No. 14c, Nimtz-Wendlandt 1961, No. 49; Slovene: Krek 1885, 83f.; Macedonian: Popvasileva 1983, No. 34, Čepenkov/Penušliski 1989 I, No. 28; Bulgarian: BFP; Russian, Byelorussian, Ukrainian: SUS; Turkish: Eberhard/Boratav 1953, Nos. 25, 26, 28; Mordvinian: Kecskeméti/Paunonen 1974; Georgian: Virsaladze 1961, Nos. 241IA-241III; Palestinian, Iraqi, Yemenite: El-Shamy 2004; Iranian: cf. Marzolph 1984; Burmese: Kasevič/Osipov 1976, No. 37; Indonesian: Vries 1925f. I, No. 10; Egyptian: El-Shamy 2004.

2022 ***The Death of the Little Hen.***
Klemm 1897; Weinhold 1897; BP I, 293–295; Haavio 1929f. I; Anderson 1927ff. III, Nos. 68, 79; Taylor 1933, 82 nos. 2022, 2022A; Wesselski 1933; HDM 2 (1934–40) 177f.; Cobb 1957; El-Shamy 1999, No. 27; EM: Tod des Hühnchens (in prep.).
Latvian: Arājs/Medne 1977; Swedish: Liungman 1961; Norwegian: Hodne 1984; Danish: Kristensen 1896, Nos. 602, 171–174, Kuhre 1938, No. 15; Faeroese: Nyman 1984; Scottish: Briggs 1970f. A II, 522f.; Irish: Ó Súilleabháin/Christiansen 1963; English: Briggs 1970f. A II, 574f.; French: Carnoy 1885, No. 34, Tegethoff 1923 II, No. 18, Perbosc 1954, No. 34, Massignon 1968, No. 34, Joisten 1971 II, Nos. 117, 118; Spanish: Espinosa 1946ff. I, Nos. 271–274; Catalan: Oriol/Pujol 2003; Frisian: Kooi/

Schuster 1994, No. 257; Flemish: Meyer 1968; Walloon: Legros 1962, No. 2021*; German: Spiegel 1914, Nos. 14a-c, Fox 1942, No. 44, Benzel 1962, No. 145, Henßen 1963b, No. 2, Grimm KHM/Uther 1996 I, No. 30; Italian: Cirese/Serafini 1975, De Simone 1994, No. 4b; Sardinian: Cirese/Serafini 1975; Maltese: Mifsud-Chircop 1978; Hungarian: Ortutay 1957, No. 66, Kovács 1966, No. 21; Czech: Sirovátka 1980, No. 43; Rumanian: Schullerus 1928, No. 1963*; Albanian: Camaj/Schier-Oberdorffer 1974, No. 77; Greek: Hahn 1918 I, No. 56, Megas/Puchner 1998, No. *2021; Turkish: Eberhard/Boratav 1953, No. 30; Georgian: cf. Kurdovanidze 2000, Nos. 2021A*, 2021A**; Syrian: El-Shamy 2004, Nos. 2021*, 2022A; Palestinian: Muhawi/Kanaana 1989, No. 41, El-Shamy 2004, Nos. 2021*, 2022A; Jordanian: El-Shamy 2004, Nos. 2021*, 2022A; Kuwaiti: El-Shamy 2004, No. 2021*; Iranian: Marzolph 1984; Pakistani: Thompson/Roberts 1960, Schimmel 1980, No. 46; Indian: Thompson/Roberts 1960; Sri Lankan: Schleberger 1985, No. 46; Mexican: Robe 1970, No. 142; Cape Verdian: Parsons 1923b I, No. 70; Egyptian: Nowak 1969, No. 492, El-Shamy 2004, Nos. 2021*, 2022A; Algerian: Nowak 1969, No. 493, El-Shamy 2004, No. 2021*; Tunisian: El-Shamy 2004, Nos. 2021*, 2022A; Moroccan, Sudanese: El-Shamy 2004, Nos. 2021*, 2022A.

2022B ***The Broken Egg*** (previously ***The Hen Lays an Egg, the Mouse Breaks it***).
BP II, 105–107; Haavio 1929f. I.
Latvian: Arājs/Medne 1977; Lithuanian: Kerbelytė 1999ff. II; Wepsian, Wotian, Karelian, Syrjanian: Kecskeméti/Paunonen 1974; Sardinian: cf. Karlinger 1973c, No. 22; Hungarian: MNK IX; Slovakian: Gašparíková 1991f. I, No. 280; Rumanian: Schullerus 1928, No. 1963*; Polish: Krzyżanowski 1962f. II, No. 2037; Russian, Byelorussian, Ukrainian: SUS; Turkish: Eberhard/Boratav 1953, No. 30 III; Abkhaz: Šakryl 1975, No. 53; Mordvinian: Kecskeméti/Paunonen 1974; Siberian: Doerfer 1983, No. 54; Tadzhik: cf. Grjunberg/Steblin-Kamenskov 1976, 78, Rozenfel'd/Ryčkovoj 1990, No. 45; Kalmyk: cf. Lőrincz 1979, No. 2022B*.

2023 ***Little Ant Marries*** (previously ***Little Ant Finds a Penny, Buys New Clothes with it, and Sits in her Doorway***).
Haavio 1929f. I; Taylor 1933, 82f. No. 2023; HDM 2(1934–40)178; Schwarzbaum 1968, 467; Schwarzbaum 1979, xli not. 35.
Spanish: Espinosa 1988, Nos. 473–482, Camarena Laucirica 1991, No. 298, González Sanz 1996; Catalan: Oriol/Pujol 2003; Portuguese: Oliveira 1900f. I, No. 69, Vasconcellos 1963 I, No. 60–64, Cardigos(forthcoming), No. 2023*; Italian: Cirese/Serafini 1975, De Simone 1994, No. 4b; Sardinian: Cirese/Serafini 1975; Albanian: Camaj/

Schier-Oberdorffer 1974, No. 78; Turkish: Eberhard/Boratav 1953, No. 21, Alptekin 1994, Nos. IV.78, IV.79; Jewish: Jason 1965, Noy 1968, No. 38, Jason 1975, 1988a; Uzbek: Laude-Cirtautas 1984, No. 2; Tadzhik: Rozenfel'd/Ryčkovoj 1990, No. 43; Palestinian: Muhawi/Kanaana 1989, No. 23, El-Shamy 2004; Iraqi: Nowak 1969, No. 7, El-Shamy 2004, Nos. 2023, 2028B§; Persian Gulf, Kuwaiti: El-Shamy 2004; Saudi Arabian: Jahn 1970, No. 3; Qatar: El-Shamy 2004, Nos. 2023, 2028B§; Iranian: Marzolph 1984; Indian: Pillai-Vetschera 1989, No. 21; Spanish-American, Mexican: Robe 1973; Cuban, Puerto Rican: Hansen 1957, No. *2023; Mayan: Peñalosa 1992; Ecuadorian: Carvalho-Neto 1966, No. 14; Brazilian: Alcoforado/Albán 2001, No. 91; Chilean: Pino Saavedra 1960ff. III, No. 224; Egyptian, Algerian: El-Shamy 2004; Tunisian: cf. Brandt 1954, 28f., El-Shamy 2004; Moroccan: Basset 1897, No. 88, El-Shamy 2004, Nos. 2023, 2028B§.

2024* ***Rabbit Borrows Money.***
Haavio 1929f. I; Schwarzbaum 1979, 331 not. 6; Petitat/Pahud 2003, 26.
Greek: cf. Megas/Puchner 1998, No. *2024; Spanish-American, Mexican: Robe 1973; Mayan: Peñalosa 1992, No. 2024; Venezuelan: Hansen 1957, No. **2024.

Chains Involving Eating 2025–2028

2025 ***The Fleeing Pancake.***
Dähnhardt 1907, 133–141; Dähnhardt 1907ff. III, 272–284; HDM 2(1934–40)179f.; Scherf 1987, 121–126; Dekker et al. 1997, 384f.; Schmidt 1999; EM 10(2002)849–851 (S. Wienker-Piepho); Petitat/Pahud 2003, 26.
Latvian: Arājs/Medne 1977; Lithuanian: Kerbelytė 1999ff. II; Lappish: Qvigstad 1927ff. II, No. 79; Karelian: Kecskeméti/Paunonen 1974, SKS; Swedish: Liungman 1961; Norwegian: Hodne 1984; Danish: Skattegraveren 2(1884)nos. 233, 663, 12 (1889)No. 804, Kristensen 1896, Nos. 113, 597–600, Christensen/Bødker 1963ff., No. 70; Scottish: Chambers 1870, 82ff.; Irish: Ó Súilleabháin/Christiansen 1963; English: Baughman 1966; Catalan: Els Infants 6(1958)1–4; Portuguese: Cardigos(forthcoming); Dutch: Sinninghe 1943, Kooi 2003, No. 99; Frisian: Kooi 1984a, Kooi/Schuster 1993, No. 216; Flemish: Meyer 1968; German: Kooi/Schuster 1994, No. 262, cf. No. 247, Berger 2001; Hungarian: cf. MNK IX, No. 2025A*; Czech: Sirovátka 1980, No. 45; Slovene: Brezovnik 1894, 17ff.; Macedonian: Tošev 1954, 157ff.; Bulgarian: BFP; Russian, Byelorussian, Ukrainian: SUS; Gypsy: cf. MNK X 1, No. 2025A*; Chuvash, Vogul/Mansi: Kecskeméti/Paunonen 1974; Siberian: Doerfer

1983, No. 58; Uzbek: Afzalov et al. 1963 I, 26ff.; Tadzhik: STF, No. 331, cf. No. 4; Iranian: Osmanov 1958, 459ff., cf. 249ff.; US-American: Baughman 1966; Spanish-American: TFSP 6(1927)30-33; Chilean: Pino Saavedra 1987, No. 76; Egyptian: El-Shamy 2004; South African: Coetzee et al. 1967, Grobbelaar 1981.

2028 ***The Devouring Animal that Was Cut Open*** (previously ***The Troll [Wolf] who was Cut Open***).

HDM 2(1934-40)178f.; Holbek 1978; EM 5(1987)258-266(M. Rumpf); Scherf 1987, 162-168; Petitat/Pahud 2003, 26.

Estonian: Loorits 1959, No. 83; Latvian: Arājs/Medne 1977; Lappish, Wepsian, Karelian, Syrjanian: Kecskeméti/Paunonen 1974; Swedish: Liungman 1961, No. 2027; Norwegian: Hodne 1984, No. 2027; Danish: Grundtvig 1854ff. III, 77f., Skattegraveren 2(1884)167f., 7(1887)183f., 193f., 11(1899)187f., Kristensen 1896, Nos. 119-126, 131-141; Icelandic: Schier 1983, No. 54; Irish: Ó Súilleabháin/Christiansen 1963; English: cf. Briggs 1970f. A II, 347; Spanish: González Sanz 1996; Catalan: Oriol/Pujol 2003; German: Fox 1942, No. 47; Italian: Cirese/Serafini 1975; Hungarian: MNK IX, No. 2028B*, Dömötör 2001, 287; Czech: Jech 1984, No. 9; Slovakian: cf. Gašparíková 1991f. I, No. 230, II, No. 379; Greek: Megas/Puchner 1998, Nos. *2027, *2028; Russian: SUS; Gypsy: MNK X 1, No. 2028B*; Abkhaz: Bgažba 1959, 101f., cf. Šakryl 1975, No. 2; Mordvinian: Kecskeméti/Paunonen 1974; Siberian: Soboleva 1984; Uzbek: Keller/Rachimov 2001, No. 13; Georgian: Kurdovanidze 2000; Palestinian: Hanauer 1907, 196ff., Muhawi/Kanaana 1989, No. 40, El-Shamy 2004; Qatar: El-Shamy 2004; Iranian: Marzolph 1984; Indian: Thompson/Balys 1958, No. Z33.4.1, Thompson/Roberts 1960, No. 2027, Jason 1989, No. 2027A; Chinese: Ting 1978; Spanish-American: Robe 1973; US-American: Baughman 1966; African American: Dorson 1956, 199; Nigerian: Schild 1975, No. 7.

Chains Involving Other Events 2029-2075

2030 ***The Old Woman and Her Pig.***

Chauvin 1892ff. II, 116 No. 93; Erk/Böhme 1893f. III, Nos. 1743-1745, 2133; Köhler/Bolte 1898ff. III, 355-365; BP II, 100-108; Goebel 1932, 235ff.; HDM 1(1930-33)256-260(F. M. Goebel), 2(1934-40)180-182; Armistead/Silverman 1978; EM 5(1987) 137-141(H.-J. Uther); Dekker et al. 1997, 272-275; Schmidt 1999; Petitat/Pahud 2003, 25f.

Latvian: Arājs/Medne 1977, No. 2030D; Lithuanian: Kerbelytė 1999ff. II, No. 2030B*,

2030C*; Lappish: Bartens 2003, No. 73; Swedish: Liungman 1961; Scottish: Baughman 1966; Irish: Ó Súilleabháin/Christiansen 1963; English: Baughman 1966; French: RTP 14(1899)47, 15(1900)220; Spanish: González Sanz 1996, No. 2030B; Catalan: Oriol/Pujol 2003; Portuguese: Oliveira 1900f. I, No. 163, Cardigos(forthcoming), No. 2030A*; Dutch: Sinninghe 1943, Nos. 2015, 2015(Var.), Kooi 2003, No. 109; Frisian: Kooi 1984a, Nos. 2030, 2030J, Kooi/Schuster 1993, No. 217; Flemish: Meyer 1968, Nos. 2030, 2030C, Lox 1999a, No. 78; German: Grimm KHM/Rölleke 1986 I, No. 72, Kooi/Schuster 1994, No. 265; Italian: Cirese/Serafini 1975, Barozzi 1976, 513, 522f.; Sardinian: Cirese/Serafini 1975; Hungarian: MNK IX, No. 2030E, cf. Nos. 2034B*, 2034C*; Slovene: Milčinski 1911, 130ff., Matičetov 1973, 206f.; Bulgarian: BFP, Nos. 2030C, *2030*, cf. Nos. *2034D*, *2034D**; Rumanian: Schullerus 1928, No. 1962, Bîrlea 1966 I, 155f.; Albanian: Lambertz 1922, No. 59; Greek: Loukatos 1957, 214ff., 216ff., Megas 1968a, No. 29; Polish: Krzyżanowski 1962f. II, Nos. 2030, 2030D, 2035; Turkish: Eberhard/Boratav 1953, No. 31; Jewish: Jason 1965, 1975; Siberian: Soboleva 1984; Tadzhik: STF, No. 144, cf. No. 296; Syrian, Palestinian: El-Shamy 2004; Lebanese: El-Shamy 2004, No. 2030C; Iraqi: Nowak 1969, No. 495, El-Shamy 2004, Nos. 2030, 2030C; Kuwaiti, Qatar: El-Shamy 2004; Yemenite: El-Shamy 2004, Nos. 2030, 2030C, 2034B; Iranian: Marzolph 1984; Pakistani: Thompson/Roberts 1960, No. 2030B; Indian: Thompson/Roberts 1960, Nos. 2030B, 2034E, Jason 1989, Nos. 2030, 2030A*; Sri Lankan: Thompson/Roberts 1960, No. 2034E; Chinese: Ting 1978, Nos. 2030B, 2030B_1; Indonesian: Vries 1925f. II, No. 21; English-Canadian: Halpert/Widdowson 1996 II, Nos. 137-139; US-American: Baughman 1966; French-American: Carrière 1937, No. 73; Spanish-American: TFSP 6(1927)55; Mexican: Robe 1973; Cuban: Hansen 1957, Nos. 2030A, 2030**G; Dominican: Hansen 1957; Puerto Rican: Hansen 1957, Nos. 2030, 2030**E; Mayan: Peñalosa 1992; Chilean: Hansen 1957, No. 2030*B; Argentine: Hansen 1957, No. 2030**F; West Indies: Flowers 1953; Egyptian, Algerian: El-Shamy 2004; West African: Nassau 1914, 200, Barker/Sinclair 1917, 117; East African: Bateman 1901, 67 No. 5; Zimbabwen: Smith/Dale 1920, 392; South African: Grobbelaar 1981, Schmidt 1989 II, No. 1290, Klipple 1992.

2031 ***Stronger and Strongest.***

Clouston 1887 I, 309; Chauvin 1892ff. II, 97f. No. 55; Köhler/Bolte 1898ff. II, 47-56; BP I, 148, IV, 335 No. 28; HDM 2(1934-40)182-184; Schwarzbaum 1968, 320; Schwarzbaum 1979, 174 not. 4, 177f. not. 35; Adrados 1999ff. III, Nos. M. 304, M. 305; Hansen 2001, 415-424; Petitat/Pahud 2003, 18f.; EM: Stärkste Dinge(forthcoming).
Irish: Ó Súilleabháin/Christiansen 1963; French: Perbosc 1954, No. 32, Piniès 1985,

5ff., Pelen 1994, No. 22; Spanish: González Sanz 1996; Catalan: Oriol/Pujol 2003; Portuguese: Oliveira 1900f. I, No. 84, II, No. 312, Soromenho/Soromenho 1984f. I, No. 17–21, Cardigos (forthcoming); Dutch: Volkskundig Bulletin 24 (1998) 238ff.; Flemish: cf. Meyere 1925ff. IV, No. 335; Frisian: Kooi 1984a; Maltese: Mifsud-Chircop 1978; Hungarian: MNK IX, Dömötör 1992, No. 380; Macedonian: Tošev 1954, 135ff.; Greek: cf. Kretschmer 1917, No. 44; Turkish: Eberhard/Boratav 1953, Nos. 24, 27; Jewish: Jason 1965, 1988a; Ossetian: Britaev/Kaloev 1959, 28ff.; Cheremis/Mari, Tatar, Votyak: Kecskeméti/Paunonen 1974; Vogul/Mansi: Gulya 1968, No. 28; Udmurt: Kralina 1961, No. 38; Siberian: Doerfer 1983, Nos. 90, 106; Ostyak: Rédei 1968, 57f.; Kazakh: Sidel'nikov 1952, 25f.; Uzbek: Reichl 1978, 12f.; Tadzhik: Amonov 1961, 390, cf. STF, No. 208; Kalmyk: Lőrincz 1979; Buryat, Mongolian: Lőrincz 1979, No. 2031D*; Tuva: Taube 1978, No. 68; Palestinian: El-Shamy 2004, Nos. 2031, 2031D§, 2031E§; Lebanese, Jordanian, Persian Gulf, Qatar: El-Shamy 2004; Iraqi: El-Shamy 2004, No. 2031E§; Yemenite: Nowak 1969, No. 496; Iranian: Marzolph 1984; Afghan: Lebedev 1986, 227ff.; Indian: Thompson/Roberts 1960; Chinese: Ting 1978; Vietnamese: cf. Karow 1972, No. 144; Indonesian: Vries 1925f. I, No. 1; Japanese: Inada/Ozawa 1977ff.; North American Indian: JAFL 25 (1912) 219; French-American: Ancelet 1994, No. 16; Spanish-American, Mexican, Guatemalan, Nicaraguan, Panamanian: Robe 1973; Puerto Rican: Hansen 1957; Brazilian: Romero/Cascudo, No. 34, Cascudo 1955a, 432f., Alcoforado/Albán 2001, No. 92; Chilean: Hansen 1957, Pino Saavedra 1960ff. III, Nos. 225, 226, Pino Saavedra 1987, Nos. 77, 78; Argentine: Hansen 1957, Chertudi 1960f. I, No. 100; Egyptian: El-Shamy 2004, Nos. 2031, 2031E§; Algerian: El-Shamy 2004; Moroccan: Laoust 1949, No. 32, El-Shamy 2004; Ethiopian: Reinisch 1881ff. II, No. 20, Gankin et al. 1960, 170ff.; Sudanese: El-Shamy 2004, No. 2031D§; Malagasy: Haring 1982, No. 1.3.2031.

2031A ***The Esdras Chain: Stronger and Strongest.***

Kirchhof/Oesterley 1869 VII, Nos. 6–9; Köhler/Bolte 1898ff. II, 47–56; HDM 2 (1934–40) 184; Schwarzbaum 1968, 319f.; Tubach 1969, No. 5317; Hansen 2001, 415–424; EM: Stärkste Dinge (forthcoming).

Flemish: Cock 1919, 35f.; Czech: Dvořák 1978, No. 5317; Jewish: Bin Gorion 1990, No. 43; Lebanese, Saudi Arabian, Kuwaiti, Qatar: El-Shamy 2004; Burmese: cf. Kasevič/Osipov 1976, No. 103; Egyptian, Sudanese: El-Shamy 2004.

2031B ***Abraham Learns to Worship God.***

HDM 2 (1934–40) 184f.; Schwarzbaum 1968, 50, 321; Schwarzbaum 1979, 174; EM: Stärkste Dinge (forthcoming).

French: RTP 7(1892)397; Jewish: Jason 1976, No. 4, Bin Gorion 1990, No. 6; Palestinian: Hanauer 1907, 24ff., El-Shamy 2004.

2031C ***The Mightiest Being as Husband for the Daughter*** (previously ***The Man Seeks the Greatest Being as a Husband for his Daughter***).

Chauvin 1892ff. II, 97 No. 55; Köhler/Bolte 1898ff. II, 47–56; Wesselski 1909, No. 71; Tubach 1969, No. 3428; Schwarzbaum 1979, 167–178; Dicke/Grubmüller 1987, No. 334.

Catalan: Hüllen 1967, 62ff.; Portuguese: Soromenho/Soromenho 1984f. I, No. 16, Cardigos(forthcoming); German: Bechstein/Uther 1997 II, No. 43; Hungarian: MNK IX, Dömötör 1992, No. 380; Bosnian: Eschker 1986, No. 53; Bulgarian: BFP; Greek: Megas 1965, No. 8, Megas/Puchner 1998; Jewish: Bin Gorion 1990, No. 252; Dagestan: Chalilov 1965, 11f.; Ossetian: Sorokine 1965, 115ff.; Uzbek: Laude-Cirtautas 1984, No. 9; Iranian: Marzolph 1984; Indian: Thompson/Roberts 1960, Jason 1989; Burmese: Htin Aung 1954, 53f., cf. Kasevič/Osipov 1976, Nos. 51, 184; Sri Lankan: Thompson/Roberts 1960; Nepalese: Sakya/Griffith 1980, 225ff.; Korean: Choi 1979, No. 37; Vietnamese: Landes 1886, No. 80; Japanese: Ikeda 1971, No. 2031, Inada/Ozawa 1977ff.; Spanish-American: Robe 1973; Egyptian: El-Shamy 2004; Ethiopian: Courlander/Leslau 1950, 89ff.

2032 ***The Healing of the Injured Animal*** (previously ***The Cock's Whiskers***).

Cf. Haavio 1929f. II; HDM 2(1934–40)185; Wesselski 1933; EM 6(1990)698–702(D. Klímová).

Livonian: Loorits 1926, No. 241; Norwegian: Asbjørnsen/Moe 1866, No. 16; Danish: Kristensen 1896, Nos. 161–166; French: RTP 15(1900)220, Joisten 1956, No. 26, Pelen 1994, No. 20; Catalan: Oriol/Pujol 2003; Portuguese: Soromenho/Soromenho 1984f. I, No. 56, Cardigos(forthcoming), No. 2032A; Walloon: Legros 1962; German: Pfeifer 1920 I, 53ff., Jungbauer 1923b, No. 27, Fox 1943, 106f.; Italian: Cirese/Serafini 1975; Corsican: Massignon 1963, No. 17; Hungarian: Dömötör 2001, 287; Croatian: Bošković-Stulli 1963, No. 1; Polish: Krzyżanowski 1962f. II; Russian: Galkin et al. 1959, 161f., Pomerancewa 1964, No. 11; Turkish: Eberhard/Boratav 1953, No. 29, Alptekin 1994, No. VI.104; Ossetian: Bjazyrov 1958, No. 29; Kurdish: Džalila et al. 1989, No. 169; Armenian: Khatchatrianz 1946, 137ff.; Tadzhik: STF, No. 116; Georgian: Dolidze 1956, 416ff.; Mongolian: Michajlov 1962, 185; Palestinian: Muhawi/Kanaana 1989, No. 38, El-Shamy 2004; Iranian: Osmanov 1958, 467ff.; Burmese: Htin Aung 1954, 42ff.; Chinese: cf. Ting 1978, No. 2032*; Indonesian: Vries 1925f. I, No. 21; North American Indian: Cushing 1901, 411f.; West Indies: Flowers 1953, No.

2032.1.

2034 ***The Mouse Regains Its Tail.***
BP II, 107f.; HDM 2(1934–40)185–187; Grafenauer 1960; EM 9(1999)437–440(S. Wienker-Piepho); Petitat/Pahud 2003, 25.
Latvian: Arājs/Medne 1977, No. 2032A; Irish: Ó Súilleabháin/Christiansen 1963; English: Baughman 1966, Briggs 1970f. A II, 512f.; Spanish: Camarena Laucirica 1991 II, No. 300; Catalan: Oriol/Pujol 2003; Portuguese: Vasconcellos/Soromenho et al. 1963f. I, No. 82, 83, Coelho 1985, No. 13, Cardigos(forthcoming); Flemish: Meyer 1968; German: Meier 1852, Nos. 80, 81, Spiegel 1914, No. 14, Fox 1942, No. 43; Swiss: Decurtins 1896ff. II, No. 8, Büchli/Brunold-Bigler 1989ff. II, 540f.; Austrian: Haller 1912, 86f.; Italian: De Nino 1883f. III, No. 28, Crane 1885, No. 79; Hungarian: MNK IX; Albanian: Camaj/Schier-Oberdorffer 1974, No. 80; Turkish: Eberhard/Boratav 1953, No. 29; Jewish: Noy 1963a, No. 150, Jason 1965; Abkhaz: Šakryl 1975, 22ff.; Kurdish: Wentzel 1978, No. 45; Tadzhik: STF, No. 116; Kalmyk: Džimbinov 1962, 135f.; Palestinian: Schmidt/Kahle 1918f. II, No. 84, Muhawi/Kanaana 1989, No. 39, El-Shamy 2004; Jordanian, Oman: El-Shamy 2004; Iranian: Marzolph 1984, No. 2032; Indian: Jason 1989; Indonesian: Kratz 1978, No. 15; French-Canadian: Barbeau et al. 1919, No. 83, Lemieux 1974ff. XIV, No. 11; US-American: Baughman 1966; Spanish-American: TFSP 6(1927)39–41; Brazilian: Romero/Cascudo, 393ff.; Egyptian, Tunisian, Algerian: El-Shamy 2004; Moroccan: Basset 1887, No. 45, Basset 1897, No. 120, El-Shamy 2004; East African: Arewa 1966, No. 4269; South African: Grobbelaar 1981.

2034C ***Lending and Repaying: Progressively Worse (Better) Bargain.***
Schmidt 1999.
Lithuanian: Kerbelytė 1999ff. II; Swedish: Liungman 1961, No. GS2043; Catalan: cf. Oriol/Pujol 2003, No. 2037A*; Portuguese: Oliveira 1900ff. I, No. 27, Arimateia 2001, No. 17, Cardigos(forthcoming), Nos. 170A, 2037A*; Slovakian: Gašparíková 1991f. II, No. 572; Serbian: cf. Karadžić 1937, No. 50; Bulgarian: BFP; Tadzhik: Rozenfel'd/Ryčkovoj 1990, Nos. 41, 67; Lebanese: El-Shamy 2004; Indian: Thompson/Balys 1958, No. Z47.1; Burmese: cf. Kasevič/Osipov 1976, No. 104; Japanese: Ikeda 1971, cf. Nos. 842A, 842B, Inada/Ozawa 1977ff.; Brazilian: Alcoforado/Albán 2001, No. 94; Guinean, Sudanese, Congolese: Klipple 1992, No. 2034*C; East African: Arewa 1966, No. 4251, Klipple 1992, No. 2034*C; Central African: Lambrecht 1967, No. 4464; Namibian: Schmidt 1989 II, No. 1292; South African: Schmidt 1989 II, No. 1292, Klipple 1992, No. 2034*C; Malagasy: Haring 1982, No. 1.3.2034C, Klipple 1992,

No. 2034*C.

2034F ***The Clever Animal and the Fortunate Exchanges.***
Cf. BP II, 201f.
Spanish: Camarena/Chevalier 1995ff. I, Río Cabrera/Pérez Bautista 1998, Nos. 45, 46; Slovakian: Gašparíková 1991f. II, No. 572; Armenian: cf. Hoogasian-Villa 1966, No. 96; Georgian: cf. Kurdovanidze 2000, No. 170*; Syrian, Palestinian, Jordanian, Iraqi, Kuwaiti: El-Shamy 2004, No. 170A; Iranian: Marzolph 1984; Pakistani: Thompson/Roberts 1960; Indian: Thompson/Roberts 1960, Jason 1989; Nepalese: Heunemann 1980, 142ff.; Egyptian: El-Shamy 1980, No. 50, El-Shamy 2004; Libyan, Algerian: El-Shamy 2004.

2034A* ***The Wormwood Does Not Want to Rock the Sparrow.***
Latvian: Arājs/Medne 1977; Lithuanian: Kerbelytė 1999ff. II; Hungarian: MNK IX; Byelorussian, Ukrainian: SUS; Georgian: Kurdovanidze 2000.

2035 ***The House that Jack Built.***
BP II, 108; Haavio 1929f. I, 88f.; HDM 2(1934–40)187, 189; EM 6(1990)591–594(C. Lindahl); Szumsky 1999; Petitat/Pahud 2003, 19f.
Norwegian: Hodne 1984; Danish: Kristensen 1896, Nos. 272, 295; Irish: Ó Súilleabháin/Christiansen 1963; English: Opie/Opie 1952, No. 258; Baughman 1966; Indian: Thompson/Balys 1958, No. Z44; Mayan: Peñalosa 1992; Guinean, East African: Klipple 1992.

2036 ***A Drop of Honey Causes Chain of Accidents.***
Chauvin 1892ff. VIII, 41f. No. 9; HDM 2(1934–40)187; Schwarzbaum 1968, 252; Marzolph/Van Leeuwen 2004, No. 189.
Dutch: Kooi 1985f., No. 49; Frisian: Kooi 1984a; Indian: Jason 1989; Burmese: Esche 1976, 92f., MacDonald 1982, No. N381; North African, Egyptian, Algerian: El-Shamy 2004; Moroccan: Nowak 1969, No. 494.

2039 ***The Horseshoe Nail.***
BP III, 335–337; EM 6(1990)1297–1299(H.-J. Uther).
Irish: Ó Súilleabháin/Christiansen 1963; English: Opie/Opie 1952, No. 370; German: Tomkowiak 1993, 276f., Grimm KHM/Uther 1996 III, No. 184; Ukrainian: SUS; Jewish: Jason 1989.

2040 ***The Climax of Horrors.***
Chauvin 1892ff. IX, 34f. No. 26; ZfVk. 7(1897)99 not. 5; Wesselski 1909, No. 20; cf. Pauli/Bolte 1924 II, No. 847; HDM 2(1934-40)187; Schwarzbaum 1968, 334 not. 432, 479; Tubach 1969, No. 1705; Schwarzbaum 1989, 322-328; EM 6(1990)576-581(U. Marzolph); Marzolph 1992 I, 186-188, II, No. 811; Schneider 1999a, 167; Petitat/Pahud 2003, 26; cf. Marzolph/Van Leeuwen 2004, No. 38.
Latvian: Arājs/Medne 1977; Lithuanian: Kerbelytė 1999ff. II; Swedish: cf. Djurklou 1883, 135f.; Irish: Ó Súilleabháin/Christiansen 1963; English: Baughman 1966; French: Bladé 1867, 37, Dulac 1925, 190; Catalan: Oriol/Pujol 2003; Portuguese: Vasconcellos/Soromenho et al. 1963f. II, No. 523, Cardigos(forthcoming); Frisian: Kooi 1984a, Kooi/Schuster 1993, No. 219; German: Wossidlo/Neumann 1963, No. 26, cf. Brednich 1991, No. 99; Swiss: Lachmereis 1944, 30; Hungarian: György 1934, No. 112, MNK IX; Serbian: Vrčević 1868f. II, 84, cf. Karadžić 1959, No. 131; Bosnian: Eschker 1986, No. 39, Krauss/Burr et al. 2002, No. 434; Macedonian: Čepenkov/Penušliski 1989 IV, No. 609; Rumanian: Stroescu 1969 I, No. 3112; Bulgarian: BFP; Polish: Krzyżanowski 1962f. II; Russian, Byelorussian, Ukrainian: SUS; Jewish: Jason 1975, 1988a; Armenian: Hoogasian-Villa 1966, Nos. 95, 97; Georgian: Kurdovanidze 2000; Indian: Thompson/Roberts 1960; US-American: Baughman 1966; French-American: Ancelet 1994, No. 32; Spanish-American: TFSP 31(1962)16f.; Ethiopian: Gankin et al. 1960, 127f.

2041 ***The Bird Indifferent to Pain.***
HDM 2(1934-40)188f.
Tadzhik: Sandelholztruhe 1960, 60ff.; Indian: Thompson/Roberts 1960, Jason 1989; Sri Lankan: Thompson/Roberts 1960; Sudanese: Monteil 1905, 145.

2042 ***Chain of Accidents*** (previously ***Chain of Accidents: the Ant [Crab] Bite and its Consequences***).
Schwarzbaum 1968, 250f.
Indian: Thompson/Roberts 1960; Burmese: Kasevič/Osipov 1976, Nos. 37, 63, 197; Laotian: cf. Lindell et al. 1977ff. III, 122f.; Japanese: Ikeda 1971; Ghanaian: Schott 1993 II/III, 312ff., 321ff., 326ff.; Central African: Lambrecht 1967, Nos. 4455, 4456; South African: Grobbelaar 1981.

2042A* ***Trial among the Animals.***
Schwarzbaum 1968, 250f.
Bulgarian: Ognjanowa 1987, No. 44; Turkish: Eberhard/Boratav 1953, No. 25; Indi-

an: Thompson/Balys 1958, Nos. Z49.6, Z49.6.1–Z49.6.3, Beck et al. 1987, Nos. 97, 98; Chinese: Ting 1978, No. 2042C*; Filipino: Fansler 1921, 390, Wrigglesworth 1981, No. 2; Nigerian: Schild 1975, No. 98.

2043 ***"Where is the Warehouse?"***

Haavio 1929f. I; HDM 2(1934–40)164–191.

Finnish: Aarne 1911, No. 2014**, SKS; Estonian: Aarne 1918, No. 2014*; Lithuanian: Kerbelytė 1999ff. II; Wotian, Syrjanian: Kecskeméti/Paunonen 1974; Karelian: Čistov 1958, 22ff.; French: cf. Pelen 1994, No. 19a; English: Baughman 1966; Spanish: Espinosa 1946ff. I, No. 280, III, 463ff., Espinosa 1988, Nos. 467, 468, cf. No. 469, González Sanz 1996; Catalan: Oriol/Pujol 2003; Italian: cf. Todorović-Strähl/Lurati 1984, No. 77; Hungarian: MNK IX, Nos. 2018, 2018_1, 2018A*, $2018A_1$*–$2018A_4$*; Albanian: Camaj/Schier-Oberdorffer 1974, No. 70; Russian: Pomeranceva 1958, No. 1, Afanas'ev/Barag et al. 1984f. III, No. 545; Tungus: Suvorov 1960, 68; US-American: Baughman 1966; Puerto Rican, Argentine: Hansen 1957, No. 2018*A.

2044 ***Pulling Up the Turnip.***

Finnish: SKS; Latvian: Arājs/Medne 1977; Lithuanian: Kerbelytė 1999ff. II; Lydian, Karelian: Kecskeméti/Paunonen 1974; Swedish: Liungman 1961, No. GS2037; Norwegian: Hodne 1984; Irish: Ó Súilleabháin/Christiansen 1963; Catalan: Oriol/Pujol 2003; German: Nimtz-Wendlandt 1961, No. 48, Cammann 1967, 157 No. 21; Hungarian: MNK IX, Nos. 2044, 2044B*; Czech: Sirovátka 1980, No. 44; Bulgarian: BFP; Russian, Ukrainian: SUS.

CATCH TALES 2200–2299

2200 ***Catch Tales.***

Hansen 2002, 75–79.

Finnish: SKS; Latvian: Arājs/Medne; Lithuanian: Kerbelytė 1999ff. II; Norwegian: Hodne 1984; Danish: Kristensen 1898, No. 27, Aakjaer/Holbek 1966, No. 597; Irish: Ó Súilleabháin/Christiansen 1963; French: Meyrac 1890, 411f., cf. Courrière 1988, 30, 38ff.; Spanish: González Sanz 1996; Catalan: Oriol/Pujol 2003; Portuguese: Oliveira 1900f. I, Nos. 156–158, 202, Soromenho/Soromenho 1984f. I, No. 172, II, Nos. 596, 621, 689, Cardigos(forthcoming); Dutch: Sinninghe 1943; Frisian: Kooi 1984a; Flemish: Meyer 1968; German: Zender 1984, No. 246; Italian: Cirese/Serafini 1975; Hungarian: MNK IX; Serbian: Đjorđjevič/Milošević-Đjorđjevič 1988, No. 191; Jewish: Jason 1965; Chuvash: Paasonen et al. 1949, No. 7; Japanese: Ikeda 1971; US-American: Baker 1986, Nos. 75–79; Spanish-American: TFSP 30(1961)176f., Robe 1973; Chilean: Hansen 1957; Egyptian: El-Shamy 2004; South African: Coetzee et al. 1967.

2202 ***Teller Is Killed in His Own Tale.***
Frisian: Kooi 1984a; German: Kooi/Schuster 1994, No. 235; English-Canadian, US-American: Baughman 1966; Spanish-American: Robe 1973; Argentine: Karlinger/Pögl 1987, No. 57; Egyptian: El-Shamy 2004.

2204 ***The Dog's Cigar.***
Anderson 1963, 97 not. 2.
Latvian: Arājs/Medne 1977; Irish: Ó Súilleabháin/Christiansen 1963; Spanish: González Sanz 1996; Frisian: Kooi 1984a; German: cf. Neumann 1968b, No. 240, Heckscher/Simon 1980ff. II,2, 346; Gypsy: Briggs 1970f. A II, 338; US-American: Baughman 1966, Baker 1986, No. 71.

2205 ***"Come Here, Lean!"***
Anderson 1938.
Finnish: SKS; Lithuanian: Kerbelytė 1999ff. II; Italian: Cirese/Serafini 1975; Hungarian: MNK IX, Nos. 2205A*, 2205A_1*, 2205B*, 2205B_1*–2205B_3*.
Unfinished Tales 2250–2299

2250 ***Unfinished Tales.***
Köhler/Bolte 1898ff. I, 269 No. 57; BP II, 210, III, 455f.; HDM 2(1934–40)189f.; Hansen 2002, 460–462.
Latvian: Arājs/Medne 1977; Swedish: Liungman 1961; Norwegian: Hodne 1984; Irish: Ó Súilleabháin/Christiansen 1963; French: Cosquin 1886f. II, No. 83; Flemish: Meyer 1968; German: Plenzat 1930, 99 No. 3, Peuckert 1932, No. 306; Italian: Cirese/Serafini 1975; Hungarian: MNK IX; Slovakian: Polívka 1923ff. II, 460f.; Croatian: Bošković-Stulli 1959, No. 67a; Bulgarian: BFP; Russian: Nikiforov/Propp 1961, Nos. 112, 113, 121, 123, 129, Afanas'ev/Barag et al. 1984f. III, No. 529; Korean: cf. Choi 1979, No. 700; Japanese: Ikeda 1971, Inada/Ozawa 1977ff.; English-Canadian: Halpert/Widdowson 1996 II, No. 136; Mexican: Robe 1973.

2251 ***The Rabbit's Tail.***
BP III, 455f.

Finnish: SKS, No. 2250; Latvian: Arājs/Medne 1977; Lithuanian: Kerbelytė 1999ff. II; Scottish: cf. Campbell 1890ff. II, No. 57; Dutch: Sinninghe 1943, No. 2250; Frisian: Kooi 1984a; German: cf. Plenzat 1922, 175, Peuckert 1932, No. 307, Henßen 1963b, 158; Hungarian: MNK IX; Slovene: Matičetov 1973, 208; Gypsy: MNK X 1.

2260 ***The Golden Key.***
BP II, 210, III, 455f.
Latvian: Arājs/Medne 1977; German: Schemke 1924, 27ff., Grüner 1964, No. 506, Grimm KHM/Uther 1996 III, No. 200; Czech: Sirovátka 1980, 263 No. 3.

2271 ***Mock Stories for Children.***
Finnish: SKS; Latvian: Arājs/Medne 1977; Lithuanian: Kerbelytė 1999ff. II; Norwegian: Hodne 1984; Danish: Aakjaer/Holbek 1966, No. 140; French: Pelen 1994, No. 30; Spanish: González Sanz 1996; Catalan: cf. Oriol/Pujol 2003; Portuguese: Oliveira 1900f. I, No. 196, Cardigos (forthcoming); Flemish: Meyer 1968; German: Frischbier 1867, No. 368, cf. Nos. 358, 362, 365, Plenzat 1922, 179, cf. Plenzat 1930, 159 No. 3; Italian: Cirese/Serafini 1975; Hungarian: MNK IX, No. 2271, cf. No. 22711; Czech: Sirovátka 1980, 263 No. 2; Japanese: Ikeda 1971; Egyptian: El-Shamy 2004.

2275 ***Trick Stories*** (previously ***I Give you the Story of the Green Pig***).
Lithuanian: Kerbelytė 1999ff. II; Syrjanian: Kecskeméti/Paunonen 1974; Spanish: González Sanz 1996; Catalan: Oriol/Pujol 2003; Hungarian: MNK IX, No. 2275, cf. Nos. 2275A*, 2275B*, 2275Z*.

OTHER FORMULA TALES 2300–2399

2300 ***Endless Tales.***
Chauvin 1892ff. IX, 21 No. 10; BP II, 209; HDM 2 (1934–40) 190; Pedersen/Holbek 1961f. II, No. 189; Tubach 1969, No. 4310; EM 3 (1981) 1409–1413 (H.-J. Uther); Schwarzbaum 1989, 277–279; Petitat/Pahud 2003, 30.
Finnish: SKS; Latvian: Arājs/Medne 1977; Lithuanian: Kerbelytė 1999ff. II; Icelandic: Sveinsson 1929; Irish: Ó Súilleabháin/Christiansen 1963, Nos. 2300, 2301B; English: Briggs 1970f. A II, 519; French: Massignon 1968, No. 56; Spanish: Goldberg 1998, No. Z11; Catalan: Neugaard 1993, Nos. H1111, Z11, Oriol/Pujol 2003; Portuguese: Braga 1987 I, 276f., Cardigos (forthcoming); Dutch: Sinninghe 1943, cf. Schippers 1995, No. 109; Flemish: Meyer 1968; German: Frischbier 1867, No. 369, cf. No.

363, Plenzat 1930, 158f., Kooi/Schuster 1994, No. 267; Swiss: Büchli/Brunold-Bigler 1989ff. II, 539; Italian: Cirese/Serafini 1975; Corsican: Massignon 1963, No. 3; Sardinian: Cirese/Serafini 1975; Hungarian: MNK IX, No. 2300, cf. Nos. 2300A*, 2300B*, 2302B*-2302D*, 2302Z*, Dömötör 2001, 287, 292; Czech: Sirovátka 1980, 263 No. 4, 264 No. 6, 265 No. 9; Bulgarian: BFP, No. *2300*; Russian, Byelorussian, Ukrainian: SUS; Gypsy: MNK X 1, No. 2300, cf. Nos. 2303A*, 2302Z*; Armenian: Hoogasian-Villa 1966, No. 75; Lebanese: El-Shamy 2004; Indian: Thompson/Roberts 1960, Jason 1989; Chinese: Eberhard 1937, 304f., Eberhard 1941, No. 159, cf. Ting 1978, No. 2301C; Korean: Choi 1979, No. 705; Japanese: Ikeda 1971, Nos. 2280, 2300, Inada/Ozawa 1977ff.; French-Canadian: Barbeau 1916, Nos. 46, 47; US-American: Randolph 1955, 75; Spanish-American: Espinosa 1937, Nos. 99, 100, TFSP 19(1943)75-79, Robe 1973; Puerto Rican: Hansen 1957; Brazilian: Cascudo 1955b, 61ff.; Argentine: Chertudi 1960f. I, No. 99; Egyptian: El-Shamy 2004; Ethiopian: Gankin et al. 1960, 177ff.

2301 ***Corn Carried Away One Grain at a Time.***
EM 3(1981)1409-1413(H.-J. Uther); Schmidt 1999, No. 2301A.
Finnish: SKS; Latvian: Arājs/Medne 1977; Irish: Ó Súilleabháin/Christiansen 1963, Nos. 2301, 2301A; Welsh: Fabula 22(1981)39, Hetmann 1982, No. 63; English: Baughman 1966; Portuguese: Soromenho/Soromenho 1984f. II, No. 603, Cardigos (forthcoming); Frisian: Kooi 1984a, No. 2103A; German: Benzel 1992b, 158f.; Hungarian: MNK IX, No. 2103A, cf. No. 2302*; Jewish: Jason 1975, No. 2103A, Jason 1988a, No. 2103A; Lebanese: El-Shamy 2004, No. 2301A; Indian: Sheikh-Dilthey 1976, No. 61, Jason 1989; Chinese: Ting 1978, Nos. 2301, 2301A; Japanese: Inada/Ozawa 1977ff., Nos. 2301, 2301A; English-Canadian: Halpert/Widdowson 1996 II, No. 140; US-American: Baughman 1966, Perdue 1987, Nos. 1A-1C; Spanish-American: TFSP 20(1961)15f., Robe 1973, No. 2103A; Egyptian: El-Shamy 2004; Algerian: El-Shamy 2004, No. 2301A; Ethiopian: Courlander/Leslau 1950, 99ff.; South African: Grobbelaar 1981.

2302 ***The Crow on the Tarred Bridge.***
Bolte 1886; Haavio 1929; HDM 2(1934-40)190; Taylor 1933, 81 nos. 2017; Petitat/Pahud 2003, 29f.
Finnish: Aarne 1911, No. 2017**, SKS; Latvian: Arājs/Medne 1977; Lithuanian: Kerbelytė 1999f. II; Wotian, Syrjanian: Kecskeméti/Paunonen 1974; French: cf. Delarue 1947, No. 22; Hungarian: Berze Nagy/Banó 1957, No. 1962C*.

2335 ***Tales Filled with Contradictions.***

Chauvin 1892ff. V, 279 No. 162, 281 No. 165.

Danish: Grundtvig 1854ff. I, No. 28, Kamp 1877, No. 391, Kristensen 1892f. I, Nos. 409, 410, 412, 413, 415, 417–453, II, No. 476, cf. No. 227; Dutch: Neerlands Volksleven 29 (1979) 85; Frisian: Kooi 1984a; German: Benzel 1991, 250; Italian: Cirese/Serafini 1975; Czech: Sirovátka 1980, 264 nos. 7, 8; Russian: Hoffmann 1973, No. 2335A*; Mongolian: Heissig 1963, No. 15; Japanese: Inada/Ozawa 1977ff.; West Indies: Flowers 1953, 587; US-American: Roberts 1974, No. 144; French-American: Saucier 1962, No. 25; Egyptian: El-Shamy 1980, No. 53, El-Shamy 2004.

廃止話型一覧

4*; 8**; 8***; 8****; 10*; 10**; 20B; 20E*; 31*; 32*; 34B*; 35C*; 39; 41**; 42*; 47*; 50*; 51*; 51**; 58*; 58**; 64*; 64**; 66*; 66B*; 67*; 67***; 69*; 70*; 71*; 72**; 72A*; 74*; 74A*; 74B*; 76*; 76A*; 78*; 79*; 91*; 91B*; 91C*; 95*; 96*; 100*; 103D*; 105A*; 110*; 114; 120*; 120**; 121A*; 121B*; 121C*; 122P*; 123*; 125A*; 126B*; 132*; 134*; 135B*; 135C*; 136B*; 137*; 150*; 154*; 157B*; 157D*; 161*; 163*; 163C*; 164*; 165*; 166*; 167*; 172A*; 176; 176*; 176**; 200B*; 200E*; 201A*; 201B*; 201C*; 201E*; 203A*; 208*; 211*; 211**; 211A*; 212*; 218*; 218A*; 218B*; 219*; 219A*; 219B*; 219C*; 219D*; 219G*; 222A*; 229A*; 229B*; 230**; 230A*; 232A*; 232B*; 233; 234B*; 235B*; 240A; 241*; 242B*; 242C*; 243A*; 243B*; 244D*; 246*; 247*; 247A*; 247B*; 247B**; 247B***; 249; 249*; 249**; 252; 254*; 254**; 275B*; 276*; 278B*; 278D*; 282*; 283C*; 283E*; 283F*; 283G*; 285C; 286*; 287**; 288A*; 291*; 292*; 293A*; 297; 297A; 298D*; 300B; 300*; 301B*; 301C*; 304*; 307A*; 308*; 308**; 311A*; 312B; 313*; 313**; 313***; 313D*; 313F*; 313G*; 313J*; 314*; 314**; 317A*; 319A*; 319B*; 321*; 326*; 326C*; 326D*; 327E; 327*; 327**; 327***; 327B*; 327D*; 328B*; 329A*; 331*; 332D*; 332E*; 332G*; 332H*; 333*; 336; 365B*; 366*; 367*; 368A*; 382*; 403*; 403**; 404*; 405A*; 406A*; 408A*; 412A*; 412C*; 413C*; 424*; 431A*; 431B*; 431C*; 435*; 435A*; 444C*; 450A; 452A*; 452D*; 454*; 455*; 463A*; 463B*; 465B*; 466*; 466**; 466A*; 471*; 471A*; 473; 475*; 503*; 508*; 510A*; 512A*; 512B*; 514*; 515*; 520*; 524*; 534; 534*; 536*; 541*; 545E*; 551*; 551**; 560A*; 560B*; 570A*; 570B*; 571-574; 572**; 573*; 574*; 576C*; 576D*; 576E*; 581*; 590*; 591*; 594**; 595A*; 595B*; 595C*; 611*; 612*; 613C*; 614*; 619*; 620; 622; 650*; 650**; 650***; 650B*; 651*; 653*; 654A*; 656*; 670B*; 671*; 671B*; 671F*; 671G*; 672A*; 707A*; 707B*; 708; 708A*; 713*; 713A*; 722*; 723*; 725*; 725**; 727*; 728*; 735*; 735B*; 735C*; 740*; 741*; 746*; 748*; 750***; 750****; 750F*; 754*; 754***; 756F*; 758A; 760*; 761*; 763*; 764; 765A*; 765B*; 766*; 769*; 771*; 773*; 774G; 774M; 775*; 775A*; 780A; 796*; 797*; 800A; 802B*; 811B*; 811C*; 823*; 825*; 830; 832*; 833*; 836A*; 836B*; 836C*; 836D*; 836E*; 839B*; 840A*; 847*; 850*; 850**; 858; 870A*; 870B*; 870D*; 875D*; 876A*; 877*; 879A*; 879A**; 879B*; 879C*; 879D*; 879E*; 879F*; 883D*; 884A*; 885**; 888B*; 890*; 891A*; 898*; 899*; 899A*; 899B*; 899C*; 899D*; 899E*; 899F*; 900A; 900A*; 900B*; 901A*; 901C*; 902A*; 903B*; 904*; 906*; 907*;

921G*； 926B； 926B*； 927B*； 932*； $934A^{1}$； 934*； 934**； 935***； 938**； 941*； 941**； 946*； 946A*； 946B*； 949； 949A*； 953A*； 955A*； 958B*； 959*； 960B*； 962*； 966*； 966**； 975*； 975**； 977； 990*； 995*； 1011*； 1045*； 1047*； 1053*； 1053**； 1060A*； 1064*； 1065*； 1075*； 1081； 1110*； 1116*； 1118*； 1130*； 1149*； 1154*； 1155； 1156； 1162*； 1163*； 1164C； 1165*； 1167*； 1180*； 1181； 1183**； 1184*； 1192*； 1194*； 1203*； 1204*； 1209*； 1211*； 1212； 1212*； 1218*； 1219*； 1220； 1224*； 1225*； 1226； 1231*； 1246*； 1249； 1260*； 1261； 1261*； 1266A*； 1271*； 1273B*； 1273C*； 1274*； 1277； 1277*； 1277**； 1279； 1279A； 1280； 1287*； 1290A*； 1291*； 1293**； 1294B*； 1295A； 1295B； 1296*； 1300*； 1301*； 1302*； 1315A*； 1316*； 1316**； 1319C*； 1319E*； 1319F*； 1319K*； 1319L*； 1320； 1321*； 1323*； 1326A； 1327*； 1329*； 1330*； 1337A； 1337B； 1345*； 1346*； 1354B*； 1355*； 1356*； 1359*； 1360A； 1376B*； 1376C*； 1381*； 1382*； 1388A*； 1392*； 1395*； 1406*； 1411*； 1419L*； 1425A*； 1434*； 1441C*； 1442*； 1447*； 1449**； 1460*； 1463B*； 1464A*； 1464B*； 1465*； 1498*； 1499*； 1526A*； 1526B*； 1528*； 1532*； 1534*； 1536*； 1539*； 1539**； 1540*； 1541*； 1541****； 1542B*； 1544*； 1546*； 1549*； 1550*； 1553C*； 1559B*； 1560*； 1562E*； 1562G*； 1564A*； 1565A*； 1566*； 1567**； 1567***； 1568***； 1568A*； 1569*； 1572G*； 1572H*； 1573**； 1576*； 1579*； 1580*； 1581*； 1584*； 1587*； 1592A*； 1614**； 1624D*； 1624E*； 1627*； 1632*； 1643*； 1645*； 1645A*； 1653*； 1653A*； 1654*； 1654**； 1666*； 1671*； 1672*； 1678*； 1688C*； 1690*； 1691A*； 1692A*； 1699*； 1705A*； 1705B*； 1706*； 1707； 1707*； 1709*； 1710*； 1715； 1720*； 1726A*； 1727*； 1728*； 1729A*； 1732*； 1733A*； 1733B*； 1739B*； 1740A； 1740*； 1745； 1745*； 1746*； 1775A*； 1776*； 1776A*； 1779A*； 1785*； 1785**； 1792A； 1810B*； 1812； 1825*； 1826*； 1827*； 1827**； 1829*； 1829B*； 1832L*； 1833*； 1833A*； 1834B*； 1835E*； 1835F*； 1836B； 1840A； 1841*； 1842B*； 1844A； 1844*； 1846*； 1848C； 1854*； 1860A*； 1865*； 1878*； 1886*； 1888*； 1889L*； 1889L**； 1890A*； 1895*； 1895A*； 1895B*； 1895C*； 1911； 1912； 1913； 1922*； 1924； 1951*； 1961A*； 1961B*； 1961C*； 1961D*； 1991*； 2013*； 2016*； 2018*； 2023*； 2026*； 2027*； 2029； 2029A*； 2029B*； 2029C*； 2029D*； 2031A*； 2031B*； 2034D； 2035A； 2037； 2038； 2038*； 2039*； 2041*； 2044A*； 2045A*； 2045B*； 2046*； 2047*； 2201； 2322； 2330； 2403.

変更番号一覧

1*: 1； 1**: 1； 2C: 2D； 8A: 8； 9A–9C: 9； 15**: 15*； 20: 20A； 21*: 21； 33*: 41； 33**: 41； 34B: 34； 37*: 37； 40: 40A*； 40B*: 2D； 41*: 41； 44*: 44； 47C: 47A； 47E: 47B； 56C: 56B； 56B*–56C*: 223； 56D*: 56B； 56E*: 223； 61A: 20D*； 64: 2A； 66**: 67**； 68B: 68A； 68**: 48*； 69**: 122Z； 72C*: 72D*； 74D*: 72D*； 87B*: 122Z； 91A*: 122A； 92A: 92； 101*: 47D； 104: 103； 105B*: 105*； 117*: 47D； 119A*: 200C*； 119C*: 47D； 124A*: 124； 125C*: 125B*； 125D*: 125B*； 126C*: 122M*； 152B*: 152； 156*: 169*； 156A*: 156； 157***: 169*； 160A: 168； 160**: 41； 160***: 40； 160A*: 1897； 160B*: 154； 161B*: 485B*； 162*: 169*； 163A*: 1586； 163B*: 161A*； 164A*: 169*； 165A*: 169*； 166B_1*–166B_3*: 166B*； 166B_4*: 1910； 167A*: 1889ff.； 169A*–169F*: 169*； 169G*: 87A*； 169H*: 1229； 169J*: 169*； 169L*: 169*； 171B*: 179*； 178: 178A–C, 916； 217*: 217； 222B*: 222B； 224*: 244； 230B*: 231*； 235A*: 2021； 240*: 240； 243: 1422； 244**: 1927； 244***: 244C*； 245*: 68*； 248A*: 223； 253*: 253； 275A*: 275C； 276**: 282C*； 278C*: 150A*； 281A*: 281； 283A*: 283； 285D: 285A； 293F*: 282A*； 298B*: 298A*； 300A*: 300A； 301A: 301； 301B: 301； 302A: 462； 302A*: 302； 302B*: 302； 306A: 306； 307B*: 307； 307C*: 307； 313A–C: 313； 313H*: 313； 314B*: 314A*； 330A–D: 330； 330*: 330； 332A*: 332； 332B*: 332； 332F*: 735A； 333A: 333； 333B: 334； 365A*: 365； 368*: 751G*； 368B*: 779J*； 400*: 400； 401: 400； 401A: 400； 403A: 403； 403B: 403； 407A: 407； 407B: 407； 412B*: 813A； 413A*: 409A； 413B*: 409A； 422*: 302C*； 425F: 425D； 425G: 425A； 425H: 425C； 425J: 425B； 425K: 884； 425N: 425B； 425P: 302； 428: 425B； 432*: 444*； 433: 433B； 433A: 433B； 433C: 433B； 437: 894； 444A*: 444*； 444B*: 444*； 444D*: 444*； 444E*: 444*； 445*: 813B； 451A: 451； 452C*: 511； 461A: 460A； 465A–465D: 465； 465A*: 612； 468: 317； 470*: 470B； 480*: 480D*； 480B*: 480D*； 485A*: 485； 506–506B: 505； 506**: 505； 507A–507C: 507； 508: 505； 511A: 511； 511A*: 511； 512*: 545A*； 513C: 531； 513C*: 653； 516A: 861； 516B: 302B； 518*: 926D； 530B*: 530； 532: 314； 533*: 404； 545C*: 545D*； 550A: 750D； 552A: 552； 552B: 552； 553: 554； 554*: 554； 554A*–554C*: 554； 556A*–E*: 554； 560C*: 571C； 571A: 571B； 576B*: 576； 580*: 566； 581: 303； 590A: 318； 612A: 612； 613*–613B*: 613； 621: 857； 652A: 407； 654B*: 926A*； 655A: 655； 664A*: 664*； 664B*: 664*； 671C*: 673； 672A–672C: 672； 672D*: 673； 675*: 675； 676: 954； 702A*: 460A； 702B*: 407A； 705: 705A–705B； 706A: 706； 707A: 894； 717*: 713； 726*: 726； 726**: 836F*； 737A*: 677； 738*: 156B*； 750G*: 831； 751: 751A； 752C*: 830B； 779A*–779C*:

779; **791***: 788; **795**: 759D; **812***: 812; **828**: 173; **830C***: 830B; **834A**: 834; **835***: 1706D; **835A***: 1706E; **842**: 947A; **842B***: 672C*; **845***: 774E; **848***: 778; **851A**: 851; **859A–859D**: 859; **860A***: 853; **870C***: 870; **873***: 875A; **875B$_1$–875B$_4$**: 875B; **875C**: 888; **876**: 851; **881***: 514**; **881****: 859; **882B***: 760A; **883C***: 883A; **884A**: 514**; **884B**: 884; **884B***: 884; **888***: 870; **910H**: 910B; **910J**: 910A; **911***: 910A; **924A**: 924; **924B**: 924; **930B–930D**: 930A; **934A–934B**: 934; **934E**: 934; **934A***: 934; **934A****: 934; **934B*–934E****: 934; **935****: 945A*; **937***: 934; **937A***: 934; **946C***: 945A*; **946D***: 945A*; **947A*–947C***: 947A; **949***: 888A*; **951B**: 951A; **951C**: 951A; **951A***: 951A; **956A**: 956; **956C**: 968; **956A*–956D***: 968; **957**: 1161; **963***: 968; **964**: 926C; **967****: 968; **970***: 968; **976A**: 976; **980A–980C**: 980; **1003***: 1003; **1014**: 1009; **1019***: 1146; **1046**: 1045; **1053A**: 1045; **1063B**: 1063A; **1065A***: 1050; **1065B***: 1050; **1066**: 1343; **1088***: 1088; **1092**: 1091; **1095A**: 1095; **1097**: 43; **1097***: 298A*; **1134**: 1133; **1136**: 1135; **1143A–C**: 1143; **1148**: 1147; **1148A**: 1147; **1151***: 1151; **1158**: 1157; **1160**: 1159; **1164A**: 1164; **1164B**: 1164; **1164D**: 1164; **1166****: 1168; **1170A**: 1170; **1172***: 1172; **1173**: 1176; **1177***: 1176; **1178***: 1178; **1179***: 1179; **1183***: 1091; **1193***: 1199; **1199B**: 1199; **1210***: 1210; **1213***: 1211; **1221B***: 1221A*; **1228A**: 1228; **1240A**: 1240; **1242B**: 1242A; **1242***: 1241A; **1245***: 1245; **1245****: 1245; **1245A***: 1245; **1250B**: 1250; **1260A***: 1260; **1271B***: 1271A*; **1278***: 1278; **1282***: 1282; **1288***: 1288; **1291C**: 1291A; **1291****: 1291D; **1295B***: 1295A*; **1305A–C**: 1305; **1313B**: 1313A; **1313C**: 1313A; **1315**: 1314; **1316*****: 1316; **1316******: 1316; **1317***: 1316; **1318A–C**: 1318; **1319B***: 1319J*; **1319D***: 1319*; **1319M***: 1316; **1325C–D**: 1325; **1331B***: 1331*; **1331C***: 1331*; **1332A*–C***: 1332*; **1338A**: 1338; **1341B***: 1341A; **1349A*–C***: 1349*; **1349E***: 1349*; **1349F***: 1349*; **1349H*–K***: 1349*; **1351C***: 1351B*; **1352***: 1510; **1363***: 1341A*; **1365D*–1365K***: 1365E; **1366A***: 1375; **1370A***: 901B*; **1371***: 1384; **1371****: 902*; **1380***: 1380A*; **1380****: 1380A*; **1387A**: 1387; **1388**: 1380A*; **1408A**: 1408; **1409A–1409C**: 1409; **1419E***: 1419E; **1419K***: 1419; **1420E**: 1420A; **1420F**: 1420A; **1426***: 1426; **1433***: 1586; **1441**: 480A; **1445***: 1374*; **1453***: 1470; **1453A***: 1470; **1455***: 1470; **1462***: 1453***; **1476C**: 1476B; **1477***: 1477; **1479****: 1476A; **1480***: 1488; **1487***: 1488; **1490***: 1488; **1511**: 871A; **1516A*–D***: 1516*; **1525F**: 1791; **1525H**: 1525E; **1525H$_1$–1525H$_3$**: 1525E; **1525J$_1$**: 1525J; **1525J$_2$**: 1525J; **1525N**: 1525E; **1525P**: 1004; **1525H***: 1525M; **1525J***: 1525Z*; **1525M***: 1624B; **1525P***: 1341; **1525Q***: 1525L*; **1525R***: 1525Z*; **1531A**: 1284; **1531B**: 1284B; **1534B***: 1534Z*; **1534C***: 1534Z*; **1542A**: 1542; **1543A***: 1543*; **1543B***: 1544; **1553A***: 778; **1564****: 1564*; **1567B**: 1567; **1567D**: 1567; **1567***: 1567; **1572D***: 1572C*; **1547B**: 1574A; **1574C**: 1574A; **1575****: 1380A*; **1586A**: 1586; **1587**: 927D; **1587****: 1642A; **1641A***: 1641D*; **1645B***: 834; **1653A–F**: 1653; **1673***:

1698; **1675***: 1268*; **1676A**: 1676; **1677**: 1218; **1681***: 1430; **1682***: 1142; **1684A***: 1337C; **1684B***: 1820; **1685A**: 1685; **1686****: 1686; **1696A***: 1696; **1696B***: 1437; **1698E**: 1698J; **1698F**: 1698G; **1698L**: 1698G; **1698C***: 1694A; **1699A**: 1699; **1702B***: 1702; **1702C***: 921D*; **1716***: 1965; **1726***: 1424; **1730A***: 1730; **1730B***: 1730; **1738A***: 1738; **1738C***: 1738; **1761***: 1380A*; **1789***: 1642A; **1804A**: 1804B; **1806B***: 1806*; **1810A***: 1832D*; **1810C***: 1832P*; **1821A**: 1821; **1822A**: 1822; **1829A***: 1572A*; **1831A**: 1831A*; **1832A***: 1832*; **1832C***: 1832*; **1832G***: 1833D; **1832G****: 1832*; **1832H*-1832K***: 1832*; **1833G**: 1744; **1833****: 1833; **1835C***: 1832*; **1836***: 1785B; **1839**: 1839A; **1839***: 1837; **1848B**: 1848A; **1853A***: 1853; **1853B***: 1853; **1862B**: 1164; **1876**: 1408C; **1889K**: 1889E; **1890A-1890E**: 1890F; **1891A***: 1891; **1891B***: 1891; **1893**: 1891; **1893A***: 1891; **1896***: 1894; **1898***: 449; **1920G***: 1889L**; **1925***: 1925; **1930A*-1930C***: 1920J*; **$1960M_1$-$1960M_3$**: 1960M; **1960Z**: 1960; **2010B**: 2010A; **2012A-D**: 2012; **2014A**: 2014; **2015***: 2030; **2017**: 2302; **2018**: 2043; **2021A**: 2021; **2021***: 2022; **2022A**: 2022; **2027**: 2028; **2027A**: 2028; **2028A***: 2028; **2030A-2030J**: 2030; **2030A*-2030E***: 2030; **2032A**: 2032; **2033**: 20C; **2034A**: 295; **2034B**: 2030; **2034E**: 2030; **2037A***: 2034C; **2042B*-2042D***: 2042A*; **2075**: 106; **2280**: 2300; **2301A**: 2301; **2301B**: 2300; **2340**: 1613; **2400**: 927C*; **2401**: 1343*; **2404**: 1571**; **2411**: 1348*.

新話型一覧

34C; 62A; 72D*; 75A; 77**; 129; 157B; 159C; 178C; 179A**; 184; 185; 186; 201F*; 201G*; 209; 215; 218; 219E**; 219H*; 224; 233D; 275B; 275C; 282D*; 283H*; 285E; 288B**; 296; 299; 302C*; 328A; 404; 476; 476**; 480A; 480D*; 507; 510B*; 545A*; 570*; 682; 705A; 705B; 705A*; 706D; 750E; 750F; 750K*; 750K**; 751E*; 751F*; 751G*; 756G*; 759D; 759E; 760A; 760**; 760***; 770A*; 772; 773; 777*; 779E*; 779F*; 779G*; 779H*; 779J*; 798; 804C; 857; 861A; 863; 864; 875*; 875B*; 879*; 890**; 899A; 900C*; 910L; 910M; 910N; 910C*; 912; 920E; 921F; 921A*; 926E; 927B; 927C; 927D; 927B*; 929*; 931A; 934F; 934G; 934H; 934K; 944; 952A*; 958F*; 958K*; 960C; 960D; 981A*; 984; 985*; 985**; 1098*; 1099; 1177; 1192; 1230**; 1284B; 1284C; 1288B; 1288**; 1293C*; 1306; 1313B*; 1313C*; 1319P*; 1321D; 1328B*; 1334*; 1334**; 1339F; 1339G; 1341D; 1343*; 1345; 1346; 1348*; 1348**; 1351F*; 1351G*; 1354C*; 1354D*; 1357A*; 1359A*; 1365D; 1365E; 1367**; 1368; 1368**; 1369; 1379**; 1379***; 1381D*; 1381F*; 1394; 1406A*; 1407A*; 1407B; 1408C; 1453B*; 1460; 1468; 1470; 1488; 1512*; 1525Z*; 1526A**; 1533B; 1533C; 1534E*; 1534Z*; 1539A*; 1543A; 1543E*; 1544B*; 1555C; 1562J*; 1567H; 1571**; 1572K*; 1572L*; 1572M*; 1572N*; 1575A*; 1577**; 1578C*; 1579**; 1586B; 1588***; 1593; 1594; 1595; 1613A*; 1617*; 1641D; 1641D*; 1651A*; 1659; 1676D; 1676H*; 1678**; 1682**; 1686; 1686A; 1686A*; 1691C*; 1691D*; 1694A; 1703; 1706; 1706A; 1706B; 1706C; 1706D; 1706E; 1736B; 1738D*; 1744; 1750B; 1791*; 1792B; 1804C; 1804D; 1804E; 1804**; 1806*; 1827B; 1831C; 1832Q*; 1832R*; 1832S*; 1832T*; 1833J*; 1833K; 1833L; 1833M; 1834*; 1838*; 1843A; 1855B; 1855C; 1855D; 1855E; 1856; 1857; 1860D; 1860E; 1862D; 1862E; 1862F; 1864; 1868; 1871; 1871A; 1871B; 1871C; 1871D; 1871E; 1871F; 1871Z; 1897; 1920J; 1920J*; 1924; 1966; 1967; 1968; 2043; 2302.

モティーフ一覧

(2015年6月現在のウターによる一覧)

773: **A63.4.** —759D: **A106.2.** —777: **A221.3.** —800, 801, 804: **A661.0.1.2.** —751E*: **A751.** —751E*: **A751.1.** —751E*: **A751.1.1.** —751E*: **A751.2.** —751E*: **A751.3.** —751E*: **A751.4.** —751E*: **A751.6.** —825: **A1015.** —825: **A1021.** —803: **A1071.1.** —461: **A1111.** —565: **A1115.2.** —294: **A1161.** —773: **A1217.** —798: **A1224.3.** —774J: **A1315.2.** —173: **A1321.** —934H: **A1335.** —934H: **A1335.1.** —934H: **A1335.1.1.** —1169: **A1371.1.** —1368**: **A1371.2.** —759D: **A1549.4.** —934H: **A1593.** —758: **A1650.1.** —1638*: **A1674.1.** —773: **A1750ff.** —773: **A1751.** —773: **A1755.** —773: **A1756.** —773: **A1811.** —773: **A1833.1.** —825: **A1853.1.** —753: **A1861.2.** —773: **A1862.** —773: **A1893.** —236*: **A1952.** —236*: **A1965.2.** —825: **A2001.** —825: **A2031.2.** —825: **A2145.2.** —47A: **A2211.2.** —825: **A2214.3.** —225A: **A2214.5.1.** —772*: **A2221.2.1.** —772: **A2221.2.2.** —750E: **A2221.5.** —250A: **A2231.1.2.** —750E: **A2231.7.1.** —750E: **A2231.7.1.1.** —825: **A2232.4.** —200B: **A2232.8.** —55: **A2233.1.** —55: **A2233.1.2.** —55: **A2233.1.3.** —221B: **A2233.2.** —81: **A2233.2.1.** —200C*, 235: **A2241.** —234: **A2241.5.** —240: **A2247.4.** —230*: **A2250.1.** —280: **A2251.1.** —250A: **A2252.4.** —236: **A2271.1.** —774P: **A2271.9.** —289: **A2275.3.** —200A: **A2275.5.5.** —200: **A2281.1.** —773: **A2286.2ff.** —773: **A2286.2.1.** —235: **A2313.1.** —8: **A2317.12.** —282B*: **A2332.1.2.** —47A, 70, 71: **A2342.1.** —150A*: **A2356.2.1.** —830A: **A2412.1.1.** —204: **A2426.** —57: **A2426.2.6.** —200A: **A2471.1.** —289: **A2471.4.** —222A, 289: **A2491.1.** —200: **A2492.1.1.** —756A*: **A2611.0.1.** —774L: **A2613.1.** —750E: **A2711.3.** —750E: **A2711.4.** —750E: **A2711.4.1.** —750E: **A2711.4.2.** —750E: **A2711.4.3.** —750E: **A2711.7.** —772: **A2721.2.1.** —750E: **A2721.4.** —774H: **A2738.** —295: **A2741.1.** —774H: **A2755.4.** —295: **A2793.1.** —779G*: **A2793.5.**

300A, 301D*: **B11.11.** —300A: **B11.2.3.** —300: **B11.2.3.1.** —300A: **B11.2.3.2.** —300A: **B11.2.3.3.** —300A: **B11.2.3.5.** —300A: **B11.10.3.** —411: **B29.1.** —936, 1960J: **B31.1.** —476**: **B81.6.** —511: **B100.1.** —550: **B102.1.** —715A: **B103.1.** —328, 563: **B103.1.1.** —328A: **B103.2.1.** —285A: **B103.0.4.1.** —672: **B112.** —567: **B113.1.** —511: **B115.** —1927: **B124.1.** —781: **B131.1.** —707: **B131.2.** —531: **B133.** —533: **B133.3.** —516, 517: **B143.** —670: **B165.1.** —672: **B165.1.2.** —555: **B170.** —715: **B171.1.** —715: **B171.1.1.** —530: **B181.** —314A, 550: **B184.1.** —314: **B184.1.6.** —1705: **B210.1.** —1705: **B211.1.1.1.** —531: **B211.1.3.** —545A, 545B, 545A*: **B211.1.8.** —516, 537: **B211.3.** —410: **B211.7.1.** —781: **B215.** —517, 671: **B215.1.** —671D*: **B251.1.2.** —671: **B215.2.** —671: **B215.4.** —517,

670 : **B216**. −673 : **B217.1.1**. −400 : **B221**. −537 : **B222**. −221 : **B236.1**. −220 : **B238.1**. −221 : **B242.1.2**. −672 : **B244.1**. −613 : **B253**. −2021 : **B257**. −222, 313 : **B261**. −222, 222A, 313 : **B261.1**. −103 : **B262**. −207C : **B271.3**. −241 : **B275.4**. −159 : **B278**. −103A : **B281.9.1**. −224 : **B282ff**. −934H : **B291.2**. −934H : **B291.2.1**. −20A, 130 : **B296**. −20D* : **B296.1**. −156A : **B301.8**. −300 : **B312.2**. −402, 531, 550 : **B313**. −530, 590 : **B315**. −314, 502 : **B316**. −301 : **B322.1**. −201D* : **B325.1**. −178A : **B331.2**. −178C : **B331.1.1**. −178A : **B331.2.1**. −178B : **B331.2.2**. −916 : **B331.3**. −533 : **B335**. −285A : **B335.1**. −531 : **B341**. −113A : **B342**. −480, 531, 665, 670 : **B350**. −560 : **B360**. −240A* : **B362**. −75 : **B363**. −75 : **B371.1**. −555, 675 : **B375.1**. −537 : **B380**. −156 : **B381**. −156 : **B382**. −531 : **B391**. −285 : **B391.1**. −159* : **B392**. −302 : **B393**. −300A, 530, 531 : **B401**. −545A, 545A*, 560 : **B421**. −400, 545A, 545B, 545A*, 560 : **B422**. −590 : **B431.2**. −545A, 545B, 550, 715 : **B435.1**. −545B, 545A* : **B435.2**. −425B : **B435.3**. −75, 400 : **B437.2**. −545B : **B441.1**. −510A, 531 : **B450**. −75 : **B454.1**. −240A* : **B457.1**. −670 : **B469.5**. −531 : **B470**. −182 : **B478**. −240A* : **B481.1**. −559 : **B482.2**. −772* : **B483**. −612 : **B491.1**. −75A : **B491.4**. −402, 410 : **B493.1**. −302 : **B500**. −531, 552 : **B501**. −511, 560 : **B505**. −552 : **B505.1**. −182 : **B511.1.3**. −160, 303, 590, 612 : **B512**. −665 : **B515**. −590 : **B520**. −315A : **B521**. −160 : **B522.1**. −160 : **B522.2**. −750E, 967 : **B523.1**. −300 : **B524.1.1**. −315A : **B524.1.2**. −511, 511A : **B535.0.1**. −540 : **B541.4**. −75 : **B545.1**. −560 : **B548.1**. −537 : **B552**. −58 : **B555**. −550 : **B560**. −554, 559 : **B571**. −302 : **B571.1**. −897 : **B579.5**. −178B : **B579.6**. −545B : **B580**. −545B : **B581**. −545A : **B581.1.2**. −545B : **B582.1.1**. −545B : **B582.1.2**. −554, 559 : **B582.2**. −425, 552 : **B620.1**. −300A, 301, 650A : **B631**. −552 : **B640**. −425, 425D : **B640.1**. −430 : **B641.4**. −441 : **B641.5**. −432, 465 : **B642**. −400 : **B652.1**. −672 : **B765.2**. −285, 672 : **B765.6**. −285B* : **B784.2.1**. −285B* : **B784.2.1.1**. −158 : **B831**. −1927 : **B841**. −80A* : **B841.1**. −403 : **B848**. −168 : **B848.1**. −87A* : **B855**. −1960A : **B871.1.1.1**. −857 : **B873.1**. −1960B : **B874**. −1960A : **B875.1**.

845 : **C11**. −813 : **C12**. −821A : **C12.2**. −1352 : **C12.4**. −825 : **C12.5.1**. −470A : **C13**. −407 : **C15**. −552 : **C26**. −400 : **C31.5**. −400 : **C31.6**. −425 : **C32.1**. −440 : **C41.2**. −939 : **C50**. −154 : **C54**. −756C : **C55.2**. −779E*, 779J* : **C94.1.1**. −711 : **C152**. −311 : **C227**. −313 : **C234**. −413 : **C311**. −910B : **C320**. −537 : **C321**. −1416 : **C324**. −475, 871 : **C325**. −322* : **C331**. −322* : **C400**. −759 : **C410**. −759 : **C411.1**. −555 : **C420**. −425, 425M : **C421**. −759 : **C423.2**. −516 : **C423.4**. −670 : **C425**. −500 : **C432.1**. −830B, 836 : **C454**. −759 : **C491**. −314 : **C495.1**. −336 : **C495.2.1**. −511 : **C513**. −301D*, 311, 312, 314, 317, 425E, 480, 502, 710, 871 : **C611**. −779J* : **C631**. −302C* : **C661**. −361, 475 : **C721.1**. −361 : **C723.1**. −425 : **C757.1**. −307, 425, 425A, 441 : **C758.1**. −425C : **C761.2**. −510A : **C761.3**. −555 : **C773.1**. −325 : **C837**. −779G* : **C851.1.2**. −710 : **C911**. −314, 314 : **C912**. −311 : **C913**. −425 : **C916.1**. −565 : **C916.3**. −311 : **C920**. −

939:**C930**. −425, 425B, 425D:**C932**. −613:**C940.1**. −710:**C944**. −516:**C961.2**. −425D:**C991**.

514:**D11**. −406:**D11.1**. −363:**D40**. −750K**:**D56**. −409, 425B:**D113.1**. −450:**D114.1.1**. −665:**D117.2**. −531:**D131**. −567:**D132.1**. −431, 750C:**D133.1**. −450:**D135**. −449, 652:**D141**. −300A:**D142**. −405, 408, 425D, 434, 450, 665:**D150**. −451:**D151.5**. −449:**D151.8**. −302:**D152.2**. −751A:**D153.1**. −434*:**D161**. −451:**D0161.1**. −403:**D161.2**. −431:**D166.1.1**. −408, 450, 665:**D170**. −302:**D182.2**. −300A:**D185.3**. −407:**D212**. −652:**D212.1**. −425M:**D215**. −303, 303A, 471:**D231**. −707:**D231.2**. −750K**:**D342**. −313, 400:**D361.1**. −400:**D361.1.1**. −561:**D371.1**. −442:**D431.2**. −653C:**D435.1.1**. −980D:**D444.2**. −467:**D457.1.1**. −467:**D457.1.3**. −751G*:**D471.1**. −751G*:**D474**. −475, 476*, 476**:**D475.1**. −476:**D475.1.1**. −567:**D551.2**. −450:**D555**. −871:**D567**. −511:**D590**. −318, 363, 408:**D610**. −325:**D612**. −325:**D615.2**. −552:**D620**. −425, 425B, 552:**D621.1**. −652, 665, 667:**D630.1**. −856:**D638.1**. −434*, 665:**D641**. −432:**D641.1**. −316:**D642.2**. −310:**D642.7**. −402*, 567, 751G*:**D661**. −313, 425B:**D671**. −313, 314, 425B:**D672**. −449:**D682.3**. −405:**D683.2**. −329:**D684**. −403, 450:**D688**. −402, 425*, 434*,531, 910B:**D700**. −402, 440, 540, 545A, 545B, 545A*:**D711**. −407, 652:**D711.4**. −403:**D712.4**. −406:**D716**. −313:**D721**. −400:**D721.2**. −409, 430, 441:**D721.3**. −408:**D721.5**. 325:**D722**. −325:**D722**. −431:**D731**. −711:**D732**. −410:**D735**. −425C, 433B, 440:**D735.1**. −708:**D741**. −708:**D741.1**. −440:**D743**. −451:**D753.1**. −451, 910B:**D758**. −400:**D758.1**. −401A*:**D759.9**. −401A*:**D759.10**. −426:**D763**. −562:**D765.1**. −433B:**D766.1**. −516:**D766.2**. −405:**D771**. −440:**D789**. −760***:**D791.1.3**. −307:**D791.1.7**. −560:**D810**. −560, 566:**D812**. −571B:**D812.3**. −561:**D812.5**. −571:**D817**. −560, 611:**D817.1**. −511:**D830.1**. −400, 569:**D831**. −400, 518:**D832**. −576:**D838**. −560, 561, 569, 590:**D840**. −510A:**D842.1**. −562:**D845**. −591:**D851**. −580:**D856**. −561:**D860**. −590:**D861**. −475, 563:**D861.1**. −563, 571C:**D861.2**. −563:**D861.3**. −560:**D861.4**. −560, 567:**D861.5**. −566:**D861.6**. −219E**:**D876**. −590:**D880**. −561:**D881**. −566:**D881.1**. −563:**D881.2**. −560:**D882**. −560:**D882.1.1**. −475:**D885**. −566:**D895**. −715:**D915.2**. −550:**D961**. −430:**D963**. −567:**D965**. −567:**D983**. −566:**D992.1**. −533:**D1011**. −672:**D1011.3.1**. −563:**D1030.1**. −510A:**D1050**. −328:**D1067.2**. −442:**D1076**. −665:**D1081**. −576:**D1083**. −322*:**D1091**. −322*:**D1092**. −560, 561, 675:**D1131.1**. −561:**D1132.1**. −537:**D1174.1**. −569:**D1222**. −570*:**D1224**. −328:**D1233**. −331:**D1240**. −571C:**D1268**. −745, 750A:**D1288**. −709:**D1311.2**. −934K:**D1311.11.1**. −593:**D1314**. −593:**D1314.17**. −782:**D1316.5**. −875D:**D1318.2.1**. −709:**D1323.1**. −836F*:**D1323.5**. −653A:**D1323.15**. −836F*:**D1331.3.1**. −836F*:**D1331.3.2**. −590:**D1335.4**. −590:**D1335.5**. −

585:**D1337.1.7.** −912:**D1353.1.** −400:**D1361.14.** −400, 590, 709:**D1364.4.1.** −709:**D1364.9.** −400:**D1364.15.** −709:**D1364.16.** −410:**D1364.17.** −566:**D1375.1.** −566:**D1375.2.** −566:**D1376.1.** −810, 815:**D1381.11.** −715:**D1382.8.** −562:**D1391.** −853:**D1395.2.** −853:**D1395.3.** −563:**D1401.1.** −563:**D1401.2.** −328, 611:**D1400.1.4.1.** −576:**D1400.1.4.3.** −576:**D1400.1.6.** −330:**D1412.1.** −591:**D1412.2.** −571, 593:**D1413.** −330:**D1413.1.** −330:**D1413.5.** −571B:**D1413.7.** −571B:**D1413.8.** −593:**D1413.17.** −592, 853:**D1415.2.5.** −562:**D1421.1.2.** −562:**D1421.1.4.** −561:**D1421.1.5.** −585:**D1425.1.** −562:**D1426.** −570*:**D1427.1.** −570*:**D1441.1.2.** −594*:**D1442.1.** −566:**D1451.** −834:**D1454.** −403:**D1454.1.2.** −403, 404, 480:**D1454.2.** −404:**D1454.4.** −404:**D1454.7.** −511:**D1461.** −571C:**D1469.2.** −411:**D1469.10.1.** −560, 561, 562, 566, 569:**D1470.1.** −561:**D1470.1.5.** −400, 560, 665:**D1470.1.15.** −561:**D1470.1.16.** −511:**D1470.2.** −563:**D1472.1.7.** −565:**D1472.1.9.** −563, 569:**D1472.1.22.** −566:**D1475.1.** −569:**D1475.4.** −585:**D1484.1.** −585:**D1485.1.** −612:**D1500.1.4.** −610:**D1500.1.5.** −519, 551:**D1500.1.18.** −653A:**D1500.1.5.1.** −305:**D1500.1.7.3.3.** −611:**D1500.1.19.** −613:**D1505.5.** −566:**D1520.** −566:**D1520.11.** −653A:**D1520.18.** −653A:**D1520.19.** −400:**D1521.1.** −675:**D1523.1.** −513B:**D1533.1.1.** −954:**D1552.2.** −567:**D1561.1.1.** −594*:**D1562.4.** −577:**D1581.** −675:**D1601.** −563:**D1601.5.** −565:**D1601.10.1.** −577:**D1601.14.** −577:**D1601.15.** −577:**D1601.16.** −328A:**D1601.18.** −577:**D1601.18.2.** −565:**D1601.21.1.** −745:**D1602.11.** −591:**D1605.1.** −780:**D1610.2.** −780B:**D1610.2.2.** −883B:**D1610.3.** −1391:**D1610.6.1.** −883B:**D1610.8.** −780, 782:**D1610.34.** −313:**D1611.** −1137:**D1612.2.1.** −1373A*:**D1619.1.** −706D:**D1622.3.** −565, 571C:**D1651.** −563:**D1651.2.** −565:**D1651.3.** −947A:**D1651.6.** −713:**D1652.1.** −751A:**D1652.1.2.** −592:**D1653.1.4.** −592, 594*:**D1653.1.7.** −480:**D1658.** −480:**D1658.1.5.** −560:**D1662.1.** −561:**D1662.2.** −325:**D1711.0.1.** −960:**D1715.** −708:**D1717.1.** −555, 592, 652, 675:**D1761.0.1.** −592, 750K**, 750A:**D1761.0.2.** −750K*:**D1761.0.2.2.** −756G*:**D1766.1.** −759D:**D1810.0.1.** −759D:**D1811.2.** −725:**D1812.3.3.** −322*:**D1814.2.** −737:**D1825.1.** −332:**D1825.3.1.** −302:**D1834.** −650C:**D1846.4.** −403, 711, 930A:**D1860.** −531:**D1865.1.** −923B:**D1866.** −403:**D1870.** −877:**D1880.** −753:**D1886.** −431:**D1890.** −580:**D1900.** −766:**D1960.1.** −410:**D1960.3.** −410:**D1967.1.** −400, 861:**D1972.** −300:**D1975.** −300:**D1978.2.** −313:**D1978.4.** −410:**D1978.5.** −306:**D1980.** −313, 884:**D2003.** −313:**D2004.2.** −313:**D2004.3.** −1687:**D2004.5.** −425:**D2006.** −313:**D2006.1.1.** −313:**D2006.1.3.** −313, 425:**D2006.1.4.** −313:**D2006.1.5.** −470, 470A:**D2011.** −471A:**D2011.1.** −681:**D2012.1.** −710:**D2025.1.** −779E*:**D2061.1.2.** −613:**D2064.1.** −871:**D2065.4.** −952:**D2072.** −400:**D2074.2.3.1.** −713:**D2081.** −613:**D2101.** −331:**D2102.** −552:**D2105.** −827:**D2125.1.** −306:**D2131.** −560, 561:**D2136.2.** −756G*:**D2136.3.1.** −

513A:**D2144.1.2**. —713:**D2157.1**. —750E:**D2157.2**. —321:**D2161.3.1.1**. — 571:**D2171.3.1**. —571:**D2171.5**. —593:**D2172.1**. —750A:**D2172.2**. —1168:**D2176**. — 500, 501:**D2183**. —1001:**D2186**. —433B:**D721.3**.

407, 856:**E0**. —531:**E12**. —531:**E15.1**. —709:**E21.1**. —709:**E21.3**. —720:**E30**. —774A, 1169:**E34**. —612:**E105**. —653A:**E106**. —516:**E113**. —753:**E121.2**. —413:**E121.5**. —830, 830A:**E161**. —612:**E165**. —960C:**E168.1**. —365:**E215**. —470:**E228**. —366:**E235.4**. — 366:**E235.4.1**. —366:**E235.4.2**. —779F*:**E242**. —307:**E251**. —450:**E323.1.1**. — 510A:**E323.2**. —769:**E324**. —958K*: **E332.3.3.1**. — 505, 507, 665:**E341**. —769:**E361**. — 760**:**E411.0.1**. —760:**E411.0.2**. —760:**E411.1**. —810A*:**E452**. —471:**E481**. — 779F*:**E492**. —777*:**E511**. —777*:**E512**. —960C:**E524.2.1**. —326:**E571**. —326:**E577.2**. —326:**E577.3**. —720:**E607.1**. —720:**E610.1.1**. —720:**E613.0.1**. —780, 780B:**E631**. — 970:**E631.0.1**. —407:**E631.1**. —780:**E632**. —302:**E710**. —302:**E711.1**. —412:**E711.4**. — 302B:**E711.10**. —302:**E713**. —672:**E714.2**. —303A:**E715.1**. —808A, 1645A:**E721**. — 759D:**E722.2.10**. —678:**E725**. —1645A:**E730**. —840:**E733.1**. —808A:**E734.2**. —802A*, 808, 808A:**E751.1**. —759C, 759D:**E754.2.2.1**. —808, 808A:**E756.1**. —750H*:**E756.2**. — 802:**E758**. —303:**E761**. —562:**E765.1**. —1187:**E765.1.1**. —332:**E765.1.3**. —660:**E780.2**. —404:**E781.2**. —660:**E781.3**. —660:**E782**. —706:**E782.1**. —660:**E782.1.1**. —753:**E782.4**. —774A:**E783.1**. —660:**E786**. —660:**E787**.

801:**F13**. —804:**F51.1.3**. —1960G:**F54**. —317:**F54.1**. —328A, 852:**F54.2**. —650A:**F80**. —756B:**F81.2**. —306:**F87**. —301:**F92**. —871:**F93.0.2.1**. —301:**F102.1**. —1379**:**F111.7**. —470B:**F116**. —471:**F152**. —471:**F171**. —471:**F171.0.1**. —470, 471:**F171.1**. — 470:**F171.2**. —470, 471:**F171.3**. —471:**F171.5**. —840:**F171.6**. —801:**F171.6.3**. — 801:**F171.6.4**. —400:**F302**. —410:**F316**. —410:**F316.1**. —503:**F331.1**. —503:**F331.3**. — 503:**F331.4**. —476**:**F333**. —750K*, 750K**:**F341**. —1925:**F341**. —476, 503:**F342.1**. — 503:**F344.1**. —700:**F353.1.1**. —410:**F361.1.1**. —476**:**F372**. —113A:**F405.7**. — 316:**F420.5.2.2**. —667:**F440**. —611:**F451.5.1**. —709:**F451.5.1.2**. —301:**F451.5.2**. — 426:**F451.5.2.1**. —981A*:**F451.5.4.2**. —476**:**F451.5.5**. —426:**F451.6.1**. — 426:**F452.2.3.1**. —782:**F511.2.2**. —511:**F512.1**. —1137:**F512.1.1**. —511:**F512.2.1.1**. — 650A:**F514.2**. —701:**F531.5.1**. —1137:**F531.1.1.1**. —1962A:**F531.3.4.1**. —825:**F531.5.9**. —650B:**F531.5.11**. —1099:**F531.6.6**. —1962A:**F531.6.8.3**.3. —700:**F535.1**. — 700:**F535.1.1.1**. —700:**F535.1.1.8**. — 1686A*:**F547.1.1**. —310:**F555**. —327F:**F556.2**. — 726:**F571.2**. —559, 571:**F591**. —300A, 301, 302B, 513B, 513A:**F601**. —513B, 519:**F601.2**. —715:**F601.7**. —312D:**F611.1**. —650A:**F611.1.11**. —650A:**F611.1.12**. —650A:**F611.1.13**. —650A:**F611.1.14**. —650A:**F611.1.15**. —300A, 650A:**F611.2.1**. —650A:**F611.2.3**. — 650A:**F611.3.1**. —650A:**F612.1**. —650A:**F612.3.1**. —650A:**F613**. —650A:**F613.1**. —

650A : **F613.2.** —650A, 1000 : **F613.3.** —650A : **F613.4.** —650A : **F614.1.** —650a : **F614.6.** — 315, 590, 650A : **F615.** —650A : **F615.1.** —590 : **F615.2.1.** —650A : **F615.2.3.** — 650A : **F615.3.1.** —650A : **F615.3.1.1.** —513A : **F621.** —513A : **F632.** —513A : **F633.** — 513A : **F641.1.** —513A : **F641.2.** —513A : **F641.3.** —653 : **F642.** —653 : **F642.1.** —655 : **F647.1.** —655 : **F647.5.1.** —1920C* : **F660ff.** —653, 654, 1525A : **F660.1.** —653 : **F661.1.1.** — 1708* : **F661.2.** —653 : **F661.4.** —513A : **F661.5.3.** —653 : **F662.1.** —653 : **F662.2.** — 753 : **F663.0.1.** —654 : **F663.1.** —654 : **F665.1.** —304 : **F666.1.** —654 : **F667.1.** —660 : **F668.1.** —513A : **F681.1.** —1940 : **F703.** —980* : **F721.1.** —954 : **F721.4.** —530 : **F751.** —322* : **F754.** —756B : **F771.1.9.** —545A, 545B, 545A* : **F771.4.1.** —327A, 1930, 1932 : **F771.1.10.** — 410 : **F771.4.4.** —410 : **F771.4.7.** —511 : **F811.1.** —550 : **F813.1.1.** —510B : **F821.1.3.** — 510A : **F823.2.** —981A* : **F833.2.** —825 : **F837.** —709 : **F852.1.** —440 : **F875.** —934 : **F901.1.** — 934 : **F901.1.1.** —700 : **F911.3.1.** —248 : **F912.** —123, 333, 700 : **F913.** —1889G : **F913.** — 68 : **F929.1.** —613 : **F933.2.** —945 : **F954.2.1.** —779G*, 779H* : **F962.3.** —756A : **F971.1.** — 755 : **F971.2.** —857 : **F983.2.** —530 : **F989.1.** —759B : **F1011.1.** —306 : **F1015.1.1.** — 575 : **F1021.1.** —653C : **F1023.** —295 : **F1025.1.** —1426 : **F1034.2.1.** —800 : **F1037.1.** — 755 : **F1038.** —613 : **F1045.** —322* : **F1068.** —530 : **F1071.**

871 : **G11.3.** —894 : **G11.9.** —363 : **G20.** —407 : **G20.1.** —315A : **G30.** —406 : **G33.** — 366 : **G60.** —327C, 720 : **G61.** —462 : **G72.2.** —327A : **G82.** —327A : **G82.1.** — 327A : **G82.1.1.** —328A : **G84.** —1137 : **G100.** —328* : **G121.1.** —501 : **G201.1.** —310, 425B, 480 : **G204.** —501 : **G244.** —710 : **G261.** —462 : **G264.** —410 : **G269.4.** —310 : **G279.2.** — 1192 : **G303.3.1.** —1192 : **G303.3.1.6.** —816* : **G303.3.1.12.** —810A* : **G303.9.1.2.** — 810A* : **G303.9.1.5.** —810A* : **G303.9.1.6.** —810A* : **G303.9.1.7.** —810A* : **G303.9.1.13.** — 810A : **G303.9.3.1.1.** —1353 : **G303.10.5.** —1476B : **G303.12.5.** —810A* : **G303.14.** — 825 : **G303.14.1.1.** —1166* : **G303.16.3.2.** —810, 1168 : **G303.16.3.4.** —817 817* : **G303.16.8.** —810A*, 1199A : **G303.17.1.1.** —1178 : **G303.16.19.3.** —810A* : **G303.16.19.4.** — 810 : **G303.16.19.15.** —821A : **G303.22.11.** —826 : **G303.24.1.3.** —826 : **G303.24.1.6.** — 315A : **G346.** —462 : **G369.1.5.** —327A : **G401.** —462 : **G405.** —327A : **G412.1.** — 303 : **G451.** —314 : **G461.** —314 : **G462.** —313 : **G465.** —480 : **G466.** —314A : **G500.** — 1131 : **G512.3.1.** —327A, 327F : **G512.3.2.** —327G, 1121 : **G512.3.2.1.** —328 : **G514.1.** — 1122 : **G519.1.** —1120 : **G519.1.4.** —461 : **G521.5.** —327A, 327C, 327F : **G526.** — 812 : **G530.4.** —328A : **G532.** —312 : **G551.1.** —311, 1132 : **G561.** —1152 : **G572.2.** — 328 : **G610.1.** —328 : **G610.3.** —328* : **G612.** —1163 : **G651.** —613, 812 : **G661.1.** — 812 : **G661.2.** —502 : **G671.** —710 : **G711.1.**

531 : **H9.1.** —855 : **H11.** —304, 505 : **H11.1.** —425D, 855 : **H11.1.1.** —450 : **H13.** — 870 : **H13.1.** —533 : **H13.1.2.** —710, 870 : **H13.2.** —894 : **H13.2.2.** —965* : **H13.2.4.** —533,

965*:**H13.2.7**. —870:**H15.1**. —855:**H17**. —881, 881A, 884:**H21**. —511:**H31.12**. —510A:**H36.1**. —1640:**H38.2.1**. —704:**H41.1**. —920:**H41.5**. —930A:**H51**. —850:**H51.1**. —314:**H55**. —314:**H56**. —955:**H57.2.1**. —950:**H58**. —325:**H62.1**. —707:**H71.1**. —707:**H71.2**. —707:**H71.3**. —707:**H71.7**. —314:**H75.4**. —665:**H78.2**. —301, 306, 530, 873, 888A:**H80**. —304:**H81**. —304, 551:**H81.1**. —304:**H81.1.1**. —851:**H81.2**. —300, 303, 304:**H83**. —870A:**H90**. —870:**H92**. —301D*, 882:**H94**. —510B:**H94.2**. —505, 510B:**H94.4**. —300:**H105.1**. —851:**H117**. —707:**H151.1**. —300:**H151.2**. —933:**H151.3**. —510B, 870:**H151.5**. —652:**H151.7**. —712:**H151.8**. —713:**H151.11**. —325, 854:**H161**. —854:**H161.1**. —567A:**H171.1**. —671:**H171.2**. —900:**H181**. —710:**H215**. —1418:**H251.1**. —1468:**H261**. —900:**H311**. —850:**H315**. —329:**H321**. —854:**H322**. —507:**H322.1**. —513A, 513B:**H331**. —530:**H331.1.1**. —530:**H331.1.2**. —530:**H331.1.3**. —530:**H331.1.4**. —505:**H331.2**. —513A:**H331.5.1**. —513B, 570, 577:**H335**. —313:**H335.0.1**. —559, 571, 1642:**H341**. —571:**H341.1**. —851:**H342**. —852:**H342.1**. —945:**H343**. —519:**H345**. —519:**H345.1**. —519:**H345.2**. —610, 613:**H346**. —1478:**H360**. —875:**H373**. —1451:**H381.1**. —1452:**H381.2**. —1453:**H382.1**. —1453***:**H383.1.1**. —1455:**H384.1**. —1454*:**H385**. —901:**H386**. —870A:**H411.1**. —888:**H431.1**. —1391:**H451**. —887, 900:**H461**. —900:**H465**. —1350:**H466**. —1381C:**H472.1**. —675:**H481**. —675, 713:**H481.1**. —675:**H486**. —655:**H486.1**. —920C:**H486.2**. —922:**H500ff**. —653, 654, 660:**H504**. —1579:**H506.3**. —853:**H507.1**. —853:**H507.1.0.1**. —1925:**H507.3**. —306:**H508.2**. —857:**H511**. —922:**H512**. —500:**H521**. —1091A:**H522**. —857:**H522.1.1**. —812:**H523**. —922:**H524.1**. —850:**H525**. —851:**H540.2**. —922:**H541.1**. —927:**H542**. —812:**H543**. —725, 851:**H551**. —875:**H561.1**. —875D:**H561.1.1.1**. —875:**H561.1.2**. —922:**H561.2**. —851:**H565**. —857:**H573.3**. —875A:**H582.1.1**. —921:**H583.1**. —921:**H583.2**. —921:**H583.2.1**. —921:**H583.2.2**. —921:**H583.3**. —921:**H583.4**. —921:**H583.4.2**. —921:**H583.5**. —921:**H583.6**. —875:**H583.7**. —875:**H583.8**. —875:**H583.9**. —921A:**H585.1**. —875D:**H586**. —875D:**H586.1–H586.7**. —915A:**H588.1**. —910E:**H588.7**. —915A:**H588.12**. —915A:**H588.13**. —923:**H592.1**. —923A:**H592.1.1**. —875, 1533:**H601**. —812, 2010:**H602.1.1**. —1613:**H603**. —924:**H607.1**. —861:**H607.3**. —653C:**H621**. —653C:**H621.1**. —653, 653A, 653B:**H621.2**. —875:**H630–H659**. —2031A:**H631.4**. —2031A:**H631.5**. —2031A:**H631.8**. —2031A:**H631.9**. —922:**H633**. —922:**H634**. —922:**H638**. —812:**H671**. —812:**H672**. —812:**H673**. —922:**H681.1**. —922:**H681.3.1**. —922:**H682**. —922:**H685**. —922:**H691.1**. —922:**H701.1**. —879, 922:**H702**. —922:**H703**. —922:**H705.1**. —922:**H705.2**. —879:**H705.3**. —978:**F709.3**. —922:**H711.1**. —875:**H712**. —922:**H713.1**. —851:**H721.1**. —851:**H734**. —531:**H75.2**. —851:**H762**. —921C:**H771**. —851, 927:**H792**. —927:**H793**. —922:**H797**. —1738:**H797.2**. —851:**H802**. —927:**H804**. —927:**H805**. —927:**H806**. —927, 985*:**H807**. —328, 434*, 465, 531:**H911**. —500,

501:**H914**. —501:**H915**. —1641B:**H916.1.1**. —920:**H921**. —425B, 571B, 590, 650A:**H931**. —465:**H931.1**. —897:**H934.2**. —480:**H934.3**. —480:**H935**. —875, 875B:**H951**. —613:**H963**. —577:**H971.1**. —505:**H972**. —329, 531, 554, 559:**H982**. —425B, 425M, 571B, 812, 875,875B:**H1010**. —1177**:**H1014**. —875B:**H1021**. —875, 1174, 1889E:**H1021.1**. —875B:**H1021.2**. —1176:**H1021.4**. —875:**H1021.6.1**. —500:**H1021.8**. —875B:**H1021.9**. —875:**H1022.1**. —875, 920:**H1023.1**. —875, 920A:**H1023.1.1**. —480, 801, 1180:**H1023.2**. —897:**H1023.2.1.2**. —403, 465, 927C:**H1023.3**. —1175:**H1023.4**. —1179:**H1023.5**. —425B, 480, 1183:**H1023.6**. —875:**H1023.7**. —875:**H1023.9**. —1176:**H1023.12**. —1176:**H1023.13**. —897:**H1023.19**. —875B:**H1023.25.1**. —875, 875B:**H1024.1**. —875:**H1024.1.1**. —875B:**H1024.1.1.1**. —1178:**H1024.2**. —1171:**H1024.3**. —570:**H1045**. —875, 921:**H1050–H1065**. —921B:**H1065**. —425B:**H1066**. —897:**H1091.2**. —500, 501:**H1092**. —1178:**H1094.1**. —313:**H1104**. —570:**H1112**. —313:**H1113**. —682:**H1113.1**. —425, 513A:**H1114**. —825:**H1116.1**. —425B:**H1122**. —1172:**H1124**. —425B, 425M:**H1125**. —513A:**H1127**. —434*:**H1132.1.7**. —513A:**H1142**. —328, 1525A:**H1151**. —1525A:**H1151.2**. —1525A:**H1151.3**. —1525A:**H1151.4**. —328:**H1151.9**. —653:**H1151.12**. —875:**H1152.1**. —1170:**H1153**. —313:**H1154.8**. —328:**H1172**. —613:**H1181**. —921E:**H1182**. —875:**H1185**. —891:**H1187**. —480:**H1192**. —613:**H1193**. —425D, 559, 571:**H1194**. —879A, 1351:**H1194.0.1**. —571C:**H1196**. —825:**H1199.13**. —556F*:**H1199.12.2**. —550, 551:**H1210.1**. —465, 590:**H1211**. —590:**H1212**. —550:**H1213**. —531:**H1213.1**. —1962A:**H1225**. —480:**H1226**. —400, 425, 451:**H1232**. —434:**H1233.1**. —425:**H1233.1.1**. —465:**H1233.2.1**. —550:**H1233.6**. —400, 425, 756B:**H1235**. —550:**H1239.3**. —550:**H1241**. —400, 471, 550, 551:**H1242**. —471:**H1251**. —650A:**H1272**. —756B:**H1273.1**. —461:**H1273.2**. —460, 460B, 947A:**H1281**. —460A, 461:**H1291**. —461:**H1292**. —402:**H1301.1**. —400:**H1303**. —402:**H1306**. —402:**H1307**. —585:**H1311.2**. —1384:**H1312.1**. —707:**H1320**. —707:**H1321.1**. —551:**H1321.2**. —707:**H1321.4**. —707:**H1321.5**. —551:**H1324**. —550, 551:**H1331.1**. —707:**H1331.1.1**. —550:**H1331.1.2**. —550:**H1331.1.3**. —707:**H1333.1.1**. —590:**H1333.3.1**. —590:**H1333.3.1.1**. —590:**H1333.3.1.3**. —465:**H1335**. —465:**H1335**. —590:**H1361**. —897:**H1361.1**. —326:**H1376.2**. —871*:**H1376.5**. —860:**H1377.1**. —860:**H1377.2**. —860:**H1377.3**. —551:**H1381.2.1**. —369, 531, 707:**H1381.2.2.1**. —873:**H1381.2.2.1.1**. —531:**H1381.3**. —531:**H1381.3.1.1**. —400:**H1385.3**. —425, 425B, 425*:**H1385.4**. —432, 434:**H1385.5**. —471:**H1385.6**. —326:**H1400**. —326:**H1415**. —326:**H1441**. —326:**H1441.1**. —530:**H1462**. —530, 550:**H1471**. —307, 410*:**H1472**. —513A:**H1511**. —516:**H1515**. —516:**H1516**. —71:**H1541.1**. —976:**H1552.1**. —1416:**H1554.4**. —516C:**H1558.0.1.1**. —893:**H1558.1**. —884:**H1578.1**. —958F*:**H1578.1.4.1**.

214**:**J12**. −57B:**J13**. −285A:**J15**. −157:**J17**. −910:**J21**. −910B:**J21ff**. −910C:**J21.1**. −910B:**J21.2**. −910B:**J21.3**. −910A:**J21.4**. −333, 910B:**J21.5**. −910B:**J21.6**. − 910A:**J21.9**. −910A:**J21.10**. −150:**J21.12**. −150:**J21.13**. −150:**J21.14**. −910D:**J21.15**. −910A:**J21.22**. −910A:**J21.24**. −910A:**J21.26**. −910A:**J21.27**. −910A:**J21.28**. − 910A:**J21.46**. −910A:**J21.47.1**. −910A:**J21.52**. −157A:**J22.1**. −157:**J32**. −72*:**J61**. − 920E:**J80**. −983:**J81**. −1836A:**J82**. −232D*:**J101**. −1640:**J115.4**. −276:**J120**. − 980:**J121**. −980:**J121.1**. −980:**J121.2**. −920, 920A:**J123**. −920, 1358*:**J125.2.1**. − 112**:**J132**. −202:**J133.1**. −1621A*:**J133.2**. −929A:**J142**. −123:**J144**. −981:**J151.1**. − 921F:**J152**. −910A:**J154**. −759A:**J157.1**. −910G:**J163.1**. −910:**J163.4**. −756B:**J172**. −938B:**J210**. −201:**J211**. −1871Z:**J211.1**. −112:**J211.2**. −201, 214*:**J212.1**. − 710:**J213**. −938, 938A, 938B:**J214**. −209:**J215**. −910L:**J215.1**. −910M:**J215.2.1**. − 232:**J215.3**. −1354:**J217.0.1**. −1354:**J217.0.1.1**. −759:**J225.0.1**. −759D:**J225.0.1.1**. − 759, 774K:**J225.0.2**. −759:**J225.3**. −759:**J225.4**. −759:**J225.5**. −759D:**J225.8**. − 1368:**J229.10**. −1633:**J242.8**. −219F*:**J243.1**. −244C*:**J267.1**. −759C:**J335.1**. − 2A:**J341.1**. −1534A:**J342.1.1**. −34C:**J344.1**. −186:**J369.2**. −181:**J411.10**. − 920B:**J412.1**. −296:**J425.1**. −75:**J426**. −131:**J427**. −293:**J461.1**. −945:**J461.1.2**. − 920E:**J462.3.1**. −839:**J485**. −332:**J486**. −884, 886:**J491**. −85:**J512.7**. −292:**J512.8**. − 219E**, 555:**J514**. −180:**J514.2**. −836F*:**J514.3**. −243A, 1352A:**J551.1**. − 1691B*:**J551.4**. −285E:**J552.3**. −915:**J555.1**. −790*:**J556.1**. −910B:**J571**. − 1562:**J571.1**. −1341A:**J581**. −100:**J581.1**. −162:**J582.1**. −282A*:**J612.1**. − 233C:**J621.1**. −129:**J624.1**. −246:**J641.1**. −151*:**J642.1**. −277:**J643.1**. −50A:**J644.1**. −278A:**J652.1**. −68*:**J652.2**. −68*:**J655.2**. −225A:**J657.2**. −231:**J657.3**. −110:**J671.1**. −278:**J681.1**. −928:**J701.1**. −280A:**J711.1**. −944:**J711.3**. −43:**J741.1**. −889:**J751.1**. −278A*:**J752.1**. −752B:**J755.1**. −2A:**J758.1**. −51:**J811.1**. −51:**J811.1.1**. −51A:**J811.2**. −48*:**J815.1**. −298C*:**J832**. −934F:**J861.1**. −135A*:**J864.1**. −53:**J864.2**. −910B:**J865**. −233D:**J869.1**. −59:**J871**. −67:**J873**. −201G*:**J874**. −70:**J881.1**. −1426:**J882.2**. − 214B:**J951.1**. −244:**J951.2**. −281:**J953.6**. −243*:**J953.7**. 1861*:**J953.8**. −281:**J953.10**. −47B:**J954.1**. −277A:**J955.1**. −843*:**J1011**. −910F:**J1021**. −119B*:**J1022**. − 107:**J1023**. −93:**J1031**. −162:**J1032**. −1215:**J1041**. −1830:**J1041.1**. −1215:**J1041.2**. − 335:**J1051**. −279*:**J1053**. −219H*:**J1061.1**. −1305:**J1061.4**. −244:**J1062.1**. − 276:**J1063.1**. −278A:**J1064.1**. −890**:**J1081.1**. −754:**J1085**. −875:**J1111.4**. − 929:**J1130**. −926C:**J1141ff**. −232C*, 926C:**J1141.1**. −785:**J1141.1.1**. − 1543D*:**J1141.1.3.1**. −926C:**J1141.1.4**. −926A:**J1141.1.7**. −1617*:**J1141.6**. − 950:**J1142.4**. −950:**J1143**. −709A:**J1146**. −1382:**J1149.2**. −1381:**J1151.1.1**. − 1381A:**J1151.1.2**. −1381B:**J1151.1.3**. −1642A:**J1151.2**. −1422:**J1154.1**. −926C:**J1154.2**. −1360B, 1364, 1790:**J1155**. −1591:**J1161.1**. −890:**J1161.2**. −1590:**J1161.3**. − 961B:**J1161.4**. −1807B:**J1161.5**. −922B:**J1161.7**. −1191:**J1169.4**. −1080*:**J1169.5**. −

1804D：**J1169.7**. －926D：**J1171**. －926：**J1171.1**. －926C：**J1172.1**. －1804B：**J1172.2**. －155：**J1172.3**. －1534：**J1173**. －976：**J1177**. －926C：**J1179.6**. －927B, 927C：**J1181**. －927A：**J1181.1**. －875D*, 953, 2301：**J1185**. －875B*：**J1185.1**. －1534A：**J1189.3**. －875E：**J1191**. －875：**J1191.1**. －821B, 875, 920A：**J1191.2**. －1262：**J1191.7**. －1861A：**J1192.1**. －1586：**J1193.1**. －1586B：**J1193.2**. －1825A：**J1211.1**. －1633：**J1241**. －1533A：**J1242.1**. －1533C：**J1249**. －1663：**J1249.1**. －921D*：**J1252**. －1806：**J1261.3**. －1847*：**J1262.3**. －1735：**J1262.5.1**. －1831B：**J1269.1**. －1562A：**J1269.12**. －1548*：**J1272**. －1856：**J1273**. －1362A*：**J1276.1**. －929*：**J1283**. －1871B：**J1289.10**. －1871F：**J1303**. －1833：**J1321.1**. －1706D：**J1323**. － 929*：**J1337**. －1567：**J1341.1**. －1567C：**J1341.2**. －1567：**J1341.4**. －1567E：**J1341.5**. －1567F：**J1341.6**. －1567A：**J1341.7**. －1389*：**J1341.8**. －1567G：**J1341.11**. －1624：**J1391.1**. －1341C：**J1392.2**. －1341：**J1392.2.1**. －1341B：**J1399.1**. －1574：**J1401**. －1367**：**J1412.11**. －62：**J1421**. －1871C：**J1442.1**. －1871Z：**J1442.1.1**. －1871Z：**J1442.2**. －1871Z：**J1442.3**. －1871Z：**J1442.4**. －1871Z：**J1442.4.1**. －1871Z：**J1442.5**. －1871Z：**J1442.6**. －1871E：**J1442.7**. －1871Z：**J1442.8**. －1871D：**J1442.9**. －1871Z：**J1442.10**. －1369：**J1442.11**. －1369：**J1442.11.1**. －1368：**J1442.13**. －1847*：**J1446**. －1431：**J1448**. －80A*：**J1451**. －159C：**J1454**. －1407B：**J1468**. －925*：**J1472**. －1543A：**J1473**. －1543：**J1473.1**. －921D：**J1474**. －1339D：**J1478**. －179：**J1488**. －1620：**J1492**. －1560：**J1511.1**. －1565**：**J1511.2**. －1372*：**J1511.3**. －1572*：**J1511.4**. －1628, 1628*：**J1511.11**. －978：**J1512.2**. －1845：**J1513**. －1525E：**J1516**. －978：**J1521.5.1**. －1593：**J1531**. －1592A：**J1531.1**. －1592：**J1531.2**. －1592B：**J1531.3**. －1362：**J1532.1**. －875B：**J1533**. －875B：**J1536.2**. －1533B：**J1539.2**. －1437：**J1541.1**. － 1641B：**J1545.1**. －1410：**J1545.2**. －1408B：**J1545.3**. －875, 888：**J1545.4**. －875*：**J1545.4.1**. －888A：**J1545.6**. －1381D*：**J1546**. －1804：**J1551.2**. －1804C：**J1551.3**. －1552*：**J1551.6**. －184：**J1551.9**. －1804：**J1551.10**. －1594：**J1552.1.1**. －1558：**J1561.3**. －1449*：**J1561.4.1**. －1561*：**J1561.4.2**. －1568*：**J1562.1**. －60：**J1565.1**. －921F：**J1566.1**. －1804C：**J1581.1**. －1551*：**J1601**. －1842：**J1607**. －47B：**J1608**. －1373：**J1611**. －1855C：**J1613**. －1440：**J1615**. －1804E：**J1635**. －910B：**J1655.2**. －655：**J1661.1**. －655：**J1661.1.1**. －655：**J1661.1.2**. －105：**J1662**. －925：**J1675.2.1**. －204：**J1711.1**. －846*, 1332：**J1712**. －912：**J1714.2**. －912：**J1714.3**. －1338：**J1731.1**. －1339：**J1732**. －1339A：**J1732.1**. －1339B：**J1732.2**. －1339C：**J1732.3**. －1347：**J1738.2**. －1699B：**J1741.3.1**. －1337：**J1742**. －1339D：**J1742.3**. －1686：**J1744.1**. －1686A：**J1744.4**. －1686*：**J1745**. －1331*, 1832R*：**J1746**. －1331A*：**J1748**. －1319*：**J1750**. －1316：**J1751**. －1311：**J1752**. －1312：**J1753**. －1316：**J1754**. －1316：**J1755**. －1316：**J1757**. －1319*：**J1759–J1763**. －1315**：**J1761.2**. －49A：**J1761.6**. －1339F：**J1761.7**. －1630B*：**J1761.9**. －1317：**J1761.10**. －1319J*：**J1761.11**. －1310：**J1762.1.2**. －116：**J1762.2**. －1319*：**J1765**. －1319*：**J1766**. －1319*：**J1770–J1772**. －1314：**J1771.1**. －1379**：**J1772**. －1319：**J1772.1**. －1228：**J1772.10**. －1310*：**J1781**. －1315*：**J1781.1**. －1319A*：**J1781.2**.

－1318：**J1782**. －1318：**J1782.1**. －1318：**J1782.2**. －1318：**J1782.8**. －1314：**J1783.1**. －1323：**J1789.1**. －1321D*：**J1789.2**. －1335：**J1791.1**. －1335A：**J1791.2**. －34, 1336：**J1791.3**. －34A：**J1791.4**. －407：**J1791.6.1**. －1141：**J1791.6.2**. －1336A：**J1791.7**. －1168A：**J1795.1**. －1322：**J1802**. －1349N*：**J1803.2**. －924：**J1804**. －1335*：**J1806**. －20C：**J1812**. －1328*：**J1813.2**. －1339E：**J1813.7**. －1339E：**J1813.9**. －1339E：**J1813.9.1**. －1293：**J1814**. －1281A：**J1815**. －1290：**J1821**. －1351G*, 1678*：**J1823**. －1820：**J1823.2**. －1297*：**J1832**. －1586：**J1833**. －1586：**J1833.1**. －1211：**J1835**. －1318：**J1838**. －1332：**J1842.2**. －1694A：**J1845**. －1260B*：**J1849.3**. －1642：**J1851.1.1**. －1642, 1681A：**J1852**. －1642：**J1853**. －1642：**J1853.1**. －1643：**J1853.1.1**. －1386：**J1856.1**. －1202：**J1865**. －1291B：**J1871**. －1695：**J1873.1**. －1271C*：**J1873.2**. －1271A*：**J1873.3**. －1242A：**J1874.1**. －1242A：**J1874.2**. －1264*：**J1875.2**. －1291D：**J1881.1**. －1291：**J1881.1.2**. －1291A, 1408：**J1881.1.3**. －1291D：**J1881.2**. －1750：**J1882.1**. －1675：**J1882.2**. －1204**：**J1900**. －1218：**J1902.1**. －1210：**J1904.1**. －1213：**J1904.2**. －217：**J1908.1**. －218：**J1908.2**. －129A*：**J1909.5**. －1312*：**J1909.6**. －408：**J1911.2.2**. －1682：**J1914**. －1682**：**J1914.2**. －750K**：**J1919.5**. －1543*：**J1919.8**. －1278：**J1922.1**. －1278：**J1922.2.1**. －842C*：**J1931**. －1200：**J1932.1**. －1200：**J1932.3**. －1200：**J1932.4**. －1200：**J1932.5**. －1255：**J1934**. －1710：**J1935.1**. －1271A*：**J1942**. －1262：**J1945**. －1245：**J1961**. －1245：**J1961.1**. －1248：**J1964**. －1244：**J1964.1**. －1273A*：**J1967**. －1241：**J1973**. －1260：**J1983**. －1284：**J2012**. －1383：**J2012.2**. －1383：**J2012.3**. －1284B：**J2012.5**. －1406：**J2013.2**. －1288：**J2021**. －1288A：**J2022**. －1287：**J2031**. －1287：**J2031.1**. －1592B*：**J2035**. －1430：**J2060**. －1430, 1430A：**J2060.1**. －1430：**J2061**. －1430：**J2061.1**. －1430：**J2061.1.1**. －1430：**J2061.1.2**. －1430：**J2061.2**. －1327：**J2062.1**. －1450：**J2063**. －1698B*：**J2064**. －59, 115：**J2066.1**. －75*：**J2066.5**. －330, 750A：**J2071**. －750K**：**J2072**. －775：**J2072.1**. －750A：**J2072.3**. －716*：**J2072.4**. －750A, 750K*：**J2073**. －1331：**J2074**. －750A：**J2075**. －1415, 2034C：**J2081.1**. －1266*：**J2083.1**. －1265*：**J2083.2**. －1385：**J2086**. －1214：**J2087**. －1341：**J2091**. －1341B：**J2091.1**. －1281：**J2101**. －1282：**J2102.4**. －1325A：**J2104**. －1394：**J2112.1**. －1294：**J2113**. －875B, 1272*：**J2121**. －875B, 1270：**J2122**. －1245：**J2123**. －219E**：**J2129.3**. －1157, 1228：**J2131.4.1**. －1241：**J2131.5.3**. －1247：**J2131.5.4**. －68A：**J2131.5.7**. －1408：**J2132.2**. －1849*：**J2132.3**. －177：**J2132.4**. －214A：**J2133.1**. －1240：**J2133.4**. －1250：**J2133.5**. －121：**J2133.6**. －1250A：**J2133.6.1**. －124：**J2133.7**. －1341A, 1692：**J2136**. －127B*：**J2136.3**. －1692：**J2136.5.5**. －1692：**J2136.5.6**. －1692：**J2136.5.7**. －68：**J2136.6.1**. －282C*：**J2137.1**. －214A：**J2137.6**. －1286：**J2161.1**. －1285：**J2161.2**. －1330：**J2162.3**. －1201：**J2163**. －1276：**J2164.1**. －1276：**J2164.2**. －1243：**J2165**. －1263：**J2167**. －1238：**J2171.2.1**. －1246：**J2171.4**. －1295A*：**J2171.6**. －1333：**J2172.1**. －1674*：**J2175.1**. －1387：**J2176**. －1387, 1408：**J2176.1**. －1202：**J2196**. －1295A*：**J2199.3**. －152：**J2211**. －237：**J2211.2**. －1362B*：**J2212.1.1**. －1832N*：**J2212.6**. －1319H*：**J2212.7**. －1832Q*：**J2212.9**. －1289：**J2213.1**. －1295：**J2213.3**. －1242：**J2213.4**.

−1290B*:**J2213.9**. −1349L*:**J2214.9**. −1661:**J2225**. −1293*:**J2226**. −1446:**J2227**. −203:**J2228**. −1534A:**J2233**. −1534A*:**J2233.1.1**. −1284C:**J2234**. −1332*:**J2241**. −1332*:**J2242**. −1331*:**J2242.2**. −1331*:**J2258**. −1334:**J2271.1**. −1334*:**J2271.2.2**. −1406:**J2301**. −1313A*, 1706D:**J2311**. −1406:**J2311.0.1**. −1313A:**J2311.1**. −1313A:**J2311.1.4**. −1313:**J2311.2**. −1313A:**J2311.4**. −1871A:**J2311.8**. −1406, 1620:**J2312**. −1406:**J2314**. −1406:**J2315**. −1417:**J2315.2**. −1406:**J2316**. −1332, 1406:**J2317**. −1739:**J2321.1**. −1739A*:**J2321.2**. −1531:**J2322**. −1406:**J2324**. −1405:**J2325**. −1540:**J2326**. −1296A:**J2327**. −1326:**J2328**. −1689*:**J2331.2**. −1337C:**J2332**. −1275:**J2333**. −1855A:**J2336**. −1362A*:**J2342**. −1362A*:**J2342.2**. −1296:**J2346**. −1200:**J2348**. −1931:**J2349.4**. −154:**J2351.1**. −118:**J2351.4**. −1381D:**J2353**. −563:**J2355.1**. −1341A:**J2356**. −225A:**J2357**. −206:**J2362**. −1225:**J2381**. −1225A:**J2382**. −813*, 1542:**J2401**. −752A:**J2411**. −531, 753:**J2411.1**. −552:**J2411.3**. −1349L*:**J2412.2**. −1862C:**J2412.4**. −1349L*:**J2412.6**. −214:**J2413.1**. −215:**J2413.3**. −503:**J2415**. −1689A:**J2415.1**. −1694:**J2417.1**. −1694A:**J2417.2**. −1262*:**J2421**. −1203:**J2422**. −1408:**J2431**. −1525E:**J2431.1**. −1541:**J2460.1**. −1696:**J2461**. −1437:**J2461.1**. −1692:**J2461.1.7.1**. −1696:**J2461.2**. −1692:**J2461.1.7**. −1686A:**J2462**. −1685:**J2462.1**. −1685:**J2462.2**. −1463A*:**J2463.1**. −1468*:**J2463.2**. −1688:**J2464**. −1408:**J2465.4**. −1685:**J2465.5**. −1848:**J2466.1**. −1848A:**J2466.2**. −1349N*:**J2469.2**. −1345:**J2475**. −1346:**J2483**. −1437:**J2489**. −1569**:**J2491**. −1530*:**J2493**. −1372:**J2494**. −1351G*:**J2495**. −1700:**J2496**. −1699, 1699B:**J2496.2**. −1437:**J2497**. −1832M*:**J2498.1**. −1821, 1832M*:**J2498.2**. −1374*:**J2499.1**. −1351:**J2511**. −1562:**J2516.1**. −1562B:**J2516.3.1**. −1230**:**J2521.2**. −1409:**J2523**. −1409:**J2523.1**. −1409:**J2523.2**. −1691:**J2541**. −1288B:**J2561**. −1689B:**J2562**. −1689:**J2563**. −1231:**J2612**. −1321C:**J2614.1**. −1321A:**J2615**. −229:**J2616**. −650B:**J2631**. −1680:**J2661.2**. −1227:**J2661.3**. −1681:**J2661.4**. −1204:**J2671.2**. −1346A*:**J2712.2**. −1832T*:**J2713**.

275C, 1074:**K11.1**. −250, 275A, 275B:**K11.2**. −275A:**K11.3**. −1072:**K11.6**. −1070:**K12.1**. −1071:**K12.2**. −1087:**K14**. −1073:**K15.1**. −1086:**K17.1**. −221B:**K17.1.1**. −1063A:**K18.1**. −1063A:**K18.1.1**. −1063A:**K18.1.2**. −1063, 1640:**K18.2**. −1062, 1640:**K18.3**. −855:**K19.5.3**. −291:**K22**. −221A:**K25.1**. −211:**K25.2**. −1091:**K31.1**. −1089:**K42.1**. −1090:**K42.2**. −1050:**K44**. −1050:**K44.1**. −1096:**K47**. −120:**K52.1**. −1085, 1640:**K61**. −1060, 1640:**K62**. −1061, 1640:**K63**. −1052, 1640:**K71**. −1082, 1640:**K72**. −1060A:**K73**. −1088:**K81.1**. −1088:**K82.1**. −1088:**K82.3**. −1095:**K83.1**. −1095:**K83.2**. −1084:**K84.1**. −238:**K85**. −238:**K86**. −1080*:**K87.1**. −1094:**K91**. −1463:**K95**. −1539:**K111.1**. −1539:**K111.2**. −1539, 1542:**K112.1**. −1548:**K112.2**. −1542:**K113**. −1539:**K113.4**. −1845:**K115.1**. −1539:**K131.1**. −1538, 1539:**K132**. −

1631 : **K134.1.** —1631A : **K134.3.** —1185 : **K170.** —9, 1030 : **K171.1.** —9 : **K171.2.** —1036 : **K171.4.** —1037 : **K171.5.** —1000 : **K172.** —1173A : **K175.** —1735 : **K176.** —1562A* : **K177.** —1050 : **K178.** —1553 : **K182.** —1182A : **K183.** —927C* : **K185.1.** —1048 : **K186.** —1610, 1642 : **K187.** —1800 : **K188.** —62A : **K191.** —927A* : **K193.1.** —1559C* : **K195.** —815* : **K210.** —330 : **K213.** —1190* : **K215.** —1170 : **K216.1.** —1091 : **K216.2.** —1091A : **K216.2.1.** —336, 362* : **K217.** —810, 815 : **K218.1.** —400 : **K218.2.** —811 : **K218.3.** —1185 : **K221.** —1184 : **K222.** —1182 : **K223.** —1185* : **K226.** —101 : **K231.1.3.** —778 : **K231.3.** —778 : **K231.3.1.** —822* : **K231.4.** —1555 : **K231.6.1.** —1555B : **K231.6.2.2.** —1804C : **K231.7.** —1634A* : **K231.11.** —1188 : **K231.12.1.** —1855B : **K231.13.** —1698N : **K231.15.** —235C* : **K233.1.** —1555A : **K233.4.** —1447 : **K236.2.** —153, 1133 : **K241.** —1525L : **K242.** —1655 : **K251.1.** —325 : **K252.** —102 : **K254.1.** —1544 : **K258.** —1546 : **K261.** —1565 : **K263.** —217 : **K264.2.** —1130 : **K275.** —1635* : **K300.** —1525 : **K301.** —1525A : **K301.1.** —653 : **K305.1.** —1525E : **K306.** —1525E : **K306.1.** —1525E : **K307.1.** —1525R : **K308.** —1525G : **K311.** —958C* : **K311.1.** —123 : **K311.3.** —954 : **K312.** —950 : **K315.1.** —1624B* : **K316.** —921D* : **K318.** —35A*, 562 : **K331.** —1140 : **K331.1.** —950, 1525A : **K332.** —57 : **K334.1.** —1168, 1776 : **K335.** —1740 : **K335.0.5.1.** —1527, 1653 : **K335.1.** —1653 : **K335.1.1.** —1653 : **K335.1.1.1.** —1653 : **K335.1.1.2.** —327G, 1653 : **K335.1.2.1.** —1654 : **K335.1.2.2.** —1525J : **K335.1.3.** —130 : **K335.1.4.** —1525H4 : **K335.1.6.3.** —1527 : **K335.1.8.** —326B* : **K335.1.10.** —15* : **K341.** —1 : **K341.2.** —1 : **K341.2.1.** —1525C, 1525D : **K341.3.** —1525C, 1525D : **K341.6.** —1525D : **K341.7.** —1525B : **K341.8.** —1542 : **K341.8.1.** —1540, 1540A* : **K341.9.1.** —1525C : **K341.11.** —1853 : **K341.11.1.** —1574A : **K341.13.** —1525L* : **K341.20.** —1525L* : **K341.21.** —1629* : **K341.22.** —968 : **K343.0.1.** —1792 : **K343.2.1.** —1578* : **K344.1.** —1525J : **K345.2.** —1541 : **K362.1.** —1525A : **K362.2.** —214B : **K362.5.** —1525N* : **K365.** —1735 : **K366.1.1.** —1 : **K371.1.** —15 : **K372.** —1807A : **K373.** —15 : **K401.1.** —785 : **K402.** —785A : **K402.1.** —52 : **K402.3.** —1529 : **K403.** —1004, 1525J : **K404.1.** —1004 : **K404.2.** —1004 : **K404.3.** —1564* : **K405.1.** —1525M : **K406.1.** —1525M : **K406.2.** —950 : **K407.1.** —1636 : **K408.** —965*, 968* : **K413.** —950 : **K415.** —1636 : **K416.** —1525K* : **K419.3.** —1617* : **K421.1.** —571, 952 : **K422.** —950 : **K425.** —990 : **K426.** —560 : **K431.** —968 : **K434.1.** —968 : **K434.3.** —958E* : **K437.2.** —961 : **K437.4.** —1564* : **K439.2.** —1861A : **K441.2.** —1860 : **K441.2.1.** —1358A, 1358B : **K443.1.** —890 : **K443.2.** —1652 : **K443.5.** —850 : **K443.6.** —170 : **K443.7.** —1626 : **K444.** —1620 : **K445.** —1615 : **K446.** —926D : **K451.** —613, 926D : **K451.1.** —1551 : **K451.2.** —1543E* : **K451.3.** —1532 : **K451.5.** —51***, 926D : **K452.** —1526A : **K455.1.** —1526A : **K455.2.** —1526 : **K455.3.** —1526A : **K455.4.** —1920E : **K455.7.** —1617 : **K455.9.** —1543 : **K464.** —9 : **K471.** —3 : **K473.** —1614* : **K474.** —1590 : **K475.** —1546, 1617 : **K476.2.** —1566** : **K478.** —715 : **K481.** —1556 : **K482.1.** —773 : **K483.** —825 : **K485.** —1853 : **K486.** —1589 : **K488.** —1675 : **K491.** —1373B* : **K492.** —462, 930 : **K511.** —567A, 920 : **K512.** —

671, 709, 883A:**K512.2**. —311, 510B, 1137:**K521.1**. —936*:**K521.1.1**. —36:**K521.3**. —881A:**K521.4.1.1**. —33, 105*:**K522**. —885A:**K522.0.1**. —3:**K522.1**. —1139:**K522.2**. —233A:**K522.4**. —160*, 311:**K525**. —879, 883B, 1115, 1640:**K525.1**. —67A*, 311B*, 1177, 1655:**K526**. —953:**K527**. —871*:**K538**. —67**:**K542.1**. —5:**K543**. —91:**K544**. —122:**K550**. —312:**K551**. —227, 332, 1199:**K551.1**. —920, 958:**K551.3**. —168, 592:**K551.3.1**. —122A:**K551.3.4**. —956D:**K551.5**. —122A:**K551.8**. —332, 1187:**K551.9**. —1750B:**K551.11**. —122H:**K551.12**. —47B:**K551.18**. —122F:**K553**. —122D:**K553.1**. —122E:**K553.2**. —122G:**K553.5**. —1199A:**K555.1.1**. —1199A:**K555.1.2**. —1199:**K555.2**. —1199:**K555.2.2**. —927D:**K558**. —6, 6*:**K561.1**. —111:**K561.1.1**. —122C:**K561.2**. —122B:**K562**. —122B*:**K562.1**. —68:**K565.2**. —47B, 122J:**K566**. —183*:**K571.1**. —58:**K579.2**. —122K*:**K579.5.1**. —62:**K579.8**. —1310:**K581.1**. —175, 1310A:**K581.2**. —1310B:**K581.3**. —1310C:**K581.4**. —233B:**K581.4.1**. —165B*:**K583**. —1634E*:**K584**. —1545:**K602**. —1137:**K603**. —150, 150A*:**K604**. —66A:**K607.1**. —66B:**K607.2.1**. —66B:**K607.3**. —73:**K621**. —306:**K625.1**. —1527A:**K630**. —67**:**K634.1**. —239:**K642.1**. —32:**K651**. —31:**K652**. —78A:**K712.1.1**. —1538:**K713.1**. —78:**K713.1.1**. —331:**K717**. —61:**K721**. —545B:**K722**. —1527A:**K724**. —950:**K730**. —1640:**K731**. —168A:**K735**. —175:**K741**. —56, 56A:**K751**. —1640:**K771**. —1083:**K785**. —56B:**K811**. —127A*, 242:**K815**. —61:**K815.1**. —62:**K815.1.1**. —283:**K815.2**. —107:**K815.3**. —51***, 113B:**K815.7**. —231**:**K815.8**. —113B:**K815.13**. —231:**K815.14**. —61B:**K815.15**. —56D:**K827.1**. —56A, 56A*:**K827.4**. —123B:**K828.1**. —56A*:**K828.2**. —1534A:**K841.1**. —1542:**K842**. —1534A:**K842.4**. —980*, 1534A:**K843**. —124:**K891.1**. —10***:**K891.5.1**. —10***:**K891.5.2**. —56B, 56A*:**K911**. —1539:**K911.1**. —304, 956, 956B:**K912**. —63:**K921**. —37:**K931**. —56B, 56C:**K931.1**. —123B:**K934**. —1544:**K942**. —133*:**K952.1**. —68:**K952.1.1**. —302:**K956**. —50:**K961**. —91:**K961.1**. —50:**K961.2**. —301:**K963**. —590:**K975**. —302:**K975.2**. —425B, 910K, 930:**K978**. —1135, 1137:**K1010**. —1135, 1137:**K1011**. —1349L*:**K1011.1**. —153, 1133:**K1012.1**. —1133:**K1012.2**. —8:**K1013**. —1138:**K1013.1**. —8:**K1013.2**. —152:**K1013.3**. —2:**K1021**. —2A:**K1021.1**. —2B:**K1021.2**. —41:**K1022.1**. —68:**K1022.1.1**. —47A:**K1022.2**. —3*:**K1022.3**. —40A*:**K1022.4**. —49:**K1023**. —49A:**K1023.1**. —49A:**K1023.5**. —20A:**K1024**. —21:**K1025**. —21:**K1025.1**. —1:**K1026**. —1131:**K1033**. —225:**K1041**. —226:**K1042**. —47A:**K1047**. —1341D:**K1054**. —1157:**K1057**. —1331D*:**K1068.2**. —1577:**K1081.1**. —1640:**K1082**. —223:**K1082.3**. —1353:**K1085**. —38, 157A:**K1111**. —151, 1159:**K1111.0.1**. —426, 1159:**K1111.1**. —1051, 1640:**K1112**. —40A*:**K1114**. —44:**K1115**. —35B*:**K1115.1**. —1059*:**K1117**. —47B:**K1121**. —47B:**K1121.1**. —791:**K1132**. —212:**K1151**. —1407A:**K1155**. —130:**K1161**. —1147:**K1177**. —1142:**K1181**. —1501:**K1215**. —571B:**K1217**. —1730:**K1218.1**. —882A*:**K1218.1.2**. —1730:**K1218.2**. —940:**K1218.3**. —940:**K1218.4**. —1686A*:**K1222**. —1441*:**K1223**. —1686:**K1223.1**. —1361, 1456:**K1225**.

−4, 72 : **K1241**. −72 : **K1241.1**. −1530 : **K1251**. −9 : **K1251.1**. −1528 : **K1252**. −1218 : **K1253**. −852 : **K1271.1**. −570 : **K1271.1.1**. −1750 : **K1271.1.3**. −1360B : **K1271.1.4.1**. −1355B, 1776 : **K1271.4**. −1355C : **K1271.5**. −886 : **K1275**. −570 : **K1288**. −879* : **K1310**. −303 : **K1311.1**. −1424 : **K1315.2.2**. −856 : **K1317.9**. −1367 : **K1318**. −1542 : **K1321.1**. −881A : **K1322**. −1545B : **K1327**. −853, 853A : **K1331**. −516 : **K1332**. −896 : **K1333**. −413, 425M : **K1335**. −516 : **K1341**. −854 : **K1341.1**. −882 : **K1342**. −1419E : **K1344**. −1363 : **K1345**. −575 : **K1346**. −1545A : **K1349**. −1515 : **K1351**. −985** : **K1353**. −1563 : **K1354.1**. −1563 : **K1354.2.1**. −930 : **K1355**. −570, 850 : **K1358**. −900 : **K1361**. −1542** : **K1363**. −1425 : **K1363.1**. −1424 : **K1363.2**. −896 : **K1367**. −856, 885 : **K1371.1**. −36 : **K1384**. −1547* : **K1398**. −1002 : **K1400**. −650A, 1003 : **K1411**. −1008 : **K1412**. −1009, 1653 : **K1413**. −1681A* : **K1414**. −1010 : **K1415**. −1011 : **K1416**. −1009 : **K1417**. −1015 : **K1418**. −650A, 1050 : **K1421**. −650A, 1031 : **K1422**. −1035 : **K1424**. −1035 : **K1424.1**. −1017 : **K1425**. −1007 : **K1440**. −1005 : **K1441**. −1006 : **K1442**. −1016 : **K1443**. −1681B : **K1461**. −1012 : **K1461.1**. −1012A : **K1461.3**. −1013, 1681B : **K1462**. −844* : **K1465**. −1419 : **K1510**. −1377 : **K1511**. −1417 : **K1512**. −1418 : **K1513**. −1419A : **K1514.1**. −1419 : **K1514.4.1**. −1419B : **K1515**. −1419C : **K1516**. −1419C : **K1516.1**. −1419D : **K1517–K1517.12**. −1423 : **K1518**. −1419 : **K1521.2**. −1361 : **K1522**. −1419E : **K1523**. −1355A : **K1525**. −824 : **K1531**. −449 : **K1535**. −1781 : **K1541**. −1419F : **K1542**. −1378 : **K1543**. −1379 : **K1544**. −1406 : **K1545**. −1419H : **K1546**. −1419H : **K1546.1**. −926E : **K1549.3**. −1536B : **K1551.1**. −1380 : **K1553**. −1359A : **K1554**. −1358A : **K1554.1**. −1358B : **K1555**. −1358A : **K1555.2**. −1360C : **K1556**. −1359C : **K1558**. −1359B : **K1561**. −1391 : **K1569.7**. −1358C, 1725 : **K1571**. −1544, 1725 : **K1572**. −1358B : **K1574**. −1361 : **K1577**. −1420 : **K1581**. −1420A : **K1581.1**. −1420B : **K1581.2**. −1420C : **K1581.3**. −1420D : **K1581.4**. −1352A : **K1591**. −1117 : **K1601**. −327B, 1119 : **K1611**. −910K : **K1612**. −896 : **K1625**. −1735A : **K1631**. −50B : **K1632**. −207 : **K1633**. −1566A* : **K1636**. −1574* : **K1637**. −1585 : **K1655**. −1534D* : **K1656**. −1617 : **K1667**. −1617* : **K1667.1**. −1617* : **K1667.1.1**. −1617* : **K1667.1.2**. −896 : **K1674**. −1676 : **K1682.1**. −763 : **K1685**. −1525E : **K1687**. −1029 : **K1691**. −1152 : **K1711.1**. −126, 1149 : **K1715**. −92, 1168A : **K1715.1**. −1149 : **K1715.2**. −125 : **K1715.3**. −1149 : **K1715.4**. −181 : **K1715.5**. −1152 : **K1715.12**. −92 : **K1716**. −1151 : **K1717**. −1147 : **K1718.1**. −1146 : **K1718.2**. −66A : **K1722**. −1150 : **K1725**. −1161 : **K1728**. −1153 : **K1732**. −1116 : **K1733**. −1165 : **K1736**. −1049 : **K1741.1**. −1053 : **K1741.2**. −1049 : **K1741.3**. −1045 : **K1744**. −1725 : **K1753**. −1159 : **K1755**. −1162 : **K1756**. −1612 : **K1761**. −1611 : **K1762**. −1660 : **K1765**. −903C* : **K1771**. −1563* : **K1771.2**. −1563* : **K1771.3**. −132 : **K1775**. −1571** : **K1776**. −804B : **K1781**. −1641D : **K1785**. −56 : **K1788**. −330, 750A–750C, 750*, 750**, 751A, 752A, 753, 753*, 759*, 785, 846 : **K1811**. −934, 934**D1** : **K1811.0.2**. −750D, 751B, 751A*,

751C* 930*:**K1811.1.** −879*:**K1812.** −952:**K1812.1.** −951A:**K1812.2.** −951A:**K1812.2.1.** −891:**K1814.** −861:**K1814.2.** −935:**K1815.** −756A*:**K1815.1.1.** −870, 884:**K1816.0.2.** −856, 900:**K1816.0.3.** −314:**K1816.1.** −533:**K1816.5.** −519, 920:**K1816.6.** −900:**K1817.1.** −4:**K1818.** −56B, 56C:**K1822.2.** −1538:**K1825.1.3.** −514**:**K1825.1.22.** −890:**K1825.2.** −870:**K1831.** −123, 327F:**K1832.** −875D*:**K1836.** −425D, 432, 514, 514**, 570A, 861A, 879, 880, 881, 881A, 882, 883A, 884, 888, 888A, 890, 891, 891A, 935, 1515:**K1837.** −123:**K1839.1.** −770:**K1841.1.** −1168C:**K1841.3.** −1829:**K1842.** −870, 870A:**K1843.1.** −1379:**K1843.2.** −1379:**K1843.2.1.** −1441*:**K1843.3.** −519:**K1844.1.** −66B:**K1860.** −3:**K1875.** −1168A:**K1883.7.** −1701:**K1887.1.** −403, 450:**K1911.** −533:**K1911.1.1.** −403, 450:**K1911.1.2.** −894:**K1911.1.4.** −408:**K1911.2.2.** −450:**K1911.2.2.1.** −408, 870:**K1911.3.** −510A:**K1911.3.3.1.** −955:**K1916.** −859:**K1917.** −859:**K1917.1.** −859:**K1917.2.** −545B:**K1917.3.** −859:**K1917.4.** −859:**K1917.7.** −920:**K1921.1.** −301:**K1931.2.** −665:**K1931.3.** −300, 303, 550, 551, 667:**K1932.** −300, 301D*, 301, 533:**K1933.** −531:**K1934.** −305, 667:**K1935.** −1640:**K1951.1.** −1640:**K1951.2.** −1640:**K1951.3.** −545B:**K1952.1.1.** −1641D:**K1955.1.** −1641D:**K1955.1.2.** −1641A:**K1955.2.** −1862A:**K1955.4.** −1164, 1862B:**K1955.6.** –1641:**K1956.** −1641:**K1956.1.** −1641:**K1956.2.** −922:**K1961.** −1825:**K1961.1.** −1825A:**K1961.1.1.** −1641C, 1825B:**K1961.1.2.** −1641, 1825C:**K1961.1.3.** −1855A:**K1962.** −987:**K1963.1.** −934G:**K1964.** −1575*:**K1971.2.** −1380A*:**K1971.3.1.** −1380A*:**K1971.4.** −1405:**K1971.4.1.** −1380A*:**K1971.5.** −1462:**K1971.6.** −1324*:**K1971.7.** −1476A:**K1971.8.1.** −1476:**K1971.9.** −1543E*:**K1971.12.** −1532:**K1974.** −1736:**K1975.** −1736:**K1975.1.** −1544:**K1981.1.** −1525K:**K1982.** −1459**:**K1984.** −1457:**K1984.1.** −1373A, 1458:**K1984.2.** −1461:**K1984.3.** −1456:**K1984.5.** −230:**K1985.** −920A:**K1991.1.** −62A:**K2010.3.** −333:**K2011.** −1284A:**K2013.1.** −20D*:**K2027.** −1350:**K2052.4.3.** −53, 77*:**K2055.** −165:**K2055.1.** −127A*:**K2061.4.** −201D*:**K2062.** −1354:**K2065.1.** −214**:**K2091.1.** −922A:**K2101.** −891C*:**K2110.** −706, 707, 712, 883A:**K2110.1.** −318, 514**, 567A, 875D*:**K2111.** −712, 713, 872, 881, 883A:**K2112.** −882, 892:**K2112.1.** −707:**K2115.** −451:**K2116.1.** −710:**K2116.1.1.** −712:**K2116.1.1.1.** −706:**K2117.** −59*:**K2131.1.** −59*:**K2131.2.** −1573*:**K2134.** −712:**K2135.1.** −1741:**K2137.** −1536, 1536A:**K2151.** −1537:**K2151.** −1537:**K2152.** −1537*:**K2152.2.** −910B:**K2155.** −652, 894:**K2155.1.** −551:**K2211.** −315:**K2212.0.2.** −432:**K2212.1.** −872:**K2212.2.** −318:**K2213.** −560:**K2213.** −1510:**K2213.1.** −612, 871A:**K2213.2.** −910B:**K2213.3.** −825:**K2213.4.** −612:**K2213.5.** −825:**K2213.4.2.** −563:**K2241.** −652:**K2250.** −883A:**K2250.1.** −894:**K2251.1.** −533:**K2252.** −20D*:**K2285.** −1588**, 1590:**K2310.** − 1565*:**K2311.** −161:**K2315.** −1536A:**K2321.** −103:**K2323.** −222:**K2323.1.** −103:**K2324.** −1152:**K2324.1.** −1164:**K2325.** −1145:**K2345.** −

330：**K2371.1.3.** －934, 934**D1**：**K2371.2.** －1557：**K2376.**

610：**L10.** －550, 610, 920C, 920D：**L13.** －901：**L50.** －431：**L54.** －361, 425：**L54.1.** －510A, 709：**L55.** －883B：**L63.** －462：**L71.** －708：**L112.1.** －314, 900：**L113.1.0.1.** －314A：**L113.1.4.** －675：**L114.1.** －314：**L132.** －1525E：**L142.1.** －325：**L142.2.** －921C*：**L144.2.** －711：**L145.1.** －288B**：**L148.1.** －301, 301D*, 302, 303, 304, 306, 314A, 315, 400, 434*, 502, 505, 513B, 515, 550, 551, 559, 561, 610, 853, 935, 1542：**L161.** －307, 310, 403, 431, 442, 511, 652, 706, 707, 872, 873, 875, 883A：**L162.** －675：**L175.** －480：**L211.** －425A, 425C, 432：**L221.** －281*：**L278.** －228：**L315.1.** －281*, 281：**L315.6.** －248, 282, 283H*：**L315.7.** －253：**L331.** －298：**L351.** －90：**L391.** －2031, 2031C：**L392.** －757：**L411.** －836：**L412.** －920A*：**L414.1.** －923B：**L419.2.** －555：**L420.** －774D：**L423.** －725：**L425.** －900：**L431.** －756A：**L435.1.** －762：**L435.2.1.** －800：**L435.3.** －245：**L451.1.** －201, 214*：**L451.2.** －201：**L451.3.** －214*：**L452.1.7.** －214*：**L452.2.** －77：**L461.** －281：**L478.**

923B：**M21.** －1590：**M105.** －136A*：**M114.** －888A：**M134.** －336：**M175.** －475：**M210.** －330, 361, 756B, 810, 812, 1177：**M211.** －820A：**M213.** －1186：**M215.** －613：**M225.** －505, 507：**M241.** －505, 506*, 507：**M241.1.** －470：**M253.** －612：**M254.** －510B：**M255.** －899, 934：**M301.12.** －759D：**M304.** －930：**M312.** －725：**M312.0.1.** －517：**M312.0.2.** －930：**M312.1.** －930A：**M312.1.1.** －567：**M312.3.** －709：**M312.4.** －855, 934, 934K：**M341.1.** －899：**M341.1.1.** －506*：**M341.1.4.** －934：**M341.2.6.** － 931：**M343.** －931：**M344.** －960B：**M348.** －930A：**M359.2.** －930A：**M370.** －930A：**M371.** －931：**M371.2.** －891A：**M372.** －856：**M373.** －475：**M411.1.** －751G*：**M411.2.** －403, 480：**M431.2.** －517：**M373.**

613：**N2.3.3.** －1839A：**N5.** －901：**N12.** －1706B：**N13.** －882：**N15.** －889：**N25.** －7：**N51.** －592：**N55.** －592：**N55.1.** －613：**N61.** －1862E：**N63.** －1839B：**N71.** －1559A*：**N73.** －613：**N92.** －930A：**N101.** －846：**N111.4.1.** －735A：**N112.** －735A：**N112.1.** －938：**N121.** －934D：**N121.1.1.** －934C：**N121.2.** －934, 934**D1**：**N121.3.** －460B：**N127.0.1.** －844：**N135.3.** －945：**N141.** －923B：**N145.** －935*：**N171.** －929：**N178.** －1534A：**N178.2.** －735：**N181.** －834：**N182.** －945A*：**N183.** －707：**N201.** －736A, 930A：**N211.1.** －745, 745A：**N212.** －330, 750H*：**N221.** －938：**N251.** －929：**N251.1.** －737B*：**N251.5.** －739*：**N251.6.** －947：**N253.** －248：**N261.** －780：**N271.** －960：**N271.1.** －883C：**N271.2.** －960A：**N271.3.** －781：**N271.4.** －1699：**N275.2.** －567A：**N311.** －856：**N318.2.** －1534, 1536B：**N320.** －939A：**N321.** －931：**N323.** －1534：**N330.** －1890B*：**N331.2.** －837：**N332.1.** －1586：**N333.2.** －1343*：**N334.1.** －1343：**N334.2.** －516, 916：**N342.1.** －303：**N342.3.** －670A：**N342.6.** －899A：**N343.** －451：**N344.1.** －864：**N345.** －

1534A：**N347.7**. −841：**N351**. −947A：**N351.2**. −674：**N365.1.1**. −2036：**N381**. −823A*, 920A*：**N383.3**. −1676B：**N384**. −1676B：**N384.2**. −1676：**N384.10**. −1676：**N384.11**. −830C：**N385.1**. −177：**N392**. −1650：**N411**. −1651：**N411.1**. −545A, 1650：**N411.1.1**. −1650：**N411.2**. −1650：**N411.2.1**. −1651A：**N411.4**. −591, 736, 945A*：**N421**. −300A, 516, 670, 673, 674：**N451**. −613, 812：**N451.1**. −432, 613：**N452**. −613：**N452.1**. −310：**N455**. −1577*：**N455.1**. −954：**N455.3**. −707：**N455.4**. −670, 759C, 759D：**N456**. −782：**N465**. −613, 954：**N471**. −500：**N475**. −954：**N478**. −1643：**N510**. −954：**N512**. −842A*：**N524.1**. −938B：**N527**. −834：**N531**. −1645：**N531.1**. −1645A：**N531.3**. −476：**N532**. −740**：**N545.1**. −670A：**N547**. −613：**N552.1.1**. −1653：**N611**. −1641：**N611.1**. −1653：**N611.2**. −1653：**N612**. −961A：**N614**. −1920A：**N621**. −750K*：**N625.3**. −1644：**N633**. −1661：**N635**. −1641B, 1845：**N641**. −285B：**N652**. −1646：**N656**. −65, 400, 665, 974：**N681**. −871, 884：**N681.1**. −517：**N682**. −567A：**N683**. −1670*：**N684**. −1641：**N688**. −1646：**N688.1**. −177：**N691.1.2**. −1168B：**N699.5**. −879*：**N699.6**. −403, 451, 705A, 706：**N711**. −450, 710：**N711.1**. −304, 410：**N711.2**. −550, 551：**N711.3**. −510A：**N711.4**. −510A, 510B：**N711.6**. −873：**N731**. −910B：**N765**. −550：**N771.3**. −301：**N773**. −130：**N776**. −480：**N777.2**. −480：**N791**. −812：**N810**. −531, 652：**N811**. −562：**N813**. −510A：**N815**. −566：**N821**. −307, 513B：**N825.2**. −425M, 593, 610：**N825.3**. −707：**N825.3**. −413：**N826**. −709：**N831.1**. −756B：**N843**. −505：**N848.1**. −652：**N856.1**. −952：**N884.1**.

920D：**P11.2.1**. −920：**P35**. −922A：**P111**. −982：**P236.2**. −653：**P251.6.2**. −451：**P251.6.7**. −451：**P253.0.5**. −450：**P253.2**. −985：**P253.3**. −516：**P273.1**. −516, 516C：**P311**. −893：**P315**. −516, 612：**P361**. −759E：**P411.1**. −461：**P413.1.1**. −800：**P441.1**. −927B：P 511, P 511.1.

750A, 750B 751A, 751B, 751A*：**Q1.1**. −403, 431, 480, 610, 750*, 750**, 751B*：**Q2**. −729：**Q3.1**. −910B：**Q20.2**. −756C：**Q22.1**. −768：**Q25**. −947A：**Q34**. −480：**Q41**. −480：**Q41.2**. −515：**Q42**. −592, 665：**Q42.1**. −537：**Q45**. −821A：**Q45.2**. −750E：**Q46.1**. −953：**Q53**. −940*：**Q68.2**. −326：**Q82**. −653：**Q112**. −922：**Q113.4**. −330：**Q115**. −750B：**Q141**. −750H*：**Q142**. −767：**Q172.1**. −756B：**Q172.3**. −802C*：**Q172.4.1**. −311：**Q211**. −960B：**Q211.0.1**. −756C, 931A：**Q211.1**. −760：**Q211.3**. −781, 832：**Q211.4**. −765：**Q211.8**. −830A：**Q221.6**. −756C：**Q222.1**. −830A：**Q223.2**. −896：**Q243.6**. −755：**Q251**. −403, 409, 612, 707, 892：**Q261**. −301：**Q262**. −1590：**Q270**. −505, 507：**Q271.1**. −751G*, 1590：**Q272**. −760A*：**Q272.3**. −982：**Q281.1**. −751F*：**Q291**. −751A, 804：**Q291.1**. −750E, 751A, 751B, 751A*, 751C*：**Q292.1**. −241：**Q295**. −801：**Q312.1**. −756B：**Q312.3**. −55：**Q321**. −555：**Q338**. −761：**Q370**. −779E*：**Q386**. −956B：**Q411.1**. −720：**Q412**. −709：**Q414.4**. −751F*：**Q415.2**. −123, 333：**Q426**. −

927B:**Q427**. −755:**Q431.4**. −200B:**Q433.3**. −750H*:**Q451**. −706:**Q451.1**. −519:**Q0451.2**. −710:**Q451.3**. −992A:**Q455.2.1**. −958A*:**Q453.1**. −652:**Q455**. −403:**Q465.1**. −992:**Q478.1**. −992A:**Q478.1.2**. −304:**Q481**. −425:**Q482.1**. −900:**Q483**. −212:**Q488.1**. −902*:**Q495**. −902*:**Q495.1**. −777:**Q502.1**. −317, 425, 425M:**Q502.2**. −756B:**Q520**. −756C:**Q520.1**. −756B:**Q520.2**. −756A:**Q521.1**. −756B, 756C:**Q521.1.1**. −756B, 756C:**Q521.1.2**. −756C:**Q521.2**. −756C:**Q521.3**. −756C:**Q521.4**. −461:**Q521.5**. −756A*:**Q523.4**. −756C:**Q523.5**. −933:**Q541.3**. −933:**Q544**. −756C:**Q545**. −980D:**Q551.1**. −831:**Q551.2**. −751A:**Q551.3.1**. −751A:**Q551.3.2.2**. −753*:**Q551.3.2.6**. −780C:**Q551.3.3**. −1099:**Q551.3.4**. −960B:**Q552.2.1**. −755:**Q552.9**. −756A:**Q553.2**. −832:**Q553.5**. −751A:**Q556.7**. −756B:**Q561**. −330:**Q565**. −780B:**Q581**. −761:**Q584.2**. −838:**Q586**. −751B:**Q594**.

302, 303A, 311:**R11.1**. −705A:**R13.3**. −891A:**R41.2**. −870:**R45**. −888:**R61**. −927, 985*:**R81**. −315, 590:**R111.1.1**. −303, 653:**R111.1.3**. −505:**R111.1.6**. −301:**R111.2.1**. −530:**R111.2.2**. −575:**R111.3.1**. −653:**R111.7**. −874*:**R121.5**. −930A, 931:**R131**. −898:**R131.1.3**. −707:**R131.2**. −652:**R131.8.5**. −933:**R131.14**. −327A, 562, 955:**R135**. −327A:**R135.1**. −667:**R142**. −872, 930A:**R143**. −316:**R152**. −880, 888:**R152.1**. −765:**R153.2.1**. −953:**R153.3.3**. −927:**R154.2.1**. −303A, 471:**R155.1**. −311:**R157.1**. −707:**R158**. −505:**R163**. −653:**R166**. −519:**R169.4**. −893:**R169.6**. −336:**R175**. −331:**R181**. −881:**R195**. −756B, 810A*, 870:**R211**. −575:**R215.1**. −510A:**R221**. −552:**R221.1**. −314A, 502, 537, 756B:**R222**. −756B:**R223**. −756B:**R224**. −756B:**R225**. −756B:**R240**. −315A:**R251**. −510B:**R255**. −1141:**R351**.

706:**S11.1**. −765:**S12**. −590:**S12.1**. −931A:**S22**. −450, 480, 510A:**S31**. −450:**S31.5**. −312:**S62.1**. −709:**S111.2**. −709:**S111.3**. −709:**S111.4**. −930A:**S115.2**. −960D:**S115.2.1**. −720, 968:**S121**. −612:**S123.2**. −675:**S141**. −450, 505, 612, 667, 707:**S142**. −327A:**S143**. −675:**S147**. −519:**S162**. −404, 613:**S165**. −432:**S181**. −314, 706, 710, 756B, 810, 810A*, 810B*, 811, 811A*:**S211**. −756B:**S212**. −440:**S215.1**. −552:**S221.1**. −313, 425C, 500, 537:**S222**. −310, 500:**S222.1**. −756B:**S223**–226. −307:**S223**. −441:**S226**. −425, 425B:**S228**. −313, 316, 400, 710, 756B:**S240**. −425, 810:**S241**. −1191:**S241.1**. −710:**S242**. −300:**S262**. −567A, 973:**S264.1**. −516, 516C:**S268**. −451:**S272**. −451:**S272.1**. −707, 920:**S301**. −933:**S312.1**. −898:**S313**. −327A:**S321**. −883C:**S322.1**. −706:**S322.1.2**. −883A:**S322.1.3**. −709:**S322.2**. −567A, 592:**S322.4**. −709A:**S352**. −931:**S354**. −408:**S375**. −705A, 707, 712:**S410**. −1373A:**S411.4**. −403:**S432**. −462:**S435**. −462:**S438**. −708:**S441**. −652, 706, 707, 712:**S451**. −425:**S525**.

302B, 403, 465, 516, 861A, 871：**T11.2.** －516：**T11.2.1.** －516, 1419E：**T11.3.** －531：**T11.4.1.** －930A：**T22.2.** －407, 434：**T24.1.** －856：**T33.** －885A：**T37.** －899A：**T41.1.** －580, 900：**T45.** －887A*：**T52.** －652：**T52.1.** －890：**T52.3.** －870A：**T55.** －314：**T55.1.** －519：**T58.** －900：**T62.** －571C：**T67.3.1.** －425D, 559, 570, 571, 577：**T68.** －303A：**T69.1.** －900：**T72.2.1.** －900：**T74.0.1.** －402*：**T75.1.** －900：**T76.** －899A：**T81.6.** －666*：**T83.** －884：**T84.** －314：**T91.6.4.** －653B：**T92.0.1.** －1631*：**T92.12.1.** －653B：**T92.14.** －406, 407：**T101.** －611, 884：**T102.** －409A, 409B*, 425：**T111.** －425*：**T118.** －926C*：**T143.** －884：**T165.4.** －559：**T171.** －516：**T172.2.** －507：**T172.2.1.** －519：**T173.1.** －899：**T211.1.** －65：**T211.6.** －1350：**T231.1.** －1350：**T231.3.** －1510：**T231.4.** －318, 871A：**T232.** －1516*：**T251.0.1.** －1516*：**T251.0.2.** －1164：**T251.1.2.1.** －1164：**T251.1.2.2.** －900：**T251.2.** －905A*：**T251.2.4.** －754**：**T251.3.** －1366*：**T251.6.** －1375：**T252.1.** －670：**T252.2.** －1375：**T252.4.1.** － 1375：**T252.5.** －670：**T253.1.** －1381F*：**T254.2.** －1365B：**T255.1.** －1365A：**T255.2.** －1365C：**T255.3.** －1365E：**T255.4.** －1390*：**T255.5.** －1429*：**T256.2.** －510B：**T311.1.** －883A：**T320.** －881, 881A, 883A, 888：**T320.1.** －706B：**T327.1.** －816*：**T332.** －706B：**T333.3.** －303, 516C,：**T351.** －1678：**T371.** －891A, 898：**T381.** －1426：**T382.** －938*：**T410.1.** －931：**T412.** －823A*：**T412.2.** －933：**T415.** －985**：**T455.2.** －1731：**T455.3.1.** －304, 551：**T475.2.** －302B, 433B：**T510.** －303：**T511.** －303：**T511.1.1.** －312D：**T511.3.** －300A, 303, 705A：**T511.5.1.** －303：**T512.** －407, 433B, 675：**T513.** －650A：**T516.** －898：**T521.** －705B：**T541.16.** －506*：**T548.1.** －711：**T548.2.** －711：**T551.3.** －409A, 441：**T554.** －407：**T555.** －755：**T572.1.** －409B*, 920：**T575.1.** －705A, 705B：**T578.** －762：**T586.1.** －762：**T587.1.** －303：**T589.7.1.** －451：**T595.** －301：**T615.** －873：**T645.** －247：**T681.** －311：**T721.5.**

830C：**U15.0.1.** －759：**U21.3.** －111A：**U31.** －53*：**U113.** －299：**U114.** －276：**U121.1.** －133*：**U124.** －77*：**U125.** －165：**U236.** －154：**U242.1.**

802A*：**V4.1.** －756C：**V29.1.** －759B：**V29.3.** －818*：**V29.8.** －759A：**V31.1.** －613：**V34.2.** －759A：**V39.3.** －759B：**V43.** －827：**V51.1.** －77**：**V51.2.** －778*：**V55.** －1479**：**V123.** －759D：**V233.1.** －770A*：**V238.** －805：**V254.6.** －770：V 265. －710：**V271.** －862：**V316.1.** －756E*：**V410.1.** －772：**V515.1.4.** －1435*：**V465.1.2.1.** －802A*：**V512.1.**

756D*：**W15.** －944*：**W25.** －1950：**W111.1.** －1950：**W111.1.1.** －1950：**W111.1.2.** －1950：**W111.1.3.** －1561：**W111.2.6.** －1560**：**W111.2.7.** －902*：**W111.3.1.** －1370：**W111.3.2.** －1387：**W111.3.3.** －1370B*：**W111.3.5.** －901B*：W 111.3.6. －1015：**W111.5.9.** －1951：**W111.5.10.** －1453**：**W115.1.** －50C：**W121.2.1.** －1435*：**W136.1.** －1294A*：**W151.9.** －1305：**W153.** －1407：**W153.2.1.** －1306：**W153.5.** －592：**W154.1.** －155：**W154.2.1.** －76：**W154.3.** －160：**W154.8.** －550, 551：**W154.12.3.** －

207B：**W155.1.** －202：**W167.1.** －159B：**W185.6.** －1348*：**W211.1.** －1348：**W211.2.** －802：**W245.**

1339G：**X21.** －1645B：**X31.** －1698：**X111.** －1698A：**X111.1.** －1698B：**X111.2.** －1698C：**X111.3.** －1698D：**X111.4.** －1698J：**X111.5.** －1698G：**X111.6.** －1699, 1699B：**X111.7.** －1698H：**X111.8.** －1698I：**X111.9.** －1698J：**X111.10.** －1698K：**X111.11.** －1698M：**X111.13.** –1177：**X213.** －1574A：**X221.1.** －1860A：**X312.** －1860B：**X313.** －1860C：**X319.1.** －1862：**X372.** －1332：**X372.4.1.** －1785：**X411.** －1785B：**X411.2.** －1785C：**X411.3.** －1786：**X414.** －1838：**X415.** －1828*：**X416.** －1837：**X418.** －1840：**X421.** －1791：**X424.** －1834, 1834A*：**X426.** －1775：**X431.** －1833H：**X434.1.** －1833：**X435.** －1833A：**X435.1.** －1833B：**X435.2.** －1833C：**X435.3.** －1833D：**X435.4.** －1832：**X435.5.** －1834：**X436.** －1738：**X438.** －1831：**X441.** －1777A*：**X441.1.** －1827：**X445.1.** －1828：**X451.** －1826：**X452.** －1855：**X610.** －1656：**X611.** －1475：**X751.** －1488：**X752.** －1479*：**X753.** －1488：**X754.** －1477：**X755.** －1485*, 1486*：**X756.** －1476：**X761.** －1706D：**X811.** －1889：**X900ff.** －1348**：**X902.** －1920J：**X904.** －1920D：**X904.1.** －1920D：**X904.2.** －1924：**X905.** －1920C：**X905.1.** －1920B：**X905.4.** －1920A：**X908.** －1931：**X908.** －1889G：**X911.6.** －852：**X920.** －1962A：**X941.2.** －1962A：**X941.3.** －1962A：**X941.4.** －1960E：**X1030 - X1036.** －1960F：**X1030.1.1.** －1960F：**X1031.** －852：**X1036.1.** －1960H：**X1061.1.** －1961：**X1071.** －1894：**X1111.** －1895：**X1112.** －1891：**X1114.** －1891：**X1114.1.** －1891, 1967：**X1115.1.** －1916：**X1116.** －1890F：**X1122.3.** －1890F：**X1122.3.1.** －1889A：**X1124.1.** －1889B：**X1124.2.** －1890, 1890F：**X1124.3.1.** －1889C：**X1130.2.** －1889D：**X1130.2.1.** －1896：**X1132.1.** －1408C, 1875：**X1133.3.** －1229：**X1133.3.2.** －1900：**X1133.4.** －1920B, 1960C：**X1150.1.** －1930：**X1156.1.** －852, 1960A：**X1201.** －1889M：**X1205.** －1889M：**X1205.1.** －1930：**X1208.1.** －1930：**X1211.1.** －1889N, 1920F*：**X1215.9.** －1889L：**X1215.11.** －1930：**X1215.12.** －1910：**X1216.1.** －1960A：**X1224.1.** －1930：**X1226.1.** －1960A：**X1233.1.1.** －1960A：**X1235.1.** －1930：**X1235.4.** －1930：**X1235.5.** －852：**X1237.** －1960A：**X1241.1.** －1892：**X1241.2.2.** －1930：**X1241.2.3.** －1939：**X1242.0.1.1.** －1930：**X1244.1.** －1930：**X1244.2.** －1960A：**X1244.3.** －1881*：**X1252.** －1930：**X1252.1.** －1930：**X1256.1.** －1882：**X1258.1.** －1930：**X1267.2.** －1960M：**X1280–X1299.** －1920G：**X1282.1.** －1960M：**X1286.1.4.** －1960M：**X1286.1.5.** －1960M：**X1286.1.6.** －1930：**X1294.1.** －1960B：**X1301.** －1960A：**X1321.1.** －1960A：**X1342.1.** －1930：**X1342.3.** －1930：**X1344.1.** －1930：**X1345.1.** －1960D：**X1401–X1455.** －852：**X1423.1.** －852：**X1424.** －1930：**X1472.1.** －1930：**X1503.** －1534A：**X1503.3.** －1935：**X1505.** －1940：**X1506.** －1930：**X1528.1.** －852：**X1547.2.** －1930：**X1547.2.1.** －1930：**X1561.** －1966：**X1606.1.** －1967：**X1606.2.1.** －1930：**X1611.** －1927：**X1620.** －1967：**X1623.** －1889F：**X1623.2.1.** －1930：**X1653.** －1930：**X1712.** －1911A：**X1721.1.** －1889G：**X1723.1.** －852：**X1726.2.** －1930：**X1727.1.** －1882：**X1731.2.1.**

−1882：**X1733.1.** −852：**X1739.2.** −1889J：**X1741.2.** −1930：**X1741.4.** −852：**X1757.** −1889E：**X1757.** −1917：**X1785.1.** −1930：**X1791.** −1965：**X1791.** −1930：**X1796.1.** −1960K：**X1811.1.** −1960L：**X1813.** −1930：**X1817.1.** −1880：**X1852.** −1880：**X1853.** −1881：**X1853.** −1877*：**X1854.1.** −1930：**X1855.** −1930：**X1856.** −1930：**X1856.1.** −1930：**X1856.2.** −1930：**X1857.** −852：**X1858.** −288B*：**X1862.** −1932：**X1863.** −1862：**X1955.4.**

519：**Z3.** −2300：**Z11.** −2301：**Z11.1.** −2250：**Z12.** −2200：**Z13.** −2202：**Z13.2.** −653, 653A, 653B：**Z16.** −653C：**Z16.1.** −2013：**Z17.** −333：**Z18.1.** −2335：**Z19.2.** −2009：**Z21.1.** −812, 2010：**Z22.** −2010A：**Z22.1.** −2010A：**Z22.2.** −2010A, 2010 AI：**Z23.** −2012：**Z24.** −2012：**Z24.1.** −2012：**Z24.1.1.** −2012：**Z24.1.2.** −2012：**Z24.1.3.** −2019：**Z31.1.** −2019*：**Z31.2.** −2021：**Z32.1.** −2022：**Z32.2.** −2023：**Z32.3.** −2024*：**Z32.4.** −2021：**Z32.1.1.** −2022：**Z32.2.1.** −2025：**Z33.1.** −2028：**Z33.2.** −2028：**Z33.3.** −2028：**Z33.4.** −163：**Z33.4.2.** −2015：**Z39.1.** −2016：**Z39.2.** −2302：**Z39.3.** −2011：**Z39.4.** −2022B：**Z39.5.** −2034F：**Z39.9.** −2030：**Z41.** −2030：**Z41.1.** −2030：**Z41.3.** −2030, 2034：**Z41.4.** −2034C：**Z41.5.** −2030, 2034A*：**Z41.7.** −2030：**Z41.8.** −2030：**Z41.9.** −295, 2030：**Z41.4.1.** −2030：**Z41.4.2.** −2030：**Z41.7.1.** −2031：**Z42.** −2031A：**Z42.1.** −2031B：**Z42.2.** −2032：**Z43.** −2032：**Z43.1.** −2021B：**Z43.2.** −20C：**Z43.3.** −2035：**Z44.** −2039：**Z45.** −2040：**Z46.** −2034F：**Z47.1.** −2041：**Z49.3.** −2013：**Z49.4.** −2043：**Z49.5.** −2042A*：**Z49.6.** −2042：**Z49.6.1.** −2042：**Z49.6.2.** −2042：**Z49.6.3.** −2044：**Z49.9.** −2014：**Z51.** −2014：**Z51.1.** −2010I：**Z53.** −709：**Z65.1.** −451：**Z71.5.1.** −894：**Z72.2.** −332, 934H：**Z111.** −330：**Z111.2.** −413：**Z211.** −772：**Z352.**

文献および略形一覧

Aakjaer/Holbek 1966: J. Aakjaer, *Jyske Folkeminder*. Ed. B. Holbek. København.

Aalders 1981: W. Aalders, *Boeren, schippers, buitenlui*. Stadskanaal.

Aarne 1908: A. Aarne, *Vergleichende Märchenforschungen*. Helsinki.

Aarne 1909a: A. Aarne, Zum Märchen von der Tiersprache. *Zeitschrift für Volkskunde* 19: 298–303.

Aarne 1909b: A. Aarne, Die Zaubergaben. *Journal de la société finno-ougrienne* 27: 1–96.

Aarne 1910: A. Aarne, *Verzeichnis der Märchentypen*. (FF Communications 3.) Helsinki.

Aarne 1911: A. Aarne, *Finnische Märchenvarianten*. (FF Communications 5.) Helsinki.

Aarne 1912a: A. Aarne, *Verzeichnis der finnischen Ursprungssagen und ihrer Varianten*. (FF Communications 8.) Helsinki.

Aarne 1912b: A. Aarne, *Variantenverzeichnis der finnischen Deutungen von Tierstimmen und anderen Naturlauten*. (FF Communications 9.) Helsinki.

Aarne 1913: A. Aarne, *Die Tiere auf Wanderschaft*. (FF Communications 11.) Helsinki.

Aarne 1914a: A. Aarne, *Der tiersprachenkundige Mann und seine neugierige Frau*. (FF Communications 15.) Helsinki.

Aarne 1914b: A. Aarne, *Schwänke über schwerhörige Menschen*. (FF Communications 20.) Helsinki.

Aarne 1915: A. Aarne, *Der Mann aus dem Paradiese in der Literatur und im Volksmunde*. (FF Communications 22.) Helsinki.

Aarne 1916: A. Aarne, *Der reiche Mann und sein Schwiegersohn*. (FF Communications 23.) Helsinki.

Aarne 1918: A. Aarne, *Estnische Märchen- und Sagenvarianten*. (FF Communications 25.) Helsinki.

Aarne 1920: A. Aarne, *Finnische Märchenvarianten. Ergänzungsheft*. (FF Communications 33.) Helsinki.

Aarne 1930: A. Aarne, *Die magische Flucht*. (FF Communications 92.) Helsinki.

AaTh: *The Types of the Folktale. A Classification and Bibliography. A. Aarne's Verzeichnis der Märchentypen (FF Communications No. 3)*. Translated and Enlarged by S. Thompson. Second Revision. (FF Communications 184.) Helsinki 1961.

Åberg 1887: G. A. Åberg, *Nyländska folksagor*. Helsingfors.

Abrahams 1970: R. Abrahams, *Deep Down in the Jungle*. Chicago.

Abrahams 1980: R. D. Abrahams, *Between the Living and the Dead*. (FF Communications 225.) Helsinki.

Abrahamsson 1951: H. Abrahamsson, *The Origin of Death. Studies in African Mythology*. Uppsala.

Abry/Joisten 2003: C. Abry, and A. Joisten, Quand conter c'est "compter" pour sauver son âme et sa peau ... Trois réponses princeps de narratologie: la fonction, les processus et l'origine du conte, donnés par lui-même. *Colligere atque tradere. Études d'ethnographie alpine et de dialectologie francoprovençale*, 223–237. Mélanges offerts à A. Bétemps. St.-Christophe.

Achundov 1955: A. Achundov, *Azärbajǵan nagyllary. Azerbajdžanskie skazki* [Azerbaijan Folktales]. Baku.

Achundov 1968: A. Achundov, *Azärbajğan folkloru antologiyasu* [Anthology of Azerbaijan Folklore] 2. Baky.

Adam 2001: J.-M. Adam, Textualité et transtextualité d'un conte d'Andersen. "La Princesse sur le petit pois". *Poétique* 128: 421–445.

Adams/Newell 1999: P. Adams, and P. Newell, *The Giant Penguin Book of Australian Jokes. A Compilation Volume of the Penguin Books of Australian Jokes* [I]; *The Penguin Book of More Australian Jokes* [II]; *The Penguin Book of Jokes from Cyberspace* [III]; *and The Penguin Book of Schoolyard Jokes* [IV]. Ringwood, Victoria.

Addy 1895: S. O. Addy, *Household Tales with Other Traditional Remains*. London & Sheffield.

Adrados 1999ff.: F. R. Adrados, *History of the Graeco-Latin Fable* 1–3. Leiden & Boston 1999/2000/03.

Afanas'ev 1883: A. N. Afanas'ev, Contes secrets traduits du Russe. *Kryptádia* 1: 1–292.

Afanas'ev 1984f.: A. N. Afanas'ev, *Narodnye russkie skazki* [Russian Folktales] 1–3. Ed. L. G. Barag, and N. V. Novikov. Moskva 1984/85/85.

Afghanistan Journal: *Afghanistan Journal* 1 (1974)-9 (1982).

Afzalov et al. 1963: M. I. Afzalov, C. Razulev, and Z. Chusainova, *Uzbekskie narodnye skazki* [Uzbek Folktales] 1–2. Taškent ²1963.

Aganin et al. 1960: R. Aganin, L. Al'kaeva, and M. Kerimov, *Tureckie skazki* [Turkish Folktales]. Moskva.

Ages 1969: A. Ages, Voltaire and La Fontaine. The Use of the Fables in the Correspondence. *Revue de l'Université d'Ottawa* 39: 577–585.

Agricola 1967: C. Agricola, *Schottische Sagen*. Berlin.

Agricola 1976: C. Agricola, *Englische und walisische Sagen*. Berlin.

Ahrens 1921: H. Ahrens, *Die Fabel vom Löwen und der Maus in der Weltliteratur*. Diss. Rostock.

Aichele/Block 1962: W. Aichele, and M. Block, *Zigeunermärchen*. (Die Märchen der Weltliteratur.) Düsseldorf & Köln.

Aiken 1935: R. Aiken, A Pack of Load of Mexican Tales. J. F. Dobie (ed.), *Puro Mexicano*, 1–87. Austin.

Aitken/Michaelis-Jena 1965: H. Aitken, and R. Michaelis-Jena, *Schottische Volksmärchen*. (Die Märchen der Weltliteratur.) Düsseldorf & Köln.

Ajrapetjan 1999: V. Ajrapetjan, *Tolkovanie na anekdot pro devjatych ljudej* [Notes to the Anec-

dote about the Nine People] (AT 1287). Aarhus.
Alcoforado / Albán 2001: D. F. X. Alcoforado, and M. del Rosário Suárez Albán, *Contos populares brasileiros: Bahia*. Recife.
Aleksynas 1974: K. Aleksynas, *Šiaurės lietuvos pasakos* [North Lithuanian Fairy Tales]. Vilnius.
Alexander 1981: T. Alexander, Ideology and Aesthetics in the Folknarrative. The Case of the Companion in Paradise (Jewish oikotype 809-*A) and Hasidic-Ashkenazic Lore in Germany. *Fabula* 22: 55-63.
Alexiadēs 1982: M. A. Alexiadēs, *Hoi hellēnikes parallages gia ton drakontoktono hērōa (Aarne-Thompson 300, 301 A kai 301 B)* [The Greek Variants about the Dragon-Slayer (Aarne-Thompson 300, 301 and 301 B)]. Jannina.
Alexiadēs 1983: M. A. Alexiadēs, Paratērēseis sta pontiaka paramythia gia ton drakontoktono [Observations on Folktales of Pontos about the Dragonkiller-Hero]. *Archeion Pontou* 38: 40-60.
Alieva 1986: A. I. Alieva, Ukazatel' adygskych volšebnych skazok v sootvetstvii s ukazatelem Aarne i Tompsona [Index of Adyge Fairytales According to the Index of Aarne and Thompson]. A. Kumanov (ed.), *Poetika i stil' volšebnych skazok adygskich narodov*, 12-39. Moskva.
Allardt / Perklén 1896: A. Allardt, and S. Perklén, *Nyländska folksagor och -sägner*. Helsingfors.
Amansi 1974: G. Amansi, Il Decameron, Cymbeline e il 'Cycle de la gageure'. G. Galigani (ed.*), Il Boccaccio nella cultura inglese e anglo-americana. Atti del convegno di studi, Certaldo 1970,* 193-202. Firenze.
Almqvist 1975: B. Almqvist, The Fisherman in Heaven. *Béaloideas* 39-41: 1-55.
Almqvist 1979: B. Almqvist, Dream and Reality. Some Notes on the Guntram Legend (ML 4000) in Irish Tradition. *Sinsear* 1: 1-22.
Almqvist 1982f.: B. Almqvist, Sicel an Phortáin, Friotalfhocal agus Fabhalscéal [The Retrogression - Wellerism and Fable]. AT 276. *Sinsear* 4 (1982-1983): 35-62.
Almqvist 1988: B. Almqvist, *Crossing the Border. A Sampler of Irish Migratory Legends about the Supernatural*. Dublin.
Alpenburg 1857: J. N. Ritter von Alpenburg, *Mythen und Sagen Tirols*. Zürich.
Alptekin 1994: A. B. Alptekin, Hayvan masalları tip ve motif kataloğuna doğru [About a Tale Type and Motif Index of Animal Tales]. A. B. Alptekin (ed.), *Festschrift S. Sakaoğlu*, 56-97. Kayseri.
Alsheimer 1971: R. Alsheimer, *Das Magnum Speculum Exemplorum als Ausgangspunkt populärer Erzähltraditionen*. Frankfurt a. M.
Alves 1999: A. B. Alves, *Literatura Oral Mirandesa*. Porto.
Aly 1921: W. Aly, *Volksmärchen, Sage und Novelle bei Herodot und seinen Zeitgenossen*. Göttingen.

Am Urquell: *Am Urquell. Monatsschrift für Volkskunde* 1 (1890)-6 (1896).

Amades 1962: J. Amades, El testamento de animales en la tradición catalana. *Revista de Dialectología y Tradiciones Populares* 18: 339–394.

Amalfi 1894: G. Amalfi, Eine türkische Erzählung in einem italienischen Schwanke. *Zeitschrift für Volkskunde* 4: 428–430.

Amalfi 1896: G. Amalfi, Die Kraniche des Ibykus in der Sage. *Zeitschrift für Volkskunde* 6: 115–129.

Ambainis 1979: O. Ambainis, *Lettische Volksmärchen*. Berlin.

Amonov 1961: R. Amonov, *Tadzikskie skazki* [Tadzhik Folktales]. Moskva.

Amshof 1929: M. C. H. Amshof, *Goudkruintje. Een Atjèhse roman met vertolking en toelichting*. Leiden.

Amzulescu 1974: A. I. Amzulescu, *Rumänische Volksballaden*. Freiburg.

Ancelet 1994: B. J. Ancelet, *Cajun and Creole Folktales*. New York.

Andersen 1973: R. Anderson, Those Fisherman Lies. Custom and Competition in North Atlantic Fisherman Communication. *Ethnos* 38: 153–164.

Andersen/Perlet 1996: H. C. Andersen, *Märchen und Geschichten 1–2*. Ed. G. Perlet. (Die Märchen der Weltliteratur.) München.

Anderson 1914: W. Anderson, *Roman Apuleja i narodnaja skazka* [The Novel of Apuleius and the Folktale]. Kazan.

Anderson 1923: W. Anderson, *Kaiser und Abt. Die Geschichte eines Schwanks.* (FF Communications 42.) Helsinki.

Anderson 1927ff.: W. Anderson, *Novelline popolari sammarinesi* 1–3. Tartu 1927/28/33.

Anderson 1933: W. Anderson, *Der Schwank vom alten Hildebrand*. Dorpat.

Anderson 1935: W. Anderson, *Zu Albert Wesselskis Angriffen auf die finnische folkloristische Forschungsmethode*. Tartu.

Anderson 1938: W. Anderson, Ein Vexiermärchen aus San Marino. *Zeitschrift für Volkskunde* 36: 15–21.

Anderson 1939: W. Anderson, *Zu dem estnischen Märchen vom gestohlenen Donnerinstrument*. Tartu.

Anderson 1954: W. Anderson, Das sogenannte Märchen vom Eselmenschen. *Zeitschrift für Volkskunde* 51: 215–236.

Anderson 1958: W. Anderson, Nochmals: Das sogenannte Märchen vom Eselmenschen. *Zeitschrift für Volkskunde* 54: 121–125.

Anderson 1960: W. Anderson, Volkserzählungen in Tageszeitungen und Wochenblättern. W. D. Hand, and Gustave O. Arlt (eds.), *Humanoria. Festschrift A. Taylor*, 58–68. Locust Valley, N.Y.

Anderson 1963: W. Anderson, Zu Aarne-Thompson "The types of the folktale" (1961). *Zeitschrift für Volkskunde* 59: 89–98.

Anderson 1965: G. K. Anderson, *The Legend of the Wandering Jew*. Providence.

Anderson 2000: G. Anderson, *Fairytale in the Ancient World*. London & New York.
Andrade 1930: M. J. Andrade, *Folk-Lore from the Dominican Republic*. New York.
Andrejev 1924: N. P. Andrejev, *Die Legende von den zwei Erzsündern*. (FF Communications 54.) Helsinki.
Andrejev 1927: N. P. Andrejev, *Die Legende vom Räuber Madej*. (FF Communications 69.) Helsinki.
Andrews 1880: J. B. Andrews, Ananci Stories. *The Folk-Lore Record* 3: 53–55.
Angeljček: *Angeljček* 1ff. 1887–1935.
Angelopoulos / Brouskou 1994: A. Angelopoulos, and B. Brouskou, *Epexergasia paramythiakōn typōn kai parallagōn AT 700–749* [Revision of Folktale Types and Variants of AaTh 700–749]. Athēnai.
Angelopoulos / Brouskou 1999: A. Angelopoulos, and B. Brouskou, *Epexergasia paramythiakōn typōn kai parallagōn AT 300–499* [Revision of Folktale Types and Variants of AaTh 300–499] 1–2. Athēnai.
Anghelescu 1976: M. Anghelescu, *Simbolul Şeherezadei în cărțile populare* [The Symbol of Sheherezade in Chapbooks]. F. Karlinger (ed.), *Berichte im Auftrag der internationalen Arbeitsgemeinschaft für Forschung zum romanischen Volksbuch*, 2–12. Seekirchen.
Anhegger 1949: R. Anhegger, Die Fabel von der Grille und der Ameise in der türkischen Literatur. *Asiatische Studien* 3: 30–47.
Aníbarro de Halushka 1976: D. Aníbarro de Halushka, *La tradición oral en Bolivia*. La Paz.
Anschütz 1993: R. Anschütz, *Boccaccios Novelle vom Falken und ihre Verbreitung in der Literatur*. Erlangen.
Anthropophyteia: *Anthropophyteia. Jahrbücher für Folkloristische Erhebungen und Forschungen zur Entwicklungsgeschichte der geschlechtlichen Moral* 1 (1904)-10 (1913).
Antoni 1982: K. I. Antoni, *Der weiße Hase von Inhaba. Vom Mythos zum Märchen*. Wiesbaden.
Aprile 2000: R. Aprile, *Indice delle fiabe popolari italiane di magia* 1–2. Firenze.
Arājs / Medne 1977: K. Arājs, and A. Medne, *Latviešu pasaku tipu rādītājs/The Types of the Latvian Folktales*. Riga.
Archiv für Litteraturgeschichte: *Archiv für Litteraturgeschichte* 1 (1876)-42 (1929).
Archiv für slavische Philologie: *Archiv für slavische Philologie* 1 (1876)-42 (1929).
Ardalić 1902: V. Ardalić, Bukovica: Vjerovanja [Bukovica: Superstition]. *Zbornik za narodni život i običaje Južnih Slavena* 7 (2): 259–294.
Ardalić 1906a: V. Ardalić, *Narodne pripovijetke (Djevrsk u Dalmaciji)* [Folktales of Djevrsk, Dalmatia]. Zagreb.
Ardalić 1906b: V. Ardalić, Vuk. Narodno pričanje u Bukovici (Darmacija) [The Wolf. Folktales from Bukovica (Dalmatia)]. *Zbornik za narodni život i običaje Južnih Slavena* 11 (1906) 129–137.
Ardalić 1908a: V. Ardalić, Narodne pripovijetke iz Bukovice u Dalmaciji [Folktales from Bukovica in Dalmatia]. *Zbornik za narodni život i običaje Južnih Slavena* 13 (2): 161–232.

Ardalić 1908b: V. Ardalić, Vukodlak (Bukovice u Dalmaciji [Legends from Bukovica in Dalmatia]. *Zbornik za narodni život i običaje Južnih Slavena* 13 (2): 148–154.

Arewa 1966: E. O. Arewa, *A Classification of the Folktales of the Northern East African Cattle Area by Types*. Diss. University of California, Berkeley.

Arfert 1897: P. Arfert, *Das Motiv von der unterschobenen Braut*. Diss. Rostock. Schwerin.

Argenti/Rose 1949: P. P. Argenti, and H. J. Rose, *The Folk-Lore of Chios* 1–2. Cambridge.

Arimateia 2001: R. Arimateia, *Contos Populares da Tradição Oral Moderna*. Évora.

Arlotto/Wesselski 1910: *Die Schwänke und Schnurren des Pfarrers Arlotto* 1–2. Ed. A. Wesselski. Berlin 1910.

Armistead et al. 1982: S. G., Armistead, R. Haboucha, and J. H. Silverman, Words Worse Than Wounds. A Judeo-Spanish Version of a Near Eastern Folktale. *Fabula* 23: 95–98.

Armistead/Silverman 1978: S. G. Armistead, and J. H. Silverman, Judeo-Spanish Cumulative Song and Its Greek Counterpart. *Revue des études juives* 137: 375–381.

Arnaudin 1966: F. Arnaudin, *Contes populaires de la Grande-Lande* 1. Bordeaux.

Arnim/Brentano 1979: A. von Arnim, and C. Brentano, *Des Knaben Wunderhorn. Alte deutsche Lieder* 1–9. Ed. H. Rölleke. Stuttgart.

Arnold 1994: W. Arnold, *Aramäische Märchen*. (Die Märchen der Weltliteratur.) München.

Artin Pacha 1895: Y. Artin Pacha, *Contes populaires inédits de la vallée du Nil*. Paris.

Arx 1909: S. von Arx, *Giovanni Sabadino degli Arienti und seine Porrettane*. Erlangen.

Asbjørnsen/Moe 1866: P. C. Asbjørnsen, and J. Moe, *Norske folkeeventyr*. Christiania [3]1866.

Ashliman 1987: D. L. Ashliman, *A Guide to Folktales in the English Language. Based on the Aarne-Thompson Classification System*. New York et al.

Ashton 1884: J. Ashton, *Humor, Wit and Satire of the Seventeenth Century*. New York.

Asmus/Knoop 1898: F. Asmus, and O. Knoop, *Sagen und Erzählungen aus dem Kreis Kolberg-Körlin*. Kolberg.

Asmussen 1965: J. P. Asmussen, Remarks on Some Iranian Folk-Tales Treating of Magic Objects, Especially AT 564. *Acta Orientalia* 28: 221–243.

Assaf/Assaf 1978: U. Assaf, and Y. Assaf, *Märchen aus dem Libanon*. (Die Märchen der Weltliteratur.) Düsseldorf & Köln.

Assion 1989: P. Assion, Schlaraffenland schriftlich und mündlich. L. Röhrich, and E. Lindig (eds.), *Volksdichtung zwischen Mündlichkeit und Schriftlichkeit*, 109–121. Tübingen.

Austad/Hannas 1989: O. E. Austad 1989, *Sogur frå Saetesdal*. Ed. T. Hannas. Bygland & Ose.

Austin 1911: H. D. Austin, The Origin and the Greek Versions of the Strange-Feathers Fable. A. M. Elliott (ed.), *Festschrift A. M. Elliott* 1, 305–327. Baltimore.

Ausubel 1948: N. Ausubel, *A Treasury of Jewish Folklore*. New York.

Avanzin 1961: A. von Avanzin, Das auf der Brücke geoffenbarte Schatzgeheimnis. *Der Schlern* 35: 308.

Axon 1867f.: W. E. A. Axon, The Dead Lady's Ring. *The Reliquary* 8 (1867/68): 146–150.

Azadovskij 1932: M. K. Azadovskij, *Russkaja skazka* [Russian Folktales] 1–2. Moskva.

Baar 1978: A. Baar, *Erotische Geschichten aus China*. Frankfurt am Main.

Baasch 1968: K. Baasch, *Die Crescentialegende in der deutschen Dichtung des Mittelalters*. Stuttgart.

Babler 1934: O. F. Babler, Seit wann die Menschen ihre Todesstunde nicht mehr voraus-wissen. *Sudetendeutsche Zeitschrift für Volkskunde* 7: 171–173.

Babrius / Perry 1965: B. E. Perry, *Babrius and Phaedrus*. Cambridge, Mass. & London.

Bächtold-Stäubli 1928: H. Bächtold-Stäubli, Der Mühlstein am Faden. *Schweizerisches Archiv für Volkskunde* 28: 119–129.

Bäcker 1988: J. Bäcker, *Märchen aus der Mandschurei*. (Die Märchen der Weltliteratur.) München.

Bäckström 1845: P. O. Bäckström, *Svenska Folkböcker. Sagor, legender och äfventyr*. Stockholm.

Bacon / Parsons 1922: M. Bacon, and E. C. Parsons, Folk-Lore from Elizabeth City County, Virginia. *Journal of American Folklore* 35: 250–327.

Baer 1970: A. Baer, *Der gläserne Berg. Estnische Märchen*. Berlin [2]1970.

Baer 1980: F. E. Baer, *Sources and Analogues of the Uncle Remus Tales*. (FF Communications 228.) Helsinki.

Baharav / Noy 1964: Z. Baharav, *Sixty Folktales*. Ed. D. Noy. Haifa. [In Hebrew.]

Baker 1986: R. L. Baker, *Jokelore. Humorous Tales from Indiana*. Bloomington & Indianapolis.

Balázs 1956: B. Balázs, *Das goldene Zelt. Kasachische Volksepen und Märchen*. Berlin.

Baldwin 1982: K. Baldwin, 'The Lumberjack and the Deaf Tree'. Images of the Deaf in Folk Narrative. *Kentucky Folklore Record* 28: 6–11.

Bálint 1968f.: S. Bálint, Das Sündenregister auf der Kuhhaut. *Ethnologia Europaea* 2/3 (1968/69): 40–43.

Bálint 1975: S. Bálint, *Tombácz János meséi* [The Tales of János Tombácz]. Budapest.

Balys 1936: J. Balys, *Lietuvių pasakojamosios tautosakos motyvų katalogas/Motif-Index of Lithuanian Narrative Folk-Lore*. Kaunas.

Balys 1937: J. Balys, Lithuanian Legends of the Devil in Chains. *Tautosakos darbai* 3: 321–331.

Balys 1939: J. Balys, *Griaustinis ir velnias Baltoskandijos kraštuö tautosakoje (Donner und Teufel in der Folklore der baltischen und skandinavischen Länder)*. Kaunas.

Balys 1940: J. Balys, *Lithuanian Folk Legends*. Kaunas.

Balys / Repšienė 1998: J. Balys, *Raštai* [Collected Works]1. Ed. R. Repšienė. Vilnius.

Bambeck 1984: M. Bambeck, Peire Cardenal, Guilhem de Montanhagol und Johannes Pauli. Zur Wanderung des Motivs vom Narrenregen. *Germanisch-Romanische Monatsschrift* 34: 351–355.

Banks 1904f.: M. M. Banks, *An Alphabet of Tales* 1–2. London 1904/05.

Bar-Hebraeus / Budge 1897: E. A. W. Budge, *The Laughable Stories Collected by Mâr Gregory John Bar-Hebraeus*. London.

Barack 1863: K. A. Barack, *Des Teufels Netz*. Stuttgart.

Barag 1966: L. G. Barag, *Belorussische Volksmärchen*. Berlin.

Barag 1981: L. G. Barag, Sjuzet o smeeborstve na mostu v skazkah vostočnoslavjanskih i drugih narodov [East Slavic and Other Tales about the Struggle with the Dragon on the Bridge]. *Slavjanskij i balkanskij fol'klor*, 160–188. Moskva.

Barag 1984: L. G. Barag, Sjužet "deljat rasterzannoe životnoe" (AT 52) v literaturnoj i ustnoj tradicijach [The Tale of the Donkey without a Heart in Literary and Oral Traditions]. T. M. Akimova, and L. G. Barag (eds.), *Fol'klor narodov RSFSR. Mežruzovskij naučnyj sbornik*, 77–90. Ufa.

Barag 1995: L. G. Barag, Das Sujet "Der Hund ahmt den Wolf nach" (AaTh 47D, 101*, 117*, 119*) in den Volkskunst- und Literaturüberlieferungen. *Artes Populares* 16–17: 138–148.

Barbeau 1916: C.-M. Barbeau, Contes populaires canadiens (1. Serie). *Journal of American Folklore* 29: 1–151.

Barbeau 1917: C.-M. Barbeau, Contes populaires canadiens (2. Serie). *Journal of American Folklore* 30: 1–157.

Barbeau et al. 1919: C.-M. Barbeau, E. Bolduc, and M. Tremblay, Contes populaires canadiens (3. Serie). *Journal of American Folklore* 32: 90–167.

Barbeau/Daviault 1940: C.-M. Barbeau, and P. Daviault, Contes populaires canadiens (7. Serie). *Journal of American Folklore* 53: 88–191.

Barbeau/Lanctot 1923: C.-M. Barbeau, and G. Lanctot, Contes populaires canadiens (4. Serie). *Journal of American Folklore* 34: 205–272.

Barbeau/Lanctot 1926: C.-M. Barbeau, and G. Lanctot, Contes populaires canadiens (5. Serie). *Journal of American Folklore* 39: 371–449.

Barbeau/Lanctot 1931: C.-M. Barbeau, and G. Lanctot, Contes populaires canadiens. *Journal of American Folklore* 44: 225–294.

Bărbulescu 1978: C. Bărbulescu, The Maiden Without Hands. AT 706 in Rumanian Folklore. Linda Dégh (ed.), *Studies in East European Folk Narrative*, 319–366. Bloomington.

Barchilon 1975: J. Barchilon, *Le Conte merveilleux français de 1690 à 1790*. Paris.

Barchilon 1990: J. Barchilon, L'Histoire de La Belle au bois dormant dans le Perceforest. *Fabula* 31: 17–23.

Barden 1991: T. E. Barden, *Virginia Folk Legends*. Charlottesville.

Baring-Gould 1894: S. Baring-Gould, *Curious Myths of the Middle Ages*. New York.

Barker/Sinclair, C. 1917: W. N. Barker, and C. Sinclair, *West African Folktales*. London.

Barnouw 1912: A. J. Barnouw, Chaucer's "Milleres Tale". *Modern Language Revue* 7: 145–148.

Barozzi 1976: G. Barozzi, *Ventisette fiabe raccolte nel mantovano*. Milano.

Barst 1911: G. Barst, Der dankbare Löwe. *Romanische Forschungen* 29: 317–319.

Bartens 2003: H. H. Bartens, *Märchen aus Lappland*. (Die Märchen der Weltliteratur.) Kreuzlingen & München.

Bartsch 1879f.: K. Bartsch, *Sagen, Märchen und Gebräuche aus Meklenburg* 1–2. Wien 1879/80.

Bartsch/Köhler, R. 1873: K. Bartsch, and R. Köhler, Der Maler mit der schönen Frau. *Germania* 18: 41–45.

Barüske 1991: H. Barüske, *Eskimo-Märchen.* (Die Märchen der Weltliteratur.) München [3]1991.

Basanavičius/Aleksynas 1993f.: J. Basanavičius, *Lietuviškos pasakos įvairios* [Various Lithuanian Folktales] 1–2. Ed. K. Aleksynas. Vilnius 1993/95.

Bascom 1975: W. R. Bascom, *African Dilemma Tales*. The Hague & Paris.

Bascom 1992: W. R. Bascom, *African Folktales in the New World*. Bloomington & Indianapolis.

Basile 2000: G. Basile, *Das Märchen der Märchen. Das Pentamerone. Nach dem neapolitanischen Text von 1634/36*. Ed. R. Schenda. München.

Basler 1927: O. Basler, Zum "Sündenregister auf der Kuhhaut". *Schweizerisches Archiv für Volkskunde* 27: 139.

Basset 1887: R. Basset, *Contes populaires berbères*. Paris.

Basset 1892: R. Basset, *Étude sur Si Djeha et les anecdotes qui lui sont attribuées*. Paris.

Basset 1897: R. Basset, *Nouveaux Contes berbères*. Paris.

Basset 1924ff.: R. Basset, *Mille et un Contes, récits et légendes arabes* 1–3. Paris 1924/26/26.

Bateman 1901: G. W. Bateman, *Zanzibar Tales*. Chicago.

Baudisch 1950: I. Baudisch, *Das Motiv vom offenen Berg in Sage, Märchen und Legende*. Graz.

Bauer 1926: L. Bauer, *Das palästinensische Arabisch*. Leipzig.

Baughman 1953: E. W. Baughman, *A Comparative Study of the Folktales of England and North America*. Ann Arbor, Michigan.

Baughman 1966: E. W. Baughman, *Type and Motif-Index of the Folktales of England and North America*. The Hague.

Baum 1917: P. F. Baum, The Three Dreams or "Dream-Bread" Story. *Journal of American Folklore* 30: 378–410.

Baumann 1936: H. Baumann, *Schöpfung und Urzeit des Menschen im Mythus der afrikanischen Völker*. Berlin.

Baumann 1984: W. Baumann, *Der Widerspenstigen Zähmung. Kommentar zur altrussischen Erzählung über Vasilij Zlatovlasyi*. Hamburg.

Baumann 1998a: H. H. Baumann, Es sei denn, es singt einer. *Fabula* 39: 21–37.

Baumann 1998b: H. H. Baumann, Die bestrafte Rettung. Über ein Motiv in "Der treue Johannes". *Poetica* 30: 60–80.

Bausinger 1955: H. Bausinger, Aschenputtel. Zum Problem der Märchensymbolik. *Zeitschrift für Volkskunde* 52: 144–155.

Bausinger 1967: H. Bausinger, Bemerkungen zum Schwank und seinen Formtypen. *Fabula* 9: 118–136.

Bausinger 1980: H. Bausinger, Anmerkungen zu Schneewittchen. H. Brackert (ed.), *Und wenn sie nicht gestorben sind ... Perspektiven auf das Märchen*, 39–70. Frankfurt am Main.

Bausinger 1983: H. Bausinger, Märchenglück. *Zeitschrift für Literaturwissenschaft und Linguistik* 50: 17–27.

Bausinger 1990: H. Bausinger, Die moralischen Tiere. *Universitas* 45: 241–251.

Bazanov / Alekseev 1964: V. G. Bazanov, and O. B. Alekseev, *Velikorusskie skazki v zapisjach I. A. Chudjakova* [Great Russian Folktales in the Notes of I. A. Chudjakov]. Moskva & Leningrad.

Béaloideas: *Béaloideas. Journal of the Folklore of Ireland Society* 1 (1927 / 28) ff.

Bebel / Wesselski 1907: A. Wesselski, *Heinrich Bebels Schwänke* 1–2. München.

Bechstein 1853: L. Bechstein, *Deutsches Sagenbuch*. Leipzig.

Bechstein / Uther 1997 I: L. Bechstein, *Märchenbuch. Nach der Ausgabe von 1857*. Ed. H.-J. Uther. (Die Märchen der Weltliteratur.) München.

Bechstein / Uther 1997 II: L. Bechstein, *Neues deutsches Märchenbuch. Nach der Ausgabe von 1856*. Ed. H.-J. Uther. (Die Märchen der Weltliteratur.) München.

Beck et al. 1987: B. E. F. Beck, P. J. Claus, P. Goswami, and J. Handoo, *Folktales of India*. Chicago & London.

Becker 1928: A. Becker, *Die abgehackte, unverwesliche Hand in der Sage*. Kaiserslautern.

Beckman 1974: B. Beckman, *Von Mäusen und Menschen. Die hoch- und spätmittelalterlichen Mäusesagen*. Zürich.

Beckmann 1955: P. Beckmann, *Kreuzbube Knud und andere mecklenburgische Märchen*. Berlin.

Beckwith 1924: M. W. Beckwith, *Jamaica Anansi Stories*. New York.

Beckwith 1940: M. W. Beckwith, *Hawaiian Mythology*. New Haven.

Bédier 1925: J. Bédier, *Les Fabliaux*. Paris [5]1925.

Beer 1979: R. Beer, *Bestrafte Neugier. Anekdoten und Schwänke aus dem Orient*. Leipzig & Weimar.

Beheim-Schwarzbach 1888: M. Beheim-Schwarzbach, *Die Mäusethurmsage von Popiel und Hatto*. Posen.

Behrend 1908: P. Behrend, *Märchenschatz*. Danzig.

Behrend 1912: P. Behrend, *Verstoßene Kinder. Eine Sammlung westpreußischer Volksmärchen*. Königsberg.

Beke 1938: Ö. Beke, *Tscheremissische Märchen, Sagen und Erzählungen*. Helsinki.

Beke 1951: Ö. Beke, *A Cseremiszek (Marik) népköltészete és szokásai* [Volksdichtung und Gebräuche der Tscheremissen (Maris)] 1. Budapest.

Belgrader 1980a: M. Belgrader, *Das Märchen von dem Machandelboom*. (KHM 47.) Frankfurt am Main et al.

Belgrader 1980b: M. Belgrader, Kommentare zu den Erzählungen. J. Künzig, and W. Werner-Künzig (eds.), *Lied- und Erzählgut der Resi Klemm*, 109–114. Freiburg.

Belinovič / Plesovskij 1958: N. Belinovič, and F. Plesovskij, *Komi narodnyje skazki* [Syrjanian Folktales]. Syktyvkar.

Belmont 1973: N. Belmont, Motifs stylistiques de contes et aires culturelles. *Mélanges de Folklore et d'etnographie, dédiés à la mémoire d'É. Legros*, 45–83. Liège 1973.

Belmont 1984: N. Belmont, Mythe et folklore. A propos du conte français T713. G. Calame-Griaule, and V. Görög-Karady (eds.), *Le conte, pourquoi? comment? Actes des journées d'études en litterature orale. Analyse des contes - problèmes de méthodes. Paris, 23–26 mars 1982*, 379–392. Paris.

Belmont 1990: N. Belmont, Transmission et évolution du conte merveilleux. A propos de Cendrillon et de Peau d'Ane. *Tradition et histoire dans la culture populaire. Rencontres autour de l'œuvre le J.-M. Guilcher*, 205–218. Grenoble.

Belmont 1993: N. Belmont, Conte et enfance. G. Calame-Griaule (ed.), *Le Temps de l'enfance*, 73–97. Paris.

Belmont 1998: N. Belmont, De Cendrillon à la Cenerentola: transformation ou avatar? *Ethnologie française* 28 (2): 167–175.

Bemmann 1976: H. Bemmann, *Der klerikale Witz*. München.

Ben-Amos 1975: D. Ben-Amos, *Sweet Words - Storytelling Events in Benin*. Philadelphia.

Bendix 1983: R. Bendix, The Firebird. From the Folktale to the Ballet. *Fabula* 24: 72–85.

Benedek 1989: E. Benedek, *A tűzmadár* [The Firebird]. Budapest.

Benfey 1864: T. Benfey, Ein Märchen von der Thiersprache. Quelle und Verbreitung. *Orient und Occident* 2: 133–171.

Benfey et al. 1932: T. Benfey, *Die Reise der drei Söhne des Königs von Serendippo*. Ed. R. Fick, and A. Hilka. (FF Communications 98.) Helsinki.

Benker 1975: G. Benker, *Christophorus. Patron der Schiffer, Fuhrleute und Kraftfahrer*. München.

Bennewitz 1996: I. Bennewitz, Mädchen ohne Hände. Der Vater-Tochter-Inzest in der mittelhochdeutschen und frühneuhochdeutschen Literatur. K. Gärtner, I. Kasten, and F. Shaw (eds.), *Spannungen und Konflikte des menschlichen Zusammenlebens in der deutschen Literatur des Mittelalters*, 157–172. Tübingen.

Benzel 1957: U. Benzel, *Volkserzählungen aus dem nördlichen Böhmerwald*. Marburg.

Benzel 1962: U. Benzel, *Sudetendeutsche Volkserzählungen*. Marburg.

Benzel 1963: U. Benzel, *Kaukasische Märchen. Aufgezeichnet bei dem ossetischen Hirten Mussar Omar*. Regensburg.

Benzel 1965: U. Benzel, *Volkserzählungen aus dem oberpfälzisch-böhmischen Grenzgebiet*. Münster.

Benzel 1980: U. Benzel, *Pommersche Märchen und Sagen*. 1: *Kreis Neustettin*. Kallmünz.

Benzel 1991: U. Benzel, *Märchen, Sagen und Schwänke aus Lauterbach und dem Vogelsbergkreis*. Kallmünz.

Benzel 1992a: U. Benzel, *Sagen, Märchen, Schwänke und Schnurren aus der Rabenau und dem Lumdatal*. Lauterbach.

Benzel 1992b: U. Benzel, *Märchen, Sagen, Schwänke und Schnurren aus Lollar und dem Land an Lumda und Lahn*. Lauterbach.

Benzel 1993: U. Benzel, *Volksmärchen und Sagen aus Grünberg und dem Grünberger Land*. Lauterbach.

Bercovitch 1966: S. Bercovitch, Clerical Satire in the 'Vox and the Wolf'. *Journal of English and German Philology* 65: 287–294.

Béres 1967: A. Béres, *Rozsályi népmesék* [Folktales of Rozsályi]. Budapest.

Bergel 1974: L. Bergel, Shakespeare's 'Cymbeline' and Boccaccio. G. Galigani, G. (ed.), *Il Boccaccio nella cultura inglese e anglo-americana. Atti del convegno di studi, Certaldo 1970*, 203–218. Firenze.

Berg 1981: M. van den Berg, *Volksverhalen uit Antwerpen*. Utrecht & Antwerpen.

Berger 2001: K. Berger, *Erzählungen und Erzählstoffe in Pommern 1840 bis 1938*. Münster et al.

Bergsträsser 1915: G. Bergsträsser, *Neuaramäische Märchen*. Leipzig.

Bergsträsser 1928: G. Bergsträsser, *Einführung in die semitischen Sprachen*. München.

Bergström/Nordlander 1885: R. Bergström, and J. Nordlander, *Sagor, sägner ock visor*. Stockholm.

Bergvall/Nyman et al. 1991: F. Bergvall, *Sagor från Edsele*. Ed. Å. Nyman, and K.-H. Dahlstedt. Uppsala.

Berlioz 1990: J. Berlioz, L'Homme au crapaud. Genèse d'un exemplum médiéval. *Tradition et histoire dans la culture populaire. Rencontres autour de l'œuvre de J.-M. Guilcher*, 169–203. Grenoble.

Bermani 1991: C. Bermani, *Il bambino è servito. Leggende metropolitane in Italia*. Bari.

Bernier 1971: H. Bernier, *La Fille aux mains coupées (conte-type 706)*. Québec.

Berntsen 1873f.: K. Berntsen, *Folke-Æventyr. Samlade og udgivne for skolen og hjemmet 1–2*. Odense 1873/83.

Bertelsmeier-Kierst 1988: C. Bertelsmeier-Kierst, *"Griseldis" in Deutschland. Studien zu Steinhöwel und Arigo*. Heidelberg.

Berze Nagy 1957: J. Berze Nagy, *Magyar népmesetípusok* [Hungarian Folktale Types] 1–2. Ed. I. Banó. Pécs.

Berze Nagy 1960: J. Berze Nagy, *Régi magyar népmesék* [Old Hungarian Folktales]. Pécs.

Bērzkalne 1938: A. Bērzkalne, *Typenverzeichnis lettischer Volksromanzen in der Sammlung Kr. Baron's Latvju dainas*. (FF Communications 123.) Helsinki.

Besthorn 1935: R. Besthorn, *Ursprung und Eigenart der älteren italienischen Novelle*. Halle.

Beyer 1969: J. Beyer, *Schwank und Moral. Untersuchungen zum altfranzösischen Fabliau und verwandten Formen*. Heidelberg.

Beyerle 1984: D. Beyerle, Affe, Nuß und ewige Seligkeit in der mittelalterlichen Literatur. H. Reinitzer (ed.), *All Geschöpf ist Zung' und Mund. Beiträge aus dem Grenzbereich von Naturkunde und Theologie*, 89–99. Hamburg.

Beyschlag 1963: S. Beyschlag, Deutsches Brünhildenlied und Brautwerbermärchen. Hugo

Kuhn, and Kurt Schier (eds.), *Märchen - Mythos - Dichtung. Festschrift F. von der Leyen*, 121–145. München.

Bezemer 1903: T. J. Bezemer, *Javaansche en maleische fabelen en legenden*. Amsterdam.

BFP: L. Daskalova-Perkowska, D. Dobreva, J. Koceva, and E. Miceva, *Katalog na bŭlgarskite folklorni prikazki*. Sofia 1994. [= Daskalova-Perkowski, L. et al.: *Typenverzeichnis der bulgarischen Volksmärchen*. Ed. K. Roth. (FF Communications 257.) Helsinki 1995].

Bgažba 1959: C. S. Bgažba, *Abchazskije skazki* [Abkhaz Folktales]. Suchumi.

Bierhorst 1995: J. Bierhorst, *Mythology of the Lenape. Guide and Texts*. Tucson.

Biesterfeld / Haase 1984: W. Biesterfeld, and M. H. Haase, The Land of Cokaygne. *Fabula* 25: 76–83.

Bihari 1980: A. Bihari, *Magyar hiedelemmonda katalógus/A Catalogue of Hungarian Folk Belief Legends*. Budapest.

Bihler 1963: H. Bihler, Zur Gestalt mittelalterlicher lateinischer, französischer und spanischer Fassungen der Fabel vom Fuchs und vom Raben. A. Noyer-Weidner et al. (eds.), *Medium Aevum Romanicum. Festschrift H. Rheinfelder*, 21–48. München.

Bin Gorion 1918ff.: M. J. Bin Gorion, *Der Born Judas. Legenden, Märchen und Erzählungen* 1–6. Leipzig 1915–23.

Bin Gorion 1990: E. Bin-Gorion (ed.), *Mimekor Yisrael. Selected Classical Jewish Folktales*. Bloomington & Indianapolis.

Bird 1956: W. R. Bird, *Off-Trail in Nova Scotia*. Toronto.

Bîrlea 1966: O. Bîrlea, *Antologie de proză populară epică* [Anthology of Epic Folk Poetry] 1–3. Bucureşti 1966.

Birlinger 1861f.: A. Birlinger, *Volksthümliches aus Schwaben* 1–2. Freiburg i. Br. 1861 / 62.

Birlinger 1871: A. Birlinger, *Nimm mich mit. Kinderbüchlein*. Freiburg i. Br.

Birlinger 1874: A. Birlinger, *Aus Schwaben* 1–2. Wiesbaden.

Bjazyrov 1958: A. C. Bjazyrov, Opyt klassifikacii osetinskich narodnych skazok po sisteme Aarne-Andreeva [Attempt of Classifying Ossetian Folktales According to the System of Aarne-Andreev]. *Izvestija jugo-osetinskogo naučno-issledovatel'skogo instituta Akademii nauk Gruzinskoj SSR* 9: 310–346.

Bjazyrov 1960: A. C. Bjazyrov, *Osetinskie narodnye skazki* [Ossetian Folktales]. Stalinir.

Blackburn 1996: S. Blackburn, The Brahmin and the Mongoose. The Narrative Context of a Well-Travelled Tale. *Bulletin of the School for Oriental and African Studies* 57: 494–507.

Blackburn 2001: S. Blackburn, *Moral Fictions. Tamil Folktales from Oral Tradition*. (FF Communications 278.) Helsinki.

Blacker 1990: C. Blacker, The Folklore of the Stranger. A Consideration of a Disguised Wandering Saint. *Folklore* 101: 162–168.

Bladé 1867: J.-F. Bladé, *Contes et proverbes populaires recueillis en Armagnac*. Paris.

Bladé 1874: J.-F. Bladé, *Contes populaires recueillis en Agenais*. Ed. R. Köhler. Paris.

Bladé 1886: J.-F. Bladé, *Contes populaires de Gascogne* 1–3. Paris.

Blamires 1993: D. Blamires, An English Chapbook Version of the "Eater Heart". *Folklore* 104: 99–104.

Blau 1908: J. Blau, *Schwänke und Sagen aus dem mittleren Böhmerwald*. Wien.

Blécourt 1980: W. de Blécourt, *Volksverhalen uit Noord-Brabant*. Utrecht & Antwerpen.

Bleichsteiner 1919: R. Bleichsteiner, *Kaukasische Forschungen. Georgische und mingrelische Texte*. Wien.

Bll. f. Pomm. Vk.: *Blätter für Pommersche Volkskunde. Monatsschrift für Sage und Märchen, Sitte und Brauch [...] in Pommern* 1 (1893)-10 (1901/02).

Bloch 1931: C. Bloch, *Das jüdische Volk in seiner Anekdote*. Berlin.

Bloemhoff-de Bruijn/Kooi 1984: P. Bloemhoff-de Bruijn, and J. van der Kooi, *De spokende kleedwagen*. Kampen.

Blois 1991: F. de Blois, *Burzōy's Voyage to India and the Origin of the Book of Kalīla wa Dimnah*. London.

Bluhm 1991: L. Bluhm, Hans Sachs, Jacob und Wilhelm Grimm: "Die ungleichen Kinder Evas". Zur Entstehungsgeschichte von KHM 180. Heinz Rölleke (ed.), *"Waltende Spur". Festschrift L. Denecke*, 159–171. Kassel.

Bluhm 1995: L. Bluhm, *Grimm-Philologie. Beiträge zur Märchenforschung und Wissenschaftsgeschichte*. Hildesheim et al.

Blümml 1906: E. K. Blümml, *Schnurren und Schwänke des französischen Bauernvolkes*. Leipzig.

Boas 1917: F. Boas, *Tales of the Salishan and Sahaptin Tribes*. Lancaster & New York.

Boberg 1928: I. M. Boberg, Prinsessen på Glasbjaerget. *Danske studier* 25: 16–53.

Boberg 1938: I. M. Boberg, The Tale of Cupid and Psyche. *Classica et Mediaevalia* 1: 177–216.

Boberg 1955: I. M. Boberg, *Baumeistersagen*. (FF Communications 151.) Helsinki.

Boberg 1966: I. M. Boberg, *Motif-Index of Early Icelandic Literature*. København.

Böck 1955: R. Böck, Das geistliche Kartenspiel des Andreas Strobl. *Bayerisches Jahrbuch für Volkskunde* 1955: 201–210.

Böck 1977: E. Böck, *Sagen aus Niederbayern*. Regensburg.

Böck 1987: E. Böck, *Sitzweil. Oberpfälzer Sagen aus dem Volksmund*. Regensburg.

Böckel 1885: O. Böckel, *Deutsche Volkslieder aus Oberhessen*. Marburg.

Bockemühl 1930: E. Bockemühl, *Niederrheinisches Sagenbuch*. Moers.

Bodding, 1925ff.: P. O. Bodding, *Santal Folk Tales* 1–3. Oslo 1925/27/29.

Bodemann 1983: U. Bodemann, Der aesopische Hund in sechs Jahrhunderten. *Fabula docet. Illustrierte Fabelbücher aus sechs Jahrhunderten. Ausstellungskatalog Wolfenbüttel 1983*, 136–151.

Bodens 1936: W. Bodens, *Vom Rhein zur Maas*. Bonn.

Bodens 1937: W. Bodens, *Sage, Märchen und Schwank am Niederrhein*. Bonn.

Bødker 1945: L. Bødker, Kvinden, der mistede sin næse. Kommentarer til et indisk eventyr. *Folkekultur* 5: 24–65.

Bødker 1954: L. Bødker, Den lange løgn. *Danske studier* 1954: 109–126.

Bødker 1957a: L. Bødker, *Indian Animal Tales. A Preliminary Survey.* (FF Communications 170.) Helsinki.

Bødker 1957b: L. Bødker, The Brave Tailor in Danish Tradition. W. E. Richmond (ed.), *Studies in Folklore. Festschrift S. Thompson*, 1–23. Bloomington.

Bødker 1964: L. Bødker, *Dänische Volksmärchen*. (Die Märchen der Weltliteratur.) Düsseldorf & Köln.

Bødker et al. 1957: L. Bødker, S. Solheim, and C.-H. Tillhagen 1957: *Skæmtsomme eventyr fra Danmark, Norge og Sverige*. København.

Bødker et al. 1963: L. Bødker, C. Hole, and G. D'Aronco, *European Folktales*. Copenhagen.

Bødker/Hüllen 1966: L. Bødker, and G. Hüllen, *Begegnung der Völker im Märchen*. 2: *Deutschland - Dänemark*. Münster.

Boehm/Specht 1924: M. Boehm, and F. Specht, *Lettisch-litauische Märchen*. (Die Märchen der Weltliteratur.) Jena.

Boer 1961: J. Boer, *Aargeloze Grunneger humor*. Groningen [4]1961.

Bogdanovič 1930: D. Bogdanovič, *Izbranne narodne pripovijetke hrvatske i srpske* [Selected Folktales, Croatian and Serbian]. Zagreb [2]1930.

Boggs 1930: R. S. Boggs, *Index of Spanish Folktales*. (FF Communications 90.) Helsinki.

Boggs 1933: R. S. Boggs, *The Halfchick Tale in Spain and France*. (FF Communications 111.) Helsinki.

Boggs 1950: R. S. Boggs, Mark the Boat. *Romance Studies* 12: 43–47.

Böhm 1911: M. Böhm, *Lettische Schwänke und verwandte Volksüberlieferungen*. Reval.

Böhm 1918: M. Böhm, Der Lenorenstoff in der lettischen Volksüberlieferung. *Hessische Blätter für Volkskunde* 17: 15–25.

Böhm-Korff 1991: R. Böhm-Korff, *Deutung und Bedeutung von "Hänsel und Gretel". Eine Fallstudie*. Frankfurt am Main et al.

Böklen 1910f.: E. Böklen, *Sneewittchenstudien* 1–2. Leipzig 1910/15.

Bolhar 1959: A. Bolhar, *Slovenske narodne pravljice* [Slovene Folktales]. Ljubljana.

Bolhar 1974: A. Bolhar, *Slovenske narodne právljice* [Slovene Folktales]. Ljubljana [7]1974.

Bolhar 1975: A. Bolhar, *Slovenske basni in živalske pravljice* [Slovene Fables and Animal Folktales]. Ljubljana.

Bolte 1886: J. Bolte, Ein Schwank des 15. Jahrhunderts. *Vierteljahresschrift für Kultur und Litteratur der Renaissance* 1: 484–486.

Bolte 1892: J. Bolte, Zur Shylockfabel. *Jahrbuch der deutschen Shakespeare-Gesellschaft* 27: 130–135.

Bolte 1893f.: J. Bolte, Der Schwank von den drei lispelnden Schwestern. *Zeitschrift für Volkskunde* 3: (1893) 58–61; 7: (1897) 320f.

Bolte 1894: J. Bolte, Das Märchen vom Gevatter Tod. *Zeitschrift für Volkskunde* 4: 34–41.

Bolte 1897a: J. Bolte, Der Teufel in der Kirche. *Zeitschrift für vergleichende Litteraturgeschichte*

N. F. 11: 249–266.

Bolte 1897b: J. Bolte, Die drei Alten. *Zeitschrift für Volkskunde* 7: 205–207.

Bolte 1897c: J. Bolte, Der Schwank vom Esel als Bürgermeister bei Thomas Murner. *Zeitschrift für Volkskunde* 7: 93–96.

Bolte 1898: J. Bolte, Goethesche Stoffe in der Volkssage. *Goethe-Jahrbuch* 19: 303–308.

Bolte 1899: J. Bolte, Staufes Sammlung rumänischer Märchen aus der Bukowina. *Zeitschrift für Volkskunde* 9: 84–88.

Bolte 1901a: J. Bolte, Ein dänisches Märchen von Petrus und dem Ursprunge der bösen Weiber. *Zeitschrift für Volkskunde* 11: 252–262.

Bolte 1901b: J. Bolte, Eine geistliche Auslegung des Kartenspiels. *Zeitschrift für Volkskunde* 11: 376–406.

Bolte 1902: J. Bolte, Italienische Volkslieder aus der Sammlung Hermann Kestners. 4: Vermählung des Grashüpfers und der Ameise. *Zeitschrift für Volkskunde* 12: 167–170.

Bolte 1903: J. Bolte, Zu den Karten- und Zahlendeutungen. *Zeitschrift für Volkskunde* 13: 84–88.

Bolte 1904: J. Bolte, Zur Sage von der freiwillig kinderlosen Frau. *Zeitschrift für Volkskunde* 14: 114–117.

Bolte 1906: J. Bolte, Die Legende von Augustinus und dem Knäblein am Meer. *Zeitschrift für Volkskunde* 16: 99–95.

Bolte 1908: J. Bolte, Der Schwank von der faulen Frau und der Katze. *Zeitschrift für Volkskunde* 18: 53–60.

Bolte 1909: J. Bolte, Zur Sage vom Traum vom Schatze auf der Brücke. *Zeitschrift für Volkskunde* 19: 289–298.

Bolte 1910: J. Bolte, Die Sage von der erweckten Scheintoten. *Zeitschrift für Volkskunde* 20: 353–381.

Bolte 1911a: J. Bolte, Die Sage von der erweckten Scheintoten. *Zeitschrift für Volkskunde* 21: 284.

Bolte 1911b: J. Bolte, Die Feindschaft zwischen Hunden, Katzen und Mäusen. *Zeitschrift für Volkskunde* 21: 164–168.

Bolte 1914: J. Bolte, Zur Wanderung der Schwankstoffe. *Zeitschrift für Volkskunde* 24: 81–88.

Bolte 1916: J. Bolte, Jörg Zobels Gedicht vom geäfften Ehemann. *Schweizerisches Archiv für Volkskunde* 20: 43–47.

Bolte 1920–22: J. Bolte, Die Sage von der erweckten Scheintoten in China. *Zeitschrift für Volkskunde* 30–32: 127–130.

Bolte 1931a: J. Bolte, Wahrheit und Lüge, ein altägyptisches Märchen. *Zeitschrift für Volkskunde* 41: 172–173.

Bolte 1931b: J. Bolte, Hebels "Kannitverstan" und seine Vorläufer. *Zeitschrift für Volkskunde* 41: 173–178.

Bolte/Polívka 1918: J. Bolte, and G. Polívka, Zu Bürgers Münchhausen. *Zeitschrift für*

Volkskunde 28: 129–132.
Bompas 1909: C. H. Bompas, *Folklore of the Santal Parganas*. London.
Bondeson 1880: A. Bondeson, *Halländska sagor*. Lund.
Bondeson 1882: A. Bondeson, *Svenska folksagor frän skilda landskap*. Stockholm.
Bondeson 1886: A. Bondeson, *Historiegubbar på Dal*. Stockholm.
Bondeson 2000: J. Bondeson, *The Two-headed Boy, and Other Medical Marvels*. Ithaca & London.
Bondeson 2001: J. Bondeson, *Buried Alive. The Terryfying History of Our Most Primal Fear*. New York & London.
Boone 1999: A. Boone, *Het Vlaamse volkslied in Europa* 1–2. Tielt.
Boratav 1955: P. N. Boratav, *Contes turcs*. Paris.
Boratav 1958: P. N. Boratav, *Zaman zaman içinde [It was at a time ...]*. Istanbul.
Boratav 1959: P. N. Boratav, Les trois Compagnons infirmes. *Fabula* 2: 231–253.
Boratav 1967: P. N. Boratav, *Türkische Volksmärchen*. Berlin.
Boratav 1968: P. N. Boratav, L'Épopée d'Er-Töstük et le conte populaire. W. Veenker (ed.), *Volksepen der uralischen und altaischen Völker*, 75–86. Wiesbaden.
Borcherding 1975: G. Borcherding, *Granatapfel und Flügelpferd. Märchen aus Afghanistan*. Kassel.
Borde 1923: V. Borde, *Texte aus den La Plata-Gebieten in volkstümlichem Spanisch und Rotwelsch*. Leipzig.
Bordman 1963: G. Bordman, *Motif-Index of the English Metrical Romances*. (FF Communications 190.) Helsinki.
Borges/Guerrero 1964: J. L. Borges, and M. Guerrero, *Einhorn, Sphinx und Salamander*. München.
Børnenes Blad: *Børnenes Blad* 1876/77 ff.
Borooah 1955: J. Borooah, *Folk Tales of Assam*. Gauhati 1955.
Bošković-Stulli 1959: M. Bošković-Stulli, *Istarske narodne priče* [Istrian Folktales]. Zagreb.
Bošković-Stulli 1963: M. Bošković-Stulli, *Narodne pripovijetke* [Folktales]. Zagreb.
Bošković-Stulli 1967: M. Bošković-Stulli, *Narodna predaja o vladarevoj tajni* [The Legend about the Secret of the Sovreign]. Zagreb.
Bošković-Stulli 1967f.: M. Bošković-Stulli, Narodne pripovijetke i predaje Sinjske Krajine [Folktales and Legends from the Area of Sinj]. *Narodna Umjetnost* 5–6 (1967–68): 303–432.
Bošković-Stulli 1975a: M. Bošković-Stulli, Usmene pripovijetke i predaje s otoka Brača [Oral Tales and Tradition of the Island Brač). *Narodna Umjetnost* 11–12: 5–159.
Bošković-Stulli 1975b: M. Bošković-Stulli, *Kroatische Volksmärchen*. (Die Märchen der Weltliteratur.) Düsseldorf & Köln.
Bošković-Stulli 1978: M. Bošković-Stulli, *Usmena književnost* [Oral Literature]. Zagreb.
Bošković-Stulli 1979: M. Bošković-Stulli, Zeitungen, Fernsehen, mündliches Erzählen in

der Stadt Zagreb. *Fabula* 20: 8–17.

Bošković-Stulli 1997: M. Bošković-Stulli, *Usmene pripovijetke i predaje* [Oral Folktales and Traditions]. Zagreb.

Bošković-Stulli 2000: M. Bošković-Stulli, Vom Vater, der jünger als der Sohn ist, oder Über die unkoordinierte Zeit. I. Nagy (ed.), *Folklore in 2000. Festschrift W. Voigt*, 212–223. Budapest.

Bottigheimer 1987: R. B. Bottigheimer, *Grimms' Bad Girls and Bold Boys. The Moral and Social Vision of the Tales*. New Haven & London.

Bottigheimer 1988: R. B. Bottigheimer, The Face of Evil. *Fabula* 29: 326–341.

Bottigheimer 1989: R. B. Bottigheimer, Beauty and the Beast. Marriage and Money-Motif and Motivation. *Midwestern Folklore* 15: 79–88.

Bottigheimer 1990: R. B. Bottigheimer, Marienkind (KHM 3). A Computer-Based Study of Editorial Change and Stylistic Development within Grimm's Tales from 1808 to 1864. *Arv* 46: 7–31.

Boulenger 1935: J. Boulenger, *Les Contes de ma cuisinière*. Paris.

Boulvin 1975: A. Boulvin, *Contes populaires persans du Khorassan* 1–2. Paris.

Bowra 1940: C. M. Bowra, The Fox and the Hedgehog. *Classical Quarterly* 34: 26–29.

Boyle 1978: J. A. Boyle, Popular Literature and Folklore in Āttār's Mathnavīs. *Colloquio italo-irano sul poeta mistico Fariduddin Attār*, 57–70. Rom.

BP: J. Bolte, and G. Polívka, *Anmerkungen zu den Kinder- und Hausmärchen der Brüder Grimm* 1–5. Leipzig 1913–32.

Bradley-Birt 1920: F. B. Bradley-Birt, *Bengal Fairy Tales*. London & New York.

Bradūnaitė 1975: E. Bradūnaitė, "If you kill a snake - the Sun will cry". Folktale Type 425–M. A Study in Oicotype and Folk Belief. *Lituanus* 1: 5–39.

Braga 1914f.: T. Braga, *Contos tradicionaes do Povo Portuguez* 1–2. Lisboa [2]1914/15.

Braga 1987: T. Braga, *Contos tradicionaes do povo portuguez* 1–2. Lisboa [3]1987.

Branciforti 1959: F. Branciforti, *Piramus et Tisbé. Introduzione - Testo critico*. Florenz.

Brandsch 1926: G. Brandsch, Zu dem Grimmschen "Märchen von der Unke". *Korrespondenzblatt des Vereins für Siebenbürgische Landeskunde* 49: 32ff.

Brandt 1954: E. V. Brandt, *69 Tunesiske Eventyr*. København.

Brattö 1959: O. Brattö, *La belle Hélène de Constantinople*. 1: *Introduction. La version d'Arras*. Göteborg.

Brauner 1991: S. Brauner, The Demonization of the Shrew. Witchcraft and Gender Relations in Shrovetide Plays by Hans Sachs. *Daphnis* 20: 131–145.

Bray 1992: D. A. Bray, *A List of Motifs in the Lives of the Early Irish Saints*. (FF Communications 252.) Helsinki.

Brechenmacher 1910: J. K. Brechenmacher, *Friedrich der Große und der Müller von Sanssouci*. Stuttgart.

Brechenmacher 1916: J. K. Brechenmacher, St. Augustinus und das meerausschöpfende

Knäblein, eine stoffgeschichtliche Untersuchung. *Pädagogik* 79: 134–141.

Brednich 1963: R. W. Brednich, Der Teufel und die Kerze. Zur stofflichen Herkunft und Verbreitung einer Volkserzählung vom geprellten Teufel (AT1187). *Fabula* 6: 141–161.

Brednich 1964a: R. W. Brednich, *Volkserzählungen und Volksglaube von den Schicksalsfrauen*. (FF Communications 193.) Helsinki.

Brednich 1964b: R. W. Brednich, Die Legende vom Elternmörder in Volkserzählung und Volksballade. *Jahrbuch für Volksliedforschung* 9: 116–143.

Brednich 1968: R. W. Brednich, Schwänke in Liedform. *Gedenkschrift P. Alpers, Celle*, 71–84. Hildesheim.

Brednich 1979: R. W. Brednich, *Erotische Lieder aus 500 Jahren*. Frankfurt.

Brednich 1990: R. W. Brednich, *Die Spinne in der Yucca-Palme. Sagenhafte Geschichten von heute*. München.

Brednich 1991: R. W. Brednich, *Die Maus im Jumbo-Jet. Neue sagenhafte Geschichten von heute*. München.

Brednich 1993: R. W. Brednich, *Das Huhn mit dem Gipsbein*. München.

Brednich 1996: R. W. Brednich, *Die Ratte am Strohhalm*. München.

Brednich 2004: R. W. Brednich, *Pinguine in Rückenlage. Brandneue sagenhafte Geschichten von heute*. München.

Bregenhøj 1997: C. Bregenhøj, Two Folk Narratives Concerning Migrant Workers (AaTh 1697). *Fabula* 38: 245–252.

Brémond 1975: C. Brémond, Morphologie d'un conte africain. *Cahiers d'études africain* 19: 485–499.

Brendle/Troxell 1944: T. R. Brendle, and W. S. Troxell, *Pennsylvania German Folk Tales [...]*. Norristown, Pennsylvania.

Brettschneider 1978: W. Brettschneider, *Die Parabel vom verlorenen Sohn. Das biblische Gleichnis in der Entwicklung der europäischen Literatur*. Berlin.

Brewster 1953: P. G. Brewster, *The Two Sisters*. (FF Communications 147.) Helsinki.

Breymayer 1983f.: R. Breymayer, Der endlich gefundene Autor einer Vorlage von Schillers "Taucher": Christian Gottlieb Göz (1746–1803), Pfarrer in Plieningen und Hohenheim, Freund von Philipp Matthäus Hahn? *Blätter für württembergische Kirchengeschichte* 83/84 (1983/84): 54-96.

Brezovnik 1884: A. Brezovnik, *Šaljivi Slovenec. Zbirka najboljših kratkočasnic iz vseh stanov* [The Jocular Slovene. Collection of the Best Funny Stories from All Walks of Life]. Ljubljana.

Brezovnik 1894: A. Brezovnik, *Zakaj? - Zato! Zbirka pravljic, pripovedk in legend za šolo in dom* [Why? Because! Collection of Fairytales, Folktales and Legends for School and Home]. Ljubljana.

Briggs 1970f.: K. M. Briggs, *A Dictionary of British Folk-Tales in the English Language*. Part A: *Folk Narratives* 1–2. London 1970; Part B: *Folk Legends* 1–2. London 1971.

Briggs/Michaelis-Jena 1970: K. M. Briggs, and R. Michaelis-Jena, *Englische Volksmärchen.* (Die Märchen der Weltliteratur.) Düsseldorf & Köln.

Briggs/Tongue 1965: K. M. Briggs, and R. L. Tongue, *Folktales of England*. Chicago et al.

Brill 1981: T. Brill, *Legende populare româneşti* [Rumanian Folk Legends] 1. Bucureşti.

Brinar 1904: J. Brinar, *Lisica Zvitorepka. Živalske pravljice za odraslo mladino* [The Cunning Vixen. Animal Tales for Young Adults]. Celovec.

Bringéus 1989: N.-A. Bringéus, Asinus vulgi oder die Erzählung vom Vater, Sohn und Esel in der europäischen Bildtradition. L. Petzoldt, and S. de Rachewiltz (eds.), *Der Dämon und sein Bild*, 153–186. Frankfurt am Main et al.

Bringéus 2000: N.-A. Bringéus, Äggabondens framtidsplaner och grusade förhoppningar. M. Vasenkari, P. Enges, and A.-L. Siikala (eds.), *Telling, Remembering, Interpreting, Guessing. Festschrift A. Kaivola-Bregenhøj*, 201–218. Turku & Joensuu.

Britaev/Kaloev 1959: S. Britaev, and G. Kaloev, *Osetinskie narodnye skazki* [Ossetian Folktales]. Moskva.

Brix 1992: K. Brix, Drongurin, i› burturtikin var› av sjótrødlakonginum [The Boy Who Was Kidnapped by the King of the Sea-Monsters]. *Var›in* 59: 188–219.

Brockington 1995: M. Brockington, The Indic Version of "The Two Brothers" and Its Relationship to the "Rāmāyana". *Fabula* 36: 259–272.

Brockpähler 1980: P. Brockpähler, Den Haböken Evangelium - Lügenschwank und Evangelienparodie. *Niederdeutsches Wort* 20: 3–32.

Brodeur 1922: A. G. Brodeur, *Androcles and the Lion*. Berkeley.

Brokelmann 1908: C. Brokelmann, Eine altarabische Version der Geschichte vom Wunderbaum. *Studien zur vergleichenden Literaturgeschichte* 6: 237–238.

Bronkowski 1943: H. Bronkowski, *Wandlungen einer äsopischen Fabel in klassischer und mittelalterlicher Literatur*. Diss. Marburg.

Bronzini 1993: G. B. Bronzini, L'andar novellendo. Dal Novellino al Decameron. *Narodna Umjetnost* 30: 83–102.

Bronzini 1999: G. B. Bronzini, La figlia che allata il padre. *Lares* 65: 187–208.

Brown 1922: W. N. Brown, The Silence Wager Stories. Their Origin and their Diffusion. *American Journal of Philology* 43: 289–317.

Brown 1937: W. N. Brown, The Stickfast Motif in the Tar Baby Story. *25th Anniversary Studies, Publication of the Philadelphia Anthropological Society* 1: 1–12.

Brown 1952: C. Brown, *The Frank C. Brown Collection of North Carolina Folklore* 1–5. Durham.

Brückner 1903: A. Brückner, *Facecye polskie z roku 1624* [Polish Anecdotes from the Year 1624]. Kraków.

Brückner 1974: W. Brückner (ed.), *Volkserzählung und Reformation. Ein Handbuch zur Tradierung und Funktion von Erzählstoffen und Erzählliteratur im Protestantismus*. Berlin.

Brudnyj/Ešmambetov 1962: D. Brudnyj, and K. Ešmambetov, *Kirgizskie skazki* [Kirghiz Folktales]. Frunze.

Bruford 1970: A. Bruford, The Parson's Sheep. *Scottish Studies* 14: 88–93.

Bruford 1994f.: A. Bruford, Caught in the Fairy Dance. Rip van Winkle's Scottish Grandmother and Her Relations. *Béaloideas* 62/63 (1994/95): 1–28.

Bruford/MacDonald 1994: A. Bruford, and D. A. MacDonald, *Scottish Traditional Tales*. Edinburgh.

Brüggemann 1991: T. Brüggemann (ed.), *Handbuch der Kinder- und Jugendliteratur. Von 1570 bis 1750*. Stuttgart.

Brunet 1887: V. Brunet, Les Voleurs Volés. *Revue des traditions populaires* 2: 107–109.

Brunner/Wachinger 1986ff.: H. Brunner, and B. Wachinger (eds.), *Repertorium der Sangsprüche und Meisterlieder des 12. bis 18. Jahrhunderts* 1–16. Tübingen 1986–96.

Brunner-Traut 1989: E. Brunner-Traut, *Altägyptische Märchen*. (Die Märchen der Weltliteratur.) München [^{8}1989].

Brunner Ungricht 1998: G. Brunner Ungricht, *Die Mensch-Tier-Verwandlung. Eine Motivgeschichte unter besonderer Berücksichtigung des deutschen Märchens in der ersten Hälfte des 19. Jahrhunderts*. Bern et al.

Brunold-Bigler 1985: U. Brunold-Bigler, Quellenkritische Studie zu Arnold Büchlis Volkserzählungssammlung "Mythologische Landeskunde von Graubünden". *Bündner Monatsblatt* 7–8: 221–264.

Brunold-Bigler 1997: U. Brunold-Bigler, *Hungerschlaf und Schlangensuppe. Historischer Alltag in alpinen Sagen*. Bern et al.

Brunold-Bigler/Anhorn 2003: U. Brunold-Bigler, *Teufelsmacht und Hexenwerk. Lehrmeinungen und Exempla in der "Magiologia" des Bartholomäus Anhorn (1616–1700)*. Chur.

Brunvand 1981: J. H. Brunvand, *The Vanishing Hitchhiker*. New York & London.

Brunvand 1984: J. H. Brunvand, *The Choking Doberman and Other "New" Urban Legends*. New York & London.

Brunvand 1989: J. H. Brunvand, *Curses! Broiled Again! The Hottest Urban Legends Going*. New York & London.

Brunvand 1991: J. H. Brunvand, *The Taming of the Shrew. A Comparative Study of Oral and Literary Versions*. New York.

Brunvand 1993: J. H. Brunvand, *The Baby Train and Other Lusty Urban Legends*. New York & London.

Bryan/Dempster 1941: W. F. Bryan, and G. Dempster, *Sources and Analogues of Chaucer's Canterbury Tales*. Chicago.

Bučar 1918: F. Bučar, Narodne pripovijetke (Iz okolina zagrebačke) [Folktales (From the Surroundings of Zagreb)]. *Zbornik za narodni život i običaje južnih slavena* 23: 247–268.

Buch 1882: M. Buch, *Die Wotjäken*. Helsinki.

Buchan 1984: D. Buchan, *Scottish Tradition. A Collection of Scottish Folk Literature*. London et al.

Büchli/Brunold-Bigler 1989ff.: A. Büchli, *Mythologische Landeskunde von Graubünden. Ein*

Bergvolk erzählt 1–4. Ed. U. Brunold-Bigler. Disentis [2]1989/[3]89/90/92.

Buescu 1984: M. L. C. Buescu, *Monsanto, Etnografia e Linguagem*. Lisboa [2]1984.

Bukowska-Grosse/Koschmieder 1967: E. Bukowska-Grosse, and E. Koschmieder, *Polnische Volksmärchen*. (Die Märchen der Weltliteratur.) Düsseldorf & Köln.

Bulatkin 1965: I. F. Bulatkin, *Eurasian Folk and Fairy Tales*. New York.

Bunker 1944: H. A. Bunker, Mother-Murder in Myth and Legend. *Psychoanalytic Quarterly* 13: 198–207.

Bünker 1906: J. R. Bünker, *Schwänke, Sagen und Märchen in heanzischer Mundart*. Leipzig.

Burger 1993: P. Burger, *De wraak van de kangaroe. Sagen uit het moderne leven*. Amsterdam [4]1993.

Burger 1995: P. Burger, *De gebraden baby. Sagen en geruchten uit het moderne leven*. Amsterdam.

Burkhart/Schmidtlein 1995: J. A. Burkhart, and E. F. Schmidtlein, *Mules, Jackasses and Other Misconceptions*. Columbia, Montana.

Burrison 1968: J. A. Burrison, *"The Golden Arm". The Folktale and Its Literary Use by Mark Twain and Joel Chandler Harris*. Atlanta.

Burrison 1989: J. A. Burrison, *Storytellers. Folktales and Legends from the South*. Athens & London.

Busch 1910: W. Busch, *Ut ôler Welt*. München.

Busch/Ries 2002: W. Busch, *Die Bildergeschichten. Historisch-kritische Gesamtausgabe* 1–3. Bearbeitet von H. Ries (unter Mitwirkung von I. Haberland). Hannover.

Buse 1975: K. Buse, *NiedersächsischeVolksschwänke aus den Landkreisen Rotenburg (Wümme), Verden/Aller und Bremervörde*. Rotenburg [2]1975.

Busk 1874: R. H. Busk, *The Folk-Lore of Rome*. London.

Byhan 1958: E. Byhan, *Wunderbaum und goldener Vogel. Slowenische Volksmärchen*. Eisenach & Kassel.

Bynum 1978: D. A. Bynum, *The Daemon in the Wood. A Study of Oral Narrative Patterns*. Cambridge, Mass.

Cadic 1955: F. Cadic, *Contes de Basse-Bretagne*. Paris.

Cahan 1931: Y. L. Cahan, *Yiddische folksmeisses*. Vilna.

Čajkanović 1927: V. Čajkanović, *Srpske narodne pripovetke* [Serbian Folktales] 1. Beograd.

Čajkanović 1929: V. Čajkanović, *Srpske narodne pripovetke* [Serbian Folktales]. Beograd.

Čajkanović 1934: V. Čajkanović, *Srpske narodne pripovetke. Rasprave i gradja* [Serbian Folktales. Essays and Materials] 1. Beograd.

Calame-Griaule 1984: G. Calame-Griaule, The Father's Bowl. Analysis of a Dragon Version of AT 480. *Research in African Literatures* 15: 168–184.

Callaway 1868: N. Callaway, *Nursery Tales. Traditions and Histories of the Zulus*. Natal & London.

Calvino 1956: I. Calvino, *Fiabe italiane*. Torino.

Camaj / Schier-Oberdorffer 1974: M. Camaj, and U. Schier-Oberdorffer, *Albanische Märchen.* (Die Märchen der Weltliteratur.) Düsseldorf & Köln.

Camarena 1985: J. Camarena, La bella durmiente en la tradición oral ibérica e iberoamericana. *Revista de dialectología y tradiciónes populares* 40: 261–278.

Camarena / Chevalier 1995ff.: J. Camarena, and M. Chevalier, *Catálogo tipológico del cuento folklórico español.* [I] *Cuentos de animales;* [II] *Cuentos maravillosos;* [III] *Cuentos religiosos;* [IV] *Cuentos - Novela;* [V] *Cuentos del ogro estúpido* (forthcoming). Madrid 1995 / 97 / 2003 / 2003 / forthcoming.

Camarena Laucirica 1984: J. Camarena Laucirica, *Cuentos traditionales recopilados en la Provincia de Ciudad Real.* Ciudad Real.

Camarena Laucirica 1991: J. Camarena Laucirica, *Cuento tradicionales de León* 1–2. Madrid.

Cammann 1957: A. Cammann, Ein Volkserzähler aus Masuren. *Jahrbuch für Volkskunde der Heimatvertriebenen* 3: 216–228.

Cammann 1961: A. Cammann, *Westpreußische Märchen.* Berlin.

Cammann 1967: A. Cammann, *Deutsche Volksmärchen aus Rußland und Rumänien. Bessarabien - Dobrudscha - Siebenbürgen - Ukraine - Krim - Mittelasien.* Göttingen.

Cammann 1973: A. Cammann, *Märchenwelt des Preußenlandes.* Schloß Bleckede.

Cammann 1975: A. Cammann, Der weite Weg der Bremer Stadtmusikanten. *Jahrbuch der Wittheit zu Bremen* 19: 149–162.

Cammann 1980: A. Cammann, *Turmberg-Geschichten. Ein Beitrag zur westpreußischen Landes- und Volkskunde.* Marburg.

Cammann / Karasek 1976ff.: A. Cammann, and A. Karasek, *Donauschwaben erzählen* 1–4. Marburg 1976 / 77 / 78 / 79.

Cammann / Karasek 1981: A. Cammann, and A. Karasek, *Volkserzählung der Karpatendeutschen. Slovakei* 1–2. Marburg.

Campbell 1890ff.: J. F. Campbell, *Popular Tales of the West Highlands* 1–4. London [2]1890–93.

Campbell 1952: C. G. Campbell, *From Town and Tribe.* London.

Campbell 1954: C. G. Campbell, *Told in the Market Place. Forty Tales.* London 1954.

Campbell 1960: M. Campbell, The Three Teaching of the Bird. R. Patai (ed.), *Studies in Biblical and Jewish Folklore,* 97–107. Bloomington.

Campion-Vincent 1998: V. Campion-Vincent, The Tragic Mistake. Transformations of a Traditional Narrative. *Arv* 54: 63–79.

Campion-Vincent / Shojaei Kawan 2000: V. Campion-Vincent, and C. Shojaei Kawan, Marie-Antoinette and Her Famous Saying. Three Levels of Communication, Three Modes of Accusation and Two Troubled Centuries. *Fabula* 41: 13–41.

Cappeller 1924: C. Cappeller, *Litauische Märchen und Geschichten.* Berlin.

Carbone 1990: M. T. Carbone, *99 leggende urbane.* Milano.

Cardigos 1996: I. Cardigos, *In and Out of Enchantment. Blood Symbolism and Gender in Portuguese Fairytales.* (FF Communications 260.) Helsinki.

Cardigos (forthcoming): I. Cardigos, *Index of Portuguese Folktales.* (FF Communications.) Helsinki (forthcoming).

Cardoso 1971: C. L. Cardoso, Die "Flucht nach Ägypten" in der mündlichen portugeisischen Überlieferung. *Fabula* 12: 199–211.

Carney 1957: M. Carney, Fót báis/banathúfa. *Arv* 13: 173–179.

Carnoy 1883: É. H. Carnoy, *Littérature orale de la Picardie*. Paris.

Carnoy 1885: É. H. Carnoy, *Contes français*. Paris.

Carnoy 1917: A. J. Carnoy, *Iranian Mythology*. Boston.

Carpenter 1980: I. G. Carpenter, *A Latvian Storyteller*. New York.

Carrière 1937: J. M. Carrière, *Tales from the French Folk-Lore of Missouri*. Evanston & Chicago.

Carvalho-Neto 1966: P. de Carvalho-Neto, *Cuentos folklóricos de Ecuador*. Quito.

Cascudo 1944: L. da C. Cascudo, *Os Melhores Contos de Portugal*. Rio de Janeiro 1944.

Cascudo 1955a: L. da C. Cascudo, *Contos tradicionais do Brasil*. Bahia [2]1955.

Cascudo 1955b: L. da C. Cascudo, *Trinta "estórias" brasileiras*. Lisboa.

Casti 1829: G. Casti, *Novelle galanti*. Berlin.

Castro Guisasola 1923: F. Castro Guisasola, El horóscopo del hijo del rey Alcaraz en el Libro de buen amor. *Revista de filologia española* 10: 396–398.

Celske slovenske novine: *Celske slovenske novine* 1(1848).

Čendej 1959: I. Čendej, *Skazki verchoviny. Zakarpatskie ukrainskie narodnye skazki* [Fairy Tales of the Highland. Transkarpathian Ukrainian Folktales]. Užgorod 1959.

Čepenkov/Penušliski 1989: M. K. Čepenkov, *Makedonski narodni prikazni* [Macedonian Folktales] 1–5. Ed. K. Penušliski. Skopje.

Četkarev 1956: K. A. Četkarev, *Marikskie narodnye skazki* [Folktales of Mari]. Joskar-Ola.

Chalilov 1965: C. Chalilov, *Skazki narodov Dagestana* [Folktales of the Dagestan People]. Moskva.

Chambers 1870: R. Chambers, *Popular Rhymes of Scotland*. London & Edinburgh.

Chase 1948: R. Chase, *Grandfather Tales. American-English Folk Tales*. Boston.

Chase 1956: R. Chase, *American Folk Tales and Songs*. New York.

Chase 1958: R. Chase, *The Jack Tales*. Cambridge, Mass.

Chatelain 1894: H. Chatelain, *Folk-Tales of Angola*. Boston & New York.

Chatillon 1980: F. Chatillon, A propos de la Chienne qui pleure. *Revue du Moyen âge latin* 36: 39–41.

Chauvin 1892ff.: V. Chauvin, *Bibliographie des ouvrages arabes* 1–12. Liège 1892–1922.

Chauvin 1898: V. Chauvin, Le Rêve du trésor sur le pont. *Revue des traditions populaires* 13: 193–196.

Chauvin 1904: V. Chauvin, Wunderbare Versetzungen unbeweglicher Dinge. *Zeitschrift für Volkskunde* 14: 316–320.

Chavannes 1910ff.: E. Chavannes, *Cinq cent Contes et apologues extraits du Tripitaka chinois*

1-4. Paris 1910/11/11/34.
Cheesman 1988: T. Cheesman, *"Die Mordeltern" or The (Un)Happy Return of the Long-Lost Son*. Freiburg i. Br.
Chertudi 1960f.: S. Chertudi, *Cuentos folklóricos de la Argentina* 1-2. Buenos Aires 1960/64.
Chesnutt 1980a: M. Chesnutt, The Colbeck Legend in English Tradition of the Twelfth and Thirteenth Centuries. V. J. Newall (ed.), *Folklore Studies in the Twentieth Century*. 153-157. Woodbridge & Totowa.
Chesnutt 1980b: M. Chesnutt, The Grateful Animals and the Ungrateful Man. An Oriental Exemplum and Its Derivatives in Medieval European Literary Tradition. *Fabula* 21: 24-55.
Chesnutt 1989: M. Chesnutt, Thor's Goats and the Three Wishes. Contributions to the History of Aarne-Thompson Types 750 A-B. *Scandinavian Studies* 61: 316-338.
Chesnutt 1991: M. Chesnutt, Nordic Variants of the Guntram Legend. *Arv* 47: 153-165.
Chevalier 1964: M. Chevalier, Un cuento, una comedia, cuatro novelas. R. B. Tate (ed.), *Essays on Narrative Fiction in the Iberian Peninsula. Festschrift F. Pierce*, 27-38. Oxford.
Chevalier 1983: M. Chevalier, *Cuentos folklóricos en la España del Siglo de Oro*. Barcelona.
Child 1882ff.: F. J. Child, *The English and Scottish Popular Ballads* 1-5. New York 1882-98.
Childers 1948: J. W. Childers, *Motif-Index of the Cuentos of Juan Timoneda*. Bloomington.
Childers 1966: J. W. Childers, Sources of the 'Magic Twig' Story. *Hispania* 49: 729-731.
Childers 1977: J. W. Childers, *Tales from Spanish Picaresque Novels. A Motif-Index*. Albany.
Chilli 1920: S. Chilli, *Folk-Tales of Hindustan*. Allahabad [3]1920.
Chiţimia 1968: I. C. Chiţimia, Un basm necunoscut înregistrat în secolul al XVIII-lea. *Revista de istorie şi teorie literară* 7 (1): 109-118.
Chodzko 1864: A. Chodzko, *Contes des paysans et des pâtres slaves*. Paris.
Choi 1979: I. Choi, *Type Index of Korean Folk*tales. Seoul.
Christensen 1918: A. Christensen, *Contes persans en langue populaire*. København.
Christensen 1921: A. Christensen, *Textes ossètes*. København.
Christensen 1922: A. Christensen, Júhí in the Persian Literature. T. W. Arnold, and R. A. Nicholson (eds.), *Ağab-Nāma. Festschrift E. G. Browne*, 129-136. Cambridge.
Christensen 1923: A. Christensen, Les Sots dans la tradition populaire des Persans. *Acta Orientalia* 1: 43-75.
Christensen 1936: A. Christensen, La Princesse sur la feuille de myrthe et la princesse sur le pois. *Acta Orientalia* 14: 241-257.
Christensen 1939: A. Christensen, *Molboernes vise gerninger*. København.
Christensen 1941: A. Christensen, *Dumme folk*. København.
Christensen 1958: A. Christensen, *Persische Märchen*. (Die Märchen der Weltliteratur.) Düsseldorf & Köln.
Christensen/Bødker 1963ff.: N. Christensen, *Folkeeventyr fra Kær herred*. Ed. L. Bødker. København 1963-67.

Christiansen 1916: R. T. Christiansen, *The Tale of the Two Travellers or the Blinded Man.* (FF Communications 24.) Helsinki.

Christiansen 1921: R. T. Christiansen, *Norske eventyr*. Kristiania.

Christiansen 1922: R. T. Christiansen, *The Norwegian Fairytales.* (FF Communications 46.) Helsinki.

Christiansen 1926: R. T. Christiansen, Et norsk eventyr i Danmark. *Maal og Minne* 1926: 188–196.

Christiansen 1931: R. T. Christiansen, Bodach an t-Silein. *Béaloideas* 3: 107–120.

Christiansen 1946: R. T. Christiansen, *The Dead and the Living*. Oslo.

Christiansen 1949: R. T. Christiansen, Fra jydsk til norsk tradisjon. P. Skautrup, and A. Steensberg (eds.), *Festschrift H. P. Hansen*, 213–221. København.

Christiansen 1957: R. T. Christiansen, The Sisters and the Troll. Notes to a Folktale. W. E. Richmond (ed.), *Studies in Folklore. Festschrift S. Thompson*, 24–39. Bloomington.

Christiansen 1958: R. T. Christiansen, *The Migratory Legends. A Proposed List of Types with a Systematic Catalogue of the Norwegian Variants.* (FF Communications 175.) Helsinki.

Christiansen 1959: R. T. Christiansen, *Studies in Irish and Scandinavian Folktales.* Copenhagen.

Christiansen 1960: R. T. Christiansen, "Displaced" Folktales. W. D. Hand, and Gustave O. Arlt (eds.), *Humaniora. Festschrift A. Taylor*, 161–171. Locust Valley, N.Y.

Christiansen 1964: R. T. Christiansen, *Folktales of Norway*. London & Chicago.

Christiansen 1974: R. T. Christiansen, Midwife to the Hidden People. *Lochlann* 6: 104–117.

Cifarelli 1993: P. Cifarelli, *Catalogue thématique des fables ésopiques françaises du XVI*[e] *siècle.* Paris.

Cioranescu 1971: A. Cioranescu, Utopie. Cocagne et âge d'or. *Diogène* 75: 86–123.

Cirese/Serafini 1975: A. M. Cirese, and L. Serafini, *Tradizioni orali non cantate. Primo inventario nazionale per tipi, motivi o argomenti di fiabe, leggende, storie e aneddoti, indovinelli, proverbi, notizie sui modi tradizionali di espressione e di vita ecc., di cui alle registrazioni sul campo promosse dalla Discoteca di Stato in tutte le regioni italiane negli anni 1968–69 e 1972.* Roma.

Čistov 1958: K. Čistov, *Perstenek-dvenadcat' staveškov. Izbrannye russkie skazki Karelii* [The Ring with the Twelve Jewels. Selected Russian Folktales of Karelia]. Petrozavodsk.

Clarke 1958: K. W. Clarke, *A Motif-Index of the Folktales of Culture Area.* 5: *West Africa*. Diss. Bloomington.

Clausen-Stolzenburg 1995: M. Clausen-Stolzenburg, *Märchen und mittelalterliche Literaturtradition*. Heidelberg.

Clement 1846: K. J. Clement, *Der Lappenkorb von Gabe Schneider aus Westfriesland mit Zutaten aus Nordfriesland*. Leipzig.

Clementina 1946: M. Clementina, *Contos populares*. Porto.

Clodd 1898: E. Clodd, *Tom Tit Tot. An Essay on Savage Philosophy in Folk Tale*. London.

Closs 1932: A. Closs, Die Teufelsbeichte, ein mittelhochdeutsches Exemplum. *Modern Language Review* 27: 293–306.

Clouston 1884: W. A. Clouston, *The Book of Sindibād*. Glasgow.

Clouston 1887: W. A. Clouston, *Popular Tales and Fictions. Their Migrations and Transformations* 1–2. Edinburgh & London 1887. (Ed. C. Goldberg. Santa Barbara et al. 2002.)

Clouston 1888: W. A. Clouston, *The Book of Noodles*. London.

Coatu 1985: N. Coatu, Mecanismul combinatoriu al basmului tip 300 cu basmul tip 303 ATh, in perspectivă comparată [Le Mécanisme combinatoire du conte type 300 avec 303 ATh, dans la perspective du folklore comparé]. *Revista de etnografie şi folclor* 30 (2): 125–134.

Cobb 1957: L. M. Cobb, Two Folktales. *North Carolina Folktale Record* 3: 1–8.

Cocchiara 1956: G. Cocchiara, *Il paese di Cuccagna e altri studi di folklore*. Torino.

Cocchiara 1963: G. Cocchiara, *Il mondo alla rovescia*. Torino.

Cock 1918: A. de Cock, *Volkssage, Volksgeloof en Volksgebruik*. Antwerpen.

Cock 1919: A. de Cock, *Studien en essays over oude volksvertelsels*. Antwerpen.

Coelho 1879: A. Coelho, *Contos populares portuguezes*. Lisboa.

Coelho 1965: G. T. Coelho, *Contes et légendes du Portugal*. Paris.

Coelho 1985: A. Coelho, *Contos populares portugueses*. Lisboa [2]1985.

Coetzee et al. 1967: A. Coetzee, S. C. Hattingh, W. J. G. Loots, P. D. Swart, Tiperegister van die Afrikaanse Volksverhaal. *Tydskrif vir Volkskunde en Volkstaal* 23: 1–90.

Coleman 1965: M. M. Coleman, *A World Remembered. Tales and Lore of the Polish Land*. Cheshire, Connecticut.

Combes 1901: L. de Combes, *Le Légende du bois de la Croix*. Lyon.

Conrad 1999: J. A. Conrad, Polyphemus and Tepegöz Revisited. A Comparison of the Tales of the Blinding of the One-eyed Ogre in Western and Turkish Traditions. *Fabula* 40: 62–76.

Constans 1881: L. Constans, *La Légende d'Oedipe*. Paris.

Cooke 1993: D. Cooke, Tales. J. B. Severs et al. (eds.), *A Manual of the Writings in Middle English 1050–1500*. New Haven.

Cornelissen 1929ff.: P. J. Cornelissen, *Nederlandsche Volkshumor op stad en dorp, land en volk* 1–6. Antwerpen 1929–37.

Cornelissen/Vervliet 1900: P. J. Cornelissen, and J. B. Vervliet, *Vlaamsche volksvertelsels en wondersprookjes*. Lier.

Cosby 1945: R. C. Cosby, The Mak Story and Its Folklore Analogues. *Speculum* 20: 310–317.

Cosquin 1886f.: E. Cosquin, *Contes populaires de Lorraine* 1–2. Paris 1886/87.

Cosquin 1887: E. Cosquin, La Dispute entre les libérateurs de la captive. *Revue des traditions populaires* 2: 41.

Cosquin 1908: E. Cosquin, Le Lait de la mère et le coffre flottant. *Revue des Questions Historiques* 42: 353–425.

Cosquin 1910: E. Cosquin, Le Conte de "La chaudière bouillante et de la feinte maladresse" dans l'Inde et hors de l'Inde. *Revue des traditions populaires* 25: 25–86.

Cosquin 1922a: E. Cosquin, *Les Contes indiens et l'occident*. Paris.

Cosquin 1922b: E. Cosquin, *Études folkloriques*. Paris.

Coster-Wijsman 1929: L. M. Coster-Wijsman, *Uilespiegel-verhalen in Indonesië, in het biezonder in de Soendalanden*. Santpoort.

Coto 1992: P. Coto, Historias errantes. Una visón del cuento "El herrero Miseria" [Wandering Stories. A Version of the Folktale "Blacksmith Misery"]. *Revista de investigaciones folklóricas* 7: 63–67.

Coulomb/Castell 1986: N. Coulomb and Castell, *La Barque qui allait sur l'eau et sur la terre*. Carcassonne.

Courlander 1950: H. Courlander, *Kantchil's Lime Pit and Other Stories from Indonesia*. New York.

Courlander/Leslau 1950: H. Courlander, and W. Leslau, *The Fire on the Mountain and Other Ethiopian Stories*. New York.

Courrière 1988: F. Courrière, *Récits et traditions de la montagne noire*. Carcassonne.

Cox 1893: M. R. Cox, *Cinderella*. London.

Cox 1990: H. L. Cox, "L'Histoire du cheval enchanté" aus 1001 Nacht in der mündlichen Überlieferung Französisch-Flanderns. D. Harmening, and E. Wimmer (eds.), *Volkskultur - Geschichte - Region. Festschrift W. Brückner*, 581–590. Würzburg.

Cox-Leick/Cox 1977: A. M. A. Cox-Leick, and H. L. Cox, *Märchen der Niederlande*. (Die Märchen der Weltliteratur.) Düsseldorf & Köln.

Craig 1947: K. C. Craig, Sgialachdan ó Uibhist [Two Folk-tales, AaTh 671 and a Finnish Tale from South Uist]. *Béaloideas* 17: 231–250.

Crane 1885: T. F. Crane, *Italian Popular Tales*. Boston & New York.

Crawford 1925: J. P. Crawford, El horóscopo del hijo del rey Alcaraz en el Libro de buen amor. *Revista de filologia española* 12: 184–190.

Cray 1961: E. Cray, The Soldier's Deck of Cards Again. *Midwest Folklore* 11: 225–234.

Cróinín/Ó Cróinín 1971: S. Ó Cróinín, and D. Ó Cróinín, *Scéalaíocht Amhlaoibh ê Luínse* [Folktales Told by Amhlaoibh Ó Luínse]. Dublin.

Cross 1952: T. P. Cross, *Motif-Index of Early Irish Literature*. Bloomington.

Crowley 1966: D. J. Crowley, *I Could Talk Old-Story Good. Creativity in Bahamian Folklore*. Los Angeles.

Crowley 1976: D. J. Crowley, "The Greatest Thing in the World". Type 653A in Trinidad. L. Dégh, H. Glassie, and F. J. Oinas (eds.), *Folklore Today. Festschrift R. Dorson*, 93–100. Bloomington.

Csenki/Vekerdi 1980: S. Csenki, and J. Vekerdi, *Ilona Tausendschön. Zigeunermärchen und -schwänke aus Ungarn*. Kassel.

Curletto 1984: S. Curletto, Il lupo e la gru da Esopo a La Fontaine. *Favolisti latini medievali*

1: 11–24.

Cushing 1901: F. H. Cushing, *Zuñi Folk Tales*. New York & London.

Custódio / Galhoz 1996f.: I. F. Custódio, and M. A. F. Galhoz, *Memória Tradicional de Vale Judeu* 1–2. Loulé 1996 / 97.

Cvetinovič 1959: N. A. Cvetinovič, *Tureckie narodnye skazki* [Turkish Folktales]. Moskva.

D'Aronco 1953: G. D'Aronco, *Indice delle fiabe toscane*. Firenze.

D'Aronco 1957: G. D'Aronco, *Le fiabe di magia in Italia*. Udine.

Da Costa Fontes 1990: M. Da Costa Fontes, A Portuguese Folk Story and Its Early Congeners. *Hispanic Review* 58: 73–88.

Dahlke 1973: M. Dahlke, *Das Sujet vom stolzen Kaiser in den ostslavischen Volks- und Kunstliteraturen*. Amsterdam.

Dähnhardt 1907: O. Dähnhardt, Beiträge zur vergleichenden Sagenforschung. 2: Naturdeutung und Sagenentwicklung. *Zeitschrift für Volkskunde* 17: 129–143.

Dähnhardt 1907ff.: O. Dähnhardt, *Natursagen* 1–4. Leipzig 1907 / 09 / 10 / 12.

Dale 1984: R. Dale, *It's True ... It Happened to a Friend*. London.

Dammann 1978: G. Dammann, Über Differenz des Handelns im Märchen. Strukturale Analysen zu den Sammlungen von Chr. W. Günther, J. G. Münch und J. und W. Grimm. W. Haubrichs (ed.), *Erzählforschung* 3, 71–106. Göttingen.

Dance 1978: D. C. Dance, *Shuckin' and Jivin'. Folklore from Contemporary Black Americans*. Bloomington.

Danner 1961: E. Danner, *Die Tanne und ihre Kinder. Märchen aus Litauen*. Berlin ^{2}1961.

Danuser Richardson 1976: B. Danuser Richardson, *Motif-Index of Romanish Folktales*. Diss. New Haven.

Dardy 1891: L. Dardy, *Anthologie populaire de l'Albret* 2. Agen.

Daskalova et al. 1985: L. Daskalova, D. Dobreva, J. Koceva, and E. Miceva, *Narodna proza ot Blagoevgradski okrug* [Folk Prose of the County Blagoevgrad]. Sofia.

Daum 1983: W. Daum, *Märchen aus dem Jemen*. (Die Märchen der Weltliteratur.) Köln.

Däumling 1912: H. Däumling, *Studie über den Typus des Mädchens ohne Hände innerhalb des Konstanze-Zyklus*. Diss. München.

Davies 1911: J. C. Davies, *Folk-Lore of West and Mid-Wales*. Aberystwyth.

Davies 1990: C. Davies, *Ethnic Humour Around the World. A Comparative Analysis*. Bloomington & Indianapolis.

Davis 2002: D. Davis, *Panthea's Children. Hellenistic Novels and Medieval Persian Romances*. New York.

Dawkins 1916: R. M. Dawkins, *Modern Greek in Asia Minor*. London.

Dawkins 1937: R. M. Dawkins, Alexander and the Water of Life. *Medium Aevum* 6: 173–192.

Dawkins 1950: R. M. Dawkins, *Forty-five Stories from the Dodekanese*. Cambridge.

Dawkins 1953: R. M. Dawkins, *Modern Greek Folktales*. Oxford.

Dawkins 1955: R. M. Dawkins, *More Greek Folktales*. Oxford.

Daxelmüller 1993: C. Daxelmüller, Erzählen über Technik. *Bayerisches Jahrbuch für Volkskunde* 1993: 39–55.

Day 1908: L. B. Day, *Folk-Tales of Bengal*. London [10]1908.

De Nino 1883f.: A. De Nino, *Usi e costumi abruzzesi* 3–4. Firenze 1883/87.

De Simone 1994: R. De Simone, *Fiabe campane. I novantanove racconti delle dieci notti* 1–2. Torino.

Debaene 1951: L. Debaene, *De Nederlandse volksboeken*. Antwerpen.

Debus 1951: O. Debus, *Till Eulenspiegel in der deutschen Volksüber*lieferung. Diss. (masch.) Marburg.

Dechoti 1958: A. Dechoti, *Tadzikskij narodnyj jumor* [Humour of the Tadzhik People]. Stalinabad.

Decurtins 1896ff.: C. Decurtins, *Rätoromanische Chrestomathie* 1–15. Erlangen & Chur 1896–1986.

Decurtins/Brunold-Bigler 2002: C. Decurtins, and U. Brunold-Bigler, *Die drei Winde. Rätoromanische Märchen aus der Surselva*. Chur.

Deecke 1925: E. Deecke, *Lübische Geschichten und Sagen*. Lübeck [6]1925.

Dégh 1955f.: L. Dégh, *Kakasdi népmesék* [Folktales from Kakasd] 1–2. Budapest 1955/60.

Dégh 1960: L. Dégh, Az AaTh 449/A magyar redakciója [A Hungarian Redaction of AaTh 449]. *Ethnographia* 71: 277–296.

Dégh 1978: L. Dégh, The Tree that Reached up to the Sky (Type 468) [1963]. Linda Dégh (ed.), *Studies in East European Folk Narrative*, 263–316. Bloomington.

Dégh 1982f.: L. Dégh, The Jokes of an Irishman in a Multiethnic Environment. *Jahrbuch für Volksliedforschung* 27/28 (1982/83): 90–108.

Dégh 1989: L. Dégh, An Ethnography of a Folktale. L. Dégh (ed.), *The Old Traditional Way of Life. Festschrift W. E. Roberts*, 338–350. Bloomington.

Dejun/Xueliang 1982: L. Dejun, and T. Xueliang, *Yizu minjian gushi xuan* [Selection of the Folklore of the Yi People). Shanghai.

Dekker et al. 1997: T. Dekker, J. van der Kooi, and T. Meder, *Van Aladdin tot Zwaan kleef aan. Lexicon van sprookjes: Ontstaan, ontwikkeling, variaties*. Nijmegen.

Del Monte Tàmmaro 1971: C. Del Monte Tàmmaro, *Indice delle fiabe abruzzesi*. Firenze.

Delarue 1947: P. Delarue, *L'Amour des trois oranges*. Paris.

Delarue 1950: P. Delarue, A Propos du dicton-legende de l'oise: "Comme le curé de caisnes!" *Bulletin folklorique d'ële-de-France* N. S. 12: 130–131.

Delarue 1953: P. Delarue, Le Conte de l'enfant à la queue du loup. *Arts et traditions populaires* 1: 33–58.

Delarue 1956: P. Delarue, *The Borzoi Book of French Folktales*. New York.

Delarue 1957: P. Delarue, *Le Conte populaire français. Catalogue raisonné des versions de France et des pays de langue française d'outre-mer* 1. Paris.

Delarue 1959: P. Delarue, Le conte de "Brigitte, la maman qui m'a pas fait, mais m'a nourri". *Fabula* 2: 254–264.

Delarue/Tenèze 1964ff.: P. Delarue, M.-L. Tenèze, *Le Conte populaire français. Catalogue raisonné des versions de France et des pays de langue française d'outre-mer* 2–4,1/[2]. Paris 1964/76/85/2000. (Vol. 4[2] in Collaboration with J. Bru.)

Delbouille 1951: M. Delbouille, *Le Lai d'Aristote de Henri d'Andeli*. Paris.

Delehaye 1907: H. Delehaye, *Die hagiographischen Legenden*. Kempten.

Delitala 1970: E. Delitala, *Gli studi sulla narrativa tradizionale sarda. Profilo storico e bibliografia analitica*. Cagliari.

Delpech 1989: F. Delpech, El cuento de los hijos ingratos y el fingido tesoro (Aa-Th 982). *Revista de Dialectología y Tradiciones Populares* 44: 27–71.

Delpech 1998: F. Delpech, Heroic Hairyness and Women in Disguise. Archeology of a Military Tactic and la Legend of the Women of Orihuela. *Bulletin hispanique* 100: 131–164.

Denecke 1971: L. Denecke, "Der Grabhügel" (KHM 195) aus dem Munde der Viehmännin. *Fabula* 12: 218–228.

Deneke 1958: B. Deneke, *Legende und Volkssage. Untersuchungen zur Erzählung vom Geistergottesdienst*. Diss. Frankfurt.

Deonna 1954: W. Deonna, La Légende de Pero et de Micon et l'allaitement symbolique. *Latomus* 13: 140–166, 356–375.

Deonna 1956: W. Deonna, Les Thèmes symboliques de la légende de Pero et de Micon. *Latomus* 15: 489–511.

Depiny 1932: A. Depiny, *Oberösterreichisches Sagenbuch*. Linz.

Dermenghem 1945: E. Dermenghem, *Contes kabyles*. Alger.

Desmonde 1965: W. H. Desmonde, Jack and the Beanstalk. A. Dundes (ed.), *The Study of Folklore*, 107–109. Englewood Cliffs, N.J.

Deulin 1874: C. Deulin, *Cambrinus*. Paris.

DFS: Dansk Folkemindesamling. The National Collection of Folklore. Copenhagen.

Di Francia 1932: L. Di Francia, *La leggenda di Turandot nella novellistica e nel teatro*. Trieste.

Dicke/Grubmüller 1987: G. Dicke, and K. Grubmüller, *Die Fabeln des Mittelalters und der frühen Neuzeit. Ein Katalog der deutschen Versionen und ihrer lateinischen Entsprechungen*. München.

Dietrich 1956: A. Dietrich, Damaskener Schwänke. *ZDMG* 106 N. F. 31 (1956) 317–344.

Dietz 1951: J. Dietz, *Lachende Heimat. Schwänke und Schnurren aus dem Bonner Land*. Bonn.

Dijk 1998: M. van Dijk, Zeg, Roodkapje ... Parallelen tussen volksverhalen en volksliederen. *Volkskundig Bulletin* 24: 296–331.

Diller 1982: I. Diller, *Zypriotische Märchen*. Athen.

Dima 1944: A. Dima, *Rumänische Märchen*. Leipzig.

Dinnissen 1993: M. H. Dinnissen, *Volksverhalen uit Gendt*. Amsterdam.

Dinzelbacher 1973: P. Dinzelbacher, *Die Jenseitsbrücke im Mittelalter*. Wien.

Dinzelbacher 1977: P. Dinzelbacher, *Judastraditionen*. Wien.

Dirr 1920: A. Dirr, *Kaukasische Märchen.* (Die Märchen der Weltliteratur.) Jena.

Dithmar 1970: R. Dithmar, Fuchs und Rabe - bei Aesop, La Fontaine und Lessing. *Unterricht heute* 21: 518–522.

Dittmaier 1950: H. Dittmaier, *Sagen, Märchen und Schwänke von der unteren Sieg*. Bonn.

Dizdar 1955: H. Dizdar, *Narodne pripovijetke iz Bosne i Hercegovine* [Folktales from Bosnia and Herzegovina]. Sarajevo.

Djurklou 1883: G. Djurklou, *Sagor och äfventyr. Berättade på svenska landsmål*. Stockholm.

Dobbertin 1970: H. Dobbertin, *Quellensammlung zur Hamelner Rattenfängersage*. Göttingen.

Dobos 1962: I. Dobos, *Egy somogyi parasztcsalád meséi* [The Folktales of a Farmer Family from Somogy]. Budapest.

Dobrovol'skij 1891ff.: V. N. Dobrovol'skij, *Smolenskij ėtnografičeskij sbornik* [Anthology of Ethnographic Materials from Smolensk] 1–4. St. Petersburg & Moskau 1891–1903.

Dodge 1987: R. K. Dodge, *Early American Almanac Humor*. Bowling Green, Ohio.

Doerfer 1983: G. Doerfer, *Sibirische Märchen*. 2: *Tungusen und Jakuten*. (Die Märchen der Weltliteratur.) Köln.

Dolby-Stahl 1988: S. Dolby-Stahl, Sour Grapes. Fable, Proverb, Unripe Fruit. P. Carnes (ed.), *Proverbia in Fabula. Essays on the Relationship of the Fable and the Proverb*, 295–310. Bern et al.

Dolenec 1972: M. Dolenec, Podravske narodne pripovijetke, pošalice i predaje [Folktales from Podravina (Drau Valley)]. *Narodna Umjetnost* 9: 67–158.

Dolgich 1961: B. O. Dolgich, *Mifologičeskie skazki i istoričeskie predanija ėncev* [Mythological Tales and Historical Traditions of the Enets]. Moskva.

Dolidze 1956: N. I. Dolidze, *Gruzinskie narodnye skazki* [Georgian Folktales]. Tbilisi.

Dolidze 1960: N. Dolidze, *Volšebnye skazki* [Fairytales]. Tblisi.

Dömötör 1964: Á. Dömötör, Ukrainskie odmiany bajki o wysokim drzewie [Ukrainian Variants of the Folktale, "The Tree That Grows Up to the Sky"]. *Studia Slavica Hungarica* 10 (1–2): 181–187.

Dömötör 1985: Á. Dömötör, Die Naturkunde der Gleichnisse in den protestantischen Predigten. *Theologiai szemle* 28 (1): 15–21.

Dömötör 1992: Á. Dömötör, *A magyar protestáns exemplumok katalógusa* [A Catalogue of the Hungarian Protestant Exempla]. Budapest.

Dömötör 1993: Á. Dömötör, Affinitätsuntersuchungen zu den ukrainischen und ungarischen Varianten des Märchens vom Erbsensohn. *Zeitschrift für Balkanologie* 29: 68–84.

Dömötör 1998: Á. Dömötör, Das Märchen von den Obstmädchen bei den Kroaten und seine Motivzusammenhänge. *Zeitschrift für Balkanologie* 34: 156–162.

Dömötör 1999: Á. Dömötör, A népi elbeszéléskultúra változásai a Hangony völgyében [Die Veränderung der volkstümlichen Erzählkultur im Tal des Hangony-Baches]. *Különlenyomat a Herman Ottó Múzeum évköyve* 38: 1199–1228.

Dömötör 2001: Á. Dömötör, Erzählungen in den Lesebüchern der ungarischen Volksschule 1800–1940. *Acta Ethnographica Hungarica* 46: 273–296.

Dondore 1939: D. Dondore, The Children of Eve in America. Migration of an Ancient Legend. *Southern Folklore Quarterly* 3: 223–229.

Dorn 1967: E. Dorn, *Der sündige Heilige in der Legende des Mittelalters*. München.

Dörrer 1962: A. Dörrer, St. Kümmernis in Österreich. *Archiv für Kulturgeschichte* 44: 120–129.

Dorson 1946: R. M. Dorson, *Jonathan Draws the Long Bow*. Cambridge, Mass.

Dorson 1952: R. M. Dorson, *Bloodstoppers and Bearwalkers. Folk Traditions of the Upper Peninsula*. Cambridge, Mass.

Dorson 1954: R. M. Dorson, King Beast of the Forest Meets Man. *Southern Folklore Quarterly* 18: 119–128.

Dorson 1956: R. M. Dorson, *Negro Folktales in Michigan*. Cambridge, Mass.

Dorson 1958: R. M. Dorson, *Negro Tales from Pine Bluff, Arkansas and Calvin, Michigan*. Bloomington.

Dorson 1959: R. M. Dorson, *American Folklore*. Chicago.

Dorson 1962: R. M. Dorson, *Folk Legends of Japan*. Rutland & Tokyo.

Dorson 1964: R. M. Dorson, *Buying the Wind*. Chicago & London.

Dorson 1967: R. M. Dorson, *American Negro Folktales*. New York.

Dorson 1972: R. M. Dorson, *African Folklore*. Bloomington & London.

Dorson 1976: R. M. Dorson, *Folklore and Fakelore. Essays Toward a Discipline of Folk Studies*. Cambridge, Mass. & London.

Dovydaitis 1987: J. Dovydaitis, *Lietuvių liaudies pasakos su dainuojamais intarpais* [Lithuanian Folktales in Verse]. Vilnius.

Downing 1965: C. Downing, *Tales of the Hodja*. New York.

Dowojna-Sylwestrowicz 1894: M. *Dowojna-Sylwestrowicz, Podania żmujdzkie* [Žemaitian Folktales and Legends] 1–2. Warszawa.

Dozon 1881: A. Dozon, *Contes albanais*. Paris.

Draak 1936: A. M. E. Draak, *Onderzoekingen over de roman van Walewein*. Haarlem.

Draak 1946: M. Draak, Is Ondank's Werelds Loon? *Neophilologus* 30: 129–138.

Dracott 1914: A. E. Dracott, *Simla Village Tales, or, Folk Tales from the Himalayas*. London.

Drekonja 1932: C. Drekonja, *Tolminske narodne pravljice* [Folktales from Tolmin]. Trst.

Drory 1977: R. Drory, Ali Baba and the Forty Thieves. An Attempt at a Model for the Narrative Structure of the Reward-and-Punishment Fairy Tale. H. Jason, and D. Segal (eds.), *Patterns in Oral Literature*, 31–48. The Hague & Paris.

Družinina 1959: E. S. Družinina, *Kurdskie skazki* [Kurdish Folktales]. Moskva.

Dufournet/Rousse 1986: J. Dufournet, and M. Rousse, *Sur "La Farce de Maitre Pierre Pathelin"*. Genf.

Duinhoven 1989: A. M. Duinhoven, *De geschiedenis van Beatrijs* 1. Utrecht.

Dulac 1925: É. Dulac, *Histoires gasconnes*. Paris.

Dul'zon 1966: A. Dul'zon, *Ketskie skazki* [Folktales of the Ket]. Tomsk.

Dumézil 1937: G. Dumézil, *Contes Lazes*. Paris.

Dumézil 1957: G. Dumézil, *Contes et légendes des Oubykhs*. Paris.

Dundes 1971: A. Dundes, Study of Ethnic Slurs. The Jew and the Polack in the United States. *Journal of American Folklore* 84: 186–203.

Dundes 1982: A. Dundes (ed.), *Cinderella. A Folklore Casebook*. New York.

Dundes 1989: A. Dundes (ed.), *Little Red Riding Hood. A Casebook*. Madison.

Duyse 1903ff.: E. van Duyse, *Het oude Nederlandsche lied* 1–4. 's-Gravenhage & Antwerpen 1903–08.

DVldr: *Deutsche Volkslieder mit ihren Melodien*. 1935ff.

Dvořák 1978: K. Dvořák, *Soupis staročeských exempel/Index exemplorum paleobohemicorum*. Praha.

Dwyer 1978: D. H. Dwyer, *Images and Self-Images*. New York.

Dykstra 1895f.: W. Dykstra, *Uit Friesland's volksleven van vroeger en later* 1–2. Leeuwarden 1895/96.

Džalila et al. 1989: O. Džalila, D. Džalila, and Z. Džalil, *Kurdskie skazki, legendy i predanija* [Kurdish Folktales, Legends and Traditions]. Moskva.

Džimbinov 1959: B. Džimbinov, *Kalmyckie skazki* [Kalmyk Folktales]. Stavropol.

Džimbinov 1962: B. Džimbinov, *Kalmyckie skazki* [Kalmyk Folktales]. Moskva.

Đjorđjevič/Milošević-Đjorđjevič 1988: D. M. Đjorđjevič/Milošević-Đjorđjevič, *Srpske narodne pripovetke i predanja iz leskovačke oblasti* [Serbian Folktales and Traditions of the Leskovač Area]. Beograd.

Eberhard 1937: W. Eberhard, *Typen chinesischer Volksmärchen*. (FF Communications 120.) Helsinki.

Eberhard 1941: W. Eberhard, *Volksmärchen aus Südost-China*. (FF Communications 128.) Helsinki.

Eberhard 1965: W. Eberhard, *Folktales of China*. Chicago et al.

Eberhard 1989: W. Eberhard, The Story of Grandaunt Tiger. A. Dundes (ed.), *Little Red Riding Hood. A Casebook*, 21–63. Madison.

Eberhard/Boratav 1953: W. Eberhard, and P. N. Boratav, *Typen türkischer Volksmärchen*. Wiesbaden.

Eberhard/Eberhard 1976: W. Eberhard, and A. Eberhard, *Südchinesische Märchen*. (Die Märchen der Weltliteratur.) Düsseldorf & Köln.

Eckardt 1929: A. Eckardt, *Koreanische Märchen und Erzählungen [...]*. St. Ottilien.

Eckenstein 1906: L. Eckenstein, *Comparative Studies in Nursery Rhymes*. London.

Eder 1982: K. Eder, *Kalender-Geschichten. Aus Volkskalendern der deutschen Schweiz*. Stuttgart.

Edmunds 1985: L. Edmunds, *The Ancient Legend and Its Later Analogues*. Baltimore & London.

Edmunds/Dundes 1984: L. Edmunds, and A. Dundes, *Oedipus. A Folklore Casebook*. New York & London.

Edwards 1980: R. Edwards, *The Australian Yarn*. Adelaide et al.

Ehlers 1973: A. Ehlers, *Des Teufels Netz. Untersuchungen zum Gattungsproblem*. Stuttgart.

Ehrentreich 1938: A. Ehrentreich, *Englische Volksmärchen*. (Die Märchen der Weltliteratur.) Jena.

Eigen Volk: *Eigen Volk* 1(1929)-11 (1939).

Einhorn 1976: J. W. Einhorn, *Spiritalis unicornis. Das Einhorn als Bedeutungsträger in Literatur und Kunst des Mittelalters*. München.

Einhorn 2003: J. W. Einhorn, Das Einhorn im franziskanischen Ambiente. *Wissenschaft und Weisheit* 66: 107–125.

Einstein 1983: C. Einstein, *Der Gaukler der Ebene und andere afrikanische Märchen und Legenden*. Frankfurt am Main.

Eisel 1871: R. Eisel, *Sagenbuch des Voigtlandes*. Gera.

Eisner 1971: R. Eisner, *Ariadne in Religion and Myth*. Stanford.

El-Shamy 1979: H. El-Shamy, *Brother and Sister (Type 872*). A Cognitive Behavioristic Analysis of a Middle Eastern Oikotype*. Bloomington.

El-Shamy 1980: H. M. El-Shamy, *Folktales of Egypt*. Chicago & London.

El-Shamy 1988: H. El-Shamy, A Type Index for Tales of the Arab World. *Fabula* 29: 150–163.

El-Shamy 1990: H. El-Shamy, Oral Traditional Tales and the Thousand Nights and a Night. M. Nøjgaard (ed.), *The Telling of Stories*, 63–117. Odense.

El-Shamy 1995: H. El-Shamy, *Folk Traditions of the Arab World. A Guide to Motif Classification* 1–2. Bloomington.

El-Shamy 1999: H. M. El-Shamy, *Tales Arab Women Tell and the Bevarioral Patterns They Portray*. Bloomington & Indianapolis.

El-Shamy 2004: H. M. El-Shamy, *Types of the Folktale in the Arab World. A Demographically Oriented Tale-Type Index of the Arabian World*. Bloomington & Indianapolis.

Elbaz 1982: A. E. Elbaz, *Folktales of the Canadian Sephardim*. Ottawa & Toronto.

Elias 1998: M. Elias, *Rechterraadsels of De twee gezichten van de zondebok*. (Diss. Utrecht). Maastricht.

Ėliasov 1959: L. E. Ėliasov, *Burjatskie skazki* [Buryat Folktales] 1. Ulan-Udė.

Elling 1979: W. Elling, *Bessvaders Tiet. Brauchtum, Volksgut, Döhnkes und volkskundliche Berichte aus dem Westmünsterland*. Vreden.

Elm 1982: T. Elm, *Die moderne Parabel*. München.

Elschenbroich 1981: A. Elschenbroich, 'Von unrechtem Gewalte'. Weltlicher und geistlicher Sinn der Fabel vom 'Wolf und Lamm'. D. Ader et al. (eds.), *Sub tua platano. Festschrift A. Beinlich*, 420–451. Emsdetten.

Elschenbroich 1990: A. Elschenbroich, *Die deutsche und lateinische Fabel in der Frühen Neuzeit* 1–2. Tübingen.

EM: *Enzyklopädie des Märchens. Handwörterbuch zur historischen und vergleichenden Erzählforschung*. Begründet von K. Ranke. Ed. R. W. Brednich et al. Berlin & New York 1977 ff. (Vols. 1–10 with articles A-R have been published as of 2002; 11 (1): 2003; 11 (2): 2004.)

EM archive: Anecdotes and Jests from Collections of the 17th and 18th Centuries in the EM archive, Goettingen.

Emeneau 1944: M. B. Emeneau, The Faithful Dog as Security for a Debt. A Companion to the Brahman and Mongoose Story-Type. *Journal of the American Oriental Society* 61: 1–17.

Emerson 1894: R. H. Emerson, *Welsh Fairy Tales and Other Stories*. London.

Engels 1978: G. Engels, *Det dank 'tich d'n duvel. Volksverhalen tussen Peel en Maas*. Maasbree ^{2}1978.

Enshoff 1912: P. D. Enshoff, Koreanische Erzählungen. *Zeitschrift für Volkskunde* 22: 69–79.

Entjes/Brand 1976: H. Entjes, and J. Brand, *Van duivels, heksen en spoken*. 's-Gravenhage.

Erdész/Futaky 1996: S. Erdész, and R. Futaky, *Zigeunermärchen aus Ungarn. Die Volkserzählungen des Lajos Ámi*. (Die Märchen der Weltliteratur.) München.

Erfen 2001: I. Erfen, Phyllis. Zu einigen antiken Exempla des 'Weibersklaven'-Topos. U. Müller, and W. Wunderlich (eds.), *Verführer, Schurken, Magier*, 751–776. St. Gallen.

Ėrgis 1967: G. U. Ėrgis, *Jakutskie skazki* [Yakut Folktales] 2. Jakutsk.

Erk/Böhme 1893f.: L. Erk, and F. M. Böhme, *Deutscher Liederhort* 1–3. Leipzig 1893/93/94.

Escarpit 1986: D. Escarpit, *Histoire d'un conte* 1–2. *Le Chat botté en France et en Angleterre*. Lille & Paris.

Esche 1976: A. Esche, *Märchen der Völker Burmas*. Leipzig.

Eschker 1972: W. Eschker, *Mazedonische Volksmärchen*. (Die Märchen der Weltliteratur.) Düsseldorf & Köln.

Eschker 1986: W. Eschker, *Der Zigeuner im Paradies. Balkanslawische Schwänke und lustige Streiche*. Kassel.

Eschker 1992: W. Eschker, *Serbische Märchen*. (Die Märchen der Weltliteratur.) München.

Espinosa 1930: A. M. Espinosa, Notes on the Origin and History of the Tar-Baby Story. *Journal of American Folklore* 43: 129–209.

Espinosa 1936: A. M. Espinosa, Hispanic Versions of the Tale of the Corpse Many Times "Killed". *Journal of American Folklore* 4: 181–193.

Espinosa 1937: J. M. Espinosa, *Spanish Folk-Tales from New Mexico*. New York.

Espinosa 1938: A. M. Espinosa, More Notes on the Origin and History of the Tarbaby Story. *Folk-Lore* 49: 168–181.

Espinosa 1946: A. M. Espinosa, hijo: *Cuentos populares de Castilla*. Buenos Aires.

Espinosa 1946f.: A. M. Espinosa, *Cuentos populares españoles* 1–3. Madrid ^{2}1946/47/47.

Espinosa 1988: A. M. Espinosa, hijo: *Cuentos populares de Castilla y León* 2. Madrid.

EU: Etnologiska undersökningen. Nordiska Museet. Stockholm.

Evetts-Secker 1989: J. Evetts-Secker, Redemption of the "Meddling Intellect" in Grimm's "The Golden Bird". *Children's Literature Association Quarterly* 14: 30–35.

Ewert 1892: M. Ewert, *Über die Fabel 'Der Rabe und der Fuchs'*. (Diss. Rostock.) Berlin.

Fabre 1969: D. Fabre, *Jean de l'Ours. Analyse formelle et thématique d'un conte populaire*. Carcassonne.

Fabre / Lacroix 1970a: D. Fabre, and J. Lacroix, Sur la Production du récit populaire, à propos du fils assassiné. M.-L. Tenèze (ed), *Approches de nos traditions orales*, 91–140. Paris.

Fabre / Lacroix 1970b: D. Fabre, and J. Lacroix, *Histoires et légendes du Languedoc mystérieux*. Paris.

Fabre / Lacroix 1973f.: D. Fabre, and J. Lacroix, *La Tradition orale du conte occitan* 1–2. Paris 1973 / 74.

Fabula: *Fabula. Zeitschrift für Erzählforschung* 1 (1958) ff.

Fadel 1979: A. Fadel, *Beiträge zur Kenntnis des arabischen Märchen[s] und seiner Sonderart*. Diss. Bonn.

Fagundes 1961: M. C. Fagundes, *Estórias da Figueira Marcada*. s.l.

Fähnrich 1995: H. Fähnrich, *Märchen aus Georgien*. (Die Märchen der Weltliteratur.) München.

Falah / Shenhar 1978: S. Falah, and A. Shenhar, *Druse Folktales*. Jerusalem. [In Hebrew.]

Fambrini 1999: A. Fambrini, Il mito di Aladino. Andersen, le fiabe e oltre. G. Siddi (ed.), *Fiabe in Europa, ieri e oggi*, 117–131. Cagliari.

Fansler 1921: D. S. Fansler, *Filipino Popular Tales*. New York.

Faragó 1968: J. Faragó, Az emberevö növer meseje [The Folktale "The Cannibal Sister"]. *Ethnographia* 79: 92–101.

Faral 1962: E. Faral, *Les Arts poétiques du XIIe et du XIIIe siècle*. Paris.

Färber 1961: H. Färber, *Hero und Leander. Musaios und die weiteren antiken Zeugnisse*. München.

Farnham 1920: W. E. Farnham, *The Contending Lovers. Vergleichende Untersuchung zu Grimm 129: Die vier kunstreichen Brüder*. Menasha, Wisconsin.

Fasi / Dermenghem 1926: M. El Fasi, and É. Dermenghem, *Contes fasis*. Paris.

Fasi / Dermenghem 1928: M. El Fasi, and É. Dermenghem, *Nouveaux Contes fasis*. Paris.

Faulkner 1973: D. R. Faulkner (ed.), *Twentieth Century Interpretations of the Pardoner's Tale*. Englewood Cliffs, N.J.

Fauset 1931: A. H. Fauset, *Folklore from Nova Scotia*. New York.

Fehling 1977: D. Fehling, *Amor und Psyche*. Mainz & Wiesbaden.

Fehling 1986: D. Fehling, Die Eingesperrte ('Inclusa') und der verkleidete Jüngling ('Iuvenis femina'). *Mittellateinisches Jahrbuch* 21: 186–207.

Fehrle 1940: H. Fehrle, *Die Eligius-Sage*. Frankfurt am Main.

Feilberg 1886ff.: H. F. Feilberg, *Bidrag til en Ordbog over Jyske Almuesmål* 1–4. København 1886–1914.

Feilberg 1914: H. F. Feilberg, *Sjæletro*. København.

Feilberg 1917: H. F. Feilberg, Hundens Testamente. G. Knudsen (ed.), *Festschrift E. T. Kristensen*, 11–28. København.

Feistner 1989: E. Feistner, Die Freundschaftserzählungen vom Typ 'Amicus und Amelius'. K. Matzel (ed.), *Festschrift H. Kolb*, 97–130. Bern et al.

Félice 1954: A. de Félice, *Contes de Haute-Bretagne*. Paris.

Fichte 1993: J. O. Fichte, Die Eustachiuslegende, 'Sir Isumbras' und 'Sappho Duke of Mantona'. Drei gattungs- bzw. typenbedingte Varianten eines populären Erzählstoffes. W. Haug, and B. Wachinger (eds.), *Kleinere Erzählformen des 15. und 16. Jahrhunderts*, 130–150. Tübingen.

Field 1913: J. R. Field, *The Myth of the Pent Cuckoo*. London.

Fielhauer 1968: H. Fielhauer, Das Motiv der kämpfenden Böcke. H. Birkhan, and O. Gschwantler (eds.), *Festschrift O. Höfler* 1, 69–106. Wien.

Fielhauer/Fielhauer 1975: H. Fielhauer, and H. Fielhauer, *Die Sagen des Bezirkes Scheibbs*. Scheibbs.

Fife 1968: A. E. Fife, The Prayer Book in Cards. *Western Folklore* 27: 208–212.

Filipović 1949: M. S. Filipović, *Život i običaji narodni u Visočkoj nachiji* [Folk Life and Customs in the Area of Visočko]. Beograd.

Filová/Gašparíková 1993: B. Filová, and V. Gašparíková, *Slovenské l'udové rozprávky* [Slovakian Folktales] 1. Bratislava.

Finamore 1882f.: G. Finamore, *Tradizioni popolari abruzzesi* I (1)-I (2). Lanciano 1882/85.

Findeisen 1925: H. Findeisen, *Sagen, Märchen und Schwänke von der Insel Hiddensee*. Stettin.

Finger 1939: S. Finger, *Märchen aus Lasistan*. Wien.

Fink 1966: G.-L. Fink, *Naissance et apogée du conte merveilleux en Allemagne 1740–1800*. Paris.

Finnegan 1967: R. Finnegan, *Limba Stories and Story-Telling*. Oxford.

Finžgar 1953: F. S. Finžgar, *Iz mladih dni. Zgodbe o živalih* [From My Youth. Animal Tales]. Ljubljana.

Fischer 1955: H. W. Fischer, *Lachende Heimat*. Berlin & Darmstadt.

Fischer 1968: H. Fischer, *Studien zur deutschen Märendichtung*. Tübingen.

Fischer 1991: H. Fischer, *Der Rattenhund. Sagen der Gegenwart*. Köln & Bonn.

Fischer/Bolte 1895: H. Fischer, and J. Bolte, *Die Reise der Söhne Giaffers*. Tübingen.

Fischer-Fabian 1992: S. Fischer-Fabian, *Lachen ohne Grenzen. Der Humor der Europäer*. Bergisch Gladbach [2]1992.

FL: *Folklore* 1 (1890) ff.

Flatin 1922: T. Flatin, *Noka æventy aa gamle truir*. Risør.

Fleck 1974: M. Fleck, *Untersuchungen zu den Exempla des Valerius Maximus*. Marburg.

Flere 1931: P. Flere, *Pravljice* [Folktales]. Ljubljana.

FLJ: *Folklore Journal* 1 (1883)-7 (1889).

Flowers 1953: H. L. Flowers, *A Classification of the Folktales of the West Indies by Types and*

Motifs. Diss. Bloomington.

Fokos 1917f.: D. Fokos, Zürjén szövegek [Syrjanian Texts]. *Nyelvtudományi közlemények* 45 (1917–20): 407–420.

Fokos-Fuchs 1951: D. R. Fokos-Fuchs, *Volksdichtung der Komi (Syrjänen)*. Budapest.

Fontes 1975: M. B. da C. Fontes, *Portuguese Folktales from California*. Diss. University of California, Los Angeles.

Fontinha 1997: A. Fontinha, *Contos populares Portugueses Ouvidos e Contados no Concelho de Palmela*. Palmela.

Foresti Serrano 1982: C. Foresti Serrano, *Cuentos de la tradición oral chilena*. 1: *Veinte cuentos de magia*. Madrid.

Fortier 1895: A. Fortier, *Louisiana Folk-Tales in French Dialect and English Translation*. Boston & New York.

Fowke 1967: E. Fowke, *Folklore of Canada*. Toronto.

Fox 1942: N. Fox, *Märchen und Tiergeschichten*. Saarlautern.

Fox 1943: N. Fox, *Volksmärchen. In den Landschaften der Westmark aufgezeichnet*. Saarlautern [8]1943.

Fraenkel 1890: S. Fraenkel, Die Scharfsinnsproben. *Zeitschrift für vergleichende Litteraturgeschichte und Renaissance-Litteratur* N. F. 3: 220–235.

Fraenkel 1893: S. Fraenkel, Zum Märchenmotiv von den drei findigen Brüdern (oder Genossen). *Zeitschrift für Volkskunde* 3: 96.

Franci 1984: G. Franci, E. Zago, *La bella addormentata. Genesi e metamorfosi di una fiaba*. Bari.

Franko 1892: I. Franko, Studii nad St. Rudans'kym. "Ni zle ni dobre". *Zorja* 1892: 314f.

Frauenrath 1974: M. Frauenrath, *Le Fils assassiné. L'influence d'un sujet donné sur la structure dramatique*. München.

Freitas 1996: P. A. V. de Freitas, *Continhos Populares Madeirenses*. Funchal.

Frenken 1925: G. Frenken, *Wunder und Taten der Heiligen*. München.

Frenzel 1976: E. Frenzel, *Motive der Weltliteratur*. Stuttgart.

Frenzel 1988: E. Frenzel, *Stoffe der Weltliteratur*. Stuttgart [7]1988.

Frenzel/Rumpf 1962f.: R. Frenzel, and M. Rumpf, Deutungen zur Rattenfängersage. *Heimat und Volkstum. Bremer Beiträge zur niederdeutschen Volkskunde* 1962/63: 47–64.

Frey/Bolte 1896: J. Frey, *Jacob Freys Gartengesellschaft (1556)*. Ed. J. Bolte. Tübingen.

Frey/Brettschneider 1982: P. Frey, and G. Brettschneider, *Wie man den Teufel und andere Menschen überlistet. Baskische Legenden*. Zürich.

Freydank 1971: H. Freydank, Die Tierfabel im Etana-Mythos. *Mitteilungen des Instituts für Orientforschung* 17: 1–13.

Friend 1970: A. C. Friend, The Tale of the Captive Bird and the Traveler. Nequam, Berechiah, and Chaucer's Squire's Tale. *Medievalia et Humanistica* N. S. 1: 57–65.

Frischbier 1867: H. Frischbier, *Preußische Volksreime und Volksspiele*. Berlin.

Frischbier 1870: H. Frischbier, *Hexenspruch und Zauberbann*. Berlin.

Frobenius 1921: L. Frobenius, *Spielmannsgeschichten der Sahel*. Jena.
Frobenius 1921ff.: L. Frobenius, *Volksmärchen der Kabylen* 1–3. Jena 1921/22/23.
Frobenius 1923: L. Frobenius, *Märchen aus Kordofan*. Jena.
Fromm 1999: W. Fromm, Spiegelbilder des Ichs. Beobachtungen zum Affenmotiv im literatur- und kunstgeschichtlichen Kontext (E.T.A. Hoffmann, Hauff, Kafka). *Literatur in Bayern* 57: 49–61.
Frosch-Freiburg 1971: F. Frosch-Freiburg, *Schwankmären und Fabliaux. Ein Stoff- und Motivvergleich*. Göttingen.
Fuchs 1961: P. Fuchs, *Afrikanisches Dekamerone. Erzählungen aus Zentralafrika*. Stuttgart.
Fuhrmann 1983: M. Fuhrmann, Wunder und Wirklichkeit. Zur Siebenschläferlegende und anderen Texten aus christlicher Tradition. D. Henrich, and W. Iser (eds.), *Funktionen des Fiktiven*, 203–224. München.
Fuller 1948: E. Fuller, *Thesaurus of Anecdotes. A New Classified Collection of the Best Anecdotes from Ancient Times to the Present Day*. Garden City, N.Y.
Gaál 1970: K. Gaál, *Die Volksmärchen der Magyaren im südlichen Burgenland*. Berlin.
Gaál/Neweklowsky 1983: K. Gaál, and G. Neweklowsky, *Erzählgut der Kroaten aus Stinatz im südlichen Burgenland*. Wien.
Gabrščec 1910: A. Gabrščec, *Narodne pripovedke v Soških planinah* [Folktales from the Soša Mountains]. Gorica.
Gaiffier 1945: B. de Gaiffier, La Légende de S. Julien l'Hospitalier. *Analecta Bollandiana* 63: 145–219.
Gaignebet 1974: C. Gaignebet, *Le Folklore obscène des enfants*. Paris.
Galkin et al. 1959: P. Galkin, M. Kitajnik, and N. Kuštum, *Russkie narodnye skazki Urala* [Russian Folktales from the Ural]. Sverdlovsk.
Galley 1977: M. Galley, Un Conte maltais (AT 327–328). *Littérature orale arabo-berbère* 8: 161–173.
Gamlieli 1978: N. B. Gamlieli, *The Chambers of Yemen, Hadré Teman. 131 Jewish-Yemenite Folktales and Legends*. Tel Aviv. [In Hebrew.]
Gankin et al. 1960: Ė. B. Gankin, S. D. Koršunov, and I. G. Tišin, *Zolotaja zemlja. Skazki, legendy, poslovicy, pogovorki Ėfiopii* [The Golden Country. Folktales, Religious Tales, Proverbs, Epilogues of Ethiopia]. Moskva.
García Figueras 1950: T. García Figueras, *Cuentos de Yeha*. Tetuán.
Garrison 1994: D. Garrison, *Góngora and the "Pyramus and Tisbe" Myth from Ovid to Shakespeare*. Newark.
Gašparíková 1974: V. Gašparíková, Der slowakische Schwank und seine internationalen Beziehungen. *Ethnologia Slavica* 5: 187–195.
Gašparíková 1979: V. Gašparíková, *Povesti o zbojníkoch zo slovenskàch a pol'skàch Tatier* [Robber Stories of the Slovak and Polish Tatra]. Bratislava.
Gašparíková 1981a: V. Gašparíková, *Ostrovtipné pribehy i veliké cigánstva a žarty. Humor a sa-*

tira v rozprávaniach slovenského l'udu [Clever Stories, Big Lies, and Jokes. Humour and Satire in Folktales of the Slovak People]. Bratislava ²1981.

Gašparíková 1981b: V. Gašparíková, *Słoneczny koń. Bajki słowackie* [The Sun Horse. Slovakian Folktales]. Warszawa.

Gašparíková 1984: V. Gašparíková, *Zlatá podkova, zlaté pero, zlatà vlas. 1: Čarovné rozprávky slovenského l'udu* [Golden Horseshoe, Golden Feather, Golden Hair. 1: Fairy Tales of the Slovakian People]. Bratislava.

Gašparíková 1991f.: V. Gašparíková, *Katalóg slovenskej l'udovej prózy/Catalogue of Slovak Folk Prose* 1–2. Bratislava 1991/92.

Gašparíková 2000: V. Gašparíková, *Slowakische Volksmärchen.* (Die Märchen der Weltliteratur.) Kreuzlingen & München.

Gaster 1915: M. Gaster, *Rumanian Bird and Beast Stories.* London.

Gaster 1924: M. Gaster, *The Exempla of the Rabbis.* London & Leipzig.

Gaudes 1987: R. Gaudes, *Kambodschanische Volksmärchen.* Berlin.

Gauthier 1978: D. Gauthier, L'Ivrogne qui voulait se marier. J.-C. Dupont (ed.), *Festschrift L. Lacourcière,* 21–25. Montreal.

Géczi 1989: L. Géczi, *Ungi népmesék és mondák* [Folktales and Legends of the Area of the River Ung]. Budapest.

Geddes 1986: V. G. Geddes, *"Various Children of Eve" (AT 758). Cultural Variants and Antifeminine Images.* Uppsala.

Geer 1984: Y. de Geer, *Polykrates och rika frun.* Stockholm.

Geider 1990: T. Geider, *Die Figur des Oger in der traditionellen Literatur und Lebenswelt der Pokomo in Ost-Kenya* 1–2. Köln.

Geisberg/Strauss 1974: M. Geisberg, *The German Single-Leaf Woodcut: 1550–1600,* 1–4. Ed. W. L. Strauss. New York.

Geldof 1950: W. Geldof, *Het Zeeuwse volksraadsel.* Middelburg.

Geldof 1979: W. Geldof, *Volksverhalen uit Zeeland en de Zuidhollandse eilanden.* Utrecht & Antwerpen.

Gennep 1937ff.: A. van Gennep, *Manuel de folklore français contemporain* 1–9. Paris 1937–58.

Gennep 1950: A. van Gennep, La Légende du faucheur prodigieux. *Nouvelle Revue des Traditions Populaires* 2: 99–108.

Georgeakis/Pineau 1894: P. Georgeakis, and L. Pineau, *Le Folk-Lore de Lesbos.* Paris.

Georges 1966: R. A. Georges, Addenda to Dorson's "The Sailor Who Went Inland". *Journal of American Folklore* 79: 373f.

Geramb/Haiding 1980: V. von Geramb, *Kinder- und Hausmärchen aus der Steiermark.* Ed. K. Haiding. Graz ⁵1980.

Gerhardt 1963: M. I. Gerhardt, *The Art of Story-Telling.* Leiden.

Gering 1882f.: H. Gering, *Islendzk Æventyri. Isländische Legenden, Novellen und Märchen* 1–2. Halle 1882/83.

Germania: *Germania. Vierteljahrsschrift für deutsche Altertumskunde* 1 (1856)-37 (1892).

Gerndt 1971: H. Gerndt, *Fliegender Holländer und Klabautermann*. Göttingen.

Gerndt 1980: H. Gerndt, Das Nachleben Heinrichs des Löwen in der Sage. W.-D. Mohrmann (ed.), *Heinrich der Löwe*, 440–465. Göttingen.

Gerstner-Hirzel 1979: E. Gerstner-Hirzel, *Aus der Volksüberlieferung von Bosco Gurin*. Basel.

Gesta Romanorum: *Gesta Romanorum*. Ed. H. Oesterley. Berlin.

Ghosh 1999: A. Ghosh (ed.), *Buxtehuder Has' und Igel weltweit*. Buxtehude.

Giacobello 1997: G. Giacobello, La divota historia di San Giuliano il parricida. *Lares* 62 (4): 623–666.

Gier 1985: A. Gier, *Fabliaux. Französische Schwankerzählungen des Hochmittelalters. Altfranzösisch/Deutsch*. Stuttgart.

Giese 1925: F. Giese, *Türkische Volksmärchen*. (Die Märchen der Weltliteratur.) Jena.

Ginzberg 1988: L. Ginzberg, Noah and the Flood in Jewish Legend. A. Dundes (ed.), *The Flood Myth*, 319–335. Berkeley et al.

Ginsburg 1971: M. Ginsburg, *The Kaha Bird. Tales from the Steppes of Central Asia*. New York.

Gjerdman 1941: O. Gjerdman, Hon som var värre än den onde [The Tale of the Old Woman as Destroyer of the Marriage]. *Sagn och sed* 1941: 1–91.

Gladwin 1840: F. Gladwin, *The Persian Moonshee*. Calcutta.

Gliwa 2003: B. Gliwa, "Die Hexe und der Junge" (AaTh 327 F) und "Der Junge im Sack der Hexe" (AaTh 327 C). Ein kulturgeschichtlicher Deutungsversuch litauischer Märchen. *Fabula* 44: 272–291.

Gloning 1912: K. A. Gloning, *Oberösterreichische Volks-Sagen*. Linz.

Gobrecht 1992: B. Gobrecht, Empfängnis, Schwangerschaft, Geburt und Stillzeit im europäischen Zaubermärchen. Zeiten der Bedrohung für die Heldin und ihre Kinder. *Fabula* 33: 55–65.

Gobrecht 2002: B. Gobrecht, Zweibrüdermärchen. H. Gerndt (ed.), *Die Kunst des Erzählens. Festschrift W. Scherf*, 227–241. Potsdam.

Gobyn 1989: L. Gobyn, Verjüngungsmotive im Märchen und in der volkstümlichen Bilderkunst. U. Heindrichs, and H.-A. Heindrichs (eds.), *Die Zeit im Märchen*, 179–190. Kassel.

Goebel 1932: F. M. Goebel, *Jüdische Motive im märchenhaften Erzählungsgut*. (Diss. Greifswald) Gleiwitz.

Goldberg 1992: C. Goldberg, The Forgotten Bride (AaTh 313C). *Fabula* 33: 39–54.

Goldberg 1993: C. Goldberg, *Turandot's Sisters. A Study of the Folktale AT 851*. New York & London.

Goldberg 1995: C. Goldberg, The Knife of Death and the Stone of Patience. *Estudos de literatura oral* 1: 103–117.

Goldberg 1996a: C. Goldberg, The Ungrateful Serpent (AaTh 155). *Fabula* 37: 248–258.

Goldberg 1996b: C. Goldberg, The Blind Girl, a Misplaced Folktale. *Western Folklore* 55:

187–209.

Goldberg 1997a: C. Goldberg, *The Tale of the Three Oranges.* (FF Communications 263.) Helsinki.

Goldberg 1997b: C. Goldberg, The Donkey Skin Folktale Cycle (AT 510B). *Journal of American Folklore* 110: 28–46.

Goldberg 1997c: C. Goldberg, Dilemma Tales in the Tale Type Index. The Theme of Joint Efforts. *Journal of Folklore Research* 34: 179–193.

Goldberg 1998: H. Goldberg, *Motif-Index of Medieval Spanish Folk Narratives.* Tempe, Arizona.

Goldberg 2000: C. Goldberg, Gretel's Duck. The Escape from the Ogre in AaTh 327. *Fabula* 41: 42–51.

Goldberg 2001: C. Goldberg, The Composition of "Jack and the Beanstalk". *Marvels & Tales* 15: 11–26.

Goldberg 2003a: C. Goldberg, "The Dwarf and the Giant" (AT 327B) in Africa and the Middle East. *Journal of American Folklore* 116: 339–350.

Goldberg 2003b: C. Goldberg, The Child in the Ogre's Sack in Narrative and in Folk Belief. *Arv* 59: 35–53.

Goldstuck 1993: A. Goldstuck, *The Leopard in the Luggage. Urban Legends from Southern Africa.* Johannesburg.

Gombel 1934: H. Gombel, *Die Fabel vom 'Magen und den Gliedern' in der Weltliteratur.* Halle.

Gonnella / Wesselski 1920: A. Wesselski, *Die Begebenheiten der beiden Gonnella.* Weimar.

González Sanz 1996: C. González Sanz, *Catálogo tipólogico de cuentos folklóricos aragoneses.* Zaragoza.

Gonzenbach 1870: L. Gonzenbach, *Sicilianische Märchen* 1–2. Leipzig.

Goodwin 1989: J. P. Goodwin, *More Man Than You'll Ever Be Gay. Folklore and Acculturation in Middle America.* Bloomington et al.

Gorissen 1968: F. Gorissen, Das Kreuz von Lucca und die Hl. Wilgifortis / Ontcommer am unteren Rhein. *Numaga* 15: 122–148.

Görög-Karady 1983: V. Görög-Karady, Retelling Genesis. The Children of Eve and the Origin of Inequality. V. Görög-Karady, *Genres, Forms, Meanings. Essays in African Oral Literature,* 31–44. Paris & Oxford.

Görög-Karady 1991: V. Görög-Karady, Le Folklore du mepris. *Cahiers de Littérature Orale* 30: 115–155.

Górski 1888: K. Górski, *Die Fabel vom Löwenantheil in ihrer geschichtlichen Entwickelung.* Diss. Berlin.

Goyert 1925: G. Goyert, *Vlämische Märchen.* Jena.

Graber 1944: G. Graber, *Sagen und Märchen aus Kärnten.* Graz.

Graça, 2000: N. M. L. N. da Graça, *Formas do Sagrado e do Profano na Tradição Popular. Literatura de Trasmissão Oral em Margem.* Lisboa.

Graf 1982: K. Graf, Die Gmünder Ringsage. *Einhorn-Jahrbuch* 1982: 129–150.

Graf 1988: K. Graf, Thesen zur Verabschiedung des Begriffs der 'historischen Sage'. *Fabula* 29: 21–47.

Grafenauer 1960: I. Grafenauer, Das slowenische Kettenmärchen vom Mäuslein, das durch einen Zaun kroch, aus dem Gailtal in Kärnten. W. D. Hand, and Gustave O. Arlt (eds.), *Humanoria. Festschrift A. Taylor*, 239–350. Locust Valley, N.Y.

Graham 1954: D. C. Graham, *Songs and Stories of the Ch'uan Miao*. Washington.

Grambo 1970: R. Grambo, Guilt and Punishment in Norwegian Legends. *Fabula* 11: 253–270.

Grambo 1971: R. Grambo, Verses in Legends. *Fabula* 12: 48–64.

Grange 1983: I. Grange, Métamorphose chrétiennes de femmes-cygnes. *Ethnologie française* 13: 139–150.

Granger 1977: B. H. Granger, *A Motif Index for Lost Mines and Treasures Applied to Redaction of Arizona Legends, and to Lost Mine and Treasure Legends Exterior to Arizona.* (FF Communications 218.) Helsinki.

Grannas 1957: G. Grannas, *Plattdeutsche Volkserzählungen aus Ostpreußen*. Marburg.

Grannas 1960: G. Grannas, *Volk aus dem Ordenslande Preußen erzählt Sagen, Märchen und Schwänke*. Marburg.

Gräße 1868f.: J. G. T. Gräße, *Sagenbuch des Preußischen Staates* 1–2. Glogau 1868/71.

Grätz 1988: M. Grätz, *Das Märchen in der deutschen Aufklärung. Vom Feenmärchen zum Volksmärchen*. Stuttgart.

Graus 1965: F. Graus, *Volk, Herrscher und Heiliger im Reich der Merowinger*. Prag.

Graus 1975: F. Graus, *Lebendige Vergangenheit. Überlieferung im Mittelalter und in den Vorstellungen vom Mittelalter*. Köln & Graz.

Grawi 1911: E. Grawi, *Die Fabel vom Baum und dem Schilfrohr in der Weltliteratur*. Diss. Rostock.

Grayson 2002: J. H. Grayson, The Hŭngbu and Nŏlbu Tale Tape. A Korean Double Contrastive Narrative Structure. *Folklore* 113: 51–69.

Grayson 2004: J. H. Grayson, The Rabbit Visits the Dragon Palace. A Korea-Adapted Buddhist Tale from India. *Fabula* 45: 69–91.

Gredt 1883: N. Gredt, *Sagenschatz des Luxemburger Landes*. Luxemburg.

Greverus 1956: I.-M. Greverus, *Die Geschenke des kleinen Volkes - KHM 182 - Eine vergleichende Untersuchung*. Diss. (masch.) Marburg. (Extract in: *Fabula* 1 [1958]: 263–279).

Gribl 1976f.: A. Gribl, Die Legende vom Galgen- und Hühnerwunder in Bayern. *Bayerisches Jahrbuch für Volkskunde* 1976/77: 36–52.

Grider 1980: S. Grider, From the Tale to the Telling. AT 366. N. Burlakoff et al. (eds.), *Folklore on Two Continents. Festschrift L. Dégh*, 49–56. Bloomington.

Griepentrog 1975: G. Griepentrog, *Historische Volkssagen aus dem 13. bis 19. Jahrhundert*. Berlin.

Grim 1983: M. Grim, *Der Gewittervogel. Märchen der Berber Algeriens*. Berlin.

Grimalt 1986: J. A. Grimalt, A Majorcan Version of AaTh 713. *Fabula* 27: 46–53.

Grimm DS/Kindermann-Bieri 1993: J. Grimm, and W. Grimm, *Deutsche Sagen* 3. Ed. B. Kindermann-Bieri. München.

Grimm DS/Uther 1993: J. Grimm, and W. Grimm, *Deutsche Sagen* 1–2. Ed. H.-J. Uther. München.

Grimm KHM/Rölleke 1986: J. Grimm, and W. Grimm, *Kinder- und Hausmärchen. Vergrößerter Nachdruck der zweibändigen Erstausgabe von 1812 und 1815 nach dem Handexemplar des Brüder Grimm-Museums Kassel mit sämtlichen handschriftlichen Korrekturen und Nachträgen der Brüder Grimm sowie einem Ergänzungsheft*. Transkriptionen und Kommentare von H. Rölleke. Göttingen.

Grimm KHM/Uther 1996: Brüder Grimm [i. e. J. and W. Grimm], *Kinder- und Hausmärchen* 1–4. Ed. H.-J. Uther. (Die Märchen der Weltliteratur.) München.

Grisebach 1889: E. Grisebach, *Die Wanderung der Novelle von der treulosen Wittwe durch die Weltlitteratur*. Berlin ²1889.

Grjunberg/Steblin-Kamenskov 1976: A. L. Grjunberg, and I. M. Steblin-Kamenskov, *Skazki narodov Pamira* [Folktales of the Pamir Peoples]. Moskva.

Grobbelaar 1981: P. W. Grobbelaar, *Die Volksvertelling as Kultuuruiting. Met besondere Verwysing na Afrikaans*. Diss. (masch.) Stellenbosch.

Grohmann 1863: J. V. Grohmann, *Sagen aus Böhmen*. Prag.

Grønborg/Nielsen 1884: O. L. Grønborg, *Optegnelser på Vendelbomål*. Ed. Universitets-Jubilaeets Danske Samfund/O. Nielsen. København.

Groningen: *Groningen (Maandblad Groningen)* 1 (1918)-31 (1949).

Grossardt 2001: P. Grossardt, *Die Erzählung von Meleagros. Zur literarischen Entwicklung der kalydonischen Kultlegende*. Leiden et al.

Grubmüller 1977: K. Grubmüller, *Meister Esopus. Untersuchungen zu Geschichte und Funktion der Fabel im Mittelalter*. München & Zürich.

Grubmüller 1996: K. Grubmüller (ed.), *Novellistik des Mittelalters. Märendichtung*. Frankfurt am Main.

Grümmer 1990: G. Grümmer, *Rostocker Anekdoten*. Rostock.

Grundtvig 1854ff.: S. Grundtvig, *Gamle danske minder i folkemunde* 1–3. Kjøbnhavn 1854/57/61.

Grundtvig 1876ff.: S. Grundtvig, *Danske folkeæventyr*. Kjøbnhavn 1–3. 1876/78/84.

Grüner 1964: G. Grüner, *Waldeckische Volkserzählungen*. Marburg.

Gubitz 1835ff.: F. W. Gubitz, *Deutscher Volkskalender*. Berlin & Königsberg.

Guerreau-Jalabert 1992: A. Guerreau-Jalabert, *Index des motifs narratifs dans les romans arthuriens français en vers (XIIe-XIIIe siècles)/Motif-Index of French Arturian Verse Romances (XII-XIIIth Century)*. Genève.

Guicciardini 1583: L. Guicciardini, *L'hore di ricreatione*. Antwerpen.

Guiette 1927: R. Guiette, *La Légende de la sacristine*. Paris.

Gullakjan 1990: S. A. Gullakjan, *Ukazatel' sjužetov armjanskich volšebnych i novellističeskich skazok* [Catalogue of Tale Types of Armenic Fairy Tales and Novels]. Ėrevan.

Gulli Grigioni 1976: E. Gulli Grigioni, Il motivo della contesa nelle leggende della Madonna e dei Santi. *La drammatica popolare nella valle padana*, 293–304. Modena.

Gulya 1968: J. Gulya, *Sibirische Märchen*. 1: *Wogulen und Ostjaken*. (Die Märchen der Weltliteratur.) Düsseldorf & Köln.

Günter 1949: H. Günter, *Psychologie der Legende. Studien zu einer wissenschaftlichen Heiligen-Geschichte*. Freiburg.

Guntern 1979: J. Guntern, *Volkserzählungen aus dem Oberwallis*. Basel.

Gurney 1972: O. R. Gurney, The Tale of the Poor Man of Nippur and Its Folktale Parallels. *Anatolian Studies* 22: 149–158.

György 1929: L. György, *Andrád Sámuel elmes es mulatsagos anekdotai* [Sámuel Andráds Clever and Entertaining Anecdotes from Sámuel Andrád] (1789–90). Kolozsvár.

György 1932: L. György, *Konyi János Democritusa* [Democritus of János Konyi]. Budapest.

György 1934: L. György, *A magyar anekdota története és egyetemes kapcsolatai: kétszázötven vándoranekdota az anekdota forrásai* [The Hungarian Anecdote. History and International Relationships. 250 Migratory Anecdotes, the Sources of Anecdotes]. Budapest.

Györgypál-Eckert 1941: I. Györgypál-Eckert, *Die deutsche Volkserzählung in Hajós, einer schwäbischen Sprachinsel in Ungarn*. Hamburg.

Haan 1974: T. W. R. de Haan, *Smeulend vuur. Groninger volksverhalen*. Den Haag.

Haan 1979: T. W. R. de Haan, *Volksverhalen uit Groningen*. Utrecht & Antwerpen.

Haase 1966: H.-W. Haase, *Die Theodizeelegende vom Engel und dem Eremiten*. Diss. (masch.) Göttingen.

Haavio 1929f.: M. Haavio, *Kettenmärchenstudien* 1–2. (FF Communications 88, 99.) Helsinki 1929/32.

Haavio 1938: M. Haavio, Der Tod des großen Pan mit Berücksichtigung neuen finnischen Materials. *Studia Fennica* 3: 113–136.

Haavio 1955a: M. Haavio, *Kansanrunojen maailmanselitys* [The Worldview of Folk Narratives]. Porvoo & Helsinki.

Haavio 1955b: M. Haavio, *Der Etanamythos in Finnland*. (FF Communications 154.) Helsinki.

Habiger-Tuczay et al. 1996: C. Habiger-Tuczay, U. Hirhager, and K. Lichtblau, *Vater Ötzi und das Krokodil im Donaukanal*. Wien.

Haboucha 1992: R. Haboucha, *Types and Motifs of the Judeo-Spanish Folktales*. New York & London.

Hackman 1904: O. Hackman, *Die Polyphemsage in der Volksüberlieferung*. Helsinki.

Hackman 1911: O. Hackman, *Katalog der Märchen der finnländischen Schweden*. (FF Communications 6.) Helsinki.

Hackman 1917f.: O. Hackman, *Finlands svenska folkdiktning* I A 1–2. Helsinki 1917/20.

Hackman 1922: J. Hackman, Sagan om skördelningen. *Folkloristiska och etnografiska studier* 3: 140–170.

Hadank 1926: K. Hadank, *Die Mundarten von Khunsâr, Mahallât, Natänz, Nâyin, Sämnân, Sîrvänd und Sô-Kohrûd*. Berlin & Leipzig.

Hadank 1930: K. Hadank, *Mundarten der Gûrân, besonders aus Kändûläî, Auramânî und Bâdschälânî*. Berlin.

Hadank 1932: K. Hadank, *Mundarten der Zâzâ*. Berlin.

Haddinga/Schuster 1982: J. Haddinga, and T. Schuster, *Das Buch vom ostfriesischen Humor* 1. Leer.

Hadel 1970: R. E. Hadel, Five Versions of the Riding Horse Tale. A Comparative Study. *Folklore Annual of the University Folklore Association* 2: 1–22.

Hagen 1850: F. H. von der Hagen, *Gesammtabenteuer. Hundert altdeutsche Erzählungen* 1–3. Stuttgart & Tübingen.

Hagen 1954: R. Hagen, *Der Einfluß der Perraultschen Contes auf das volkstümliche Erzählgut und besonders auf die Kinder- und Hausmärchen der Brüder Grimm* 1–2. Diss. (masch.) Göttingen.

Hahn 1906: F. Hahn, *Blicke in die Geisteswelt der heidnischen Kols. Sammlung von Sagen, Märchen und Liedern der Oraon in Chota Nagpur*. Gütersloh.

Hahn 1918: J. G. von Hahn, *Griechische und Albanesische Märchen* 1–2. München & Berlin.

Haiding 1953: K. Haiding, *Österreichs Märchenschatz*. Wien.

Haiding 1955: K. Haiding, *Von der Gebärdensprache der Märchenerzähler*. (FF Communications 155.) Helsinki.

Haiding 1964: K. Haiding, Kaiser Josef II. in der Volkserzählung. *Österreichische Zeitschrift für Volkskunde* 67 (18): 156–170.

Haiding 1965: K. Haiding, *Österreichs Sagenschatz*. Wien.

Haiding 1966: K. Haiding, Das steirische Märchen vom "Dreißgerl". O. Moser (ed.), *Zur Kulturgeschichte Innerösterreichs. Festschrift H. Koren*, 19–34. Graz.

Haiding 1969: K. Haiding, *Märchen und Schwänke aus Oberösterreich*. Berlin.

Haiding 1971: K. Haiding, Lügengeschichten von obersteirischen Bauernhöfen. *Blätter für Heimatkunde* 4: 1–10.

Haiding 1977a: K. Haiding, *Märchen und Schwänke aus dem Burgenlande*. Graz.

Haiding 1977b: K. Haiding, *Alpenländischer Sagenschatz*. Wien & München.

Hain 1966: M. Hain, *Rätsel*. Stuttgart.

Haller 1912: K. Haller, *Volksmärchen aus Österreich*. Wien.

Haller 1983: R. Haller, *Natur und Landschaft*. Grafenau.

Hallgarten 1929: P. Hallgarten, *Rhodos. Die Märchen und Schwänke der Insel*. Frankfurt am Main.

Halliday 1920: W. R. Halliday, The Story of Ali Baba and the Forty Thieves. *Folklore* 31:

321–323.

Halliwell 1853: J. O. Halliwell, *The Nursery Rhymes of England*. London.

Halpert 1982: H. Halpert, *A Folklore Sampler from the Maritimes*. St. John's, Newfoundland.

Halpert 1993: H. Halpert, The Man in the Moon in Traditional Narratives from the South. *Southern Folklore Quarterly* 50: 155–170.

Halpert/Thomas 2001: H. Halpert, and G. Thomas, Two Patterns of an International Tale. The Lawyer's Letter Opened. *Fabula* 42: 32–63.

Halpert/Widdowson 1996: H. Halpert, and J. D. A. Widdowson, *Folktales of Newfoundland* 1–2. New York & London.

Haltrich 1885: J. Haltrich, *Zur Volkskunde der Siebenbürger Sachsen. Kleinere Schriften*. Wien.

Haltrich 1956: J. Haltrich, *Deutsche Volksmärchen aus dem Sachsenlande in Siebenbürgen*. München [6]1956.

Hambruch 1922: P. Hambruch, *Malaiische Märchen aus Madagaskar und Insulinde*. (Die Märchen der Weltliteratur.) Jena.

Hamilton 1910: M. Hamilton, *Greek Saints and Their Festivals*. London.

Hammer-Purgstall 1813: J. von Hammer-Purgstall, *Rosenöl. Erstes und zweytes Fläschchen oder Sagen und Kunden des Morgenlandes aus arabischen, persischen und türkischen Quellen* 1–2. Stuttgart & Tübingen.

Hammerich 1933: L. L. Hammerich, *Munken og fuglen. En middelalderstudie*. København.

Hanauer 1907: J. E. Hanauer, *Folk-Lore of the Holy Land*. London.

Hand/Casetta et al. 1981: W. D. Hand, A. Casetta, and B. Thiederman (eds.), *Popular Beliefs and Superstitions. A Compendium of American Folklore. From the Ohio Collection of Newbell Niles Pucket* 1–3. Boston.

Handy 1930: E. Handy, *Marquesan Legends*. Honolulu.

Hansen 1957: T. L. Hansen, *The Types of the Folktale in Cuba, Puerto Rico, the Dominican Republic, and Spanish South America*. Berkeley & Los Angeles.

Hansen 1976: W. F. Hansen, The Story of the Sailor Who Went Inland. L. Dégh, H. Glassie, and F. J. Oinas (eds.), *Folklore Today. Festschrift R. M. Dorson*, 221–230. Bloomington.

Hansen 1990: W. F. Hansen, Odysseus and the Oar. A Folkloric Approach. L. Edmunds (ed.), *Approaches to Greek Myth*, 241–272. Baltimore.

Hansen 1995: W. Hansen, Abraham and the Grateful Dead Man. R. Bendix, and R. Lévy Zumwalt (eds.), *Folklore Interpreted. Festschrift A. Dundes*, 355–374. New York & London.

Hansen 2002: W. Hansen, *Ariadne's Thread. A Guide to International Tales Found in Classical Literature*. Ithaca & London.

Hansmann 1918: P. Hansmann, *Schwänke vom Bosporus*. [München].

Haralampieff/Frolec 1971: K. Haralampieff, [recte: V. Frolec], *Bulgarische Volksmärchen*. (Die Märchen der Weltliteratur.) Düsseldorf & Köln.

Harder 1927f.: F. Harder, Sündenregister auf der Kuhhaut. *Zeitschrift für Volkskunde* 37–38

(1927–28): 111–117.

Haring 1982: L. Haring, *Malagasy Tale Index*. (FF Communications 231.) Helsinki.

Harkort 1956: F. Harkort, *Die Schein- und Schattenbußen im Erzählgut*. Diss. (masch.) Kiel.

Harms/Kemp 1987: W. Harms, and C. Kemp, *Die Sammlungen der hessischen Landes- und Hochschulbibliothek in Darmstadt*. Tübingen.

Harris 1955: J. C. Harris, *The Complete Tales of Uncle Remus*. Boston.

Hart/Hart 1960: D. V. Hart, and H. C. Hart, A Philippine Version of "The Two Brothers and the Dragon Slayer" Tale. *Western Folklore* 18: 263–275.

Hartlaub 1951: G. F. Hartlaub, *Zauber des Spiegels*. München.

Hartmann 1936: E. Hartmann, *Die Trollvorstellungen in den Sagen und Märchen der skandinavischen Völker*. Stuttgart & Berlin.

Hartmann 1953: I. Hartmann, *"Das Meerhäschen". Eine vergleichende Märchenuntersuchung*. Diss. (masch.) Göttingen.

Hasan-Rokem 1999: G. Hasan-Rokem, Homo Viator et Narrans Judaicus. Medieval Jewish Voices in the European Narrative of the Wandering Jew. I. Schneider (ed.), *Europäische Ethnologie und Folklore im internationalen Kontext. Festschrift L. Petzoldt*, 93–102. Frankfurt a. M. et al.

Hasan-Rokem 2000: G. Hasan-Rokem, *Web of Life. Folklore and Midrash in Rabbinic Literature*. Stanford 2000.

Hasan-Rokem/Dundes 1986: G. Hasan-Rokem, and A. Dundes (eds.), *The Wandering Jew. Essays in the Interpretation of a Christian Legend*. Bloomington.

Hasan-Rokem/Rokem 2000: G. Hasan-Rokem, and F. Rokem 2000: Oedipus Sub/Versions. A Dramaturgical and Folkloristic Analysis. M. Vasenkari, P. Enges, and A.-L. Siikala (eds.), *Telling, Remembering, Interpreting, Guessing. Festschrift A. Kaivola-Bregenhøj*, 226–235. Turku & Joensuu.

Hatami 1977: M. Hatami, *Untersuchungen zum persischen Papageienbuch des Nahšabı*. Freiburg i. Br.

Hattenhauer 1976: H. Hattenhauer, *Das Recht der Heiligen*. Berlin.

Hatto 1961: A. T. Hatto, The Swan Maiden. A Folktale of North Eurasian Origin? *Bulletin of the School of Oriental and African Studies* 24: 326–352.

Hauffen 1895: A. Hauffen, *Die deutsche Sprachinsel Gottschee*. Graz.

Hauffen 1900: A. Hauffen, Kleine Beiträge zur Sagengeschichte. Zur Stoffgeschichte von Lenaus Anna. *Zeitschrift für Volkskunde* 10: 436–438.

Haug 1995: W. Haug, Kombinatorik und Originalität. Der "Roman van Walewein" als nachklassisches literarisches Experiment. *Tijdschrift voor Nederlandse Taal- en Letterkunde* 111: 195–205.

Haug 2001: W. Haug, Das Böse und die Moral. Erzählen unter dem Aspekt einer narrativen Ethik. A. Holderegger, and J.-P. Wils (eds.), *Interdisziplinäre Ethik. Festschrift D. Mieth*, 243–268. Freiburg (Schweiz).

Haukenæs 1885: T. S. Haukenæs, *Natur og Folkeliv i Hardanger* 2. Hardanger.

Haul 2000: M. Haul, *Das Etana-Epos*. Göttingen.

Hauser 1894: C. Hauser, *Sagen aus dem Paznaun und dessen Nachbarschaft*. Innsbruck.

Hausrath 1918: A. Hausrath, *Achiqar und Aesop. Das Verhältnis der orientalischen zur griechischen Fabeldichtung*. Heidelberg.

Hauvette 1912: H. Hauvette, La 39ième Nouvelle du Décaméron et la légende du "cœur mangé". *Romania* 41: 184–205.

Hazlitt 1881: W. C. Hazlitt, *Shakespeare Jest-books* 1–3. London.

HAD: H. Bächtold-Stäubli (ed.), *Handwörterbuch des deutschen Aberglaubens* 1–10. Berlin & Leipzig 1927–42.

HDM: *Handwörterbuch des deutschen Märchens* 1–2. Ed. L. Mackensen. Berlin 1933/40.

HDS: *Handwörterbuch der Sage. Lieferung* 1–3. Ed. W.-E. Peuckert. Göttingen 1961/62/63.

Hearne 1989: B. Hearne, *Beauty and the Beast. Visions and Revisions of An Old Tale*. Chicago & London.

Hebenstreit-Wilfert 1975: H. Hebenstreit-Wilfert, *Wunder und Legende*. Tübingen.

Hecht 1904: H. Hecht, *Songs from David Herd's Manuscripts*. London.

Heckmann 1930: E. Heckmann, *Blaubart. Ein Beitrag zur vergleichenden Märchenforschung*. Diss. Heidelberg.

Heckscher/Simon 1980ff.: K. Heckscher, *Bersenbrücker Volkskunde. Eine Bestandsaufnahme aus den Jahren 1927/30*. 2 (1): *Die sprachlichen Volksgüter. Wörter, Namen, Sprichwörter, Schwänke, Märchen;* 2 (2): *Sagen, Reime, Lieder, Inschriften, Rätsel*. Ed. I. Simon. Osnabrück 1980/83.

Heinisch 1981: K. J. Heinisch, *Der Wassermensch. Entwicklungsgeschichte eines Sagenmotivs*. Stuttgart.

Heinz-Mohr 1974: G. Heinz-Mohr, *Das vergnügte Kirchenjahr. Heitere Geschichten und schmunzelnde Wahrheiten*. Düsseldorf & Keulen ^{2}1974.

Heissig 1963: W. Heissig, *Mongolische Märchen*. (Die Märchen der Weltliteratur.) Köln & Düsseldorf.

Heissig/Schott 1998: W. Heissig, and R. Schott (eds.), *Die heutige Bedeutung oraler Traditionen/The Present-Day Importance of Oral Traditions. Ihre Archivierung, Publikation und Index-Erschließung*. Opladen & Wiesbaden.

Heller 1931: B. Heller, *Die Bedeutung des arabischen 'Antar-Romans für die vergleichende Litteraturkunde*. Leipzig 1931.

Henkel 1976: N. Henkel, *Studien zum Physiologus im Mittelalter*. Tübingen.

Henningsen 1963: G. Hennigsen, Det store skib og den store gård (ATT 1960H og E). *Folkeminder* 9: 196–213.

Henningsen 1965: G. Hennigsen, The Art of Perpendicular Lying. *Journal of the Folklore Institute* 2: 180–219.

Henriques/Gouveia et al. 2001: F. Henriques, J. Gouveia, and J. Caninas, *Contos Populares e*

Lendas dos Cortelhões e dos Plingacheiros. Vila Velha de Ródão.

Henßen 1927: G. Henßen, *Neue Sagen aus Berg und Mark*. Elberfeld.

Henßen 1932: G. Henßen, *Volksmärchen aus Rheinland und Westfalen*. Wuppertal-Elberfeld.

Henßen 1935: G. Henßen, *Volk erzählt. Münsterländische Sagen, Märchen und Schwänke*. Münster.

Henßen 1938: G. Henßen, Was mir von Gott ist zugedacht, das wird mir wohl ins Haus gebracht. Zum Formwandel einer Schatzsage. *Volkskundliche Ernte. Festschrift H. Hepding*. 93–101. Gießen.

Henßen 1944: G. Henßen, *Vom singenden klingenden Baum. Deutsche Volksmärchen*. Stuttgart.

Henßen 1951: G. Henßen, *Überlieferung und Persönlichkeit. Die Erzählungen und Lieder des Egbert Gerrits*. Münster.

Henßen 1953: G. Henßen, Deutsche Schreckmärchen und ihre europäischen Anverwandten. *Zeitschrift für Volkskunde* 50: 84–97.

Henßen 1955: G. Henßen, *Sagen, Märchen und Schwänke des Jülicher Landes*. Bonn.

Henßen 1959: G. Henßen, *Ungardeutsche Volksüberlieferungen. Erzählungen und Lieder*. Marburg.

Henßen 1961: G. Henßen, *Bergische Märchen und Sagen*. Münster.

Henßen 1963a: G. Henßen, *Volkserzählungen aus dem westlichen Niedersachsen*. Münster.

Henßen 1963b: G. Henßen, *Deutsche Volkserzählungen aus dem Osten. Märchen und legendenartige Geschichten aus den Sammlungen des Zentralarchivs der Deutschen Volkserzählung*. Münster [2]1963.

Henßen 1963c: G. Henßen, Knoist un sine dre Sühne (KHM 138). Hugo Kuhn, and Kurt Schier (eds.), *Märchen - Mythos - Dichtung. Festschrift F. von der Leyen*, 35–37. München.

Hepding 1919: H. Hepding, Narrenaufträge. *Hessische Blätter für Volkskunde* 18: 110–113.

Hepding 1934: H. Hepding, Ein Schwank über das Segensprechen. *Hessische Blätter für Volkskunde* 33: 78–89.

Herberger 1972: C. F. Herberger, *The Thread of Ariadne*. New York.

Herbert 1910: J. A. Herbert, *Catalogue of Romances in the Department of Manuscripts in the British Museum* 3. London 1910. (For vols. 1 and 2 see Ward 1883f.)

Hermann/Schwind 1951: A. Hermann, and M. Schwind, *Die Prinzessin von Samarkand. Märchen aus Aserbeidschan und Armenien*. Köln.

Herranen 1990: G. Herranen, The Maiden without Hands (AT 706). Two Tellers, Two Versions. V. Görög-Karady (ed.), *D'un Conte ... à l'autre*, 105–115. Paris.

Herranen 1995: G. Herranen, Det er räätt och billigt. B. G. Alver et al. (eds.), *Livets gleder. Om forskeren, folkediktningen og maten. En vennebok til R. Kvideland*, 100–106. Stabekk.

Herrmann 1991: C. Herrmann, *Der 'berittene Aristoteles'*. Pfaffenweiler.

Herskovits/Herskovits 1936: M. J. Herskovits, and F. C. Herskovits, *Suriname Folk-Lore*. New York.

Hertel 1906: J. Hertel, Eine alte Pañcatantra-Erzählung bei Babrios. *Zeitschrift für Volkskun-*

de 16: 149–156.

Hertel 1909: J. Hertel, Zu den Erzählungen von der Muttermilch und der schwimmenden Lade. *Zeitschrift für Volkskunde* 19: 83–92.

Hertel 1914: J. Hertel, *Das Pañcatantra, seine Geschichte und seine Verbreitung*. Leipzig & Berlin.

Hertel 1922a: J. Hertel, *Zwei indische Narrenbücher*. Leipzig.

Hertel 1922b: J. Hertel, *Zweiundneunzig Anekdoten und Schwänke aus dem modernen Indien*. Leipzig.

Hertel 1953: J. Hertel, *Indische Märchen*. (Die Märchen der Weltliteratur.) Düsseldorf & Köln.

Hertel et al. 1911: J. Hertel, J. Bolte, and A. Andrae, Zur Sage von der erweckten Scheintoten. *Zeitschrift für Volkskunde* 21: 282–285.

Hertz 1893: W. C. H. von Hertz, *Die Sage vom Giftmädchen*. München.

Hertz 1900: W. Hertz, *Spielmannsbuch*. Stuttgart & Berlin.

Herzog 1937: J. Herzog, *Die Märchentypen des "Ritter Blaubart" und "Fitchervogel"*. (Diss. Köln 1929). Wuppertal.

Hetmann 1982: F. Hetmann, *Märchen aus Wales*. (Die Märchen der Weltliteratur.) Düsseldorf & Köln.

Heule 1984: M. Heule, Wilhelm Wackernagel als Vermittler von Grimmbeiträgen. Ergänzungen und Korrekturen zu Heinz Röllekes Beitrag über die Herkunft der KHM 165, 166 und 167. *Schweizerisches Archiv für Volkskunde* 80: 88–92.

Heunemann 1980: A. Heunemann, *Der Schlangenkönig. Märchen aus Nepal*. Kassel.

Heyl 1897: J. A. Heyl, *Volkssagen, Bräuche und Meinungen aus Tirol*. Brixen.

Hikmet 1959: M. Hikmet, *One Day the Hodja*. Ankara.

Hilka 1915: A. Hilka, Die Wanderung einer Tiernovelle. *Mitteilungen der schlesischen Gesellschaft für Volkskunde* 17: 58–75.

Hilka/Söderhjelm 1913: A. Hilka, and W. Söderhjelm, Vergleichendes zu den mittelalterlichen Frauengestalten. *Neuphilologische Mitteilungen* 15: 1–22.

Hinrichs 1955: H. Hinrichs, *The Glutton's Paradise*. Mount Vernon.

Hissink/Hahn 1961: K. Hissink, and A. Hahn, *Die Tacana*. 1: *Erzählungsgut*. Stuttgart.

Hnatjuk 1909f.: V. Hnatjuk, *Das Geschlechtleben des ukrainischen Bauernvolkes in Österreich-Ungarn* 1–2. Leipzig 1909/12.

Hock 1900: S. Hock, *Die Vampyrsagen und ihre Verwertung in der deutschen Literatur*. Berlin.

Hodne 1984: Ø. Hodne, *The Types of the Norwegian Folktale*. Oslo et al.

Höeg 1926: C. Höeg, *Les Saracatsans. Une tribu nomade grecque*. 2: *Textes (contes et chansons), vocabulaire technique, index verborum*. Paris & Copenhague.

Hoffmann 1965: H. Hoffmann, *Märchen aus Tibet*. (Die Märchen der Weltliteratur.) Düsseldorf & Köln.

Hoffmann 1973: F. Hoffmann, *Analytical Survey of Anglo-American Traditional Erotica*. Bowling Green, Ohio.

Hoffmeister 1985: G. Hoffmeister, *Fortunatus. Die unglückliche Liebes- und Lebensgeschichte des Don Francesco und Angelica*. Tübingen.

Hofmann 1987: L. Hofmann, *Exempelkatalog zu Martin Pruggers Beispielkatechismus von 1724*. Würzburg.

Hofmann-Wellenhof 1885: P. von Hofmann-Wellenhof, *Alois Blumauer*. Wien.

Hogenelst 1997: D. Hogenelst, *Sproken en sprekers* 1–2. *Inleiding op en repertorium van de Middelnederlandse sproke*. Amsterdam.

Høgh 1988: C. Høgh, Den forbudte sexualitet i myter og folkeeventyr - en analyse af "Prinsessen, der blev en mand" (AT 514) [The Forbidden Sexuality in Myth and Folktales. AT 514]. *Nord Nytt* 35: 88–98.

Hoj 1968: P. Hoj, Die Frau im Feigenbaum. Zur Geschichte einer Fazetie Ciceros. *Romanistische Jahrbücher* 19: 53–66.

Holbek 1964: B. Holbek, En fabel-oversættelse af Niels Helvad (Asinus Vulgi). *Danske studier* 1964: 24–53.

Holbek 1978: B. Holbek, The Big-Bellied Cat. A. Dundes (ed.), *Varia Folklorica*, 57–70. The Hague & Paris.

Holbek 1985: B. Holbek, Parallelen zur Rattenfängersage in der dänischen Volksüberlieferung. N. Humburg (ed.), *Geschichten und Geschichte*, 129–134. Hildesheim.

Holbek 1987: B. Holbek, *Interpretation of Fairy Tales.* (FF Communications 239.) Helsinki.

Holbek 1990: B. Holbek, *Dänische Volksmärchen*. Berlin.

Holbek 1991: B. Holbek, On the Borderline between Legend and Tale. The Story of the Old Hoburg Man in Danish Folklore. *Arv* 47: 179–191.

Hollis 1990: S. T. Hollis, *The Ancient Egyptian "Tale of Two Brothers". The Oldest Fairy Tale in the World*. Norman.

Holmberg 1927: U. Holmberg, *Siberian Mythology*. Boston.

Holtorf 1969: A. Holtorf, Das Tanzlied von Kölbigk. G. Jungbluth (ed.), *Interpretationen mittelhochdeutscher Lyrik*, 13–45. Bad Godesberg.

Holzberg 1991: N. Holzberg, Die Fabel von Stadtmaus und Landmaus bei Phaedrus und Horaz. *Würzburger Jahrbücher für die Altertumswissenschaft*, N. F. 17: 229–239.

Hoogasian-Villa 1966: S. Hoogasian-Villa, *100 Armenian Tales and Their Folkloristic Relevance*. Detroit.

Horák 1971: J. Horák, *Tschechische Volksmärchen*. Prag.

Horálek 1964: K. Horálek, Ein Beitrag zu dem Studium der afrikanischen Märchen. *Archiv orientální* 32: 501–521.

Horálek 1965: K. Horálek, Příspěvek k typologii srbskàch pohádek [Contributions to a Typology of Serbian Folktales]. *Annali dell' Istituto universitario orientale. Sezione slava* 8: 45–76.

Horálek 1967a: K. Horálek, Der Märchentypus AaTh 302 (302 C*) in Mittel- und Osteuropa. *Deutsches Jahrbuch für Volkskunde* 13: 260–287.

Horálek 1967b: K. Horálek, Zur slavischen Überlieferung des Märchentyps AaTh 331 (Der Geist im Glas). P. Brang (ed.), *Festschrift M. Woltner*, 83–90. Heidelberg.

Horálek 1968: K. Horálek, Zur slawischen Überlieferung des Typus AT 707. F. Harkort, K. C. Peeters, and R. Wildhaber (eds.), *Volksüberlieferung. Festschrift K. Ranke*, 107–114. Göttingen.

Horálek 1968f.: K. Horálek, Aus dem persischen Märchenschatz. *Ethnologia Europaea* 2–3 (1968–69): 184–190.

Horálek 1969a: K. Horálek, Le Conte des deux frères. *Folklorica Pragensia* 1, 7–74. Prag.

Horálek 1969b: K. Horálek, Märchen aus 1001 Nacht bei den Slaven. *Fabula* 10: 155–195.

Horálek 1972: K. Horálek, Zur slawischen Überlieferung des Märchentyps AaTh 302B (Zwei-Brüder-Märchen). *Ethnologia Slavica* 4: 179–197.

Horálek 1986: K. Horálek, Ex oriente fabula. K italskàm faceciím v slovanském folklóru [Ex oriente fabula. The Italian Facetious Tale and the Slovakian Popular Tradition]. *Slavia* 55: 128–132.

Horning Marshall 1995: A. Horning Marshall, Reflections on the Pedagogy of Fear. Märchen von einem, der auszog, das Fürchten zu lernen. *Fabula* 36: 289–295.

Höttges 1931: V. Höttges, *Die Sage vom Riesenspielzeug*. Jena.

Höttges 1937: V. Höttges, *Typenverzeichnis der deutschen Riesen- und riesischen Teufelssagen:* (FF Communications 122.) Helsinki.

Hoursch 1925: A. Hoursch, *Kölsche Krätzcher*. Köln [8]1925.

Hoven 1978: H. Hoven, *Studien zur Erotik in der deutschen Märendichtung*. Göppingen.

Htin Aung 1954: M. Htin Aung, *Burmese Folk-Tales*. Oxford [2]1954.

Huber 1910: M. Huber, *Die Wanderlegende von den Siebenschläfern*. Leipzig.

Huber 1990: G. Huber, *Das Motiv der "Witwe von Ephesus" in lateinischen Texten der Antike und des Mittelalters*. Tübingen.

Hubrich-Messow 2000: G. Hubrich-Messow, *Schleswig-Holsteinische Volksmärchen. Tiermärchen (AT 1–299), Märchen vom dummen Unhold (AT 1000–1199)*. Husum.

Hubrich-Messow (forthcoming): G. Hubrich-Messow, *Schleswig-Holsteinische Volksmärchen. Schildbürgergeschichten und Eheschwänke (AT 1200–1485)*. Husum.

Hudde 1997: H. Hudde, "Der echte Ring ging verloren". Die ältesten Fassungen der Ringparabel. H. Hudde (ed.), *Geschichte und Verstehen. Festschrift U. Mölk*, 95–110. Heidelberg.

Huet 1910f.: G. Huet, Le Conte des sœurs jalouses. *Revue d'ethnographie et de sociologie* 1 (1910): 6–10, 210–218; and 2 (1911): 7f., 189–201.

Huet 1913: G. Huet, Saint Julien l'Hospitalier. *Mercure de France* 1 (7) (1913): 44–59.

Huet 1917: G. Huet, Le Retour merveilleux du mari. *Revue des traditions populaires* 32: 97–109, 145–163.

Huizenga-Onnekes 1928f.: E. J. Huizenga-Onnekes, *Het Boek van Trijntje Soldaats. Het Boek van Minne Koning. Groninger Volksvertellingen* 1–2. Groningen 1928/30.

Huizenga-Onnekes/Laan 1930: E. J. Huizenga-Onnekes, *Groninger volksverhalen*. Ed. K. ter Laan. Groningen & Den Haag.

Hull/Taylor 1955: V. Hull, and A. Taylor, *A Collection of Irish Riddles*. Berkeley & Los Angeles.

Hüllen 1965: G. Hüllen, *Märchen der europäischen Völker. Von Prinzen, Trollen und Herrn Fro. Unveröffentlichte Quellen* 6. Münster.

Hüllen 1967: G. Hüllen, *Märchen der europäischen Völker. Unveröffentlichte Quellen* 7. Münster.

Humburg 1985: N. Humburg (ed.), *Geschichten und Geschichte*. Hildesheim.

Humphreys 1965: H. Humphreys, Jack and the Beanstalk. A. Dundes (ed.), *The Study of Folklore*, 103–106. Englewood Cliffs, N.J.

Hunt 1930 : R. Hunt, *Popular Romances of the West of England*. London.

Hupfield 1897: H. Hupfield, *Encyclopedia of Wit and Wisdom*. Philadelphia.

Hyde 1915: D. Hyde, *Legends of Saints and Sinners*. London.

Hyltén-Cavallius/Stephens 1844: G. O. Hyltén-Cavallius, and G. Stephens, *Svenska folk-sagor och äfventyr* 1. Stockholm.

Ikeda 1971: H. Ikeda, *A Type and Motif-Index of Japanese Folk-Literature*. (FF Communications 209.) Helsinki.

Ikeda 1991: K. Ikeda, Die Entstehung des KHM 65 Allerleirauh. Eine progressive Annäherung an den Cinderella-Stoff. *Doitsu bungaku* 86: 114–125.

Ilg 1906: B. Ilg, *Maltesische Märchen und Schwänke* 1–2. Leipzig.

Imberty 1974: C. Imberty, Le Symbolisme du faucon dans la nouvelle 9 de la Vième journée du Decamerone. *Revue des études italiennes* 20: 147–156.

Imellos 1979: S. D. Imellos, To kyparissi tou Mystrā [Legend about a Wooden Stick that Grows Roots and Twigs and Becomes a Cypress]. *Lakonikai Spoudai* 4: 340–348.

Inada/Ozawa 1977ff.: K. Inada, and T. Ozawa, *Nihon mukashibanashi tsūkan* [Survey of Japanese Folktales] 1–29. Tokyo 1977–90.

Irigaray 1957: A. Irigaray, *Euskalerriko Ipuiñak. Cuentos populares Vascos*. Zarautz.

Jablow/Jablow 1969: A. Jablow, and C. W. Jablow, *The Man in the Moon. Sky Tales from Many Lands*. New York.

Jackson 1940: K. H. Jackson, The Motive of the Threefold Death in the Story of Suibhne Geilt. J. Ryan (ed.), *Festschrift E. MacNeill*, 535–550. Dublin.

Jackson/McNeil 1985: T. W. Jackson, *On a Slow Train Through Arkansas*. Ed. W. K. Neil. Lexington, Kentucky.

Jackson/Wilson 1936: K. Jackson, and E. Wilson "The Barn is Burning." *Folklore* 47: 190–202.

Jacob 1929: G. Jacob, Wandersagen. *Der Islam* 18: 200–206.

Jacob 1935: O. Jacob, Le Rat de ville et le rat des champs. *Les Études classique* 4: 130–154.

Jacobs 1894a: J. Jacobs, *The Fables of Aesop*. New York.

Jacobs 1894b: J. Jacobs, *More English Fairy Tales*. London.

Jacobs 1898: J. Jacobs, *English Fairy Tales*. London [3]1898.

Jacopin 1993: P.-Y. Jacopin, De l'Histoire du Petit Chaperon Rouge ou des tranformations d'une histoire de femme. *Ethnologie française* 23: 48–65.

JAFL: *Journal of American Folklore* 1 (1888) ff.

Jacques de Vitry: T. F. Crane, *The Exempla, or, Illustrative Stories from the Sermones Vulgares of Jacques de Vitry*. London 1890.

Jacques de Vitry/Frenken: G. Frenken, *Die Exempla des Jacob von Vitry. Ein Beitrag zur Geschichte der Erzählungsliteratur des Mittelalters*. München 1914.

Jahn 1889: U. Jahn, *Volkssagen aus Pommern und Rügen*. Berlin [2]1889.

Jahn 1890: U. Jahn, *Schwänke und Schnurren aus Bauern Mund*. Berlin.

Jahn 1970: S. al Azharia Jahn, *Arabische Volksmärchen*. Berlin.

Jahn 1982: S. al Azharia Jahn, Varianten vom "Streit der Erretteten um ihre wundertätige Braut". *Fabula* 23: 75–94.

Jahn/Neumann et al. 1998: U. Jahn, *Volksmärchen aus Pommern und Rügen*. Ed. S. Neumann, and K.-E. Tietz. Bremen & Rostock.

Jamieson 1969: I. W. A. Jamieson, Henryson's 'Taill of the Wolf and the Wedder'. *Studies in Scottish Literature* 6: 248–257.

Janissen 1981: L. Janissen, *Het lokkend Licht. Volksverhalen rond de Maas in beide Limburgen*. Maasbree.

Jannsen 1881f.: H. Jannsen, *Märchen und Sagen des estnischen Volkes* 1–2. Dorpat et al. 1881/88.

Janów 1932: J. Janów, Exemplum o czarcie wiodacym do zbrodni przez opilstwo [Exemplum of the Devil Becoming Criminal by Drunkenness]. *Lud* 31: 12–24.

Janssen 1978: B. Janssen, *Het dansmeisje en de lindepater. Volksverhalen uit Kempen, Meierij en Peel*. Maasbree.

Janssen 1979: B. Janssen, *De koning en de boer. Volkshumor uit Kempen, Meierij en Peel*. Maasbree.

Jarmuchametov 1957: C. C. Jarmuchametov, *Tartarskie narodnye skazki* [Tartarian Folktales]. Kazan.

Jarník 1890ff.: J. U. Jarník, Albanesische Märchen und Schwänke. *Zeitschrift für Volkskunde in Sage und Mär [...]* 2 (1890); 264–269, 345–349, 421–424; 3 (1891): 184, 218–220, 264f., 296–298; 4 (1892): 299–304.

Järv 2001: R. Järv, "Wenn du ein Viertel davon glaubst, bist du schon um die Hälfte betrogen worden." AT 1920B im Zusammenhang mit konkreten Personen. J. Beyer, and R. Hiiemäe (eds.), *Folklore als Tatsachenbericht*, 71–84. Tartu.

Järv 2002: R. Järv, "Ehe" ja "ehitud". Mõnest autentsusprobleemist 19. sajandi muinasjutukirjapanekutes ["Authentic" and "Artificial". Some Problems of Authenticity in

Recording Fairy Tales in the 19th Century]. *Kogumisest uurimiseni. Artikleid eesti rahvaluule arhiivi 75. Aastapäevaks*, 157–180. Tartu.

Jason 1965: H. Jason, Types of Jewish-Oriental Oral Tales. *Fabula* 7: 115–224.

Jason 1975: H. Jason, *Types of Oral Tales in Israel* 2. Jerusalem.

Jason 1976: H. Jason, *Märchen aus Israel.* (Die Märchen der Weltliteratur.) Düsseldorf & Köln.

Jason 1979: H. Jason, The Poor Man of Nippur. An Ethnopoetic Analysis. *Journal of Cuneiform Studies* 31: 189–215.

Jason 1988a: H. Jason, *Folktales of the Jews of Iraq. Tale-Types and Genres*. Or Yehuda.

Jason 1988b: H. Jason, *Whom Does God Favor: The Wicked or the Righteous? The Reward-and-Punishment Fairy Tale.* (FF Communications 240.) Helsinki.

Jason 1989: H. Jason, *Types of Indic Oral Tales. Supplement.* (FF Communications 242.) Helsinki.

Jason 1999: H. Jason, "God Bless You!". The Legend of Curse and Redemption. I. Schneider (ed.), *Europäische Ethnologie und Folklore im internationalen Kontext. Festschrift L. Petzoldt*, 129–144. Frankfurt a. M. et al.

Jason/Kempinski 1981: H. Jason, and A. Kempinski, How Old Are Folktales? *Fabula* 22: 1–27.

Jauhiainen 1998: M. Jauhiainen, *The Type and Motif Index of Finnish Belief Legends and Memorates. Revised and Enlarged Edition of Lauri Simonsuuri's "Typen- und Motivverzeichnis der finnischen mythischen Sagen [...]".* (FF Communications 267.) Helsinki.

Jauss 1959: H. R. Jauss, *Untersuchungen zur mittelalterlichen Tierdichtung*. Tübingen.

Javorskij 1907: J. A. Javorskij, "Tri starca" L. N. Tolstogo i ich narodno-literaturnaja rodnja [L. N. Tolstoy's "The Three Old People" and Their Relatives in Folk Literature]. *Čtenija v Istoričeskom obščestve Nestora-letopisca* 19 (4): 97–102.

Javorskij 1915: P. Javorskij, *Pamjatniki galicko-russkoj slovesnosti* [Monuments of the Galician-Russian Folk Literature]. Kiev.

Jech 1959: J. Jech, *Lidová vyprávění z Kladska* [Folktales from Kladsko]. Prag.

Jech 1979: J. Jech, Wirklichkeit oder Scherz? Bemerkungen zu AaTh 1631A. *Fabula* 20: 86–95.

Jech 1984: J. Jech, *Tschechische Volkmärchen*. Berlin [2]1984.

Jech 1989: J. Jech, Heilwasser in Volkssage und Märchen. *Anales de la Universidad de Chile* 5 (17): 167–203.

Jech/Gašparíková 1985: J. Jech, and V. Gašparíková, Die Rattenfängersage in der Tschechoslowakei. N. Humburg (ed.), *Geschichten und Geschichte*, 77–86. Hildesheim.

Jecklin/Decurtins 1916: D. Jecklin, and C. Decurtins, *Volksthümliches aus Graubünden* 1–3. Chur.

Jegerlehner 1907: J. Jegerlehner, *Was die Sennen erzählen*. Bern.

Jegerlehner 1909: J. Jegerlehner, *Sagen aus dem Unterwallis*. Basel.

Jegerlehner 1913: J. Jegerlehner, *Sagen und Märchen aus dem Oberwallis*. Basel.

Jenssen 1963: C. Jenssen, *Märchen aus Schleswig-Holstein und dem Unterelbe-Raum*. Münster.

Jiménez Borja 1940: A. Jiménez Borja, *Cuentos y leyendas del Perú*. Lima.

Jiménez Romero et al. 1990: A. Jiménez Romero, *La flor de la florentian*. Ed. M. Pérez Bautista, and J. A. del Río Cabrera. Sevilla.

Johannes Gobi Junior: *La Scala Coeli de Jean Gobi*. Ed. M.-A. Polo de Beaulieu. Paris 1991.

Johnson 1839: C. Johnson, *The History of the Lives and Actions of the Most Famous Highwaymen*. London [4]1839.

Johnson 1931: J. H. Johnson, Folk-Lore from Antigua, British West Indies. *Journal of American Folklore* 34: 77–88.

Johnsson 1920: P. Johnsson, *Allmogeliv i Göinge*. Trelleborg.

Joisten 1955: C. Joisten, Contes folkloriques de l'Ariège 3. *Folklore* 81: 3–20.

Joisten 1956: C. Joisten, Le Conte de poucet dans les Hautes-Alpes. Monographie folklorique. *Bulletin de la Société d'Études des Hautes-Alpes* 48: 3–30.

Joisten 1965: C. Joisten, *Contes populaires de l'Ariège*. Paris.

Joisten 1971: C. Joisten, *Contes populaires du Dauphiné* 1–2. Grenoble.

Joldrichsen 1987: A. Joldrichsen, *Form, Stil und Motive nordfriesischer Märchen im Vergleich zu den entsprechenden Grimmschen Varianten*. Kiel & Amsterdam.

Jolles 1974: E. B. Jolles, *G. A. Bürgers Ballade Lenore in England*. Regensburg.

Jonassen 1990: F. R. Jonassen, Lucian's Saturnalia, the Land of Cockaigne, and the Mummer's Plays. *Folklore* 101: 58–68.

Jones 1944: L. C. Jones, The Ghosts of New York: An Analytical Study. *Journal of American Folklore* 57: 237–254.

Jones 1930: T. G. Jones, *Welsh Folklore and Folk-custom*. London.

Jones 1976: S. S. Jones "The Rarest Thing in the World": Indo-European or African? *Research in African Literature* 7: 200–210.

Jones 1983: S. S. Jones, The Structure of Snow White. *Fabula* 24: 56–71.

Jones 1987: S. S. Jones, On Analysing Fairy Tales. 'Little Red Riding Hood' Revisited. *Western Folklore* 46: 97–106.

Jones 1990: S. S. Jones, *The New Comparative Method. Structural and Symbolic Analysis of the Allomotifs of "Snow White"*. (FF Communications 247.) Helsinki.

Jontes 1981: G. Jontes, Die Beraubung der scheintoten Frau.V. Hänsel (ed.), *Volkskundliches aus dem steirischen Ennsbereich. Festschrift K. Haiding*, 303–315. Liezen.

Joos 1889ff.: A. Joos, *Vertelsels van het vlaamsche volk* 1–4. Brügge 1889/90/91/92.

Josephson 1934: G. Josephson, *Die mittelhochdeutsche Versnovelle von Aristoteles und Phyllis*. Heidelberg.

Jülg 1866: B. Jülg, *Kalmükische Märchen. Die Märchen des Siddhi-Kür oder Erzählungen eines verzauberten Toten*. Leipzig.

Jülg 1868: B. Jülg, *Mongolische Märchen. Die neun Nachtragserzählungen des Siddhi-Kür und die Geschichte des Ardschi-Bordschi Chan*. Innsbruck.

Julov 1970: V. Julov, The Source of a Hungarian Popular Classic and Its Roots in Antiquity. *Acta Classica* 6: 75–84.

Jungbauer 1923a: G. Jungbauer, *Märchen aus Turkestan und Tibet.* (Die Märchen der Weltliteratur.) Jena.

Jungbauer 1923b: G. Jungbauer, *Böhmerwald-Märchen*. Passau.

Jungbauer 1943: G. Jungbauer, *Das Volk erzählt. Sudetendeutsche Sagen, Märchen und Schwänke*. Karlsbad / Leipzig.

Jungraithmayr 1981: H. Jungraithmayr, *Märchen aus dem Tschad.* (Die Märchen der Weltliteratur.) Düsseldorf & Köln.

Jurkschat 1898: C. Jurkschat, *Litauische Märchen und Erzählungen* 1. Heidelberg.

Just 1991: G. Just, *Magische Musik im Märchen. Untersuchungen zur Funktion magischen Singens und Spielens in Volkserzählungen*. Frankfurt am M. et al.

Kabašnikau 1960: K. P. Kabašnikau, *Kazki i legendy rodnaga kraju* [Folktales and Legends of Our Home Country]. Minsk.

Kabbani 1965: S. Kabbani, *Altarabische Eseleien. Humor aus dem frühen Islam*. Herrenalb.

Kabirov / Schachmatov 1959: M. N. Kabirov, and B. F. Schachmatov, *Die Stadt der tauben Ohren und andere ujgurische Volksmärchen*. Berlin.

Kaczynski / Westra 1982: B. M. Kaczynski, and H. J. Westra, Aesop in the Middle Ages. The Transmission of the Sick Lion Fable and the Authorship of the St. Gall Version. *Mittellateinisches Jahrbuch* 17: 31–38.

Kadlec 1916: E. Kadlec, *Untersuchungen zum Volksbuch von Ulenspiegel*. Prag.

Kagan 1965: Z. Kagan, The Jewish Versions of AT 425: Cupid and Psyche. (On the Problem of Sub-types and Oiko-types.) *Laográphia* 22: 209–212.

Kahlén 1936: J. Kahlén, En typ av Pansägnen i västsvenska uppteckningar. *Folkminnen och Folktankar* 23: 89–92.

Kähler 1952: H. Kähler, *Die Insel der schönen Si Melu. Indonesische Dämonengeschichten, Märchen und Sagen aus Simalur*. Eisenach.

Kainz 1974: W. Kainz, *Weststeirische Sagen, Märchen und Schwänke. Mit einem Geleitwort von H. Koren*. Graz 1974.

Kakuk / Kúnos 1989: Z. Kakuk, *Kasantatarische Volksmärchen. Auf Grund der Sammlung von I. Kúnos*. Budapest.

Kalff 1923: G. Kalff, *De sage van den Vliegenden Hollander*. Zutphen.

Kallas 1900: O. Kallas, *Achtzig Märchen der Ljutziner Esten*. Jurew [Dorpat].

Kallenberger 1980: P. Kallenberger, Mann und Frau im Essigkrug. J. Janning et al. (eds.), *Vom Menschenbild im Märchen*, 91–105. Kassel.

Kaltz 1989: B. Kaltz, "La Belle et la Bête". Zur Rezeption der Werke Mme Leprince de Beaumonts im deutschsprachigen Raum. *Romanistische Zeitschrift für Literaturgeschichte* 13: 275–301.

Kamp 1877: J. Kamp, *Danske folkeminder. Æventyr, Folkessagn, Gaader, Rim og Folketro.* Odense.

Kamp 1879f.: J. Kamp, *Danske Folkeæventyr* 1–2. København 1879–91.

Kamp 1881: J. Kamp, Dansk Provinse jendommelighed og Provinsfølelse. *Tillæg til Højskolebladet* 16–22.

Kampers 1897: F. Kampers, *Mittelalterliche Sagen vom Paradiese und vom Holze des Kreuzes Christi.* Köln.

Kandler 1994: H. Kandler, *Die Bedeutung der Siebenschläferlegende (Aásáhāb al-kahf) im Islam. Untersuchungen zu Legende und Kult in Schrifttum, Religion und Volksglauben unter besonderer Berücksichtigung der Siebenschläfer-Wallfahrt.* Bochum.

Kannisto/Liimola 1951ff.: A. Kannisto, *Wogulische Volksdichtung* 1–6. Ed. M. Liimola. Helsinki 1951–63.

Kapełuś 1964: H. Kapełuś, Türkische Volkserzählungen in der polnischen Literatur des XVI. Jahrhunderts. *Fabula* 6: 253–257.

Kapełuś/Krzyżanowski 1957: H. Kapełuś, and J. Krzyżanowski, *Sto básni ludowych.* [One Hundred Polish Folktales]. Warszawa.

Kapfhammer 1974: G. Kapfhammer, *Bayerische Schwänke "dastunka und dalogn".* Düsseldorf & Köln.

Kapieva 1951: N. Kapieva, *Dagestanskije narodnije skazki* [Dagestan Folktales]. Moskva & Leningrad.

Karadžić 1854: V. S. Karadžić, *Volksmärchen der Serben.* Berlin.

Karadžić 1937: V. S. Karadžić, *Srpske narodne pripovetke* [Serbian Folktales]. Beograd [4]1937.

Karadžić 1959: V. S. Karadžić, *Srbské lidové pohadky* [Serbian Folktales]. Ed. R. Lužik. Praha.

Karlinger 1960: F. Karlinger, *Inselmärchen des Mittelmeeres.* (Die Märchen der Weltliteratur.) Düsseldorf & Köln.

Karlinger 1963: F. Karlinger, Schneeweißchen und Rosenrot in Sardinien. Zur Übernahme eines Buchmärchens in die volkstümliche Erzähltradition, 585–593. L. Denecke, I.-M. Greverus, and G. Heilfurth (eds.), *Brüder Grimm Gedenken [1] 1963. Gedenkschrift zur hundertsten Wiederkehr des Todestages von Jacob Grimm.* Marburg.

Karlinger 1965: F. Karlinger, *Märchen oder Antimärchen? Gedanken zu Basiles Lo viso.* München.

Karlinger 1973a: F. Karlinger, Das Motiv des Blaubart im mitteleuropäischen Märchen. *Quaderni del sapere scientifico* 8: 3–7.

Karlinger 1973b: F. Karlinger, *Italienische Volksmärchen.* (Die Märchen der Weltliteratur.) Düsseldorf & Köln.

Karlinger 1973c: F. Karlinger, *Das Feigenkörbchen. Volksmärchen aus Sardinien.* Kassel.

Karlinger 1979: F. Karlinger, *Märchen griechischer Inseln und Märchen aus Malta.* (Die Märchen der Weltliteratur.) Düsseldorf & Köln.

Karlinger 1981: F. Karlinger, Verwandlung auf der Flucht vor drohendem Inzest. *Schweizer-*

isches Archiv für Volkskunde 77: 178–184.

Karlinger 1982: F. Karlinger, *Rumänische Märchen außerhalb Rumäniens*. Kassel.

Karlinger 1984ff.: F. Karlinger, Zur Legende vom Kinde und dem Crucifixus in Portugal. *Aufsätze zur portugiesischen Kulturgeschichte* 19: (1984–87): 251–257.

Karlinger 1986: F. Karlinger, *Legendenforschung. Aufgaben und Ergebnisse*. Darmstadt.

Karlinger 1987: F. Karlinger, *Auf Märchensuche im Balkan*. Köln.

Karlinger 1988: F. Karlinger, *Geschichte des Märchens im deutschen Sprachraum*. Darmstadt ²1988.

Karlinger 1990: F. Karlinger, *Rumänische Legenden aus der mündlichen Tradition - Fragmentarische Skizzen und exemplarische Texte*. Salzburg.

Karlinger 1994: F. Karlinger, *Menschen im Märchen*. Wien.

Karlinger/Bîrlea 1969: F. Karlinger, and O. Bîrlea, *Rumänische Volksmärchen*. (Die Märchen der Weltliteratur.) Düsseldorf & Köln.

Karlinger/Ehrgott 1968: F. Karlinger, and U. Ehrgott, *Märchen aus Mallorca*. (Die Märchen der Weltliteratur.) Düsseldorf & Köln.

Karlinger/Freitas 1977: F. Karlinger, and G. de Freitas, *Brasilianische Märchen*. (Die Märchen der Weltliteratur.) Düsseldorf & Köln ²1977.

Karlinger/Gréciano 1974: F. Karlinger, and G. Gréciano, *Provenzalische Märchen*. (Die Märchen der Weltliteratur.) Düsseldorf & Köln.

Karlinger/Lackner 1978: F. Karlinger, and I. Lackner, *Romanische Volksbücher*. Darmstadt.

Karlinger/Laserer 1980: F. Karlinger, and E. Laserer, *Baskische Märchen*. (Die Märchen der Weltliteratur.) Düsseldorf & Köln.

Karlinger/Mykytiuk 1967: F. Karlinger, and B. Mykytiuk, *Legendenmärchen aus Europa*. (Die Märchen der Weltliteratur.) Düsseldorf.

Karlinger/Pögl 1983: F. Karlinger, and J. Pögl, *Märchen aus der Karibik*. (Die Märchen der Weltliteratur.) Köln.

Karlinger/Pögl 1987: F. Karlinger, and J. Pögl, *Märchen aus Argentinien und Paraguay*. (Die Märchen der Weltliteratur.) Köln.

Karlinger/Pögl 1989: F. Karlinger, and J. Pögl, *Katalanische Märchen*. (Die Märchen der Weltliteratur.) München.

Karlinger/Übleis 1974: F. Karlinger, and I. Übleis, *Südfranzösische Sagen*. Berlin.

Karow 1972: O. Karow, *Märchen aus Vietnam*. (Die Märchen der Weltliteratur.) Düsseldorf & Köln.

Karpov 1958: V. Karpov, *Skazki i legendy V'etnam* [Folktales and Legends of Vietnam]. Moskva 1958.

Karup 1914: J. P. Karup, *Eventyr og sagn*. København.

Kasevič/Osipov 1976: V. B. Kasevič, and J. M. Osipov, *Skazki narodov Birmy* [Burmese Folktales]. Moskva.

Kasprzyk 1963: K. Kasprzyk, *Nicolas de Troyes et le genre narratif en France au XVIe siècle*.

Warszawa & Paris.

Kassis 1962: V. Kassis, *Prodelki djadjuški Dènba. Tibetskoe narodnoe tvorčestvo* [The Tricks of Uncle Denba. Tibetian Folktales]. Moskva.

Katona 1900: L. Katona, *A remete és az angyal* [The Hermit and the Angel]. Budapest.

Katona 1902: *Temesvári Pelbárt példái* [The Exempla of Pelbárt of Temesvár]. Ed. L. Katona. Budapest.

Katona 1908: L. Katona, Zwei ungarische Cymbeline-Märchen und ihre nächsten Verwandten. *Karpathen* 1 (18) (1908): 561f.

Kaufmann 1862: A. Kaufmann, *Quellenangaben und Bemerkungen zu Karl Simrocks Rheinsagen und Alexander Kaufmanns Mainsagen*. Köln.

Kecskeméti/Paunonen 1974: I. Kecskeméti, and H. Paunonen, Die Märchentypen in den Publikationen der finnisch-ugrischen Gesellschaft. *Journal de la société finno-ougrienne* 73: 205–265.

Keidel 1894: G. C. Keidel, Die Eselherz-(Hirschherz-, Eberherz-)Fabel. *Zeitschrift für vergleichende Litteraturgeschichte* N. F. 7: 264–267.

Kelemina 1930: J. Kelemina, *Bajke in pripovedke slovenskega ljudstva* [Slovene Folk Fables and Tales]. Celje.

Keller 1963: W. Keller, *Am Kaminfeuer der Tessiner*. Bern ²1963.

Keller/Rachimov 2001: G. Keller, and C. Rachimov, *Märchen aus Samarkand. Feldforschung an der Seidenstraße in Zentralasien*. Denzlingen.

Keller/Rüdiger 1959: W. Keller, L. Rüdiger, *Italienische Märchen*. (Die Märchen der Weltliteratur.) Düsseldorf & Köln.

Kenner 1970: H. Kenner, *Das Phänomen der verkehrten Welt in der griechisch-römischen Antike*. Klagenfurt & Bonn.

Kerbelytė 1973: B. Kerbelytė, *Lietuvių liaudies padavimų katalogas/The Catalogue of Lithuanian Local Folk Legends*. Vilnius.

Kerbelytė 1978: B. Kerbelytė, *Litauische Volksmärchen*. Berlin.

Kerbelytė 1999ff.: B. Kerbelytė, *Lietuvių pasakojamosios tautosakos katalogas* [The Catalogue of Lithuanian Narrative Folklore] 1–4. Vilnius 1999/2001/2002/(forthcoming).

Kerbelytė 2001: B. Kerbelytė, *Tipy narodnych skazanij/Types of Folk Legends*. Sankt Peterburg.

Keren/Schnitzler 1981: A. Keren, *Advice from the Rothschilds*. Ed. O. Schnitzler. Jerusalem. [In Hebrew.]

Kern/Ebenbauer 2003: M. Kern, and A. Ebenbauer (unter Mitwirkung von S. Krämer-Seifert) (eds.), *Lexikon der antiken Gestalten in den deutschen Texten des Mittelalters*. Berlin & New York.

Keyser 1927: P. de Keyser, Van den Smid en den Duivel. *Nederlandsch Tijdschrift voor Volkskunde* 32: 99–108.

Khatchatrianz 1946: I. Khatchatrianz, *Armenian Folk Tales*. Philadelphia.

Kilson 1976: M. Kilson, *Royal Antilope and Spider. West African Mende Tales*. Cambridge,

Mass..

Kindl 1989: U. Kindl, Blaubarts Mord-Motiv oder: Wie neugierig darf Märchendeutung sein? *Lendemains* 14 (53): 111–118.

Kindl 1992: U. Kindl, *Märchen aus den Dolomiten.* (Die Märchen der Weltliteratur.) München.

Kingscote/Sástrî 1890: H. Kingscote, and P. N. Sástrî, *Tales of the Sun, or Folklore of Southern India*. London.

Kinnier Wilson 1969: J. V. Kinnier Wilson, Some Contributions to the Legend of Etana. *Iraq* 31: 8–17.

Kinnier Wilson 1974: J. V. Kinnier Wilson, Further Contributions to the Legend of Etana. *Journal of Near Eastern Studies* 33: 237–249.

Kippar 1973f.: P. Kippar, Konna ópetused (AT 150A*). Muinasjututüübi AT 150 läänemere-soome-balti redaktsioon [The Frog's Counsels (AT 150A*). The East-Sea-Finnisch-Baltic Editing of Type AT 150A*]. *Emakeele Seltsi Aastaraamat* 19/20 (1973/74): 263–289.

Kippar 1986: P. Kippar, *Estnische Tiermärchen. Typen- und Variantenverzeichnis.* (FF Communications 237.) Helsinki.

Kirchhof/Oesterley 1869: H. W. Kirchhof, *Wendunmuth* 1–4 [Buch 1–7]. Ed. H. Oesterley. Tübingen.

Kirtley 1971: B. F. Kirtley, *A Motif-Index of Traditional Polynesian Narratives*. Honolulu.

Kiss 1968: G. Kiss, Hungarian Redactions of the Tale Type 301. *Acta Ethnographica* 17: 353–368.

Klaar 1963: M. Klaar, *Christos und das verschenkte Brot. Neugriechische Volkslegenden*. Kassel.

Klaar 1970: M. Klaar, *Tochter des Zitronenbaums. Märchen aus Rhodos*. Kassel.

Klaar 1977: M. Klaar, *Die Reise im goldenen Schiff. Märchen von ägäischen Inseln*. Kassel.

Klaar 1987: M. Klaar, *Die Pantöffelchen der Nereide. Griechische Märchen von der Insel Lesbos*. Kassel 1987.

Klapper 1914: J. Klapper, *Erzählungen des Mittelalters in deutscher Übersetzung und lateinischem Urtext*. Breslau.

Klapper 1925: J. Klapper, Beinverschränkung, ein Schildbürgerstücklein. *Mitteilungen der Schlesischen Gesellschaft für Volkskunde* 26: 147–152.

Klarić 1917: I. Klarić, Narodne pripovijetke (Kalje u Bosni) [Folktales (Kalje in Bosnia)]. *Zbornik za narodni život i običaje južnih Slavena* 22: 289–301.

Klein 1946: R. Klein, *Michel der Mann und andere finnische Volksmärchen*. Kuppenheim.

Klein 1966: R. Klein, *Das weiße, das schwarze und das feuerrote Meer. Finnische Volksmärchen*. Kassel.

Kleivan 1962: I. Kleivan, *The Swan Maiden Myth among the Eskimo*. København.

Klemm 1897: K. Klemm, Tod und Bestattung des armen Sperlingweibchens. *Zeitschrift für Volkskunde* 7: 155–159.

Klímová 1966: D. Klímová, Katalog horňáckých lidových vypraveni [Catalog of the Folktales from Horňácko]. V. Frolec, D. Holý, and R. Jeřábek (eds.), *Horňácko*, 549–570. Brno.

Klintberg 1986: B. af Klintberg, Die Frau, die keine Kinder wollte. *Fabula* 27: 237–264.

Klintberg 1987: B. af Klintberg, *Råttan i pizzan. Folksägner i vår tid*. Stockholm.

Klintberg 1990: B. af Klintberg, Childlessness and Childbirth. M. Nøjgaard et al. (eds.), *The Telling of Stories*, 35–46. Odense.

Klintberg 1993: B. af Klintberg, The Parson's Wife. M. Chesnutt (ed.), *Telling Reality*, 75–87. Copenhagen & Turku.

Klipple 1992: M. A. Klipple, *African Folktales with Foreign Analogues*. New York & London.

Knaack 1898: G. Knaack, Die säugende Tochter. *Zeitschrift für vergleichende Litteraturgeschichte* N. F. 12: 450–454.

Knapp 1933: G. Knapp, *The Motifs of the 'Jason and Medea Myth' in Modern Tradition. A Study of Märchentypus 313*. Diss. Stanford.

Knauer 1964: E. R. Knauer, Caritas romana. *Jahrbuch der Berliner Museen* 6: 9–23.

Knejčer 1959: V. N. Knejčer, *S togo sveta. Antireligioznye skazki narodov SSSR* [From the Otherworld. Anti-religious Folktales of the USSR]. Char'kov.

Knight 1913: J. Knight, Ojibwa Tales from Sault Ste. Marie, Mich. *Journal of American Folklore* 26: 91–96.

Knoop 1885: O. Knoop, *Volkssagen, Erzählungen, Aberglauben, Gebräuche und Märchen aus dem östlichen Hinterpommern*. Posen.

Knoop 1893: O. Knoop, *Sagen und Erzählungen aus der Provinz Posen*. Posen.

Knoop 1905: O. Knoop, *Volkstümliches aus der Tierwelt*. Rogasen.

Knoop 1909: O. Knoop, *Ostmärkische Sagen, Märchen und Erzählungen* 1. Lissa.

Knowles 1888: J. H. Knowles, *Folk-Tales of Kashmir*. London.

Knox 1985: B. W. M. Knox, Die Freiheit des Ödipus. R. Schlesier (ed.), *Faszination des Mythos*, 125–143. Basel & Frankfurt am Main.

Kocbek 1926: F. Kocbek, *Storije iz gornjegrajskega okraja* [Stories from the Gornji Grad Area]. Celje.

Koceva 2002: J. Koceva, Vŏlšebnite prikazki v Archiva na Instituta za folklor. Katalog [The Fairy Tales in the Archive of the Institute of Folklore. Catalogue]. *Bălgarski folklor* 28 (2–4): 59–108.

Koch-Grünberg/Huppertz 1956: T. Koch-Grünberg, and J. Huppertz, *Geister am Roroíma. Indianer-Mythen, -Sagen und -Märchen aus Guayana*. Kassel.

Kocks 1990: G. H. Kocks, *Een dikke doezend / ... duzend Drentse diggels*. Groningen.

Kohl-Larsen 1963: L. Kohl-Larsen, *Das Kürbisungeheuer und die Ama'irmi. Ostafrikanische Riesengeschichten*. Kassel.

Kohl-Larsen 1966: L. Kohl-Larsen, *Der Perlenbaum. Ostafrikanische Legenden, Sagen, Märchen und Diebsgeschichten*. Kassel.

Kohl-Larsen 1967: L. Kohl-Larsen, *Die Frau in der Kürbisflasche. Ostafrikanische Märchen der*

Burungi. Kassel.

Kohl-Larsen 1969: L. Kohl-Larsen, *Fünf Mädchen auf seinem Rücken. Ostafrikanische Mythen und Märchen der Burungi*. Kassel.

Kohl-Larsen 1971: L. Kohl-Larsen, *Reiter auf dem Elch. Volkserzählungen aus Lappland*. Kassel.

Kohl-Larsen 1975: L. Kohl-Larsen, *Die steinerne Herde. Von Trollen, Hexen und Schamanen. Volkssagen aus Lappland*. Kassel.

Kohl-Larsen 1976: L. Kohl-Larsen, *Der Hasenschelm. Tiermärchen und Volkserzählungen aus Ostafrika*. Kassel.

Kohl-Larsen 1982: L. Kohl-Larsen, *Das Haus der Trolle. Märchen aus Lappland*. Kassel.

Köhler 1878: R. Köhler, Zu Chaucer's The Milleres Tale. *Anglia* 1878: 38–44, 186–188.

Köhler 1896: R. Köhler, Zu den von Laura Gonzenbach gesammelten sicilianischen Märchen. *Zeitschrift für Volkskunde* 6: 58–78, 161–175.

Köhler et al. 1894: R. Köhler, *Aufsätze über Märchen und Volkslieder*. Ed. J. Bolte and E. Schmidt. Berlin.

Köhler/Bolte 1898ff.: R. Köhler, *Kleinere Schriften* 1–3. Ed. J. Bolte. Weimar & Berlin 1898/1900/1900.

Köhler-Zülch 1989: I. Köhler-Zülch, Bulgarische Märchen im balkanischen Kontext und ihre Stellung in der internationalen Erzählüberlieferung. R. Lauer, and P. Schreiner (eds.), *Kulturelle Traditionen in Bulgarien*, 185–201. Göttingen.

Köhler-Zülch 1991: I. Köhler-Zülch, Ostholsteins Erzählerinnen in der Sammlung Wilhelm Wisser: ihre Texte - seine Berichte. *Fabula* 32: 94–118.

Köhler-Zülch 1992: I. Köhler-Zülch, Die Heilige Familie in Ägypten, die verweigerte Herberge und andere Geschichten von "Zigeunern". Selbstäußerungen oder Außenbilder? D. Strauß (ed.), *Die Sinti/Roma-Erzählkunst im Kontext europäischer Märchenkultur*, 35–84. Heidelberg.

Köhler-Zülch 1993: I. Köhler-Zülch, Die Geschichte der Kreuznägel. M. Chesnutt (ed.), *Telling Reality*, 219–234. Copenhagen & Turku.

Köhler-Zülch 1994: I. Köhler-Zülch, Kotarakŭt v čizmi ili chitrata lisica [Puss in Boots, or the Clever Vixen]. *Bălgarski folklor* 20 (5): 20–32.

Köhler-Zülch/Shojaei Kawan 1991: I. Köhler-Zülch, and C. Shojaei Kawan, *Schneewittchen hat viele Schwestern. Frauengestalten in europäischen Märchen*. Gütersloh [2]1991.

Kohlrusch 1854: C. Kohlrusch, *Schweizerisches Sagenbuch*. Leipzig.

Kohut 1895: G. A. Kohut, Le Had Gadya et les chansons similaires. *Revue des études juives* 31: 240–246.

Kölm/Gutowski 1937: M. Kölm, and K. Gutowski, *Märchen aus Posen und Westpreußen*. Schneidemühl.

Komanova 1923: M. Komanova, *Narodne pravljice in legende* [Folktales and Legends]. Ljubljana.

Komoróczy 1964: G. Komoróczy, Zur Deutung der altbabylonischen Epen Adapa und Etana. C. Welskopf, *Neue Beiträge zur Geschichte der Alten Welt* 1, 31–50. Berlin.

Konitzky 1963: G. A. Konitzky, *Nordamerikanische Indianermärchen.* (Die Märchen der Weltliteratur.) Düsseldorf & Köln.

Konkka 1959: U. S. Konkka, *Karel'skie narodnye skazki* [Karelian Folktales]. Petrozavodsk.

Konkka 1963: U. S. Konkka, *Karel'skie narodnye skazki* [Karelian Folktales]. Moskva & Leningrad.

Konomis 1962: N. Konomis, Kypriaka paramythia [Folktales from Cyprus]. *Laográphia* 1962: 303–408.

Konschitzky / Hausl 1979: W. Konschitzky, and H. Hausl, *Banater Volksgut* 1. Bukarest.

Kontelov 1956: A. Kontelov, *Skazki narodov Sibiri* [Siberian Folktales]. Novosibirsk.

Kontler / Kompoljski 1923f.: J. Kontler, and A. H. Kompoljski, *Narodne pravljice iz Prekmurja* [Folktales of Prekmurje] 1–2. Maribor 1923 / 28.

Kooi 1979a: J. van der Kooi, Almanakteltsjes en folksforhalen. In stikmennich 17de- en 18de ieuske teksten. *It Beaken* 41: 70–114.

Kooi 1979b: J. van der Kooi, *Volksverhalen uit Friesland.* Utrecht & Antwerpen.

Kooi 1980: J. van der Kooi, "Vive l'empereur", twa anekdoaten åt 'e Frânske tiid'. *Coulonnade. Twa-en-tweintich Fariaesjes oanbean oan mr. dr. K. de Vries,* 67–72. Leeuwarden.

Kooi 1981: J. van der Kooi, Schinderhannes en de achtkante boer I. *Driemaandelijkse Bladen voor taal en volksleven in het oosten van Nederland* 33: 81–99.

Kooi 1982: J. van der Kooi, 'Wêrom't Alva lake - Vagina dentata?' *Us Wurk* 31: 107–121.

Kooi 1984a: J. van der Kooi, *Volksverhalen in Friesland. Lectuur en mondelinge overlevering. Een Typencatalogus.* Groningen.

Kooi 1984b: J. van der Kooi, Fan Aristoteles nei Adam Hurdrider. Ien en oar oer de relaasje genre-ferhaaltype nei oanlieding fan it teltsje oer de kjeldrige. N. R. Århammar et al. (eds.), *Miscellanea Frisica. A New Collection of Frisian Studies,* 467–483. Assen.

Kooi 1985f.: J. van der Kooi, Literatur als Volkskunde. Historische Erzählforschung, Volkskalender und Mundart. *Rheinisches Jahrbuch für Volkskunde* 26 (1985 / 86): 142–175.

Kooi 1986: J. van der Kooi, Burleske satire en leugenverhaal. *Driemaandelijkse Bladen voor taal en volksleven in het oosten van Nederland* 38: 99–130.

Kooi 1987a: J. van der Kooi, Een Rechter Tie-zaak in Drenthe. Chinese volksverhalen in het westen. *Driemaandelijkse Bladen voor taal en volksleven in het oosten van Nederland* 39: 133–157.

Kooi 1987b: J. van der Kooi, De duivel en de dienstmeid. Absolute tijd versus relatieve tijd bij het historisch volksverhaalonderzoek. *Driemaandelijkse Bladen voor taal en volksleven in het oosten van Nederland* 39: 1–25.

Kooi 1993: J. van der Kooi, t Schip van Ternuten. Een 'zeemanssprookje' tussen actualiteit en historisering. *Driemaandelijkse Bladen voor taal en volksleven in het oosten van Nederland* 45: 101–122.

Kooi 1994: J. van der Kooi, *Friesische Sagen*. München.

Kooi 1998: J. van der Kooi, *Der Ring im Fischbauch. Sagen aus Nordfriesland*. Leer.

Kooi 2000a: J. van der Kooi, He bringt dat nich wedder tohoop. Plädoyer für eine weltweite Komparatistik. G. Hirschfelder (ed.), *Kulturen - Sprachen - Übergänge. Festschrift H. L. Cox*, 207–216. Köln et al.

Kooi 2000b: J. van der Kooi, *De Nachtmerje fan Rawier. Fryske sêgen oer it boppenatuerlike*. Leeuwarden.

Kooi 2001: J. van der Kooi, Bevor der Hahn kräht. Das ûleboerd. Märchenmotiv und friesisch-eigenes Symbol. *Märchenspiegel. Zeitschrift für internationale Märchenforschung [...]* 13: 142–146.

Kooi 2002: J. van der Kooi, De mislukte moord, of: Lubbe leeft nog. *Driemaandelijkse Bladen voor taal en volksleven in het oosten van Nederland* 54: 87–102.

Kooi 2003: J. van der Kooi, *Van Janmaanje en Keudeldoemke. Groninger sprookjesboek*. Groningen.

Kooi/Meerburg 1990: J. van der Kooi, and B. A. G. Meerburg, *Friesische Märchen*. (Die Märchen der Weltliteratur.) München.

Kooi/Schuster 1993: J. van der Kooi, and T. Schuster, *Märchen und Schwänke aus Ostfriesland*. Leer.

Kooi/Schuster 1994: J. van der Kooi, and T. Schuster, *Der Großherzog und die Marktfrau. Märchen und Schwänke aus dem Oldenburger Land*. Leer.

Kooi/Schuster 2003: J. van der Kooi, and T. Schuster, *Die Frau, die verlorenging. Sagen aus Ostfriesland*. Leer.

Koopmans/Verhuyck 1991: J. Koopmans, and P. Verhuyck, *Een kijk op anekdotencollecties in de zeventiende eeuw. Jan Zoet: Het Leven en Bedrijf van Clément Marot*. Amsterdam & Atlanta.

Kosack 2001. G. Kosack, *Die Mafa im Spiegel ihrer oralen Literatur*. Köln.

Kosi 1890: A. Kosi, *Narodne legende za slovensko mladino* [Folk Legends for Slovene Youth]. Ptuj.

Kosi 1894: A. Kosi, *Zlate jagode. Zbirka basnij za slovensko mladino in preprosto ljudstvo* [Collection of Fables for Slovene Youth and Simple Folk]. Ljubljana.

Kosi 1898: A. Kosi, *Sto narodnih legend* [One Hundred Folk Legends]. Ljubljana.

Kosko 1961: M. Kosko, L'Auberge de Jérusalem à Dantzig. *Fabula* 4: 81–98.

Kosko 1966: M. Kosko, *Le Fils assassiné (AT 939 A). Étude d'un thème légendaire*. (FF Communications 198.) Helsinki.

Kosová-Kolečányi 1988: M. Kosová-Kolečányi (ed.), *A harmatban fogant hajadon. Szlovák fantasztikus mesék* [The Maiden Who Was Conceived by Dew. Slovakian Fantasy Fairy Tales]. Budapest.

Kossmann 2000: M. Kossmann, *A Study of Eastern Moroccan Fairy Tales*. (FF Communications 274.) Helsinki.

Köstlin 1980: K. Köstlin, Folklore in den biographischen Lügengeschichten. *Zeitschrift für Volkskunde* 76: 58–73.

Kotaka 1992: Y. Kotaka, Die Heinrich-Episode von KHM 1. Der Froschkönig oder der eiserne Heinrich. *Doitsu bungaku* 36: 22–41.

Kotnik 1924f.: F. Kotnik, *Storije. Koroške narodne pripovedke in pravljice* [Stories. Folktales and Fairy-Tales of Koroška] 1–2. Prevalje 1924/58.

Kovács 1943: Á. Kovács, *Kalotaszegi népmesék* [Folktales from Kalotazeg] 1–2. Budapest.

Kovács 1966: Á. Kovács, *Ungarische Volksmärchen.* (Die Märchen der Weltliteratur.) Düsseldorf & Köln.

Kovács 1984: Á. Kovács, 'L'Arbre qui pousse jusqu'au ciel'. Rédactions hongroises et motifs chamanistiques. G. Calame-Griaule, and V. Görög-Karady (eds.), *Le conte, pourquoi? comment? Actes des journées d'études en litterature orale. Analyse des contes - problèmes de méthodes. Paris, 23–26 mars 1982*, 393–412. Paris.

Kovács 1986: Á. Kovács, *Der grüne Recke. Ungarische Volksmärchen.* Kassel.

Kovács 1988: Á. Kovács, *König Mátyás und die Rátóter. Ungarische Schildbürgerschwänke und Anekdoten.* Leipzig & Weimar.

Krainz 1880: J. Krainz, *Mythen und Sagen aus dem steirischen Hochlande.* Graz.

Kralina 1961: N. Kralina, *Sto skazok udmurtskogo narodna* [One Hundred Folktales of the Udmurt People]. Iževsk 1961.

Kramer 1977: F. Kramer, *Verkehrte Welten. Zur imaginären Ethnographie des 19. Jahrhunderts.* Frankfurt a. M.

Krappe 1926f.: H. Krappe, La leggenda di S. Eustachio. *Nuovi studi medievali* 3 (1926–27): 223–258.

Krappe 1927: A. H. Krappe, *Balor with the Evil Eye.* New York.

Krappe 1930: A. H. Krappe, L'Anthropologie des Thafurs. *Neophilologus* 15: 274–278.

Krappe 1931: A. H. Krappe, Zur Wielandsage. *Archiv für das Studium der neueren Sprachen* 160 (N. S. 60): 161–175.

Krappe 1933: A. H. Krappe, Eine morgenländische Variante zu den "Himmelsstürmern". *Archiv Orientální* 5: 85–87.

Krappe 1937: A. H. Krappe, La belle Hélène de Constantinople. *Romania* 63: 324–353.

Krappe 1940: A. H. Krappe, The Lunar Frog. *Folklore* 51: 161–171.

Krappe 1941: A. H. Krappe, Is the Story of Ahikar the Wise of Indian Origin? *Journal of American Oriental Society* 61: 280–284.

Krappe 1947: A. H. Krappe, The Spectres' Mass. *Journal of American Folklore* 60: 159–162.

Kratz 1978: E. U. Kratz, *Indonesische Märchen.* (Die Märchen der Weltliteratur.) Düsseldorf & Köln.

Krauss 1891: F. S. Krauss, Der Tod in Sitte, Brauch und Glauben der Südslaven. *Zeitschrift für Volkskunde* 1: 148–163.

Krauss 1907: F. S. Krauss, *Zigeunerhumor. 250 Schnurren, Schwänke und Märchen.* Leipzig.

Krauss 1914: F. S. Krauss, *Tausend Sagen und Märchen der Südslaven* 1. Leipzig.

Krauss/Burr et al. 2002: F. S. Krauss, *Volkserzählungen der Südslaven. Märchen, Sagen, Schwänke, Schnurren und erbauliche Geschichten.* Ed. R. L. Burr, and W. Puchner. Wien, Köln & Weimar.

Krejčí 1947f.: K. Krejčí, Putování sujetu o "synu, zavražděném rodiči" (The Migratory Motif of Parents Murdering Their Son]. *Slavia* 18 (1947–48): 406–437.

Krek 1885: B. Krek, *Slovenske narodne pravljice in pripovedke* [Slovene Folktales and Stories]. Maribor.

Kremnitz 1882: M. Kremnitz, *Rumänische Märchen.* Leipzig.

Kres: *Kres* 1–6 (1881–1886).

Kretschmar 1985: M. Kretschmar, *Märchen und Schwänke aus Mustang (Nepal).* Sankt Augustin.

Kretschmer 1899: P. Kretschmer, Zur Geschichte von der 'säugenden Tochter'. *Zeitschrift für deutsches Alterthum* 43: 151–157.

Kretschmer 1917: P. Kretschmer, *Neugriechische Märchen.* (Die Märchen der Weltliteratur.) Jena.

Kretschmer 1930: P. Kretschmer, Zur indischen Herkunft europäischer Volksmärchen. *Wiener Zeitschrift für die Kunde des Morgenlandes* 37: 1–21.

Kretzenbacher 1953: L. Kretzenbacher, St. Kümmernis in Innerösterreich. *Zeitschrift des Historischen Vereins für Steiermark* 44: 128–159.

Kretzenbacher 1956: L. Kretzenbacher, "Maître Patelin" in der Oststeiermark. *Blätter für Heimatkunde* 30: 2–11.

Kretzenbacher 1958a: L. Kretzenbacher, *Die Seelenwaage. Zur religiösen Idee vom Jenseitsgericht auf der Schicksalswaage in Hochreligion, Bildkunst und Volksglaube.* Klagenfurt.

Kretzenbacher 1958b: L. Kretzenbacher, Heimkehr von der Pilgerfahrt. *Fabula* 1: 214–227.

Kretzenbacher 1959: L. Kretzenbacher, Der Zeuge aus der Hölle. *Alpes Orientales* 1959: 33–78.

Kretzenbacher 1961: L. Kretzenbacher, Tanzverbot und Warnlegende. Ein mittelalterliches Predigtexempel in der steirischen Barockpassiologie. *Rheinisches Jahrbuch für Volkskunde* 12: 16–22.

Kretzenbacher 1962: L. Kretzenbacher, Die Volksdichtung im deutsch-slawischen Grenzraum Südosteuropas. *Südosteuropa-Jahrbuch* 6: 18–33.

Kretzenbacher 1968: L. Kretzenbacher, *Kynokephale Dämonen südosteuropäischer Volksdichtung.* München.

Kretzenbacher 1972: L. Kretzenbacher, Zeugnis der stummen Kreatur. Zur Ikonographie des Mirakels der Nikolaus von Tolentino-Legende. E. Ennen, and G. Wiegelmann (eds.), *Festschrift M. Zender* 1, 435–446. Bonn.

Kretzenbacher 1974: L. Kretzenbacher, Meisterdieb-Motive. 1: Anton Bruckner und die Lichterkrebse; 2: Frühe italienische und französische Zeugnisse zum Humanistenschwank vom Betrug mit den Lichterkrebsen. L. Schmidt (ed.), *Wunder über Wunder. Gesammelte Schriften zur Volkserzählung*, 137–161.

Kretzenbacher 1976: L. Kretzenbacher, Südost-Entsprechungen zur steirischen Rechtslegende vom Meineid durch betrügerische Reservatio mentalis (AT 1590). K. Köstlin (ed.), *Das Recht der kleinen Leute. Festschrift K.-S. Kramer*, 125–139. Berlin.

Kretzenbacher 1977a: L. Kretzenbacher, *Legende und Sozialgeschehen zwischen Mittelalter und Barock*. Wien.

Kretzenbacher 1977b: L. Kretzenbacher, Kontrafakturen zur Jakobspilgerlegende in Slowenien. *Anzeiger für slavische Philologie* 9: 197–207.

Kretzenbacher 1983: L. Kretzenbacher, Balkanische Rechtslegenden um meineidigen Grundstücksbetrug zwischen Sozialverbrechen und aitiologischer Sage. G. Kocher (ed.), *Festschrift B. Sutter*, 309–352. Graz.

Kretzenbacher/Sutter 1988: L. Kretzenbacher, *Geheiligtes Recht*. Ed. B. Sutter. Wien et al.

Kreutzwald 1869f.: F. Kreutzwald, *Ehstnische Märchen* [1–]2. Halle 1869 & Dorpat 1881.

Kreuzberg 1965: C. Kreuzberg, Die Rettung des Honigsuchers durch den Bären. *Deutsches Jahrbuch für Volkskunde* 11: 92–107.

Krikmann 1996: A. Krikmann, The Main Riddles, Questions, Allegories and Tasks in AT 875, 920, 921, 922 and 927. Ü. Valk (ed.), *Studies in Folklore and Popular Religion* 1, 55–80. Tartu.

Kriß 1933: R. Kriß, *Die religiöse Volkskunde Altbayerns*. Baden bei Wien.

Kristensen 1871ff.: E. T. Kristensen, *Jyske Folkeminder* 1–13. Kjøbenhavn 1871–97.

Kristensen 1881ff.: E. T. Kristensen, *Æventyr fra Jylland* 1–4. Kjøbenhavn 1881/84/95/97.

Kristensen 1884ff.: E. T. Kristensen, *Danske folkeæventyr, optegnede af Folkemindesamfundets medlemmer* 1–3. Viborg 1884–88.

Kristensen 1886f.: E. T. Kristensen, *Sagn og overtro fra Jylland* 2 (1–2). Kolding 1886/88.

Kristensen 1890: E. T. Kristensen, *Efterslæt til "Skattegraveren"*. Kolding.

Kristensen 1891ff.: E. T. Kristensen, *Gamle folks fortællinger om det jyske almueliv, som det er blevet ført i mands minde, samt enkelte oplysende sidestykker fra øerne* 1–6. Kolding 1891–1905.

Kristensen 1892f.. E. T. Kristensen, *Molbo- og aggerbohistorier* 1–2. Viborg 1892 & Århus 1903.

Kristensen 1892ff.: E. T. Kristensen, *Danske Sagn, som de har lydt i Folkemunde. Udelukkende efter utrykte Kilder* 1–6. Aarhus 1892–1901.

Kristensen 1896: E. T. Kristensen, *Danske Dyrefabler og Kjæderemser*. Århus.

Kristensen 1896f.: E. T. Kristensen, *Fra Bindestue og Kølle* 1–2. Kjøbenhavn 1896/97.

Kristensen 1897a: E. T. Kristensen, *Bindestuens Saga. Jyske Folkeæventyr*. Kjøbenhavn.

Kristensen 1897b: E. T. Kristensen, Lykken, skønheden og visdommen. *Folkets Almanak* 1897: 89–96.

Kristensen 1898: E. T. Kristensen, *Fra Mindebo. Jyske Folkeæventyr*. Aarhus.

Kristensen 1899: E. T. Kristensen, *Vore Fædres Kirketjeneste*. Århus.

Kristensen 1900: E. T. Kristensen, *Danske skjæmtesagn* 1. Århus.

Kristensen / Rom 1884: E. T. Kristensen, and N. C. Rom, *Læsebog for Børneskolens Mellemklasser*. København.

Kríza 1990: I. Kríza, *Mátyás, az igazságos* [Matthew, the Righteous]. Budapest.

Kriza 1995: I. Kriza, Ungarische Balladen vom Rätsellöser-Märchen. C. Lipp (ed.), *Medien popularer Kultur. Festschrift R.W. Brednich*, 280–290. Frankfurt a. M. & New York.

Križnik 1874: Podšavniški [i.e. G. Križnik], *Slovenske pripovedke iz Motnika* [Slovene Folktales from Motnik]. Celovec.

Krogmann 1934: W. Krogman, *Der Rattenfänger von Hameln*. Berlin.

Krohn 1889: K. Krohn, Bär (Wolf) und Fuchs. *Journal de la société finno-ougrienne* 6: 1–173.

Krohn 1891: K. Krohn, *Mann und Fuchs*. Helsinki.

Krohn 1892: K. Krohn, Eine uralte griechische Tierfabel. *Am Urquell* 3: 177–183.

Krohn 1907: K. Krohn, Der gefangene Unhold. *Finnisch-ugrische Forschungen* 7: 129–184.

Krohn 1931a: K. Krohn, *Übersicht über einige Resultate der Märchenforschung*. (FF Communications 96.) Helsinki.

Krohn 1931b: K. Krohn, Zum neugefundenen ägyptischen Märchen. *Zeitschrift für Volkskunde* 41: 281–283.

Kronenberg / Kronenberg 1978: A. Kronenberg, and W. Kronenberg, *Nubische Märchen*. (Die Märchen der Weltliteratur.) Düsseldorf & Köln.

Kroonce 1959: B. G. Kroonce, Satan the Fowler. *Medieval Studies* 21: 176–184.

Kropej 1995: M. Kropej, *Pravljica in stvarnost. Odsev stvarnosti v slovenskih ljudskih praljicah in povedkah ob primerih iz Štrekljeve zapuščine* [Folktale and Reality. Reflection of Reality in Slovene Folktales and Stories from the Štrekelj Legacy]. Ljubljana.

Kropej 2003: M. Kropej, Po sledeh ljudskega pripovedništva v Rožu [Following the Traces in Rosental]. *Traditiones* 32 (1): 57–81.

Krosenbrink 1968: [G. J. H. Krosenbrink,] *De oele röp. Achterhookse Volksverhalen*. Aalen.

Kruse 1922: J. Kruse, *Dat tweete book von Klaas Andrees, den starken baas, den keen een smiten kunn*. Garding.

Kruse 1953: H. Kruse, *Wat sik dat Volk vertellt. Nedderdüütsche Volksgeschichten*. Rendsburg.

Kruse 1990: J. A. Kruse, La Fontaines Fabel 'Die Grille und die Nachtigall'. G. Cepl-Kaufmann (ed.), *"Stets wird die Wahrheit hadern mit dem Schönen." Festschrift M. Windfuhr*, 17–28. Köln.

Kruyskamp 1957: C. H. A. Kruyskamp, *De Middelnederlandse boerden*. Den Haag.

Kryptádia: *Kryptádia. Receuil de documents pour servier l'étude des traditions populaires* 1 (1883)-12 (1911).

Krzyżanowski 1929: J. Krzyżanowski, Peregrynacja Maćkowa / Die Peregrination des Mathias. *Lud* 28: 186–213.

Krzyżanowski 1959: J. Krzyżanowski, Two Old-Polish Folktales (Types 450 and 1353). *Fa-*

bula 2: 83–93.

Krzyżanowski 1962f.: J. Krzyżanowski, *Polska bajka ludowa w układzie systematycznym* [A Systematic Ordering of Polish Folktales] 1–2. Wrocław et al. [2]1962–63.

Krzyżanowski 1965: J. Krzyżanowski, *Słownik folkloru polskiego* [Dictionary of Polish Folklore]. Warszawa.

Kubin 1908ff.: J. Š. Kubin, *Povídky kladské* [Tales from Kladsko] 1–2. Praha 1908/14.

Kubitschek 1920: R. Kubitschek, *Böhmerwäldler Bauernschwänke*. Wien et al.

Kubitschek 1923: R. Kubitschek, Kreuzlegenden. *Monatsschrift für die ostbayerischen Grenzmarken* 1923: 63f.

Kuckei/Hellwig 1926: M. Kuckei, and W. Hellwig, *Wagrien. Sagen, Märchen und Geschichten*. Neustadt.

Kühar/Novak 1988: Š. Kühar, *Ljudsko izročilo Prekmurja* [Folk Heritage of Prekmurje]. Ed. V. Novak. Murska Sobota.

Kuhn 1859: A. Kuhn, *Sagen, Gebräuche und Märchen aus Westfalen und einigen anderen, besonders den angrenzenden Gegenden Norddeutschlands* 1–2. Leipzig.

Kuhn 1888: A. Kuhn, *Der Mann im Brunnen*. Stuttgart.

Kuhn/Schwartz 1848: A. Kuhn, and W. Schwartz, *Norddeutsche Sagen, Märchen und Gebräuche aus Meklenburg, Pommern, der Mark, Sachsen, Thüringen, Braunschweig, Hannover, Oldenburg und Westfalen*. Leipzig.

Kühnau 1925: R. Kühnau, *Sagen aus Schlesien*. Leipzig [2]1925.

Kuhre 1938: J. P. Kuhre, *Borrinjholmska sansâger*. København.

Kuncevič 1924: G. Z. Kuncevič, "Tri starca" L. N. Tolstogo i "Skazanie o javlenijach svjatomu Avgustinu" [L. N. Tolstoy's "The Three Old People" and "The Tale of the Vision of Augustinus"]. *Istoriko-literaturnyi sbornik* 5: 291–296.

Kunike 1916: H. Kunike, Amerikanische und asiatische Mondbilder. *Mythologische Bibliothek* 8 (4): 18–37.

Kunike 1925: H. Kunike, Das Kaninchen im Monde. *Die Sterne* 1925: 267–275.

Kunike 1926: H. Kunike, Die Kröte im Monde. *Die Sterne* 1926: 79–83.

Kúnos 1905: I. Kúnos, *Türkische Märchen aus Stambul*. Leiden.

Kúnos 1907: I. Kúnos, *Materialien zur Kenntnis des rumelischen Türkisch 2. Türkische Volksmärchen aus Adakale*. Leipzig & New York.

Kunz 1995: J. Kunz, *Der österreichische Witz*. Wien.

Künzig 1923: J. Künzig, *Badische Sagen*. Leipzig.

Künzig 1934: J. Künzig, Der im Fischbauch wiedergefundene Ring in Sage, Legende, Märchen und Lied. H. Schewe (ed.), *Volkskundliche Gaben. Festschrift J. Meier*, 85–103. Berlin & Leipzig.

Künzig/Werner 1973: J. Künzig, and W. Werner, *Schwänke aus mündlicher Überlieferung*. Freiburg i. Br.

Kuoni 1903: J. Kuoni, *Sagen des Kantons St. Gallen*. St. Gallen.

Kurdovanidze 1988: T. D. Kurdovanidze, *Gruzinskie narodnye skazki* [Georgian Folktales] 1–2. Moskva.

Kurdovanidze 2000: T. Kurdovanidze, *The Index of Georgian Folktale Plot Types*. Tbilisi.

Kuret 1954: N. Kuret, *Šaljive zgodbe o Lemberžanih* [Funny Stories about the Lemberg People]. Maribor.

Kvideland 1971: R. Kvideland, Med salmiakk, isop og fanden mot kyrkjesøvn. *Tradisjon* 1: 1–15.

Kvideland 1972: R. Kvideland, *Norske eventyr*. Bergen et al.

Kvideland 1977: R. Kvideland, *Glunten og riddar rev. Eventyr frå Nord-Norge*. Oslo.

Kvideland 1985: R. Kvideland, Der Rattenfänger, der Taschendieb und der Brillenkäufer. In: N. Humburg (ed.), *Geschichten und Geschichte*, 151–157. Hildesheim.

Kvideland 1987: R. Kvideland, Tradisjonelt forteljestoff i språkloe rebøker. E. Schön (ed.), *Folklore och litteratur i norden. Studier i samspelet mellan folktradition och konstdiktning*, 214–237. Turku.

Kvideland / Eiríksson 1988: R. Kvideland, and H. Ö. Eiríksson, *Norwegische und Isländische Volksmärchen*. Berlin.

Kvideland / Sehmsdorf 1988: R. Kvideland, and H. Sehmsdorf, *Scandinavian Folk Belief and Legend*. Minneapolis.

Kvideland / Sehmsdorf 1999: R. Kvideland, and H. Sehmsdorf, *All the World's Reward*. Seattle & London.

La Placa 1985f.: G. La Placa, I Versus de Unibove, un poema dell' XI secolo tra letteratura e folklore. *Sandalion* 8 / 9 (1985 / 86): 285–305.

Lacarra 1999: M. J. Lacarra, *Cuento y novela corta en España*. 1: *Edad Media*. Barcelona.

Lachmereis 1944: H. Lachmereis, *Trümpf und Mümpf und Müschterli. Schweizer Volkswitz in Scherzwort und Schwank*. Aarau.

Lacoste / Mouliéras 1965: C. Lacoste, *Traduction des "Légendes et contes merveilleux de la Grande Kabylie", recueillis par A. Mouliéras* 1–2. Paris.

Lacourcière 1970a: L. Lacourcière, Les Transplantations fabuleuses. Conte-type 660. *Cahiers d'histoire de la Société historique de Québec* 22: 194–204.

Lacourcière 1970b: L. Lacourcière, Les Échanges avantageux (conte-type 1655). *Les Cahiers de Dix* 35: 227–250.

Lacourcière 1972: L. Lacourcière, Un Pacte avec le diable (conte-type 361). *Les Cahiers de Dix* 37: 275–294.

Lacourcière 1976: L. Lacourcière, The Analytical Catalogue of French Folktales in North America. *Revue de l'Université Laurentienne* 8: 123–128.

Lagercrantz 1957ff.: E. Lagercrantz, *Lappische Volksdichtung* 1–7. Helsinki 1957–66.

Lajpanov 1957: C. Lajpanov, *Karačaevskie i balkarskie narodnye skazki* [Karachay and Balkar Folktales]. Frunze.

Lambert 1899: L. Lambert, *Contes populaires du Languedoc*. Montpellier.

Lambertz 1922: M. Lambertz, *Albanische Märchen (und andere Texte zur albanischen Volkskunde)*. Wien.

Lambertz 1952: M. Lambertz, *Die geflügelte Schwester und die Dunklen der Erde. Albanische Volksmärchen*. Eisenach.

Lambrecht 1967: W. Lambrecht, *A Tale Type Index for Central Africa*. Diss. Berkeley.

Lamerant 1909: G. Lamerant, *Vlaamsche wondervertellingen uit Fransch Vlaanderen*. Brüssel.

Lancaster 1907: H. C. Lancaster, The Sources and Medieval Versions of the Peace-Fable. *Publications of the Modern Language Association* 22: 33–53.

Landes 1886: A. Landes, *Contes et légendes annamites*. Saigon.

Landes 1887: A. Landes, *Contes tjames*. Saigon.

Landmann 1973: S. Landmann, *Der jüdische Witz*. Freiburg [9]1973.

Landmann 1997: S. Landmann, *Die klassischen Witze der Juden. Verschollenes und Allerneuestes*. Frankfurt am Main et al.

Lang 1916: P. Lang, *Schnurren und Schwänke aus Bayern. Ein lustiges Volksbuch für jung und alt*. Bamberg.

Lang-Reitstätter 1942: M. Lang-Reitstätter, *Lachendes Tirol. Geschichten*. München [2]1942.

Lang-Reitstätter 1948: M. Lang-Reitstätter, *Lachendes Österreich*. Salzburg [2]1948.

Langosch 1955: K. Langosch, *Die deutsche Literatur des Mittelalters*. Berlin.

Laográphia: *Laográphia. Deltion tēs Hellenikēs Laográphikēs Hetaireia* 1(1909) ff.

Laoust 1949: E. Laoust, *Contes berbères du Maroc* 2. Paris.

Laport 1932: G. Laport, *Les Contes populaires wallons*. (FF Communications 101.) Helsinki.

Lara 1982: C. A. Lara, *Cuentos populares de Guatemala*. Guatemala.

Largier 1997: N. Largier, *Diogenes der Kyniker. Exempel, Erzählung, Geschichte in Mittelalter und früher Neuzeit*. Tübingen.

Larminie 1893: W. Larminie, *West Irish Folk-Tales and Romances*. London.

Larrea Palacín 1952f.: A. de Larrea Palacín, *Cuentos populares de los judíos del Norte de Marruecos* 1–2. Tetuán 1952/53.

Laserstein 1926: K. Laserstein, *Der Giseldisstoff in der Weltliteratur*. Weimar.

Laude-Cirtautas 1984: I. Laude-Cirtautas, *Märchen der Usbeken. Samarkand, Buchara, Taschkent*. (Die Märchen der Weltliteratur.) Köln.

Lauer 1993: B. Lauer (ed.), *Rapunzel. Traditionen eines europäischen Märchenstoffes in Dichtung und Kunst*. Kassel.

Laughlin 1977: R. M. Laughlin, *Of Cabbages and Kings. Tales from Zinacantán*. Washington.

Le Braz 1945: A. Le Braz, *La Légende de la mort chez les Bretons armoricains* 1–2. Paris.

Leach 1961: M. Leach, *God had a Dog. Folklore of the Dog*. New Brunswick, N.J.

Leach 1964: M. Leach, *The Luck Book*. Cleveland.

Leary 1991: J. P. Leary, *Midwestern Folk Humor*. Little Rock.

Lebedev 1955: K. A. Lebedev, *Afganskie skazki* [Afghan Folktales]. Moskva.

Lebedev 1958: K. Lebedev, *Skazki i stichi Afganistana* [Folktales and Poems from Afghanistan]. Moskva.

Lebedev 1972: K. A. Lebedev, *Afganskie skazki i legendy* [Afghan Folktales and Legends]. Moskva.

Lebedev 1986: K. A. Lebedev, *Die Teppichtasche. Märchen und Geschichten aus Afghanistan.* Kassel.

Lebedev 1990: V. V. Lebedev, *Arabskie narodnye skazki* [Arabian Folktales]. Moskva.

Lecouteux 1984: C. Lecouteux, Die Sage vom Magnetberg. *Fabula* 25: 35–55.

Lecouteux 1987: C. Lecouteux, *Geschichte der Gespenster und Wiedergänger im Mittelalter.* Köln & Wien.

Lefebvre 1980: J. Lefebvre, Das Motiv der ungleichen Kinder Evas. *Akten des 6. Internationalen Germanistenkongresses Basel 1980*, A 8,4, 12–18. Bern.

Legman 1966: G. Legman, *The Horn Book*. New York.

Legman 1968f.: G. Legman, *Rationale of the Dirty Joke* 1–2. New York 1968/75.

Legman 1974: G. Legman, *The Limerick*. London.

Legros 1962: É. Legros, Un Examen de la classification internationale des contes dans sa seconde revision. *Les Dialectes Belgo-Romans* 19 (2): 77–115.

Legros 1964: É. Legros, À propos d'une Étude sur le conte populaire wallon. *Fabula* 6: 1–54.

Lehmann-Filhés 1891: M. Lehmann-Filhés, *Isländische Volkssagen*. Berlin.

Lemieux 1970: G. Lemieux, *Placide - Eustache. Sources et parallèles du conte-type 938*. Quebec.

Lemieux 1974ff.: G. Lemieux, *Les Vieux m'ont conté* 1–22. Montréal & Paris 1974–85.

Lemke 1884ff.: E. Lemke, *Volksthümliches in Ostpreußen* 1–3. Mohrungen 1884/87/99.

Lengyel 1962: D. Lengyel, A mennyböl jött ember nyomában. Egy nemzetközi anekdota kutatásának történetéböl [On the Traces of the Man "Descending from the Sky"]. *Ethnographia* 73: 149–153.

Leopold/Leopold 1882: J. A. Leopold, and L. Leopold, *Van de Schelde tot de Weichsel* 1. Groningen.

Lerner 1968: R. E. Lerner, Vagabonds and Little Women. The Medieval Netherlandish Dramatic Fragment "De Truwanten". *Modern Philology* 66: 301–306.

Lescot 1940f.: R. Lescot, *Textes kurdes*. 1: *Contes, proverbes, énigmes*; 2: *Mamé Alan*. Paris 1940/42.

Leskien 1915: A. Leskien, *Balkanmärchen.* (Die Märchen der Weltliteratur.) Jena.

Leskien/Brugman 1882: A. Leskien, and K. Brugman, *Litauische Volkslieder und Märchen. Aus dem preussischen und dem russischen Litauen*. Straßburg.

Lessa 1961: W. A. Lessa, *Tales from Ulithi Atoll*. Berkeley & Los Angeles.

Levin 1966: I. Levin, Etana. Die keilschriftlichen Belege einer Erzählung. Zur Frühgeschichte von AaTh 537. *Fabula* 8: 1–63.

Levin 1978: I. Levin, *Märchen aus dem Kaukasus.* (Die Märchen der Weltliteratur.) Köln.

Levin 1982: I. Levin, *Armenische Märchen.* (Die Märchen der Weltliteratur.) Düsseldorf & Köln.

Levin 1984: I. Levin, *Zarensohn am Feuerfluß. Russische Märchen von der Weißmeerküste*. Kassel.

Levin 1986: I. Levin, *Märchen vom Dach der Welt. Überlieferungen der Pamir-Völker.* (Die Märchen der Weltliteratur.) Köln.

Levin 1994: I. Levin, Über eines der ältesten Märchen der Welt. *Märchenspiegel. Zeitschrift für internationale Märchenforschung [...]* 5 (4): 2–6.

Levin 2000: I. Levin, Vladimir Propps bedenklicher Versuch, Humor zu klassifizieren. *Fabula* 41: 1–12.

Levinsen / Bødker 1958: N. Levinsen, *Folkeeventyr fra Vendsyssel*. Ed. L. Bødker. København.

Levy 1968: J. L. Levy, *Hans i vadestøvlerne*. København.

Lewis 1968: J. P. Lewis, *A Study of the Interpretation of Noah and the Flood in Jewish and Christian Literature*. Leiden.

Lidzbarski 1896: M. Lidzbarski, *Geschichten und Lieder aus den neu-aramäischen Handschriften*. Weimar.

Lieb 1996: L. Lieb, *Erzählen an den Grenzen der Fabel. Studien zum Esopus des Burkard Waldis*. Frankfurt a. M. et al.

Liebrecht 1879: F. Liebrecht, *Zur Volkskunde. Alte und neue Aufsätze*. Heilbronn.

Lieburg 2000: F. A. van Lieburg, *De engelenwacht. Geschiedenis van een wonderverhaal*. Kampen.

Lieburg 2001: F. A. van Lieburg, Mädchen, Vergewaltiger und Schutzengel. J. Beyer, and R. Hiiemäe (eds.), *Folklore als Tatsachenbericht*, 141–161. Tartu.

Liestøl 1922: K. Liestøl, *Norske Ættesogor*. Kristiania.

Lijten 1982: J. Lijten, De clute werd een drama (Dutch Version of AT 1590 Based on a Historical Conflict between Two Villages). *Camp* 12 (12): 181–190.

Liljeblad 1927: S. Liljeblad, *Die Tobiasgeschichte und andere Märchen mit toten Helfern*. Lund.

Lille 1973: M. de Lille, *De legende van 't Manneke uit de mane in Vlaanderen*. Ieper.

Lindell et al. 1977ff.: K. Lindell, J.-Ö. Swahn, and D. Tayanin, *Folk Tales from Kammu* 1–5. London & Malmö 1977–95.

Linden 1979: R. van der Linden, *Volksverhalen uit Oost- en West-Vlaanderen*. Utrecht & Amsterdam.

Lindow 1978: J. Lindow, Rites of Passage in Scandinavian Legends. *Fabula* 19: 40–61.

Lindow 1993: J. Lindow, Transforming the Monster. Notes on Bengt Holbek's Interpretation of Kong Lindorm. M. Chesnutt (ed.), *Telling Reality*, 59–73. Copenhagen & Turku.

Linhart 1995: D. Linhart, *Hausgeister in Franken*. Dettelbach.

Lintur 1972: P. V. Lintur, *Ukrainische Volksmärchen*. Berlin.

Lira 1990: J. A. Lira, *Cuentos del Alto Urubamba*. Cusco.

Littmann 1910: E. Littmann, *Publications of the Princeton Expedition to Abyssinia. 2: Tales, Customs, Names and Dirges of the Tigré Tribes. Translation*. Leiden.

Littmann 1921ff.: E. Littmann, *Die Erzählungen aus den Tausendundein Nächten* 1–6. Leipzig 1921–28.

Littmann 1955: E. Littmann, *Arabische Märchen und Schwänke aus Ägypten*. Wiesbaden.

Littmann 1957: E. Littmann, *Arabische Märchen*. Leipzig.

Liungman 1925a: W. Liungman, *En traditionsstudie över sagan om prinsessan i jordkulan (Aarnes 870)* 1–2. Göteborg.

Liungman 1925b: W. Liungman, *Två folkminnesundersökningar*. Göteborg.

Liungman 1946: W. Liungman, *Sagan om Bata och Anubis och den orientalisk-europeiska undersagans ursprung [...]* 1–3. Djursholm.

Liungman 1949ff.: W. Liungman, *Sveriges samtliga folksagor i ord och bild* 1–3. Stockholm & Uppsala 1949/50/52.

Liungman 1961. W. Liungman, *Die schwedischen Volksmärchen*. Berlin.

Liungman 1965: W. Liungman, *Weißbär am See. Schwedische Volksmärchen von Bohuslän bis Gotland*. Kassel.

Lixfeld 1968: H. Lixfeld, Der dualistische Schöpfungsschwank von Gottes und des Teufels Herde. F. Harkort, K. C. Peeters, and R. Wildhaber (eds.), *Volksüberlieferung. Festschrift K. Ranke*, 165–179. Göttingen.

Lixfeld 1970: H. Lixfeld, A Guntram-monda Paulus Diaconusnál (AT 1645 A) [The Guntram Legend of Paulus Diaconus]. *Ethnographia* 81: 136–147.

Lixfeld 1971: H. Lixfeld, *Gott und Teufel als Weltschöpfer*. München.

Lixfeld 1972: H. Lixfeld, Die Guntramsage (AT 1645 A). *Fabula* 13: 60–107.

Ljubič 1944: T. Ljubič, *Ljudske pripovedke iz Dobrepolj* [Folktales from Dobrepolje]. Ljubljana.

Ljubljanski zvon: *Ljubljanski zvon* 1ff. (1881–1941).

Llano Roza de Ampudia 1925: A. de Llano Roza de Ampudia, *Cuentos asturianos recogidos de la tradición oral*. Madrid.

Lo Nigro 1957: S. Lo Nigro, *Racconti popolari siciliani*. Firenze.

Löffler 1981: A. Löffler, *Märchen aus Australien. Traumzeitmythen und -geschichten der australischen Aborigines*. (Die Märchen der Weltliteratur.) Düsseldorf & Köln.

Loewe 1918: H. Loewe, Der Schwank vom Zeichendisput. *Zeitschrift für Volkskunde* 28: 126–129.

Lohmeyer 1909: K. Lohmeyer, Der Traum vom Schatz auf der Coblenzer Brücke. *Zeitschrift für Volkskunde* 19: 286–289.

Lohmeyer 1913: K. Lohmeyer, Zur Sage vom Traum vom Schatz auf der Brücke. *Zeitschrift für Volkskunde* 23: 187f.

Lohmeyer 1935: K. Lohmeyer, *Die Sagen von der Saar, Blies, Nahe, vom Hunsrück [...]*. Saarbrücken.

Lohmeyer 1978: K. Lohmeyer, *Die Sagen der Saar von ihren Quellen bis zur Mündung* 1–2. Saarbrücken.

Lombardi Satriani 1953f.: R. Lombardi Satriani, *Racconti popolari calabresi* 1–2. Neapel

1953/56.
Long 1956: C. R. Long, Aladdin and the Wonderful Lamp. *Archaeology* 9: 210–214.
Long 1980: E. R. Long, "Young Man, I Think You're Dyin'". The "Twining Branches" Theme in the Tristan Legend and in English Tradition. *Fabula* 21: 183–199.
Longchamps 1955: J. Longchamps, *Contes malgaches*. Paris.
Loomis 1948: C. G. Loomis, *White Magic. An Introduction to the Folklore of Christian Legend*. Cambridge 1948.
Loorits 1926: O. Loorits, *Livische Märchen- und Sagenvarianten*. (FF Communications 66.) Helsinki.
Loorits 1927: O. Loorits, *Vägilaste prototüüpe* [Prototypes of Heros]. Tartu 1927, 37–71.
Loorits 1949ff.: O. Loorits, *Grundzüge des estnischen Volksglaubens* 1–3. Lund 1949/51/57.
Loorits 1959: O. Loorits, *Estnische Volkserzählungen*. Berlin.
Loots 1985: S. Loots, *Uit de vuildoos. Vlaamse erotische volksvertellingen*. Antwerpen.
López de Abiada/Studer 2001: J. M. López de Abiada, and D. Studer, Don Juan. U. Müller, and W. Wunderlich (eds.), *Verführer, Schurken, Magier*, 193–209. St. Gallen.
Louro 1986: E. Louro, *O Livro de Alportel*. S. Brás de Alportel [2]1986.
Lorentz 1924: F. Lorentz, *Teksty pomorskie (kaszubskie)* [Pomeranian (Kashubian) Texts]. Kraków.
Lorenzo Vélez 1997: A. Lorenzo Vélez, *Cuentos anticlericales de tradición oral*. Valladolid.
Lorimer/Lorimer 1919: D. L. R. Lorimer, and E. O. Lorimer, *Persian Tales. Written Down for the First Time in the Original Kermānī and Bakhtiārī*. London.
Lőrincz 1969: L. Lőrincz, Der Märchentyp 301 als tibetisches Element im Heldenlied des Dschangar. *Acta Orientalia Hungarica* 22: 335–352.
Lőrincz 1979: L. Lőrincz, *Mongolische Märchentypen*. Wiesbaden.
Loukatos 1957. D. S. Loukatos, *Neoellēnika laographika keimena* [Modern Greek Folktales]. Athēnai.
Lover 1831: S. Lover, *Legends and Stories of Ireland*. London.
Lowie 1918: R. H. Lowie, *Myths and Traditions of the Crow Indians*. New York.
Löwis of Menar 1923: A. von Löwis of Menar, *Die Brünhildsage in Rußland*. Leipzig.
Löwis of Menar 1914: A. von Löwis of Menar, *Russische Volksmärchen*. (Die Märchen der Weltliteratur.) Jena.
Löwis of Menar 1922: A. von Löwis of Menar, *Finnische und estnische Märchen*. (Die Märchen der Weltliteratur.) Jena.
Lox 1990: H. Lox, Der personifizierte Tod in den Volksmärchen unter besonderer Berücksichtigung des Erzählkomplexes "Schmied und Teufel" (AaTh 330). *Salzburger Beiträge zur Volkskunde* 4: 85–106.
Lox 1998: H. Lox, Enkele bedenkingen bij "Vlaamse" spot- en hekelvertelsels. *Oost-Vlaamse Zanten* 73: 215–225.
Lox 1999a: H. Lox, *Flämische Märchen*. (Die Märchen der Weltliteratur.) München.

Lox 1999b: H. Lox, *Van stropdragers en de pot van Olen. Verhalen over Keizer Karel*. Leuven.

Lüders 1921: E. Lüders, *Buddhistische Märchen aus dem alten Indien*. (Die Märchen der Weltliteratur.) Jena.

Ludowyk 1958: E. F. C. Ludowyk, The Chalk Circle. A Legend in Four Cultures. *Comparative Literature* 1: 249–256.

Lumpkin 1970: B. G. Lumpkin, 'The Fox and the Goose'. Tale Type 62 from South Carolina. *Northern Carolina Folklore* 18: 90–94.

Lundt 1992: B. Lundt, Kaiser Karls dritter Körper. B. Lundt et al. (eds.), *Von Aufbruch und Utopie. Perspektiven einer neuen Gesellschaftsgeschichte des Mittelalters. Festschrift F. Seibt*, 131–154. Köln et al.

Lundt 1997: B. Lundt, "Der pfaff der gefellet mir". Außereheliche Lust und List von Frauen im 15. Jahrhundert am Beispiel von drei Erzählungen des Hans von Brühl. A. Kuhn, and B. Bühel (eds.), *Lustgarten und Dämonenpein*, 285–312. Dortmund.

Lundt 1999: B. Lundt, Die "Prinzessin auf der Erbse" als Quelle historischer Sozialisationsforschung. U. Arnold (ed.), *Stationen einer Hochschullaufbahn. Festschrift A. Kuhn*, 247–260. Dortmund.

Lüthi 1960: M. Lüthi, Die Herkunft des Grimmschen Rapunzelmärchens (AaTh 310). *Fabula* 3: 95–118.

Lüthi 1961: M. Lüthi, *Volksmärchen und Volkssage*. Bern & München.

Lüthi 1962: M. Lüthi, *Es war einmal ... Vom Wesen des Volksmärchens*. Göttingen.

Lüthi 1969a: M. Lüthi, *So leben sie noch heute. Betrachtungen zum Volksmärchen*. Göttingen.

Lüthi 1969b: M. Lüthi, Das Paradox in der Volksdichtung. S. Sonderegger (ed.), *Typologia litterarum. Festschrift M. Wehrli*, 469–489. Zürich & Freiburg.

Lüthi 1970: M. Lüthi, Cervantes', Avellanedas und Mozarts Spiel mit einer Volkserzählung. M. Lüthi, *Volksliteratur und Hochliteratur*, 147–161, 221–223. Bern & München.

Lüthi 1971: M. Lüthi, Rumpelstilzchen. Thematik, Struktur und Stiltendenzen innerhalb eines Märchentypus. *Antaios* 12: 419–436.

Lüthi 1975: M. Lüthi, Von der Freiheit der Erzähler. Anmerkungen zu einigen Versionen des "Treuen Johannes". W. van Neespen (ed.), *Miscellanea. Festschrift K. C. Peeters*, 458–472. Antwerpen.

Lüthi 1980a: M. Lüthi, Ein französisches Tiermärchen. D. Messner (ed.), *Europäische Volksliteratur. Festschrift F. Karlinger*, 110–118. Wien.

Lüthi 1980b: M. Lüthi, Der Aschenputtel-Zyklus. J. Janning, H. Gehrts, and H. Ossowski (eds.), *Vom Menschenbild im Märchen*, 39–58, 146f. Kassel.

Lütolf 1862: A. Lütolf, *Sagen, Bräuche und Legenden aus den fünf Orten Luzern, Uri, Schwyz, Unterwalden und Zug*. Luzern.

Luzel 1887: F. M. Luzel, *Contes populaires de Basse-Bretagne* 1–3. Paris.

Luzel 1967: F. M. Luzel, *Légendes chrétiennes de la Basse-Bretagne* 2. Paris.

Lyle 1979: E. Lyle, The Two Magicians as Conception Story. *Scottish Studies* 23: 79–82.

Macdonald 1910: D. B. Macdonald, "Ali Baba and the Forty Thieves" in Arabic from a Bodleian Ms. *Journal of the Royal Asiatic Society* 1910: 327–386.

MacDonald 1982: M. R. MacDonald, *The Storyteller's Sourcebook. A Subject, Title, and Motif Index to Folklore Collections for Children*. Detroit.

MacKay 1943: D. E. MacKay, *The Double Invitation in the Legend of Don Juan*. Stanford.

Mackensen 1923: L. Mackensen, *Der singende Knochen. Ein Beitrag zur vergleichenden Märchenforschung*. (FF Communications 49.) Helsinki.

Mackensen 1925: L. Mackensen, *Niedersächsische Sagen*. 2: *Hannover-Oldenburg*. Leipzig.

Macler 1928f.: F. Macler, *Contes, légendes et épopées populaires d'Armenie* 1–2. Paris 1928/33.

Mägiste 1959: J. Mägiste, *Woten erzählen*. Helsinki.

Maierbrugger 1978: M. Maierbrugger, Die hl. Kümmernis von Gerlamoos. *Die Kärtner Landsmannschaft* 1: 3f.

Mailly 1916: A. von Mailly, *Mythen, Sagen, Märchen vom alten Grenzland am Isonzo. Volkskundliche Streifzüge*. München.

Mailly 1926: A. von Mailly, *Niederösterreichische Sagen*. Leipzig.

Mailly/Matičetov 1986: A. von Mailly (con la collaboriazione di J. Bolte), *Leggende del Friuli e delle Alpi giulie*. Ed. M. Matičetov. Corizia.

Maissen 1990: F. Maissen, Schuld und Sühne in der bündnerisch-surselvischen Volkssage. *Schweizerisches Archiv für Volkskunde* 86: 1–18.

Majar 1888: H. Majar, *Pravljice* [Folktales]. Ljubljana.

Makeev 1952: L. Makeev, *Kazachskie i ujgurskie skazki* [Kazakh and Uighur Folktales]. Alma Ata [2]1952.

Malfèr 1972: V. Malfèr, Zu "St. Jacob und die Hühnerlegende" von Hans Seeliger. *Der Schlern* 26: 473.

Malinowski 1900: L. Malinowski, *Powieści ludu poskiego na Śląsku* [Folktales of the Polish People of Silesia]. Kraków.

Mamiya 1999: F. Mamiya, Textveränderungen der Kleinen Ausgabe der Kinder- und Hausmärchen (KHM) der Brüder Grimm. Rotkäppchen (KHM 26). *Doitsu bungaku* 102: 52–63.

Mango 1890: F. Mango, *Novelline popolari sarde*. Palermo.

Mann 1909: O. Mann, *Die Tâjîk-Mundarten der Provinz Fârs*. Berlin.

Manusakas/Puchner 1984: M. I. Manusakas, and W. Puchner, *Die vergessene Braut. Bruchstücke einer unbekannten kretischen Komödie des 17. Jahrhunderts in den griechischen Märchenvarianten vom Typ AaTh 313C*. Wien.

Märchen der europäischen Völker 1961: *Märchen der europäischen Völker. Unveröffentlichte Quellen*. Münster.

Märchen der europäischen Völker 1968: *Märchen der europäischen Völker. Unveröffentlichte Quellen*. Münster.

Marelle 1888: C. Marelle, *Éva, Affenschwanz, Queue-d'chat et Cetera*. Berlin & Paris [4][1888].

Markova/Bejko 1958: V. Markova, and B. Bejko, *Japonskie skazki* [Japanese Folktales]. Moskva.

Marks 1993: L. Marks, Wie Soldat eine Greisin betrog oder Die Geschichte über die Kieselsteinsuppe (Aarne-Thompson 1548). *Narodna Umjetnost* 30: 147–155.

Marmorstein 1934: A. Mamorstein, Das Motiv vom veruntreuten Depositum in der jüdischen Volkskunde. *Monatsschrift für Geschichte und Wissenschaft des Judentums* 78: 183–195.

Marold 1967: E. Marold, *Der Schmied im germanischen Altertum*. Wien.

Marold 1968: E. Marold, Die Königstochter im Erdhügel. H. Birkhan, and O. Gschwantler (eds.), *Festschrift O. Höfler* 2, 351–361. Wien.

Marr 1986: V. A. Marr, An Asian Story of the Oedipus Type. *Asian Folklore Studies* 43: 19–32.

Marreiros 1991: G. M. Marreiros, *Um Algarve Outro - contado de boca em boca*. Lisboa.

Martha/Pinto 1912: M. C. Martha, and A. Pinto, *Folclore da Figueira da Foz* 2. Espozende.

Martinez 1955: Q. E. Martinez, *Motif-Index of Portuguese Tales*. Diss. Chapel Hill.

März 1995: C. März, Die Destille des Hans Sachs. Boccaccios Falkennovelle im Meisterlied. *Poetica* 27: 254–272.

Marzolph 1979: U. Marzolph, *Die vierzig Papageien. Cehel Tuti. Das persische Volksbuch. Ein Beitrag zur Geschichte des Papageienbuches*. Walldorf.

Marzolph 1983a: U. Marzolph, Das Haus ohne Essen und Trinken. Arabische und persische Belege zu Mot. J 2483. *Fabula* 24: 215–222.

Marzolph 1983b: U. Marzolph, *Der weise Narr Buhlūl*. Wiesbaden.

Marzolph 1984: U. Marzolph, *Typologie des persischen Volksmärchens*. Beirut.

Marzolph 1985: U. Marzolph, Die Quelle der Ergötzlichen Erzählungen des Bar Hebräus. *Oriens Christianus* 69: 81–125.

Marzolph 1987a: U. Marzolph, Philogelos arabikos. Zum Nachleben der antiken Witzesammlungen in der mittelalterlichen arabischen Literatur. *Der Islam* 64: 185–230.

Marzolph 1987b: U. Marzolph, Der weise Narr Buhlūl in den modernen Volksliteraturen der islamischen Länder. *Fabula* 28: 72–89.

Marzolph 1990: U. Marzolph, Der Schieler und die Flasche. *Oriens* 32: 124–138.

Marzolph 1991a: U. Marzolph, "Erlaubter Zeitvertreib". *Fabula* 32: 165–180.

Marzolph 1991b: U. Marzolph, Maistre Pathelin im Orient. U. Tworuschka (ed.), *Gottes ist der Orient"- Gottes ist der Okzident. Festschrift A Falaturi*, 309–321. Köln.

Marzolph 1992: U. Marzolph, *Arabia ridens. Die humoristische Kurzprosa der frühen adab-Literatur im internationalen Traditionsgeflecht* 1–2. Frankfurt am Main.

Marzolph 1994a: U. Marzolph, *Wenn der Esel singt, tanzt das Kamel. Persische Märchen und Schwänke*. München.

Marzolph 1994b: U. Marzolph, Social Values in the Persian Romance "Salīm-i Javāhirī". *Edebiyât* N. S. 5: 77–98.

Marzolph 1995a: U. Marzolph, Das Aladdin-Syndrom. U. Brunold-Bigler, and H. Bausinger (eds.), *Hören, Sagen, Lesen, Lernen. Festschrift R. Schenda*, 449–462. Bern et al.

Marzolph 1995b: U. Marzolph, "Pleasant Stories in an Easy Style". Gladwin's Persian Grammar as an Intermediary between Classical and Popular Literature. *Proceedings of the Second European Conference of Iranian Studies*, 445–475. Rom.

Marzolph 1996: U. Marzolph, *Nasreddin Hodscha. 666 wahre Geschichten*. München.

Marzolph 1999a: U. Marzolph, As Woman as Can Be. The Gendered Subversiveness of an Arabic Folktale Heroine. *Edebiyât* N. S. 10: 199–218.

Marzolph 1999b: U. Marzolph, *Das Buch der wundersamen Geschichten. Erzählungen aus der Welt von 1001 Nacht*. München.

Marzolph 2000a: U. Marzolph, The Qoran and Jocular Literature. *Arabica* 47: 478–487.

Marzolph 2000b: U. Marzolph, Bahram Gūr's Spectacular Marksmanship and the Art of Illustration in Qājār Lithographed Books. I. R. Netton (ed.), *Festschrift C. E. Bosworth* 2, 331–347. Leiden, Boston & Köln.

Marzolph 2002: U. Marzolph, Sanitizing Humor. *Europa e Islam tra i secoli XIV e XVI* [Europe and Islam Between 14th and 16th Centuries] 1–2, 757–782. Napoli.

Marzolph/Van Leeuwen 2004: U. Marzolph, and R. van Leeuwen, *The Arabian Nights Encyclopedia*. Santa Barbara, Denver & Oxford.

Masing 1979: U. Masing, Eesti ja india "Puusepp ja maaler" (AaTh 980*) [Estonian and Indo-european Variants of "The Painter and the Architect" (AaTh 980*)]. *Keel ja kirjandus* 21: 423–430.

Masing 1981: U. Masing, Der Gegnersucher. Varianten aus dem Kaukasus und aus Sibirien. *Acta et commentationes Universitatis Tartuensis* 558: 17–35.

Mason/Espinosa 1921: J. A. Mason, and A. M. Espinosa, Porto Rican Folk-Lore. Folk-Tales. *Journal of American Folklore* 34: 143–208.

Mason/Espinosa 1924: J. A. Mason, and A. M. Espinosa, Porto Rican Folk-Lore. Folk-Tales. *Journal of American Folklore* 37: 247–344.

Mason/Espinosa 1926: J. A. Mason, and A. M. Espinosa, Porto Rican Folk-Lore. Folk-Tales. *Journal of American Folklore* 39: 227–369.

Mason/Espinosa 1927: J. A. Mason, and A. M. Espinosa, Porto Rican Folk-Lore. Folk-Tales. *Journal of American Folklore* 40: 313–414.

Massé 1925: H. Massé, Contes en persan populaire. *Journal asiatique* 1925: 71–157.

Masser 1969: A. Masser, *Bibel, Apokryphen und Legenden. Geburt und Kindheit Jesu in der religiösen Epik des Mittelalters*. Berlin.

Massignon 1953: G. Massignon, *Contes de l'Ouest*. Paris.

Massignon 1963: G. Massignon, *Contes corses*. Aix-en-Provence.

Massignon 1965: G. Massignon, *Contes traditionnels des tailleurs de lin du trégor*. Paris.

Massignon 1968: G. Massignon, *Folktales of France*. Chicago.

Matičetov 1956: M. Matičetov, *Brat in ljubi (Aarne-Thompson Nr. 315 + 300)* [Brother and Lover (Aarne-Thompson Nr. 315 + 300)]. Koper.

Matičetov 1961: M. Matičetov, *Sežgani in prerojeni človek* [The Burnt and Reborn Man]. Ljubljana.

Matičetov 1965: M. Matičetov, Peto Abano. Racconto resiano del tipo ATh 756 B. *Schweizerisches Archiv für Volkskunde* 61: 32–59.

Matičetov 1973: M. Matičetov, *Zverinice iz Rezij* [Fables from Resia]. Ljubljana & Trst.

Matičetov 1987: M. Matičetov, Po sledovih medveda s Křižne Gore [On the Traces of the Bear from Křižna Gora]. *Loški razgledi* 34: 163–200.

Matveeva 1981: R. P. Matveeva, Motiv o devuške-lebedi v russkoj i burjatskoj skazočnoj tradicijah [The Motif of the Girl Swan in Russian and Burjat Tale Tradition]. *Russkij fol'klor Sibiri*, 25–40. Novosibirsk.

Matzke 1911: J. E. Matzke, The Legend of the Eaten Heart. *Modern Language Notes* 26: 1–8.

Maugard 1955: G. Maugard, *Contes des Pyrénées*. Paris.

Mauland 1928: T. Mauland, *Folkeminne fraa Rogaland* 1. Oslo.

Mayeda/Brown 1974: N. Mayeda, and W. N. Brown, *Tawi Tales. Folk Tales from Jammu*. New Haven.

Mazon 1923: A. Mazon, *Contes slaves de la Macédoine sud-occidentale*. Paris.

Mazon 1936: A. Mazon, *Documents, contes et chansons slaves de l' Albanie du Sud*. Paris.

Mbiti 1966: John S. Mbiti, *Akamba Stories*. Oxford.

McCarthy 1993: W. B. McCarthy, Sexual Symbol and Innuendo in "The Rabbit Herd" (AaTh 570). *Southern Folklore* 50: 143–154.

McCosh 1979: S. McCosh, *Children's Humour. A Joke for Every Occasion*. London.

McCulloch 1912: W. McCulloch, *Bengali Household Tales*. London & New York.

McGrady 1978. D. McGrady, Further Notes on "The Scholar and his Imaginary Egg". *Fabula* 19: 114–120.

McKay 1940: J. McKay, *More West Highland Tales. Transcribed and Translated from the Original Gaelic Manuscript of J. F. Campbell*. Edinburgh & London.

McKenzie 1904: K. McKenzie, An Italian Fable, Its Sources and History. *Modern Philology* 1: 497–524.

McNicholas 1991: E. McNicholas, The Four-Leafed Shamrock and the Cock. *Arv* 47: 209–216.

Meder 1996: T. Meder, "Esmoreit". De dramatisering van een onttoverd sprookje. *Queeste* 3: 18–24.

Meder 2000: T. Meder, *De magische Flucht. Nederlandse volksverhalen*. Amsterdam.

Meder/Bakker 2001: T. Meder, *Vertelcultuur in Waterland. De volksverhalen uit de collectie Bakker*. Amsterdam.

Medrano 1878: J.-I. de Medrano, *La silva curiosa*. Madrid.

Megas 1933: G. Megas, Die Sage von Alkestis. *Archiv für Religionswissenschaft* 30: 1–33.

Megas 1955: G. Megas, *Der Bartlose im griechischen Märchen*. (FF Communications 157.) Helsinki.

Megas 1956: G. A. Megas, Hē peri Ptōcholeontos diēgēsis kai ta schetika pros aytēn paramythia [The Story of Ptōcholeontos and the Relevant Folktales]. *Laográphia* 16: 1–20.

Megas 1956f.: G. A. Megas, *Hellēnika paramythia* [Greek Folktales] 1–2. Athēnai 1956/63.

Megas 1958: G. A. Megas, Der um sein schönes Weib Beneidete. *Hessische Blätter für Volkskunde* 49/50: 135–150.

Megas 1963f.: G. A. Megas, Pinakes mythōn, paramythiōn kai eutrapelōn diegeseōn, periechomenon eis hellenika laographikea periodika [Types of Fabels, Fairy Tales and Anecdotes Found in Greek Ethnographic Periodicals]. *Laográphia* 21 (1963/64): 491–509.

Megas 1965: G. A. Megas, *Griechische Volksmärchen*. (Die Märchen der Weltliteratur.) Düsseldorf & Köln.

Megas 1968a: G. A. Megas, *Griechenland - Deutschland.* (Begegnung der Völker im Märchen 3.) Münster.

Megas 1968b: G. A. Megas, Der Pflegesohn des Waldgeistes. Eine griechische und balkanische Parallele. F. Harkort, K. C. Peeters, and R. Wildhaber (eds.), *Volksüberlieferung. Festschrift K. Ranke*, 211–231. Göttingen.

Megas 1970: G. A. Megas, *Folktales of Greece*. Chicago & London.

Megas 1971: G. A. Megas, *Das Märchen von Amor und Psyche in der griechischen Volksüberlieferung (Aarne-Thompson 425, 428 & 432)*. Athen.

Megas 1974: G. Megas, Die Novelle vom menschenfressenden Lehrer. I. Baumer (ed.), *Demologia e folklore. Festschrift G. Cocchiara*, 197–208. Palermo.

Megas 1975: G. A. Megas, Die Legende von den zwei Erzsündern in der griechischen Volksüberlieferung (AaTh 756 C). *Fabula* 16: 113–120.

Megas 1978: G. A. Megas, *To helleniko paramythi. Analytikos katalogos typōn kai parallagōn kata to systēma Aarne-Thompson. (FF Communications 184).* 1: *Mythoi zōōn* [The Greek Folktale. Analytical Catalog of Types and Versions According to the System of Aarne & Thompson (FF Communications 184). 1: Animal Tales]. Athēnai.

Megas/Puchner 1998: W. Puchner, Der unveröffentlichte Zettelkasten eines Katalogs der griechischen Märchentypen nach dem System von Aarne-Thompson von Georgios A. Megas. Das Schicksal eines persönlichen Archivs und seine Editionsprobleme. W. Heissig, and R. Schott (eds.), *Die heutige Bedeutung oraler Traditionen/The Present-Day Importance of Oral Traditions. Ihre Archivierung, Publikation und Index-Erschließung*, 87–105. Opladen & Wiesbaden.

Meier 1852: E. Meier, *Deutsche Volksmärchen aus Schwaben*. Stuttgart.

Meier 1940: H. Meier, *Spanische und portugiesische Märchen*. (Die Märchen der Weltliteratur.) Jena.

Meier/Karlinger 1961: H. Meier, and F. Karlinger, *Spanische Märchen*. (Die Märchen der Weltliteratur.) Düsseldorf & Köln.

Meier/Woll 1975: H. Meier, and D. Woll, *Portugiesische Märchen*. (Die Märchen der Weltliteratur.) Düsseldorf & Köln.

Meinhof 1991. C. Meinhof, *Afrikanische Märchen*. (Die Märchen der Weltliteratur.) München.
Meir 1979: O. Meir, The Jewish Versions of AT 875. *Yeda-'Am* 19: 55–61. [In Hebrew.]
Melo 1991: D. de Melo, *Na Memória das Gentes* 3. Lisboa.
Memmer 1935: A. Memmer, *Die altfranzösische Bertasage und das Volksmärchen*. Halle.
Menner 1949: R. J. Menner, The Man in the Moon and Hedging. *Journal of English and Germanic Philology* 43: 1–14.
Menovščikov 1958. G. A. Menovščikov, *Ėskimosskie skazki* [Eskimo Folktales]. Magadan.
Mensa philosophica: T. F. Dunn, *The Facetiae of the Mensa Philosophica*. St. Louis.
Menzel 1923: T. Menzel, *Türkische Märchen* 1–2. Hannover.
Meraklis 1963f.: M. G. Meraklis, Paratērēseis sto paramythi tēs Xanthomallousas (Anmerkungen zum Märchen von der Blondhaarigen). *Laográphia* 21 (1963/64): 443–465.
Meraklis 1970: M. Meraklis, *Das Basilikummädchen, eine Volksnovelle (AT 879)*. Diss. Göttingen.
Merckens 1958: W. Merckens, Der Schuß von der Kanzel. *Fabula* 1: 103–113.
Merkel 1977: J. Merkel, *Das Märchen vom starken Hans*. München.
Merkelbach 1964: V. Merkelbach, *Der Grabhügel*. Diss. Mainz.
Merkelbach-Pinck 1940: A. Merkelbach-Pinck, *Lothringer Volksmärchen*. Kassel.
Merkelbach-Pinck 1943: A. Merkelbach-Pinck, *Aus der Lothringer Meistube* 1–2. Kassel.
Merkelbach-Pinck 1967: A. Merkelbach-Pinck, *Volkserzählungen aus Lothringen*. Münster.
Merkens 1892ff.: H. Merkens, *Was sich das Volk erzählt* 1–3. Jena 1892/95/1900.
Meško 1922: K. Meško, *Volk spokornik in druge povesti za mladino* [The Repentant Wolf and Other Tales for the Young]. Ljubljana.
Mészáros 1912: G. Mészáros, *Csuvas népköllési gyüjtemény. 2: Közmondások, találós-mondások, dalok, mesék* [Chuvash Folk Traditions. 2: Proverbs, Riddles, Folksongs, Folktales]. Budapest.
Metken 1996: S. Metken, *Der Kampf um die Hose. Geschlechterstreit um die Macht im Haus. Die Geschichte eines Symbols*. Frankfurt am Main & New York.
Metzner 1972: E. E. Metzner, *Zur frühesten Geschichte der europäischen Balladendichtung. Der Tanz in Kölbigk*. Frankfurt.
Meulemans 1982: A. Meulemans, *Leuvense Almanakken (1716–1900)*. Antwerpen.
Meuli 1943: K. Meuli, Vom Tränenkrüglein, von Predigerbrüdern und vom Trösten [1943]. K. Meuli, *Gesammelte Schriften* 1, 387–435. Basel & Stuttgart.
Meyer 1884: G. Meyer,Albanische Märchen. *Archiv für Literaturgeschichte* 12: 92–148.
Meyer 1921: G. F. Meyer, *Dumm Hans*. Hamburg & Lübeck.
Meyer 1922: G. F. Meyer, *Lönberger Dönken*. Hamburg & Lübeck.
Meyer 1925a: G. F. Meyer, *Plattdeutsche Volksmärchen und Schwänke*. Neumünster.
Meyer 1925b: G. F. Meyer, *Mannshand baben. Spaßige Volksvertelln in Schleswiger Platt*. Hamburg.

Meyer 1925c: G. F. Meyer, *Amt Rendsborger Sagen*. Rendsburg.

Meyer 1929: G. F. Meyer, *Schleswig-Holsteiner Sagen*. Jena.

Meyer 1932: G. Meyer, Das Volksmärchen in Schleswig-Holstein. Verzeichnis der Märchentypen. *Niederdeutsche Zeitschrift für Volkskunde* 10: 196–223.

Meyer 1967: H. Meyer, *Das Halslösungsrätsel*. Diss. Würzburg.

Meyer 1914: J. J. Meyer, *Isoldes Gottesurteil in seiner erotischen Literaturgeschichte*. Berlin.

Meyer 1942: M. de Meyer, *Vlaamsche Sprookjethemas*. Leuven.

Meyer 1964: M. de Meyer, Nederlandse varianten van de legende "De duivel en het zondenregister". *Volkskunde* 65: 61–65.

Meyer 1968: M. de Meyer, *Le Conte populaire flamand*. (FF Communications 203.) Helsinki.

Meyer 1970: M. de Meyer, La Légende du pendu, miraculeusement sauvé par Saint Jacques de Compostelle et le témoignage du coq rôti (galo de Baecelos). *Revista de Etnografia* 15: 41–68.

Meyer/Sinninghe 1973: J. R. W. Sinninghe, Vijftig sprookjes als vervolg op de Meyer's catalogus. *Volkskunde* 74: 130–132.

Meyer/Sinninghe 1976: J. R. W. Sinninghe, Vijftig sprookjes als vervolg op de Meyer's catalogus. *Volkskunde* 77: 121–123.

Meyere 1925ff.: V. de Meyere, *De Vlaamsche Vertelselschat* 1–4. Antwerpen 1925/27/29/33.

Meyrac 1890: A. Meyrac, *Traditions, coutumes, légendes et contes des Ardennes*. Charleville.

Michajlov 1962: G. Michajlov, *Mongol'skie skazki* [Mongolian Folktales]. Moskva.

Michel 1944: R. Michel, *Slowakische Märchen*. Wien.

Mićović/Filipović 1952: L. Mićović, *Život i običaji popovaca* [Life and Custom in Popovo]. Ed. M. S. Filipović. Beograd.

Mieder 1982: W. Mieder, Survival Forms of 'Little Red Riding Hood' in Modern Societies. *International Folklore Review* 2: 23–41.

Mieder 1985: W. Mieder, Die Sage vom 'Rattenfänger von Hameln' in der modernen Literatur, Karikatur und Werbung. N. Humburg (ed.), *Geschichten und Geschichte*, 113–128. Hildesheim.

Mifsud-Chircop 1978: G. Mifsud-Chircop, *Type-Index of the Maltese Folktale in the Mediterranean Tradition Area*. Diss. Valletta.

Mifsud-Chircop 1979: G. Mifsud-Chircop, The Three Stolen Princesses (AT 301). A Maltese Märchen within the Mediterranean Tradition Area. *Journal of Maltese Studies* 13: 67–79.

Mifsud-Chircop 1981: G. Mifsud-Chircop, The Dress of Stars, of Sea and of Earth (AT 510B). An Analysis of the Maltese Cinderella Märchen within the Mediterranean Tradition Area. *Journal of the Maltese Studies* 14: 48–55.

Mihara 1988: Y. Mihara, Cuentos populares del cento y sur de Chile. *The Review of Inquiry and Research* 47 (1988): 277–318; 48 (1988): 209–253.

Milčinski 1911: F. Milčinski, *Pravljice* [Folktales]. Ljubljana.

Milčinski 1917: F. Milčinski, *Tolovaj Mataj in druge slovenske pravljice* [Robber Mataj and

Other Slovene Folktales]. Ljubljana.
Milčinski 1920: F. Milčinski, *Süha roba* [Woodenware]. Ljubljana.
Miliopoulos 1951: P. Miliopoulos, *Mazedonische Märchen*. Hamburg.
Miliopoulos 1955: P. Miliopoulos, *Aus mazedonischen Bauernstuben*. Hamburg.
Miller 1973: E. K. Miller, *Mexican Folk Narratives from the Los Angeles Area*. Austin & London.
Millien/Delarue 1953: A. Millien, and P. Delarue, *Contes du Nivernais et du Morvan*. Paris.
Minton 1993: J. Minton, *"Big 'Fraid and Little 'Fraid": An Afro-American Folktale*. (FF Communications 253.) Helsinki.
Minton/Evans 2001: J. Minton, and D. Evans, *"The Coon in the Box". A Global Folktale in African-American Tradition*. (FF Communications 277.) Helsinki.
Mir: *Mir* 1ff. (1882–1920).
Mitchell 1968: R. E. Mitchell, The Oedipus Myth and Complex in Oceania with Special References to Truk. *Asian Folklore Studies* 27: 131–146.
Mitchell 1973: R. E. Mitchell, *Micronesian Folktales*. Nagoya.
MNK: Á. Kovács, and K. Benedek, *A magyar állatmesék katalógusa* [Catalog of Hungarian Animal Tales] (AaTh 1–299). Budapest ²1987 (MNK 1); Á. Dömötör, *A magyar tündérmesék típusai* [Hungarian Tales of Magic] (AaTh 300–749). Budapest 1988 (MNK 2); L. Bernát, *A magyar legendamesék típusai* [Types of Hungarian Religious Tales] (AaTh 750–849). Budapest 1982 (MNK 3); K. Benedek, *A magyar novellamesék típusai* [Types of Hungarian Romantic Tales] (AaTh 850–999). Budapest 1986 (MNK 4); V. Süvegh, *A magyar rászedett ördög-mesék típusai* [Types of Hungarian Stupid-Ogre Tales] (AaTh 1030–1199). Budapest 1982 (MNK 5); Á. Kovács, and K. Benedek, *A rátótiádák típusmutatója. A magyar falucsœfolók típusai* [Types of Numskull Stories. Types of Mocking Tales from the Hungarian Village] (AaTh 1200–1349). Budapest ²1990 (MNK 6); G. Vöő, *Magyar népmesék tréfakatalógusa* [Catalog of Hungarian Jokes] (AaTh 1350–1429). Budapest 1986 (MNK 7A); M. Vehmas, and K. Benedek, *A magyar népmesék trufa- és anekdotakatalógusa* [Catalog of Hungarian Jokes and Anecdotes] (AaTh 1430–1639*). Budapest 1988 (MNK 7B); M. Vehmas, and K. Benedek, *A magyar népmesék trufa-és anekdotakatalógusa* [Catalog of Hungarian Jokes and Anecdotes] (AaTh 1640–1874). Budapest 1989 (MNK 7C); Á. Kovács, and K. Benedek, *A magyar hazugságmesék katalógusa* [Types of Hungarian Tales of Lying] (AaTh 1875–1999). Budapest 1989 (MNK 8); Á. Kovács, and K. Benedek, *A magyar formulamesék katalógusa* [Types of Hungarian Formula Tales] (AaTh 2000–2399). Budapest 1990 (MNK 9); K. Benedek (in Collaboration with K. Angyai and A. Cserbák), *Magyar népmesekatalógus. Összefoglaló bibliográfia. 1: Cigány mesemondók repertoárjának bibliográfiája* [Bibliography of the Catalog of Hungarian Folktales. 1: Bibliography of the Repertoire of Gypsy Storytellers]. Budapest 2001 (MNK 10,1).
Mode 1983ff.: H. Mode, *Zigeunermärchen aus aller Welt* 1–4. Leipzig 1983/84/84/85.

Mode/Ray 1967: H. Mode, and A. Ray, *Bengalische Märchen*. Frankfurt am Main.

Möderndorfer 1924: V. Möderndorfer, *Narodne pripovedke iz Mežiške doline* [Folktales from the Mežica Valley] 1. Ljubljana.

Möderndorfer 1937: V. Möderndorfer, *Koroške narodne pripovedke* [Folktales of Koroška]. Celje.

Möderndorfer 1946: V. Möderndorfer, *Koroške narodne pripovedke* [Folktales of Koroška]. Celje.

Möderndorfer 1957: V. Möderndorfer, *Koroške pripovedke* [Folktales of Koroška]. Ljubljana.

Moldavskij 1955: D. M. Moldavskij, *Russkaja satiričeskaja skazka* [The Russian Satirical Folktale]. Moskva & Leningrad.

Molen 1939ff.: S. J. van der Molen, *Frysk Sêgeboek* 1–4. Assen 1939/40/41/43.

Molen 1974: S. J. van der Molen, *Ta de Fryske folkskunde* 2. Groningen.

Mölk 1987: U. Mölk, Über die altfranzösische Gregoriuslegende. W. Floeck et al., *Formen innerliterarischer Rezeption*, 93–98. Wiesbaden.

Mont/Cock 1927: P. de Mont, and A. de Cock, *Vlaamsche Volksvertelsels*. Zutphen.

Montaiglon/Raynaud 1872ff.: A. de Montaiglon, and G. Raynaud, *Recueil général et complet des fabliaux des XIIIe et XIVe siècles* 1–6. Paris 1872–90.

Montanus/Bolte 1899: M. Montanus, *Schwankbücher (1557–1566)*. Ed. J. Bolte. Tübingen.

Monteil 1905: C. Monteil, *Soudan français. Contes soudanais*. Paris.

Montell 1975: W. L. Montell, *Ghosts along the Cumberland*. Knoxville.

Montgomery 1999: J. E. Montgomery, Al-Sindibād and Polyphemus. Reflections on the Genesis of an Archetype. A. Neuwirth, B. Embaló, S. Günther, and M. Jarrar (eds.), *Myths, Historical Archetypes and Symbolical Figures in Arabic Literature. Towards a New Hermeneutic Approach. Proceedings of the International Symposium in Beirut, June 25th - June 30th, 1996*, 437–466. Beirut.

Moor 1986: R. Moor, *Der Pfaffe mit der Schnur. Fallstudie eines Märes*. Bern et al.

Moore 1990: E. Moore, Dream Bread. An Exemplum in a Rajasthani Panchyat. *Journal of American Folklore* 103: 301–323.

Morabito 1988: R. Morabito, *La circolazione dei temi a degli intrecci narrativi. Il caso Griselda*. L'Aquila & Roma.

Morabito 1990: R. Morabito, *La Storia di Griselda in Europa*. L'Aquila & Roma.

Moreno 1947: M. M. Moreno, *Cent Fables amhariques*. Paris.

Moretti 1984: G. Moretti, L'uomo e il leone. Un motivo favolistico nel viaggio intertestuale. *Favolisti latini medievali* 1: 71–83.

Morin 1974: A. Morin, *Catalogue descriptif de la Bibliothèque Bleue de Troyes*. Genève.

Morlini/Wesselski 1908: A. Wesselski, *Die Novellen Girolamo Morlinis*. München.

Morosoli 1930: S. Morosoli, *A Theoretical Reconstruction of the Original Cinderella Story*. Diss. Stanford University.

Morris 1889: R. Morris, Death's Messengers. *Folklore Journal* 7: 179–191.

Moser 1971: D.-R. Moser, König Drosselbart. J. Künzig, and W. Werner, *Ungarndeutsche Märchenerzähler* 2. *Kommentare*, 96–100. Freiburg i. Br.

Moser 1972: D.-R. Moser, Schwänke um Pantoffelhelden oder Die Suche nach dem Herrn im Haus (AT 1366A*, AT 1375). *Fabula* 13: 205–292.

Moser 1973: D.-R. Moser, Die Heilige Familie auf der Flucht. Apokryphe Motive in volkstümlichen Legendenliedern. *Rheinisches Jahrbuch für Volkskunde* 21: 255–328.

Moser 1974a: O. Moser, *Die Sagen und Schwänke der Apollonia Kreuter. Leben und Überlieferung einer Kärntner Volkserzählerin*. Klagenfurt.

Moser 1974b: D.-R. Moser, Die Saat im Acker der Gerechten. *Österreichische Zeitschrift für Volkskunde* 77, N. F. 28: 131–142.

Moser 1977: D.-R. Moser, *Die Tannhäuser-Legende. Eine Studie über Intentionalität und Rezeption katechetischer Volkserzählungen zum Buß-Sakrament*. Berlin & New York.

Moser 1978: O. Moser, Der Teufel mit dem Sündenregister am Kircheneingang. *Carinthia* 168: 147–167.

Moser 1979: D.-R. Moser, Die Homerische Frage und das Problem der mündlichen Überlieferung in volkskundlicher Sicht. *Fabula* 20: 116–136.

Moser 1980: D.-R. Moser, Volkserzählungen und Volkslieder als Paraphrasen biblischer Geschichten. M. Schneider (ed.), *Festschrift K. Horak*, 139–160. Innsbruck.

Moser 1981: D.-R. Moser, *Verkündigung durch Volksgesang*. Berlin.

Moser 1982: D.-R. Moser, Christliche Märchen. Zur Geschichte, Sinngebung und Funktion einiger "Kinder- und Hausmärchen" der Brüder Grimm. J. Janning et al. (eds.), *Gott im Märchen*, 92–113, 174–178. Kassel.

Moser 2003: D.-R. Moser, Die Bibel als Quelle des Erzählens. *Literatur in Bayern* 71: 2–15, 73–81.

Moser-Rath 1964: E. Moser-Rath, *Predigtmärlein der Barockzeit. Exempel, Sage, Schwank und Fabel in geistlichen Quellen des oberdeutschen Raumes*. Berlin.

Moser-Rath 1966: E. Moser-Rath, *Deutsche Volksmärchen*. (Die Märchen der Weltliteratur.) Düsseldorf & Köln.

Moser-Rath 1968: E. Moser-Rath, Anekdotenwanderung in der deutschen Schwankliteratur. F. Harkot, K. C. Peeters, and R. Wildhaber (eds.), *Volksüberlieferung. Festschrift K. Ranke*, 233–247. Göttingen.

Moser-Rath 1972f.: E. Moser-Rath, Galgenhumor wörtlich genommen. *Schweizerisches Archiv für Volkskunde* 68/69 (1972/73): 423–432.

Moser-Rath 1978: E. Moser-Rath, Frauenfeindliche Tendenzen im Witz. *Zeitschrift für Volkskunde* 74: 40–57.

Moser-Rath 1984: E. Moser-Rath, *"Lustige Gesellschaft." Schwank und Witz des 17. und 18. Jahrhunderts in kultur- und sozialgeschichtlichem Kontext*. Stuttgart.

Moser-Rath 1991: E. Moser-Rath, *Dem Kirchenvolk die Leviten gelesen. Alltag im Spiegel süddeutscher Barockpredigten*. Stuttgart.

Moser-Rath 1994a: E. Moser-Rath, Das streitsüchtige Eheweib. E. Moser-Rath, *Kleine Schriften zur populären Literatur des Barock*, 271–281. Ed. U. Marzolph, and I. Tomkowiak. Göttingen

Moser-Rath 1994b: E. Moser-Rath, "Schertz und Ernst beysammen". E. Moser-Rath, *Kleine Schriften zur populären Literatur des Barock*, 282–317. Ed. U. Marzolph, and I. Tomkowiak. Göttingen.

Moser-Rath 1994c: E. Moser-Rath, Frauenfeindliche Tendenzen im Witz. E. Moser-Rath, *Kleine Schriften zur populären Literatur des Barock*, 377–394. Ed. U. Marzolph, and I. Tomkowiak. Göttingen.

Mostaert 1947: A. Mostaert, *Folklore Ordos*. Peking.

Mot.: S. Thompson, *Motif-Index of Folk-Literature* 1–6. Revised and Enlarged Edition. Bloomington & London [3]1975.

Mõttelend 1936: R. Mõttelend, Vannaasta õhtu nägemus. Üks vanaaegne jutt [The Vision at New Year's Eve. An Old Legend]. *Lasteleht* 36: 191–193.

Mouliéras/Déjeux 1987: A. Mouliéras, *Les Fourberies de Si Djeh'a. Contes kabyles [1892]. En annexe: Recherches sur Si Djoh'a et les anecdotes qui lui sont attribuées de R. Basset*. Ed. J. Déjeux. Paris.

Mousaios-Bougioukos 1976: K. Mousaios-Bougioukos, *Paramythia tou Libisiou kai tēs Makrēs* [Folktales from Libision and Nea Makra]. Athēnai.

Mudrak 1958: E. Mudrak, Die Berufung durch überirdische Mächte in sagtümlicher Überlieferung. *Fabula* 2: 122–138.

Mudrak 1961: E. Mudrak, Herr und Herrin der Tiere. *Fabula* 4: 163–173.

Muhawi 2001: I. Muhawi, Gender and Disguise in the Arabic "Cinderella". A Study in the Cultural Dynamic of Representation. *Fabula* 42: 263–281.

Muhawi/Kanaana 1989: I. Muhawi, and S. Kanaana, *Speak, Bird, Speak Again. Palestinian Arab Folktales*. Berkeley et al.

Mühlherr 1993: A. Mühlherr, *Melusine und Fortunatus*. Tübingen.

Muktupavela 2001: R. Muktupavela, Kosmogoninio mito reprezentacijos latvių pasakose 'Dėkingieji Gyviai' (AT 554). *Latvių Tautos* 15: 173–180.

Müllenhoff 1845: K. Müllenhoff, *Sagen, Märchen und Lieder der Herzogthümer Schleswig, Holstein und Lauenburg*. Kiel.

Müller 1902ff.: D. H. Müller, *Die Mehri- und Soqotri-Sprache* 1–3. Wien 1902/05/07.

Müller 1912: F. Müller, *Die Legende vom verzückten Mönch, den ein Vöglein in das Paradies leitet*. Diss. Erlangen.

Müller 1924: P. Müller, *Sagenschatz des Landes Friedeberg*. Friedeberg.

Müller 1934: J. Müller, *Das Märchen vom Unibos*. Jena.

Müller 1976: C. W. Müller, Ennius und Äsop. *Museum Helveticum* 33: 193–218.

Müller 1983: H.-J. Müller, *Überlieferungs- und Wirkungsgeschichte der Pseudo-Strickerschen Erzählung 'Der König im Bade'*. Berlin.

Müller 1984: M. Müller, *Das Schlaraffenland*. Wien & München.

Müller 1990: H.-J. Müller, Eulenspiegel bei den Juden. Zur Überlieferung der jiddischen Eulenspiegel-Fassungen. *Eulenspiegel-Jahrbuch* 30: 33–50.

Müller 1992: C. D. G. Müller, *Märchen aus Äthiopien*. (Die Märchen der Weltliteratur.) München.

Müller 1999: H.-J. Müller, Eulenspiegel im Land der starken Weiber, der Hundeköpfe und anderswo. W. Röll (ed.), *Jiddische Philologie. Festschrift E. Timm*, 197–226. Tübingen.

Müller 2002: H. Müller, Kampf der Geschlechter? Der Mädchenkönig im isländischen Märchen und in der isländischen Märchensaga. H. Lox, S. Früh, and W. Schultze (eds.), *Mann und Frau im Märchen*, 62–79. Kreuzlingen & München.

Müller et al. 1926ff.: J. Müller, *Sagen aus Uri* 1–3. t. 1–2. Ed. H. Bächtold-Stäubli; t. 3 ed. R. Wildhaber. Basel 1926/29/45.

Müller/Orend 1972: F. Müller, and M. Orend, *Siebenbürgische Sagen*. Göttingen.

Müller/Röhrich 1967: I. Müller, and L.Röhrich, Deutscher Sagenkatalog. 10: Der Tod und die Toten. *Deutsches Jahrbuch für Volkskunde* 13: 346–397.

Müller/Walker 1987: D. Walker, *Märchen, Sagen, Schwänke, Legenden aus Uri aus dem Nachlaß J. Müllers*. Altdorf.

Müller/Wunderlich 2001: U. Müller, and W. Wunderlich (eds.), *Verführer, Schurken, Magier*. St. Gallen.

Müller-Fraureuth 1881: C. Müller-Fraureuth, *Die deutschen Lügendichtungen bis auf Münchhausen*. Halle.

Müller-Lisowski 1923: K. Müller-Lisowski, *Irische Volksmärchen*. (Die Märchen der Weltliteratur.) Jena.

Münchhausen/Burger 1978: G. A. Bürger, *Wunderbare Reisen zu Wasser und Lande, Feldzüge und lustige Abenteuer des Freiherrn von Münchhausen*. Zürich.

Munkácsi 1927: B. Munkácsi, Blüten der ossetischen Volksdichtung 1. *Revue Orientale* 20: 58–71.

Munkácsi 1952: B. Munkácsi, *Volksbräuche und Volksdichtung der Wotjaken*. Helsinki.

Murphy 1975: M. J. Murphy, *Now You're Talking. Folk Tales from the North of Ireland*. Belfast.

Murray 1913: H. J. R. Murray, *History of Chess*. Oxford.

Musick 1965: R. A. Musick, *The Telltale Lilac Bush and Other West Virginia Ghost Tales*. Lexington.

Mykytiuk 1979: B. Mykytiuk, *Ukrainische Märchen*. (Die Märchen der Weltliteratur.) Düsseldorf & Köln.

Mylius 1974: J. de Mylius, Aladdin-motivet hos fru Gyllembourg og H. C. Andersen. *Anderseniana* 3 (2): 37–50.

Nagy 1979: J. F. Nagy, Rites of Passage in "The Juniper Tree". *Southern Folklore Quarterly* 43: 253–265.

Nagy 1981: I. Nagy, Gattungsfragen der St.-Peter-Geschichten aufgrund funktioneller Untersuchungen. O. Bockhorn, K. Gaál, and I. Zucker (eds.), *Minderheiten- und Regionalkultur*, 141–156. Wien.

Naš dom: *Naš dom* 1ff. (1901–39).

Nascimento 2001: B. do Nascimento, Polifemo no Brasil. *Revista de investigaciones folclóricas* 16: 13–25.

Nassau 1914: H. Nassau, *Where Animals Talk. West African Folklore Tales*. London.

Naumann 1971: N. Naumann, Verschlinger Tod und Menschenfresser. *Saeculum* 22: 59–70.

Naumann/Naumann 1923: H. Naumann, and I. Naumann, *Isländische Volksmärchen*. (Die Märchen der Weltliteratur.) Jena.

Nazirov 1989: R. G. Nazirov, Istoli sjužeta "Kašče va smert'v jajce" [The Sources of the Tale Type,"The Ogre's Heart in the Egg"]. L. G. Barag, and T. M. Akimova (eds.), *Fol'klor narodov RSFSR. Sovremennoe sostojanie fol'klornych tradicij i ich vzaimodejstvie*, 31–40. Ufa.

Nebez 1972: J. Nebez, *Kurdische Märchen und Volkserzählungen*. Berlin.

Nedeljko 1884ff.: F. Nedeljko, *Narodne pripovedke za mladino* [Folktales for the Young] 1–4. Ljubljana 1884/87/1904/08.

Nedeljko 1889: F. Nedeljko, *Narodne pripovedke in pravljice* [Folktales and Fairy-Tales]. Ljubljana.

Nedo 1956: P. Nedo, *Sorbische Volksmärchen*. Bautzen.

Nedo 1957: P. Nedo, *Lachende Lausitz*. Leipzig.

Nedo 1972: P. Nedo, *Die gläserne Linde. Westslavische Märchen*. Bautzen.

Needon 1931: R. Needon, Die Lausitzer Vogelhochzeit. *Mitteldeutsche Blätter für Volkskunde* 6: 24–28.

Neerlands Volksleven: *Neerlands Volksleven* 1 (1950)-33 (1984).

Nerucci 1891: G. Nerucci, *Sessanta novelle popolari montalesi*. Firenze.

Neugaard 1993: E. J. Neugaard, *Motif-Index of Medieval Catalan Folktales*. Binghamton, N.Y.

Neuland 1981: L. Neuland, *Motif-Index of Latvian Folktales and Legends*. (FF Communications 229.) Helsinki.

Neuman 1954: D. Neuman, *Motif-Index of Talmudic-Midrashic Literature*. Diss. Bloomington.

Neumann 1968a: S. Neumann, *Ein mecklenburgischer Volkserzähler. Die Geschichten des August Rust*. Berlin.

Neumann 1968b: S. Neumann, *Plattdeutsche Schwänke. Aus den Sammlungen Richard Wossidlos und seiner Zeitgenossen sowie eigenen Aufzeichnungen in Mecklenburg*. Rostock.

Neumann 1968c: S. Neumann, Sagwörter im Schwank - Schwankstoffe im Sagwort. F. Harkort, K. C. Peeters, and R. Wildhaber (eds.), *Volksüberlieferung. Festschrift K. Ranke*, 249–266. Göttingen.

Neumann 1971: S. Neumann, *Mecklenburgische Volksmärchen*. Berlin.

Neumann 1973: S. Neumann, *Plattdeutsche Legenden und Legendenschwänke*. Berlin.

Neumann 1976: S. Neumann, *Den Spott zum Schaden. Prosaschwänke aus fünf Jahrhunderten*.

Rostock.

Neumann 1986: N. Neumann, *Vom Schwank zum Witz. Zum Wandel der Pointe seit dem 16. Jahrhundert*. Frankfurt am Main & New York 1986.

Neumann 1991: S. Neumann, *Sagen aus Pommern*. München.

Neumann 1998: S. Neumann, *Friedrich der Große in der pommerschen Erzähltradition*. Rostock.

Neumann 1999: S. Neumann, *Der Ochse als Bürgermeister. Schwänke aus Pommern*. Rostock.

Nevermann 1956: Nevermann, *Die Stadt der tausend Drachen. Götter- und Dämonengeschichten, Sagen und Volkserzählungen aus Kambodscha*. Eisenach & Kassel.

Newall 1985a: V. Newall, Folklore and Cremation. *Folklore* 96: 139–155.

Newall 1985b: V. J. Newall, Narrative as an Image of Cultural Transition. Portrait of an Asian Story-Teller. *Fabula* 26: 98–103.

Newell 1891: W. W. Newell, The Carol of the Twelve Numbers. *Journal of American Folklore* 6: 215–220.

Ní Dhuibhne 1980f.: E. Ní Dhuibhne, 'Ex Corde'. AT 1186 in Irish Tradition. *Béaloideas* 48/49 (1980/81): 86–134.

Ní Dhuibhne 1983: E. Ní Dhuibhne, Dublin Modern Legends. An Intermediate Type List and Examples. *Béaloideas* 51: 55–70.

Nicholson 1980: P. Nicholson, The Medieval Tale of the Lover's Gift Regained. *Fabula* 21: 200–222.

Nicolaïdès 1906: J. Nicolaïdès, *Contes licencieux de Constantinople et de l'Asie Mineure*. Kleinbronn [Paris].

Nicolaisen 1980: W. F. H. Nicolaisen, AT 1535 in Beach Mountain, North Carolina. *Arv* 1980: 99–106.

Nicolaisen 1989: W. F. H. Nicolaisen, Type 425 'The Search for the Lost Husband'. *Midwestern Folklore* 15: 69–125.

Nicoloff 1979: A. Nicoloff, *Bulgarian Folktales*. Cleveland.

Niderberger 1978: F. Niderberger, *Sagen und Gebräuche aus Unterwalden*. Zürich.

Nielsen 1969: S. Nielsen, Historien om skrädderen fortalt to gange af Marius Kristensen. *Folkeminder* 14: 15–29.

Nielssen/Bødker 1951f.: C. Nielssen, *De gamle vijses exempler oc hoffsprock (1618)* 1–2. Ed. L. Bødker. København 1951/53.

Niewöhner 1923: H. Niewöhner, Des Wirtes Maere. *Zeitschrift für deutsches Altertum und deutsche Literatur* 60: 201–219.

Nikiforov/Propp 1961: V. Ja. Propp, *Severnorusskie skazki v zapisjach A. I. Nikiforov* [North-Russian Folktales in Notes of A. I. Nikiforov]. Moskva & Leningrad.

Nimtz-Wendlandt 1961: W. Nimtz-Wendlandt, *Erzählgut der Kurischen Nehrung*. Marburg.

NM: Nordiska Museet. Stockholm.

Noegel 1996: S. B. Noegel, Wordplay in the Tale of the Poor Man of Nippur. *Acta Sumero-*

logica 18: 169–186.

Nord 1939: R. Nord, *Plattdeutsche Volksmärchen aus Waldeck*. Korbach.

Norlind 1952: T. S. Norlind, *Allmogens Liv*. Stockholm [2]1952.

Norton 1943: F. J. Norton, Prisoner Who Saved His Neck with a Riddle. *Folklore* 54: 27–57.

Notes and Queries: *Notes and Queries for Readers and Writers, Collectors and Librarians* 1849ff.

Novikov 1941: N. V. Novikov, *Skazki Filippa Pavloviča Gospodareva* [Folktales Told by Filippa Pavloviča Gospodareva]. Petrozavodsk.

Novikov 1961: N. V. Novikov, *Russkie skazki [Russian Folktales] [...]*. Moskva & Leningrad.

Novikov 1974: N. V. Novikov, *Obrazy vostočno-slavjanskoj volšebnoj skazki* [Characters of the East-Slavic Fairy Tale]. Leningrad.

Nowak 1969: U. Nowak, *Beiträge zur Typologie des arabischen Volksmärchens*. Diss. Freiburg.

Noy 1962: D. Noy, “Crime Inevitably Comes to Light” (Motifs N270ff.) in Jewish Folktales. *Machanayim* 65: 3–9.

Noy 1963a: D. Noy, *Jefet Schwili erzählt. Hundertneunundsechzig jemenitische Volkserzählungen aufgezeichnet in Israel 1957–1960*. Berlin.

Noy 1963b: D. Noy, *Folktales of Israel*. Chicago 1963.

Noy 1965: D. Noy, *Soixante et onze Contes populaires racontés par des juifs de Maroc*. Jérusalem.

Noy 1968: D. Noy, *Contes populaires racontés par des juifs de Tunisie*. Jérusalem.

Noy 1971: D. Noy, The Jewish Versions of the ‘Animal Languages’ Folktale (AT 670). *Scripta Hierosolymitana* 22: 171–208.

Noy 1976: D. Noy, *The Jewish Animal Tale of Oral Tradition*. Haifa.

Nyman 1982: Å. Nyman, The Oldest on the Farm. A. Gailey, and D. Ògógáin (eds.), *Gold under the Furze*, 185–192. Dublin.

Nyman 1984: Å. Nyman, Faroese Folktale Tradition. A. Fenton, and H. Palsson, *The Northern and Western Isles in the Viking World*, 292–336. Edinburgh.

Nyrop 1891: K. N. Nyrop, *Et motivs historie*. Kjøbenhavn.

Nyrop 1909: K. Nyrop, *Grevinden med de 365 Børn*. København.

Ó Briain 1991: M. Ó Briain, The Horse-eared Kings of Irish Tradition and St. Brigit. B. T. Hudson, and V. Ziegler (eds.), *Crossed Paths. Methodological Approaches to the Celtic Aspect of the European Middle Ages*, 83–113. Lanham.

Ó Catháin 1974f.: S. Ó Catháin, Dáiledh Roinnt Scéalta de chuid AT 1699 [Distributions of some Stories of AT 1699 in Ireland]. *Béaloideas* 42–44 (1974–76): 120–135.

Ó Catháin 1982: S. Ó Catháin, Mithuigbheáil i measc na nGael [Misunderstanding among the Irish]. A. Gailey, and D. Ògógáin (eds.), *Gold under the Furze*, 209–214. Dublin.

Ó Cróinín/Ó Cróinín 1971: S. Ó Cróinín, and D. Ó Cróinín, *Scéalaíocht Amhlaoibh ê Luínse* [The Folktales of Amhlaoibh Ó Luínse]. Dublin.

Ó Currqoin 1990: M. Ó Currqoin, Gadhar A Cuiread S A Teampall. *Béaloideas* 58: 203–217.

Ó Duilearga 1940: S. Ó Duilearga, Nera and the Dead Man. J. Ryan (ed.), *Festschrift E. Mhic*

Néill, 522–534. Dublin.

Ó Duilearga 1959: S. Ó Duilearga, Eachtraithe Andeas. A Version of Aarne Thompson Type 980A. *Béaloideas* 27: 115–116.

Ó Giolláin 1984: D. Ó Giolláin, The Man in the Moon. R. Kvideland, and T. Selberg (eds.), *The 8th Congress for the International Society for Folk Narrative Research. Papers* 2, 131–137. Bergen.

Ó hÓgáin 1985: D. Ó hÓgáin, *The Hero in Irish Folk History*. Dublin.

Ó Néill 1991: E. R. Ó Néill, The King of the Cats (ML 6070 B). The Revenge and Non-Revenge Redactions in Ireland. *Béaloideas* 59: 167–188.

Ó Súilleabháin 1942: S. Ó Súilleabháin, *Handbook of Irish Folklore*. Dublin.

Ó Súilleabháin/Christiansen 1963: S. Ó Súilleabháin, and R. T. Christiansen, *The Types of the Irish Folktale*. (FF Communications 188.) Helsinki.

O'Connor 1906: W. F. O'Connor, *Folk Tales from Tibet*. London.

O'Faolain 1965: E. O'Faolain, *Children of the Salmon and Other Irish Folktales*. Boston & Toronto.

O'Sullivan 1966: S. O'Sullivan, *Folktales of Ireland*. London.

O'Sullivan 1977: S. O'Sullivan, *Legends from Ireland*. London.

Obdrlik 1941f.: A. J. Obdrlik, Gallows Humor - a Sociological Phenomenon. *The American Journal of Sociology* 47 (1941/42): 709–716.

Oberfeld 1962: C. Oberfeld, *Volksmärchen aus Hessen*. Marburg.

Odenius 1969: O. Odenius, Augustinus och gossen vid havet. *Västergötland* 6/7: 23–56.

Odenius 1972f.: O. Odenius, Der Mann im Brunnen und der Mann im Baum. *Schweizerisches Archiv für Volkskunde* 68–69 (1972/73): 477–486.

Odenius 1984: O. Odenius, "Hon som var värre än den onde" ["The Tale of the Old Woman as Destroyer of the Marriage"] i svensk tradition. En sagohistorisk och ikonografisk notis. L. Karlsson (ed.), *Den ljusa medeltiden*, 197–218. Stockholm.

Oestrup 1897: J. Oestrup, *Contes de Damas*. Leyde.

Ognjanowa 1987: E. Ognjanowa, *Märchen aus Bulgarien*. Wiesbaden.

Ohly 1968: E. F. Ohly, *Sage und Legende in der Kaiserchronik*. Darmstadt [2]1968.

Ohno 1993: C. Ohno, Der Krautesel. Eine Analyse der Motive und des Ursprungs dieses Märchens und des Märchentyps AaTh 567. *Fabula* 34: 24–44.

Oliveira 1900f.: F. X. d'Athaide Oliveira, *Contos tradicionais do Algarve* 1–2. Tavira 1900 & Porto 1905.

Oliver 1909: T. E. Oliver, Some Analogues of Maistre Pierre Pathelin. *Journal of American Folklore* 22: 395–430.

Oliverius 1971: J. Oliverius, Themen und Motive im arabischen Volksbuch Zīr Sālim. *Archiv Orientální* 39: 129–145.

Olrik 1904: A. Olrik, Kong Lindorm. *Danske studier* 1: 1–34.

Olsen 1912: O. T. Olsen, *Norske folkeeventyr og sagn. Samlet i Nordland*. Kristiania.

Olsvanger 1931: I. Olsvanger, *Rosinkess mit Mandlen. Aus der Volksliteratur der Ostjuden. Schwänke, Erzählungen, Sprichwörter und Rätsel*. Basel [2]1931.

Opedal 1965: H. O. Opedal, *Eventyr ifră Hardanger*. Oslo .

Opie/Opie 1952: I. Opie, and P. Opie, *The Oxford Dictionary of Nursery Rhymes*. Oxford [2]1952.

Opie/Opie 1980: I. Opie, and P. Opie, *The Classic Fairy Tales*. New York & Toronto.

Opitz 1993: C. Opitz (ed.), *Maria in der Welt. Marienverehrung im Kontext der Sozialgeschichte*. Zürich.

Orain 1904: A. Orain, *Contes du Pay Gallo*. Paris.

Orbeliani/Awalischwili et al. 1933: S.-S. Orbeliani, *Die Weisheit der Lüge*. Eds. S. Awalischwili, and M. von Tseretheli. Berlin.

Orend 1958: M. Orend, Vom Schwur mit Erde in den Schuhen. *Deutsches Jahrbuch für Volkskunde* 4: 386–392.

Oriol 1997: C. Oriol, The Catalan Versions of AaTh 700. A Metaphor of Childbirth. *Fabula* 38: 224–244.

Oriol 2002: C. Oriol, *Introducció a l'etnopoètica. Teoria i formes del folklore en la cultura catalana*. Valls.

Oriol/Pujol 2003: C. Oriol, and J. M. Pujol, *Índex tipològic de la rondalla catalana*. Barcelona.

Orso 1979: E. G. Orso, *Modern Greek Humour. A Collection of Jokes and Ribald Tales*. Bloomington & London.

Ortmann/Ragotzky 1988: C. Ortmann, and H. Ragotzky, Zur Funktion exemplarischer triuwe-Beweise in Minne-Mären: "Die treue Gattin". K. Grubmüller, H.-H. Steinhoff, and L. P. Johnson (eds.), *Kleinere Erzählformen im Mittelalter*, 89–110. Paderborn.

Ortoli 1883: J. B. F. Ortoli, *Les Contes populaires de l'île de Corse*. Paris.

Ortutay 1957: G. Ortutay, *Ungarische Volksmärchen*. Berlin.

Ošarov 1936: M. Ošarov, *Severnye skazki* [Siberian Folktales]. Novosibirsk.

Osmanov 1958: N. Osmanov, *Persidskie skazki* [Persian Folktales]. Moskva.

Ostroumov 1892: N. P. Ostroumov, *Sarty Ėtnografičeskie materialy* [The Sart Kalmyk. The Ethnographical Materials] 2. Taškent.

Overbeck 1975: H. Overbeck, *Malaiische Geschichten*. Köln & Düsseldorf.

Overbeke/Dekker et al. 1991: A. van Overbeke, *Anecdota sive historia jocosae. Een zeventiende-eeuwse verzameling moppen en anekdotes*. Ed. R. Dekker, and H. Roodenburg. Amsterdam.

Owen 1896: E. Owen, Welsh Folk-lore. A Collection of Folktales and Legends of North Wales. Oswestry & Wrexham.

Ozawa 1991: T. Ozawa, Die Bearbeitung der Brüder Grimm aus schriftlichen Quellen. *Doitsu bungaku* 86: 96–113.

Özdemir 1975: H. Özdemir, *Die altosmanischen Chroniken als Quelle zur türkischen Volkskunde*. Freiburg im Breisgau.

Paasonen et al. 1949: H. Paasonen, *Gebräuche und Volksdichtung der Tschuwassen*. Ed. E. Karahka, and M. Räsänen. Helsinki.

Paasonen / Karahka 1953: H. Paasonen, and E. Karahka, *Mischärtartarische Volksdichtung*. Helsinki.

Paasonen / Ravila 1938ff.: H. Paasonen, and P. Ravila, *Mordwinische Volksdichtung* 1–4. Helsinki 1938–47.

Paasonen / Siro 1939: H. Paasonen, and P. Siro, *Tscheremissische Texte*. Helsinki.

Paden 1945: W. D. Paden, Mt. 1352: Jacques de Vitry, The Mensa Philosophica, Hödeken, and Tennyson. *Journal of American Folklore* 58: 35–47.

Pakalns 1999: G. Pakalns, Ein sowjetischer Mensch kann alles. Ein Erzählthema in Sozialismus und Postsozialismus. *Lares* 65: 119–134.

Palleiro 2000: M. Palleiro, Death in the Ballroom. Orality and Hypertexts in Argentinian Folk Narrative. *Fabula* 41: 257–268.

Palmeos 1968: P. Palmeos, Aarne-Thompson MT 161* ja MT 163 B* karjalaisena satuna [Aarne-Thompson 161* and 163* as Karelian Legends]. *Kalevaleuran Vuosikirja* 48: 342–345.

Panake / Panake 1990: M. Panake, and J. Panake, *Joe's Got a Head like a Ping-Pong Ball. A Prairie Home Companion Song Book*. New York & London.

Panić-Surep 1964: M. Panić-Surep, *Srpske narodne pripovetke* [Serbian Folktales]. Beograd [2]1964.

Panzer 1848f.: F. Panzer, *Bayerische Sagen und Bräuche. Beitrag zur deutschen Mythologie* 1–2. München 1848 / 55.

Papachristophorou 2002: M. Papachristophorou, *Sommeils et veilles dans le conte merveilleux grec*. (FF Communications 279.) Helsinki.

Papanti 1877: G. Papanti, *Novelline populari livornesi*. Livorno.

Papashvily / Papashvily 1946: G. Papashvily, and H. Papashvily, *Yes and No Stories. A Book of Georgian Folk Tales*. New York & London.

Parafita 2001f.: A. Parafita, *Antologia de Contos Populares* 1–2. Lisboa 2001 / 02.

Paredes 1970: A. Paredes, *Folktales of Mexico*. Chicago & London.

Paris 1895: G. Paris, La Parabole des trois anneaux. G. Paris, *La Poésie du moyen âge* 2, 131–163. Paris.

Paris 1903a: G. Paris, Le Cycle de la 'gageure'. *Romania* 32: 481–551.

Paris 1903b: G. Paris, *Legendes du moyen âge*. Paris.

Paris 1903c: G. Paris, Die undankbare Gattin. *Zeitschrift für Volkskunde* 13 (1903) 1–24, 129–150, 399–412.

Parivall 1671: J. N. D[e] Parivall, *Sinnreiche/kurtzweilige und Traurige Geschichte [...]*. Nürnberg.

Parker 1910ff.: H. Parker, *Village Folktales of Ceylon* 1–3. London 1910 / 14 / 14.

Parpulova / Dobreva 1982: L. Parpulova, and D. Dobreva, *Narodni prikazki* [Bulgarian Folktales]. Sofia.

Parry-Jones 1953: D. Parry-Jones, *Welsh Legends and Fairy Lore*. London.

Parsons 1918: E. C. Parsons, *Folk-Tales of Andros Island, Bahamas*. Lancaster, Pennsylvania & New York.

Parsons 1923a: E. C. Parsons, *Folk-Lore of the Sea Islands, South Carolina*. Cambridge, Mass. & New York.

Parsons 1923b: E. C. Parsons, *Folk-Lore from the Cape Verde Islands* 1–2. Cambridge, Mass. & New York.

Parsons 1933ff.: E. C. Parsons, *Folk-Lore of the Antilles* 1–3. New York 1933/36/43.

Patai 1998: R. Patai, *Arab Folktales from Palestine and Israel*. Detroit.

Pathak 1978: R. Pathak, *Die Logik der Narren und andere Volksgeschichten aus dem Kumaon-Himalaya*. Wiesbaden.

Paudler 1937: F. Paudler, *Die Volkserzählungen von der Abschaffung der Altentötung*. (FF Communications 121.) Helsinki.

Pauli/Bolte 1924: J. Pauli, *Schimpf und Ernst* 1–2. Ed. J. Bolte. Berlin.

Paunonen 1967: H. Paunonen, Das Verhältnis der Märchentypen AT 552A und 580 im Lichte der finnischen Varianten. *Studia Fennica* 13: 71–105.

Pearce 1973: R. J. Pearce, Logic and the Folktale: "The Scholar and his Imaginary Egg". *Fabula* 14: 102–111.

Pecher 2003: C. Pecher, Sieben Schwaben bekriegen einen Hasen. *Literatur in Bayern* 73: 38–51.

Pedersen/Holbek 1961f.: C. Pedersen, *Æsops levned og fabler* 1–2. Ed. B. Holbek. København 1961/62.

Pedroso 1985: Z. C. Pedroso, *Contos Populares Portugueses*. Lisboa [3]1985.

Peeters 1970: K. C. Peeters, De oudste West-Europese Sproojestekst. Unibos-problemen. *Volkskunde* 71: 8–24.

Peil 1985: D. Peil, *Der Streit der Glieder mit dem Magen. Studien zur Überlieferungs- und Deutungsgeschichte der Fabel des Menenius Agrippa von der Antike bis ins 20. Jahrhundert*. Frankfurt am Main et al.

Pelen 1994: J.-N. Pelen, *Le Conte populaire en Cévennes*. Paris [2]1994.

Penna 1953: M. Penna, *La parabola dei tre anelli e la toleranza nel Medio Evo*. Turino.

Penzer 1924ff.: *The Ocean of the Story, Being C. H. Tawney's Translation of Somadeva's Kathāsagitsāgara* 1–10. Ed. M. Penzer. London 1924–28.

Penzer 1952: N. M. Penzer, *Poison-Damsels and Other Essays in Folklore and Anthropology*. London.

Peñalosa 1992: F. Peñalosa, *El cuento popular maya. Hacia un indice.* (Versión preliminar. Es incompleta y necesita correción.) Rancho Palos Verdes [ca. 1992].

Perbosc 1907: A. Perbosc, *Contes licencieux de l'Aquitaine*. Paris. (Reprint Carcassonne 1984, Preface J. Bru.)

Perbosc 1914: A. Perbosc, *Contes populaires (Vallée du Lambon)*. Montauban.

Perbosc 1954: A. Perbosc, *Contes de Gascogne*. Paris.

Perbosc/Bru 1987: A. Perbosc, *L'Anneau magique. Contes licencieux de l'Aquitaine* 2. Ed. J. Bru. Carcassonne.

Perdue 1987: C. L. Perdue, Jr., *Outwitting the Devil. Jack Tales from Wise County Virginia*. Santa Fe, New Mexico.

Pereira 1989: P. A. N. Pereira, *Os Contos de Fajão*. Coimbra.

Perry 1960: B. E. Perry, Some Traces of Lost Medieval Story-Books. W. D. Hand, and Gustave O. Arlt (eds.), *Humaniora. Festschrift A. Taylor*. 150–160. Locust Valley, N.Y.

Perry 1964: B. E. Perry, *Secundus the Silent Philosopher*. Ithaca, N.Y.

Perry 1965: B. E. Perry, *Babrius and Phaedrus*. Cambridge, Mass. & London. [See also Babrius/Perry 1965, and Phaedrus/Perry 1965.]

Peter 1867: A. Peter, *Volksthümliches aus Österreichisch-Schlesien* 2. Troppau.

Peters/Peters 1974: U. H. Peters, and J. Peters, *Irre und Psychiater*. München.

Peterson 1981: P. Peterson, *Rävens och Tranans gästabud. En studie över en djurfabel i verbal och ikonografisk tradition*. Uppsala.

Petit de Julleville 1880: L. Petit de Julleville, *Histoire du théâtre en France. Les mystères* 1–2. Paris.

Petitat/Pahud 2003: A. Petitat, and S. Pahud, Le Conte sériels ou la catégorisation des virtualités primaires de l'action. *Poetique* 133: 15–34.

Petites Sœurs de Jésus 1974: Petites Sœurs de Jésus, *Contes touaregs de l'Aïr*. Introduction linguistique L. Galand. Commentaire G. Calame-Griaule. Paris.

Petropoulos 1965: D. A. Petropoulos, Das Rhampsinitos-Märchen in neugriechischen Überlieferungen. *Laographia* 22: 343–353.

Petsch 1916: R. Petsch, Rätselstudien. *Zeitschrift für Volkskunde* 26: 1–18.

Petschel 1971: G. Petschel, Freunde in Leben und Tod (AaTh 470). *Fabula* 12: 111–167.

Petschel 1975ff.: G. Petschel, *Niedersächsische Sagen 4a, 5, 6. Nach der Textauswahl von W.-E. Peuckert [...]*. Göttingen 1975/93/83 (Vol. 5 with E. H. Rehermann.) [See also Peuckert 1964ff.]

Petzoldt 1968: L. Petzoldt, *Der Tote als Gast*. (FF Communications 200.) Helsinki.

Petzoldt 1969: L. Petzoldt, AT 470. Friends in Life and Death. Zur Psychologie und Geschichte einer Wundererzählung. *Rheinisches Jahrbuch für Volkskunde* 19: 101–161.

Peuckert 1924: W.-E. Peuckert, *Schlesische Sagen*. Jena.

Peuckert 1927: W.-E. Peuckert, Die Legende vom Kreuzholz Christi im Volksmunde. *Mitteilungen der Schlesischen Gesellschaft für Volkskunde* 28: 164–178.

Peuckert 1932: W.-E. Peuckert, *Schlesiens deutsche Märchen*. Breslau.

Peuckert 1955: W.-E. Peuckert, *Lenore*. (FF Communications 158.) Helsinki.

Peuckert 1959: W.-E. Peuckert, *Hochwies. Sagen, Schwänke und Märchen*. Göttingen.

Peuckert 1961: W.-E. Peuckert, *Bremer Sagen*. Göttingen.

Peuckert 1961f.: W.-E. Peuckert, *Deutsche Sagen.* 1: *Norddeutschland;* 2: *Mittel- und Oberdeutschland.* Berlin 1961 / 62.

Peuckert 1963: W.-E. Peuckert, *Ostalpensagen.* Berlin.

Peuckert 1964ff.: W.-E. Peuckert, Niedersächsische Sagen 1–4. Göttingen 1964 / 66 / 69 / 68. [See also Petschel 1975ff.]

Pfeifer 1920: V. Pfeifer, *Spessart-Märchen* 1–3. Aschaffenburg.

Pfleger 1938: A. Pfleger, Der Schwur beim Schöpfer. *Colmarer Jahrbuch* 4: 75–90.

Phaedrus / Perry 1965: B. E. Perry, *Babrius and Phaedrus.* Cambridge, Mass. & London.

Philip 1989: N. Philip, *The Cinderella Story.* London.

Philippe le Picard: G. Thomas, *The Tall Tale and Philippe d'Alcripe. An Analysis of the Tall Tale Genre with Particular Reference to Philippe d'Alcripe's "La Nouvelle Fabrique des Excellents Traits de Vérité" together with an Annotated Translation of the Work.* St. John's.

Philippson 1923: E. Philippson, *Der Märchentypus von König Drosselbart.* (FF Communications 50.) Helsinki.

Philogelos: *Philogelos/Der Lachfreund von Hierokles und Philagrios. Griechisch-deutsch mit Einleitungen und Kommentar.* Ed. A. Thierfelder. München.

Pichette 1991: J.-P. Pichette, *L'Observance des conseils du maître. Monographie internationale du conte type A.T. 910 B précédée d'une introduction au cycle des bons conseils (AT 910–915).* (FF Communications 250.) Helsinki.

Pieper 1935: M. Pieper, *Das ägyptische Märchen. Ursprung und Nachwirkung ältester Märchendichtung bis zur Gegenwart.* Leipzig.

Piličkova 1992: S. Piličkova, *Narodnite prikazni na iselenicite od Republika Makedonija vo Republika Turcija* [Folktales of the Emigrants from the Republic of Macedonia to the Republic of Turkey]. Skopje.

Pillai-Vetschera 1989: T. Pillai-Vetschera, *Indische Märchen. Der Prinz aus der Mangofrucht.* Kassel.

Pillet 1901: A. Pillet, *Das Fableau von den Trois bossus ménestrels und verwandte Erzählungen früher und später Zeit.* Halle.

Piniès 1985: J.-P. Piniès, Littérature orale du Languedoc. *Folklore. Revue d'ethnographie méridionale* 38: 1–70.

Pino Saavedra 1960ff.: Y. Pino Saavedra, *Cuentos folklóricos de Chile* 1–3. Santiago de Chile 1960 / 61 / 63.

Pino-Saavedra 1964: Y. Pino-Saavedra, *Chilenische Volksmärchen.* (Die Märchen der Weltliteratur.) Düsseldorf & Köln.

Pino Saavedra 1967: Y. Pino Saavedra, *Folktales of Chile.* Chicago.

Pino-Saavedra 1968: Y. Pino-Saavedra, Das verschlafene Stelldichein. F. Harkort, K. C. Peeters, and R. Wildhaber (eds.), *Volksüberlieferung. Festschrift K. Ranke,* 313–320. Göttingen.

Pino Saavedra 1974: Y. Pino Saavedra, Wette der Frauen, wer den Mann am besten narrt

(AaTh1406). *Fabula* 15: 177–191.

Pino Saavedra 1987: Y. Pino Saavedra, *Cuentos mapuches de Chile*. Santiago de Chile.

Pinon 1980: R. Pinon, From Illumination to Folksong. The Armed Snail, a Motif of Topsy-Turvy Land. V. J. Newall (ed.), *Folklore Studies in the 20th Century*, 76–113. Woodbridge & Totowa.

Piprek 1918: J. Piprek, *Polnische Volksmärchen*. Wien.

Pires de Lima 1948: A. C. Pires de Lima, *Tradições Populares de Santo Tirso* 3. Porto.

Pires de Lima 1952: F. de C. Pires de Lima, A bela e o mostro. Portuguese Version of Beauty and the Beast. *Boletim trimestral da Comissão catarinense de folklore* 3: 101–105.

Pires / Lages 1992: A. T. Pires, *Contos Populares Alentejanos Recolhidos da Tradição Oral*. Ed. M. Lages. Lisboa.

Pitrè 1875: G. Pitrè, *Fiabe, novelle e racconti popolari siciliani* 1–4. Palermo.

Pitrè 1888: G. Pitrè, *Fiabe e leggende popolari siciliane*. Palermo.

Pitrè 1904: G. Pitrè, *Studi di leggende popolari in Sicilia e nuova raccolta di leggende siciliane*. Torino.

Pitrè 1941: G. Pitrè, *Novelle popolari toscane* 1–2. Roma.

Pitrè / Schenda et al. 1991: G. Pitrè, *Märchen aus Sizilien*. Ed. R. Schenda, and D. Senn. (Die Märchen der Weltliteratur.) München.

Planinski 1891: J. P. Planinski, *Zbirka narodnih pripovedk za mladino* [Collection of Folktales for the Young]. Ljubljana.

Planinski 1892: J. P. Planinski, *Zbirka narodnih pripovedk za mladino* [Collection of Folktales for the Young]. Ljubljana.

Plate 1986: B. Plate, Grégoire und Gregorius. *Colloquia Germanica* 19: 97–118.

Pleij 1983: H. Pleij, *Een nyeuwe clucht boeck*. Minderberg.

Pleij 1997: H. Pleij, *Dromen van Cocagne. Middeleeuwse fantasien over het volmaakte leven*. Amsterdam.

Pleij / van Grinsven et al. 1983: H. Pleij, J. van Grinsven, D. Schouten, F. van Thijn, *Van schelmen en schavuiten. Laatmiddeleeuwse vagebondteksten*. Muiderberg.

Plenzat 1922: K. Plenzat, *Der Wundergarten*. Berlin & Leipzig.

Plenzat 1927: K. Plenzat, *Die ost- und westpreußischen Märchen und Schwänke nach Typen geordnet*. Elbing.

Plenzat 1930: K. Plenzat, *Die goldene Brücke. Volksmärchen*. Leipzig.

Plessner 1961: H. Plessner, *Lachen und Weinen*. München [3]1961.

Pleyte 1894: E. M. Pleyte, *Bataksche vertellingen*. Utrecht.

Plöckinger 1926: H. Plöckinger, *Sagen der Wachau*. Krems.

Plohl Herdvigov 1868: R. F. Plohl Herdvigov, *Hrvatske narodne pjesme i pripoviedke u Vrbovcu sakupio* [Croatian Folksongs and Folktales Collected in Vrbovec] 1. Varaždin 1868.

Plötz 1987: R. Plötz, Der huner hinder dem altar saltn nicht vergessen. Zur Motivgeschichte eines Flügelaltars der Kempener Propsteikirche. K. Abels (ed.), *Epitaph für G. Hövel-*

mann, 119–170. Geldern.

Poeschel 1878: J. Poeschel, *Das Märchen vom Schlaraffenlande*. Halle.

Poestion 1886: J. C. Poestion, *Lappländische Märchen, Volkssagen, Räthsel und Sprichwörter*. Wien.

Poggio: *Die Schwänke und Schnurren des Florentiners Gian-Francesco Poggio Bracciolini*. Ed. A. Semerau. Leipzig.

Polain 1942: E. Polain, *Il était une Fois ... Contes populaires, entendus en français à Liège et publiés avec notes et index*. Paris.

Polívka 1898a: G. Polívka, Seit welcher Zeit werden die Greise nicht mehr getötet? *Zeitschrift für Volkskunde* 8: 25–29.

Polívka 1898b: J. Polívka, Magosnikăt i negovijat učenik [The Magician and his Pupil]. *Sbornik za narodni umotvorenija i narodopis* 15: 393–448.

Polívka 1900a: J. Polívka, O zlatém ptáčku a dvou chudých chlapcích [Over the Golden Bird and the Two Poor Boys]. *Národopisný sborník československý* 6: 94–143.

Polívka 1900b: G. Polívka, Tom Tit Tot. Zur vergleichenden Märchenkunde. *Zeitschrift für Volkskunde* 10: 254–272, 325, 382–396, 438–439.

Polívka 1900c: Polívka, Le Chat botté. Sbornik za narodni umotvorenija, nauka i knižnina 16/17: 782–841.

Polívka 1905: G. Polívka, Eine alte Schulanekdote und ähnliche Volksgeschichten. *Zeitschrift für österreichische Volkskunde* 11: 158–165.

Polívka 1907: G. Polívka, Ali-Baba i četrdeset razbojnika [Ali Baba and the 40 Thieves]. *Zbornik za narodni život i običaje južnih Slavena* 12: 1–48.

Polívka 1916: G. Polívka, Personifikationen von Tag und Nacht im Volksmärchen. *Zeitschrift für Volkskunde* 26: 313–322.

Polívka 1923ff.: J. Polívka, *Súpis slovensk‡ch rozprávok* [Catalog of Slovakian Folktales] 1–5. Turčiansky sv. Martin 1923–31.

Polívka 1929: J. Polívka, *Lidové povídky slovanské* [Slavic Folktales] 1. Praze.

Poliziano/Wesselski 1929: *Angelo Polizianos Tagebuch (1477–1479) mit vierhundert Schwänken und Schnurren aus den Tagen Lorenzos des Großmächtigen und seiner Vorfahren*. Ed. A. Wesselski. Jena.

Polsterer 1908: J. Polsterer, *Schwänke und Bauernerzählungen aus Nieder-Österreich*. Wien.

Pomeranceva 1958: Ė. V. Pomeranceva, *Pesni i skazki Jaroslavskoj oblasti* [Songs and Folktales of the Jaroslav Region]. Jaroslavl.

Pomerancewa 1964: E. Pomerancewa, *Russische Volksmärchen*. Berlin.

Poortinga 1976: Y. Poortinga, *De ring fan it ljocht. Fryske folksforhalen*. Baarn & Ljouwert.

Poortinga 1977: Y. Poortinga, *It fleanend skip. Folksforhalen fan Steven de Bruin*. Baarn & Ljouwert.

Poortinga 1980: Y. Poortinga, *It gouden skaakspul. Folksferhalen fan Steven de Bruin*. Baarn & Ljouwert.

Popov 1957: P. M. Popov, *Ukraïn'ski narodni kazki, legendi, anekdoti* [Ukrainian Folktales, Legends and Anecdotes]. Kyïv.

Popović 1922: P. Popović, Shakespearian Story in Serbian Folklore. *Folklore* 33: 72–90.

Popvasileva 1983: A. Popvasileva, *Tipološko podreduvanje na prikaznite od zbornikot na Lavrov-Polivka* [Typological Classification of Folktales from the Collection Lavrov-Polivka]. Skopje.

Popvasileva 1986: A. Popvasileva, Prikaznata - tip AT 1355C kaj nekoi balkanski narodni [The Tale Type AT 1355C from some Balkan Slavs]. *Makedonski folklor* 19: 63–68.

Pörnbacher 1986: H. Pörnbacher, *Die Literatur des Barock*. München.

Portnoy 1987: E. Portnoy, *Broodje Aap. De folklore van de post-industriële samenleving*. Amsterdam [9]1987.

Potanin 1917: G. N. Potanin, *Kazak'-kirgizskija i altajskija predanija, legendy i skazki* [Cossack-Kirghiz and Altaic Legends, Religious Legends and Folktales]. Petrograd.

Potjavin 1960: V. Potjavin, *Narodnaja poczija Gor'kovskoj oblasti* [Folk Poetry of the Gor'ki Area]. Gor'ki.

Pötters 1991: W. Pötters, *Begriff und Struktur der Novelle. Linguistische Betrachtungen zu Boccaccios "Falken"*. Tübingen.

Powell 1983: M. Powell, *Fabula docet. Studies in Background of Henryson's Morall Fables*. Odense.

Powell 1990: K. H. Powell, *The Uncertainty of Genius. Images of La Fontaine and Illustrations of Le Serpent et la lime*. Paris.

Pramberger 1946: R. Pramberger, *Märchen aus Steiermark*. Seckau.

Prato 1894: S. Prato, Zwei Episoden aus zwei tibetanischen Novellen. *Zeitschrift für Volkskunde* 4: 347–373.

Prato 1899: S. Prato, Vergleichende Mitteilungen zu Hans Sachs Fastnachtsspiel: Der Teufel mit dem alten Weib. *Zeitschrift für Volkskunde* 9: 189–194, 311–321.

Preindlsberger-Mrazović 1905: M. Preindlsberger-Mrazović, *Bosnische Volksmärchen*. Innsbruck.

Preuß 1912: T. Preuß, *Tiersagen, Märchen und Legenden in Westpreußen gesammelt und erzählt*. Danzig.

Prinsessene 1967: *Prinsessene som dansa i åkeren. Eventyr frå Rogaland*. Oslo.

Pritchett 1983: F. W. Pritchett, *Śīt* Basant: Oral Tale, Sāṅgīt, and Kissā. *Asian Folklore Studies* 42: 45–62.

Pröhle 1853: H. Pröhle, *Kinder- und Volksmärchen*. Leipzig.

Pröhle 1854: H. Pröhle, *Märchen für die Jugend*. Halle.

Propp 1939: V. Propp, Ritual'nyj smech v fol'klore [The Ritual Laugh in Folklore]. *Učenye zapiski Leningradskogo gosudarstvennogo universiteta* 46 (3): 151–175.

Propp 1987: V. Propp, *Die historischen Wurzeln des Zaubermärchens*. München & Wien.

Prym/Socin 1881: E. Prym, and A. Socin, *Syrische Sagen und Märchen aus dem Volksmunde*.

Göttingen.

Puchner/Siegmund 1984: W. Puchner, and W. Siegmund, Europäische Ödipusüberlieferung und griechische Schicksalsmärchen. W. Siegmund (ed.), *Antiker Mythos in unseren Märchen*, 52–63. Kassel.

Puhvel 1961: M. Puhvel, The Legend of the Church-Building Troll in Northern Europe. *Folklore* 72: 567–583.

Puhvel 1965: M. Puhvel, Beowulf and Celtic Unter-Water Adventure. *Folklore* 76: 254–261.

Puškareva 1983: E. T. Puškareva, Sjužetnyj sostav neneckich mifof-skazok o životnych [Thematical Collection of Nenet Mythological Animal Tales]. *Fol'klor narodov RSFSR*, 66–72. Ed. T. M. Akimov, and L. G. Barag. Ufa.

Pypin 1854: A. Pypin, Starinnaja skazka o care Solomone [The Old Tale of King Solomon]. *Izvestija Imperatorskoj Akademii Nauk po Otdeleniju Russkago jazyka i slovestnosti* 3: 337–353.

Quin 1962: E. C. Quin, *The Quest of Seth for the Oil of Life*. Chicago & London.

Qvigstad 1925: J. K. Qvigstad, *Lappische Märchen- und Sagenvarianten*. (FF Communications 60.) Helsinki.

Qvigstad 1927ff.: J. K. Qvigstad, *Lappiske eventyr og sagn* 1–4. Oslo & Leipzig 1927/28/29/29.

Raas 1983: F. Raas, *Die Wette der drei Frauen. Beiträge zur Motivgeschichte und zur literarischen Interpretation der Schwankdichtung*. Bern 1983.

Raciti 1965: M. Raciti,M.: La Diffusion en sicile du conte qui a pour titre "Le Vase de Basilic" ou bien "La Poupée en Sucre et en Miel". *Laográphia* 22: 381–398.

Radloff 1866ff.: W. Radloff, *Proben der Volkslitteratur der nördlichen türkischen Stämme* 1–10. St. Petersburg 1866–1907.

Rael 1957: J. B. Rael, *Cuentos españoles de Colorado y de Nuevo Méjico* 1–2. Stanford.

Ragotzky 1996: H. Ragotzky, Der weise Aristoteles als Opfer weiblicher Verführungskunst. H. Sciurie, and H.-J. Bachorski, *Eros - Macht - Askese*, 279–302. Trier.

Raeithel 1996: G. Raeithel, *Der ethnische Witz*. Frankfurt am Main.

Ramanaŭ 1962: E. R. Ramanaŭ, *Belaruskija narodnyja skazki* [Belorussian Folktales]. Minsk.

Ramirez de Arellano 1926: R. Ramirez de Arellano, *Folklore portorriqueño*. Madrid.

Rammel 1990: H. Rammel, *Nowhere in America. The Big Rock Candy Mountain and Other Comic Utopias*. Urbana.

Ramos 1953: M. Ramos, *Tales of Long Ago in the Philippines*. Manila.

Ramsey 1989: J. W. Ramsey, The Wife Who Goes Out Like a Man, Comes Back as a Hero. The Art of Two Oregon Indian Narratives. E. Oring (ed.), *Folk Groups and Folklore Genres*, 209–223. Logan.

Ramstedt 1909: G. J. Ramstedt, *Kalmückische Sprachproben*. 1: *Kalmückische Märchen*. Helsinki.

Randolph 1949: V. Randolph, *Ozark Folksongs* 3. Columbia.

Randolph 1952: V. Randolph, *Who Blowed Up the Church House? And Other Ozark Folk Tales*. New York.

Randolph 1955: V. Randolph, *The Devil's Pretty Daughter and Other Ozark Folk Tales*. New York.

Randolph 1957: V. Randolph, *The Talking Turtle*. New York.

Randolph 1958: V. Randolph, *Sticks in the Knapsack, and Other Ozark Folktales*. New York.

Randolph 1965: V. Randolph, *Hot Springs and Hell, and Other Folk Jests and Anecdotes from the Ozarks*. Hatboro.

Randolph 1976: V. Randolph, *Pissing in the Snow and Other Ozark Folktales*. Urbana et al.

Randolph/Legman 1979: V. Randolph, and G. Legman, The Magic Walking Stick. *Maledicta* 3: 175f.

Ranelagh 1979: E. L. Ranelagh, *The Past We Share. The Near Eastern Ancestry of Western Folk Literature*. London et al.

Range 1981: J. D. Range, *Litauische Volksmärchen*. (Die Märchen der Weltliteratur.) Düsseldorf & Köln.

Ranke 1911: F. Ranke, *Der Erlöser in der Wiege*. München.

Ranke 1934a: F. Ranke, *Volkssage*. Leipzig.

Ranke 1934b: K. Ranke, *Die zwei Brüder*. (FF Communications 114.) Helsinki.

Ranke 1953: K. Ranke, Der "Hölzerne Johannes". Eine westeuropäische Redaktion der "Matrone von Ephesus". *Rheinisches Jahrbuch für Volkskunde* 4: 90–114.

Ranke 1954: K. Ranke, Zum "Schuß von der Kanzel". *Die Heimat* 61: 295–297.

Ranke 1955a: K. Ranke, *Der Schwank vom Schmaus der Einfältigkeit. Ein Beispiel der generatio aequivoca der Volkserzählungen*. (FF Communications 159.) Helsinki.

Ranke 1955b: K. Ranke, Schwank und Witz als Schwundstufe. H. Dölker (ed.), *Festschrift W.-E. Peuckert*, 41–59. Berlin et al.

Ranke 1955ff.: K. Ranke, *Schleswig-holsteinische Volksmärchen* 1–3. Kiel 1955/58/62.

Ranke 1957: K. Ranke, Der Bettler als Pfand. Geschichte eines Schwanks im Occident und Orient. *Zeitschrift für deutsche Philologie* 76: 149–162, 358–364.

Ranke 1966: K. Ranke, *Folktales of Germany*. Chicago.

Ranke 1972: K. Ranke, *European Anecdotes and Jests*. Copenhagen.

Ranke 1975: K. Ranke, "Manneken-Pis" und Verwandtes. *Miscellanea. Festschrift K. C. Peeters*, 576–581. Antwerpen.

Ranke 1976: K. Ranke, Observations on AaTh 834 "The Poor Brother's Treasure". L. Dégh, H. Glassie, and F. J. Oinas (eds.), *Folklore Today. Festschrift R. Dorson*, 415–424. Bloomington.

Ranke 1978: K. Ranke, *Die Welt der Einfachen Formen. Studien zur Motiv-, Wort- und Quellenkunde*. Berlin & New York.

Ranke 1979: K. Ranke, Via grammatica. *Fabula* 20: 160–169.

Rapallo 1972: C. Rapallo, Il "raccontare" come variante della funzione "Lotta" (a proposito della fiaba “Il pappagallo”). *Lingua e stile* 7: 373–376.

Rapallo 1975ff.: C. Rapallo, Saggio di edizione di tre testi narrativi sardi. *Studi sardi* 24 (1975–77): 659–730.

Rapallo 1982f.: C. Rapallo, Fiabe di animali in Sardegna. *Brads* 11 (1982/83): 85–94.

Rappold 1887: I. Rappold, *Sagen aus Kärnten*. Augsburg & Leipzig.

Raskin 1992: R. Raskin, *Life is Like a Glass of Tea. Studies of Classic Jewish Jokes*. Aarhus.

Rasmussen 1972: H. Rasmussen, Der schreibende Teufel in Nordeuropa. E. Ennen, and G. Wiegelmann (eds.), *Studien zu Volkskultur, Sprache und Landesgeschichte 1. Festschrift M. Zender*, 455–464. Bonn.

Rassool 1964: S. H. A. Rassool, *Contes et récits du Pakistan*. Paris.

Raudsep 1969: L. Raudsep, *Antiklerikale estnische Schwänke. Typen- und Variantenverzeichnis*. Tallinn.

Raudsep 1976: L. Raudsep, Mis tuli kirikhärrat seljas kanda. Naljanditüüp AT 1791 [Why the Sexton Carries the Parson. The Tale Type AaTh 1791]. *Saaksin ma saksa sundijaks*, 363–404. Tallinn.

Rausmaa 1967: P.-L. Rausmaa, *Syöjätär ja yhdeksän veljen sisar. Satu AT 533 ja siihen liityvä laulu* [The Ogress and the Sister with Nine Brothers. The Folktale AT 533 with the Included Song]. Helsinki.

Rausmaa 1972: P.-L. Rausmaa, *Suomalaiset kansansadut* [Finnish Folktales] 1. Helsinki.

Rausmaa 1973a: P.-L. Rausmaa, A Catalogue of Finnish Anecdotes and Historical, Local and Religious Legends. *Catalogues of Finnish Anecdotes and Historical, Local and Religious Legends*, 1–61. (NIF Publications 3.) Turku.

Rausmaa 1973b: P.-L. Rausmaa, *A* Catalogue of Historical and Local Legends. *Catalogues of Finnish Anecdotes and Historical, Local and Religious Legends*, 63–108. (NIF Publications 3.) Turku.

Rausmaa 1973c: P.-L. Rausmaa, Läntinen ja itäinen satuperinne Suomessa [Western and Eastern Tradititions of Folktales in Finland]. *Kalevalaseuran vuosikirja* 53: 121–136.

Rausmaa 1982ff.: P.-L. Rausmaa, *Suomalaiset kansansadut* [Finnish Folktales] 1–6. Helsinki 1988–2000.

Razafindramiandra 1988: M. N. Razafindramiandra, *Märchen aus Madagaskar*. (Die Märchen der Weltliteratur.) München.

RE: *Revista de Etnografia* 1 (1963)-16 (1972).

Rédei 1968: K. Rédei, *Nord-ostjakische Texte (Kazym-Dialekt) mit Skizze der Grammatik*. Göttingen.

Rédei 1978: K. Rédei, *Zyrian Folklore Texts*. Budapest.

Rehermann 1977: E. H. Rehermann, *Das Predigtexempel bei protestantischen Theologen des 16. und 17. Jahrhunderts*. Göttingen.

Reichl 1978: K. Reichl, *Usbekische Märchen*. Bochum.

Reichl 1982: K. Reichl, *Türkmenische Märchen*. Bochum.

Reichl 1985: K. Reichl, *Karakalpakische Märchen*. Bochum.

Reichl 1986: K. Reichl, *Märchen aus Sinkiang. Überlieferungen der Turkvölker Chinas*. (Die Märchen der Weltliteratur.) Düsseldorf & Köln.

Reinartz 1970: M. Reinartz, *Genese, Struktur und Variabilität eines sogenannten Ehebruchschwanks (Blindfüttern aus Untreue. AT 1380)*. Mainz.

Reinhard 1923: J. R. Reinhard, "Strokes Shared". *Journal of American Folklore* 36: 380–400.

Reinhard 1925: J. R. Reinhard, Bread Offered to the Child Christ. *Publications of the Modern Language Association* 40: 93–95.

Reinisch 1879: L. Reinisch, *Die Nuba-Sprache* 1. Wien.

Reinisch 1881ff.: L. Reinisch, *Die Kunama-Sprache in Nordostafrika* 1–4. Wien 1881/89/90/91.

Reinisch 1889: L. Reinisch, *Die Saho-Sprache* 1. Wien.

Reinisch 1900: L. Reinisch, *Die Somali-Sprache* 1. Wien.

Renard 1995: J. B. Renard, "Out of the Mouths of Babes." The Child Who Unwittingly Betrays Its Mother's Adultery. *Folklore* 106: 77–83.

Rescher 1980: O. Rescher, *Die Geschichten und Anekdoten aus Qaljûbî's Nawâdir und Schirwânî's Nafhat el-Jemen*. Osnabrück.

Ressel 1981: S. Ressel, *Orientalisch-osmanische Elemente im balkanslavischen Volksmärchen*. Münster.

Retherford 1996: R. Retherford, "Suan the Guesser". A Filipino Doctor Know-All (AT 1641). *Asian Folklore Studies* 55: 99–118.

Reuschel 1935: H. Reuschel, Der Basilienstock und das Haupt des Geliebten. *Zeitschrift für Volkskunde* 45: 87–101.

Reuschel 1966: H. Reuschel, The "Children's Judgment" in the "Njala" and "Gunnallaugssaga Ormstungu". *Studies in Language and Literature in Honour of M. Schlauch*, 327–333. Warszawa.

Reuster-Jahn 2003: U. Reuster-Jahn, Mantel, Spiegel und Fläschchen (AaTh 653A) - eine afrikanische Dilemmageschichte. *Märchenspiegel. Zeitschrift für internationale Märchenforschung [...]* 14 (4): 18–20.

Rey-Henningsen 1996: M. Rey-Henningsen, *The Tales of the Ploughwoman*. (FF Communications 259.) Helsinki.

Rhaue 1922: H. Rhaue, *Über das Fabliau "Des Trois Aveugles de Compiégne" und verwandte Erzählungen*. Diss. Braunschweig.

Ribeiro 1934: J. D. Ribeiro, *Turquel Folclórico*. 4: *Lendas*; 5: *Contos*. Espozende.

Richard et al. 1973: P. Richard, F. Lévy, and M. de Virville, Essai de description des contes merveilleux. *Ethnologie française* 1: 95–120.

Richman 1954: J. Richman, *Jewish Wit and Wisdom*. New York.

Richmond 1957: W. E. Richmond, The Brave Tailor in Danish Tradition. W. E. Richmond (ed.), *Studies in Folklore. Festschrift S. Thompson*, 1–23. Bloomington.

Richter 1984: D. Richter, *Schlaraffenland. Geschichte einer populären Phantasie*. Köln.

Richter 1986: D. Richter, Wie Kinder Schlachtens mit einander gespielt haben (AaTh 2401). *Fabula* 27: 1–11.

Richter 1989: D. Richter, Il paese di Cuccagna nella cultura popolare. Una topografia storica. V. Fortunati, and L. Bertelli (eds.), *Paesi di cuccagna e mondi alla rovescia*, 113–124. Firenze.

Richter 1990: D. Richter, Die "Bremer Stadtmusikanten" in Bremen. Zum Weiterleben eines Grimm'schen Märchens. H.-J. Uther (ed.), *Märchen in unserer Zeit. Zu Erscheinungsformen eines populären Erzählgenres*, 27–38. München.

Richter 1997: D. Richter, Das Märchen vom "Gevatter Tod". Ein Exemplum zum Wesen des Arztberufs. *Jahrbuch der Brüder Grimm-Gesellschaft* 7: 109–114.

Rieber 1980: A. Rieber, Die Schwanenprinzessin. K. Guth (ed.), *Lebendige Volkskultur. Festschrift E. Roth*, 129–143. Bamberg.

Riftin et al. 1977: B. L. Riftin, M. Chasanov, and I. Jusupov, *Dunganski narodnye skazki i predanija* [Dunganian Folktales and Traditions]. Moskva.

Ringseis 1980: F. Ringseis, *Der bayrische Witz*. München.

Río Cabrera/Pérez Bautista 1998: J. A. del Río Cabrera, and M. Pérez Bautista, *Cuentos populares de animales de la Sierra de Cádiz*. Cádiz.

Ritter 1967: H. Ritter, *Ṭūrōyō, die Volkssprache der syrischen Christen des Ṭūr Ābdīn A* 1. Beirut.

Ritter 2003: H. Ritter, *The Ocean of the Soul*. Leiden.

Rittershaus 1902: A. Rittershaus, *Die neuisländischen Volksmärchen*. Halle.

Ritz 2000: H. Ritz [i. e. U. Erckenbrecht], *Die Geschichte vom Rotkäppchen. Ursprünge, Analysen, Parodien eines Märchens*. Göttingen [13]2000.

Rivière 1882: J. Rivière, *Recueil de contes populaires de la Kabylie du Djurdjura*. Paris.

Robbins 1986: R. Robbins, Friel's Modern "Fox and Grapes" Fable. *Éire-Ireland* 21 (4): 67–76.

Robe 1970: S. L. Robe, *Mexican Tales and Legends from Los Altos*. Berkeley et al.

Robe 1971: S. L. Robe, *Mexican Tales and Legends from Veracruz*. Berkeley et al.

Robe 1972: S. L. Robe, *Amapa Storytellers*. Berkeley et al.

Robe 1973: S. L. Robe, *Index of Mexican Folktales*. Berkeley et al.

Roberts 1954: L. Roberts, *I Bought Me a Dog, and Other Folktales from the Southern Mountains*. Berea, Kentucky.

Roberts 1958a: L. Roberts, "Quare Jack". *Kentucky Folklore Record* 4: 1–9.

Roberts 1958b: W. E. Roberts, *The Tale of the Kind and the Unkind Girls. AaTh-480 and Related Tales*. Berlin.

Roberts 1959: L. W. Roberts, *Up Cutshin and Down Greasy*. Lexington, Kentucky.

Roberts 1964: W. E. Roberts, *Norwegian Folktale Studies*. Oslo.

Roberts 1966: W. E. Roberts, The Black and the White Bride. AaTh 403 in Scandinavia. *Fa-*

bula 8: 64–92.

Roberts 1969: L. Roberts, *Old Greasybeard. Tales from the Cumberland Gap*. Detroit.

Roberts 1974: L. Roberts, *Sang Branch Settlers. Folksongs and Tales of a Kentucky Mountain Family*. Austin.

Roberts 1988: L. W. Roberts, *South from Hell-Fer-Sartin. Kentucky Mountain Folk Tales*. Lexington.

Robertson 1954: D. W. Robertson, Why the Devil Wears Green. *Modern Language Notes* 69: 470–472.

Rochholz 1862: E. L. Rochholz, *Naturmythen. Neue Schweizersagen*. Leipzig.

Rochholz 1869: E. L. Rochholz, Das Thiermaerchen vom gegessenen Herzen. *Zeitschrift für deutsche Philogie* 1: 181–198.

Röcke 1987: W. Röcke, *Die Freude am Bösen*. München.

Röcke 2002: W. Röcke, Positivierung des Mythos und Geburt des Gewissens. Lebensformen und Erzählgrammatik in Hartmanns 'Gregorius'. M. Meyer (ed.), *Literarische Leben. Rollenentwürfe in der Literatur des Hoch- und Spätmittelalters. Festschrift V. Mertens*, 627–647. Tübingen.

Rockwell 1984: J. Rockwell, The Miller's Wife at Ry. Legendary Accretions. R. Kvideland, and T. Selberg (eds.), *The 8th Congress for the ISFNR. Papers* 2, 155–162. Bergen.

Rodin 1983: K. Rodin, *Räven predikar för gässen. En studie av ett ordspråk i senmeldeltida ikonografi*. Uppsala.

Roeck 1980: F. Roeck, *Volksverhalen uit Belgisch Limburg*. Utrecht & Antwerpen.

Roeder 1927: G. Roeder, *Altägyptische Erzählungen*. Jena.

Rogers 1872: C. Rogers, *A Century of Scottish Life*. London ²1872.

Rohde 1894: O. Rohde, *Die Erzählung vom Einsiedler und dem Engel in ihrer geschichtlichen Entwicklung*. Leipzig.

Rohde 1960: E. Rohde, *Der griechische Roman und seine Vorläufer*. Leipzig ³1914. Reprint Hildesheim ⁴1960.

Röhrich 1962f.: L. Röhrich, *Erzählungen des späten Mittelalters und ihr Weiterleben in Literatur und Volksdichtung bis zur Gegenwart* 1–2. Bern & München 1962/67.

Röhrich 1963: L. Röhrich, Die Volksballade von 'Herrn Peters Seefahrt' und die Menschenopfer-Sagen. Hugo Kuhn, and Kurt Schier (eds.), *Märchen - Mythos - Dichtung. Festschrift F. von der Leyen*, 177–212. München.

Röhrich 1965: L. Röhrich, Teufelsmärchen und Teufelssagen. *Sagen und ihre Deutung*, 28–58. Beiträge von M. Lüthi et al. Göttingen.

Röhrich 1967: L. Röhrich, *Gebärde, Metapher, Parodie*. Düsseldorf.

Röhrich 1972: L. Röhrich, Noah und die Arche in der Volkskunst. K. Beitl (ed.), *Volkskunde. Fakten und Analysen. Festschrift L. Schmidt*, 433–442. Wien.

Röhrich 1972f.: L. Röhrich, Rumpelstilzchen. Vom Methodenpluralismus in der Erzählforschung. *Schweizerisches Archiv für Volkskunde* 68/69 (1972/73): 567–596.

Röhrich 1976: L. Röhrich, *Sage und Märchen. Erzählforschung heute*. Freiburg et al.

Röhrich 1977: L. Röhrich, *Der Witz. Figuren, Formen, Funktionen*. Stuttgart.

Röhrich 1979: L. Röhrich, Der Froschkönig und seine Wandlungen. *Fabula* 20: 170–192.

Röhrich 1987: L. Röhrich, *Wage es, den Frosch zu küssen! Das Grimmsche Märchen Nummer Eins in seinen Wandlungen*. Köln.

Röhrich 1989: L. Röhrich, Antike Motive in spätmittelalterlichen Erzählungen. W. Erzgräber, *Kontinuität und Transformation der Antike im Mittelalter*, 327–344. Sigmaringen.

Röhrich 1990: L. Röhrich, Tiererzählungen und Menschenbild. M. Nøjgaard et al. (eds.), *The Telling of Stories*, 13–33. Odense.

Röhrich 1991f.: L. Röhrich (ed.), *Das große Lexikon der sprichwörtlichen Redensarten* 1–3. Freiburg et al. 1991/92/92. (Berlin 2000. CD-ROM.)

Röhrich 1993: L. Röhrich, Tanz und Tod in der Volksliteratur. F. Link (ed.), *Tanz und Tod in Kunst und Literatur*, 599–634. Berlin.

Röhrich 1995: L. Röhrich, Homo homini daemon. Tragen und Ertragen. Zwischen Sage und Bildlore. C. Lipp (ed.), *Medien popularer Kultur. Festschrift R. W. Brednich*, 346–361. Frankfurt am Main & New York.

Röhrich 1998: L. Röhrich, Heute back' ich, morgen brau ich, übermorgen hol' ich der Königin ihr Kind ... Zwergensagen und -märchen. *Märchenspiegel. Zeitschrift für internationale Märchenforschung [...]* 9: 3–9.

Röhrich 2001: L. Röhrich, *Märchen und Wirklichkeit*. Baltmannsweiler [5]2001.

Röhrich 2002: L. Röhrich, *"und weil sie nicht gestorben sind ...". Anthropologie, Kulturgeschichte und Deutung von Märchen*. Köln, Weimar & Wien.

Röhrich/Brednich 1965f.: L. Röhrich, and R. W. Brednich, *Deutsche Volkslieder* 1–2. Düsseldorf 1965/67.

Röhrich/Meinel 1992: L. Röhrich, *In heller Freude. Lob und Mythos der Sonne*. Ed. G. Meinel. Freiburg et al.

Rokala 1973: K. Rokala, A Catalogue of Religious Legends. *Catalogues of Finnish Anecdotes and Historical, Local and Religious Legends*, 109–121. (NIF Publications 3). Turku.

Rölleke 1978: H. Rölleke, *Der wahre Butt*. Düsseldorf & Köln.

Rölleke 1983: H. Rölleke, *Märchen aus dem Nachlaß der Brüder Grimm*. Bonn [3]1983.

Rölleke 1984: H. Rölleke, Die Stellung des Dornröschenmärchens zum Mythos und zur Heldensage. W. Siegmund (ed.), *Antiker Mythos in unseren Märchen*, 125–137, 197f. Kassel.

Rölleke 1995: H. Rölleke, Wilhelm Grimms Meister Pfriem. *Fabula* 36: 296–301.

Romain 1933: A. Romain, Zur Gestalt des Grimmschen Dornröschenmärchens. *Zeitschrift für Volkskunde* 42: 84–116.

Rōmaios 1973: K. Rōmaios, *To Hathanato Nero* [The Water of Immortality]. Athēnai.

Roman de Renart: *Le Roman de Renart* 1–3. Ed. E. Martin. Strasbourg 1882/85/87.

Romero/Cascudo 1954: S. Romero, and L. da Câmara Cascudo, *Contos populares do Brasil*.

Rio de Janeiro.
Rommel 1935: M. Rommel, *Von dem Fischer un syner Fru. Eine vergleichende Märchenuntersuchung*. Heidelberg.
Róna-Sklarek 1909: E. Róna-Sklarek, *Ungarische Volksmärchen. Neue Folge*. Leipzig.
Rooth 1951: A. B. Rooth, *The Cinderella Cycle*. Lund.
Rösch 1928: E. Rösch, *Der getreue Johannes*. (FF Communications 77.) Helsinki.
Rosenfeld 1927: H.-F. Rosenfeld, *Mittelhochdeutsche Novellenstudien*. Leipzig.
Rosenfeld 1937: H.-F. Rosenfeld, *Der heilige Christopherus. Seine Verehrung und seine Legende*. Leipzig.
Rosenfeld 1953: H. Rosenfeld, Die Legende von der keuschen Nonne. *Bayerisches Jahrbuch für Volkskunde* 1953: 43–46.
Rosenhouse 1984: J. Rosenhouse, *The Bedouin Dialects. General Problems and Close Analysis of North Israel Bedouin Dialect*. Wiesbaden.
Rosenow 1924: K. Rosenow, *Zanower Schwänke*. Rügenwalde.
Rosenthal 1956: F. Rosenthal, *Humor in Early Islam*. Leiden.
Ross 1963: J. Ross, The Butler's Son. A Master Thief Story from Skye (AT 1525). *Scottish Studies* 7: 18–36.
Rossi 1987: M. L. Rossi, *L'aneddoto di tradizione orale nel comune di Subbiano. Novelle, rarzellette, bazzecole*. Firenze.
Rossi de S.ta Juliana/Kindl 1984: H. de Rossi de S.ta Juliana, *Märchen und Sagen aus dem Fassatale*. 1. Ed. U. Kindl. Vigo di Fassa.
Rost 1969: L. Rost, Bemerkungen zu Ahiqar. *Mitteilungen des Instituts für Orientforschung* 15: 308–311.
Roth 1977: K. Roth, *Ehebruchschwänke in Liedform. Eine Untersuchung zur deutsch- und englischsprachigen Schwankballade*. München.
Roth/Roth 1986: K. Roth, and J. Roth, Märchen zwischen mündlicher Tradition und Trivialliteratur. "Die Wette auf die Treue der Ehefrau" (882) als volkstümlicher Lesestoff in Bulgarien. W. Gesemann, K. Haralampieff, and H. Schaller, *Einundzwanzig Beiträge zum 2. Internationalen Bulgaristik-Kongreß in Sofia 1986*, 285–298. Neuried.
Röth 1998: D. Röth, *Kleines Typenverzeichnis der europäischen Zauber- und Novellenmärchen*. Baltmannsweiler.
Rotunda 1935: D. P. Rotunda, The Corvacho Version of the Husband Locked out Story. *Romanic Review* 26: 121–127.
Rotunda 1942: D. P. Rotunda, *Motif-Index of the Italian Novella in Prose*. Bloomington.
Roure-Torent 1948: J. Roure-Torent, *Contes d'Eivissa*. Ciutat de Mexico.
Rozenfel'd 1956: A. Rozenfel'd, *Persidskie skazki* [Persian Folktales]. Moskva.
Rozenfel'd 1958: A. Rozenfel'd, *Persidskie narodnye skazki* [Persian Folktales]. Taškent.
Rozenfel'd/Ryčkovoj 1990: A. Z. Rozenfel'd, and N. P. Ryčkovoj, *Skazki i legendy gornych tadžikov* [Folktales and Legends of the Tadzhik People in the Mountains]. Moskva.

RTP: *Revue des traditions populaires. Recueil mensuel de mythologie, litterature orale, ethnographie traditionelle et art populaire* 1 (1886)-34 (1919).

Ruben 1944: W. Ruben, *Ozean der Märchenströme.* 1: *Die 25 Erzählungen des Dämons.* (FF Communications 133.) Helsinki.

Ruben 1945: W. Ruben, "Ende gut, alles gut". Ein Märchen bei Indern, Türken, Boccaccio, Shakespeare. *Belleten* 25: 113–155.

Rubini 2003: L. Rubini, Fortunatus in Italy. A History between Translations, Chapbooks and Fairy Tales. *Fabula* 44: 25–54.

Rubow 1984: M. Rubow, Un Essai d'interpretation du conte-type AaTh 303. *Fabula* 25: 18–34.

Rud 1955: N. J. Rud, *På folkemunne. Et halvet tusen historier* 1. Oslo.

Ruelland 1973: S. Ruelland, *La Fille sans mains. Analyse de dix-neuf versions africaines du conte type 706*. Paris.

Ruf 1995: T. Ruf, *Die Schöne aus dem Glassarg. Schneewittchens märchenhaftes und wirkliches Leben*. Würzburg.

Rumi/Arberry 1961: M. D. Rumi, *Fīhi mā fīhi*. Ed. A. J. Arberry. London.

Rumpf 1958: M. Rumpf, Caterinella. Ein italienisches Warnmärchen. *Fabula* 1: 76–84.

Rumpf 1989: M. Rumpf, *Rotkäppchen*. Bern et al.

Rumpf 1990: M. Rumpf, Luxuria, Frau Welt und Domina Perchta. *Fabula* 31: 97–120.

Rumpf 1995: M. Rumpf, Bildliche Darstellungen vom Nobiskrug, von der Hölle und dem Fegefeuer. *Rheinisch-westfälische Zeitschrift für Volkskunde* 40: 107–138.

Runge/Neumann 1984: P. O. Runge, *Von den Fyscher un syne Fru/Von dem Mahandel Bohm.* Nachwort S. A. Neumann. Hamburg.

Ruppel/Häger 1952: H. Ruppel, and A. Häger, *Der Schelm im Volk*. Kassel.

Russell 1991: I. Russell, "My Dear, Dear Friends". The Parodic Sermon in Oral Tradition. G. Bennett (ed.), *Spoken in Jest*, 237–257. Sheffield.

Rutherford 1983: S. Rutherford, Funny in Deaf - Not in Hearing. *Journal of American Folklore* 96: 310–322.

Ruths 1897: R. Ruths, *Die französischen Fassungen des Roman de la belle Hélène*. Greifswald.

Ruxăndoiu 1963: P. Ruxăndoiu, Elemente înnoitoare în stadiul contemporan al evolutiei basmulni [Novel Elements in the Present Stage of Evolution of the Folktale]. *Revista de folclor* 8: 144–152.

Ryan 1999: W. F. Ryan, *The Bathhouse at Midnight. Magic in Russia*. Stroud.

Sabitov 1989: S. S. Sabitov, Sjužety marijskich volšebnych skazok [Plots of Mari Folktales]. *Osnovnye tendencii razvitija marijskogo fol'klora i iskusstva*, 20–45. Joškar-Ola.

Sacher 1979: R. Sacher, *Märchen der Khmer*. Leipzig.

Sachs/Goetze 1893f.: H. Sachs, *Sämtliche Fabeln und Schwänke* 1–2. Ed. E. Goetze. Halle 1893/94.

Sachs/Goetze/Drescher 1900ff.: H. Sachs, *Sämtliche Fabeln und Schwänke* 3–6. Ed. E. Goet-

ze, and K. Drescher. Halle 1900/04/04/13.
Sadolin 1941: L. Sadolin, *Eventyr og Sagn fra Valløby*. København.
Sa'dulla/Ševerdin et al. 1955: Š. Sa'dulla, M. Ševerdin, et al., *Uzbek hälk ertaklari* [Uzbek Folktales]. Taschkent.
Sahlgren/Djurklou 1943: J. Sahlgren, and G. Djurklou, *Svenska sagor och sägner* 5. Stockholm.
Sahlgren/Liljeblad 1937ff.: J. Sahlgren, and S. Liljeblad, *Svenska sagor och sägner* 1–4. Stockholm 1937/38/39/42.
Saidov/Dalgat 1965: M. S. Saidov, and U. Dalgat, *Avarski skazki* [Avar Folktales]. Moskva.
Saintyves 1912: P. Saintyves, L'Anneau de Polycrate. *Revue de l'histoire des religions* 66: 49–80.
Saintyves 1923: P. Saintyves, *Les Contes de Perrault et les recits paralleles*. Paris.
Sakaoğlu 1980: S. Sakaoğlu, *Anadolu-türk efsanelerinde tas kesilme motifi ve efsanelerin tip katalogu* [The Motif of Petrifaction in Anatolian-Turk Legends and a Type Index of these Legends]. Ankara.
Sakaoğlu 1983: S. Sakaoğlu, *Kibris türk masallan* [Turkish Folktales]. Ankara.
Šakryl 1975: K. S. Šakryl, *Abchazskie narodnye skazki* [Abkhaz Folktales]. Moskva.
Sakya/Griffith 1980: K. Sakya, and L. Griffith, *Tales of Kathmandu*. Brisbane.
Sales 1951: J. Sales, *Rondalles gironines i valencianes*. Barcelona.
Salin 1930: A. von Salin, *Theseus und Ariadne*. Berlin.
Salve 1996: K. Salve, Connections between the Baltic-Finnic, the Baltic and the East Slavonic Folk Tales (On the Grounds of Folk Tale Type AT 840). S. Skrodenis (ed.), *Professor A. R. Niemi and Comparative Folklore Investigations of the Balts and Baltic Finns*, 74–78. Vilnius.
Sandelholztruhe 1960: *Die Sandelholztruhe. Tadschikische Volksmärchen*. Berlin.
Sap-Akkerman 1977: N. Sap-Akkerman, *Opa's jonge joaren*. Buitenpost.
Sarmento 1998: F. M. Sarmento, *Antiqua, Tradições e Contos Populares*. Guimarães.
Sasaki/Morioka 1984: M. Sasaki, and H. Morioka, Migration of a Popular Tale: Frozen Words. *Tsuda Review* 37: 245–283.
Šašel/Ramovš 1936: J. Šašel, and F. Ramovš, *Narodno blago iz Roža. Arhiv za zgodovino in narodopisje* [Folk Heritage of Rosental] 2. Maribor.
Šašelj 1906f.: I. Šašelj, *Bisernice iz belokranjskega narodnega zaklada* [Pearls from the Folk Heritage of Bela Krajina] 1–2. Ljubljana 1906/09.
Satke 1958: A. Satke, *Hlucinsky pohádkár Josef Smolka* [The Narrator Josef Smolka from Hlucin]. Ostrava 1958.
Satke 1973: A. Satke, Současná žákovská anekdota ve Slezsku a na Ostravsku [Die derzeitigen Schüleranekdoten in Schlesien und im Gebiet von Ostrau]. *Český lid* 60 (2): 70–84.
Saucier 1962: C. L. Saucier, *Folk Tales from French Louisiana*. New York.

Säve/Gustavson 1952f.: P. A. Säve, and H. Gustavson, *Gotländska sagor* 1–2. Uppsala 1952/55.

Savignac 1978: P. H. Savignac, *Contes berbères de kabyle*. Québec.

SAVk.: *Schweizerisches Archiv für Volkskunde* 1 (1897) ff.

Scéalaithe i Scéil 1986: B. Scéalaithe i Scéil, Insintí Pheig Sauers agus Mhíchíl Uf Ghaoithín ar eachtra nua-aimsithe [A Study of the Way in Which Peig Sayers' and Her Son Mícheál Ó Gaoithín's Personalities are Reflected in the Telling of the Same Story] (AT 821B: Chickens from Boiled Eggs). S. Watson (ed.), *Féilscríhinn T. de Bhaldraithe*, 134–152. Dublin.

Scelles-Millie 1970: J. Scelles-Millie, *Contes arabes du Maghreb*. Paris.

Schambach/Müller 1855: G. Schambach, and W. Müller, *Niedersächsische Sagen und Märchen*. Göttingen.

Schamschula 1981: E. Schamschula, *A Pound of Flesh. A Study of Motif J1161.2 in Folklore and Literature*. Berkeley.

Schechter 1988: H. Schechter, *The Bosom Serpent*. Iowa City.

Scheiber 1985: A. Scheiber, *Essays on Jewish Folklore and Comparative Literature*. Budapest.

Schell 1897: O. Schell, *Bergische Sagen*. Elberfeld.

Schell 1907: O. Schell, *Bergischer Volkshumor*. Leipzig.

Schell 1911: O. Schell, Einige Bemerkungen zu den Sagen von Geisterkirchen und Geistermessen. *Zeitschrift des Vereins für rheinische und westfälische Volkskunde* 8: 113–119.

Schell 1932: O. Schell, Zwei bergische Schnurren und ihre orientalischen Parallelen. *Zeitschrift für rheinisch-westfälische Volkskunde* 29: 50–53.

Schelstraete 1990: I. Schelstraete, G. A. Bürgers Ballade "Lenore". Volks- oder Kunstdichtung? I. Schelstraete, and H. Lox (eds.), *Stimmen aus dem Volk? Volks- und Kunstdichtung bei J. K. A. Musäus und G. A. Bürger*, 9–46. Gent.

Schemke 1924: M. Schemke, *Wat Ohmke vertällt. Märkes und Powjooskes ut de Danzger Gegend*. Danzig.

Schenda 1961: R. Schenda, *Die französische Prodigienliteratur in der 2. Hälfte des 16. Jahrhunderts*. München.

Schenda 1966: R. Schenda, Dominicus Wenz. Ein Öhniger Erzähler des 18. Jahrhunderts. H. Berner (ed.), *Dorf und Stift Öhningen*, 232–240. Singen & Hohentwiel.

Schenda 1970: R. Schenda, *Volk ohne Buch*. Frankfurt (München [3]1988).

Schenda 1996: R. Schenda, *Märchen aus der Toskana*. (Die Märchen der Weltliteratur.) München.

Schenda/Tomkowiak 1993: R. Schenda, and I. Tomkowiak, *Istorie bellissime. Italienische Volksdrucke des 19. Jahrhunderts*. Wiesbaden.

Scherb 1930: H. Scherb, *Das Motiv vom starken Knaben in den Märchen der Weltliteratur, seine religionsgeschichtliche Bedeutung und Entwicklung*. Stuttgart.

Scherf 1982: W. Scherf, *Bedeutung und Funktion des Märchens*. München.

Scherf 1987: W. Scherf, *Die Herausforderung des Dämons*. München et al.

Scherf 1991: W. Scherf, Vom siebenhäutigen Königssohn Lindwurm. A. Esterl, and W. Solms (eds.), *Tiere und Tiergestaltige im Märchen*, 123–127. Regensburg.

Scherf 1995: W. Scherf, *Das Märchenlexikon* 1–2. München. (CD-ROM Berlin 2003.)

Scheu/Kurschat 1913: H. Scheu, and A. Kurschat, *Pasakos apie paukščius/žemaitische Tierfabeln*. Heidelberg.

Schewe 1934: H. Schewe, Die "Wette", eine aufgefundene alte Ballade. H. Schewe (ed.), *Volkskundliche Gaben. Festschrift J. Meier*, 175–186. Berlin & Leipzig.

Schewerdin 1959: [M. J. Ševerdin], *Die Märchenkarawane. Aus dem usbekischen Märchenschatz*. Berlin.

Schick 1932: J. Schick, *Das Glückskind mit dem Todesbrief. Europäische Sagen des Mittelalters und ihr Verhältnis zum Orient*. Leipzig.

Schick 1934f.: J. Schick, *Die Scharfsinnsproben* 1–2. Leipzig 1934/38.

Schier 1974: K. Schier, *Schwedische Volksmärchen*. (Die Märchen der Weltliteratur.) Düsseldorf & Köln.

Schier 1983: K. Schier, *Märchen aus Island*. (Die Märchen der Weltliteratur.) Köln.

Schiewer 2003: H.-J. Schiewer, Heinrich und das Schneekind. Hofliteratur und Klerikerkultur im literarischen Frühmittelalter. N. R. Miedema (ed.), *Literatur - Geschichte - Literaturgeschichte. Festschrift V. Honemann*, 73–88. Frankfurt et al.

Schild 1975: U. Schild, *Westafrikanische Märchen*. (Die Märchen der Weltliteratur.) Düsseldorf & Köln.

Schiller 1907: A. Schiller, *Schlesische Volksmärchen*. Breslau.

Schimmel 1980: A. Schimmel, *Märchen aus Pakistan*. (Die Märchen der Weltliteratur.) Düsseldorf & Köln.

Schindler 1961: R. Schindler, Die Siebenschläfer. Ihre Legende, ihr Kult, ihr Brauchtum. *Ostbairische Grenzmarken* 5: 195–199.

Schippers 1995: J. A. Schippers, *Middelnederlandse fabels*. Nijmegen.

Schirmer 1886: G. Schirmer, *Die Kreuzeslegenden in leabhar Breac*. St. Gallen.

Schirmer 1969: K.-H. Schirmer, *Stil- und Motivuntersuchungen zur mittelhochdeutschen Versnovelle*. Tübingen.

Schirmeyer 1920: L. Schirmeyer, *Osnabrücker Sagenbuch*. Osnabrück.

Schischmanoff 1896: L. Schischmanoff, *Légendes religieuses bulgares*. Paris.

Schleberger 1985: E. Schleberger, *Märchen aus Sri Lanka (Ceylon)*. (Die Märchen der Weltliteratur.) Köln.

Schleicher 1857: A. Schleicher, *Litauische Märchen, Sprichworte, Rätsel und Lieder*. Weimar.

Schlosser 1912: A. Schlosser, *Die Sage vom Galgenmännlein im Volksglauben und in der Literatur*. Münster.

Schlosser 1956: P. Schlosser, *Bachern-Sagen. Volksüberlieferungen aus der alten Untersteiermark*. Wien.

Schlund 1993: H. H. Schlund, *Schulerinnerungen aus Ostpreußen*. Husum.

Schmeïng 1911: K. Schmeïng, *Flucht- und Werbungssagen in der Legende*. Münster.

Schmid 1955: W. Schmid, Die Netze des Seelenfängers. Zur Jagdmetaphorik im philosophischen Protreptikos des Demetrius Lacon. *La Parola des Passato* 10: 440–447.

Schmidt 1877: B. Schmidt, *Griechische Märchen, Sagen und Volkslieder*. Leipzig.

Schmidt 1899: R. Schmidt [Transl.], *Die Śukasaptati. Textus ornatior*. Stuttgart.

Schmidt 1912: E. Schmidt, Das Schlaraffenland. E. Schmidt, *Charakteristiken* 2, 53–73. Berlin.

Schmidt 1944: E. Schmidt, *Das Schlaraffenland in German Literature and Folksong*. Chicago.

Schmidt 1946: L. Schmidt, *Wiener Schwänke und Witze der Biedermeierzeit*. Wien.

Schmidt 1963: L. Schmidt, *Die Volkserzählung. Märchen, Sage, Legende, Schwank*. Berlin.

Schmidt 1966: L. Schmidt, *Volksglaube und Volksbrauch. Gestalten, Gebilde, Gebärden*. Berlin.

Schmidt 1977: S. Schmidt, Europäische Märchen am Kap der Guten Hoffnung. *Fabula* 18: 40–74.

Schmidt 1980: S. Schmidt, *Märchen aus Namibia. Volkserzählungen der Nama und Dama*. (Die Märchen der Weltliteratur.) Düsseldorf & Köln.

Schmidt 1989: S. Schmidt, *Katalog der Khoisan-Volkserzählungen des südlichen Afrikas/ Catalog of the Khoisan Folktales of Southern Africa* 1–2. Hamburg.

Schmidt 1991: S. Schmidt, *Aschenputtel und Eulenspiegel in Afrika. Entlehntes Erzählgut der Nama und Damara in Namibia*. Köln.

Schmidt 1996: S. Schmidt, *Tiergeschichten in Afrika. Erzählungen der Damara und Nama*. Köln.

Schmidt 1999: S. Schmidt, *Hänsel und Gretel in Afrika. Märchentexte aus Namibia im internationalen Vergleich*. Köln.

Schmidt/Kahle 1918f.: H. Schmidt, and P. Kahle, *Volkserzählungen aus Palästina* 1–2. Göttingen 1918/30.

Schmitt 1959: M. Schmitt, *Der Große Seelentrost. Ein niederdeutsches Erbauungsbuch des 14. Jahrhunderts*. Köln & Graz.

Schmitt 1973: A. Schmitt, *Die deutschen Volksbücher*. Diss. (masch.) Berlin.

Schmitt 1979: J.-C. Schmitt, *Le saint Lévrier. Guinefort, guérisseur d'enfants depuis le XIIIe siècle*. Paris.

Schmitt 1981: J.-C. Schmitt, Les Traditions folkloriques dans la culture médiévale. Quelques réflexions de méthode. *Archives de sciences sociales des religions* 52: 5–20.

Schmitt 1993: C. Schmitt, *Adaptionen klassischer Märchen im Kinder- und Familienfernsehen*. Frankfurt a. M.

Schmitt von Mühlenfels 1972: F. Schmitt von Mühlenfels, *Pyramus und Thisbe. Rezeption eines Ovidischen Stoffes in Literatur, Kunst und Musik*. Heidelberg.

Schmitz 1972: N. Schmitz, *La Mensongère. T 710 dans la tradition orale du Canada français et de l'Irlande*. Quebec.

Schmitz 1975: B. Schmitz, *Wat is de Ape doch 'n spassig Mensk. Plattdeutsche Schnurren*. Emsdetten.

Schneider 1858: L. Schneider, Die historische Windmühle bei Sanssouci. *Märkische Forschungen* 6: 165–193.

Schneider 1970: J. Schneider, Zum Wandel des Androklus-Motivs in der mittellateinischen Fabel- und Erzählliteratur. H. Gericke (ed.), *Orbis mediaevalis. Festschrift A. Blaschka*, 241–252. Weimar.

Schneider 1971: J. Schneider, Die Geschichte vom gewendeten Fisch. J. Autenrieth (ed.), *Festschrift B. Bischoff*, 218–225. Stuttgart.

Schneider 1991: I. Schneider, Tot und doch nicht tot. Zur Überwindung des Todes im Märchen. U. Heindrichs, H.-A. Heindrichs, and U. Kammerhofer (eds.), *Tod und Wandel im Märchen*, 151–166. Salzburg.

Schneider 1999a: I. Schneider, Traditionelle Erzählstoffe und Erzählmotive in Contemporary Legends. C. Schmitt (ed.), *Homo narrans. Studien zur populären Erzählkultur. Festschrift S. Neumann*, 165–179. Münster et al.

Schneider 1999b: I. Schneider, Giftmord oder Unglücksfall. Zur Motivgeschichte von Erzählungen über vergiftete Kleider. *Europäische Ethnologie und Folklore im internationalen Kontext. Festschrift L. Petzoldt*, 273–290. Frankfurt et al.

Schneidewind 1960: G. Schneidewind, *Herr und Knecht*. Berlin.

Schneidewind 1977: G. Schneidewind, *Historische Volkssagen aus dem 13. bis 14. Jahrhundert*. Berlin.

Schnell 1989: R. Schnell, *Die verkehrte Welt. Literarische Ironie im 19. Jahrhundert*. Stuttgart.

Schneller 1867: C. Schneller, *Märchen und Sagen aus Wälschtirol. Ein Beitrag zur deutschen Sagenkunde*. Innsbruck.

Schnürer / Ritz 1934: G. Schnürer, and J. M. Ritz, *St. Kümmernis und Volto Santo*. Düsseldorf.

Schofield 1893: W. H. Schofield, The Source and History of the Seventh Novel of the Seventh Day in the Decameron. *Harvard Studies and Notes in Philology and Literature* 2: 185–212.

Schöll 1890: F. Schöll, *Vom Vogel Phönix*. Heidelberg.

Schönwerth 1857ff.: F. Schönwerth, *Aus der Oberpfalz. Sitten und Sagen* 1–3. Augsburg 1857/58/59.

Schoof 1953: W. Schoof (ed.), *Briefe der Brüder Grimm an Savigny*. Berlin & Bielefeld.

Schott 1993f.: R. Schott, *Bulsa Sunsuelima. Folktales of the Bulsa in Northern Ghana* 1,1–1,2–3. Münster 1993/96.

Schott 2001: R. Schott, Groteske Komik in Erzählungen der Bulsa (Nordghana). D. Ibriszimov (ed.), *Von Ägypten zum Tschadsee - Eine linguistische Reise durch Afrika. Festschrift H. Jungraithmayr*, 421–434. Würzburg.

Schott 2003: R. Schott, Death and the Dead in Folktales of the Bulsa in Northern Ghana. F. Kröger, and B. Meier (eds.), *Ghana's North. Research on Culture, Religion, and Politics of Societies in Transition*, 293–312. Frankfurt am Main et al.

Schott/Schott 1971: A. Schott, and A. Schott, *Rumänische Volkserzählungen aus dem Banat. Märchen, Schwänke, Sagen. Neuausgabe besorgt von R. W. Brednich und I. Taloş*. Bukarest.

Schreiner 1964: P. Schreiner, *Ödipusstoff und Ödipusmotive in der deutschen Literatur*. Wien.

Schröder 1925f.: B. Schröder, Der heilige Christophorus. *Zeitschrift für Volkskunde* 35–36 (1925/26): 85–98.

Schröder 1971: W. Schröder, Von dem Rosen Dorn ein gut red. U. Hennig (ed.), *Mediaevalia litteraria. Festschrift H. de Boor*, 541–564. München.

Schroubek 1988: G. R. Schroubek, St. Kümmernis und ihre Legende. *Amperland* 24: 105–109, 125–130.

Schubert 1999: G. Schubert, Die biblische Schöpfungsgeschichte in einer bulgarischen Volkserzählung. I. Schneider (ed.), *Europäische Ethnologie und Folklore im internationalen Kontext. Festschrift L. Petzoldt*, 675–683. Frankfurt am Main et al.

Schulenburg 1880: W. von Schulenburg, *Wendische Volkssagen und Gebräuche aus dem Spreewald*. Leipzig.

Schulenburg 1882: W. von Schulenburg, *Wendisches Volksthum in Sage und Sitte*. Berlin.

Schullerus 1928: A. Schullerus, *Verzeichnis der rumänischen Märchen und Märchenvarianten*. (FF Communications 78.) Helsinki.

Schullerus/Brednich et al. 1977: P. Schullerus, *Rumänische Volksmärchen aus dem mittleren Harbachtal. Neuausgabe besorgt von R. W. Brednich/I. Taloş*. Bukarest.

Schulte-Kemminghausen/Hüllen 1963: K. Schulte-Kemminghausen, and G. Hüllen (eds.), *Märchen der europäischen Völker* 4. *Von Prinzen, Trollen und Herrn Fro*. Münster.

Schumann/Bolte 1893: V. Schumann, *Nachtbüchlein (1559)*. Ed. J. Bolte. Tübingen.

Schütte 1923: G. Schütte, *Dänisches Heidentum*. Heidelberg.

Schütz 1960: J. Schütz, *Volksmärchen aus Jugoslawien*. (Die Märchen der Weltliteratur.) Düsseldorf & Köln.

Schütze 1973: G. Schütze, *Gesellschaftskritische Tendenzen in deutschen Tierfabeln des 13. bis 15. Jahrhunderts*. Frankfurt a. M. & Bern.

Schwalm 1938: J. H. Schwalm, *Ous Ellervotersch Eppelkist*. Marburg [2]1938.

Schwarz 1916: W. Schwarz, Die Rache der geprellten Liebhaber. *Zeitschrift für Volkskunde* 26: 136–148.

Schwarz 1973: P. Schwarz, *Die neue Eva. Der Sündenfall in Volksglaube und Volkserzählung*. Göppingen.

Schwarzbaum 1960: H. Schwarzbaum, The Jewish and Moslem Versions of Some Theodicy Legends (AaTh 759). *Fabula* 3: 119–169.

Schwarzbaum 1964: H. Schwarzbaum, Review to Antti Aarne and Stith Thompson, The Types of the Folktale [...] 1961. *Fabula* 6: 182–194.

Schwarzbaum 1968: H. Schwarzbaum, *Studies in Jewish and World Folklore*. Berlin.

Schwarzbaum 1969: H. Schwarzbaum, The Vision of Eternal Peace in the Animal Kingdom (Aa-Th 62). *Fabula* 10: 107–131.

Schwarzbaum 1974: H. Schwarzbaum, The Hero Predestined to Die on his Wedding Day (AT 934B). *Studies in Marriage Customs* 4: 223–252.

Schwarzbaum 1979: H. Schwarzbaum, *The Mishle Shu'alim (Fox Fables) of Rabbi Berechiah ha-Nakdan*. Kiron (near Tel-Aviv).

Schwarzbaum 1980: H. Schwarzbaum, Notes on N. B. Gamlieli's The Chambers of Yemen, Hadré Teman, 131 Jewish-Yemenite Folktales and Legends. *Fabula* 21: 272–285.

Schwarzbaum 1981: H. Schwarzbaum, Female Fickleness in Jewish Folklore (Aa-Th Narrative Types 1350, 1352* and 1510). I. Ben-Ami (ed.), *The Sepharadi and Oriental Jewish Heritage. The First International Congress on the Sephardi and Oriental Jewry*, 589–612. Jerusalem.

Schwarzbaum 1982: H. Schwarzbaum, *Biblical and Extra-biblical Legends in Islamic Folk-Literature*. Walldorf.

Schwarzbaum 1983: H. Schwarzbaum, International Folklore Motifs in Joseph Ibn Zabara's "Sepher Sha'shu'im". I. Ben-Ami, and J. Dan (eds.), *Studies in Aggadah and Jewish Folklore*, 55–81. Jerusalem.

Schwarzbaum 1989a: H. Schwarzbaum, International Folklore Motifs in Petrus Alphonsi's "Disciplina Clericalis" [1961–63]. H. Schwarzbaum, *Jewish Folklore between East and West*, 239–358. Ed. E. Yassif. Beer-Sheva.

Schwarzbaum 1989b: H. Schwarzbaum, The Zoologically Tinged Stages of Man's Existence [1972]. H. Schwarzbaum, *Jewish Folklore between East and West*, 215–238. Ed. E. Yassif. Beer-Sheva.

Schweickert 1924: H. Schweickert, *Der Märchentypus vom Marienkind*. Heidelberg.

Schweizer-Vüllers 1997: R. Schweizer-Vüllers, *Die Heilige am Kreuz. Studien zum weiblichen Gottesbild im späten Mittelalter und in der Barockzeit*. Frankfurt am Main et al.

Schwickert 1931: P. T. Schwickert, Die Christophoruslegende und die Überfahrtssagen. *Zeitschrift für Volkskunde* 41: 14–26.

Schwind 1958: A. Schwind, *Bayern und Rheinländer im Spiegel des Pressehumors von München und Köln*. München & Basel.

Scobie 1977: A. Scobie, Some Folktales in Graeco-Roman and Far Eastern Sources. *Philologus* 121: 1–23.

Scott 1985: W. N. Scott, *The Long and the Short and the Tall. A Collection of Australian Yarns*. Sydney.

Scribner 1978: B. Scribner, Reformation, Carnival and the World Turned Upside-down. *Social History* 3: 303–329.

Seal 1995: G. Seal, *Great Australian Urban Myths. Granny on the Rooftop and Other Tales of Modern Horror*. Sydney & London.

Seal 2001: G. Seal, *The Cane Toad High*. Sydney & London.

Sebeok 1952: T. A Sebeok (ed.), *Studies in Cheremis Folklore*. Bloomington.

Sébillot 1880ff.: P. Sébillot, *Contes populaires de la Haute-Bretagne* 1–3. Paris 1880/81/82.

Sébillot 1881: P. Sébillot, *Littérature orale de la Haute-Bretagne*. Paris.

Sébillot 1882: P. Sébillot, *Traditions et superstitions de la Haute-Bretagne* 1–2. Paris.

Sébillot 1904ff.: P. Sébillot, *Le Folk-Lore de France* 1–4. Paris 1904/05/06/07.

Sébillot 1910: P. Sébillot, *Les joyeuses Histoires de Bretagne*. Paris.

Sébillot 1968: P. Sébillot, *Littérature orale de l'Auvergne*. Paris.

Seefried-Gulgowski 1911: E. Seefried-Gulgowski, *Von einem unbekannten Volke in Deutschland*. Berlin.

Seeliger 1972: H. Seeliger, St. Jacob und die Hühnerlegende in der Kirche St. Jakob in der Mahr. *Der Schlern* 26: 287–290.

Seemann 1923: E. Seemann, *Hugo von Trimberg und die Fabeln seines Renners. Eine Untersuchung zur Geschichte der Tierfabel im Mittelalter*. München.

Segerstedt 1884: A. Segerstedt, *Svenska Folksagor och Äfventyr*. Stockholm.

Sehmsdorf 1989: H. K. Sehmsdorf, AT 711 "The Beautiful and the Ugly Twin". The Tale and Its Sociocultural Context. *Scandinavian Studies* 61: 339–352.

Seidov 1977: N. Seidov, N.: *Azerbajdžanskie skazki* [Azerbaijan Folktales]. Baku.

Seifert 1952: E. Seifert, *Untersuchungen zu Grimms Märchen "Das Marienkind"*. Diss. (masch.) München.

Seignolle 1946: C. Seignolle, *Contes populaires de Guyenne* 2. Paris.

Seignolle 1959: C. Seignolle, *Le Diable dans la tradition populaire*. Paris.

Seiler-Dietrich 1980: A. Seiler-Dietrich, *Märchen der Bantu*. (Die Märchen der Weltliteratur.) Düsseldorf & Köln.

Šejn 1893: P. V. Šejn, *Materialy dlja izučenija byta i jazyka russkago naselenija severo-zapadnago kraja* [Materials of the Investigation of Life and Language of the Russian Inhabitants in the North Western Area] 2. St. Petersburg.

Seki 1963: K. Seki, *Folktales of Japan*. Chicago.

Seki 1966: K. Seki, Types of Japanese Folktales. *Asian Folklore Studies* 25: 1–220.

Selk 1949: P. Selk, *Volksschwänke und Anekdoten aus Angeln*. Hamburg.

Selk 1961: P. Selk, *Sagen aus Schleswig-Holstein*. Hamburg.

Selk 1982: P. Selk, *Lügengeschichten aus Schleswig-Holstein*. Husum.

Senft 1992: G. Senft, What Happened to "The Fearless Tailor" in Kilivila. A European Fairy Tale - from the South Seas. *Anthropos* 87: 407–421.

Senti 1988: A. Senti, *Anekdoten, Schwänke und Witze aus dem Sarganserland*. Mels.

Serauky 1988: C. Serauky, *Der Streit mit Kalunga. Märchen aus Angola*. Leipzig & Weimar.

Sergeev 1957: M. A. Sergeev, *Severnye skazki o životnych* [Northern Folktales about Animals]. Magadan.

Setälä/Kyrölä 1953: E. N. Setälä, *Näytteitä liivin kielestä* [An Example of the Livian Language]. Ed. V. Kyrölä. Helsinki.

Ševerdin 1960: M. Ševerdin, *Dikovinnyj Amu. Karakalpakskie narodnye skazki* [Strange Amu. Kara-Kalpak Folktales]. Nukus.

Shagrir 1997: I. Shagrir, The Parable of the Three Rings. A Revision of Its History. *Journal of Medieval History* 23: 163–177.

Senones, M.: Fables maures. *Notes africaines* 83 (1959) 85–89.

Shannon 1985: G. Shannon, *Stories to Solve. Folktales from Around the World*. New York.

Sharp 1958: C. J. Sharp, *The Idiom of the People*. London.

Shaw 1955: M. F. Shaw, *Folksongs and Folklore of South Uist*. London.

Shaw 1983: J. G. Shaw, *Surprise Island. True Stories from the Western Isles*. Edinburgh.

Sheikh-Dilthey 1976: H. Sheikh-Dilthey, *Märchen aus dem Pandschab*. (Die Märchen der Weltliteratur.) Düsseldorf & Köln.

Shenhar 1983: A. Shenhar, The Jewish Oicotype of the Predestined Marriage Folktale: AaTh 930E* (IFA). *Fabula* 24: 43–55.

Shojaei Kawan 2000: C. Shojaei Kawan, Einige Gedanken zur internationalen Märchenforschung, anhand von drei Orangen. *Volkskunde in Niedersachsen* 17: 41–54.

Shojaei Kawan 2002a: C. Shojaei Kawan, The Princess on the Pea. Tradition and Interpretation. M. Kõiva (ed.), *A Century of Folklore/Sada aastap folkloori uurimist*, 55–71. Tartu.

Shojaei Kawan 2002b: C. Shojaei Kawan, La Morphologie de Propp à l'épreuve du conte des Trois Oranges. A. Petitat, *Contes. L'universel et le singulier*, 69–89. Lausanne.

Shojaei Kawan 2003: C. Shojaei Kawan, Der erzählte Schatten. Die Nachricht, die Märchen und der Film. M. Götz, B. Haldner, and M. (eds.), *Schatten, Schatten. Der Schatten - das älteste Medium der Welt*, 57–67. Ausstellungskatalog Basel.

Shojaei Kawan 2004: C. Shojaei Kawan, Li sette palommielle, Lo cuorvo, Le tre cetra. Drei Märchen von Basile und ihr Verhältnis zur mündlichen Überlieferung. M. Picone, and A. Messerli (eds.), *Gian Battista Basile e l'invenzione della fiaba*, 223–246. Ravenna.

Shukry 1965: Z. Shukry, The Wolf and the Fox in the Well. *Laográphia* 22: 491–497.

Sidel'nikov 1952: V. M. Sidel'nikov, *Kazachskie narodnye skazki* [Kazakh Folktales]. Moskva.

Sidel'nikov 1958ff.: V. M. Sidel'nikov, *Kazachskie skazki* [Kazakh Folktales] 1–3. Alma-Ata 1958/62/64.

Sieber 1931: F. Sieber, Dietrich von Bern als Führer der wilden Jagd. *Mitteilungen der schlesischen Gesellschaft für Volkskunde* 31–32: 85–124.

Siebert 1902: F. Siebert, *Das Tanzwunder zu Kölbigk und der Bernburger Heil'ge Christ. Festschrift, dem Verein für Geschichte und Altertumskunde zu Bernburg gewidmet*. Leipzig.

Sike 1993: Y. de Sike, Et la Femme créa l'homme. *Cahiers de littérature orale* 34: 129–155.

Simmons 1986: W. S. Simmons, *Spirit of the New England Tribes. Indian History and Folklore 1620–1984*. Hanover & London.

Simonides 1979: D. Simonides, *Skarb w garncu. Humor ludowy słowian zachodnich* [The Treasure in the Pot. The Humor of the West Slaves]. Opole.

Simonides 1987: D. Simonides, Moderne Sagenbildung im polnischen Großstadtmilieu. *Fabula* 28: 269–278.

Simonides/Simonides 1994: D. Simonides, and J. Simonides, *Märchen aus der Tatra*. (Die

Märchen der Weltliteratur.) München.

Simonsuuri 1955: L. Simonsuuri, Kuuma huone [The Hot Room] (AaTh 956). *Eripainos Virittäjästä* 1–2: 75–86.

Simonsuuri/Rausmaa 1968: L. Simonsuuri, and P.-L. Rausmaa, *Finnische Volkserzählungen*. Berlin.

Simpson 1972: J. Simpson, *Icelandic Folktales and Legends*. Berkeley & Los Angeles.

Simrock 1870: K. Simrock, *Die Quellen des Shakspeare in Novellen, Märchen und Sagen* 1–2. Bonn.

Singer 1903f.: S. Singer, *Schweizer Märchen. Anfang eines Kommentars zu der veröffentlichten Schweizer Märchenliteratur* 1–2. Bern 1903/06.

Sinkó/Dömötör 1990: R. Sinkó, and Á. Dömötör, *Loló. Cigány mesék és mondák Békés megyéből* [Loló. Gypsy Folktales and Legends from Békés]. Budapest.

Sinninghe 1934: J. R. W. Sinninghe, *Brabantsche volkshumor*. Scheveningen.

Sinninghe 1943: J. R. W. Sinninghe, *Katalog der niederländischen Märchen-, Ursprungssagen-Sagen- und Legendenvarianten*. (FF Communications 132.) Helsinki.

Sinninghe 1977: J. R. W. Sinninghe, *Katalog der Sagen im niederländischen Sprachraum*. 1: *Erddämonen*. Breda.

Sinninghe/Sinninghe 1933: J. R. W. Sinninghe, and M. Sinninghe, *Zeeuwsch sagenboek*. Zutphen.

Sirovátka 1980: O. Sirovátka, *Tschechische Volksmärchen*. (Die Märchen der Weltliteratur.) Düsseldorf & Köln [2]1980.

Siuts 2000: H. Siuts, Predigt- und Litaneiparodien im deutsch-niederländisch-flämischen Grenzraum. G. Hirschfelder (ed.), *Kulturen - Sprachen - Übergänge. Festschrift H. L. Cox*, 315–324. Köln et al.

Skattegraveren: *Skattegraveren* 1 (1884)-12 (1889).

Sklarek 1901: E. Sklarek, *Ungarische Volksmärchen*. Leipzig.

SKS: Suomalaisen Kirjallisuuden Seura [Finnish Literature Society], Helsinki.

Slaughter 1902: J. W. Slaughter, The Moon in Childhood and Folk-Lore. *American Journal of Psychology* 13: 294–318.

Šlekonytė 2003: J. Šlekonytė, *Lithuanian Tales of Lying. The Purpose of Genre, Pecularities of Content and Poetics*. Kaunas.

Sliggers 1980: B. Sliggers, *Volksverhalen uit Noord- en Zuid-Holland*. Utrecht & Antwerpen.

Slizinski 1964: I. Slizinski, *Sorbische Volkserzählungen*. Berlin.

Slone 2001: T. H. Slone, *One Thousand One Papua New Guinean Nights. Folktales from Wantok Newspaper* 1–2. Oakland.

Slovenski gospodar: *Slovenski gospodar* 1ff. (1867–1941).

Šmahelová 1987: H. Šmahelová, Smrt kmotřička a ošizena smrt [Godfather Death and the Betrayed Death]. *Česká literatura* 35: 193–209.

Smičiklas 1910ff.: T. Smičiklas, Narodne pripovijetke iz osječke okolina u Slavoniji [Folktales from the Area of Osijek in Slavonia]. *Zbronik narodni život i običaje Južnih Slavena* 15 (1910): 279–305; 16 (1911) 129–148, 293–304; 17 (1912) 151–170, 343–356; 18 (1913) 139–160.

Smirnov 1972: Ju. I. Smirnov, [The Legend of Rachta from Ragnosero. AA *967 with New Material]. *Russkij fol'klor* 13: 40–57.

Smith 1927: H. P. Smith, The Upstart Crow. *Modern Philology* 25: 83–86.

Smith 1971: R. E. Smith, *A Story of the Correspondences between the "Roman de Renard", Jamaican Anansi Stories, and West African Animal Tales Collected in Cultural Area V*. Diss. Ohio State University, Columbus.

Smith 1983: P. Smith, *The Book of Nasty Legends*. London et al.

Smith 1986: P. Smith, *Reproduction is Fun*. London.

Smith/Dale 1920: E. W. Smith, and A. Dale, *The Ila-speaking People of Northern Rhodesia*. London.

Šmits 1962ff.: P. Šmits, *Latviešu tautas teikas un pasakas* [Legends and Folktales of the Latvian People] 1–15. Ed. H. Biezais. Waverly, Iowa ²1962–70.

Šmits 1967: P. Šmits, *Latvian Folk Legends and Fairy Tales*. Waverly, Iowa.

Smolej 1976f.: V. Smolej, Nesrečna nočna pot zaradi stave. Slovenske variante k AT 1676 B [Tragic Nighttime Adventure as a Result of a Bet. Slovenian Variants of AT 1676 B]. *Traditiones* 5/6 (1976/77): 329–333.

Sobel 1958: E. Sobel, *Alte Newe Zeitung. A Sixteenth-Century Collection of Fables*. Berkeley & Los Angeles.

Soboleva 1984: N. V. Soboleva, *Tipologija i lokal'naja specifika russkich satiričeskich skazok Sibiri* [Typology and Local Traits of Russian Satirical Folktales in Siberia]. Novosibirsk.

Soča: *Soča* 1ff. (1871–1915).

Socin 1882: A. Socin, *Die neu-aramäischen Dialekte von Urmia bis Mosul*. Tübingen.

Socin/Stumme 1894f.: A. Socin, and H. Stumme, *Der arabische Dialekt der Houwāra des Wād Sūs in Marokko*. Leipzig 1894/95.

Söderhjelm 1912: W. Söderhjelm, Oculus-Linteus. Zwei Geschichten von der Weiberlist. *Neuphilologische Mitteilungen* 14: 57–67.

Sofer 1965: Z. Sofer, *Das Urteil des Schemjaka*. Diss. (masch.) Göttingen.

Solomon 1979: J. L. Solomon, Die Parabel vom verlorenen Sohn. R. Grimm, and J. Hermand (eds.), *Arbeit als Thema in der deutschen Literatur vom Mittelalter bis zur Gegenwart*, 29–50. Königstein.

Solymossy 1930: S. Solymossy, Az "Égbenyúló faről" szóló mese motívumunk [Our Folktale Motif, "The Tree that Grows Up to the Sky"]. *Ethnographia* 41: 61f.

Sonnenrose 1970: *Die Sonnenrose. Ukrainische Märchen*. Berlin.

Sooder 1929: M. Sooder, *Sagen aus Rohrbach*. Huttwil.

Sooder 1942: M. Sooder, Der Hahnenbalken. *Schweizer Volkskunde* 32: 34f.

Sooder 1943: M. Sooder, *Zelleni us em Haslital. Märchen, Sagen und Schwänke der Hasler*. Basel.

Soons 1976: A. C. Soons, *Haz y envés del cuento risible en el Siglo de Oro. Estudio y antología.* London.

Soriano 1968: M. Soriano, *Les Contes de Perrault. Culture savante et tradition populaire.* Paris.

Soriano 1970: M. Soriano, Histoire littéraire et folklore. La source oubliée des deux fables de La Fontaine. *Revue d'Histoire Littéraire de la France* 70: 836–860.

Sorlin 1989: E. Sorlin, Le Thème de la tristesse dans les contes AaTh 514 et 550. *Fabula* 30: 279–294.

Sorlin 1993: E. Sorlin, La verte Jeunesse et la vieillesse mélancholique dans les contes AaTh 550 et 551. *Acta Ethnographica* 38: 227–269.

Sorokine 1965: D. Sorokine, *Contes et légendes du Caucase.* Paris.

Soromenho/Soromenho 1984f.: A. da S. Soromenho, and P. C. Soromenho, *Contos Populares Portugueses (Inéditos)* 1–2. Lisboa 1984/86.

Soupault 1959: R. Soupault, *Bretonische Märchen.* (Die Märchen der Weltliteratur.) Düsseldorf & Köln.

Soupault 1963: R. Soupault, *Französische Märchen.* (Die Märchen der Weltliteratur.) Düsseldorf & Köln.

Spanuth 1985: H. Spanuth, *Der Rattenfänger von Hameln.* Hameln.

Spargo 1930: J. W. Spargo, *Chaucer's Shipman's Tale The Lover's Gift Regained.* (FF Communications 91.) Helsinki.

Speck 1915: F. G. Speck, Penobscot Tales. *Journal of American Folklore* 28: 52–58.

Speckenbach 1978: K. Speckenbach, Die Fabel von der Fabel. Zur Überlieferungsgeschichte der Fabel von Hahn und Perle. *Frühmittelalterliche Studien* 12: 178–229.

Speyer 1982: W. Speyer, Die Vision der wunderbaren Höhle. *Jahrbuch für Antike und Christentum* 9: 188–197.

Spiegel 1914: K. Spiegel, *Märchen aus Bayern.* Programm Würzburg.

Spies 1951: O. Spies, Das Grimm'sche Märchen 'Bruder Lustig' in arabischer Überlieferung. *Rheinisches Jahrbuch für Volkskunde* 2: 48–60.

Spies 1952: O. Spies, *Orientalische Stoffe in den KHM der Brüder Grimm.* Walldorf.

Spies 1961: O. Spies, Die orientalische Herkunft des Stoffes "Knoist un sine dre Sühne". *Rheinisches Jahrbuch für Volkskunde* 12: 47–52.

Spies 1967: O. Spies, *Türkische Märchen.* (Die Märchen der Weltliteratur.) Düsseldorf & Köln.

Spies 1973a: O. Spies, Kurdische Märchen im Rahmen der orientalisch vergleichenden Märchenkunde. *Fabula* 14: 205–217.

Spies 1973b: O. Spies, Arabische Stoffe in der Disciplina Clericalis. *Rheinisches Jahrbuch für Volkskunde* 21: 170–199.

Spies 1979: O. Spies, Drei arabische Lügengeschichten. U. Haarmann (ed.), *Die islamische Welt zwischen Mittelalter und Neuzeit. Festschrift H. R. Roemer*, 583–590. Beirut.

Spitta-Bey 1883: G. Spitta-Bey, *Contes arabes modernes*. Paris.

Splettstösser 1889: W. Splettstösser, *Der heimkehrende Gatte und sein Weib in der Weltliteratur*. Berlin.

Spranger 1980: P. Spranger, *Der Geiger von Gmünd. Justinus Kerner und die Geschichte einer Legende*. Schwäbisch Gmünd.

Sprenger 1897: R. Sprenger, Von der Hand, die aus dem Grabe herauswächst. *Der Urquell* N. F. 1: 65–68, 306.

Spring 1988: I. Spring, The Devil and the Feathery Wife. *Folklore* 99: 139–145.

Springer 1968: O. Springer, A Philosopher in Distress. A Propos of a Newly Discovered Medieval German Version of 'Aristotle and Phyllis'. F. A. Raven (ed.), *Germanic Studies. Festschrift E. H. Sehrt*, 203–218. Miami.

Šrámková/Sirovátka 1990: M.Šrámková, and O. Sirovátka, *Katalog českých lidových balad* [Catalogue of Czech Folksongs]. 1: *Demonologické náměty* [Demonic Subjects]; 2: *Legendární náměty* [Religious Subjects]. Brno.

Stackelberg 1984: J. von Stackelberg, Griseldis auf dem Weg zu sich selbst. J. von Stackelberg, *Übersetzungen aus zweiter Hand*, 1–34. Berlin & New York.

Stahl 1821: K. Stahl, *Karoline: Fabeln, Mährchen und Erzählungen für Kinder*. Nürnberg [2]1821.

Stalpaert/Joos 1971: H. Stalpaert, Het sprookjesarchief uit de nalatenschap van Amaat Joos. *Koninklijke Belgische Commissie voor Volkskunde, Vlaamse Afdeling, Jaarboek* 24: 123–218.

Stalpaert 1977: H. Stalpaert, *Westvlaamse wondersprookjes*. Brugge 1977.

Stammler 1962: W. Stammler, Der Mann im Brunnen. W. Stammler, *Wort und Bild*, 93–103. Berlin.

Stebleva 1969: I. Stebleva, *Prodannyi son. Turkmenskie narodnye skazki* [The Sold Dream. Turkmen Folktales]. Moskva.

Steel/Temple 1884: F. A. Steel, and R. C. Temple, *Wide-Awake Stories. A Collection of Tales Told by Little Children [...] in the Pânjab and Kashmir*. Bombay & London.

Steere 1922: E. Steere, *Swahili Tales as Told by the Natives of Zanzibar*. London.

Steig 1916: R. Steig, Über Grimms "Deutsche Sagen". *Archiv für das Studium der neueren Sprachen und Literaturen* 135: 47–68, 225–259.

Stein 1991: H. Stein, *Der Sündensack. Schwänke, Anekdoten und Witze von Nasriddin Afandi aus Usbekistan*. Leipzig & Weimar.

Steinitz 1939: W. Steinitz, *Ostjakische Volksdichtung und Erzählungen* 1. Tartu.

Stephani 1991: C. Stephani, *Märchen der Rumäniendeutschen*. (Die Märchen der Weltliteratur.) München.

Stephani 1998: C. Stephani, *Ostjüdische Märchen*. (Die Märchen der Weltliteratur.) München.

Stepphun 1913: A. Stepphun, *Das Fabel vom Prestre comporté und seine Versionen*. Königsberg.

Stern 1935: L. von Stern, *Estnische Sagen*. Riga.

Stevens 1931: E. S. Stevens, *Folk-Tales of Iraq*. London.

STF: I. Levin, Dj. Rabiev, and M. Javič, *Svod tadžikskogo fol'klora. 1: Basni i skazki o životnych* [Corpus of Tadzhik Folklore. 1: Animal Tales]. Moskva.

Stiefel 1891: A. L. Stiefel, Der "Clericus Eques" des Johannes Placentius und das 22. Fastnachtsspiel des H. Sachs. *Zeitschrift für vergleichende Litteraturgeschichte und Renaissance-Litteratur* N. F. 4: 440–445.

Stiefel 1895: A. L. Stiefel, Zwei Schwänke des Hans Sachs und ihre Quellen. *Zeitschrift für vergleichende Litteraturgeschichte* N. F. 8: 254–257.

Stiefel 1898a: A. L. Stiefel, Zur Schwankdichtung im 16. und 17. Jahrhundert. *Zeitschrift für vergleichende Litteraturgeschichte* 12: 165–185.

Stiefel 1898b: A. L. Stiefel, Zur Schwankdichtung des Hans Sachs. *Zeitschrift für Volkskunde* 8: 73–82, 162–168, 278–284.

Stiefel 1900: A. L. Stiefel, Zu Hans Sachsens "Der plint Messner". *Zeitschrift für Volkskunde* 10: 71–80.

Stiefel 1903: A. L. Stiefel, Zu den Quellen Heinrich Kaufringers. *Zeitschrift der deutschen Philologie* 35: 492–506.

Stiefel 1908: A. L. Stiefel, Die Quellen der englischen Schwankbücher des 16. Jahrhunderts. *Anglia* 31: 453–520.

Stieren 1911: A. Stieren, *Ursprung und Entwicklung der Tänzersage*. Münster.

Stohlmann 1985: J. Stohlmann, Orient-Motive in der lateinischen Exempla-Literatur des 12. und 13. Jahrhunderts. *Miscellanea mediaevalia* 17: 123–150.

Stojanović 1867: M. Stojanović, *Pučke pripoviedke i pjesme* [Folktales and Songs]. Zagreb.

Stojanović 1879: M. Stojanović, *Narodne pripoviedke* [Folktales]. Zagreb.

Stolleis 1980: M. Stolleis, Der Ranzen, das Hütlein und das Hörnlein. H. Brackert, *Und wenn sie nicht gestorben sind ...*, 153–164. Frankfurt am Main.

Strackerjan / Willoh 1909: L. Strackerjan, *Aberglaube und Sagen aus dem Herzogtum Oldenburg* 1–2. Ed. K. Willoh. Oldenburg ^{2}1909.

Strausz 1898: A. Strausz, *Die Bulgaren*. Leipzig.

Stricker / Kamihara 1979: *Stricker: Des Strickers Pfaffe Amis*. Ed. K. Kamihara. Göppingen.

Strickland 1907: W. W. Strickland, *Russian and Bulgarian Folk-Lore Studies*. London.

Stroebe 1915: K. Stroebe, *Nordische Volksmärchen* 1–2. (Die Märchen der Weltliteratur.) Jena.

Stroescu 1969: S. C. Stroescu, *La Typologie bibliographique des facéties roumaines* 1–2. Bucureşti.

Strömbäck 1963: D. Strömbäck, Uppsala, Iceland, and the Orient. A. Brown, and P. Foote (eds.), *Early English and Norse Studies. Festschrift H. Smith*. 178–190. London.

Stübs 1938: H. Stübs, *Ull Lüj vertellen. Plattdeutsche Geschichten aus dem pommerschen Weizenacker*. Greifswald.

Stumme 1893: H. Stumme, *Tunisische Märchen und Gedichte* 2. Leipzig.

Stumme 1895: H. Stumme, *Märchen der Schluh von Tázerwalt*. Leipzig.

Stumme 1898: H. Stumme, *Märchen und Gedichte aus der Stadt Tripolis in Nordafrika*. Leipzig.

Stumme 1900: H. Stumme, *Märchen der Berber von Tamazratt in Südtunesien*. Leipzig.

Stumme 1904: H. Stumme, *Maltesische Märchen, Gedichte und Rätsel in Übersetzung*. Leipzig.

Suard 1985: F. Suard, Chanson de geste et roman devant le matériau folklorique. Le conte de la "Fille aux mains coupées" dans la "Belle Hélène de Constantinople", "Lion de Bourges" et "La Manekine". E. Ruhe, and R. Behrens (eds.), *Mittelalterbilder aus neuer Perspektive*, 364–379. München.

Suchier 1922: W. Suchier, *Der Schwank von der viermal getöteten Leiche in der Literatur des Abend- und Morgenlandes*. Halle.

Suchomski 1975: J. Suchomski, *"Delectatio" und "Utilitas". Ein Beitrag zum Verständnis mittelalterlicher komischer Literatur*. Bern & München.

Suhrbier 1984: H. Suhrbier, *Blaubarts Geheimnis. Märchen und Erzählungen, Gedichte und Stücke*. Köln.

Suits 1927: G. Suits, Permi Jago unnenäggu a. 1824 [The Dream of Permi Jaak in the Year 1824]. *Eesti kirjandus* 21: 417–432.

Šuljić 1968: L. Šuljić, *Die schönsten Märchen aus Jugoslawien*. Rijeka.

Suppan 1962: W. Suppan, Das Lied von den zwölf heiligen Zahlen im Burgenland und in der Steiermark. *Jahrbuch des österreichischen Volksliedwerkes* 11: 106–121.

SUS: L. G. Barag, I. P. Berezovskij, K. P. Kabašnikov, and N. V. Novikov, *Sravnitel'nyj ukazatel' sjužetov. Vostočnoslavjanskaja skazka* [Comparative Index of Plots. East Slavic Folktale]. Leningrad.

Suter / Strübin 1980: P. Suter, and E. Strübin, *Müschterli us em Baselbieter*. Liestal.

Sutermeister 1869: O. Sutermeister, *Kinder- und Hausmärchen aus der Schweiz*. Aarau.

Sutherland 1975: A. Sutherland, *Gypsies. The Hidden American*. London.

Sutton 1993: M. Sutton, Die Verwandlung eines Märchenprinzen. "Der Froschkönig" (KHM 1) im Englischen. *Brüder Grimm Gedenken* 10: 162–178.

Suvorov 1960: I. I. Suvorov, *Evenkijskie skazki* [Evenk Folktales]. Krasnojarsk.

Svabe 1923f.: A. Svabe, *Latvju tautas pasakas* [Latvian Folktales] 1–3. Riga 1923/23/24.

Sveinsson 1929: E. Ó. Sveinsson, *Verzeichnis isländischer Märchenvarianten*. (FF Communications 83.) Helsinki.

Swahn 1955: J.-Ö. Swahn, *The Tale of Cupid and Psyche*. Lund.

Swahn 1985: J.-Ö. Swahn, Ratten und Mäuse in schwedischen Märchen und Sagen. N. Humburg (ed.), *Geschichten und Geschichte*, 135–140. Hildesheim.

Swan 1977: C. T. Swan, *The Old French Prose Legend of Saint Julian the Hospitaller*. Tübingen.

Swanenberg 1978: C. Swanenberg, *... diej he' wè ... 'n oostbrabants woordebuukske roawweg ùit d'n hoek van Vèghel tot D'n Bosch èn van Uje tot Oss*. Delft.

Swanenberg 1986: C. Swanenberg, *Wie wè bewoart ... 'n oostbrabants woordebuukske durspekt me' anekdotes ùit onzen hoek*. Delft.

Swietek 1976: F. R. Swietek, The Alms Repaid a Hundredfold. A New Latin Version of a Popular Exemplum. *Fabula* 17: 169–181.

Swynnerton 1908: C. Swynnerton, *Romantic Tales from the Panjab with Indian Nights' Entertainment*. London.

Sydow 1909: C. W. von Sydow, *Två spinnsagor*. Lund.

Sydow 1915: C. W. von Sydow, Jätten Hymes bägare. *Danske studier* 1915: 113–150.

Sydow 1930: C. W. von Sydow, *Den fornegyptiska sagan om de två bröderna*. Lund.

Szabó 1967: L. Szabó, *Kolalappische Volksdichtung. Texte aus den Dialekten in Kildin und Ter*. Göttingen.

Szövérffy 1943. J. Szövérffy, *Der heilige Christopherus und sein Kult*. Budapest.

Szövérffy 1956: J. Szövérffy, From Beowulf to the Arabian Nights (Preliminary Notes on AT 301). *Midwest Folklore* 6: 89–124.

Szövérffy 1957: J. Szövérffy, *Irisches Erzählgut im Abendland. Studien zur vergleichenden Volkskunde und Mittelalterforschung*. Berlin.

Szövérffy 1959: J. Szövérffy, Zur Entstehungsgeschichte einiger Volkserzählungen. *Fabula* 2: 212–230.

Szumsky 1999: B. E. Szumsky, The House That Jack Built. Empire and Ideology in Nineteenth-Century British Versions of "Jack and the Beanstalk". *Marvels & Tales* 13: 11–30.

Tachmasib 1958: M. G. Tachmasib, *Anekdoty Molly Nasreddina* [Anecdotes about Nasreddin Hodscha]. Baky.

Taggart 1986: J. M. Taggart, "Hansel and Gretel" in Spain and Mexico. *Journal of American Folklore* 99: 435–460.

Takahashi 1987: Y. Takahashi, Eulenspiegel-Schwänke in Schimpf und Ernst. *Eulenspiegel-Jahrbuch* 27: 39–50.

Takehara 1977: T. Takehara, Ein Vergleich der europäischen und japanischen Varianten vom Unibos-Schwank. *Bulletin of Nara University of Education* 26: 1–21.

Takehara 1978: T. Takehara, Japanische Tiermärchen: "Wettläufe zwischen Tieren". Auf Grund der Espinosaschen Studie. *Bulletin of Nara University of Education* 27: 59–73.

Takehara 1991: T. Takehara, Grimms Sage "Traum vom Schatz auf der Brücke". *Doitsu bungaku* 86: 71–81.

Takehara 2000: T. Takehara, Schriftliche oder mündliche Überlieferung im Fall der jap. Versionen von "Die Geschenke des kleinen Volkes" und "Der Traum vom Schatz auf der Brücke." *Bulletin of Nara University of Education* 49 (1): 93–102.

Talbot 1912: P. A. Talbot, *In the Shadow of the Bush*. New York & London.

Tallqvist 1947: K. Tallqvist, *Månen i myt och dikt, folktro och kult*. Helsinki 1947, 160–172.

Taloş 1969: I. Taloş, Bausagen in Rumänien. *Fabula* 10: 196–211.

Taloş 1973: I. Taloş, *Meşterul Manole*. Bucureşti 1973.

Tampere 1968: H. Tampere, *Eesti rahvalaule viisidega* 3. Tallinn 1968.

Tangherlini 1994: T. R. Tangherlini, Cinderella in Korea. Korean Oikotypes of AaTh 510B.

Fabula 35: 282–304.

Tatar 1990: M. Tatar, *Von Blaubärten und Rotkäppchen. Grimms grimmige Märchen*. Salzburg & Wien.

Tau 1976: H. G. Tau, *La Matière de Don Juan et les genres littéraires*. Leyde.

Taube 1978: E. Taube, *Tuwinische Volksmärchen*. Berlin.

Taube 2000: E. Taube, Altentötung in den Märchen zentralasiatischer Völker. U. Heindrichs, and H.-A. Heindrichs (eds.), *Alter und Weisheit*, 224–239. Kreuzlingen & München.

Taubmann 1887: J. A. Taubmann, *Märchen und Sagen aus Nordböhmen*. Reichenberg.

Tauscher 1959: R. Tauscher, *Volksmärchen aus dem Jeyporeland*. Berlin.

Taylor 1916: A. Taylor, A Parallel to the Rosengarten Theme. *Modern Language Notes* 31: 248–250.

Taylor 1917: A. Taylor, Dane Hew, Munk of Leicestre. *Modern Philology* 15: 221–226.

Taylor 1921a: A. Taylor, The Devil and the Advocate. *Publications of the Modern Language Association* 26: 35–59.

Taylor 1921b: A. Taylor, The Dream-Bread Story Once More. *Journal of American Folklore* 34: 321–328.

Taylor 1921f.: A. Taylor, The Death of Orvar Oddr. *Modern Philology* 19 (1921/22): 93–106.

Taylor 1922a: A. Taylor, The Three Sins of the Hermit. *Modern Philology* 20: 61–94.

Taylor 1922b: A. Taylor, Northern Parallels to the Death of Pan. *Washington University Studies* 10: 3–102.

Taylor 1927f.: A. Taylor, "The Emperor's New Clothes". *Modern Philology* 25: 17–27.

Taylor 1930: A. Taylor, Der Richter und der Teufel. *Festschrift H. Collitz*, 248–251. Baltimore, Md.

Taylor 1933: A. Taylor, A Classification of Formula Tales. *Journal of American Folklore* 46: 77–88.

Taylor 1939: A. Taylor, *A Bibliography of Riddles*. (FF Communications 126.) Helsinki.

Taylor 1944: A. Taylor, The Tarbaby Once More. *Journal of the American Oriental Society* 64: 4–7.

Taylor 1951: A. Taylor, *English Riddles from Oral Tradition*. Berkeley et al.

Taylor 1953: A. Taylor, "A Nao Caterineta" in India. *Romance Philology* 6: 304–312.

Taylor 1957: A. Taylor, "Audi, vide, tace" and the Three Monkeys. *Fabula* 1: 26–31.

Taylor 1959: A. Taylor, The Predestined Wife. *Fabula* 2: 45–82.

Taylor 1964: A. Taylor, The Blind Man, the Armless Man, the Legless Man, and the Naked Man. *Western Folklore* 23: 197.

Taylor 1965a: A. Taylor, The Peasant in Heaven. *Laográphia* 22: 557–568.

Taylor 1965b: A. Taylor, "What a Bird Would You Choose to Be?" - A Medieval Tale. *Fabula* 7: 97–114.

Taylor 1968: A. Taylor, And Marie-Antoinette Said ... *Revista de Etnografia* 22: 1–17.

Tchéraz 1912: M. Tchéraz, *L'Orient inédit*. Paris.

Teenstra 1840: [M. D. Teenstra], *Hans Hannekemaaijer's bijzondere lotgevallen en ontmoetingen op zijne reis naar en door Holland*. Groningen.

Teenstra 1843: M. D. Teenstra, *Volksverhalen en legenden van vroegere en latere dagen*. Groningen.

Tegethoff 1922: E. Tegethoff, *Studien zum Märchentypus von Amor und Psyche*. Bonn & Leipzig.

Tegethoff 1923: E. Tegethoff, *Französische Volksmärchen* 1–2 (Die Märchen der Weltliteratur.) Jena.

Tekinay 1980: A. Tekinay, *Materialien zum vergleichenden Studium von Erzählmotiven in der deutschen Dichtung des Mittelalters und den Literaturen des Orients*. Frankfurt a. M. et al.

Tenèze 1984: M.-L. Tenèze, Le Chauffeur du diable. Les "contextes" d'un conte. G. Calame-Griaule, and V. Görög-Karady (eds.), *Le conte, pourquoi? comment? Actes des journées d'études en litterature orale. Analyse des contes - problèmes de méthodes. Paris, 23–26 mars 1982*, 347–377. Paris.

Tenèze/Delarue 2000: M.-L. Tenèze, and G. Delarue (eds.), *Nannette Lévesque, conteuse et chanteuse du pays des sources de la Loire. La collecte de Victor Smith 1871–1876*. Paris.

Tenèze/Hüllen 1961: M.-L. Tenèze, and G. Hüllen, *Begegnung der Völker im Märchen*. 1: *Frankreich - Deutschland*. Münster.

Tessmann 1921: G. Tessmann, *Ajongs Erzählungen. Märchen der Fangneger*. Berlin.

Tewfik 1890: M. Tewfik, *Die Schwänke des Nasreddin und Buadem*. Leipzig.

TFSP: *Texas Folklore Society Publications* 1 (1911) ff.

Thaarup-Andersen 1954: L. Thaarup-Andersen, "Fiske fangstfablen" i den skriftlige litteratur og folkeliteraturen. *Danske studier* 49: 127–142.

Thibault 1960: C. Thibault, *Contes de Champagne*. Paris.

Thiel 2000: A. Thiel, *Midas. Mythos und Verwandlung*. Heidelberg.

Thiele 1843ff.: J. M. Thiele, *Danmarks Folksagn* 1–3. København 1843/43/60.

Thomas 1907: W. J. Thomas, *The Welsh Fairy-Book*. London.

Thomas 1983: G. Thomas, *Les deux Traditions. Le conte populaire chez des Franco-Terreneuvies*. Montréal.

Thomas 2003: G. Thomas, Meaning in Narrative. A Franco-Newfoundland Version of AaTh 480 (The Spinning-Women by the Spring) and AaTh 510 (Cinderella and Cap O'Rushes). *Fabula* 44: 117–135.

Thompson 1919: S. Thompson, *European Tales among the North American Indians*. Colorado Springs.

Thompson 1929: S. Thompson, *Tales of the North American Indians*. Cambridge.

Thompson 1951: S. Thompson, *The Folktale*. New York [2]1951.

Thompson 1980 : L. S. Thompson, The Three Doctors (Aarne-Thompson 660). Sources of North American Versions. *Appalachian Notes* 8: 3–4.

Thompson/Balys 1958: S. Thompson, and J. Balys, *The Oral Tales of India*. Bloomington.

Thompson/Roberts 1960: S. Thompson, and W. E. Roberts, *Types of Indic Oral Tales. India, Pakistan, and Ceylon*. (FF Communications 180.) Helsinki.

Thrakika: *Thrakika* 1–19 (1928–45).

Thudt/Richter 1971: A. Thudt, and G. Richter, *Der tapfere Ritter Pfefferkorn und andere siebenbürgische Märchen und Geschichten*. Bukarest.

Tiel 1855: H. C. A. C. te Tiel, *Het grappige boek. Magazijn van anecdoten, aardigheden, kwinkslagen, enz*. s.l. 1855.

Tiemann 1973: B. Tiemann, Sebastian Brant und das frühe Emblem in Frankreich. *Deutsche Vierteljahresschrift* 47: 598–644.

Tietz 1956: A. Tietz, *Sagen und Märchen aus den Banater Bergen*. Bukarest.

Tietz 1958: A. Tietz, *Das Zauberbründl. Märchen aus den Banater Bergen*. Bukarest.

Tietz 1967: A. Tietz, *Wo in den Tälern die Schlote rauchen*. Bukarest.

Tille 1891: V. Tille, Der Traum vom Schatz auf der Brücke. *Zeitschrift für Volkskunde* 3: 132–136.

Tille 1892: V. Tille, *Literarni studie*. 1: *Skupina lidovàch povídek o neznámém rekovi, jenž v závodnech ziskal princeznu za chot'* [Literal Studies. 1: Cycle of Folktales of the Unknown Knight Who Enters a Contest to Marry the Princess]. Prag.

Tille 1919: V. Tille, Das Märchen vom Schicksalskind. Randglossen. *Zeitschrift für Volkskunde* 29: 22–40.

Tille 1921: V. Tille, *Verzeichnis der böhmischen Märchen*. (FF Communications 34.) Helsinki.

Tille 1929ff.: V. Tille, *Soupis českàch pohádek* [List of Czech Folktales] I-II (1–2). Praha 1929/34/37.

Tillhagen 1948: C. H. Tillhagen, *Taikon erzählt. Zigeunermärchen und -geschichten*. Zürich.

Timm 1981: E. Timm, Die “Fabel vom alten Löwen” in jiddischer und komparatistischer Sicht. *Zeitschrift für Deutsche Philologie* 100: 109–170.

Ting 1970: N.-T. Ting, AT Type 301 in China and Some Countries Adjacent to China. A Study of a Regional Group and its Significance in World Tradition. *Fabula* 11: 54–125.

Ting 1971: N.-T. Ting, More Chinese Versions of AT 301. *Fabula* 12: 65–76.

Ting 1974: N.-T. Ting, *The Cinderella Cycle in China and Indo-China*. (FF Communications 213.) Helsinki.

Ting 1978: N.-T. Ting, *A Type Index of Chinese Folktales in the Oral Tradition and Major Works of Non-Religious Classical Literature*. (FF Communications 223.) Helsinki.

Ting 1981: N.-T. Ting, Years of Experience in a Moment. A Study of a Tale Type in Asian and European Literature. *Fabula* 22: 183–211.

Ting 1987: N.-T. Ting, On Type 449A. *Journal of American Folklore* 100: 69.

Tinneveld 1976: A. Tinneveld, *Vertellers uit de Liemers*. Wassenaar.

Tobler 1871: A. Tobler, *Li dis dou vrai aniel*. Leipzig.

Tobler 1905: A. Tobler, *Der Appenzeller Witz. Eine Studie aus dem Volksleben*. Heiden.

Tobler 1906: R. Tobler, Der Schuster und der Reiche. *Archiv für neuere Sprachen und Kulturen* 117: 328–344.

Todorović-Redaelli 2003: P. Todorović-Redaelli, Der Wunsch im Tessiner Märchen. B. Gobrecht, H. Lox, and T. Bücksteeg (eds.), *Der Wunsch im Märchen. Heimat und Fremde im Märchen*, 72–84. Kreuzlingen & München.

Todorović-Strähl/Lurati 1984: P. Todorović-Strähl, and O. Lurati, *Märchen aus dem Tessin*. (Die Märchen der Weltliteratur.) Düsseldorf & Köln.

Toeppen 1867: M. Toeppen, *Aberglauben aus Masuren*. Danzig [2]1867.

Tomažič 1942: J. Tomažič, *Pohorske pravljice* [Folktales from Pohorje]. Ljubljana.

Tomažič 1943: J. Tomažič, *Pohorske bajke* [Fables from Pohorje]. Ljubljana.

Tomažič 1944: J. Tomažič, *Pohorske legende* [Legends from Pohorje]. Ljubljana.

Tomkowiak 1987: I. Tomkowiak, *Curiöse Bauer-Historien. Zur Tradierung einer Fiktion*. Würzburg.

Tomkowiak 1991: I. Tomkowiak, 'Hat er sie geschändet, so soll er sie auch behalten.' Stationen einer Fallgeschichte. *Fabula* 32: 240–257.

Tomkowiak 1993: I. Tomkowiak, *Lesebuchgeschichten. Erzählstoffe in Schullesebüchern 1770–1920*. Berlin & New York.

Tomkowiak/Marzolph 1996: I. Tomkowiak, and U. Marzolph, *Grimms Märchen International. Zehn der bekanntesten Grimmschen Märchen und ihre europäischen und außereuropäischen Verwandten* 1–2. Paderborn et al.

Tongue 1970: R. L. Tongue, *Forgotten Folk-Tales of the English Counties*. London.

Top 1975f.: S. Top, Bedenkingen en wensen bij het sprookje van "De drie wensen" (A.-Th. 750). *Oostvlaamse Zanten* 50 (1975); 207–216; 52 (1977): 19.

Top 1982: S. Top, *Volksverhalen uit Vlaams Brabant*. Utrecht & Antwerpen.

Toporkov 1903: A. Toporkov, "Rebaking" of Children in Eastern Slavic Rituals and Fairytales. *The Peterburg Journal of Cultural Studies* 1 (3): 15–21.

Toporov 1995: V. N. Toporov, Iz russkogo-persidskogo divana. Russkaja skazka *301 A, B i "Povest' o Eruslane Lazareviče" - "Šach-name i avestijskij "Zam-jazat-jašt" (Aus dem russisch-persischen Diwan. Das russische Märchen *301 A, B und die "Erzählung über Eruslan Lazarevič" - Das "Šāh-nāme" und der "Zam-yazat-yašt" des Avesta). *Etnojazykovaja i etnokul'turnaja istorija Vostočnoj Evropy*, 142–200. Moskva.

Topper 1986: U. Topper, *Märchen der Berber*. (Die Märchen der Weltliteratur.) Köln.

Toschi/Fabi 1960: P. Toschi, and A. Fabi, *Buonsangue romagnolo. Racconti di animali*. Bologna.

Tošev 1954: K. Tošev, *Makedonske narodne pripovijetke* [Macedonian Folktales]. Sarajevo.

Trancoso/Ferreira 1974: G. F. Trancoso, *Contos e Histórias de Proveito and Exemplo*. Ed. J. P. Ferreira. Lisboa.

Trautmann 1931: R. Trautmann, *Die altrussische Nestorchronik*. Leipzig.

Trautmann 1935: R. Trautmann, *Die Volksdichtung der Großrussen*. 1: *Das Heldenlied*. Heidel-

berg.
Travers 1977: P. L. Travers, *About the Sleeping Beauty*. London.
Treimer 1945: K. Treimer, *Kroatische Märchen*. Wien & Leipzig.
Trenkner 1958: S. Trenkner, *The Greek Novella in the Classical Period*. Cambridge.
Trevelyan 1909: M. Trevelyan, *Folk-Lore and Folk-Stories of Wales*. London.
Trinkov koledar: *Trinkov koledar* 1953ff.
Troger 1966: R. Troger, *A Comparative Study of a Bengal Folktale. Underworld Beliefs and Underworld Helpers. An Analysis of the Bengal Folktale Type: The Pursuit of the Blowing Cotton - AT - 480*. Calcutta.
Tropea 1968: G. Tropea, Sei nuovi testi siciliani della novellina dei "vocaboli". C. Naselli (ed.), *Festschrift C. Naselli* 2, 299–313. Catania.
Trümpy 1979: H. Trümpy, Theorie und Praxis des volkstümlichen Erzählens bei Erasmus von Rotterdam. *Fabula* 20: 239–248.
Trümpy 1980: H. Trümpy, Eine antike Anekdote und ihr Weiterleben im Baselgebiet. *Schweizer Volkskunde* 70: 78f.
Trümpy 1981: H. Trümpy, Kleine Beiträge zur Schwank- und Exempelliteratur. *Fabula* 22: 290–296.
Tubach 1969: F. C. Tubach, *Index Exemplorum. A Handbook of Medieval Religious Tales*. (FF Communications 204.) Helsinki.
Tuczay 1982: C. Tuczay, *Der Unhold ohne Seele. Eine motivgeschichtliche Untersuchung*. Wien.
Tuczay 1999: C. Tuczay, Das Motiv der drei Wünsche in Schwank, Legendenmärchen und Witz. *Fabula* 40: 85–109.
Tumilevič 1958: F. V. Tumilevič, *Russkie narodnye skazky* [Russian Folktales]. Rostov.
Tyroller 1912: F. Tyroller, *Die Fabel von dem Mann und dem Vogel und ihre Verbreitung in der Weltliteratur*. Berlin.
Uffer 1945: L. Uffer, *Rätoromanische Märchen und ihre Erzähler*. Basel.
Uffer 1955: L. Uffer, *Die Märchen des Barba Plasch*. Zürich.
Uffer 1970: L. Uffer, *Las Tarablas da Guarda*. Basel.
Uffer 1972: L. Uffer, *Begegnungen der Völker im Märchen*. 5: *Schweiz - Deutschland*. Münster.
Uffer 1973: L. Uffer, *Rätoromanische Märchen*. (Die Märchen der Weltliteratur.) Düsseldorf & Köln.
uí Ógáin 1995: R. uí Ógáin, *Immortal Dan. Daniel O'Connell in Irish Folk Tradition*. Dublin [ca. 1995].
Ullrich 1884: H. Ullrich, Beiträge zur Geschichte der Tauchersage. Programm Dresden 1884: 3–8.
ULMA: Uppsala landsmålsarkiv.
Unbescheid 1987: G. Unbescheid, *Märchen aus Nepal*. (Die Märchen der Weltliteratur.) Köln.
Ure 1960: J. Ure, *Pacala and Tandala and Other Rumanian Folk-Tales*. London.

Uther 1981: H.-J. Uther, *Behinderte in populären Erzählungen. Studien zur historischen und vergleichenden Erzählforschung*. Berlin & New York.

Uther 1985: H.-J. Uther, Eulenspiegel und die Landesverweisung (Historie 25, 26). *Eulenspiegel-Jahrbuch* 25: 60–74.

Uther 1987: H.-J. Uther, Zur Bedeutung und Funktion dienstbarer Geister in Märchen und Sage. *Fabula* 28: 227–244.

Uther 1988a: H.-J. Uther, Der Frauenmörder Blaubart und seine Artverwandten. *Schweizerisches Archiv für Volkskunde* 84: 35–54.

Uther 1988b: H.-J. Uther, Das sprechende und handelnde Heiligenbild. L. Petzoldt, and S. de Rachewiltz (eds.), *Der Dämon und sein Bild*. 187–201. Bern et al.

Uther 1988c: H.-J. Uther, Schalk und Scharlatan. Eulenspiegel als Wunderheiler. W. Wunderlich (ed.), *Eulenspiegel heute*, 35–48. Neumünster.

Uther 1989: H.-J. Uther, Die letzte Bitte Verurteilter. *Anales de la Universidad de Chile* 5 (17): 441–449.

Uther 1990a: H.-J. Uther, *Märchen vor Grimm*. (Die Märchen der Weltliteratur.) München.

Uther 1990b: H.-J. Uther, Hans im Glück (KHM 83). Zur Entstehung, Verbreitung und bildlichen Darstellung eines populären Märchens. M. Nøjgaard et al. (ed.), *The Telling of Stories*, 119–164. Odense.

Uther 1991: H.-J. Uther, Der gestiefelte Kater. Ein Buchmärchen im Spiegel seiner Illustrationen. *Contes & Merveilles* 5: 321–371.

Uther 1992: H.-J. Uther, Der sympathische Betrüger. Das Beispiel des Gestiefelten Katers. L. Petzoldt, and S. de Rachewiltz (eds.), *Das Bild der Welt in der Volkserzählung*, 131–141. Frankfurt am Main et al.

Uther 1993a: H.-J. Uther, Machen Kleider Leute? Zur Wertigkeit von Kleidung in populären Erzählungen. W. Kuhlmann, and L. Röhrich (eds.), *Witz, Humor und Komik in Märchen und Schwänken*, 89–111. Regensburg.

Uther 1993b: H.-J. Uther, Die Bremer Stadtmusikanten. Ein Märchen und seine Interpreten. M. Chesnutt (ed.), *Telling Reality. Folklore Studies in Memory of Bengt Holbek*, 89–104. Copenhagen & Turku.

Uther 1993c: H.-J. Uther, [Die Stadtmusikanten in Bremen] Zur Entstehung, Bildgeschichte und Bedeutung des Märchens. A. Röpcke, and K. Hackel-Stehr (eds.), *Die Stadtmusikanten in Bremen. Geschichte - Märchen - Wahrzeichen*, 18–52. Bremen.

Uther 1994: H.-J. Uther, *Sagen aus dem Rheinland*. München.

Uther 1995a: H.-J. Uther, Literarische Bearbeitungen des Schneewittchen-Märchens auf Bilderbogen des 19. Jahrhunderts. L. Petzoldt et al. (eds.), *Studien zur Stoff- und Motivgeschichte der Volkserzählung*. 381–400. Frankfurt am Main et al.

Uther 1995b: H.-J. Uther, Volksliterarische Stoffe im "Rheinländischen Hausfreund". Der Schwank von der einbeinigen Gans. H. Fischer (ed.), *Umgang mit Kinderliteratur. Festschrift H. Göbels*, 130–141. Essen.

Uther 1998: H.-J. Uther, *Die schönsten Märchen vom Heilen*. München.

Uther 2001: H.-J. Uther, Auch Vögel brauchen einen Herrn. Von Tierkönigen und denkwürdigen Parlamentswahlen. H.-A. Heindrichs, and H. Lox (eds.), *Als es noch Könige gab. Forschungsberichte aus der Welt der Märchen*, 252–269. München.

Uther 2002a: H.-J. Uther, Zur Überlieferung des Rotkäppchen-Märchens. *Die Rotkäppchen-Sammlung von E. und R. Waldmann. Ausstellungskatalog Troisdorf* 2002: 14–26.

Uther 2002b: H.-J. Uther, Eine unbekannte Frühfassung des Aschenputtel-Märchens. F. Mamiya (ed.), *Mukashibanashi kenkyuu no chihei. Ozawa Toshio kyouju koki kinenron-bunshuu/Horizonte der Erzählforschung. Festschrift T. Ozawa*, 37–52. Kawasaki.

Uther 2004: H.-J. Uther, Die Brüder Grimm und Heinrich Jung-Stilling. Von Jorinde und Joringel und anderen Erzählungen. U. Müller, and M. Springeth (eds.), *Paare und Paarungen. Festschrift W. Wunderlich*, 294–305. Stuttgart.

Utley 1960: F. L. Utley, Noah, His Wife, and the Devil. R. Patai (ed.), *Studies in Biblical and Jewish Folklore*, 59–91. Bloomington.

Utley 1961: F. L. Utley, The Devil in the Arc (AaTh 825). K. Ranke (ed.), *Internationaler Kongreß der Volkserzählforscher in Kiel und Kopenhagen (1959)*, 446–463. Berlin.

Utley 1975: F. L. Utley, The Urban and the Rural Jest. *Béaloideas* 39–41: 344–357.

Uysal 1986: A. E. Uysal, *Traditional Turkish Folktales for Children*. Ankara.

Vajda 2000: L. Vajda, Vermutungen zu Benfeys Pantschatantra (Paragraph 166). C. Chojnacki (ed.), *Vividharatnakarandaka. Festgabe A. Mette*, 503–517. Swisttal-Odendorf.

Valckx 1975: J. Valckx, Das Volksbuch von Fortunatus. *Fabula* 16: 91–112.

Valjavec 1890: M. K. Valjavec, *Narodne pripovjesti u varaždinu i okolici* [Folktales from Varaždin and Surroundings]. Zagreb [2]1890.

Valjavec/Levec 1900 : M. K. Valjavec, *Poezije* [Poetry]. Ed. F. Levec. Ljubljana.

Varnhagen 1882: H. Varnhagen, *Ein indisches Märchen auf seiner Wanderung durch die asiatischen und europäischen Litteraturen*. Berlin.

Varnhagen 1884a: H. Varnhagen, *Longfellows Tales of a Wayside Inn und ihre Quellen*. Berlin.

Varnhagen 1884b: H. Varnhagen, Zu Chaucer's Erzählung des Müllers. *Anglia* 7: 81–84.

Varnhagen 1886: H. Varnhagen, Die Erzählung von der Wiege. *Englische Studien* 9: 240–266.

Vasconcellos/Soromenho et al. 1963f.: J. L. de Vasconcellos, A. da S. Soromenho, and J. P. C. Soromenho, *Contos Populares e Lendas* 1–2. Coimbra 1963/66.

Vasil'eva 1989: O. V. Vasil'eva, "Povest' o Šemjakinom sude" i bytovanie sjužeta o nepravednom sude ["The Story of the Decision of Šemjaka" and the Distribution of the Tale "The Unjust Judge"]. *Russkij fol'klor* 25: 91–99.

Vasilenko 1955: V. A. Vasilenko, *Skazki, poslovicy, zagadki. Sbornik ustnogo narodnogo tvorčestva omskoj oblasti* [Folktales, Proverbs, Riddles. Collection of Oral Tradition from the Area of Omsk]. Omsk.

Vatagin 1964: M. Vatagin, *Mednovolosaja devuška. Kalmyckie narodnye skazki* [The Girl with the Copper Hair. Kalmyk Folktales]. Moskva.

Veckenstedt 1880: E. Veckenstedt, *Wendische Sagen, Märchen und abergläubische Gebräuche*. Graz.

Veckenstedt 1883: E. Veckenstedt, *Die Mythen, Sagen und Legenden der žamaiten (Litauer)* 2. Heidelberg.

Vedernikova 1980: N. Vedernikova, Občšie i otličitel'nye čerty v sjuzetosloženii i stile vostočnoslavjanskih skazok (AA 403, 409, 450, 511) [Common and Distinctive Features in the Plot and Style of the Eastern Slavic Tale (AA 403, 409, 450, 511)]. *Tipologija i vzaimosvjazi fol'klora narodov SSSR*, 248–262. Moskva.

Vedež: *Vedež* 1–3 (1848–50).

Velay-Vallantin 1989: C. Velay-Vallantin, Tales as a Mirror. Perrault in the Bibliothèque Bleue. R. Chartier (ed.), *The Culture of Print*, 92–135. Princeton.

Velay-Vallantin 1992: C. Velay-Vallantin, *L'Histoire des contes*. Saint-Armand-Montrond.

Velculescu 1979: C. Velculescu, The Parabel of the Unicorn and the Man Who was Yearning for Apples. *Synthesis* 6: 139–143.

Velder 1968: C. Velder, *Märchen aus Thailand*. (Die Märchen der Weltliteratur.) Düsseldorf & Köln.

Velie 1976: A. R. Velie, The Dragon Killer, The Wild Man and Hal. *Fabula* 17: 269–274.

Vėlius 1990: Vėlius, N.: Lietuvių liaudies pasakos "Vilko dainavimas" (AT 163) ištakos [Sources of the Lithuanian Folktale "The Singing Wolf" (AT 163)]. *Lithuanistica* 1990: 95–106.

Velten 1898: C. Velten, *Märchen und Erzählungen der Suaheli*. Stuttgart & Berlin.

Verfasserlexikon: *Die deutsche Literatur des Mittelalters. Verfasserlexikon* 1 (1978)-11 (2001). Ed. K. Ruh u. a. Berlin & New York [2]1978 ff.

Vernaleken 1858 : T. Vernaleken, *Alpensagen*. Wien.

Vernaleken 1859: T. Vernaleken, *Mythen und Bräuche des Volkes in Österreich*. Wien.

Vernaleken 1892: T. Vernaleken, *Kinder- und Hausmärchen*. Wien & Leipzig.

Veršinin 1962: A.Veršinin, *Szazki narodov našej rodiny* [Folktales of the People of Our Home Country]. Gor'kij.

Veselovskij 1937: A. Veselovskij, *Sobranie sočinenij*. 16: *Stat'i o skazkach* [Collected Works. 16: Essays about Folktales]. Moskva & Leningrad.

Vidal de Battini 1980ff.: B. E. Vidal de Battini, *Cuentos y leyendas populares de la Argentina* 1–9. Buenos Aires 1980–84.

Vidossi 1955: G. Vidossi, *In margine ad alcune avventure di Münchhausen*. (FF Communications 162.) Helsinki.

Viidalepp 1980: R. Viidalepp, *Estnische Volksmärchen*. Berlin.

Vildomec 1979: V. Vildomec, *Polnische Sagen*. Berlin.

Vinson 1883: J. Vinson, *Le Folk-lore du pays basque*. Paris.

Virmond 1981: W. Virmond, *Eulenspiegel und seine Interpreten*. Berlin.

Virsaladze 1961: E. Virsaladze, Zýaarta sinžetebis sadziebeli (Aarne Andreevis mixesvit) [Type Index of Georgian Animal Tales. (According to the System of Aarne-Andreev)]. *Literaturuli dziebani* 13: 333–363.
Virsaladze 1979: E. B. Virsaladze, *Gruzinskie narodnye predanija i legendy* [Georgian Legends and Folktales]. Moskva.
Visentini 1879: I. Visentini, *Fiabe mantovane*. Torino & Roma.
Vogelschor 1941: H. van 't Vogelschor, [i.e. J. M. W. Koevoets], *Vertelsels van Patjen Guust*. Delft.
Vojinović 1969: J. Vojinović, *Srpske narodne pripovetke* [Serbian Folktales]. Beograd.
Volkov 1959: A. A. Volkov, *Karakalpakskie narodnye skazki* [Kara-Kalpak Folktales]. Nukus.
Volkskunde: *Volkskunde. Tijdschrift voor Nederlandsche Folklore* 1ff. (1888ff.).
Volkskundig Bulletin: *Volkskundig Bulletin* 1 (1975)-26 (2000).
Voorhoeve 1927: P. Voorhoeve, *Overzicht van de volksverhalen der Bataks*. Vlissingen.
Voskobojnikov / Menovščikov 1959: M. G. Voskobojnikov, and G. A. Menovščikov, *Skazki narodov Severa* [Folktales of Siberia]. Moskva & Leningrad.
Vražinovski 1977: T. Vražinovski, *Makedonski narodni prikazni za životni* [Macedonian Folktales about Animals]. Skopje.
Vražinovski 1986: T. Vražinovski, *Makedonski narodni volšebni prikazni* [Macedonian Fairy Tales] 2. Skopje.
Vrčević 1868f.: V. Vrčević, *Srpske narodne pripovijetke ponajviše kratke i šaljive* [Serbian Folktales, Mainly Short and Amusing] 1–2. Beograd & Dubrovnik 1868/82.
Vries 1924: J. de Vries, Het sprookje van Sterke Hans in Oost-Indie. *Nederlands Tijdschrift voor Volkskunde* 29: 29–123.
Vries 1925f.: J. de Vries, *Volksverhalen uit Oost Indië* 1–2. Zutphen 1925/28.
Vries 1926: J. de Vries, De boerde van III. ghesellen, die den bake stalen. *Tijdschrift voor Nederlandsche Taal- en Letterkunde* 45: 212–262.
Vries 1928: J. de Vries, *Die Märchen von klugen Rätsellösern*. (FF Communications 73.) Helsinki.
Vries 1933: J. de Vries, *The Problem of Loki*. (FF Communications 110.) Helsinki.
Vries 1954: J. de Vries, *Betrachtungen zum Märchen, besonders in seinem Verhältnis zu Heldensage und Mythos*. (FF Communications 150.) Helsinki.
Vries 1958: J. de Vries, Dornröschen. *Fabula* 2: 110–121.
Vries 1959: J. de Vries, Die Knaben auf dem Spielplatz. *Études germaniques* 14: 1–21.
Vries 1971: J. de Vries, *Het spookte in Zeeuwsch-Vlaanderen*. Terneuzen [2]1971.
Vroclavski 1979f.: K. Vroclavski, *Makedonskiot naroden raskažuvač Dimo Stenkoski* [The Macedonian Storyteller Dimo Stenkoski] 1–2. Skopje 1979/84.
Vrtec: *Vrtec* 1ff. (1871–1944/45).
Vuyst 1965: J. de Vuyst, Wilde vespels en wilde gebeden in Vlaams België. *Neerlands Volksleven* 15: 284–306.

Vujkov 1953: B. Vujkov, *Hrvatske narodne pripovijetke bunjevačke* [Croatian Folktales from Bunjevač]. Novi Sad.

Wacke 1988: A. Wacke, Der alte Vater und die Keule oder Die Mär vom Undank der Kinder. *Forschungen zur Rechtsarchäologie und rechtlichen Volkskunde* 10: 15–46.

Wacke 1999: A. Wacke, Gute oder böse List. Rechtsfälle aus Schwank-Erzählungen von "Hans im Glück" zu Pinocchio. M. Sammer (ed.), *Leitmotive. Festschrift D.-R. Moser*, 671–687. Kallmünz.

Wackernagel 1843: W. Wackernagel, Die Vögelhochzeit. *Zeitschrift für Deutsches Alterthum* 3: 37–39.

Wagner 1998: F. Wagner, Mene mene tekel u-pharsin. "Gezählt, gewogen und zu leicht befunden" (Dan. 5,25–28). Bemerkungen zum Motiv der Seelenwägung. J. Holzhausen (ed.), *Psychē - Seele - anima. Festschrift K. Alt*, 369–384. Stuttgart & Leipzig.

Wailes 1968: S. L. Wailes, An Analysis of "des wirtes mare". *Monatshefte* 60: 335–352.

Waldemarsohn-Rooth 1942: A. B. Waldemarson-Rooth, Kung Lindorm. *Folkkultur* 2: 176–245.

Walker 1991: B. Walker, *Watermelons, Walnuts and the Wisdom of Allah*. Lubbock, Texas.

Walker/Uysal 1966: W. S. Walker, and A. E. Uysal, *Tales Alive in Turkey*. Cambridge, Mass.

Walker/Walker 1961: B. Walker, and W. Walker, *Nigerian Folk Tales*. New York.

Wallensköld 1907: A. Wallensköld, *Le Conte de la femme chaste convoiteé par son beaufrère*. Helsinki.

Walschap 1960: G. Walschap, *De wereld van Soo Moereman*. Hasselt.

Walters-Gehrig 1961: M. Walters-Gehrig, *Trois Fabliaux*. Tübingen.

Walther 1987: W. Walther, *Tausendundeine Nacht*. München & Zürich.

Waltinger 1927: M. Waltinger, *Niederbayerische Sagen*. Straubing ²1927.

Wander 1867ff.: K. F. W. Wander, *Deutsches Sprichwörter-Lexicon* 1–5. Leipzig 1867/70–80. (Berlin 2001. CD-ROM.)

Wann 1984: W. Wann, *Der Rattenfänger von Hameln. Hamelner Landeskinder zogen aus nach Mähren*. München.

Wannan 1976: B. Wannan, *Come In Spinner. A Treasury of Popular Australian Humor*. Adelaide et al.

Wannan 1981: B. Wannan, *Tell'em I died game. The Stark Story of Australian Bushranging*. Melbourne.

Ward 1883f.: H. L. D. Ward, *Catalogue of Romances in the Department of Manuscripts in the British Museum* 1–2. London 1883/93. [For vol. 3 see Herbert 1910.]

Ward 1980: D. Ward, The Return of the Dead Lover. N. Burlakoff, C. Lindahl et al. (eds.), *Folklore on Two Continents. Festschrift L. Dégh*. 310–317. Bloomington.

Wardroper 1970: J. Wardroper, *Jest upon Jest. A Selection from Jestbooks and Collections of Merry Tales Published from the Reign of Richard III to George III*. London.

Warnke 1885: K. Warnke, *Die Lais der Marie de France*. Halle.

Watenphul 1904: W. Watenphul, *Die Geschichte der Marienlegende von Beatrix der Küsterin.* Neuwied.

Waterman 1987: P. P. Waterman, *A Tale-Type Index of Australian Aboriginal Oral Narratives.* (FF Communications 238.) Helsinki.

Watzlik 1921: H. Watzlik, *Böhmerwald-Sagen.* Budweis.

Waugh 1960: B. H. Waugh, Jr., *The Child and the Snake. A-T 285, 672 C and Related Forms in Europe and America.* Diss. Bloomington.

Webster 1877: W. Webster, *Basque Legends.* London.

Weeks 1922: J. H. Weeks, *Congo Life and Jungle Stories* 1–2. London.

Wegener 1880: P. Wegener, Sagen und Märchen des Magdeburger Landes aus dem Volksmunde gesammelt. *Geschichtsblätter für Stadt und Land Magdeburg* 15: 50–75.

Wehse 1979: R. Wehse, *Schwanklied und Flugblatt in Großbritannien.* Frankfurt am Main et al.

Wehse 1980: R. Wehse, The Erotic Metaphor in Humorous Narrative Songs. N. Burlakoff, and C. Lindahl (eds.), *Folklore on Two Continents. Festschrift L. Dégh,* 223–232. Bloomington.

Wehse 1983: R. Wehse, *Warum sind die Ostfriesen gelb im Gesicht?* Frankfurt am Main & Bern.

Weinhold 1897: K. Weinhold, Zu dem Märchen vom Tod und Begräbnis des armen Sperlingweibchens. *Zeitschrift für Volkskunde* 7: 159–162.

Weinreich 1911: O. Weinreich, *Der Trug des Nektanebos.* Leipzig.

Weinreich 1921: O. Weinreich, Das Märchen von Amor und Psyche und andere Volksmärchen im Altertum. L. Friedländer, *Sittengeschichte Roms* 4. Leipzig $^{9-10}$1921, Anhang 10, 89–132.

Weinreich 1942: O. Weinreich, *Antiphanes und Münchhausen. Das antike Lügenmärlein von den gefrorenen Worten und sein Fortleben im Abendland.* Wien & Leipzig.

Weinreich 1951: O. Weinreich, Zu antiken Epigrammen und einer Fabel des Syntipas. *Annuaire de l'Institut de philologie et d'histoire orientales et slaves* 11: 417–467.

Weinreich 1953: O. Weinreich, Zwei Epigramme des Nikarchos und die Volksschwänke über Schwerhörige. *Hellenika,* Suppl. 4: 692–725.

Weisweiler 1978f.: M. Weisweiler, *Arabische Märchen* 1–2 (Die Märchen der Weltliteratur.) Düsseldorf & Köln 1978/79.

Wekenon Tokponto 2003: M. Wekenon Tokponto, *Deutsch-beninische Märchenforschung am Beispiel von Märchen in der Fon-Sprache mit phonetischer Transkription, Studie und Darstellung der Hauptfiguren und Themenvergleich.* Frankfurt am Main.

Wells 1925: M. Wells, A New Analogue to the "Pardonner's Tale". *Modern Language Notes* 40: 58–59.

Wells 1988: D. A. Wells, Die biblischen Worte im 'Unibos'. Ein Beitrag zur Bedeutungsforschung und zum Verständnis des Antikleralismus im Frühmittelalter. K. Grubmüller, L. P. Johnson, and H.-H. Steinhoff (eds.), *Kleinere Erzählformen im MA,* 83–88.

Paderborn et al.

Wendel 1928. F. Wendel, *Die Kirche in der Karikatur*. Berlin ²1928.

Wendeler 1905: C. Wendeler, Bildergedichte des 17. Jahrhunderts. *Zeitschrift für Volkskunde* 15: 150–165.

Wentzel 1978: L.-C. Wentzel, *Kurdische Märchen*. (Die Märchen der Weltliteratur.) Düsseldorf & Köln.

Wenzel 1979: S. Wenzel, The Joyous Art of Preaching. *Anglia* 97: 304–325.

Werner 1899. A. Werner, The Tar-Baby Story. *Folklore* 10: 282–293.

Werner 1925: A. Werner, *African Mythology*. Boston.

Werner 1968: A. Werner, *Myths and Legends of the Bantu*. London.

Wessel/Levin 1895: J. H. Wessel, *Samlede digte*. Ed. J. Levin. København ³1895.

Wesselski 1908: A. Wesselski, Johann Sommers Emplastrum Cornelianum und seine Quellen. *Euphorion* 15: 1–19.

Wesselski 1909: A. Wesselski, *Mönchslatein*. Leipzig.

Wesselski 1911: A. Wesselski, *Der Hodscha Nasreddin* 1–2. Weimar.

Wesselski 1912: A. Wesselski, *Italiänischer Volks- und Herrenwitz*. München.

Wesselski 1914. A. Wesselski, *Das lachende Buch*. Leipzig.

Wesselski 1916: A. Wesselski, "Die Scheune brennt". *Zeitschrift für Volkskunde* 26: 370f.

Wesselski 1921. A. Wesselski, *Die Legende um Dante*. Weimar.

Wesselski 1925: A. Wesselski, *Märchen des Mittelalters*. Berlin.

Wesselski 1927: A. Wesselski, Der Müller von Sanssouci. *Mitteilungen des Vereins für die Geschichte Berlins* 44: 147–152.

Wesselski 1928a: A. Wesselski, *Erlesenes*. Prag.

Wesselski 1928b: A. Wesselski, Der säugende Finger. *Sudetendeutsche Zeitschrift für Volkskunde* 1: 12–17.

Wesselski 1928c: A. Wesselski, Das bestohlene Heiligenbild. *Mitteilungen des Vereins für die Geschichte Berlins* 45: 127–130.

Wesselski 1929a: A. Wesselski, *Der Knabenkönig und das kluge Mädchen*. Prag.

Wesselski 1929b: A. Wesselski, Der Gott außer Funktion. *Archiv Orientálni* 1: 300–311.

Wesselski 1929c: A. Wesselski, Ein amerikanisches Motiv in einem Grimmschen Märchen. *Euphorion* 30: 545–551.

Wesselski 1930: A. Wesselski, Der gottgefällige Mord. *Archiv Orientální* 2: 39–53.

Wesselski 1931: A. Wesselski, *Versuch einer Theorie des Märchens*. Reichenberg i. B.

Wesselski 1932: A. Wesselski, Das Recht des Teufels auf Arbeit. *Niederdeutsche Zeitschrift für Volkskunde* 10: 1–16.

Wesselski 1933: A. Wesselski, Das Märlein vom Tode des Hühnchens und andere Kettenmärchen. *Hessische Blätter für Volkskunde* 32: 1–51.

Wesselski 1935: A. Wesselski, Quellen und Nachwirkungen der Haft paikar. *Der Islam* 22: 106–119.

Wesselski 1936a: A. Wesselski, *Klaret und sein Glossator. Böhmische Volks- und Mönchsmärlein im Mittelalter*. Brünn et al.

Wesselski 1936b: A. Wesselski, Die Vermittlung des Volkes zwischen den Literaturen. *Schweizerisches Archiv für Volkskunde* 34: 177–197.

Wesselski 1937: A. Wesselski, Die gelehrten Sklavinnen des Islams und ihre byzantinischen Vorbilder. *Archiv Orientální* 9: 353–378.

Wesselski 1938a: A. Wesselski, Das Geschenk der Lebensjahre. *Archiv Orientální* 10: 79–114.

Wesselski 1938b: A. Wesselski, Der Schmied von Jüterbog im Kiffhäuser. *Zeitschrift für Volkskunde* 46: 198–218.

Wesselski 1938f.: A. Wesselski, Ein deutsches Märchen des 18. Jahrhunderts und die Historie om Kong Edvard af Engelland. *Acta Philologica Scandinavica* 13 (1938/39): 129–200.

Wesselski 1942: A. Wesselski, *Deutsche Märchen vor Grimm*. Brünn et al.

Wessman 1931: V. E. V. Wessman, *Förteckning över Sägentyperna*. Helsinki.

Wessmann 2003: X. Wessmann, *Der Tod des grossen Pan. Zum Untergang des Naturgottes in der Antike*. Küsnacht.

Wetzel 1974: H. H. Wetzel, *Märchen in den französischen Novellensammlungen der Renaissance*. Berlin.

Weydt 1979: G. Weydt, Vom wahren Ursprung des "Bärenhäuters". Zum Märchen-, Sagen- und Aberglaubenproblem bei Grimmelshausen. R. Schützeichel (ed.), *Studien zur deutschen Literatur des Mittelalters*, 752–759. Bonn.

WF: *Western Folklore* 1 (1959)-10 (1959/60).

Wheeler 1943: H. T. Wheeler, *Tales from Jalisco, Mexico*. Philadelphia.

White 1952: N. I. White (ed.), *Frank C. Brown Collection of North Carolina Folklore* 1. Durham.

Whitesell 1947: F. R. Whitesell, Fables in Mediaeval Exempla. *Journal of English and Germanic Philology* 46: 348–366.

Wichmann 1901: Y. Wichmann, *Wotjakische Sprachproben* 2. Helsinki.

Wichmann 1916: Y. Wichmann, *Syrjänische Volksdichtung*. Helsinki.

Wickram/Bolte 1903: G. Wickram, *Rollwagenbüchlein. Die Sieben Hauptlaster*. Ed. J. Bolte. Tübingen.

Wienker-Piepho 1992: S. Wienker-Piepho, Frau Holle zum Beispiel. *Jahrbuch der Brüder Grimm-Gesellschaft* 2: 115–136.

Wienker-Piepho 2000: S. Wienker-Piepho, *"Je gelehrter, desto verkehrter"? Volkskundlich-Kulturgeschichtliches zur Schriftbeherrschung*. Münster.

Wiepert 1964: P. Wiepert, *Volkserzählungen von der Insel Fehmarn*. Neumünster.

Wieringa 1997: E. P. Wieringa, Humoristic (Obscene) Sudanese and Javanese Versions of "The Story of the Three Foolish Wishes" (Mot. J2071). *Fabula* 38: 302–304.

Wigström 1880: E. Wigström, *Skånska Visor, Sagor och Sägner*. Lund.

Wigström 1884: E. Wigström, *Sagor och äfventyr upptecknaded i Skåne*. Stockholm.

Wigström 1909f.: E. Wigström, *Byhistorier och skämtsägner* 1–6. Stockholm 1909–10.

Wigström / Bringéus 1985: E. Wigström, *Fågeln med guldskrinet. Folksagor samlade och upptecknade i Skåne*. Ed. N.-A. Bringéus. Wiken.

Wilbert / Simoneau 1992: J. Wilbert, and K. Simoneau, *Folk Literature of South American Indians. General Index*. Los Angeles.

Wildermuth 1990: *"Zweimal ist kein Traum zu träumen". Die Weiber von Weinsberg und die Weibertreue*. Bearb. von R. Wildermuth. Marbach.

Wildhaber 1955: R. Wildhaber, *Das Sündenregister auf der Kuhhaut*. (FF Communications 163.) Helsinki.

Wildhaber 1958: R. Wildhaber, "Die Stunde ist da, aber der Mann nicht." Ein europäisches Sagenmotiv. *Rheinisches Jahrbuch für Volkskunde* 9: 65–88.

Wildhaber 1974: R. Wildhaber, Zum Weiterleben zweier apokrypher Legenden 1. L. Carlen, and F. Steinegger (eds.), *Festschrift N. Grass*, 219–237. Innsbruck.

Wildhaber 1975: R. Wildhaber, AaTh 958. Hilferuf des Hirten. *Fabula* 16: 233–256.

Wildhaber / Uffer 1971: R. Wildhaber, and L. Uffer, *Schweizer Volksmärchen*. (Die Märchen der Weltliteratur.) Düsseldorf & Köln.

Wilgus / Rosenberg 1970: D. K. Wilgus, and B. A. Rosenberg, A Modern Medieval Story. "The Soldier's Deck of Cards". J. Mandel, and B. A. Rosenberg (eds.), *Medieval Literature and Folklore Studies. Festschrift F. L. Utley*, 291–303, 379–381. New Brunswick.

Wilhelm 1914: R. Wilhelm, *Chinesische Volksmärchen*. (Die Märchen der Weltliteratur.) Jena.

Williams 1985: J. R. Williams, Cinderella in the Appalachians. The Creative Use of Traditional Motifs. *Western Folklore* 51: 93–109.

Williams-Krapp 1986: W. Williams-Krapp, *Die deutschen und niederländischen Legendare des Mittelalters*. Tübingen.

Wilmink / Meder 1995: W. Wilmink, and T. Meder, *Beatrijs. Een middeleeuws Mariamirakel*. Amsterdam.

Winkle 1959: E. Y. van Winkle, *The Eye-Juggler. A Tale Type Study*. Bloomington.

Wisser 1922f.: W. Wisser, *Plattdeutsche Volksmärchen* 1–2. (Die Märchen der Weltliteratur.) Jena 1922/27.

Wisser 1924: W. Wisser, Das Märchen von einem, der auszog, das Fürchten zu lernen. *Nordelbingen* 3: 63–76.

Witteryck 1946: A. J. Witteryck, *Oude Westvlaamsche Volksvertelsels*. Brugge & Brussel.

Wittmann 1976: B. Wittmann (ed.), *Don Juan. Darstellung und Deutung*. Darmstadt.

Wlislocki 1888: H. Wlislocki, Der verstellte Narr. *Germania* 33: 342–356.

Wlislocki 1891: H. Wlislocki, *Märchen und Sagen der Bukowinaer und Siebenbürger Armenier*. Hamburg.

Woeller 1959: W. Woeller, *Deutsche Volksmärchen von arm und reich*. Berlin.

Woeller 1963: W. Woeller, Sozialer Protest in den Volksmärchen Mecklenburgs und Pommerns. *Lud* 48: 367–386.

Woeller/Woeller 1991: W. Woeller, and M. Woeller, *Sage und Weltgeschichte*. Berlin & Leipzig.

Wolf 1843: J. W. Wolf, *Niederländische Sagen*. Leipzig.

Wolf 1845: J. W. Wolf, *Deutsche Märchen und Sagen*. Leipzig.

Wolf 1851: J. W. Wolf, *Deutsche Hausmärchen*. Göttingen & Leipzig.

Wolfenstein 1965: M. Wolfenstein, Jack and the Beanstalk. An American Version. A. Dundes (ed.), *The Study of Folklore*, 110–113. Englewood Cliffs, N.J.

Wolfersdorf 1987: P. Wolfersdorf, *Westfälische Sagen*. Kassel.

Wolff 1893: G. A. Wolff, *Diu halbe bir. Ein Schwank Konrads von Würzburg*. Diss. Erlangen.

Wolfgang 1990: L. D. Wolfgang, *Le Lai de l'oiselet. An Old French Poem of the Thirteenth Century*. Philadelphia.

Wolfzettel 1975: F. Wolfzettel, Die soziale Wirklichkeit im Märchen. Charles Perraults "Le Chat botté". *Lendemains* 2: 99–112.

Wolterbeek 1985: M. Wolterbeek, Unibos, the Earliest Full Length Fabliau. *Comitatus* 16: 46–76.

Wossidlo 1897ff.: R. Wossidlo, *Mecklenburgische Volksüberlieferungen* 1–4. Wismar 1897/99/1906/31.

Wossidlo 1910: R. Wossidlo, *Aus dem Lande Fritz Reuters. Humor in Sprache und Volkstum Mecklenburgs*. Leipzig.

Wossidlo 1939: R. Wossidlo, *Mecklenburgische Sagen* 1–2. Rostock.

Wossidlo/Henßen 1957: R. Wossidlo, and G. Henßen, *Mecklenburger erzählen*. Berlin.

Wossidlo/Neumann 1963: R. Wossidlo, *Volksschwänke aus Mecklenburg*. Ed. S. Neumann. Berlin.

Woycicki 1920: K. W. Woycicki, *Volkssagen und Märchen aus Polen*. Breslau.

Wrasmann 1908: A. Wrasmann, *Die Sagen der Heimat*. Osnabrück.

Wrigglesworth 1981: H. J. Wrigglesworth, *An Anthology of Ilianen Manobo Folktales*. Cebu City.

Wrigglesworth 1993: H. Wrigglesworth, *Philippinische Märchen*. (Die Märchen der Weltliteratur.) München.

Wunderblume 1958: *Die Wunderblume und andere Märchen*. Berlin.

Wunderlich 1986: W. Wunderlich, Das Schlaraffenland in der deutschen Sprache und Literatur. *Fabula* 27: 54–75.

Wünsche 1897: A. Wünsche, Zwei Dichtungen von Hans Sachs nach ihren Quellen. *Zeitschrift für vergleichende Litteraturgeschichte* N. F. 11: 36–59.

Wünsche 1899: A. Wünsche, Das Wasser des Lebens in den Märchen der Völker. *Zeitschrift für vergleichende Litteraturgeschichte* N. F. 13: 166–180.

Wünsche 1905a: A. Wünsche, *Die Sagen vom Lebensbaum und Lebenswasser. Altorientalische Mythen*. Leipzig.

Wünsche 1905b: A. Wünsche, *Der Sagenkreis vom geprellten Teufel*. Leipzig & Wien.

Wurzbach 1899: W. von Wurzbach, Stolbergs Ballade "Die Büßende". *Euphorion* 6: 84–90.

Würzbach/Salz 1995: N. Würzbach, and S. M. Salz, *Motif Index of the Child Corpus. The English and Scottish Popular Ballad*. Berlin & New York.

West Virginia Folklore: *West Virginia Folklore* 5 (1955).

Yates 1948: D. E. Yates, *A Book of Gypsy Folk-Tales*. London.

Yates 1969: D. N. Yates, *The Cock and the Fox Epsiodes of Ysengrimus, Attributed to Simon of Ghent: A Literary and Historical Study*. Diss. Chapel Hill.

Zaborowski 1975: H.-J. Zaborowski, *Märchen aus Korea*. (Die Märchen der Weltliteratur.) Düsseldorf & Köln.

Zachariae 1907: T. Zachariae, Die Aufgabe, Stricke aus Sand zu winden. *Zeitschrift für Volkskunde* 17: 461f.

Zachariae 1931: T. Zachariae, Indische Parallelen zu König Lears Fragen an seine Töchter. *Zeitschrift für Volkskunde* 41: 141–147.

Zago et al. 2001: E. Zago, J. Owen and M. Serwatka, The Jew and the King's Cup-Bearer. A Tale of Jewish Life in Medieval Europe. *Fabula* 42: 213–241.

Zajączkowski 1932: A. Zajączkowski, Turecka wersja bajki ezopowej o zonie i śmierci [A Turk Variant of the Fable of Aesop about Wife and Death]. *Pamietnik Literacki* 29: 465–475.

Zall 1963: P. M. Zall, *A Hundred Merry Tales, and Other English Jestbooks of the Fifteenth and Sixteenth Centuries*. Lincoln, Nebraska.

Zall 1970: P. M. Zall, *A Nest of Ninnies and Other English Jestbooks of the Seventeenth Century*. Lincoln, Nebraska.

Zapperi 1984: R. Zapperi, *Der schwangere Mann*. München.

Zaunert 1922f.: P. Zaunert, *Deutsche Märchen seit Grimm* 1–2. Jena 1922/23.

Zaunert 1926: P. Zaunert, *Deutsche Märchen aus dem Donaulande*. (Die Märchen der Weltliteratur.) Jena.

ZDMG: *Zeitschrift der deutschen morgenländischen Gesellschaft* 1 (1847)-75 (1921); N. F. 76 (1922)-122 (1962); N. F. 113 (1963) ff.

Zelenin 1914: D. K. Zelenin, *Velikorusskie skazki Permskoj gubernii* [Russian Folktales of the Area of Permsk]. Petrograd.

Zelenin 1915: D. K. Zelenin, *Velikorusskie skazki Vjatskoj gubernii* [Russian Folktales of the Area of Vjatka]. Petrograd.

Zender 1935: M. Zender, *Volksmärchen und Schwänke aus der Westeifel*. Bonn.

Zender 1966: M. Zender, *Sagen und Geschichten aus der Westeifel*. Bonn [2]1966.

Zender 1984: M. Zender, *Volksmärchen und Schwänke aus Eifel und Ardennen*. Bonn.

Zenker-Starzacher 1941: E. Zenker-Starzacher, *Eine Märchenerzählerin aus Ungarn*. München.

Zenker-Starzacher 1956: E. Zenker-Starzacher, *Es war einmal ... Deutsche Märchen aus dem Schildgebirge und dem Buchenwald*. Wien.

Zeyrek 1995: D. Zeyrek, Daughter-of-Mine Who Gets Hurt from Violet Petals. *Fabula* 36: 243–258.

ZfVk.: *Zeitschrift für Volkskunde* 1 (1891) ff.

Ziegeler 1988: H.-J. Ziegeler, Chaucer, Mären, Novellen: 'The Tale of the Cradle'. K. Grubmüller, H.-H. Steinhoff, and L. P. Johnson (eds.), *Kleinere Erzählformen im Mittelalter*, 9–31. Paderborn.

Ziegeler 1993: H.-J. Ziegeler, Aronus. Oder Maria und Dagarius. W. Haug, and B. Wachinger (eds.), *Kleinere Erzählformen des 15. und 16. Jahrhunderts*, 311–331. Tübingen.

Zimmermann 2001: H.-P. Zimmermann, Die Sterntaler. Ein Märchen der Brüder Grimm, gelesen als handfestes Politikum in kontingenztheoretischer Rahmung. *Zeitschrift für Volkskunde* 97: 67–94.

Zingerle/Zingerle 1870: I. V. Zingerle, and J. Zingerle, *Kinder- und Hausmärchen aus Tirol*. Gera ^{2}1870.

Zingerle/Zingerle 1891: I. Zingerle, and V. Zingerle, *Sagen aus Tirol*. Innsbruck.

Zingerle/Zingerle 1916: I. Zingerle, and V. Zingerle, *Kinder- und Hausmärchen aus Tirol*. Ed. O. von Schaching. Regensburg & Rom ^{2}1916.

Zipes 1982: J. Zipes, *Rotkäppchens Lust und Leid. Biographie eines europäischen Märchens*. Köln.

Zipes 1989: J. Zipes, "Little Red Riding Hood" as Male Creation and Projection. A. Dundes (ed.), *Little Red Riding Hood*, 121–128. London.

Zipes 2000: J. Zipes (ed.), *The Oxford Companion to Fairy Tales*. Oxford & New York.

Zobel/Eschweiler 1997: K. Zobel, and C. Eschweiler, *Vergleichende Analysen zu literarischer Kurzprosa*. Northeim.

Zŏng 1952: In-Sŏb Zŏng, *Folk Tales from Korea*. New York & London.

Zotenberg 1988: H. Zotenberg, *Histoire d'Alâ al Dîn ou la lampe merveilleuse*. Paris.

Zoulim 1992. S. Zoulim, Une Variante protokabyle du Totenvogel. *Fabula* 33: 116–120.

Zupanc 1932. L. Zupanc, *Belokrajinske pripovedke* [Folktales of Bela Krajina]. Ljubljana.

Zupanc 1944a: L. Zupanc, *Velikan Nenasit. Belokrajinske pripovedke* [The Voracious Giant. Folktales of Bela krajina]. Ljubljana.

Zupanc 1944b: L. Zupanc, *Svirel povodnega moža in druge belokrajinske pripovedke* [The Waterdemon's Whistle and Other Fairytales from Bela krajina]. Ljubljana.

Zupanc 1956: L. Zupanc, *Zaklad na Kučarju* [The Treasure on Kučar Hill]. Ljubljana.

Zweerde 1981: H. van der Zweerde, *'k Mag sterven als 't niet waar is (Mak starv'n as 't niet waor is). Het oude Drentse dorp Uffelte in 1925. Arnhem & Zutphen.*

Zwernemann 1985: J. Zwernemann, Erzählungen aus der westafrikanischen Savanne. Wiesbaden.

Zwierzina 1909: K. Zwierzina, Die Legenden der Märtyrer vom unzerstörbaren Leben. Innsbrucker Festgruß der 50. Versammlung deutscher Philologen in Graz, 130–158. Innsbruck.

補足参考文献一覧

Apo, S. 1995: *The Narrative World of Finnish Fairy Tales. Structure, Agency, and Evaluation in Southwest Finnish Folktales* (FF Communications 256). Helsinki.

Armistead, S. G. 1978: *El romancero Judeo-Español en el Archivo Menéndez Pidal: catálogo-indice de Romances y Caniones*. Madrid.

Armistead, S. G. 1977: *Judeo-Spanish Catalog and Index of Ballads and Songs*. Madrid.

Azzolina, D. S. 1987: *Tale Type- and Motif-Indexes. An Annotated Bibliography*. New York & London.

Bennett, G. 1987: Problems in Collecting and Classifying Urban Legends. A Personal Experience. G. Bennett, P. Smith, and J. D. A. Widdowsen, (eds.), *Perspectives on Contemporary Legend* 2, 15–30. Sheffield.

Bentolila, F. 1987: *Devinettes berbères* 1–3. Paris.

Berlioz, J., and M. A. Polo de Beaulieu, (eds.) 1992: *Les Exempla médiévaux. Introduction à la recherche, suivie des tables critiques de l'Index exemplorum de Frederic C. Tubach*. Carcassone.

Brandt, M. 1974: *Registrant over Evald Tang Kristensens Samling af eventyr*. Åbo.

Bratcher, J. T. 1973: *Analytical Index to Publications of the Texas Folklore Society* 1–36. Dallas.

Brémond, C. 1980: Comment concevoir un Index des motifs. *Le Bulletin du Groupe de recherches sémio-linguistiques* 16: 15–29.

Butterworth, H. 1956: *Motif-Index and Analysis of Early Irish Hero Tales*. Diss. New Haven.

Carnes, P. 1985: *Fable Scholarship. An Annotated Bibliography*. New York & London.

Clements, W. M. 1969: *The Types of the Polack Joke*. Bloomington.

Coffin, T. P. 1958: *Analytical Index to the Journal of American Folklore*. Philadelphia.

Courtés, J. 1980: Le Motif en ethno-littérature. Le motif selon Stith Thompson. *Le Bulletin du Groupe de recherches sémio-linguistiques* 16: 3–14.

Eastman, M. H. ²1926: *Index to Fairy Tales, Myths and Legends*. Boston.

Ellis, B. 1994: "The Hook" Reconsidered. Problems in Classifying and Interpreting Adolescent Horror Legends. *Folklore* 105 : 61–75.

Gaster, M. 1971: *The Chronicles of Jehrameel. Or The Hebrew Bible Historiale [...]*. Reprint with Preface of H. Schwarzbaum. New York.

Habel, T. 2002: Zum Motiv- und Stoff-Bestand der frühen Nürnberger Fastnachtspiels. Forschungsgeschichtliche, methodische und gattungsspezifische Aspekte. T. Wolpers (ed.), *Ergebnisse und Perspektiven der literaturwissenschaftlichen Motiv- und Themenforschung. Bericht über Kolloquien der Kommission [...] 1998–2000*. 121–161. Göttingen.

Hansen, M. 1970: *Eventyrindeks*. Copenhagen (Supplement 1964–1974. Copenhagen 1975; Supplement 1969–1979. Copenhagen 1980).

Heissig, W. (ed.) 1995: *Formen und Funktion mündlicher Tradition. Vorträge eines Akademie-*

symposiums in Bonn, Juli 1993. Opladen.
Heissig, W. 1988: Erzählstoffe rezenter mongolischer Heldendichtung 1–2. Wiesbaden.
Hervieux, L. 1893–99: *Les Fabulistes latins* 1–5. Paris.
Ispas, S., and D. Truţă 1985ff.: *Lirica de dragoste. Index motivic şi tipologic* [Oral Poetry of Love. Motif Index and Typology]. 1–4. Bucureşti 1985/86/88/89.
Jakubassa, E. 1985: *Märchen aus Neuseeland. Überlieferungen der Maori.*(Die Märchen der Weltliteratur.) Köln.
Jason, H. 1996: Indexing of Folk and Oral Literature in the Islam-Dominated Cultural Area. *Bulletin of the School of Oriental and African Studies* 59: 102–116.
Jason, H. 2000: *Motif, Type and Genre. A Manual for Compilation of Indices & A Bibliography of Indices and Indexing* (FF Communications 273). Helsinki.
Kennedy, P. H. 1966: *Motif-Index of Medieval French Epics Derived from Anonymous Sources in the Early Twelfth Century*. Diss. Chapel Hill.
Kooi, Jurjen van der 2001: The Folktale Paradox. Folktales, Identity and Minority. Migration, *Minorities, Compensation*, 111–120. Bruxelles.
Künzig, J. 1936: *Typensystem der deutschen Volkssage*. (Masch.) Freiburg i. Br..
Lindell, K. 1995: Indexing Folk Literature of South American Indians. *Asian Folklore Studies* 4: 119–125.
Matveeva, R. P. 1985: Sjužetnyj Sostav russkich volšebno-fantastičeskich skazok Sibiri [Thematical Collection of Russian Fairy Tales in Siberia]. T. G. Leonova (ed.), *Lokalnye osobennosti russkogo fol'klora Sibiri*. 5–55. Novosibirsk.
Mitropol'skaja, N. K. 1975: Obščij ukazatel' sjužetov i variantov skazok zapisanyh ot russkih starožilov Litvy [General Index of Types and Variants of Folktales, Recorded from Russian Old-Timers in Lithuania]. *Literatura* 16: 89–135.
Mode, H. 1961: Types and Motifs of the Folktales of Bengal. *Folklore (Calcutta)* 2 (4) 201–205.
Moser-Rath, E. 1969: *Schwank, Witz, Anekdote. Entwurf zu einer Katalogisierung nach Typen und Motiven. Göttingen* (Ms.).
Nagy, I. 1990: The Catalogue of the Hungarian Aitological Legends. *Specimina Sibirica* 3: 149–155.
Niles, S. A. 1981: *South American Indian Narrative*. New York & London.
Pujol, J. M. 1982: *Contribució a l'index de tipus de la rondalla catalana. Tesi de llicenciatura*. Barcelona.
Schild, U.: *Märchen aus Papua-Neuguinea* (Die Märchen der Weltliteratur.) Düsseldorf & Köln 1977.
Sidorova, E. S. 1974: Sjužety čuvašskih bytovyh skazok. Ukazatel' po AA [Types of Čuvaš folk novellae. Index according to A(arne)-A(ndrejev)]. *Čuvašskij jazyk, fol'klor i literatura* 3: 171–202.
Smith, R. E. 1980: *Type-Index and Motif-Index of the Roman de Renard*. Uppsala.
Tatum, J. C. 2000: *A Motif-Index of Luis Rosado Vega's Mayan Legends*. (FF Communications

271.) Helsinki.

Uther, H.-J. 1984: Einige Bemerkungen zum gegenwärtigen Stand der Klassifizierung von Volkserzählungen. *Fabula* 25: 308–321.

Uther, H.-J. 1996: Type- and Motif-Indexes 1980–1995. An Inventory. *Asian Folklore Studies* 55: 299–317.

Uther, H.-J. 1997: Indexing Folktales. A Critical Survey. *Journal of Folklore Research* 34 (3): 209–220.

Uther, H.-J. 1999: Motivkataloge. *Enzyklopädie des Märchens* 9, 957–968. Berlin & New York,.

Uther, H.-J. (ed.) 2003: *Deutsche Märchen und Sagen*. Berlin 2003 (CD-ROM).

Uther, H.-J. (ed.) 2004: *Märchen und Sagen Europas*. Berlin 2004 (CD-ROM).

Voigt, V. 1977: Anordnungsprinzipien. *Enzyklopädie des Märchens* 1. Berlin & New York, 565–576.

Winger, B. 1930: *A Classification of Motifs in Eskimo Folk-Literature*. Diss. Bloomington.

Wycoco, R. S. 1951: *The Types of North American Indian Tales*. Diss. Bloomington.

Yarrow, A. H. 1939: *Classification of Folk-Motifs in the Fabliaux*. Diss. Chapel Hill.

Xhagolli, A. 2001: *Klasifikimi i prozës popullore shqiptare* [The Classification of the Albanian Folk Prosa]. Tiranë.

索　引

あ

愛(Love)　一目惚れ 404, 666*, 寝ている女を見て恋に落ちる 304, 愛から誓いを破る 770, 愛が動物婿の魔法を解く 425*, 植物に愛をいだかされる 407, 塩のように愛する 923, 愛に報いない 1515, 美しい女の愛 861, 離れている女の愛 302B, 465, 891A, 黄金の若者の愛 314, ヨリンデとヨリンゲルの愛 405, 男(数人の男たち)の愛が貞節な妻によって拒絶される 881, 既婚の女の恋 891B*, 隣人の子ども同士の恋が悲劇的な最後を迎える 899A, 貴族の女とパン屋の恋 873, 見知らぬ男の愛 313, 3 つの果実(オレンジ, レモン)の愛 408, 塔に幽閉された女の愛 310, 女の愛が拒絶される 891A, 庭師との愛 314, 既婚の女との恋 891B*, 両親によって貧しい男との恋が拒絶される 885A. ―美しい女の絵(等)によって王が女に恋をする 302B, 夫の留守に恋に落ちる 1352A, うわさを聞いて恋に落ちる 874, 養子関係の妹(遊び友達)に恋をする 652, 人形に恋をする 459, 絵姿で恋に落ちる 403, 459, 516, 姫に恋をする 510B, 554, 監視されていない妻に恋をする 1515, 861A, 871, ライオンが農夫の娘に恋をする 151*, 愛の証の品々 870, 娘の貧しい男との恋を両親が反対する 885, 885A, 王子が姫の名前を聞いて恋に落ちる 516, 水に映った女の子の姿に王子が恋をする 705A, 王子が見知らぬ美女に恋をする 510A, 510B*, 王子が城主を装っている女に恋をする 545A, 姫が男の服を着た女に恋をする 514, 880, 愛に報いることを拒む 1515, 数人の男たちが 1 人の女に恋をする 653A, 653B, 愛の証 870A, 男の女へのかなえられない愛 864, 女が動物に恋をする 425C.

挨拶する(Greets)　人が風に挨拶する 298A*.

挨拶をすること(Greeting)　挨拶をする動物 1705, 挨拶が聖者たちの争いを招く 846*, 毎日挨拶する馬の頭 533,「神があなたを助けてくださいますように」の言葉を拒否する 830B, 挨拶が招待だと受け取られる 1544. ―愚かな挨拶 1694A, 挨拶を誤解することがばかげた会話につながる 1698J.

愛される(Loved)　3 人兄弟の末の弟は女たちから愛されることを望む 580.

愛人(Paramour)　愛人, 恋人, 求愛者(Lover), 求婚者(Suitor)を見よ.

愛人, 恋人, 求愛者(Lover)　1352A, 1355A*, 1357*, 1358, 1359, 1359B, 1360C, 1361, 1363, 1410E, 1419A, 1536B, 姦夫と愛人がロバに変身させられる 449, 主婦と愛人がいっしょに食事の前に盗み食いをする 1741, 愛人と妻 1355B, 1355C, 妻と愛人が夫を海に投げ込む 612, 間男が夫からお金を借りる 1420C, 愛人が物を(わざと)壊す 1420A, 夫(強盗)の寛容さを聞いて昔の恋人が婚約を解消する 976, 雪が降ったために, 恋人は見つからずに帰ることができない 926E, 去勢された愛人 1360B, 愛人が夫にだまされる 1424, 妻の愛人が夫を(妻を)だます 1420A–1420D, 夫に愛人が打ち負かされる 318, 愛人が発見される 1725, 愛人が巡礼(ロバ追い)に変装する 1418, 愛人が夫にだまされる 1364, 求愛者が夫婦にだまされる 1358A, 1359C, 愛人がこっそり逃げる 1419J*, さらし者になった求愛者 571B, 1358A, 1358B, 1360B, 1380, 愛人が解放され, 動物が入れ替えられる 1419B, 愛人が性的に身を許してくれたお礼に馬と荷車を与える 1420B，隠れた愛人 1355, 1355A, 1359A，1360, 1364, 1419D，愛人が長持ち(羽毛のベッド，食器棚，スーツケース)に隠される 1358D, 1419，愛人が食器棚(ベッドの下)に隠される 1419C，愛人を豚小屋に隠す 1419F，愛人がストーブに隠れる 1441B*，召し使いが戻ってくると，愛人が隠れる 1725，物乞いに変装した恋人が愛人に拒まれる 910G，恋人がほかの女と結婚しようとする 870，愛人が殺される 1355A, 1536C, 1537，愛人が聖職者の妻に，メンドリが話すこと(歌うこと)を覚えられると思い込ませる 1750，殺された愛人 1536C，夫に殺された妻の愛人が食事として気づいていない妻に出される 992，愛人が情婦の夫を釘で殺す 960D，既婚女性の愛人が夫によって首を切られる 992A，母親の愛人が，母親が息子を殺すのを手伝う 590，思い出された恋人 884，愛人が贈り物を取り返す 1420B，情婦が夫を殺したあと，愛人が情婦を拒む 871A，恋人が少女の胸からヘビを取り除く 890A*，愛人が贈り物を使って女を誘惑する 1420A，愛人がお金を使って女を誘惑する 1420D，愛人が夫によって長持ち(食器棚，部屋)の中に捕らえられる 1419B，愛人が夫を出し抜こうとする 1359A*，愛人が歌で警告される 1419H. ― ゆっくりと歩いて帰り，妻の愛人を避ける 1409，愛人としての身体障害者(物乞い，黒い男) 871A，死んだ愛人が女主人に気づかれずに食事として出される 992，称賛された女が自分の目を恋人に送る 706B，にせの恋人が妊娠させる 1542*，金銭目当ての愛人が愚かな妻をだましてメンドリと卵と餌をもらう 1750，妃に愛人がいる 875D*，妹の恋人としての強盗(悪魔，竜，デーモン) 315，妻の愛人に鍛冶屋が中傷される 571B，妻に愛人がいる 824，妻が木の上で愛人に会う 1423. ― 求婚者(Suitor)も見よ.

愛人たち，恋人たち(Lovers)　1352, 1355A, 1355C, 1418*, 1426，愛人たちは追っ手と逃亡者 1419D，愛人たちが隠れ，捕まり，罰せられる(殺される) 1730，求愛者たちが隠れ場所で殺される 1536B，恋人たちがいっしょに暮らすことを許されない 970，恋人同士が死んで再びいっしょになる 666*，別れた(仲直りした)恋人たち 432, 575，恋人たちが地下通路を通って互いに訪ね合う 1419E，求愛者たちが既婚の女を訪問する 1536B. ― 愛人を持つことは妻の務め 1357*.

愛人の(Lover's)　愛人への贈り物を取り返す 1420，愛人のズボンを間違えて夫に渡す 1419G.

愛する(Loves)　娘が父親を塩のように愛する 923，妻が夫を熱い太陽の下の風のように愛する 923A.

アイデンティティー(Identity)　魔法の品々によって何者であるかが証明される 535，傷によって(しるしによって)正体がばれる 314. ― うっかり正体がばれる 1420D，だまされた男が自分を不幸に陥れた男に，自分の正体を明かす 936*，娘が自分の正体を父親に明かす 570A，変装した女が自分が何者なのかを王に明かす 879*，感謝している死者が自分の正体を明かす 505, 507，王が，自分が何者かを明かす 951A，恋人が自分の正体を明かす 885，母親が最後の瞬間に息子だと気づく 920A*，王子が自分の正体を明かす 900，王子が自分の素性を養子関係の妹から知らされる 652，放蕩息子が自分の正体を明かす 935，強盗が，自分が何者かを明かす 956B，見知らぬ人が王であることを明かす 952，恋人がほかの女とまさに結婚しようというときに，女が自分の正体を明かす 891A.

アイデンティティー（複数）（Identities） アイデンティティーが誤解される 1337.
愛撫する（Caress） ロバが犬のように自分の主人を愛撫しようとする 214.
アイルランド人（Irishman） 726, 1349D*.
会う約束（Rendezvous） 王の母親を誘惑するために会う約束がなされる 920A*，禁止にもかかわらず会う約束をする 899A，母親が若い男と会う約束をする 823A*. ―寝ていて逢い引きを逃す 861A，逢い引きを寝過ごす 861.
青ひげ（Bluebeard） 312.
赤い（Red） 7番目の子どもの赤い髪 1425B*，ペテン師としての王 303. ―紅海を描くのに真っ赤に塗るだけ 1857.
赤い顔の（Red-faced） 赤い顔の男が赤毛の男をだます 1588**.
赤毛の（Red-haired） 赤毛の子どもたちの父親が聖職者であることを，泥棒がばらす 1805*.
明かす（Reveal） 子どもたちが動物婿を呼び出す魔法の呪文を明かす 425M.
赤頭巾（カプチェット・ロッソ）（Cappuccetto rosso） 333.
赤頭巾（Petit Chaperon Rouge） 333.
赤頭巾（Rotkäppchen） 333.
赤ん坊（Baby） 沸騰したお湯で赤ん坊が殺される 1408, 1680.
明らかにすること（Revealing） 誰が教会から盗みをはたらいたかを明らかにする 1641B*.
悪（Vices） 悪が次々と連鎖する 839. ―多くの悪癖を持つ聖職者 1836A.
悪意（Malice） 姑の嫁への悪意 903C*，妻の悪意 872*.
悪意のある（Malicious） 悪意のある外国人 1865.
飽くことを知らない（Insatiable） 飽くことを知らないオオカミが家族と牛を食べる 163，飽くことを知らないオオカミが羊の群れと羊飼いを食べる 162A*.
悪人（Evil-doer） 756A, 973.
悪人（Malefactor） 652.
悪人たち（Evil-doers） 883A.
あくび（複数）（Yawns） 密通のしるしとしての伝染するあくび 1431.
悪魔（Devil） 10***, 301D*, 302, 314, 327C, 328, 361, 400, 476, 507, 537, 563–565, 706, 755, 759D, 768, 774A, 778*, 779J*, 798, 804B*, 808, 810–826, 831, 857, 862, 903C*, 1000–1199, 1310*, 1319A*, 1334**, 1343, 1358A, 1358C, 1383, 1419F, 1536B, 1791, 1823, 1910, 1920H, 悪魔が姫をさらう 301，悪魔が姫たちをさらう 301，悪魔が金持ちをさらう 831，悪魔が数人の兄弟をさらう 327G，悪魔が女に魔法を使って堕胎することを助言する 755，悪魔がすでに死んでいる（お金を集められない）822*，悪魔がいつも非難される 846，悪魔と動物 1131，悪魔と農夫 1059*，悪魔と作男 1132, 1153，悪魔と少女 1180，悪魔と神 1030, 1184，悪魔と神が言い争う 773**，悪魔と神がお互いを怖がらせる 1145，悪魔と神が創造を競う 773，悪魔と下男 1048，悪魔と弁護士 1186，悪魔と男 1000–1190*，悪魔とお婆さん 1353，悪魔と召使い 475，悪魔と鍛冶屋 330，悪魔と雷神 1148B，悪魔と女 1169, 1172, 1176, 1180, 1183, 1187, 1188, 1192, 1199, 1199A，兵隊の背嚢に十字に結ばれたひもが悪魔をいらつかせる 1168，お金の貸し主である悪魔がだまされる 822*，神の最大の敵としての悪魔 1425，援助者としての悪魔 831, 1187, 1191，晩餐のもてなし手としての悪魔 821B*，夫としての悪魔 1476B，建築の親方としての悪魔 810A*, 1191，刈り入れ人としての悪魔 752C, 820B，神話的なお金の貸し手としての悪魔 822*，求婚者としての悪魔 311，不実な旅の道連れとしての悪魔が役割を交換することを強いる 531，悪魔が靴職人に自分のために(馬のために)靴をつくってくれと頼む 815*，懺悔での悪魔 818*，回転砥石を回す悪魔 1178**，不注意に口にした言葉(呪い)によって悪魔が呼び出される 813A，悪魔が契約を取り消す 756B，悪魔が不可能な課題を成し遂げられない 1171–1180，悪魔が十字に耐えられない 1166*，悪魔がけんか好きの妻に耐えられない 1164，悪魔が魔法の道具に勝てない 811A*，悪魔が謎を解けない 1178，悪魔が弁護士を連れ去る 1186，悪魔が男を連れ去る 813B，悪魔がオールドミスを連れ去る 1476B，悪魔が織工を袋に入れて運ぶ 1177，悪魔が賠償を求める 1184，悪魔が最初に橋を渡った者を要求する 1191，悪魔が魂を要求する 1188，悪魔が人との戦いで打ち負かされる 305，初夜に花嫁と過ごす権利を悪魔が要求する 1165，悪魔が死体を食べる 407，悪魔が逃げる 1188, 1199A，追い出された悪魔 1147*, 1164, 1168C，悪魔がソロモン王(その他の人物)を地獄から追い出す 804B，悪魔がキリストの磔刑像を恐れる 1168，悪魔が魔法の輪を恐れる 1168，悪魔が靴職人を恐れる 1168，悪魔が雷と稲妻を恐れる 1165，悪魔が処女マリアを恐れる 1168C，悪魔を鎖で縛る 803，悪魔が狩人に救われる 1164，悪魔がオオカミたちにおびえる 1150，悪魔がにせの幽霊を驚かす 1676，悪魔が労働契約を果たす 810A，悪魔が男に魔法の石を与える 593，悪魔が手に負えない妻を守ることをやめる 1352，悪魔が罪滅ぼしをしなければならない 810A，悪魔が強い男にかなわない 650A，悪魔が中傷された男を助ける 571B，悪魔が干し草づくり(刈り入れ)を手伝う 820B，悪魔が物について無知である 1650，瓶の中の悪魔 862，変装した悪魔 815*, 839A*, 921B，ノアの箱船に乗った悪魔 825，悪魔がだまされてけがをさせられる 1143，悪魔が見張りをする 1166*，悪魔が殺される 407，妹を救おうとした兄弟たちを悪魔が殺す 312D，神聖な名を呼ぶと悪魔が去る 817*，悪魔が貧しい男に雌牛を貸す 1161A，悪魔が穴の中で暮らしている 1164，悪魔が瓶の中に誘い込まれる 1164，男が悪魔に魂を売る 091，悪魔が悪い女と結婚する 1164，悪魔がオールドミスと結婚する 1476B，悪魔が刈り入れをする（脱穀をする）820，悪魔が魔法の鎌で刈り入れをする 820A，だまされた悪魔 1155–1169, 1182, 1182A, 1185, 1187, 1187*, 1191, 1199A，悪魔が，酒飲みが両親を殺すなら富をやると約束する 931A，悪魔が(複数の)謎かけをする 812, 822*，悪魔が人を墓に引き戻す 1676B，悪魔が鉄の男の喉に手を入れる 1162，悪魔が肖像画を受け取る 819*，悪魔が動物の魂をもらう 1191，悪魔が名づけ親として拒否される 332，悪魔が無実の男を助ける 821B，悪魔が熊に乗る 1161A，悪魔が水に映った少女の姿を見る 1141，悪魔が守銭奴を振ってお金を取り出す 760A*，悪魔が豚の毛を刈る 1037，悪魔が明日来なければならない 1188，悪魔が男に，彼の妻の不誠実さを見せる 824，悪魔がどこに宝が埋められているか教えてくれる 1645B，悪魔が裏返した馬鍬に乗る 1059*，悪魔が死体の皮を剝ぐ 815，悪魔が雷神の楽器を盗む 1148B，悪魔がハチに刺される 1177，悪魔が兵隊の代理をする 1166*，軽率な言葉によって悪魔が呼び出される 813, 813A, 813C，悪魔が隠者の魂を取る 756A，悪魔が粉屋に教える 1163，悪魔が鍛冶屋に教える 1163，悪魔が男を誘惑する 706B，悪魔が男を脅す 1150，悪魔がパン(麻)と同じ苦しみに耐える 1199A，悪魔が 3 つの願いをかなえる 1173A，悪魔が起きているふりをしている男にだまされる 813*，悪魔が夫婦を別れさせようとする 1353，悪魔が姫と結婚したがる 314A*，悪魔が貧しい男の援助者として働く 362*，悪魔が名前を牛皮に書く 826. — 不貞をはたらいている男女が，覗いていた男を悪魔と間違える 1776，悪魔に取られることを想定する 1840，政治的信条としての悪魔の信奉者 1613A*，黒い男を悪魔と間違える 1319P*，バターのかくはん樽を悪魔と間違える 1314，悪魔と人の競争 7，悪魔との契約のために，職人たち（兄弟）が命に関わる返答をする 360，悪魔に与えられると約束された子ども 312C, 811A*，悪魔に与えられると約束された子どもが聖職者になる 811，子どもが悪魔に売られる 810B*，豚の背中に乗った聖職者が，自分は悪魔に連れ去られるのだと思う 1838，悪魔との契約 750H*，悪魔（女神）とのダンス 306，悪魔のところから来た少女 813A，助けになる悪魔 545D*，悪魔のためにろうそくに火をともす 1645B，刈り入れ人が悪魔と間違えられる 752C，お爺さんが自分が悪魔と寝たと思う 1441A*，悪魔への借金の支払いが無効にされる 1185*，悪魔としてのペニス 1425，汽船（列車）を悪魔と間違える 1315*，愚かな悪魔 1000–1199，求婚者は悪魔の姿をして棺を運び出さなければならない 940，すすで真っ黒になった泥棒が，自分は悪魔だと皆に信じさせる 1624B*，女が押しつけがましい悪魔と会うのをさける 480A.

悪魔たち（Devils） 301, 315, 410*, 480C*, 613, 650A, 810A*, 811, 839A*, 1164, 1740, 1860A，悪魔たちと天使たちが魂をめぐって争う 808，悪魔たちと教会のお金 815，悪魔たちが銅貨を鋳造する 1182A，魔法の品々をめぐる争い 518，悪魔たちがソロモンを海の底から救う 920A*，悪魔たちが太陽と月と星を盗む 328A*，悪魔たちが偽証をした男のすべての毛をむしり取る 813C，悪魔たちが法王を誘惑する 816*. — 悪魔の親玉が人食い姫の脳みそを煮ている 871，鉱夫たちが悪魔のふりをする 1706E，女たち（少女たち）のことを小さな悪魔だと言う 1678.

悪魔の（Devil's） 悪魔の契約 813*，悪魔の雌牛が肥やされる 1161A，悪魔の犬たち 1150，悪魔のヤギたち 1184，悪魔の援助を受ける 545D*, 571B, 650A, 820B, 831, 1001, 1116，悪魔の祖母 812，悪魔の手伝いが木を切らなければならない 1001，悪魔の馬が無慈悲な金持ちの男を運ぶ 761，悪魔の親切 362*，悪魔の愛人 407，悪魔の謎かけ 812，悪魔の分 1574A，悪魔のくそ 1319P*，悪魔の妹 1676H*，悪魔の策略で夫婦たちや恋人たちが別れる 821A*，悪魔の妻（妹，母親，娘）と男 1121. — 悪魔の 3 本のひげ 461.

悪魔のような（Diabolic） 悪魔のような娘の誕生 307.

あごひげ（Beard） 本人の証となるあごひげ 1225，あごひげに金メッキをする 1138，あごひげを木の割れ目に挟む 1159，あごひげが女に最近死んだヤギのことを思い出させる 1834. — ひげのはえた女の聖人 706D，シラミがあごひげに這い上がる 1268*，哲学者が王のひげに吐き出す 921F，悪魔のひげの 3 本の毛を求める旅 461，なぜひげより先に髪の毛が白髪になるか 921C.

麻（Flax） 麻が，自分たちはいかに苦しんでいるかを話す 1199A. — 麻の苦しみを詳しく述べて魂を救う 1199A，落とされた亜麻でドレスを編む 1451.

浅瀬を歩くこと（Wading） 男が浅瀬を歩いていきブーツにたくさん魚を入れて戻ってくる 1895.

麻のしっぽ(Flax-tail) だまされやすい人が麻のしっぽを風に向けると，麻のしっぽが燃える 2D.
麻畑(Flax-field) 麻畑が泳ぐのに使われる 1290.
欺き(Deceit) 欺きが夫に見つかる 1422.
欺き(複数)(Deceptions) 金持ちの女と結婚するための求婚者のさまざまな欺き 859.
欺きの(Deceptive) 欺きの取り決め(いっしょに断食をする) 1562A*，インチキな綱引き 291，欺きの賭け 1559A*.
欺く(Deceive) 動物たちが食事を出すときに互いに欺き合う 60，魔術師が見物人を欺くのに失敗する 987.
欺くこと(Fooling) 請願者を欺く 1380A*.
あざ笑う(Mockery) 夫と妻のあざ笑いの応酬 879，ひどい装備を嘲笑する 314，結婚初夜にあざ笑う 879A. ― 王子が女の求婚者をあざ笑って拒む 874.
あざ笑うこと(Mocking) 教会(聖職者，処女マリア)をあざ笑い，石に変えられる 760，いやな求婚者をあざ笑う 883B，外見上愚かな男をあざ笑う 314. ― 姫が求婚者たちをばかにするニックネームをつける 900，羊飼いが助けてくれる人たちをあざ笑い，罰せられる 1333.
足(Foot) 馬の足が外され，蹄鉄を打たれ元に戻される 753，足を木の根だと言う 5.
足(複数)(Feet) 靴を脱がせるために両足を切り落とす 1281A，本当の花嫁のふりをするために足が切られる 510A.
葦(Reed) 葦とオークが言い争う 298C*.
脚(Leg) ズボンの足が足りないのが，人の足がないのと誤解される 1286.
脚(複数)(Legs) 脚をむちで叩かれる 1288. ― 体の割れた犬が治されるが一対の脚が上を向く 1889L.
味(Taste) 味覚がない 1543C*.
足跡(Footprints) 雪の中の足跡 926E.
足跡(Tracks) いくつもの足跡が巣穴に入っているが，出てきている足跡がない 50A，66A，いなくなった動物の足跡から推論される 655.
明日(Tomorrow) 明日は無しで 1541***. ― 明日来い 1188，明日まで延ばすな 1641C*.
アシナシトカゲ(Blindworm) アシナシトカゲとサヨナキドリ 234.
預けること(Depositing) 黄金(鉄)を隣人(カーディ(イスラム教国の裁判官))に預ける 1592, 1592A.
汗をかくこと(Sweating) パンをこねている間，額(尻)に汗をかく 1374*.
遊び(Game) 子どもが首吊りごっこで死ぬ 1343，子どもが屠殺ごっこで死ぬ 1343*.
与えること(Awarding) 盗まれた財産を与える 1525K*.
与えること(Giving) 宝を教会に与える 1645A.
暖かい(Warm) 動物たちが炭焼き人の火で暖まる 159A，ベッドの中で暖まる 1545*.
暖まること(Heating) 遠くの火で暖まる 1262.
暖まること(Keeping warm) ベッドの中で暖まる 1545*.
暖まること(Warming) 遠くの火で(月光で)暖まる 1262，同じ息で手を温めスープを冷ます 1342，家を暖める 1271A*.

頭(Head)　ヘビの頭としっぽが論争する 293，動物に頭を食いちぎられる 1225，頭を縛る 1084，シャツに合わせるために頭を切る(叩く) 1285，頭が切り落とされる 1225，頭を大鎌(鎌)で切り落とす 1203, 1203A，転がる石臼の中に頭を入れる 1247，頭を水につける 1293B*，動物の頭が鍋にはまる 1294，男の頭が後ろ向きにつけられる 774A，殺人の証拠としての死者の頭 1600，馬の頭がガチョウ番の娘に挨拶する 533，干し草の山に頭を入れなければならない 1268*，頭が引き抜かれる 1241, 1247，頭を覆っていない 1230**，頭で木に穴を開ける 1085. ― 子牛の頭からしたたる血が殺人を明るみに出す 780C，子ども(女)の頭が壺にはまる 1294A*，動物の頭をした子どもが生まれる 711，男の頭が斧で割られる 840，切断された頭が体に凍りつく 1968，オオカミがオオカミの頭にだまされる 125.

頭(複数)(Heads)　聖ペトルスが頭を取り違えてつける 774A, 1169，頭が切り落とされる 1169.

アダム(Adam)　773, 798, 929*, 1833H，アダムとイブ 1416.

熱い(Hot)　熱い粥で喉にやけどを負わせる 1131，鬼の馬の尻に熱いスズ 1142.

熱さ(Heat)　熱さ対決 1116.

集めること(Collecting)　日光を集めること 1245.

集めること(Gathering)　川のすべての石を集める 1172.

穴(Hole)　土を埋めるための場所としての穴 1255，籠の穴が盗みを可能にする 1，氷の穴 2，帽子の穴 1130，木に穴を開ける 1085. ― 羊がキツネを穴から追い出す 212.

穴(Pit)　熊と人が穴に捕らえられる 156C*，キツネとオオカミが穴に捕らえられる 21，キツネが穴(罠)に捕まる 33，キツネがオオカミの背に乗って穴から這い出る 31，お婆さんとオオカミが穴に落ちる 168A，羊飼いとライオンが穴から解放される 156，妻を穴に放り込む 1164. ― 井戸(Well)も見よ.

穴ウサギ(Rabbit)　1, 8, 58, 91, 125B*, 825, 1171, 1319, 1431, 1525D, 1539, 1565**, 2251，花婿としてキツネよりも穴ウサギが好まれる 72，代理としての穴ウサギ 1072，穴ウサギが縛られたトラをさんざん叩く 78A，穴ウサギがお金を借りる 2024*，穴ウサギがさまざまな方法で捕らえられる 1891，穴ウサギが大きな動物に挑む 291，穴ウサギが木の上からココナッツを投げてオオカミを殺す 74C*，穴ウサギが死んだふりをしている動物を刺激する 66B，穴ウサギが食料を盗む 1310A，穴ウサギがタールを塗った人形にくっつく 175，穴ウサギがイバラの茂みに投げ込まれる 1310A，狩人がうっかり穴ウサギを逃がす 1876*. ― 捕らえられた穴ウサギが見張りに泥を投げつけ目をくらませ逃げる 73，男が穴ウサギを笛で呼び戻す 570，密猟者が穴ウサギに戻ってこないように教える 1595.

穴ウサギたち(Rabbits)　1316, 1891, 2010A，ほかの動物たちと争う穴ウサギたち 72D*，穴ウサギたちが木に仕掛けられた網に捕まる 1171. ― 課題として穴ウサギの番をする 570, 610.

穴ウサギの(Rabbit's)　穴ウサギのしっぽ 2251.

穴ウサギ番(Rabbit-herd)　570, 610.

アナグマ(Badger)　80A*，アナグマと男(動物) 1131，アナグマがハリネズミを温かく迎える 80. ― ハリネズミがアナグマの巣を汚す 80.
あなた(You) それを言ったのはあなたであり，わたしではない 925，しばらくしたらあなたはわたしを見ることになる 1827.
アヌシルワン王(Anuširwān) 207C.
アヒカル(Achiqar) 922A.
アブー・ヌワース(Abū Nuwās) 1542.
アブラハム(Abraham) 1833J，アブラハムが神を崇拝することを学ぶ 2031B.
油屋(Oilman) 875E.
油を塗ること(Greasing) ひび割れにバターを塗る 1291B，裁判官の手のひらに油を塗る 1345.
あぶること(Roasting) 遠くの火で肉をあぶる 1262.
アフロディテ(Aphrodite) 666*.
あべこべ(Topsy Turvey) あべこべの国 675, 1935, 1965. ― シュララッフェンラントでは何もかもがあべこべである 1930.
アポロン(Apollo) 782.
甘い(Sweet) 甘い死 1476B，甘い言葉 1437.
アマシス(Amasis) 736A.
亜麻すき櫛(Flax-comb) 悪魔に亜麻すき櫛を投げつける 1094.
亜麻布(Linen) 亜麻布が手を乾かすのに使われる 1345.
亜麻の(Linteus) 1419C.
網(Net) 縄を短い時間でほどかなければならない 1178. ― 網にかかった魚 253，ハツカネズミが網をかじってライオンを解放する 75，穴ウサギが網に捕まる 1171.
アミクスとアメリウス(Amicus and Amelius) 516C.
編むこと(Weaving) 落とされた亜麻で服を編む 1451，上等の布を織るふりをする 1620，紡ぎ女が小さな鳥を手本として勤勉になる 843*. ― 求婚者がすばやい機織りを観察する 1453A.
雨(Rain) 雨が農夫と作男を干し草の山の中に追い立てる 1560**，雨が皆を愚かにする(踊らせ歌わせる) 912，奇跡としての食べ物の雨 1381，ソーセージ(イチジク，魚，ミルク)の雨 1381B，雨が処方箋を洗い流す 1216*. ― 神に雨乞いをする 68, 830B，カメが神に雨乞いをする 288C*.
雨が降ること(Raining) まだ雨が降っている 1560**.
雨つぶ(Raindrops) 雨つぶよりも前方にいる能力(雨つぶの中でぬれない能力) 654, 1966.
過ち(Faults) 王子たちが王の過ちを挙げる 920D.
アラー(Allah) 817*.
アライグマ(Raccoon) 1920F*.
洗うこと(Washing) 黒いメンドリ(雄牛)を洗って白くする 1312*，黒い羊毛(布，牛)を洗って白くする 1183，猫を洗う 1204**，馬を沸騰したお湯の中で洗う 1016，大腸を洗う 1016. ― 女が洗濯をしているときにほかに何もしない 1465A*. ― 洗うこと，掃除すること(Cleaning)も見よ.

洗うこと，掃除すること(Cleaning) 子どもを洗う 1012，子どもたちを洗う 1012A，馬を洗う 1016，大腸を洗う 1012，婚約者のために部屋を掃除する 1464C*.

あら探しをすること(Fault-finding) あら探しをする夫を困らせる 1408B.

あら探しをする人(Faultfinder) 801.

嵐(Storm) 人間の生け贄を捧げると嵐が収まる 973，嵐が男を誠実にさせる 1651.

アラジン(Aladdin) 561.

争い(Conflict) 野ウサギ(穴ウサギ)とほかの動物の争い 72D*. — 意見の相違(Disagreement)，戦い(Fight)，戦い(Struggle)も見よ.

アラブ人の(Arab's) アラブ人の家畜の群れ 1533C.

アリ(Ant) 224, 240A*, 316, 559, 1920E*, 2019*, 2031, 2301，アリと怠惰なコオロギ 280A，アリが大きな荷物を運ぶ 280，アリがヤギを追い払う 212，アリがお金を見つける 2023，アリがひよこ豆を植える 2030，アリがワタリガラス(熊)との競争に勝つ 280. — 小さいアリが結婚する 2023.

アリアドネの(Ariadne's) アリアドネの糸が花嫁テストの助けになる 874*.

アリストテレスとフィリス(Aristotle and Phyllis) 1501.

アリたち(Ants) 834, 958A*, 1736，アリたちが神に王を要求する 277.

アリ・ババ(Ali Baba) アリ・ババと 40 人の盗賊 954.

歩く(Walk) 製鉄所へ歩く 910K.

歩くこと(Walking) 風に向かって歩く 1276*，3 本脚の鍋が歩く 1291A.

アルケスティス(Alcestis) 899.

アルコール中毒(Alcoholism) 男のアルコール中毒が治療される 1706D. — 酔った(Drunk)，酩酊(Drunkenness)も見よ.

アルダー・イワン(Aldar Iwan) 1542.

アルバヌス(Albanus) 近親相姦からアルバヌスが生まれる 931A.

アルファベット(Alphabet) アルファベットを習っているオオカミが「子羊」(「アグネス」)，「羊」(「牡羊座」)しか読めない 77**.

アレキサンダー大王(Alexander the Great) 1501.

泡(Bubbles) 泡が誤解される 1260.

哀れみ(Compassion) 召し使いが哀れみから主人の息子を殺さずにおく 671.

哀れみ(Pity) 哀れみで魔法が解ける 402A*，哀れみが殺人を防ぐ 462, 709, 883A，捕らえられている者への同情から彼を逃がす 502. — 哀れみの石 894，女が哀れみから王子の魔法を解いて動物の姿から救う 444*.

哀れみ深い(Compassionate) 哀れみ深い死刑執行人 671, 709, 883A，哀れみ深い女が花になった少女を蘇生させる 407.

哀れむこと(Pitying) 木を哀れむ 1241.

安全な(Harmless) 安全な動物 229，罪のない男が盲目の男から略奪される 1577*，安全な物を危険な物と間違える 1314，安全なオンドリ 112**.

安息日(Sabbath) ユダヤ人が安息日に救助されることを拒む 1855C.

安堵(Relief) 妻の死での安堵 1354A*.
アンドロクレス(Androcles) アンドロクレスとライオン 156.
案内人(Guide) 179.

い

胃(Offal) 胃(臓物)の下ごしらえを見たあと，嫌悪感が増す 1578B*.
威圧する(Overawing) 鬼を威圧する 1146, 1152.
いい(Good) いい判決 1534E*，幸運が富をもたらす 736，いいマナーを少年に(聖職者に)教える 1832E*，いい教え 910–919. — ある人にとっていい物がすべての人とっていい訳ではない 1862F.
言い当てる(Divining) 幸運な出来事により本当の答えを言い当てる 1641.
言い当てる(Guessing) 植物の名前を当てる 1091A，卵の数を当てる 1346A*.
いいなずけの(Betrothed) いいなずけの子どもたち 926C*.
言い訳(Excuse) 怠惰の言い訳 1405, 1405*，泥棒の言い訳：馬が道に立ちはだかっていた 1624C*，泥棒の言い訳(すごい風) 1624. — 不合理な言い訳で裁判が却下される 821B.
言うこと(Uttering) 3つの賢い言葉を言う(王は私生児，肉は犬の肉，片目のラクダ) 655.
言うことを聞かない(Disobedient) 言うことを聞かない少年 2030，言うことを聞かない少女 480，言うことを聞かない男が禁じられた部屋に入る 314，言うことを聞かない息子 760**，言うことを聞かない妻 1381F*. — デーモンが言うことを聞かなかった花嫁を殺す 311，王が服従しない夫婦を非難する 1416.
家(Home) 家の悪い知らせ 2040，いたずらなヤギが家に帰ることを拒む 2015.
家(House) 家と石の論争 293，殺人者の住みかとしての家 955，動物たちが家を建てる 130A，虫を追い払うために家が燃やされる 1282，子牛を殺すために家が燃やされる 1281A，猫を殺すために家が燃やされる 1281，森の家 130, 333, 431，チョークでしるしをつける 954，義理の娘の家がだらしない 1455，こびとたちの家 709，羽根の家，石の家 124，ハエの家 283B*，氷の家が夏にとける 43，強盗たちの家 709, 955, 956，強盗たちの家に魔法の道具がある 301D*，強盗たちの家が捜査される 956B，魔女の家 327A, 369，ジャックが建てた家 2035，屋根のない家 1238，窓のない家 1245. — 野ウサギは家を建てるにはあまりに怠惰 81，森の中の鬼の家 327D，家を修理する 1010，妹が兄たちのために家事をする 451，超自然の存在が気づかれずに家事をする 465，末の妹が家事をする 431，ある家で夜を過ごしている旅人たちがその家の女から，強盗たちに気をつけるよう警告される 952.
家(複数)(Houses) 幽霊屋敷 1965.
イエス(Jesus) 766, 1359C, 1476A, 1638*, 1786, 1807B，イエスと使徒たち 750H*，イエスが夫の視力を回復する 1423，イエスが動物たちを手なずける 750E. — キリスト(Christ)も見よ.
異界(Otherworld) 異界の花嫁との結婚 303A，異界での一時的な滞在 461, 470–471A,

475.
威嚇(Intimidation)　品々を見せて威嚇する 1152，熊を代わりに送り込んで威嚇する 1071，デーモンたちを威嚇する 1154.
いかり(Anchor)　いかりの鎖 1179.
怒り(Anger)　物乞いの言ったことに対する怒り 837，怒りに関する取り決め 1000, 1029，2 人の姉たちが怒りで自殺する 361. ― 証人が怒って帽子を地面に投げつける 185，姫が怒りからカエルを壁に投げつける 440，怒りのあまり病気になる 1407A，息子が父親の怒りを恐れる 502，聖ペトルスのヨーゼフに対する怒り 805，怒りのあまり愚かな願いをする 750A，荒女が怒って子どもを 2 つに引き裂く 485. ― 怒り(Rage)も見よ.
怒り(Rage)　作男が激怒する(人格的な欠点) 1572*，鬼が怒りで破裂する 1093. ― 怒り(Anger)も見よ.
遺棄(Abandonment)　運命の花嫁をボートに捨てる 930A，子どもを捨てる 705A，最初の花嫁を捨てる 886，黄金の山に遺棄される 936*.
息(Breath)　ライオン(オオカミ)がほかの動物たちに，おれの息は臭いかと尋ねる 51A，同じ息で手を温めスープを冷ます 1342.
生き返らせる(Resuscitation)　590, 785，自分の寿命の半分を分け与える 612，感謝している動物によって生き返らされる 531，役に立つ動物によって生き返らされる 315，魔法の楽器を使って生き返らせる 569，魔法的援助者による蘇生 665，毒の仕込まれた物を取り除いて生き返らせる 709, 709A，ヘビによって生き返らされる 318，3 枚のヘビの葉(ハーブ)によって生き返らせる 612，命の水で生き返らせる 332C*, 550，棺がぶつかり生き返る 1354C*，花嫁を生き返らせる 885A，兄弟たちを生き返らせる 312D，焼かれた男が生き返る 788，捕まった男を生き返らせる 369，人殺しの女が殺されたあとに，子どもが生き返る 720，ツァーの娘の蘇生 849*，死んだ女が強奪によって生き返る 990，鹿が生き返る 830A，墓守たちが生き返らされる 307，夫を生き返らせる 856，怪物に手足をばらばらにされた男を生き返らせる 552，動物の義兄弟によって生き返らされる 302C*，魔法の軟膏で姫を蘇生する 653A，つぶされた動物(雌牛)が生き返らされる 750B，末の妹が 2 人の姉を生き返らせる 311，墓の見張りによる女の蘇生 653B，魔法の剣で生き返らせる 302B. ― 蘇生の失敗 709, 753A. ― 生き返らせること(Reviving)も見よ.
生き返らせること(Reviving)　死んだふりをしている人を見せかけの魔法の道具で生き返らせる 1539, 1542.
生き返る(Revives)　仮死の女が生き返る 412.
生き返ること(Reanimation)　奇跡として焼かれた家禽が生き返る 960C.
生き返ること(Revival)　ヘビによる蘇生 182，首を切られた子どもたちの蘇生 516C，石に変えられた王国をよみがえらせる 410*，石にされた家来と子どもたちを生き返らせる 516，仮死様態からの蘇生 990，2 つに分けられた女の蘇生 507. ― 生き返らせる(Resuscitation)も見よ.
遺棄された(Abandoned)　置き去りにされた花嫁が男に変装する 881A，捨てられた子どもたちが燃える納屋から逃げる 327E，捨てられた子どもたちが家に帰る道を見つける 327A.

遺棄された(Exposed) 捨てられた子が森の中で育てられる 709A. — 王が子どもとその両親を遺棄するよう命ずる 675.

遺棄すること(Exposing) 泥棒を遺棄する 1634E*.

生きたまま(Alive) 生き埋め 780B, 1539.

生きている(Living) 生きているキリストの磔刑像が選ばれる 1347, 生きている人が聖人像の役をする 1829, 生きている人物たちが死んでいるのかと尋ねられる 1284C, 妻と暮らすことが試される 1164.

生き延びること(Surviving) 寒い晩に裸で屋根に登って生き延びる 1262, 難破のとき生き延びる 289.

生き物(Creature) 未知の生き物がにせの幽霊を驚かす 1676.

異教徒たち(Heathens) 改宗した異教徒たち 938, 奇跡によってキリスト教徒に改宗した異教徒たち 756G*.

イギリス人(Englishman) 1529A*.

息をすること(Breathing) (たくさんの動物が入っている)息をする木 1916.

息を吐く(Exhaling) 鬼が息を吐くと人が宙に飛ばされる 1098*.

生け垣(Hedge) カッコウを飼うために生け垣がつくられる 1213, イバラの生け垣が城の周りに育つ 410.

意見の相違(Disagreement) どんな天気にしてもらうべきかについての意見の相違 1830, 取り引きで意見がまとまらない 1654.

いざこざ(Discord) 主人の家にいざこざを引き起こす 1573*.

遺産(Legacy) 犬(ロバ, ヤギ, 豚)の教会への遺産 1842.

石(Stone) 証人としての石 1543D*, 石が糸(髪)で吊るされている 981A*, ポケットの中の石を賄賂と誤解する 1660, 石が王の宝物倉への入り口のしるしとなる 950, 石が動かされる 1326B, 悲しみの石 894, 石が貞操を暴く 870A, 法廷で証言するべき石 1543D*, 触れると何でも黄金になる石 411, スープをつくるのに石を使う 1548, 外套を着せられた石 1271C*. — 石を粉々にかみ砕く 1061, 石になったパン 751G*, 兄弟たちが石になる 707, 石の教会の代わりのチーズの教会 1932, 石を絞る勝負 1060, 石を投げる競争 1062, 1063A, 悪魔が石になる 1199A, 食料の代わりに魔法の石をなめる 672D, 石に変えられた男が身の上話をする 760, 断られた求婚者が魔法の石をもらう 593, 強い男が石臼を襟として身につける 650A, 罰として石に変わること 516, 760.

石(複数)(Stones) 破廉恥な踊り手たちの記念碑としての石 779E*, オオカミの腹に石が入れられ縫われる 123. — 川から石を集める 1172, レンガの中の宝石 887A*, 3 つの相続した石 920E.

石臼(Millstone) 首の周りに石臼を巻いて死ぬ 1117, 石臼の穴に頭を入れた愚か者を石臼が運び去る 1247, 石臼が強盗たちの上に落ちる 1650, 馬の毛(絹糸)に下げられた石臼 981A*. — 子どもを殺した女が石臼で殺される 720, 強い男が襟として石臼を身につける 650A.

石臼(複数)(Millstones) 真珠としての石臼 1146.

石工(Mason) 750E.

石に変えられる(Petrified) 石に変えられた王国がよみがえらされる 410*.
石に変えること(Petrifaction) 兄弟が石に変えられる 707, 魔女が男を石に変える 303, 話してはいけないという禁令をやぶり, 家来が石になる 516, 求婚者たちを石に変える 303A, 意地悪な継母が石になる 368C*.
医者(Physician) 1137, 医者と患者 1349N*, いやいやながら医者にされ 1641B. — にせ医者(賢人)が人々を治療するふりをする 1641D*, にせ医者が病人たち(仮病の人たち)を殺すと脅して治療する 1641D, にせ医者が尿から診断するふりをする 1641A, にせ医者がノミ取り粉を売る(勧める) 1862A. — 医者, 博士(Doctor)も見よ.
医者, 博士(Doctor) 879, 879A, 881, 921C*, 1349N*, 1538, 1693, 1920B, 医者がばかげた患者に助言をする 1543C*, 医者が王に, 幸運な男のシャツを着るよう助言する 844, 医者と患者 1543C*, 1717*, 1739, 医者が死神を欺く 332, 医者が観察により診断する 1862C, 医者に変装する(女が夫を捜す) 432, 434, 医者が薬の代わりにびんたを与える 1372, 医者が愚かな農夫の少年(ジプシー)に, 室内用便器の中身を味見させる 1676*, 医者が患者の治療法を知らない 1862, ものしり博士 1641, もう医者は必要ない 1332*, 死を予言する 1313C*, 医者が盲目の女の所有物を盗む 1456*, 医者が排泄物で患者を治療する 1543C*. — にせの医者が病気の姫を笑わせて姫を治療する 1641B, 農夫が息子の職業についての質問に対し, 医者であり, すなわち人殺しだと説明する 921B*, ある人にとっていい物が, すべての患者にとっていいわけではないと, にせ医者が学ぶ 1862F, 女が医者(死の天使)に変装する 879, 男の服を着た女が医者として活動する 514**. — 医者(Physician)も見よ.
医者たち(Doctors) 1862, 1862E. —3 人の医者が並外れた能力を披露する 660. — 医者たちに関する笑話 1862.
医者の(Doctor's) 医者の指示を言葉どおりに取る(間違って従う) 1862.
意地悪な(Wicked) 意地悪な地主 820A, 意地の悪い男が, 旅の道連れの目をくり抜かせないと旅の道連れにパンを分けてやらない 613.
石を投げている(Stone-throwing) 石を投げている少年がキニク学派の人に警告される 1871E.
椅子(Chair) 天国の椅子は軽罪裁判官(市長, 弁護士)のために取ってある 1860A.
イスラエル人たち(Israelites) 1857.
イスラム教徒(Muslim) イスラム教徒の王 875B, イスラム教徒の商人 890.
イスラムの元首(Shah) 870A.
急がば回れ(Festina lente) 288B**.
急ぐ(Haste) せいてはことをし損じる 288B**. — ヒキガエルが急いだことを呪う 288B*.
イソップ(Aesop) 921B.
イゾルデの(Isolde's) イゾルデの神判 1418.
板(Board) ベッドの夫と妻の間に置かれた板 1351A.
いたずらっ子(Prankster) 1525B. — いたずら者(Rogue), トリックスター(Trickster)も見よ.
いたずらな(Mischievous) いたずらなヤギが家に帰ることを拒む 2015.

いたずら者（Joker） 1275.

いたずら者（Rogue） 1331D*，いたずら者が卵をかえすとだます 1218，いたずら者がそりの向きを反対にする 1275．─トリックスター（Trickster）も見よ．

いたずら者の（Rogue's） いたずら者の頭が切り落とされる 1225.

イタチ（Weasel） 218, 612, 2036，イタチがキツネに断食するよう助言する 41，イタチとやすり 285E.

痛み（Pain） 痛みが平気な虐待された鳥 2041.

痛みを和らげる（Soothing） 泥（くそ）のついた指の痛みを和らげる 1698A*.

痛む（Hurt） 虐待された鳥が決して痛がらない 2041.

市（Market） 市の日にしか飲まないこと 1447.

イチゴ（Strawberries） ベリー（複数）（Berries）を見よ．

イチジク（Fig） 女が夫のイチジクの木で首を吊る 1369.

イチジク（複数）（Figs） イチジクを食べて調べる 1309.

1度も聞いたことのない（Never） 王が1度も聞いたことのないことを言う 921E.

1人前（Portion） いいもてなし役は当然小さいほうの料理を取る 1567H.

1枚の（Single） 1枚の毛布 1393.

一角獣（Unicorn） 825, 1640，一角獣が男を追いかける 934F.

一夫多妻（Polygamy） 856, 898, 1381D*, 1394.

1本脚の（One-legged） 1本脚の動物 785A，片脚の熊が脚を切り落とした男を食べる 161A*，1本脚の男が脚を取られたと不当に訴える 978，1本脚の人物が死に，金の脚が盗まれる 366.

糸（Thread） 献金箱から糸を使ってコインを取り戻す 1735B，絹糸にかかった命（ダモクレスの剣）981A*，紡錘 1405，果てしない糸を紡ぐ 425M，糸巻きをほどいていって迷宮の出口を見つける 874*.

井戸（Puteus） 1377.

井戸（Well） 地下世界への入り口としての井戸 301，一角獣から逃げるための避難場所としての井戸 934F，大きなバケツで井戸が空にされる 1049，井戸の深さを測る 1250，閉じ込められた人を救うために井戸を掘って修理する 1614*．─キツネとオオカミが井戸にはまる 32，カエルたちが井戸に飛び込むことを拒む 278*，金のまりが井戸に落ちる 440，ライオンが自分の井戸に映った姿を見て自分よりも強いライオンだと勘違いする 92，哲学者が星を観察していて井戸に落ちる 1871A，井戸に映る 34．─穴（Pit），罠（Trap）も見よ．

移動，通路（Passage） 魔法の品々を使って空中を移動する 566．─建築家が地下の通路を通って逃げる 980*，女を誘拐するために地下の通路をつくる 860B*，魔法の指輪によって驚くべき旅行がなされる 560, 561，魔法の火打ち金によって姫が驚くべき移動をさせられる 562，翼のある魔法の馬による驚くべき移動 575.

移動させる（Shifting） ベッドの中の2組の夫婦を移動させる 1367.

糸紡ぎ（Spin） 求婚者たちが糸紡ぎをさせられる 882A*，女が糸紡ぎをしたくない 500, 1405*，女が糸を紡ぎ続けなければならない 500.

糸巻き棒(複数)(Spools) 7つの小さな糸巻き棒は1つの大きな糸巻き棒よりも糸の量が多い 1503*.

田舎，国(Country) 田舎のハツカネズミが町のハツカネズミを訪問する 112，ハツカネズミ(クマネズミ，ヘビ)に苦しめられている国 1650, 1651，町の人々が田舎を訪ねる 1338，猫が知られていない国 1651，その品(動物)が知られていない国 1650，塩が知られていない田舎 1379**, 1651A，海が知られていない田舎 1379**. ― 国(Land)も見よ.

稲妻(Lightning) 稲妻と雷がバグパイプから出てくる 1148*，稲妻が鬼に当たる 1147.

犬(Dog) 5, 20C, 44, 47A, 51, 62, 62A, 65, 67A*, 122F, 130, 130B, 130C, 159*, 200B, 210, 214, 300 A, 304, 312, 449, 451, 511, 545A*, 560, 652, 739*, 798, 812, 825, 834, 896, 901, 927, 934H, 974, 1294, 1311, 1325B, 1355A, 1387, 1406, 1419B, 1551, 1553, 1578*, 1578A*, 1642, 1655, 1680, 1681, 1681A, 1685, 1689B, 1691, 1705, 1750B, 1785, 1842, 1875, 1889M, 1920J, 1920F*, 1960A, 2015, 2024*, 2035, 2036, 2040，犬に「サー」の称号で呼びかける 1292，犬が貧しい少女に助言する 545A，犬が猫とオンドリと同盟を組む 103，犬と豚が自分たちの子どもについて論争する 219F*，犬と船乗り 540，犬とスズメ 248，犬と泥棒 201D*，犬とオオカミが争う 103，借金の担保としての犬 178B，オオカミの靴屋になった犬 102，祝宴に招かれた犬 201G*，犬と仲のいいスズメが犬の復讐をする 248，犬がオオカミをだます 102，犬がオオカミのまねをする 47D，悪魔との約束を避けるために犬を橋の向こうへ追い立てる 1191，主人に忠実な犬 921B，犬が死んだふりをしてキツネをだます 56B，犬に辛い食べ物を与えて涙ぐませる 1515，犬が鳥を助ける 56B，犬が熊のまねをするが，馬は恐れない(犬を蹴る) 47D，犬がオオカミを宴会に(食料のつまった地下貯蔵庫に)招く 100，犬が葉巻を追って列車から飛び出す 2204，犬が殺される 1003，学ばれた犬の言葉 671，犬のリーダーが，自分たちの軍隊がさまざまな品種なので敗北を恐れる 107，犬が獲物を失う 34A，犬が証明書をなくす 200A，犬がオオカミの友情を失う 101，犬が熊と間違われる 1312，犬がひもを拾う 2030，猫の盗みのために犬が殴られる 200A*，犬が寿命の一部を辞退する 173，犬が子ども(羊)を救う 101，犬が子どもをヘビから救う 178A，犬が溺れている男を助ける 540，犬が教育を受けに行かされる 1750A，犬が盗まれる 1525A，犬は家を建てるのにはあまりに怠惰 81，犬が狩りをするオオカミ(熊)のまねをしようとする 47D，犬が主人にろうそくで警告する 217. ― 悪魔が犬として現れる 813A，忠実な犬が借金の代わりに護衛として取られる 916，忠実な犬が主人に危険を知らせる 101，匂いを追っている猟犬が戻ることを拒む 1889N，無実の犬 916，やせた犬がむしろ自由を好む 201，説教者が教会の雑用係を犬と間違える 1785A，口をきく犬 540，体の割れた犬が治されるが一対の脚が上を向く 1889L，泥棒が犬と間違われる 1341A*，なぜ犬は寒い外に住んでいるのか 200D*，なぜ野ウサギと犬は敵対するのか 200C*，女が食事のために犬を調理する 1409*.

犬たち(Dogs) 3*, 77, 122C, 173, 201F*, 223, 664*, 671, 707, 751A*, 762, 871*, 921D*, 951A, 955, 960A, 1530*, 1573*, 1681A, 1686A*, 2010A，犬たちとオオカミたちの戦い 107，魔法の火打ち金を使うと魔法の犬たちが現れる 562，オオカミたちの援助者になった犬たちがオオカミたちに食べられる 107，自慢しているキツネを犬たちが捕まえる 105，オオカミたちと羊たちの対立が犬たちによって引き起こされる 62A，犬たちがキツネを追いかける 135A*, 犬たちが獲物を追っているキツネを追いかける 62*, 犬たちが女を助ける手伝いをする 312C, 犬たちが人食いオオカミを殺す 361*, 悪魔の犬たち 1150, 聖ゲオルギウスの犬たち 1150, 犬たちが人食い女をずたずたに引き裂く 315A, 変な名前の犬たち 1530*. ―犬たちとハツカネズミたち(猫たち)の敵対 200, キツネが犬たちの吠え声をまねして熊を追い払う 154, 敵対する犬たちがオオカミに対して団結する 201F*, 優れた猟犬についての嘘 1920F*, なぜ犬たちは互いの匂いを嗅ぎ合うか 200A, 200B, 若者がすばらしい能力を持った犬をもらう 300.

犬の(Dog's) 犬のパンが盗まれる 1562B*, 犬の葉巻 2204, 犬が出した損害が賠償される 1589, 犬の足の裏の毛が剃られる 200C*, 犬の名前が泥棒に, 自分が見つかったと思い込ませる 1530*, 犬の皮から手袋(服, 飲み物の瓶)がつくられる 1889L**.

イノシシ(Boar) 103, 211B*, 444*, 530A, 1053, 1640, 1889A, 1960A, 2014, イノシシが熊と戦って熊を殺す 171A*.

イノシシたち(Boars) イノシシたちを撃つこと 1053.

命, 人生(Life) 破滅できない命 938, 絹糸にかかった命 981A*, 身の上話が強盗たちに懺悔をさせる 756A, 身の上話が誘拐者を暴露する 861A, 965*, 身の上話で誰だかがわかる 408, 身の上話が近しい間柄を明らかにする 930A, 石に変えられた男が身の上話を語る 760, 物語から身の上話が語られる 883A, 酒場で女に身の上話をする 304, 身の上話が丸天井に書かれる 881, 881A, 女(男)の命は首飾りにたくされている(体の外にある魂) 412, 寿命を分けてもらう 612, 人間と動物の寿命 173, 危険または死を兄弟に知らせる命のしるし 303.

命のともし火(Life-lights) 異界での命のともし火 332.

命を与えること(Animation) 肖像画に命を与える 459.

祈り(Grace) 晩餐(食事)前の祈り 1841.

祈り(Prayer) 1323, 1341D, 1694, 1833D, 1835D*, かなえられた祈り 1349M*, 悪魔に対する防御としての祈り 817*, キリストの十字架象を通るたびに祈る 756A, いい言葉としての祈禱書 1437, 夫を求める祈り 1476, 1476A, 風向きが変わるように祈る 1276*, 子どもを望む祈りがかなえられる 506*, 暴君のための祈り 910M, 敬虔で愚直な男が祈りの言葉を忘れる 827, 聖人の絵(像)が祈りに答えてくれない 1476A, 祈りを立ち聞きする 1543. ―犯罪者が死んでいく者のために祈る 756A, 祈禱書で頭を叩いて叱られる 1437, 祈禱書としてトランプ遊びをする 1613, 終わらない祈り 122A, 227, 332, 1199, 祈りの途中のオンドリの鳴き声が魔法を解く 307, 「神の子羊」で始まる短い祈り 1832N*.

祈り(複数)(Prayers) 910M, 1419H, 1694, 1827, 1832N*.

祈る(Pray) アブラハムが神のみに祈ることを学ぶ 2031B, 賢いオンドリがキツネといっしょに祈りたがらない 62, 正しい祈り方を学ぶ 827, リスがキツネを説得して食べる前に祈らせる 122B*, 盗みをはたらいた聖職者が盗まれた男のために祈ると約束する 1840B.

祈ること(Praying) 悪魔に取られる前に祈る 1168C, 祈りが死を遅らせる 1199, 祈って助けを乞う 1168C, 祈ることを禁じられる 706, 繁栄のために祈りが忘れられる 774E, 聖者の絵に, お金を貸してくれるよう祈る 1543, 神に助けを祈る 1718*, 剣が木の切れ端に変わるように神に祈る 1736A，ほかのことは何も考えずに祈る 1835D*. ― 助けを求める叫びが祈りと誤解される 1694.
イバラ(Thorns) 960A. ― イバラの垣根が城の周りに育つ 410.
イバラの茂み(Briar-patch) ウサギがイバラの茂みに投げ込まれる 1310A.
イバラの茂み(Thornbush) イバラの茂みの中でのダンス 592，イバラの性質 289.
イバラ姫(Dornröschen) 410.
イビュコス(Ibycus) イビュコスのツル 960A.
胃袋(Stomach) 神が胃袋を取り去る 716*. ― 男たちが巨大な魚の胃袋の中に座っている 1889G. ― 腹(Belly)も見よ.
イブの(Eve's) イブの不ぞろいな子どもたち 758.
イマーム(イスラムの司式僧)(Imam) 62.
イモリ(Newt) 2019*.
卑しい(Humble) 卑しい生まれであることがばれる 1640.
依頼人(Client) 1378, 1860C，依頼人が弁護士から習った策を用いて弁護士に料金を支払わない 1585.
依頼人たち(Clients) 裁判官が訴訟に判決を下す前に，依頼人たちが裁判官に賄賂を渡す 1861A.
イラクサ(Nettles) 塩ではなくイラクサが育つ 1200.
イロの謎(Ilo-riddle) 927.
色を塗った(Colored) ペニスに塗られた輪が女の興味を引きつける 1547*.
色を塗った(Painted) 色を塗ったペニスが服からはみ出す 1547*.
岩(Rock) 積み荷のバランスをとるのに岩を使う 1242A.
インクを塗られる(Inked) インクを塗った少女 1441A*.
隠者(Hermit) 759D, 802, 839, 844, 931A, 935, 1429*, 1835D*，隠者と天使 759，隠者と悪魔たち 839A*，隠者と強盗は兄弟 756B，隠者がキリストに，自分よりも敬虔な者がいるかと尋ねる 756D*，隠者が巨人に，子どもを抱いて川を渡るよう頼む 768，隠者がお金を見逃す 947A，隠者が神の審判を疑う 756B，隠者が死後の世界での運命を説明する 840B*，隠者が魔法の水をけんか好きの妻に与える 1429*，隠者が神の審判を疑う 756A，隠者が求婚者テストに合格する 862，隠者が生まれ変わる 788，隠者が純血の女を誘惑する 1425. ― 独り善がりの隠者 756A.
隠者たち(Hermits) 400, 425*.
隠者の(Hermit's) 隠者の 3 つの罪 839.
隠者の住居(Hermitage) 3 人の寡黙な男が隠者の住居に隠遁する 1948.
インド人たち(Indians) 1339D, 1875.
韻文(Rhymes) ばかげた内容の韻文 1824.
引用すること(Quoting) 分配の基準として聖書を引用する 1533A. ― 聖書を引用しながらの聖職者の賢い行動 1847*.

う

ヴィオラ(Viola) 879.
ウィッティントン卿の猫(Whittington's cat) 1651.
飢えている(Starving) 飢えているスズメたち 244B*.
植える(Planting) どんぐりを植える 1185, さまざまな食料を植える 1200, 魚を畑に蒔く 1381A, 次の世代のために木を植える 928, カブを植える 1147*.
ウェルギリウス(Virgil) 921A.
ウェールズ人(Valaisans) ウェールズ人が英語の文章を覚える 1697.
ヴェルフ家(Guelfs) 762.
ヴェルリオカ(Verlioka) 210*.
浮くこと(Floating) いかだに乗って海に浮いて渡る 1887*, お金が水に浮くこと 842C*.
受け取り人(Recipient) 1296B.
受け取ること(Receiving) 10倍になって返ってくる 1735, 埋葬料を前もってもらう 1556, 聖餅(お金)を受け取ったと想像する 1804B, 雌牛たちを受け取る(だまして, 幸運によって, 密通を発見して) 1735.
動かすこと(Moving) 教会を動かす 1326, 大きな石を動かす 1326B, 動く聖人像が奇跡だと言われる 1829, 問題を解決するために間違った物を動かす 1325.
動き(Movement) 正体不明の動きで動物たちが逃げ出す 179B*.
ウサギどん(Brer Rabbit) 1565. ― 穴ウサギ(Rabbit)も見よ.
牛飼い(たち)(Cowherd(s)) 1656, 1833D, 2028.
牛小屋(Cow-shed) 牛が新しい牛小屋よりも古い牛小屋を好む 1030*.
失うこと, 負けること(Losing) 競争に負ける 1170. 道に迷う 304, 森の中で道に迷う 327A, 327D, 328*, 871*.
失うこと(Loss) 交換による損失 2034C, お守り(血のついた布)をなくすと姫が守られなくなる 533, ささいな出来事が(一連の出来事を引き起こし)財産の損失を招く 2042, 友人たちによって処女を失う 1379***. ― 小さな損失 365, 451, 510A.
失った, 道に迷った(Lost) 道に迷った人物が強盗たちに出会う 1875, 失われた処方箋 1216*. ― ハリネズミが道に迷った王たちに道を教える 441, いなくなった動物を捜す 1698A, 小さな物を失う 365, 451, 510A.
ウズラ(Quail) 750E.
嘘(Lie) (羊のように大きなミツバチ) 1920G, (皆から知られている) 1924, (並外れた背の高い植物, ひも, タバコを登って天国へ行く) 1920D*, (並外れて大きな動物) 1920J, (並外れて大きいイチゴ) 1920B*, (何かを驚くほど速く行う並外れた能力) 1920C*, (並外れて背の高い穀物) 1920A*, (大きな花, 大きな物) 1920A, (たくさん紡錘に糸を紡いだ) 1405, (虫の羽音(走っている音)が聞こえる) 1920E*, (大漁) 1920B, (猟犬が獲物の生まれた所まで獲物をつけていく) 1920F*, (多額の借金がある) 1920C, (罰金と同額の借金がある) 1920F, (塔の上の虫が見える) 1920E*, (父親が生まれる(洗礼を受ける)前に息子が生きていた）1962,（糸は麻にもどった（燃えた，なくなった））1405, 恐れからだんだんと嘘を縮める 1920J, 漁師の嘘（まだ火のついているランタンを釣り上げる）1920H*, 漁師の嘘（大きな魚を釣り上げる）1920H*. ― さらわれた人物たちが嘘をつくことを強要される 301, 自分のついた嘘を信じる 1348**, いちばん大きな嘘をつく能力の競争 1920, 嘘つきが自分のついた嘘の大きさを縮める 1920D, 嘘をついている暇がない 1920B, それは嘘だ！ 852, 1920C, 1920F, 1920H.

嘘（複数）(Lies)　けちな主人についての嘘 1567E, すぐれた能力の猟犬に関する嘘 1920F*, 袋の中の嘘 1296, あべこべの国の嘘 1935, 無一文の求婚者が嘘を言う 859. ― 少年が嘘をつく 1962, 賢い召し使いが嘘を言って不倫を暴く 1725, 嘘つき比べ 852, 1960.

嘘つき (Liar)　315A, 921B*, 1642A, 1920G, 嘘の大きさを縮める 1920D. ― いちばんの嘘つきがいちばんいい遺産をもらう 1920D*, おびえた嘘つきが嘘を縮める 1920J, いちばんの嘘つきがただで食事をもらう 1920E, いつも嘘をついている人が嘘をつくように頼まれる 1920B.

嘘つきたち (Liars)　1920E, 1920E*, 嘘つきたちが，何かを驚くほど速くすることを競う 1920C*. ―2 人の嘘つきのうち「それは嘘だ」と先に言ったほうが罰金を払わなければならない 1920F.

嘘と真実 (Falsehood and truth)　613.

嘘をつくこと (Lying)　6 人の若者（学生）の嘘つき比べ 1920E, 嘘をつくヤギ 212, 隣人に嘘をつく 1594. ― 聖者が，盗みと嘘が富につながると教える 790*, 嘘をつくことの説話 1920J*.

歌 (Song)　歌が船長（宿屋の主人）を喜ばせる 1553B*, 歌で姪だとわかる 311B*, 鳥の歌が真実を明かす 720, ハトの歌 408, 金の鳥の歌が病気を治す 550, 息子の歌が盗み（不倫）をばらす 1735A, 歌で死を避ける 1199, 歌が性関係を暴露する 1359A*, 歌が真実を明るみに出す 705A, どこに獲物があるか歌で教える 1525L*, 歌で愛人に警告する 1419H, 終わりのない歌が命を救う 1199. ― 半分焼かれた鶏が歌って真実を明かす 960C, 火事（事故）の知らせが歌で伝えられる 1562J*, 歌の中の数が宗教的な意味を持つ 2010, 幽霊が歌を歌うよう強要される 307, 労働者たちが歌の中で食べ物について不平を言う 1567G.

歌う (Sing)　捕まった羊がオオカミを説得して歌を歌わせる 122C, 教会の雑用係が，オンドリの鳴き声を自分が歌う合図と間違える 1828, 袋の中の女が歌うことを強いられる 311B*.

歌う (Sings)　加害者の家の前で熊がけがについて歌う 161A*, 鳥が歌うときに獲物を落とす 57.

歌うこと (Singing)　歌う（話す）動物（鳥）が真実を明かす 408, 707, 960C, 歌っている動物たちがキツネに食べられる 20D*, 子守女の資格として歌を歌うこと 37, 歌う袋 311B*, 酔ったオオカミが歌って，そこにいることがばれる 100, 歌う鳥が嬰児殺しを暴露する 781, 歌う骨が殺人を明るみに出す 780, 歌っている聖職者が女を泣かせる 1834, 歌比べ 1082A, 歌って死を遅らせる 1199, 歌うロバが捕まる 214A, 歌う髪が，少女が生き埋めになって苦しんでいることを明かす 780B，歌が王を感動させる 888，聖職者の歌が誤解される 1831C，歌うことで誰が主人かが明らかになる 1375，船長(宿屋の主人)を喜ばせる歌を歌う 1553B*，もっと多くの食事を要求するために歌う 1567，悪い知らせを伝えるために歌う 1562J*，地下世界の住人たちといっしょに歌う 503，オオカミが歌で人々と牛を要求する 163. — 助けを求める叫びが歌と間違われる 1694，デーモンが歌っている間に自分の名前を明かす 500，雨のせいで踊って歌う 912，救援者たちが歌で呼ばれる 958，女が愛人に歌って警告する 1419H.

疑い(Doubt) 弁護士の雄弁な弁護ゆえに，自身の有罪を疑う 1860C.

疑い(Suspicion) 不貞の疑い 891B*, 891C*, 1359A, 1359B, 1362, 1362A*, 1378, 1410, 1418, 1431，不正の疑いからけんかになる 1577，こっそり調べて盗みの疑いが確認される 1536A.

疑わずに(Unsuspecting) 知らずに(Unwittingly)を見よ.

疑われる(Suspected) 男が悪魔だと疑われる 839A*，聖人がクリーム(ハム，ハチミツ)を食べたと疑われる 1572A*.

打ち壊すこと(Smashing) キリストの像を壊す 1347*.

打ち負かす(Defeat) 敵の軍隊を打ち負かす 314，竜(巨人，鬼)を打ち負かす 300–359，鬼を打ち負かす 1162.

美しい(Beautiful) 美しい子どもと醜い子ども 711. — 最も美しい動物の子ども 247，画家が美しい子どもたちを描く 1856，最も美しいものは何 925*.

撃つこと(Shooting) ワシを撃つこと 537，父親の遺体を撃つこと 920C，暴発 1890, 1890F，銅の馬に乗った銅の騎手を撃ち落とす 322*，穀物を撃ち落とす 1202，仲間の頭を撃つ 1228，先導者のしっぽを撃ち落とす 1889A，パイプを男の口から撃ち落とす 1708*，撃つふりをする 1091，ウサギを狙って撃つ 1876*，装塡棒ですべてのカモを撃つ 1894，野獣を釘で撃つ 1896，イノシシたちを撃つ 1053.

映った姿(Reflected image) 少女の水に映った姿に王子が恋をする 705A.

映った姿(Reflection) 鏡(水)に映った姿が人々を混乱させる 1336A，鏡に映った姿がほかのデーモンたちだと誤解される 1168A，水に映る 34, 34A, 1141，デーモンの映った姿 1168A，水に映った漁師の姿 327F，月の映った姿 1335A, 1336，映った姿を現実の物だと思う 1168A. — ヤギが水に映った自分の角にほれぼれする 132，ライオンが水に映った自分の姿をめがけて飛び込む 92，愚か者が，鏡に映った自分の姿が自分だとわからない 1336A，雄鹿が水に映った自分の姿を見る 77，醜い女が水に映った美しい少女の姿を自分の姿と間違える 408.

売っていない物(Things not for sale) 1559C*.

ウナギ(Eel) 1960B，砂を詰めたウナギ 1804*，ウナギが溺死刑に処せられる 1310.

ウナギたち(Eels) 1296B.

ウニボス(Unibos) 1535.

うぬぼれの強い(Vain) うぬぼれの強い少女が靴を汚さないように泥の水たまりにパンを置く 962**.

馬(Horse) 8*, 47D, 116, 117, 122A, 154, 158, 177, 178C, 248, 281, 288B**, 301, 302B,

314A, 315A, 318, 322*, 325, 365, 470B, 505, 516, 519, 550, 654, 655, 750A, 750K*, 753, 812, 846, 851, 854, 870, 875B, 889, 901, 910A, 925, 927C*, 934, 958A*, 974, 1186, 1295A*, 1311, 1332*, 1355B, 1375, 1528, 1529, 1529A*, 1530, 1534, 1535, 1537, 1539, 1540, 1540A*, 1542, 1544, 1545B, 1551, 1553, 1557, 1562J*, 1563*, 1580A*, 1605*, 1621A*, 1631A, 1641, 1655, 1681, 1681A, 1689A, 1705, 1706A, 1725, 1741*, 1786, 1804E, 1831, 1832B*, 1835D*, 1861A, 1862C, 1910, 1917, 1920J, 1960A, 1960D, 1960G, 2010I, 2040，橋の上の馬とロバ 202，馬と羊 203，贈り物としての馬と荷車 1420B，助けになる動物としての馬 300A, 314A*, 761，代理としての馬 1080*，運ばれた馬 1082, 1201，馬がだましてキツネを捕まえる 47A，きれいにされた(洗われた)馬 1016，馬のほうが司祭よりも賢い 1621*，高齢のために捨てられたと馬が不満を言う 207C，櫛をかけられた馬 1016，馬を首輪の中に追い込む 1214*，ロバにうらやましがられる馬 214*，馬が死んだふりをする 47A，馬がライオンをおびえさせる 118，馬がロバの積み荷を運ばなければならなくなる 207B，馬上試合で勝つのを馬が手助けする 502，去勢された馬 153, 1133，馬がオオカミを蹴る 47B，馬が木に殺される 1241A，馬が食べないことを学ぶ 1682，柳の枝で馬を修復する 1889P，馬に乗る 1082，馬が盗まれる 1525A, 1525B，馬を雌牛と取り替える 1415，馬が木々を飛び越えず食べ過ぎる 1631，笑い対決での馬 1080*，魔法の力を持った馬 530, 531. — 魔法の馬を捕まえる 313，奇妙な馬をつれてくる競争 1091，勤勉な馬と怠惰な馬 207A*，竜退治をする者がツァーの馬を取り返す 300A，感謝している魔法の馬 314，翼のある人工の馬で空を旅する 575，治療された怠惰な馬 1142，魔法の馬 302C*, 305, 314, 761，羊飼いが巨人の魔法の馬の番をする 317，悪魔の馬に蹄鉄を打つ 815*，訓練された馬が畑で転がる 1892，末の弟(妹)が魔法の馬を持ってくる 328，末の娘が父親から馬をもらう 514.

馬たち(Horses)　77*, 159, 166B*, 302C*, 315A, 317, 442, 545B, 594*, 801, 875D, 1004, 1016, 1288A, 1352, 1533C, 1688A*, 1960D, 2028，男らしさの象徴としての馬たち 1375，馬たちを 4 つに切る 1003，馬たちがオオカミたちから身を守る 119B*，馬たちが庭を荒らして捕まえられる 530，馬が交換される 1529A*，馬たちが積み荷を引けない 1242.

馬の(Horse's)　馬のせい 1624C*，馬の新しい背骨 1889D, 1911A, 1961. — 親指小僧が馬の耳の中に座る 700.

馬の頭(Horsehead)　馬の頭がしゃべる 533.

馬の背(Horse-back)　馬の背に乗った男を運ぶ 1201.

生まれ変わること(Reincarnation)　変身(Transformation)を見よ.

海(Sea)　海をかい出す 682, 1273A*，船長 888A*，海が燃えている 1920A，若者が海の怪物を打ち倒す 303，海が自分の娘を人形の代わりにする 898. — 潜水夫が海の深さを報告するよう命ぜられる 434*，海に遺棄する 404，魔法の指輪を海でなくす 560，海に投げ込まれた魔法の指輪 1137，不可能な課題として海の深さを測る 920A*.

埋める(Buried)　生き埋め 780B, 1539，羊の頭を埋める 1381C. — 詐欺師を死んだ男の代わりに埋める 1532.

埋めること(Burying)　死体を何度も埋める 1536A, 1536B，罰としてモグラを埋める 1310B，お金を木の下に埋める 1543E*，羊の頭を埋める 1381C，宝を埋める 1617*.

羽毛ベッド(Featherbed)　羽毛ベッドは快適ではないと思われる 1290B*.

裏返した(Reversed)　裏返した馬鍬の上に乗ること 1059*.

裏切られた，暴露された(Betrayed)　ロバがキツネに裏切られる 50B，そこにいることを狩人たちにばらされたキツネ 161，にせの花嫁が鳥にばらされる 510A，隠れている動物が動いたときに，隠れていることがばれる 66B，オオカミがいることをキツネが暴露する 40A*.

裏切り，暴露(Betrayal)　死神を裏切る 332C*，隠れている動物が動くようにそそのかされて，隠れていることがばれる 66B，逃げた道をばらす 327D.

裏切ること、暴露すること(Betraying)　母親の不貞を暴露する 1358*，自分からばらす 926C, 1341A, 1355–1355C, 1357*, 1833J, 1833K. ― 動物たちが聖家族を裏切って呪われる 750E.

裏づけ(Confirmation)　滑稽な裏づけ 1688.

うらやむ(Envies)　男がメンドリを飼っている女をうらやみ，女がオンドリを飼っている男をうらやむ 219E*.

ウリヤの手紙(Uriah letter)　（手紙を持ってきた者を殺せという命令）425B, 462, 910K, 930.

売る(Sell)　聖ペトルスは自分のロバを売ることができない 774B.

売ること(Selling)　3 分の 1 の物を 4 分の 1 の値段で売る 1266*，すべての種類の食べ物を同じ値段で売る 1534A，同じ賞品を繰り返し売ったり買ったりする 1447，その動物が知られていない国でその動物を売る 1650，口数の多くない人にしか動物を売らない 1643，動物を安く売りすぎる 1538, 1539, 1551, 1553，動物たちを売る 1535，夢の中で動物たちを売る 1543A，猫が知られていない国で猫を売る 1651，雌牛を鶏の値段で売る 1382，悪魔の雌牛を売る 1161A，悪魔のくそを売る 1147*，だまして王の馬を売る 1542，ナイフを半値で売る 1265*，犬に肉を売る 1642，その品が知られていない国でその品を売る 1650，口数の多くない人にしか物を売らない 1643，お婆さんを売る 1170，塩が知られていない国で塩を売る 1651A，同じ動物を数人の異なった人たちに売る 1585，見せかけの魔法の道具(動物たち)を売る 1539，自動で料理する鍋を王に売る 1542，羊たちを豚たちの値段で売る 1551，オオカミを狩ると思われている羊を売る 1529B*，動物たちの靴を売る 1695，魂を悪魔に売る 1170, 1177，盗んだロバを元の持ち主に売る 1631A，見せかけの魔法の笛を王に売る 1542，剣を売って酒を買う 1736A，3 人の女を売る 1170，親指小僧が泥棒たちに売られる 700，2 つの物を 1 つ分の値段で売る 1265*，妻を悪魔に売る 1168C，ワイン(シュナップス)を互いに売る 1447A*.

うるんだ(Watery)　鳥猟師のうるんだ目が哀れみだと誤解される 233D.

売れない(Unsalable)　売れない女(女たち) 1170.

うろの(Hollow)　木のうろに捕らえられる 1900.

上着(Jacket)　36 個のボタンがある上着 1706C.

うわさ(Hearsay)　うわさで恋に落ちる 874.

うわさ(Rumor)　おしゃべりな妻が，新しい法律が始まったといううわさを立てる 1381D*，雌豚に食べられたという女のうわさ 1381F*. ― うわさ話(Gossip)も見よ.

うわさ話(Gossip)　うわさ話の種としての強姦 36. ― うわさ(Rumor)も見よ.

運搬人，ポーター(Porter) 754, 805, 1536B, 1659. ― 読み書きができないせいで，ホテルのポーターとして雇ってもらえない 1659. ― 聖ペトルス(Peter(saint))も見よ.

運命(Fate) 非難することなく運命を受け入れる 759*，運命(自然の力による死，溺死，等)が防がれる 934，運命が説明される 840B*，予言された運命 899, 930*，運命が夢で予言される 931，運命が父親に予言される(父親は娘と結婚したがる) 930A，運命の裏がかれる 855, 934D[1]. ― 神がそれぞれの人の運命を確定する 934D，男が自分の運命を避けることができない 934F, 947，死者のミサの間に母親が自分の子どもたちの悪い運命について知る 934C，音楽家は自分の運命を受け入れて，簡単に来て簡単に去っていくと言う 944*，懺悔者が自分の運命を聖職者の運命と取り替えることを申し出る 1806*，運命の説話 930–949，不幸な男が自分の運命の価値を悟る 844**，将来の子どもの運命を憂う 1450. ― 予言(Prophecy)も見よ.

運命に支配された(Fated) 運命に支配された花嫁 930A, 313，運命に支配された子ども 934，父親と結婚を運命づけられた娘 930A.

え

永遠の(Perpetual) 永遠の放浪 777, 777*，ジプシーに対する罰としての永遠の放浪 750E.

英語(English) あらかじめいくつかの英語を覚える 1697.

嬰児殺し(Infanticide) 765，誘惑を拒絶された仕返しの嬰児殺し 883A，母親による嬰児殺し 755，得するための嬰児殺し 832，石にされた家来を救うための嬰児殺し 516，嬰児殺しが命じられる 762，装われた嬰児殺し 894，嬰児殺しが歌う鳥に暴露される 781. ― 予言のために父親によって企てられた嬰児殺し 517，嬰児殺しの罪を着せられて殺人罪に問われる 712，花婿に嬰児殺しを自慢する 886，嬰児殺しの冤罪 710，嬰児殺し(予言を避けるために父親が自分の娘を殺そうとする) 930A，嬰児殺し(夫が妻の子どもたちを殺したと妻に思わせる) 887，嬰児殺し(母親が自分の子どもを殺すよう命ずる) 920，嬰児殺し(金持ちの男が予言を避けるために少年を殺す計画を立てる) 930，義理の母親が義理の娘に嬰児殺しの罪を着せる 451.

エウスタキウス(Eustacius) プラキダスがエウスタキウスと名づけられる 938.

描くこと(Painting) (イスラエル人が海を渡る)紅海を描く 1857，熊に色を塗る 8，美しい子どもたちを描く 1856，貴族の生まれ(貞淑な女)にしか見えない絵 1620，盗んだロバを元の持ち主に売る前に塗る 1631A.

駅長(Stationmaster) ぎりぎりの瞬間に駅長のところに助けが来る 958C*.

疫病(Plague) 名づけ親としての疫病 332，助けることを拒んだことに対する罰としてのハツカネズミの疫病 751F*.

エギンハルトとエマ(Eginhard and Emma) 926E.

えこひいきすること(Favoring) 自分の娘をえこひいきする 1503*.

餌をやること(Feeding) 木の切り株を餌として与える 1204**，ラバに餌をやることを怠る 1682**，熱い粥を食べさせる 1131.

エジプト人たち(Egyptians) 1857.

エズラの鎖(Esdras chain) エズラの鎖(より強い者と最も強い者) 2031A.

枝(Branch) 座り場所としての枝 1240, 枝が鳥を揺することを拒む 2034A*. ― 隠者が死んだあと, 青い小枝が枯れた枝に生える 756A.

枝(複数)(Twigs) 小枝の束はなかなか折れない 910F. ― 3 本の緑の枝 756.

枝(複数)(Branches) 木の枝を引っ張る 1241. ― 木の枝に座る 1052, 恋人たちの墓の上で枝が絡み合う 970.

枝角(Antlers) 果物(さくらんぼ)が枝角の間に育つ 1889C. ― 角(Horns)も見よ.

エタナ神話(Etana) 537.

枝の主日(Palm Sunday) 1786.

エチケット(Etiquette) 観察されたエチケット 1292*.

獲物(Booty) 獲物が分けられる(ライオンがすべての肉をもらう) 51, 墓地で(墓穴で)略奪品を分配する 1791, だまされやすい者が獲物を残して盗まれる 15*. ― だまされた動物が獲物を失う 6, 6*, 犬が獲物を失う 34A, レイヨウ(キツネ)が獲物を失う 67A*, キツネがオオカミの気を獲物からそらす 15*, キツネがオオカミを罠に誘い込んで獲物を手に入れる 35B*, 男が強盗たちをだまして彼らの略奪品を奪う 326B*, 針が仲間の住人たちのために獲物を持っていく 90, 歌(ダンス)でどこに獲物があるかを教える 1525L*, いちばん強い動物が取り決めを無視して獲物を取る 80A*, 泥棒たちが獲物をだまし取られる 1525J, 旅人たちが逃げた強盗たちの獲物を自分たちのものにする 1653. ― 獲物(Prey)も見よ.

獲物(Prey) 捕まえた動物の言い訳(説得)によって, 動物が獲物を失う 122, 122Z, 捕らえられた動物が捕獲者にもっといい獲物を約束する 122D, 猫が獲物を失う 122B, 獲物の死んだ鹿が生き返る 830A, 獲物をめぐる論争をキツネ(その他の動物)が裁定しなければならない 51***, キツネが獲物を失う 122B*, 獲物をめぐる論争でキツネが徳をする 52, 動物たちが獲物を分けるのを, 男が手伝う 302, トラが獲物を失う 122H, オオカミ(その他の動物)が獲物を失う 122G, 争いを解決してくれという要求のために, オオカミが獲物を失う 122K*, オオカミがだまされて獲物を失う 122N*, オオカミの懺悔の気持ちが次の獲物を見たとたんに木失せる 77*. ― 獲物(Booty)も見よ.

選ぶ(Choose) 死刑宣告をされた男が死に方を選ぶことを許される 927B, 姫が自分を最も愛している男を選ぶ 653A.

選ぶ(Elect) 魚たちが自分たちの王を選ぶためにレースをする 250A.

選ぶこと(Choosing) 砂糖の大きなかたまりか小さなかたまりを選ぶ 1389*, 女がパンを焼く(料理をする)のを見て花嫁を選ぶ 1453**, きれいなイチジクを選ぶ 1309, 父親の過ちをいちばん数多く挙げられる者が後継者として選ばれる 920D, 結婚相手にハツカネズミを選ぶ 2023, 3 人の血縁者のうち死から救われる 1 人を選ぶ 985, 天命(天使)によって法王が選ばれる 933, チーズを食べる女たちを観察して妻を選ぶ 1452.

選ぶこと(Electing) 市長を選ぶ 1268*.

選ぶこと(Election) 鳥の王選び 221, 221A, 221B, 1 年間の王を選ぶ 944.

エルフたち(Elves) エルフたちがせむしの男のこぶを取り除く 503.

延期する(Postpone) 明日まで延ばすな 1641C*.

縁起銭(Hatch-penny) 745.

援助者(Helper) 地下世界の超自然の存在が誕生するときの援助者 476**, 裁判での援助者 821B, 拒絶された求婚者を援助者が欺く 896, 殺せという内容を含んだ手紙を援助者がすり替える 462, 930, 動物たちの援助者 480A, 貴族の手伝いが本当の竜退治をした男 305, 援助者が子どもを救う 506*, 援助者がペテン師たちから男を救う 978, 助けが長いこと戻ってこない 179A**. — 若い男の援助者としての動物(猫, トラ, キツネ, ジャッカル, 猿) 545B, 援助者としての動物(雄牛, 雌牛) 511, 援助者としての動物 897, 男の援助者としての動物 485B*, 少女の援助者としての猫 545A, 女の援助者としての雌牛(雄牛, 名づけ親の女, 木) 511, 援助者としてのデーモンの娘 313, 援助者としての悪魔 362*, 475, 571B, 832, 農作業の手伝いとしての悪魔 810, 820A, 820B, 援助者としての悪魔の祖母(お婆さん) 812, 悪魔の手伝いが木を切らなければならない 1001, 少女の援助者としての犬 545A, 農夫が超自然的援助者を得る 761, 助言者で援助者としての聖者(お婆さん) 413, 援助者としての馬 514, 援助者としての酒場の主人 952*, 男の援助者としてのライオン 485, 援助者としての小さい男(お婆さん, 感謝する動物たち) 610, 援助者としての魔法の馬 314, 情事の援助者としての魔法使い 871, 援助者としての女中 318, 援助者としてのハツカネズミ 315A, 援助者としてのお爺さん 329, 513B, 援助者としてのお婆さん(魔法が使える少女) 590, 王の援助者としての老婦人(助言者, 大臣) 465, 援助者としての姫 725, 援助者としての赤い顔の男 1588**, 花嫁を手に入れる援助者としての家来 516, ライオンを助ける羊飼い 156, 援助者としてのヘビ 318, ヘビが援助者に返礼する 156B*, 花嫁に勝つ強い援助者 519, 花嫁の援助者としての超自然の花婿 425B, 夫が負ったと言っている借金を支払う用意がある援助者としての妻 910G.

援助者たち(Helpers) (聖アンドレアス, 天使, ジプシー) 812, 助けを呼ぶ不確かな叫びで援助者たちがやって来る 956D, 逃走を助ける援助者たち 956B, 援助者たちが鬼の支配から姫を救う 857, 援助者たちが兵隊を生き返らせる 665, 援助者たちが羊飼いを強盗たちの暴行から救う 958. — シンデレラの援助者としての鳥たち, 木, 超自然の存在 510A, 援助者としての並外れた能力を持った仲間たち 302B, 513A, 援助者としての妖精たちが醜い女を美しくする 425D, 援助者としての感謝している動物たち(超自然の存在たち) 545A*, 援助者としての感謝している物たち 480A*, 585, 手伝いの長い列がいっしょにカブを引き抜く 2044, 援助者としての鬼女 872*, 援助者としてのお爺さんたち(ワシ, こびと) 551, 逃避行の援助者としての植物たち, 品々, 動物たち, 人々 750E, 超自然の援助者 500–559.

援助すること(Supporting) 泥棒(殺人)の援助をする 1341A.

エンドウ豆(Pea) エンドウ豆の王 545D*. — けちな人のスープの中のエンドウ豆をあさる 1562F*, 花嫁テストとしてエンドウ豆の上に寝る 704, 女が豆を食べて妊娠する 312D.

エンドウ豆(複数)(Peas) 不貞行為を数えるのにエンドウ豆を集める 1357A*, エンドウ豆が道にしるしをするのに使われる 955, 965*. — 灰の中からエンドウ豆をより分ける 510A.

エンドウ豆の(Pea's) 豆の息子 312D.
煙突(Chimney) 煙突をふさいでもてなしを強いる 1527*.

お

甥(Nephew) 922A, 甥がおじをだます 1525J.
老いた(Old) 老いと若さ 980, 年老いた夫婦が藁の子牛を使って動物たちを捕まえる 159, 老いた父親が息子たちにないがしろにされる 982, 若い女の代わりの年老いた女 1623*, オールドミスが若い男に求婚する 1479*, オールドミスが悪魔と結婚する 1476B, オールドミスがオオカミと結婚する 1477, オールドミスが夫を求めて神に祈る 1476, オールドミスが処女マリアに夫を求めて祈る 1476A, オールドミスが「ティルリップ」と言うように言われる 1485*, オールドミスが注意を引きたがる 1485A*, オールドミスがどんな男でもいいから結婚したがる 1477, オールドミスが結婚したがる 1478, オールドミスたち 1475–1499, お爺さん 1049, 1050, 1064, 1143, 1149, お爺さんが女をかどわかす 311B*, 助言者としてのお爺さん 305, 434, 480C*, 545A*, 565, 875D, 援助者としてのお爺さん 329, 849*, お爺さんが強盗に贖罪を決める 756C, 老人が家畜たちの飼い主になる 130C, お爺さんが花嫁と花婿を石に変える 303A, お爺さんが熊の脚を切り落とす 161A*, お爺さんが女にだまされる 1441A*, お爺さんが学校に通うことに決める 1644, お爺さんが親切な返事と不親切な返事をもらう 750**, お爺さんが羊飼いに魔法の道具を与える 314A, 謎を解くのをお爺さんが手助けする 545D*, お爺さんが森で桶の下に隠れる 179B*, パラダイスに入ったお爺さん 809**, お爺さんが森の中の家に住んでいる 431, お爺さんが家の中に火があると予言する 751B*, お爺さんが賢さを売る 910C, お爺さんが学校へ通わされる 1381E, キツネがお爺さんを恐ろしくないと思う 157, お爺さんが死神を望む 845, オンドリを飼っているお爺さんがメンドリを飼っているお婆さんをうらやむ 219E*, 飢饉(戦争)のとき老人たちが殺されることになる 981, 支配者の古い鞍が報酬として要求される 927A*, 年老いた魔女が森の家に住んでいる 442, お婆さん 442, 1083, 1271A*, 1276*, 悪魔の女共犯者 1353, 女が男(孫)に呪いの言葉を吐く 813B, お婆さんがオレンジ娘を養子にする 408, お婆さんが女に堕胎を助言する 755, お婆さんと彼女の豚 2030, お婆さんとオオカミが穴に落ちる 168A, 助言者としてのお婆さん 305, 307, 433B, 治療者としてのお婆さん 1845, 援助者としてのお婆さん 610, 707, 812, 1515, 求婚者としてのお婆さん 302B, もめごとを起こすお婆さん 1353, お婆さんが哲学者に, なぜ星のことを知りたがるのかと尋ねる 1871A, お婆さんが聖職者に, 天国は暖かいかと尋ねる 1744, お婆さんが家畜たちの飼い主になる 130C, お婆さんが肉体的な罪を懺悔する 1805, お婆さんが聖職者の歌を聞くと泣く 1834, お婆さんが泊まり客にだまされる 1548, お婆さんが軽率な願いを口にする 750K**, お婆さんが道を教える 305, 親切にしてもらったお礼に, お婆さんが魔法の品を与える 571, お婆さんが男に魔法の石を与える 593, お婆さんが魔法の水をけんか好きの妻に与える 1429*, お婆さんが魔法の笛を男に与える 570, 王が男を追い払うために, お婆さんが王を助ける 465, ヨーゼフとその兄弟たちの話を聞いてお婆さんが病気になる 1833F, キリストは私たちの罪のために死んだ(神は死んだ)と,お婆さんが聞かされる 1833E，お婆さんが木から女の子を誘い出す 705A，お婆さんが地獄に行く運命にはない 804C，お婆さんが聖職者に支払う 1744，お婆さんが暴君の健康を祈る 910M，お婆さんが魔法の鳥の心臓の秘密を明かす 567，皮を剝がれたお婆さん 877，お婆さんが若い女の代理をする 1441*，お婆さんがメンドリの乳を搾ろうとする 1204**，お婆さんが売れない 1170，誰が神の後継者になるのか，お婆さんが不思議に思う 1833E．— 助けになるお爺さんたち 551，3 人兄弟がお爺さんに出会う 1920H，3 人のお爺さんたち 726.

追い出す（Chasing away） 泥棒を追い出す 1527A，不服従に対して妻を追い出す 425E.

追い出す（Expel） 両親が息子を追い出す 935．— 追放される（Banished），追放（Banishment）も見よ．

追い出す（Expels） 父親が息子を追い出す 517.

追い出すこと（Expulsion） 動物たちを追い出す 212，宿屋を煙で充満させて客たちを追い出す 1527*．— 父親が王子（姫）を追放するよう命ずる 923B.

追い出すこと（Expelling） 天国から海辺の住人たち（やかましいバイオリン弾きたち）を追い出す 1656，悪魔を追い出す 1147*, 1164，悪魔たちを追い払う 1168，鬼を追い出す 1159, 1161，ヘビたちを追い出す 285B*, 672B*，妻を追い出す 674.

オイディプス（Oedipus） 931.

オイレンシュピーゲル（Eulenspiegel） 1525H_4，オイレンシュピーゲルが動物に話すこと（読むこと，祈ること）を教える課題を引き受ける 1750B，オイレンシュピーゲルが王に挑戦される 1542，オイレンシュピーゲルがけちな聖職者をだます 1736，オイレンシュピーゲルが盲目の男たちをだましてけんかをさせる 1577，オイレンシュピーゲルが怠惰のために王に愛想をつかされる 1590，オイレンシュピーゲルが 1 晩泊めてもらう 1691B*，オイレンシュピーゲルが親方の助言に文字どおり従って動物たちの靴を作る 1695，オイレンシュピーゲルが紅海を描く 1857.

オイレンシュピーゲルの（Eulenspiegel's） オイレンシュピーゲルのいたずら 1635*.

追う（Chase） 犬の皮でつくられた手袋が獲物（野ウサギ）を追う 1889L**.

王（King） 20C, 91, 160, 178C, 207C, 300, 301, 302B, 302C*, 305–307, 313–314A, 317, 318, 322*, 328, 403, 404, 410, 425A, 430, 440, 441, 451, 452B*, 459, 460A, 461, 462, 465, 467, 500, 502, 510B, 510B*, 513B, 514, 514**, 530, 530A, 531, 532*, 545A, 545B, 545D*, 546, 550, 551, 559, 562, 566, 569, 570, 571C, 575, 577, 611, 613, 650A, 665, 671E*, 677, 677*, 706, 706D, 710, 715, 715A, 768, 804B, 819*, 844, 852, 857, 860, 871A, 874*, 875, 875D, 879A, 881, 881A, 883A, 887, 887A*, 889, 890, 892, 910C, 910F, 910K, 916, 920B, 920C, 920B*-920D*, 921B, 921A*, 921E*, 922A, 923, 923B, 924, 926A, 927A, 930, 931A, 935, 939, 945, 950, 953, 976, 981A*, 983, 984, 986, 1332, 1348**, 1426, 1543C*, 1565, 1641, 1871Z, 1935, 1950, 2010A, 2031A，求婚者テストで，王が娘に忠告する 853A，王は常に，人々が彼に要求することと逆のことをする 1871B，王と修道院長 922，王と物乞い 929*，王と御者 1572N*，王と娘 1406A*, 1542，王と潜水夫 434*，王とオイレンシュピーゲル 1590，王と農夫 927A*，王と作男 1545，王と大臣たちは愚かである 1534A，王と妃 875D*，王と召し使い 485, 678, 1645A，王と求婚者 850，王がキニク学派の哲学者（ディオゲネス）に，彼のために何

ができるかと尋ねる 1871C, 王が兵隊に信仰について尋ねる 1736B, 王が約束をやぶり, 求婚者が新しい課題を成し遂げることを要求する 610, 王が町を破壊できない 1871B, 王がペイク(その他のトリックスター)に挑む 1542, 王が会ったことのない息子を見つける 873, 王が罰として溺れさせられる 610, 王が服屋を裕福にする 1639*, 王が魔法の力の助けで泥棒として摘発される 675, 王が既婚の女に恋をする 891B*, 王が人を欺く夫婦の策略を知る 1556, 1 年の王 944, 王がひげに吐いた哲学者を許す 921F, 王が自分の娘を賢い少年(ペイク, オイレンシュピーゲル, 等)に与える 1542, 王が貧しい女に賠償としてお金を与える 759C, 王の力は神よりも弱い 841, 王が動物について無知である 1650, 王が音楽(歌)に感動する 888, 王が変装して(身分を知られずに)女を妊娠させる 873, 王が不平を言っている夫婦を自分の家に招待する 1416, 王が大きな山を 3 人の息子に残す 2251, リントヴルム王 433B, 王が若返った女と結婚する 877, 王がヘビ女と結婚する 411, 王が 3 人姉妹の末の妹と結婚する 707, 王が並外れた能力と性質を持った泥棒たちと出会う 951A, 動物たちの王 103A*, 103B*, 113, 552, 動物たちの王(パン, 猫)が死んだ 113A, レースで動物たちの王を選ぶ 250A, 捕らえられたヘビの王 672B*, ヘビの王が魔法の指輪を若者に与える 560, 王が農夫(兵隊, 愚か者, 船乗り, 大使, 外国の大臣)をもてなす 1557, 王が建築家に不可能な課題を課す(天国に届く塔) 980*, 王がお金を与える代わりに叩くことを命ずる 1642, 王が兵隊に友人の首をはねるよう命ずる 1736A, ポピール王 751F*, 王が娘を仕立屋に与えると約束する 1640, 王が被告に有利な不合理な判決を下す 920A, 王がたくさんの持参金を娘に与える 2010A, 王が若者の賢い答えを得る 921, 王が農夫から謎めいた賢い答えを得る 921A, 王の兄弟だと言い張る乞食に王は施しを拒む 929*, 王が過ちを悔いて, 未亡人が教会に寄付をしたことに報いる 750F, 王が賢い女たちの戦争の策略に敬意を払う 875*, 王がいなくなったタカを持ってきた報酬を農夫に与える 1610, 王が命を救ってくれた者に褒美を与える 952, 泥棒の名人に王が物を盗られる 1525G, 王が未来の妻に仕える 879*, 王が不可能と思われる課題を課す 854, 875, 921E, 王が, 5 つの卵を 2 人の男と 1 人の女で同じ数になるように分ける課題を出す 1663, 男が王の命を救ってくれたと, 王が思う 1646, 王が裸の兵隊のところに突然やって来る 1670*, 王が子どもの賢さをテストする 920, ツグミのひげの王 900, 哲学者(ディオゲネス)が王に, 影を動かしてディオゲネスに当たっている日光から出るように言う 1871C, 王はチェスの発明者に十分な穀物を与えることができない 2009, 王がうっかり自分自身に死刑宣告をする 925, 王が貧しい男(家族)の家を訪ねる 1468, 王が生け贄を捧げることを誓う 1191. ― 鳥の王(ハヤブサ) 231**, 鳥の王(裁判官)としてのワシ 220, 魔法の鳥の心臓を食べると, 王に選ばれることになる 567A, 鳥の王を選ぶ 221, 221A, 221B, 支配者が王に戦争を仕掛けると脅す 725, カエルたち(アリたち)が神に王を要求する 277, 約束したにもかかわらず娘と結婚させることを拒む王の恥辱 513A, 王の不可能な課題に対する, 同じく不条理なお返しの課題 875B, 詮索好きな王 920A*, 貪欲な王が娘の求婚者たちの料理の腕を試す 863, 王のための贈り物 1689, プライドの高い王が恋人を拒む 874, 治療することは最も一般的な職業であることを王に示す 1862E, 王への 2 つの贈り物 1689A. ― 皇帝(Emperor), 支配者(Ruler)も見よ.

王冠(Crown) 王の頭から王冠をひったくって地面に投げつける 1646. ― 潜水夫が王の

冠を海の底から取ってこなければならない 434*，ヘビの王冠を食べることで動物の言葉がわかるようになる 672.

王国(Kingdom)　王国と姫が勇敢な仕立屋に与えられる 1640，褒美としての王国 725，最も怠惰な息子に王国が与えられる 1950. — 報酬としての王国の半分 532*, 569, 571，石に変えられた王国 410*.

黄金(Gold)　黄金(宝石)が山から投げ落とされる 936*，報酬としての黄金 156B*，話しているとき口から黄金がこぼれ落ちる 403, 404, 480，金粉が畑に蒔かれる 1200，悪魔が黄金をくれる 1168，皿(貝)によって黄金が出てくる 570A，黄金を馬と取り替える 1415. — 炭(燃えさし)が黄金に変わる 751B*，触れるとすべてが黄金になる 775，黄金でできた少女 703*，禁令を破って髪が金色になる 502, 710，ブッシェル容器山盛りの黄金の代わりに，ブッシェル容器すり切り 1 杯の黄金を返す 1182，報酬としての金塊 1415，溶かしたバターが溶かした黄金の代わりにされる 1305，笑うと黄金を出す力 567A，保管者が黄金の代わりに銅を返す 1592A，価値のない物が黄金(銀，お金)に変わる 475, 834.

黄金の(Golden)　金の斧 729，黄金の子どもたち(3 つ子) 707，黄金の鍵が箱の中に見つかる 2260，黄金の山 936*，黄金の雄羊 854. — 金の雄牛(オオカミ，ライオン)との戦い 511，いちばんの愚か者が黄金のボール(リンゴ)を受け取る 944，メンドリ(ガチョウ)が黄金の卵を産む 219E**.

黄金の若者(Goldener)　314.

黄金を産む動物(Gold-producing)　黄金を産む動物を売る 1539，黄金を産む動物が盗まれる 563.

雄牛(Bull)　59*, 207A, 281, 571B, 820, 938，雄牛が捕らえられた子どもたちを救う 314A*. — 黒い雄牛を洗って白くする 1312*.

雄牛(去勢)(Ox)　37, 90, 130A, 170, 207, 207A, 277A, 325, 700, 846, 852, 854, 857, 889, 891C*, 934D[1], 1004, 1186, 1294, 1382, 1525J, 1529, 1539, 1565, 1621A*, 1698B, 1705, 1800, 1840, 1861A, 1910, 1920J, 2022B, 2029，助けになる動物としての雄牛 314A*，市長としての雄牛 1675，雄牛がお金を食べる 891C*，雄牛が囚われの身から逃れる 122L*，雄牛をペニー銅貨 5 枚で売る 1553，去勢された雄牛 1133，雄牛が新しい牛小屋に入る 1030*，長さを測るメジャーとしての牛の皮 927C*，雄牛の乳を搾る 1204**，雄牛が針で刺されて暴れ回る 1786，雄牛が盗まれる 1525D，年老いたライオンに雄牛が仕返しをする 50C. — 聖職者が雄牛に乗って教会に入る 1786，大きな雄牛 1960A，雄牛が体を汚すので雄牛を殺す 1035，援助者としての赤い雄牛 511.

雄牛たち(Bulls)　ライオンが雄牛たちを互いに反目させる 119B*.

雄牛たち(Oxen)　援助者としての魔法の力を持った雄牛たち 532*. — 兄弟たちが雄牛に変身させられる 451.

雄牛の(Bull's)　雄牛のミルク(子牛たち) 875B.

王子(Prince)　302C*, 304, 306, 313, 314, 332C*, 402, 403, 407, 408, 409A, 410, 412, 425B, 425C, 425E, 440, 442, 450, 459, 480, 501, 502, 510A, 510B, 510B*, 513A, 519, 533, 540, 545A, 556F*, 559, 585, 672C*, 704, 705A, 705C, 706A*, 711, 770A*, 851, 855, 870, 870A, 872*, 874, 875A, 875B, 877, 879, 881A, 883A, 884, 888A, 891, 892, 896, 898, 910C, 923B, 934, 934D[1],

938*, 940, 1542, 1651A，王子と姫 434, 708, 891A, 894，王子と家来 516，鳥としての王子 432，一見不可能な課題の褒美としての王子 874*，王子が救出者として少女を生き返らせる 709A，王子が口がきけなくなる 305，王子が怪物の首を切り落とす 708，王子が魔法を解かれ動物の姿から救われる 444*，王子が高慢な妻を泥棒としてさらしものにする 900，すべての願い事が現実となる力を得る 652，王子が白雪姫の美しさに感動する 709，王子が両手を切られた女と結婚する 706，王子が若い女と結婚する 310，王子が寝過ごして逢い引きを逃す 861A，王子が本当の花嫁を探す 704，王子が 2 人の女を誘惑する 883B，王子が見せかけの姫に求婚する 1542. ― 嫉妬深い王子が恋敵（潜水夫）を殺そうとする 434*，熊が王子に変身する 426，去勢した猫の王子への変身 750K**，お爺さんが王子に変身する 431，王子が鳥の姿に変身する 433B, 434.

王子たち（Princes） 301, 315A, 471, 530, 550, 883B, 920D.

王子の（Prince's） 王子の 7 人の賢い先生たち 875D*，王子の翼 575.

応酬（Retort） 賢く言い返す 785A, 875B, 910C*, 921-921F, 921D*-921F*, 922-922B, 985, 1663. ― 巧妙な即答（Repartee）も見よ.

応酬（複数）（Retorts） 女が賢く言い返す 875-875D.

応答（Response） 答え（Answer）を見よ.

王の（King's） コインに彫られた王の顔 922B.

オウム（Parrot） 926A, 1373B*，オウムと主人 237，オウムとほかの動物（雌豚，猫）237，妻への贈り物としてのオウム 1352A，オウムが若返りの水を主人に持ってくる 916，オウムが妻の姦通を報告する 1422，オウムが物語を語って妻の貞操を守る 1352A，オウムが主人のために女を口説く 546.

オウム（複数）（Parrots） オウムが木もろとも飛び去る 1881*.

オウムの（Parrot's） オウムの助けが殺人をもくろんだと誤解される 916.

覆うこと（Covering） ひげにタールを塗る 1138，雌牛を覆う 1349*，ひっかき対決のために自分の体を雄牛の皮で覆う 1095，荷馬車をタールで塗る 1017，タールと羽根で覆われた妻（女）1188, 1383，女に糖蜜を塗る 1138.

大鎌（Scythe） 首に大鎌をかけて運ぶ 1203，大鎌をヘビだと誤解する 1203A. ― オオカミがしっぽにからまった大鎌で草を刈る 1982*.

オオカミ（Wolf） 2, 2A, 3*, 6, 7, 10***, 20A, 20C, 30, 31, 35A*, 36, 37, 43, 51, 56B, 60, 65, 72, 78, 103C*, 121, 122F, 122Z, 126A*, 136, 136A*, 152A*, 155, 156, 159, 162A*, 168A, 179B*, 201, 201F*, 212, 222, 225, 247, 283B*, 313, 511, 550, 611, 664*, 715, 921B, 934, 938, 1191, 1312, 1333, 1343, 1579, 1875, 1889B, 1900, 1910, 1930, 2014, 2028，オオカミがキツネとイノシシと同盟を組む 103，罠に落ちたオオカミと熊が音楽家を傷つけない 168，オオカミと熊が獲物をめぐって口論する 52，襲いかかるオオカミと犬（その他の動物）47D，オオカミとガチョウたち（カモたち，子豚たち）227，オオカミと豚 106*，オオカミと子守女 75*，オオカミと子ヤギたち 123，悪魔の創造物としてのオオカミ 773，犬に招かれたオオカミが歌う 100，助けになる動物としてのオオカミ 314A*，オオカミが裁定者をして獲物を失う 122K*，修道士としてのオオカミがいつも羊と子羊のことばかり考えている 77**，救助者としてのオオカミ 425B，呑み込む者としてのオオカミ 123, 333, 705B，オオカミが男にバイオリンの弾き方を尋ねる 151，オオカミがほかの動物たちにおれの息は臭いかと尋ねる 51A，学校に通ったオオカミ 77**，オオカミが犬(その他の動物)にだまされる 102，オオカミが不在のキツネを裏切る 50，オオカミがキツネ(その他の動物)をかむ 5，オオカミがいたずらなヤギをかむ 2015，オオカミが羽根の家を吹き倒しガチョウ(豚)を食べる 124，オオカミがもう肉は食べないという約束を破る 165，オオカミがやけどをする 8，オオカミが真っ赤に焼けた鉄でやけどさせられる 152，オオカミがキツネを運ぶ 4，オオカミがガチョウを捕まえる 6*，オオカミが捕まる 40A*，オオカミが食料を盗んでいるときに捕まり叩かれる 41，オオカミがしっぽを捕まれる 1229，オオカミが罠に捕らえられる 35B*，オオカミが井戸にはまり叩かれる 32，オオカミが声色を使って子ヤギたち(子馬たち)を食べる 123, 123A，オオカミが羊に追い払われる 126，オオカミがとげの多い果物を食べて窒息する 74C*，オオカミが有罪判決を言い渡され結婚させられる 165B*，オオカミが自分の罪を神に告白する 77*，オオカミがキツネのまねをする 21, 48*，オオカミが魚泥棒をまねる 1，襲撃のときオオカミが用心深いキツネにだまされる 47A，オオカミが物乞いを食べる(これまでに会った中で最も愚かな男) 460A，オオカミが祖母と孫をむさぼり食う 333，オオカミが獲物をキツネと熊と分ける 80A*，オオカミが逃げるパンケーキをだまして食べる 2025，オオカミがヤギを食べる 127A*, 127B*，オオカミが雌馬を食べる 1311，オオカミが家族と牛を食べる 163，オオカミが羊たちをおびえさせる 166A*，オオカミが捕らえた動物の最後の願いを聞き入れる 122A，オオカミが老犬を助ける 101，オオカミ狩り 1229，串刺しになったオオカミ 23*，羊の皮をかぶったオオカミ 123B，オオカミが誓いをするときにけがをする(捕らえられる) 44，オオカミがチーズから飛び出す 1892*，オオカミが馬に蹴られる 47B，オオカミが鳥に殺される 228，オオカミが人間の恐ろしさを学ぶ 157，オオカミが獲物を失う 6*, 122–123，オオカミがチーズの中に閉じ込められる 1892*，オオカミがオールドミスと結婚する(オールドミスを食べる) 1477，オオカミが子馬と間違われる 1311，オオカミが月をチーズ(羊，バター)と間違える 34，羊が生まれたばかりの子羊をなめているのを，オオカミが見る 129A*，オオカミを説得して親指小僧の父親の家へ行かせる 700, オオカミが獲物を食べる前に，獲物を洗わせてくれと説得される 122G，オオカミがむしろ自由を好む 201，オオカミがロバの背に乗って村に行く 122N*，オオカミが煮え立ったお湯でやけどをさせられる 152A*，オオカミが羊の群れと羊飼いを盗んで食べる 162A*，オオカミがキツネに食べ物を与える 3*，オオカミが小さい子を呑み込む 700，オオカミが犬に狩りを教える 47D，オオカミがキツネにだまされる 2B，けがしたふりをしたキツネにオオカミがだまされる 3，オオカミが馬たちを捕まえようとする 166B*，オオカミが不当に子羊を責める 111A，オオカミがいちばん太ったヤギを待つ 122E，鉄の頭をしたオオカミが，男が結婚をしなければ助けてやると言う 361*. — 盲目のオオカミが見張りをする 122L*，自慢をするオオカミ 118，キツネが鐘をオオカミに結びつける 40A*，ヤギが水に映った自分の角を見てオオカミを恐れない 132. オオカミの食料がキツネに食べられる 15, 15*，オオカミのしっぽが燃やされる 2D，オオカミのしっぽを木に釘で打ちつける 1896. — ツル(コウノトリ，キツツキ)がオオカミ(ライオン)の喉から骨を抜く 76.

オオカミたち(Wolves)　119B*, 126, 650A, 1348, 1650，オオカミたちと犬たち 201F*，援

助者としてのオオカミたち 1150，オオカミたちが男を襲う 169K*，オオカミたちが家畜たちに追い払われる 130B, 130D*，オオカミたちが次々と積み重なって登る 121，羊たちとオオカミたちの対立は犬たちのせいだと，オオカミが羊たちを説得する 62A，オオカミたちを狩ると思われていた羊(ヤギ)をオオカミたちが食べる 1529B*，オオカミたちと犬たちとの戦い 107，小屋の中のオオカミたち 1652，オオカミたちがヤギたちを殺す 1184，オオカミたちが恐れで逃げ出す 126A*，オオカミたちが羊たちをだます 62A，オオカミたちが仲間の 1 頭を傷つけた人間を罰しようとする 121. ― 熊がオオカミたちに薪を投げつける 87A*，オオカミたちを狩ると思われている羊 1529B，人々を襲う(傷つける)オオカミたち，襲わない(傷つけない)オオカミたちの説話 169*，人々に罰せられるオオカミたちの説話 169*.

オオカミの頭(Wolf-head) 羊たちがオオカミを怖がらせるのにオオカミの頭を使う 125.

オオカミの皮(Wolfskin) オオカミの皮が病気のライオンを治すのに使われる 50.

大きい(Big) 大きいケーキ 1565*，大寒波 1967，納屋の前の大きな靴(鬼を威圧する) 1151，大きいイチゴ 1920B*，大きい結婚式 1961，すごい風(泥棒の言い訳) 1624. ― 巨大な(Huge)，大きな(Great)，背の高い(Tall)も見よ.

大きさ(Largeness) 大きさを誇張するのではなく，小ささを誇張して話を終える 1920D.

大きさ(Size) 嘘の大きさを縮める 1920D. ― シラミ(ノミ)の皮がとてつもない大きさである 857.

大きな(Great) 大きな動物 1960, 1960A，大きなミツバチと小さな巣箱 1920G，大きな鳥(ワシ，ライチョウ，タカ，ツル，等) 1960J，大漁 1960C，大きな卵 1960L，大きな農場の建物 1960E，大きな魚 1960B，大きな花 1920A，巨大な虫 1960M，大きな釜 1960F，大きなパンのかたまり(ケーキ，プリン，等) 960K，大きな物 1920A, 1960，大きな植物 1960, 1960G，大きな船 1960H，大きな木 1960G，大きな野菜(カブ，キャベツ，等) 1960D，大きなレスラーたち(大食いたち) 1962A. ― 大きい(Big)，巨大な(Huge)，背の高い(Tall)も見よ.

大食い(Eater) 大変な大食いの腹を切り開く 2028，大食い 650A，大食漢が少ししか食べなかったことをわびる 1407B.

大食い(Gluttony) キリストが聖ペトルスの大食いを妨げる 774N.

大酒飲み(Drunkard) 大酒飲みの約束は無効 111A*.

大酒飲みたち(Drunkards) 大酒飲みたちに関する笑話 1706.

大麦(Barley) 大麦と小麦 293E*.

オオヤマネコ(Lynx) 50, 409.

お返しの課題(Countertasks) 少女が王にお返しの課題を与える 875B.

お金(Money) 不正な方法で手に入れたお金が物乞いの服の中から見つかる 842A*，お金が常に持ち主のところに戻ってくる 745，お金と幸運が，自分たちのどちらがより力があるかを賭ける 945A*，贈り物としてのお金が盗まれるか浪費される 736，悪魔からの報酬としてのお金 813*，求婚のために(女を買うために)お金を借りる 890，豚にお金を食べられる 891C*，お金が天から降ってくる 779H*，お金が水に浮く 842C*，お金を見つける 2023，動物が遺産として残したお金が，動物を埋葬したことに対する司教の反論を封じ込める 1842，寝ている巨人からお金を取る 328A，寄付のためにお金が与えられる 1744，物乞いに与えたお金を取り戻す 1424*，死体の埋葬にお金が支払われる 505, 1536A，動物を小屋に戻すためにお金が支払われる 1652，犬の教育のために召し使いにお金が与えられる 1750A，天国(地獄)にいる死んだ夫にお金を持っていくよう渡す 1540，お金を聖書に隠す 1468，お金が教会(石の下)に隠される 1341B，お金を地中に隠す 1278，壊された像の中のお金 1643，一文無しの求婚者の手に握られたお金 859，帽子の中のお金 1130，お金を豆と誤解する 1643，完成した仕事の報酬として悪魔に差し出されたお金が拒絶される 815*，橋の上(道ばた)で貧しい男がお金を見逃す 947A，2 人の(3 人の)預金者たちが要求したときにしかお金を返さない 1591，お金の代わりに牛のふんを入れる 1225A，幸せでいるためにお金を返す 754，お金が盗まれる 1545，寝ている巨人からお金を盗む 328A，守銭奴が死ぬ前にお金を飲み込む 760A*，賭けに負けたらお金を支払う 1000，預金者が 2 人(3 人)とも要求したときのみお金を返す 1591，カエルたちにお金を投げる 1642，女を誘惑するのにお金が使われる 1420D. ― 知人がだまされて預金を引き渡す 1617，貪欲な聖職者がお金を得ようとして裏をかかれる 1842A*，お金がどこで見つかるかを熊が人に教える 156C*，妻を売って手にしたお金を鳥が盗む 938B，借りたお金を貸してくれた男の妻を誘惑するのに使う 1420C，配偶者が死んだふりをして埋葬費を受け取る 1556，お金の入った長持ちが幸運な偶然によって見つかる 1644，盗まれたお金を返すよう要求する 715，献金を自分のものにする 1855E，悪魔が貧しい男にお金を貸す 822*，悪魔は樽をお金で満たすことができない 773**，人形がお金を生み出す 571C，着服されたお金が思いがけず杖(ステッキ)の中から見つかる 961B，ばくち打ちの妻が，夫がばくちで負けた金を取り返す 880*，客が「自分のお金で食事を」注文する 1555C，男が妻を買うためにお金をすべてつぎ込むことにする 887A*，男が不運な出来事でお金を失う 945A*，泥棒たちのお金の中のしるしをつけたコイン 1615，猿が男のお金を半分は水の中に投げ，半分は陸に投げて男を欺く 184，誰も返してくれと言わなければお金を自分のものにできるという許可 1807A*，貧しい農夫がお金を見つけそれで借金を支払う 940*，壊れた像の中にお金の入った壺が見つかる 1643，父親の棺にお金を入れる約束がなされる 1855B，穴ウサギが動物たちや狩人からお金を借りる 2024*，妻があげたお金を取り返す 1540，盗まれたお金をだまして取り戻す 1617*，オンドリが家にお金を持って帰る 219E*，今日はお金，明日は無し 1541***，妻がお金について何も知らない 1385*，若い男がお金を使ってお爺さんから賢さ(格言)を買う 910C.

小川(Brook)　水のない小川 1963. ― 川(River)，川(Stream)も見よ.

お気に入りの(Favorite)　動物，虫，物のお気に入りの家 293C*.

オーク(Oak)　オークときのこ 293B*，オークと葦が言い争う 298C*，オークの実が魔法による変身に使われる 310.

オークの(Oaks')　オークの葉 1184.

憶測，想定(Assumption)　死にかけている男の賢い想定 1860B，王への贈り物するときの間違った憶測 1689A，間違った想定がばかげた行為を招く 1687，間違った想定が不貞の告白につながる 1725，耳が遠いという誤った想定が誤解を招く 1698C，教会の礼拝で名前が呼ばれるという間違った憶測 1831C，食べることを拒否することによって主人を罰するという間違った想定 1698B*，愚かでばかげた憶測 1689B.

憶測(複数)(Assumptions) 間違った憶測がばかげた行動を引き起こす 1685, 1681A, 1686，犯罪を犯した男が間違った憶測をして，自分のしたことがばれたと思う 1833J, 1833K.

臆病な(Cowardly) 決闘をする臆病な動物たち 103. — 野ウサギよりも臆病なほかの動物たち 70.

臆病な(Fearful) 臆病な野獣としてのヒョウ 181.

臆病な(Timid) 臆病な男 1064.

臆病者(Coward) 臆病者が熊から逃げる 179，臆病者を信用するな(熊が死んだふりをした男にささやく) 179.

お悔やみ(Condolence) 妻を亡くした男へのお悔やみを盗みにあった人に言う 1843A.

遅らせる(Delay) 死を遅らせる 1199，短いろうそくが燃え尽きるまで遅らせる 1187.

贈り物(Gift) 性的に身を許してもらった代わりの贈り物(お金) 1420B, 1420D，(物)損害賠償としての贈り物 1420A，妖精たちの贈り物(美と若さ) 877，木(食料)の贈り物を，それがすでに割ってある(下ごしらえができている)場合にしか受け取らない 1951. — 贈り物としての斧 729，愚か者の贈り物 1548*，いちばんの愚か者への贈り物としての黄金のリンゴ 944，愛人が贈り物で女を誘惑する 1420A，愛人への贈り物を取り返す 1420, 1420A，男がワシの姉妹(父親)から贈り物をもらう 537，男が贈り物の褒美をもらう 887A*，贈り物としてのお金 736，病人が治るか死ぬかを予想する力を贈り物として名づけ親からもらう 332，司祭が罪人に，約束の贈り物を持ってくるよう思い出させる 1743*, 裕福な兄が貧しい弟からの贈り物を受け取ることを拒否する 480C*. — 贈り物(Present)も見よ.

贈り物(複数)(Gifts) 愛のしるしとしての贈り物 891A，クリスマスの 12 日間の贈り物 2010A，こびとたちの贈り物 503. — デーモンからの贈り物としての魔法の品々 611，悪魔への奇妙な贈り物 1161A.

贈り物(Present) 洗礼での贈り物 1165，贈り物が家族メンバーに適切に分けられる 1533，王への贈り物 1689. — 贈り物(Gift)も見よ.

贈り物(複数)(Presents) 王への 2 つの贈り物 1689A.

送ること(Sending) 動物たちにお金を取りに行かせる 219E*，ブーツを電報で送る 1710, チーズを連れてこさせるためにチーズを送り出す 1291，賢い雄牛を学校に通わせる 1675, 夫に水を取りに行かせている間に愛人が逃げる 1419J*，物たち(動物たち)だけで送り出される 1291D，鍋(テーブル)が自分で家に歩いていくよう送り出される 1291A.

桶(Trough) 隠れ場所としての桶 179B*. — 子どもが両親のための皿として木の鉢を彫る 980.

桶(Tub) 避難場所としての桶 169K*.

起こすこと(Waking) 主人は寝ている徒弟をあえて起こそうとしない 1562D*，女中たちを早く起こす 1566A*，「火事だ！」と叫んで寝ている礼拝の会衆を起こす 1833L，教会で目を覚ます 1839A.

怠ること(Neglecting) 御者に食事を持っていくことを怠る 1572E*.

怒った(Angry) 怒った王が娘と娘の夫を追放する 314，怒った猿が鳥の巣を破壊する 241，怒った女が高慢な王子を呪う 408. — 最初に怒った者についての取り決め 1000，父親が末の娘の発言に腹を立てる 923B，父親が高慢な娘に腹を立てる 900，聖ペトルスが大工たちに腹を立てる 774H.

行うこと(Performing) 金持ちの男の(支配者の)仕事をする 1531.

幼子キリスト(Christ-Child) 967.

おじ(Uncle) おじと甥 1533C，おじと甥が雄牛(羊)を盗む 1525J.

教え，命令(Instruction) 指示に文字どおり従う 1692. — 夢の中の天の教え 759A，書かれた指示に従う 1562B，グレゴーリウスが天の命令(天使)によって法王に選ばれる 933.

教え(Lesson) (どのように木の実をすくうか) 1229*，(盗みをすることと嘘をつくことが富につながる) 790*.

教え(Precept) お爺さんから買った教えが役立つことがわかる 910C，死を間近に迎えた父親の息子(たち)への教え 910D, 910E, 910K. — 小枝の束は折れない 910F. — 助言(Advice)も見よ.

教え(複数)(Precepts) 教えが無視される 910, 910A，教えが男を不運から守り金持ちにする 910B. — 謎めいた教えが誤解される 915A，いい教え 910–919，母親が子どもたちに教えを授ける 915.

教える(Teaches) 鳥がほかの鳥に巣のつくり方を教える 236，男が野獣にバイオリンの弾き方を教える 151.

教えること(Teaching) 動物に食べ物なしで生きることを教える 1682，動物に話すこと(読むこと，祈ること)を教える 1750A, 1750B，穴ウサギに戻ってこないように教える 1595，礼儀正しくふるまうにはどうするかを教える 1832E*，ベッドへの入り方を教える 1545A，どうやって石からスープをつくるか教える 1548，ラテン語を教える 1331D*，宗教的な事柄を教える 1833D，息子に盗みを教える 838，ベッドの中でどうやって暖まるか女に教える 1545*.

雄鹿(Stag) 65, 90, 159*, 200C*, 530A，雄鹿の角がひっかかる 77，雄鹿が狩人たちから隠れる 162.

おしゃべり(Talkativeness) おしゃべりのせいで被害者がいることがばれる 1341A，おしゃべりのせいで別れる 886.

おしゃべりな(Talkative) おしゃべりな息子 1381B，おしゃべりな妻 1381, 1381C, 1381D, 1381D*.

雄ガモ(Drake) 211B*, 318.

雄猫(Tom-cat) 103A, 103B*, 113B, 1281A.

雄の子牛(Steer) 1655.

雄ヤギ(Billy goat) ヤギ(Goat)を見よ.

お世辞(Flattery) キツネがお世辞を使う 57*，お世辞を言うとカラスがチーズを落とす 57. — 父親が娘たちのお世辞に褒美をやる 923.

お世辞を言う(Flatters) カラスがくわえているチーズを手に入れるために，キツネがカラスにお世辞を言う 57，キツネがオンドリ(鳥)を説得して目を閉じたまま鳴かせて(歌わせて), オンドリにお世辞を言う 61.

お世辞を言うこと(Flattering) おべっかを使う親方 1574*. ― 猿がライオンにおべっかを使う答えをする 51A, 猿がおべっかを使うキツネに褒美を与える 48*.

恐れ(Afraid) 聞き慣れない音におびえる 1145. ― 信じやすい人々が, ろうそく(明かり)を背中に乗せた動物におびえる 1740. ― 恐れ(Fear)も見よ.

恐れ(Fear) 恐れと悲しみが男につきまとう 981A*, 恐れのため, 捕らえられた王が逃げる 939, 恐れが動物たちを世界の果てへと追い立てる 20C, 猫を恐れる 1281, 祖母を恐れて少女が逃げる 545A*, ハツカネズミ(クマネズミ, ヘビ)への恐れ 1651, 自分の鏡に映った姿を恐れる 1168A, 埋められた妻が戻ってくることを恐れる 1354D*, ヘビへの恐れのため思慮不足にヘビを殺してしまう 285, 脅しを恐れる 2034A*, 雷雨を恐れる 1147, 処女マリアを恐れる 1168C. ― 動物たちが鳥の体の一部を(ほかの動物を)恐れる 229, 動物たちが人間の恐ろしさを学ぶ 157, 花嫁が恋人を恐れない 365, 犬たちがオオカミたちを恐れる 107, ライオンの皮をかぶって変装したロバが恐怖を巻き起こす 214B, 象たちが水に映った月におびえる 92, ヤギがオオカミを恐れない 132, 野ウサギたちが人間や動物たちを恐れなくなる 70, 恐れのために, 男が子どもたちの逃げた道をばらす 327D, ハツカネズミの子どもたちはオンドリを恐れる必要はない 112**, 子どもをニクスに取られることを両親が恐れる 316, 兵隊が超自然の存在を恐れない 410*, 若者が恐れることを知らない 326, 326A*.

恐れ(Fright) 手押し車(ひき臼)のきしむ音を恐れる 1321A, 姿の変形した姑を見て恐れる 753. ― ヤギがおびえて木からオオカミの上に落ちる 126A*, 母親が恐れで死ぬ 765.

恐れ知らずの(Fearless) 恐れ知らずの大工 1147*, 恐れ知らずの男が死体を見つける 326B*, 恐れることを知らない男が, 鳥が顔に飛んできたとき(冷たい水を浴びせられたとき)おびえる 326, 恐れ知らずの男が頭蓋骨を墓地から盗む 1676D, 恐れ知らずの船乗り 921D, 恐れ知らずの靴職人が死んだ男を見張る 1711*, 恐れ知らずの兵隊が幽霊の出る城で夜を過ごす 326A*, 恐れ知らずの女が 1 人で家にいる 956B.

恐れる(Fears) 皇帝が神を畏れる 757, 息子が父親の怒りを恐れる 502, 聖ペトルスが妻を恐れる 754**, オオカミが男の脅しを恐れる 121, オオカミがオオカミの頭を恐れる 125.

恐れること(Fearing) 妻を恐れる 1375.

恐ろしい脅し(Terrible threat) 父親ならしたであろうことをするという恐ろしい脅し 1563*.

お茶(Tea) 愚か者がお茶をいれる 1339C.

落ちる(Drops) パンが木から落ちて熊を殺す 1890B*.

落ちる(Falls) 葉巻(パイプ)が列車から外に落ちる 2204.

落ちること(Falling) 木から落ちる 1154, 木のうろ(沼地)に落ちる 1900.

夫(Husband) 夫 と 妻 152A*, 153, 163, 212, 248, 301, 302B, 303, 315A, 328A, 400, 406, 409, 409A*, 410, 425, 425D, 430, 433B, 449-451, 459, 462, 465, 470B, 510B, 555, 570A, 612, 670, 670A, 674, 677, 706, 706C, 712, 726, 737, 737B*, 750C, 751A*, 753, 754**, 755, 760, 760A, 762, 804A, 805, 813B, 824, 832, 840, 849*, 860B*, 861, 864, 871A, 872*, 875, 879,

879A, 879*, 880, 880*, 881, 882, 882A*, 883A, 887-891B*, 894, 896, 898, 900-905*, 910B, 910G, 915, 920, 921B, 923, 923A, 926A, 930A, 938B, 939, 960, 960B, 970, 974, 978, 980, 980D, 984, 985**, 986, 990, 992, 992A, 1029, 1091, 1091A, 1095, 1120, 1133, 1159, 1164, 1168C, 1218, 1225, 1230*, 1260, 1268*, 1285, 1286, 1313, 1313C*, 1335, 1336A, 1341A*, 1341D, 1350-1439, 1441B*, 1447A*, 1458*, 1468*, 1501-1516*, 1525Q, 1533B, 1536A-1537, 1539-1545B, 1547*, 1553, 1556, 1562B, 1562C*, 1563, 1568*, 1574A, 1623*, 1630*, 1641B, 1653, 1663, 1676H*, 1681, 1681A, 1686A, 1689, 1691, 1691C*, 1694, 1696, 1706B, 1706C, 1706D, 1725, 1730, 1739A*, 1741, 1750, 1777A*, 1781, 1811B, 1825, 1825A, 1832T*, 1837*, 1848A, 1860B, 1967, 2022B, 2044, 夫と妻が空想をする 1430, 助言者としての夫 1362B*, 1536B, 仲裁者としての夫 1419D, 夫が妻を間接的に叩く 1370, 影像の後ろにいる夫が妻に助言する 1380, 1380A*, 夫が新しい妻を連れてくる 705A*, 夫が強情な妻を従順にする 901, 夫が自分は別の人物だと思い込まされる 1406, 夫が嘘の状況を信じ込まされる 1406, 夫が妻をタールと羽根で覆う 1383, 夫がテーブル(ベッド)の下に縮こまる 1366*, だまされた夫 1363, 1378, 夫が妻にだまされる 1379***, 1381A, 1405, 1406, 1417, 1419-1419J*, 1423, 1426, 夫が妻とその愛人にだまされる 1419E, 夫が妻の愛人をだます 1359C, 夫が信用を失う 1381A, だまされた夫 1362A*, 夫が妻の仕事をする 1408, 夫が妻の愚かさに憤慨する 1386, 1384, 埋められた妻が土から出てくることを夫が恐れる 1354D*, 夫が酒場で見つかる 1378A*, 豚小屋に隠れた妻の愛人に夫がおびえる 1419F, 夫が嫌いな料理を免れる 1390*, 夫は尻で妻がわからなければならない 1268*, 夫が籠に隠れる 1360C, 夫が吊るしたバスタブに隠れる 1361, だまされた夫 1419, 夫が妻と同じくらい愚かな人を 3 人探しに行く 1384, 夫が妻を幽閉する 1419E, 鶏小屋の中の夫 1419A, 夫が妻の愛人を殺す 1536C, 1537, 夫が卵を産む 1381D, 夫が鶏小屋に閉じ込められる 1419A, 夫が姦婦に閉め出される 1377, 夫が妻のベッドで愛人に出くわす 1359B, 夫が釘で殺される 960D, 中傷のせいで夫が妻を殺すよう命ずる 881, 夫が不貞の妻とその愛人を出し抜く 1359, 1359A, 1359B, 夫が死んだふりをする 1370B*, 夫が頑固な妻を川に突き落とす 1365B, 夫が妻の再婚を防ぐのに間に合って戻る 974, 妻の最も大切なものとして夫が救われる 875*, 888, 夫が水を(薬を, ジンを, リンゴを)取りに行かされ, その間に愛人が逃げる 1419J*, 夫が妻の代わりに誘惑者と思われる男のところへ行かされる 1441B*, 夫がスリッパで叩かれる 1366*, 夫が不貞をはたらいている妻の現場を押さえる 1364, 夫が妻と入れ替わって愛人に会い, 愛人を叩く 1359B, 妻とその愛人が夫を海に投げ込む 612, 夫が頑固な妻を川に投げ込む 1365C, 自分が誰だかわからなくなる 1419E, 夫が思いがけず家に戻ってくる 1360C, 1419, 2 人の妻がいる夫 1394, 夫が妻の姦通を目撃する 1358. — 最も強い存在であるハツカネズミが娘の夫となる 2031C, 新婚の夫が無知のために妻と寝ない 1686A, オールドミスが夫を求めて祈る 1476, 1476A, 超自然の夫 425-449, 夫としてのオオカミ 1477. — 夫婦, カップル(Couple), 妻と夫(Wife and husband)も見よ.

夫たち(Husbands) 夫たちと妻たち 1275*.

夫の(Husband's) 夫のいいほうの目を覆う 1419C.

オデュッセウス(Odysseus) 1137, オデュッセウスが海の知られていない場所を探す

1379**.

音(Sounds) 鳥の声の模倣 236, 236*, 240. ― 声(複数)(Voices)も見よ.

男，やつ(Fellow) 1538*.

男(Man) 男と仲間たち 1225, 男とライオン 159B, 159C, 男と荒女 485, 悪魔に連れ去られた男 813A, 813B, 男がオールドミスから求婚される 1479*, 監視されていない女に男が求愛する 1515, 女の服を着て変装した男 875D*, 絞首台から来た男 366, 月に行かされた男 751E*, 井戸の中の男 934F, 男が別の猫を殺したあと，猫に殺される 113A, 男が鬼を殺す(鬼にけがをさせる) 1115–1129, 男がキツネを殺す 53, 男が姫と結婚する 850–869, 男は教区外の人と結婚してはならない 1475, 男が悪魔をだます 1155–1169, 男の美しい妻のために，男がしいたげられる 465, 男が見つけたシリング硬貨をハリネズミに返す 293G*, 男が手伝いを必要としているふりをして熊(トラ)をだます 38, 男が悪魔をだます 1187*, 鳥のように飛び，魚のように泳ぐ男 665, 4 人の妻を持つ男 856, 頭のない男 1225, ペニスのない男 1543*. ― 男に関する説話 1525–1724.

男やもめ(Widower) 65, 2012, 男やもめと女やもめ 915, 妻の死で男やもめが安堵する 1354A*, 男やもめが自分の娘と結婚したがる 510B, 510B*.

脅される(Threatened) 悪魔に脅される 1091A. ― 家畜たちが殺すと脅される 130B, 女中が殺すと脅される 871.

脅し(Threat) ひっきりなしに泣いているので脅す 75*, 叩くと脅す 311B*, 地獄に教会を建てるという脅し 804B, 課題に失敗したら殺すという脅し 306, 313, 500, 514**, 531, 550, 求婚者コンテスト(力のテスト)で失敗したら殺すという脅し 519, 男の子を産まなければ母親を殺すと脅す 920A, 自慢する動物に対して殺すと脅す 485B*, 真実を打ち明けたら殺すという脅し 533, 王の馬は死んだと言った者は殺すと脅す 925, 求婚者に対する死の脅し 507, 皿の上で魚を裏返した者は殺すという脅し 927A, 動物たちを殺すと脅す 126A*, 信仰が山々を動かせなければ殺すという脅し 756G*, もし秘密がばれたら死ぬという脅し 670, 絞首刑の脅し 1641, 殺すと脅す 844*, 891C*, 1641D, 兵隊が超自然の存在の脅しを恐れない 410*, 暴力をふるうと王を脅すと，王か娘を兵隊と結婚させることを許す 562, 戦争を仕掛けると脅す 725. ― 援助者が殺すと脅されて治療薬を差し出すことを強要される 305, 男が脅すとオオカミたちが逃げる 121, 脅しによって要求がかなえられる 2034A*.

落とし穴(Pitfall) 落とし穴を仕掛ける 1117.

脅す(Threatens) 聖職者が礼拝の会衆を鉄砲で脅す 1835A*, 農夫が猫を穴ウサギと呼ばなければ農夫の元を去ると，作男が脅す 1565**, 妹が兄を食うと脅す 315A, オオカミが人を食べると脅す 361*.

落とすこと(Dropping) 速く機を織りすぎて杼を落とす 1453A.

脅すこと(Intimidating) 大きな(重い)道具を要求して脅す 1049, 途方もない力があるふりをして脅す 104, 1060, 1060A, 1062.

脅すこと(Threatening) 貸し主を脅す 1525L, 木を切り倒すと脅す 56A, 身投げすると脅す 1377, 自分の父親ならしたであろうことをすると脅す 1563*, きのうしたのと同じことをすると脅す 1563*, 性交をばらすと脅す 1731, 天国を出ると脅す 805, 湖の口を引っ張って閉じると脅す 1045，キリストの像を壊すと脅す 1347*，悪い女で脅す 1164.

踊ってぼろぼろになる靴(Danced-out shoes)　306.

乙女(Maiden)　400, 401A*, 406, 412, 451, 531, 550, 709, 883C, 903A*, 1165, 2035，手なし娘 706.

乙女たち(Virgins)　710, 1420A, 1450, 1834*. ―魔法にかけられた城で乙女たちの救出に成功する(失敗する) 401A*.

踊り(Dance)　最後の願いとしての踊り 227，クリスマス・イブの踊り 779E*，踊りでどこに獲物があるかを教える 1525L*，悪魔(女神)との踊り 306. ―野ウサギが踊る約束をして逃げる 183*，魔法の楽器が人々を無理やり踊らせる 592，楽器がオオカミたちを無理やり踊らせる 1652, 1650.

踊ること(Dancing)　雨のせいで踊って歌う 912，踊る動物たち 850，踊る動物たちが姫を笑わせる 559，真っ赤に焼けた靴を履いて死ぬまで踊る 709.

驚かす(Frighten)　作男が女を驚かすためにベッドの下に隠れる 958D*.

驚かせること(Frightening)　礼拝の会衆を鉄砲で脅す 1835A*，デーモンたちを怖がらせる 1154，絶叫して猛獣を驚かせる 1231，生き物の背中にろうそくを立てて信じやすい人たちを驚かせる 1740，幽霊(死者)のふりをして墓地で男(女)を驚かす 1676，鬼を怖がらせる 1149，人々(泥棒，旅人，村人たち，父親)をこけ脅しで脅す 1563*，にせの幽霊を驚かす 1676，夫が客の耳を(睾丸を)切り落とそうとしていると告げて客をおびえさせる 1741，夫を驚かせる 1676H*，宝を盗むために宝の持ち主をおびえさせる 831，聖人像に成り済ました人をおびえさせる 1829，強盗たちを驚かせる 1527，泥棒たちを驚かせる $1525H_4$，トラを怖がらせる 1149，地獄の責め苦でおびえさせる 1094.

同じ(Same)　毎年同じ古なじみの話 1833F.

鬼(Ogre)　8, 302, 313, 451, 461, 467, 507, 545D*, 552, 555, 613, 857，鬼が姫たちをさらう 301，鬼が聞き慣れない音におびえる 1145，鬼と動物 1131，鬼と子どもたち 327，鬼と娘 327C，鬼と娘たち 327B，鬼と作男 1053, 1132, 1153，鬼と手伝い 1052，鬼と人間 1000–1199，鬼と雷神 1148B，鬼と妻 327D，鬼と女 1180，援助者としての鬼 1191，求婚者としての鬼 311, 955，鬼が子どもにだまされる 333，鬼が打ち負かされる 1162，鬼が追い出される 1159, 1161，おびえた鬼 1149，鬼が女の性器におびえる 1095, 1159，鬼が人におびえさせられる 1145–1154，鬼が城に取り憑く 1159，鬼が宿屋に出る 1161，鬼がだまされてけがをさせられる 1143，鬼が寝ている兄弟を殺すことを企てる 327B，鬼が謎の答えを知り姫と結婚する 857，鬼が若者を袋に誘い込む 327C，鬼が男に木でもなく石でもなく鉄でもなく土でもない橋をつくるよう命ずる 1005，鬼を威圧する 1152，鬼が水に映った少女の姿を見る 1141，鬼が豚の毛を刈る 1037，鬼が男の身代わりと戦う 1162，鬼が楽器の演奏を習いたがる 1159. ―学校の先生は鬼 894，鬼の財宝を盗む 328，愚かな鬼 1000–1199. ―悪魔(Devil)，竜(Dragon)，巨人(Giant)も見よ.

鬼の(Ogre's)　鬼の指を木の割れ目に挟み込む 1159.

斧(Axe)　斧で木が切れない 1001，斧を取り替える 1050，森全体を切れるくらい重い斧 1049，誤って川に落とした斧を要求する 729，斧が男の頭を割る 840，斧を放り投げる 1246，重すぎて持ち上がらない斧 1049. ―男が自らの身を木の幹(木の割れ目)から解放するために斧を取ってくる 1882A.

叔母(Aunt) 叔母と姪 311B*.

お祓い(Exorcism) 爬虫類の姿をした霊を祓う 307.

おびえさせる(Frightens) ワシが男を 3 回おびえさせる 537, 馬がライオンをおびえさせる 118, 豚小屋に隠された妻の愛人が夫をおびえさせる 1419F, 老いたロバが熊をおびえさせる 103C*, 求婚者が花嫁の父親を怖がらせる 433B, 正体不明の音がヒョウを怖がらせる 181, にせの幽霊の声が棺の運び手たちをおびえさせる 1676C, 妻が夫を脅す 1405.

おびえた(Frightened) (不倫の)愛人たちがおびえる 1776, おびえた少年がだんだんと嘘を縮める 1920J, おびえて死ぬ 1676B, おびえた女 1188. ― 動物がタールを塗った人形におびえる 175, 動物たち(オオカミたち, 熊たち)がおびえさせられる 126A*, 田舎のハツカネズミが町でおびえる 112, 悪魔が雷におびえる 1165, おびえた愚か者たち 1321, 愚か者たちがハチのブンブンいう音におびえる 1321C, キツネ(ライオン)が未知の物音におびえる 53*, 男が自分の影におびえる 1321B, 1681A, 鬼が熊におびえる 1161, 強盗たちが動物たちの叫び声におびえる 130, 強盗たちが木から落ちてきたドア(死体, 石臼, 動物の一部)におびえる 1653, 教会の雑用係と聖職者が墓地でおびえる 1791, 野獣たちが家畜たちを一目見るなりおびえる 103, 野獣たちが老いた猫におびえる 103A, 野獣たちが正体不明の動きにおびえる 179B*, 木の中から話しかける少年に木こりたちがおびえる 1877*.

おびき寄せること(Luring) 悪魔を瓶に誘い込む 1164, ユダヤ人たち(兵隊たち)を天国からおびき出す 1656, 野獣をハチミツでおびき寄せる 1875.

雄羊(Ram) 52, 122M*, 126A*, 130A, 130B, 130D*, 301, 1419B, 1538*, 雄羊がオオカミから逃げる 122M*, 盗まれた雄羊 1525D. ― 金の雄羊 854.

雄羊たち(Rams) 雄羊たちがオオカミに裁定者をすることを頼む 122K*.

雄羊の(Ram's) 逃げるための隠れ場所としての雄羊の腹 1137.

覚えていること(Remembering) 寒い 5 月の夜を覚えている 1927, 繰り返して指示を覚えておく 1204.

溺れる, 溺れさせられる(Drowned) スポンジを積んだロバが溺れる 211, 物たちが溺れる 295. ― 動物(穴ウサギ, ジャッカル)が仕返しに溺れさせられる 58, 潜水夫が王冠を取ってくるよう送り出されて溺れる 434*, キツネがガチョウに溺れさせられる 226, キツネが水差しを取り外そうとして溺れる 68A, 塔の明かりが消えたために, 主人公が溺れる 666*, ライオンが井戸に溺れる 92, 不幸な出来事によって産婆が溺れる 1680, 産婆が溺れた魂を解放する 476*, 子どもの鳥たちが両親によって溺れさせられる 244C*, 水の精霊が生け贄を呼ぶと若者が溺れる 934K, 罰としての溺死 778, 1310, 溺死させることを企てる 1120, 鍋の中に落ちて溺れる 2023, 水の中に飛び込んで溺死する 1535, 溺れて死ぬ 763, 子どもを溺死させる 1012, 溺死が予言される 934, 愚かな模倣による溺死 1297*, 袋(樽)に詰められ溺死させられることを防ぐ 1539, 袋(樽)に入れられ溺れさせられる 1542, 頭を水に沈めて溺れかかっている男が, 脚を乾かしているのだと思われる 1293B*, 罰として動物(オンドリ)を溺れさせる 715A, 子どもたちの溺死が回避される

762，罰として王を溺れさせる 610，鬼が溺れる 1117, 1137，鎌が溺れる 1202，間違った人を溺死させる 1120，泳いでいて溺れる 1293*.

お守り(Amulet) 病気の動物のためのお守り 1845.

重い，たいへんな(Heavy) たいへんな仕事を人に押しつける 1561**. ― 死んだ子どもが重い水差しを運ぶ 769.

思い出させること(Reminding) 作男に繰り返し仕事を思い出させる 1574*，夫が過去の出来事を思い出す 313, 425A，罪人に約束の贈り物を持ってくるよう思い出させる 1743*.

思い出させる物(Reminder) 不貞をはたらいたことを思い出すために毎日愛人の頭蓋骨で食事をする 992A.

思い出す(Remembers) 王子が最初の花嫁を思い出す 870.

重い皮膚病(Leprosy) 子どもの血で重い皮膚病が治る 516C. ― 王が重い皮膚病に苦しむ 313.

重い皮膚病患者(Leper) 759A, 1661.

重さが量られる(Weighed) パンでバターの重さが量られる 1566**，猫の体重が量られる 1373.

おもちゃ(Toy) 巨人のおもちゃ 701.

主な(Chief) 2012.

親殺し(Parricide) 931, 931A.

親指小僧(Däumling) 700.

親指小僧(Pulgarcillo) 700.

親指小僧(Svend Tomling) 700.

親指小僧(Thumbling) 700，親指小僧が連れてこられる(不可能な課題として) 465，魔女の(鬼の)袋の中に親指小僧が誘い込まれる 327C.

親指小僧(Tom Thumb) 700.

泳ぎ(Swim) キツネが泳ぎを覚えたがる 226.

泳ぐこと(Swimming) 1630B*，泳ぎ比べ 250, 1612，麻畑を泳ぐ 1290，泳ぎ方を覚えたあとにしか泳がない 1293*.

オランダ人(Dutchman) オランダ人が永遠に航海しなければならない 777*.

おりる(Descent) 空(月)から砂の(亜麻の，切り藁の)ロープを伝っておりる 1882, 1889E，1つのつるべに乗っておりることが，もう1つのつるべからの脱走を可能にする 32.

オール(Oar) オールが知られていない 1379**.

オルガン(Organ) パイプオルガンのパイプ 1453****.

オルガン奏者(Organist) 1849*，オルガン奏者が口止め料として賄賂をもらう 1831C.

折ること(Breaking) 小枝(棒，矢，槍)の束を折ることができない 910F，叩かれることで悪魔との契約を破棄する 804B*，空いた場所をつくるために壷を割る 1293A*，座った枝が折れる 1240，ロープが切れて男が地上に落ちる 1889E. ― 割れた，壊れた(Broken)も見よ.

オレンジ(Orange) オレンジ娘と恋に落ちる 408.

愚かさ(Foolishness) 雨が愚かさを引き起こす 912.

愚かさ(Stupidity) 雨のせいで愚かになる 912，愚か者のふりをする 1000，妻の愚かさが夫を激怒させる 1384, 1386，妻の愚かさが大混乱(災難)を招く 1387, 1387*，妻(連れ合い)が愚かだと想定する 1381，一連のばかげた失敗によって愚かさを証明する 1685.

愚かな(Foolish) 耳の聞こえない人たちの愚かな返事 1698，外国人たちの愚かな答えが，彼らの死刑を招く 1697，愚かな水のかい出し方 1273A*，愚かな少年が初めて教会に行く 1678**，愚かな少年が何度も言葉を繰り返す 1687，愚かな花嫁が持参金を渡す 1463A*，愚かな花婿 1685，愚かな花婿が一連の災難を経験する 1686，愚かな弟 1030*，愚かな弟が妃と姫に子どもを授ける 1548*，愚かな燃やし方 1282，大箱に隠れた愛人としての愚かな聖職者 1725，愚かな料理のしかた 1270，愚かな数え方 1287, 1288A，愚かな夫婦 1430–1439，愚かな乾かし方 1270, 1272*，愚かな選挙 1268*，愚かな農夫が処方箋の書かれたドアを薬剤師のところに持ってくる 1349N*，愚かな農夫が貴族の服を着せられる 1526，愚かな農夫が無意味な行動をするが，それが結果的には農夫に有利に働く 1642，愚かな農夫が，彼の賢い雄牛は学校に通わせるべきだと説得される 1675，愚かな農夫が医学を学ぶ 1676*，農夫が教会の雑用係(教師)になりたがる 1832T*，愚かな農夫たちが物たち(動物たち)を自分たちで行かせる 1291D，作男が 3 回連続して食事をとる 1561，作男が穴ウサギを雌牛と間違う 1316, 火のついたろうそくを持った少女が火を取りに行く 1330，愚かなバターの塗り方 1291B，愚かな夫と妻 1405–1429，愚かな夫が助言を誤解してばかげたふるまいをする 1686A，愚かな模倣 1297*，愚かな王と大臣たち 1534A，愚かな積み荷の積み方 1242，愚かな男 1009, 1115，愚かな男が薪の積み荷の代わりに性交を要求する 1686*，愚かな男が自分のことがわからない 1284，愚かな男が一連の不幸な出来事を経験する 1681B, 1685，愚かな男が麻の畑を海と間違える 1290，愚かなしるしのつけ方 1278，愚かな夫婦 1681A，愚かな計測 1250, 1250A，愚かな乳搾り(餌やり，洗うこと，絞ること) 1204*，愚かな舗装 1282，まだ生まれていない子どものための愚かな計画がけんかを引き起こす 1430A，愚かな祈り 1276*，パン生地(粥)の愚かな準備 1260，スープの愚かな下ごしらえ 1260A，愚かな質問をする 1284C，愚かな繰り返し 1204，愚かなボートのこぎ方 1276，愚かな販売 1265*, 1266*，愚かな寝方 1289，家事をする愚かな息子 1218，愚かな息子が幸運な偶然の出来事によって宝を見つける 1643，愚かな息子が自分の映った姿を泥棒と間違える 1336A，愚かな息子が物(動物)を像(磔刑像)に売る 1643，愚かな種蒔き(植えつけ) 1200, 1200A，愚かな泳ぎ方 1290，愚かな感謝のしかた 1288B，愚かな運び方 1248，愚かな暖め方 1271A*，村人たちが紳士に愚かな歓迎をする 1694A，愚かな妻と夫 1380–1404，愚かな妻が罰せられる 1383，愚かな妻の担保 1385，愚かな女 1009，愚かな女が自分の皿をすべて割る 1293A*，愚かな女が地面のひび割れをかわいそうだと思う 1291B，愚かな女がメンドリにひなを翼で覆うよう強いる 1284*，愚かな女の頭(手)が壺にはまる 1294A*，愚かな女が農夫に自分の豚を結婚式の客として与える 1540A*，メンドリが話すこと(歌うこと)を覚えられると，愚かな女が思い込まされる 1750，愚かな女が麻畑を海と間違える 1290，愚かな女が白い雌馬を教会と間違える 1315**，愚かな女がお茶(コーヒー)を知らない 1339C，愚かな女が壺が壊れるのを再現する 1327A，愚かな女が別のチーズを連れ戻すためにチーズを送り出す 1291，愚かな女がシャツを縫うが頭を通す穴がない 1285，愚かな女が薬を振る代わりに病気の夫を振る 1349N*，愚かな女がストーブで暖まり，寒い時期は終わったと思う 1349G*，愚かな女がストーブを羊毛で暖める 1271A*，強盗たちが愚かな女のおしゃべりを誤解する 1653. — 夫がだまされて愚かなことをさせられる 1406.

愚かな（Stupid）　簡単な質問に対する愚かな答え 1832T*，宗教的な事柄についての問いに対する愚かな答え 1833C, 1833D，愚かな少年（男）が一連の不幸な出来事を経験する 1681，愚かな少年が命令を文字どおりに取る 1681A*, 1696，愚かな夫 1408, 1409, 1419A，家事をする愚かな夫 1218，愚かな夫が妻に追い出される 1681，愚かな男 1675–1724，愚かな男が自らの影におびえる 1681A，暗い部屋にいる愚かな男が，夜がずっと続いていると思い込まされる 1337C，愚かな男が動物に食べ物なしで生きることを教える 1682，愚かな鬼（巨人，悪魔，等）1000–1199，愚かな登場人物がたまたま正しい答えをつぶやく 1832P*，聖職者の警告に対する愚かな答え 1833，愚かな息子 1381B, 1696，愚かな泥棒 1525R，愚かな泥棒が強盗の指示に文字どおり従う 1692，愚かな妻（人々）1382–1387，自分が誰だかわからない愚かな妻 1382, 1383，愚かな妻が夫の食料をあげてしまう 1541，愚かな妻がお金について何も知らない 1385*，愚かな妻がお金の入った財布を価値のないものと取り替える 1385*，愚かな女がビールを汲みに行く 1387. — 最も愚かな人物として乞食がオオカミに食べられる 460A，父親の仕事を継ぐには愚かすぎる息子 1834A*.

愚か者（Fool）　300A, 326, 513A, 530A, 900C*, 1410, 1525H, 1557, 1620, 1645B, 1685, 1693, 1820，愚か者が人をわずらわせている虫ではなく，人を殺す 1586，愚か者とロバが木を引き抜こうとする 1241A，愚か者と妻が死亡給付金の権利を与えられる 1556，架空の職に任命された愚か者がそれを自慢する 1689*，助言者としての愚か者 1294, 1294A*，家と動物の管理人としての愚か者 1681B，愚か者が愚かな質問をする 1284C，愚か者が古い月はどこへ行くのかと尋ねる 1334*，殺人者としての愚か者 1600，愚か者が予言を信じる 1313A，愚か者が自分がいることをばらす 1341A，愚か者が動物を売るときにだまされる 1538，愚か者がいろいろな食料をいっしょに煮る 1339E，愚か者が座った枝が折れる 1240，愚か者がだまされる 1313A，愚か者が学生たち（肉屋たち，詐欺師たち）をだます 1539，愚か者が熱のある母親を井戸につからせる 1349L*，愚か者が半ズボンのはき方を知らない 1286，愚か者が泳いでいて溺れそうになる 1293*，愚か者がヒルを食べる 1349N*，愚か者が言われた仕事をするのに失敗する 1313，愚か者が強盗の指示に文字どおり従う 1692，愚か者が口止め料をもらう 1355A，愚か者が石に外套を着せる 1271C*，愚か者が，妻が悪くないときに医者を呼びに行く 1332*，愚か者が裁判官の手のひらに甘い匂いのする油をすり込む 1345，愚か者が郵便配達を見つけられない 1332*，愚か者がきれいなイチジクを選ばなければならない 1309，強盗が盗みをするのを，愚か者が手助けをする 1341A，愚か者が開いている墓に隠れる 1313A*，愚か者が指示を繰り返し続ける 1204，愚か者が自分の飼っている動物を無駄に殺す 1335，愚か者が産婆と犬と赤ん坊を殺す 1680，愚か者が斧を落とす 1246，愚か者が木材を積む 1242，愚か者が銃身を覗き込む 1228，愚か者が親方の指示に言葉どおりに従って動物たちの靴をつくる 1695，愚か者が忘れっぽさのために不要な旅をする 1332*，愚か者が黒い男の糞便を悪魔のくそと間違える 1319P*，愚か者がカエルをニシンと（石鹸をチーズと）間違える 1339F，愚か者がバターのかくはん樽を死んだ男(悪魔)と間違える 1314，愚か者が家畜の性質を誤解する 1204**，愚か者が手こぎボートをボートの子どもだと誤解する 1319H*，愚か者が，沸いたミルクが膨張するのをミルクが増えたのだと誤解する 1328*，愚か者が木をヘビと間違える 1314，愚か者が豚のブーブーいう声(カエルのケロケロいう声，鳥の歌声)を誤解する 1322A*，愚か者がバナナ(スイカ，プラム，アスパラガス)を知らない 1339B，愚か者がある食べ物を知らない 1339，愚か者がソーセージを知らない 1339A，愚か者が岩(木，動物)を支えているように説得される 1530，愚か者が王のところへ桃(ビート)を贈り物として持っていく計画を立てる 1689，愚か者が結婚式(葬式)の準備をする 1681A，愚か者がしるしで自分のことがわかる 1284B，愚か者が裁判で事件を再現する 1327A，愚か者が 7 つめのケーキで満腹になる 1295，愚か者が自分と兄弟たちを救う 327G，愚か者が産婆を探す 1680，愚か者が 3 分の 1 の物を 4 分の 1 の値段で売る 1266*，愚か者が 2 つの物を 1 つ分の値段で売る 1265*，愚か者が籠に入ったハトを手紙といっしょに持っていかされる 1296B，愚か者が自分の家の脇に落とし穴を仕掛ける 1685A*，愚か者が粥(スープ)の中につばを吐く 1262*，愚か者が盗みの援助をする 1341A，なくなった魚を聖像が食べたと，愚か者が疑う 1320*，愚か者が家に持って帰った肉が動物に盗まれる 1689B，愚か者が指示を文字どおりに受け取る 1692，愚か者が嘆きの言葉を文字どおりに取る 1346，愚か者が水で書かれた処方箋を持ってくる 1349N*，愚か者が聖職者に，なぜ天国にはこれほど聖職者が少ないのかと神が不思議がっていると告げる 1738，愚か者が神に感謝する 1288B，粥が自分を呼んでいると，愚か者が思う 1264*，愚か者が，自分の飼っている動物が月を飲んだと思う 1335，愚か者が不適当な道具でハエ(虫)を殺そうとする 1586，愚か者が小包と手紙を電報で送ろうとする 1710，手紙を受け取る人が速く読めないので，愚か者が手紙をゆっくり書く 1331*．— 質問をした聖職者がばかだと思われる 1810，1 年間の王がいちばんの愚か者 944，男が愚か者と嘲笑される 314，愚か者に関する物語 1200–1349，愚か者だと思われている末の弟 1653．— 愚か者(Numskull)も見よ．

愚か者(Numskull)　1260**, 1262, 1312*, 1313A, 1341A, 1349*，愚か者が川(海)をかい出す 1273A*，愚か者がアイスクリームをポケットに入れて運ぶ 1272*，愚か者が大鎌(鎌)を首にかけて運ぶ 1203，愚か者が穴を掘る 1255，愚か者が寝方を話し合う 1289，愚か者がチーズめがけて水に飛び込む 1336，愚か者が鏡に映った自分の姿を認識できない 1336A，愚か者が雪をストーブで乾かす 1272*，愚か者が自分の座っているロバを数えるのを忘れる 1288A，愚か者が魚を捕るために海に飛び込む 1260**，ぬれたろうそくをストーブで乾かすために載せる 1270, 愚か者が道に迷う 1275*，愚か者がボートに漁場のしるしをつける 1278，愚か者が雌牛の行動を誤解する 1211，愚か者が月をチーズと間違える 1336，愚か者が大鎌(鎌)をヘビだと誤解する 1203A，愚か者が未知の果物をロバの卵と間違える 1319，愚か者が外国語の言葉を侮辱(丁寧な言葉)だと誤解する 1322，愚か者が謎の答えを明かす 1346A*，ばかが豚の毛を刈る 1037，愚か者が卵の上に座る 1218，愚か者が 1 本の羽根の上に寝る 1290B*，愚か者が種を蒔く 1200A，愚か者がマッチを試すために擦る 1260B*，愚か者が野ウサギを沸騰している湯に放り込む 1260A，愚か者が月を救おうとする 1335A，愚か者が何時間も小便をしている 1293，愚か者がびんたの火花で火をつけようとする 1344．— 愚か者(Fool)も見よ．

愚か者たち(Fools)　1310, 1314, 1335, 1385, 1534A, 1586, 1650, 1687，愚か者たちが自分の影におびえる 1321B，愚か者たちがどうやって花婿に教会の扉を通過させるかを話し合う 1295A*，愚か者たちが，教会が動いたと信じる 1326，愚か者たちがカッコウを飼うために生け垣をつくる 1213，愚か者たちが家を焼き払う 1282，愚か者たちが幹(石臼)を丘から運びおろす 1243，愚か者たちが生きているキリストの磔刑像が選ぶ 1347，愚か者たちが日光を集める 1245，愚か者たちが別々の部屋で粥を食べる 1263，愚か者たちが小麦粉の袋を空にする 1327，愚か者たちが井戸から水を汲んできて燃えているボートの火を消す 1330，愚か者たちが木を倒す 1241A，愚か者たちが木製の鉄砲を撃つ 1228，愚か者たちが旅が終わるまで馬を借りることを忘れている 1332*，愚か者たちが酒場で女主人に挨拶するのを忘れる 1332*，愚か者たちがおびえさせられる 1321，愚か者たちがいい天気を買いに行く 1296A，愚か者たちについての物語を語る競争をする 1332，愚か者たちが川(海，井戸)に飛び込む 1297*，愚か者たちが甲虫(カエル)を翼のあるブルーベリー(イチジク)と間違える 1319J*，愚か者たちが鉄砲を笛と間違える 1228，愚か者たちがハチのブンブンいう音を敵の攻撃だと思う 1321C，愚か者たちが時計を悪魔の目(動物)と間違える 1319A*，愚か者たちが風車(粉屋，客たち)を聖十字架(司祭，聖者たち)と誤解する 1323，愚か者たちが問題を解決するために間違った物を動かす 1325，愚か者たちが木に同情する 1241，愚か者たちが石臼を丘から転がす 1247，愚か者たちが塩を畑に蒔く 1200，愚か者たちが魚を投げ捨てる 1221A*，愚か者たちが首を吊られるのはどんなものか試してみる 1343，愚か者たちが石を動かそうとする 1326B，愚か者たちが梁を延ばそうとする 1244，愚か者たちが井戸の深さを測ろうとする 1250，愚か者たちが塔の高さを測ろうとする 1250A，愚か者たちが木の幹(木材)を運ぼうとする 1248，愚か者たちが泥棒に盗まないよう警告する 1341. ―2 度も結婚したばかのための場所など天国にはない 1516*，雨が人々を愚かにする 912.

愚か者たち(Numskulls)　1260A, 1270, 1314, 1316, 1319，愚か者たちがモグラを埋める 1310B，愚か者たちが自動で沸くやかんを買う 1260，愚か者たちが鋤をかける馬を運ぶ 1201，愚か者たちが穴を掘る 1255，愚か者たちが数の数え方がわからない 1287，愚か者たちが自分たちの町がわからない 1275，愚か者たちが自分たちのことがわからない 1284，愚か者たちが市長を選ぶ 1268*，愚か者たちが道に迷う 1275*，愚か者たちが漁場のしるしをボートにつける 1278，愚か者たちは自分の足が見つからない 1288，愚か者たちがブーツを斧のさやと間違える 1319G*，愚か者たちがカニを悪魔と間違える 1310*，愚か者たちがザリガニを仕立屋と間違える 1310，愚か者たちが麻畑を海と間違える 1290，愚か者たちがある動物を別の動物と間違える 1316，愚か者たちが汽船を悪魔と間違える 1315*，愚か者たちが白い雌馬を教会と間違える 1315**，愚か者たちがリスを捕まえる計画を立てる 1227，愚か者たちが木を引っ張る 1241A，愚か者たちが小麦粉を氷の穴に入れる 1260，愚か者たちが係留されたボートをこぐ 1276，愚か者たちが鍋を自分で歩くよう送り出す 1291A，愚か者たちが酢漬けのニシンを湖に放す 1310，愚か者たちが種を蒔く 1200A，愚か者たちが黒いメンドリ(雄牛)を洗って白くしようとする 1312*，愚か者たちが干し草フォークで木の実をすくおうとする 1229*，愚か者たちが月を捕らえようとする 1335A，愚か者たちが鳥の巣に手を届かせたい 1250A. ―愚か者たち(Fools)も見よ.

愚か者の(Fool's)　愚か者の使い 1296，愚か者の才能 1548*，聖職者になることが愚か者の天職 1834A*.

愚か者の(Numskull's)　愚か者の頭が切り落とされる 1225.

終わり(End)　世界の終わりが動物たちを逃走させる 20C.

終わりのない(Endless)　終わらない歌 1082A，終わりのない物語 2300-2302. ― 求婚者が物語を語る 2301.

音楽(Music)　奏でられたとたんに音楽が凍る 1889F，音楽が王を感動させる 888. ― 動物が音楽を奏でて姫を笑わせる 559.

音楽家(Musician)　1534A，音楽家が自分の運命を受け入れて，簡単に来て簡単に去っていくと言う 944*，音楽家が金持ちになる 926A*，音楽家がオオカミ用の罠に落ちる 168，音楽家が靴(指輪)をお礼にもらう 706D.

音楽家たち(Musicians)　1536B, 2019*.

恩恵(Favor)　木の精霊(聖画像)に恩恵を願う 1380A*. ― 捕獲者の願いを聞くふりをして逃げる 122A-122D, 122F-122H, 122B*, 122K*-122N*.

恩赦(Amnesty)　死刑を言い渡された 3 人のうち 1 人に恩赦を与えることを，支配者が認める 985.

恩知らず(Ingratitude)　160，恩知らずのせいで裸で天国にいることになる 756A，恩知らずは世の中のお返し 155，動物の恩知らずが農夫を怒らせる 1675.

恩知らずな(Ungrateful)　恩知らずなこびと 426，恩知らずなジャッカル 239，恩知らずな男が危険な状態に舞い戻る 1718*，川を渡してもらった恩知らずの客 58, 133*，恩知らずのヘビが囚われの身に戻される(または自分を助けてくれた者を殺す) 155，恩知らずなヘビが助けてくれた人の姿をゆがめるか病気にする 923B，恩知らずな息子がとがめられる 980, 980D，恩知らずな妻が夫を裏切る 612，恩知らずなオオカミが助けてくれたツルを脅す 76. ― 養子の息子が新しい父親に対して恩知らずである 922A，親切な動物たちに対する恩知らずな炭焼き人 159A，助けてくれた動物に対して恩知らずな男 545B，息子が父親に対し恩知らずである 980, 980D, 982，親切なキツネに対する恩知らずな野獣たち 158.

温度(Temperature)　温度を確かめる 1262*.

オントコマー(Ontkommer)　706D.

音頭取り(Leader)　音頭取りの足が車に挟まれて助けを求めて叫ぶ 1694.

オンドリ(Cock)　オンドリ(Rooster)を見よ.

オンドリ(Rooster)　20A, 20C, 103, 122D, 130-130B, 204, 304, 325, 580, 810A*, 875A, 987, 1191, 1199A, 1260A, 1382, 1553, 1559C*, 1650, 1655, 1791*, 1931, 2025，オンドリと猫(人間)がいっしょに暮らす 61B，オンドリとメンドリ 2021，オンドリとほかの動物たちが旅をする 210，オンドリと真珠 219H*，借金回収人としてのオンドリ 715，オンドリが家にお金を持って帰る 219E*，オンドリがキツネのお世辞によって捕まる 61，オンドリが女主人の不倫を告げる 243A，オンドリが教会で鳴く 1828，オンドリが平和のキスをしようと言われだまされる 62，オオカミが口実を言ってオンドリを食べる 170，オンドリが女中たちを早く起こしすぎるために殺される 1566A*，オンドリが助言をしたためにつぶされる 207，オンドリがメンドリの目を木の実で打ち出す 2021B，オンドリが法王になろうとする 20D*．― オンドリの自慢話が男に秘密を守らせる 670，オンドリを恐れる 229，無害なオンドリ 112**，ハリネズミがオンドリに乗る 441，オンドリとほかの動物たちの競走 230*，すばらしいオンドリ 715A．― 半分オンドリ(Demi-cock)も見よ．

オンドリたち(Roosters)　425E, 570.

オンドリの(Rooster's)　オンドリの鳴き声が魔法を解く 307.

女(Hen)　若い女の代わりの年老いた女 1623*.

女(Woman)　女と作男 1511*，女と魔女の娘が地下世界から逃げる 313E*，女のほうが女に従う男よりも価値がある 984，殺された動物の賠償としての女 1655，女が，死刑判決を受けた兄弟と夫と息子への恩赦を願う 985，女が故郷の近況を尋ねる 1931，女が夫を悪魔から連れ返す 813B，求婚された女 1450，女がスカートで頭を覆う 1230**，女が猿のしっぽからつくられる 798，女が求婚者をだます 1462，動物に変装した女 1091A，男の服を着て変装した女 425D, 432, 514, 514**, 570A, 861A, 879A–899, 1133，女がいくつかの皿の料理をいっぺんに食べる 1454*，女が何かと屁をひる 1453****，女が動物(男たち)をだまして怖がらせる 1149，女が求婚者の献身に心打たれる 864，女が長持ちに隠れる 1536A，女が月に送られる 751E*，女が裕福な男の富をたまたま相続する 1651A*，女が失敗して殺される 1029，女が王子と結婚する 870–879，女が死の脅威にもかかわらず支配者と結婚し，支配者に物語を語る 875B*，困難な状況から女が夫を救う 978，女が回転砥石で舌を研ぐ 1177**，女が黒いインクを自分に塗る 1441A*，女が魔法の鳥の心臓を盗み食べる 567，お婆さん(木の人形，くその山)が女の身代わりにされる 1441*，お爺さんと夜を過ごさなければならない女 1441A*，女が扉の後ろで箒の柄を振り上げて待ち構えている 754**，女が落とされた亜麻でドレスを編む 1451，子どもが地獄送りになればいいと，女が望む 1186，365 人の子どもがいる女 762，9 枚の皮を着た女 1368**，女が 2 人(3 人)の男から求婚される 1631*，結婚が近づいて女が不安になる 1468*．― 誘拐された女が逃げる 861A，敬虔なお婆さんの信じやすさ 1851，無実のしいたげられた女 403, 404, 407, 409, 410, 433B, 451, 459, 462, 706C, 710, 712, 881, 883A, 891B*, 891C*, 892, 894, 896, 897, 1425，お婆さんが肉体的な罪を思い出して楽しんでいる 1805，お婆さんが明日悪魔と会う 1188，高慢な女が，自分のために礼拝の会衆が立ち上がったと誤解する 1861*，ちっちゃなちっちゃな女がちっちゃなちっちゃな雌牛を飼っている 2016，荒女と荒男が子どもを持つ 485.

女主人(Hostess)　1332*, 1449*.

女たち(Women)　ヴァインスベルクの女たち 875*．― 女たちが内に悪魔を持っている 774A，女たちに関する説話 1440–1524，2 人の女たちがお互いに相手は耳が遠いと思う 1698C.

女の地主，女主人(Landlady)　556F*, 736A, 756C*, 804B, 820A, 831, 910L, 930, 936*, 980*, 1697, 1832T*，女の地主と農夫 761, 1539A*, 1578C*, 1698D，女主人と仕立屋 1567.

か

蚊（複数）（Gnats） 222, 958A*，蚊と馬 281，蚊とライオン 281．— 横柄な蚊たちと雄牛 281，蚊たちの説話 281．

蚊（複数）（Mosquitos） 825, 1960M.

貝（Mussel） 275C.

回（Times） 話す前に 3 回考えるという助言 1562，ワシが男を 3 回おびえさせる 537，悪魔を 3 回殴るという課題 1187**，税金が 3 度同じ人に要求される 1661．— 3（Three）の項の 3 回も見よ．

外陰（Vulva） 妻が夫にひっかかれて負った深い傷であるふりをして，鬼に外陰を見せる 1095．— ワギナ（Vagina）も見よ．

階級（Classes） 階級と人々の起源 758.

解決策（Solution） 命に関わる解決策 1295A*.

解決すること（Settling） 自分に不利なように訴訟を解決する 1861.

外見（Appearance） 登場人物の外見が変えられる 1284.

カイコ（Silkworm） カイコとクモ 283D*.

外国人たち（Foreigners） 泥棒としての（怠け者の，悪意のある）外国人 1865．— 動物の一族に由来する外国人たちの先祖 1865，外国人たちの愚かな答えが死刑執行を招く 1697.

解雇された（Dismissed） 解雇された召し使い 1623*.

骸骨（Skeleton） 834，許された骸骨 760A．— 犬の骸骨が，追っていた動物の骸骨をくわえている 1889N.

骸骨（複数）（Skeletons） 710，殺人を覚えておくために寝室に骸骨をぶら下げる 992A.

解釈（Interpretation） ある出来事の解釈が死を招く 899A.

改心，改宗（Conversion） 不敬な農夫の改心 830B，異教徒たちが改宗する 756G*, 938，自らの身の上話を語って強盗たちが改心する 756A，一見不可能な課題としてのヒンズー教に改宗すること 875B.

改心させること（Reforming） 怠惰な妻を改心させる 1370，意地っ張りな妻を改心させる 900, 901.

解説すること（Illustrating） 説教を解説する 1839B.

開祖（複数）（Patriarchs） 2010.

かい出す（Bailing out） 指ぬきで池をかい出す 682，川（海）をかい出す 1273A*，ボートから水をかい出す 1276.

買い手（Buyer） 1385, 1447A*, 1631，買い手と耳の遠い売り手 1698K，買い手が自分の飼っていた動物だと気づく 1631A.

海底（Underwater） 船乗りが海底の世界を経験する 540.

海底の（Submarine） 海底の世界 1889H．— 男が海の王国で海の王のために音楽を奏でる 677*，船乗りが海底の世界を経験する 540.

買い手たち（Buyers） 1266*.

回転砥石(Grindstone) 回さなくてはならない回転砥石 1178**，舌を鋭くするために回転砥石が使われる 1177**．— 課題：回転砥石を取ってくる 1177**．

飼いならされた(Tame) 飼いならされた鳥と野鳥 245，飼いならされた動物が野獣に殺される 1910，人になれたライオン 156, 156A，飼いならされたトラ 177.

回復すること(Restoring) 夫の視力を回復させる 1423.

怪物(Monster) 301, 315A, 507, 857, 1316，悪い継母の魔法の力によって怪物が生まれる 708，怪物が寝ている学生たちのことを，頭のたくさんある怪物だと勘違いする 500*.

怪物たち(Monsters) 301, 304.

解放する(Release) 契約から解放する 1130.

会話(Conversation) 礼拝の交唱での会話 1831，ハツカネズミと猫の会話 111，2 人の無口な農夫の会話 1702A*．— 外国語(単語，専門用語)について知らないためのばかげた会話 1699，男が動物たちの会話を理解する 670, 671, 671D*, 672, 673, 674，男は鳥たちの会話がわかる 671E*，ノミとハエの会話 282A*, 282B*，シラミとノミの会話 282D*, 282C*，2 人の障害者の会話 1620*，女が鳥たちの会話を理解する 670A．— 立ち聞きすること(Overhearing)，話すこと(Talking)も見よ.

会話(Dialog) 説教中の聖職者と教会の雑用係の会話 1831, 1831B，犯罪者と絞首刑執行人の会話 1868，哲学者(ディオゲネス)と召し使いの会話 1871Z，ばかと道化の会話 921D*.

会話(複数)(Conversations) 矛盾した(極端な)会話 2014.

買うこと(Buying) 「いい助言」(「知性」)を買う 1641C*，奇妙な(風変わりな)名前の動物たちを買う 2010IA，物語を語って火を買う 1920H，いい天気を買う 1296A，性的に身を許すことでガチョウを買う 1420G，見つけたお金で新しい服を買う 2023，税金を払うことを避けるために種馬を買う 1605*，3 枚のコインで 3 匹のブタを買う 2205，娘の求婚者が中に隠れている彫像を知らずに買う 854，妻を買う 887A*，木(森)を買う 1048．— 買われた(Bought)も見よ.

返すこと(Returning) びんたを返す 1557，預金者が 2 人(3 人)とも要求したときのみお金を返す 1591，鍋に小さな鍋をつけて返す 1592B，生き返る 1354C*.

変えられる(Changed) 外国語での質問の順番が変えられて混乱が生じる 1699B．— ベッドの中での場所を交換して殺人を逃れる 327B, 1119.

カエル(Frog) 214A, 248A, 275B, 425D, 433B, 461, 476*, 530, 675, 751E*, 1316, 1322A*, 1529A*, 1960A, 2019*，カエルとハトが自慢し合う 238，カエルとハツカネズミ 224，カエルとハツカネズミが沼(湖)を渡ろうとする 278，カエルとカタツムリ 275C*，動物嫁としてのカエルが人間の姿に戻される 402, 402*，カエルがほかのカエルの助言を無視する 278A，カエルがカラス(その他の鳥)に食べられる 242，カエルがまりを井戸から取ってくる 440，カエルの王様 440，カエルをイチジクと間違える 1319J*，カエルをニシンと間違える 1339F，死んだ男の頭蓋骨の上のカエル 960D，カエルが子どもの誕生を予言する 410，カエルが冬の間，農夫のところにいる 150A*，カエルが雄牛のように大きくなろうと無駄な努力をする 277A.

変えること(Changing) 占星術の星座を変える 1832N*，間違えて説教の内容を変える

1833H，物語を語って主人のふるまいを変える 1567F，服を盗んで役割を交代する 757，場所を交換する 1535，司祭と立場を交代する 1806*，身振りでテーブルの上の皿の位置を変える 1568*，少年に（聖職者に）礼儀正しくふるまうにはどうするかを教えるために，役割を交代する 1832E*，寝ている間に役割を変える 905*.

カエルたち（Frogs）　480, 671, 830B, 920, 1642, 1681A, 1930，カエルたちが神に王を要求する 277，カエルたちが池に飛び込むことを拒む 278A*，カエルたちが野ウサギから逃げ出す 70，カエルを木の上に置く 1178.

カエルの（Frog's）　キツネ（ライオン）がカエルの鳴き声におびえる 53*.

顔（Face）　黒くなった顔 1284A，血だらけの顔 1227.

画家（Painter）　画家と建築家が互いにだまし合う 980*，画家が美しい子どもたちを描くが，自分の子どもたちは醜い 1856，画家が悪魔の肖像画を描く 819*. ―にせの画家が裕福な男に雇われる 1620.

鏡（Mirror）　デーモンが鏡に映った姿を見ておびえる 1168A. ―娘が魔法の鏡で父親の病気を知る 425C，魔法の鏡が質問に答える 709，魔法の鏡が隠れ場所を明かす 329，世界で起きていることがすべて魔法の鏡（望遠鏡，眼鏡）で見える 653A，鏡に映っているのが自分だとわからない 1336A，盗まれた鏡が旅につながる 434.

鍵（Key）　服従しなかったために鍵が血に染まる 311，魚の腹の中の鍵 933，亜麻の中の鍵が怠惰を暴く 1453. ―ガラス山の鍵としての骨 451，少年が箱の中に黄金の鍵を見つける 2260，ハトが木を開ける鍵を持ってくる 442.

書き付け，碑文（Inscription）　854，メッセージの書き付けが町の門にぶら下がっている 1375，板に刻まれた文言が完全には正しくない 750F，キリストの墓に男の慈善行為が示される 756E*. ―「明日」（「きのう」）という書き付け 1188.

かぎ爪（Claw）　割れた木に挟まったかぎ爪 38, 151, 1159.

かぎ爪（複数）（Claws）　馬の背に乗った熊のかぎ爪が馬の脇腹に突き立てられる 117.

家禽（Fowl）　922, 960C, 1741.

嗅ぐ（Sniff）　なぜ犬たちは互いの匂いを嗅ぎ合うか 200A, 200B.

架空の（Fictitious）　冗談で架空の職に就かせるといったことが本気にとられる 1689*.

格言（Maxim）　格言が宮殿の壁に掲げられる 910C.

隠された（Hidden）　隠されて着服されたお金が思いがけず杖（ステッキ）の中から見つかる 961B，隠れたキツネがいることを不誠実な農夫がばらす 161，隠れた求愛者 1355, 1355A, 1358A, 1358D, 1359A, 1360, 1364, 1419，隠れた愛人（聖職者）が見つかる 1725. ―動物たちがオンドリの翼の下に隠される 715，盗まれたハチの巣箱に隠れていた少年が泥棒たちをだます $1525H_4$，父親が殺されないように隠される 921B，隠された治療薬が見つかる 305，男が鬼から隠れる 1116，食べ物と品々を手に入れると隠されたものが見えるようになる 726，男がオオカミの巣穴に隠れる 1229，殺された者の親族が殺人者をかくまう 756D*，悪魔に約束された人物が麦の穂の中に隠される 810B*，姫が隠される 854，指輪が食事の中に隠される 510B, 510B*，鬼の妻が男女の兄妹を隠す 327D，籠に隠された姉妹たち 311，盗まれた（殺された）動物が揺り籠に隠される 1525M，盗んだハム（カモたち）が上着の下に隠される 1833J，盗まれたスプーンが聖職者のベッドの中に隠される 1842C*, 地中と雲と海に隠れた動物たち 302C*, 隠れていた聖職者の声が悪意のある女を改心させる 903C*, 武器を長持ちの中に隠す 737, 妻がひそかに探るために長持ち(食器棚)に隠れる 1536A.

楽士 (Minstrel) 楽士だけが城と住人が沈むのを目撃する 960B.

学者 (Scholar) 1334*, 1682, 学者をだまして袋の中に入れる 1689A.

隠す (Hides) 父親が娘を塔に隠す 575, 女の巨人が男を夫から隠す 328A, 子ヤギが時計の中に隠れる 123, 父親が殺されるのを救うために, 息子が父親を隠す 981, 女が強盗たちから隠れる 955, 動物に変身させられた女が森に隠れる 409.

学生 (Student) 821B, 1182, 1182A, 1358C, 1501, 1545*, 1551, 1702, 1710, 1855A, 1861*, 治療者としての学生 1845, 愛人としての学生 1361, 学生が誘惑を試みる 1547*, 学生が靴職人たちをだます 1541**, 天国で死んだ人に会ったと主張する学生が主婦(その家の娘)と性交する 1363, 学生が家畜を盗む 1529, 学生よりも彼の父親の賢さが勝っている 1533B, 学生が, 自分では望まないことをしなければならないと脅す 1563*, 学生が帰省する 1225A.

学生たち (Students) 1363, 1785B, 1832F*, 1920E, 塔がどちらに倒れるか, 学生たちが賭けをする 1526A**, 学生たちが既婚の女に求愛する 1536B, 学生たちが農夫(愚か者)をだます 1539, 学生たちが聖書に従って豚を分配する 1533A, 学生たちが農夫をだまして, 彼の賢い動物は学校に行かせるべきだと農夫に思い込ませる 1675, 学生たちが謎を解く(山の頂上の数を数える) 500*, 生徒たちが間違ったことをする前に生徒たちをむちで叩く 1674*, 学生たちが連続した策略で食事を手に入れる 1526A.

獲得すること (Obtaining) 同じ人から何度も施しを獲得する 1525K.

隔離 (Isolation) 女(姫)を塔に隔離する 310, 434, 575, 712, 854, 870, 891A, 898.

隠れる (Hide) 動物と魔法的道具が隠れる 210, 動物たちが強盗たちの家に隠れる 130, トカゲとヒョウ(トラ)がかくれんぼうをする 181, 楽士たち(求愛者たち)が長持ち(ストーブ, 地下貯蔵室)に隠れる 1536B, 油の壺に隠れた盗賊たち 954.

隠れること (Hiding) 木の後ろに隠れる 1462, 1575A*, 貧しい人(妹)にパンを与えずに隠す 751G*, 籠に隠されている子どもたち 762, 悪魔から隠れる 1188, 人間たちから隠れる 157C*, 求婚者から隠れる 1435*, 巨人のズボンのポケットに隠れている逃亡者 650B, 帽子の下に隠れている金髪 314, 障害(耳が聞こえないこと)を隠すことがばかげた会話につながる 1698G, 袋の中に隠れる 1132, 茂みに隠れる 179A*, 洞くつの中に隠れる 327D, 近親相姦の父親から長持ちの中に隠れる 510B*, 巣穴に隠れる 66A, 干し草の山に隠れる 1560**, 木のうろの中に隠れる 1877*, 穴に落ちたふりをするために隠れる 1614*, 労働者たちを監視するために隠れる 1571*, 策略として彫像の中に隠れる 854, 木の上に隠れる 327F, 450, 871*, 1355C, 1543E*, 1575*, 大きな魚を隠す 1567C, 手紙が隠される 1296B, 愛人が隠される 1419D, 1441B*, 愛人が食器棚(ベッドの下)に隠される 1419C, 豚小屋に隠れた愛人 1419F, パンの中にお金を隠す 910B, お金を教会(石の下)に隠す 1341B, 裸で地下貯蔵庫に隠れる 1681, 隠れて逃げる 956B, 求婚者コンテストとして隠れる 329, カワカマスの口を膣(割れ目, 塀, 垣根, テント)に隠す 1686A*, 木の後ろの隠れ場所が若い女を強盗から救う 442, 子どもたちを隠して死から救う 765, どもりを隠すために花嫁と花婿が沈黙する 1702，3 人の愛人が隠れる 1730，釘の後ろの隠された宝 910D，花嫁の醜さを隠す 877，ベッドの下に隠れる 879, 956D, 958D*，羊の腹の下(羊の皮)に隠れる 1137，木の下に隠れる 1147，桶の下に隠れる 179B*，説教壇にスズメバチの巣を隠す 1785C. — 男の隠れ場所としての，作り物の動物 516，財宝の隠し場所としての洞くつ 954，強盗の隠れ場所としての棺 958C*，竜(巨人，鬼)が外に隠してある魂の隠し場所をもらす 302，魔法の馬が巨人の並外れた力の隠してある場所を明かす 317，隠れ場所としての干し草の山 530，教会の雑用係が隠れ場所からビールの醸造樽に落ちる 1776，隠れ場所としての家畜小屋 162.

賭け(Bet) トランプの切り札を叫ぶことができるかを賭ける 1839B，ワインの入った水差しを空にできるかを賭ける 1827，夜墓地に行けるほど勇気があるかを賭ける 1676B，従順さの賭け 901，礼拝の会衆の半分を泣かせて半分を笑わせる説教ができるかを賭ける 1828*. — 夫に睾丸が 2 つないかどうか賭ける 1441B*，お店で売っていない物があるかを賭ける 1559C*，3 人の(5 人の)飲んべえたちが，妻たちの要求することを何でもできるかを賭ける 1706B. — 競争(Contest)，課題(Task)，賭け(Wager)も見よ.

賭け(Wager) (木の名前を先に呼ぶ) 7，(富は働くことから来るのか，それとも運から来るのか) 736，(人間と動物ではどちらがより空腹か) 1559A*，(先に日の出を見る) 120，誰がいちばんうまく夫をからかうことができるかという賭け 1406，誰が墓地から死体を掘り出せるかという賭け 760A，誰がいちばん裕福かという賭け 677，塔がどちら側に倒れるかという賭け 1526A**，聖職者と作男の賭け 1545B，男(聖ベルナール)と聖職者(女，男，隠者)の間の賭け 1835D*，主人と羊飼いの賭け 1559A*，何でも供給できるという賭け 1559C*，酒場に入らずに通過できるかを賭ける 1706A，黙っている賭け 1351，陽気な妻たちの賭け 1406，ほかのことを何も考えずに祈りを唱える賭け 1835D*，召し使いの誠実さを賭ける 889，妻の貞節さを賭ける 882，その羊たちは豚だと賭ける 1551. — 強姦に抗議して沈黙の賭けに負ける 1351，妻が賭けに勝つ 888A. — 賭け(Bet)，競争(Contest)，課題(Task)も見よ.

影(Shadow) 馬から生えた木の影 1889D，支払いをせずにロバの影が使われる 1804D. — 自分の影におびえる 1321B，哲学者(ディオゲネス)が王に王の影を動かすよう頼む 1871C，罪人に影がない 755.

崖(Cliff) ヤギが崖からおりてオオカミに食われる 127A*.

家系(Descent) 動物の家系 1865. — 王子が非嫡出の出自であることがばれる 920B*.

家系(Lineage) 王の 3 人の息子たちの家系 920B*.

駆け落ち(Elopement) 逃亡(Flight)を見よ.

カケス(Jay) カケスがカッコウの皮を借りる 235.

籠(Basket) 籠に動物と手紙が入れられる 1296A，果物と手紙の入った籠 1296B，籠ができあがる 1365D，籠がキツネに盗まれる 1，籠がオオカミのしっぽに結びつけられる 2B.

籠(複数)(Baskets) 高さを測るために籠が積み重ねられる 1250A.

籠(複数)(Hampers) 塔の高さを測るために籠が積み重ねられる 1250A.

籠づくり(Basket-making) 女と結婚するために籠づくりを覚える 888A*.

カササギ（Magpie） 20D*, 68*, 152, 2032, カササギとハト 236, 240, カササギがキツネに殺される 56, 56A, 56B, カササギが泥の中に放り込まれる（なぜ雌豚が泥だらけなのかわかる）237. — カラス（Crow）も見よ.

仮死（Seemingly dead） 47A, 410, 412, 709, 961, 961A, 990, 1354C*, 1654.

家事（Housekeeping） ハツカネズミと鳥とソーセージの家事 85. — いい家事 1464C*.

家事（Housework） 夫が家事をしなければならない 1408. — 動物が家事をするよう命じられる 1370, ハツカネズミと鳥とソーセージが家事を分担する 85, オレンジ娘がこっそり家事をする 408, 妻が家事のしかたを知らない 1387*, 幼い少女がデーモンのために家事をする 480, 480D*.

賢い（Clever） 聖書を引用しての賢い行動 1847*, 音楽家でばくち打ちの賢い行動が富につながる 926A*, 賢い行動と言葉 920–929, 賢い動物と幸運な交換 2034F, 盗み食いがばれたときの召し使いの賢い答え 785A, 賢い少年が王を出し抜く 1542, 賢い少年が謎と課題を解く 725, 賢い兄 1030*, 賢い御者と空腹の主人 1572E*, 井戸を修理してもらうための賢い計画 1614*, 賢く群れを分ける 1533C, 賢い医者 1543C*, 賢いエルゼ 1450, 農夫の賢い娘 875, 賢い作男が夕食のあとすぐに寝に行く 1561, 賢い裁判官と壺に入ったデーモン 926A, 賢い男 1037, 1049, 1381, 1525–1639, 賢い男が自分のスプーン（必要な数のスプーン）を持ってくる 1449*, 賢い男が鳥を分ける 1533, 土地を賢く測る 927C*, 賢いオウムが王のために女を口説く 546, 野ウサギの機知に富んだ即答 72B*, 賢い兵隊が自分の友人を殺すことをうまく逃れる 1736A, 賢い雀が親切なオオカミを助ける 248A*, 泥棒の自分に都合のいい賢い助言 1634E*, 不当な判決 1534, オオカミとヤギとキャベツを川向こうへ渡す賢い方法 1579, 賢い妻が夫を治す 923B, 賢い妻たちが賭けをする 1406, 賢い女 1406A*, 賢いいちばん若い少女 1463.

賢い（Wise） 賢く鶏肉を切り分ける 1533, 賢い男 1262, 賢い男が雨水をなめて愚かになる 912, 賢人が 3 人兄弟に，ダイヤモンド泥棒を見つけることを相談される 655, 賢人が物語を語って泥棒を暴く 976, 賢い男が祝宴に招待される 1558, 服が歓迎されたので，賢い男が服に食事を注ぐ 1558, 経験による知恵 910A. — にせの賢人が人々を治療するふりをする 1641D*.

賢さ（Cleverness） 賢さとだまされやすさ 1539, 1540A*, 1541**, 1541***, 1542. — 養子の息子の賢さが支配者を驚かせる 922A, 問題を解決するときの兄弟たちの利口さ 655, 農夫（職人）が賢さで支配者を驚かせる 921F*, 農夫の娘の賢さが不可能な課題を成し遂げるのに役立つ 875, 賢さにおいて農夫のほうが教育を受けた息子よりも勝っている 1533B, 農夫の（鍛冶屋の）賢さが支配者を驚かせる 922B, 王が人の賢さに感心する 921, 921A, 女中の賢さで強盗たちの復讐が避けられる 954, 男が妻の賢さを自慢する 880, 陶工が賢さで王を驚かせる 921E*, 聖職者の身代わりが賢さによって支配者を驚かせる 922, 鍛冶屋の息子と思われていた子が賢さを証明する 920, 妻の賢さによって夫の病気が治る 923B, 女の賢さが盗みをばらす 875A, 女の賢さが強盗たち（殺人者たち）をだます 968, 女の賢さがトリックをばらす 987, 奇妙な品々や行動を説明するときの女の賢さ 875D, 若い女たちまたは若者たちが一見不可能な課題を成し遂げる 875B.

仮死状態（Suspended animation） 仮死（Seemingly dead）を見よ.

果実(Fruit) 籠の中の果物 1296B, 手紙の中の果物 1296B, リンゴの木の実は特定の女しか摘むことができない 511, イチジクの木の果実 1369, 外見を損ねたり治したりする果実 566, 鹿の頭から果物の木が育つ 1889C. ― 魔法の魚を食べると夫が妊娠する 705A, 大きな木に小さな果物がなる 774P, 魔法の果物(洋梨)によって妊娠する 462, 魔法の治癒力(蘇生力)を持った果実 653A, クワの木の果実の起源 899A, 求婚者は天まで伸びた木から治癒の果実を取ってこなければならない 317, 投げられた果実が桃でなかったことを神に感謝する 1689, 果物が動物に盗まれる 175, オオカミ(その他の動物)が穴ウサギ(猿)に果物をくれるよう頼む 74C*.

果実(複数)(Fruits) 果実が病気の姫を治す 610. ― 女たちが果実から出てくる 408.

貸し手(Lender) 333, 1543.

舵取り(Coxswain) 1960H.

鍛冶屋(Smith) 331, 559, 571B, 650A, 652, 750E, 754, 804B, 1083, 1090, 1142, 1631*, 2019, 鍛冶屋と死神 1188, 鍛冶屋と悪魔 330, 1188, 鍛冶屋が謎めいた問いを廷臣たちに説明する 922B, 鍛冶屋が宝を見つける 745A, 鍛冶屋が悪魔の馬に蹄鉄を打たなければならない 815*, 鍛冶屋が悪魔から教わる 1163, フォークスという名の鍛冶屋 921A, 鍛冶屋が馬の折れた背骨を修理する 1889D, 鍛冶屋が走っている馬に蹄鉄を打ちつける 654, 鍛冶屋が鬼を撃つ 1157, 鍛冶屋が蹄鉄につばを吐く 1262*, 鍛冶屋がキリストの訪問を受ける 753. ― 床屋が鍛冶屋の代わりに処刑される 1534A*, 鍛冶屋を観察して鍛造のしかたを学ぶ 1015, 病気の鍛冶屋がにせ医者の処方箋で治る 1862F, 王の息子と鍛冶屋の息子 920.

鍛冶屋たち(Smiths) 758, 1862F, 鍛冶屋たちが巨大な釜を鍛造する 1960F, 鍛冶屋たちが竜の母親を殺す 300A.

かじること(Gnawing) 時計のカチカチという音がかじる音と誤解される 1321D*.

かじること(Nibbling) 結婚の条件として(3 本の)釘(豆, 木の実)をかじる 1478.

家事をする人(Housekeeper) 1375, 1453**. ― 家事をする人としての愚かな息子(夫) 1218, 1408, 1408C, 1681B, 1685.

数(Number) 動物たちの数がなぞなぞの形で明かされる 1579*.

数(複数)(Numbers) 歌の中の数が宗教的な出来事, 存在, 人物と結びつけられる 2010.

貸すこと(Lending) 貸すことと返してもらうこと 2034C, 物干しロープを貸すことを断る 1593, 言い訳をしてロバを貸すことを拒む 1594.

風(Wind) 挨拶された風(あとで人を守る) 298A*, (擬人化された)風と太陽 298, 風が泥棒を柵の向こうへ運ぶ 1624, 天気を管理するときに風のことが忘れられる 752B, 風の精霊 1920H, 風が花嫁を超自然の花婿のいる所へ連れていく 425B, 風が野菜を根こそぎにする 1624. ― ガチョウ番の娘が風を呼ぶことができる 533, 風向きが変わることを祈る 1276*.

数えること(Counting) 不貞行為を数える 1357A*, 鳥を数える 1683*, 木の下で強奪品を数える 1653, 豆(エンドウ豆, 等)をポケットに入れて数える 1848A, 数を数える競争 1093, 週の日々を数える 2012, ロバたちを数え間違える 1288A, 屁を数える 1453****, たて穴の上に置かれた穴の開いた帽子に賃金を数えながら支払う 1130, 星(砂, 等)を数える 1172，数え方を間違える 1288A，自分のことを数え忘れて間違える 1287.
家族(Family)　逃避する聖家族 750E，再会した家族 883A，試練として家族が別れさせられる 938.
課題(Task)　(難しい質問に答えること) 922，(世界じゅうのすべてのブランデーを持ってくる) 1173A，(雄牛のミルクを持ってくる(雪を炙る)) 875B，(木でもなく石でもなく鉄でもなく土でもない橋をつくる) 1005，(天国へ届く塔を建てる) 980*，(ふるいで水を運ぶ) 1180，(オオカミとヤギとキャベツを川向こうへ渡す) 1579，(カエルたちを捕まえて木の上に置く) 1178，(音(屁)を捕まえる) 1176，(穴ウサギたちを捕まえる) 1171，(ばらまいた種を集める) 897，(馬に乗らず歩かず，裸でもなく服も着ずに来る) 875，(最良の友といちばんの敵とともにやって来る) 921B，(数えること) 1172, 1187*，(名前を当てる) 500, 1099，(17 頭の動物を 3 人で分ける) 1533C，(ふさわしく鶏を切り分ける) 875, 1533，(5 つの卵を同じ数になるように分ける) 1663，(死体を投げ捨てる) 1536B，(好きなだけ食べて，しかも丸ごと残すこと) 1562B*，(ふん(カエル)を食べる) 1529A*，(薪と水を取ってくる) 1049，(回転砥石を取ってくる) 1177**，(トラのミルクを持ってくる) 897，(ざるで水を汲んでくる) 897，(まっすぐでもなく曲がってもいない木を取ってくる) 1048，(隠れた姫を見つける) 854，(愚かな人たちを見つける) 1384, 1386，(最も高く飛ぶ) 221A，(石を集める) 1172，(最も深く地中に潜る) 221B，(卵をかえす) 920A，(ゆで卵からひなをかえす) 875，(雄牛に子どもを産ませる(授乳する雄牛)) 920，(悪魔を 3 回殴る) 1187*，(船を固定する) 1179，(干し草の山を飛び越える) 1460，(砂でロープをなう) 1174，(口のきけない人をしゃべらせる) 514**, 945，(こぼれたブランデーのしずくで結び目をつくる) 1176，(短い詩をつくる) 1268*，(空の高さと海の深さを測る) 920A*，(卵を増やす) 1663，(釘をかじる) 1478，(1 週間で果実を実らせるブドウを植える) 531，(水漏れのする船から水を汲み出す) 1179，(両足にブーツを履く) 1187*，(尻で妻がわかる) 1268*，(妻の行動を報告する) 1422，(これまで聞いたことのないことを言う) 921E，(白い大理石のスーツを縫う) 875B，(穀物をシャベルですくう) 1178，(謎を解く) 725, 812, 851, 920，(糸紡ぎ) 500, 501，(3 晩起きている) 813*，(縮れ毛をまっすぐにする) 1175，(寒い夜に生き延びる) 1262，(家と動物の世話をする) 1408C，(動物に話すことを教える) 1750B，(回転砥石を回す) 1178**，(網をほどく) 1178，(黒い羊毛を洗って白くする) 1183，(わずかな糸で服を編む) 875，課題が成し遂げられない 1171-1180, 1183, 1187*. — 娘が一見不可能な課題を父親に要求する 510B, 510B*，悪魔が不可能な課題を成し遂げられない 1173A，女の求婚者が一見不可能な課題を成し遂げる 874*，夫が妻に一見不可能な課題を与える 891，不可能な課題が成し遂げられる 1174，王が鍛冶屋の息子に不可能な課題を与える 920，支配者が難しい課題をほかの支配者に課す 922A，一見不可能な課題 305, 317, 329, 444*, 461, 471, 500, 501, 510A, 513B, 514**, 550-552, 559, 570, 571, 571B, 590, 854, 862, 864, 921E, 1099, 1562B*.
課題(複数)(Tasks)　(城を持ってくること，金髪の女を連れてくること，命の水を持ってくること) 531，数々の課題が強い男によって簡単に成し遂げられる 650A，農夫の娘が不可能な課題を成し遂げる 875，舅が一見不可能な課題を課す 530A，不可能な課題 875B，審判者が魔法の品々を使って難しい課題を成し遂げる 518，従順な女がすべての課題を果たす 480，賢いお爺さんが難しい課題を成し遂げる 981，姫が難しい課題を果たし，恋人の魔法を解く 434，一見不可能な課題 303A, 313, 328, 332C*, 402, 425A, 425B, 425M, 465, 510B, 513A, 514, 530, 554, 560, 577, 610, 860, 875B, 897，求婚者は魔法の品々を使って難しい課題を果たさなければならない 507，正体を知られていない王子が危険な課題を成し遂げなければならない 531，女が不可能な課題を成し遂げて競争に勝つ 875D，女が感謝の気持ちから課題を成し遂げる 442. — 超自然の課題 460–499.

片腕の（One-armed） 片腕の人物の黄金の腕が盗まれる 366.

カタツムリ（Snail） 275C, 1310*, 2023，カタツムリとカエル 275C*.

塊（Lump） 金塊の支払いを早くしすぎる 1546.

語り手（Narrator） 1920, 2013，それが完結したら語り手は物語を続ける 2300，語り手が滑稽な答えをする 2200，語り手が劇的な出来事を結びつける 2202，ちょうど話がおもしろくなってきたところで語り手が話をやめる 2250.

語り手（Teller） 語り手が自分の物語の中で殺される 2202.

カタリネッタ（Cattarinetta） 333.

価値（Value） 男の仕事と女の仕事の価値 1408.

家畜（Domestic animal） 家畜が盗まれる 1525A, 1525B, 1525D, 1525J, 1525M, 1529，家畜たち 200–219, 1154, 1204**，家畜が屋根で草をはむ 1210，家畜たちと野獣たち 100–149，家畜たちがオオカミたちを追い払う 130B, 130D*，家畜たちが飼い主たちから逃げる 130, 130A–130C, 130D*.

家畜（Livestock） 畜牛（Cattle）を見よ

価値のある（Valuable） 価値のある動物が安い値段で売りに出される 1553.

価値のない（Worthless） 価値のない服が黄金に変わる 475，価値のない雌牛を賞賛する 1214，価値のない物（炭）が黄金（銀，お金）に変わる 476, 476**, 751B*, 834, 945A*.

ガチョウ（Gander） お金を持っていないガチョウとカモとイノシシが居酒屋に行く 211B*.

ガチョウ（Goose） 20C, 20D*, 37, 179B*, 204, 210E**, 305, 403, 533, 571C, 774D, 902*, 1354, 1525A, 1533, 1534, 1544A*, 1900, 1960J, 2010I, 2025，ガチョウと豚が家を建てる 124，ガチョウがほかの動物に捕らえられる 6*，ガチョウが黄金の卵を産む 219E**，性的に身を許してくれたことに対しガチョウで支払いをする 1420G，ガチョウがキツネに泳ぎを教える 226，ガチョウを砥石と交換する 1415，1 本脚のガチョウ 785A. — ガチョウの体の構造に基づいた質問と答え 2011.

ガチョウたち（Geese） 62*, 154, 159, 225A, 400, 570, 785A, 850, 935, 960A, 1678, 1737, 1741, 2010A，ガチョウたちが，最後の祈りをさせてくれと乞う 227，ガチョウたちが男を空へと運んでいく 1881，ロシアのガチョウたち 921F*，ひもでつながれたガチョウたち 1408C. — 支配者が農夫にガチョウたちからむしり取るよう助言する 921F*.

ガチョウ番の娘（Goose-girl） 求婚者としてのガチョウ番の娘 870A，動物の皮を着るガチョウ番の娘 510B. — 姫がガチョウ番の娘として仕える 533.

ガチョウを売る（Anser vernalis） 1420G.

価値を上げる（Improving） 主人の言ったことを大げさに言って価値を高める 1688.

がっかりした(Disappointed) がっかりした漁師 832，がっかりした祖父が生まれたばかりの孫娘を殺す 1855A.

楽器(Instrument) 楽器が真実を明かす 780.

楽器(Musical instrument) 楽器が兵隊たちを出す 566，楽器がオオカミたちを踊らせる 1650, 1652，楽器がロバを踊らせる 430. ― 楽器を演奏して助けを呼ぶ 958，魔法の楽器 569, 592，楽器を演奏する心得のある男が海底の王国に入る 677*. ― フルート(Flute)，バイオリン(Violin)等も見よ.

カッコウ(Cuckoo) 751A，樽の中からカッコウが鳴く 1435*，カッコウが生け垣を越えて飛んでいく 1213，カッコウの鳴き真似をする 1029，カッコウが自分の皮をカケスに貸す 235. ― カッコウが鳴くと契約が終わる 1000, 1029.

学校(School) お爺さんが学校に行くことにする 1644，お爺さんが学校へ通わされる 1381E.

カッコウの(Cuckoo's) 貸し出されたカッコウの皮 235.

カーディ(イスラム教国の裁判官)(Cadi) 1592A. ― 裁判官(Judge)も見よ.

家庭(Household) 動物たち(ヘビとカニ)の家庭 279*，キツネとガチョウの家庭 37，タカ(ツル)とキツネの家庭 105*，いざこざを引き起こされた主人の家 1573*，針と手袋とリスの家庭 90，オンドリと猫の家庭 61B，魔女の家庭 334. ― 妻が家事を終わらせたふりをする 902*.

家庭教師(Tutor) 1359B.

カテリーナ(Caterina) 333.

カテリネッラ(Caterinella) 333.

カード(Card) カード賭博打ち 750H*，教会でカード賭博をする 1839A.

カード(複数)(Cards) トランプはカレンダーと祈禱書である 1613，カードが聖職者の袖から落ちる 1827A. ― 報酬としての常に勝てるカード 1 箱 330.

カード勝負をする(Card-playing) カード勝負をする聖職者 1839B，カード勝負をする悪魔 750H*.

カトリック教徒(Catholic) カトリック教徒が天国に入る 1738D*，カトリック教徒がハンマーで山を打って動かす 756*.

かなえること(Fulfilling) 妻のすべての望みをかなえる 1372*，要求とお返しの要求 2032.

金切り声を上げる(Screaming) 金切り声を上げる対決 1084，絶叫して猛獣を追い払う 1231.

悲しみ(Grief) メンドリの卵が割れたことへの悲しみ 2022B，ハツカネズミの死への悲しみ 2023，別離の悲しみのために恋人たちが自殺する 970. ― オンドリが悲しみのあまり死ぬ 2021.

悲しみ(Sadness) 悲しみと恐れが男につきまとう 981A*.

悲しみに沈んだ(Inconsolable) 悲しみに沈んだ未亡人 1510.

カナリアたち(Canaries) 927C.

カニ(Crab) 9, 55, 74C*, 181, 1260A，カニとキツネ 275B，カニとヘビ 279*，いんちきな賢い男の名前としてのカニ 1641，カニが不誠実なサギ(ツル)を殺す 231，カニが悪魔だと思われる 1310*，カニが後方に歩く 276.
カニたち(Crabs) 122G, 1525A, 1740.
鐘，鈴(Bell) 鐘が強盗たちに警告を鳴らす 965*，鐘がオオカミがいることを暴露する 40A*，鐘が海に落ちる 1278，裁判の鐘 207C，つぶされた馬の鈴をキツネが鳴らす 40，オオカミのしっぽにつけた鐘が警報を鳴らす 40A*，サケ(ウナギ，カマス)に鈴をつける 1208*，鐘が警報として鳴る 40A*，馬(ロバ，ヘビ)が鐘を鳴らす 207C，猫に鈴をつける 110，王子が少女を呼びたいときには，王子が鈴を鳴らす 407. ― 鐘を恐れる 229.
鐘(複数)(Bells) 鐘が悪い助言をする 1511*.
金貸し(Creditor) 多額の負債を抱えた人のベッドを金貸しが売る．なぜなら負債者はそのベッドでよく眠られたに違いないからである 890**，金貸しが気が狂っていると不当に報告される 1525L. ― 借り主と貸し主(Debtor and creditor)も見よ．
金貸したち(Creditors) 505, 507.
金持ち(Rich) 金持ちと貧乏人 810A, 815, 837, 1535，金持ちの農夫が，貧しい弟のたった 1 頭の馬をつぶしてその皮を弟に与える 1535，金持ちが天国にいることを許される 809*，金持ちの男と作男 1545，金持ちの男と貧しい男 1543，悪魔の馬になった金持ちの男 761，金持ちの男が悪魔に連れ去られる 813*，金持ちの男が悪魔にだまされる 810A，金持ちの男が不平を言っている夫婦を家に招待する 1416，金持ちの男がパラダイスに入ることを許される 808，金持ちの男が少年を教会まで自分の馬車に乗せてやる 1832，金持ちの男が召し使いに動物たち(少女，農場)で支払いをする 2010I，金持ちの男が価値のある動物をもうけなしで売る約束をする 1553，金持ちの男が酔った(薬を飲まされた)男を自分の地位に 1 日だけ置く 1531，金持ちの男が報酬を払うことを拒む 1262，金持ちの男が口がきけないふりをしている農夫を訴える 1534D*，木の下で宴会をしている金持ちたち 1653. ― 塩の知られていない国で塩を売って金持ちになる 1651A，何度も死体を埋めて金持ちになる 1536A，老夫婦が動物たちを身代金代わりに解放してやり金持ちになる 159，詐欺師が死んだ金持ちと入れ替わる 1532，2 人の友達が金持ちになる 1543E*. ― 貧乏人と金持ち(Poor and rich)も見よ．
カバ(Hippopotamus) 291.
カブ(Turnip) カブとホップ 293D*. ― 巨大なカブが贈り物として王に与えられる 1689A，男がカブを抜こうとするが無駄である 2044.
カブ(複数)(Turnips) カブをベーコンと呼ぶ 1565**，カブが植えられる 1147*.
ガブリエル(天使)(Gabriel(angel)) 756A，投てき競争でガブリエルが狙われる 1063A.
壁(Wall) 壁が壁際に寝ている意識不明の男を殺す 947，乗り越えるには高すぎる壁 1443*.
カボチャ(Pumpkin) 425A，カボチャがロバの卵として売られる 1319.
釜，やかん(Kettle) 自動で沸くやかん 1260，地獄の釜が熱せられる 475. ― 大きな釜 1960F.
鎌(Sickle) 鎌が男の頭を切り落とす 1203, 1203A，馬のしっぽに鎌を固定する 1892，小鎌を危険な動物だと誤解して溺れさせる 1202，鎌をヘビだと誤解する 1203A，なまくらな小鎌で刈り入れをする 1090，魔法の鎌で刈り入れをする 820A.

釜焚き(Heater)　地獄の釜焚き 475.

かまど(Oven)　かまどの中で燃えて死ぬ 327A, 1121.

神(Deity)　腹を立てた神が罰を送る 939. — 神(God)も見よ.

神(God)　47B, 302B, 368C*, 465, 531, 555, 563, 652, 703*, 706, 706D, 710, 785, 788, 800, 804A, 805, 817*, 826, 827, 830A, 830C, 831, 836, 840B*, 915, 922, 924, 929*, 934C, 947A, 960B, 1030, 1048, 1083, 1093, 1288B, 1325B, 1328*, 1349M*, 1351A, 1410, 1423, 1425, 1568**, 1572B*, 1574, 1575*, 1613, 1689, 1735, 1736A, 1785C, 1806, 1806*, 1807B, 1825B, 1827A, 1830, 1832D*, 1833C–1833E, 1833H, 2010, 2031, 神と悪魔 1184, 神と悪魔が言い争う 773**, 神と悪魔がお互いを怖がらせる 1145, 神と悪魔が創造を競う 773, 神と悪魔が地上を放浪する 846, 神と聖ペトルスがいいもてなしを受ける 759*, 助言者としての神 1536C, 神が乞食としてやって来て 1 夜の宿を乞う 930*, 創造主としての神 798, 神に助けを願う 1580A*, 神にお金を要求する 1543, 神に雨乞いをする 288C*, 神にはジョークがわからない 1718*, 神が, 人は自分たちがいつ死ぬかを前もって知るべきではないと決める 934H, 聖ペトルス(敬虔な男)から天気を管理する仕事を取り上げる 752B, 神がお決めになる 834, 神が動物たちと人間に寿命を与える 173, どちらの鳥が父親でどちらの鳥が息子かを, 神が当てる 232C*, 神が物乞いに変装する 751A*, 751C*, 神がノルヌたちを仲裁する 899, 神がどんなカードよりもいい切り札である 1839B, 人々の幸運は神のおかげ 923B, 風の神が賠償を支払わなければならない 759C, 神が掻くことを我慢することに対して褒美を申し出る 1565, 天使が課題を果たさないので, 神が天使を罰する 759D, 神がカレイを罰する 250A, 神が悪い行いに対し罰を与える 779, 敵意を抱いた隣人たちを神が和解させる 1331, 神が名づけ親を拒絶される 332, 神が夫の視力を回復させる 1423, 神が褒美を与え, また罰を与える 750–779, 神が天の教えとして夢を送り込む 759A, 神が物価の上昇を地上に送り込む 774E, 神が死神に, 次に誰が死ななければならないか示す 332C*, 神が話す 1575A*, 神が男のはらわた(胃袋)を取り去る 716*, 神がけんかをしている夫婦をなだめようとする 754**, 神が泥棒をロバに変える 753*, パラダイスから追放されたイブを神が訪問する 758, 地上を放浪している神が礼儀正しさに褒美を与える 750**, 天国には聖職者がなぜこれほど少ないのか, 神が不思議がる 1738. — アブラハムが神を崇拝することを学ぶ 2031B, 信徒たちは羊ではなく雄ヤギだと神に不平を言う 1827B, カエルたち(アリたち)が神に王を要求する 277, 神(運命の女神, 運命の 3 女神, 太陽)のところへの旅 460A, 神の子羊が神の羊になる 1832N*, 何事も神なしには起きない 934D, オールドミスが夫を求めて神に祈る 1476, 神の息子のふりをする 1543, 1 日神の代理をする 774D.

髪(Hair)　違反をして髪が金色になる 314, 710, 髪が釘(殺人者の武器)を覆い隠す 960D, 逃げるために髪を切る 871*, 髪を切り落とす 706B, けんか(盗み)で髪を失う 774J, 妖精たちの髪がとかされなければならない 480, 塔に登るはしごとしての女の髪 310. — 悪魔たちが偽証をした男のすべての毛をむしり取る 813C, 高貴な生まれのしるしとしての金髪 707, 客の髪をひっぱる 1572B*, なぜ髪の毛は灰色(白)でひげは黒いのかという問い 921C, 7 番目の子どもは赤い髪をしている 1425B*, 話す髪 780B.

神, 支配者, だんな(Lord)　754*, 756A, 889, 1526, 1535, 上のだんな, 下のだんな 1355A,

上のだんな(神)が養ってくださる 1355C，1 日の支配者 1531，神が復活した 1341B，その地域の支配者 1828*，領主 1525K*.
神々(Gods) 736A, 1379**, 1832D*.
雷(Thunder) 雷と稲妻がバグパイプから出てくる 1148*，雷と稲妻が結婚式に招待される 1165，雷が悪魔を怖がらせる 1145，雷の音は荷車が通り過ぎた音だと言われる 1147.
神に感謝する(Thank God) 私がロバに乗っていなかったことを神に感謝します 1288B，籠ができたことを神に感謝する 1365D，桃でなかったことを神に感謝する 1689.
神の(Divine) 結婚せよという神の命令 1462.
神の(God's) 神の不可解な行為 470, 801，神の恵み 830B，神が見あたらないことを非難されていると誤解する 1806A*，神の審判 756A, 756B, 759, 759D, 759*，神の力は王の力よりも強い 841，イブが神の意志を受け入れる 758. — 問い：神の家はどこか 2043.
かむこと(Biting) かみつき人形 571C，足にかみつく 5，かむ馬 1631，やすりにかみついてけがをする 285E，木の実をかむ 1061，石をかんで粉々にする 1061，木の根にかみつく 5，オオカミがかむ 2015.
カメ(Tortoise) 72, 225, 275A, 275C, 751A, 825，カメが大きな動物に挑む 291，カメが助言をする 233C，カメが飛び方を習いたがる 225A.
カメ(Turtle) 5, 8, 122G, 133*, 1152, 1310, 1960A，カメと猿 91，カメとクジャク 224. — 慎重なカメ 288C*.
カメレオン(Chameleon) 275B, 934H.
カモ(Duck) 20D*, 56D, 210*, 211B*, 313, 434*, 926C*, 1534, 1681, 1716*, 1886, 1900, 2025，カモが頭蓋骨の内側に巣をつくる 1886，援助者のカモ(変身させられた妹) 511. — 海でのカモと羊とオンドリ 204，妃の指輪がカモの腹の中に見つかる 673，王の宮殿にカモの姿で現れた本当の花嫁 403.
カモたち(Ducks) 70, 227, 400, 673, 1260A, 1407A, 1833J, 1835A*, 1881, 2010A. — カモの群れすべてを装填棒(1 発の弾)で刺す 1894.
粥(Mash) 鍋とフライパンの底の 7 年物の粥 1453***.
粥(Porridge) 粥を別々の部屋で食べる 1263，かたまりのたくさん入った粥 1458*，小麦粉を氷の穴に入れて粥をつくる 1260，粥の鍋が不平を言う 1264*. — 熱い粥で喉にやけどを負わす 1131，粥の中につばを吐く 1262*.
火曜日(Tuesday) 火曜日は仕事を免除されている日 1405*.
からかう(Mock) 子どもたちのためのからかい話 2271. —2 人の姉が求婚者としての熊皮をからかう 361.
からかうこと(Joking) せむしをからかう 1620*.
カラス(Crow) 6, 56A*, 57, 60, 68*, 103A*, 152, 160, 182, 215, 220A, 227*, 234, 236, 238, 248A, 853, 1354, 1381D，カラスがカササギに助言する 56A，カラスとザリガニ 227*，カラスとハト 240，カラスとカエル 242，カラスの裁判 220A，カラスが水差しにいくつもの小石を落として水を飲むことができる 232D*，鹿が罠から逃げるのを，カラスが助ける 239，借りた羽根に身を包んだカラス 244，カラスが結婚する 243*，タールが塗られた橋の上のカラス 2302，くちばしを洗わなければならないカラス 2030，カラスがワシと同じようにさらおうとする 215. — カササギ(Magpie)，ワタリガラス(Raven)も見よ.
ガラス，グラス(Glass)　動物婿の住みかの境界としてのガラス山 425A，兄弟たちの住みかとしてのガラス山 451，姫の家としてのガラス山 400. — ガラス山の姫 530，ワインのボトル 1 本分が入る大きなグラス 1565*.
カラスたち(Crows)　1282, 1381D, 1881*.
体(Body)　死んだ夫の体を絞首台の死体の代わりにする 1510. — 取り外した体の部分の交換がばかげた結果をもたらす 660，体の部分が描写される 2013. — 死体(Corpse)も見よ.
体の一部の切断(Mutilation)　切断が逃走を引き起こす 318，足の切断が治療される 519，動物を切断すると魔法が解ける 402，足の切断 510A，姑が女の子の手足などを切断する 705A，継母が継娘の体の一部を切断する 404，妻の体の一部を切断する 1417，妻たちの体の一部を切断する 462. — 体の一部を切断すると脅す 844*.
体の一部を切断された(Mutilated)　体の一部を切断された女が王子と結婚する 706.
体の一部を切断すること(Mutilating)　敵対者たちの体の一部を切断する 1539，動物の体の一部を切断する 1539.
体の構造(Anatomy)　動物の体の構造に基づいた質問と答え 2011.
体の部位(複数)(Members)　体の諸部位が腹と言い争う 293.
体の部分(四肢)(Part of body(limbs))　借金が返せない場合には借り手が体の一部を与える約束をする 890.
絡み合う(Twining)　恋人たちの墓の上で枝が絡み合う 970.
狩り(Hunt)　けちのスープの豆をあさる 1562F*. — 狩りのときの動物たちの行動 246，オオカミを狩ると思われている羊(ヤギ) 1529B*，オオカミが犬に(その他の動物に)狩りのやり方を教える 47D.
刈り入れ人(Mower)　宿屋の主人がいちばん腕のいい刈り入れ人になる 820A，驚異的な刈り入れ人 752C.
刈り入れ人たち(Mowers)　1387.
刈り入れること(Mowing)　作男の代わりに悪魔が刈り入れをする 820–820B，刈り入れ対決 1090，動物のしっぽにからまった大鎌で草を刈る 1892*.
ガリシア人(Galician)　ガリシア人が船長への支払いを知らせる歌を歌う 1553B*.
ガリシアの聖ヤコブ(James of Galicia)　(聖人) 516C.
借りた、借りられた(Borrowed)　貸した大金を返すよう要求する 1532，証人がコートを貸したと主張する 1642, 1642A，借りたフライパンを返す 333，貸した鍋が返ってこない 1592B. — 貸したお金(物)を返すよう要求する 715, 1532，借りた羽根に身を包んだワタリガラス(カラス) 244.
借り手(Borrower)　鍋を借りた人が，鍋は死んだ(子どもを産んだ)と主張する 1592B.
借り主(Debtor)　借り主と貸し主 178B, 591, 715, 822, 822*, 849*, 890, 890**, 921E, 961B, 1188, 1654，超自然的存在としての借り主 822*，貸し主は気が触れていると，借り主が通報する 1525L. — 見知らぬ男が借金を抱えて死んだ男の埋葬を支払う 505, 507.
狩人(Hunter)　59, 233D, 304, 537, 788, 820, 831, 952, 1157, 1316, 1534A, 1889L, 1895,

2015, 2024*, 2034A*, 2036, 救助者としての狩人 168A, 狩人がガチョウたちによって宙を運ばれていく 1881, 動物たちがたくさん入っている木を切り倒す 1916, 狩人が富を夢見る 1430, 狩人の犬の骸骨が, 追っていた動物の骸骨を口にくわえているのを, 狩人が見つける 1889N, 狩人が悪魔を解放する 1164, 狩人がオオカミを殺す 333, 狩人がいちばんいい犬の皮で手袋をつくる 1889L**, 狩人が罠から鹿を放す 239, 狩人が熊のしっぽを弾丸で撃って熊たちを切り離す 1889A, 狩人がオオカミを撃つ(けがをさせる) 157, 狩人がいちばん大きい(いちばん強い)動物を撃つ 231*, 狩人が杭につながれて捕らわれている穴ウサギを狙って撃つ 1876*, 狩人が不注意な鳥を撃つ 246, 狩人が装塡棒でカモをすべてしとめる 1894, 狩人が殺人の証拠として動物の心臓を見せる 709, 狩人が姫と寝る 871*, 狩人がキツネにだまされる 33, 狩人が動物を裏表逆にする 1889B, 狩人がサクランボの種を使って鹿を撃つ 1889C. ― ハチが狩人を刺す 240A*, 狩人に変装する 570*, 獲物をたくさん取った狩人がヘビにかまれて死ぬ 180, 上出来の狩人がうっかり穴ウサギを逃がす 1876*.

狩人(Huntsman) 103B*, 105*, 652, 並外れた技術を持った狩人 653.

狩人(Sportsman) 247.

狩人たち(Hunters) 77, 105*, 161, 162, 763.

狩人たち(Huntsmen) 105*.

借りる(Borrows) 穴ウサギがほかの動物たちや狩人からお金を借りる 2024*.

借りること(Renting) ロバを借りてロバの影も使う 1804D.

狩りをすること(Hunting) 熊を狩る 1229, ハツカネズミを狩っている猫がハツカネズミのしっぽを食いちぎる 2034, 狩りをする聖職者 1835A*, 匂いを追っている猟犬が戻ることを拒む 1889N, 猟犬が柵を駆け抜け体が 2 つに割れる 1889L, 妻と同じくらい愚かな人を 3 人探しに行く 1384, ありえない場所で狩りをする 1965, オオカミを狩る 1229. ― 狩りをしているときにキツネがオオカミ(熊)をだます 3*, すばらしい能力を持った猟犬に関する嘘 1920F*, ライオンとオオカミとキツネ(その他の動物)がいっしょに狩りに行く 51, 猿とトラが狩りに行く 49A.

カール大帝(Charlemagne) 207C.

カレイ(Flounder) なぜカレイの口は曲がっているのか 250A.

カレンダー(Calendar) 聖職者のカレンダーが誤解によって(だまされて)台なしにされる(改ざんされる) 1848A.

皮(Hide) 土地を囲むために皮を細長く切る 927C*, 皮を剝がれた馬に羊の皮がかぶせられる 1911A.

川(River) 猿がうまく川を渡る 58.

皮(Skin) 雄牛の脚の皮を剝ぐ 1007. ― 動物の皮が焼かれる(脱がされる) 430, 水浴びをしている女の動物の皮が盗まれる 313, 悪魔から身を守るための動物の皮 810B*, 泥棒をするのに, 動物の皮が変装用に使われる 831, デーモンたちの皮を集める 1154, 死体の皮を悪魔から守る 815, 雌牛の皮が罪人のリストとして使われる 826, ロバがライオンの皮をかぶって変装する 214B, キツネの皮が売られる 1265*, 課題として, 動物の皮を当てる 857, ハリネズミの皮が処分される 441, 土地を測るのに馬の皮が使われる 927C*,

猟犬の皮で手袋(服, 飲み物の瓶)がつくられる 1889L**, カケスがカッコウの皮を借りる 235, 男が動物の皮に縫い込まれて鳥たちに運ばれる 936*, 釘づけにされた野獣が皮から飛び出して逃げる 1896, 女が動物の皮を脱ぐところを見る 409A, 動物の皮を脱ぎ捨てることによって人間の姿に変身する 409, 皮を 1 片切り取る 1000, 愚かな息子が兄弟たちの皮膚を要求する 530A, どんな武器も通さない強い肌 650C, 妻が祝宴に動物の皮を着る 902*. — 動物(Animal)の項の動物の皮も見よ.

皮(複数)(Skins) 動物婿の皮が取り除かれる 433B. — 女が着ている動物の(9 枚の)皮 1368**.

川(Stream) 木の実の殻で川をかい出す 1273A*, 川が火を消す 715. — 小川(Brook)も見よ.

かわいそうに思う(Sorry) ひび割れをかわいそうに思う 1291B, 神(キリスト)の死を残念に思う 1833E.

かわいらしい(Pretty) オールドミスのためのかわいい唇 1485*.

カワウソ(Otter) 1927.

乾かすこと(Drying) 脚を乾かす 1293B*, 競争として指を乾かす 1463, 雪をストーブで乾かす 1272*, ぬれたろうそくをストーブに載せて乾かす 1270, 湿った引き具を乾かす 1917.

カワカマス(Pike) 1681, 1960B, カワカマスがキツネに捕まる 1897.

カワカマスの(Pike's) カワカマスの口にペニスがはまる 1686A*.

皮なめし工たち(Tanners) 758.

買われた(Bought) 忘れられた花嫁が新郎のベッドの場所を買う 313, 425A, 870A.

皮を剝がれた(Skinned) 皮を剝がれた馬が羊の皮で覆われる 1911A. — 皮を剝がれた死体 815, 皮を剝がれたヤギ(動物) 212, ほとんど皮を剝がれた鹿 830A, 皮を剝がれたお婆さん 877, 皮を剝がれたオオカミ 50.

皮を剝がれたお婆さん(La vecchia Scorticata) 877.

皮を剝がれたお婆さん(Vecchia Scorticata) 877.

皮をむくこと(Peeling) 食べる前にリンゴの皮をむく 1578C*.

考える(Think) 結果を考える 910C, 話す前に 3 回考えなさい 1562.

歓迎される(Welcome) 歓迎される服 1558.

歓迎すること(Welcoming) 表敬代表団のリーダーをまねて紳士を歓迎する 1694A.

完結しない(Unfinished) 完結しない話 2250–2299.

簡潔な(Laconic) 2 人の無口な農夫の簡潔な会話 1702A*.

観察(Observation) 医者が観察により診断する 1862C, にせの獣医が観察により病気の雌牛を診断する 1862D.

観察すること(Observing) 星を観察していて男が井戸に落ちる 1871A.

監視人, 管理人(Custodian) 759D. — 家と動物の管理人としての愚か者 1681B.

患者(Patient) 1313C*, 1349N*, 1543C*, 1676*, 患者が医者の指示を言葉どおりに取る 1862. — 医者が患者の治療法を知らない 1862.

感謝している(Grateful) 感謝している動物 150, 240A*, 546, 555, 感謝している動物(ワシ) 313, 感謝している動物(ヘビ) 318, 感謝している動物が男に魔法の道具を与える 303, 感謝している動物と恩知らずな男 285A, 感謝している動物たち 315, 329, 545A*, 554, 560, 610, 感謝している動物たちが姿を変える力を与える 301, 感謝している動物たちが, 少女が逃げるのを助ける 480, 馬の世話をするのを感謝している動物たちが手伝う 302C*, 感謝している動物たちが援助を約束する 531, 感謝している動物たちと恩知らずの男 160, 感謝している鳥 150, 感謝している死者 505, 507, 516, 感謝しているワシ 537, 感謝している魚が海の底から指輪を取ってくる 673, 感謝しているキツネ 150, 感謝しているライオンが男を男の家へ連れて帰る 485, 感謝しているライオンが救ってくれた男に生涯つき添う 156A, 感謝しているライオンが助けてくれた羊飼いを覚えている 156, 感謝している魔法の馬 314, 感謝している男が手紙をつけて犬を飼い主に送り返す 178B, 援助者としての感謝している物たち 480, 480A*, 585, ヘビが自分の王冠を女中に与える 672, 感謝しているヘビ 156B*, 207C, 感謝しているヘビが動物の言葉がわかる力を男に与える 670. ― 助けてくれた動物に男が感謝する 545B, 若者がハトに感謝する 442.

患者たち(Patients) 1641D.

看守たち(Guardians) 女が囚人に授乳しているのを, 看守たちが目撃する 985*.

感情を害すること(Offense) 求婚者が求婚した女の言葉に腹を立てる 1459*.

肝臓(Liver) 治療薬としての竜の肝臓 305, 遺体から肝臓が盗まれる 366.

歓待(Hospitality) 贖罪としてのもてなし 756C, 歓待がつけ込まれる 1544, 1544A*, 1544B*, 1548, 1552*, 1561**, 物乞いが歓待される 750C, 誤解された歓待 1691C*, 貧しい弟の歓待 750A, アナグマのもてなしをハリネズミが食い物にする 80, 貧しい男をもてなす 330, 750B, 兵隊たちがもてなしをする 750K*, 聖ペトルスがもてなしのいい泥棒たちを祝福する 751D*, 歓待は罪に勝る 750E*, 町のハツカネズミのもてなし 112, 王にもてなされる 1557, けちな主人からもてなしを受ける 1544B*, もてなしに褒美が与えられる 750*, 750H*, キリストと聖ペトルスに対するもてなし 791, 悪魔への歓待が報われる 821B, 神と聖ペトルスに対する歓待 759*. ― 農夫がカエルをもてなす 150A*, キツネが動物たちをもてなすふりをする 20C, 20D*, 野ウサギがキツネを歓待して追い出される 43, もてなしゆえに天国に居場所を得る 756A, ユダヤ人(靴職人)がキリストをもてなすことを拒む 777.

歓待(Reception) 高官の歓待が失敗する 1694A.

カンダシス(Candacis) 1501.

姦通(Misconduct) 聖職者が司教の姦通について説教で話す 1825A.

感動させること(Impressing) 人々を短く不可解な説教で感動させる 1641.

監督者(Supervisor) 1950A, 新兵を訓練するのを指導教官が助ける 1679*.

寒波(Freeze) 大寒波 1967.

カンパスペ(Campaspe) 1501.

干ばつ(Drought) 魔法で干ばつを終わらせる 613.

姦婦(Adulteress) 875B*, 姦婦と愛人が出し抜かれる 1359, 姦婦と愛人がおまるにくっつく 571B, 姦夫と愛人がロバに変身させられる 449, 姦婦が自らばらす 1380, 姦婦が「ヒンプハンプ」に捕まる 571B, 姦婦がオウムに暴かれる 1422, 姦婦が愛人の頭蓋骨で食事をしなければならない 992A, 夫が閉め出される 1377, 紛らわしい誓いを立てる 1418.
寛容(Liberality) 花婿(強盗)の寛容さ 976.
関連性(Association) 数の関連性 2010, 老いと若さの関連性 921C.

き

木(Tree) 助言者としての木 1462, 埋葬場所としての木 781, 援助者としての木が服を出す 510A, 隠れ場所としての木 327G, 450, 871*, 1653, 子どもたちを育てる場所としての木 705B, 避難場所としての木 87A*, 105, 121, 126A*, 159*, 171A*, 179, 705A, 709A, 1154, 座り場所としての木 1240, 証人としての木 1543E*, 曲げられた木 1051, 木が巣穴への入り口を塞ぐ 75A, 木が救済をもたらす 760**, 木が鳥たちに運び去られる 1881*, デーモンが木を救ってもらったお礼を支払う 1168B, 木が人を引きずって落ちていく 1241A, 木が荷馬車の上に倒れる 1241A, 木の枝を引っ張って木に水を飲ませる 1241, 死んだ雌牛の骨から木が育つ 511, 馬の脇腹から木が育つ 1892, 魚の切れ端から木が生える 408, 馬から木が生えて乗り手に影を落とす 1889D, 荷役動物の背骨の棒から木が育つ 1911A, 木が天まで伸びる 317, 木の高さを測る 1250, 木をヘビと間違える 1314, 木の名を挙げる 7, たくさんの動物が詰まっている木 1916, 次の世代のために木が植えられる 928, 木が引き抜かれる 1241A, 木が喉が渇いているように見える 1241, 木の精霊に願い事をかなえてくれるよう頼む 1380A*, 木の幹が運ばれて丘を転がる 1243, 木の切り株を餌として与える 1204**, 木の幹が丘を転がり落とされる 1243, 木が聖十字架のための木材として使われる 772, 布で覆われた木 1271C*. — 熊が木から落ちて死ぬ 88*, 大きな木 1184, 少年が木のうろに隠れる 1877*, 罠としての割れた木 38, 死刑判決を受けた男が吊される木を選ぶことを許される 927D, 斧で木の幹を切って自らの身を解放する 1882A, 木の上に座っている耳の遠い男 1698H, 悪魔が魔法で木にくっつけられる 330, 悪魔が木の幹に変身させられる 1199A. 魔法にかけられた梨の木 1423, 木から落ちる 1227, 木が倒れて殺す 1117, 農夫を袋に入れて木に吊るす 1689A, 農夫が泥棒を裸にして木に縛りつける 958A*, 倒された木が家へ運ばれる 1052, キツネが母鳥の木を倒すと脅す 56A, 果物の木が鹿の頭から生える 1889C, 大きな木 1960G, 木の後ろの隠れ場所 442, 木の切り株から男はどうやって出たか 1900, 木に穴を開ける競争 1085, 木に登った豚 136, 穴ウサギたちが木に仕掛けられた網に捕まる 1171, 馬に乗っている熊が木に引っかかる 117, 木の下の強盗たち 1653, 歌う木を探す 707, 墓の話す木 780, 木の下に埋められた宝 740**, 贖罪としてたいまつが緑の木になるまで待つ 756C, 野獣のしっぽが木に釘づけにされる 1896, 女が木に登って隠れる 1029, 女のなる木 1369.
木, 薪(Wood) 木が丘を運びおろされる 1243, 木を切り倒す 1048, まっすぐでもなく曲がってもいない木 1048, 薪が性交(コーヒー)で支払われる 1686*, 木材が積まれておろされる 1242, 横向きに積まれて運ばれる木 1248, 木の精霊 824, 木の精霊が人間の奇妙な行動を恐れる 1342, 木の精霊の養子 667, 聖十字架に使われた木 772. — 斧で木が切れない 1001, キリストが木にこぶをつくる 774H, 怠惰な男が贈り物としてのたきぎの積み荷を，それが割ってある場合のみ受け取る 1951. — 森（Forest）も見よ.
聞いた（Heard） 王がまだ 1 度も聞いたことのないことを言う 921E.
記憶力，思い出（Memory） クワの木の黒い果実は 2 人の恋人の不幸な死への思いをとどめている 899A，記憶力が悪い 1543C*.
擬音（Onomatopoeia） 1940，動物たちの擬音 204.
飢餓（Starvation） 餓死の刑を宣告される 985*.
議会（Parliament） 動物たちの議会 47B. — キツネが動物会議を欠席する 53. — 市議会（Council）も見よ.
気が触れた（Mad） 裁判で気が触れているふりをする 1585. — 狂った（Insane）も見よ.
帰還（Return） 一定時間のあとの帰還 425C，長い時間のあとの帰還 471A, 677，300 年後の帰還 470，子どもに子守歌を歌うために夜戻ってくる 425E，子どもに授乳するために夜戻ってくる 450，地獄からの帰還 756B, 756C*，不死の国からの帰還 470B，道にまいたしるしで捨てられた子どもたちが戻ってくる 327A，魔法で花婿を呼び戻す 365，夫の帰還 891，永い留守のあと夫が戻る 974，夫が妻の元に戻る 923A，恋人の帰還 885A，放蕩息子の帰還 935, 939A，気づかれない恋人の帰還 885，長い時間のあと地上の世界に戻る 470A，鬼の（魔女の）宝を持って戻ってくる 327A, 327D, 328, 328A. — 長い留守のあと戻ってみると，すべてが荒らされている 315A，夫が思いがけず帰ってくる 1536B.
木々（Trees） 木々を切り倒す 1246，木々が切り倒される 1050，木々が食事と服を与える 442，堅い枝の木がキリストによってつくられる 774H. — 大きな木に小さい果物がなる 774P，木の名を挙げる競争 7，木に座ることの禁止 62*.
聞き手（Listener） 1833, 1920G, 2200, 2202.
聞き手たち（Listeners） 1565, 2275，物語の中のすべての羊が細い橋を渡り終えるまで，聞き手たちは待たなければならない 2300.
キーキー鳴く（Squeals） 捕まった動物が助けを求めてキーキー鳴く 122A.
気球（Balloon） 男が気球から落ちる 1882.
飢饉（Famine） 飢饉が嬰児殺しを招く（子どもが捨てられる）832，魔法で飢餓がやむ 713. — 飢饉の間，助けることを拒んで罰せられる 751F*.
聞くこと（Hearing） 途方もなく遠くの音が聞こえる 1920E*. — 聴覚障害によって誤解が起きる 1698.
危険（Danger） 姫の危険が予言される 434，兄弟たちが死の危険を防ぐ 312，死の危険によって神に祈る 1718*. — 海で危険に遭遇した動物たち 204，危険が迫ったときに助けになる動物を呼ぶ 305，潜水夫が危険に気づかない 434*，キツネが危険に感づく 50A，友人同士が危険なときに互いに助け合う 516C，ジャッカルが危険に感づく 66A，兄弟の危険を警告する生命のしるし 303，男が危険を軽視して竜の口の中へ落ちる 934F，男が魚を危険から救う 555，母親が息子たちに死の危険を知らせるためにサインを使う 451，守護天使によって危険から守られる 770A*，歌う髪によって死の危険から救われる 780B，オンドリが危険に感づく 62，代役が危険を防ぐ 507, 519，末の弟が致命的な危険を防ぐ 328. — 救出（Rescue）も見よ.
危険（複数）（Dangers） 対抗手段で危険を防ぐ 516.

起源(Origin) チェスの起源 2009, 階級と人々の起源 758, 死の起源 934H, クワの木の実の起源 899A, 猿たちの起源 753, クリストフォロスの名前の起源 768, 貴族家系の名前の起源 762, パイプオルガンのパイプの起源 1453****.

危険な(Dangerous) 危険な夜番 304, 薬を求めての危険な探索の旅 590, 危険な状況が兄弟たちによって防がれる 312. — キツネがオオカミに, 人間たちは危険だと説明する 157.

木こり(Woodcutter) 331, 729, 804, 954, 1538, 木こりが信用を失う 1333.

木こりたち(Woodcutters) 木の内側から話しかけた少年に木こりたちがおびえる 1877*.

妃(Queen) 307, 315A, 332C*, 425E, 430, 451, 452B*, 459, 460A, 462, 514, 514**, 545A*, 570A, 678, 704, 710, 781, 853A, 857, 871A, 875D*, 883A, 889, 905A*, 910K, 916, 931A, 938B, 953, 1548*, 妃が魔女に, どうしたら子どもができるか助言される 711, 妃が自分の息子を殺すよう命ずる 920, 妃が息子の嫁の手足などを切って追い出す 705A, 貧しい人たちはケーキを食べればいいと, 妃が提案する 1446, 妃が鍛冶屋の息子を自分の息子としてもらう 920. — ないがしろにされた妃が, 哲学者が自分に恋するように仕向ける 1501.

妃たち(Queens) 779, 1613, 妃たちが追放され, 目を見えなくされる 462.

騎士(Knight) 883B, 890**, 891B*, 910L, 934G, 992, 1379***, 1410, 1920J, 騎士と悪魔 1187, 騎士と王 1426, 騎士と婦人が恋に落ちる 1419E, 騎士が修道女に求愛する 1435*, 騎士がハツカネズミたちに食い殺される 751F*, 旅(巡礼の旅)に行くときに妻を 1 人で残す 1515, 騎士が価値のある動物をもうけなしで売る約束をする 1553, 騎士が恋人になることを拒絶され復讐する 892, 900C*, 騎士が未亡人を訪ねる 1510. — 姫は男が金髪の騎士だとわかる 314, ペテン師としての「赤い騎士」303.

騎士たち(Knights) 1536B.

キジバト(Turtle-dove) 1316.

キジバトたち(Turtle-doves) 2010A.

きしむ音(Creaking) 手押し車のきしむ音を怖がる 1321A.

騎手(Horseman) 831.

騎手(Rider) 322*, 1525B, 1889D.

騎手たち(Horsemen) 1563*.

鬼女(Ogress) 709A, 鬼女と男 1117, 1120-1122, 鬼女と姫 871, 女の鬼と息子 425B, 将来の夫に妻たちを殺すよう鬼女が要求する 462, 女の鬼がジンジャークッキーの家に棲む 327A, 鬼女が変装した女に打ち負かされる 881A. — 夫が妻を鬼女だと思う 670A, 鬼女に仕える 480. — 女の魔法使い(Sorceress), 魔女(Witch)も見よ.

偽証(Perjury) ペテン師の偽証が思いがけず訴訟で暴かれる 961B.

偽証者(Perjurer) 1590, 偽証者がすべての毛を失う(悪魔たちが毛をむしり取る) 813C.

鬼女たち(Ogresses) 鬼女たちが追い出された女を助ける 872*.

キス(Kiss) キスで解放される(魔法が解ける) 402A*, キスが寝ている女の魔法を解く 410, 男がキスをして妻を忘れる 313, キスが要求される 879, キスが動物婿の魔法を解く 433B, キスが王子を動物の姿から解放する 425C, 窓越しに出された尻にキスをする

1361. ― キスにより魔法を解く 440, 441, 平和条約を結ぶキスを説得する 62.
傷(Wound) 唯一の傷つきやすい場所に受けた傷 650C. ― 女の生殖器を傷として見せる 153, 1178.
キスをされた(Kissed) 寝ている女が男にキスされる 304.
キスをすること(Kissing) 最期の願いとして母親にキスをすること 838, むき出しの尻にキスをする 1456, 暗闇でしかキスをしない 1542*.
帰省(Homecoming) 帰還(Return)を見よ.
奇跡(Miracle) (花が咲く杖) 768, (枯れた枝に緑の小枝が生える) 756A, 756B, (修道女の身代わりとしての処女マリア) 770, 奇跡が商人を誠実にさせる 1651, 魔法の軟膏(果実)で姫を治療する 653A, パンと魚の奇跡が礼拝の会衆に疑われる 1833H, 蘇生の奇跡 785, 山を動かす奇跡 756G*. ― 聖職者が礼拝の会衆のために奇跡を見せたがる 1837, 敬虔で愚直な男の神聖さが奇跡として認識される 827, 動く聖人像が奇跡だと言われる 1829.
奇跡(複数)(Miracles) 殺人者が後悔したあとに奇跡が起きる 756C, 新生児が奇跡を起こす 788.
奇跡的な(Miraculous) 奇跡的な出来事があったふり 1381, 奇跡のような治癒 318, 321, 432, 550, 551, 590, 613, 712. ― キリストの(聖ペトルスの)奇跡の力の証明として, 焼かれた鶏が生き返らされる 960C.
奇跡の(Wonder) 奇跡の子ども 708, 713.
季節(Seasons) 月々が季節の長所を話し合う 294.
汽船(Steamship) 汽船を悪魔と間違える 1315*.
偽装(Camouflage) ソーセージを拳銃だと偽装する 952*.
貴族(Nobleman) 407, 667, 706B, 864, 875, 890, 910K, 921B*, 931E*, 956B, 1391, 1689A, 1694A, 1698J, 貴族と農夫 921D*, 貴族と作男 820, 仲裁者としての貴族 1367, 貴族が援助者から治療薬を要求する 305, 貴族が農婦の娘に求愛する 1435*, 貴族がジョークを説明する 1349D*, 貴族が紅海を描く 1857, 貴族が男の口からパイプを撃ち落とす 1708*, 貴族が妻の愛人に馬と荷車を返す 1420B. ― にせの貴族 1526.
貴族たち(Aristocrats) 1867.
貴族たち(Noblemen) 555, 1738, 1867, 2010A, 貴族たちが土地の値段に関して争う 1185.
貴族の(Noble) 貴族の少女 873, 貴族の女たち 2010A.
貴族の女(Noblewoman) 貴族の女と召し使い 762, 貴族の女が自分の体の一部を切り取る 706B. ― 貴族の女がたいへん多くの子どもを産むよう呪われる 762.
汚い(Filthy) 汚いブタときれいな魚 137.
機知に富んだ(Witty) 機知に富んだ少年の答え 1832, 1832B*, 1832D*.
貴重品(Valuables) 貴重品をふんの中に見つける 1529A*.
気づかれない(Unnoticed) ハツカネズミが気づかれずに寝ている王の口の中へ這って入る(口の中から這って出てくる) 1645A, ヘビが気づかれずに男の体の中に這い込む 285B*.
気づく(Notice) 魔法の箱をあげて欠点に気づく 910N.
キツツキ(Woodpecker) 56B, 56A, 60, 76, 751A.

キツネ(Fox)　1-69, 71, 78A, 80, 80A*, 91, 100, 103, 103A*, 103C*, 120, 122D, 122G, 122Z, 123B, 127B*, 133*, 136A*, 159, 161, 175, 179B*, 202, 214A, 222, 229, 231*, 234, 275, 275C, 283B*, 325, 329, 409, 545A*, 545B, 550, 700, 798, 1030, 1052, 1310, 1310A, 1319, 1875, 1896, 1920J, 1960A, 2024*, 2025, 2034A*, キツネと熊 8*, キツネと熊が収穫を分ける 9, キツネと鳥 223, キツネとカニ 275B, キツネとツル(コウノトリ)が互いに招待し合う 60, キツネとガチョウたち 227, キツネとハリネズミが襲われる 105*, キツネとほかの動物たちが罠(穴)に捕らわれる 33, キツネとトラが互いを結びつける 78, 半分オンドリの援助者としてのキツネとオオカミ 715, キツネとオオカミが食料を探す 41, 子守女(羊飼い)をするキツネ 37, キツネとオオカミが収穫を分ける 9, キツネとオオカミが自分たちのものではない食料を盗む 40A*, キツネとオオカミがいっしょに暮らす 15, キツネとオオカミが誓いをする 44, 助言者としてのキツネ 150, 見張りのキツネが女の屁で追い払われる 153, 援助者としてのキツネ 154, キツネが裁定者となる 51***, 155, キツネが動物の子どもたちの先生になる 56B, キツネが熊(トラ)に手伝いを頼み，熊のかぎ爪を挟む 38, キツネが身体部位に尋ねる 154, キツネがオオカミに肉を分けてくれと頼むが分けてもらえない 35A*, 法廷のキツネ 53, キツネがひよこたちに洗礼をする 56B, キツネがロバを裏切るが，自分がライオンに食べられる 50B, キツネがブドウ(その他の食べ物)に手がとどかない 59, キツネが甲虫を捕まえて生で食べる 65*, キツネが鶏を捕まえる 6, 6*, キツネがカワカマスのしっぽをくわえ，カワカマスがキツネのしっぽをくわえる 1897, キツネがオンドリ(鳥)を捕まえる 61, 61B, キツネが犬に捕らえられる 105, キツネが馬に捕らえられる 47A, キツネが水差しに捕らえられる 68A, キツネが罠に捕らえられる 68*, 食料を盗んで捕まったキツネがうまく逃げる 67**, キツネが出口を通れるかどうか確認する 41, ロバには初めから心臓がなかったと，キツネが言い張る 52, キツネがオオカミの背に乗って穴をよじ登る 31, キツネが獲物を分配する(ライオンがすべてもらう) 51, キツネが魚泥棒をまねる 1, キツネが獲物をくわえたまま答えない 6*, キツネが自分の穴から追い出される 212, キツネが動物の死体を食べる 37, キツネがいっしょに泊まっている仲間を食べる 170, キツネがひな鳥たちを食べる 56A, キツネがオオカミの気を獲物からそらす 15*, キツネが死んだふりをする 41, 105*, キツネが死んだふりをして鳥を捕まえる 56A*, キツネが妻の愛情を試すために死んだふりをする 65, キツネがけがしたふりをする 3, キツネが猿(その他の動物)におべっかを使う 48*, キツネがロバの睾丸を洋梨だと思ってロバについていく 59, キツネが未知の物音におびえる 53*, キツネが捕らえた獲物の最後の願いに応ずる 122A, キツネが鼻かぜをひく 51A, キツネがもめごとの裁定をしなければならない 51***, キツネが感謝のない野獣たちを助ける 158, 流れの速い川にはまったキツネが思った方向に進めなくなる 67, シラミの群がったキツネが開いた傷口にいるシラミを放置する 910L, キツネが動物たちを招いて食べる 20C, 20D*, キツネが人に殺される 53, キツネが羊たちに殺される 129, キツネが獲物を失う 122B*, キツネがオンドリを家の外に誘い出す 61B, キツネがオオカミをつるべに乗って井戸に入るよう誘い込む 31, キツネがオオカミ(その他の動物)を穴(井戸，罠)に誘い込む 30, キツネが捕らえられた動物たちを説得して互いを食べる 20A, キツネがオンドリを説得して，目を閉じて鳴かせる 61, キツネがオオカミを説得して，チーズがあると思い込ませて水に飛び込ませる 34，キツネが靴(毛皮のコート)をつくると約束する 102，キツネが熊(オオカミ)を崖のふちの向こうへ押す 10***，キツネが捕まえた鳥を車輪のハブ(中心部)の中に入れる 122D*，キツネが熊(その他の動物)を強姦する 36，キツネが野ウサギ(野ウサギの子ども)から機知に富んだ答えを受ける 72B*，キツネが引き上げられるつるべに乗って井戸から救い出される 31，キツネがつるべに乗る 32，キツネが自分の体からノミを駆除する 63，いくつもの足跡がライオンの巣穴に入っているのに出てきていないことに，キツネが気づく 50A，キツネの皮が売られる 1265*，キツネが納屋でパイプを吸う 66A*，キツネがオオカミの食料を盗む 35A*，キツネがカササギのひなを盗む 56，キツネがカエルを踏みつぶす(殺す) 53*，キツネが熊をミツバチの巣に連れていく 49，キツネがオオカミに仕返しをする 123A，キツネが犬たちに，オオカミ(熊)が盗みをしていることを告げる 3*，キツネが馬のしっぽに結ばれる 47A，キツネが熊の焼けた骨を集めてトナカイと交換する 8*，キツネが賢いオンドリにだまされて逃げ出す 62，キツネが動物たちをだます 20A, 20C 20D，キツネが熊をだます 2, 2D, 4, 8, 9, 10***, 15, 21, 23*, 30-32, 37, 49，キツネが熊とオオカミをだます 52，キツネが鳥をだまして鳥を食べる 56D，キツネが鳥たちをだまして鳥たちを食べる 62*，キツネがキツネたちをだます 2A，キツネが野ウサギをだます 43，キツネがハイエナをだます 49，キツネがライオンに井戸に映ったライオンの姿を見せてライオンをだます 92，キツネがカラスをだます 57，キツネがオオカミをだます 2B, 2D, 4, 5, 8, 9, 10***, 15, 15*, 21, 23*, 30, 31, 32, 35A*, 35B*, 40A*, 44, 47A, 50, 123A，キツネがロバ(その他の動物)は安全だとトラ(その他の動物)を説得しようとする 78，キツネが雄羊の陰嚢が落ちてくるのを無駄に待つ 115，キツネがオンドリに，すべての動物たちは仲よくすることになったと言って，オンドリを捕まえようとする 62，キツネが飛び方を習いたがる 225，キツネが泳ぎ(踊り)を習いたがる 226，キツネがオオカミに危険な男たちについて警告する 157. —1000 の術策を知っていると自慢していたキツネが犬に捕らえられる 105, 105*，自慢をしているキツネが追跡者たちから逃れる 105*，捕らえられたキツネが泥を見張りに投げつけて目をくらませ逃げる 73，逃げているキツネがバイオリンにつまずく 135A*，母ギツネと子ギツネたちがブドウが切られる前にブドウ畑を去る 93，老ギツネが再婚する 65，老ギツネが病気のふりをして結婚式に招いた客を殺す 65，花婿としてキツネよりも穴ウサギが選ばれる 72，死んだふりをしているキツネが襲おうとして，死んだふりをしていることがばれる 66B，雌ギツネが野獣たちをだます 103A.

キツネたち(Foxes) 830B.

キツネたちのしっぽ(Foxes' tails) キツネたちのしっぽがちぎり落とされる 2A.

キデルカデルカー(Kiddelkaddelkar) 魔法の荷車としてのキデルカデルカー 327D.

キニク学派の人(Cynic) キニク学派の人と石を投げている少年 1871E，禿げ頭の男がキニク学派の人を侮辱する 1871D，キニク学派の人が日光を望む 1871C. —ディオゲネス(Diogenes)も見よ.

気にしないこと(Ignoring) 家主のあてこすりを気にしない 1544.

技能(Skill) (聖書を引用する) 1533A，(撃つ) 304，(盗む) 1525E，(何かを速く行う) 1920C*. —能力(Abilities)，射撃の名手(Sharpshooter)も見よ.

技能(複数)(Skills)　3 人の医者が並外れた腕前を披露する 660.

きのこ(Mushroom)　きのこがオークをののしる 293B*.

きのこ(複数)(Mushrooms)　きのこが聖ペトルスのつばから生える 774L，キノコたちの戦争 297B.

気の進まない(Unwilling)　気の進まない求婚者が木から助言される 1462.

木の実(Nut)　木の実が木から落ちてきて農夫を起こす 285B. — 猿が木の実(レンズ豆)を失う 34C，木の実の殻が苦いので，猿が木の実を投げ捨てる 186，オンドリが木の実でメンドリの目を打ち出す 2021B.

木の実(複数)(Nuts)　木の実をかみ砕く 1061，食事のあとに木の実を食べる 1559A*，「おや，おや，おや」の木の実 860，木の実がすくわれる 1229*.

木の幹(Tree-trunks)　木の幹を横向きにしてそりに積む 1248.

寄付(Donation)　未亡人の寄付 750F.

気分を害する(Offending)　喉の渇いた客に，この水の入ったコップでネズミが溺れたと言って客の気分を害する 1578A*.

木彫師(Woodcarver)　木彫師が聖人像をナイフで手直ししようとする 1829.

奇妙な，驚くべき(Extraordinary)　奇妙な旅の仲間 513A，夢を解釈する驚くべき知識 671E*，奇妙な名前 1940，並外れた力 513B，遺産相続の必要条件としての並外れた力 654. — 王がオウムの中に自分の魂を移す驚くべき力を持つ 678，驚くべき力を持った怠け者の少年 675，男が驚くべき魔法の力をお礼にもらう 665，王子が驚くべき魔法の力を洗礼のときに授かる 652，驚くべき知識を持った 3 人の求婚者 653A.

義務(複数)(Duties)　徒弟(召し使い，妻)のために書き記された指示 1562B. — 資格のない人物が聖職者の責務を果たすことができない 1825.

義務(Obligation)　耳が聞こえないふりをして義務を避ける 1698G.

決められる(Decided)　洗礼のときに運が決められる 410.

客(Customer)　1312*, 1359C, 1382, 1543A, 1568*, 1698K，客が，売っていない変わった物を要求する 1559C*，粉屋が客から盗む 1853.

客(Guest)　客が宿屋の主人をだます 1555C，客があまりにも長い間もてなしを要求する 1544B*，歓迎されざる正直さのために客が宿屋の主人に追い出される 1691B*，客が出された物をすべて食べる 1572C*，客が大量の食事を食べる 1407B，客が「いいもてなし役は当然小さいほうを取るものだ」と説明する 1567H，客が主人をだまして主人に勝つ 1544，客が支払いをせずに去る 1539A*，漁師たちの客が魚をどのように捕まえたらいいか助言する 1634A*，家の客 1292*，焼いた七面鳥の尻に客が指を突っ込んで詰め物を掻き出す 1832F*，宿屋の主人が支払いを得られると告げる歌を，客が歌う 1553B*，客が銀のスプーンを盗み家主の(聖職者の)ベッドに隠す 1842C*. — 遠慮がちな客(物乞い，手品師)が小さい魚を出される 1567C，この水の入ったコップでハツカネズミが溺れ死んだと言って客の気分を害する 1578A*.

虐待された(Mistreated)　虐待された鳥が決して痛がらない 2041.

客たち(Customers)　1348**, 1574, 1574A, 1695, 1853，客たちが「今日はお金，明日は無し」という店の看板を誤解する 1541***.

客たち(Guests) 1458*，洗礼の客たち 1165，酒場の客たちが聖者たちだと誤解される 1323，酔った客たち 804B*，客たちが食事のあとに木の実を食べる 1559A*，客たちが鶏をとったとぬれ衣を着せられる 1741.

逆のこと(Opposite) 王は常に，人々が彼にしてくれと頼むことと逆のことをする 1871B.

逆向き(Backwards) 詩を逆さに読んで精霊を消す 325*，なぜカニは後ろ向きに歩くのか 276.

キャベツ(Cabbage) キャベツの餌としての肉 1386.

キャベツ泥棒(Cabbage-thief) 1791.

9(Nine) 9 人兄弟 709A，9 人の天使の聖歌隊 2010，9 枚のコイン 1543A，9 人の太鼓叩き 2010A，9 つのはしご 1960D，9 か月 875B, 1362A*, 1543C*，9 頭の雄牛 2010A，9 匹の羊 1831C，女の 9 枚の皮 1368**，9 尾 65.

求愛する(Court) 3 人の聖者たちが既婚の女に求愛する 1536B.

吸血鬼(Vampire) 吸血姫 307，吸血花婿 363. ―死んだ吸血鬼の墓に生えた花が人間を動物に変える 451.

求婚(Courtship) ツルが求婚を繰り返す 244A*.

球根(Woos) ツル(コウノトリ)がサギに求婚する 244A*.

求婚者(Suitor) 65, 434*, 593, 653, 870A, 1380A*, 1441B*, 1453**, 1453****, 1685, 1686A*, 1688A*，求婚者と仲人が愚かな花嫁を訪ねる 1463A*，求婚者が動物たちに追い払われる 559，求婚者が海の王国で花嫁を選ぶ 677*，求婚者コンテスト 301D*, 305, 306, 317, 329, 402, 425A, 425B, 425D, 577，（パンケーキを焼く）863，（最も珍しい物を持ってくる）653A，（巧みな質問）853A，（あざを描写する）850，（姫を治療する）610，（穴ウサギたちの番をする）570，（嘘をつく）852，（ふさぎ込んだ姫を笑わせる）559, 571, 945，（謎を出す）851，（巧妙な即答）853，（一見不可能な課題）530，（物語を語る）2301，（馬上試合）900C*，求婚者が女の屁を数える 1453****，求婚者が求婚した女にだまされる 1462，求婚者が自分の富を実証するために召し使いを雇う 1688，求婚者が新婚初夜に逃げる 1542，求婚者は料理する物を何も持っていない 1464D*，求婚者が奇妙な名前をしている（ピフ・パフ・ポルトリー）2019，求婚者は考えていることを当てなければならない(隠されているものを持ってこなければならない）507，空腹の求婚者が家から食事を持ってくる 1691A，求婚者がプロポーズをためらう 1462，求婚者が彫像の中に隠れる 854，求婚者がテーブルマナーを知らない 1691B，求婚者が食いしんぼうの婚約者のもとを離れる 1454*，求婚者が隠れた姫を見つけなければならない 854，求婚者が殺した男の墓を見張らなければならない 960B，婚約者が料理をしてパンを焼くのを，求婚者が観察する 1458，3 人の妹たちがチーズを食べるのを，求婚者が観察する 1452，忘れられた妻により求婚者が無力にされる 313，求婚者が貧しい男の娘たちの 1 人と結婚するためにお金を払う 361，求婚者が爪のきちんとした女との結婚を選ぶ 1453***，求婚者が勤勉な妹との結婚を選ぶ 1453，求婚者が自分のために部屋をきれいにしてくれる妹と結婚することを選ぶ 1464C*，求婚者がつましい妹との結婚を選ぶ 1451, 1452，求婚者が金持ちのふりをする 859，3 週間前のパン生地が爪についている花嫁を求婚者が断る 1453***，求婚者が盲目の女の所有物を盗む 1456*，求婚者が言葉に腹を立てる 1459*，求婚者テスト 314, 554, 560, 854, 860, 862, 940，求婚者が婚約者の視力をテストする 1456，機を織るのを観察して，求婚者が女をテストする 1453A，求婚者が女の(3 人の女の)性格をテストする 1453，求婚者が求婚した女の家族を訪ねる 1450, 1454*, 1456, 1457, 1457*, 1458，求婚者が花嫁候補の家族を訪ねる 1459**，求婚者が 3 人姉妹の家を訪ねる 1464C*，求婚者が驚くべき能力によって競争に勝つ 665，愛人が人妻に求婚する 992. — 求婚者としての動物 425A, 433B，自慢する求婚者が金持ちの男の娘と結婚する 859，魔法の品を取り除いてもらったお礼に，花嫁が断った求婚者と結婚する 593，並外れた能力を持った旅の道連れが求婚者を助ける 513A，求婚者としてのツル 244A*，魔的な求婚者が花嫁たちを殺す 311，欺かれた求婚者としての悪魔 314A*，いやな求婚者たちが拒絶される 881A, 888, 890, 892, 896, 900，父親が娘を最初の求婚者と結婚させたがる 425*, 552，王が求婚者に課題を出す 461，求婚者としてのライオン 151*，姫が求婚者を拒否してカエルに変身する 402*，どもりの求婚者 1457*，徳の高い女が厚かましい求婚者から逃れる 983，求婚者としての白いオオカミ 314A*，妻がいやな求婚者から逃れる 882, 882A*，若者が魔法の道具を使って求婚者テストに合格する 552. — 愛人，恋人，求愛者(Lover)も見よ．

求婚者たち(Suitors)　425B, 425D, 507, 513A, 552, 703*, 853A, 882A, 900, 940, 1454*, 2019，求婚者たちと花嫁たちが石に変えられる 303A，求婚者たちが姫を求めてくじ引きをする 653，求婚者たちが物語を語ることで失敗する 2301，求婚者たちは強い女と戦わなければならない 519，求婚者たちが謎(複数)を解かなければならない 851, 857，求婚者たちは自分たちの最も邪悪な行為を語らなければならない 950，雌ギツネへの求婚者たち 65，求婚者たちが死んだ女を生き返らせる 653A, 653B. — 求婚者としての動物たち 302C*，高慢な姫が求婚者たちを拒む(嘲笑する) 900C*，求婚者たちの前では口を半分閉じておくこと 1486*，求婚者としての仕立屋と鍛冶屋(と靴職人) 1631*，3 人の求愛者がだまされて罠にはまる 1730，2 人の求婚者が同じ女に求婚する 1688A*，徳の高い女が厚かましい求婚者たちから逃れようとする 983.

求婚者の(Suitor's)　求婚者のペニスがカワカマスの口にはまる 1686A*.

求婚すること(Wooing)　850–864, 2019, 2023, 2301，姫に求婚する 1406A*，女に求婚することがばかげた行為を生み出す 1688，恋敵について嘘をいって求婚する 1631*，母親の忠告に文字どおりに従う 1691B，同じ女に求婚することがばかげた行為を引き起こす 1688A*. — 求婚するのにお金を借りる 890.

救済(Deliverance)　首を切り落とすことによる救済 540，口をきけない状態から救う 710，醜さからの救済 711，動物嫁の救済 402*，動物婿の救済 425*，皮を焼くこと(切断すること，頭を切り落とすこと)によって動物を救済する 402，風呂に沈めて花嫁を救済する 507，猫を救済する 545A，溺れた魂を解放するか，または動物に変身させられた人々を解放する 476*，魔法にかけられた姫(姫たち)の救済 530，助けになるお爺さんたちの救済 551，馬に変身させられた男の救済 531，殺人罪からの放免 760，哀れな魂たちの救出 332C*, 475，姫の救出 306, 315, 317, 326B*, 400，幽霊を解放する 326A*，姉を竜の支配から救出する 312D，キスによって寝ている女を救済する 410，沈黙による女の救済 451, 710，本当の花嫁が動物の姿から解放される 402，荒男の救済 502，女を救済する

515, 531. ― 魔法にかけられた城の乙女を救済することに成功する（失敗する）401A*. ― 魔法を解くこと（Disenchantment），救出（Rescue），救済（Salvation）も見よ.

救済（Salvation） 幽霊が救済のしかたを説明する 760***，揺り籠の中の救済 760***，死んだ子どもの救済 760**，母親が泣くのをやめると，死んだ子どもが救われる 769，幽霊司祭の救済 779F*，殺人者の救済 760A. ― 救済（Deliverance），魔法を解くこと（Disenchantment），救出（Rescue）も見よ.

救助者（Rescuer） 160, 300, 301D*, 400, 409A*, 888, 896, 978，子どもを救ってデーモンたちからお礼をもらう 611. ― 魔法を解かれた女が救ってくれた男と結婚する 307，救助者としての巨大な鳥 322*，ペテン師が救助者のふりをする 303, 550, 551，ヘビが救ってくれた男を殺そうとする 155.

救済者たち（Rescuers） 301.

救助者の（Rescuer's） 救助者の安息日 1855C.

休日（Holiday） 毎日が休日 1405*.

救出（Rescue） 蘇生が失敗したあとに救われる 753A，最後の瞬間に救われる 285B, 322*, 879A, 920，恩赦に救われる 985*，嵐に生け贄を捧げて救われる 973，川で水浴をして救われる 775，兄弟たちによる救助 312，援助者（たち）に救われる 952*, 956D，野獣のしっぽをつかんで救われる 1875，妹による救出 311，海に捨てられた樽から魔法の力で救われる 675，死の危険からの救出 426，歌う髪によって死の危険から救われる 780B，貧困状態から救う 361*，賢いお爺さんによって困難から救われる 981，竜からの救助 300，野獣のしっぽをつかんで木のうろ（沼地）から救い出される 1900，助けになる動物たちによってライオンの巣から救われる 559，ヘビの助けで穴から救い出される 672D，穴（井戸，罠）からの救出 31-33，人食いの動物婿の支配から救う 312A，殺せという手紙から，オオカミに救われる 425B，さらわれた姫を救う 467，動物婿を救う 425D，動物たちの救出 560，動物たちと子どもを救う 449，動物たちを穴から救う 160，兄弟か夫か息子を死刑執行から救う 985，兄弟たちを救う 327B, 327G，兄たちとその花嫁たちを救出する 303A，竜の母親の攻撃から兄弟を救う 300A，動物（鳥，白鳥）に変身した兄弟たちを救う 451，子どもをヘビから救う 178A，悪魔にあげると約束された子どもを救う 811A*，信心の天秤による聖職者の救済 802A*，賢い抗弁によって被告が救われる 929，捨てられた子どもが羊飼いに救われる 931，捨てられた子どもを救う 707，捨てられた女の救済 898，魔女に捕まった父親を救う 369，義理の息子が舅を死から救う 926A*，鳥たちが魔女から漁師を救う 327F，王子が少女を救う 709A，夫を救う 880，無実の罪で訴えられた男が悪魔に救われる 821B，ライオンが男に救われる 156A，ハツカネズミがライオンを救助する 75，姪を救う 311B*，お婆さんが穴から救い出される 168A，死刑を宣告された人を救う 922A，野獣に樽を引かせて樽の中の人が救われる 1875，子豚たちを救う 122G，魔法の道具で姫が救われる 307，姫が囚われの身から救われる 667，鬼の支配から姫を救う 857，猫によるオンドリの救出 61B，羊飼いが強盗たちの暴行から救われる 958，悪魔の支配から妹を救う 312C，ヘビ（オオカミ，熊，トラ）を罠から救う 155，ソロモンを海の底から救う 920A*，息子たちを囚われの身から救う 953，聖ペトルスが死刑を宣告される前に救われる 785，呑み込まれた男たちを救う 1889G，3人兄弟（職人，労働者）を死刑から救う 360,

超自然の存在の支配から 3 人の女を救う 301，漏れ穴のある船から商人たちが救われる 759C，女を死（溺死）から救う 712，強盗たちの手から女を救う 505，援助者たちに逃がしてもらう 956B，義務のうちに含まれているなら救う 1562B. ― 悪魔が救ってもらった代わりに約束した報酬の支払いを拒む 921B，危険から救ってもらう代わりに巨大なろうそくを捧げると約束する 778，王が泥棒たちに死刑判決から救うと約束する 951A，ソロモンがうまく自分の身を地獄から救う 803，末の妹が魔女の力からうまく兄弟を救う 480A*. ― 救済（Deliverance），魔法を解くこと（Disenchantment），瞬間（Moment），救済（Salvation）も見よ.

救助者（Deliverer）　救助者が人食いを人間の姿に変身させる 406.

救世主（Messiah）　両親が，自分たちの娘は救世主を産むと告げられる 1855A.

宮廷，法廷（Court）　宮廷お抱えの道化師 652, 981A*，宮廷の道化師が，最も一般的な職業を王に示そうとする 1862E. ― ユダヤ人が農夫（ジプシー，ユダヤ人，教会の雑用係）を訴える 1642, 1642A，男が法廷でハエを殺す 1586，貧しい男がポケットに石を入れて法廷に行く 1660，法廷に呼ばれた教会の雑用係 1790.

宮殿（Palace）　鳥の骨でできた宮殿 984，超自然の花婿の住みかとしての地下の宮殿 425B，1000 部屋ある宮殿 874*. ― 支配者が家来の土地に宮殿を建てることを控える 759E，宮殿を望む 555, 750K**，女が宮殿を建てる 986. ― 城（Castle）も見よ.

牛ふんの肥やし（Manure）　説教壇（聖書，正餐式のパン）に仕込まれた牛ふんの肥やし 1785B. ― 肥やしを片づける 1035.

今日（Today）　今日はお金，明日は無し 1541***.

教育（Education）　強要による教育 900，養父母による教育 652，叩くことによる教育 905*，犬の教育 1750A，捨てられた子どもが羊飼いに育てられる 931，捨てられた子が修道院で教育を施される 933，ほかの両親（養い親）による捨て子の教育 707，水晶宮殿に隔離して女を教育する 891A. ― 教育を怠ったことが復讐を呼ぶ 838，王子の教育を任された 7 賢人 875D*.

教育係（Educator）　775.

教育を受けた（Educated）　教育を受けた農夫の息子が父親に出し抜かれる 1533B. ― 農夫（教育を受けていない男）を教養のある男と思う 1641C.

饗宴（Feast）　女が気づかれずに饗宴に参加する 510A, 510B.

境界（Boundary）　境界としてのガラス山 425A.

教会（Church）　幽霊が出る場所としての教会 760，チーズで建てられた教会 1932，教会が動かされる 1326，肥やしの教会 1832S*，教会の雑務係が農夫たち（女）をもっと頻繁に教会に来させようとする 1838*，地獄に教会を建てる 804B，教会の塔が傾いている 1526A**. ― 聖職者の鉄砲が教会で暴発する 1835A*，教会で酔うこととカードをすること 1839A，初めて教会に行く 1678**，うっかり豚を教会に閉じ込めてしまう 1838，教会の精霊 1837，教会での不適切な行動 1831A*，殺された人たちが幽霊となって教会に現れる 760，教会に入るには背が高すぎる人 1295A*，誰が教会から盗んだか明らかにする 1641B*，雄牛（馬）に乗って教会に入る 1786，オンドリが教会で鳴く 1828，奇妙な教会 1965，地獄に教会を建てると脅す 804B，白い雌馬を教会と間違える 1315**，風車が教会だと誤解される 1323.

教会の雑用係(Sexton) 778*, 1341B, 1347*, 1476A, 1642A, 1659, 1691, 1738, 1775, 1792B, 1825B, 1826A*, 1829, 1830, 1831B, 1831C, 1831A*, 1832M*, 1832T*, 1833M, 1839A, 1848A, 1860B, 1931, 教会の雑用係と説教者(司祭) 1777A*, 1785B, 1785C, 教会の雑用係が神にお金を要求する 1543, 教会の雑用係が聖職者を運んで泥棒たちの話を立ち聞きする 1791, 教会の雑用係が角で突かれた雌牛を返してくれと要求する 1734*, 教会の雑用係と先生と聖職者が聖書に従って豚を分配する 1533A, 教会の雑用係が自分に都合のいいように聖職者に助言してだます 1792, 教会の雑用係が盗みは夢だったかのように描写する 1790, 教会の雑用係が殺人を発見する 960D, 教会の雑用係が聖画像のために備えられた食事を食べる 1572A*, 教会の雑用係がビール醸造樽に落ちる 1776, 教会の雑用係が祭壇(聖人像)の後ろに隠れている 1476, 1476A, 教会の雑用係が説教壇にスズメバチの巣を隠す 1785C, 教会の雑用係が聖職者の密通を隠れ場所から見る 1776, 教会の雑用係がうっかり豚を教会内に閉じ込める 1838, 教会の雑用係がオンドリの鳴き声を自分が答える合図だと思う 1828, 教会の雑用係が泥棒を幽霊(悪魔, 最後の審判)と間違える 1791, 教会の雑用係が正餐式のパンに針を仕込む 1785B, 教会の雑用係が動物(食料)を聖職者から盗む 1536A, 1735A, 1792, 教会の雑用係が雄牛に針を刺す 1786, 教会の雑用係に, まるで精霊が飛んでいるようにハトを飛ばさせる 1837, 教会の雑用係が礼拝中に羊を盗むように言われる 1831, 教会の雑用係を袋に閉じ込める 1525A, 教会の雑用係が説教者のポケットからソーセージを盗もうとする 1785A, 教会の雑用係が自分の妻との姦通を司祭に認めさせようとする 1777A*.

教会の雑用係の(Sexton's) 教会の雑用係の妻が献金を持ってくる 1781.

教区(Parish) 教区外の人との結婚が禁じられる 1475.

教区牧師(Rector) 教区牧師が知人を晩餐に招待して, 物を盗まれる 1842C*.

教師(Teacher) 840B*, 894, 922, 1083, 1331D*, 1359A*, 1644, 1735A, 1750B, 1832T*, 1845, 教師と生徒 1562, 教師が鼻を挟まれて助けを求めて叫ぶ 1694, 生徒たちが間違ったことをする前に, 先生が生徒たちをむちで叩く 1674*. — 農夫が息子の職業に関する質問に答える(教師はペテン師) 921B*, キツネが教師のふりをする 56B.

行者(Fakir) 411, 1525G, 行者が妻を箱に入れておく 1426.

供述(Testimony) 母親が息子の供述の信用を失わせる 1381B. — ユダヤ人の信じられない供述 1642.

行商人(Huckster) 1862A.

競争(Contest) 3人姉妹の競争(卵を増やす) 1663, 動物たちの競争 7, 78, 238, 291, アリとワタリガラス(熊)との勝負 280, 鳥たちの競争 211, 死神と不死の女王との競争 332C*, ロバと熊(その他の野獣)の勝負 103C*, キツネと豚の競い合い 120, 霜と野ウサギの勝負 71, 霜の神とその息子の勝負 298A, ヤギと野ウサギの勝負 203, 神と悪魔の競い合い 773, 773**, 夫と妻の勝負 1351, 1408, ライオンと自慢好きなロバの競い合い 125B*, 幸運と知性の勝負 945, 人間と動物の勝負 78, 人と悪魔の競争 7, 男と鬼の勝負 1060-1114, お金と幸運の勝負 945A*, 羊と馬の勝負 203, 風と寒さとの競い合い 298A*, 風と太陽の競い合い 298, 職人たちの腕比べ 575, ほかの姿に変わる能力の競争 325, 熱さに耐える能力を競う 1116，木を曲げる競争 1051，かむ競争 1061，よじ登る対決 1073, 1611，数を数える競争 1093，ののしり対決 1094，何かを驚くほど速くする競争 1920C*，大酒飲み競争 1088，大食い競争 1088, 1295, 1962A，息を吐く競争 1098*，断食の競争（主人と召し使い）1562A*，木々を切り倒す競争 1050，指を乾かす競争 1463，飛び跳ねる競争 275B, 1086，笑い対決 1080*，怠惰比べ 1950，嘘つき比べ 1920, 1920E, 1920D*，火を出す競争 1064，木に穴を開ける競争 1085，刈り入れ対決 1090，木の梢をひっぱりおろす競争 125B*，船をこぐ競争 1087，走ることを競う 513A, 703*, 1072, 1074，ひっかき対決 1095，金切り声を上げる対決 1084，縫い物競争 1096，歌うことを競う 1082A，絞る競争 1060, 1060A，盗みの競争 1525E, 1525Q，物語を語る競争 2301，水泳の競争 1612，（魚）250，おしゃべり対決 1093，愚か者に関する物語を語る競争 1332，脱穀を競う 1031, 1089，こん棒（石）をいちばん高く投げる競争 1062，豚を投げる競争 1036，石をいちばん遠くに投げる競争 1063A，口笛対決 1084，願い事の競争 1925，レスリング技の試合 1070, 1071, 1962A，奇妙な動物を連れてくる競争 1091，いちばんの愚か者を見つける競争 1332，悪魔との競争 1170，竜の父親との競争 300A，魔女の息子との競争 369. ― 並外れた能力を持った旅の道連れが，求婚者が競争で勝つ手助けをする 513A，だますような競争 1037，対決に敗れて仕返しをする 1115, 1116，ガラス山に馬で行くコンテスト 530，強い女との乗馬（弓を射る）競争 519，求婚者コンテスト 461, 665，（パンケーキを焼く）863，（世界でいちばん珍しい物を持ってくる）653A，（巧みな質問）853A，（あざを描写する）850，（姫を治療する）610，（嘘をつく）852，（ふさぎ込んだ姫を笑わせる）559，（謎を出す）851，（姫との競走）513A，（巧妙な即答）853，（馬上試合）900C*，女がとんち比べで勝つ 875D. ― 賭け（Bet），課題（Task），賭け（Wager）も見よ.

競走（Race） 鬼と男の競走 1072, 1074，動物たちの競走 230*，卵を賭けた動物たちの競走 240，速い動物と遅い動物の競走 275A, 275B，魚の泳ぎ比べ 250, 250A，カエルとカタツムリの競走 275C*，野ウサギとハリネズミの競走 275C，2 匹の動物の競走 275–275B, 275C*，欺いて競走に勝つ 1074.

強打（Blow） びんたが彼を叩いた人のところへ返される 1557. ― 幸運な一撃 1646.

兄弟（Brother） 兄がどうやって運命をくつがえせるか助言される 934D[1]，兄と養子関係の妹 652，兄と妹 312C, 313E*, 315, 450, 471, 735, 735A, 740**, 780, 872*, 892, 897, 938*, 1536A, 1542, 1562C*，兄弟姉妹 302C*，義兄弟 935*，兄弟が危険な夜番をする 304，兄弟が父親の棺に小切手を入れる 1855B，兄弟が夫や息子に優先して救われる 985，弟が自分自身と兄たちを救う 328，兄が弟の遺体を盗む 950，兄弟が共有の遺産から盗む 655. ― 王子（Prince），息子（Son）も見よ.

兄弟たち（Brothers） 513B, 780, 1030*, 1525R, 1535，兄弟たちが魔女（悪魔）にさらわれる 327G，兄弟たちと動物の兄弟 300A，兄たちと人食いの妹 315A，兄弟たちと姉妹たち 12, 312D, 451, 552, 707, 709A，求婚者として兄弟たち 853，兄弟たちが，誰の妻が最も従順かを賭ける 901，兄弟たちが怠惰を自慢する 1950，兄弟たちが雌牛を前と後ろで分ける 1633，兄弟たちが遺体を動物の死体と取り替える 1600，兄たちが末の弟を泥棒の旅に連れていかない 1653，兄弟たちが支配者の寝室を守る 916，兄弟たちが嘘つき比べをする 1920D*，鬼の家に泊まった兄弟たち 327B，泥棒の旅に出る兄弟たち 1525R，兄または妹

(超自然の) 450–459, 兄弟たちが妻になる姉妹たちを探す 303A, 兄弟たちが逃げるときに別れる 567A, 兄弟たちがお爺さんに(森の精霊に, 風の精霊に, 悪魔に, 巨人に)物語を語る 1920H, 兄弟たちが巨人たちに脅される 328*, 愚かな弟をだまそうとする 530A. — 障害のある(盲目の, 足が不自由な, 口がきけない, 耳が聞こえない, 裸の)兄弟 1965, 4 人の才能のある兄弟 653, 姫が 3 人兄弟の末の弟を選ぶ 925*, 2 人兄弟 303, 1426, 1430, 1691, 並外れた能力を持った兄弟たち 653–655. —3 人兄弟 471, 550, 556F*, 654, 655, 925*, 3 人兄弟がそれぞれ神(聖ペトルス)に願い事を 1 つかなえてもらう 750D, 求婚者としての 3 人兄弟 610, 3 人兄弟が異なった才能を持っている 1548*, 3 人兄弟がラバを共同で使う 1682**, 3 人兄弟が 17 頭の動物(コイン)を自分たちで分けることができない 1533C, 3 人のせむしの兄弟 1536B, 3 人の幸運な兄弟 1650, 賢い 3 人兄弟が相続争いをする 655.

競売人(Auctioneer) 競売人が価値のない雌牛を賞賛する 1214.

共犯者(Accomplice) 1588***.

共有の(Communal) 共有のラバ(奴隷) 1682**.

教理問答(Catechism) 教理問答に関する笑話 1810.

共和制主義者(Republican) 共和制主義者であるために叩く 1613A*.

許可(Permission) 男が 2 人の妻を持つことへの許可 1381D*, 性交の許可を食べることの許可と誤解する 1691C*, だれも自分のものだと言わなければ, 見つけたお金を自分のものにできるという許可 1807A*.

曲芸師(Juggler) 1567C, 女にトリックをばらされて, 曲芸師が女に魔法をかける 987.

極端(Extremes) 極端な会話 2014.

御者(Coachman) 300, 960, 1572E*, 1572N*, 御者が主人を森に置き去りにする 1572E*.

御者(Driver) 673, 801, 958K*, 1418, 1804D, 御者がオオカミのしっぽを切り落とす 166B*.

御者たち(Teamsters) 1563*.

巨人, 巨大な(Giant) 78A, 301D*, 302, 313, 314, 327B, 480, 485, 519, 545B, 562, 650A, 825, 1620*, 1689A, 1920H, 2028, 巨人が姫をさらう 317, 巨人と娘たち(息子たち) 1961, 巨人と作男 1031, 1035, 1050, 1132, 1153, 巨人と男 1000–11199, 巨人が姫をさらう 301, 援助者としての巨人 650B, 大工の棟梁としての巨人 1099, 呑み込む者としての巨人 705B, 救助者としての巨大な鳥 322*, 巨人が子ども(キリスト)を抱いて川を渡る 768, 巨人が花嫁と花婿を石に変える 303A, 巨人が強さを見せるために仕立屋に挑戦する 1640, 巨人が 1 足の巨大な靴にだまされる 1151, 巨大な農場(船) 1960F, 巨人がだましてお金(黄金)を手に入れる 1563, 羊飼いが課題を成し遂げるのを, 巨人が助ける 515, 巨人がだまされてけがをする 1143, 巨人が猫に殺される 545A, 巨人が天国に住む 328A, 巨人が 60 人の娘たち(息子たち)といっしょに馬に乗って結婚式に行く 1961, 巨人が水に映った少女の姿を見る 1141, 巨人が目を盗む 321, 女巨人 872*. — 子どもを悪魔に与える約束がなされる 810B*, 巨人の娘が, 人間と動物と鋤を這い虫と間違える 701, 男が巨人を殺す 304, 愚かな巨人 1000–1199, 末の息子が巨人を殺す 530. — 竜(Dragon), 鬼(Ogre)も見よ.

巨人女(Giantess) 巨人女とその子どもたちが戦いで敗れる 314, 巨人女が夫から男を隠す 328A, 巨人女が猫に殺される 545A.

巨人たち(Giants) 304, 314A, 315, 400, 518, 590, 611, 701, 1099, 1640, 魔法の品々をめぐる巨人たちの争い 400, 518, 道に迷った兄弟を巨人たちが脅す 328*.

巨人の(Giant's) 巨人の娘 1961, 巨人の娘のおもちゃ 701, 巨人の妻(妹, 母, 娘) 1121.

御すること(Driving) 馬を首輪(馬勒)の中に追い立てる 1214*, 主人を馬車に乗せて便秘を治す 1572N*.

去勢(Castration) 町に入ろうとする者は誰でも去勢することを要求される 580, 弟を去勢する 318, 強くなるための去勢 1133. ― 飼い主が猫を王子に変身させることを望んだとき, 猫を去勢したことを忘れている 750K**, 愛人を去勢する 1360B.

去勢された(Castrated) 去勢された男が復讐する 844*. ― 町に入る男はみな去勢されなければならない 580.

去勢すること(Castrating) キリストの磔刑像を去勢する 1359C, 愛人を去勢する 1359B, 鬼を強くするために去勢する 1133.

去勢すること(Gelding) 1133, 熊の去勢 153. ― 去勢する(Castrate)も見よ.

拒絶すること(Rejecting) 間違った非難を拒絶する 1838*, 金の斧と銀の斧を拒絶する 729, 愚かさ(ばかげた行動)のために求婚者を拒絶する 1685.

巨大な(Enormous) 巨大な動物(物, 植物) 1960, 巨大な鳥 1960J, 大漁 1960C, 巨大な家畜または巨大な野獣 1960A, 大食い 2028, 巨大な卵 1960L, 巨大な農場 1960E, 巨大な魚 1960B, 巨大な虫 1960M, 多くの鍛冶屋が巨大な釜を鍛造する 1960F, 巨大なパンのかたまり(ケーキ, プリン, 詰め物をした半月形のパイ, チーズ, 等) 1960K, 巨大な船 1960H, 巨大な強いレスラー(大食い) 1962A, 巨大な木(草花, 豆の茎, 等) 1960G, 巨大な野菜 1960D.

巨大な(Huge) 大漁 1920B, 巨大な魚(クジラ, 魚たち)が船を転覆させて乗組員たち(船乗り)を呑み込む 1889G. ― 大きい(Big), 大きな(Great), 背の高い(Tall)も見よ.

巨大な(Monstrous) ヘビにかまれて物が巨大な大きさに腫れる 1889M.

拒否(Refusal) 動物(人物, 物)が従うことを拒否する 2030, 助けることを拒否する 55, 1568**, 夜の宿を断って仕返しをされる 1527*, 十分に飲んだあとに飲むことを拒む 1621A*, 食べることを拒否する 1698B*, ヨブの模範に習うことを拒否する 1811B, 他人に道を譲ることを拒否する 1563*, 取り憑かれた人物から離れることを拒絶する 1164, 物干しロープを貸すことを拒む 1593, 借りたお金を返すことを拒む 1575*, ビール代を払うことを拒む 1555A, 3重の税金を払うことを拒む 1661, 賃金を支払うことを拒む 1543D*, 鳥を揺することを拒む 2034A*, 「籠ができたことを神に感謝します」と言うことを拒む 1365D, 本当の名前を使うことを拒む 1545, 腹が減ると働くことを拒否する 1561.

嫌う(Dislikes) 農夫が大きなエンドウ豆を嫌う 1572F*.

嫌うこと(Hating) 市長(裁判官)を嫌う 1586B.

嫌うこと(Loathing) 下ごしらえを見たあと, 胃(臓物)が嫌いになる 1578B*.

ギリシャ人(Greek) 924.

キリスト(Christ) 403, 652, 710, 751B, 763, 779G*, 785A, 788, 802A*, 803, 805, 817*, 960C, 1324*, 1375, 1516*, 1613, 1833E, キリストが弟子たちに宝に，触れるなと忠告する 763, キリストとペトルスが地上を放浪する 330, 368C*, 750A, 750B, 750*, 751A, 752A, 756D*, 774–774P, 785, 791, 822, 830B, 1169, 仲人としてのキリスト 822, キリストが十字架をゴルゴタの丘へと運ぶ 777, キリストが世界の罪を運ぶ 768, 幼子キリストの母親 1476A, 夜の宿でのキリスト 791, 動物（鹿）の姿をしたキリスト 938, キリストが悪い行いに対し罰を与える 779, キリストが死んだ人（姫，少女）を蘇生させる 753A, キリストが善い行いに対し褒美を与える 779, キリストが泥棒をロバに変える 753*, キリストが地上を放浪する 545A*, 753, 756D*. ―死を間近にした男が（2 人の泥棒の間にいる）キリストのように感じる 1860B, キリストの心臓に打たれる釘の代わりをするハエたち 772*, キリスト像にパンが出される 767, キリストの影像に息子を治してくれと頼む 1347*, キリストは天国にも地上にもいなかったときにはどこにいたか 1833C.

キリスト教徒(Christian) 706D, キリスト教徒の商人 890, キリスト教徒である救助者が，日曜日なので井戸（運河）からユダヤ人を救うことを拒む 1855C, キリスト教徒の奴隷 888.

キリスト教徒たち(Christians) 938, 投獄されていたキリスト教徒たちが解放される 756G*.

キリスト再臨派の信者たち(Adventists) キリスト再臨派の信者たちが，天国にいるのは自分たちだけだと信じ込まされる 1738D*.

キリストの(Christ's) キリストの墓 756E*.

キリストの磔刑像(Crucifix) 悪魔に対する防御としてのキリストの磔刑像 817*, 去勢されたキリストの磔刑像 1359C, 悪魔がキリストの磔刑像を恐れる 1168, キリストの磔刑像に食事が出される 767, 生きているキリストの磔刑像がいいと言う 1347, キリストの磔刑像が生きた人物だと誤解される 1324A*. ―男がキリストの磔刑像の後ろに隠れる 1324*.

切り倒す(Felling) 大木を切り倒す 1052, 1241A, 木々を切り倒す 1050.

義理の姉(Sister-in-law) 義理の姉が義理の弟を誘惑しようとする 318.

義理の兄弟(Brother-in-law) 1540, 義理の兄弟と義理の姉妹 552, 712, 義理の兄弟が妻の兄弟たちに殺される 312, 義理の兄弟が夫と間違われる 303. ―男が神の娘たちと寝たためにイエスの義兄弟となる 1807B.

義理の姉妹(Sisters-in-law) 義理の姉妹たちが中傷する 897.

義理の父親，舅(Father-in-law) 1418*, 舅と嫁 670A, 901B*, 1374*, 1448*, 1562C*, 舅と義理の息子 926A*, 舅が物乞いに変装する 1455, 一見不可能な課題を舅が娘婿たちに課す 530A, 変装した舅が将来の義理の娘の家を訪ねる 1455, 舅は，嫁が自分を殺しに来たと思って嫁を殺す 670A, 舅が怠惰な嫁を働かせる 901B*.

義理の母親，姑(Mother-in-law) 姑と嫁 903C*, 1458*, 姑と義理の息子 1691A, 1691B, 姑が自殺する 410, 姑が悪魔をだます 1164, 姑が男に魔法をかけて犬に変える 540, 姑がひそかに調べるために長持ち（食器棚）に隠れる 1536A, 姑が塩漬けにされる 1321D, 姑が息子の妻を追う 705A, 姑が義理の娘を中傷する 451.

義理の息子(Son-in-law)　1542，義理の息子と花嫁が追放される 314，義理の息子がヘビの魔法を解く 409A*，義理の息子が舅から逃げなければならない 318.

義理の息子たち(Sons-in-law)　義理の息子たちが舅に魔法的な方法で食べ物を出す 552. — 舅が一見不可能な課題を義理の息子たちに課する 530.

義理の両親(Parents-in-law)　義理の両親が義理の娘と子どもたちを追い出す 706.

切り札(Trump)　説教中に切り札が叫ばれる 1839B.

切ること(Cutting)　大食いの動物の腹を切り開く 2028，オオカミの腹を切り開く 123, 333，うっかり自分のコートから大きな切れ端の布を切り取る 1574A，結婚テストとしてのチーズの切り方 1452，豚の頭ではなく聖職者のひざを切り落とす 1792B，死体の両足を切り落とす 1537*，絞首刑にされた男の足を切る 1281A，シャツを着せるために頭を切り落とす 1285，土地を囲むために皮が細長く切られる 927C*，馬たちを 4 つに切る 1003，隣の果樹園を切り倒す 1011，動物の頭を切り落とす 1294，動物の角と耳としっぽを切り落とす 1539，動物のしっぽを切り落とす 1525J, 2034，ひげを切り落とされる 1143，座った枝が折れる 1240，耳(睾丸)を切り落とす 1741，くそに触れた指を切り落とす 1698A*，魔法の指輪をはめた指を切り落とす 1137，性器を切り落とす 1539，頭を切り落とす 1225，頭を大鎌(鎌)で切り落とす 1203, 1203A，馬たちの唇を切り落とす 1688A*，妻と思って鼻(髪，お下げ髪)を切り落とす 1417，鼻を切り落とす 1143, 1539，自分のペニスを切り落としたふりをする 1543*，舌を切り落とす 1143, 1331D*, 1539，斧で木の幹(木のうろ)を切って自分の身をほどく 1882A，体の一部を切り取る 1000，動物たちがたくさん入っている木を切り倒す 1916，木々を燃やして切り倒す 1246，森全体を切る 1049，ナイフで切るかはさみで切るか 1365B，(森じゅうの)木を切る 1001, 1048. — 男が木を切らないことに決める 1168B.

着ること(Wearing)　犬の首輪(小枝の輪)をつけて注意を引く 1485A*，特別な型の服を着るよう命ずる 1639*.

きれいな(Clean)　きれいなイチジクが選ばれる 1309.

気をそらすこと(Distracting)　人から物を盗るために注意をそらす 1525D，のみ(chisel)でどうやって魚を釣るか教えて，被害者の気をそらす 1525N*，物語を語って被害者の気をそらす 1525L*，体重を量って被害者の気をそらす 1525N*.

近眼(Nearsightedness)　主人に近眼になったと不平を言う 1561*.

近眼の(Near-sighted)　近眼の人たちに関する笑話 1703.

銀行家(Banker)　賢い銀行家 1591，不正な銀行家 1617.

金細工師(Goldsmith)　575, 890，金細工職人が存在しない金塊に支払いをする 1546.

禁じられた(Forbidden)　禁じられた動き 1565，木に止まることが禁じられる 62*. — 禁じられた本から詩を読んで精霊を呼び出す 325*，礼拝中に(説教中に)後ろを振り返ることが禁じられる 1835*. — 禁令(Tabu)も見よ.

禁じること(Forbidding)　礼拝中に(説教中に)後ろを振り向くことを会衆に禁じる 1835*.

近親相姦(Incest)　最後の瞬間に近親相姦が防がれる 920A*，父親と娘の近親相姦 510B, 510B*, 570A, 706, 706C, 930A, 931，母と息子の近親相姦 674, 705A, 823A*, 931, 931A, 933，妹との近親相姦 313E*. — 知らずに兄と妹が近親相姦する 938*.

近親相姦の(Incestuous) 近親相姦の性交で生まれた子ども 933.
銀の(Silver) 銀の斧 729, 銀貨が天国から落ちてくる 779H*.
勤勉(Industry) 勤勉と怠惰 460B, 915.
勤勉さ(Diligence) 勤勉さと怠惰 822, 843*, 紡ぎ女の勤勉さ 843*. ― 怠惰(Laziness)も見よ.
勤勉な(Diligent) 勤勉な動物と怠惰な動物 207A*, 280A, アリが食料を備蓄するために集める 280A, 勤勉な娘 1503*, 勤勉な馬 207A*, 勤勉な女が課された課題をすべて成し遂げる 480. ― よく働く(Industrious)も見よ.
金メッキをすること(Gilding) 鬼のひげに金メッキをする 1138.
禁令(Prohibition) （アルコールを飲むこと）1565*, （1 個のケーキより多く食べること）1565*, （釜の中を覗くこと）475, （隣人の子どもの愛）899A, （教区外の人との結婚）1475, （ふたのしてある容器を開ける）1416, （木に止まる）62*, （話すこと）451, 759, （体を洗う）361, 475. ― 酔った男が禁止を破る 485B*.
禁令(Tabu) （名前を呼ぶこと）409A*, （動物婿を見ること）425A, 425B, （悪魔の肖像画を見ること）819*, （女たちを見ること）401A*, （振り返ること）322*, 413, （部屋を覗くこと）314, 425E, 710, （箱を開けること）313, 425B, 537, （巨人の領地で動物たちを放牧すること）314A, 321, （自らを人前に見せること）407, （秘密を明かすこと）425D, 425M, （口をきくこと）322*, 451, （その人物について話すこと）407, （女たちに触れる）401A*. ― 禁令違反 311, 312, 321, （髪が金になる）502, （石化）516. ― 禁じられた(Forbidden)も見よ.

く

食う(Gorge) だまって食いな 1570*.
偶然の(Accidental) 鉄砲の暴発 1890.
偶然の出来事, 災難(Accidents) ほかの予期せぬ出来事の連鎖 2036, 2035, 2040, 2042A*, 不幸な出来事の連鎖が死(財産の損失)を招く 2042, 予期せぬ幸運な出来事 1640-1674. ― 幸運な出来事(Lucky Accidents), 不運な出来事(Unlucky Accidents)も見よ.
空想(Air castle) 夫婦が空想する 1430, 男が空想する 545D*.
空腹(Hunger) 空腹と渇きで男が死ぬ 775. ― 動物の空腹は人間の空腹よりも押さえやすい 1559A*, 胃袋が取り去られ, 空腹が恋しくなる 716*.
空腹の(Hungry) 腹をすかせた動物たち 206, 腹をすかせた動物たちが, キツネが自分の内蔵を食べていると信じる 21, 腹をすかせた徒弟がけちな仕立屋に仕返しをする 1568**, 空腹の聖職者が合図を誤解する 1691, 腹をすかせた聖職者が食べ物を見つけようとする 1775, 腹をすかせたキツネがロバの(雄羊の)睾丸が落ちてくることを期待する 59, 115, 空腹のジプシーたちが自分たちのチーズの教会を食べる 1932, 空腹の男が毒入りのパンを食べて死ぬ 837, 空腹の男がパンと引き換えに自分の目をくり抜かせる 613, 空腹な男の嘘 1567E, 空腹の求婚者(花婿)が家から食事を持っていく 1691A, 空腹の召し使い(案内)がけちな盲目の主人から盗む 1577**, 空腹な下男がけちな主人を非難する

1567，空腹な羊飼いが注意を引く 1567F，空腹のオオカミが獲物にありつけない 75*．— 常に空腹 1559A*，愚かな作男が空腹のときには働くことを拒む 1561，オオカミは捕らえた動物の最後の願いを聞き入れるため空腹のままである 122A，けがをした男（動物）が傷口から虫を追い払おうとしない 910L.

釘（Nail） 殺人道具としての釘 960D.

釘（複数）（Nails） キリストの磔のための釘が提供される 1638*．— キリストの心臓に打たれる釘の代わりにハエたちがたかる 772*.

釘づけにされる（Nailed） 木に釘づけにされた動物が皮から飛び出して逃げる 1896.

釘で打つ（Nailing） 皿（複数）を壁に釘で打ちつける 1293A*.

鎖，連鎖（Chain） 高貴な生まれのしるしとしての首に巻かれた鎖 707，鎖を切る 920A*，災難の連鎖 2042, 2042A*，悪魔を縛っている鎖が毎年復活祭に自然と新しくなる 803，男たちの鎖が大枝にぶら下がる 1250，連鎖説話 2000–2100.

草をはむこと（Grazing） 雌牛が屋根で草をはむ 1210.

櫛（Comb） 殺人の武器としての櫛 709．— 櫛としての馬鍬 1146，ペニスが毛櫛であると装う 1543*.

くじ（Lot） 姫の夫がくじで決められる 653，生け贄にされる人がくじ引きで選ばれる 300, 973.

串刺しにする（Impaling） 子どもたちを洗うために串刺しにする 1012A.

クジャク（Peacock） 224, 244.

くしゃみをすること（Sneezing） くしゃみをして頭が火の中に落ちる 968，いつもくしゃみをしている 1565.

クジラ（Whale） 291, 1889G, 1960B.

薬（Medicine） 叩くことを薬と間違える 1372，医者が殴られたあとにしか薬を処方しない 1641B，薬としての 7 年物の粥 1453***.

薬（Remedy） 目の薬 1135，けんか好きに効く薬 1429*，病気のライオンのための手当（オオカミの皮）50．— 動物の皮で手当をする 50，兄が危険な動物のところに治療薬を取りに行かされる 315，治療薬としての竜の血（ミルク，肝臓，目）305，治療薬としての天まで伸びた木の果実 317，治療薬としての動物の心臓（肝臓）91，魔法の治療薬（魔法の軟膏，魔法の水）611，盲目の男を治療する魔法の薬 321, 613，治療薬としての鳥のミルク 314，魔法の治療薬としてのヘビの葉（ハーブ）612，息子が治療薬を持ってこなければならない 590，治療薬としての水 706，治療薬としての命の水 303, 314, 332C*, 519, 531, 550, 551, 590, 706, 707.

薬（複数）（Drugs） 作男（見張り，兵隊）が薬を飲まされる 1525A.

グスリ奏者（Gusliplayer） 888.

薬を飲まされた（Drugged） 薬を飲まされた商人が 1 日金持ちの男の代わりをさせられる 1531.

くせ（Habit） 手で説教壇（聖書，正餐式のパン）を叩くくせ 1785B.

くそ（Excrement） 指についたくそを焼き落とす 1698A*，求婚者のくそが糞虫に運び出される 559．— 黒い男の糞便を悪魔のくそと間違える 1319P*，宝のある場所にくそでしるしをつける 1645B. ― くそ(Feces)も見よ.

くそ(複数)(Excrements) くその山が女の身代わりにされる 1441*. ― 飼いならされた鳥がスープの中にふんをする 1837*.

くそ(Feces) 治療法としてのくそ 1543C*, 帽子の下のくそが鳥であるふりをする 1528. ― くそ(Excrement)も見よ.

くそ(Shit) 悪魔のくをを売る 1147*. ― 夫がくそを食べたがる 1408B.

口がきけない(Dumb) 口がきけない娘の誕生 307, 王子が口がきけなくなる 305.

口がきけない(Mute) 口がきけないふりをしている姫がしゃべらされる 945, 妻が口をきかず夫を拒む 898.

口がきけない状態(Dumbness) 否定に対する罰としての口がきけない状態 710, 別離によって口がきけなくなる 879A, 名前を呼ばれて口がきけないのが治る 703*, 歌を聞くと魔法で口がきけなくなる 705A, 農夫が口がきけないふりをする 1534D*.

口がきけないふりをした(Sham-dumb) 口がきけないふりをした男が訴訟で勝つ 1534D*.

口止め料(Hush-money) 性交のあと口止め料が支払われる 1731.

くちばし(Beak) 橋に塗られたタールにカラスのくちばしがくっつく 2302.

唇(Lips) 唇をかわいらしく保つ 1485*.

口笛を吹くこと(Whistling) 口笛対決(欺き) 1084, 危ないときに口笛を吹く 1343.

口をきかない(Silent) 口をきかない姫 945. ― 女中が姫に沈黙を守るよう言う 533, 3人の寡黙な男 1948.

口をきかない(Speechless) 口をきかない乙女 898. ― 口をきかない(Silent)も見よ.

口をきく(Speak) 兄たちが探索の間に話すことを禁じられる 471, 男が3つの言葉しか話すことができない 314, 話す前に3回考えなさい 1562.

口をきくこと, 話すこと(Speaking) 口をきく動物 442, 707, 1750A, 口をきく動物が秘密をばらす 1373B*, 口をきく動物たち 314A*, 334, 431, 781, 1705, 1750B, 口をきく鳥が, 女のほうが女に従う男よりも価値があると言う 984, 口をきく鳥が真実を明かす 707, 口をきく犬 1750A, 口をきくロバ(ラクダ, 犬, 子牛) 1750B, 性器が口をきく 1391, 神が話す 1575A*, 口をきく髪 780B, 話すメンドリ 1750, 口をきく馬 317, 531, 533, ラテン語を話す 1628*, たまたまラテン語を話す 1641C, 口をきく品々 334, 780, 780B, 898, 1705, 話をする物が逃走を助ける 313, 313E*, 話をする植物たち 293E*. ― 話しているときに宝石(等)が口からこぼれる 403, 404, 480, 話すと口からヒキガエルが落ちてくる 403. ― 話すこと(Talking)も見よ.

靴(Shoe) 聖アントニウスに与えられた靴 706D, 本当の花嫁を見分けるのに靴が使われる 510A.

靴(複数)(Shoes) 動物たちのための靴 1695, オオカミのための靴 102, 絞首台に下がっている男の靴 1281A, 性交のお礼に靴をあげる約束をする 1731. ― 探索の旅に出る花嫁が鉄の靴を履く 425A, 425B, 425M, 巨人が巨大な靴(ボート)にだまされる 1151, 真っ赤に焼けた靴 709, 同じ種類の靴を2人の靴職人に注文する 1541**, 女たちが毎日新しい靴を必要とする 306.

靴職人(Cobbler)　613, 754, 954, 2034, 靴職人が強情な妃に対し，服従を強いる 905A*.
靴職人(Shoemaker)　804B, 1082, 1096, 1541**, 1595, 1631*, 1695, 1736B, 1834A*, 1837*, 2021, 靴職人が山々を動かすことができる 756G*, 靴職人が聖人像として立つことに同意する 1829, 靴職人と作男 1561*, 靴職人が悪魔を怖がらせる 1168, 靴職人が悪魔の馬のために蹄鉄を打たなければならない 815*, 靴職人が何も恐れない 1711*, 靴職人がもてなしの悪さのために罰せられる 777. ― 独り善がりの靴職人が誰のことでも批判する 801.
靴職人たち(Shoemakers)　靴職人たちが学生(ジプシー)にだまされる 1541**.
靴職人の(Shoemaker's)　靴職人の妻が屁をする 1453****.
くっつく(Stick)　人々(動物たち，品々)が魔法の品にくっつく 571, 人々，動物たち，品々が互いにくっつく 571B, 人々が魔法の品にくっつく(火かき棒) 593.
くっつく(Sticks)　動物がタール人形にくっつく 175, 悪魔(死神)が魔法でベンチと木にくっつく 330, 鬼がタール釜にくっつく 1138.
口説く(Woo)　さまざまな動物がやもめギツネを口説きにやって来る 65, 穴ウサギがキツネに乗って，キツネが求婚しているのと同じ女に求婚しに行く 72, 3 人の男たちが同じ女を口説く 1730. ― 求婚者(Suitor)も見よ.
苦難(Difficulty)　苦難が神への信仰心を引き出す 774E.
国(Land)　ペテン師たちの国 978, 逸楽の国 1930, あべこべの国 1935, 誰も死なない国 470B, 鎌を使うことが知られていない国 1202. ― 田舎，国(Country)も見よ.
クピドとプシュケ(Cupid and Psyche)　425B.
首輪(Collar)　馬を首輪の中へ追い込む 1214*.
首を吊る(Hang)　密通をしていると思われる妻を，夫が首吊りにする計画を立てる 1431, 首を吊るための木を探す 740**.
首を吊ること，ぶら下がること(Hanging)　絞首刑を執行できない 1868, 首を吊る死体 1536C, 1537, イチジクの木で首を吊る 1369, 首吊りごっこ 1343, 首を吊ろうとしている男が宝を見つける 910D, 馬のしっぽにぶら下がる 47A, シャケのしっぽにぶら下がる 250, 最後の手段として首を吊る 910D, ロープを試して自分の首を吊る 1122, 首を吊ったふりをする 1190*, 妻を吊るす 1409, いやな(醜い)女と結婚するより絞首刑のほうがまし 1367*, 注意をそらすために首を吊る 1525D. ― 妹が鬼にどうやって首を吊るのか見せるよう頼む 327D.
首をはねる(Beheading)　求婚者テストで失敗したら首をはねる 854, 動物の首をはねると救われる 402, 超自然の存在(竜，巨人，悪魔，鬼)の首をはねる 300, 301D*, 304. ― 首をはねることで魔法が解ける 402, 440, 441, 首をはねられるという脅威 306, 妻が夫の首を切り落とす計画をする 824. ― 斬首(Decapitation)も見よ.
熊(Bear)　4, 5, 8*, 9, 10***, 15, 20A, 20C, 21, 23*, 31, 43, 47A, 49A, 50, 52, 59, 65, 75, 75A, 80A*, 103, 103C*, 124, 130D*, 155–157, 159, 160, 168, 179B*, 222, 231*, 664*, 854, 875B, 1051, 1314, 1477, 1565**, 1586, 1592A, 1807, 1875, 1889A, 1889B, 1890, 1896, 1900, 1960A, 1960M, 2015, 2028, 「色を塗られた」(やけどをした)熊 8, 1049, 1050, 1052, 1070, 熊が去勢されることに同意する 153, 熊とイノシシが戦う 171A*, 襲いかかる熊と犬(その他の動物) 47D, 熊とこびと 426, 熊とキツネ 1030, 熊とキツネ(オオカミ)が賭けをする 7,

熊とハチミツ 49，熊と男 179*, 1091, 1115, 1199A，熊と人が穴に捕らえられる 156C*，熊と男が木を挟んで互いにつかみ合う 179A**，熊と女 1199A，助けになる動物としての熊 314A*，代理としての熊 1071，熊が男にバイオリンの弾き方を教えてくれと頼む 151，熊が森で女を襲う 160*，熊が真実を言って叩かれる 48*，熊が羽根の家を吹き倒してガチョウを食べる 124，熊が真っ赤に焼けた鉄でやけどさせられる 152，熊が強盗たちを追い出す 1161，犬の吠え声をまねるキツネに熊が追い払われる 154，熊がキツネ(ハイエナ)を子守女に選ぶ 37，熊が魚泥棒をまねる 1，熊が動物たちをつぶす 283B*，熊がキツネにだまされる 49，熊が自分の巣穴から追い出される 212，熊が薪の山に登ってオオカミたちから逃げる 87A*，熊が鬼を追い出す(鬼にけがをさせる) 1161，熊が屋根から落ちて叩かれる 3*，熊が氷を通してしっぽで釣りをする 2，熊の餌食 154，熊が男を追いかける 179A*，熊が男に自分の頭を打つように強いる 159B，熊が黄金の鎖をもらいに猿のところへ行く 48*，引き具をつけられた熊 1910，熊狩り 1229，さまざまな争いにおける熊 179*，熊が鳥に殺される 228，1 切れのパンで熊が死ぬ 1890B*，熊を大きな猫と勘違いする 1161，熊がアリとの勝負に負ける 280，熊が犬と間違われる 1312，熊を太った雌牛と勘違いする 1161A，熊が丸太(木の幹)と間違われる 1630B*，熊が牧師に間違えられる 116，石をかみ砕くように熊に差し出す 1061，干し草を積んだ荷車に乗った熊が聖職者に間違えられる 116，熊がオオカミたちに薪を投げる 87A*，熊が真っ赤に焼けている鉄で新しいしっぽをつけるように説得される 2D，悪魔が熊に乗る 1161A，馬に乗った熊が馬の脇腹にかぎ爪を突き立てる 117，熊がキツネに食べ物を与える 3*，熊が年老いたライオンに復讐する 50C，熊使い 1161，熊がけがしたふりをしたキツネにだまされる 3，熊が手伝いが必要なふりをした男にだまされる 38，熊と 2 人の少女とこびと 426，熊が死んだふりをしている男にささやく 179，木の脚の熊がけがの復讐をする 161A*. — 自慢をする熊 118，キツネ(野ウサギ)が熊を強姦する 36，熊がハチミツを取りに行って木から落ちる 88*，片脚の熊が脚を切り落とした男を食べる 161A*，熊の息子が並外れた力を発達させる 301, 650A，人と熊に関する説話で熊がたいてい殺される 179*.

熊皮(Bear-skin) 361.

熊たち(Bears) 1348, 1960G，熊たちが恐れで逃げ出す 126A*.

クマネズミ(Rat) 75, 112*, 122B, 204, 402, 559, 2019*, 2031, 2031C, 2034, 2035，クマネズミが網をかみ切る 233B.

クマネズミたち(Rats) 113B, 570*, 751F*, 1282, 1365D, 1365E, 1592, 1650, 1651，クマネズミたちが卵を運ぶ 112*.

熊の(Bear's) 熊のかぎ爪が木に挟まってとれなくなる 38，熊の息子 301, 650A，燃えた熊のしっぽ 2D.

クマバチ(Hornet) 1296A, 1321C, 1889M.

雲(Cloud) 穀物の穂をなくした方向を雲が示す 1278. — 雲の中にこん棒を投げ込むふりをする 1063.

クモ(Spider) 281, 282A, 839A*, 967, 1565，クモとカイコ 283D*，クモがハエを招待する 283，洞くつの前に張られたクモの巣が追っ手たちから守る 750E.

クライマックス(Climax) 惨事のクライマックス 2040.

比べること(Comparing) 天国と地獄の状況を比べる 1744，発砲の音を最後の審判の音と比べる 1835A*.

繰り返される(Repeated) 賭けをすること(勝つこと)が繰り返される 1559C*，繰り返し説得する 1551，食事への招待が繰り返される 1552*，ワイン(ラム)と水を混ぜることが繰り返される 1555B，繰り返し聞く(ロバはいくらか) 1551*.

繰り返すこと(Repeating) 聖職者の言葉をすべて繰り返す 1821, 1832M*，覚えておくために指示を繰り返す 1204，言葉を何度も繰り返す 1687. ― 累積譚(Cumulative tales)も見よ.

クリスマス(Christmas) 671D*，クリスマス・イブ 737, 779E*. ― クリスマスに，農夫は皆聖職者にソーセージを持っていかなければならない 1741*，クリスマスのプレゼントが毎日もたらされる 2010A.

グリゼルダ(Griselda) 887.

苦しみ(Suffering) パン(麻)の苦しみ 1199A. ― 年とってからではなく若いうちの苦しみ 938, 938A.

狂った(Insane) 気の触れた人たち 1864. ― 貸し主が気が狂っていると嘘の通報をされる 1525L，夫が狂っていると言われる 1381A，息子が狂っていると言われる 1381B，信じがたい供述によってユダヤ人が気が触れていると思わせる 1642.

グループ(Group) グループのメンバーたちが好物の食べ物(飲み物)を手に入れるために天国を離れる 1656，泥棒の一味 1525J.

グレゴーリウス(Gregory) 石の上のグレゴーリウス 933.

クレセンティア(Crescentia) 712.

黒い(Black) 黒い動物と白い動物 301，黒い鳥と白い鳥 808A，黒い花嫁と白い花嫁 403，黒い動物を洗って白くしなければならない 1312*，黒人の男 1284A. ― 黒い娘の誕生 307，贖罪として，黒い羊が白くなるまで放牧する 756C.

クロウタドリ(Colly-birds) 2010A.

黒くする(Blackening) 顔を黒くする 1284A.

黒ずませること(Darkening) 小麦粉を黒ずませる 1371A*.

クロツグミ(Blackbird) 122D.

クロライチョウ(Birch-cock) クロライチョウと渡り鳥たち 232.

クロライチョウ(Heathcock) クロライチョウと渡り鳥 232.

企てられた(Attempted) 動物に変身させられた兄を殺す企てをコックが防ぐ 450，兄弟を殺す企てが失敗する 312D.

企てる(Attempt) 男か，女か，鬼を殺そうと企てる 315, 709, 930A, 1115–1129, 1149，女を強姦することを企てる 514**，男を誘惑することを企てる 318，女を誘惑することを企てる 514**, 883A.

食われた(Devoured) 食われた人間たちと動物たちが切り開かれた腹から生きたまま出てくる 2028. ― ヤギがオオカミに食われる 127A*.

君主制主義者(Monarchist) 君主制主義者であるために叩く 1613A*.

軍曹(Sergeant) 軍曹が兵隊を神への冒瀆で訴える 1613.

グントラム(Guntram) 1645A.
訓練された(Trained) 訓練された馬が畑で転げ回る 1892.

け

毛(Hairs) 愛のまじないとしてひげの毛を抜く 1353，悪魔のひげの毛 461，夫の尻から毛を抜く 1359A*. — 課題：縮れ毛をまっすぐにする 1175，悪魔のひげから 3 本の毛を抜く 461.
敬意(Honor) 服に対する敬意 1558.
計画(複数)(Plans) まだ生まれていない子どものための計画 1430A.
敬虔な(Devout) 敬虔なお婆さん 1851.
敬虔な(Pious) 敬虔な男が神について何も知らない 827，敬虔な男は泥棒に神の恵みを祈る 810A，敬虔な男が天気を管理することを課される 752B. — 純血の女がどうしたら敬虔な人生が送れるかを尋ねる 1425.
警告される(Warned) 子ライオンが両親から人の危険性について警告される 157A.
警告する(Warn) 雌牛たちが隠れている雄鹿に警告する 162.
警告する(Warns) 動物の母親(ハツカネズミ)が子どもたちに，猫に気をつけるよう警告する 112**，魔法の馬が殺人について警告する 314，最初に食事を勧められたときには食べないように，召し使いが主人に注意する 1775，母親が息子たちに警告する 451，頭蓋骨(彫像，絞首刑になった男)が傲慢さに対し警告する 470A.
警告すること(Admonishing) 聖職者が行うことではなく言うことをするように，会衆に警告する.「私がすることではなく，言うことをしなさい」1836A.
警告すること(Warning) (客が出された七面鳥にすることを，主人も客に対してするつもりだ) 1832F*，酔っているときに死ぬことについて警告する 1833，未亡人との結婚に対して警告する 1367**，赤毛の男たちと赤い顔の男たちに気をつけるよう警告する 1588**，少年にタバコを吸わないように警告する 1832Q*，鐘を鳴らして警告する 40A*，警告をする聖職者 1837，連れがあまりがつがつと食べないように警告する 1691，キニク学派の人が警告する 1871E，警告が無視される 1313, 1534A, 1534D*，愛人が歌で警告される 1419H，警告が無視される 1631A，がつがつと食べないように警告する 1691，キスをしてはいけないという警告 313，振り返るなという警告 413，男を穴から救わないよう警告される 160，異界から戻ったときに地面に触れるなという警告 470B，天使に警告する 1063A，動物婿が秘密を守るよう警告する 425D，キツネが来てもドアを開けてはいけないと，猫が警告する 61B，人間は危ないと警告する 157，死の警告 951A，妻に支配されることへの警告 1501，金の鳥の警告 550，鳥たちが人殺しの家だと警告する 955，真実を暴露する魔法の石について警告する 870A，年老いたロバの警告 209，強盗たちの警告 952，聖者がほかの聖者たちの悪意について警告する 846*，美しい女の魅惑の力に対する警告 540，あの世の兵隊たちに関する警告 1313A*，ツバメのとりもちへの警告が軽視される 68*，飼い主に雌牛に注意するよう警告する 1636，女の姿に変身した悪魔に対する法王への警告 816*，泥棒に盗まないよう警告する 1341，説教者が警告をする 1738B*，靴職人の独り善がりに対して警告する 801，求婚者にがつがつと食べないように警告する 1691A，オオカミが犬の警告を無視して叩かれる 100．— 兄が妹の警告を無視する 450，兄弟が警告を無視して魔女の手に落ちる 303，男が馬の警告を無視する 531，男が死神の警告に注意を払わない 335，ヘビの肉を食べてはいけないという警告を無視して，動物の言葉がわかるようになった召し使い 673，2 人の求婚者が死の警告で脅しても追い払えない 519，女が動物たちの警告を無視する 334．

軽罪裁判官(Magistrate)　地獄の空いている椅子は軽罪裁判官(市長，弁護士)のためにとってある 1860A．

警察(Police)　1525M．

警察官(Policeman)　910A, 956，警察官が殺人を発見する 960D．

警察本部長たち(Commissioners of police)　1738．

形式譚(Formula tales)　2000–2399．

芸術家(Artist)　924, 134．

軽率な(Hasty)　軽率な望み 307, 407, 425A, 433B, 441, 451, 475, 750A, 750K*, 750K**．— 思慮の足りない(Ill-considered)，軽率な(Thoughtless)も見よ．

軽率な(Thoughtless)　軽率な決定 178A–178C，動物(ヘビ)を軽率に殺す 285，シギの軽率な頼み 247．— 思いやりのない友人に対する仕返し 179A**．

毛糸(Yarn)　ストーブに巻かれた毛糸 1271A*．

刑罰(Penalty)　人を欺く旅の道連れに対する死刑 301，詐欺師に対する死刑 665，ペテン師に対する死刑 300，悪魔が 3 人の職人を死刑から救う 360．

契約(Contract)　契約を無視する 1168B，地獄から契約書を取ってくる 756B, 756C*，農夫と作男 1543D*，悪魔との契約 330, 360, 361, 400, 750H*, 755, 756B, 804B*, 813*, 817*, 821A, 921B, 931A, 1130, 1170–1199．— 契約の終わりを早める 1029，悪魔との契約から逃げる 810–826，労働者が鬼(巨人，悪魔，等)と契約を結ぶ 1000–1029．— 取り決め(Bargain)も見よ．

計量升(Scales)　お金を量る升が貸し出される 954．

けが(Injury)　殺そうとしてけがをさせる 930A，識別のしるしとしての傷で見知らぬ求婚者が認識される 530，誤解されたけが 285E，動物のけがが一連の災難を起こし，そのためにほかの動物たちがけがをする 2042A*，熊が木に登ってハチミツを取りに行ってけがをする 88*，ワシのけが 222B，指示に言葉どおりに従ったためにけがをする 1693．

けが(複数)(Injuries)　けがを装う 3．

けが(複数)(Wounds)　悪魔にけがを負わす 1083A．

外科医(Surgeon)　1332．

毛皮の(Fur)　キツネ(オオカミ，その他)が毛皮のコートを約束する 102．

けがをした(Injured)　熊(オオカミ)がキツネの策略によってけがをする 8，犬が襲撃でけがをする 47D，けがした王子が窓を通って入ってくる 432，オオカミが誓いを立てるときにけがをする(捕らえられる) 44，オオカミが新しいしっぽを鍛冶屋につけてもらってけがをする 2D．

けがをした(Wounded)　けがをした動物(ハツカネズミ)が助けを求める 2032，腹をすかせた虫たちはもっとがつがつしていると言って，けがした動物(人)が傷口から虫たちを追い払わない 910L，けがをした悪魔(竜，デーモン) 315，けがした強盗 315. — 親切な動物(ヘビ)が貪欲さのためけがをさせられる(殺される) 285A，盗むときにけがをした超自然の存在 301，けがをした超自然の夫 432.

ケーキ(Cake)　荷馬車の車輪と同じくらい大きいケーキ 1565*，黒ずんだケーキが焼かれる 1371A*，パンがない小作人たちのためのケーキ 1446，親族の遺灰でケーキを焼く 1339G，ケーキが大きすぎて平鍋に入らない 1221A*.

劇的な(Dramatic)　語り手自身の身に起きた物語の中の劇的な出来事 2202.

毛櫛(Curry-comb)　ペニスが毛櫛であると装う 1543*.

ケース(Case)　ガラスケースの中のお婆さん 1170.

けちな(Miserly)　けちな農夫が作男に貧しい食事を出す 1562F*，けちな友人(主婦)が聖職者(兵隊たち)を食事に招待する 1562F*，けちな主人と召し使いが断食の競争をする 1562A*，けちな主人が作男にその日の分としてひとかたまりのパンしか与えない 1562B*，けちな老人が息子の妻に食べ物を何も与えない 1562C*.

けちな(Stingy)　けちな盲目の男が案内に食事を与えない 1577*，けちな聖職者 1736，1792，けちな農婦 1389*，けちな主人(女主人) 1449*，1544B*，けちな家 1567，けちな宿屋の主人が薄めたビールを出すのを直される 1567A，けちな主人が徒弟を黙らせるために食事を与える 1567E，金持ちの兄 1535，けちな仕立屋が肉の切れ端を縫い合わせる 1568**，仕立屋が盗むのを，けちな女主人が防ごうとする 1574A. — けちな人々に関する笑話 1704. — 守銭奴，欲張り，けち(Miser)も見よ.

けちばかりつける(Hypercritical)　けちばかりつける夫 1408B.

欠陥(Defect)　両目を失ったことのほうが処女を失ったことよりも大きな欠陥だ 1379***，人格的な欠点(激怒する) 1572*.

月桂樹(Laurel)　鍛冶屋が馬の折れた背骨を月桂樹の若木で治す 1889D.

月光(Moonlight)　泥棒が月光の光線を伝っておりる 1341D.

結婚(Marriage)　結婚が取り消される 1406A*，煉獄としての結婚 1516*，本当の罰としての結婚 1516*，兵隊と未亡人の結婚(約束される，拒否される) 1510，結婚が取り消される 1457，教区外の人との結婚が禁じられる 1475，王の娘と動物婿の縁組み 425D，カラスの結婚 243*，変装した女が姫と結婚する 881A，農場の娘が王と結婚する 875，少女が王と結婚する，救ってくれた人と少女の結婚 896，少女が王子と結婚する 705A，母親に呪いの言葉をかけられた少女の結婚 813A，若返った女との王の結婚 877，下層階級の女との王の結婚 887，小さなアリ(その他の動物)の結婚 2023，不運な男が幸運な女と結婚する 737B*，女中が裕福な羊飼いと結婚する 672，商人が姫と結婚する 881，両手を切り落とされた女の結婚 706，王子と姫の結婚 894，王子が超自然の存在と結婚する 898，不可能な課題を成し遂げた女と結婚する 875B，姫が，竪琴を弾くロバと結婚する 430，姫がハツカネズミと結婚する 425*，姫が貧しい男と結婚する 925*，姫が男の服を着た女と結婚する 514，王との結婚式で父親に娘だと気づかれない 923，大臣の息子が賢い女と結婚する 875D，隠者(司教，修道士たち)を誘惑するために結婚の準備がなされる 839A*，鐘に結婚を勧められる(止められる) 1511*，結婚を悔いる 1375，さらわれた女を救ったあとにその女と結婚する 302B，養子関係の妹との結婚 652，動物婿との結婚 433B，オスマントルコの高官(イスラムの元首，王子)との結婚が予言される 870A，花嫁と結婚する 593，異界の花嫁との結婚 303A，子どものときに約束されていた花嫁と結婚する 611，船長の娘との結婚 926A*，去勢された男との結婚 318，聖職者の娘と結婚する 576，金持ちの男の娘との結婚 859, 930，悪魔との結婚 312C，魔法をかけられた男との結婚 425E，にせの花嫁との結婚 408，4 人の妻(姫)との結婚 856，黄金の若者との結婚 314，勤勉な妹との結婚を選ぶ 1453，王との結婚 403, 404, 500, 514**, 871A, 874, 883A, 884，女中との結婚 318，下層階級の男との結婚 883C，終わりのない話を語って主人の娘と結婚する 2301，人形の母親と結婚する 571C，私生の息子の母親との結婚 873，粘り強い求婚者との結婚 864，貧しい女中との結婚 442，王子との結婚 305, 403, 412, 425C, 426, 431, 450, 480, 501, 510A, 510B, 510B*, 545A, 545A*, 585, 706C, 709, 709A, 711, 861A, 870–879，姫との結婚 300, 301, 303–307, 314, 315, 317, 318, 325, 326B*, 328, 329, 400, 410*, 425A, 434*, 441, 505, 507, 513A, 513B, 515, 530, 531, 532*, 545B, 545D*, 550–552, 554, 559–562, 569, 571, 572*, 575, 577, 580, 590, 594*, 610, 613, 653A, 667, 671, 677, 725, 850–869, 870A, 871*, 900C*, 935, 950, 986，本当の花嫁との結婚 533，救済者との結婚 402A*, 406, 409A*，金持ちの男との結婚 511，未亡人との結婚 960B，兵隊との結婚 301D*，超自然の存在との結婚 317, 409B*, 425B, 465，(異界から来た)超自然の花嫁との結婚 313E*，超自然の花婿との結婚 425B，つましい妹との結婚を選ぶ 1451, 1452，本当の花嫁との結婚 313，未亡人の娘との結婚 535，女との結婚 310, 407, 425B, 567, 920，森の中で見つけた女との結婚 451，幸運をもたらす女との結婚 460B，本当はヘビである女との結婚 411，3 人の若い女のいちばん若い女との結婚 707. ― 動物の結婚 65, 72, 75, 91, 103A, 103A*，花嫁が強盗と結婚を防ぐ 955，キリストが怠惰な男と働き者の女の結婚を提案する 822，オオカミにとって最も重い刑罰としての結婚の刑 165B*，結婚後間もない妻の死 612，悪魔が結婚を要求する 480A，皇帝が娘の結婚を許す 926E，体に障害のある男が美しい男を代理として自分の結婚式に送る 855，両親が娘に結婚を強いる 885A，両親が自分の娘と商人の息子の結婚を妨げようとする 611，姫が強要された結婚を拒む 706D，本当の夫が，自分の妻がほかの夫と結婚するのを防ぐ 400，姫がウサギ番と結婚するのを王の一族が防ごうとする 570，強姦男がほかの女と結婚するのをヘビが妨げる 672C*，息子が知らずに母親と結婚する 931, 931A. ― 花嫁(Bride)，花婿(Bridegroom)，結婚式(Wedding)も見よ.

結婚 3 か月で生まれた子ども(Three-months' child) 1362A*.

結婚式(Wedding) (花婿の代理) 855，花嫁の意志に反した結婚式 1440，結婚式が執り行われない 1453B*，結婚式への招待が誤解される 1698D，結婚式の晩，醜い花嫁の欺きが露見する 877，誤解された初夜 1686，動物たちの結婚 15, 72, 75, 103A, 165B*, 244, 2023，鳥たち(虫たち)の結婚式 224，悪魔の娘の結婚式 1148B，シラミとノミ(その他の動物たち)の結婚式 2019*，キツネの結婚式 65. ― 動物婿がすべての花嫁を結婚初夜に殺す 433B，結婚式での花嫁と花婿 1820，花嫁が結婚式の晩に夫を殺そうと企てる 519，結婚式の前夜に花嫁が死んだふりをする 885A，花婿は結婚式の晩に，花嫁が昔の恋人を訪ねることを許す 976，結婚式で呪いの言葉 813B，結婚式の晩の難しい課題 507，ロバが結婚式の夜に動物の皮を脱ぐ 430，結婚式の夜竜が男を殺さずにはおかない 516，新婚初夜の身代わりとしての最初の花嫁 870A，夫が結婚初夜に妻を捨てる 891，愚かな女の豚を結婚式に招待する 1540A*，結婚初夜に王子が妻を殺そうとする 879, 883B，ハリネズミの皮が結婚式の晩に処分される 441，息子が父親の結婚式について嘘を語る 1962，求婚者が新婚初夜に逃げる 1542，2 人の友人たちがお互いの結婚式で客になる約束をする 470，父親に娘だと気づかれずに娘が父親を結婚式に招待する 923，非凡な(大きな)結婚式 1961，結婚初夜に女が夫をばかにする 879A．— 結婚(Marriage)，花嫁(Bride)，花婿(Bridegroom)も見よ．

結婚式(複数)(Weddings) 結婚式に関する笑話 1820.

結婚する(Marry) 聖職者は結婚を禁じられている 1855D，娘が父親との結婚を拒む 510B, 706，王が娘に物乞いと結婚することを強いる 923B，恋人がほかの女と結婚する予定である 870，男は結婚しようとしていた女が近い血縁関係だとわかる 938*，男が毎日叩かせてくれる女としか結婚したがらない 888A，ハツカネズミがライオンの娘と結婚したがる 75，両親が娘に聖職者との結婚を強いる 885，姫が意志に背いた結婚を強いられる 900，支配者が強姦犯に犠牲者との結婚を命ずる 985**，3 人の女たちが，求婚者が動物でもいいからと結婚したがる 552，木が求婚者に結婚するよう助言する 1462，指を乾かす競争で勝った人が最初に結婚することになる 1463.

結婚する(Marries) 強盗たちを欺いた褒美として賢い女中が木こりの息子と結婚する 954，父親が知らずに娘と結婚する 930A，貧しい女が，王が自分に仕えてから王と結婚する 879*.

結婚すること(Marrying) どんな男とでも結婚する 1477，干し草の山を飛び越えられる少年と結婚する 1460，悪魔と結婚する 1192, 1476B，悪い(醜い)女と結婚する 1164, 1367*，最初の花嫁と結婚する 886，部屋をきれいにしている少女と結婚する 1464C*，商人の娘(姫)と結婚する 1651，釘(豆，木の実)をかじることができた場合にだけ結婚する 1478，その人が 1 晩裸で屋根の上で過ごさなければ結婚しない 1479*，自分の妻を騎士と結婚させる 1419E，姫と結婚する 1406A*, 1640, 1641C，同じ女と結婚する 1525Q，小さな女と結婚する 1368，知らない人と結婚する 1468*，40 歳の男と結婚する代わりに 20 歳の男 2 人と結婚する 1362B*，オオカミと結婚する 1477，洗濯をしているときのほかに何もしない女と結婚する 1465A*，何も食べないように見える(ふりをする)女と結婚する 1407, 1407A，間違った女と結婚する 1406A*.

結婚付き添い人たち(Bridesmaids) 2019*.

欠点(Defects) たくさん糸を紡ぎすぎたことによる肉体的な欠点 501，「魔法の」箱のおかげで自分の家(敷地)の中の欠点に気づく 910N．— 魔術師が賢い女に罰として肉体的欠陥を与える 987.

決闘(Duel) 銃剣と干し草フォークでの決闘 1083A，長い棒と短いこん棒での決闘 1083．— 身代わりが強い女との決闘に勝つ 519.

決闘をしている(Dueling) 決闘をしている動物たちが簡単におびえる 103.

血盟の兄弟分たち(Blood-brothers) 302B, 303, 1364.

欠落(Lack) 息子が自分の教育の欠落に憤慨する 838.

ケナガイタチ(Polecat) 41.

仮病の人たち(Malingerers) 1641D.
下品な(Vulgar) 下品な名前 1424*.
毛深い(Hairy) 鬼の姿のような毛深い手 958K*.
煙(Smoke) 煙がふるいで運び出される 1245A*.
蹴ること(Kicking) 赤子を蹴り殺す 1681.
剣(Sword) 魔法の道具としての剣 302B, 318, 611, 剣が馬の毛で吊るされている(ダモクレスの剣) 981A*, 貞操のしるしとしてのベッドの中の剣 303, 516C, 剣が木に変わる 1736A, — 魔法の剣が軍隊を打ち倒すのを助ける 611, 強盗の剣が木に刺さる 1527A.
嫌悪(Aversion) 胃(臓物)への嫌悪 1578B*.
けんか(Quarrel) ガチョウの値段をめぐるけんか 1420G, 妻はどちらのものかを争う 926A, 法廷での争いが聡明な裁判官によって解決される 926, 926A, 926C, 夫と妻のけんか 888A, 1351A, 1351B*, 1365, 1365B, 1365E, 1408, 親方と弟子のけんか 1568**, ハツカネズミとほかの動物たちのけんか 135*, ハツカネズミとスズメの口論 222B, 貴族と農夫の口論 875, 葦とオークの口論 298C*, まだ生まれていない子どものための計画によってけんかが起きる 1430A, けんかで恋人同士が別れる 870, 死んだ雄鹿(ロバ)をめぐる動物たちの争い 159*, 誰が挨拶をされたか, 太陽と霜と風が口論する 298A*, 挨拶に関する口論 846*, ホップとカブの口論 293D*, ヨーゼフと聖ペトルスの口論 805, 魂をめぐる 2 羽の鳥の口論 808A, 風と寒さが自分たちの力について口論する 298A*, 空想をめぐる口論 1430, 獲物をめぐる口論 1525K*, 1 枚の毛布をいっしょに使うことでけんかが仲裁される 1393, 悪魔との言い争い 1169, 主人とのけんか 237. — 男が 2 人の精霊の争いを仲裁して礼をもらう 677, 獲物をめぐるオオカミと熊の争い 52. — 論争(Dispute), 戦争(War)も見よ.
幻覚(Vision) (死んだ物乞いが豚に乗って地獄へ行く) 842A*, (母親が死んだ子どもを見る) 769, (時間の相対性) 681, 幻覚が兵隊に自分の運命を理解させる 934D, クリスマス・イブ(大みそか)の日に予見する 737, 食べたあと幻視がなくなる 726. — 敬虔な聖職者が幻覚を見る 826, プラキダスが角の間に十字架を下げた鹿の幻覚を見る 938. — 旅(Journey)の項の異界への旅も見よ.
幻覚(複数)(Visions) 眠れないために幻覚を見る 840.
けんか好き(Quarrelsomeness) けんか好きが罰せられる 1429*.
けんか好きな(Quarrelsome) けんか好きな妻 1164, 1352, 1516*.
けんかをすること(Quarreling) 性交の体位をめぐってけんかする 1420G, けんかをする夫婦 754**. 家をめぐる争い 1147*, 女をめぐる争い 1327, 1525Q, けんかをしている息子たちが父親の教えでなだめられる 910F, 妻がけんかをする 1429*, 女たちがけんかをする 1393.
謙虚さ(Humility) 天使の奇妙な行為について正当性と理由を知ったあとの隠者の謙虚さ 759, 神に対する支配者の謙虚さ 841. — 皇帝が謙虚さを熱望する 757.
謙虚さ(Modesty) 報酬を選ぶときの謙虚さ 480, 子どもの謙虚さゆえに聖者が援助する 506*.
献金(Offerings) 教会の雑用係へのすべての女の献金 1781.

原告(Complainant)　原告と被告 664*, 821A, 821B, 875E, 890, 920A, 926, 926A, 926C, 926D, 978，原告が着服された預け金に関する訴訟で勝つ 961B. ― 偽証をした原告が悪魔に連れ去られる 821B.
検査官(Inspector)　検査官と悪魔 1186.
剣士(Fencer)　剣士は激しい雨の中で剣をふりまわしてぬれずにいる 654.
現実(Reality)　現実が夢を見ている貪欲な男をがっかりさせる 1543A.
現実的な説話(Realistic tales)　850-999.
堅信礼(Confirmation)　不敬のために堅信礼を断られる 1832D*，堅信礼のための教義学習を受ける少年たち 1785B.
建築家(Architect)　950, 1419E，天国に届く塔をつくるよう建築家が命ぜられる 980*.
建築家(Builder)　1538.
現場監督(Foreman)　820A, 921D*，現場監督と労働者 1349D*.
見物人(Bystander)　賢い見物人が群れを分けるのを手伝う 1533C.
見物人たち(Spectators)　879A. ― 魔術師が見物人たちを欺こうとする 987.
賢明さ(Wit)　賢明さを買う 910G. ― 妻が夫のふるまいを治すために，賢明さを持ってくるよう頼む 910G.
賢明な(Sagacious)　賢い(Clever)を見よ.

こ

子，幼獣(Cub)　冒険に出たトラの子どもと子牛 131.
5(Five)　5 人の共犯者たちが，農夫の持っている子羊は犬だと農夫に思い込ませる 1551, 4 つの乳首に対して 5 頭の子牛 1567F.
コイ(Carp)　1565**.
恋敵，競争相手(Rival)　407, 665，助けになる動物たちが恋敵を追い払う 559，恋敵を魔法のナイフで打ち負かす 576，競争相手が水泳の競争をやめる 1612，王の恋敵 920.
恋敵たち(Rivals)　恋敵たちがばかげた行為(策略)で互いに相手よりも勝ろうとする 1688A*. ― 恋敵としての仕立屋と鍛冶屋(と靴職人) 1631*.
小石(Pebble)　個々の罪に対する小石 1848.
小石(複数)(Pebbles)　カラスがいくつもの小石を背の高い水差しに落とし，それで水を飲むことができる 232D*.
恋の病(Lovesick)　王子が恋の病にかかる 510A, 510B, 510B*，姫が恋の病にかかる 434.
コイン(Coin)　使うとまた現れるコイン 1182A，献金箱からコインを取り戻す 1735B, 1735B*，献金箱から糸を使ってコインを取り戻す 1735B，王の顔が刻印されたコインをたびたび見る 922B. ― 泥棒たちのお金の中のしるしをつけたコイン 1615，ワイン(シュナップス)を 1 枚のコインを使って互いに売る 1447A*.
コイン(複数)(Coins)　コインが水に浮く 842C*. ―4 枚のコインを賢く使う 921A，3 人の少女が 3 枚のコインを見つけ，3 匹の豚をそのコインで買う 2205.
コインを鋳造する(Coining)　銅貨を鋳造する 1182A.

高位の人(Dignitary) 883A.

幸運(Luck) 幸運と神の恵み(知性)が，自分たちのどちらがより力があるかを賭ける 945, 945A*，幸運は買えない 844，嘘の答えをして運を失う 460B，幸運をもたらす動物を食べて幸運になる 739*，幸運が不運に変わる 1655. ― 幸運の女神，幸運，富(Fortune)も見よ.

幸運な(Lucky) 幸運な出来事 125B*, 126A*，複数の幸運な出来事 103–103C*, 179B*, 181, 185, 500, 514, 561, 545D*, 562, 677, 961B, 986, 1640–1674, 1687, 1890F，王への幸運な一撃が王の命を救う 1646，幸運な兄弟たち 1650，幸運なハンス 1415，幸運な男がシャツを持っていない 844，幸運な貧困 754，幸運な発砲 1890, 1890F，幸運な妻が成功をもたらす 460B, 737B*.

幸運の女神，幸運，富(Fortune) 塩で築いた富 1651A，運が起こされ(叩かれ)その人を助けて裕福にする 735，幸運がお金との競争に勝つ 945A*，女が若いときに不運に耐えたために幸運になる 938A. ― 運命の女神に質問する 460B，娘が父親に，誰もが自分の幸運に責任を持っていると言う 923B. ― 幸運(Good Luck)も見よ.

後悔(Repentance) 760A，幽霊として現れる殺された人たちが殺人の後悔を受け入れる 760，犯人を殺したことを後悔する 756C，犯罪者が死んでいく人の前で後悔すると天国に連れていかれる 756A，悪人の悔い改め 785，妻を殺そうとしたことを夫が後悔する 883B，砂糖の人形を殺したことへの王子の後悔 879. ― 夫が妻への後悔の気持ちを示す 910G. ― 理解すること(Understanding)も見よ.

後悔している(Repentant) 後悔した農夫が借金を返済しようとする 940*，後悔した泥棒が雌牛を持ち主に返す 1636，後悔している泥棒が牢屋から釈放される 921A*. ― 夫が妻の愛人を殺したことを悔いる 992，母親が知らずに息子と近親相姦をしたことを悔いる 933，近親相姦で生まれた殺人者が後悔する 931A，強盗が女を強姦してさらったあとに悔いる 956E*，息子が父親に対するひどい行いを悔いる 980，罪人が自分の行いを悔いると嵐がやむ 973，泥棒が罰せられたあとに悔い改める 958A*.

後悔する(Regrets) 男が妻を穴に放り込んだことを後悔する 1164，王が過ちを悔いる 750F.

後悔する(Repent) 罪人たちが後悔する 826，不誠実な妹が後悔しなければならない 315.

後悔すること(Regretting) 夢の中で多くを要求しすぎたことを後悔する 1543A，結婚を後悔する 1375.

交換(Exchange) 帽子を取り替えて，鬼に自分の子どもたちを間違えて殺させる 327B，帽子の交換によって兄弟(姉妹)が死から救われる 328, 1119，女が夫を投獄から解放するのに，服の交換が役立つ 861, 880，遺体をヤギの死体と取り替える 1600，魔法の鍋と雌牛を交換する 591，いい馬を貧弱な馬と取り替える 1529A*，首のすげ替え 1169，家事の交換が動物たちの死を引き起こす 85，(識別)サインの交換 451，死の宣告が書かれた手紙がすり替えられる 930，殺人を命じる伝言が書かれた手紙がすり替えられる 910K，ハエとノミが住むところを交換する 282A*，パンのかたまりの交換が王に神の力を認めさせる 841，魔法のランプを価値のないランプと交換する 561，魔法の品々の交換 569，取り外した体の部分の交換がばかげた結果をもたらす 660，役割の交換 403C，だますことによって役割を交換する 403, 404, 408，首飾りを盗んで役割の交換を強いる 412，女を誘惑するために役割を交換する 920A*，継娘の役割を交換するよう悪い継母に強いられる 409，寝場所の交換が誤解を招く 905*，死んだ体の中へと魂を交換する 678，2 人の赤ん坊を取り替える 920, 920A，2 人の兄たちに命の水をすり替えられる 551，夫と妻の仕事を交換する 1408，交換が利益を生むことを証明する 1655. — 女中が花嫁との役割(服)の交換を強いる 533，召し使いが王子を説得して服を取り替える 502. — 取り替える(Change)も見よ.

高官(Marshal) 894.

交換(Trading) 2034C，価値のあまりないものと取り替える 1385*, 1415.

睾丸(Testicles) 睾丸を洋梨と間違える 59.

強姦(Rape) 変装したキツネが雌熊を強姦する 36，寝ている女を強姦する 304，妊婦に変装した男が女を強姦する 1545A*，役人が女を強姦する 985**，王子が女を強姦する 410, 672C*，女が強盗に強姦される 956E*, 892. — 強姦を犯した王子がほかの女と結婚することを許されない 672C*，妃が男の服を着た女を強姦のかどで責める 514**.

交換すること(Exchanging) 動物と物を取り替える 2034F，お金を小切手と替える 1855B，チーズの教会を石の教会と取り替える 1932，聖ペトルスが頭を取り違えてつける 774A，場所の交換が命を救う 1119, 1120，農夫と聖職者の服を取り替える 1825.

好奇心(Curiosity) 好奇心で瓶から精霊が解放される 331，好奇心テスト 1416.

好奇心の強い(Curious) 好奇心の強い男が命令に背いて，箱を早く開けすぎる 537，好奇心の強い妻 1381D*, 1381F*，好奇心の強い妻が，なぜ客のペニスは夫のものと違うのかと尋ねる 1547*，好奇心の強い女が夫の秘密を知らされない 670.

後継者(Successor) 922A, 933. — 父親の過ちをいちばん数多く挙げることができる息子が後継者に選ばれる 920D.

攻撃(Attack) 動物への攻撃 1231.

攻撃すること(Attacking) 集税吏の馬を攻撃する 1605*.

航行すること(Sailing) 水のない海を航行する 1963.

鉱山(Mine) 鉱山の闇が酔っぱらいに，自分は地獄にいると思わせる 1706E.

子牛(Calf) 131, 778, 857, 865E, 1387*, 1567F, 1585, 1675, 1750B, 1833B, 1845, 1960E，子牛の頭が鍋にはまる 1294，子牛が殺される 1281A，子牛が人食いだと誤解される 1281A，子牛が徒競走に勝つ 1268*. — 聖職者が自分は子牛を産んだと信じる 1739.

子牛たち(Calves) 1567F.

口実(Pretext) ロバを貸さない言い訳 1594. — 貸すことを避けるための賢い口実 1593，キツネが口実を言ってほかの動物たちを食べる 20A, 170，死神がやって来ると，お爺さんが言い訳する 845，女がなぜ笑ったのかを説明するのに言い訳を使う 545A.

子牛の(Calf's) 子牛の頭が鍋にはまる 1294，子牛の頭が殺人を明るみに出す 780C，子牛のしっぽ(毛皮)が見つかる 2260.

公爵(Duke) 712, 992A，目撃者としてのアルヴァ公爵 1686A*.

侯爵(Marquis) 887.

絞首刑執行人(Hangman) 927D, 2030，絞首刑執行人と犯罪者がユーモラスな会話をする 1868.
絞首刑になった(Hanged) 絞首刑になった男が盗まれた物を要求する 366. — 酔っぱらった男が絞首刑になった男を食事に招待する 470A.
絞首台(Gallows) 838, 絞首台がばらばらに崩れる 1868, 絞首台の死体が盗まれる(すり替えられる) 1510.
強情な(Obstinate) 強情な子ども 760**, 妻が従うことを覚える 900–909, 1351G*, 1365–1365D, 1511*.
強情な(Stubborn) 強情なヤギたちが水に落ちる 202, 強情な夫 1365E. — 頑固(Obstinate)も見よ.
公証人(Notary) 1860B, 公証人が天国に入る 750H*, 依頼人の死を知らない公証人 1588***. — 弁護士(Advocate), 裁判官(Judge), 弁護士(Lawyer)も見よ.
洪水(Flood) 洪水から逃げるために吊るしたバスタブに隠れた夫 1361.
甲虫(Beetle) 75A, 224, 288B*, 750E, 1736, 2019*, 2023, 2024*, キツネが甲虫を炒める 65*, 愚か者たちが甲虫を翼のあるブルーベリーと間違える 1319J*. — キツネが生の甲虫が焼けているふりをする 65*.
甲虫(複数)(Beetles) 834, 1740.
皇帝(Emperor) 703*, 712, 725, 759D, 782, 841, 921B*, 938, 981, 皇帝と修道院長 922, 旅人たちが真実を言ったために, 猿たちの皇帝が旅人たちを罰する 48*, 皇帝が統治することを認められる 757, 皇帝が羊飼いとライオンを放す 156. — 傲慢な皇帝 757. — 王(King), 支配者(Ruler)も見よ.
皇帝たち(Emperors) 779.
皇帝の(Emperor's) 足跡で恋人がいたことがばれないように, 皇帝の娘が恋人を背負って雪の上を運ぶ 926E, 皇帝の新しい服 1620.
行動, 行儀(Behavior) テーブルマナー 1691, 1691A, 1691B, 動物たち(カニ)の行動 276, 動物の両親に対するふるまい 244C*, 猫(犬, 猿)の行動は変えることができない 217, 218, 雌牛(ロバ)の行動が誤って解釈される, 家畜の行動が誤って解釈される 103, 103A*, ロバの行動が野獣に誤って解釈される 103C*, ヘビのふるまいは変えられない 133*. — 狩りのときの動物たちの行動 246, 動物たちの行動が誤解される 130, ライオンがロバの行動を誤解する 125B*, 人の誤った行い 178A–178C, 母親が子どもたちに, ほかの動物に対してどのようにふるまうべきか説明する 112**, 人間の奇妙な行動 1342, 野獣たちが猫の行動を誤って解釈する 103B*, オオカミは自分のふるまいを変えることができない 165, オオカミが誤解によって不注意な行動の言い訳をする 157, オオカミが不注意な行動のために叩かれる 122C.
強盗(Robber) 315, 756B, 840B*, 857, 921B, 921B*, 1331D*, 1333, 1537, 1847*, 強盗と男(動物) 1131, 求婚者としての強盗 955, 強盗が被害者から, 手を切り落としてくれ(帽子を撃ってくれ)と頼まれる 1527A, 強盗兄弟 1525R, 強盗が人々に魔法をかけて深く眠らせる 958E*, 若者(農夫, 愚か者)が動物を売ることに関して, 強盗が若者をだます 1538, 強盗が兵隊(死刑執行人, 商人)に打ち負かされる 952, 強盗が武器を取り上げられる 1527A, 変装した強盗 958F*, 女に変装した強盗 958D*, 強盗が棺に隠れる 958C*, 車の中の強盗 958K*，変装した強盗が自分のお金を取り戻そうとする 961，強盗が死後の世界での自分の運命を知る 840B*，強盗が花嫁の話を聞いたあと，彼女に触れずに開放する 976，強盗マーディが男を地獄へ連れていく 756B，強盗が贖罪をしようと思う 756C，強盗の説話 950–969，ベッドの下の強盗 956D，うっかり自らばらす 976. — 並外れた強さの男が強盗を殺す 590，さまざまな強盗の説話 968，強盗が 1 人だけ逃げ，あとは皆殺される 956B，旅人のステッキを盗んだ強盗を旅人が見つける 961A，女が強盗に熱湯でやけどを負わせ復讐する 956E*. — 泥棒(Thief)も見よ.

行動すること(Acting) 聖書の勧めるとおりに行動する 1847*.

強盗たち(Robbers) 304, 314A*, 315, 590, 709, 779, 910B, 1313A*, 1351, 1525E, 1656，強盗たちが姫をかどわかす 505，強盗たちと殺人者たち 950–969，強盗たちが身の上話を聞いて改心する 756A，強盗たちが男を家に閉じ込める 956，強盗たちが動物たちの叫び声に追い出される 130，同情した強盗たち 1341C，強盗たちが略奪品を木の下で数える 1653，欺かれた強盗たち 327G，強盗たちが賢い少女にだまされる 968，死体を食べるふりをして強盗たちをだます 326B*，強盗たちが教会で略奪品を分ける 1654，強盗たちがお金を置いて逃げる 1650，強盗たちをおびえさせる 1527，死体安置所の強盗たち 1654，謎に出てくる強盗たち 851，強盗たちが魔法の品々を自分たちの家に持っている 301D*，強盗たちが 1 人の女を除いて全員殺す 442，強盗たちが魔法のナイフで殺される 576，宝の入った洞くつを開くときに強盗たちが立ち聞きされる 954，強盗たちが道に迷った少年(男，少女，女)を樽に入れる 1875，強盗たちが旅行者のグループから強奪する 935，拳銃のようにソーセージで狙いをつけられて強盗たちがおびえる 952*，強盗たちが母親と子どもたちに人間の肉を食事として出す 955B*，強盗たちが襲ったときに撃たれる 952*，強盗たちが被害者に援助される 1341A，強盗たちが襲うために警鐘を使う 965*，並外れた能力と才能を持った泥棒たち 951A. — 泥棒たち(Thieves)も見よ.

強盗の(Robber's) 強盗の指示に文字どおり従う 1692，強盗のお金の入った杖が見つかる 961，羊飼いが強盗たちの暴行から救われる 958.

コウノトリ(Stork) 60, 76, 927, 1565**, 1900，コウノトリとサギ 244A*，動物の王としてのコウノトリ 277.

コウノトリたち(Storks) 1316，コウノトリが捨てられた子を育てる 709A.

鉱夫たち(Miners) 鉱夫たちが悪魔のふりをする 1706E.

子馬(Foal) 47B, 314, 875E, 1311. — 不注意な子馬がオオカミに食べられる 123A.

子馬たち(Foals) 471.

高慢(Pride) 高慢が誤った憶測を呼ぶ 1861*，金持ちな男の高慢が罰せられる 836.

高慢さ(Haughtiness) 隠者が高慢さのために悪魔に取られる 756A，王の高慢さが罰せられる 757，姫の高慢さ 900, 900C*，サルタンのほかの宗教に対する高慢さ 756G*.

傲慢さ(Arrogance) 傲慢さが報復される 900, 1406A*.

高慢な(Haughty) 高慢な皇帝が自分のことを神であるかのように感じる 757，高慢な女が求婚者たちを拒む 940，高慢な女が指輪を水の中に投げ込む 736A.

高慢な(Presumptuous) 高慢なカエル 277A.

高慢な(Proud) 高慢な雄鹿が逃げるが，角が茂みにひっかかる 77，高慢な女(学生，市長の妻)が礼拝の会衆に座っているよう命ずる 1861*.
傲慢な(Arrogant) 傲慢な男が頭蓋骨(彫像，絞首刑になった男)に殺される 470A.
巧妙な即答(Repartee) 機知に富んだ即答 72B*, 137, 159C, 219F*, 853, 875D, 910C*, 921-921D, 921F, 921E*, 921F*, 922A, 922B, 1379***, 1389*, 1419G, 1423, 1441B*, 1532, 1565**, 1566**, 1567A, 1567C, 1568*, 1568**, 1569**, 1572F*, 1572K*, 1572L*, 1574A, 1577*, 1579*, 1585*, 1588*, 1613A*, 1620*, 1624-1624C*, 1626, 1630*, 1630B*, 1676H*, 1704*, 1735B, 1738B*, 1744, 1785B, 1804, 1804B, 1806, 1807B, 1826, 1832*-1832D*, 1832F*, 1832N*, 1832Q*, 1833C, 1833D, 1847*, 1855D, 1856, 1857, 1860E, 1861A, 1871D, 1871F, 1871Z, 1920A, 1920G, 1920A*, 1920D*.
コウモリ(Bat) 1062, 鳥たちと四つ足動物たちが戦争をしているときのコウモリ 222A. ― コウモリの生活習慣 289.
肛門(Anus) 馬の肛門に辛いスパイスを塗る 1142, 雄牛の肛門にコルクを詰める 1035, しゃべる肛門 1391. ― 尻(Backside), 尻(Buttocks)も見よ.
コウライウグイス(Oriole) 55.
高利貸し(Usurer) 890.
声(Voice) 声でロバの正体がばれる 214B, 墓から聞こえてくる声 1532, 1676D, 天からの声 831, 960B, 木の中から聞こえてきた声に木こりたちがおびえる 1877*, 木から聞こえてくる(隠れたトリックスターの)声が神の命令と間違われる 1380A*, 聖職者の声が女のヤギを思い出させる 1834, 神の声 1575*, 1575A*, 隠れていた聖職者の声が悪意のある女を怖がらせる 903C*, 見つけた宝はほかの人に運命づけられているという声がする 745A. ― 忠告をする声 113A, ロバがコオロギの声を手に入れたがる 292, 動物の腹から聞こえる声におびえる 700, 魔女が母親の声をまねる 327F, オオカミが声色を使う 123, 123A.
声(複数)(Voices) 墓地から聞こえてくる声 1676C, 動物の声が模倣される 106, 211B*. ― 音(Sounds)も見よ.
護衛(複数)(Protectors) 590.
護衛たち(Bodyguards) 2031A.
凍った(Frozen) 凍った頭がとけて落ちる 1968, 凍った言葉(音楽)がとける 1889F.
氷, アイスクリーム(Ice) アイスクリームがポケットの中で溶ける 1272*, 夏に氷の家がとける 43.
凍りつく(Freezes) 切断された頭が体に凍りつく 1968.
コオロギ(Cricket) 559, 2301, コオロギとアリ 280A, コオロギが怠惰なために冬に苦しむ 280A.
コオロギの(Cricket's) ロバがコオロギの声を手に入れようとする 292.
誤解(複数)(Misunderstandings) 1826A*, 1828, 1831C, 1833J, 1833K, 1838, 1840, ばかげた行動によって誤解が起きる 1694A, 作男のさまざまな名前によって誤解が生ずる 1545, 不倫を見た召し使いによって誤解が生じさせられる 1725, 聖職者の誤解 1807A, 聖職者の仕事(生活)を誤解する 1825, 懺悔者たちの誤解 1806A*, 高慢な女の誤解 1861*. ― 文字どおりに従う(Literal obedience)も見よ.

誤解される(Mistaken) 動物を花嫁と間違える 1686，ろうそく(明かり)を背中につけた生き物が精霊(悪魔，魂)だと誤解される 1740，誤解されて動物だと思われる 1203A，親族の遺灰を小麦粉と間違える 1339G，家主のはげ頭(主婦の尻)を石と間違える 1775，熊が犬と間違われる 1312，熊を丸太と間違える 1630B*，干し草を積んだ荷車に乗った熊が聖職者に間違えられる 116，甲虫(カエル)を翼のあるブルーベリー(イチジク)と間違える 1319J*，大木をヘビと間違える 1314，黒い男を悪魔と間違える 1319P*，けがをして出た血を，動物を食べて出た血だと誤解する 1227，ブーツが斧のさやと間違われる 1319G*，びんたを薬と間違える 1372，少年ののののしりの言葉が正しい答えと誤解される 1832P*，夫の兄弟を夫と間違える 303，泡を立てながら沈んでいくやかんが沸騰したしるしだと間違われる 1260，バターのかくはん樽を死んだ男(悪魔)と間違える 1314，子牛(猫)が人食いだと誤解される 1281A，ろうそくを食べ物と誤解する 1270，聖職者が教会を酒場と間違える 1839A，聖職者のひざを豚の頭と間違える 1792B，コーヒーを性交と誤解する 1686*，ソーセージの皮を袋だと思う 1339A，カニを悪魔(陸の怪物)と間違える 1310*，オンドリの鳴き声を礼拝式の答えの部分の合図と間違える 1828，キリストの磔刑像が生きている男だと誤解される 1324A*，食器棚の扉を窓と間違える 1337C，助けを求める叫びが歌(祈り)と間違われる 1694，泥を雌牛のふんと間違える 1225A，声色を使った声を神の声と誤解する 1575*, 1575A*，テーブルの下の犬(猫)が触れたことを，連れが(警告して)つついたのと勘違いする 1691，犬が熊と間違われる 1312，象を丸太(ロープ，うちわ)と間違える 1317，死の床で「すべて」と発した言葉が最後の意志と間違えられる 1407A，麻畑を海と間違える 1290，食料を手に入れたことを祈りがかなったのと間違える 1349M*，カエルをニシンと(石鹸をチーズと)間違える 1339F，果物をロバの卵と間違える 1319，豚のブーブーいう声(カエルのケロケロいう声，鳥の歌声)を話しているのだと誤解する 1322A*，鉄砲を笛と間違える 1228，安全な物を危険な物と間違える 1314，豚を悪魔と間違える 1838，主婦の尻を仲間の顔と間違える 1775，ハチのブンブンいう音を敵の攻撃と間違える 1321C，町の人々のアイデンティティーの錯誤 1338，素性を間違える 1275*, 1284–1284B, 1337，典礼「セクラ セクロルム(Saecula saeculorum(いつの世までも永遠に))」を名前の「セクラ(Secula)」と間違える 1831C，キリストの磔刑像の後ろにいる男がキリストと間違えられる 1324*，男を悪魔と間違える 1681，男の脚を木の枝と間違える 1241，産婆のおならを悪魔が追い出されたしるしと間違える 1823，粉屋(酒場の客たち)が司祭(聖者たち)だと誤解される 1323，お金を豆と間違える 1643，月がチーズと間違えられる 1336，月の光を火事と間違える 1335*，耳が動くことを，話を聞いていることと勘違いする 1211，マスタードがハチミツと間違われる 1339D，川(井戸，雨)の音を小便の音と間違える 1293，オールをシャベル(その他の物)と間違える 1379**，召し使いに服を買ってあげるというのが，召し使いに服を着せてあげることだと誤解される 1569**，ある動物が別の動物と間違えられる 1316, 1539, 1551，ある人物が別の物と間違われる 1319*，鏡に映った自分の姿を泥棒と間違える 1336A，食料貯蔵室の扉を外への扉と間違える 1293C*，パリをパラダイスと間違える 1540，ある人が兄弟と間違われる 1284C，人物(動物，物)が超自然の存在と間違われる 1318，ヒルの処方を，ヒルを食べることと間違える 1349N*，カボチャをロバの卵と間違える 1319，質問が人の(物の)名前だと誤解される 1700，鏡に映った姿をデーモンたちだと勘違いする 1168A，食べることを拒否することが罰だと勘違いする 1698B*，沸騰したミルクのかさが増すのを，ミルクが増えたのだと誤解する 1328*，手こぎボートがボートの子どもだと思われる 1319H*，教会の雑用係が犬と間違えられる 1785A，鎌を危険な動物だと誤解する 1202, 1203A，煮え立つ音を不平と間違える 1264*，豚の腹を妻の腹と間違える 1706C，汽船を悪魔と間違える 1315*，ポケットの中の石を賄賂と間違える 1660，太陽の光が火事と間違えられる 1335*，仕立屋の動きが攻撃と誤解される 1568**，泥棒が犬と間違われる 1341A*，泥棒を幽霊(悪魔，最後の審判)と間違える 1791，時計のカチカチという音がハツカネズミのかじる音と誤解される 1321D*，トラが家畜と間違えられる 177，列車を悪魔と間違える 1315*，木をヘビと間違える 1314，木から聞こえてくる(隠れたトリックスターの)声を神の命令と間違える 1380A*，時計を悪魔の目(動物)と間違える 1319A*，白い雌馬を教会と間違える 1315**，風車が聖十字架(教会)だと誤解される 1323，姦通を覗いていた者を悪魔と間違える 1776，オオカミがほかの動物と間違われる 1311，外国語の言葉が侮辱と誤解される 1322.

誤解される (Misunderstood) 誤解された挨拶(言葉)がばかげた会話を導く 1698G，誤解された質問 1700. ― 聖職者の行動が誤解される 1825D*，猫の行動が誤解される 103B*，3 人前食べると誤解される 1454*，魚がなくなったことを誤解する 1320*，塩を取ってくるよう命ずることが誤解される 1321D，身振り言葉が誤解される 924.

誤解すること (Misunderstanding) 夫と愛人の間での誤解 1355，耳が遠いことで誤解が生じる 1689M, 1698B, 1698D, 1698G-1698K，寝ている場所を交換することで誤解が生じる(女が自分は地獄にいるのだと思う) 905A*，耳が遠いという誤った想定によって誤解が生ずる 1698C，農夫(男)が誤解させて大きな地所を手に入れる 927A*, 927C*，半分の言葉で誤解が生ずる 1702A*，外国語についての無知が誤解を招く 1697, 1699, 1700，聴覚障害によって誤解が起きる 1698，障害(耳が遠いこと)に気づかず誤解が生じる 1698A，どもりによって誤解が生ずる 1702，風変わりな名前が誤解を招く 1940，誤解のおかげで偶然に宝が見つかる 1644，誤解によって致命的な結果となる 670A，聖職者の助言 1848，聖職者ののののしりを誤解する 1840，聖職者の質問を非難していることと誤解する 1806A*，聖職者の説教の中での修辞学的な問いを誤解する 1833A, 1833，教会での聖職者の歌を誤解する 1831C，食前の祈りに関する誤解 1841，カエルの鳴き声を誤解する 1642，誤解が教会の雑用係と聖職者をおびえさせる 1791，誤解が 2 人の友人をおびえさせる 1791*，夫の指示を誤解する 1382, 1387*, 1563，夫の数え方を誤解する 1848A，ジョークを誤解して滑稽な自慢をする 1689*，ラテン語の指示を誤解する 1823，母親の忠告を誤解する 1691B，メイドの名前を誤解する 1691D*，家畜動物たちの性質を誤解する 1204**，助言を誤解することがばかげた行為を招く 1686A，助言を誤解したために災難が起きる(けがをする) 1686，謎めいた教えを誤解する 915A，けがを誤解する 285E，教えを誤解する 915，泥棒の紛らわしい懺悔を誤解する 1807，声を誤解する 1419F，飼い主が動物を殺そうとしているのを，殺人計画と誤解する 1791*，許可を誤解する 1691C*，肉体的な現象を誤解する 1204**，質問を誤解する 1334，宗教的な事柄についての質問を誤解する 1810, 1833B，天気に関する発言を食欲に対する発言と誤解する(掛けことば) 1691A，「今日はお金，明日は無し」という店の看板を誤解する 1541***，聖ゲオルクと聖デメトリウスを誤解する 1811A，主人の（友人の）言ったことを大げさにするという課題を誤解する 1688，言葉どおりに従うことによって誤解する 1681A*，妻の指示を誤解する 1409，言葉（しぐさ）を誤解する 1685，外国語の言葉が誤解される 1322. — 間違えて違う人にお悔やみを述べる 1843A，重大な誤解 1346，誤解から生じた利益 1811.

焦がす（Singes） キツネが体を焦がす 66A*. — 焼くこと（Burning）も見よ.

小切手（Check） 父親の棺に小切手が入れられる 1855B.

ゴキブリ（Cockroach） 2023.

告訴（Accusation） 虚 偽 の 告 訴 160, 360, 706, 710, 712, 892, 978, 1741, 1373, 1373A*, 1537*, 1697, 1838*.

告訴すること（Sueing） 貧しい男を一連の不幸な事故で告訴する 1534.

告知する（Announces） 男がお金を見つけたことを告知するが，だれも聞こえないように小声で言う 1807A*.

告発される，非難される（Accused） ハエが盗みで告発される 1586，嘘つきが嘘をついたと非難される 1920C，盗まれた男が非難される 1840B，兵隊が神への冒瀆で訴えられる 1613.

告発される（Denounced） 妃が姦婦だと告発される，泥棒が隣人（動物の飼い主）に告発される 1525M.

告発者（Prosecutor） 懺悔者が告発者を検察官と間違える 1806A*.

告発すること，非難すること（Accusing） ハエを盗みで告発する 1586，嘘をついたと非難された嘘つきが報酬を与えられる 1920C，盗まれた男を非難する 1840B，兵隊を神への冒瀆で告発する 1613.

コクマルガラス（Jackdaw） 409A，コクマルガラスがワシと同じようにさらおうとする 215.

穀物（Grain） 穀物をピストルで撃って収穫する 1202，罰として，穂が今の長さに縮められる 779G*，売られた穀物 1266*，貯蔵庫の見張りによって穀物が盗まれる 1564*. — 並外れて背の高い穀物 1920A*，チェスの発明者がチェス盤のそれぞれのマス目に穀物の粒を要求する 2009.

穀物たち（Grains） 穀物たちが自分たちの質について話す 293E*.

穀物貯蔵庫（Granary） 穀物貯蔵庫の見張りが穀物を盗む 1564*.

穀物伝説（Corn-legend） 追っ手たちが穀物伝説（すぐに育つ穀物）にだまされる 750E.

凍えること（Freezing） 凍え死ぬ 1479*.

ココナッツ（Coconut） 木から投げられたココナッツがだまされやすい者をけがさせる 74C*.

コサック人（Cossack） 782.

孤児（Orphan） 476, 861A, 910A，みなしごが義理の姉たちに中傷される 897. — 慈悲深いみなしご 779H*.

ゴシキヒワ（Goldfinch） 201.

答え（Answer） やまびこの答え 1701. — 謎めいた答え 920C*, 921A, 923, 923A, 1579*,

親切な返答に褒美が与えられ，無礼な返答には罰が与えられる 750**，思慮の足りない夫の答え 804A，語り手が特定の答えを予想する 2275，聖職者の質問に対する愚かな答え 1832T*, 1833B, 1833D. ―応答(Response)，巧妙な即答(Repartee)，応酬(Retort)も見よ.

答え(複数)(Answers)　動物の体の構造に基づいた質問と答え 2011，物の場所を尋ねる質問と答え 2043，神の答えによって物乞いに報酬が与えられる 460A，死後の生活についての問いに対する答え 756A. ―貧しい農夫が運命の女神の答えに対して礼をもらう 460B，貧しい男が要求された悪魔の答えのお礼を受ける 461，滑稽な答え 2200.

答えること(Answering)　聖職者の問いに答える 1833A, 1833B，祈りが偶然にかなえられる 1349M*.

誇張(Exaggeration)　誇張を取り下げる 1348.

国境(Frontier)　不死の国の国境 332C*.

滑稽な(Ridiculous)　滑稽な答え 2200.

こっそり見張ること(Spying)　長持ちに隠れてこっそり見張る 1536A，継妹をこっそり見張る 511，妻をこっそり見張ることが失敗する 1407.

コップ(Cup)　ディオゲネスがコップを捨てる 1871Z.

コート(Coat)　物乞いのお金の保管場所としてのコート 842A*，上着を日に干す 759B，不倫の証拠としての妻の部屋のコート 1378，魔法の品としての姿の見えなくなるコート 400. ―貸したコート 1642A，空飛ぶ外套 653A. ―マント(Cloak)も見よ.

言葉(Language)　盲目の男が動物の言葉を理解する 613. ―身振り言葉による討論 924，農夫の博学な息子が母国語を忘れたふりをする 1628，外国語についての無知が誤解を引き起こす 1322, 1700, 1699, 1699B，動物の言葉の不思議な知識 159*, 206, 511, 517, 537, 540, 613, 670–674, 781, 930, 951A，鳥の言葉についての不思議な知識 537, 930*，男が物の言葉を理解する 898，女が動物の言葉を理解する 432, 511, 670A.

言葉(Word)　不注意に「悪魔」という言葉を発して悪魔が現れる 813A. ―穴につまずいて言葉を忘れる 1687，母親(子守女)が不注意な言葉を悔いる 75*，求婚者が求婚した女の言葉に腹を立てる 1459*.

言葉(複数)(Words)　話されたとたんに言葉が凍る 1889F，外国語の言葉が侮辱だと思われる 1322，「殺人はツルによって明らかにされるだろう」という死にかけている男の言葉 960A，姫を負かすのに姫の言葉が使われる 853. ―殺人者が被害者の最後の言葉を繰り返して自らの罪を露見させる 960，主人は口数が多いのが好きではない 1572K*，ふつうでない言葉でメンドリの死を描写する 2022.

言葉遊び(Play of words)　1568*, 1568**, 1570*, 1572B*, 1572F*.

言葉遊び(Wordplay)　言葉遊びで返事をしてだます 1544A*.

子ども(Child)　子どもとヘビ 285，人食いとしての子ども 406，誕生のとき子どもが妖精たちから祝福を受ける 404, 410，子どもが人食いとして生まれる 315A，夫の留守中に子どもが生まれる 451, 891，子どもが男のひざから生まれる 705A，動物の頭をした子どもが生まれる 711，子どもが三位一体の謎を示す 682，子どもが首吊りごっこで死ぬ 1343，子どもが，自分は世界の罪を運ぶキリストであると明かす 768，子どもが溺死させられる 1012，捨てられた子ども 709A, 930A，雪でできた子どもがとける 703*，子どもの頭(手)

が壺にはまる 1294A*，子どもが母親の無実を明らかにする手伝いをする 891C*，身代わりとしてのリスの姿をした子ども 1073，天国の子ども 710，子どもが屠殺ごっこで殺される 1343*，粘土でつくられた子ども 2028，子どもが身体障害者と誤解される 1286，動物の子どもが産婆に育てられる 476*，近親相姦から生まれた子ども 931A, 933，男と荒女の子ども 485，デーモン（動物）に子どもを花嫁としてあげると約束する 312A，子どもをデーモン（悪魔，巨人，魔法使いの女，魔女，等）にあげると約束する 310, 312C, 313–315, 400, 475, 500, 537, 667, 710, 756B, 810–811A*，子どもが行く所で，子どもは食べ物と飲み物を供給する 713，子どもが父親を認識する 675，子どもが犬に救われる 101，子どもがライオン（オオカミ，竜，悪い男）から救われる 611，子どもがヘビに救われる 178A，子どもが母親から奪われる 674，子どもが両親（父親）に彼らの無礼な行動を示す 980，悪魔に売られた子ども 706, 810B*，子どもが生まれたときに話す 465, 788，子どもが母親の子宮の中で話す（母親のふるまいをあざける）920，子どもが本当のことを言う 1620，子どもが母親の指から繊維を吸い出す 410，子どもが雌牛の中から（オオカミの腹から）話す 700，子どもが洗われる 1012，子どもが知らずに母親の不貞を暴露する 1358*，子どもが母親の胎内で泣く 409B*，子どもが地獄送りになればいいと願う 1186，超自然的の力を持った子ども 312D，子どもが母親の不貞を目撃する 1358*．― 捨てられた子が鳥に育てられる 705A，人工の子ども 703*，美しい子と醜い子 711，死んだ子どもが母親のところに戻ってくる 769，子どもを 2 つに切り分ける 926，まだ生まれていない子どものための愚かな計画 1430A，私生児 1418*，将来生まれてくる子どもの運命を想像する 1450，母親が自分の子どもが地獄に行けばいいと願う 1186，仕返しに子どもを殺す 706C，強情な子ども 760**，強盗たちが子どもを釜で煮る 955B*，リスを子どもの身代わりにする 1073，奇跡の子 708．― 動物の子ども（Animal child）も見よ．

子どもたち（Children） 鬼にさらわれた子どもたち 894，子どもたちと母親が追放される 706，子どもたちと鬼 327，いいなずけの子どもたち 926C*，男のひざから生まれた子どもたち 705B，昼間の子どもたちと夜の子どもたち 1856，子どもたちが 300 年の眠りにつく 766，子どもたちが動物を怖がらせるために泣く 1149，イブが隠した子どもたち 758，串刺しにされた子どもたち 1012A，父親に殺された鬼の子どもたち 327B, 1119，子どもたちが豚の屠殺ごっこをする 1343*，子どもたちが死から救われる 762，子どもたちが処女マリア（養母，等）に連れ去られる 710，子どもたちが父親のことを親族に話す 425M，とっぴな名前の子どもたち 883C．― イブの美しい子どもたちと醜い子どもたち 758，2 人の新生児を取り替える 920A，夫が妻の従順さを試すために妻の子どもたちを連れ去る 887，母親が死んだ子どもたちのことを嘆く 934C，子どもたちが遊んでいるのを立ち聞きする 920A，より好ましい子どもたちは自分の子どもたち 247，3 人の金色の子どもたち 707．

子どもの（Child's） 子どもの洗礼 1823，子どもの死と死に方が誕生のときに予言される 934，子どもの頭が壺にはまる 1294A*．

子どもの誕生（Childbirth） カエルが子どもの誕生を予言する 410．

子どものない（Childless） 子どものいない夫婦が動物（物）を引き取る 425D．― 王が子どものできない妻を追放する 459．

子どものないこと(Childlessness)　子どもができないことが治される 302B, 307, 700, 703*, 711, 720, 898，超自然の受胎によって子どものできないことが取り除かれる 462. ― 長いこと子どもができなかったあと，女が動物の子どもを産む 409A, 430, 433B, 441, 2031C. ― 不妊(Barrenness)も見よ.

粉(Powder)　ノミを殺す粉 1862A.

粉ひき小屋(Mill)　振動ふるいが設備された粉ひき小屋 1163. ― 粉ひき小屋のきしむ音が怖がらせる 1321A，魔法のひき臼が持ち主の望む物を何でも出す 565.

粉屋(Miller)　316, 707, 804B, 831, 910L, 922, 955, 956B, 1161, 1177, 1355A*, 2021，粉屋が悪魔に教わる 1163，粉屋が司祭だと誤解される 1323，サンスーシーの粉屋 759E，粉屋が客から盗む 1853，粉屋が生け贄にされる 1191. ― 粉屋と息子とロバ 1215.

粉屋たち(Millers)　粉屋たちに関する笑話 1853.

粉屋の(Miller's)　粉屋の娘 1440，粉屋の物語 1361.

小箱(Casket)　― 宝の分け前が入った小箱を正しく選ぶことに失敗する 745A.

小話と笑話(Jokes and anecdotes)　1200–1999.

拒む(Refuse)　太陽，月，雲，風，山が少女と結婚することを拒む 2031C.

拒む(Refuses)　いたずらなヤギが家に帰ることを拒む 2015.

拒むこと(Refusing)　動物を正式な礼拝で教会に埋葬することを拒否する 1842，安息日なので井戸から引き上げること(引き上げられること)を拒む 1855C，腹がすくと働くことを拒否する 1561.

コーヒー(Coffee)　コーヒーを性交のことだと誤解する 1686*，愚か者がコーヒーを知らない 1339C.

子羊(Lamb)　77**, 179B*, 450, 480C*, 889, 1551, 1573*，神の子羊は今は神の羊 1832N*，コクマルガラスにとっては，子羊は運ぶには重すぎる 215，子羊がオオカミから不当に責められる 111A.

子羊たち(Lambs)　3*, 1037.

子羊の(Lamb's)　子羊に心臓があったことが否定される 785.

こびと(Dwarf)　113A, 301, 327B, 476**, 652，助けになるこびと 551，感謝のないこびと 426.

こびと(Mannikin)　こびとと女 1192.

こびとたち(Dwarfs)　少女が話すと口から宝石(黄金)がこぼれ落ちるように，こびとたちがする 403，こびとたちが魔法の品々をお礼として与える 611，こびとたちが白雪姫を助ける 709，こびとたちがせむしの男の背中のこぶを取る 503.

こぶ(Knots)　キリストによって木のこぶがつくられる 774H. ― こぼれたブランデーのしずくで結び目をつくる(課題) 1176.

子豚たち(Piglets)　227, 1551.

ゴブリン(Goblin)　ゴブリンと男 1161.

コーボルト(Cobold)　コーボルトと男 1135.

ゴマ(Sesame)　開けゴマ 954.

困らせる(Embarrassing)　王の客を困らせる 1557.

ごみ(Trash) 獲物の代わりにゴミを入れる 67A*.
小道(Path) 灰でしるしをつけられた小道 555, 709A，小石，エンドウ豆，パンくずで道にしるしがつけられる 327A. ─ しるしをつける(Marks)も見よ.
コミュニケーション(Communication) 壁の穴を通しての恋人同士のコミュニケーション 899A，強盗たちとのコミュニケーション 1341C.
小麦粉(Flour) 小麦粉を焼いて黒ずませる 1371A*，未亡人の小麦粉 759C，氷の穴(川)に小麦粉を入れる 1260，小麦粉の袋が空にされる 1327. ─ 親族の遺灰を小麦粉と間違える 1339G，未亡人の小麦粉に関する訴訟を裁く 920.
子守歌(Lullaby) 魔法にかけられた夫が子守歌を歌う 425E.
子守女(Nursemaid) 75*. ─ 熊の(その他の動物の)子守女としてのキツネ 37.
小屋(Stable) 魔法にかけられたオオカミたちが小屋に戻される 1652.
肥やし，ふん(Dung) 治療法としての肥やし 1543C*，屋根の上の牛のふん 1225A. ─ 少年たちが教会を肥やし(泥)でつくる 1832S*，農夫が馬のふんを食べるという条件を満たす 1529A*，何のふん 1832B*.
コヨーテ(Coyote) 1, 49A, 50, 74C*，コヨーテが穴ウサギに石を投げつけられる 78A.
コルヴェット(Corvetto) 328.
コルベックの踊る者たち(Dancers of Kolbeck) 779E*.
これから生まれる(Unborn) これから生まれる子どもを悪魔にあげると約束する 400, 756B, 810, 811A*，これから生まれてくる子どもを魔法使いの女(魔女)にあげると約束する 310，これから生まれてくる子どもが母親の子宮の中で話す 920，子どもが母親の胎内で泣く 409B*，生まれてこなかった子たちが魂として母親のところに現れる 755. ─ まだ生まれていない子どもが抱えるであろう問題に心を痛める 1450，胎児を食べるという謎 851，まだ生まれていない子どものための愚かな計画がけんかを引き起こす 1430A，まだ生まれていない者についての謎 927. ─ 子ども(Child)，約束された(Promised)，知らずに(Unwittingly)も見よ.
転がること(Rolling) チーズが丘を転がり落ちる 1291，運ぶよりも転がすほうが楽 1243，石臼が丘を転がり落ちる 1247，木の幹が丘を転がる 1243.
殺された(Murdered) 殺された愛人 1536C，殺された男(死体)が井戸に投げ込まれる 1600，殺された人たちが教会に現れる 760. ─ 殺された恋人に関する謎 927.
殺される(Killed) 動物が貪欲のために殺される 219E**，いちばん大きい(いちばん強い)動物が殺される 231*，花嫁は殺されるのをうまく 3 回遅らせる 312，家族成員が殺される 212，シラミ(南京虫，ノミ)が殺される 282C*，(弓が跳ね返って)ジャッカルが死ぬ 180，男がある猫を殺したあと，猫に殺される 113A，集団の罰として人々が殺される 774K，オンドリが事実を告げて殺される 243A，父親が殺されないように，息子が父親を隠す 921B，語り手が自分の物語の中で殺される 2202，オオカミが殺される 100, 123, 333.
殺す(Kill) 去勢された男が拷問者の家族を殺すと脅す 844*，舅を殺そうともくろむ 1448*，精霊が救ってくれた人を殺すと脅す 331，2 匹の仲のいい動物が殺し合う 59*，動物(オンドリ)を殺そうとして失敗する 715A.
殺す(Kills) 鳥が熊(トラ，オオカミ)を殺す 228，カニがヘビを殺す 279*，カニが不誠実なサギ(ツル)を殺す 231，デーモンが 3 人の女を殺す 210*，馬がしっぽに固定された鎌で動物を殺す 1892，ライオンが本当のことを言った動物たちを殺す 51A，女中が強盗を殺す 954，ヘビが自分を救ってくれた者を殺す 155，野獣が飼われている動物を殺す 1910.

殺す(Murders) 夫が妻の愛人を殺す 992, 992A. — 船乗りが海底世界の女を殺す 540，息子が気づかずに自分の父親を殺す 931.

殺すこと(Killing) 誤って動物を殺す 1681，動物たちを殺す 1007, 1791*，集団の罰として動物たちを殺す 774K，動物たちが模倣によって殺される 1535，殺人の試み 1115–1129, 1149，赤ん坊とお婆さんと動物が事故によって殺される 1681B，赤子に熱湯の産湯を使わせる 1680，木から落ちてきたパンで熊が死ぬ 1890B*，花嫁たちを殺す 311, 312，鉄砲の暴発によって殺される 1228，だまされて殺される 1117, 1119, 1122，子牛(猫)を殺す 1281A，猫を殺す 2016，死体を繰り返し殺す 1537，雌牛を殺す 1211，鹿を殺す 1889C，デーモンを殺す 314，デーモンたちを殺す 315，不幸な出来事で犬が殺される 1680，妻の代わりに人形が殺される 883B，戦って竜を殺す 312D，隠れ場所でお互いに殺し合う 1536B，ノミ取り粉を使ってノミを確実に殺す 1862A，裁判官の鼻(頬)に止まったハエを殺す 1586，夫を殺す 318，無実の動物を殺す 178A–178C，愚か者が自分の家の脇に落とし穴を仕掛けて，母親があやまって死ぬ 1685A*，生まれたばかりの孫娘を失望から殺す 1855A，嫉妬から殺す 303，自分の母親(妻)を殺す 1353, 1539，人をわずらわせている虫ではなく人が殺される 1586，復讐として殺された人 756A，模倣して親族を殺す 1535，強盗がだまされて殺される 1527A，強盗たちを殺す 315，早起きしすぎるオンドリを殺す 1566A*，7 匹のハエを 1 打ちで殺す 1640，暴発で数匹の動物を殺す 1890，ひそかに調べている女を殺す 1536A，死んだふりをしている男を殺す 1711*，幽霊だと思って殺す 1536B，3 人の愛人を殺す 1730，不誠実な妻を殺す 318，妻の愛人を殺す 1536C, 1537，殺された魔女 327A, 327C，殺された魔女と娘たち 327G. — 毒を仕込んだ櫛(ひも，リンゴ)で殺すことを計画する A709.

コンスタンチノープル(Constantinople) 投てきの勝負でコンスタンチノープルを狙う 1063A. — コンスタンチノープルの大きなオークの木が葉をつけたままである 1184.

こん棒(Club) こん棒が投げられる 1063.

こん棒(Cudgel) 決闘にこん棒が使われる 1083.

こん棒(Mace) 長持ちの中に遺産としてこん棒が残されている 982.

婚約者たち(Fiancées) 婚約者たちが焼き殺される 760.

婚約中の女性(Fiancée) 婚約中の女性が余分にワインを飲む 1458，忘れられた花嫁(フィアンセ) 313, 884，婚約中の女性が盲目(半ば盲目，近視) 1456, 1456*. — 捨てられた婚約者が召し使いとして働く 884，食いしんぼうの婚約者 1454*，薄情な婚約者 1455，怠け者の婚約者 1454*，舌足らずな婚約者 1457. — 花嫁(Bride)も見よ.

混乱(複数)(Complications) ノミとシラミの結婚式で混乱が生じる 2019*.

混乱(Confusion) 外国語での質問の順番が変わることで混乱が起きる 1699B，風変わりな名前が混乱を招く 1940.

さ

差異(Difference) 社会的な差異が夫と妻を別れさせる 879A.

再会(Reunion) 家族成員が再会する 883A，夫と妻がよりを戻す 706C，王と姫の再会をオウムが準備する 546，恋人たちが死んで再びいっしょになる 666*，2 人兄弟が長く離れていたあと再会する 567A.

最強の(Mightiest) 娘の夫としての最強の存在 2031C，主人として最強の者を探す 768.

再現すること(Reenacting) 壺が壊れるのを再現する 1327A，裁判で事件を再現する 1327A.

最高の(Best) 親友，最大の敵 921B.

最後の(Last) 最後の葉が決して落ちない(悪魔がだまされる) 1184，最後の要求(バイオリンを弾く許し) 592，最後の願い事(タバコを吸う許可) 562，最後の要求(最も大切な物を持っていってよい) 875*，最後の要求(吊るされる木を選ぶこと) 927D.

最後の審判(Judgment Day) 1574，最後の審判は発砲の音よりももっと大きい音であろう 1835A*. ― 最後の審判についての予言 1827A, 1827B.

財産，土地(Property) 主人の財産が作男によって台なしにされる 1002，だまして土地の所有権を証明する 1590，盗まれた財産 1592. ― 貪欲さのせいですべての財産を失う 751B*.

最初に(First) 最初に橋を渡った者 1191，お返しに，最初に出会った者を動物に与えることが約束される 25A，最初の藁束 1192，ある木の木材でつくられた揺り籠に最初に横たわった子どもが，救済をもたらす 760***，最初の収穫(どんぐり)が悪魔への支払いを遅らせる 1185，最初のミサが幽霊に救済をもたらす 760***，初夜 1165，最初におはようと言う 1735，先に日の出を見る 120，最初に話した人がある仕事をしなければならない 1351. ― 父親が娘を最初の求婚者と結婚させたがる 425*, 552, 900，最初に話したほうが有罪 1351B*.

災難(Catastrophe) 幽霊船を見たあと災難にあう 777*. ― 災難(Disaster)も見よ.

災難(Disaster) 風変わりな名前が災難を招く 1940.

災難(複数)(Disasters) 不幸が次々と続く 1680，愚かな少年の災難 1681, 1681B，愚かな花婿の災難 1686，愚かな男の災難 1681, 1681B, 1685. ― 災難(Catastrophe)も見よ.

罪人(Sinner) 804，罪人が大きな袋いっぱいの小石を懺悔に持ってくる 1848，罪を犯した者が夫に追い出される 755，永遠に航海することを宣告された罪人 777*. ― 罪人としての天使 759D，罪人を焼く 788，1 人の罪人のために多くの人々が死ぬ 774K，後悔している罪人 756B.

罪人たち(Sinners) 803，地獄からの救出 803. ― 罪人たちの名前が悪魔に書き留められる 826，2 人の罪人 756C.

才能(Talents) 兄弟たちが異なった才能を持っている 653, 654, 1548*. ― 能力(Abilities)，技術(複数)(Skills)も見よ.

才能，性質(Qualities) すばらしい才能を持った犬たち 300, 315，魔法の性質を持った花

467，驚くべき性質 560–570，並外れた能力と才能を持った泥棒たち 951A．— 能力（Abilities），力（Power）も見よ．

裁判（Trial） 動物たちの裁判 53, 220A, 2042A*，カラスとワシの裁判 220A．— 天国には裁判を行う弁護士がいない 1860A，裁判で偽証した男がすべての毛を失う 813C．

裁判官（Judge） 44, 53, 821A, 910A, 921B*, 927C, 927D, 934, 976, 981A*, 1327A, 1332, 1525Q, 1525K*, 1543, 1543D*, 1543E*, 1590, 1591, 1617, 1624C*, 1675, 1697, 1790，裁判官と悪魔 1186，裁判官が叩かれる（罰金が前もって支払われる）1586B，裁判官が謎を解けない 927，裁判官が悪魔に連れ去られる 821B，裁判官が動物を売っている男をだます 1538，筒に這い込んだ魔法使いに裁判官が有罪判決を下す 926A，裁判官が訴訟のすべての主張は正しいと判決を下す 1534E*，裁判官が貧しい男に有利な判決を下す 1660，裁判官がより大きな賄賂をくれた依頼人に有利な判決を下す 1861A，裁判官が，食事の臭いに対しお金のチャリンという音で支払いをするよう判決を下す 1804B，床屋が鍛冶屋の代わりに処刑される 1534A*，裁判官が子どもの本当の母親を見つける 926，裁判官が賢い助言をする 1592，被告に催眠術をかけられた裁判官が被告を無罪にする 664*，裁判官の鼻（頬）に止まったハエを殺すことで裁判官がけがをさせられる（殺される）1586，裁判官が刑を宣告された男を釈放する 1367*，裁判官が裁判で援助を申し出る 821B，2 人の男（巨人，悪魔）のけんかから，裁判官が魔法の品を取って利益を得る 400, 518，裁判官が不条理な申し立てに対して不条理な判決を下す 875E，裁判官が巧みで不当な判決を言い渡す 1534，裁判官が自分の都合のいいように判決を下す 926D，ダンスを止めるために，裁判官が有罪判決の少年を解放する 592，裁判官が訴訟に判決を下し自らの不利となる 1861，裁判官が物語を語って相続の争いを解決する 655，聞いたことなど何の効力もないと裁判官が言う 1588*．— 裁判官としての鳥の王 220，耳の遠い裁判官がとんでもない判決を下す 1698A，裁判官としてのワシ 220, 220A，女の裁判官が被告に有利な不合理な判決を下す 890，キツネが獲物の分配をする裁定者となる 51***，裁判官のキツネがヘビをだまして囚われの身に戻す 155，動物たちの獲物の分配のための審判をする男 159*, 301，人々と動物たちが審判者をする 613，裁判官の聡明さが適切な判決へと導く 926, 926A, 926C，頼まれてもいない審判者 782，裁判官をする不貞の妻 1355A*，オオカミが雄羊たち（ヤギたち）に審判として判定を下すよう頼まれる 122K*．— 弁護士（Advocate），弁護士（Lawyer），公証人（Notary）も見よ．

裁判官の（Judge's） 裁判官の手のひらに油を塗る 1345.

財布（Purse） 1370，幸運な偶然の出来事によって財布を見つける 1644．— 決して空にならない財布 360, 361, 564, 566, 853.

財宝（複数）（Treasures） 洞くつに隠された財宝 954，洞くつから財宝を盗む 561．— 鬼の財宝を盗む 328, 328A.

催眠術にかけられる（Hypnotized） 被告によって催眠術にかけられた裁判官が物笑いの種になる 664*.

サインすること（Signing） たまたま弔問者名簿にサインする 1651A*.

さえぎること（Interrupting） 物語を語るのをさえぎって罰せられる 1376A*，物語を語る人をさえぎる 1920H.

探す(Search) さらわれた姫(たち)を捜す 301, 301D*, さらわれた妻を捜す 301, 860B*, 動物婿を捜す 425A, 425B, 425D, 425*, 動物を捜す 1698A, 美しい女を捜す 861A, 花嫁を探す 313, 402, 440, 704, 花婿を捜す 855, 兄弟(たち)を捜す 480A*, 451, 567A, 娘を捜す 562, 父親を捜す 369, 707, (キツネとオオカミが)地下貯蔵室で食料を探す 41, 運命の女神を探す 460B, 名づけ親を捜す 531, 金の鳥を探す 550, 治癒する果物を探す 610, 夫捜し 425, 881, 881A, 935, 夫を捜す 880, 888, 888A, 誰も死なない国を探す 470B, 恋人を捜す 369, 432, 884, 891A, 魔法の果物を探す 705A, 魔法の品々を探す 707, 結婚した妹たちを捜す 552, 娘と結婚させるために最も力のある存在を探す 2031C, 9 人兄弟を捜す 709A, 両親を捜す 332C*, 933, 約束された妻を探す 409B*, 治療薬を探す 305, 551, 幸運な男のシャツを探す 844, 異界に行った妹を捜す 312C, 471, 強い対戦相手を探す 650B, 3 つの果実を探す 408, カメを捜す 288C*, まだ会ったことのない父親を捜す 873, 見知らぬ求婚者を捜す 530, 妻を捜す 400, 433B, 883A, 妻たちを探す 303A, 女を捜す 302C*, 871*, 魔法の花(宝石)を探す 467.

探すこと(Looking for) 妻を探す 1450–1474, 正直な人を探す 1871F.

捜すこと(Searching) 頑固な妻を川上で捜す 1365A.

探すこと(Seeking) なくした証明書を探す(なぜ犬たちはお互いの匂いを嗅ぎ合うか) 200A, 夜の宿を探す 1527*.

魚(Fish) 62, 70, 91, 122G, 125B*, 157C*, 165, 246, 250–253, 325, 409A, 434*, 444*, 450, 460A, 570A, 575, 665, 673, 675, 750K**, 825, 832, 875D, 898, 927A, 933, 1086, 1131, 1260A, 1339F, 1381, 1381B, 1420A, 1565**, 1567, 1741, 1743*, 1832P*, 1833H, 1960E, 1965, 魚とサギ 231, 魚がキツネに捕まり, 魚もキツネも人に捕まる 1897, 魚がブーツの中に捕まる 1895, 魚たちが黄金と銀を届ける 1273A*, 魚が魔法の指輪を海から返す 560, 魚たちが王を選ぶためにレースをする 250A, 網にかかった魚 253, 魚が豚をあざ笑い, 豚は気の利いた反応をする 137, 農夫の魚が盗まれる 1525N*, 畑に蒔かれた魚 1381A, 食事とお金と引き換えに魚を約束する 1634A*, 魚が泳ぎを競う 250, 250A, 危険から救われた魚が願い事をかなえる 555, 魚を荷車から盗む 1, 魚が男を呑み込む 1889G, 魚を投げ捨てる 1221A*, 魚が大きすぎて平鍋に入らない 1221A*, 鈴をつけられた魚 1208*. ― 大きい魚と小さい魚 1567H, 想像で魚を捕まえる 1348*, しっぽに結んだ籠で魚を捕る 2B, 魚の腹の中のダイヤモンド 945A*, 魚を食べると超自然的な受胎が起きる 300A, 303, 魔法の魚を食べると夫が妊娠する 705A, 大漁 1960C, 巨大な魚 1960B, 巨大な魚が男(船乗り, 乗組員たち)を呑み込む 1889G, 聖像が魚を食べたと疑われる 1320*, 宝石が魚の体の中に見つかる 736, 魚を捕るために海に飛び込む 1260**, 指輪が魚の体の中に見つかる 736A, 小さな魚を出して, 大きな魚を隠す 1567C.

魚たち(Fishes) 326, 832, 1833H, 1889G, 浅瀬を歩いたあとブーツに魚が入っている 1895.

魚屋(Fishmonger) 1567H.

酒場(Tavern) 天国の門前の酒場 804B*, 妻が夫を酒場に探しに行く 1378A*. ― 動物たちが居酒屋で注文する 211B*. ― もてなし役, 主人(Host), 宿屋の主人, 酒場の主人(Innkeeper)も見よ.

逆らうこと(Contradicting)　もてなし手に逆らって罰せられる 1572C*.
サギ(Heron)　5, 56D, 60, 244A*，サギが乾いていく湖から魚たちを運ぶ(魚たちを食べる) 231.
詐欺師(Deceiver)　921B*，詐欺師がキツネに約束したガチョウをあげない 154.
詐欺師たち(Swindlers)　詐欺師たちが物乞いに貴族の服を着せる 1526. ―2人の詐欺師が死んだ男の親族たちをだます 1532. ―ペテン師(Cheater)，トリックスター(Trickster)も見よ.
サギたち(Herons)　225A.
先を見越した(Anticipatory)　先を見越したむち打ち 1674*.
作男(Farmhand)　162, 533, 571B, 593, 820, 844*, 889, 960B, 1000–1049, 1053, 1132, 1153, 1164, 1186, 1316, 1321D, 1334**, 1337C, 1348*, 1381F*, 1419, 1440, 1511*, 1527, 1536B, 1543D*, 1545B, 1546, 1561, 1561*, 1562B*, 1563, 1565**, 1572*, 1572A*, 1572L*, 1575*, 1698N, 1791, 1849*, 1862D, 1920C，作男と見習い 1539A*，作男と農婦が密通を疑われる 1431，作男が神にお金を要求する 1543，作男がテーブルの上の肉(皿)の位置を変える 1568*，作男は大きなエンドウ豆がきらい 1572F*，作男は無駄口を叩くのが好きではない 1572K*，作男がパンの皮と柔らかいパンの両方を手に入れて食べる 1567，作男がたいへんな仕事を他人に押しつける 1561**，作男が主人から言われる前にすべて分かっているふりをする 1574*，作男がすべてを奇妙な名前で呼ばなければならない 1562A，作男が強盗を殺す 958D*，作男がマッチを試すためにすべてのマッチをする 1260B*，作男が働いているふりをする 1560，作男がエンドウ豆を探すために農夫の皿に潜る 1562F*，作男がだまされて物を盗られる 1525D，雨はやんでいるのに，作男はまだ雨が降っていると言う 1560**. ―エウスタキウスが作男として働く 938. ―主人と作男(Master and farmhand)，労働者(Workman)も見よ.
作男たち(Farmhands)　1334**, 1526A**, 1533C, 1562F*, 1564*, 1567, 1567A, 1568*, 1571*, 1791, 1892*，塔がどちらに倒れるか，作男たちが賭ける 1526A**，作男たちがリキュール(薬)のせいで眠る 1525A.
作男の(Farmhand's)　作男の策略が暴露される 1545.
さくらんぼ(Cherry)　さくらんぼの種を使って鹿を撃つ 1889C.
策略(複数)(Machinations)　裕福な恋敵よりも勝ろうとする貧しい求婚者の策略 1688A*.
策略(Ruse)　女たちが夫を町から連れ出すことを許される 875*.
策略(Trick)　(魔法の品々を交換する) 518，(彫像の中に隠れる) 854，猫の策がキツネの多くの策に勝る 105，詩人の策略に主人が気づく 1804C. ―井戸を修理させるための賢い策略 1614*. ―だますこと(Deception)も見よ.
策略(複数)(Tricks)　オイレンシュピーゲルの策略 1635*，女の策略は男の策略よりも優れている 1406A*，ジプシーたちがさまざまなペテンを仕掛ける 1634*，注意をそらすためにトリックが使われる 1525D. ―策略によりただで食事を手に入れる 1526A.
酒(Alcohol)　酒で気持ちが悪くなる 1088.
酒(Liquor)　酒瓶が聖職者の袖から落ちる 1827A，作男たち(見張りたち，兵隊たち)がリキュールを飲まされる 1525A.

サケ(Salmon) 1927，鈴をつけられたサケ 1208*.

酒飲み(Drinker) 夫が酒飲みだと判明する 1511*，揺るがない大酒飲みが自分自身で1杯の飲み物をかける 1706A，治しようのない酒飲み 1706D.

酒飲みたち(Drinkers) 酒飲みたちが賭けに勝つために妻に従う 1706B.

叫び声(Exclamation) 礼拝中の少年の叫び声 1832.

裂け目(Crack) 動物たちが息を吸うと木の裂け目が開き，息を吐くと閉じる 1916.

ささいな(Minor) ささいな出来事が一連の不幸な出来事を招き，死(財産の喪失)につながる 2042.

支えること(Holding) まるでハヤブサを保護しているように帽子を押さえる 1528，船をいかりの鎖にしっかりとつなぐこと 1179，岩を支える 1530，働かないための見せかけとして屋根を支える 9.

捧げ物(Sacrifice) 巨大なろうそくの捧げ物 778，橋の上で最初に出会った者を生け贄にする 1191. ―竜が人間の生け贄を要求する 300, 303，男が生け贄として船外に放り出される 567A，嵐をなだめる生け贄に罪人が使われる 973.

指し物師(Joiner) 575.

刺す(Stabbing) 763，強盗たちを刺す 954，ナイフで刺す 1122.

刺す(Stings) 虫がヤギを刺すとヤギは家に帰る 2015.

サタン(Satan) 803.

雑音(Noise) 雑音が悪魔(鬼，巨人)をおびえさせる 1145，川の音を小便の音と間違える 1293. ―雑音がうるさいからある場所を去る 1948，課題：音を捕まえる 1176，未知の物音がキツネ(ライオン)をおびえさせる 53*，未知の雑音がヒョウをおびえさせる 181.

錯覚(Illusion) 目の錯覚が木の魔法の力によって引き起こされる 1423.

殺人(Murder) 企てられた殺人 314, 328, 403, 404, 408, 519, 551, 612, 879, 883B, 1115, 1116，事故による殺人 1537，焼き殺す 1121，だまして殺す 1121，ナイフで刺して殺す 1122，井戸に投げ込んで殺す 1120，愚かな息子が殺人を犯す 1381B，親族を殺した人をかくまう 756D*，計画された王子の殺人 516，仕返しに子どもを殺す 706C，近親者の殺人が明るみに出る 780，祖母を殺す 545A*，愛人の助言で夫を殺す 871A，夫の殺害が計画される 1351F*，両親(父親)を殺す 931A，買収された床屋が支配者を殺すことを遂行しない 910C，母親と母親の愛人が息子を殺す 590，継母の殺人 511，宝の発見者たちを殺す 763，女(女たち)を殺す 955，製鉄所(石灰がま，鉱山，井戸，醸造所，かまど，等)で若者を殺す計画が立てられる 910K，末の弟を殺す 550，貪欲からの殺人が暴かれる 665, 671E*, 960-960B. ―嬰児殺しの罪を着せられ殺人罪に問われる 712，子どもが殺人で無罪となる 1343*，コックが動物に変身した兄を殺す計画を防ぐ 450，企てた殺人の失敗 312D，父親が召し使いに息子を殺すよう命ずる 671，予言のために父親が息子を殺そうとする 517，魔法使いが手伝いを殺そうと企てる 561，さまざまな殺人の説話 968，動物を殺そうとしているのを殺人計画と間違える 1791*，鬼が寝ている兄弟たちを殺す計画を立てる 327B，両親が息子と知らずに殺す 939A，恋敵が殺人を企てる 505，妹が兄を殺すことを企てる 315，おしゃべりによって強盗たちに殺人の機会を与える 1341A，夫を殺そうとする計画が失敗する 921B，さまざまな殺人の道具 709, 709A，妻が黄金の入った袋と引き換えに夫を殺すことに同意する 824，妻が夫を殺したことを自白する 960D．— 嬰児殺し(Infanticide)も見よ．

殺人(Murdering) 殺人を犯すものが犯罪を防ぐ 756C，妻殺しが死を招く 760A．

殺人者(Murderer) 781, 894, 960, 960A, 1343, 1537，ゆすられた殺人者 1537*，殺人者が死刑を宣告される(殺される) 955，子牛の頭からしたたる血によって殺人者であることが露見する 780C，殺人者が救済を得る 760, 760A，殺人者が聖者によって絶望から救われ，懺悔をし償いをしなければならない 931A，殺人者が贖罪をしようとする 756C．— 農夫が息子たちの本当の職業を，泥棒，物乞い，殺人者だと述べる 921B*，殺人者としての愚か者 1600．

殺人者と強盗(複数)(Murderers and robbers) 950–969．

サテュロス(Satyr) サテュロスが人間の奇妙な行動を恐れる 1342．

砂糖(Sugar) 砂糖の人形 879．— 砂糖の大きなかたまりか小さなかたまりかを選ぶ 1389*．

サーベル(Saber) サーベルと熊手 1704*．

妨げること(Preventing) 作男が食事に時間をかけること(食べすぎること)を妨げる 1561，けちがこっそり食べるのを邪魔する 1562C*．

さまようこと(Wandering) さまよえるユダヤ人 777．

寒さ(Cold) 寒さと風の競い合い 298A*，寒い墓 1313B*，寒い 5 月の夜 1927，寒い時期は終わった 1349G*．— 非常な寒さが言葉(音楽)を凍らせる 1889F，人が物に凍りつくほど寒い 1967，斬首された男の頭が元どおり体に凍りつくほど寒い 1968，寒さより速く自転車をこげる(馬に乗れる，荷馬車を走らせる，走る) 1966．

サムソン(Samson) サムソンの謎 927．

サヨナキドリ(Nightingale) 56A, 224, 750E，サヨナキドリとアシナシトカゲ 234．

サヨナキドリたち(Nightingales) 927C．

皿(複数)(Dishes) 壺を置く場所をつくるために皿を割る 1293A*．

さらうこと(Abduction) 魔女にさらわれる 480A*，逢い引きの間の誘拐 861A，地下世界へさらう 301．

さらうこと(Kidnapping) 保管者の息子(子どもたち)をさらう 1592, 1592A．

さらわれた(Abducted) さらわれてきた少女が強盗のために家事をしなければならない 965*，さらわれてきた姫が王との結婚を拒否する 531，さらわれた姫が男に救われる 467，さらわれた女が竜の手から救われる 302B．— 少年が魔女(鬼)にさらわれる 327C，さらわれた花嫁 311，魔女(悪魔)にさらわれた兄弟たち 327G，さらわれた子ども 674, 710，さらわれた子どもたち 894，子どもたちが山の中にさらわれる 570*，原告(裁判官)が悪魔に連れ去られる 821B，漁師が魔女にさらわれる 327F，花の少女が地獄にさらわれる 407，歌う袋の中のかどわかされた姪 311B*，驚くべき能力を持った王子がさらわれる 652，かどわかされた姫 505, 516，超自然の存在にさらわれた姫 301, 301D*, 302C*, 317，金持ちが悪魔にさらわれる 831，寝ている(酔っている)夫を連れ去る 875，意地の悪い男が悪魔にさらわれる 820A，誘拐された女 860B*, 888A*, 920, 939，袋に入れられたかどわかされた女 311B*，竜にさらわれた女 312D．

ザリガニ(Crayfish) 210, 210*, 275, 275B, 425A, 425D, 559, 560, 920A*, 1296B, 1740, ザリガニとカラス 227*, ザリガニを溺れさせて罰する 1310. ─ 生きているザリガニの背中のろうそく 1740.

猿(Ape) 猿(Monkey)を見よ.

猿(Monkey) 9, 34, 47A, 78, 78A, 160, 444*, 535, 545B, 926D, 1310, 1586, 1592A, 1676, 猿とトラの襲撃 49A, 猿とカメ 91, 悪魔の創造物としての猿 773, 猿が裁定者となる 51***, 子どもの代わりに猿が生まれる 753, 猿がスズメバチの巣を太鼓と呼ぶ(ヘビをフルートと呼ぶ) 49A, 猿がライオンにだまされる 51A, 猿が不誠実な男をだます 184, 猿がトラをだまして逃げる 122H, 猿が盗んだ肋骨の代わりにしっぽを与えなければならない 798, 猿がココナッツを投げてオオカミ(その他の動物)を殺す 74C*, 左利き用モンキーレンチ 1296, 猿がレンズ豆(木の実)を失う(落とす) 34C, 猿が寿命の一部を辞退する 173, 猿がおべっかを使うキツネに褒美を与える 48*, 猿が危険に気づく 66A, 木の実の殻が苦いので, 猿が木の実を投げ捨てる 186, 猿がワニたちの数を数えなければならないと言ってワニたちをだます 58, ろうそくを頭に載せた猿 217. ─ 人食い猿 312A, 鳥と震えている猿 241.

去ること(Leaving) おしゃべり(雑音)がうるさいから場所を去る 1948, 長い説教が終わる前に教会を去る 1833M.

猿たち(Monkeys) 173, 185, 753, 猿たちが帽子を盗む 185. ─ 数珠つなぎの猿 1250.

サルタン(Sultan) 841, 888, 890, 山が動いてサルタンと廷臣たちが死ぬ 756G*. ─ 支配者(Ruler), 王(King)も見よ.

猿の(Monkey's) 薬としての猿の心臓 91.

3(Three) 3人兄弟が異なった才能を持っている 1548*, 連続した3食 1561, 2つの卵が3つであるふりをする 1533B, 3人姉妹 1464C*, 3人の息子たちが17匹の動物(コイン)を分けることができない 1533C, 3回 15, 145A*, 302C*, 312, 314, 314A, 400, 403, 409A, 426, 434, 441, 502, 507, 530, 815, 850, 863, 891, 920, 934K, 1313A, 1357A*, 1364, 1370, 1539, 1575A*, 1651, 1862F, 1960B, 1960D, 3つの願い 750A, 1173A.

サンカノゴイ(Bittern) サンカノゴイとヤツガシラ 236*.

懺悔, 自白, 告白(Confession) 事前の懺悔 1804E, 不倫の告白 1725, 動物たち(猫)の懺悔 136A*, キリスト教徒の懺悔 938, 犯罪の自白を取り消す 1860C, 犯罪を懺悔して贖罪をすることになる 756A, 飲みすぎの大臣の告白を耳の遠い司教が誤解する 1698M, 悪人の懺悔 785, 殺人を白状する 1600, 強盗の懺悔が拒否される 756C, 性関係を告白する 1418*, 罪(盗み, 姦通)の懺悔が処理される 1777A*, キツネに罪の告白をする 20D*, 司祭への罪の告白 1743*, 橋に動物がつながれたロープを盗んだことを告白する 1800, 何年もあとの妻の自白(夫を殺した) 960D, 妻の夫への自白 1357*, 1410, オオカミの懺悔 77*. ─ 聖職者が紛らわしい懺悔にだまされる 1807, 懺悔のあと犯罪者が贖罪をしなければならない 756A, 悪魔が懺悔をしに行く 818*, 農夫が懺悔のとき, 何回罪を犯したか思い出せない 1848, 農夫たちが懺悔をしに行く 1806A*.

懺悔(複数)(Confessions) 敬虔な女の懺悔 1805. ─ 懺悔の説話 1806*.

懺悔される, 告白される(Confessed) 犯罪が無意識に告白される 1697, 財布を拾ったことが告白される 1807A*，何か罪深いことを計画したことが懺悔される 1804，説教壇から皆に向かって罪の告白がなされる 1805*.

懺悔者(Penitent)　懺悔で懺悔者が祈りを知らない 1832N*，懺悔者が聖職者をだまして支払いをしない 1804**，懺悔者が罪のゆるしのために支払う必要はない 1804，懺悔者が自分の運命を聖職者の運命と取り替えることを申し出る 1806*，前もって罪のために支払いをする 1804E，懺悔者がウナギの代わりに砂を詰めたウナギの皮を送り届ける 1804*，懺悔者が禁止を破る 1807B.

懺悔者たち(Penitents)　懺悔者たちが聖職者の質問を誤解する 1806A*.

懺悔する(Confess)　猫が自分の罪を懺悔しようとする 136A*，オオカミが自分の罪を懺悔するふりをする 77*.

懺悔の気持ち(Penitence)　次の獲物を見たとたんオオカミの懺悔の気持ちは消え失せる 77*.

斬首(Decapitation)　首を切ると犬の魔法が解ける 540，首を切ると怪物が人間に変身する 708，捕まった泥棒の首を切ることでほかの泥棒の正体が隠される 950，友人を生き返らせるために子どもたちの首を切る 516C，愛人の首を切る 992A，強盗の首を切る 956，家に入るとき泥棒たち(強盗たち)が首を切られる 956B. — 斬首による蘇生 774A. — 首をはねる(Beheading)も見よ.

3 重の(Three-fold)　3 重の死が予言される 934.

3 重の(Triple)　障害を負った人から 3 重の税金を要求する 1661.

斬首される(Decapitated)　魔法の馬が首を切ってくれと頼む 314.

サンショウウオ(Salamandar)　825, 987.

サンタ・クロース(Santa Claus)　1169. — 聖ニコラウス(Nicholas(saint))も見よ.

サンダル(Slipper)　女のサンダルが王の愛を引き起こす 302B, 510A. — 靴(Shoe)も見よ.

サンドリヨン(Cendrillon)　510A.

産婆(Midwife)　産婆が地下の超自然の存在に仕える 476**，カエルのための産婆 476*. — 男が妊婦のために産婆を探す 1680.

賛美歌集(Hymnbook)　賛美歌集が説教壇から落ちる 1835B*，賛美歌集を上下逆に持つ 1832R*.

3 本脚の(Three-legged)　3 本脚の鍋は 2 本脚の人間よりも速く歩ける 1291A.

三位一体(Trinity)　三位一体についての瞑想 682.

し

詩(Poem)　詩に対して(報酬の代わりに)詩を贈る 1804C.

詩(Verse)　詩で本人だとわかる 855.

死，死神(Death)　425A, 471, 759D, 879, 1318，魔法の剣を失ったあと死ぬ 302B，死者のミサを訪ねたあとに死ぬ 779F*，死神と男(女) 1091, 1188, 1199，お爺さんの要求によって死神が現れる 845，名づけ親としての死神 332，キリスト教に帰依することによって避けられた罰としての死 938，強情さのために死ぬ 760**，復讐として殴ることによる死

756A，かまどで燃えて死ぬ 327A, 327C, 327F, 327G, 1121，窒息死 74C*，破廉恥な踊りに対する罰として踊り続けて死ぬ 779E*，屋根の上で凍えて死ぬ 1479*，模倣によって死ぬ 1535，名前を発見することで死がもたらされる 500, 1099，神の審判を疑うことによって死ぬ 756A，命の灯火を吹き消して死がもたらされる 332，首吊りごっこ(屠殺ごっこ)で死ぬ 1343, 1343*，悪魔の肖像画を見ることによって死がもたらされる 819*，ささいな出来事が(一連の出来事を引き起こし)死をもたらす 2042，地面に触れて死ぬ 470B，死神がお爺さんのところにやって来る 845, 歌いながら背に乗っている男に死神がだまされる 1082A，祈りによって死を遅らせる 1199，歌うことで死を延ばす 1082A，偽りの死 1, 33, 41, 47A, 56–56A*, 65, 66B, 105*, 113*, 179, 233A, 239, 1350，キリスト教徒たちの信仰が山を動かすことができなければ，キリスト教徒たちを殺す 756G*，負けを認めずに死ぬ 1562A*，老夫婦にとっての死 1354，皮を剝がれて死ぬ 877，動物たちに踏みつけられて死ぬ 327F，食べて死ぬ 292, 1088，とげのある棒を食べて死ぬ 136，木が倒れて死ぬ 1117，笑い死にする 1080*，毒入りのパンを食べて死ぬ 837，毒を仕込まれた物で死ぬ 709A，競争での死 275C，転がる籠に入って死ぬ 1117，ヘビにかまれて死ぬ 155，死んだと想像する 1313A, 1313A*，死神が不死を授けなければならない 332C*，家事を交換したために動物たちが死ぬ 85，間違った予言のために占星術師が死ぬ 934G，熊の死 10***, 88*, 1890B*，いちばん大きな(強い)動物が死ぬ 231*，無慈悲な継母の死 368C*, 709，デーモンの死 210*, 480A，預金者が死んだように装う 1591，悪魔の死 407，ほかの動物が象の体の内部に入ることで象が死ぬ 68，キツネの死 68A, 78, 129，カエルの死 277A, 278A，豆の茎を切って巨人を殺す 328A，善人の死と悪人の死 808A，祖母の死が誤解される 1321D，不運な出来事によるメンドリの死 2021，贖罪後の隠者の死 756A，小さなメンドリ(その他の小動物)の死 2022，魔法使いの死によって姫が解放される 507，変身の勝負で魔法使いが死ぬ 325，守銭奴の死 760A*，不運な事故によるハツカネズミの死 2023，3人の飼い主がラバに餌をやることを怠ったためにラバが死ぬ 1682**，宝を見つけた者たちを殺した殺人者の死 763，配偶者の死が装われる 1556，妃は死んだと申し立てられる 883A，強盗の死 958E*，女に変装した強盗の死 958D*，熱湯でやけどをさせられた強盗の死 956E*，にせ医者の処方のために病気の仕立屋が死ぬ 1862F，ヘビがヤギに殺される 133*，ヘビ婿の死(義理の兄たちに殺される) 425M，自分の物語の中における語り手の死 2202，妻の死が夫を安堵させる 1354A*，夫を救うために妻が死ぬ 899，オオカミの死 2D, 75*, 123B，人を欺く旅の道連れに対する死刑 301，ペテン師に対する死刑 300，自慢する動物に対する死刑 485B*，ペテン師に死刑が言い渡される 665，擬人化された死 330，長い物語か歌によって死が延期される 1199, 1199A，死を予言する 1313A, 1313C*，死んだふり 1, 1139, 1313A*, 1351F*, 1539, 1654, 1711*，死が延期される 1199，翌日の死が予言される 671D*，死神が警告として使者を送る 335，木に死神をくっつける 330，死神が男を待つ 1199，死が望まれる 1354. ― 誘拐者が死刑判決を受ける 861A，動物たちがほかの動物たちを殺すと脅す 126A*，占星術師が支配者の死を予言する 934G，花嫁の兄弟たち(動物たち)が花婿の死を引き起こす 312，死刑判決を受けた男が死に方を選ぶことを許される 927B，死神との契約 330，兄弟たちが死の危険を防ぐ 312，悪魔が3人の職人を死刑から救う 360，悪魔が男を殺すと脅す 1091A，家畜たちが殺すと脅される 130B，死の起源についての説明 934H，妖精が子どもの死を予言する 410，キツネが死刑判決を言い渡される 53，援助者が殺すと脅されて，治療薬を差し出すことを強要される 305，食料(物)についての無知が死をもたらす 1260，裁判官が死刑判決を変更する 927C，課題を成し遂げた娘の求婚者に王が死刑を宣告する 945，兄弟の死を知らせる生命のしるし 1303，恋人同士が死んで再びいっしょになる 666*，死刑判決を受けた男が吊るされる木を見つけることができず釈放される 927D，幽霊船(さまよえるオランダ人)との遭遇は死の前触れである 777*，神の死についての知らせを聞いたことがない 1833E，オールドミスが甘い死の感覚を楽しむ 1476B，自分が死んでいると思う 1706D，鬼を突き刺して殺す 1143，姫が少年の死を要求する 531，死の予言 934，死体安置所の強盗たち 1654，支配者がすべての老人を殺すよう命ずる 981，船乗りが死を恐れない 921D，裁判官が謎を解けないので，死刑判決が変えられる 927，魔法の道具によって死刑判決が曲げられる 592，中傷によって死刑が宣告される 612，死刑判決が賢さによって回避される 927A，無実の家来に対する死刑宣告 516，3 人の男への死刑判決 985，死の宣告が書かれた手紙を知らずに届ける 930，謎を出す(解く)ことができない求婚者たちが死刑に処せられる 851，食べ物なしで生きることを動物に教えて，動物が死ぬ 1682，ひげを剃っている間に切ったら殺すと脅す 910C*，話したら殺すという脅し 533，課題を達成できない場合殺される脅威 306, 313, 500, 507, 519, 514**, 530, 531, 550, 854，大臣に対し殺すと脅す 875D, 875B*，秘密をばらしたら死ぬことになるという脅し 670，不実な妹が死刑に処せられる 315，殺人に対し妻に死刑が宣告される 960D，死刑を宣告された若者が 7 賢人に救われる 875D*，末の弟が絞首台の兄たちの死を防ぐ 550，末の妹が生意気な望みのために死刑を宣告される 879*．― 死を間近にした(Dying)，殺すこと(Killing)も見よ．

幸せ(Happiness)　幸せが失われる 754．― 水に浮くコインが幸せをもたらす 842C*．

強いられた(Forced)　強いられた結婚 1440，両親が娘に聖職者との結婚を強いる 885，姫が乞食と結婚することを強いられる 923B，性的関係を強いられる 1441A*．― さらわれた人たちが嘘をつくことを強いられる 301，援助者が治療薬を差し出すよう強いられる 305，自分の救い主は不誠実な船長であると言うことを姫が強いられる 301D*，幽霊が主の祈りを唱えることを強いられる 307，女が袋の中から歌うことを強いられる 311B*，夫が留守にしている妻が再婚を強いられる 974．

強いる(Forces)　男がほかの男に場所を交代することを強いる 179A**，役人が女に自分と寝ることを強いる 985**，妻が怠惰な夫に働くことを強いる 986，野獣が自分の頭を叩くよう男に強いる 159B．

強いること(Forcing)　ひよこたちを翼で覆うようメンドリに強いる 1284*，デーモンに強いる 1168B，客に強いることが罰せられる 1572C*．

シェヘラザード(Sheherazade)　875B*．

シェムヤカ(Shemjaka)　1534．

支援者(Patron)　947A．

塩(Salt)　塩のない国で塩を売る 1651A，畑に塩を蒔く 1200，動物(祖母)を塩漬けにすること 1321D．― 塩のように愛する 923，スープに塩を入れすぎる 1328A*，なぜ海水には塩が入っているのか 565．

塩漬けにすること(Pickling) 祖母(姑)を塩漬けにする 1321D.
塩を入れすぎること(Oversalting) スープに塩を入れすぎる 1328A*.
鹿(Deer) 49A, 52, 239, 246, 400, 450, 854, 1910, 鹿が角の間に十字架を下げている 938. ― 鹿の特徴についての説明 830A, 果物(さくらんぼ)の木が鹿の頭から生える 1889C.
死骸(Carcass) ジャッカルの隠れ場所としての動物の死骸 68, 遺体をヤギの死体と置き換える 1600.
死骸(複数)(Carcasses) 死骸でできた橋(道) 1005.
しがみつく(Holds) 死体が女中にしがみつく 760, 死体が少女にしがみつく 760A.
鹿猟師(Deerslayer) 自慢好きな鹿猟師 830A.
叱ること(Disciplining) 妻をいい言葉で叱る 1437.
叱ること(Scolding) 主人に聞こえないように叱る 1571**.
時間(Hour) 時は過ぎたのに男は来なかったと, 水の精霊が叫ぶ 934K. ―1 時間 551, 1531.
時間(複数)(Hours) 1 日の時間が出来事や活動と結びつけられる 2012. ―24 時間 958E*.
シギ(Snipe) 60, 229, シギが自分の子どもたちをかわいいと言う 247.
時期(Spell) 寒い時期は終わった 1349G*.
市議会(Council) 1656, 鳥たちの議会 220. ― 議会(Parliament)も見よ.
シギの(Snipe's) タカがシギのくちばしを恐れる 229, シギの子どもたちがワシに食べられる 247.
識別する(Identify) 花嫁が道を識別するのにエンドウ豆(灰)を使う 955, 愚か者が自分を見分けるのにしるしを使う 1284B, 毛深い手でデーモンを識別する 958K*.
司教(Bishop) 706B, 751F*, 756B, 756G*, 759D, 811, 816*, 839A*, 922, 931A, 935, 951A, 1359C, 1547*, 1578*, 1930, 司教と聖職者 1828*, 司教と聖職者の妻 1825A, 動物を正式な礼拝で埋葬したことに対する異論を司教が引っ込める 1842. ― 耳の遠い司教が酒飲みの告白を誤解する 1698M.
ジークフリート(Siegfried) ジークフリートが竜と戦う 650C.
死刑執行人(Executioner) 910A, 952.
死刑執行人たち(Executioners) 920B*.
死刑判決(Sentence of death) 魔法の道具で死刑判決が曲げられる 592, 中傷によって死刑が宣告される 612, 無実の家来に対する死刑宣告 516, 3 人の男への死刑判決(1 人は釈放される) 985.
死刑判決を受けた(Condemned) 死刑判決を受けたカラスがほかの動物たちを告訴する 220A, 神と食事をする死刑囚 1806, とがめられた魂 760**, 死刑判決を受けた男が 3 つの願いを許され解放される 927A, 死刑の判決を受ける 861A, 922A, 926A*. ― 無実の男が死刑判決を受ける 1534A, 誤って盗みの判決を受ける 706D, 3 人のウェールズ人が外国語を知らなかったために誤って死刑判決を受ける 1697. ― 死, 死神(Death)も見よ.
茂み(Bush) 避難場所としての茂み 179A*.
試験(Test) (最も高く飛ぶ) 221A, (最も深く地中に潜る) 221B, (妻と暮らす) 1164,

（求婚者テストとして走ること）703*，（求婚者テストとしての馬上試合）505, 900C*，高貴な生まれかどうかのテストとしてのベッド 545D*, 704，1ペニー少なく与えてテストする 1543，いんちきな博士が能力試験に合格する 1641，性格のテスト 1452, 1453, 1453A, 1453**, 1455, 1458, 1464C*, 1465A*, 1468，王の息子が性格テストに合格する 920，純血テスト 1391，（幽霊の出る城に滞在し）勇気を試す 326，視力テスト 1456，定説のテスト 1350, 1515，恐れ知らずのテスト 326, 1711*，女らしさのテストに男が合格する 1538*，人間の性質を知らないかのテスト 1545B，知識のテスト 1810，ラテン語の知識のテストに失敗する 1628*，母親の貞操をテストする 920A*，素性のテスト（家柄）545A, 545D*，父親の血筋であることのテスト 920C，力のテスト 304, 519，性別テスト 884，求婚者テスト 301D*, 305, 306, 314, 327, 329, 402, 425A, 425B, 425D, 461, 554, 940，妻の従順さテスト 887, 901，喜んで従うかを試す 1409. — 花嫁試験としての敏感さ 704，求婚者が驚くべき能力のおかげでテストに合格する 665，求婚者テスト（不可能だと思われる課題を果たす）854, 860, 862，魔法の指輪を使って求婚者テストに合格する 560，未亡人が求婚者に殺された男の墓を見張るよう要求する 960B，若者が動物たちの援助で求婚者テストに合格する 552.

自己欺瞞（Self-deception） クロコダイルの自己欺瞞 66A, 66B，キツネの自己欺瞞 59, 65*, 66A, 66B, 67.

地獄（Hell） 神の審判を疑った者たちの居場所としての地獄 756A. — キリストが罪人たちを地獄から救う 803，地獄の教会 804B，聖職者はみな地獄にいる 1738，悪魔が地獄に戻る 810A，悪魔が地獄で聖水をかけられる d811，悪魔が貴族を地獄へ連れていく 820，地獄の夢を見る 1860A，鉱山に連れていかれた酔った男が，自分は地獄にいると思う 1706E，地獄に入ることが許されない 804B*，地獄への旅 756B，地獄に落ちた弁護士 1186，地獄に行った男がハムを魔法のひき臼（鍋）と取り替える 565，男が多くの魂を地獄から救う 480C*，守銭奴が地獄へ連れ去られる 760A*，借金の領収書を持って地獄から帰る 756C*，天国に入った金持ち 809*，地獄へ行った金持ちの男に関する説教 1832，地獄の罪人たちは悪魔のすばらしい晩餐を見ることができるが，食べることはできない 821B*，地獄の魂たち 1164，聖ペトルスの母親が地獄から救われ損なう 804，悪い妻よりも地獄の責め苦のほうがいい 1164，不誠実な兵隊が罰せられて地獄へ送り込まれる 332C*，地獄としてのワギナ 1425，織工たちが地獄に歓迎されない 1168D，地獄で泣いて歯ぎしりをする 804C，夫が天国にいるか地獄にいるかを聞くために，未亡人が支払いをする 1744.

地獄の（Hell's） 地獄の釜が焚かれる 475.

仕事（Work） 仕事を仲間にゆずる 1561**，死んだ家畜の仕事を野獣がしなければならない 1910，悪魔の仕事が完成しない 810A*，ロバの姿で人の仕事をする 753*，食事のあとすべき仕事 1561**. — 動物たちがあまり働きたがらない 207，一生懸命働いて手に入れたコインは水に浮く 842C*，クモの仕事とカイコの仕事を比較する 283D*，ばかげた結果となる日常の仕事 1204**，いやな求婚者たちが仕事を強いられる 882A*，ロバが雄牛の仕事をする 207A，ロバたちが仕事を免れようとする 209，夫と妻の役割を交代する 1408，農夫が弁護士の陳述書を自らの労働で支払うことを提案する 1860E，夫が妻に仕事を強いる 901B*，農夫が仕事の邪魔をする動物たちを罰する 152，妻が怠惰な夫に働くことを強いる 986, 女が決して働きたがらない 1405*, 若者が仕事中に眠る 1562D*. — 家事(Housework)も見よ.

司祭(Priest) 313, 593, 706B, 706C, 755, 760***, 770A*, 778*, 779F*, 802, 810A*, 811, 816*, 831, 885, 922, 924, 935, 1002, 1138, 1323, 1332, 1347*, 1358B, 1359C, 1359A*, 1360B, 1360C, 1362A*, 1544A*, 1631A, 1698A*, 2035, 司祭が自分も罪人と同じような罪を犯したことを認める 1743*, 司祭と聖職者 1741, 司祭と家政婦 1375, 司祭と男 1000, 司祭と修練士 1313, 司祭と修道女が性関係を持つ 1359A*, 司祭と召使い 1689A*, 司祭と教会の雑用係 1543, 助言者としての司祭 1511*, 求愛者としての司祭 1358A, 司祭が耳の遠い司教に罪を告白する 1698M, 司祭が復活祭をクリスマスと取り違える 1848D, タールと羽根で覆われた司祭が悪魔としてさらし者にされる 1358A, 農夫たちがクリスマス・イブに踊っていたのを, 司祭が呪う 779E*, 司祭が結婚式を挙げた支払いを要求する 1516*, 司祭が同じ女に子どもを 2 人産ませる 1621*, 司祭が長持ちの中に隠れる 1358B, 司祭がハムサンドイッチをラビに勧める 1855D, 司祭がお金を払って女の傍らで夜を過ごす 1441*, 何か価値のある物にかぶせてあるように見える帽子を見張るよう, 司祭が説得される 1528, 司祭が敬虔な男の信心深さを認識する 759B, 司祭が信徒の臨終の儀式を行うことを拒否する 1738, 司祭が愛人の夫に不倫現場を押さえられる 1358B, 司祭が少年のラテン語についての知識をテストする 1628*, 司祭を袋に閉じ込める 1525A, 司祭が教会の雑用係にワイン泥棒を認めさせようとする 1777A*, 司祭が既婚の女に言い寄る 1358A. — 少年が地獄から戻って司祭になる 756B, 夫が司祭に変装する 1410, 罪深い司祭は聖体拝領を行うべきではない 759A. — 聖職者(Clergyman)も見よ.

司祭職(Priesthood) 幽霊の救済の条件としての司祭の職 760***.

司祭の(Priest's) 司祭の尻にキスをさせられる 1361, 司祭のズボン 1419G, 司祭の客と盗み食いされた鶏 1741, 司祭の豚 1792A.

自殺(Suicide) (悲嘆から)自殺する(首を吊る) 362*, ナイフで自殺しようとする 894, 愛ゆえの自殺 666*, 899A, 禁じられた食べ物を食べて自殺する 1313, 自殺したふりをする 1313, 貪欲な男の自殺 740**, 姑の自殺 410, ヘビが王冠をなくしたために自殺する 672, 悲しみから 2 人の恋人が自殺する 970, 2 人の姉妹の自殺 441, 貪欲な兄が貧しい弟に自殺を勧める 740**. — 兄が自殺をするふりをする 313E*, 犬が船乗りの自殺を防ぐ 540, 父親が息子に首を吊って自殺することを助言する 910D, 妬んだ姉たちが自殺する 361, 両親が自分たちの子どもを殺したあと自殺する 939A, 貧しい男が自殺をしようとする 813*, 愛人が死んだあと, 女が自殺する 992.

持参金(Dowry) 愚かな花嫁が持参金をあげる 1463A*. — 王がたくさんの持参金を娘に与える 2010A, 求婚者が花嫁に彼女の持参金について尋ねる 2019.

指示(複数)(Instructions) 医者の指示を文字どおりに受け取る(間違って従う) 1862, 指示を繰り返す 1204.

支持すること(Corroborating) 嘘を支持する 1920A, 友人の嘘を裏づける 1920E.

使者(Messenger) 514**, 759, 888, 1332*, 1440, 1540, 1543.

磁石の(Magnetic) 磁石の山が船を粉々にする 322*.

使者たち(Messengers) 530, 933, 死神の使い 335.

シジュウカラ(Titmouse)　シジュウカラとキツネ 62，シジュウカラが熊と同じ大きさになろうとする 228.

自傷行為(Self-injury)(手足などの切断(mutilation))　21, 706, 706B, 301, 451，キツネの自傷行為 68A，体の部位の自傷行為 293，オオカミの自傷行為 74C*, 136，自傷行為をする(井戸に身投げする)と脅す 1377. — 熊が去勢されることに同意する 153，グレゴーリウスが鎖で岩につながれる 933，ライオンが井戸に飛び込む 92，男が動物の皮の中に縫い込まれることに同意する 936*，鬼がだまされて自分を傷つける 1117, 1119, 1120.

詩人(Poet)　詩人と妻が死亡給付金の権利を与えられる 1556，詩人が税金を要求する権利をもらう 1661，詩人が主人にごまをする詩を贈る 1804C.

静かに(Silently)　お金を見つけたことを小声で告知する 1807A*.

しずく(Drop)　ハチミツのしずくが思いがけない出来事の連鎖を引き起こす 2036.

沈む(Sinks)　デーモンが地中に沈む 500，磁石の山が沈む 322*.

沈むこと(Sinking)　パンに侮辱的な行為をして地中に沈む 962**，城と住人が沈む 960B，城が地中に沈むこと 551，罪人が船に乗っていることで船が沈められる 774K.

私生児(Illegitimate)　私生児の少年が石を投げる 1871E，私生児 873, 1418*，私生児が中傷される 760A，王子の出自が明らかになる 920B*. — 母親が私生児たちを殺そうとする 765.

慈善行為(Charity)　報われた慈善行為 756E*，慈善行為に 10 倍の礼が返ってくる 1735. — 慈悲(Mercy)も見よ.

自然の(Natural)　自然現象の秩序について理解する 774P.

舌(Tongue)　巨人を殺した証拠としての舌 304，舌が木の割れ目に挟まれる 1143，舌を切り落とす 1143, 1331D*, 1539，回転砥石で舌を研ぐ 1177**. — 治療薬としての悪魔の舌 305，犬の舌 2204，夫が妻のなくなった舌を探す 1351A*，息子が母親の舌を食いちぎる 838.

舌(複数)(Tongues)　証拠の品としての竜の舌 300.

死体(Corpse)　死体が腐らない 760**，死体が強盗たちの上に落とされる 327G, 1653B，死体をキツネに食べられる 37，罪が許され，死体が安らぎを得る 760，死体が少女(女中)にしがみつく 760, 760A，死体が 5 回殺される 1537，殺された愛人(女)の死体が繰り返し処分される 1536A, 1536C，被害者の死体が幽霊となって教会に現れる 760，絞首台の死体が盗まれる(取り替えられる) 1510，死体が盗まれた臓器(肝臓)を要求する 366，遺体をヤギの死体に置き換える 1600，死体が悪魔に皮を剝がれる 815，死体が強盗(姦通者)だと思われる 1537，死体が灰(ちり)になる 470. — 兄が弟の死体を取ってこなければならない 950，靴職人が兄の遺体を縫い合わせる 954，恐れ知らずの男が死体を運び去る 326B*，死体を処分する 1536，先生が死体を食べる 894，ろうの人形が死体の場所に埋められる 885A，頭のない死体 1225. — 体(Body)も見よ.

死体(複数)(Corpses)　死体が熱い部屋にぶら下がっている 956，禁じられた部屋に保存された複数の死体 311, 312. — 花嫁が家で複数の死体を見つける 955，悪魔が死体(複数)をむさぼり食う 407，女が死体(複数)を食べる 449.

死体の(Corpse's)　死体の両足を残して殺人の罪を着せる 1537*.

従う(Obey) 動物(人物，物)が従うことを拒む 2030. ― 頑固な妻が従うことを覚える 900-909.

従うこと(Obeying) 結婚せよという神の命令に従う 1462.

下ごしらえ(Preparation) パンの下ごしらえ 1199A，パン生地の下ごしらえ 1260，粥の下ごしらえ 1260.

舌足らずな(Lisping) 舌足らずな姉妹たち(婚約者) 1457.

仕立屋(Tailor) 306, 613, 850, 875B, 945, 952, 960, 1049-1051, 1060-1062, 1310, 1567, 1829, 2019，仕立屋と徒弟 1568**，仕立屋と悪魔 1096，仕立屋と鍛冶屋(と靴職人)が同じ女に求婚する 1631*，仕立屋が悪魔の馬のために蹄鉄を打たなければならない 815*，天国の仕立屋 800，仕立屋が 1 打ちで 7 匹のハエを殺す(巨人を打ち負かす) 1640，仕立屋が女の貞操を「縫い上げてあげる」と申し出る 1542**，仕立屋が自分のコートの外側に盗んだ切れ端を縫う 1574A，仕立屋が客から布を盗む 1574，仕立屋がけちな女から盗む 1574A，並外れた能力を持った仕立屋 653. ― 病気の仕立屋がにせ医者の処方箋で死ぬ 1862F.

仕立屋の(Tailor's) 仕立屋の夢 1574.

七面鳥(Turkey) 211B*, 1373B*, 1832F*，罪のゆるしのお礼に七面鳥をあげると約束する 1743*.

七面鳥(複数)(Turkeys) 2010A.

市長(Mayor) 122N*, 844, 910L, 1325B, 1325*, 1453B*, 1534A*, 1538*, 1586, 1675, 1860A，罰金が前もって支払われ，市長が殴られる 1586B，市長が選ばれる 1268*，市長が愚かな歓迎代表団を率いる 1694A.

市長の(Mayor's) 市長の妻 1861*.

実演，儀式の挙行(Performance) 礼拝の会衆のための奇跡の実演が失敗する 1837，教会に来たことのない人の臨終の儀式を拒否する 1738.

実演する(Demonstrates) 礼拝の会衆がいかにひどいふるまいをするかを聖職者が示す 1828*，イエスがエルサレムに入る様子を，聖職者が牛(馬)に乗って教会に入り実演する 1786，父親が息子の勉強の成果を示す 1628*，泥棒が盗み方を実演する.

執行吏(Bailiff) 執行吏と悪魔 1186.

叱責(Rebuke) 頭をさらけ出して歩いていることを叱責する 1230**.

知ったかぶり(Know-All) 物知り博士 1641，知ったかぶりの靴職人が警告を無視する 801.

嫉妬(Jealousy) 嫉妬で妻が追い出される 433B，未婚のお婆さんが妹の運に嫉妬する 877，2 人の姉たちが妬みから自殺する 361，妻の嫉妬 872*. ― 王子の花嫁が恋敵を嫉妬から追い払う 510B*，男が兄弟を嫉妬から殺す 303，妬み(悲嘆)から自殺する(首を吊る) 362*.

嫉妬深い(Jealous) 嫉妬深い兄が(人格化された)不運に取り憑かれる 735A，妬み深い兄弟たちが末の弟(妹)を中傷する 328，妬み深いカレイ 250A，嫉妬深い少女(継母，よそ者)が首飾りを盗む 412，嫉妬深い夫 1410，嫉妬深い夫が妻にだまされる 1423，男の美しい妻のために王が男を追い払おうとする 465，妬み深い隣人が人形を通りに放り出す

571C，人々が魔術的な刈り入れを妨げようとする 752C，嫉妬深い王子が恋敵（潜水夫）を殺そうとする 434*，驚くべき能力を持った王子を召し使いがさらう 652，妬んだ姉たちが自殺する 361，嫉妬深い継母が継娘を殺すよう命ずる 709，嫉妬深い求婚者たちが互いに相手よりも勝とうとする 1688A*，カメの妻の嫉妬 91，嫉妬深い女が花の少女を殺す 407，嫉妬深い女がヘビと結婚したがる 433B. ― 男（夫婦）が悪魔の援助を妬む 362*，義理の妹の嫉妬深い姉たち 432.

室内用便器（Chamber pot）　室内用便器の中身を味見する 1676*.

失敗（Failure）　企てた殺人の失敗 312D，救出の失敗 401A*.

失敗すること（Failing）　純血のテストに落ちる 1391，男を殺すのに失敗する 1149.

しっぽ（Tail）　死んだ雄牛のしっぽを別の雄牛の口に突っ込む 1004，空飛ぶ象のしっぽ 1250，野獣のしっぽが木に釘づけにされる 1896，魚を釣るのにしっぽが使われる 2. ― 動物の（熊の，オオカミの）凍ったしっぽ 2，盗んだ物の代わりの動物の（悪魔の）しっぽ 798，熊が麻のしっぽをつける 2D，目の見えない動物が若い動物のしっぽをくわえてついていく 1889A，牛商人が牛のしっぽにつかまり牛といっしょに海を渡る 1887*，雌牛のしっぽが聖職者の上着に結ばれる 1849*，カラスのしっぽがタールにくっつく 2302，キツネがカワカマスのしっぽをくわえ，カワカマスがキツネのしっぽをくわえる 1897，しっぽがもっと長かったなら，話ももっと長かったであろうに 2251, 2260，木のうろにはまった男が熊のしっぽをつかんで引き出される 1900，ハツカネズミがしっぽを取り返す 2034，パーチがシャケのしっぽにぶら下がってレースに勝つ 250，野獣のしっぽをつかんで救われる 1875，動物のしっぽ（腸）をつかんで裏表を逆にする 1889B，馬のしっぽに鎌を固定する 1892，獣医がランタンを雌牛のしっぽの下にかざす 1862D，オオカミが麻のしっぽをつける 2D，しっぽに大鎌をつけたオオカミが草地を刈る 1892*，オオカミのしっぽがちぎれる 1229，オオカミのしっぽが抜けなくなる 2B，オオカミのしっぽが切り落とされる 166A*, 166B*.

しっぽ（複数）（Tails）　売った動物たちのしっぽを木にぶら下げる（地面に突き刺す）1004. ― キツネのしっぽを結び合わせる 2A.

しっぽの釣り（Tail-fisher）　2.

しっぽのない（Tailless）　熊（オオカミ）2, 2D，キツネ 2A.

質問（複数）（Questions）　死後の居場所に関する質問 756A，宗教的な事柄に関する質問 1810，動物の体の構造に基づいた質問と答え 2011，物の場所を尋ねる質問と答え 2043，質問に謎めいた答えをする 921A，質問が誤解される 1700，姫をしゃべらせるための求婚者の問い 945，説教について質問する 1833H，質問が賢い答えによって解決される 921，質問を文字どおりに取る 1693，話を完全にするための質問 2200, 2202，聞き手たちへの質問 2275. ― 質問に間違って答えることが負けにつながる 853，難しい質問に対してお返しの課題や言葉遊びで答える 922，答えられない質問を悪魔にする 812，難しい質問に賢く答える 920，農夫（鍛冶屋）が謎めいた質問を廷臣たちに説明する 922B，農夫が質問に対して気の利いた（荒唐無稽な）答えをする 921D*，夫が妻の質問に正確に答える 974，人々，動物たち，物たちが神の答えをもらうために質問をする 460A，人々と物たちが悪魔の答えをもらうために質問をする 461，人々と物たちが幸運の女神の返事を期待して質問する 460B，繰り返された質問に答えることが災難を招く 804A，求婚者が巧みに質問をして姫を手に入れる 853A，女がお婆さんを訪ねているときにお婆さんの質問に答えてはならない 442.

質問をされる(Questioned)　山びこが質問をされる 1701.

質問をすること(Questioning)　誰がいちばん強いかを，動物たちと物たちが質問する 2031，5 月の寒い夜についての情報のために動物たちに質問する 1927.

失礼な言葉(Insult)　外国語の失礼な言葉が丁寧な言葉だと誤解される 1322. — 父親が末の娘の謎めいた答えを失礼な言葉と受け取る 923，夫が妻の謎めいた答えを失礼な言葉と受け取る 923A.

失礼な言葉をかける(Insulting)　メンドリをののしる 1204**，侮辱で洋服が体から落ちる 1094，夫のことをシラミ頭と侮辱する 1365C.

シディ・ヌマン(Sidi Numan)　449.

自動で働く道具(Self-working instruments)　(斧，シャベル，バイオリン) 577，(こん棒) 563, 564，(鍋) 1542. — 魔法の品々(Magic objects)も見よ.

使徒たち(Apostles)　751D*, 750H*, 788, 2010. — 使徒たちの起源 766.

しなさい(Do)　私がすることではなく，言うことをしなさい 1836A.

品々(Goods)　売るはずの品々を道しるべの所に置く 1642.

品々(Objects)　(人々，動物たち)が魔法の品にくっつく 571，品々が行動する(話す) 898，愛の証の品々 870，品々が手伝いを頼む 480，いたずらなヤギを家に連れ帰る手伝いを物に頼む 2015，注意をそらすために物が落とされる 1525D，物が溺れる 295，品々が逃避行のとき役に立つ 750E，家の中の物が外に運び出される 1010，魔法の品々にくっつく 571，盗まれた品々 1525A, 1525B, 1525E, 1525N*. — 代理を務め話す物 313E*，行動する品々 898，動物が感謝の気持ちから魔法の道具を男に与える 303，自動の魔法の道具 575，少年が物乞いからお礼として魔法の品々をもらう 592，義理の兄が動物の義理の兄弟たちから魔法の品々をもらう 552，娘が父親から魔法の品々をもらう 514，魔法の品々をめぐる戦い 400, 518，品々(お金)をこけおどしで手に入れる 1563*，援助者としての感謝している物たち 585，品々を見せて威嚇する 1152，人が物に凍りつくほど寒い 1967，魔法的道具 210, 332C*, 707，魔法の品(メンドリ，ハープ) 328A，魔法の品々(ナップザック，袋，財布，鍋，箱) 564，魔法の品々(テーブルクロス，オンドリ，はさみ) 580，魔法の品々(手なずける馬勒，粉々にする針，当たる鉄砲) 594*，報酬として魔法の品が要求される 328*，魔法の道具が助ける 210*, 307，自由と交換した魔法の品 331，魔法の品々が姿を変えていく 325，魔法の品がわがままに警告を発する 1373A*，男が魔法の品々を手に入れる(ブーツ，魔法の頭巾，マント，サーベル，羽根) 507，男が魔法の品々をお礼としてもらう 551, 611，品々を手に入れると隠されたものが見えるようになる 726，品々が口論をして真実を明かす 898，見つけた品々を持ち主に返す 515，話す物 313, 780, 780B, 945，ちっちゃなちっちゃな物 2016，3 人の求婚者が魔法の品々を手に入れる 653A，魔法の石で触れた物が黄金に変わる 411，妻が魔法の品をすり替える 318，末の弟が魔法の品をもらう 328, 572*, 577，末の妹が魔法の品を取ってくる 328.

品物(複数)(Articles)　品物が電報で送られる 1710. — 品々(Objects)も見よ.

死に至る(Fatal) 死に至るベッド 921D, パンが熊を殺す 1890B*, 取り返しのつかない想像 1430, 1535, 1539, 1542.
死神の(Death's) 死神の使者たち 335.
死に装束(Shroud) 死に装束が涙でぬれる 769.
死ぬ(Die) ユダヤ人(靴職人)は, もてなしの悪さに対する罰として死ぬことができない 777, 楽士たち(求愛者たち)が隠れ場所で死ぬ 1536B.
死ぬ(Dies) 悪魔が死体を食べているところを見たことを否定した少女が死ぬ 407, メンドリが不運な出来事で死ぬ 2021.
地主(Landowner) 810A.
地主, 主人(Landlord) 動物を売っている男を地主がだます 1538, 自分の食べた果物が肥やしの中に落ちたものだと聞いて, 主人が気分を害する 1578C*, 地主が耳の遠い農夫を気が触れていると思う 1698D, 主人が兵隊に黙って食べなと言う 1570*, 主人が自分の飼っている動物に話すこと(読むこと, 祈ること)を教えたがる 1750B. — 無慈悲な地主が心を改心する 761.
死の床(Deathbed) 聖職者が死の床にいる人物の横で食事をする 1844, 死の床のユダヤ人が息子たちに, お金をいくら棺に入れてくれるかと尋ねる 1855B.
死の床(複数)(Deathbeds) 聖職者が死の床についている人々を訪ね, とんでもない結果となる 1843.
支配者(Ruler) 517, 862, 890**, 910A, 912, 921F*, 934G, 944, 951A, 956B, 983, 985**, 985, 992, 1331, 1617, 1652, 1689*, 支配者と大臣 922A, 922B, 支配者が鳥の好みに応じて後継者を選ぶ 920B, 支配者がだまされて裸で外に出る 1620, 支配者が砂のロープを要求する 1174, 支配者の力は神の力よりも劣っている 841, 宮殿を建てる際に思慮深い支配者 759E, 支配者が無実の妻を毎晩殺す 875B*, 支配者が鳥を適切に家族メンバーに分けるよう命ずる 1533, 支配者が酔った(薬を飲まされた)男を自分の地位に 1 日だけ置く 1531, 教えを受けたあと賢明になった支配者 1262, 支配者が難しい課題をほかの支配者に課す 922A, 支配者が自分の飼っている動物に話すこと(読むこと, 祈ること)を教えたがる 1750B. — 支配者の寝室に忍び込む 1525Q, 兄が留守にしている間, 妹が支配者を務める 892, 不幸な(病気の)支配者が, 幸運な男のシャツを着るように助言される 844, 男に変装した女が支配者になる 881, 881A. — 皇帝(Emperor), 王(King)も見よ.
支配者たち(Masters) 475, 552.
支配者たち(Rulers) 332C*, 400, 981.
支配者の(Ruler's) 架空の職に就けるという支配者のジョークを真に受ける 1689*, 支配者のオオカミたちが小屋に戻される 1652.
支配すること(Dominating) 夫を支配する 1375, 1378B*, 妻を支配する 1378B*, 1501.
支配すること(Ruling) 妻を支配すること 1375.
支配力, 強制(Force) 悪魔が夜明けに支配力(力)を失う 480A, 強制による教育 900, 強制して働くことを教える 901B*.
シバ神(Shiva) 1525G.
支払い, 値する(Pay) 鳥が新しい服の支払いをしない 235C*, ひなたぼっこに値しない

1572L*.
支払い(Payment) 収穫期の支払い 1185, 罪のゆるしのために支払いを要求する 1804*, 1804**, 男の食事の臭いをかいだことに対し支払いを要求する 1804B, だまして支払いを無効にする 1185, 罪のゆるしのための単なる想像上の支払い 1804, 相談料の支払い 1589, 船長(宿屋の主人)に歌で支払いを知らせる 1553B*, 酒場の主人への支払い 211B*, だまして食事の支払いを帳消しにする 1555C, 借金の支払いを無効にする 1185*, 野ウサギを送って弁護士への支払いをする 1585*, 塔が倒れないと支払われない 1526A**, お金のチャリンという音で支払いをする 1804B. — 借金の支払いに関してだまされる 1184-1185*, 支払いとして不可能な物を要求する 1099, 農夫が支配者に支払いを要求する 927A*, コイン 1 枚だけで樽全部のワインを支払う 1447A*.
支払うこと(Paying) 動物の授業料を支払う 1675, 何度も死体を埋めるためにお金を支払う兄 1536A, 盗みを暴露する歌を歌わせて子どもに支払いをする 1735A, 暴行の罰金が前もって支払われる 1586B, 罪のゆるしのために支払いをすることを聖職者が命ずる 1804, パン代をビールで支払う 1555A, 弁護士の書類に対し仕事で支払いをする 1860E, 薪の積み荷を性交で支払う 1686*, 女の傍らで夜を過ごすためにお金を払う 1441*, 要求したよりも高い値段を払う 1266*, とがめられずに罪を犯せるよう前もって支払う 1804E, 煉獄から出る道のために繰り返し支払いをする 1744, 召し使いに動物で, 少女で, 農場で支払いをする 2010I, だまされて泥棒にお金を支払う 1528, 銅貨で支払う 1182A, 性的に身を許すことで支払う 1420G.
支払った(Spent) 使ったコインが戻ってくる 1182A.
縛ること(Binding) 悪魔を地獄で鎖に縛る 803.
慈悲(Mercy) 贖罪としての慈悲 756C, 金持ちの慈悲の行為によって天国に入ることが許される 809*, 慈悲の心が子どもの命を救う 920. — 慈善行為(Charity)も見よ.
慈悲深い(Merciful) 慈悲深いみなしご 779H*.
ジプシー(Gypsy) 306, 750E, 778, 790*, 804B, 821B, 921B*, 1030, 1036, 1050, 1051, 1060, 1062, 1070, 1082, 1083, 1086, 1096, 1148B, 1149, 1406A*, 1541**, 1563*, 1624B*, 1626, 1631A, 1642A, 1682, ジプシーが女をかどわかす 311B*, 援助者としてのジプシー 812, 泥棒としてのジプシー 1614, 不実な旅の道連れとしてのジプシーが役割を交換することを強いる 531, ジプシーが盗みで捕まる 1624, ジプシーが聖職者を紛らわしい懺悔でだます 1807, 1807A, ジプシーが信用をなくす 1333, ジプシーが富を夢見る 1430, ジプシーが司教をかつぐ 1578*, ジプシーが泥棒をしようとして天井から落ちる 1624A*, ジプシーがキリストの磔に使う釘を盗む 1638*, ジプシーが漁師たちに魚を捕るいちばんいい時を教える 1634A*. — 愚かなジプシーの少年が医学を学ぶ 1676*, ジプシーにとって盗むことは罪ではない 1638*.
ジプシーたち(Gypsies) 774F, 1561**, 1638*, 1875, ジプシーたちが物乞いに貴族の服を着せる 1526, ジプシーたちが聖家族をもてなさない 750E, ジプシーたちがペテンにかける 1634*, 1634A*.
ジプシーたちの(Gypsies') ジプシーたちのチーズ(ハム, ケーキ, ソーセージ)でつくられた教会 1932.

自分の（Own）　鬼が自分の子ども（母親）を殺す 1119，自分の子どもたちがいちばんかわいい 247，自分で開いた市のおかげで男と女が酒を飲める 1447，鏡に映った自分の姿がわからない 1336A，盗まれた物が泥棒に与えられる 1525K*.

絞る（Wringing）　猫を絞る 1204**.

絞ること（Squeezing）　手を絞り上げる 1060A，鬼の指を締め上げる 1159，石（チーズ）を絞る 1060, 1640.

島（Island）　1 年の王を追放する場所としての島 944，監禁場所としての島 580，さらわれた女の住みかとしての島 301D*.

姉妹（Sister）　妹がどうやって運命をくつがえしたらいいか助言される 934D[1]，姉妹と継姉妹 480, 480A，人食いの妹 315A，姉妹の片方がもう 1 人を助ける 711，魔女の姉妹が小箱を女に与える 425B，貧しい妹にパンを与えることを拒む 751G*，妹が兄たちを救う 451, 707，妹が自分と兄弟を救う 328，妹が義理の姉たちに中傷される 897，妹が鬼をだます 327A. ― 悪魔の妹と結婚した男 1676H*，成功する末の妹 514，末の妹が自分と兄たちを救う 328. ― 娘（Daughter），父親と娘（Father and Daughter），母親と娘（Mother and Daughter），姫たち（Princesses）も見よ.

姉妹たち（Sisters）　780, 875B, 877, 879*, 883B，姉妹たちと継姉妹 713，姉妹たちが話すことを母親から禁じられる 1457，姉妹たちが継姉妹に意地悪な行動をする 501A, 511, 713，姉妹たちが魔的な求婚者の手に落ちる 311，姉妹たちが競い合う 1663，姉たちが弟を捜す 480A*. ― 親切な妹と不親切な姉たち 431，怠惰な姉と勤勉な妹 915，3 人姉妹 545A*, 1452, 1453, 1464C*，つましい姉妹と怠惰な姉妹 1451，2 人姉妹 1451. ― 娘たち（Daughters），父と娘たち（Father and Daughters），母と娘たち（Mother and Daughters），姫たち（Princesses）も見よ.

自慢好きな（Boastful）　自慢する動物たち 50C, 80A*，自慢好きな熊 157，自慢好きなカラスが結婚する 243*，自慢好きな鹿猟師が神の助けを否定する 830A，自慢好きなロバ 125B*，自慢するキツネ 105, 105*，自慢好きなライオン 157，自慢好きな召し使い 1571**，自慢好きなオオカミ 118, 157.

自慢する（Boast）　3 人姉妹が，もし自分たちが王と結婚したら 3 つ子を産むと自慢する 707.

自慢すること（Boasting）　怠惰を自慢する 1950，不倫を自慢する 1364，（盗みの）技術を自慢する 1525A，強さを自慢する 1146，背の高い穀物を自慢する 1920A*，自慢する漁師たち 1920H*，嘘つきたちの自慢 1920E*, 1920F*，自慢する男 880，1 日に 3 人前片づける能力を自慢する 1454*，速く機を織れることを自慢する 1453A，大きいイチゴを自慢する 1920B*，治療薬としての竜の肝臓を自慢する 305，非凡な能力の自慢 238，教会の礼拝で名前を呼ばれたと自慢する 1831C，強盗たちを欺いたことの自慢 952*，主人を叱ったと自慢する 1571**，密通を自慢する 886，多くの友人を自慢し，友人たちが大事なときに試される 893，娘の糸紡ぎの能力を自慢する 500，自慢が罰せられる 830A, 836, 1539A*，自慢屋の靴職人 815*，自慢する求婚者 859，娘はほんの少ししか食べないと自慢する 1458，3 人の友人が自慢をする 1924，酔って自慢する 485. ― 母親が娘の能力について嘘の自慢をする 501，滑稽な自慢 1689*，強盗たちが並外れた能力を自慢する 951A，オンドリが自分は妻たちをいとも簡単に支配していると自慢する 670, 夫の自慢が嘘であることを妻が暴露する 888A. ― 自慢屋(Braggart)も見よ.

自慢屋(Braggart) 自慢屋がたくさんの野獣(泥棒)を見たふりをする 1348. ― 自慢すること(Boasting)も見よ.

市民(Citizen) 921D, 1792.

市民たち(Citizens) 570*, 758.

締め上げられる(Squeezed) 熊(ライオン, その他の動物)が木の裂け目に手をきつく挟まれる 151, 157A, 男が締め上げられて目が腫れ出る 1070.

閉める(Closing) 扉をしっかり閉める 1009, 1351, ワイン樽の穴を親指で塞ぐ 1539A*.

霜(Frost) 霜と野ウサギが勝負する 71, (擬人化された)霜, 太陽, 風 298A*.

霜の神(Frostgod) (擬人化された)霜の神と息子 298A.

ジャガー(Jaguar) 72.

尺(Measure) 尺には尺を 985**.

借地人(Tenant) 1440, 借地人と地主 756C*.

借地人たち(Tenants) 910L.

弱点(Weakness) 友人(主人)の弱点が保証される(誇張される) 1688.

射撃の名手(Sharpshooter) 513A, 653, 射撃の名手が人の口からパイプを撃ち落とす 1708*.

じゃじゃ馬馴らし(Taming of the shrew) 901.

じゃじゃ馬の(Shrewish) 強情な(Obstinate)を見よ.

シャツ(Shirt) 証拠の品としてのシャツ 888, 幸運な男のシャツ 844, シャツが盗まれる 1525A, 魔法の贈り物としての, 力を授けるシャツ 318, 頭を通す穴のないシャツ 1285. ― 孤児の少女が広げたシャツの上に天国からお金が落ちてくる 779H*.

シャツ(複数)(Shirts) ワタスゲのシャツが魔法を解く 451. ― 動物婿の皮の層よりもたくさんのシャツを着た妻が動物婿の魔法を解く 433B.

ジャッカル(Jackal) 1, 2A, 6, 8, 9, 15, 30, 41, 47D, 47B, 50–52, 56A, 58–60, 62, 63, 72, 91, 102, 122G, 175, 225, 275C, 545B, 926A, 1148B, 1310A, 1579, ジャッカルと鳥 223, ジャッカルと男 1135, ジャッカルとトラが互いに結びつける 1149, 裁判官をするジャッカルが不条理な申し立てに対して不条理な判決を下す 875E, ジャッカルが動物の子どもたちの先生になる 56B, ジャッカルはトラブルメーカー 59*, ジャッカルが象を腹の内側から食べる 68, ジャッカルがトラを助ける 1149, ジャッカルが死んでいるように見える動物を調べる 66B, ジャッカルが弓のつるをかじって死ぬ 180, ジャッカルが助けるのを拒む 239, ジャッカルが危険に気づく 66A, ジャッカルがほかの動物たちをだまして食べる 56D.

ジャッカルたち(Jackals) ジャッカルたちが高価な指輪をつけた死体について話す 670A.

借金(Debt) 借金が免除される 940*, 1525L, 忠犬が借金の担保にされる 178B, 払い戻さなければならない借金 1185*, 死んだ男によって借金が証明される 1532. ― 負債者が借金の返済義務から免除される 822*, 借金の支払いに関してだまされる 1184, 1185, 1185*,

借り手の体の一部が借金の担保として約束される 890.
借金(複数)(Debts) 見つけたお金で支払った借金が免じられる 940*. ― 妻は，夫が負ったと言っている借金を返済する用意がある 910G.
ジャック(Jack) ジャックと豆の木 328A. ― ジャックが建てた家 2035.
シャベル(Shovel) 穀物をすくうのにシャベルが裏返しにされる 1572F*.
車輪(Wheel) 荷馬車の車輪くらい大きいケーキ 1565*.
週(Week) 週の日々 2012.
自由(Freedom) 自由(Liberty)を見よ.
自由(Liberty) 動物たちが豊富な食べ物よりも自由を好む 201.
獣医(Veterinarian) にせの獣医が観察によって病気の雌牛を診断する 1862D.
収穫(Crop) 収穫を分ける(地面の上，地面の下) 9, 1030，契約を終わらせるためのどんぐりの収穫 1185.
収穫(Harvest) キツネと熊が収穫を分ける 9，不可能な課題として 1 晩で収穫する 465，収穫が台なしになる 830B.
収穫をすること(Harvesting) 並外れて背の高い穀物を 2 階の窓から収穫する 1920A*，馬のしっぽに固定した鎌で畑の収穫をする 1892.
習慣(Habits) コウモリと潜水鳥とイバラの茂みの生活習慣 289，鳥たちの生活習慣 232，ハエたちの生活習慣 293C*，動物たちの生活習慣(アシナシトカゲとサヨナキドリ) 234，ハエとノミの生活習慣 282A*，ツバメの生活習慣：家に巣を作る 233C.
宗教(Religion) 特定の宗教の人々 1870.
宗教(複数)(Religions) 異なる宗教の聖職者たち 1855E.
宗教的な(Religious) トランプの宗教的な意味 1613，宗教的な事柄が連想によって学ばれる 1833D，宗教的な説話 750-849. ― 宗教的な人物に関する笑話 1725-1849，宗教的な誓いに関する小話 1811，歌の中の数が宗教的な意味を持つ出来事，存在，人物，と結びつけられる 2010，宗教的な事柄に関する質問 1810.
襲撃(Raid) 襲撃をするオオカミ(熊)と猫(その他の動物) 47D.
銃剣(Bayonet) 銃剣と干し草フォークでの決闘 1083A.
十字架(Cross) 借金の担保としての十字架が奇跡を起こす 849*，キリストが十字架をゴルゴタに運ぶ 777. ― 自分の十字架を背負う 1351G*，鹿が角の間に十字架を下げている 938，悪魔が十字に耐えられない 1166*，聖ヘレナによって聖十字架が再発見される 772，自分の十字架(運命)がいちばんいい 844**，風車が聖十字架だと誤解される 1323.
修辞学的な(Rhetorical) 説教の中の修辞学的な問い(脅威)が誤解される(答えられる) 1833A, 1833J, 1833K.
十字架へのはりつけ(Crucifixion) 自分の苦しみの例としての十字架へのはりつけ 1516*. ― 釘を盗むことでキリストのはりつけが防がれる 1638*.
従順さ(Obedience) 強制による従順さ 900, 905*，従順であることを拒む 805. ― 夫が妻に従順に従うことを強いる 901B*，王と結婚する条件としての絶対服従 887，服従の試験に妻が合格する 887，妻の従順さがテストされる 901. ― 文字どおりに従う(Literal obedience)も見よ.

従順な(Obedient) 従順な酒飲みたち 1706B, 従順な少女が課された仕事をすべて行う 480D*, 従順な夫が妻の指示に文字どおりに従う 1409, 女に従う男は女よりも価値が低い 984, 従順な女が課された課題をすべて果たす 480.

従順な(Tractable) 従順な妻 1351G*.

囚人(Prisoner) 502, 580, 875B, 1358B.

銃身(Barrel) 銃身を覗き込む 1228.

囚人たち(Prisoners) 314, 861, 888, 921A*.

じゅうたん(Carpet) 空飛ぶじゅうたん 569, 653A.

集中力のある(Concentrated) 集中力のある洗濯女 1465A*.

修道院(Monastery) 償いの場所としての修道院 933, 復縁したカップルの住居としての修道院 712. — 修道院での捨てられた子どもの教育 933, キツネが修道院に行くふりをする 20D*, 修道士が永遠の命について考えるために修道院を離れる 471A.

修道士(Friar) 修道士が胎児に欠けている部分(鼻, 指, 等)をつけ加える 1424.

修道士(Monk) 788, 839, 888, 1406, 1533A, 1536B, 1543*, 1825C, 修道士と鳥 471A, 姦通者としての修道士 1359A*, 愛人としての修道士 1537, 修道士が主人に牛の(馬の)皮の大きさの土地を要求する 927C*, 修道士がお婆さんに食と宿を乞う 1548, 動物を売っている男を修道士がだます 1538, 修道士が家畜を盗む 1529. — 農夫が息子の職業についての質問に対し説明する(修道士はペテン師) 921B*, 修道士に変装したキツネ 36, キツネと修道士 77**.

修道士たち(Monks) 839A*, 修道士たちが土地の値段に関して争う 1185.

修道女(Nun) 802, 1336A, 1350A, 修道女と司祭が性関係を持つ 1359A*, 援助者としての修道女 1515, 修道女が妊娠する 1855A, 修道女が騎士に求愛される 1435*, 世の中を見に行った修道女 770. — 純潔な修道女 706B, 修道女に変装したキツネ 20D*.

修道女たち(Nuns) 1807B.

12(Twelve) 12 人兄弟たちがワタリガラスに変えられる 451, クリスマスの 12 日間 2010A, 12 種類の食べ物 2010A, 擬人化された 12 か月 480.

12宮(Zodiac) 12 宮が変えられる 1832N*.

宗派(Sect) 特定の宗派の人々 1870.

10倍の(Tenfold) 与える者には 10 倍になって返ってくる 1735.

住民たち(Inhabitants) 1651, 1656, 1694A, 1792B, 住民たちが動物について知らない 1650.

修理すること(Repairing) 馬の折れた背骨を月桂樹の若木で治す 1889D, 柳の枝で 2 つに割れた馬を縫って応急処置する 1889P, 馬の背骨を棒で治す 1911A, 家を修理する 1010, 井戸を修理する 1614*.

祝宴(Festival) 動物の子どもが人間の姿で祝宴に現れる 409A.

祝宴(Festivity) 夫が高慢な姫を祝宴でさらし者にする 900, 祝宴で妻の裸がさらされる 902*.

祝辞(Congratulations) ばかげた行動でお祝いが示される 1694A.

熟していない(Unripe) 熟していない果実が贈り主の頭に投げつけられる 1689.

淑女(Lady) 淑女が医者に向かって自分の病気を詩的に言い換えて説明する 1717*, 婦人が豚を結婚式のもてなし役として送り出す 1540A*.

祝福を与えること, 神の加護を祈ること(Blessing) 祝福と幸運が自分たちの力を試す 945A*, 墓で神の加護を祈る(聖職者の雄牛) 1840, 美しい子どもたちに祝福を与える 758, 神の祝福 830B, 830C, 慈悲深いみなしごに対する天の祝福 779H*, 食べる前に神の加護を祈るよう頼む 61. ― 天の祝福を求める 839A*, 聖職者の祝福の言葉が変更される 1822.

祝福を与えること(複数)(Blessings) 紛らわしい祝福に関する笑話 1822.

守護者(Guardian) 883A, 守護天使 770, 守護天使がどうやって悪魔の肖像画を描いたらいいか助言する 819*. ― 少女の守護天使としてヘビ 404. ― 天使(Angel)も見よ.

ジュゴン(Siren) 48*.

主人(Master) 主人と天使 759D, 主人と見習い 325, 910C*, 1015, 1313, 1346, 1562B, 1562D*, 1567E, 1572M*, 主人と少年 1346, 主人と御者 1572E*, 主人と家畜 101, 103A, 農場主と作男 162, 650A, 844*, 889, 1000-1049, 1132, 1321D, 1367**, 1440, 1527, 1539A*, 1545, 1546, 1561, 1561*, 1562A, 1562B*, 1567, 1567A, 1568*, 1572F*, 1572K*, 1574*, 1920C, 主人と女中 672, 962**, 親方と弟子がけんかをする 1568**, 主人と召し使い 305, 314A, 612, 671, 759D, 762, 768, 785A, 844*, 859, 875A, 889, 910B, 921B, 921D*, 925, 926A*, 927C*, 936*, 1379, 1389*, 1526, 1533, 1543, 1545*, 1559A*, 1561**, 1562, 1562B, 1562A*, 1562D*, 1562J*, 1567, 1569**, 1571*, 1571**, 1572N*, 1573*, 1577*, 1623*, 1626, 1685, 1688, 1689*, 1689A*, 1689B*, 1775, 1871Z, 2010I, 2022B, 主人と羊飼い 1559A*, 1567F, 1575*, 主人と旅人 1562A, 主人と労働者 1567G, 1572L*, 1575*, 主人と労働者たち 1561**, 1950A, 大工の棟梁(巨人) 1099, 建築の親方(悪魔) 810A*, 棟梁が建築を完成できない 1191, 主人は口数が多いのが好きではない 1572K*, 主人が 2 人の労働者(ジプシーたち, 息子たち)を食事に招待する 1561**, 農場主は作男よりもじっくり見る 162, 家の主人が強盗たちと話をする 1341C, プフリーム親方 801, 主人が詩を贈られたお礼として報酬を与える代わりに詩を贈る 1804C, 泥棒の名人 1525, 1525A, 1737, 変装した泥棒の名人 1525G, 泥棒の名人が追放される(褒美をもらう, 許される) 1525A, 泥棒の名人が家畜を盗む 1525D, 主人が負けを認めようとせずに死ぬ 1562A*. ― 家の主人としての夫 1375, けちな主人が下男に(バターのついていない)パンの皮を食事として出す 1567.

主人の(Master's) 架空の職に就けるという主人のジョークを真に受ける 1689*, 主人の密通が話す犬によってばらされる 1750A, 主人の特権 1572*.

主席司祭(Dean) 1547*.

守銭奴, 欲張り, けち(Miser) 760A*, 808, 837, 1305, 1306, 1365C, 1645B, 欲張りが目の塗り薬で目が見えなくなる 836F*, 守銭奴がだまされる 1305, けちを治す 1562C*, 守銭奴が富を分配する 1305, けちが夜食べる 1562C*, 守銭奴が恥ずかしいと思わされる 1305, 守銭奴が見つけたお金を与える 745A, 守銭奴が何も食べないように見える(ふりをする)女と結婚する 1407, 1407A, 女中がたくさん食べすぎるのを, 守銭奴が見る 1407A, けちがほとんど水のスープを出す 1562F*, 守銭奴が後悔する 1305, 守銭奴が略奪を受ける 1305, けちが子どもを産んだと思う 1739A*. ― 貪欲な, 食いしんぼうの(Greedy)も見よ.

守銭奴の(Miser's) 悪魔と天使が守銭奴の魂をめぐって争う 808, 神が守銭奴の魂を悪魔から守る 773**.

受胎(Conception) 超自然的受胎 300A, 301, 302B, 303, 312D, 314, 327C, 407, 409A, 409B*, 425A, 430, 433B, 441, 462, 675, 700, 705A, 705B, 788, 898. ―誕生(Birth)も見よ.

受胎(Impregnation) 姫の受胎 562, 575, 太陽による女の受胎の予言が本当になる 898.

シュッという音(Hiss) シュッという音を鍛造する 1015.

シュナップス(Schnapps) 同じコインで繰り返しシュナップスが売られる 1447A*.

授乳(Suckling) 授乳が父親を死から救う 985*.

主の祈り(Paternoster) 最後の願いとしての主の祈り 307, 332, 1199. ―幽霊が主の祈りを唱えること(歌を歌うこと)を強いられる 307.

ジュピター(Jupiter) 277, ジュピターが夫の視力を回復する 1423.

主婦(Housewife) 1449*, 主婦と客 1570*, 1775, 主婦と愛人が食事の前に盗み食いをする 1741, 主婦が知らずに不貞をはたらく 1363.

寿命(Lifetime) 占星術師が間違った寿命を予言する 934G, 花嫁が自分の寿命を花婿に与えることを望む 899, 病人の寿命を予想する 332.

呪文(Magic Formula) ガチョウ番の娘の魔法の呪文で, 作男の帽子が飛んでいく 533, 呪文が隠された財宝への道を開く 954, 魔法の呪文で女を生き返らせる 653B, 魔法の品の泥棒が呪文を知らない 565.

呪文(Spell) 泥棒が農夫に, 自分が呪文を唱え終わるまで桶の中で待つように言う 1629*. ―魔力(Charm)も見よ.

シュララッフェンラント(Schlaraffenland) 1930.

瞬間(Moment) 最後の瞬間 285B, 312, 322*, 327F, 360, 451, 674, 737, 779F*, 820A, 871, 879A, 920, 920A*, 929, 958C*. ―救出(Rescue)も見よ.

殉教者(Martyr) 殉教者がキリスト教徒であることを告白する 938.

殉教者たち(Martyrs) 殉教者たちに助けを求める 1580A*.

準備(複数)(Preparations) 結婚式の準備 1681A.

巡礼者(Pilgrim) 113B, 888, 1367*, 1529, 1592A, 死刑判決を言い渡された巡礼者が裁判官に釈放される 1367*. ―愛人が巡礼者に変装する 1418.

巡礼者たち(Pilgrims) 1626, 巡礼者たちが慈善行為の価値に気づく 756E*.

巡礼の旅(Pilgrimage) 近親相姦の償いとしての巡礼の旅 933, 動物たちの巡礼の旅 20A, 20C, 20D*, 巡礼の旅が息子の出産のときに約束される 516C, 巡礼の誓い 1230*.

ジョヴィニアン(Jovinian) 高慢な皇帝としてのジョヴィニアン 757.

障害(Disability) 障害と相容れない離れ業を成し遂げる 1965, 障害(盲目)を隠そうとする 1456, 障害(言語障害)を隠そうとする 1457, 1457*.

障害のある(Impaired) 聴覚障害によって誤解が起きる 1698.

障害を負った(Handicapped) 障害を負った人が税金の支払いを要求される 1661, 障害者たちが会話をする 1620*.

障害を持った(Disabled) (目の見えない, 足の不自由な, 口のきけない, 耳の聞こえない, 裸の)仲間たち(兄弟) 1965.

乗客, 旅客(Passenger) 乗客が強盗だとばれる 958K*, 旅客が場所によって月が違うと思う 1334.

将軍(General) 652, 880*, 1547*, 1610. — 裸の兵隊が将軍になる 1670*.

証拠(Proof) 勇気の証明 940, 無実の証拠 872*, 麻の中に入れた鍵による怠惰の証拠 1453, だらしない(きちんとしている)証拠 1453**, 墓にナイフを刺して墓に行った証拠とする 1676B, 治療することは最も一般的な職業であることの証拠 1862E. — 誠実さの証として姫を分配すること 505, 507, 巨人を殺した証拠としての舌(頭, ほかの体の部位) 304.

証拠(複数)(Proofs) 貞節の無実の証拠 880–899.

将校(Officer) 883A, 1547*, じょうずにひげを剃ったら床屋に報酬をやると, 将校が約束する 910C*.

証拠の品(Token) 不倫の証拠の品 1378, 本人である証拠の品 874, 危険のしるし 315A, 愛のしるし 861, 870, 870A, 873, 証拠の品が殺す命令として使われる 910K. — 証拠としての服 882, 証拠としての竜の心臓 305, 証拠としての竜の舌(歯) 300, 殺した証としてのにせの証拠 883A, しるしとしての半分のコイン 361, 命のしるしが兄弟に死の危険を知らせる 303, 鬼女が証拠(心臓, 目)を要求する 462, 証拠の品によって救助者が特定される 301, しるしとしての半分の指輪 301D*, 361, 432, 505, 510A, 510B, 510B*, 882, 883B, 974, 証拠としてのシャツ 888, 妻が証拠の品を手に入れる 888A. — 認識(Identification)の項の認識のしるしも見よ.

証拠の品々(Tokens) (リンゴ, 指輪, きれ) 306, 証拠の品々によって夫と妻が和解する 891. — 愛の証の品々 870, 証拠の品々によって本人だとわかる 325.

少佐(Major) 1419G, 1613.

賞賛すること(Praising) 娘が大きな糸巻き棒に糸を紡ぐことをほめる 1503*, 存在しない絵 1620, 守護聖人を賞賛する 846*, あるテーマの説教を賞賛する 1847*, 価値のない雌牛を賞賛する 1214.

正直(Honesty) 正直さが罰せられる 1691B*, 正直さが報酬を与えられる 889.

正直な(Honest) ディオゲネスが正直な人を探す 1871F, 嵐(奇跡)が商人を忠実にさせる 1651.

証書(Charter) ロバのひづめの中の証書 47B.

少女(Girl) 奇妙な家の少女と悪魔 480A, 召し使いへの支払いとしての少女 2010I, 少女はいやな名前が恥ずかしい 1461, 悪魔に連れ去られた少女 813A, 黄金でできた少女 703*, 悪魔と結婚した少女 1476B, 少女がベリーを摘む 750**, 水に映った少女 1141, 少ししか食べない少女 1458.

少女たち(Girls) 少女たちが 3 枚のコインを見つけて 3 匹の豚を買う 2205. — 少女たちと熊と恩知らずのこびと 426, いい少女と悪い少女 750**, 親切な少女と不親切な少女 480, 480D*.

肖像(Image) 肖像に恋をする 459, 861A, 871, 生きている人が聖人像の代わりをする 1829. — 肖像画(Picture), 彫像(Statue)も見よ.

肖像画(Picture) 肖像画が無実を証明する 706D. — おびき寄せるために肖像画(彫像)

を飾る 881, 881A, 884, 王子(王)が女の絵を見て恋に落ちる 302B, 516. — 肖像(Image)も見よ.

肖像画(Portrait) 悪魔の肖像画が主人の死をもたらす 819*.

招待(Invitation) けちによる食事への招待 1562F*, 招待など必要ない 1544, 結婚式に豚を招待する 1540A*, 動物たちの王を招待する 103A*, 家主のたった 1 度の招待 1775, 洗礼への招待 1165, 王との食事に招待される 1557, 食事への招待 1691, 1832F*, 神との晩餐への招待を辞退する 1806, 王(市長)の祝宴への招待 1558, 結婚式への招待 300. — 友人が異界への招待を受け入れる 470, 3 人の糸紡ぎ女たちが結婚式への招待を求める 501, 招待のお礼を無駄に待つ 1535.

招待する(Invite) 動物たちが互いに招待し合う 60.

招待する(Invites) 酔った男が頭蓋骨(彫像, 絞首刑になった男)を食事に招待する 470A, シラミがノミ(南京虫)に, 泊まりに来るよう招待する 282C*, クモがハエ(スズメバチ)を招待する 283.

招待すること(Inviting) 贈り物をくれた人を食事に招待する 1552*, スプーンを出さずに客を食事に招く 1449*.

正体を明かす(Identifies) 息子が自分の正体を明かす 652.

承諾(Consent) 結婚についての父親と親族の承諾 2019, 教会への遺産ゆえに, 動物を正式な礼拝で埋葬することを承諾する 1842.

冗談好きな人(Jester) 1322, 冗談好きな男が花嫁のふりをする 1538*. — トリックスター(Trickster)も見よ.

象徴(複数)(Symbols) 罪の象徴 981A*, 男らしさ(女らしさ)の象徴 1375.

商人(Businessman) 736A, 810A*.

商人(Dealer) 926A*, 960, 商人と買い手 1631, 1631A, 王のおかげで商人が金持ちになる 1639*.

商人(Merchant) 360, 400, 425C, 441, 516, 611, 735, 821B, 849*, 854-856, 879, 881, 882, 883B, 890, 890**, 891, 910D, 910L, 920A, 926A*, 930, 935*, 936*, 952, 954, 956, 956B, 960B, 992A, 1341A, 1352A, 1359A*, 1361, 1391, 1535, 1651, 1676H*, 1687, 1832E*, 1895, 2039, ほかの男の妻を誘拐する 860B*, 商人と悪魔(鬼) 1170, 姦通者としての商人 1359A*, 商人が一連の不幸な事故を引き起こす 1534, 商人が泥棒を追う 1528, 商人が女を計算のときに混乱させる 1592B*, 商人が黄金(鉄, 等)を隣人に預ける 1592A, 商人がだまして強盗の武器を取り上げる 1527A, 商人が猿たちから帽子を取り返す 185, 商人が妻を 1 人で残す 1515, 卵売りが女をだます 1592B*, 商人が不貞の妻とその愛人を出し抜く 1359B, 何か価値のある物にかぶせてあるように見える帽子を見張るよう, 商人が説得される 1528, 商人が塩の知られていない国で塩を売る 1651A, 商人が息子を売る 1362, 商人が借り主から集金するために手伝いを送り込む 1525L, 自分の(人格化された)運を叩いて商人として成功する 735, 商人が, 自分は天国にいたのだと思う 1531, 商人が驚くべき能力を持った少年を殺そうとする 671E*.

使用人(Employee) 1572K*, 1574, 使用人が既婚の女と性交する 1358*.

商人たち(Merchants) 677, 926C*, 951A, 976, 1337C, 商人たちが物を盗られる 1526.

商人たち(Traders) 758, 759C.

商人の(Merchant's) 商人の息子 888A.

少年(Boy) トラたちに養子にされた少年 535, 少年が教会まで金持ちの男の馬車に乗せてもらう 1832, 少年が聖職者に答える 1832–1832T*, 少年が説教を当てはめる 1833, 少年の家族は食前の祈りをどのように言うかと, 聖職者が少年に尋ねる 1841, 魔女の家の少年 327, 334, 少年が強盗をだまして武器を取り上げる 1527A, 少年が小さな箱と小さな鍵を見つける 2260, 少年が仕事中に寝る 1562D*, 木のうろの中の少年 1877*, 少年が視力を失う 1561*, 聖職者の問いを少年が誤解する 1833B, 熊の(オオカミの)しっぽにつかまった少年 1875, オオカミのしっぽにつかまった少年 1875, 少年がワシの巣で育てられる 554B, 少年が嘘をつく 1962, 主人の(先生の)服が燃えているのを見ても, 少年が 3 回考える 1562, 1 度も女を見たことのない少年 1678, 女について何も知らない少年 1545B, 多くのことを学んだ少年 517, 多くの名前を持った少年がだまして誘惑する 1545, 想像力豊かな少年 1348*, 少年が, ふん(蹄鉄)は雄馬のものか雌馬のものか考える 1832B*, 少年が, 自分のコートを金持ちが地獄へ持っていったと心配する 1832. — 愚かな少年が初めて教会に行く 1678**.

少年たち(Boys) 少年たちが肥やし(泥)で教会をつくる 1832S*, 少年たちが針(牛ふんの肥やし, バター)を説教壇(聖書, 正餐式のパン)に仕込む 1785B, とっぴな名前の少年たち 883C.

消費(Consumption) 幸運をもたらす動物を食べて幸運になる(成功する) 739*. — 食べること(Eating)も見よ.

情婦, 女主人(Mistress) 910G, 960B, 962**, 1364, 1536C, 女主人が愛人にだまされる 1420–1420B, 1420D, 女主人が解雇された召し使いを再び雇う 1623*, 4 人の男の情婦 1410, 女主人がオンドリより早く女中たちを起こす 1566A*.

丈夫(Tough) やけどして丈夫になる 1133.

小便をすること(Urinating) 何時間も小便をする 1293, イチジクに小便をかける 1309, 干し草の山を飛び越すくらい高く小便をする 1460, ドア越しに小便をする 1293C*.

証明書(Certificate) 犬の証明書 200.

笑話(Anecdotes) 聖職者についての笑話 1725–1824, 男たちについての笑話 1525–1874, 愚か者についての笑話 1200–1349, 女たちについての笑話 1500–1524, 笑話と小話 1200–1999.

書記(Scribe) 1419.

ジョーク(Joke) 愚かな農夫にジョークを説明する 1349D*, ジョークが本気にされる 1689*. — 神にはジョークがわからない 1718*.

職業(Profession) 幻覚によって兵隊の職業が説明される 934D. — 花嫁が求婚者に職業を尋ねる 2019, 治療することは最も一般的な職業 1862E.

職業(複数)(Professions) 農夫が息子たちの職業について皇帝(聖職者)に説明する 921B*.

贖罪, 償い(Penance) 悪魔が贖罪を嫌がる 818*, 悪人をさげすむ発言をしたことに対する贖罪 756A, 悪魔の贖罪 810A, 強盗の贖罪 756B. — 贖罪として肉と酒と性交と羽毛のベッドで寝ることを慎む 1807B，姦婦が償いのため愛人の頭蓋骨で食事をしなければならない 992A，近親相姦に関わったすべての者が贖罪をしなければならない 931A，想像上の罪に対する想像上の贖罪 1804，近親相姦の贖罪としての巡礼の旅 933，強盗(殺人者)が贖罪をしようとする 756C，罪人が贖罪をしなければならない 811.

食事(Dinner)　慰めとしての天国での(神との)晩餐 1806，死者との食事 470, 470A. ― 聖職者が少年に，少年の家族は食前の祈りをどのように唱えるかと聞く 1841，けちからの食事への招待 1562F*，女が食事のために犬を調理する 1409*. ― 晩餐(Banquet)，食事(Meal)も見よ.

食事(Meal)　贈り物のお礼としての食事 1552*，誰が教会から盗みをはたらいたかを明かす代わりに食事が出される 1641B*. ― 夫婦が夫の年老いた父親に食事を出すことを拒む 980D，客が「自分のお金で食事を」注文する 1555C，義理の母親が義理の娘と孫たちを食べようとする 410，奇妙な食事 1965. ― 晩餐(Banquet)，食事(Dinner)も見よ.

食事(Supper)　いちばんの嘘つきのためのただの食事 1920E，策略で食事を手に入れる 1526A.

食事(複数)(Meals)　食事が続けざまになされる 1561.

食事として出すこと，仕えること(Serving)　焦げたパンを舅に出す 1448*，料理した犬を豚の代わりに食事として出す 1409*，皿に入れて食べ物を出すが，その皿から食べることができない 60，悪魔を地獄に送って神に仕える 1425，気づかれずに父親の家で仕える 883A，野ウサギのスープからとったスープを出す 1552*，水で薄めたビールを出して満腹にする 1567A.

食事をすること(Dining)　王の隣で食事をする 1557.

職人(Craftsman)　571, 571B, 736, 756G*, 785, 921A，職人が支配者に機転の利いた答えをする 921F*.

職人(Journeyman)　1543.

職人たち(Craftsmen)　841，職人たちが悪魔との契約のために命に関わる返事をする 360.

職人たち(Journeymen)　360, 801.

植物(木)(Plant(tree))　死んだ雌牛の骨から植物が生える 511，植物が身体の残部から生える 318, 408, 780，植物が天上世界と地下世界を結ぶ 301, 317, 328A. ― 大きな植物 1960, 1960G，植物の名前が言い当てられる 1091A，口をきく植物(木) 545A*.

植物(複数)(Plants)　植物が恋人たちの墓から生える 970，植物が病気の姫を治す 610，逃避行で助けになる植物 750E. ― 植物を食べて，人間が動物になる 451，治療薬としての魔法の植物 612，話をする植物たち 293E*, 780.

食欲(Appetite)　男の並外れた食欲 650A，トロルの食欲 1165，天気について言ったことを食欲のことをほのめかしたのだと誤解する 1691A.

食料(Provisions)　永い冬に備えて(春のための，非常時のための，いい日(good day)のために)食料が備蓄される 1541，水泳の競争に食料が持っていかれる 1612.

食料雑貨店の店主(Grocer)　2036.

処刑(Execution)　殺人を犯した罰としての処刑 760A，処刑が取り消される 1367*，賢さによって処刑を免れる 927- 927D，復讐として無実の女たちを処刑する 875B*，嬰児殺しを企んだ母親の処刑 765，泥棒をはたらいた宿屋の主人の処刑 305，悪い継母とその娘の処刑 409，処刑するふり 981A*，最後の瞬間に処刑が止められる 879A. ― 支配者が女を強姦した男に死刑を命ずる 985**，処刑の前に助ける 785，床屋が鍛冶屋の代わりに処刑される 1534A*.

助言(Advice) 助言がもたらされる 677，助言に文字どおり従う 1386，動物の助言 207，食べ物なしで動物がどうやって生きるか助言される 1682，動物たちの助言 431，鳥の忠告 233D，猫(犬)の助言 545B，火のおこし方を猫が教える 130D*，聖職者の助言 756B，1686A，1848，連れ(妻，兄弟，教会の雑用係)からいつもより少なく食べるよう助言される 1691，雌牛から女への忠告 511，カラスの助言 239，どうしたら堕胎できるか悪魔が助言する 755，幸運な男のシャツを着ることで病気を治すという医者の助言 844，ロバの助言 207A，ハトたちの助言 671，行者の助言 413，父親の助言 1455，1485A*，父親の助言を無視する 705B，875B*，舅の助言 1374*，ジプシーの助言 1634A*，愚か者の助言 1294，1294A*，キツネの忠告 150，キツネの警告が無視される 550，カエルの助言 150A*，278A，祖母の忠告 333，感謝した鳥(キツネ)の忠告が役に立たない 150，ハリネズミの助言が自慢好きのキツネを救う 105*，聖者の助言 413，夫の助言 1362B*，1536B，1696，裁判官の助言 1592，王の忠告 853A，弁護士(助言者)の助言 1591，支払われるべき弁護士の助言 1589，魔法の牛の忠告が無視される 511，動物の皮を焼くという魔法使いの助言 409，主人からの助言 1685，母親の助言 1452，1457，1463A*，1485*，1486*，1542**，1686，1686A，1686A*，1691B，1696，隣人の助言 1536C，1555C，友人からの忠告が自分の家の欠点を見つけるのに役立つ 910N，鬼女の助言 872*，年老いた鳥の忠告 233A，お爺さんの忠告 305，434，513B，830A，875D，お婆さんの忠告 305，307，413，433B，通行人からの警告 1313A，司祭の助言 1511*，支配者の助言 921F*，聖者の助言 1536C，盗みと嘘をつくことを聖者が直接そそのかしたと誤解される 790*，召し使いの助言 1871Z，7 賢人の忠告 875D*，教会の雑用係の助言 1792，1825B，太陽(月，星々，風，助けになる老人たち，動物たち)の忠告 425A，ツバメ(フクロウ，カメ)の忠告 233C，飼いならされた鳥の忠告 245，泥棒の自分に都合のいい助言 1634E*，妻からの助言 887A*，賢い男の助言 1262，どうしたら子どもができるか，魔女が助言する 711，年下の息子(兄弟，友人)への助言 1633，怠惰を治す方法を助言する 1142，粥にミルク(クリーム，ハチミツ)を入れて食べる方法を助言する 1263，どうやって悪魔を見つけるか助言する 815*，どもりの隠し方を助言する 1457*，どうやって運命をくつがえせるか助言する 934D[1]，どのように不可能な課題を成し遂げるかを助言する 1174，どうやって悪魔の肖像画を描くかの助言 819*，歯痛の治療法を助言する 1862E，夢のお告げ 322*，819*，急ぐなという忠告 288B**，宝に触れるなという忠告 763，隣人が家事をするのをまねしなさいという助言 1387*，口を半分閉じておくという助言 1486*，鐘の音を聞けという助言 1511*，40 歳の男と結婚するよう助言する 1362B*，狂気を弁護するよう忠告する，物乞いに変装するよう忠告する 910G，「ティルリップ」と言うよう助言する 1485*，好物の声で話す等の助言をする 1585，死んだ子どもの手を叩くよう助言する 760**，男を叩く前に考えよという助言 677，話す前に 3 回考えるという助言 1562，犬の首輪(小枝の輪)を身につけるという助言 1485A*. ― 少年が王(ソロモン)に，自分はどんな女と結婚するべきかと尋ねる 920C*，「いい助言」(「知性」)を買う 1641C*，娘が母親の忠告を無視する 333，神の助言 831，犬が船乗りに助言する 540，いい助言 1380，忠告を求める息子が後継者に選ばれる 920B，聖ペトルスがキリストの忠告を無視する 774F．― 教え(複数)(Precepts)も見よ．

助言(Counsels)　旅に関する助言 910B，キツネが助言を与える 150，感謝したカエルが忠告を与える 150A*，教訓が賢明さを立証する 910, 910A–910N．― 助言(Advice)，教え(複数)(Precepts)も見よ．

助言者(Adviser)　875B, 896, 922B, 931A, 1558, 1591，男を追い払うために助言者が王を助ける 465，助言者が王の(市長の)祝宴に招待される 1558，助言者のお爺さん 480C*, 545A*, 565．― 鳥が助言者となる 56A，夢：助言者としての守護天使 819*，愚かな助言者としてのよそ者 1229*．― 大臣(Vizier)も見よ．

助言者(Counselor)　助言者(Adviser)を見よ．

助祭(Deacon)　1831．

女子修道院(Convent)　修道女が女子修道院を去る 770．― 修道女(Nun)も見よ．

女子修道院長(Abbess)　女子修道院長が修道女を騎士から隠す 1435*．

助手(Assistant)　1525L．

助手たち(Assistants)　1620．

処女(Virginity)　友人たちによって処女を失う 1379***．― 処女を失わないようにという忠告 1542**．

処女マリア(Virgin Mary)　531, 652, 760, 770, 778G*, 802A*, 805, 817*, 967, 1165, 1613，客としての処女マリア 1165，援助者としての処女マリア 706, 770，逃避行の処女マリア 750E，処女マリアが少年に魔法の水を与えて少年を救う 811A*，悪魔のところへ行く女の身代わりとしての処女マリア 1168C，処女マリアが子どもを天国へ連れていく 710．― 処女マリアの像に食事が出される 767，オールドミスが夫を求めて処女マリアに祈る 1476, 1476A．

女中(Maidservant)　459, 476, 533, 571B, 593, 760, 870, 889, 894, 956B, 1380A*, 1737, 1741, 2022B，女中と妻が夫(オウム)をだます 1422，にせの花嫁としての女中 450, 533，援助者としての女中 318，女中が食べすぎる 1407A，女中が強盗を殺す 954，女中がチョークの輪で家にしるしをつける 954，女中がヘビにミルクを分ける 672，女中が愛人役の身代わりをする 892．― 女中との不倫を計画する 1379，夫が妻に女中として働くことを強いる 900，女中としての姫 562, 923．

女中たち(Maidservants)　425E, 851, 2010A，女中たちが富を想像する 1430．

織工(Weaver)　754，悪魔が織工を連れ去る 1177．

織工たち(Weavers)　1177．

処分すること(Disposing)　死体を処分する 1536, 1537，殺された愛人の遺体が何度も処分される 1536C，殺された女の死体を何度も処分する 1536A．

処方箋(Prescription)　(チョークで書かれた)処方箋が雨で流される 1216*，患者が処方箋を食べる 1349N*，ヒルの処方箋が誤解される 1349N*，ドアに書かれた処方箋 1216*, 1349N*．― いくつかの処方箋は万人にいいわけではない 1862F．

所有(Possession) 将来の富を想像して現在持っている物を破壊する 1430.
所有権(Ownership) 雌牛の共同所有 1633.
書類(Document) 弁護士の書類の行間が広い(白紙のページがある) 1860E.
白髪(Gray hair) ひげが白くなる前に髪が白くなる 921C.
知らずに(Unwittingly) 知らずに子どもを超自然の存在に与える約束をする 710, 知らずに自分の判決を下す 533, 食べ物として出された息子を父親が知らずに食べる 720, 父親が知らずに娘と結婚する 930A, 王が知らずに自分への死刑判決を下す 925, 袋の中に隠れた人が気づかれずに連れていかれる 1132, 王子が知らずに継母の醜い娘と結婚する 403, 姫が知らずに男の服を着た女に恋をする 880, 息子が父親だと知らずに父親を殺す 931, 父親が知らずに母親と結婚する 931, 931A, 933, 求婚者が知らずに籠に隠れた花嫁を運ぶ 311, 泥棒がうっかり自分のことをばらす 976, 2 頭の大きな動物が知らず知らずにお互いに挑み合う 291, 魔女が知らずに自分の娘を食べる 327G, 魔女が知らずに自分の娘たちを殺す 303A.
知らせ(Tidings) 王に賢く知らせを伝える 925.
知らない(Unwitting) 兄と妹の知らないで行った近親相姦 938*.
シラミ(Louse) 559, 857, 1152, 1960M, 2022, 2028, シラミとノミが泊まる 282C*, 282D*, シラミとノミが結婚を望む 2019*, シラミがあごひげに這い上る 1268*.
シラミ(複数)(Lice) 825, 910L, 1960M.
シラミだらけの頭(守銭奴)(Lousy-head) 妻が夫をシラミ頭と侮辱する 1365C.
シラミの皮(Louse-skin) 求婚者はシラミの皮を当てなければならない 857.
シラミを取ること(Lousing) 課題としてシラミを取ること 480.
白雪姫(Snow White) 709, 雪白とバラ赤 426.
知られている(Known) 皆から知られていることを自慢する 1924.
尻(Backside) 虫たちの宿泊場所としての尻 282D*, 枕代わりの尻 1379*, 尻を仲間の顔と間違える 1775. ― 鳥が男の尻から外を覗く 248. ― 肛門(Anus), 尻(Buttocks)も見よ.
尻(Buttocks) 女料理人が教会の天井を突き抜けてむき出しの尻をさらす 1837, むき出しの尻をさらけ出す 1230*, 1230**. ― 尻(Backside)も見よ.
地リス(Gopher) 地リスが象の腹の中から象を食べる 68.
視力(Eyesight) 婚約者の視力が試される 1456, 姦通によって視力を回復する 1423.
視力(Sight) 完璧な視力を持った姫が隠れている人を見つける 329.
思慮の足りない(Ill-considered) 思慮を欠いた助言 750K*, 思慮の足りない答え 804A, 浅はかな呪い 312C, 思慮の足りない判断 178A, 916, 思慮の足りない望み 307, 407, 425A, 433B, 441, 451, 475, 750K*, 750K**, 怒って思慮の足りない願い事を叫ぶ 750A. ― 軽率な(Thoughtless)も見よ.
思慮深い(Judicious) 思慮深い支配者が家来の土地に宮殿を建てることを差し控える 759E.
シリング硬貨(Shilling) 人がハリネズミに見つけたシリング硬貨を返す 293G*.
しるし(Mark) しるしで, 知られていない求婚者が誰だかわかる 530. ― 証拠の品(Token)も見よ.

しるし，看板，身振り（Sign） 自分を見分けるのにしるしが必要である 1284B，高貴な生まれのしるし 707, 920，店の看板が誤解を招く 1541***，妹が生まれたことを知らせるしるし 451．— 身振り言葉での討論 924．

しるしをつけた（Marked） 泥棒たちのお金に放り込まれたしるしをつけたコイン 1615，不倫の証拠としての妻の部屋のしるしのあるコート 1378．

しるしをつける（Marks） 花嫁が道にエンドウ豆（灰）でしるしをつける 955，強盗たちの洞穴への道しるべとしてのエンドウ豆 965*．— 小道（Path）も見よ．

しるしをつけること（Marking） 識別のしるしをつける 562, 950，いい漁場にしるしをつける 1278，宝のある場所にくそでしるしをつける 1645B，識別のためにチョークでしるしをつける 954．

シレノス（Silen） 775．

城（Castle）（目に見えない）動物の住みかとしての城 425C，鬼に取り憑かれた城 1159，地下世界の城 425M，水晶の城 891A，城が 1 時間しか開いていない 551，イバラの垣根に囲まれた城 410．— お爺さんが女のために城をつくる 545A*，羊飼いが褒美として城をもらう 515．— 宮殿（Palace）も見よ．

白（White） 雪のように白い 709，白人の男が，自分は黒人だと思い込まされる 1284A，白ヘビの肉を食べる（動物の言葉を学ぶ）673，光源としての白い羊の皮 1245，求婚者としての白いオオカミ 314A*，白い女が兵隊たちにある条件を尊重するよう頼む 401A*．

シロップ（Syrup） 木の枝にシロップを塗る 1881*．

死を間近にした（Dying） 2 人の泥棒（弁護士または聖職者）の間で死んでいく 1860B，死を間近に迎えた父親が息子（たち）に教えを与える 910A, 910E，死を間近にした父親が，2 人の息子たちが分けるように財産を残す 1633，死を間近にした父親が息子たちに，死んだ父親の墓を見張るよう命ずる 530，毒入りワインを飲んで（毒入りのパンを食べて）死ぬ 763，姦通をばらされた恥ずかしさで死ぬ 1735A，焼き足りないパンを食べて死ぬこと 1448*，死を間近にした夫が妻に，40 歳の男と結婚するよう助言する 1362B*，死を間近にした男が妻に，弁護士と公証人（聖職者と教会の雑用係）を呼ぶように頼む 1860B，死を間近にした男が真の相続人を選ぶ（父親の遺体を撃ちたがらない者）920C，死を間近にした男が息子（娘）に忠告を与える 915A，死を迎えようとしている男が 3 人の息子たちに遺産を残す 545B, 1650，死を間近にした男が煉獄から出る道のために繰り返し支払いをする 1744，殺人はツルたち（その他の動物たち）によって暴露されると，死を間近にした男が予言する 960A，恐怖で死ぬ 1676B，死を間近に迎えた人物が最後の願いを述べる 910K，死を間近にした人が聖職者の訪問を受ける 1843，死を間近にした女が夫（息子）に甘いことを言ってくれと頼む 1437，死を間近にした女が息子（娘）に忠告を与える 915A．— 死にゆく男が予言した最後の言葉が殺人を暴く 960．— 死（Death）も見よ．

侵害者の（Tresspasser's） 侵害者の抗弁 1590．

人格化（Personification）（不運）735A，（死，みじめさ，妬み，貧乏）330，（死神，疫病，死の天使）332，（幸運）735，（貧乏）330，（貧困とお金と幸運）945A*，（海）898，（太陽，月，雲，風，山）2031C，（雷と稲妻）1165，（12 か月）480．

神学上の（Theological） 数が神学的な出来事や，存在，人物と結びつけられる 2010．

信仰(Belief) 信仰が山々を動かす 756G*, 王が兵隊に信仰について尋ねる 1736B.

人工の(Artificial) 子どものいない夫婦が人工の子どもをつくる 703*, 人工の手足 1379*.

紳士(Gentleman) 1529B*, 1543, 1651, 1689A, 1847*, 2010I, 紳士がカエルを食べようとしない 1529A*.

真実(Truth) 真実と嘘についての論争 613, 真実が明るみに出る 301D*, 303, 305, 450, 462, 550, 551, 705A, 720, 780–799, 870A, 888, 891B*, 916, 960–961D, 聖ペトルスが本当のことを否定する 785, 機転の利いた采配によって真実が見つかる 926A, 真実が世界で最も強い 2031A, 立ち聞きで真実を知る 894, 司教の姦通の事実が説教の中で話される 1825A, 誓いによって真実が述べられる 44. — 不合理な事実が信用を失わせる 1381A, どの穴も真実を話す 1391, 夫が不倫の事実を明かす 910G, 決して本当のことを言えない男 1543C*, 男が動物の言葉を理解して真実を知る 674, 男が妻(女)に殺人の事実を話す 960, 960B, 品々が(女自身が)女の特別な素性の真実を明かす 898, 子どもだけが本当のことを言う 1620, オンドリが真実を述べて殺される 243A, 信頼を疑われた召し使いが真実を話す 889, 求婚者が真実を発見する 1459**, 本当のことを言いすぎる 1691B*, オオカミが猿に本当のことを言って叩かれる 48*.

ジンジャークッキー(Gingerbread) 魔女がジンジャークッキーの家に住んでいる 327A.

信じやすさ(Credulity) 敬虔なお婆さんの信じやすさ 1851.

真珠(Pearl) 真珠とオンドリ 219H*.

真珠(複数)(Pearls) 真珠としての石臼 1146.

信じること(Believing) 故郷のばかげた近況を信じる 1931, 自分が死んでいると信じる 1313–1313A*, 自分の嘘を信じる 1348**, 子牛を産んだと信じ込む 1739, おならをして子どもを産んだと信じる 1739A*.

信心(Faith) 信心の天秤皿が死を迎える守銭奴に都合よく傾く 808, 聖職者が自分の信心を天秤皿に放り込む 802A*.

信心深さ(Piety) 敬虔な男の信心深さが認められる 759B, 愚直な男の信心深さが奇跡として認識される 827, 信心深さが報われる 767. — キツネが信心深いふりをする 20D*, 信心深さに対する問い 756D*.

神聖さ(Holiness) 愚直な男の神聖さが認められる 827.

新生児(Newborn) 生まれたばかりの赤ん坊をけちの腕に抱かせて, けちが子どもを産んだと思わせる 1739A*.

親族(Relative) 身代わりとしての親族 1074, 壺の中の親族 1339G, 親族が間違って殺される 1119, 親族がけちな主人からもてなしを受ける 1544B*.

親族たち(Relatives) 親族たちが結婚を認める 2019, 死んだ金持ちの親族たちが 2 人の詐欺師にだまされる 1532, 親族たちが助けることを拒む 890A*.

親切(Friendliness) 親切と不親切 750**, 親切につけ込まれる 2024*.

親切(Kindness) 親切と不親切 431, 480, 480D*, 503, 513B, 570, 571, 577, 働き者の女の親切 822, 継娘が親切のために報酬(魔法の品々)をもらう 403.

親切な(Kind) 親切な漁師が目の見えなくなった少女の目を買い戻す 404. — 少女がヘビに親切にする 404.

親切に(Kindly) 少年がお爺さん(こびと, ワシ)に親切にする 551, 末の弟がキツネに親切にする 550.

心臓(Heart) 殺しのにせの証拠としての動物の心臓(その他の臓器) 709, 883A, 薬としての猿の心臓 91. — 代用品としての動物の心臓 671, 証拠としての動物の心臓 305, 罪人の心臓を食べて妊娠する 788, キツネがこっそりロバの心臓を食べる 52, 魔法の鳥の心臓 567, 卵の中の鬼の心臓 302, 殺した証拠として鬼女が心臓を要求する 462, カメが薬として心臓(肝臓)を要求する 91.

死んだ(Dead) 死んだ物乞いが大金を残す 842A*, 死んだ花婿 365, 死んだ子どもとヘビのしっぽ 285A, 死んだ子どもが戻ってくる 769, 死んだ愛人が女主人の食事として知らないうちに出される 992, 援助者としての死んだ男 505, 507, 死んだ男が神に審判を乞う 960B, 男がけんか好きな妻のところへ行くよりも煉獄を選ぶ 1516*, 死んだ男が口をきく 1313A, 詐欺師が死んだ男の代わりをする 1532, 水の中で死んだハツカネズミ 1578A*, 死んだ人たちが召し使いをする 1965, 死んだ人たちが踊って花嫁を殺す(花嫁をずたずたに引き裂く) 365, 死んだ人と男(女) 1199A, 死んだ人が生きている者を墓に引き戻す 1676B, 死んだ人たちが蘇生される 753A, 死者が見張られ打ち負かされる 307, 死んだ女が生き返る 1354C*. — 花嫁が結婚式前夜に倒れて死ぬ 885A, 感謝している死んだ男 505, 507, 動物たちの王が死んだ 113A, 死者のふりをした男が犠牲者に(未知の生き物に)おびえさせられる 1676, 死者のミサ 779F*, 934C, 死者と会う 756C*, 母親が死者のミサで自分の子どもたちの悪い運命について知る 934C, 仮死状態の人が生き返る 990, 死んだと思っていた強盗が変装して自分のお金を取り返そうとする 961. — 幽霊(Ghost)も見よ.

身体障害者(Cripple) 871A, 923B, 体に障害がある者が, 結婚式で代理を立てられる 855.

身体障害者たち(Cripples) 1935.

死んだふり(Sham-dead) 動物(キツネ, クロコダイル)が死んだふりをしているのがうっかりばれる 66B, 鳥たちが死んだふりをする 233A, 死んだふりをした猫がハツカネズミたちを食べる 113*, 死んだふりをした男 179, 1139, 1350, 1654, 1711*, 死んだふりをした女 885A.

診断(Diagnosis) 観察による(ばかげた)診断 1862C, 尿検査で診断をするふりをする 1641A, 観察による病気の雌牛の診断 1862D, 男が子牛を産むだろうという診断 1739..

シンデレラ(Cinderella) 510A.

信徒たち, 礼拝の会衆(Congregation) 聖人像がいなくなったことで, 信徒たちが非難される 1826A*, 信徒たちが, 神のことよりもカードのことに詳しいと非難される 1827A, 信徒たちが聖職者について不平を言う 1825A, 1825B, 信徒たちが聖職者にだまされる 1826, 1827, 信徒たちが理想的な天気を欲する 1830, 聖職者の説教を礼拝の会衆が疑う 1833H, 礼拝の会衆が礼拝中に振り返ることを禁じられる 1835*, 説教が長すぎるために礼拝の会衆が教会をあとにする 1833M, 信徒の 1 人が機知に富んだ答えをする 1832D*, 信徒のメンバーが聖職者と賭けをする 1827, 礼拝の会衆が自分たちが泥棒であることを露呈する 1833K, 聖職者がうっかり歌ったことを, 礼拝の会衆がすべてを繰り返す

1832M*，聖職者が銃で礼拝の会衆を脅す 1835A*，私がすることではなく，言うことをしなさいと，礼拝の会衆が言われる 1836A，信徒たちが聖職者に即興で説教をさせる 1825B，礼拝の会衆が泣き，笑う 1828*．—1 人の来訪者を除いて礼拝の会衆全員が泣く 1834*，聖職者が寝ている礼拝の会衆を起こす 1833L，高慢な女が，会衆が自分に敬意を払って立っているのだと思う 1861*．
信念(Conviction) 誤った政治的信条のために叩かれる 1613A*．—信仰(Belief)も見よ．
新年の(New Year's) 大みそか 737，新年の晩 671D*．
審判者(Umpire) 審判者が盗まれた物を泥棒に与える 1525K*，裁定者が獲物をすべて取る 51***, 926D．—裁判官(Judge)も見よ．
人物(Person) 自分のことがわからない人物 1284，障害を負った人に税金を要求する 1661．
新兵(Recruit) 新兵が右と左を区別できない 1679*．
新兵たち(Recruits) 外国語での質問の順番が変わって新兵たちが混乱する 1699B．
シンベリン(Cymbeline) 882．
神明裁判(Ordeal) 姦婦が神明裁判によって身の潔白を証明しなければならない 1418．
信用しない(Mistrusts) オンドリがキツネを信用しない 62．
信頼すること(Trusting) 神を信頼するか王を信頼するか 841．
信用を失った(Discredited) 信用を失った夫 926A, 1381A，信用を失った息子 1381B．
森林監督官(Forester) 林務官(Woodsman)を見よ．

す

巣(Nest) 沼にはまった男の頭に鳥が巣をつくる 1900，鳥がほかの鳥に巣のつくり方を教える 236，カモが頭蓋骨の内側に巣をつくる 1886．
巣穴(Den) 隠れ場所としてのオオカミの巣穴 1229．—巣穴への入り口が木に塞がれる 75A，いくつもの足跡が巣穴に入っているが，出てきている足跡がない 50A, 66A．
水晶の(Crystal) 水晶宮殿 891A．—ガラス(Glass)も見よ．
水滴(Drops of water) 水滴を数えることができない 1172．
睡眠薬(Narcotic drink) 睡眠薬を飲んで地下世界へ旅をする 306．
睡眠薬(Soporific) 動物婿が起きているのを，睡眠薬が妨げる 425A．—女が魔女に睡眠薬を飲ませる 310．
推論(複数)(Deductions) 綿密な観察による推論(片目のラクダ，等) 655
数人前(Portions) 1 日に 3 人前片づける能力 1454*．
崇拝(Worship) 聖者の崇拝 933．—アブラハムが神を崇拝することを学ぶ 2031B．
末の(Youngest) 末の弟が兄たちに裏切られる 550, 551，末の弟 513B, 1948, 1562C*，末の弟が後継者に選ばれる 920D，末の弟が鬼の殺人計画に気づく 327B，兄たちの泥棒の旅に末の弟が連れていってもらえない 1525R, 1653，末の弟が泥棒の正体を暴く 301, 530, 550，末の弟がうまく異界に行く 471，末の弟が正しい答えを知っている 925*，末の弟が姫と結婚する 853，兄たちが泥棒をするのを，末の弟が邪魔をする 1525R，末の弟が魔法の道具を取り戻す 302B, 513B, 570, 571, 572*, 577, 610, 兄が，妹は人食いだとわかる 315A，末の弟が父親の遺体を撃つことを拒む 920C，末の弟が兄たちを捜す 303A，末の弟が女たちにもてることを望む 580，末の娘が父親の代わりに(目に見えない)動物のところへ行く 425C，末の弟が父親の命令に従う 552，末の王子が兄たちに裏切られる 550, 551，末の妃が息子を救う 462，末の妹が熊皮と結婚することに同意する 361，男に変装した妹 432，末の妹が金のまりを井戸に落とす 440，末の妹が生意気な願いのために投獄される 879*，末の妹が成功する 514，末の妹が人食いトラを殺す 312A，末の妹が家の主人に親切にする 431，末の妹がデーモンの課題を成し遂げる 480A*，末の妹が姉たちを生き返らせる 311，末の息子が遺産を相続する 402. ― 兄たちが末の弟を殺そうとする 312D，王が末の妹と結婚する 707.

頭蓋骨(Skull) 動物たちが頭蓋骨の中に座る 283B*，酔っぱらった男が頭蓋骨を食事に招待する 470A，カモが頭蓋骨の内側に巣をつくる 1886，愛人の頭蓋骨で食事をする 992A，男が自分の頭蓋骨を取り外して頭蓋骨から水を飲む 1886，墓地から頭蓋骨を盗む 1676D，女が頭蓋骨に花嫁衣装を着せる 311.

姿(Shape) 姿を変える(オウム) 856，悪魔が姿を変える(聖職者，小さなお爺さん，狩人，女，等) 817*, 820, 820B, 831, 839A*，魔法使いが姿を変える(鳥) 871. ― 変身(Transformation)も見よ.

姿が見えないこと(Invisibility) 魔法の道具で姿が見えなくなる 306. ― 魔法の品としての，姿の見えなくなるマント(コート) 400, 518, 519.

姿を消すこと(Disappearance) 悪魔が姿を消す 1199A.

スカート(Skirt) 頭を覆うのにスカートを使う 1230**.

鋤(Plow) 親指小僧が馬の耳に座って鋤を操る 700，作男が犬についていきながら鋤で耕さなければならない 1003.

鋤で耕す男(Plowman) 650B, 1557，動物が鋤で耕している男の仕事を邪魔したために，男が動物を罰する 152.

鋤で耕すこと(Plowing) 銅(鉄，石)の畑を魔法の雄牛たちで鋤で耕す 532*，弁護士の畑を隙間を空けて鋤で耕す 1860E.

救い出される(Delivered) 捕らえられた夫が妻によって救い出される 888, 888A，捕まった女が処女マリアに救い出される 1168C.

救う(Saves) ハヤブサが飼い主の命を救う 178C，父親が自分の子どもたちを救う 765，山の頂上で困っている男が自分の身を救う 936*.

救うこと(Rescuing) 月を救う 1335A，学者を救う 1689A.

救うこと(Saving) 子どもたちを死から救う 762，窒息しそうなメンドリを死から救う 2021，逆のこと(町を破壊すること)を頼んで町を救う 1871B，多くの魂を地獄から救うこと 480C*，悪魔から魂を救う 815*, 1170–1199A.

すくうこと(Shoveling) 木の実をすくう 1229*.

救われた(Saved) 王が命を救ってくれた人に褒美を与える 952，男が王の命を救ってくれたと，王が思う 1646.

過ごすこと(Spending) ベッド1つの部屋で夜を過ごす 1443*，お爺さんと夜を過ごす

1441A*.
スコットランド人(Scotsman) 1738，スコットランド人が赤ん坊と寝ることを拒む 1691D*.
すす(Soot) すすだらけの泥棒が悪魔だと思われる 1624B*.
スズメ(Sparrow) 20D*, 56D, 71, 122B, 236, 248, 1062, 1260A, 1900, 2031，スズメと息子たち 157B，スズメとハツカネズミが口論する 222B.
スズメたち(Sparrows) 飢えているスズメたちが食料を探す 244B*.
スズメバチ(Wasp) 1736, 1785C, 2015，スズメバチが不誠実なクモに招待される 283，スズメバチの巣は王の太鼓 49A，聖職者のためのスズメバチの巣 1785C，スズメバチの群れが熊を刺す 49, 49A.
鈴をつける(Belling) 猫に鈴をつける 110.
捨て子(Foundling child) 捨て子が見つけた品物を持ち主に返す 515.
ステッキ(Cane) ステッキが強盗のところに残される 961A.
ストーブ(Stove) ストーブに不平を言う 533，祖母をストーブに乗せる 1013.
砂(Sand) 鉄を鍛造するのに砂を使う 1163. ― 砂のロープを伝って空からおりる 1882, 1889E，砂を詰めたウナギ 1804*，穴を砂で埋める 75，砂で覆われた裸の男 756A，砂のロープ(不可能な課題) 875B, 1174.
砂粒(Sands) 海の砂を数えることができない 1172.
スパイス(Spice) 辛いスパイスを馬の肛門に突っ込む 1142.
スープ(Soup) 自分のお金でスープ 1555C，石で作ったスープ 1548，想像されたスープ 1260A，野ウサギのスープからつくったスープ 1552*，ほとんど水のスープ 1562F*，塩を入れすぎたスープ 1328A*. ― 聖職者の人になれた鳥がスープの中にふんをする 1837*，スープから肉を取る 1572B*，水をスープだと誤解する 1260A.
スプーン(Spoon) 巨大なスプーン 1565*，なくなったスプーンが密通を暴く 1842C*，自分のスプーンを使う 1449*.
スペイン人(Spaniard) 1347*.
ズボン(Trousers) 何人かの女がズボンを短くする 1328B*，片足のズボン 1286. ― 愛人のズボンを夫に渡す 1419G，死んだ夫のズボンの中にはもはや慰めはない 1512*. ― 半ズボン(Breeches)も見よ.
炭(Charcoal) 炭焼き 476，炭売り 1631A，炭焼き人がラテン語に似た音の言葉を話す 1641C，炭焼き人が親切な動物たちに対し恩知らずな態度をとる 159A.
炭(Coal) 炭と藁と豆 295.
炭(複数)(Coals) 炭(葉っぱ，ごみ，タマネギ，ニンニク)が黄金(銀)に変わる 476, 476**, 751B*，炭が聖職者のブーツにたまたま落ちて入る 1825D*. ― 欲ばりの男がエルフたち(こびとたち)から黄金ではなく炭をもらう 503.
すり切り(Level) 学生がブッシェル容器すり切り 1 杯の黄金を返して残りをもらう 1182A.
座ること(Sitting) 木に座る 1052, 1240，卵の上に座る 1218.

せ

聖(Holy) 読み書きのできない聖職者が教会カレンダーの聖日を忘れる 1848A, 1848D, エジプトへの逃避行中の聖家族 750E, 教会の精霊 1837, 聖人と弟子 1534A, 助言者で援助者としての聖者(お婆さん) 413, 信心深い男が自分のミサをする 759B, 求婚者として拒絶された聖者が復讐する 896, 聖者が巧みな告知によって弟子を救う 1534A. — 三位一体の人物の名が動物と(ボタンと)結びつけられる 1833D, にせ聖者としての猫 113B.

聖アウグスティヌス(Augustine(saint)) 聖アウグスティヌスと三位一体についての黙想 682.

聖アントニウス(Anthony(saint)) 聖アントニウスが黄金の靴をもらう 706D. — 聖アントニウスの彫像 1347*.

聖アンドレアス(Andrew(saint)) 援助者としての聖アンドレアス 812.

聖ウィルゲフォルティス(Wilgefortis(saint)) 706D.

聖エリアス(Elias(saint)) 聖エリアスが海の知られていない場所を探す 1379**.

聖エリギウス(Eligius(saint)) 聖エリギウスが鍛冶屋を訪ねる 753.

聖画像(Icon) 聖画像に願い事をかなえてくれるよう頼む 1380A*, 担保としての聖画像がいつもの場所に戻っている 849*, 聖像が魚を食べたと疑われる 1320*. - 聖人像に良い食事を出すと約束する 1572A*.

聖歌隊の少年(Choirboy) 779J*.

請願者(Petitioner) 922, あざ向かれた請願者 1380A*.

性器(Genitals) 馬のような性器 750K*, 女の性器が鬼をおびえさせる 1095, 1159. — 兵隊たちが性器を失う 750K*, しゃべる女性器 1391. — ワギナ(Vagina), 外陰(Vulva), ペニス(Penis)も見よ.

税金(Tax) 収税吏が税金を免除する 1605*, 同じ人に 3 回税金を要求する 1661. — ソーセージ税が廃止される 1741*.

聖クリストフォロス(Christopher(saint)) クリストフォロスと幼子キリスト 768.

聖クレメント(Clement(saint)) 751F*

聖ゲオルギウスの(George's(saint)) 聖ゲオルギウスの犬たち 1150.

聖ゲオルク(George(saint)) 1811A, ゲオルクがノルヌたちを仲裁する 899, 聖ゲオルクが貧しい男たちに盗みをすることと嘘をつくことを教える 790*.

制限(Limit) 課題を果たす時間制限 854, 帰ってくる時間制限 425C, 難しい課題を解決する時間制限 465, 難しい質問を解くのに時間制限が課される 922.

性交, 交尾(Copulation) 種馬が収税吏の雌馬と交尾する 1605*. — 性交の体位 1420G. — 性交(Intercourse)も見よ.

性交(Intercourse) 性交により魔法を解く 440, 泥棒を捕まえるために, 娘との性交を父親が許す 950, 男が魔法の品と引き換えに, 姫(妃)との性交を要求する 570A, コーヒーを性交と誤解する 1686*, 耳が聞こえず口のきけない愚か者との性交を姫が要求する 900C*, 強要による性交 871*, 変装した妻の夫との性交 891, 息子が知らずに母親と性交する 705A，動物婿との性交が魔法を解く 433B，宿屋の娘(妻)との性交 580，花の少女との性交 407，主婦(その家の娘)と性交する 1363，既婚の女と性交する 1359A*，姫との性交 310, 551, 562, 580，男の服を着た女が妻との性交を拒否する 514.

成功(Success) 妻の一時的な成功 1378B*.

政治家(Politician) 1862C.

性質(Character) 王たちの性質 920B*，女の性質 1368**, 1426. ― 名前が性格を表す 1543E*.

性質(Nature) 性質はいつでも顔を出す 133*，動物の性質 276, 289，家畜の性質を誤解する 1204**，サヨナキドリの(アシナシトカゲの)性質 234.

誠実さ，貞節さ(Faithfulness) 貞節さがテストされる 1350. ― もうけ(姫)の半分を誠実さの証として要求する 505，誠実さの証として女を分配する 507，キツネが妻の誠実さを試験するために死んだふりをする 65.

誠実な(Faithful) 誠実な動物が軽率に殺される 178，忠犬 921B，忠臣ヨハネス 516，忠実なライオン 156A，誠実な召し使い 889，誠実な妻が 3 人の男に言い寄られる 1730，貞節な妻が奴隷にされた夫を救う 888.

政治的(Political) 政治的信条 1613A*.

聖者(Saint) 506*, 555, 706, 752C, 759, 778, 778*, 779F*, 788, 802, 804, 921B, 931A, 933, 967, 1331, 1476A, 1551*, 1737，聖者と悪魔が収穫を分ける 1030，助言者としての聖者 1536C，感謝している死者としての聖者 505，聖者にお金を要求する 1543，聖者が名づけ親として拒否される 332，聖者が子どもを天国へ連れていく 710，聖者が貧しい男に盗みを教える 790*，聖者が鍛冶屋を訪ねる 753，逃げ出す聖者 1826A*. ― ひげのはえた女の聖者 706D，聖者のためにろうそくに火をともす 1645B，オールドミスが夫を求めて聖者に祈る 1476, 1476A，賞賛された聖者が男に，妬み深いほかの聖者たちに気をつけるよう警告する 846*，オオカミが聖者になろうとする 165. ― 聖アンドレアス(Andrew (saint))，聖クリストフォロス(Christopher(saint))，聖ペトルス(Peter(saint))，等も見よ.

聖者たち(Saints) 830, 899, 1323，援助者としての聖者たち 706，聖者たちに助けを求める 1580A*，聖者たちがクリームを食べた 1572A*，天国の聖者たちが自分たちの権利を認めてもらうために裁判を要求する 1860A.

聖者の(Saint's) 聖者の絵(像)が教会から盗まれる 1826A*. ― 生きている人が聖人像に成り済ます 1829.

聖書(Bible) 捨てられた子どもといっしょに見つかった聖書がその子の出生を明かす 933，聖書のページが張りついている 1835B*，聖書が悪魔から守ってくれる 810. ― 少年たちが針を聖書に仕込む 1785B，聖書を引用した聖職者の賢い行動 1847*，聖書の中の慰め 1512*，聖書を引用して動物を分配する 1533A，王が聖書の中にお金を隠す 1468，お金が聖書に隠される 1468.

聖書(Scripture) 聖書(Bible)を見よ.

聖職者(Clergyman) 116, 576, 760, 770A*, 785, 804, 804C, 810, 810A*, 816*, 839A*, 840B*, 842A*, 883A, 885, 910N, 921C, 945, 951A, 965*, 1306, 1324A*, 1325B, 1351G*, 1359A*,

1536A, 1536B, 1538*, 1545*, 1562F*, 1568*, 1580A*, 1642A, 1645B, 1686A, 1686A*, 1691B*, 1693, 1725, 1730, 1731, 1735B, 1738, 1740, 1741, 1807B, 1807A*, 1824, 1832F*, 1832N*, 1833J, 1855A, 1862C, 1744, 聖職者がソーセージ税を廃止する 1741*, 聖職者が泥棒を免除する 1840B, 聖職者が盗みにあった男を非難する 1840B, 聖職者が教会での不適切な行動をする 1831A*, 農夫(少年)が罪を犯すごとに小石(ジャガイモ)を貯めておくことを, 聖職者が農夫に助言する 1848, 聖職者が未亡人に助言する 1512*, 聖職者と作男 1545, 1545B, 1561, 1568*, 1572A*, 聖職者と紳士(ユダヤ人, 強盗, 農夫)が聖書を引用しながらけんかする 1847*, 聖職者とジプシー 1626, 聖職者とオルガン奏者 1831C, 聖職者とラビ 1855D, 1855E, 聖職者と教会の雑用係 1572A*, 1691, 1775–1799, 1825B, 1829, 1831C, 1831A*, 1833M, 1837, 1838, 1839A, 1848A, ミサでの聖職者と教会の雑用係(助祭) 1831, 聖職者と教会の雑用係が泥棒のように思われる 1860B, 聖職者と教会の雑用係が狩りに行く 1775, 聖職者と教会の雑用係が聖人像を取り除く 1826A*, 聖職者と教会の雑用係が雌牛を盗む 1790, 聖職者が豚を盗む 1792B, 聖職者と妻 1562C*, 姦通者としての聖職者 1359A*, 愛人としての聖職者 571B, 1359C, 1361, 1419G, 1537, 告発者としての聖職者 1806A*, 聖職者が少年に(女中に), 秘蹟はいくつあるか(神は何人いるか)と尋ねる 1832D*, 聖職者が少年に道を尋ねる 1832Q*, 聖職者が少年に, 少年の家族はどのように食前の祈りを唱えるかと尋ねる 1841, 聖職者が少年に, 人間の最も悪い敵は誰かと尋ねる 1832P*, 聖職者が愚かな農夫に尋ねる 1832T*, 聖職者が懺悔者に, 神はどこにいるかと尋ねる 1806A*, 聖職者が来訪者に, なぜ説教中に泣かなかったのかと尋ねる 1834*, キリストは天国にも地上にもいなかったときはどこにいたかと, 聖職者が尋ねる 1833C, 聖職者が, 説教の途中にカードの切り札を叫ぶことができるかを賭ける 1839B, 聖職者が礼拝の会衆と賭けをする 1827, 礼拝の会衆が神のことよりもカードのことに詳しいと, 聖職者が礼拝の会衆を非難する 1827A, 聖職者が自分の悪癖を収入が少ないせいにする 1836A, 聖職者が切り札を叫ぶ 1839A, 聖職者が走る雌牛に連れ去られる 1849*, 教会の雑用係によって運ばれた聖職者が泥棒の話を立ち聞きする 1791, 聖職者が失敗によって説教の中身を変える 1833H, 聖職者がよりよい取り分を主張する 1831B, 聖職者が天国(地獄)で死んだ人に会ったと主張する 1540, 聖書の引用による聖職者の賢い行為 1847*, 聖職者が狩りから直接礼拝にやって来る 1835A*, 聖職者がお婆さんの懺悔にコメントする 1805, 聖職者が間違った人物にお悔やみを言う 1843A, 聖職者が賢い召し使い(オイレンシュピーゲル)にだまされる 1736, 懺悔者が罪のゆるしのために要求された支払いをしなくてすむように聖職者をだます 1804**, 聖職者が泥棒(ジプシー)の紛らわしい告白にだまされる 1807, 1807A, 聖職者が罪のゆるしを否定する 1804*, 聖職者が病床にいる(死の床にいる)人の横で食事をする 1844, 聖職者が少年に, 彼が見ている者は馬のふん(蹄鉄)だと説明する 1832B*, 聖職者が教会で寝入る 1839A, 聖職者が教会の用務員の助言に従う 1792, 聖職者が皆に礼拝中(説教中)振り返ることを禁ずる 1835*, 聖職者が復活祭(聖日)を忘れる 1848D, 聖職者がどうしたら悪魔に会えるか助言する 815*, 聖職者が犬の教育のために召し使いにお金を与える 1750A, 聖職者がハツカネズミたちに食い殺される(食べられる) 751F*, 聖職者のブーツに火が入る 1825D*, 聖職者が教会の雑用係の妻と密通する 1781, 聖職者が説教をする必要がない 1826, 聖職者が自分の祝福の言葉を変更しなければならない 1822，聖職者が司教に，動物の埋葬について答えなければならない 1842，聖職者が学生時代にしていた治療法で，自分が治療される 1845，聖職者が自分のお金を隠す 1341B，聖職者が少年の答えに感心する(言葉を失う) 1832*, 1832B*, 1832D*，悪魔に変装した聖職者 831，袋に入れられ天国へ連れていかれる聖職者 1737，聖職者が知人を晩餐に招待して物を盗まれる 1842C*，聖職者がだまされる 1725–1774，聖職者が，神の話しているのを聞いたと信じ込まされる 1575A*，残った肥やし(泥)でつくられた聖職者 1832S*，聖職者が司教と賭けをする 1828*，聖職者がだまして説教壇の後ろでうまく酒を飲む 1827，聖職者がラテン語の指示を誤解して跳ね回る 1823，聖職者が泥棒(ジプシー)の紛らわしい告白を誤解する 1807，聖職者が礼拝に遅れてきた人たちの名前を言う 1835*，雌牛のしっぽに引きずられた聖職者 1849*，聖職者が懺悔者に罪のゆるしのための支払いを命ずる 1804，聖職者がカードをする 1839B，聖職者が地獄に行った金持ちの男についての説教をする 1832，聖職者がヨブの模範的な忍耐力について説教する 1811B，聖職者が最後の審判について説教する 1827B，聖職者がパンと魚の奇跡について説教する 1833H，聖職者が説教壇に置かれた白紙のページから説教を即興でする 1825B，聖職者が長すぎる説教をする 1833M，信徒たちが望むどんな天気にでもすると，聖職者が装う(約束する) 1830，聖職者が懺悔者に罪のゆるしを約束する 1804*，聖職者が戦場で死を迎える兵隊たちに神との正餐を約束する 1806，聖職者が説教の途中で逃げ出す 1785，聖職者が礼拝中に(通りで)少年に質問をする 1832*，聖書のページが張りついていて，聖職者がつじつまの合わない文を読む 1835B*，未亡人の夫が天国にいるか地獄にいるかを未亡人に告げて，聖職者が支払いを受ける 1744，聖職者が死を間近にした男に天国の居場所を保証して，繰り返し支払いを受ける 1744，聖職者がユダヤ人に豚肉を勧める 1855D，聖職者が動物を埋葬することを拒む 1842，聖職者が結婚式を執り行うことを拒否する 1453B*，聖職者が罪人を罪から解放する 811，聖職者が真実を説教で話したために職を解かれる 1825A，聖職者が豚の背中に乗る 1838，聖職者が雄牛(馬)に乗る 1786，聖職者が奇跡を見せるために説教壇をのこぎりで切る 1825C，聖職者が妊娠している女を誘惑する 1424，聖職者が犬に教育を受けに行かせる 1750A，聖職者が召し使いを肉屋のダビデ(パウル，モーゼ)のところに行かせる 1833A，聖職者が難しい質問を解くために身代わりを送る 922，聖職者と教会の雑用係と先生が聖書に従って豚を分配する 1533A，聖職者が盗みをはたらくが，被害者のために祈ると約束する 1840B，聖職者が祈りを止めて，馬具もつけた馬をもらえるのかと尋ねる 1835D*，聖職者が父親(名づけ親)の名前を取って名づけることを提案する 1821，聖職者が賄賂を受け取る 1831C，聖職者が悪魔から罪のリストを取り上げる 826，聖職者が罪を犯した者を教会に連れていく 755，聖職者が少年に，礼儀正しくふるまうことを教える 1832E*，聖職者が死刑囚に向かって，彼は神との晩餐をすることになると告げる 1806，聖職者がお婆さんに，キリストの(神の)死について告げる 1833E，聖職者が病気の男に，聖餅をもらったと想像するように言う 1804B，聖職者が信徒(たち)の知識をテストする 1810，聖職者が説教の中で泥棒の頭めがけて物を投げると脅す 1833K，聖職者が天秤皿に自分の信心を放り込む 802A*，雌牛のしっぽに結ばれた聖職者が走る雌牛に引きずられる 1849*，聖職者が子牛を産む 1739，聖職者がうっかり聖書を 2 ページめくってしまう 1835B*，聖職者が策略を使って礼拝の会衆の半分を笑わせ，半分を泣かせる 1828*，聖職者が瀕死の人を訪ねる 1843，聖職者が病人を見舞う 1844，聖職者が寝ている礼拝の会衆を起こす 1833L，聖職者が少年に，三位一体の人物の名を教えようとする 1833D，上を見上げる者は目が見えなくなると，聖職者が警告する 1837，すてきな声の聖職者 1834，多くの悪癖のある聖職者 1836A，司教が聖職者の妻に性交渉を誘いかけるのを目撃する 1825A. ― 貪欲な聖職者がだまされる 1842A*，酔った聖職者が不適切なことを言う（する）1836，農夫が息子の仕事に関する質問に対し説明する（聖職者はペテン師）921B*，農夫が聖職者にソーセージを持っていかなければならない 1741*，農夫がラテン語に似た発音の言葉を話したために聖職者だと思われる 1641C，隠れていた聖職者が悪魔の声色で女を脅す 903C*，読み書きのできない聖職者が豆（エンドウ豆，穀物，種）をポケットに入れて日数を数える 1848A，読み書きのできない聖職者が聖日を告知するのを忘れる 1848D，けちな聖職者が農夫たちにつぶした豚のほんの少しも分けようとしない 1735A，説教をしている聖職者が説教壇といっしょに落ちる（抜けた樽から落ちる）1825C，赤毛の聖職者が泥棒に，説教壇から罪の告白をするように要求する 1805*，奇妙な聖職者 1965，聖職者になるのが愚かな息子の天職 1834A*，資格のない人物（農夫）が聖職者の職務を果たすことができない 1825.

聖職者（Cleric）　751F*.

聖職者たち（Clergymen）　1536B, 1825A, 1836, 1925，聖職者たちと宗教的な人物 1725-1849，地獄の聖職者たち 1738，異なる宗教の聖職者たち 1855E. ― 聖職者がなぜ天国にはこれほど少ないのか，神が不思議に思う 1738.

聖職者たち（Priests）　471, 1738.

聖職者の（Clergyman's）　聖職者のカレンダーが誤解によって台なしにされる 1848A，聖職者の夢 1738B*，聖職者の賛美歌集が説教壇から落ちる 1835B*，聖職者がメイド（妻）と密通しているのを目撃される 1776，埋葬の祈りのときに聖職者の雄牛のロープが解ける 1840，懺悔者が自分の運命を聖職者の運命と取り替えることを申し出る 1806*，宗教的な事柄に関する聖職者の問いが誤解される 1833B，説教中の修辞学的な問いが誤解される 1833，聖職者の説教が礼拝の会衆によって疑われる（直される，コメントされる）1833H，聖職者の取り分と教会の雑用係の取り分 1831B，聖職者の人になれた鳥がスープの中にふんをする 1837*，聖職者の声（ひげ，顔）が女に最近死んだヤギ（ロバ）のことを思い出させる 1834，聖職者の言葉が繰り返される 1832M*. ― 結婚式で聖職者の質問にばかげた答えをする 1820.

聖職者の（Preacher's）　聖職者の女中との密通が見つかる 1735. ― 教会の雑用係が説教者のポケットからソーセージを盗もうとする 1785A.

聖書の（Biblical）　聖書のフレーズ 1735，聖書のフレーズが適用される 1734*，聖書を引用した機転の利いた答え 1847*.

精神異常（Insanity）　1864，誤って気が触れている（耳が遠い）と思われる 1698C, 1698D, 1698K，祈禱と聖遺物で精神異常が治療される 1525L. ― 弁護士が被告の農夫に，精神病だと主張するよう助言する 1585.

聖像画家（Icon-maker）　1359C.

贅沢（Luxury）　夫婦が贅沢な暮らしに招かれる 1416.

性的な(Sexual) 性的に身を許してくれたことに対しガチョウで支払う 1420G, 性的に身を許してくれことに贈り物で報いる 1420B, 性交をお金で埋め合わせる 1731, 性交する(夫または父親がだまされる) 1545A, 1545B, 1547*, 1563, 毛櫛(櫛)での想像上の性交 1543*, 女の貞操を「縫い上げる」ための性交 1542**, 船乗りとではなく船長と性交する 1542*, 主人(家主)の妻(娘)との性交 1544, 1545, 姫と性交する 1460, 靴をあげる約束で3人の女と性交する 1731, 性関係を告白する 1418*, 性関係が暴露される 1359A*.

聖デメトリウス(Demetrius(saint)) 1811A, デメトリウスがノルヌたちを仲裁する 899.

正当化(Justification) 無実の女たちを殺すことの正当化 875B*.

聖ニコラウス(Nicholas(saint)) 2015, 聖ニコラウスが海の知られていない場所を探す 1379**. ― 聖ニコラウスの聖画像 849*.

聖ブラシウスの(Blasios'(saint)) 聖ブラシウスの犬たち 1150.

性別(Sex) 性別テスト 514, 884.

聖ペトルス(Peter(saint)) 330, 368C*, 403, 750A, 750B, 750D, 750*, 751A, 752A, 753, 753*, 754*, 759, 759*, 774, 774C, 774F–774L, 785, 785A, 788, 791, 800, 805, 822, 960C, 1516*, 1737, 1738B*, 聖ペトルスが神の役割をする 774D, 投てき競争で聖ペトルスが狙われる 1063A, 地上の聖ペトルスとキリスト 1169, 聖ペトルスとナッツ 774P, 天国の門番としての聖ペトルス 800, 1516*, 1738, 1827B, 天国の門番の聖ペトルスがヨーゼフと口論する 805, 泥棒としての聖ペトルス 774J, ペトルスがキリストに, 自分よりも敬虔な者はいるかと尋ねる 756D*, 聖ペトルスは自分のロバを売ることができない 774B, 聖ペトルスが長い眠りにつく 766, 聖ペトルスがカトリック教徒を天国の彼の場所へと案内する 1738D*, ペトルスが悪徳公証人を天国へ入れたがらない 750H*, 聖ペトルスが, 金持ちは 100 年に 1 度しか天国に来ないと説明する 802, 聖ペトルスが斬首された男の蘇生に失敗する 774A, ペトルスが妻を恐れる 754**, 天国の聖ペトルス 1738B*, 天国のペトルスが, 好物の食べ物(飲み物)がよそで手に入ると告知する 1656, 聖ペトルスが自分の権利を認めてもらうために天国で裁判を要求する 1860A, ペトルスがユダヤ人たち(兵隊たち, 海岸の住民たち, やかましいバイオリン弾きたち)を天国から誘い出す 1656, ペトルスが天気を管理するよう命ぜられる 752B, 聖ペトルスが悪い行いを罰する 779, 聖ペトルスが蹄鉄を拾うことを拒む 774C, 聖ペトルスが斬首された男の頭を後ろ向きにつける 774A, ペトルスが女を死から救う 712, 聖ペトルスが夫の視力を回復する 1423, ペトルスが死んだ人を蘇生させる 753A, 聖ペトルスが善い行いに褒美を与える 779, ペトルスが地上を放浪する 751D*, 774E, 聖ペトルスが靴職人に独り善がりを警告する 801, バイオリンを持った聖ペトルス 774F. ― キリストとペトルス(Christ and Peter)も見よ.

聖ペトルスの(Peter's) 聖ペトルスの大食い 774N, 聖ペトルスの母親を救おうとするが無駄である 804.

聖ベルナール(Bernard(saint)) 1835D*.

聖ヘレナ(Helena(saint)) 聖ヘレナが聖十字架を再発見する 772.

聖ミヒャエル(Michael(saint)) 1737, 危険なときに聖ミヒャエルが助けを乞われる 778.

精霊(Spirit) 555, 667, 瓶から解放された精霊 331, 青い光の中の精霊 562, 木の精霊に願い事をかなえてくれるよう頼む 1380A*, 魔法使いの弟子が精霊を呼び出す 325*. ― 木の精霊が男に妻の不誠実さを見せる 824. ―デーモン(Demon), 幽霊(Ghost), 等も見よ.
精霊たち(Spirits) 564, 677. ―背中にろうそくをつけた動物たちが精霊たちだと誤解される 1740, 男が邪悪な霊を打ち負かすのを, 死体が手伝う 326B*.
ゼウス(Zeus) ゼウスがワシの卵を壊す 283H*, ゼウスが動物たちと人間の寿命を決める 173.
世界(World) ありえないユートピア的なことが起きる世界 1930. ―世界の創造 773, 774, 死後の世界での自分の運命を知る 840B*.
石像の宴(Festin de Pierre) 470A.
セキレイ(Wagtail) 750E.
セクラ(Secula) 1831C.
説教(Sermon) 地獄へ行った金持ちの男についての説教 1832, 聖人の記念日の聖人についての説教が適用される 1833, 礼拝の会衆が説教を疑う 1833H, 解説された説教 1839B, 説教が奇跡に目を向けさせる 1825C, 施しをする者は 10 倍になって返ってくると説教で説かれる 1735. ―少年が説教中に機転の利いた答えをする 1832*, 聖職者が説教中にカードの切り札を叫ぶ 1839B, 聖職者が会衆に, 説教中に扉のほうに振り返ることを禁じる 1835*, 聖職者の銃が礼拝の間に暴発する 1835A*, 聖職者の説教の中での修辞学的な問いが誤解される(答えられる) 1833, 1833A, 毎年同じ説教を聞かされると不平を言う 1833F, 説教の中身が失敗によって変えられる 1833H, 聖職者と教会の雑用係の説教中の会話 1831B, 説教中に聖職者が逃げ出す 1785, 白紙のページから即興で説教をする 1825B, 長い説教のために礼拝の会衆が帰る 1833M, 説教の中の修辞学的な問いが言葉どおりに取られる 1833J, スズメバチが説教者を説教中に刺す 1785C.
説教(複数)(Sermons) にせ聖職者の説教が農夫たちに感動を与える 1641. ―パロディーの説教 1824.
説教者(Preacher) 593, 755, 802, 1734*, 1786, 説教者が女を泣かせる 1834, 説教者を生きたまま天国へ案内する 1737, 説教者が説教壇から落ちる 1825C, 説教者が説教壇を手で叩くくせがある 1785B, 説教者が教会の雑用係の雌牛を弁償することを拒む 1734*, 説教者が説教壇でスズメバチに刺される 1785C, 説教者が愚直な男に正しい祈り方を教える 827, 説教者が寄付の支払いが遅れている信徒たちに警告する 1738B*. ―聖職者(Clergyman)も見よ.
説教壇(Pulpit) 説教壇にスズメバチの巣を隠す 1785C, 賛美歌集が説教壇から落ちる 1835B*, 説教壇に仕込まれた針で説教者が手をけがする 1785B, のこぎりで切られた説教壇が聖職者といっしょに落ちる 1825C.
説教をする(Preach) 聖職者は説教をする必要がない 1826.
説教をすること(Preaching) パンのかたまりと魚の奇跡について説教をする 1833H, ヨブの忍耐力について説教をする 1811B, 地獄に行った金持ちの男について説教をする 1832, 教会の会衆の望むように説教をする 1825B, 最後の審判について予言する説教をする 1827B, 真実を説教で話す 1825A.
セックス(Sex) 犬の行為によってセックスを説明する 1686A, 夢の中でのセックス 1407A*, なくなった指輪をセックスで取り戻す 1424, 洞くつの中での裸の女とのセックス 1407A*. — 妻がセックスを要求する 1543*，セックスについて無知な（セックスを恐れている）女 1543*. — 性交（Sexual intercourse）も見よ.
石鹸（Soap） 石鹸をチーズと間違える 1339F.
説得（Persuasion） 捕獲者を説得して捕まった動物がうまく逃げる 122Z，キツネを説得してリスがうまく逃げる 122B*，平和のキスをしようという説得 62，争いを解決する説得のために獲物を失う 122K*.
説得されて何かをさせられる（Persuaded） 動物の捕獲者が話すよう促される 6, 6*，客たちの飼っている動物でさえも寒い冬に靴が必要になると，客たちを説得する 1695，夫が説得されて桃ではなくイチジクを持っていく 1689，何か価値のある物にかぶせてあるように見える帽子を通行人が見張るよう説得される 1528，通行人が岩を支えるよう説得される 1530.
説得する（Persuades） キツネがオンドリ（鳥）を説得して，目を閉じて鳴かせる 61.
説明（Explanation） 泥棒の説明（いちばん近道だった）1624A*.
説明すること（Explaining） トランプゲームの宗教的な意味を説明する 1613.
セネカ（Seneca） セネカが出血死を選ぶ 927B.
背の高い（Tall） 背の高い花婿が倒れることによって教会に入る 1295A*，背の高い穀物 1920A*. — 大きい（Big），大きな（Great），巨大な（Huge）も見よ.
背骨（Backbone） 馬の新しい背骨 1911A，鍛冶屋が馬の折れた背骨を治す 1889D.
背骨（Spine） 背骨が折れた荷役動物のために棒が使われる 1911A，鍛冶屋が馬の折れた背骨を修理する 1889D.
せむし（Hunchback） 1661，せむしの男と片目の男が会話をする 1620*.
せむしの（Hunchbacked） 溺死させられたせむしの兄弟 1536B，せむしの男 1620*，せむしの男が超自然の存在に背中のこぶを取ってもらう 503，せむしの楽士たちが留守にしているせむしの兄弟の妻のために演奏する 1536B. — なぜノミの背中は曲がっているか 282B*，なぜカエルは背中が曲がっているか 150A*.
責め苦（Torture） 男が 3 晩の責め苦に耐える 400.
責め苦の（Painful） 船乗りが責め苦の夜に耐える 540.
栓（Stopper） 栓の面倒を見るという命令 1681A*.
全員（Everyone） 王を除いてみんな死ぬ 819*.
先見の明がある（Foresightful） 先見の明がある作男 1574*.
詮索好きな（Inquisitive） 詮索好きな王 920A*，詮索好きな妻と動物の言葉 670.
潜水鳥（Diver） 潜水鳥の生活習慣 289.
潜水夫（Diver） 潜水夫が王の冠を海の底から取ってくるように命じられる 434*.
先生（Schoolmaster） 1750A. — 先生が人間の肉を食べているのを，少女が見る 894，先生と聖職者と教会の雑用係が聖書に従って豚を分配する 1533A.
占星術師（Astrologer） 占星術師が好ましくない予言のために罰せられる 934G.
先生たち（Teachers） 7 人の賢い先生たち（師たち）875D*.
先祖（Ancestor） 761.
戦争（War） 875*，思いがけない出来事の連鎖が戦争を引き起こす 2036，戦争で恋人同士が離ればなれになる 870，鳥たちと四つ足動物たちの戦争 222-222B, 313，きのこたちの戦争 297B，野獣たちと家畜たちの戦争 103，魔法の馬の助けで戦争に勝つ 314, 314A. — 戦争に参加したために別れる 365，男の服を着た女が戦争で英雄的な功績を成し遂げる 514. — けんか(Quarrel)も見よ.

先祖たち(Ancestors) 921D，外国人の先祖たち 1865. — 先祖としての子どもたち 705B.

全体を代表する一部分(Pars pro toto) 52, 125, 302B, 304-306, 318, 408, 432, 462, 511, 533, 552, 567A, 665, 671, 671E*, 760A, 780, 780B, 788, 892, 894.

選択(Choice) 報酬をもらうか教えを受けるかを選ぶ 910B，お金と助言の選択 910B，2つの箱から選ぶ 480，2 人の夫のうち 1 人を選ぶ 433B，猫が動物たちの王に選ばれる 113，姫を最も愛している男を選ぶ 653A，若いときの不幸か老齢での不幸かを選ぶ 938-938B，正しいパイを選ぶ(小箱) 745A，後継者選び 920B，父親の遺体を撃つことで真の相続人が選ばれる 920C，悪を選ぶとその悪がほかの悪を運んでくる 839，嫁選び 920C*.

洗濯女(Washerwoman) 311B*.

船長(Captain) 301D*, 777*, 891A, 926A*, 935，船長が人妻をさらう 888A*，船長と悪魔 1187，船長が船員に変装する 1542*，船長がガルシア人を解放する 1553B*.

船長(Skipper) 船長と作男 1561*.

船長たち(Captains) 1948.

先導すること(Leading) 切断した若い動物のしっぽを持って目の見えない動物を先導する 1889A.

千枚皮(Allerleirauh) 510B.

専門技術(Expertise) 競争によって盗みの技術が試される 1525E.

洗礼(Baptism) 1165, 1821，最後の願いとしての動物の子どもの洗礼 122A，キツネによるヒヨコの洗礼 56B. — 洗礼のとき，名づけ親が王子に何でも願い事がかなう力を授ける 652，洗礼に関する小話(笑話) 1823，息子が父親の洗礼について嘘を語る 1962.

洗礼を受けた(Baptized) カエルの子どもが産婆によって洗礼を受ける 476*.

そ

象(Elephant) 72, 75, 291, 567A, 854, 1310，動物が象の腹の内側から象を食べ，象が死ぬ 68，象を丸太(ロープ，うちわ)と間違える 1317，象がヒバリの巣を踏みつぶす 248A. — 野ウサギが象に水に映った月を見せて象を追い払う 92.

創意に富んだ(Inventive) 創意に富んだ物乞いが，だましてパンのかたまりを全部もらう 1578*.

葬儀の(Funeral) 夫のアルコール中毒を治すために葬列が組織される 1706D. — すべての動物たちが葬儀の行列に参加する 2021，猫の葬儀 113*.

葬儀屋(Undertaker) 1536B.

倉庫(Warehouse) 倉庫が引きちぎられる 1045. — 質問：倉庫はどこか 2043.

捜査官たち(Investigators) 1381B.

増殖させること（Multiplying） 秘密を増殖させる 1381D*.

創造（Creation） イブを創造する 798，ヤギを創造する 1184，男たち(男)を創造する 774A，天地万物の創造 774，動物のしっぽから女を創造する 798．― 神と悪魔が世界の創造を競う 773.

想像した（Imagined） 想像した罪に対する想像した償い(支払い，労働) 1804．― 死んだと想像する 1313A, 1313A*，まだ生まれていない子どもの運命を想像する 1450，大漁を想像する 1348*，たくさんの数の動物を想像する 1348，想像されたスープ 1260A，想像された富 1430.

想像したこと（Thought） 罪を想像したことは行ったことと同じくらい悪い 1804.

想像上の（Imaginary） 想像上の物 1296.

想像すること（Imagining） 聖餅(お金)をもらったと想像する 1804B.

創造主（Creator） 1590.

想像力（Imagination） 想像力が満足をもたらす 1305.

相続財産（Inheritance） (3 人の息子のための 3 つの指輪) 920E，その品が知られていない国で相続財産である品を売る 1650，浪費家の息子が遺産を無駄遣いする 910D．― いちばんの嘘つきがいちばん大きな遺産を受け取ることになる 1920D*，お爺さんが息子たちに遺産を与えるふりをする 982，息子が共有の相続財産を着服して盗みの有罪判決を受ける 976，貧しい相続財産が豊かな物に変わる 1650，末の息子が相続財産を拒否する 402.

相続する（Inheriting） 裕福な男の富をたまたま相続する 1651A*.

相続人（Heir） 父親の遺体を撃つことを拒んだ息子が相続人に選ばれる 920C.

相続人の女性（Heiress） たまたま女相続人になる 1651A*.

相対性（Relativity） 時間の相対性 470, 471A, 681.

相談役たち（Advisers） 922B, 926E, 1380.

装填棒（Ramrod） 装填棒ですべてのカモを撃つ 1894.

象の（Elephant's） 象のしっぽが人間の鎖を空に運ぶ 1250.

聡明さ（Sagacity） 聡明さが罪を犯した者の有罪判決を導く 926A, 926C，裁判官の聡明さが適切な判決を導く 926.

属していること（Belonging） 来訪者が「別の」教会の信者である 1834*.

底なしの（Bottomless） 底なしの船 1963*，底なしの容器はお金でいっぱいにできない 1130.

訴訟（Case） 賢明な裁判官によって訴訟が終わる 926, 926A, 926C，誤解のせいで男に都合のいい判決が下された訴訟 1660，ゆで卵に関する裁判 821B, 920A，裁判で事件が再現される 1327A．― 口がきけないふりをした男の警告を無視して訴訟で負ける 1534D*.

訴訟（Lawsuit） 訴訟で偽証が思いがけず暴かれる 961B.

訴訟（Suit） 貸し主が借り主に対し訴訟で負ける 890.

ソーセージ（Sausage） 拳銃を装ったソーセージで強盗たちをおびえさせる 952*，聖職者のポケットからソーセージを盗む 1785A，永い冬のためにソーセージを保存しておく 1541，ソーセージ税が廃止される 1741*．― 動物たちとソーセージが家事を分担する 85，聖職者がすべての農夫にソーセージを要求する 1741*.

ソーセージ（複数）（Sausages） 愚か者がソーセージを知らない 1339A. ―ソーセージの雨 1381B.

注ぐこと（Pouring） 食べ物を服に注ぐ 1558，灼熱の塊を目に注ぐ 1135，ミルク（ワイン）の代わりに水を樽に注ぐ 1555.

そそのかす（Entices） ザリガニがカラスをそそのかしてしゃべらせる 227*.

育つこと（Growing） 果物（さくらんぼ）の木が鹿の頭から育つ 1889C，焦げたパンでますます元気になる 1448*.

即興でつくられた（Improvised） 即興でつくられた説教 1824.

外の（External） 外に隠された魂（鳥）303A，外に隠された魂 301, 302, 412.

祖父（Grandfather） 祖父と孫 875B，祖父と孫息子 1525J, 1806A*，祖父が生まれたばかりの孫娘を失望のあまり殺す 1855A，父親の悪い行いを祖父のせいにする 929A. ―祖父の代わりとしての熊 1071，魔法的な道具が祖父を助ける 210*.

祖父母（Grandparents） 祖父母と孫たち 210*.

祖母（Grandmother） 祖母と孫 333，祖母と孫娘 545A*，援助者としての悪魔の祖母 812，祖母が塩漬けにされる 1321D，祖母が風呂に入れられる 1013.

空（Air） 助けになるワシの背中に乗って空を旅する 537，魔法の馬に乗って空を旅する 314.

空（Sky） 豆の茎が天まで伸びる 328A, 1960G，砂の（亜麻の，切り藁の）ロープを伝って空からおりる 1882, 1889E，男が空へはじき飛ばされる 1051，不可能な課題として空の高さを測る 920A*，木が天まで伸びる 317.

そり（Sleigh） 動物たちがそりを壊す 158.

そり（複数）（Sledges） 間違った方向に向けられたそり 1275.

ソロモン王（Solomon） 804B, 921, 967, 976，ソロモン王が鍛冶屋の息子と取り替えられる 920，ソロモン王が謎めいた答えをする 920C*，ソロモンが貧しい女に賠償としてお金を与える 759C，ソロモン王が自分の身を地獄から救う 803，ソロモンが母親を誘惑するよう召し使いを送り込む 920A*，ソロモンが母親の貞操を試す 823A*.

ソロモンの（Solomon's） ソロモンの審判 653, 655, 926, 926C.

損害賠償（Damages） 損害賠償を請求する 1655.

た

大工（Carpenter） 945, 1349N*, 1361, 1538, 1592A, 2019，大工と悪魔 1147*，大工が恐れずに 1 晩過ごす 1147*.

大工たち（Carpenters） 774F, 774H.

大洪水（Deluge） 大洪水でのノアの箱船 825.

太鼓叩きたち（Drummers） 2010A.

大佐（Colonel） 938.

大使（Ambassador） 1557.

大司教（Archbishop） 751F*.

大司祭(High priest) 1533A.

大修道院長(Abbot) 759D, 922.

大臣(Minister) 922A, 1406, 1529, 1533A, 1547*, 1557, 1610, 1698M.

大臣(Vizier) 465, 大臣が死刑にすると脅される 875B, 875B*. — 助言者(Adviser)も見よ.

大臣たち(Ministers) 921A, 1534A.

大臣の(Vizier's) 大臣の娘が物語を語る 875B*, 大臣の息子が死刑にすると脅される 875B. — 大臣の息子の賢い女との結婚 875D.

大聖堂(Cathedral) 大工の棟梁によって大聖堂が建てられる 1099.

怠惰(Laziness) 怠惰で愛想をつかされる 1590, 怠惰の言い訳をする 1405, 1405*, 妻の怠惰が夫によって治される 902*, 女の怠惰が強いられて治る 901B*, 怠惰が罰せられる 1370B*, 1370C*, 亜麻の中の鍵によって怠惰がばれる 1453. — 怠惰ゆえに男がお金を見逃して道を去る 947A, 王の 3 人(5 人)の息子たちが怠惰を競う 1950. — 勤勉さ(Diligence)も見よ.

怠惰な(Lazy) 怠惰な娘と勤勉な娘 915, 怠惰な動物(コオロギ) 280A, 怠惰な少年が朝食と昼食と夕食を連続して食べる 1561, 怠惰な少年が感謝している動物から驚くべき能力を授かる 675, 怠惰なロバが治療される 1142, 農夫の怠惰な息子 1225A, 怠惰な外国人 1865, 怠惰な少女 1451, 怠惰な野ウサギ(その他の動物)が家を建てようとしない 81, 怠惰な馬 207A*, 怠惰な馬が治療される 1142, 怠惰な男がたきぎの積み荷を, それが割ってある場合だけもらう 1951, 怠惰な男が神に助言される 830A, 怠惰な男と働き者の女の結婚 822, 怠惰な男が妻に働くことを強いられる 986, 怠惰な召し使いが草刈りをせずに寝ている 1736, 怠惰な息子 1628*, 怠惰な紡ぎ女 1405, 3 人(5 人)の怠惰な兄弟 1950, 怠惰な妻 1405*, 怠惰な妻が罰せられる 1370, 1370B*, 1370C*, 怠惰な労働者が横になって太陽の下で眠る 1572L*, 怠惰な労働者たち 1950A.

台所のメイド(Kitchen maid) 510B, 1811B.

台なしにすること(Spoiling) 靴職人, 仕立屋, 鍛冶屋の仕事を台なしにする 1695.

対面(Appearances) 対面を保ち, 求婚者を欺いて花嫁が不適当であることを隠す 1459**.

太陽(Sun) 太陽(月, 星々, 等)が動物婿のところへ行く道を教える 425A, (擬人化された)太陽と風 298, 298A*, 人間の子どもの父親としての太陽 898, 太陽がすべてを明るみに出す 960, 太陽を火事と間違える 1335*. — 太陽を見て巨人が死ぬ 545A, 道しるべとしての太陽と月と星々 451, 太陽, 月, 星々が巨人に盗まれる 328A*.

代理(Representative) 1 日神の代理をする 774D.

代理をする(Substitutes) 悪魔が兵隊の代理をする 1166*, 謎をかける男のところに身代わりとして女中が行かされる 851, 男がなくなった聖人像の代理をする 1829. — 取り替える(Change)の項の役割の交換を見よ.

絶え間ない(Incessant) 魔法の楽器が絶え間なく踊り続けさせる 592.

タカ(Hawk) 189B, 247, 1610, 1960J, タカとキツネがいっしょに暮らす 105*, タカとフクロウ 230, タカがひよこをさらえない 1284*, タカがシギのくちばしを恐れる 229, タカが鶏たちをさらう 1408C.

高さ(Height) 塔の高さが測られる 1250A. ―解放された精霊がとてつもない大きさに伸びる 331.

鷹匠(Falconer) 754.

宝(Treasure) 宝が常に持ち主のところに戻ってくる 745, 家で宝を見つける 1645, 釘の後ろの宝 910D, 木の下に埋められた宝 740**, 1543E*, 宝が発見される 1381, 宝を 3 つに分ける 785, 宝の発見者たちが互いに殺し合う 763, 誤解のおかげで宝を見つける 1644, 壊れた像の中に宝が見つかる 1643, ワイン畑に埋められた宝 910E, 強盗たちが宝を残して逃げる 1527, 貧しい兄弟の宝 834, 運命づけられた宝 745A, 宝が盗まれる 1305, 鶏に宝を呑み込まれる 715A, 宝が価値のないものだと(死んだ動物だと)わかる 834. ―宝を手に入れるために海水をかい出す 1273A*, 盲目の男が宝を埋める 1617*, 兄弟たちが強盗たちの宝を持ち去る 327G, 子どもたちが魔女の宝を家に持って帰る 327A, 宝のある場所にくそでしるしをつける夢 1645B, 宝の夢が現実となる 1645A, 恐れ知らずの男が幽霊の出る城で宝を見つける 326A*, 宝を見ることで満足する 1305, 貧しい男が神の助言で宝を見つける 831, 鬼の宝を持って帰る 327D, 動物の言葉がわかることで宝を手に入れる 670A, 671.

宝の発見者たち(Treasure-finders) 宝の発見者たちが互いに殺し合う 763.

たくさん(Full) (空っぽの殻の)木の実のようにたくさん 1822.

巧みな(Skillful) 優れた能力を持った猟犬たち 1920F*. ―4 人の巧みな兄弟 653.

打撃(Stroke) 1 打ちで 7 匹 1640.

タゲリ(Peewit) 751A.

多数の(Multiple) 多胎出産 707, 762.

助けになる(Helpful) 助けになる動物 76, 168, 182, 275C, 402, 440, 442, 545B, 546, 555, 助けになる動物たち 159, 210, 210*, 239, 301, 303, 303A, 314A*, 315, 327A, 329, 334, 425A, 530, 531, 545A*, 554, 556F*, 559, 560, 715, 897, 2019*, 助けになる熊 159B, 168, 助けになる猫 545A, 545B, 助けになる死体 326B*, 助けになる雌牛 511, 897, 助けになる鹿と恩知らずなジャッカル 239, 助けになる犬 178B, 545A, 助けになる犬たち 107, 300, 312C, 助けになるこびと 551, 助けになるこびとたち 403, 助けになるワシ 551, 助けになる元素(太陽, 月, 星々, 風) 451, 助けになるキツネ 154, 158, 545B, 550, 助けになるカエル 440, 助けになる少女が王子の魔法を解いて動物の姿から戻す 444*, 助けてくれたヤギをヘビが殺す 133*, 助けになる馬 300A, 305, 314, 助けになる馬たち 530, 助けになるジャッカル 545B, 助けになるライオン 159B, 助けになる猿 545B, 助けになるハツカネズミ 233B, 助けになるお爺さんたち 551, 助けになる老人たち 425A, 助けになる雄牛 511, 897, 助けになる雄牛たち 532*, 助けになる長靴を履いた猫 545B, 助けになる召し使い 875B*, 助けになるクマネズミ 233B, 助けになるヘビ 285A, 助けになる超自然の存在 409B*, 425D, 助けになるトラ 545B, 助けになるオオカミ 550, 助けになるオオカミたち 1150, 助けになる這い虫 75A. ―感謝している動物たち(Grateful animals)も見よ.

助ける, 手伝う(Help) 何もしないことを手伝う 1950A, 助けることが殺人をもくろんだと誤解される 916. ―動物たちが難しい課題をする人物を助ける 897, 人々(動物, 物,物質の基本要素)に動物を従わせる助けを求める 2030，人々，動物，物に助けを求める 2015，熊と人がお互いに助け合う 156C*，兄弟たちが妹を助ける 312，並外れた能力を持った 4 人兄弟が姫を救う 653，ハツカネズミがライオンに，逃がしてくれたお礼に助けることを約束する 75，キツネ(人間)が熊(トラ)に手伝いを頼む 38，必要なときに助けることを友人たちが拒む 893，感謝している動物たちが助けることを約束する 160，ハリネズミがけがしたキツネに助けを申し出る 910L，王が義理の息子たちに助けを求める 314，人々が動物たちを助ける 227，ハツカネズミ(猫，クマネズミ)がしっぽを取り戻すために助けを求める 2034，結婚式での動物たち(ハエ，カエル，クマネズミ，等)の手伝い 2019*，助けが拒まれる 55，親族が少女の胸からヘビを取り除く手伝いをすることを拒む 890A*，オンドリが瀕死のメンドリのために助けを求める 2021，糸紡ぎ女たちが若い女を助ける 501，ぎりぎりの瞬間に駅長のところに助けが来る 958C*，カブを引き抜くのを手伝う 2044，二人の物乞いが助けを乞う(1 人は王に，もう 1 人は神に) 841，2 人姉妹がこびとを助ける 426，けがをした動物(ハツカネズミ)が助けを求める 2032.

助ける，手伝う(Helps) デーモンが糸紡ぎで女を手伝う 500，息子が裁判でだますのを，父親が手伝う 1543E*，怪物が自分の母親を助ける 708.

助けること(Helping) 人助けをする動物が誤解によって殺される 916，新兵を訓練するのを手助けする 1679*，自分の穀物を盗む泥棒の手助けをする 1564*，女が子どもを産むのを手伝う 1680，お婆さん(修道女)が助ける 1515.

尋ねること(Asking) 大きな魚に尋ねる(小さな魚は質問に答えられない) 1567C.

堕胎(Abortion) 女がどうしたら堕胎できるか助言する 755.

戦い(Battle) ヘビたちの戦い 156B*.

戦い(Fight) ライオンと雄牛たちの戦い 119B*，ライオンと竜の戦い 156A，仲のいい 2 匹の動物の間にジャッカルがけんかを引き起こす 59*，聖書を引用しながらのけんか 1847*，動物たちの戦い 78, 111A*，動物たちの橋の上での戦い 202，熊とイノシシの戦い 171A*，2 人の強い男たちと巨人の戦い 650B，ヤギと雄羊の戦い 130D*，夫と愛人との戦い 318，どもりの人たちのけんか 1702，求婚者たちの戦い 940，魔法の品々をめぐる戦い 400, 518，女をめぐる戦い 1525Q，義理の兄弟との戦いが義理の兄弟の死を引き起こす 312，雄牛との戦い 511，デーモンとの戦い 314，悪魔との戦い 301, 301D*, 305, 1083A，竜との戦い 300, 300A, 301, 301D*, 302B, 304, 314, 315, 317, 321, 328A*, 650C，巨人との戦い 705B，巨人の母親との戦い 314，巨人たちとの戦い 314，ライオンとの戦い 511，怪物との戦い 304，鬼との戦い 301, 301D*，海の怪物との戦い 303，野獣たちとの戦い 304，友の身代わりとして戦いに勝つ 516C. — ヤギがオオカミとの戦いに勝つ 123. — 争い(Conflict)，戦い(Struggle)も見よ.

戦い(Struggle) 犬たちとオオカミたちの戦い 107，旅人と強盗の戦い 961, 961A. — 争い(Conflict)，戦い(Fight)も見よ.

戦うこと(Fighting) 鉄の男と戦う 1162.

叩かれる(Beaten) 援助として叩く 1288. — 動物が魚を盗んで叩かれる 1，捕まった悪魔(死神)が叩かれる 330，捕まったキツネが叩かれる 47A，捕まったオオカミが叩かれる 32, 41，酔った男が兵隊たちから殴られる 1313A*，作男が見習いに叩かれる 1539A*，作男が農夫に叩かれる 921D*，カエルがありふれた忠告をしたために叩かれる 150A*，無力のライオンが農夫に叩かれる 151*，不注意なオオカミが叩かれる 122C, 122N*，愚か者たちの足が叩かれる 1288，男がまるで自分が叩かれているかのように獣皮を叩く 1525J，針が仲間の住人たちから叩かれる 90，妻と求婚者が夫に叩かれる 65，オオカミが叩かれる 100，羊の皮を着たオオカミが叩かれる 123B，オオカミが猿に本当のことを言って叩かれる 48*.

叩く (Striking) 手で説教壇を叩く 1785B，頭を叩く 1084，頭を打ち落とす 1169，鎌を叩く 1203A，寝ている人を打つ 1115.

叩くこと (Beating) 兄たちを叩く 1525R，叩くと魔法が解ける 433B，叩くと物を吐き出す 715，詐欺師が繰り返し復讐される 1538，(気が狂っていると嘘の通報をされた)貸し主を叩く 1525L，悪魔がさんざん叩く 804B*, 1083, 1168，にせ医者を殴る 1641B，にせの幽霊を叩く 1676，作男を叩く 1572*，適切に分けられないために叩く 1533，誤った政治的信条のために叩く 1613A*，客(主人)を叩く 1572C*，案内人を叩く 1577*，夫を叩く 1366*, 1407, 1408, 1408C，愛人を叩く 1359B，主人を叩く 1571*，市長(裁判官)を殴る 1586B, 1675，叩くことが薬と間違えられる 1372，母親が叩く 760**，野獣が釘で打ちつけられる 1896，女の 9 枚の皮を叩きのめす 1368**，鬼を殴る 1159，愚かな行動としての頭を叩くこと 1246，父親の帽子(上着，コート，靴下)を叩いただけ 1630A*，ある人の(人格化された)運を叩くことがよりよい運につながる 735，奴隷の半分を叩いただけ 1682**，王が叩くことを命ずる 1642，穴ウサギを叩く 1595，一見怠惰な娘を叩く 500, 501，召し使いを叩く 1577*，叩かれることをほかの人と分け合う 1610，シャツの上から夫の頭を叩く 1285. —叩いて魔法を解く 441，叩いて教育する 905*，動物を叩いたことを男が詫びる 1529，叩くと脅す 311B*，妻を叩く 888A, 1353, 1365D, 1370B*, 1373A, 1376A*, 1378B*, 1381C, 1429*, 1641B，妻を間接的に叩く 1370.

叩くこと(複数) (Beatings) 貪欲な宿屋の主人が魔法の品に叩かれる 563, 564，魔法使いが叩かれる 507，聖ペトルスが殴られる 774F, 791.

叩くこと (Hitting) 背の高い男を叩いて男がドアを通ることを可能にする 1295A*，祈禱書で頭を叩く 1437，鼻をはしごにぶつける 1288**.

正しい (Right) たまたまの正しい答え 1832P*.

正すこと (Correcting) 説教の内容を正す 1833H.

ただ単に (Just) 魔法の品が単なる泥棒を成し遂げるのに使われる 951A.

立ち聞きされる (Overheared) 戻ってきた夫の話が召し使いたちに立ち聞きされる 425E.

立ち聞きする (Overhears) 男が木に座って動物の話を立ち聞きする 159*, 613，母親が戻ってきたのを，召し使いが立ち聞きする 450.

立ち聞きすること (Overhearing) 子どもたちが遊んでいるのを立ち聞きすることが，判決に影響を与える 920A，悪魔たちの話を立ち聞きして，法王を誘惑する計画を暴露する 816*，竜の妻たちの会話を盗み聞きする 300A，悪魔の話を立ち聞きして，謎を解く助けになる 812，悪魔たちの話を立ち聞きして，悪魔たちが隠者を誘惑する計画が露見する 839A*，夫が立ち聞きする 1418*，祈りを立ち聞きする 1543，望みを立ち聞きする 707, 879*，魔女の秘密を立ち聞きする 310. —キツネが立ち聞きしてオオカミの裏切りを知る

50, 立ち聞きして真実を知る 894, どこに宝が埋められているかを立ち聞きして知る 834, 貧しい男が強盗たちの話を立ち聞きして, 洞くつの開け方を知る 954, 家来が立ち聞きして未来を知る 516, 女が恋人の居場所を鳥たちから知る 432. ― 秘密(Secrets)も見よ.

立ち退かせること(Evacuating) ユダヤ人たちを天国から立ち退かせる 1656.

脱穀(Threshing) 宿泊代としての脱穀 752A, 脱穀勝負 1031, 1089, 書類形式の脱穀 1860E, 納屋での脱穀の間キツネは屋根を支えているふりをする 9, 弁護士の穀物を脱穀するが隙間を空けて脱穀しない部分を残す 1860E. ― 悪魔が脱穀の手伝いをする 820, 藁を 2 度脱穀する 206.

脱走兵(Deserter) 562.

脱走兵たち(Deserters) 401A*.

建てた(Built) ジャックが建てた家 2035.

建物(複数)(Buildings) 農場の巨大な個々の建物(家, 納屋, 釜, 穀物倉, 粉ひき小屋, 教会, 等) 1960E.

建てる(Build) 野ウサギ(その他の動物)が家を建てるのには怠惰すぎる 81. ― 動物たちが家を建てる 130A.

建てること(Building) 空想する 1430, 鬼のために橋をつくる 1005, 大聖堂 1099, 王と未亡人が教会建立に援助をする 750F, カッコウを飼うために生け垣を建てる 1213, 家を建てる 1147*, 屋根のない家 1238, 巣をつくる 236. ― 棟梁が建築を完成できない 1191.

たとえ話(Examples) 善行と悪行のたとえ話として物語を語る 875D*.

棚(Fence) 壺を棚に並べる 1293A*.

ダニ(Tick) 234, 275B.

種(複数)(Seeds) すべての種を 1 つの鋤跡に蒔く 1200A, 種を踏みつぶす 1201.

種馬(Stallion) 種馬が収税吏の雌馬と交尾する 1605*.

種を蒔くこと(Sowing) すべての種を 1 つの鋤跡に蒔く 1200A, ベーコンを蒔く 1200, 煮た穀物を蒔く 1200, 穀物の穂を蒔く 1278, 金粉を蒔く 1200, 穀物の種を蒔くと出来事が連鎖する 2035, 豚を蒔く 1200, 針を蒔く 1200, 塩を蒔く 1200.

種を蒔く人(Sower) 種を蒔く人が神に不作法な返事をする 830B.

楽しみ(Joy) 肉体的な罪を思い出して楽しむ 1805.

楽しみ(Pleasure) 性交の楽しみ 1420G.

束(Bundle) けんかをする息子たちと小枝の束 910F. ― 支払いとしての最初に結んだ束 1192.

タバコ(Tobacco) 世界じゅうのすべてのタバコ 1173A, タバコという名前を言い当てる 1091A.

タバコを吸うこと(Smoking) 列車の中で葉巻を吸う 2204.

旅(Journey) 1426, 旅のために別離が訪れる 881, 883B, お金を稼ぐために旅をする 888A, 運命の女神を探しに行く旅 460B, 鳥の姿で空を旅する 432, 魔法の馬に乗って空を旅する 314, 575, 霊と宙を飛ぶ旅 301, 魔法のコート(帽子, じゅうたん)で空を旅する 566, 653A, 指輪で空を旅する 400, 560, 561, 翼で空を旅する 327F, 神(運命の女神, 運命の 3 女神, 太陽)のところへの旅 460A, 地獄への旅 756B, 寒い 5 月の夜についてもっと知るための旅 1927，異界への旅 470–471．―動物たちと物が旅をする 210, 295，動物たちの旅 20A, 20C, 20D*，花嫁が超自然の花婿の助けで危険な旅を完結する 425B，父親が娘たちに旅から贈り物を持って帰る 412A, 412B, 425C，主人が旅からお土産を持って帰る 894，女が旅で見た変わった物や行動に賢い答えを出す 875D.

ダビデ(David) 聖職者が召し使いを肉屋のダビデ(デイビッド)(パウル，モーゼ)のところに行かせる 1833A.

タヒバリ(Pipit) 750E.

旅人(Traveler) 160, 179, 298A, 460A, 726, 756C, 821B, 831, 837, 875E, 960A, 1359A*, 1375, 1376A*, 1562A, 1563*, 1698J，旅人が耳の遠い男に道を尋ねる 1698B, 1698H，旅人が馬にまたがる助けを求める 1580A*，旅人がお婆さんに食事と宿を乞う 1548，旅人が天国(地獄)で死んだ人に会ったと主張する 1540，旅人が不貞をはたらく主婦をだます 1358C，旅人が外国語を知らない 1700，旅人が太陽と月を見分けられない 1334，旅人が宿を乞う 1691B*，旅人が魔法の力を持っているふりをする 1358C，旅人が夫婦とベッドをいっしょに使う 1359A*，旅人が別の場所の月を見て驚く 1334，旅人が強盗ともみ合って強盗を殺したと思う 961, 961A，旅人が通りで釣りをしている人を観察する 1525C，旅人が不倫を目撃する 1358C.

旅人たち(Travelers) 368C*, 442, 840, 965*, 1426, 1525C, 1563*，旅人たちが道に迷う 1275*，旅人たちが熊に遭遇する 179，旅人たちが猿の皇帝に本当のことを言って罰せられる 48*，旅人たちが夜の宿を探す 1527*，アルコーブで寝ている旅人たちがドアを見つけられない 1337C，旅人たちが木の上で夜を過ごす 1653，ただで宿屋に泊まるために旅人たちが物語を語る 1376A*，旅人たちが主婦と寝ようとする 1363．―2 人の旅人 613, 1426，2 人の旅人がたがいに道を譲ることを拒む 1563*.

旅をする(Traveling) 旅をする動物たち 130, 210，ロバと旅をする 1215.

食べ物(Food) 食べ物と飲み物 716*，魔法による大量の食べ物と飲み物 713，食べ物と飲み物が黄金になって食べられない 775，黙らせるための食べ物 1567E，キリストの磔刑像のための食事 767，食べ物が愛人のところではなく夫のところへ行く 1358C，食事を服に注ぐ 1558，食べ物に毒を盛ったと言う 1313，食べ物をひそかに牢獄へ持っていく 725，食事が容器に入れて出され，動物はそこから食べることができない 60，食料が盗まれる 40A*, 41，夫の体の能力を奪う食べ物 1380，愚か者がある食べ物を知らない 1339．―すべての種類の食べ物が同じ値段で売られている 1534A，子どもが食べ物として父親に出される 720，食べ物を食べると目が見えなくなる 726，合図でもっと多くの食事を要求する 1567，どんな食べものがいちばん体にいいか，農夫のほうが医者よりよく知っている 921C*，好物の食べ物がほかの場所で手に入る 1656，キツネ(その他の動物)とオオカミが食料を地下室(その他の場所)で捜す 41，いい食事が歌を変える 1567G，大きな食べ物(パン，ケーキ，プリン，詰め物をした半月形のパイ，チーズ，等) 1960K，客が大量の食事を食べる 1407B，空腹の求婚者(花婿)が食事を家から持っていく 1691A，魔法の品が食べ物を出す 564, 565, 569，主人が御者のために食べ物を持っていくことを怠る 1572E*，愚か者がすべての食料をいっしょに煮る 1339E，特別の食べ物で夫の目が見えなくなる 1536C，お世辞を言うキツネにカラスが自分の食料を取られる 57，兵隊が同じ食事を再び要求する 1570*.
食べられる(Eaten)　食べられた鳥が男の鼻から飛び立つ 2041，食べられた心臓 992，食べられた月 1335．— 動物たちが食べられる 20C, 20D*，動物(食べ物)の賠償 1655，ふん(カエル)が食べられる 1529A*，魔法の鳥の心臓が食べられる 567，魔法の果実(鳥，等)を食べる 566, 567A，ハツカネズミが食べられる 2034，食べ物が料理人に食べられないように逃げ出す 2025.
食べる(Eat)　動物たちが互いに食べ合う 231*，捕らえられた動物が互いを食べる 20A，男が食べることを拒否して主人を罰する 1698B*，パンケーキ(その他の食べ物)が人々や動物たちに出会い，彼らはパンケーキを食べようとする 2025，何も食べないようなふりをする 1407, 1407A，地獄の罪人たちは食事を目にすることはできるが食べることはできない 821B*.
食べる(Eats)　動物がほかの動物を食べる 2024*，粘土でつくられた子どもが出会う者をすべて食べる 2028，子守女をするキツネが熊の子どもたち(動物の死体)を食べる 37，絞首台の死体の肉を食べた人が罰せられる(地獄へ連れていかれる) 366，聖ペトルスがこっそり動物の心臓を食べる 785，オオカミが人間たちを食べる 333.
食べること(Eating)　食べて働く 1561**，肥やしの中に落としたと思われるリンゴを食べる 1578C*，男が食事をすることで妻を忘れる 313，チーズの食べ方が姉妹たちの性格を示す 1452，こっそり鶏を食べる 1373B*，大食い競争 1088, 1295，クリームを食べて聖人のせいにする 1572A*，聖書を引用して卵を食べる 1533A，ばく大な量を食べる 1962A, 2028，出された物をすべて食べる 1572C*，仲間の肉を食べる 1149，いくつかの皿からいっぺんに食べる 1454*，大量の食事を食べる 1407B，だまして最後のパンのかたまりを食べる 1626，医者が処方したヒルを食べる 1349N*，少ししか食べないふりをする 1373A，大食い競争 1962A，肉をこっそり食べる 1373，働いたあとにしか食事をしない 901B*，小さいほうの料理しか食べない 1567H，けがをさせた人が食事をする 161A*，食べているふりをする 1560，盗み食い 785A, 1562A*，夜こっそり食べる 1562C*，食事の前にこっそり食べる 1741，食べすぎる 1407A，サーベルで食べる 1704*，上下逆にしたスプーンで食べる 1572F*．— 食事をする代わりに石をなめる 672D.
卵(Egg)　ハツカネズミ(クマネズミ)が卵を運ぶ 112*，最も適切な聖書の引用をした修道士が卵をもらう 1533A，盗まれた卵 1525E．— 大きな卵 1960L，メンドリが産んだ卵が割れる 2022B，魔法の卵が血だらけになる 311，3 つめの卵 1533B.
卵(複数)(Eggs)　女らしさの象徴としての卵 1375，人々の年齢を加えて卵の数が数えられる 1592B*．— 鳥たちが卵を交換する 240，卵から生まれてくる鶏たち 821B，5 つの卵を同じ数になるように分ける 1663，糞虫がワシの卵を破壊する 283H*，愚か者が卵をかえすために卵に座る 1218，毒ヘビの卵を盗む 285A*.
だまされた(Deceived)　だまされた動物たち 2024*，預金者がだまされる 1591，だまされた(愚かな)農夫 1539，家主がだまされる 1544，だまされた夫 902*, 1405-1407, 1417, 1419-1419G, 1422, 1424, 1426, 1441B*, 1741，だまされた夫が知らずに妻の姦通に同意する 1563，だまされた夫が妻の不貞を知る 1725，純血の女がだまされる 1425，王がだまされる 1590，だまされた愛人 1424，主人がだまされる 1562B*, 1590, 1750A, 1775，卵を数えている商人がだまされる 1592B*，情婦がだまされる 1420，公証人がだまされる 1588***，オールドミスがだまされる 1476, 1476A，自分の息子たちにだまされる 1855B，盗まれた穀物の持ち主がだまされる 1564*，ワイン(ラム)の売り手がだまされる 1555B，求婚者がだまされる 1462，泥棒がだまされる 1617*. ― 不貞の妻とその愛人がだまされる 1725，動物がキツネにだまされる 23*, 34, 56D，動物がジャッカルにだまされる 56D，ライオンの皮をかぶった変装に動物たちがだまされる 214B，動物たちがキツネにだまされる 20C, 20D*，熊がキツネにだまされる 8, 9, 10***, 15, 38, 49，傲慢な男がだまされる 1406A*，熊が夫婦にだまされる 153，鳥たちがキツネにだまされる 62*，司教がだまされる 1828*，棺の運び手たちが声色にだまされる 1676C，だまされた聖職者 1626, 1842C*，聖職者が紛らわしい懺悔にだまされる 1807A, 1807，旅の道連れ(友人たち，兄弟，主人)がだまされる 1626，礼拝の会衆がだまされる 1826, 1827, 1828*，ワニが猿にだまされる 58，死神が医者にだまされる 332，犬が水に映った姿にだまされる 34A，農夫がだまされて持ち物を盗まれる 1629*，農夫がだまされて，雄牛が市長になったと信じ込まされる 1675，農夫の持っている羊(子羊)たちは豚(犬)だと，農夫がだまされる 1551，医学を学びたがっている農夫(ジプシー)がだまされる 1676*，農夫の愚かな妻がだまされる 1541，キツネがオンドリにだまされる 6, 20D*，巨人が巨大な靴にだまされる 1151，金細工職人が金塊の値段を尋ねられてだまされる 1546，役に立つキツネが人間にだまされる 154，狩人が死んだふりをしているキツネにだまされる 33，狩りをする仲間(オオカミ，熊)がだまされる 3*，情婦をすり替えて夫をだます 1379，ハイエナがキツネにだまされる 49，裁判官が催眠術にだまされる 664*, 1590，ライオンがキツネにだまされる 52，ライオンが自分の映った姿にだまされる 92，主人が作男にだまされる 1004，ハツカネズミたちが猫にだまされない 113B，猿がライオンにだまされる 51A，鬼がだまされて自分でけがをする 1117, 1119, 1120，ほかの動物たちがキツネにだまされる 21，ロバの飼い主がだまされる(盗まれたロバを買い戻す) 1631A，教区牧師がだまされる 1842C*，支配者がだまされて裸で外出する 1620，羊たちがオオカミたちにだまされる 62A，息子が病気のふりをしている母親にだまされる 590，強い動物が弱い動物にだまされる 78, 78A，しるしをつけたコインを泥棒たちのお金の中に放り込まれ，泥棒たちがだまされる 1615，トラがキツネ(人間)にだまされる 38，肉を独り占めするために共犯者がおじをだます 1525J，不正な銀行家がだまされて預金を引き渡す 1617, 1617*，強い動物が弱い動物にだまされる 126，妻がだまされる 1357*, 1407，野獣たちが雌ギツネに欺かれる 103A，オオカミが犬に欺かれる 102，キツネにだまされるオオカミ 4, 5, 10***, 15, 30, 31, 35A*, 35B*, 47A，オオカミが豚に欺かれる 124，オオカミが羊にだまされる 44，オオカミがオオカミの頭にだまされる 125，女が年齢の数を卵の数に加えられてだまされる 1592B*，鳥のひなたちがキツネにだまされる 56.

だまされた(Hoodwinked) だまされた夫 1419.

だまされやすい人(Dupe) 1530，だまされやすい人が(天国に行くために，等)袋に入るよう説得される 1525A, 1535, 1737.

だまされる(Cheated) だまされた男が復讐する 1538. ― 酒場の主人がだまされる 1526A**，人々がノミ取り粉の使い方でだまされる 1862A，金持ちの男が悪魔に欺かれる

810A, 2 人の靴職人が靴の調整を要求されてだまされる 1541**.
だまされる(Duped) 盲目の男たちがだまされてけんかになる 1577.
魂(Soul) 悪魔が魂を要求する 1188, 首飾りに隠された魂 412, 動物の魂 1191, 隠者の魂が悪魔に取られる 756A, 魂が与えられることが悪魔に約束される 1184, 1187*, 1187, 1190*, 悪魔から魂が救われる 812, 815*, 1170–1199, 魂が悪魔に売られる 1170–1199, 魂をオウムの中に(王の体の中に)移す 678. — 魂としてのハチ 808A, 悪魔が最初に橋を渡った者の魂を要求する 1191, 悪魔(たち)と天使たち(神)が守銭奴の魂をめぐって争う 773**, 808, 外に隠された魂 302, 302B, 412.
魂たち(Souls) 地獄の魂たち 1164, 悪魔から救われた魂たち 1170–1199. — ろうそくをさまよえる魂と間違える 1525A.
だます(Cheats) 動物(物)を売るときにだます 978, 1265*, 1538, 1631, 1631A.
だます(Deceives) 農夫が人々をだまして崩れた井戸を修理するのを手伝わせる 1614*, キツネが自らを欺く 59, オンドリがキツネを欺いて逃げる 20D*.
だますこと(Deception) 言葉遊びで返答してだます 1544A*, 箱の中身をすり替えてだます 896, 声色を使って(足に色を塗って)だます 123, 頭蓋骨に花嫁衣装を着せてだます 311, 女が頭巾を切り株に結んで熊をだまし熊から逃げる 160*, 身をかがめて(猫の声を出して)まねをすることでだます 1341A*, 言い訳によってだます 122, 122Z, 水に映ったものに欺かれる 34, 顔に黒いインクを塗ってだます 1441A*, 外見の似ている品と取り替えてだます 563, 564, 暗闇での代理によってだまされる 1441*, だますことで金持ちになる 935, 花婿がにせの花嫁にだまされる 403, 404, 408, 花婿をだまして醜い花嫁をあてがう 877, 病気のふりをして兄をだます 315, 捕獲者を欺く 6, 6*, 求婚者の悪魔をだます 314A*, 作男の詐欺行為が暴かれる 1545, 夫をだます(母親が妻に成り済ます) 705A, 鬼をだます 327C, 328, 鬼をだまして, 捕らえられている者たちを家に運ばせる 311, 変装して両親を欺く 402, 死体を食べるふりをして強盗たちをだます 326B*, 姿を変えることで精霊をだます 331, 求婚者たちを欺く 940, 泥棒をだますと泥棒たちがけんかを始める $1525H_4$, 泥棒の宿屋の主人をだます 305, 妻の嘘がばれる 1373A, 魔女を欺く 327A, 魔女をだます 327C, 魔女の娘をだます 327G, 単語でだます(「古い鞍」は大きな地所) 927A*. — 物乞いがだまして馬を盗む 1525B, 鳥の王がだまして競争に勝つ 221A, 221B, だまして強盗の武器を取り上げる 1527A, だまして陳述の信用を失わせる 1642, だまして逃げる 1310A, 農夫が学者をだまして袋に入れる 1689A, 漁師が魔女にだまされてさらわれる 327F, キツネがだましてトナカイを手に入れる 8*, 野ウサギがだまして逃げる 183*, 魔術師が女をだましてばかげた行動をさせる 987, 男が野獣たちをだます 151, だまして物を盗む 1525N*, 新婚初夜に花嫁が入れ替わってだまされたことに, 王子が気づく 870A, だまして競走に勝つ 230*, 275C, だまして物を盗る 1525D, つぶした動物をだまし隠す 1525M, だまして服を盗む 1525J, だましてお互いに盗む 1525E, 仕立屋が巨人をだまして感心させる 1640, 泥棒がだまして動物(物)を盗む 1530, 旅人の荷車をだまして盗む 1525C, オオカミ(その他の動物)がロバにけがをさせられる 47B. — 策略(Trick)も見よ.
だますこと(Outwitting) 姦婦と愛人を出し抜く 1359, 貪欲な聖職者をだます 1842A*,

悪魔をだます 1191, 1199A，服に藁を詰めて悪魔をだます 1190*，「明日」(「きのう」)という書き付けで悪魔を出し抜く 1188，教育を受けた息子 1533B，農夫(宿屋の主人)をだます 1539A*，愚かな王 1534A，お金の貸し手をだます 1543，トラとジャッカル 1149.
タマネギ(Onion) タマネギと豆 293D*.
試すこと(Testing) 競争によって専門技術を試す 1525E，イチジクを調べる 1309，聖職者が聖書の勧めどおりに行動するかを試す 1847*，夫がヨブの模範に習うかどうか試す 1811B，マッチを擦って試す 1260B*，夫たちの力と妻たちの力を試す 1375，つばを吐いて温度を確かめる 1262*，妻が秘密を守れるかを試す 1381C, 1381D.
ダモクレス(Damocles) ダモクレスの剣 981A*.
頼りにならない(Unreliable) 頼りにならない友人たちがテストされる 893.
たらい(Basin) 魔法のたらいが愛人を捕まえる 571B.
だらしない(Slovenly) だらしない婚約者 1453**.
足りないこと(Missing) 馬の蹄鉄の釘が抜けていることが不幸な出来事の連鎖を招く 2039，(ズボンの)足が欠けている 1286，足が見つからない 1288，足りない鼻(手足)を胎児につけ加える 1424，外見の似た人(靴職人，仕立屋，物乞い)がなくなった聖人像の代わりをする 1829.
樽(Barrel) 聖職者が樽の上で説教をしていて，樽が抜ける 1825C，後悔で樽を涙でいっぱいにする 315.
樽(Cask) 樽に入れられた少年(男，少女，女)が野獣に引きずられる 1875，見習い船員が樽に入れられて海に放り込まれる 1875，悪魔が樽をお金で満たすことができない 773**，樽の中のミルク(水が代わりに注がれる) 1555，両親と子どもが樽に入れられ海に捨てられる 675.
樽(複数)(Casks) 樽に隠れて強盗たちが家に入ってくる 954.
タール(Tar) タールと革で尻を塞ぐ 1453****，タールの人形(tarbaby) 175，鬼のあごひげにタールを塗る 1138，タールが樽から流れ出る 1681A*. ― 橋に塗られたタールにカラスのくちばしとしっぽがくっつく 2302，人がタールと羽毛で覆われる 1091A, 1218, 1358A, 1383, 1527, 1681，四つん這いの妻がタールと羽根で覆われる 1091.
ダルヴィーシュ(イスラムの修道僧)(Dervish) 1391, 1563*.
誰(Who) 子羊の心臓を食べたのは誰か 785，誰が妻を支配できるのか 1375，これをなくしたのは誰か 1807A*，誰が彼女の将来の夫になるか 737，誰が先にしゃべるか 1351.
誰が 1 を知っているか(Ehod mi yodea) 2010.
タレス(Thales) タレスが井戸に落ちる 1871A.
誰でも(Each) 誰でも自分の子どもがいちばん好き 247.
誰も～ない(Nobody) 誰も猫に鈴をつけようとしない 110.
弾圧者(Oppressor) 921B*.
弾丸(Ammunition) 泥棒が弾を使い切る 1527A.
短気(Impatience) 短気のせいで裸で天国にいることになる 756A.
短気な(Quick-tempered) 短気な妻が同様に短気な夫を見つける 903A*.
探索(Quest) 探す(Search)を見よ.

断食(Fast) イタチがキツネに断食するよう助言する 41.

断食(Fasting) こっそり食べて断食の競争に勝つ 1562A*. ― キツネがオオカミに断食の時期は終わったと告げる 35B*.

誕生(Birth) 3 か月での誕生 1362A*，ひざからの誕生 705A, 705B，長いこと子どもができなかったあと動物の子どもが生まれる 433B，夫が留守にしている間の子どもの誕生 450，娘の誕生 310, 315A, 410，悪魔的な(黒い，口のきけない)娘の誕生 307，悪い継母の魔法の力による怪物の誕生 708，妹(弟)の誕生が兄たちの死のサイン 451，息子の誕生 891，見知らぬ男との性交で息子が生まれる 551，ツァーの娘と，娘のメイドと雌犬が魚を食べたあと同時に息子を産む 300A，3 人の子どもの誕生 710，3 つ子の誕生 707，双子の誕生 303, 711，ヘビ婿との密通で 2 人の子どもを生む 425M. ― 動物(ヤギ，豚，魚)を産む 409A，産んだあとに子どもを取り替える 920A，子どもが生まれたときに呪われる 934，男が子牛を産むだろうと診断する 1739，誕生のとき女の子が妖精たちから祝福を受ける 404, 410，地下世界で超自然の存在が出産するのを，産婆が手伝う 476**，けちがおならをして子どもを産んだと思う 1739A*，子どもが生まれたときに母親が死ぬ 720，山がハツカネズミを産む 299，救世主を産むと装う 1855A，2 人の新生児が誕生後に取り替えられる 920，夫が留守の間に女が子どもを産む 762, 1362. ― 受胎(Conception)も見よ.

誕生(Born) 果物(魚)から生まれる 705A，ひざから生まれる 705A, 705B.

男女のきょうだい(Siblings) 魔女に捕まった男女のきょうだい 327A，悪い継母から逃げる 450. ― 兄と妹(Brother and Sister)も見よ.

鍛造すること(Forging) シュッという音を鍛造する(物を鍛造するのに失敗する) 1015，砂を使って鍛造することを鬼から教わる 1163.

断片(Pieces) 識別のしるしとしての皮膚の断片 530A.

担保(Security) 借金の担保 1385. ― 借金の担保としての十字架(聖画像) 849*.

ち

血(Blood) にせの血と脳 3，子牛の頭から血がしたたって，殺人を明るみに出す 780C，パンから血が流れる 751G*，殺人の証拠として血を残す 894，治療薬としての竜の血 305，顔の血 1227，人食いの証拠としての口に塗られた血 652，スカーフの血が死の証拠だと誤解される 899A. ― 竜の血を浴びる 650C，子どもたちの血が重い皮膚病(Leprosy)を治す 516C，竜の血のしずくが花嫁の胸に落ちる 516，重い皮膚病(Leprosy)の治療に使われる王の血 313，女中が殺された馬の血のしずくを受けなければならない 318，重い皮膚病(Leprosy)の治療に使われる王子の血 313，姫が自分の血で魔法の花(宝石)をつくる 467，保護としての母親の血を垂らした布 533.

小さい(Little) 小さい兄と妹 450，援助者としての小男 610，小さい男が地下世界への入り口を示す 301，小さい赤頭巾 333.

小さい(Small) 小さな女と結婚する 1368.

小さい(Wee) 小さい小さい女 2016.

小ささ(Smallness)　誇張された小ささ 1920D.

知恵(Wisdom)　王が子どもの知恵をテストする 920, 920A，弁護士の助言の知恵 1641C*，お爺さんの知恵が困難な状況を救う 981，7 賢人の知恵が王子の命を救う 875D*，老人が知恵を売る 910C.

チェス(Chess)　チェスの起源 2009，妻がチェスで勝つ 888A.

チェネレントラ(Cenerentola)　510A.

誓い(Oath)　鉄の上で誓いが立てられる 44. ― カラス(その他の鳥)が誓いを破る 242，紛らわしい誓い 1418，役割を交換したことを秘密にするという誓いを立てる 533，オオカミが誓いを立てるのにしくじる 44.

誓い(Vow)　愛のために誓いを破る 770，危険から救ってもらうための誓い 778，救われたあと誓いが果たされる 759C，聖ゲオルクから聖デメトリウスまで飲まないという誓い 1811A，巡礼の誓い 1230*，生け贄を捧げる誓い 1191.

誓い(複数)(Vows)　宗教的な誓いに関する小話 1811.

誓うこと(Swearing)　違ったら悪魔に取られてもかまわないと誓う 821A，もう盗みをしないと誓う 1574，市の日にしか(契約後にしか)飲まないと誓う 1447，誓うこと 533, 961B, 1418, 1590.

地下世界(Underworld)　動物婿の住みかとしての地下世界 425*. ― 地下世界での不貞行為が露見する 871A，地下世界からの(への)逃走 313E*，地下世界への旅 306，王が娘を地下世界へと追放する 301，男が命の灯火を地下世界で見る 332，地下世界の宮殿 425B，地下世界への訪問 871.

地下貯蔵室(Cellar)　食べすぎたオオカミが逃げることを，穴が邪魔する 41.

地下の(Subterranean)　デーモンの住みかとしての地下の城 311.

地下の(Underground)　地下の城 425E, 425M，愛人の家への地下通路 1419E.

近道(Shortest road)　近道(泥棒の言い訳) 1624A*.

力(超自然の)(Power(supernatural))　650–699，神の力が王の力よりも勝っている 841，夫たちと妻たちの力が試される 1375，力があることを装う 1053, 1060–1061, 1070, 1084, 1087, 1088, 1149. ― 神と悪魔で権力を分け合う 1184，並外れた力 301, 302B, 304, 312D, 314，魔法の馬が巨人の並外れた力の隠し場所を明かす 317，女が求婚者コンテストとして力のテストを要求する 519.

力(複数)(Powers)　新生児が超自然の力を持っている 788.

畜牛(Cattle)　556F*, 960，牛が向こう岸に渡される 1887*，牛が分配される 1030*，鬼のために牛の番をする 1003，牛が障害を負わされる 1007，牛商人の航海 1887*，牛が新しい牛小屋よりも古い牛小屋を好む 1030*. ― 黒い牛を洗って白くする 1183.

チケット売り(Ticket-seller)　1659.

知事(Governor)　889.

知識(Knowledge)　(超自然の) 650–699，動物の言葉の知識 670–674，信徒(たち)の知識を聖職者がテストする 1810.

地上，土(Earth)　自分の土地に立っている証拠として靴の中に土を入れる 1590，大地が言葉を飲み込んだと思う 1687 - キリストが地上を放浪する 545A*，キリストとペトルスが地上を放浪する 330, 368C*, 750B, 750*, 751A, 750A, 752A, 756D*, 774-774P, 785, 791, 822, 830B, 1169, 神が物乞いとして地上を放浪する 930*, こびとが地中に沈む(姿を消す) 500, 地面に触れることが死を招く 470B, 罰として永遠に地上をさまよう 777, 誰が地中に最も深く潜れるか 221B. ― 土地, 地(Ground), 地上の訪問(Visit on earth)も見よ.

恥辱(Humiliation)　叩いて教育することによる恥辱 905*, 卵に座る愚か者の恥 1218, 恋人に恥をかかせる 874, 姫の性的な体験をほのめかして姫に恥辱を与える 900C*, 妻の恥辱 887, 妻が恥をかかされることで救われる 879A, 公衆の面前で妻が恥をかく 902*, 拒絶された求婚者によって高慢な姫に恥辱が与えられる 900.

知人(Acquaintance)　1842C*, 2040, 知人がだまされて預金を引き渡す 1617.

チーズ(Cheese)　チーズが山を転がり落ちる 1291, 別のチーズを追うためにチーズを送り出す 1291, 絞られたチーズ 1060. ― チーズで建てられた教会 1932, チーズ(水に映った月)をめがけて水に飛び込む 34, 34A, 1336, 愚か者が石鹸をチーズと間違える 1339F, 月がチーズと間違えられる 1336, チーズの食べ方が姉妹たちの性格を示す 1452, オオカミがチーズから飛び出す 1892*, オオカミ(その他の動物)が水に映った月をチーズ(羊, バター)と間違える 34.

知性(Intelligence)　賢い行動によって知性を説明する 1349D*, 知性か幸運か 945.

父親(Father)　父親と子ども 160, 178A, 883B, 父親と子どもたち 327A, 516, 516C, 705B, 739*, 765, 883, 父親と娘 151*, 300, 301D*, 305, 306, 312A, 312C, 314, 425A, 425B, 425D, 425*, 430, 433B, 440, 441, 461, 500, 505, 510B, 510B*, 511, 513A, 513B, 514, 532*, 545D*, 554, 559, 562, 570A, 575, 593, 610, 665, 675, 701, 706, 706C, 706D, 710, 810A*, 850, 852, 853A, 854, 859, 862, 863, 870, 874, 875, 875B, 875D, 875B*, 883A, 883C, 887, 896, 899A, 900, 901B*, 915, 926D, 930A, 931A, 945, 950, 985*, 1341A*, 1373B*, 1391, 1406A*, 1424, 1440, 1485A*, 1542, 1543*, 1544, 1545, 1545B, 1545*, 1545A*, 1547*, 1562C*, 1563, 1640, 1855A, 2010A, 2019, 2301, 父親と娘 301, 361, 425C, 432, 552, 883B, 923, 923B, 1391, 1663, 父親と養子の息子 922A, 父親と息子 302B, 302C*, 305, 325, 369, 400, 502, 517, 540, 652, 671, 720, 725, 811, 837, 840, 856, 873, 874*, 875B, 875D*, 883A, 893, 899A, 910A, 910D, 910K, 915A, 921B, 926A*, 926C*, 929A, 931, 950, 980, 980D, 981, 1215, 1225A, 1346, 1348*, 1362, 1431, 1455, 1525A, 1525G, 1533B, 1543E*, 1561**, 1563*, 1600, 1628*, 1630A*, 1678, 1710, 1735A, 1834A*, 1862C, 1920J, 1962, 父親と息子たち 212, 402, 530,550, 551, 552, 556F*, 653-655, 677, 910E, 910F, 920B-920D, 920B*, 950, 953, 976, 982, 1533C, 1588*, 1633, 1650, 1855B, 1950, 2251, 助言者としての父親 1455, 1485A*, 父親が食事として出された子どもを食べる 720, 父親が息子に魔法をかけて犬に変える 540, 父親が冒険の話をして息子たちを囚われの身から解放する 953, 娘の恋人のために父親が娘を幽閉する 870, 父親が息子に殺される 931, 931A, 養子の父親が中傷される 922A, 父親の試験によって子どもの父親がわかる 675, 7 番目の子どもだけの父親 1425B*, 父親が息子たちに父親の墓を見張るように命ずる 530, 父親が子どもたちをひそかに育てる 762, 父親が息子を売る 1362, 父親が知らずに娘の胸の肉を食べる 1373B*, 父親が愚かな息子を聖職者にさせたがる 1834A*, 父親が子どもたちに警告する 1149. ― 死を間近にした父親が 3 人の息子それぞれに指輪を与える 920E, 幼い娘が将来自分の妻になると父親に予言される 930A.

父親であること(Fatherhood) 赤毛の子どもたちの父親だということが暴露される 1805*.
父親の(Father's) 父親の帽子が叩かれる 1630A*.
父親の血筋(Paternity) 父親の血筋の試験 920C.
縮れた(Curly) 縮れ毛をまっすぐにする 1175.
乳を搾ること(Milking) 雌牛の乳をちっちゃなちっちゃなバケツに搾る 2016, メンドリの乳を搾る 1204**, 去勢雄牛(雄牛) 875B, 1204**.
秩序(Order) 自然現象の秩序 774P.
窒息すること(Choking) 窒息して死ぬ 74C*.
ちっちゃな(Teeny) ちっちゃなちっちゃな女, ちっちゃな動物, ちっちゃな物 2016.
血に染まった(Bloody) 従わなかったことの証拠としての血に染まった鍵(卵, リンゴ) 311.
チャリンという音(Clink) 食事の匂いをお金のチャリンという音で買う 1804B.
中尉(Lieutenant) 935.
注意深く監視された(Well-guarded) 注意深く監視された女が夫をだます 1426.
忠告される(Advised) 欲張りが右目に塗り薬を塗らないよう忠告される 836F*, 妃が夫を殺すように愛人に忠告される 871A.
仲裁者(Mediator) 仲裁者としての夫 1419D.
中傷(Slander) (不倫, 殺人) 712, (嬰児殺し) 710, カラスによる中傷 220A, 姉たちによる中傷 707, 妬み深い兄たちによる中傷 328, 拒絶された求婚者による中傷 896, 継母による中傷 567A, 救われた男が中傷する 160.
中傷された(Calumniated) 中傷された兄弟 328, 中傷された義理の弟 318, 中傷された妹 872*, 中傷された妻 706, 707. — 中傷された(Slandered)も見よ.
中傷された(Slandered) 中傷された義理の弟 318, 養子の父親が中傷される 922A, 夫が妻に中傷される 612, 中傷された私生児 760A, 夫の妹を中傷する 872*, 中傷された王 531, 妻の愛人によって鍛冶屋が中傷される 571B, 継息子を中傷する 875D*, 中傷された妻(女) 514**, 706, 706C, 881, 882, 883A, 891C*, 892, 894, 896, 若者が妬み深い廷臣に中傷される 910K, 末の弟が中傷される 551. — 中傷された(Calumniated), 無実の(Innocent)も見よ.
注目(Attention) 犬の首輪(小枝の輪)をつけて注意を引く 1485A*, 人から物を盗むために注意をそらす 1525D.
注文すること(Ordering) 「自分のお金で食事を」注文する 1555C.
チューリップ(Tulip) チューリップが墓に育つ 407.
蝶(Butterfly) 201, 1296A.
腸(Intestine) 死んだ馬の巨大な腸がソーセージのために使われる 1741*.
彫刻家(Carver) 1324A*.
彫刻家(Sculptor) 1359C.
聴罪司祭(Confessor) 756A, 756C, 1804E, 1807B. — キツネが動物たちの聴罪司祭になるふりをする 20D*.

超自然の(Supernatural) 超自然の敵たち 300–399, 超自然の存在が魔法の品々をくれる 563, 564, 566, 超自然の存在が去勢された男を治療する 318, 超自然の存在が箱を閉じるのを手伝う 313, 超自然の存在が王子と結婚する 898, 超自然の存在がさまざまな斧を差し出す 729, 超自然の存在を妻としてもらう約束がなされる 409B*, 超自然の存在が特別の能力を持った動物たちを売る 559, 超自然の花嫁と花婿 313, 317, 超自然の花婿が人間たちを食べる 312A, 超自然の兄または妹 450–459, 超自然の援助者 500–559, 545D*, 550–559, 705A, 超自然の夫 425–449, 超自然の力または知識 650–699, 超自然の課題 460–499, 超自然の妻 400–424. — 人物(動物, 物)が超自然の存在と間違われる 1318, 泥棒たちが超自然の存在に変装する 1740B.

徴集兵(Conscript) 徴集兵が右と左を区別できない 1679*.

頂上(Peaks) 謎として, 山の頂上の数を数える 500*.

嘲笑的な(Scornful) 嘲笑的な姫がカエルに変えられる 402*, 人をさげすむ子ライオン 157A.

挑戦(Challenge) オオカミ(熊)とキツネの挑戦 23*, 力試しの挑戦 1640. — 賭け(Wager)も見よ.

挑戦する(Challenges) 小さい動物が 2 匹の大きな動物に挑戦する 291.

挑戦すること(Daring) 墓地から頭蓋骨を盗むことに挑戦する 1676D.

彫像(Statue) 彫像に食事が出される 767, キリストの彫像に息子を治癒してくれと頼む 1347*, 打ち負かされたライオンの彫像 159C, 彫像が死刑を宣告された男の無実を証明する 706D. — 壊れた彫像から宝が見つかる 1643, おびき寄せるために彫像(肖像画)を飾る 881, 881A, 酔った男が彫像を食事に招待する 470A, 動物の黄金の彫像 854, 男が彫像のふりをする 1829.

町民(Townsman) 802, 921D.

チョーク(Chalk) 天国に入るために階段にチョークで記された個々の罪のしるし 1738, チョークが雨に洗い流される 1216*.

貯蔵品(Hoard) 守銭奴の死後, 貯蔵品が見つかる 1305.

ちり(Dust) 目にちりが入る 1229, ちりが黄金になる 476*.

治療(Cure) 便秘の治療 1572N*, 近眼の治療 1561*.

治療(Treatment) 祈りと聖遺物で精神病を治療する 1525L. — 盲目の女が役に立たない治療のための支払いを拒む 1456*.

治療される(Cured) 賢い妻のおかげで夫の病気が治る 923B, 病気の鍛冶屋がにせ医者の処方で治療される 1862F.

治療者(Healer) 673, 医者がけんか好きの妻に魔法の水を与える 1429*. — 治療者としての学生(お婆さん) 1845.

治療すること(Curing) 目をくり抜いて目の病気を治療する 1349L*, 作男の激怒を治す 1572*, 井戸につからせて熱を治療する 1349L*, アルコール中毒の夫を治療する 1706D, 宿屋の主人が水で薄めたビールを出すのを治す 1567A, アルコール中毒の男を治療する 1706E, けちんぼのけちを治す 1562C*, 姫を笑わせて治療する 1641B, 呪文で子どもができないことを治療する 1629*, 密通を疑う心が治る 1431, 妻がびんたで治る 1372, 妻の願いをすべてかなえて妻を治療する 1372*, 昔話好きの妻を治す 1376A*, 妻のわがままを治す 1373A*. ― 治療すること(Healing)も見よ.
治療すること(Doctoring) 治療することは最も一般的な職業 1862E.
治療すること(Healing) 紙に言葉を書いて動物を治療する 1845, 魔法による治療 753, 一番病気の重い者を殺すと脅して治療する, 治療が富をもたらす 712, 奇跡の治療 550, 551, 法王が選ばれたときの奇跡の治癒 933, 目の見えない王の治癒 207C, けがをした動物(ハツカネズミ)の治療 2032, 血で重い皮膚病(Leprosy)を治療する 313, 516C, 動物の言葉がわかるおかげで姫の治療をする 671, 病気のライオンの治療 50, 患者の注意をそらして患者を治療する 1543C*, 果物(植物)で治療する 610, 魔法の軟膏での治療 432, 613, 653A, 金の鳥の歌で治療する 550, 生命の水で治療する 303, 332C*, 551. ― 目の見えなくなった王を魔法で治療する 314, 魔法による盲目の治療 590, 両手の魔法的な治療 706, 盲目の男(夫婦)を奇跡的方法で治療する 321, 治療をするふりをする 1135, 1137, 1138. ― 治療すること(Curing)も見よ.
治療すること(Treating) 患者を排泄物(くそ)で治療する 1543C*, けがをした動物を治療する 2032.
賃金(Wages) 労働者が運べるだけの賃金 1153. ― 賃金を払うことを拒む 1543D*.
ちんぷんかんぷんの言葉(Gibberish) ちんぷんかんぷんの言葉をラテン語と思う 1641C.
沈黙(Silence) 沈黙が魔法を解く 451, どもりを隠すための沈黙 1702, 迫害された女の沈黙 710, 妻の沈黙が破られる 705A*, 誰が家のあるじかを, 沈黙が暴露する 1375, 沈黙の賭け 1351, お婆さんを訪ねたときに黙っている 442. ― 名前で女に呼びかけると沈黙することをやめる 898, 黙らせるための食事 1567E, 沈黙に対しお金が与えられる 890, 1355A, 1355B, 1360B, 沈黙に対するお礼 1358C,.

つ

ツァー(Czar) 887A*, 1565, 1586. ― 王(King)も見よ.
ツァー(Tsar) 300A, 301D*, 485.
追跡(Pursuit) デーモン(魔女)による追跡 313, 327A, 愛人による追跡 1419D, リスを追いかける 1227.
追跡者(Pursuer) 313, 314A*, 1419A.
追跡者たち(Pursuers) 750E, 967.
追放(Banishment) 罰としての追放 570A, 705-712, 872*, 875, 882, 887, 892, 1525A, 外国の土を積んだ荷車に乗って追放を避ける 1590.
追放される(Banished) 島に追放される 944. ― 不運が追い出される 735A, 947A, 裏切り者が罰せられる 301, 娘が追放される 314, 570A, 泥棒の名人が追放される 1525A, 妹が追放される 872*, 892, 娘の夫が追放される 314, 追放された妻 433B, 459, 570A, 705-712, 875, 882, 887, 追放された妻たち 462, 末の王子が追放される 315A. ― 追い出す(Expel)も見よ.
通行人(Passer-by) 1535, 1543*, 1687, 1700, 助言者としての通行人 1313A, 通行人が岩

を支えているよう説得される 1530，通行人が粉屋と息子を非難する 1215.

通行人たち(Passers-by)　1614*.

杖(Staff)　杖が花咲く木に変わる 768.

杖，棒(Stick)　210*，荷を運ぶ動物の背骨代わりに棒が使われる 1911A. ― 魔法の棒が穴に口をきかせる(純血テスト) 1391.

捕まえる(Catch)　想像で魚を捕まえる 1348*.

捕まえる(Catches)　キツネがカワカマスのしっぽをくわえ，カワカマスがキツネのしっぽをくわえる 1897.

捕まえること(Capturing)　カワカマスとキツネが互いを捕まえる 1897，説教者を捕まえる 1737.

捕まえること(Catching)　魚を捕まえる 1260**, 1634A*, 1895，ガチョウを捕まえる 1881，たいへんな量の魚を捕まえる 1960C，木の割れ目に挟まれる 38, 151, 1159，光をネズミ捕りで捕らえる 1245，男の屁を捕まえる 1176，月を捕まえる 1335A，音を捕まえる 1176，鼻を挟まれる 1143，カワカマスの口にはまったペニス 1686A*，穴ウサギを捕まえるさまざまな方法 1891，穴ウサギたちを捕まえる 1171，リスを捕まえる 1227，3 人の愛人たちを隠すふりをして捕まえる 1730，舌を木材の裂け目に挟まれる 1143，2 人の泥棒が偶然に捕まる 1792B，ふるいで水を汲む 1180，オオカミのしっぽを捕まえる 1229.

捕まった(Captured)　捕まった動物がほかの動物の手から逃げる 122Z，捕まった動物が嘘の言い訳でうまく逃げる 122，捕まった動物が捕獲者を説得し，食べるのに十分自分が太るまで待たせる 122F，捕まった動物がオオカミをだます 122N*，穴にはまった動物たちと男が穴から救われる 160，捕まった動物たちが音楽家を傷つけない 168，捕らえられた動物たちが互いに食い尽くす 20A，捕まった動物たちが身代金を払って自らを解放する 159，捕まった鳥が(車輪のハブに入れられて)もっとおいしくされる 122D*，捕まった鳥が人に放される 150，捕まった鳥たちが死んだふりをする 233A，捕まった鳥たちが網もろとも飛び立つ 233B，ロバとラクダが捕まる 214A，捕らえられたキツネ(カメ，サギ)が自らを解き放つ 5，野ウサギ(その他の動物)がオオカミ(その他の動物)にもっといい獲物を約束する 122D，捕まった猿がトラの手から逃れる 122H，捕まった雄牛が盲目の見張りをだます 122L*，捕まった雄羊がオオカミの手から逃れる 122M*，捕まったクマネズミが猫を説得して食事の前に顔を洗わせる 122B，捕らえられたオンドリが欺いてうまく逃げる 20D*，捕まった羊がオオカミを説得して歌を歌わせる 122C. ― 鳥たちが網に捕まる 233，捕まった竜 312D，悪魔(死神)が袋の中に捕まる 330，捕まった男 369，ヘビの穴にはまった男が食料も飲み物もなしで生き長らえる 672D，兄妹が魔女に捕まる 327A，瓶の中に捕まった精霊 331，泥棒が捕まる 1147*，オオカミが捕まえた動物の最後の祈りを聞き入れる 122A，オオカミが捕まえた動物たちを失う 122G，子ライオンが人間に捕まる 157A.

つかむこと(Seizing)　動物のしっぽ(腸)をつかんで裏表逆にする 1889B. ― 野獣のしっぽをつかんで救われる 1875.

疲れる(Tires)　悪魔は回転砥石を疲れるまで回さなければならない 1178**.

月(Moon)　地中に隠されたお金の場所を示すしるしとしての月 1278，月が捕らえられる 1335A，月をチーズと間違える 34, 1336，月が火事と間違えられる 1335*，水に映った月 1335, 1335A, 1336，月が盗まれる 1335A，飲まれた月 1335．— 月にいる動物（男，女）751E*，古い月から新しい月への変化 1334*，象たちが水に映った月を見ておびえる 92，その土地の月の外見 1334．

つぎ（Patch） 自分を見分けるしるしとしてのズボンに当てたつぎ 1284B．

突き落とすこと（Pushing） 頑固な妻を川に突き落とす 1365B．

突き刺さる（Stuck） 首のところまで地面に突き刺さる 1882．

突き刺すこと（Piercing） 鬼を突き刺して殺す 1143．

付き添い人たち（Attendants） 1295A*．

月々（Months） 象徴化された月々と季節 294，年の月々が出来事か活動と結びつけられる 2012．

ツグミ（Thrush） 56A，ツグミがハトに巣のつくり方を教える 236．

ツグミのひげの王様（Thrushbeard） 900．

続けること（Continuing） それが完結したら物語の続きを語る 2300．

突っ込む（Plunging） 木のうろの中に突っ込む 1877*．

慎むこと（Abstention） 酒と性交などを罪の償いとして慎むこと 1807B，酒を飲むことを慎む 1811A．

つましい（Thrifty） つましい少女 1451, 1452．

包むこと（Wrapping） 死体を亜麻布で包む 1370B*．

務め（Duty） 愛人を持つことは妻の務め 1357*．

角（Horns） 少女の頭から角が生える 480，頭に角が生え，魔法の果実を食べたあと角がとれる 566，雄鹿の角は美しいが死を招く 77．— 枝角（Antlers）も見よ．

角で突かれる（Gored） 角で突かれた雌牛を返すよう要求する 1734*．

角笛（Horn） 角笛を吹いて助けを呼ぶ 920, 958，魔法の角笛が援助者を呼ぶ 569．

翼（Wings） 翼のある馬 575．

ツバメ（Swallow） 62, 68*, 236, 750E, 751A，ツバメと麻の実 233C，ツバメが鳥たちに，鳥もちに気をつけるよう警告する 68*．

壺（Jar） 子どもの（女の）頭（手）を抜くために壺が壊される 1294A*．

壺（複数）（Pitchers） 2010．

壺（複数）（Pots） 空いた場所をつくるために壺が割られる 1293A*．— 陶製の壺と真鍮の壺 296．

妻（Wife） 妻が黄金の入った袋と引き換えに夫を殺すことに同意する 824，妻と夫 1350–1439，家庭のあるじとしての妻 1375，妻が頑固を非難される 1365，客たちのために 2 羽の鶏を料理するよう妻が指示される 1741，妻が猟獣に変装させられる 1091，妻が馬に変装させられる 1091，自分が誰だかわからない妻 1382, 1383，妻が家事のしかたを知らない 1387*，妻が夫を支配する 1375，妻が市場でだまされる 1385，妻が夫にだまされる 1380, 1381C, 1390*，妻が召し使いにだまされる 1389*，妻がこっそり肉を食べる 1373，夫の軽率な答えのために，妻が元どおり地上に落ちる 804A，妻が川に落ちる 1365A，妻が書かれた指示に従う 1562B，妻が夫を牢屋から解放する 861，妻が夫よりも勝っている

1378B*，セックスに貪欲な妻 1543*，妻が夫を毒殺することをもくろむ 1351F*，夫の幸運は妻のおかげ 923B，妻が箱に入れられる 1426，夫が愚かなので，妻が夫のもとを去る 1686A，妻が秘密を増大させる 1381D，妻が従順さのテストに合格する 887, 901，妻が夫の近くにいちばんいい肉が来るように置く 1568*，「傷」を見せて，妻を去勢された男だと偽る 153，妻が少ししか食べないふりをする 1373A，夫が見つけてその後失った物を，妻が取り戻す 1424*，妻が夫を水の精霊(ニクス)の支配から救う 316，妻がオオカミにやけどをさせる 152A*，夫が嫌いな料理を妻が繰り返し出す 1390*，妻が夫の妹を中傷する 872*，妻が魔法の品と引き換えに，見知らぬ男と寝る 570A，妻が悪魔に売られる 1168C，夫が 1 杯に払う倍額を妻が 1 杯に使う 1378A*，妻が読み書きができない夫の(聖職者の)カレンダーを台なしにする 1848A，妻が穴に投げ込まれる 1164，家事をするには怠惰すぎる妻 1370，糸を紡ぐにはあまりに怠惰な妻 501, 1370B*，雌牛に変身させられた妻(罰) 750C，男の服を着て変装した女に妻が言い寄る 514**．— 追い出された妻 705A*，貞節な妻 888，強情な妻が従うことを覚える 900–909，継母が自分の娘をにせの妻として取り替える 409，超自然の妻 400–424，監視をつけられていない妻が若い男に言い寄られるのを拒む 1515．— 夫と妻(Husband and wife)も見よ．

つま先(Toes) 嘘つきのつま先を踏む 1920D.

妻たち(Wives) 目を見えなくされる妻たち 462，妻たちが夫に焼き殺される 760.

妻の(Wife's) 妻のつかの間の成功 1378B*.

罪(Sin) 罪と恩寵 755，アダムとイブによって世界に罪がもたらされた 1416，前もって罪に対し支払いをする 1804E．— それぞれの罪に対するチョークのしるし 1738，想像上の罪に対する想像上の償い 1804，小石(ジャガイモ)を罪ごとにためておく 1848，ジプシーにとって盗みは罪ではない 1638*.

罪(複数)(Sins) 罪が許される 760，ウナギの皮を送ったために罪は免除されない 1804*，もてなしは罪に勝る 750E*．— 動物たちが罪を懺悔しようとする 136A*，キリストが世界の罪を運ぶ 768，悪魔が罪人たちのリストを牛皮に書く 826，キツネがオンドリの罪をとがめる 20D*，お婆さんが肉体的な罪を思い出して楽しんでいる 1805，司祭も似たような罪を犯している 1743*，泥棒が皆の前で罪を告白しなければならない 1805*，オオカミが神に罪の告白をする 77*.

積み重ねること(Piling) 肥やしを高く積み上げる 1035，籠を積み重ねる 1250A.

積み荷(Burden) ロバの乗り手が肩に積み荷を担ぐ 1242A，せむしの積み荷 1620*，2 頭の動物の積み荷 207B.

罪のゆるし(Absolution) 罪のゆるしが否定される 1804*．— 罪のゆるしのための支払いが要求される 1804, 1804**，罪のゆるしの代わりに七面鳥(魚)を与えると約束する 1743*.

罪深い(Sinful) 罪深い司祭は聖体拝領をすべきではない 759A.

罪を犯した(Guilty) 罪を犯した人が生け贄として嵐に捧げられる 973，最初に話した人が有罪 1351, 1351B*.

紡ぐこと(Spinning) 膨大な量の糸を紡ぐ(課題) 500, 501．— 醜くなった糸紡ぎ女たち 501，糸紡ぎでけがをして魔法の眠りに落ちる 410，怠惰な紡ぎ女 1405.

積むこと(Loading) 木材を積むこと 1242.

紡錘と杼と縫い針(Shuttle, spindle, and needle) 585.
爪(複数)(Nails) 爪を研いでもらう 1095.
通夜(Wake) 求婚者テストとして墓で通夜を行う 960B，貧しい男の通夜 815. — 求婚者は墓で通夜を行わなければならない 940.
露(Dew) ロバが露しか食べずに死ぬ 292.
強い(Strong) 強者と弱者 125B*, 126，強い動物と男 1152，強い動物が弱い動物に負かされる 78, 78A，去勢されて強くなる 153, 1133，強力ハンス(ジョン) 650A，強い女 519.
強さ(Strength) 強いふりをする 1152，強さが証明される 1640. — 強さを自慢する 1146，並外れた強さ 318, 590，男がライオンの影像をライオンに見せる 159C，強い男に対する力の試験 650A，風と霜が自分たちの強さについて争う 298A*.
釣りをすること(Fishing) 通りで釣りをする 1525C，漁場を記すためにボートにしるしをつける 1278，しっぽで釣りをする 2.
ツル(Crane) 60, 76, 80A*, 105*, 225, 231, 244A*, 277, 303, 785A, 1960J，ツルとキツネが互いに招待し合う 60，ツルとキツネがいっしょに暮らす 105*，ツルとサギ 244A*，動物の王としてのツル 277，ツルが魚たちをだます 231，ツルがキツネに飛び方を教える 225. — ツル(コウノトリ，キツツキ)がオオカミの(ライオンの)喉から骨を引き抜く 76，料理されたツルの脚をこっそり食べる 785A.
ツルたち(Cranes) 1881，イビュコスのツルたち 960A.
つるべ(Bucket) つるべに乗って井戸から出る 32.

て

手(Hand) 鉄の男の喉に手を入れる 1162，墓から手が出てくる 760**. — 女(子ども)の手が壺にはまる 1294A*.
手足をばらばらにすること(Dismemberment) 竜に手足をばらばらにされる 302C*，強盗に手足をばらばらにされる 955，強盗たちに手足をばらばらにされる 954，兵隊に手足をばらばらにされる 307.
提案すること(Suggesting) 子どもの名前を提案する 1821.
ディヴ(Div) 1910.
ディオゲネス(Diogenes) ディオゲネスが召し使いにキャベツを食べるよう助言する 1871Z，ディオゲネスが真っ昼間にランタンを持って歩く 1871F，ディオゲネスがコップを捨てる 1871Z，ディオゲネスが王に，王が彼に与えることのできない物を彼から奪うなと告げる 1871C. — キニク学派の人(Cynic)も見よ.
ディオニュソス(Dionysos) 775.
提供すること，申し出ること(Offering) 賞品として食べ物が出される 1375，自分の胸を肉として勧める 1373B*，聖職者に立場を交代することを申し出る 1806，作男が運べるだけの賃金を与えると言う 1153.
廷臣(Courtier) 891B*, 981A*，廷臣が王の客を困らせようとする 1557.
廷臣たち(Courtiers) 505, 756G*, 770A*, 1557, 1620，廷臣たちは謎を解くことができな

い 921A, 921E*, 921F*, 922, 922B.
貞節と純血(Fidelity and innocence) 880-899, 妻の貞節をしょっちゅう試す 881.
貞操(Chastity) 無実の証明としての純血 892, 石が貞操を暴く 870A. — 変装した息子によって母親の貞操が試される 823A*, 920A*, 貞操を守るために自分の体の一部を切り落とす 706B, 貞操のしるしとしての剣 516C, 貞操がためされる 882, 883B, 1391, 妻の貞操が悪魔によって守られる 1352, オウムによって妻の貞操が守られる 1352A, 女の貞操が誤って疑われる 896.
貞操(Honor) 「縫い上げる」ことで貞操が修復される 1542**.
貞操のしるし(Symbolum castitatis[sign of chastity]) 303, 516C.
蹄鉄(Horseshoe) 蹄鉄に関する聖者伝 774C, 蹄鉄の釘が抜けていることが不幸な出来事の連鎖を招く 2039.
手押し車(Wheelbarrow) 手押し車のきしむ音が怖がらせる 1321A.
テオピステ(Theopiste) 938.
手紙(Letter) 死の宣告が書かれた手紙を娘が知らずに届ける 930A, 弁護士の手紙で論争の仲裁料がばれる 1860D, 運んできた者を殺せと手紙が命ずる(ウリヤの手紙) 462, 910K, 930, 手紙が籠の中の動物たちについて告げる 1296B, 手紙が籠の中の果物について告げる 1296B, 嘘の告発が書かれた手紙 706. — 王にとって初耳の手紙の中身(王は借金を返さなければならない) 921E, 犬が飼い主に手紙を届ける 178B, 中傷の手紙 883A.
手紙(複数)(Letters) ずっと前に死んだ人に宛てた手紙 777*.
敵(Enemy) 人間の最も悪い敵についての質問 1832P*.
出来事(Event) 語り手自身の身に起きた物語の中の劇的な出来事 2202.
敵対(Enmity) アシナシトカゲとサヨナキドリの敵対 234, 猫たちと犬たちの敵対 200, 猫たちとハツカネズミたちの敵対 200, 犬同士の敵対 201F*, 野ウサギと犬の敵対 200C*, 水の動物と陸の動物(人)の敵対 1310, オオカミたちと羊たちの敵対が犬によって引き起こされる 62A, ライオン(熊)と人の敵対 159B.
敵対者たち(Adversaries) 敵対者たちを水の中に誘い込む(やけどを負わせる, 体の一部を切り取る) 1539. — 超自然の敵たち 300-399.
敵対する(Hostile) 敵対する犬たちがオオカミに対して団結する 201F*.
できない(Unable) 馬にまたがれない 1580A*.
適用(Application) 説教の適用 1833.
弟子(Disciple) 死刑を宣告された男の代わりに弟子が選ばれる 1534A.
弟子(Pupil) 325, 839A*, 1331D*. 早すぎる弟子が宝を見つける 1644.
手仕事(Trade) 女と結婚するために手仕事を覚える 888A*.
弟子たち(Followers) 763, 896, 1792B.
テスト(複数)(Tests) 性別テスト 514, 強さの試験に簡単に合格する 650A, 盗みのテスト 1525A. — キリストが試練を予言する 938.
鉄(Iron) 砂を使って鉄を鍛造する 1163, 鉄の手袋 1060A, 鉄のハンス(ジョン) 502, 鉄の男 1162, 鉄は黄金よりも価値がある 677, 誓い(罠)に鉄が使われる 44. — 花嫁が鉄の靴を履いて花婿を捜す 425A, 425B, 鉄の靴を履いて天まで伸びた木に登る 317, 鉄の靴を履きつぶす 425M.

哲学者(Philosopher) 哲学者に当たっている日光の場所から出るように，哲学者が王に頼む 1871C，哲学者が井戸に落ちる 1871A，哲学者が石を投げている少年に賢い忠告をする 1871E，頭の禿げた男が哲学者を侮辱する 1871D，三位一体の神秘についての哲学者の瞑想 682，哲学者が天気を予想する 921C*，哲学者が女に乗られる 1501，哲学者が王に逆のこと(町を破壊すること)を頼んで町を救う 1871B，哲学者が王のひげに吐き出す 921F，弟子が妻の言いなりになっていることに対して，哲学者が警告する 1501.

哲学者たち(Philosophers) 哲学者たちに関する笑話 1871–1871Z.

鉄を食べる(Iron-eating) 鉄を食べるハツカネズミたち 1592.

手のひら(複数)(Palms) 裁判官の手のひらに油をすり込む 1345.

手袋(Glove) 王の手袋 891B*，鉄の手袋 1060A.

手袋(複数)(Gloves) 犬の皮でつくられた手袋が野ウサギを追いかける 1889L**.

テーブル(Table) 食事の用意をするテーブル 563，4 本脚のテーブル 1291A.

テーブルクロス(Tablecloth) 魔法のテーブルクロス 563, 580, 853.

テペゲツ(Tepegöz) 1137.

鉄砲(Gun) 鉄砲が撃たれる 1228，鉄砲が笛と間違われる 1228，聖職者の鉄砲が教会内で暴発する 1835A*，鉄砲を喫煙パイプだと見せかける 1157，鉄砲が暴発する 1890F，必ず当たる鉄砲 594*，鉄砲の暴発が一連の偶然を引き起こす 1890. — 聖職者が礼拝の会衆を鉄砲で脅す 1835A*，鬼が銃身を通して覗く 1157.

デモステネス(Demosthenes) 1591.

デーモン(Demon) 78, 302C*, 311, 313, 314, 425B, 480, 480A, 1147*, 1363, 1426，デーモンが自分の鏡に映った姿を恐れる 1168A，デーモンと男(動物) 1131，デーモンと男 1070, 1117, 1133, 1154, 1161, 1168A, 1199A，デーモンと女 1199A，吸血鬼としてのデーモン 451，デーモンが姫に取り憑く 1164，デーモンがペテン師だとばれる 926A，デーモンが盲目の男と足を切断された男を命の水で治療する 519，デーモンが妻から男を助ける 1164，デーモンが男を殺そうとする 1168B，デーモンが猫に殺される 545B，デーモンが 3 人の女を殺す 210*，デーモンが若い女に親切に迎え入れられる 431，デーモンが木に住む 1168B，動物に変身する力をデーモンが養子に与える 667. — 悪魔(Devil)，幽霊(Ghost)，精霊(Spirit)も見よ.

デーモンたち(Demons) おびえたデーモンたち 1154. — デーモンたちの集会 1154.

点火(Lighting) マッチを試すためにすべて燃やす 1260B*，悪魔(聖者)のためにろうそくに火をともす 1645B，びんたの火花で火をつける 1344，道を照らす 1008.

天気(Weather) 天気が発育を促す 1354D*，箱の中の天気 1296A，農夫の馬のしっぽで天気が予想される 921C*，望みどおりの天気を約束する 1830，天気を報告する 1293C*. — 天気の管理 752B，天気がいい日と悪い日の屋根 1238.

天気の予測(Weather forecast) 雨を予測する 830B.

天国(Heaven) 800–809，後悔している罪人のための贖罪の場所としての天国 756B. — 天国に入ることを願う 750H*，天国にいるのは自分たちだけ 1738D*，天国に入るために，階段に罪を 1 つずつマークしなければならない 1738，豆の茎を登って天国に行く 328A,

死を間近にした男が(男の親族が)天国の居場所のために何度も支払いをする 1744，天国にはなぜこれほど聖職者が少ないのか，神が不思議に思う 1738，ヨーゼフとマリアが天国を出ると脅す 805，天国への道を知っている 1832Q*，夫は豆の茎を登って天国に着くが，妻は落ちて地上に戻る 804A，あるグループのメンバーたち(ユダヤ人たち)が好物の食べ物(飲み物)を取りに天国を離れる 1656，天国に弁護士はいない 1860A，天国に愚か者たち(2 度結婚した人)のための場所はない 1516*，お婆さんが聖職者に，天国は十分に暖かいかと尋ねる 1744，天国の人々は十分な食べ物がある 821B*，貧しい男と金持ちが天国で違った風に迎えられる 802，キリスト像に食事を出した褒美に天国に迎え入れられる 767，金持ちが天国にいることを許される 809*，天国へのロープが切れる 804，天国の穴を通して自分の村を見下ろす 1738B*，鍛冶屋が天国に入ることを許される 330，仕立屋が天国から追い出される 800，天国の門前の酒場 804B*，女が天国からおりてくる 779H*，天国に入れるか心配すること 756A.

天国の(Heaven's)　天国の門前の酒場 804B*.

天使(Angel)　766, 788, 798, 808A, 825, 831, 905A*, 940, 1331, 1551*, 1855A，天使と悪魔が魂をめぐって争う 808，天使と隠者 759，天使と男 1199，援助者としての天使 706, 812，天使がグレゴーリウスを法王の後継者に選ぶ 933，天使が一見不当な(奇妙な)行為をする 759, 759D，天使ガブリエル 756A, 1063A，どうしたら重い皮膚病(Leprosy)が治るか，天使が助言する 516C，天使がノルヌたちを仲裁する 899，死の天使 332, 879, 1199, 1737, 2030，名づけ親としての死の天使 332，天使が守る 770A*，天使が罰として耳が聞こえなくなる(目が見えなくなる，感覚がなくなる) 759D，天使が死んだ人(姫，少女)を蘇生する 753A，天使が高慢な皇帝の服を盗む 757，天使が神の答えを伝える 756A，警告された天使 1063A. ― 泥棒の名人が天使と間違えられる 1525A，女が死の天使(医者)に変装する 879，女が天使のふりをする 1462. ― 守護者(Guardian)の項の守護天使も見よ.

天使たち(Angels)　327A, 471, 801, 2010，天使たちが悔い改めた犯罪者を天国へ連れていく 756A.

店主(Proprietor)　1541***. ― 主人(Host)，宿屋の主人(Innkeeper)も見よ.

店主(Shopkeeper)　1536C, 1537.

店主(Storekeeper)　1559C*.

電線(Wire)　物を送るために電線にぶら下げる 1710.

伝染する(Contagious)　密通のしるしとしての伝染するあくび 1431.

天の(Celestial)　竜退治をした男が天の明かりを取り戻す 300A.

天秤(Balance)　功罪の天秤 808. ― 男の信心が天秤に加えられる 802A*.

電報(Telegraph)　人が物を電報で送ろうとする 1710.

天文学者(Astronomer)　並外れた能力を持った天文学者 653. ― 天気予報に関して農夫のほうが天文学者よりも優れている 921C*.

電話(Telephone)　電話で助けが呼ばれる 958C*.

と

問い(Question)　花嫁の持参金(求婚者の職業)についての問い 2019，山びこが問いに答える 1701，誤解された問い 1334，献金のうちどれくらいを自分のものにするかという問い 1855E，自分の息は臭いかというライオン(オオカミ)の問い 51A，庭で最も美しいものについての問い 925*，自分よりも敬虔なものがいるかという聖ペトルス(隠者)の問い 756D*，鉄と黄金でどちらがより価値が高いかという問い 677. ― 聖職者の質問が誤解される 1833A, 1833B，主人の巧みな質問が，作男がわかっていないことを明らかにする 1574*，謎めいた質問に正しく答える 875D，娘たちが幸せなのは誰のおかげかと，父親が娘たちに質問する 923B，家族は食前の祈りをどのように唱えるかという問い 1841，秘蹟はいくつあるかという問い 1832D*，ロバの値段はいくらか繰り返し質問される 1551*，説教の中の修辞学的な問いが本気に取られる 1833J，説教の中の修辞学的な問いが誤解される 1833，支配者が農夫に彼の息子たちの職業を尋ねる 921B*，船乗りが海で死ぬことへの質問に，機転の利いたお返しの質問で答える 921D，聖職者の宗教的な事柄に関する質問に対する愚かな答え 1833B, 1833D，簡単な質問に対する愚かな答え 1832T*，なぜ髪の毛はひげより先に白髪になるのかという問い 921C，男のばかにした質問に対して，女がばかにした質問をし返す 879.

砥石(Whetstone)　砥石を井戸に落とす 1415.

トゥーランドット(Turandot)　851.

塔(Tower)　姫の隠れ場所としての塔 575，隔離場所としての塔 898，避難場所の塔にネズミが登る 751F*，牢獄としての塔 434, 712, 870，住みかとしての塔 310，塔の高さを測る 1250A，天国へ届く塔 980*. ― 金持ちのふりをするために塔を燃やす 859，ビンゲンのハツカネズミの塔 751F*，塔が倒れるまで待つ 1526A**.

銅(Copper)　銅の弓と矢 322*，銅貨の契約が悪魔を消耗させる 1182A.

同意，取り決め(Agreement)　聖職者と教会の雑用係の取り決め 1781，(農夫と説教者の取り決め) 1735，お爺さんの尻から皮膚を切り取るという取り決め 1920H，掻かない(くしゃみをしない，自分の体に触れない)という取り決め 1565，2人の嘘つきの取り決め 1920F，報酬を分けるという取り決め 1610，嘘つきが過度な嘘をつき始めたらつま先を踏むという取り決め 1920D. ― 最もすばらしい夢を見た物が最後のパンのかたまりを食べていいという取り決め 1626.

当局(Authorities)　1525M.

同衾者(Bedmate)　妻が夫を代理の同衾者でだます 1379.

洞くつ(Cave)　隠れ場所としての洞くつ 327D，財宝の隠し場所としての洞くつ 561, 562, 954，救出場所としての洞くつ 750E, 899A, 967，強盗たちの住みかとしての洞くつ 965*. ― 洞くつの中から呼び声が聞こえる 66A，洞くつの中で裸の女とセックスをした夢 1407A*，洞くつに閉じ込められる 434, 870.

陶工(Potter)　陶工が王を喜ばせて褒美をもらう 921E*.

投獄(Imprisonment)　(不可能な仕事を成し遂げて相談役が解放される) 875B，(瓶の中の霊）862，奴隷として投獄される 888A，夢を話すことを拒んだために投獄される 725，山が動いて投獄が終了する 756G*，不実な妹に対する投獄 315，姦淫者（不貞の愛人たち）の投獄 861，宮廷で女の子を投獄する 705A，夫が投獄される 888，無実の女の投獄 707，894，自慢に対する罰として男を投獄する 880，妻の投獄 891．— 洞くつ（塔，等）に投獄されていた姫が自らを解放する 870，支配者が後悔している泥棒を牢屋から釈放する 921A*，求婚者が投獄から自分の身を解放する 853．— 囚われの身（Captivity）も見よ．

投獄された（Imprisoned）　投獄された夫が妻に開放される 935．

同情する（Pities）　少年が物乞いに同情する，男が鳥に同情し看病する 537，動物たちに同情した男がお礼を受ける 554，貧しい少女が腹をすかせた動物たち（物乞い）に同情する 545A*，召し使い（神）が罰せられた女に同情する 459，お婆さんが末の弟に同情する 571．

動物（Animal）　動物が女に病気の父親を訪ねることを許す 425C，旅に出た動物と物 295，援助者としての動物（雄牛，雌牛）511, 545B, 897，動物が誰かに脚のとげを抜いてくれと頼む 2034F，動物嫁 400, 402, 409A，動物の花嫁と花婿 65, 72, 75, 218, 243*，救われた動物嫁 402*，動物婿 409A, 425*, 433B，動物婿が人間たちを食べる 312A，動物になった兄と妹 450，援助者としての兄弟たち 465，姉妹の夫たちは動物 302C*，援助者としての義理の兄となった動物たち 552，動物が穴（井戸，罠）に捕らえられる 31，長く子どもができなかったあと，子ども（ロバ）が生まれる 430，動物の子ども（ヘビ）433B，動物の子どもが並外れた力を持つ 301，動物の子どもたちがキツネ（ジャッカル）に食べられる 56B，動物の子どもたちが猫に気をつけるよう警告される 112**，動物がたいへんな量の食べ物をむさぼり食う 2028，動物の父親と子どもたち 68, 157B, 222，動物の父親と息子 72B*，232C*，代用品としての心臓（その他の臓器）671, 709, 883A，動物の家庭（ヘビとカニ）279*，愛人の代わりに長持ちに入れられた動物 1419B，揺り籠の中の動物が赤ん坊と間違われる 1525M，月にいる動物 751E*，女の服を着せられた動物 1525M，動物がほかの動物にけがをさせられる 2042A*，客たちに侮辱された動物が消える 425*，動物が超自然の存在を殺す 545B，動物の王 48*，動物がレースをして王を選ぶ 250A，学ばれた動物の言葉 517, 671–674, 781，動物の言葉が理解される 511, 517, 537, 540, 613, 670–674, 951A，酩酊の影響を知らせるために動物が酔わされる 485B*，動物が約束の娘の代わりの女を拒否する 425A，動物の皮が焼かれる（脱がされる）430，動物の皮が焼かれる（盗まれる）465，水浴びをしている女の動物の皮が盗まれる 313，娘婿となった動物たちと彼らの魔法の食事 552，動物説話 1–299，嵐が来ると思って動物が自分を縛らせる 78A，動物が裏表逆にされる 1889B，未知の動物 1281，動物の声が模倣される 106，「じゅうぶん（やめろ）」という奇妙な名前の動物 2271．— 黒い動物と白い動物 301，悪魔が動物の言葉を理解する 314A*，動物の喉から骨を抜いてやる 156，動物がほかの動物を食べる 2024*，高価な動物を安く売る 1551，大きな動物 1960，幸運をもたらす動物 739*，男が動物嫁と結婚する 465，人が動物の言葉を理解する 206，動物の母親と子ども 36, 37, 56A, 56B, 72*, 93, 123, 120A*, 228，動物の結婚 65, 72, 75, 103A, 2019*，動物の母親と子どもたち 122G, 247, 285B*，動物の母親が子どもたちに猫に気をつけるよう警告する 112**，動物の両親と子ども 157A，動物の両親と子どもたち 244C*, 276，魔法が解けて動物の姿から王子になる 444*，危険から救ってくれたら動物を捧げると約束するが，約束が履行されない 778，動物の体の構造に基づいた質問と答え 2011，小動物が不幸な事故で死ぬ 2022，動物婿としてのヘビ（竜，海の精霊）425M，動物婿の花嫁としての超自然の存在 425A，オオカミがほかの動物と間違われる 1311，女が動物の子どもを産む 409A, 441，末の弟がお婆さんから魔法の黄金の動物をもらう 571.

動物たち（Animals） 動物たちと物たちが旅をする 210，動物たちとソーセージが家事を分担する 85，助言者としての動物たち 431，敵としての動物たち 1310，育ての親としての動物たち（コウノトリたち）709A，援助者としての動物たち 210*, 327A, 530–539, 897, 2019*，逃走の援助者としての動物たち 314A*，動物たちが援助を頼む 480, 2015，動物たちが聖家族を裏切る 750E，動物たちが家を建てる 124，動物たちが道をつくる（井戸を掘る）55，動物たちは人間から隠れることはできない 157C*，動物たちがキツネをまねる 33，動物たちが神と悪魔によって創造される 773，動物たちが世話をしている最中に魔法で姿を消す 556F*，動物たちが互いに食い尽くす 20A，動物たちが互いに食べ合う 231*, 2030，夜に動物たちが泊まる 130–130D*，ノアの箱船に乗った動物たち 825，居酒屋に行った動物たち 211B*，動物たちが海で危険にさらされる 204，動物たちが人間の恐ろしさを学ぶ 157，動物たちが葬列に参加する 2021，動物たちを溺れさせて罰する 1310，永い留守のあと，動物たちが飼い主だとわかる 974，動物たちが和解させられる 1331，メンドリの卵が割れたことに，動物たちが悲しみを示す 2022B，動物たちが魚を盗む 1，子どもたちが動物たちとすり替えられる 707，動物たちがオンドリに呑み込まれる 715，動物たちが安全のために体を結びつける 78，動物たちが面倒を見られるか，または虐待される 314，動物たちが男といっしょに歩き回る 303，動物たちが自分たちの罪を懺悔しようとする 136A*，動物たちが炭焼き人の火で暖まる 59A，奇妙な名前の動物たち 2010I, 2010IA. ― 動物たち（カエルとハツカネズミ）が互いの体を結ぶ 278，動物たちに生命を吹き込む 773，動物たちの競い合い 120，舅が娘婿たちに魔法の動物たちを連れてくるよう要求する 530A，野獣たちとの戦い 304，招待する側の動物が，食事を出すときに互いを欺く 60，動物たちの王（猫）113, 113A，動物たちの結婚 103A，パンケーキ（その他の食べ物）が人間や動物に出会い，彼らはパンケーキを食べようとする 2025，動物たちの巡礼の旅 20A, 20C, 20D*，親切な動物たちによる結婚式の準備 2019*，2 匹の動物の競走 275，口をきく動物たち 781, 945，動物たちが魔法の品にくっつく 571，ちっちゃなちっちゃな動物たち 2016.

動物たちの裁判（Animals' trial） 220A.

動物の（Animal's） 動物の頭が鍋にはまる 1294，治療の証拠としての動物の心臓 305，動物の凍ったしっぽ 2. ― 動物の頭をした子どもが生まれる 711.

動物の足（Paw） オオカミの足が小麦粉で覆われる 123.

動物の足（複数）（Paws） 男がオオカミたちの足をナイフで引き裂く 169K*.

逃亡（Flight） 最期の瞬間に逃げる 779F*，人食い姫の脅しのために逃げる 871，姿を変えながら逃げる 311，囚われの身からの逃走 939，巨人の腹の下のほら穴から逃げる 485，魔法を使って変身してデーモンから逃げる 313，デーモン（たち）からの逃走 480, 1154，悪魔からの逃走 314A*, 332C*，竜の支配からの逃走 302C*，翼の生えた馬の助けで死刑から逃れる 575，巨人からの逃亡 328A，殺人者の家からの逃走 955，ライオンからの逃亡 899A，鳥に変身してニクスから逃れる 316，だまして求婚者たちから逃げる 881A，地下世界から(へ)逃げる 313E*，動物の援助を伴う魔女(強盗)からの逃走 314A*，魔女の(鬼の)袋から逃げるが無駄である 327C，みすぼらしい服を着ての逃亡 935，魔法の荷車に乗って逃げる 327D，誘拐犯の逃走 860B*，動物たちの世界の果てへの逃走 20C，建築家が地下の通路を通って逃げる 980*，鳥たちが網もろとも逃げる 233B，花嫁と花婿の代理が逃げる 855，花嫁が人食いの花婿から逃げる 312A，花嫁が幽霊の花婿から逃げる 365，花嫁が前の恋人といっしょに逃げる 885A，兄と妹が悪い継母から逃げる 450，母親の警告によって兄弟たちが逃げる 451，兄弟たちが鬼の家から逃げる 327B，人食いオオカミからの逃走 361*，子どもたちが魔女の家から逃げる 327A，説教中に聖職者が逃げ出す 1785，悪魔が逃げる 1164，盗まれた魔法の品々を持って判定者が逃げる 518，魔法使いの弟子が逃げる 325，男が 2 人の強い男から逃げる 650B，母親と子どもたちが強盗たちの家から逃げる 955B*，愛人が裸で逃げる 1359C，鬼の逃走 1132，危険だと思って強盗たちが逃げる 327G，囚われの身からのオンドリの逃走 20D*，ニクスに与えると約束された息子が逃げる 316，継妹が雌牛(雄牛)とともに逃げる 511，求婚者たちが戦ったあとに逃げる 940，一角獣からの逃亡が井戸の中で終わる 934F，女と愛人の逃亡 1360B，女が強盗から逃げる 956B，女が男の服を着て逃げる 883A，末の弟が逃げる 315A，エジプトへの逃避行 750E，夫とともに逃げる 880，姫との逃避行 856. ― 祖母に罰せられることを恐れて逃げ出す 545A*，呪的逃走 310, 313, 314, 400, 425B, 857，2 人兄弟が逃げるときに別れる 567A，2 人の恋人が逃げる計画を立てる 61A. ― 逃げる(Escape)，逃げる(Run away)も見よ.

逃亡者(Fugitive)　逃亡者としての恋人 1419D，魔法の指輪が逃亡者にしゃべることを強制する 1137.

逃亡者たち(Fugitives)　洞くつにかかっているクモ(クモの巣)が逃亡者たちを追っ手から守る 967.

糖蜜(Treacle)　糖蜜を女に塗る 1138.

トウモロコシ，穀物(Corn)　トウモロコシと小麦 293E*，穀物が 1 度に 1 粒運び出される 2301. ― 並外れて背の高い穀物 1920A*.

同僚(Colleague)　1860D.

遠く(Distance)　(絵姿で)遠くから恋に落ちる 302B, 403, 465, 516，途方もなく遠くが見える(聞こえる) 1920E*.

トカゲ(Lizard)　433B, 559，トカゲがヒョウ(トラ)に恥をかかせる 181.

時(Time)　(何十年，何百年) 471A，(300 年) 470，(3 日間) 425M，(3 晩) 307, 313, 401A*, 410*, 425A，断食の期間が終わる 35B*，時は来たが，男は来なかった 934K，死の時が説明される 934H，支払いの時 1185, 1185*，待ち合わせの時間を寝過ごす 861. ― 指定の時 811A*，寿命についての間違った予言 934G，時を止められる男 304，嘘をついている暇がない 1920B，賠償の時を引き延ばす 1184，悪魔と会う時を延期する 1188，長い時間のあとの帰還 470A, 471A，支配者が時間の相対性を経験する 681，一定の時間で課題の準備をする 1091. ― 日々(Days)，時間(複数)(Hours)，瞬間(Moment)，最後の瞬間，年(複数)(Years)，等も見よ.

度胸(Courage)　度胸試し 940.
徒競走(Footrace)　子牛が徒競走に勝つ 1268*.
研ぐ(Whetting)　ナイフを研ぐ 1015.
毒(Poison)　リンゴ(ひも，櫛)に仕込まれた毒 709. — 男が解毒剤を使って王の子どもを救う 160，ヘビが人から毒を吸い出さなければならない 182.
研ぐこと(Sharpening)　爪を研ぐ 1095，回転砥石で舌を研ぐ 1177**.
毒殺すること(Poisoning)　夫を毒殺する 1351F*.
独身の男(Bachelor)　1685.
徳の高い(Virtuous)　徳の高い男が死後の世界での自分の運命を知る 840B*.
毒ヘビ(Adder)　毒ヘビと母親 285A*，子どもたちの食事の中に毒を入れる 285A*. — ヘビ(Serpent)，ヘビ(Snake)も見よ.
毒を盛られた(Poisoned)　毒を塗った骨が兄を殺す 315，毒を入れられた食事 285A*, 516, 851, 1313，殺人の武器としての毒を仕込まれた爪(歯，骨) 709A.
とげ(Thorn)　とげが動物の足から抜かれる 2034F，とげがライオンの足から抜かれる 156.
時計(Clock)　隠れ場所としての時計 123. — 時計のカチカチという音がハツカネズミのかじる音と誤解される 1321D*.
時計(Watch)　時計が悪魔の目(動物)と間違えられる 1319A*．だまされて時計を失う 1807A
溶ける(Melts)　凍った頭がとける 1968，アイスクリームがポケットの中で溶ける 1272*，ぬれたろうそくがストーブの上で溶ける 1270．とけること(Thawing)も見よ.
解けること(Thawing)　凍った言葉(音楽)がとける 1889F. — 溶ける(Melts)も見よ.
どこ(Where)　父親はどこにいたか 1833B，ガチョウよ，お前はどこにいたのか 2011，倉庫はどこか 2043，キリストはどこにいたか 1833C.
どこにでも現れる(Ubiquitous)　どこにでも現れる物乞い 1525K.
床屋(Barber)　535, 927C, 1351G*, 1702，床屋が男を不当に訴えて有罪判決を受ける 978，床屋がロバの耳を見つける 782，王の喉をかき切るために雇われた床屋が洗面器の底に書かれた警告を読む 910C，床屋が走っている野ウサギの毛を刈る 654，未婚のお婆さんの皮を剝ぐ 877，床屋が鍛冶屋の代わりに処刑される 1534A*. — 兵隊が床屋に，上手にひげがそれたら報酬を約束する 910C*.
床屋の(Barber's)　床屋の看板(今日はお金，明日は無し) 1541***.
屠殺すること(Slaughtering)　共同で屠殺したあとのパーティー 1792，屠殺ごっこ 1343*.
年(Year)　占星術師が，支配者は 1 年以内に死ぬと予言する 934G，1 年間の王が島に追放される 944，悪魔を縛っている鎖が毎年復活祭に自然と新しくなる 803，1 年後 1182A，1 年間の王が最も愚か者 944，年の月々が出来事や活動と結びつけられる 2012，1 年 822*，毎年同じ古なじみの話 1833F，7 年物の粥が鍋とフライパンにこびりついている 1453***.
年(複数)(Years)　3 年 1015, 1531，4 年 811A*，7 年 361, 425D, 451, 475，10 年 940*, 1182A，12 歳 855，15 歳 410, 887, 933，16 歳 855，17 歳 933，20 年 506*，30 年の寿命 173，40

年 1833F，300 年 766，600 年(それ以上) 332C*，動物に 10 年(25 年)以内に話すこと(読むこと，祈ること)を教える 1750B，いなくなった息子が数年後に両親のもとに戻ってくる 935，男が数年間，鳥の看病をする 537，何年もあとに殺人が発見される 960D，30 年後に殺人の復讐がなされるという予言 960B，金持ちは 100 年に 1 度しか天国に来ない 802，眠りが長年にわたる 766，7 年後しか話さない 1948.

年上の(Older)　ひげの毛は髪の毛よりも年上 921C.

年老いた(Aged)　年老いた父親が恩知らずな行為を経験する 980. — 老いた(Old)も見よ.

閉じ込められる(Locked)　豚が誤って教会に閉じ込められる 1838，夫(姦婦)が閉め出される 1377，妻が塔に閉じ込められる 1419E.

閉じ込めること，罠にはめること(Trapping)　聖職者を袋に閉じ込める 1525A，井戸に閉じ込められているふりがなされる 1614*，愛人を長持ちに閉じ込める 1419B，動物の死骸(水差し)の中に動物を閉じ込める 68, 68A，罠から餌を取るためにだまされやすい者を罠にかける 35B*，鉄に誓いを立てたときにオオカミが罠にはまる 44.

土地，地(Ground)　馬の皮(牛の皮)で土地を測る 927C*. — 地中に跳び込む競争 1086，斧(鋤)で自分のことを地面から掘り出す 1882，地面を踏んで火を出す 1064. — 地上，土(Earth)も見よ.

途中で(Midway)　水を跳び越えている人が途中で方向転換する 1889J，砲弾に乗っている男が途中で引き返す 1880.

特権(Privilege)　主人の特権 1572*.

とっぴな行為(複数)(Escapades)　1337，町の人々のとっぴな行動 1338.

ドッペルゲンガー(Bilocation)　756E*.

徒弟たち(Apprentices)　1791.

徒弟の(Apprentice's)　徒弟の夢 1572M*.

トナカイ(Reindeer)　8*.

トーバ(Toba)　1542.

トビアス(Tobias)　トビアスの聖者伝 507.

飛び込むこと(Diving)　映ったものをめがけて(犬，オオカミ，デーモン，ばか，男)が飛び込む 34, 34A, 92, 1168A, 1336, 1336A.

飛び跳ねる(Jumps)　水を跳び越えている人が途中で方向転換する 1889J.

飛び跳ねること(Jumping)　飛び跳ねる競争 275B, 1086，1 つの砲弾から別の砲弾に飛び乗る 1880，ズボンに飛び込む 1286，氷の穴に飛び込んで死ぬ 1260，川に飛び込む 1297*，魚を捕るために海に飛び込む 1260**，結婚の条件として高い干し草の山を飛び越える 1460，杭を飛び越える 23*，鳥を捕まえるために飛び跳ねる 1098*，父親のこん棒を捜すために飛び跳ねる 1098*.

扉(Door)　扉が強盗たちの上に落ちてくる 1653，ドアの番をする 1009，扉を間違える 1293C*，背の高い花婿にとっては教会の扉が小さすぎる 1295A*. — 農夫が食器棚の扉を窓と間違える 1337C，禁じられた扉 401A*.

飛ぶ(Fly)　誰がいちばん高く飛べるかという競争 211, 221A，飛び方を習う 225，カメが飛び方を習いたがる 225A.

飛ぶこと(Flying) 魔法の品としての飛ぶじゅうたん 518, さまよえるオランダ人 777*, ワシの背中に乗って飛ぶ 537, 魔法の翼で塔の姫のところへ飛んでいく 575.

泊まること(Lodging) 泊めてくれるが食事は出ない 1548, 人里離れた家に泊まる 1791*, 放浪者が農夫の妻の許可(誘い)を誤解する 1691C*. — 真実を話す人というものは泊めてもらえないものだ 1691B*.

泊まること(Night's lodging) 挨拶を招待だと理解して泊まる 1544.

富(Riches) 貧しい相続財産が富に代わる 545B, 1650.

富(Wealth) 盗みと嘘によって富を得る 790*, 貧しい男に対する褒美としての富 810A, 富が幸せにつながらない 754, 予言による富 332, (人格化された)運を叩いて富を得る 735, 不運な事故によって富を得る 1535, 幸運によって富を得る 677, 736, 986, 1659, 富を想像する(夢見る) 1430, 富が思い上がりを招く 751C*, たまたま金持ちの男の富を相続する 1651A*, 富を装う 545B. — 求婚者の富を実証する 1688, 富を自慢することが罰せられる 836, 音楽家でばくち打ちの賢い行動が富につながる 926A*, 賢い妻が富を手に入れる 923B, 悪魔との契約が貧しい兵隊に富を約束する 361, 貸し手と借り手が富を分ける 1654, 富を得た人々が祈りを忘れる 774E, 子どもをもらう約束をした代わりにニクスが富を約束する 316, 一文無しの花婿が金持ちのふりをする 859, ミルクを売って富を得る 1161A, 盗まれた富 327A, 328, 328A.

トム・ティット・トット(Tom Tit Tot) 500.

どもること(Stuttering) どもりの下男がよくない知らせを伝えようとする 1562J*.

どもる人(Stutterer) どもりの人がほかのどもりの人に話しかけられる 1702, どもりの人がどもりを隠せない 1457, どもりの人が男女の仲を取り持ちに行く 1457*.

トラ(Tiger) 5, 21, 50, 51, 52, 59*, 75, 75*, 103C*, 111A, 125, 151, 155, 156, 160, 181, 896, 934, 1148B, 1333, 2024*, トラと動物(人間)の勝負 78, トラとジャッカルが体を結び合う 1149, トラと男(動物) 1131, 1149, 1168A, トラが猿に, 猿の太鼓を叩かせてくれと頼む 49A, トラが雌牛をだます 131, トラがヤギに追い払われる 126, トラが子どもたちの泣き声におびえる 1149, トラが鳥に殺される 228, 嵐が来ると思って, トラが自分を縛らせる 78A, トラが獲物(猿)を失う 122H, トラを馬と間違える 177, トラがスズメバチに刺される 49A, 手伝いが必要なふりをしている男にトラがだまされる 38. — 人食いトラが殺される 312A, トラ, 猿, 男が穴に閉じ込められる 160.

捕らえられた(Caught) 捕らえられた鳥がキツネを説得して話させて(祈らせて)逃げる 61, 捕らえられた狐が叩かれる(殺される) 47A, キツネがまんまと逃げる 67**, 薪(木の割れ目)に挟まれる 38, 151, 1159, 1882A, 穴ウサギ(キツネ)が見張りに泥を投げつけて目をくらませて逃げる 73, 捕まった羊がキツネに解放される 44, 捕まったオオカミが叩かれる 41, 誓いを立てるときにオオカミが捕まってけがをする 44. — ツバメの警告にもかかわらず, 鳥たちが罠に捕らえられる 68*, キツネが水差しに捕らえられる 68A, ジャッカル(地リス)が死んだ象の内部に捕らえられる 68, ライオン(その他の動物)がハツカネズミ(その他の動物)を放す 75.

ドラコス(Drakos) 667.

トラズニー家(Trazegnies) 762.
トラたち(Tigers) トラたちが捨てられた少年を養子にする 535, トラたちが自分たちの1頭にけがをさせた男を罰しようとする 121.
トラの(Tiger's) トラの挟まれたかぎ爪 38, トラの秘密を男が話す 181.
トラブル(Trouble) トラブルメーカー(ジャッカル) 59*, (お婆さん) 1353, (召し使い) 1573*, 今のトラブルか後のトラブルか 938, 938A, 姫が苦悩を探す 871*, 召し使いがトラブルを引き起こす 1573*.
トラヤヌス(Trajan) 938.
捕らわれた者(Captive) 捕らわれた動物たちが身代金を払って自らを解放する 159, 捕まった男が仲間に首を切ってくれと頼む 950, 捕らわれた者が捕獲者をだまして逃げる 122. ― 妻(娘)が囚われた夫(父)に授乳して死から救う 985*.
囚われの身(Captivity) 鳥で囚われの身となる 580. ― 熊と人が穴に囚われの身となる 156C*, 魔女に捕らわれた弟 480A*, 驚くべき能力を持った援助者が, 姫をデーモンによる囚われの身から救う 667, 王が囚われの身から逃げる 939, 王が強盗たちを囚われの身から救う 951A, 男が強盗たちの家に囚われている 956, 魔法の指輪で囚われの身から救われる 561, 姫を囚われの身から救う 590, 653, 強盗が息子たちを囚われの身から解放する 953, 捕らえられた支配者が敵の支配者の息子たちに本当の血統を尋ねる 920B*, ヘビがうっかり囚われの身に戻る 155, 兵隊が自分を囚われの身から救う 562, 荒男が囚われの身から解放される 502. ― 投獄(Imprisonment)も見よ.
トランプ遊び(Playing cards) 1613.
鳥(Bird) 6, 9, 57, 62, 211, 220-249, 285A, 289, 301, 303A, 304, 314, 316, 405, 408, 413, 425D, 433B, 434, 444*, 449, 450, 471, 471A, 551, 575, 592, 610, 665, 736, 781, 843*, 854, 871, 872*, 920A*, 926D, 927, 938B, 955, 984, 1098*, 1322A*, 1325*, 1354, 1416, 1422, 1431, 1525E, 1528, 1640, 1698H, 1837*, 1882, 1927, 1960A, 2012, 2023, 2301, 鳥の助言者がキツネに食べられる 56A, 鳥とジャッカルは友達 223, 鳥と震えている猿 241, 農夫が収穫を始めると, 鳥とひなが畑を去る 93, 鳥を家族メンバーに適切に分ける 1533, 鳥が助言者になる 56A, 150, 鳥が枝に自分を揺すってくれと頼む 2034A*, 鳥が約束を破る 242, 沼地にはまった男の頭に鳥が巣をつくる 1900, 鳥が男を黄金の山に運ぶ 936*, お世辞を言うキツネに鳥が捕まる 61, 鶏がキツネの策略によって捕らえられる 56A*, 鳥がキツネにだまされて食べられる 56D, 恋人が鳥に姿を変える 432, 鳥が新しい服をつくらせる 235C*, 鳥の夫を捜す 425B, 432, 痛みが平気な鳥 2041, 鳥が熊(トラ, オオカミ)を殺す 228, 鳥の王(ハヤブサ) 231**, 鳥の王(選び) 221, 221A, 221B, 学ばれた鳥の言葉 517, 671, 673, 鳥が(車輪のハブの中に入れられ)もっとおいしくされる 122D*, 真実の鳥 707, 鳥が捨て子を育てる 705A, 鳥が本当の花嫁が本物であることを明かす 510A, 鳥が木の幹の運び方を示す 1248, 王の息子たちが鳥を探し求める 550, 鳥がお金を盗む 945A*, スズメが殺された犬の復讐をする 248, 鳥がほかの鳥に巣のつくり方を教える 236, 鳥が崖(塔)から投げられる 1310C, 鳥を宙に投げる 1062, 鳥が食べられる前にもっとおいしくされる 122D*, 鳥がキツネをだます 61, 鳥が大きくなろうとする 228, 狩人が撃つまで鳥が待つ 246, 鳥の結婚式 224. ― 助言をする鳥がキツネに食べられる 56A, 鳥と馬と姫 550，鳥とハツカネズミとソーセージ 85，どんな鳥が好きかという質問に対する答えによって後継者を選ぶ 920B，鳥を飼うために町の門を閉める 1213，農婦が罰として鳥に変えられる 751A，救助者としての巨大な鳥 322*，巨大な鳥が鬼の死体を 3 日間食べる 327D，大きな鳥 1960J，不注意な鳥が狩人に撃たれる 246，口をきく鳥を探す 707，鳥の歌が真実を明かす 720，ハチ（ハト，ワタリガラス）の姿をした魂 808A，口をきく鳥 537，飼いならされた鳥と野鳥 245，鳥を飼うために町の門を閉める 1213，どちらの鳥が父親か 232C*，どの鳥がもっとも美しいか 247．— 個々の鳥の名前の項を見よ．

取り替えられた（Substituted） 取り替えられた花嫁 403C, 404, 408, 450, 870，取り換えられた卵 240，取り替えられた尿 1739．— 動物が愛人の代わりに長持ちに入れられる 1419B，床屋が鍛冶屋の代わりに処刑される 1534A*，袋に入れられた人の代わりとしてのハチの巣 1177, 1168D，猫が人の代わりに袋の中に入れられる 311B*，代わりの男が死刑判決を受ける 1534A，夫が愛人の代わりをする 1441B*，鉄の男が少年の代わりに鬼と戦う 1162，雌馬（ロバ）が花嫁の身代わりにされる 1440，溶かしたバターが溶かした黄金の代わりにされる 1305，お婆さん（木の人形，くその山）が女の身代わりをする 1441*，切り落としたペニスに見せかけて石を代用する 1543*，ゴミを獲物と取り替える 67A*，ろうの人形が死んだ女の身代わりをする 885A，妻が夫の身代わりをする 1133，野獣が家畜の代わりをする 1910，木の剣をサーベルの代わりにする 1736A.

取り替える（Change） 囚人たちを解放するために服を取り替える 861，ベッドの中で場所を替える 303A，不実な旅の道連れ（悪魔，ひげのない男，ジプシー）が役割を交代することを強いる 531，役割の交換（女中と恋人）892，役割の交換（姫と奴隷（女中））533, 894，役割の交換（妻と夫）881，姿を変える 303A, 403, 409A, 425A, 425D，夜，姿を変える 411, 425E，動物の子どもが姿を変える 300A，キツネが修道士に姿を変える 36，感謝している死者が姿を変える 505，魔法使い（デーモン）が夫に姿を変える 926A，超自然の花婿が姿を変える 425B, 432，盗まれた財産が変わる 1592A，風向きを変える 1276*，羊飼い（羊）に姿を変えたオオカミ 123B．— 褒美としての姿を変える能力 301，だまして精霊の姿を変えさせる 331，姿を変えて逃げる 311，兵隊と靴職人が自分たちの信仰を変えたがらない 1736B．— 変装する（Disguise），交換（Exchange）も見よ．

取り替える（Changes） 聖ペトルスが神とベッドの中で場所を取り替える 791.

取り決め（Bargain） カッコウが鳴くと取り決めが終わる 1029，取り決めが取り消される 1382，兄弟との取り決め 1030*，犬（その他の動物）とオオカミ（その他の動物）の取り引き 102，悪魔との取り引き 360, 361, 813*, 1164, 1170, 1182, 1182A, 1188．— 欺きの取り決め：いっしょに断食をする 1562A*，取り引きで意見が合わない 1654，契約後にしか（市の日にしか）飲まない 1447，いい取り決め 1642，だんだんと悪くなる（よくなる）取り引き 2034C，愚かな息子の愚かな取り引き 1643．— 契約（Contract）も見よ．

取り消される（Annuled） 結婚が取り消される 1406A*.

取り調べる（Investigates） 高位の動物がけがした状況を取り調べる 2042A*.

鳥たち（Birds） 8, 135*, 157C*, 220–249, 313, 313E*, 325, 326, 327A, 400, 405, 425B, 451, 517, 613, 670A, 671, 671E*, 673, 750E, 851, 921F*, 960A, 1325*, 1348*, 1365D, 1365E, 1381, 1405, 1716*, 1962, 2028，鳥たちと鳥猟師 233D，鳥たちと四つ足動物たちの戦争 22,

222A, 222B, 援助者(救出者)としての鳥たち 314A*, 327F, 510A, 王子の性格の象徴としての鳥 920B, 鳥たちがビールを醸造する 234A*, 鳥たちが道をつくる(井戸を掘る，等) 55, 鳥たちが動物の皮に入った男を登れない山に運ぶ 936*, 鳥たちがカメを空へと運ぶ 225A, ツバメの警告にもかかわらず鳥たちが罠に捕らえられる 68*, 鳥たちが罠について話し合う 68*, 鳥たちがツバメの忠告を無視する 233C, 鳥たちの王を選ぶ 221A, 鳥たちの王としてミソサザイを選ぶ 221, 221B, 鳥たちが網(籠)から逃げる 233A, 鳥たちが卵を交換する 240, 鳥たちが網もろとも飛び立つ 233B, 鳥たちが会議を開く 220, 鳥たちが飛ぶ競争をする 211, 鳥たちが灰からエンドウ豆をより分けるのを手伝う 510A, 網にかかった鳥たちが死んだふりをして逃げる 233A, 渡り鳥たちとクロライチョウ 232, 鳥たちが未来を予言する 516, 鳥たちが魂をめぐって口論する 808A, 木のシロップにくっついた鳥たちが木を運び去る 1881*, 鳥たちが，カラスが借りた羽根を取り上げる 244, 鳥たちが男の運命について話す 930*, 鳥たちがオオカミにだまされて食べられる 62*, 鳥たちが人殺しの家だと警告する 955. — キツネが鳥のひなたちをだます 56, 男が鳥の言葉を理解する 537, 愚かな農夫が鳥の数を数える 1683*.

鳥たちの(Birds')　(スズメたちの)生き方 157B, 鳥たちの会話を立ち聞きする 432, 613, 鳥たちの会話が夫の記憶をよみがえらせる 313, 鳥たちの言葉を習得する 432, 鳥たちの言葉が理解される 537, 930*, 鳥たちの暮らす場所 232.

取り憑かれた(Haunted)　取り憑かれた城 1159, 勇気のテストの場所としての幽霊の出る城 326, 326A*, 取り憑かれた宿屋 1161.

取り憑かれていること(Possession)　悪魔に取り憑かれる 1164, 女たちが内に悪魔を持っている 774A.

トリックスター(Trickster)　1138, 1358, 1380A*, 1476B, 1526, 1526A, 1534D*, 1537–1544, 1546, 1551, 1553, 1555B, 1563, 1565, 1577, 1577*, 1588***, 1590, 1592, 1615, 1620, 1676, 1676C, 1685, 1698C, 1740. — ペテン師(Cheater)，詐欺師たち(Swindlers)も見よ.

トリックスターたち(Tricksters)　1526A, 1551, 1675, 1740B.

取りに行くこと(Reaching)　エンドウ豆を探すために皿の中に潜る 1562F*.

鳥の心臓(Bird-heart)　魔法の鳥の心臓 567, 567A.

取り除くこと(Clearing)　自分の体を掻かずに畑からイラクサを取り除く 1565, 肥やしを片づける 1035.

取り外すこと(Removing)　義肢を取り外す 1379*, 盗みをはたらいたと思われる聖像を取り外す 1572A*.

取り引き相手(Business partner)　882.

取り分(Share)　聖職者がよりよい取り分を主張する 1831B, ライオンの取り分 51. — 分配すること(Dividing)，分配(Division)も見よ.

取り戻す(Recovering)　献金箱からコインを取り返す 1735B, 夫が物乞いに与えたお金を取り戻す 1424*.

取り戻すこと(Retrieving)　与えた豚を取り戻す 1540A*, 与えたお金を取り戻す 1540, 盗まれたお金を取り戻す 1617*.

取り戻すこと(Taking back)　価値のない雌牛を取り戻す 1214.

努力(Efforts) ある人が「神がお望みになるなら」を言い忘れて，努力が失敗に終わる 830C.

鳥猟師(Fowler) 233A, 233B. ― 鳥猟師のうるんだ目が哀れみだと誤解される 233D.

トリレヴィップ(Trillevip) 500.

トール(Thor) 客としてのトール 1165.

トルコ人(Turk) 910A, 1533C.

取るに足らない(Insignificant) 取るに足らない者が黄金(銀)になる 476. ― 男が取るに足らない馬を報酬として選ぶ 302C*.

奴隷(Slave) 1682, 救済者だと誤解された女奴隷 894, 王の奴隷が黄金を出さなければならない 567A, 兄が妹だと知らずに奴隷を身請けする 938*, 奴隷が裕福な主人に自分を買わないよう警告する 926A*. ― 去勢された(目を見えなくされた)奴隷が自分を苦しめた者の子どもたちを殺す 844*, 奴隷として投獄される 888A, 王が奴隷として売られる 939, 旅の道連れとしての身請けした奴隷 516, 奴隷として仕える 874, サルタンが男の服を着た女に奴隷を贈る 888, 2 人の男が奴隷を共同で使う 1682**.

奴隷状態(Slavery) 姫を奴隷状態から解放する 505.

奴隷たち(Slaves) 874, おしゃべりのために奴隷たちが再び捕まる 1341A.

ドレス(Dresses) 太陽，月，星々のようなドレス 510B.

泥棒(Burglar) 泥棒とスリ 1525Q.

泥棒(Thief) 571, 660, 804, 950, 960C, 1004, 1341B, 1525B, 1525D, 1525E, 1525H, 1525J, 1525K*, 1525L*, 1534A, 1536C, 1545B, 1571*, 1631A, 1740, 1792B, 聖職者が泥棒を免罪する 1840B, 泥棒はロバ 1529, 泥棒が本性を現す 1833J, 1833K, 泥棒がすすで黒くなる 1624B*, 敬虔な男が泥棒のために神の恵みを祈る 810A, 泥棒が支配者の寝室に忍び込む 1525Q, 泥棒が盗んだお金を戻す 1617*, 泥棒が捕まる 1147*, 泥棒が動物に変えられていたと主張する 1529, 泥棒が白状する 921A*, 1807A, 泥棒が豚を追い立てたと告白する 1807, 泥棒がロープを盗んだことを告白する 1800, だまされた泥棒 1341D, 泥棒が逃げる 1528, 1530, 1530*, 盗んだ物の持ち主の助けで泥棒が獲物を持って逃げる 1564*, 泥棒が説明をする(言い訳をする) 1624, 1624A, 1624C*, 賢明な裁判官によって泥棒が暴かれる 926C, 聖職者が赤毛の子どもたちの父親であることを泥棒がばらす 1805*, 泥棒が犬に餌をやるが無駄である 201D*, 泥棒が教会の雑用係と聖職者をおびえさせる 1791, 変装した泥棒が泥棒を追いかけてやると申し出る 1528, 泥棒は外国人 1865, 泥棒が死後の世界での自分の運命を知る 840B*, 泥棒が犬と間違われる 1341A*, 聖職者を運んでいる教会の雑用係を泥棒が自分の仲間と間違える 1791, 泥棒が盗んだベーコンを持ち主に勧める 1624B*, 泥棒が歌を歌って(ダンスを踊って)獲物がどこにあるか教える 1525L*, 泥棒が盗んだ物を持ち主の納屋へ運ぶふりをする 1564*, 泥棒が盗みを披露するふりをする 1525B, 泥棒が魔法の品々を返すと約束する 566, 泥棒が，結婚式に招待する代わりに逃がしてもらう 1148B, 泥棒がお金を盗み別の物を入れる 1225A, 泥棒が農夫に桶の中で待つように言う 1629*, 泥棒が自分が見つかったと思う 1530*, 1833J, 1833K, 泥棒を裸にして木に縛りつけ虫たちの好きにさせる 958A*, 泥棒がロバに変えられる 753*, 泥棒がうっかり自分からばらす 976, 泥棒が盗まないよう警告される 1341. ― より腕のいい泥棒が妻を得る 1525Q，農夫が息子たちの本当の職業は泥棒，物乞い，人殺しだと言う 921B*，農夫が泥棒を裸にして木に縛りつけて仕返しをする 958A*，泥棒としての宿屋の主人 475, 563，月光の中の泥棒 1341D，竜の肝臓を盗む宿屋の主人 305，家の主人が泥棒と話をする 1341C，泥棒の名人 653, 1525, 1525A, 1525D, 1525G，王子が高慢な妻を泥棒だとさらし者にする 900，後悔した泥棒が雌牛を返す 1636，泥棒の疑いをかけられた男が死刑を宣告される 706D，泥棒としての仕立屋 1574, 1574A，3 人兄弟がダイヤモンド泥棒を見つけようとする 655，天国から泥棒のお婆さんに足のせ台を投げる 800，泥棒を柵の向こうに投げ飛ばす 1634E*.

泥棒たち（Thieves）　851, 1341A, 1341C, 1348, 1525D, 1525H, 1525H$_4$, 1525L*, 1530*, 1790, 1875，幽霊としての泥棒たち 1740B，泥棒たちが馬脚を現す 1792B，泥棒たちが聖ペトルスに祝福される 751D*，泥棒たちが獲物をだまし取られる 1525J，泥棒たちがハチの巣箱に隠れた少年にだまされる 1525H$_4$，しるしをつけたコインに泥棒たちがだまされる 1615，泥棒たちが物乞いに貴族の服を着せる 1526，泥棒たちが暴露される 700，木から落ちてきた物に泥棒たちがおびえる 1653，泥棒たちが動物の行動を誤解する 130，泥棒たちが王の宝物倉から盗みをはたらく 950，泥棒たちがハチたちを盗む 1525H$_4$，泥棒たちが服を盗む 1525J，泥棒たちがお互いに盗む 1525E，泥棒たちが教会から物を盗む 1641B*，泥棒たちが連続した策略で夕食を手に入れる 1526A. ― 動物たちが泥棒たちを森の家から追い出す 130，昼の泥棒と夜の泥棒 1525Q，犬が泥棒を追い払う 178B，死を間近にした男が(2 人の泥棒の間にいる)キリストのように感じる 1860B，盗みをはたらく馬たちが息子と援助者たちに捕まる 530，親指小僧が泥棒たちに売られる 700，3 人の賢い兄弟が泥棒だと思われる 655，2 人(3 人)の泥棒 1525K*, 1525L*，2 人の泥棒が同じ女と結婚する 1525Q，2 人の泥棒が食料と動物を盗む 1791. ― 強盗たち(Robbers)も見よ.

泥棒の旅（Thieving expedition）　1525R, 1653.

トロル（Troll）　仲のいいトロルと農夫 1165，トロルと作男 1153，トロルと男 1161，トロルが花嫁と花婿を石に変える 303A，トロルの腹が切り開かれる 2028，トロルが猫に殺される 545A，トロルがいちばん太ったヤギを待つ 122E，女トロル 650A.

トロルたち（Trolls）　611, 1948，戦いで敗れたトロルたち 303，トロルたちが兄弟たちを脅す 328*.

どんぐり（Acorns）　どんぐりが植えられる 1185.

トンネル（Tunnel）　愛人の家へのトンネル 1419E.

ドン・ファン（Don Juan）　470A.

貪欲（Greed）　貪欲のせいですべての財産を失う 555, 565, 751B*，貪欲さのために隣人のこぶが 2 つになる 503. ― 貪欲さのために子どもが殺される(捨てられる) 832，貪欲によって黄金の卵を産むガチョウが殺される 219E**，貪欲さから助けになる動物(ヘビ)がけがをさせられる(殺される) 285A，貪欲さゆえの殺人が暴かれる 671E*, 960, 960A，貪欲さから両親が知らずに自分たちの息子を殺す 939A，泥棒が王の貪欲を非難する 951A.

貪欲な（Avaricious）　貪欲な聖職者 1842A*.

貪欲な，食いしんぼうの（Greedy）　貪欲な兄弟が魔法のひき臼を買う(盗む) 565，貪欲な兄が強盗たちに殺される 954，夢を見ている貪欲な男が現実を悔いる 1543A，がつがつ食べることを思いとどまらせる 1691, 貪欲な農婦が動物に変身させられる 751A, 貪欲な農婦が 2 匹のヘビを養い子にしなければならない 751B, 食いしんぼうの婚約者 1454*, 貪欲な金細工職人が存在しない黄金に支払いをする 1546, 貪欲な宿屋の主人が客をだます 563, 貪欲な王が異界への渡し守になる 461, 貪欲な男が弟に首を吊るよう勧める 740**, 貪欲な男が自分の宝を見つけられずに自殺する 740**, 貪欲な隣人が魔法の品々を手に入れる(盗む, 買う) 564, 貪欲な隣人の女がもてなしに対して褒美をもらえない 750*. — 守銭奴, 欲張り, けち(Miser)も見よ.

な

内蔵(Entrails) トリックスターの提案で内蔵が食べられる 21.

ナイフ(Knife) 魔法の品としてのナイフ 576, 殺人のにせの証拠として枕の下にナイフを置く 706C. — ナイフを研ぐ 1015.

ナイフ売り(Knife-dealer) 1265*.

長い(Long) 長い狩り 1889N, 長い鼻 1288**, 長い冬 1541.

半ば友達(Half-friend) 半ば友達が必要なときに助ける準備がある 893.

仲間, 旅の道連れ(Companion) 506*, 507, 513A, 519, 531, 613, 650B, 753A, 759, 785, 812, 950, 952, 961, 1154, 1339D, 1346A*, 1349D*, 1525L*, 1525N*, 1529, 1691, 1775, 1525H_4, きつい仕事をするよう仲間が頼まれる 1561**. — 賢い旅の道連れ 1626, 借金を抱えて死んだ者が旅の道連れの姿で現れ, その人だとわからない 505.

仲間たち(Company) 仲間たちが音頭取りと同じように歌う 1694.

仲間たち(Comrades) 仲間たちが川に飛び込む 1297*. — 障害のある(目が見えない, 足が不自由な, 口がきけない, 耳が聞こえない, 裸の)仲間たち 1965. — 仲間たち, 旅の道連れたち(Companions)も見よ.

仲間たち, 旅の道連れたち(Companions) 935, 952, 954, 1148B, 1335A, 1336, 1525C, 1591, 1626, 1694, 仲間たちが危険な夜番を経験する 304, 仲間たちが頭のない死体を見つける 1225, 仲間たちが互いに盗みの手助けをする 1525L*, 1525N*, 仲間たちがオオカミたちを狩る 1229, 並外れた能力を持った仲間たち 301, 302B, 513–513B, 654. — 欺く旅の道連れに対する罰としての死 301, 旅の道連れが殺人の罪で死刑判決を言い渡される 1697. — 仲間たち(Comrades)も見よ.

長持ち(Chest) こっそり探るための隠れ場所としての長持ち 1536A, 黄金が入っていると思われている長持ちが子どもたちに年老いた父親の面倒を見るよう仕向ける 982. — 長持ちに入れられた愛人(動物) 1419B, 長持ちの中の女 1536A. — 袋(Bag), 箱(Box), 袋(Sack)も見よ.

泣き女(Mourner) いい泣き女の認定のために歌う 37.

鳴き声(Crowing) オンドリの鳴き声 1199A, オンドリの鳴き声が悪魔を追い払う 810A*, オンドリを食べた男の腹から聞こえてくるオンドリの鳴き声 715, 教会でのオンドリの鳴き声が礼拝式の答えの部分の合図と間違われる 1828.

泣く(Weep) ほかの教区から来た来訪者が泣かない 1834*.

泣く(Weeps) 母親が死んだ子どものことで泣く 769.
泣くこと(Crying) 聖職者のすてきな声のために泣く 1834, 泣いている子どもたちが動物を怖がらせる 1149, 助けを求める叫びが歌(祈り)と間違われる 1694, 助けを求める叫びが役立たない 1333, お金の無駄遣いのことで泣く 1834. — 泣くこと(Weeping)も見よ.
泣くこと(Weeping) 地獄で泣いたり歯ぎしりしたりする 804C*, 策略により礼拝の会衆が泣いて笑う 1828*, 泣いている雌犬 1515, 将来生まれてくる子どもの運命を憂いて泣く 1450. — まだ生まれていない子に超自然の妻が約束されると, まだ生まれていない子は泣くのをやめる 409B*. — 泣くこと(Crying)も見よ.
慰め(Consolation) 死刑囚への慰めとしての神との晩餐 1806, 未亡人が聖書の中に慰めを見いだせない 1512*.
嘆く(Lament) 人々, 動物たち, 物が小動物の死を嘆く 2022.
嘆くこと(Mourning) 死んだ夫のことを嘆く 1510, 死んだ子どもたちのことを母親が嘆く 934C, 嘆きの言葉を文字どおりに取る 1346.
投げる(Casting) 動物の目を投げる 1006, 1006*, 娘を放り出す 883C.
投げること(Throwing) 動物の目を投げる 1006, 父親の試験としてリンゴを投げる 675, 斧を投げる 1246, 崖から鳥を投げる 1310C, 鳥を宙高く投げる 1640, こん棒を投げる 1063, 投げる競争 1036, 1063A, カエルを壁に叩きつける 440, 子羊を投げ捨てる 1551, 木の実を投げると, その木の実がメンドリの目を叩き出す 2021B, 頑固な妻を川に投げ込む 1365C, 石を投げる 1062, 1063A, 石を宙高く投げる 1640, もし悪い判決だったら石を投げる 1660, 泥棒を柵の向こうへ投げ飛ばす 1634E*, 熟していない果実をくれた人に投げつける 1689.
仲人(Matchmaker) 1378, 1457*, 仲人と求婚者が愚かな花嫁を訪ねる 1463A*, 仲人が花婿に食べすぎないように警告する 1691A. — 仲人としてのキリスト 822, 仲人はどもりである 1457*.
成し遂げる(Achieving) 障害と相容れない離れ業を成し遂げる 1965.
ナスレッディン・ホッジャ(Nasreddin Hodja) 1542, 1552*, 1563*, 1592, 1635*, 1826, 1848A, 1862A.
なぜ(Why) なぜ天国にはこれほど聖職者が少ないか 1738, なぜコウモリは夜しか飛ばないか 222A, なぜ豆には黒い縫い目があるか 295, なぜ熊はアリを食べるか 280, なぜ熊のしっぽは短いか 2, なぜ猫は家の中にいて, 犬は寒い外にいるのか 200D*, なぜ犬たちが互いの匂いを嗅ぎ合うか 200B, なぜ髪の毛はひげよりも先に灰色になるのか 921C, なぜ野ウサギの唇は裂けているか 47A, 70, なぜ野ウサギたちが小道を飛び越えるか(山を走って越えるか) 72B*, ジプシーにとってなぜ盗みは罪ではないか 1638*, なぜほかの鳥たちはフクロウを追いかけるのか, または, なぜフクロウは夜しか活動しないのか 221B, なぜワタリガラスは 3 月に卵を産むか 280, なぜ海は塩辛いか 565, なぜ 7 番目の子どもは赤い髪をしているのか 1425B*, なぜカメの甲羅にひびが入ったか 225A, 233C, なぜ聖ペトルスは禿げになったか 774J.
謎(Riddle) (オオカミとヤギとキャベツを川向こうへ渡す) 1579, (求婚者テストとして, あざを描写する) 850, (シラミの皮を当てる) 857, (卵の数を当てる) 1346A*, (どちらの鳥が父親か）232C*，謎を解くことが要求される 725，悪魔が謎を解けない 1178，悪魔の謎が解かれる 822*，殺された恋人についての謎 927，授乳する母親についての謎 927，支配者の出した謎が賢い召し使い（羊飼い，粉屋）によって解かれる 922，サムソンの謎 927，生まれていない者についての謎 927，求婚者が姫に出した謎 851，動物の数を明かす謎 1579*．—（変装した）鬼（物乞い，強盗）が謎の答えを知る 857，謎の答えが先祖を明らかにする 920B*，職人が王の謎を解く 921F*，悪魔の謎かけ 812，農夫が王の謎を解く 921F*，支配者の謎を大臣が解く 922A，陶工が王の謎を解く 921E*，兵隊が謎かけで答える 1544A*，争いの調停をするための課題として謎を解く 875，学生たちが怪物の答えによって謎を解く 500*，謎が解けないと，被告人が死刑判決を免れる 927，女が不合理な謎を解く 875A．

謎（複数）（Riddles） お爺さんの援助によって謎が解かれる 545D*．

謎めいた（Enigmatic） 謎めいた表現 926C*，謎めいた課題が悪魔に与えられる 1178，謎めいた出来事が説明される 471．— 一見不可能な課題としての謎めいた提案を解釈すること 875D．

名づけ親，代父（Godfather） 代父と代母 1441B*，死神の名づけ親 332，名づけ親が 3 つの盗みのテストを要求する 1525A．— キツネが名づけ親になったふりをする 15．

名づけ親（Godparent） 名づけ親が子どもにどんな名前をつけたらいいかわからない 1821．

名づけ親たち（Godparents） 名づけ親たちが聖職者の言うことをすべて繰り返す 1821．

名づけ親の女（Godmother） 援助者としての名づけ親の女 511．— 子どもが人食いの名づけ親の女を訪ねる 334，女（産婆）がカエルの子どもの名づけ親になる 476*．

名づけ子（Godchild） 910A．— 洗礼で，名づけ子がすべての願いがかなう力を授かる 652．

名づける（Naming） 子どもに名づける（洗礼名をつける）1821，丸い（深い，大きい）物の名前を挙げるだけ 1437，競争として木の名前を挙げる 7．

7（Seven） 7 人の眠り聖人 766，7 賢人が王子の教育を命じられる 875D*，1 打ちで 7 匹 1640．

7 つめ（Seventh） 7 つめのケーキで満腹になる 1295，7 番目の子どもが赤い髪をしている 1425B*．

7 マイル（Seven-mile） 魔法の品としての 7 マイルブーツ 400, 518．

7 リーグ（Seven-league） 7 リーグブーツ 569．

何（What） 神は何をしているか 1738，神が彼に与えた物 1572B*，どんな種類の鳥 920B，ダビデは何と言うか 1833A，何と言うべきだったか（すべきだったか）1696．

何もしないこと（Idleness） 何もしないことを手伝う 1950A．

何も～ない（Nothing） 神なくして何事も起きない 934D．

鍋（Pot） 動物の頭を外すために鍋が壊される 1294，鍋が不平を言う 1264*，鍋が主人のために盗みをはたらきに出かける 591，鍋が子どもを生んで死ぬ 1592B，鍋が歩けると考えられる 1291A，3 本脚の鍋 1291A．— 魔法の鍋が自ら粥でいっぱいになる 565，魔法使い（デーモン）が細い壺に這い込むことができる 926A．

名前(Name) (グレゴリー(Gregory)) 933, 識別のしるしとしての名前 551, 名前を言い当てる 1091A, 名前がわかる 500, 1099. ― ばかげた(奇妙な)名前(カニ, コオロギ, クマネズミ) 1641, (じゅうぶん, やめろ) 2271, (棒を持ってこい) 1530*, (やせっぽち, ふとっちょ, しっぽ) 2205, (自分自身) 1135, (ピフ・パフ・ポルトリー) 2019, (羊飼い) 1530*, (何か) 1821, (愚かな) 1543E*, (こんな男) 1138, (こんな物) 1138, (ツグミのひげ) 900, 女に名前で呼びかけると女が再び話し始める 898, 花婿の名を呼ぶと城と富が消える 425*, ヘビという名を呼ぶことが禁じられる 409A*, 植物から来た子どもの名前(ペトロシネッラ, ラプンツェル) 310, 呪いの言葉で悪魔の名前を言う 1352, 名前を呼ばれて口がきけないのが治る 703*, 神(アラー, 処女マリア, 聖人)の名前を呼んで悪魔を消す 817*, 名前を聞いて王子が恋に落ちる 408, 516, メイドの名前が誤解される 1691D*, 男の名前を呼んで本人だとわかる 855, クリストフォロスの名前の起源 768, 高貴な一族の名前の由来 762, 特定の名前の人全員から税金を要求する 1661, いやな名前がかわいい名前に変えられる 1461.

名前(複数)(Names) 罪人たちの名前を悪魔が書き留める 826. ― 性器の荒唐無稽な呼び方 1545B, 性格を表すばかげた名前 1543E*, 変な名前の動物たち 1530*, 1562A, 2010I, 2010IA, 三位一体の人物の名を動物(ボタン)で連想する 1833D, 聖職者が礼拝に遅れてきた人たちの名前を呼ぶ 1835*, 風変わりな名前が誤解を招く 1940, 子どもたちのとっぴな名前 883C, 作男がばかげた名前で呼ばれる 1545, 下品な名前 1424*.

涙(Tears) 涙が若者を魔法の眠りから起こす 300. ― 涙から生まれた動物 301, 涙を水差しに集める 769, 母親が死んだ子どものことで涙を流して泣く 769, 女が樽を涙でいっぱいにしなければならない 315, 894.

なめること(Licking) 女の「傷」をなめる 1178.

納屋(Barn) 納屋が燃える 752A, 1562A.

成り済ますこと(Impersonating) 死んだ男に成り済ます 1588***.

名を呼ばれる(Named) 教会の礼拝で名を呼ばれる 1831C.

南京虫(Bedbug) ベッドの中の南京虫 282C*.

難破した(Shipwrecked) 難破したコウモリと潜水鳥とイバラの茂み 289, 海で遭難した少年が島に逃れる 611.

に

2(Two) 2人兄弟 303, (エジプトの) 2人兄弟 318, 1つの弾薬で2つの弾丸 1890, 1890F, 2本のろうそく(神と悪魔) 778*, 2つの贈り物が王に与えられる(ビートと馬) 1689A, 2人姉妹と熊とこびと 426, 2つの物が1つ分の値段で売られる 1265*, 2匹の強情なヤギ 202, 2人の旅人 613.

匂い(Scent) ― 匂いを追っている猟犬が戻ることを拒む 1889N.

匂い(Smell) 死んだ男の匂い 1139, お金のチャリンという音で食事の匂いを買う 1804B.

匂いをかぐ(Smells) オオカミが捕まえた肉の匂いを, キツネがかぎつける 35A*, 巨人が人間の肉の匂いをかぎつける 328A.

逃がすこと(Releasing) うっかり穴ウサギを逃がす 1876*.
ニガヨモギ(Wormwood) ニガヨモギはスズメを揺すりたがらない 2034A*.
肉(Flesh) 絞首台の死体から肉を切り取り食べる 366,仲間の肉を食べる 1149. ― 借り主の体から1ポンドの肉を切り取る 890,娘が父親に自分の肉を勧める 1373B*,強盗たちが母親と子どもたちに人間の肉を食事として出す 955B*.
肉(Meat) キャベツの餌としての肉 1386,自分の胸の肉 1373B*,罠に仕掛けられた肉 35B*,スープから肉を取り出す 1572B*,肉がヒキガエルになって恩知らずな息子の顔に飛びつく 980D,愚か者が家に持って帰った(調理した)肉が動物(タカ,犬,猫)に盗まれる 1689B. ― すべての肉がけちな仕立屋の皿に載る 1568**,夫の近くにいちばんいい肉を置く 1568*.
ニクス(Nix) 粉ひき小屋の池のニクス 316. ― 水(Water)の項の水の精霊(Water nix)も見よ.
肉体的な(Carnal) お婆さんが肉体的な罪を思い出して楽しむ 1805.
肉屋(Butcher) 756D*, 920B*, 921B*, 952, 1642, 1833A, 2030, 2031,悪魔に変装した肉屋 831,愛人としての肉屋 1419G,肉屋がキツネを捕まえる 67**,肉屋が盗まれた肉の支払いを要求する 1589,肉屋が農夫をだます 1539, 1675,肉屋が悪魔に,豚が連れ去られたらいいと望む 1186.
肉屋(複数)(Butchers) 1539.
荷車(Cart) 財宝をいっぱいに積んだ魔法の荷車 327D.
逃げる(Escape) だまして逃げる 1310A, 1310C,賢い助言をして逃げる 1634E*,熊から逃げる 179, 179A*,性交を強いられて逃げる 871*,近親相姦から逃げる 706C,非常事態から逃がれる 1419,タールを塗った人形に捕まった動物が逃げる 175,動物がほかの動物から逃げる 5,動物たちが逃げる 227,動物たち(雄羊たち,ヤギたち)が食べられることから逃げる 122K*,動物たちが狩人から逃げる 246,動物たちが飼い主たちから逃げる 126A*, 130B, 130C,動物たちがおびえて逃げる 103A*,熊がイノシシから逃げる 171A*,熊が薪の山に登ってオオカミたちから逃げる 87A*,鳥がキツネの口から逃れる 61,捕らわれた動物が捕獲者を説得して逃げる 122D,捕まった動物たちが嘘(言い訳,説得)によって逃げる 122G, 122Z,捕まったリスが言い訳(説得)によって逃げる 122B*,ザリガニが逃げる 227*,鹿が逃げる 239,悪魔が逃げる 1199A,家畜たちが逃げる 130D*,家畜たちが飼い主たちから逃げる 130, 130A,キツネの逃走 33, 73,キツネが熊の子どもたちを食べたあと逃げる 37,食料を盗んだあとにキツネが逃げる 67**,キツネが鳥の復讐から逃げる 56B,キツネが獲物を持って逃げる 52,カエルたち(カモたち,魚たち)が野ウサギから逃げる 70,ヤギが逃げる 212,野ウサギがだまして逃げる 183*,キツネのいやいやながらの援助によってハリネズミが逃げる 105*,ジャッカルが自分の巣穴にいる動物から逃げる 66A,(不貞をはたらいている)愛人たちが逃げる 1776,恋人たちの逃走 1419E,猿がトラの手から逃げる 122H,雄牛が囚われの身から逃れる 122L*,パンケーキ(その他の食べ物)が食べられることを防ぐために逃げる 2025,穴ウサギが見張りに泥を投げつけて目をくらませて逃げる 73,幸運な出来事によって穴ウサギが逃げる 1876*,クマネズミが猫の手から逃げる 122B,強盗たちが逃げる 1527,雄鹿が角のせいで逃亡に失敗する 77，泥棒が逃げる 1528, 1530, 1530*，野獣たちが正体不明の動きにおびえ逃げる 179B*，野獣たちが家畜たちから逃げる 103，木こりたちが木の中から聞こえてきた声におびえて逃げる 1877*，ミソサザイが逃げる 221B，木の上に逃げる 121，新婚初夜に逃げる 1542. ― 捕らえられた動物がうまく逃げる 6, 6*, 122，捕らえられた鳥たちが網(籠)から逃げる 233A，キツネが食料を盗んだあとまんまと逃げる 41，キツネが最後の願いを使ってまんまと逃げる 53，男がヒョウの(トラの)手から逃げる 181，男がオオカミからうまく逃げる 152A*，キツネが獲物を持ってうまく逃げる 3*，猿(穴ウサギ)が口実を使ってうまく逃げる 91，雄羊がオオカミの手からうまく逃げる 122M*，愛人がこっそり逃げる 1419J*，オオカミの逃亡が失敗する 40A*，女が熊からうまく逃げる 160*. ― 逃亡(Flight)，逃げる(Run away)も見よ.

逃げる(Escapes) 自慢しているキツネが追跡者たちから逃げる 105*，驚くべき能力を持った少年が逃げる 671E*，キツネが犬たちから逃げる 135A*, 154，釘づけにされた動物が自分の皮から飛び出して逃げる 1896.

逃げる(Run away) 鳥が逃げられない 1213，棺の担ぎ手たちが墓地から逃げる 1676C，おびえた強盗たちが逃げる 1653, 1654，母親と子どもたちが自分たちを迫害する夫の両親から逃げる 706，懺悔者たちが誤解して逃げ出す 1806A*，兵隊たちが仕立屋の英雄的な手柄を聞いて逃げる 1640，動物たちが逃げるときに，結んでいたしっぽがちぎれる 2A. ― 逃げる(Escape)，逃亡(Flight)も見よ.

逃げること(Escaping) 鳥が逃げるのを防ぐ 1213.

逃げること(Fleeing) 逃げるパンケーキ 2025. ― 逃亡(Flight)，逃げる(Run away)も見よ.

ニシン(Herring) 1565**，ニシンが魚のレースに勝つ 250A. ― 愚か者がカエルをニシンと間違える 1339F，酢漬けニシンを湖に入れる 1310.

にせ金作り(Counterfeiter) 921A*.

にせの(False) 嘘の罪 706, 710, 712, 892, 978, 1373, 1373A*, 1537*, 1697, 1741, 1838*，にせの美容治療 8，にせの花嫁 403, 408, 425A, 450, 533，義肢 1379*，にせの聖者の使い 1543. ― 土地のにせ所有者が誓いをする 1590. ― にせの(Sham)も見よ.

にせの(Sham) オオカミの見せかけの告白 77*，にせ医者が，ある処方箋がすべての患者にいいわけではないと学ぶ 1862F，いんちきな博士が能力テストに合格する 1641，にせの聖者猫 113B，にせ医者 1137，にせ医者が病人たち(仮病の人たち)を殺すと脅して治療する 1641D，にせ医者が人々を治療するふりをする 1641D*，にせ医者が尿検査から診断するふりをする 1641A，にせ医者がノミ取り粉を売る 1862A，にせ医者がこけおどしで人々を脅す 1563*，にせの獣医 1862D.

煮た(Cooked) 煮た穀物を蒔く 1200，かたまりのたくさん入った粥を煮る 1458*，煮てある米しか贈り物として受け取らない 1951.

日曜日(Sunday) 日曜日は教会に行く日 1405*. ― 日曜日の冒瀆行為 779J*.

日光(Sunbeam) コートを陽に干す 759B.

日光(Sunlight) 日光を袋に集める 1245. ― キニク学派の人(ディオゲネス)が日光だけを望む 1871C.

日光(Sunshine)　ひなたぼっこに値しない 1572L*.

荷馬車(Wagon)　贈り物としての荷馬車と馬 1420B，荷馬車をタールで塗る 1017，荷馬車は馬が引いていく所へ行く 1861A，荷車に積み荷が積まれておろされる 1242，だまして旅人の荷車を盗む 1525C，荷馬車が重くて雨でぬれた馬の引き具が伸びる 1917. ―荷馬車の前と後ろに馬をつないで引かせる 801. ―荷車(Cart)も見よ.

荷物(Load)　岩で積み荷のバランスをとる 1242A，引き具のひもが縮んで荷物が丘を引き上げられる 1917. ―アリが自分と同じ大きさの荷物を運ぶ 280，2 頭のロバとその荷物 211.

入場(Entry)　みすぼらしい服のために入場を断られる 1558，雄羊の彫像に入って姫の部屋に入る 854.

入浴すること(Bathing)　赤ん坊を沸騰したお湯に入れる 1408, 1680，祖母を風呂に入れる 1013，子どもたちの血の中での水浴が重い皮膚病(Leprosy)を治す 516C，竜の血での入浴 650C，ミルク(油)の風呂に入る 433B, 531，川で水浴びをする 775，沸騰したお湯に母親を入浴させる 1681B. ―水浴する乙女の姿の鳥たち(その他の動物たち) 400，入浴している人の服が盗まれる 757，水浴している女の服が盗まれる 425M，水浴びをしている女の服が盗まれる 413，水浴びをしている女の白鳥の服が盗まれる 313.

ニュース(News)　故郷の(ばかげた)近況 1931, 2014, 2040，神の死についての知らせを聞いたことがない 1833E.

尿(Urine)　召し使いが妊娠した雌牛の尿を聖職者の尿と取り替える 1739.

尿検査(Urinalysis)　診断のための尿検査 1641A.

庭(Garden)　モグラに入られないように庭が舗装される 1282，3 回庭を破壊し修復する 314. ―魔女の(魔法使いの)庭 310.

庭師(Gardener)　314, 408, 452B*, 652, 861A, 931, 945, 1689A.

鶏(Chicken)　3*, 20C, 20D*, 53, 67A*, 85, 650A, 785, 785A, 841, 980D, 1260A, 1354, 1373B*, 1382, 1525D, 1533, 1544A*, 1552*, 1862C, 1960J, 2010I, 2022, 2034，鶏がほかの動物に捕らえられる 6, 6*，鶏がキツネの策略によって食べられる 56A*，主婦と愛人がこっそり鶏を食べる 1741. ―焼かれた鶏(その他の家禽)が生き返る 960C，鶏小屋の中の夫 1419A.

鶏たち(Chickens)　920A, 1284*, 1385, 1407A, 1533, 1741, 1750, 1930，鶏とオンドリがいっしょに暮らす 61B，ゆで卵から生まれてくる鶏たち 821B，鶏たちをひもでいっしょに結ぶ 1408C.

荷を運ぶ動物(Pack animal)　655. ―ロバ(Donkey)，馬(Horse)も見よ.

人形(Doll)　879，悪魔の花嫁の身代わりとしての人形 314A*，殺される妻の身代わりの人形 883B，人形が王の尻にかみつき，くっつく 571C，窃盗防止のタール(ワックス，のり)の人形 175，人形がお金を生み出す 571C，人形が盗まれ，取り戻される 571C. ―大工が少女のように見える人形を彫る 945，子どものない夫婦が自分たちのために人形をつくる 898，人形に恋をする 459，ろう人形が死んだ女の代わりに埋められる 885A.

人魚コーラ(Cola Pesce)　434*.

人間(Humans)　人間と寿命 173，人間と野獣たち 150-199.

人間の(Human)　人の鎖 1250，くじびきで人間の生け贄を決める 973．— 竜が人間の生け贄を要求する 300, 303，強盗たちが人間の肉を溶かす 956，強盗たちが母親と子どもたちに人間の肉を食事として出す 955B*．

認識(Identification)　人々を認識する 1284C，識別のしるし 302C*, 930A，識別のしるしを交換する 951A，見知らぬ求婚者のための識別のしるし 530，識別のしるしが治療してくれた者に与えられる 432，兄弟たちが嘘つきであることを，識別のしるしがばらす 530A，認識のしるし(うろこ，毛皮，羽根) 665．— 識別のしるしとしての生まれつきのあざ 402，識別のしるしをつける 950，識別のしるしとしてチョークで輪をつける 954，識別のしるしとしての王子の名前 551，本人のしるしとして魔女の娘のへそから葦が生える 403C，識別のしるしとしての指輪 301D*, 432, 505, 510A, 510B, 510B*, 882, 883B, 974．— 証拠の品(Token)も見よ．

認識(Recognition)　314, 951A，識別のしるし(うろこ，毛皮，羽根)による認識 665，名前でわかる 855，歌うことで姪だとわかる 311B*，花嫁と花婿が相手を見てそれとわかる 301D*, 313, 408, 425D, 440, 871，寓意的な課題(表現)によって花婿だとわかる 926C*，竜退治をした男だと姫がわかる 314，皇帝だと認識されること 757，家族だとわかる 883A, 938，父と娘が互いに相手のことがわかる 570A, 883C, 923，感謝している死んだ男を認識する 505，馬(木)がかつての夫であるとわかる 318，夫と妻が相手を認識する 881, 881A, 939，質問に正確に答えるので夫だとわかる 974，母親と息子が互いを認識する 674, 933，姫だとわかる 920A，王の子どもたちだということがわかる 707，両親が息子のことがわかる 402，変身した息子を同じハトの群れから見分ける 325，本当の花嫁を認識する 313, 404, 408, 425A, 510A, 510B, 510B*，恋人同士が相手をわかる 432, 575，妻だとわかる 409, 712, 888, 891, 938B，女が当該の人物であることが認識される 871*，末の弟が認識される 551．

認識されない(Unrecognized)　認識されない竜退治をした男 314，気づかれていない恋人が結婚式に来る 885，正体を知られていない王子が危険な課題を成し遂げなければならない 531，王子が正体を知られずに馬上試合に出る 502，気づかれずに女中(ガチョウ番)として仕える姫 510B，姫が気づかれずに父親の(恋人の父親の)宮廷に仕える 870，息子が両親のところに戻るが認識されない 517, 939A，気づかれずに花嫁の代理をする 870，正体を知られていない身代わりが支配者の難しい問いを解く 922，女が妻だと気づかれずに夫と性交する 891，女が認識されずに饗宴に参加する 510A, 510B，動物へ変身した女が認識されない 409A，末の娘が父親を結婚式に招待する 923．— 仲間の正体がばれないよう，捕まった泥棒が自分の首を切り落とすよう頼む 950，借金をして死んだ男が旅の道連れの姿で現れ認識されない 505，敵の軍隊が見知らぬ騎士に負かされる 314，変装した王が身分を知られずに旅をする 873, 951A, 952，男が気づかれずに友人の妻と過ごす 516C，正体を知られずに父親の家に仕える 883A．— 変装する(Disguise)，未知の(Unknown)，訪問(Visit)の項の地上の訪問，女(Woman)の項の男の服を着て変装した女も見よ．

認識する(Recognize)　自分のことがわからない人物 1419E．

認識する(Recognizes)　ライオンが援助者のことを覚えていてわかる 156，女が夫の手仕事（籠作り）で夫のことがわかる 888A*.
認識すること（Recognizing） 恋人を認識すること 884，裸の皇帝のことを認識できない 757，しるしで自分を認識する 1284B，自分の足を認識すること 1288，自分たちの町を認識すること 1275，物語が嘘だとわかる 1920H，尻で妻がわかる 1268*.
妊娠（Pregnancy） 果物（等）を食べて妊娠する 312D, 462, 675，にせの恋人に妊娠させられる 1542*，罪人（罪人の体の一部）に触れて魔法で妊娠する 788，誘惑によって妊娠する 883B，身分を知られていない王が妊娠させる 873，雪を食べて妊娠する 1362，魔法の魚（果物）を食べて夫が妊娠する 705A，ユダヤ人の女（修道女）が学生（聖職者）に妊娠させられる 1855A，姫の妊娠 854, 1542，姫（妃）が妊娠して追放される 570A. ― 姫が鳥の姿をした男に会い，妊娠する 434，妊娠を隠すために代理が王子と結婚しに行かされる 870，喜ばれない妊娠 900. ― 受胎（Conception）も見よ.
妊娠した（Pregnant） 妊婦が夫に追い出される 425E，妊娠した女が誘惑される 1424，妊娠した女が魔女の庭からハーブを盗む 310. ― 男が妊婦に変装する 1545A*，けちが妊娠していると信じさせられる 1739A*.
忍耐力（Patience） 終わりのない話を聞いていて忍耐が尽きる 2301，ヨブの忍耐力を賞賛する 1811B. ― 妻が忍耐力で従順さの試験に合格する 887.

ぬ

縫うこと（Sewing） 縫い物対決 1096，うっかりコートの外側に盗んだ布の切れ端を縫う 1574A，シャツを縫うが頭を通す穴がない 1285，2 つに割れた馬を縫い合わせる 1889P.
盗まれた（Robbed） 盗みにあった人に聖職者が間違えてお悔やみを言う 1843A.
盗まれた（Stolen） 盗まれた動物が服を着せられ座らされる 1525M，揺り籠の中の盗んだ動物 1525M，盗んだ動物を売るために塗る 1631A，盗まれた動物が再び市場に現れる 1529，盗んだベーコンを持ち主たちに勧める 1624B*，盗まれた雌牛が持ち主に返される 1636，盗んだ目を巨人に返す 328*，ハム（ヤギ）が盗まれる 1840B，布の盗まれた切れ端 1574A，盗まれた物が泥棒に与えられる 1525K*. ― 盗まれたお金（物）を返すよう要求する 715，料理している肉を動物（タカ，犬，猫）に盗まれる 1689B，悪魔が盗まれたお金を取り戻す 475.
盗み（Theft） 魔法の品で盗みを成し遂げる 951A，物語が語られている間に盗みをはたらく 1525L*，女の巧みな答えによって盗みがばれる 875A，棺からの盗み 990，魔女の庭から盗む 310，地下貯蔵室での盗み 41，動物の皮を盗む 313，ベーコンを盗む 1624B*，水浴びをしている女の服を盗む 425M，獲物を盗む 67A*，誘惑としてパンを盗む 810A，バターを盗む 1525N*，竜が天の明かりを盗む 300A，鶏が歌で盗みを暴露する 960C，服を盗むと，王の役割を交代することができる 757，水浴びをしている女の服を盗む 413，聖職者と教会の雑用係が雌牛を盗む 1790，ツァーのために王冠を盗む 485，超自然の存在に目を盗まれる 321，羽根のコートを盗み，鳥が飛ぶことを妨げる 400，魚泥棒 1，食料を盗む 40A*，名づけ親を演じて食料を盗む 15，食料を盗むのに失敗する 67**，動物が果物を盗む 175，超自然の存在によって果物が盗まれる 301, 550，巨人のお金（メンドリ，ハープ)を盗む 328A，黄金のあぶみを盗む 790*，豚を盗まれたことを否定される 1792B，馬を盗んだことを馬のせいだと説明する 1624C*，腹を空かせた召し使いの盗みが盲目の主人にばれる 1577*，弁護士の犬がはたらいた盗みに罰金が科される 1589，魔法のナイフを盗む 576，魔法のひき臼を盗まれる 565，魔法の品々を盗む 400, 563-566, 569, 571, 590，主人のお金を盗む 1545，動物を盗んだことが歌でばれる 1735A，鬼の財宝を盗む 328，死んだ親族の頭蓋骨(骨)を盗む 1676D，証拠として指輪が盗まれる 882，強盗たちの財宝を盗む 954，聖者の絵(像)が教会から盗まれる 1826A*，ヘビの王冠を盗む 672，羊(豚)を盗む 1525M，宝を盗むことに失敗する 831，オオカミの肉を盗む 35A*，邪魔をされた窃盗 1525R，泥棒が罰として月に送られる 751E*. ― 悪魔がお金を盗まれるのを防ぐ 475，無実の男が盗みの罪を着せられる 673, 821A，典礼(礼拝)の一部として盗みの報告がやりとりされる 1831，聖ペトルスがケーキを盗んだために禿げになる 774J，聖人(聖画像)が盗みをはたらいたと疑う 1572A*，窃盗の説話 1525Z*. ― 略奪(Robbery)，盗むこと(Stealing)も見よ.

盗むこと(Stealing) 動物を盗む 1536A, 1831，靴を身代わりにして動物を盗む 1544A*，動物の皮を盗む 465，煙突をおりてベーコンを盗む 1624B*，伯爵の妻のベッドカバーと結婚指輪を盗む 1525A，聖職者のビールを盗む 1776，ハチたちを盗む 1525H_4，鳥と馬と姫を盗む 550，埋められたお金を盗む 1617*，被害者の気をそらせて盗む 1525L*, 1525N*，泥棒の指示に文字どおり従うことによって盗みをする 1692，客から布を盗む 1574，服を盗む 1525J，妻を得るための盗みの勝負 1525Q，遺体を盗む 950，十字架へのはりつけに使う釘を盗む 1638*，犬のパンを盗む 1562B*，家畜を盗む 1288B, 1525A, 1525B, 1525D, 1525J, 1525M, 1529，農夫の持ち物を盗む 1629*，農夫のバター(魚)を盗む 1525N*，農夫の穀物を盗む 1564*，教会から物を盗む 1641B*，客たちから盗む 1574A, 1853，商人たちから物を盗む 1526，お互いから盗む 1525E，司祭のワイン倉から盗む 1777A*，けちな盲目の男から盗む 1577*，王の庭から果物が盗まれる 301, 550，持ち主が死んだあとに金の脚(腕)を盗む 366，盗みをはたらいたジプシーが捕まる 1624，盗みをはたらいたジプシーが天井から落ちる 1624A*，教会に行く途中のハム(カモたち)を盗む 1833J，豚を盗む 1735A, 1793B，馬(持ち物，動物たち)を盗む 1530, 1540, 1540A*, 1563*; 1624C*, 1804E，宝石を盗む 434，ミルクを盗む 2034，お金を盗む 1577*，猿たちが盗む 185，月を盗む 1335A，盗まれた首飾り(体から離せる魂) 412，品々(靴，服，時計，皿，財布，肉)を盗む 1525B, 1525E，盲目の女の所有物を盗む 1456*，泥棒鍋 591，動物がつながれたロープを盗む 1800，聖職者のポケットからソーセージを盗む 1785A，羊を盗む 1525M，墓地から頭蓋骨を盗む 1676D，何か小さなものを盗む 1800，雷神の道具を盗む 1148B，財宝(宝石)を盗む 561，カブを盗む 1147*，白い小麦粉を盗む 1371A*. ― 盗みの技術を学ぶ 1525A，聖者が，盗みと嘘が富につながると教える 790*. ― 略奪すること(Robbing)，盗まれた(Stolen)も見よ.

布(Cloth) 震えている木に布を着せる 1271C*. ― 仕立屋がうっかり自分のコートの外側に盗んだ布を縫う 1574A，黒い布を洗って白くする 1183.

沼地(Marsh) 動物のしっぽをつかんで沼地から救われる 1900.

塗り薬(Ointment) 目の塗り薬で目が見えなくなる 836F*，魔法の治癒力を持った(蘇生力を持った）軟膏 653A.
塗ること（Smearing） クリームを聖人の画に塗る 1572A*.

ね

根（Root） 魔法の根で屁が出る 593.
願い事（Wish）（触れる物がすべて黄金になるという願い）775，子どもを望む 700, 720，死神が現れると死神を望んだことが撤回される 845，もてなしのお礼に願いがかなえられる 750K*，不可能な課題を成し遂げるのに願い事が役立つ 875B，心からの願い事ではない 1186，天国へ入れてもらうことを願う 750H*，神のようになりたいという望みが魚にかなえてもらえない 555，カードで勝つことを願う 750H*. ― 娘（女）が珍しい贈り物を望む 432, 894，神（聖ペトルス）が願い事を 1 つかなえる 750D，軽はずみな望み 307, 407, 425A, 433B, 441, 451, 475, 750A, 750K*, 750K**，かなえられるべき不可能な願い 1175，最後の願い 227, 927A，鬼が男の願い事をかなえる 1145. ― 祈り（Grace），要求（Request）も見よ．
願い事（複数）（Wishes） 願い事が現実となる 652，妖精が願い事をかなえる 750K**，妻の願い事がかなえられる 1372*，かなえられるべき願い事 1173A. ― 物乞いが哀れんでくれた少年に 3 つの願いをかなえる 592，少年が魔法の力で願い事をかなえることができる 675，悪魔がすべての望みを夜明けまでにかなえることができない 480A，魚がすべての願い事をかなえる 555，王が立ち聞きした願いをかなえる 707, 879*，魔法の指輪が願いをかなえる 561，男たちが願い事を競い合う 1925，泊めてあげたお礼に 3 つの願いがかなえられる 330, 750A，妻が鳥の骨でできた宮殿を望む 984，3 人兄弟の末の弟が女たちから愛されることを願う 580.
猫（Cat） 15, 20A, 20C, 41, 47D, 59, 59*, 60, 126A*, 130, 130B, 130C, 159*, 204, 237, 300A, 402, 451, 545A*, 560, 660, 750K**, 798, 825, 834, 1191, 1341A*, 1370, 1456, 1546, 1553, 1565**, 1685, 1689B, 1691, 1691B*, 1920J, 1931, 1960A, 2015, 2016, 2023, 2028, 2030, 2031, 2034–2036，猫が動物たちの王として受け入れられる 103B*，猫とハツカネズミ 217，猫と雌ギツネ 103A，助言する猫 130D*, 545A，猫が懺悔者として，溝に渡してある棒の上を歩いて溝を渡る 136A*，援助者としての猫 545, 545B，遺産としての猫 1650, 1651，猫が裁定者となる 51***，動物たちの王としての猫 113A，猫はにせ聖者 113B，雌ギツネの夫になった猫がほかの動物たちをおびえさせる 103A，未知の動物としての猫 1281，猫城 545A，猫が動物たちの王に選ばれる 113，猫が，自分は動物たちの王であると主張する 103A*，猫がハツカネズミたちを食べる 1281，猫がハツカネズミを食べる 111，猫が不当に非難される 1373A*, 1373，猫が死んだふりをして鳥を捕まえる 56A*，売るために猫が与えられる 1651，猫が子猫を産む（鬼をおびえさせる）1161，猫に変身させられた夫が魔法を解かれる 444*，薪の山の中の猫が斧で木を切るのを妨げる 1001，猫が男に殺される 113A，猫がハツカネズミを殺す 111A*，猫が犬たちの証明書をなくす 200，猫が獲物（クマネズミ）を失う 122B，猫がキツネの子どもたちを巣穴の外へ誘い出す 61B，猫が人食いだと誤解される 1281A，野生の猫が動物たちを圧倒する 103–103B*，猫が子どもたちをへビから救う 178A，猫がオンドリをキツネから救い出し，子ギツネたちを殺す 61B，猫が木に登って身を守る 105，猫が納屋に火をつける 1562A，猫を洗って絞る 1204**，猫が食事の前に顔を洗う（クマネズミが逃げる）122B，猫の体重が量られる 1373，猫がうかつな犬に競走で勝つ 200D*，猫に鈴をつける 110，ろうそくを載せた猫 217. ― 動物の子どもたちが猫に気をつけるように警告される 112**，死んだふりをした猫が不注意なハツカネズミたちを食べる 113*，なぜ猫は家の中に住んでいるのか 200D*.

猫（Puss） 長靴を履いた猫 545B.

猫たち（Cats） 311B*, 545A, 839A*, 953, 1651. ― 猫たちとハツカネズミたち（犬たち）の敵対 200.

猫の（Cat's） 猫の行動を変えることはできない 217, 218，猫の葬式 113*，鳥たちが猫の葬式をする 2021，猫の唯一の術策（木に登ること）105.

ネステルカ（Nesterka） 790*.

妬み（Envy） 擬人化された妬み 330.

妬み深い（Envious） 妬み深い兄弟たち 402，妬み深い兄弟たちが，自分たちを救ってくれた末の弟を殺そうとする 312D，妬み深い廷臣が支配者に若者のことを中傷する 910K，うらやましがるロバ 214*，妬み深い男が和解させられる 1331，妬み深い恋敵が貪欲から殺す 665，妬み深い姉が動物たち（デーモン，お爺さん）に親切にしない 431，妬み深い姉たちが，妹が帰るのを妨げようとする 425C，妬み深い継母が自分の娘をデーモンのところへ行かせる 480.

値段（Cost） ロバの値段 1551*.

値段（Price） ロバの値段が村人全員に告知される 1551*，金塊の値段 1546，薪の値段（「いっしょに寝る」）1686*. ― 農夫が自分の持っている羊たちを豚の値段で売る 1551，3 分の 1 の物を 4 分の 1 の値段で売る 1266*，ナイフを半値で売る 1265*，2 つの物を 1 つ分の値段で売る 1265*.

熱（Fever） 井戸につからせて熱を治療する 1349L*.

ネックレス（Necklace） 女（男）の命がネックレスにかかっている 412.

眠っている（Asleep） 洞くつで（山の中で）眠っている 766. ― 愛人が逢い引きで寝過ごす 861，眠っているとき両目を開けている 1140，眠らない賭け 813*. ― 眠り（Sleep），眠ること（Sleeping）も見よ.

眠り（Sleep） 寝たふり 1341D. ― 夫が寝ている間に運ばれる 974，魔法の眠りが長年にわたる 766，100 年間の魔法の眠り 410，男が妻に会うことを魔法の眠りが妨げる 400，姫を救う者が深い眠りに落ちる 300，強盗が人々に魔法をかけて深く眠らせる 958E*，義理の妹が歌って姉たちを眠らせる 511.

眠ること（Sleeping） 逢い引きを寝過ごす 861A，眠れる美女 410，夫婦の間で眠る 1691C*，リキュール（薬）で眠る 1525A，寝ている少女の胸にヘビがいる 890A*，ベッドで寝ることを女に教えてもらう 1545A，真ん中で眠る 1289，草刈りをせずに寝る 1736，寝ている鬼が殺される 327D，羽根の上に寝る 1290B*，仕事中に寝る 1562D*，寝ている人が焼かれる 1116，眠っている人物が教会を酒場と間違える 1839A，寝ている人の外見を変える 1284，寝たふり 1140, 1640，赤ん坊と寝ることを拒む 1691D*，神の娘たちと寝る 1807B, 寝ている女が強姦される 304, 410, 551. ― 聖職者が寝ている礼拝の会衆を起こす 1833L, ヤギが寝ているオオカミの腹から子ヤギたちを救う 123, 持ち主が寝ている間に物が盗まれる 1140, 寝ている巨人からお金を盗む 328A, 猿たちが寝ている男の帽子を盗む 185, 寝ている餌食を殺す計画が立てられる 327B, 1115, 1119, ヘビが寝ている男の口の中に這い込む 285B*, 840, 3 晩眠らない 813*.

眠れる美女(La bella addormentata) 410.

粘土(Clay) 粘土でつくられた子ども 2028, 粘土の鍋と真鍮の鍋 296.

の

ノア(Noah) ノアと箱船 825, ノアと悪魔 825. ― ノアの息子たちの父親は誰だったか 1832T*.

ノヴェレ(Novelle) 850-999.

野ウサギ(Hare) 20A, 20C, 30, 37, 47D, 49A, 65, 72, 72B*, 80, 102, 136A*, 159, 175, 179B*, 214B, 283B*, 325, 665, 751E*, 825, 926A, 934H, 1316, 1319, 1343, 1585, 1889L, 1889L*, 1890, 1920J, 1960A, 1960D, 2015, 2031, 野ウサギとヤギ 203, 野ウサギとハリネズミ 275C, 野ウサギとヒキガエル 275A, 野ウサギとカメ 275A, 野ウサギが自分の身体部位に尋ねる 154, 3 搾りめの野ウサギ 1552*, 野ウサギが攻撃される 1231, 野ウサギがキツネ(その他の動物)によって自分の家から追い出される 43, 野ウサギが水に映った月を見せて象を追い出す 92, 野ウサギが子どもたちを放任する 72*, 野ウサギが笑いすぎて唇が裂ける 47A, 70, 野ウサギが踊る約束をする 183*, 野ウサギがオオカミ(その他の動物)にもっといい獲物を約束する 122D, 野ウサギが熊(その他の動物)を強姦する 36, 野ウサギが借金の支払いに送り出される 1291D, 野ウサギのスープ 1260A, 野ウサギは家を建てるにはあまりに怠惰 81, 野ウサギが霜との競争に勝つ 71. ― なぜ野ウサギと犬は敵対するのか 200C*.

野ウサギたち(Hares) 1348, 1595, 1741, 1891, 1935, 1960D, 2010A, 2034A*, ほかの動物たちと争う野ウサギたち 72D*, 野ウサギたちが人や動物たちを恐れなくなる 70. ― なぜ野ウサギたちは道を跳び越えるのか 72B*.

農場(Farm) 召し使いへの報酬としての農場 2010I. ― 巨大な農場 1960E.

農場(Farmstead) 巨大な農場 1960F.

農場労働者(Peasant) 農夫(Farmer)を見よ.

農奴たち(Serfs) 1694A.

農夫(Farmer) 67**, 93, 161, 207, 298A, 298*, 305, 306, 571, 571B, 591, 593, 671D*, 672, 672D, 673, 750A, 750B, 750E, 750*, 751A, 751B, 752A, 759D, 761, 778, 779E*, 804B, 810A, 813C, 819*, 820B, 821B, 822*, 827, 830B, 840B*, 846, 846*, 875B, 889, 910B, 910E, 910F, 910N, 920A, 921A, 921B*, 927A*, 940*, 945, 956B, 958A*, 1015, 1030, 1059*, 1071, 1090, 1142, 1161, 1164, 1182, 1182A, 1296B, 1345, 1346A*, 1347*, 1349D*, 1349N*, 1351G*, 1359A*, 1361, 1372, 1375, 1381E, 1385, 1420G, 1529, 1535, 1536B, 1539, 1539A*, 1543*, 1547*, 1560*, 1579**, 1586, 1605*, 1629*, 1631A, 1641, 1641C, 1642A, 1644, 1645B, 1676H*,

1682, 1686A*, 1689A, 1691B*, 1698D, 1698J, 1698N, 1704*, 1706C, 1750A, 1792, 1804D, 1832D*, 1832F*, 1832N*, 1832T*, 1833D, 1847*, 1848, 1855B, 1892, 1960E, 1960K, 2019, 2035, 2301, 農夫が食料(お金, 服, ソーセージ)を備蓄する 1541, 農夫と死神 1188, 農夫と悪魔 1173A, 1188, 農夫と作男 750K*, 921D*, 1321D, 1348*, 1381F*, 1533C, 1543D*, 1545B, 1560, 1560**, 1561, 1561*, 1562F*, 1562J*, 1563, 1565**, 1568*, 1572*, 1725, 農夫と紳士(貴族) 1420B, 1440, 1529A*, 1529B*, 農夫と弁護士 1585, 1585*, 農夫とローマ法王 1529B*, 仲のいい農夫とトロル 1165, 農夫と妻が放浪者に宿と食事を提供する 1691C*, 農夫と労働者 1641C*, 農夫が金細工職人に, 金塊にいくら払うかと尋ねる 1546, 農夫が法廷でばかのふりをする 921D*, 農夫が説教者の雌牛たちの持ち主になる 1735, 店に売っていない物があることを, 農夫が店主と賭ける 1559C*, 農夫が「いい助言」(「知性」)を買う 1641C*, 農夫がガチョウたちに空に連れていかれる 1881, 農夫がカワカマスとキツネを捕まえる 1897, 農夫がテーブルの上の肉(皿)の位置を変える 1568*, 農夫が牛を売ることに関してだまされる 1538, 農夫が自分のロバは自分よりも賢いと言う 1621A*, 農夫の持っている羊(子羊)たちは豚(犬)だと, 農夫が説得される 1551, 農夫がいろいろな食料をいっしょに煮る 1339E, 農夫がオオカミのしっぽを切り落とす 166A*, 農夫が共犯者たちにだまされる 1551, 農夫が強盗の武器を取り上げる 1527A, 農夫が鳥を家族メンバーに適切に分配する 1533, 農夫が自分のことがわからない 1284, 農夫が謎めいた問いを廷臣たちに説明する 922B, 農夫が不当に殺人の罪を着せられる 1537*, 農夫がくそ(カエル)を食べるという条件を満たす 1529A*, 共通の皿からいちばんいい肉を農夫が取る 1568*, 農夫が王の逃げたタカを返す 1610, 農夫が支配者に機転の利いた答えをする 921F*, 農夫が自分の連れている動物の数について機知に富んだ答えをする 1579**, 天国に行った農夫が受け入れについて不平を言う 802, 作男が 3 回連続して食事をとるように, 農夫が強いる 1561, 農夫が招待され王の隣で食事をする 1557, 農夫が贈り物をくれた人を食事に招待する 1552*, 農夫が食器棚の扉を窓と間違える 1337C, 農夫が主人の気分を害する 1578C*, 農夫が教育を受けた息子を出し抜く 1533B, 農夫が, 彼の賢い雄牛は学校に通わせるべきだと説得される 1675, 農夫が天文学者(哲学者)よりも上手に天気を予想する 921C*, 農夫が口がきけないふりをする 1534D*, 農夫が井戸に落ちたふりをする 1614*, 農夫が愚かな女の豚を結婚式に招待するふりをする 1540A*, 農夫が価値のある動物をもうけなしで売る約束をする 1553, 農夫が弁護士の書類を自らの労働で支払うと提案する 1860E, 見張りが穀物を盗んだことに農夫が気づく 1564*, 農夫が特別な状況で税金を要求する権利をもらう 1661, 農夫がカエルからありふれた忠告を受ける 150A*, 農夫がだまされ奪われる 1525D, 農夫が自分の持っている羊たちを豚の値段で売る 1551, 農夫がつぶされた豚を妻の服にくるむ 1525M, 農夫が, 自分の馬のほうが司祭よりも賢いと主張する 1621*, 農夫が自分は天国にいたのだと思う 1531, ランタンの炎が見えるように雌牛の口を覗くよう農夫が言われる 1862D, 農夫が穀物の成長のことで追っ手たちをだます 750E, 農夫が聖職者の仕事を果たそうとする 1825, 穀物を盗んだ泥棒を農夫が知らずに助ける 1564*, 農夫が町を訪れる 1337, 農夫が木から落ちてきた木の実に起こされる 285B, 農夫が隣人にロバを貸したがらない 1594, 農夫が犬に危険を知らされる 101, 農夫がパンでバターの重さを量る 1566**, 悪魔が馬を連れていけばいいと, 農夫が願う 1186，動物たちと鋤を持った農夫が這い虫と誤解される 701，農夫が不貞のカップルを目撃する 1355B. ― クリスマスにすべての農夫がソーセージを聖職者に持っていかなければならない 1741*，農夫の賢い娘 875，愚かな農夫が貴族の服を着せられる 1526，愚かな農夫が無意味な行動をするが，それが結果的には農夫にとって有利に働く 1642，けちな農夫が体重を量られる 1525N*，愚かな農夫が小石を数える 1683*，泥棒が農夫に変装して，泥棒を追いかけてやると申し出る 1528.

農婦(Farmwife) 920A, 1544A*，農婦と愛人 1725，宿屋の(けちな)農婦 1449*，市場の農婦 1382, 1385，農婦がキツツキに変身させられる 751A，農婦が隣人(聖職者)に，自分の農場がうまくいっていないと不平を言う 910N，農婦が聖ペトルスに 2 つ(3 つ)のケーキを与える 774J，農婦は雌牛(ヤギ，雄牛)が自分のまねをしていると思い，雌牛を殺す 1211，農婦はもてなしが悪いために，罰として 2 匹のヘビを養い子にしなければならない 751B，農婦が召し使いの少女(少年)に小さな砂糖か大きな砂糖を選ばせる 1389*，農婦が夫の近くにいちばんいい肉が来るように皿を置く 1568*.

農夫たち(Farmers) 122C, 545B, 545D*, 735, 758, 775, 830B, 875, 910L, 938, 1291D, 1325A, 1333, 1337C, 1654, 1735A, 1860D, 1948，農夫たちはケーキ 1 つ(スプーン 1 杯の粥)しか食べることを許されていない 1565*，農夫たちが弁護士なしで論争を解決することにする 1860D，農夫たちが天気の話をする 1354D*，農夫たちがもっと頻繁に教会に来るよう強いられる 1838*，農夫たちがクリスマス・イブに踊った罰として，永遠に踊り続けなければならない 779E*，農夫たちがいんちき聖職者の説教に感動させられる 1641，町に行った農夫たちがマスタード(辛いソース)を知らない 1339D，農夫たちは 1 人の罪人のために収穫を失う 774K，農夫たちが互いに半分の言葉で相手の言っていることを理解する 1702A*，農夫たちが町を訪れる 1339D.

農夫の(Farmer's) 農婦の娘 1435*, 1440，農夫の息子が自分の教育をひけらかす 1533B，農夫の息子が帰省する 1225A，農夫の妻 1449*. ― ライオンが農夫の娘と結婚してくれと頼む 151*.

農夫の少年(Farmboy) 愚かな農夫の少年が医者のもとで医学を学びたがる 1676*.

能力(Ability) 1 日に 3 人分片づける能力 1454*，雨より前方に(雨の中でぬれずに)いる 654, 1966.

能力(複数)(Abilities) 動物たちが自分の能力を自慢する 238，並外れた能力 301, 302B, 315, 329, 331, 653–655, 660, 665, 951A. ― 力(Power)，才能，性質(Qualities)も見よ.

のこぎりで切られた(Sawed) のこぎりで切られた説教壇が落ちる 1825C.

望むこと(Wishing) 動物が悪魔に連れ去られたらいいと望む 1186，子どもが地獄送りになればいいと望む 1186，願い事の競争 1925，敵の倍望む 1331，富を望む 580，魔法の道具としての願いがかなう帽子 518，夫の代わりに死ぬことを望む 1354，悪魔でもいいから結婚したいと望む 1476B.

喉(Throat) 喉にやけどを負わす 1131，笑うことで姫の喉が治療される 1641B.

喉が渇いた(Thirsty) 喉が渇いたカラスが水面を上げる 232D*.

喉の渇き(Thirst) 罰としての喉の渇き 774C.

ののしること，冒瀆の言葉を吐くこと(Cursing) ののしり対決 1094，冒瀆の言葉を吐くオランダ人が永遠に航海をしなければならない 777*, 博学な農夫の息子がののしりの言葉を吐いて, 母国語を忘れていないことをさらけ出す 1628.

ノービス(Nobis) ノービスが自分の身を悪魔にやると約束する 804B*.

伸びること(Stretching) 伸び縮みする引き具 1917, 短い梁(棒, 橋, ベンチ)を延ばす 1244.

ノミ(Flea) 559, 1960M, 2019*, 2021, 2022, ノミとハエが人の不快を自慢し合う 282B*, ノミとハエが住むところを交換する 282A*, ノミとシラミが泊まる 282C*, 282D*, ノミ取り粉を勧める 1862A. — なぜノミの背中は丸いか 282B*.

ノミ(複数)(Fleas) ノミたちがキツネに溺れさせられる 63.

呑み込まれた(Swallowed) 動物たちがオンドリに呑み込まれる 715, 動物たち(子ヤギたち)がオオカミに呑み込まれる 123, 小さな子どもがオオカミに呑み込まれる 700, 子どもたちが巨人(動物)に呑み込まれる 705B, 船の乗組員たちが魚に呑み込まれる 1889G, 人食いの名づけ親の女が名づけ子を呑み込む 334, 祖母と孫が呑み込まれる 333, 墓守が幽霊に呑み込まれる 307, パンケーキが豚に呑み込まれる 2025, 多くの人々や動物たちが猫(トロル)に呑み込まれる 2028.

飲み物(Drink) 好物の飲み物が別の所で手に入る 1656.

飲むこと(Drinking) 湖の水を全部飲めば魚を捕まえられる 1634A*, 説教壇の後ろで(礼拝の途中に)こっそり酒を飲む 1827, 大酒飲み競争 1088, 飲むためのコップ 1578A*, 自分の頭蓋骨から水を飲む 1886, 湖を飲み干す 1141, 飲酒がすべての悪につながる 839, 契約後にしか(市の日にしか)飲まない 1447, 飲むことで兄が鹿(子羊, ヤギ)になる 450. — 動物が水を飲みすぎて破裂する 34, ディオゲネスが飲むためのコップを捨てる 1871Z, ロバ(雄牛, 馬)は十分に飲んだあと飲むことをやめるが, 農夫は(友人たちを喜ばせるために)飲み続ける 1621A*, 大臣(司祭)が飲みすぎで訴えられる 1698M.

乗組員(Crew) 777*, 乗組員たちが巨大な魚に呑み込まれる 1889G.

乗ること(Riding) 動物のしっぽにつかまり海を渡る 1887*, 熊に乗る 1161A, 寒さより速く馬に乗って走る 1966, 馬に乗る 1082, ラクダ(馬)に乗ることが門を通ることを妨げる 1295A*, 砲弾に乗る 1880, ガラス山へ馬で行く 530, 豚の背中に乗る 1838, 裏返した馬鍬の上に乗ること 1059*, イエスがエルサレムに入る様子を, 雄牛(馬)に乗って教会に入り実演する 1786, 雌豚に乗る 1381F*, 割れた馬の前のほうに乗って目的地に行く 1889P.

ノルンたち(Norns) ノルンたちが生まれたばかりの子どもの死を予言する 934, ノルンたちが死を予言する(誕生のときに, 結婚式のときに) 899.

呪い, ののしり(Curse) 特別の言葉で呪いが解ける 760, 呪いによって動物の子ども(ハリネズミ)が生まれる 441, 逃げた雄牛に言ったののしりが故人に対するののしりだと誤解される 1840, ののしりの言葉を正しい答えと間違える 1832P*, 母親の呪い 823A*, 王子が 3 つの果実に恋をすると, お婆さんの呪いが言う 408, 日数(月の数)と同じ数の子どもを生むことになれという呪い 762. — 呪い(ソロモンは空の高さと海の深さを測らなければならない) 920A*, 呪いの言葉で悪魔の名前を出す 1352, お婆さんの呪いの言葉によって少年が悪魔に連れ去られる 813B, 裕福な兄のののしりを文字どおりに取る 480C*,

靴職人が2度と呪いの言葉を吐かなくなる 815*, 不適当な治療 307, 312C, 813A.
呪われた(Accursed) 呪われた娘 813A.
呪われる, ののしられる(Cursed) 呪われた弁護士が悪魔に連れ去られる 1186. ―動物たちが呪われることになる 750E, 子どもの悪いふるまいをののしる 1823, ヒキガエルが急いだことを呪う 288B*, 悪魔のところへ行けとののしられた貧しい弟 565, クリスマス・イブに踊っていた者たちが司祭に呪われる 779E*, 聖人の絵(像)が祈りに答えないために呪われる 1476A.
飲んべえたち(Tipplers) 飲んべえたちが妻の要求することを何でもできるかを賭ける 1706B.

は

葉(複数)(Leaves) オークの木々の葉 1184.
歯(Tooth) 殺人の武器としての毒を仕込んだ歯 709A.
歯(複数)(Teeth) 地獄に行く運命にないという理由としての歯がないこと 804C.
灰(Ashes) 灰が道にしるしをつける 709A, 955. ―死体が崩れて灰(ちり)になる 760, 死体が灰(ちり)になる 470, 火を出すために熱い灰を準備する 1064, 灰の中の石が決定的な結果をもたらす 593, 灰の中に小石がみつかる 411, 親族の遺灰が小麦粉と間違われる 1339G, 骸骨がくずれて灰になる 760A, 求婚者が死んだ女の灰を川に持っていき彼女を生き返らせる 653B.
倍(Double) 倍額を約束する 1543, 妻の治療代を倍支払う 1367**, 倍の恩給 1556. ―敵が倍もらいたがる 1331.
パイ(Pastry) 宝の分け前が入ったパイを選ぶ 745A.
ハイエナ(Hyena) 1, 6, 34, 41, 50, 56B, 72, 102, 111A, ハイエナと地リスが互いに, 相手が象の死を引き起こしたと責める 68, ハイエナが熊の子守女をする 37, ほかの動物がハイエナをミツバチの巣に連れていく 49.
バイオリン(Fiddle) バイオリンが聖ペトルスの背中にくっつく 774F. ―魔法のバイオリン 853, 最後の願いとしてバイオリンを弾くこと 706D, 野獣たちがバイオリンを弾くことを覚えたがる 151. ―バイオリン(Violin)も見よ.
バイオリン弾き(Fiddler) 706D.
バイオリン弾き(Violinist) オオカミの罠に捕らえられたバイオリン弾きが罠の中でバイオリンを弾く 168.
バイオリン弾きたち(Violinists) 1656.
灰かぶり(Aschenputtel) 510A.
敗者(Loser) 敗者が食事代(ワイン代)を支払わなければならない 1526A**.
買収された(Bribed) 買収された少年が嘘の歌を歌う 1735A, 裁判官に賄賂を渡す 1660, 1861A, 女中に賄賂を渡す 1538*.
買収される(Corrupted) 買収された床屋(支配者を殺す計画) 910C, 不倫の目撃者が買収される 1360B.

賠償(Compensation)　神から賠償を求める 1184，損害賠償 1420A，食べられた(殺された)食べ物の動物たちの賠償 1655，性的に身を許してもらうことへの報酬 1420D，変身した妹の賠償を要求する 1538*. ― 王が貧しい女に賠償としてお金を与える 759C. 競争(Competition)，競争(Contest)を見よ.

背嚢(Knapsack)　背嚢の十字に結ばれたひも 1166*，食料の入った背嚢を持って泳ぎの競争にやって来る 1612. ― 背嚢と帽子と角笛 569.

パイプ(Pipe)　パイプが列車から外に落ちる 2204. ― 銃を喫煙パイプだと見せかける 1157，男の口からパイプを撃ち落とす 1708*.

排便すること(Defecating)　ベッドの中で排便する 1645B.

這い虫(Worm)　433B, 759D，ライオンの巣の入り口をきれいにしてやると，這い虫がライオンに約束する 75A.

這い虫(複数)(Worms)　1881, 1960C.

入ること，入り口(Entrance)　臨終の儀式を受けていないので天国に入ることを禁じられる 1738，罪のそれぞれについてしるしをつけないと天国に入れてもらえない 1738，地下世界への入り口(井戸，穴，洞穴) 301.

ハインリヒ(Henry)　ハインリヒが自分の心臓に巻いた鉄のバンドを壊す 440.

這うこと(Creeping)　動物が寝ている王の口から這い出る(口へ這って入る) 1645A.

パウル(Paul)　1833A.

ハエ(Fly)　825, 1920E*, 1960M, 2015, 2019*, 2021，ハエとノミが住む所を交換する 282A*，ハエが裁判官の鼻の上で殺される 1586，ハエとハツカネズミとほかの動物たちが頭蓋骨(二叉手袋)に集まる 283B*. ― ハエとノミの会話 282B*，田舎のハエと町のハエ 293C*，クモがハエを招待する 283，なぜハエの目は腫れているのか 282B*.

ハエたち(Flies)　283, 910L, 1960M，ハエたちが盗みで告発される 1586，ハエたちを追い払おうとして人が叩き殺される 1586A，キリストの心臓に打たれる釘の代わりをするハエたち 772*，田舎のハエたちと町のハエたちの集会 293C*. ―7 匹のハエが 1 打ちで殺される 1640.

墓(Grave)　隠れ場所としての墓 1313A*. ― 子どもの墓 769，死んだ人が墓に横たわっているのが見つかる 1676B，墓に生えた植物を食べて兄弟たちが動物に変わる 451，酔った男が墓に落ちる 1313A*, 1313B*，死を迎えようとしている父親が息子たちに父親の墓を見張るよう命ずる 530，花が墓に育つ 407，手が墓から出てくる 760**，墓の近くに隠れて死んだ男の声をまねする 1532，墓に記された文字が慈善行為を示す 756E*，物乞いのお金で買われた豚が墓の中に沈んでいく 842A*，墓の話す木 780，母親の墓に生えている援助者としての木 510A，さわがしい墓 760.

墓(複数)(Graves)　2 人の恋人の墓から絡み合う枝のある植物が伸びる 970.

破壊される(Destroyed)　将来の富を想像して持ち物が破壊される 1430，財産が台なしにされる 1002，石を投げて村が破壊される 1063A.

破壊すること(Destroying)　王が町を破壊しようとする 1871B.

ばかげた(Absurd)　ばかげた非難(免罪) 1840B，指示に文字どおり従うことによるばかげた行動 1692, 1696，愚か者によるばかげた行動 1692, 1833D，愚か者たちによるばかげた行動 1694A，恋敵に勝つための求婚者によるばかげた行為 1688A*，結婚式で質問に対しばかげた答えをする 1820，酔った聖職者のばかげたふるまい（行動，発言）1836，結婚式でばかげたふるまいをする 1820，誤解に基づくばかげたふるまい 1686A, 1687, 1691B, 1698C, 1698G，聖職者のばかげたふるまい 1849*，ばかげたお悔やみの訪問 1843A，外国語を知らないためのばかげた会話 1699，不合理な判決 1534Z*，雌牛の病気のばかげた診断 1862D，ばかげた診断があざ笑われる 1862C，耳が遠いことによってばかげた会話が繰り広げられる 1698K，誤解によってばかげた会話が繰り広げられる 1698G，障害（耳が聞こえないこと）を隠そうとしてばかげた会話が引き起こされる 1698G，ばかげた治療方法 1845，ばかげたまね 1825D*，耳の遠い裁判官によるばかげた判決 1698A，子どものためのばかげた名前 1821，おかしな名前 15，ばかげた名前（鳥，髪，蒸し暑い，私自身，等）1545，故郷のばかげた近況 1931，ばかげた従順さ 1848，不合理な品々とふるまい 875, 875A, 875B, 875D，宗教的な事柄に関するばかげた質問 1833C，死の床へのばかげた訪問 1843, 1844，不合理な課題がお返しの課題によって防がれる 920. — 聖職者のばかげた行い（朗読，歌うこと）1835B*，不合理な告訴に関する判決 821B, 875E，原告がばかげた判決を受け入れない 890.

墓堀り人(Grave-digger) 墓堀り人が頭蓋骨のさびた釘を見つける 960D，墓堀り人が指輪をはめた指を切り落とそうとする 990.

墓堀り人たち(Grave-diggers) 墓堀り人たちが死んだ子どもの黄金の脚を取る 366.

測ること(Measuring) 井戸の深さを測る 1250，馬の皮（牛の皮）で土地を測る 927C*，塔の高さを測る 1250A，木の高さを測る 1250.

吐き出すこと(Spitting) 支配者のひげに吐き出す 921F，粥につばを吐く 1262*，こっそり食べた食べ物を吐き出す 774L，温度を確かめるためにつばを吐く 1262*.

パグ(Pug) 1191.

伯爵(Count) 441.

伯爵(Earl) 伯爵が 3 つの盗みの試験を要求する 1525A.

伯爵たち(Earls) 758.

馬具職人(Saddler) 馬具職人がロバたちに殺されずにすむ 209.

ばくち打ち(Gambler) 1645B，ばくち打ちが金持ちになる 926A*，ばくち打ちが自分の金をすべて負けて失う 880*, 888A.

ばくち打ちの(Gambler's) ばくち打ちの妻が負けを取り返す 880*.

白鳥(Swan) 244, 313.

白鳥乙女(Swanmaiden) 400, 465.

バグパイプ(Bagpipes) 雷と稲妻がバグパイプから出てくる 1148*.

暴露すること(Disclosing) 卑しい生まれであることを暴露する 1640.

暴露すること(Exposing) 不貞のカップルを暴く 1380，不貞をはたらこうとしたことを暴く 1515，不貞を暴露する 1358, 1358*, 1359，詐欺師を暴く 1382，盗んだスプーンをベッドの中に隠して聖職者の密通を暴く 1842C*，赤毛の子どもたちの父親が聖職者であることを暴露する 1805*，物乞いの変装を暴く 1526，にせの貴族を暴く 1526，愛人を暴露する 1358C，むき出しの尻をさらけ出す 1230*, 体の一部をさらけ出す 1230**，少ししか食べないふりをしていることがばれる 1373A，肉をこっそり平らげたことを暴露する 1373.

禿げた(Bald) 禿げた男が哲学者を侮辱する 1871D. — ひげと頭が禿げるまで毛を抜く 1394，なぜ聖ペトルスは禿げになったか 774J.

化けて出ること(Haunting) 死体が出てくる 1536A.

箱(Box) 虫の入った箱が開けられる 1296A，開けてはならない箱(閉じることができない箱) 313，お金の入った箱を見つける(失う) 1381E. — デーモンが妻を箱(小さなケース，聖遺物箱)に入れておく 1426，愛人を箱に隠す 1359A，1 日 1 回魔法の箱を持って家中回らなければならない 910N，男がワシの姉妹(父親)から箱をもらう 537，女が箱に閉じ込められる 896. — 袋(Bag)，長持ち(Chest)，袋(Sack)も見よ.

運ばれる(Carried) 気球に乗って(鳥によって，飛行機に乗って)天国へ運ばれる 1882.

運び手たち(Carriers) 棺の運び手たちが墓地で聞こえてくる声で逃げ出す 1676C.

運ぶ(Carries) アリが自分と同じ重さの荷物を運ぶ 280.

運ぶ(Carry) 鳥たちがカメを空に運ぶ 225A.

運ぶこと(Carrying) 真っ昼間にランタンを持って歩く 1871F，できるだけ運ぶ 1153，肩に重荷を担ぐ 1242A，ロバを運ぶ 1215，馬を運ぶ 1082, 1201，馬の背に乗った男を運ぶ 1201，価値ある物の代わりに家主のドアを運び出す 1525R，煙をふるいに入れて運び出す 1245，首に大鎌をかけて運ぶ 1203，死んだふりをしている男を運ぶ 1139，仮病を使うペテン師を運ぶ 4, 72，日光を運ぶ 1245，木を運ぶ 1052, 1640, 1881*，木の幹が丘を運びおろされる 1243，すべての荷を 1 人で運ぶ 1052，妻を背負って運ぶ 1351G*，オオカミとヤギとキャベツを川向こうへ渡す 1579.

運ぶこと(Transporting) 動物たちと食べ物を川向こうへ渡す 1579，木材を横向きに運ぶ 1248.

箱船(Ark) ノアの箱船に乗った悪魔 825.

はさみ研ぎ屋たち(Scissors-grinders) 1656.

ハサン・アル・バズリ(Hasan of Basra) 936*.

橋(Bridge) 橋が嘘を縮める 1920J，動物の死骸で橋がつくられる 1005，異界への橋 471. — 不可能な課題として，1 晩で建物を建てる 465，タールが塗られた橋の上のカラス 2302，悪魔が橋(ほかの建物)を建てる 810A*，悪魔が橋を最初に渡った者を要求する 1191，橋の上での竜との戦い 300A，動物たちの橋の上での戦い 202，馬が木の橋を渡ることを拒む 1631，橋の近くに来ると，嘘が縮められる 1920J，猿がワニの橋を使って川を渡る 58，貧しい男(隠者)が橋の上の(道ばたの)お金を見逃す 947A，羊飼いが多くの羊を細い橋の向こうへ渡さなければならない 2300，トロル(オオカミ)が橋の上で見張る 122E，2 匹の強情なヤギが橋の上で出くわす 202.

はしご(Ladder) はしごを短くする 1221A*，はしごが長すぎる 1221A*. — 女の髪をはしごのようにして登る 310.

恥じた(Embarrassed) 恥じたけちが家を出る 1739A*.

ハシバミの実(Hazelnut) ハシバミの実の殻が川をかい出すのに使われる 1273A*.

馬車(Coach) 940.

馬上試合(Tournament) 求婚者コンテストとしての馬上試合 900C. — 王子が正体を知られずに馬上試合で勝つ 502, 馬上試合の勝者が姫と結婚する 505.

走る(Runs) キツネがオンドリにだまされて逃げ出す 62, 豚が聖職者の足の間に突進する 1838, 聖人像の役をしていた人が逃げ出す 1829, 聖人が逃げ出す 1826A*, オオカミがオオカミの頭らしき物を見て逃げる 125.

バジル(Basil) バジル娘 879.

走ること(Running) 競走 513A, 1072, 1074, 寒さより速く走る 1966, 走っている野ウサギの毛を剃る 654.

恥ずかしい(Ashamed) みっともない格好をしているところを見られる 1501, いやな名前が恥ずかしい 1461.

恥ずかしい(Shameful) 何か恥ずかしいことをする課題 1476.

パセリ(Parsley) 1685.

旗(Flag) 盗んだ布でできた旗(仕立屋の夢) 1574.

バター(Butter) バターの樽を悪魔(死者)と間違える 1314, ベッドカバーの下のバター樽 1115, 農夫のバターが盗まれる 1525N*, 説教壇(聖書, 正餐式のパン)にバターを塗る 1785B, ひび割れを埋めるためのバター 1291B, パンでバターの重さが量られる 1566**. — 溶かしたバターが溶かした黄金の代わりにされる 1305, バターを盗む 15.

裸(Nakedness) 裸が姫の母斑を明かす 850. — 妻の裸がさらされる 902*.

裸の(Naked) 裸の姦婦と愛人がおまるにくっつく 571B, むき出しの尻をさらけ出す 1230*, 教会の中のむき出しの尻 1837, 裸の男が天国へ行きたがる 756A, 裸の男が魔法の品にくっつく 571, 屋根の上の裸の人 1479*, 司祭が裸で逃げ出す 1359C, 裸の兵隊が将軍になる 1670*, 裸の女が果実から出てくる 408. — 体の一部をさらけ出す 1230**, 農夫が泥棒を裸にして木に縛りつける 958A*, 誰も裸の皇帝のことがわからない 757, 支配者がだまされて裸で外出する 1620, 寒い夜に裸で屋根に登って生き延びる 1262, 高官が到着したとき歓迎する村人たちは裸のままである 1694A.

畑(Field) 畑を見張る 1201, 亜麻の畑が海と間違えられる 1290. — 訓練された馬が畑で転げ回る 1892.

働く(Works) 捨てられた婚約者が召し使いとして働く 884.

働くこと(Working) 罰としてロバの姿で働く 567, 日曜日に働いて罰せられる 751E*, 779J*, 働いているふりをする 1560.

ハチ(Bee) 248A, 559, 751A, 1316, 1889M, 1960M, 2015, ハチがヤギを追い払う 212, ハチが死にゆく男の口から飛び立つ 808A, 箱の中のハチ 1296A, ハチがハトに救われ, 狩人を刺して恩返しする 240A*.

ハチたち(Bees) 1296A, 1321C, 1586, 1920G, ミツバチたちが聖ペトルスを刺したために罰せられる 774K, ハチたちが悪魔を刺す 1177, ハチたちが象を刺して殺す 248A, ハチが盗まれる 1525H_4. — ハチのブンブンいう音におびえる 1321C.

鉢(Bowl) おまる(犬の皿)に使った鉢 1578A*.

パーチ(Perch) 1960B, パーチが泳ぎ比べで勝つ 250.

ハチミツ(Honey) ハチミツと羽根 1188, 木のうろでハチミツを見つける 1900, 野獣をおびき寄せるのにハチミツが使われる 1875. ─ ハチミツのしずくが思いがけない出来事の連鎖を引き起こす 2036, 作男がハチミツと羊毛で覆われる 1527, 変装するためにハチミツと羽根を体に塗る 311.

罰(Punishment)　ばかげたふるまい(文字どおりに従うこと)への罰 1696, 天使に対する罰 759D, 悪い行いに対する罰 779, 悪いもてなしに対する罰 750A, 750C–750E, 750*, 751A, 751B, 751A*, 751C*, 裏切った罰 425M, 冒瀆に対する罰 756B, 富を自慢したことに対する罰 836, 無礼な返答に対する罰 750**, 過度の要求に対する罰 555, 貪欲(嬰児殺し)の罰 832, 寄付を払わないことへの罰 1738B*, 穀物に対する冒瀆的な行為 779G*, 教会でトランプ遊びをすることに対する罰 1613, 助けを拒んだ罰 751F*, 774C, 挨拶に拒絶を示した罰 830B, 真実を告げた罰 243A, 肉泥棒の罰 1589, 日曜に働いた罰 751E*, 779J*, 地獄での罰 756B, 誘拐犯の罰 860B*, 残酷な義理の姉たちの罰 897, 主人の密通をばらした犬を罰する 1750A, 悪い魔法使いの罰 325**, 悪人の罰 883A, 死後の罰短気と忘恩に対する 756A, 愛人の罰 1735A, 愛人と姦婦の罰 1725, 誘惑者の罰 883B, 3 人の愛人たちの罰 1730, 満足しない動物たちが罰せられる 277, 夫を殺すことを計画した妻への罰 824. ─ 動物たちが罰として互いを食べる 2030, ケーキを盗んだ罰として禿げになる 774J, 仕返しの罰を要求すること(自分で体の一部を切り落とす, 自分で去勢する) 844*, 集団の罰 774K, 罰としてのロバの耳 782, 罰としての溺死 778, だまして罰を逃れる 1590, 嬰児殺しを企んだ罰としての処刑 765, 本当の罰としての結婚 1516*, 罰として永遠に航海する 777*, 課題に失敗したら死刑にすると脅す 879A, 罰として動物の姿に変えられる 753*, 罪に対する罰として動物に変身させされること 1529, 罰として永遠に地上をさまよう 777, オオカミが罰として結婚を強いられる 165B*.

罰(複数)(Punishments)　779, 人々への罰 840.

ハツカネズミ(Mouse)　15, 20A, 20C, 55, 112*, 200, 204, 210, 218, 224, 283B*, 402, 530, 559, 825, 1319, 2015, 2021, 2028, 2030–2032, 2301, ハツカネズミとカエルが沼(湖)を渡ろうとする 278, ハツカネズミとスズメが口論する 222B, 動物嫁としてのハツカネズミが人間の姿に戻る 402*, 動物婿としてのハツカネズミ 425*, 援助者としてのハツカネズミ 315A, 最強の存在としてのハツカネズミが娘の夫となる 2031C, ハツカネズミがメンドリの卵を割る 2022B, ハツカネズミが猫に追いかけられる 217, ハツカネズミが寝ている王の口から這って出てくる(口へ這って入る) 1645A, ハツカネズミが水(ミルク, ジュース, ワイン)の入ったコップで溺れる 1578A*, ハツカネズミが鍋に落ちて溺れる 2023, ハツカネズミが網をかみ切る 233B, ハツカネズミが魔法の指輪を取り返すのを手伝う 560, ハツカネズミが銀の壺から飛び出す 1416, ハツカネズミがパンの皮でボートをつくる 135*, ハツカネズミがライオン(その他の動物)に, 自分を放してくれればライオンを助けると約束する 75, ハツカネズミがしっぽを取り返す 2034, ハツカネズミがヘビから子どもを救う 178A, ハツカネズミが猫に食べられないように物語を語る 111, ビンゲンのハツカネズミの塔 751F*, 光を捕まえるためのネズミ捕り 1245. ─ 田舎のハツカネズミと町のハツカネズミ 112, 酔ったハツカネズミが猫に戦いを挑む 111A*, 母ネズミが子どもたちに猫に, 気をつけるよう警告する 112**, 山がハツカネズミを産む 299, ハツカネズミと鳥とソーセージがいっしょに暮らす 85, ハツカネズミと藁と炭 295.

ハツカネズミたち(Mice) 218, 570*, 660, 934F, 1321D*, 1651, 1930, 1950, ハツカネズミたちが協力して卵を運ぶ 112*, ハツカネズミたちが猫に捕まる 1281, ハツカネズミたちが猫を王に選ぶ 113, ハツカネズミたちが鉄を食べる 1592, ハツカネズミたちが略奪者を食べる 751F*, ハツカネズミたちが死んだふりをした猫に食べられる 113*, ハツカネズミたちが悪魔の口から飛び出す 839A*, ハツカネズミたちが猫に鈴をつけようとする 110. — 猫とハツカネズミの敵対 200, 聖者を装った猫がハツカネズミたちを食べる 113B.

ハツカネズミ花婿(Mouse-bridegroom) 425*.

罰金(Fine) 数えた鳥の数に基づいた罰金 1683, 暴行の罰金 1586B, 自分の犬が盗んだ罰金が, 相談料でまかなわれる 1589, 「それは嘘だ」と言ったら罰金を支払わなければならない 1920F.

発言(複数)(Statements) 主人の発言を召し使いが大げさにする 1688.

発見される(Discovered) 犯人(計画された犯罪)が理解不能なメッセージ(発言)によってばれる 1699, 隠れた愛人が見つかる 1725, 変装した男の正体がばれる 1545A*, 思いがけない幸運によってなくなった物(動物)が見つかる 1641, 発見した宝とおしゃべりな妻 1381, 泥棒が, 自分は見つかったと思う 1530*.

発見者(Finder) 宝の発見者が元の持ち主に分け前を与えようとする 745A.

発見すること(Discovering) 説教者を袋の中に見つける 1737, 説教者の女中との密通を見つける 1735.

罰する(Punish) 主人が寝ている徒弟を罰しようとしない 1562D*, オオカミたちが仲間の 1 匹にけがをさせた男を罰しようとする 121.

罰する(Punishes) 神が褒美と罰を与える 750–779.

罰すること(Punishing) 不貞を罰する 1380, 動物たちを溺れさせて罰する 1310, 鳥(虫)を崖から投げて罰する 1310C, 説教で真実を話したために聖職者を罰する 1825A, キリストの磔刑像が罰を下す 1324A*, 罰して妻を支配する 1378B*, にせの幽霊を罰する 1676, にせの貴族を罰する 1526, 正直さが罰せられる 1691B*, 物語を語ることをさえぎって罰せられる 1376A*, 主人を罰する 1571*, 食べることを拒否して主人を罰する 1698B*, モグラを生き埋めにして罰する 1310B, イバラの茂みに投げ込んで穴ウサギを罰する 1310A, 穴ウサギ(その他の動物)を盗みで罰する 175, 鎌を罰する 1202, 妻が料理をしないので罰する 1739A*, 愚かさのために妻が罰する 1383.

罰せられる(Punished) 謎を解けない求婚者たちが死刑になる 851.

バッタ(Grasshopper) 224, 280A, 1960M, 2023.

バッタ(Locust) 1260A.

ハットー(Hatto) (1 世または 2 世) 751F*.

バッファロー(Buffalo) 281.

発砲(Shot) 男がカモの群れを 1 発でしとめる 1894.

発砲すること(Discharging) 銃が教会で暴発する 1835A*.

発砲すること(Firing) 銃を発砲する 1228.

発明者(Inventor) チェスの発明者 2009.

ハト(Dove) 56A, 56B, 62, 80A*, 234, 240A*, 408, 442, 452B*, 781, 1533, 1837, ハトとカ

エルが自慢し合う 238，助けになる動物としてのハト 442，ハトがハチを救う 240A*．― ハトの姿になったオレンジ娘 408，ペットのハトがスープの中にふんをする 1837*，まるで精霊が飛んでいるように教会の中でハトを飛ばすよう，教会の雑用係が命じられる 1837，歌うハトが幼児殺害を暴露する 781．

ハト小屋（Dovecot） 1419A．

ハトたち（Doves） 325, 400, 808A, 960A, 1930，ハトたちとハヤブサ 231**，籠の中の手紙の中のハトたち 1296B，ハトたちが肩に止まって次の法王を示す 671．

パートナーシップ（Partnership） 人と鬼とのパートナーシップ 1030–1059．

ハトの（Dove's） ハトの卵交換（7 つの代わりに 2 つ）240，ハトの鋭い視覚 238，ハトの巣 236，ハトがメンドリと競走する 240．

ハドリアヌス（Hadrian） 938．

花（Flower） 花が墓に育つ 407，魔法の性質を持った花 467．― 魔法の花 405，魔法の花が誘惑行為を暴く 883B，少女が花に変身する 407．

鼻（Nose） 鼻をつかまれる 1143，鼻をはしごにぶつける 1288**，鼻が腕より長いと思われる 1288**．― 妻だと思って鼻を切り落とす 1417，修道士が胎児に足りない鼻をつけ加える 1424，魔法の果物を食べたあと，鼻が伸びる 566，母親が盗みを教えたために，息子が母親の鼻を食いちぎる 838．

話す（Talk） 動物をくわえている動物が話すよう促される 6, 6*，動物がタール人形をしゃべらせようとする 175，人に口をきかせる 879A．

話すこと（Talking） ひそひそと動物（物）に話しかける 870, 894，おしゃべり対決 1093，おしゃべりが批判される 1351A*，馬と犬（物）が口をきく 1705，7 年後まで話さない 1948，あまりに大声で話す 1486*，おしゃべりがうるさい 1948．― 口をきくこと，話すこと（Speaking）も見よ．

話すこと（Telling） いちばん大きな嘘を話す 1920，終わりのない話を物語る 2301，夢として経験を語る 955，嘘つき比べ 852，最も邪悪な行為を語る 950，息子たちを救うために危険な冒険の話をする 953，夢を告げること 725，身の上話 408, 881, 883A, 930A, 965*，物語を語って真実を打ち明ける 313, 891B*，物語を語る 875B*，物語を語る（7 人の賢い師たち）875D*，酒場で話すこと 304，口をきかない姫に物語を語る 945，物語が盗みを露呈させる 976，物語が争いを解決する 655，食事を得るために物語を語る 1567F，緑のブタの物語を話す 2275，さえぎられずに物語を語る 1920H．― 子どもが本当は何が起きたかを話すことによって，間違って訴えられた母親の無実を証明する 891C*．― 枠物語（Frame tale），物語を語ること（Storytelling）も見よ．

バナナ（複数）（Bananas） 愚か者がバナナを知らない 1339B．

花々（Flowers） 話しているときに花々が口からこぼれ落ちる 404，死んだ吸血鬼の墓に生えた花々が人間を動物に変える 451．

花婿（Bridegroom） 363, 559, 1691B，幽霊としての花婿 365，花婿がためらう 1453B*，花婿が花嫁の外見に関してだまされる 877，花嫁が男であることに花婿が気づく 1538*，最初の花嫁よりも新しい花嫁のほうがおしゃべりだと，花婿が気づく 886，花婿は強盗 955，花婿がおしゃべりな妻と別れる 886，花婿がヤギを花嫁と間違える 1686，一文無しの花婿が金持ちのふりをする 859，花婿が裕福なふりをする 1459**，愚かさ(ばかげた行動)のせいで花婿が拒絶される 1685，花婿が花嫁のドレスを汚す 1453B*，花婿がにせの花嫁を馬車から放り出す 403C，教会のドアを通るのには花婿は背が高すぎる 1295A*，花婿ががつがつ食べないように警告される 1691A，新妻が義肢を取り外すのを，花婿が見る 1379*. ― 愚かな花婿が初夜に何をしていいかわからない 1686，花婿の代理が立てられる 855，妻が困難な課題を成し遂げるのを，超自然の花婿が助ける 425B，動物婿の花嫁としての超自然の存在 425A. ― 動物婿(bridegroom)も見よ.

花嫁(Bride) 507, 760A, 1459**, 2021，花嫁と動物の花婿 151*, 302C*, 312A, 425A, 425C, 425D, 441，花嫁と花婿 301D*, 303A, 304, 306, 307, 312–314A*, 329, 361, 365, 402–404, 408, 411, 425M, 425*, 440, 505, 507, 513A, 516, 519, 533, 545B, 546, 590, 593, 611, 653, 677*, 704, 870–871, 874, 874*, 877, 879, 881A, 885–887, 890, 899, 926C*, 938*, 955, 976, 1418*, 1702, 1820，花嫁と超自然の花婿 311, 312C, 314A*, 425B，花婿のところへ行く旅の途中，花嫁が盲目にされる 404，花婿のところへ行く旅の途中，花嫁が馬車から追い出される 403，花嫁がかたまりの(ゴミの)たくさん入った粥をつくる 1458*，花嫁が持参金をあげてしまう 1463A*，花嫁がわずかな持参金しかない 2019，花嫁が花婿から去る 1686, 1688，幽霊の花婿が花嫁を墓の中へ誘う 365，花嫁が裕福なふりをする 1459**，花嫁が結婚を拒否する 1453B*，雌馬(ロバ)が花嫁の代わりにされる 1440，花嫁テスト 874*, 1452–1456, 1458, 1464C*, 1465A*, 1470, 1538*，3 週間前のパン生地が爪についている花嫁を断る 1453***，馬上試合で花嫁を勝ち取る 502, 508. ― 黒い花嫁と白い花嫁 403，変装した男が花嫁に選ばれる 1538*，にせの花嫁 402, 403C, 409, 450, 533, 870, 870A，忘れられた花嫁 313, 425A，花嫁の醜さを隠す 877，雌馬(ロバ)が花嫁の身代わりにされる 1440，花嫁を殺害する 760A，似た容姿の女たち(姉妹たち)の中に花嫁を見つける 313，聖者がほかの人のために花嫁を手に入れる 506*，花嫁をうまく見つける 704，超自然の花嫁と花婿 317. ― 動物嫁(Animal bride)，婚約中の女性(Fiancée)も見よ.

花嫁の(Bride's) 指の爪の状態で花嫁の性格がばれる 1453***，花嫁のにせの胸(木の足) 1379*.

離れ業(複数)(Feats) だますことで離れ業を成し遂げる 1640，障害と相容れない離れ業を成し遂げる 1965.

羽根(複数)(Feathers) 借りた羽根に身を包んだワタリガラス(カラス) 244. ― 羽根で覆われた女 1188. ― タール(Tar)も見よ.

跳ね返ること(Rebounding) 跳ね返った弓がジャッカルを殺す 180.

母親(Mother) 母親が娘に貞操(処女)を失わないよう忠告する 1542**，母親と毒ヘビ 285A*，母親と子ども 75*, 285, 425E, 450, 708, 769, 781, 891C*, 1358*，母親と子どもたち 247, 285A*, 315A, 451, 755, 765, 955B*, 1383，母親と娘 310, 333, 434, 480, 500, 501, 533, 545A*, 813A, 915, 915A, 1292*, 1374*, 1418*, 1453, 1453**, 1454*, 1456, 1457, 1458, 1461, 1463A*, 1468*, 1485*, 1486*, 1503*, 1542**, 1686A*，母親と娘たち 426，母親と花の(植物の)子ども 407，母親と息子 312D, 328A, 409A, 590, 652, 674, 760**, 804, 823A*, 838, 849*, 920, 920A*, 931, 931A, 933, 950, 1218, 1313, 1336A, 1349L*, 1381B, 1381D*, 1437, 1465A*, 1536A, 1539, 1540, 1630A*, 1643, 1653, 1678, 1678**, 1681B, 1685A*, 1686, 1686A, 1691A,

1691B, 1696, 1698B, 1735A, 2013, 母親と息子たち 762, 925*, 母親と娘 915, 助言者としての母親 1457, 1463A*, 1485*, 1486*, 1452, 母親が軽率に娘に呪いの言葉を吐く 813A, 母親が出産時に死ぬ 720, 母親が息子の妻に変装し, 息子と性交する 705A, 母親が息子の仕掛けた罠に落ちて死ぬ 1685A*, 娘が夫をだますのを, 母親が手伝う 1407, ひそかに探るために母親が長持ち(食器棚)に隠れる 1536A, 母親が間違って殺される 1119, 母親が愛人と密通する 590, 母親が死んだ子どもたちのことを嘆く 934C, 母ネズミが子どもたちに, 猫に気をつけるよう警告する 112**, 聖ペトルスの母親が地獄から救われる 804, 母親が息子を出産するとき巡礼の旅に出すことを約束する 516C, 母親が嬰児殺しの無実の罪を着せられ中傷される 710, 授乳する母親に関する謎 927, 殺すと脅されて母親が新生児を取り替える 920A, 熱のある母親を井戸につからせる 1349L*. ― どの母親も自分の子どもたちがいちばんかわいい 247, 2人の女が子どもの母親だと主張し, 本当の母親を見つける 926, 母親と娘と継娘 431. ― 動物の母親(Animal mother)も見よ.

母親の(Mother's) 息子が母親の鼻(舌, 耳)を食いちぎる 838.

ババ・ドキア(Baba Dochia) 368C*.

ハープ(Harp) 不可能な課題として, 生きているハープを持ってくること 465, 自動で演奏するハープ 328A.

バプティスマのヨハネ(聖人)(John the Baptist(saint)) 1533A. ― 誠実なヨハネ 516.

葉巻(Cigar) 葉巻が列車から外に落ちる 2204.

ハム(Ham) ハムが盗まれる 1525E. ― ブタがオオカミにとげのある木をハムの代わりに投げる 136.

ハム(複数)(Hams) 2010A.

ハーメルン(Hameln) ハーメルンのネズミ捕り男 570*.

ハーメルンのネズミ捕り男(Rat-catcher of Hameln) 570*.

早い(Early) 早い弟子が宝を見つける 1644.

速さ(Speed) 嘘つきたちの競争の題材としての技能の速さ 1920C*.

ハヤブサ(Falcon) 238, 316, 920B, 1528, 1592, ハヤブサとハトたち 231**, ハヤブサと毒の入った水 916, 体を結び合っている動物たちをハヤブサが食べる 278, ハヤブサが飼い主の手から毒の入った水を叩き落とす 178C, ハヤブサが食事として出される 864.

腹(Belly) 腹と体の部分 293, 雌豚の腹を妻の腹と間違える 1706C. ― オオカミの腹を切って動物の子どもたちを取り出す C123, 男が熊の腹を引き裂く 179A*, 腹を切り開く 705B, 魚の(カモの)腹から指輪が見つかる 673. ― 胃袋(Stomach)も見よ.

バラ(Rose) 娘への贈り物としてのバラ 425A, 425C, バラが墓に生える 407, 970, バラ赤 426, 死のしるしとしてバラが生える 755.

祓うこと(Exorcising) 悪魔を祓う 1168.

払うこと(Spending) 飲み物に倍額払う 1378A*.

パラダイス(Paradise) パリをパラダイスと間違える 1540. ― パラダイスから追放されたイブを神が訪問する G758, 守銭奴が善い行いのおかげでパラダイスに迎えられる 808, パラダイスに入ったお爺さん 809**.

腹を立てた(Offended) 腹を立てた神 939, 腹を立てた頭蓋骨 470A.

バランスをとる(Balancing) 岩で積み荷のバランスをとる 1242A.
梁(Beam) 梁を横向きにしてドアを通そうとする 801, 梁を延ばそうとする 1244.
針(Needle) 説教壇(聖書, 正餐式のパン)に仕込まれた針 1785B, あらゆる物を粉々にする針 594*. ― 針と手袋とリスがいっしょに暮らす 90, 殺人の被害者の頭を針で刺す 408, 930A, 雄牛に針を刺す 1786.
針(複数)(Needles) 針が畑に蒔かれる 1200.
張りついた(Pasted) 張りついた聖書のページ 1835B*.
ハリネズミ(Hedgehog) 9, 30, 41, 44, 52, ハリネズミと野ウサギ 275C, 人に対して横柄なハリネズミ 293G*, ハリネズミのことを快く泊めてくれたアナグマをハリネズミがアナグマの巣穴から追い出す 80, ハリネズミがヤギを追い払う 212, ハリネズミがキツネのいやいやながらの援助によってうまく逃げる 105*, ハリネズミがけがをしたキツネに助けを申し出る 910L. ― ハリネズミ坊やハンス 441.
ハリネズミの(Hedgehog's) ハリネズミの唯一の術策 105*.
春(Spring) 凍った言葉(音楽)が春にとける 1889F.
破裂する(Bursts) 動物が水を飲み干そうとして破裂する 34, カエルが雄牛のように大きくなろうとして破裂する 277A, 水に映った漁師の姿を見た魔女が破裂する 327 F.
破裂すること(Bursting) 大変な量を食べて破裂する 2028, 悪魔が破裂する 839A*, 魔法使いが破裂する 871, 鬼が破裂する 1093, 1141.
腫れる(Swells) ヘビ(ハチ)にかまれた物が腫れる 1889M.
ハロウィーン(Halloween) 1740.
馬勒(Bridle) あらゆる種類の馬を手なずける馬勒 594*.
パロディー(Parody) 説教のパロディー 1824.
パン(Bread) 若い妻がパンの焼き方を知らない 1374*, 木から落ちたパンで熊が死ぬ 1890B*, 靴を汚さないように泥だらけの水たまりにパンが置かれる 962**, パンが魔法で大きくなる 751B, 犬のパンが盗まれる 1562B*, 聖人の彫像に食事としてパンが出される 767, パン代がビールで支払われる 1555A, パンを地獄に持っていく 480C*, パンが, 自分たちはいかに苦しんでいるかを語る 1199A, パンが石に変わる 751G*, 知らずに黄金の入ったパンを交換する 841. ― 物乞いのパン 837, パンの下ごしらえを詳しく説明して魂を救う 1199A, 稼いだお金がパンの中に隠される 910B, パンで遊んだ少女 962**, 大きなパンのかたまり 1960K, ハツカネズミがパンの皮でボートをつくる 135*, 毒入りのパン 763, 貧しい人たちにパンがない 1446, 焦げた(焼き足りない)パンを舅に出す 1448*, パンを盗む 810A.
パン(Pan) 782, 動物たちの主君としてのパン(が死んだ) 113A.
パン生地(Dough) 脳みそを装ったパン生地 3, 川に小麦粉を入れてパン生地をつくる 1260, あふれ出るパン生地が幽霊だと思われる 1318. ―3 週間前のパン生地が爪についている 1453***.
反逆(Rebellion) 労働する動物たちの反逆 207.
パンケーキ(Pancake) 食べられるのを防ぐためにパンケーキがフライパンから飛び出す 2025.

パンケーキ(複数)(Pancakes) 求婚者テストとしてパンケーキを焼く 863.
判決(Judgment) 原告にとってばかげた判決が下される 890. — 不合理な判決が男を不当な告発から救う 978, 不合理な判決がほかの不合理な判決によって無効にされる 875, 裁判官が自分の都合のいいように判決を下す 926D, うっかり自分自身の判決を下す 925, 自分自身の判決を宣告する 408, ソロモンの審判 653, 知らずに自分の判決を言う 533, 賢い判決 926, 926A, 926C.
判決, 決断(Decision) より多くの賄賂をくれた男に有利な判決 1861A, 訴訟でのすべての主張が正しいという判決 1534E*. — 動物(犬, タカ)を殺す男の性急な決断 178A–178C, 不当な判決 875E.
判決(複数)(Decisions) シェムヤカの判決 1534. — 不合理な判決 1534Z*.
番犬(Watchdog) 201D*, 304.
反抗(Resistance) 妻の夫への反抗 888A.
犯罪(Crime) 誤って犯罪を認める 1697, 穀物に対する罪な行い 779G*, 犯罪人を殺害して防がれた犯罪 756C.
犯罪者(Criminal) 犯罪者と絞首刑執行人のユーモラスな会話 1868, 誤解によって犯罪者が見つかる 1699, 犯罪者が懺悔をしたあと贖罪をしなければならない 756A, 犯罪者がキリストと昼食をとる 1806.
晩餐(Banquet) 悪魔の晩餐 821B*. — 食事(Dinner), 食事(Meal)も見よ.
ハンス(Hans) 1415, ハリネズミ坊やハンス 441.
反芻すること(Chewing cud) 1211.
半ズボン(Breeches) 木から半ズボンへ飛び込む 1286. — ズボン(Trousers)も見よ.
判断(Justice) 神の判断が証明される 759*. — 裁判の鐘 207C, 死んだ男が神に審判を乞う 960B, 神の判断を疑う(受け入れる) 759, 759D, 774P, 隠者が神の審判を疑う 756A, 756B.
判定をする(Judges) 613, 920, 985*, 1861.
判定すること(Judging) 訴訟で賢い判決を下す 920, 920A.
犯人(Perpetrator) 366.
万人を喜ばせるロバ(Asinus vulgi) 1215.
パンのかたまり(Loaf) 大きなパンのかたまり 1960K, パンの皮をひとかたまり丸ごと残す 1562B*, パンのかたまりの中身だけ取り出す 1562B*
パンのかたまり(複数)(Loaves) 1833H.
販売(Sale) 売っていない物 1559C*.
販売人(Salesman) 1693, 販売人が価値のない雌牛を賞賛する 1214.
半分(Half) じゅうたんの半分を老人のために取っておく 980, 寿命の半分が分け与えられる 612, 899, しるしとしての半分の指輪(コイン) 361, 報酬としての王国の半分 532*, 571. — 熊が半分に引き裂かれる 117, 援助者がもうけの半分を要求する 505, 506*, 507, 男が王国の半分を分け前として与えられる 569, 猿がお金の半分を水の中に投げ, 半分を陸に投げて男をだます 184.
半分オンドリ(Demi-cock) 半分オンドリが貸した(盗まれた)お金(物)を要求する 715.

— オンドリ(Rooster)も見よ.

半分ひよこ(Half-chick)　715.

パン屋(Baker)　751A, 751G*, 831, 873, 920B*, 1351G*, 1586, 2019*, 2021, パン屋が一連の不幸な事故を引き起こす 1534, パン屋が農夫に 4 ポンドのバターを注文する 1566**.

パン屋の女(Bakery woman)　774J.

反論(Objection)　動物を埋葬することへの反論がお金で引っ込められる 1842.

番をすること(Guarding)　牛の番をする 1003, 1004, 1007, 絞首台の死体の番をする 1510, 帽子の下のハヤブサ(鳥)の番をする 1528, 農夫の穀物貯蔵庫の番をする 1564*, 支配者の寝室を護衛する 916, ドアの番をする 1009, 妻の貞操を守る 1352, 1352A. — 課題としての変わった番(放牧) 1007.

ひ

日(Day)　1 日で干し草づくりを終わらせる 820B, 1 日だけの支配者 1531, 男が翌日死ぬ 671D*.

火(Fire)　しっぽで火を消す 66A*, 肉から遠く離れた火 1262, 聖職者のブーツに火が入る 1825D*, 地面を踏んで火を出す 1064, 貪欲さからわざと火を消す 751B*, 鬼女から火をもらう 709A, びんたの火花で火がつけられる 1344. — 猫が火のおこし方を教える 130D*, 主人の服(ターバン)に火がついている 1562, 火に放り込んで殺す 1121, 家に火をつける 1008, 太陽の光(月の光)を火事と間違える 1335*.

美(Beauty)　美女と野獣 425C, 子どもたちの美しさと醜さが説明される 758, 援助に対する報酬としての美しさ 480, 711, 魔法の鏡に美が映し出される 709. — 並外れた美しさ 302B, 妖精たちが醜い女に美貌と若さを与える 877, キツネがほかの動物に美を約束する 8, 男の美しさが王を感動させる 879A, まれなる美しさ 709, 眠れる美女 410.

被害(Damage)　指示に文字どおり従うことによって被害がもたらされる 1693, ヤギたちが被害をもたらす 1184.

被害者(Victim)　1676, 自ら隠れていることをばらす被害者 1341A, 被害者が物語によって気をそらされる 1525L*, 体重を量って(釣りを教えて)被害者の気をそらす 1525N*. — 水の精霊が生け贄を呼ぶ 934K.

光(Light)　光をネズミ捕りで捕まえる 1245, 羊の毛皮から来る光 1245.

ヒキガエル(Toad)　275A, 275B, 278, 433B, 751E*, 987, 1310, 1319J*, 2032, 動物嫁としてのヒキガエルが人間の姿になる 402, 402A*, ヒキガエルが急いだことを呪う 288B*, ヒキガエルがカラス(その他の鳥)に食べられる 242, 死んだ男の頭蓋骨に乗るヒキガエル 960D, ヒキガエルがヘビを脅す 207C. — 鶏がヒキガエルになり息子の顔に飛びつく 980D.

ヒキガエルたち(Toads)　834, 話しているときその人の口からヒキガエルたちが落ちてくる(罰) 403, 480.

引き具(Harness)　馬の引き具が伸び, 荷馬車を後ろに残す 1917.

引き具をつけられた(Harnessed)　熊(オオカミ)が引き具をつけられる 1910.

引きこもる(Retreat) 3人の寡黙な男が隠者の住居に引きこもる 1948.
引き裂く(Tear) 動物たちが強盗をずたずたに引き裂く 315, 鳥たちが男の目をつつき出す 613, 犬たちが人食い女をずたずたに引き裂く 315A.
引き裂くこと(Tearing) 熊を2つに引き裂く 117, 子どもをばらばらに引き裂く 485, ずたずたに引き裂く 365, 755, 896, 服をびりびりに引き裂く 365, 悪魔との契約を破棄する 811, 果樹園(ワイン畑)をずたずたにする 1011.
引きずられる(Dragged) 少年(男, 少女, 女)が樽に入れられて引きずられる 1875.
ピクラ(Picula) 1831C.
ひげのない(Beardless) ひげのない悪党 531.
被告(Defendant) 賢い抗弁によって被告が無罪を宣告される 929.
ひざ(Knee) ひざから生まれる 705A.
秘蹟(Sacrament) 罪深い司祭から秘蹟を受ける 759A.
秘蹟(複数)(Sacraments) 聖職者が, 秘蹟はいくつあるか(神は何人いるか)を問う 1832D*.
ひそかに(Secretly) 妻と愛人がこっそり鶏を食べる 1741, こっそり食べる 774L, 785A, 1373, 1562A*, こっそり夜食べる 1562C*, 食事の前にこっそり食べる 1741, 父親がひそかに子どもたちを育てる 762, 牢獄にひそかに食べ物が持っていかれる 725, 愛人がこっそり逃げる 1419J*, けちが夜こっそり食べる 1562C*, 料理されたツルの一部が盗み食いされる 785A, 召し使いがこっそり食べる 1562A*.
ビー玉(Marbles) 不貞行為を数えるのにビー玉を集める 1357A*.
左利き用自在スパナ(Left-handed monkey wrench) 1296.
ひっかくこと(Scratching) ひっかき対決 1095, 頭(体)をいつも掻いている 1565.
引っかけ話(Catch tales) 2200–2299.
棺(Coffin) 強盗の隠れ場所としての棺 958C*. ― 棺がぶつかり生き返る 1354C*, 死体が棺から出されて皮を剝がれる 815, ガラスの棺 709, 709A, 鬼が棺に捕らえられる 328, 息子たちが父親の棺にお金(小切手)を入れる 1855B, 求婚者は悪魔の姿をして棺を運び出さなければならない(死に装束を着て棺に横たわらなければならない) 940, 高価な指輪(服)が棺から盗まれる 990, 姫の魔法を解くために若い男が棺に横たわる 307.
羊, 羊たち(Sheep) 6, 37, 43, 77*, 77**, 102, 122A, 122D, 122F, 125, 166A*, 170, 177, 204, 301, 325**, 368C*, 449, 451, 556F*, 570, 750B, 750D, 705E, 756E*, 780C, 857, 889, 924, 934, 935, 1091, 1294, 1297*, 1316, 1333, 1525J, 1535, 1543A, 1551, 1579, 1579**, 1685, 1695, 1698A, 1735A, 1791, 1791*, 1800, 1831, 1831C, 1960A, 1960B, 2010A, 羊と馬 203, 羊たちと羊飼いが飽くことを知らないオオカミに食べられる 162A*, オオカミに捕らえられた羊がキツネに救われる 44, 羊がオオカミを追い払う 126, 羊たちが犬たちをオオカミに引き渡す 62A, オオカミが口実を言って羊を食べる 170, 羊たちがオオカミのしっぽにおびえる 166A*, 空に消えた羊 1004, 揺り籠の中の羊 1525M, 羊たちがキツネを殺す 129, 羊が作男に殺される 1006*, 羊が生まれたばかりの子羊をなめる 129A*, 羊が犬に救われる 101, オオカミを狩ると思われている羊 1529B*. ― 教区民たちは羊ではなくヤギだと神に不平を言う 1827B, 羊からとれる物を分ける 1037, 羊飼いは多くの羊を細い橋の向こうへ渡さなければならない 2300.

羊飼い(Shepherd) 37, 306, 361*, 571, 672, 780, 821B, 844, 846*, 850, 851, 857, 883A, 889, 924, 926A, 945, 1037, 1045, 1093, 1159, 1334*, 1516*, 1535, 1832N*, 1833D, 2015, 羊飼いと動物たちがオオカミに食べられる 162A*, 愛人としての羊飼い 1419G, 羊飼いが多くの羊を細い橋の向こうに渡さなければならない 2300, 羊飼いが魔女に仕える 556F*, 主人が神の声を聞いたと, 羊飼いが主人に信じさせる 1575*, 羊飼いが試験に受かる 515, 羊飼いが禁じられた領地で家畜を放牧する 314A, 羊飼いが岩(木, 動物)を支えているよう説得される 1530, 羊飼いがライオンの前足からとげを抜く 156, オオカミが自分の群れを襲っていると, 羊飼いが繰り返し叫ぶ 1333, 羊飼いが強盗たちの暴行から救われる 958, 羊飼いが変装して難しい問題を解く 922, 羊飼いがけちな主人のふるまいを変えるために物語を語る 1567F, 羊飼いが食事のあとにさらに食べるよう客たちをそそのかす 1559A*, 羊飼いが巨人の魔法の馬の番をする 317, 羊飼いが巨人の領地で動物たちを放牧するときの禁令を破る 321. — 少年が羊飼いとしてふるまう 920, オオカミが羊飼いに変装する 123B. — 牧夫(Herdsman)も見よ.

羊飼いたち(Shepherds) 62A, 545B, 545D, 931, 938, 羊飼いたちがオオカミの腹から聞こえてくる声におびえる 700.

羊の(Sheep's) 羊の頭が埋められる 1381C. — 羊の皮をかぶったオオカミ 123B.

羊の皮(Sheepskin) 隠れ場所としての雄羊の皮 1137, 光源としての羊の皮 1245, 羊の皮が馬で育ち羊毛ができる 1911A.

引っ張る(Pulling) すべての肉をスープから取る 1572B*, 湖の口を引っ張って閉じる 1045, 毛を引き抜く 1394, 木を引き抜く 1241A, カブを引き抜く 2044.

ひづめ(Hoof) 証書, 名前, 等のあるひづめ 47B. — ひづめのかけらを使って馬を呼び出す 305.

否定される, 拒絶される(Denied) みすぼらしい服のために入場を断られる 1558, 神の助けが否定される 1718*, 盗みを否定する 790*.

ビート(Beet) カブを見よ.

ひどい扱いを受けた(Ill-treated) ひどい扱いを受けている作男が間違った命令を伝える 1563.

人食い(Cannibal) 311, 人食いの動物婿 312A, 人食い巨人 328A, 名づけ親の女 334, 334B, 人食い姫 871, 人食いの強盗たち 955B*, 人食いの妹 315A, 人食い魔女 327G, できそうにない課題を人食い魔女が女に課す 425B. — 人食いとしての子ども 406.

人食い(Man-eating) 人食い子牛(猫) 1281A.

人食い行為(Cannibalism) 必要に迫られた人食い行為 462.

人殺しの(Murderer's) 人殺しの家 1791*.

人殺しの女(Murderess) 子どもを殺した女が石臼に殺される 720.

人里離れた場所(Seclusion) 人里離れた場所に住んでいる少年が女を見たことがない 1678.

人さらい(Kidnapper) 人さらいが, さらった人物の並外れた力を使う 652.

等しくない(Unequal) 等しくない作物の分配 9, 1030.

人質(Hostage) だまされた男が人質として残される 1526.

杼と紡錘と縫い針(Spindle, shuttle, and needle) 585.

1つ眼(One-eyed) 目を見えなくされた1つ眼の巨人 485, 1つ眼の巨人たち(トロルたち) 328*, 片目の夫がだまされる 1419C, 片目の男 1661, 片目の男が目を取られたと不当に訴える 978, 片目の男とせむしの男(背の低い男)が会話をする 1620*, 片目の男が結婚式で代理を立てる 855, 片目の男が結婚する 1379***, 1つ眼の鬼が目をつぶされる 1137, 片目の靴職人が山々を動かす 756G*.

1つ眼娘, 2つ眼娘, 3つ眼娘(One-eye, Two-eye, Three-eye) 511.

1つを除いてすべて(All but one) 55, 56A, 56B, 123, 283, 297B, 306, 312D, 315, 315A, 317, 406, 442, 571C, 590, 650C, 893, 920E, 920B*, 921A*, 956B, 958E*, 960B.

1晩じゅう, 1夜を過ごす(Overnight) 810A*, 人里離れた家で1夜を過ごす 1791*.

人々(People) いたずらなヤギを家に連れ帰る手伝いを人々に頼む 2015, 人々が猫(フクロウ)を知らない 1281, 町の人々がアイデンティティーを間違える 1338, 人々が魔法の品にくっつく 571. ― 逃げているパンケーキ(その他の食べ物)が人間や動物に出会い, 彼らはパンケーキを食べようとする 2025.

ひなを覆う(Brood) めんどりにひなを覆うことを強いる 1284*. ― ひなをかえす(Hatching)も見よ.

ひなをかえす(Hatching) ゆで卵からひなをかえす 875, 920A, 卵をかえす 1681, 1681B, 卵の上に座って, ひなをかえすことを終える 1218. ― ひなをかえすことについての無知 1218.

非難(Reproval) 恩知らずの息子が自分の息子に非難される 980.

非難される(Blamed) 聖人像がいなくなったことで(お金をわずかしか出さないことで)教区民が非難される 1826A*, 教区民が神のことよりもカードの事に詳しいと非難される 1827A, 悪魔がいつも非難される 846, 農夫がキビをだめにしたと非難される 1838*, 客が食料を取ったと非難される 1741, 無実の人物が不運な事故のために非難される 1534A, 粉屋と息子が非難される 1215, 植物たち, 動物たち, 人間たちが非難される 2021B, 女に気に入られるために恋敵を非難する 1631*, 聖人像を侮辱する 1572A*, 悪癖を収入が少ないせいにする 1836A.

避難する(Refuge) 木の上に避難する 1154.

非難すること(Criticizing) 義理の娘が小さい糸巻き棒に糸を紡ぐことを非難する 1503*, 父親と息子が非難される 1215, 頭を覆わずに歩いていることを非難する 1230**, 口数が多いことを非難する 1351A*.

避難民(Refugee) 避難民が宿主にお金を預ける 961B.

日の出(Sunrise) 日の出を最初に見る 120.

ヒバリ(Lark) 81, 750E, 1062, 1316, ヒバリとジャッカル 223, ヒバリとサヨナキドリ 224. ― 象がヒバリの巣を踏みつぶす 248A.

日々(Days) 週の各曜日が出来事や活動と結びつけられる 2012, 週の曜日を妖精たちに告げる 503. ― 7日 875D*, 特別な日(クリスマス(イブ), 新年, 全聖人の日, 死者の日) 779F*, 日曜日 779J*, クリスマスの12日間 2010A.

ひび割れ(Cracks) 地面のひび割れ 1291B.

ピフ・パフ・ポルトリー(Pif Paf Poltrie) 2019.

秘密(Secret) 妃によって秘密が発見される 678, 立ち聞きによって秘密を知る 812, 妻が秘密を増大させる 1381D*, 動物婿の秘密が明かされる 425M, ロバの耳の秘密が穴にささやかれる 782, 動物の言葉がわかるという秘密 670, 魔女(女魔法使い)の秘密を盗み聞きする 310, ぼろぼろになる靴の秘密 306, 妻が秘密をばらす 1381C, 秘密の議会 1381D*. — 賢い農夫(鍛冶屋)が秘密を守ると約束する 922B, 雌牛が秘密を守る 511, 少女が秘密を教会の扉に話す 965*, 魔法の馬が巨人の力の秘密を明かす 317, 男がヒョウの敗北をばらす 181, お婆さんが魔法の鳥の心臓の秘密を明かす 567, 妻が動物婿の秘密を明かす 425A, 425B, 425D. — 立ち聞きすること(Overhearing)も見よ.

秘密(複数)(Secrets) 盲目の男が立ち聞きによって秘密を知る 613, 女が鳥たちの話を立ち聞きして秘密を知る 432.

姫(Princess) 91, 301D*, 302, 303, 313, 314, 314A, 314A*, 316, 326, 328, 332, 400, 402, 402A*, 410, 410*, 425A, 425D, 425*, 433B, 434, 434*, 440, 502, 505, 506*, 507, 510B*, 513A-517, 531, 532*, 545A, 545B, 546, 550-552, 554, 559, 560-562, 566, 569, 571, 572*, 575, 577, 580, 590, 594*, 611, 613, 653, 653A, 667, 671, 672C*, 674, 675, 677, 753A, 781, 861, 862, 871, 874, 880, 881, 885A, 891A, 892, 894, 898, 900, 900C*, 920A, 925*, 935, 950, 955, 986, 1164, 1460, 1542, 1548*, 1641C, 1651, 姫が巨人(竜, 悪魔)にさらわれる 301, 317, 姫と王国が勇敢な仕立屋に与えられる 1640, 姫と女中 533, 食べられた(殺された)動物の賠償としての姫 1655, 援助者としての姫 725, 褒美としての姫 610, 706D, 850-854, 857, 860, 863, 900, 922B, 945, 1640, 姫がそれぞれの求婚者に, 彼の最も邪悪な行いを告げるよう頼む 950, 姫が地下の洞くつに閉じ込められる 870, 姫がにせ医者に治療される 1641B, 姫が耳の聞こえない口のきけない愚か者との性交を求める 900C*, 棺に横たわった男が姫の魔法を解く 307, 姫が怪物を生む 708, 苦悩を探しに行った姫 871*, 結婚初夜に姫が夫をあざ笑う 879A, ガラス山の姫 530, エンドウ豆の上の姫 704, 姫がペテン師との結婚を拒否する 665, 姫が好いていない求婚者をさげすむ 402*, 魔法の品を得るために姫が男と寝る 570A, 姫が謎の答えを知るために男と寝る 851, 姫が知らずに男の服を着て変装した女と結婚する 881A. — 姫との逃亡 856, 高慢な姫がすべての求婚者を拒む(嘲笑する) 900, 900C*, 求婚者コンテストとして, 口をきかない姫をしゃべらせる 945, 姫との結婚 300, 304-306, 307, 315, 318, 325, 326B*, 328, 329, ふさぎ込んだ姫が笑わされる 1642, さらわれた姫を救う 467, 姫の蘇生 849*, 困難な課題としての姫を誘惑すること 854. — 娘(Daughter), 母親と娘(Mother and Daughter), 姉妹(Sister)も見よ.

姫たち(Princesses) 303, 306, 401A*, 441, 530, 881A, 姫たちが竜(悪魔, 鬼)にさらわれる 301.

ひも(Cord) 切り藁でつくられたひも 1889E, 1889K.

ひも(複数)(Straps) 引き具のひもが縮む 1917.

ひも(String) ひもに餌をつけてガチョウを捕まえる 1881, 数珠つなぎの鶏 1408C. — ウサギを狙って撃ち, ひもに当たる 1876*.

100(Hundred) 100 頭の動物 1579*.

百姓娘(Farmgirl)　百姓娘と王の結婚 875.
百姓娘の(Farmgirl's)　百姓娘の賢さが不可能な課題を成し遂げるのを助ける 875.
ビャクシンの木(Juniper)　殺された子どもの骨がビャクシンの木の下に埋められる 720.
100年の眠り(Hundred-year sleep)　死の代わりとしての 100 年の眠り 410.
日雇い労働者(Day laborer)　労働者(Workman)を見よ.
比喩的な(Metaphorical)　比喩的な表現 1355B.
ピュラモス(Pyramus)　ピュラモスとティスベ 899A.
費用(Expenses)　弁護士のための費用を節約する 1860D.
費用(Fee)　弁護士の助言の費用のほうが，犬が盗んだ罰金よりも高い 1589，助けてくれた弁護士に支払いをしない(策略を弁護士から習う) 1585. ― 夫が妻の治療費を倍支払う 1367**.
ヒョウ(Leopard)　56B, 67A*, 78，ヒョウが勝負に負けたことを誰にも話さないよう男に頼む 181.
ヒョウ(Panther)　51, 315A, 1333.
病気(Ailment)　医者に向かって詩的な言い換え(下品な言葉)で病気を説明する 1717*.
病気(Disease)　農夫が医者よりも上手に病気を診断する 921C*，妻の病気がすべての望みをかなえることで治される 1372*. ― 病気(Illness)，病気(Sickness)も見よ.
病気(Illness)　病気のふりをする 207, 207A，ヨーゼフとその兄弟たちの物語を聞いて病気になる 1833F. ― 病気(Disease)，病気(Sickness)も見よ.
病気(重い皮膚病)(Sickness(leprosy))　313，強情のために病気になる 760**，観察により病気を診断する 1862C，病気(白癬頭)のふり 314，金の鳥の歌で病気を治療する 550，果物(植物)によって姫の病気が治る 610，病気のふり 65, 91, 315, 871*, 590, 898. ― 父親が病気であることを魔法の鏡で見る 425C，王が不治の病に苦しむ 305. ― 病気(Disease)，病気(Illness)も見よ.
病気の(Ill)　病気の(Sick)を見よ .
病気の(Sick)　病気の動物が健康な動物を運ぶ 4，病気の男が聖職者にお金を受け取ったと想像するように言う 1804B，病気の男が耳の遠い友人の見舞いを受ける 1698I，病人が魔法で治療される 613，重要人物が珍しい治療薬を必要とする 551，病人が司祭の見舞いを受ける 1844，姫が魔法の軟膏(果実)で治療される 653A，病気の妻 1349N*. ― キツネが病気のふりをする 56A*，ライオンが病気のふりをする 50A, 51A，病人が回復するか死ぬかを予言する力 332，穴ウサギが死んだふりをする 72.
描写すること(Describing)　体の部分を描写する 2013，パンの下ごしらえを描写する 1199A.
病床(Sickbed)　聖職者が病床にいる人の横で食事をする 1844.
美容治療(Beautification)　色塗りによる美容治療：だましてやけどを負わす 8.
ひよこ(Chick)　2028.
ひよこたち(Chicks)　1408C，ひよこたちがメンドリに抱かれている 1284*，ひよこたちがタカから守られる 1284*.
平鍋(Pan)　平鍋が魚(ケーキ)を入れるのには小さすぎる 1221A*. ― 相続した山の中で

フライパンが見つかる 2251.
ヒル(複数)(Leeches) 患者がヒルを食べる 1349N*.
ビール(Beer) ビールを醸造する鳥たち 234A*, 女が犬を追いかけている間にビールが流れる 1387. — ガチョウ(その他の動物)がビールを注文する 211B*, パン代をビールで支払う 1555A, 水で薄めたビール(ただの水)を食事の前に出して満腹にする 1567A.
ヒルデブラント(Hildebrand) ヒルデブラントが不貞をはたらいている妻のところに戻ってくる 1360C.
火を消すこと(Extinguishing) 井戸から水を汲んできて燃えているボートの火を消す 1330.
瓶(Bottle) 瓶の悪魔 331. — 悪魔が瓶の中に誘い込まれる 1164.
敏感さ(Sensitivity) 花嫁テストとしての敏感さ 704.
ビンゲン(Bingen) 751F*.
びんた(Box) 火をつけるためにびんたをして火花を出す 1344, びんた 1372, びんたが返される 1557.
びんた(Slap) びんたの火花で火をつける 1344.
ヒンプハンプ(Himphamp) 一見不可能な課題としてのヒンプハンプ 571B.
貧乏(Poverty) 擬人化としての貧乏 330, 高慢, 自慢によって貧乏になる 736A, 836. — 田舎のハツカネズミが自分の貧乏のほうを好む 112.

ふ

不安になること(Worrying) 近づいてくる結婚に不安になる 1468*, 将来生まれてくる子どもの運命を憂う 1450, 夫(農夫, 商人)が怖がる 1676H*.
フィデヴァヴ(Fiddevav) 593.
不意の訪問を受けた(Surprised) 不意の訪問を受けた裸の兵隊が持ち場に着く 1670*.
フィリス(Phyllis) 1501.
風変わりな(Fancy) 医者に風変わりな病気が説明される 1717*.
風車(Windmill) 風車が聖十字架だと誤解される 1323.
夫婦, 既婚の女(Married couple, Married woman) 夫婦が富を夢見る 1430, 夫婦がささいな問題でけんかをする 1365E, 2 組の夫婦がベッドの中で移動させられる 1367, 既婚の女が求愛者たちから訪問を受ける 1536B. — 冗談で既婚の女を恋人と結婚させる 885. — 夫と妻(Husband and wife)も見よ.
夫婦, カップル(Couple) 夫婦が天国での約束を破る 804A, 夫婦が妻の愛人をだます 1359C, 夫婦が和解する 705A*, 結婚するカップルがばかげた答え(おかしな行動)をする 1820. — 子どものない夫婦に子どもが生まれる 700, 子どものない夫婦 720, 子どものない夫婦が子どもを削り出す(雪で子どもをつくる) 703*, 夫婦が埋葬料を前もってもらう 1556. — 夫と妻(Husband and wife), 男と妻(Man and wife)も見よ.
夫婦たち(Couples) 夫婦たちや恋人たちが悪魔によって別れさせられる 821A*. — 夫婦たち 1350–1439.

不運(Misfortune)　（老後の不運ではなく）若いときの不運が選ばれる 938-938B，誤解による悲運 899A，— 男が不運を避けることができない 947，報酬として与えられた教えが男を不運から守り金持ちにする 910B.

不運な(Luckless)　不運な子どもたちが幸運をもたらす動物を見つける 739*，不運な男が幸運な女と結婚したあと，成功する 737B*.

不運な(Unlucky)　不運な出来事 660, 670A, 945A*, 1241, 1241A, 1246, 1250, 1288, 1293B*, 1534, 1685A*, 1849*, 1871A, 1882, 1882A, 1889E, 1534, 1534A, 1535, 1680, 1681, 1681B, 1685, 1686, 1688, 1890F, 2021, 2021B, 2022, 2022B, 2023, 2039.

笛(Flute)　笛がクマネズミたち（ハツカネズミたち）をおびき出す 570*. — 銃を笛と間違える 1228，救援者が笛の演奏で呼ばれる 958，死んだふりをした妹を見せかけの魔法の笛で生き返らせる 1542，豚飼いが笛を吹くと，豚が踊る 850，フルートを吹くことを習いたがる 1159.

笛(Whistle)　笛が援助者を呼ぶ 315，尻に刺した笛が屁で鳴る 1453****.

フェデリーゴとモナ・ジョヴァンナ(Federigo and Monna Giovana)　864.

笛吹きたち(Pipers)　2010A.

増える(Increases)　パンが魔法のように増える 751A, 751B.

フォーク(Fork)　大きなナイフ（サーベル）には同じく大きな熊手がつきものである 1704*.

フォークス(Focus)　フォークスという名の鍛冶屋 921A.

フォルトゥナートゥス(Fortunatus)　566.

深さ(Depth)　井戸の深さが測られる 1250.

武器(Weapon)　幻覚を見たあと実際の武器を長持ち（箱）にしまっておく 737. — 寝ている人物が武器で叩かれる 1115.

吹く(Blow)　動物（熊，オオカミ）が家を吹き倒そうとする 124.

服(Clothes)　服が取り替えられる 1331A*，王のための架空の服 1620，祝宴で服が歓迎される 1558，水浴びをしている女の服が盗まれる 313, 400, 413, 425M，木（石）に服を着せる 1271C*，だまされて服を盗まれる 1525J. — 鳥が新しい服をつくらせる 235C*，皇帝の新しい服 1620，みすぼらしい服のために入場を断られる 1558，女中が花嫁と服を交換することを強いる 533，男が水浴びをしている女の服を盗む 413，高価な服が棺から盗まれる 990，召し使いが王子を説得して服を取り替える 502.

服(Clothing)　服が墓地に絡まる 1676B，ずたずたに引き裂かれた服が墓地で見つかる 779E*，召し使いに服を着せる 1569**. — 服が 1 つひとつ列挙される 2013，服に関する王の命令が服屋を裕福にする 1639*.

服(Garment)　服屋がある型の服をつくりすぎる（毛皮）1639*.

福音書記者(Evangelists)　1613, 2010.

吹くこと(Blowing)　同じ息で温めたり冷ましたりする 1342，家を吹き飛ばす 124，ろうそくを吹き消す 1187，ランタンを吹き消す 1920H*.

復讐(Revenge)　詐欺師を叩いて復讐する 1538，農夫を殺して復讐する 1689A，けちに自分が妊娠していると信じさせて復讐する 1739A*，恋人になることを拒絶されたことへの復讐 892，友人の思いやりのなさに対する仕返し 179A**，対決に負けて仕返しをする

1115, 1116, 天の声が殺人の復讐を予言する 960B, ハチに刺された仕返し(巣箱のハチすべてが殺される) 774K, 鳥のキツネへの復讐 56B, アシナシトカゲの復讐 234, 去勢された(目を見えなくされた)男の復讐 844*, だまされた男の復讐 1538, カニの復讐 231, カラスの復讐 220A, 暴かれた魔術師の仕返し 987, 腹をすかせた徒弟たちの仕返し 1568**, 拒絶された求婚者の復讐 900, 900C*, 無視されたことに対する聖人たちの復讐 846*, スズメの復讐 248, 妻の復讐 1641B, 犠牲者の親族が犯罪者に復讐する 756A, 教育が不十分だったことに対する母親への復讐 838, 聖人の絵(像)が祈りに答えないことに対する復讐 1476A, 復讐すると脅す 1159. — 毒ヘビが復讐をする 285A*, 動物たちと道具がデーモンに復讐する 210*, 動物たちが殺された仲間のために復讐する 210, 動物たちが象に復讐する 248A, 動物たちが年老いたライオンに復讐する 50C, 建築家が注文者に復讐する 980*, だまされた男が商人(地主)に復讐する 936*, 復讐として馬の唇を切り落とす 1688A*, だまされた求婚者たちが仕返しをする 940, 解雇された兵隊が復讐のために求婚者コンテストに参加する 58, 守護天使の助けによって復讐から免れる 770A*, 農夫が学生たちをだまして復讐する 1539, 農夫が泥棒を裸にして木に縛りつけ仕返しする 958A*, 農夫の復讐(弁護士の穀物を大きな隙間をあけて脱穀して, 脱穀されない部分を残す) 1860E, 作男が, 納屋が燃えているときに変な名前を使って仕返しをする 1562A, キツネが鐘を鳴らして, オオカミがいることを暴露してオオカミに仕返しをする 40A*, キツネがオオカミに復讐する 123A, だまされた妻の復讐を夫がする 1382, 男が仕返しをするために女と結婚する 891, 男が復讐に鬼の財宝を盗む 328, 妃が男の服を着た女に仕返しをする 514**, 仕返しにネズミ捕り男が子どもたちを町の外へ連れていく 570*, 強盗が強盗の仲間たちを殺した女に復讐を計画する 956B, 強盗たちが財宝を盗まれた仕返しをする 954, 復讐から妹が兄に毒を盛る 315, 仕返しに中傷する 883A, 仕返しに相手の妻を中傷する 882, 復讐として拒絶された求婚者が中傷する 896, 仕返しに女を中傷する 881, 息子が不誠実な母親と愛人に復讐する 590, 女が強盗に復讐する 956E*.

復讐(Vengeance) 復讐(Revenge)を見よ.

復讐に燃えた(Revengeful) 復讐に燃えた支配者が無実の女たちを殺す 875B*.

袋(Bag) 日光を袋いっぱいに詰める 1245, 食べ物を入れる袋 1088, 嘘袋 1296. — 少年が魔女の(鬼の)袋に誘い込まれる 327C, 袋に隠れている男がいっしょに連れていかれる 1132, 歌う袋 311B*. — 箱(Box), 長持ち(Chest), 袋(Sack)も見よ.

袋(Sack) 嘘(真実)の袋 570. — 子どもが袋の中に捕らえられる 327C, 悪魔(死神)が袋の中に捕らえられる 330, 袋に閉じ込められた貧しい弟(場所を交代してくれる通行人を見つける) 1535, 説教者がだまされて袋に入れられる 1737, 袋の中の妻が天国にたどり着かない 804A. — 袋(Bag), 箱(Box), 長持ち(Chest)も見よ.

フクロウ(Owl) フクロウとヤツガシラ 224, 見張りとしてのフクロウ 221B, 未知の動物としてのフクロウ 1281, フクロウが忠告をする 233C, フクロウがワシ(タカ)に殺される 230.

フクロネズミ(Opossum) 8, 1960A.

服を着せること(Dressing) 酔った(薬を盛られた)男に服を着せ食事を与える 1531, 妹の服を着る 1538*.

不幸な(Unfortunate) 不幸な出来事によって妊婦と犬と新生児が死ぬ 1680.

不公平(Injustice) 風の不公平さに対する不平 759C.

不公平な(Unfair) 雌牛の不公平な分け方 1633.

不公平な, 不正な(Unjust) 不正な銀行家がだまされて預金を引き渡す 1617, 不当な判決 1534, 不公平な収穫の分配 9, 1030, 不公平な裁定者 51***, 不公平な判定者が争われている品々を割り当てる 518, 926D.

不合理さ(Absurdity) 誤解に基づく不合理さ 1225A, 1681A, 1685, 1686, 課題の不合理さが示される 875, 875B, 875B1, 875B3, 875E, 875B4*, 事実の不合理さ 1381A. ― 無知(Ignorance), 誤解される(Mistaken), 誤解(複数)(Misunderstandings)も見よ.

布告(Proclamation) 布告が教区外の人との結婚を禁じる 1475.

ふさぎ込んだ(Melancholy) ふさぎ込んだ姫を笑わせる 425D, 559, 571, 572*, 1642.

ふざけた(Facetious) ふざけた結婚式 885.

不作法な娘(Puella pedens) 1453****.

不死(Immortality) 悪魔に不死を授けられる 330, 不死を手に入れる(死神がだまされる) 332C*. ― 男が若い女と不死の国で暮らす 470B.

不思議に思う(Wondering) 誰が神の後継者となるか不思議に思う 1833E, 馬のふん(蹄鉄)は雄馬のものか雌馬のものか考える 1832B*.

不死鳥(Phoenix) 治療薬としての不死鳥 551, ノアの箱船の不死鳥 825.

不実な(Faithless) 不実な母親 590, 忌まわしい愛人のいる不実な妃 1511, 不実な妹 315, 不実な未亡人 1510, 不実な妻 318, 560, 875B*, 960D, 隠れている夫が不実な妻に答える 1380A*, 不貞な女が夫を犬に変身させる 449.

不正直な(Dishonest) 不正直な粉屋の正体が暴かれる 1853, 不誠実な聖職者が悪魔のふりをする 831.

不親切(Unkindness) 農夫の不親切が乏しい収穫を招く 830B. ― 親切(Kindness)の項の親切と不親切も見よ.

不親切な(Unkind) 動物たちに親切にしない少女は援助を得られない 480A, 継妹に不親切な姉たち 480A*, 510A, 511, 713, 不親切なふるまいに対する罰としての醜さ 403.

不誠実さ(Unfaithfulness) 悪魔が夫に妻の不誠実さを見せる 824.

不誠実な(Treacherous) 不誠実な動物の正体が声によって露見する 214B, 不誠実な船長が, 女を救ったのは船長であると言うように女に強いる 301D*, 不誠実な廷臣が, 王の客が隣の人を叩くよう提案する 1557, 不誠実なツル 231, 不誠実な農夫が, キツネが隠れていることをばらす 161, 不誠実なメンドリ 240, 不誠実なサギ 231, 不誠実な男が猿にだまされる 184, 不誠実なクモがハエを招待する 283.

不誠実な(Unfaithful) 不誠実な妻 1360C, 1431, 裁判官をする不貞の妻 1355A*, 不誠実な妻が悪魔に暴かれる 824, 異界で妃の不誠実が露見する 871A.

不正な(Fraudulent) 不正な主人 821B, 死んだ男の不正な遺言が公証人に口述筆記される 1588***.

豚(Hog) 20A, 21, 59*, 102, 120, 122A, 122F, 219F*, 660, 893, 1036, 1525E, 1525M, 1536A, 1585, 1831, 1831B, 1842, 1960A, 1960D, 2014, うっかり豚を教会に閉じ込める 1838, 豚と

オオカミ 106*, 客としての豚 1292*, 豚がオオカミに食べられる 106*, 豚がオオカミから逃げる 121, 豚が結婚式に送り出される 1540A*, 豚が庭を掘る 1292*, 畑に豚が蒔かれる 1200, 聖職者と教会の雑用係に盗まれた豚 1792B, 豚をガチョウと取り替える 1415, 豚がオオカミをだます 124. — 豚が魚に気の利いた返答をする 137, 愛人が豚小屋に隠される 1419F.

豚(Pig) 30, 124, 130A, 165, 204, 409A, 530A, 774D, 891C*, 1037, 1186, 1291D, 1322A*, 1327A, 1409*, 1525M, 1533A, 1655, 1791, 1792, 1832F*, 1835D*, 2015, 2021, 結婚式でのもてなし役としての豚 1540A*, 豚がパンケーキをだまして食べる 2025, 豚がお金を食べる 891C*, 豚が聖職者を物乞いの墓に連れていく 842A*, お婆さんが豚にさせたがっていることを, 豚が拒む 2030, 豚がオオカミめがけてハムの代わりに木片を木の上から投げる 136. — 緑の豚 2275. — 雌豚(Sow)も見よ.

豚飼い(Pigherd) 市長としての豚飼い 1268*.

豚飼い(Swineherd) 317, 441, 850, 852.

双子(Twins) (美しい娘と醜い娘) 711, 双子または血を分けた兄弟 303.

豚たち(Hogs) 77*, 850, 1543A, 1735A, ぬかるみの豚たち 1004, しっぽが巻いている豚たち 1036.

豚たち(Pigs) 169K*, 842A*, 935, 1004, 1334**, 1346A*, 1352, 1551, 1579**, 1695, 1827B, 1960K, 豚たちが藁の家と枝の家と鉄の家を建てる 124A*, 豚たちが競争して家に帰る 1185*, 豚たちがパンケーキを求めて泥の中を探し回る 2025, 豚たちが歩いて家に帰ること 1185*, 変わった名前の豚たち：やせっぽち, ふとっちょ, しっぽ 2205. — 豚からとれる物を分ける 1037, 3 匹の子豚 124.

豚肉(Pork) ユダヤ人は豚肉を食べることを禁じられている 1855D.

豚の(Hog's) 動物(熊, オオカミ)が豚の家を吹き倒すことができない 124, 聖書に従って豚の頭を分ける 1533A.

豚の屠殺(Hog-killing) 死にいたる遊びとしての豚の屠殺 1343*.

二又手袋(Mitten) 動物たちが二又手袋の中に座る 283B*.

二又手袋(複数)(Mittens) 手袋が鹿を追いかける 1889L**.

ブーツ(Boot) ブーツが斧のさやと間違われる 1319G*.

ブーツ(複数)(Boots) 浅瀬を歩いたあとブーツにたくさん魚が入っている 1895, ブーツを電報で送る 1710, 盗まれたブーツ 1288. — 長靴を履いた猫 545B, 同じ種類のブーツを 2 人の靴職人に注文する 1541**.

復活(Rebirth) 焼かれた聖者の復活 788.

復活祭(Easter) 671*, 803, 復活祭をクリスマスと取り違える 1848D.

ブッシェル容器(Bushel) ブッシェル容器すり切り 1 杯 1182.

仏像(Buddhas) 藁の笠をかぶされた石の仏像 1271C*.

沸騰すること(Boiling) 沸騰したミルクがふきこぼれる 1328*, 沸騰する音が誤解される 1264*.

不貞(Adultery) 571B, 861, 1355, 1355A, 1360, 1361, 1364, 1369, 1725, 不貞は目の錯覚 1423, 恥辱としての不貞 712, 話す動物たちに主張されて不貞が暴かれる 1750, 1750A,

だまされて不貞をはたらく 1545B, 1545A*, 不貞をはたらいて妻が追い出される 570A, 不貞行為を数える 1357A*, 不貞が暴露される 1358A, 偶然不貞がばれる 1781, 不貞が露見する 871A, 1359-1359C, 1380, 1419-1419B, 1426, 息子の歌で不貞がばれる 1735A, だまされて不貞が露見する 1357*, 不貞は目の錯覚だということにする 1423, 不貞をオウムに報告される 1422, 知らずに不貞をはたらく 1363, 子どもが知らずに不貞を暴露する 1358*, 物乞いとの姦通 1424*, 作男との密通 1431, 愚か者と姦通する 1410, 騎士と姦通する 1410, 司祭と姦通する 1410, 召し使いと姦通する 1410, 不貞が目撃される 1355B, 1355C, 1355A*, 1358, 1358C, 1360B, 1364, 動物に姦通を目撃される 1750, だまされて不貞が目撃される 1360C. ― 子どもが母親の不貞をあざ笑う 920, 貴族の女が, 母親が不貞をはたらいたと非難する 762, 妻の不貞が疑われる 891B*, 891C*, オンドリが女主人の不貞を告げる 243A.

不貞をはたらく(Adulterous) 不貞をはたらく夫 910G, 1357A*, 1515, 不貞をはたらく妻 992, 1355-1355A*, 1357*-1357A*, 1358-1362A*, 1364, 1378-1380, 1410, 1418-1426, 1536C, 1537, 1544, 1545, 1545B, 1547*, 1725, 1735A, 1741, 1750, 1777A*, 1781.

不適切な(Inappropriate) 教会での不適切な行動 1831A*.

太った(Fat) 太った猫 2027, 太ったオオカミが逃げられない 41. ― 太ったヤギを待つ 122E.

太らされる(Fattened) 少年(ヘンゼル)が太らされる 327A, 兄弟が太らされる 327G.

太らせること(Fattening) 捕まった動物の最後の願いは太ること 122F, 悪魔の雌牛を太らせる 1161A.

プードル(Poodle) 540.

船乗り(Sailor) 821B, 956, 1060A, 1179, 1557, 1676H*, 1889G, 船乗りが犬に助言を受ける 540, 船乗りがさまざまな冒険を経験する 1889H, 死を恐れない船乗り 921D, 船乗りが海の知られていない場所を探す 1379**. ― 船乗りと入れ替わった愛人 1542*, 若者が経験豊富な船乗りだと思われる 1611.

船乗りたち(Sailors) 1875, 幽霊船の船乗りたち 777*.

船乗りの(Sailor's) 船乗りの約束が陸に上がると忘れられる 778.

不妊(Barrenness) 不妊が魔法で治される 705A.

船(Ship) 船づくり職人 653, 船をいかりの鎖につながなければならない 1179, 底なしの(船べりのない)船 1963. ― 船長 565, 612, 882, 882A*, 1553B*, 大きな船 1960F, 1960H, 水陸両用船 513B, 610, 水が漏れる船 1179, 姫が船に誘拐される 516.

船をこぐ(Rowing) 係留されたボートをこぐ 1276, 船をこぐ競争 1087, 反対方向にボートをこぐ 1276.

ブーブーいう(Grunt) 豚のブーブーいう声が男の名前だと誤解される 1322A*.

不服従(Disobedience) 妻が不服従を治される 901.

不平(Complaint) 毎年同じ説教(物語)を聞かされることに対する不平 1833F, 人々の不公平について不平を言う 846, 天国への受け入れに関する不平 802, 飽満についての不平 716*, 夫婦の不平 1416, 継妹が牛(赤い雄牛, 名づけ親の女)に不平を言う 511, 罠にかかった野ウサギの不平 72D*, 鍋から不平が聞こえてくるようである 1264*, 真実を言う者というのは泊めてもらえないものだ 1691B*, 信徒たちについて神に不平を言う 1827B, 不条理な論証による不平が不条理な判決によって却下される 875E. — ガチョウ番の娘がストーブに向かって真実を打ち明ける 533, 強姦された女が支配者に不平を訴える 985**, 義理の妹が雌牛(赤い雄牛, 女の名づけ親)に不平を(身の上話を)明かす 511.

不平だらけの(Dissatisfied) 天国の不平だらけの靴職人 801.

不平を言う(Grumbling) 神について不平を言う 830A.

不平を言うこと(Complaining) けちな舅のひどい扱いに不平を言う 1562C*, 地上の悪い女たちについて不平を言う 1164, 歌の中で食べ物について不平を言う 1567G, きつい仕事に不平を言う 1408, セックスがないことについて不平を言う 1686A, 近眼について(サンドイッチの中身がないことについて)不平を言う 1561*, 財産について不平を言う 1468, バターの重さが足りないと不平を言う 1566**.

不満な(Unhappy) 不満な動物たちを神が罰する 277.

踏むこと(Stamping) 地面を踏んで火を出す 1064.

冬(Winter) 永い冬のために食料を備蓄する 1541.

ブヨ(Gnat) 1920E*, 1960M, ブヨがバッファローを追い払う 281.

プラキダス(Placidas) プラキダスがエウスタキウスという名を与えられる 938.

フラミンゴ(Flamingo) 56D.

ブランデー(Brandy) 世界じゅうのすべてのブランデー 1173A.

不利(Disadvantage) 裁判官が裁判で下した判決が自分の不利になる 1861.

ふりがなされる(Pretended) デーモンを捕まえたふりをする 1168A, 耳の聞こえないふりがなされる 1544, 1698G, 1698N, 2025, 死んだふり 1139, 1313A*, 1370B*, 預金者が死んだように装う 1591, 夫(妻)が死んだふりをする 1556, 注意をそらすために死んだふりをする 1525D, 死刑執行のふり 981A*, 洪水が来ると思わせる 664*, 1361, 友情が装われる 1364, 幽霊のふりをした者が被害者の攻撃を受ける 1676, 無知のふりをする 1827, ベッドへの入り方を知らないふりをする 1545A, 人間の性質について知らないふりをする 1545B, 病気のふりをする 1360C, 1419J*, 装われた嬰児殺し 894, 遺産があるように装う 982, 装われた殺人と人食い 652, 新しい法案が通ったふり 1381D*, 力があるふりをする 1149, 食べ物の雨が降ったふりをする 1381, 1381B, 誘惑(強姦)をしたふり 892, 病気のふり 91, 590, 自殺のふり 313E*, 1313, 富を装う 545B, 545D*.

ふりがなされる(Simulated) けがしたふりがなされる 3, 女を誘惑したふりがなされる 882, 病気のふりがなされる 50A, 871*, 898. — ふりをすること(Pretending), みせかけの(Sham)も見よ.

フリードリヒII世(Friedrich II) プロイセンのフリードリヒ II 世 885, 1736B.

ふりをした(Feigned) 耳が遠いふりをした人が泊めてもらう 1544. — 見せかけの(Sham)も見よ.

ふりをする(Feign) 病気のふりをしろという助言 207, 207A.

ふりをする(Pretends) 鳥がもっと大きなふりをする 228.

ふりをすること(Feigning) 義務を避けるために耳が聞こえないふりをする 1698G, 逃げるために死んだふりをする 33, 41.

ふりをすること(Pretending)　途方もない力(強さ)を持っているふりをする 1045, 1053, 1060, 1060A, 1061, 1070, 1087, 銃を喫煙パイプだと見せかける 1157, 櫛としての馬鍬 1146, 真珠としての石臼 1146, 質問が聞こえない(理解できない)ふりをする 1777A*, 料理された魚が口をきいたふりをする 1567C, メンドリ(ひよこ)が姦通を目撃したと装う 1750, 雨が降っていることを装う 1560**, 自分の豚が盗まれたふりをする 1792, つぶされた動物は市長になったと言う 1675, 2つの卵が3つあるように装う 1533B, 盗みは夢だったふりをする 1790, 恐れているふりをする 1310A, 1310C, 天使のふりをする 1462, 叩かれたふりをする 1525J, 大食漢のふりをする 1088, 目が見えなくなったふりをする 1380, 1536C, 寒くなったふりをする 1116, 死んだふりをする 1539, 1654, 1711*, 悪魔(たち)のふりをする 1676H*, 1706E, 神のふり 1476, 豚になったふり 1419F, けがしたふりをする 4, 1095, 招待客のふりをする 1526A, イエスのふりをする 1359C, 王の娘のふりをする 1406A*, 画家のふりをする 1620, 医者のふりをする 1137, 裕福なふりをする 1459**, 白癬頭になったふりをする 314, 召し使いたちのふりをする 1526, 「永い冬」(「こんにちは」)という名前であるふりをする 1541, 動物に変えられていたふりをする 1529, 処女マリアのふりをする 1476A, 石を粉々にかみ砕くふりをする 1061, 籠に子犬を入れて運んでいるふりをする 762, 穴ウサギを捕まえるふりをする 1595, 天国(等)から来たふりをする 1540, 1738, 人々を治療するふりをする 1641D*, 自分のペニスを切り落とすふりをする 1543*, 死んだふり 1351F*, 盗まれた馬を見つけたふりをする 1641, 赤ワインと白ワインを同じ樽からつぐふりをする 1539A*, 酒を飲んでいるふりをする 1088, 食べる(働く)ふりをする 1560, ほんの少ししか食べない(まったく食べない)ふりをする 1373A, 1407, 1407A, 1458, 道化の杖を取りに行くふりをする 1542, ひげに金メッキをするふり 1138, 盲目の男たちにお金をあげるふりをする 1577, 帽子の下のハヤブサを見張るふりをする 1528, ばかげた近況をすでに知っていたふりをする 1931, 鳥と馬と姫を連れてきたふりをする 550, 井戸に落ちたふりをする 1614*, 母国語を忘れた(ラテン語しか話せない)ふりをする 1628, 盗んだ動物を見つけたふりをする 1636, 水の底で動物たちを見つけたふりをする 1535, 首を吊ったふりをする 1190*, たくさんの紡錘に糸を紡いだふりをする 1405, 司教の皿から味見をしたふりをする 1578*, 犬の足を切るのにそのナイフを使ったふりをする 1578*, 治療するふりをする 1135, 1137, 1138, 盲目の男が橋を渡るのを助けるふりをする 1577**, 岩(木, 動物)を支えているふりをする 1530, 楽しみで飛び跳ねたふりをする 1098*, 空へ跳んだふりをする 1051, 城を持っているふりをする 545A, 樽にミルク(ワイン)を注ぐふりをする 1555, 毛櫛(櫛)で性交の練習をするふりをする 1543*, しるしによって豚を見分けるふりをする 1036, 撃つふりをする 1091, 寝たふりをする 1115, 1140, 1341D, 1640, ラテン語を話すふりをする 1825B, 自分の妹を刺すふりをする 1542, だまされやすい説教者を天国へ連れていくふりをする 1737, お金(物, 動物)を天国(地獄)にいる死んだ人物に持っていくふりをする 1540, 少額のお金だけをおろすふりをする 1591, ラテン語を教えるふりをする 1539, 何かを泥棒の頭めがけて投げるふりをする 1833K, 石を投げるふりをする 1062, 1063A, すべての女たちの策略がわかるふりをする 1406A*, 納屋の屋根を唐竿として使うふりをする 1031, 1089, 魔法の力を使うふりをする 1358C, 上等な布を織るふりをする 1620, 言い寄るふりをする

1501，働くふり 902*，カブはベーコン(豆は魚，等)だと装う 1565**，女が動物に変身させられたように装う 1538*.

ふるい(Sieve)　水を汲むのにふるいを使わなくてはならない 1180，煙を運ぶのにふるいを使う 1245.

ブルーンヒルデ(Brunhilde)　519.

無礼(Impoliteness)　無礼によって裕福な男が悪魔の支配に落ちる 480C*.

無礼な(Insolent)　無礼な王子が怒った女に呪われる 408.

無礼な(Outrageous)　無礼な農夫 830B.

ブレーメン(Bremen)　ブレーメンの町音楽師 130.

触れること(Touching)　地面に触れることが死をもたらす 470B，魔法の花で触れると人間の姿に戻る 405.

風呂(Bath)　殺人現場としての風呂 590，竜の血で入浴すると傷つかなくなる 650C. ― 風呂に沈めることが魔法にかけられた女を救う 507.

プロテスタント教徒たち(Protestants)　改革派のプロテスタント教徒たちが，天国にいるのは自分たちだけだと信じさせられる 1738D*.

不和(Dissent)　ジャッカルが仲のいい動物たちに不和をもたらす 59*.

糞虫(Dungbeetle)　糞虫とほかの動物たちが若者を助ける 559，糞虫がワシの卵を壊す 283H*，糞虫をハチだと思う 1316.

分配(Division)　すべての獲物を分配する 1089，獲物の分配がライオンを怒らせる 51，墓で略奪品を分ける 1791，子どもを 2 つに切り分ける(ソロモンの審判) 926，収穫の分配 9, 1030, 1030*, 1633，備蓄食料の分配 222B，だまして豚を分配する 1036，権力の分配 1184，贈り物と叩かれることを分け合う 1610，獲物の分配 301，キツネ(その他の動物)が獲物の分配を裁定する 51***，姫を分配する 505, 653，羊と豚を分配する 1037，盗まれた物を与える 1525K*，もうけの半分として女を分配することが要求される 506*, 507. ― 動物たちを賢く分配する 1533，卵(鶏肉，パンケーキ)の賢い分配 1533B, 1663，群れの賢い分配 1533C，死んだ動物を正確に分ける 315.

ブンブンいう音(Humming)　ハチのブンブンいう音が愚か者たちを怖がらせる 1321C.

へ

屁(Fart)　屁を悪魔が追い出されたしるしだと間違える 1823. ― 課題：自分の屁を捕まえる 1176.

屁(複数)(Farts)　求婚者が屁を数える 1453****. ― 見張りとしてのキツネが女の屁で追い払われる 153.

ベアトリーチェ(Beatrice)　770.

ヘアーブラシ(Hairbrush)　ヘアーブラシとしての馬鍬 1146.

ペイク(トリックスター)(Peik(trickster))　ペイクが王に挑まれる 1542.

平信徒(Layman)　平信徒が聖職者の役割を演じる 1825, 1825B, 1825C, 1825D*, 1826.

兵隊(Soldier)　304, 306, 307, 326A*, 331, 475, 513A, 559, 652, 664*, 665, 750K*, 785, 804B,

821B, 831, 854, 880*, 883A, 885, 910A, 924, 927A*, 935, 951A, 952, 956, 1061, 1082A, 1166*, 1168, 1358C, 1391, 1525N*, 1525J, 1536B, 1551, 1557, 1620, 1624B*, 1642, 1670*, 1686A*, 2039, 天国の門番としての兵隊 332C*, 兵隊が信仰について王に尋ねられる 1736B, 兵隊が同じ料理を再び頼む 1570*, お婆さんが兵隊に食事と宿を乞われる 1548, 兵隊が夜墓地に行けるかを賭ける 1676B, 兵隊が教会でトランプをしていて捕まる 1613, 自分のロバは村人全員の税金の面倒を見ることができると, 兵隊が主張する 1605*, 兵隊が死体の両足を切り取る 1537*, 兵隊がサーベルで食べる 1704*, 兵隊が愚かな農夫から罰金を取る 1683*, 未来の夫が兵隊であることを見る 737, 兵隊が悪魔と契約する 361, 兵隊が魔法の火打ち金(明かり, ろうそく)を持っている 562, 兵隊が砲弾に飛び乗る 1880, 兵隊が聖者の絵にお金を願う 1543, 上手にひげを剃ったら床屋に報酬をやると, 兵隊が約束する 910C*, 兵隊が報酬(叩かれること)の半分を受け取る 1610, 兵隊がもてなしを受ける 1544A*, 兵隊が若い女を救う 301D*, 兵隊が石に変えられた王国をよみがえらせる 410*, 兵隊が剣を売って酒を買う 1736A, 兵隊が女を誘惑しようとする 1547*, 兵隊が未亡人を訪ねる 1510, 兵隊が自分を入隊させた上官に仕返しをしようとする 934D. — 悪魔が兵隊の代理をする 1166*, 裸の兵隊が将軍になる 1670*.

兵隊たち(Soldiers) 566, 750E, 774F, 812, 853A, 875*, 958, 兵隊たちが聖職者に, 自分たちに加わるよう(神といっしょに食事をするよう)頼む 1806, 兵隊たちが不法に天国へ入る 1656, 兵隊たちが魔法にかけられた女たちを救うことに失敗する 401A*, 兵隊たちが性器を失う 750K*, 兵隊たちがリキュール(薬)で眠る 1525A, 兵隊たちが策略を使って夕食を得る 1526A, あの世の兵隊たちに関する警告 1313A*.

兵隊の(Soldier's) 兵隊の謎かけ 1544A*.

平民(Commoner) 1708*.

平和(Peace) 動物たちの間の平和 62.

ページ(複数)(Leaves) 聖書のページが張りついている 1835B*.

ベッド(Bed) 隠れ場所としてのベッド 958D*, 先祖たちが皆死に至ったベッド 921D, 負債者のベッドが金貸しによって売られる 890**, 黒人の男とベッドを共同で使う 1284A, キリストとベッドをいっしょに使う 791, 夫婦とベッドをいっしょに使う 1359A*. — ベッドの中で試みられた殺人 327B, 1115, ベッドの中で場所を替える 303A, 死神が病人のベッドの頭か足下に立つ 332, 罰としての地獄の燃えさかるベッド 756B, 硬いベッドが男の眠りを妨げる 545D*, 愛人がベッドの下に隠れる 1355, 1355A, ベッドへの入り方がわからないふりをする 1545A, 強盗がベッドの下に隠れる 956D, ベッドの中の妻と夫の友人の間に置かれた剣 516C, ベッドの中で暖まる方法を女に教える 1545*, 妻がベッドで情婦と入れ替わるが, お返しにだまされる 1379.

ベッドカバー(Bedcover) 盗まれたベッドカバー 328, 1525A.

ペテン師(Charlatan) ペテン師が観察によって病気の雌牛を診断する 1862D, ペテン師が人々を治療するふりをする 1641D*.

ペテン師(Cheater) 1591, 言葉どおりに取ることでペテン師が捕まる 1588**, だまされたペテン師 1654, ペテン師であることが暴露される 665, 667, 671E*, 926C, 1382, ペテン師が価値のないノミ取り粉を売る 1862A. — ペテン師の偽証が思いがけず暴かれる 961B.

— トリックスター(Trickster), 詐欺師(Swindler)も見よ.
ペテン師(Impostor) 412, 1711*, ペテン師が救済者であるふりをする 300. — ペテン師が竜退治をした者であるふりをする(ばれる) 304, ペテン師が姫の救済者であるふりをする(ばれる) 303.
ペテン師たち(Cheaters) ペテン師たちの国(町) 978.
ペテン師たち(Impostors) ペテン師たちがさらわれた女に嘘をつくよう強いる 301.
ペトロシネッラ(Petrosinella) 310.
ペニー銅貨(Penny) 1 ペニーも欠けてはならない 1543.
ペニー銅貨(複数)(Pennies) 雄牛をペニー銅貨 5 枚で売る 1553.
ペニス(Member) ペニスのない男 1543*. — ペニス(Penis)も見よ.
ペニス(Penis) 悪魔としてのペニス 1425, カワカマスの口にペニスがはまる 1686A*, 主婦(娘)を誘惑するためにペニスに色が塗られる 1547*, — ペニスを泥棒と呼ぶ 1545B, 自分にはペニスがないと男が主張する 1543*.
屁のたまりやすい(Flatulent) 屁のたまりやすい少女 1453****. — 屁をすること(Farting)も見よ.
ヘビ(Serpent) 318, 400, 425M, 672C*, 673, 675, 825, 834, 1169, ヘビが自分の王冠をなくしたあと死ぬ 672, ヘビが食料も飲み物も必要としない 672D, ヘビが男を穴から救う 672D. — 毒ヘビ(Adder), ヘビ(Snake)も見よ.
ヘビ(Snake) 55, 80, 160, 178A, 207C, 277, 285B, 293, 301, 411, 425A, 461, 560, 612, 670, 672, 672D, 672B*, 673, 916, 934, 980D, 987, 1001, 1316, 1889M, 1910, 1960A, 2019*, ヘビとカニ 279*, ヘビとやすり 285E, 動物婿としてのヘビ 425M, 433B, 守護天使としてのヘビ 404, ヘビにかまれて死ぬ 856, ヘビが狩人をかむ 180, ヘビが男に幸運をもたらす 285A, ヘビが寝ている男の口から這い出す 840, ヘビが王のターバンから這って出てくる 1646, ヘビに人を生き返らせるよう強いる 182, 寝ている少女の胸にいるヘビ 890A*, 男の体の中に入ったヘビ 285B*, ヘビがヤギを殺す 133*, ヘビが人間に助けられる 156B*, 罠から救われたヘビ 155, ヘビが女に変身する 409A*, ヘビが王子の首に巻きつく 672C*, 恩知らずのヘビが援助者に向かっていく 155, 923B. — 農夫がヘビを殺す 285B, 結婚式の夜, 男がヘビを殺そうとする 507, 猿がヘビをフルートと呼ぶ 49A, ヘビを軽率に殺す 285, 木をヘビと間違える 1314. — 毒ヘビ(Adder), ヘビ(Serpent)も見よ.
ヘビがかむこと(Snakebite) ヘビにかまれて物が腫れる 1889M.
ヘビたち(Snakes) 166B*, 403, 485, 507, 751B, 923B, 934F, 1651. — ヘビたちを追い払う 672B*.
ヘビ使い(Tamer of snakes) ヘビ使いが殺される 672B*.
ヘビの葉(Snake-leaves) 治療薬としてのヘビの葉 612.
部屋(Chamber) いくつもの死体のある部屋 956. — 禁じられた部屋 301D*, 302C*, 311, 312, 314, 317, 425E, 480, 502, 710, 871, 幽閉場所としての強盗たちの家の熱い部屋 956. — 部屋(Room)も見よ.
部屋(Room) いやな求婚者たちを部屋に閉じ込める 882A*, 禁じられた部屋 301D*, 302C*, 311, 312, 314, 317, 425E, 480, 502, 710, 871. — 部屋(Chamber)も見よ.

ヘラクレイオス皇帝(Heraclius)　772.
ヘラジカ(Elk)　90.
ヘラジカ(Moose)　助けてくれる動物としてのヘラジカ 314A*.
減らすこと(Reducing)　恐れからだんだんと嘘を減らす 1920J，想像した動物の数を減らす 1348，嘘の大きさを縮める 1920D.
ベリー(複数)(Berries)　冬にもかかわらずイチゴを所望する 927C，クワの木の血のように赤いベリー 899A，大きなイチゴを自慢する 1920B*，イチゴを冬に摘んでくる 403，森の中でベリーを集める 311B*，少女たちがベリーを摘む 750**，日曜日にベリーを摘む 779J*.
ペルクナス(Perkunas)　1147*.
ベルト(Belt)　首の周りに巻いたベルトが命を保つ 1293**，ベルトが主人公に強さを授ける 590，ベルトに書かれたしるし 1640. ―ベルトを切ることが死を招く 403.
ベルファゴール(Belfagor)　1164.
ヘレナ(Helena)　受難者ヘレナ 706C.
ヘロ(Hero)　ヘロとレアンドロス 666*.
屁をすること(Farting)　見ていないことの証拠として屁をする 1588*，魔法の根で屁が出る 593，屁をする子どもを悪いふるまいのためにののしる 1823，笛を通して屁をする 1453****. ―けちが屁をして子どもを産んだと思う 1739A*.
ペン(Pen)　ペンがあれば読み書きのできない人が書けるようになると思われる 1331A*.
変形される(Deformed)　変形された姑 753.
弁護士(Advocate)　弁護士が争いとなっている品を買う 926D. ―農夫が息子の仕事に関する問いについて，弁護士すなわち泥棒だと説明する 921B*. ―裁判官(Judge)，弁護士(Lawyer)，公証人(Notary)も見よ.
弁護士(Lawyer)　802, 821B, 921D*, 926D, 1186, 1585*, 1675, 1832E*, 1860A，弁護士が被告の農夫に精神異常を主張するよう助言する 1585，弁護士が依頼人に助言する 1591，弁護士と肉屋 1589，弁護士と公証人が泥棒のように思われる 1860B，弁護士がいい助言を与える 1641C*，弁護士がとても雄弁に弁護するので，依頼人は自分の有罪を疑って申し立てを変える 1860C. ―賢い弁護士 1591, 1860，不正な裁判官が悪魔に連れ去られてしまえと呪われる 1186. ―弁護士(Advocate)，裁判官(Judge)，公証人(Notary)も見よ.
弁護士たち(Lawyers)　1738, 1860，地獄の弁護士たち 1860A.
弁護士の(Lawyer's)　弁護士の犬が肉を盗む 1589，弁護士の陳述書に行間が空いている(白紙のページがある) 1860E，弁護士の手紙が開けられる 1860D.
弁護する(Defends)　息子が父親のふるまいを弁護する(祖父を模倣した) 929A.
返済(Repayment)　借りたお金の返済を拒む 1543.
返済すること(Repaying)　借りたお金を返済する 1532.
変質した(Transformed)　変質した黄金 1592A，変身させられた女がほかの女の沈黙によって救われる 710.
変身(Self-transformation)　動物への変身 329, 665，花への変身 407，動物の人間への変身 545B，人間(たち)が動物たちに変身する 301, 325, 315. ―木の精霊の養い子が動物に変身する力を授かる 667，ヘビが動物に変身する力を与える 318.

変身（Transformation） 変身して王子に戻る 425*，呪的逃走中の変身 310, 313，動物（シラミ）への変身 329，動物への変身が解かれる 402, 402A*，鳥への変身 408, 449, 450, 962**，カーネーションへの変身 652，鹿への変身 450，犬への変身 652，魔法の果実を食べてロバに変身する 566，ハトへの変身 408，カモへの変身 434*，魚への変身 450，人間の姿への変身 400，植物（バラ）への変身 329，石への変身 471, 962**，動物の変身 816*，動物に変身していた者が人間に戻る 314, 753*, 459, 1529，動物嫁の変身 465，動物婿が人間の姿に変身する 425A, 425D, 433B，動物たちが女に変身する 556F*，熊が変身して王子に戻る 426，物乞いが変身して王の姿に戻る 923B，鳥たちが女に変身する 400，パンが石に変わる 751G*，兄弟たちが鳥（白鳥）に変身する 451，子牛の頭が殺された人物の頭に変わる 780C，人食いが少女に変身する 406，猫が人間の姿に変身する 218, 402, 545A，猫の若者への変身 750K**，鶏がヒキガエルに変わる 980D，炭（取るに足らない物）が黄金（銀）に変わる 476, 476**，雌牛が天使になる 511，悪魔の変身 816*, 817*, 820B，悪魔の（男への）変身 820，悪魔が石に変わる 1199A，犬がハエに変身する 300A，ロバが変身して女に戻る 567，ロバが王子に変身する 430，血のしずくが木に変身する 318，カモが変身して人間の姿に戻る 434*，ちりが黄金に変わる 476*，燃えさしが黄金に変わる 751B*，農婦が動物に変身する 751A，花やカタツムリの殻を宝石に変える 545A*，少女が動物の姿から人間の姿へ変身する 409A，少女が花に変身する 407，ハリネズミが人間に変身する 441，人間の動物への変身 318，人間たちが鳥たちに変身する 405，夫が犬に変身する 449，取るに足らない子馬が魔法の馬に変身する 302C*，取るに足らない報酬が富に変わる 480，魔法の馬が女に変身する 531，女を誘惑するために魔法使い（デーモン）が変身する 926A，男が動物に変身する 369, 665, 667, 1529，人がハトに変身する 325，男がヤギに変身する 824，男が石に変身する 760，男たちが動物に変身する 552, 555，怪物が人間に変身する 708，ハツカネズミ（クマネズミ）が少女に変身する 2031C，物の変身 816*，物への変身 313, 313E*, 839A*，物が黄金に変わる 411，お爺さんが王子に変身する 431，石に変えられた兄弟たちが生き返る 303A, 707，王子が鳥に変身する 433B, 434, 444*，姫がヘビ（鹿）に変身する 400，ヘビが黄金に変わる 890A*，継娘がオオカミに変えられる 409，石が変身して人間に戻る 471，見知らぬ男に変身する 820B，超自然の花婿が動物に変身する 425B，泥棒がロバに変身する 567, 753*，木々が変身して人間と動物に戻る 442，2人兄弟が石に変身する 707，2人の子どもが木に変身させられる 425M，イタチが女に変身する 218，妻が雌牛に変身させられる 750C，妻が雌馬に変身する 449，女への変身 816*，聖者（デーモン）によって女が男に変身させられる 514，動物は女が変身したものだと装う 1515, 1538*，価値のない物が黄金に変わる 834. ― 鳥の姿からの不完全な変身（翼が1つ残る） 451. ― 魔法を解くこと（Disenchantment），石に変えること（Petrifaction）も見よ.

ヘンゼルとグレーテル（Hansel and Gretel） 327A.

変装（Disguise） 天使に変装する 1737, 1855A，動物に変装する 1091, 1091A，物乞いに変装する 545A*, 551, 751B, 751A*, 751C*, 900, 958E*, 961, 1455，物乞いの女（花嫁，大工，木こり，建築家，医者）に変装する 1538，耳が聞こえず口がきけない愚か者に変装する

900C*，博士(聖職者)としての農夫 1641，農夫に変装する 1528，漁師に変装する 879，馬に変装する 1091，恋人に変装する 1542*，商人に変装する 516, 879, 883B, 954，貴族に変装する 956B, 1526，修道女に変装する 20D*，子守女に変装する 37，お婆さん(物乞い)に変装する 1525A，巡礼者(ロバ追い)に変装する 1418，妊婦に変装する 1545A*，司祭に変装する 1410，金持ちの男に変装する 955，聖者に変装する 1737，召し使いに変装する 920A*，女中(使用人)に変装する 1538*，シバ神（イスラムの托鉢僧)に変装する 1525G，超自然の存在に変装する 1740B，妻に成り済ます 705A，女に変装する 875D*, 958D*, 1419, 1525G, 1542，ライオンの皮をかぶった変装 214B，弟の死体を盗むために変装する 950，キツネが修道士に変装する 36，キツネが修道女に変装する 20D*，女が医者(死の天使)に変装する 879，女が男の服を着て変装する 425D, 432, 514, 514**, 570A, 861A, 879A–883A, 884, 888, 888A, 890, 891, 891A. — 変装した悪魔 813A, 815*, 839A*，変装した王 873, 879*, 951A, 952, 1736A，変装した男が難しい問いに答える 922，変装した泥棒の名人 1525G，鬼が変装にだまされる 328，長く留守にしたあと，変装した息子が両親のもとに帰る 402，変装した息子が母親の貞操を試す 823A*，お婆さんに変装したオオカミ 333.

変装した(Disguised)　アルコール中毒の夫を治療するために幽霊に変装する 1706D，変装した物乞いが何度も施しを得る 1525K，白いシーツで変装する 1676H*，変装した強盗 958D*–958F*，声色を使う 123, 123A, 1380A*, 1575*, 1676C，変装した若者が人間の性質について何も知らないふりをする 1545B. — 聖職者が悪魔に変装する 831，ライオンの皮をかぶって変装したロバ 214B，愛人は物乞いになった恋人を拒む 910G，花嫁に変装させられた頭蓋骨 311，天使に変装した求婚者 940，羊に変装したオオカミが群れに加わる 123B.

ベンチ(Bench)　悪魔(死神)を魔法でベンチにくっつける 330.

便秘(Constipation)　馬車に乗せて便秘を治す 1572N*.

便秘した(Constipated)　便秘の雌牛 1862D.

ベン・レヴィ(Ben Levi)　759.

ほ

穂(Ear)　穀物の穂が蒔かれる 1278.

棒(Pole)　隠し場所としての棒 1225A，決闘に棒が使われる 1083.

法王(Pope)　20D*, 890, 933, 1529B*, 1924，助言者としての法王 756B，法王が悪魔たちに誘惑される 816*. —2 羽のハトが若者に，彼は法王に選ばれるだろうと告げる 671.

妨害された(Discouraged)　妨害された夫 1676H*.

ほうき(Broom)　女が扉の後ろでほうきの柄を持って待ち構えている 754**.

ほうきづくり職人(Maker of brooms)　2019.

防御(Defense)　馬たちの防御 119B*.

暴君(Tyrant)　お婆さんが暴君の健康を祈る 910M.

冒険(複数)(Adventures)　夢として冒険を語る 955, 1364，水の底への冒険 1889H. — 強盗が息子たちを開放するために危険な冒険の話を創作する 953，船乗りがさまざまな冒険を経験する 1889H，トラの子と子牛が冒険に行く 131.
方向(Direction) お婆さんが道を教える 305，捕獲者をだますために風の向きを尋ねる 6. —1つの砲弾から別の砲弾に飛び乗って方向を変える 1880，ある方向へ行くことを止められる 413.
奉公，礼拝(Service) 灰かぶりとしての奉公(シンデレラ) 510A，メイドとして動物婿に仕える 425A，女中としての奉公 533，地下世界で仕える 476**，動物に仕える 402，盲目の男(夫婦)に奉公する 321，デーモン(悪魔，巨人，魔法使い)に仕える 301D*, 302C*, 314, 361, 425B, 475, 480, 480A*, 480D*, 556F*, 768，王(支配者)に仕える 328, 502, 514, 517, 531, 567A, 594*, 652, 665, 910K, 916，商人(地主)への奉公 936*. —父親の(恋人の父親の)宮殿に気づかれずに奉公する 870，悪魔に奉公する作男 1016, 1048, 1049, 1353，産婆(女)が動物に仕える 476*，臨時雇いの貧しい男と裕福な農夫 910B，女中(ガチョウ番)として姫が仕える 510B, 562, 894，女王が女中として雇われる 545A*，強い男(熊の息子)が鍛冶屋に仕える 650A，2人の意地悪な姉妹が召し使いとして仕える 431.
暴行(Assault) 暴行の罰金が前もって支払われる 1586B.
方向転換すること(Turning) 風の中の方向転換によって亜麻のしっぽが燃える 2D，夜に姫が求婚者のほうに寝返りを打つ 850，シャベルを裏返しにする 1572F*，そりの方向転換をする 1275.
豊作をもたらす(Fertile) 豊作をもたらす天気 1354D*.
帽子(Cap) 本人の証となる帽子 1225，父親の帽子を叩く 1630A*，切り株に帽子をかぶせる 1271C*.
帽子(Hat) 魔法の帽子だと主張する 1539，帽子をお金でいっぱいにする 1130，穴の開いた帽子 1130. —帽子の下のくそ 1528，帽子，角笛，背嚢 569.
報酬(Recompense) 教会への寄付に対する未亡人への報酬 750F. —悪魔が救ってもらった返礼を約束するが，支払うことを拒否する 921B.
報酬を与えること(Rewarding) 泥棒の名人に報酬を与える 1525A，1杯の飲み物で自分に褒美を与える 1706A.
飽食(Satiety) 飽食の不平 716*.
宝石(Jewel) 宝石が魚の体の中から見つかる 736，魔法の性質を持った宝石 467.
宝石(複数)(Jewels) 話しているとき宝石が口からこぼれ落ちる 403, 404，ザクロから宝石が落ちる 986. —男が洞くつから宝石を盗む 561.
宝石(Jewelry) 潜水夫がいくつかの宝石を海の底から取ってくる 434*，王子が恋人の宝石を盗む 434.
宝石(Precious stones) レンガの中の宝石 887A*，人が笑うと宝石が出てくる 480, 567A，宝石が山から投げ落とされる 936*.
宝石(複数)(Bijoux) おしゃべりな宝石(女性器) 1391.
宝石屋(Jeweler) 感謝したはずの宝石屋が救ってくれた者を中傷する 160.
砲弾(Cannonball) 兵隊が砲弾に飛び乗る 1880.
放蕩息子の(Prodigal's) 放蕩息子の帰還 935, 939A.
冒瀆(Blasphemy) 愚かな答えのために冒瀆したと思われる 1832D*，冒瀆が罰せられる

756A, 756B, 760, 777, 779E*, 779J*. ― 軍曹が兵隊を神への冒瀆で訴える 1613.

冒瀆的な行為(Outrage) クリスマス・イブの冒瀆的な行為が罰を招く 779E*, 日曜日の冒瀆的な行為が罰を招く 779J*, パンに対する冒瀆的な行為 779G*.

褒美(Reward) 適切に分けたことへのお礼 1533, 慈善行為に対する褒美 756E*, 悪魔を祓ったお礼 1164, 愚かな助言へのお礼 1229*, 親切な返答に対する褒美 750**, 善い行いに対する褒美 808, 809*, 809**, 誠実さに対する褒美 889, もてなしのお礼 330, 750*, 750**, 750A–750C, 750K*, 821B, 親切な挨拶に対する褒美 830B, 聖人像に食事を出した褒美 767, 家事を勤勉に行った褒美 480D*, 口のきけない人を話させるという課題を成し遂げた褒美 879A, 掻くこと(くしゃみをすること)を我慢することに対する褒美 1565, 沈黙に対するお礼 1358C, 謎を解く報酬 922B, 木を切らずにおいたお礼 1168B, 幽霊の出る城で夜を過ごすことに対する報酬 326A*, お話を語ることに対する褒美 855, 非難することなく運命を受け入れたことに対し未亡人に褒美を与える 759*, 男に変装した女が鬼女を退治して褒美をもらう 881A, 末の弟に対する報酬 471, 報酬を払うことを拒む 1262, 褒美が分けられる 1610. ― 恥をかかされた支配者が報酬を払うことを拒む 1262, 褒美としてお金の代わりに叩かれる 1642, 物乞いが神の返事を届けて報酬をもらう 460A, 少女に対する報酬としての箱 480, 少年が物乞いからお礼として魔法の品々をもらう 592, 市民たちがネズミ捕り男に報酬を払うことを拒む 570*, 超自然の存在からの報酬としての炭が黄金(銀)に変わる 476, 助けてくれたお礼としての奇形の動物 1698A, お礼として魔法を解く 425B, もてなしのお礼としての驚くべき能力 665, 農夫が廷臣たちに賢い答えの意味を教える代わりに報酬を要求する 921A, もてなしの褒美として願い事をかなえてもらう 750H*, 報酬としての王国の半分 517, せむしの男が妖精たち(こびとたち)から褒美をもらう 503, 一見価値のない物が, 地下世界での奉公に対する報酬として, あとで黄金に変わる 476**, 陶工の賢さの報酬として王が陶工を貴族に指名する 921E*, 報酬としての王国 725, 精霊を逃がしたことに対するお礼としての魔法の贈り物 331, お礼としての魔法の品々 551, 1391, デーモンに仕えた報酬としての魔法の品々 301D*, 贈り物に対する褒美をもらう 887A*, 男が争いを仲裁してお礼に宝石をもらう 677, 褒美として姫と結婚させる 318, 502, 主人が詩を贈られて褒美の代わりに詩を贈る 1804C, 商人が男に仕事の内容を言わず高い報酬を約束する 936*, お礼として草を刈る 1147, 貧しい農夫が運命の女神の答えに対して礼をもらう 460B, 貧しい男が悪魔の答えを届けて報酬をもらう 461, 貧しい男が悪魔から報酬を受け取る 813*, 貧しい男が哀れな魂を地獄から救ってお礼をもらう 480C*, 疥癬にかかった子馬を報酬としてもらう 302C*, 召し使い(羊飼い, 粉屋)が賢さに対して報酬をもらう 922, 羊飼いが城を褒美としてもらう 515, 継娘が親切に対して見知らぬ者から礼をされる 403, 巨人たちの盗まれた目が報酬と引き換えに返される 328*, 超自然の存在が勤勉な少女に黄金と銀で褒美を与える 480, オオカミがツルに報酬を断る 76.

褒美を与えられる(Rewarded) 少年が処女マリアに褒美を与えられる 811A*, おべっかを使うキツネが猿(その他の動物)から褒美をもらう 48*, 女中が鬼女の悪行を止めて褒美をもらう 871, 救助者が動物たちから返礼を受ける 160, 泥棒が警告したお礼をもらう 951A, 末の息子が動物から奉公の報酬をもらう 402.

褒美を与える(Rewards)　善い行い(例えば敬虔さ，寛大さ，寛容さ)に褒美を与える 779. — 神が褒美を与え，そして罰を与える 750–779，感謝しているヘビが親切な女中にお礼をする 672，農夫(職人)が謎を解き，王が報酬を与える 921F*，王が農夫(庭師)に贈り物の報酬を与える 1689A，ヘビが援助者に返礼する 156B*.

方法(Manner)　死刑宣告された男が死に方を選ぶ 927B，ノルンたち(夢)によって死に方が予言される 934.

方法(複数)(Methods)　穴ウサギを捕まえるさまざまな方法 1891.

宝物倉(Treasury)　王の宝物倉が略奪にあう 950. — 強盗が宝物倉から物が盗まれるのを妨げる 951A.

訪問(Visit)　神の訪問が告げられる 751A*，3 人のせむしの兄弟の訪問 1536B，キリストと聖ペトルスが地上を訪問する 368C*, 750A, 750B, 750*, 751A, 752A, 774–774P, 785, 791, 822, 830B，神が地上を訪問する 750D, 750**, 846，聖ペトルスの地上訪問 751D*, 774E. — 動物たちが病気のライオンを見舞う 50，花婿が求婚相手の両親を訪問する 1691B, 1691A，聖職者が間違った人を訪問する 1843A，田舎のハツカネズミが町のハツカネズミを訪問する 112，神がイブを訪問する 758.

訪問客たち(Visitors)　1463A*.

訪問者(Visitor)　889, 1420A, 1450，死者のミサに参加したあとに訪問者が死ぬ 779F*，ほかの教区からの来訪者が泣かない 1834*.

訪問すること(Visiting)　死を間近にしている人の死の床を訪ねる 1843，病人を見舞う 1698I, 1844.

法律(Law)　男たちが 2 人の妻を持つことを許す法律 1381D*.

放浪者(Tramp)　放浪者が宿と食事をふるまわれる 1691C*.

放浪者(Vagrant)　1710.

吠える(Barking)　吠える犬の頭，等 572*.

捕獲(Capture)　井戸の中に捕らえる 32，穴(井戸，罠)に動物を捕らえる 30, 31, 33. — キツネ(カメ，サギ)がほかの動物に捕まえられている所からうまく逃げる 5.

捕獲者(Captor)　122F，捕獲者がだまされる 1310A, 1310C. — 動物の捕獲者が話すように仕向けられる 6, 6*.

保管者(Trustee)　黄金が卑金属になったと，保管者が主張する 1592A，ハツカネズミたちが鉄を食べたと，保管者が主張する 1592，保管者が黄金の代わりに銅を返す 1592A.

牧師(Churchman)　755.

牧師(Parson)　聖職者(Clergyman)を見よ.

牧夫(Herdsman)　321, 1355B, 1539, 1559A*, 1695, 2021B. — 羊飼い(Shepherd)も見よ.

牧夫たち(Herdsmen)　123A, 236*, 1430.

ポケット(Pocket)　ポケットにアイスクリームを詰める 1272*. — 教会の雑用係がソーセージを説教者のポケットから盗む 1785A.

保護(Protection)　守護天使による危険からの保護 770A*，悪魔から身を守る(祈り，匂い) 817*, 822*，魔法の円により悪魔から身を守る 810. — 悪魔から守るための動物の皮 810B*，防御として悪魔の肖像画を焼く 819*，魔法の道具が悪魔から身を守ってくれる

811A*，危険からの保護としての母親の血と話す馬 533，洞穴を覆うクモ(クモの巣)が逃亡者たちを保護する 967.
星(Star)　星を眺めている人が井戸に落ちる 1871A，星の銀貨 779H*，高貴な生まれのしるしとしての額の星 707.
星(複数)(Stars)　星々が古い月のかけらからつくられる 1334*，星を数えることができない 1172. ―哲学者が星を観察していて井戸に落ちる 1871A.
干し草づくり(Haying)　悪魔が干し草づくりを手伝う 820B.
干し草の足と藁の足(Hooipoot en stropoot)　1679*.
干し草フォーク(Hay-fork)　先端のない干し草フォーク 1178.
干し草フォーク(Pitchfork)　木の実をすくうのに干し草フォークを使う 1229*. ―銃剣と干し草フォークでの決闘 1083A.
捕食者たち(Predators)　1154, 1408C. ―獲物(Prey)も見よ.
細い(Narrow)　羊飼いが多くの羊たちを細い橋の向こうへ渡さなければならない 2300.
舗装すること(Paving)　モグラたちに入らせないように庭を舗装する 1282.
墓地(Cemetery)　墓地で死んだふりをしている男 1654，3 人の求婚者が墓地でテストされる 940，誰が墓地から死体を掘り出せるかを賭ける 760A.
墓地(Graveyard)　服が墓地にからまる 1676B，墓で夜を過ごす 1676，墓地から頭蓋骨を盗む 1676D，墓地から聞こえてくる声 1676C. ―墓地(Cemetery)も見よ.
ホップ(Hop)　ホップとカブ 293D*.
ポティファルの妻(Potiphar's wife)　318.
ホテル(Hotel)　ホテルのポーター 1659.
ボート(Boat)　ボートには 1 人と 1 つの物しか乗らない 1579，ボートにしるしがつけられる 1278，ハツカネズミのためのパンの皮のボート 135*，火のついたボートの火を陸から水を汲んで消す 1330，底なしの船が海を渡る 1963. ―ハツカネズミがパンの皮でボートをつくり，それが転覆する 135*，手こぎボートがボートの子どもだと思われる 1319H*，係留されたボートをこぐ 1276.
ボート(複数)(Boats)　少女(祖父)の靴に見えるボート 1151.
施し(複数)(Alms)　同じ人から何度も施しを受ける 1525K.
骨(Bone)　ガラス山の鍵としての骨 451，オオカミの喉に刺さった骨をツルが引き抜く 76，死んだ牛の骨が植えられる 511，動物の喉に刺さった骨を抜いてやる 156，骨が殺された人の苦痛を明るみに出す 780. ―殺人の武器としての毒の仕込まれた骨 709A.
骨(複数)(Bones)　お金としての骨 8*，骨が殺人を明かす 780，殺された人の骨を集める 720，骨をトナカイと取り替える 8*.
母斑，ほくろ(Birthmark)　本人であるしるしとしてのほくろ 882，求婚者コンテストとして姫のあざを描写する 850.
ポピール王(Popiel)　751F*.
ボホルール(Bohlul)　預金者が自分の財産を取り戻すのを，ボホルールが助ける 1592.
ほめる(Compliments)　ザリガニがカラスをほめる 227*.
ほら話(Tall tales)　1875–1999.

ほら吹き(Boaster) $1525H_4$.
掘り出すこと(Exhumation) 夫の遺体を掘り出す 1510.
ポリフェモス(Polyphemus) 953, 1137.
ポリュクラテス(Polycrates) ポリュクラテスの指輪 736A.
掘ること(Digging) 穴(hole)を掘る 1035, 1255, 穴(pit)を掘る 1130, 自分のことを斧(鋤)で地面から掘り出す 1882.
ボルマ・ヤリチュカ(Borma Jarizhka) 485.
ホレおばさん(Frau Holle) 480.
本(Book) 魔法の本が隠れ場所を暴露する 329, 魔法の本の詩を逆に読むと霊が消える 325*. — たまたま弔問者名簿にサインをした人が遺産を相続する 1651A*.
ポンド(Pound) 1 ポンドの肉 890.

ま

埋葬(Burial) 配偶者が死んだふりをして埋葬料をもらう 1556, 忠実な動物に対する埋葬の礼拝 842. — 教会の墓地に動物を埋葬する 1842, 動物の埋葬が正当化される 1842, 埋葬のときの聖職者ののしりを信者たちが誤解する 1840, メンドリの埋葬 2021, 死んだと思われている女の埋葬 990, 見知らぬ男が借金を抱えて死んだ男の埋葬の面倒を見る 505, 507.
埋葬する(Bury) ハツカネズミたちが死んだふりをしている猫を埋葬する準備をする 113*.
マイとベアフロア(Mai and Beaflor) 706C.
巻き毛(Curl) 女の巻き毛が王の愛を引き起こす 302B.
薪の山(Woodpile) 避難場所としての薪の山 87A*.
紛らわしい(Equivocal) 紛らわしい祝福の言葉 1822, 紛らわしい懺悔(泥棒がほめられる) 1807, 1807A, 紛らわしい誓い 1418.
枕(Pillow) 未婚の男女の間に置かれた枕 1443*, 乗り越えるには高すぎる枕 1443*.
馬鍬(Harrow) 櫛としての馬鍬 1146, ヘアーブラシとしての馬鍬 1146. — 裏返した馬鍬に乗ること 1059*.
曲げる(Bending) 木を曲げる 1051.
孫息子(Grandson) お婆さんが孫息子に呪いの言葉を吐き, 孫息子は悪魔に連れ去られる 813B.
魔女(Witch) 313, 313E*, 314A*, 333, 402A*, 405, 408, 431, 442, 451, 452B*, 545B, 556F*, 562, 711, 804, 魔女が弟をかどわかす 480A*, 魔女が子どもを連れ去る 710, 魔女が数人の兄弟をさらう 327G, 魔女と娘 327C, 327F, 403C, 425B, 魔女と漁師 327F, 魔女と息子 327A, 425B, にせの花嫁としての魔女 450, 魔法の馬の所有者としての魔女 302C*, 求婚者としての魔女 302B, 魔女が(変身させられた)男を捕まえる 369, 魔女が男に魔法をかけて犬に変える 540, 魔女が魔法の石を男に与える 593, 夫が妻のわがままを治すのを, 魔女が手伝う 1373A*, 魔女がだまされてけがをする 1143, 魔女がジンジャークッキーの家に住んでいる 327A，魔女が若者をおびき寄せて袋に入れる 327C，魔女が目を盗む 321，魔女が自分の娘を花嫁の代わりに入れる 403C，魔女が男を石に変える 303，魔女が知らずに自分の娘たちを殺す 303A．一魔法使いの女（Sorceress）も見よ．

魔女たち（Witches） 503, 613.

魔女の（Witch's） 魔女の家庭 334，魔女の道具が悪魔を追い出すのに使われる 1147*．一魔女の庭からハーブを盗む 310.

貧しい（Poor） 貧乏人と金持ち 178B, 362*, 461, 480C*, 564, 565, 735, 735A, 740**, 750A, 751B*, 754, 802, 813*, 819*, 830B, 832, 834, 836, 849*, 859, 870A, 879*, 910B, 925*, 926A*, 947A, 960B, 1535, 1536A，貧しい家族（人物）が金持ちのふりをする 1459**，貧しい農夫（家族）が持っている物をすべて村人たちの晩餐に費やす 1535，貧しいせむしの男たちが兄弟の裕福な妻を訪ねる 1536B，貧しい男が動物に話すこと（読むこと，祈ること）を教える課題を引き受ける 1750B，貧しい男と妻が死亡給付金の権利を与えられる 1556，貧しい男が神にお金をくれるよう願う 1543，貧しい男が石をポケットに入れて法廷に持っていく 1660，貧しい男が一連の不幸な事件を引き起こす 1534，貧しい男が鳥を家族メンバーに適切に分ける 1533，貧しい男が富を夢見る 1430，貧しい男が守銭奴に恥ずかしいと思わせる 1305，貧しい男が食べられた動物（食べ物）の賠償をもらう 1655，貧しい男が自殺をしようとする 813*，貧しい男が燃えさしを火と間違える 751B*，貧しい男がお金の貸し手をだます 1543，貧しい男が桃（ビート）を王にプレゼントとして持っていく計画を立てる 1689，貧しい男が聖者の絵（神）にお金を貸してくれるよう祈る 1543，貧しい男が悪魔から雌牛をもらう 1161A，貧しい男が自分の持っている羊たちを豚の値段で売る 1551，貧乏人は富を増やすことができない 736，貧しい夫婦が富を想像する 1430，貧しい人々はパンがないなら，ケーキを食べたらいい 1446，貧しい求婚者が金持ちの恋敵に勝つ 1688A*，貧しい女が賠償を受け取る 759C．一もてなしのいい貧しい女 750*，貧困とお金と運が自分たちの力を貧しい男で試す 945A*.

マスタード（Mustard） 愚か者がマスタードを知らない 1339D.

またがること（Mounting） 神，聖者たち，殉教者たちの助けで馬にまたがる 1580A*.

まだらの服を着た笛吹き（Pied Piper） 570*.

町（City） 町の人々が田舎を訪ねる 1338，王と大臣たちが愚か者である町 1534A．一哲学者が町を破壊するように王に頼んで町を救う 1871B，ある町の出身者全員に税金を要求する 1661.

町（Town） 町が田舎のハツカネズミをおびえさせる 112，入るには全員去勢されなければならない町 580.

待つこと（Waiting） 雄羊の陰嚢が落ちてくるのを待つ 115，物語の中のすべての羊が細い橋を渡り終えるまで待つ 2300，塔が倒れるまで待つ 1526A**，餌食が十分に太るまで待つ 122F.

まっすぐにすること（Straightening） 縮れ毛をまっすぐにする 1175.

マティラ（Matila） 1831C.

窓（Window） 農夫が食器棚のドアを窓と間違える 1337C.

窓のない（Windowless） 窓のない家 1245.

マナー(Manners)　悪いテーブルマナー 1691B，礼儀が褒美につながる 811A*，いいマナーを教える 1832E*.

学ぶこと(Learning)　お金について学ぶ 1385*，盗みの技術を学ぶ 1525A，隣人を観察して家事を学ぶ 1387*，イギリスに行く前に英語を学ぶ 1697，読むことを学ぶ 1331*, 1331A*，ベッドでの寝方を教えてもらう 1545A，泳ぎを覚える 1293*.

麻痺させる(Paralyses)　兵隊が強盗たちの体を麻痺させる 952.

麻痺させること(Paralysing)　3 人の求婚者を麻痺させる 313.

魔法使い(Magician)　301D*, 311, 507, 571B, 750D, 905A*, 921A，魔法使いと男 1070，魔法使いと弟子 325，助言者としての魔法使い 409，情事の援助者としての魔法使い 871，魔法使いがペテン師だとばれる 926A，魔法使いがだましてお金(黄金)を手に入れる 1563，魔法使いが魔法の水をけんか好きの妻に与える 1429*，魔法使いが猫に殺される 545B，魔法使いが男に，宝の洞くつからランプを取ってくるよう命ずる 561，魔法使いが最も力のある男を娘の夫に探す 2031C，魔法使いが 2 組の夫婦を移動させる 1367，魔法使いが見物人たちの目を欺こうとするが無駄である 987. ― 魔法使い(Sorcerer)も見よ.

魔法使い(Sorcerer)　325*，魔法使いが子どもを連れ去る 710，求婚者としての魔法使い 311，魔法使いがヘビにかまれて死ぬ(ヘビたちとともに地中に連れ去られる) 672B*，魔法使いがほかの魔法使いに罰せられる 325**. ― 魔法使い(Magician)も見よ.

魔法使いの(Magician's)　かつての弟子が魔法使いの支配下に落ちる 325.

魔法使いの女(Sorceress)　女の魔法使いが犬を変身させて人間の姿に戻す 449，女の魔法使いが女を鳥に変える 405. ― 女の魔法使いの庭からハーブが盗まれる 310. ― 魔女(Witch)も見よ.

魔法にかけられた(Enchanted)　魔法にかけられた魚が危険から救われる 555，魔法をかけられていた男の魔法が解かれる 540，魔法にかけられた梨の木 1423，魔法にかけられたオオカミたち 1650. ― 変質した(Transformed)も見よ.

魔法にかけること(Enchantment)　魔法で口がきけなくなる 305，裏切りに対する罰として，自分の子どもたちを魔法にかける 425M，王子と召し使いの魔法が解ける 431.

魔法の(Magic)　笑うと黄金を出す力を魔法の鳥が授ける 567A，魔法の箱 313，農婦が欠点をただすのに，魔法の箱が役立つ 910N，魔法の力を持った少年が夢を解釈することができる 671E*，魔法が人々(動物たち，品々)を互いにくっつける 571B，魔法で花婿を呼び戻す 365，魔法の輪が悪魔から守る 810，呪的逃走 310, 313, 314, 400, 425B, 857，ガチョウ番の娘の魔法の呪文が作男の帽子を飛ばす 533，魔法の呪文が死んだ女を生き返らせる 653B，名づけ親のプレゼントとしての魔法の贈り物 332，笑うと黄金を出す力を贈り物が与える 567A，報酬としての魔法の贈り物 330, 331，竜の血(ミルク，肝臓，目)による魔法的な治療 305，生命の水による魔法的な治療 303，水で両手を魔法的に治療する 706，魔法の薬草で男がロバに変身する 567，魔法が姦婦と愛人を互いにくっつける 571B，魔法の物 313，(ろうそく，火打ち金，明かり) 562，(カップ，皿，魚の皮，貝) 570A，(笛) 570*，(キデルカデルカー) 327D，(ナイフ) 576，(お金を生み出す人形) 571C，(鍋) 591，(指輪) 560，(笛) 570，魔法の道具で見えなくなる 306，魔法の品が望んだ食べ物を何でも出す 565，魔法の品(腕輪，ベルト，剣，シャツ)が並外れた強さを授ける

590，魔法の品がすべてのドアを開ける 951A，魔法の品々 560–649，（斧，矢，弓）535，（箱，ナップザック，鍋，財布，袋）564，贈り物としての（コート，角笛，財布）566，（粉々にする針，当たる鉄砲，手なずける馬勒）594*，（人を叩くこん棒，黄金を落とすロバ，食事の用意をするテーブル）563，（バイオリン，フルート，鉄砲）592，（帽子，角笛，背嚢，ひき臼，テーブル）569，（テーブルクロス，オンドリ，はさみ）580，魔法の品々が強盗（悪魔，鬼）の家で見つかる 301D*，魔法の道具が姫を救うのに役立つ 307，魔法の道具をお礼として人からもらう 1391，魔法の品がわがままに対して警告をする 1373A*，防御の魔法（縛る，教会のドア）816*，防御の魔法が，悪魔が約束の子どもを連れ去ることを防ぐ 400，触れる魔法（すべてを黄金に変える）411, 775，（焼かれた罪人の一部に触れて妊娠する）788，魔法の塗り薬 836F*，兵隊の魔法の力が宿屋の主人を夢見の状態にする 664*，木の魔法の力が幻覚を引き起こす 1423，魔法の力があるふりをする 1358C，魔法の指輪が宝の洞くつを開けたり閉めたりする 561，魔法の眠り 300，魔法の杖が穴に口をきかせる 1391，魔法の説話 300–749，魔法の道具が悪魔から守ってくれる 811A*，魔法の杖で人間の姿に戻る 449. — 少年が物乞いからお礼として魔法の品々をもらう 592，花嫁が助けになる老人たち（動物たち，星々）から魔法の品々をもらう 425A，末の弟が動物の義理の兄弟たちから魔法の品々をもらう 552，娘が父親から魔法の品々をもらう 514，舅が娘婿たちに魔法の動物たちを連れてくるよう要求する 530A，魔法の品々をめぐる戦い 400, 518，感謝している動物が男に魔法の道具を与える 303，男が魔法の品々を手に入れる（ブーツ，魔法の頭巾，マント，サーベル，羽根）507，男が魔法の道具（ナイフ，剣）を受け取る 302B，男が感謝している動物たちから魔法の品（指輪）をもらう 560，男が魔法の品々をお礼としてもらう 551，男がデーモンたちから魔法の品をお礼としてもらう 611，男がヘビから魔法の品々をもらう 318，王子が旅で魔法の品々をもらう 332C*，魔法の本から詩を逆さに読んで精霊を消す 325*，拒絶された求婚者が魔法の品（石）をもらう 593，外見上の魔法の品が売られる 1539，羊飼いがお爺さんから魔法の道具をもらう 314A，兵隊が魔法の火打ち金（明かり，ろうそく）を自分のものにする 562，継娘が見知らぬ人に親切にして魔法の品々をお礼としてもらう 403，泥棒が農夫に，自分が呪文を唱えている間，桶の中で待つように言う 1629*，3 人の求婚者が魔法の品々を手に入れる 653A，見知らぬ王子が男の娘のために魔法の品を与える 432，末の弟が魔法の品々をもらう 571, 572*, 577.

魔法をかけること（Charming） オオカミたちに魔法をかける 1652.

魔法を解くこと（Disenchantment） 墓で見張られたあと魔法が解かれる 307，火から引き出されて魔法が解ける 409A*，首をはねて魔法を解く 314，皮を破壊することで魔法を解く 402, 402*, 409, 409A, 425A, 425B, 430, 433B, 465，キス（哀れみ）で魔法を解く 402A*, 433B，魔法の品々によって魔法を解く 552，テストに受かって魔法が解ける 442，勇気のテストに受かって魔法を解く 326，魔法を解いて動物の姿から救う 425C，動物婿の魔法を解く 425A, 425B, 425D, 441，熊の魔法を解く 426，兄弟の魔法を解く 303，魔法にかけられた夫の魔法を解く 425E，助けになるオオカミの魔法を解く 425B，人食い姫の魔法を解く 871，お爺さんとお爺さんの動物たちの魔法を解く 431，王子を動物の姿から解放する 425C, 433B, 434, 440, 444*，魔法を解いて動物の姿から本当の花嫁を救う 402，呪われた城で乙女たちの魔法を解く 401A*，果実の中にいた女の魔法を解く 408. — 救済(Deliverance)，救出(Rescue)，救済(Salvation)，変身(Transformation)も見よ．
継姉妹(Stepsister) 継姉妹が不親切な扱いを受ける 510A, 511, 713.
継母(Stepmother) 継母が子どもを連れ去る 710，継母と娘たち 510A, 511，継母と継子 314, 510A, 511, 709，継母と継子たち 327A, 403, 450，継母と継娘 368C*, 480, 480A，継母と継息子 592, 875D*，継母と継息子たち 451，継母が謎めいた教えを授ける 915，継母が娘を生き埋めにしようとする 780B，継母が長持ちのふたを継息子の上に閉じて殺す 720，継母が 2 人の継息子を中傷する 567A，継母が継娘を苦しめる 409A，継母が自分を若返らせようとする 753，魔法の力を持った継母 708.
継娘(Stepdaughter) 継母と継母の娘 404, 409，にせの嫁としての継娘 403, 450，継娘が謎めいた教えの意味に気づく 915.
豆(Bean) 豆とタマネギ 293D*，豆と藁と炭 295，豆にはなぜ黒い線があるか 295.
豆(複数)(Beans) 豆がオールドミスの歯をこわす 1478，日にちを数えるためのポケットに入れた豆 1848A.
豆の茎(Beanstalk) 豆の茎が天まで伸びる 328A, 1960G，天国へ伸びる豆の茎 804A.
守ること(Observance) 主人の教えを守ること 910B.
守ること(Protecting) ひよこをタカから守る 1284*，子どもたちを野獣から守る 1149，妻の徳を守る 1423.
まり(Ball) まりが井戸に落ちる 440. — いちばんの愚か者が黄金のまりをもらう 944.
マリア(Mary) マリアとヨーゼフが天国を出ていくと脅す 805.
魔力(Charm) 魔法の贈り物としての魔力 318. — 魔法をかけるのにろうそくが使われる 958E*. — 呪文(Spell)も見よ．
丸太(Log) 熊を丸太だと思う 1630B*，木の幹(木の割れ目)に捕らえられた男が自分の身をふりほどくために斧を取りに行く 1882A.
マルハナバチ(Bumblebee) 1296A, 1321C, 1960M.
満足(Satisfaction) 想像力が満足をもたらす 1305，あとからの満足 1659，7 つめのケーキに満足する 1295.
マント(Cloak) 石(木)にマントを着せる 1271C*，魔法の品としての姿の見えなくなるマント 400, 518，姿が見えなくなるマントが身代わりを守る 519. — 外套(Coat)も見よ．

み

見えない(Invisible) 危険における人々の守護天使としての目に見えぬ存在 770A*.
見えない(Invisibly) 幽霊が姿の見せないまま生きている友人の結婚式に参加する 470.
身代わり(Relief) ロバの身代わり 1242A.
身代わり(Substitute) 身代わりが美しい女をかどわかす 861A，情婦 1379，動物婿が代わりの花嫁を受け入れない 425A，絞首台の遺体を置き替える 1510，体の不自由な花婿の代わり 855，恋人の身代わり 1542*，袋(樽)に入れられて溺死させられる人の身代わり 1539, 1542，身代わりが支配者に賢い答えをする 922，よじ登り対決での身代わり 1073,

笑い対決での身代わり 1080*，競走での身代わり 1072, 1074，レスリングの試合での身代わり 1071，身代わりが強い女を打ち負かす 519，身代わりが危険から仲間を救う 519，靴を身代わりにする 1544A*．— 代用品としての動物の心臓 671，農場労働者の代わりをする悪魔 820–820B，お金代わりの乾いた牛のふん 1225A，新婚初夜の代理をする最初の花嫁 870A，戦いで身代わりをする友人 516C，花嫁の身代わりとしての雌ヤギ 1538*, 1686，姫の身代わりとしての女中 851, 892，人の代わりにベッドに物を入れる 327B, 883B, 1115，息子が母親の愛人の身代わりをする 823A*，荷役動物の折れた背骨代わりの棒 1911A，花嫁の身代わりとしての砂糖人形 879，修道女の身代わりをする処女マリア 770，悪魔のところへ行く女の身代わりとしての処女マリア 1168C．

右(Right)　右と左 836F*，右と左を区別できない 1679*．

ミクラ(Micula)　1831C．

未婚女性，メイド(Maid)　300A, 425A, 450, 533, 870, 1271A*, 1691D*, 1739, 1750A, 1776，夜墓地に行くことができるほど勇気があるか，メイドが賭けをする 1676B，王の動物が死んだという知らせを，メイドが聞く 113A．— オールドミスが若い男に求婚する 1479*，オールドミス 1475–1499，オールドミスが悪魔と結婚する 1476B，オールドミスが夫を求めて神(聖人，処女マリア)に祈る 1476, 1476A，オールドミスが「ティルリップ」と言うように言われる 1485*，オールドミスが注意を引きたがる 1485A*，オールドミスが結婚したがる 1478，オールドミスがどんな男でもいいから結婚したいと思う 1477，醜いオールドミス 877．

未婚女性たち，メイドたち(Maids)　431, 1475，女中たちがさらに早く起きなければならなくなる 1566A*．— オールドミスたち 1488．

未婚の(Unmarried)　未婚の男女が同じベッドで寝る 1443*．

ミサ(Mass)　信心深い男が自分のミサをする 759B，偶然に死者のミサを目撃してしまい，訪問者が死ぬ 779F*．— 死者のミサで母親が自分の子どもたちがこうむったであろう悪い運命について知る 934C．

ミサの侍者の少年たち(Altar boys)　1785B．

短い，背の低い(Short)　背の低い男と片目の男の会話 1620*，砂のロープが短すぎる 1889E，短い梁を延ばそうとする 1244．

短くすること(Shortening)　ズボンを取り返しがつかないほど短くする 1328B*．

みじめさ(Misery)　擬人化されたみじめさ 330．

ミシュナ(Mishna)　ミシュナの書 2010．

水(Water)　水とワインの取り引き 1555B，動物婿としての水に棲むもの 425M，水をスープだと誤解する 1260A，水の精霊と男 1135，水の精霊がもらう約束の王子を呑み込む 316，魔法の治療薬としての命の水 303, 314, 332C*, 519, 531, 550, 551, 590, 706, 707，ミルク(ワイン)の代わりに水を樽に注ぐ 1555，食事の前に水を出して満腹にする 1567A，水の精霊が生け贄を呼ぶ 934K．— 水をざるに入れて運ぶ 801, 1180，石から水を絞り出す競争 1060，水を飲むと超自然的受胎をする 303，水でざるをいっぱいにする 313，悪魔からの防御としての聖水 817*，男が水を跳び越えようとする 1889J，水に映った自分の姿が自分だとわからない 408, 1336A，オンドリが死にかけているメンドリのために水を取りに行く 2021，ヘビが人の体から水で誘い出される 285B*.

湖(Lake)　湖の口を引っ張って絞る 1045. ― 悪魔が湖に住んでいる 1045，鬼が湖を飲み干そうとする 1141.

水差し(Jug)　キツネの罠としての水差し 68A.

水の精霊(Merman)　水の精霊が金の斧を差し出す 729.

見せかけの(Make-believe)　見せかけの食事，見せかけの仕事 1560. ― 想像した(Imagined)も見よ.

見せかけの(Supposed)　見せかけの呪文で泥棒を可能にする 1629*.

ミゼーレ(みじめ)おじさん(Bonhomme Misère)　330.

ミソサザイ(Wren)　228，ミソサザイが鳥の王に選ばれる 221–221B，ミソサザイが木に葉をつけたままにする 1184.

満たす(Filling)　水を半分入れた水差しをワイン(ラム)でいっぱいにする 1555B.

ミダスの(Midas')　ミダスのロバの耳 782，ミダスの軽率な願い事 775.

道(Way)　恋人のところへ行く道を魔法の花が示す 405，強盗の洞くつへ行く道にエンドウ豆でしるしがつけられる 965*. ― 求婚者テストとして迷宮の出口を見つける 874*，よく働く女がキリストと聖ペトルスに道案内をする 822，隠者が道を尋ねられる 400，狭い道と広い道 470，泥棒が近道をする 1624A*.

道順(Directions)　ハリネズミが道に迷った王たちに道を教える 441，妹が太陽と月と星々に兄たちのところへ行く道を尋ねる 451，太陽(月，星々，等)が動物婿を捜している花嫁に道を教える 425A.

未知の(Unknown)　未知の動物 1281，馬上試合での見知らぬ騎士 314, 314A，正体不明の動きに野獣たちが逃げ出す 179B*，ヒョウが知らない音におびえる 181，見知らぬ王子が男の娘のために魔法の品を与える 432，王がまだ会ったことのない息子を見つける 873，見知らぬ求婚者がすべての課題を成し遂げる 530. ― 子どもの父親がわからない 675，猫が知られていない国で猫を売る 1651，遺産相続した品(動物)をそれが知られていない国で売る 1650，塩が知られていない国で塩を売る 1651A. ― 認識されない(Unrecognized)も見よ.

見つけること(Finding)　お金の入った箱(財布)を見つける 1381E.

密通(Liaison)　聖職者と教会の雑用係の妻との密通が露見する 1781，聖職者の密通が子どもの歌によってばらされる 1735A，主人とメイドの密通が話す犬によってばらされる 1750A，説教者の密通が見つかる 1735. ― 聖職者がメイド(妻)と姦通しているところを，教会の雑用係(夫)が見る 1776.

ミツバチの巣(Beehive)　男の代わりにミツバチの巣を袋に入れる 1177. ― キツネが熊(ハイエナ)をミツバチの巣に連れていく 49，嘘：大きなミツバチと小さな巣箱 1920G.

ミツバチの巣箱(Hive)　1 匹のミツバチが刺したことの仕返しとして巣箱が破壊される 774K.

密猟者(Poacher)　密猟者が穴ウサギに戻ってこないよう教える 1595.

見習い(Apprentice)　1544A*, 1700，見習いが外国語を知らない 1700，見習いが作男をだます 1539A*，見習いがもてなしを受ける 1544A*，見習いが想像上の物を取りに行かされる 1296，見習いが家畜を盗む 1525D. — 魔法使い(泥棒)の弟子 325, 325*, 1525E, 1525J.
見習い船員(Cabin boy)　1960H，見習い船員が海に投げ込まれる 1875.
見習いたち(Pupils)　泥棒の見習いたち 1525E.
醜い(Ugly)　醜い花嫁が新婚初夜に身代わりをするよう女に頼む 870A，いやな名前 1461，醜い女 1376*，醜い女が水に映った美しい女の姿を自分と間違える 408. — 鳥の醜い子どもたち 247，画家の子どもたちは醜い 1856，王子がヘビによって醜くされる 923B.
醜さ(Ugliness)　不親切な行動の罰としての醜さ 403，自分で体の一部を切断することで醜くなる 706B，花嫁の醜さが隠される 877，結婚を妨げるために醜さが願われる 706D. — 妖精たちが女の醜さを取り除く 425D.
見張り(Guard)　307, 1642，見張りが泥で目くらましをされる 73. — 盲目のオオカミが見張りをする 122L*，見張りのキツネが女の屁で追い払われる 153，3 晩見張りをする 401A*，見張りとしてのフクロウ 221B.
見張り(Watch)　墓での見張りが死んだ女を生き返らせる 653B. — 娘が自分の死後に墓での見張りを要求する 307，死を迎えようとしている父親が息子たちに父親の墓を見張るよう命ずる 530，見張る 315A, 530, 550，墓で見張りをするという約束 612，森の中で(墓で)見張りをする 304.
見張り(Watcher)　墓地の見張りがにせの幽霊を叩く(けがをさせる) 1676. — 賢い穀物貯蔵庫の見張りが穀物を盗む 1564*.
見張り(Watchman)　1610，見張りが悪魔が消えるまで悪魔と交渉する 815.
見張りたち(Guards)　307, 550, 551，見張りたちが酔わされる 950，見張りたちがリキュール(薬)で眠る 1525A. — 見張りとしての動物たち(竜たち) 551，トロル(オオカミ)が橋を見張る 122E.
見張ること(Watching)　恐れ知らずのテストとして死んだ男を見張る 1711*，鍛造を学ぶために鍛冶屋を観察する 1015，労働者たちが働いているのを監視する 1571*.
身振り(Gesture)　指による身振りが手話と誤解される 924，誤解された身振り 1694A, 1685. — 身振りでテーブルの上の皿の位置を変える 1568*.
身振り(複数)(Gestures)　身振りで語り手が体を掻くことが可能になる 1565. — キツネが隠れている場所を示すジェスチャーを，狩人たちが見落とす 161.
未亡人(Matron)　エフェソスの未亡人 1510.
未亡人(Vidua)　1510.
未亡人(Widow)　873, 915, 983, 1164，未亡人が司祭に助言される 1512*，未亡人と作男 1511*，未亡人と息子 926A*，未亡人が皇帝に，風が不公平だと不平を言う 759C，未亡人が家事のしかたを知らない 1367**，教会建立に未亡人が寄付をする 750F，未亡人が神と聖ペトルスにいいもてなしをする 759*，未亡人が夫の死を悼む 1510，すぐに慰められた未亡人 1350. — やもめギツネが 9 尾の求婚者との結婚に同意する 65，せむしの兄弟が金持ちの未亡人と結婚する 1536B，貧しい男が未亡人と結婚するために殺人を犯す 960B.
未亡人の(Widow's)　未亡人の小麦粉が吹き飛ばされる 759C.
耳(Ear)　耳がしゃべる 1391.

耳(複数)(Ears) ロバの耳 125B*, ミダスの耳 782, 耳が動くことが誤解される 1211.

耳が遠いこと(Deafness) 耳が遠いことが誤解を招く 1698A, 1698B, 1698D, 1698G, 1698H–1698K, 1698M. — 耳の聞こえないふりがなされる 1544, 1698G, 1698N, 2025, 耳が遠いと思われる 1698C.

耳が遠い(Deaf) 耳の遠い司教が酒飲みの告白を誤解する 1698M, 耳の遠い家族が互いに誤解する 1698B, 木の上の耳の遠い男 1698H, 耳の遠い男が病気の友人を見舞う 1698I, 耳の遠い人が耳の聞こえる人に恥ずかしい思いをさせる 1698G, 耳の遠い人がいなくなった動物を捜す 1698A, 耳の聞こえない人たちと彼らの愚かな返事 1698, 耳の遠い人たちが出会う 1698A, 耳の遠い売り手が客の質問を理解できない 1698K.

ミミズ(Earthworm) ミミズがヘビと間違われる 1316.

ミュンヒハウゼン(Münchhausen) 1880–1882, 1889, 1889A–1889C, 1889E–1889G, 1889J, 1889L, 1889P, 1890, 1894, 1896, 1910, 1930, 1967.

ミルク(Milk) ミルクが沸騰してあふれる 1328*, 粥に入れるミルクが別の部屋にある 1263, 樽の中のミルク 1555, ミルクに水を混ぜる 184, 治療薬としての動物のミルク 590, 鳥のミルク 314, 治療薬としての竜のミルク 305, 聖人の画にクリームを塗る 1572A*. — 子どもがヘビとミルクを分ける 285, ヘビがミルクで人の体から誘い出される 285B*, ヘビにミルクが与えられる 285A, オオカミがチーズをつくるミルクの大桶に落ちる 1892*.

見ること(Looking) 真っ昼間にランタンを見る 1871F.

見ること(Seeing) たいへん遠くを見ること 653, 1920E*, 世界じゅうが見える(姦通者が愛人に言う) 1355B.

ミンク(Mink) 1365D, 1365E.

む

無口な(Taciturn) 無口な農夫たちが半分の言葉で互いの言っていることを理解する 1702A*.

無効にすること(Avoiding) 借金の支払いを無効にする 1185*, 悪魔への支払いを無効にする 1185, 計略により罰を無効にする 1590.

むさぼり食う(Devours) 竜の母親が人間をむさぼり食う 300A, ライオン(熊)が頭を叩かれた仕返しに男をむさぼり食う 159B, 男が鳥をむさぼり食う 248.

虫(Insect) 222, 1310C, 2022, 虫がいたずらなヤギを刺すとヤギは家に帰る 2015, 虫の結婚式 224. — 巨大な虫 1960M, 人をわずらわせている虫ではなく, 人を殺す 1586.

無視される(Disregarded) 口がきけないふりをした男の警告が無視される 1534D*.

無視する(Disregards) 野鳥が飼いならされた鳥の忠告を無視する 245, 妻が夫の指示を無視する 1381F*.

虫たち(Insects) 282A*, 283, 825, 家を燃やして虫たちを追い払う 1282, 箱の中の虫たち 1296A, 虫たちを追い払ってはいけない 910L, 裸で木に縛られた泥棒を虫たちが刺す 958A*.

虫たちの(Insect's)　虫たちの宿泊場所としての尻(膣) 282D*.

無実(Innocence)　無実と貞節 880–899，被告人の無実 875D*，死刑を言い渡された男の無実が彫像(肖像画)によって証明される 706D，黄金ではなくリンゴを選ぶことで殺人者の無罪が証明される 1343*，物語を語ることで妻の無実が明らかになる 891B*，傷つけられていないことで女の無実が証明される 892，追放された女によって無実が証明される 872*. — 兄弟がもう 1 人の兄弟の無実を悟る 303，子どもが母親の無実を明らかにする 891C*，男が指輪泥棒についての動物たちの会話を聞いて，自分の無実をはらす 673，女が夫に無実を証明する 882.

無実の(Innocent)　告発された人が無実を証明する 916，無実の動物が殺される 178A–178C，無実の弟が去勢される 318，無実の男が自分の命を救うことができる 910K，杭(輪縄)に合うよう無実の男が選ばれる 1534A，無実の男が死刑判決を受ける 1534A，無実の虐げられた女 403, 404, 407, 409, 410, 433B, 451, 459, 706C, 709, 712, 881, 883A, 894, 896, 897，無実の家来が性的暴行で死刑を言い渡される 516，無実の羊飼いの女 1391，中傷された無実の娘 514*, 706C, 712, 881, 882, 883A, 891C*, 892, 894, 896. — 1 人をのぞいてすべての囚人が無実 921A*，敬虔で無実の男が神について知らない 827.

無慈悲な(Cruel)　悪魔の馬になった無慈悲な金持ち 761.

矛盾した言動(Contradictions)　矛盾した会話 2014，矛盾だらけの物語 2335.

無情な(Hard-hearted)　無情な聖職者がハツカネズミたちに食べられる 751F*，薄情な婚約者 1455，無情な馬 207B，無情な地主が改心させられる 761，無慈悲な商人 1525L，無情な両親が神に罰せられる 899，無情な人物が罰として月に送られる 751E*，無情な人が石に変わる 751G*.

息子(Son)　息子が父親のふるまいを弁護する 929A，息子が父親の診断をまねする 1862C，息子が 4 人の妻と結婚する 856，熊(巨人)の息子が並外れた強さを発達させる 650A，皇帝の息子が求婚者テストに勝つ 703*，神の息子 1543，父親の仕事を継ぐには愚かすぎる宿屋の(靴職人の)息子 1834A*，王の息子と鍛冶屋の息子 920，粉屋の息子が非難される 1215，金持ちの息子が毒を盛られる 837，絞首台の息子が母親の鼻を食いちぎる 838，息子が卵の上に座る 1218，息子が売られる 1362，息子が母親の貞操を試す 823A*. — 反抗的な息子 760**，博学な息子が母国語を忘れたふりをする 1628，いなくなった息子が両親のところに戻ってくる 935，息子が両親(父親)を殺すという予言 931A，息子の代わりとしての穴ウサギ 1072，浪費家の息子が思慮深くなる 910D. — 父親と息子(Father and son)，母親と息子(Mother and son)も見よ.

息子たち(Sons)　兄弟たち(Brothers)を見よ.

息子の妻(Daughter-in-law)　息子の妻とその子どもたちが殺されて料理される 410，義理の娘と実の娘 1503*，息子の妻がひどい扱いに不平を言う 1562C*，息子の妻が姑に手足を切断される 705A，息子の妻が舅にひどい扱いをする 1455，年老いた舅に対する感謝のたりない義理の娘 980. — 義理の父親，舅(Father-in-law)，義理の母親，姑(Mother-in-law)も見よ.

娘(Daughter)　褒美としての娘 300, 301D*, 305, 306, 314, 317, 318, 425D, 441, 502, 505, 513A, 513B, 517, 532*, 559, 570, 571, 577, 665, 950，娘が両親に追い出される 883C，娘が

生まれたときに呪われる 934, 娘が鶏をこっそり食べる 1373B*, 娘が結婚を強いられる 885A, 母親の愚かな発言のために娘が悪魔に与えられる 813A, 泥棒を見つけるために娘が多くの男と寝なければならない 950, セックスについて無知な(セックスを恐れている)娘 1543*, 娘が死の脅威にもかかわらず支配者と結婚し, 支配者に物語を語る 875B*, 悪魔の娘が結婚する 313, 1148B, 農婦の娘が貴族に求愛される 1435*, 農婦の娘が本人の意志に反して主人に与えると約束される 1440, 司令官の娘が裸の兵隊との結婚に同意する 1670*, 巨人の娘が鋤を持った農夫と動物たちを手に取る 701, 王の娘と小作人の息子 920A, 太陽の娘 898, 魔女(鬼)の娘が焼かれる 327C, 327F, 娘が父親に自分の肉を勧める 1373B*, 娘が父親と結婚することを拒む 706, 娘があまりに大声で話す 1486*, 娘がベッドでどうやって暖まるかを教わる 1545*. ― 農夫の賢い娘 875, 母親の呪いのせいで悪魔が娘を取る 813A, ライオンが農夫の娘と結婚したがる 151*, 男が, 自分の娘が妻であるふりをする 887, 娘の夫として最も力のある存在を探す 2031C, 魔女が知らずに自分の娘たちを殺す 303A, 末の娘が父親の代わりにさびれた城に行く 425C. ― 父親と娘(Father and daughter), 姫(Princess), 姉妹(Sister)も見よ.

娘たち(Daughters) 誤解によって娘たちが与えられる 1563. ― 鬼がうっかり自分の娘たちを殺してしまう 327B.

無知(Ignorance) 日々の仕事に関する無知 1204**, 無知が教会での不適切な行動を招く 1831A*, 忠告を知らないために目が見えなくなる 836F*, 動物たちについての無知 1650, 1651, 1682, 動物の行動についての無知 1213, 1211, 1215, 1231, 動物の性質についての無知 1210, 動物たちについての無知 1260A, 1310B, 1310C, 1312, 1319J*, 1321C, 1322A*, 1415, 1551, 1642, 1643, パンの焼き方についての無知 1374*, 積み荷を運ぶことについての無知 1242A, ある食べ物についての無知 1339, 教会に関する無知 1678**, 聖職者の仕事についての無知 1825, コーヒーについての無知 1339C, 料理のしかたについての無知は問題ない 1464D*, 数え方についての無知 1287, 木々を切り倒すことについての無知 1246, 家事のしかたについての無知 1387*, ろうそくを乾かすことに関する無知 1270, ミルクを入れて粥を食べることについての無知 1263, 食べ物についての無知 1260, 1291, 外国語(単語, 専門用語)を知らない 1697, 1699, 1699B, 1700, ベッドへの入り方がわからない 1545A, 果物(バナナ, 等)についての無知 1319, 1339B, 卵をかえすことについての無知 1218, 人間の性質についての無知 1293, 1543*, 1545B, 1547*, アイデンティティーに関する無知 1410, 1419E, 鼻の長さに関する無知 1288**, 木材を運ぶことについての無知 1242, お金に関する無知 1385*, マスタード(辛いソース)についての無知 1339D, 自然についての無知 1271C*, 1272*, 1278, 1290, 1291, 1324A*, 1326, 1334-1336A, 1337C, 木の性質についての無知 1241, オールについての無知 1379**, 物についての無知 1243, 1260, 1270, 1278, 1291A, 1291B, 1293A*, 1310, 1319A*-1321D*, 1325-1326, 1328*, 1328B*, 1331A*, 1337C, 1415, 1650, 1710, 自分が誰だかわからない 1275*, 自分の足に関する無知 1288, 自分の影に関する無知 1321B, ズボンのはき方に関する無知 1286, 宗教的な事柄に関する無知 1810, 転がる石臼についての無知 1247, 塩に関する無知 1651A, ソーセージに関する無知 1339A, 海に関する無知 1379**, セックスに関する無知 1424, 1425, 1686A, 1686*, 煮え立つ粥に関する無知 1264*, テーブルマナーに関する無知 1691B, 味についての無知 1543C*，お茶に関する無知 1339C，温度を確かめることについての無知 1262*，患者の治療についての無知 1862，鎌を使うことが知られていない 1202，家(ストーブ)を暖めることに関する無知 1271A*，天気に関する無知 1293C*，新婚初夜についての無知 1686，女たち(少女たち)についての無知 1678，無知が装われる 1827. ― 愚か者(Fool)も見よ.

むちで叩くこと(Whipping) 足をむちで叩く 1288，生徒たちが間違ったことをする前に生徒たちをむちで叩く 1674*.

無知な(Ignorant) 無知な聖職者が何度も同じ言葉を繰り返す 1825B. ― 町の人々が田舎について知らない 1338，巨人が人間と動物と物について無知である 701，妹が料理のしかたを知らないふりをする 327A.

胸(Breast) 娘が父親に自分の胸の肉を食事として出す 1373B*.

胸(複数)(Breasts) 胸を切り落とす 706B，妻の胸を夢の中でモグラ塚と間違える 1407A*.

村(Village) 石を投げて村を破壊する 1063A.

村人(Villager) 耳が動くのを，話を聞いているのだと村人が誤解する 1211.

村人たち(Villagers) 村人たちが自慢げな愚か者を笑う 1689*，村人たちが太陽の光(月の光)を火事と間違える 1335*，ロバの値段を告知するために村人たちが集められる 1551*，村人たちが市長のまねをして貴族を歓迎する 1694A.

群れ(Flock) 男がカモの群れを 1 発でしとめる 1894.

群れ(Herd) 群れが飽くことを知らないオオカミに食べられる 162A*，牛の群れをいかだに乗せて向こう岸へと運ぶ 1887*.

群れの番をすること(Herding) 穴ウサギの群れの番をする 570.

め

目(片目)(Eye(single)) 姦婦が夫の片目を覆い隠す 1419C，目には目を 1734*，目を治すために目をくり抜く 1349L*，3 人の巨人の目が盗まれる 328*. ― オンドリがメンドリの目を木の実で叩き出す 2021B，3 人の巨人(トロル)が 1 つの目をいっしょに使う 328*.

目(複数)(Eyes) 締め上げられて目が腫れ出る 1070，目を閉じて幸運を逃す 947A，夫婦と猫を合わせて目が 3 つしかない 1691B*，目を見えなくされた少女の目が買い戻される 404，目を取られた妃たちの目が元に戻される 462，治療薬としての竜の目 305，ヤギたちの目 1184，魔女(竜，巨人，妖精)から目を取り戻す 321，目が回復する 404，目が投げられる(羊の目) 1006，目を賭ける 613. ― 鳥猟師のうるんだ目が哀れみだと誤解される 233D，魔術師が見物人たちの目を欺こうとして失敗する 987，男が目を閉じてお金を見逃す 947A，殺した証拠として鬼女が目を要求する 462，目を開けたまま眠る 1140，涙ぐんだ目が女に変化をもたらす 1515，なぜアシナシトカゲには目がないか 234，なぜハエの目は腫れているか 282B*，しつこく迫る男に女が自分の目を送る 706B.

目(Oculus) 1419C.

酩酊(Drunkenness) いちばん害の少ない悪として酩酊が選ばれる 839，教会の中での酩酊 1839A，客の酩酊のために，天国の門前の酒場が閉じられる 804B*．— ライオンが酩酊の影響を経験する 485.

命令(Command)　命令(Order)を見よ．

命令，順番(Order)　説教者を袋に閉じ込めるという命令 1737，少量のミルク(ワイン)を寄付して樽をミルクで(ワインで)いっぱいにするという命令 1555，友人を殺す命令を避ける 1736A，栓の面倒を見るという命令 1681A*．— 外国語での質問の順番が変えられて新兵が混乱する 1699B，最初に到着した者を殺せという命令 910K，服に関する王の命令が服屋を裕福にする 1639*.

命令すること(Ordering)　まるで精霊が飛んでいるように教会内でハトを飛ばすよう，教会の雑用係に命ずる 1837.

雌牛(Cow)　102, 131, 300A, 328A, 532*, 571B, 591, 750B, 750C, 759, 759*, 774D, 778, 785, 846, 875B, 875E, 1291D, 1325B, 1335, 1348*, 1355B, 1382, 1408, 1525E, 1529, 1529A*, 1535, 1536A, 1539, 1551, 1553, 1559C*, 1567F, 1585, 1631A, 1633, 1655, 1681A, 1682, 1735, 1735A, 1739, 1862D, 1875, 1910, 1960A, 1960E, 2010I, 2016, 2021, 2028, 2034, 2035，援助者としての雌牛 511，ロープの端につながれた雌牛 1800，雌牛が反芻する 1211，雌牛が親指小僧を食べる 700，雌牛が屋根で草をはむ 1210，雌牛が殺される 1211，悪魔の雌牛 1161A，鶏の止まり木の雄牛 1204**，分けられた雌牛 1633，雌牛が磔刑像に売られる 1643，聖職者と教会の雑用係が雌牛を盗む 1790，草をはませるために雌牛を屋根に連れていく 1210，雌牛を豚と取り替える 1415．— 競売人が価値のない雌牛を賞賛する 1214，ハトが自分の雌牛をカササギにあげると約束する 236，神が未亡人の雌牛を殺すよう命ずる 759*，持ち主が価値のない雌牛を買い戻す 1214，走る雌牛が聖職者を引きずる(運び去る) 1849*，盗まれた雌牛が持ち主に返される 1636，雌牛が角で突かれる 1734*.

雌牛たち(Cows)　77*, 159, 162, 236*, 750B, 1004, 1312*, 1316, 1533C, 1681B, 1960E．— 農夫がだまして(幸運により，性交を見つけて)雌牛たちを手に入れる

雌牛のふん(Cow-dung)　210*，棒(屋根)の上の牛のふん 1225A.

眼鏡(Glasses)　聖職者(教会の雑用係)の曇った(忘れた)眼鏡 1832M*，食事を見るための眼鏡 1561*.

眼鏡(Spectacles)　眼鏡が読むことを教える 1331A*.

女神(Goddess)　運命の女神 934D[1].

雌ギツネ(She-fox)　雌ギツネが 9 尾の求婚者と結婚しようとする 65，雌ギツネとほかの野獣たちと猫 103A*，雌ギツネが，自分の夫は危険な野獣であるふりをする 103A.

目薬(Eye-remedy)　1135.

召し使い(Menial)　エウスタキウスが下働きをしなければならない 938，捨てられた婚約者が召し使いとして働く 884，王が召し使いの仕事をしなければならない 939，王子が召し使いの仕事をする 519, 888A.

召し使い(Servant)　314, 402, 430, 440, 450, 475, 500, 502, 510A, 514, 594*, 652, 660, 671, 673, 678, 750K*, 759, 759D, 760A, 821B, 834, 844*, 856, 861, 871, 881A, 882, 883A, 889, 910B, 920A*, 921B, 921D*, 922, 925, 938*, 940, 956B, 1389*, 1410, 1533A, 1539A*, 1545, 1562B, 1562J*, 1569**, 1571**, 1572N*, 1577**, 1613, 1626, 1631A, 1645A, 1686A*, 1688,

1698A*, 1698B*, 1735, 1871Z，召し使いが姫をさらう 505, 516，召し使いと騎士 1920J，援助者としての召し使い 875B*，トラブルメーカーとしての召し使い 1573*，召し使いが若い女の代わりに年老いた女を連れてくる 1623*，召し使いが主婦と姦通する 1419，召し使いがけちな聖職者をだます 1736，召し使いが淑女の病気を下品な言葉で説明する 1717*，召し使いが主人の妻の隠れた愛人を発見する 1725，召し使いが 3 度の食事を連続して食べる 1561，女の巧みな答えによって召し使いが泥棒だとばれる 875A，召し使いの少女 891A, 1538*, 1832D, 1837，召し使いが喉の渇いた客の気分を害する 1578A*，断食の競争で召し使いがこっそり食べる 1562A*，召し使いが主人に嘘をつく 1750A，聖職者の修辞学的な問いを召し使いが誤解する 1833A，召し使いが主人の代わりにベッドに行くように命じられる 1379，腹をすかせた主人が食事をするのを，召し使いが妨げる 1775，もうけを分け合うなら助けると，召し使いが約束する 507，召し使いが子どもを死から救う 920，召し使いが子どもたちを死から救う 762，召し使いが悪魔に魂を売る 1177，召し使いが肉屋のダビデ(パウル，モーゼ)のところに行かされる 1833A，召し使いが聖職者の検査用の尿を医者に持っていかされる 1739，召し使いが籠に入ったハトを手紙といっしょに持っていかされる 1296B，召し使いが物語を語る 875B*，召し使いが女主人の不倫を目撃する 1360B. — 自慢する召し使いが主人の娘と結婚する 859，盗みがばれたときの召し使いの機転の利いた答え 785A，忠実な召し使いが魔法の治療薬で主人を生き返らせる 612，忠実な召し使いが主人の命を救う 516.

召し使いたち(Servants)　366, 442, 460B, 513A, 571B, 677, 705A, 758, 801, 844, 881A, 921F, 938, 1337C, 1526, 1641, 1736, 1925, 1965，召し使いたちが主人を罰する 1571*.

目印(Marker)　1341B，目印がよそ者に盗まれる 1326.

雌犬(Bitch)　655，母犬と子犬たちがほかの動物の親切なもてなしにつけ込む 80. — 泣いている雌犬 1515.

雌犬(She-dog)　雌犬と雌豚が論争する 219F*.

雌馬(Mare)　300A, 750K*, 910A, 1311, 1319, 1335, 1440, 1605*, 1739, 1832B*，花嫁の身代わりとしての雌馬 1440，雌馬を教会と間違える 1315**.

雌豚(Sow)　106*, 237, 1960D，雌犬と雌豚が論争する 219F*，雌豚が子豚たちをオオカミから救う 122G. — 雌豚に乗らないよう夫が妻に命じる 1381F*. — 豚(Pig)も見よ.

雌豚の(Sow's)　雌豚の腹を妻の腹と間違える 1706C.

メソジスト教徒たち(Methodists)　メソジスト教徒たちが，天国にいるのは自分たちだけだと信じさせられる 1738D*.

メッセージ(Message)　盗みの説明をするメッセージ 1341B，火事(事故)の知らせが歌で伝えられる 1562J*. — 理解しがたい知らせが犯人(計画された犯罪)の発見につながる 1699，奇妙な名前を使った難解な知らせ 1562A.

目に見えない(Unseen)　目に見えない物の証拠としての屁 1588*.

メレアグロス(Meleager)　1187.

目を見えなくされた(Blinded)　目を見えなくされた花嫁 404，目を見えなくされた貪欲な男 836F*，目を見えなくされた男の視力が回復される 613，泥で目をくらませて穴ウサギ(キツネ)が逃げる 73.

目を見えなくすること(Blinding) 自ら目を切り落として目を見えなくする 706B，教会の中で上を見ると目が見えなくなる 1837，象の目を見えなくする 248A，見張りの目をくらませる 73，特殊な食べ物で夫の目を見えなくする 1536C，目が見えなくなる王 314，競争の敗者の目を見えなくする 613，強盗たちの目を見えなくする 952，息子の目を見えなくする 590，継娘の目を見えなくする 404，治療するふりをして目を見えなくする 1135, 1137，妻たちの目を見えなくする 462.

免除(Exemption) 悪魔の謎を解いて，借金の支払いが免除される 822*. ― 種馬(ロバ)のおかげで税金が免除になる 1605*.

免除すること(Forgiving) 税金を免除する 1605*.

面倒を見る(Care) なぜ野ウサギは短期間しか自分たちの子どもの面倒を見ないか 72*.

メンドリ(Hen) 20A, 563, 756E*, 1539, 2010I, 2022, 2024*, 2025，メンドリとハト 240，メンドリが卵を温める 1218，メンドリの喉に木の実が詰まる 2021，メンドリがひよこを翼で覆う 1284*，メンドリが卵を産み，ハツカネズミがそれを割る 2022B，メンドリが黄金の卵を産む 219E**, 328A，メンドリが話すこと(歌うこと)を覚える 1750，メンドリが(木の実を当てられて)目を失う 2021B，メンドリの乳を搾る 1204**，メンドリがお金ではなくふんを出す 715A. ― 黒いメンドリを洗って白くする 1312*.

メンドリたち(Hens) 56A*, 1375, 2010A.

も

もうけ(Winnings) (正体を気づかれていない)感謝している死者がもうけの半分を要求する 505，もうけの半分として女を分けることを要求する 507，聖者が旅の道連れにもうけの半分を要求する 506*.

申し立て(Plea) 弁護士の雄弁な弁護のために申し立てが変えられる 1860C. ― 捕らえられた動物が嘘の言い訳で逃げる 122.

毛布(Blanket) 暖まるための半分の毛布 980，1 枚の毛布を分け合うことがけんかを仲裁する 1393.

盲目(Blindness) 敵たちによって盲目にされる 1379***，目の塗り薬で目が見えなくなる 836F*，魔法で盲目が治される 519, 590, 613，盲目のふりをする 1380, 1536C. ― バター(コーヒーポット)を猫と間違えて盲目がばれる 1456，目を見えなくされた仕返し 844*，盲目を隠そうとする 1456.

盲目の(Blind) 盲目の花嫁と婚約者 1456*，盗まれた盲目の夫婦の目 321，盲目の婚約者 1456*，盲目の夫が妻にだまされる 1423，目の見えない王が治療される 207C，盲目の男が召し使いにだまされる 1577**，命の水で男が治療される 519，盲目の男が結婚する 1379***，盲目の男が鳥たち(その他の動物たち，デーモン)の話を立ち聞きする 613，盲目の男の宝 1617*，盲目の男たちがだまされてけんかをさせられる 1577，盲目の男たちが象を丸太(ロープ，うちわ)と間違える 1317，盲目の男たちが酒場に連れていかれて，お金がないのに酒を飲む 1577，盲目の強盗から取り返す 1577*，盲目の靴職人が山々を動かすことができる 756G*，盲目の野獣が若い動物のしっぽに引かれて連れていかれる

1889A，オオカミがだまされて捕らえた牛を逃がす 122L*.
目撃した(Witnessed)　悪魔(教師)が死体を食べているところを見たことを，少女が否定する 407, 894.
目撃者(Witness)　目撃者は(聞くだけでなく)見なければいけない 1588*，不倫の目撃者が買収される 1360B，契約の立ち会い人 1184，頑固な妻の目撃者 1365D，木の精霊が泥棒の目撃者であるように装う 1543E*. ― 創造主(裁判官)を証人として呼ぶ 1590，ヘビが強姦の証言をする 672C*，契約の証人としての石 1543D*，目撃者としての木 1543E*.
目撃すること(Witnessing)　(盲目の)男が宝を埋めるのを目撃する 1617*，奇跡を目撃する 1825C，不貞をはたらいているカップルが目撃される 1355A*, 1355C，不貞をはたらく母親を目撃する 1358*，不貞を目撃する 1358, 1358C, 1359, 1360C, 1364，誕生を目撃する(救世主を期待する) 1855A，メンドリの卵が割れるのを目撃する 2022B，抱き合うカップルを目撃する 1355B，カワカマスの口にペニスがはまるのを目撃する 1686A*，聖職者とメイド(妻)との密通を目撃する 1776，死者のミサへの参加が死を招く 779F*，聖書を引用しながらけんかをする人たちを見物する 847*，貧しい男が強盗たちを目撃して，財宝の入った洞くつがどうやって開くのかを知る 954，司教が聖職者の妻に性交渉を誘いかけるのを目撃する 1825A，泥棒たちが略奪品を分けているのを目撃する 1615.
木製の(Wooden)　老人のための木のカップ 980，木の人形が女の身代わりにされる 1441*，木製の鉄砲 1228，木の家と氷の家 43，木の剣をサーベルの代わりにする 1736A. ― 熊が自分で木の脚をつくる 161A*.
木曜日(Thursday)　木曜は努力をしない日 1405*.
モグラ(Mole)　80，モグラが生き埋めにされる 1310B，モグラが動物たちを助けることを拒む 55.
モグラたち(Moles)　庭を舗装してモグラたちを庭に入れない 1282.
もし(If)　役立つ(おかしな)言い回しとしての「もし神がお望みになるなら」830C.
文字どおり(Literal)　文字どおり指示に従う 480C*, 915, 1003, 1006–1017, 1048, 1345, 1351G*, 1386, 1387*, 1409, 1437, 1463A*, 1562, 1562A, 1569**, 1643, 1653, 1681A*, 1685, 1688, 1691B, 1692, 1695, 1696, 1738, 1848, 1862.
モーゼ(Moses)　759, 1833A, 2010.
もたらすこと(Producing)　天気をもたらす 1830.
持ち主(Owner)　130A, 178B, 247, 515, 545A*, 563, 566, 591, 655, 715, 729, 751A, 926C, 931A, 1004, 1142, 1281, 1282, 1331A*, 1341D, 1354, 1381E, 1525D, 1525J, 1525M, 1529, 1534A, 1534, 1559C*, 1624B*, 1631A, 1634E*, 1651, 1682, 1692, 1700, 1791*, 1807A*, 1842, 1889P, 1910，家主が貪欲さゆえに財産を失う 751B*，雌牛の持ち主が後悔した泥棒に注意される 1636，家主が動物たちと物に殺される 210，殺された家畜の飼い主が，まだその動物の労働が必要だと文句を言う 1910，審判者としての盗まれた物の持ち主 1525K*，持ち主が受け取りを拒否する 1807A，価値のない雌牛を持ち主が買い戻す 1214. ― にせの持ち主が貪欲さからすべてを失う 565，土地のにせ所有者が嘘の誓いを立てる 1590，盗んだロバ(その他の動物)を元の持ち主に売る 1631A，宝(お金)が常に持ち主のところに戻ってくる 745, 745A.

最も偉大な(Greatest) いちばんの愚か者 944, 1332, 1384, いちばんの嘘つきがただで食事をもらう 1920E.

最も大切な(Dearest) 追放された妻の最も大切な所有物 875, 875*, 888.

最も小さい(Smallest) いちばん小さい動物が最初に食べられる 20A.

最も強い(Strongest) いちばん強い動物がすべて取る 80A*. ― 世界でいちばん強い存在は何か 2031A.

最も年老いた(Oldest) 動物 80A*.

最も珍しい(Rarest) 世界でいちばん珍しい物 653A.

もてなしの悪い(Inhospitable) 750B, 750*, 751B, 751A*. ― 貪欲な農婦が神と聖ペトルスに対してもてなしが悪い 751A, もてなしの悪いジプシー 750E, もてなしの悪いユダヤ人(靴職人) 777, もてなしの悪い男 930*, 751C*, もてなしの悪い金持ち男 750A, もてなしの悪い 2 人の兄たち 750D, もてなしの悪い妻 750C.

もてなし役, 主人(Host) もてなし役と客 1544, 1544A*, 1544B*, 1561**, 1567C, 1567H, 1572B*, 1572C*, 1691B*-1691D*, 1775, 1832F*, 1842C*, 泥棒としての宿屋の主人 475, 主人が寝ている聖ペトルスをさんざん叩く 791, もてなし役が, 小さい料理を取るように言われる 1567H, 天国の門前の酒場の主人が天国へ入ることを許される 804B*, 主人が客の髪をひっぱる 1572B*. ― 晩餐のもてなし手としての悪魔 821B*, 不正な主人が事件を訴える 821B, 不誠実な宿屋の主人が絞首刑になる 360. ― 宿屋の主人(Innkeeper)も見よ.

もてる(Beloved) 女たちにもてる 580.

元どおりに置く(Replacing) 頭を元どおりに置く 1169.

戻る(Returns) 川を跳び越えている人が出発地点に戻る 1889J, 気づかれずに息子が家に戻ってくる 517.

モナ・ジョヴァンナ(Monna Giovanna) 864.

物(Object) 歩くことのできる物(パン) 431, 子どものいない夫婦によって物が養子にされる 425D, 物がボートから海に落ちる 1278, 物が秘密を明かす 782, 物が盗まれる 1525C. ― 大きな物 1960, 1960F, 1960H, 見つけた物がもっと長かったなら, 物語ももっと長かったろうに 2250, 一見無価値な物に価値がある 945A*, 価値のある物が盗まれる 1525K*. ― 魔法の品(Magic object)も見よ.

物売り(Seller) 910G, 売り手が信用貸しにすることを拒む 1555B. ― 耳の遠い売り手と客 1698K.

物語(Story) 緑のブタの(完結しない)物語 2275, ヨーゼフと兄弟たちの物語 1833F, 嘘の物語を裏づける 1920E, 物語がけちな主人を改心させる 1567F, 物語が夫本人であることを明かす 855. ― 毎年同じ話を聞かされることに不平を言う 1833F, 求婚者たちは姫に物語を語らなければならない 950, 物語を語って相続に関する争いを解決する 655, 物語を語ることで語り手が体を掻く(鼻をすする, 等)ことが可能になる 1565. ― 命, 人生(Life)の項の身の上話(Life history)も見よ.

物語(複数)(Stories) 強盗が息子たちを救うために物語を創作する 953, いちばんの愚か者を見つける物語 1332, たとえ話として語られた物語が真実を明らかにする 916, 宿屋で物語が語られる 304, 425D. ― 物語を語ることで女の無実が明らかになる 891B*.

物語(Tale)　物語が「じゅうぶん(やめろ)」という言葉で終わる 2271，揺り籠の物語 1363，盗みの物語を語る 1525L*．— 語り手の身に起きた物語の中の劇的な出来事 2202，しっぽがもっと長かったら，物語ももっと長かったろうに 2251，ハツカネズミが猫に物語を語る 111，話がおもしろくなってきたところで，語り手が話をやめる 2250，オウムが物語を語る 1352A．— 話すこと(Telling)，物語(Story)も見よ．

物語を語ること(Storytelling)　物語を語ることが妨げられる 1376A*．— 物語を語ることでの求婚者コンテスト 2301．— 話すこと(Telling)も見よ．

物語を語る人たち(Storytellers)　物語を語る人たちはただで宿に泊まれる 1376A*．

物乞い(Beggar)　200D*, 460A, 545A*, 592, 652, 653B, 736A, 756A, 759D, 785, 788, 802, 836F*, 857, 871A, 883B, 910G, 930*, 945A*, 958E*, 961, 974, 1332, 1455, 1525B, 1536B, 1541, 1567C, 1829，物乞いと強盗たち 1526，物乞いが歌う袋を持ってお金を乞う 311B*，物乞いが天国(地獄)で死んだ人に会ったと主張する 1540，物乞いが家に宝がある夢を見る 1645，着飾った物乞いが信用貸しをしてもらう 1526，物乞いが妻に働くことを強いられる 986，物乞いが 3 つの魔法の品を与える 1391，物乞いに変装する 900, 940, 958D*, 1525K, 1526，宿泊した物乞いがお金を残す 842A*，物乞いが大金を残す 842A*，物乞いが王の兄弟だと言い張って施しを要求する 929*，物乞いがパンをもらう 837，物乞いがもてなしを受ける 750C, 1544A*，物乞いが家畜を盗む 1525B, 1529，物乞いが別の村の人々にしたのと同じことをすると脅す 1563*，物乞いが神を信じるが王を信じない 841．— 盲目の物乞い 1577*，農夫が息子たちの本当の仕事について，泥棒，物乞い，人殺しと説明する 921B*，物乞いに変装した神(キリスト) 750D, 751B, 751A*, 751C*，物乞いに対する援助 808, 809**，物乞いをもてなすことを拒む 750B，王子はいかにして物乞いになったか 923B，創意に富んだ物乞いがだましてパンのかたまりをまるごともらう 1578*，物乞いに与えたお金を取り戻す 1424*，どこにでも現れる物乞い 1525K．

物乞いたち(Beggars)　759C, 841．

物乞いの(Beggar's)　家に宝があるという物乞いの夢 1645．

物乞いの女(Beggar-woman)　1538．

物乞いをする(Beg)　夫が妻に物乞いをすることを強いる 900．

物乞いをすること(Begging)　贖罪として物乞いをする 756A．

物干しロープ(Clothesline)　物干しロープを貸すことを拒む 1593．

模倣(Imitation)　ばかげた行動をまねる 1825D*，動物の声の模倣 106, 211B*，動物たちをまねる 1145，鳥の声の模倣 236*, 240, 236，かがむまね(猫の鳴きまね) 1341A*，カッコウの鳴きまね 1029，死んだ男の声のまね 1532，観察による診断のまね 1862C，川に飛び込むことをまねて溺れる 1297*，母親の声をまねる 123, 327F，隣人を模倣する 1010．— 致命的な模倣 1, 21, 33, 47D, 136A, 153, 185, 211, 219E*, 327D, 403, 480, 480A, 480C*, 480D*, 503, 531, 552, 610, 613, 715A, 729, 750K*, 751B*, 752A, 753, 753A, 773, 774A, 785, 813*, 834, 836F*, 954, 1051, 1088, 1142, 1341D, 1349L*, 1535, 1539, 1542, 1577*, 1689A．— だますこと(Deception)も見よ．

模倣者(Imitator)　729．

模倣すること(Imitating)　ばかげた治療法をまねる 1845，聖職者の豚泥棒をまねる

1792B, 歓迎代表団のリーダーを模倣する 1694A.
桃(複数)(Peaches) 投げられた果物が桃ではなかったことを神に感謝する 1689.
森(Forest) 子どもたちの住む場所としての森 450, 遺棄する場所としての森 535, 706, 住む場所としての森 709A, 森を切り倒す 1049, ガラスの斧で森を切り倒す 313, 森の精霊 1920H. ― 熊が森で女を襲う 160*, 森の中の家 333, 431, 動物たちの非難場所としての森の家 130, 森の中の強盗たちの家 955, 956, 956B, 王が森の中で若い女を見つけ, 女と結婚する 451, 森で道に迷う 328*, 魔法の森 405, 銅の森, 銀の森, 金の森 511, 森の中の鬼の家 327D, 2 人の旅人(友人)が森で熊に遭遇する 179, 森の魔女の家 327A. ― 木, 薪(Wood)も見よ.
門(Gate) 鳥を飼うための町の門 1213. ― ラクダ(馬)に乗った男(女)が門を通れない 1295A*.
問題(Problem) 間違った物を動かして問題が解決される 1325, 鳥を観察して問題を解決する 1248.
問題(複数)(Problems) 3 人兄弟が問題を解く 655.
門番(Doorkeeper) 332C*.

や

矢(Arrow) 花嫁が求婚者たちから逃げるのに, 矢が役立つ 881A.
矢(複数)(Arrows) ののしりとしての矢 1094, 鉛の矢 322*.
やかましい(Loud) 娘があまりに大声で話す 1486*, 男が木に止まったやかましい鳥たち(オウム, カラス)に悩まされる 1881*.
焼かれた(Roasted) 焼かれた鶏がヒキガエルになり, 息子の顔に飛びつく 980D. ― 罰として動物(オンドリ)が焼かれる 170.
焼かれる, やけどをさせられる(Burned) 奇妙の名前のせいで納屋が燃やされる 1562A, 熊がやけどをする 8, 124, 焦げたパンが舅に出される 1448*, 魔的な求婚者が焼かれる 311, 防御として悪魔の肖像画が焼かれる 819*, 花の服が焼かれる 407, 髪が燃える 774J, 家が燃やされる 1008, 虫を追い払うために家が燃やされる 1282, 猫を殺すために家を燃やす 1281, 妻の愛人を殺すために家を焼き払う 1359A, 魔法使いが焼かれる 507, 強盗たちが熱い油で焼かれる 954, 罪人が焼かれる 788, 皮が焼かれる 402, 402*, 409, 409A, 425A, 425B, 430, 433B, 465, ヘビが焼かれる 411, ヘビたちが焼かれる 485, 悪い継母とその娘が焼かれる 404, 焼かれた魔女 327A, 魔女の(鬼の)娘が焼かれる 327C, オオカミがやけどをする 124, オオカミが真っ赤に焼けた鉄でやけどさせられる 152, 火を跳び越えてオオカミのしっぽが燃える 2D.
ヤギ(Goat) 8, 20A, 31, 43, 126A*, 130B, 130C, 130D*, 204, 211B*, 301, 425D, 450, 785, 824, 854, 859, 934H, 1191, 1419B, 1525E, 1538*, 1539, 1553, 1567F, 1579, 1600, 1631A, 1682, 1686, 1834, 1842, 1960A, 2010I, 2014, 2021B, 2034, ヤギが水に映った自分の角にほれぼれする 132, ヤギと野ウサギの勝負 203, 悪魔の創造物としてのヤギ 773, 助けになる動物としてのヤギ 314A*, ヤギがヘビを川の向こう岸に渡してやる 133*, ヤギがトラを追い

払う 126，ヤギがキツネとオオカミと熊を追い払う 212，ヤギがオオカミに食べられる 127A*，ヤギが食べたことについて嘘を言う 212，ヤギがオオカミを信用しない 127A*，ヤギの皮を剝ぐ 212，オオカミを狩ると思われているヤギ 1529B*. ― 雄ヤギ 78, 1291D，いたずらなヤギが帰ることを拒む 2015，聖ペトルスがヤギを追い回さなければならない 774D，女がヤギ（ブタ，魚）を産む 409A.

焼き印を押す（Branding） 敵たちに焼き印を押す 1539.

ヤギたち（Goats） 62A, 570, 750E, 773, 935, 1551, 2034A*，ヤギたちとオオカミ 122E, 123，ヤギたちがオオカミに判定を下すよう頼む 122K*，ヤギたちが創造される 1184，ヤギたちがオオカミたちに殺される 1184，悪魔のヤギたち 1184，悪魔の目を入れられたヤギ 1184. ― 雄ヤギ 122E，羊ではなく雄ヤギたち 1827B，橋の上で強情なヤギたち 202.

焼くこと（Baking） 黒ずんだケーキを焼く 1371A*，パンを焼いてだらしなさがばれる 1453**. ― 妻がパンの焼き方を知らない 1374*.

焼くこと（Burning） 焼き殺すことが企てられる 1116，井戸から水を汲んできて燃えているボートの火を消す 1330，ストーブの中でろうそくを燃やす 1271A*，穀物と納屋が燃える 752A，かまどで焼ける 327F, 1121，汚れ（くそ）を焼き落とす 1698A*，海が燃えている 1920A，馬の肛門に燃えるように辛いスパイスを突っ込む 1142，3 人の妊娠している婚約者が焼き殺される 760，喉にやけどを負わす 1131，禁令違反の罰として灰で焼かれる 413，嬰児殺しの疑いでの火刑が取り消される 710，ストーブの中で焼け死ぬ 1343*，木を焼く 1543E*，寝ている間に焼き殺す 1116，羊毛（ろうそく）をストーブの中で燃やす 1271A*.

薬剤師（Pharmacist） 1142, 1349N*，薬剤師と下男 1562J*，薬剤師が薬の代わりにびんたを与える 1372，薬剤師が毒の代わりにハーブを与える 1351F*.

薬草，ハーブ（Herb） 魔法の薬草で人をロバに変える 567.

約束（Promise） 天国で約束を破って地上に送り返される 804A，いい食事と交換で約束をする 1641B*，秘密を明かさない約束 1381D，助言するという約束 150，動物が逃げるための口実に約束をする 183*，悪魔の約束 1165，飲んだくれの約束は効力がない 111A*，未来の援助の約束 530，逃がしてもらうお礼に助けることを約束する 75，秘密を守る約束 922B，裸で屋根の上で夜を過ごす気があるのなら結婚すると約束する 1479*，治療がうまくいったら結婚する約束 305，女が釘（豆，木の実）を食べることができたら結婚するという約束 1478，悪魔との契約でお金を約束される 360，性交の代わりに盗んだ靴をあげる約束をする 1731，姫のカエルとの約束 440，褒美の約束 515, 910C*，2 人の友人が互いの結婚式に出席することを約束する 470，悪魔との契約で富を約束される 361，身代金として家畜とキャベツを持ってくる約束 159，宝（米）を持ってくるという約束 1168B，お婆さんの動物を治療すると約束する 1845，魔法の品々を返すという約束 566，ヘビと結婚する約束 425M，盗まれた男のために祈ると約束する 1840B，倍額返すと約束する 1543，危険から救ってくれたら巨大なろうそくを捧げると約束するが，約束が履行されない 778，価値のある動物をもうけなしで売る約束 1553，弁護士への支払いとして野ウサギを送ることを約束する 1585*. ― さらわれた少女が，自分の住んでいる場所を誰にも話さないと約束しなければならない 965*，動物たちがお婆さん（お爺さん）のために働くと約束する 130C，花嫁が約束を守る 976，カラスが約束を破る 242，キツネが助ける約束を破る 31，軽率な約束 312A，約束をほったらかしにする 1718*，王が約束を果たす前に，さらに不可能な課題を追加する 513B, 610，王が約束を守らない 559，男が約束を破り，魔法の指輪を失う 400，夫が約束を破る 409A*，男が死の床についている妻に約束をする 510B，人が動物に戻ってくると約束しなければならない 425C，役人が約束を破り，処刑を防がない 985**，妻が夫の殺人について黙っているという約束を破る 960，オオカミが肉を食べるのをやめるという約束を破る 165. ― 娘(Daughter)の項の褒美としての娘(Daughter as prize)も見よ.

約束された(Promised) 少年(男)が悪魔に与えられることが約束される 1178，デーモン(悪魔，巨人)に子どもを与えると約束する 313, 314, 500，貧窮のとき，子どもをデーモンに与えるという約束がなされる 667，うっかり子どもを超自然の存在に与える約束をする 315, 710，娘の意志に反して娘を与えると約束する 1440，娘が動物に花嫁として与えることが約束される 425A，超自然の存在の花嫁として娘を与えることが約束される 425B，終わりのない話を語れる者と娘を結婚させる約束 2301，困難な状況から救ってもらったお礼に，ハリネズミに娘をあげる約束をする 441，食事(ベーコン)とお金と引き換えに魚を約束する 1634A*，ほかのことを何も考えずに祈れる者に馬を与える約束がなされる 1835D*，期限までに借金が返済されない場合には体の一部(手足)を与える約束がなされる 890，司祭が罪人に約束の贈り物を持ってくるよう思い出させる 1743*，悪魔に魂を与えることを約束する 1184, 1187, 1187*, 1190*，これから生まれてくる子どもを魔女(女の魔法使い)に与えると約束する 310.

約束する(Promises) 王が泥棒たちを死刑から救うと約束する 951A，男が妻といっしょに埋葬される約束をする 612，息子が生まれるときに母親が巡礼の旅を約束する 516C.

役人(Official) 985**, 1391, 1617.

役人たち(Officers) 853A.

役割(Roles) 少年に礼儀正しいふるまいを教えるために役割を交代する 1832E*. ― 女中が花嫁に役割の交換を強いる 533. ― 取り替えられた(Substituted)の項の取り替えられた花嫁(Substituted bride)も見よ.

やけどをさせられる(Scalded) オオカミ(熊)がやけどをさせられる 124，オオカミが主婦にやけどをさせられる 152A*.

やけどをさせること(Scalding) 祖母にやけどをさせる 1013，鬼を強くするためにやけどをさせる 1133.

野菜(Vegetable) ジプシーが野菜を盗む 1624. ― 大きな野菜 1960D.

養い子(男)(Foster-son) 652，木の精霊(デーモン)の養い子が動物に変身できる 667. ― 父親と養子息子 922A.

養い子たち(Foster-children) 農婦が悪いもてなしの罰として 2 匹のヘビを養い子として引き受けなければならない 751B.

野獣(Beast) 425A, 425C.

野獣(複数)(Beasts) 327A.

安い(Cheap) 安い動物が高い値段で売りに出される 1553.

やすり(File) やすりとヘビ(イタチ) 285E.

野生の(Wild)　野獣が女にだまされる 1149, 野獣が樽に入れられた人を引きずる 1875, 野獣が飼いならされた動物を殺す 1910, 野獣が飼いならされた動物の代わりをする 1910, 野獣たち 1-199, 野獣たちが捨てられた少年を養子にする 535, 旅の道連れで保護者としての野獣たち 590, 野獣たちが, 助けてくれたキツネをだます 158, 野獣たちが正体不明の動きにおびえる 179B*, 野獣たちと家畜たちの争い 103, 野獣たちが身代金を払って自分たちを解放する 159, 野鳥が死ぬ 245, カモたち 960A, 荒男がだましてお金(黄金)を手に入れる 1563, 荒男が解放される(魔法を解かれる) 502, イノシシたち 87A*, イノシシ 1889A, 男が荒女と子どもをもうける 485. ― 目の見えない野獣 1889A, 臆病な野獣としてのヒョウ 181, 木のうろにはまった男が野獣のしっぽをつかんで引き出される 1900.

やっかいな(Troublesome)　やっかいな客 1544B*.

ヤツガシラ(Hoopoe)　224, ヤツガシラとサンカノゴイ 236*.

雇い主(Employer)　1380A*, 1545B, 1620.

雇うこと(Hiring)　作男を雇う 1545B.

宿屋, 酒場(Inn)　物語を語る場所としての宿屋 304, 425D, 宿屋が鬼に取り憑かれる 1161. ― 兵隊が宿屋の主人をだます 664*.

宿屋の主人, 酒場の主人(Innkeeper)　664*, 753*, 820A, 821B, 926C, 939A, 952*, 956B, 960, 1325A, 1376A*, 1449*, 1527A, 1539, 1545*, 1547*, 1567A, 1592, 1834A*, 宿屋の女主人と客 1539A*, 宿屋の主人が客にだまされる 1555C, 客が本当のことを言いすぎる(正直すぎる)ために, 宿屋の主人が客を追い出す 1691B*, 宿屋の主人が魔法のテーブル(黄金を生むロバ)をふつうのテーブル(ロバ)と取り替える 563, 酒場の主人は, 塔が倒れないと支払ってもらえない 1526A**, もし客が宿屋の主人を喜ばせる歌を歌うなら, 宿屋の主人が食事と宿を与える 1553B*, 宿屋が「今日はお金, 明日は無し」という看板を出す 1541***, 支払いをしてもらえない酒場の主人 211B*, 宿屋の主人が夜の宿を提供することを拒む 1527*, 宿屋の主人が薬(竜の肝臓)を盗む 305. ― 赤毛の酒場の主人が食事に法外な値段を要求する 1588**, けちな宿屋の主人(家主)が薄めたビールを出すのを治す 1567A, 飲んべえたちが酒場の主人と賭けをする 1706B. ― もてなし役, 主人(Host)も見よ.

雇われる(Employment)　宮廷に雇われる 879A, 882.

家主(Householder)　1534A, 1567A. けちな家主(宿屋の主人)が薄めたビールを出すのを治す 1567A.

家主たち(Householders)　家主たちが客にだまされる 1544.

家主の(Householder's)　家主の挨拶が招待だと取られる 1544.

屋根(Roof)　天気のいい日には屋根は必要ない 1238. ― 納屋の屋根が唐竿として使われる 1031, 草をはませるために屋根に上げられた雌牛 1210, 屋根の上の牛のふん 1225A, 屋根裏に愛人が隠れる 1355A, 屋根の上で裸で夜を過ごす 1479*, 屋根を引き剝がす 1010.

やぶ医者(Quack doctor)　見せかけの(Sham)を見よ.

山(Mountain)　登れない山 936*, 山が(磁石のように)すべてのものを引き寄せる 322*,

山がハツカネズミを産む 299, 王が 3 人の息子に遺産として大きな山を残す 2251, 動物婿の住みかの境界としてのガラス山 425A, 姫の宮殿としてのガラス山 400, 兄弟の住みかとしてのガラス山 451, ガラスの山の上の姫 530.
ヤマウズラ(Partridge) 61, 750E, 2010A, ヤマウズラとフクロウ 247.
ヤマウズラたち(Partridges) 570, 960A.
山びこ(Echo) 山びこが最後のフレーズを繰り返して答える 1701.
やめること(Giving up) 水泳の競争をやめる 1612.
やめること(Stopping) おもしろくなってきたところで話をやめる 2250.
槍(Spear) 熱した金属の槍で盲目にする 1137.
ヤンキー(Yankee) 1349D*.

ゆ

遺言(Testament) 遺産(Legacy), 遺言(Will)を見よ.
遺言(Will) 自分に都合のいいように, 死んだ男の遺言を口述筆記させる 1588***.
勇敢な(Brave) 夜墓地に行けるほどの勇気 1676B, 勇敢な仕立屋が 1 打ちで 7 匹のハエを殺す 1640, 勇敢な女が強盗たちの頭を切り落とす 956B.
有罪(Guilt) 罪を認める 710, 有罪と無罪 926, 926A, 926C, 有罪と無罪は紙一重 675. — 弁護士の雄弁な弁護ゆえに自身の有罪を疑う 1860C, 泥棒が罪を認め釈放される 921A*.
友情(Friendship) 大工と雷神と悪魔の友達づきあい 1147*, 農夫とトロルの友達づきあい 1165, 犬と雀の友情 248, ヒバリとほかの動物たちの友情 248A, 人と馬の友情 314, 2 匹の動物の友情がジャッカル(その他の動物)によって壊される 59*, 女とカエルの友情 476*, 友情を装う 1364. — リンゴが友情のテストに使われる 516C, 友人のふりをする 1364.
友人(Friend) 女にいい印象を与えるために友人を雇う 1688, 父親の半ば友人が必要なときに助ける覚悟がある 893, 友人が妊娠している女を誘惑する 1424, 嘘つきが過度な嘘をつき始めたら, 友人がつま先を踏む 1920D, 友人が不注意に新しい性器を望む 750K*, 雌牛のふさわしくない友としてのトラ 131. — 最良の友, 最悪の敵 920, 921B.
友人たち(Friends) 1924, 恋人たちや夫婦たちが悪魔によって別れさせられる 821A*, 友人同士が危険なときに互いに助け合う 516C, 友達が互いにだまし合う 1543E*, この世とあの世の友 470, 友人たちが熊に遭遇する 179, 友人たちが勇敢な靴職人(徒弟, 木こり)をテストする 1711*, 頼りにならない友人たち 893. — 2 人の友達 1426.
友人の(Friend's) 友人の嘘が裏づけられて本当に思われる 1920E. — 友人の思いやりのなさに仕返しする 179A**.
幽閉された女(Inclusa) 1419E.
憂悶聖女(Kümmernis) 706D.
幽霊(Ghost) 921B, 1318, 1419H, 1791, 幽霊と男 1161, 一見不可能な課題を果たすことを幽霊が強いられる 862, 幽霊が飛ぶ力を授る 301, 瓶の中の霊 862, 幽霊船が嵐, 難破,死の前触れとなる 777*. ― にせの幽霊が棺の運び手たちをおびえさせる 1676C，感謝する幽霊 545D*，役に立つ幽霊 314, 561，教会の中の精霊 1837. ― 幽霊（死んだ男）のふりをした男が被害者（未知の生き物）におびえさせられる 1676. ― デーモン（Demon），精霊（Spirit）等も見よ.

幽霊（複数）（Ghosts）　1318，幽霊たちが末の息子に仕える 530. ― 泥棒たちが幽霊に変装する 1740B.

幽霊（Revenant）　幽霊が絞首台から盗まれた肉を要求する 366，幽霊が盗まれた金の脚（腕）のことで文句を言って取り返す 366，幽霊がどうしたら救済されるかを説明する 760***，人殺しの幽霊 760A，幽霊が墓で見張りを呑み込む 307，幽霊が生きている友人の結婚式に出席する 470，幽霊が自分の花嫁を墓の中に誘い込もうとする 365. ― 殺人を犯した人の死体が幽霊として教会に現れる 760，（夫の）死体が幽霊だと思われる 1536B，幽霊となって現れる死んだ子ども 769. ― 幽霊となって現れる（Reappearance）も見よ.

幽霊となって現れる（Reappearance）　死体が幽霊となって現れる 760, 1536A，生まれてこなかった子どもたちが幽霊となって現れる 755. ― 幽霊（Revenant）も見よ.

誘惑（Seduction）　酔った召し使いを誘惑する 889，純血の女を誘惑する 1425，変装した女が王を誘惑する 879*，ソロモンの母親を誘惑する 920A*，王子が 2 人の女を誘惑する 883B，夫の姿になって女を誘惑する 926A，嘘の誘惑 892. ― 誘惑を非難する 920，誘惑の試みが拒絶される 881, 883A, 883B, 888，男が兄の妻の誘惑を拒む 318，妃が男の服を着た女に強姦の罪を着せる 514**.

誘惑（Temptation）　悪魔による誘惑 706B.

誘惑者（Seducer）　712，罰せられた誘惑者 883B.

誘惑者たち（Seducers）　881A.

誘惑する（Seduce）　夫が留守の間に妻を誘惑しようとする 890.

誘惑する（Seduces）　注意深く監視された女が男たちを誘惑する 1426.

誘惑する（Tempt）　悪魔が信心深い（敬虔な）人を誘惑しようとする 810A, 816*, 839A*.

誘惑すること（Seducing）　友人の妻を誘惑した（ふりをする）882，妊娠した女を誘惑する 1424，贈り物をすると言って女を誘惑する 1420A，女の貞操を「縫い上げる」ふりをして女を誘惑する 1542**，女をだまして誘惑する 1424, 1545A, 1545A*, 1547*，セックスについて無知な（セックスを恐れている）女を誘惑する 1543*，（借りた）お金を使って女を誘惑する 1420C, 1420D，聖職者の女中と娘と妻を誘惑する 1731，主人の妻（娘）を誘惑する 1545, 1545B，一見不可能な課題としての姫を誘惑すること 854.

雪（Snow）　雪がストーブの上で乾かされる 1272*，恋人が見つからずに帰るのを，雪が妨げる 926E. ― 雪の子 703*，雪を食べて妊娠する 1362.

雪の子（Modus Liebinc）　1362.

雪の子（Snow-child）　1362.

揺する（Rock）　木が鳥を揺すりたがらない 2034A*.

ゆする，脅迫する（Blackmails）　召し使いが主人を脅迫する 844*.

ゆすること（Blackmailing）　にせの殺人者をゆする 1537*，殺人者（たち）をゆする 1537.

輸送（Transportation）　寝ている間に夫が移動させられる 974.

ユダ(Judas)　931A.

ユダヤ人(Jew)　890, 924, 960, 1331D*, 1382, 1543, 1565, 1592, 1592A, 1642, 1642A, 1682, 1847*，イバラの中のユダヤ人 592，姦通者としてのユダヤ人 1359A*，死の床のユダヤ人が息子たちに，お金をいくら棺に入れてくれるかと尋ねる 1855B，永遠にさまようことによって罰せられる 777，農夫を王のところへ連れていく代わりにユダヤ人が報酬(叩かれること)の半分を受け取る 1610，ユダヤ人が聖職者に女を勧める 1855D，ユダヤ人が安息日なので井戸(運河)から引き上げられることを拒む 1855C，ユダヤ人が豚肉を食べることを拒む 1855D. ― ユダヤ人とロシア人の掻かないという取り決め 1565，ユダヤ人の信じがたい供述 1642.

ユダヤ人たち(Jews)　1738, 1855, 2010，ユダヤ人たちを天国からおびき出す 1656.

ユダヤの(Jewish)　ユダヤ人の護衛たちが世界で最も強いものは何かを話し合う 2031A，ユダヤの歌 2010，ユダヤ人の女が，自分は救世主を産むと両親に信じ込ませる 1855A.

指(Finger)　指を切り落とす 1137，くそで指を汚す 1698A*，高価な指輪を手に入れるために女が指をかみちぎる 670A. ― 切られた指が女の隠れ場所に落ちてくる 955，指による身振りが手話と誤解される 924，墓堀り人が指輪をした死んだ女の指を切り取ろうとする 990，太ったかの検査で指を見せる 327A.

指(複数)(Fingers)　禁令違反のあと指が金になる 710，指を木の裂け目に挟まれる(鬼がバイオリンの弾き方を習う) 151, 1159，指をまっすぐにする 1159，指が叩かれる(召し使いが従う) 1698A*，フルートを演奏するには指が曲がりすぎている 1159.

指の爪(Fingernails)　求婚者が指の爪がきちんとしている花嫁との結婚を選ぶ 1453***.

指輪(Ring)　認識のしるしとしての指輪 301D*, 432, 505, 510A, 510B, 510B*, 882, 883B, 974，魔法が解けるしるしとしての指輪 442，証拠としての指輪 883B，愛の証としての指輪 873，聖アントニウスに与えられた指輪 706D，魚の腹の中の指輪 673, 930A，証拠として指輪が盗まれる 882，指輪が棺から盗まれる 99. ― カモが妃の指輪を呑み込む 673，しるしとしての半分の指輪(コイン) 361，魔法の指輪で空を旅する 400, 561，魔法の指輪 1137，魔法の指輪が宝の洞くつを開けたり閉めたりする 561，魔法の指輪が身持ちの悪さを暴露する 883B，感謝している動物たちから魔法の指輪をもらう 560，結婚指輪を恋人にあげる 1419E，ポリュクラテスの指輪 736A，死体の指にはまっている高価な指輪 670A，なくなった指輪を取り戻すと主張して誘惑すること 1424，予期せぬ幸運によって指輪泥棒がばれる 1641，女の指輪が王の愛を引き起こす 302B.

指輪(複数)(Rings)　3 人が相続した指輪のうち 1 つだけが本物 920E.

指を乾かす(Finger-drying)　指を乾かす競争 1463.

弓(Bow)　銅の弓と矢 322*，狩人が弓を引く 246，弓が跳ね返りジャッカルを殺す 180.

夢(Dream)　(子どもが父親を殺し母親と結婚する) 931，恋人のところへ行く道を教えてくれる魔法の花についての夢 405，パンの夢 1626，夢が男に時間の相対性を経験させる 681，夢に死の予言が出てくる 934，城と富の夢 425*，聖職者が地獄にいる夢 1738，将来偉大になる夢 517, 671, 725，宝のある場所にくそでしるしをつける夢 1645B，貧しい少年が娘婿になるという夢を，金持ちが見る 930，宝の夢 834, 1645，宝の夢が買われる 1645A，夢が治療薬を教える 305，妻が再婚しようとしていることを，留守にしている夫に夢が教える 974, 外国を訪ねる夢 726. — 夢のお告げ 322*, 見習いが親方に自分の見た夢を話す 1572M*, 夢による天の教え 759A, 子どもが夢を話すことを拒む 725, 聖職者の夢 1738B*, 物語の終わりは夢 1360B, 守護天使が夢に現れる 819*, 夢から乱暴に覚まされる 664*, 妻を夢の中で裸の女と間違える 1407A*, 最もすばらしい夢を見た者が最後のパンのかたまりを食べることができる 1626, 不倫は夢であったふりをする 1364, 王子が夢で見た女に恋をする 516, 王子が夢の中でどうやったら家来を救えるかを知る 516, 夢の予言 898, 夢の中でのセックス 1407A*, 教会の雑用係が自分のはたらいた盗みを夢であるかのように語る 1790, 靴職人が天国に行った夢を見る 801, 夢として冒険を語る 955, 兵隊の夢に乙女が現れる 401A*.

夢(複数)(Dreams) 少年は夢を解釈することができるが, ペテン師は失敗する 671E*.

夢を見ること(Dreaming) 死んだ夢を見る 1626, 天国にいる夢を見る 1531, 1626, 地獄にいる夢を見る 1626, 1860A, 9 枚のコイン(紙幣)をもらう夢を見る 1543A, 裸の女とセックスをした夢を見る 1407A*, 最後の審判の夢を見る 1574, 妻の体の一部を切り取った夢を見る 1417, 動物を売る夢を見る 1543A, 富を夢見る 1430, 宝の場所を悪魔が教えてくれる夢を見る 1645B.

夢を見る人(Dreamer) 夢を見る人が宝を見つける 834.

ユリ(Lily) 墓にユリが育つ 407.

ユリアヌス・ホスピトーア(Julianus Hospitator) 931A.

揺り籠(Cradle) 動物(羊, 豚(hog), 豚(pig))が揺り籠に隠される 1525M, 揺り籠の位置を変えたために不倫をする(揺り籠の物語) 1363.

揺るぎない(Firm) 揺るぎない信仰はお金では変えられない 1736B.

許されない(Illicit) 女が許されない性交渉をしたと中傷される 872*.

許される(Forgiven) 借金が免除される 940*, 許された骸骨 760A.

許すこと(Forgiveness) 死ぬ前に許すこと 756B, 人殺しの女を許す 755, 犯罪を防いで罪が許される 756C. — 夫が妻に許しを乞う 891C*.

許すこと(Pardoning) 泥棒の名人を許す 1525A.

よ

夜明け(Dawn) 夜明けに 480A, 1409, 1644.

養育係(Nurse) 934, 養育係が子どもたちを食べる 37, 子守女が腹をすかせたオオカミを殺すと脅す 75*.

容器(Vessel) ありえない料理用容器 1965.

要求(Request) 古い鞍を要求する 927A*, 果実から現れた女が水を要求する 408, こけおどしによって要求が聞き入れられる 1563*, 馬に乗ること許して欲しいという要求 314. — 助ける条件として願いを聞き入れる 2032, 2034, 最後の願い 53, 122B–122D, 122F–122H, 122B*, 122K*, 122M*, 122N*, 838, (サヨナキドリかカナリアの料理) 927C, (低木(ヒマワリ)で絞首刑にされること) 927D, (老衰による死) 927B, (冬にイチゴを欲しがる) 927C, (ひづめのとげを抜いて欲しい, ひづめの裏の言葉を読んで欲しい) 47B, (へブライ語を習得すること）927C，（もう１度バイオリンを弾くこと）706D，（主の祈りを唱えること）332，（裁判官のひげを剃ること）927C，シギの軽率な要求 247．― 祈り(Grace)，願い事(Wish)も見よ．

要求すること(Demanding)　木の上から声色を使って支払いを（違う仕事を，もっといい食事を）要求する 1575*.

要求すること，主張すること(Claiming)　動物の授業料を返すよう要求する 1675，貸したお金を返すよう要求する 2024*，角で突かれた雌牛を返してくれと要求する 1734*，盗まれた頭（頭蓋骨）を返すよう要求する 1676D，忠実な動物を正式な礼拝で埋葬することを要求する 1842，最後の種蒔きと収穫を要求する 1185，より多くの支払いを要求することに失敗する 1744，魂を要求する 1188, 1191，初夜に花嫁と過ごす権利を要求する 1165，聖者の使いだと主張する 1543.

養子にされた(Adopted)　養子にされた息子が支配者に賢い答えをする 922A.

養子にすること(Adoption)　子どものない夫婦が動物（物）を養子にする 425D，捨てられた少年がトラたち（野獣たち）の養子にされる 535，子どものない大臣が甥を養子にする 922A，お婆さんがオレンジ娘を養子にする 408，子どもとしてのヘビ（カエル）を養子にする 433B.

用心深い(Cautious)　用心深いオンドリが命を長らえる 243A．― 子ヤギがオオカミに対して用心深い 123.

妖精(Elf)　476**.

妖精(Fairy)　400, 407, 1925，妖精の子どもと男 1135，妖精が３つの願いをかなえる 750K**，妖精がもてなしのお礼に願いをかなえてくれる 750K*，妖精が妻として約束される 409B*，妖精が目を盗む 321，花から出てきた妖精の妻 407．― 妖精と恋に落ちる 317，招待されなかった妖精が新生児を呪う 410.

妖精イローナ(Tündér Ilona)　317.

妖精たち(Fairies)　425D, 476**，妖精たちが，子どもの口から宝石（黄金，花）が出るようにする 404，妖精たちが醜い女に美貌と若さを贈り物として与える 877，妖精たちが感謝して贈り物を与える 503，妖精たちが少女に自分たちの髪をとかすように言う 480．― 親切な妖精たちが醜い女を美しい女に変える 425D.

洋梨(Pear)　２つの洋梨から選ぶ（１つは肥やしに落とした物だと言われる）1578C*，洋梨を食べて妊娠する 462，騎士が皮をむかずに洋梨を食べて嘲笑される 900C*.

養父母(Foster-parents)　養父母と養子息子 652．― 養父母としての動物たち（コウノトリたち）709A，養父母からの教育 652，捨てられた子どもたちが養父母に引き取られる 707.

養母(Foster-mother)　子どもが養母に連れ去られる 710.

養蜂家(Beekeeper)　1177.

羊毛(Wool)　皮を剝がれた羊の皮で覆われた馬から羊毛が育つ 1911A，ストーブの中の羊毛 1271A*．― 黒い羊毛を洗って白くする課題 1183.

預金(Deposit)　預金が不正な人物から取り戻される 1617.

預金者(Depositor)　預金者が財産を返すように要求する 1592，ハヤブサが保管者の息子を連れ去ったと，預けた者が主張する 1592，保管者の息子が動物に変わったと主張する 1592A.
預金者たち（Depositors） 共同預金者たちが互いにだまし合う 1591.
浴場（Bathhouse） いなくなった夫のことを知るために浴場を経営する 425D. ― 浴場で焼き殺そうと企てる 1116.
よく働く（Industrious） よく働く兄が，なぜ怠惰な弟のほうが成功しているのか不思議に思う 460B，働き者の少女が感謝している物たちから助けられる 585，働き者の女がキリストと聖ペトルスに親切にする 822，働き者の女が怠惰な少年と結婚する 822. ― 怠惰な妻が働き者になる 901B*, 902*，見たところよく働く女 1453. ― 勤勉な（Diligent）も見よ.
欲ばりな（Covetous） 欲ばりな男と嫉妬深い男 1331.
予言（Prediction） 最後の審判に関する予言 1827A, 1827B，死の予言 1313A, 1313C*. ― 約束（Promise）も見よ.
予言（Prophecy） （子どもは父親を殺し母親と結婚するだろう）931，（結婚式の日に死ぬ）899，（父親が息子に仕える）517，（貧しい少年が将来偉くなる）930，（少女がオスマントルコの高官（イスラムの元首，王子）と結婚するだろう）870A，（死にかけている男の最後の言葉）960A，（未来のことを打ち明けると石になるという予言）516，（息子が両親（父親）を殺す）931A，子どもの誕生の予言 410，危険の予言 434，死の予言 332, 410, 671D*, 759*, 777*, 855, 934，非難することなく死の予言が受け入れられる 759*，ノルンたち（夢）による死の予言が本当になる 934，出来事を予言する 1313A，神によって決められた運命の予言 934D，将来の君主になる予言 725，人生の予言が賢さによって覆される 934D[1]，生か死の予言で金持ちになる 332，動物婿との結婚の予言 425A，動物たちによって自分の死が予言される 671D*，30 年後に殺人の復讐がなされることが予言される 960B，何度かの試練の予言 938，幼い娘が将来自分の妻になると父親に予言される 930A. ― 予言を無効にしようと試みる 898，子どもが死の予言をされる 506*，男が鳥たちの話を立ち聞きして未来の運命についての予言を知る 930*.
予言者（Prophet） 1313A.
予言者（Soothsayer） 556F*, 934D.
予言する（Prophesies） 占星術師が，支配者は 1 年以内に死ぬと予言する 934G.
汚すこと（Soiling） 信徒たちを汚す 1738B*.
横向き（Crosswise） 木の幹（木材）が横向きに運ばれる 1248
汚れ（Dirt） 汚れが牛のふんと誤解される 1225A，指についた汚れを焼き落とす 1689A*.
よじ登る（Climb） 動物たちが次々とよじ登って積み重なる 121.
よじ登ること，おりること（Climbing） ハチミツを求めてよじ登る 88*，よじ登る対決 1073, 1611，井戸におりる 1250，だまされやすい者の背中に乗って穴からよじ登る 31，競争としてのマスト 1611，互いの肩によじ登る 1250A，次々と積み重なって登る 121, 130，高い枕（壁）を乗り越える 1443*，並外れて大きな植物（ひも，タバコ）を伝って天国によじ登る 1920D*.
ヨーゼフ（Joseph） 1833F, 1833J，ヨーゼフとマリアが天国を出ると脅す 805.

よそ者(Stranger) 910B, 921B, 944, 958C*, 1287, 1326, 1331A*, 1702, 1825, 1920E, 2014, 見知らぬ男と支配者 757, 1262, 助言者としてのよそ者 1263, 1285, 1286, 愚かな助言者としてのよそ者 1229*, 援助者としてのよそ者 1288, 1295A*, 見知らぬ男が王であることを明かす 951A, 952, 見知らぬ男が借金を抱えて死んだ男の埋葬を支払う 505, 507, よそ者が盗まないよう警告される 1341. ― 見知らぬ男の姿をした悪魔 820B, 知らない人と結婚する 1468*.

よそ者たち(Strangers) 1341, 1351, 1655, 2014. ― 天国によそ者たちが入ることをヨーゼフが許可する 805.

予兆(Omen) 天気の予言 830B.

四つ足動物たち(Quadrupeds) 313, 戦争する四つ足動物と鳥たち 222-222B.

酔った(Drunken) 酔った少年が眠りに落ちる 1525H_4, 酔った聖職者 1839A, 酔った聖職者が不適切なことを言う(する) 1836, 酔った聖職者が礼拝の会衆に, 自分のすることではなく言うことをしなさいと告げる 1836A, 酔った犬が何も覚えていない 201G*, 酔った農夫が豚の腹を妻の腹と間違える 1706C, 酔った愚か者が自分の足がわからない 1288, 酔ったライオンが教訓を学ぶ 485B*, 酔った男 1681, 妻の策略によって夫のアルコール中毒が治療される 1706D, 酔った男が金持ちの貴族の服を着せられる 1531, 酔った男が墓に落ちる 1313A*, 1313B*, 酔った男が死体を川に投げ込まなければならない 1536B, 酔っぱらった男が頭蓋骨(彫像, 絞首刑になった男)を食事に招待する 470A, 酔った男が死に装束(道化の衣装)を着せられて棺に横たわらされる 1706D, 酔っぱらいがトラを家畜と間違える 177, 酔った男が列車を悪魔と間違える 1315*, 酔った男が鉱山(城)に連れていかれる 1706E, 酔った男が磔刑像のキリストから話しかけられたと思う 1324*, 酔った男が死体を幽霊だと思う 1536B, 酔った男が, 自分は死んでいる(地獄にいる)と思う 1706D, 1706E, 酔った男が何時間も小便をする 1293, 酔った男が禁止を破る 485B*, 酔った主人が泥(溝, 川)に落ちる 1562B, 酔った男たちが助けを求める叫びを歌だと誤解する 1694, 酔ったハツカネズミが猫に戦いを挑む 111A*, 酔った旅人(聖職者)が馬にまたがれない 1580A*.

ヨナとクジラ(Jonas and the whale) 1567C.

4人の(Four) 4人の男の情婦 1410, 4人の能力のある兄弟が才能を披露する 653.

夜番(Night-watch) 夜番のときに竜(野獣, 怪物)と戦う 304.

呼びかけること(Addressing) 犬に「サー」の称号で呼びかける 1292.

ヨブ(Job) 聖職者がヨブの模範的な忍耐力について説教する 1811B.

呼ぶこと(Calling) 猫を穴ウサギ(熊, コウノトリ)と呼ぶ 1565**, 呼びかけると敵の動物が答える 66A, 隠れ場所からカッコウが呼びかける 1435*, 賭けをして木の名前を挙げる 7.

読み書きができない(Illiterate) 読み書きのできない聖職者が豆をポケットに入れて日数を数える 1848A, 読み書きのできない聖職者が聖日を告知するのを忘れる 1848D, 読み書きのできない人が, 眼鏡(ペン)があれば読める(書ける)ようになると思う 1331A*, 読み書きのできない人が賛美歌集を上下逆さまに持つ 1832R*, 読み書きのできない人たち 1331*.

読み書きができないこと(Illiteracy)　読み書きができないせいで，ホテルのポーター(教会の雑用係，チケット売り)として雇ってもらえない 1659.

読むこと(Reading)　チーズを通して新聞を読む 1561*，詩を逆さまに読むと，霊が消える 325*.

より大きな(Greater)　大きな賄賂が判決に影響を与える 1861A，より大きな犯罪を犯す者が殺される 756C.

より強い(Stronger)　より強い者と最も強い者 2031. — オオカミ(ライオン，熊)が自分は男よりも強いと自慢する 157.

より速く(Faster)　寒さよりも速く自転車がこげる(馬に乗れる，荷馬車を走らせる，走る) 1966.

ヨリンデとヨリンゲル(Jorinde and Joringel)　405.

夜(Night)　悪い予言の時間としての夜 671D*，ただで夜に泊まる 1527*，キツネとオンドリとほかの動物たちが夜に泊まる 170，夜の宿が要求される 1527*，夜警 1335*, 1563*. — 動物婿が結婚式の夜にすべての花嫁を殺す 433B，動物婿が夜に人間の姿に変身する 425A，夜に墓地に行くことができるほど勇気があるか賭けをする 1676B，花嫁が結婚式の晩，夫を殺すことを企てる 519，花婿は結婚式の晩に，花嫁が昔の恋人を訪ねることを許す 976，1 晩で城を建てる 313，大工は恐れずに 1 晩過ごす 1147*，竜が結婚式の夜に男を殺さずにはおかない 516，復活祭の晩 671D*，夜，男を殺すことに失敗する 1149，新婚初夜の代理をする最初の花嫁 870A，未来の使徒たちがキリストの生まれた夜に 300 年の眠りから覚める 766，夫が夜戻ってきて子どもに子守歌を歌う 425E，寒い 5 月の夜についてもっと知るための旅 1927，けちが夜に食べる 1562C*，母親が子どもに授乳するために夜戻ってくる 450，新年の晩 671D*，鬼が夜に現れる 1161，鬼が夜，自分の娘の頭をそれと知らずに切る 327B，夜が続いていると思い込まされる 1337C，ハリネズミの皮が結婚式の晩に処分される 441，花嫁と初夜を過ごす 1165，墓地で夜を過ごす 1676，裸で屋根の上で夜を過ごす 1479*，鬼の家に滞在する 1152，夜の奇妙な出来事 840，夜の幻覚 840.

夜(複数)(Nights)　買われた夜々 313, 425A, 900. — 少年が 3 晩続けて動物の皮の中に縫い込まれる 810B*，仲間が結婚した強い妻を負かす(殺す)ために，男が 3 晩かける 519，3 晩 519, 810B*, 813*, 879A，墓で 3 晩見張りをする 307.

喜ばせること(Pleasing)　万人を喜ばせることは難しい 1215，歌を歌って船長(宿屋の主人)を喜ばせる 1553B*.

弱い(Weak)　弱い動物が強い動物を助けてお礼をされる 75.

酔わされる(Drunk)　さらわれた女の叔母が，さらった男を酔わせる 311B*，竜が酔わされる 301D*，見張りたちを酔わせる 950，強盗たちを酔わせる 952，召し使い(作男)を酔わせる 889，男が約束を忘れて酔ったときに両親を殺す 931A，男が動物を酔わせる 485B*，息子の強さを奪うために母親が息子を酔わせる 590，酔っているときに死ぬことに対する警告 1833.

40(Forty)　40 の町が浸水する 1960L，40 日間 313, 1538，40 個の卵 920A，40 人の聖なる殉教者 1580A*，40 人の泥棒 954，40 年 1833F. — 40 歳の男と結婚すること 1362B*,

40 人の詐欺師に復讐する 1538.

ら

雷雨（Thunderstorm） 雷雨が恐れられる 1147.

ライオン（Lion） 8, 30, 47B, 49A, 59*, 65, 76, 77, 102, 103C*, 119B*, 122D, 151, 156, 157, 160, 201, 222, 231*, 281, 301, 316, 460A, 511, 611, 854, 938, 1310, 1333, 1579, 1910, ライオンが自分の爪を切ることを許す 151*, ライオンと熊 118, ライオンと自慢するロバ 125B*, 橋の上のライオンとキツネ 202, ライオンとオオカミ 118, 求婚者としてのライオン 151*, ライオンがほかの動物たちに，おれの息は臭いかと尋ねる 51A, ライオンが男を男の家へ連れていく 485, ライオンが獲物をすべて要求する 51, ライオンが自分の映った姿に向かって飛び込む 92, ライオンがキツネを食べる 50B, ライオンがオオカミを食べる 51, ライオンが自分の頭を叩くように男に強いる 159B, ライオンが馬におびえる 118, ライオンが未知の物音におびえる 53*, ライオンが這い虫（worm）に助けられる 75A, ライオンが馬に蹴られる 47B, ネズミがライオンを助ける約束をする 75, ライオンが危険を救われる 156A, 人間をさげすんだライオンが捕まる 157A, ライオンが猿をペテンにかける 51A, ライオンがロバを食べようとする 52. — ライオンから逃げる 899A, 助けになるライオンが男に批判される 159B, ライオン，犬，猫，ワシが死んだ雄鹿（ロバ）をめぐって争う 159*, ライオンとオオカミとキツネが狩りに行く 51, 男がライオンに感心させようとする 159C, 年老いたライオンが，かつて自分が追い回してきた動物たちから侮辱され攻撃される 50C, 病気のライオン 50, 足跡がライオンの巣穴に入っているが，出てきている足跡はない 50A.

ライオンたち（Lions） 156, 315A, 650A, 938.

ライオンの（Lion's） ライオンの分け前 51. — ロバがライオンの皮をかぶって変装する 214B, 親切な動物たちがライオンの巣穴から救う 559.

雷神（Thunder-god） 1147*, 雷神がバグパイプを演奏する 1148*.

雷神の（Thunder-god's） 雷神の楽器が盗まれる 1148B.

ライチョウ（Grouse） 81, 1960J.

ラウメ（Laume） 1147*.

ラクダ（Camel） 47B, 52, 58, 80, 80A*, 655, 1294, 1319, 1553, 1750B, 2040, ラクダとロバがいることがロバの歌でばれる 214A, ラクダに乗っている男が（かがむ代わりに）門を壊させる 1295A*, ラクダがロバを川に放り込む 214A.

ラクダたち（Camels） 1288A, 1533C.

ラテン語（Latin） ラテン語の指示を誤解する 1823, 学校でラテン語を習う 1628, 舌を切ってラテン語を教える 1331D*. — 農夫（炭焼き，教養のない男）がラテン語に似た音の単語を話す 1641C, 農夫がラテン語を教えるふりをする 1539, 息子がすべての語にラテン語の語尾をつける（片言のラテン語を使う）1628*, にせのラテン語を話す 1825B.

ラバ（Mule） 47B, 1529, 1539, 1682, 1861A, 1910, 3 人の飼い主が餌をやることを怠ったために，ラバが死ぬ 1682**, ラバが色を塗られ（若く見えるようにされ）元の持ち主に売られる 1631A. — ロバ(Donkey)も見よ.
ラビ(Rabbi)　1855D, ラビは豚肉を断念したが女は断念しない $1855D_4$, ラビのヨシュア 759.
ラビの(Rabbi's)　献金を自分のものにするラビの賢い方法 1855E.
ラプンツェル(Rapunzel)　310.
ラミア(Lamia)　妻としてのラミア 411.
ラム(Rum)　ラムと水を交換する 1555B.
ランタン(Lantern)　昼間にランタンを持って歩く 1871F. — 火のついているランタンを釣り上げる 1920H*.
ランプシニトス(Rhampsinitus)　950.

り

利益(Profit)　損害から得た利益 1655, 取り引き(交換)による利益 2034C, 2034F, 誤解から利益を得る 1811, 1811A. — 盗んだロバを高い値段で元の持ち主に売る 1631A, 価値のある動物をもうけなしで売る 1553.
利益を得る(Benefit)　死んだ男の遺言を公証人に口述筆記させて利益を得る 1588***. — 夫と妻が死亡給付金の権利を与えられる 1556.
理解しがたい(Ambiguous)　理解しがたいメッセージ(発言)が犯人(犯罪)の発見につながる 1699.
理解する(Understand)　けんかをしている息子たちが, 小枝の束は折れないということを理解する 910F, 幻影が兵隊に自分の運命を理解させる 934D.
理解する(Understands)　誰もが自分の運命に責任があるということを, 父親が理解する 923B.
理解すること(Understanding)　自然現象の秩序を理解すること 774P. — 隠れていた聖職者が悪意のある女に理解させる 903C*. — 後悔(Repentance)も見よ.
陸(Land)　水陸両用船 513B
陸の怪物(Land-monster)　1310*.
リス(Squirrel)　75, 90, 1431, 息子の代わりとしてのリス 1073, 捕まったリス 1227, リスがキツネから逃げる 122B*.
リスト(List)　徒弟(召し使い, 妻)のために書かれた指示のリスト 1562B.
理想郷的な(Utopian)　シュララッフェンラントで理想郷的なことが起きる 1930.
リベルタ(Liberta)　706D.
略奪(Robbery)　宿屋での略奪 1526. — 盗み(Theft)も見よ.
略奪者(Looter)　略奪者が罰せられる(ハツカネズミたちに食べられる) 751F*.
略奪すること(Robbing)　盲目の男たちから(仕返しに)略奪する 1577*, だまして物を奪う 1525K*, 注意をそらして物を盗る 1525D, 服を盗む 757, 王から物を盗る 1525G, 泥棒(兵隊)から物を盗む 1525J, 旅人の荷車を盗む 1525C. — 強奪する間, 手伝う 700, 繰り返し盗みをして身の潔白を証明する 1525G. — 盗むこと(Stealing)も見よ.

竜(Dragon) 302, 306, 313–315, 433B, 444*, 545B, 551, 611, 653, 672D, 812, 934F, 1314, 1319A*, 1910, 竜が姫をさらう 301, 317, 竜が女をさらう 301D*, 竜と男 1036, 1050, 1051, 1062, 1070, 1091, 1098*, 1149, 1159, 動物婿としての竜 425M, 求婚者としての竜 311, 竜が人間の生け贄を要求する 300, 303, 竜を魔法の剣で打ち負かす 302B, 竜がライオンと戦う 156A, 竜が結婚式の夜に男を殺さずにはおかない 516, 妹たちを救おうとした兄たちを竜が殺す 312D, 禁じられた部屋から救出された竜 302C*, 317, 竜が目を盗む 321, 竜が魔法の馬から投げ落とされて死ぬ 302C*. — 竜との戦い 304, 312D, 650C, 橋の上での竜との戦い 300A. — 巨人(Giant), 鬼(Ogre)も見よ.

竜退治をする者(Dragon-slayer) 300, 303, 305, 314, 315, 317, 321, 328A*. — 竜退治をしたといつわる者がいつわりを暴露される 304.

竜たち(Dragons) 300A, 301, 304, 315, 竜たちが太陽と月と星を盗む 328A*.

竜の(Dragon's) 治療薬としての竜の血(ミルク, 肝臓, 目) 305, 竜の母親が人間を呑み込む 300A. — 動物の子どもが竜の父親を競走で打ち負かす 300A, 竜の血を浴びる 650C.

猟区監視官(Game warden) 猟区監視官が穴ウサギの密猟者と接触する 1595.

猟犬(複数)(Hounds) すばらしい能力を持った猟犬に関する嘘 1920F*. — 犬たち(Dogs)も見よ.

漁師(Fisher) 漁師の少年 327F.

漁師(Fisherman) 1, 316, 331, 400, 404, 736, 745A, 758, 850, 879, 933, 947, 1419, 1525C, 1537, 1698J, 1920H*, 1960C, 漁師が魔女にさらわれる 327F, 漁師とその妻 555, 姫の夫としての漁師 879A, 漁師が, 黄金を生む皿(貝)の入った魚を捕まえる 570A, 漁師が十分な魚を捕まえられない 832, 漁師が, 追放された女が溺れるところを助ける 712.

漁師たち(Fishermen) 漁師たちがジプシーに, 魚を捕るのは難しいと言う 1634A*.

猟獣(Game) 並外れた猟獣を連れてくる競争 1091.

領収書(Receipt) 地獄から取ってきた領収書 756C*.

両親(Parents) 両親と動物息子(ヘビ, ザリガニ) 425A, 両親と動物の子ども 441, 両親と子ども 366, 406, 475, 810B*, 両親と子ども 163, 315, 327A, 327D, 450, 514, 811A*, 980, 両親と娘 307, 425M, 545A, 883C, 885, 885A, 両親と植物息子(カボチャ) 425A, 両親と息子 302B, 400, 402, 899, 935, 939A, 両親が子どもを殺す(捨てる) 832, 両親が家に戻ってきた息子を息子だとわからずに殺す 939A, 両親が息子に殺される 931A, 両親が息子の前でかしこまる 517, 両親が自分たちの娘と商人の息子の結婚を妨げようとする 611, 両親が子どもたちを食べようとする 450.

両手(Hands) 両手を切り落とす 706B. — 手を絞り上げる競争 1060A, 切り落とされた両手が再び生える 706, デーモンの毛深い手 958K*.

料理(Dish) お金で料理 1555C, 夫が嫌いな料理 1390*.

料理(複数)(Dishes) 見かけが違うが味は同じ料理が厚かましい求婚者を思いとどまらせる 983, 妻が文句ばかり言う夫のためにいろいろな料理をつくる 1408B.

料理すること(Cooking) すべての食料を 1 食のために料理する 1339E, 食べ物の代わりにろうそくが煮られる 1270, 口うるさい夫のためにさまざまな料理をつくる 1408B, 食事のための調理した犬 1409*, 料理をしてだらしないのがばれる 1453**, スープをつくる石 1548. — 求婚者の料理の腕前をテストする 863.

料理人(Cook)　408, 410, 652, 672, 673, 785A, 992, 1419, 1741, 1831, 1960F, 1960H, 2019*, コックが犬を追い払う 201G*, 料理人が天井を突き抜けてむき出しの尻をさらけ出す 1837, 料理人がスープから鳥のふんをすくう 1837*, こっそり探るために料理人が長持ち(食器棚)に隠される 1536A, 料理人が, 動物に変身した兄を殺す計画から救う 450. — 不注意な料理人 1458*, 女が料理をできない 1464D*.

リンゴ(Apple)　殺人の道具としてのリンゴ 709, リンゴが血に染まる 311, 友情のテストとしてのリンゴテスト 516C, 求婚者テストとしてリンゴが投げられる 314, 性別を確かめるためにリンゴを投げる 958F*. — リンゴを食べると, 超自然的受胎をする 303, リンゴを食べると姫が妊娠する 675, いちばんの愚か者が黄金のリンゴをもらう 944, 魔法の治療のリンゴ 590, リンゴの 1 つがおそらく牛ふん(肥やし)に落ちた 1578C*, 女だけが魔法のリンゴの木からリンゴを摘むことができる 511, 毒リンゴ 709, リンゴで若返る 551.

隣人(Neighbor)　480D*, 503, 564, 779F*, 813*, 831, 834, 875E, 910A, 1354, 1355A*, 1367**, 1369, 1374*, 1387*, 1525M, 1533, 1534A, 1537, 1592A, 1617*, 1792, 1920B, 2014, 助言者としての隣人 1536C, 1555C, 愛人としての隣人 1419G, 隣人が聖職者をだます 1848A, 魔法の箱をあげて隣人を助ける 910N, 聖職者が神が話しているのを聞いたと, 隣人が聖職者に信じ込ませる 1575A*, 隣人が羊をあげると申し出る 1831C, 隣人が妊娠した女を誘惑する 1424, 物干しロープを貸さないためなら何にでも使う 1593, ロバを貸さないために隣人が言い訳をする 1594, 隣人の女が酔った召し使いを誘惑する 889. — 貪欲な隣人の女はもてなしに対する褒美をもらえない 750*, 妬み深い隣人が罰せられる 751B*, 貧しい隣人が動物(食料)を金持ちの隣人から盗む 1536A, 何人かの男が贈り物をした人の隣人だと主張する 1552*.

隣人たち(Neighbors)　33A*, 93, 591, 1011, 1138, 1348**, 1381D, 1481A, 1575A*, 1792. — 欲ばりな隣人と嫉妬深い隣人がだまされて和解させられる 1331, 隣人たちを模倣する 1010, 2 人の隣人(農夫)が弁護士なしに論争を解決することにする 1860D.

隣人の(Neighbor's)　隣人の娘 1440, 求婚者としての隣人の娘 870A, 果樹園(ワイン畑)が切り倒される 1011, 隣人の模倣の失敗 1689A.

林務官(Woodsman)　652, 750H*.

る

累積譚(Cumulative tales)　1940, 2000–2100.

ルチファー(Lucifer)　803, 810A.

ルンペルシュティルツヒェン(Rumpelstilzchen)　500.

れ

礼拝(Service)　日曜の礼拝をしそこなう 1848A, 悪魔が礼拝の間に罪人たちの名前を書き留める 826.
礼拝式(Liturgy)　聖職者が礼拝式で自分の悪条件について歌う 1832M*, 聖職者と教会の雑用係(料理人)の会話が典礼(礼拝)に挟み込まれる 1831, 教会の雑用係が教会でオンドリが鳴いたのを, 礼拝で自分が答える部分の合図と間違える 1828.
礼拝の会衆(Parishioners)　1738, 1785A, 寄付を払わない教区民たち 1738B*, 礼拝の会衆が聖職者のばかげた行動をまねする 1825D*. ― 聖職者が礼拝の会衆の知識をテストする 1810.
礼拝の会衆の１人(Parishioner)　礼拝の会衆が説教壇をのこぎりで切る 1825C.
レイヨウ(Antelope)　41, レイヨウがほかの動物に獲物を取られる 67A*.
レオノーレ(Lenore)　365.
レオンティウス(Leontius)　470A.
歴史(History)　命, 人生(Life)の項の身の上話(Life history)を見よ.
レスラー(Wrestler)　1070.
レスラーたち(Wrestlers)　巨大な強いレスラーたち 1962A.
レスリング(Wrestling)　レスリングの試合 1070, 1071.
列挙すること(Enumerating)　服を１つ１つ列挙する 2013.
列車(Train)　列車を悪魔と間違える 1315*.
レプロブス(Reprobus)　768.
煉獄(Purgatory)　けんか好きの妻よりも煉獄を選ぶ 1516*. ― 死を間近にした男が煉獄から出る道のために繰り返し支払いをする 1744.
連鎖(Chains)　数, 物, 動物たち, または名前に基づく連鎖 2000–2020, (動物の筋の担い手の)死を含む連鎖 2021–2024, 食べることを伴う連鎖 2025–2028.
レンズ豆(Lentils)　猿がレンズ豆(木の実)をなくす 34C.
連想(Suggestion)　間違った連想 1321D, 間違った連想のせいで裁判官が貧しい男に有利な判決を下す 1660.
連続(Series)　発砲による偶然の連続 1890, 1890F, 一連の巧みで不当な判決 1534.
連続(Succession)　連続(Series)を見よ.

ろ

炉(Forge)　避難場所としての炉 300A.
ろうそく(Candle)　ろうそくを吹き消す 1187, ろうそくが調理される 1270, 聖人と悪魔のためのろうそく 778*, ストーブの中のろうそく 1271A*, 人間の脂肪(死体の手)でできたろうそく 958E*, ろうそくを捧げ物として与える約束する 778.
ろうそく(複数)(Candles)　ろうそくがストーブに載せられ乾かされる 1270, カニ(ザリガニ, 甲虫)の背中につけたろうそく 1525A, 1740, 背中にろうそくをつけたザリガニ(甲虫) 1740, ろうそくがストーブの上で溶ける 1270.
労働者(Labor)　労働者が鬼(巨人, 悪魔, 等)と契約を結ぶ 1000–1029.
労働者(Laborer)　労働者, 職人(Workman)を見よ.

労働者, 職人(Workman) 936*, 労働者が守銭奴に恥ずかしいと思わせる 1305, 労働者が盗まれたお金を倒木の中に見つける 938B, 職人の徒弟が泊めてもらう 1691B*, 職人が治療薬を手に入れる方法を知る 305, 労働者が知性とは何かを知りたがる 1349D*. — 悪魔が労働者の農作業を手伝う 820-820B.

労働者たち(Laborers) 労働者たち(Workmen)を見よ.

労働者たち(Workmen) 1561**, 1641C*, 1892*, 労働者たちが主人を叩く 1571*, 労働者たちが歌の中で食事について不平を言う 1567G, 職人たちが腕比べをする 575, 労働者たちが仕立屋にもう盗みをしないという誓いを思い出させる 1574. — 何もしない労働者たちが互いに助け合う 1950A.

6(Six) 6 人兄弟が 6 人姉妹を妻として探す 303A, 6 人が世界じゅうを旅する 513A.

ロクサネ(Roxane) 1501.

露見(Exposure) 身の上話を語ることによって誘拐者が露見する 861A, 偶然に不貞が露見する 1781, 声で動物の正体がばれる 214B, 花嫁が変装した男であることが露見する 1538*, ペテン師の正体がばれる 667, 671E*, こっそり飲食したことがばれる 774L, 幽霊に変装した泥棒たちの正体がばれる 1740B, 埋葬料を前もって受け取る策略がばれる 1556,

露見させる(Exposes) 農夫の博学な息子が悪態をついて, 自分が母国語を忘れていないことがばれる 1628.

露見した(Exposed) 父親が中に隠れている木を焼くことによって欺きの行為がばれる 1543E*, 魔術師がいんちきだと露見する 987, 父親の盗み(母親の不貞)が少年の歌によってばらされる 1735A, 子牛の頭からしたたる血によって, 殺人者であることが露見する 780C,

ロシア人(Russian) 1565, ロシア人がカエルを食べる 1529A*. — ユダヤ人とロシア人の掻かないという取り決め 1565.

ロデリーゴ(Roderigo) 高慢な皇帝としてのロデリーゴ 757.

ロバ(Asinarius) 430.

ロバ(Ass) ロバと雄牛(去勢雄牛) 207A, 市長としてのロバ 1675, ロバが病気のライオンを蹴ったことを自慢する 50C, オオカミを村長にするために, ロバがオオカミを運ぶ 122N*, ロバの魔法が解かれる 430, すてきな馬具をつけた馬をロバがうらやむ 214*, ロバが耳を後ろに下げてライオンを脅す 125B*, ロバがひづめの裏に証明書を持っている 47E, ロバを塔につり上げる(吊るす) 1210, ロバが犬のまねをする(主人を愛撫してはいけない) 214, ライオンの皮をかぶったロバ 214B, ロバがオオカミを蹴る 47B, 122J, ロバがライオンに畏怖の念を抱かせる 125B*, ロバが木の梢を引っ張って下げる(から威張り) 125B*, 十分に飲むと飲むことを拒む 1621A*, ロバの重荷を軽くしてやる(乗り手が袋を過多に担ぐ) 1242A, ロバを野ウサギだと思う 1316, ロバがコオロギの声を手に入れようとする 292, 心臓のないロバ 52. — ロバ(Donkey)も見よ.

ロバ(Donkey) 47A, 51, 59, 78, 80A*, 125, 130B, 130C, 159*, 201, 202, 207, 207C, 207A*, 209, 211, 425D, 563, 566, 750E, 753*, 774B, 875B, 879, 1142, 1152, 1288A, 1291D, 1316, 1335, 1355B, 1370, 1419B, 1430A, 1447, 1525D, 1529, 1539, 1553, 1573*, 1631A, 1675, 1682,

1750B, 1800, 1834, 1842, 1845, 1862C, 1910，ロバと熊(その他の野獣)が競争をする 103C*，ロバとコオロギ 292，花嫁の身代わりとしてのロバ 1440，ロバが集税吏の馬を攻撃する 1605*，ロバがキツネに裏切られる 50B，子どものいない夫婦にロバが生まれる 430，ロバが動物の会議に参加するよう呼ばれる 47B，ロバが主人を愛撫する 214，ロバが運ばれる 1215，飼い主よりも賢いロバ 1621A*，ロバが雄牛の仕事をする 207A，ロバ追い 1418, 1804D，ロバが馬をうらやましがる 214*，ライオンの皮をかぶったロバ 214B，ロバは家にいない(貸した，牧草地に送り出した，仕事に送り出した) 1594，ロバがキツネに説得されてライオンの宮廷に行く 52，ロバがオオカミを説得して自分の背に乗せる 122N*，ロバが竪琴を弾く 430，ロバが寿命の一部を辞退する 173，ロバは十分に飲んだあとには飲むことを拒む 1621A*，積み荷を軽くされたロバ 1242A，男の代わりにロバが生け贄となる 1191，変装としてのロバ皮 510B，盗まれたロバ 1288B，ロバが村人全員の税金の面倒を見る 1605*，ロバが年老いたライオンに復讐する 50C，ロバが水に投げ込まれる 1215. ― 能力を自慢するロバがライオンとの勝負に勝つ 125B*，ロバと犬と猫とオンドリが逃亡する 130，ロバはいくらしたか 1551*，ロバが積み荷を背負わされすぎる 207B，歌うロバとラクダがいっしょに捕まる 214A，ロバと旅をする 1215. ― ロバ(Ass)も見よ.

ロバたち(Donkeys)　449, 566, 750F, 1551，ロバたちを数える 1288A，ロバたちが馬具職人を殺さないことに決める 209，塩を積んだロバと羽根を積んだロバ 211.

ロバの(Ass's)　ロバの卵(カボチャ) 1319，ロバが黄金を出す 563, 1539.

ロバの(Donkey's)　罰としてのロバの耳 782，村人全員にロバの値段が告知される 1551*，使われたロバの影は貸してはいない 1804D. ― カボチャがロバの卵として売られる 1319.

ロープ(Rope)　210*，オオカミの首の周りに巻かれたロープ 47A，砂(もみ殻，灰)で縄をなう 1174，端に動物がつながれたロープを盗む 1800，ロープが切れて，聖ペトルスの母親が元どおり地獄に落ちる 804，ロープを使って湖の口を引いて閉じる 1045. ― 空(月)から砂の(切り藁の，亜麻の，その他の)ロープを伝っておりる 1889E, 1882，ロープを試して自分の首を吊る 1122，群れをすべて引き戻すのに長いロープが要求される 1045.

ロープづくり職人(Rope-maker)　774A, 945A*.

ローマ人(Roman)　924.

ローマの慈愛(Caritas Romana)　985*.

論争(Argument)　論争での主張はすべて等しく正しい 1534E*，腹と体の部位(家と石，ヘビの頭としっぽ)の論争 293，耳の遠い 2 人の人物の論争が耳の遠い裁判官のところにもたらされる 1698A，論争を弁護士なしで解決する 1860D. ― 論争：どちらにより力があるか，真実か嘘か？ 613，言い合いになり息子が父親を叩く(階段から突き落とす) 1630A*.

論争(Debate)　世界で最も強い存在についての論争 2031，腹と体の部分の討論 293，季節に関する暦の月々の討論 294，葦とオークの口論 298C*.

論争(Dispute)　共有の食料の蓄えをめぐっての論争 44，神と悪魔が守銭奴の魂をめぐって言い争う 773**，雌犬と雌豚の論争 219F*，求婚者たち論争 653A, 653B，花嫁をめぐる論争が道理に合わない判断によって決定される 653，遺産をめぐる論争 655. ― 動物たちが獲物をめぐって論争する 51***，裁判官が自分に都合がいいように論争を裁定する

926D, 裁判官が物語を語って相続に関する争いを解決する 655. ― けんか(Quarrel)も見よ.
論争する(Argue) 腹と体の部位(家と石, ヘビの頭としっぽ)が論争する 293.

わ

輪(Circle) 悪魔が魔法の輪を恐れる 1168, 魔法の輪が悪魔から守る 810, 815.
賄賂(Bribe) 弟に賄賂が与えられる 1536A, 聖職者に賄賂を渡す 1831C, 1842A*, 男に賄賂が与えられる 1535. ― より多くの賄賂をくれた依頼人に都合のいい判決が下される 1861A.
ワイン(Wine) ワインと水の取り引き 1555B, 親指でワイン樽に栓をする 1539A*, 自分のお金でワインをもらう 1555C, 樽の中のワイン 1555, ワインに水を混ぜる 184, ワインが樽から流れ出る 1681A*, 同じコインでワインが売られる 1447A*. ― 毒入りワイン 763.
ワイン畑(Vineyard) 隣のワイン畑を破壊する 1011. ― ワイン畑の土が軟らかくなり富をもたらす 910E.
和解(Reconciliation) 夫婦の和解 900, 父親と息子の和解 920, 父親と娘の和解 570A, 883C, 923, 敵対する隣人たちの和解 1331, 夫と妻が仲直りをする 459, 891, 中傷された無実の女が家族と和解する 896, 夫婦の和解 570A, 恋人同士の仲直り 432, 年老いた父親との和解 980, 夫との和解 670A, 王との和解 569, 1590, 恋人との和解 874.
若い(Young) 若者と老人の組み合わせ 1367, 若い外見は妻のふるまいによる 726.
若返らせること(Rejuvenation) 若返りの願い 750K**, 隠者(司教, 修道士たち)を誘惑するために若返らせる 839A*, 感謝している動物によって男が若返らされる 531, お婆さんを火に入れて若返らせる 753, 妖精たちの贈り物として醜い女を若返らせる 877, 若返らせることに失敗する(猿の誕生) 753.
若木(Sapling) 鍛冶屋が馬の折れた背骨を月桂樹の若木で治す 1889D.
わがまま(Selfishness) わがままが魔法の豆(木の実, 石)によって治される 1373A*.
若者(Youth) 302–304, 306, 313–314A, 315A–318, 321, 325, 328, 329, 369, 400, 409A, 410, 413, 459, 810B*, 855, 856, 1651, 1651A, 若者とかわいい靴 1731, 雄牛を売ることに関して若者がだまされる 1538, 若者がハチの巣箱に隠れる $1525H_4$, 若者が聖者の絵にお金を貸してくれるよう祈る 1543, 若者が靴のプレゼントで誘惑する 1731, 若者が経験豊富な船乗りだと間違って思われる 1611, 恐れが何かを学ぼうとした若者 326, 326A*, 326B*.
ワギナ(Vagina) 地獄としてのワギナ 1425, 歯のはえた膣 1686A*, 虫たちが膣に泊まる 282D*. ― ワギナを牢屋と呼ぶ 1545B, カワカマスの口を膣に隠す 1686A*, ワギナがしゃべる 1391. ― 外陰(Vulva)も見よ.
枠物語(Frame tale) 875B*, 875D*, 945, 945A*, 976, 1332, 1384, 1534, 1920H.
分け合う(Sharing) 1枚の毛布をいっしょに使う 1393, 黒人の男とベッドを共同で使う 1284A, 略奪品を分け合う 1615, 家事を分担する 85, 褒美を分け合う 1610, ラバ(奴隷)を共同で使う 1682**. ― 雌牛の不公平な分け方 1633.

分けられる(Divided) 獲物が分けられる(ライオンがすべての肉をもらう) 51，教会で略奪品が分けられる 1654，略奪品が墓で分けられる 1791，雌牛が(前と後ろに)分けられる 1633，17 頭の動物(コイン)が 3 人兄弟で分けられる 1533C，宝が 3 つの部分に分けられる 785.

分ける(Divides) キツネが熊とオオカミをだまして獲物を分ける 52.

分けること(Dividing) 聖書に従って分配する 1533A，獲物を分配する 80A*，5 つの卵を 2 人の男と 1 人の女で等しく分ける 1663，家畜を分配する 1030*．— 分け合う(Sharing)も見よ.

分けること，別れること(Separation) 動物たちを分ける(しっぽに弾丸を撃つ) 1889A，花嫁と花婿が離ればなれになる 313, 365, 400, 425, 881A, 886，子どもたちが両親から別れる 327A，夫婦たちや恋人たちの別れ 821A*，家族の別れ 938, 939，父と娘(たち)の別れ 883B, 883C，夫と妻の別れ 674, 677, 705A, 706, 879A, 881, 882A*, 883A, 888A*, 891, 897, 923A, 974, 986，王と姫の別れ 546，母親と娘の別れ 933，息子と両親の別れ 935，2 人兄弟が別れる 303, 567A，2 人の恋人が離ればなれになる 407, 432, 575, 870, 884，未婚のカップルをベッドの中で分かつ(彼らの間の枕) 1443*，結婚していないカップルがベッドの中で隔絶される(間においた剣) 303, 516C.

ワシ(Eagle) 59*, 159*, 215, 231**, 247, 302, 303, 329, 611, 854, 920B, 922A, 934, 1927, 1960J，ワシと糞虫 283H*，ワシとフクロウ 230，裁判官(鳥の王)としてのワシ 220, 220A，ワシが男を海の向こうへ運んでいく 537，ワシがミソサザイを空高く運ぶ 221A，ワシが空からカメを落とす 225A，ワシが主人公に(開けてはいけない)魔法の箱を与える 537，助けになるワシ 551，ワシが動物たちの戦争でけがをする 222B，ワシが人(シンドバッド)の入った獣皮を山の頂上に運ぶ 936*，ワシが少年を巣の上に連れていく 554，ワシがカメに飛び方を教える(カメを落とす) 225A．— 男がけがをしたワシの世話をする 313.

ワシたち(Eagles) ワシたちがソロモンを空から落とす 920A*.

忘れっぽい(Forgetful) 忘れっぽい男が週の日々を数える 2012.

忘れっぽさ(Forgetfulness) 忘れっぽさのために不要な旅をすることになる 1332*.

忘れられた(Forgotten) 忘れられた花嫁 313, 884A，忘れられたステッキ 961A，忘れられた風 752B，偶然に忘れていた言葉が見つかる 1687．— 母国語を忘れる 1628，忘れた言葉を地中に探す 1687，並外れた能力を持つ，忘れられた求婚者が魔法の道具を取ってくる 665.

忘れる(Forgets) 酔った男が約束を忘れて両親を殺す 931A，貪欲な兄が呪文を忘れる 954，男がお金の隠し場所を忘れる 945A*.

忘れること(Forgetting) コートをうっかり馬車に忘れる 1832，何度も繰り返した指示を忘れる 1204，婚約者を忘れる 884，自分のことを数え忘れる 1287，転んで言葉を忘れる 1687．— 宿屋で食事をして課題を忘れる 550.

渡し守(Boatsman) 938.

渡し守(Ferryman) 渡し守が巨人に，子どもを抱いて川を渡るよう頼む 768，渡し守が(罰として)王を溺れさせる 610，渡し守がキツネの役に立たない助言をもらう 150．— 王が異界への渡し守になる 461.

ワタリガラス(Raven)　55, 247, 303, 751A, 1099, 2040，ワタリガラスが罠に捕らえられる 68*，ワタリガラスが自分の子どもたちを溺れさせる 244C*，借りた羽根に身を包んだワタリガラス 244，ワタリガラスがアリとの勝負で敗れる 280，チーズをくわえたワタリガラスがキツネにだまされる 57. — カラス(Crow)，カササギ(Magpie)も見よ.

ワタリガラスたち(Ravens)　808A, 816*, 960A. — 兄弟たちがワタリガラスに変身する 451，ワタリガラスたちの会話を立ち聞きして，法王を誘惑する計画が明らかになる 816*，支配者がワタリガラスたちに悩まされる 517.

渡ること(Crossing)　ボートに乗って川を渡る 1579.

罠(Snares)　悪魔の罠 810.

罠(Trap)　罠が仕掛けられる 1117，鳥たちが罠の話をする(ワタリガラスかキツネが捕まる) 68*，愚か者が落とし穴を仕掛ける(母親が落とし穴に落ちる) 1685A*，庭で野ウサギを捕まえるための罠 1595. — 罠としての割れた木 38，キツネがうまく罠の裏をかく 35B*，ハリネズミが裁判官と呼ばれている罠に誓いをする 44，キツネの罠としての水差し 68A，罠(穴)からの救出 33，死んだふりをして罠から救われる 105*，ヘビ(オオカミ，熊，トラ)が罠から救われる 155，泥棒が罠に捕まる 950，罠に落ちたオオカミと熊 168，オオカミがキツネによって罠に誘い込まれる 35B*. — 穴(Pit)，井戸(Well)も見よ.

罠に落ちた(Trapped)　罠に落ちた求愛者たち 1730.

ワニ(Alligator)　72.

ワニ(Crocodile)　91, 133*, 223，ワニが穴ウサギ(ジャッカル)を運ぶ 58，ワニが弱い動物(ジャッカル，猿)を捕まえようとする 66A. — 死んだふりをしているワニが，自分が死んでいないことを露見させる 66B.

藁(Straw)　藁と干し草を両腕に結ぶ 1679*，花嫁衣装を着せられた藁の身代わり人形 311，2 度脱穀された藁 206. — 藁と炭と豆 295.

笑う(Laughs)　豆が物たちのことを笑う 295，両親がけんかをしているのを，少女が笑う 545A，野ウサギが笑いすぎて唇が裂ける 47A, 70, 71.

笑うこと(Laughing)　口をきく植物(木)を笑う 545A*，笑うことでオレンジ娘がいることがばれる 408，笑うことが治療になる 1845，笑い対決 1080*，笑う石 760，笑い死にする 1080*. — 笑うと黄金を出す力 567A.

笑わせる(Laugh)　ジャッカルが鳥に自分を笑わせるよう命ずる 223，姫を笑わせる 425D, 559, 571, 572*, 1641B, 1642.

悪い(Bad)　不運が男につきまとう 947, 947A，人格化された不運が閉じ込められる(埋められる) 735A，悪いテーブルマナー 1691B. — お金(宝)を盗んだ者に，そのお金(宝)が不幸をもたらす 745.

悪い(Evil)　悪い妻が穴に放り込まれる 1164，悪いお婆さんが売れない 1170，悪い女 1376*. — より小さな害と結婚する 1368，魔法使いが悪い行いのために罰せられる 325**.

割れた(Split)　体の割れた犬が治されるが，一対の脚が上を向く 1889L. — 怠け者の男がたきぎを，それが割られているときだけ受け取る 1951.

割れた，壊れた(Broken)　割れたメンドリの卵 2022B，壊された像 1643. — 枝の(棒の，矢の，槍の)束が折れない 910.

訳者あとがき

本書はハンス＝イェルク・ウター(Hans-Jörg Uther)著，『国際昔話話型カタログ—アンティ・アールネとスティス・トムソンのシステムに基づく分類と文献目録—(*The Types of International Folktales — A Classification and Bibliography Based on the System of Antti Aarne and Stith Thompson —*)』(FFC 284, 285, 286)[1]第2版(2011年)の話型記述，注，索引の全訳である．また，「文献/類話」や「モティーフ一覧」などは原文のまま掲載し，原書にあるすべての内容を含んでいる．

ウターによる『国際昔話話型カタログ』(以下ATU)は，副題にあるとおり，アールネ/トムソン(Antti Aarne and Stith Thompson)の『昔話の話型(*The Types of the Folktale*)』[2](以下AaTh)に基づいており，それを大幅に改訂増補した話型カタログである．題名を比べると，ウターのカタログには「国際(International)」という語が加わっている．この題名について著者にその意味を尋ねたところ，「国際的に流布した昔話の話型(Erzähltypen international verbreiteter Märchen)」もしくは「国際的に流布した昔話の話型カタログ(Typenkatalog international verbreiteter Märchen)」と説明いただいた．すなわち，国や民族や言語の壁を超えて，相互に影響し合い流布してきた昔話の特徴が端的に表されている題名である．

2004年にATU初版が出版され，このカタログの前身にあたるAaThに含まれていたさまざまな問題点が改善され，話型記述が充実したことは，すでに大きな進歩であるが，それに加え日本の資料が大幅に増補されたこと，そして世界の類話資料がどの本のどこにあるかが具体的に示されたことは，日本の昔話と世界の類話との比較研究にとってたいへんに意義深いことである．

本書を翻訳することができたのは，何よりもウター先生の多大なるご協力があってのことである．2004年，私は学習院大学から在外研修の機会をいただいた．その際ドイツのゲッティンゲンに滞在し，『メルヒェン百科事典』編集室のウター先生の研究室で1年間勉強させていただいた．ちょうどその年にこの話型カタログ初版が出版された．2006年，学習院大学外国語教育研究センターの研究プロジェクトにてATUを研究テーマとして取り上げたあと，この貴重な資料をなんとか翻訳できないものかと考え，ご許可をいただき，2010年頃から本格的に作業を開始した．ATUは英語で書かれており，本書は英語から直接翻訳したが，翻訳に際してはATUの元原稿であるドイツ語の原稿を見せていただくことができ，大いに参考になった．また質問をすると，いつもすぐに丁寧に教えていただいた．ウター先生のご厚意に心より感謝して

1 FFC = Folklore Fellows Communications. 民俗学研究者連盟会報.

2 *The Types of the Folktale — A Classification and Bibliography —* ANTI AARNE'S Verzeichnis der Märchentypen. Translated and Enlarged by STITH THOMPSON. Helsinki 1961, FFC 184.

いる.

また，日本語版監修をしてくださった小澤俊夫先生も，日本語版の構成，訳語など，たいへん貴重な助言をしてくださった．また出版についてもすべて面倒を見てくださり，私の遅々として進まない仕事を辛抱強く待ってくださった．この場をお借りして心より感謝申し上げたい.

また学習院大学には研究プロジェクトの発展的成果として，出版に助成していただき感謝している.

当初編集を手伝ってくださった山下耕平さんと小澤昔ばなし研究所の研究員で駿河台大学准教授の小林将輝先生，出版に向けていつもお手伝いくださった小澤昔ばなし研究所の高橋尚子さん，長崎桃子さん，そして校正を手伝ってくれた妻敦子にも心より感謝の意を表したい.

そして，丁寧な校正をしてくださった秋月美千恵さん，編集レイアウトを細かく作って下さった山崎憲一さん，編集から出版まで丁寧に仕上げてくださった三秀舎の皆様にも心より御礼申し上げたい.

そしてそもそもこの莫大な訳書の出版を経済的に可能にしてくださった三角商事株式会社社長三角勝信氏に，深甚の謝意を表したい.

さまざまなご指導をいただいたにもかかわらず，私の微力のためにいくつもの誤りがあることと思う．お気づきの場合にはご教示いただければ幸いである.

この日本語版 ATU が，これからの昔話の比較研究にとって少しでも役に立つことがあれば嬉しく思う.

加藤 耕義

訳者解説

ATU の成立

ATU の成立は，1910 年にアンティ・アールネ(Antti Aarne)が出版した『メルヒェンの型のカタログ(*Verzeichnis der Märchentypen*)』[3](FFC 3)にさかのぼる.

1870 年から 80 年代にかけ，フィンランドではユリウス・クローン(Julius Krohn)とその息子カールレ・クローン(Kaarle Krohn)によって地理的・歴史的研究法が生み出された．この研究方法は，それぞれの民間伝承の原型は何か，発生地はどこか，発生した時代はいつか，どのような伝播経路だったか，いずれの系譜の伝承か，類話間でどのような相互関係にあるかを問う研究方法である.

カールレ・クローンの弟子のアールネはクローンの指導のもと，この地理的・歴史的研究方法を昔話の分野で初めて本格的に実践した．アールネは，フィンランド文学協会の民衆文学ライブラリーにあるおよそ 26,000 のメルヒェンの記録，グリム兄弟の『子どもと家庭のメルヒェン集(*Kinder- und Hausmärchen*)』，およびデンマークの説話集を基礎資料として，1910 年にドイツ語で『メルヒェンの型のカタログ』(FFC 3)を出版した[4]．アールネのカタログは，その基礎資料の膨大さと，話型番号によって整理されている点において，それ以前に存在したいくつかのカタログ[5]とは一線を画するものであり，国際的なメルヒェン研究への利用により適したものであった.

このアールネのカタログをアメリカのスティス・トムソン(Stith Thompson)は英語に翻訳し，1928 年(FFC 74)と 1961 年(FFC 184)の 2 回にわたって話型記述を充実させ，話型数を増補した．これがアールネ/トムソンの『昔話の話型』(AaTh)である．この 1961 年のカタログは 43 年の長きにわたり世界じゅうで利用されてきたが，本書「著者序文」にあるように，批判点も多く含んでいた．そうした批判に応え，2004 年にウターが大幅に改訂し，増補したのが本書アールネ/トムソン/ウターのカタログ ATU である.

話型記述の変遷

まず，1910 年のアールネの話型記述が 1961 年のトムソン改訂，および 2004 年のウターの改訂を経て，どのように変遷してきたかを，「イバラ姫」を例に見てみたい.

3　*Verzeichnis der Märchentypen*. ausgearbeitet von ANTTI AARNE, Helsinki 1910, FFC 3.

4　参照『メルヒェン百科事典(*Enzyklopädie des Märchens*)』1 巻 1 頁以下.

5　例えば J. G. Hahn, G. L. Gomme, L. Sainenu, L. Katona, Sven Grundtvig のカタログ．参照『メルヒェン百科事典(*Enzyklopädie des Märchens*)』1 巻 2 頁.

○ **アールネのカタログ（1910年）**

410. イバラ姫（Dornröschen）：姫が魔法の眠りに落ちる．王子が城の周りを囲んでいるイバラの垣根に分け入り，少女を救う（グリム No. 50）．

○ **トムソンのカタログ AaTh（1961年）**

410. 眠れる美女（Sleeping Beauty）．王の娘が魔法の眠りに落ちる．王子が城の周りを囲んでいる垣根に分け入り，少女を魔法から救う．

I. 切望した子．切望した王の娘の誕生をカエルが告げる．

II. 妖精たちの贈り物．(a)祝賀会（洗礼式）に招待されなかった妖精が，姫は紡錘でけがをして死ぬことになると願をかける．(b)別の妖精が死を100年の眠りに変える．

III. 魔法にかけられた姫．(a)予言は現実となり，少女とともに，城のすべての住人は魔法の眠りに落ち，城の周りじゅうにイバラの生け垣が育つ．

IV. 魔法を解く．100年後，王子が生け垣を分け入り，キスをして姫を起こし，幸せな結婚をする．

○ **ウターのカタログ ATU（2004年）**

410 眠れる美女（イバラ姫（Dornröschen），眠れる美女（La bella addormentata））

（カエルに予告され[B211.7.1, B493.1]）王夫妻に娘が生まれる．祝賀会（洗礼）に招待されなかった妖精（賢女）が，姫は（15歳の誕生日に）紡錘（針，亜麻の繊維）でけがをして死ぬことになると呪いをかける[F361.1.1, F316, G269.4, M341.2.13]．別の妖精が死の宣告を（100年の）長い眠りに変える[F316.1]．

王は，王国じゅうのすべての紡錘（針）を処分するよう命令する．しかしそのうちの1つが見落とされたために，予言は現実となる[M370]．少女は，隠された部屋で糸を紡いでいるお婆さんに出会い，紡錘で指を刺し，王宮全体とともに魔法の眠りに落ちる[D1364.17, D1960.3, F771.4.4, F771.4.7]．城の周りにイバラの生垣が生い茂る[D1967.1]（少女は塔に閉じ込められる）．

定められた期限の終わりに，若者（王子）が生垣を突き抜け[N711.2]，キスで姫の目を覚ます[D735, D1978.5]．（若者は姫を妊娠させる．姫は子どもを2人産む．子どもの1人が姫の指から繊維を吸い出し，姫の魔法を解く．）

一部の類話では，王子は妻と子どもを自分の家族のところへ連れていく．王子が留守の間に，悪い姑が料理人に，女と子どもたちを殺して焼くように頼む．料理人は従わない．すると姑は，3人を毒ガエルと毒ヘビでいっぱいの桶に放り込むように要求する．思いがけず王子が帰ってきて，姑は自ら桶に飛び込む．

改訂されるにしたがって話型記述が詳しくなっていることがわかる．アールネのカタログは極力短くした最小限の記述である．トムソンのカタログでは，アールネの記述を英語に訳したあとに，さらに自分の話型記述を加えている．ウターはそれらをまとめ，さらに詳しく記述している．こうした変化は，基礎資料が増えたことによって，それだけ正確に核となるモティーフの規定が可能となったこと，またサブ話型との差別化が必要となったことに起因する．

また，ここには引用しなかったが，トムソンのカタログでは，話型記述のあとに別項目でトムソンのモティーフ・インデックスの番号が列挙されている．ウターのカタログではそれが話型記述の中に組み込まれているのも特徴である．

このように，基礎資料の増大と研究の発展とともに，話型の記述も充実してきたが，それでは「話型」とは，どのように定義できるのであろうか．

話型とは何か

「話型」は，ドイツ語の Erzähltyp, Typus，英語の Type の訳語である．ウターは，『メルヒェン百科事典』の「話型(Typus)」の項で，アールネの話型の構想を説明しながら，「話型に特徴的なのは，説話の核が安定していること(変化しないこと)である．すなわち，論理的に整えられた構成が特徴的であり，それは数多くのより小さい構成要素から組み立てられていることもしばしばある」[6] と述べている．そして，アールネの話型の構想にきわめて近いものとして，トムソンの次の定義を挙げている．「説話の型というのは独立に存在する伝承的物語である．それは完全な説話として語られ，その意味内容は他の物語に従属しない．たまたま他の物語と一緒に語られることもありうるが，それが単独で語られうるということはその独立性の証明となる．単一のモチーフからなっていることもあれば多くのモチーフからできあがっていることもある」[7]．さらにウターは，「話型はたいてい，典型的な登場人物や状況，もしくは出来事の組み合わせによって形成されている」と述べている．

これらをごく簡単にまとめれば，「話型」とは，説話の核となるもので，1つのモティーフからなることもあれば，複数のモティーフからなることもあるが，独立して語られうるものが1つの話型として認められ，登場人物，状況，出来事の組み合わせによって記述されると言うことができる．

分類法

以下にそれぞれのカタログにおける大きな分類法を示す．

6　参照『メルヒェン百科事典(*Enzyklopädie des Märchens*)』13 巻 1085 頁．
7　スティス・トムソン著『民間説話(*The Folktale*)』荒木博之/石原綏代訳，社会思想社，下巻 216 頁．

アールネ(1910)	トムソン(1961)	ウター(2004)
I. 動物昔話 II. 本格昔話 A. 魔法昔話 B. 聖者伝的昔話 C. 小説的昔話 D. 愚かな悪魔(巨人)の昔話 III. 笑話	I. 動物昔話 II. 本格昔話 A. 魔法昔話 B. 宗教的昔話 C. ノヴェラ(伝奇的説話) D. 愚かな鬼の話 III. 小話と笑話 IV. 形式譚 V. 分類できない説話	動物昔話 魔法昔話 宗教的昔話 現実的説話(ノヴェラ) 愚かな鬼(巨人，悪魔)の話 笑話と小話 形式譚

アールネはI. 動物昔話，II. 本格昔話，III. 笑話という大きな3分類をしている．トムソンはそれを踏襲しつつ，あらたにIV. 形式譚，V. 分類できない説話を加えた．ウターもこの分類による話型番号を引き継いでいるが，「II. 本格昔話」[8] という名称は削除し，大項目による分類をやめている．また「V. 分類できない説話」に挙げられていた4話型は別番号に振り分け，この大項目は削除している．

ATUと日本の資料

2004年のウターによる大幅な改訂によって，それまでごく一部しか含まれていなかった日本の資料もこの国際カタログに大幅に取り入れられ，合計371話型で日本の資料が言及されている．基礎資料となっているのは，池田弘子著『日本昔話の話型とモティーフ・インデックス(*A Type and Motif Index of Japanese Folk-Literature*)』および，稲田浩二/小澤俊夫責任編集『日本昔話通観』(同朋舎)である[9]．日本の資料が大幅に増補されたことによって，本書は日本の昔話を研究する人や愛好する人たちにとってたいへん有用な話型カタログとなった．

この増補は，それまでに日本で収集された昔話が日本の事情に合わせて整理され，ヨーロッパの昔話研究と対比するための先行研究がなされていたがゆえに可能であった．そこで，以下に日本での昔話の分類がどのように行われたかを概観したい．

日本における話型分類の歴史

これまでの日本における話型分類の歴史について，特に柳田国男と関敬吾については，すでに小澤俊夫が『世界の民話 解説編』(ぎょうせい 1978)や「日本昔話の型」(『民間説話の研究』(同朋舎 1987)所収)，『昔話入門』(ぎょうせい 1997)等において詳しく述べているので，以下に小澤の「日本昔話の型」の記述を引用しつつまとめておきたい．

---

8 アールネのカタログでは“Eigentliche Märchen”(本来的なメルヒェン)，トムソンのカタログでは“Ordinary Folk-Tales”(一般的な民間説話)と英訳され，関敬吾は『日本昔話集成』の分類において，これに相当するものとして「本格昔話」という項目を立てている．

9 そのほかにATU 103と1689* はロシア語の資料 Markova, V./Bejko, B.: Japonskie skazki [Japanese Folktales]. Moskva 1958を基礎資料としている．

○ 柳田国男

日本において，昔話の分類を初めて試みたのは柳田国男であった．彼は，昭和23年3月(1948年)に「日本昔話名彙」を発表し，そこに，彼独自の昔話観に基づく，二分類案を発表した．柳田は種々の著作においてその昔話観を表明しているが，約言すれば，日本の古代には，採集を免れた英雄譚があって，現在日本で五大おとぎばなしとされているものなどは，それが分解して，個々に伝えられたものであろう，という壮大なる仮説である．従って，偉大なる人物の一生を物語るのが本来の昔話であるという，明確な昔話観となる．

柳田が昭和23年(1948年)に発表したのは，そうした人物の一生を物語るはずである「完形昔話」と，そこから派生した「派生昔話」の二群であった．

(「昔話の話型と分類」『民間説話の研究』(同朋舎 1987)p. 41–42.)

柳田の分類は以下のとおりである(例示話型は小澤の選択による)．

完形昔話	
誕生と奇端	桃太郎，瓜子姫子，子育て幽霊 など
不思議な成長	田螺長者，蛇息子 など
幸福なる婚姻	鶴女房，蛇婿入，隣の寝太郎 など
まま子話	糠福米福，灰坊太郎，手無し娘 など
兄弟の優劣	兄弟話，姉と弟 など
財宝発見	味噌買橋，炭焼長者，五郎の欠椀 など
厄難克服	なら梨取り，牛方山姥，鬼の子小綱 など
動物の援助	猫檀家，聴耳，花咲爺，尻鳴へら など
言葉の力	化物問答，大工と鬼六 など
知恵のはたらき	似せ本尊，俵薬師，和尚と小僧 など
派生昔話	
因縁話	歌い骸骨，運定め話 など
化物話	化物退治，猫と南瓜 など
笑話	
一　大話	まのよい猟師，三人片輪 など
二　真似そこない	旅学問，ぐつの話 など
三　愚か村話	段々の教訓，長頭をまわせ，松山鏡 など
鳥獣草木譚	時鳥と兄弟，水乞鳥，古屋の漏り，尻尾の釣り，かちかち山 など
その他(昔話と伝説の間をゆくもの)	百合若大臣，長柄の橋柱，蚕神と馬 など

○ 関敬吾

関敬吾は3回昔話のカタログを作っている.

1回目「日本昔話集成」の分類

関敬吾は昭和25年(1950年)から33年(1958年)にかけて,「日本昔話集成」全六巻を公刊し,昔話の新たな分類を示した.全体として,一,動物昔話,二,本格昔話,三,笑話の三部構成で,用語も順序も,アールネ=トムソンの「昔話の型」と同じである.柳田の二分類は個性的ではあるが,比較研究上は,関の三分類の方が便利である.また,この三部構成自体は日本昔話の実情に即している.

(「昔話の話型と分類」『民間説話の研究』(同朋舎 1987) p. 43-44.)

2回目「日本昔話の型」(『日本昔話集成』第六巻末尾に付された)

「昔話名彙」「昔話集成」は,話型を示すに例話を挙げることしかしなかった.それは厳密な意味では,まだ話型のカタログとはいえなかった.例話を示したにすぎない.それに対して,関は「日本昔話の型」において,日本ではじめて,抽象化された「話型」なるものをつくり,それによって分類を試みたのである.その意味で「日本昔話の型」は画期的であった.またその分類法も,従来よりはるかに整理されており,筆者は関自身から,「昔話集成」の分類より,「日本昔話の型」の分類の方が自分では改良されたものと思っているという感想を聞いたことがあるが,「日本昔話大成」作製の仮定では,関のその気持ちは生かされず,「昔話集成」の分類がそのまま使われた.残念といわざるをえない.

(「昔話の話型と分類」『民間説話の研究』(同朋舎 1987) p.48.)

関の「日本昔話の型」の分類は以下のとおりである(例示話型は小澤の選択による).

1 動物の起源　　時鳥と兄弟,片脚脚絆,犬の脚,とかげの歌と蛙の眼 など

2 動物昔話　　尻尾の釣,猿かに餅競争,猿かに合戦,猿の生肝,豆と炭と藁,京の蛙 大阪の蛙,勝々山,古屋の漏 など

3 人間と動物

A 逃竄譚　　三枚の護符,牛方山姥,妹は鬼,旅人馬 など

B 愚かな動物　　鍛冶屋の婆,化物寺 など

(C 人と狐という項目が欠落している.尻のぞき,似せ本尊などはこれに属するはず)

D 動物報恩　　狼報恩,文福茶釜,忠義な犬,枯骨報恩 など

4 異類婚姻

A 異類聟　　蛇聟入,かいこ神と馬 など

B 異類女房　　蛇女房,天人女房 など

5 異常誕生　　たにし息子,子育て幽霊 など

6 人と水神　　龍宮童子,沼神の手紙 など

7	呪宝	聴耳，犬と猫と指輪 など
8	運命の期待	炭焼長者，産神問答，酒泉 など
9	婚姻	絵姿女房，嫁の輿に牛，蜂の援助 など
10	致富	天福地福，わらしべ長者，夢見小僧，取っ付く引っ付く など
11	葛藤	
	A 親と子	米福粟福，継子の栗拾い，唄い骸骨 など
	B 兄(姉)と弟(妹)	三人兄弟，奈良梨取り など
	C 隣人	地蔵浄土，見るなの座敷，宝手拭 など
12	狡猾者	馬の皮占，うそ八卦 など
13	おどけ者	片目の牛，闇夜の黒牛 など
14	業較べ	仁王と賀王，どうもとこうも，話千両 など
15	和尚と小僧	金のなる木，親棄山，梨は毒，和尚お代り など
16	偶然の幸福	鴨取り権兵衛，尻鳴りへら，何が怖い など
17	愚人譚	
	A 愚か者	鼠経，こんな晩，嫁の歯，一目千両，しがま女房 など
	B あわて者	粗忽想兵衛，平林，無筆の手紙 など
	C 愚か村	手水を廻せ，旅学問 など
	D 愚か聟(息子)	法事の使，馬の尻に札 など
	E 愚か嫁(娘)	猫のように，屁ひり嫁，肉付面 など
18	形式譚	長い名の子，果なし話 など

このように，関は2回目の分類で，1回目の「動物昔話」「本格昔話」「笑話」の3分類はやめている．ATUも同様の道をたどって，大項目による分類をやめているのはすでに見たとおりである．

3回目‘*The Types of Japanese Folktales*’(Asian Folklore Studies Vol. XXV)(1966)

これは南山大学発行の英文によるアジア研究雑誌に発表されたもので，2回目の「日本昔話の型」と同じ項目立てである．話型数は「日本昔話の型」が637話型なのに対し，この英文のカタログは470話型である．ウターが前書きで触れている「関のカタログ」というのは，このカタログのことで，クルト・ランケ(Kurt Ranke)の元蔵書として，ウターが編集を務める『メルヒェン百科事典』の編集部書庫にも収められている．

○ 池田弘子

これらの先行研究を基礎として，新たにAaThの体系に準じた話型カタログが1971年に池田弘子によって編纂された．AaThと同じFFCから英語で出版された“*A Type and Motif Index of Japanese Folk-Literature*”(FFC 209. Helsinki 1971)である．

池田は柳田国男の『日本昔話名彙』の編集に携わった経験があった．そうした経験から，日本昔話の話型とモティーフのインデックスを，1950年にバーミントンでトムソンの指導のもと当初修士論文として，後に博士論文として作り始めた．その後1955年から1958年にかけて出版されたトムソンの『モティーフ・インデックス(*Motif-Index of Folk-Literature*)』や1961年に出版されたAaThの2回目の改訂を受けて，それに対応するよう新たに内容が吟味され，増補されて，池田の話型とモティーフのカタログは1971年に出版された．

したがって，池田のカタログの439の話型には，AaThの話型インデックスの番号が割り当てられている．対応するAaThの話型がない場合には，池田が最も適切と考えるセクションに置いたと池田は序において述べている．

このカタログでは，まずAaTh対応番号，次に英語の話型名，次に日本語の話型名(ローマ字)が挙げられ，改行して，分布，そのあとに関の『日本昔話集成』の該当ページが挙げられている．話型記述はその下にAaThと類似した形式で記述されている．このカタログのおかげで，日本の昔話とAaThの対応関係が海外の研究者にとって明確になった．

○ **稲田浩二/小澤俊夫**

その後，日本の大きな昔話集として『日本昔話通観』全29巻が，稲田浩二，小澤俊夫責任編集により，1977年から1990年にかけて出版された．各巻は地域別にまとめられ，各説話のあとに，「モチーフ構成」として話型が記述され，そのあとにAaThに対応する番号がある場合には「対応話型番号」が挙げられている．この膨大な資料を基に，第28巻『昔話タイプ・インデックス』(稲田浩二著，同朋舎1988)に1211話型がまとめられている．そこでは「1.むかし語り」「2.動物昔話」「3.笑い話」「4.形式話」という順序で独自の番号付けがなされており，話型記述がまとめられている．話型記述のあとに，AaThとの対応関係がある場合には，「同一タイプ」，「対応タイプ」，「参照タイプ」という見出しでAaTh番号が挙げられている．さらに巻末には『日本昔話通観』のタイプ・インデックス番号とAaThの番号との対応表「AT対応関係タイプ索引」が付けられている．この対応表では対応関係を強弱により3種類に分け，次の①②③の方法で示している．

① 番号のみのもの … ほとんど同一に近いもの．

② ●印 … 主要モティーフが一致するもの．

③ ○印 … 一部のモティーフが一致するもの．

この対応表によって，容易にAaThとの対応関係がわかり，『日本昔話通観』は日本昔話の比較研究に際しては重要な資料である．

日本の昔話と世界の昔話の比較

以下に，日本の資料が挙げられているATU番号を列挙する．

1, 2, 3, 6, 7, 9, 15, 41, 47A, 47B, 49, 51***, 58, 60, 66A, 66B, 68A, 68*, 74C*, 75, 75*, 91, 101, 103, 111, 112, 120, 121, 122A, 122G, 124, 130, 154, 156, 156B*, 158, 160, 161, 173, 177, 178A, 180, 210, 221, 222, 222A, 225A, 228, 231, 234, 235, 238, 275, 275B, 276, 277A, 278A, 293, 295, 300, 301, 302, 302B, 303, 310, 311, 312A, 312C, 312D, 313, 314, 315A, 325, 326A*, 327, 327A, 327B, 327C, 328A, 331, 332, 334, 365, 400, 403, 406, 408, 425A, 425B, 425C, 425D, 425E, 433B, 440, 441, 450, 451, 460A, 465, 470, 470B, 471, 480, 480D*, 485B*, 500, 503, 505, 506*, 510, 510A, 510B, 511, 513, 551, 552, 554, 555, 560, 562, 563, 565, 567, 571, 577, 591, 612, 613, 650C, 653, 653A, 654, 660, 666*, 670, 671, 677*, 681, 700, 703*, 706, 707, 720, 725, 729, 735A, 736A, 737B*, 745, 745A, 750A, 750B, 750C, 750D, 751A, 751B*, 751E*, 763, 766, 778, 780, 781, 800, 804, 804A, 804A*, 812, 822, 831, 832, 834, 851, 852, 861, 873, 875, 882, 888, 893, 896, 902*, 910, 910B, 910D, 910E, 910F, 910K, 916, 920A, 921, 922, 923, 924, 926, 926A, 926D, 927C*, 930, 930A, 931, 934, 934D[1], 947, 950, 954, 956, 960, 967, 970, 973, 974, 980, 981, 990, 1008, 1030, 1061, 1074, 1084, 1095, 1116, 1119, 1131, 1141, 1145, 1152, 1159, 1161, 1174, 1176, 1180, 1187, 1191, 1211, 1262, 1262*, 1264*, 1270, 1271C*, 1278, 1284, 1287, 1288, 1294A*, 1296, 1296B, 1297*, 1313, 1313A, 1319*, 1330, 1336A, 1339, 1341A*, 1348*, 1351, 1358A, 1358B, 1360B, 1360C, 1365, 1365E, 1373A, 1373B*, 1376A*, 1380A*, 1415, 1426, 1430, 1440, 1447A*, 1457, 1462, 1525, 1525A, 1525B, 1525J, 1525Z*, 1530*, 1533A, 1535, 1536A, 1537, 1539, 1540, 1541, 1542, 1544A*, 1557, 1562, 1565, 1565**, 1567, 1567A, 1567C, 1572A*, 1577, 1586, 1592, 1610, 1639*, 1640, 1641, 1641B, 1645, 1645A, 1653, 1655, 1676, 1676B, 1676C, 1678, 1681A*, 1685, 1685A*, 1687, 1689*, 1691, 1693, 1694, 1696, 1698, 1698I, 1698J, 1698K, 1704, 1705, 1706D, 1710, 1725, 1736, 1737, 1775, 1804B, 1825D*, 1832D*, 1832M*, 1833C, 1833H, 1834, 1861A, 1881, 1889, 1889C, 1889F, 1889H, 1890, 1890F, 1894, 1895, 1920, 1920B, 1920F, 1925, 1935, 1948, 1950, 1960, 1960A, 1960D, 1960E, 1962A, 2031, 2031C, 2034C, 2042, 2200, 2250, 2271, 2300, 2301, 2335.

本書にある「文献/類話(Literaturre/Variants)」で上記の番号のうち，例えば2を見ると，“Japanese” の項に “Japanese: Ikeda 1971, Nos. 2, 2K, Inada/Ozawa 1977ff.” とある．池田カタログで，2の項を見れば対応する関敬吾の『日本昔話集成』の題名と巻数とページが「Shippo no Tsuri.」および「Shusei, I, 63–75」という形で示されている．2Kにも同様に類話が示されている．

『日本昔話通観』の場合には第28巻『昔話タイプ・インデックス』の21–41ページに「AT対応関係タイプ索引」があるので，ここから対応する日本の昔話を見つけることができる．

モティーフからの類話検索も可能である．本書には「モティーフ一覧(REGISTER OF MOTIFS)」も収められている．池田カタログにも，『日本昔話通観』にも各話型の主要モティーフ番号がトムソンのモティーフ・インデックスに従って明記されているので，本書モティーフ一覧から同一モティーフの出てくる話型を見つけることができる．

すでに述べたとおり，本書にある「文献/類話」には，各国の資料についてもカタログと掲載箇所が示されており，具体的にその文献が何かは本書「文献および略形一覧(BIBLIOGRAPHY AND ABBREVIATIONS)」で見つけることができる．したがってATUによって，世界の昔話と日本の昔話の比較の道筋が具体的に示されたことになる．個々の話型の比較について，今後の詳細な研究が待たれる．

ハンス＝イェルク・ウター（HANS-JÖRG UTHER）

1944年生まれ．デュースブルク＝エッセン大学でドイツ文学，文芸学の教鞭を執った．『メルヒェン百科事典（*Enzyklopädie des Märchens*）』共同編集者．国際的に著名な説話研究者で，特に説話の歴史的比較研究を専門とする．

グリム兄弟の『メルヒェン集』『伝説集』校訂版（1993, 1996, 2004），ヴィルヘルム・ハウフの『メルヒェン集』校訂版（1999），ルートヴィヒ・ベヒシュタインの『メルヒェン集』校訂版（1998）ほか多数の書籍の編者．国際話型カタログの改訂版『国際昔話話型カタログ』（2004）を著す．また，『グリムの「子どもと家庭のメルヒェン集」ハンドブック（*Handbuch zu den 'Kinder- und Hausmärchen' der Brüder Grimm*）』（2008, 2013）を出版．2015年には『ドイツのメルヒェンカタログ（*Deutscher Märchenkatalog*）』というタイトルのさらなる話型カタログを出版した．

1993年，『ドイツ伝説集』出版に対しピトレ賞（Premio Pitrè）受賞．2005年，3巻からなる『国際昔話話型カタログ』に対しヨーロッパ・メルヒェン賞（ヴァルター・カーン・メルヒェン財団）受賞．2010年にはマールブルク大学グリム兄弟賞受賞．2009年には，『物語文化（*Erzählkultur*）』という題名の記念論集を献じられた．

加藤　耕義（かとう　こうぎ）

1963年生まれ．学習院大学文学部ドイツ文学科卒業，同博士前期課程修了，同博士後期課程単位取得退学．学習院大学外国語教育研究センター教授．グリムの『子どもと家庭のメルヒェン集』，『ドイツ伝説集』を中心に，民間伝承研究を専門分野とする．

小澤　俊夫（おざわ　としお）

1930年生まれ．口承文芸学者．東北薬科大学講師を経て，日本女子大学教授，ドイツ，マールブルク大学客員教授，筑波大学副学長，白百合女子大学教授を歴任．国際口承文芸学会副会長（現在名誉会員）及び日本口承文芸学会会長も務めた．現在，筑波大学名誉教授．小澤昔ばなし研究所所長．「昔ばなし大学」主宰．2009年にはヨーロッパ・メルヒェン賞（ヴァルター・カーン・メルヒェン財団）受賞．

国際昔話話型カタログ　分類と文献目録

2016年8月1日　初版発行

ハンス＝イェルク・ウター　著
加藤耕義　訳
小澤俊夫　日本語版監修
発　行　有限会社 小澤昔ばなし研究所
〒214-0014 神奈川県川崎市多摩区登戸 3460-1-704
Tel 044-931-2050　E-mail mukaken@ozawa-folktale.com
発行者　小澤俊夫
装　丁　宇佐見牧子
印刷・製本　株式会社 三秀舎

ISBN 978-4-902875-76-8　Printed in Japan